U0017613

# 台灣話大詞典

【修訂新版】

遠流出版公司

# 台灣話大詞典【修訂新版】

編著者／陳　修
總校對／陳文晶
校對組／廖立文・王聖宗・黃美慈・葉建良・潘科元
游修靜・洪明珠・洪明惠・洪翠娥・羅麗芳

發 行 人／王榮文
出版發行／遠流出版事業股份有限公司
台北市南昌路二段81號6樓
郵撥／0189456-1
電話／23926899　傳眞／23932044

香港發行／遠流（香港）出版公司
香港北角英皇道310號雲華大廈4樓505室
電話／25089048　傳眞／25033258
香港售價／港幣833元

著作權顧問／蕭雄淋律師
法律顧問／王秀哲律師・董安丹律師

2000年 9 月 1 日　二版一刷
2005年 8 月 16日　二版三刷

行政院新聞局局版臺業字第1295號
**售價新台幣2500元**

ISBN 957-32-4078-5

YLib遠流博識網
http://www.ylib.com E-mail:ylib@ylib.com

# 台灣話大詞典

【修訂新版】

陳　　修／編　著
陳文晶／助　理

# 目錄

# 陳氏《台灣話大詞典》出版說明

## ・台灣話

本編所稱之「台灣話」係依俗義而來。俗稱的台灣話原指福佬話，是福建漳、泉兩個腔系在台灣四百年間融合演化而成，一方面保有著閩南語系的傳統，一方面又有台灣地區特具的活潑歷史發展(語音、語彙也都有了專屬自己的特色)。這個系統是目前台灣社會使用最廣的代表性語言。

但用「台灣話」這個有地理概括意味的名詞指稱此地的單種語言，在現代眼光下也許不能覺得完全恰當，對其它同在台灣地區長久使用的腔系語系未見公平。從出版者的立場，我們更願承認台灣已是（也一直是）一個多語社會，各原住民的用語（不管多麼弱勢）、客家腔系、乃至於晚來的「國語」(做爲公共語的北京話)，都該認同爲「台灣話」的各支。我們不能重蹈昔日只重視公共語運動而忽視地方語的錯誤，以新的褊狹代替舊日的專制。

我們心中給這部辭書的位置可以表達在這樣的名稱：《陳氏台灣話大詞典稿本：漳泉二腔系部分》。「陳氏」指明此編出自民間學者獨力編修的特性，「稿本」表白了現階段台灣語文研究百家爭鳴一尊未定的情境，「漳泉」則概括其範圍。但簡稱仍爲《台灣話大詞典》，既契作者悲願，亦符一般俗義。

## ・現代辭書

「台灣話」雖然在台灣地區通行數百年，但命運坎坷，先是地處政治邊疆，教育經濟資源不足，口語溝通乃遠盛於文字記述；近數十年又因只大力推行公共語政策，致使台灣話的書面語形式及其漢字語源均缺乏研究記錄。儘管台灣話保存了諸多漢族傳統文化，又記錄了數百年台灣文化的演變與風貌，如今欲求記有語音、語源、語義的現代化辭書，除舊日西方傳教士與殖民文化學者的成績外，竟無可得，不能不說是巨大遺憾。

陳修先生所編之《台灣話大詞典》，可視爲企圖彌補此一遺憾的重大努力。是編共收漢字字首六千餘，所錄詞條近十萬，總字數則達二百五十萬字。全書以教會道格拉斯氏羅馬拼音系統注音，正文以字首羅馬音之字母爲序編次，使用時必須以音檢字；書末另編有字首筆劃索引一種，故亦可就字檢音，使用方便。字首之下，所收詞條以字數暨筆劃爲序；收錄詞條不避俚俗，特別廣蒐戲文、民謠、俗諺等內容，又兼採社會新語與外來語，歷史原則與現實原則兼容並蓄。

以工具書的特性而論，陳修先生顯示出立場超然的品質，不僅方法科學，內容迭有獨見，對舊語新詞也一體對待，讀音釋義則兼採衆議，而成一家之言，論者譽爲「至今所見最佳之台灣話詞典」。雖然目前台灣話標準化的工具書還不具備成熟的條件，此編已爲未來台灣話的保存與研究貢獻了里程碑式的階段成績。

## ・陳氏傳奇

本書編著者陳修先生，原名陳朝會，台灣南投人。台中一中畢業後，曾多年從事新聞工作，先後任職於台灣新聞（日文）、高雄新報（日文）、民聲報（中文，廣州）、廣東迅報（中文，廣州）、南支日報（日文，廣州）等單位。戰後返鄉務農，後轉任職於南投縣議會。民國六十六年退休，即全力投入編寫《台灣話大詞典》的工作。陳老先生一九一二年生，得見此書出版時，年已七十九歲。

陳修先生以一民間學者身份，孑然無所恃，在參考資料與基礎研究兩缺的窘境下，僅得自家後生陳文晶先生的協助，費年十三，獨力完成兩百五十萬字之巨構，毅力與才學都屬驚人。在寂寞無人聞問的角落，仍有能人默默耕耘不計收穫，一方面透露了台灣話研究的飽受忽略，一方面卻讓我們看見了眞正的「台灣生命力」。

## ・登山木屋

但台灣話研究方興未艾，許多見解未有定論，各家對台灣話以何音爲標準，以何種方式標音等問題頗有爭議。在這個階段中，要編定一種各界接受認同的台灣話辭書並不容易（也許應該說不可能）。台灣話本身也仍在生長蛻變，它的複雜血緣也還在「邁向標準化」的路途之中。

陳氏《台灣話大詞典》在編輯之初，我們徵詢多位語言專家後發現，要在此編中解決所有台灣話的爭論是不可能的。許多學人的意見，都肯定此書是本土傑出的文化創作成果，但也都認爲，在台灣話研究未達穩定成熟之前，本書編輯工作應以維持呈現陳氏一家之言風格爲主體，融合各家意見做少量修正爲最佳原則。

我們請到幾位專家協助校訂校對工作時，他們也傾向於避免加入個人意見，以保陳氏個人見解的系統一致，僅在錯落之處加上訂正。我們在編輯工作上，儘管已在詞條構造、排版形式、檢索系統、校對工作都做了最大的投入；但我們也明白此一工作有本質上的限制，此書譬若山中之木屋，貌近謙卑，卻爲登頂之所必經，不可或缺。

此書編印完成，語言學者鄭良偉先生、洪惟仁先生、王華南先生提供許多寶貴的指導意見，令我們十分感激。行政院文化建設委員會郭主委爲藩先生則主動聯繫，並提撥經費支持贊助此一民間編輯台灣話工具書的工作，我們在此也一併感謝。

王榮文

一九九一年十月

## 後記：

《台灣話大詞典》推出之後，各方佳評不斷，然陳修先生却因某些內容被語言學專家改動而懊惱不已。在瞭解事情原委後，基於對原創者的尊重，我決定還陳修先生一家之言原貌，整個編輯工作重來！因陳修先生年事已高，修訂版的重任由其長子陳文晶先生負責，陳老先生則逐字校閱。陳文晶先生現於耶魯大學教授台灣話，深厚的台語學識素養加上父親長期的薰陶，在增補修葺過程中，除了保留陳氏風格，也給了這本詞典新的生命。在距初版近九年的漫長歲月中，我們總算完成這個浩大的編製工程。遺憾的是，陳修先生未能與我們一起分享這個成果，不過，相信歷史不會遺忘他對台灣話研究所做的貢獻及成績。

二〇〇〇年八月

# 新版《台灣話大詞典》出版說明

·陳文晶·

一九九一年十一月中，《台灣話大詞典》（今稱初版）出版的佳訊傳抵美國。正當大家歡欣慶賀時，却在越洋電話中聽到父親抱怨，他的字典被改了。譬如，他的得意之作「阿斲仔」被改成「阿卓仔」，而他所引莊子的故事也給一筆勾銷了。這眞是當頭給潑了一盆冰水，把我們的喜氣一下子沖掉了。我們盡量安慰父親，並答應他進行調查，設法補救。

一九九一年十二月中，我藉聖誕假期之便，匆匆自美返台，幫助父親做初步的調查，確定字典被改易的情況，然後帶著淑方、勝剛兩弟妹，陪著父親北上去見遠流出版社社長王榮文先生。王社長在瞭解情況之後，立即慨允改字典，另出新版，以成陳修一家之言。

那年，父親已經八十歲了。儘管身體健康，神志清明；然而果眞要他老人家來做二百多萬字字典的校訂工作，在體力上是一種苛求。於是，這份繁重的擔子自自然然地落在我這個大兒子的肩頭了。

起初，我以爲只要拿著父親手寫的原稿，從頭到尾對一次，把被改過的部分改回來，就可以恢復《台灣話大詞典》本來的面目了。事實上並不這樣簡單。工作進行不久，就發現我的職務已經不限於單純的校字對詞了。首先，在初版的校樣上，已經出現不少父親的增刪補訂；其次，受更動的字目中，有將近半數已經爲父親所採納。然而，這些都是當今台語漢字化過程中的爭議字。每一個字，在形、音、義以及語法上，都必須經過一番仔細的考訂，才能決定其取捨。我總覺得爲一勞永逸之計，我應該盡其在我，消除這些字的爭議性，終久必有助於維持這部字典的典範程度；同時，我也要藉這個機會，充實自己，增進我的台語學識，因此，不辭辛勞，努力查考；其三，父親所增補的新字目與詞條，我也都作了一些查證的工作；其四，新字、新詞條的發掘：一方面來自於整理字目的延伸，如受更動的字中，有一些即屬此類；另一方面是校對過程中的拾穗，如在釋詞、典故，以及例句中發現某字或某用詞並未收錄於字典中，即另立字目，或將詞條併歸所屬字目。這些新立字目或詞條，都得加以注音、註釋、引典舉例。在文筆上，我嚴守父親精煉典雅的風格。我的努力甚獲父親的嘉許，予我以莫大的鼓勵；其五，補寫初版漏列的音節所屬的字，一共有九個：$e^n$，$e^nh$，ī，$i^n$，$í^n$，$î^n$，$ī^n$，gūi，及 $khe^n$。每個音節都有其所轄的字目、詞條，以及相關的注音、釋詞與舉例。這一系列的工作也全歸我包辦；其六，初版《台灣話大詞典》中使用一種「⇨同上。」的標號，通常標在引用資料之後。空心箭頭所指似應爲「左方變成或等於右方」。檢查父親原稿，本來用的是「＝○」，而非「⇨同上。」。父親原意或許只不過是「其義自明，無須注釋」，並沒有「同上」的指示。我認爲對普通台語並不怎麼靈光的人，尤其是初學者，「其義自明」的字詞，如果不加上適當的注釋，恐怕仍然是不明不白。因此，我在空心箭頭與空心句點之間，盡量補上注釋，取代「同上」，總共也有近兩千條之多；其七，初版《台灣話大詞典》的排字次序是採按音索字的系統。也就是說，這本字典所收入的字目及詞條都是按照羅馬白話字母的拼音順序排列的。可是初版《台灣話大詞典》的呼音表却是僅照英文字母的順序排列的。新版《台灣話大詞典》把這個呼音表改成「音節索引」，依照音節的聲調單元來排列字目及詞條，充分發揮按音索字的功用；其八，目前台語字典所收多音字之多，顯見台語漢字化尙有一段相當長的里程，始能臻其完備之境。台灣話仍需要補充相當多量的新字；而這些新字的來源似早已無法取諸於現成之漢字。《康熙字典》收字近四萬六千，但大多數爲廢字、死字，不能拿來充當台語新字。因此，台語新字之增長，不得不走向創作之途。台灣坊間新近所出字典，在這方面，似乎已經有相當程度的表現。可惜所造的字泰半不合造字之法，弄得不倫不類，認、讀兩難。新版《台灣話大詞典》在這方面，未能免俗，也做了一個小小的嘗試，造了幾個字，如：㈠⿱今旦——音 $ta^n$，意爲“此時”，“此刻”，或“如今”等等。這個字是由「今」及「旦」兩個意符組合而成的。「旦」指日之初出也；「今」則爲「現在」、「目前」之時間也，兩者相構，似足以表達「此刻」或「現時」之意。而「旦」似亦可兼充此字的音符，以其可引發近似 $ta^n$（tấn）之音也。㈡裼——音 thn̂g，意爲脫也，即脫衣脫褲也。「衤（衣）」爲意符，「昜」爲音符，其發音功能一如「湯」之「昜」也。㈢⿰土帝—— teh，量詞，計算塊狀物之單位詞也，如同漢語之「塊」，其部首仍屬「土」，「帝」則爲此字音符，「⿰土帝」與「帝」兩字之發音完全相同。㈣⿰威殳——音 ui，意指「損耗」、「消磨」、「(利器) 變鈍而無用」等等。「殳」爲部首，「威」爲音符，兩者結合，或許可引起「如兵器之發威而有所磨損也。」㈤袂——音 ńg，衣袖也，如：「手袂 chhiú-ńg」。「袂」這個字是由「袂」字的局部改造而成的。「袂」本爲漢語用字，讀 bē 或 maī，意爲衣袖，如：「分袂」、「聯袂」等等。現在把右邊的「夬」改成「央」，而成新字「袂」，讀 ńg，正是手 ńg 的 ńg 了。㈥⿰目祭—— chè，嬰仔出世後滿一歲也，即「度⿰目祭」。漢字原有「晬」，但是一則此字帶有「卒」字，易生 chut 之誤讀，二則在字義上很容易引起死亡的聯想，因此另造「⿰目祭」字以代替之；其九，初版《台灣話大詞典》中時見校者按語，均純屬個人偏見，故一律取消；其十，原有校後記因改版而失去任何意義，故不再登用。我每完成一部分稿件，必定先呈給父親，由他核閱過才交給遠流出版社。儘管父親信任並放任我去做這件校對工作，但是一切都是經過父親的許可接受，因此新版《台灣話大詞典》稱得上百分之百是陳修一家之言。

從以上所述可見，如果我們從頭到尾所做的，只是單純的校讎，就不會有新版《台灣話大詞典》了。增刪補訂改寫幅度之大，使改訂過的《台灣話大詞典》另成一本書。初、新兩版在字量上的差別並不到十分之一。可是這點差別似足以促成全面性及關鍵性的改觀，使兩版《台灣話大詞典》成爲各自獨立的書。如果這部字典具有任何劃時代的意義的話，那麼，初版是總結舊時代的產品，而新版說得上是跨進新世紀的作品。在那近千日的漫長的校訂過程中，我們的目標已不再是恢復父親的字典的原始面貌，而是透過增補修葺，使父親畢生辛勞所付出的心血結晶成爲與時代同步的字典。

我感到萬分榮幸，能夠獲得父親的許可，參與並主持這項工作，並且在他的教導下，順利地實現了我們的目標。近三年的辛勤耕耘之後，新版《台灣話大詞典》的修訂稿總算完成了！對我而言，不僅解除了一份戰兢的恐惶，也卸下了一副頗爲不輕的負荷。我從這份工作得到一個第一手學習的機會。對台語本身以及其相關的各種問題，至少獲得相當廣泛的接觸與認識。我的台語學識也與日俱增，頗有長足而深入的進步。對來日的台語研究工作，興致勃勃，而信心也有顯著的增加。這是父親的字典給台語學界所作出的貢獻之餘的意外的收穫。台灣研究是一個需要很多人來共同耕耘的園地，我希望能盡心在此努力，做個小小的園丁。我格外感謝父親送給我這份無價的禮物！

---

編註：陳修先生於 1997 年 6 月 27 日病逝，去世之前儘管體力不堪負荷，仍致力於本詞典修訂版的校正工作，其投注的心血及精神令人敬佩，在此謹向陳修先生致上最高敬意。

# 自序

台灣話又稱福佬話，是四百年來漳泉兩腔系在台灣融合而成的。通行於全台南北二路，也是台灣社會的代表語言。二次大戰後，有閩南話或河洛話等的新名詞出現，尤其閩南話一詞的來勢洶湧，頗有喧賓奪主之勢，我個人猶是愛我的母語台灣話這個老名詞，雖然台灣話是來自閩南語系，但是閱四百多年的演變，當今的台灣話決非就是閩南話，猶如美國話也原自英語，但是而今的美語決非就是英語，其理是一樣的。且閩南話這個名詞之在台灣使用，政治氣味濃厚，甚且有貶謫台灣及台灣人地位的含意。至於河洛話，雖然也有強調來自河洛兩河流域或所謂中原地區的含意，但是縱使是事實，我以爲就目前而言，也是無濟於事的。

數百年來，台灣人被迫遠離權力中心，台灣話也自然淪爲弱勢語言。早期的西班牙荷蘭時代雖似尙無壓迫台灣話的記錄，但是有清時代一如我們的俗語所講，無福不成衙，衙門內，官場上都是福州人與福州話的世界。日本時代推行其日本話爲國語，但卻似尙知自制，獎勵成分比懲罰的成分多。初期的公學校也推行雙語教育，有其國語也有漢文的課程及課本。在州街庄的協議會（相當於參議會）上，也准許使用台灣話發言等是也。日皇宣布投降，陳儀這班國民黨員，乘聯合國戰勝之勢，湧至台灣接收日本台灣總督政權之後，卻將日本對台政策照單全收。首先將所謂普通話者提升曰國語——共產仔仍稱普通話。近已改稱漢語，強力加以推行，以體罰或罰金禁止中小學生以台語交談。繼而通令民意代表應以國語發言，甚至以廣電法對電視等的節目時段都加限制，而且要逐漸減少之。這是非常明顯的迫使台語文化滅亡的政策。君不見四十年來的台語電視節目永遠停留在阿匹婆與素珠的階段嗎？老演員戽斗，貧病交加無錢可就醫。年利上數億的大電視公司大發慈悲下賜慰問金二萬元等的消息，令人能不感激涕零！君又不見某某國語歌星演員的豪賭，一輸千萬而面無吝色。這就是被限制者與獨佔者的自然結果也。

四十年來台灣話雖然處在如此惡劣苛酷的環境之下，卻幸而未被消滅，反而仍在自己發展，例如奅pha$^{n}$，滕chhèng，雋（俊）chán，蓋kài，蹺課khiau-khò，普斯遍phó͘-su-phiàn等等的新名詞也在出現，報刊上也見之，又活潑又清新。可見其作爲生活語言的生命力是如何的強韌！這些現象可惜仍止於口頭上的表現，猶未在書面（文字）上有所發揮，實在遺憾之至。

古來我台的士大夫，生活在台灣話的環境中，口說台語卻手書外文，而安之若素，鮮有肯在自己母語的文字表達上，稍加努力者，遂使語文愈加深分離，至於竟有人自認爲台語有音無字，或詰屈聱牙的鴃舌之音者，尤以近年來所謂國語運動的強力推行，已在迫使台灣社會在語言生活上發生困擾紛亂，台語本身也受到污染歪曲，遂有地劍（檢）處，複（福）利社，嬌（轎）車，鎭（陣）容，由縣市集（執）行，江山亦（易）改，悲番（歡）歲月，廢（慧）劍斬情絲等的異音怪調，或以寂寞爲肅穆，造詣爲造脂，廻避爲廻癖，出差爲出猜等等的誤讀現象比比皆是，實在令人三歎。

竊聞語言是民族文化的血脈，本無雅俗之分；亦無詰屈聱牙之難。英語因莎士比亞而光芒萬丈，路德馬丁迻譯聖經爲普魯西亞（即普魯士）語，而成爲現代德語的基礎。可見語言之優雅與否，端賴才智之士的心血點滴累積而成，決非先有優雅之語言，然後才有傑出之文學作品也。

我一介村夫，不自量力，積十年的歲月，獨力編撰本書，所志在保存台灣話的若干資料，使後之才智有所參考，於願足矣，祇以學識功力淺陋，魯魚亥豕之誤當屬難免，尙祈大方匡正。

陳修　謹識

端午前夕，1987年

本小書雖曾因台南基督教公會黃總幹事的失信，親自駕車到寒舍接稿去後，近兩年竟無消息，經本人親訪該公會追查，始知該黃先生出國，另有高就去了，幸得「遠流出版公司」王榮文先生的熱心，工作人員的努力，將於近月中見世，筆者衷誠感謝。

陳修　又及

1991年6月14日

**簡歷：**

陳修，原名陳朝會，1912年生於南投山村。台中一中畢業後，從事新聞工作。在台灣新聞（日文，台中市），高雄新報（日文，高雄市），民聲報（中文，廣州市），廣東迅報（中文，廣州市），南支日報（日文，廣州市）等各報擔任校對，採訪，編譯，編輯等工作。在南支日報編輯長任上迎接日皇宣布無條件降服而離開報界。戰後回鄉，投筆種芹蕉。初時芹蕉運銷大陸尙可溫飽，不料共產仔發展太快，北京，天津，上海，福州接踵而去。國府逃亡我台，厦門亦完了。芹蕉銷路絕了，我的生路也斷了，只好食樹薯過日。爲免一家七口因樹薯中毒而死，無奈之餘乃重回薪水生涯。在縣議會尋得一枝之棲，忍辱從雇員幹起，經議事組主任，秘書等職位，至1977年在主任秘書任上接受強迫退休。現有五男二女，均已長大成人矣。而今馬齒徒增七十八，體猶粗健，惜視力甚差，讀寫猶可勉強爲之。(1989初夏)

# 《台灣話大詞典》內容概略

㈠本書有二百五十萬字，是目前台灣話最大最新的大詞典，也可以說是一部台灣文化誌。

㈡本書網羅有：牛婆gû-pô，贔力pih-la̍t，鷄胿ke-kui，科介khoe-hâi，恣睢chih-chuh，孱頭短命chām-thâu-té-mīa等等的老名詞，也集有：滕chhèng，雋chán，奅phāⁿ，蓋kài，戕chhiâng，普斯遍phó͘-su-phiàn等的新名詞，合計有詞彙約數萬。

㈢本書除解說詳細之外，引例尤爲切實，除上自漢唐詩詞下至童謠民歌，犂田歌，乞食調等，兼容並蓄，例如：摸脉支支，開藥大約bong-me̍h phia̍k-phia̍k, khui-io̍h tāi-iak或刣鷄鷄仔細，刣鴨奧拔毶thậi-ke ke-á sè, thâi-ah oh-pā-lē等等，都是道地的台灣話。

㈣本書注音採用羅馬字母俗稱白話字，亦即英文字母，當今中等教育普及，人人知之，而其用法，亦甚相近，一覽拼音舉例，即可通達，就台灣話言，優於任何其他方法也。

㈤茲舉本書內容樣本及拼音舉例(八聲表)如後：

**台灣話八聲例表**

| 第一聲 | 二 | 三 | 四 | 五 | 六 | 七 | 八 | 註 |
|---|---|---|---|---|---|---|---|---|
| 因 in | 引 ín | 印 ìn | 一 it | 寅 în | 引 ín | 孕 īn | 逸 i̍t | 1. 聲調符號，在音符上面。<br>第一聲無號<br>第二聲 ˊ<br>第三聲 ˋ<br>第四聲無號，但其未必爲p, t, k, h<br>第五聲 ˆ<br>第七聲 ─<br>第八聲 \|<br>2. ○號者無義無字。 |
| 番 hoan | 反 hoán | 販 hoàn | 發 hoat | 礬 hoân | 反 hoán | 範 hoān | 罰 hoa̍t | |
| 君 kun | 滾 kún | 棍 kùn | 骨 kut | 裙 kûn | 滾 kún | 郡 kūn | 滑 ku̍t | |
| 坤 khun | 綑 khún | 困 khùn | 屈 khut | 困 khûn | 綑 khún | ○ khūn | 禿 khu̍ | |
| 弓 kiong | 拱 kióng | 供 kiòng | 菊 kiok | 窮 kiông | 拱 kióng | 共 kiōng | 局 kio̍k | |
| 根 kin | 緊 kín | 絹 kìn | 桔 kit | 澋 kîn | 緊 kín | 近 kīn | 汽 ki̍t | |
| 金 kim | 錦 kím | 禁 kìm | 急 kip | ○ kîm | 錦 kím | 妗 kīm | 及 ki̍p | |
| 猪 ti | 抵 tí | 智 tì | 滴 tih | 池 tî | 抵 tí | 治 tī | 碟 ti̍h | |
| 東 tong | 黨 tóng | 棟 tòng | 督 tok | 同 tông | 黨 tóng | 洞 tōng | 洞 to̍k | |
| 挨 e | 倭 é | 裔 è | 厄 eh | 鞋 ê | 倭 è | 下 ē | 隘 e̍h | |

# 凡例

㈠本書以台中口音爲原則，有6千多個音節(聲調)，按拉丁字母，亦即Alphabet的順序編列，加注音之字目之下各有相關詞彙，按字畫的繁簡爲序，除注音、釋義之外，有必要者，並附有俚言歌詞等爲文例。

㈡注音採用台灣教會通行之羅馬字母，俗稱白話字，因爲當今中學教育普及，人人皆知英文字母，而白話字就是採用英文字母，加以組合而成者，其讀法與英文似無甚大差異，可收容易通達，口音劃一之效。

㈢主題字主題詞皆以～號代表。～～是疊字或複合詞。

茲列舉字母如次：

| | | | | | | | |
|---|---|---|---|---|---|---|---|
| a鴉 | b偎 | ch支 | chh鰓 | e挨 | g(宜) | h虛 | i衣 |
| j(而) | k基 | kh欺 | l(厘) | m(綿) | n(尼) | ng(硬) | o呵 |
| o·烏 | p悲 | ph披 | s絲 | t猪 | th粞／黐 | u釉／優 | |

註1.上列字母皆須讀陰平(第一聲)，(括弧內者原非第一聲)，以期拼出來的聲調亦皆可得第一聲。

2.另有鼻音，即於字肩上加註小n號，如：e$^{n}$嬰，sia$^{n}$聲，siah$^{n}$啥等是。

3.原有ts祛一音，本書中皆改歸入ch支音，如：tsá早作chá早，tsâi財作châi財，tsōe罪作chōe罪等是。

㈣聲調及符號：每一字的聲調，概以單字或其在詞末時的聲調爲準，因爲在兩字以上的複合詞，除末尾一字不變之外，其餘皆依法有變化故也。聲調通稱八聲(其實只七聲)，亦即每聲(音)有八調，每調各有其字各異其義，是以聲調必須咬音分明，否則不能達意也，茲將聲調及其符號，舉例列表於次：

| 調　別 | 符號 | 例　字 | | | | 備　考 |
|---|---|---|---|---|---|---|
| | | 1例 | 2例 | 3例 | 4例 | |
| 第一聲(陰平) | 無號 | hoan番 | kun君 | to刀 | tong東 | |
| 第二聲(陰上) | ˊ | hoán反 | kún滾 | tó島 | tóng黨 | |
| 第三聲(陰去) | ˋ | hoàn販 | kùn棍 | tò到 | tòng棟 | |
| 第四聲(陰入) | 無號 | hoat發 | kut骨 | toh桌 | tok督 | 以p, h, k, t終者屬之 |
| 第五聲(陽平) | ˆ | hoân煩 | kûn拳 | tô逃 | tông同 | |
| 第六聲(陽上) | (同二聲) | hoán反 | kún滾 | tó島 | tóng黨 | 同第二聲 |
| 第七聲(陽去) | — | hoān犯 | kūn郡 | tō道 | tōng洞 | |
| 第八聲(陽入) | \| | hoa̍t罰 | ku̍t滑 | to̍h烟 | to̍k毒 | 以p, h, k, t終者屬之 |

每一聲調的母字(漢字)，概依此次序排列，但第四，八兩聲，因拼音特殊(末尾附有p, t, k, h中之一)，乃另外抽出合列為一目。又聲調中，末尾有h, k, p, t的促塞音即屬第四(無號)第八(有 | 號)兩聲，其分別或較困難，茲舉例如次：

①chih摺—chi̍h折　　例：手摺chhíu-chih—骨折kut-chi̍h

②sih閃—si̍h蝕　　例：星閃che$^{n}$-sih—消蝕siau-si̍h

③chiah隻—chia̍h食　　例：船隻chûn-chiah—貪食tham-chia̍h

④pak北—pa̍k縛　　例：台北tâi-pak—束縛sok-pa̍k

⑤tok督—to̍k毒　　例：總督chóng-tok—無毒bô-to̍k

⑥lok橐—lo̍k鹿　　例：紙橐chóa-lok—花鹿hoe-lo̍k

⑦sip濕—si̍p習　　例：霑濕tâm-sip—學習ha̍k-si̍p

⑧kip急—ki̍p及　　例：緊急kín-kip—普及phó͘-ki̍p

⑨chip執—chi̍p集　　例：中執tiong-chip—召集tiàu-chi̍p

⑩sit失—si̍t實　　例：損失sún-sit—老實láu-si̍t

⑪hiat血—hia̍t穴　　例：失血sit-hiat—洞穴tōng-hia̍t

⑫hoat法—hoa̍t罰　　例：憲法hiàn-hoat—刑罰hêng-hoa̍t

㈤聲調的變化：上節已提到聲調以單字或詞句的末字為準，其他任何一字都要變調。此一現象，為台灣話的特色。不論文音語音(或曰文言白話)或固有名詞都不例外，例如：錢財chî$^{n}$-châi→chī$^{n}$-châi，政治chèng-tī→chéng-tī，大屯山tāi-tūn-san→tài-tùn-san，大屯山tōa-tun-soa$^{n}$→tōa-tūn-soa$^{n}$，李世民lí-sè-bîn→li-sé-bîn，朱元璋chu-goân-chiang→chū-goān-chiang等，可見除末字之外，都是有變化的，所幸此等變化，除有一定的原則之外，似乎也是音變的自然現象，只要八聲能正確咬定，在言詞上或讀書上，都會自然如此的。茲將其變化原則，列舉如次：

原則一：第一聲變第七聲

公公　kong-kong→kōng-kong

冬風　tang-hong→tāng-hong

風颱雨　hong-thai-hō͘→hōng-thāi-hō͘

原則二：第二聲變第一聲

爽爽　sóng-sóng→song-sóng

講話　kóng-oē→kong-oē

鬼鬼祟祟　kúi-kúi-sui-sui→kui-kui-sūi-sui

原則三：第三聲變第二聲

貴貴仔買　kùi-kùi-á-bé→kúi-kúi-a-bé

探花　thàm-hoe→thám-hoe

探花郎　thàm-hoe-lông→thám-hōe-lông

原則四：第四聲變第二聲(p, t, k, h保留不變)

室內　sit-lāi→sí-lāi

失覺察　sit-kak-chhak→sít-ká-chhak

急急如律令　kip-kip jî-lu̍t-lēng→ki-kip-jī-lù-lèng(急急一詞，如律令一詞)

原則五：第五聲變第七聲

人人好　lâng-lâng-hó→lāng-lāng-hó

巡邏員　sûn-lô-oân→sūn-lō-oân

流連忘返　lîu-liân bōng-hoán→līu-liân bòng-hoán(流連爲句，忘返爲句)

原則六：第七聲變第三聲

事事如意　sū-sū jî(jû)-ì→sù-sū jī(jū)-ì

善有善報　siān ū siān-pò→siàn ù siàn-pò(前善爲獨立詞)

事務官　sū-bū-koa$^{n}$→sù-bù-koa$^{n}$

原則七：第八聲變第三聲(p, t, k, h保留不變)

值日官　ti̍t-ji̍t-koa$^{n}$→tì-jìt-koa$^{n}$

極端　ke̍k-toan→kè-toan

日食難度　ji̍t-si̍t lân-tō͘→jìt-si̍t lān-tō͘

㈥拼音實例如呼音表。

# 台語羅馬拼音之漢字對照表

1. 索字順序以英文字母排列次序及台語八聲調次為依歸。八聲調次則自上而下排列。漢字則自左而右。
2. 台語八聲中，第四及第八兩聲均為入聲尾音者。入聲尾音之歸屬關係為：

   p→m；k→ng；t→n；h→任何尾音非m，ng或n者。例如：

   ap/a̍p　排入am之第四第八兩聲

   but/bu̍t　排入bun之第四第八兩聲

   sek/se̍k　排入seng之第四第八兩聲

   goeh/goe̍h　排入goe之第四第八兩聲

   索字時，發ap或a̍p之字可在am音節尋得；發but或bu̍t之字可在bun音節找到；發sek或se̍k的字可於seng音節搜獲；而發goeh或goe̍h之音節則可於goe音節查到，餘類推。
3. 羅馬字母之排列次序為：a, b, ch, chh, e, g, h, i, j, k, kh, l, m, n, ng, o, o·, p, ph, s, t, th, u。

## 台語羅馬拼音之漢字對照表

### a

1. a　鴉 阿 亞
2. á　啞 仔 猶
3. à　也 惡
4. ah　鴨 押
5. â　啊
6. â
7. ā　也
8. a̍h　曷 或 抑 亦 啊 盒 押

### a$^{n}$

1. a$^{n}$
2. á$^{n}$
3. à$^{n}$　掗 向 佒
4. a$^{n}$h
5. â$^{n}$　掗
6. á$^{n}$
7. ā$^{n}$　餡
8. a̍$^{n}$h

### ai

1. ai　哀 餲 唉 噯 哎
2. ái　藹 靄
3. ài　愛 該 曖 靉
4. aih
5. âi
6. ái
7. āi
8. a̍ih

### am

1. am　庵 掩 醃 諳 腌
2. ám　泔 按
3. àm　闇 黯 暗
4. ap　壓
5. âm　涵
6. ám
7. ām　菴 唵 頷
8. a̍p　盒 呷

### an

1. an　安 俺
2. án
3. àn　按 案 晏
4. at　扎 遏 軋
5. ân　絯
6. án
7. ān　限
8. a̍t

### ang

1. ang　尪 翁 俑
2. áng
3. àng　甕 齆
4. ak　沃 握 偓 齷 渥
5. âng　紅 洪
6. áng
7. āng　齆
8. a̍k

### au

1. au　歐 甌 漚
2. áu　嘔 拗
3. àu　餲
4. auh
5. âu　喉
6. áu
7. āu　後
8. a̍uh

### ba

1. ba　吧
2. bá
3. bà　吧
4. bah　肉
5. bâ　姻 貓 蟇 痲 痳
6. bá
7. bā　碼 馮 密 覓
8. ba̍h　覓 密

### bai

1. bai　屄

2. bái 仰 稷
3. bài
4. baih
5. bâi 眉 楣 埋 霾
6. bái
7. bāi 膭 覓
8. ba̍ih

## bam

1. bam
2. bám
3. bàm
4. bap
5. bâm
6. bám
7. bām 啗
8. ba̍p

## ban

1. ban 屘
2. bán 挽 輓
3. bàn
4. bat 八
5. bân 蠻 鏝 閩 鬘
6. bán
7. bān 蔓 曼 漫 慢 晚 卍 饅 萬 顢
8. ba̍t 墨 密 木

## bang

1. bang 濛 網
2. báng 蚊 蟒 魍
3. bàng
4. bak 沐
5. bâng 痝 矇 芒 忙
6. báng
7. bāng 夢 網
8. ba̍k 墨 木 目

## bau

1. bau 包
2. báu 卯 貿 緢 鉚
3. bàu
4. bauh 包
5. bâu 矛 謀
6. báu
7. bāu 包 泡 貌
8. ba̍uh 蔑 貿

## be

1. be 咩 咪
2. bé 馬 瑪 舞 買
3. bè 未
4. beh 侎 㥝 未
5. bê 迷 糜 謎
6. bé
7. bē 賣 韎 未
8. be̍h 麥 襪 脈

## beng

1. beng
2. béng 猛 茗 酩
3. bèng
4. bek
5. bêng 鳴 冥 暝 明 螟 銘
6. béng
7. bēng 孟 命
8. be̍k 麥 默 脈 墨 覓 汨 冪 陌

## bi

1. bi 羋
2. bí 米 美 彌
3. bì
4. bih 微 沕
5. bî 眉 楣 糜 寐 微 黴
6. bí
7. bī 謎 未 味 沕 惟 靡 魅
8. bih 篾

## bian

1. bian
2. bián 免 愍 勉 娩 鮸 冕 靦
3. biàn
4. biat
5. biân 綿
6. bián
7. biān 面 湎 緬
8. bia̍t 滅 蔑 苜 襪

## biau

1. biau
2. biáu 秒 杳 渺 淼 藐 眇
3. biàu
4. biauh
5. biâu 苗 媌 瞄 描 錨 貓
6. biáu
7. biāu 妙 廟
8. bia̍uh

## bin

1. bin
2. bín 抿 敏 黽 閔 憫
3. bìn
4. bit
5. bîn 民 眠 明 岷
6. bín
7. bīn 面 麵 饅 蝒
8. bi̍t 密 蜜

## bio

1. bio
2. bió 秒 母
3. biò
4. bioh
5. biô 描 謀
6. bió
7. biō 廟 貿
8. bio̍h

## biu

1. biu
2. biú
3. biù
4. biuh
5. biû 繆
6. biú
7. biū 謬 繆
8. biu̍h

## bo

1. bo
2. bó 母
3. bò 否
4. boh
5. bô 無
6. bó
7. bō 帽 磨
8. bo̍h 莫

## bo͘

1. bo͘ 摸
2. bó͘ 畝 某 牡
3. bò͘ 否
4. bo͘h
5. bô͘ 謀 模 瘼
6. bó͘
7. bō͘ 慕 暮 募 茂 貿 幕 漠 袤
8. bo̍͘h

## boa

1. boa
2. boá
3. boà
4. boah 抹
5. boâ 磨
6. boá
7. boā
8. boa̍h 末

## boan

1. boan
2. boán 鏝 晚 滿 輓 鞔
3. boàn
4. boat 抹
5. boân
6. boán
7. boān
8. boa̍t 末 茉 妹 秣 靺

## boe

1. boe
2. bóe 買 尾
3. bòe
4. boeh 佅 怽 要
5. bôe 晦 糜 媒 囮 梅 枚
6. bóe
7. bōe 妹 未 賣
8. bo̍eh 襪

## bong

1. bong 摸 厖
2. bóng 莽 蟒 罔 蠓 網
3. bòng 誷
4. bok
5. bông 亡 忘 忙 蒙 朦 芒 痝 矇 駹 艨(bông)
6. bóng
7. bōng 望 夢 妄 墓
8. bo̍k 撲 莫 寞 穆 幕 睦 目 木 沐

## bu

1. bu 埊
2. bú 侮 舞 武 母 撫
3. bù
4. buh
5. bû 無 巫 誣 蕪
6. bú
7. bū 務 霧 瞀 督 騖
8. bu̍h

## bui

1. bui 眪
2. búi
3. bùi
4. buih
5. bûi
6. búi
7. būi
8. bu̍ih

## bun

1. bun 吻
2. bún 吻 刎 抆
3. bùn 颬
4. but 鮸 示 笏 沒
5. bûn 文 紋 門 雯 聞 眠
6. bún
7. būn 問 悶 燜 紊 璺
8. bu̍t 勿 粄 物 沒 歿 勃

## cha

1. cha 諸 查
2. chá 早
3. chà 炙 炸 詐 榨
4. chah 紮 袪 炸
5. châ
6. chá
7. chā 昨
8. cha̍h 柵 閘 截

## cha$^{n}$

1. cha$^{n}$ 袈
2. chá$^{n}$
3. chà$^{n}$
4. cha$^{n}$h
5. châ$^{n}$
6. cha$^{n}$
7. chā$^{n}$
8. cha̍$^{n}$h

## chai

1. chai 知 栽 災 齋
2. chái 宰
3. chài 載 再 哉 早
4. chaih
5. châi 才 材 臍 財
6. chái
7. chāi 在
8. cha̍ih

## cham

1. cham 喒 簪
2. chám 斬
3. chàm 趈
4. chap 紮
5. châm
6. chám
7. chām 孱 鏨 站 漸 暫
8. cha̍p 十 什 雜 喋 咂

## chan

1. chan 曾 罾
2. chán 雋
3. chàn 贊 讚 棧
4. chat 節
5. chân 層 劖
6. chán
7. chān 增 殘
8. cha̍t 寔 實

## chang

1. chang 椶 鬃
2. cháng 總
3. chàng 粽
4. chak 齪 唶
5. châng 欉
6. cháng
7. chāng
8. cha̍k 窄 沠

## chau

1. chau 糟 焦 蹧
2. cháu 走 蚤
3. chàu 奏 灶
4. chauh
5. châu 巢 剿
6. cháu
7. chāu 找 噍
8. cha̍uh

## che

1. che 災 劑 渣
2. ché 姊 眥
3. chè 祭 制 晬 瘵 際 濟 製 債
4. cheh 節 仄 績
5. chê 齊

6. ché
7. chē 鮆 濟 坐 些 寨 砦
8. che̍h 絕

### che$^n$

1. che$^n$ 爭
2. ché$^n$ 井
3. chè$^n$ 諍
4. che$^n$h
5. chê$^n$
6. ché$^n$
7. chē$^n$
8. che̍$^n$h

### cheng

1. cheng 爭 掙 精 晴 征 徵 曾 鐘 鍾 畜 衝 舂 憎 僧 增 貞 偵 旌 烝 蒸 甑
2. chéng 種 腫 井 掌 整
3. chèng 正 症 政 諍 證 証 種 衆
4. chek 叔 稷 燭 即 則 積 責 厈 仄 脊 嘖 促 績 蹟 迹 跡
5. chêng 前 情 晴
6. chéng
7. chēng 增 淨 從 靜 靖
8. che̍k 賊 寂 籍 藉

### chi

1. chi 之 芝 巵 支 肢
2. chí 紫 子 旨 指 只 止 咫 脂 址 祉 姊 姉 紙 趾 煮
3. chì 志 誌 至
4. chih 際 摺 恣
5. chî 糍 餈 鶿 薯 藷
6. chí
7. chī 巳 舐
8. chi̍h 折 舌

### chi$^n$

1. chi$^n$ 睜 爭 晶 精 掙
2. chí$^n$ 茈 井
3. chì$^n$ 諍 箭 擠 炙
4. chi$^n$h
5. chî$^n$ 簷 錢
6. chí$^n$
7. chī$^n$ 舐
8. chi̍$^n$h

### chia

1. chia 者
2. chiá 者 姐
3. chià 者 蔗 炙 嗟 鷓
4. chiah 隻 跡 脊 藉 且
5. chiâ 誰
6. chiá
7. chiā 謝
8. chia̍h 食 吃

### chia$^n$

1. chia$^n$ 精 正
2. chiá$^n$ 飷
3. chià$^n$ 正
4. chia$^n$h
5. chiâ$^n$ 成 情
6. chiá$^n$
7. chiā$^n$ 伩
8. chià$^n$h

### chiam

1. chiam 尖 詹 瞻 針 簪 占 鍼 箴
2. chiám 嶄
3. chiàm 占 佔
4. chiap 接 睫 汁
5. chiâm
6. chiám
7. chiām 漸 暫
8. chia̍p 捷

### chian

1. chian 煎 旃 戔 箋
2. chián 餞 剪 戩 踐
3. chiàn 戰 顫 箭 薦
4. chiat 節 折 櫛 浙
5. chiân 前
6. chián
7. chiān 賤
8. chia̍t [illegible] 捷 截 睫

### chiang

1. chiang 章 漳 彰 將
2. chiáng 掌 獎 長
3. chiàng 將 衆 障 瘴
4. chiak
5. chiâng
6. chiáng
7. chiāng
8. chia̍k

### chiau

1. chiau 招 昭 超 礁 焦 蕉 椒
2. chiáu 沼 鳥 屌
3. chiàu 詔 照
4. chiauh
5. chiâu 齊
6. chiáu
7. chiāu 噍
8. chia̍uh

### chim

1. chim 今 呫 箴 斟 揕
2. chím 枕 鈂 嬸
3. chìm 浸
4. chip 執
5. chîm 蟳
6. chím
7. cīm
8. chip 集

### chin

1. chin 眞 甄 升
2. chín 振 賑 疹 診 震 拯 畛
3. chìn 進 晉 搢 症 證
4. chit 織 桎 鯽 蛭 躓 窒 即 質 脊
5. chîn 秦 繩
6. chín
7. chīn 盡
8. chi̍t 疾 一

### chio

1. chio 招 蕉 椒
2. chió 少
3. chiò 醮 照

4. chioh 借 績 焟
5. chiô
6. chió
7. chiō 就
8. chio̍h 石

### chiong

1. chiong 章 終 鐘 將 種
2. chióng 種
3. chiòng 將 衆
4. chiok 祝 妁 酌 芍 足 爵 促
5. chiông 從
6. chióng
7. chiōng 狀
8. chio̍k

### chiu

1. chiu 周 週 珠 眾 州 洲 舟
2. chiú 酒 守
3. chiù 咒 蛀
4. chiuh
5. chiû
6. chiú
7. chiū 就
8. chiu̍h

### chiu$^n$

1. chiu$^n$ 章 樟 獎 蟾
2. chíu$^n$ 槳 掌 䓍
3. chìu$^n$ 醬
4. chiu$^n$h
5. chîu$^n$
6. chíu$^n$
7. chīu$^n$ 上 癢
8. chiu̍$^n$h

### chng

1. chng 粧 庄 莊 賍 唑 磚
2. chńg 掌 鑽
3. chǹg
4. chngh
5. chn̂g 全
6. chńg
7. chn̄g 狀 舐 䑛 吮 旋
8. chn̍gh

### cho

1. cho 懵 遭
2. chó 棗 早 左 佐
3. chò 做
4. choh
5. chô 曹 漕 槽 艚
6. chó
7. chō 坐 座 擠
8. cho̍h

### cho·

1. cho· 鄒 芻 組 租 趨
2. chó· 祖 走 阻
3. chò· 奏
4. cho·h
5. chô· 助
6. chó·
7. chō·
8. cho̍·h

### choa

1. choa 抓
2. choá 紙
3. choà 泏
4. choah
5. choâ 蛇 淘 誰
6. choá
7. choā 詛 組 縒
8. choa̍h

### choa$^n$

1. choa$^n$ 煎
2. choá$^n$ 怎 盞
3. choà$^n$ 炙
4. choa$^n$h
5. choâ$^n$ 泉 殘
6. choá$^n$
7. choā$^n$ 賤 濺
8. choa̍$^n$h

### choai$^n$

1. choai$^n$
2. chóai$^n$
3. chòai$^n$
4. choai$^n$h
5. chôai$^n$
6. chóai$^n$
7. chōai$^n$ 揮
8. cho̍ai$^n$h

### choan

1. choan 耑 顓 專 磚
2. choán 轉 賺
3. choàn
4. choat 泏 拙 攝
5. choân 全 泉
6. choán
7. choān 栓 饌
8. choa̍t 絕

### chong

1. chong 宗 莊 妝 粧 裝 踪 蹤 棕 綜 贓 賍
2. chóng 總
3. chòng 壯 葬 粽 糉
4. chok 作
5. chông 蹌 藏 臧 崇
6. chóng
7. chōng 臟 狀
8. cho̍k 簇 戳 怍 鏃

### chu

1. chu 朱 茱 珠 硃 諸 緇 資 滋 疽 書 咨 諮 茲 侏 姿
2. chú 子 主 煮 仔 梓 楮
3. chù 鑄 注 註 炷
4. chuh 淬
5. chû 慈 薯 藷 怚 磁 瓷 咻
6. chú
7. chū 住 駐 字 聚 堅 自
8. chu̍h 沮 垈

### chui

1. chui 隹 嫛 腄 錐 椎 騅
2. chúi 水
3. chùi 醉
4. chuih
5. chûi 剉 誰
6. chúi
7. chūi
8. chu̍ih

### chun

1. chun 尊 遵 樽 顫
2. chún 准 準 撙
3. chùn 俊 駿 圳 顫 戰
4. chut 卒
5. chûn 船 存

6. chhún
7. chhūn 陣 梭 鏇
8. chhu̍t 秫 捽 悴

## chha

1. chha 差
2. chhá 吵 談 炒
3. chhà
4. chhah 鍤 插 叉
5. chhâ 柴 查
6. chhá
7. chhā 沞
8. chha̍h

## chhai

1. chhai 猜 千
2. chhái 采 彩 綵 採
3. chhài 菜
4. chhaih
5. chhâi 才 栽 裁
6. chhái
7. chhāi 栽 傳
8. chhai̍h

## chham

1. chham 參
2. chhám 慘
3. chhàm 讖 懺
4. chhap 挿 涌
5. chhâm 讒 蠶
6. chhám
7. chhām
8. chha̍p 咂

## chhan

1. chhan 孱 潺 餐
2. chhán
3. chhàn 粲 燦
4. chhat 漆 察 擦
5. chhân 殘 田
6. chhán
7. chhān
8. chha̍t 賊

## chhang

1. chhang 葱
2. chháng
3. chhàng 潛 藏 髻
4. chhak
5. chhâng
6. chháng
7. chhāng
8. chha̍k 鑿

## chhau

1. chhau 操 抄
2. chháu 跴 草
3. chhàu 臭
4. chhauh
5. chhâu 擳
6. chháu
7. chhāu
8. chhau̍h

## chhe

1. chhe 叉 初 妻 差 吹 炊 萋 棲 鎈
2. chhé 縒 紕 扯 髓
3. chhè 脆 刷 粽 廁
4. chheh 册 慼 慽
5. chhê 箠
6. chhé
7. chhē 坐 戧〔歘〕
8. chhe̍h 積

## chhe$^n$

1. chhe$^n$ 生 星 青 菁
2. chhé$^n$ 醒
3. chhè$^n$ 腥
4. chhe$^n$h
5. chhê$^n$
6. chhé$^n$
7. chhē$^n$
8. chhe̍$^n$h

## chheng

1. chheng 清 稱 千 蜻 青
2. chhéng 請 筅 逞
3. chhèng 秤 銃 滕 搶 蒸
4. chhek 策 戚 側 惻 尺 赤 粟 觸
5. chhêng 松 榕
6. chhéng
7. chhēng 穿
8. chhe̍k 踔

## chhi

1. chhi 蚩 鰓 蛆 妻 茨
2. chhí 取 鼠 齒
3. chhì 刺 翅 試 處
4. chhih
5. chhî 徐 持 漇 癡 痴 嗤
6. chhí
7. chhī 市 飼 胥
8. chhi̍h

## chhi$^n$

1. chhi$^n$ 星 生 青 鮮 菁
2. chhí$^n$ 醒
3. chhì$^n$ 腥
4. chhi$^n$h
5. chhî$^n$
6. chhí$^n$
7. chhī$^n$
8. chhi̍$^n$h

## chhia

1. chhia 奢 車 奓
2. chhiá
3. chhià
4. chhiah 赤 刺
5. chhiâ 斜
6. chhiá
7. chhiā
8. chhia̍h

## chhia$^n$

1. chhia$^n$ 笡
2. chhiá$^n$ 且 請
3. chhià$^n$ 倩
4. chhia$^n$h
5. chhiâ$^n$ 成
6. chhiá$^n$
7. chhhiā$^n$
8. chhia̍$^n$h

## chhiam

1. chhiam 籤 簽 僉 纖
2. chhiám 潛 扦
3. chhiàm 僭
4. chhiap 妾 竊
5. chiâm
6. chhiám
7. chhhiām
8. chhia̍p 喋 眨 睫

## chhian

1. chhian 千 阡 遷
2. chhián 淺
3. chhiàn
4. chhiat 切
5. chhiân 遷 錢
6. chhián
7. chhiān 筌
8. chhia̍t 踋

## chhiang

1. chhiang 槍 昌 菖 猖

2. chhiáng 廠 敞
3. chhiàng 唱
4. chhiak 雀
5. chhiâng 戕 腸 場 償 冲 娼 薔 牆
6. chhiáng
7. chhiāng 蹌 蹩 悤 淌
8. chhia̍k 雀

## chhiau

1. chhiau 抄 超
2. chhiáu 佻 悄
3. chhiàu 笑
4. chhiauh
5. chhiâu 捎
6. chhiáu
7. chhiāu
8. chhia̍uh

## chhim

1. chhim 深 侵
2. chhím 纔 寢
3. chhìm
4. chhip 輯 緝 竊 湒 膝
5. chhîm 尋 鐔
6. chhím
7. chhīm
8. chhip

## chhin

1. chhin 親
2. chhín
3. chhìn 稱 秤 信 清 疹
4. chhit 七 漆 策
5. chhîn
6. chhín
7. chhīn
8. chhi̍t

## chhio

1. chhio 腒 峭 鵤
2. chhío
3. chhìo 笑
4. chhioh 尺 泥
5. chhîo
6. chhío
7. chhīo 照
8. chhi̍oh 蓆

## chhiong

1. chhiong 充 冲 衝 昌 娼
2. chhióng 廠
3. chhiòng 唱
4. chhiok 捉 尺 雀 促 綽
5. chhiông 場 腸 薔 牆
6. chhióng
7. chhiōng
8. chhio̍k 觸 淖

## chhiu

1. chhiu 秋 鬚 羞 昭 鞦
2. chhiú 手 首
3. chhiù
4. chhiuh
5. chhiû 揪 愁
6. chhiú
7. chhiū 樹
8. chhi̍uh

## chhiu$^{n}$

1. chhiu$^{n}$ 槍 鯧
2. chhiú$^{n}$ 廠 搶
3. chhiù$^{n}$ 唱
4. chhiu$^{n}$h
5. chhiû$^{n}$ 牆
6. chhiú$^{n}$
7. chhiū$^{n}$ 象 相 匠 像 上
8. chhi̍u$^{n}$h

## chhng

1. chhng 穿 川 倉 艙 瘡
2. chhńg 吮 鬢
3. chhǹg 串 擤
4. chhngh
5. chhn̂g 床
6. chhńg
7. chhn̄g
8. chhn̍gh

## chho

1. chho 臊 藻 澡 磋 蹉 操 嵯
2. chhó 草
3. chhò 剉 糙 操 挫 杲 噪 譟 錯
4. chhoh 譟 嗟
5. chhô
6. chhó
7. chhō
8. chho̍h

## chho͘

1. chho͘ 初 粗
2. chhó͘ 楚 礎
3. chhò͘ 措 醋
4. chho͘h
5. chhô͘
6. chhó͘
7. chhō͘
8. chho̍͘h

## chhoa

1. chhoa
2. chhoá 聚
3. chhoà 滲 蔡
4. chhoah 掇 剟 泏 姐
5. chhoâ
6. chhoá
7. chhoā 娶 悉 斜
8. chhoa̍h

## chhoa$^{n}$

1. chhoa$^{n}$ 箋
2. chhoá$^{n}$
3. chhoà$^{n}$ 閂 闖 篡
4. chhoa$^{n}$h
5. chhoâ$^{n}$
6. chhoá$^{n}$
7. chhoā$^{n}$
8. chhoa̍$^{n}$h

## chhoan

1. chhoan 川 村 穿 圳
2. chhoán 喘
3. chhoàn 篡 串 闖 竄 攛
4. chhoat
5. chhoân 詮 痊
6. chhoán
7. chhhoān
8. chhoa̍t

## chhoe

1. chhoe 炊 吹
2. chhóe 髓
3. chhòe 脆 刷 粽
4. chhoeh
5. chhôe 箠
6. chhóe
7. chhōe 戧 㩣
8. chho̍eh

## chhong

1. chhong 倉 蒼 滄 窗 怱 葱 聰
2. chhóng

3. chhòng 創
4. chhok 觸 簇
5. chhông 床 牀
6. chhóng
7. chhōng
8. chho̍k 鑿

## chhu

1. chhu 泚 趄 趨 蛆 樞 箸
2. chhú 取 此 鼠 杵 娶 吡
3. chhù 此 次 庛 趣 厝 佽 廚 次 庛 處
4. chhuh 眵 焠
5. chhû 疵
6. chhú
7. chhū 趄 嗾
8. chhu̍h 沮 赼 嗾

## chhui

1. chhui 崔 催 吹 炊
2. chhúi 揣 摧 髓 髓
3. chhùi 翠 粹 碎 脆 啐 嘴 喙 咀
4. chhuih
5. chhûi 推
6. chhúi
7. chhūi
8. chhuih

## chhun

1. chhun 春 偆 伸 鶉
2. chhún 惷 蠢 忖 舛
3. chhùn 寸 吋
4. chhut 齣 出
5. chhûn 存
6. chhún
7. chhūn
8. chhu̍t

## e

1. e 挨 萵 鍋
2. é 痖 啞 倭 矮
3. è 裔 瞖 穢
4. eh 厄 噎 唉
5. ê 個 的 鞋 吓
6. é
7. ē 下 會
8. e̍h 隘 穭 唯

## e$^n$

1. e$^n$ 嬰
2. é$^n$
3. è$^n$
4. e$^n$h
5. ê$^n$
6. é$^n$
7. ē$^n$
8. e̍$^n$h

## eng

1. eng 英 鷹 櫻 鶯 癰 块
2. éng 永 泳 湧 影
3. èng 應 壅
4. ek 益 溢 憶 億 臆 鎰 扼 厄
5. êng 榮 閒 閑 盈 贏 螢 營
6. éng
7. ēng 用 詠 泳
8. e̍k 亦 奕 浴 易 役 疫 液 腋 掖 域 繹 驛 翌 晝

## ga

1. ga
2. gá
3. gà
4. gah
5. gâ 牙 芽 衙
6. gá
7. gā 迓 訝
8. gah

## ga$^n$

1. ga$^n$ 啞
2. gá$^n$ 雅
3. gà$^n$
4. ga$^n$h
5. gâ$^n$
6. gá$^n$
7. gā$^n$ 訝
8. ga̍$^n$h

## gai

1. gai
2. gái
3. gài
4. gaih
5. gâi 獃 崖 涯 皚 剴
6. gái
7. gāi 礙 捱 艾 碍
8. ga̍ih

## gam

1. gm 崟
2. gám 眼 坎
3. gàm
4. gap 哈
5. gâm 喦 岩 巖 癌
6. gám
7. gām 譀 憨
8. ga̍p

## gan

1. gan
2. gán 眼
3. gàn 滲
4. gat
5. gân 言
6. gán
7. gān 雁 顏 岸 贗
8. ga̍t

## gang

1. gang
2. gáng
3. gàng
4. gak
5. gâng
6. gáng
7. gāng 卬
8. ga̍k 岳 獄 嶽 樂

## gau

1. gau
2. gáu
3. gàu
4. gauh
5. gâu 佼
6. gáu
7. gāu
8. ga̍uh

## ge

1. ge 挩
2. gé 鬩 睨
3. gè 嚙 譄
4. geh
5. gê 牙 衙 睨

軛 芽 霓

6. gé

7. gē 詣 羿 藝 毅

8. ge̍h

## geng

1. geng
2. géng 研 眼
3. gèng
4. gek
5. gêng 凝 迎 龍
6. géng
7. gēng
8. ge̍k 虐 瘧 逆 玉 獄

## gi

1. gi 哏
2. gí 語 擬
3. gì
4. gih
5. gî 宜 儀 疑 寓 愚 魚 漁
6. gí
7. gī 義 議 卸 禦
8. gi̍h

## gia

1. gia
2. giá
3. già
4. giah 攑
5. giâ 鵝 迎 舉 夯 蜈
6. giá
7. giā
8. gia̍h 額

## giam

1. giam
2. giám 儼 棽
3. giàm 厭
4. giap 夾
5. giâm 閻 嚴 巖
6. giám
7. giām 驗
8. gia̍p 業 挾

## gian

1. gian 妍
2. gián 研
3. giàn 鰜 癮 憖
4. giat 囓 臬 蠍 蘖
5. giân 言
6. gián
7. giān 硬
8. gia̍t 孽

## giang

1. giang 鈃 妍
2. giáng 仰
3. giàng 齴
4. giak
5. giâng
6. giáng
7. giāng
8. gia̍k

## gim

1. gim 棽
2. gím 錦 吟
3. gìm 疹
4. gip
5. gîm 吟 坅
6. gím
7. gīm 扲
8. gi̍p

## gin

1. gin
2. gín 囡
3. gìn
4. git
5. gîn 銀 睨
6. gín
7. gīn 恨
8. gi̍t

## gio

1. gio
2. gió 嬈
3. giò
4. gioh
5. giô 蟯 譊 玉
6. gió
7. giō 蕃
8. gio̍h

## giong

1. giong
2. gióng 仰
3. giòng
4. giok
5. giông 強
6. gióng
7. giōng
8. gio̍k

## go

1. go
2. gó
3. gò
4. goh
5. gô 訛 鵝 鼇 翱 敖 遨 熬 嗷 娥 俄 囂
6. gó
7. gō 餓 臥
8. go̍h

## go͘

1. go͘
2. gó͘
3. gò͘
4. go͘h
5. gô͘ 吳 吾 我 梧
6. gó͘
7. gō͘ 五 誤 伍 蜈
8. go̍͘h

## goa

1. goa
2. góa 我
3. gòa
4. goah
5. gôa 若
6. góa
7. gōa 外
8. goa̍h 嚄

## goan

1. goan
2. goán 阮 玩 頑
3. goàn
4. goat
5. goân 元 原 源
5. goán
7. goān 願 愿
8. goa̍t 月 軏

## goe

1. goe
2. góe
3. gòe
4. goeh
5. gôe
6. góe
7. gōe
8. goe̍h 月 挾

## gong

1. gong
2. góng 昂
3. gòng
4. gok

5. gông 悅
6. góng
7. gōng 戇 㤮
8. go̍k 鱷 鰐 萼 愕 鶚 噩 鶻 諤

### gu

1. gu
2. gú 語
3. gù
4. guh
5. gû 牛 愚
6. gú
7. gū 遇
8. gu̍h

### gui

1. gui
2. gúi
3. gùi
4. guih
5. gûi 危 巍
6. gúi
7. gūi 魏
8. gu̍ih

### gun

1. gun
2. gún 阮
3. gùn
4. gut
5. gûn
6. gún
7. gūn
8. gu̍t

### ha

1. ha 哈 嘘
2. há 唉
3. hà 孝
4. hah 呼 嚇
5. hâ 瑕 縖 暇 遐
6. há
7. hā 下 夏 嗶
8. ha̍h 哈 箬

### ha$^{n}$

1. ha$^{n}$ 哈
2. há$^{n}$ 哄
3. hà$^{n}$ 烘 向
4. ha$^{n}$h
5. hâ$^{n}$ 懸 嚇
6. há$^{n}$
7. hā$^{n}$ 評 哈 跬 泛
8. ha̍$^{n}$h

### hai

1. hai 奒 咍
2. hái 海 嗐
3. hài
4. haih
5. hâi 孩 骸 諧 頦 械 駭 亥
6. hái
7. hāi 亥 壞 害 邂 劾
8. ha̍ih

### hai$^{n}$

1. hai$^{n}$ 咳
2. hái$^{n}$
3. hài$^{n}$ 孩
4. hai$^{n}$h
5. hâi$^{n}$ 還
6. hái$^{n}$
7. hāi$^{n}$ 唉
8. ha̍i$^{n}$h

### ham

1. ham 答 顧 胮 頇
2. hám 撼
3. hàm 顑 泛
4. hap 哈 詥
5. hâm 咸 函 涵 含 銜 緘
6. hám
7. hām 陷
8. ha̍p 合

### han

1. han 頇
2. hán 罕 喊
3. hàn 漢
4. hat 褐 豁 喝 轄
5. hân 韓 閑 閒 寒 還 玄 樊 邯
6. hán
7. hān 翰 汗 限 旱
8. ha̍t 核 乏 轄 脅

### hang

1. hang 魴 烘
2. háng 哄
3. hāng 疭 脝
4. hak 劃
5. hâng 航 杭 筕 行 降
6. háng
7. hāng 項 巷
8. ha̍k 學 礐

### haū

1. hau 殽 囂
2. háu 哮 吼
3. hàu 孝
4. hauh
5. hâu 侯 好 候
6. háu
7. hāu 校 黌 效
8. ha̍uh

### hau$^{n}$

1. hau$^{n}$
2. háu$^{n}$
3. hàu$^{n}$
4. hau$^{n}$h
5. hâu$^{n}$ 熬 淆
6. háu$^{n}$
7. hāu$^{n}$
8. ha̍u$^{n}$h

### he

1. he 灰 盻 許 疨
2. hé 奚 火 伙
3. hè 貨
4. heh 嚇 歇 嚄
5. hê 携 奚 霞 蝦 繫 呀
6. hé
7. hē 夏 系 係 繫 下 會 蟹
8. he̍h

### he$^{n}$

1. he$^{n}$
2. hé$^{n}$
3. hè$^{n}$ 哼
4. he$^{n}$h
5. hê$^{n}$
6. hé$^{n}$
7. hē$^{n}$
8. he̍$^{n}$h

### heng

1. heng 兄 胸 興
2. héng 悻
3. hèng 興
4. hek 黑 赫 嚇 劾

5. hêng 衡 橫 刑 形 恆 雄 型 話 還
6. héng
7. hēng 幸 莧 荇 查 行 睍
8. he̍k 或 馘 獲 惑

### hi

1. hi 希 稀 虛 喜 嬉 犧 羲
2. hí 許 喜
3. hì 戲 肺
4. hih
5. hî 魚
6. hí
7. hī 耳
8. hi̍h

### hi$^{n}$

1. hi$^{n}$ 譆 唏
2. hí$^{n}$
3. hì$^{n}$ 孩
4. hi$^{n}$h
5. hî$^{n}$ 歔
6. hí$^{n}$
7. hī$^{n}$ 耳 硯
8. hi̍$^{n}$h

### hia

1. hia 桸 靴 街 許
2. hiá
3. hià
4. hiah 許
5. hiâ
6. hiá
7. hiā 瓦 蚯
8. hia̍h 額

### hia$^{n}$

1. hia$^{n}$ 兄
2. hiá$^{n}$ 哯 炫
3. hià$^{n}$ 掀
4. hia$^{n}$h 攇 嚇 向
5. hiâ$^{n}$ 焚
6. hiá$^{n}$
7. hiā$^{n}$ 艾
8. hia̍h

### hiam

1. hiam 馦
2. hiám 險
3. hiàm 喊
4. hiap
5. hiâm 嫌
6. hiám
7. hiām
8. hia̍p 協 脅 挾 葉 脇

### hian

1. hian 軒 掀
2. hián 顯 哯
3. hiàn 憲 羶 獻 讞 絢
4. hiat 血 抗
5. hiân 玄 弦 絃 痃 舷 泫 賢 懸
6. hián
7. hiān 現
8. hia̍t 穴

### hiang

1. hiang 香 鄉
2. hiáng 亨 享 饗 響
3. hiàng 嚮 餉 向
4. hiak
5. hiâng
6. hiáng
7. hiāng
8. hia̍k

### hiau

1. hiau 梟 僥 徼 驍 邀
2. hiáu 曉
3. hiàu 僥 嬈
4. hiauh
5. hiâu 嫐
6. hiáu
7. hiāu
8. hia̍uh

### him

1. him 忻 訢 欣 廞
2. hím
3. hìm 焮
4. hip 翕
5. hîm 熊
6. hím
7. hīm 噤
8. hi̍p

### hin

1. hin 興
2. hín
3. hìn
4. hit 彼
5. hîn 眩 暈
6. hín
7. hīn 恨
8. hi̍t

### hio

1. hio
2. hió 否
3. hiò 否 翹
4. hioh 歇 翹
5. hiô 侯
6. hió
7. hiō 着 后 雨 後
8. hio̍h 葉 著 鴞

### hiong

1. hiong 香 凶 兇 胸 匈 鄉 向
2. hióng 享 向
3. hiòng 餉
4. hiok 旭 郁 彧 畜 蓄 頊
5. hiông 雄 熊 兇
6. hióng
7. hiōng
8. hio̍k

### hiu

1. hiu 休 咻
2. hiú 朽
3. hiù 嗅 醜 沭
4. hiuh
5. hiû 裘
6. hiú
7. hiū
8. hiu̍h

### hiu$^{n}$

1. hiu$^{n}$ 香 鄉
2. hiú$^{n}$
3. hiù$^{n}$
4. hiu$^{n}$h 咻
5. hiû$^{n}$
6. hiú$^{n}$
7. hiū$^{n}$ 芒
8. hiu̍$^{n}$h

### hm

1. hm
2. hḿ 哼
3. hm̀ 啈
4. hmh 吁 搵
5. hm̂ 茅 媒
6. hḿ
7. hm̄ 不 噤
8. hm̍h

## hng

1. hng 方 坊 昏 荒
2. hńg 哼
3. hǹg 吽
4. hngh
5. hn̂g 何 園
6. hńg 圂 黃
7. hn̄g 遠
8. hn̍gh

## ho

1. ho 焅 炣
2. hó 好
3. hò 好
4. hoh
5. hô 禾 和 毫 豪 壕 河 何 荷
6. hó
7. hō 賀 號 禍 鶴 浩 昊 皓
8. ho̍h

## ho͘

1. ho͘ 呼 滹
2. hó͘ 虎 琥 滸
3. hò͘ 否 戽 合 互
4. ho͘h
5. hô͘ 胡 糊 葫 鬍 狐 侯 蝴 荷 滹 滬 猴
6. hó͘
7. hō͘ 后 後 雨 厚 戶 互 護 給 俥 被 乎
8. ho̍͘h

## ho͘$^{n}$

1. ho͘$^{n}$ 嗃
2. hó͘$^{n}$ 火
3. hò͘$^{n}$ 好
4. ho͘$^{n}$h 歟 否
5. hô͘$^{n}$ 嘷 鼾
6. hó͘$^{n}$
7. hō͘$^{n}$ 嗚
8. ho̍͘$^{n}$h

## hoa

1. hoa 花 華 譁 化
2. hoá
3. hoà 化
4. hoah 叱 喝 滑
5. hoâ 和 華
6. hoá
7. hoā 劃 踳 譁 畫 話
8. hoa̍h 踳 活

## hoa$^{n}$

1. hoa$^{n}$ 歡 嚾
2. hóa$^{n}$ 晃 幻
3. hòa$^{n}$
4. hoa$^{n}$h
5. hôa$^{n}$ 鼾 橫
6. hóa$^{n}$
7. hōa$^{n}$h 劃 岸 銲
8. hoa̍$^{n}$h

## hoai

1. hoai
2. hoái
3. hoài
4. hoaih
5. hoâi 懷 尩 槐 淮
6. hoái
7. hoāi 壞
8. hoa̍ih

## hoai$^{n}$

1. hoai$^{n}$ 摃
2. hoái$^{n}$ 吽
3. hoài$^{n}$
4. hoai$^{n}$h
5. hoâi$^{n}$ 橫 菮
6. hoái$^{n}$
7. hoāi$^{n}$
8. hoa̍i$^{n}$h

## hoan

1. hoan 歡 讙 驩 吩 番 旛 蕃 翻
2. hoán 反 返
3. hoàn 販 喚 煥 渙 氾 汎 泛 幻
4. hoat 法 髮 發
5. hoân 亘 垣 桓 礬 煩 繫 還 圜
6. hoán
7. hoān 犯 患 範 飯 宦 范
8. hoa̍t 罰 伐 活 乏 閥 發

## hoe

1. hoe 花 灰
2. hóe 火 伙 夥 悔 佪 賄
3. hòe 誨 悔 貨 廢 歲
4. hoeh 血
5. hôe 回 和 摃
6. hóe
7. hōe 會 匯 繪
8. hoe̍h

## hong

1. hong 風 封 方 芳 豐 瘋 荒 峰 蜂 鋒
2. hóng 訪 況 仿 倣 紡 彷 髣 恍 晃
3. hòng 況 放
4. hok 福 蝠 霍
5. hông 鴻 防 妨 逢 蓬 皇 黃 洪 紅 虹 磺 癀 蝗 惶 弘 逢 凰
6. hóng
7. hōng 鳳 奉 俸 哄 烘 黃 汞
8. ho̍nk 復 覆 腹 愎 蝮 複 服 伏 茯 袱 栿

## hu

1. hu 夫 灰 麩 膚 俘 虛 墟
2. hú 甫 脯 敷 斧 府 腐 腑 簠 俯 許 輔
3. hù 傅 付 附 副 富 赴 訃 賦 咐
4. huh
5. hû 凫 芙 魚 符 扶 蜉
6. hú
7. hū 父 婦 負 鮒
8. hu̍h

## hui

1. hui 飛 妃 斐
蜚 霏 輝
暉
2. húi 誹 毀 匪
菲 翡
3. hùi 費 癈 廢
諱 卉 肺
4. huih 血
5. hûi 肥 磁 瓷
6. húi
7. hūi 惠 慧 吠
彗
8. hu̍ih

### hui$^{n}$

1. hui$^{n}$ 荒
2. húi$^{n}$
3. hùi$^{n}$
4. hui$^{n}$h
5. hûi$^{n}$ 横 還
6. húi$^{n}$
7. hūi$^{n}$ 晛
8. hu̍i$^{n}$h

### hun

1. hun 分 吩 芬
紛 昏 婚
燻 熏 煙
勳 薰
2. hún 粉
3. hùn 憤 訓 楥
奮
4. hut 笏 惚 彿
忽 拂 沸
5. hûn 魂 雲 焚
渾 塰 痕
6. hún
7. hūn 份 恨 混
暈
8. hu̍t 核 佛 怫

### i

1. i 伊 依 倚
衣 醫
2. í 以
3. ì 意 瞖 饐
4. ih
5. î 夷 移 姨
頤
6. í
7. ī 異 易 預
8. i̍h

### i$^{n}$

1. i$^{n}$
2. í$^{n}$ 芛 蘗 燕
3. ì$^{n}$
4. i$^{n}$h
5. î$^{n}$ 圓
6. í$^{n}$
7. ī$^{n}$
8. i̍$^{n}$h

### ia

1. ia 埃 耶
2. iá 冶 埜 野
3. ià 厭
4. iah 撓 映 皿
焱
5. iâ 爺 耶 椰
6. iá
7. iā 夜 也
8. ia̍h 易 役 亦
曷 驛 蝶
瘍 疫

### ia$^{n}$

1. ia$^{n}$ 泱 纓
2. iá$^{n}$ 影
3. ià$^{n}$
4. ia$^{n}$h
5. iâ$^{n}$ 羸 嬴 營
6. iá$^{n}$
7. iā$^{n}$ 颺 映
8. ia̍$^{n}$h

### ian

1. ian 眩 煙 烟
焉 嫣 鶴
咽 淵
2. ián 偃 堰 演
3. iàn 慳 燕
4. iat
5. iân 緣 延 捐
鉛 筵 蝝
椽 沿 莞
涎 眩 鳶
6. ián
7. iān
8. ia̍t

### iang

1. iang 央 殃 秧
泱
2. iáng 養
3. iàng
4. iak 約
5. iâng 羊 陽 揚
洋 煬 楊
6. iáng
7. iāng 恙 養 癢
8. ia̍k 藥 躍 鑰

### iau

1. iau 夭 妖 枵
邀
2. iáu 猶 窈
3. iàu 要
4. iauh
5. iâu 謠 遙 姚
耀
6. iáu
7. iāu
8. iau̍h

### im

1. im 滲 淹 音
陰
2. ím 飲
3. ìm 蔭 廕 醅
窨
4. ip 揖 邑 悒
挹 熠
5. îm 霪 媱 淫
6. ím
7. īm
8. i̍p

### in

1. in 侀 恁 因
絪 恩
2. ín 允 引
3. ìn 應 印
4. it 一 壹 乙
忔 越
5. în 寅
6. ín
7. īn 孕 應 胤
8. i̍t 逸 佮 佚
軼

### io

1. io 么 腰 育
2. ió 養 舀 挹
漾 毆
3. iò
4. ioh 約 喲 唷
蚼
5. iô 搖 窰 謠
6. ió
7. iō
8. io̍h 藥 鑰

### iong

1. iong 央 殃 雍
邕 鞅 鳶
2. ióng 勇 湧 養
俑 踊 躍
擁
3. iòng 佣
4. iok 約

5. iông 容 蓉 楊 羊 庸 傭 陽 洋 煬 瘍 融 溶 鎔 熔 漾
6. ióng
7. iōng 用 恙 癢 痒
8. io̍k 藥 鑰 欲 慾 浴 躍 育 翼 籲

## iu

1. iu 攸 悠 幽 優 憂 釉
2. iú 酉 友 有 誘
3. iù 幼
4. iuh
5. iû 由 郵 酋 猷 揄 猶 遊 尤 油
6. iú
7. iū 賄 右 又 柚 佑 宥 囿
8. iu̍h

## iu$^{n}$

1. iu$^{n}$ 鴦 蚴 養
2. iú$^{n}$ 舀 挹 養
3. iù$^{n}$
4. iu$^{n}$h
5. iû$^{n}$ 羊 洋 溶 鎔 陽 油
6. iú$^{n}$
7. iū$^{n}$ 樣
8. iu̍$^{n}$h

## ji

1. ji
2. jí 子 汝 爾 愈 耳 乳
3. jì
4. jih
5. jî 兒 如 茹 而 儒 愉 孺
6. jí
7. jī 二 廿 字 揄 裕 餌 喻 諭
8. ji̍h

## jia

1. jia 遮
2. jiá 惹
3. jià
4. jiah 跡
5. jiâ
6. jiá
7. jiā
8. jia̍h

## jiam

1. jiam
2. jiám 冉 染
3. jiàm
4. jiap
5. jiâm
6. jiám
7. jiām
8. jia̍p 廿

## jian

1. jian
2. jián
3. jiàn
4. jiat
5. jiân 然 燃
6. jián
7. jiān
8. jia̍t 熱

## jiau

1. jiau
2. jiáu 爪 擾
3. jiàu 抓 縐
4. jiauh
5. jiâu 皺 蟯 饒
6. jiáu
7. jiāu
8. jia̍uh

## jim

1. jim
2. jím 忍 荏 衽 飪
3. jim 衽 飪
4. jip 入
5. jîm 撏
6. jím
7. jīm 壬 任 認
8. ji̍p

## jin

1. jin 人
2. jín
3. jìn
4. jit
5. jîn 仁
6. jín
7. jīn 認
8. ji̍t 日

## jio

1. jio
2. jió
3. jiò
4. jioh
5. jiô
6. jió
7. jiō 尿
8. jio̍h

## jiong

1. jiong
2. jióng 壤 嚷
3. jiòng
4. jiok 促 逐
5. jiông 戎 絨 茸 仍
6. jióng
7. jiōng 讓 釀 孃
8. jio̍k 肉 弱 辱 褥 搙 若

## jiu

1. jiu
2. jiú
3. jiù
4. jiuh
5. jiû 柔 揉 魷
6. jiú
7. jiū
8. jiu̍h

## joa

1. joa
2. joá
3. joà
4. joah
5. joâ
6. joá
7. joā 苦
8. joa̍h 熱

## joe

1. joe
2. jóe
3. jòe
4. joeh
5. jôe 挼
6. jóe
7. jōe 銳 芮 叡
8. jo̍eh

## ju

1. ju
2. jú 乳 愈
3. jù

4. ju̍h

5. jû 兪 逾 踰
愉 茹 臾
覦 儒

6. jű

7. jū 諭 裕

8. ju̍h

## jun

1. jun

2. jún

3. jùn

4. jut

5. jûn

6. jűn

7. jūn 韌 靭 潤

8. ju̍t

## ka

1. ka 佳 加 家
膠 鉸 袈
迦 笳 嘉
交 鮫 橄
傀 茭 咖
厚

2. ká 豈 絞 假
賈 攪

3. kà 教 酐 到
稼 既 嫁
駕

4. kah 甲 胛 愜
合 介 恰
柙 及 佮
袹 蓋 舺
較

5. kâ

6. ka̋

7. kā 共 咬 共

8. ka̍h 呱

## ka$^{n}$

1. ka$^{n}$ 監

2. ká$^{n}$ 敢 子 囝

3. kà$^{n}$ 酵

4. ka$^{n}$h

5. kâ$^{n}$ 含 拑

6. ka̋$^{n}$

7. kā$^{n}$

8. ka̍$^{n}$h

## kai

1. kai 該 階 偕
皆

2. kái 改

3. kài 解 介 芥
蓋 界 槩
戒

4. kaih

5. kâi 個

6. ka̋i

7. kāi

8. ka̍ih

## kam

1. kam 甘 𥴊 柑
疳

2. kám 感 敢 篏

3. kàm 監 鑑

4. kap 合 鴿 蛤

5. kâm 含

6. ka̋m

7. kām 𥴊

8. ka̍p 詥

## kan

1. kan 肝 矸 竿
菅 艱 間
杆 端 干
乾 奸 姦

2. kán 簡 嫺 趕
柬 揀

3. kàn 諫 姦 訐
間 幹

4. kat 結 割

5. kân

6. ka̋n

7. kān

8. ka̍t

## kang

1. kang 公 工 江

2. káng 港 講 犺

3. kàng 降

4. kak

5. kâng 仝

6. ka̋ng

7. kāng 共 降

8. ka̍k

## kau

1. kau 勾 鉤 溝
郊 交 蛟

2. káu 狡 垢 九
狗 蚼

3. kàu 教 夠 到
校

4. kauh 餃

5. kâu 猴

6. ka̋u

7. kāu 厚

8. ka̍uh 詥

## ke

1. ke 家 笄 街
雞 加 要

2. ké 賈 假 改
解

3. kè 計 價 嫁
稼 繼 駕
架 解 疥
髻 過

4. keh 格 對 隔
膈 鍥

5. kê 枷 醢

6. ke̋

7. kē 下 矮

8. ke̍h 格

## ke$^{n}$

1. ke$^{n}$ 庚 更 經
羹 驚

2. ké$^{n}$ 鯁 骾 耞

3. kè$^{n}$ 桁

4. ke$^{n}$h

5. kê$^{n}$ 搝

6. ke̋$^{n}$

7. kē$^{n}$

8. ke̍$^{n}$h

## keng

1. keng 供 弓 宮
經 肩 間
更 耕 荊
驚 亙 京
莖 徑 芎
鯨 梗

2. kéng 景 境 竟
揀 簡 烱
耿 筧 襇
警

3. kèng 敬 鏡

4. kek

5. kêng

6. ke̋ng

7. kēng

8. ke̍k

## ki

1. ki 基 杞 姬
居 妓 肌
虬 倨 譏
箕 車 其
飢 機 枝
技 挺 乩
幾

2. kí 几 指 已
紀 既 舉

3. kì 痣 鋸 記
寄 據 奇

4. kih

5. kî 枇 琵 旗
祈 期 棋

耆

6. kí
7. kī 忌 巨 拒 嘰
8. ki̍h

## ki$^{n}$

1. ki$^{n}$ 更 庚 經 羹 焿 梔 墘
2. kí$^{n}$ 鯁 骾 耞
3. kì$^{n}$ 桁 見
4. ki$^{n}$h
5. kî$^{n}$ 墘
6. kí$^{n}$
7. kī$^{n}$
8. ki̍$^{n}$h

## kia

1. kia 迦
2. kiá
3. kià 寄
4. kiah
5. kiâ 攑
6. kiá
7. kiā 崎
8. kia̍h

## kia$^{n}$

1. kia$^{n}$ 京 驚
2. kiá$^{n}$ 囝
3. kià$^{n}$ 鏡
4. kia$^{n}$h
5. kiâ$^{n}$ 行
6. kiá$^{n}$
7. kiā$^{n}$ 健 件
8. kia̍h

## kiam

1. kiam 兼
2. kiám 減 檢
3. kiàm 劍
4. kiap 夾 陝 劫 俠 裌
5. kiâm 鹼
6. kiám
7. kiām
8. kia̍p 喋

## kian

1. kian 乾 鰹 肩 堅 慳
2. kián 繭
3. kiàn 建 見
4. kiat 吉 桔 結 詰 潔 揭 鴶 抉
5. kiân 虔
6. kián
7. kiān 健 胘 腱
8. kia̍t 黠 傑 鰈 杰 竭

## kiang

1. kiang 僵
2. kiáng 講
3. kiàng
4. kiak
5. kiâng 強
6. kiáng
7. kiāng
8. kia̍k

## kiau

1. kiau 喬 驕 嬌
2. kiáu 矯 儌 繳 攪 裱
3. kiàu 叫 噭
4. kiauh 噭
5. kiâu 僑
6. kiáu
7. kiâu 轎 譤 撬
8. kia̍uh 噭

## kim

1. kim 金 今
2. kím 錦
3. kìm 禁
4. kip 急
5. kîm
6. kím
7. kīm 妗
8. ki̍p 及 笈

## kin

1. kin 根 芎 巾 今 筋 斤 跟 均 鈞
2. kín 謹 緊
3. kìn 絹 覲
4. kit
5. kîn 沂
6. kín
7. kīn 近 僅 饉
8. ki̍t

## kio

1. kio
2. kió
3. kiò 叫
4. kioh 脚 角 覺
5. kiô 橋 茄 蕎
6. kió
7. kiō 轎
8. kio̍h 噱

## kiong

1. kiong 躬 恭 宮 穹 弓
2. kióng 拱
3. kiòng 供 強
4. kiok 菊 鞠
5. kiông 強 窮
6. kióng
7. kiōng
8. kio̍k 局

## kiu

1. kiu 勼
2. kiú 九 宄 久 灸
3. kiù 救 糾 究 啁 廄
4. kiuh
5. kiû 求 球
6. kiú
7. kiū 舊 舅 臼 柩 咎
8. kiu̍h

## kiu$^{n}$

1. kiu$^{n}$ 薑 礨 獐 荆 羌 韁
2. kiú$^{n}$
3. kiù$^{n}$
4. kiu$^{n}$h
5. kiû$^{n}$
6. kiú$^{n}$
7. kiū$^{n}$
8. kiu̍$^{n}$h

## kng

1. kng 光 缸 扛
2. kńg 捲 管 廣
3. kǹg 卷 鋼 券 貫
4. kngh
5. kn̂g
6. kńg
7. kn̄g
8. kn̍gh

## ko

1. ko 戈 鍋 堝 蒿 高 鶻 歌 篙 羔 糕 哥 嗝 膏
2. kó 果 稿
3. kò 過 告 篙
4. koh 閣 胳 各

更

5. kô 笱 翺
6. kó
7. kō 滈
8. ko̍h 滈 翺 號

## ko·

1. ko· 沽 怙 辜 姑 枯 罛 鮎 孤 婟 痼
2. kó· 古 婟 估 鈷 枸 購 媾 鼓 股 苟
3. kò· 故 固 痼 顧 雇 構
4. ko·h
5. kô· 糊
6. kó·
7. kō·
8. ko̍·h

## koa

1. koa 歌 瓜 枯 瓱
2. koá
3. koà 卦 蓋 芥
4. koah 介 割 葛 芥
5. koâ
6. koá
7. koā
8. koa̍h

## koa$^n$

1. koa$^n$ 杆 竿 干 乾 棺 官 肝 菅
2. koá$^n$ 趕 寡
3. koà$^n$
4. koa$^n$h
5. koâ$^n$ 寒
6. koá$^n$
7. koā$^n$ 掮 汗
8. koa̍$^n$h

## koai

1. koai 乖
2. koái 拐 枴 蒯
3. koài 怪
4. koaih
5. koâi
6. koái
7. koāi
8. koa̍ih

## koai$^n$

1. koai$^n$ 關 杠
2. koái$^n$ 桿 稈 菝
3. koài$^n$ 慣
4. koai$^n$h 乖
5. koâi$^n$ 懸
6. koái$^n$
7. koāi$^n$ 乖
8. koa̍i$^n$h 乖 喑

## koan

1. koan 觀 冠 官 棺 捐 關 顴 涓 鰥
2. koán 管 館
3. koàn 眷 罐 卷 捲 券 盥 灌 貫 慣
4. koat 訣 摑 決 刮
5. koân 高
6. koán
7. koān 縣
8. koa̍t 刮

## koe

1. koe 瓜 鷄 街 蛙
2. koé 果 粿 改 解
3. koè 過 儈 會 檜 冠 疥 界 怪
4. koeh 郭 鍥 摑
5. kôe 醢
6. koé
7. koē 瘑
8. koe̍h 棵 格

## kong

1. kong 公 光 攻 工 功 綱 剛 胱 肛 宮 弓 罡 崗 鋼 岡
2. kóng 講 管 廣
3. kòng 誑 逛 貢 摃 訌
4. kok 國 穀 各 谷
5. kông 狂 槓
6. kóng
7. kōng 閧
8. ko̍k 咯

## ku

1. ku 龜 踞 痀 拘 苦
2. kú 韮 久 蒟
3. kù 句 吸 灸
4. kuh
5. kû
6. kú
7. kū 舊 舅 具 俱 咕
8. ku̍h

## kui

1. kui 胿 閨 龜 規 歸
2. kúi 鬼 晷 軌 傀 詭 幾
3. kùi 貴 桂 季 挂
4. kuih
5. kûi 馗 葵 胿 櫃 跪
6. kúi
7. kūi
8. ku̍ih

## kun

1. kun 君 軍
2. kún 滾 衮 捆
3. kùn 棍
4. kut 骨 竭
5. kûn 拳 裙 羣
6. kún
7. kūn 郡
8. ku̍t 滑 掘 猾

## kha

1. kha 軻 脚 尻
2. khá 巧
3. khà 扣 敲 及
4. khah 篕 較 呵
5. khâ
6. khá
7. khā
8. kha̍h 敁 瘦 及

## khai

1. khai 開
2. khái 楷 凱 鎧
3. khài 概 慨 愾 溉
4. khaih
5. khâi
6. khái
7. khāi
8. kha̍ih

## khai$^n$

1. khai$^n$ 揵
2. khái$^n$ 掔

3. khài$^{n}$
4. khai$^{n}$h
5. khâi$^{n}$
6. khái$^{n}$
7. khāi$^{n}$
8. khai̍$^{n}$h

## kham

1. kham 堪 坩 戡 嵁 龕
2. khám 譀 坎 砍
3. khàm 坎 嵌 勘 蓋
4. khap 闔 蓋
5. khâm 鑱 黔
6. khám
7. khām 噉
8. kha̍p 敆 磕

## khan

1. khan 刊 栞 牽
2. khán
3. khàn 看 侃
4. khat 渴 汲 克 剋 級 擖
5. khân
6. khán
7. khān
8. kha̍t 竭

## khang

1. khang 空 孔
2. kháng
3. khàng 壙 掐
4. khak 殼 恪 榷 麴 確
5. khâng
6. kháng
7. khāng
8. kha̍t

## khau

1. khau 刨 剾 敲
2. kháu 口
3. khàu 扣 叩 哭
4. khauh
5. khâu
6. kháu
7. khāu
8. kha̍uh

## khe

1. khe 溪 科 詼 刲 稽
2. khé 啓
3. khè 稽 契 嚙 揭 憩 擱
4. kheh 客 契 缺 御 敤 挌
5. khê 抸 瘸
6. khé
7. khē 下
8. khe̍h 喀 擱

## khe$^{n}$

1. khe$^{n}$ 坑
2. khé$^{n}$
3. khè$^{n}$
4. khe$^{n}$h
5. khê$^{n}$
6. khé$^{n}$
7. khē$^{n}$
8. khe̍$^{n}$h

## kheng

1. kheng 卿 罊 筐 傾 蕵 輕 框
2. khéng 頃 肯
3. khèng 慶
4. khek 曲 客 刻 克 剋
5. khêng 傾 窮 瓊
6. khéng
7. khēng 虹 瓊
8. khe̍k

## khi

1. khi 欺 攲
2. khí 起 齒 紀 豈
3. khì 器 氣 去 棄
4. khih 缺 癯
5. khî 騎 蜞 瘸 癯
6. khí
7. khī 忌 柿
8. khi̍h

## khi$^{n}$

1. khi$^{n}$ 坑
2. khí$^{n}$
3. khì$^{n}$
4. khi$^{n}$h
5. khî$^{n}$ 拎 勤 鉗
6. khí$^{n}$
7. khīn
8. khi̍$^{n}$h

## khia

1. khia 奇 攲
2. khiá
3. khià
4. khiah 缺 隙
5. khiâ 騎
6. khiá
7. khiā 企
8. khia̍h

## khiam

1. khiam 兼 謙 慊
2. khiám 歉
3. khiàm 欠
4. khiap 怯
5. khiâm 鉗
6. khiám
7. khiām 儉
8. khia̍p

## khian

1. khian 嗛 掔 件 騫 牽
2. khián 犬 畎 遣 繾 譴
3. khiàn 掔
4. khiat 孑 戛 吉
5. khiân 乾 虔
6. khián
7. khiān
8. khia̍t 嘎 黠 擺

## khiang

1. khiang 鏗
2. khiáng
3. khiàng 慸
4. khiak
5. khiâng
6. khiáng
7. khiāng
8. khia̍k

## khiau

1. khiau 橇 曲 蹺
2. khiáu 巧
3. khiàu 翹
4. khiauh
5. khiâu 僑
6. khiáu
7. khiāu
8. khia̍uh

## khim

1. khim 欽 襟 衾 矜
2. khím
3. khìm
4. khip 吸 汲 伋 笈 泣
5. khîm 琴 擒 禽 噙 檎
6. khím

7. khīm
8. khi̍p 撳 搯

### khin

1. khin 輕 鏗
2. khín
3. khìn
4. khit 乞
5. khîn 芹 勤
6. khín
7. khīn 鏗
8. khi̍t 杙 籺

### khio

1. khio
2. khió 口
3. khiò 扣 祛 怯
4. khioh 抾 拾 却
5. khiô
6. khió
7. khiō
8. khio̍h

### khiong

1. khiong 姜 疆
2. khióng 恐
3. khiòng
4. khiok 曲 脚 却
5. khiông
6. khióng
7. khiōng
8. khio̍k

### khiu

1. khiu 丘 鳩
2. khiú 揪 搝
3. khiù
4. khiuh
5. khiû 絿 趜
6. khiú
7. khiū 糗
8. khiu̍h

### khiu$^{n}$

1. khiu$^{n}$ 腔
2. khiú$^{n}$
3. khiù$^{n}$
4. khiu$^{n}$h
5. khiû$^{n}$
6. khiú$^{n}$
7. khiū$^{n}$ 慫
8. khiu̍$^{n}$h

### khng

1. khng 康 糠
2. khńg
3. khǹg 勸 庋
4. khngh
5. khn̂g
6. khńg
7. khn̄g 吭
8. khn̍gh

### kho

1. kho 科 蝌 苛
2. khó 考 拷 烤 涸 可
3. khò 靠 課 犒 嵜
4. khoh
5. khô 科
6. khó
7. khō
8. kho̍h

### kho·

1. kho· 顆 箍 元 麬 呼
2. khó· 許 苦
3. khò· 怐 庫 褲 寇
4. kho·h
5. khô·
6. khó·
7. khō·
8. kho̍·h

### khoa

1. khoa 誇
2. khoá
3. khoà 跨 胯 袴 靠 嵜 掛
4. khoah 渴 闊 濶
5. khoâ
6. khoá
7. khoā 亟
8. khoa̍h 擱

### khoa$^{n}$

1. khoa$^{n}$ 寬
2. khoá$^{n}$ 款
3. khoà$^{n}$ 看
4. khoa$^{n}$h
5. khoâ$^{n}$
6. khoá$^{n}$
7. khoā$^{n}$
8. khoa̍$^{n}$h

### khoai

1. khoai
2. khoái
3. khoài 快 筷 塊
4. khoaih
5. khoâi 塊
6. khoái
7. khoāi
8. khoa̍ih

### khoan

1. khoan 寬
2. khoán 款
3. khoàn 勸
4. khoat 缺 闋 蛞 括
5. khoân 環 圈 權
6. khoán
7. khoān
8. khoa̍t

### khoe

1. khoe 盔 詼 科 恢 魁 溪
2. khóe
3. khòe 㲅 喫 擱
4. khoeh 契 㲅 搭 缺 挈
5. khôe 瘸 扻
6. khóe
7. khōe
8. kho̍eh

### khong

1. khong 悾 圈 康 空 吭 倥
2. khóng 慷 孔
3. khòng O 壙 康 鑛 擴 曠 炕 抗 伉 控 悾
4. khok 矍 牿 凸 柝 哭 擴 酷
5. không
6. khóng
7. khōng 硄
8. kho̍k 硞 敲 慤 焅 鰐

### khu

1. khu 邱 軀 駒 嶇 劬 拘 驅 區 坵
2. khú
3. khù 去
4. khuh
5. khû 跔
6. khú
7. khū 臼 柩
8. khu̍h

### khui

1. khui 開 虧
2. khúi 詭 晷 軌 傀 揆
3. khùi 喟 愧
4. khuih
5. khûi
6. khúi
7. khūi
8. khui̍h

## khui$^n$

1. khui$^n$
2. khúi$^n$
3. khùi$^n$ 勸 快 庋
4. khui$^n$h
5. khûi$^n$
6. khúi$^n$
7. khūi$^n$
8. khui̍$^n$h

## khun

1. khun 昆 坤 髠 崑
2. khún 窘 菌 悃 閫 綑 懇 墾
3. khùn 困 睏
4. khut 屈 窟
5. khûn 困 芹 勤 懃
6. khún
7. khūn
8. khu̍t 禿 咄

## la

1. la 說 喇 拉 撈
2. lá 仔
3. là 啦 拉 納
4. lah 哪 拉 攋
5. lâ 蜊 鯪 炳 磟 鐃 癘 蟧
6. lá
7. lā 撈 撩 鶆
8. la̍h 獵 臘 蠟 歷

## lai

1. lai 黧 黛
2. lái
3. lài
4. laih 來
5. lâi 來 萊 鶆 棃
6. lái
7. lāi 利 內 荔
8. lai̍h

## lam

1. lam 濫 甘 籠
2. lám 覽 攬 纜 轞 欖
3. làm 壏 湳
4. lap 塌 拉
5. lâm 南 男 淋 藍 楠
6. lám
7. lām 濫 檻 纜 艦
8. la̍p 蹋 納 衲 臘 蠟

## lan

1. lan 跰
2. lán 咱 懶
3. làn
4. lat
5. lân 蘭 鱗 零 難 剃 欄 鈴
6. lán
7. lān 難 羼 生 爛 亂
8. la̍t 力 栗 辣 鰳 癧

## lang

1. lang 窿 宦
2. láng 籠 朗 攏
3. làng 閬
4. lak 橐 轆 落
5. lâng 人 郎 儂 礱 膿
6. láng
7. lāng 弄 籠
8. la̍k 六 搦 轆

## lau

1. lau 趬 譊
2. láu 老 斟 荖 撓 譊
3. làu 落 嫪
4. lauh
5. lâu 樓 留 流 瘤 鐃
6. láu
7. lāu 老 漏 瘺 鬧
8. lau̍h

## le

1. le 柅 哩 說
2. lé 禮 詈 嫺
3. lè 扲 的 礪 咧 麗
4. leh 咧 扲
5. lê 棃 犂 鰲 黎 螺 頤 厲
6. lé
7. lē 蒡 例 麗 勵 隸 犛 鑢 淚
8. le̍h 笠 靂 劣

## leng

1. leng 乳 冷
2. léng 冷 領 伶 嶺
3. lèng 踜
4. lek 慄 栗
5. lêng 能 伶 罨 鈴 拎 掕 陵 凌 綾 菱 佞 苓 羚 玲 翎 寧 靈 龍 檸 稜
6. léng
7. lēng 令 瘦 另 綡 棟
8. le̍k 力 勒 綠 錄 歷 曆 鑩 瀝 溺 轢 肋 栗 匿 陸 略

## li

1. li 釐 哩 厘
2. lí 李 里 俚 裏 鯉 理 旅 你 女 瘰 履 摛
3. lì
4. lih 搋
5. lî 離 釐 籬 簾 閭 驢 騾 孷 厘
6. lí
7. lī 利 離 呂 侶 吏 慮 濾 痢
8. li̍h 裂

## lia

1. lia
2. liá
3. lià
4. liah 剠 喇
5. liâ
6. liá

7. liā

8. li̍ah 略 掠

## liam

1. liam 跕 拈 吝

2. liám 斂 臉 膁

3. liàm 捻

4. liap 攝 聶 捏

5. liâm 廉 簾 帘 鐮 鯰 粘 襝 連 臁 臨

6. liám

7. liām 念 殮

8. lia̍p 捏 趣 粒 臘 獵 拉

## lian

1. lian 蔫

2. lián 輦 輪 肺 臁 撚 攆

3. liàn 輪

4. liat

5. liân 連 蓮 鰱 年 聯 憐

6. lián

7. liān 練 鍊 煉 揀 鏈

8. lia̍t 列 烈 冽

## liang

1. liang 瓏

2. liáng 兩 倆 輛

3. liàng

4. liak 礫

5. liâng 涼 良 梁 量

6. liáng

7. liāng 亮 量 諒

8. lia̍k 礫 略

## liau

1. liau 條

2. liáu 了 嫋 搦 鷚 嫐

3. liàu 了

4. liauh

5. liâu 聊 僚 潦 療 撩 燎 鐐 寮 瞭 嘹 條 膋 寥 蹘 尥

6. liáu

7. liāu 廖 繚 料

8. lia̍uh

## lim

1. lim 飲

2. lím 忍 歛 廩 凜 懍

3. lìm 眊

4. lip 立

5. lîm 臨 林 淋 霖 琳 痳

6. lím

7. līm 眊

8. li̍p 立 笠 入 粒

## lin

1. lin 乳 玲 輪

2. lín 您

3. lìn 輪

4. lit

5. lîn 憐 鄰 燐 綾

6. lín

7. līn 佞 認

8. li̍t

## lio

1. lio 剹 燒

2. lió 瞭

3. liò 膀 叫

4. lioh 來 扱 瞭

5. liô 樓 剹

6. lió

7. liō 路 漏

8. lio̍h 略

## liong

1. liong

2. lióng 兩

3. liòng 踜

4. liok 踛

5. liông 龍 隆 涼 良 梁

6. lióng

7. liōng 亮 諒 量

8. lio̍k 錄 陸 略 綠 戮 六 樂

## liu

1. liu 溜 飀 六 鰡 抽

2. liú 柳 窌 扭 鈕 紐

3. liù 翏 紐 溜

4. liuh 翟

5. liû 流 留 瘤 搐 琉 硫 旒 榴 瀏

6. liú

7. liū 餾

8. liu̍h 略

## lo

1. lo 烙 撈 嘮 囉 吺

2. ló 老 腦 潦 瑙 謟

3. lò 髝 咯 嘮

4. loh

5. lô 羅 牢 鑼 勞 癆 籮 濁 哪 嫪

6. ló

7. lō 絡

8. lo̍h 路 落

## lo͘

1. lo͘ 僂 痞 烙

2. ló͘ 魯 鴑 懦 陋 鹵 櫓 腦 惱 勞 努 力

3. lò͘ 了 咯

4. lo͘h

5. lô͘ 奴 縷 樓 蘆 爐 鱸 勞 甗 鸕 羅 癆

6. ló͘

7. lō͘ 路 露 賂 漏 鷺

8. lo̍͘h

## loa

1. loa 捋

2. lóa

3. lòa 瀨

4. loah 蝲 捋 辣 跢

5. lôa 籮

6. lóa

7. lōa 賴 埒 若

8. loa̍h 辣 捋

## loan

1. loan

2. loán 軟 暖 煖 撋

3. loàn

4. loat 劣 捋 埒

5. loân 戀 鸞 鑾 巒 攣

6. loán

7. loān 亂

8. loa̍t 辣 埒

## loe

1. loe
2. lóe 罯
3. lòe 鑢
4. loeh
5. lôe 犁
6. lóe
7. lōe 內 笠 類
8. lo̍eh

## lom

1. lom 籠
2. lóm 腴
3. lòm 滳
4. lop 喙 凹 橐
5. lôm
6. lóm
7. lōm
8. lo̍p 躁

## long

1. long 囊 瓏
2. lóng 朗 攏 隴
籠 壟 聾
曩 閬
3. lòng 宧 撞
4. lok 橐 轆 漉
落
5. lông 農 稂 琅
狼 莨 囊
郎 廊 櫳
濃 膿 弄
6. lóng
7. lōng 浪 弄 挵
浪
8. lo̍k 鹿 祿 碌
錄 樂 落
絡 駱 洛
諾

## lu

1. lu 樓 摛
2. lú 女 你 旅
僂
3. lù 鑢 諏
4. luh
5. lû 閭 驢
6. lú
7. lū 呂 慮 濾
8. lu̍h

## lui

1. lui 鐳 摋
2. lúi 誄 壘 蕊
蕾 累 磊
儡 縷 屢
3. lùi 兌 褸
4. luih
5. lûi 雷 累 縲
擂 鐳
6. lúi
7. lūi 淚 累 縋
攂 類
8. lu̍ih

## lun

1. lun 惀
2. lún 慄 碖
3. lùn 潤 蠕
4. lut 䋐 腯
5. lûn 綸 倫 淪
腀
6. lún
7. lūn 論 崙 閏
潤 胎 韌
8. lu̍t 律 鷸 捙
捙

## m

1. m
2. ḿ 姆
3. m̀ 不
4. mh
5. m̂ 梅 莓
6. ḿ
7. m̄ 不 唔 毋
8. m̍h

## ma

1. ma 麼 媽
2. má 媽 馬
3. mà
4. mah 麼 嘛
5. mâ 麻 明
6. má
7. mā 罵 每 嗎
8. ma̍h

## mai

1. mai 哩
2. mái 買 每
3. mài 勿 莫
4. maih
5. mâi 糜
6. mái
7. māi 味 賣 妹
8. ma̍ih

## mau

1. mau 凹 貓
2. máu
3. màu
4. mauh 皺 凹
5. mâu 矛 茅 鍪
茫 毛
6. máu
7. māu 貌 藐
8. ma̍uh

## me

1. me 咩 咪 抹
2. mé 猛
3. mè
4. meh 蜢
5. mê 暝 鋩 樠
6. mé
7. mē 罵
8. me̍h 脈

## mi

1. mi 眯 抹 咪
2. mí
3. mì
4. mih 乜
5. mî 棉 綿 彌
瞑 芒 鋩
6. mí
7. mī 麵
8. mi̍h 物

## mia

1. mia
2. miá
3. mià
4. miah
5. miâ 名 樠
6. miá
7. miā 命
8. mia̍h

## miau

1. miau 猫
2. miáu 秒
3. miàn
4. miauh
5. miâh 描
6. miáu
7. miāu 妙 廟
8. mia̍uh

## mng

1. mng 毛
2. mńg
3. mǹg
4. mngh
5. mn̂g 毛 門
6. mńg
7. mn̄g 問
8. mn̍gh

## mo

1. mo 摸 毛
2. mó

3. mò
4. moh 揖 秏
5. mô 毛 嗎 摩 磨 魔
6. mó
7. mō 冒 耄 帽
8. mo̍h 膜

## moa

1. moa 幪
2. moá 滿
3. moà
4. moah
5. moâ 鰻 瞞 痲 痳
6. moá
7. moā 冒
8. moa̍h

## moai

1. moai
2. moái 妹
3. moài
4. moaih
5. moâi 糜 梅 媒
6. moái
7. moāi 妹
8. moa̍ih

## mui

1. mui 毛
2. múi 每
3. mùi
4. muih
5. mûi 梅 玫 枚 媒 門
6. múi
7. mūi 問
8. mu̍ih

## na

1. na
2. ná 拿 那 若 如 挪 娜 愈
3. nà 納 爛
4. nah 仔 塌 哪 納
5. nâ 藍 籃 磟 林 攔 鐃 嚨
6. ná
7. nā 如 若 訥
8. na̍h

## nai

1. nai 啛 痭 奶
2. nái 奶 乃
3. nài
4. naih
5. nâi
6. nái
7. nāi 荔 耐 奈 柰 賴 癩
8. na̍ih

## nau

1. nau
2. náu 腦 惱 撓
3. nàu
4. nauh 譊 咬
5. nâu
6. náu
7. nāu 鬧
8. na̍uh

## ne

1. ne 爾 乳 拎
2. né
3. nè 躡
4. neh 塌
5. nê 晾
6. né
7. nē
8. ne̍h 懾

## ni

1. ni 乳 奶 拎 爾
2. ní 耳 爾 染
3. nì 躡 呢
4. nih 戻 躡 捩 裡 呢
5. nî 年 呢 泥 妮 尼 晾 廉
6. ní
7. nī
8. ni̍h 揑

## nia

1. nia
2. niá 領 嶺
3. nià
4. niah
5. niâ 耳 娘
6. niá
7. niā 陵
8. nia̍h

## niau

1. niau 猫 褭
2. niáu 鳥 裊 老
3. niàu
4. niauh
5. niâu
6. niáu
7. niāu
8. nia̍u

## niu

1. niu
2. niú 兩
3. niù
4. niuh
5. niû 梁 樑 娘 涼 糧 量
6. niú
7. niū 量 讓
8. niu̍h

## nng

1. nng 倰
2. nńg 軟 嫩 輭
3. nǹg 踜
4. nngh
5. nn̂g 郎 榔 瓤
6. nńg
7. nn̄g 二 卵
8. nn̍gh

## no·

1. no·
2. nó· 努 喏
3. nò·
4. no·h
5. nô· 奴
6. nó·
7. nō·
8. no̍·h

## noa

1. noa
2. noá 撋
3. noà 淖 媛
4. noah
5. noâ 讕
6. noá
7. noā 爛 涎 懶
8. noa̍h

## ng

1. ng 央 秧 掩
2. ńg 影 盎 袂 抌
3. ǹg 仰 向 映 暎
4. ngh
5. n̂g 黃 吁 晾
6. ńg
7. n̄g

8. n̍gh

## nga

1. nga 訝
2. ngá 雅
3. ngà
4. ngah
5. ngâ
6. ngá
7. ngā 訝
8. nga̍h

## ngau

1. ngau
2. ngáu
3. ngàu
4. ngauh 耦 齩 咬 嗃
5. ngâu 爻 肴 餚 淆 殽 熬
6. ngáu
7. ngāu 藕 嗃 樂
8. nga̍uh 嗃

## nge

1. nge 雅
2. ngé
3. ngè
4. ngeh 夾 莢
5. ngê
6. ngé
7. ngē
8. nge̍h 硬 挾

## ngia

1. ngia
2. ngiá
3. ngià
4. ngiah
5. ngiâ
6. ngiá
7. ngiā 忤
8. ngia̍h

## ngiau

1. ngiau 擽
2. ngiáu 撓
3. ngiàu
4. ngiauh 譊 翹
5. ngiâu
6. ngiáu
7. nngiāu
8. ngia̍uh

## ngiu

1. ngiu
2. ngiú 扭
3. ngiù
4. ngiuh
5. ngiû 牛
6. ngiú
7. ngiū
8. ngiu̍h

## ngo͘

1. ngo͘
2. ngó͘ 偶 五 伍 鮓 忤 仵
3. ngò͘
4. ngo͘h
5. ngô͘ 俄 娥
6. ngó͘
7. ngō͘ 午 悟 餓 臥
8. ngo̍͘h

## o

1. o 阿 啊 苛 蝸 窩 荷 謳 疴 媧 燋
2. ó 襖
3. ò 奧 澳
4. oh 奧 呵 噢 惡
5. ô 蠔 蚵 胡
6. ó
7. ō 曰
8. o̍h 學

## o͘

1. o͘ 烏 塢
2. ó͘ 挖
3. ò͘ 惡 污 啊
4. o͘h
5. ô͘ 壺 胡 湖 糊
6. ó͘
7. ō͘ 芋
8. o̍͘h

## o͘$^{n}$

1. o͘$^{n}$ 捂 摀
2. ó͘$^{n}$
3. ò͘$^{n}$ 哦 噁
4. o͘$^{n}$h
5. ô͘$^{n}$
6. ó͘$^{n}$
7. ō͘$^{n}$
8. o̍͘$^{n}$h

## oa

1. oa 娃 娃 窪 蛙 媧
2. oá 瓦 倚 偎
3. oà 涴
4. oah
5. oâ 何
6. oá
7. oā 話 畫
8. oa̍h 活

## oa$^{n}$

1. oa$^{n}$ 安 鞍
2. oá$^{n}$ 椀 碗
3. oà$^{n}$ 案 晏 垵
4. oa$^{n}$h
5. oâ$^{n}$
6. oá$^{n}$
7. oā$^{n}$ 換 旱
8. oa̍$^{n}$h

## oai

1. oai 歪
2. oái 跬
3. oài
4. oaih
5. oâi
6. oái
7. oāi
8. oa̍ih

## oai$^{n}$

1. oai$^{n}$ 歪 彎 轟 泱
2. oái$^{n}$ 跬
3. oài$^{n}$
4. oai$^{n}$h
5. oâi$^{n}$ 闈
6. oái$^{n}$
7. oāi$^{n}$
8. oa̍i$^{n}$h

## oan

1. oan 冤 彎 灣
2. oán 宛 婉 晼 遠 腕 苑
3. oàn 怨
4. oat 斡 迌 挖
5. oân 完 丸 圓 還 園 員 灣 元
6. oán
7. oān 援 緩
8. oa̍t 曰 越 閱 悅

## oe

1. oe 椏 鍋 窊 挨
2. oé 矮 挖 穢
3. oè 穡

4. oeh
5. oê 鞋 唯
6. oé
7. oē 衛 話 畫 會
8. o̍eh

## ong

1. ong 翁
2. óng 枉 往
3. òng
4. ok 堊 惡 屋 渥 幄 握
5. ông 王 芒
6. óng
7. ōng 旺
8. o̍k 喔

## pa

1. pa 爸 巴 羓 芭
2. pá 飽 把
3. pà 豹 霸 壩
4. pah 百 把
5. pâ 爸 琶 杷 拔
6. pá
7. pā 罷
8. pa̍h

## pai

1. pai 班
2. pái 擺 回 跛
3. pài 拜
4. paih
5. pâi 牌 排 徘 俳 簰 棑
6. pái
7. pāi 敗
8. pa̍ih

## pan

1. pan 班 斑 瘢 頒 攀
2. pán 板 餅 版
3. pàn 攀
4. pat 八 識 曾 腹
5. pân 瓶
6. pán
7. pān 便 辨 辦 扮 体 瓣
8. pa̍t 菝 別 腹

## pang

1. pang 邦 枋 板 幫 崩
2. páng 綁 繃
3. pàng 放
4. pak 北 駁 剝 幅 腹
5. pâng 房 縫
6. páng
7. pāng 棒 蚌
8. pa̍k 縛 蹼

## pau

1. pau 包 胞 鮑
2. páu 飽
3. pàu
4. pauh 暴
5. pâu 苞 鮑 包
6. páu
7. pāu 勺
8. pa̍uh 爆

## pe

1. pe 毘 篦 貝 飛
2. pé 把 掊 杯
3. pè 背 褙 敝 蔽 幣 弊 垻
4. peh 八 擘 迫 百 伯 栢
5. pê 爬 扒 杷 培 賠
6. pé
7. pē 耙 父 倍 焙 背 佩
8. pe̍h 帛 白

## pe$^{n}$

1. pe$^{n}$ 攀
2. pé$^{n}$
3. pè$^{n}$ 柄
4. pe$^{n}$h
5. pê$^{n}$ 棚 平 坪
6. pé$^{n}$
7. pē$^{n}$ 病
8. pe̍$^{n}$h

## peng

1. peng 兵 冰 崩
2. péng 炳 扳
3. pèng 柄 秉
4. pek 迫 伯 百 柏
5. pêng 平 朋 旁
6. péng
7. pēng 病 並 併
8. pe̍k 白

## pi

1. pi 卑 陂 埤 裨 碑 悲 蒽 啡
2. pí 匕 比
3. pì 庇 贔 賁 秘 閉 痺 變 泌 轡 媲 屓
4. pih 鼈 補 屓
5. pî 脾 枇 琵
6. pí
7. pī 被 避 婢 備
8. pi̍h

## pi$^{n}$

1. pi$^{n}$ 邊 鞭 攀
2. pí$^{n}$ 扁
3. pì$^{n}$ 變 柄
4. pi$^{n}$h
5. pî$^{n}$ 平 坪 棚
6. pí$^{n}$
7. pī$^{n}$ 病 辮
8. pi̍$^{n}$h

## pia

1. pia
2. piá
3. pià
4. piah 壁 僻
5. piâ
6. piá
7. piā
8. pia̍h

## pia$^{n}$

1. pia$^{n}$ 抨
2. piá$^{n}$ 丙 餅
3. pià$^{n}$ 拚 摒
4. pia$^{n}$h
5. piâ$^{n}$ 平 膽
6. piá$^{n}$
7. piā$^{n}$
8. pia̍$^{n}$h

## pian

1. pian 篇 鞭 邊 籩 攀 編
2. pián 匾 諞 貶 扁
3. piàn 變
4. piat 鱉
5. piân
6. pián
7. piān 便 卞 辨 辛
8. pia̍t 別

### piau

1. piau 標
2. piáu 表 婊 裱
3. piàu
4. piauh
5. piâu
6. piáu
7. piāu
8. pia̍uh

### pin

1. pin 幽 斌 彬 賓 濱 檳 繽
2. pín 稟 箯 鈚 牝
3. pìn 鬢 殯 箯
4. pit 畢 篳 筆 必 吱 伯
5. pîn 貧 頻 蘋 屏 憑
6. pín
7. pīn 凴
8. pi̍t 鼻

### pio

1. pio 鑣 鏢 標 僄
2. pió 表 錶
3. piò
4. pioh
5. piô
6. pió
7. piō 鰾
8. pio̍h

### piu

1. piu 彪 髟 猋
2. piú
3. più
4. piuh
5. piû
6. piú
7. piū
8. pi̍uh

### png

1. png 方 楓 幫
2. pńg 榜
3. pǹg
4. pngh
5. pn̂g
6. pńg
7. pn̄g 飯 凴
8. pn̍gh

### po

1. po 褒 玻 舥
2. pó 保 堡 寶
3. pò 報 播
4. poh 卜
5. pô 葡 婆
6. pó
7. pō 暴 薄
8. po̍h 薄 箔

### po͘

1. po͘ 埔 埠 甫 晡 鬴 稟
2. pó͘ 補 斧 脯
3. pò͘ 布 佈 播 傳 報
4. po͘h
5. pô͘ 苞 房 餢 蒲 裒 葡 婆
6. pó͘
7. pō͘ 步 捕 哺 部 晡 莩 暴
8. po̍͘h

### poa

1. poa
2. poá
3. poà 簸 鉢
4. poah 撥
5. poâ
6. poá
7. poā
8. poa̍h 跋 拔 鉢 博 卜 鈸

### poa$^{n}$

1. poa$^{n}$ 般 搬
2. poá$^{n}$ 鈑
3. poà$^{n}$ 半
4. poa$^{n}$h
5. poâ$^{n}$ 盤
6. poá$^{n}$
7. poā$^{n}$ 拌
8. poa̍$^{n}$h

### poan

1. poan 搬
2. poán
3. poàn 半
4. poat 八 撥
5. poân 盤
6. poán
7. poān 拌 叛 畔
8. poa̍t 拔 跋 鈸 鉢 魃 柭 般

### poe

1. poe 飛 菠 箁 杯
2. póe 抔
3. pòe 貝 輩 背 褙 唄
4. poeh
5. pôe 賠 陪 培 裴
6. póe
7. pōe 背 悖 焙 培 倍 佩 拔
8. poe̍h

### pong

1. pong
2. póng 榜 傍
3. pòng 謗
4. pok 卜 北 炥 暴 駁
5. pông 膀 旁
6. póng
7. pōng 炐 碰 磅 滂
8. po̍k 暴 僕 幕 濮 薄 爆

### pu

1. pu 哱
2. pú 斧
3. pù 富
4. puh 茁 窋 哱
5. pû 匏 哺 垺 泡 炰 烰
6. pú
7. pū 孵 脯
8. pu̍h

### pui

1. pui 痱
2. púi
3. pùi
4. puih
5. pûi 肥 闊
6. púi
7. pūi 吠 拔
8. pu̍ih

### pun

1. pun 分 檳 頒
2. pún 本 扁
3. pùn 畚 糞
4. put 不 朳
5. pûn 歕

6. pún
7. pūn 笨 畚 体
8. pu̍t 佛 勃

## pha

1. pha 抛 葩 脬
2. phá
3. phà
4. phah 拍
5. phâ
6. phá
7. phā 爆 泡 抱
8. pha̍h

## phai

1. phai 拍
2. phái 歹 痞
3. phài 派 沛 湃
4. phaih
5. phâi
6. phái
7. phāi
8. phai̍h

## phai$^{n}$

1. phai$^{n}$
2. phái$^{n}$ 歹 呆
3. phài$^{n}$
4. phai$^{n}$h
5. phâi
6. phái$^{n}$
7. phāi$^{n}$ 背
8. phai̍$^{n}$h

## phan

1. phan 攀
2. phán
3. phàn 盼 偤 襻
4. phat
5. phân
6. phán
7. phān
8. pha̍t

## phang

1. phang 芳 蜂
2. pháng 紡
3. phàng 胖
4. phak 仆 伏
5. phâng 帆 捧 篷 滂
6. pháng
7. phāng 縫
8. pha̍k 曝

## phau

1. phau 抛 泡
2. pháu 跑 炰
3. phàu 礮 砲 袍 泡
4. phauh 胮
5. phâu
6. pháu
7. phāu 抱
8. pha̍uh 雹 疱 泡

## phe

1. phe 批 胚 坯
2. phé 酺
3. phè 帕 袹
4. pheh
5. phê 皮
6. phé
7. phē 被 稗
8. phe̍h

## phe$^{n}$

1. phe$^{n}$ 伻
2. phé$^{n}$
3. phè$^{n}$
4. phe$^{n}$h
5. phê$^{n}$ 彭 澎
6. phé$^{n}$
7. phē$^{n}$
8. phe̍$^{n}$h

## pheng

1. pheng 烹 享 崩
2. phéng
3. phèng 聘 娉 騁 秉
4. phek 碧 璧 辟 闢 拍 僻 魄 劈 擘 癖 霹 泊
5. phêng 評 秤 坪 平
6. phéng
7. phēng 凭 憑 並
8. phe̍k

## phi

1. phi 丕 砒 披
2. phí 否 鄙 疕 痞 糒 疾
3. phì 譬 睥
4. phih 嬖 嗶
5. phî 皮 詖 疲
6. phí
7. phī
8. phi̍h

## phi$^{n}$

1. phi$^{n}$ 篇 偏 伻
2. phí$^{n}$
3. phì$^{n}$ 片
4. phi$^{n}$h
5. phîn 彭 澎 伻
6. phí$^{n}$
7. phī$^{n}$ 鼻
8. phi̍$^{n}$h

## phia

1. phia
2. phiá
3. phià
4. phiah 辟 僻 癖
5. phiâ
6. phiá
7. phiā
8. phia̍h 癖

## phia$^{n}$

1. phia$^{n}$ 兵 骿 髆 箳
2. phiá$^{n}$ 片
3. phià$^{n}$
4. phia$^{n}$h
5. phiâ$^{n}$ 坡 怦
6. phiá$^{n}$
7. phiā$^{n}$
8. phia̍$^{n}$h

## phian

1. phian 編 偏
2. phián 揙
3. phiàn 片 遍 騙
4. phiat 砸 撇
5. phiân 蹁
6. phián
7. phiān
8. phia̍t 獙

## phiang

1. phiang
2. phiáng
3. phiàng
4. phiak 礔 攴
5. phiâng
6. phiáng
7. phiāng
8. phia̍k 擈

## phiau

1. phiau 標 飄 縹 漂 彯 剽
2. phiáu
3. phiàu 漂
4. phiauh
5. phiâu 嫖
6. phiáu

7. phiāu
8. phia̍uh

## phin

1. phin 瀕
2. phín 品 篙
3. phìn 拚 砰
4. phit 匹 疋
5. phîn 蚲 蹁
6. phín
7. phīn 澼
8. phi̍t

## phio

1. phio
2. phió
3. phiò 票 漂
4. phioh
5. phiô 萍 瓢
6. phió
7. phiō
8. phio̍h

## phiu

1. phiu 彪
2. phiú
3. phiù 嘌
4. phiuh
5. phiû
6. phiú
7. phiū
8. phiu̍h

## pho

1. pho 波 坡
2. phó 普
3. phò 破 剖
4. phoh 粕 朴 迫
5. phô
6. phó
7. phō 部 抱
8. pho̍h

## pho͘

1. pho͘ 糒 鋪
2. phó͘ 脯 普 譜 頗 浦
3. phò͘ 舖 怖
4. pho͘h
5. phô͘ 捬
6. phó͘
7. phō͘ 簿 廍 菩
8. pho̍͘h

## phoa

1. phoa
2. phoá
3. phoà 剖 破 抱
4. phoah 潑
5. phoâ 鬓
6. phoá
7. phoā 絆
8. phoa̍h

## phoa$^{n}$

1. phoa$^{n}$ 潘
2. phoá$^{n}$
3. phoà$^{n}$ 判
4. phoa$^{n}$h
5. phoâ$^{n}$
6. phoá$^{n}$
7. phoā$^{n}$ 伴 絆
8. phoa̍$^{n}$h

## phoan

1. phoan 藩
2. phoán
3. phoàn 判 泮
4. phoat 潑 撥
5. phoân 盤 蟠
6. phoán
7. phoān 胖 畔
8. phoa̍t

## phoe

1. phoe 胚 坯 批 衃
2. phóe
3. phòe
4. phoeh
5. phôe 皮
6. phóe
7. phōe 被
8. phoe̍h

## phong

1. phong 豊
2. phóng 捧 乓 逢
3. phòng 膨 碰
4. phok 博 搏 膊 髆 朴 樸 璞 凸 膜
5. phông 汚
6. phóng
7. phōng 滂 膨 唪 埲 炐 呠
8. pho̍k 凸 膜 噗

## phu

1. phu
2. phú 醭 普
3. phù
4. phuh 呼
5. phû 浮 烰 芙 葡
6. phú
7. phū 颮 呼
8. phu̍h 薄 浡

## phui

1. phui
2. phúi 呸
3. phùi 呃 屁
4. phuih
5. phûi
6. phúi
7. phūi
8. phui̍h

## phun

1. phun 奔 潘
2. phún 犇
3. phùn 僨 噴
4. phut 刜 怫
5. phûn 墳 盆
6. phún
7. phūn
8. phu̍t 踄

## sa

1. sa 砂 沙 柵 杈
2. sá 甚 洒
3. sà 唓 嗄
4. sah
5. sâ
6. sá
7. sā 塞
8. sa̍h 煠

## sa$^{n}$

1. sa$^{n}$ 三 衫 相
2. sá$^{n}$ 甚 啥 什
3. sà$^{n}$
4. sa$^{n}$h 甚 哂
5. sâ$^{n}$h
6. sá$^{n}$
7. sā$^{n}$
8. sa̍$^{n}$h

## sai

1. sai 西 犀 私 司 獅
2. sái 駛 使 屎
3. sài 墻 塞 賽 使
4. saih
5. sâi 饞
6. sái
7. sāi 侍 姒 儕
8. sa̍ih

## sam

1. sam 杉 參 三
2. sám 擅 撒 糝
3. sàm 毿 謲
4. sap 屑 揷 圾 颯 濕 雪 虱
5. sâm
6. sám
7. sām
8. sa̍p 咂

## san

1. san 山 刪 珊
2. sán 產 瘦 散 瘄
3. sàn 散
4. sat 薩 撒 虱 塞 殺
5. sân
6. sán
7. sān
8. sa̍t

## sang

1. sang 鬆
2. sáng 傸
3. sàng 送
4. sak 捒
5. sâng
6. sáng
7. sāng 乘
8. sa̍k

## sau

1. sau 蛸 誚 梢 嗄
2. sáu
3. sàu 哨 嗽 掃
4. sauh
5. sâu
6. sáu
7. sāu
8. sa̍uh

## se

1. se 西 紗 裟 疏 蔬 梳 恓 栖
2. sé 洗 洒 所
3. sè 世 勢 誓 細 逝 貰 撕 賽 筮 噬
4. seh 雪 屑 說 黍
5. sê 垂
6. sé
7. sē 泄 涚
8. se̍h 趄 跙 迣

## seⁿ

1. seⁿ 生 銑
2. séⁿ 省
3. sèⁿ 性 姓
4. seⁿh
5. sêⁿ
6. séⁿ
7. sēⁿ
8. se̍ⁿh

## seng

1. seng 先 甥 生 星 牲 升 昇 陞 笙 聲 猩 腥 惺 身 旌
2. séng 省 醒
3. sèng 姓 性 勝 聖
4. sek 色 式 錫 室 釋 飾 昔 惜 悉 蟋 識 息 媳 穡 熟 瑟 析 拭 軾 嗇 適
5. sêng 成 承 試 城
6. séng
7. sēng 盛 乘
8. se̍k 熟 石 夕 碩 蓆 汐

## si

1. si 詩 書 絲 司 施 屍 噓 抒 胥
2. sí 死 始
3. sì 勢 世 弒
4. sih
5. sî 時 匙 辭
6. sí
7. sī 視 是 示 寺 序 迅 蝕 侍 恕 曙
8. si̍h

## siⁿ

1. siⁿ 生 銑
2. síⁿ
3. sìⁿ 扇
4. siⁿh
5. sîⁿ 搢
6. síⁿ
7. sīⁿ 踶 鼓
8. si̍ⁿh

## sia

1. sia 賒
2. siá 寫 捨
3. sià 舍 卸 赦 瀉
4. siah 錫 削
5. siâ 邪 斜 蛇
6. siá
7. siā 謝 社 麝 射
8. sia̍h 夕 杓 石 席

## siaⁿ

1. siaⁿ 聲
2. siáⁿ 甚 啥
3. siàⁿ 聖
4. siaⁿh
5. siâⁿ 城 成 誸
6. siáⁿ
7. siāⁿ 橀
8. sia̍ⁿh

## siam

1. siam 刪 瞻
2. siám 閃 陝 甚
3. siàm 瀸
4. siap 卌 澀 霎 塞 摺
5. siâm 尋 蟾
6. siám
7. siām 暹 贍
8. sia̍p 涉 洩 攝

## sian

1. sian 仙 身 銑 先 鮮
2. sián 鮮 洗 跣 尠 癬
3. siàn 扇 煽 搧 信 線
4. siat 設 褻 屑 削 泄 絏 赤
5. siân 蟬 禪 嬋 涎
6. sián
7. siān 羼 善 墡 膳 繕 鱔 腎 蟮 擅
8. sia̍t 舌

## siang

1. siang 相 商 雙 襄 傷 觴
2. siáng 賞 想 摤 躹
3. siàng 相
4. siak 皵 爍
5. siâng 詳 常 嘗 像 嫦 償 裳 庠 祥 翔
6. siáng
7. siāng 尙 上
8. sia̍k

## siau

1. siau 蕭 簫 宵 銷 梢 逍 硝 霄 瀟 消
2. siáu 小 猶
3. siàu 數 賬
4. siauh
5. siâu 潲 韶
6. siáu
7. siāu 紹 皵
8. sia̍uh

## sim

1. sim 心 參 森
2. sím 沈 審
3. sìm 默 斟
4. sip 濕 湒
5. sîm
6. sím
7. sīm 甚 尋 諶
8. si̍p 十 拾 習 熠 什 襲 慴

## sin

1. sin 身 先 辛 仙 申 伸 紳 娠 新 呻
2. sín
3. sìn 信 囟 汛 訊 迅
4. sit 失 穡 息 熄 室 式 埴
5. sîn 神 臣 蠅 辱 晨 宸 承
6. sín
7. sīn 愼 剩 腎 贐
8. si̍t 食 實 翅 蝕 殖 植 襲

## sio

1. sio 燒 相
2. sió 小
3. siò 鞘
4. sioh 惜
5. siô 悄 溲
6. sió
7. siō
8. sio̍h 餿

## siong

1. siong 嵩 襄 商 傷 殤 箱 廂 湘 相
2. sióng 想 賞
3. siòng 相
4. siok 叔 淑 宿 夙 縮 肅
5. siông 嘗 詳 祥 翔 庠 裳 徜 常 償 松 嫦
6. sióng
7. siōng 尙 象 像 誦 頌 訟 上
8. sio̍k 蜀 續 贖 屬 孰 熟 塾 俗

## siu

1. siu 修 收
2. siú 首 守
3. siù 秀 繡 羞 獸 宿
4. siuh
5. siû 讎 仇 售 囚 泅 酬
6. siú
7. siū 授 受 壽 袖
8. si̍uh

## siu$^{n}$

1. siu$^{n}$ 箱 傷 甚 鑲
2. siú$^{n}$ 賞 鯗
3. siù$^{n}$ 相
4. siu$^{n}$h
5. siû$^{n}$
6. siú$^{n}$ 滫
7. siū$^{n}$ 想 尙
8. si̍u$^{n}$h

## sng

1. sng 霜 桑 栓 痠 酸 孀
2. sńg 耍 損
3. sǹg 算 繏
4. sngh
5. sn̂g 甑
6. sńg
7. sn̄g
8. sn̍gh

## so

1. so 梭 騷 搔 唆
2. só 嫂 瘦 瑣 鎖
3. sò 掃 燥
4. soh
5. sô 趖 趖
6. só
7. sō
8. so̍h

## so·

1. so· 疏 疎 蔬 甦 穌 蘇 酥
2. só· 搜 蒐 所
3. sò· 素 數 訴
4. so·h 揉 所
5. sô·
6. só·
7. sō·
8. so̍·h

## soa

1. soa 沙 砂 痧 鯊
2. soá 徙
3. soà 續 煞
4. soah
5. soâ
6. soá
7. soā 速
8. soa̍h

## soa$^{n}$

1. soa$^{n}$ 山
2. soá$^{n}$
3. soà$^{n}$ 線 散
4. soa$^{n}$h
5. soâ$^{n}$
6. soá$^{n}$
7. soā$^{n}$
8. soa̍$^{n}$h

## soai$^{n}$

1. soai$^{n}$
2. soái$^{n}$
3. soài$^{n}$
4. soai$^{n}$h
5. soâi$^{n}$ 儍
6. soái$^{n}$
7. soāi$^{n}$ 槎
8. soa̍i$^{n}$h

## soan

1. soan 宣 萱 喧 旋 珊
2. soán 選 撰
3. soàn 算 蒜
4. soat 雪 說 刷
5. soân 旋
6. soán
7. soān 訕 璇 鏇 漩
8. soa̍t 劓

## soe

1. soe 疏 蔬 梳 衰
2. sóe 洗 洗
3. sòe 帥 歲 涗 細 稅
4. soeh 說 塞
5. sôe 垂
6. sóe
7. sōe 涹
8. so̍eh

## som

1. som 參
2. sóm
3. sòm
4. sop 哂
5. sôm
6. sóm
7. sōm 跚
8. so̍p

## song

1. song 桑 喪 孀 霜
2. sóng 爽 搓
3. sòng 宋 倈 送
4. sok 束 朔 速 塑 索 宿 縮 肅
5. sông
6. sóng
7. sōng
8. so̍k

## su

1. su 思 師 斯 需 司 私 書 輸 須 伺 噓
2. sú 史 使 死 署 暑
3. sù 賜 恣 肆 四 庶 恕 絮
4. suh 吸 速 颯
5. sû 辭 詞 祠 豎 殊
6. sú
7. sū 士 仕 嶼 事 食 緒 序 祀
8. su̍h

## sui

1. sui 喙 餒 衰 荽 雖 綏 祟
2. súi 娞 師 水
3. sùi
4. suih
5. sûi 隋 隨 垂 誰
6. súi
7. sūi 睡 遂 燧 瑞 穗
8. su̍ih

## sun

1. sun 孫
2. sún 榫 筍 損
3. sùn 巽 舜 瞬 遜
4. sut 率 捽 恤 屑 戌 蟀 雪 訹 怵
5. sûn 純 紃 巡 旬 詢 殉 洵 淳 醇 循
6. sún
7. sūn 順
8. su̍t 術 咴 述

## ta

1. ta 諳 咤 沓 乾 焦 礁
2. tá
3. tà 罩
4. tah
5. tâ
6. tá
7. tā
8. ta̍h

## ta$^{n}$

1. ta$^{n}$ 盒 頭 擔
2. tá$^{n}$ 打 膽
3. tà$^{n}$ 擔
4. ta$^{n}$h
5. tâ$^{n}$ 耽
6. tá$^{n}$
7. tā$^{n}$ 耽
8. ta̍$^{n}$h

## tai

1. tai 怢 懛 獃 秪 鮐
2. tái 滓 歹
3. tài 帶 戴
4. taih
5. tâi 臺 台 鮐 埋
6. tái
7. tāi 代 隸 大 玳 貸
8. ta̍ih

## tam

1. tam 舔 跕 擔 眈 耽 聃 澹
2. tám 膽 黕
3. tàm 頕
4. tap 答 荅
5. tâm 霑 沾
6. tám
7. tām 談 啖 淡
8. ta̍p 沓

## tan

1. tan 丹 單 癉 簞
2. tán 等
3. tàn 旦 但 撣
4. tat
5. tân 陳 彈 誕 憚 蛋 檀
6. tán
7. tān 纏 纏
8. ta̍t

## tang

1. tang 東 冬 璫 當 蹚 跌
2. táng 董
3. tàng 棟 揀 瞪 凍 當
4. tak 觸 碌 妲

5. tâng 童 同 筒 銅 甋
6. táng
7. tāng 動 重
8. ta̍k 獨 濁 碡 逐

### tau

1. tau 㢄 逗
2. táu 斗 度 斢 抖
3. tàu 鬥 湊 到 晝
4. tauh
5. tâu 投 骰
6. táu
7. tāu 讀 豆 痘 逐 脰
8. ta̍uh

### te

1. te 䏲 踜
2. té 底 低 抵 短 宁
3. tè 帝 戴 墆 逮
4. teh 垡 得 於 鎮 垤
5. tê 茶 蹄 踶 題
6. té 代
7. tē 地 第 弟 悌 苧 袋
8. te̍h

### te$^{n}$

1. te$^{n}$ 蹬
2. té$^{n}$ 諹
3. tè$^{n}$ 脹
4. te$^{n}$h
5. tê$^{n}$ 桯
6. té$^{n}$
7. tē$^{n}$ 掟 鄭
8. te̍$^{n}$h

### teng

1. teng 丁 徵 釘 燈 灯 仃 疔 叮
2. téng 等 戥 鼎 頂
3. tèng 釘 中 碇 訂 盯
4. tek 德 嫡 竹 的 得 摘 滴 謫
5. têng 亭 重 廷 庭 澄
6. téng
7. tēng 鄧 有 定
8. te̍k 特 敵 擇 軸 澤 擲 笛 狄 翟 滌 迪

### ti

1. ti 知 猪 蜘 豬 鼅
2. tí 底 抵 邸 氐
3. tì 蒂 智 著 戴 置 致 緻
4. tih 滴 恣
5. tî 稚 穉 池 除 遲 墀 鋤 踟
6. tí
7. tī 治 於 弟 箸 痔 持 宔
8. ti̍h

### ti$^{n}$

1. ti$^{n}$ 甜 䟓
2. tí$^{n}$ 底
3. tì$^{n}$ 脹 諹
4. ti$^{n}$h
5. tî$^{n}$ 纏 根
6. tí$^{n}$
7. tī$^{n}$ 淟 掟 鄭 淀
8. ti̍$^{n}$h

### tia

1. tia 爹
2. tiá
3. tià
4. tiah 摘
5. tiâ
6. tiá
7. tiā
8. tia̍h 糴

### tia$^{n}$

1. tia$^{n}$ 顛 綻
2. tiá$^{n}$ 鼎 頂
3. tià$^{n}$ 碇
4. tia$^{n}$h
5. tiâ$^{n}$ 埕 呈 庭
6. tiá$^{n}$
7. tiā$^{n}$ 定 錠
8. tia̍$^{n}$h

### tiam

1. tiam 砧
2. tiám 湛 點
3. tiàm 店 站
4. tiap
5. tiâm 沈
6. tiám
7. tiām 墊 恬
8. tia̍p 牒 諜 睫 喋 蝶 揲

### tian

1. tian 顛 巔 瘨
2. tián 展 黰 典 碾 輾 碘
3. tiàn
4. tiat 哲 䀹
5. tiân 田
6. tiàn
7. tiān 佃 纏 殿 綻 電 甸 澱
8. tia̍t 秩 帙 跌 轍 耋 垤 迭

### tiang

1. tiang 張 璫
2. tiáng 長
3. tiàng 漲 脹 帳 悵 倀 賬
4. tiak
5. tiâng 長
6. tiáng
7. tiāng 丈 仗 杖
8. tia̍k

### tiau

1. tiau 貂 雕 調 凋 彫 朝 晁 碉
2. tiáu
3. tiàu 釣 杓 吊 弔 寫 召
4. tiauh
5. tiâu 迢 朝 條 圂 潮 稠
6. tiáu
7. tiāu 兆 調
8. tia̍uh

### tim

1. tim 砧 鴆
2. tím
3. tìm 抌 煩
4. tip
5. tîm 沈 沉 忱 炕 朕

6. [tím]
7. tīm
8. ti̍p

## tin

1. tin 珍 徵 叮 玎 津 紝
2. tín 振
3. tìn 鎮
4. tit 得
5. tîn 塵 陳 藤
6. [tín]
7. tīn 陣
8. ti̍t 蟄 直 值 姪 侄

## tio

1. tio
2. tió 斗
3. tiò 釣 紆
4. tioh 挓
5. tiô 趒 潮
6. [tió]
7. tiō 趙 著
8. ti̍oh 着

## tiong

1. tiong 中 忠
2. tióng 長
3. tiòng 悵 漲 脹 帳 賬 中
4. tiok 竹 竺
5. tiông 長 腸 重 場
6. [tióng]
7. tiōng 仗 丈 杖 仲 重
8. ti̍ok 着 逐 築 舳 妯 軸

## tiu

1. tiu 丟 孳 孜
2. tiú 肘
3. tiù 晝
4. tiuh 情
5. tiû 綢 疇 躊 淘 稠 籌 胄
6. [tiú]
7. tiū 稻 宙 紂 紬
8. ti̍uh

## tiu$^{n}$

1. tiu$^{n}$ 張
2. tiú$^{n}$ 長
3. tiù$^{n}$ 脹 挓
4. tiu$^{n}$h
5. tiû$^{n}$ 場
6. [tiú$^{n}$]
7. tiū$^{n}$ 丈
8. ti̍u$^{n}$h

## tng

1. tng 當
2. tńg 斷 返 轉
3. tǹg 頓 當 振 磌
4. tngh
5. tn̂g 長 唐 堂 塘 腸
6. [tńg]
7. tn̄g 丈 盪 撞 斷
8. tn̍gh

## to

1. to 刀 多 都
2. tó 島 佗 倒 惰 禱 擣
3. tò 到 倒 瀆
4. toh 卓 桌 棹
5. tô 逃 駝 馱 裪 陶 淘 鉈 陀 濤
6. [tó]
7. tō 稻 柁 道 盜
8. to̍h [illegible]

## to·

1. to· 都 闍 多
2. tó· 賭 肚 堵 門 睹 島 斗 抖 蚪
3. tò· 瀆 拓 戴 妬 蠹 秅 到
4. to·h
5. tô· 塗 屠 徒 途 荼 茶 圖
6. [tó·]
7. tō· 竇 杜 度 渡 肚 鍍
8. to̍·h

## toa

1. toa
2. toá
3. toà 帶 滯
4. toah
5. toâ 儔
6. [toá]
7. toā 大
8. to̍ah

## toa$^{n}$

1. toa$^{n}$ 單 端 蛋
2. toá$^{n}$
3. toà$^{n}$ 旦
4. toa$^{n}$h
5. toâ$^{n}$ 壇 團 彈
6. [toá$^{n}$]
7. toā$^{n}$ 彈 段 憚
8. to̍a$^{n}$h

## toe

1. toe
2. tóe
3. tòe 逮
4. toeh
5. tôe 兌 頹
6. [tóe]
7. tōe
8. to̍eh

## tom

1. tom 丼
2. tóm
3. tòm 蟫 頓
4. top
5. tôm
6. [tóm]
7. tōm
8. to̍p

## tong

1. tong 東 冬 當 璫
2. tóng 懂 黨
3. tòng 凍 倲 棟 擋 檔 彤
4. tok 督 篤 斲 啄 卓
5. tông 堂 棠 桐 同 唐 螳 童 瞳 幢 踼
6. [tóng]
7. tōng 動 洞 撞 慟 蕩
8. to̍k 度 琢 鐸 牘 濁 獨 瀆 毒 犢

## tu

1. tu 嘟 株 堆 豬 誅 堵
2. tú 拄 抵
3. tù 注 著 渚
4. tuh 孜 啄 盹

5. tû 除 厨 廚 鋤
6. tű
7. tū 於 箸 賭 漬
8. tu̍h 突 訥

## tui

1. tui 堆 追
2. túi
3. tùi 碓 對
4. tuih
5. tûi 搥
6. tűi
7. tūi 墜 墮 隊 隧 硾
8. tui̍h

## tui$^{n}$

1. tui$^{n}$ 當
2. túi$^{n}$ 返 轉
3. tùi$^{n}$ 頓
4. tui$^{n}$h
5. tûi$^{n}$ 長
6. tűi$^{n}$
7. tūi$^{n}$ 斷
8. tui̍$^{n}$h

## tun

1. tun 屯 沌 鈍 墩 敦 不
2. tún 盾 墩 躉 囤
3. tùn 噸 頓
4. tut
5. tûn 豚 唇 臀
6. tűn
7. tūn 屯 炖 燉 遁 鈍
8. tu̍t

## tha

1. tha
2. thá 佗
3. thà 㨋
4. thah 塔
5. thâ
6. tha̋
7. thā
8. tha̍h 疊

## tha$^{n}$

1. tha$^{n}$ 他
2. thá$^{n}$ 坦 撐
3. thà$^{n}$
4. tha$^{n}$h
5. thâ$^{n}$
6. tha̋$^{n}$
7. thā$^{n}$
8. tha̍$^{n}$h

## thai

1. thai 胎 篩 颱
2. thái 跆
3. thài 泰 太 汰
4. thaih
5. thâi 刣 擡 抬
6. tha̋i
7. thāi 態 怠 逮
8. tha̍ih

## tham

1. tham 貪
2. thám
3. thàm 探
4. thap 塌 榻 凹
5. thâm 潭 痰 壜 曇
6. tha̋m
7. thām 紞 趴
8. tha̍p

## than

1. than 蟶 端 攤 灘
2. thán 毯 袒 坦
3. thàn 炭 嘆 趁
4. that 踢
5. thân
6. tha̋n
7. thān
8. tha̍t

## thang

1. thang 當 窗 通
2. tháng 桶
3. thàng 窗 趟 疼
4. thak
5. thâng 蟲 桐
6. tha̋ng
7. thāng 蕩
8. tha̍k 讀

## thau

1. thau 偷
2. tháu 敨
3. thàu 埱 透
4. thauh
5. thâu 頭
6. tha̋u
7. thāu 毒
8. tha̍uh

## the

1. the 胎 推 釵
2. thé 體
3. thè 退 替
4. theh 裼 晢 晳
5. thê 隄 堤 提 諦 醍
6. the̋
7. thē 遞 俀 蛇
8. the̍h 宅 提

## the$^{n}$

1. the$^{n}$ 踶 撐
2. thé$^{n}$
3. thè$^{n}$ 撐
4. the$^{n}$h
5. thê$^{n}$
6. the̋$^{n}$
7. thē$^{n}$
8. the̍$^{n}$h

## theng

1. theng 聽 廳 牚
2. théng 寵 挺 艇 逞
3. thèng 听 聽
4. thek 斥 畜 剔 飭 勅 踢 惕 裼 倜
5. thêng 停 亭 呈 滕 騰 艇 程
6. the̋ng
7. thēng
8. the̍k

## thi

1. thi 黐 粞 涕 株 誅
2. thí 恥 褚 貯 儲 搋
3. thì 剃 嚏
4. thih 鐵
5. thî 啼 笞 雉 苔
6. thi̋
7. thī
8. thi̍h 詄

## thi$^{n}$

1. thi$^{n}$ 天 添 撐
2. thí$^{n}$ 撐
3. thì$^{n}$
4. thi$^{n}$h
5. thî$^{n}$
6. thi̋$^{n}$
7. thī$^{n}$ 紩
8. thi̍$^{n}$h

### thia

1. thia
2. thiá
3. thià
4. thiah 拆
5. thiâ
6. thiá
7. thiā
8. thia̍h

### thia$^{n}$

1. thia$^{n}$ 聽 廳
2. thiá$^{n}$
3. thià$^{n}$ 痛
4. thia$^{n}$h
5. thiâ$^{n}$ 程
6. thiá$^{n}$
7. thiā$^{n}$ 撐
8. thia̍$^{n}$h

### thiam

1. thiam 添
2. thiám 諂 忝
3. thiàm
4. thiap 帖 貼
5. thiâm
6. thiám
7. thiām 塡
8. thia̍p 疊

### thian

1. thian 添 天
2. thián 搌
3. thiàn
4. thiat 撤 澈 徹 鐵 哲 詄
5. thiân
6. thián
7. thiān
8. thia̍t

### thiau

1. thiau 挑 刁 窕
2. thiáu
3. thiàu 跳 眺
4. thiauh
5. thiâu
6. thiáu
7. thiāu 柱 疰 祧 肇
8. thia̍uh

### thim

1. thim 琛 鴆
2. thím
3. thìm
4. thip
5. thîm
6. thím
7. thīm
8. thi̍p

### thin

1. thin
2. thín
3. thìn
4. thit 跮
5. thîn 斟
6. thín
7. thīn 伨
8. thi̍t

### thio

1. thio 挑
2. thió
3. thiò 糶
4. thioh
5. thiô
6. thió
7. thiō
8. thio̍h

### thiong

1. thiong 衷
2. thióng 冢 塚 寵
3. thiòng 暢 鬯
4. thiok 畜 蓄
5. thiông 蟲 虫
6. thióng
7. thiōng
8. thio̍k

### thiu

1. thiu 抽
2. thiú
3. thiù
4. thiuh
5. thiû
6. thiú
7. thiū
8. thiu̍h

### thiu$^{n}$

1. thiu$^{n}$
2. thiú$^{n}$ 丑
3. thiù$^{n}$
4. thiu$^{n}$h
5. thiû$^{n}$
6. thiú$^{n}$
7. thiū$^{n}$
8. thiu̍$^{n}$h

### tng

1. tng 湯
2. tńg 挺
3. tǹg 兌 燙
4. tngh
5. tn̂g 傳 糖
6. tńg
7. tn̄g 杖 燙
8. tn̍gh

### tho

1. tho 偷 滔 韜 叨 饕
2. thó 討 妥
3. thò 套
4. thoh
5. thô 桃 踱
6. thó
7. thō 俀
8. tho̍h

### tho͘

1. tho͘
2. thó͘ 土 吐
3. thò͘ 吐 兎
4. tho͘h
5. thô͘ 土 酴 涂
6. thó͘
7. thō͘
8. tho̍͘h

### thoa

1. thoa 拖
2. thoá
3. thoà
4. thoah 獺 屜 脫
5. thoâ
6. thoá
7. thoā 陶
8. thoa̍h

### thoa$^{n}$

1. thoa$^{n}$ 灘 攤
2. thoá$^{n}$ 剗
3. thoà$^{n}$ 炭 湠
4. thoa$^{n}$h
5. thoâ$^{n}$
6. thoá$^{n}$
7. thoā$^{n}$
8. thoa̍$^{n}$h

### thoe

1. thoe 釵
2. thóe 體
3. thòe 退
4. thoeh
5. thôe 瘃
6. thóe
7. thōe 俀

8. tho̍eh

## thong

1. thong 通 嫯 蓪 湯
2. thóng 捅 統 艟 侗
3. thòng 痛
4. thok 托 魠 託 拓 跅
5. thông 糖
6. thóng
7. thōng 蕩 幢
8. tho̍k 讀

## thu

1. thu 株 誅
2. thú 楮 褚 貯 儲 苧 紵 樗
3. thù
4. thuh 托 詘 魠 禿
5. thû 躇
6. thú
7. thū
8. thu̍h 咄

## thui

1. thui 梯 棰 推 捶
2. thúi 腿
3. thùi 兌
4. thuih
5. thûi 椎 槌 錘 倕
6. thúi
7. thūi
8. thu̍ih

## thun

1. thun 呑 椿
2. thún 疃
3. thùn
4. thut 突 禿 詘 脫
5. thûn 豘 豚 黗
6. thún
7. thūn 坉
8. thu̍t 脫 禿 黜 咄

## U

1. u 汚 杇 窩
2. ú 宇 噎
3. ù
4. uh
5. û
6. ú
7. ū 有
8. u̍h

## ui

1. ui 威 衣 螁
2. úi 委 萎 諉 諱 唯 偉
3. ùi 餧 畏 尉 慰 對 蔚
4. uih
5. ûi 帷 圍 闈 遺 違 爲 維 惟
6. úi
7. ūi 位 胃 謂 爲 畫
8. u̍ih

## un

1. un 殷 慇 恩 蹲 熅 鰮 溫 瘟
2. ún 穩 隱 允 尹 殞 隕 蚓 媪
3. ùn 塭 搵 慍 傴
4. ut 鬱 尉 熨 膃
5. ûn 云 雲 勻 逡 耘 焚 圓
6. úu
7. ūn 運 韻
8. u̍t 聿 遹 鷸

# 呼音表檢索

（括弧內者讀意）

| | | | |
|---|---|---|---|
| chhun | | 春 | 464 |
| chhut | | 齣 | 469 |

## e

| | | | |
|---|---|---|---|
| e | | 挨 | 478 |
| eh | | 厄 | 482 |
| ek | | 益 | 483 |
| eng | | 英 | 485 |

## g

| | | | |
|---|---|---|---|
| ga | gâ | 牙 | 488 |
| ga$^{n}$ | gá$^{n}$ | 雅 | 488 |
| gai | gâi | 涯 | 489 |
| gak | ga̍k | 岳 | 490 |
| gam | gām | 譀 | 491 |
| gan | gān | 雁 | 493 |
| gang | gāng | (卬) | 493 |
| gap | | 哈 | 493 |
| gau | gâu | 嫯 | 494 |
| ge | gê | 牙 | 495 |
| gek | ge̍k | 玉 | 497 |
| geng | géng | 研 | 497 |
| gi | gī | 義 | 500 |
| gia | giâ | 鵝 | 502 |
| giah | | 撠 | 503 |
| giam | giâm | 嚴 | 504 |
| gian | | 妍 | 505 |
| giang | giàng | 齴 | 507 |
| giap | gia̍p | 業 | 507 |
| giat | | 囓 | 507 |
| gim | gím | 莟 | 508 |
| gin | gîn | 銀 | 509 |
| gio | giô | 偶 | 510 |
| giong | gióng | 仰 | 510 |
| go | gô | 鵝 | 511 |
| go͘ | gô͘ | 吳 | 512 |
| goā | | 外 | 515 |
| goan | goân | 原 | 519 |
| goat | goa̍t | 月 | 521 |
| goeh | go̍eh | 月 | 521 |
| gok | go̍k | 鱷 | 523 |
| gong | gōng | 戇 | 524 |
| gu | gû | 牛 | 525 |

## h

| | | | |
|---|---|---|---|
| ha | | 哈 | 528 |
| ha$^{n}$ | há$^{n}$ | 哄 | 533 |
| hah | | 嚇 | 534 |
| hai | | 奒 | 536 |
| hai$^{n}$ | hài$^{n}$ | 孩 | 542 |
| hak | | 劃 | 543 |
| ham | | 頷 | 544 |
| han | hán | 罕 | 548 |
| hang | | 魧 | 553 |
| hap | | 詥 | 555 |
| hat | | 轄 | 558 |
| hau | | 效 | 559 |
| hau$^{n}$ | hâu$^{n}$ | 熬 | 563 |
| he | | 痚 | 564 |
| heh | | 嚇 | 567 |
| hek | | 黑 | 568 |
| heng | | 興 | 570 |
| hi | | 墟 | 578 |
| hi$^{n}$ | hì$^{n}$ | 孩 | 583 |
| hia | | 靴 | 584 |
| hia$^{n}$ | | 兄 | 585 |
| hiah | hia̍h | 額 | 587 |
| hia$^{n}$h | | 攄 | 587 |
| hiam | | 馦 | 588 |
| hian | | 軒 | 590 |
| hiang | | 香 | 596 |
| hiap | hia̍p | 脅 | 599 |
| hiat | | 血 | 599 |
| hiau | | 梟 | 601 |
| him | | 欣 | 603 |
| hin | | 興 | 604 |
| hioh | | 歇 | 605 |
| hiok | | 郁 | 606 |
| hiong | | 兇 | 607 |
| hip | | 翕 | 609 |
| hit | | (彼) | 610 |
| hiu | | 休 | 611 |
| hiu$^{n}$ | | 香 | 612 |
| hiu$^{n}$h | | 咻 | 614 |
| hm | hm̂ | 茅 | 614 |
| hmh | | 揊 | 614 |
| hng | | 方 | 615 |
| ho | | 焅 | 616 |
| ho͘ | | 呼 | 628 |
| ho͘$^{n}$ | hó͘$^{n}$ | 火 | 636 |
| hoa | | 花 | 637 |
| hoa$^{n}$ | hoā$^{n}$ | 岸 | 642 |
| hoah | | 喝 | 643 |
| hoai | hoāi | 壞 | 644 |
| hoai$^{n}$ | hoâi$^{n}$ | 橫 | 644 |
| hoan | | 番 | 646 |
| hoat | | 發 | 659 |
| hoe | | 花 | 664 |
| hoeh | | 血 | 678 |
| ho͘h$^{n}$ | | 否 | 679 |
| hok | | 福 | 679 |
| hong | | 風 | 684 |
| hu | | 夫 | 700 |
| hui | | 非 | 710 |
| hui$^{n}$ | | 荒 | 715 |
| hun | | 婚 | 719 |
| hut | | 拂 | 726 |

## i

| | | | |
|---|---|---|---|
| i | | 衣 | 728 |
| ia | iâ | 耶 | 735 |
| ia$^{n}$ | iá$^{n}$ | 影 | 736 |
| iah | ia̍h | 驛 | 739 |
| iak | | 約 | 740 |
| iam | | 閹 | 741 |
| ian | | 淵 | 743 |
| iang | | 央 | 744 |
| iap | | 揜 | 746 |
| iau | | 枵 | 747 |
| im | | 音 | 750 |
| in | | 因 | 753 |
| io | | 腰 | 755 |
| ioh | | 喲 | 757 |
| iok | | 約 | 758 |
| iong | | 邕 | 759 |
| it | | 一 | 762 |
| iu | | 釉 | 770 |
| iu$^{n}$ | iû$^{n}$ | 羊 | 775 |

## j

| | | | |
|---|---|---|---|
| ji | jí | 子 | 776 |
| jia | | 遮 | 785 |
| jiah | | 跡 | 786 |
| jiam | jiám | 染 | 786 |
| jian | jiân | 然 | 787 |
| jiap | jia̍p | 廿 | 787 |
| jiat | jia̍t | 熱 | 788 |
| jiau | jiáu | 爪 | 789 |
| jim | jím | 忍 | 790 |
| jin | jîn | 仁 | 795 |
| jio | jiō | 尿 | 796 |
| jiok | jio̍k | 弱 | 797 |
| jiong | jiông | 茸 | 799 |
| jip | ji̍p | 入 | 800 |
| jit | ii̍t | 日 | 803 |
| jiu | jiû | 柔 | 805 |
| joa | joā | 若 | 806 |
| joah | joa̍h | 溽 | 807 |
| joe | jôe | 挼 | 807 |
| ju | jû | 如 | 808 |
| jun | jūn | 韌 | 809 |

## k

| | | | |
|---|---|---|---|
| ka | | 家 | 809 |
| ka$^{n}$ | | 監 | 816 |
| kah | | 甲 | 817 |
| kai | | 該 | 820 |
| kak | | 角 | 823 |
| kam | | 甘 | 824 |
| kan | | 姦 | 829 |
| kang | | 江 | 832 |
| kap | | 蛤 | 835 |
| kat | | 結 | 835 |
| kau | | 交 | 836 |
| kauh | | 餃 | 841 |
| ke | | 鷄 | 843 |
| ke$^{n}$ | | 庚 | 848 |
| keh | | 格 | 850 |
| kek | | 激 | 852 |
| keng | | 經 | 856 |
| ki | | 飢 | 863 |

| | | | |
|---|---|---|---|
| nau | náu | 腦 | 1250 |
| nauh | | 譊 | 1251 |
| ne | | 乳 | 1252 |
| neh | | 塌 | 1252 |
| ni | | 拎 | 1253 |
| nia | niá | 領 | 1257 |
| niau | | 猫 | 1259 |
| nih | | 躡 | 1260 |
| niu | niú | 兩 | 1261 |
| nng | nn̄g | 卵 | 1268 |
| noa | nòa | 淖 | 1269 |

## ng

| | | | |
|---|---|---|---|
| ng | | 央 | 1271 |
| nga | ngá | 雅 | 1275 |
| ngau | ngâu | 淆 | 1275 |
| ngauh | | (齩) | 1276 |
| nge | ngé | 雅 | 1276 |
| ngeh | | 莢 | 1276 |
| ngia | ngiâ | 迎 | 1278 |
| ngiau | | 擻 | 1279 |
| ngiauh | | 譊 | 1280 |
| ngiu | ngiú | 扭 | 1280 |
| ngo· | ngō· | 午 | 1283 |

## o,o·

| | | | |
|---|---|---|---|
| o | | 阿 | 1284 |
| o· | | 烏 | 1286 |
| o·$^{n}$ | | 捂 | 1290 |
| oa | | 蛙 | 1291 |
| oa$^{n}$ | | 鞍 | 1292 |
| oah | oa̍h | 活 | 1293 |
| oai | | 歪 | 1295 |
| oai$^{n}$ | | 歪 | 1295 |
| oan | | 彎 | 1296 |
| oat | | 斡 | 1301 |
| oe | | 椏 | 1303 |
| oh | | 惡 | 1305 |
| ok | | 惡 | 1306 |
| ong | | 翁 | 1308 |

## p

| | | | |
|---|---|---|---|
| pa | | 巴 | 1309 |
| pah | | 百 | 1313 |
| pai | pái | 擺 | 1314 |
| pak | | 北 | 1319 |
| pan | | 班 | 1322 |
| pang | | 崩 | 1326 |
| pat | | 八 | 1331 |
| pau | | 包 | 1335 |
| pauh | | 暴 | 1337 |
| pe | pé | 把 | 1338 |
| pe$^{n}$ | | 攀 | 1340 |
| peh | | 伯 | 1345 |
| pek | | 百 | 1351 |
| peng | | 兵 | 1354 |
| pi | | 悲 | 1361 |
| pi$^{n}$ | | 邊 | 1367 |
| pia$^{n}$ | pià$^{n}$ | 摒 | 1372 |
| piah | | 壁 | 1373 |
| piak | | 煏 | 1374 |
| pian | | 篇 | 1374 |
| piat | | 鱉 | 1380 |
| piau | piáu | 表 | 1380 |
| pih | | 鼈 | 1382 |
| pin | | 豳 | 1383 |
| pio | | 標 | 1386 |
| pit | | 必 | 1388 |
| piu | | 彪 | 1389 |
| png | | 楓 | 1390 |
| po | | 褒 | 1391 |
| po· | | 晡 | 1396 |
| poa | poà | 簸 | 1402 |
| poa$^{n}$ | | 搬 | 1403 |
| poah | | 撥 | 1409 |
| poan | poān | 叛 | 1412 |
| poat | | 癶 | 1412 |
| poe | | 杯 | 1414 |
| poh | | 卜 | 1418 |
| pok | | 卜 | 1419 |
| pong | póng | 榜 | 1422 |
| pu | pû | 匏 | 1424 |
| puh | | 茁 | 1425 |
| pui | pûi | 肥 | 1425 |
| pun | | 分 | 1427 |
| put | | 不 | 1432 |

## ph

| | | | |
|---|---|---|---|
| pha | | 抛 | 1442 |
| pha$^{n}$ | phā$^{n}$ | 奅 | 1445 |
| phah | | 拍 | 1445 |
| phai | phài | 派 | 1452 |
| phai$^{n}$ | phái$^{n}$ | 歹 | 1453 |
| phak | | 仆 | 1458 |
| phan | | 攀 | 1459 |
| phang | | 芳 | 1460 |
| phau | | 抛 | 1462 |
| phauh | | 胮 | 1463 |
| phe | | 批 | 1464 |
| phe$^{n}$ | | 伻 | 1465 |
| phek | | 碧 | 1466 |
| pheng | | 烹 | 1467 |
| phi | | 丕 | 1469 |
| phi$^{n}$ | | 篇 | 1471 |
| phia$^{n}$ | | 兵 | 1473 |
| phiah | | 癖 | 1474 |
| phiak | | 暑 | 1475 |
| phian | | 編 | 1475 |
| phiat | | 撇 | 1478 |
| phiau | | 標 | 1479 |
| phih | | 擘 | 1481 |
| phin | phín | 品 | 1482 |
| phio | phiò | 票 | 1483 |
| phit | | 匹 | 1484 |
| phiu | | 彪 | 1484 |
| pho | | 波 | 1484 |
| pho· | | 鋪 | 1487 |
| phoa | phoâ | 槃 | 1493 |
| phoa$^{n}$ | | 潘 | 1493 |
| phoah | | 潑 | 1495 |
| phoan | phoân | 蟠 | 1496 |
| phoat | | 潑 | 1496 |
| phoe | | 胚 | 1496 |
| phoh | | 粕 | 1499 |
| phok | | 博 | 1499 |
| phong | | 豐 | 1500 |
| phu | phú | 麩 | 1503 |
| phuh | | 哷 | 1505 |
| phui | phùi | 屁 | 1507 |
| phun | | 奔 | 1507 |
| phut | | 刜 | 1509 |

## s

| | | | |
|---|---|---|---|
| sa | | 沙 | 1510 |
| sa$^{n}$ | | 衫 | 1515 |
| sah | sa̍h | (煠) | 1520 |
| sah$^{n}$ | | 甚 | 1520 |
| sại | | 獅 | 1522 |
| sak | | 揀 | 1525 |
| sam | | 三 | 1525 |
| san | | 山 | 1531 |
| sang | | 鬆 | 1533 |
| sap | | 屑 | 1535 |
| sat | | 殺 | 1536 |
| sau | | 誚 | 1537 |
| se | | 西 | 1538 |
| se$^{n}$ | | 銑 | 1546 |
| seh | | 雪 | 1547 |
| sek | | 色 | 1548 |
| seng | | 生 | 1553 |
| si | | 詩 | 1564 |
| si$^{n}$ | | 生 | 1579 |
| sia | | 賒 | 1580 |
| sia$^{n}$ | | 聲 | 1584 |
| siah | | 削 | 1587 |
| siak | | 皶 | 1588 |
| siam | | 刪 | 1588 |
| sian | | 仙 | 1590 |
| siang | | 商 | 1598 |
| siap | | 卅 | 1607 |
| siat | | 設 | 1609 |
| siau | | 蕭 | 1610 |
| sim | | 心 | 1617 |
| sin | | 新 | 1626 |
| sio | | 燒 | 1636 |
| sioh | | 惜 | 1646 |
| siok | | 宿 | 1647 |
| siong | | 嵩 | 1651 |
| sip | | 濕 | 1660 |
| sit | | 失 | 1663 |
| siu | | 收 | 1671 |
| siu$^{n}$ | | 箱 | 1679 |

## a

a
**鴉** 烏鴉o͘-a也。黑色鳥。俗謂鴉有反哺之義。烏～仔生無隔暝卵o͘～á seⁿ-bô keh-mê-nn̄g⇨母罵其子女不留存食物之詞。但不知其何所據。

【**鴉片** a-phiàn】 Opium的譯詞，亦作雅片或阿片。～～煙～～hun⇨同上。～～鬼～～kúi⇨嘲笑阿片朋友。～～癮～～giàn⇨其中毒者。～～膏二大索～～ko jī toā-soh⇨謂自殺的最佳捷徑，是阿片最好，第二是大索吊脰tiàu-tāu。～～食來脚趔趔，某去嫁，囝去流～～chiah-lâi kha khiû-khiû, bó͘-khì-kè, kiáⁿ-khì-liû⇨喻吸食阿片之害。～～戰爭～～chiàn-cheng⇨清末因阿片進口而起的清英之戰。結果是割香港而求和。囝kiáⁿ,男的。囡giń,女的。

【**鴉雀無聲** a-chhiak-bû-seng】 非常寂靜的形容詞。逐家緊張皷全場～～～～tak-ê kín-tiuⁿ kah choân-tiûⁿ～～～～⇨同上。

a
**丫** 雙叉也。開叉也。鐵叉也。又女婢lí-pī也。但多見於舊小說中，日常似較少使用，如丫頭a-thâu，丫環a-khoân等是，皆指女婢lí-pī也。

a
**阿** 冠頭詞。冠在他詞之前，表示尊敬親愛，不論尊卑或一般人名皆用之。

【**阿木** a-bok】 阿木其人。

【**阿公** a-kong】 祖父。阮～～goán～～⇨我們的祖父。您～～lín～～⇨你們的祖父。個～～in～～⇨他們的祖父。

【**阿母** a-bú】 母親。媽ma。

【**阿兄** a-hiaⁿ】 兄長heng-tiáng。阮～～個丈人goán～～in tiūⁿ-lâng⇨我們大哥的岳父。個in,伊的複數。

【**阿奶** a-nái】 夫人。貴人之妻。～～阿舍娘～～a-sià-niû⇨阿奶乃阿舍夫人也。

【**阿旦** a-toàⁿ】 旦角toàⁿ-kioh。戲旦hì-toàⁿ。又嘲懶女人曰阿旦a-toàⁿ。格到未輸～～抸kek-kà bē(bōe)-su～～lè⇨打扮得宛若戲旦之美麗。亦嘲其只管打扮而不服勤勞。

【**阿西** a-se】 反應較慢之人。戇～～gōng～～⇨笨蛋。～～面～～bīn⇨有傻瓜的長相。看著～～～～khoàⁿ-tioh～～～～⇨一見甚阿西的樣子。

【**阿妗** a-kīm】 舅父之妻。阿舅～～a-kū～～⇨舅父舅母。

【**阿伯** a-peh】 伯父。亦尊稱不知名的尊者之詞。即位～～請較過來即邊抸chit-ūi～～chhiáⁿ khah-kòe-lâi chit-pêng-lè⇨此位老伯伯請你移過來一點。～～阿姆～～a-ḿ⇨伯父，伯母。

【**阿弟** ā-tī】 小弟。愛弟。～～阿姊抱你～～a-ché phō-lí⇨小弟，姊姊抱你吧。

【**阿姊** a-ché】 大姊三姊皆姊也。阿兄～～a-hiaⁿ～～⇨兄與姊。

【**阿叔** a-chek】 叔父，父之弟。～～阿嬸～～a-chím⇨叔父叔母。

【**阿花** a-hoe】 阿花其人。三八～～sam-pat～～。

【**阿姑** a-ko͘】 姑母ko͘-bó͘。父之姊妹。～～姑丈～～ko͘-tiuⁿ⇨姑媽與姑媽之丈夫。

【**阿姆** a-ḿ】 伯母peh-bó͘。～～仔～～à⇨同上。

【**阿舍** a-sià】 權貴之家的子弟。少爺siàu-iâ。一顆恰如～～抸，連振動都不chit-kho͘ kah-ná～～leh，liân tin tāng to-m̄⇨一大條有如少爺架勢，動亦毋振動(不工作)。

【**阿姨** a-î】 姨母。母之姊妹。～～阿丈～～a-tiuⁿ⇨姨母及姨丈。

【**阿娘** a-niâ】 母親。媽ma。

【**阿爹** a-tia】 父親。爸pa。

【**阿婆** a-pô】 老婦的尊稱。老阿公老～～lāu-a-kong lāu～～⇨同上。

**【阿嫂 a-só】** 兄嫂hia$^{n}$-só。阿兄娶～～a-hia$^{n}$ chhoā～～⇨哥哥ko-ko娶來了大嫂。

**【阿舅 a-kū】** 舅父。母舅bó-kū。母之兄弟也。閹鷄飼大隻，～～來，掠來刣iam-ke chhī-toā-chiah, ～～lâi, lia̍h lâi-thâi⇨童謠。

**【阿媽 a-má】** 祖母。阿公～～a-kong～～⇨祖父及祖母。

**【阿嬤 a-má】** 同阿媽a-má。

**【阿嬸 a-chím】** 叔母siok-bó(bú)。～～阿姆～～a-ḿ⇨叔母與伯母。

**【阿不倒 a-put-tó】** 不倒翁put-tó-ong。～～～仔～～～á⇨不倒翁或指不倒的人物。

**【阿卓仔 a-tok-á】** 卓應作斲tok，所謂老外lāu-gōa的歐美白人，謂其鷹鉤鼻之長(大)可以斲而棄之也。參閱斲鼻tok-phi$^{n}$。

**【阿督仔 a-tok-á】** 白人pe̍h-lâng。美國人bí-kok-lâng。意為鷹鼻之人。亦即斲鼻仔tok-phi$^{n}$-á之轉化。斲鼻tok-phi$^{n}$者，長得可砍斷之長鼻也。斲tok，即斫也，砍也。同阿卓仔，但卓督兩字，都應該是斲tok。阿卓仔或阿督仔，似均為俗寫體。如依語源，似應寫作「阿斲仔」。

**【阿美的 a-bí-ê】** 美國人。亦叫阿美哥仔a-bí-ko-a。阿美婆仔a-bí-pô-á⇨美國少女。

**【阿狗嫂仔 a-káu-só-à】** 凡指不知何方人氏。甚人八你～～～～sia$^{n}$-lâng bat-lí～～～～→意謂誰八你是阿狗或阿貓。八bat，認識也。

**【阿里不達 a-lí-put-ta̍t】** 零零碎碎，無甚價值的事物。攏是一寡仔～～～～的耳啦lóng-sī chit-ko-á～～～～ê niâ-là⇨是一些零星無用之物而已。阿里不達a-lí-put-ta̍t，疑是毫厘不值hô-lî-put-ta̍t的轉化。

**【阿撒普耳 a-sa-phú-luh】** 三流的貨色。疑來自外語。倩倩許的～～～～的曷有效chhia$^{n}$-chhiá$^{n}$ hiah-ê ～～～～ ê a̍h-ū-hāu⇨雇用那些三流貨色恐怕無效也。

**【阿貓阿狗 a-niau-a-káu】** 張三某四tiu$^{n}$-sa$^{n}$-bó-sì，亦即張三李四也。小輩。小人物。甚人八你～～～～sia$^{n}$-lâng bat(pat)-lí～～～～⇨誰識你這小人物。

a **亞** 次也。第二的。次一級的。亞細亞洲的簡稱。流～liû～⇨同一派系的。差不多的。冠～軍koan～kun⇨一二名。

**【亞洲 a-chiu】** 亞細亞洲Asia的省稱。

**【亞軍 a-kun】** 競爭之類的第二名。～～決定戰～～ koat-tēng-chiàn⇨決定亞軍誰屬的比賽。

**【亞鉛 a-iân】** 鋅sin的通稱。～～板～～phiá$^{n}$⇨同上。～～桶～～tháng⇨鉛桶iân-tháng。～～線～～soà$^{n}$⇨大小的鐵絲或鐵線，多屬鍍鉛的。

**【亞聖 a-sèng】** 聖人第二名。至聖～～chì-sèng～～⇨孔子與孟子之尊稱。

**【亞當 a-tong】** Adam。基督教稱為人類始祖。伊甸樂園的～～i-tiân-lo̍k-hn̂g ê～～⇨同上。其妻即為夏娃Eve也。

**【亞熱帶 a-jia̍t-tài】** 地理學名詞。氣候比較熱帶溫和一點的地帶。～～～性的氣候～～～sèng ê khì-hāu⇨同上。

**【亞美利加 a-bí-lī-ka】** America。㊀國名。正式名稱為～～～～合衆國～～～～ha̍p-chiòng-kok。簡稱U. S. A。㊁地名。～～～～洲～～～～chiu⇨有南北兩洲。

**【亞歷山大 a-le̍k-san-tāi】** 洋人名Alexander。～～～～大王～～～～tāi-ông⇨歐洲史上的名帝王Alexander the Great。

á **啞** 通作瘂á。口不能言也。聾～lông～⇨聾人與啞人。無～無聾勿作家翁bô～bô-lông bu̍t-chok ka-ong⇨謂當家之人宜裝啞作聾，勿聽兒女媳婦輩之閑言閑語也。

**【啞口 á-kháu】** é-káu。不能言語。～～無言～～bû-giân⇨因理屈而無話可說。

**【啞劇 á-ke̍k】** 有科介(動作表情)無口白的戲劇。

【啞謎 á-bê】 事極費解令人難於猜測者。即件事，眞是一個～～chit-kiāⁿ-sū, chin-sī chit-ê～～⇨此事眞的是個啞謎。

á
仔 助詞。接尾詞。表示可愛，渺小，或卑賤之意。而由其所承接之聲尾之不同，有如次之變化。(A)在m之後變má：金仔kim-á→kim-má。柑仔kam-á→kam-má。妗仔kīm-á→kīm-má⇨小舅子之妻。(B)在n之後變ná：囡仔gin-á→gín-ná⇨小孩子。手巾仔chiú-kin(kun)-á→chhiú-kin(kun)-ná⇨手帕chhiú-phek。毛神仔mo-sîn-á→mo-sîn-ná⇨魔神仔mo-sîn-ná。(C)在ng之後變ngá：翁仔ang-á→ang-ngá⇨偶人。筩仔tāng-á→tāng-ngá⇨圓洞形之容器。港仔嘴káng-á chhùi→káng-ngá-chhùi⇨地名。(D)在k之後變ga：銀角仔giñ-kak-á→giñ-kak-gá。礐仔hak-á→hak-gá⇨厠所。(E)在p之後變bá：盒仔ap-á→ap-bá⇨小盒子。蛤仔kap-á→kap-bá⇨田蛙。苔仔久tap-á-kú→tap-bá-kú⇨一會兒。苔，小豆也。合仔趁hap-á-thàn→hap-bá-thàn⇨大利雙倍。(F)在t之後變lá：筋仔骨仔kin(kun)-á kut-á→kin(kun)-ná kut-lá⇨筋筋骨骨。破筆仔phoà-pit-á→phoà-pit-lá⇨小學一年生仔sió-h a kit-nî-seng-ngá。金桔仔kim-kit-á→kim-kit-lá⇨小桂子。牽核仔khan-hat-á→khan-hat-lá⇨淋巴線結瘤。(G)在鼻音aⁿ，eⁿ，iⁿ等之後變áⁿ：嬰仔eⁿ-á→eⁿ-áⁿ⇨嬰兒eng-jî。田岸仔chhân-hoāⁿ-á→chhân-hoāⁿ-áⁿ⇨田界。檨仔soāiⁿ-á→soāiⁿ-áⁿ⇨果子名。柺仔koáiⁿ-á→koáiⁿ-áⁿ⇨手杖。上舉七例，看似複雜，但都屬發音上的自然變化，只要咬音正確，是無須努力作爲的。其他都可依字讀字，如次。搖鼓仔iô-kó·-á⇨同上。磨鋸仔boâ-kì-á⇨同上。肉鍋仔bah-oe-á⇨同上。茶甌仔tê-au-á⇨同上。簏仔khah-á⇨小魚籠。鳥仔chiáu-á⇨同上。牛仔囝gû-á-kiáⁿ⇨小牛。小許仔sió-kó·-á⇨一點點。

á
猶 猶有á-ū，猶未á-bōe，猶好á-hó等，皆猶iáu之轉化(見iau猶部)。

à
也 助詞。㊀接尾語。用以結束詞句之完整。亦示動詞動作之完結。略等於普通話（國語）之了。好～hó～⇨好了。去～khì～⇨去了。食飽～chiah-pá～⇨吃飽了。掠著～liah-tioh～⇨抓到了。食了～chiàh-liáu～⇨吃完東西了。食了了～chiah-liáu-liáu～⇨吃得乾乾淨淨了。收了～siu-liáu～⇨收拾好了。收了了～siu-liáu-liáu～全部收拾好了。寫了～siá-liáu～⇨寫好了。寫了了～siá-liáu-liáu～⇨全都寫好了。又知影chai-iáⁿ的影字，疑爲也字之訛。也本音iá，而訛爲á。按台語中以影字做接尾詞者，計有：有影ū-iáⁿ，無影bô-iáⁿ，知影chai-iáⁿ，不知影m̄-chai-iáⁿ，曷知影ah-chai-iáⁿ，假影ké-iáⁿ等六詞。而此影字只是虛詞而已，並不表示任何特別意義。今以也字代之而成：有也ū-ià，無也bô-ià，知也chai-ià，毋知也m̄-chai-ià，曷知也ah-chai-ià，假也ké-ià等是。音雖稍變，義則全同。在文法上亦完全相符。故疑其影字爲也字之訛。㊁代替亦字，但變也iā，例如，亦是ah-si⇨也是。亦有ah-ū⇨也有等。而亦字卻誤用爲反語的曷字。例如：烏有之事被懷疑，應該是用曷有影ah-ū-iáⁿ加以否定，但是卻皆寫成亦有影ah-ū-iaⁿ⇨亦眞也，而反成肯定。又代亦ah字的用例亦多。～是共款～si kāng-khoán⇨亦是同樣。賣了～好bē-liáu～hó⇨賣了亦好。～如好～如不好～ná-hó～ná-m̄-hó⇨亦如可亦如不可。

à
惡 惡覇à-pà也。逞強不講理也。～～囡仔～～gín-á⇨同上。～～人～～lâng⇨同上。當今書刊上，皆作鴨覇，一笑。

â
啊 感嘆詞。表示疑問。～，敢著～，kám-tioh⇨哦，需要嗎。～，敢安爾～，kám an-ne(ni)⇨哦，如此不錯嚒。～，好啦，無要緊啦～，hó-là, bô-iàu-kín-là⇨呵，好嚒，不要緊也。

ā
**也** 亦i̍ah之轉化者也。

【也不 ā-m̄】 亦不i̍ah-m̄。～～來～～去，不知伊抒頓蹄啥咧～～lâi～～khì，m̄-chai i teh tǹn-tê$^{n}$-sah$^{n}$-lè⇨亦不來亦不去，不知道他在躇躊何事。

【也伸 ā-boeh】 侏boeh即求也，欲得之也。即亦要i̍ah-boeh。每要mā-boeh也。～～甜～～滇～～大碗～～滿圻～～ti$^{n}$～～tī$^{n}$～～toā-oá$^{n}$～～boán-kî$^{n}$⇨謂樣樣都要。貪婪無厭tham-lâm-bû-iàm也。圻ki，界也，俗作墘。

【也有 ā-ū】 亦有i̍ah-ū,每有mā-ū。山前～～花，～～檳榔心，荖葉藤，侏食道分個soa$^{n}$-chêng～～hoe,～～pin-nn̂g-sim,láu-hio̍h-tîn, boeh-chia̍h tō pun-in⇨關三姑仔詞。

【也若 ā-ná】 亦若i̍ah-ná，每恰如mā-kah-ná。～～侏～～不抒～～boeh～～m̄-lè⇨亦像愛i̍ah-chhiū$^{n}$-ài，亦像不愛i̍ah-chiū$^{n}$-m̄-ài的樣子。

【也是 ā-si】 亦是i̍ah-sī, 每是mā-sī。請仙來～～共款也啦chhiá$^{n}$-sian-lâi～～kāng-khoán-ā-lah⇨邀請仙人來還是一樣了(沒救了)。

【也著 ā-tio̍h】 也該ā-ài。亦著i̍ah-tio̍h。每該mā-ài。～～人～～錢，不是許簡單的～～lâng～～chî$^{n}$, m̄-sī hiah-kán-tan-ê⇨每該人每該錢無許爾簡單mā-ài-lâng mā-ài-chî$^{n}$ bô-hiah-ni kán-tan。

ā
**曷** 曷ah的轉化。曷有ā-ū⇨曷有ah-ū⇨何有。曷著ā-tio̍h⇨曷著āh-tio̍h⇨何必hô-pit(見ah部)。

## a$^{n}$

à$^{n}$
**掗** 赤子也，抱子而使其眠亦曰掗(動詞化也)，母抱子眠曰掗。～抒食乳～lè chia̍h-leng⇨抱著餵奶。～抒困～～lè khùn⇨抱之而眠。掗俗作抱a$^{n}$，似不合適。困，俗作木旁，非。

【掗困 à$^{n}$-kiá$^{n}$】 抱兒而臥。～～睏～～khùn⇨抱兒使入睡。抱子而睡。

【掗卵 à$^{n}$-nn̄g】 鷄(禽類)伏蛋。孵卵pū-nn̄g。

【掗鷄仔 à$^{n}$-ke-á】 母鷄收小鷄於翅下。鷄母～～～ke-bó～～～⇨同上。

à$^{n}$
**向** 對也。面對也。傾向也。二個相～抒呷茶nn̄g-ê sio～teh ha-tê⇨兩人相向喝著茶。呷ha，吸飲也，近多有作呷chia̍h者，非也。

【向山 à$^{n}$-soa$^{n}$】 面對山區。厝起～～chhù-khí～～⇨同上。

【向天 à$^{n}$-thi$^{n}$】 仰天。頭～～thâu～～⇨面向天。

【向南 à$^{n}$-lâm】 坐北～～chō-pak～～⇨同上。～～的厝較向陽～～ê chhù khah hiáng-iâng⇨坐北朝南的房屋比較多陽光。

【向海 à$^{n}$-hái】 面對海洋。向山～～à$^{n}$-soa$^{n}$～～⇨面山面海。

【向歸旁 à$^{n}$-kui-pêng】 傾向單方面。偏心phian-sim。做父母的未使得～～～chò-pē-bó-ê bē(bōe)-sái-tit～～～⇨父母者不該不公平。

à$^{n}$
**佒** 面向地曰佒à$^{n}$。～上～落～chiū$^{n}$～lo̍h⇨數曲身。數彎腰。～落去扱物～lo̍h-khì khioh-mi̍h⇨俯身拾物。

【佒耳 à$^{n}$-hī$^{n}$】 傾耳。～～聽人講古～～thia$^{n}$-lâng kóng-kó⇨傾耳聽人講故事。

【佒佒 à$^{n}$-à$^{n}$】 頭仔～～thâu-á～～⇨頭低低的。看伊頭仔～～，恰如想到不得開昭的款khoà$^{n}$ i thâu-á～～, kah-ná siū$^{n}$-kà put-tek-khai-chiau ê khoán⇨看他頭低低，好像是想不開什麼的樣子。

【佒腰 à$^{n}$-io】 彎腰。～～求人做未到～～kiû-lâng chò(chòe)-bē(bōe)-kàu⇨彎腰求人辦不到也。

â$^{n}$ **掗** 覆而取之也，獨佔也。又攔阻也。有好商理攏～去家己做ū hó-seng-lí lóng～khì ka-kī chò⇨有好生意都佔去自己做。人於許～來～去，若無也，會生死人lâng tī-hia～lâi～khi, nā-bô-ā,ē se$^{n}$-sí-lâng⇨有人在那裡攔止他們，否則會發生命案。阿公～抾，若無也，乎佪老爸打死也a-kong～lè, nā-bô-ā, hō· in-lāu-pē phah-sí-ā⇨(所幸)祖父攔住保護著，否則被他父親打死了。

【掗攔食 â$^{n}$-nâ-chiah】 佔住食物自己吃不給別人。貪食tham-chiah。即個囡仔不知佗會許爾～～～chit-ê gín-á m̄-chai thah-ē hiah-ni～～～⇨這個孩子不知道為什麼會那麼貪心又貪吃。

ā$^{n}$ **餡** 包在糕餅粿類中的配料曰餡ā$^{n}$。有鹹～kiâm～，甜～ti$^{n}$～，土豆～thô·-tāu～，菜脯米～chhài-pó-bí～等等。包～pau～⇨在餚餅類包入各種餡也。

## ah

ah **鴨** 家禽也。水禽類。番～hoan～⇨外國種的正番鴨之省詞。菜～chhài～⇨取肉為主之鴨也。

【鴨公 ah-kang】 公鴨。

【鴨仔 ah-á】 鴨。～～聽雷～～thia$^{n}$-lûi⇨喻聽不懂。七月半～～chhit-goeh-poà$^{n}$～～⇨喻不知死活。蓋七月為鬼月，多禮神拜佛弔亡魂。所有牲畜多被宰殺為牲禮。雖到七月半，生死尚未卜也。

【鴨母 ah-bú(bó)】 母鴨。下蛋的鴨。～～卵～～nn̄g⇨鴨蛋。～～嘴罔撈～～chhùi bóng-lo⇨謂撈得食物可以，撈不到亦無傷。喻事不妨乘便談談順便要求，有收獲可，無亦無損。～～寮～～liâu⇨照顧鴨陣的小工寮。一個嘴恰如～～尻川抾 chit-ê-chhùi kah-ná～～kha-chhng-lè⇨謂口如鴨母的屁股。蓋鴨母屁股者㊀亂放屎，一喻亂講臭話。㊁屎後又會收收縮縮，一如黑白捏造事端；罵人之詞。～～蹄～～tê⇨脚底凸形者。扁平足也。

【鴨冬 ah-tang】 養鴨人家收成很好的年冬。

【鴨卵 ah-nn̄g】 鴨蛋。～～較密亦有縫～～khah-bat ā ū-phāng⇨喻秘密難守。～～貼石車～～thiap chioh-chhia⇨喻顯見無效的努力。～～面～～bīn⇨或曰鷄卵面ke-nn̄g-bīn。橢圓面形的美人。～～跤落磚仔廳～～kau-loh chng-á-thia$^{n}$⇨一定破。看破。戲謔語。轉去土州賣～～也tńg-khì thô·-chiu bē(bōe)～～ā⇨回去土州賣鴨蛋了。喻人已死了。俗土州皆訛稱作蘇州。

【鴨耙 ah-pa】 板鴨。

【鴨販 ah-hoàn】 販鴨為業者。～～仔～～á⇨賣鴨者。

【鴨婆 ah-pô】 開始下蛋的母鴨。～～仔～～á⇨新鴨母。

【鴨掌 ah-chiú$^{n}$】 鴨蹄。去骨的鴨蹄。一種烹飪的材料。

【鴨嘴 ah-chhùi】 鴨嘴巴。鷄嘴變～～ke-chhùi pi$^{n}$～～⇨謂嘴扁了，無話可說了。不能再強辯了。

【鴨雄 ah-hêng】 公鴨之未成熟者。～～仔～～á⇨少年公鴨。～～仔聲～～á-sia$^{n}$⇨少年變聲期的聲。

【鴨痀仔 ah-ku-á】 營養不良成長較慢的病鴨。

【鴨豚仔 ah-thûn-á】 小鴨與大鴨之間的少年鴨。豚thûn者小豬。亦稱鴨仔豚ah-á-thûn，與囡仔豚gín-na-thûn⇨十幾五六歲的少年。同樣用法。

ah **押** 拘留也。強制也。典質也。護送也。收～siu～⇨收入監。拘留。典～tián～⇨典當。畫～ōe～⇨署名。繪花押ōe-hoe-ah。～囡仔讀册～gín-ná thak-chheh⇨督促孩子讀書。～倒紃～tó sûn⇨強制或督促而已變成習慣。～未倒紃～bē(bōe)-tó-sûn⇨強制或督促不如其成果。亦即惡性難改。～落性～loh-sèⁿ⇨同押倒紃。

【押尺 ah-chhioh】 木工用的規尺。

【押日 ah-jit】 加寫期日。契約書該～～khè-iak-si ài～～⇨契約書上應該加上日期。

【押犯 ah-hoān】 解送囚犯。

【押尾 ah-bóe(bé)】 最後。最末尾。

【押味 ah-bī】 又作壓味。調味去腥khì-seng。魚仔該用酒～～hî-á ài-iōng chiú～～⇨魚應該用酒去腥。

【押後 ah-āu】 殿後。你家己～～的lí-ka-kī～～ê⇨你自己殿後的。

【押送 ah-sàng】 護送。～～犯人～～hoān-lâng⇨把犯人送抵目的地。

【押陣 ah-tīn】 領隊。

【押貨 ah-hòe】 護送貨物。

【押盛 ah-siāⁿ】 護送盛籃siāⁿ-nâ。盛籃爲長方形的四角籃。婚壽與喜慶事裝送禮物用的。

【押運 ah-ūn】 ～～糧草～～niû-chháu⇨護送糧食。

【押標金 ah-pio-kim】 工程或買賣的擔保品也，投標人應提出若干財物爲抵押，以示不反悔。

【押櫃金 ah-kūi-kim】 古之押標金。

**曷** ah 反語。何也。胡也。蒼天曷有極chhong-thian-hat-iú kek⇨同上。

【曷可 ah-hó】 怎麼可以。不可以。～～安爾～～an-ne(ni)⇨何可如此。不可如此也。囡仔人～～講白賊gín-á-lâng～～kóng-peh-chhat⇨小孩子不可說謊。～～對人無禮～～tùi-lâng bô-lé⇨怎麼可以對人沒有禮貌。

【曷甘 ah-kam】 怎麼肯。不甘心。許爾夥錢抡伊～～hiah-ni-chē(chōe)-chîⁿ-lè i～～⇨要那麼多錢的他怎麼肯，一定不肯也。伊～～叫個後生去做工i～～kiò-in-hāu-seⁿ(siⁿ) khi chò(chòe)-kang⇨她不忍心讓她兒子做苦工也。

【曷有 ah-ū】 不也。無也。安爾～～通an-ne(ni)～～thong⇨如此不通也。世間～～彼類免費的午餐sè-kan～～hit-lōe biān-hùi ê ngó͘-chhan⇨世上怎麼會有那一種免費的午餐呢。～～許好孔的代誌～～hiah-hó-khang ê tāi-chi⇨怎麼會有那麼便宜事，不會吧。

【曷絕 ah-cheh】 絕cheh，加強語氣或宜作些。～～乎你出錢～～hō͘-lí chhut-chîⁿ⇨怎麼可以讓你付錢，絕不可以也。～～人安爾～～lâng an-ne(ni)⇨怎可如此。豈有此理kí-iú-chhú-lí。

【曷敢 ah-káⁿ】 何敢。不敢也。許～～，都無倈共仙借膽講 heh～～, to-bô-boeh kā-sian chioh-taⁿ-kong⇨那怎麼敢，不是要去向仙借個仙膽的嘛。我～～，都無抡尻川癢講goá～～,to-bô-teh kha-chhng-chiūⁿ-kóng⇨我不敢也，我不自惹麻煩。

【曷會 ah-ē(ōe)】 怎麼會。不會也。即款的咱～～曉 chit-khoán-ê lán～～hiáu⇨此種事我們怎麼會呢，不會也。鬼～～食飯，鬼要信kúi～～chiah-pn̄g，kúi-boeh-siàn⇨鬼怎麼會吃飯，鬼才相信你。

【曷煞 ah-soah】 煞soah，殺sat也。加強語氣之詞。曷有ah-ū⇨～～有～～ū。曷可ah-hó⇨～～可～～hó。曷敢ah-káⁿ⇨～～敢～～káⁿ等等是。人～～不八lâng～～m̄-bat(pat)⇨我怎麼不懂。八bat,別也，識也，分別是非也。人～～愛lâng～～ài⇨他不要也。

【曷當 ah-thang】 何可。不應當也。～～講彼款話～～kóng hit-khoán-ōe⇨不應該說那一種話也。

**或** ah 疑也。或是ah-sī⇨可能是。攏無看見人～～伊先去也lóng-bô khoàⁿ-ìⁿ-lâng,～～i seng-khi-à⇨都看不見人影，可能是他先去了。都無來提，～～不免用也to-bô-lâi-theh,～～ m̄-biáⁿ-iōng-ā⇨都沒來拿(錢)，或者是(他們)不需錢用了。

**ah 抑** 二者擇一之詞。或也。該～不 ài～m̄⇨要乎不要乎；要或不要。侎～不boeh～m̄⇨要還是不要。

**【抑是 ah-sī】** 抑ah。或者是。你侎佗一個，即個～～彼個 lí boeh to-chit-ê, chit-ê～～hit-ê⇨你要那一個，這一個或者是那一個。猶有人於許抔顧～～無 iáu-ū-lâng tī-hia teh-kò͘～～bô⇨還有人在那邊看守或者是沒有(人在那邊)。

**ah 亦** 亦有ah-ū，俗作也有ā-ū。甚人～共款siaⁿ-lâng～kāng-khoán⇨誰人也一樣。伊～未娶抔 i～bōe-chhoā lè⇨他也未娶也。

**【亦侎 ah-boeh】** iah-ài。每該mā-ài。也該ā-ài(boeh)。侎通悇。～～甜，～～漬，～～大碗，～～滿圻～～tīⁿ～～tīⁿ，～～toā-oá，～～boáⁿ kīⁿ⇨謂樣樣都要的貪婪無厭tham-lâm-bû-iam。漬tīⁿ，滿碗也，同滿圻boáⁿ-kīⁿ，亦即溢出碗外也。圻kî，圻kîn，界也，俗作墘。

**【亦可 ah-hó】** 亦可iah-hó。每可mā-hó。也可ā-hó。也可以。囡仔人尻川三斗火～～蒸粢，～～餾粿gín-á-lâng kha-chhng saⁿ-táu-hóe(hé)～～cheng-chî,～～liū-kóe(ké)⇨謂年青人元氣充足不怕寒之詞。尻川kha-chhng，屁股。謂屁股有三斗火之熱力，足夠蒸煮東西。粢chî，俗作麻糍moâ-chî，秫米蒸成之潤粿也。

**【亦好 ah-hó】** 同亦可iah-hó。也好(可)ā-hó(hó)。也可以。有～～無～～攏無要緊ū～～bô～～lóng-bô-iàu-kín⇨有可無可都不要緊。

**【亦有 ah-ū】** 亦有iah-ū。每有mā-ū。皆作也有ā-ū。～～食～～掠～～chiah～～liah⇨也有現吃的，也有可以掠(捉)帶回家的。

**【亦會 ah-ē(ōe)】** iah-ē或mā-ē。也會ā-ē(ōe)。也能夠。彼顆人～～哭～～啼，眞無簡單 hit-kho͘-lâng～～khàu～～thî, chin-bô kán-tan⇨那個家伙能言善道裝腔作勢，非同小可也。

**ah 啊** 感嘆詞。～，煞未記得～,soah-bē(bōe) kì-tit⇨啊，竟忘記了。～壞也，攏行去也～hāi-ā, lóng-kiâⁿ-khì(ì)-à⇨啊，敗了，萬事休了。

**ah 盒** 小箱sió-siúⁿ也。有蓋的紙，木，金屬類等的小箱皆曰盒ap。亦曰盒ah。珠寶～chu-pó～⇨同上。量詞：一～餅chi̍t～piaⁿ⇨一盒餅。

**【盒仔 ah-á】** ap-á，小箱。紙～～choá～～⇨紙盒子。柴～～chhâ～～⇨木盒子。銀～～gîn～～⇨銀盒子。

**ah 押** 制壓chè-ap也。控制khòng-chè曰押ah。夫控制妻曰押ah，反之亦是。

**【押倒紃 ah-tó-sûn】** 控制到成習慣。～～～伊道不敢作怪～～～i tō-m̄-káⁿ chok-koài⇨制壓得成習慣了，他(她)就不敢作怪。倒紃tó-sûn，例如熨衣服，熨得線條畢露，歷久不反曰倒紃tó-sûn。紃sûn亦線也，條也。

**【押稻尾 ah-tiū-bóe(bé)】** 把稻尾控制於同一方向，以免芒刺割稻者之面。你透早先去～～～lí thàu-chá seng-khì～～～⇨令其先到田把稻尾押向一面也。

## ai

**ai 哀** 悲傷也。憂也。憐愛也。呼痛之聲也。逐家品無～的 tak-ê phín bô～ê ⇨大家講清楚不能叫救人kiò-kiù-laug。

**【哀子 ai-chú】** 父及祖喪稱孤子孤孫，母及祖母喪稱哀子哀孫。

**【哀史 ai-sú】** 悲哀的歷史。悲慘的故事。

**【哀求 ai-kiû】** 極力要求。苦苦～～khó͘-khó͘～～⇨極力請求。

**【哀哀 ai-ai】** 極度悲傷。～～苦苦～～khó͘-khó͘⇨同上。哭到淚～～khàu-kà lūi～～⇨

淚流滿面，悲傷極了。

【哀哉 ai-chāi】 死亡。嗚呼～～o·-ho·～～⇨弔祭用詞。我看是嗚呼～～也較大面goá khoàⁿ si o·-ho·～～ā khah-toā-bin⇨我看是死了的可能性較大。

【哀矜 ai-khim】 憐憫。～～而勿喜～～jî but-hí⇨表示悲傷憐憫時不能顯露喜氣來。

【哀怨 ai-oàn】 悲而怨惜。～～亦無路用～～ah bô-lō-iōng⇨悲傷怨惜亦無用。

【哀哭 ai-khok】 悲哀號哭。

【哀啓 ai-khé】 喪家敘述死者生平訃告親友的文章。

【哀痛 ai-thòng】 哀傷。～～萬分～～bān-hun⇨無比悲傷。

【哀傷 ai-siang】 悲傷。悲痛。～～過度～～kòe-tō·⇨過份悲傷。

【哀慘 ai-chhám】 悲哀悽慘。

【哀樂 ai-gak】 悲傷的音樂。奏～～chàu～～⇨奏出悲傷的音樂。

【哀樂 ai-lok】 哀與樂。喜怒～～hí-nō·～～⇨歡喜、憤怒、悲哀、快樂。

【哀謝 ai-siā】 喪家的答謝。

【哀聲 ai-siaⁿ】 ～～嘆氣 thàn-khùi⇨發出悲傷的聲音嘆着氣。

【哀禱 ai-tó】 悲哀的祈禱。

ai **餲** 食物經久變味也。臭酸chhàu-sng也。臭油～chhàu-iû～⇨同上。

ai **唉** 歎恨之聲也。或作哀或喨。無叫～的 bô-kiò～ê 謂彼此君子不喊痛。

【唉唉囃囃 ai-ai-chap-chap】 歎恨狀。訴苦狀。

【唉聲歎氣 ai-siaⁿ-thàn-khì】 又唉聲又歎氣。

ai **嗳** 傷感或痛惜之聲。

【嗳呀 ai-à】 驚嘆之聲。同哎喲ai-iō。

ai **哎** 驚愕之聲也。傷惜之聲也。

【哎喲 ai-iō】 驚歎或呼痛之聲。同嗳呀。或作哎呀。按唉，嗳，哎，喲，唷，啊都是感歎詞。～呀，天呀！～à thiⁿ-ā！⇨哎呀，上帝呀！ai-á，siōng-tē-ā！。

ái **藹** 和氣也。樹茂盛也。和～hô～⇨和氣。

【藹然 ái-jiân】 有和氣。～～可親～～khó-chhin⇨和藹可親。

【藹藹 ai-ai】 ㊀月光微明。㊁和氣多也。和氣～～hô-khì～～⇨同上。

ái **靄** 雲多也。雲氣也。

【靄靄 ái-ái】 雲多貌。瑞雲～～sūi-ûn～～⇨天上佈滿祥瑞的雲。

ài **愛** ㊀喜好也、親善也。慈惠也、興hèng也。七情之一。博～phok～⇨愛及所有人類，天地萬物也。慈chû～⇨父母長輩的愛。父母的遺～hū-bó ê î～⇨父母留下來的愛。有人～燒酒，有人～豆腐 ū-lâng～sio-chiú，ū-lâng～tāu-hū⇨喻人之所好，各不相同。㊁俗以愛ài做該ài，即應該之該，但讀ài，亦可通。

【愛人 ài-jîn】 心所喜悅的人。阿美有～～也 a-bí ū～～ā⇨阿美有愛人了。

【愛火 ài-hóe】 愛情之熱火。愛慾之火。

【愛心 ài-sim】 喜悅之心。博愛之心。人攏有～～lâng lóng ū～～⇨人皆有愛心。

【愛水 ài-chúi】 樂水ngāu水。喜愛山水。～～惜花～～sioh-hoe⇨喜愛山水與花草。

【愛神 ài-sîn】 愛情之神，所謂Cupid也。乎～～掠着也hō·～～liah-tioh ā⇨被愛神所擒了。同給邱比特的箭射中了。

【愛持 ài-tih】 要持有。要。你～～抑不～～lí～～ah m̄～～你要或不要。

【愛財 ài-chāi】 貪愛財物。～～如命～～jî-bēng⇨愛財愛得跟愛生命一樣。君子～～，取之有道 kun-chú～～，chhú-chi iú-tō⇨同上。

【愛哮 ài-háu】 同愛哭。

【愛哭 ài-khàu】 常哭。～～的～～eh⇨常哭的。～～神～～sîn⇨動即哭之人。～～神的～～sîn-ê⇨常哭之人。～～無目屎～～bô ba̍k sái⇨欲哭無淚。

【愛情 ài-chêng】 ㊀凡指男女，朋友，親屬之間的親情。㊁單指互相喜悅的男女之情。～～至上～～chì-siāng⇨當今所謂新男女所奉爲圭臬者。～～不是麵包～～m̄-sī mî-pau⇨道學者對新潮男女的反擊。

【愛卿 ài-kheng】 古早時代皇帝或主子稱大臣。丈夫稱愛妻。

【愛國 ài-kok】 愛自己的國家。

【愛惜 ài-sioh】 心所愛的不忍去之。

【愛困 ài-khùn】 想睡覺。～～神～～sîn⇨睡意甚濃也。～～神扲吵也～～sîn teh chhá-à⇨睡意頻催了。困俗多作睏，所謂脫褲打尻川之流也。

【愛冤 ài-oan】 喜歡吵架。常吵架。您道眞～～也lín tō chin ～～ a⇨你們就夠好吵架了。

【愛媠 ài-súi】 愛美。媠súi，美姿也，俗作帥。曷有人無～～的a̍h-ū-lâng bô～～ê⇨豈有人不要美麗。

【愛痛 ài-thiàⁿ】 母罵子曰：皮扲～～也phôe teh～～à⇨謂這麼不乖是皮在求痛，母將打你，使你滿足了。

【愛嬌 ài-kiau】 可愛。阿美生做眞～～a-bí seⁿ-chò͘ chin～～阿美天生很可愛。

【愛顧 ài-kò͘】 眷顧。眷愛照顧。

【愛玉仔 ài-giô-á】 oh-giô。愛玉子。浸水即結膠狀如菜燕。夏天的極佳飲料。～～～大王～～～tāi-ông⇨賣愛玉的經常使用的招牌。

【愛爾爾 ài-nih-nih】 深愛。心官是～～～，嘴扲不敢講sim-koaⁿ sī～～～chhùi teh m̄-kaⁿ-kóng⇨心內是極愛了，口卻不敢說出。

【愛開愛跮 ài-khai-ài-thit】 好作陜斜之遊。

**ài 該** 要也。需要也。應該也。無～bû～⇨不要。不～m̄～⇨不要。我～去學校goá～khì ha̍k-hāu⇨我須上學。你～來湊相共 lí～lâi tàu-saⁿ-kāng⇨你應該來幫忙。～收的～乎人的，攏～記賬～siu-ê～hō-lâng-ê,lóng～kì-siàu⇨應該收入的應該給人的都要記賬。寒着道～食藥 koâⁿ-tio̍h tō～chia̍h-io̍h⇨感冒了就該吃葯。共人借～還，借人～討kâng-chioh～hêng,chioh-lâng～thó⇨借入的應該還人，借出的應該討回。共人⇨kā-lâng合切爲kâng。俗愛與該，似分不清。

**ài 隘** 狹小也。陜～kiap～⇨陜小。不夠廣大。場地～～tiûⁿ-tē～～⇨場地不夠廣大。

【隘勇 ài-ióng】 古時防番的兵勇。

【隘寮 ài-liâu】 隘勇屯居之山寮。

【隘勇路 ài-ióng-lō】 隘勇的警戒或巡邏路。

【隘勇線 ài-ióng-soàⁿ】 隘勇防止野番出沒的防衛線。

**ài 曖** 隱也。

【曖昧 ài-māiⁿ】 不分明。可能有～～的所在khó-lêng ū～～ē so-chāi⇨可能有不正當的地方。關係～～koan-hē～～⇨關係不明不白。

**ài 靉** 雲多也。

【靉靆 ài-tāi】 瑞雲～～sūi-ûn～～⇨瑞雲多也。

## ak

**ak 沃** 灌溉koàn-khài也。對作物澆水曰沃ak。風吹雨淋亦曰沃ak。飲酒亦喻曰沃ak。菜無～那會大chhài bô～ná-ē(ōe)-toā⇨蔬菜不灌溉給水，何能長大。乎雨～霑去也hō͘-hō͘～tâm-khì(ì)-â⇨被雨水淋濕掉了。不成雨～曷會霑m̄-chiâⁿ-hō͘～a̍h-ē(ōe)-tâm⇨微小之雨淋不濕地也。曷會a̍h-ē，反語也。小～扲好否

sió～leh hó-bō⇨來兩杯要不要。寒寒，～一下好否koâⁿ-koâⁿ,～chit-ē hó-bō⇨如此的寒冷，來一杯如何。敢不來小～抆kám-m̄-lâi sió～leh⇨不來一兩杯嗎。

【沃花 ak-hoe】 灌花koàn-hoe。阿公每早起攏抆～～，猶眞勇健抆a-kong múi-chá-khí lóng-teh～～，iáu-chin-ióng-kiāⁿ-lê⇨祖父每天清晨都在灌花，還是很健康的。

【沃肥 ak-pûi】 施肥si-pûi。液體肥料曰～～，固體者曰落肥ek-thé pûi-liāu oat～～，kò·-thé-chiā oat loh-pûi⇨同上。

【沃喉 ak-âu】 潤喉lūn-âu。食茶講～～，飲酒每講～～chiah-tê kóng～～，lim-chiú mā-kóng～～⇨同上。

【沃菜 ak-chhài】 灌漑蔬菜。逐早起每該～～tak-chá-í mā-āi～～⇨每晨都必須灌漑菜園。早起chá-khí→chá-í。

ak
**握** 執持也。卷指持物曰握ak。把～pá～⇨堅執不放。有把～ū-pá～⇨成竹在胸sêng-tek-chāi-heng；預計必獲全勝。

【握手 ak-chhiú】 彼此伸手相執爲禮。～～爲禮～～ûi-lé⇨西俗之禮也。～～言歡～～gân-hoan⇨雙方談和成立。～～而別～～jî-piat⇨握手告別。

【握別 ak-piat】 握手告別。英倫～～以來，瞬巳三載 eng-lûn～～í-lâi，sùn í sam-chài⇨自從在倫敦分手以來，一下子過了三年。

【握管 ak-koán】 執筆爲文。

【握權 ak-khoân】 執掌權力。

【握兵符 ak-peng-hû】 執掌用兵之權力。

【握奇操勝 ak-kî-chho-sèng】 在商場運用奇策，獲取厚利。

ak
**偓** 偓促ak-chak也。不潔淨，汚穢ù-òe皆曰偓促ak -chak。亦作齷齪ak-chak。歸身軀汗眞～～kui-sin-khu-koāⁿ chin～～⇨全身是汗非常不愉快。無洗眞～～bô-sé(sóe) chin～～⇨不洗澡甚不清爽。亦皆省曰a-cha。

ak
**齷** 齷齪ak-chak，牙齒細密也。亦用同偓促ak-chak。亦即惡濁o-cho也。

ak
**渥** 霑也。厚也。天恩優～thian-in iu～⇨上天的恩惠，優厚廣潤。

## am

am
**庵** 小茅舍也。供佛的的小廟曰庵am。尼姑～nî-ko～⇨尼姑所住的小廟。亦作菴am。

am
**掩** 遮蔽也。隱匿也。以掌伏取之亦曰掩am。無～無勘bô～bô-khàm⇨不遮不蔽，不隱不匿。嘴無～chhùi bô～⇨口無遮欄，亂食，亂講話。一枝手～一家嘴chit-ki chhiú～chit-ke chhùi⇨一人養活一家人。

【掩勘 am-khàm】 隱蔽事實。守秘密。逐家共伊湊～～，無有當安爾tak-kê kā-i tàu～～bô ū-thang an-ne(ni)⇨大家協助他守秘密，否則豈能如此(平安)。

【掩貪 am-tham】 私貪su-tham。咱道不當～～lán tō m̄-thang～～⇨我們就是不可以私貪。

【掩護 am-hō·】 覆蓋保護。合法～～非法hap-hoat～～hui-hoat⇨以合法的手段掩護胡作非爲。～～射擊～～siā-kek⇨軍事用語，後隊之兵以密集射擊保護向敵人進攻的友軍或伙伴。

【掩尻川 am-kha-chhng】 遮屁股。家己～～道掩未密也ka-kī～～tō am-bē-bat à⇨喻自身就已經難保了。

【掩人耳目 am-lâng-ní-bok】 瞞騙世人。每該略仔～～～～抆mā-āi lioh-á～～～～lè⇨也應該略施瞞世人的(方法)也。

【掩來扯去 am-lâi-chhé-khì】 掠長補短liah-tn̂g-pó·-té。～～～～差不多也了～～～～chha-put-to a lō⇨截長補短也就差不多一樣了。

am
**醃** 鹽漬魚也。凡鹽漬皆曰醃。

【醃瓜 am-koe】 在瓜田掘孔先以鹽漬一夜，然後運回再漬以豆油土之鹹瓜kiâm-koe，與醋瓜ìm-koe不同。

am
**諳** 知悉也。不～世務put～sè-bū⇨不懂世故。

am
**腌** 腌臢am-cham。不潔淨也。亦曰腌臢a-cha。略同齷齪ak-chak，亦曰齷齪o-cho。皆污穢ù-òe不潔淨也。

【腌臢 am-cham】 同垃圾lah-sap。～～鬼kúi⇨髒鬼。～～錢chîⁿ⇨非正路之所得。

ám
**泔** 米汁，即飯湯也。潘～phun～⇨食餘當豬飼料之物也。酸～sng～⇨臭酸～chhàu-sng～⇨酸化了當漂白劑用的泔。舀～的iúⁿ～ê⇨喻無權之人。舀iúⁿ(ió)，抒臼也，亦即取出臼中物也。

【泔皮 ám-phôe】 泔之表面凝結成薄皮。

【泔杓 ám-siah】 挹泔iúⁿ(ió)-ám的小道具。～～仔～～á⇨同上。

【泔糜 ám-moâi(bôe)】 即粥chiok，亦即稀飯也。

ám
**按** 手覆也。覆壓曰按ám。壓扁亦曰按ám。因被迫彎腰而有所傷曰按著ám-tioh。錶仔～一下煞扁去也 pió-á～chit-ē soah píⁿ-khì à⇨錶～壓竟扁了。

【按扁糕 ám-píⁿ-ko】 ㊀一種糕食品。㊁平鼻之人。扁糕píⁿ-ko與鼻哥phīⁿ-ko諧音。

àm
**闇** 閉門也。冥也。昏時eng-sì也，即夜間也。俗通作暗àm。諒闇liāng-àm，天子居喪之廬。

àm
**黯** 深黑也。又傷別貌，亦即臨別心神沮喪的樣子。

【黯淡 àm-tām】 淡淡無光彩。～～的歲月～～ê sòe-goat⇨同上。

【黯然 àm-jiân】 傷別也。宰相有權能割地，孤臣無力可回天，扁舟去做鴟夷子，回首河山意～～ cháí-siàng iú-khoân lêng kat-tē，ko-sîn bû-lek khó hôe-thian,phian-chiu khì-chò chí-î-chu,hôe-siú hô-san ì～～⇨宣布獨立不成，日本終於攻台，丘逢甲黯然去台詩。

àm
**暗** 日無光也。不明也。黑夜曰暗àm，暗中行事曰暗àm，私自吞沒亦曰暗àm。昏～êng～⇨今夜。一～chit～⇨一夜。無～無蓋bô～bô-khàm⇨謂並無秘密可言也。攏～去也lóng～khì à⇨皆吞沒下去了。月～冥⇨無月之夜。

【暗也 àm-à】 天黑了。入夜矣。～～暗清在，天光未許快～～ àm-chheng-chāi, thiⁿ-kng bōe hiah-khoài⇨天是黑了，不錯；但是，要到天光，沒有那麼快。謂夜間時間多，何須急。

【暗月 àm-goeh】 產後月經未復原的期間。～～有的～～ū-ê⇨在暗月中有孕的。

【暗中 àm-tiong】 秘密。～～援助～～oān-chō⇨同上。

【暗示 àm-sī】 示意 sī-ì。有校人的～～ ū gâu-lâng ê～～⇨有能者暗中指示。校人gâu-lâng，高人ko-jîn也；賢慧之人也。

【暗合 àm-hap】 巧合khá-hap。

【暗行 àm-hēng】 陰險的行徑。厚～～kāu～～⇨非常陰險。厚kāu，多也。

【暗防 àm-hông】 暗中警戒。曷有法度～～ah-ū hoat-tō～～⇨無法暗防也。

【暗步 àm-pō】 秘密手段。奸計。中～～tiòng～～⇨中了人家的奸計。

【暗刺 àm-chhì】 魚肉中的小骨。鯁著～～kēⁿ-tioh～～⇨爲暗刺所刺傷。

【暗雨 àm-hō】 入夜之雨。早雨早霽，～～稠冥chá-hō chá-chhêⁿ, ～～tiâu-mê⇨同上。稠tiâu，密也，密附不離曰稠。

【暗房 àm-pâng】 密室。洗相的～～sé-siāng ê～～⇨冲印照片的暗室。

【暗定 àm-tiāⁿ】 秘密的定銀。過～～ kòe～～⇨暗中收授定金，亦即暗中訂婚。

【暗約 àm-iak】 私約su-iak。有～～ 於扲ū

～～tī-teh⇨有暗約的存在。

【暗笑 àm-chhiò】 竊笑chhiap-chhiàu。我於心內扲～～goá tī sim-lāi teh～～⇨我在心中竊笑。

【暗害 àm-hāi】 暗殺àm-sat。暗中傷害。

【暗記 àm-kì】 ㊀背誦。㊁秘密記號。有做～～於扲ū chò～～tī-teh⇨打上祕密記號了。

【暗鬼 àm-kúi】 ㊀鎖門的暗機。張～～tiuⁿ～～⇨。㊁暗中教唆人。使～～sái～～⇨同上。㊂多在夜間工作者。做～～chò～～⇨變成夜間工作者。

【暗冥 àm-mê】 黑夜。月～～goeh～～⇨無月的黑夜。

【暗烏 àm-o͘】 薄暮。搶～～chhiúⁿ～～⇨暮刻行強盜。又喻暮刻草草行房。

【暗息 àm-sek】 黑市利息。付～～hù～～⇨繳付黑市利息。

【暗殺 àm-sat】 秘密殺人也。多帶有政治性。派人去～～政敵phài-lâng khì～～chèng-tek⇨同上。～～團～～thôan⇨刺客部隊也。

【暗訪 àm-hóng】 暗中探查。派人～～phài-lâng～～⇨同上。

【暗痣 àm-kì】 他人所不知之痣。

【暗飯 àm-pn̄g】 晚飯boán-hoān。～～食了道困也～～chiah-liáu tō khùn à⇨同上。困khùn俗作睏khùn，休息也，睡眠也。

【暗號 àm-hō】 密碼bit-bé。做～～chò～～⇨同上。～～電報～～tiān-pò⇨同上。

【暗稟 àm-pín】 投書tâu-si。入～～jip～～⇨同上。

【暗算 àm-sǹg】 ㊀心算。㊁陰謀。中著人的～～tiòng-tioh lâng ê～～⇨遭人暗算也。

【暗箭 àm-chìⁿ】 ～～傷人～～siang-jîn⇨同上。明槍好閃，～～難防bêng-chhiuⁿ hó-siám，～～lân-hông⇨同上。

【暗盤 àm-poâⁿ】 黑市價。～～交易～～kau-ek⇨同上。

【暗礁 àm-chiau】 暗藏海中的大石或島嶼。船嵩上～～chûn khòa-chiūⁿ～～⇨同上。

【暗班車 àm-pang-chhia】 夜班車iā-pan-chhia。

【暗泯茫 àm-bîn-bong】 一片茫茫的黑暗。～～～阮不敢去～～～goán m̄ káⁿ khì⇨同上。

【暗殺團 àm-sat-thoân】 暗殺已經罪過了，而竟有團之組織，眞是我欲何言。

【暗間仔 àm-keng-á】 私娼館。

【暗漠漠 àm-bok-bok】 一片廣大的烏暗。漠bok，廣莫的沙漠也。義同暗墨墨àm-bah-bah。

【暗墨墨 àm-bah-bah】 一片漆黑。一切秘密。～～～啥人知影～～～siáⁿ-lâng chai-iáⁿ⇨一切烏烏暗暗，誰能知之。

【暗朔朔 àm-sô-sô】 亦暗的形容詞。

【暗學仔 àm-oh-á】 夜校。讀～～～thak～～～⇨上夜校。

【暗頭仔 àm-thâu-á】 晚飯前後的時刻。～～～食西瓜，半暝仔反症～～～chiah si-koe，poàⁿ-mê-á hoán-chèng⇨喻事情之變化太過突兀。

【暗鬖病 àm-sàm-pēⁿ】 性病sèng-pēⁿ。鬖sàm，亂髮也，俗或作毿。

【暗送秋波 àm-sòng-chhiu-pho】 暗中以目傳情。喻秘密傳達好意。

【暗渡陳倉 àm-tō͘-tîn-chhong】 明修棧道，～～～～bêng-siu chàn-tō～～～～⇨三國故事中孔明偷進兵運櫃之計也。

【暗鬖所在 àm-sàm-só-chāi】 生殖器官所在的地方。又傳說有鬼出沒的地方。

**âm 涵** 暗渠àm-kî俗曰水涵chúi-âm。大水孔亦曰涵âm。水～孔chúi～khang⇨水孔。乎人變一～hō͘ lâng pìⁿ chit～⇨被人弄了(作弊)一個大窟窿。

【涵孔 âm-khang】 下水溝。暗渠àm-ki。

【涵洞 âm-tōng】 暗渠àm-ki。埋～～tâi

～～⇨埋設下水路。

**ām 菴** 菴藹ām-ái，茂盛地。草木茂盛曰菴ām，因而影響鄰接地植物類之成長亦曰菴ām。葉仔甚～道未生hio̍h-á siu$^{n}$～tō bē-se$^{n}$⇨果樹葉子太過茂盛就不結子。

【菴影 ām-ńg】濃蔭。較～～的所在較涼khah～～ê só-chāi khah-liâng⇨

【菴了了 ām-liáu-liáu】菴蓋而死矣。攏乎葛藤仔～～～也lóng hō koah-tîn-á～～～à⇨皆被葛藤菴沒而死矣。

**ām 唵** 手進食也。食曰唵ām（嬰兒語）。嬰仔～e$^{n}$-á～⇨同上。儑儑想俅～gām-gām siū$^{n}$ boeh～⇨儑gām，不慧也，不自安也。

**ām 頷** 頤也。同顄ām。大～胿toā～kui⇨甲狀腺腫大症。有做一站，無藉虎撐～ū chò chi̍t-chām, bô chiah hó͘-thé$^{n}$～⇨謂有(東西之時)就一次吃完，無時才學虎之手支下頷看他人吃。弔～tiàu～⇨弔脰tiàu-tāu⇨即懸樑自盡也。

【頷珠 ām-chu】男人頷下頸骨之小突起。亦即西人所謂亞當之蘋果。～～浮也～～phû ā⇨謂其小骨出現了，亦即已成人了。

【頷頣 ām-kún】頸部。～～仔根強要斷去～～á-kin giông-boeh tn̄g-khì(ì)⇨謂疲勞之極，頸幾乎要斷了。～～仔蛇～～á choâ⇨形容孩童夏天在外流汗過多致頸部積有塵污之橫條如蛇。

【頷領 ām-niá】衣領。

【頷紗仔 ām-se-á】嬰兒頷下的防涎布。掛～～～koà～～～⇨同上。

【頷下生瘤 ām-ē-se$^{n}$-liû】歇後語，意謂抵著也tú-tio̍h-à，亦即已經逢上惡運了，無可奈何了的意思。人講～～～～，抵著也都無法度也lâng-kóng～～～～ tú-tio̍h-à to bô-hoat-tō ā⇨同上。

## an

**an 安** ㈠無事。平～pêng～⇨同上。㈡順暢於心。心～理得sim～lí～tek⇨心裏平安，於理有據，沒有可慮者。㈢裝設。～機關～ki-koan⇨同上。㈣裝置。大門口～一對石獅toā-mn̂g-kháu～chi̍t-tùi chio̍h-sai⇨同上。㈤反語。～敢承受～-kám sêng-siū⇨何敢承受。

【安人 an-jîn】古時六品以上的人妻。

【安土 an-tó】同安葬。

【安心 an-sim】無掛念。家內順序道～～也ka-lāi sūn-sī tō～～a⇨同上。

【安民 an-bîn】保境～～pó-kéng～～⇨保衛邊境，使人民平安生活。

【安全 an-choân】安安全全。～～第一，快速爲先～～tē-it, khoài-sok ûi-sian⇨交通標語。

【安危 an-gûi】安樂與危險。國家的～～kok-ka ê～～⇨同上。

【安份 an-hūn】～～守己，不踰越～～siú-kí, put-jî-oa̍t⇨守住自己的崗位，不做出越規犯紀的事。

【安宅 an-the̍h】新居落成或有事時的祭拜天地。

【安灶 an chàu】做灶。～～該好日～～ài-hó-ji̍t⇨做灶要擇好的日子。

【安床 an-chhn̂g】結婚時擇日裝置新床位。安裝床位。

【安身 an-sin】置身。四海之內，無～～之地sù-hái chi lāi, bô ～～chi tē⇨天下無容身之地。

【安肚 an-tō】安慰腹肚。即食飯也。

【安居 an-ki】安居樂業an-ki-lo̍k-gia̍p⇨同上。

【安金 an-kim】裝金，貼金。～～的是否，安怎未摸得～～-ê sī-bō, an-choáⁿ bē bong-lih⇨是否安金的，否則何以摸不得。得tit→lih。

【安怎 an-choáⁿ】 如何。～～樣～～iuⁿ⇨怎麼了？ ～～死～～sí⇨如何死法。

【安神 an-sîn】 ①同安心。②同安置神位。

【安胎 an thai】 一種迷信。請道士等使腹中胎兒安產。安胎符，安胎飲。皆爲安胎藥。

【安眠 an-bîn】 睏。睏眠khùn-bîn。無法～～bû-hoat～～⇨無法安安靜靜的睡眠。

【安家 an-ka】 家族安定生活。～～費～～hùi⇨當兵者有安家費可領。

【安息 an sit】 (基督教用語)。死的意思。在天～～chāi-thian～～⇨在天堂休息。

【安泰 an-thài】 國家～～，國運昌隆kok-ka～～，kok-ūn chhiang-liông⇨同上。

【安康 an-khong】 平安康健。千里關山無別寄，唯願～～只一語chhian-lí koan-san bû piat-kì, ûi-goān～～chí it-gí⇨千里迢迢無別物可寄去，只寄～～這句話給你。

【安啦 an-là】 要人安心或作擔保的新名詞。

【安排 an-pâi】 布置。～～人去娶新娘～～lâng khì chhoā sin-niû⇨同上。

【安產 an-sán】 平安生子。阿花～～，母子均安a-hoe～～，bó-chú kin-an⇨同上。

【安插 an-chhah】 安排。～～私人～～su-jîn⇨同上。

【安然 an-jiân】 平安的狀態。～～度過危險期～～tō-kòe gûi-hiám-kî⇨同上。

【安閒 an-hân】 平安無事。～～度過伊的晚年～～tō kòe i ê boán liân⇨同上。

【安童 an tông】 舊家差用的小童。有安童哥的流行歌。

【安葬 an-chòng】 埋葬。

【安搭 an-tah】 決定。安頓。暫時安搭一下，明日再造道理chiām-sî an-tah chit-ē, bêng-jit chài-chō-tō-lí⇨暫時安頓下來，明日再作打算。

【安頓 an-tùn】 安定生計。出外的家中須先安頓，各項生活資料應該準備齊全，使後顧無憂。

【安寧 an-lêng】 國家有～～，社會有秩序kok-ka ū～～，siā-hōe ū tiat-sū⇨同上。

【安爾 an-ne(ni)】 如此。～～道結束也～～to kiat-sok-à⇨同上。

【安養 an-iáng】 安頓生活。辛勞的～～亦無簡單sin-lô e～～ah-bô kán-tan⇨職員的照顧也是一個大學問。

【安樂 an-lok】 平安快樂。你可以做～～公也啦 lí khó-í chò an-lok-kong a là⇨你夠資格做安樂公矣。

【安慰 an-ùi】 安撫慰問。序細道該～～序大 sī sè(sòe) tō-ài～～ sī-toā⇨下輩應該安慰長輩。

【安靜 an-chēng】 不吵不鬧。請逐家～～chhiáⁿ-tak-ke～～⇨同上。

【安營 an-iâⁿ】 設營。軍隊於郊外～～kun-tūi tī kau-goā an-iaⁿ⇨同上。 ～～設寨～～siat-chē⇨同上。

【安穩 an-ún】 平安穩定。～～的生活～～ê seng-oah⇨同上。

【安靈 an-lêng】 葬禮的一節目，設靈桌。

【安字鬼 an-jī-kúi】 考官與考生做暗號。

## 俺 an

表示親愛或尊敬的標頭語。(只舉較具代表性的)。

【俺父 an-pē】 父親。草索拖俺公，草索拖～～chháu-soh thoa an-kong, chháu-soh thoa～～⇨謂父不孝於祖，孫依樣畫胡蘆不孝於父。

【俺爸 an-pâ】 阿爸。父親。

【俺某 an-bó͘】 妻俗曰某bó͘。夫即俺翁an-ang。俺翁聖較輸～～定an-ang siàⁿ khah-su～～tiāⁿ⇨夫能幹聰明不如妻之穩定。

【俺娘 an-niâ】 母親。

【俺細 an-sòe】 直呼比己年少的朋友。

【俺舅 an-kū】 母舅。

àn
**按** ㊀估計。按看人數若干àn-khoà$^{n}$ lâng-sò jiak-kang⇨估計看人數多少。按看幾工做會好àn-khoà$^{n}$ kúi kang chò ē hó⇨估計多少日做得完。按看多少錢正有夠 àn-khoà$^{n}$ to-siáu chî$^{n}$ chiá$^{n}$ ū-kàu⇨同上。㊁從。對。按台北來的àn tâi-pak lâi ê⇨從台北來的。按者去正着àn chia khì chià$^{n}$ tioh⇨從此去才對。㊂比照。按規定行àn kui-tēng kiâ$^{n}$⇨照規定履行。㊃輕輕壓住。手指～於筒仔孔正噴chhiú-chi ～ tī phín-á-khang chià$^{n}$ pûn⇨手指輕壓笛孔才吹。

【按君 àn-kun】 古時按察使或巡按使的尊稱。～～大人～～tāi-jîn⇨同上。

【按脈 àn-meh】 醫生打脈。

【按察 àn-chhat】 按勘查察。按察使。按君。按察司。

【按算 àn sǹg】 估計，計算。打算。～～開幾十棹～～khui kúi chap-toh⇨打算宴開幾十席？

【按劍 àn-kiàn】 手握劍柄。手～～，目相視chhiú～～，bok-siang-sī⇨相敵對的情景。

【按摩 àn-mô】 án ma。掠龍的liah-liông-ē的日語。

【按額 àn-giah】 預定的一定數量。都有～～於抮to-ū～～tī-teh⇨皆有預算在裏頭。有～～抮乎伊ū～～teh hō·-i⇨皆照定額給他。

【按戶收錢 àn-hō· siu-chî$^{n}$】 照戶數計算收錢。

【按兵不動 àn-peng put-tōng】 屯兵一地不出兵行動，以待變化。

【按法從事 àn-hoat chiông-sū】 按照規定辦事。

【按時按日 àn-sî àn-jit】 有預定的日期與時間。

àn
**案** ㊀案件。命案miā-àn⇨殺人事件。㊁通案。通～個～thong～kò～⇨同上。

【案由 àn-iû】 案件的事由。

【案底 àn-té】 事件的舊記錄。舊案。～～有前科於抮～～ū chiân-kho tī-leh⇨有犯罪的舊案。

【案桌 àn-toh】 事務桌。

【案情 àn-chêng】 案件的內容。～～複雜～～hok-chap⇨同上。

【案頭 àn thâu】 案桌上。～～燈～～teng⇨台燈。

【案牘 àn-tok】 各種的公文書類。

【案牘爺 àn-tok-iâ】 ㊀擬辦公文書的人，師爺su-iâ。今日秘書。㊁師爺之神，即蕭何及曹參。

àn
**晏** (文) 天清。晚。晏駕àn-kè⇨稱天子之死。晏然àn-jiân⇨安然。

ân
**絯** 緊也。束也。約也。急也。迫切也。鞋傷～ê siu$^{n}$～⇨鞋子的寸尺太小。縛眞～pak chin～⇨縛得緊。討抮眞～thó-teh chin～⇨催討得很急。錢關眞～chî$^{n}$-koan chin～⇨銀根很緊。手頭眞～chiú-thâu chin～⇨手頭很緊。

【絯孔 ân-khang】 錢孔緊。最近有較～～chòe-kīn ū khah～～⇨最近錢頭較緊。

【絯租 ân-cho·】 佃租重。即主田眞～～chit-chú-chhân chin～～⇨同上。

【絯氣 ân-khùi】 ㊀⇨同上。㊁笛子難吹。筒仔較～～phín-á khah～～⇨同上。

【絯當當 ân-tòng-tòng】 緊迫的形容詞。絯即緊kin，緊即絯。但是絯並不是緊；緊亦並不就是絯。例如速度緊，不能說速度絯也。

ān
**限** 限hān的白話。㊀期限。～過規十遍也～kòe kui chap-piàn-à⇨展延了數十次矣。㊁請求展延。有即還無即～ū-chek-hân bô-chek～⇨有應還人，無也應該請求展延（意即不可無表示）。是你親嘴來～的 si lí chhin-

chhūi lâi～ê⇨是你親自請求展延的。

【限期 ān-kî】 約定時間（債務）。～～偎到了～～boeh-kàu-lō⇨限期快到了。

【限賬 ān-siàu】 請求緩還賬項。限債同義。

【限時限刻 ān-sî ān-khek】 指時間確切約定。人是～～～～的，你安爾無要無緊lâng si ～～～～ ê, lí an-ne(ni) bô-iàu-bô-kín⇨人家是限時間要的，你竟如此的不忙不急（怎麼可以）。

【限時專送 ān-sî-choan-sàng】 郵政的一種制度。

## ang

**ang 尪** ㈠神佛。神佛的像。雕～的tiau～ê神佛像的雕刻師。～若顯，弟子道落臉～nā hián, tē-chú tō lok-lián⇨神若靈聖信徒就會倒霉（增加諸負擔）。神明若靈聖，弟子道猴行sîn-bêng nā lêng-siàn$^{n}$, tē-chú tō kâu-kia$^{n}$⇨同上。猴行kâu-kia$^{n}$，謂人行改猴行（四脚行），喻困惑之極。㈡尪仔ang-á⇨汎指偶人形像之類。土～仔thô～á⇨泥造的偶人。亦俑也。柴頭～仔chha-thâu～á⇨木刻的偶人。～仔圖～á tô·⇨繪的偶人圖。㈢布袋戲～仔pò·-tē-hì～á⇨布袋戲用的偶人。㈣加禮～仔⇨傀儡～仔ka-lé～á⇨傀儡戲用的偶人。又喻木訥愚莽的人，意即如傀儡尪仔有人抽線指使才會行動。你像傀儡尪仔lí chhiūn$^{n}$ ka-lé～á⇨同上。

【尪姨 ang î】 巫女，巫婆。～～仔循話尾～～á sûn ōe bóe⇨巫女都是按求神者的口氣照講當做神意，反傳於求神者。喻不可信。

【尪仔面 ang-á-bīn】 媠到像～～～súi kà chhiūn$^{n}$～～～⇨形容女人的美貌。媠súi姿也。

【尪仔標 ang-á phiau】 以某種尪仔做商標。

【尪仔頭 ang-á-thâu】 郵票。～～～消印也啦～～～siau-ìn-à-là⇨喻女人已許嫁於人。謂再追亦無效矣。

【尪架桌 ang-kè-toh】 紅几桌âng-kí-toh。大廳正中栽神明公媽的長桌。尪ang或作紅âng。栽同剚，以物揷地也。

**ang 翁** 丈夫也。翁某ang-bó。～死抵着歹大家～sí tú tio̍h pháin$^{n}$ ta-ke⇨夫死碰到惡婆婆（倒霉得很）。～穿草鞋，某結鞋帶～chhēng chháu-ê, bó kat ê-toà⇨夫穿草鞋要去做工，妻也在結鞋帶要去遊玩（諷不顧家的妻子）。翁聖較輸某定～siàn$^{n}$ khah-su bó· tiān$^{n}$曰（聲符）⇨丈夫聰明不如妻子冷靜（喻老婆鎮定第一）。夫妻又稱翁仔某ang-á-bó或翁仔姐ang-á-chiá。翁仔姐代，床頭拍床尾和ang-á-chiá tāi, chhn̂g-thâu phah chhn̂g-bóe hô⇨夫妻間的問題床頭打架床尾就講和了。喻非他人能夠干涉。

【翁某 ang-bó】 ～～相隨～～san$^{n}$-sûi⇨和合。～～相欠債～～sio khiàm-chè⇨謂前世有彼此欠債，今世才成夫妻，故此，必須彼此忍耐。亦勸世之詞也。

【翁婿 ang-sài】 丈夫。嫁着好～～kè-tio̍h hó～～⇨同上。

【翁生某旦 ang-seng bó-toàn$^{n}$】 郎才女貌，夫如生，妻如旦，都漂亮美麗。～～～～食飽相看。～～～～chia̍h-pá sio-khoàn$^{n}$⇨戲如膠如漆的少年夫妻。

**ang 俑** 古從葬土偶也。即人形之物也。俗棄俑ang而取尪ang。亦即俑io̍ng也。

**àng 甕** 瓦器也。酒～chiú～⇨同上。～底水蛙～té chúi-ke⇨井中蛙。作量詞用：五～酒gō·～chiú⇨五缸酒。

【甕肚 àng-tō·】 陰險自私。～～人～～lâng⇨城府很深的人。～～扁仔偷客兄～～ pín-à thó-kheh-hian$^{n}$→歇後語，謂先得先，後得後seng-tit seng hiō tit hiō。亦現其多也。

**àng 齆** 鼻病也。～鼻～phīn$^{n}$⇨鼻有毛病話有異音。

**âng 紅** ㊀紅色。禮服該用～色的布做底 lé hok̍ ài iōng～-sek ê pō· chō té⇨同上。㊁善良人。人心是～的lâng sim sī～ê⇨人心是紅色的—善良的。㊂發達，權勢。當於～，～到㑑出血也tng-teh～，～kà boeh chhut-hoeh(huih) à⇨正在發達得要爆炸了。

【紅土 âng-thô·】 ㊀赤土。加鹽做鹹蛋或做土壠用。㊁土耳其來的阿片煙土。

【紅毛 âng-mo】 âng-mn̂g。㊀紅頭髮。㊁洋人。～～蕃～～hoan⇨同上。～～婆～～pô⇨洋女人。

【紅心 âng-sim】 ㊀中央。拍着～～phah-tio̍h～～⇨打中標的的中心。㊁善良之心。～～的有血的～～ê ū-hoeh(huih)-ê⇨喻有血有淚之人。

【紅天 âng-thiⁿ】 ～～赤日頭～～chhiah-jit-thâu⇨天氣晴朗。青天白日。

【紅目 âng-ba̍k】 腫得紅色的眼病。～～猴～～kâu⇨同上。紅目有仔湊鬧熱âng-ba̍k-ū-á tàu-lāu-jia̍t⇨喻好參加盛事却不會工作者。～～蕃～～hoan⇨罵洋人。初指荷蘭人。

【紅石 âng-chio̍h】 紅寶石。

【紅玉 âng-gek】 紅寶石，

【紅瓦 âng-hiā】 紅色的厝瓦。～～白壁～～peh-piah⇨同上。喻其美觀。

【紅包 âng-pau】 以紅紙包錢做㊀謝禮或賀禮。～～禮～～lé⇨同上。㊁賄賂hōe(iu)-lo̍·h。送～～sàng～～⇨暗中送賄款hōe-khoán。～～案～～àn⇨賄賂案件。

【紅肉 âng-bah】 紅色的肉。～～李～～lí⇨肉紅的李子。又嘲肌膚黑黑的却穿白上衣的少女。

【紅字 âng-jī】 ㊀紅色字。㊁赤字，決算的不足額。

【紅竹 âng-tek】 竹的一種。～～仔菜～～á-chhài⇨草葯名。～～節～～chat⇨一種蛇名。

【紅羽 âng-ú】 紅緞。

【紅杉 âng-sam】 裝飾工藝用材。台灣名材之一。檜材也。

【紅豆 âng-tāu】 ～～的枝仔冰～～ê ki-á-pêng⇨諷有黑斑點點的少女的脛。～～糜～～bôe⇨紅豆粥。

【紅雨 âng-hō·】 落～～lo̍h～～⇨下紅色雨，喻天下稀奇事。

【紅花 âng-hoe】 ㊀紅色花。㊁一種藥名。㊂～～米～～bí⇨染料。

【紅底 âng-té】 ～～綉白花～～siu pe̍h-hoe⇨同上。

【紅面 âng-bīn】 血紅的面色。普遍指戲台上的關公。～～的快落籠～～ê khoài-lo̍h-láng⇨喻易怒的人快恢復平靜。以戲台上紅面的多是忠直快死的角色，故當該角色的人多快回籠休息。

【紅柚 âng-iū】 柚的一種，柚米是粉紅色的。

【紅柑 âng-kam】 柑仔的一種。～～殼繫於涵孔角～～khak hē-tī am-khang kak⇨急口令。

【紅茄 âng-kîo】 或曰紅皮菜 âng-phôe-chhài。

【紅契 âng-khè】 官衙登記加官印的契約書。

【紅柿 âng-khī】 柿。～～出頭，羅漢目屎流～～chhut-thâu, lô-hàn ba̍k-sái-lâu⇨秋末柿上市時，氣候入冷，羅漢無妻爲伴而流淚。～～好食對佗起蒂～～hó-chia̍h tùi-toh khí-tì⇨喻人成功之後應該飲水思源。

【紅桔 âng-kit】 紅柑。

【紅紗 âng-se】 紅紗線，紅綿線。～～燈～～teng⇨紅紗布的燈。

【紅茶 âng-tê】 茶的一種。Black Tea。

【紅桃 âng-thô】 ㊀紅色桃。㊁洋牌的紅心號牌。㊂加印紅形的紅龜粿，喜事用的。

【紅蛆 âng-chhi】 金魚的飼料。

【紅頂 âng-téng】 ㊀清代官員帽上的紅帽珠。天地顚倒反，暗藍刣～～，並無起冠戴，殺死縣堂頂。thiⁿ-tē tian-tò-péng, àm-lâm thâi ～～, pēng-bô khí koan-tài, sat-sí koān-tn̂g téng⇨清代彰化縣的故事，林洪兩姓結私怨，洪姓官暗藍者殺死林姓頭帽戴紅頂者。即小官殺大官於縣堂之上，因而市上有此字白出現。林姓被殺者爲阿罩霧的林朝棟或其子叔侄輩的人物。曾過大陸去參加長毛之戰(亦即太平天國洪楊之亂) ㊁新娘花轎頂的紅尖珠。～～四轎扛你不去，藉搭帕仔來於促～～ sì-kiō kng lí m̄-khì, chiah tah phè-á lâi-teh-jiok⇨正正當當坐四人扛的花轎你不嫁，最後才頭纏帕仔來拚命追人。嘲女子挑剔夫婿，明媒正娶的不嫁，挑剔到老才跟人私奔。㊂戴～～也 tì～～ā⇨嘲梅毒症狀已露者。

【紅帽 âng-bō】 ㊀紅色帽。㊁車站或碼頭等代客搬運行李的人。～～仔～～á⇨其人。

【紅菜 âng-chhài】 紅鳳菜。

【紅猴 âng-kâu】 紅猴色。～～去也 ～～khì-ā⇨蕃薯欠雨而其葉枯萎的情形。疑爲紅口色âng-kháu-sek之訛。

【紅痣 âng-kì】 紅色的痣。

【紅筋 âng-kin】 血管。牽～～也khan～～a⇨譬如鷄卵已經有小血管了。亦喻有希望了。

【紅斑 âng-pan】 紅色的斑點。～～烏斑～～o·-pan⇨同上。

【紅圓 âng-îⁿ】 娶新娘搓～～ chhoā-sin-niû so～～⇨同上。

【紅綾 âng-lêng】 紅彩。婚慶時掛在門楣上或花轎面的紅彩布。～～披胛 ～～ phoā-kah⇨古時官衙，對於無寃受屈或有功者賜紅綾披胛以表揚之。

【紅萵 âng-oe】 紅萵仔菜。

【紅線 âng-soàⁿ】 蕃地的界線。往時有紅石磚之牆爲界。

【紅霓 âng-gê】 櫻紅色。健康色。面眞～～ bīn chin～～⇨同上。

【紅橘 ang-kit】 紅柑。

【紅飯 âng-poáⁿ】 紅鱗的飯魚。

【紅燒 âng-sio】 一種烹飪法。主料先油炸，然後再加料。

【紅燈 âng-teng】 ㊀喜喪事用的紅提燈。㊁共人舉～～ kā-lâng giâ ～～⇨爲人作淫事的媒介。

【紅糟 âng-chau】 紅酒糟。

【紅霞 âng-hê】 日暮西山時有光彩陸離的雲出現。出～～ chhut ～～⇨同上。 起～～ khí～～⇨同上。

【紅鮭 âng-ke】 魚的一種。肉赤色。

【紅檜 âng-kōe】 台產的最佳木材之一種。

【紅龜 âng-ku】 紅龜粿。喜慶用品。～～包芥菜 ～～ pau koà chhài⇨外表好看內裏不行。

【紅蟳 âng-chîm】 紅仁多的上等海蟹。

【紅襖 âng-ò】 出嫁日穿的紅衣。新娘的禮服。

【紅轎 âng-kiō】 花轎。新娘轎。

【紅麴 âng-khak】 造酒的一種料。

【紅礬 âng-hoân】 砒素。一種毒藥。

【紅罐 âng-koàn】 ㊀一等的鴉片煙膏。㊁喻有權勢者。

【紅九層 âng-káu-chân】 樹名。質堅，多爲家具用材。

【紅甘蔗 âng-kam-chià】 紅皮的生食用甘蔗。

【紅杜鵑 âng-tō·-koan】 開紅花的杜鵑。(文)淚血染成～～～lī-hiat jiám-sêng～～～⇨形容祭墓人士在墓前哭祭。

【紅金瓜 âng-kim-koe】 蕃薯之一種，薯肉金瓜色而美味。

【紅掌甲 âng-chéng-kah】 染紅色的指甲。～～～花～～～hoe⇨紅鳳仙花。

【紅孩兒 âng-hāi-jî】 ㊀善才童子。㊁茶的別名。

【紅烏帖 âng-o-thiap】 紅的請帖，烏的訃音。都須出禮應酬。

【紅絲線 âng-si-soàⁿ】 紅的絲線。牽～～～khan～～～⇨當媒人。

【紅銀朱 âng-gîn-chu】 朱紅。～～～筆，～～～條，～～～盤就是紅銀朱筆，墨，硯的意思，古時官衙批公牘或老師批課所用。

【紅管獅 âng-kóng-sai】 蟹的一種。～～～，白目眉，無人請，家己來，～～～peh-bak-bâi, bô-lâng chhiáⁿ, ka-kī-lâi⇨童謠。

【紅滲滲 âng-sìm-sìm】 形容極紅。

【紅熱病 âng-jiat-pēn(piⁿ)】 猩紅熱病。

【紅頭的 âng-thâu-ê】 道士，爲人家做道事的。似屬道教。另一種是黑頭的o-thâu-ê，同爲人家做道事，但似屬佛家。紅頭的亦即紅頭司功âng-thâu-sai-kong之省詞。

【紅鷄榆 âng-ke-jû】 台灣木材之一種，材質極堅實，大多供車柁等材料用。

【紅道成人 âng-tō-chiâⁿ-lâng】 見紅色就是成人了。㊀結婚。因其多用紅色也。㊁處女初度見紅，亦視爲成人之證也。

【紅膏赤脂 âng-ko chhiah-chih】 老翁之健康面色。八十七也，講猶～～～～扲peh-chap-chhit à, kóng-iau～～～～leh⇨八十七歲了，還那麼元氣的顏色。

**洪** âng 姓氏也。

【洪秀全 âng-siù-choân】 太平天國的中心人物。

**鼽** āng 鼽鼽āng-āng，鼻音也。講着話～～kóng-tioh-ōe～～⇨講起話來鼻音很重。

## ap

**壓** ap 鎮也。服也。以威力加之也。鎮壓 tìn-ap。氣壓khì-ap。威壓ui-ap。憲警～民衆hiàn-kéng～bîn-chiòng⇨同上。大乳～細囝 toā-leng～sè-kiaⁿ⇨喻大的欺壓小的。

【壓力 ap-lek】 ㊀物理學名詞。㊁壓制的力量。～～漸漸加重～～chiām-chiām ka-tāng⇨同上。

【壓制 ap-chè】 被～～的百姓pī～～ê peh-sèⁿ⇨同上。

【壓迫 ap-pek】 官廳不能～～人民koaⁿ-thiaⁿ put lêng～～jîn-bîn⇨同上。

【壓倒 ap-tó】 強大的反抗聲～～了一切kiâng-tāi e hoán-khòng-siaⁿ～～liáu it-chhè⇨同上。順風～～牆sūn-hong～～chhiûⁿ⇨喻乘勢成事。

【壓煞 ap-soah】 壓制邪物。～～是迷信的觀念～～sī bê-sìn ê koan-liām⇨同上。

【壓歲 ap-sòe】 即是鎮年teh-nî，安歲也。

【壓驚 ap-kiaⁿ】 請紅頭的來～～chhiáⁿ âng-thâu-ê lâi～～⇨也是一種迷信的風俗，亦謂鎮驚teh-kiaⁿ。

**盒** ap 有蓋的小箱，盒仔餅ap-á-piáⁿ，裝規盒的餅食類。同盒ah。作量詞用：三～餅saⁿ～piáⁿ⇨三盒餅。

【盒仔底 ap-á-té】 盒中ap-tiong。喻棺材koaⁿ-chhâ。乎人款落～～～許道知了hō-lâng khoán-loh～～～hia tō-chai-lō⇨被人收拾裝入棺中的時候就知也。喻蓋棺論定kài-koan-lūn-tēng。

**呷** ap 吸飲也。同呷ha。魚食水也。一下道～落肚也chit-ē tō～loh-tō·-à⇨一下子就呑食下肚去了。

【呷水 ap-chúi】 吸食水。魚仔扲～～hî-á teh～～⇨魚在食水。

【呷落腹 ap-loh-pak】 呑入腹中。一下道～～～去也，曷有夠chit-ē tō～～～khì-à, ah-ū-kàu⇨一口氣就呑食入腹了，曷有夠ah-ū-kàu，謂①言其迫不及待；②量太少不夠吃。

## at

at
扎 搱at也。拔草心曰搱at，亦作扎。手折之曰扎at。人的鳳梨那可共～lâng ê ông-lâi ná-hó kāng～⇨人家的鳳梨怎麼可以擅自扎取之。亦折chiat也，亦拗áu也。

【扎折 at-chih】 折斷chiat-toān。要到手骨～～去sńg-kā chhiú-kut～～khì(ì)⇨玩到折斷了手骨。～～手骨去倒勇～～chhiú-kut khì tò-ióng⇨謂手骨打斷而癒合了反而強有力。喻事一度挫折，克服了反而堅固。

【扎花 at-hoe】 折花枝chiat-hoe-ki。～～來插～～lâi-chhah⇨折花來做插花chhah-hoe。

【扎斷 at-tn̄g】 同扎折at-chih。～～古柄～～kó-pèⁿ⇨打斷phah-tn̄g了興高彩烈的講故事者。～～人的姻緣～～lâng ê in-iân⇨打破了人家的婚姻。

【扎手尾 at-chhiú-bóe】 以手比力。亦曰扎手把at-chiú-pà，亦即握手角力也。您二個～～～我看眞有攀lín-n̄ng-ê～～～goá-khoàⁿ chiñ-ū-peⁿ⇨你們兩人鬪手力，依我看，恐怕是難兄難弟的。手尾亦作手肢。

【扎甘蔗 at-kam-chià】 折取甘蔗。有人得偷～～～ū lâng teh thau～～～⇨有人在偷折甘蔗。

【扎筍仔 at-sún-á】 折取竹筍。～～～來食～～～lâi-chiah⇨同上。

【扎鳳梨 at-ông-lâi】 折收王萊。喻偷掠鷄thau-liah-ke(鷄賊們的隱語)。

【扎稱頭 at-chhìn-thâu】 惡商人在秤上動手脚，使秤輕重自如以欺消費者曰扎稱頭at-chhìn-thâu，雖屬不道德，但似多有行之而不諱者。

【扎樹椏 at-chhiū-oe】 折取樹枝。～～～來起火～～～lâi khí-hóe⇨起火在往時的炊事是一大事也。

at
遏 抑制曰遏at。留存之。物價無法度～but-kè bô-hoat-tō～⇨物價無法可抑平。案件～下抖 àn-kiaⁿ～hē-lè⇨案件按下不動。代誌～平也 tāi-chì～pêⁿ-à⇨事件仲裁而平息了。

【遏仔 at-á】 茅屋上爲安定茅草而加架之竹條。該加一枝～～ài-ke chit-ki～～⇨同上。

【遏平 at-pêⁿ】 平息爭端。代誌～～也tāi-chí～～à⇨事端平息了。

【遏米價 at-bí-kè】 平抑米價。政府出來抖～～～也chèng-hú chhut-lâi teh～～～⇨政府出面在平抑米價了。

at
軋 車輾軋也。重車輾軋之聲也。

【軋轢 at-lek】 車輪輾軋而過也。喻人事的傾軋爭奪。人事的～～表面化也 jîn-sū ê～～piáu-bīn-hoā-à⇨人事糾紛表面化了。

## au

au
歐 姓氏。歐羅巴au-lô-pa, Europa的譯名。簡稱爲歐洲Au-chiu。

【歐西 au-se】 亦即西洋。～～文明～～bûn-bêng⇨西方文明。

【歐美 au-bí】 歐洲與美洲。～～的國家，大部份是先進國～～ê kok-ka toā-pō-hūn sī sian-chìn-kok⇨同上。

【歐戰 au-chiàn】 歐洲戰爭之略。～～的影響～～ê éng-hióng⇨同上。

【歐陽修 au-iâng-siu】 唐代的名文人，唐宋八大家之一。

【歐風美雨 au-hong-bí-ú】 形容歐美文明。～～～～東漸～～～～tong-chiām⇨歐美文明的影響漸漸進來東方。

au
甌 酒甌茶甌，與杯同。金～無缺kim～bû-khoat⇨日本自詡國體完美之詞。作量詞用：飲～～茶lim chit～tê⇨喝一杯茶。

【甌仔銀 au-á-gîn】 舊時代的銀幣，因加印而凹成甌形者。

au **漚** 浸水。爲染色或腐化或變其組織將其浸漬於水或其他液體中之謂。

【漚泔 au-ám】 將白衣等浸於泔(飯水)中漂白之。～～會較白～～ē khah-peh⇨同上。

【漚肥 au-pûi】 集人畜糞或稻草等堆積以製造堆肥之謂。

【漚黃 au-n̂g】 蔬菜經久變黃色。

【漚鹹菜 au-kiâm-chhài】 芥菜積於大桶中加水與鹽使成鹹菜。若～～～抒ná～～～lè⇨意喻無整頓，鹹菜之積豉桶中是投入即算，並不加以整頓故也。

áu **嘔** 口中吐物（由於腹痛或食物中毒等病因）空～khang～⇨極欲吐而吐無物。嘔水áu-chúi，嘔食物áu-chiah mih等。見食見～kiàn-chiah-kiàn～⇨每食必嘔，指食不著腹tiâu-pak。

【嘔水 áu-chúi】 吐水，亦即空嘔。

【嘔血 áu-hoeh(huih)】 吐血也。同嘔紅áu-hông。

【嘔吐 áu-thò͘】 吐嘔同義。

【嘔紅 áu-hông】 吐血。你不抒～～lí m̄-teh～～⇨你不是在吐血嗎(罵人虛說話如吐血也)。

【嘔藥 áu-ioh】 吐藥，亦即藥沈不住腹。

áu **拗** 折也。曲也。撓也。不講理。雙～siang～⇨㊀加倍㊁折半。

【拗馬 áu-bé】 肩運木材用之木架。柴馬chhâ-bé。

【拗氣 áu-khì】 生氣也。不免～～啦m̄ bián～～lâ⇨不必生氣嘛。

【拗橫 áu-hoâiⁿ】 寃枉也。不當～～好人m̄-thang～～hó lâng⇨不可寃枉好人。

【拗蹺 áu-khiau】 拗曲áu-khiok。拗彎áu-oan等均同義。

【拗蠻 áu-bân】 不講理的蠻人，不講理。對不起，我有較～～啦tùi-put-khí，goá ū khah～～ lâ⇨對不起，我是較不講理了。

【拗心血 áu-sim-hoeh(huih)】 盡最大之心力。～～～的作品～～～ê chok-phín⇨嘔心瀝血的作品。

【拗相公 áu-siàng-kong】 宋朝王安石的綽號。或謂他衣穿到生虱母都不換洗。

【拗稱頭 áu-chhìn-thâu】 商人盜顧客的斤兩。做商理不當拗人的稱頭chò seng lí m̄-thang áu lâng ê chhìn-thâu⇨商人不可盜顧客的斤兩。亦曰扎稱頭at-chhìn-thâu。

àu **餲** 凡物腐爲餲，餲味爲臭。鹽到，肉都餲也iâm kàu，bah to àu â⇨鹽來時，肉已經開始腐癱了。餲即有臭味也。喻遠水不救近火。面～面臭bīn～bīn chhàu⇨生氣或不高興的面容。未～未臭的物bē～bē-chhàu ê mih⇨不腐不臭之物。

【餲人 àu-lâng】 不德不義之人，亦即臭人chhàu lâng，廢人hùi-jîn。

【餲面 àu-bīn】 面相難看。啥代乎你～～siâ-tāi hō͘-lí～～⇨同上。

【餲計 àu-kè】 不巧妙的計謀。許～～啦，未通啦 he～～lâ, bē(bōe)-thong-lâ⇨那是臭計，不行也。

【餲臭 àu-chhàu】 餲而後有臭味。(可重疊之而作餲餲臭臭àu-àu-chhàu-chhàu)。

【餲貨 àu-hòe】 ㊀不好的物品。㊁罵女人。

【餲婊 àu-piáu】 罵女人之詞。臭賤人chhàu-chiān-jîn。

【餲脚 àu-kioh】 ㊀不佳的伙件。㊁不佳的演員。今多叫餲脚àu-kha。(句)一嘆。

【餲腹 àu-pak】 ㊀大木之中空者。㊁精神不爽。

【餲餜 àu-kóe】 臭女人。下流社會常以餜喻女人。更有一個餜仔面 koh-ū chit-ê kóe á-bīn⇨居然是一個美麗的面容。

【餲醢 àu-kê】 醢而又餲，不佳之極。～～眩蠅～～siā$^{n}$-sîn⇨喻下等賤婦挑撥男人。～～餲人食～～àu-lâng chiah⇨喻下等的妓女亦有下等人要。按：醢kê，鹹肉醬也。

âu
喉 嚨喉nâ-âu。大聲馬～toā-sia$^{n}$ bé-～～⇨講話的聲音過大。嚨～敢未爆破nâ～kám-bē(bōe) piak-phoà⇨諷大聲馬喉者。謂如此大聲，喉嚨不會爆炸嗎。

【喉音 âu-im】 喉嚨聲。

【喉症 âu-chèng】 喉嚨的病症。

【喉蛾 âu-ngô͘】 惡性的扁桃腺炎。

【喉淀 âu-tī$^{n}$】 百感交集欲泣未成的狀態。乞食歌曰：唪唪吱，肩頭破一裂，無某當補紩，想著喉道淀phòng-phòng-chhih, keng-thâu phoà chit-lih, bô-bó͘ thang pó͘-thī$^{n}$ siū$^{n}$-tioh âu tō tī$^{n}$。

【喉管 âu-kńg】 即咽喉孔也。

【喉韻 âu-ūn】 茶酒飲後在口中的餘韻。～～眞好～～chin-hó⇨同上。茶客講～～tê-kheh kóng âu-ūn⇨茶客講究飲後的餘韻。

【喉鐘 âu-cheng】 亦即嚨喉蒂仔nâ-âu-tí-á，甲狀軟骨的俗名。

【喉焋嘴渴 âu-ta chhùi-khoah】 ㊀極度的口渴。㊁喻生計極陷於困難。伊正抟～～～～，多少的收入每是大幫助 i chiā$^{n}$ teh～～～～，to-siáu ê siu-jip māh-sī toā-pang-chō⇨同上。

āu
後 先後的後（表示時間性），後日āu-jit。後下āu-ē⇨下次。後世人āu-sì-lâng,後代āu-tāi，後班車āu-pang-chhia。後壁郊āu-piah-kau⇨家後面的空地。後尾門仔開透透，新娘家已到āu-bóe-mn̂g-á khui-thàu-thàu, sin-niû ka-kī-kàu⇨戲幸運的青年早得嬌妻。

【後山 āu-soa$^{n}$】 ㊀後面的山，㊁喻背景。～～崎屴屴抟～～kiā-lak-lak-lè⇨背景強大也。屴lok：山高也。

【後手 āu-chhiú】 前手收錢～～空chêng chhiú siu-chî$^{n}$～～khang⇨喻生活之拮据急迫，錢一入手就散了。有塞～～ū sat～～⇨使了賄賂。

【後世 āu-sì】 前世栽好竹，後世出好筍chêng-sì chhāi hó-tek，āu-sì chhut hó-sún⇨竹筍與德孫諧音，勸人行善之詞。

【後步 āu-pō͘】 下一步。下一個對策。留～～lâu～～⇨同上。

【後盾 āu-tún】 後面所靠。亦即背景。～～無強無效～～bô-kiâng bô-hāu⇨同上。

【後翁 āu-ang】 再婚之丈夫。前夫有情，後夫有義 chêng-ang ū chêng，～～ū gī⇨同上。

【後娘 āu-niû】 繼母。亦即後母。春天後母面chhun-thi$^{n}$ āu-bó bīn⇨後娘面如春天的易變。

【後巢 āu-siū】 後妻，前妻歿後再娶者。嫁人做～～kè-lâng chō～～⇨巢亦作岫，岸穴也。

【後脚 āu-kha】 ㊀前脚之對。㊁後面，背後。抽～～thiu～～⇨暗中打擊(同伴)。

【後層 āu-chân】 後齒。～～抟蛀～～teh-chiù⇨同上。

【後增 āu-chan】 即俗稱之智齒，因係長大以後所增加之齒，故稱之為「後增」。～～猶好好抟～～iau hó-hó-leh⇨智齒還無損。

【後輩 āu-pòe】 輩份低者。不論～～前輩逐家都是共字寫的put-lūn～～chiân-pòe, tak-ê to-sī kāng-jī siá-ê⇨後輩前輩不必論，我們大家都是同姓的。

【後頭 āu-thâu】 ㊀後面。～～猶有好戲抟～～iáu-ū hó-hì-lè⇨後面還有好戲可看也。㊁外家。佃～～眞崎抟in～～chin-kiā-lè⇨她外家非常強勢(有錢也)。

【後謝 āu-siā】 後付的禮款。請律師該前謝～～chhiá$^{n}$ lut-su ài chêng-siā～～⇨同上。

【後尾路 āu-bóe-lō͘】 ㊀後面路。㊁賄賂。走

～～～cháu～～～⇨暗中行賄。

# ba

**ba 吧** 乳嬰叫聲也。會曉～也ē-hiáu～a⇨會作吧聲了。眞佼～了chin-gâu～lò⇨很會作吧聲了。～未食乳哩～boeh chia̍h-leng(lin)-lè⇨吧要喝乳呢。

**【吧吧叫 ba-ba-kiò】** 乳嬰叫聲。嬰仔抾～～～咧eⁿ-á teh～～～lè⇨嬰兒在吧吧叫了。

**bà 吧** 驚叫之聲。與嬰仔戲以手掩面曰掩iauⁿ，然後突然放開曰吧bà。三五歲的小童學沕相揣bih-siō-chhōe⇨捉迷藏chiok-bê-chōng，將隱其身時亦曰掩iauⁿ，然後忽現其身時曰吧bà。掩吧iauⁿ-bà亦作猫吧niau-bà。

**bâ 媌** 美好也。輕佻曰媌bâ，婊piáu亦曰媌bâ。歹～phāiⁿ～⇨輕佻的少女。臭～chhàu～⇨臭婊chhàu-piáu。餲～àu～⇨餲婊àu-piáu。物未腐而有異味曰餲àu。不新鮮亦曰餲àu。爛而有惡味曰臭chhàu。破～phoà～⇨破婊phoà-piáu。

**【媌巢 bâ-siū】** 私娼館。恰如～～抾kah-ná～～leh⇨宛如私娼館。

**【媌豭 bâ-ka】** 喻不忠不直之人。媌，狐狸，亦婊也。豭，豬哥，奸夫也。彼顆人眞～～，hit-khoʻ-lâng chin～～⇨他很犴猾，信用全無。

**【媌頭 bâ-thâu】** 婊頭piáu-thâu。青樓之主。

**bâ 貓** 貓niau亦曰貓bâ。家裡無～，老鼠仔道蹺脚ke-nī bô～，niau-chhí(chhú)-á tō khiau-kha⇨家中沒有貓，鼠就蹺脚享福了。喻媽不在孩子們就胡來。好～管百家，hó～koán pah-ke⇨好貓管轄一百個家，使鼠不敢粗心大意。喻脚來手來樣樣都會的女人能協助左隣右舍。

**【貓仔 bâ-á】** 山貓soaⁿ-niau。～～偷咬鷄仔～～thau-kā-ke-á⇨山貓偷鷄。喻女人偷漢。

**【貓狗 bâ-káu】** 一種獵犬。

**【貓面 bâ-bīn】** 同貓面niau-bīn。豆皮面tāu-phôe-bīn。～～滿天星～～moáⁿ thiⁿ-chheⁿ⇨面裒得如滿天星。

**【貓鼠 bâ-chhí(chhú)】** 貓與鼠。～～同眠～～tông-bîn⇨喻不知情而與壞人共事。

**【貓叉仔 bâ-chhe-á】** 一種狩獵用的三叉刀。

**【貓兒眼 bâ-jî-gán】** ㊀貓眼。㊁心滿意足，渾渾欲睡的眼神。抾～～～也，莫管伊teh～～～â, mài-koán-i⇨狀在渾渾欲睡了，不要管他。阿片吸到抾～～～也a-phiàn kuh-kà teh～～～â⇨鴉片抽得差不多了，要睡覺了。

**bâ 慕** 思也。戀不忘也。同慕bō。兩情相思慕曰慕bâ。幽會曰慕bâ。當抾～tng-teh～⇨正在急急追求。合伊抾～kah-i teh～⇨與他在密切來往。又去抾～也iū-khì teh～â⇨又去幽會了。阿花合一個後生仔抾～a-hoe kah-chit-ê hāu-seⁿ(sıⁿ)-á teh～⇨阿花正和一個青年在密切來往。～到當抾熱～kà tng-teh-jia̍t⇨搭得正在熱滚滚。

**【慕查某 bâ-cha-bóʻ】** 泡妞兒，是新名詞。又去～～～也iū-khì～～～â⇨又去追女人了。心肝端仔於～～～耳sim-koaⁿ tan-a ti～～～niâ⇨心裏只在找女人而已。

**bâ 麻** 麻moâ也。植物名。俗以痺pì曰麻bâ。皮膚感覺遲鈍曰麻bâ，不覺痛癢曰麻bâ。無感覺亦曰麻bâ。脚痺手～了kha-pìⁿ-chhiú～lòʻ ⇨ 手脚都麻木了。～一下久道不知痛也～chi̍t-ê-kú tō m̄-chāi-thiàⁿ-â⇨麻木久了就不覺得痛了。含都～去也，見在伊去也taⁿ to～khì-â，kìⁿ-chāi-i-khì-â⇨如今，都麻木了，由他去了(不管不理他了)。

**【麻木 bâ-bo̍k】** mâ-bo̍k。病名，即麻痺bâ-pì。

【麻面 bâ-bīn】 ㊀臉皮厚起來。例如男女間之事，到了半公開了既不怕人知亦不怕人笑了曰～～也～～ā。盒都～～也taⁿ-to～～ā⇨如今不怕羞了。㊁鏡面不明。鏡～～去也kiàⁿ～～khī-ā⇨鏡子麻面了。亦曰麻霧bâ-bū。

【麻痂 bâ-ka】 不老實，不講理之人。例如金錢上不乾淨，該還者硬拖不還等。彼顆人眞～～hit-kho·-lâng chin～～⇨那個東西很不老實。不乾淨。媌猳bâ-ka俗作麻痂bâ-ka。

【麻射 bâ-siā】 麻醉藥針。注～～chù～～⇨打麻醉藥針。

【麻麻 bâ-bâ】 痺pì。痲bâ。小可仔～～sió-khoá-á～～⇨有點麻麻。～～痺痺了～～pì-pì-lò·⇨完全麻痺了。

【麻雀 bâ-chhiok】 mâ-chhiak。㊀鳥名。㊁馬將牌。拍～～phah～～⇨玩麻雀牌。

【麻痺 bâ-pì】 ㊀痲bâ，痺pì。歸身軀攏～～也kui-sin-khu lóng～～ā⇨全身都痲bâ了。即個位感覺～～～～chit-ê-ūi kám-kak～～～～⇨此地覺得很麻痺。㊁病名。同麻木。小兒～～症sió-jî～～chèng⇨病名。

【麻醉 bâ-chùi】 以麻藥制壓知覺神經。猶未～～抒á-bōe(iá-bē)～～lê⇨還未加以麻醉。

【麻霧 bâ-bū】 同麻面㊁，鏡面模糊不清也。鏡那會者～～抒kiaⁿ na-ē chia～～leh⇨鏡面怎麼變得如此模糊。

【麻藥 bâ-ioh】 麻醉藥劑的俗稱。無用～～曷有法度bô-iōng～～ah-ū hoat-tō·⇨不用麻醉藥是沒辦法的。

【麻醉藥劑 bâ-chùi-ioh-che】 麻醉藥類的總稱。亦簡稱麻醉劑bâ-chùi-che。

**bâ 痲** 痲瘋mâ-hong也(見ma部)。

**bā 碼** 英美的度名yard的借字。一碼約近於一公尺。一～布五十元chit～pò· gō-chap-oân⇨同上。

**bā 馮** 無舟渡河也。通溯pâng。雨中強行曰馮bā。暴虎馮河pok-hó·-pâng-hô。於風颱中強～轉來tī-hong-thai-tiong kiâng～tńg-lâi⇨在風雨中強涉水而返。強俅～去kiâng-boeh～khì⇨強要涉水以往。眞愛安爾～chin-ài an-ne(ni)～⇨很喜歡如此的強涉水(孩童玩水)。

【馮來馮去 bā-lâi-bā-khì】 強在雨中來來往往。～～～～，馮到規身軀霑漉漉也～～～～bā-kà kui-sin-khu tâm-lok-lok-ā⇨雨中來雨中去，被雨淋得全身都濕透了。

**bā 密** 密bah也(見bah部)。密抵塞bā-tú-sā⇨剛剛巧合。非常的巧合。

**bā 覓** 覓bah也(見bah部)。

## bah

**bah 肉** 筋肉kin-jiok曰肉bah。蔬菜之可食部份曰肉bah，刀刃曰刀肉to-bah。可耕之砂土層曰土肉thô·-bah。食魚食～也道該菜介chiah-hî-chiah～a-tō-āi chhài-kah⇨謂吃魚也好，吃肉也好，還是需要蔬菜來配合。狗～無食狗湯有飲káu～bô-chiah káu-thng ū-lim⇨謂狗肉沒吃，狗湯却喝了。喩雖非主犯確屬共犯。別人的桌頂挾～飼大家pat-lâng ê toh-téng ngeh～chhī-ta-ke⇨在他人的桌上挾肉養大家，謂假有孝，假有心。肥～瘦～pûi～sán～同上。瘦肉sán-bah⇨精肉chiaⁿ-bah。大埽～toā-tè～⇨同上。細埽～sè(sòe)-tè～⇨同上。有酒有～是兄弟，無酒無～各人行ū-chiú ū～sī hiaⁿ-tī，bô-chiú bô～koh-lâng-kiâⁿ⇨所謂酒肉朋友是如此。

【肉干 bah-koaⁿ】 曝～～phak～～⇨同上。

【肉丸 bah-oân】 ㊀番薯粉做皮內包肉等的食品，炙油chīⁿ-iû加料食之。㊁將肉剁漿製之。

【肉片 bah-phìⁿ】 肉之薄片。切～～chhiat～～⇨肉切成片。

【肉包 bah-pau】 包肉之饅頭。

【肉皮 bah-phôe】 皮 phôe。～～該起掉～～āi khí-tiāu⇨皮要剝離棄之。

【肉色 bah-sek】 ㊀色彩之一。～～的襪仔～～ê boeh-á⇨同上。㊁肉本身之外觀。即隻猪的～～未穤chit-chiah-ti ê～～bē(bōe)-bái⇨此隻猪之色澤不壞。㊂皮膚的色澤。吳小姐的～～上媠gô·-sió-chiá ê～～siāng(siōng)-súi⇨吳小姐的皮膚最漂亮。

【肉豆 bah-tāu】 一種蔬菜類的豆仔。亦曰皇帝豆hông-tè-tāu。

【肉油 bah-iû】 俗以猪油ti-iû曰肉油bah-iû。蒜仔圖～～soàn-á tô·～～⇨蒜仔吸收猪油。喻以小誘大。

【肉刺 bah-chhì】 瘡沒收好口所生出多餘的小肉塊。俗曰肉箭bah-chì$^{n}$。

【肉屑 bah-sut】 碎肉 chhùi-bah。～～稠砧～～tiâu-tiam⇨碎肉粘在肉砧。激骨食～～kek-kut chiah～～⇨激骨者吃碎肉(沒有好肉了)。喻行動怪異者，終必吃虧。

【肉砧 bah-tiam】 切肉之板。乎人做～～hō·-lâng chò(chòe)～～⇨喻被人毆打。

【肉脯 bah-hú】 乾肉。乾肉之幼如綿者。

【肉鈎 bah-kau】 鈎肉之鐵鈎。

【肉絲 bah-si】 肉切成絲狀。切～～chhiat～～⇨切肉成絲。～～炒米粉～～chá-bí-hún⇨炒米粉以肉絲作主要之佐料。～～煮麵～～chí(chú)-mī⇨同上。

【肉圓 bah-î$^{n}$】 秫米粉作皮，內包肉等料，是冬節的節品。煮湯加冬荷食之。冬節是冬天，家家戶戶人搔圓tang-cheh sī tang-thi$^{n}$, ke-ke hō·-hō· lâng-so-î$^{n}$所指的搔圓so-î$^{n}$即此也。

【肉感 bah-kám】 sensual的譯詞。原意是感覺的kám-kak-ê，肉慾的jiok-iok-ê，肉感的jiok-kám-ê。今多用於所謂女明星lí(lú)-bêng-seng之體態豐滿thé-thāi-hong-boán者，謂之眞～～chin～～或眞有～～chin-ū～～。～～美人～～bí-jîn⇨體態豐滿的美人兒。

【肉路 bah-lō·】 以肉爲主的食物。興～～hèng～～⇨喜歡吃肉類。無～～bô～～⇨不喜歡吃肉類。

【肉粽 bah-chàng】 粽的通稱。賣燒～～bē(bōe) sio～～⇨販賣熱的肉粽。

【肉餃 bah-kiáu】 水餃chúi-kiáu的一種。～～菜餃～～chhài-kiáu⇨包肉與包菜之水餃。

【肉餅 bah-piá$^{n}$】 中秋餅tiong-chhiu-piá$^{n}$。鎮一下成～～也teh chit-ē chiâ$^{n}$～～à⇨壓得如肉餅之扁平形了。～～面～～bīn⇨形如肉餅之扁平面容。

【肉箭 bah-chì$^{n}$】 瘡不收口而長出不自然之肉塊。吐～～thó·～～⇨同上。亦曰肉刺bah-chhì。

【肉瘤 bah-liû】 瘤liû。生～～se$^{n}$(sin)～～⇨長出瘤來了。

【肉彈 bah-tân】 ㊀肉彈jiok-tân。以人體當炸彈。～～攻擊～～(jiok-tân) kong-kek⇨決死隊的攻擊法。㊁有肉感bah-kám的女人又呼之曰肉彈bah-tân(jiok-tân)，可以「炸」死男性也。使用～～戰術sú-iōng～～chiàn-sut⇨商場上以肉彈引人的戰術。

【肉豉 bah-sī$^{n}$】 肉斲如豆豉之細。斲～～仔tok～～á同上。

【肉螺 bah-lê】 賣猪肉的吹～～bē(bōe)-ti-bah-ê chhoe～～同上。

【肉檨 bah-soāi$^{n}$】 檨仔soāi$^{n}$-á的一種。纖維性較少者。～～柴檨～～chhâ-soāi$^{n}$⇨柴檨纖維較多但較甜。肉檨bah-soāi$^{n}$絲少但粒亦小。

【肉羹 bah-ki$^{n}$】 bah-ke$^{n}$。俗作肉焿bah-ki$^{n}$。湯之和以五味者。俗以猪之精肉摻粉加筍絲，香菇等爲佐料。有香菇～～hiu$^{n}$-ko·～～，柔魚～～jiû-hî～～等等。～～麵～～mī-⇨淋肉羹lâm bah-ki$^{n}$的麵食。

【肉糜 bah-moâi(bôe)】 加肉類之粥chiok。

無飯食，曷未曉食～～，傻瓜bô-pn̄g-chiah，ah-bē(bōe)-hiáu chiah ～～só-koa⇨古有如此罵百姓的名君。

【肉醬 bah-chiùⁿ】 肉糊bah-kô·。可惡掠來斲～～好耳khó·-ō·，liah-lâi tok ～～hó-niâ⇨可惡，最好抓來斲爲肉醬而已。

【肉體 bah-thé】 jiok-thé。血肉之軀hiat-jiok chi khu。靈魂歸天，～～歸土lêng-hûn kui-thian,～～kui-thô·⇨宗教性的信仰。

bah 覓 尋也。求也。探求曰覓bah。拼勢抾～piàⁿ-sì teh～⇨拼命在尋求(例如財源、職業等等)。～看有甚孔否～khoàⁿ ū-siaⁿ-khang-bô·⇨尋求看看有何路徑可行。

【覓食 bah-chiah】 求生kiû-seng。求生活kiû seng-oah。家己四界去～～ka-kī sì-kè-kì ～～⇨自己到處去找生活。

【覓錢 bah-chîⁿ】 找錢。等伊～～藉俫落股，我看是烏有較大部份tán-i～～chiah-boeh loh-kó·，goá-khoàⁿ sī o·-iú khah-toā-pō·-hūn⇨等他找到錢才來參加股份，我看是沒希望的。

【覓頭路 bah-thâu lō·】 尋求工作。猶抾～～抾那有錢iáu-teh ～～～ leh ná-ū-chîⁿ⇨還在尋求工作中，那來的錢。

bah 密 密bıt也。榫頭相合曰密bah，兩物間無間隙曰密bah。交情密切曰密bah。榫頭鑿了眞～sún-thâu chhak-liáu chin～⇨榫頭鑿得很密切吻合。門關無～mn̂g koaiⁿ-bô～⇨門關得不密。嘴封無～chhùi hong-bô～⇨(罐仔)嘴封不密。湊孔仔湊無～tàu-khang-á tàu-bô～⇨共謀得不夠妥切。套有～藉有效thò-ū～chiah ū-hāu⇨湊得合才有效。伊二人上～in-nn̄g-lâng siāng(siōng)～⇨他們兩人最親密。你合長的上～耳lí kah tiúⁿ-ê siāng(siōng)～niâ⇨只有你和老大(或長字號人物)最親密。

【密密 bah-bah】 密bah。切合。二旁講的抵～～ nn̄g-pêng-kóng-ê tú ～～⇨雙方所說的剛好一致。三人合抾一千 ～～ saⁿ-lâng hap-leh chıt-chheng～～⇨三人的合起來，剛好一千。

【密塞 bah-sah】 密bah。得其時，得其宜。您來了上 ～～ lín lâi-liáu siāng(siōng)～～⇨你們來得最好。

【密抵塞 bah-tú-sah】 密塞bah-sah。蹌的抵著跂的 ～～～ chhiāng-ê tū-tioh khōng-ê ～～～⇨單脚的逢到長短脚的，剛好一對。蹌chhiāng，行不正也。跂khōng，伸足行也。亦即長短脚。⇨bā-tú-sā。

【密密密 bah-bah-bah】 很密。眞密 chin-bah。密抵塞～～～bah-tú-sah～～～⇨很密的口頭禪。缺嘴的呼鴨母～～～khih-chhùi-ê kho·-ah-bó(bú)～～～⇨亦爲很密的口頭禪。

## bai

bai 屄 女陰也。雌chi也。雌～chi～⇨女陰的俗稱。又在粗話中亦代表女人。彼幾個雌～仔hit-kúi-ê chi～á⇨那幾個女孩子。

bái 偲 惡也。貌陋也。事不善，技不妙皆曰偲bái。人～更厚屎lâng～koh kāu-sái⇨人醜又嚕嗦。厚屎kāu-sái，屎次多。喻嚕嗦lo-so。代誌～也tāi-chì ～ à⇨事情糟糕了。工夫較～kang hu khah～⇨工夫不甚高明。死～sí～⇨死死sí-sí。沒有活氣。心官～sim-koaⁿ～⇨存心不良。手～chhiú～⇨有偷癖。

【偲人 bái-lâng】 醜女。不成猴，人講～～閹雉命，果有影呢m̄-chiāⁿ-kâu, lâng-kóng ～～ chhoân súi-miā, kó ū-iáⁿ-neh ⇨ 不成猴，古人言，醜女反而有美好的命運，果然是眞的。不成猴m̄-chiāⁿ-kâu似乎是一種感嘆詞，很多人有此話母ōe-bó·。

【偲才 bái-châi】 難看。不好看m̄-hó-khoàⁿ。又可愛又可笑亦曰偲才bái-châi(對幼童而言）。穿安爾足～～的chhēng an-ne(ni) chiok～～ê⇨同上。 有夠～～ū-kàu～～⇨同上。

【偲手 bái-chhiú】 左手chó-chhiú。倒手tò-chhiú。～～仔～～á⇨使左手的。～～勢～～sì⇨難於下手工作。～～仔猴～～á-kâu⇨罵偲手的。

【偲某 bái-bó͘】 醜妻chhiú-chhe。～～傳家寶～～thoân-ka-pó⇨謂醜妻不會敗家。

【偲猴 bái-kâu】 不美。不漂亮。不好看。唉，～～呀ái，～～à⇨唉，(如此)不美也，不好看也。

【偲脚 bái-kha】 左脚。～～較無差～～khah-bô-chha⇨左脚(比右脚)差異不大。穤脚色bái-kha-siàu。

【偲角色 bái-kioh-siàu】 同偲脚色bái-kha-siàu。不是好脚色。三保的～～～ $sa^n$-pó͘ ê～～～⇨三流的陋人才。

【偲鬼鬼 bái-kúi-kúi】 醜如鬼。很不美。

【偲猴猴 bái-kâu-kâu】 醜如猴。～～～偲鬼鬼～～～bái-kúi-kúi⇨很醜很醜。

**bái 穤** 惡也。同偲bái。或曰貌不美用偲bái。其他用穤bái。未～bē(bōe)～⇨不壞。還可以。眞～chin～⇨很不好。太～也thài～à太壞了。有較～淡薄仔ū-khah～tām-poh-á⇨眞的差一點。字寫到眞～jī siá-kà chin～⇨字寫得很差。

【穤代 bái-tāi】 壞事情。～～藉牽來乎我～～chiah khan-lâi hō͘-goá⇨壞事才推到我身上。

【穤味 bái-bī】 ㊀味不妙。魚仔～～也hî-á～～ā⇨魚有臭味了。～～道不好食～～tō m̄-hó chiah⇨味變了就不可吃。㊁臭人chhàu-lâng。你也不是彼類～～的人lí mā-m̄-sī hit-lōe～～ê lâng⇨你也不是那種臭人。自己～～扲講別人chū-kí～～teh-kóng pat-lâng⇨自己臭反而說別人臭。

【穤氣 bái-khùi】 運氣不佳。即久仔較～～chit-kú-á khah～～⇨最近運氣較不佳。～～卜輸簌～～poah-su-kiáu⇨運氣不佳賭得大敗。

【穤貨 bái-hòe(hè)】 ㊀不佳之東西。賣～～bē(bōe)～～⇨販賣不良品。㊁壞人。看人做～～khoà$^n$-lâng chò(chòe)～～⇨㊀認爲人家是壞東西。㊁看着別人製造劣貨。

【穤路 bái-lō͘】 壞的。粗糙的。～～貨～～hòe(hè)⇨粗製濫造的東西。工夫～～kang-hu～～⇨手工粗拙。有錢賠你，未～～嘛ū-chî$^n$ pôe(pê)-lí bē(bōe)～～mah⇨有錢賠償你不算壞了。

【穤搭的 bái-tah-ê】 難纏的。許～～～莫插伊較順he～～～mài-chhap-i khah-sūn⇨那種麻煩的不理他爲妙。

**bâi 眉** 目上之毛也。目眉bák-bâi也。眉形者亦曰眉bâi。柳葉～liú-hioh～⇨美人之眉。臥蠶～ngō͘-chhâm～⇨關公眉koan-kong-bâi。掌甲～仔chéng-kah～á⇨指甲眉。柳～倒企liú～tó-khiā⇨柳眉倒豎liú-bî-tó-sū。初三四藉有月～意chhe-sa$^n$-sì chiah-ū goeh～ì⇨謂月(陰曆)之初三初四日開始眉形之月才出現。

【眉目 bâi-bak】 眉與目。～～分明～～hun-bêng⇨眉目清秀bî-bok chheng-siù。亦指大致情形或頭緒。

【眉頭 bâi-thâu】 眉與眉之間。目頭bak-thâu。

**bâi 楣** 門上之橫梁也。門～bûn～⇨㊀楣。㊁門第bûn-tē曰門楣bûn-bâi。窗仔～thang-á～⇨窗上之橫樑。

**bâi 埋** 藏也。葬也。收～siu～⇨收屍而埋葬之。掩～iám～⇨覆以土而埋葬之。

【埋名 bâi-bêng】 隱藏其姓名。隱姓～～ún-sèng～～⇨同上。～～詐死～～chà-sí⇨同上。

【埋伏 bâi-hok】 暗藏àm-chhàng。未暗先

去～～bōe-âm seng-khì～～⇨天未黑先行埋伏。有敵軍～～iú tek-kun～～⇨同上。

【埋沒 bâi-but】～～人材～～jîn-châi⇨令人材無法出頭。田園～～數十甲chhân-hn̂g～～sò·-chap-kah⇨同上。

【埋怨 bâi-oàn】怨在心中。扱恨～～khioh-hīn～～⇨同上。

【埋葬 bâi-chòng】草草予以～～chhó-chhó î-í～～⇨隨便埋葬之。

【埋頭 bâi-thâu】隱藏。～～不出門～～put-chhut-mn̂g⇨深居不出。～～苦學～～khó·-hak⇨同上。

【埋藏 bâi-chông】偷藏thau-chhàng。～～賊贓～～chhat-chong⇨同上。地下～～的資源無法計算tē-hā～～ê chu-goân bû-hoat kè-sǹg⇨同上。

bâi
霾 塵土飛揚，漫天飄灑遮蔽天日也。天色陰暗曰霾。際遇不佳亦曰霾。陰～im̄～⇨烏陰天也。終風且～，惠然肯來chiong-hong chhiaⁿ～，hūi-jiân khéng-lâi⇨詩經。

bāi
矉 語尾助詞。看～抡khoàⁿ～leh⇨看看。講看～抡kóng-khoàⁿ～leh⇨說說看。食看～抡chiah-khoàⁿ～leh⇨吃吃看。行看～抡kiâⁿ-khoàⁿ～leh⇨行一行看。

bāi
覓 助詞。同矉bāi。

## bak

bak
沐 沐bak作動詞用。沾濕、潤澤之意曰沐bak。孩子高興戲水曰囡仔愛沐水gín-á ài bak-chúi。沐著烏墨bak-tioh-o·-bak⇨沾到黑墨。不好更～m̄-hó koh～⇨不要再弄髒。看你～到規身軀，不好更～也否khoàⁿ-lí～kà kui-sin-khu,m̄-hó koh～à-ho·hⁿ⇨看看你全身都弄濕了，不要再弄濕了，好嗎？(母親教孩子)。又更～到霑糊糊也iū-koh～kà tâm-kô·-kô·-ā⇨又是玩(水)得全都濕透了。

【沐水 bak-chúi】㊀爲水沾濕。㊁戲水。囡仔逐家愛～～gín-á tak-ê ài～～⇨孩子們每一個都喜歡玩水。又得～～也iū-teh～～à⇨又在玩水了。～～沐規日都未懶～～bak-kui-jit to bē (bōe)-lán⇨玩水玩整天都不疲倦。

【沐手 bak-chhiú】㊀參與。干涉。愛～～道去沐ài～～tō-khì bak⇨喜歡參加就去參加好了。㊁弄髒手。彼款的～～，我無愛hit-khoán-ê～～,goá-bô-ài⇨那種的只是弄髒手而已，我不要(參加)。

【沐汗 bak-koāⁿ】汗污。

【沐油 bak-iû】被油所污。～～道未用得～～tō bē(bōe)-iōng-tit⇨沾有油質就不行。

【沐著 bak-tioh】㊀沾上污物。～～油～～iû⇨被油所污。～～血～～hoeh(huih)⇨被血所污。～～路溝仔糜～～lō·-kau-á-môai(bê)⇨爲路邊排水溝的爛泥所污。～～烏烏的～～o·-o·-ê⇨被黑黑的(東西)所污。㊁參與。盒都～～也，怺講不每未使得也taⁿ to～～ā boeh-kóng-m̄ mā-bē(boē)-sái-tit-à⇨而今總是參與了，要說不也不行了。～～水耳，較無要緊～～chúi-niâ，khah-bô-iàu-kín⇨只是被水沾濕而已，沒什麼要緊。

【沐嘴 bak-chhùi】物小不夠吃。麻煩。略同於沐手bak-chhiú之㊁。彼屑仔耳，～～啦hit-sut-á niâ，～～lâ⇨那一點點而已，麻煩嗎，不要它好了。～～沐濁～～bak-tak⇨同上。

【沐濁 bak-tak】麻煩mâ-hoân。～～啦，愛許怺創啥～～lā,ài-he boeh-chhòng-siahⁿ⇨麻煩嗎，要那些(小東西)何用呢。

【沐霑 bak-tâm】沐水bak-chúi。弄濕。～～去道費氣～～khì tō hùi-khì⇨弄濕了就麻煩。

【沐脚沐手 bak-kha-bak-chhiú】很麻煩。許～～～～，阮都無愛也he～～～～，goán to bô-ài-ā⇨那弄髒脚弄髒手而已，無利可圖，我都不要他了。

【沐沐濁濁 bak-bak-tak-tak】 同沐濁bak-tak或沐嘴bak-chhùi。同沐嘴沐濁bak-chhùi-bak-tak。

bak
**墨** 文房四寶bûn-pông-sù-pó之一。寫字用的顏料。紙筆～硯choá-pit～hiân⇨文房四寶。筆～pit～⇨筆與墨，有時代表學問。紅～水âng～chúi⇨紅色的寫字顏料。磨～boâ～⇨同上。白～peh～⇨黑板用的粉筆。

【墨水 bak-chúi】 墨汁bak-chiap。洋墨水ink。亦喻文字或學問。磨～～boâ～～⇨同磨墨。腹肚內無半點～～抔pak-tó·-lāi bô-poà$^{n}$-tiám～～leh⇨腹中一點滴的墨水都沒有。喻粗人。～～罐～～koàn⇨盛裝墨水的罐仔。

【墨斗 bak-táu】 木匠的小道具。牽繩之墨繩斗 bak-chîn-táu。魁星撐 ～～khoe-seng the$^{n}$～～⇨俗說魁星就是文曲星bûn-khiok-chhe$^{n}$，撐the$^{n}$就是手捧墨斗要轉世爲狀元了。～～線～～soà$^{n}$⇨同上。～～刺～～chhì⇨墨斗的定線針。

【墨汁 bak-chiap】 墨水bak-chúi。

【墨色 bak-sek】 墨之色澤。～～有較薄～～ū-khah-pō⇨同上。

【墨魚 bak-hî】 魚名。亦即烏賊o·-chhat，亦曰墨賊bak-chat。～～壳～～khak⇨烏賊之甲骨。～～煙～～ian⇨烏賊吐黑煙。

【墨賊 bak-chat】 ㊀墨賊魚bak-chat-hî。㊁墨賊牌bak-chat-pâi。賭博用品。～～干～～koa$^{n}$⇨俗曰柔魚干 jiû-hî-koa$^{n}$。省畧爲柔魚jiû-hî。～～船～～chûn⇨墨賊之骨。～～子仔～～jí-á⇨墨賊牌(賭博用具)。

【墨膏 bak-ko】 墨汁之較濃者。

【墨盤 bak-poâ$^{n}$】 硯hiân。～～盒～～ap⇨筆盒pit-ap。硯盒hiân-ap。

【墨斗刺 bak-táu-chhì】 墨斗的定線針。

【墨斗線 bak-táu-sòa$^{n}$】 墨斗用以衡直之線。

【墨繩斗 bak-chîn-táu】 木匠所用牽繩以衡直之小道具。

bak
**木** 樹也。樹之木質曰木bak-。木工曰做木chò-bak。大～toā～⇨建築的木匠。小～sió～⇨家具的木匠。

【木工 bak-kang】 大小木toā-sió-bak的通稱。

【木匠 bak-chhiū$^{n}$】 木工。做～～的chò(chòe)～～ê⇨～～師父～～sai-hū⇨木工的通稱。做～～的無眠床chò～～ê bô-bîn-chhn̂g⇨謂木工沒有床可睡。亦即燒磁的食缺，織蓆的困椅sio-hûi-ê chiah-khih, chit-chhioh-ê khùn-í的意思。～～店～～tiàm⇨家具店ka-ku-tiàm。

【木虱 bak-sat】 臭蟲。～～食客～～chiah-kheh⇨喻主人食客之物。反賓爲主hoán-pin ûi chú。按：木bak應爲密bat轉化。

【木柵 bak-sa】 ㊀木質的圍牆。～～門～～mn̂g⇨同上。㊁地名。～～的仙公廟～～ê sian-kong-biō⇨同上。

【木屐 bak-kiah】 亦曰柴屐chhâ-kiah。穿～～去散步chhēng～～khì-sàm-pō·⇨同上。刣椅仔煠～～thâi-í-á sah～～⇨忽有貴客蒞臨，致使厨房大亂的情形。

【木料 bak-liāu】 木材bak-chhâi。～～款好也～～khoán-hó-à⇨所需木材皆準備好了。

【木桶 bak-tháng】 首級桶。古時殺頭之刑所用。

bak
**目** 眼也。竹木等之節曰目bak。首領曰頭目thâu-bak。分類曰目bak。題～tê～⇨同上。品～phín～⇨同上。項～hāng～⇨同上。大～新娘無看見灶toā～sin-niû bô-khoà$^{n}$-i-chàu-⇨罵反應遲鈍視力差者。一～仔chit～á⇨單眼的人，獨眼龍tok-gán-liông。大細～toā-sè～⇨不公道，不公平。天公無～thi$^{n}$-kong bô～⇨不公道，不公平，壞人得好報。鮓靠蝦做～thē-khò-hê chò(chòe)-～⇨

海蜇hái-chiat曰鮓thē，自己無眼。喻自己所無所不能者要依他人成事是十二分困難。無面～bô-bīn～⇨沒面子，失了面子。歹～相見phái～sio-kī$^{n}$⇨不好意思見面。竹～tek～⇨竹節。甘蔗～kam-chià～⇨甘蔗之節。有～藉種會活ū～chiah chèng-ē-oah⇨有節才可能種活。無二～未活bô-nn̄g～bē(bōe)-oah⇨圍棋的規則：必須有兩眼以上才能算活棋。

【目下 bak-ē】 ㊀而今。bok-hā。～～景況偲～～kéng-hóng-bái ⇨ 現在的景況不佳。㊁眼前。不好掠做～～無人m̄-hó liah-chò(chòe)～～bô-lâng⇨不可以爲眼前沒有能人，謂不可看不起人。

【目火 bak-hóe(hé)】 怒得眼發火(看不慣的)。看著道～～熣熣起來 khoà$^{n}$-tioh tō～～toh-toh-khí-lâi⇨一看見就心怒眼發火。

【目今 bak-kim】 當今tong-kim。當今之世。～～是錢抄做人～～ sī chî$^{n}$ teh-chō-lâng⇨當今是金錢決定一切的世界。

【目內 bak-lāi】 眼中gán-tiong。～～無人～～bô-lâng⇨目中無人。～～敢有咱～～kám-ū-lán⇨(他的)眼中有咱們嗎。～～都猶有咱哩～～to iáu-ū-lán-lih⇨(他的)眼中都算還有我的存在也。

【目仔 bak-á】 單眼的。一目仔chit-bak-á之省詞。～～統領～～thóng-léng⇨獨眼的統領。

【目尖 bak-chiam】 眼眶的小瘡。生～～se$^{n}$(si$^{n}$)～～⇨同上。目珠偲藉會生～～bak-chiu-bái chiah-ē se$^{n}$～～⇨笑生目尖者，謂其沒規矩看了不應該看的東西才生目尖。

【目光 bak-kng】 同目金bak-kim。～～的～～ê⇨明眼人或非盲者。

【目地 bak-tē】 眼中。地位。看人無～～khoà$^{n}$-lâng bô～～⇨輕蔑人，看人不起。有～～無鹼仔結ū～～bô liâm-á-kiat⇨眼中無鹼仔結之存在。謂捉鹼維生的阿結，人人看他不起，但是他後來，忽然有錢起來了。所以不可隨便看人不起。鹼仔結liâm-á-kiat俗多訛爲猫仔結niâu-á-kiat。又有些地方作鮎魠春仔ko͘-tai-chhun-a。意思相同。

【目尾 bak-bóe(bé)】 眼梢gán-siau。使～～sái～～⇨送秋波sàng-chhiu-pho。～～會割人～～ē(ōe) koah-lâng ⇨ 媚眼會殺人(夠迷力)。拖～～thoa～～⇨使～～sài～～⇨媚眼引人。～～垂～～sôe⇨不知羞恥。～～垂的人～～sôe-ê lâng⇨無恥之輩。

【目花 bak-hoe】 眼瞀 gán-bū 看不清楚。～～也～～a⇨眼力差了。～～看眈稱花～～khoà$^{n}$-tā$^{n}$ chhìn-hoe⇨目珠瞀瞀看錯了稱花。盒都～～也，較無看見也ta$^{n}$-to～～a，khah-bô khoà$^{n}$-kì$^{n}$(ì$^{n}$) à⇨而今視力差了，看不甚清楚了。

【目油 bak-iû】 眼水。熏到流～～hun-kà lâu～～⇨被火煙迫得流眼水。

【目金 bak-kim】 非盲人。～～目契～～bak-kheh⇨眼開眼閉。契kheh，契約之契，合也。～～的～～ê⇨好眼的，非盲目者。青瞑的有～～的牽chhe$^{n}$-mê-ê ū～～ê khan⇨盲目者有明眼者指引路徑。喻社會還是有好人助弱者。

【目眉 bak-bâi】 眉bî。～～倒企～～tò-khiā⇨眉毛倒立。怒。～～短短，交人無尾～～té-té, kau-lâng bô-bóe⇨謂眉毛短者薄情，交陪人不久長。短短té-té→tóe-tóe。尾boé→bé。～～毛扨無起～～mô sa-bô-khí⇨見機不敏。扨無起sa-bô-khí亦作無漿泔bô-chiu$^{n}$-ám。

【目前 bak-chêng】 眼前gán-chiân。看～～無看將來khoà$^{n}$～～bô-khoà$^{n}$ chiang(chiong)-lâi⇨只看眼前沒想將來。遠於千里，近於～～hn̄g tī chhian-lí, kīn tī～～⇨遠在千里，近在眼前oán chāi chhian-lí kīn chāi gán-chiân。

【目降 bak-kāng】 怒目視人。鬚髯～～

chhiu-chhāng～～⇨倒鬚怒目。

【目屎 bak-sái】 淚lūi。眼淚gán-lūi。流～～lâu～～⇨流淚liû-lūi。～～流～～滴～～lâu～～tih⇨悲哭流淚不停。～～流落準飯吞～～lâu-loh chún-pn̄g-thun⇨謂悲痛之極。～～流窮的人～～lâu-kêng ê lâng⇨動即流淚之人。

【目神 bak-sîn】 眼神gán-sîn。～～眞活～～chin oah⇨眼神活，看來很活潑。～～在在～～chāi-chāi⇨目不亂動，看來很穩重。～～帶邪～～tài-siâ⇨眼神有邪氣，心事可能不正。

【目紃 bak-sûn】 睫上之紃。～～有人雙紃，有人單紃～～ū-lâng siang-sûn, ū-lâng toa$^n$-sûn⇨睫上有雙眼皮的有單眼皮的。

【目珠 bak-chiu】 目。眼。眼睛。眼珠。珠chiu，有人加目字邊作眔，我看目珠一詞甚美也，眞眞何必多此一舉。～～金金～～kim-kim⇨開着眼睛。～～金金人崇重～～kim-kim lâng siōng-tiōng⇨呆然，茫然自失，呆若木鷄。～～鏡～～kià$^n$⇨眼力犀利。～～柴柴～～chhâ-chhâ⇨眼神不靈活，眼力不利。～～眦眦～～chhuh-chhuh⇨視力遲鈍。～～金～～kim⇨㊀眼開。㊁看得清楚。～～花～～hoe⇨視而不清。～～瞀～～bū⇨視如有霧遮之。～～較輸龍眼核～～khah-su lêng-kéng-hut⇨眼珠不如龍眼核，罵視力反應遲鈍。～～看高無看低～～khoà$^n$-koân-bô-khoà$^n$-kē⇨諂於上驕於下。～～掛斗槩，看著人的物道愛～～koà$^n$-táu-kài, khoà$^n$-tioh lâng-ê-mih tō-ài⇨眼上掛有斗槩，看見人家的東西就要據爲己有。斗槩táu-kài的用法，是由外拉近己身的。～～看於粿，脚踏於火～～khoà$^n$-î-kóe(ké), kha-tah-î-hóe(hé)⇨眼看在粿上，脚踏在火中。喻利慾迷心，終將蒙害。～～花花，蕃薯看做菜瓜～～hoe-hoe, han-chî khoà$^n$-chò (chòe) chhài-koe⇨看錯時的自嘲詞。氣到～～像侎出火金星khì-kà～～chhiū$^n$-boeh-chhut hóe-kim-chhe$^n$⇨謂怒得眼睛要噴火了。火金星hóe-kim-chhe$^n$→hé-kim-chhi$^n$。～～吐蕾～～thó·-lûi⇨㊀眼珠破裂狀如花蕾的嚴重眼疾。㊁罵人之詞。你不～～吐蕾lí-m̄～～thó-lûi⇨你是目珠吐蕾去了(才看不見)。～～皮無漿泔～～phôe bô-chiu$^n$-ám⇨謂見機不敏。～～皮怌怌跙，好事來，歹事煞～～phôe phì-phì-chhoah, hó-sū-lâi, phái$^n$-sū-soah⇨眼皮在動，好事來罷，壞事就算了(不來好了)。怌怌跙phì-phì-chhoah,發抖，驚恐之顫慄。～～孔～～khang⇨眼窩gán-o。～～孔大～～khang toā⇨態度傲慢。～～仁～～jîn⇨眼珠gán-chu，眼睛gán-cheng。～～症～～chèng⇨眼疾的總稱。～～毛～～mô(mn̂g)⇨睫毛chiap-mô(mn̂g)。～～毛扠無起～～mô sa-bô-khí⇨見機不敏。～～重紃～～têng-sûn⇨眼瞼雙重。

【目箍 bak-kho·】 眼眶gán-khong。～～紅～～âng⇨哭的前兆。講著～～道紅～～kóng-tioh～～tō-âng⇨一提到就要哭。

【目裡 bak-nih】 眼中，眼前。好穤於～～，曷使諍hó-bái tí～～，ah-sái-chè$^n$(chi$^n$)⇨好壞在眼前，何必爭論。你實在～～無人呢lí sit-chāi～～bô-lâng-neh⇨你實在太看不起人也。

【目圻 bak-kî$^n$】 眼眶gán-khong。圻kîn，界也，邊際也。霑～～tâm～～⇨一種眼疾，眼眶似爛未爛而經常霑濕tâm-sip。提薑母拭～～theh-kiu$^n$-bó chhit～～⇨以薑摩擦眼眶，製造假眼淚，亦即假裝悲哭以騙人。

【目窩 bak-o(u)】 目孔bak-khang。～～深～～chhim⇨同上。

【目頭 bak-thâu】 ㊀目之近鼻的一端。～～結～～kat⇨心憂，心痛。聽著該錢～～道結落去thia$^n$-tioh āi-chî$^n$～～tō kat-loh-khì(ì)⇨一聽到要錢，就心痛了。㊁～～高～～koân

⇨所視高，亦即眼中只有財勢權貴者。～～高到會死去～～koân-kà ē-sí-khì(ì)⇨勢利眼勢利得要死。

【目藥 bak-ioh】 眼疾之藥。點～～tiám～～⇨～～水～～chúi⇨同上。

【目鏡 bak-kiàⁿ】 眼鏡gán-kèng。掛～～假名士koà～～ké-bêng-sū⇨掛眼鏡冒充名士派頭。廣東～～在人合目kńg-tang～～chāi-lâng kah-bak⇨謂眼鏡隨人不同而有合有不合者，亦即人各有所好，不能勉強。～～仁～～jîn⇨鏡片。～～框～～kheng⇨目鏡的邊框。～～林的～～lîm-ê⇨掛目鏡之老林。

【目識 bak-sek】 眼力gán-lek。好～～hó～～⇨眼力好。～～巧～～khá⇨好眼力，一見便知，一見便認得出。

【目躡 bak-nih】 瞬目sùn-bok。躡nih，目動也。～～久～～kú⇨一瞬之間，一會兒之久。～～仔久～～á-kú⇨同上。一～～久chit～～kú⇨一～～仔久chit～～á-kú⇨同上。

【目一躡 bak-chit-nih】 眼一眨。～～～道一世人也～～tō chit-sì-lâng-ā⇨眼睛一轉就一生一代了。～～～天道俫光了～～～thiⁿ tō boeh-kng lò⇨再一會兒，天就要光了。～～～久耳，道乎創過手去了～～～kú niâ tō-hō-chhòng-kòe-chhiú-khì(ì)-à⇨只一瞬眼之間而已，就被弄過手了。～～～久耳，你道未等得～～～kú-niâ lí tō-bē(bōe)-tán-tit⇨只短短的時間而已，你就不肯等候(我們)。

【目孔刺 bak-khang-chhiah】 嫉妬chit-tò。無端羨望他人而怨恨之。看人有，伊道～～～也khoàⁿ-lâng-ū i tō～～～à⇨看見人家有他就羨慕而怨恨了。有ū，富有hù-iú。指有錢，以及一切的東西。

【目睫是 bak-sā-sī】 剛剛一合眼。～～～耳，道來叫也～～～niâ tō-lâi-kiò-à⇨剛剛一合眼而已，就來叫(我)了。抵抵～～～耳，賊仔道入來也tú-tú～～～niâ chhat-á tō-jip-lâi-à⇨剛剛一合眼而已，小偷就進入來了。

【目金目契 bak-kim-bak-kheh】 眼開眼閉。經常。～～～～都扵做夥的人～～～～to-teh chò(chòe)-hóe(hé) ê lâng⇨經常在一起的人。

【目青目黃 bak-chheⁿ(chhiⁿ)-bak-nn̂g】 喻十分焦急。㪚到～～～～去chhōe-kà～～～～khì(ì)⇨搜尋(所失)搜得心慌意亂。

**bak 茉** 茉莉boat-lī也。茉莉花boat-lī-hoa也。俗叫bak-nih-hoe。

【茉莉花 bak-nī-hoe】 花名。

## bam

**bām 啗** 食曰啗tām，訛爲啗ām或啗bām。勸兒食曰啗bām曰餡餡bām-bām。拔矢啗睛pat-chí tām-cheng是三國演義魏大將夏侯淵的故事。伊在對蜀軍激戰中，眼睛中矢，自拔出之曰此父母之血肉也不該毀傷，乃投諸口中啖入肚。

## ban

**ban 屘** 末子曰屘ban。最後的亦曰屘ban。

【屘子 ban-kiáⁿ】 末子boat-chú。子kiáⁿ亦作囝kiáⁿ。

【屘仔 ban-á】 最末的。～～囝～～kiáⁿ⇨末子。～～査某囝～～cha-bó-kiáⁿ⇨末女兒。

【屘叔 ban-chek】 父之末弟。～～公～～kong⇨祖父之末弟。

【屘姑 ban-ko】 父之末妹。～～仔～～á⇨同上。

【屘舅 ban-kū】 母之末弟。～～公～～kong⇨同上。

【屘嬸 ban-chím】 屘叔之妻。

【屘妗仔 ban-kīm-a】 屘舅之妻。

【屘姑丈 ban-ko·-tiū$^{n}$】 屘姑之夫。

**bán 挽** 牽引也。摘取曰挽bán。留人亦曰挽bán。拖延亦曰挽bán。偷～人的果子仔thau～lâng ê kóe-chí-á⇨竊採人家之青果。皇先掇嘴齒，青～白～hông-sian chhoah-chhùi-khí, chhe$^{n}$～pe̍h～⇨謂皇醫師以非牙醫不得已而爲人拔牙，只好青挽白挽，亦即不以其法而強拔之。喻強渡債務難關。

【挽弓 bán-kiong(keng)】 拉滿弓弦。～～搭箭～～tah-chì$^{n}$⇨射箭的動作。騎馬坐，～～食khiâ-bé-chē, ～～chia̍h⇨雙脚展開如騎馬的坐法，雙手展開如射箭的食法。謂最沒規矩最壞的吃飯姿勢。

【挽回 bán-hôe】 拉回頭。～～天意～～thi$^{n}$-ì⇨同上。～～伊的心～～i-ê-sim⇨同上。～～敗勢～～pāi-sè⇨同上。

【挽花 bán-hoe】 採花chhái-hoe。摘花tiah-hoe。早起時～～花歡喜，下晝時～～花受氣chá-khí-sî～～hoe-hoâ$^{n}$-hí, ē-tàu-sî～～hoe-siū-khì⇨童謠。謂採花宜在清晨；下午採花，花會生氣。未闇時～～逮花去bōe-àm-sî～～tōe-hoe khì⇨臨晚摘花連命也會賠了。

【挽面 bán-bīn】 拔掉面上的苦毛khó·-mô。山仔～～san-a～～⇨嘲笑女人挽面的情景。山仔san-a⇨san-na，猴kâu的愛稱。

【挽留 bán-liû】 勸人勸事不他動。各界發起的～～運動kok-kài hoat-khí ê～～ūn-tōng⇨同上。

【挽茶 bán-tê】 採茶葉chhái-tê-hio̍h。～～歌～～koa⇨同上。上山～～chiū$^{n}$-soa$^{n}$～～⇨同上。

【挽麥 bán-be̍h】 挽採麥仔。麥不割而挽拔之。

【挽救 bán-kiù】 設法救濟。極力設法～～ke̍k-le̍k siat-hoat～～⇨同上。

【挽筋 bán-kin(kun)】 抽筋thiu-kin。脚抮～～kha teh～～⇨脚在抽筋。～～旋頷～～chūn-ām⇨又伸頭又轉頷，謂不合禮貌。應作挽頸bán-kéng。

【挽搣 bán-me$^{n}$(mi$^{n}$)】 抽筋的一種。指端會縮回。脚手～～kha-chhiú～～⇨同上。

【挽土豆 bán-thô·-tāu】 採收土豆。大人囝仔攏抮～～～toā-lâng gín-á lóng-teh～～～⇨不論大人與孩童，都在採收落花生。

【挽豆藤 bán-tāu-tîn】 拉藤以採豆。牽翁仔～～～khan-ang-á～～～⇨拉偶人採收豆子。喻話屎多世事複雜牽連甚多。或作牽藤挽豆khan-tîn-bán-tāu。

【挽嘴齒 bán-chhùi-khí】 拔牙poat-gê。皇先～～～hông-sian～～～⇨青挽白挽chhe$^{n}$-bán-pe̍h-bán。喻強渡債務難關。

**bán 輓** 引車也。哀死之詞曰輓bán，亦作挽bán。瘦較有牽～sán khah-ū khan～⇨謂瘦者反而較耐久。牽輓khan-bán⇨牽挽khán-bán。有牽有挽，故不易倒。

【輓近 bán-kin】 晚近bóan-kin。～～的世界～～ê sè-kài⇨同上。

【輓歌 bán-ko】 送喪之歌。原由挽柩者歌之者。亦作挽歌bán-ko。

【輓聯 bán-liân】 哀悼死者之對聯。

**bân 蠻** 南方之種族也。專橫自恣皆曰蠻bân。刁頑難治曰蠻bân。遲鈍亦曰蠻bân。耐久亦曰蠻bân。東夷南～西戎北狄tong-î, lâm～, se-jiông, pak-te̍k⇨所謂四夷者也。拗～áu～⇨蠻橫不講理。野～iá～⇨㊀未開化。㊁不講理。病眞～pe$^{n}$-chin～⇨病情頑固難治。即枝稱仔較～chit-ki chhìn-á khah～⇨此秤反應較慢，不容易起垂khí-sôe。連～三斗liân～sa$^{n}$-táu⇨連續出現同一局面三次(賭博)。好膽更～hó-tá$^{n}$ koh～⇨有種再出現一次。更有影～落去koh-ū-iá$^{n}$～lo̍h-khì⇨居然眞的又是同一局面。

【蠻皮 bân-phôe】 孩子不聽話。謂其耐打，打亦不知痛。愈大漢更愈～～ná-toā-hàn koh

ná～～⇨越大了居然越不乖。愈ná→jú，亦讀lú。

【蠻夷 bân-î】 ㊀南蠻與東夷。㊁外夷之總稱。～～之邦～～chi-pang⇨未開化之國度。

【蠻性 bân-sèng】 野蠻之性。～～發起來道無人有法得也～～hoat-khí-lâi tō bô-lâng ū-hoat-tit-ā⇨野蠻性暴發起來就沒人理得了他了。伊～～眞強i～～chin-kiâng(kiông)⇨他爆炸性很大。

【蠻蠻 bân-bân】 耐久反應遲鈍。同慢慢bān-bān。藥仔食著～～也ioh-á chiah-tioh～～ā⇨藥效很慢出現。稱著～～也chhìn-tioh～～ā⇨秤量的反應很不靈敏，加減若干兩也不見其起垂。

【蠻柴頭 bân-chhâ-thâu】 頑冥不靈goân-bêng-put-lêng。刁頑不聽話。～～～無人破伊會開～～～bô-lâng phoà-i ē-khui⇨刁頑至極，無人能夠說服他。

**bân 鏝** 泥水匠粉刷牆壁之工具也。

【鏝刀 bân-to】 泥水匠的抹刀。

【鏝胡 bân-ô】 古代武器，即無利刃之戟也。

**bân 閩** 種族名。東越蛇種也。居今福建之地。福建省的簡稱。

**bân 鬘** 頭髮美麗也。纓絡iaⁿ-lok也。華～hoâ～⇨印度裝飾花環。

**bān 蔓** 藤也。細而長的草莖能攀附他物者也。木蔓曰藤tîn，草蔓曰蔓bān。樹藤草～chhiū-tîn-chháu～⇨俗草蔓亦曰藤tîn，例如菜瓜藤chhài-koe-tîn，蕃薯藤han-chî-tîn，瓜仔藤koe-á-tîn等是也。

【蔓生 bān-seng】 蔓生植物。菜瓜，喇叭花，等是也。～～植物～～sit-but⇨同上。

【蔓延 bān-iân】 延長不絕。

【蔓衍 bān-iân】 繁殖廣延。

【蔓草 bān-chhó】 蔓生之草。～～類～～lūi⇨同上。

【蔓菁 bān-chheng】 俗曰諸葛菜chu-kat-chhâi。

【蔓荊子 bān-keng-chí】 中藥名。俗曰海埔姜hái-poⁿ-kiuⁿ。

【蔓桃花 bān-thô-hoe】 曼陀羅花bān-tô-lô-hoe的俗名。葉花皆有毒。據稱食之即成神經病。我無扲猶～～～goá bô-teh-siáu～～～⇨我不是神經病。你是食著～～～是否lí-sī chiah-tioh～～～sī-bô⇨你發神經病了嗎。

**bān 曼** 長也。美也。引也。

【曼延 bān-iân】 同蔓延bān-iân。延長不絕。

【曼陀羅 bān-tô-lô】 植物名。俗曰蔓桃花bān-thô-hoe(見該條)。

【曼徹斯特 bān-tiat-su-tek】 Manchester。地名。英國的大工業城。

**bān 漫** 大水也。散也。放也。又隨意曰漫bān。精神散～cheng-sîn sàn～⇨同上。浪～主義lōng～chú-gī⇨同上。天眞爛～thian-chin-lān～⇨同上。

【漫步 bān-pō】 隨便走走。市場～～chhī-tiûⁿ～～⇨隨便看看市場。

【漫畫 bān-ōe】 caricature。遊戲畫。～～家～～ka⇨畫漫畫之人。

【漫評 bān-phêng】 隨便批評批評。電影～tiān-iáⁿ～～⇨同上。

【漫遊 bān-iû】 自自由由的旅行。～～世界～～sè-kài⇨同上。

【漫罵 bān-mē(mā)】 亂罵loān-mēⁿ。甚人佅乎人～～siaⁿ-lâng boeh-hō·-lâng～～⇨誰肯任人亂罵。

【漫山遍野 bān-san-phian-iá】 滿山滿谷遍地皆是。

【漫不經心 bān-put-keng-sim】 毫不留意，全無認眞。

【漫無目的 bān-bû-bo̍k-tek】 散散無一定的目標。

**bān 慢** 輕侮kheng-bú也。遲也。不敢怠～m̄-ká$^{n}$ thāi～⇨同上。態度傲～thài-tō· ngō·～⇨同上。驕～kiau～⇨同上。速度緩～sok-tō· oān～⇨同上。拖到眞～也thoa-kā chin～ā⇨拖延(不還或不辦)得太久了。更～道未赴了koh～tō bē(bōe)-hù-lò·⇨再遲就來不及了。脚手較～kha-chhiú-khah～⇨動作遲鈍。時間甚～sî-kan siu$^{n}$～⇨時間太遲了。快合～差無十分鐘khoài kap～chha-bô-cha̍p-hun-cheng⇨快的和慢的相差不到十分鐘。老人抣行有較～lāu-lâng teh-kiâ$^{n}$ ū-khah～⇨老人的速度確實比較慢。

【慢且 bān-chhiá$^{n}$】 稍等片刻。等一下。且按下。～～,等我穿鞋～～,tán-goá chhēng-ê⇨等一下,我穿鞋。～～食～～chia̍h⇨不要立即吃。～～還～～hêng⇨且按下不還。

【慢行 bān-hêng】 徐徐而行。車輛～～chhia-liáng～～⇨交通指示牌的文句。

【慢車 bān-chhia】 慢行之車。～～快車～～khoài-chhia⇨同上。

【慢板 bān-pán】 調長聲緩的演奏法。反之即曰快板khoài-pán。奏～～chàu～～⇨同上。轉～～choán～～⇨同上。

【慢性 bān-sèng】 ㊀不爭不急的性質。～～的人～～ê lâng⇨同上。㊁病性之一。～～症～～chèng⇨慢性病bān-sèng-pē$^{n}$。

【慢來 bān-lâi】 遲到thî-tò也。～～的食無份～～ê ohia̍h-bô-hūn⇨謂遲到者分不到食物。

【慢氣 bān-khùi】 遲緩thî-oān。無走道～～去了,打無票了bô-cháu tō～～khì(ì)-lò·, phah-bô-phiò-lò·⇨不快跑就來不及了,買不到票了。有較～～去了,到人趕到位都攏著火也ū-khah～～khì-là, kàu-lâng koá$^{n}$-kàu-ūi to-lóng to̍h-hóe-ā⇨事實是慢了一步,至人員到達時,已經全部著火了。

【慢開 bān-khui】 ～～的花～～ê-hoe⇨同上。

【慢散 bān-sàn】 散慢sàn-bān。脚手～～kha-chhiú～～⇨同上。

【慢慢 bān-bān】 徐徐chhî-chhî。逡逡仔ûn-ûn-á。～～也～～ā⇨緩緩也。～～仔行道會赴也～～á-kiâ$^{n}$ tō ē-hù-ā⇨緩緩而行就趕得上也。～～仔講,不免驚～～á-kóng, m̄-bián-kia$^{n}$⇨慢慢地說,不要怕。火不當甚猛,～～仔滾道好hóe m̄-thang siu$^{n}$-mé, ～～á-kún tō-hó⇨火不可太猛,漫漫滾就可以。

【慢讀 bān-tha̍k】 後上學。伊較～～i khah～～⇨他較後才上學。

【慢仔是 bān-á-sī】 同慢且是bān-chhiá$^{n}$-sī。

【慢且是 bān-chhiá$^{n}$-sī】 同慢且bān-chhiá$^{n}$。等一下才來(爲之)。～～～講～～～kóng⇨先不要說,等一下再說。～～～開門～～～khui-mn̂g⇨此刻不開門。

【慢即是 bān-chiah-si】 同慢且是bān-chhiá$^{n}$-sī。

【慢脾風 bān-pî-hong】 中醫病名。疳積kam-chek。

**bān 晚** 暮也。後也。在後曰晚bān。時間不早曰晚bān。早～chá～⇨或早或晚。早～會報應chá～ē(ōe)-pò-èng⇨同上。早合～耳,攏是你的嘛chá kah～niâ, lóng-sī lí-ê-mā⇨或早或遲的分別而已,終必歸屬於你也。

【晚冬 bān-tang】 早冬chá-tang之對詞。春播夏收曰早冬chá-tang。夏播秋收曰晚冬bān-tang。

【晚婚 bān-hun】 年齡較高才結婚。早婚～～chá-hun～～⇨同上。

【晚稻 bān-tiū】 晚冬之水稻。

【晚每三個囝 bān-mā-sa$^{n}$-ê-kiá$^{n}$】 早每三個囝,～～～～～chā-mā sa$^{n}$-ê-kiá$^{n}$～～～～～

⇨謂早討老婆也是有三子，晚討也是有三子。謂運命早註定了，何必爭早晚。

**bān 卍** 卍字bān-jī。一種吉祥圖形。

**bān 饅** 饅頭bān-thâu也。

**bān 萬** 十千曰萬bān，簡寫作万ban。大也。衆多也。無千無～bô-chheng-bô～⇨無法以千或萬爲單位計算的非常之多。無～數bû～sò͘⇨非常非常之多。一～，十～，百～，千～，chi̍t～, cha̍p～, pah～, chheng～⇨萬的單位。億～ek～⇨萬萬曰億。較加～khah-ke～⇨再多之萬數。再多之數。無論如何。較加～每行去khah-ke～mā-kiâⁿ-khì(ī)⇨再多再多也是完蛋也。

【萬一 bān-it】 如果。意外。～～無錢道該轉來～～bô-chîⁿ tō-ài tńg-lâi⇨如果沒錢了就應該回家來。～～有人反對道未成也～～ū-lâng hoán-tùi tō-bē-sêng-ā⇨如果有人反對此事就不成了。出外該除防～～chhut-goā ài tî-hông～～⇨出外需要預防意外之發生。準備～～的時陣好用chún-pī～～ê sî-chūn hó-iōng⇨預置(東西)於意外之時可以應用。你欠我～～lí khiàm-goá～～⇨你欠我一萬一千。

【萬二 bān-jī】 一萬二千。～～元～～oân⇨一萬兩千元。

【萬力 bān-le̍k】 起重的道具。該用～～藉有法得ài-iōng～～chiah-ū-hoat-tit⇨要使用萬力才有辦法。

【萬千 bān-chhian】 極多。變化多。氣象～～khì-siāng～～⇨謂景緻絕佳，變化多端。

【萬夫 bān-hu】 一萬人。～～不當之勇～～put-tong chi ióng⇨同上。

【萬分 bān-hun】 非常。～～感謝～～kám-siā⇨非常感謝。

【萬水 bān-súi】 一萬的河流。千山～～chhian-san～～⇨一千座山一萬條河流。喻遠路跋涉艱難。～～朝東～～tiâu-tang⇨謂大陸上所有的河流都向東流入大海。地理自然形勢所然。並非奇蹟也。

【萬民 bān-bîn】 百姓。差遣耶穌救～～chhe-khián iâ-so͘ kiù～～⇨基督教以耶穌是上帝差來救人類的。

【萬古 bān-kó͘】 永遠。～～流傳～～liû-thoân⇨永遠傳誦。～～千秋～～chhian-chhiu⇨萬歲千秋。～～松～～siông⇨盆栽的小松樹，指其不大不高。

【萬世 bān-sì】 萬代bān-tāi。～～窮～～kêng⇨貧窮。～～不能超生～～put-lêng thiau-seng⇨永遠不能翻身。

【萬代 bān-tāi】 萬世bān-sì。很久。去～～也khì～～ā⇨去很久了。～～臭名～～chhàu-miâ⇨同上。～～香煙～～hiuⁿ-ian⇨謂家系萬代。萬代還有子孫家祭。～～久的代誌也猶抾重吹舊餾～～kú ê tāi-chì-à, iáu-teh têng-chhoe-kū-liū⇨很久很久的事情了，還在一再重提(有何用呢)。～～年～～nî⇨～～久～～kú⇨無限長遠。

【萬全 bān-choân】 最安全。～～之計～～chi kè⇨同上。

【萬有 bān-iú】 宇宙內所有者。森羅～～sim-lô～～⇨森羅萬象sim-lô-bān-siōng。～～引力～～ín-le̍k⇨物理現象。

【萬年 bān-nî】 一萬年。永久。成雙成對～～富貴sêng-siang-sêng-tùi～～hù-kùi⇨賀新婚的套詞。用得～～久遠iōng-li(得tit→li)～～kiú-oán⇨可以使用很久。

【萬里 bān-lí】 ～～長城tn̂g-siâⁿ⇨世界八大奇觀之一的古代建築。～～沙漠～～sa-bo̍k⇨同上。鵬程～～phêng-thêng～～⇨前程遠大。

【萬利 bān-lī】 利多。一本～～it-pún～～⇨同上。

【萬邦 bān-pang】 天脚下～～萬國萬民thi$^{n}$-kha-ē～～bān-kok bān-bîn⇨天下邦國很多，人很多。

【萬物 bān-but】 萬有bān-iú。人是～～的靈長lâng sī～～ê lêng-tiáng⇨同上。

【萬幸 bān-hēng】 很好。相當好。無了道～～了，猶敢想佅趁bô-liáu tō～～lò͘, iáu-ká$^{n}$-siū$^{n}$ boeh-thàn⇨沒有虧本就很好了，還敢妄想獲利。

【萬金 bān-kim】 萬兩黃金。萬條黃金。很多金。千金買厝宅，～～買厝邊chhian-kim bé-chhù-theh～～bé-chhù-pi$^{n}$⇨喻好厝邊亦即善鄰，較房屋還重要。

【萬事 bān-sū】 各事。所有的事項事情。～～起頭難～～khí-thâu-lân⇨謂創業開始時最困難。～～jî(jû)-ì⇨事事皆如意。～～不由人計較，算來都是命安排～～put-iû-jîn kè-kàu, sǹg-lâi to-sī miā-an-pâi⇨謂凡事都是運命所安排的，人計較也無效。半點喟在千般用，一旦無常～～休poàn-tiám-khùi-chāi chhian-poa$^{n}$-iōng, it-tàn bû-siông～～hiu⇨謂人生有生命才有意義，死了一切都沒用。～～休矣～～hiu-ih⇨一切完蛋了。

【萬能 bān-lêng】 全能choân-lêng。～～的上帝～～ê siōng-tè⇨同上。

【萬般 bān-poa$^{n}$】 各種事。～～都是命，半點不由人～～to-sī-miā, poàn-tiám put-iû-jîn⇨謂人生皆命運前定的。人力無可奈可。天子重英豪，文章教爾曹，～～皆下品，惟有讀書高thian-chú tiōng eng-hô, bûn-chiang (chiong) kàu-ní-chô, ～～kái-hā-phín, ûi-iú thok-si (su)-ko⇨古勸學詩。

【萬乘 ba-n-sēng】 一車四馬曰乘sēng。～～之主～～chi chú⇨天子。

【萬國 bān-kok】 萬邦bān-pang。～～公法～～kong-hoat⇨國際法kok-chè-hoat。

【萬項 bān-hān】 各項。～～事攏乎人想未夠～～sū lóng hō͘-lâng siū$^{n}$-bē-kàu⇨很多事都是令人料想不到的。

【萬幾 bān-kúi】 ㊀一萬又多少的問詞。猶欠～～iáu-khiàm～～⇨還不夠一萬又多少呢。㊁一萬又若干。總共有～～斤重chóng-kiōng ū～～kin(kun)-tāng⇨總合起來夠一萬又數千斤的重量。欠人～～元也khiàm-lâng～～oân-ā⇨欠人家一萬幾千元了。

【萬萬 bān-bān】 ㊀～～為一億～～ûi chit-ek⇨同上。㊁絕對。不論如何。或曰千萬chhian-bān。～～不當安爾做～～m̄-thang an-ne(ni)-chò⇨一定不能如此做下去。～～不可能～～put-khó-lêng⇨絕對不能。～～無彼類道理～～bô-hit-lōe tō-lí⇨決無那種道理。

【萬福 bān-hok】 婦女問候詞。

【萬歲 bān-sòe】 ㊀天子。～～爺～～iâ⇨天子。㊁祝壽。千秋～～chhian-chhiu～～⇨同上。㊂祝勝利。高呼～～ko-ho͘～～⇨同上。㊃擁護人或事。阿花仔～～a-hoe-a～～⇨同上。

【萬人妻 bān-jîn-chhe】 娼妓。淫婦。生做～～～，死做無夫鬼se$^{n}$(si$^{n}$)-chò(chòe)～～～，sí chò(chòe) bû-hu-kúi⇨指逾常的淫婦îm-hū。

【萬人堆 bān-jîn-tui】 不知名的多人的骨堆。亦曰萬人塚bān-jîn-thióng。

【萬人敵 bān-jîn-tek】 喻兵法。項羽不學劍而願學～～～hāng-ú put-hak-kiàm jî goān-hak～～～⇨楚霸王少年時，其叔教其學劍，他說要學萬人敵。叔乃教以兵書。

【萬古愁 ban-kó͘-chhiû】 人生所有的愁思。千里馬，萬金裘，呼兒將去換美酒，與君同消～～～chhian-lí-má, bān-kim-kiû, ho͘-jî chiang-khì hoān-bí-chiú, í-kun tông-siau～～～⇨李白將進酒。

【萬百項 bān-pah-hāng】 事多如牛毛。～～

～代誌攏來～～～tāi-chì lóng-lâi⇨各項問題都發生了。～～～攏㑑揫我～～～lóng-boeh chhōe-goá⇨事多如牛毛皆要找我解決。

【萬花筒 bān-hoa-tōng】 一種玩具。亦曰百花鏡pah-hoe-kiàⁿ。

【萬弩箭 bān-nô-chìⁿ】 據稱孔明所發明，一射而同出數矢。親像～～～齊發呢，逐項代誌攏齊到chhin-chhiūⁿ～～～ chê-hoat-lè, tak-háng tāi-chí lóng-chiâu-kàu⇨謂種種麻煩事一齊殺到。無法應付。

【萬善堂 bān-siān-tông】 無緣的骨骸放置所。無人收埋者皆集於此。所謂萬善同歸bān-siān-tông-kui。亦曰有應公仔iú-èng-kong-á。

【萬葉集 bān-hioh-chip】 Bannyosiu。日本最古的歌集，頗具文學價值。

【萬愚節 bān-gû-cheh】 All Fools' Day。西人以四月一日可以隨便說謊愚弄人以取樂。亦曰愚人節gû-jîn-cheh。

【萬壽節 bān-sīu-cheh】 天子的生日。

【萬刀碎割 bān-to-chhùi-koah】 古刑。碎屍萬斷chhùi-si-bān-toān。論你即款的，應該掠去～～～～，藉有合道理lūn-lí chit-khoán-ê, eng-kai liah-khì(ì)～～～～,chiah-ū-hah tō-lí⇨論你這樣(可惡)的人，應該掠去萬刀碎割，才合道理的。

【萬不得已 bān-put-tek-í】 極度無奈何kek-tō· bô-nāi-hô。今仔日安爾做也是～～～～的kin-á-jit an-ne(ni)-chò(chòe)iā-sī～～～～ê⇨今天如此做法，也是被迫無奈的。

【萬金寶劍 bān-kim-pó·-kiàm】 值萬金之劍。～～～～藏秋水，滿馬春愁壓繡鞍～～～～chōng-chhiu-súi, boán-má chhun-chhiû ap-sìu-an⇨西廂戲白。

【萬惡淫爲首 bān-ok-îm-ûi-siú】 謂奸淫是罪惡之中的最壞的。

**bān 顢** 頇顢ham-bān, 遲鈍thî-tun也，下乘hā-sang也。～～人～～lâng⇨無特異之人。普通百姓人。

## bang

**bang 濛** 微雨貌。微雨也。細絲如毛亦曰濛bang。雨～仔hō·～á⇨毛毛雨也。

【濛濛 bang-bang】 微雨的樣子。細絲的樣子。雨仔～～hō·-á～～⇨細雨濛濛。～～仔來～～á-lâi⇨細雨正濛濛而下。～～仔雨～～á-hō·⇨微雨。亦曰雨仔～～hō·-á～～。即毛毛雨mo-mo-ú也。囡仔正手裡抱，幼～～耳gín-á chiàⁿ chhiú-ní-phō,iù～～niâ⇨孩子正在襁褓中，幼綿綿的呢。

**bang 網** 捕掠曰網bang。網bāng的動詞化也。乎人～khì(ì)⇨被捉走了。又偷拎偷捻thau-ni-thau-liàm亦曰網bang。敢是乎賊仔～去káⁿ-sī hō·-chhat-á～khì⇨恐怕是小賊摸去。偷～鷄仔thau～ke-á⇨偷摸鷄，亦喻偷漢。

**báng 蚊** 夜間吸刺人畜之血的飛蟲。馬拉利亞～ma-la-lī-a～⇨傳遞瘧疾病菌的惡蚊ok-báng。䠷脚～lò-kha～⇨長脚之蚊子。又指身脚長之人。棕簑～食毛chang-sui～chiah-mô⇨喻得不到東西。毛mô無bô諧音。拌～poāⁿ～⇨趕蚊子。俗以蠓作蚊，非蠓，音bóng，小飛蟲或俗曰蚋而喜亂飛之小蟲，並非咬人之飛蟲蚊子也。

【蚊仔 báng-á】 蚊子。大隻～～⇨大蚊。～～叮人～～tèng-lâng⇨蚊子吸刺人。～～叮牛角～～tèng-gû-kak⇨謂無碍著bô-gāi-tioh。～～釘𡳞葩～～tèng-lān-pha⇨謂蚊子刺腎囊，意爲歹拍pháiⁿ-phah,亦即難於打殺也；打亦痛，不打亦痛，難於應付也。～～窗～～thang⇨阻蚊之網窗bāng-thang。～～薰～～hun⇨驅蚊之藥。亦曰～～香～～hiuⁿ。～～王～～ông⇨大蚊子。～～蟲～～thâng⇨蚊蟲báng-thâng。～～拍～～phah⇨打蚊之小道具。

**【蚊帳 báng-tiàng(tiòng)】** 同蚊罩báng-tà。

**【蚊罩 báng-tà】** 蚊帳báng-tiàng(tiòng)。～～被舖～～phōe-pho·⇨蚊帳，棉被等夜用寢具。

**【蚊嘴 báng-chhùi】** ㊀蚊子之口。㊁蚊子所刺之處，亦曰蚊仔嘴báng-á-chhùi。

**【蚊蟲 báng-thâng】** 蚊蠅，蚤，虱等之類。亦即蚊仔báng-á，胡蠅hô·-sîn，咬蚤ka-cháu，木虱ba̍k-sat也。～～濟道該消毒～～chē (chōe) tō-ài siau-to̍k⇨同上。濟chē，多也，同夥。

**【蚊仔水 báng-á-chúi】** 殺蚊藥水。

**【蚊摔仔 báng-sut-á】** 趕蚊之小道具。手舉～～～要拌蚊，目尾看見三個人chhiú giâ～～～boeh-poā$^{n}$-báng,ba̍k-bóe khoà$^{n}$-kì$^{n}$ sa$^{n}$-ê-lâng⇨歌謠。夯～～～的giâ～～～ê⇨喻大人物。蓋戲台上的神仙或有什麼術的大角色toā-kioh-siàu多手執蚊摔仔故也。夯同舉，拿也。

báng **蟒** 蛇類。大蛇也。又古官服曰蟒báng，因其繡有蟒之圖繪故也。皇帝穿龍，大官虎穿～hông-tè chhēng-liông, toā-koa$^{n}$-hó chhēng～⇨皇帝穿有龍之服，大官穿有蟒之服。大～toā～⇨㊀大禮服。㊁長而大之衣物。

**【蟒袍 báng-phâu】** 清代的文官服。繡有蟒形。

báng **魍** 變魍pì$^{n}$-báng。暗中搞鬼曰變～pì$^{n}$～。設計作弄人亦曰變～pì$^{n}$～。毋知扲變啥～m̄-chai teh pì$^{n}$-sa$^{n}$～⇨不知在搞什麼鬼。變無～pì$^{n}$-bô～⇨搞不成，不能成事。乎人變～去hō·-lâng pì$^{n}$～khì⇨被人作弄了，被騙去了。

**【魍魎báng-lióng】** 亦作罔兩báng-lióng。中國古代傳說中的木石精靈鬼怪。常作魑魅魍魎ti-bī-báng-lióng。

bâng **痝** 病酒也。病困也。酒扲～也chiú teh～ā⇨酒氣在進行了。快將醉了。頭殼扲～thâu-khak teh～⇨頭在暈。無～一下bô～chi̍t-ē⇨還沒有喝嗎。

**【痝痝 bâng-bâng】** 醉酒。飲到醉～～了lim-kà chùi ～～ lò⇨飲得醉倒了。醉～～，～～醉也chùi ～～，～～ chùi-à⇨很醉很醉了。

**【痝落去 bâng-lo̍h-khì】** 醉下去。喝下去。昨冥有～～～否châ-mê ū～～～bò·⇨昨夜喝過酒嗎；昨夜沒進入醉鄉嗎。

bâng **朦** 朦bông也(見bong部)。

bâng **芒** 芒bông也。草葉尖曰芒bông，bâng，穀尖之纖毛亦曰芒bông，bâng。菅草花曰菅芒花koa$^{n}$-bâng-hoe。

**【芒花 bâng-hoe】** 菅芒花koa$^{n}$-bâng-hoe之簡稱。

**【芒苳 bâng-tang】** 芒花莖之做蠟燭心者。～～做枴～～chò(chòe)-koái⇨以芒苳爲手杖，喻用途差得太遠。

**【芒掃 bâng-sàu】** 菅芒花koa$^{n}$-bâng-hoe所做之掃箒sàu-chiú。縛～～pa̍k～～⇨縛製芒掃。

bâng **忙** 忙bông也(見bong部)。幫～pang～⇨協助。亦即湊脚手tàu-kha-chhiú。

bāng **夢** 睡眠中所見所經歷之事物曰夢bāng。眠～bîn～⇨夢bāng。托～thok～⇨鬼神在夢中指點。圓～oân～⇨判斷夢之吉凶。美～bí～⇨空思夢想khong-su-bōng-siáng。歹～phái$^{n}$～⇨惡夢ok-bōng。

**【夢見 bāng-kì$^{n}$】** 夢中看見bāng-tiong khoà$^{n}$-kì$^{n}$。少年死某厚眠夢，～～伊妻入伊房，雙手攬來又空空，雙脚踢去又無人siàu-liân sí bó· kāu-bîn-bāng,～～ i-chhe ji̍p-i-pâng, siang-chhiú lám-lâi iū-khang-khang,siang-kha that-khì iū-bô-lang⇨什唸仔。

bāng **望** 遠視也。志願也。無～的bô～ê⇨沒希望的。免～也bián～ā⇨沒希望了。罔～仔罔～bóng ～à bóng ～⇨苟且寄以希望。猶

有希 ～ iáu-ū-hi-～ ⇨還有希望。死人 ～ 功德 sí-lâng ～ kong-tek⇨謂死者希望有盛大的法事，但不知子孫們是否照辦。喻無把握的希望。

【望月 bāng-goeh】 ㊀月圓。bōng-goat。㊁觀月。西牛～～sai-gû～～⇨相命師用詞。謂一月望過一月chit-goeh bāng-kòe chit-goeh。亦即沒有希望的代名詞。

【望斗 bāng-táu】 占星 ～～ chiam-chheⁿ(chhiⁿ)～～⇨觀望星辰以卜吉凶。

【望冬 bāng-tang】 鳥名。小山鶯。亦曰望冬仔bāng-tang-á。～～生鵝卵～～seⁿ(siⁿ)-gô-nn̄g⇨小鳥生下大卵。喻嬌小的女人生下了大孩子。～～鳥仔～～tiuh-á⇨望冬鳥的俗稱。

【望樓 bāng-lâu】 防偷防火用的高樓。

**bāng 網** 捕魚捉鳥的道具。結繩爲～kiat-sîn ûi～⇨同上。天羅地～thian-lô-tē～⇨整個天地就像被一張網蓋子，無處可逃。魚～hî～⇨捕魚用的網。鳥仔～chiáu-á～⇨捕鳥網。刺～chhiah～⇨以針結網。補破～pó͘-phoà～⇨同上。漏～之魚lāu～chi-hî⇨沒被抓到的魚，亦喻沒被抓到的人。

【網仔 bāng-á】 網類之總稱。小網。～～針～～chiam⇨刺網補網之針。～～線～～soàⁿ⇨同上。～～衫～～saⁿ⇨同上。～～孔～～khang⇨同上。

【網杓 bāng-hia】 罟魚ko͘-hî的小道具。用～～罟魚iōng～～ko͘-hî⇨同上。

【網索 bāng-soh】 網頭繩。糾～～giú～～⇨拉魚網之母繩。

【網球 bāng-kiû】 tennis，球類運動之一。拍～～phah～～⇨同上。

【網梭 bāng-so】 結網用的木針。

【網袋 bāng-tē】 山地人的背袋，結繩而成的。俗曰斗韆仔táu-kán-á。

【網膜 bāng-moh】 眼球中的感光組織。～～剝離～～pak-lī⇨很嚴重的眼疾。不及時醫治即將失明。

【網羅 bāng-lô】 包羅pau-lô。搜集so-chip。～～各界的精英～～kok-kài ê cheng-eng⇨把各界最好的人才都搜集起來。

【網紗油 bāng-se-iû】 網狀的猪油，猪的大小腸等內臟的保護膜。

# bat

**bat 八** 別也。分異也。審察事物曰八bat，判別是非曰八bat，亦識sek。俗皆作識bat。捌之數曰八pat。評判是非亦曰八pat(見pat部)。我知之曰我八bat，汝識之曰汝八bat。我～goá～⇨我懂。我不～goá-m̄～⇨我不懂。囡仔眞～也gín-á chin～ā⇨孩子很懂事了。猶未～á-bōe～⇨還不懂事。七歲耳道～也chhit-hè niâ tō～ā⇨僅七歲而已就懂事了。眞～的人少chin～ê lâng chió⇨眞知之人不多。咱無眞～，不敢濫擅講lán bô-chin～m̄-káⁿ lām-sám-kóng⇨咱非眞知，不敢亂說。我～伊，伊不～我goá～i，i m̄～goá⇨我認識他，他不認識我。不～三二的細漢囡仔m̄-～saⁿ-nn̄g ê sè(sòe)-hàn-gín-á⇨三二還不懂的小娃娃。不～半個字m̄～poàⁿ-kâi-jī⇨目不識丁。不～香不～臭m̄～phang m̄～chàu⇨不知是非，不知好歹。～去呂宋～khì lī-sòng⇨去過菲律賓。未～去爪哇m̄～khì jiáu-oa⇨同上。～去瑞西觀光～khì sūi-se koan-kong⇨同上。猶未～去的所在較稀罕á-bōe～khì ê só-chāi khah-hi-hán⇨未曾去過的地方較稀奇。猶未～娶某á-bōe～chhoā-bó͘⇨未曾娶過妻。猶未～讀著á-bōe～thak-tioh⇨未曾讀過。～種花，不～賣花～chèng-hoe m̄～bē(bōe)-hoe⇨曾經種過花，未嘗賣過花。～做賊，未～偷提～chō-chhat，bōe～thau-theh⇨曾經做過賊，未曾偷過東西。～道理的人～tō-lí ê lâng⇨明白事理的人。該～人的恩情āi～lâng ê in-chêng⇨受恩應勿忘。～刣猪道～刀路～

thâi-ti tō ～ to-lō⇨曾經殺過猪就明白用刀之法。謂有經驗者才能夠做。俗多作以識sit set作識bat。

【八人 bat-lâng】 pat-lâng。能看出人之善惡。～～要緊～～ iàu-kín⇨認識人之好壞第一。

【八字 bat-jī】 pat-jī。對文字有認識。～～的人～～ê lâng⇨上過學堂之人；明事理之人。又八字pen-ji-(見peh部)。

【八事 bat-sū】 pat-sū。懂得人情世事。猶細漢抡，猶未～～啦iáu-sè-hàn-lè, á-bōe～～lā⇨還年少，還不懂事嗎。較～～抡，伊道未也啦khah～～lè，i tō-bē(bōe)-ā-lā⇨(更大)更懂世事一點，他就不會(如此)了。

【八爽 bat-sóng】 pat-sóng。懂得享福。未曉～～bē(bōe)-hiáu～～⇨不懂得享福。不成猴，更不止仔～～m̄-chiâⁿ-kâu koh-put-chí-á～～⇨想不到，(你)卻相當的會享福。不成猴m̄-chiâⁿ-kâu，稱讚意外的成就的一種套詞。例如：不成猴，更有影考著也m̄-chiâⁿ kau, koh-ū-iáⁿ khó-tioh-ā⇨想不到卻眞的考上了。

【八想 bat-siūⁿ】 pat-siūⁿ。懂得思考。八事bat-sū。知進退別善惡。愈大漢愈～～也jú-toā-hàn jú～～ā⇨愈長大了愈懂事了。～～藉會成樣～～chiah-ē chiâⁿ-iūⁿ⇨懂事才能夠像個樣子。

【八算 bat-sǹg】 pat-sǹg。會計算。精於計算。阿花眞～～a-hoe chin～～⇨阿花精於計算，阿花很會計較。亦喩吝嗇。～～不八除，糶米換蕃薯～～m̄-bat-tī,thiō-bí oāⁿ han-chî⇨嘲不會計算的人做出賠本倒貼的蠢事。

【八禮 bat-lé】 pat-lé。知禮法。知書～～ti-si(su)～～⇨同上。～～無囝壻做～～bô-kiáⁿ-sài-chò⇨知禮者卻無當新郎之機會。喩有才華得不到適當的地位。

【八寶 bat-pó】 pat-pó。鑑別價值。是你於不～～耳，人別人咯，乞食曷有當跤落餜sī-lí teh-m̄～～niâ, lâng-pat-lâng loh khit-chiah ah-ū-thang ka-làu-kóe⇨就是你不知寶而已，別的人嗎，叫花子豈有遺落餜之道理。

【八刀路 bat-to-lō】 pat-to-lō。懂得用刀之法。八刣猪道～～～bat-thâi-ti tō～～～⇨做過屠戶者就知用刀之法。喩有經驗者，才能夠辦得好。

【八未透 bat-bē-thàu】 pat-bōe-thàu。不能盡知。無法皆明白。人情世事～～～jîn-chêng-sè-sū～～～⇨人情世事無法皆通達。

【八抵著 bat-tú-tioh】 pat-tú-tioh。曾經碰到。你敢～～～鬼lí-kám～～～kúi⇨你曾經遇到鬼嗎。不～～～你即款怪人m̄～～～lí-chit-khoán koài-lâng⇨未曾碰見過你這樣的怪人。

【八看見 bat-khoàⁿ-kìⁿ(ìⁿ)】 pat-khoàⁿ-kìⁿ。曾經看過。我～～～你goá～～～lí⇨曾看見你。不～～～虎乍，每～～～虎尾m̄～～～hó-lān，mā～～～hó-bóe⇨虎乍未曾看見，虎尾應該看過了。喩不可能全無概念。乍lān，羼lān的土字，布袋戲有生字不出頭——乍lāng也的準岳壻對罵之口白。

【八透透 bat-thàu-thàu】 pat-thàu-thàu。全都通達。萬項代誌～～～bān-hāng tāi-chì～～～⇨凡事皆通達。

【八稗無田作 bat-phē-bô-chhân-chò】 pat-phōe-bô-chhân-chò。能夠辨別稗仔者無田可耕。喩英雄無用武之地。稗仔phē-á→phōe-á，一種水田的害草，其狀極似水稻。

bat **墨** 墨賊bat-chat，墨賊bak-chat也(見bak部)。

bat **密** 秘也。疏之對。無間隙曰密bat。不疏曰密bat。菜種甚～chhài chèng-siuⁿ～⇨菜種得太密。盒仔蓋無～ap-á khàm-bô～⇨盒子蓋得不密。罐仔無～koàn-á bô～⇨同上。代誌掩蓋未～tāi-chì am-khàm be～⇨問題隱瞞不了。草仔發眞～chháu-á hoat-chin～⇨草生得很茂盛。鴨卵較～都有縫ah-nn̄g khah～tō-ū-phāng⇨鴨蛋之密封還是有縫有隙的。喻事難絕對秘密。

【密密 ba̍t-ba̍t】無縫無隙。蓋～～khàm～～⇨蓋koà封密。暗～～àm～～⇨甚陰暗。全在暗中。夾～～kheh～～⇨擠得滿滿。～～是～～sī⇨非常之多。

【密實 ba̍t-cha̍t】實cha̍t亦密bát也。疊乎伊～～thia̍p-hō·-i～～⇨積得甚密甚實。又隱秘的地方亦曰密實ba̍t-cha̍t。後尾間較～～āu-bóe-keng khah～～⇨最後面的房間比較肅靜。

【密啁啁 ba̍t-chiuh-chiuh】很密。沕到～～bih-kà～～～⇨隱藏得甚密。歸身軀蓋到～～～，因何者寒佗位來kui-sin-khu kah-kà～～～, in-hô chia-koâ$^n$ tó-ūi-lâi⇨童謠。謂全身都蓋得很密很密了，爲何還是這麼寒冷，是那裡來的寒呢。按：啁諧音死，應作稠。

ba̍t **木** 木虱ba̍t-sat。木虱ba̍k-sat。臭蟲chhàu-thâng也。

## bau

bau **包** 球脫氣而內縮曰包bau，mau，亦曰bauh，mauh。曰包落去bau (mau)-lo̍h-khì，氣滿即曰膨phòng，俗作凸，曰膨起來phòng-khí-lâi。邊端內捲亦曰包bau，曰包偎來bau(mau)-oá-lâi,肉包入餡之後要包偎來bau-oá-lâi或包起來bau(mau)-khí-lâi才裝入籠甑lang-sn̂g蒸。～籃仔嘴～nâ-á chhùi⇨把籃子做好也，亦曰收籃仔嘴siu-nâ-á chhùi。無嘴齒，嘴～～bô chhùi-khí，chhùi～～⇨老人無牙，唇皮內縮也。

báu **卯** 十二地支第四位，生相爲兔thò·。十二時辰之一，約當於上午五一七時。官員點名曰點卯tiám-báu，被點曰應卯èng-báu。字運行著～jī-ūn kiâ$^n$-tio̍h～⇨謂碰上壞運。官員點～koa$^n$-oân tiám～⇨官員點出席。替人應～thè-lâng ìn～⇨代欠席者假冒出席。縣～koān～⇨縣府出席簿。府～hú～⇨同上。縣由知縣，府由知府點卯。運途行於ūn-tô· kia$^n$-ti～⇨謂運途正行在卯字運，即最不妙之命運。

【卯正 báu-chià$^n$】正卯時。～～入厝～～ji̍p-chhù⇨正卯時入新居。厝者，棺借置一地不入土，即俗所謂打桶tá$^n$-tháng非房舍也。康，正是房舍，人所居也。

【卯册 báu-chheh】點名册。名簿、出席簿。

【卯名 báu-miâ】卯册上的空名。列空名領實餉的一種舞弊。

【卯年 báu-nî】屬兔之年。丁～～卯月teng～～báu-goe̍h＝丁卯年之二月。卯月báu-goe̍h，俗代表二月。

【卯酉 bán iú】卯時與酉時。～～沖～～chhiong⇨此兩個時辰是相尅的。

【卯時 báu-sî】卯的時刻，大約上午六時前後。無論你寅時～～來都攏會使得bô-lūn-lí în-sî～～lâi to-lóng ē-sái-tit⇨謂不論什麼時候來都可以。

【卯運 báu-ūn】有發展性的好時運。但是都作壞運解。衰道是衰，運途去行著～～soe-tō-sī soe, ūn-tô· khì-kiâ$^n$-tio̍h～～⇨倒霉就是倒霉，運途正碰上卯運。

báu **鉚** 精美的金子。應讀liú。

báu **貿** 易財也。今對外商業行爲皆曰貿易 bau-e̍k。

báu **昴** 星宿名。二十八宿之一。

báu **紳** 依型紩鞋底曰緢báu。～包仔鞋底～pau-á-ôe-tē⇨紩包仔鞋之鞋底。

bâu **矛** 矛mâu也。兵器名。以子之～攻子之盾如何î-chú chi～kong-chú chi tún jî-hô⇨是矛盾mâu-tún也(見mau部)。

bâu **謀** 謀bô·也(見bo·部)。

bāu **包** 包攬pau-lám曰包bāu。總買曰總包chóng-bāu。包辦pau-pān亦曰包bāu。攏你～，別人都免也lóng li～，pat-lâng to bián-à⇨皆由你包辦(買去)，別人皆沒有了。扛棺材更～哭kng koáⁿ-chhâ koh～khàu⇨抬送棺材加上做孝男(哭)皆一人包辦。謂能幹之人，事事都有份。存的伊俫總～chhun-ê i boeh chóng～⇨剩餘者他要全部買之。人～去也，免想也lâng～khi-à，bián-siūⁿ-ā⇨人家總包總買掉了，沒希望了。我～看牛耳goá～khoàⁿ-gû niâ⇨我專管看牛工作而已。

【包工 bāu-kang】 包攬工程，包工工作。～～較會趁得～～khah-ē thàn-tit⇨包辦的比較容易獲利。～～制的～～chè-ê⇨包辦制度。給人～～hō· lâng～～⇨給人包工不包料。

【包件 bāu-kiāⁿ】 論件計值。給伊～～的hō·-i～～ê⇨給他以論件計值的方式承包。

【包食 bāu-chiah】 專門吃東西。你包做我～～ lí bāu-chò(chòe) goá～～⇨你只管做工，食由我包辦。

【包堆 bāu-tui】 論堆而計算。～～包件差不多～～bāu-kiāⁿ chha-put-to⇨包堆和包件大約一樣。

【包頭 bāu-thâu】 包商pau-siang或包工pau-kang之主。老林抾做～～lāu-lîm teh-chò(chòe)～～⇨同上。～～該眞大資本～～ài chin toā-chu-pún⇨包頭需要有大本錢。

【包穡 bāu-sit】 承包工程或工作。亦曰包穡頭bāu-sit thâu。～～來做～～lâi-chò(chòe)⇨同上。

【包跮蹺 bāu-thit-thô】 包玩pau-goán。免做～～～的，逐家每敢bián-chò(chòe) bián-chò～～～ê，tak-ke mā-káⁿ⇨不必做工只管玩耍的，誰都敢接受之。

bāu **泡** 既熟食物再入滾水kún-chúi中燙熱之曰泡bāu。～的燙的煮的～ê,thǹg-ê,chí(chú)-ê⇨泡燙煮的三法。～的比煮的較簡單～ê pí chí(chú)-ê khah-kán-tan⇨同上。～些來食～chē lâi-chiah⇨泡些(東西)給我吃。摵仔麵摵道是用～的chhek-á-mī tō-sī-iōng～ê⇨摵仔麵就是以泡法煮成的。

【泡麵 bāu-mī】 泡法煮的大麵。～～泡米粉是最普通的點心～～bāu-bí-hún sī chòe-phó·-thong ê tiám-sim⇨同上。

bāu **貌** 美貌也，貌māu也(見mau部)。

## bauh

bauh **包** 包bau，mau也。包bauh,mauh也。嘴～～chhhùi～～⇨嘴無牙的內凹。球～～kiû～～⇨球脫氣而內縮。

bauh **蔑** 勞目無神也。小也。棄也。看輕人khoàⁿ-khin-lâng曰輕蔑kheng-biat,亦曰蔑視人bauh-sī-lâng。蔑bauh亦蔑biat也(見biat部)。

【蔑視 bauh-sī】 小視之。輕視之。你～～人lí～～lâng⇨你看不起人(可指他人亦可指自己)。乎人～～更恬恬hō·-lâng～～koh tiām-tiām⇨被人看不起竟默不作聲。

【蔑蝕 bauh-sit】 輕視且損人。～～人眞忝～～lâng chin-thiám⇨輕視得太過份了。

bauh **貿** 交易也。亂也。乘機取利曰貿bauh，乘機取人財物亦曰貿bauh。俗多訛爲卯báu。趁錢亦曰貿bauh亦即卯báu。有～否ū～boh⇨取得了錢沒有，趁到錢了沒有。有～淡薄仔ū～tàm-poh á⇨趁得若干。淡薄仔tām-poh-á多改讀tàm pō-à。即孔～未少chit-khang～bē(bōe)-chió⇨這一下拿得不少。～無過手～bô-kòe-chhiú⇨沒有貿成功。即斗～抾，道食到冬尾也chit-táu～lè，tō chiah-kà tang-bóe-à⇨這一下子貿下來，就夠吃整個年度了。

# be

**be 咩** 羊鳴也。小童哭聲也。同咪be。又鳴不平也。

【**咩咩叫 be-be-kiò**】 ㊀羊鳴也。㊁哭聲。您阿明哭到～～～，是抣哭安怎lín a-bêng khàu-kà ～～～，sī-teh-khàu-an-choáⁿ⇨同上。㊂鳴不平也。有人抣～～～也ū-lâng teh ～～～à⇨有人在叫不平了。

【**咩咩哮 be-be-háu**】 同咩咩叫be-be-kiò。亦鳴不平也。

**be 咪** 形聲字，同咩be。囡仔～～叫也gín-á～～kiò-ā⇨孩子咪咪哭了。

**bé 馬** 馬má也。動物名。六畜之一。有脚之台架亦曰馬bé。無牛使～bô-gû-sái～⇨喻無適當者得用代用品。一～掛兩鞍chi̍t～koà-liáng(lióng)-oaⁿ⇨喻一心兩意。白～非～pe̍h～hui～⇨白馬就不是馬，古詭辯家的理論。鴛鴦～oan-iuⁿ～⇨象棋的一種步數，亦曰連環馬liân-khoân-bé。落屎～làu-sái～⇨能力很差者。木牛流～bo̍k-gû-liû～⇨孔明的製品。三脚～saⁿ-kha～⇨三脚架。柴～chhâ～⇨樵夫夯柴之道具。木～bo̍k～⇨山上運材的小道具。拗～áu～⇨亦運材的小道具。竹～tek～⇨孩童的玩具。惡～惡人騎，臙脂～抵著關老爺ok～ok-lâng-khiâ,ian-chi～，tú-ti̍oh koan-ló-iâ⇨謂一物克一物。赤兎～chhek-thò～⇨俗曰臙脂～ian-chi～。勇勇～縛抣將軍柱ióng-ióng～pa̍k-teh chiang-kun-thiāu⇨非常勇健之馬被縛在大柱，喻充滿活力的人受拘束而無法活動。

【**馬力 bé-la̍t**】 Horse power：物理學名詞。負重力的計算單位。十～～的發動機cha̍p～～ê hoat-tōng-ki⇨同上。俗又省作馬bé，比如五～～曰五馬bé。

【**馬子 bé-chí**】 琴馬仔khîm-bé-á。琴線的支柱。

【**馬囝 bé-kiáⁿ**】 小馬。

【**馬夫 bé-hu**】 爲人牽馬飼馬之人。馬奴bé-lô͘。

【**馬公 bé-kang**】 公馬。～～馬母～～bé-bó(bú)⇨公馬母馬。

【**馬匹 bé-phit**】 馬隻bé-chiah。馬bé。牛隻～～gû-chiah～～⇨牛曰隻，馬曰匹。

【**馬仔 bé-á**】 ㊀小馬。乎人準～～抣騎hō͘-lâng chún-～～teh-khiâ⇨被人當做小馬在騎乘。喻被人苛使如馬。㊁琴線的支柱。琴～～khîm～～⇨亦曰馬子bé-chí。

【**馬布 bé-pò͘**】 某種用途之布巾。亦曰袙布chah-pò͘。

【**馬肉 bé-bah**】 馬之肉。較交易過～～khah-ka-iā-kòe～～⇨比馬肉還熱鬧。喻市況非常熱鬧。馬肉bé-bah與買肉bé-bah諧音。謂買肉者多，或謂馬肉稀奇故云。交易ka-iā謂交易kau-e̍k之人甚多。

【**馬尾 bé-bóe(bé)**】 馬之尾巴。又形如馬尾者。～～鬃～chang⇨頭髮束如馬尾。～～草～～chháu⇨草名。

【**馬車 bé-chhia**】 用馬拖行之車。駛～～sái～～⇨同上。

【**馬形 bé-hêng**】 雞形ke-hêng之對稱。房事之時間長曰馬形，反之曰雞形。

【**馬快 bé-khoài**】 古衙門gê-mn̂g的探員。～～捕快～～pó͘-khoài～⇨古衙門的刑警人員。

【**馬兵 bé-peng**】 騎兵khî-peng。～～步兵～～pō͘-peng⇨同上。

【**馬面 bé-bīn**】 馬臉má-liám。面形長。～～的深溝，鰊魚嘴束口～～ê chhim-kau,tāi-hî-chhūi sok-kháu⇨一種隱指女陰形狀之詞，孽子gia̍t-khiat話。

【**馬軍 bé-kun**】 騎兵隊khî-peng-tūi。～～步軍～～pō͘-kun⇨同上。

【馬屎 bé-sái】 馬糞bé-pùn。脚踏～～憑官喟kha-tah ～～ pn̄g-koaⁿ-khùi⇨脚踏馬糞之人倚仗官員之威風。馬丁依仗官員展示其威風。略同狐假虎威hô͘-ké-hó͘-ui。

【馬柱 bé-thiāu】 繫馬之柱。縛馬柱pak-bé-thiāu。

【馬草 bé-chháu】 飼馬chhī-bé之穀料。秣boat也。

【馬索 bé-soh】 馬繮má-kiang。牛紖犬紲馬繮giû-ín,khián-siat，má-kiang皆繫索也。

【馬販 bé-hoàn】 販馬商人。

【馬喉 bé-âu】 狗聲～～káu-siaⁿ～～⇨喩聲音難聽。

【馬椅 bé-í】 台架tâi-kè。該用～～擱ài-iōng～～khòe⇨需用馬椅爲墊台。

【馬賊 bé-chhat】 強盜。較猛過～～khah-béng-kòe～～⇨比強盜還兇。

【馬爺 bé-iâ】 地獄的獄卒。牛爺～～gû-iâ～～⇨都是地獄獄卒。

【馬褂 bé-koà】 外服之短褂。原爲乘馬服。後變爲禮服。長衫搭～～tn̄g-saⁿ thah～～⇨長衫之上加馬褂。～～糾到無內裾～～khiú-kà bô-lāi-ki⇨強邀飲宴的諧謔說法。糾khiú，強拉曰糾khiú，馬褂本無內裾。

【馬脚 bé-kha】 ㊀眞相。～～走出來也～～cháu-chhut-lâi-ā⇨眞相暴露了。露出～～也lō͘-chhut～～a⇨同上。㊁炭頭thoàⁿ-thâu。亦即半柴半炭的燃料。～～是會燻耳，無，較省呢～～sī ē(ōe)-hun-niā, bô,khah-séⁿ-neh⇨炭頭只差煙多而已，否則比較經濟。

【馬路 bé-lō͘】 大路toā-lō͘。街路ke-lō͘。

【馬勢 bé-sè】 走拳的姿勢。策～～chhek～～⇨採取打鬥的姿勢。企～～khiā～～⇨同上。屈～～khut～～⇨同上。

【馬稠 bé-tiâu】 馬舍bé-siā。馬集居之處。牛稠～～gû-tiâu～～⇨牛舍馬舍。稠tiâu，密也。

【馬銃 bé-chhèng】 騎兵銃 khî-peng-chhèng。

【馬蜞 bé-khî】 一種吸馬血的吸血蟲。

【馬槽 bé-chô】 馬草槽bé-chháu-chô。乞食死於～～裡khit-chiah sí-ti～～lih⇨叫化子死在馬槽中。謂還算不壞(謂馬槽尙似棺木)。

【馬齒 bé-khí】 ㊀年歲。～～徒增～～tô͘-cheng⇨自謙年歲又多了。㊁狀如馬齒者。盤～～poâⁿ～～⇨在手帛等的旁邊加繡馬齒狀的花樣。～～草～～chháu⇨俗曰豬母乳ti-bó-leng。草名，可以當飼料。

【馬鞍 bé-oaⁿ】 掛～～koà～～⇨將馬鞍放於馬上，以便於騎乘。

【馬蹄 bé-tê】 馬之蹄。～～花～～hoe⇨花名。

【馬燈 bé-teng】 馬形的提燈。元宵節的孩子玩具。

【馬頭 bé-thâu】 衝著伊的～～chhiong-tioh i ê～⇨觸怒了他。

【馬戲 bé-hì】 ～～團～～thoân⇨同上。

【馬鮫 bé-ka】 魚名。一鮓二魴三鯧四～～it-ngó͘, jī-hang, saⁿ-chhiuⁿ, sì～～⇨好魚的順序。～～罾～～lêng～⇨囲捕馬鮫魚之長網。

【馬鬃 bé-chang】 馬之長髮。

【馬鞭 bé-piⁿ】 馬箠bé-chhôe。～～魚～～hî⇨魚名。～～草～～chháu⇨草名。

【馬瓏 bé-long】 馬或有帶鈴瓏lin-long者。

【馬鐙 bé-teng】 馬鞍兩旁，脚踏以上下馬者。

【馬囊 bé-lông】 袋口在中央之長袋。可置馬背上，或負在肩上。騎～～khiâ～～⇨跨乘如馬囊狀。囊lông改讀long。老爸做馬乎囝扲騎～～lāu-pē chò(chòe)-bé hō͘-kiáⁿ teh khiâ～～⇨同上。

【馬刀瘡 bé-to-chhng】 病名。俗曰瘰癧lí-lat。

【馬字旁 bé-jī-pêng】 漢字的一部首。～～～的～～～ê⇨馬字旁的字，例如駁pak，駐chū,騎khiâ等字是也。

【馬後炮 bé-āu-phàu】 ㈠象棋的步數之一。㈡事後孔明。放臭屁。到盒藉抮放彼類～～～無效啦 kàu-taⁿ chiah-teh-pàng hit-lōe～～～，bô-hāu-là⇨到了現在，才在放那一種臭屁，沒效也。

【馬咬繮 bé-kā-kiuⁿ】 馬繮má-kiang。馬口所含之鐵具。御馬索gī-má-soh。

【馬陷坑 bé-hām-kheⁿ(khiⁿ)】 跋馬坑poah-bé-kheⁿ。捕馬之陷阱。

【馬勒索 bé-lek-soh】 勒馬索lek-bé-soh，御馬索gī-má-soh。

**bé 瑪** 瑪瑙bé-ló也。珍珠～～ chin-chu～～⇨眞珠與瑪瑙，皆珠寶之類。

**bé 碼** 記數之符號。～hō～⇨同上。凸～phòng～⇨誇大。小～sió～⇨普通數字。大～toā～⇨壹、貳、參等之數字。又大數目。掠較凸～liah-khah phòng～⇨估計得略寬。差大～chha-toā～⇨相差太大。番仔～hoan-á～⇨阿拉伯數字，亦曰紅毛～âng-mô(mn̂g)～。

【碼子 bé-chí】 舊簿記用的數字，1、2、3、4…作Ⅰ、Ⅱ、Ⅲ、Ⅹ……等數字。

【碼仔 bé-á】 琴～～khîm～～⇨同上。

【碼頭 bé-thâu】 船舶停靠的地方。通商港口。船靠於～～chûn khò-tī～～⇨同上。基隆～～，神戶～～，紐約～～ke-lâng～～sîn-hō～～niú-iok～～⇨各港的碼頭。

**bé 舞** 蝴蝶ô-tiap也。或省作舞bé，亦即舞蝶bé-iah。

【舞蝶 bé-iah】 ～～花～～hoe⇨蝶仔花iah-á-hoe。

**bé 買** 市也。把錢易物曰買bé(bóe)。賣bē(bōe)之反面。有人～，道有人賣ū-lâng～tō ū-lâng-bē(bōe)⇨同上。貪賒貴～萬世窮tham-sia-kùi～bān-sì-kêng⇨可以賒買就貪心而買之，不嫌貴而買之，如此者永遠脫不了窮。

【買手 bé-chhiú】 ㈠買方。～～眞強～～chin-kiâng⇨買方很強。㈡負責買物之人。阿三抮共伊做～～a-sam teh kā-i chò(chòe)～～⇨阿三在爲他擔當購買事務。

【買主 bé-chú】 買方。買者。～～是三個人公家～～sī saⁿ-ê-lâng kong-ke⇨買主是三個人共同買的。

【買物 bé-mih】 買東西。常人買入物品(自用)。

【買貨 bé-hòe】 買東西。商戶購買商品(販賣用)。蓄貨hak-hòe。

【買賣 bé-bē】 bóe-bōe。買與賣。～～交關～～kau-koan⇨買賣即交關。～～算分，相請無論～～sǹg-hun，sio(saⁿ)-chhiàⁿ bô-lūn⇨買賣時分厘必計，彼此交友相請時，即不論多少都要盡情而爲。

【買醉 bé-chùi】 買飲以自醉。

【買辦 bé-pān】 外商之代理人。～～出身的～～chhut-sin-ê⇨同上。

【買斷 bé-tn̄g】 無任何附帶條件曰斷。～～賣斷～～bē-tn̄g⇨同上。

【買奴才 bé-lô-châi】 買奴僕。提錢～～～來做theh-chîⁿ～～～lāi-chò(chòe)⇨拿出錢買一個奴才工作來擔當。喻了錢而又惹來麻煩。

【買浮水 bé-phû-chúi】 買期貨bé-kî-hòe。

【買厝邊 bé-chù-piⁿ】 千金買厝宅萬金～～～chhian-kim bé-chhù-theh, bān-kim～～～⇨喻居家左鄰右舍之好壞關係重大。亦即好鄰居比好住宅還要重要。

【買路稅 bé-lō·-sòe】 同買路錢bé-lō·-chîⁿ。山阮開的，樹阮栽的，對者過，該～～～soaⁿ-goán-khai-e，chhiū-goán-chai-ê, tùi-chia-kòe, ài～～～⇨戲白。

【買路錢 bé-lō·-chîⁿ】 大王來收～～～了tāiông lâi-siu～～～lō͘⇨山賊刼財。

【買空賣空 bé-khang-bē-khang】 一種賭博，約定某貨依某時的價格買賣到某時依其價格的起落而決定勝負。即所謂期貨買賣也。

【買三文燈心 bé-sa$^{n}$-bûn-teng-sim】 極小之交易。～～～～～交關一坎店～～～～～kau-koan chi̍t khám-tiàm⇨在店方，買三文燈心也是主顧。㈡在買方。三文錢就可以與一家店戶有交情。

bè
**未** 未bī也。問詞。有～ū～⇨有了嗎。來～lâi～⇨來了沒有。同未bōe。

bê
**迷** 惑亂也。媚惑也。爲外物所誘曰惑，積惑不反曰迷bê。心亂意～sim-loān-ì～⇨同上。以藥物麻醉神經亦曰迷bê。酒不醉人人自醉，色不～人人自～chiú put-chùi-jîn jîn-chū-chùi,sek put～jîn jîn-chū～⇨戒酒色名言。乎查某囡仔～去了hō͘-cha-bó͘-gín-á～-khì(ī)-lō͘⇨被小女人迷住了。手術該～chhiú-su̍t-ài～⇨開刀需要加以麻醉。昏～不省hûn～put-séng⇨同上。沈～酒色tîm～chiú-sek⇨同上。

【迷人 bê-lâng】 令人迷亂。～～的風景～～ê hong-kéng⇨風景很好。二蕊目珠會～～nn̄g-lúi ba̍k-chiu ē(ōe)～～⇨(她那)兩隻眼睛會迷人之心。

【迷目 bê-ba̍k】 目亂。奇術魔術攏是～～耳kî-su̍t mô-su̍t lóng-sī～～niā⇨奇術魔術皆是使人目亂看不清楚而已。

【迷信 bê-sìn】 不辨眞僞是非而加以妄信。～～鬼神～～kúi-sîn⇨同上。～～邪術～～siâ-su̍t⇨同上。～～太深也～～thài-chhim-a⇨同上。

【迷津 bê-tin】 迷途bê-tô͘。指示～～chí-sī～～⇨同上。

【迷迷 bê-bê】 食酒食到醉～～chia̍h-chiú chia̍h-kà chùi～～⇨飲酒飲得醉疕疕chùi-bâng-bâng。

【迷途 bê-tô͘】 行路失方向。喻人生失方針。實～～其未遠，覺今是而昨非si̍t～～kî-bī-oán，kak-kim-sī jî chok-hui⇨歸去來辭。

【迷惑 bê-he̍k】 心迷意亂。受人甜言蜜語的～～siū-lâng tiâm-giân-bi̍t-gí ê～～⇨同上。心肝乎查某～～去也sim-koa$^{n}$ hō͘-cha-bó͘～～khì(ī)-à⇨心被女人迷去了。

【迷路 bê-lō͘】 ㈠迷途bê-tô͘。㈡邪路siâ-lō͘。行～～kiâ$^{n}$～～⇨走入歧途。

【迷亂 bê-loān】 又迷又亂。心官眞～～sim-koa$^{n}$ chin～～⇨同上。

【迷魂 bê-hûn】 麻醉bâ-chùi。～～藥～～io̍h⇨同上。～～丹～～tan⇨同上。～～香～～hiu$^{n}$⇨同上。～～法～～hoat⇨催眠法。～～陣～～tīn⇨能入不能出之陣法。排～～陣pâi～～tīn⇨布置其陣。

【迷藏 bê-chōng】 捉～～chiok～～⇨微相揣bih-sio-chhoe⇨同上。微bih，潛藏也。

【迷戀 bê-loân】 ～～於酒色～～î chiú-sek⇨同上。

bê
**糜** 糜bôe也(見boe部)。

bê
**謎** 隱語也。燈～teng～⇨同上。猜～chhai～⇨同上。謎bī也。

bē
**賣** 買之反面。出貨物以換回財物曰賣bē(bōe)。害人利己曰賣bē(bōe)。有人買有人～ū-lâng-bé(bóe) ū-lâng～⇨同上。出～朋友chhut～pêng-iú⇨貪私利使友遭殃。無物可～bô-mih hó͘-～⇨同上。甚俗不當～siu$^{n}$-sio̍k m̄-thang～⇨太便宜了不應該賣之。有人愛道～ū-lâng-ài tō～⇨有人要就賣吧。信採～chhìn-chhái～⇨隨隨便便就賣吧。

【賣力 bē-la̍t】 出大力。最近拚到眞～～chòe-kīn pià$^{n}$-kà chin～～⇨同上。

【賣卜 bē-pok】 爲人卜卦換錢生活。～～維生～～ûi-seng⇨同上。

【賣文 bē-bûn】 寫文章換錢。～～維生～～

ûi-seng⇨同上。

【賣友 bē-iú】 出賣朋友。～～求榮～～kiû-êng⇨同上。

【賣主 bē-chú】 ㊀出賣貨物之人。～～錢收了道轉去也～～chîⁿ-siu-liáu tō-tńg-khì-à⇨賣主錢入手就回去了。㊁出賣主人。～～求榮～～kiû-êng⇨損害主人的壞人。

【賣肉 bē-bah】 ㊀被毆打。您父無俫～～lín-pē bô-boeh～～⇨我不去挨打。無扲～～bô-teh～～⇨不在做代人受打的生意。您父無趁～～錢 lín-pē bô-thàn～～chîⁿ⇨代人挨打的錢我不要賺。㊁女人出賣肉體。賣淫bē-îm。

【賣名 bē-miâ】 自己宣傳。推銷知名度。～～的耳～～ê-niâ⇨不過是賣名而已。

【賣身 bē-sin】 出賣自己爲奴婢。～～葬父～～chòng-hū⇨賣身以埋葬父親。

【賣命 bē-miā】 出賣生命。拚命piàⁿ-miā。感情甚厚道會～～ kám-chêng siuⁿ-kāu to-ē～～⇨感情太深厚了就會賣命。感情厚kám-chêng-kāu謂男女間之感情濃厚。

【賣笑 bē-chhiò】 māi-chhiàu。賣淫bē-îm。～～婦～～hū⇨妓女。

【賣斷 bē-tn̄g】 完全出賣。～～字～～jī⇨賣斷的書狀。～～買斷～～bé(bóe)-tn̄g⇨同上。

【賣國賊 bē-kok-chha̍t】 出賣國家者賊也。

【賣柴的 bē-chhâi-ê】 柴販仔chhâi-hoàn-á。～～～賣豆腐的～～～bē-tāu-hū-ê⇨同上。

【賣皮當骨 bē-phôe-tǹg-kut】 皮出賣骨入當。喻任何方法必拿出錢。～～～～每該創還人～～～～mā ài-chhòng-hêng-lâng⇨皮賣骨當也要設法淸還給人家。

【賣倒斷的 bē-tó-tn̄g-ê】 賣斷的bē-tn̄g-ê。無～～～～啥人愛bô～～～～siaⁿ-lâng-ài⇨不賣斷的何人要。

**bē 韎** 韤也。韎鞨bē-kat或bē-hat，爲中國古代北方民族之一，即後來於宋代建立金朝之女眞也。

**bē 未** 已然之對。未然也。不也。不會不能也。無也。未bē亦曰未bōe。來～來去～去lâi～lâi khì～khì⇨謂皆屬未可知者。猶～iá～(iáu-bōe)⇨還未。還猶未hoân-iáu-bōe→hoân-á-bōe(bē)。會～盡即下ē～chīn-chit-ē⇨成敗在此一舉。會未ē-bē→ōe-bōe。誰叫你～假會siāng-kiò-lí～ké-ē(ōe)⇨誰叫你不會假裝會。會呼雞～歕火ē(ōe)-kho·-ke(koe)～pûn-hóe(hé)⇨能夠呼鷄不能夠吹息火。會也～，照實講ē(ōe)-a～(bōe)，chiàu-si̍t-kóng⇨能不能照實說。聽會講～thiaⁿ-ē(ōe) kóng～(bōe)⇨聽還可以，說不行。會食～做ē(ōe)-chia̍h～(bōe)-chò(chòe)⇨能吃不能工作。㵱～肥餓～死tiūⁿ～(bōe) pûi gō～(bōe)-sí⇨謂吃不肥餓不死的程度。食飽～chia̍h-pá～(bōe)⇨食飽也亦是猶未chia̍h-pá-à a̍h-sī iá-bē之省詞。有來～ū-lâi～⇨來了嗎。開始～khai-sí～⇨開始了嗎。到～kàu～⇨到了沒有。夠～kāu～⇨滿額了嗎。娶～chhoā～⇨結婚了沒有。嫁～kè～⇨出嫁了沒有。生～seⁿ(siⁿ)～⇨生了沒有。做老父～chò(chòe)-lāu-pē～⇨當上父親了沒有。講好～kóng-hó～⇨講妥了沒有。錢有還～chîⁿ ū-hêng～⇨錢還了沒有。甘願也～kam-goān-ā～⇨心甘情願了嗎。

【未八 bē-bat】 bōe-bat。未曾bī-chêng。未嘗bī-siāng。不識put-sek。八bat,pat，識sek也。囡仔耳，猶～～嘛gín-á-niā，iá～～mà⇨小孩子而已，還不懂事嘛。～～有～～ū⇨未曾有。～～看見，每八聽人講～～khoà-kìⁿ(ìn)，mā-bat thiaⁿ-lâng-kóng⇨未曾看過，也曾經聽人說過。

【未人 bē-lâng】 bē-lâng。人lâng改讀lāng。不會之人，不能幹之人。不聰明之人。

會人使嘴，～～使身ē(ōe)-lāng sāi chhùi，～～sái-sin⇨能者用口，不能者用肉體。句中人lâng皆改讀lāng。

【未了 bē-liáu】 bōe-liáu。不完，不盡。食～～用～～chia̍h～～iōng～～⇨同上。死～～sí～～⇨還未死盡。猶～～iáu(iá)～～⇨還未完，還有。還猶～～hoân-iáu～～⇨同前。還仔～～oân-á～～⇨還是不完。還仔oān-á→oân-nà⇨還是oân-sī。伊的故事講～～啦 i ê kò·-sū kóng～～là⇨他的故事講不完。算～～sǹg～～⇨計算不完。

【未化 bē-hoa】 bōe-hoa。不熄。不滅。歕～～pûn～～⇨(燈)吹不熄。拍～～phah～～⇨(火)撲不滅。

【未平 bē-pî$^{n}$(pı$^{n}$)】 bōe-pê$^{n}$。不公平、不公道。分～～，拍到二九暝pun～～phah-kà jī-káu-mê(mî)⇨(分產)分得不公道，吵鬧到過年夜。

【未合 bē-ha̍h】 bōe-ha̍h。不一致。性格～～sèng-keh～～⇨同上。不吻合。盒仔蓋～～a̍p-á-koà～～⇨盒蓋子不符合。孔嘴～～khang-chhùi～～⇨穴口不吻合。

【未和 bē-hô】 bōe-hô。不和。翁某～～ang-bó·～～⇨夫妻不和。家庭～～ka-têng～～⇨家庭不和。

【未到 bē-kàu】 bōe-kàu。未到達。時～～，不是人未老sî～～，m̄-sī lâng-bē(bōe)-lāu⇨時候未到的，不是人不死的。老lāu亦死也。

【未來 bē-lâi】 bōe-lâi。不來。伊～～i～～⇨他不來。還未到。新的～～，不知舊的好寶惜sin-ê～～m̄-chai kū-ê hó-pó-sioh⇨新的不到，不知道舊的是很珍貴的。～～的代誌鬼知～～ê tāi-chì kúi-chai⇨未來之事情(如何)天曉得。來～～去未去的代誌，都不是孔明講會知影lâi～khì bōe-khì ê tāi-chi,to m̄-sī-khóng-bêng-kóng，ē(ōe)-chai-iá$^{n}$⇨未來未去之事，不是孔明嘛，怎麼能夠知道。

【未直 bē-ti̍t】 bōe-ti̍t。事不順。收支不能相抵。較講都講～～khah-kóng to kóng～～⇨怎麼說都不能說服他。所費拍～～só·-hùi phah～～⇨經費入不能抵出。工錢拍～～kang-chî$^{n}$ phah～～⇨工資不夠，無法付淸。即孔～～也chit-khang～～à⇨㊀此事大好了。㊁此事太大了(麻煩了)。

【未是 bē-sī】 bōe-sī。㊀稍待。～～啦～～là⇨稍候片刻。等一等，不要動。不可開動。～～行更等一下～～kiâ$^{n}$ koh-tán chi̍t-ē⇨不要出發再等候片刻。～～去我提些所費給你～～khì goá-the̍h-chē só·-hùi hō·-lí⇨等一等，我給你一些零用錢才去。家己～～啦，人客大先毋藉著ka-kī～～là,lâng-kheh tāi-seng m̄-chiah-tio̍h⇨自己慢慢來，客人先來才對嘛，不是嗎。㊁還不是。前山～～崎，後山更較崎chêng-soa$^{n}$～～kiā,āu-soa$^{n}$ koh-khah-kiā⇨前山還不高，後山更高。崎kiā，崎嶇難行曰崎kiā。山路峭急曰崎kiā。阿姊～～媠，小妹仔更較媠a-ché～～súi sió-moāi-á koh-khah-súi⇨姊姊漂亮矣，妹妹還更漂亮也。老頭～～慤，少年的猶較慤lāu-thâu～～kho̍k,siàu-liân-ê iáu-khah-khok⇨同上。慤kho̍h，超級吝嗇曰慤kho̍k，質實也，謹愿也曰慤。

【未茹 bē-jî】 bōe-jî。不紛亂。不擾亂。茹jî，根相牽引貌。紛亂，擾亂皆曰茹jî。代誌～～無要緊啦tāi-chì～～bô-iàu-kín-là⇨事情不紛亂不複雜，沒關係嘛。阿花伊～～啦a-hoe i～～là⇨阿花她不會搗亂的。喙講～～見眞茹膠膠chhùi-kóng～～kì$^{n}$-chin jî-kā-kā⇨口上說不亂，事實亂如麻。膠kā，膠ka也，樹乳也。

【未消 bē-siau】 bōe-siau。不消化。不消失。不消滅。一肚氣抆～～chit-tō·-khì teh～～⇨一肚子氣無法消失。～～腱～～kiān⇨恨不能消。食～～chia̍h～～⇨食而不化。飽脹～～pá-tiù$^{n}$～～⇨鼓腹不消退。

【未得 bē-tit】 bōe-tit。不得。不能。～～

去～～khì⇨不能去。～～還人～～hêng-lâng⇨不能退還給人家。會得入～～出 ē(ōe)-tit-jip～～chhut⇨能夠進入不能退出。愛死拎～～斷氣ài-sí teh～～tn̄g-khùi⇨將死了，希望快死而呼吸偏不斷絕。喻苦撐難局之苦。愛食狗拎～～狗死ài-chiah-káu-teh～～káu-sí⇨喜歡吃狗肉而在苦等狗之快死。喻立場各本自私之心。年關得～～過nî-koan teh～～kòe⇨年關在通過不了。～～落樓梯～～loh-lâu-thui⇨下不了台階。對人～～過tùi-lâng～～kòe(kè)⇨對不起人家。磨到～～死boâ-kà～～sí⇨辛苦工作得恨不得早死。愛到～～死ài-kà～～sí⇨非常深愛(得要死死不了)。

**【未通 bē-thong】** bōe-thong。路不通。事理不透澈。事不行。路～～也lō·～～a⇨公路不通了。交通杜絕了。安爾講～～an-ne(ni) kóng～～⇨如此是說不通的。你的方法使～～lí ê hong-hoat sái～～⇨你的辦法行不通。

**【未倒 bē-tó】** bōe-tó。不倒。不敗。阿旺我看～～也a-ōng goá-khoà$^{n}$～～à⇨阿旺依我看是不會倒閉。見人偃攏偃～～kì$^{n}$-lâng-ián lóng-ián～～⇨任人偃都偃不倒。偃ián，相偃siō-ián也，仆phak也，倒也。

**【未曾 bē-chêng】** bōe-chêng。還未。～～生囝先號名～～se$^{n}$(si$^{n}$)-kiá$^{n}$ seng-hō-miâ⇨未生子先取名。～～學司先學術～～oh-sai seng-oh-sut⇨司sai指司功sai-kong，亦即爲死人做功德之道士戲也。術指其技術或法術。～～贏先想輸～～iâ$^{n}$ seng-siū$^{n}$ su⇨戒賭博之詞，謂未賭而先打算輸了如何善後。～～學行道俫先學飛～～oh-kiâ$^{n}$ tō-boeh seng-oh-poe⇨還未學習行路就要先學飛行。謂不按步而進是錯誤的。～～食三日的清菜道俫上西天～～chiah sa$^{n}$-jit ê chheng-chhài tō boeh chiū$^{n}$-se-thian⇨三天的清齋都還沒修過就要上西天去成佛，義同前。譏不按步而進者。

**【未當 bē-tàng】** bōe-tàng。不行。不可。不能。～～道不免勉強～～tō-m̄-bián bián-kiáng(kióng)⇨不行就不必勉強。會當就來～～就煞ē(ōe)-tàng chiū-lâi～～chiū-soah⇨可以就來(進行)，不可以就算了。～～安爾～～an-ne(ni)⇨不可以如此。～～還～～hêng⇨同上。～～借～～chioh⇨不能出借。

**【未稠 bē-tiâu】** bōe-tiâu。不穩固。粘不固。粘～～liâm～～⇨粘不住，粘不固。帶～～toà～～⇨住不下去。一個某講顧～～chit-ê-bó· kóng kò·～～⇨一個妻子竟守不住(被搶走)。册讀～～腹chheh thak～～pak⇨書隨讀隨忘記。藥仔食～～腹ioh-á chiah～～pak⇨醫藥隨食隨吐。

**【未著 bē-tioh】** bōe-tioh。不中的。掠～～liah～～⇨捉不到。考～～khó～～⇨考不上榜。約～～ioh～～⇨猜不中。食～～也chiah～～à⇨謂沒機會吃了，亦即壽數將終了。

**【未曉 bē-hiáu】** bōe-hiáu。我～～goá～～⇨我不會。～～讀～～that⇨不知如何讀法。讀～～thak～～⇨讀而不會，不通曉。學～～oh～～⇨學而不會。～～做人～～chò(chòe)-lâng⇨不通曉爲人的道理。不知如何做好人。～～打算～～phah-sǹg⇨不知如何作生活設計。盒攏～～了了也ta$^{n}$-lóng～～liáu-liáu-à⇨㊀而今全都不知如何是好了。㊁(已學者)皆忘記了。

**【未離 bē-lī】** bōe-lī。㊀脫不了。㊁滾滾而來。即斗敢閃～～也chit-táu ká$^{n}$ siám～～à⇨此一遭恐怕逃避不了了。走～～cháu～～⇨逃脫不了。阿久伯仔，盒都狗屁食～～也a-kú-peh-á,ta$^{n}$-to káu-phùi chiah～～à⇨賀阿久伯喜事連連的笑謔詞。狗屁káu-phùi爲九八káu-peh的諧音。九八káu-peh者賭博用詞，一種賭博出數字九八即勝曰食chiah，出十一十二即輸而被食。九八食未離káu-peh chiah-bē-lī⇨就是九八連食連勝。袒褲走～～thǹg-khò· cháu～～⇨喻事太急矣，謂脫褲也來不及(落屎lāu-sái)也。

【未用得 bē-iōng-tit】 bōe-ēng-chit。使不得。行不通。安爾～～～an-ne(ni)～～～⇨這樣子不行的。行不通的。

【未好也 bē-hó-à】 bōe-hó-â。不妙了。(事大了，不妙了，病患不癒等等，因場面語氣不同而表意有異)。㊀阿西舞即孔，我看伊～～～a-se bú-chit-khang，goá-khoà$^{n}$-i～～～⇨阿西惹此問題我看事大了。他麻煩了。㊁阿松伯，你即斗來都～～～也，安怎a-siông-peh，lí-chit-táu-lâi to～～～â, an -choá$^{n}$⇨阿松伯，你此一次(收穫)來了，不是太好了嗎？㊂盒這～～～這ta$^{n}$-che～～～che⇨現在此事麻煩了，如何是好呢。

【未收山 bē-siu-soa$^{n}$】 bōe-siu-soa$^{n}$。無法結束或收場。鬧到～～～nāu-kà～～～⇨亂得無法收場。

【未行得 bē-kiâ$^{n}$-tit(chit)】 ㊀路難行。路猶～～～哩lō·-iáu～～～lè⇨公路還是不通行。㊁事難平。你會行得，不過伊～～～lí ē(ōe)-kiâ$^{n}$-tit，m̄-ku i～～～⇨你願意，但是他卻不願意。

【未仰得 bē-n̄g-tit】 bōe-n̄g-tit。不能期待。仰n̄g，恃也。仰給衣食曰仰n̄g。家己的囝～～～佅仰甚人ka-kī-ê-kiá$^{n}$～～～boeh-n̄g sia$^{n}$-lâng⇨自己的兒子期待不得，還期待於何人。

【未見笑 bē-kiàn-siàu】 bōe-kiàn-siàu。不怕羞。不知恥。伊較～～～較大方i khah～～～khah-tāi-hong⇨同上。～～～查某～～～cha-bó·⇨不知羞恥的女人。

【未克得 bē-khat-tit】 bōe-khat-tit。克制不了。不能忍受。打抱不平。略同未做得bē-chò-tit。咱這破鱟杓～～～道講出來也不lán-che phoà-hāu-hia～～～tō-kóng-chhut-lâi-ā-m̄⇨我這種人，克制不了就說出來，你說不對嗎。破鱟杓舀不了水，渴khat，鱟杓舀水曰渴khat，與克khat諧音。

【未見衆 bē-kì$^{n}$-chèng】 bōe-kì$^{n}$-chèng。見不得人。穿即款的～～～得啦 chhēng-chi̍t-khoán-ê～～～tit(chit)-là⇨穿戴此種的衣裳見不得人嘛。

【未怪得 bē-kòe-tit】 bōe-koài-tit。難怪lân-koài。～～～人受氣～～～lâng-siū-khì⇨難怪他生氣。安爾每～～～我an-ne(ni) mā～～～goá⇨如此也不能怪罪我。

【未使得 bē-sái-tit(chit)】 bōe-sái-chit。同未用得bē-iōng-tit。

【未信得 bē-sìn-tit】 bōe-siàn-tit。未可信。有可疑。人的話～～～啦lâng-ê-ōe～～～lâ⇨同上。

【未記得 bē-kì-tit】 bōe-kì-tit忘記了。伊的電話我煞～～～，盒壞也 i ê tiān-ōe goá soah～～～，ta$^{n}$-hāi-ā⇨他的電話(號碼)我竟忘記了，這下子慘了。

【未夠本 bē-kàu-pún】 bōe-kàu-pún。不足成本。安爾我～～～未賣得an-ne(ni) goá～～～bē-bē-tit⇨如此我不足成本，不能賣。

【未得直 bē-tit-ti̍t】 bōe-tit-ti̍t。不能無事。有問題了。咱安爾講一句耳道～～～也lán an-ne(ni)-kóng-chi̍t-kú-niâ tō～～～â⇨我如此的說了一句話而已就有問題了。險險仔道～～～hiám-hiám-à tō～～～⇨險些就有問題。

【未麻面 bē-bâ-bīn】 bōe-bâ-bīn。厚面皮kāu-bīn-phôe。不羞恥。人較講，伊每～～～lâng khah-kóng，i-mā～～～⇨他人如何批評，他都不覺得面麻bâ。

【未做得 bē-chò-tit】 bōe-chòe-tit。心有不平。看～～～，你來嘛khoà$^{n}$～～～lí-lâi-mah⇨看不過去，你自己來試一試嘛。看了眞成～～～也，阮藉開聲共伊阻擋khoà$^{n}$-liáu chin-chiâ$^{n}$～～～à goán-chiah khui-sia$^{n}$ kā-i chó·-tòng⇨看得眞不能忍了，我們才出聲予以阻止。

【未夠額 bē-kàu-gia̍h】 bōe-kàu-gia̍h。不足額數。敢是受苦～～～的，無那會者爾悽慘 ká$^{n}$-sī siū-khó͘～～～ê, bô ná-ē chia-ni chhi-chhám⇨恐怕是吃苦還不夠多，否則何以會如此的悽慘。

【未曾未 bē-chêng-bē】 bōe-chêng-bōe。時候甚早，方才開始的時候。還早。～～～耳道俅走也是否～～～niâ tō-boeh cháu-à sī-boh⇨剛開始而已就要回去了嗎。～～～道拎講親也～～～tō-teh-kóng-chhin-a⇨孩子還小的就在提親了。～～～都趁十外萬也～～～to-thàn cha̍p-goā-bān-ā⇨剛開始就趁十外萬了。～～～道得叫苦也～～～tō-teh-kiò-khó͘-à⇨才開步，就在喊苦了。

【未堪得 bē-kham-tit】 bōe-kham-tit。㊀耐力，耐久力不夠。～～～艱苦～～～kan-khó͘⇨忍不了艱難困苦。～～～用太久了～～～iōng-thài-kú-loh⇨使用時間太久了(終於壞了)。～～～伊有錢，銀票摃落去，攏每好勢～～～i-ū-chî$^{n}$, gîn-phiò kòng-lo̍h-khì(ī), lóng-mā hó-sè⇨擋不住他有錢，紙幣打下去，萬事行得通。㊁不能。(暗寓無資格)。我道～～～開幾仙錢仔是否goá tō～～～khai-kúi-sián-chî$^{n}$-á sī-boh⇨我就不能使用(開支)若干小錢，對嗎。叫你等我你道～～～kiò-lí-tán-goá lí-tō～～～⇨叫你等我你就不肯(看不起我)。

【未鬥得 bē-tàu-tit】 bōe-tàu-tit。合作不來。朋友～～～，一聲拜拜道煞也，翁仔某～～～道慘了pêng-iú～～～chi̍t-sia$^{n}$ bái-bái tō-soah-à ang-á-bó͘～～～tō-chhám-loh⇨朋友好聚好散；夫妻合不來就很慘。

【未損君 be-sún-kun】 bōe-sún-kun。不損及天子。亦俅～～～亦俅無擾民，我即個忠臣不知愛安怎做a̍h-boeh～～～, a̍h-boeh bô-jiáu-bîn, goá chit-ê tiong-sîn m̄-chai-ài-an-choá$^{n}$-chò(chòe)⇨也要不損害皇帝，也要不擾亂百姓人，我這一個忠臣，不曉得應該怎麼辦。

【未過得 bē-kòe-tit】 bōe-kòe-tit。未怪得bē-koài-tit的轉訛。～～～人好額～～～lâng hó-gia̍h⇨莫怪人家有錢。

【未過癮 bē-kòe-giàn】 bōe-kòe-giàn。無法克制其癮頭也，亦喻猶未滿足。安爾～～～啦an-ne(ni)～～～ia⇨這樣是不過癮。

【未摸得 bē-bong-tit】 bōe-bong-chit。㊀易壞摸不得。㊁價格太高。講著山高水牛大，～～～啦kóng-tio̍h soa$^{n}$-koân chúi-gû-toā, ～～～lā⇨開口就是如山之高如水牛之大的(價錢)摸不得也。

【未認得 bē-jīn-tit】 bōe-jīn-tit。記憶中所無。分不出彼此。我攏～～～goá lóng～～～⇨我都不認得。

【未靠得 bē-khò-tit】 bōe-khò-tit。㊀不足以信賴。人～～～lâng～～～⇨人靠不住。話～～～ōe～～⇨話不可信。㊁略同未仰得bē-ǹg-tit。有後生都乎咱～～～ū-hāu-se$^{n}$(si$^{n}$) to hō͘-lán～～～⇨兒子是有的，可惜讓我不能依附之。

【未曉衰 bē-hiáu-soe】 bōe-hiáu-soe。不知衰m̄-chai-soe。不知羞恥的女人的用詞。人都不愛也，亦～～～lâng to m̄-ài-à, a̍h～～～⇨人家都不要了，也不知羞恥。

【未擔蟶 bē-ta$^{n}$-than】 bōe-ta$^{n}$-than。不會擔蟶去販賣。亦～～～亦未賬錢，無半項會，a̍h～～～a̍h-bē-siàu-chî$^{n}$, bô-poà$^{n}$-hāng-ē(ōe)⇨既不會擔蟶也不會當賬錢的，一小工作都不會。不論工作的輕重文武皆不能。

【未講得 bē-kóng-tit】 bōe-kóng-tit。㊀說不出。不能說。彼款話～～～啦hit khoán-ōe～～～lā⇨那一類話，不能說。～～～好額～～～hó-gia̍h⇨無法形容的富有。～～～姓～～～súi⇨無法形容的美貌。～～～好食～～～hó-chia̍h⇨非常非常的好吃。㊁不聽從

教訓。乎人～～～hō͘-lâng～～～⇨不聽從人家(長輩)的教訓。彼個囡仔都乎人～～～hit-ê gín-á to hō͘-lâng～～～⇨那一個孩子，全不聽從人言。

【未扳得 bē-peⁿ-tit】 bōe-peⁿ(piⁿ)-tit。不伸手助人。扳peⁿ，攀附pan-hū，攀龍附鳳pan-liông-hū-hōng也。叫你湊提些物仔耳，道～～～kiò-lí tàu-theh-chē mih-á-niâ, tō～～～⇨拜託你助我拿些小東西而已，你就不肯。眞～～～，安爾耳道不肯chin～～～an-ne(ni)-niâ to-m̄-khéng⇨非常的拒人千里之外，只此小事而已，就不肯伸手一助。

【未顧得 bē-kò͘-tit】 bōe-kò͘-tit。㊀照顧不了。家己都～～～也更伿顧別人ka-kī to～～～ā koh-boeh kò͘-pat-lâng⇨自己且顧不得了，要再照顧什麼別人。會顧得東岳，～～～城隍ē(ōe)-kò͘-tit-tang-gak～～～sēng-hông⇨喩無法兼顧。㊁未講得bē-kóng-tit的轉訛。媠到～～～súi-kà～～～⇨非常之美麗。亦即美得無法說明。翁仔某相好到～～～ang-á-bó͘ siang(siong)-hó-kà～～～⇨兩夫妻非常的相親相愛。暢到～～～thiòng kà～～～⇨非常的高興。高興得不得了。

【未見未羞 bē-kiàn-bē-siàu】 bōe-kiàn-bōe-siàu。不怕羞。同未見羞bē-kiàn-siàu。大人也呢，～～～～toā-lâng-ā-neh,～～～～⇨已經長大成人了呀，不怕羞的。羞siàu，俗多作笑siàu。

【未孝孤得 bē-hàu-ko-tit】 bōe-hàu-ko-tit。㊀吃不得。猶青棒棒哩啦。～～～～ 啦 iáu chheⁿ(chhiⁿ) phiàng-phiàng-leh-lâ, ～～～～lâ ⇨還太青(未成熟)也，吃不得也。㊁難看。穿彼款的～～～～啦chhēng-hit-khoán-ê～～～～lâ⇨穿那一種的難看死也。

# beh

**beh 伿** 要也(見boeh部)。

**beh 悈** 伿boeh(也見boeh部)。俗以要iàu作伿beh，於義無差，但發音相差太大，似應取伿而捨要。

**beh 悈** 同伿beh(boeh)。

**beh 未** 未boeh也(見boeh部)。

**beh 麥** 穀類之一。有小麥sió-beh，大麥toā-beh等類。人類重要食料之一。

【麥片 beh-phìⁿ】 Oatmeal。麥之割片食品。美國賣出，或曰麥角beh-kak。

【麥仔 beh-á】 麥。～～飯～～pn̄g⇨同上。～～茶～～tê⇨同上。～～酒～～chiú⇨即啤酒。

【麥冬 beh-tang】 麥秋bek-chhiu。麥仔的收穫期。

【麥芽 beh-gê】 麥加水加溫以發芽者。～～糖～～thn̂g⇨以麥芽製造之糖。～～膏～～ko⇨麥芽糖beh-gê-thn̂g。～～膏手～～ko-chhiú⇨看見東西就取之。因麥芽膏粘性多故云。喩貪心之手，貪心之人。～～膏手鑽石目～～ko-chhiú soān-chioh-bak⇨貪心之人貪心之眼。

【麥草 beh-chháu】 麥藁beh-kó。～～笠～～lē(lōe)⇨一種夏帽。

【麥蛆 beh-chhi】 小孩的一種皮膚病。起～～khí～～⇨同上。

【麥麩 beh-hu】 麥皮粉beh-phôe-hún。其較粗者曰麥麯 beh-pho，同爲家畜之飼料。

【麥頭 beh-thâu】 麥麩beh-hu之不過篩者。

【麥穗 beh-sūi】 麥之成穗者。

【麥藁 beh-kó】 麥稈bek-kàn。麥莖bek-keng。

【麥麯 beh-pho͘】 麥麩之較粗粒者。家畜飼料。

【麥字旁 beh-jī-pêng】 部首之一。麩hu，麵

mīh，麴kiok等字是也。

【麥餅粿 beh-te-kóe】 麥粉加糖油炸之食品。

beh **襪** 襪boeh也(見boeh部)。

beh **脈** 脈meh也(見meh部)。

## bek

bek **麥** 穀類。麥beh也。小～大～siáu～tāi～⇨小麥大麥sió-beh-toā-beh。

【麥加 bek-ka】 Mecca，地名。在中東。回教的聖地。亦即回教的始祖穆罕默德Muhammed誕生之地。

【麥秋 bek-chhiu】 穀物收成的時候，謂在時尚夏，在麥已秋矣。秋即秋收冬藏之秋。

【麥城 bek-sêng】 beh-siā$^n$。關公走～～koan-kong-cháu～～⇨三國演義。

【麥酒 bek-chiú】 beh-chiú。俗曰麥仔酒beh-á-chiú，亦即啤酒。

【麥浪 bek-lōng】 風動麥田麥穗起伏如波浪。

【麥門冬 bek-bûn-tong】 植物名。藥材的一種。門bûn俗亦作文bûn。

【麥芽糖 bek-gê-thn̂g】 beh-gê-thn̂g。以麥(澱粉)做的食糖。

【麥哲倫 bek-tiat-lûn】 Ferdinand Magellan。人名。葡萄牙的航海家。後投西班牙，出大西洋，迂迴南美洲最南端之海峽而出南太平洋而至菲律賓，不幸爲土著所殺，但其徒繼續西行，終能返抵西班牙而完成人類第一次世界一周的航海，南美洲南端的～～～海峽～～～hái-kiap即因此而得名。

bek **默** 靜也。不語也。又背誦亦曰默bek。沈～tîm～⇨靜而不語。沈～是金，雄辯是銀tîm～sī-kim, hiông-piān-sī-gîn⇨西諺。暗～àm～⇨背誦文章。

【默念 bek-liām】 默禱bek-tó。～～一分鐘～～chit-hun-cheng⇨同上。

【默書 bek-si(su)】 背誦pōe-siōng書本或文章。

【默許 bek-hí】 心中同意。暗中許可。我看否，若無個～～老久敢未安爾做藉著哩goá-khoà$^n$-hoh$^n$，nā-bô in～～lāu-kiú ká$^n$-bē(bōe) an-ne(ni)-chò(chōe) chiah-ti o h-leh⇨我看嗎，如果他們沒暗中同意，阿久可能不會這樣做才對呀。

【默經 bek-keng】 誦經siōng-keng。

【默寫 bek-siá】 寫出所默記者。一個罰～～一個罰企壁chit-ê hoat～～chit-ê hoat khiā-piah⇨同上。企壁khiā-piah被罰站立，不許言語不許動也。

【默默 bek-bek】 不言語。～～不語～～put-gí⇨同上。～～耕耘～～keng-ûn⇨全心工作不作無謂之言語。

【默禱 bek-tó】 心中祈禱。～～一分鐘～～chit-hun-cheng⇨同上。

bek **脈** 脈meh也。血管也。血管輸血所起之跳動曰脈bek。貫通有條理者亦曰脈bek。

【脈脈 bek-bek】 meh-meh。情思chêng-su，情思如血脈之含蓄不吐，而又動盪不定。～～傳情～～thoân-chêng⇨同上。～～此情誰訴～～chhú-chêng sûi-sò⇨古詞。

【脈理 bek-lí】 meh-lí。醫生當然該八～～i-seng tong-jiân ài-bat～～⇨同上。

【脈絡 bek-lok】 事情的條理。有～～可尋iú～～khó-sīm⇨同上。

【脈搏 bek-phok】 生理學名詞。俗所謂脈meh也。亦即血管之跳動也。～～眞弱，驚做較不好～～chin-jiak，kia$^n$-chò khah-m̄-hó⇨脈很弱，恐怕不大好。

bek **墨** 筆墨pit-bak也。近朱者赤，近～者黑kin-chu-chía chhek,kin～chía hek⇨同上。

文～bûn～⇨文章學問。深通文～chhim thong bûn～⇨同上。

【墨子 bek-chú】 古書名亦其作者名。墨翟bek-tek所著。主張兼愛，節用的學說。亦即墨家bek-ka之經典也。

【墨吏 bek-lī】 貪污tham-u之官吏koaⁿ-lī。

【墨守 bek-siú】 墨翟善守城。喻泥於成見不事改進。～～成規～～sêng-kui⇨同上。

【墨池 bek-tî】 硯hiān。亦曰墨海bek-hái。硯池hiān-tî。

【墨客 bek-khek】 文人。文士。騷人～～so-jîn～～⇨文人。風流之詩人文士。梅雪爭春未肯降，騷人～～弄評章，梅須遜雪三分白，雪却輸梅一陣香bôe-soat cheng-chhun bī-khéng-hâng, so-jîn～～lōng-phêng-chiang, bôe-si sūn-soat sam-hun pek, soat-khiok su-bôe it-tīn-hiang⇨古詩。

【墨家 bek-ka】 古九流之一。墨翟bek-tek亦即墨子bek-chú所始創。主張兼愛節用，徒衆滿天下，與儒家並稱。

【墨西哥 bek-se-ko】 Mexico，國名。在美國南鄰。其首都亦同名。

【墨爾本 bek-ní-pún】 Melbourne，地名。澳大利聯邦的首都。俗叫新金山sin-kim-san。

【墨索里尼 bek-sok-lí-nî】 Mussolini。人名。伊大利(即義大利)的獨裁者。與希特勒齊名，同為世界第二次大戰的挑起人。

**bek 覓** 覓。求也。尋～sîm～⇨揣chhoe也。樹頭樹底～殘紅，一片西飛一片東sī-thâu-sī-tí～chān-hông, it-phiàn-se hui it-phiàn-tong⇨古詩。

**bek 汨** 汨羅bek-lô。江名。屈原自投汨羅而死khut-goân chū-tâu bek-lô jî-sú⇨同上。

**bek 冪** 以巾覆物也。亦作冪bek。又數學用詞，數自乘若干次曰冪bek。

【冪指數 bek-chí-sò͘】 指示數自乘若干次之數字。通常寫在數之右肩上，而其字形亦較小。

**bek 陌** 東西之路曰陌bek。市中街也。阡～chhian～⇨東西路與南北路，田間之路也。阡～相連chian～siang-liân⇨謂耕地廣濶。

【陌路 bek-lō͘】 道路上不相關心的人。路人。他人。形同～～hêng-tông～～⇨一如他人，互不相干。

【陌頭 bek-thâu】 閨中少婦不知愁，春日凝妝上翠樓，忽見～～楊柳色，悔教夫壻覓封侯kûi-tiong siàu-hū put-ti-chhiû, chhun-jıt gêng-chong siāng-chhùi-liô͘, hut-kiàn～～iâng-liú-sek, hoe-kàu hu-sài bek-hong-hô͘⇨唐詩。

【陌上桑 bek-siāng-song】 使君自有婦，羅敷自有夫sú-kun chū-iú-hū, lô-hû chū-iú-hu⇨即羅敷女拒絕情誘的故事。

# beng

**béng 猛** 健犬也。惡也。害也。嚴也。猝急曰猛béng。凶勇曰猛béng。健壯亦曰猛béng。勇～ióng～⇨同上。兇更～hiong-koh-～⇨同上。又兇又猛。二十捅仔正當～jī-chap-thóng-á chiaⁿ-tng～⇨二十歲多一點正是最健壯。莫許～好否mãiⁿ-hiah～hó-boh⇨不要那麼兇可以罷。你免扲傷～lí bián-teh siūⁿ～⇨你何必太過兇覇覇hiong-pà-pà。你會～，我正看你～到佗位lí ē～，goá chiaⁿ khoàⁿ-lí～kàu tah-ūi(to-ūi)⇨你兇，我看看你兇到那裏去。賊仔較～人chhat-á khah～lâng⇨賊比人還要兇。

【猛人 béng-lâng】 兇猛之人。庄裡的～～chng-lí(nih) ē～～⇨庄中有勢力之人。

【猛虎 béng-hó͘】 惡虎ok-hó͘。～～添牙～～thiam-gê⇨喻強者又增力量，亦曰～～添翼～～thiam-iok。～～未受得猴羣濟～～bē(bōe)-siū-tit kâu-kûn-chē⇨猛虎對付不了小猴之羣。喻寡不敵衆。濟chē，多也，同夥。

【猛將 béng-chiàng (chiòng)】 勇將 ióng-chiàng。兇猛之人。反對陣營的～～hoán-tùi-tīn-iâⁿ ê～～⇨同上。

【猛獸 béng-siù】 惡獸ok-siù。乎～～食去hō～～ chiah-khì (ì)⇨被猛獸吃掉了。惡虎～～ok-hó～～⇨同上。

béng
**茗** 茶芽也。又晚取之茶。一名荈chhún。茶概稱曰茗béng。品～phín～⇨品賞茶趣phín-siúⁿ-tê-chhù。香～hiang～⇨茶。

【茗茶 béng-tê】 茶。嫩葉茶。

béng
**酩** 酩酊béng-téng也。醉chùi也。醉甚也。亦作茗艼bêng-téng。

【酩酊大醉 béng-téng-tāi-chùi】 非常之醉。家己一個飲到～～～～ ka-ki-chit-ê lim-kà～～～～⇨獨自一個人喝得大醉。

bêng
**鳴** 鳥聲也。凡發聲皆曰鳴bêng。有所宣示曰鳴 bêng。鳳～hōng～⇨鳳叫。馬～山má～san⇨地名。雞～狗盜之徒 ke～káu-thō-chi-tô⇨偷鷄摸狗之類的小賊。雷～lûi～⇨雷的鳴聲。共～kiōng～⇨同感贊成也。不平即～ put-pêng-chek～⇨不公平必屬反對。孤掌難～ko-chiáng-lân～⇨一隻手拍不出掌聲。

【鳴禽 bêng-khîm】 善鳴之鳥類。～～類～～lūi⇨亦叫燕雀類，善鳴之鳥也。

【鳴謝 bêng-siā】 表示感謝。～～賜票～～sù-phiò⇨對選民的投票表示感謝。

【鳴鑼 bêng-lô】 打鑼táⁿ(phah)-lô。～～擊鼓～～kek-kó⇨敲鑼打鼓。

【鳴不平 bêng-put-pêng】 表示事不公。有人出來～～～ū-lâng chhut-lâi～～～⇨同上。

【鳴金收兵 bêng-kim-siu-peng】 打鑼表示收兵。古軍戰擊鼓即進，鳴金即退。

【鳴官究治 bêng-koaⁿ-kiù-tī】 祈請官府賜予處理。要求官府處理。

【鳴鼓而攻 bêng-kó-jî-kong】 聲揚其罪而討伐之。呼集大衆而攻擊之。

bêng
**冥** 幽也。夜也。靈魂所居曰冥bêng。高遠也。頑～之徒goán～chi-tô⇨頑固無知的人。蒼～chhong～⇨天的高遠。

【冥冥 bêng-bêng】 無知也。昏暗也。遙遠也。～～之中恰如有主宰者～～chi tiong kah-ná-ū chú-cháiⁿ chiá⇨在無限高遠不可捉摸的天地當中，好像有人在掌握支配着一切。鴻飛～～hông-hui～～⇨大雁飛得又高又遠。

【冥紙 bêng-choá】 金銀紙。燒～～sio～～⇨燒冥紙以給鬼神之用。

【冥婚 bêng-hun】 已死之人論結婚姻。今仍有娶死女爲妻之風俗。

【冥間 bêng-kan】 俗曰陰間im-kan,亦即閻羅天子的世界。亦曰冥府bêng-hú或陰府im-hú。

【冥福 bêng-hok】 死魂所納之福。祈求死者的～～kî-kiû sí-chiá-ê～～⇨同上。

【冥想 bêng-iūⁿ】 獨自靜思。～～錄～～lok⇨獨自靜思的紀錄。

【冥器 bêng-khì】 焚化供死者應用之器物，多以紙竹糊製之。

【冥王星 bêng-ông-chheⁿ(seng)】 九行星之一，距太陽最遠。

bêng
**暝** 幽也，夜也，同冥bêng。亦即暝mêⁿ(見meⁿ部)。

bêng
**明** 照也。晝也。陽也。清楚曰明bêng。目精曰明bêng。神靈曰神明sîn-bêng。又朝代名。光～kong(kng)～⇨同上。事實顯～sū-sit-hián～⇨同上。事理眞淺～sū-lí chin-chhián～⇨同上。幽～分隔iu～hun-keh⇨同上。來清去～lâi-chheng-khì～⇨㊀清朝來明朝亡。㊁來清楚去明白(賬項)。看未～khoàⁿ-bē(bōe)～⇨無法看清楚。講到眞～kóng-kà-chin～⇨說得非常清楚。事先該品～sū-sian-ài-phín～⇨開始之前應該講清楚才開始。

【明人 bêng-lâng】 ㊀光明磊落之人。～～

無做暗事～～bô-chò(chòe) àm-sū⇨光明磊落之人不暗中行事。㊁明朝人。

【明文 bêng-bûn】 文字。法條。無～～規定bô～～kui-tēng⇨無文字上(法律上的法條)的規定。

【明月 bêng-goa̍t】 牀前～～光，疑是地上霜，舉頭看～～，低頭思故鄉chhông-chiân～～kong,gî-sī tē-siōng-song, kí-thâu khàn～～ti-thâu su-kò·-hiong⇨李白。

【明日 bêng-jip】 明天bêng-thian。今朝有酒今朝醉，～～憂來～～當kim-tiau iú-chiú kim-tiau chùi, ～～iu-lâi～～tong⇨俗語。

【明天 bêng-thian】 明日bêng-ji̍t。無今仔日，那有～～bô kin-á-ji̍t ná-ū～～⇨沒今天何有明天。

【明白 bêng-pe̍k】 ㊀事情分明。明瞭。清楚更～～chheng-chhó koh～～⇨同上。㊁了解。你的意思我～～lí-ê-ì-sù goá～～⇨同上。來清楚去～～lâi-chheng-chhò khì～～⇨來清去明lâi-chheng-khì-bêng⇨收支分明。

【明君 bêng-kun】 英明之主。中興的～～tiong-hin ê～～⇨同上。

【明明 bêng-bêng】 明白bêng-pe̍k。～～白白～～pe̍k-pe̍k⇨同上。賊仔～～是你，猶更敢諍chha̍t-á～～si-lí,iáu-koh-ká$^{n}$-chè$^{n}$(chì$^{n}$)⇨很明白賊就是你，還敢巧辯。諍chè$^{n}$，巧言也。～～都有來，安怎無看見人呢～～to-ū-lâi an-choà$^{n}$ bô-khoà$^{n}$-khì$^{n}$-lâng-neh⇨(他)確實有來了，何以不見人呢。

【明呼 bêng-ho·】 明品bêng-phín。逐個～～明唱藉可，較未反悔ta̍k-ê～～bêng-chhiàng chia̍h-hó, khah-bē(bōe) hoán-hóe⇨大家明言(條件，數目)才好，不致後悔。

【明夜 bêng-iā】 明晚bêng-boán。～～再來～～chài-lâi⇨同上。

【明官 bêng-koa$^{n}$】 賢明之官吏koa$^{n}$-lī。～～難斷家務事～～lân-toàn ka-bū-sū⇨謂家務事是最複雜最難解決，連賢明的官都不容易斷定是非的。

【明知 bêng-ti】 早已知之。～～故犯，罪加一等～～kò·-hoān, chōe-ka-it-téng⇨同上。～～山有虎，故作採樵人～～san-iú-hó·,kò·-chok chhái-chiâu-jîn⇨謂明知有危險，故意以身試之。

【明約 bêng-iak】 公開約訂。～～每月付息五分，兩月一算～～múi-goe̍h hū-sek gō-hun, liáng-goa̍t it-soàn⇨借錢合約。

【明亮 bêng-liāng】 ㊀聲音清晳。有情講，聲音更～～ū-gâu-kóng, sia$^{n}$ im koh～～⇨很會說話，聲音又清晳。佼gâu，同恔，慧也。俗作賢gâu。㊁透明thàu-bêng。即塊玉眞～～chit-tè-ge̍k chin～～⇨此塊玉很透明。

【明品 bêng-phín】 公開口頭約訂清楚。逐個～～抄，輸贏攏該擔輸贏 ta̍k-ê～～leh, su-iâ$^{n}$-lóng-ài tam-su-iâ$^{n}$ ⇨大家說清楚，勝負皆須勇於負責。擔輸贏 tam-su-iâ$^{n}$，擔起敗與勝之責任。敗與勝同樣負責。喻男子漢大丈夫。

【明星 bêng-seng】 ㊀金星kim-seng。㊁名人。電影～～tiān-iá$^{n}$～～⇨同上。

【明珠 bêng-chu】 發光的好眞珠。掌上～～chiáng-siāng～～⇨喻痛愛女兒。還君～～雙淚垂，恨不相逢未嫁時 hoan-kun～～siang-luí-sûi, hīn-put-siang hông bī-ká-sî⇨情詩。

【明氣 bêng-khì】 公明正大。死較～～sí-khah～～⇨大丈夫選擇一死以明志。

【明朗 bêng-láng】 明瞭bêng-liâu。清爽chheng-sóng。安爾都～～也an-ne(ni) to～～ā⇨如此全都明白了。天氣眞～～thi$^{n}$-khì chin～～⇨天清氣爽。講話都未～～的kóng-ōe to bē(bōe)-～～ lè⇨(連)說話都說得不清楚的。

【明唱 bêng-chhiàng】 明品bêng-phín。您

看呢，明呼～～的更扲反悔啦lín-khòa$^{n}$-neh, bêng-ho͘～～ê koh-teh hoán-hóe-là⇨你們看，預先都說清楚了的又在反悔。亦作明倡bêng-chhiàng。

**【明理 bêng-lí】** 通於事理。還仔是阮阿花仔較～～oân-á-sī goán a-hoe-a khah～～⇨還是我們的阿花較明理。

**【明智 bêng-tì】** 賢明hiân-bêng。安爾正是～～的抉擇an-ne(ni) chià$^{n}$-sī～～ê khoat(koat)-tek⇨如此才是賢明的決定(選擇soán-tek)。

**【明朝 bêng-tiau】** 明日早晨。今朝～～kim-tiau～～⇨今晨與明晨。

**【明朝 bêng-tiâu】** 明代bêng-tāi。朱元璋所開創的朝代tiâu-tāi。在元之後清之前，自太祖至崇禎共十六主，約近三百年。

**【明暗 bêng-àm】** 光明與黑暗。～～兩重奏～～liáng-tiōng-chàu⇨報上社會面常用詞。

**【明經 bêng-keng】** 通明經術。～～射策以取士～～siā-chhek í chhú-sū⇨同上。～～博士～～phok-sū⇨古官名。

**【明察 bêng-chhat】** 賢察hiân-chhat。大人～～tāi-jîn～～⇨同上。

**【明德 bêng-tek】** 光明之德。大學之道在明～～tāi-hak-chi-tō chāi bêng～～⇨同上。

**【明薑 bêng-kiu$^{n}$】** 漬糖之生薑。～～糖～～thn̂g⇨同上。

**【明講 bêng-kóng】** 公開說的。是你自己～～的，後次不當反悔sī lí-ka-kī～～ê, āu-pái m̄-thang hoán-hòe⇨同上。

**【明斷 bêng-toàn】** 公明的判斷。

**【明證 bêng-chèng】** 明確bêng-khak。做賊的～～乎人扠著道無話講了chò(chòe)-chhat ê～～hō͘-lâng sa-tioh tō-bô-ōe kóng-lō͘⇨做賊的證據被人抓住了就沒話說了。扠sa，挾取也，搦liah也。

**【明鏡 bêng-kèng】** 喻官員之公正。～～高懸～～ko-hiân⇨喻審判公正。請大人～～高懸chhiá$^{n}$-tāi-jîn～～ko-hiân⇨請大人賜予明察。

**【明礬 bêng-hôan】** 化學藥品名。俗曰礬hoân。

**【明顯 bêng-hián】** 明白易見。代誌都眞～～扲，曷使諍 tāi-chì to chin～～ leh, ah-sái-chè$^{n}$(chì$^{n}$)⇨問題很清楚嘛，何必爭論。

**【明太祖 bêng-thài-chó͘】** 朱元璋chu-goân-chiang。俗稱朱洪武chu-hông-hú(bú)或洪武君hông-hú(bú)-kun。亦稱臭頭仔洪武chhàu-thâu-á hông-bú。

**【明其知 bêng-kî-chai】** 早已知之。十分明白。～～～會害，你都俅～～～ē(ōe)-hāi,lí to-boeh⇨明知會出事的，你只是要如此。～～～未來,不免更等也啦～～～bē(bōe)-lâi, m̄-bián koh-tán-à-là⇨明知他不會來，不必再等他了。

**【明日黃花 bêng-jit-hông-hoa】** 事過境遷，徒係感慨。人講～～～～，更講每無效也lâng-kóng～～～～，koh kóng mā-bô-hāu-á⇨同上。

**【明升暗降 bêng-seng-àm-kàng】** 官員升上銜頭hâm-thâu大者，但實權卻減少。～～～～，人講是失寵也～～～～，lâng-kóng sī sit-thióng-à⇨表面升官實在是降級，傳說是失寵所致的。

**【明目張膽 bêng-bok-tiàng-tá$^{n}$】** 大膽做事(今多用於違法者)。～～～～,全無顧忌～～～～choân-bô kō͘-kī⇨同上。

**【明來暗去 bêng-lâi-àm-khì】** 來往頻繁，或公開或秘密皆在來往。～～～～，貪都不驚人知了～～～～，ta$^{n}$-to m̄-kia$^{n}$-lâng-chai-lō͘⇨頻頻來往，今已不怕人知了。

**【明哲保身 bêng-thiat-pó-sin】** 明智之人，能避凶就吉以策安全。～～～～的人～～～～ê lâng⇨陰含善於閃避責任之人。

【明眸皓齒 bêng-bô-hō-chhí(khí)】 形容美人。～～～～今何在～～～～kim-hô-chāi⇨古詩。

【明媒正娶 bêng-bôe-chèng-chhí(chhú)】 依法依例的正式結婚。人是～～～～的，不是偷情暗湊的 lâng-sī～～～～ê, m̄-sī thau-chêng-àm-tàu-ê⇨人家是正式結婚的，不是野合的夫妻。

【明槍易躲 bêng-chhiu$^{n}$-ī-tó】 公然的攻擊避之不難。～～～～，暗箭難防～～～～，àm-chì$^{n}$ lân-hông⇨同上。

【明瞞暗騙 bêng-moâ-àm-phiàn】 公然欺之暗中騙之。～～～～，到厝裡知，都甚慢去也～～～～kà chù-nì-chai, to siū$^{n}$-bān-khì-à⇨一直騙下來，至家人知道了，已經太晚了。

bêng **螟** 螟蛉蛾bêng-lêng-ngô之幼蟲。土名叫蛩蚴oan-iu$^{n}$，土蜂也。見螟蛉子條。

【螟蛉子 bêng-lêng-chú】 義子，收養之子。蜾蠃kó-êng(一種蜂)取螟以飼其子。古人以爲取爲己子。～～有子，蜾蠃負之～～iú-chú, kó-êng-hū-chi⇨詩經。

bêng **銘** 記也。刻於器物之文曰銘bêng。記於心亦曰銘bêng。盤～phoân～⇨同上。鼎～téng⇨同上。墓誌～bōng-chì～⇨同上。座右～chō-iū～⇨同上。陋室～lō-sit(lā u-sek)～⇨同上。

【銘心 bêng-sim】 深記在心。～～刻骨～～khek-kut⇨牢牢刻記，絕對不忘。

【銘旌 bêng-seng】 喪旗之一。今以約三寸幅三尺長之紅布條寫上死者之姓名等，吊於青竹枝隨棺而行者。

【銘感 bêng-kám】 深深感激。～～五內～～ngó lōe⇨極感激。

【銘謝 bêng-siā】 表示感謝。～～賜票～～sú-phiàu⇨同上。

bêng **名** 物之稱號也。姓名sèng-bêng也。聲譽曰名bêng。物～but～⇨同上。人～jîn～⇨同上。聲～seng～⇨同上。名不正即言不順bêng-put-chèng chek giân-put-sūn⇨同上。令～lēng～⇨同上。臭～chhàu～⇨同上。芳～hong～⇨同上。大～tāi～⇨同上。幼～iù～⇨同上。高～大姓ko～tāi～sèng⇨同上。

【名人 bêng-jîn】 有名之人。本地方的～～pún-tē-hng ê～～⇨同上。體育界的～～thé-iok-kāi ê～～⇨同上。

【名山 bêng-san】 山之有名者。～～大澤～～tāi-tek⇨同上。

【名士 bêng-sū】 有學問而不出仕的人。格彼類～～派的kek-hit-lōe～～phài-ê⇨粧得一如名士之派頭。

【名手 bêng-chhiú】 藝能精巧有名之人。石刻的～～sek-khek-ê～～⇨同上。

【名分 bêng-hūn】 名義本分。～～未明～～bī-beng⇨同上。

【名片 bêng-phiàn】 亦即名刺bêng-chhì。

【名目 bêng-bok】 名稱bêng-chheng。名義bêng-gī。目的bok-tek。無～～的代誌不當做bô～～ê tāi-chì m̄-thang-chò(chòe)⇨無名無目之事不可爲之。安爾道無～～可講也an-ne(ni) tō-bô～～hó-kóng-à⇨如此就沒名目可說了。

【名句 bêng-kù】 名言bêng-giân。名詩句。吟出～～gîm-chhut～～⇨同上。

【名色 bêng-sek】 ㊀名目。用人的～～iōng-lâng ê～～⇨使用別人之名。㊁面目 biān-bak。有甚～～可見人ū-sia$^{n}$～～hó kì$^{n}$-lâng⇨同上。甚sim；甚物sim-mih，何物也，今作啥物sia-mih。或什麼sa. mah, sa-mih.

【名妓 bêng-ki】 有盛名的妓女。江山樓的～～艷秋kang-san-lâu ê～～iām-chhiu⇨同上。

【名角 bêng-kioh】 名伶bêng-lêng。名角色bêng-kioh-siàu之省詞。眞梅蘭社的～～chinbōe-lân-siā-ê～～⇨歌仔戲全盛時代有眞與正的兩個梅蘭社競爭甚烈。

【名利 bêng-lī】 名與利。～～薰心～～hun-sim⇨爲名利亂了心。～～雙收～～siang-siu⇨於名於利，兩邊都有收獲。

【名臣 bêng-sîn】 出名之大臣。唐朝之～～tông-tiâu-ê～～⇨同上。

【名門 bêng-bûn】 門閥bûn-hoat之家。名家大戶⇨～～閨女～～kui-lí(lú)⇨同上。

【名家 bêng-ka】 ㊀古九流之一。～～者出於禮官～～chiā chut-î lé-koan⇨同上。㊁名門大家。其妻是～～出身的 kî-chhe sī～～chhut-sin-ê⇨同上。

【名流 bêng-liû】 名人。社會～～siā-hōe～～⇨同上。

【名望 bêng-bōng】 有盛名有德望。有～～的人ū～～ê lâng⇨同上。

【名將 bêng-chiàng(chiòng)】 能征慣戰之將。獨立戰爭之～～tok-lip-chiàn-cheng chi～～⇨同上。

【名產 bêng-sán】 出名的產物。特殊的產物。～～店～～tiàm⇨專售名產之店家。

【名勝 bêng-sìn(sèng)】 有名的風景區。～～地～～tē⇨同上。～～古跡～～kó͘-chek⇨同上。

【名詞 bêng-sû】 文法用詞。～～動詞～～tōng-sû⇨同上。

【名節 bêng-chiat】 名譽節操。全～～choân～～⇨保全名節。敗人的～～pāi-lâng-ê～～⇨破壞別人的名節。

【名義 bêng-gī】 名稱bêng-chheng。個人～～kô-jîn～～⇨同上。全體～～choân-thé～～⇨同上。師生～～su-seng～～⇨同上。

【名稱 bêng-chheng】 名。～～無共耳～～bô-kâng-niā⇨名不同而已。

【名儒 bêng-jû】 大儒tāi-jû。大學者。

【名聲 bêng-seng】 令名lēng-bêng。揚～～，顯父母，光於前，裕於後iâng～～，hián-hū-bó，kong-î-chiân,jū-î-hō͘(hiō)⇨三字經。

【名醫 bêng-i】 高名的醫生。眼科的～～gán-kho ê～～⇨同上。

【名譽 bêng-ī】 聲譽seng-ī。～～損害～～sún-hāi⇨同上。

【名正言順 bêng-chèng-giân-sūn】 名義正當，則講話順理成章。～～～～；名不正即言不順～～～～；bêng-put-chèng chek-giân-put-sūn⇨同上。

【名副其實 bêng-hù-kî-sit】 名稱與實際一致。亦作名實相符bêng-sit-siāng-hû。

【名落孫山 bêng-lok-sun-san】 考試落第。謂有孫山其人，考中第末名。有人問其子如何，他答曰：金榜盡處是孫山，令郎落在孫山外。

【名滿天下 bêng-boán-thian-hā】 謂聲譽太大太大。名揚四海bêng-iâng-sù-hái。

**盟** bêng 誓約也。殺牲歃血sat-seng-sap-hiat誓於神也。盟者以血塗口旁曰歃血。結～kiat～⇨同上。同～tông～⇨同上。

【盟友 bêng-iú】 異姓之人誓約爲兄弟好友。

【盟主 bêng-chú】 同盟的主持人。共扶爲～～kiōng-hû ûi～～⇨同上。

【盟邦 bêng-pang】 盟國bêng-kok。

【盟國 bêng-kok】 同盟條約國。

【盟兄弟 bêng-hiaⁿ-tī】 誓約的異姓兄弟。

**孟** bēng 長也。始也。長兄曰孟bēng。四季之始皆曰孟bēng。又姓氏也。學庸論～hak-iông-lūn～⇨所謂四書的簡稱。

【孟子 bēng-chú】 ㊀人名，名軻kho，亦即孔門的亞聖a-sèng也。㊁書名。孟軻作。～～者，七篇止，講道德，說仁義～～chiā，chhit-pian-chí, káng-tō-tek, soat-jîn-gī⇨三字經。

【孟月 bēng-goat】 四季之首月皆曰孟月bēng-goat，亦即舊曆之正月，四月，七月，十月各月也。

【孟母 bēng-bó】 孟子之母。偉大的家庭教育家。昔～～，擇隣處，子不學，斷機杼sek～～, tek-lîn-chhì,chú-put-hak, toān-ki-thí⇨三字經。～～三遷～～sam-chhian⇨孟母三遷其家以免其子受壞環境的影響。

【孟春 bēng-chhun】 陰曆正月曰孟春bēng-chhun，依次二月曰仲春tiōng-chhun，三月曰季春kùi-chhun。其他四月曰孟夏bēng-hē (há)，七月孟秋bēng-chhiu，十月孟冬bēng-tong。餘皆準此。

【孟買 bēng-bé】 Bombay，地名。印度之大港。

【孟獲 bēng-hek】 南蠻的酋長，爲孔明所收降siu-hâng。七擒～～chhit-khîm～～⇨孔明以擒之而又放之的懷柔政策，終於收服頑蠻。

【孟仲季 bēng-tiōng-kùi】 ㊀兄弟之次序。㊁四時各季的次序。

【孟姜女 bēng-kiang-lí】 秦始皇無道，有范杞梁者新婚而被徵築萬里長城，其妻孟姜女，送寒衣至，范已死，妻大哭城下，城崩而范之骸骨出現矣。民間戲劇多演之。～～～哭倒萬里長城～～～ khàu-tó-bān-lí-tn̂g-siâ$^n$⇨歌仔戲多取此劇名。

【孟嘗君 bēng-siâng-kun】 戰國四君之一。齊～～～，趙平原君，楚春申君，魏信陵君，世稱爲戰國四君chê～～～，tiō-pêng-goân-kun, chhó͘-chhun-sin-kun, gūi-sìn-lêng-kun, sè-chheng-ūi chiàn-kok-sù-kun⇨四君亦曰四公子，爭相禮賢下士，致有食客三千之令譽。

【孟宗哭竹 bēng-chong-khàu-tek】 二十四孝之一。孟宗三國時人，事母至孝。母病想筍，冬日無筍，宗入林中哀歎，筍忽破地而出云。據稱，此即爲今之冬筍tang-sún也。其竹即曰孟宗竹bēng-chong-tek。

bēng **命** 上使下也。天道也。奉～辦事hōng～pān-sū⇨同上。五十而知天～ngó͘-sip jî ti thian～⇨人生階段。生～保險seng～pó-hiám⇨同上。苟全性～於亂世，不求聞達於諸侯kò-choân sèng～î-loān-sè, put-kiû bûn-tat î-chu-hô͘⇨出師表。先君的遺～sian-kun ê ûi～⇨先父之遺言命令。違法抗～ûi-hoat-khòng～⇨違背法律反抗命令。苟天～在我，我其爲文王矣kò͘ thian～chāi-ngó͘, ngó͘-kî ûi-bûn-ông-î⇨曹操語。聽天由～thèng-thian-iû～⇨任由天之安排。紅顏多薄～hông-gân to-pok～⇨美人的命運都很糟。人～關天jîn～koan-thian⇨同上。謀財害～bô͘-châi-hāi～⇨同上。欠債還錢，殺人償～khiàm-chè hoân-chhiân, sat-jîn chhiâng～⇨同上。奉父母之～，媒妁之言hōng-hū-bó chi～, bôe-siok chi-giân⇨古人結婚的動機。

【命令 bēng-lēng】 上使下行事的言詞或文件。～～無來不敢做～～bô-lâi m̄-kā$^n$-chò (chòe)⇨同上。行政～～hêng-chèng～～⇨同上。違抗～～ûi-khòng～～⇨同上。

【命案 bēng-àn】 殺人事件。分屍～～hun-si～～⇨同上。謀財害命的～～bô͘-châi-hāi-bēng ê～～⇨同上。

【命婦 bēng-hū】 受有封號的貴婦人。內～～lāi～～⇨妃嬪等皇宮內的婦人。外～～goā～～⇨宮外的一般受封號者。

【命途 bēng-tô͘】 運命ūn-miā。時運不濟～～多舛sî-ūn put-chè～～to-chhún⇨運途不佳，人生路上多麻煩阻碍。

【命運 bēng-ūn】 運命ūn-miā。命途bēng-tô͘。

【命題 bēng-tê】 ㊀作文出題目。考試出題。㊁論理學名詞。否定～～hó͘-tēng～～⇨同上。

## bi

bi **畀** 呼鴨聲。小鴨曰鴨畀ah-bi，曰鴨畀仔ah-bi-á。呼鴨曰畀畀bi-bi，或三連呼曰畀畀畀

bi-bi-bi。

**bí 米** 粟實也。稻～tiū～⇨大米toā-bí。黍仔seh-á等即曰小米sió-bí。又長度曰米bí，約三尺三寸爲一米chit-bí，即meter or metre，是法國所創的，亦稱公尺，kong-chhioh。又如米之形體者亦曰米bí。糴～糶～tiah～thiò～⇨買米賣米。糙～白～chhò～peh～⇨米未精曰糙chhò，已精曰白peh。絞～精～ká～cheng～⇨粟脫穀曰挨e(挨土礱e-thô·-lâng也)，今曰絞ká(絞米機絞之也)。精米cheng-bí亦曰舂米cheng-bí，今即曰絞米ká-bí，蓋脫穀與脫糠皆曰絞ká也。食～不知影米價chiah～m̄-chai-iáⁿ bí-kè⇨喻不知世事。一様～飼百樣人chit-iūⁿ～chhī-pah-iūⁿ-lâng⇨一種米養百種人。喻人心難測。車倒～扒有加⇨chhia-tó～put-ū-ke⇨謂米車倒落地，扒起來，會增加，蓋增加砂塵也。喻賠償的多於實質損失的。扒put，無齒耙bô-khí-pê也，合稱曰耙扒pê-put。茶～tê～⇨製成品的茶葉。蝦～hê～⇨蝦干之去殼者。菜脯～chhài-pó·～⇨蘿蔔絲干。番麥～hoan-bē～⇨蜀米粒。柚仔～iū-á～⇨柚內部的小粒。紅花～仔âng-hoe～á⇨紅染料。菜豆仔猶未飽～chhài-tāu-á á-bōe(bē) pá～⇨菜豆仁還未成熟。飽～pá～⇨入～jip～⇨米粒豆粒等成熟也。亦曰飽櫃pá-kūi。

【**米升** bí-chin】 量米中大的道具。米斗～～米合bí-táu～～bí-kap⇨三種量米具。一斗十升，一升十合。

【**米心** bí-sim】 米粒之中央。～～無透～～bô-thàu⇨米心還未熟透。

【**米斗** bí-táu】 米十升爲一斗。鴨卵抾到～～淀ah-nn̄g khioh-kà～～tīⁿ⇨小鴨蛋一粒一粒拿進米斗內，結果大米斗還是會滿的。喻小錢積久成多，大債慢慢分還，還是能夠還清。頭殼若～～大呢thâu-khak ná～～toā-ni⇨頭如米斗那麼大，形容逢到難題(錢項等)頭痛之極。

【**米母** bí-bó(bú)】 米本bí-pún。些少的貯蓄。～～仔若乎咬去，你不道去弔脰～～á nā-hō·-kā-khì(ī)，lí-m̄-tō-khì tiàu-tāu⇨生活基本如果被吃掉了，你不就非弔頸自殺不可了嗎。咬去kā-khì，被吃也，多指賭博。

【**米市** bí-chhī】 ㊀米市場㊁米價。～～又扲夯也～～iū-teh-giâ-ā⇨米價又在浮動了。

【**米包** bí-pau】 袋裝之糙米，每包六十公斤。有才調夯～～道略仔會使得也ū-châi-tiāu giâ～～tō liòh-á ē-sái-tit-ā⇨有能力背負米包就算可以馬馬虎虎了(可算一個人了)。

【**米本** bí-pún】 生活的基本。～～仔無顧未用得～～á bô-kò· bē(bōe)-iōng-tit⇨生計之本不維護不行。

【**米扦** bí-chhiám】 同糖扦thn̂g-chhiám。檢查糖包米包用以從包中取糖米之小道具。原爲糖業所用，後來米業亦用之。故糖扦thn̂g-chhiám另有含義，即色鬼sek-kúi,亦即見包即扦，喻見女人即要也。

【**米豆** bí-tāu】 小豆也。～～仔粽～～á chàng⇨加米豆之粽。

【**米卦** bí-kòa】 以米粒的多寡占卦的方法。似乎多數用之於收驚siu-kiaⁿ。占其所犯何方何神。占～～liam～～⇨同上。

【**米乳** bí-leng(lin)】 以糙米磨製的飲料。豆乳～～杏仁茶tāu-leng～～hēng-jîn-tê⇨此三物多配以油炙膾iû-chiah-kóe，爲早市所必見者。油炙膾iû-chiah-kóe，油條也。亦作油炸粿iû-chah-kóe或油炙餜iû-chiah-kóe。膾kóe，俗謂指秦檜chin-kòe。

【**米店** bí-tiàm】 賣米之家。開～～khui～～⇨作賣米生理。

【**米郊** bí-kau】 米商同業，雖無同業公會如當今者，但已具有其實質。每個米商亦曰米郊。糖郊等亦一様。

【**米芳** bí-phang】 炐米pōng-bí加麥芽糖beh-gê-thn̂g的餅食。～～軥車藤～～kha-chhia-tîn⇨賣餅食者的叫聲。軥車藤kha-chhia-tîn，絞成繩索形的油炙餅類。kha，亦讀kau，車轅前駕馬之具，因勾曲夾貼馬頸，乃有交貼之義。軥車kha-chhia；軛下曲，繫馬頸者也，亦即馬擔taⁿ牛擔taⁿ是也。

【米酒 bí-chiú】 以白米格成之酒。～～頭仔～～thâu-á⇨米酒，米酒之較濃者，亦曰大醁toā-thô·。

【米倉 bí-chhng】 米倉庫bí-chhng-kho·。～～滿滿人扲餓～～moâ-moâ lâng-teh-gō⇨飢荒時，官倉米放得滿滿的不開放，却讓人民挨餓。

【米粉 bí-hún】 白米磨製，狀如素麵之食品。炒～～chhá～～⇨同上。人扲食～～，你扲共喝燒lâng-teh-chiah～～，lí-teh-kāng-hoah-sio⇨人家在吃米粉(干你何事)，你在為人叫燒要注意。謂人家在幹其好事與人無涉，旁人何必關心。缺嘴的食～～，看現現扲khih-chhùi-ê chiah～～，khoàⁿ-hiān-hiān-lè⇨缺脣者吃米粉，其口中何物都可以看得見。謂何必自吹牛，底細都看得見嘛。～～筒～～tâng⇨製米粉的道具。以薄鐵板鑿有無數的小圓孔，以漏出米粉條。～～筒百百孔～～tâng pah-pah-khang⇨謂要錢之事多如米粉筒之孔，難以應付。

【米荖 bí-láu】 以麥芽糖粘炸米為外皮的餅食。麻荖～～moâ-láu～～⇨同類型的餅食。

【米耙 bí-pê】 集米的道具。長方形的小板，中附以長柄者。亦曰粟耙chhek-pê，亦曰耙扒pê-put。

【米販 bí-hoàn】 販米之人。～～仔扲策動米價～～á teh chhek-tōng bí-kè⇨同上。

【米粒 bí-liap】 米bí。米之小粒。曷有人算～～的ah-ū-lâng sǹg～～ê⇨那裏有人一粒一粒地算米的。

【米蛤 bí-tâi】 亦米蟲bí-thâng也。米庋甚久會生～～bí-khǹg siūⁿ-kú ē-seⁿ～～⇨米藏置太久了就會發米蛤。會生ē-seⁿ(ōe-siⁿ)，會生出來。

【米探 bí-thàm】 稻仔出穗的第一穗。有看見～～也ū-khoàⁿ-kīⁿ(īⁿ)～～à⇨看見第一穗了。

【米桶 bí-tháng】 貯米之桶。木者曰桶tháng，陶者曰甕àng，同為庋糧米之物。

【米粟 bí-chhek】 米與粟。粟除殼成米。～～雙頭尖～～siang-thâu-chiam⇨謂米粟雙頭一樣是尖的。同樣會變化。喻米價起落是說不定的。

【米猴 bí-kâu】 米業的經紀人。伊扲牽～～i teh khan～～⇨他在幹着米業經紀人。

【米碎 bí-chhùi】 米屑bí-sut。碎米chhùi-bí。～～飼鷄好耳～～chhī ke(koe)-hó-niâ⇨碎米只可養鷄而已。

【米管 bí-kńg】 舊式米升bí-chin。管kńg為圓形，升chin即方形。

【米漿 bí-chiuⁿ】 生米磨成漿。磨～～飼鳥仔boâ～～chhī-chiáu-á⇨同上。

【米價 bí-kè】 米之價格。食米不知影～～chiah-bí m̄-chai-iáⁿ～～⇨吃米不知米價。喻不懂世事。

【米穀 bí-kok】 米bí也。～～公會～～kong-hōe⇨米商的同業組織。

【米潘 bí-phun】 洗米水而將供為豬之飼料者。扱～～來飼豬khioh～～lâi chhī-ti⇨收潘以養猪。潘phun或作繙phun。

【米糕 bí-ko】 加酒加料的秫米飯chut-bí-pn̄g。多數是隔水燖的。燖～～tīm～～⇨煮米糕。隔水煮曰燖tīm。甜～～tiⁿ～～⇨加糖酒等甜料的。鹹～～kiâm～～⇨加唐蝦、柔魚、松茸、干貝等配料的。筒仔～～tâng-á～～⇨陶筒燖的米糕。九頓～～無準算，一頓凊糜扱扲餾káu-tǹg～～bô-chún-sǹg, chit-tǹg chhìn-moâiⁿ(bôe) khioh-teh-līu⇨謂受大恩不算帳，施人小惠却常掛在嘴上。～～糜～～moâiⁿ (bôe)⇨秫米粥chu̍t-bí-chiok。～～溲～～siûⁿ⇨米糕糜之汁也。傓想gām-siūⁿ亦即非分之想，對美女歪纏不離亦曰米糕溲bí-ko-siûⁿ。溲siûⁿ，滑汁也，粘液也。

**【米篩 bí-thai】** 篩米之竹器，用以去粗取細或反之者。九月風颱呼呼來，無被蓋～～kấu-goeh hong-thai phu̍h-phu̍h-lâi, bô-phōe kah～～⇨童謠。～～面～～bīn⇨㊀特選之佳品。扱～～面的khioh～～bīn-ê⇨摘取留在米篩面(細者壞者已篩掉了)的上等貨。㊁豆皮面。痘痕滿面。～～目～～ba̍k⇨米篩之網目。㊂一種用粿粽kóe-chhè做的食品。似一兩寸長的麵條狀，但是雪白色，加糖水而食，爲夏天之食品。

**【米頭 bí-thâu】** 風鼓鼓不出，或米篩篩不出的較大粒的米或粟，當然亦雜有甚多的小石子或小陶片者。～～仔不乎鷄食伓做寶不～～á m̄-hō·-ke-chia̍h boeh-chò-pó-m̄⇨米頭不給鷄吃掉要當寶貝否。

**【米粞 bí-chhè】** 白米磨米漿，經過壓水後，所留下的製粿餅，米粉等的材料。亦曰粿粞kóe-chhè。～～猶扲埵扲～～iáu-teh-teh-leh⇨粿粕還在埵水。埵teh，以重物上壓之使水分減少也。

**【米糠 bí-khng】** 米皮也。外殼曰粗糠chho·-khng，內皮曰米糠bí-khng。精米cheng-bí者所以去其內皮也。夭壽猪無煞～～講不食啦iau-siū-ti bô-soah～～kóng m̄ chia̍h-lā⇨可惡的猪，不加米糠竟不吃呢。煞soah，加味，調味曰煞soah。俗作撒sat, sàn。撒鹽可以，但煞鹹soah kiâm或煞味soah-bī的鹹與味，如何撒法。

**【米甕 bí-àng】** 尻川坐於～～，手摸於錢筒kha-chhng chē-î～～，chhíu bong-î-chîⁿ-tâng⇨屁股坐在米甕上，手摸在錢筒中。喻生活富裕安定，吃用都用不着操心。

**【米徼 bí-kiáu】** 米的投機交易。甚至只聽米價而算計輸贏，亦屬一種賭博也。僥kiau，僥倖也，僥倖於萬一也，穴也。穴中暗密密am-bā-bā無人能知，故卜徼poa̍h-kiau即僥倖於萬一也。亦即賭博乃稱博徼poa̍h-kiáu也。博～～poa̍h～～⇨米的投機賭博。

**【米糧 bí-niû】** 食糧si̍t-niû。柴空～～盡chhâ-khang～～chīn⇨柴米皆盡了。喻貧困已極。

**【米蟲 bí-thâng】** 吃米之昆蟲(害蟲)。利用職權地位因米圖利之人。～～該掠掉～～ài-lia̍h-tiau⇨米蟲應該驅除之。掠～～lia̍h～～⇨捕捉藉米圖利之輩。

**【米籃 bí-nâ】** 小米籮sió-bí-loā。租粟底於好～～phāⁿ-chhek té(tóe)-tī hó～～⇨壞粟貯在好的米籃中。喻頇顢人hām-bān-lâng佔住好的職位。冇pháⁿ，穀不實也，俗作冇pnaⁿ。底té，庋khn̄g也，藏也，貯存tí-chûn也。

**【米籮 bí-loâ】** 底物之竹器。筐khong之變形者。方者曰筐khong，圓者曰筥kí，上圓底方者曰籮loâ，皆盛物之竹器也。無奈何降～～bô-tāi-oâ，kāng～～⇨無奈何而拍米籮bí-loâ出氣。千萬無奈曰無奈何bô-tāi-oâ。降kāng，降kàng，創治人，凌遲人也。大漢囝仔恣治細漢囝仔曰降kāng。恣治chī-tī，創治chhòng-tī也。奈何nāi-hô→lāi-hô→tāi-ôa。

**【米字旁 bí-jī-pêng】** 漢字的部首之一。粉，糧，糕等字是也。

**【米突制 bí-thut-chè】** 公尺，公斤，公升等的制度。亦即Metric system。是法國所創的度量衡制度。

**【米絞仔 bí-ká-á】** 碾米機tián-bí-ki。精米機cheng-bí-ki皆曰米絞仔bí-ká-á。有～～～了後，土礱舂臼攏無去也ū～～～liáu-āu，thô·-lâng cheng-khū lóng-bô-khì(ì)-à⇨自有碾穀精米機之後，土礱舂臼之類皆消失不見了。自然淘汰的現象。

**【米籮仔 bí-lô-á】** 米篩bí-thai之幼目者。

【米珠薪桂 bí-chu-sin-kùi】 物價昂貴but-kè-gông-kùi。食米如眞珠，薪柴如肉桂的高貴。

bí
美 善也。人所滿意之事物皆曰美bí。又國名洲名的簡稱。眞善～chin-siān～⇨同上。十全十～sip-choân-sip～⇨完滿無缺。君子成人之～kun-chú sêng-jîn chi～⇨同上。阿～仔a～á⇨美國，美國人之簡稱。阿～哥仔a～ko～a⇨美國人。北～南～pak～lâm～⇨北美洲南美洲。中～tiong～⇨㊀中美洲。㊁中國與美國的簡稱。

【美人 bí-jîn】 ㊀佳人ka-jîn。麗人lē-jîn。～～局～～kiok⇨利用美色敲詐財物。～～計～～kè⇨①利用女人的計策。②同美人局。英雄難過～～關eng-hiông lān-kòe～～koan⇨英雄好漢碰到姻查某就吃鼈。㊁美國人的簡稱。㊂天子、賢人。望～～兮天一方bōng～～hê thian it-hong⇨楚辭。

【美女 bí-lí】 美人。～～佳人～～ka-jîn⇨眞雄的查某人。

【美文 bí-bûn】 ㊀好的文章。～～共賞～～kioōg-síuⁿ⇨同上。㊁美國的文字或文章。

【美名 bí-bêng】 好名聲hó-miâⁿ-siaⁿ。空有～～無實質khong-iú～～bû sit-chit⇨同上。

【美色 bí-sek】 女色也。不近～～put-kin～～⇨同上。

【美妙 bí-miāu】 非常好的。～～的旋律～～ê soân-lut⇨同上。

【美味 bí-bī】 好吃的東西。可口的物件。～～可口的物人人愛～～khó-kháu ê mih lâng-lâng-ài⇨同上。

【美育 bí-iok】 美學教育。德育、體育，～～tek-iok，thé-iok，～～⇨同上。

【美金 bí-kim】 Dollar，美國錢。～～英鎊日幣～～，eng-pōng, jit-pè⇨美、英、日各國的錢幣。

【美事 bí-sū】 美行善舉bí-hêng-siān-kí (kú)。好代誌hó-tāi-chì。成全人的姻緣每是一層～～sêng-choân lâng-ê in-iân mā-sī chit-chân～～⇨成全他們的姻緣也是一件善舉。

【美洲 bí-chiu】 美洲大陸的簡稱。

【美俗 bí-siok】 好的風俗。良風～～liâng-hong～～⇨同上。

【美食 bí-sit】 珍貴的食物。好的食物。～～家～～ka⇨挑剔美好食物的食精chiah-chiaⁿ，食之妖精也。

【美容 bí-iông】 化粧hoà-chong。梳粧打扮se-chng-táⁿ-pān。～～術～～sut⇨同上。～～師～～su⇨同上。～～院～～īⁿ⇨同上。

【美國 bí-kok】 ㊀美利堅合衆國United States of America的簡稱。㊁大或多的形容詞。曷有彼類～～錢ah-ū hit-lōe～～chîⁿ⇨那裏有那麼多的閑錢。我無彼類～～時間goá bô-hit-lōe～～sî-kan⇨我沒有那麼多的閑工夫。～～加薦～～ka-chì⇨手提包。加薦ka-chì，乞食的薦草袋也。

【美術 bí-sut】 表現美的方法技術。～～學校～～hak-hāu⇨同上。～～家～～ka⇨同上。

【美景 bí-kéng】 好的風景。良辰～～liâng-sîn～～⇨同上。

【美意 bí-ì】 好意hó-ì。善意siān-ì。人阿花小姐是一番的～～呢，不當共笑呢lâng a-hoe-sió-chiá sī chit-hoan ê～～neh, m̄-thang kāng-chhiò-neh⇨人家他阿花小姐是完全出自善意的，不可笑她才好。共kâng，共人kā-lâng之切音。

【美貌 bí-māu】 美麗的容貌。又年青又～～又有錢，曷使驚無好囝壻iū-liân-chheng iū～～iū ū-chîⁿ. ah-sái-kiaⁿ-bô hó-kiáⁿ-sài⇨又年青又美貌又有錢，何患沒有好女壻呢。

【美談 bí-tâm】 感人的事跡。友情～～iú-chêng～～⇨有關朋友的感人故事。婚姻～～hun-in～～⇨有關婚姻的感人故事。

【美德 bí-tek】 良好的德行。～～善行～～siān-hêng⇨同上。

【美舉 bí-kí(kú)】 美事。善舉。未曾有的～～bī-chêng-iú ê～～⇨同上。

【美麗 bí-lē】 又～～又大方，實在有夠得人惜iū～～iū-tāi-hong, sit-chāi ū-kàu tit-lâng-sioh⇨又美麗又大方實在十分可愛。

【美觀 bí-koan】 好看hó-koàⁿ。～～大方的打扮～～tāi-hong ê táⁿ-pān⇨同上。

【美男子 bí-lâm-chú】 自稱村中第一的～～chū-chheng chhoan-tiong tē-it ê～～～⇨同上。

【美以美教會 bí-í-bí-kàu-hōe】 Methodist教會。基督教新教的一個教派。

bí 彌 彌mí也。久長也。滿也。益也。仰之～高，鑽之～堅gióng-chi～ko, choàn-chi～kian⇨論語。

【彌月 bí-goat】 mí-goat。滿月moá-goeh。嬰兒出世滿一個月。

【彌牟 bí-mo】 mí-bo, mí-mo。細小之物也。小東西遺失曰乎人～～去hō·-lâng～～khì。趁取些少曰～～淡薄仔～～tām-poh-à。淡薄仔tām-poh-á改讀tàm-pō-à。乎人～～去也hō-lâng～～khì-à⇨被人摸走了。佗位～～來的to-ūi～～lâi-ê⇨到何處摸來的。～～來～～去～～lâi～～khì，都是指小東西而言，而且似乎都不認爲是偷或竊的。都可以叫彌摸mí-mo。

【彌陀 bí-tô】 佛名。阿彌陀佛o·-mí-tô·-hut之簡稱。亦曰～～佛～～hut⇨同上。

【彌留 bí-liû】 mí-liû。病不治已到臨終之時。～～之際～～chi chè⇨將斷氣未斷氣之時。

【彌勒 bí-lek】 菩薩phô·-sat名。即～～佛～～hut也。

【彌補 bí-pó】 mí-pó·，補不足。修復缺失。～～預算收入的不足～～ī-soàn siu-jip ê put-chiok⇨同上。無法度～～的損失bô-hoat-tō·～～ê sún-sit⇨同上。

【彌漫 bí-bān】 mí-bān。大水貌。充滿也。彼款的空氣～～到全國去hit-khoán ê khong-khì～～kà choân-kok-khì⇨那種空氣充滿到全國各地。

【彌滿 bí-moáⁿ】 mí-moá。充滿。很多。四界～～是sì-kè～～sī⇨各處皆是。各地皆有之。夠～～chē(chōe)～～⇨很多很多。

【彌撒 bí-sah】 mí-sah。Missa。天主教的聖餐sèng-chhan禮。做～～chò(chòe)～～⇨舉行聖餐禮拜。

【彌縫 bí-hông】 mí-hông。補合pó·-hap。佪的裂痕驚做無法～～也in-ê-liat-hûn kiaⁿ-chò(chòe) bô-hoat～～à⇨他們之間的裂痕，恐怕無法補回了。

【彌賽亞 bí-sài-a】 mí-sài-a。Messiah。希伯來語，即基督也。亦即奉神命降世救民之人。

【彌彌凹凹 bí-bí-mauh-mauh】 mí-mí-mauh-mauh。歪鞠跂斜oai-ko-chhih-chhoah。破爛已甚。撞到攏～～～～也lòng-kà lóng～～～～à⇨撞得幾乎皆破爛殆盡了。

bî 眉 眉bâi也。目上毛也。丹鳳眼，臥蠶～tan-hōng-gán, ngō-chhâm～⇨三國演義形容關雲長的眼與眉如此。柳葉～liú-hioh～⇨美人之眉如柳葉。蛾～ngô～⇨美人之眉。卻嫌脂粉污顏色，淡掃蛾～朝至尊khiok-hiâm chi-hún u-gân-sek, tām-sò ngô～tiau-chì-chun⇨唐詩。寫虢國夫人kek-kok-hu-jîn，楊貴妃之姊之美。燃～jiân～⇨事在緊急，燃眉之急。

【眉月 bî-goat】 新月sin-goat。月眉仔goeh-bâi-á。

【眉目 bî-bok】 喻事之端倪toan-gē或頭緒thâu-sī。講了略仔有一個～～也kóng-liáu lioh-á-ū chit-ê～～à⇨商量得大略有一個端倪了。

**【眉宇 bî-ú】** 宇ú，周逕也。顏容gân-iông。其決心見於～～kî koat-sim kiàn-î～～⇨其決心表現在面上(眉宇之周圍)。

**【眉批 bî-phe】** 讀書在書上(上端)加註己見。

**【眉睫 bî-chiap】** 眉毛與眼毛。兩者在至近距離。喻很近，很緊急。事已迫在～～sū í pek-chāi～～⇨事已很近很緊急。

**【眉來眼去 bî-lâi-gán-khì】** 眉目傳情bî-bo̍k-thoân-chêng。男女相悅，彼此以眉目傳達情話也。

**【眉飛色舞 bî-hui-sek-bú】** 十分得意的樣子。

**【眉開眼笑 bî-khai-gán-chhiàu】** 十分快樂的樣子。俗曰嘴笑目笑。

**bî 楣** 門戶上之橫梁也。楣曰梁niû。門第bûn-tē曰門楣bûn-bî。廣大門～kóng-tāi bûn～⇨使門第擴大，家聲愈佳。

**【楣堵 bî-tó͘】** 門楣上面之壁。～～板～～pang⇨同上。眠床前面上方有彫刻之飾板亦曰楣堵bî-tó͘，楣堵板bî-tó͘-pang。

**【楣簾 bî-liâm】** 門簾mn̂g-liâm。吊～～tiàu～～⇨同上。

**bî 糜** 粥chiok也。煮米至糜爛bî-lān者也。又湲noā曰糜bôe。糜bî, bê, bôe, moâi之稀者曰粥chiok。肉～jio̍k～⇨肉糜bah-môai,bah-bê。何不食肉～hô-put-si̍t jio̍k～⇨(傻百姓)為何不食肉粥。晉惠帝之名言。

**【糜鹿 bî-lo̍k】** 大鹿tāi-lo̍k。糜應為麋bî。

**【糜費 bî-hùi】** 損耗sún-mô(hô)。耗費mô(hô)-hùi。～～巨億～～kī-ek⇨同上。

**【糜爛 bî-lān】** 臭爛chhàu-noā。身屍開始～～也sin-si khai-sí～～ā⇨屍體已開始腐爛了。

**bî 寐** 臥也。寢也。睡曰寐bî。淺睡亦曰寐bî。打瞌睡亦曰寐bî。寤～以求ngō͘～í-kiû⇨醒時也求，睡時也求。坐到～去chē(chōe)-kà～khì⇨坐得打瞌睡了。險仔～去hiám-á～khì⇨險些就打瞌睡。阿片煙～a-phiàn-hun～⇨邊吸阿片邊睡著。該～一下ài～chi̍t-ē⇨需要小睡一下。有～一下道眞好也ū～chi̍t-ē tō chin-hó-à⇨小睡一下就很好了。窈窕淑女，寤～求之iáu-thiáu siok-lí(lú), ngō͘～kiû-chi⇨詩經。

**【寐去 bî-khì(ì)】** 小睡。入睡。有～～ū～～⇨小睡過。

**【寐寐 bî-bî】** ～～仔困～～á-khùn⇨靜靜地睡。猶抄～～仔困耳，都猶未落眠抄，道乎人吵起來也iáu-teh～～á-khùn-niâ, to-á-bōe lo̍h-bîn-leh, tō͘-hō-lâng chhoá-khì-lâi-ā⇨還在靜靜地橫臥淺睡著而已，還未睡熟呢，就被人吵醒了。困，休息也，引伸為睡眠。俗作睏khùn，非。

**bî 微** 細小也。卑賤也。幽深也。精妙也。隱匿也。損害輕～sún-hāi khin～⇨損失甚少。國勢衰～kok-sè soe～⇨同上。出身寒～chhut-sin hân～⇨同上。式～sek～⇨衰微soe-bî。紫～宮chí～kiong⇨星辰名。

**【微力 bî-le̍k】** 力不大。咱～～不敢合人喘喟lán～～m̄-ká$^{n}$ kah-lâng chhoán-khùi⇨我(們)力量不大，不敢在人前說話。

**【微末 bî-boa̍t】** 微少。利益少亦曰微末bî-boa̍t。生理眞～～seng-lí chin～～⇨生意利潤很薄很薄。

**【微行 bî-hêng】** 私行sû-hêng。化粧平民秘密行動。

**【微妙 bî-miāu】** 幽玄不可思議iu-hiân-put-khó-su-gī。～～的代誌眞夥～～ê tāi-chì chin-chē⇨微妙之事很多很多。雙方的關係眞～～siang-hong ê koan-hē chin～～⇨同上。時局眞～～sî-ki̍ok chin～～⇨莫測高深bo̍k-chhek-ko-chhim，無法預料。

**【微風 bî-hong】** 清風chheng-hong。

**【微細 bî-sè(sòe)】** 細而微。爭差眞成～～cheng-chha chin-chiâ$^{n}$～～⇨差距很小很小。

【微渺 bî-biáu】 無可憑藉。無從捉摸。講起來也眞～～kóng-khí-lâi á-chin～～⇨說起來也很奇怪。人講鬼神的代誌是～～～～也lâng-kóng kúi-sîn ê tāi-chì sī～～～～à⇨古人說，鬼神之事是馬馬虎虎的(無法證明其有無的)。

【微微 bî-bî】 輕笑。輕微。風～～仔吹hong～～á chhoe⇨清風徐來chheng-hong-chhî-lâi。阿金仔於邊仔～～仔笑a-kim-a tī-pi$^{n}$-a～～a-chhiò⇨阿金小姐在旁邊微微地笑著。

【微傷 bî-siang(siong)】 小傷sió-siang。阿銀仔～～耳，無甚要緊a-gîn-ā～～niā, bô-sia$^{n}$ iàu-kín⇨阿銀只是小傷而已，沒大關係。

【微薄 bî-poh】 微少bî-siáu。薪水～～，無夠生活sin-súi～～, bô-kàu seng-oah⇨同上。

【微生物 bî-seng-but】 細菌sè(sòe)-khún類也。

【微積分 bî-chek-hun】 數學的一種，屬高等數學。微分學bî-hun-hak與積分學chek-hun-hak合而言之。

bî
# 黴
黴菌bî-khún簡稱曰黴bî。亦即俗稱細菌sè(soè)-khún也。亦黴bôe也。

【黴毒 bî-tok】 病名。性病名。俗曰梅毒bôe-tok。

【黴菌 bî-khún】 俗作細菌sè-khún，亦即微生物bî-seng-but也。

bī
# 謎
隱語也。我作～乎您約goá chò～hō-lín-ioh⇨我作謎猜給你們猜。約～ioh～⇨猜謎語chhai-bê-gí。作～乎您猜chò～hō-lín-chhai⇨提出謎題給你們。謎bī亦曰謎bê，如燈謎teng-bê(bī)也。

【謎底 bī-té】 謎之答案。bê-té。

【謎猜 bī-chhai】 謎bê也。謎bī使人猜之也。做～～chò(chòe)～～⇨提出謎題。猜謎遊戲。

【謎題 bī-tê】 謎面bê-bīn。約～～ioh～～⇨猜謎。

bī
# 未
十二地支之第八。象羊。十二時之一，約在午後一二點爲未時bī-sî。已然之對亦即將來也。又不也，無也。否也。辰巳午～sîn-chī-gó～⇨十二地支之中央四支。

【未了 bī-liáu】 猶未完結á-bōe oân-kiat。未完畢bōe-oân-pit。孽緣～～giat-iân～～⇨同上。～～情～～chêng⇨截不斷的情份。

【未卜 bī-pok】 ㊀未卜卦bī-pok-koà。～～先知～～sian-ti⇨先知。㊁未見。未明。吉凶～～先有兆kiat-hiong～～sian-iú-tiāu⇨由徵兆可以看出吉凶。

【未月 bī-goat】 舊曆六月之異稱。

【未央 bī-iang(iong)】 未盡。未來。～～宮～～kiong⇨古宮殿名。長生殿裏春秋富，不老門前樂～～tiâng-seng-tiān-lí chhun-chhiu-hù, put-ló-bûn-chiân lok～～⇨同上。

【未必 bī-pit】 說不定。不一定。～～會了～～ē(ōe)-liáu⇨不一定會完畢。不一定會虧本。～～敢來～～kám-lâi⇨說不定不敢來。～～無希望～～bô-hi-bāng⇨說不定還有希望。～～然～～jiân⇨不一定是。同未必bī-pit。

【未見 bī-kiàn】 ～～其利，先見其害～～kî-lī, sian-kiàn-kî-hāi⇨利未來，害先來。但知其人，～～其面tàn-ti kî-jîn, ～～kî-biān⇨只知其人，沒看過其面。

【未免 bī-bián】 實在。難免。～～欺人太甚～～khi-jîn thài-sīm⇨同上。～～有較過份～～ū-khah kòe-hūn⇨同上。～～受人攻擊～～siū-lâng kong-kek⇨同上。～～較自專～～khah-chū-choan⇨同上。～～甚酷刑～～siū$^{n}$-khok-hêng⇨同上。～～較殘忍淡薄仔～～khah chân-jím tām-pò-à⇨同上。淡薄仔tām-poh-á改讀tām-pò-à。

【未來 bī-lâi】 將來chiang-lâi。～～的大富翁～～ê tāi-hù-ong⇨同上。～～的計畫～～ê kè-ōe⇨同上。

【未知 bī-ti】 猶未知iá-bōe-chai。～～生，焉知死～～seng，ian-ti-sú⇨同上。～～貴見如何～～kùi-kiàn jî-hô⇨同上。

【未時 bī-sî】 未之時刻。約值午後一二點。

【未曾 bī-chêng】 ～～有的奇事～～iú ê kî-sū⇨同上。～～耳聞的怪事～～ní-būn ê koài sū⇨同上。～～想贏，先想輸～～siū-iâⁿ，seng-siū-su⇨同上。

【未遂 bī-sūi】 未完成。殺人～～sat-jîn～～⇨同上。

【未滿 bī-bóan】 不足。～～十元做十元算～～chap-oân chò(chòe) chap-oân-sǹg⇨不足十元者當做十元計算。～～六歲不免讀册～～lak-hòe m̄-bián thak-chheh⇨不足六歲者不必上學。

【未亡人 bī-bông-jîn】 寡婦的自稱。今似亦用爲尊稱。

【未可知 bī-khó-ti】 不能預知。勝負兵家不可期，包羞忍恥是男兒，江東子弟多才俊，捲土重來～～～sèng-hū peng-ka put-khó-kî, pau-siu-jím-thí sī-lâm-jî, kang-tong chú-tē to-châi-chùn, kan-thó tiông-lâi～～～⇨唐詩哀烏江。

【未成年 bī-sêng-liân】 不夠二十歲。～～～人～～～jîn⇨不足二十歲之人。

【未知數 bī-ti-sò͘】 數學名詞。用同未可知bī-khó-ti。將來如何，猶是～～～抡chiang-lâi jî-hô iáu-sī～～～lê⇨將來事如何，還在不可知的狀態。

【未婚妻 bī-hun-chhe】 定婚中之準夫人。～～～未婚夫～～～bī-hun-hu⇨同上。

【未老先衰 bī-ló-sian-soe】 您爸無像你咧，未曾未道～～～～了 lín-pē bô-chhiūⁿ-lí-lè, bōe-chêng-bōe tō～～～～lò⇨我不像你嘛，這麼早就未老先衰了。

【未定之天 bī-tēng-chi-thian】 未知。未決定。尚待決定。伊的運命猶於～～～～i ê ūn-miāⁿ iáu-tī～～～～⇨他的命運尚待決定。

【未能免俗 bī-lêng-bián-siok】 無法脫離俗例，還是按照俗例行事。

【未雨先綢繆 bī-ú-sian-tiû-biū】 預先準備預防(使窗戶堅固，以免通風漏雨)。

**bī 味** 口鼻的感覺曰味bī。五～俱全ngó͘～kī(kū)-choân⇨鹹kiâm酸sng苦khó͘辣loah甜tiⁿ曰五味。巧～khá～⇨珍味tin-bī。事物之意義曰意味ì-bī。詳細究察亦曰味bī。芳～phang～⇨同上。臭～chhàu～⇨同上。餲～àu～⇨食物之腐敗味。臭臊～chhàu-chho～⇨肉類之味。吟～gîm～⇨詳查細審。又藥材亦曰味。單方獨～tan-hong-tok～⇨同上。加一～減一～ke-chit～kiám-chit-～⇨多一種或減一種藥材。山珍海～san-tin-hái～⇨同上。愛食野～ài-chiah iá～⇨同上。新～sin～⇨同上。氣～khì～⇨同上。庋了反～也khǹg-liáu hoán～ā⇨放置久了變味了。愈想愈無～ná-siūⁿ-nā bô～⇨越想越沒意思。食了更知槽～也chiah-liáu koh-chai chô～ā⇨吃了居然知其味之佳而再求之。(或謂如猪之戀老槽，或謂槽chô應爲臊chho之轉。似乎都通)。津津有～tin-tin-iú～⇨趣味盎然chhù-bī-àng-jiân。津，口水也。好～好數hó～hó-sò͘⇨味好量多，佔有他人之物而沾沾自喜chiam-chiam-chū-hí。

【味素 bī-sò͘】 調味料。～～粉～～hún⇨同上。～～料理～～liāu-lí⇨以味素調味之料理，而非以烹飪之法調製出來的眞菜。

【味道 bī-tō】 滋味chu-bī。～～更好～～koh-hó⇨滋味居然不壞。

【味數 bī-sò͘】 味bī。味之道。好～～hó～～⇨好味。好味道。～～饐饐也～～ì-ì-ā⇨味中有饐味了。饐ì，飯經久生水有餲味àu-bī也。好味好數hó-bī-hó-sò͘⇨佔用他人之物而沾沾自喜。更安爾穿到好味好數koh-an-ne(ni) chhēng-kā hó-bī-hó-sò͘⇨居然如此的穿得自自然然沾沾自喜。

【味覺 bī-kak】 對味的感覺。～～神經～～sîn-keng⇨舌上辨味的神經。

【味同嚼蠟 bī-tông-chiak-lah】 味如哺蠟bī-jî-pō·-lah。味道與哺蠟燭pō·-lah-chek一樣，不但味不對而且反胃。哺po͘，口中嚼食也。

**bī 汐** 潛藏也。潛入水中曰汐bī。貪求tham-kiû曰汐bī。亦即迷bê也。潛水～chhàng-chúi～⇨潛水。潛水的泳法。看著道～落去khoàⁿ-tioh tō～loh-khì⇨看見(所喜好之物)，就挺身去要。見阿片道～落去kìⁿ-a-phiàn to～loh-khì⇨見阿片就要之。看著查某道～落去khoàⁿ-tioh cha-bó· to～loh-khì⇨看見女人就被迷下去。見烏影道～落去也kìⁿ-o·-iáⁿ tō～loh-khì-à⇨看見黑影(不知何物)就迷下去了。

【汐水 bī-chúi】 鴨在水中撈物也。鴨母抾～～ah-bó teh～～⇨同上。

**bī 惟** 惟是bī-sī，㊀只管。偏偏。笑～～chhiò～～⇨笑容滿面。好～～hó～～⇨萬般皆好。討～～thó～～⇨(孩子)只管譑(要東西)就是。譑khiâu，貪利而取之，孩子強要東西曰譑khiâu。㊁差異多矣。富戶每富戶仔～～hù-hō· māh hù-hō·-á～～⇨謂富戶也是差異多矣。有大富小富，眞富假富等。做生理也～～chò-seng-lí-á～～⇨做生意也差異多矣。

**bī 靡** 倒也，分散，浪費，損害，糜爛均曰靡bī。

【靡靡之音 bī-bī-chī-im】 遲緩柔弱毫無生氣之音樂。謂足以敗壞民風士氣也。

**bī 魅** 鬼怪也，亦稱木石之怪。惑亂亦日魅bī。魑～thi～⇨山神鬼怪。魑～魍魎thi～báng-lióng⇨山神，水神之怪也。喻各色壞蛋。

## bian

**bián 免** 脫也。去也。罷黜pā-thut也。凡無須作爲皆曰免bián。罷～pā～⇨同上。任～jīm～⇨同上。赦～sià-～⇨同上。寬～khoan～⇨同上。無一幸～bû-it hēng～⇨全部遭殃，並無除外。不～m̄～⇨㊀不要，不用(肯定)。㊁不必如何如何。難～lân～⇨難於脫除。無道～bô tō～⇨沒有就不必了。攏～lóng～⇨全都不要。盒道食～也否taⁿ-tō-chiah～à-hohⁿ⇨而今沒得吃了罷。不～來m̄-～lâi⇨～來～lâi⇨不要來put-iàu-lâi。亦即不免m̄-bián⇨免bián。不m̄亦作毋m̄。毋～費氣m̄-～hùi-khì⇨不要麻煩。較～費氣khah～hùi-khì⇨省得麻煩。不～許夠錢m̄～hiah-chē-chîⁿ⇨不要那麼多的錢。較～許夥錢khah～hiah-chē-chîⁿ⇨用不到那麼多的錢。不～許爾工夫m̄～hiah-ní kang-hu⇨不必那麼客氣。～許工夫～hiah-kang-hu⇨同前。不過，不免m̄-bián較客氣的否定。免bián較肯定的否定。

【免了 bián-liáu】 免了錢 bián-liáu-chîⁿ之省詞。～～道眞好也～～tō chin-hó à⇨不虧本就很好了。你若～～道謝天謝地了，更敢想俅趁lí nā～～tō siā-thiⁿ-siā-tē-lò, koh-káⁿ-siūⁿ boeh-thàn⇨如果不虧本就要謝天謝地了，豈敢妄想賺收利潤。

【免也 bián à】 bián-nà→bián-là(免啦)。不要了。算了。人講～～的款lâng-kóng～～ê-khoán⇨聽說不要了的樣子。

【免仰 bián-ng̃】 bián-ūiⁿ。沒希望的。彼類囡仔～～也啦hit-lūi-gín-á～～à-là⇨那種(壞)孩子沒希望了。

【免官 bián-koaⁿ】 解除官職。乎人～～也hō·-lâng～～a⇨被免職了。乎hō·俗作被hō·。

【免疫 bián-ek】 對病毒有抵抗力。～～血清～～hiat-chheng⇨打血清針使具有免疫力。

【免畏 bián-ūi】 不用怕。你做你～～，我共你湊脚手lí-chò-lí～～, goá kā-lí tàu-kha-chhiú⇨你完全不必怕，我一定支援你。

【免租 bián-cho·】 免繳租穀。個阿姊眞好，乎伊做～～的in-a-ché chin-hó, hō͘-i chò～～ ê⇨他的姊姊很好(土地)讓他耕作免繳租穀。

【免除 bián-tî(tû)】 法律名詞。現金部分～～hiān-kim-pō͘-hun～～⇨現金部分的債務不追討。兵役～～peng-ek～～⇨可以不服兵役。

【免許 bián-hí】 Bēnkiō，日本名詞。意謂准許chún-hí或特准tek-chún。例如醫師、律師等要請領～～狀～～chn̄g⇨許可書證，才可以開業。又如武術，甚至插花、彈琴等的師匠sīsió，亦即老師收徒授業，期滿業成，即授與～～皆傳～～kai-thoân(kāidén)，亦即全部傳授了的證書，其徒得此書即可獨立開業收徒授課當師匠sīsió矣。

【免啦 bián-là】 同免也bián-à。～～！一屑仔錢耳，曷著安爾～～！chit-sut-á-chîⁿ niâ, ah-tioh an-ne(ni)⇨算了，一點點小錢而已，何必如此(客氣)。利息～～，不過，毋當拖甚久道有影啦lī-sek～～, put-kò, m̄-thang thoa-siuⁿ-kú tō-ū-iáⁿ-là⇨利息算了(不要)。不過，不要拖太久(就)是眞的。

【免稅 bián-sòe】 不收稅，不加稅。～～商店～～siang-tiàm⇨同上。

【免錢 bián-chîⁿ】 不必用錢。不收錢。曷有人娶某～～ah-ū-lâng chhoā-bó͘～～⇨豈有此理娶妻不用錢的。來來來，食～～的lâi lâi lâi, chiah～～ê⇨同上。～～未用得啦，該收些意思意思抄啦～～bē(bōe)-iōng-tit-là, ài-siu-chē ì-sù ì sù-lè-là⇨不收錢不行嘛，要收一點點意思意思的。

【免講 bián-kóng】 ㈠不用說。閒話～～êng-ōe～～⇨閒話不說了，且說主題。～～東講西～～tang-kóng-sai⇨何必言三托四。㈡當然。～～你每知～～lí-mā-chai⇨當然你知之。～～每著錢～～mā-tioh-chîⁿ⇨當然要錢的。～～每有錢較好～～ma ū-chîⁿ khah-hó⇨當然是有錢更好。㈢拒絕。該錢的～～ài-chîⁿ-ê～～⇨要錢的免談。若你更參詳，若伊～～nā-lí koh-chham-siâng, nā-i～～⇨你嘛可以再商量，他嘛免談。

【免職 bián-chit】 對不法者開革其職務。你害您父乎人～～你道死lí-hāi lín-pē hō͘-lâng～～lí-tō-sí⇨你如果連累及我被免職你就該死。

【免驚 bián-kiaⁿ】 ㈠不必擔心。一定的。生理～～無seng-lí～～bô⇨生意一定有的。～～伊不出錢～～i m̄-chhut-chîⁿ⇨不用擔心他不拿出錢(一定會出錢的)。㈡沒有的事。不可能的。～～伊肯～～i-khéng⇨他是不可能同意的。～～伊會來～～i ē(ōe)-lâi⇨他恐怕是不會來的。囡仔跋倒去～～gín-á poah-tó-khì～～⇨謂不必希望(刁皮的說法，蓋孩子跌倒，大人把他拉起來在其心坎搭一搭說免驚呀免驚)。

bián **愍** 憂也。傷念也。愍bín也。憐愍也。

【愍忌 bián-kī】 爲死去者做生日。做～～chò(chòe)～～⇨做追念的生日。

bián **勉** 盡力也。勸也。鼓勵也。勤～khîn～⇨同上。勸～khoàn～⇨同上。嘉～ka～⇨同上。與諸君子共～í chu-kun-chú kiōng～⇨同上。

【勉力 bián-lek】 勤勉努力。勤有功，戲無益，戒之哉，宜～～khîn-iú-kong, hì-bû-ek, kài-chi-chai, gî～～⇨三字經。

【勉強 bián-kiōng】 ㈠知其難而強爲之。毋可甚～～m̄-hó siuⁿ～～⇨不要太過無理行之。～～接受～～chiap-siū⇨同上。～～維持生活耳～～ûi-chhî seng-oah-niâ⇨馬馬虎虎，維持生活而已。㈡日文努力讀書曰勉強ben-kió。

【勉勵 bián-lē】 克難努力上進。一日難再晨，盛年不重來，及時當～～，歲月不待人it-jit lān-chāi-sîn, sēng-liân put-tiōng-lâi, kip-sî tong ～～, sòe-goat put-thāi-jîn⇨古人勵志詩。

**bián 娩** 產子也。俗曰分娩hun-bián。似取母子分離之意。

**bián 鮸** 魚名。花～hoe～⇨有花紋之鮸魚。銀～gîn～⇨有銀色光澤之鮸魚。好魚之一。春～冬加鯯chhun～tang ka-lah⇨春季鮸最佳，冬季即取加鮎ka-lah。紅瓜，加鯯。～âng-koe, ka-lah, ～ ⇨三種最佳魚類(食用)。紅瓜âng-koe石首魚的俗名。鮸bián亦屬石首魚科。有錢食～，無錢免食ū-chîⁿ chiah～，bô-chîⁿ bián-chiah⇨有錢可以食鮸魚，沒錢不必吃什麼東西(沒東西可吃)。免，鮸同音，一語雙關。

**bián 冕** 冠koan也。大夫以上之冠也。大夫、諸侯、天子各有其定式。天子之冕bián俗曰通天冠thong-thian-koan。服曰滾龍袍kún-liông-phâu。冠～堂皇koan～tông-hông⇨形容光明榮顯。加～禮ka～lé⇨歐洲古代君王登基戴王冠之禮，亦曰戴冠式tài-koan-sek。

【冕服 bián-hok】 古天子的服式。

【冕旒 bián-lîu】 天子諸侯大夫之禮冠。旒lîu者冕前後之垂玉。各有定式。

**biân 眠** 眠bîn也(見bin部)。

**biân 綿** 同緜biân。絮也。長不絕也。薄弱也。精～粗絮cheng-～ chho-sī⇨精者曰綿mî粗者曰絮sī。絲～si～⇨蠶絲chhâm-si。連～不絕liân～put-choat⇨接續不間斷。

【綿力 biân-lek】 弱而小之力量。竭盡～～kiat-chīn～～⇨獻出全部的小力量。

【綿亘 biân-hoân】 連續不斷。～～數千里～～sò-chheng-lí⇨同上。亘hoân，亙kèng之借字。

【綿羊 biân-iâng】 羊的一種。可剪其毛織布。澳洲的～～ò-chiu ê-～～⇨綿羊以澳洲較出名。

【綿密 biân-bit】 精密。～～的計畫～～ê-kè-ōe⇨同上。

【綿綿 biân-biân】 連續不斷。天長地久有時盡，此恨～～無絕期thian-tiâng tē-kiú iú-sî-chīn, chhú-hīn～～bû-choat-kî⇨長恨歌。

【綿遠 biân-oán】 持久耐用。安爾創藉有～～an-ne(ni)-chhòng chiah-ū～～⇨如此做才能經久耐用。彼款的無～～毋好hit-khòan ê bô～～ m̄-hó⇨那種的不耐用不好。

**biān 面** 顏前也。方面也。見也。相向也。物之表也。幾何學名詞。緣慳一～iân-kian it-～⇨無緣相見。獨當一～tok-tong-it～⇨獨立擔當一方面。前～chiân～⇨同上。 側～chhek～⇨同上。 片～phiàn～⇨同上。 兩～俱呈liáng-～ kī(kū)-thêng⇨會議術語。體～thé-～⇨面子biān-chú。會～-hōe～⇨見～kiàn～⇨相逢相見。蒙～大盜bông-～ tāi-tō⇨蓋上面罩的強盜。

【面子 biān-chú】 體面thé-biān。～～該顧～～ài-kò⇨體面須保持。老三上愛～～láu-sam siāng(siong)-ài～～⇨同上。

【面目 biān-bok】 顏面gân-biān。～～全非～～ choân-hui⇨同上。 ～～可憎～～khó-cheng⇨許多名人是如此。

【面斥 biān-thek】 當面責罵。無受氣未共人～～bô-siū-khì bē(bōe) kā-lâng～～⇨不生氣時不會當面罵人。

【面交 biān-kau】 當面交過手。～～-您阿爸-～～lín a-pâ⇨當面交給您父親。

【面君 biān-kun】 朝見天子。見君kìn-kun。

【面具 biān-kī(kū)】 假面ké-bīn。假～～ké(kā)～～⇨同上。

【面容 biān-iông】 面上的形狀。～～憔悴～～chiâu-chhūi⇨同上。

【面從 biān-chiông】 表面答應或服從。～～心非～～sim-hui⇨同上。

【面善 biān-siān】 面熟bīn-sek。看著眞～～khoàⁿ tioh chin～～⇨一看很面熟。

【面試 biān-chhì】 當面考試。我共你～～goá kā-lí～～⇨同上。

【面會 biān-hōe】 會面hōe-biān。～～的時間～～ê-sî-kan⇨相見的時間。不准～～put-chún～～⇨不許見面。

【面談 biān-tâm】 面對面談話。雙方更～～看抄siang-hong koh-～～ khoàⁿ lè⇨雙方再當面討論看看。

【面積 biān-chek】 土地平面的廣狹大小。～～有較無夠～～ū-khah-bô-kàu⇨面積不足一點點。

【面諭 biān-jū】 當面下達命令。奉大王～～hōng-tāi-ông～～⇨同上。

【面謝 biān-siā】 當面說謝。有～～過也ū～～kòe-ā⇨同上。

【面紅耳赤 biān-hông-ní-chhek】 又羞愧siu-khùi又焦急chiau-kip。大概仔道好啦，一屑仔代耳，逐家爭到～～～～每歹看tāi-khài-á tō-hó lā, chit-sut-á-tāi niâ, tak-ke cheⁿ-kà ～～～～ mā-pháiⁿ-khoàⁿ⇨大約就可以了，(不要斤斤計較)，只是這一點小東西而已，大家爭得面紅耳赤也難看也。

【面面是佛 biān-biānsī-hut】 雙方都是親戚或好朋友。～～～～，講也不是，不講也不是，叫我伕安怎呢～～～～,kóng ā-m̄-sī m̄-kóng-ā-m̄-sī, kiò-goá boeh-an-choáⁿ neh⇨雙方都是好朋友，說也不對，不說也不對，要我怎麼辦呢。

【面辭不雅 biān-sû put-gé(ngá)】 店頭謝絕賒欠的套詞。謂大家尊重不要說賒欠，如果我們當面拒絕就大家不好看。

biān **靦** 靦覥bián-thián (tián)⇨害羞的樣子。

biān **湎** 沈於酒也。沈湎tîm-biān⇨沈浸於酒色之中。同沈溺tîm-lek。

biān **緬** 望遠也。思念也。～懷～hoâi⇨思念也。

【緬因 biān-in】 Maine，地名。美國東北角之一州，北與加拿大為鄰。

【緬甸 biān-tiān】 Burma，國名。在東南亞，印度之東，泰國之西。古曰朱波國。

【緬靦 biān-thián】 羞愧於見面。或作靦腆，靦腆等，皆讀biān-thián或bián-tián，義同。

【緬懷 biān-hoâi】 反覆思念。～～故國～～kò·-kok⇨不斷地懷念祖國或家鄉。

## biat

biat **滅** 盡也。絕也。沒也。消火曰滅biat。自然消～chū-jiân siau～⇨自然消失。新例無設，舊例無～sin-lē bô-siat,kū-lē bô～⇨同上。大力撲～tāi-lek phok～⇨大力消火。證據湮～chèng-kì-ian-～⇨消滅或隱藏證據。天殺地～thian-sat-tē～⇨誓詞或咒詞。

【滅亡 biat-bông】 絕滅。國家～～kok-ka～～⇨國家被消滅了。

【滅口 biat-kháu】 消滅人證。殺人～～sat-jîn～～⇨殺死可能的人證。

【滅門 biat-bûn】 殺死全家之人。～～慘案～～ chám-àn⇨同上。

【滅屍 biat-si】 消滅屍體。殺人～～sat-jîn～～⇨殺人而消滅其屍體。借物不還亦曰～～chioh-mih-m̄-hêng ek-oat～～⇨同上。

【滅族 biat-chok】 抄滅全族。抄家～～chhau-ke～～⇨抄沒全家財產殺滅其全部族人。

【滅無 biat-bô】 弄丟了。湮滅掉了。借去用到煞共～～去 chioh-khì-iōng-kà soah-kāng～～ khì⇨借去用結果竟給弄丟了。共人～～去，煞無證據 kā-lâng ～～ khì soah-bô chèng-kì⇨給湮滅了終於沒有證據。

【滅朝 biat-tiâu】 朝代滅亡。斬姚～～chám-iâu～～⇨俗謂光武帝與姚姓功臣有約，不殺姓姚的，殺之必滅朝。

【滅種 biat-chéng】 消滅其種族。～～滅族～～ biat-chok⇨同上。

biat
**蔑** 無也。小也。欺。鄙視他人曰輕～kheng～⇨看不起人。俗作輕別kheng-piat。

【蔑視 biat-sī】 同藐視biáu-sī。看人不起。

biat
**苩** 苩蓿biat-siok也。植物名。草本，平伏地上。俗曰clover,亦曰肥料草仔pûi-liāu-chháu-á。

biat
**襪** 襪boeh也。亦即襪仔boeh-á(見boeh部)。穿鞋弔～chhêng-ê tiō～⇨指斯文人之穿插。

## biau

biáu
**秒** 秒bió，時間的單位也(見bio部)。60秒，爲一分，60分爲一小時。

biáu
**杳** 冥也。深遠也。日暮而在桑榆之下作杳biáu。日～～而西匿jit～～jî-sē-lek⇨同上。

【杳然 biáu-jiân】 ㊀幽遠iu-oán。桃花流水～～去，別有天地非人間thô-hoa liû-súi～～khì，piat-iú thian-tē hui-jîn-kan⇨李白。㊁無希望。貪～～也taⁿ～～-ā⇨而今無希望了。俗訛爲了然liáu-jiân。

【杳無音問 biáu-bû-im-būn】 沈沈寂寂無消無息tîm-tîm-chek-chek bô-siau-bô-sit。俗作了無消息liáu-bû-siau-sit，亦即攏無消息lóng-bô-siau-sit也。

biáu
**渺** 水長也。小也。微小也。遠而看不清也。飄～phiau～⇨遙遠若隱若現，看不清楚之狀。亦作縹緲phiau-biáu。

【渺小 biáu-siáu】 微小。人在宇宙中之小。

【渺茫 biáu-bông】 大海遼濶也。無憑無據也。前途～～chiân-tô～～⇨謂前程空空洞洞，無可憑藉者。亦即不知如何是好也。

【渺渺 biáu-biáu】 空洞。深遠。茫茫～～bông-bông～～⇨渺茫。茫然無所知。想著安爾茫茫～～也，不知俅安怎藉好siūⁿ-tioh-án-ne(ni)-bông-bông～～à,m̄-chai-boeh-an-choáⁿ chiah-hó⇨一想起來就如此的茫然無所知不知所措，不知該怎麼辦才好。

【渺然 biáu-jiân】 渺茫biáu-bông。同杳然biáu-jiân。代誌眞～～哩tāi-chì chin～～lih⇨事情茫然難予捉摸。想著眞～～siūⁿ-tioh chin～～⇨想起來非常沒希望，同了然liáu-jiân。

biáu
**淼** 大水也。大水茫茫無邊無際也。同渺biáu。～茫～bông⇨渺茫biáu-bông⇨大水遼濶貌。

biáu
**藐** 小也。輕易也。說大人則～之soat-tāi-jîn chek～chi⇨遊說大人物則以輕視之法爲之。

【藐視 biáu-sī】 輕視khin-sī。輕蔑kheng-biat(piat)。蔑視biat-sī。～～人～～lâng⇨看不起人(我)。有夠～～人ū-kàu～～lâng⇨十分蔑視人。你敢～～本姑娘lí kaⁿ～～pún-ko-niû⇨你有胆量輕視本姑娘。毋當～～人m̄-thang～～lâng⇨不可看不起他人。

biáu
**眇** 一目小也。～小～siáu⇨微細。～目～bak⇨一目的chit-bak-ê。

biâu
**苗** 禾之未秀者也。禾吐花曰秀。植物始生皆曰苗biâu。即俗所謂栽chai也。亦即可栽種培植者也。人之後代亦曰苗biâu。又種族名。古有三苗sam-biâu。麥～beh～，豆～tāu～，韭～kú～⇨各種苗biâu。韭kú即韮菜kú-chhài也。樹～chhiū～⇨樹栽chhiū-chai。杉仔sam-á～⇨杉木栽sam-bok-chai。幼～iù⇨同上。

【苗人 biâu-jîn】 苗族之人。苗族的～～biâu-chok ê～～⇨同上。

【苗木 biâu-bok】 樹苗chhiū-biâu亦即樹栽chhiū-chai之通稱。～～不好甚細每不好甚大～～m̄-hó siuⁿ-sè(sòe) mā m̄-hó siūⁿ-toa⇨苗木不可太小也不可太大。

【苗床 biâu-chhn̂g】 苗圃內苗所生長之地。

床chhn̂g亦作牀chhn̂g。～～造好藉㸌子～～chō-hó chiah iah-chí⇨苗床整理好了才下種子。㸌iah以手散物也。㸌俗做掖。

【苗圃 biâu-phó͘】 培植苗木之場地。

【苗條 biâu-tiâu】 纖細姣好的身裁。本作描條biâu-tiâu。身材～～sin-chhâi～～⇨同上。

【苗裔 biâu-ē】 人之後代。黃帝之～～n̂g-tè chi～～⇨同上。

【苗頭 biâu-thâu】 俗以局面或情形變化於己不利曰～～ 䆒～～ bái或 ～～ 不對了 ～～put-tùi-lò͘。

biâu **媌** 目中美也。妓女也。亦即俗所謂媌bâ。越規之少女少婦曰媌bâ。

【媌條 biâu-tiâu】 同苗條biâu-tiâu。人物之修長而漂亮者。

biâu **瞄** 瞄準biâu-chún,射擊時,以目注視目標,調整槍枝之位置,使所發子彈必中目的物。

biâu **描** 摹畫bô-ōe也。動人情處未曾 ～ tōng-jîn-chêng-chhí bī-chêng～⇨同上。素～sò͘～⇨照目標以鉛筆畫線條不加彩色。輕～淡寫kheng ～ tām-siá⇨謂文章等輕輕帶過不加詳述。

【描寫 biâu-siá】 文章或圖畫表現實物的情形皆曰描寫biâu-siá。

biâu **錨** 止船之具也。投～tâu～⇨停船。抛～phau⇨船車故障不行。起～khí～⇨開航。船～chûn～⇨同上。

biâu **貓** 貓niau也(見niau部)。

biāu **妙** 妙miāu也(見miau部)。

biāu **廟** 廟miāu也(見miau,biō各部)。

## bih

bih **微** 隱行ún-hêng也。隱匿ún-lek也。逃藏也。隱行ún-hêng亦即化粧而行也。驚人掠,走去山裡 ～ kiaⁿ-lâng-liah, cháu-khì(ì) soaⁿ-lih～⇨怕被捉到,跑上山去隱藏。有賊仔來扲～ū-chhat- á lâi-teh～⇨有賊仔在暗中隱藏。𤆬查某去～chhoā cha-bó͘ khì～⇨帶女人去隱匿。偷𤆬囡仔去～thau-chhoā gín-á khì～⇨拐騙小孩去隱匿。者～許～chiah～hia～⇨東～西～tang～sai～⇨四處逃匿。

【微孔 bih-khang】 蛇～～也choâ～～ā⇨蛇入穴冬眠了。

【微行 bih-hêng】 貴人私行不使人知。亦即化粧旅行也。皇帝～～hông-tè～～⇨皇帝打扮員外的樣子而私出行走也,亦即皇帝化粧旅行也。

【微雨 bih-hō͘】 逃以避雨。走去阿菊個厝～～cháu-khì a-kiok-in-tau～～⇨跑入阿菊之家避雨。

【微服 bih-hok】 脫去官服換穿民衣。亦爲化粧也。～～私行 ～～ su-hêng⇨穿微賤之衣服私自出行。亦即微行bih-hêng。

【微岫 bih-siū】 鳥歸岫niáu kui-siū。鳥仔扲～～也chiáu-á teh-～～ā⇨鳥兒在歸巢了。

【微雄 bih-hêng】 母鷄交尾時,屈脚而把身降低曰鷄母～～ke-bó(bú)～～。

【微頡 bih-chhih】 難爲情。頡chhih,頭低下也。又頭小也。查某囡仔較～～cha-bó͘-gín-á khah～～⇨女孩子較易顯出難爲情。

【微窩 bih-u】 入窩jip-u。亦曰站～tiàm-u。田螺～～⇨同上。

【微嘴 bih-chhùi】 ㊀以嘴表示鄙視。人扲～～也lâng teh～～ā⇨人家在鄙視了。㊁孩子忍住哭的嘴形。你看,伊～～微到許爾慘呢lí-khoàⁿ i ～～ bih-kà-hiah-ni-chhám-neh⇨你看伊忍嘴不敢哭出來得那麼悽慘哩。

【微相揣 bih-sio-chhōe】 捉迷藏chhiok-bê-chông的遊戲。囡仔扲～～～gín-á teh～～～

⇨孩子們在玩捉迷藏。

【微密密 bih-bat-bat】 匿得甚密。～～～微到尻川乎人看去了 ～～～ bih-kā kha-chhng hō·-lâng khoàⁿ-khì(ì)-lò ⇨藏得屁股被人家看到了。

【微微趨趨 bih-bih-chhih-chhih】 有所貪求而暗中多所行動。安爾～～～～呢，不知得未創甚呢an-ne(ni)～～～～neh, m̄-chai tit-boeh chhòng-siahⁿ-neh ⇨這樣子的偷來暗去，不知將要弄出什麼鬼。

bih **汐** 潛藏也。微bi也。微bih亦作汐bīh。～相揣～sio-chhōe⇨微相揣bih-sio-chhōe。

bıh **篾** 竹皮也。竹～tek～⇨做籠láng，籃nâ等的竹皮。破～仔phoà～á⇨破開竹筒削剝取竹皮。箍桶～kho·-tháng～⇨箍桶用之篾。芎蕉籠～kin-chio-láng～⇨做蕉籠之篾。笠仔～leh-á～⇨竹笠用篾。

【篾仔 bıh-á】 竹篾tek-bıh的總稱。破～～⇨破竹爲篾。藤～～tîn～～⇨藤破爲篾。破phoà，以刀削開也。破～～師傅phoà～～sai-hū⇨破篾的專家。

【篾皮 bıh-phôe(phê)】 篾之一條一條曰篾皮bıh-phôe。

【篾青 bıh-chheⁿ】 連青竹皮之篾。篾青取後再取者曰篾瓤bıh-nn̂g。亦即竹內層之篾。瓤nn̂g，瓜中也，又內皮也。篾青bıh-chheⁿ比篾瓤bıh-nn̂g爲上等。

【篾香 bıh-hiuⁿ】 以竹篾爲中心之香。亦曰篾脚香bıh-kha-hiuⁿ。

【篾扇 bıh-sìⁿ】 編篾成扇。

【篾貨 bıh-hòe(hè)】 篾製之貨品。做～～的chō(chōe)～～ê⇨經營篾製器類的商人。

【篾蓆 bıh-chhioh】 編篾爲蓆。夏天用的以篾青bıh-chheⁿ編之。亦曰涼蓆liâng-chhioh。

【篾箍 bıh-kho·】 篾編之圈箍木桶之用。使桶之木片合攏曰箍kho·。曰箍桶kho·-tháng。

## bin

bín **抿** 撫也。摹也。婦女刷髮曰抿bín。以刷子擦物chhat-but曰抿bín。嘴齒愛逐日～chhùi-khí ài-tak-jit～⇨牙齒要每日抿擦之。鞋～無光ê(ôe)～bô-kng⇨鞋擦得不夠光亮。齒～khí～⇨牙擦gê-chhat。鞋～ê(ôe)～⇨鞋擦ê-chhat。洋服愛捷捷～iûⁿ-hok ài chiap-chiap～⇨西裝(毛製品)要常常抿之。捷捷chiap-chiap，快捷連續。經常。

【抿仔 bín-á】 抿具類。用～～抿iōng～～bín⇨同上。

【抿抿 bín-bín】 抿bín。較緊～～抾khah-kín～～lè⇨速速抿擦之。信採～～抾道好也chhìn-chhái～～leh tō-hó-à⇨隨便擦一擦就可以了。

bín **敏** 疾也。～於事而愼於言～î-sū jî sīn-î-giân⇨同上。弟子不～tē-chú put～⇨弟子不通達。小弟(我)較頇顢sió-tī(goá) khah ham-bān(謙詞)。反應靈～hoán-èng lēng～⇨同上。生而聰～seng-jî chhong-～⇨同上。

【敏捷 bín-chiat】 快速。應答～～ìn-tap～～⇨同上。做代誌～～chō(chōe) tāi-chì～～⇨同上。逐項不道較～～抾tak-hāng m̄-tō-khah～～leh⇨凡事都要快速進行。

bín **黽** 蛙也。在水者黽bín。即俗叫水蛙chúi-ke，在陸者曰蟾諸，chiuⁿ-ehî，亦即蟾蜍。

【黽勉 bín-bián】 猶勉勉bián-bián也。作努力解。

bín **閔** 姓氏也。通憫bín。憐閔lîn-bín亦作憐憫lîn-bín。

【閔豆 bín-tāu】 一種豆類的蔬菜。亦作敏豆bín-tāu。

【閔子騫 bín-chú-khian】 孔子的弟子。德行顏淵～～～tek-hêng gān-ian～～～⇨同上。又爲孝子，列二十四孝之一。少時後母虐待之，其親生子衣以綿絮，子騫即衣以蘆花，父知之大怒，欲出後母，子騫止之曰：母在一子寒，母去三子單，遂止，後母亦感悟而自改云。

**憫** bín 憂也。傷念也。哀憐也。情實可～chêng-sıt-khó～⇨同上。矜～khim～⇨同上。憐～lîn～⇨同上。

**民** bîn 人也。百姓peh-sèⁿ也。天子兆～諸侯萬～thian-chú thiāu～chu-hô· bān～⇨同上。人～平～庶～jîn～pêng～sì(sū)～⇨皆指衆多百姓。良～亂～liâng～loān～⇨好百姓壞百姓。刁～頑～thiau～goân～⇨不好的百姓。國～kok～⇨一國之民。大國～tāi-kok～⇨大國之民。官～軍～koaⁿ～kun～⇨同上。農～漁～商～lông～hî～siang(siong)～⇨職業別的百姓。貧～富～pîn～hù～⇨窮的富的百姓。官有正條～有私約koan-iú chèng-tiâu, ～iú su-iak(iok)⇨同上。愚～政策gû～chèng-chhek⇨凡報喜不報憂，官制言論，獨佔傳佈機關等等是也。弔～伐罪tiàu～hoat-chōe⇨弔問不聊生之民，討伐有罪之暴君。出自孟子誅其君弔其民 ti-kî-kun, tiàu-kî-bîn的思想。

【民力 bîn-lek】 ㊀百姓的力量，勞力。㊁百姓的財富。

【民心 bîn-sim】 百姓之心。擾亂～～jiáu-loān～～⇨同上。～～思變～～su-piàn⇨民心希望換來較佳之政府。

【民主 bîn-chú】 百姓自爲國家之主人。君主kun-chú之對詞。～～政治～～chèng-tī⇨同上。～～思想～～su-siáng⇨同上。

【民用 bîn-iōng】 百姓所用的。人民的財物。～～物資～～but-chu⇨同上。～～軍用官用～～kun-iōng koaⁿ iōng⇨同上。

【民生 bîn-seng】 ㊀百姓的生活。～～主義～～chú-gī⇨三民主義中之一主義。㊁食飯的問題。～～第一，食飯爲先～～tē-it, chiah-pn̄g ûi-sian⇨同上。

【民有 bîn-iú】 老百姓的。～～地～～tē⇨所有權屬百姓之土地。～～民治民享～～bîn-tī bîn-hiáng⇨謂政府是百姓的，百姓所組織的，百姓所分享的。亦即美國林肯總統的名言：The Government of the people, by the people, for the people的譯詞。

【民壯 bîn-chòng】 往日專門防杜山地生蕃chheⁿ-hoan出草殺人的民兵。企～～khiā～～⇨企衛兵khiā-ōe-peng。喩木然不知所措。未輸於企～～哩bē(bōe)-su teh-khīa～～lih⇨一如在企民壯的不知所爲。

【民兵 bîn-peng】 民軍bîn-kun。～～官兵～～koaⁿ-peng⇨同上。

【民享 bîn-hiáng】 百姓所受用。亦即政治的目的應該爲百姓的能否享用而設計考慮。即For the people。

【民法 bîn-hoat】 有關百姓生活等一切的法律。～～刑法～～hêng-hoat⇨同上。

【民房 bîn-pâng】 百姓的房屋。借住～～chioh-chū～～⇨同上。

【民事 bîn-sū】 有關百姓私權之事。刑事hêng-sū的對詞。～～訴訟法～～sò-siōng-hoat⇨同上。

【民治 bîn-tī】 百姓主持的政治。主政者是由百姓自由的意志投票選舉出來的政治。亦即英美所謂By the people式的政治。

【民政 bîn-chèng】 亦可謂內政lāi-chèng。～～廳～～thiaⁿ⇨主管民政的機關。

【民風 bîn-hong】 民間的風氣風紀。～～淳樸～～sûn-phok⇨同上。

【民俗 bîn-siok】 民間的風俗習慣。～～研究家～～gián-kiù-ka⇨同上。

【民家 bîn-ka】 ㊀官家koaⁿ-ka之對稱。～～的生活～～ê seng-oah⇨百姓人的生活。㊁人民所居。侵入～～chhím-jip～～⇨擅自進入百姓居所。

【民望 bîn-bong】 百姓所仰望。德望。眞得

~~chin-tek~~⇨同上。 有~~ū~~⇨同上。

【民情 bîn-chêng】 百姓的動靜。~~安定~~an-tēng⇨同上。

【民族 bîn-cho̍k】 具有共同血統及生活方式等的人。

【民國 bîn-kok】 百姓人的國家。中華~~tiong-hoâ~~⇨同上。

【民衆 bîn-chiòng】 bîn-chèng。百姓。看熱鬧的~~嘩嘩叫,直直抸合偎來khoàⁿ-lāu-jia̍t ê~~ hoa̍h-hoa̍h-kiò, ti̍t-ti̍t-teh ha̍h-oá-lâi⇨看熱鬧的民衆嘩嘩有聲,一直在合攏而來。

【民間 bîn-kan】 百姓的社會。~~空氣無當好~~khong-khì bô-thang-hó⇨民間的空氣不大好。

【民智 bîn-tì】 百姓的智識。~~漸漸提高~~chiām-chiām thê-ko⇨同上。

【民意 bîn-ì】 百姓所想所希望。~~代表~~tāi-piáu⇨同上。

【民瘼 bîn-bo̍k】 百姓的痛苦。關心~~民隱koan-sim~~bîn-ún⇨同上。

【民選 bîn-soán】 人民所選舉的。若用錢買抑是作票的,較~~每無效nā-iōng-chîⁿ-bé (bóe), a̍h-sī chò-phiò-ê, khah~~mā-bô-hāu⇨同上。

【民營 bîn-êng】 百姓人出資經營。~~官營~~koaⁿ-êng⇨同上。

【民謠 bîn-iô】 民間流行的歌謠。專唱~~的歌星choan-chhiùⁿ~~ê ko-seng(koa-chheⁿ)⇨同上。

【民聲 bîn-seng】 百姓人之聲。輿論î-lūn。

【民隱 bîn-ún】 百姓無法上達的痛苦。~~民瘼~~bîn-bo̍k⇨同上。

【民願 bîn-goān】 百姓人自願。官斷不如~~koaⁿ-toàn put-jû~~⇨政府的裁斷,不如百姓的自發自願。

【民權 bîn-khoân】 百姓人的權利。~~主義~~chú-gī⇨三民主義之一義。

【民變 bîn-piàn】 百姓反亂。官迫~~koaⁿ-pek~~⇨惡官迫民反抗也。

【民爲貴 bîn-ûi-kùi】 百姓最重要。~~~君爲輕~~~ kun-ûi-kheng⇨孟子的民本主義思想。

【民航機 bîn-hâng-ki】 民營的飛機。當今的~~~實在有發達tong-kim ê~~~si̍t-chāi ū-hoat-ta̍t⇨同上。

【民不聊生 bîn-put-liâu-seng】 百姓無法平平安安的過其生活。

【民俱爾瞻 bîn-ki(kū)-ní-chiam】 人民皆在瞻望你,希望你有所作爲。

【民膏民脂 bîn-ko-bîn-chi】 百姓血汗換來的財物。爾俸爾祿,~~~~ ní-hōng-ní-lo̍k~~~~⇨你們的俸祿,都是來自百姓的血汗錢。

**眠** bîn 寐也。臥也。睡也。寢也。蠶不食不動曰眠bîn。安~an~⇨同上。重~tiōng~⇨貪睡難醒。貪~tham~⇨同上。淺~chhián~⇨易醒。無~bô~⇨睡眠不足。永~éng~⇨死。困未落~khùn-bē(bōe)-lo̍h~⇨無法入睡,困俗作睏。無夠~bô-kàu~⇨睡得不夠飽。飽~pá⇨睡得夠了。困無落~khùn-bô-lo̍h~⇨沒有入睡。陷~hām~⇨墜在眠夢中:㊀夢話。㊁白天作夢話。

【眠床 bîn-chhn̂g】 寢牀。柴~~chhâ~~⇨木料的牀。竹~~tek~~⇨竹料製的。番仔~~hoan-á~~⇨洋牀,亦即bed。彼隻土蚓仔囝,不過是,身來長,腰來軟,開土孔,做~~,藉來會叫歌hit-chiah tō-kún-á-kiáⁿ, m̄-kú-sī, sin-lâi-tn̂g, io-lâi-nńg, khui-thô͘-khang, chò(chòe)~~, chiah-lâi ē(ōe)-kiò-koa⇨土蚓仔歌。土蚓仔tō-kún-á,蚯蚓khiu-ín。叫歌kiò-koa,唱歌chhiùⁿ-koa⇨同上。~~柁~~tō⇨牀前之主木。~~被鋪~~phōe-pho͘⇨牀及睡眠應用諸物。

【眠夢 bîn-bāng】 作夢。少年死某厚～～siāu-liân sí-bó kāu～～⇨歌謠。厚kāu，多也。

【眠一下 bîn-chit-ē】 小睡片刻。我來～～～góa-lâi～～～⇨我將小睡片刻。

【眠一醒 bîn-chit-chhéⁿ】 小睡。我有～～～也goá-ū～～～ā⇨我已作小睡片刻了。

【眠眠仔 bîn-bîn-ā】 淺睡。～～～耳，猶未落眠抾～～～niâ，á-bōe loh-bîn-lè⇨只是淺睡而已，還未完全入睡。

**明** bîn 明日bêng-jit，明天bêng-thian。～仔載～á chāi⇨明日也。

【明旦 bîn-toàⁿ】 明晨bêng-sîn。明天bêng-thian。有今旦無～～ū kim-toàⁿ bô～～⇨有今天無明天。

【明仔日 bîn-á-jit】 明日。bîn-ná-jit⇨bî-ná-jit。～～～ 伓去讀冊了 ～～～boeh-khì thak-chheh-lō⇨明天要去上學了。

【明仔早 bîn-á-chài】 bîn-ná-chā→bî-ná-chài。明日。～～～去道好也～～～khì tō-hó-à⇨明天去就行了。

【明仔暗 bîn-á-àm】 bîn-ná-àm → bî-ná-àm。明晚。明夜。～～～ 有好戲看了 ～～～ū-hó-hì-khoàⁿ-lō⇨明夜將有問題發生(幸災樂禍之詞)。

【明仔下晡 bîn-á-ē-po】 bîn-ná-ē-po。明天下午。～～～～五點到機場～～～～gō-tiám kàu-ki-tiûⁿ⇨明天下午五點到達機場。

【明仔早起 bîn-á-chá-khí】 bîn-ná-chá-khí。同明仔早bîn-ná-chái。～～～～ 較早抾～～～～khah-chá lè⇨明晨早一點。

【明仔後日 bīn-á-āu-jit】 bîn-ná-āu-jit。㊀～～～～ 道會轉來 ～～～～ tō-ē(ōe) tńg-lâi⇨明天或後天就可以回來。㊁後天。伊講～～～～ 伓家己來 i kóng～～～～boeh ka-kī-lâi⇨他說後天要自己來。

**岷** bîn 山名。坡度不大曰岷bîn。～～也路未穩行～～ā-lō bē-bāi kiaⁿ坡度不大的路，不難行也。

【岷岷仔 bîn-bîn-ā】 bîn-bîn-nā。山腹或坂路的坡度不大。山～～～soaⁿ～～～⇨山很平(坡度不大)。路 ～～～ lō～～～ ⇨路不崎很平。坪 ～～～ phiâⁿ～～～ ⇨ 山坡平平的。～～～ 路眞好行 ～～～ lō chin-hó-kiâⁿ⇨坡度不大平平的路很易行。山坪～～～，會種作得soaⁿ-phiâⁿ～～～, ē(ōe)-chèng-choh-tit⇨山坡地坡度不大，平平的，可以開墾耕種。

**面** bīn 顏前也。外表曰面bīn。方向曰面bīn。形勢曰面bīn。機會優勢曰面bīn。洗～sé(sóe)～⇨㊀洗臉sé-liám㊁丟臉tiu-liám。該人共你洗面不ài-lâng kā-lí sé-bīn m̄⇨要人剝你的面皮了嗎。修～siu～⇨剃髭。挽～bán～⇨拔面毛，女人修面。表～piáu～⇨外皮。扱～khioh～⇨商人選取較佳貨品置諸表面。布～pò～⇨布匹的外觀。帳～siàu～⇨賬～siàu～⇨數字上，帳簿上的數字。店 ～ tiàm ～ ⇨店的外觀。前～後～四～chêng～āu～sì～⇨同上。 阿花仔較有～a-hoe-a khah-ū～⇨阿花比較優勢。輸較大～su-khah-toā～⇨敗的機會較大。阿三無～也a-sam bô～ā⇨阿三沒有機會了。臭～chhàu～⇨不高興之面。餲～àu～⇨不新鮮之面，略同臭面chhàu-bīn。戇～gōng～⇨傻兮兮之面。譀～khám～⇨不定性曰譀khám。孝男～hàu-lâm～⇨愛哭～ài-kàu～⇨一臉哭相。 生鉎～seⁿ-sian～⇨令人生厭之面。三人共晤 ～ saⁿ-lâng kāng gō～ ⇨契約或談判時的常用詞。謂三人共同見面所議定的。三人者對立兩造及仲人(證人)也。俗多訛爲三人二面saⁿ-lâng-jī-bīn。二面是晤面之訛誤。見～三分情kìⁿ～saⁿ-hun-chêng⇨謂見面了多少會軟化。歹～相見pháiⁿ～siō(sāⁿ)-kin⇨怒目相視nō-bok-siāng-sī。青～獠牙chheⁿ～liâu-gê⇨惡鬼。看會過～khoàⁿ ē(ōe) kòe

～⇨可能過關。走未過～cháu-bē(bōe) kòe～⇨跑不掉。大～神toā～sîn⇨不怕羞。

**【面上 bīn-chiū$^n$】** ㊀體面thé-biān。面子bīn-chú。帶著伊的～～toà-tio̍h i ê～～⇨帶念他的體面。看於伊的～～khoà$^n$-tī i ê～～⇨看在他的臉(面子)。㊁表面。地～～tē～～⇨地上。浮於～～phû-tī～～⇨浮起在上面。

**【面子 bīn-chú】** 體面thé-biān。名譽聲譽。～～該顧～～āi-kò⇨體面須維持。

**【面子 biǹ-kiá$^n$】** 你有面子郎每有面囝，你的要緊該顧，人的道會用得土腳踏？lí u biǹ-chú,lâng mā-u biǹ-kiá$^n$,līê iàu-kiń ài-kà lâng-ê tō ē iōng-tit thô-kha-tah？⇨亞梅小姐的精彩反擊詞。

**【面巾 bīn-kin(kun)】** 毛巾mô-kin。用～～拭藉可iōng～～chhit chiah-hó⇨要使用毛巾拭之才行。

**【面水 biǹ-chúi】** 姿色chu-sek。～～仔未格外稞～～á bē(bōe) kah-goā-bái⇨姿色不算很醜。格外kah-goā超出範圍，特別。不止仔有一個～～仔款put-chí-á ū-chi̍t-ê～～á-khoán⇨很有美人的樣子。

**【面孔 bīn-khang】** 面相。人。大～～的toā～～ê⇨不知羞的人。逐家老～～也ta̍k-ê lāu～～a⇨大家都是熟人了。

**【面目 bīn-ba̍k】** ㊀面形。～～仔有成～～á ū-sêng⇨面形相似。㊁面子。俾人無～～hō-lâng bô～～⇨使人不體面。

**【面皮 bīn-phôe(phê)】** 面之皮。厚～～kāu～～⇨不知羞恥。你每留一重仔～～lí mā lâu-chi̍t-têng-á～～⇨你也(請稍)留一點面子。～～三寸厚～～sa$^n$-chhùn-kāu⇨面皮厚達三寸。～～較厚壁～～khah-kāu-piah⇨面皮太厚了。～～較薄紙～～khah po̍h-choá⇨很怕羞。

**【面囝 biǹ-kiá$^n$】** 仿面子bīn-chú的新造詞。我的～～你攏無共您父顧góe-ê～～lí lóng-bô kā-lín-pē-kò⇨我的面子，你完全無爲我留一點。

**【面色 bīn-sek】** 臉色。～～黃黃恰如破病桶～～n̂g-n̂g kah-ná phoà-pē$^n$-tháng⇨面色黃黃的一如病人。～～眞稞～～chin-bái⇨面色很難看。

**【面形 bīn-hêng】** 面的形體。～～較成老爸～～khah-sêng lāu-pē⇨面的樣子比較像父親。

**【面油 bīn-iû】** 一種化粧品。抹～～boah～～⇨同上。

**【面紅 bīn-âng】** 難爲情。面赤biān-chhek。～～肉未消蝕也，那要緊～～bah bē(bōe) siau-si̍h-ā，ná-iàu-kín⇨只是面紅而已，肉又不消滅，有什麼關係，譏不知恥的。～～連鞭過～～liâm-pi$^n$-kòe⇨面紅很快就過去了。～～非干酒，桃花色自紅～～hui kan-chiú, tho-hoe sek-chū âng⇨仿唐詩。

**【面盆 bīn-phûn】** 同面桶bīn-tháng。但似乎用木料者曰桶tháng，磁製(包括金屬)的曰盆phûn。

**【面相 bīn-siàng(siòng)】** 面形面容。看～～未準khoà$^n$～～bē(bōe)-chún⇨同上。

**【面相(象) biǹ-chhiu$^n$】** 眞稞～～chin-bái⇨面容眞呆看。

**【面神 bīn-sîn】** 面之神。大～～toā～～⇨大方，不怕羞。一個是大～～，一個是畏小人，不是臭火燒，道是無熟的，攏甚極端去chi̍t-ê lī(sī) toā～～, chi̍t-ê li(sī) ùi-siáu-jîn, m̄-sī chhàu-hóe-sio, tō-sī bô-se̍k-ê, lóng-siūn ke̍k-toan-khì⇨同上。畏小人ùi-siáu-jîn，怕見人見衆，大面神之對詞。

**【面馬 bīn-bé】** 面形的感覺。～～生做眞四方～～se$^n$-chò chin sì-pang⇨面形生得很均勻。～～長～～tn̂g⇨面形長形的。

**【面笑 bīn-chhiò】** 笑面。嘴笑～～chhùi-chhiò～～⇨高興的樣子。

【面容 bīn-iông】 顏容gān-iông。～～恰如抄煩惱的款～～kah-ná teh hoân-ló ê khoán⇨面容似乎在煩惱的樣子。

【面框 bīn-kheng】 面形。～～像老母仔～～chhiū$^{n}$ lāu-bú-á⇨面形似母親。

【面桶 bīn-tháng】 面盆bīn-phûn。洗面漱口等的器具。～～面巾齒粉齒抿～～bīn-kin, khí-hún, khí-bín⇨全副洗臉用具。

【面款 bīn-khoán】 面形，面容，面相。面的樣子。～～仔～～á⇨同上。

【面像 bīn-chhiu$^{n}$】 面相。歹～～phái$^{n}$～～⇨面相醜。

【面貌 bīn-māu】 面容。～～都相似，安知是我姨～～to siang(siong)-sû, an-ti sī ngó͘-î⇨姊夫看阿姨漂亮，故意把她弄錯了的故事。

【面熟 bīn-sek】 不識其人，但識其面曰面熟bīn-sek。面善也。彼個人看著眞～～hit-ê-lâng khoà$^{n}$-tioh chin～～⇨那一個人，一看很面善。～～面熟～～bīn-sek⇨很面善。

【面前企 bīn-chêng-khiā】 巧作當面瞞騙應付工夫。你不知伊端仔好～～～耳lí m̄-chai i tan-á hó-～～～ niâ⇨你不知他只是好面前企，只是巧言善飾瞞騙應付而已。

【面臭臭 bīn-chhàu-chhàu】 面上不悅。～～～不講話～～～m̄-kóng-ōe⇨同上。

【面頭前 bīn-thâu-chêng】 當面tong-bian。在面前。～～～講媠話～～～kóng-súi-ōe⇨在面前說說漂亮話而已。

【面餲餲 bīn-àu-àu】 面臭臭 bīn-chhàu-chhàu。餲aù，物發霉，不新鮮。

【面裏無肉 bīn-lí-bô-bah】 面上瘦瘦的。家己～～～～抄怨人大尻川ka-kī～～～～teh oàn-lâng toā-kha-chhng⇨自己面上無肉却恨別人的屁股大。喻不恨自己無力却恨別人發福。

【面憂面結 bīn-iu-bīn-kat】 愁眉苦臉chhiû-bî-khó-liám。～～～～抄煩惱甚～～～～teh hoân-ló-sah$^{n}$⇨愁眉苦臉所爲何事。

bīn **麵** 麵包bīn-pau也。→mi-pau。

bīn **饅** 饅頭bīn-thâu也。指父母百日忌的饅頭bān-thâu。畏死父更倸食～～ ùi-sí-pē koh-boeh-chiah～～⇨又怕父死又要吃饅頭。

bīn **蝒** 蝒蟲bīn-thâng，亦即蛔蟲hôe-thiông也。一種寄生蟲。形如土蚓tō-kún。寄生於人體等的腸胃中。

## bio

bió **秒** 禾芒也。計時的單位，一小時分爲六十分。一分再分爲六十秒。又計角度的單位。圓周三百六十度，一度六十分，一分六十秒。分～必爭hun～pit-cheng⇨每一秒都很重要。

【秒針 bió-chiam】 鐘表上計秒之針。

bió **母** 母bó也(見bo部)。

biô **描** 摹畫也。依範式爲之曰摹biô。看樣照寫照畫曰描biô。寫出曰描biô。阿姊寫乎我～a-ché siá hō͘-goá～⇨姐姐寫字給我描。學～oh～⇨學習看樣寫畫。動人情處未曾～tōng-jîn-chêng-chhì bī-chêng～⇨老學究看美術畫的感想。眞恔～chin-gâu～⇨同上。

【描字 biô-jī】 範式在下，以半透明的紙張覆其上而依樣描寫之。又範本印紅字，以黑筆依線寫於範本上亦是。

【描寫 biô-siá】 biâu-siá。寫實景實情。

biô **謀** 謀bo͘也(見bo部)。

biō **廟** 宗廟chong-biō也。凡祀神之處皆曰廟biō。關帝～koan-tē～關公爲主神之廟。媽祖～má-chó͘～⇨同上。祖師～chó͘-su～⇨同上。宗～chong～⇨同上。祖～chó͘～⇨似是同玄壇爺廟hān-than-iâ-biō。近～欺神kīn(kūn)～khi-sîn～⇨喻凡事慣了，即失其敬畏

之心。或謂玄壇爺即邯鄲爺，又稱玄天上帝。邯鄲hān-tan，楚國故都。

【廟公 biō-kong】 守廟司香火之人。廟祝biō-chiok。乞食趕～～khit-chiah koáⁿ～～⇨乞丐借廟安身，反而將守廟人趕走。亦即喧賓奪主位。把主趕走了。所謂鵲巢鳩占chhiak-châu khiu chiàm之可惡，尚不及此語。此詞就是一九七〇年代台灣反對黨人士對國民黨霸佔台灣政權的寫照。

【廟仔 biō-á】 小廟。土地公～～thó-lī-kong～～⇨小土地公廟。土地公thó-tē-kong→thó-lī-kong。

【廟田 biō-chhân】 廟有之田產。

【廟祝 biō-chiok】 同廟公biō-kong。

biō
**貿** 貿bō也(見bo及báu部)。

## bit

bıt
**密** 秘也。不露曰密bıt。近也。情也。疏se之反曰密bit。公開的秘～kong-khai ê pì～⇨同上。其事甚～kî-sū sīm～⇨同上。計畫周～kè-ōe chiu-～⇨同上。思考慎～su-khó sīn～⇨同上。工夫精～kang-hu cheng～⇨同上。叢林茂～chông-lîm bō～⇨同上。恩愛親～in-ài chhin～⇨同上。

【密切 bıt-chhiat】 甚近。關係～～koan-hē～～⇨同上。

【密友 bıt-iú】 最親近的朋友。閨中～～kui-tiong～～⇨同上。

【密令 bıt-lēng】 秘密命令。大王～～tai-ông～～⇨同上。

【密布 bıt-pò】 四下皆滿。陰雲～～im-hûn～～⇨同上。

【密告 bıt-kò】 暗中報告。有人～～ū-lâng～～⇨同上。

【密使 bıt-sài】 秘密使者。女王的～～lí-ông ê～～⇨同上。

【密查 bıt-chhâ】 秘密調查。派人抾～～phài-lâng teh～～⇨派人密查中。

【密約 bıt-iak(iok)】 ㊀秘密私約。㊁秘密條約。

【密度 bıt-tō】 疏密的程度。人口～～眞懸jîn-kháu～～chin koân⇨同上。空氣～～有爭差khong-hkì～～ū-cheng-chha⇨空氣密度不相同。

【密接 bıt-chiap】 密切bit-chhiat。双旁有～～的關係siang-pêng ū～～ê koan-hē⇨同上。

【密婆 bıt-pô】 蝙蝠pian-hok的俗名。～～洞～～tōng⇨蝙蝠群居的山洞。～～仔～～á⇨亦鳥亦獸非鳥非獸之人。亦即立場搖動不定之人。

【密探 bıt-thàm】 秘密調查員。暗派～～àm-phài～～⇨同上。

【密集 bıt-chip】 集中chıp-tiong。攤販～～區thoan-hoàn～～khu⇨同上。資本～～工業chu-pún～～kang-giap⇨同上。

【密會 bıt-hōe】 幽會iu-hōe。合人～～kah-lâng～～⇨與人幽會。

【密霧 bıt-bū】 沒在霧中。亦即很遠看不清楚。走到～～去也cháu-kà～～khì(ì)-à⇨跑得無影無跡了。

【密西根 bıt-se-kin】 Michigan。美國州名，在東北部。～～～大學～～tāi-hak⇨美國中西部名校之一。

【密落去 bıt-loh-khì(ì)】 沈沒水中。沒在土中。歸身人攏～～～了kui-sin-lâng lóng～～lō⇨整個人全沈沒下去了。杙仔～～～也khit-á～～～à⇨杙子沒入地中了。

【密蘇里 bıt-so-lí】 Missouri。美國河流名。州名。在中東部。

【密士失必 bıt-sū-sit-pit】 Mississippi。世界第一長的河流，全長 4,500 哩在美國中部，貫入墨西哥灣。又州名，在南部。

**bıt 蜜** 蜂蜜phang-bıt也。蜜蜂採花中甘液所釀成之糖也。又以密者物亦曰蜜bit。蠶吐絲，蜂釀～，人不學，不如物chhâm-thò-si,hong-jiāng～,jîn-put-hak,put-jî-but⇨三字經。蜂～phang～⇨同上。割～koah～⇨收取蜂蜜。口～腹劍kháu～hok-kiàm⇨說話甜如蜜，腹中却蓄意殺人。過～的藥材kòe～ê ioh-châi⇨以蜜煮過的藥材。過kò，過失也，不遷怒不貳過put chhian-nō，put-jī-kò⇨不牽拖他人，不錯誤第二次。過kòe，路徑也。又手法也。～路郎～lō·-lâng⇨路人也，～揀的～kéng ê⇨經過選擇的。～燒的～sio-ê⇨經過燒煮煉的。

【蜜月 bıt-goat】 Honey-moon。歐來風俗，新婚後三十日間謂之蜜月。例多飲蜜酒或蜜糖水，或相偕作新婚旅行，謂之度蜜月。～～旅行～～lí-hêng⇨同上。

【蜜棗 bıt-chó】 棗的蜜煎。

【蜜路 bıt-lō·】 蜜料bit-liāu。以糖或蜜處理過的食品。興～～hèng～～⇨喜歡吃蜜料。

【蜜蜂 bıt-phang】 釀蜜之蜂。飼～～chhī～～⇨同上。

【蜜餞 bıt-chiàn】 蜜煎bıt-chian俗作蜜餞bıt-chiàn。果實例如木瓜bok-koe,柑仔kam-à等以糖液煮成的食品。～～糖粿～～thn̂g-kóe(ké)⇨敬神用的蜜餞以及粿餅。

【蜜黃色 bıt-n̂g-sek】 蜂蜜的黃色。亦作鼈甲色pih-kah-sek。

## biu

**biû 繆** 結也。殷勤in-khin̂也。綢～tiû～⇨㊀纏綿也。㊁結縛也。綢～牖戶tiû～iông-hō·⇨整修門窗戶扇mn̂g-thang-hō·-sìⁿ。俗作預爲準備除防的意思用。未雨先綢～bī-ú sian-tiû～⇨未下雨預先除防整修門戶以及所要準備。

**biū 謬** 狂者之妄言也。誤也。亂也。欺也。誤～gō·～⇨錯誤chhò-gō·。差錯chha-chhò。差之毫釐，～以千里chha-chi-hô-lî，～í-chhian-lí⇨喻微細的錯失，將導致莫大的損害。背～眞理pōe～chin-lí⇨同上。差～太大chha～thài-toā⇨同上。

【謬見 biū-kiàn】 ㊀錯誤的意見。㊁愚見。自己見解的謙詞。根據本人的～～kin-kì(kù) pún-lâng ê～～⇨同上。

【謬誤 biū-gō·】 誤謬gō·-biū。錯誤chhò-gō·

【謬論 biū-lūn】 狂妄的議論。當今的社會，～～公行，動搖民心，影響士氣甚大tong-kim ê siā-hōe, ～～kong-hêng, tōng-iô-bîn-sim, éng-hióng-sū-khì sīm-tāi⇨好像有此議論。

**biū 繆** 綢繆tiû-biû。未雨先～～bi-ú sian～～⇨未下雨，先作預防工作。

## bo

**bó 母** 生我之人也。女子尊長稱母bó。老女通稱母bó。禽獸之牝曰母bó。凡物之所自生者皆曰母bó，物之大者亦曰母bó。生～乳～養～客～seⁿ～leng～iáng～kheh～⇨各種母親。老祖～姑～姨～舅～伯～叔～lāu-chó·～ko·～î～kū～peh～chek～⇨各種女尊長。諸～漂～孟～徐～chu～phiàu～bēng～chhî～⇨史上的名母親。字～酵～jī～kàⁿ～⇨拼音的母字，發酵的引物。牛～猪～狗～鷄～鴨～gû～ti～káu～ke(koe)～ah～⇨各禽獸類之牝者。火車～大山～拳頭～hóe(hé)-chhia～toā-soaⁿ～kûn-thâu～⇨各種大或強有力之物。父～hū(pē)～⇨爸爸媽媽。天地父～thian-tē-hū～⇨父天母地。有者萬物之～iú chià bān-but chi～⇨老子。哭父哭～khàu-pē-khàu～⇨叫嚚kiò-gô有如哭父母之喪，罵人之粗語。父～脚戽pē～kha-tau⇨父母之家，父母的地方。

【母子 bó-chú】 bó-kiáⁿ。～～相依爲命～～siang-i-ûi-bēng⇨同上。

【母仔 bó-á】 母子bó-chú或母女bó-lí。父仔接～～ pē-á chiap～～⇨父子組與母女組或父女與母子配合爲老幼之兩對夫妻，貧家常見之例。～～子～～kiáⁿ⇨母子(女)。

【母后 bó-hō͘】 皇太后hông-thài-hō͘。皇帝之母。

【母的 bó-ê】 女牝雌性皆曰母的bó-ê。公的～～kang-ê～～⇨男女，牡牝，雌雄。～～較貴，公的較便宜～～khah-kùi, kang-ê khah-piân-gî⇨雌的貴一點，雄的便宜一些(例如鷄等是)。

【母法 bó-hoat】 法律所根據或抄襲的外國法律。～～子法～～chú-hoat⇨同上。

【母金 bó-kim】 母錢bó-chîⁿ。利子或利息之對詞。利息無，無打緊，～～煞呑落去，看有酷刑否lī-sek bô, bô-táⁿ-kìn, ～～soah thun-lo̍h-khì, khoàⁿ-ū khok-hêng-bō͘⇨利子沒有沒關係，母金竟也呑下去了，你看，兇殘不兇殘。無打緊bô-táⁿ-kín改讀bō-tàⁿ-kìn，不要緊put-iàu-kín也。

【母音 bó-im】 A, E, I, O, U等音曰母音。～～子音～～chú-im⇨同上。

【母厝 bó-chhù】 外家goā-ke。～～彼旁較好～～hit-pêng khah-hó⇨外家那邊富裕得多。厝俗作厝。

【母校 bó-hāu】 前所肄業的學校。～～的回憶～～ê hôe-e̍k⇨同上。

【母國 bó-kok】 寄居外邦者的本國。關心～～koan-sim～～⇨同上。

【母舅 bó-kū】 母之兄弟。天頂雷公地下～～公thiⁿ-téng lûi-kong tē-ē～～kong⇨謂天上雷公最大，地上母舅最大。～～母妗～～bó-kīm⇨舅父母。

【母親節 bó-chhin-cheh】 懷念母親之節日。每年五月第二禮拜的第一日(依美國算法，爲星期日也)，爲人子女者各帶一白花(亡者)或紅花(存者)以示紀念。

【母系社會 bó-hē-siā-hōe】 原始社會，由母系開始，然後進入父系。

**bō͘ 否** 否bō͘也(見bo͘部)。安爾是～an-ne si～⇨如此做對否。

**bô 無** 有ū之反詞。否定之詞，如同不，未，非也。又一種總結之詞，相當於如果這樣或那麼。有～攏無要緊ū～lóng-bô-iàu-kín⇨有或無都無關係。錢～人道軟趖 chîⁿ～lâng tō nńg-sô⇨錢沒有了，人就失志無元氣。錢～人也～，安爾那會使得 chîⁿ～lânga̍h～, an-ne(ni) ná-ē(ōe)-sái tit⇨錢沒有了，人也不見了，如此怎麼行。會使得ē-sái-tit，可行也。近人多作會使ē-sai而省去得tit。此得tit字是助詞，⇨宜讀輕音作tih或ti；如少即日語所謂舌足らず sita tⁿ thalaz。但就語法言，是千萬省不得的。攏～去了lóng～khì-lò͘⇨都不見了。看～人khoàⁿ～lâng⇨看不見人。㰮～路chhōe～lō͘⇨尋不出路。明仔日我～於厝裡bîn-á-ji̍t goá～tī chhù-nì⇨明天我將不在家。伊都～於扵i to～tī-teh⇨他是不在家。無於扵bô-tī-teh→bô-tī-lè，不在，不在家。買～bé(bóe)～⇨買不到。看有食～，端仔癮khoàⁿ-ū chia̍h～kan-a-giàn⇨可以看，不可以吃，乾著急。端仔toan-a→kan-na，只是也。討～錢thó～chîⁿ⇨催討不到錢。倩～工chhiàⁿ～kang⇨雇不到工人。變～輦piàn～lián⇨變不出戲法。想～步siūⁿ～pō͘⇨想不出辦法。進～步退～路chìn～pō͘ thè～lō͘⇨進退維谷。趁～食thàn～chia̍h⇨難維生計。食～飽chia̍h～pá⇨吃不飽。看～愜意khoàⁿ～kah-ì⇨看了不中意。即類雪文較～洗chit-lui sat-bûn khah～sé(sóe)⇨此種肥皀比較不耐洗。阿三較～擋頭a-sam khah～tōng-thâu⇨阿三較少耐力。即號米煮較～飯chit-hō-bí chí(chú)-khah～pn̄g⇨此類米比較煮不出白飯(同量米，煮出飯量較少)。算起來安爾較～局sǹg khì lâi, an-ne(ni) khah～kio̍k⇨一算這樣子比較不合算。～，再會否～，chài-hōe-ho͘h$^{n}$⇨那麼，再見罷。～，你道莫去～，lí-tō mài-khì⇨既然如此，你就不去算了。～，安爾安怎～，an-ne(ni) an-choá$^{n}$⇨那麼，就這樣子你看如何。～道咱家己來舞～tō lán-ka-kī lâi-bú⇨既然如此，就我們自己辦吧。

**【無二 bô-jī】** 無二bû-jī。獨一～～to̍k-it～～⇨同上。合個老父宛然～～kah-in-lāu-pē oán-jiân～～⇨與他老父完全一模一樣it-bô͘-it-iū$^{n}$。

**【無人 bô-lâng】** ～～買～～bé(bóe)⇨沒人來買。誰都不買。～～佅～～boeh⇨沒人要。誰都不接受。～～看顧～～khoà$^{n}$-kò͘⇨沒人照顧chiàu-kò͘。身長命短～～來sin-tn̂g-miā-té～～lâi⇨等人不來。嫁～～愛kè～～ài⇨要出嫁但沒人要。～～有的～～ū ê⇨世上罕有。

**【無卜 bô-poh】** 難卜安否。危險hûi-hiám。我看敢～～goá-khoà$^{n}$ ká$^{n}$～～⇨我看恐怕危險。～～嗚，該仔細～～o͘, ài-chú-sè⇨危險也，要小心。伊既死也，你也～～了 i kà-sí-à lí-a̍h～～lò͘⇨他已經死了，你也難保了。

**【無仁 bô-jîn】** 空殼khang-khak。講彼類～～的kóng hit-lui～～ê⇨胡說八道。

**【無日 bô-ji̍t】** 看～～khoà$^{n}$～～⇨擇不出良時吉日。早起時較～～chá-khí-sî khah～～⇨早晨太陽較不強烈。～～可創～～hó-chhòng⇨沒有吉日可辦。～～子～～chí⇨同。

**【無孔 bô-khang】** ㈠收益壞。無財路。眞～～chin～～⇨沒錢。較～～khah～～⇨財路不暢。阿三未～～嘛a-sam bē(bōe)～～mà⇨阿三不會是窮的。

**【無去 bô-khì】** ㈠沒有去。我～～伊每～～goá～～i mā～～⇨我沒去，他也沒去。死～～sí～～⇨沒有死掉。㈡死了。早道～～了chá-tō～～lò͘⇨很早就死掉了。頂日藉～～耳téng-ji̍t chiah～～niâ⇨前天才歿了。

**【無半 bô-poà$^{n}$】** 謂無。全無。～～錢～～î⇨半文錢也沒有。～～人～～lâng⇨全沒人。～～步～～pō͘半個辦法都沒有。～～項～～hāng⇨㈠一件東西都沒有。㈡一件事都做不出來。

**【無全 bô-chn̂g】** 不完全。非全部。家私～～ke-si～～⇨道具不齊備。～～亦有半～～mā-ū-poà$^{n}$⇨非全部也應有一半。

**【無字 bô-jī】** ㈠沒有字據。～～無墨也啦，那有法度～～bô-ba̍k-ā-lā, ná-ū hoat-tō͘⇨無證無據的有何辦法。㈡不合情理。講彼類～～的kóng hit-lōe～～ê⇨你胡說。㈢無辦法。想到～～去siū$^{n}$-kà～～khì(ì)⇨想不出辦法。㈣唱～～曲仔chhiù$^{n}$～～khek-á⇨亂唱亂哼以開心。㈤～～天書～～thian-si(su)⇨書中無字，但求之必有指示之寶貝。

**【無共 bô-kâng】** 不相同。不同樣。許～～啦he～～là⇨那不同樣的。

**【無尾 bô-bóe(bé)】** 無結局。有頭～～ū-thâu～～⇨有始無終。狷到～～去siáu-kà～～khì(ì)⇨太癲太狂得沒程度。戇到～～去gōng-kà～～khì(ì)⇨太傻瓜了。

**【無妨 bô-hông】** 不礙事，不悖理。你有閒，逐日來每～～lí-ū-êng, ta̍k-ji̍t-lâi mā～～⇨有閒工夫的話，每天都也可以來。阿叔講咱～～嘛a-chek kóng-lán～～mà⇨叔叔數說我們，也是當然的嘛。

**【無局 bô-kio̍k】** ㈠無聊bô-liâu。無情調bû-chêng-tiāu，自己一個人較～～ chū-kí it-kò-jîn khah～～⇨同上。㈡無實惠bû-si̍t-hūi。即次開了較～～chit-chhù khai-liáu khah～～⇨同上。

**【無步 bô-pō͘】** 無法度bô-hoat-tō͘。沒法

子。變～～也piàn～～ā⇨搞不出名堂了。當都～～也ta$^{n}$-to～～ā⇨而今都沒辦法了。

【**無事** bô-sū】 平靜。平安。人未掛得～～牌lâng bē-koà-tit～～pâi⇨謂難保無事。～～抄惹事～～teh jiá-sū⇨無事而自找麻煩。～～天下濶～～thi$^{n}$-ē-khoah⇨太平時，天空地濶。～～不入三寶殿～～put-ji̍p sam-pó·-tiān⇨平安即不到寺中求佛。喻有事求人。～～使的人～～sái ê lâng⇨無用之人。無路可派用之人。

【**無伓** bô-boeh(beh)】 不作爲。伊～～來也i～～lâi ā⇨他不來了。阿三～～負責a-sam～～hū-chek⇨阿三不肯負責。個講～～還啦in-kóng～～hêng(hân)-là⇨他們說不還(錢)。

【**無食** bô-chia̍h】 ㊀沒吃東西。三頓～～也sa$^{n}$-tǹg～～à⇨三餐沒吃東西了。㊁無利可圖。趁～～thàn～～⇨賺～～choán～～⇨討不出生計。賺choán，得利也，積資也曰賺錢choán-chhiân。彼款的爭～～啦hit-khoán-ê che$^{n}$～～là⇨那一類的爭到也無益也。

【**無外…** bô-goā…】 bô-joā……。不甚……put-sīm……。～～大～～toā⇨不甚大。～～久～～kú⇨不很久。

【**無甚** bô-siah$^{n}$】 不甚……。～～人～～lâng⇨人不多。～～錢～～chî$^{n}$⇨錢不多。～～寒～～koâ$^{n}$⇨不甚寒冷。～～伓～～boeh⇨不甚同意。～～愜意～～kah-ì⇨不甚中意。猶～～滿足iáu～～boán-chiok⇨還不十分滿足。～～路用～～lō·-iōng⇨不甚可利用。～～時間了～～sî-kan-lò·⇨時間不多了。～～好食咧～～hó-chia̍h-lè⇨不甚好吃。

【**無眞** bô-chin】 不眞實。看～～khoà$^{n}$～～⇨看不清楚。聽～～thia$^{n}$～～⇨聽不清楚。

【**無盈** bô-êng】 多忙to-bông曰無盈bô-êng，亦作無閒bô-êng。盈êng，餘也，多餘也；無盈bô-êng即無多餘的時間也。閒hân同間kan，空隙khong-kek也，在義都可通，在音似應作無盈bô-êng。明明是無閒bô-hân何必強讀bô-êng呀。～～工許敍～～kang hiah-chē(chōe)⇨沒有那麼多的閒工夫hân-kang-hu。～～死死～～sí-sí⇨忙得要命。即陣抵好較～～chit-chūn tú-hó khah～～⇨此刻剛好比較忙。人抄～～，毋可吵lâng-teh～～，m̄-hó-chhá⇨人家在忙中不可以打擾tá-jiáu。

【**無時** bô-sî】 不時put-sî。不論何時。經常keng-siâng。～～盈～～êng⇨沒有閒時。盈êng亦作閒êng。～～停～～thêng⇨無停休之時。～～定～～tiā$^{n}$⇨沒有恬靜tiām-chēng之時。做到～～無日chò(chòe)-kà～～bô-ji̍t⇨拼得日夜不休不眠。～～無陣，伓來道來～～bô-chūn, boeh-lâi to-lâi⇨無定時無定刻，說來就來。

【**無消** bô-siau】 ㊀銷路不佳。即款貨較～～chit-khóan-hóe(hé) khah～～⇨此種貨較無銷路。㊁免了罷。不要了，不必了。彼款代誌～～啦hit-khoán tāi-chí～～là⇨那種事免了罷。～～啦，不免來啦～～là, m̄-bián-lâi-là⇨沒興趣的，不必來罷。

【**無望** bô-bāng】 沒希望。～～也啦，免更想也啦～～ā-là, bián-koh-siū$^{n}$ ā là⇨沒希望了，不用再想了。

【**無情** bô-chêng】 bû-chêng。水火～～chúi-hóe(hé)～～⇨同上。賊仔～～婊無義chha̍t-á～～piáu-bô-gī⇨同上。～～無理～～bô-lí⇨同上。

【**無彩** bô-chhái】 可惜。～～錢～～chî$^{n}$⇨浪費lōng-hùi。～～工～～kang⇨無効。徒勞。～～伊好額～～i hó-gia̍h⇨枉費他有錢。～～伊八字～～i bat(pat)-jī⇨枉費他識字。～～生做許爾媠講跛脚啦～～se$^{n}$-chò hiah-ni-súi kóng-pái-kha-là⇨可惜生得那麼漂亮竟是跛脚的。相思愈來愈沈重，先生來看～～工siu$^{n}$-si ná-lâi ná-tîm-tāng, sin-se$^{n}$ lâi-khoà$^{n}$～～

kang⇨相思病入膏肓，群醫束手也。

【無救 bô-kiù】 ㊀無法可救。彼個囡仔～～了hit-ê gín-á～～lò͘⇨那個孩子壞透了。㊁不救。救救紐紐呵～～會夭壽呵kiū-kiū-liū-liū-ò～～ē(ōe)-iáu-siū-ò͘⇨求救的戲謔詞。相關語，如果不救①你們會夭壽，②我會夭壽，夭壽iáu-siū，夭折也，作太壞了解。

【無聊 bô-liâu】 心不暢。歸日無所事事，～～到會死去kui-ji̍t bû-só͘-sū-sū，～～kā-ē(ōe)-sí-ì(khì)⇨整天無事可做，無聊得要死了。

【無啥 bô-sah$^{n}$】 無甚bô-sah$^{n}$，bô-siah$^{n}$。無事物。沒問題。～～啦，免更講也啦～～lâ，bián-koh-kóng-á-lâ⇨沒問題了，不必再提了。看都～～咧khoà$^{n}$ to～～lè⇨看了沒什麼稀奇。～～啦，煞煞去啦～～lā, soah-soah-khì(ì)-lā⇨沒事嘛，算了罷。

【無嫌 bô-hiâm】 不嫌棄，不討厭。甜鹹餡～～ti$^{n}$-kiâm-chiá$^{n}$～～⇨甜的鹹的，淡味的都不討厭，亦即都全收無誤。您～～阮怯勢道好也，阮曷敢嫌您lín～～goán khiap-sì tō-hó-à, goán-a̍h-ká$^{n}$-hiâm-lín⇨您不嫌我難看就好了，我何敢嫌您。

【無意 bô-ì】 非本意。～～中的不是挑故意的～～tiong-ê m̄-sī thiau-ì-kò͘-ê⇨非本意所爲的，不是有意爲之的。家己～～～～也ka-kī～～～～à⇨自己不好意思了(心有內疚)。

【無幹 bô-kàn】 危險也(莫爲也)。～～，莫較贏～～，māi-khah-iâ$^{n}$⇨危險也，不要(作爲)比較安全。

【無話 bô-ōe】 ㊀沒話可說。安爾都～～講也an-ne(ni) to～～kóng à⇨如此皆無話可說了。㊁太閒了，太無聊了。～～講傀儡～～kóng-ka-lé⇨無聊了，亂說番族之事。～～講松柏蕊～～kóng-chhêng-peh-lúi⇨無聊了，亂講松柏花球之事。皆言因無聊而胡說八道。

【無嗣 bô-sû】 無後嗣。孤老的抾勸～～的ko͘-láu-ê teh-khǹg～～ê⇨同類相規勸。

【無當 bô-tâng】 無當bô-thang之轉化。～～食～～chia̍h⇨無地可食。～～困～～khùn⇨無地可眠。困俗加目作睏多此一舉也。

【無當 bô-thang】 沒有可以如何如何。～～食～～chia̍h⇨無物可食。無法就食。～～困～～khùn⇨無地可眠。～～湊脚手～～tàu-kha-chiú⇨無法協助。無人可協助。出一下手湊創耳道～～chhut-chi̍t-ē-chhiú tàu-chhòng niâ tō～～⇨出出手幫助辦理而已，(你)就不肯(出手)。

【無膏 bô-ko】 無才，無錢，無實力曰無膏bô-ko。知知抾啦，～～抾啦chai-chai-leh-lā，～～leh-lā⇨輕蔑之詞。台灣蟳～～tâi-oân-chîm～～⇨大陸人輕蔑台灣士子之詞。膏ko，油脂，蟹黃曰膏ko。

【無遭 bô-choā】 無差異。無走遭bô-cháu-choā之省詞，亦即無走線bô-cháu-soà$^{n}$也。遭choā本應作組choā。組，緣，紃，線皆線soà$^{n}$也。只是粗細有別而已。無走組bo-cháu-choā是線不逸出線外，亦即正常也。今婦女車衣，跳線thiàu-soà$^{n}$亦曰走線cháu-soà$^{n}$，即走組cháu-choā，作走遭cháu-choā也。又組choā字今已專爲組織cho͘-chit或刑事組之組cho͘矣，其組choā線soà$^{n}$之含義似已失矣。

【無影 bô-iá$^{n}$】 非眞實。虛言。無也bô-ià。～～的亦講到有一字八～～ê a̍h-kóng-kà ū-chi̍t-jī-pat⇨非眞實事，也說成一個八字，亦即假的說得似眞的。～～不道不當講～～m̄-tō m̄-thang-kóng⇨非眞實者不說才對。～～無跡～～bô-chiah⇨全是子虛。～～跡～～chiah⇨同前。虛詞唐，～～跡宋hau-siâu-tông，～～chiah-sòng⇨有關唐宋兩代的故事都是虛僞誇大的。有影，～～，假影，知影，不知影即五字影，我想攏是也字所轉化的ū-iá$^{n}$，～～，ké-iá$^{n}$, chai-iá$^{n}$, m̄-chai-iá$^{n}$, chit-gō͘-jī-iá$^{n}$, goá-siū, lóng-sī iá-jī só͘-choánhoā-ê⇨有影ū-iáⁿ是有也ū-iā，無影bô-iáⁿ是無也bô-iā，假影ké-iáⁿ是假也ké-iā，知影chai-iáⁿ是知也chai-iā，不知影m̄-chai-iáⁿ是不知也m̄-chai-iā是也。

【無論 bô-lūn】 ㊀不拘執put-khu-chip。～～大細，有人有額～～toā-sè(sòe)，ū-lâng-ū-giah⇨不論大人小人，有人就有份。～～佗一日攏可～～tah(toh) chit-jit lóng-hó⇨不管那一天都可以。～～啥人，個祖公戴蹺勢，未用得道是未用得～～siaⁿh-lâng, in-chó͘-kong tì-khiau-sì, bē(bōe)-iōng-tit tō-sī bē(bōe)-iōng-tit⇨不管任何人，他祖公戴蹺勢做宰相(也一樣)，不行就是不行。㊁無所謂bû-só͘-ūi。買賣算分，相請～～bé-bē sǹg-hun, sio-chhiáⁿ～～⇨做生意買賣bóe-bōe，討斤較兩，毫厘必爭，做朋友相請客，此乃多少都不計較的。

【無盤 bô-poâⁿ】 了錢liáu-chîⁿ。虧本khui-pún。做即類價數眞～～chò(chòe)-chit-lōe kè-siàu chin～～⇨賣這種價錢很不合算(利太少，要了錢)。食頭路上～～耳啦chiah-thâu-lō͘ siāng～～niâ-là⇨吃固定薪水，最不合算也。

【無錢 bô-chîⁿ】 ㊀沒錢。窮。～～可娶某～～hó-chhoā-bó͘⇨無錢可娶妻。～～講無話～～kóng-bô-ōe⇨無錢即與人說不成話(不能成事)。㊁免費的。食～～飯chiah～～pn̄g⇨免費伙食。做～～工chò(chòe)～～kang⇨無報酬的工作。食～～米做～～工chiah～～bí chò(chòe)～～kang⇨坐監。

【無親 bô-chhin】 不親密。非親。～～無戚～～bô-chhek⇨無近親無遠戚。孤獨之人。親堂仔都攏～～去也chhin-tông-á to-lóng～～khì-à⇨同宗同族的人皆沒有親密來往了。個比阮，猶較～～去也 in-pí goán, iáu khah～～khì-à⇨他們比較我們又更疏遠一點了。

【無錯 bô-chhò】 對了tùi-là。著tioh。～～安爾著～～an-ne(ni)-tioh⇨不錯。這樣對了。

【無禮 bô-lé】 失禮sit-lé。～～無體～～bô-thé⇨失禮失儀。～～無數～～bô-sò͘⇨無禮數bô-lé-sò͘。～～無貌～～bô-māu⇨同前。相鼠有體，人而～～，不如遄死siàng-chhí iú-thé, jiû jî ～～, put-jī chhoán-ŝ⇨老子。

【無聲 bô-sia】 ～～無說～～bô-soeh(seh)⇨無消無息bô-siau-bô-sit。～～共無影～～kāng bô-iáⁿ⇨同前。

【無膽 bô-táⁿ】 膽量不大。比鳥鼠仔都較～～扲pí niáu-chhí-á to-khah～～lè⇨比老鼠還膽小。

【無醫 bô-i】 無法醫治救活。過症～～kòe(kè)-chèng～～⇨救治失時者曰過症kòe-chèng。

【無釁 bô-hûn】 略同無痕bô-hûn。釁hûn，器破未離。痕hûn，痂瘢也。船過水～～chûn-kòe chúi～～⇨喻事後不留痕跡。

【無一定 bô-it-tēng】 不一定put-it-tēng。～～有影～～ū-iáⁿ⇨或者是眞的。伊～～～是假影講的i～～～si ké-iáⁿ-kóng-ê⇨他或可能是故意說假話。

【無了時 bô-liáu-sî】 無了結之時。目前的困境無完了之時。將來無希望。食到即款的頭路也～～～chiah-kà chit-khoán-ê-thâu-lō͘ iā～～～⇨這種的生活那裏有將來的希望。合你即款的查甫做翁仔某也～～～kah-lí chit-khoán-ê-cha-po͘ chò(chòe) ang-á-bó͘ iā-～～⇨和你這種男人做夫妻，那有將來的希望。

【無人緣 bô-lâng-iân】 人人不親近。人際之緣份不佳。～～～ 更臭乞食羶～～～koh chhàu-khit-chiah-hiàn⇨人緣已無，又有乞丐的臭羶chhàu-hiàn，謂誰都討厭之人。

【無子午 bô-chú-ngó͘】 無方針bô-hong-chiam。無定見bô-tēng-kiàn。伊都～～～，毋藉安爾亂糟糟 i to～～～m̄-chiah an-ne(ni) loān-chau-chau⇨他就是無子午所以如此的亂七八糟。

【無囝利 bô-kiáⁿ-lāi】 超級的高利子。放～

～～pàng～～～⇨放絕子絕孫的高利貸。無囝bô-kiá$^n$，絕子嗣也。

【無囝債 bô-kiá$^n$-chè】 同無囝利bô-kiá$^n$-lāi。放債生利也。放～～～pàng～～～⇨同放無囝利。

【無下落 bô-hē-lo̍h】 ㊀不得要領。代誌到當猶～～～tāi-chì kau-ta$^n$ iáu～～～⇨事件到現在還是不得要領。㊁平庸pêng-iông。～～～人～～～lâng⇨粗俗人chho͘-sio̍k-lâng。

【無上算 bô-chiū$^n$-sǹg】 不夠格算入賬。～～～的人～～～ê lâng⇨無可取之人。

【無公平 bô-kong-pê$^n$(pî$^n$)】 ～～～拍到二九暝～～～phah-kàu jī-káu-mê(mî)⇨謂分產不公平即無法了結(打到過年夜還要打)。

【無公平 bô-kong-pêng】 不公平put-kong-pêng。分家伙～～～道起冤家也pun-ke-hóe～～～tō-khí oan-ke a分家分得不公平就發生吵架了。

【無公道 bô-kong-tō】 同無公平bô-kong-pê$^n$。

【無心成 bô-sim-chiâ$^n$】 心已爲他事所引。𫝛～～～也啦ta$^n$～～～ā-là⇨現在無心於此了。～～～做生理也～～～chò(chòe)-seng-lí-à⇨已經無心於經營生意了。

【無心官 bô-sim-koa$^n$】 記憶力壞。愈老愈～～～也jú-lāu-jú～～～a⇨越老記憶力越差了oa̍t-lāu khì-ek-le̍k oa̍t-chha-lò͘。

【無天良 bô-thian-liông】 沒有天理良心。～～～的人～～～ê lâng⇨同上。

【無天理 bô-thi$^n$-lí】 ㊀天不講理。～～～那有地理～～～ná-ū tē-lí⇨上不正則下歪siang-put-chèng chek hē(hā)-oai。㊁非常。～～～大～～～toā⇨非常之大。～～～溽～～～jo̍ah⇨非常之溽。溽jo̍ah，非熱jia̍t也。

【無分會 bô-hun-hōe】 不聲不響put-sia$^n$-put-hiáng。一些預告都沒有。同無分無會bô-hun-bô-hōe。～～～講一下道拍來～～～kóng chi̍t-ē tō-phah-lâi⇨一聲不響的一下子就打來了。講kóng，衍辭ián-sû，可有可無。

【無比止 bô-pí-chí】 比不了pī-put-liáu。比不盡pí-put-chī。媠穤～～～，愜意較慘死súi-bái～～～ kah-ì khah-chhám-sí⇨美與醜是比較不完的，彼此中意tèng-ì爲第一重要。較慘死khah-chhám-sí，比死還嚴重。

【無平正 bô-pê$^n$-chià$^n$】 不平不正。偏心phian-sim。心官～～～sim-koa$^n$～～～⇨心裡有偏心。

【無目地 bô-ba̍k-tē】 看不起人。看人～～～khoà$^n$-lâng～～～⇨輕視他人。

【無打算 bô-phah-sǹg】 無意bû-ì。無計畫。～～～佅娶姥～～～boeh chhoā-bó͘⇨無意娶妻。無計畫要結婚。

【無打緊 bô-tá$^n$-kín】 ㊀無要緊bô-iàu-kín。食物無錢～～～，食死去愛更賠人命藉利害呵chia̍h-mi̍h bô-chî$^n$～～～，chia̍h-sí-ì(khì) ài-koh pôe-jîn-bēng chiah-lī-hāi-ō⇨吃東西不付錢沒關係，吃死了還要賠人命……，此才嚴重也。㊁輕快khin-khoài。不以己爲重。阿花做人眞～～～a-hoe chò(chòe) lâng chin～～～⇨阿花爲人很輕快。～～～更好央倩～～～koh hó-iang-chhià$^n$⇨謂輕快而又好央易倩。託人曰央iang，雇人曰倩chhià$^n$。

【無代誌 bô-tāi-chì】 ㊀無工作。無事可辦。今仔日～～～kin-á-ji̍t～～～⇨今天無事。有閒時間。㊁無麻煩bô-mâ-hoân。～～～不天下太平咯～～～m̄ thian-hā-thài-pêng-lō͘⇨無事麻煩可不是天下太平了嗎。㊂略同無問題bô-būn-tê。～～～，安啦～～～an là⇨無問題，安啦。長的扲講，我看～～～啦tiú$^n$-ê teh-kóng，goá-koà$^n$～～～lâ⇨長官閣下在說情，我看沒問題罷。

【無伊法 bô-i-hoat】 無法伊bô-hoat-i。沒辦法。老也了，～～～也了lāu-ā-lò͘～～～ā-lò͘⇨老了，沒辦法了。

【無行情 bô-hâng-chêng】 ㊀無交易bû-kau e̍k。無市無價。今仔日～～～kin-á-ji̍t～～～⇨今天無市。㊁行不通的。非常識的。講～～～話kóng～～～ōe⇨說無常識之言語。～～～的代誌不當做～～～ê tāi-chì m̄-thang-chò (chòe)⇨行不通之事不可爲也。

【無良心 bô-liông(liâng)-sim】 沒有善良之心。良心的一個死，一個未出世，此之謂～～～也liâng-sim-ê chi̍t-ê-sí, chi̍t-ê bōe-chhut-sì, chhú-chi-ūi～～～iā⇨同上。

【無治代 bô-tī-tāi】 不相干put-siang-kan。治代tī-tāi疑是纏帶tî$^{n}$-tài的轉化。敁你～～～kah-lí～～～⇨與你無干。格好人也～～～kek-hó-lâng á～～～⇨裝成與事無干的好人。

【無法伊 bô-hoat-i】 奈何不了他。～～～抵着猴齊天上天借寶扇，猴齊天，算來算去，也是仙抵着劉孫賓，斬脚假瘋癲～～～，tú-tio̍h kâu-chê-thian chiū$^{n}$-thî$^{n}$ chioh-pó-sì$^{n}$，kâu-chê-thian，sǹg-lâi-sǹg-khì ā-sī-sian tú-tio̍h lāu-sun-pin chàm-kha ké hong tian⇨丑仔白。

【無法得 bô-hoat-tì(tit)】 ㊀無辦法。我無愛，我～～～goá-bû-ài，goá～～～⇨我不要，我沒辦法。㊁有病。人～～～lâng～～～⇨(我，你，他)身上有病。

【無奈何 bô-nāi-hô】 萬不得已bān-put-tek-í。不得不put-tek-put。不討趁，怽賣某，講是～～～的啦，你聽看有幾句m̄-thó-thàn, boeh-bē-bó͘, kóng-sī～～～ê-là, lí-thia$^{n}$-koà$^{n}$-ū-kúi-kù⇨不討生活不賺錢，要出售老婆了，說是不得不如此的，(此話)你試試看能夠聽幾句(還不氣死嗎)。無奈何bô-nāi-hô似亦說成無奈何bô-tāi-ôa。

【無於抡 bô-tī-leh】 bô-ti-teh。不在。不在家。人攏～～～是否lâng lóng～～～sī-bò͘⇨皆不在(家)嗎。阿伯都～～～也，無我另日藉更來a-pe̍h to～～～ā，bô-goá lēng-ji̍t chiah-koh-lâi⇨伯父既然不在家了，那麼，我改天再來好了。

【無事使 bô-sū-sāi】 無用bû-iōng。不中用put-tiòng-iōng。彼款人～～～hit-khoán-lâng～～～⇨那種人不中用。

【無抡是 bô-teh-sī】 同無於爲bô-teh-ī。

【無抡爲 bô-teh-ī】 不在進行。都攏～～～to-lóng～～～⇨完全不在進行(工作)。攏每～～～lóng-mā～～～⇨同上。爲ī，作爲也。或謂應作預i非。蓋爲自主的作爲也，預，參預(與)，非自主也。

【無來食 bô-lâi-chia̍h】 不像樣子。嚇，眞～～～heh，chin～～～⇨哼，實在不像樣子。戇人拜公媽，愈看愈～～～gōng-lâng pài-kong-má，jú-khoà$^{n}$ jú～～～⇨傻瓜祭拜公媽，越看公媽越沒來吃(祭品)。越來越不像樣子的諧趣話。

【無依偎 bô-i-oá】 無人可依靠爲生。同無依無偎bô-i-bô-oá。伊盒都～～～端仔家己一個人耳i ta$^{n}$ to～～～tan-a ka-kī chi̍t-ê-lâng-niâ⇨他現在都無人可靠，只是自己一個人而已。

【無定著 bô-tiā$^{n}$-tio̍h】 ㊀未定。猶～～～抡iáu～～～lè⇨事未決定。㊁不定。可能。～～～伊會參加每敢～～～i ē(ōe) chham-ka mā-ká$^{n}$⇨說不定他會參加也有可能。即件婚事～～～會成每敢chit-kiā$^{n}$ hun-sū～～～ē(ōe) sêng mā-ká$^{n}$⇨本件婚事可能成立也說不定。每敢mā-ká$^{n}$，肯定的推測詞。咱人性命～～～lán lâng sè$^{n}$-miā～～～⇨讚美詩詞。

【無底褲 bô-té-khò͘】 喻有漏洞之計。俗曰柏計phà$^{n}$-kè，多作冇計phà$^{n}$-kè。創彼類～～～抡乎人穿，較加每落氣chhòng-hit-lōe～～～teh-hō͘-lâng-chhēng，khah-ke mā lāu-khùi⇨設那種空計畫叫人實行，再多也要漏氣(失敗)。穿着～～～chhēng-tio̍h～～～

⇨誤中了空城計。

【無畏人 bô-ùi-lâng】 不敬畏序大人。無禮無數。安怎安爾～～～無禮無數，an-choá$^{n}$ an-ne(ni)～～～bô-lé-bô-sò͘⇨教訓孩童之詞。

【無後爪 bô-āu-jiáu】 有前蹄～～～ū-chêng-tê～～～⇨罵人事後不收拾。

【無面囝 bô-bīn-kiá$^{n}$】 無面子bô-bīn-chú的戲謔詞。其趣在故意讀錯子爲囝。

【無耐性 bô-nāi-sèng】 缺耐力。～～～更恔受氣藉慘～～～koh gâu-siū-khì chiah-chhám⇨又無耐性，又易怒才慘也。

【無甚麼 bô-sìm-mí】 bô-sa-mah。無事bû-sū。無問題bô-būn-tê。～～～啦，免煩惱啦～～～là bián-hoân-ló-là⇨沒事，不必急嘛。

【無要緊 bô-iàu-kín】 不要緊。小事。～～～有藉還道好～～～ū-chiah-hêng tō-hó⇨沒關係，有了(錢)才還就可以。見在伊去，～～～kì$^{n}$chāi-i-khì，～～～⇨不管他，任由他去，沒關係。共你講都～～～，有代誌我藉負責道好也kā-lí-kóng to～～～，ū-tāi-chì goá-chiah hū-chek tō-hó-à⇨(我)對你說了，沒事的，有事了我來負責就好了。

【無起號 bô-khí-hō】 沒有基準。無限制的。如俫抐都～～～的，看你安怎抐耳nā-boeh-lā to～～～ê，khoà$^{n}$-lí an-choá$^{n}$-lā-niā⇨如果要大大的熱熱鬧鬧的話，(所費)是沒有標準的，要看你的搞法如何而已。喜慶之事加以舖張pho͘-tiang曰鼇抐lê-lā，亦單曰抐lā。大鼇抐toā-lê-lā。大鼇大抐toā-lê-toā-lā。鼇lî或lē，理也。又治也。又小數名。

【無臭誚 bô-chhàu-siâu】 不負責的。無責任感的。實在眞～～～sit-chāi chin～～～⇨同上。誚siâu，責讓也。俗作精siâu，不雅也。

【無細二 bô-sè-jī】 ㊀不小心。㊁不客氣put-kheh-khì。或謂細二sè-jī應作細膩 sè-jī。膩jī，潤滑也，細密也。

【無教示 bô-kà-sī】 沒有教訓。教示kà-sī，教訓kàu-hùn，修理siu-lí也。即款囡仔～～～未用得chit-khoán gín-a～～～be-(bōe) iōng-tit⇨這樣子的孩子非予修理不可。父母死早無人教示pē-bó sí-chá bô-lâng-kà-sī⇨罵人失儀。

【無得定 bô-tek-tiā$^{n}$】 不卓定put-tok-tēng。不持重put-chhî-tiōng。責少男少女輕燥之詞。查某囡仔人亦許爾～～～cha-bó͘-gín-á-lâng ah hiah-ni～～～⇨女孩子也那麼輕浮。亦作無得無定bô-tek-bô-tiā$^{n}$，義同。

【無夠看 bô-kàu-khoà$^{n}$】 輕蔑人之詞。不値一顧put-tat-it-kò͘。彼款人～～～啦hit-khoán-lâng～～～lā⇨同上。

【無夠重 bô-kàu-tāng】 ㊀重量不足。稱～～～chhìn～～～⇨秤量得不夠斤兩。㊁輕視人。看人～～～khoà$^{n}$-lâng～～～⇨看不起人。

【無捨施 bô-siá-sì】 原應讀bô-sià-si。可憐khó͘-liân(kó-lîn)。不忍於心put-jím-î-sim。看著實在～～～khoà$^{n}$-tioh sit-chāi～～～⇨看著實在於心不忍。實在～～～，生囝去學戲，sit-chāi～～～，se$^{n}$-kiá$^{n}$ khì-oh-hì⇨可憐啊，生子去學戲了。

【無張除 bô-tiu$^{n}$-tî】 沒注意。不小心。沒有除防tî-hông。～～～去摃破碗～～～khì kòng-phoà-oá$^{n}$⇨不小心弄破了碗。我看是～～～的，不是挑故意的，該原諒伊藉着goá-khoà$^{n}$ sī～～～ê，m̄-sī thiau-kò͘-ì-ê，ài-goân-liōng-i chiah-tioh⇨依我觀察，是不小心所致的，並不是特意存心做的，應該予以原諒才對。

【無問題 bô-būn-tê】 事可行，不會有阻礙等等的答應之詞。阿忠～～～，一定及格a-tiong～～～it-tēng kip-keh⇨同上。～～～，錢了道可也～～～chî$^{n}$-liáu to-hó-à⇨謂只要錢付出就沒事了。～～～，錢死人無代～～～，

chî$^n$-sí lâng-bô-tāi⇨目前，亦即錢死人可免死也。阿長的扲講也，～～～a-tiú$^n$-ê teh-kóng à, ～～～⇨長官大人所說的，一定可行。

【**無路用** bô-lō͘-iōng】 無用bû-iōng。～～～人～～～lâng⇨不用之人。～～～物～～～mih⇨無可使用或利用之物。

【**無路來** bô-lō͘-lâi】 不順，不順序。不順手。講～～～kóng～～～⇨說不出所以然。說不出道理。做～～～chò (chòe)～～～⇨工作做得不順手。亦即無法按順序進行其工作。創～～～chhòng～～～⇨創chhòng亦做chò (chòe)也。作爲也。

【**無滾笑** bô-kún-chhio】 不是玩的。不能玩的。許～～～的，不是要的he～～～ê，m̄-sī-sńg-ê⇨那是玩不得的，不是玩的。

【**無疑悟** bô-gî-gō͘】 想不到。意外ì-goā。～～～更落大雨～～～koh-lo̍h-toā-hō͘⇨表示意外的套詞。～～～你會來～～～lí ē (ōe)-lâi⇨想不到你會來。～～～講連阿三亦考會著～～～kóng liân-a-sam a̍h-khó-ē (oe-)-tio̍h⇨想不到連阿三也能夠考上了。

【**無線電** bô-soà$^n$-tiān】 無線電信、電報的省詞。

【**無嘴水** bô-chhùi-chúi】 不善於詞令。你道是～～～扲輸人耳lí to-sī～～～teh-su-lâng-niâ⇨你就是不善詞令這一點輸人家而已。同無嘴無水bô-chhùi-bô-chúi。人講一嘴含一舌～～～不 lâng-kóng chi̍t-chhùi-kâm-chi̍t-chi̍h，～～～m̄⇨古人說，一口一舌(不加驅使)的無嘴無水者。不是嗎。

【**無輸贏** bô-su-iâ$^n$】 平手pê$^n$(pî$^n$)-chhiú。～～～的～～～ê⇨平手的。不是眞的。咱講～～～的lán-kóng～～～ê⇨我們說個玩的(比喻)。博竅甚人佅博～～～的poa̍h-kiáu sia$^n$-lâng-boeh-poa̍h～～～ê⇨賭博誰肯博玩的。

【**無藝量** bô-gī-niū】 無所事事。無聊 bû-liâu。家己～～～道去欸人食酒行棋ka-kī～～tō-khì chhōe-lâng chia̍h-chiú-kiâ$^n$-kî⇨自己(覺得)無聊就出去尋人飲酒下棋。

【**無一下仔** bô-chi̍t-ē-á】 不久。很快。～～～～耳，道行去也～～～～niâ，to-kiâ$^n$-khì (ì)-à⇨不很久就死了。行去kiâ$^n$-khì (ì)，步行而去，亦指死。

【**無大無細** bô-toā-bô-sè(sòe)】 不知長幼之序。即個囡仔～～～～chit-ê gín-á～～～～⇨同上。

【**無牛使馬** bô-gû-sái-bé】 無正牌貨且用代用品。～～～～罔渡也罔渡～～～～bóng-tō͘-à-bóng-tō͘⇨使用代用品姑且支持支持。

【**無天無地** bô-thi$^n$-bô-tē】 無天道無地理。實在有影～～～～，講起來天黑一邊sit-chāi-ū-iá$^n$～～～～，kóng-khí-lâi thin-o͘-chi̍t-pêng⇨實在眞的無天無地的，講起來，天也黑一半。

【**無孔無榫** bô-khang-bô-sún】 無道理bû-tō-lí。無證據bû-chèng-kì。～～～～的話講歸擔～～～～ê-ōe kóng-kui-tà$^n$⇨無根無據bô-kin-bô-kì的話說得太多了。歸擔kui-tà$^n$亦作規擔kui-tà$^n$。喻多也。

【**無主家神** bô-chú-ke-sîn】 ㊀無人祭拜之孤魂。㊁不認主家之人。～～～～仔扲通外鬼～～～～á teh thong-goā-kúi⇨謂家中有人(違背主家)在與外人暗通消息。

【**無回無飛** bô-hôe-bô-poe】 無消無息bô-siau-bô-sit。去了都～～～～khì-liáu to～～～～⇨同上。

【**無因無端** bô-in-bô-toa$^n$】 無端bû-toan。無理由，無原因。～～～～扲哭甚麼～～～～teh-khàu sia-mih⇨(你)無端在哭什麼呀。它會～～～～去合人冤家thah-ē～～～～khì kah-lâng oan-ke⇨因何無端去與人家吵架。

【**無某無猴** bô-bó-bô-kâu】 單身漢toa$^n$-sin-hàn。無妻無子無拖累之人。～～～～的人～～～～ê-lâng⇨同上。

【無砂無屑 bô-soa-bô-sap】 無砂屑bô-soa-sap。無小石物無什碎末也。單純的。這～～～～的都蓋好也，俅佗摑che～～～～ê to-kāi-hó-à，boeh tah-chhōe⇨此一單純的最好了，要再找也沒有了。

【無風無搖 bô-hong-bô-iô】 喻平平靜靜。～～～～更抾捲大旗～～～～koh-teh kńg-toā-kî⇨謂平平靜靜何以要收捲大旗。兄弟皆愛妻家。嫂輪值煮飯，有鹹菜湯，第一挾，鹹菜葉連片而起，弟連呼呵呵以示人，意在辱嫂也。第二次弟婦輪值亦有鹹菜湯，第一挾，狀亦如是，乃把箸倒捲下來，意欲爲妻遮羞，兄一見，徐徐反擊曰，～～～～更抾捲大旗。

【無要無緊 bô-iàu-bô-kín】 心不在焉sim-put-chāi-ian。馬馬虎虎má-má-hu-hu。伊的人都～～～～的i-ê-lāng to～～～～ê⇨同上。某得未生也，講猶安爾～～～～啦bó tit-boeh-seⁿ-a，kóng-iáu-an-ne～～～～là⇨老婆快要生產了，竟然如此的心不在焉。得未teh-bi將如何未如何也→tit-boeh→teh-be多變化也。

【無振無動 bô-ti-bô-tāng】 bô-tín-bô-tāng。動不動即……。動即……。往往。伊都～～～～仔道來合我行棋啦 i to～～～～a tō-lâi kah-goá kiâⁿ-kî-là⇨他是動不動就跑來與我下棋。

【無第二句 bô-tē-jī-kù】 無異議bû-ī-gī。阿舅講的阮～～～～a-kū-kóng-ê goán～～～～⇨舅父說的我們不敢說個不字。

【無教無示 bô-kà-bô-sī】 同無教示bô-kà-sī。

【無寃無仇 bô-oan-bô-siû】 無恩怨bû-in-oàn無仇恨bû-siû-hīn。～～～～未成爸囝～～～～bē-(bōe)-chiâⁿ pē-kiáⁿ⇨無因無果bû-in-bû-kó不結成父子關係。

【無壈無倈 bô-lám-bô-lē】 訛爲bô-lam bô-ne。有氣無力iú-khì-bû-lek的樣子。壈lám，軟弱也，倈lē，怒也，亦作戾lē。伊的人～～～～i-ê-lâng～～～～⇨他之爲人也有氣無力。講話～～～～kóng-ōe～～～～⇨同上。做代誌～～～～chò(chòe)-tāi-chì～～～～⇨同上。

【無頭公案 bô-thâu-kong-àn】 兇手不明之殺人案件。這安爾未輸～～～～抾，我曷有法得che an-ne bē-(bōe)-su～～～～leh,goá ah-ū-hoat-tit⇨此宛然是無頭公案一樣，我何能解決。

【無枷舉交椅 bô-kê-giâ-kau-í】 無刑枷可背乃背交椅。喻自找麻煩。我無抾尻川癢講，家己抾～～～～～goá-bô-teh kha-chhng-chiūⁿ kóng，ka-kī-teh～～～～～⇨我的屁股不癢，我不自己去自找麻煩，把交椅當枷負之。

【無鬼未死人 bô-kúi-bē(bōe)-si-lâng】 無鬼人不死。喻一定有人在作祟。都知知抾啦，～～～～～嘛，即款話看甚人講的道知也啦to-chai-chai-lè-lā，～～～～～mā，chit-khoán-ōe khoàⁿ-siaⁿh-lâng-kóng-ê，tō-chai-a-lā⇨皆很清楚的嘛，無鬼不死人呀，這種話看看是誰講出來的，就可知道誰在作弄呀。

【無鬚仔老大 bô-chhiu-á-láu-toā】 調解家事糾紛的青年人。人無請你共做～～～～～lâng-bô-chhiáⁿ-lí kāng-chò(chòe)～～～～～⇨人家沒有要你這後生仔爲他們担任調解人。

**帽** bō 凡冠皆曰帽bō。烏紗～o·-se～⇨古官帽或禮帽。戰鬪～chiàn-tò·～⇨同上。運動～ūn-tōng～⇨同上。學生～hak-seng～⇨同上。愛戴大頭～āi-tì toā-thâu～⇨愛戴高～āi-tì koân(koâiⁿ)～⇨今日，著著大頭病tioh-tioh toā-thâu-pēⁿ(pīⁿ)。戴綠～tì-liok～⇨妻討客兄也。

**磨** bō 磨粉boā-hún，其器具亦曰磨bō。石～chioh～⇨石製磨粉器。亦曰石～仔chioh～á。牛～gû～⇨以牛隻拉磨之磨器。機器～ke-khì～⇨自動的磨器。電動～tiān-tōng～⇨以電爲動力之磨器。石～仔心chioh～á-sim

⇨喻被挾在中央受折磨chiat-boâ。

# bo͘

bo͘ **摸** 摸bong也(見bong部)。

bó͘ **畝** 田地。面積的單位。田～chhân～⇨同上。畎～khián～⇨田間。市～chhī～⇨同上。公～kong～⇨同上。

bó͘ **某** 事物之代稱。自稱曰某bó͘。又妻曰某bó͘，娶妻曰chhōa-bó͘。

**【某人 bó͘-lâng】** ㊀代名。連一聲～～來相問都無liân-chi̍t-siaⁿ-～～lâi-sio-mn̄g to-bô⇨叫一聲某人以相問候都不爲。㊁不知其人。看是～～的khoàⁿ-sī-～～ê⇨看看是何人之物。

**【某麼人 bó͘-mih-lâng】** 不知其何名時的代詞。即位～～～chit-ūi～～～⇨同上。

**【某麼先生 bó͘-mih-sian-seng】** 某麼人bó͘-mih-lâng的尊稱。

**【某年某月某日 bó͘-nî-bó͘-goa̍t-bó͘-jit】** 不明記年月日。不知年月日。

bó͘ **某** 妻chhe曰某bó͘。夫hu曰翁ang。夫妻hu-chhe曰翁某ang-bó͘。娶妻chú-che曰娶某chhōa-bó͘。怕老婆pàⁿ-lāu-pô曰驚某kiaⁿ-bó͘。翁生～旦ang-seng～toàⁿ⇨夫如小生妻如小旦，亦即金童玉女型的美麗可愛的一對夫妻。愛～道該受～苦ài～tō-ài siū～khó͘⇨要妻就該爲妻忍受勞苦。翁行～逮ang-kiâⁿ～tòe⇨夫唱婦隨hu-chhiàng-hū-sûi。做著歹田望後冬，娶著歹～一世人chò-tio̍h phái-chhân bāng-āu-tang，chhōa-tio̍h pháiⁿ～chi̍t-sì-lâng⇨喻妻之地位重要。良妻爲幸，惡妻也要忍受一生。驚～大丈夫，拍～豬狗牛kiaⁿ～tāi-tiāng-hu，phah～ti-káu-gû⇨喻不可打妻。有以姥作某者，似不妥。姥雖可讀bò͘，也有女人的意思，但普通話此字一般指外祖母，如姥姥lāu-lāu，或年紀老大的婦人，如劉姥姥，拿來作查某及娶某的某，並不合適。愛，該同音，均讀ài，但語意及用法均有異。愛者喜好也；該則應該也。

**【某山 bó͘-soaⁿ】** 某bó͘。妻chhe。好～～hó～～⇨好妻，好妻運。

**【某仔 bó͘-á】** 妻chhe。翁仔～～ang-á～～⇨夫妻。

**【某奴 bó͘-lô͘】** 妻之奴隸。喻驚某怕老婆之人。你即個～～lí chit-ê～～⇨罵詞(母怒罵子)。

**【某本 bó͘-pún】** 娶妻的本錢。家己儉～～ka-kī khiām～～⇨自己積蓄結婚費用。

**【某囝 bó͘-kiáⁿ】** 妻兒chhe-jî。

**【某頭親 bó͘-thâu-chhin】** 妻方的親戚。外戚goā-chhek。

bó͘ **牡** 畜父也。畜母曰牝pín，畜父曰牡bó͘。禽母曰雌chhî，禽父曰雄hiông，但今已不甚區分矣。

**【牡丹 bó͘-tan】** 花名。俗稱花王hoe-ông，亦稱富貴花hù-kùi-hoe。～～芍藥～～chiak-ia̍k⇨都是花名。願在～～花下死，風流做鬼也甘心goān-chāi-～～hoa-hē sí，hong-liû chò-kúi iā-kam-sim⇨此以花喻美人。

**【牡蠣 bó͘-lē】** 軟體動物名。又名蠔ô，俗作蚵仔ô-á。

bò͘ **否** 問詞。是～sī～⇨是不是。著～tio̍h～⇨對不對。有～ū～⇨有沒有。有來～ū-lâi～⇨來了沒有。有食～ū-chia̍h～⇨吃飽了沒有。新娘有媠～sin-niû ū-súi～⇨新娘漂不漂亮。有嫁粧～ū-kè-chng～⇨嫁粧多不多。有眞敥～ū-chin-chē～⇨是不是很多。伊肯同意～i khéng-tông-ī～⇨他肯不肯同意。

bô͘ **謀** 計議也。策也。計畫也。營求也。玄齡善～，如晦善斷hiân-lêng siān～，jî-hòe siān-toān⇨唐朝房玄齡pông-hiân-lêng與杜如晦tō-jî-hòe並稱名相。足智多～chiok-tì to

～⇨同上。有勇無～iú-ióng bû～⇨同上。計～kè～⇨同上。陰～im～⇨同上。密～bı̍t～⇨同上。主～chú～⇨同上。

【謀士 bô·-sū】 參謀人員。曹操的～～如雲chô-chhō ê～～jî-hûn⇨曹操的謀士甚多。

【謀反 bô·-hoán】 革命運動的封建名詞。～～大逆～～tāi-ge̍k⇨想當當皇帝而已jî-í。想做皇帝耳niâ。

【謀主 bó·-chú】 主謀之人。反頭hoán-thâu。

【謀生 bô·-seng】 討生活。出外～～chhut-goā～～⇨同上。

【謀利 bô·-lī】 營利êng-lī。圖利tô·-lī。

【謀面 bô·-bīn】 見面kìⁿ-bīn。未曾～～bī-chêng～～⇨沒有見過面。

【謀害 bô·-hāi】 計畫害人。殺人。～～忠良～～tiong-liâng⇨奸臣害忠臣。

【謀略 bô·-lio̍k】 策略chhek-lio̍k。～～作戰～～chok-chiàn⇨陽動作戰iâng-tōng-chok-chiàn。

【謀殺 bô·-sat】 計畫殺人。～～案～～àn⇨同上。

【謀營 bô·-iâⁿ】 襲擊si̍p-kek。偷襲thau-si̍p。

【謀事在人 bô·-sū chāi-jîn】 事由人自由計畫。～～～～成事在天～～～～sêng-sū chāi-thian⇨事由人自由計畫，成否由天決定。

【謀財害命 bó·-châi hāi-bēng】 爲奪取其財物而殺害人命。～～～～傷天害理也～～～～siang-thian hāi-lí à⇨同上。

**bô· 模** 法也。規～kui～⇨同上。楷～kái～⇨同上。脚～手印kha～chhiú-in⇨同上。面～仔bīn～á⇨面貌bīn-māu。裝～作樣chong～chok-iūⁿ⇨同上。

【模仿 bô·-hóng】 仿製。～～品～～phín⇨仿製物(藝術作品等)。

【模型 bô·-hêng】 仿照實物體製成者皆曰模型。人的～～動物的～～lâng ê～～tōng-bu̍t-ê～～⇨同上。

【模範 bô·-hoān】 製造器物的母型。～～家庭～～ka-têng⇨同上。～～母親～～bó-chhin⇨同上。

【模樣 bó·-iūⁿ】 形狀hêng-chōng。款式khoán-sit。容貌。恰如佅落雨的～～kah-ná boeh-lo̍h-hō· ê～～⇨好像要下雨的樣子。果有一個～～仔哩kó-ū chı̍t-ê～～á-lè⇨果然有個樣子呢(謂其貌不甚惡)。

【模特兒 bô·-te̍k-luh】 model的譯音。藝術家製作的樣品或展示時裝之人物。多數以美女充之。畫家的～～～ōe-ka ê～～～⇨同上。時裝～～～sî-chong～～～⇨同上。

【模擬考 bô·-gí-khò】 練習的考試。

**bô· 瘼** 瘤也。皮下臨時性的硬塊曰瘼bô·。起～khí～⇨發生瘼。有～ū～⇨同上。一～定定chı̍t～tēng-tēng⇨一個瘤很硬。結歸～kiat-kui～⇨結成一個瘤。

**bō· 慕** 思念也。繫戀也。愛羨也。思～su～⇨思戀愛慕。戀～loān～⇨同上。愛～ài～⇨同上。羨～soān(siān)～⇨羨望也。傾～kheng～⇨全心思念。欽～khim～⇨欽羨him-siān也。

【慕名 bō·-bêng】 ～～而至者，絡驛不絕～～jî-chì chiá lo̍k-e̍k put-choat⇨同上。

【慕情 bō·-chêng】 思慕之情。少女的～～siáu-lí ê～～⇨同上。

**bō· 暮** 日入也。晚也。老也。每節之季曰暮bō·。日～西山ji̍t～se-san⇨同上。白沙翠竹江村～，相送柴門月色新pe̍k-sa chhùi-tiok kang-chhun～，siang-sòng chhâ-bûn goa̍t-sek-sin⇨杜甫。年終歲～開第一錦囊liân-chiong sòe～khui tē-it kím-lông⇨年底近也，打開第一封錦囊，亦即孔明的妙計也。

【暮年 bō·-liân】 晚年boán-liân。老年ló-liân。

【暮色 bō·-sek】 傍晚的風致景色。～～蒼然

～～chhong-jiân⇨同上。

【暮氣　bō·-khì】　衰頹soe-tôe之氣。朝氣tiau-khì之對詞。～～沈沈～～tîm-tîm⇨精神不振作。未老先衰。

【暮砧　bō·-tiam】　寒衣處處催刀尺，白帝城高急～～hân-i chhi-chhì chhui-to-chhek，pe̍k-tè-sêng-ko kip～～⇨杜甫。

【暮鼓晨鐘　bō·-kó·-sîn-cheng】　佛寺報時，朝鳴鐘，暮擊鼓。以喻警世之文章言論。～～～～發人深省　～～～～hoat-jîn chhim-séng⇨同上。

**bō·　募**　廣求也。勸～khoàn～⇨同上。招～chio～⇨同上。

【募化　bō·-hoà】　僧尼求布施。題捐～～tê-iân～～⇨同上。

【募兵　bō·-peng】　招募兵勇。～～制征兵制～～chè cheng-peng-chè⇨同上。

【募股　bō·-kó·】　招人投資。公開～～kong-khai～～⇨同上。

【募集　bō·-chi̍p】　徵集tin-chi̍p。公開～～kong-khai～～⇨同上。

**bō·　戊**　十干之第五位。空心戊，一橫戌，點心戍，蹺脚成 khang sim-bō·，chi̍t-hoâi$^{n}$-sut，tiám-sim-sù，khiau-kha-sêng⇨戊bō·，戌sut戍sù，成sêng等四個字形相似之字的識別口訣。

【戊夜　bō·-iā】　五更夜。天將明的時刻。

【戊己土　bō·-kí-thó·】　甲乙木，丙丁火，～～～，庚申金，壬癸水kah-it-bo̍k，piá$^{n}$-teng-hóe，～～～，ke$^{n}$-sin-kim，jîm-kúi-súi⇨木東方也；火南方也；土中央也；金西方也；水北方也。五行之說。

【戊戌政變　bō·-sut-chèng-piàn】　清末戊戌年康有爲等之新政失敗事件也。

**bō·　茂**　草豐盛也。盛也。竹苞松～tek-pâu-siông～⇨房屋落成等之瑞祥詞。苞pâu亦茂bō·也。

【茂才　bō·-châi】　秀才siù-châi亦曰茂才bō·-châi。

【茂林　bō·-lîm】　林木茂盛。～～修竹～～siu-tiok⇨同上。修竹～～來此地，清風明月借於天 siu-tek～～lâi chhú-tē，chheng-hong bêng goa̍t cheh-î-thian⇨同上。

【茂盛　bō·-sēng】　旺盛ōng-sēng。興盛hin-sēng。百業～～pek-gia̍p～～⇨同上。

**bō·　貿**　貿易bō·(ba̍uh)-e̍k也。國際～～kok-chè～～⇨同上。

**bō·　幕**　亦讀幕bo̍k。幕帳bo̍k(bō·)-tiàng也。銀～gîn～⇨ screen。電影映照幕。入～之賓ji̍p～chi-pin⇨同上。內～新聞lāi～sin-bûn⇨同上。新開～sin-khai～⇨新開張sin-khai-tiang。閉～典禮pì～tián-lé⇨同上。

【幕友　bō·-iú】　bo̍k-iú。幕府的參謀，書記等人員。亦曰幕賓bō·-pin或幕僚bō·-liâu。

【幕府　bō·-hú】　bo̍k-hú。將帥在外住帳幕tiàng-bō·，在帳幕中辦公，故將軍府chiang-kun-hú曰幕府bō·-hú。德川～～tek-chhoan～～⇨日本明治以前，天皇爲虛位，政權由擁有征夷大將軍職位者，開府主之，是爲幕府政治。有德川家康者，於明末取得征夷大將軍之位，開府江戶(今東京)，是爲德川幕府，亦稱江戶幕府，歷近三百年，至清末，受歐美各國之侵擾，乃告瓦解，而還政於天皇。

【幕僚長　bō·-liâu-tiú$^{n}$】　bo̍k liâu tiú$^{n}$。今各機關之主任秘書或秘書長通稱幕僚長bō·-liâu-tiú$^{n}$。

【幕後工作　bō·-āu-kang-chok】　演劇之不出現舞台上之各種預備工作之通稱。～～～～人員～～～～jîn-oân⇨非演員之演劇工作人員。

**bō·　漠**　沙漠soa-bō·也。流砂liû-soa曰漠bō·。駱駝過～～lo̍k-tô kòe(kè)～～⇨同上。

**bō·　袤**　衣帶以上也。廣袤，東西曰廣，南北曰袤。東西廣～二千餘里tang-sai kóng～nn̄g-chheng-î-lí⇨當年日本軍閥歌誦滿洲地域廣大之詞。

## boa

**boâ 磨** 治石也。滅也。受困難曰磨boâ。擦動曰磨boâ，辛勤工作曰磨boâ。折～chiat～⇨受困難。拖～thoa～⇨又拖又磨。辛勤工作。做牛著拖做人著～chō(chōe)-gû tio̍h-thoa, chō(chōe)-lâng tio̍h～⇨牛要拖要拉，人要辛苦工作。空～白～khang～pe̍h～⇨徒吃困難，枉費勞動。一世人無白～也chi̍t-sì-lâng bô-pe̍h～ā⇨一生沒有白辛苦了(有回報了)。乎你著～hō·-lí tio̍h～⇨你辛苦了(慰勞之詞)。好額人菜刀hó-gia̍h-lâng chhài-to⇨歇後語。就是有食(切)無磨ū-chia̍h bô-boâ，謂吃得好，沒有工作。著～你tio̍h～lí⇨辛苦你了。或多謝你家婆。

**【磨刀 boâ-to】** 佲做刀子，該先學～～boeh-chō(chōe)-tô-chí，ài-seng-o̍h～～⇨要學廚師先學磨刀。刀子tô-chí，廚子tû-chí之轉化。

**【磨缸 boâ$^{n}$-kha$^{n}$】** 研磨食物之器具。

**【磨拖 boâ-thoa】** 拖磨thoa-boâ。會堪得～～ē(ōe)-kham-tit～～⇨耐得辛勤工作。

**【磨墨 boâ-ba̍k】** 研墨。即款囡仔，共人～～都無人愛chit-khoán-gín-á kā-lâng-～～ to-bô-lâng-ài⇨這樣的孩子爲人磨墨當家丁都沒人要。

**【磨鏡 boâ-kiá$^{n}$】** ㊀陳三～～tân-sa$^{n}$～～⇨陳三五娘之故事。～～司阜～～-sai-hū⇨磨鏡匠。㊁喻女對女的自慰。

**【磨皮磨骨 boâ-phoê-boâ-kut】** 粉骨碎身hún-kut chhùi-sin。～～～～每著磨～～～～mā-tio̍h-boâ⇨粉骨碎身也得工作。

## boah

**boah 抹** 塗也。塗抹也。塗泥漿曰抹boah。敷粉曰抹boah。嫁禍亦曰抹boah。佼～佼括gâu～gâu-koa̍t⇨抹boah亦曰括koa̍t。輕抹曰抹boah，濃抹曰括koa̍t。抹粉boah-hún⇨括粉koa̍t-hun。

**【抹刀 boah-to】** 泥匠的小道具。無～～佲抹壁bô～～boeh boah-piah⇨無抹刀(將如何)要抹壁呢。

**【抹仔 boah-á】** 抹刀boah-to。塗泥的工具。

**【抹灰 boah-hoe】** 塗白灰。～～壁～～piah⇨白灰之壁。

**【抹油 boah-iû】** 拭油。脚底～～kha-tē～～⇨謂準備溜走。抹油boah-iû，滑得快也。脚底～～溜較贏kha-tē～～liu-khah-iâ$^{n}$⇨快快逃脫第一。

**【抹面 boah-bīn】** 塗物於面。捧屎～～phâng-sái～～⇨自己污辱自己，咎由自取。自己捧屎～～的佲講甚chū-kí phâng-sái～～ê boeh-kóng-sah$^{n}$⇨咎由自取的還要說什麼。

**【抹粉 boah-hún】** 敷粉hū-hún。括粉koa̍t-hún。嘴食檳榔面～～，手捧宣爐等待翁chhùi-chia̍h pin-nn̂g bīn～～,chhiú-phâng soan-lô· tán-thāi-ang⇨桃花過渡歌。

**【抹烏 boah-o·】** 把白色抹成烏色也。烏即黑hek也。

**【抹消 boah-siau】** 塗而消之。拭掉chhit-tiāu。第三行三句十五字～～tē-sa$^{n}$-hâng sa$^{n}$-kù-cha̍p-gō·-jī～～⇨塗掉該批字。

**【抹壁 boah-piah】** 塗牆壁。一面～～雙面光chi̍t-bīn～～siang-bīn-kng⇨㊀對雙方都能夠討好(例如善於仲裁)。㊁雙面刀鬼siang-bīn to-kui。

**【抹尸油 boah-chhī-iû】** 使妻與其夫齟齬chó·-ngó·。尸油chhī-iû，死者之脚尾燈kha-bóe-teng的油料。抹之能使夫妻相惡云。

**【抹糊仔 boah-kô·-á】** 使用漿糊。

【抹藥仔 boah-ioh-á】 塗敷藥水藥膏等。

boah **末** 細碎如粉者皆曰末boah。戲劇脚色名。藥～ioh～⇨同上。粉～hún⇨同上。研～géng～⇨研碎爲末boah。生旦淨～seng-toàn-chēng～⇨小生，小旦，大花，小丑的四種角色kioh-siàu。有人做生，無人俫做～ū-lâng chò(chòe)-seng bô-lâng boeh-chò(chòe)～⇨生有人做了，丑沒人肯扮。

# boan

boán **鏝** 泥鏝也。泥牆之用具。錢背之字幕亦曰鏝boán。

boán **晚** 暮也。後也。時之在後曰晚bóan。早～無人照顧chá～bô-lâng chiàu-kò⇨朝夕乏人照料。相見恨～siang-kiàn hīn～⇨同上。

【晚生 boán-seng】 對前輩自稱之詞。

【晚冬 boán-tang】 ㊀季冬kùi-tang。㊁同晚季boan-kui。

【晚年 boán-liân】 老年。～～運眞好～～ūn chin-hó⇨老年時代的運氣很好。

【晚成 boán-sêng】 大器～～tāi-khì～～⇨同上。

【晚季 boán-kùi】 早冬chá-tang的對詞。亦即春稻曰早季chá-kùi，亦曰早冬chá-tang，秋稻曰晚季boán-kùi，亦曰晚冬boán-tang或允冬 ún-tang。～～扲收攏較好～～teh-siu lóng-khah-hó⇨晚季的收穫(依例看來)皆比較好成績。

【晚秋 boán-chhiu】 暮秋bō-chhiu。季秋kùi-chhiu。

【晚春 boán-chhun】 暮春bō-chhun。季春kùi-chhun。

【晚婚 boán-hun】 早婚～～無一定的標準chá-hun～～bô-it-tēng ê phiau-chún⇨同上。

【晚景 boán-kéng】 晚年boán-liân。晚年的情形。～～眞好～～chin-hó⇨同上。

【晚節 boán-chiat】 可惜～～無全khó-sioh～～bô-chn̂g⇨晚年氣節敗損。

【晚運 boán-ūn】 老運lāu-ūn。～～每算未穤～～mā-sǹg bē(bōe)-bái⇨老運還算不錯。

【晚輩 boán-pòe】 後學hō-hak。阮攏伊的～～goán lóng i-ê～～⇨我們皆他的後輩hō(hiō)-pòe。

【晚稻 boán-tiū】 ～～即冬眞好～～chit-tang chin-hó⇨本期的晚稻很好。

【晚餐 boán-chhan】 晚飯bóan-hoān。誰來～～sûi lāi～～⇨電影片名。最後的～～chòe-āu ê～～⇨同上。

【晚禱 boán-tó】 暮時的祈禱。

【晚鐘 boán-cheng】 晨鐘sîn-cheng的對詞。彌列的～～mi-liat ê～～⇨法國畫家Millet的名作品，亦曰晚禱boán-tó。

【晚禮服 boán-lé-hok】 evening dress的譯名，歐美人夜間交際用的衣服。

boán **滿** 盈溢也。驕盈自足也。限期也。全曰滿boán。又滿洲簡稱曰滿boán。月～必虧goat～pit-khui⇨盈虧之必然性。心～意足sim～ì-chiok⇨同上。秩～tiat～⇨任期滿。期～kî～⇨限期到了。當～tǹg～⇨典當期滿了。水～也chúi～ā⇨水盈足了。戲院爆～hi-īn pauh～⇨觀衆溢出戲院。

【滿七 boán-chhit】 死後四十九日。七七之日。做～～chò(chòe)～～⇨辦理第七個七的祭稱。

【滿人 boán-jîn】 滿族boán-chok。其族人。

【滿口 boán-khó】 ～～答應要全力支持～～tah-èng boeh choân-lek chi-chhî⇨嘴裏表示百分之百的支持。

【滿天 boán-thian】 是夜星光～～sī-iā seng-kong～～⇨三國演義中多有如此寫景。～～光～～kong⇨古時行商用的一種特製照明燈。

【滿仔 boán-á】 滿洲人。漢女不入宮，文官無乎～～中hàn-lí put-jip-kiong, bûn-koaⁿ bô-hō͘～～tiòng⇨據稱是順治入關的條件。

【滿地 boán-tē】 ～～黃金～～n̂g-kim⇨形容錢多容易找生活。落英～～lok-eng～～⇨花片落滿地上。

【滿足 boán-chiok】 十分滿意。人果會～～，早道天下太平了lâng-ká-ē(ōe)～～, chá tō thian-hē(hā) thài-pêng-lò͘⇨知足常樂。

【滿圻 boán-kîⁿ】 大滿特滿的形容。圻kîⁿ，邊緣也。亦俫甜，亦俫湞，亦俫大碗，亦俫～～iah-boeh-tīⁿ，iah-boeh-tīⁿ，iah-boeh toā-oáⁿ，iah-boeh～～⇨貪心之甚。湞tīⁿ，物盈滿器中。

【滿兵 boán-peng】 滿洲兵。～～入關～～jip-koan⇨順治進軍入山海關。

【滿身 boán-sin】 全身choan-sin。周身chiu-sin。～～的珠光寶氣～～ê chu-kong-pó-khì⇨華貴打扮的形容詞。

【滿限 boán-ān】 期限到了。到明仔早起～～kàu-bîn-á-chá-khí～～⇨明天就是期限。明仔早起bîn-á-chá-khí⇨bîn-na-chá-í⇨bîn-na-chái。

【滿面 boán-bīn】 ～～春風～～chhun-hong⇨高興的樣子。～～疶仔子～～thiāu-á-chí⇨面上都是面疱。

【滿座 boán-chō】 劇場等滿員。嘉賓～～ka-pin～～⇨同上。

【滿員 boán-oân】 人員滿額的日語。巴士～～也pa-sū～～ā⇨同上。戲院～～了hì-īn～～lò͘⇨滿座。得未～～了tit-boeh～～lò͘⇨快要滿員了。得未，將如何未如何也。

【滿席 boán-sek】 滿洲菜席。漢席～～hàn-sek～～⇨漢人菜席與滿人菜席。

【滿堂 boán-tông】 金玉～～kim-gek～～⇨喜慶之詞。～～紅～～hông⇨一種彩飾燈。

【滿棺 boán-koan】 入棺一禮拜，就膨脹得塞滿棺中。

【滿載 boán-chāi】 載滿全車。～～而歸～～jî-kui⇨形容收獲甚多。

【滿意 boán-ì】 歡喜hoaⁿ-hí。逐家～～道好也tak-ê～～tō-hó-ā⇨大家高興就好了。

【滿滿 boán-boán】 全滿了。歸倉庫攏～～kui-chhng-khò͘ lóng～～⇨全庫皆爆滿。

【滿盤 boán-poâⁿ】 ㊀全盤棋。全局。一步錯～～輸chit-pō͘-chhò͘～～su⇨一步錯棋，輸掉了整盤棋。㊁最高價格。人出～～也，伊猶不放lâng-chhut～～ā i-iáu-m̄-pàng⇨人客出最高價了，他還是不肯賣出。

【滿洲人 boán-chiu-lâng】 滿族boán-chok。

【滿征滿查 boán-cheng-boán-chhâ】 徵稅機關的名堂。謂全部查清全部課稅，一錢不漏。

【滿漢全席 boán-hàn-choân-sek】 滿式漢式併湊之料理。據稱是晚清宮中弄出來的花樣。

**boán 輓** 引車也。弔喪曰輓boán。推～chhui～⇨推之輓之。喻荐人。前牽曰輓boán。後押曰推chhui。弔～tiàu～⇨弔喪tiàu-song。敬～kèng～⇨表敬於喪家。

【輓近 boán-kin(kun)】 近今。～～的世俗民風～～ê sè-siok-bīn-hong⇨同上。

【輓歌 boán-ko】 哀死之歌詞。亦作挽歌bán-ko。

【輓聯 boán-liân】 弔喪之聯軸liân-tek。

**boán 鞔** 鞋幫。或指鞋也。以革裝飾車也。作鼓面之法：將皮繃緊固定於鼓框之周邊。

## boat

**boat 抹** 塗也。滅也。抹boah也。塗抹tô͘-boat⇨亂畫亂寫。一～的哀愁it～ê ai-chhiû⇨長劃曰抹boat。喻一條長長的哀絲愁緒。

【抹消 boat-siau】 boah-siau塗消。一部份～～chit-pō͘-hūn～～⇨同上。

【抹殺 boat-sat】 消滅siau-biat。掃滅sàubiat。攏乎人～～去也lóng-hō·-lâng～～khì (ì)-à⇨皆被人抹殺掉了。

【抹香鯨 boat-hiang-keng】 大鯨魚的一種。龍涎香liông-siân-hiang，即其腸所分泌的貴重香料。

boat 末 樹尾曰末boat。尾端皆曰末boat。非根本者曰末boat。終亦曰末boat。農爲本，工商爲～lông-ûi-pún, kang-siang-ûi～⇨古早時重農輕商的觀念。商利微薄曰末boat，景氣不佳亦曰末boat。物有本～，事有終始but-iú pún～, sū-iú chiong-sí⇨大學。顛～tian～⇨始終經過。始～sí～⇨從頭到尾。年～liân～⇨年尾。周～chiu～⇨星期尾seng-ki-bóe。生理眞～seng-lí chin～⇨生意利純微薄。光景愈～kong-kéng ná～⇨世景越難討生活。利純眞微～lī-sûn chin bî～⇨同上。針裏削鐵，～抵～chiam-lih-siah-thih，～tú～⇨針中削取鐵，微之又微。

【末日 boat-jit】 最後的一天。世界～～sè-kài～～⇨宗教家謂有一天世界將消滅。～～審判～～sím-phoàⁿ⇨最後審判chōe-āu-sím-phoàⁿ。亦即決定你上天堂chiūⁿ-thian-tông或落地獄loh-tē-gek的審判。

【末世 boat-sè】 澆季溷濁kiau-kùi-hūn-tok的世界。俗曰世界尾仔sè-kài-bóe-à，即衰亂之世也。

【末席 boat-sek】 末座boat-chō。敬陪～～kèng-pôe～～⇨恭恭敬敬在最後最遠的席位陪坐着。

【末節 boat-chiat】 小事。細節。枝葉～～ki-hioh～～⇨不重要的瑣屑。

【末葉 boat-hioh】 接近終結的時代。清朝的～～chheng-tiâu ê～～⇨同上。

【末路 boat-lō】 將盡的時候。窮途～～kiông-tô～～⇨同上。英雄的～～eng-hiông ê～～⇨同上。

【末端 boat-toan】 盡了的地方。鵝鑾鼻是南部的～～gô-loân-phīⁿ sī lâm-pō· ê～～⇨也是台島之極南端。

【末梢神經 boat-siau-sîn-keng】 生理學名詞。中樞神經～～～～tiong-su-sîn-keng～～～～⇨同上。

boat 茉 茉莉花boat-lī-hoe也。

boat 沫 水泡也。口中汁也，俗曰嘴涎波chhùi-noā-pho。人生親像水上的泡～jîn-seng chhin-chhiūⁿ chúi-siāng ê phāu～⇨同上。口～橫飛kháu～hêng-hui⇨口水四散，形容拼命講話。

boat 妹 妹喜boat-hí也。亦作末喜boat-hí。夏桀王之妻。講著～～定著該講到妲己kóng-tioh～～tiāⁿ-tioh-ài-kóng-kà tat-kí⇨說妹喜，一定要說到妲己。此兩女同被視爲敗國的美女。

boat 秣 飼馬穀也。俗曰馬料bé-liāu。糧～niû～⇨軍食kun-sıt。人食曰糧，馬食曰秣boat。

【秣馬 boat-má】 飼馬chhī-bé。勵兵～～lē-peng～～⇨鼓勵士氣，飼飽馬隻。攻擊準備。

boat 韈 袜仔，亦即襪也。

## boe

bóe 買 買bé也(見be部)。以金錢交換物品及一切所需。

bóe 尾 尻脊盡處也。凡末後皆曰尾bóe。凡動物皆有尾bóe。馬～魚～鳳～鳥鼠～bé～hî～hōng～niáu-chhí～⇨動物類之尾。龜笑鼈無～ku chhiò-pih bô～⇨同病者相譏笑。虎頭鳥鼠～hó·-thâu niáu-chhí～⇨亦曰龍頭蛇尾liông-thâu choâ-bóe。有頭無～ū-thâu bô～⇨有始無終。好頭不如好～hó-thâu put-jî hó～⇨謂交友開始時既很好了，還是保持良好的結局爲妙。年～nî～⇨年終。月～goeh～⇨

月終。樹～chhiū～⇨樹梢上。溪～khe～⇨河流末端。圳～chùn～⇨圳溝末端。大葩～toā-pha-～⇨㊀樹尾大，喻子孫繁榮。㊁故事愈來人事愈多愈熱鬧。街頭巷～ke-thâu hāng～⇨大街小巷。好開頭好結～hó-khai-thâu hó-kiat～⇨好頭好～hó-thâu hó～。交～kau～⇨動物雌雄交合。市～chhī～⇨市勢近散市。朝代～tiâu-tāi～⇨某朝某代之末期。天地～thi$^{n}$-tē～⇨澆季kiau-kùi之世。目～摔死人bak-～sut-sí-lâng⇨秋波殺人。話～有骨ōe～ū-kut⇨話中有文章。茱～仔chhâi～-á⇨殘淆。

【尾囝 bóe-kiá$^{n}$】 最小的兒子。末子boat-chú。～～上恒讀書～siāng-gâu thak-su(chú)⇨幼子最能讀書。

【尾口 bóe-kháu】 bé-kháu。㊀尻川kha-chhng，亦即屁股phùi-kó·。㊁俏皮chhiàu-phî。眞～～chin-～～⇨很俏皮。愛～～ài～～⇨喜歡打扮。激～～kek～～⇨裝成俏皮的模樣。

【尾水 bóe-chúi】 禽獸之最後出生者。又果實類之最後一次上市者。～～鷄～～-ke(koe)⇨同上。～～-柑仔～～kam-á⇨同上。

【尾手 bóe-chhiú】 末後。最後。到即～～逐家都較冷也kàu-chit～～tak-ê-to-khah-léng-à⇨接近最後了，大家都比較沒興頭了。

【尾牙 bóe-gê】 每月初二，十六拜祭公媽曰做牙chò-gê，舊曆十二月十六日曰尾牙bóe-gê。做～～chò-～～⇨同上。

【尾日 bóe-jit】 末日boat-jit。世界的～～sè-kài ê-～～⇨同上。

【尾仔 bóe à】 末部。尾部。頭仔～～介tâu ā～～kah⇨頭部的與尾部的相配合，以求平均。亦曰頭仔介～～thâu ā kah-～～⇨同上。頭仔興興～～冷冷thâu ā hèng-hèng～～léng-léng⇨同上。

【尾名 bóe-miâ】 榜末之人。考著～～的弔車尾較未衰 khó-tioh～～ē tiàu-chhia-bóe khah-bē-soe⇨考中第末名曰弔車尾，還算不倒霉也。

【尾尾 bóe-bóe】 末尾boat-bóe。～～仔～～à⇨同上。排於～～仔pâi-tī-～～à⇨排列在末部。排名在末尾。伊到～～仔藉轉來i-kà-～～à chiah-tńg lâi⇨他到了最後才回家來。

【尾身 bóe-sin】 bé-sin。最後。後來。～～伊有承諾～～i ū sêng-lok⇨最後他有答應。到即～～來道差了了也kàu-chit～～lâi tō-chha-liáu-liáu à⇨到最近來就都變(壞)了。

【尾位 bóe-ūi】 末席boat-sek。彼款會～～坐會著道算未鄙也hit-khoán-hōe～～chē-ē-tioh tō-sǹg-bē-bái à⇨那種會末席坐得上，就算不尋常了。

【尾後 bóe-āu】 bé-āu。㊀背後。後方。老班的逮值～～lāu-pan-ê tòe-tī-～～⇨老人班跟隨在後面。鸕鷀不知～～臭lô·-chî m̄-chai-～～chhàu⇨喻壞人不自知背後之惡評。鵜tê俗曰鸕鷀lô·-chî，善捕魚之黑色鳥也。據說，因食魚而其糞奇臭。㊁終局。到～～藉知好稞kàu～～chiah-chai-hó-bái⇨非到最後不能知其好壞。

【尾流 bóe-lâu】 bé-lâu。最後的潮汐。等～～藉出港tán-～～chiah-chhut-káng⇨等到尾流時才出港。

【尾脽 bóe-chui】 臀tûn曰脽chui。屁股也。鷄～～ke(koe)～～⇨鷄屁股→koe-bé-chui。更生無許卵，更孵無許囝，夭壽死囡仔提佅死提佅死，～～痛～～痛koh-se$^{n}$ bô-he-nn̄g，koh-pū bô-he-kiá$^{n}$，iau-siū-sí-gín á theh boeh-sí theh-boeh-sí，～～thià$^{n}$～～thià$^{n}$⇨有種小鳥曰半天仔poà$^{n}$-thi$^{n}$-á，其巢其卵，被惡童偷走了。她回來發現，大怒大哭大罵惡童，此即其罵詞云。許he，那一種也。

【尾景 bóe-kéng】 bé-kéng。晚景boán-kéng。～～未稞～～bē-bái⇨同上。

【尾結 bóe-kiat】 結局。結尾kiat-bóe。好～～hó-～～⇨很好的收場。好人成實有好～～hó-lâng chiâ$^{n}$-si̍t-ū-hó ～～⇨好人眞的有好結果。

【尾運 bóe-ūn】 bé-ūn。老運lāu-ūn。～～眞好～～chin-hó⇨老運很幸。可惜無～～khó-sioh bô～～⇨可惜老境不佳。

【尾遭 bóe-choā】 bé-choā。㊀字之末行bo̍at-hâng。～～第三字～～tē-sa$^{n}$-jī⇨末尾一行之第三字。㊁車班。～～車～～-chhia⇨最後一班車。上～～也siāng(siōng)～～ā⇨最後一班(車)了。㊂脚跡kha-jiah。逮無～～tòe-bô～～⇨跟不上的成語。遭chōa應作組choō，組亦線條也。

【尾樓 bóe-lâu】 bé-lâu。舵樓tō-lâu，因在船尾部故云。

【尾擔 bóe-tà$^{n}$】 bé-tà$^{n}$。嫁粧中有新娘專用的便器，袋於紅布袋中由一人擔送之，排在新娘隊的最末端，曰尾擔bóe-tà$^{n}$。擔～～ta$^{n}$～～⇨擔者必選宗族中或鄉中年高望重子孫旺者擔任之。

【尾韻 bóe-ūn】 bé-ūn。詩結句之韻。

【尾斗寶 bóe-táu-pó】 bé-táu-pó。最後的手段。原爲賭博語。寶pó者璉寶lián-pó也。拼～～～pià$^{n}$～～～⇨賭以最後的手段。

【尾掌指 bóe-chéng-chái$^{n}$】 be-chéng-chái$^{n}$。小指。尾指。喻小。無人的～～～仔大bô-lâng-ê～～～á toā⇨沒有人家的小指那麼大，亦即很小很小。

【尾胴骨 bóe-tâng-kut】 bē-tâng-kut。同尾骶骨bóe-té-kut。骶té，臀也。胴tâng，頭之下除四肢之外曰胴tâng，即胴tông也。閃著～～～siám-tio̍h～～～⇨尾胴骨扭傷。

【尾貼藥 bóe-thiap-io̍h】 bé-thiap-io̍h。最後的一服藥。人講～～～道是白虎湯lâng-kóng-～～～ tō-sī-pe̍h-hó·-thng⇨同上。拼～～～pià$^{n}$～～～⇨賭以尾貼藥，有效即生，無效即死。

**bôe 脢** 背肉也。脢bôe同脄bôe。腹腔內背脊兩旁之肉也。亦即胸腔內排骨上(脊骨兩側)之肉也。

【脢肉 bôe-bah】 胸腔內側之肉。俗爲最好之精肉chia$^{n}$-bah。一豬僅有兩片，重量最多可能不會超過一斤。

**bôe 糜** 粥chiok也。煮米使糜爛曰糜bôe，有bê, bôe, mûi, moâi各種讀法。腐爛hú-lān曰糜bôe，粥狀之物亦曰糜bôe。米糕～bí-ko～⇨秫米加糖及龍眼干等料之粥。蠔仔～菜頭～ô-á-～chhài-thâu-～⇨白米加料之粥。依別而名之。種類不勝枚舉。戇百姓安怎未曉食肉～gōng-peh-sè$^{n}$(sì$^{n}$) àn-choá$^{n}$ bē-hiáu-chia̍h bah～⇨何不食肉糜hô-put-si̍t jio̍k-bî。古昏君的名言。清～小菜chheng～sió-chhài⇨早餐或者消夜之佳品。囥久攏～去也khǹg-kú lóng-～khì à⇨收藏得久了，都爛掉了。路溝仔～lō·-kau-á～⇨路溝中之爛泥漿。爛泥。路溝～lō·-ko·～⇨同前。煮較～扲chí-khah-～lè⇨煮爛一點。

【糜杓 bōe-sia̍h】 取糜取湯之小道具。

【糜泔 bôe-ám】 稀飯與飯汁。～～亦該飲淡薄仔～～mā-ài-lim tām-po̍h-á⇨飯汁也該飲一點(如病患者)。

【糜飯 bôe-pn̄g】 粥與飯。三頓～～食會飽上好sa-tǹg～～chia̍h-ē-pá siāng-hó⇨三餐飯食吃得飽最宜於健康。

【糜糜 bôe-bôe】 很爛了。豆仔攏～～也tāu-á lóng-～～ā⇨豆皆很爛noā了。

【糜爛 bôe-noā】 bî-lān。腐爛hú-lān。肉體攏～～去也jio̍k-thé lóng～～khì-à⇨肉體(死體)皆腐爛掉了。

**bôe 媒** 謀合也。謀合二姓曰媒bôe，亦曰moâi。請人做～chhiá$^{n}$-lâng-chò(chòe)～⇨挽人爲媒。

【媒人 bôe-lâng】 moâi-lâng。mûi-lâng。說

合婚姻之人。做～～chò(chōe)～～⇨同上。掠～～lia̍h～～⇨婚姻已成定局，請形式上之媒人。便～～piān～～⇨前項被掠之媒人。～～婆仔～～pô á⇨媒人。老媒人。～～嘴，胡縷縷～～chhùi, hô-lùi lùi⇨謂媒人之口，黑白講不可信用。做～～敢有包生囝的chò(chōe)～～ kám-ū-pau se$^{n}$(si$^{n}$)-kiá$^{n}$-ê⇨謂爲媒者新娘入門爲目的，不擔保必生子也。～～禮較大過聘金～～lé khah-toā-kòe phèng-kim⇨附帶的經費比較主經費還多。觸媒chhiok-bôe⇨化學名詞。

**【媒介 bôe-kài】** 紹介siāu-kài。介紹kài-siāu。

**【媒妁 bôe-chiak】** 媒人斟酌二姓之可否。妁chiak，酌chiak也，斟酌chim-chiok也。父母之命，～～之言hū-bó chi bēng ～～ chi giân⇨古青年男女，依此兩事而成婚。

**【媒婆 bôe-pô】** 媒人bôe-lâng。其年歲較高者。叫～～去提親kio～～khì-thê-chhin⇨自己有了合意之對象，於是挽請媒人向對方說合。媒人婆bôe-lâng-pô。

**bôe 囮** 誘禽鳥iú-khîm-niáu也。以小鳥誘捕他鳥也。鳥媒chiáu-bôe也。詐人財物也。引人入詐局或賭局曰囮bôe。做～chò(chōe)～⇨權充引人入局者。竅～kiáu～⇨賭局之引進人。

**bôe 梅** 花名。亦果名。酸～sng～⇨梅。因其味酸故云。話～oā～⇨一種鹹梅食品，謂可邊談邊食之。鹹～kiâm～⇨同上。～雪爭春未肯降，詞人墨客弄評章，～須遜雪三分白，雪卻輸～一陣香～soat-cheng-chhun bī-khéng-hâng, sû-jîn-be̍k-khek lōng-phêng-chiang, ～si sūn-soat sam-hun-pek, soat-khiok su～it-tīn-hiang⇨千家詩。

**【梅花 bôe-hoe】** 梅仔花bôe-á-hoe。

**【梅雨 bôe-í(ú)】** 梅仔成熟時的長期雨。～～期～～kî⇨同上。

**【梅毒 bôe-to̍k】** 一種花柳病名。

**bôe 枚** 一個曰一枚。人銜～馬勒口jîn hâm～má le̍k-kháu⇨古夜行軍，防止喧嘩之方法。銜枚hâm-bôe，嘴橫含一箸，勒口le̍k-khau，馬口加轡pì以控制其亂講話亂嘶鳴也。

**【枚舉 bôe-kí】** 一枚一枚舉出而算之。不勝～～put-sèng～～⇨無法一枚一枚而算之，亦即數太多了。

**bōe 妹** ㊀姊妹chí-bōe，姉妹chí-moāi也。㊁女弟也。女子後生曰妹bōe。小～sió～⇨妹mōai, mūi, bē也。細～sè～⇨細妹sè-moái(客家)，指少女，小姐。姊～chí～⇨姉妹ché-māi。兄～hia$^{n}$～⇨兄妹hia$^{n}$-moāi。弟～tè～⇨弟妹tē-moāi。

**【妹夫 bōe-hu】** moāi-hu。同妹婿bōe-sài, moái-sài, mūi-sài。

**【妹婿 bōe-sài】** moāi-sài。同妹夫bōe-hu。

**bōe 未** 同未bē。猶未iáu-bōe曰猶未iá-bē或á-bē(參照be部)。

**【未是 bōe-sī】** bē-sī。㊀稍候。～～行～～kiâ$^{n}$⇨且勿行。～～睏，咱來去食點心～～khùn, lán-laih-khì chia̍h-tiám-sim⇨慢著睡覺，我們吃點心去罷。～～去，等明仔日同齊行～～khì，tán bîn-á-ji̍t tâng-chê-kiâ$^{n}$⇨慢且去bān-chhiá$^{n}$-khì等明天才一起行。㊁還不是，還不夠。阿兄～～慤，小弟仔更較慤a-hia$^{n}$～～kho̍k, sio-tī-á koh-khoh-kho̍k⇨兄未爲吝嗇，小弟才是吝嗇。

**【未且是 bōe-chhiá$^{n}$-sī】** bē-chhiá$^{n}$-sī，同未是bōe-sī之㊀。～～～娶，等明年，合個小妹，一個娶，一個嫁，較鬧熱～～～chhoā, tán-mê-nî, kah-in sió-bōe, chi̍t-ê-chhoā, chi̍t-ê-kè, khah-lāu-jia̍t⇨且不迎娶，等候明年與他小妹，一個嫁出，一個娶入較鬧熱。～～～食啦，趕甚不～～～chia̍h-lâ, koá$^{n}$-sah$^{n}$-m̄⇨且不吃罷，急什麼嗎。

**【未合未 bōe-kah-bē】** ㊀漳音：未來bōe-lâi⇨猶未來iau-bōe-lâi, 亦即還未到。未來bē-lâi⇨不來。㊁泉音：未來bōe-lâi⇨不來。未來bē-lâi⇨猶未來iá-bē-lâi,，亦即還未到。

**【未曾未 bōe-cheng-bōe】** bē-cheng-bē。才開始。很快。～～～道叫脚瘦也～～～tō-kiò kha-sng-a⇨剛開始(行路)就喊脚瘦了。～～～道做老父也～～～tō-chò(chòe) lāu-pē ā⇨這麼快就當父親了。～～～扲道仙轉去也是否～～～leh tō-boeh tńg-khì à sī bò͘-⇨剛來了不多久就要回去了嗎。

bōe
賣 賣bē也(見be部)。

## boeh

boeh
伓 ㊀欲也。希求也。俗多作要boeh。～毋由在人～m̄ iû-chāi-lâng⇨要不要各自決定。我～goá～⇨我欲得之。～道來，毋道煞～tō-lâi, m̄ tō-soah⇨要者來，不要者算了。伊～新的i～sin e⇨他要新的。～伊五百元～i gō͘-pak-kho͘⇨要求他支付五百元。我～食飯goá～chiah-pn̄g⇨同上。伊每想～去i mā-siuⁿ～khì⇨同上。伊講～更參詳 i-kóng～koh chham-siâng(siông)⇨他說要重新商量。㊁快要或將要如何如何。天～光了thiⁿ～kng lò͘⇨天快要亮了。亦即將光未光之際也。日頭～暗了jit-thâu～àm lò͘⇨日將入夜了。太陽扲～落山了thài-iâng tit-～loh-soaⁿ-lò͘⇨太陽快要下山了。扲～嫁也藉～縛脚tit-～kè à chiah～pak-kha⇨快要嫁出門了，才要纏足。～日本～jit-pún⇨要往日本。省去去字。～德國讀册～tek-kok thak-chheh⇨將前往德國讀書。省去去字。㊂設使。～我，我道不肯～goá, goá-tō m̄-khéng⇨要是我，我就不答應。～知亦不愛來～chai ah-m̄ ài lâi⇨如果早知如此，就不來了。～會好天毋眞好～ē(ōe)-hó-thiⁿm̄-chin-hó⇨要是好天氣就很好了。㊃省掉若干詞句。～大船未安爾～toā-chûn bē(bōe)-an-ne(ni)⇨伓(是sī或於tī)大船(道tō或就chiū)未安爾。括弧內就是可以省去者。～你餓死也～lí gō-sí à⇨伓(是sī)你(道tō)餓死了⇨要是你，就餓死了。括弧內是可省去者。㊄加強語氣。～那有彼類物～ná-ū hit-lōe-mih⇨何能有彼類東西(絕對沒有)。～甚知～siaⁿ-chai⇨何能知之(不可能知之)。～甚步～siaⁿ-pō͘⇨有何步驟(不可能有步數)。～怎樣共人討～choáⁿ-iūⁿ kā-lâng-thó⇨將如何討回來呢(無法討回也)。～安怎道好～an-choáⁿ tō-hó⇨將怎麼辦呢。㊅與得結合的未來式：得～tit～⇨將如何未如何也。得～死也tit-～sí-a⇨快要死了。得～開花也tit～khui-hoe a⇨快要開花了。

**【伓毋 boeh m̄】** 要或不要。～～講乎清楚～～kóng-hō͘ chheng-chhó⇨要或不要，須說明白。借薪你～～chioh-sin lí～～⇨借薪水你要借不要借。郊遊你～～kau-iû lí～～⇨郊遊你要不要參加。

**【伓它 boeh-tah(toh)】** 往何處。你～～lí～～⇨你要那裏去。～～位～～ūi⇨boeh-taih⇨往何地。它位tah-ūi→taih。它同佗。

**【伓代 boeh-tāi】** 何事。表示反對之詞。代tāi，代誌tāi-chì，亦即事情，問題也。去～～khì～～⇨去欲何爲(不要去)。來～～lâi～～⇨來此何爲(不該來)。講～～kóng～～⇨說之何用(何必說)。

**【伓死 boeh-sí】** ㊀願死。臨死。～～較快～～khah-khòai⇨如要死很快。～～扲未斷氣哩～～teh-bē(bōe)-tn̄g-khùi-lih⇨要死而呼吸不停止，喻處境十分艱苦(多爲錢的問題)。～～也藉扲放臭屁～～à chiah-teh-pāng chhàu-phùi⇨喻在絕境之人講大話。～～更不死正喘～～koh m̄-sí chiàⁿ-choán⇨將死而不死才吃力。㊁無元氣。落魄。你那看著～～～～lí-ná-khoàⁿ-tioh～～～～⇨你何以一看失魂落魄的樣子。㊂不中用。即款的～～chit-khoán-ê ～～ ⇨此一類的不要。毋揮掉愛許～～ m̄-tàn-tiāu ài-he ～～ ⇨不丟掉要他何用。即屑仔耳 ～～ chit-sut-á-niâ ～～ ⇨那麼一點點而已何用。㊃表示緊迫。即久仔絯到～～去chit-kú-á ân-kà ～～ khì(ì) ⇨最近非常的緊迫(沒錢)。無閒到～～去bô-êng-kà～～khì(ì) ⇨忙得不得了。吵到 ～～ 去chhá-kà ～～ khì(ì) ⇨①孩子吵得兇。②芳鄰胡鬧。痛到～～去thiàⁿ-kà～～khì⇨痛得要死。㊄女孩子的口頭禪(拒人或罵人)。共看～～kāng khoàⁿ～～⇨何以看我。共提～～kāng-theh～～⇨何以拿我的東西。共講～～kāng-kóng～～⇨何以提到我。共kāng似爲共人kā-lâng兩字之切音。㊅其他。～～ 無雙條生命 ～～ bô siang-tiâu sèⁿ(sìⁿ)-miā⇨要死死不得。

【伓吐 boeh-thò͘】 ㊀要嘔吐。㊁表示討厭。看著～～～～khoàⁿ-tioh～～～～⇨一看就想吐(令人討厭)。

【伓知 boeh-chai】 要是先期知之。後悔之詞。～～莫來～～mài-lâi⇨早知，不來也(但是已來了)。～～ 不好借伊 ～～ m̄-hó chioh-i⇨早知之，不該借給他。～～，了幾個錢仔坐車較贏～～ liáu kúi-ê-chîⁿ-á chē-chhia khah-iâⁿ⇨早知之，損失幾個錢搭車才對。～～都富死去也～～ to pù-sí-khì(ì)-à⇨如能早知之，已經大富翁了(謂要知之不可能)。共你講，～～ 攏甚慢也啦 kā-lí-kóng,～～ lóng-siūⁿ-bān-ā-là⇨告訴你，要知都是表示太遲的。

【伓呢 boeh-nî】 何爲。何用。何事。戇孫的哭～～gōng-sun-ê，khàu～～⇨乖孫，怎麼哭呢(祖母用詞)。叫人～～kiò-lâng～～⇨叫人家做什麼呢。愛這～～ài-che～～⇨要此物何爲。青春少年時，不嫖不樂 ～～ chheng-chhun siàu-liân-sî, m-phiâu m̄-lok～～⇨千金譜。

【伓是 boeh-sī】 ㊀作爲。～～ 未 ～～ bōe(bē) ⇨要開始了嗎。㊁假設。～～有影道謝天謝地 ～～ ū-iáⁿ tō siā-thiⁿ-siā-tē⇨要是眞的就謝天謝地了。～～ 我，豈病咧 ～～ goá，ká-pēⁿ-lè⇨要是我，豈有那麼不中用。我看～～你，倒於塗脚也啦goá-khoàⁿ，～～lí tó-tī thô-kha-a-lā⇨我看，假使是你，已經倒在地上也了。

【伓持 boeh-tih】 要。要得之。你不愛，我～～ lí m̄-ài goá ～～ ⇨你不要，我要。～～甚仔款的 ～～ siaⁿ-á-khoán-ê⇨需要何一款式的。～～外夥～～goā(joā)-chē(chōe)⇨需要多少。外夥goā-chē⇨joā-chōe。彼類人敢～～hit-lōe lâng-kám～～⇨那一種人要嗎。

【伓無 boeh-bô】 否則……。伊都講也，～～我不敢i to kóng-à，～～ goá m̄-káⁿ⇨他都講出來了，否則我不敢(作爲)。我該用啦，～～借你那有要緊goá-āi-iōng-là， ～～ chioh-lí ná-ū iàu-kín⇨我需要用之，否則借你用沒關係嘛。(漂亮的拒絕詞)。落雨啦，～～我道去也loh-hō-là，～～goá tō-khì-à⇨下雨嘛，否則已經去了。

【伓伓也 boeh-boeh-à】 將近。很接近。差一點。安爾得制，我看也敢 ～～～ 了an-ne(ni) teh-phut, goá-khoàⁿ ā-káⁿ～～～ lò͘⇨如此的大制，我看可能快了(快破產了)。制phut，以大刀斬物也。喻大把錢的浪費。

【伓安怎 boeh-an-choáⁿ】 將如何是好。㑑～～～taⁿ～～～⇨現在該怎麼辦。許貴～～～買hiah-kùi ～～～ bé(bóe)⇨那麼貴如何買得。㑑這看～～～死taⁿ-che-khoàⁿ～～～sí⇨而今此事將如何了局(村婦多用之)。

【伓知影 boeh-chai-iáⁿ】 同要知boeh-chai。

【伓甚步 boeh-siaⁿh-pō͘】 如何是好。有何辦法。你死做你去，留阮母仔囝～～～lí-sí chò(chòe)-lí-khì, lâu-goán bó-á-kiáⁿ～～～ ⇨你死了去了，留下我們母子將如何是好呢(妻哭夫)。㑑安爾 ～～～ taⁿ an-ne(ni)～～～ ⇨今者這個樣子，怎麼辦呢。

【侎甚知 boeh-sia$^{n}$-chai】 何能知之。～～～伊是彼款人～～～i sī hit-khoán-lâng⇨那裏知道他是那種(壞人)。～～～會安爾～～～ē(ōe) an-ne(ni)⇨何能知道(事情)會變成如此。

【侎晝也 boeh-tàu-á】 近午之時，㊀用作未來時作也á，㊁用作現在作也à。明仔早～～～bîn-á-chài～～～⇨明日近午(仔á)。盒都～～也ta$^{n}$-to～～à⇨而今快午時了(也à)。

【侎暗也 boeh-àm á】 近晚之時。旁晚。也a之變化同侎晝也。

【侎死侎活 boeh-sí-boeh-oah】 掙扎或奮鬥的形容詞。一世人做到～～～～chit-sì-lâng chò(chòe)-kà～～～～⇨同上。講到～～～～kóng-kà～～～～⇨訴苦。了到～～～～liáu-kà～～～～⇨虧本甚慘。

【侎倒侎孩 boeh-tó-boeh-hài$^{n}$】 ㊀身體衰弱。病到～～～～pē$^{n}$(pi$^{n}$)-kà～～～～⇨同上。㊁事臨困境。生理做到～～～～seng-lí chò(chòe)-kà～～～～⇨同上。孩hài$^{n}$，左右搖擺iô-pái也。亦讀孩hī$^{n}$

【侎晝侎暗 boeh-tàu-boeh-àm】 近午近晚。將近散工的時候。中途半站亦即不成爲一工的時候。～～～～腹肚較枵～～～～pat-tó· khah-iau⇨近晝近暗的時候肚子比較餓。～～～～也，侎合人做甚工～～～～à boeh kah-lâng-chò(chòe) sa$^{n}$h-kang⇨中途半站與人作何工作。亦即做不成工作也。

【侎哭無目屎 boeh-khàu bô-bak-sái】 欲哭無淚。喻痛苦之甚。有苦難言。寃枉也。了即款錢,有影～～～～～liáu-chit-khoán-chî$^{n}$, ū-iá$^{n}$～～～～～⇨平白損失此種錢，眞的寃枉也。

**恈** boeh 同侎boeh。要也，該也，愛也。

**要** boeh 同侎或恈，俗字也。

**襪** boeh 足衣也。軍～kun～⇨同上。絲仔～si-á～⇨同上。褲～khò·～⇨同上。穿鞋吊～chhēng-ê(ôe)-tiò～⇨斯文人su-bûn-lâng，非勞動工人。亦作袜boeh。

# boh

**莫** boh 不可也。又定也，謀也。共伊～kā-i～⇨莫管他，(肯定他有意外的好處)。穤罔穤你～～～bái-bóng-bái，lí～～～⇨醜即醜了，但是你不要只看他醜(他有另外之美點也)。頇顢是頇顢，你～～～han-bān sī han-bān，lí～～～⇨笨是笨的你莫管他(他有特別優點)。

【莫得 boh-tit】 勿but。不要put-iàu。不可put-khó。～～講～～kóng⇨切勿說出。～～生痛較好八藥～～se$^{n}$(si$^{n}$)-thià$^{n}$ khah-hó bat(pat)-ioh⇨不生病疾痛苦，比較認識醫藥處方還要好。氣到～～死khì-kà～～sí⇨氣得要死。愛到～～死ài-kà～～sí⇨愛得要死。～～去～～來～～kì～～lâi⇨不能去不能來。同莫應boh-èng。

【莫愛 boh-ài】 勿要but-iàu。勸人不可要。無愛bû-ài。

【莫說 boh-soat(seh)】 同莫講boh-kóng。～～講～～kóng⇨同上。

【莫應 boh-èng】 不要。～～去～～khì⇨不要去。～～共人講～～kā-lâng-kóng⇨不要對別人說。

【莫講 boh-kóng】 何況hô-hòng。連囡仔都會了～～大人liân-gín-á to-ē(ōe)-lò·～～toā-lâng⇨小孩子都能夠了何況大人。～～是四百，四千您母仔都拎乎你～～sī-sì-pah, sì-chheng lín-bú-à to gîm-hō·-lí⇨不說四百，就是四千元你母親也掏給你。拎gīm以手提物曰拎gīm。

# bok

bo̍k 撲 扑打也。以拳撞擊曰撲bo̍k。對目珠～一下乎你tùi ba̍k-chiu～chı̍t-ê hō͘-lí⇨對準你的眼睛撞擊一下給你。對心官窟仔～落去tùi-sim-koaⁿ-khut-á～lo̍h-khì(ì)⇨對準心肝窟撞擊。乎伊～一下道未飼得也hō͘-i～chı̍t-ē tō-bē-chhī tit à⇨被他撞擊一下就活不了了。

bo̍k 莫 勿也。不可也。朝內無人～作官tiâu-lāi bô-lâng～chok-koan⇨同上。有路～登舟iú-lō͘～teng-chiu⇨謂有陸路不可坐船。路邊野花君～採，帶念閨中一枝梅lō͘ piⁿ iá-hoe kun～chhái, tāi-liām kui-tiong it-ki-bôe⇨民歌。

**【莫如 bo̍k-jî(jû)】** 莫若bo̍k-jia̍k。不如put-jî(jû)。～～防火急～～hông-hóe-kip⇨同上。

**【莫非 bo̍k-hui】** 多敢to-káⁿ。～～是天所註定的～～sī thian-só͘-chù-tēng-ê⇨同上。～～有人扲耍笑～～ū-lâng teh sńg-chhiò⇨是不是有人在開玩笑。

**【莫怪 bo̍k-koài】** 不足爲怪。當然之理。人有鬚你～～人鬍 lâng ū-chhiu lí～～lâng-hô͘⇨人家有鬚呀，鬍鬚是當然的呀。～～呵，道是許有臭臊呵～～ò͘, tō-sī hia ū chhàu-chho-ò͘⇨對了，就是(因爲)那邊有腥氣了(他才常去)。臭臊chhàu-chho，俗以喻女人味。

**【莫道 bo̍k-tō】** ～～君行早，更有早行人～～kun-hêng-chó，kēng-iú chó-hêng-jîn⇨無止境的競爭。

**【莫須有 bo̍k-si(su)-iú】** 秦檜chîn-kòe陷害岳飛ga̍k-hui的罪名。意謂不可有或不應有。借指誣陷的問題，皆曰莫須有bo̍k-si-iú。眞眞是～～～的代誌chin-chin-sī～～～ê tāi-chì⇨同上。

**【莫斯科 bo̍k-su-kho】** Moscow。地名。蘇聯的首都。

**【莫名其妙 bo̍k-bêng-kî-miāu】** 奇怪kî-koài。不知其所以然。伊彼類人會講即類話，實在～～～～呢i-hit-lōe-lâng ē(ōe)-kóng chit-lōe-ōe, si̍t-chāi～～～～neh⇨他那種人，會說此種話，實在夠奇怪了。

**【莫逆之交 bo̍k-ge̍k-chi-kau】** 最佳的友情。

bo̍k 寞 寂寞chek-bo̍k也。芳心～～hong-sim～～⇨心中清靜落寞lo̍k-bo̍k。今人多讀siok-bok，非。

bo̍k 穆 美也。和也。昭～chiau～⇨宗廟中神主排列的地位。左昭右穆。父爲昭子爲穆。

**【穆罕默德 bo̍k-hán-be̍k-tek】** Mohammed。回教教祖。

bo̍k 幕 幕bō͘也(見bo͘部)。鐵～竹～thih～tek～⇨謂共產國家鎖在鐵或竹幕之中。

bo̍k 睦 敬和也。親密也。兄弟和～heng-tē hô～⇨同上。親～會chhin～hōe⇨同上。拍不～phah-put～⇨關係弄壞了。

**【睦鄰 bo̍k-lîn】** 友善於鄰右。敦親～～tun-chhin～～⇨同上。

bo̍k 目 眼也。舉～無親ki～bû-chhin⇨同上。一～瞭然it～liâu-jiân⇨同上。掩人的耳～iám-lâng ê ní-～⇨使他人聽不到看不見自己的秘密。做國王的耳～chò(chòe)-kok-ông ê ní～⇨做國王的密探。眼～gán～⇨㊀目。㊁喻事物的重點。

**【目下 bo̍k-hā】** 而今jî-kim。現在hiān-chāi。～～的局勢無好～～ê kiok-sè bô-hó⇨同上。

**【目的 bo̍k-tek】** 目標之物。～～視的～～sī-tek⇨同上。拼了無～～piàⁿ-liáu bō～～⇨勞而無功lô-jî-bû-kong。人是有～～的，咱合伊無拼lâng si ū～～ê, lán kah-i bô-piàⁿ⇨他們是有目的(可以犧牲)我們拼不過他。

**【目前 bo̍k-chêng】** bo̍k-chiân。目下bo̍k-hā。最近chòe-kīn。照～～的情勢來講，是會做得chiàu～～ê chêng-sè lâi-kóng si ē(ōe)-

chò (chòe) tit⇨按照最近的情形來講，(此事)是可以進行的。

【目送 bok-sòng】 以目視送別。目迎～～bok-gêng～～⇨眼睛迎接，眼睛送別。

【目睹 bok-tò͘】 親眼看之。～～爲快 ～～ûi-khoài⇨親眼看見爲稱心。

【目標 bok-phiau】 活動的目的。～～於高考～～tī ko-khó⇨目標在高考及格。工作～～kang-chok ～～⇨同上。生產 ～～ seng-sán ～～⇨同上。

【目錄 bok-lok】 書籍～～si(su)-chek～～⇨同上。商品～～siang-phín～～⇨同上。

【目擊 bok-kek】 親眼見其事。現場的～～者談hiān-tiū$^{n}$ ê～～chiá-tâm⇨在現場親眼見其事者所說。

【目中無人 bok-tiong-bû-jîn】 看不起任何人。～～～～的土巴佬～～～～ê thó͘-pa-láu⇨看不起人的土包子。

【目不轉睛 bok-put-chóan-cheng】 目珠不轉動。看人看到 ～～～～ khoà$^{n}$-lâng khoà$^{n}$-kà～～～～⇨同上。

【目不識丁 bok-put-sek-teng】 不八半字m̄-bat(pat) poà$^{n}$-jī。一個丁字都不識。

【目光烱烱 bok-kong-kéng-kéng】 烱烱kéng-kéng。明也。

【目空一切 bok-khong-it-chhè】 目中無人無物。伊盒都 ～～～～ 想講伊家己上校i ta$^{n}$ to ～～～～siū$^{n}$-kóng i-ka-kī siāng-gâu⇨他而今目空一切，以爲他自己最聰明。

【目染耳濡 bok-jiám-ní-jû】 見聞親切，累積有成。安爾 ～～～～，無若久講無師自通也an-ne(ni)～～～～, bô-goā-kú kóng bû-sū-chū-thong a⇨如此的目染耳濡，不多久竟無師自通矣。

bok 木 樹也。木材也。五行之一。質樸曰木bok，無感覺亦曰木bok。樹～chhiū～⇨同上。材～châi～⇨同上。竹～tek～⇨同上。棺～koan～⇨金～水火土kim～chúi-hóe-thó͘⇨五行。全身痲～choân-sin bâ-～⇨全身無感覺。土～工程thó͘～kang-thêng⇨同上。

【木工 bok-kang】 bak-kang攻木之工。木匠bak-chhiū$^{n}$。做木匠的chò(chòe)-bak-chhiū$^{n}$-ê。

【木牛 bok-giû】 一種運輸器具。～～流馬～～liû-má⇨諸葛亮作木牛流馬。

【木仔 bok-á】 小棺木siáu-koan-bok。小棺柴sió-koa$^{n}$-chhâ。

【木主 bok-chú】 神主牌sî-chú(chí)-pâi。

【木瓜 bok-koe】 一種果實。～～糖 ～～thn̂g⇨煮糖的木瓜。～～牛乳 ～～ gû-leng⇨絞汁加牛乳的飲料。

【木本 bok-pún】 ㊀樹木的根頭。～～水源～～súi-goân⇨同上。㊁植物學名詞。禾本hô-pún之對詞。～～科植物～～kho-sit-but⇨樹木類是也。

【木石 bok-sek】 人非 ～～，誰能無情jîn-hui～～sûi-lêng bô-chêng⇨同上。

【木耳 bok-jí(ní)】 一種蕈類食物。地生曰菌khún，木生曰蕈sím。芹針～～香爐神主kîn-chiam ～～ hiu$^{n}$-lô͘ sîn-chí⇨謂一童奉命買木耳，怕忘之，乃念之而行，途中有水溝一躍而過，竟變成香爐神主云。

【木材 bok-chhâi】 家器或建築用的木料曰木材bok-chhâi。～～商～～siang⇨同上。

【木刻 bok-khek】 刻木的文字或圖畫。

【木版 bok-pán】 刻木爲印刷。～～石版鉛版～～chioh-pán iân-pán⇨三種印刷法。

【木星 bok-chhe$^{n}$(chhi$^{n}$)】 太陽九大行星中之最大者。

【木炭 bok-thoà$^{n}$】 以木燒製之炭。～～石炭～～chioh-thoà$^{n}$⇨木炭與煤炭bôe-thoà$^{n}$。

【木馬 bok-bé】 山地運材的小道具。先以木架成～～路，而將材載於～～上，即可循～～路滑行目的地(集木場)。

【木料 bok-liāu】 建築用材。木材bok-chhâi。

【木魚 bok-hî(hû)】 佛家用的木器。禮佛誦經時叩之，相傳魚晝夜常醒，其取魚形，乃取日夜警醒勿怠之意云。

【木偶 bok-ngó͘】 木刻偶人，俗曰柴頭翁仔chhâ-thâu-ang-á。

【木筆 bok-pit】 花名，辛夷sin-î的俗名。因其花苞形似筆頭，因而得名。～～花～～hoe⇨同上。

【木賊 bok-chek】 藥名。俗曰節骨草chiap(chiat)-kut-chháu。

【木棍 bok-kùn】 圓形木棒bok-pāng。俗曰柴棍chhâ-kùn或柴棍仔chhâ-kùn-á。

【木遁 bok-tūn】 奇門遁甲之一。遁tūn者隱去也。逃走也。～～水遁～～chúi-tūn⇨都是遁法。

【木綿 bok-mî】 花名。俗曰棉樹mî-chhiū，棉mî亦作綿mî。落葉喬木。花紅色，結子即有長毛，軟如綿絮。～～樹上鷓鴣啼，～～樹下牽郎衣，欲別不別不忍別，落英沒盡君馬蹄～～sī-siāng chià-ko͘-thî,～～sī-hā khan-lông-i, iok-piat-put-piat-put jím-piat, lok-eng but-chīn kun-má-tê⇨古竹枝詞。～～花～～hoe⇨同上。

【木生火 bok-seng-hóe】 金生水，水生木，～～～，火生土，土生金，又金剋木，木剋土，土剋水，水剋火，火剋金kim-seng-chúi, chúi-seng-bok, ～～～,hóe-seng-thó͘, thó͘-seng-kim iū kim-khek-bok kok-khek-thó͘ thó͘-khek-chúi, chúi-khek-hóe, hóe-khek-kim⇨所謂五行之相生相剋siang-seng-siang-khek也。

【木麻黃 bok-mâ-hông】 熱帶傳來的樹種。因其成長快，故多種爲防風林。

【木蘭池 bok-lâh-tî】 洋酒名。Brandy的譯音。

【木蓮救母 bok-liân-kiù-bó】 戲劇名。佛教的故事。

【木蘭從軍 bok-lân-chiông-kun】 戲劇名。木蘭女代父從軍立功的故事。

**bok 沐** 洗頭髮也。潤澤也。

【沐恩 bok-in】 蒙受恩寵in-thióng。

【沐浴 bok-iok】 ㊀淨身。齋戒～～以祀上帝chē-kài～～, í-sū-siāng-tè⇨同上。㊁承恩。～～聖恩～～sèng-in⇨同上。

【沐雨櫛風 bok-ī-chiat-hong】 以雨洗身，以風梳頭。喻風雨中亦勞苦奔波無停。

【沐猴而冠 bok-hô͘-jî-koan】 猴山仔著冠帶，原罵楚霸王出身草地之詞。亦即草地郎也。楚音草chháu(台語)，楚霸王叫草霸王。當時用以譏笑其徒具衣冠而實楚猴也。～～～～耳，有甚於扲～～～～niâ，ū-siáⁿ-tī-leh⇨猴山仔穿衫而已，有何了不起。

**bok 漠** 流沙也。淸靜也。不相關，不注意。砂漠soa-bok⇨soa-mō͘。廣～數千里kóng～sō͘-chhian-lí⇨形容地方廣濶寂靜如砂漠之詞。又俗以水徐徐滾動曰漠bok，或作沐bok。水扲～chúi-teh～⇨水在徐徐滾動。

【漠視 bok-sī】 輕視khin-sī。忽視hut-sī。

【漠漠 bok-bok】 寂無聲響。暗～～àm～～⇨謂黑暗之中無從分辨事物。代誌暗～～tāi-chì àm～～⇨謂事在黑暗之中無從知其眞相。～～泅～～siû⇨謂在水中浮沈拼命。喻事急如在水中浮沈掙扎。

【漠不關心 bok-put-koan-sim】 絲毫不關心。

**bok 牧** 養牛人也。凡放養牲畜皆曰牧bok。治民之官亦曰牧bok，謂人如牛羊也。放～hòng～⇨放養牲畜。州～chiu～⇨古州長。農～漁業lông～hî-giap⇨農牧漁各業。

【牧羊 bok-iûⁿ(iâng)】 放養羊羣。蘇武～～so͘-bú～～⇨歌名。戲劇名。

【牧草 bok-chháu】 飼養牲畜的草料。種～～chèng～～⇨同上。

【牧畜 bok-hiok】 飼養牲畜。～～業～～giap⇨以營利為目的的牲畜飼養業。

【牧師 bok-su】 基督教的傳教士。在耶教曰～～，在佛曰和尚chāi-iâ-kàu oat～～，chāi-put oat hôe-siūⁿ⇨同上。

【牧場 bok-tiûⁿ】 放養牲畜的場地。

【牧童 bok-tông】 俗曰看牛囡仔khoàⁿ-gû-gín-á。借問酒家何處有，～～遙指杏花村chioh-mn̄g chiú-ka hô-chhì(chhù)-iú ～～ iâu-chí hēng-hoa-chhun⇨千家詩。

【牧歌 bok-ko】 Pastoral的譯名。西洋詩歌之一體，以牧人問答體，描寫田間生活事物之詩歌。我們的採茶chhái-tê或山歌san-ko或可屬之。

【牧民官 bok-bîn-koaⁿ】 直接治民之地方官。～～～或曰父母官～～～hek-oat pē-bó-koaⁿ⇨同上。

## bong

**bong 摸** 捫索也。以掌指撫之曰摸bong。探曰摸bong。徐徐工作曰摸bong，亦曰攞hôe。用手～iōng-chhiú～⇨㊀以手撫之。㊁以手摸索。未～得bē(bōe)～tit(chit,lih)⇨㊀不能摸(怕壞，死)。恰如豆腐抮，～～～kah-ná tāu-hū-lè，～～～⇨弱如豆腐(摸即壞或即死)。㊂禁地。查某人褲頭掌櫃後，乎你～～～cha-bó-lâng khò·-thâu chǹg-kūi-āu, hō·-lí ～～～⇨對此兩地，君子避嫌不摸也。一日～未盈chit-jit ～ bē(bōe)-êng⇨終日工作無從得閑。早起 ～ 到暗chá-khí ～ kà-àm⇨清晨工作到黑夜。阮開天地亦不八 ～ goán khai-thian-tē mā m̄-bat(pat) ～ ⇨我從來都未曾試過(例如賭博)。開天地khai-thian-tē , khai-lian-tē，開天闢地以來也。伊眞愛～i chin-ài～⇨他甚喜好摸牌賭博。實在不好～sit-chāi m̄-hó～⇨說實話不宜賭。人總是該罔 ～ 也罔攞不lâng chóng-si-ài bóng～abóng-hôe-m̄⇨人類總之是需要工作不斷的。十八 ～ chap-peh ～ ⇨民歌名。

【摸乳 bong-leng】 探乳峰。～～罰銀三千～～ hoat-gîn saⁿ-chheng⇨謂摸乳須罰銀三千兩。～～巷～～hāng⇨小坑谷也。謂小得兩人相逢，伸手即可探乳。其實乃形容坑谷雙邊突出的石頭如乳也。筆者家鄉實有其地。

【摸攞 bong-hôe】 兩字皆指女人在厨房等的理不清的工作。總是著摸著攞的chóng-sī tioh-bong tioh-hôe-ê⇨總而言之，是必須工作不停的。

【摸針 bong-chiam】 取針。海底～～hái-tē～～⇨喻至難或不可能之事。

【摸脈 bong-meh】 醫生節脈chat-meh。～～支支，開藥大約～～phiak-phiak, khui-ioh tāi-iak⇨譏誚庸醫之詞。支phiak小擊也，即脈膊之小擊支支之感覺也。

【摸無 bong-bô】 尋不到。～～門可入～～mn̂g hó-jip⇨尋不出門(或門徑)可入。戲言之曰～～寮仔門～～liâu-á-mn̂g。～～總～～cháng⇨尋不到總根頭。總頭cháng-thâu亦單曰總cháng。

【摸心官 bong-sim-koaⁿ】 問問己心。一更更鼓月照山，牽君的手～～～it-keⁿ keⁿ-kó· goeh-chiò-soaⁿ,khan-kun ê chhiú ～～～ ⇨同上。

【摸看抮 bong-khoàⁿ-lè】 摸摸看。用手～～iōng-chhiú～～～⇨以手摸摸看。以手試探一下。

【摸蜊仔 bong-lâ-á】 捉蜊仔。一兼兩顧，～～～兼洗褲it-kiam-liáng-kò·，～～～kiam-sé(sóe)-khò·⇨謂順便辦事，已省本又多利。

【摸搔捏 bong-so-tēⁿ(tīⁿ)】 所謂毛手毛脚mo·-chhiú-mo·-kha的三種手勢。摸bong即搔so, 搔即摸，強分即似乎在面積之大小，摸小搔大。掟tē$^{n}$，握ok也。

**bong 厖** 石大也。凡大皆曰厖bong。又皮下結硬塊(臨時性)亦曰厖bong。彼～有夠大～hit～ū-kàu toā-～⇨那個肥婆眞的十分大顆toā-kho·。尻川髀結一～kha-chhng-phé kiat-chi̍t～⇨屁股上結了一個硬塊。一～一～幾若～chit～chit～kui-nā～⇨一厖一厖的好多塊。大～是toā～si⇨很多很多，到處皆有之。

**bóng 莽** 草統稱曰莽bóng。粗魯chho·-ló·曰莽bóng。草～之臣chhó～chi sîn⇨在野之臣。鹵～ló·～⇨粗魯chho·-lo̍·。鹵ló·通魯ló·，鈍也。王～篡漢ông～chhoàn-hàn⇨歷史故事。

【莽夫 bóng-hu】 粗魯chho·-ló·之人。俗曰四肢發達頭腦簡單之人。人講～～道是像張飛彼款人啦lâng-kóng～～tō-sī-chhiū$^{n}$ tiu$^{n}$-hui hit-khoán-lâng là⇨人家說莽夫就是像張飛那一類之人也。

【莽懂 bóng-tóng】 不明。不智。亦作懞懂bóng-tóng或懵懂bóng-tóng。一時～～it-sî～～⇨一時魯莽。中途變心上～～，抛妻離子薄情郎，柴空米盡實難當，幼兒哭枵雙親亡tiong-tô· piàn-sim siāng(siōng)～～，phau-chhe-lî-chú po̍k-chêng-lông, chhâ-khang-bí-chīn si̍t lân-tong, iù-jî khàu-iau siang-chhin-bông⇨雪梅思君歌。～～人～～lâng⇨同上。～～漢～～hàn⇨同上。

**bóng 蟒** 蛇類。無毒之大蛇也。王蛇ông-siâ也，相傳為蛇之最大者，故云。巨～kī～⇨大蛇toā-choâ。

【蟒袍 bóng-phâu】 同蟒衣bóng-i。古時天子有龍袍liông-phâu，亦曰滚龍袍kún-liông-phâu。皇子臣僚即有蟒袍bóng-phâu，依蟒數之多少以定上下。

【蟒蛇 bóng-choâ(siâ)】 大蛇toā-choâ。巨蟒kí-bóng。

**bóng 罔** 誣也。邪曲虛僞也。姑且安之為之皆曰罔bóng。得過且過曰罔bóng。馬馬虎虎亦曰罔bóng。～行也～行，行久道出名～kiâ$^{n}$-ià～kiâ$^{n}$,kiâ$^{n}$-kú tō chhut-miâ⇨結伴行路時的自慰語。謂行久了就可到達目的地。講也～扲講kóng-à～teh-kóng⇨既然說出來了，就順便說說罷。愛生命～吞āi-sè$^{n}$-miâ～thun⇨想活就勉強食之。

【罔去 bóng-khì】 猶算未穤iáu-sǹg-bē(bōe)-bái。有即類後生亦～～也啦，無你佅愛伊安怎ū-chit-lōe(i) hāu-se$^{n}$(si$^{n}$) i̍ah～～â là, bô lí-boeh-āi-i án-chhoah$^{n}$⇨你有這種兒子還算好的了，否則，你是要他怎麼做呢。討有母道～～了，更敢想要利thó-ū-bó tō～～lò·, koh-ká$^{n}$ siū$^{n}$-boeh(beh)-lāi⇨能夠討回母金就不錯了，何敢再想要利子。有私立的可讀道～～了，咱曷敢想台大的ū-su-li̍p-ê hó-tha̍k tō～～ló,lán a̍h ká$^{n}$-siū$^{n}$ tâi-tāi ê⇨有私立學校可就學就算了，我何敢妄想讀台大。

【罔行 bóng-kiâ$^{n}$】 散散步sàn-sàn-pō。無佅佗啦，都盈盈出來～～耳bô-boeh-taih-là,to-êng-êng chhut-lâi～～niâ⇨不是要到何地去的，只是很閒了，出來跑跑散心而已。

【罔拖 bóng-thoa】 勉強過日bián-kiáng-kòe-ji̍t。～～罔過～～bóng-kòe(kè)⇨勉強支持生活。闇鷄拖木屐，～～罔食iam-ke(koe) thoa-ba̍k-kiah,～～bóng-chhiah⇨閹雞拖木屐iam-ke thoa ba̍k-kiah，謂隨趁隨食的勞碌命格lô-lo̍k-miâ-keh。

【罔度 bóng-tō·】 勉強過日子。靠一份也薪水～～耳khò chit-hūn-á sin-súi～～niâ⇨依賴一份棉薄薪水勉強過日子而已。

【罔望 bóng-bāng】 且寄以希望。人講西牛仔望月，～～也～～不lâng-kóng sai-gû-á-bāng-goeh,～～ià～～m̄⇨人家說，西牛望月，且寄以希望而已，不是嗎。西牛望月sai-gû-bāng-go̍eh苦命格之一。

【罔想 bóng-siūⁿ】 罔望bóng-bāng。～～也～～，想久都也有～～iâ～～, siūⁿ-kú to-á-ū⇨謂想久了，老婆是會有的。

【罔趖 bóng-sô】 無所事事的飄來飄去。拿都一日食飽，端仔～～也～～耳taⁿ-to chit-jit chiah-pá, kan-a～～iâ～～niâ⇨現在是無所事事，吃飽了・就四處亂跑而已。

【罔將就 bóng-chiang-chiū】 bóng-chiong-chiū。姑且安之。姑且使用之。人講散鄉人仔娶老某，～～～也～～～lâng-kóng sàn-hiong-lâng-á chhoā-lāu-bó͘,～～～iâ～～～⇨貧漢娶老妻姑且安之。

【罔過冬 bóng-kòe-tang】 勉強支持過冬。人講時機未來每罔望，田螺含水每～～～lâng-kóng sî-ki bōe(bē)-lâi mā-bóng-bāng, chhân-lê kâm-chúi mā～～～⇨民歌。

bóng
蠓 小飛蟲，其形似蚋而喜亂飛，尤以下雨時群生而飛，見陽則死。此蠓非嚙人吸血之蚊也。

bóng
網 天羅地～thian-lô-tē～⇨天地是一個羅網。自投羅～chū-tâu-lô～⇨同上。網bāng即網bóng。

bòng
謴 誣也。臧否失實，眞僞相冒曰謴bóng，無章無節的作風曰謴boǹg。孟浪bēng-lōng曰謴bòng。無軌道的玩樂曰謴bòng。或作惘bòng。伊的人眞～i ê lâng chin～⇨他爲人很不在乎。合人去～kah-lâng-khì～⇨與朋友去飲酒玩樂。～著歸暝歸日～tioh kui-mê(mî)-kui-jit⇨一謴就整日整夜連續的。

【謴仙 bòng-sian】 謴仙人bòng-sian-jîn。謴人bòng-lâng。亦曰謴先bòng-sian，謴先生bòng-sian-seng也。對事任事都漫不經心之人曰謴bòng。

【謴謴 bòng-bòng】 眞謴bòng。事事滿不在乎。嫁著彼個翁都安爾～～不kè-tioh hit-ê-ang to-an-ne(ni)～～m̄⇨嫁了那個丈夫是如此的事事不在乎的。

【謴更譀 bòng-koh-hàm】 謴加上譀hàm。譀hàm荒誕，大言也。～～～藉死棋～～～chiah-sí-kî又謴又譀才無法救治。死曰死棋sí-kî，無救也。

bông
亡 逃也。死也，滅也。自稱已死家人曰亡bông。例如亡兄，亡妹，亡兒，亡弟等等是也。逃～tô～⇨逃命tô-bēng。追tui～⇨追趕逃亡之人。死～sí～⇨死。滅～biat～⇨滅。淪～lûn～⇨沈淪下去。陣～將士tīn～chiàng-sū⇨戰場死亡之將兵。新～舊～sin～kū～⇨新死者舊死者。牽～khan～⇨巫婆引亡魂出現。

【亡命 bông-bēng】 逃走tô-cháu。逃命tô-miā。腰纏萬貫～～去也io-tiân bān-koàn～～khì-à⇨身帶巨金逃溜去了。

【亡魂 bông-hûn】 死鬼sí-kúi。亡靈bông-lêng。乎～～牽去了hō͘～～khan khì lò͘⇨被鬼捉去了。

【亡靈 bông-lêng】 亡魂bông-hûn。超度～～chhiau-tō͘～～⇨拯救亡靈。

【亡國恨 bông-kok-hīn】 商女不知～～～，隔江猶唱後庭花siang-lí put-ti～～～，keh-kang iū-chhiàng hō͘-têng-hoa⇨唐詩。

【亡羊補牢 bông-iûⁿ-pó͘-lô】 喻事後之補救。～～～～猶爲未晚～～～～iû-ûi bī-boán⇨羊跑了才來補修羊稠iûⁿ-tiau，還算不會太遲。

bông
忘 不記也。恔人善～gâu-lâng siān～⇨要人容易記不清。施恩應勿念，受惠愼勿～si-in eng-but-liām, siū-hūi sīn-but～⇨同上。終身難～chiong-sin lân～⇨到死不忘。永世不～éng-sè put～⇨同上。

【忘八 bông-pat】 娼家之主。謂其忘記了孝悌忠信，禮義廉恥之八事也。妓女愛媠，～～愛錢ki-lí ài-súi，～～ài-chîⁿ⇨妓女要漂亮者，忘八要有錢者。

【忘形 bông-hêng】 忘了自己的形體儀表。得意～～tek-ì～～⇨同上。

【忘年會 bông-liân-hōe】 年終歲暮，友朋或同僚聚會宴飲，謂忘去舊事以迎新年曰忘年會bông-liân-hōe。又不分年齡，老少相聚之會也。

【忘年之交 bông-liân-chi-kau】 不計較年歲老少的好朋友。

【忘恩背義 bông-in-pōe-gī】 〜〜〜〜，恩將仇報〜〜〜〜，in-chiang-siû-pò⇨同上。

bông **忙** 心迫也。急也。事多心急曰忙bông。農〜期lông〜khî⇨農事多忙之時。撥〜光臨poah〜kong-lîn⇨同上。幫〜pang〜⇨pang-bâng。怱〜chhong〜⇨荒〜hong〜⇨急而亂。

【忙忙 bông-bông】 忙碌bông-lo̍k。匆匆〜〜chhong-chhong〜〜⇨匆忙。荒亂。〜〜碌碌〜〜lo̍k-lo̍k⇨忙碌。

【忙亂 bông-loān】 事急荒亂。當抡〜〜，我無法度去啦tng-teh〜〜，goá bô-hoat-tō·khì lâ⇨(事)正在忙亂之際，我不能去。

【忙碌 bông-lo̍k】 事忙無時可休息。工作〜〜kang-chok〜〜⇨同上。

【忙裏偷閒 bông-lí-thau-hân】 在忙中抽出空閒時間以舒解精神。人講較無盈每該〜〜〜〜，你都不八抡，俗合人講甚lâng-kóng kha-bô-êng ma̍h-āi 〜〜〜〜 lí-to-m̄-bat-leh, boeh-kah-lâng kóng-siahⁿ⇨古人言，再忙，也要忙中取閒，你皆不懂也，有何話說呢。

bông **蒙** 草名。被覆也。蒙古bông-kó·簡稱曰蒙bông。啓〜khé〜⇨啓發愚蠢。愚〜gî (gû)〜⇨神智未開。童〜tông〜⇨智慧未開的小孩童。承〜指導sîn〜chí-tō⇨同上。

【蒙古 bông-kó·】 中國大陸西北部。外〜〜內〜〜goā〜〜lāi〜〜⇨蒙古分內外兩部。〜〜人〜〜lâng⇨同上。

【蒙昧 bông-māi】 〜〜未開〜〜bī-khai⇨智識未開通。

【蒙蒙 bông-bông】 不明。暗黑。暗〜〜âm〜〜⇨夜色黑暗，àm-bong-bong，同朦朦bông-bông。

【蒙蔽 bông-pè】 掩蓋am-khàm。〜〜事實〜〜sū-si̍t⇨同上。

【蒙塵 bông-tîn】 古時國王逃亡曰蒙塵bông-tîn。

【蒙難 bông-lān】 遭受災難。

【蒙汗藥 bông-hān-io̍h】 麻醉藥劑。

【蒙面賊 bông-bīn-chha̍t】 覆面賊ho̍k-bīn-chha̍t。

bông **朦** 朦朧bông-lông，月將入也。月光不明。不清楚。模糊不清。

bông **濛** 微雨的樣子。濛霧bông-bū也。濛即霧，霧即濛也。敆〜kha̍h〜⇨濛霧蔽視界曰敆濛kha̍h-bông或敆霧kha̍h-bū，或合稱曰敆濛霧kha̍h-bông-bū。敆kha̍h，會也，合也。

【濛濛 bông-bông】 〜〜仔雨〜〜á-hō·⇨毛毛仔雨mo·-mo·-á-hō·，亦即毛毛雨。

【濛霧 bông-bū】 落〜〜雨lo̍h〜〜hō·⇨下毛毛雨。敆〜〜kha̍h〜〜⇨出現濛霧。〜〜敆眞重〜〜kha̍h chin tāng⇨濛霧甚濃。視界不清。

bông **芒** 草端也。葉上如針之毛刺也。又光線之端亦曰芒bông。如〜在背jî〜chāi-pòe⇨如芒針刺在背上。光〜萬丈kong〜bān-tiāng (tiōng)⇨稱頌好人材之詞。

【芒果 bông-kó】 果子kóe-chí名。俗曰樣仔soāiⁿ-á。或作檬果bông-kó或檬果bông-kó。

【芒針 bông-chiam】 芒刺bông-chhì其利如針。

【芒硝 bông-siau】 藥品名。製皮革之主要藥品。亦曰朴硝phok-siau，又曰牙硝gê-siau。

【芒種 bông-chéng】 二十四氣之一，在六月六或七日。〜〜夏至〜〜hē-chì＝芒種之後十五日即夏至也。四月〜〜雨，五月無焓土，六月火燒埔sì-go̍eh〜〜hō·, gō·- go̍eh bô-ta-thô·la̍k-go̍eh hóe sio-po·⇨農諺。根據農曆。

**bông 茫** 廣大貌。不明也。不知也。蒼～之水chhong ～chi-súi⇨同上。

【茫茫 bông-bông】 ㊀廣大。大海～～ tāi-hái～～⇨同上。白～～peh～～⇨同上。㊁不知不明。前途～～chiân-tô͘～～⇨同上。～～渺渺～～biáu-biáu⇨同上。

【茫然 bông-jiân】 不知的樣子。～～無知～～bû-ti⇨同上。

**bông 厖** 病困也。病酒也。亦厖bang也。頭殼眞～thâu-khak chin～⇨頭痛；眞悾chin-gông。

【厖厖 bông-bông】 ㊀酒醉的樣子。醉～～chùi～～⇨醉厖厖chùi-bâng-bâng⇨同上。㊁頭痛。頭殼～～ thâu-khat～～(gông-gông)⇨悾gông頭暈也。～～醉～～chùi⇨bâng-bâng-chùi。

【厖奢奢 bông-chhia-chhia】 gông-chhia-chhia。頭又眩又痛。又悾gông也。

**bông 駹** 面額白色或青色之馬。雜色牲口或雜色馬亦曰駹bông。面額皆白，惟～biān-song kai-peh，ûi～⇨爾雅。

**bông 矇** 盲bông也。有瞳子而無見曰矇bông，即俗所謂青盲chheⁿ-mêⁿ(chhiⁿ-mîⁿ)也。

【矇矇 bông-bông】 不明。心～～sim～～⇨同上。

【矇矓 bông-lông】 目不明。視不明。

**bông 艨** 古時一種戰艦叫～艟～tông。其上蒙牛皮，亦作蒙衝bōng-chhiong。

**bông 盲** 目無瞳子也。不明事理曰盲bông。文～bûn～⇨不識文字之人。

【盲目 bông-bok】 無主張無目的。～～之愛～～chi-ài⇨不分是非曲直的愛情。

【盲從 bông-chiông】 不明其義而附和合作。

【盲腸 bông-tn̂g】 大腸的一部份。據說是已無作用，反而多有毛病。故先進國家多有生即予以割除者。～～炎～～iām⇨病名。

【盲點 bông-tiám】 ㊀生理學名詞。眼網膜之不能發生視覺之處。㊁俗作特異的地方解。尤指易被忽視或難以觸及之處。都市的～～to͘-chhī ê～～⇨都市中較特異的角頭kak-thâu。治安的～～tī-an ê～～⇨巡邏人員甚少光臨的角頭。亦即所謂三不管地帶。

【盲啞學校 bông-á-hak-hāu】 實施盲啞教育的學校。

**bōng 望** 月正圓曰望bōng。遠視也。思念遠人也。志願也。爲人所敬仰曰望bōng。朔～sok～⇨無月曰朔，月圓曰望。遠～oán～⇨眺視遠方，或長遠的希望。一～無際it～bû-chè⇨一眼看過去，無邊無際。～佳人兮天一方～ka-jîn-hê thian-it-hong⇨同上。大失所～tāi-sit-só͘～⇨同上。失～sit～⇨同上。希～hi～⇨同上。衆～所歸chiòng～só͘-kui⇨同上。名～家bêng～ka⇨大門大族之人。今夜月明人盡～，不知秋思在誰家kim-iā goat-bêng jîn-chīn～，put-ti chhiu-su chāi-sûi-ka⇨古詩。

【望月 bōng-goat】 月正圓，月當圓goeh-tng-îⁿ。

【望外 bōng-goā】 意料之外。～～的收入～～ê siu-jip⇨同上。

【望族 bōng-chok】 大門大戶之家族。地方的～～te-hng ê～～⇨同上。

【望遠鏡 bōng-oán-kiàⁿ】 即俗所謂千里鏡chhian-lí-kiàⁿ。

【望子成龍 bōng-chú-sêng-liông】 ～～～～，望女成鳳～～～～，bōng-lí-sêng-hōng⇨希望子女都成爲偉大的人物。

【望風披靡 bōng-hong-phi-bí】 聽見風聲盡皆降服。

【望洋興歎 bōng-iâng-heng-thàn】 在大海之前自嘆無計可施。

【望梅止渴 bōng-bôe-chí-khat】 ～～～～畫餅充饑，攏是騙的～～～～ōe-piáⁿ-chhiong-ki, lóng-sī phiàn-ê⇨同上。

【望眼欲穿 bōng-gán-iok-chhoan】 形容盼望

極深極切的情形。

【望塵莫及 bōng-tîn-bo̍k-ki̍p】 形容落後甚遠無法追到。

**bōng 夢** 睡眠中所見事物也。美～成眞bí～sêng-chin⇨同上。擾人淸～jiáu-jîn-chheng～⇨打擾睡覺。

【夢洩 bōng-siat】 洩精sia̍p-cheng。

【夢話 bōng-ōe】 夢中說話。烏白講o͘-pe̍h-kóng。你講～～lí-kóng～～⇨你講戇話lí-kóng gōng-ōe。

【夢想 bōng-sióng】 空思～～khong-su～～⇨烏白想o͘-pe̍h-siū$^n$。

【夢遺 bōng-ûi】 遺精ûi-cheng。同夢洩bōng-siat。

【夢中人 bōng-tiong-jîn】 心中所求之人。你的～～～是者，人曷煞毋知 lí ê～～～sī chiâ, lâng a̍h-soah m̄-chai⇨你所愛之人，人人皆知也。

**bōng 妄** 亂也。虛誣不實也。荒謬也。狂～自大không～chū-tāi⇨同上。

【妄告 bōng-kò】 亂告loān-kò。誣告bú-kò。

【妄狀 bōng-chōng】 輕佻浮薄。～～鬼～～kúi⇨冒失鬼mō͘-sit-kúi。～～漢～～hàn⇨同妄蕩漢bōng-tōng-hàn。

【妄蕩漢 bōng-tōng-hàn】 同妄狀漢bōng-chōng-hàn。冒冒失失之人。

【妄自尊大 bōng-chū-chun̄ tāi】 自命非凡。狂妄自大không-bōng-chū-tāi。

【妄自菲薄 bōng-chū-húi-po̍k】 不知自愛自重。不宜～～～～，引喩失義，以塞忠諫之路也put-gî～～～～，ín-jī-sit-gī, í-sek-tiong-kàn-chi-lō͘ iā⇨前出師表。

**bōng 墓** 墳墓也。土丘曰墓bōng，墓而種樹加工修飾者曰墳hûn。塚thióng也。掃～sàu～⇨清明祭掃。上～chiū$^n$～⇨拜墓pài-bōng。

【墓仔 bōng-á】 墓的通稱。～～埔～～po͘⇨墓地。

【墓田 bōng-tiân】 墓地bōng-tē。南北山頭多～～，淸明祭掃自紛然lâm-pok san-thiô to～～, chheng-bêng chè-sò͘ chū-hun-jiân⇨千家詩。

【墓地 bōng-tē】 墓田bōng-tiân。共同～～kiōng-tông～～⇨同上。

【墓紙 bōng-choá】 掃墓時放置墓上之金銀紙。庪～～kùi～～⇨同上。庪kùi，埋藏也，庋khǹg也。閣藏也。

【墓埕 bōng-tiâ$^n$】 墓前之空地。埕tiâ$^n$猶庭tiâ$^n$。

【墓牌 bōng-pâi】 墓誌之牌。企～～khiā～～⇨立墓誌。

【墓粿 bōng-kóe】 清明掃墓的祭品。來去揖～～呀laih-khì io̍h～～ò͘⇨大家同去揖墓粿吧。小童們清明時到墓地去要粿當點心之詞。到場一揖，主人即分粿一塊。揖io̍h，揖ip，拱手爲禮也。

【墓壙 bōng-khòng】 墓穴bōng-hia̍t。狗扲争～～káu teh-cheng～～⇨狗爭食墓穴中之物。喩兇訌hiong-kông。未輸狗扲争～～呢bē(bōe)-su káu-teh-cheng～～neh⇨謂你太兇訌了。

【墓誌銘 bōng-chì-bêng】 將死者的姓氏事蹟爲文刻石同葬墓中，使後日有所稽考者。倩人寫～～～chhià$^n$ lâng siá～～～⇨請人作墓誌銘之文章。

## bu

**bu 埊** 小堆tui曰埊bu。瘤liû亦曰埊bu。一小堆砂曰一～砂仔 chi̍t～soa-á。敲個瘤曰槓一～kòng-chi̍t～。鴨仔囝結歸～ah-á-kiá$^n$ kiat-kui～⇨小鴨子自聚成堆。牛屎成大～gû-sái chiâ$^n$-toā～⇨牛糞gû-pùn眞大堆chin-toā-tui。大尼～toā-bong-～⇨大堆，大瘤。

bú
侮 慢也。欺負khi-hū也。輕視曰侮bú。恣～sù～⇨任憑欺負。

【侮弄 bú-lāng】 侮辱戲弄。攏抾～～人的查某囡仔lóng-teh～～lâng-ê cha-bó͘-gín-á⇨專在侮弄良家婦女。

【侮辱 bú-jio̍k】 侮慢bú-bān。輕蔑～～kheng-bia̍t～～⇨同上。～～人的人格～～lâng ê jîn-keh⇨同上。查某囡仔乎人～～cha-bó͘-gín-á hō͘-lâng～～⇨女孩子遭受非禮。遭人強暴。

【侮慢 bú-bān】 輕慢kheng-bān。～～尊長～～chun-tiáng⇨對長者輕薄無禮。～～的話～～ê-ōe⇨同上。

bú
舞 樂舞也。和歌跳踏曰舞bú。揮拳弄棒曰舞bú。作弄曰舞bú。工作亦曰舞bú。載歌載～chài-ko-chài～⇨同上。輕歌妙～kheng-ko-miāu～⇨同上。跳～thiàu～⇨同上。歌～劍～ko～kiàm～⇨同上。土風～thó͘-hong～⇨同上。亂揮亂～loān hui-loān～⇨同上。沙塵飛～soa-tîn-hui～⇨同上。大大的鼓～toā-toā-ê kó͘～⇨同上。～了眞忝了～liáu-chin-thiám-lò͘⇨弄得甚疲勞了。愈～愈大裂ná～ná-toā-li̍h⇨越弄裂縫越大。乎人～到未企得也 hō͘lâng～kà bē(bōe)-khiā-tit-à⇨被人弄得無法立足了。～三暝三日～saⁿ-mê-saⁿ-ji̍t⇨連續工作三天三夜。放乎囡仔去～pàng hō͘ gín-á khì～⇨讓由兒子在經營(自己狀似退休了)。

【舞刀 bú-to】 刀舞。～～舞劍～～bú-kiàm⇨同上。

【舞女 bú-li(lú)】 跳舞之女。少～～siáu～～⇨同上。伴～～phoāⁿ～～⇨同上。

【舞弄 bú-lāng】 ㊀揮舞hui-bú。～～大刀～～toā-to⇨同上。㊁運營。放乎後生抾～～也pàng hō͘-hàu-seⁿ teh～～ā⇨讓給兒子在運營了。

【舞弄 bú-lōng】 唆使。後面有人抾～～āu-bin ū-lâng teh～～⇨同上。

【舞弊 bú-phè】 ㊀離間中傷。攏每彼個鬼抾～～lóng-mā hit-ê-kúi teh～～⇨皆是彼個壞人在挑撥離間。㊁謀取不當之財。貪污～～tham-u～～⇨同上。

【舞劍 bú-kiàm】 舞刀。項莊～～意在漢王hāng-chong～～ì chāi-hàn-ông⇨以舞劍爲名，意圖殺劉邦。

【舞大刀 bú-toā-to】 做大事。開大戰。阮合您～～～的人曷會比得goán-kah-lín～～～ê-lâng a̍h-ē-pí-tit⇨我們和你們大手筆的人何能比較。

【舞傞傞bú-sah-sah】 醉舞貌。拂幾仔攤也，攏～～～也啦hut kúi-á-thoaⁿ a，lóng～～～ à lah⇨舞過若干場了，皆～～～，亂吵吵也啦。醉舞傞傞也。

【舞豬舞狗 bú-ti-bú-káu】 打亂仗。省合伊抾～～～～séⁿ-kah-i teh～～～～⇨省却和他打亂杖。

bú
武 勇也。文的對稱。軍事的暴力的皆曰武bú。文～雙全bûn～siang-choân⇨能文能武。比文比～由在你，品文品～隨你來pí-bûn-pí～iû-chāi-lí,phín-bûn-phín～sûi-lí-lâi⇨文打武打，訴訟暴力隨你選擇，我都不怕你。講著道倈動～kóng-tio̍h tō-boeh tāng～⇨一開口就要用暴力。英雄無用～之地eng-hiông bû-iōng～chi-tē⇨有才能的人沒有發揮才能的地方。威～不能屈ui～put-lêng-khut⇨不在權威武力之前低頭。

【武人 bú-jîn】 軍人kun-jîn。～～是食一點氣節耳～～sī chia̍h chit-tiám-khì-chiat niâ⇨軍人只賴有些氣節而已。

【武力 bú-le̍k】 兵力。暴力。～～干涉～～kan-sia̍p⇨用武力介入。～～抵著～～～～tú-tio̍h～～⇨古巴事件當時美方聲明，必要時不能不動用武力。俄酋赫魯雪夫作此名言以對，但是後來美方實行檢查俄船時，俄方却龜縮而退了。無有～～的衝突bô-ū～～ê chhiong-tut⇨同上。

【武士 bú-sū】 古歐洲的軍人，亦稱騎士khî-sū。日本明治維新前的軍人亦曰武士bú-sū。～～道～～tō⇨日本武士忠君愛國好勇尙武的精神。

【武夫 bú-hu】 武人bú-jîn。軍人kun-jîn。關某一介～～耳koan-bó·it-kài～～ní⇨我關某郎不過是一個武夫耳goá koan-bó·-lâng put-kò-sī chit-ê bú-hu-niâ⇨隱喩自己沒有學問的謙詞。

【武王 bú-ông】 古王名。古來武王甚多。周武王較知名。周～～，始誅紂，八百載，最長久chiu～～，sí-thi-tiū, pat-pek-chài, chōe-tiâng-kiú⇨三字經。

【武市 bú-chhi】 對文市bûn-chhi而言。商業躉批tún-phe曰武市，零售lēng-siū曰文市bûn-chhi,亦曰門市bûn-chhi。～～該大本～～ài toā-pún⇨武市的生意需要大資本。

【武功 bú-kong】 戰功chiàn-kong。建立～～kiàn-lip～～⇨獲取戰功。㊁攻殺打鬪的技術。勤練～～khîn-liān～～⇨亦作武工bú-kong。

【武生 bú-seng】 舊武戲的脚色kioh-siàu。會武打之小生。～～武旦～～bú-toàⁿ⇨同上。

【武旦 bú-toàⁿ】 會武打的小旦。扮樊梨花的～～pān hoân-lê-hoa ê～～⇨同上。

【武的 bú-ê】 武人。需要力氣的。文的行無路，～～無半步bûn-ê kiâⁿ-bô-lō·,～～bô-poàⁿ-pō·⇨文的行不通，武的一竅不通。

【武官 bú-koaⁿ】 對文官而言。文官～～bûn-koan～～⇨同上。

【武松 bú-siông】 水滸傳中的一勇士。～～殺嫂～～sat-só⇨武松殺嫂爲兄復仇。～～打虎～～phah-hó·⇨水滸傳故事。

【武將 bú-chiàng】 大將tāi-chiàng。戰將chiàn-chiàng。

【武棋 bú-kî】 對文棋而言。象棋也。～～道是象棋，文棋道是圍棋～～tō-sī-chhiūⁿ-kî, bûn-kî tō-sī ûi-kî⇨兩大棋種。

【武備 bú-pī】 軍事設備。有文備者必有～～iú-bûn-pī-chiá pit-iú～～⇨同上。

【武童 bú-tông】 考武秀才的童生tông-seng。

【武裝 bú-chong】 征戰的服裝與裝備。～～和平～～hô-pêng⇨充實軍備，口稱和平。～～佔領～～chiàm-léng⇨武力佔領。

【武聖 bú-sèng】 武聖人。俗以關羽，岳飛爲武聖。或有以孫子爲武聖者。

【武腯 bú-tún】 身矮但甚結實。阿山生做眞～～a-san seⁿ-chò-chin～～⇨生做seⁿ-chò，siⁿ-chōe，長得。眞～～⇨很勇武結實。

【武器 bú-khì】 兵器peng-khì。殺人傷人的器具。～～走私～～cháu-su⇨同上。

【武戲 bú-hì】 武打爲主之戲。有人愛看～～，有人愛看文戲ū-lâng ài-khoàⁿ～～，ū-lâng ài-khoàⁿ bûn-hí⇨各有所好。

【武營 bú-iâⁿ】 兵營peng-iâⁿ。

【武舉 bú-ki(kú)】 武的舉人。中～～tiòng～～⇨考中了武舉人。文舉～～bûn-kí(kú)～～⇨文武舉人。

【武職 bú-chit】 武官。文官掛～～bûn-koaⁿ koà～～⇨文官身份當了武官的差。

【武斷 bú-toànⁿ】 強加判斷。～～鄉曲～～hiang-khiok⇨在地方上憑財勢作威作福，強斷是非。你的看法有較～～li-ê khoàⁿ-hoat ū-khah～～⇨你的看法沒有參酌客觀事實。

【武藝 bú-gè】 武技bú-ki。武術bu-sut。武道bú-tō。十八般～～件件皆能chap-peh-poaⁿ～～kiāⁿ-kiāⁿ kai-lêng⇨精通各種武術。～～高強～～ko-kiâng⇨同上。百般～～不值鋤頭落地pah-poaⁿ～～，m̄-tat-tī-thâu loh tē⇨諸武藝不如耕田。農業社會的通念。

【武齣 bú-chhut】 同武戲bú-hí者。戲中的一小節曰齣chhut，多齣連成戲hì。合而言之曰戲齣hì-chhut，即戲也。做甚麼齣，做文～～，一粒浮一粒拂 chò sám-má-chhut, chò-bûn ～～，chi̍t-lia̍p-phû chi̍t-lia̍p-hut⇨孩子的順口語。

【**武夷茶** bú-î-tê】 武夷山產的名茶。

【**武則天** bú-chek-thian】 唐朝的武后bú-hō·。太宗李世民收之入宮，太宗歿，剃髮為尼，但自爬升為高宗之皇后，後自立稱皇帝。為一稀見的奇女子，但亦蒙有淫婦之名。伊知人善任，其手下有狄仁傑，張柬之等等名相名臣甚多。漢朝趙燕，唐朝～～～，查某人做皇帝，上好勢 hàn-tiâu tiō-iàn, tông-tiâu～～～，cha-bó·-lâng chò(chòe)-hông-tè, siāng(siōng)-hó-sè⇨丑仔白。

【**武當派** bú-tong-phài】 拳術的一派，起自武當山 bú-tong-san,祖師為洞玄眞人 tōng-hiân-chin-jîn。

bú **母** 母bó也(見bo部)。廈門、泉州音。

bú **撫** 安也。存恤也。慰～ùi～⇨同上。無由慰～忠臣意，故把親兒擲馬前 bû-iû ùi～tiong-sîn-ì, kò·-pa chhin-jî te̍k-má-chiân⇨三國演義長坂坡役，趙子龍救阿斗的故事。安～an～⇨同上。巡～sûn～⇨清代官名。略等於省長sèng-tiú$^{n}$。兼兩省曰總督chóng-tok，一省曰巡撫sûn-bú。

【**撫育** bú-io̍k】 養育iáng-io̍k。雙親早亡，姑母～～成人 siang-chhin chó-bông, ko·-bó～～sêng-jîn⇨同上。

【**撫孤** bú-ko·】 撫育孤兒。幼而無父曰孤ko·。託孤～～thok-ko·～～⇨同上。

【**撫恤** bú-sut】 安撫救恤。an-bú-kiù-sut。～～災民～～chai-bîn⇨同上。

【**撫院** bú-ī$^{n}$】 巡撫衙門gê-mn̂g。

【**撫掌** bú-chiáng】 拊掌bù-chiáng。拍手phah-chhiú。～～大笑～～tāi-chhiàu⇨高興拍手大笑。

【**撫番** bú-hoan】 安撫土番。～～政策～～chèng-chhek⇨同上。

【**撫臺** bú-tâi】 巡撫的尊稱。～～大人～～tāi-jîn⇨同上。

【**撫養** bú-iáng】 撫育bú-io̍k。

bû **無** 有之反。禁止之詞也。未也。有～相通iú～siang-thong⇨同上。萬～一失bān～it-sit⇨同上。有不如～iú put-jî～⇨同上。南～lâm～⇨梵語。意為歸命。俗以之代表佛教或僧尼。六～lio̍k～⇨日本明治前，有林子平者主張開國，著書立說謂隅田川sumita-gawa之水(在今東京市中)可直通英倫泰晤士河Thames River，當時幕府認為異端邪說，拘之入獄，書沒收。他在獄中吟曰，無親無妻無子無版木，錢亦無有死亦無想要(原為和歌)而自號曰六無齋lio̍k-bû-che。

【**無二** bû-jī】 獨一～～的好朋友to̍k-it～～ê hó-pêng-iú⇨同上。～～的法寶～～ê hoat-pó⇨同上。

【**無干** bû-kan】 無涉bû-sia̍p。於你～～於我無涉，由在伙去看恒安怎亂î-lí～～î-ngó· bû-sia̍p,iû-chāi-in khì-khoà$^{n}$-boeh-án-choá$^{n}$-loān⇨你無干係，我無牽連，那麼，就由他們去要怎麼樣胡鬧，就怎麼樣去胡鬧吧。

【**無上** bû-siāng(siōng)】 最高 chòe-ko。～～的光榮～～ê kong-êng⇨同上。

【**無匹** bû-phit】 無比bô-pí。你合伊～～啦lí-kah-i～～là⇨同上。

【**無心** bû-sim】 無意bû-ì。雲～～以出岫，鳥倦飛而知還ûn～～í chhut-siū,niáu koàn-hui jî ti-hoân⇨歸去來辭。有意栽花花不發，～～插柳柳成蔭iú-ì chhai-hoa hoa-put-hoat,～～chhah-liú liú-sêng-ìm⇨俗俚。

【**無用** bû-iōng】 不中用。～～之輩～～chi-pòe⇨不中用之人。一言不中千言～～it-giân put-tiòng,chhian-giân～～⇨同上。

【無比 bû-pí】 bô-pí。㊀未作比較。～～那會知～～ná-ē-chai⇨不比一比，何能知道(高低)。㊁差太多。阮合您～～goán-kah-lín～～⇨我們和你們無法可比(差太多，亦即我們不夠格)。～～止～～chí⇨比不了，亦即差距太大無法比較。媠穤～～止，愜意較慘死súi-bái～～chi,kah-ì khah-chhám-sí⇨美醜是比不了的，中意了比死還重要。美醜不是問題，中不中意，才是重要。

【無任 bû-jīm】 非常，不勝。～～歡迎～～hoan-gêng⇨同上。～～盼幸～～phàn-hēng⇨同上。

【無言 bû-giân】 少言詞。人伊平常時～～無語，敢會像你烏白生話 lâng-i pêng-siâng(siông)-sî～～bû-gí, kám-ē chhiuⁿ-lí o·-peh-seⁿ(siⁿ)-ōe⇨人家他平時很少說話，豈會像你亂生是非話。～～詞～～sû⇨很少說話。

【無我 bû-ngó·】 忘我bông-ngó·。～～之境～～chi-kéng⇨同上。

【無妨 bû-hông】 不碍事，可以。阿姊罵你每～～ a-ché mē-lí mā ～～ ⇨姊姊責罵你也可以嘛。有錢共人湊脚手扲每～～ ū-chîⁿ kā-lâng tàu-kha-chhiú leh mā～～⇨有錢爲人助一臂之力也不碍事呀。

【無私 bû-su】 無私心。大公～～tāi-kong～～⇨同上。

【無味 bû-bī】 無滋味。即款局面人講曹操食鷄脚啦，叫做食之～～棄之可惜啦，你八否chit-khoán kiok-bīn,lâng-kóng chô-chhò chiah-ke-kha là, kiò-chò(chòe) sit-chí～～khì-chí khó-sioh là,lí-bat(pat)-boh⇨同上。安爾來，更做落去亦～～也啦an-ne(ni)-lâi, koh-chò(chòe) loh-khì iah～～ā-là⇨如此一來，再做下去，也沒意思了。

【無效 bû-hāu】 沒有藥效。沒有功效。～～的神通散～～ê sîn-thong- sán⇨曾有成藥神通散者大事廣告，不久藥不見了，但却留有此詞。凡言無効bû-hāu，神通散必跟之而出。又似與另一句相連：食老道無牽挽chiah-lāu tō bô khān-bán⇨人一老就失去一切耐力了。

【無奈 bû-nāi】 不得已put-tek-í。無可奈何。勢出～～ sè-chhut～～⇨同上。迫之～～pek-chi～～⇨同上。～～何～～hô⇨不得已。上山採茶～～何siōng-san chhái-chhâ～～hô⇨採茶歌。

【無限 bû-hān】 不設限。多少～～ to-siáu～～⇨多少皆可以。～～責任公司～～chek-jīm kong-si⇨同上。

【無故 bû-kò·】 無原因。無理由。無因～～安怎會去跳水bû-in～～án-choáⁿ-ē-khì thiàu-chúi⇨無因無端bô-in-bô-toaⁿ何以會去投水而死。

【無度 bû-tō·】 超越chhiau-oat程度。不知節制。揮霍～～hui-hok～～⇨同上。酒色～～chiú-sek～～⇨同上。

【無爲 bû-ûi】 不作爲put-chok-ûi。～～而治～～jî-tī⇨聖人之世。

【無畏 bû-ùi】 不怕。大～～的精神tāi～～ê cheng-sîn⇨同上。

【無益 bû-ek】 無利益。勤有功，嬉～～，戒之哉，宜勉力khîn-iú-kong, hi～～, kài-chi-chai, gî-bián-lek⇨三字經。

【無恙 bû-iāng】 無憂無病。平安。別來～～piat-lâi～～⇨問候套語。

【無能 bû-lêng】 才幹或能力欠缺。弟子有較～～，請原諒 tē-chú ū-khah～～, chhiáⁿ goân-liōng⇨同上。可惱，你敢無視本姑娘～～khó-náu, lí káⁿ bû-sī pún-ko·-niû～～⇨戲白。

【無涉 bû-siap】 沒有牽連。此事與你～～chhú-sū í-lí～～⇨這事與你無關。

【無恥 bû-thí】 不知羞恥。～～之尤～～chi iû⇨無恥中之無恥。

【無情 bû-chêng】 ～～無義之人～～bû-gī-chi-jîn⇨毫無情義之人。

【無終 bû-chiong】 無結局。有始～～不好啦iú-sí～～m̄-hó là⇨有始無終不可也。

【無異 bû-ī】 相同。舊是舊，合新的～～kū-sī-kū,kah-sin-ê～～⇨舊是舊了，還是與新一樣可用。

【無庸 bû-iông】 不必要。講著阿久伯仔的信用，絕對～～置疑的啦kóng-tioh à-kú-peh-à ê sìn-iong,choat-tùi～～tì-gî-ê lâ⇨提起阿久伯的的信用，是絕對的，不容得懷疑的。

【無聊 bû-liâu】 無所事事，無可爲樂。聊liâu，樂也。一個人～～去揣朋友開講chit-ê-lâng～～khì-chhōe pêng-iú khai-káng⇨自己一個人無聊，所以去尋朋友聊天。

【無視 bû-sī】 鄙視之。甚～～人不好啦siūⁿ～～lâng m̄-hó lâ⇨不要太過輕視他。你敢～～本姑娘無能，可惡也，看劍lí káⁿ～～pún-ko·-niû bû-lêng,khó·-ò·à,khoàⁿ-kiàm⇨戲白。

【無常 bû-siâng(siông)】 ㊀無常態。反覆～～hoán-hok～～⇨喜怒不定，態度多變。或作反面～～hoán-bīn～～⇨同上。㊁死。三寸氣在千般用，一旦～～萬事休saⁿ-chhùn-khùi chāi chhian-poaⁿ-iōng,it-tàn～～bān-sū-hiu⇨俚言。

【無幾 bû-kí】 不多。做加亦～～啦，乎伊較直啦chò(chòe)-ke iah～～lâ, hō·-i khah-tit-lâ⇨縱使增加亦不多也，付給他較單純也。

【無辜 bû-ko·】 無罪的。清白的。我是～～的goá sī～～e⇨我無罪。我清白。

【無著 bû-tiok】 ㊀佛家語。不執迷於事物。㊁無頭緒曰無著bû-tiok。經費～～，無法進行keng-hùi～～bû-hoat chìn-hêng⇨經費未明來源，未有目標，所以事無法進行。

【無意 bû-ì】 無心bû-sim。～～仕途～～su-tô·⇨不想作官。～～中～～tiong⇨偶然的，意外的。～～中去抵著同學～～tiong khì tú-tioh tông-hak⇨偶然遇到了同學。～～中的，不是挑意故的～～tiong-ê，m̄-sī thiau-ì-kò·-ê⇨是意外的，不是特意安排的。

【無厭 bû-iàm】 不嫌多。貪而～～than-jî～～⇨不知足的貪心。

【無過 bû-kò】 只是。即款的代誌～～是罰錢耳，亦無刣頭罪也嘛chit-khoán ê tāi-chì～～sī hoat-chîⁿ niâ, ah-bô thâi-thâu-chōe-ā-mà⇨此種事只不過是罰錢而已，也不是殺頭大罪嘛。～～一頭半個銀耳～～chit-thâu poaⁿ-ê-gîn(gûn) niâ⇨只是一兩銀甚至半兩銀就行的。

【無道 bû-tō】 失道。暴虐pok-gek。～～昏君～～hun-kun⇨同上。

【無量 bû-liōng(liāng)】 沒有規定之額數。酒～～不及亂chiú～～put-kip-loān⇨酒沒有說多少才適當，只是不胡鬧就可以了。功德～～kong-tek～～⇨同上。

【無補 bû-pó·】 無增益。無法補救。於事～～î-sū～～⇨同上。

【無愧 bû-khùi】 不覺羞恥。家己問心～～道可以了ka-tī(kī) būn-sim～～tō-khó-í-lō·⇨同上。

【無違 bû-ûi】 勿違背。樊遲御，子告之，孟孫問孝於吾，吾告之曰，～～ hoân-thî-gī, chú kò-chi,bēng-sun būn-hàu î gô·, gô· kò-chi-oat,～～⇨論語。

【無際 bû-chè】 無邊涯。一望～～it-bōng～～⇨一眼看過去，無邊無際。

【無疑 bû-gî】 一定。尻川後一定有人抸作怪～～嘛kha-chhng-āu it-tēng ū-lâng-teh chok-koài～～mà⇨背後必然有人在弄鬼無疑了。

【無端 bû-toan】 無理無由。不明不白。～～請出趙簡子～～chhiáⁿ-chhut tiō-kán-chú⇨突然殺出程咬金。據稱，有個布袋戲，阿片癮來了沒精神，忽然把一仙與劇情無干的趙簡子弄出去了，令台上台下都不知其所以然。趙簡子者，春秋戰國時代的一名人。

【無踪 bû-chong】 無影無跡。來無影去～～lâi-bû-éng khì～～⇨無踪跡也。

【無稽 bû-khe】 無可稽考。話是荒唐～～，但是卻有道理ōe sī hong-tông～～，tàn-sī khiok-ū tō-lí⇨同上。～～之談未信用得～～chi tâm bē(bōe)-sìn-iōng tit⇨胡說八道不可信也。

【無敵 bû-te̍k】 無可為敵，無人能敵。天下～～thian-hē(hā)～～⇨天下無可匹敵的對手。～～艦隊～～lām-tūi⇨十六世紀中，西班牙王發戰艦一百三十艘，組織無敵艦隊攻英，英於英法海峽擊滅之，自此世界海權歸英國獨霸。

【無緣 bû-iân】 沒有緣份。～～無故～～bû-kò·⇨非親戚非故舊。無因無端bô-in-bô-toa$^{n}$。～～佛～～pu̍t⇨無主之骨灰。

【無疆 bû-kiang】 無窮盡。萬壽～～bān-siū～～⇨同上。

【無賴 bû-nāi】 強橫妄為之徒。市井～～chhī-chéⁿ～～⇨市上胡為之徒。～～漢～～hàn⇨同上。

【無憑 bû-pîn】 無證據。不可信憑。口恐～～，立此存照kháu-khióng～～，li̍p-chhú chûn-chiàu⇨舊式契約書收尾的套詞。一～～，二無據，安爾道空口哺舌誣賴人，敢會使得it～～jī bû-kì，an-ne(ni)-tō khang-kháu-po̍·h-chi̍h bû-loā-lâng,kám-ē-sái-tit⇨同上。

【無謂 bû-ūi】 無意義。～～的損失～～ê sún-sit⇨白了的peh-liáu-ê。

【無雙 bû-song】 bû-siang(siong)。國士～～kok-sū～～⇨同上。

【無礙 bû-ngāi】 無阻滯。辯才～～piān-châi～～⇨同上。

【無邊 bû-pian】 廣大。廣大～～kóng-tāi～～⇨同上。佛法～～hu̍t-hoat～～⇨同上。

【無比止 bû-pí-chí】 比不盡。人講媠穤～～～，愜意較慘死啦，你不八是毋lâng-kóng súi-bái～～～kah-ì khah-chhám-sí-lā,lí-m̄ bat(pat) sī m̄⇨古人說，美醜比不盡，如果中意了，比死還嚴重，你不懂嗎。

【無行止 bû-hêng-chí】 最無禮貌，～～～，人會笑～～～，lâng-ē(ōe)-chhiò⇨沒有禮貌人家會取笑。

【無名氏 bû-bêng-sī】 不願現出眞實姓名之人。有一個～～～獻金五百ū-chi̍t-ê～～～hiàn-kim gō·-pah⇨同上。

【無名指 bû-bêng chí】 第四指。～～～掛一粒鑽石手指彼個道是阿花～～～koà-chi̍t-lia̍p soān-chio̍h-chhiú-chí hit-ê tō-si a-hoe⇨無名指掛一粒鑽石手指那一個就是阿花小姐。

【無忌憚 bû-kī-tàn】 無所顧忌bû-só-kò·-kī。不法之徒愈來愈無法無天，恣～～～了put-hoat chi tô· ná-lâi-ná bû-hoat-bû-thian sù～～～lò·⇨同上。

【無底止 bû-tí-chí】 無限度的。彼款～～～的開銷，啥人有法得hit-khoán～～～ê khai-siau，siaⁿ-lâng ū-hoat tit⇨那種無限度的開銷誰有辦法負擔呢。

【無奈何 bû-nāi-hô】 不得已put-tek-í。我是被迫～～～的，毋是自作孽的goá-sī pī-pek～～～ê,m̄-sī chú-chok-gia̍t-ê⇨同上。

【無花果 bû-hoa-kó】 一種樹名。

【無所謂 bû-só-ūi】 無關係bô-koan-hē。粗俗物～～～啦，無去道好也chho·-sio̍k-mi̍h～～～lā, bô khì(ì) tō-hó à⇨粗俗的東西，沒關係，遺失了就算了。

【無時休 bû-sî-hiu】 沒有休息。一年通天～～～拎做，人亦無歡喜chit-nî thàng-thiⁿ～～～teh-chò(chòe), lâng ia̍h bô-hoaⁿ-hí⇨一年中自始至終無休無息，勞動工作，人家還是不高興。

【無產者 bû-sán-chiá】 無財勢之人。咱～～

～總是做工一條路耳lán ～～～ chóng-sī chò (chōe)-kang chit-tiâu-lō· niâ＝我們無產之人，總而言之，只做工此一路可行而已。

【無患子 bû-hoan-chí】 即黃木子n̂g-bok-chí(jī)，亦作黃目子n̂g-bak-chí(見黃木子n̂g-bok-chí)。

【無異議 bû-ī-gī】 沒有不同的意見。～～～通過～～～thong-kòe⇨議案的一種通過法。

【無意中 bû-ì-tiong】 偶然。～～～的毋是挑意故的～～～ê m̄-si thiau-ì-kò·-ê⇨同上。

【無煙炭 bû-ian-thoàⁿ】 上等的煤炭bôe-thoàⁿ。

【無萬數 bû-bān-sò·】 無數。恒河砂數。一年開著～～～呢chit-nî khai-tioh ～～～ neh⇨一年所開銷非常之多呢。

【無線電 bû-soàⁿ-tiān】 無線的電波或電報。拍～～～轉去通知也phah～～～tńg-khì thong-ti a⇨打電報回家去通知了。

【無窮盡 bû-kiông-chīn】 無窮無盡 bû-kiông-bû-chīn。

【無價寶 bû-kè-pó】 極貴之物。祖傳的 ～～～，有錢無當買的chó·-thoân ê ～～～，ū-chîⁿ bô-tàng-bé(bóe) ê⇨同上。

【無機物 bû-ki-but】 化學名詞。有機物iú-ki-but之對稱。

【無中生有 bû-tiong-seng-iú】 揑造事實。你也道眞恔 ～～～～，眞人講假話也呢lí a-tō chin-gâu～～～～，chin-lâng kóng ké-ōe-ā-neh⇨你實在很會揑造假話，人而說鬼話呢。

【無名小卒 bû-bêng-siáu-chut】 不知名的小人物。一個～～～～幾年仔耳，講變成一個大富翁啦chit-ê ～～～～ kúi-nî-á niâ, kóng-pìⁿ-chiâⁿ chit-ê toā-hū-ong lâ⇨一個無名小卒才幾年而已，竟變成一個大富翁了。

【無地自容 bû-tē-chū-iông】 言羞愧之極。家己見羞到～～～～，人講～～～～，有影，道是即款的感覺ka-tī(kī) kiàn-siàu-kà～～～～，lâng-kóng ～～～～，ū-iáⁿ，tō-sī chit-khoán ê kám-kak⇨自己羞得無地自容，古人言無地自容，眞的，就是這種感覺。

【無奇不有 bû-kî-put-iú】 非常稀有。～～～～的世界～～～～ê sè-kài⇨同上。

【無法無天 bû-hoat-bû-thian】 無法律，無天道。有條有理，～～～～ iú-tiâu-iú-lí ～～～～ ⇨有金條就有道理，無法律也無天道。極言不良官員橫行的黑暗社會。

【無計可施 bû-kè-khó-si】 無任何方法可行。即款的情形猴齊天每～～～～也了 chit-khoan ê chêng-hêng kâu-chê-thian mā ～～～～ a lò·⇨此種情形就是孫悟空也沒辦法可救了。

【無家可歸 bû-ka-khó-kui】 言極爲窮困，連家都沒有。～～～～的有幾仔十戶 ～～～～ê ū-kúi-á-chap-hō·⇨同上。

【無惡不作 bû-ok-put-chok】 有惡皆敢爲之。你看伊安爾～～～～，早慢耳啦，會著吊啦lí khoàⁿ-i an-ne(ni)～～～～，chá-bān niâ lâ，ē(ōe) tioh-tiàu lâ⇨你看他，如此這般的作惡多端，早晚之間而已，一定會踏中法網的。

【無論如何 bû-lūn-jû-hô】 不管如何。～～～～錢該先準備 ～～～～chîⁿ ài seng chún-pī⇨同上。

【無憂無愁 bû-iu-bû-chhiû】 全無憂慮的。～～～～ 的少年時代 ～～～～ ê siàu-liân-sî-tāi⇨同上。

【無窮無盡 bû-kiông-bû-chīn】 無限度。彼類開落去道是 ～～～～ 的呵，到時你不好叫痛 hit-lōe khai loh-khì tō-sī ～～～～ ê-ò·，kàu-sî lí-m̄-hó kiò-thiàⁿ⇨那種事一開銷下去就是無限制的，到時候你不能叫痛(即中止)。

【無影無踪 bû-éng-bû-chong】 無踪跡可尋。走到～～～～去了cháu-kà ～～～～ khì-lò⇨逃得不知去向了。

【無功不受祿 bû-kong-put-siū-lok】 沒有功

勞不接受俸祿。不白取他人錢財。我阿九姊仔～～～～～goá-a-káu-ché-á～～～～～⇨我阿九姊不接受不明不白之錢財(大姊頭仔的口氣)。

【無條件投降 bû-tiâu-kiāⁿ-tâu-hâng】 好也啦，伊都認輸也，宣布～～～～～也，俾伊去啦hó à là i to jīn-su â,soan-pò͘～～～～～ā，hō͘-i-khì-là⇨算了罷，他承認輸了，宣布無條件投降了，讓他去罷。

bû
巫 祝也。以舞事神的女人。女～lí～⇨俗曰紅姨仔ang-î-á。

bû
誣 以無爲有也。

【誣告 bû-kò】 法律名詞。欲使人受罪作虛僞之告發曰誣告bû-kò。～～罪～～chōe⇨誣告者應反受其罪。

【誣陷 bû-hām】 造假使人食罪。～～善良～～siān-liâng⇨同上。

【誣賴 bû-loā】 將已罪強加於人。家己做賊～～別人ka-kī chò(chòe) chhat～～pat-lâng⇨同上。

bû
蕪 穢òe也。荒蕪hong-bû也。歸去來兮，田園將～kui-khì-lâi-hê,tiân-oân chiang(chiong)～⇨歸去來辭。

【蕪菁 bû-chheng】 蔬菜名。俗叫結頭菜kiat-thâu-chhài。

bū
務 趣也。事也。有系統之事曰務bū。開物成～khai-but-sêng～⇨開發自然成立各種建設事務。事～sū～⇨同上。公～kong～⇨同上。庶sì(sù)～⇨同上。雜～chap～⇨同上。農～lông～⇨同上。工～kang～⇨同上。商～siang～⇨同上。船～chûn～⇨同上。不識時～put-sek sî～⇨同上。

【務必 bū-pit】 必須pit-si(su)。～～及時回家～～kip-sî hôe-ka⇨同上。

【務本 bū-pún】 努力作根本之事。君子～～，本立而道生kun-chú～～,pún-lip-jî-tō-seng⇨論語。

【務須 bū-si(su)】 必須。～～遵照遺囑辦理～～chun-chiàu î-chiok pān-lí⇨同上。

bū
霧 水蒸氣之在高空者曰雲hûn，近地面者曰霧bū。古人以陰陽亂而爲霧bū。霧bū亦雲hûn也。騰雲駕～thêng-hûn-kè(kà)～⇨同上。走到密～去cháu-kà bit～khì⇨跑得(很遠)不見了。密～bit～⇨沒入霧中。罩～tà～⇨同上。蒙～bông～⇨同上。

bū
瞀 目不明也。目暗也。目不別五色之章爲瞀bū。玻璃不清明亦曰瞀bū，目鏡不清亦曰瞀bū。

【瞀瞀 bū-bū】 視不明。鏡不清。目珠～～bak-chiu～～⇨眼睛看不清。目鏡～～bak-kiàⁿ～～⇨眼鏡不清。玻璃窗～～po-lê-thang～～⇨玻璃窗不清。你看人～～人看你普普lí khoàⁿ-lâng～～lâng khoàⁿ-lí phú-phú⇨你看不起人，人亦看不起你。普phú曰無光也。

bū
呼 吹聲也。吹氣也。吹水曰呼bū。嬰仔吹瀾noā曰呼bū。軟雷之聲亦曰呼bū。

【呼水 bū-chúi】 以口吹出霧水。

【呼知 bū-ti】 撓ngiau人之腋下等要處，使其忍不住而笑也。亦曰撓知ngiau-ti。知ti皆借音，或應作豬，亦有謂應作恥。

【呼瀾 bū-noā】 吹出口水。嬰兒拎～～eⁿ-á teh～～⇨同上。

【呼漆 bū-chhat】 噴漆phùn-chhat。

【呼呼叫 bū-bū-kiò】 雷鳴聲。雷公～～～lûi-kong～～～⇨同上。

【呼呼知 bū-bū-ti】 口作哼哼聲，指作要加以撓知ngiau-ti的比畫也。

【呼呼哮 bū-bu-háu】 同呼呼叫bū-bū-kiò。

bū
鶩 馬奔馳也。急速也。從事或追求亦曰鶩。好高～遠hó͘ⁿ-kō～oán⇨年青人最容易犯的毛病，只追求遙遠祟高的理想而忘了脚踏實地去努力。

## bui

bui
**眪** 目偏合也。衺視siâ-sī也。衺siâ，不正也，邪siâ也，亦斜siâ也。俗以微bî作眪bui。目珠格衺～衺～bak-chiu kek siâ～siâ～⇨邪目以視，亦即斜目以視。衺眪衺眪siâ-bui-siâ-bui (sâ-bui-sâ-bui)，俗作沙微沙微sa-bui-sa-bui。

【眪目 bui-bak】 眼微閉曰眪目bui-bak。～～仔～～á⇨同上。

【眪眪 bui-bui】 眼半閉。目珠～～，目尾垂垂bak-chiu ～～，bak-bóe sôe-sôe⇨目眪即目尾自垂也。

## bun

bun
**吻** 吻bún也。笑吻吻chhiò-bun-bun⇨笑容可掬chhiàu-iông-khó-kiok。→chhiò-bún-bún。

bún
**吻** 口邊也。兩唇之合曰吻。笑曰吻bún。接～chiap～⇨一男一女合唇示愛。微～笑bâ～chhiò⇨微微之笑。微笑bî-chhiàu。看伊拎偷～khoàⁿ-i teh thau～⇨看她在私自微笑。口～kháu～⇨語氣。

【吻合 bún-hap】 相合，相符合。口供有～～kháu-keng ū～～⇨雙方的口供相符合。

【吻吻 bún-bún】 笑容。笑～～chhiò～～⇨笑容可掬。～～仔笑～～á-chhiò⇨微微而笑。→bun-bun。

【吻笑 bún-chhiò】 微笑bî-chhiàu。微～～bâ～～⇨同上。

bún
**刎** 剄kéng也。以刀割頸曰刎bún。斷也。割也。

【刎頸交 bún-kéng-kau】 以性命相許之交友。廉頗liâm-pho與藺相如līn-siang-jî的故事。

bún
**抆** 拭也。

【抆淚 bún-lūi】 拭淚chhit-lūi。泣而拭去其淚。孤子唫而～～ko·-chú kîm-jî～～⇨同上。唫kîm口閉也。抆bún與拭chhit本相同，但俗在訃音上，親者用抆淚bún-lūi疏者用拭淚chhit-lūi。似有輕重之別。

bùn
**鼢** ㊀鼠名也，一種能潛行地下之鼠。㊁鼢bùn當動詞用：從穴道通過皆曰鼢bùn。潛行曰鼢bùn。暗孔敢～攏不驚死àm-khang káⁿ～lóng-m̄-kiaⁿ-sí⇨暗穴道敢於潛行全不怕死。

【鼢鼠 bùn-chhí(chhú)】 一種能潛地而行的鼠類。～～會家己拍扑矸孔～～ē(ōe) ka-kī phah pōng-khang⇨鼢鼠會自己打地道而行。

【鼢磅孔 bùn-pōng-khang】 穿行隧道。

【鼢法律縫 bùn-hoat-lut-phāng】 穿行法律之漏洞以謀私利。專門拎～～～～choan-bûn teh～～～～⇨同上。

【鼢桷仔縫 bùn-kak-á-phāng】 同鼢法律縫bùn-hoat-lut-phāng。

bûn
**文** 語言之符號也。字也。文辭也。道藝也。理也。法也。語～gí～⇨同上。詩～si～⇨同上。論～lūn～⇨同上。國～kok～⇨同上。外～goā～⇨同上。英～日～eng～jit～⇨同上。行有餘力，則以學～hêng-iú-î-lek chek-í hak～⇨論語。舞～弄墨bú～lōng-bek⇨同上。天～thian～⇨同上。地～tē～⇨同上。人～jîn～⇨同上。水～chúi～⇨同上。學～學武hak～hak-bú⇨同上。棄～就武khì～chiū-bú。賣～度日bē(bōe)～tō·-jit⇨同上。書同～車同軌si-tông～ki-tông goat⇨同上。

【文人 bûn-jîn】 學文之人。智識份子。～～武人～～bú-jîn⇨同上。～～相輕～～siāng-kheng⇨文人者彼此都看不起對方。

【文几 bûn-kí】 文臺bûn-tâi。一種小桌。几kí俗作机kí。即茶几tê-kí之几kí也。

【文士 bûn-sū】 文人bûn-jîn。～～派～～

phāi⇨同上。

【文化 bûn-hoà】 人類社會發展的總成績。文治教化。～～人～～jîn⇨同上。～～運動～～ūn-tōng⇨同上。～～生活～～seng-o̍ah⇨同上。

【文火 bûn-hóe】 火力溫和之火。猛火mé-hóe之對稱。用～～燉一對時iōng～～tūn chi̍t-tùi-sî⇨以文火燉一日一夜。

【文王 bûn-ông】 周文王昌。～～拖車～～thoa-chhia⇨謂文王自已拉車去迎接姜太公爲相。～～籤～～chhiam⇨文王創設的占籤法。

【文市 bûn-chhī】 分售小賣hun-siū-sío-bē-(bōe)。同門市bûn-chhī，不過文市指小本獨立經營，門市指大本或生產工廠的一零售部門。

【文句 bûn-kù】 文章中的斷句。文詞。～～該更斟酌～～ài-koh chim-chiok⇨同上。斟酌chim-chiok亦推敲thui-khau也。

【文旦 bûn-tàn】 一種柚名。～～柚～～iū⇨同上。麻豆～～moâ-tāu～～⇨麻豆產的文旦柚最佳。

【文字 bûn-jī】 表示語言的符號。象形～～chhiū$^{n}$-hêng～～⇨同上。楔形～～khè-hêng～～⇨同上。音標～～im-phiau～～⇨同上。

【文件 bûn-kiā$^{n}$】 書類si-lūi。～～猶抄做～～iáu-teh-chò(chòe)⇨書類還在辦理中。

【文言 bûn-giân】 文章。白話pe̍h-ōe的對稱。寫～～講白話siá～～kóng-pe̍h-ōe⇨同上。

【文判 bûn-phoà$^{n}$】 城隍爺sêng-hông-iâ的官員。承辦閻羅帳者。

【文身 bûn-sin】 ㊀皮上刺畫字畫。祝髮～～chiok-hoat～～⇨番夷的風俗。祝髮chiok-hoat，剪髮chián-hoat。㊁非勞力工作者。您～～的人端仔行路道夠喟了，更有才調共人湊啥lín～～ê lâng tan-a kiâ$^{n}$-lō͘ tō kàu-khùi lò͘ koh-ū châi-tiāu kā-lâng tàu-sah$^{n}$(siah$^{n}$)⇨你們文身之人，只是跑路就夠吃力了，還有能耐爲人幫上什麼呢。

【文臣 bûn-sîn】 文官bûn-koa$^{n}$。～～武將～～bú-chiàng⇨君王的兩類部下。

【文明 bûn-bêng】 社會開化的狀態。～～的世界～～ê sè-kài⇨非野蠻iá-bân的社會。～～人～～jîn⇨同上。

【文武 bûn-bú】 ～～全材～～choân-châi⇨才兼文武。～～百官～～pah-koa$^{n}$⇨文武官。王侯第宅皆新主，～～衣冠異昔時ông-hô͘ tē-the̍h kai-sin-chú, ～～i-koan ī-sek-sî⇨杜詩。～～肩～～keng⇨兩人扛物，肩用一左一右。亦曰扛～～肩kng～～keng。～～脚～～kha⇨穿錯鞋。鞋穿～～脚ôe-chhēng～～kha⇨穿著無共款的鞋。

【文法 bûn-hoat】 語文的程式，或選字造句的學問。grammar的譯詞。

【文官 bûn-koa$^{n}$】 文臣。武官之對稱。～～下轎武官落馬～～hā-kiō, bú-koa$^{n}$-lo̍h-bé⇨據稱皇帝高興，會賞賜此種妨害交通牌。老戲中多有此牌惹事的故事。～～不愛錢武官不怕死～～put-ài-chî$^{n}$，bú-koa$^{n}$ put-phà$^{n}$-sí⇨同上。

【文具 bûn-kū】 文房用具。亦即紙張，刀筆，水墨，硯臺等東西。～～店～～tiàm⇨同上。

【文例 bûn-lē】 示範文sī-hoān-bûn。

【文風 bûn-hong】 文教bûn-kàu。文教的風氣。～～盛～～sēng⇨文化教育風氣旺盛。

【文科 bûn-kho】 大學的分科之一。哲學，文學，史學，外文等屬之。～～學生～～ha̍k-seng⇨同上。

【文弱 bûn-jia̍k(jio̍k)】 學文者無氣力。～～書生～～si(su)seng⇨懦弱無氣力的讀書人。

【文庫 bûn-khò͘】 ㊀書籍倉庫。㊁叢書châu-si(su)→châng-si(su)。法律～～hoat-lu̍t～～⇨同上。

【文書 bûn-si(su)】 ㊀文件bûn-kiā$^{n}$。書類si-lūi。辦～～的pān～～ê⇨庶務人員。㊁書信si-sìn。遞～～的tōe～～ê⇨郵差iû-chhe。

【文責 bûn-che̍k】 文章文字的責任。～～自負～～chū-hū⇨作者自己負責。

【文章 bûn-chiang】 bûn-chiu$^n$。小少書勤學，～～可立身，滿朝朱紫貴，盡是讀書人siáu-siàu si(su) khîn-ha̍k,～～khó-li̍p-sin,boán-tiâu chu-chí-kùi, chīn-sī tho̍k-si(su)-jîn⇨古勸學歌。

【文章 bûn-chiu$^n$】 bûn-chiang。～～有收束～～ū siu-sok⇨文不散漫。寫得清楚。～～袋～～tē⇨書類袋。

【文教 bûn-kàu】 文化教育。～～組織～～cho͘-chit⇨同上。～～施設～～si-siat⇨同上。

【文理 bûn-lí】 ㈠義理。條理。㈡文雅。優美。斯文。～～人～～lâng⇨上等人。～～話～～ōe⇨上等文雅的言詞。看見蘇州婆眞～～，十七廿二少年時，紅嘴唇，白嘴齒，穿插有排止，金手環玉手指，也乖巧，也伶俐khoà$^n$-kì$^n$ so͘-chiu-pô chin～～, cha̍p-chhit jī-jī siàu-liân-sî, âng-chhùi-tûn, pe̍h-chhùi-khí, chhēng-chhah ū-pâi-chí, kim-chhiú-khôan ge̍k-chhiú-chí, iā-koai-khá, iā-lêng-lī⇨千金譜。廿二jia̍p-jī→jī-jī。排止pâi-chí⇨排比pâi-pí。

【文集 bûn-chi̍p】 一人或多人作品會合一書。古今～～kó͘-kim～～⇨同上。

【文雅 bûn-ngé(ngá)】 優雅iu-ngé(ngá)。高尙ko-siáng(sióng)。排比了眞～～pâi-pí-liáu chin～～⇨安排整頓得非常高雅ko-ngé(ngá)。阿花講話有夠～～a-hoe kóng-ōe ū-kàu～～⇨阿花說話文詞十分優美。附庸～～hù-iông～～⇨假作文雅狀。

【文筆 bûn-pit】 文筆有關之事。阿文～～好a-bûn～～hó⇨阿文其人會寫文章，或者字寫得很好。

【文詞 bûn-sû】 文中話中之詞。～～用得眞好～～iōng-tit chin-hó⇨同上。

【文意 bûn-ì】 文義bûn-gī。～～無明～～bô-bêng⇨文章的主旨不明白。

【文飾 bûn-sek】 ㈠修飾以增美。㈡掩飾以減醜。

【文運 bûn-ūn】 文化的氣運。～～盛衰～～sēng-soe⇨同上。

【文豪 bûn-hô】 大文學家。

【文墨 bûn-be̍k】 作文著書之事。有～～的人ū～～ê lâng⇨有學問之人。

【文廟 bûn-biō】 孔子廟khóng-chú-biō。

【文學 bûn-ha̍k】 ～～家～～ka⇨指人。～～院～～ī$^n$⇨學校。～～博士～～phok-sū⇨人。

【文憑 bûn-pîn】 可資證明之書類。畢業～～pit-gia̍p～～⇨畢業證書或證明書。～～主義～～chú-gī⇨有憑即可的主義。過關送～～kòe-koan sàng～～⇨謂通過了你才送來通行證。

【文壇 bûn-toâ$^n$】 文人會集之所。文學文藝界。～～的盛會～～ê sēng-hōe⇨同上。

【文牘 bûn-tho̍k】 文書bûn-si。～～員～～oân⇨官府中專擬文稿之人員。～～尺牘～～chhek-tho̍k⇨文書類與信札類。

【文獻 bûn-hiàn】 舊典籍。～～委員會～～úi-oân-hōe⇨主管文獻的機關。

【文體 bûn-thé】 文章的體裁。

【文天祥 bûn-thian-siâng(siông)】 宋末抗元被擒不屈而被殺的名臣。亦即正氣歌的作者。

【文字獄 bûn-jī-ga̍k】 因文字不合執政者之意所產生的不幸案件。

【文房四寶 bûn-pông-sù-pó】 指紙、筆、墨、硯的四種文具。

【文東武西 bûn-tong-bú-se】 據稱古天子朝見之禮，文臣在東旁，武臣排西旁。

【文弱書生 bûn-jia̍k-si-seng】 bûn-jia̍k-su-seng。古來多以爲讀書人是多愁多病的。

【文殊菩薩 bûn-sû-phô͘-sat】 佛名。

【文質彬彬 bûn-chit-pin-pin】 文章實質皆完美。形容斯文之詞。看來～～～～，人材出彖 khoà$^{n}$-lâi ～～～～ jîn-châi chhut-chiòng ⇨同上。

【文藝復興 bûn-gē-ho̍k-hin】 Renaissance，原義爲再生。歐洲中古時代，爲北蠻族日耳曼族破壞於前，被基督教會抑壓於後，致古代希臘羅馬文化，幾乎全滅了。到十四世紀東羅馬帝國亡後，在義大利的流亡學者開始講授古典，文藝復興運動，從此發展，從文藝而至於思想以至生活問題，亦爲近代文明之先聲。

**bûn 紋** 織文也。織出來的花樣曰紋bûn。皺痕皆曰紋bûn。指～chí～⇨同上。水～chúi～⇨同上。皺～jiâu～⇨同上。斜～chhiâ～⇨同上。

【紋銀 bûn-gîn(gûn)】 上等的銀元，亦即銀幣。～～你共您父看做馬口鐵～～lí kā-lín-pē khoà$^{n}$-chò(chòe) bé-kháu-thih⇨謂將我的好意看成歹意(怒語)。～～變做馬口鐵～～piàn-chò(chòe) bé-kháu-thih⇨好的東西變成壞的東西。馬口鐵bé-kháu-thih，罐頭用的鐵皮。

**bûn 門** 房屋等的出入口曰門bûn。物之孔竅曰門bûn。家亦曰門bûn。家～不幸ka～put-hēng⇨同上。旁～左道pông～chó-tō⇨同上。鹿耳～lo̍k-jí～⇨地名，鄭國姓軍登陸地。佛～弟子hu̍t～tē-chú⇨同上。返抵國～hoán-tí kok～⇨同上。出～遠～chhut～oán～⇨同上。開～見山khai～kiàn-san⇨同上。分～別類hun～pia̍t-lūi⇨同上。關～koan～⇨同上。閉～推出窗前月，抛石擊破水中天phì～thui-chhut chhong-chiân-goa̍t, phau-se̍k kek-phò súi-tiong-thian⇨同上。上天無路，入地無～siāng-thian bû-lō͘, ji̍p-tē bû～⇨同上。僧敲月下～cheng-khau goa̍t-hē～⇨同上。空～khong～⇨同上。倚～而待í～jî-thāi⇨同上。柴～chhâ～⇨同上。鐵～thih～⇨同上。

【門人 bûn-jîn】 學生。孔氏～～ khóng-sī ～～⇨同上。

【門下 bûn-hē(hā)】 門人bûn-jîn。學生。楊氏～～iâng-sī～～⇨同上。～～生～～seng⇨同上。

【門戶 bûn-hō͘】 門。機會均等～～開放ki-hōe kin-téng～～khai-hòng⇨同上。～～之見～～chi-kiàn⇨一門一戶之見解，非普遍之見解，各自之意見。

【門市 bûn-chhī】 零售之處。～～部～～pō͘⇨附設的零售所。略同文市bûn-chhī，但後者指小本獨立的店舖。

【門生 bûn-seng】 學生。～～故舊～～kò͘-kiū⇨同上。

【門風 bûn-hong】 家格ka-keh。大～～toā～～⇨大家，富豪或世家。小～～sió～～⇨小家，一般家庭。好～～的人hó～～ê lâng⇨富豪財閥世家之人。家教好的人。探～～thàm～～⇨同上。

【門徑 bûn-kèng】 入門之路。路。徑kèng亦作逕kèng。

【門徒 bûn-tô͘】 學生。徒弟。魔鬼～～mô͘-kúi～～⇨同上。

【門票 bûn-phiò】 入場券ji̍p-tiû$^{n}$-kn̄g。無～～未得入去bô～～bē(bōe)-tit-ji̍p-khì⇨沒有門票進不去。

【門第 bûn-tē】 世家。～～之家～～chi-ka⇨顯貴之家庭。

【門診 bûn-chín】 醫生在其診所或醫院診治病患。有別於往診óng-chín或住院chū-ī$^{n}$。～～部～～pō͘⇨醫院的一重要部門。

【門楣 bûn-bî】 門上之橫木。廣大～～kóng-tāi～～⇨使家格向上，顯耀～～hián-iāu～～⇨顯揚家名家聲。

【門禁 bûn-kìm】 門戶出入的限制或禁止。～～森嚴～～som-giâm⇨門禁甚嚴。

【門牌 bûn-pâi】 房屋的號牌。～～一號～～it-hō⇨同上。

**【門閥 bûn-hoa̍t】** 門第bûn-tē。大家大族，豪門巨戶。～～之家～～chi-ka⇨同上。

**【門齒 bûn-khí】** bûn-chhí。前齒chêng-khí。上下各有四齒。～～槓斷二齒～～kòng-tn̄g-n̄g-khí⇨同上。

**【門衛 bûn-ōe】** 守門人。有設～～於扲，不是小可仔人ū-siat ～～ tī-teh, m̄-sī sió-kó-á-lâng⇨有設置門衛的，一定非小可之輩。

**【門聯 bûn-liân】** 門上的對聯。貼～～ tah ～～⇨同上。

**【門外漢 bûn-goā-hàn】** 外行人goā-hâng-lâng。叫彼類～～～那是頭路kiò-hit-lōe～～～ ná-sī thâu-lō͘⇨叫那些外行人(做)怎麼可以呢。亦即非頭路(事業)之法也。

**【門字殼 bûn-jī-khak】** 漢字的一部首。

**【門可羅雀 bûn-khó-lô-chhiak】** 喻失勢落魄門前冷落。門可以掛起雀網羅雀。

**【門門有路 bûn-bûn-iú-lō͘】** 各業有各業的訣竅koat-khiàu。各人有各人的路線可以找到錢。人講～～～～，蛇孔是透鳥鼠巢的啦lâng-kóng～～～～，choâ-khang sī-thàu niáu-chhí(chhú)-siū-ê-là⇨古人說，各門有各門之路，蛇穴是通達老鼠巢的嘛。

**【門庭若市 bûn-têng-jia̍k-chhī】** 喻有財有勢，來就之人多如市場。

**【門當戶對 bûn-tong-hō͘-tùi】** 彼此門第財勢相等。配親談嫁娶時的慣用詞。

**【門羅主義 bûn-lô-chú-gī】** Monroe Doctrine，美國總統門羅所宣佈的對外政策。他的主旨是美洲不干涉歐洲，歐洲亦不能干涉美洲大陸。當時中美，南美各國正在策畫脫離殖民地而獨立，門羅主義正欲阻止歐洲干涉中南美各國之獨立也。

**聞** bûn 聽而得其聲也。知識也。鼻嗅亦曰聞bûn。久～大名kiú～tāi-bêng⇨同上。傳～失實thoân～sit-si̍t⇨同上。新～消息sin～siau-sit⇨同上。謹此奉～kín-chhú hōng～⇨同上。多～闕疑to～khoat-gî⇨同上。百～不如一見pek～put-jî it-kiàn⇨同上。

**【聞人 bûn-jîn】** 有聲名之人。阿輝哥仔是咱貴縣的～～你不知咯a-hui-ko a sī-lán-kùi-koān ê ～～ lí m̄-chai-lō͘⇨阿輝哥是我們貴縣的名人，你不知道嗎？

**【聞名 bûn-bêng】** 大大有名。阿狗是～～歹死囡仔a-káu sī～～phái$^{n}$-sí-gín-á⇨阿狗是有名的壞東西。～～不如見面～～put-jî kiàn-biān⇨同上。

**【聞知 bûn-ti】** 聽到了。聽著thia$^{n}$-tio̍h。

**【聞風 bûn-hong】** 聽到消息。～～而逃～～jî-tô⇨同上。

**【聞問 bûn-būn】** 信問。聞būn受問，問būn問他人。不相～～⇨不相問候。不相來往。

**【聞達 bûn-ta̍t】** 稱揚薦拔chheng-iông-chiàn-poa̍t。臣本布衣，躬耕於南陽，苟全性命於亂世，不求～～於諸侯sîn-pún pò͘-i, kiong-keng î lâm-iâng, kò͘-choân sèng-bēng î lōan-sè, put-kiû～～î chu-hô͘⇨前出師表。

**【聞道 bûn-tō】** 聽說thia$^{n}$-soeh。～～長安似奕棋，百年世事不勝悲～～tiâng(tiông)-an sū e̍k-kî, pek-liân sè-sū put-sèng-pi⇨杜詩。

**【聞其名 bûn-kî-bêng】** ㊀聞名。～～～未見其面～～～bī-kiàn-kî-biān⇨名是聽到了，但是還未看見其面(人)。㊁有名。出名。阿花是～～～的富婆a-hoe sī ～～～ ê hù-pô⇨阿花是有名之富婆。彼家伙仔都～～～的貓豭，咱不敢合個雜hit-ke-hóe-á to ～～～ ê bâ-ka, lán-m̄-ká$^{n}$ kah-in chha̍p⇨那一家族都是有名的狡猾人，我不敢跟他來往。貓豭bâ-ka，狡猾的豬哥也。貓bâ亦貍lî也。豭，雄豬，即專業的雄豬，亦即豬哥也。應還不還曰貓豭bâ-ka。財物來往每背常理之人曰媌豭。

**【聞所未聞 bûn-só͘-bī-bûn】** 非常新奇。～～～～的怪消息 ～～～～ ê koài-siau-sit⇨同上。

【聞雞起舞 bûn-ke-khí-bú】 喻有志之士及時奮勉。

【聞一以知十 bûn-it-í-ti-si̍p】 賜也何敢望回，回也～～～～～，賜也聞一以知二sù à hô-kám-bōng-hôe, hôe à～～～～～, sù à bûn-it í ti-jī⇨論語。

**bûn 雯** 雯華bûn-hoâ，指美麗之雲彩。此字似爲人名之所常用者。

**bûn 眠** 眠床bîn-chhn̂g亦曰眠床bûn-chhn̂g。

**būn 問** 訊sìn也。訊囚也。求人指告曰問būn。恤問也。聘問也。查～cha～⇨同上。審～sím～⇨同上。訊～sìn～⇨同上。音～im～⇨同上。慰～úi～⇨同上。探～thàm～⇨同上。訪～hóng～⇨同上。聞～bûn～⇨同上。

【問卜 būn-pok】 占卜問吉凶。抽籤～～thiu-chhiam～～⇨同上。

【問心 būn-sim】 自問已心。～～無愧～～bû-khùi⇨同上。

【問安 būn-an】 問候安好。去共阿叔～～khì-kā a-chek～～⇨問候叔父平安。

【問案 bu審問案件。法官～～hoat-koaⁿ～～⇨同上。

【問候 būn-hāu】 問安būn-an。阿嬸均此～～a-chím kin-chhú～～⇨信札中常用詞。

【問徒 būn-tô͘】 處以流刑。

【問斬 būn-chám】 處以殺頭罪。掠去～～lia̍h-khì～～⇨被擒殺頭了。

【問喪 būn-song】 弔喪tiàu-song。～～不哀，寧可免來～～put-ai, lêng-khó͘ bián-lâi⇨弔喪沒有哀痛之情，不如不來弔喪。

【問答 būn-tap】 發問與回答。～～題～～tê⇨同上。

【問罪 būn-chōe】 聲討有罪。起兵～～khí-peng～～⇨同上。興師～～hin-su～～⇨同上。

【問題 būn-tê(tôe)】 ㊀考試的題目。～～無眞深～～bô-chin-chhim⇨問題不甚深。㊁事情。～～大了～～toā-lō͘⇨問題大了。～～猶抒拖～～iáu-teh thoa⇨事情未決還在拖延。～～眞複雜～～chin ho̍k-cha̍p⇨事情很複雜。㊂爭論。～～球～～kiû⇨球類運動中發生爭論之球。～～的焦點～～ê chiau-tiám⇨爭論之中心點。

【問長問短 būn-tiâng(tiông)-būn-toán】 問此問彼問得甚詳細。～～～～，問歸日未煞～～～～，būn-kui-ji̍t bē(bōe)-soah⇨問此問彼問了一整天還問不完。

【問道於盲 būn-tō-î-bông】 喻向不明白者求救。你問阿花咯，哼，人講～～～～道是你lí-mn̄g a-hoe-lò͘, hńg, lâng-kóng～～～～tō-sī-lí⇨你問了阿花嗎，哼，古人說向盲目者問路就是你。

**būn 悶** 懣也。煩也。閉則熱而悶būn，憂也。心不舒暢曰悶būn。氣～khì～⇨同上。心～sim～⇨同上。憂～iu～⇨同上。煩～hoân～⇨同上。鬱～ut～⇨同上。食酒解～chia̍h chiú kái(kóe)～⇨同上。枵道～iau tō～⇨腹虛心悶。慒慒仔～cho-cho-á～⇨同上。

【悶氣 būn-khì】 ㊀氣流不通。㊁怨怒之氣。安爾都一腹～～未消也an ne(ni) to chi̍t-pak～～bē(bōe)-siau a⇨這樣子滿腹之怒氣不能消也。

【悶悶 būn-būn】 ㊀心悶sim-būn、鬱悶ut-būn。～～不樂～～put-lo̍k⇨心情不舒暢。㊁因過飢kòe-ki而心悶。心官頭～～仔痛sim-koaⁿ-thâu～～a thiàⁿ⇨同上。心內～～慒慒sim-lāi～～cho-cho⇨心中煩而不舒暢。

【悶痛 būn-thiàⁿ】 心胸不開朗。心官頭抒～～sim-koaⁿ-thâu teh～～⇨心胸在悶痛。心官～～也～～sim-koaⁿ～～ā～～⇨心在悶痛。

【悶熱 būn-jia̍t】 氣不通之熱。者爾～～敢是抒激雨亦不是chiah-nī～～káⁿ-sī-teh kek-hō· ah-m̄-sī⇨這樣的悶熱，是不是在格雨了。

【悶葫蘆 būn-hô·-lô·】 謎猜bī-chhai。做彼類～～～抙乎人約chò(chòe)-hit-lōe～～～teh hō·-lâng-ioh⇨造那種如謎猜的在給人猜射。伊的～～～不知抙賣甚麼糊藥 i ê～～～m̄-chai-teh-bē(bōe) sim mi kô·-ioh⇨同上。

būn
**燜** 煮也。密煮曰燜būn。鍋oe封密而煮也。眞佼～chin-gâu～⇨甚善於燜煮法。

【燜飯 būn-pn̄g】 阮阿華會曉～～也goán-a-hoâ ē(ōe)-hiáu～～ā⇨我們的小華會造飯了。

【燜米糕 būn-bí-ko】 秫米飯chut-bí-pn̄g曰米糕bí-ko，有甜的，有鹹的。

būn
**紊** 亂也。有條而不～iú-tiâu jî put～⇨同上。

【紊亂 būn-loān】 紛亂hun-loān。交通秩序～～kau-thong tiat-sū～～⇨同上。

būn
**璺** 玉破也。器破而未離曰璺būn。俗曰痕hûn。摃破沙鍋～到底kòng-phoà sa-oe～kàu-té⇨璺būn問būn之諧音，雙關語。

# but

but
**魩** 魚名。體甚小，白色。俗曰白～peh～或白～仔peh～á，或～仔魚～á-hî。多作鹹干kiâm-koaⁿ。

【魩仔 but-á】 白魩仔peh-but-á。～～魚～～hî⇨同上。～～脯～～pó·⇨魩仔之鹹干kiâm-koaⁿ。

but
**尜** 細小也。

【尜尜 but-but】 細小，細小之物。～～仔～～à⇨細小的。～～枝～～ki⇨很小枝的。～～枝仔～～ki-á⇨很小枝的東西。例如小鐵釘曰～～枝仔的釘仔～～ki-á ê teng-á。幼～～iù～～⇨幼iù亦細小sè-sió也。

but
**笏** 菲笏hui-but，瓜也。蔬菜類。

【笏笏 but-but】 宜於口。甜～～tiⁿ～～⇨很甜很好吃。

but
**沒** 沈也。魚溜逃曰沒but。凡溜赳liu-soan皆曰沒but。去乎偷～去khī-hō· thau～khì⇨被他偷溜赳而去了。一下道～去chıt-ē tō～khì⇨一下子就溜脫了。較～每～無路khah～mā～bô-lō·⇨怎麼鑽都鑽不出路來。～出去～chhut-khì(ì)⇨赳出去soan-chhut-khì(ì)。溜出去liu-chhut-khì(ì)。

【沒聿逑 but-lut-sut】 phut-lut-sut。形容逃脫之快也。～～～道乎赳去也～～～tō hō· soan-khì-à⇨下道乎溜赳去也。

but
**勿** 莫也。不也。美也。非也。～以惡小而爲之，～以善小而不爲，唯賢唯德，可以服人～í ok-siáu jî ûi-chi,～í siān-siáu jî put-ûi,ûi-hiân ûi-tek khó-í hok-jîn⇨劉備戒子。

【勿失 but-sit】 莫錯過。良機～～liâng-ki～～⇨同上。

【勿言 but-giân】 不要講。非禮～～，非禮勿動hui-lé～～，hui-lé but-tōng⇨同上。

【勿進 but-chìn】 不可入。閑人～～hân-jîn～～⇨同上。

【勿誤 bút-gō·】 不可錯誤。切記～～chhiat-kì～～⇨同上。

but
**拂** 打也。或作物but。棒打曰敲siau。囡仔驚詸sut不驚拂but⇨孩子怕詸不怕拂。詸sut，善言誘之。每該詸，每該～mā-ài-sut，mā ài～⇨也要善言誘之，也要鞭棒打之。無～攏不驚bô～lóng m̄-kiaⁿ⇨不打都不怕了。毋當定定～，～了會蠻皮m̄-thang tiāⁿ-tiāⁿ～，～liáu ōe bân-phôe⇨不可動即鞭笞，打了會無効。蠻皮bān-phōe，謂蠻人之皮不知痛。你仙共～死也毋lí boeh kā～sí à m̄⇨你要打死他了嗎(祖母干涉了)。活活～死較省費氣oah-oah～sí khah-séⁿ(séng) hùi-khì⇨活活打死了省麻煩(媽媽可賭氣了)。自己～較贏乎人～kā-kī～khah-iâⁿ hō·-lâng～⇨自己打勝似被他人打。

**but 㧊** 同拂but。

**but 物** 萬物bān-but也。天生萬物。有機～無機～iú-ki～bû-ki～⇨物之兩大類。生～植～動～礦～統稱博～seng～sit～tōng～khòng～thóng-chheng phok～⇨同上。公～私～怪～異～kong～su～koài～ī～⇨同上。人～文～財～產～貨～作～食～jîn～bûn～châi～sán～hòe～chok～sit～⇨同上。成～地上～sêng～tē-siāng～⇨同上。死～活～sí～oah～⇨同上。～離鄉貴，人出鄉賤～lī-hiang-kùi, jîn chhut-hiang-chiān⇨同上。人各有志，～各有主jîn-kok-iú-chì,～kok-iú-chú⇨同上。

【物力 but-lek】 財物。人力～～jîn-lek～～⇨同上。

【物主 but-chú】 財物之主人。～～地主～～tē-chú⇨同上。

【物件 but-kiāⁿ】 成件之物。物。～～真貴～～chin-kùi⇨物價很高。東西要買其價甚高。

【物色 but-sek】 尋找人材。趕緊去～～一個好新婦來，你脚道可蹺起來了koáⁿ-kín-khì～～chit-ê hó-sin-pū lâi lí-kha tō-hó-khiau-khí lâi lò·⇨趕快去找一個好媳婦娶回來，你就可以享福了。脚蹺起來kha-khiau-khí-lai蹺脚而坐，喻享清福不必再勞動。

【物故 but-kò·】 死亡。或逃亡或～～散者甚多hek tô-bông hek～～，sàn chià sīm-to⇨同上。

【物品 but-phín】 各種東西。～～交易稅～～kau-ek-sōe⇨稅目之一。

【物理 but-lí】 ㈠物理學之簡稱。～～化學～～hoà-hak⇨物理與化學的兩個學科。㈡事物之道理。細推～～須行樂，何用浮名伴此身sè-thui～～si-hêng-lok, hô-iōng phû-bêng phoān-chhú-sin⇨杜詩。

【物產 but-sán】 產物sán-but。～～的集散銷售～～ê chip-sàn siau-siū⇨同上。

【物量 but-liōng】 物之數量。～～戰爭～～chiàn-cheng⇨謂當今的戰爭勝負取決於物之多寡，如第二次世界大戰，聯合軍方，將多兵多，船多飛機多，炸彈多一切都非軸心國方面所能比擬者。

【物象 but-siōng】 物品的情與狀。研究～～gián-kiù～～⇨同上。

【物資 but-chu】 可以利用的東西。戰時～～會較欠缺chiàn-sî～～ē(ōe)-khah-khiàm khoeh⇨同上。

【物質 but-chit】 物。精神之對稱。～～文明～～bûn-bêng⇨同上。～～生活～～seng-oah⇨同上。

【物價 but-kè】 ～～暴漲，民生困苦～～pok-tiàng，bîn-seng khùn-khó·⇨同上。

【物議 but-gī】 世人的譏刺議論。甚過頭無理每會惹起～～，咱道較不利siūⁿ-kòe-thâu bû-lí mā-ē(ōe) jiá-khí～～，lán tō khah-put-lī⇨太過無理了也會引起世論，我們就不利了。

【物權 but-khoân】 法律名詞。對物的所有支配等的權利。所有權，地上權，水佃權，典權，占有權等等是也。

【物換星移 but-hoān-seng-î】 景物時世都變了。～～～～，時過景遷～～～～，sî-kò-kéng-chhian⇨同上。

【物極必反 but-kek-pit-hóan】 事太過份了將招來缺憾。～～～～，事急必亂～～～～，sū-kip-pit-loān⇨同上。

【物腐蟲生 but-hú-thiông-seng】 物腐爛了，就會生蟲。～～～～，乃自然之理～～～～，nái-chū-jiân-chi-lí⇨同上。

【物競天擇 but-kēng-thian-tek】 達爾文Charles Robert Darwin的進化論。主張生存競爭，優勝劣敗。

**but 沒** 沈也。消滅也。收取財物曰沒but。沈～tîm～⇨同上。堙～證據ian～chèng-kì⇨同上。收～敵產siu～tek-sán⇨同上。吞～thun～⇨貪取他人之物。

【沒世 but-sè】 終生。～～難忘～～lân-bông⇨同上。

【沒收 but-siu】 財物充公chhiong-kong。薪水攏太座～～去也sin-súi lóng thài-chō～～khì-lō·⇨同上。

【沒落 but-lok】 衰敗sui-pāi。～～世家～～sè-ka⇨衰敗的老家庭。

【沒齒 but-chhí】 終身。～～不忘大德～～put-bōng-tāi-tek⇨同上。

【沒沒無聞 but-but-bû-būn】 沈寂無所聞。～～～～的無名小卒～～～～ê bû-bêng-siáu-chut⇨同上。

**but 歿** 終也。死曰歿but。

**but 勃** 旺盛也。突然變色也。蓬～hōng～⇨同上。

【勃勃 but-but】 旺盛。興致～～hèng-tì～～⇨同上。

【勃起 but-khí】 興起。突然硬化。

【勃興 but-hin】 突然興盛。北番的～～與南侵pak-hoan ê～～í lâm-chhim⇨同上。

【勃然大怒 but-jiân-tāi-nō·】 突然變色大動肝火。

## cha

**cha 查** 曰考察也。調～taiu～，檢kiám～，審～sím～，盤～phoân～等等皆是。㊁此也。爲者之轉音。～甫～-po·⇨此男子也。～某～bó·⇨此女子也。

【查甫 cha-po·】 男人。～～人～～lâng⇨男人。人或作郎lâng。～～囝～～kiáⁿ⇨男子漢。～～人氣概～～lâng khì-khài⇨大丈夫的風範。～～人款～～lâng-khoán⇨男人的樣子。～～人心官～～lâng sim-koaⁿ⇨謂你曷知影伊得想甚麼 lí ah-chai-iáⁿ i teh-siūⁿ sa-mí。喻莫測高深。惟此語甚不通，蓋男人心，女人心，你都不知他在想什麼也。～～人生～～lâng-seⁿ⇨女人體態似男人。

【查某 cha-bó·】 女人。～～人～～lâng⇨女人。～～人錢～～lâng-chîⁿ⇨女人的私家錢。～～人蕃～～lâng-hoan⇨女人如蠻人不講理。其實男人又何嘗皆講理。～～人褲頭掌櫃後～～lâng khò·-thâu chiáng-kūi-āu⇨謂皆禁地去不得。～～人代～～lâng-tāi⇨女人事。謂男人管不著。～～人事～～lâng-sū⇨同查某人代。～～人火籠～～lâng hóe-lang，～～人屎篦～～lâng sái-pe，這兩句都是謎語，前句答紫蘇，後句答領雙孔，都是不雅的雙關語。～～人放尿旋未上壁～～lâng pàng-diō soān-bē-chiūⁿ-piah⇨謂女人放尿洒不上壁，喻女人不及男人有用。～～囝～～kiáⁿ⇨女兒。～～囝賊～～kiáⁿ-chhat⇨謂女兒如賊，嫁時厚嫁粧一大堆，嫁後回娘家，有一項拿一項，都是一去不回頭。～～囝教老母斷臍～～kiáⁿ kà lāu-bú tn̂g-châi⇨喻事之本末顛倒。～～囝嫁大爺，好名好聲～～kiáⁿ kè toā-iâ,hó-miâ hó-siaⁿ⇨謂女兒嫁了大爺爲女婿，只是好名聲而已，蓋大爺不過是所謂衙役仔gê-iā-á—官廳的工友，嘲有小成自以爲了不起者。～～囡仔～～gín-á⇨少女。～～囡仔油麻菜子命～～gín-á iû-moâ chhài-chí miā⇨謂少女的命運如芝麻子如菜子，種肥地就肥，種瘦地就瘦，亦即看嫁中何種女婿，好壞貧富都隨女婿而定。～～嫺～～kán⇨婢女。女奴。凊飯不食每是～～嫺仔的chhìn-pn̄g m̄-chiah mā sī～～kán-á ê⇨謂凊飯留下來還是婢女要吃的。喻難事現在不辦，將來還是自己非辦不可。～～嫺仔命～～kán-á miā⇨謂吃不得好飯，穿不著好衣，閑不得身的勞碌命。～～嫺仔擕肉，生看熟無份～～kán-á-koān-bah, chheⁿ-khoàⁿ sek-bô-hūn⇨謂婢女手拿肉，生肉時看看而已，煮熟了便沒份了。喻工作有份，享受分不著。～～間～～keng⇨娼寮。～～官～～koaⁿ⇨官為女人之尊稱。約相當於姊。～～人款～～lâng khoán⇨女人的模樣。有～～人款也ū～～lâng khoán à⇨有女人的模樣了。指少女已成少婦。～～人空課～～lâng khang-khòe⇨洗衣煮飯之類的工作。～～孫仔～～sun-á⇨㊀孫女。㊁甥侄女。㊂娼妓之類的女人。～～體～～thé⇨男而似女者。～～體該人詈～～thé,ài-lâng-lé⇨謂半男不女的好學女人樣好管女人閒事反而惹女人討厭，吃女人詈lé—罵也是應該的。～～醫生～～i-seng⇨女醫。～～學生～～hak-seng⇨女學生。～～旦～～toàⁿ⇨女旦。食飯配菜脯，儉錢開～～chiah-pn̄g phòe chhài-pó，khiām-chîⁿ khai～～⇨謂省食儉用，積錢去買笑。菜脯chhài-pó蘿蔔干，開～～上娼樓買笑。喻人有願意長久勞苦以博片刻之歡的毛病。

**cha 諸** 諸位，諸君之諸也。諸夫cha-po͘，男人，亦指複數，亦即泛指之詞。諸夫，諸姆乃台灣語言學界新近所使用，知之者仍不多。查甫，查某因連氏的宣揚，已成為普遍通用詞。本書仍採查甫、查某，理由是遵循約定俗成之原則也。

**chá 早** 清晨也。先期也。

**【早水 chá-chúi】** 農作物的第一次收成，或家禽類的第一次生產者（皆以年言）。水即其單位。收一水siu-chit-chúi⇨收成一次。生一水seⁿ-chit-chúi⇨生產一次。孵一水pū-chit-chúi⇨孵化一次。

**【早日 chá-jit】** ㊀先前，從前，往日。㊁清晨的太陽。～～不昇天，日落西山不久長～～put-seng-thian,jit-loh se-san put-kiú-tiâng⇨早晨的日—喻青年人昇不起中天，日落西山—喻老人不長久了。據稱前句是老人罵少年人，後句是少年人回敬老人。

**【早仔 chá-á】** 陸稻。種～～chèng～～⇨播種陸稻。～～米～～bí⇨陸稻之米。

**【早占 chá-chiam】** 一期作稻的品種名。

**【早世 chá-sì】** 早亡。父母～～pē-bó～～⇨父母死得早。

**【早冬 chá-tang】** 台灣稻作一年兩收，即早冬與晚冬bān-tang的兩季。晚冬或稱穩冬ún-tang。

**【早囝 chá-kiáⁿ】** 父母年輕時生的兒子。父母老年才生的是老囝lāu-kiáⁿ。

**【早米 chá-bí】** 早冬米。

**【早早 chá-chá】** 很早。

**【早年 chá-nî】** 往年，先前。～～有暗定～～ū àm-tiāⁿ⇨同上

**【早死 chá-sí】** 年輕而死。

**【早車 chá-chhia】** 清晨第一班車。～～坐無著道末赴也～～chē-bô-tioh tō bē-hù à⇨早車坐不上就趕不上時間了。亦稱早班車chá-pang-chhia或頭班車thâu-pang-chhia。

**【早季 chá-kùi】** 早冬的收成。大約在陰曆六月間。

**【早前 chá-chêng】** 先前。往日。～～的人較老實～～ê lâng khah láu-sit⇨同上。

**【早春 chá-chhun】** ～～晚播田～～bān pò͘-chhân⇨謂立春早到，即播田須慢些。

**【早柚 chá-iū】** 早上市的柚仔。

**【早酒 chá-chiú】** 食～～chiah～～清早喝酒。

**【早起 chá-khí】** ㊀今晨。㊁起得早。～～時～～sî⇨早晨。食～～chiah～～⇨吃早飯。昨方～～châ-hng～～⇨昨日之早晨。口頭上已變音為chang-cha-í。早起變chá-í。明仔～～bîn-á～～⇨明日。口頭上已變成bî-ná-chāi。

～～討無夜昏頓～～thó bô e-hng tǹg⇨勞碌終日不保晚飯。喻生活窮苦之極。

【早流 chá-lâu】 朝汐。

【早晏 chá-oàⁿ】 早晚。

【早婚 chá-hun】 古早人較～～kó͘-chá-lâng khah～～⇨同上。

【早晡 chá-po͘】 上午。亦曰頂晡téng-po͘

【早產 chá-sán】 亦稱早生chá-seⁿ。未十月而生。

【早晨 chá-sîn】 黃昏不殺鷄～～不下池 hông-hun put-sat ke,～～put-hā (hē) -tî⇨據稱有個吝嗇的主人藉口如此竟不殺鷄亦不網魚享客。

【早滇 chá-tīⁿ】 朝汐。～～暗滇～～àm-tīⁿ⇨朝夕的潮汐。

【早晚 chá-boán】 ㊀朝夕。㊁緊慢。～～錢是該還～～chîⁿ sī ái hêng⇨同上。

【早間 chá-kan】 ㊀早晨。㊁從前。～～無即類物件～～bô chit-lōe mi̍h kiāⁿ⇨從前沒有這種東西。

【早困 chá-khùn】 提早就寢也。～～晏睁神～～oàⁿ cheng-sîn⇨早睡晚起。謂好命極了。

【早朝 chá-tiau】 早晨。

【早朝 chá-tiâu】 朝庭的早會。

【早暗 chá-àm】 朝夕。盈昏～～eng-hng～～⇨朝夕。既訛為eng-chá-ám

【早嫁 chá-kè】 早出嫁。早婚。

【早慢 chá-bān】 ～～會出破～～ē chhut-phoà⇨早晚會暴露出來。

【早稻 chá-tiū】 早期的稻子。

【早餐 chá-chhan】 早飯。

【早頭 chá-thâu】 天未明。黎明。～～入港的～～ji̍p-káng ê⇨同上。

【早齋 chá-chai】 早餐食齋。食～～chia̍h～～⇨同上。

【早過身 chá-kòe-sin】 早亡。

【早當時 chá-tang-sî】 很早以前。～～～人無現在者爾敍～～～lâng bô hiān-chāi chia-ni chē⇨從前人口沒有現在這麼多。

【早看東南 chá-khoàⁿ-tang-lâm】 ～～～～晚看西北～～～～boán-khoàⁿsai-pak⇨謂上午要看東南方的風雲變化，下午看西北方的，以預測天氣的好壞。

**炙** chà 油炙iû-chà也。～～檜～～kōe⇨油食粿iû-chia̍h-kóe⇨油條iû-tiâu。檜kōe，秦檜chîn-kōe也。論眞該讀炙chìⁿ語音。

【炙油 chà-iû】 油炙食物也，俗作炸油。

**炸** chà 火藥暴烈也。飛機由空中投彈攻擊亦曰炸chà。又油炙亦作炸。

【炸油 chà-iû】 ㊀炸出油料。㊁以油炙之。

【炸藥 chà-io̍h】 炸彈用的火藥。

【炸彈 chà-tân】 同爆彈po̍k-tân。

**詐** chà 欺騙也。虛僞也。奸～kan～⇨同上。言多必～giân-to pit～⇨同上。

【詐死 chà-sí】 假死kē-sí。～～鮻鯉食死蚼蛆～～lâ-lí chia̍h sí-káu-hiā⇨鮻鯉—穿山甲的俗稱，裝死伸出長舌，蚼蛆káu-hiā螞蟻不知而付之，待蟻付滿，乃張口收舌全吞之，以果腹。喻表面裝蒜而暗中成其好事者。

【詐降 chà-hâng】 假投降。

【詐術 chà-su̍t】 用～～騙取金錢去花天酒地 iōng～～phiàn-chhí kim-chîⁿ khì hoa-thian chiú-tē⇨同上。

【詐欺 chà-khi】 詐欺案chà-khi-àn。

【詐稱 chà-chheng】 ～～別人的姓名～～pa̍t-lâng ê sèⁿ-miâ⇨同上。

【詐騙 chà-phiàn】 專門～～錢財得飼查某 choan-bûn～～chîⁿ-châi teh chhī cha-bó͘⇨同上。

**榨** chà 擠壓也。俗作搾chà。壓～機ap～ki⇨同上。

**昨** chā 隔日也。以往也。或讀chō，指前日。

【昨昏 chā-hng】 昨天。～～暗～～àm

(chang-àm) ⇨昨夜。～～下晡～～ē-po·(chang-ē-po·)⇨昨天下午。～～早起～～chá-khí(chang-chai-khí)⇨昨天上午。～～討無早起～～thó bô chá-khí⇨喩生活奔波難保一食。

【昨日 chā-jit】 前天。～～藉接著通知～～chiah chiap-tioh thong-ti⇨同上。

【昨暗 chā-àm】 昨夜。～～無月～～bô-goeh⇨同上。

【昨暝 chā-mê】 昨夜。～～月眞光～～goeh chin kng⇨同上。

## chaⁿ

**cháⁿ 袃** 切斷也。衣物整修一半曰袃cháⁿ。亦斬chám也。又奪人現成之物亦曰袃cháⁿ。齊～chê～⇨整齊chéng-chê。齊如切斷者也。俗以嶄作袃。嶄音siám或chām，山高峻貌，並無袃斷或斬chám之義也。

【袃粿 cháⁿ-koeh】 粿爲斷木。作段解。一粿chit-koeh⇨一段。半粿poàⁿ-koeh⇨半段。袃粿即指整段或整半段。例如衣下半破了剪掉改接上新的曰袃半粿cháⁿ-poàⁿ-koeh。又如壁上半或下半斑剝了，整半段剝掉改塗上新漆亦謂袃半粿 cháⁿ-poàⁿ-koeh⇨袃一粿 cháⁿ-chit-koeh。

【袃斷 cháⁿ-tn̄g】 砍斷。對中央～～tùi tiong-ng～～⇨從中間砍斷之。

【袃半腰 cháⁿ-poàⁿ-io】 同袃半粿。

【袃稻尾 cháⁿ-tiū-bóe】 奪取別人現成之物。爲最可惡之行爲。袃人的稻仔尾cháⁿ-lâng-ê tiū-á-bóe⇨例如奪人之妻等，常以此表現批評之。

## chah

**chah 紮** 纏束也。紮chat也。裨紮pih-chah⇨衣著輕便。穿得成～～也chhēng-leh chiâⁿ～～ā⇨打扮得非常輕便。反之曰落册lâu-chheh，亦曰落粽lâu-chàng。打紮táⁿ-chah⇨料理。協助。鬥打紮tàu-táⁿ-chah⇨同上。

**chah 袿** 衣包囊也。褌衣之有囊者也。衣囊袋物曰袿chah。身上帶物曰袿chah。該～些所費ài～chē só·-hùi⇨須帶些所費。你～若敍錢lí～goā-chē-chîⁿ⇨你帶多少錢。曷著～許敍ah-tioh～hiah-chē⇨何必帶那麼多。敍chē，多to也。煞未記得～soah bē(bōe)-kì-tit～⇨終於忘記帶來了。該～較敍抄較穩ài～khah-chē-leh khah-ún⇨應該多帶一點比較妥當。俗以扎chah做袿非。扎，拔也。

【袿刀 chah-to】 藏刀chhàng-to。帶刀tài-to。賊仔有～～chhat-á ū～～⇨同上。

【袿布 chah-pò·】 月經布。查某人～～cha-bó·-lâng～～⇨同上。

【袿錢 chah-chîⁿ】 帶錢。～～做路費～～chò lō·-hùi⇨同上。

【袿便當 chah-piān-tong】 帶便飯。又戲指旅行偕同太座。

【袿短銃 chah-té-chhèng】 私帶短銃在身。

【袿暗器 chah-àm-khì】 私帶暗器在身。

**chah 炸** 火藥爆發也。熱油炙食物俗稱炸chah亦曰炸chà。火藥爆～hóe-ioh pok～⇨同上。油～水蛙iû～chúi-ke⇨同上。

【炸油 chah-iû】 ～～過的食物較未壞～～kòe ê chiah-mih khah bē hāi⇨炸油的食品比較不會壞。

【炸彈 chah-tân】 爆彈。

【炸藥 chah-ioh】 火藥。

【炸鷄 chah-ke】 油炸的鷄。

【炸春餅 chah-chhun-piáⁿ】 油炸春餅。

**chah 柵** 竹木的籬笆也。遮斷也。闌nâ也。做～chò～⇨打獵時一面追，一面於小路做柵，以驅獵物入網。闌～nâ～⇨遮斷jia-toān。阻斷chó·-toān。又木柵bok-chah(地名)俗叫bak-sa。

【柵火 chah-hóe】 防杜火災延燒。又遮斷光源。企値彼位會～～ khiā tī hit-ūi ē～～⇨站在那個地方會遮住光源。

【柵日 chah-jít】 遮斷太陽光。遮日jia-jıt。閬日nâ-jıt。

【柵光 chah-kng】 遮斷光源。遮光jia-kng。

【柵尾 chah-bóe】 猪尾扁平者。～～猪未做得猪公～～ti bē-chō-tit ti-kong⇨猪尾扁平的猪做不得猪公—拜神用的。

【柵風 chah-hong】 苗圃該～～ biâu-phó· ài～～⇨以保護幼苗被風吹壞。

【柵屏 chah-pîn】 屏風pîn-hong。

【柵堡 chah-pó】 堤防。

【柵暗 chah-àm】 遮斷光源招致黑暗。遮暗jia-àm。

【柵路 chah-lō·】 遮斷通路。遮路jia-lō·。閬路nâ-lō·。

**閘** chah 制水門。遮斷也。陸作柵chah，水作閘。

【閘水 chah-chúi】 遮斷水流。～～造魚簾～～choh hī-hâng⇨遮水築造魚梁。

**截** chah 切也。斷也。橫斷也。通柵chah。

【截刀 chah-to】 中藥切藥刀。又切紙刀。

【截過 chah-kòe】 橫斷。從半中央～～去chiông poà$^n$-tiong-ng～～khì⇨從中央橫斷過去。走近路。

【截路 chah-lō·】 同柵路。

【截藥 chah-ioh】 切藥材。

## chai

**知** chai 識也。曷～ah～⇨何以知，不知也。伊曷煞～i ah-soah～⇨他何能知之，他不知也。～耳，却不八～niâ kú m̄-pat(bat)⇨知而已，却不懂也。

【知人 chai-lâng】 ㊀知覺。～～未～～bōe(bē)⇨恢復知覺或未。猶不～～iáu m̄～～⇨還沒有知覺。跋一下自安爾不～～去也poah-chıt-ē chū-an-ne(ni) m̄～～khì ā⇨摔一跤就這樣子不省人事了。注射了有較～～也chù-siā-liáu ū khah～～ā⇨注射之後比較恢復知覺了。

【知代 chai-tāi】 代，代誌也，事態也。恁某轉來你道～～lín-bó· tńg lâi lí tō～～⇨你妻回來你就知道事態如何，暗示必定吃處罰。

【知死 chai-sí】 ㊀知道事態嚴重。知道死活，猶不～～iáu m̄～～⇨還不知道死活如何。㊁知道死機。～～不知走～～m̄-chai cháu⇨據說牛是知死之將至而不知逃命。知走不～～chai-cháu m̄～～⇨據說猪是只知道亂跑而不知死之將至。

【知却 chai-kioh】 知影。料知。～～伊不來～～i m̄-lâi⇨以為他不來。

【知知 chai-chai】 知之甚詳。逐個都～～抾曷使相瞞tak-ê to ～～leh ah-sái sio(sa)-moâ⇨彼此都很清楚嘛何用相瞞騙。又不出所料。～～抾道是偷提個姆的私敁～～leh, tō-sī thau-theh in-bó· ê sai-khia⇨眞是不出所料，就是偷了他老婆的私房錢。

【知枵 chai-iau】 病人漸復已自覺肚餓。～～也～～a⇨知道肚子餓了。恢復食慾了。

【知苦 chai-khó·】 知道悽慘。知道苦命。平時不拍拚到時你著～～pêng-sî m̄ phah-pià$^n$, kàu-sî lí tioh～～⇨平時不拚命積蓄到時一無錢無米的時候你就會知道悽慘。

【知痛 chai-thià$^n$】 略同知死或知苦。少年人有錢未曉要粒積，別日老來無錢病痛你道會～～ siàu-liân-lâng ū-chî$^n$ bē(bōe)-hiáu(hiáng) boeh(beh) liap-chek, pat-jit lāu lâi bô-chî$^n$ pē$^n$-thià$^n$ (pī$^n$-thià$^n$) lí tō ē～～⇨同上。又覺知痛。家己～～也ka-kī～～ā⇨自覺痛了。

【知影 chai-iá$^n$】 知。知之。影疑也之訛。按以影作接尾詞者，計有知影，不知影m̄-chai-iáⁿ，有影ū-iáⁿ，無影bô-iáⁿ，假影ké-iáⁿ等五詞。疑皆爲也之訛。亦即爲知也chai-ià，不知也m̄-chai-ià，有也ū-ià，無也bô-ià，假也ké-ià是也。

【知底下 chai-té-hē】 相～～～sio～～～⇨彼此互知道底細。

【知透枝 chai-thàu-ki】 知道全本故事。

【知透透 chai-thàu-thàu】 全都知道。逐項每～～～tak-hāng mā ～～～⇨各事皆知之甚詳。

【知過了 chai-kòe-liáu】 早知之。你免講我每～～～lí bián-kóng goá mā～～～⇨你不說，我也早知矣。

【知輕重 chai-khin-tāng】 同情心。知別人之需要。體貼知人的輕重chai lâng ê khin-tāng⇨體貼別人。你攏不知人的輕重lí lóng m̄-chai lâng ê khin-tāng⇨（如果出自女人之口）你是木頭人不知我的需要。

【知轉肩 chai-tńg-keng】 知道轉圈。

chai **栽** ㊀種也。培也。㊁樹木之幼苗曰栽。樹～chhiū～⇨樹苗。桃仔～thô-á～⇨桃苗。杉仔～sam-á～⇨杉苗。菜～chhài～⇨蔬菜之幼苗。㊂幼魚亦曰栽。魚～hî～⇨魚苗。鰻～moâ～⇨鰻苗。虱目魚～sat-bak-hî～⇨虱目魚苗。㊃幼童亦曰栽。人～lâng～⇨幼童。囡仔～gín-á～⇨幼童。查某囡仔～cha-bó·-gín-á～⇨幼女、少女。㊄倒垂亦曰栽。倒頭～tò-thâu～⇨頭落地脚朝天也。由橋頂～落溪底iû kiô-téng～loh khe-tē⇨從橋上倒跌落河裡。頭～落去也thâu～loh-khì-à⇨頭低垂下去了，死掉了。

【栽花 chai-hoe】 栽種花草。～～換斗～～oāⁿ-táu⇨童乩或王六的名堂。以不孕者由其栽花換斗，即可生男育女。因而失身的無知婦女，時有所聞。

【栽培 chai-pôe】 ㊀栽種農作物或果樹。㊁教育人材或登用人材。父母的～～朋友的幫助pē-bó ê～～peng-iú ê pang-chō·⇨同上。

【栽種 chai-chèng】 ～～熱帶果樹～～jiat-tài kó-chhiū⇨同上。

【栽杉仔 chai-sam-á】 種杉木、造林。

chai **災** 禍害也。天～thian～⇨同上。水～chúi～⇨同上。火～hóe～⇨同上。天～人禍thian～jîn-hō⇨同上。

【災民 chai-bîn】 受災的人。～～數萬～～sò·-bān⇨同上。

【災殃 chai-iang】 災害。受～～siū～～⇨同上。

【災害 chai-hāi】 災禍之損失。～～慘重～～chhám-tiōng⇨同上。

【災情 chai-chêng】 受害的情形。～～嚴重～～giâm-tiōng⇨同上。

【災區 chai-khu】 災害地區。～～遍及全國～～piàn-kip choân-kok⇨全國皆受災害。

【災禍 chai-hō】 ～～臨身～～lîm-sin⇨災禍臨頭。

【災難 chai-lān】 災禍。

chai **齋** 淸戒也。俗謂食菜chiah-chhài。又淸淨之處。書～si(su)～⇨書室。食～chiah～⇨食菜。

【齋友 chai-iú】 食菜人同志。

【齋日 chai-jit】 食齋之日。

【齋公 chai-kong】 俗曰菜公chhài-kong。守寺院的食菜人。

【齋戒 chai-kài】 淨身戒心。～～沐浴～～bok-iok⇨同上。

【齋師 chai-su】 食菜人之長老。

【齋堂 chai-tn̂g】 俗曰菜堂。食菜人之禮佛堂。

【齋期 chai-kî】 齋戒之期。禁食之期。

【齋僧 chai-cheng】 齋戒中的僧人。

【齋糧 chai-niû】 齋戒期的用度。

【齋醮 chai-chiò】 食齋人的祭禮。

chái
**宰** 古官名也。治理也。邑～ip～⇨里長。太～thài～⇨古宰相。主～chú～⇨上帝是宇宙的主宰。又屠殺也，主膳羞者也。

【**宰臣** chái-sîn】 各大臣。

【**宰相** chái-siàng (siòng)】 輔天子統率百僚之官。～～肚內可撐船～～tō·-lāi khó the$^n$-chûn⇨喻宰相度量之大。～～不出門能知天下事～～put-chhut mn̂g, lêng-ti thian-hā-sū⇨謂宰相者是博學多聞的。

【**宰殺** chái-sat】 屠殺。～～無辜～～bû-ko·⇨屠殺百姓人。

【**宰割** chái-koah】 分割。～～天下～～thian-hā⇨同上。

【**宰輔** chái-hù】 宰相。丞相。首輔siú-hú。

chài
**早** 明仔～bîn á～⇨明日。bîn-á-chà→bîn-á-chài。俗另創一字載chài以代早chài，似乎多此一舉也。疑爲早起之切音。

chài
**載** 舟車運貨也。又載重量也。搭～tah～⇨搭乘。車～斗量ki～tó·-liâng⇨同上。又歲亦曰載chái。八百～最長久pat-pek～，chòe tiâng kiú⇨謂周代八百年是最長的朝代。三字經。

【**載人** chài-lâng】 舟車乘人。載客。會使得～～ē-sái-li～～⇨可以搭乘客人。可以載客。

【**載字** chài-jī】 載貨的字據，同載單chài-toa$^n$。

【**載客** chài-kheh】 搭載旅客。同載人。

【**載貨** chài-hòe】 積貨，搬運貨物。

【**載單** chài-toa$^n$】 開列載貨數量的單據。積貨證。

【**載錢** chài-chî$^n$】 運費。船運費。車運費。

【**載未稠** chài-bē(bōe)-tiâu】 支撐不了。～～～車心道會斷～～～chhia-sim tō ē-tn̄g⇨支撐不下去車心就會斷折。

【**載重量** chài-tiōng-liāng】 載重的限度。現代的船車都有標明之。～～～五公噸～～～gō·-kong-tùn⇨同上。

【**載會去** chāi-ē-khì】 載得去。做一遭～～～否chō-chi̍t-choā～～～bō⇨做一載，載得去乎。

【**載會落** chài-ē-lo̍h】 載得下。載得了。做三車～～～否chō-sa$^n$-chhia～～～bō⇨裝做三車裝得下乎。

【**載會稠** chài-ē-tiâu】 載得住。支持得住。有三寸尾的杉也道～～～也ū sa$^n$-chhùn-bóe ê sam-á tō～～～ā⇨樹尾直徑三寸大的杉木就支撐得住了。

【**載浮載沉** chài-phû chài-tîm】 在水中一浮一沈。

chài
**再** 重也。復也。仍舊也。一～it～⇨重復後再重復。一～強調it～kiāng-tiāu⇨同上。可一不可～khó-it put-khó～⇨一次無妨，兩次不可以。更～來你道食扞擔koh～lâi lí tō chia̍h chhiám-ta$^n$⇨犂田歌。謂你再來毛手毛脚我就用扞擔刺(打)你。

【**再犯** chài-hoān】 第二次違犯。～～加罰～～ka-hoa̍t⇨再犯者要加重處罰

【**再世** chài-sè】 再生。再出世。西施～～se-si～～⇨喻西施重生。謂如古美人西施再出生而來的。

【**再生** chài-seng】 重生。龍鳳～～緣liông-hōng～～iân⇨通俗小說名。

【**再任** chài-jīm】 再度就任同一職。

【**再見** chài-kiàn】 再會chài-hōe。

【**再求** chài-kiû】 追加請求。求平安就好也，不敢～～添福壽kiû pêng-an chiū hó à, m̄-ká$^n$～～thiam hok-siū⇨謂不敢得隴復望蜀m̄-ká$^n$ tek-lóng hok bōng-sio̍k。

【**再版** chài-pán】 出版物～～chhut-pán-bu̍t～～⇨同上。

【**再查** chài-chhâ】 再行調查。重新～～tiōng-sin～～⇨同上。

【**再拜** chài-pài】 拜。再見chài-kiàn。書信等用詞。

【再度 chài-tō͘】 重複一次。～～交手～～kau-chhiú⇨第二次交手。

【再起 chài-khí】 東山～～tong-san～～⇨同上。

【再婚 chài-hun】 第二次的結婚。～～夫人～～hu-jîn⇨同上。同再嫁或再醮。

【再啓 chài-khé】 追啓。書信寫了再加寫。

【再添 chài-thiⁿ】 加添。先食一椀了也～～一椀，猶未食就聽到爆炸聲seng chia̍h chı̍t-oáⁿ, liáu, â～～chı̍t-oáⁿ, á-bōe(bè) chia̍h chiū thiaⁿ-tò po̍k-chah-siaⁿ⇨同上。

【再發 chài-hoat】 舊病～～kū-pēⁿ～～⇨同上。又加發。人敍更～～幾也班車lâng-chē, koh～～kúi-à-pang-chhia⇨人多又加發數班車。十萬發無夠，更～～三萬cha̍p-bān hoat-bô-kàu, koh～～saⁿ-bān⇨同上。

【再嫁 chài-kè】 女人再婚。～～夫人～～hu-jîn⇨同上。

【再審 chài-sím】 重新審議。

【再興 chài-hin】 復興。

【再醮 chài-chiò】 守寡chiú-koáⁿ或離婚的女人再婚。

【再議 chài-gī】 重新審議。

【再不然 chài-put-jiân】 否則。如果不得已。～～～賠你好否～～～pôe lī hó bò⇨如果還不肯時，賠你可以罷。

【再出世 chài-chhut-sì】 重新出世。重生。

【再出發 chài-chhut-hoat】 人生的～～～jîn-seng ê～～～⇨同上。

【再三再四 chài-saⁿ-chài-sì】 屢屢。屢次。～～～～叫伊來補辦，伊都不肯來～～～～kiò i lâi pó͘-pān, i tō m̄-khéng lâi⇨同上。

【再造之恩 chài-chō-chi-in】 重生之大恩。～～～～不敢忘～～～～put-kám bōng⇨同上。

**chāi 哉** 佳哉ka-chāi，萬幸bān-hēng也。～～免了錢～～bián-liáu-chîⁿ⇨幸矣，不必虧本也。

**châi 才** 草木之初也。天生之質也。材能也。天～thian～⇨同上。眞～實學chin～sı̍t-ha̍k⇨同上。秀～茂～siù～bō͘～⇨皆古讀書人。大～小用tāi～sió-iōng⇨同上。

【才人 châi-jîn】 古女官名。亦所謂宮女之一格也。

【才力 châi-le̍k】 ～～過人～～kòe-jîn⇨同上。略同才能。

【才子 châi-chú】 ～～佳人～～ka-jîn⇨同上。

【才女 châi-lí(lú)】 才能出衆的女子。

【才具 châi-kī】 才能。～～器局～～khì-kio̍k⇨同上。

【才能 châi-lêng】 天生之能力。

【才氣 châi-khì】 ～～俊發～～chùn-hoat⇨同上。

【才情 châi-chêng】 才能，才幹，才智。有～～ū～～⇨稱讚才藝出衆者。

【才智 châi-tì】 有才能有智識之士。非～～之士不能善後hui～～chi sū put-lêng siān-hō͘⇨才能之士才能夠收拾殘局。

【才幹 châi-kàn】 才能。幹才。辦事能力。～～之士～～chi-sū⇨同上。

【才調 châi-tiāu】 才能，力量，膽量，財勢武力等等任何方面所具有的能力。伊無～～買i bô～～bé(bóe)⇨他不能或不敢買(指其財或膽力不足)。無～～的未輸某生的bô～～ê bē(bōe)-su bó͘ seⁿ(siⁿ) ê⇨無用的東西，恰似妻生的一不是父母生的。有～～曷未去敨人考狀元ū～～a̍h-bē khì kah-lâng khó chiōng-goân⇨你如有才能，何不如別人一樣去投考狀元。亦喻無才調。

【才德 châi-tek】 ～～兼備～～khiam-pī⇨同上。

【才學 châi-ha̍k】 才能學問。～～非凡～～hui-hoân⇨同上。

【才器 châi-khì】 才具，才能。

【才藝 châi-gē】 技藝百工方面的才能。～～競賽～～kèng-sài⇨同上。

【才疏學淺 châi-so·-ha̍k-chhián】 謂無才能無學問的自謙之詞。

châi **材** 木之可用者。物之可用者皆曰材châi。材能也。通才châi。器～khì～⇨器具與材料。木～bo̍k～⇨木材。

【材能 châi-lêng】 同才能。

【材料 châi-liāu】 建築～～kiàn-tio̍k～～⇨建築所需的各項材料。

【材幹 châi-kàn】 ㊀木材。㊁同才幹。

【材積 châi-chek】 木材的體積。古時以石chio̍h，才chhâi做計算單位。一寸四方一丈長爲一才，百才爲一石。現在亦採公尺制，以立米li̍p-bí爲單位。立方公尺也。

châi **臍** 肚臍也。有肚臍帶tō·-châi-toà連結母體以取營養之器管。嬰兒出生即斷之謂斷臍tn̄g-châi。噬臍莫及sē-chê bo̍k-ki̍p⇨謂後悔都來不及。抵～tú～⇨一種遊戲。兩人相對各以己臍合挾一棒，相抗。前進多者爲勝。轉喻雙方對抗或衝突。阿德合管保的扲～～a-tek kah koán-pó-ê teh～～⇨阿德與管保的在衝突。肚～開花tō·～khui-hoe⇨喻事敗裂。

【臍疝 châi-sàn】 脫腸。

【臍帶 châi-toà】 臍連母體的器管。用以供給胎兒營養。

【臍瘋 châi-hong】 驚風。

châi **財** 人所用所寶惜者皆爲財。發～hoat～⇨同上。貪～tham～⇨同上。 散～sàn～⇨同上。 居～ki～⇨留得住錢財，不是前手接錢後手空者。招～進寶chiau～chìn-pó⇨同上。 ～多害人己～to hāi-jîn-kí⇨財多能害人亦能害自己。～動人心～tōng jîn-sim⇨同上。～能通神使鬼～lêng thong-sîn sái-kúi⇨同上。 有～有勢ū～ū-sè⇨有財即有勢。有～堪出行，無衣懶出門iú～kham chhut-hêng, bû-i lān chhut-bûn⇨有錢能夠隨便出外，無衣裳即沒有興頭出門。

【財力 châi-le̍k】 資力。金錢的力量。～～飽足～～pá-chiok⇨財力雄厚。較缺欠～～khah khoeh(kheh) khiàm～～⇨財力比較弱。

【財王 châi-ông】 居財王ki-châi-ông。頭大面四方，肚大居財王thâu toā bīn sù-hong tó· toā ki-châi-ông⇨喻福相。

【財主 châi-chú】 金主。欠債怨～～，不孝怨父母khiàm-chè oàn～～，put-hàu oàn hū-bó⇨同上。即個是我的～～chit-ê sī goá ê～～⇨此人乃我的金礦。

【財利 châi-lī】 財與利。得福得祿得～～tek-hok tek-lo̍k tek～～⇨同上。

【財物 châi-bu̍t】 錢財與物品。有價値的～～却無損失ū kè-ta̍t ê～～khik bô sún-sit⇨同上。

【財帛 châi-phek】 錢財與布匹(綢緞)。

【財政 châi-chèng】 有關財稅的事務。～～措施～～chhò·-si⇨同上。 ～～工作～～kang-chok⇨同上。 ～～困難～～khùn lân⇨同上。 ～～部長～～pō·-tiú$^{n}$⇨同上。

【財界 châi-kài】 政界，～～學界chèng-kài～～ha̍k-kài⇨同上。

【財神 châi-sîn】 ～～爺～～iâ⇨同上。

【財氣 châi-khì】 趁錢的運氣或氣色。看著眞有～～khoà$^{n}$-tio̍h chin ū～～⇨看來很有富人的氣派。無～～未居財bô～～bē-ki-châi⇨沒有財氣即錢財留不住。

【財務 châi-bū】 財政事務。～～科～～kho⇨同上。

【財副 châi-hù】 船上的司賬。

【財產 châi-sán】 公家的～～kong-ka ê～～⇨公產。私人的～～su-jîn ê～～⇨私產。～～家～～ka⇨有錢人。有錢有產的人。富家。

【財富 châi-hù】 論～～合人無比並lūn～～kah-lâng bô pí-phēng⇨論財富比不上別人。

【財源 châi-goân】 稅捐是政府主要的～～

sòe-koan sī chèng-hú chú-iàu ê ～～ ⇨ 同上。

【財團 châi-thoân】 財團法人的簡稱。

【財寶 châi-pó】 金銀～～kim gîn～～⇨同上。

【財子貴 châi-chú-kùi】 錢財，男兒與顯貴。～～～三字全～～～sa$^{n}$-jī-chn̂g⇨喻做人已夠滿足。

【財子壽 châi-chú-siū】 錢財，子女，長壽。～～～難得求～～～lān-tit-kiû⇨財子壽這三件事，是求也求不來的。又掛廳堂畫財神，郭子儀與彭祖的畫軸亦叫～～～。

【財勢力 châi-sè-lek】 財產，權勢與權力。～～～三字全⇨同上。

【財散人亡 châi-sàn-jîn-bông】 略同家破人亡ka-phò-jîn-bông。

【財疏學淺 châi-so·-hak-chhián】 謂錢財無學問無的謙詞。本人財多學淺，請多多指教pún-lâng châi-to-hak-chhian，chhia$^{n}$ to-to chí-kàu⇨一暴發屠戶，本不識之無，但伊却有大志，也想過過議員癮，經軍師指導，上台作競選演說，却變成這樣的演說詞云。

chāi **在** 存也。居也。同於tī。由也。謀事～人，成事～天bô·-sū～jîn, sêng-sū～thian⇨同上。大權～握tāi-koân～ok⇨同上。～厝日日好，出外朝朝難～chhù jit-jit hó, chhut-goā tiau-tiau lân⇨厝同家。～於咱來講，無稀罕；～於個來講，如寶貝～tī lán lâi-kóng, bô hi-hán,～tī in lâi-kóng, ná pó-pòe⇨同上。～於被告無伓承認～tī pī-kò bô-boeh sêng-jīm⇨同上。又站得穩，或坐得穩，亦曰在chāi。桌脚無～toh-kha bô～⇨桌脚不穩定。膽頭眞～tá$^{n}$-thâu chin～⇨非常有膽量。樹頭企得～不驚樹尾搖風chhiū-thâu khiā-tit～, m̄-kia$^{n}$ chhiū-bóe iô-hong⇨同上。

【在人 chāi-lâng】 由人，由在人iû-chāi lāng。任由人選擇。廣東目鏡～～合目kńg-tang bak-kià$^{n}$～～kah-bak⇨謂眼鏡由人而定，喻凡事不能一概而論。～～講～～kóng⇨講法各自不同。～～看～～khoà$^{n}$⇨看法各不同。～～食～～chiah⇨吃法各不同，有人說好吃，有人說不好吃。人情～～做jîn-chêng～～chò⇨做人情的方法亦各不相同。其他在我chāi-goá,在你chāi-lí，在個chāi-in等，用法皆略相同。不另條舉。

【在下 chāi-hē(hā)】 ㊀卑輩。～～的人～～ê lâng⇨同上。㊁自己的謙稱。

【在上 chāi-siāng(siōng)】 尊輩。～～的人講的，較不敢濫擅～～ê lâng kóng è, khah m̄-ká$^{n}$ lām-sám⇨尊輩的人所講，比較不會離譜。

【在手 chāi-chhiú】 ㊀工夫～～kang-hu～～⇨手上有技藝。㊁兵權～～peng-koân～～⇨持有兵權。

【在內 chāi-lāi】 包含～～pau-hâm～～⇨同上。利息亦算～～lī-sek ah sǹg～～⇨同上。材料工錢～～大約該一百元châi-liāu kang～chî$^{n}$～～tāi-iak ài chit-pah-kho·⇨同上。你有被告～～抑無lí ū pī-kò～～ah bô⇨你是否亦列在被告中。

【在天 chāi-thi$^{n}$】 在天。喻空想的。富貴～～hù-kùi～～⇨謂要富貴是空想的。

【在主 chāi-chú】 可靠，可信。商理做了眞～～也seng-lí chò-liáu chin～～à⇨生意做得基礎甚穩定。

【在外 chāi-goā】 ㊀在外鄉。～～討趁～～thó-thàn⇨在外鄉討生活。～～趁嗟～～thàn-chiah⇨同前。㊁不包括在內。～～猶有二三人未來～～iáu-ū nn̄g-sa$^{n}$-lâng bōe-lâi⇨此外還有兩三個人未來到。小費～～sió-hùi～～⇨同上。

【在本 chāi-pún】 做本錢。資本。有十萬～～ū chap-bān～～⇨有十萬本錢在身。

【在生 chāi-se$^{n}$(si$^{n}$)】 生前。死了sí-liáu⇨死

後之又稱。～～無血色，死了遍身紅～～bô hoeh(huih)-sek, sí-liáu phiàn-sin âng ⇨ 喻蝦的生態。也是謎底蝦的謎面。頭兩句是：頭四鬃，尾拖帆thâu sì-chhang, bóe thoa-phâng。～～不甘樂，死了共鬼揹包袱～～m̄-kam lo̍k, sí-liáu kā-kúi koā$^{n}$ pau-ho̍k⇨譏守財奴的戲詞。

【在世 chāi-sè】 生前。同在生。人生～～無若久jîn-seng～～bô-goā-kú⇨同上。

【在早 chāi-chá】 早前chá-chiân。往時。古時。～～阮阿公的時代～～goán a-kong ê sî-tāi⇨古時我們祖父的時代。

【在在 chāi-chāi】 鎮定。心情篤定。不怕不驚。心官～～抒sim-koa$^{n}$～～leh⇨心裡不動搖。老神～～lāu-sîn～～⇨老經驗不爲小事所動搖。

【在字 chāi-jī】 在記錄。有記載。有合約書。

【在伍 chāi-ngó͘】 從容自在。人眞～～lâng chin～～⇨風度從容不迫。

【在先 chāi-sian】 俗訛稱大先tāi-seng，在前。預先。我是有言之～～後日你是未使得反悔goá sī ū giân-chì～～āu-ji̍t lí sī bē-sái-tit hoán-hōe⇨我已言之在先，將來你不能反悔。

【在地 chāi-tē】 本地。～～人～～lâng⇨本地的人。～～人變出外人～～lâng pì$^{n}$ chhut-goā-lâng⇨土著作弄外來的人。

【在床 chāi-chhn̂g】 掠賊在贓，掠姦～～lia̍h-chha̍t chāi-chng, lia̍h-kan～～⇨同上。

【在位 chāi-ūi】 在王位。～～五十年～～gō͘-cha̍p-nî⇨同上。

【在京 chāi-kia$^{n}$】 ～～朋友～～pêng-iú⇨同上。

【在近 chāi-kīn】 附近。～～有客店無～～ū kheh-tiàm bô⇨附近有無客店。

【在來 chāi-lâi】 從來。古來。～～無人安爾～～bô lâng an-ne(ni)⇨從來無人如此。～～米～～bí⇨舊種米。

【在底 chāi-té】 商理做了～～也seng-lí chò-liáu～～à⇨生意做得很穩定了。

【在咱 chāi-lán】 會成未成都～～ē-sêng bē-sêng to～～⇨成不成都在我們自己。

【在案 chāi-àn】 在案中。有告～～ū kò～～⇨告訴在案中。

【在厝 chāi-chhù】 在家。～～貴出厝賤～～kùi, chhut-chhù chiān⇨同上。～～有人客出外有主人～～ū lâng-kheh, chhut-goā ū chú-lâng⇨在家肯於款待賓客，出外自有主人款待你做賓客。～～日日好，出外朝朝難～～ji̍t-ji̍t-hó, chhut-goā tiau-tiau lân⇨同上。

【在座 chāi-chō】 在同一會場。～～的人～～ê lâng⇨同上。

【在家 chāi-ka】 ～～從父，出嫁從夫，夫歿從子～～chiông-hū, chhut-kè chiông-hu, hu bu̍t chiông-chú⇨女人的三從。

【在帶 chāi-toà】 居住。歌謠用詞。小弟～～台中州，因爲生理出來遊sió-tī～～tāi-tiong-chiu, in-ūi sēng-lí chhut-lâi-iû⇨同上。

【在野 chāi-iá】 在民間。～～黨～～tóng⇨執政黨的反對黨。

【在鄉 chāi-hiang(hiong)】 ～～軍人(退伍軍人)～～kun-jîn⇨同上。

【在朝 chāi-tiâu】 在朝廷。～～爲官～～ûi-koa$^{n}$⇨同上。

【在單 chāi-toa$^{n}$】 逐項數目都有～～ta̍k-hāng siàu-ba̍k to-ū～～⇨各項賬目都記在賬單上。

【在頭 chāi-thâu】 開初。最初。

【在膽 chāi-tá$^{n}$】 好膽量。大膽。眞～～連小可仔驚惶都無chin～～liân sió-kó-a kia$^{n}$-hiâ$^{n}$ to bô⇨好膽量，連小驚都不驚。

【在職 chāi-chit】 ～～怨職，無職想職～～oàn-chit, bô-chit siū$^{n}$-chit⇨在其職業，怨恨其職業，無職業都想要個職業。

【在額 chāi-gia̍h】 定額之內。即條數無～～chit-tiâu siàu bô～～⇨此賬不在內。做～～的chò～～ê⇨不是做臨時性的。

【在穩 chāi-ún】 一定。必然。敢有～～kám ū～～⇨有必然性嗎。許是～～的he sī～～è⇨那是一定的。

【在商言商 chāi-siang(siong) giân-siang(siong)】 在商人立場說商務事。

【在室女 chāi-chit(sek)-lí】 處女。童女。未出嫁的少女。～～～的對紅花男～～～è tùi âng-hoe-lâm⇨處女對處男。室或讀成chit。

【在室男 chāi-chit(sek)-lâm】 童男。

## chak

chak **齪** 牙齒相近。齷～ak～⇨㈠牙齒細密。㈡局面狹小。㈢不淨，污穢亦曰齷齪ak-chak，或謂惡濁之訛。

chak **慼** 慼也，忸怩也。嬰孩苦啼硬憍nge̍h-khiâu其母曰慼chak。無端妨害他人清靜亦曰慼。俗或作浞chak。查某人有囝仔扲～較快老cha-bó· lâng ū gín-á teh～khah-khoái lāu⇨女人有孩兒在憍鬧者容易老化。～到個母也飯都免食～kà in bú-ā pn̄g tō bián-chia̍h⇨吵得其母食飯的時間都無。吵吵鬧鬧活要～死人chháu-chháu nāu-nāu oa̍h-boeh～sí lâng⇨吵吵鬧鬧幾乎要煩死人。

【慼造 chak-chō】 打擾tá$^{n}$-jiáu。攪擾kiáu-jiáu。來～～您了lâi～～lín lò·⇨要打擾你們了。造，詣也，至也，訪也。

【慼死人 chak-sí-lâng】 煩死人。棺柴蚼蚻～～～koa$^{n}$-chhâ káu-hiā～～～⇨棺材內的螞蟻煩死人(雙關語)。

chak **窄** 狹小也。狹隘也。寃家路～oan-ke lō·～⇨同上。厝矮更～chhù é koh～⇨房子低矮加以狹小。

【窄窄 chak-chak】 眞隘chin-e̍h。厝隘～～都未轉迣得chhù e̍h～～to bē tńg-se̍h tit⇨住家太隘無法翻身。

cha̍k **浞** 湢浞pek-chhek，水驚涌貌。俗以飲食氣逆發咳曰浞cha̍k，國語作嗆chhiang。飲茶去～着lim-tê khì～tio̍h⇨飲茶致氣逆。～一下眞艱苦～chi̍t-ē chin kan-khó·⇨氣逆一下很苦。逡逡仔飲藉未～着ûn-ûn-ná lim chiah bē(bōe)～tio̍h⇨慢慢喝才不致嗆着。～着茶～tio̍h tê，～着汽水～tio̍h khì-chúi。

【浞喉 cha̍k-âu】 氣逆於喉。浞着嚨喉cha̍k-tio̍h nâ-âu⇨同上。

## cham

cham **喒** 嘗也。蜜蜂吸取花蜜曰咎，俗作呫cham。蜜蜂～花bi̍t-phang～hoe⇨蜜蜂在花心吸蜜。胡蠅蝟集於食物亦曰呫cham。牲禮見在胡蠅～seng-lé kì$^{n}$-chāi hô·-sîn～⇨牲禮任憑胡蠅喒，極無衛生。又接吻亦曰呫chim，相呫sio-chim(見chim部)。

【喒花 cham-hoe】 蜜蜂～～bi̍t-phang～～⇨同上。

【喒蜜 cham-bi̍t】 蜜蜂～～bi̍t-phang～～⇨同上。

cham **簪** 髮針也。連冠於髮也。揷也。亦簪chiam也。

【簪仔 cham-á】 髮針。chiam-á。～～頭揷～～thâu-chhah⇨髮飾類。

【簪花 cham-hoe】 狀元～～chiōng-goân～～⇨據稱狀元及第其額上那枝金花是由皇后親自賜簪的。chiam-hoe。

chám **斬** 殺也。砍斷曰斬chám。先～後奏sian～hō·(hiō)-chàu⇨同上。 論罪該～lūn-chōe kai～⇨同上。

【斬木 chám-bo̍k】 鐵路的枕木chím-bo̍k之訛。～～仔～～á⇨枕木。

【斬決 chám-koat】 斬首罪的執行。

【斬首 chám-siú】 ～～示衆～～sī-chiòng(chèng)⇨古刑罰名。

【斬殺 chám-sat】 ～～三刀致死～～sa$^{n}$-to tī sí⇨同上。

【斬條 chám-tiâu】 斬首的告示。

【斬然 chám-jiân】 chám-biân。明顯。～～好～～hó⇨相當好。

【斬絞 chám-ká】 斬首罪與絞殺罪。

【斬罪 chám-chōe】 斬首之罪。

【斬斷 chám-tn̄g】 切斷chhiat-tn̄g。～～情絲～～chêng-si⇨同上。命根～～去也miā-kin～～khì â⇨同上。

【斬釘切鐵 chám-teng-chhiat-thih】 喻乾脆果斷。

【斬草除根 chám-chháu-tî-kin】 喻除禍務盡。

chàm **趈** 馬急行也。大步行曰趈chàm。～脚步～kha-pō͘⇨例如徐步走。頓足亦曰趈chàm。

【趈水 chàm-chúi】 踐水。小童以足撥水爲戲。

【趈脚 chàm-kha】 同趈蹄。～～趈蹄～～chàm-tê⇨皆踏步行。

【趈價 chàm-kè】 付出沒人敢付出的高價錢。乎人～～買去也hō͘-lâng～～bé khì â⇨被人高價買走了。眞敢～～chin-ká$^{n}$～～⇨很有膽量加高價。

【趈蹄 chàm-tê】 頓足。頓蹄tùn-tê。喻悔不當初。不免拴～～⇨m̄-bián teh～～⇨㊀不必頓足而悔。㊁不必頓足不前。

【趈脚步 chàm-kha-pō͘】 徐步走。體操。田莊的老阿婆仔都以此詞代指體操。

【趈樓板 chàm-lâu-pang】 上酒家吃花酒。開拓時代，酒樓妓館多木造建築。酒客一上樓即澎澎作聲。因而有此名詞。去～～～也khì～～～a⇨上酒家吃花酒去了。

chām **孱** 孱頭chām-thâu，懦弱無能也。本讀孱siān。阮彼顆～～短命goán hit kho͘～～té-miā⇨我的那個無夠力的丈夫。死～～sí～～⇨同前。

chām **鏨** 小鏨也。刺也。又斬也。一刀兩斷曰斬chám。連砍數刀曰鏨chām。

【鏨仔 chām-á】 亦稱石～～chio̍h～～。刻石用的小鏨。

【鏨柴 chām-chhâ】 木鏨棵爲薪柴。～～刀～～to⇨同上。

【鏨紙 chām-choá】 截紙cha̍h-chóa。～～刀～～to⇨裁紙刀。

【鏨路 chām-lō͘】 ㊀取近路。㊁乞食在葬送行列路上僞排祭禮(燒銀紙)以對喪家索取金錢。乞食～～khit-chia̍h～～⇨同上。

【鏨價 chām-kè】 抑低價錢抑得低於時價。趈價chàm-kè的對稱。～～鏨到連成本都咬去⇨～～鏨得連成本都吃去了。

【鏨頭 chām-thâu】 砍頭。斬首。鷄母啼～～夾紙錢ke-bó thî～～gia̍p choá-chî$^{n}$⇨母鷄啼要鏨頭夾紙錢以去煞。

【鏨斷 chām-tn̄g】 砍斷。如果安爾，莫相交插，逐家來～～nā-ká an-ne māi$^{n}$ sio-kau-chhap，ta̍k-ke lâi～～⇨如果如此，莫相來往，大家切斷關係好了。

【鏨猪肉 chām-ti-bah】 一塊猪肉在砧上，約以一刀或若干刀砍斷者爲勝的賭博。

【鏨做棵 chām-chò-kōe】 鏨斷做兩節。～～～一人一棵～～～chi̍t-lâng chi̍t-kōe⇨同上。～～～來賣，較好賣～～～lâi-bē，khah-hóbē⇨鏨做小塊來賣比較容易賣。分開賣較易賣。

【鏨鷄頭 chām-ke-thâu】 斬鷄頭。互爭者互約在城隍廟中砍斷白鷄公之頭爲誓以證自己淸白。

【鏨掌頭仔 chām-chéng-thâu-á】 ～～～～乎人也～～～～hō͘-lâng-ā⇨答應給人家了。蓋押指印表示答應給人家，亦即承諾了既不能反悔。

chām **站** 中途暫停之處。路～未抵好lō͘～bē-tú-hó⇨路程不合。車～chhia～⇨同上。驛～

iah～⇨驛傳之停留所。一～一～chı̍t～chı̍t～⇨一節一節。一程一程。節～chiat-～⇨節制。做事該有節～chò-sū ài-ū chiat～⇨同上。坎～khám～⇨節站。有坎～ū khám～⇨事有段落。

【站長 chām-tiúⁿ】 車站長。

【站員 chām-oân】 車站的工作人員。

【站節 chām-chat】 樽節chún-chat或曰站節chām-chat。斟酌chim-chiok損益得失也。

chām **漸** 漸chiām也。凡物之變移不速曰漸。

chām **暫** 暫chiām也。不久也，須臾也。

## chan

chan **曾** 姓氏也。嘗也（見cheng部）。～參～sam⇨孔門弟子。～鞏～kióng⇨唐宋八大家之一。～國藩～kok-hoan⇨清代名將。

chan **罾** 魚網也。蝦仔～hê-á～⇨捉蝦的小道具。轉喻靜候機會。果然乎伊～著kó-jiân hō·i～tio̍h⇨果然給他抓住一機會。～久道～著～kú tō～tio̍h⇨等候久了就抓著了。

【罾仔 chan-á】 魚罾。其小形者。～～船～～chûn⇨罾魚之船。～～網～～bāng⇨夜點燈以集魚而網取之。其網。竹～～tek～～⇨竹製蝦罾。

【罾船 chan-chûn】 罾魚小船。

【罾魚 chan-hî】 以罾具或罾網捉魚。

【罾蝦 chan-hê】 以竹罾罾蝦。

【罾艚 chan-chô】 小魚船。

chán **雋** 亦作儁。鳥之肥肉也。凡事物美妙，出色出衆等等皆曰雋chán。俗多以讚chàn作讚chán非。實在有～sı̍t-chāi ū～⇨誠美之極也。有～ū～⇨眞美妙，眞漂亮。此雋是當今青年間的流行語。海口～hái-kháu～⇨會說話。酒～菜～查某～chiú～chhài～cha-bó～⇨酒菜女色皆最佳。～!老師無來！～！lāu-su bô-lâi⇨妙！不必上課也。～！連假三天！～! liân-ká saⁿ-thian!⇨同上。

【雋的 chán-nè】 最佳的事物。～～!免更講!～～！bián-koh-kóng⇨絕佳！不用再說。～～!就安爾決定!～～! chiū an-ne koat-tēng⇨很好！就這麼決定罷！

【雋料 chán-liāu】 絕好的事物。同雋的。有～～的無通報一下! ū～～ê bô thong-pò chı̍t-ē⇨這麼好的事兒怎麼不通知我！

chàn **贊** 進也。助也。助成也。增益也。協～hia̍p～⇨協助。參～chham～⇨參贊大臣。共～會kiōng～hōe⇨共進會。太平洋戰爭中日本有大政翼～會tāi-chèng e̍k～hōe⇨同上。

【贊成 chàn-sêng】 ～～五票，反對四票，原案通過～～gō·-phiò, hoán-tùi sì-phiò, goân-àn thong-kòe⇨同上。

【贊同 chàn-tông】 本人～～一號的意見 pún-lâng～～it-hō ê ì-kiàn⇨同上。

【贊助 chàn-chō·】 協助。補助。～～伊的研究費～～i ê gián-kiù-hiù⇨同上。

【贊頌 chàn-siōng】 稱讚。

【贊聲 chàn-seng】 贊同聲援之聲。～～喝好～～hoah-hó⇨同上。

chàn **讚** 稱揚他人之美也。稱～chheng～⇨同上。禮～lé～⇨同上。

【讚美 chàn-bí】 稱揚他人之美。～～歌～～koa⇨基督教稱頌上帝的詩歌。

【讚頌 chàn-siōng】 古文體的名稱。皆以頌德爲主旨。

chàn **棧** 棚架也。木路也。客店也。倉庫也。客～kheh～⇨同上。貨～hòe～⇨同上。

【棧主 chàn-chú】 客店之主。倉庫之主。

【棧房 chàn-pâng】 同棧間。～～稅～～sōe⇨同上。～～簿～～phō·⇨棧房記貨物收授的簿册。

【棧間 chàn-keng】 倉庫。倉庫業。開～～khui～～⇨經營倉庫業。

【棧道 chàn-tō】 架木的道路。孔明明修～～暗渡陳倉khóng-bêng bêng-siu～～àm-tō· tîn-chhong⇨三國故事的孔明計。

chân **層** 物之重累者曰層chân。雲～hûn～⇨層雲。又層次之單位。三～樓saⁿ～lâu⇨同上。九～塔káu～thah⇨九層的高塔。又一種香辛植物名。食肉食三層，看戲看亂彈。chiah-bah chiah sam～，khóaⁿ-hì khoáⁿ loān-thân⇨食樂之評審標準。

【層次 chân-chhù】 次序。順序。做代誌該有～～chò tāi-chì ài ū～～⇨辦事要有次序。

【層雲 chân-hûn】 一層一層的雲。

chân **剗** 刺也。以利刃刺物曰剗chân。一日～九猪，九日無猪～chıt-jıt～káu-ti, káu-jıt bô ti～⇨謂一日剗獲九隻山猪，九日未獲隻猪。喻收入不平均生活不安定。

【剗死 chân sì】 刺死。用鎗仔～～人iōng chhiuⁿ-á～～lâng⇨以槍刺死人。

【剗來剗去 chân-lâi-chân-khì】 ㊀互刺。㊁刺東刺西。

chān **增** 增益也。聲援也。協助也。幫～pang～⇨幫助（見cheng部）。

【增力 chān-lat】 助力。無你共我～～我道無法度 bô lí kā goá～～goá tō bô hoat-tō·⇨沒有你助力我就無辦法。

【增手 chān-chhiú】 援手。出手協助。好佳哉有伊的～～若無，我看你猶於許抄哭路頭 hó-ka-chāi ū i ê～～nā-bô, goá khoáⁿ lí iáu tī hia teh khàu-lō·-thâu⇨很幸運，有他的援手，否則我看你還在那裡哭得慘。

【增嘴 chān-chhùi】 出口協助。同增聲。

【增聲 chān-siaⁿ】 聲援。有人～～膽藉大起來ū lâng～～táⁿ chiah toā khí-lâi⇨有人聲援膽子才大起來。

【增後脚 chān-āu-kha】 後援。暗中援助。有人抄～～～藉會許爾強硬ū-lâng teh～～～chiah ē hiah-ni kiâng-ngeh⇨有人在暗中支持才會那麼強硬。

chān **殘** 餘也。金爐香盡漏聲～kim-lô· hiang chīn lāu-seng～⇨同上。敗～的遊兵散勇pāi～ê iû-peng sān-ióng⇨同上。

【殘月 chān-goat】 曉風～～入華清hiáu-hong～～jıp hoâ-chheng⇨同上。

【殘忍 chān-jím】 忍心。無人道。～～的行爲～～ê hêng-ûi⇨非人道的忍心行爲。似應讀chhân-jím。

【殘肴 chān-ngāu】 食餘之酒菜。

【殘務 chān-bū】 整理～～chéng-lí～～⇨殘務整理。

【殘部 chān-pō·】 叛軍的～～poān-kun ê～～⇨同上。

【殘雪 chān-soat】 溶未了之雪。

【殘花敗柳 chān-hoa-pāi-liú】 喻佳人的衰老。

## chang

chang **摤** 捉也，拿也。乎警察仔～去也hō· kèng-chhat-á～khì(ì) à⇨給警察逮走了。物件信栽～抄，道走也mih-kiāⁿ chhin-chhái～leh，tō cháu à⇨東西隨便一拎就走了。

chang **棕** 植物名。棕櫚樹chang-lī-chhiú。欄chang之省筆字。

【棕毛 chang-mo·】 棕櫚樹皮。似毛髮的小絲結成皮狀包住樹幹。俗曰棕蓑毛chang-sui-mo·。

【棕色 chang-sek】 赤茶色。

【棕竹 chang-tek】 棕櫚竹。

【棕屐 chang-kiah】 棕毛耳的木屐bak-kiah。

【棕骨 chang-kut】 棕樹心，棕樹格。可作傘骨或扇骨。

【棕索 chang-soh】 棕毛絞的索。

【棕筅 chang-chhéng】 棕毛刷子。

【棕絲 chang-si】 棕毛。

【棕葉 chang-hioh】 棕樹葉。

【棕蓆 chang-chhioh】 棕毛蓆。

【棕蓑 chang-sui】 棕毛製的防雨衣。～～蚊食毛～～báng chiah mô⇨食毛與食無chiah bô諧音。謂無物可食。

【棕籠 chang-láng】 墊棕的竹籠。

【棕掃箒 chang-sàu-chiú】 棕毛的掃箒。

**chang 鬃** 馬鬃也。長髮曰鬃chang。又捉人捉賊亦曰鬃chang。頭～thâu～⇨頭髮。長頭～的tn̂g-thâu～e指女人或妻子。長頭～仔tn̂g-thâu～á⇨指妻子。賊仔乎警察～著也chhat-á hō· kéng-chhat～tioh à⇨賊子給警察掠著了。～去食館仔飯也～khì chiah koán-á-pn̄g ā⇨抓去吃監牢飯了。

【鬃排 chang-pâi】 髮罩。僞髮。～～一下戴落去，看著眞成查某的～～chit-ē tì loh-ī, khoàⁿ-tioh chin sêng cha-bó· ê⇨僞髮戴下去，看來眞的很像女的。

【鬃著 chang tioh】 掠著了。較走每走未離，到尾敢不是乎人～～？khah cháu mā cháu-bē-lī, kàu-bóe kám-m̄-sī hō·-lâng～～？⇨怎麼走也走不了，到尾還不是給掠到了麼？

**cháng 總** 聚而爲束也。束頭髮也。稻草束亦曰總cháng。又計束的單位亦曰總cháng。又關鍵或樞紐亦曰總cháng。五～頭ngō·～thâu⇨喻最關鍵之處。頭毛～thâu-mo·～⇨頭毛束。草～chháu～⇨稻草束。菜～chhài～⇨蘿蔔葉。菜～仔干chhài～á-koaⁿ⇨蘿蔔葉干。一～頭毛，二～菜～仔，三～稻草chit～thâu-mo·,nn̄g～chhài～á，saⁿ～tiū-chháu⇨一束頭髮，兩束蘿蔔葉干，三束稻稾草tiu -ko·-chháu。

【總角 cháng-kak】 古時未成年男子的髮式。髮中分，左右各總一束於頭角。

【總草 cháng-chháu】 聚稻稾草爲束。刈稻該一個人～～koah-tiū ài chit-ê-lâng～～⇨同上。

【總頭 châng-thau】 關鍵，樞紐。扠無～～sa bô～～⇨抓不到頭緒。不得其門而入。愛～～的人著該會曉拍算ài～～ê lâng tioh ài ē-hiáu phah-sǹg⇨希望做首的人就應該懂得打算。

**chàng 粽** 同糉。以葉等包秫米加料的食物。五月初五人縛～gō·-goeh chhe-gō· lâng pak～。縛～pak～⇨包紮粽粒。縛粽多在端午節。據說與屈原有關。七月每多有縛之者。粽有多種，大體區分鹹～kiâm～，甜～tiⁿ～，焿～kiⁿ～，焿kiⁿ是鹼kiⁿ的俗字。肉～bah～，豆仔～tāu-á～等是。以其料而分之。鹹粽即肉粽bah-chàng也。

【粽葉 chàng-hah(hioh)】 包粽的竹葉tek-hah或其他的葉。刈～～koah～～⇨刈取竹葉爲粽葉。

【粽粽 chàng-chàng】 喻身無分文者。規身軀～～於拎亦拎合人講大話kui sin-khu～～tī-teh ah teh kah-lâng kóng toā-ōe⇨全身沒分文的狀態也在與人吹牛。

【粽揹 chàng-koāⁿ】 縛粽的小麻絲或鹹草kiâm-chháu，上頭縛成總cháng，下頭每細絲可縛粽，縛成規揹kui-koāⁿ的粽揹chàng-koāⁿ。

**châng 欉** 同叢。樹木也。數樹木的單位。樹～chhiū～⇨活的樹木。三～樹～saⁿ～chhiū～⇨三顆樹木。活～oah～⇨立木。旺～ōng～⇨立木的發育好，看來有活氣。即～柑仔眞旺～chit～kam-á chin ōng～⇨此棵橘子長得很有活氣。菁仔～chheⁿ-á～⇨檳榔樹。喻不解風情的男子。一顆恰如菁仔～chit-kho· kah-ná chheⁿ-á～⇨恰如一棵檳榔樹那麼戇直。樣仔～soāiⁿ-á～⇨笨漢。不解風情的傻瓜。取其大而無當也。今已爲菁仔欉所取代。取其直抵直tit-tú-tit也。

# chap

chap 紮 結營也。敵軍～於山頂tek-kun～tī soaⁿ-téng⇨敵衆結營在山上。又綑束也(紮chat見chat部)。

【紮兵 chap-peng】 屯兵。～～於港口～～tī káng-kháu⇨屯兵在港口。

【紮營 chap-iâⁿ】 屯營。軍隊～～ kun-tūi～～⇨軍隊結營。

chap 十 數名。(見sip部)。一二～it-jī～⇨同上。五六～gō͘ lak～⇨同上。八九～peh-káu～⇨同上。

【十人 chap-lâng】 ～～前也～～後～～chêng-á～～āu＝形容少女的容貌雖不太美也不比人家醜。

【十干 chap-kan】 天干。甲kah，乙it，丙piáⁿ，丁teng，戊bō͘，己kí，庚keⁿ，辛sin，壬jîm，癸kùi等是也。～～十二支～～chap-jī-chi⇨十天干十二地支。天干地支。

【十月 chap-goeh】 十個月。第十月。～～懷胎～～hoâi-thai⇨十個月的懷胎期間。～～冬～～tang⇨第二期稻作。亦謂穩冬ún-tang或穩冬仔ún-tang-á。～～腴～～sioh⇨十月吹燒風天氣悶熱。腴sioh，損也，謂燒風，人畜皆不宜也。

【十分 chap-hun】 充分。亦作非常解。～～醉也～～chùi à⇨夠醉了。～～有力的證據～～iú-lek ê chèng-kì⇨同上。～～夠水也～～kāu-chúi à⇨充分成熟了。～～去九分九也～～khì káu-hun-káu à⇨十分完蛋了九分九了。～～感謝～～kám-siā⇨同上。反應～～熱烈hoán-èng～～jiat-liat⇨同上。宣傳～～成功soan-thoân～～sêng-kong⇨同上。可以講是～～勉強也khó-í-kóng sī～～bián-kióng à⇨可以說是非常勉強的了。

【十外 chap-goā】 十以上。～～人～～lâng⇨十人以上。～～仔外～～á goā⇨十七八九，將近二十。歲頭食到～～仔外hòe-thâu chiah-kà～～á-goā⇨歲數長得十多二十歲了。

【十份 chap-hūn】 十等分。～～你一個人鎮三份～～lí chit-ê-lâng tìn saⁿ-hūn＝十份之中你一個人佔有三份。～～去九份九也～～khì káu-hūn-káu à⇨謂幾乎全部完蛋了。

【十字 chap-jī】 ～～路～～lō͘⇨同上。～～架～～kè⇨sip-jī-kè，基督教的教徽。

【十成 chap-siâⁿ】 百分之百。～～足金～～chiok-kim⇨純金。

【十足 chap-chiok】 十分。全額。～～清還～～chheng-hoân⇨全額還淸。～～像個老母～～chhiūⁿ in lāu-bú⇨十分像他母親。

【十票 chap-phiò】 十元的紙幣。

【十一枝 chap-it-ki】 四色牌sù-sek-pâi賭博的一種，亦謂～～～仔～～～á。

【十一指 chap-it-cháiⁿ】 多一指者。～～～仔～～～á⇨十一指的人。

【十一哥 chap-it-ko】 光棍。獨身仔tok-sin-á。～～～仔～～～á⇨同上。

【十二月 chap-jī-goeh】 臘月。年之最末月。～～～客兄藏茸～～～kheh-hiaⁿ chhàng-jiông⇨茸指鹿的幼角。藏茸意指藏匿不出門。謂十二月年終歲暮要錢要物，爲客兄者無法應付，只好深藏家裡不敢出門以防逢見情婦。～～～卯，不見草～～～báu，put-kiàn chháu⇨謂十二月日短，卯時已經昏暗得看不見草。～～～雷，免豬槌～～～lûi，bián ti-thûi⇨謂十二月有雷鳴，即不必用殺豬槌，次年的豬將因豬疫而死光。～～～風吹，猶到無尾去～～～hong-chhoe，siáu-kà bô-bóe ì⇨十二月風大，風箏被吹得斷尾了。喻胡言亂語得離譜。～～～芥菜～～～koah-chhài⇨喻眞心實意。～～～食菜頭，六月藉轉嗽～～～chiah chhài-thâu，lak-goeh chiah tńg sàu⇨謂十二月食蘿蔔，延至六月才轉嗽。喻事已結束，不料長久之後又復古井翻波。

【十二分 chap-jī-hun】 充分。非常。本來十分就是充分，自作聰明者妄加兩成作十二分以示加強。甚至有作十二萬分。例如本人非常感謝的表示法有本人十分感激，本人十二分感激，本人十二萬分感激等各種，其實意思皆一樣。

【十七兩 chap-chhit-niú】 喻死掉了。蓋十六兩為一斤，～～～即稱尾chhìn-bóe必高翹。尾高舉曰翹khiàu。翹與蹺khiau諧音。蹺去也khiau khì-ā喻死掉了。故謂～～～翹翹～～～khiàu-khiàu，即指人死也。

【十八猛 chap-peh-béng】 謂少年少女到十八歲時最勇壯最美麗。

【十八嬈 chap-peh-hiâu】 謂少女十八歲最活潑。嬈hiâu，嬌媚也。妖嬈iau-kiau也。能媚引男人也。

【十八變 chap-peh-piàn】 喻多變化。查某囡仔～～～cha-bó·-gín-á～～～⇨謂少女多變化，小丫頭可能一變而成為大美人都是想不到的。

【十下十 chap-ē-chap】 全部。每一次。～～～都佅贏你～～～to boeh iàn-lí⇨每一次都要勝過你。～～～攏得看人愁～～～lóng teh khoàn-lâng-giàn⇨全部都在看人家得惠自己無份。愁，願也。癮，病也。

【十三尺 chap-san-chhioh】 喻長衫tn̂g-san。蓋十三尺為丈三tn̄g-san與長衫諧音也。穿彼類～～～的chhēng hit-lōe～～～ê⇨穿那種長衫的。

【十三行 chap-san-hâng】 清末在廣州特許交易的十三家洋行。厦門透廣東，廣東～～～，買賣交關我一人ē-mn̂g thàu kńg-tang，kńg-tang～～～，bé-bē kau-koan goá chit-lâng⇨舊戲丑仔白。

【十廿人 chap-jiap-lâng】 一二十人。十廿元chap-jiap-kho·⇨一二十元。十廿日chap-jiap-jit⇨一二十日。

【十升斗 chap-chin-táu】 十升為一斗。十升的斗。

【十出頭 chap-chhut-thâu】 超過了十。十外。～～～人～～～lâng⇨同上。～～～日～～～jit⇨同上。

【十虎利 chap-hó·-lāi】 世所罕見的高利。聞古老言：古時利息常例，年利在一成以內，曰加一利ka-it-lāi，有取加一五ka-it-ngó·者曰五虎利ngó·-hó·-lāi，取加一十ka-it-sip者即十虎利chap-hó·-lāi，亦即年利兩成的重利也。

【十姊妹 chap-chí-moāi】 ㊀薔薇的一種。㊁鳥名。

【十個十 chap-ê-chap】 全部。每人或每事。～～～攏共款～～～lóng kāng-khoán⇨全部皆同樣。(或指人或指物)。～～～逐人都反對～～～tak-lâng to hoán-tùi⇨十個人全部，每人皆反對。

【十條戒 chap-tiâu-kài】 基督教有上帝的十條戒律。

【十進法 chap-chìn-hoat】 十為單位的算法。

【十號仔 chap-hō-á】 雜色牌貨。十通雜。～～～較便宜～～～khah pân-gî⇨雜色牌貨比較便宜。～～～貨～～～hòe⇨非名廠出品的東西。假冒貨。

【十路全 chap-lō·-chn̂g】 喻事事皆通件件皆能。～～～透底軟～～～thàu-té nńg謂事事全會到底。軟作押韻。

【十頭八 chap-thâu-peh】 十左右。～～～個人～～～ê lâng⇨十至八個人。一日有～～元的收入chit-jit ū～～～kho· ê siu-jip⇨同上。

【十二生相 chap-jī-sen(sin)-siùn】 十二地支。每支象徵一動物，即子chú—鼠chhí，丑thiú—牛gû，寅în—虎hó·，卯báu—兔thó·，辰sîn—龍liông，巳sū(sí)—蛇choâ，午ngó·—馬bé，未bī—羊iûn，申sin—猴kâu，酉iú—鷄ke，

戍sut一狗káu，亥hāi一豬ti等是也。～～～～變透透～～～～piàn thàu-thàu⇨謂各種職業生意都做過了。喻命運不好。

【十二地支 cha̍p-jī-tē-chi】 十二生相。

【十二版帖 cha̍p-jī-pán-thiap】 折成十二面的請帖。鄭重的請帖。～～～～每請未到～～～～ mā chhiá$^{n}$ bē-kàu⇨以十二版帖的大禮亦請不來。

【十二面仔 cha̍p-jī-bīn-á】 用骨牌的一種賭法。

【十二萬分 cha̍p-jī-bān-hun】 充分。非常。見十二分。

【十十八八 cha̍p-cha̍p-peh-peh】 喻事情之混亂。代誌安爾～～～～，又無人好湊脚手tāi-chì an-ne(ni)～～～～，iū bô-lâng hó tàu-kha-chhiú⇨事態如此亂，又沒人可幫忙。

【十八二二 cha̍p-peh(poeh)-jī-jī】 十八歲至廿二歲，謂人生充滿活力美麗的時期。～～～～青春少年時～～～～chheng-chhun siàu-liân-sî⇨同上。

【十八港脚 cha̍p-peh-káng-kha】 天下所有的港口。～～～～行透透～～～～kiâ$^{n}$-thàu-thàu⇨走遍天下了。～～～～的話攏會講～～～～ê ōe lóng ē-kóng⇨世界各地的語言都會講。

【十月芥菜 cha̍p-goe̍h-koah-chhài】 謂無心假有心bô-sim ké ū sim。亦即無情僞有情。蓋十月中芥菜尙未成熟尙無菜心也。

【十花五色 cha̍p-hoe-gō͘-sek】 喻品類之多。～～～～看都看未了～～～～khoà$^{n}$ to khoà$^{n}$ bē(bōe)-liáu⇨同上。

【十彎五窋 cha̍p-oan-gō͘-oat】 ㊀路不直。㊁性多變。伊的人～～～～i-ê-lâng～～～～⇨他做人，性多變。

【十三天地外 cha̍p-sa$^{n}$-thi$^{n}$-tē-goā】 荒唐無稽的事物。免講彼類～～～～～的bián-kóng hit-lōe～～～～～ē⇨免談那類荒唐無稽的。

【十限九無影 cha̍p-ān káu-bô-iá$^{n}$】 謂十次言明定期還債有九次食言。

【十嘴九尻川 cha̍p-chhùi-káu-kha-chhng】 喻人多意見多難一致。

cha̍p **什** 通十cha̍p或雜cha̍p。古兵制十人爲什，食器必共之。

cha̍p **雜** 複合也。簡體作什cha̍p。內容複～lāi-iông ho̍k～⇨同上。錯～chhò～⇨同上。煩～hoân～⇨同上。

【雜才 cha̍p-châi】 多才。各項的才能。～～逐項會～～ta̍k-hāng ē⇨各項都通達。

【雜字 cha̍p-jī】 一種賭博。～～仔～～á⇨記載家庭什務的家庭手冊。

【雜色 cha̍p-sek】 各色複合物。～～貨～～hòe⇨同上。～～人～～lâng⇨同上。

【雜作 cha̍p-chok】 ㊀各色各類的詩文。㊁稻米以外的各項農作物。

【雜役 cha̍p-ia̍h】 同雜差。chip. chhe。

【雜物 cha̍p-bu̍t】 不相同的東西。零零星星的東西。～～該整理收入倉庫～～ài chéng-lí siu-ji̍p chhng-khò͘⇨同上。

【雜念 cha̍p-liām】 ㊀發牢騷。老人眞～～lāu-lâng chin～～⇨父母每多發牢騷。㊁～～仔～～á⇨隨時湊韻演唱的歌謠。

【雜姓 cha̍p-sè$^{n}$(sì$^{n}$)】 各少數姓氏。～～雜居的所在～～cha̍p-ki ê só͘-chāi⇨各姓氏雜處的地方。

【雜事 cha̍p-sū】 零零星星的事情。～～眞夥～～chin-chē⇨同上。

【雜症 cha̍p-chèng】 各種疾病。疑難～～gî-lān～～⇨同上。

【雜柴 cha̍p-chhâ】 各種木材。二路貨的木材。

【雜草 cha̍p-chháu】 各種草，野草。

【雜差 cha̍p-chhe】 小价。工友。～～仔～～á⇨小使仔。～～房～～pâng⇨工友室。

【雜記 cha̍p-kì】 隨便記錄。～～簿～～phō͘

⇨什記帳。

【雜家 chap-ka】 兼包儒法名刑等各家的一派。亦屬上九流。

【雜貨 chap-hòe】 各色貨品。～～店～～tiàm⇨同上。～～商～～siang⇨什貨商人。～～仔～～á⇨什貨。

【雜細 chap-sè】 婦女用的花粉針線等各項細小的貨品。賣～～的bē(bōe)～～ê⇨賣細物的商人，多爲行商。賣～～的搖鈴瑯，您宧做司功bē(bō-e)～～ê iô-lin-long，lín-tau chò sai-kong⇨古童謠。古時賣什細的行商，都是手搖鈴瑯鼓而叫賣。

【雜菜 chap-chhòi】 各種菜的混合品。

【雜插 chap-chhap】 大小管好壞管公私管無所不至都管。彼顆人未講得～～ hit-kho-lâng bē-kóng-tit ～～ ⇨他那個人，說不盡的好管閑事。

【雜費 chap-hùi】 零零星星的開支。

【雜稅 chap-sòe】 大大小小的稅捐。

【雜碎 chap-chhùi】 零星的。較～～無愛也khah～～ê bô-ài à⇨較零星的不要了。

【雜路 chap-lō】 什牌的。什號仔。～～仔貨～～á hòe⇨什牌貨。

【雜牌 chap-pâi】 同什號。～～貨～～hòe⇨什號貨。

【雜種 chap-chéng】 各種類。～～仔～～á⇨～～仔囝～～á kiáⁿ⇨㊀不同種族的男女所生的子女。㊁不定父親所生之子女。罵人的惡毒語。～～稅～～sòe⇨什稅。

【雜誌 chap-chì】 新聞～～sin-bûn～～⇨同上。

【雜嘈 chap-chô】 混亂。大家口，人夠代誌每烖較～～ toā-ke-kháu，lâng chē tāi-chì mā chē khah～～⇨大家族人多事多比較混亂。

【雜錯 chap-chhò】 雜亂。不整齊。～～物～～mih⇨各色各樣的東西。～～魚～～hî⇨大小各色各種的魚。～～人～～lâng⇨各色各路的人。

【雜鍋羹 chap-o-keⁿ(kiⁿ)】 各種菜肉混合做一鍋煮者。隨項仔煮較麻煩歸氣煮做～～～sûi-hāng-á chí khah mâ-hoân，kui-khì chí-chō～～～⇨一物一物煮麻煩也，索性混合煮成什鍋羹好了。

【雜雜湊湊 chap-chap-tàu-tàu】 把零星的湊合起來。

【雜雜碎碎 chap-chap-chhùi-chhùi】 雜碎。

**chap 喋** 多言也。喋喋聲也。哀哀～～ai-ai～～⇨叫苦聲。鳴不平。或作謺chap，亦聲也。

【喋喋叫 chap-chap-kiò】 ㊀鳴不平。～～～亦無路用～～～ah bô-lō-iōng(ēng)⇨叫不平亦不中用。㊁說話不停口。一支喙～～～chit-ki-chhùi～～～⇨一只口不停的叫苦。

【喋喋唸 chap-chap-liām】 同謺謺叫chap-chap-kiò。喋喋叫chap-chap-kiò。茹唸jî-liām不停。

**chap 呷** 魚食也，入口曰呷chap，啖tām也，ām也。

【呷呷呷 chap-chap-kiò】 嚼物聲。食到～～～chiah-kà～～～⇨吃得叫叫有聲。

# chat

**chat 節** 猶如棵koeh也。又斟酌chîm-chiok曰節chat。㊀棵也，段也。一～甘蔗chit～kam-chià⇨一棵甘蔗。一枝柴鋸做四～chit-ki chhâ kì-chò sì～⇨一條木鋸成四棵koeh。賣甘蔗～的bē(bōe) kam-chià～ê⇨賣甘蔗節的人。㊁詩文的一段。一～文章chit～bûn-chiuⁿ⇨一段文章。國歌的第二～kok-koa ê tē-jī～⇨國歌第二節。㊂撙節chún-chat。省儉。做代誌該～自己的氣力chò tāi-chì ài～chū-kí ê khùi-lat⇨做事要量自己的力量。錢該～～也用chîⁿ ài～～á iōng⇨錢應該撙節使用。人心～～高jîn-sim～～ko⇨人心不自足得隴復望蜀jîn-sim put chū-chiok, tek lóng hok bōng siok。代誌去一～也tāi-chì khì chit～ à⇨事失敗一部份了。

【節力 chat-lat】 控制力氣。～～仔釘～～á tèng⇨例如打釘要控制力氣，不可一下子出力太多打壞了。～～仔行～～á kiâⁿ⇨慢慢行(不要跑太快)。

【節用 chat-iōng】 節用。節節仔用chat-chat á iōng⇨控制而用之。

【節扲 chat leh】 控制住。辨份際。少年人講話，著較～～siàu-liân-lâng kóng-ōe, tioh khah～～⇨少年人講話，不應該太過份。

【節疽 chat-chu】 指疔。又稱蛇頭疔choâ-thâu-teng。

【節脈 chat-meh】 診脈，按脈。醫生～～i-seng～～⇨同上。～～支支,開藥大約～～phiak-phiak, khui-ioh tāi-iak⇨嘲所謂蒙古大夫。謂按脈有拍拍跳動的感覺，開藥卻是大約開的。節或作摸bong。支支phiak phiak者：脈搏跳動之謂也。

【節節 chat-chat】 人心～～高jîn-sim～～ko⇨人的希望逐漸擴大。～～仔食～～á chiah⇨控制食量。我是～～仔用，併無，早道用了也goá sì～～á iōng, boeh-bô，chá tō iōng-liáu â⇨我是控制著使用,否即老早就用掉了。

【節加減 chat-ke-kiám】 控制應加應減。要理一個家，上要緊的道是該會曉～～～boeh (beh) lí chit-ê-ke, siāng(siōng) iàu-kín ê, tō-sī āi ē-hiáu～～～⇨要主持一個家庭，最重要的就是必須懂得斟酌份際。

【節氣力 chat-khùi-lat】 自量力。～～～做代誌～～～chò tāi-chì⇨量力任事。

【節水撐篙 chat-chúi-theⁿ-ko】 推測水深水速而撐篙行船。喻凡事應量力行之，不可胡行。

【節時節陣 chat-sî-chat-chūn】 拿定時間。

**窒** chat 同實sit(見sit部)。充滿也。不虛也。地坪圩無～tē-pêⁿ thūn bô～⇨地基填得不紮實。心肝～～sim-koaⁿ～～⇨心裡鬱積憂悶。聽一下心肝～了了thiaⁿ chit-ē sim-koaⁿ～liáu-liáu⇨乍聽之下心已塞絕矣。密～姑娘bat～ko·-niû⇨實利小姐。亦曰bat-sat。

【窒秥 chat-chiⁿ】 棉被困到～～也mî-phōe khùn-kà～～a⇨棉被睡到已硬化了。

【窒氣 chat-khùi】 緊張到強強要～～去kín-tiuⁿ kà giōng-giōng boeh～～khì⇨緊張得幾乎要絕氣。

【窒腹 chat-pak】 樹仔是～～的，竹仔是空殼的chhiū-á sī～～ê, tek-á sī khang-khak ê⇨樹是中實的，竹是中空的。～～的金手環一對該幾仔萬元～～ê kim-chhiú-khoân chit-tùi āi kúi-â bān kho·⇨不是中空的金手環，一對要幾萬元。

【窒鼻 chat-phīⁿ】 塞鼻sat-phīⁿ。～～末喘氣～～bē chhoán-khùi⇨同上。

【窒盈盈 chat-iⁿ-iⁿ】 倉庫貨積到～～～chhng-khò hōe chek-kà～～～⇨倉庫內貨積得滿滿。

【窒統統 chat-thóng-thóng】 禮堂內人～～～lé-tn̂g lāi lâng～～～⇨禮堂內擠滿了人。

**實** chat 同窒chat。

## chau

**糟** chau 酒滓也。酒母也。事機敗露或事麻煩亦曰糟chau。酒～chiú～⇨同上。紅～âng～⇨同上。代誌～也tāi-chi～a⇨事敗矣。事麻煩矣。啊！～咯aih！～lō·⇨啊！事敗矣。又以糟或酒漬食物亦曰糟。

【糟肉 chau-bah】 醃酒糟之肉。紅～～âng～～⇨肉煮紅糟。

【糟粕 chau-phoh】 酒滓chiú-tái。取酒後之廢料即酒糟也。喻人已取去精華所殘留之無用之物。承人的～～sîn lâng ê～～⇨承人之餘惠。

【糟鴨 chau-ah】 糟醃之鴨。

【糟糠 chau-khong(khng)】 貧人的食物。喻妻。～～之妻不下堂，貧賤之交不可忘～～chi chhe put-hē(hā)-tông,pîn-chiān chi kau put-khó-bông⇨同上。

【糟了了 chau-liáu-liáu】 全敗。完了。

**焦** chau 火燒黑也！柴～chhâ～⇨火燒過的黑柴。火燒之苦味也。衣類經久穿而污染亦曰焦chau。人憔悴衰瘦曰焦chau。擔心亦曰焦chau。衫眞～也，該換也chin～a, ài oāⁿ ā⇨衫太髒了，應該換了。彼個查某眞～也hit ê cha-bó· chin～a⇨那個女人(經人多)很憔悴了。到盒猶未有消息，實在會～死去！kàu taⁿ á-bōe(bē) ū siau-sit，sı̍t-chāi ē～sì khì⇨至今還沒有消息，眞的要焦心死了。心肝～到亂去sim-koaⁿ～kā loān khì⇨同上。

【焦心 chau-sim】 操心chhau-sim。～～迫腹～～peh-pak⇨焦急操心之極。憂悶之極。

【焦色 chau-sek】 陳舊的色彩。

【焦急 chau-kip】 操急。

**蹧** chau 蹧躂chau-that也。降人kāng lâng，創治人chhòng-tī lâng。暴殄po̍k-chín天物等皆曰蹧躂chau-that。

【蹧躂 chau-that】 降人kāng lâng，凌治人lêng-tī lâng⇨惡作劇。～～人～～lâng⇨惡作劇於人。難爲人。令人難堪。～～物～～mı̍h⇨暴殄天物。浪費東西。或與踩踏chháu-ta̍h混而爲一，侮辱人。專工共伊～～choan-kang kā-i～～⇨特意侮辱他。你道眞～～人lí tō chin～～lâng⇨你眞是會凌治人。凌治lêng-tī⇨惡作劇，強人之難。不當～～人m̄-thang～～lâng⇨不可欺侮人。

**走** cháu 行也。大步行大步～toā-pō·-kiâⁿ toā-pō·～⇨同上。逃脫也。偷～thau～⇨私逃。逃～tô～⇨逃亡。較～毎死khah～mā-sí⇨逃不了。又散失或異常亦曰走cháu。～色～sek⇨原色變了。～音～im⇨音色變了。又避難亦曰走cháu。～番仔反～hoan-á-hoán⇨逃避外夷之難。

【走人 cháu-lâng】 閃避。如讀cháu-lâng即爲捲逃。聽見講～～未少thiaⁿ-i-kóng～～bē-chió⇨聽說捲逃了不少。

【走山 cháu-soaⁿ】 走山路。走山地。因職業等的需要，經常在山區活動。

【走手 cháu-chhiú】 ㈠迅速行事。該較～～扵不藉赴人會著ài khah～～leh m̄-chiah hù-lâng ē-tio̍h⇨應該快速進行才趕得上別人！㈡失手。做了去～～去chò-liáu khì～～ì⇨做了竟失了手。

【走水 cháu-chúi】 做～～仔chò～～á⇨跑單幫。小走私。

【走反 cháu-hoán】 逃避戰亂。亦可以走……反的形式用。走日本仔反cháu ji̍t-pún-á hoán⇨同上。走番仔反cháu hoan-á hoán⇨同上。走林爽文反cháu lîm-sóng-bûn hoán⇨同上。乞食婆趁人～～khit-chia̍h-pô thàn-lâng～～⇨喻㈠似乎不必要。㈡蛇亦愛命鼠亦愛命choā a̍h ài miā chhí a̍h ài miā。生命是人人所寶貴的。

【走仁 cháu-jîn】 蛋黃散了。即粒卵不好食，～～也chit-lia̍p nn̄g m̄-hó chia̍h,～～à⇨這個蛋不可吃，卵仁破爛了。

【走犯 cháu-hoān】 囚人逃獄。逃獄的囚人。

【走光 cháu-kng】 漏光。相洗了～～去siàng(siōng) sé-liáu～～khì(ì)⇨同上。

【走色 cháu-sek】 退色、變色。即款布不好，連鞭道～～chit-khoán pò· m̄-hó, liâm-piⁿ tō～～⇨這種布不好，很快就會變色。

【走形 cháu-hêng】 形體變壞。做洋服的手工無好連鞭道～～chò-iûⁿ-ho̍k chhiú-kang bô-hó liâm-piⁿ tō～～⇨西裝手工不好，不久就會變形。

【走兵 cháu-peng】 逃兵。

【走私 cháu-su】 偷渡(包括人物)。感情～～kám-chêng～～⇨同上。

【走味 cháu-bī】 變味。茶米～～也tê-bí～～ā⇨茶葉變味了。

【走卒 cháu-chut】 供人使喚的下人。販夫～～hoàn-hu～～⇨喻極粗俗的老百姓人。

【走雨 cháu-hō͘】 閃雨。避雨。

【走油 cháu-iû】 以熱油輕炸食物。～～水蛙～～chúi-ke⇨油炸水蛙。

【走狗 cháu-káu】 鷹犬。偵探、密探。做人的～～有啥稀罕chò lâng ê～～ū siáⁿ hi-hán⇨舊時罵台人而當警察者。～～仔臭狗仔～～á chhàu-káu-á⇨台警日警。狡兎死～～煮kau-thò͘ sí～～chí⇨同上。～～仔～～á⇨醜小走狗。台籍警察人員。

【走批 cháu-phe(phoe)】 郵差。～～的～～ê⇨同上。

【走風 cháu-hong】 ㊀走漏消息。㊁車胎漏了風。

【走音 cháu-im】 ㊀說錯音調。講了～～去kóng-liáu～～khì⇨說錯了音調。㊁唱錯音階。樂器變了音。唱～～去chhiùⁿ～～khì⇨唱錯了音階。弦仔皮久～～去hiân-á khṅg-kú～～khì⇨弦仔放久沒有用致音色變了。

【走胎 cháu-the】 流產。

【走馬 cháu-bé】 跑馬。騎馬。～～看花～～khoàⁿ-hoe⇨喻匆匆一瞥。未作詳細的觀察。～～上任～～siāng(siōng)-jīm⇨官員到職。～～換將～～oāⁿ-chiàng(chiòng)⇨陣前換大將。～～燈～～teng⇨回旋燈。喻瞬息即變。又喻工作太忙。近來拚到如～～～kīn-lâi piàⁿ-kà-ná～～～⇨最近拚命拚得像走馬燈那麼忙碌。～～路～～lō͘⇨通路。留一個～～～lâu chit-ê～～～⇨留一條通路。～～仔～～á⇨字典部首走。

【走差 cháu-choā】 差錯chha-chhò,毛病。無～～bô～～⇨同上。有一位～～道害了了也ū chit-ūi～～tō hāi liáu-liáu à⇨有一個地方有毛病就壞透了。雙旁的話無～～siang-pêng ê ōe bô～～⇨同上。(差choā字,應作組choā。條,組,紃皆線條也,惟大小有別耳。)

【走書 cháu-chu】 同走學。

【走匪 cháu-húi】 避匪亂。

【走紗 cháu-se】 跳線thiàu-soàⁿ。布織了有～～pò͘ chit-liáu ū-～～⇨布織得不好。有跳線。

【走桌 cháu-toh】 跑堂。菜店的～～chhài-tiàm ê～～⇨同上。

【走唱 cháu-chhiùⁿ】 在歡樂場所奏樂唱歌以討生活。～～的～～ê⇨其人。唱或說成chhiàng或chhiòng。所謂不漳不泉,亦漳亦泉也。

【走徙 cháu-soá】 遷徙。變易。乎你未～～得hō͘-lí bē～～tit⇨你動不得。

【走動 cháu-tāng】 赴厠所。如厠。

【走雄 cháu-hêng】 鷄鴨等的蛋孵不出小鷄小鴨。鷄卵皮久會～～ke-nn̄g khṅg-kú ē～～⇨鷄蛋放久了會走雄孵不出小鷄。

【走開 cháu-khui】 閃開。避開。囝仔～～大人展威gín-á～～toâ-lâng tián-ui⇨在街路邊打拳賣膏藥的王六仔先的常用套語。

【走腔 cháu-khiuⁿ】 轉腔。照紀綱～～變做照起工chiàu-kí-kang～～piàn-chò chiàu-khí-kang⇨同上。。

【走稅 cháu-sòe】 逃脫。脫稅。做生理無不～～的chò seng-lí bô put～～ê⇨同上。

【走散 cháu-soàⁿ】 抄走反時～～去teh cháu-hoán sì～～khì⇨在走反中分散了。

【走債 cháu-chè】 ～～過後山～～kòe āu-soaⁿ⇨倒債而逃往東台灣。

【走賊 cháu-chha̍t】 閃賊。～～抵着虎～～tú-tio̍h hó͘⇨避強盜反而逢見老虎。

【走路 cháu-lō͘】 ㊀行路。～～較緊亦着該二點鐘～～khah-kín a̍h tio̍h ài nn̄g-tiám-cheng⇨同上。㊁逃亡。伊犯了倒債案抒～～i hoān-liáu tó-chè-àn teh～～⇨同上。

【走亂 cháu-loān】 避開戰亂走往外地。

【走腹 cháu-pak】 鬧肚子。

【走閃 cháu-siám】 走避。逃避tô-pī。阿君想娘無～～，阿娘想君海摸針a-kun siū$^{n}$-niû bô～～, a-niû siū$^{n}$-kun hái bong-chiam ⇨民歌。

【走趁 cháu-thàn】 討生活。同討趁thó-thàn。同趁食thàn-chia̍h。

【走跳 cháu-thiàu】 有活動力。眞～～chin～～⇨很活潑，很會趁錢。又爲人輕快。

【走電 cháu-tiān】 漏電。

【走精 cháu-cheng】 物不合攏，不對口。榫頭鑿了有～～去sún-thâu chha̍k-liáu ū～～khì⇨同上。我看是測量了有什麼～～去goá khoá$^{n}$ sī chhek-liāng liáu ū sa-ma～～khì⇨我看是測量有什麼地方錯誤。

【走痟 cháu-sán】 食肥～～chia̍h-pûi～～⇨謂長途赴會得不到實惠也。痟sán，瘦也。

【走餉 cháu-hiàng】 脫稅。同走稅。

【走漏 cháu-lāu】 洩漏。～～消息～～siau-sit⇨同上。

【走樣 cháu-iū$^{n}$】 變質。本來是眞好的制度，後來都～～了了pún-lâi sī chin-hó ê chè-tō͘, āu-lâi to～～liáu-liáu⇨同上。

【走學 cháu-o̍h】 曠課khiau-khò。逃學tô-ha̍k。

【走蹤 cháu-chông】 奔走經營。一家生活十幾個，靠伊一人抒～～chi̍t-ke seng-oa̍h cha̍p-kúi-ê,khò i chi̍t-lâng teh～～⇨同上。

【走避 cháu-pī】 避開。～～惡人～～ok-lâng⇨同上。避pī；今人多誤讀phiah歎。

【走瀉 cháu-sià】 痾痢。食了攏抒～～馬也chia̍h-liáu lóng teh～～bé-à⇨吃了皆在瀉肚。

【走獸 cháu-siù】 飛禽～～hui-khîm～～⇨同上。

【走鬮 cháu-khau】 ㊀脫身。脫班。阿貴恰如伓～～的款a-kùi kah ná boeh～～ê khoán⇨阿貴似乎要脫股。㊁走私。做不正當的。冤枉錢，失德了，～～趁，博輸傚oan-óng-chî$^{n}$, sit-tek liáu,～～thàn,poa̍h-su-kiáu⇨謂冤枉來的錢要因失德事件而賠出去，走私趁的錢要因賭博而輸光。喻不光明正大的錢休想爲妙。

【走三關 cháu-sam-koan】 爲逃債等而走路。逃亡。阿木每抒～～～a-bo̍k mā teh～～～⇨阿木亦在逃亡。

【走未離 cháu-bē-lī】 逃不了。脫褲～～～thn̄g-khò͘～～～⇨逃脫不了的鄙語。

【走主顧 cháu-chú-kò͘】 換店交易。欠賬更～～～khiàm-siàu koh～～～⇨欠賬不還更換別家去交易。

【走江湖 cháu-kang-ô͘】 江湖人kang-ô͘-lâng。所謂黑社會的生活。～～～的～～～ê⇨同上。

【走赦馬 cháu-sià-bé】 紙人(赦官sià-koa$^{n}$)騎紙馬（赦馬sià-bé)自跑圓圈，以祈求爲亡者赦罪。司功sai-kong的節目。

【走街仔 cháu-ke-á】 街路邊賣物的人。走江湖的。～～～先～～～sian⇨王六仔先、賣卜的、庸醫。

【走投無路 cháu-tâu-bû-lō͘】 謂已無路可避禍求生。

【走來走去 cháu-lâi-cháu-khì】 ～～～～做無工～～～～chò-bô-kang⇨來來去去工作效率甚差。

【走東走西 cháu-tang-cháu-sai】 ～～～～無當尋人～～～～bô-tàng-chhōe-lâng⇨忽東忽西找不到人。

【走到債脛去 cháu-kà-pùn-kheng-ì】 謂拚命逃走。聽著尹爸的聲道～～～～～也⇨thia$^{n}$-tioh in-pā ê sia$^{n}$ tō～～～～～à⇨一聽到他老子的聲音就一溜煙跑得双脚都要裂開去了。

僨脛pùn-kheng,敗了脚脛也，亦作開脚脛khui-kha-kheng。脛keng→kheng。

【走到七里洲去 cháu-kà-chhit-lí-chiu-khì】 喻走得最遠。據稱，鄭國姓北伐，前鋒部隊曾進攻到七里洲—極近南京之江中小島。

**cháu 蚤** 咬人的跳蟲。俗稱咬～kā～。密虱咬蚤ba̍t-sat kā-cháu⇨虱與蚤。子丑寅卯密虱咬蚤chú-thiú în-báu, ba̍t-sat kā-cháu⇨順口話。喻相命的口頭禪。

**chàu 奏** 進言也。吹彈樂器曰奏chàu。進惡言亦曰奏chàu。中傷亦曰奏chàu。啓～萬歲khé～bān-sòe⇨同上。～樂～ga̍k⇨作音樂。轉去～尹阿媽也tńg-ì～in a-má à⇨回去投訴他祖母了。

【奏本 cháu-pún】 上奏文。

【奏板 chàu-pán】 笏。板應作版。舉～～的giâ～～ê⇨喻大人物。眞狡舉～～chin-gâu giâ～～⇨最會向上級私進(同事的)惡言。

【奏章 chàu-chiang】 上奏文。奏本。

【奏琴 chàu-khîm】 彈琴。

【奏樂 chàu-ga̍k】 吹奏音樂。

【奏皇帝 chàu-hông-tè】 向皇帝進言。

**chàu 灶** 炊飲食的設備。本字竈。屠殺場亦曰灶chàu。豬～ti～⇨同上。牛～gû～⇨同上。

【灶孔 chàu-khang】 灶門chàu-mn̂g。嘴如～～chhùi ná～～⇨喻大食之人。謂經常在吃，無所不吃。

【灶仔 chàu-á】 小灶。～～較冷鍋仔～～khah-léng oe-á⇨灶比鍋還冷。喻完全失了興趣。

【灶君 chàu-kun】 灶神。司令～～su-lēng～～⇨灶神。～～公～～kong⇨尊稱。⇨chàu-hun-kong。～～公生～～kong-se$^{n}$⇨灶君的生日。

【灶門 chàu-mn̂g】 灶口。

【灶神 chàu-sîn】 灶君。

【灶脚 chàu-kha】 炊房。未輸行～～扲bē(bōe)-su kiâ$^{n}$～～leh⇨宛如跑炊房一樣常到之處。

【灶頭 chàu-thâu】 灶上。或曰灶額chàu-hia̍h。有於菜砧，無於～～ū, tī chhài-tiam, bô tī～～⇨謂有(誠意請客)即料放在菜砧上，無即放在灶上。喻是否好意，觀其表現即可窺知。

**châu 巢** 鳥所居也。在木曰巢，在穴作窠châu。燕～iàn～⇨燕所居。又地名。

【巢穴 châu-hiat】 ㊀鳥所居。㊁群居地、根據地。反對派的～～hoán-tùi-phài ê～～⇨同上。

**châu 剿** 絕也，滅也。總～chóng～⇨全滅。乎人總～去也hō·-lâng chóng～khì à⇨被人全部摘取去了，例如果子被人偷摘。以不正當的方法取曰剿châu。～了了去也～liáu-liáu khì à⇨全部取去了。～到絕種也～kà che̍h-chéng à⇨剿得全部精光了！～未了～bē(bōe)-liáu⇨剿不盡。

【剿滅 châu-bia̍t】 ～～賊巢～～chha̍t-siū⇨同上。

**chāu 找** 補不足也。補足也。相～sio～⇨相補足。金錢來往收取殘額曰找chāu。五元～你gō·-kho·～lí⇨補你五元。先提八十存的月尾則相～seng-the̍h peh-cha̍p chhun-ê go̍eh-bóe chiah sio～⇨先拿八十餘額月尾才相補。按找字咱多用於補不足，眞少像個國語用於找尋之義也。

【找錢 chāu-chî$^{n}$】 會曉～～也 ē-hiáu～～ā⇨同上。

【找數尾 chāu-siàu-bóe】 賬尾相殺。清算。

## che

**che 這** 之所訛也，此也。此事也。此物也。許he或彼pí的對稱。～還～，許還許～hoān

～, he hoān he⇨此是此彼是彼。～我不管～goá put-koán⇨此事我不管。～你敢不知影～lí kám m̄-chai-iá$^n$⇨此事你豈不知情。～敢無卜～ká$^n$ bô-poh⇨此事恐怕有危險。～我負責～goá hū-chek⇨此事我負責。～較歹用～khah phái$^n$ iōng⇨此物比較不好使用。～較貴，許較俗～khah kùi, he khah sio̍k⇨此種東西貴，那種東西便宜。

**【這般 che-poa$^n$】** 如此。如此，如此～～，～～ jî-chhú，jî-chhú～～，～～⇨報告事情的省略語。

**che 災** 災禍也。疫病也。著～tio̍h～⇨中了災禍。罵人語。著鷄～tio̍h-ke～⇨鷄中瘟疫而死。著豬～tio̍h-ti～⇨豬中瘟疫而死。著死囡仔～tio̍h-sí-gín-á～⇨罵惡童之詞也。夭壽～iáu-siū～⇨亦罵人詞也，多爲村婦們的口頭禪，語意不十分嚴重。

**che 劑** 藥劑也。藥～師io̍h～su⇨同上。強心～kiâng-sim～⇨強心之藥，利尿～lī-jiō～⇨利水之藥。又藥一服曰一～chi̍t～。食歸十～都無礙著chia̍h kui-cha̍p～to bô-gāi tio̍h⇨喝了整十服都沒見效。調～tiâu～⇨配藥。

**che 渣** 去其精華所殘留者曰渣che。藥～io̍h～⇨漢藥第一次煮服曰藥頭io̍h-thâu，第二次曰藥渣io̍h-che。豆～tāu～⇨豆粕tāu-phoh。布頭布尾曰布～pò͘～。不成～m̄-chiâ$^n$～⇨不成渣亦不成可用之材。

**【渣滓 che-tái】** ㊀去其精華所殘餘者。其他三百篇皆成～～矣kî-tha$^n$ sa$^n$-pah-pi$^n$ kai-sêng～～ î⇨謂毛詩只有若干部份有意義之外，餘皆廢物。㊁謂多病。不知佗會眞厚～～m̄-chai thai-ē chin-kāu～～⇨不知因何會很多病多事。㊂嚕嗦難纏。頭家娘實在有夠～～thâu-ke-niû si̍t-chāi ū-kàu～～⇨主婆眞的十分嚕嗦。

**che 些** 助詞也。講～話kóng～ōe⇨同上。食～點心chie̍h～tiám-sim⇨同上。～～來爾～～lâi. leh⇨些少給我。

**ché 姊** 女兄也。同姉ché。大～大兄toā～toā-hia$^n$⇨長姊長兄。阿兄阿～a-hia$^n$ a～⇨諸兄諸姊。大～頭仔toā～(chí)-thâu-á⇨大姊的尊稱。

**【姊夫 ché-hu】** 姊之丈夫。～～來共阿爸拜壽～～lâi kā a-pa pài-siū⇨姊夫來爲父親祝壽。

**【姊仔 ché à】** 姊的親稱。～～你愛共阿爸講嘛～～lí ài kā a-pa kóng mà⇨姊姊，你對爸講情嘛。

**【姊弟 ché-tē】** 二～～相依爲命nn̄g～～siang-i ûi-bēng⇨同上。

**ché 眥** 眼角也。相忤恨也。睚～之恨gâi～chi hīn⇨很小的恩怨。

**【眥掇 ché-choah】** 含恨在心而以粗魯的行爲對付也。免拎～～bián teh～～⇨何必眥掇也。

**【眥眥掇掇 ché-ché-choah-choah】** 多所眥掇。不答應伊道安爾～～～～m̄-tah-èng i tō-an-ne(ni)～～～～⇨不答應他就是如此的多所眥掇。

**chè 祭** 敬鬼神也。公～kong～⇨同上。私～su～⇨同上。遙～iâu～⇨同上。喪～song～⇨同上。

**【祭丁 chè-teng】** 在春秋二八月的丁日舉行祭孔之禮

**【祭文 chè-bûn】** 宣讀～～soan-tho̍k～～⇨同上。

**【祭天 chè-thian】** 天子～～thian-chú～～⇨同上。

**【祭主 chè-chú】** ～～主祭～～chú-chè⇨同上。

**【祭冬 chè-tang】** 冬節日該～～tang-cheh-ji̍t ài～～⇨冬至之日舉行祭冬。

**【祭江 chè-kang】** 祭水神。船隻出入港都有～～chûn-chiah chhut-ji̍p-káng to-ū～～⇨

同上。

【祭祀 chè-sū】 ～～公業～～kong-gia̍p⇨同上。

【祭事 chè-sū】 ～～也～～，會得過道好，實在不必舖張～～á～～,ē(ōe)-tit-kòe tō-hó, si̍t-chāi put-pit pho·-tiàng⇨謂祭拜這個事情，過得去就可以了，不必舖張。

【祭典 chè-tián】 舉行～～kí(kú)-hêng～～⇨同上。

【祭祖 chè-chó·】 ～～的大典～～ê tāi-tián⇨同上。

【祭孤 chè-ko·】 ㈠祭無主孤魂。㈡喻食。未～～得bē(bōe)～～tit⇨吃不得。㈢喻難看，安爾敢會～～得an-ne(ni) kám-ē(ōe)～～tit⇨如此豈不難看。

【祭神 chè-sîn】 祭如在，～～如神在chè jî-chāi～～jî sîn-chāi⇨孔子之言。

【祭掃 chè-sàu】 ～～墳墓～～hûn-bōng⇨同上。

【祭棺 chè-koan】 ～～入木～～ji̍p-bo̍k⇨死者放進棺木。

【祭墓 chè-bōng】 祭掃墳墓。掃墓sàu-bōng。家家戶戶都有～～ke-ke-hō·-hō· to-ū～⇨同上。

【祭旗 chè-kî】 ～～出陣～～chhut-tīn⇨同上。

【祭器 chè-khì】 祭典用的器具。

【祭獻 chè-hiàn】 上墓～～牲禮chiū$^{n}$-bōng～～seng-lé⇨同上。

chè **制** 裁也。止也。法度也。君命也。又法師祭鎮鬼神亦曰制chè。法～hoat～⇨法定的制度。統～thóng～⇨統御。管理。壓～ap～⇨壓迫政策。強～kiâng～⇨強硬的方法。徵兵～tin-peng～⇨同上。 合議～ha̍p-gī～⇨同上。 委員～úi-oân～⇨同上。 定～tēng～⇨同上。

【制止 chè-chí】 不服～～put-ho̍k～～⇨同上。

【制令 chè-lēng】 ㈠同詔令chiàu-lēng。㈡法師畫符，起筆的兩字就是制令的兩字。

【制作 chè-chok】 同製作。

【制妖 chè-iau】 和尚每會～～hôe-siū$^{n}$ mā-ē～～⇨同上。

【制宜 chè-gî】 因時～～in-sî～⇨同上。

【制服 chè-ho̍k】 ㈠觀音媽～～水妖koan-im-má～～chúi-iau⇨同上。㈡一定規格的衣服。

【制定 chè-tēng】 規定。政府～～的chèng-hú～～ê⇨同上。

【制限 chè-hān】 產兒～～sán-jî～⇨同上。

【制度 chè-tō·】 典章～～tián-chiang～～⇨同上。

【制裁 chè-chhâi】 武力～～bú-le̍k～～⇨同上。

【制煞 chè-soah】 除鬼魔之害。司功收魂～～sai-kong siu-hûn～～⇨同上。

【制臺 chè-tâi】 舊制總督的異稱。

【制壓 chè-ap】 ～～了凶神惡煞～～liáu hiong-sîn-ok-soah⇨同上。

【制鬼 chè-kúi】 鎮制惡鬼。請法師～～chhiá$^{n}$-hoat-su～～⇨同上。

chè **晬** 年齡曰晬hòe。嬰仔初滿一歲曰度晬tō·-chè。做度～chò tō·～⇨作滿一歲的生日。度～了未tō·～liáu bē(bōe)⇨周歲了沒有。

【晬外 chè-goā】 滿一歲有多。外goā代以數字即表示一歲又幾個月。例如晬一chè-it⇨一歲又一月，晬六chè-la̍k⇨一歲又六個月。

【晬幾 chè-kúi】 問詞。～～耶～～ā⇨滿一歲又幾個月了。

chè **睟** 同晬chè也。

chè **際** 交會之間曰際chè。國～kok～⇨同上。人～關係jîn～koan-hē⇨同上。 校～對

抗賽hāu ～ tùi-khòng-sài⇨同上。 交 ～ kau ～⇨同上。

【際遇 chè-gī(gū)】 同遭遇。身世～～sin-sè ～～⇨人生遭遇。

【際會 chè-hōe】 交會。風雲～～hong-hûn ～～⇨同上。

chè **濟** 渡也。利也。成也。救助也。同舟共～tông-chiu-kiōng～⇨同上。 無～於事bû～î sū⇨同上。 經～keng～⇨㊀經濟學。㊁凡省財錢皆曰經濟keng-chè。救～kiù～⇨同上。 賑～chín～⇨同上。

【濟世 chè-sè】 ～～救民～～kiù-bîn⇨同上。

【濟急 chè-kip】 扶危～～hû-gûi～～⇨同上。

【濟窘 chè-khùn】 ～～扶危的英雄～～hû-gûi ê eng-hiông⇨同上。

【濟渡 chè-tō】 ～～衆生的菩薩～～chiòng-seng ê phô-sat⇨同上。

chè **製** 造也。作也。監～kàm～⇨督造tok-chō。御～gī～⇨皇帝自製的。創～chhòng～⇨同上。

【製作 chè-chok】 ～～人是無名氏～～jîn sī bû-bêng-sī⇨同上。

【製炒 chè-chhá】 中藥的製方之一。有更～～過的較未壞ū-koh ～～ kòe ê khah-bē (bōe)-hāi⇨再加以製炒的比較不會敗壞。

【製法 chè-hoat】 ～～較特殊～～khah tek-sû⇨同上。

【製品 chè-phín】 即款的～～眞少也chit-khoán ê ～～ chin-chió à⇨這種的作品很少了。

【製酒 chè-chiú】 ～～是眞好趁的生理～～sī chin-hó-thàn ê seng-lí⇨製酒是很多利的生意。

【製茶 chè-tê】 ～～已經機器化也～～í-keng ki(ke)-khì-hoà à⇨同上。

【製造 chè-chō】 ～～的年代～～ê nî-tāi⇨同上。

【製糖 chè-thn̂g】 土法的～～差不多攏無去也thó͘-hoat ê～～ chha-put-to lóng-bô-khì à⇨土法的製糖幾乎皆消失了。

【製藥 chè-ioh】 ～～工場～～kang-tiûⁿ⇨同上。

【製鹽 chè-iâm】 ～～猶是抾用舊法～～iáu-sī teh-iōng(ēng)-kū-hoat⇨製鹽還是使用舊法。

chè **債** 負欠之錢財也。欠人人欠皆是～khiàm-jîng jîng-khiàm kai-sī～⇨同上。 借～欠～討～還～chioh～khiàm～thó～hêng～⇨同上。 冤有頭～有主oan iú-thâu～iú chú⇨同上。 欠～怨財主，不孝怨父母khiàm～oàn châi-chú, put-hàu oàn hū-bó⇨同上。討～仔thó～á⇨夭折iau-chiat的兒子。

【債主 chè-chú】 債權人chè-koân-jîn。～～討眞絃～～thó chin-ân⇨債主催討得很緊。

【債券 chè-koàn(kǹg)】 國債～～kok-chè ～～⇨同上。

【債務 chè-bū】 ～～債權是相對的～～chè-koân sī siāng(siōng)-tùi ê⇨同上。

【債項 chè-hāng】 ～～都還清楚也～～to hêng-chheng-chhó à⇨所借的錢皆還清了。

【債臺 chè-tâi】 ～～高築～～ko-tiok⇨謂債務壘積得高如山。

【債權 chè-khoân】 ～～人～～jîn⇨同上。

chê **齊** 平整不亂也。整也。正也。家欲～置兩犂，家欲敗置兩妻ka iok～, tì liáng-lê, ka iok-pāi, tì liáng-chhe⇨古俚。修～治平siu～tī pêng⇨修身齊家治國平天下之略。整～chéng～⇨同上。 參差不～chham-chhe-put～⇨同上。 猴～天kâu～thian(kâu-tê-thian)⇨孫悟空。同～行同～到tâng～kiâⁿ tâng～kàu⇨同上。

【齊心 chê-sim】 ～～合力～～hap-lek⇨

同上。

【齊全 chê-chn̂g】 逐項詮了都眞～～ta̍k-hāng chhoân-liáu to chin～～⇨各事準備得都很周到。

【齊眉 chê-bî】 舉案～～kí(kú)-àn～～⇨喩夫妻和諧。

【齊家 chê-ka】 修身～～siu-sin～～⇨同上。

【齊集 chê-chi̍p】 逐家攏～～於大廳等候也ta̍k-ke lóng～～tī toā-thia$^{n}$ tan-hāu ā⇨大家都集合在大廳等候了。

【齊發 chê-hoat】 萬弩～～bān-nô～～⇨同上。

【齊備 chê-pī】 萬事～～只欠東風bān-sū～～chí-khiàm tong-hong⇨同上。

【齊頭 chê-thâu】 ㊀～～並進～～pēng-chìn⇨同上。㊁不附零頭的，例如一，十，百，千，萬等等。算～～啦sǹg～～là⇨算整數（一十百）吧。～～去較好算啦～～khì khà-hó sǹg là⇨整數(一十百)來算較好算賬嘛。

**chē 𡖖** 多to也，衆多也。俗作濟chē。人～話道～lâng～ōe tō～⇨人多意見就多。若～人愛若～物都定着扵goā(joā)～lâng ài goā～mi̍h to tiā$^{n}$-tio̍h-leh⇨多少人需要多少東西皆一定的也。空課較～過牛毛khang-khòe khah～kòe gû-mo͘⇨工作多過牛毛，謂忙得不得了也。

【𡖖牛 chē-gû】 多牛也。～～踏無糞～～ta̍h-bô-pùn⇨喩人多工作效率反而低。

【𡖖囝 chē-kiá$^{n}$】 多子也。～～餓死爸～～gō-sí-pē⇨同上。

【𡖖話 chē-ōe】 厚話kāu-ōe。～～食火燒餅～～chia̍h hóe-sio-piá$^{n}$⇨謂厚話者因而忘記了自己工作，致餅燒焦了。

【𡖖歲 chē-hòe】 高齡也。～～賣無錢～～bē-bô-chî$^{n}$⇨喩高齡不中用。

**chē 濟** 同𡖖chē。～～多士to-sū⇨人才很多。

**chē 坐** 行之對也。立之對也。凡搭乘交通船車亦曰坐chē, chōe。又入獄曰坐監chē-ka$^{n}$，又靜水澄清曰坐淸chē-chheng。～的人不知企的人脚痠。～ê lâng m̄-chai khiā ê lâng kha-sng⇨坐者不知立者脚痠。喩安易者不知體貼勞身者的苦痛。～而食倒而困～lé-chia̍h tó-lé-khùn⇨坐而食臥而眠。喩生活安易。～飯坩中央～pn̄g-kha$^{n}$ tiong-ng⇨坐在飯缸的中央。喩生活安逸無憂。無位好～bô-ūi hó～⇨無席位可坐。

【坐天 chē-thi$^{n}$】 做皇帝。臭頭仔洪武～～chhàu-thâu-á hông-bú(hú)～～⇨朱元璋做皇帝。

【坐企 chē-khiā】 生活起居。逐家平～～ta̍k-ke pê$^{n}$(pî$^{n}$)～～⇨大家對等款待，身分相同。合人無～～kah-lâng bô～～⇨與人不能同坐同企，身分不如人。

【坐車 chē-chhia】 ～～去或是行路去～～khì a̍h sī kiâ$^{n}$-lō͘ khì⇨同上。

【坐位 chē-ūi】 ㊀可坐之處。大戲院有幾千個～～toā-hì-ī$^{n}$ ū kúi-chheng-ê～～⇨同上。㊁就位。某天子～～bó͘ thian-chú～～⇨某天子登基。

【坐盆 chē-phûn】 臨盆lîm-phûn。

【坐淸 chē-chheng】 濁水什渣沉澱而成淸水。坐應作涎chē。

【坐船 chē-chûn】 ～～所費較省～～só͘-hùi khah-sé$^{n}$(séng)⇨同上。

【坐堂 chē-tn̂g】 ～～審問案件～～sím-mn̄g àn-kiā$^{n}$⇨同上。

【坐罪 chē-chōe】 替人～～thè(thòe)-lâng～～⇨代人受罪。

【坐禁 chē-kìm】 童乩tâng-ki在廟內自禁七晝夜以示神秘。

【坐監 chē-ka$^{n}$】 下獄。犯罪該～～hoān-chōe ài ～～⇨亦曰坐館仔koán-á，蓋曰初來時多以洋樓爲監獄也。

【坐禪 chē-siâm】 老僧～～lāu-cheng～～⇨同上。

【坐轎 chē-kiō】 武官騎馬文官～～bú-koaⁿ khiâ-bé bûn-koaⁿ～～⇨往古如此也。

【坐人船 chē-lâng-chûn】 ～～～愛人的船走～～～ài lâng-ê-chûn cháu⇨坐在人家的船上，當然希望人家的船走得順利。喻食人之祿應該爲主人擔憂。

【坐館仔 chē-koán-á】 拘押在拘留所。愛～～～較快也ài～～～khah-khoài à⇨喜興入拘留所很快了。忠告其所爲屬違法。

【坐山面海 chē-soaⁿ-biān-hái】 即座樓～～～～風景實在太好chit-chō-lâu～～～～hong-kéng sı̍t-chāi thài-hó⇨同上。

【坐井看天 chē-chéⁿ-khoàⁿ-thiⁿ】 坐井觀天chō-chéⁿ-koan-thian。

【坐中堵船 chē-tiong-tó-chûn】 坐在船隻的中央最安全的地方喻生活安樂無憂。～～～～的人合人喊風～～～～ê lâng kah-lāng hán hong⇨喊風，驚喊於颱風也。

【坐東向西 chē-tang-àⁿ-sai】 坐東自然向西。言建築物之坐向。其他如坐北向南chē-pak-àⁿ-lâm或坐東北向西南chē-tang-pak-àⁿ-se-lâm等等用法皆相同。

【坐無頭轎 chē-bô-thâu-kiō】 被押往刑場。我無佅合你去～～～～goá bô-boeh kah-lí khì～～～～⇨我不同你被押往殺頭。意謂我不同你做壞事。

【坐人戶定頭 chē-lâng-hō·-tēng-thâu】 ～～～～～拍人的囡仔～～～～～phah-lâng-ê-gín-á⇨生活在人家的屋簷下，而打主人之子。喻不懂人情義理。

【坐圓不坐扁 chē-îⁿm-chē-pîⁿ】 有利於己者極力主張反之即故裝不干己的利己主義者。

chē
**些** 微少也。一部份也。若干也。～來抣～lâi lè⇨給我些少吧。～乎我～hō·-goá⇨若干給我。該～來抣ài～lâi leh⇨該～乎我ài～hō·-goá⇨需要給我若干。買～食料bé(bóe)～chiah-liāu⇨買一些食品。講～好話kóng～hó-ōe⇨說一些好話。賣～人情bē(bōe)～jîn-chêng⇨賣他一些人情。儉～做本錢khiām～chò(chòe) pún-chîⁿ⇨節約一部份積爲本錢。食～茶抣，看～新聞抣，講～話抣，一日連鞭道過去也chiah～tê-leh, khoàⁿ～sin-bûn leh, kóng～ōe leh, chı̍t-jı̍t liâm-piⁿ tō kòe khì-à⇨喝喝茶呀，看看報紙呀，講講話呀，一天馬上就過去了。曷～無ah～bô⇨何能會沒有。曷～安爾ah～an-ne(ni)⇨何能如此。曷～人許爾無講理ah～lâng hiah-ni bô-kóng-lí⇨何能有人那麼不講理。按些字過去甚少人注意。

chē
**寨** 以木柵防衛之地也。山賊居處也。山～soaⁿ～⇨山賊所居。壓～夫人ap～hu-jîn⇨賊王之妻。瓦崗～óa-kang～⇨程咬金thiāⁿ-káu(kā)-kim等所依據的山寨。

chē
**砦** 同寨。籬落也，山居以木柵作砦，又營壘也。

## cheⁿ

cheⁿ
**争** 競也。不相讓也。～皇帝位～hông-tè-ūi⇨争取皇位。～死～活～sí～oah⇨極盡争取之能事。你合人無～lí kah-lâng bô～⇨你與他争不過（力量或條件不如人）。免～bián～⇨不必争。不當～m̄-thang～⇨不可争。～無食～bô-chiah⇨争而勝亦無實利可得。亦即勸人不必争。相～到寃家sio～kà oan-ke⇨彼此相争得吵架了。愛死曷著～ài-sí ah-tioh～⇨要死何必争取之。謂希望死是無人與你争也。

chéⁿ
**井** 鑿地出水曰井chéⁿ，chíⁿ。水～chúi～⇨井。鼓～kó·～⇨井。深～chhim～⇨深

～仔chhim～á⇨內院。

【井水 ché$^{n}$-chúi】 食～～chia̍h～～⇨以井水爲飲用水。～～不犯河水～～put-hoān hô-chúi⇨謂彼此不相犯。

【井邊 ché$^{n}$-pi$^{n}$】 ～～彼間瓦厝道是阿林滯的～～hit-keng hiā-chhù tō-sī a-lîm toà ê⇨井邊那家瓦頂的家就是阿林住的。～～會談～～hōe-tâm⇨女人們洗衣兼聊天。

【井田法 ché$^{n}$-tiân-hoat】 古代的分田法。八戶爲一組各佔一區爲私田，中央一區爲公田計九區如井字形。

【井底水蛙 ché$^{n}$-té-chúi-ke】 喻見識狹少。咱這～～～～攏不敢合人開嘴lán che～～lóng-m̄-ká$^{n}$ kah-lâng khui-chhùi⇨阮這井底蛙不敢亂說話。

chè$^{n}$ **諍** 強辯詭辯皆曰諍chè$^{n}$,chì$^{n}$。將白的～到變做黑的chiang(chiong) pe̍h ê～kà pì$^{n}$-chò o· ê⇨把白的強辯到變成黑的。你道眞愛～也lí tō chin-ài～à⇨你就很愛強辯了。不免～，甚人不知你拎創啥m̄-bián～,siá$^{n}$-lâng m̄-chai lí-teh chhòng-siah$^{n}$⇨不用強辯，誰不知你在搞什麼鬼。～死～活都講無～sí～oa̍h to kóng-bô⇨拼命辯解都是說沒有。死龜～到活鼈sí-ku～kà oa̍h-pi̍h⇨死龜強辯成活鼈。

【諍王 chè$^{n}$-ông】 詭辯大王。企～～khiā～～⇨立號稱詭辯大王。

chê$^{n}$ **霽** 雨止天晴曰霽chê$^{n}$。雨落未～hō· lo̍h-bē (bōe)～⇨久雨下不停。天都不～thi$^{n}$ to m̄～⇨天氣都不晴朗。早雨早～，暗雨稠暝chá-hō· chá～,àm-hō· tiâu-mê⇨固然是天氣現象，但亦可用以喻凡事須早辦，太晚則生拖。

## cheh

cheh **節** 時候也。紀念性之日曰節cheh。清明時～chheng-bêng sî～⇨同上。 萬壽～bān-siū～⇨皇帝的生日。軍人～kun-jîn～⇨同上。 愚人～gî(gû)-jîn～⇨同上。 五日～gō·-ji̍t～⇨端午。仲秋～tiong-chhiu～⇨同上。逢年過～hông-nî-kòe～⇨過年過～kòe-nî-kōe～⇨同上。 飽年飽～pá-nî-pá～⇨年節之時民俗必多備粿粽糕餅kóe, chàng, ko, piá$^{n}$等食物，人人必多食之，以致肚子常飽。大年大～toā-nî-toā～⇨端午,仲秋等較大的節日。有年有～藉較有油路好食ū-nî ū～chiah khan̄-ū iû-lō· hó-chia̍h⇨逢年過節的時候才比較有油膩的東西可吃。

【節日 cheh-ji̍t】 公休之日。～～更好天，眞佳哉～～koh hó-thi$^{n}$, chin ka-chài⇨休暇日又是晴天很幸運。

【節季 cheh-kùi】 猶言時令sî-lēng或節氣cheh-khùi。～～較無抵好～～khah-bô tú-hó⇨時令不甚適合。

【節氣 cheh-khì】 一年二十四～～chi̍t-nî jī-cha̍p-sì～～⇨立春起至冬至爲止是也。

cheh **仄** 側也。陋也。歁～lap～⇨生活衰落。歁不滿也。平～pê$^{n}$～⇨平聲仄聲。

【仄字 cheh-jī】 仄聲的字。上去入三聲的字。

【仄起 cheh-khí】 仄聲開始的詩。平起～～攏共款pê$^{n}$-khí～～lóng kāng-khoán⇨作詩以平聲字起或仄聲字起皆一樣。

cheh **績** 緝也。續也。紡～ pháng～⇨同上。

【績線 cheh-soà$^{n}$】 ～～以織布～～í chit-pò·⇨同上。

【績苧仔 cheh-tē-á】 績苧麻thû-moâ(tē-á)(tōe-á)

che̍h **絕** 滅種曰絕che̍h，全滅曰絕che̍h。死囝～孫sí-kiá$^{n}$～sun⇨子死孫滅。～到無半個也～kà bô-poà$^{n}$-ê ā⇨滅絕得半個都沒有了。～囝～孫～kiá$^{n}$～sun與多子多孫chē-kiá$^{n}$-chē-sun兩句意思完全相反，但卻諧音。

【絕種 che̍h-chéng】 㑑都乎囡仔剿到得未

～～去也ta$^n$ to hō·-gín-á châu-kà tit-boeh ～～ khì à⇨而今是給惡童們剿得快要絕種去了。孤毛～～ko·-mo～～⇨絕嗣也。孤毛同單丁，亦近絕滅也。

## chek

**chek 叔** 父之弟也。又對父輩的外人的尊稱，某某～bó·-bó·～⇨年紀略少於己父者。年紀較長者即稱某伯bó·-peh。阿～a～⇨叔父。細～sè～⇨丈夫之弟。

**【叔父 chek-hū】** siok-hū。我的～～goá ê ～～⇨同上。

**【叔公 chek-kong】** 父之叔父。阮～～goán ～～⇨我家的叔公。～～嬸婆～～chím-pô⇨叔公之妻。三～～sa$^n$～～⇨第三叔公。

**【叔伯 chek-peh】** 叔與伯。～～仔～～á⇨叔與伯之子女關係。～～兄弟～～hia$^n$-tī⇨同上。～～姊妹～～chí-moāi⇨同上。 ～～兄妹～～hia$^n$-moāi⇨堂兄妹。

**【叔祖 chek-chó·】** 叔公之父。～～藉六十歲耳～～chiah la̍k-cha̍p-hòe niâ⇨叔祖父才六十歲而已。

**【叔孫 chek-sun】** 叔侄siok-ti̍t。～～仔看着恰如兄弟哩～～á khoà-tio̍h kah-ná hia$^n$-tī lè⇨叔侄一看恰如兄弟一樣。

**chek 稷** 穀類的一種。又穀神也。社～siā～⇨天子所祭的社土神。宗廟社稷chong-miāu-siā-chek⇨亦指國家。孔明揮淚斬馬～khóng-bêng hui-lūi chám má～⇨三國演義故事。

**chek 燭** 蠟燭la̍h-chek也。又光度之單位。普通六十～的電火道有光也 phó·-thong la̍k-cha̍p ～ê tiān-hóe(hé) tō ū-kng a⇨同上。

**【燭心 chek-sim】** 蠟燭之綿心。剪～～chián ～～⇨同上。

**【燭仔 chek-á】** 蠟燭la̍h-chek。點～～tiám ～～⇨點明蠟燭。

**【燭台 chek-tâi】** 挿蠟燭的台基。

**【燭光 chek-kng】** 照明的光度。簡稱燭chek。六十～的la̍k-cha̍p～ê⇨六十燭光。一百～的chi̍t-pah～ê⇨一百燭光。

**【燭花 chek-hoe】** ㊀蠟燭上出現花紋。黏～～liâm～～⇨同上。㊁燭心燃成花樣。

**【燭淚 chek-lūi】** 蠟燭燃燒中多餘的蠟液溢外黏在燭身者。～～較大蠟燭～～khah-toā la̍h-chek⇨質不佳的蠟燭點燃的結果。

**chek 即** 就也。今也。近也。通則。有～改之，無～加勉iú～kái chì，bû～ka-bián⇨有不好的就改正他，無不好的就加倍勉勵。立～表示反對li̍p～piáu-sī hoán-tùi⇨即時表示反對。

**【即日 chek-ji̍t】** 當日tong-ji̍t。同日tông-ji̍t。～～生效～～seng-hāu⇨同上。

**【即位 chek-ūi】** ㊀古帝王登王位。㊁就席。就位。

**【即刻 chek-khek】** 即時～～chek-sî～～⇨立即。

**【即是 chek-sī】** 就是chiū-sī，道是tō-sī。色～～空，空～～色sek～～khong,khong～～sek⇨色道是空，空道是色sek tō-sī khong，khong tō-sī sek。佛家言也。

**【即時 chek-sî】** 立刻li̍p-khek。隨時sûi-sî。即刻chek-khek。～～該的物件～～ài ê mī-kiā⇨立即要的東西。

**【即管 chek-koán】** 只管。有話～～講，無要緊ū-ōe～～kóng，bô-iàu-kín⇨有話盡量說，沒關係。愛飲～～飲，我的麥仔酒透公賣局哩ài-lim～～lim，goá-ê bē-á-chiú thàu-kong-bē-kio̍k-lè⇨要喝只管喝，我的麥仔酒是通公賣局的。

**【即墨侯 chek-be̍k-hô·】** 硯giān的異名。

**chek 則** 法也。法～hoat～⇨同上。 規～kui～⇨同上。 原～goân～⇨同上。 以身作～í-sin chok～⇨同上。 又土地的等級名。十

~田cha̍p~chhân⇨十則的水田。三~田道是狀元田也sa$^{n}$~ chhân tō sī chiōng-goân-chhân ā⇨三則的水田就是(可以算做)狀元田了。

【則數 chek-sò͘】 同則聲。~~較少道是土地較好~~khah-chió tō-sī thó͘-tē khah-hó⇨同上。土地的等級以則計。

【則聲 chek-sia$^{n}$】 土地的等級。土地好稗看~~thó͘-tē hó bái khoà$^{n}$~~⇨同上。

chek **積** 堆聚也。聚~chū~⇨同上。集~chi̍p~⇨同上。面~bi̍ān~⇨同上。 體~thé~⇨同上。 好天着~雨來糧hó-thi$^{n}$ tio̍h~hō͘-lâi-niû⇨晴天應該積聚雨天的糧食。三代粒~一代開空sam-tāi lia̍p~it tāi khai-khong⇨前三代祖先所積聚的龐大家財，敗家子一代就予以散盡無遺。囤~居奇tùn~ki-kî⇨囤積貨物以待善價而賣之。又水不流亦曰積chek。水~稠扲未流chúi~tiâu leh bē-lâu⇨水杜住着不暢流。

【積下 chek-hē】 積庋chek-khǹg。~~扲不甘用~~leh m̄-kam-iōng⇨貯藏着不甘使用(食用)。

【積水 chek-chúi】 市區~~三尺chhī-khu~~sa$^{n}$-chhioh⇨市區浸積三尺深的水。

【積存 chek-chûn】 不用而存藏。材料~~的猶眞夥chāi-liāu~~ê iáu-chin-chē(chōe)⇨材料未用者還有甚多。

【積庋 chek-khǹg】 積存chek-chûn，積藏chek-chōng。庋khǹg。存放也。逐項物都眞佼~~ta̍k-hāng-mi̍h to chin-gâu~~⇨各種東西都很會收藏。~~扲~~leh⇨貯藏着。

【積恨 chek-hīn】 宿恨siok-hīn。積怨chek-oàn。~~極深~~ke̍k-chhim⇨同上。

【積怨 chek-oàn】 長久以來的怨恨。宿怨siok-oan。~~無法度解決~~bô-hoat-tō͘ kái-koat⇨久怨無辦法解開。

【積惡 chek-ok】 積不善chek-put-siān。作惡chok-ok。~~積毒無好報~~chek-to̍k bô-hó-pò⇨作惡作毒沒有好的報應。

【積善 chek-siān】 屢行善事。~~之家有餘慶，積不善之家有餘殃~~chi-ka iú-î-khèng chek-put-siān chi-ka iú î-iang⇨同上。

【積極 chek-ke̍k】 ~~消極兩極端~~siau-ke̍k liáng-ke̍k-toan⇨同上。

【積聚 chek-chū】 ~~錢財~~chî$^{n}$-châi⇨節儉累積錢財。

【積蓄 chek-thiok】 積聚chek-chū。隨人有~~扲sûi-lâng ū~~leh⇨各人皆有私蓄。

【積德 chek-tek】 略同積善chek-siān。好~~有好囝孫hó~~ū-hó-kiá$^{n}$-sun⇨同上。

【積少成多 chek-siáu sêng-to】 集腋成裘~~chi̍p-e̍k sêng-kiû~~~~⇨同上。

【積重難返 chek-tiōng lān-hoán】 不易更改。相沿成習~~~~siang-iân sêng-si̍p~~~~⇨同上。

【積草屯糧 chek-chháu-tūn-niû】 積馬草屯兵糧。戰爭的準備。招兵買馬~~~~chio-peng bé-bé~~~~⇨同上。

【積勞成疾 chek-lô sêng-chi̍t】 久勞致病。

【積穀防飢 chek-kok hông-ki】 囤積米糧以防飢荒。養兒待老~~~~iáng-jî-thāi-ló~~~~⇨同上。

chek **責** 求也。詰問也。強令也。處罰也。負~hū~⇨負起責任。譴~khián~⇨責備。盡~chīn~⇨完成應該做的事情。杖~tiāng~⇨鞭打pian-tá$^{n}$。職~chit~⇨同上。指~chí~⇨把別人失責之處指出來。當面~伊不着tng-bīn~i m̄-tio̍h⇨當面指責他不對。自己在內更扲~別人ka-lī(kī) chāi-lāi，koh-teh~pa̍t-lâng⇨自己在內(同罪)竟在指責他人。~來~去亦是自己無注意~lâi~khì a̍h-sī ka-lī(kī) bô-chù-ì⇨指責來指責去還是自己注意不夠。

【責人 chek-jîn】 指責別人。以~~之心責己，以恕己之心恕人í～～chi-sim chek-kí，í sū(sī)-kí chi-sim sū(sī)-jîn⇨指責自己寬恕別人。

【責任 chek-jīm】 義務性的任務。父母的～～hū-bó ê～～⇨同上。 公務員的～～kong-bū-oân ê～～⇨同上。 國家的～～kok-ka ê～～⇨同上。

【責成 chek-sêng】 命令負責完成某事。～～伊該於三日內完成～～i āi-tī saⁿ-jit-lāi oân-sêng⇨同上。

【責備 chek-pī】 ㊀指責批評。受人～～siū-lâng～～⇨受世人指責批評。㊁訓戒。要其有美皆備不可遭人非議。序大人～～子弟sī-toā-lâng～～chú-tē＝長輩父母訓戒子女。

【責罪 chek-chōe】 追究罪責。不當共伊～～也m̄-thang kā-i～～ā⇨不可對他追罪了。

【責督 chek-tok】 督責tok-chek。訓戒hùn-kài。先生～～眞嚴sin-seⁿ(sian-seng)～～chin-giâm⇨老師的訓戒很嚴密。細漢不～～大漢做轆轂sè(sòe)-hàn m̄～～toā-hàn chò(chòe) lok-khok⇨謂少時不嚴加訓育，長大了將成爲放蕩子。轆轂馬lok-khok-bé⇨無用之馬。轆轂lok-khok，省掉馬字以押韻也。

【責罵 chek-mē(mā)】 父母的～～pē-bó ê～～⇨父母的訓戒。

【責頭 chek-thâu】 因果立即報應。無～～亦責尾bô～～ah chek-bóe⇨不立即報應，將來也有報應。不知未～～亦未責尾耳，無講無報應的m̄-chai boeh(beh)～～ah-boeh(beh) chek-bóe niâ，bô-kóng-bô-pò-èng ê⇨不知道是立即報抑或將來報而已，沒有說沒報應的。

**chek 厍** 不合也。不相合也。骨節受傷曰厍着chek tioh。手骨～着chhiú-kut～tioh⇨手骨扭傷。脚骨去乎～着kha-kut khì-hō͘～tioh⇨脚骨節扭傷。頷管仔骨～ām-kńg-á-kut～着tioh⇨頸骨扭傷。～着腰脊骨～tioh-io-chiah-kut⇨扭傷了腰骨。

**chek 仄** 俗多以仄作厍，非也。仄，廁本字，通作側；仄亦爲平仄之仄也。

**chek 脊** 脊椎動物chek-chui-tōng-but⇨動物學名詞。脊chek者，腰脊骨io-chiah-kut也。

**chek 嘖** 大呼也。～有煩言～iú hoân-giân⇨甚多紛亂爭論之聲。怨言甚多。

【嘖嘖稱奇 chek-chek-chheng-kī】 讚歎不停。

**chek 促** 催chhui也。迫pek也。迫近亦曰促chek。督～tok～⇨催促chhui-chek。催迫chhui-pek。無人督～bô-lâng tok～⇨乏人催迫其行善。又迫使內部之液體流出曰促chek，jek，jiok。～膿～lâng⇨迫使膿液流出。～粒仔膿～liap-á-lâng⇨促膿。～痳仔子～thiāu-á-chí⇨迫出面疱。逐家～較偎扲tak-ke～khah-oá leh⇨大家再擠一擠。日子～偎來也jit-chí～oá lâi-ā⇨日子迫近來了。

【促猴胿 chek-kâu-kui】 強迫猴吐出胃中的食物。喻強迫拿出金錢。乎人掠去～～～hō͘-lâng liah-khì(ì)～～～⇨被人抓去勒索。

**chek 績** 紡pháng也。功績kong-chek也。紡～pháng～⇨同上。 業～giap～⇨同上。 成～sêng～⇨同上。 考～khó～⇨同上。

【績效 chek-hāu】 功效kong-hāu。～～未穲～～bē(bōe)-bái⇨效率不壞。

**chek 蹟** 同迹chek。神蹟sîn-chek。形～～可疑hêng～khó-gî⇨行動奇怪也。

**chek 迹** 足跡也，同跡chek。俗曰脚跡kha-jiah（見jiah跡部）。功業曰迹，功～kong～⇨同上。事～sū～⇨同上。 前人所遺留者曰迹。古～kó͘～⇨同上。 遺～ûi～⇨同上。凡有可循而見者皆曰迹chek。形～hêng～⇨同上。蹤～chong～⇨蹤～chong～⇨同上。 神～sîn～⇨同上。

**chek 跡** 同迹chek。足跡chiok-chek。憐人憐脚～；憎他憎九族liⁿ-jîn liⁿ kiok～,cheng-thaⁿ cheng kiú-chok⇨古俚。

che̍k **賊** 賊chha̍t也。(見chha̍t部)。盜～tō～⇒同上。國～kok～⇒同上。 反～hoán～⇒同上。

**【賊子 che̍k-chú】** 亂臣～～loān-sîn～～同上。

**【賊是小人 che̍k sī-siáu-jîn】** ～～～～智過君子～～～～tì kō-kun-chú⇒賊仔狀元才chha̍t-á chiōng-goân-châi。

che̍k **寂** 無人聲也。靜也。安也。今人多誤讀如肅siok，殊非是。孤～ko͘～⇒孤單寂寞。

**【寂寞 che̍k-bo̍k】** 清靜無人爲件。無言獨上西樓，月如鈎，～～梧桐深院鎖清秋，剪不斷理還亂，是離愁，別是一番滋味在心頭bû-giân to̍k-siāng se-lâu, goa̍t-jû-kau, ～～gô͘-tông chhim-ī$^{n}$ só-chheng-chhiu, chián-put-toān, lí-hoân-loān, sī-lī-chhiû, pia̍t-sī it-hoan chu-bī chāi-sim-thâu⇒李後主詞。寂寞che̍k-bo̍k，今人多誤讀如肅目siok-bo̍k或宿木siok-bok，殊可惜亦格耳keh-hī$^{n}$也。

**【寂寥 che̍k-liâu】** 寂靜空洞 che̍k-chēng khong-tōng。寂者無音聲，寥者無形影che̍k chiâ bû-im-seng, liâu-chiâbû-hêng-éng。不勝～～之感put-sìn～～chi-kám⇒同上。

**【寂靜 che̍k-chēng】** 無人無聲的平靜。～～的深夜～～ê chhim-iā⇒同上。

che̍k **籍** 書本也。簿册也。底册也。書～si(su)～⇒書，書本。史～sú～⇒歷史書。戶～hō͘～⇒戶口底册。戶～謄本hō͘～thêng-pún⇒戶籍册抄本。謄thêng，迻也，移也，移書也。體育會的會～thé-io̍k-hōe ê hōe～⇒體育會的會員名册。國～法kok～hoat⇒同上。 入外國～ji̍p-goā-kok～⇒同上。 本～pún～⇒同上。 寄kià～⇒同上。

**【籍貫 che̍k-koàn】** 世居之地。～～無變更～～bô-piàn-keng⇒同上。

**【籍籍 che̍k-che̍k】** 語聲紛紛。無～～名bû～～bêng⇒沒有多大的名氣。

che̍k **藉** 蹈也。踐蹈也。雜亂也。狼～lông～⇒雜亂散亂。狼藉草而臥，去則散亂矣。枕～chím～⇒交相爲枕而臥。衆皆枕～而死chiōng kai chím～jī-sí⇒同上。 杯盤狼～poe-phoân lông～⇒落花狼～lo̍k-hoa lông～⇒皆形容酒席杯盤橫陳散亂不堪的情形。

## cheng

cheng **爭** 引也。引之使歸於己也。競也。奪也。戰～chiàn～⇒同上。競～kèng～⇒同上。論～lūn～⇒同上。～氣不～財～khì put～châi⇒同上。不～之事實put～chi-sū-si̍t⇒同上。相～不可相拍sio～m̄-hó sio-phah⇒爭論可以，相打不可。

**【爭友 cheng-iú】** 諫諍之朋友。敢於直言忠告的朋友。～～正是好的朋友～～chià$^{n}$-sī hó ê pêng-iú⇒同上。

**【爭功 cheng-kong】** 誇稱己功最大。掠三尾三界娘仔也敢～～lia̍h-sa$^{n}$-bóe sam-kài-niû-á ā-ká$^{n}$～～⇒捕取三條小魚兒也敢爭取功勞。

**【爭名 cheng-bêng】** 爭取名譽～～奪利～～toa̍t-lī⇒同上。

**【爭光 cheng-kong】** 爲國～～ūi-kok～～⇒同上。

**【爭利 cheng-lī】** 世間人不是爭名道是～～sè-kan-lâng m̄-sī cheng-bêng tō-sī～～⇒世人不是爭名聲就是爭利益。

**【爭臣 cheng-sîn】** 君王之爭友。天子有～～七人thian-chú iú～～chhit-jîn⇒同上。

**【爭取 cheng-chhú(chhí)】** ～～利權～～lī-khoân⇒同上。

**【爭差 cheng-chha】** 不相同。～～分分仔耳～～hun-hun-á niâ⇒彼此差一點點而已。有～～道未使得也ū～～tō bē-sái-tit-à⇒有差異就不行了。～～三萬外里～～sa$^{n}$-bān-goā-lí

⇨相差很大很大。無～～許爾敎bô～～hiah-ni-chē⇨不差得那麼多。

【爭討 cheng-thó】 爭取收回。～～物件～～mih-kiāⁿ⇨爭討東西。

【爭執 cheng-chip】 意見或利益不同而相爭不下。雙邊猶有～～扴siang(siong)-pêng iáu-ū～～lè⇨雙方還有爭執的存在。

【爭訟 cheng-siōng】 訴訟sò·-siōng。居家戒～～訟則終是凶ki(ku)-ka kài～～siōng chek chiong-sī-hiong⇨爲人切莫與人涉訟，涉訟到頭來也是凶多吉少。

【爭雄 cheng-hiông】 同爭覇cheng-pà。七國～～chhit hiông～～⇨中國戰國時代。

【爭較 cheng-kàu】 計較kè-kàu。自己的人講～～到法院去ka-kī-ê-lâng kóng～～kà hoat-īⁿ khì⇨自己人竟計較到法院去互訟。

【爭鬥 cheng-tò·】 打架。爭取。～～愈激烈～～jú-kek-liat⇨同上。

【爭奪 cheng-toat】 你爭我奪lí-cheng-goá-toat。冠軍～～戰koan-kun～～chiàn⇨同上。

【爭論 cheng-lūn】 ～～未煞～～bē-soah⇨爭論不休。

【爭覇 cheng-pà】 爭奪覇主地位。一場拳王的～～戰chit-tiûⁿ kûn-ông ê～～chiàn⇨同上。

【爭議 cheng-gī】 日文。紛爭。糾紛kiú-hun。勞動～～lô-tōng～～⇨勞資糾紛。

【爭辯 cheng-piān】 爭論cheng-lūn。一場大～～chit-tiûⁿ toā～～⇨同上。

【爭先恐後 cheng-sian-khióng-hō·(hiō)】 ～～去國外觀光～～～～khì kok-goā koan-kong⇨一窩蜂旅遊國外。

【爭妻奪田 cheng-chhe-toat-tiân】 ～～～～視死如眠～～～～sī-sú jû-biân⇨同上。

【爭風食醋 cheng-hong chiah-chhò·】 爭奪女色。少年郎愛安爾～～～～siàu-liân-lâng ài an-ne(ni)～～～～⇨少年人喜歡這樣子的爭風喫醋。

【爭得貓兒 cheng-tit-biâu-jî】 ～～～～，失掉牛脚～～～～，sit-tiàu gû-kha⇨爭取到小貓却失去了牛脚。喩得小失大。

【爭權奪利 cheng-koân-toat-lī】 ～～～～是難免的嘛～～～～sī lān-bián ê mà⇨同上。

**掙** cheng 用力支拄也。以拳擊打曰掙cheng。拳～脚踢kûn～kha-that⇨拳打脚踢。用人的拳頭母～石獅 iōng-lâng-ê kûn-thâu-bó～chioh-sai⇨以別人的拳頭擊石頭。喩藉外力以圖己利。

【掙扎 cheng-chat】 大力滾動以求脫，或求生。拼命～～piàⁿ-miā～～⇨同上。

【掙脫 cheng-thoat】 掙扎求脫。～～了綑索～～liáu khún-soh⇨同上。

【掙死人 cheng-sí-lâng】 打死人。無人信講十歲囡仔會～～～bô-lâng-siàn kóng-chap-hòe-gín-á ē～～～⇨沒人相信說十歲的孩子能夠以拳打死人。

【掙槓拍 cheng-kòng-phah】 對個某安爾逐日～～～，實在有酷刑tùi-in-bó· an-ne(ni)～～～，sit-chāi ū-khok-hêng⇨對他老婆如此這般的拳掙棒打手批眞的太過份。

**箏** cheng 古樂器名。似琴，有十三絃。又風箏hong-cheng，即紙鳶chí-iân也，俗曰風吹hong-chhoe。

**精** cheng 精液也。聰敏也，細密也，熟練也。神妖也，射～siā～⇨同上。 夢～bōng～⇨同上。 洩～siap～⇨同上。 父～母血hū～bó-hiat⇨古人謂人之所來。靈～lêng～⇨㊀神妖，㊁伶俐。藝～人貧gē～jîn-pîn⇨長於藝的人多貧。～於藝而亡於藝～î-gē jî bông-î-gē⇨同上。

【精力 cheng-lek】 體力，精神力。～～充沛～～chhiong-phāi⇨同上。

【精水 cheng-chúi】 精液。淫水îm-chúi。

【精心 cheng-sim】 ～～調做～～tiau-chò(chòe)⇨同上。～～傑作～～kiat-chok⇨同上。

【精巧 cheng-khiáu】 ～～的設計～～ê siat-kè⇨同上。

【精米 cheng-bí】 同春米cheng-bí。

【精血 cheng-hiat】 精與血。又同精力。～～充沛～～chhiong-phài⇨同上。

【精良 cheng-liâng】 十分完美。設備～～siat-pī～～⇨同上。

【精妙 cheng-miāu】 精細巧妙。cheng-sè(sòe)-khiáu-miāu。～～的作品～～ê chok-phín⇨同上。

【精兵 cheng-peng】 ～～主義～～chú-gī⇨同上。

【精明 cheng-bêng】 ～～強幹的人材～～kiâng-kàn ê jîn-chhâi⇨同上。

【精舍 cheng-sià】 僧院佛庵cheng-īⁿ-hut-am。又僧尼所居。

【精英 cheng-eng】 ㊀精細英明。㊁最佳的人材。集合一時之～～chip-hap it-sî chi～～⇨集合了當時之最佳人材。㊂活潑的氣力。失～～去也sit～～khì à⇨喪心失意的意思。

【精神 cheng-sîn】 ～～未死～～bē(bōe)-sí⇨同上。

【精密 cheng-bit】 ～～工業～～kang-giap⇨同上。

【精液 cheng-ek】 精水cheng-chúi。～～中有精蟲～～tiong ū cheng-thâng⇨同上。

【精華 cheng-hoâ】 文化的～～bûn-hoà ê～～⇨同上。

【精細 cheng-sè(sòe)】 做人眞～～chò(chòe)-lâng chin～～⇨謂爲人精明、小心謹愼。

【精通 cheng-thong】 ～～天文地理～～thian-bûn tē-lí⇨同上。

【精誠 cheng-sēng】 ～～合作～～hap-chok⇨同上。

【精銳 cheng-jōe】 ～～部隊～～pō·-tūi⇨同上。

【精確 cheng-khak】 細密而正確。～～的科學儀器～～ê kho-hak-gî-khì⇨同上。

【精選 cheng-soán】 精心細選。～～的好茶～～ê hó-tê⇨同上。

【精蟲 cheng-thâng】 精蟲cheng-thiông。

【精讀 cheng-thok】 ～～兵書～～peng-si(su)⇨同上。

【精疲力竭 cheng-pî-lek-kiat】 精神體力皆用盡了。

【精益求精 cheng-ek-kiû-cheng】 ～～～～道是進步的原動力～～～～tō-sī chìn-pō· ê goân-tōng-lek⇨同上。

cheng **睛** 眼睛gán-cheng，目珠bak-chiu也。火眼金睛hóe-gánkim-cheng⇨孫悟空之眼也。

cheng **征** 上伐下也。又賦稅也。又取也。南～北討lâm～pak-thó⇨同上。薛仁貴～東sih-jîn-kùi～tang⇨同上。上下交～利siāng-hē(hā) kau～lī⇨同上。稅捐稽～所sòe-koan khè～só·⇨同上。出～chhut～⇨同上。御駕親～gī-kè(kà)chhin～⇨同上。

【征夫 cheng-hu】 遠行人。又出征之軍人。

【征伐 cheng-hoat】 出兵～～西仔番chhut-peng～～se-á-hoan⇨同上。

【征衣 cheng-i】 征夫之衣。今日軍服。

【征戍 cheng-sut】 出征駐戍。

【征服 cheng-hok】 ～～異族～～ī-chok⇨同上。

【征討 cheng-thó】 ～～大元帥～～tāi-goân-sòe⇨同上。

【征番 cheng-hoan】 征伐番變cheng-hoat hoan-piàn。

【征戰 cheng-chiàn】 醉臥沙場君莫笑，古來～～幾人回chûi-ngō· sa-chhiâng kun bo̍k-chhiàu, kó·-lâi～～kî-jîn-hôe⇨唐詩。

**cheng 徵** 在兵事或稅務上，征兵，征稅通作徵兵cheng-peng，徵稅cheng-sòe(見tin部)。

【徵收 cheng-siu】 tin-siu。

【徵兵cheng-peng】 tin-peng。

【徵稅 cheng-sòe】 tin-sòe。

**cheng 曾** 姓氏。嘗也。未嘗bī-siâng⇨未曾bōe(bē)-cheng。未～嫁翁先生囝bōe～kè-ang seng-se$^{n}$ kiá$^{n}$⇨未嫁翁先生子。未～出世道先發喙鬚bōe～chhut-sì tō-seng hoat-chhùi-chhiu⇨未曾出生就先有鬍。未～學司先學術bōe～o̍h-sai seng o̍h-su̍t⇨未曾學習司功，就先學習邪術。喻做事不循一定的次序。司功sai-kong，喪事所謂做功德的道士戲。～於太白峯前住，數到仙遊寺裏來～î thài-pe̍k-hōng-chiân-chū, sò·-tò sian-iû-sī-lí-lâi⇨唐詩李白。

【曾子 cheng-chú】 曾參。孔子的得意門生。作大學，乃～～，自修齊，至平治chok-tāi-ha̍k, nái-～～, chū-siu-chē, chì-peng-tī⇨三字經。

【曾祖 cheng-chó·】 祖之父也。～～之父曰高祖～～chi-hū oa̍t-ko-chó·⇨同上。高～～，父而身，身而子，子而孫，自子孫，至玄曾，乃九族，人之倫ko～～, hū-jî-sin, sin-jî-chú, chú-jî-sun, chū-chú-sun, chì-hiân-cheng, nái-kiú-cho̍k, jîn-chi-lûn⇨三字經。

【曾孫 cheng-sun】 孫之子也。～～之子曰玄孫～～chi-chú oa̍t hiân-sun⇨同上。

【曾經 cheng-keng】 今人不見古時月，今月～～照古人kim-jîn put-kiàn kó·-sî-goa̍t, kim-goa̍t～～chiàu-kó·-jîn⇨唐詩。

**cheng 鐘** 古樂器也。金鐘kim-cheng⇨銅鐘tâng-cheng，擂鼓敲～lūi-kó·-khau～⇨打鼓打鐘。時～sî～⇨計時器。鬧～nāu～⇨同上。掛～koà～⇨同上。又時刻亦曰鐘cheng。三點～sa$^{n}$-tiám～⇨同上。五分～的熱情gō·-hun～ê jia̍t-chêng⇨喻衝動性的熱情，五分過了就一切沒有了。

【鐘表 cheng-pió】 時計的總稱。～～店～～tiàm⇨同上。表pió亦作錶pió。

【鐘鼓 cheng-kó·】 鐘與鼓。琴瑟和之，～～樂之khîm-sek-hô-chi, ～～lo̍k-chi⇨詩經。

【鐘樓 cheng-lâu】 教堂寺院等掛鐘的高樓。～～怪人～～koài-jîn⇨法國名小說名。

【鐘聲 cheng-seng】 夜半～～iā-poàn～～⇨同上。

【鐘聲 cheng-sia$^{n}$】 cheng-seng。

【鐘點 cheng-tiám】 時間。算～～的sǹg～～ê⇨按時計費àn-sî kè-hùi。～～費～～hùi⇨額外的加班費。

**cheng 鍾** 酒器也。亦讀鍾chiong。琉璃～liû-lî～⇨琉璃所彫的飲酒器。堯舜千～孔子百觚giâu-sùn chhian～(chiong), khóng-chú pek-ko·⇨同上。觚ko·，亦酒器。又聚也。情之所～chêng-chi-só·～(chiong)⇨同上。一見～情it-kiàn～(chiong) chêng⇨同上。老態龍～ló-thāi-liông～⇨謂老人體弱不能立定。龍鍾liông-chiong, lêng-cheng。

**cheng 畜** 即畜牲cheng-se$^{n}$(si$^{n}$)⇨㊀家畜ka-thiok。據說，畜cheng故意以代淸chheng，亦即視淸人爲畜hiok者也。飼～～仔chhī～～á⇨養家畜。㊁罵人詞。亦即畜生thek-se$^{n}$(si$^{n}$)。不輸～～哩bē-su～～lè⇨宛然畜生也。

**cheng 衝** 向也。突擊也。相撞也，直上也。(見chhiong部)。相～頭sio～thâu⇨相逢面。走到相～着cháu-kà sio～tio̍h⇨跑得彼此互撞。走了傷兇去～着壁cháu-liáu siu$^{n}$-hiong khì～tio̍h-piah⇨走得太兇太快而撞上牆壁。

【衝破椀 cheng-phoà-oá$^{n}$】 撞破碗lòng-phoà-oá$^{n}$。食兇～～～chia̍h-hiong～～～⇨

急忙而食而把椀打破了。喻急性多壞事。

【衝墓壙 cheng-bōng-khòng】 衝墓穴。不輸猾狗扲～～～哩bē-su siáu-káu teh～～～lè⇨宛如狂犬在衝撞墓穴。罵無因無由的急迫魯奔行動。

【衝門踏戶 cheng-mn̂g-tah-hō͘】 突然衝進別人之家去問罪。小可仔事道共人～～～～敢未較過份sió-khó-á-sū tō-kā-lâng～～～～kám-bē(bōe) khah-kòe(kè)-hūn⇨小事而到人家問罪不過份嗎。

【衝破腰肚 cheng-phoà-io-tó͘】 提錢衝破人的腰肚theh-chîⁿ cheng-phoà-lâng-ê-io-tó͘⇨謂用錢浪費無度。腰肚io-tó͘喻錢包。

【衝頭磕額 cheng-thâu-khap-hiah】 在生活上的衝鋒陷陣chhiong-hong-hām-tīn。～～～～都是爲着三頓飯～～～～to-sī ūi-tioh saⁿ-tǹg-pn̄g⇨拚命奔走皆是爲了日食三餐也。

cheng **舂** 擣也，椎也。即擣粟擣米也。擣tó同搗tó以椎thûi敲打也。又古刑罰名。婦女有罪不罰從軍而罰舂cheng，亦即舂米cheng-bí以作犯糧。

【舂米 cheng-bí】 ～～煮飯，細柴拎草，管鷄飼狗規日攄未了～～chí(chú)-pn̄g, in-chhâ lak-chháu, koán-ke chhī-káu, kui-jıt hôe-bē(bōe)-liáu⇨謂婦女工作如此之多，整天忙不完。摸物bong-mıh,拭物chhit-mıh曰攄hôe。

【舂臼 cheng-khū】 舂米器。古代掘地爲臼khū，今有石～～chioh～～，柴～～chhâ～～。酒摒庋～～酒甕借別人chiú piàⁿ-khǹg～～chiú-àng chioh-pat-lâng⇨酒倒放於臼中，酒甕借給他人。謂此事不合事理。庋khǹg，放也，藏也。摒piàⁿ，除也。除器中之物曰摒piàⁿ。

【舂杵 cheng-chhí】 舂米椎cheng-bí-thûi。賣舂臼無合～～bē(bōe)-cheng-khū bô-kah～～⇨賣臼不配同杵。合kah，配也，附也。

【舂牆的 cheng-chhiûⁿ ê】 古時鄉間蓋房屋的一法，亦即不用土墼thô͘-kat，而直接以枋模pang-bô͘入泥土舂實爲之。合扇的未較輸～～～kah-sìⁿ ê bē(bōe)-khah-su～～～⇨合扇的不遜色於舂牆的。合扇的kah-sìⁿ ê⇨竹木材的建築。

【舂粢做粿 cheng-chî-chò-kóe】 舂做麻粢以及各種粿品，也就是爲過年過節或迎神賽會之準備。粢chî，餈chî同，稻餅也，今曰麻粢。

cheng **憎** 厭惡也。嫌恨也。面貌可～bīn-māu-khó～⇨面目可惡。憐人憐脚跡，～他～九族lîn-jîn lîn-kiok-chek, ～thaⁿ～kiú-chok⇨謂憐愛之甚與憎惡之深的對比。

【憎恨 cheng-hīn】 ～～在心～～chāi-sim⇨同上。

cheng **僧** 佛家道人也。梵語僧伽cheng-ka之略。俗稱和尙hôe-siūⁿ。小～sió～⇨小和尙。聖～sèng～⇨同上。高～ko～⇨同上。野～iá～⇨遊方和尙，又不守佛戒的和尙。野奸～iá-kan～⇨壞和尙。尼～nî～⇨尼姑，女和尙。

【僧尼 cheng-nî】 和尙hôe-siūⁿ與尼姑nî-ko͘。

【僧侶 cheng-lī】 和尙hôe-siūⁿ。

【僧院 cheng-īⁿ】 佛寺。僧衆所居的房屋。～～僧房～～cheng-pâng⇨同上。

【僧道 cheng-tō】 和尙與道士tō-sū。

【僧多粥少 cheng-to-chiok-siáu】 和尙多，粥不多。喻供不應求kióng-put-èng-kiû。

cheng **增** 益也。多也。馬齒徒～má-chhí tô͘～⇨年紀高的謙詞。天～歲月人～壽，春滿乾坤福滿堂thian～sòe-goat jîn～siū,chhun-boán khiân-khun hok-boán-tông⇨常見的春聯。加～伊的薪水ke～i ê sin-súi⇨升了他的薪水。

【增加 cheng-ka】 較舊的多了。自然～～chū-jiân～～⇨同上。

【增刊 cheng-khan】 增加出版。～～三千份～～saⁿ-chheng-hūn⇨同上。

【增光 cheng-kong】 爲國家～～ūi-kok-ka～～⇨同上。

【增益 cheng-ek】 加添ka-thiⁿ。對社會也有～～tùi-siā-hōe ā-ū～～⇨同上。

【增值 cheng-tı̍t】 增加價值cheng-ka-kè-ta̍t。土地～～稅thó·-tē～～sòe⇨稅目名。

【增減 cheng-kiám】 歲出入數字無～～sòe-chhut-ji̍p sò·-jī bô～～⇨同上。

【增產報國 cheng-sán-pò-kok】 ～～～～的觀念無一定是正確～～～～ê koan-liām bô-it-tēng sī chèng-khak⇨同上。例如當今出口貨雖受歡迎，但是嬰仔的增產却要限制了。

cheng **貞** 正也。定也。不動不惑也。忠～無二心 tiong～bû-jī-sim⇨同上。堅～不移 kian～put-î⇨同上。～觀之治～koan chi tī唐太審之太平年。

【貞女 cheng-lí(lú)】 守一不再嫁的女人。貞婦cheng-hū。～～是受尊敬的～～sī siū chun-kèng ê⇨同上。

【貞烈 cheng-lia̍t】 守原則而寧死不屈服。～～的志操～～ê chì-chho⇨同上。

【貞節 cheng-chiat】 夫死而堅決不再嫁。又堅定的節操。可以企～～牌khó-í-khiā～～pâi⇨有資格立貞節牌。

【貞操 cheng-chho】 守一不二的女德。～～觀念～～koan-liām⇨同上。

【貞觀皇 cheng-koan-hông】 李世民。貞觀cheng-koan其年號。唐明皇～～～tông-bêng-hông～～～⇨李隆基與李世民。

cheng **偵** 候也。打探也。暗中探伺曰偵cheng。密～bı̍t～⇨秘密偵查其人。探～thàm～⇨偵探cheng-thàm。游～iû～⇨間諜kan-tia̍p。亦作貞。

【偵查 cheng-chhâ】 ～～違法～～ûi-hoat⇨同上。～～隊～～tūi⇨同上。

【偵訊 cheng-sìn】 審問案件。於法院抄～～tī hoat-īⁿ teh～～⇨在法院偵訊中。

【偵探 cheng-thàm】 間諜kan-tia̍p。～～片～～phìⁿ⇨間諜爲主要內容的影片。～～小說～～siáu-soat⇨同上。

【偵察機 cheng-chhat-ki】 軍用飛機的一種。～～～戰鬥機～～～chiàn-tò·-ki⇨同上。

cheng **旌** 旗也，亦讀seng (見seng部)。靈旌lêng-cheng⇨喪禮中書明死者身分的靈旗。

cheng **烝** 火氣上行也。亦作蒸cheng。炊之於甑也。甑cheng, sñg，亦即籠甑láng-sñg。

【烝粢 cheng-chî】 炊製麻粢。囡仔郎尻川三斗火也好～～也好餾粿gín-á-lâng kha-chhng saⁿ-táu-hóe(hé) ā-hó～～ā-hó liū-kóe⇨謂少年人屁股有三斗火的熱氣，也可以烝麻粢也可以餾餜，不會怕寒冷。

cheng **蒸** 氣上達也。同烝cheng。

【蒸氣 cheng-khì】 水滾而化成氣體。～～機關～～ki-koan⇨以蒸氣爲動力之機械。

【蒸發 cheng-hoat】 液體氣化而消逝的作用。～～作用～～chok-iōng⇨同上。

【蒸籠 cheng-láng】 竹製的烝器。俗曰籠甑láng-sñg。

【蒸餾水 cheng-liū-chúi】 蒸氣所凝結而成的清水。因無雜質故可供醫療或化學試驗之用。

cheng **甑** 烝器也。俗曰籠甑láng-sñg，炊粿的道具也 (見sng部)。

chéng **種** 穀種也。凡種子 chéng-chí 皆曰種chéng。又種族也，種類也。又親像 chhin-chhiūⁿ類似種族者亦曰種 chéng。粟～chhek～⇨穀種 kok-chéng。薑～kiuⁿ～⇨同上。芋～ō·～⇨同上。人～jîn～⇨同上。黑～o·～⇨黑人族。白～pe̍h～⇨白人族。番仔～hoan-á～⇨夷族。外國～goā-kok～⇨同上。雜～仔cha̍p～á⇨㊀父母不同種者。㊁父不能確定者。絕～

che̍h～⇨一族皆絕。孤毛更絕～ko͘-mo͘ koh-che̍h～⇨謂非常不可思議。品～phín～⇨品類。在來～南洋～chāi-lâi～lâm-iû$^{n}$～⇨本地種與南洋種，農作物多有此分別。外甥仔～母舅gōe-seng-á～bó-kū⇨外甥像舅父。性質～老母外貌～老父sèng-chit～lāu-bú, goā-māu～lāu-pē⇨性似母貌似父。

【種子 chéng-chí】 敥～～iā～～⇨布種。～～好道較允收成～～hó tō khah-ún siu-sêng⇨種子好收穫就較有把握。

【種仔 chéng-á】 小母牛。生一隻～～se$^{n}$(si$^{n}$)-chi̍t-chiah～～⇨生下一只小母牛。牛～～gû～～⇨小母牛。

【種別 chéng-pia̍t】 種類chéng-lūi。照～～分開去種chiàu～～pun-khui khì-chèng⇨依種類分開去栽植。

【種族 chéng-cho̍k】 彼～～較早開化hit～～khah-chá khai-hoà⇨彼一種族較早開化。

【種傳 chéng-thn̂g】 遺傳i-thoân。許有～～的he ū～～ê⇨那是承受於父母的。好的不～～歹的～～了了hó ê m̄～～, pháiⁿ ê～～liáu-liáu⇨好者不傳，壞者全部傳下來。

【種種 chéng-chéng】 chióng-chióng。各色各樣kok-sek kok-iū$^{n}$。～～變化～～piàn-hoà⇨同上。～～花樣～～hoe-iū$^{n}$⇨同上。～～不好的行爲～～m̄-hó ê hêng-ûi⇨同上。～～偉大的成就～～úi-tāi ê sêng-chiū⇨同上。

【種類 chéng-lūi】 ～～無共款～～bô kāng khoán⇨種類不一樣。

chéng **腫** 脹tiàng也。膚肉hu-jio̍k浮滿之疾也。或生瘡或打撲或外傷膚肉皆會有腫chéng的現傷。浮～phû～⇨皮肉浮脹。粒仔抧～lia̍p-á teh～⇨瘡在腫脹。黃～胳n̂g～hàm⇨黃疸病的俗名。胳hàm亦脹tiàng。鼻管～起來也phī$^{n}$-kóng～khí-lâi ā⇨謂非常得意了。但起來也khí-lâi-ā皆應改讀第三聲爲khì-lài-à。

chéng **井** 井ché$^{n}$也（見che$^{n}$部）。井田制chéng-tiân-chè⇨同上。

chéng **掌** 掌chiáng→chéng。手心也。手中也。指也。

【掌甲 chéng-kah】 指甲。～～花～～hoe⇨一種花草，據說有治指甲病之效。

【掌指仔 chéng-chái$^{n}$-á】 同掌頭仔chéng-thâu-á。俗作指指chí-chí而強讀chéng-chái$^{n}$。尾～～～bóe～～～⇨小指。

【掌頭仔 chéng-thâu-á】 指。手指chí。

chéng **整** 齊也。理也。全也。準備曰整chéng，出錢出資曰整chéng，主辦標會亦曰chéng。調～tiâu～⇨戰線進退，變更薪水待遇，人事昇遷等等皆曰調整tiâu-chéng。非常可愛的名詞。衣冠不～i-koan put～⇨服式不合。年夠也該來～些身穿也nî kàu à ài-lâi～chē sin-chhēng ā⇨新年到了，需要準備些衣裳了。你無本我共你先～嘛lí bô-pún goá kā-lí seng～mà⇨你沒錢我爲你先支付嘛。會仔～一會道有錢也hōe-á～chi̍t-hōe tō-ū-chî$^{n}$ ā⇨標會主辦一會就有錢了。

【整本 chéng-pún】 出錢，出資。靠別人～～khō-pa̍t-lâng～～⇨依靠別人出資。自己～～ka-kī(lī)～～⇨自己出錢。

【整容 chéng-iông】 ㊀修飾儀容。㊁理容，美容。

【整船 chéng-chûn】 經營船運。～～行呂宋～～kiâ$^{n}$ lī-sòng⇨經營呂宋島線的船運。

【整現 chéng-hiān】 籌出現款。要現的就～～的乎你iàu-hiān ê chiū～～ê hō͘-lí⇨同上。

【整理 chéng-lí】 整頓chéng-tùn。～～舊河山～～kiū-hô-san⇨重建國家。

【整頓 chéng-tùn】 整理chéng-lí。～～家私頭仔～～ke-si-thâu-á⇨整理家用道具。～～身穿～～sin-chhēng⇨衣裳儀容的修飾。

【整齊 chéng-chê】 服裝～～ho̍k-chong～

～⇨同上。

【整數 chéng-sò͘】 ㊀數學名詞。不帶小數點或分數之數。㊁大賬目。來往攏是～～無零星的lâi-óng lóng-sī～～bô-lân-san ê⇨同上。

【整戲 chéng-hì】 經營戲班。演戲業。祖父的手道抣～～也chó͘-hū ê chhiú tō-teh～～ā⇨祖父時代就在經營演藝業了。

【整聲 chéng-siaⁿ】 牽制性的警告。人抣～～也lâng-teh～～ā⇨人家在整聲了（還不怕嗎）。這個人家，可以是父母，也可以是太座等的有權威者。

【整軍經武 chéng-kun keng-bú】 積極推行～～～～的政策chek-kek chhui-hêng～～～～ê chèng-chhek⇨同上。

【整整齊齊 chéng-chéng-chê-chê】 逐個服裝都～～～～眞好看tak-ê hok-chong to～～～～chin-hó-khoàⁿ⇨同上。

**正** chèng 是也。方直不曲謂之正chèng。方～hong～⇨同上。四～sù～⇨方正。棄邪歸～khì-siâ kui～⇨同上。邪不鬥～siâ-put-tàu～⇨同上。名不～則言不順bêng-put～chek-giân(gân)-put-sūn⇨同上。上不～則下歪siāng-put～chek-hē oai⇨上梁不～下梁歪siāng-niû-put～hē-niû-oai。保～pó～⇨古村里長名。大僧～tāi-cheng～⇨最高級僧官名。

【正己 chèng-kí】 以身作則í sin chok-chek。未能～～焉能正人bī-lêng～～ian-lêng-chèng-jîn⇨同上。

【正大 chèng-tāi】 公明～～kong-bêng～～⇨同上。

【正午 chèng-ngó͘】 中午tiong-ngó͘十二時。

【正式 chèng-sek】 官方的，公開的，負責的。～～訪問～～hóng-būn⇨同上。～～聲明～～seng-bêng⇨同上。

【正色 chèng-sek】 由平常轉持嚴肅的態度。～～予以警告～～î-í-kéng-kò⇨同上。

【正身 chèng-sin】 非替身hui-thè-sin。驗明～～giām-bêng～～⇨查明不是僞的。

【正法 chèng-hoat】 依法處死。掠去～～liah khì～～⇨捉去斬首。

【正果 chèng-kó】 修佛者成佛。喩死。歸～～kui～～⇨成佛，死了。

【正供 chèng-kòng】 古時入國庫的正租chiàⁿ-cho͘。錢糧～～chîⁿ-niû～～⇨同上。

【正直 chèng-tit】 公正剛直。～～的言行～～ê giân(gân)-hêng⇨同上。

【正事 chèng-sū】 正業chèng-giap。～～不做端仔侏走彼類桷仔縫～～m̄-chò(chòe) tan-á-boeh-cháu hit-lui kak-á-phāng⇨正當的事不做只是一意要做那些違法邊緣的事情。桷仔縫kak-á-phāng亦曰法律縫hoat-lut-phāng，亦即指那些一不小心就觸犯禁條的。

【正面 chèng-biān】 前面chêng-bīn。～～衝突～～chhiong-tut⇨大衝突。表面化的衝突。

【正派 chèng-phài】 正道的。傳統的。阿三較屬於～～的a-sam khah siok-tī～～ê⇨阿三比較有正義感。學～～的戲oh～～ê hì⇨學習傳統的戲劇。

【正室 chèng-sit】 明媒正娶bêng-bôe-chèng-chhú的夫人。～～偏房～～phian-pâng⇨正chiàⁿ夫人與二夫人。偏房phian-pâng亦曰側室chhek-sit。

【正氣 chèng-khì】 天地有～～，雜然賦流形，下則爲河嶽，上則爲日星thian-tē iú～～，chap-jiân hù-liû-hêng, hē-chek-ûi-hô-gak, siāng-chek-ûi-jit-seng⇨正氣歌。

【正莊 chèng-chong】 方正端莊。

【正規 chèng-kui】 ～～教育～～kàu-iok⇨同上。～～軍～～kun⇨同上。

【正教 chèng-kàu】 ～～邪教～～siâ-kàu⇨同上。天主～～thian-chú～～⇨天主教。

【正理 chèng-lí】 眞理chin-lí。強詞奪～～kiâng-sû toat～～⇨強辯歪曲了眞理。

【正常 chèng-siâng】 照常chiàu-siâng。一如常理常態。發育～～hoat-io̍k～～⇨同上。工場各部份都～～kang-tiû$^{n}$ kok-pō·-hūn to～～⇨同上。

【正道 chèng-tō】 正路chià$^{n}$-lō·。正業chèng-gia̍p。著走～～不當走偏途tio̍h-cháu～～m̄-thng cháu phian-tô·⇨應該做正當的職業，不可做非正途的職業。

【正統 chèng-thóng】 正式的。傳統的。～～的舊禮教～～ê kū-lé-kàu⇨同上。～～的肉粽～～ê bah-chàng⇨同上。

【正義 chèng-gī】 力是～～le̍k sī～～⇨同上。有～～感的人ū～～kám ê lâng⇨同上。～～派～～phài⇨同上。

【正業 chèng-gia̍p】 不務～～專走偏路put-bū～～choan-cháu phian-lō·⇨同上。

【正經 chèng-keng】 無～～的角色bô～～ê kioh-siàu⇨不正經的人。不～～的查某郎m̄～～ê cha-bó·-lâng⇨不正經的女人。不m̄同無bô。～～佅拚一下的款～～boeh-pià$^{n}$ chi̍t-ē ê khoán⇨眞實要拼一拼的樣子。講話有～～否kóng-ōe ū～～bò·⇨你講話算賬嗎。

【正道 chèng-tō】 正路chià$^{n}$-lō·。行～～藉較有牽挽kiâ$^{n}$～～chiah khah-ū khan-bán⇨行正道才比較有保證。

【正當 chèng-tong】 ～～防衛～～hông-ōe⇨法律名詞。依情形可以免罪或減罪。有～～的職業無不良的趣好ū～～ê chit-gia̍p, bô put-liâng ê chhù-hò·⇨當今議婚的起碼條件。

【正寢 chèng-chhím】 主寢室。壽終～～siū-chiong～～⇨訃音hù-im的套詞。意謂善終於正寢室，並非遭受橫禍而死。

【正確 chèng-khak】 答案～～tap-àn～～⇨同上。你的觀察眞～～lí ê koan-chhat chin～～⇨同上。

【正論 chèng-lūn】 公道話kong-tō-ōe。有～～的社會正是健全的社會ū～～ê siā-hōe chiâ$^{n}$-sī kiān-choân ê siā-hōe⇨同上。

【正覺 chèng-kak】 佛家語。眞正覺知。成佛曰成～～sêng-hu̍t oa̍t sêng～～⇨同上。

【正方形 chèng-hong-hêng】 正四角形chià$^{n}$-sì-kak-hêng。

【正比例 chèng-pí-lē】 逐項若果照～～～來，天下就太平了ta̍k-hāng nā-ká chiàu～～～lâi, thian-hē chiū thài-pêng liáu⇨同上。

【正德君 chèng-tek-kun】 明朝的皇帝。～～～遊江南～～～iû-kang-lâm⇨戲牌名。

【正人君子 chèng-jîn kun-chú】 奸詐小人kan-chà- siàu-jîn之對詞。

【正大光明 chèng-tāi-kong-bêng】 ～～～～的大路～～～～ê toā-lō·⇨同上。

【正本清源 chèng-pún-chheng-goân】 清除根本，澈底改革。做頭的人該有～～～～的大決心藉有法度革新chò(chòe)-thâu ê lâng ài-ū～～～～ê tāi-koat-sim chiah-ū hoat-tō· kek-sin⇨同上。

【正襟危坐 chèng-khim-gûi-chō】 衣冠整齊的正坐。你安爾～～～～未輸菩薩哩lí an-ne(ni)～～～～bē-su phô·-sat lè⇨你如此規規矩矩正坐著宛然如佛像呢。

**症** chèng 病徵也。證chèng的俗字。乞食～也khit-chia̍h～á⇨寒熱症也koà$^{n}$-jia̍t-chèng-á⇨痲勒利亞也。惡～ok～⇨惡性病。急～kip～⇨同上。癌～gâm～⇨同上。

【症頭 chèng-thâu】 病。不知是什麼～～m̄-chai sī sa-ma(mi)～～⇨不知是何病。～～恰如眞傷重～～kah-ná chin-siong-tiōng⇨病似甚重。舊～～也舉起來也kū～～á giâ khí-lâi à⇨舊病復發了。壞習慣又來了。

**政** chèng 正也。公衆之事也。官府所事事者曰政chèng。內～lai(lōe)～⇨同上。民～bîn～⇨同上。財～châi～⇨同上。軍～kun～⇨同上。學～ha̍k～⇨同上。鹽～iâm～⇨

同上。家～ka～⇨同上。觴～siang～⇨酒席上主持猜拳行令飲酒者。庶～應該一新sì～èng-kai it-sin⇨同上。不在其位不謀其～put-chāi-kî-ūi put-bō·-kî～⇨論語。

**【政工 chèng-kang】** 特務工作的美稱。～～人員～～jîn-oân⇨同上。

**【政令 chèng-lēng】** 行政命令hêng-chèng-bēng-lēng。推行～～chhui-hêng～～⇨同上。

**【政見 chèng-kiàn】** 在政治上的意見。～～發表會～～hoat-piáu-hōe⇨同上。

**【政局 chèng-kio̍k】** ～～不穩定～～put-ún-tēng⇨同上。

**【政制 chèng-chè】** 政治制度。～～的變更道是革命～～ê piàn-keng tō-sī kek-bēng⇨同上。

**【政爭 chèng-cheng】** 政治戰爭。政治鬥爭。～～不斷～～put-toān⇨同上。

**【政府 chèng-hú】** 官府的新名詞。～～機關～～ki-koan⇨同上。

**【政事 chèng-sū】** 政治之事。

**【政治 chèng-tī】** 管理衆人之事。～～學～～ha̍k⇨同上。～～家～～ka⇨同上。～～手腕～～chhiú-oán⇨同上。～～鬥爭～～tò·-cheng⇨同上。～～解決～～kái-koat⇨同上。～～勢力～～sè-le̍k⇨同上。

**【政要 chèng-iàu】** 政界的要人。阿丁攏扲交陪～～a-teng lóng-teh kau-pôe～～⇨阿丁皆在結交政治要人。

**【政界 chèng-kài】** 政治社會圈chèng-tī-siā-hōe-khoan。～～人物～～jîn-bu̍t⇨同上。～～話題～～ōe-tê⇨同上。

**【政客 chèng-kheh】** 靠政治活動爲業者。世間恰如無人自稱是～～的sè-kan kah-na bô-lâng chū-chheng sī～～ê⇨世上似乎無人自稱是政客的。

**【政派 chèng-phài】** 政治派別。

**【政躬 chèng-kiong】** 對高級官員健康的尊稱。～～綏和～～sui-hô⇨謂該官員健康很好。一句相當封建的名詞。

**【政務 chèng-bū】** 官員的工作。～～繁忙～～hoân-bông⇨同上。

**【政情 chèng-chêng】** 政界的情形。～～多變～～to-piàn⇨同上。

**【政策 chèng-chhek】** 政治計畫或方針。～～性的決定～～sèng ê koat-tēng⇨爲達到政治上的某些目的所爲之特別決定，可能是不違法也是違常情的。

**【政論 chèng-lūn】** 批評政治的話。御用～～家gī-iōng～～ka⇨專爲執政者捧場的評論者。

**【政談 chèng-tām】** 以政治爲材料的聊天。客廳的～～藉有趣味kheh-thia$^{n}$ ê～～chiah-ū-chhù-bī⇨在客廳聊天談政治才有趣。

**【政潮 chèng-tiâu】** 政界的風雲起伏。～～的起伏眞大～～ê khí-ho̍k chin-toā⇨謂政情多變政局不安全。

**【政績 chèng-chek】** 政府的工作成績。～～相當好～～siang-tong-hó⇨同上。

**【政聲 chèng-seng】** 對政績的批評之聲，多用於頌揚。有～～ū～～⇨有頌揚其政績之聲。

**【政黨 chèng-tóng】** ～～政治～～chèng-tī⇨同上。

**【政權 chèng-koân】** ～～在民～～chāi-bîn⇨同上。僞～～gūi～～⇨無民意基礎的假政權。

**【政變 chèng-piàn】** 政制變革。戊戌～～bō·-sut～～⇨清末康有爲的新政失敗的政潮。

**【政體 chèng-thé】** 君主～～kun-chú～～⇨主權在君的政體。民主～～bîn-chú～～⇨主權在民。

**chèng 諍** 諫kàn也。止其失也。諫～kàn～⇨進正言以止其失。亦作諫正kàn-chèng。

**chèng 證** 徵也。凡證明事物之不虛者皆曰證chèng。公～kong～⇨法院爲人立證。

許可～hí-khó～⇨批准書phe-chún-si。立～li̍p～⇨同上。僞～gūi～⇨假的證明。做～chò～⇨立證。對～tùi～⇨當面對質。死無對～sí-bô-tùi～⇨對方(被害方)死了沒人對質。有人做硬乾～ū-lâng chò gēⁿ kan～⇨有人強作乾證。乾～kan～⇨無證物的口頭證。

【證人 chèng-jîn】 立證之人。～～證物俱在～～chèng-bu̍t kī-chāi⇨證人證物皆在眼前。已不能否認。

【證見 chèng-kìⁿ】 目睹者。立會者。～～人～～lâng⇨目擊之人。有～～否ū～～bō͘⇨有人立會否，有證據否。同見證kiàn-chèng。

【證明 chèng-bêng】 以事物示其存在。事實即是～～sū-sit chek-sī～～⇨事實就是證明。不在場～～put-chāi-tiûⁿ～～⇨同上。

【證券 chèng-koàn】 代表金錢的證書。有價～～iú-kè～～⇨例如股票，公債券等。

【證書 chèng-si(su)】 畢業～～pit-gia̍p～～⇨同上。結婚～～kiat-hun～～⇨同上。

【證據 chèng-kì(kù)】 證物證人。～～鑿鑿～～chho̍k-chho̍k⇨證據十分明顯。

chèng
**証** 證chèng的簡字。

chèng
**種** 藝植也。栽植農作物也。下種chéng曰種chèng。播～pò͘～⇨栽植，下種chéng。水稻chúi-tiū曰播稻pò͘-tīu，播田pò͘-chhân。陸稻lio̍k-tīu曰種早仔chèng-chá-á。蓋陸稻早於水稻下種也。栽～chai～⇨花果類曰栽chai曰種chèng。

【種作 chèng-choh】 稼穡kè-sek(sit)。作穡choh-sit。耕作keng-chok。價錢穲～～無食kè-chîⁿ bái～～bô-chia̍h⇨價不佳，耕作了所得不夠生活。

【種花 chèng-hoe】 當今的世界～～比種啥都較好，不過該專門耳tong-kim ê sè-kài，～～pí chèng-siahⁿ to-khah-hó, put-kò ài-choan-mn̂g niâ⇨現在種花最好，只是需要專門而已。專門choan-mn̂g指數量與智識。

【種痘 chèng-tāu】 chèng-chu種天花疫苗。細漢囡仔還仔依法去～～較安全sè(sòe)-hàn-gín-á oân-à i-hoat khì～～khah-an-choân⇨小嬰兒還是依法去接受種痘較平安。

chèng
**衆** 多也。人三爲衆chèng, chiòng(見chiong部)。人多曰衆chèng。～叛親離～poān chhin-lī⇨同上。公～kong～⇨大家。公～司無人醫kong～si bô-lâng-i⇨謂公衆事無人負責。司si似乎指道具類，醫i指維護。

【衆人 chèng-lâng】 大衆tāi-chiōng。社會。一人對～～chi̍t-lâng tùi～～⇨觀音請羅漢koan-im chhiáⁿ lô-hàn。～～目扲看，乎你未走閃得～～ba̍k teh-khoàⁿ, hō͘-lí bē(bōe)-cháu-siám-tit⇨衆目在注視，你逃避不了。走閃cháu-siám亦作烏影耽o͘-iáⁿ-tāⁿ。意謂乘黑掩飾。～～耳目甚多，該較小心扲～～ní-bo̍k sīm-to, ài-khah sió-sim leh⇨耳目多需要小心注意。～～嘴，眞利～～chhùi，chin-lāi⇨謂社會之批評很利，很有影響力。～～傳名說聲～～thoân-miâ soeh-siaⁿ⇨社會齊聲稱讚傳頌。～～面前～～bīn-chêng⇨公開的地方。～～嘴上毒～～chhùi, siāng(siōng) to̍k⇨衆口鑠金chiòng-kháu-siok-kim人言最可畏。～～嘴奧掩～～chhùi oh-am⇨衆口難掩蓋。～～𡳞奧含～～lān oh-kâm⇨謂公共事務難辦，無法辦得人人滿意。難含lān-kâm亦作難掭lān-phô͘。𡳞lān，陽物，俗字本作屪lān。母死～～喪，妻死割人腸，因何有此理，仔細好思量bó-sí～～song, chhe-sí koat-jîn-chhiông, in-hô iú-chhú-lí, chú-sè hó-su-liông⇨昔時賢文。謂母死是大家兄弟共同的喪事，妻死却有斷腸之痛，爲何如此呢，詳細思考罷。

【衆衆 chèng-chèng】 衆多也。人馬～～lâng-bé～～→謂人衆甚多甚名。又chhiàng-chhiàng，戲白音也。～～滾～～kún→衆多人馬如湯滾動。

【衆鳥 chèng-chiáu】 衆多之鳥類。～～討毛～～thó-mô͘(mn̂g)⇨喩債主齊集要債。～～伓食番仔通的粟～～boeh-chiah hoan-á-thong ê chhek⇨謂大家欺負善良者。番仔通hoan-á-thong人名。或曰番仔東hoan-á-tong。不知孰正孰僞。

【衆百姓 chèng-peh-sèⁿ(sìⁿ)】 民衆也，大衆也，～～～入公稟～～～jip kong-pín⇨民衆連名提出告狀。

【衆弟子 chèng-tē-chú】 民衆對神自稱。

chêng 前 前chiân也。以～í～⇨從前chiông-chiân。面～bin～⇨面前biān-chiân。目～bak～⇨目前bók-chiân。觀音媽面～無好死囡仔koan-im-má bīn～bô-hó-sí-gín-á⇨謂(我本亦強人)不容你無端欺負。行頭～kiâⁿ-thâu～⇨跑前面。胸～二粒乳heng～nn̄g-liap-leng(ni)⇨同上。三日～saⁿ-jit～⇨同上。二千年～nn̄g-chheng-nî～⇨同上。山～山後soaⁿ～soaⁿ-āu⇨同上。厝～後尾chhù～āu-bóe⇨屋前屋後。觀～顧後koan～kò-aū⇨小心注意前方後面。

【前人 chêng-lâng】 ㊀前夫或前妻。～～囝～～kiáⁿ⇨前夫或前妻之兒子。㊁前代。～～餓死後人～～gō-sí āu-lâng⇨謂前代作惡事影響到後代之人。～～栽花後人占影～～chhai-hoe, āu-lâng chiàm-ńg⇨前人種樹，後人乘涼。

【前下 chêng-ē】 上次，日前。～～彼個問題～～hit-ê būn-tê(tôe)⇨日前那一個問題。

【前手 chêng-chhiú】 在前之手。～～接錢後手空～～chiap-chîⁿ āu-chhiú-khang⇨謂收多少立即用多少，無餘錢。

【前爪 chêng-jiáu】 獸之前脚，前脚之爪。

【前日 chêng-jit】 日前jit-chiân。～～有講也～～ū-kóng à⇨日前說過了。

【前世 chêng-sì】 前代。上代。～～人～～lâng⇨同上。～～註定的～～chù-tiāⁿ ê⇨同上。～～的寃孽～～ê oan-giat⇨同上。～～相欠債～～sio(saⁿ)-khiàm-chè(chòe)⇨夫妻。～～踏破人的金斗甕仔～～tah-phoà-lâng-ê kim-táu-àng-á⇨謂被仇恨之深。人的金斗甕lâng ê kim-táu-àng是收藏再掘起的骨骸以待改葬之陶缸。～～燒好香的～～sio-hó-hiuⁿ ê⇨謂現在的幸運是前世燒好香的結果。

【前季 chêng-kùi】 農作物的前期chêng-kî，亦即第一期。～～欠雨水～～khiàm-hō͘-chúi⇨同上。

【前例 chêng-lē】 照～～辦道可以也chiàu～～pān tō-khó-í à⇨按照前例辦理就可以了。

【前門 chêng-mn̂g】 大門toā-mn̂g。正門chiàⁿ-mn̂g。

【前後 chêng-āu】 ㊀先與後。～～有十外年也～～ū chap-goā-nî ā⇨前後凡十多年了。㊁前面後面。～～抄～～chhau⇨前後兩面包圍。～～互相矛盾～～hō͘-siāng(siōng) mâu-tún⇨同上。

【前某 chêng-bó】 前妻chiân-chhe。

【前配 chêng-phòe】 原配goân-phòe。

【前翁 chêng-ang】 前夫chiân-hu。～～有情後翁有義～～ū-chêng āu-ang ū-gī⇨謂誤信夫死正式再婚夫人發現原配仍在人間時的尷尬。

【前起 chêng-khí】 前案chiân-àn。案情合～～共款 ān-chêng kah(kap)～～kāng-khoán⇨同上。

【前哨 chêng-sàu】 先頭部隊。～～中哨後哨～～tiong-sàu āu-sàu⇨同上。

【前脚 chêng-kha】 ～～短後脚長的袋鼠～～té āu-kha-tn̂g ê tē(tōe)-chhí⇨同上。

【前暗 chêng-àm】 前晚chiân-boán。～～猶於佃小弟許食酒扵～～iáu-tī in-sió-tī hia chiah-chiú lè⇨前夜還在他弟弟那邊喝酒呢。

【前過 chêng-kòe】 前次chiân-chhù。～～

乎你閃過，即次乎你未走得也～～hō͘-lí siám-kōe, chit-chhù hō͘-lí bē(bōe)-cháu-tit à⇨前次被你逃避了，此次你跑不掉了。

**【前落 chêng-loh】** 房屋的部份曰落loh。～～後落～～āu-loh⇨前半部與後半部。前棟與後棟。

**【前齒 chêng-khí】** 門牙。～～脫了了也～～lut-liáu-liáu à⇨門牙皆脫掉了。

**【前蹄 chêng-tê】** 有～～無後爪ū～～bô āu-jiáu⇨謂攪亂後不知整理恢復原狀者。責罵之詞。

**【前生世 chêng-se$^{n}$(si$^{n}$)-sì】** 前世chêng-sì。

**【前三後四 chêng-sa$^{n}$-āu-sì】** ～～～～都定著抔，曷使更講～～～～to-tiā$^{n}$-tioh lè, ah-sái koh-kóng⇨前脚扣三兩後脚扣四兩，全是定例嘛，何必再說。古時賣豬脚定例如此。

**【前牛偷食 chêng-gû-thau-chiah】** ～～～～後牛賠～～～～āu-gû-pôe⇨黑狗偷食白狗受罪o͘-káu thau-chiah, peh-káu siū-chōe。

**【前去後空 chêng-khì-āu-khang】** 謂人皆出盡了。～～～～存我自己都未振動得～～～～chhun-goá-ka-kī(tī) to-bē(bōe)-tín-tāng tit⇨人都出去了留有我自己動彈不得。

**【前補後補 chêng-pó͘-āu-pó͘】** 滿清的官服。

**【前擴後擴 chêng-khok-āu-khok】** 前額chêng-hiah突出曰擴額khok-hiah，亦單曰擴khok。～～～～擴額查甫做總督，前擴金，後擴銀，擴額查某做夫人 ～～～～khok-hiah cha-po͘ chò chóng-tok, chêng-khok-kim, āu-khok-gîn, khok-hiah cha-bó͘ chò-hu-jîn⇨對擴額khok-kiah者的美詞。擴khok，張小使大也。

**【前客讓後客 chêng-kheh-niū-āu-kheh】** ～～～～～禮所當然嘛～～～～～lé-só͘ tong-jiân mà⇨同上。

**【前嶺未是崎 chêng-niá bōe-sī-kiā】** ～～～～～後嶺較崎壁～～～～～āu-niá khah-kiā-piah⇨謂後來者將更加苛酷。

**情** chêng 心意所動也。喜怒哀樂愛惡欲之七情chhit-chêng也。又男女間之愛也。又情趣也。心～sim～⇨同上。人～jîn～⇨同上。私～su～⇨同上。純～sûn～⇨同上。殉～sūn～⇨爲情而死。愛～ài～⇨同上。感～kám～⇨同上。友～iú～⇨同上。定～tēng～⇨結婚。偷～thau～⇨同上。絕～choat～⇨同上。無～bô～⇨同上。有～人都成眷屬iú～jîn to-sêng koàn-siok⇨同上。做～chò(chòe)～⇨施恩。做人～chò(chòe)-jîn～⇨施恩。講～kóng～⇨代人求施恩。講無人～kóng-bô jîn～⇨代人求不成恩惠。又狀況亦曰情chêng，世～sè～⇨同上。軍～kun～⇨同上。敵～tek～⇨同上。民～bîn～⇨同上。輿～î～⇨同上。市～chhī～⇨同上。商～siang～⇨同上。

**【情人 chêng-jîn】** 相親相愛中的男女。～～橋～～kiô⇨同上。～～廟～～biō⇨同上。

**【情分 chêng-hūn】** 情愛的程度。翁某的～～ang-bó͘ ê～～⇨夫妻的～～hu-chhe ê～～。

**【情由 chêng-iû】** 理由。內容。～～眞複雜～～chin-hok-chap⇨同上。

**【情史 chêng-sú】** 愛情的歷史。講起來～～一大篇抔kóng khí-lâi～～chit-toā-phi$^{n}$ lè⇨同上。

**【情死 chêng-sí(sú)】** ～～案件～～àn-kiā$^{n}$⇨同上。

**【情形 chêng-hêng】** 看～～藉來決定khoà$^{n}$～～chiah-lâi-koat-tēng⇨同上。

**【情面 chêng-bīn】** 狀況chōng-hóng。～～未穤～～bē(bōe)-bái⇨同上。

**【情郎 chêng-lông】** 客兄kheh-hia$^{n}$也。抵著彼個～～也眞有情tú-tioh hit-ê～～ā-chin-ū-chêng⇨逢到那一個情夫也很有情。

**【情書 chêng-si(su)】** 亂寄～～loān-kià～～⇨同上。

【情素 chêng-sò·】 眞情。～～日深～～jıt-chhim⇨同上。

【情理 chêng-lí】 道理tō-lí。公理。～～路一條耳～～lō͘, chıt-tiâu niâ⇨道理之路只有一條而已。～～扚跋倒人～～teh poah-tó-lâng⇨公理在打倒歪人。～～跋倒泰山～～poah-tó thâi-san⇨公理可以打倒泰山之大。～～人，褲自己褪～～lâng, khò͘ ka-kī (lī, tī)-thǹg⇨講道理之人，褲子自己脫(下來等待拍尻川)。褪thǹg，解衣也，俗以脫thoat作褪。

【情殺 chêng-sat】 情場上的殺人。警方斷定是～～kéng-hong toàn-tēng sī～～⇨同上。

【情報 chêng-pò】 ～～機關～～ki-koan⇨同上。 ～～人員～～jîn-oân⇨從事情報工作者。

【情場 chêng-tiûⁿ】 男女感情的戰場。～～失意～～sit-ì⇨失戀。

【情愛 chêng-ài】 翁某的～～ang-bó͘ ê～～⇨夫妻的情愛。

【情節 chêng-chiat】 ～～非常有趣～～hui-siâng (siông) iú-chhù⇨同上。

【情意 chêng-ì】 心意。感情。～～好食水甜～～hó, chiah-chúi-tiⁿ⇨謂人際上如果是眞情實意，那麼不須嘉肴美酒，就是水，也會覺得甜的，好吃的。

【情詩 chêng-si】 情愛之詩篇。做～～chò～～⇨同上。

【情網 chêng-bāng】 墜入～～tūi-jıp～～⇨開始談戀愛。

【情緒 chêng-sī(sū)】 即幾日～～無當好chit-kúi-jıt～～bô-thang-hó⇨這幾天情緒很壞。

【情趣 chêng-chhù】 不八～～m̄-bat (pat)～～⇨不識情趣。亦不通人情也。

【情誼 chêng-gî】 情分chêng-hūn。交情kau-chêng。～～無眞深～～bô-chin-chhim⇨交情非很深。

【情敵 chêng-tek】 好朋友煞變做～～hó-peng-iú soah pìⁿ-chò～～⇨同上。

【情調 chêng-tiāu】 不止有～～put-chí ū～～⇨相當有情趣。

【情操 chêng-chho】 培養～～pôe-iáng～～⇨同上。～～高尙～～ko-siáng (sióng)⇨同上。

【情願 chêng-goān】 甘心。願意。不～～m̄～～⇨心不甘情不願。不～～放棄m̄～～hòng-khì⇨同上。不～～共伊做m̄～～kā-i-chò (chòe)⇨不願意爲他做事。較～～扚好否khah～～lè hó bò͘⇨留心一點好不好。

【情文並茂 chêng-bûn-pēng-bō͘】 內容文章都好的美詞。～～～～的文章～～～～ê bûn-chiuⁿ⇨同上。

【情有可愿 chêng-iú-khó-goān】 內情有可以斟酌chim-chiok的地方。實在的確是～～～～，希望逐家共伊諒解sıt-chāi tek-khak sī～～～～，hi-bāng tak-ke kā-i liāng-kái⇨同上。

【情有獨鍾 chêng-iú-tok-chiong】 特別鍾愛。

【情投意合 chēng-tâu-ì-hap】 二個人～～～～無若久道結婚也nn̄g-ê-lâng～～～～bô-goā (joā)-kú tō kiat-hun a⇨同上。

【情長紙短 chêng-tiâng-chí-toán】 書信用的套語。謂尙有很多話要講而紙張却沒有了。～～～～諸希亮照～～～～chu-hi-liāng-chiàu⇨套語。

【情急智生 chênp-kip-tì-seng】 緊急時突然想出妙計應付。～～～～狗急跳牆～～～～káu-kip-thiàu-chhiûⁿ⇨同上。

【情勢逆轉 chêng-sè-gek-choán】 情勢忽然惡化。都得併好勢也，無想講安爾一聲～～～～道攏行去也to tit-boeh hó-sè à, bô-siūⁿ-kóng-an ne (ni) chıt-siaⁿ～～～～tō lóng-kiâⁿ-khì à⇨都快要成功了，不料如此的一聲情勢惡

化，就皆完蛋了。

【情竇初開 chêng-tō-chho·-khai】少女開始有性的感覺。～～～～的查某囡仔～～～～ê cha-bó·-gín-á⇨同上。

**chêng 晴** 雨止也。無雲也。更不～道壞也koh-m̄～tō hāi ā⇨雨再不轉晴就壞了。

【晴天 chêng-thian】日記用詞。

【晴和 chêng-hô】天氣～～thi$^n$-khì～～⇨天氣清朗thi$^n$-khì chheng-lóng。

【晴雨計 chêng-í(ú)-kè】測知晴雨的小儀器。

【晴偏好 chêng-phian-hó】水光瀲艷～～～山色空濛雨亦奇，若把西湖比西子，淡粧濃抹也相宜súi-kong liâm-iām～～～，san-sek khong-bông ú-e̍k-kî, jia̍k-pá se-ô· pí-se-chú, tām-chong lông-boa̍t iá-siāng-gî⇨蘇東坡詠西湖詩。

【晴乾不肯去 chêng-kan-put-khéng-khì】晴天不去。～～～～～等待雨淋頭～～～～～tán-thāi í(ú)-lîm-thiô⇨謂晴天不去，等到大雨淋頭時才勉強出門。喩事已失良機。

**chēng 增** 加也。加添ke-thi$^n$也。加高ke-koân也。地基該更～二尺tē-ki ài-koh～nn̄g-chhioh⇨地基需要加高兩尺。有～了也ū～liáu·-ā⇨已經加下去了。有抡～新肉也ū-teh～sin-bah ā⇨已在生新肉了(傷口漸癒中)。

【增水 chēng-chúi】加水。夭壽人，酒講～～抡賣iáu-siū-lâng, chiú kóng～～teh bē(bōe)⇨該死的東西，酒竟加水而賣之。

【增錢 chēng-chî$^n$】加錢。無～～乎伊敢不肯解決的款bô～～hō·-i ká$^n$ m̄-khéng kái-koat ê khoán⇨不加錢給他恐怕不肯解決的樣子。

**chēng 淨** 無垢穢也。一無所有也。潔～kiat～⇨同上。清～chheng～⇨同上。乾～kan～⇨同上。空～khong～⇨同上。又戲劇的角色曰淨chēng，即花臉hoa-liám。俗曰花面的hoe-bīn ê或大花toā-hoe。眼不見爲淨～gán put-kiàn ûi chheng～⇨謂看不見者就是潔淨的。亦即看不見故不知其潔淨否。不得乾～put-tek kan～⇨無法脫離世俗凡塵。

【淨土 chēng-thó·】西方世界。佛國。阿彌陀佛～～o·-mí-tô·-hu̍t～～⇨同上。

【淨利 chēng-lī】實利si̍t-lī。純益sûn-ek。毛利～～mo·-lī～～⇨虛利實利。

【淨重 chēng-tāng】實質重量。毛重百一～～抵好一百mô·-tāng pah-it～～tú-hó chi̍t-pah⇨虛重hi-tāng一百一十，實重si̍t-tāng剛一百。

【淨厝 chēng-chhù】祭以求家屋平安。請司功～～chhiá$^n$ sai-kong～～⇨請道士祭求房屋平安。

**chêng 從** 自從chū-chiông也。～盤古開天到當～phoân-kó· khai-thian kàu-ta$^n$⇨同上。～祖父猶於抡到盒～chó·-hū iáu tī-teh kà-ta$^n$⇨自從祖父還活著的時候至暨。～古早道安爾也～kó·-chá tō-an-ne(ni) ā⇨自古就如此了。～中午道來也～tiong-ngó· tō-lâi ā⇨同上。

**chēng 靜** 止也。不動也。無聲也。肅～siok～⇨同上。寂～che̍k～⇨同上。恬～tiām～⇨同上。安～an～⇨同上。寧～lêng～⇨同上。冷～léng～⇨同上。平～pêng～⇨同上。動～tōng～⇨同上。一動不如一～it-tōng put-jî(jû) it～⇨動不如靜。風平浪～hong-pêng lōng～⇨同上。智者動仁者～tì-chiá-tōng jîn-chiá～⇨同上。無動無～bô-tōng bô～⇨全無消息。

【靜止 chēng-chí】物不變其位置。～～狀態～～chōng-thāi⇨同上。

【靜心 chēng-sim】～～養氣～～iáng-khì⇨同上。

【靜坐 chēng-chē】～～抡看電視～～teh-khoà$^n$ tiān-sī⇨同上。～～聽人講～～thia$^n$-

lâng-kóng⇨同上。

【靜物 chēng-bu̍t】 不動之物。～～畫～～ōe⇨同上。

【靜候 chēng-hāu】 ～～好消息～～hó-siau sit⇨同上。

【靜氣 chēng-khì】 平心～～pêng-sim～～⇨同上。

【靜脈chēng-me̍h】 動脈～～tōng-me̍h～～⇨同上。～～瘤～～liû⇨靜脈病名。

【靜寂 chēng-che̍k】 寂靜che̍k-chēng。

【靜肅 chēng-siok】 肅靜siok-chēng。

【靜電 chēng-tiān】 電氣之不環流者。

【靜養 chēng-iáng】 病後該～～pē$^{n}$-āu ài～～⇨病後需要靜養。

【靜靜 chēng-chēng】 安靜。平靜。～～過日～～kōe-ji̍t⇨平靜的生活。～～仔講～～仔聽～～á-kóng～～á-thia$^{n}$⇨安靜的說，安靜的傾聽。

【靜觀 chēng-koan】 ～～時局變化～～sî-kio̍k piàn-hoà⇨同上。～～天下大勢～～thian-hē tāi-sè⇨同上。

【靜蕭蕭 chēng-siau-siau】 蕭條siau-tiâu寂靜che̍k-chēng。三更半暝四界～～～也sa$^{n}$-ke$^{n}$-poà$^{n}$-mê，sì-kè～～～a⇨三更半夜四下肅靜極了。

chēng
**靖** 安也。治亂也。綏～工作sui～kang-chok⇨平賊亂。

【靖亂 chēng-loān】 平定叛亂。～～部隊～～pō·-tūi⇨同上。

【靖難之役 chēng-lān-chi-ia̍h】 明永樂君起兵篡奪其侄建成的帝位之事變。

## chi

chi
**之** 往也。游子暮何～iû-chú bō·-hô～⇨同上。是也，此也。學而時習～ha̍k-jî sî-sip～⇨同上。～子于歸～chú î-kui⇨同上。口語之的也。無妨～事bû-hông～sū⇨同上。無妄～災 bû bōng～chai⇨同上。共黨～人kāng-tóng～jîn⇨同派系之人。記者～家kì-chiá～ka⇨同上。革命～父kek-bēng～hū⇨同上。成功～母sêng-kong～bó⇨同上。

【之無 chi-bû】 不識～～put-sek～～⇨謂之無兩字也不知的文盲。

【之乎者也 chi-hō·-chiá-iá】 爲語助者～～～～ûi-gí chō·-chiá～～～～⇨千字文，謂之乎者也四字是語助之詞。

chi
**芝** 仙草也。靈～lêng～⇨仙草。土菌類自生在高山森林中，其實或者有毒，並非什麼仙草。

【芝麻 chi-moâ】 胡麻o·-moâ，俗稱麻仔moâ-á。～～綠豆的小事～～le̍k-tāu ê sió-sū⇨謂極小的事情。

【芝蘭 chi-lân】 ～～之香～～chi-hian⇨喻君子德操之美。～～玉樹～～gio̍k(ge̍k)-chhiū⇨稱美好子弟之詞。

chi
**屌** 女陰也。三八～sam-pat～⇨厚話～kāu-ōe～⇨罵女人之詞。海口～厚沙屑hái-kháu～kāu-soa-sap⇨亦野卑語，謂海口的女人多沙。喻多事多嚕嘛。

【屌屌 chi-bai】 女陰。研槽看做～～géng-chô khoà$^{n}$-chò～～⇨藥研ioh-géng誤爲雌屄。謂誤把甲看成乙。～～嘴～～chhùi⇨亂說話。～～面～～bīn⇨㈠不知恥。㈡有幾分姿色。有一個～～面ū-chi̍t-ê～～bīn⇨有一個不甚醜的面貌。你不～～吊於嘴裡lí m̄～～tiàu-tī chhùi-lì⇨你不是屌屄吊在嘴裏嗎。罵人出口不乾淨。

【屌騾 chi-lî】 母騾。喻不懂理不懂事的女人。或宜作癡嫠chhî-lî。

chi
**支** 扶持也。分也。付款曰支chi。超～chhiau～⇨同上。特～費te̍k～hùi⇨同上。收～符合siu～hû-ha̍p⇨同上。分～機構hun～ki-kò⇨同上。

【支付 chi-hù】 付款hù-khoán。按日～～ān-ji̍t～～⇨同上。定期～～tēng-kî～～⇨同上。

【支行 chi-hâng】 分行hun-hâng。本行～～pún-hâng～～⇨本店分店 pún-tiàm hun-tiàm。

【支吾 chi-gô͘】 搪塞tông-sek(sat)。～～其詞～～ kî-sû⇨說話含糊hâm-hô͘不清以圖蒙蔽。

【支使 chi-sú】 使喚sái-hoàn。指使chí-sú。受歹人的～～siū phái$^{n}$-lâng ê～～⇨同上。

【支店 chi-tiàm】 分行hun-hâng。～～長～～tiú$^{n}$⇨同上。

【支持 chi-chhî】 維持ûi-chhî。擁護ióng-hō͘。少壯派所～～siáu-chòng-phài só͘～～⇨同上。

【支派 chi-phài】 分派hun-phài。本派～～pún-phài～～⇨同上。

【支流 chi-liû】 大河分出小河。小溪仔無～～sió-khe-á bô～～⇨小河無分河。

【支配 chi-phòe】 指揮管轄chí-hui koán-ha̍t。豈無路用着受人～～ká bô-lō͘-iōng tio̍h-siū-lâng～～⇨眞的那麼不中用到要受人支配嗎，不，不受人支配也。

【支部 chi-pō͘】 本部～～pún-pō͘～～⇨同上。

【支票 chi-phiò】 ～～滿天飛～～moá-thi$^{n}$-poe⇨同上。

【支解 chi-kái】 古代酷刑名。將犯人身體分割。

【支援 chi-oān】 維持援助。有財閥的～～藉會成功ū châi-hoa̍t ê～～chiah-ē(ōe) sêng-kong⇨同上。

【支隊 chi-tūi】 本隊～～pún-tūi～～⇨同上。

【支線 chi-soà$^{n}$】 鐵路本線合～～thih-lō͘ pún-soà$^{n}$ kah～～⇨同上。

【支點 chi-tiám】 槓桿被物體支持的一點。力學的名詞。

【支離破碎 chi-lî-phò-chhùi】 殘缺不全chân-khoat put-choân。彼家人當都～～～～也hit-ke-lâng ta$^{n}$-to～～～～à⇨那一家而今已失敗分散了。

chi **肢** 兩手兩脚曰四肢sù-chi，獸四足亦曰四肢sù-chi，鳥兩翅兩脚亦曰四肢sù-chi。肢chi亦讀肢ki，手肢chhiú-ki，腰肢io-ki。四～發達頭腦簡單sù～hoat-ta̍t thâu-náu kán-tan⇨謂身體健壯，智慧太差。

【肢體 chi-thé】 身體。

chí **紫** 色之一，俗曰茄色kiô-sek。萬～千紅總是春bān～chhian-hông chóng-sī-chhun⇨春天百花競豔的美景。紅到發～âng-kà hoat～⇨財勢聲譽極高。

【紫衣 chí-i】 貴官之服。又紫色袈裟。～～僧～～cheng⇨穿紫衣之和尚。

【紫荊 chí-keng】 花名。～～花～～hoe。

【紫宮 chí-kiong】 古帝王居處。

【紫氣 chí-khì】 祥瑞之氣。～～東來～～tong-lâi⇨同上。

【紫袍 chí-phâu】 紫衣。脫～～換綠衣，官人不做做禿尼thoat～～hoān-lio̍k-i,koan-jîn put-chò chò-thut-lî⇨古尺牘中妻致夫書範文。

【紫菜 chí-chhài】 一種可食的海藻hái-chó。

【紫電 chí-tiān】 古名劍。～～青霜～～chheng-song⇨紫電與青霜。都是古名劍。

【紫蘇 chí-so͘】 草本的藥用植物。亦可做辛味用。紅～～âng～～⇨紫蘇的俗名。

【紫檀 chí-tân】 香木。～～白檀～～pe̍h-tân⇨旃檀chian-tân。亦上等的家具材。

【紫外線 chí-goā-soà$^{n}$】 物理學名詞。太陽光之中有此物。對皮膚健康有益。曝太陽吸收～～～pha̍k-thài-iâng khip-siu～～～⇨同上。

【紫陽花 chí-iâng-hoe】 花名。亦曰金合歡kim-ha̍p-hoan。

【紫微星 chí-bî chheⁿ】 星名。亦曰紫微金星chí-bî kim-chheⁿ。

【紫禁城 chí-kìm-siâⁿ】 古皇宮。在今北平。亦曰紫金城chí-kim-sêng。

**子** chí 助詞。㊀時間。日～jıt～⇨日子，時間，期間。日～猶長爾jıt～iáu-tn̂g-lè⇨期日還要很長哩。六十甲～lak-chap kah～⇨十干十二支所構成的六十個記時法。㊁青果或其核hut。果～kóe～⇨果～仔kóe～á⇨青果類的通稱。瓜～koe～⇨西瓜子si-koe-chí的簡稱。栗～lat～⇨栗子。松～siông～⇨松子。會開花未結～ē(ōe)-khui-hoe bē(bōe)-kiat～⇨會開花不結果。喻事外表好看無實利可得。㊂小而圓形者亦曰子chí。烏魚～o·-hî～⇨魚hî～⇨同上。銃～chhèng～⇨子彈。算盤～sǹg-poâⁿ～⇨同上。小粒～sió-liap～⇨體態嬌小。腰～io～⇨腎臟。腎～sīn～⇨睪丸ko-oân。㊃樓梯板lâu-thui-pang或格子窗亦曰子chí。樓梯～lâu-thui～⇨樓梯一階一階的板。窗仔～thang-á～⇨格子窗。㊄棋子等亦曰子chí(jí)。棋～kî～⇨同上。黑白～o·-peh～⇨文棋石子。麻雀～也moâ-chhiok～á⇨麻將牌。食～也chiah～á⇨一種兒童的玩法。以五個小石子爲道具。

**旨** chí 美味也。意思曰旨chí。帝命曰旨chí。甘～自知kam～chū-ti⇨美味自知,甘苦自知。聖～sèng～⇨皇帝的命令。宗～chong～⇨同上。

【旨酒 chí-chiú】 美酒。

【旨意 chí-ì】 意思。～～無清楚～～bô-chheng-chhó⇨意思不明白。

【旨趣 chí-chhù】 宗旨與意義。俗用同志趣chì-chhù，～～相同～～siang-tông⇨同上。

**指** chí 手指chhiú-chí也。食～衆多sıt～chiòng-to⇨食口多。十目所視十手所～sıp-bok-só·-sī, sıp-chhiú só·～⇨謂衆人所見所指責(皆曰可殺)。千人所～無病也死chhian-jîn só·～,bô-pēⁿ ā sí⇨千人所指罵，不病也會死。

【指引 chí-ín】 引導。師友的～～su-iú ê～～⇨老師朋友的引導。

【指日 chí-jıt】 ～～立誓～～lıp sī(sè)⇨對日發誓。～～可待～～khó-thāi⇨不久即可見實現。

【指正 chí-chèng】 請老師～～chhiáⁿ-lāu-su～～⇨同上。

【指甲 chí-kah】 掌甲chéng-kah。指端的角質部份。手～～脚～～chhiú～～kha～～⇨同上。

【指令 chí-lēng】 指示的命令。上面的～～siāng-bīn ê～～⇨同上。

【指示 chí-sī】 ～～牌～～pâi⇨同上。～～燈～～teng⇨同上。

【指斥 chí-thek】 排斥pâi-thek,責備chek-pī。受人～～是假公濟私siū-lâng～～sī ké-kong-chhè-su⇨同上。

【指印 chí-ìn】 ㊀以指代印。～～也會用得～～ā-ē iōng-tit⇨指印也可以。㊁指紋chí-bûn。

【指使 chí-sú】 唆使so-sú。受人～～siū-lâng～～⇨同上。

【指事 chí-sū】 六書之一。～～會意～～hoe-ì⇨都是六書liok-su之一。上合下都是～～字siāng kah hē to-sī～～jī⇨上和下兩字都是指事字。

【指定 chí-tēng】 ～～時間日期～～sî-kan jıt-kî⇨同上。～～科目～～kho-bok⇨同上。～～商人～～sian-jîn⇨同上。～～地區～～tē-khu⇨同上。

【指南 chí-lâm】 指引，指示。戀愛～～loân-ài～～⇨指引戀愛的方法。～～針～～chiam⇨指向南方的磁針。～～車～～chhia⇨載着指南針的車輛。

【指紋 chí-bûn】 指端的花紋。據說，不但各人不同，各指亦不同。當今犯罪搜查上的有力證據。刑警已經取得凶嫌的～～ hêng-kéng í-keng chhí-tit hiong-hiâm ê～～⇨同上。

【指望 chí-bāng】 希望hi-bāng。父母的～～pē-bó(bú) ê～～⇨同上。

【指責 chí-chek】 責備chek-pī。市民的公開～～chhī-bîn ê kong-khai～～⇨同上。

【指教 chí-kàu】 多多～～to-to～～⇨同上。

【指揮 chí-hui】 ～～若定～～jia̍k-tēng⇨同上。最高～～官chòe-ko～～koa$^{n}$⇨相當於總司令官。

【指摘 chí-tek】 指出錯誤。專家早已～～對人體有害，choan-ka chá-í～～tùi jîn-thé iú-hāi⇨同上。

【指數 chí-sò͘】 物價～～bu̍t-kè～～⇨統計學指示物價漲跌的數字。

【指導 chí-tō】 ～～日常生活的改進～～ji̍t-siâng seng-oa̍h ê kái-chìn⇨同上。

【指環 chí-khoân】 戒指kài-chí，手指chhiú-chí的古名。

【指點 chí-tiám】 指示。神仙～～sîn-sian～～⇨同上。～～迷津～～bê-tin⇨同上。

【指證 chí-chèng】 指出證據。有目擊者～～iú bo̍k-kek-chiá～～⇨同上。

【指手畫脚 chí-chhiú-ōe-kha】 同比手畫脚pí-chhiú-ōe-kha。說話時手揮舞脚畫地，形容說話熱中的樣子。

【指桑罵槐 chí-song-mē$^{n}$(mā)-hoâi】 表面罵桑，實在罵槐。

【指鹿爲馬 chí-lo̍k-ûi-má】 喩顚倒是非tian-tó-sī-hui。趙高獻鹿於秦二世，口稱曰馬，問羣臣皆曰鹿。

【指腹爲婚 chí-pak-ûi-hun】 古代婚姻法。雙方同在孕，互約將來一男一女，即結爲夫妻。

【指顧之間 chí-kò͘-chi-kan】 很近。很快。謂手可以指之目看得見。尖山已在～～～～也chiam-soa$^{n}$ í-chāi～～～～a⇨尖山很近了，很快就到了。

【指鷄罵狗 chí-ke-mē$^{n}$(mā)-káu】 口裏罵鷄，心裏卻在罵狗。同指桑罵槐chí-song-mē$^{n}$-hoâi。

chí **只** 但也。僅有也。又俗以一隻chiah或一束sok曰一只chí。一只銀票chi̍t-chí gîn-phiò⇨一束紙幣。

【只今 chí-kim】 如今jî-kim，而今jî-kim。～～惟有西江月，曾照吳王宮裏人～～ûi-iú sai-kang-goa̍t, chêng-chiàu gô͘-ông kiong-lí-jîn⇨唐詩。

【只用 chí-iōng】 chí-iōng。～～一個囡仔～～chi̍t-ê gín-á⇨僅用一童。～～甘草五分～～kam-chhó gō͘-hun⇨使用甘草五分。

【只可 chí-khó】 ～～智取不可力攻～～tì-chhí,put-khó le̍k-kong⇨同上。

【只好 chí-hó】 ～～家己出錢～～ka-lī(kī) chhut-chî$^{n}$⇨只得自己付錢(無可奈何)。

【只因 chí-in】 ～～無錢耳，道無法度也～～bô-chî$^{n}$ niâ, to-bô-hoat-tō͘-ā⇨僅僅因爲沒錢，就沒辦法了。

【只有 chí-ū】 僅有。～～二人耳～～nn̄g-lâng niâ⇨僅有兩人而已。～～三個好的～～sa$^{n}$-ê-hó-ê⇨同上。

【只是 chí-sī】 好是眞好，～～較貴hó-sī-chin-hó, ～～khah-kùi⇨同上。肯是肯也～～該錢khéng-sī-khéng-ā,～～ài-chî$^{n}$⇨肯是肯了，不過需要付錢。

【只許 chí-hí】 ～～州官放火，不准百姓點燈～～chiu-koa$^{n}$ hòng-hóe, m̄-chún pe̍h-sè$^{n}$ tiám-teng⇨同上。～～成功不許失敗～～sêng-kong, put-hí sit-pāi⇨同上。

【只得 chí-tek】 ～～放棄～～hòng-khì⇨同上。

【只須 chí-si(su)】 ～～補辦手續道可也～～pó͘-pān chhiú-sio̍k tō-hó-ā⇨僅須補辦手續就可以了。

**【只會 chí-ē(ōe)】** ～～講河洛未講客～～kóng hô-ló bē(bōe)-kóng-kheh⇨只能說河洛話不能說客家話。～～增加麻煩無法度幫助～～cheng-ka mâ-hoân bô-hoat-tō͘ pang-chō͘⇨同上。

**【只管 chí-koán】** 伊既有聲也，咱～～做落去無要緊i kà-ū-sia$^{n}$-a, lán～～chò(chòe)-lo̍h-khì bô iàu-kín⇨他既然有言了，我們一直做下去沒關係。有聲ū-sia$^{n}$⇨喻答應tah-èng。食好的免想，食粗免驚無，你～～來chia̍h-hó-ê bián-siú$^{n}$,chia̍h-chho͘ bián-kia$^{n}$-bô,lí～～lâi⇨吃好的沒有，吃粗的一定有，只管來好了。食粗chia̍h-chho͘食粗飯菜，食糞，雙關語。

**【只此而已 chí-chhú-jî-í】** 如此而已。

**chí 止** 息也。留也。到也。禁也。停thêng～⇨同上。休～符hiu～hû⇨音樂記號。終～chiong～⇨同上。嘆為觀～thàn-ûi-koan～⇨無上的好看。無比～bô-pí～⇨比較不了。無法比較。高山仰～景行行～ko-san gióng～kéng-hêng-hêng～⇨讚頌孔子之詞。看來不～三十歲khoà$^{n}$-lâi put～sa$^{n}$-cha̍p-hòe⇨看來不僅三十歲，一定較三十老。十九歲為～猶算囡仔cha̍p-káu-hòe ûi～iáu-sǹg gín-á⇨十九歲以前還算孩子。不～仔put～á⇨相當。不～仔有錢put～á ū-chî$^{n}$⇨相當有錢。血流未～hoeh-lâu-bē～⇨出血不停。

**【止水 chí-súi】** 靜水。心靜如～～sim-chēng jî～～⇨同上。

**【止血 chí-hoeh(huih)】** ～～也無要緊也～～à bô-iàu-kín-à⇨止血了，沒大碍了。

**【止吐 chí-thò͘】** 停止嘔吐áu-thò͘。未～～bē(bōe)～～⇨吐不停。

**【止步 chí-pō͘】** 停止前進。遊客～～iû-kheh～～⇨同上。閑人～～hân-jîn(êng-lâng)～～⇨同上。

**【止渴 chí-khat】** 飲茶～～lim-tê～～⇨同上。

**【止渴 chí-khoah】** 水飲未～～chúi lim-bē(bōe)～～⇨喝水不能止渴。

**【止痛 chí-thià$^{n}$】** 治好痛。～～散～～sán⇨止痛的藥粉。

**【止嘔 chí-áu】** 同上chí-thò͘。

**【止境 chí-kéng】** 學無～～ha̍k-bû～～⇨同上。

**【止漏 chí-lāu】** 杜死漏水。較創都未～～khah-chhòng to-bē(bōe)～～⇨如何做都不能停止其漏洩。

**【止嗽 chí-sàu】** 治癒咳嗽ka-sàu。～～敢有特効藥～～kám-ū te̍k-hān-io̍h⇨止嗽有將効藥否。

**【止癢 chí-chiū$^{n}$】** ～～的藥水～～ê-io̍h-chúi⇨同上。

**【止饑 chí-ki】** 先飲些～～seng-lim-chē～～⇨先喝一些以止饑。食水～～chia̍h-chúi～～⇨同上。

**【止利還本 chí-lī-hêng-pún】** 停止付利只還母錢。本pún亦作母bó。

**【止典候贖 chí-tián-hāu-sio̍k】** 當店tǹg-tiàm停止收典候客取回贖物。

**chí 咫** 周代八寸曰咫chí。相距甚近曰咫chí。近在～尺kīn-chāi～chhioh⇨相距八寸。很近。

**【咫尺 chí-chhioh(chhiok)】** 很近的距離。～～天涯～～thian-gâi⇨相處甚近而不能相見，恰如遠在天涯。

**chí 脂** 油脂iû-chí。脂粉chí-hún⇨同上。脂肪chi-hong⇨同上。

**chí 址** 阯也。基也。地～tē～⇨同上。堺～kāi～⇨同上。住～chū～⇨同上。廠～chhiáng～⇨同上。

**chí 祉** 福也。祿也。社會福～siā-hōe hok～⇨社會福利。

chí **姉** 同姊chí。亦姊ché也。

chí **姊** 同胞之先生者男曰兄heng，女曰姊chí, ché。同姉。女伴亦稱姊chí,ché。大～toā～⇨同上。二～jī～⇨同上。大～頭仔toā～thâu-á⇨有長者之風的女人。母鷄式的女人。

【姊夫 chí-hu】 ché-hu。姉之夫。姨仔愛～～î-á ài～～⇨古今均有此種糾紛。姨仔î-á妻之妹。

【姊妹 chí-bē(moāi)】 女兄女弟。～～仔攏眞媠～～á lóng chin-súi⇨姊妹都很漂亮。媠súi，姿也。天姿也。～～花～～hoe⇨㊀姊妹美如花。㊁女人羣。～～品～～phín⇨品質相同的商品。～～市～～chhī⇨性質相近的城市互結爲姊妹市。當今甚流行。結拜～～kiat-pài～～⇨異姓姊妹互誓爲姊妹。

chí **紙** 字紙jī-choá（見choa部）。

chí **趾** 足也。足指也。

【趾骨 chí-kut】 足掌之骨的學名。

【趾高氣揚 chí-ko-khì-iâng】 得意忘形～～～～tek-ì bōng-hêng～～～～⇨同上。

chí **煮** 烹也，熱物以食也。亦煮chú也。家已～倩人～ka-lī(ki)～chhiàⁿ-lâng～⇨自炊與雇人炊。有～有食無～道無食ū～ū-chiah bô～tō bô-chiah⇨有煮有吃沒煮就不吃。～乎人食～hō·-lâng-chiah⇨煮食物給人吃。～未赴人食～bē(bōe)-hù-lâng-chiah⇨煮的趕不上吃的快。

【煮水 chí-chúi】 燒水。人一下衰～～也吸鍋lâng chit-ē-soe～～iā kiap-oe⇨謂倒霉運一到，連燒開水都燒焦了。吸鍋kiap-oe吸上鍋，粘上鍋，亦即燒焦。

【煮炒 chí-chhá】 有湯曰煮chí無湯曰炒chhá。無論你～～都攏好食bô-lūn lí～～to lóng hó-chiah⇨不論是煮或是炒，皆很好吃。

【煮食 chí-chiah】 烹飪pheng-jīm。倩～～的chhiàⁿ～～ê⇨雇廚師。～～師父～～sai-hū⇨廚師。

【煮菜 chí-chhài】 燒菜。～～無許快～～bô-hiah khoài⇨燒菜沒那麼容易。

【煮飯 chí-pn̄g】 燒飯。無某當～～想著喉道酸bô-bó· thang～～siūⁿ-tioh âu-tō-sng⇨沒有老婆煮飯，一想到咽喉就酸了。

【煮湯 chí-thng】 燒湯。有的該～～較好食ū-ê ài～～khah-hó-chiah⇨有些東西要燒做湯比較好吃。

【煮熟 chí-sek】 ～～藉可食～～chiah hó-chiah⇨煮熟了才可以吃。

【煮糜 chí-bê(moâi)】 燒稀飯，～～較省米～～khah sēⁿ(séng)-bí⇨同上。

【煮麵 chí-mī】 ～～食點心～～chiah-tiám-sim⇨燒麵當點心吃。

【煮三頓 chí-saⁿ-tǹg】 燒三餐。一日～～～道忙未了也chit-jit～～～tō bông bē-liáu à⇨一天燒三餐就夠忙了。

【煮中晝 chí-tiong-tàu】 燒午飯。亦曰中晝頓tiong-tàu-tǹg。

【煮早起 chí-chá-khí】 燒早餐。亦曰早頓chá-tǹg。

【煮暗飯 chí-àm-pn̄g】 燒晚飯。亦曰暗頓àm-tǹg。

【煮滾湯 chí-kún-thng】 水先滾開了食物才下鍋的煮法。豬肚～～～道是脆肚ti-tō·～～～tō-sī chhè-tō·⇨同上。

【煮鶴焚琴 chí-hok-hûn-khîm】 燒琴做柴以煮鶴而食。所謂殺風景sat-hong-kéng者之一例。謂：花間喝道hoa-kan hat-tō，背山起樓pōe-san khí-lâu,～～～～，清泉濯足chheng-choâⁿ tek-chiok等就是殺風景，俗而傷雅siok-jî siang-ngé，使人敗興sú-jîn pāi-hèng者也。

【煮豆燃豆箕 chí-tāu jiân-tāu-ki】 兄弟不和的三國故事。～～～～～，豆在釜中泣，本是同根生，相煎何太急～～～～～～,tāu chāi hú-tiong-khip, pún-sī tông-kin-seng, siang-chian hô-thài-kip⇨曹丕弟曹植被迫所作，所謂七步成章chhit-pō͘ sêng-chiang者也。

**chì 志** 私意也。心意之所向曰志chì。又記也，同誌chi。有～竟成iú～kèng-sêng⇨心意終告達成了。人窮～不窮jîn-kiông～put-kiông⇨人不可以無鬥～jîn put-khó-í bô tò͘(tàu)～⇨同上。～在必得～chāi-pit-tek⇨同上。失～道是末路sit～tō-sī boa̍t-lō͘⇨同上。人生須立～jîn-seng si(su) li̍p～⇨同上。矢～chí～⇨立誓於心。縣～府～地方～koān～hú～tē-hng～⇨同上。

**【志士 chì-sū】** 有志之士。有氣節之人。革命～～前仆後繼kek-bēng～～chiân-phok(phak)-hō͘-kè⇨同上。

**【志行 chì-hēng】** 志向品行。～～謹修～～kín-siu⇨同上。

**【志氣 chì-khì】** 堅定的決心。男子漢的～～lâm-chú-hàn ê～～⇨同上。有～～ū～～⇨好男兒。無～～bô～～⇨不長進put-tiáng(tióng)-chìn。許爾無～～曷共人做查甫囝hiah-ni bô～～a̍h kah-lâng chò cha-po͘-kiáⁿ⇨那麼沒有志氣做什麼男人。

**【志書 chì-si(su)】** 誌書。縣志府志等的地方～～koān-chì hú-chì téng-ê tē-hong～～⇨同上。

**【志畧 chì-lio̍k】** 志氣才略。幼有～～iù-iú～～⇨同上。

**【志趣 chì-chhù】** 志向chì-hiàng(hiòng)。～～不相同～～put-siang-tông⇨同上。

**【志操 chì-chho】** 志向氣節。～～高潔～～ko-kiat⇨同上。

**【志學 chì-ha̍k】** 十有五而志於學si̍p-iú-gō͘ jî chì-î-ha̍k⇨同上。

**【志願 chì-goān】** 心所希望。～～兵～～peng⇨同上。～～書～～si(su)⇨同上。

**【志在千里 chì-chāi-chhian-lí】** 志氣遠大。老驥伏櫪～～～～ló-kì-ho̍k-le̍k～～～～⇨老馬在馬房中待機，有朝一日，將一躍而千里。喻才幹之士未得其時。

**chì 誌** 記也。記事之文章也。譜錄phó͘-lo̍k曰誌chì。日～ji̍t～⇨同上。雜～cha̍p～⇨同上。標～phiau～⇨同上。墓～bōng～⇨同上。謹～kín⇨同上。永～不忘éng～put-bōng⇨同上。新婚～喜sin-hun～hí⇨同上。開張～慶khai-tiang～khèng⇨同上。奠儀～哀tiān-gî～ai⇨同上。

**chì 至** 極也，到也。善也。最也。承接也。愛護備～ài-hō͘ pī～⇨十分愛護。工課眞周～khang-khòe chin chiu～⇨工作做得十分周到。實～名歸si̍t～bêng-kui⇨實利名譽全收。紛～沓來hun～ta̍p-lâi⇨接踵而來。吉凶未～先有兆kiat-hiong bī～sian-iú-tiāu⇨吉凶未到，兆候先到。冬～tong～⇨冬節tang-cheh,太陽在南回歸線上。夏～hā～⇨太陽在北回歸線上。夏節hē-cheh,但是此詞甚少用。

**【至上 chì-siāng(siōng)】** 軍事～～戰勝第一kun-sū～～chiàn-sèng tē-it⇨同上。

**【至大 chì-tāi】** ～～無邊～～bû-pian⇨大得無邊際。

**【至大 chì-toā】** 最大chòe-toā。極大ke̍k-toā。

**【至少 chì-chió】** 最小限度。～～亦該送一千～～a̍h-āi sàng chi̍t-chheng⇨最小限度也需要送禮一千才可以。

**【至切 chì-chhiat】** 書信用詞，表示重要或緊急。～～至切～～chì-chhia̍t⇨同上。

**【至友 chì-iú】** 最好的朋友。兄弟～～hiaⁿ-tī～～⇨同上。

**【至今 chì-kim】** ～～惟有西江月，曾照吳王殿裏人～～ûi-iú se-kang-goa̍t,chêng-chiàu gô͘-ông tiān-lí-jîn⇨唐詩。

**【至公 chì-kong】** ～～無私～～bû-su⇨同

上。

【至交 chì-kau】 最親密的交情。生死～～seⁿ-sí～～⇨同上。

【至言 chì-giân】 至善之言。

【至於 chì-î】 承接詞。～～後世～～hō·-sè⇨同上。～～賠償問題～～pôe-chhiâng-būn-tê⇨如此承接再加上處理之詞。～～你嘛，不免眠夢較允～～lí mā,m̄-bián bîn-bāng khah-ún⇨說到你嘛，不要做夢較安全。

【至要 chì-iàu】 緊急～～kín-kip～～⇨同上。

【至情 chì-chêng】 親恩～～chhin-in～～⇨同上。

【至尊 chì-chun】 天子。虢國夫人承主恩，平明騎馬入宮門，卻嫌脂粉污顏色，淡掃蛾眉朝～～kok-kok-hu-jîn sîn-chú-in, pêng-bêng khî-má jıp-kiong-bûn, khiok-hiâm chi-hún u-gân-sek,tām-sò ngô·-bî tiau～～⇨虢國夫人kok-kok-hu-jîn楊貴妃姊，天生麗質，善謔浪，巧會旨趣，明皇賜號虢國夫人，月給脂粉費十萬。

【至極 chì-kek】 可惡～～khó-ò·～～⇨同上。

【至善 chì-siān】 止於～～chí-î～～⇨同上。

【至親 chì-chhin】 骨肉～～kut-jiok～～⇨同上。～～無絕情～～bô choat-chêng⇨同上。

【至仁至慈 chì-jîn-chì-chû】 極爲仁慈。

【至矣盡矣 chì-ì-chīn-ì】 到達極點。在情義各方面來講，都是～～～～也，你該仔細思量chāi chêng gī kok-hong-biān lâi-kong, to-sī～～～～à,lí-ài chú-sè su-niû⇨同上。

【至理名言 chì-lí-bêng-giân】 極有道理的話。

【至聖先師 chì-sèng-sian-su】 孔子的尊號。

chî
# 糍

餈chî，俗作糍chî。一種食品名。係以秫米蒸熟搗碎，或磨碎再蒸熟者。柔軟而有粘性。俗叫麻糍moâ-chî。煎～餾粿chian～liū-kóe⇨糍與粿再煎或再餾以防變質。麻糍手底推moâ-chî chhiú-té-lut⇨謂糍大糍小由你自定。捋lut謂將麻糍推成大小粒以便供食。捋麻糍lut-moâ-chî或曰捻麻糍liàm-moâ-chî。

chî
# 餈

俗多作糍chî。

chî
# 鶿

鳥名。鸕鶿lô·-chî是也。喜捕魚爲食，漁人或馴養之而使捕魚。今新疆，東歐洲及日本仍有此業者。據說，鸕鶿lô·-chî因食魚（算是美食家），故其糞奇臭。鸕鶿不知尾後臭lô·-chî m̄ chai bóe-āu-chhàu⇨喻自鳴得意而不自知其背後惡名昭彰。又鶿或作鷀。

chî
# 薯

一種蔓生植物，種類多，其地下莖有可食用者。同藷chî,chû。台灣所產者通稱蕃薯han-chî,或應作番薯hoan-chî或蠻薯bân-chî，蓋皆由南方傳來者也。

【薯莨 chî-nn̂g】 俗稱山薯soaⁿ-chî。其莖汁可染布，所謂黑綃o·-chhiâu即以薯莨所染成者。薯莨chî-nn̂g亦曰朱莨chû-nn̂g。

chî
# 藷

同薯chî。

chī
# 巳

十二支之一。相蛇siâ,choâ。辰～午未sîn～ngó·-bī⇨相龍蛇馬羊。

chī
# 舐

以舌取物也。亦舐chn̄g也。

【舐犢 chī-tok】 老牛～～lāu-gû～～⇨老牛母以舌撫愛小牛。～～之愛～～chi ài⇨喻盲目不理性的母愛。

## chiⁿ

chiⁿ
# 腈

踵也。跟也。足後也。脚後～kha-āu～⇨足跟。脚～拳頭母kha～kûn-thâu-bó(bú)⇨脚跟拳頭。謂以此踺人打人。脚～拳頭到kha～kûn-thâu-kàu⇨脚踢kha-that拳打kûn-táⁿ，齊到齊全。

**chi$^n$ 爭** 爭che$^n$也（見che$^n$爭部）。

**chi$^n$ 晶** 光也。通精cheng。水～chúi～⇨同上。烏～o͘～⇨黑水晶。結～kiat～⇨由液體變成固定的固體。例如塩是四角形的，雪是六角形的。

**chi$^n$ 精** 妖精iau-chi$^n$→iau-chia$^n$（見chia$^n$精部）。

**chi$^n$ 掙** 刺也。刺入而使堅固曰掙chi$^n$。柴～chhâ～⇨木質的掙子。鐵～thih～⇨鐵質的掙子。鋤頭～tî-thâu～⇨鋤頭專用的掙子，木質鐵質皆有。又強推曰掙chi$^n$，擠而進曰掙chi$^n$。較～扲khah～leh⇨再擠一擠。更～一股koh～chi̍t-kó͘⇨再擠入一股。未～得也bē(bōe)～tit-à⇨再擠不得了。又榨油曰掙油chi$^n$-iû。粗糠來～亦有油chho͘-khng lâi～a̍h-ū-iû⇨粗糠強榨也有油。後面～來的āu-bīn～lâi-ê⇨後面擠來的。

【掙仔 chi$^n$-á】 舌形的小片。柴～～chhâ～～⇨同上。鐵～～thih～～⇨同上。鋤頭～～tî-thâu～～⇨同上。

【掙油 chi$^n$-iû】 ㊀榨油。用土豆～～iōng thô͘-tâu～～⇨同上。㊁形容人衆擁擠。人道是人恰如扲～～扲lâng-tō-sī-lâng, kah-ná-teh～～leh⇨人山人海，恰如在榨油哩。

【掙來掙去 chi$^n$-lâi-chi$^n$-khì】 彼旁掙過來即旁掙倒去hit-pêng chi$^n$-kòe-lâi, chit-pēng chi$^n$-tò-khì。擠來擠去。

**chī$^n$ 茈** 幼嫩曰茈chī$^n$。年歲nî-hòe輕曰茈chī$^n$，經驗淺亦曰茈chī$^n$。年歲有較～nî-hòe ū-khah～⇨年紀太少了。資歷亦猶傷～chu-le̍k a̍h iáu siu$^n$～⇨資歷也還太少。俗作芷chí，非也。蓋白芷，藥名也。

【茈瓜 chī$^n$-koe】 幼瓜。～～仔～～á⇨同上。

【茈薑 chī$^n$-kiu$^n$】 新出的幼薑。～～仔出也不過較貴過參仔～～á chut-à, put-kò khah-kùi-kòe som(sim)-á⇨茈薑上市了，不過比參還貴。

【茈鳥仔 chī$^n$-chiáu-á】 幼鳥。喻初出洞門的少年郎siàu-liân-lâng。～～～猶不敢扲～～～iáu m̄-ká$^n$-leh⇨新鳥仔還不敢(亂來)。

【茈葉仔 chī$^n$-hio̍h-á】 幼葉。～～～乎蟲食去～～～hō͘-thâng chia̍h-khì(ì)⇨幼葉給蟲吃掉了。

**chī$^n$ 井** 井ché$^n$也（見ché$^n$井部）。

**chì$^n$ 諍** 諍chè$^n$也。強辯也（見chè$^n$諍部）。

**chì$^n$ 箭** 矢也。簇也。跑馬射～pháu-bé siā～⇨同上。弓～kiong(keng)～⇨弓與箭。歸心如～kui-sim jî(jû)～⇨同上。冷～léng～⇨暗箭àm-chì$^n$。明槍易閃暗～難防bêng-chhiu$^n$ ī-siám, àm～lân-hông⇨同上。暗～傷人àm～siong-jîn⇨以卑鄙的方法中傷別人。

【箭頭 chì$^n$-thâu】 ～～射着紅心～～siā-tio̍h âng-sim⇨同上。

【箭已在弦 chì$^n$-í-chāi-hiân】 喻事在緊急。～～～～戰火一觸即發～～～～chiàn-hóe it-chhiok chek-hoat⇨同上。

**chì$^n$ 擠** 推也。掙chi$^n$也。爭也。互推而進曰擠chì$^n$。～做頭前～chò(chòe)-thâu-chêng⇨爭而得在前頭。乎人～落水底hō͘-lâng～lo̍h-chúi-té⇨被人擠落水中。更～三個入來koh～sa$^n$-ê ji̍p-lâi⇨又有三個人擠進來。～未出去～bē(bōe) chhut-khì(ì)⇨出不得。又急啖食物或強迫吞食亦曰擠chì$^n$。一下道～歸嘴chi̍t-ē tō～kui-chùi⇨一下子就擠滿一大口。您父～二三嘴道飽也lín-pē～nn̄g-sa$^n$-chhùi tō-pá-à⇨我急啖兩三口就飽了。～鴨仔～ah-á⇨不德商人強把飼料塞入鴨腹以增斤量。～雞～ke,～鵝～gô皆同斷。俗多以搢作擠，非也。搢，音chìn，插也；搢笏也，亦爲搢紳之捫也。

**chì$^{n}$ 炙** 肉在火上也（見chià部）。又肉在熱油中曰炙chì$^{n}$。亦曰炸chà。豆干～tāu-koa$^{n}$～⇨豆干炙油者。蝦仔～hê-á～⇨蝦炙油。葱管～chhang-kóng～⇨一種炸油的食品。

【炙肉 chì$^{n}$-bah】 油炸肉類。

【炙油 chì$^{n}$-iû】 一種烹飪法。以油炸之。蝦丸～～眞好食hê-oân～～chin-hó-chia̍h⇨同上。

【炙棗 chì$^{n}$-chó】 一種新年的油炸食品。生仁～～seng-jîn～～⇨新年必備，必連在一起的兩種食品。

【炙餜 chì$^{n}$-kóe】 凡食物以麵粉等的軟漿包之，加以油炸的食品通稱爲炙餜chì$^{n}$-kóe，餜亦作粿kóe。～～店～～tiàm⇨專賣炙餜的店戶。

**chî$^{n}$ 簷** 檐也。屋外邊壇也。俗曰扲簷gîm-chî$^{n}$。亦曰坤簷脚gîm-chî$^{n}$-kha。簷chî$^{n}$同檐chî$^{n}$。

【簷口 chî$^{n}$-kháu】 屋簷下。企於～～khiā-tī-～～⇨站在屋簷下。

**chî$^{n}$ 錢** 貨幣也。財富也。又量物之單位名。有～食鮸，無～免食ū～chia̍h-bián, bô～bián-chia̍h⇨有錢時吃鮸魚，無錢時沒得吃。鮸一種上等魚名。有～人ū～lâng⇨有錢之人。富翁。台灣～淹脚目tâi-oân～im-kha-ba̍k⇨謂台灣很富裕，錢容易趁。～有不驚世事～ū m̄-kia$^{n}$ sè-sū⇨有錢就不怕事。一～重chi̍t～tāng⇨重量一錢，就是一兩niú的十分之一。一～金仔chi̍t～kim-á⇨黃金一錢。三～參仔sa$^{n}$～som(sim)-á⇨二三錢人參。

【錢水 chî$^{n}$-chúi】 金錢。金錢的來往。錢關。～～眞量～～chin liōng⇨金錢很寬裕。～～有較絯～～ū-khah-ân⇨錢關較急。手頭緊迫。近來～～若活爾kīn-lâi～～goā(joā)-oa̍h-leh⇨最近財源多麼活潑哩。

【錢孔 chî$^{n}$-khang】 財源。金錢事項。～～絯～～ân⇨錢銀緊迫。手頭告急。尋～～chhōe～～尋找財源。～～轉未過～～tńg-bē(bōe)-kòe⇨周轉不靈。

【錢仔 chî$^{n}$-á$^{n}$】 小錢。不成～～m̄-chiâ$^{n}$～～⇨不成錢。小錢。～～庀～～phí⇨爛銅幣。小錢。袋仔底連一個～～亦無tē-á-té liân chi̍t-ê～～a̍h-bô⇨衣袋中一個爛銅幣都沒有。

【錢虱 chî$^{n}$-sat】 ～～扲咬也～～teh-kā-ā⇨錢虱在咬錢了。謂將要損財了。對想開支不必要的金錢時的批評詞。

【錢財 chî$^{n}$-châi】 金錢。～～如糞土，信義値千金～～jî(jû) pùn-thó͘, sìn-gī ta̍t-chhian-kim⇨同上。

【錢柴 chî$^{n}$-chhâ】 金錢。柴chhâ應爲鈔chhau之訛。合人～～長短，該來清楚去明白kah-lâng～～tn̂g-té(tóe)，ài lâi-chheng-chhó-khì-bêng-pe̍k⇨與人金錢來往，需要出入都記得清楚明白。

【錢鬼 chî$^{n}$-kúi】 愛錢如鬼。去做～～可啦khì-chò～～hó-là⇨去做錢鬼吧。

【錢絯 chî$^{n}$-ân】 手頭緊迫。～～生理做未動～～seng-lí chò(chòe)-bē(bōe)-tāng⇨手頭緊迫生意沒法子周轉。

【錢莊 chî$^{n}$-chhng】 chî$^{n}$-chng。經營有關金錢業務的店戶。私營的小銀行。～～業者～～gia̍p-chiá⇨同上。

【錢栢 chî$^{n}$-poe】 爲知死者之意，臨時以錢作栢而博之。博～～poa̍h～～⇨同上。

【錢貫 chî$^{n}$-kǹg】 若干錢(古錢有孔)爲一單位以索穿而打結爲一貫，是爲錢貫chî$^{n}$-kǹg。較算亦是存一貫khah-sǹg ia̍h-sī chhun-chi̍t-kǹg⇨如何計算都是只存一貫而已。謂收支不符。又喻小守財奴。你毋若～～哩lí-m̄ ná～～lì⇨你不好像錢貫嗎。謂一貫上了就不易解開。

【錢喟 chî$^{n}$-khùi】 金錢事項。～～無當量～～bô-thang-liōng⇨金錢（現款）不太寬裕。

【錢筒 chî$^{n}$-tōng】 chî$^{n}$-tâng。藏錢的筒子。尻川坐於米甕手摸於～～kha-chhng chē-tī bí-àng, chhiú bong-tī～～⇨屁股坐在米桶

上，手摸在錢筒中。謂有米有錢生活富裕安全無憂無愁。

【錢鼠 chî$^{n}$-chhí(chhú)】 ㊀一種居暗溝之鼠。㊁吝嗇的守錢奴。垃圾猫咬～～lah-sap-niau kā ～～⇨骯髒猫獵取錢鼠。喻壞女人養漢。

【錢路 chî$^{n}$-lō͘】 財路財源。～～斷也 ～～ tn̄g-à⇨財路斷掉了。

【錢銀 chî$^{n}$-gî$^{n}$(gûn)】 金錢。～～人人愛 ～～ lâng-lâng-ài⇨同上。～～三不便 ～～ sam-put-piān⇨金錢有三種不便的情形，一未入手，二不在手，三已出手。

【錢槽 chî$^{n}$-chô】 整理銅幣的小道具。有若干條小溝的小木盤。～～槽錢～～chô-chî$^{n}$⇨以錢槽計錢。

【錢穀 chî$^{n}$-kok】 金錢與穀類。～～師爺 ～～su-iâ⇨管理省縣財稅的官員。約當於今之財政科長。

【錢樹 chî$^{n}$-chhiū】 生錢之樹。榕仔枝chhêng-á-ki以紅絲線âng-si-soà$^{n}$吊上錢幣及紅紙條，一如今天之聖誕樹sèng-tàn-chhiū者。乞食khit-chia̍h將之在門口搖動以示吉利。謂之搖～～ iô ～～ 搖之使錢源源而來也。～～開花 ～～ khui-hoe⇨喻女兒或養女為娼，收益多多。～～子～～chú⇨妓女。又娼家之子女。

【錢頭 chî$^{n}$-thâu】 錢。錢額chî$^{n}$-gia̍h。～～算起來未少也～～ sǹg-khí-lâi bē(bōe)-chió-à⇨錢算起來不少了。

【錢聲 chî$^{n}$-sia$^{n}$】 ㊀錢相擊之聲。～～轆轆叫～～lo̍k-lo̍k-kiò⇨同上。㊁貨幣互換的相對市價。～～相差無若大 ～～ siang-chha bô-goā(joā) toā⇨錢聲彼此差額不甚大。

【錢額 chî$^{n}$-gia̍h】 金額kim-gia̍h。～～過頭大～～kōe-thâu-toā⇨金額太大。

【錢櫃 chî$^{n}$-kūi】 金庫kim-khò͘。掌～～的 chiáng～～ê⇨出納員。管錢的。

【錢糧 chî$^{n}$-niû】 租稅cho͘-sōe。納～～la̍p ～～⇨繳納稅金。～～串單～～chhoàn-toa$^{n}$⇨租稅單據。

【錢關 chî$^{n}$-koan】 金錢上的緊要關頭。～～拍未過 ～～ phah-bē(bōe)-kōe⇨錢關打不開。

【錢銑 chî$^{n}$-sian】 銑sian即銹也，金屬類表面酸化變質也。身上斷～～也sin-siāng(siōng) tn̄g～～à⇨身上斷了錢。連錢銑都沒有了。

【錢奴才 chî$^{n}$-lô͘(nô͘)-châi】 謂人的一生，不過是錢的奴隸lô͘(nô͘)-lē。所謂左手接錢右手空tò-chiú chiap chî$^{n}$ iū-chiú-khang，只不過是搬來搬去而已，眞的所得有幾何，到頭來tô-thâu-lâi又能帶回若干入墓穴。

【錢拖錢 chî$^{n}$-thoa-chî$^{n}$】 貸款或投資生利，利又生利，愈拖愈大。亦曰錢生錢chî$^{n}$-se$^{n}$(si$^{n}$)-chî$^{n}$。流汗錢有限，～～～ 藉驚人lâu-koā$^{n}$～iú-hān，～～～chiah-kia$^{n}$-lâng⇨流汗以勞力換來的錢有限，母生利，利又生利的錢才是可怕(的數字)。

【錢架仔 chî$^{n}$-kè-á】 小錢莊chî$^{n}$-chhng。亦曰錢桌仔chî$^{n}$-toh-á。排～～～pâi～～～⇨排錢攤子。

【錢能通神 chî$^{n}$-lêng-thong-sîn】 ～～～也能使鬼～～～～iā-lêng sái-kúi⇨謂金錢萬能。

【錢不用是銅 chî$^{n}$-put-iōng-sī-tâng】 ～～～～賊不做是人～～～～～chha̍t put-chò sī lâng⇨謂錢不用不過是爛銅，沒有其功能，所以不可不利用之，賊不做還是一個好人，切不可為。

【錢大百人落肉 chî$^{n}$-toā-pah-lâng-lo̍h-bah】 謂報酬多將迫人瘦，因欲得之而賣命也。人為財死，鳥為食亡jîn ūi-chāi-sú, niáu ūi-si̍t-bông⇨義畧同，語氣較輕。

【錢四跤人二跤 chî$^{n}$-sī-kha-lâng-nn̄g-kha】 錢有四條腿，人只兩條。㊀謂來得快也去得快。㊁謂兩腿的追不上四腿的。跤同脚。

**【錢無二個博未閬 chî$^n$-bô-n̄g-ê-poah-bē-tân】** 錢非兩個(如筶一對)同打不響。謂吵架必須有兩造(有對頭)才吵得成，不能歸責單方。

**chī$^n$ 舐** 以舌取物也。(見chī舐部)。狗～尿跡káu～sái-jiah⇨同上。狗母～狗仔囝káu-bó～káu-á-kiá$^n$⇨同上。～犢之愛～to̍k chi-āi⇨牛母舐牛囝之愛情，喩盲目之愛。

## chia

**chia 者** 此也。此處也。～番～hoan⇨此次。～般～poa$^n$⇨此時，此次。有人於～有人於許ū-lâng tī～ū-lâng tī hia⇨有人在此有人在彼。我～每共款你許每共款goá～mā kāng-khoán lí-hia mā kāng-khoán⇨我這邊也一樣你那邊也一樣 (爲共同朋友常用詞)。～行許行～kiâ$^n$ hia-kiâ$^n$⇨此處跑跑那邊跑跑。對～來tùi～lâi⇨㊀來此處。㊁從此處行。按～來àn～lâi⇨對者來。

**chiá 者** 者chia也。此也，此事也，此處也。又人也。於～於許tī～tī-hiá⇨在此在彼。去～抡去許抡khì～leh khì～leh⇨此處也去，彼處也去(不一定何地)。作～chok～⇨寫作之人。禮～lé～⇨懂得起人起客khí-lâng-khí-kheh之人。應對有禮節之人。

**【者久 chiá-kú】** ㊀最近。近來。～～好否～～hó-bò⇨最近好嗎(問候)。～～有好空的毋～～ū hó-khang-ê-m̄⇨近來有好空的(好事，好收入等)不是嗎 (熟友問候)。空；空課khdng-khòe之省詞。俗作孔非。好空即良好的事業。㊁這麼久。～～猶未來～～iá-bōe-lâi⇨這麼久了還不來。～～藉看見人～～chiah khoà$^n$-kì$^n$(ì$^n$)-lâng⇨這麼久了才看到人。

**【者的 chiá-ê】** 這些。～～人～～lâng⇨同上。～～物～～mi̍h⇨同上。

**【者個 chiá-ê】** 同者的chiá-ê。～～物件～～mi̍h-kiā$^n$⇨同上。

**【者許 chiá-hiá】** chia-hia。此處彼處。～～行行抡～～kiâ$^n$-kiâ$^n$-leh⇨此地彼地散散步。

**【者番 chiá-hoan】** 此次，此回。信函中常用詞。～～家父誕辰～～ka-hū tān-sîn⇨此回家父壽辰。

**【者爾 chiá-ní】** 爾ní助詞。以加強詞意。意爲如此的如何如何。～～大～～toā⇨如此之大，這麼大。～～好～～hó⇨這麼好。～～快～～khoài⇨這麼快。～～誠意～～sêng-ì⇨如此之誠意。～～客氣～～kheh-khì⇨這麼客氣。等等。一個是～～媠，一個是許爾有錢chi̍t-ê lì～～súi，chi̍t-ê lì hiá-ní-ū-chî$^n$⇨一個是這麼漂亮，一個是那麼有錢(女貌郎財)。

**【者久仔 chiá-kú-á】** 近來。～～～生理恰如有較好也～～～seng-lí kah-ná-ū khah-hó-à⇨近來生意好像有些好轉來了。

**【者的人 chiá-ê-lâng】** ㊀這些人。㊁本人，本老爺。所謂黑社會用詞。～～～豈衰稗～～～ká-soe-bái⇨本老爺豈卑鄙哉——不卑鄙也。

**chiá 姐** 女人也。㊀小～sió～⇨姑娘。婆～pô～⇨扱～khioh～⇨產婆sán-pô。婆～母pô～bú⇨嬰兒的守護神。㊁同姊ché。～夫～hu⇨姊夫ché-hu。～妹～mūi⇨姊妹ché-moāi。㊂妻。翁仔～ang-á～⇨夫妻hu-chhe。大～toā～⇨大妻。

**chià 者** 助詞。示文章的段落。違法～斬ûi-hoat～chám⇨同上。無家可歸～無數bû-ka khó-kui～bû-sò⇨同上。來～不拒，去～不追lâi～put-kī, khì～put-tui⇨同上。若有作姦犯科，及爲忠善～宜付有司，論其刑賞，ji̍ak(ji̍ok)-iú chok-kan hoān-kho, ki̍p ûi tiong-siān～gî-hù iú-su，lūn-ki hêng-siáng (sióng)⇨前出師表。論語～，二十篇lūn-gí～jī-si̍p-pian⇨同上。

**chià 蔗** 植物名。俗稱甘蔗kam-chià。古曰藷～chû～。製糖的最佳原料。甘～好食雙頭甜

kam～hó-chiah siang-thâu-tiⁿ⇨同上。

【蔗刀 chià-to】 斬蔗刀。去蔗皮刀。～～利劍劍～～lāi-kiàm-kiàm⇨蔗刀利如劍。

【蔗水 chià-chúi】 今曰蔗汁chià-chiap。～～較清涼～～khah chheng-liâng⇨同上。

【蔗車 chià-chhia】 ㊀運蔗車ūn-chià-chhia。㊁榨蔗的大石車。

【蔗苗 chià-biâu】 亦曰蔗栽chià-chai。斬～～chám～～⇨甘蔗斬短節，每節必有兩目，以爲種苗。

【蔗坑 chià-khōng】 以甘蔗爲材料的賭博遊戲，亦曰坑甘蔗khōng-kam-chià。一種是扎～～at～～⇨兩人各採蔗之一頭，各出力以折之，視折口之情形以定勝負。另一種是破～～phoà～～⇨蔗立地，以刀切開之，賭若干刀可開之爲勝負。

【蔗栽 chià-chai】 蔗種。蔗苗。

【蔗婆 chià-pô】 負責送蔗入蔗車（壓榨機）的工人。～～牛婆～～gû-pô⇨同上。牛婆gû-pô⇨負責趕牛拉動蔗車的工人。此兩婆字皆指男性。

【蔗粕 chià-phoh】 榨取蔗水後之殘粕。～～曝乾做火柴～～phak-ta chò hóe-chhâ⇨粕曬乾做燃料。

【蔗粿 chià-koeh】 斷蔗。斬～～chām～～⇨一枝蔗斷爲若干節。賣～～bē～～⇨賣蔗節bē-chià-chat⇨出售甘蔗粿（節）。粿koeh亦節chat也。

【蔗葉 chià-hioh】 甘蔗的青或枯葉。

【蔗種 chià-chéng】 蔗苗，蔗栽。～～抍浸水～～teh chìm-chúi⇨蔗苗浸在水中。蔗苗須浸水若干天後方可種植。

【蔗境 chià-kéng】 謂甘蔗漸食漸甜（普通從尾部食之漸至頭部）。喻漸入佳境chiām-jıp-ka-kéng⇨同上。

【蔗廍 chià-phō͘】 舊式的製糖工場。亦曰糖廍thn̂g-phō͘。

【蔗頭 chià-thâu】 刜～～斬蔗尾phut～～chám chià-bóe⇨謂頭尾皆斬掉，所凈不多矣。刜phut亦斬chám也。

【蔗龜 chià-ku】 甘蔗的害蟲。腐蝕蔗根。～～仔～～á⇨㊀甘蔗的害蟲。㊁蔗龜所害生長不良的甘蔗。

【蔗籜 chià-hah】 甘蔗的枯葉。剝～～pak～～⇨枯葉看時機需要剝掉。

chià **炙** 燒肉也。膾～人口kōe～jîn-kháu⇨膾kōe是細肉，炙爲燒肉，皆爲人人所同嗜者，喻詩文等爲衆人所共同稱美的意思。親～chhin～⇨親近熟悉之人。

【炙草 chià-chhó】 加蜜特別調製的甘草。

【炙耆 chià-kî】 加蜂蜜特別調製的黃耆n̂g-kî，黃耆亦藥草名。補藥。

【炙手可熱 chià-chhiú-khó-jiat】 火勢炎盛。喻財勢的氣炎逼人。

chià **嗟** 嘆thàn也，嘆聲也。怨嘆的表示。～，安爾有夠否～，an-ne(ni) ū-kàu bō͘⇨嗟！如此夠不夠? ～提去孝孤啦～theh-khì hàu-ko͘-lâ⇨嗟！拿去孝孤（拜孤魂，喻吃）罷。

【嗟嘆 chià-thàn】 怨嘆。～～之聲～～chi-seng⇨同上。

【嗟來食 chià-lâi-sū】 不情願的恩惠。大丈夫不受～～～tāi-tiāng-hu put-siū～～～⇨大丈夫不接受無禮的飲食或款待。

chià **鷓** 鳥名。形似鳩。據稱，其性怕寒露，夜棲樹上，必以木葉蓋身云。又其啼聲被形容爲：行不得也哥哥hêng-put-tek-iā ko-ko⇨很有意思。

【鷓鴣 chià-ko͘】 鷓的通稱。木棉樹上～～啼，木棉樹下牽郎衣，欲別不別不忍別，落英沒盡君馬蹄bok-mî-chhiū-siāng～～thî，bok-mî-chhiū-hē khan-lông-i,iok-piat put-piat put-jím-piat,lok-eng but-chiⁿ kun-má-thî⇨竹枝詞，一首頗富詩情畫意的佳作。

chiâ
**誰** 何人也。你合～去 lí kah～khì⇨你和誰去。～講～kóng⇨誰所胡說。誰在胡說。

chiā
**謝** 姓氏。～必安范無咎～pit-an,hoān-bû-chiū⇨城隍廟裏的矮脚神與高脚神。

## chia$^{n}$

chia$^{n}$
**精** 妖也。怪也。妖～鬼怪iau～kúi-koài⇨同上。狐狸～hô-lî～⇨同上。豬哥～ti-ko～。又精華也，凡物之至純者曰精chia$^{n}$，即去其雜物存其眞之意。因此，肉之去皮油脂者曰精肉chia$^{n}$-bah,即瘦肉sán-bah也。半～肥也poà$^{n}$～ pûi-á⇨瘖肉(赤色)肥肉(白色)各半之肉。揀～掏肥kéng～tho-pûi⇨選精肉除肥肉。意謂喜歡選此擇彼者反而選取了不佳的東西。食～免咒詛chiah～biān chiù choā⇨食精肉者不必賭咒。意謂不可盡信，誰謂其不偷食肥肉。

【精肉 chia$^{n}$-bah】 瘖肉sán-bah,赤肉chhiah-bah。肥的㑚做油～～留爾給囝仔食，逐個家己來，不免細膩pûi-ê boeh chò-iû,～～lâu-le hō· gín-á chiah,tak-ê ka-kī-lâi,m̄-biān sè-jī⇨(誠意的主人曰)肥肉要做油，精肉要留下來給孩子們吃，大家自己來罷，不要客氣嘛。

chia$^{n}$
**正** 始也。新～sin～⇨新年，新年之始。拜～pài～⇨拜年。拜新年。出～藉來行春chhut～chiah-lâi kiâ$^{n}$-chhun⇨新年到了才來玩。

【正月 chia$^{n}$-goeh】 一月it-goeh。～～算來桃花開，娘子病囝無人知～～sǹg-lâi thô-hoa-khai,niû-kiá$^{n}$ pē$^{n}$-kiá$^{n}$ bô-lâng-chai⇨病囝歌pē$^{n}$-kiá$^{n}$-koa。

【正二三 chia$^{n}$-jī-sa$^{n}$】 年初二初三轉客tńg-kheh(新嫁回外家作客)。有父有母道～～～，無父無母頭頪頪ū-pē-ū-bó tō ～～～ bô-pē-bô bó· thâu-ta$^{n}$-ta$^{n}$⇨謂有父母者年初二或初三遣人來接回外家，無父母者無人來接只好頭頪頪thâu-ta$^{n}$-ta$^{n}$(頭朝天)徒望天之彼方。正二三亦作初二三chhe-jī-sa$^{n}$。

chiá$^{n}$
**飷** 食無味也。俗作淡chiá$^{n}$。白～無味peh～bô-bī⇨同上。鹹酸苦～kiâm-sng-khó·～⇨謂生活窮苦嘗盡鹹酸苦飷。甜鹹～無嫌ti$^{n}$-kiâm～bô-hiâm⇨甜的，鹹的，飷的，都相宜。嘴～chhùi～⇨食欲不振（例如病後）煞鹹～soah-kiâm～⇨調和鹹飷。

【飷干 chiá$^{n}$-koa$^{n}$】 魚菜類所含鹽份輕的曬干。曝～～phak-～～⇨同上。

【飷水 chiá$^{n}$-chùi】 淡水。日常飲用水。

【飷身 chiá$^{n}$-sin】 鹹份不足。即種豆油較～～chit-chióng tāu-iû khah ～～⇨此種醬油不夠鹹。

【飷脯 chiá$^{n}$-pó·】 鹽份輕的魚脯類。～～干～～koa$^{n}$⇨同上。

【飷甜 chiá$^{n}$-ti$^{n}$】 生甜chhe$^{n}$-ti$^{n}$。～～,～～無格外好食～～～～bô kah-goā hó-chiah⇨淡甜地，不很好吃。

【飷飷 chiá$^{n}$-chiá$^{n}$】 味不夠鹹。食着～～chiah-tioh～～⇨同上。

chià$^{n}$
**正** 不歪不斜曰正chià$^{n}$，不虛不假亦曰chià$^{n}$，方直不曲亦即正chèng也。四～sì～⇨方正。眞～chin～⇨不虛不假也。樹頭企得～，不驚樹尾搖風chhiū-thâu khiā-tit～,m̄-kia$^{n}$ chhiū-bóe iô-hong⇨喻立場堅定，不怕人家批評。

【正子 chià$^{n}$-chú】 正子時。子夜chú-iā。中夜十二時許。

【正手 chià$^{n}$-chhiú】 右手。～～旁～～pêng⇨右方。

【正卯 chià$^{n}$-báu】 正卯時，上午六時許。天光卯thi$^{n}$-kng-báu。

【正母 chià$^{n}$-bó(bú)】 親生母chhin-se$^{n}$(si$^{n}$)-bó(bú)。～～生的～～se$^{n}$(si$^{n}$)-ê⇨嫡妻的母親所生的。

【正主 chià$^{n}$-chú】 眞主人。眞持有人。

【正犯 chià$^{n}$-hoān】 共同～～kiōng-tông～～⇨同謀主犯。

【正平 chià$^{n}$-pêng】 右方。斡～～oat～～⇨轉向右方。斡oat，轉也，旋也。

【正比 chià$^{n}$-pí】 正常的比法。～～例～～lē⇨同上。

【正本 chià$^{n}$-pún】 傳統的。～～戲傳仔戲～～hì toān-á-hì⇨傳統的戲劇與新編或加油添醋的新戲劇。

【正生 chià$^{n}$-seng】 正牌的生角。～～正旦～～chià$^{n}$-toà$^{n}$⇨生與旦。

【正冲 chià$^{n}$-chhiong】 對面相抵觸。～～偏冲～～phian-chhiong⇨在干支五行上有這種的說法。

【正字 chià$^{n}$-jī】 楷體字。～～草字～～chhó-jī⇨楷書與草書。

【正名 chià$^{n}$-miâ$^{n}$】 實名。不敢用～～m̄-ká$^{n}$ iōng～～⇨不敢使用實名。

【正色 chià$^{n}$-sek】 眞實非假。～～貨～～hòe⇨同上。畧同正本貨chià$^{n}$-pún-hòe。

【正系 chià$^{n}$-hē】 直屬系統。～～無人也不～～bô-lâng-à m̄⇨正系的沒人了嗎。

【正酉 chià$^{n}$-iú】 正酉時chià$^{n}$-iú-sî。下午六時許。黃昏酉hōng-hun-iú。

【正扮 chià$^{n}$-pān】 純正，非假。～～貨～～hòe⇨眞貨。～～的博士～～ê phok-sū⇨眞正的博士。伊的話講了較～～i ê ōe kóng-liáu khah～～⇨他的話說得較像樣chhiū$^{n}$-iū$^{n}$。

【正步 chià$^{n}$-pō͘】 正當的手段。眞正的功夫。行～～kiâ$^{n}$～～⇨行正常的路。即步正是～～chit-pō͘ chià$^{n}$-sī～～⇨這一步眞的是眞正的技法。

【正身 chià$^{n}$-sin】 舊式的房屋的中心建築。～～護龍～～hō͘-lêng⇨古式的房屋中央是正身chià$^{n}$-sin,兩旁是護龍hō͘-lêng,正身對面有大門toā-mn̂g,合抱着大庭toā-tiâ$^{n}$。護龍較大～～hō͘-lêng khah-toā～～⇨喩事不均匀，從大於主，或主客顚倒。

【正某 chià$^{n}$-bó͘】 正妻chèng-chhe。～～無生～～bô-se$^{n}$(si$^{n}$)⇨正妻未生育。

【正的 chià$^{n}$-ê】 純正的。～～不是假的～m̄-sī ké-ê⇨正也非假也。～～,不是,假的～～, m̄-sī, ké-ê⇨正者，非也，假者也（句讀不同而有差異之詞）。

【正法 chià$^{n}$-hoat】 正常的方法。適當的方法。該用～～藉當ài iōng～～chiah-thang⇨應該採用正當的方法才可以。～～度～～tō͘⇨正當的方法。又依法執行也。

【正服 chià$^{n}$-ho̍k】 合規紀的喪服。

【正官 chià$^{n}$-koa$^{n}$】 帶～～toà～～⇨謂命運中帶有正官之運。

【正門 chià$^{n}$-mn̂g】 chià$^{n}$-mûi$^{n}$。大門toā-mn̂g(mûi$^{n}$)。正式訪問當然該對～～chèng-sek(sit) hóng-būn tong-jiân ai tùi～～⇨正式訪問當然要對大門進門。

【正版 chià$^{n}$-pán】 ～～的法帖～～ê hoat-thiap⇨同上。～～的賊仔三～～ê chha̍t-á-sam⇨眞的賊仔三其人。講～～的英語kóng～～ê eng-gí(gú)⇨說正式的英文。

【正面 chià$^{n}$-bīn】 前面chèng-bīn。～～衝突～～chhiong-tu̍t⇨同上。～～倒面無差～～tò-bīn bô-chha⇨正面與反面相同。

【正音 chià$^{n}$-im】 ㊀白話之對詞，所謂讀書音也。㊁北京音。講～～kóng～～⇨說北平話。做～～chò(chòe)～～⇨搬～～poa$^{n}$～～⇨演京劇。

【正派 chià$^{n}$-phài】 正統，嫡系。阿美較～～a-bí khah～～⇨㊀較屬嫡系。㊁人較端正。

【正是 chià$^{n}$-sī】 眞的。正正是。～～即個人～～chit-ê-lâng⇨眞的是這個人沒錯。～～六月天活侏溽死人～～la̍k-goe̍h-thi$^{n}$ o̍ah-boeh jo̍ah-sí-lâng⇨剛好是六月天，硬要溽死人。溽jo̍ah；濕暑也正是chià$^{n}$-sī與藉是chiah-sī本

來用法不同，但是而今幾乎已混用矣。前者是眞的，剛好，後者是才是或因而。

**【正刺 chià$^{n}$-thì】** 正的刺法。喻風刺。～～倒刺～～tò-thì⇨正面嘲諷。反面嘲諷。

**【正珠 chià$^{n}$-chu】** 天然痘thian-jiân-tāu。出～～chhut～～⇨出痘。

**【正宮 chià$^{n}$-kiong】** chià$^{n}$-keng,王后。皇帝娘hông-tè-niû。～～娘娘～～niû-niû⇨同上。

**【正祧 chià$^{n}$-thiāu】** 嫡傳的。長子生的不是～～是啥tiáng(tióng)-chú si$^{n}$-ê m̄-sī ～～ sī siah$^{n}$(sah$^{n}$)⇨長子所生的不說正祧是什麼。

**【正貨 chià$^{n}$-hòe(hè)】** 非假冒之良貨。不買便罷，佅買較講都愛買 ～～ m̄-bé(bóe) piān-pā, boeh-bé(boeh) khah-kóng to-ài bé (bóe)～～ ⇨不買便算了，要買怎麼說都要買正貨。

**【正副 chià$^{n}$-hù】** ～～議長～～gī-tiú$^{n}$⇨同上。～～總統～～chóng-thóng⇨同上。

**【正堂 chià$^{n}$-tn̂g】** 長官。彰化縣～～chiang (chiong)-hoà-koān(koāi$^{n}$)～～⇨彰化縣長。

**【正途 chià$^{n}$-tô͘】** 正常之路。正業。～～不行行偏路～～m̄-kiâ$^{n}$ kiâ$^{n}$-phian-lō͘⇨正業不做做不正當的事業。

**【正番 chià$^{n}$-hoan】** 鴨的一種。正外國種。～～鴨～～ ah⇨同上。外國多用番hoan字表示。

**【正港 chià$^{n}$-káng】** ㈠正香港貨。～～的～～ê⇨同上。㈡如假包換的。～～的紅豆枝仔冰～～ê âng-tāu ki-a-peng⇨正紅豆冰棒peng-pāng。喻多有疤痕的美腿bí-thúi。

**【正筆 chià$^{n}$-pit】** 眞筆，眞跡。吳大人的～～gô͘-tāi-jîn ê～～⇨吳大人的眞跡。

**【正號 chià$^{n}$-hō】** 正牌子。～～的烏龍茶～～ê o͘-liông-tê⇨同上。

**【正路 chià$^{n}$-lō͘】** ㈠正途chià$^{n}$-tô͘。㈡純正。～～貨～～hòe⇨不是假冒的貨色。

**【正牌 chià$^{n}$-pâi】** 正牌子。～～的凍頂烏龍茶～～ê tàng-téng-o͘-liông-tê⇨同上。

**【正腹 chià$^{n}$-pak】** ～～的長子～～ê tiáng(tióng)-chú⇨正妻所生之長子。～～的較輸養的～～ê khah-su iú$^{n}$-ê⇨嫡子不如乞養之子。

**【正殿 chià$^{n}$-tiān】** 大殿。祖師廟的～～chó͘-su-biō ê～～⇨同上。

**【正頓 chià$^{n}$-tǹg】** 日食三餐jı̍t-sı̍t sam-chhan。～～都無卜也更抄想點心～～to bô-poh-à koh-teh-siū$^{n}$ tiám-sim⇨正餐有無未卜，竟在夢想點心。

**【正道 chià$^{n}$-tō】** 正途chià$^{n}$-tô͘。即正路

**【正銀 chià$^{n}$-gîn(gûn)】** 純銀。正金～～拍的chià$^{n}$-kim ～～ phah-ê⇨純金純銀打造的(器物)。

**【正酵 chià$^{n}$-kà$^{n}$】** 純正的酵母kà$^{n}$-bó。眞米～～chin-bí～～⇨妻與子都是正統的。酵kà$^{n}$與囝kiá$^{n}$諧也。

**【正價 chià$^{n}$-kè】** 實價。講～～不是亂呼的kóng～～m̄ sī loān-ho͘-ê⇨說實在價格，不是亂開價的。

**【正賓 chià$^{n}$-pin】** 主賓。～～猶未來～～á-bōe(bē)-lâi⇨主賓還未到。

**【正齒 chià$^{n}$-khí】** 正式牙齒。抄換～～也teh oā$^{n}$～～ā⇨乳齒在脫落正牙在新生了。

**【正盤 chià$^{n}$-poâ$^{n}$】** 正當的。～～的價錢～～ê kè-chî$^{n}$⇨正當的價錢。你講者的道較～～lí kóng chiá-ê tō khah～～⇨你說這些話就較正道。

**【正燕 chià$^{n}$-iàn】** 純正的燕窩。上等的燕窩。

**【正鋼 chià$^{n}$-kǹg】** 純正的鋼鐵。～～的菜刀～～ê chhài-to⇨同上。

**【正頭 chià$^{n}$-thâu】** 正常時季的農作物。種～～仔較安全chèng～～á khah an-choân⇨倒頭仔芏萊免講都無 ～～ 的許爾甜tò-thâu-á ōng-lâi bián-kóng to-bô～～ê hiah-ni-ti$^{n}$⇨季節外的鳳梨當然沒有當季的那麼甜。

**【正轉 chià$^{n}$-tńg】** 右轉。時表針之旋轉法

也。～～倒轉～～to-tn̄g⇨同上。

**【正廳 chiàⁿ-thiaⁿ】** 大廳toā-thiaⁿ。公媽拜於～～kong-má pài-tī～⇨祖先奉祀在正廳。

**【正鸞 chiàⁿ-loân】** 鸞loân指鸞壇loân-toâⁿ，俗曰扶桃枝hû-thô-ki,桌上舖以米，一人以桃枝飛舞於其上，一人讀出其文（多詩詞體），一人錄記之以示吉凶禍福於人，狂信者甚衆，似屬道教之一派，手扶桃枝飛舞者即爲正鸞chiàⁿ-loân,由道士任之，信衆曰鸞生loân-seng。

**【正七品 chiàⁿ-chhit-phín】** 古官階。～～～的縣老爺～～～ê koān(koāiⁿ)-ló-iâ⇨古時的縣老爺亦即是縣長不過是正七品的下級官員。古官階有正從各九品共十八階。

**【正午時 chiàⁿ-ngó·-sî】** 中午十二點正。

**【正當時 chiàⁿ-tng-sî】** 正在好時節，好時機。即陣桃仔～～～chit-chūn thô-á～～～⇨此刻桃子正在盛出。十七十八少年家，好花～～～chap-chhit chap-peh(poeh) siàu-liân-ke,hó-hoe～～～⇨謂十七，八歲的少年家，譬如好花正盛開。

**【正剾倒削 chiàⁿ-khau-tò-siah】** 又刨又削，喻冷諷熱嘲léng-hong-jiat-tiāu。你曷使安爾拎～～～～lí ah-sái an-ne(ni) teh～～～～⇨你何必如此冷諷熱嘲。削siah或作剃thì，義同。

**【正講倒講 chiàⁿ-kóng-tò-kóng】** 從正面也講從反面也講。同正刨倒削，但語意較輕。～～～～攏每您的話～～～～lóng-mā lín-ê-ōe⇨正說反說都是你們的話，愛怎麼說就怎麼說好了。

**chiâⁿ 成** 成sêng也，成之也（見成seng部）。冠於數詞等以示其不定整數。又冠於形容詞以加強其詞意。親事做無～chin-sū chò(chòe) bô～⇨親事做沒成功。猶未～人á-bōe(bē)～lâng⇨還未成人。～十人～chap-lâng⇨大約十人。～斤仔～kin-á⇨大約一斤。～年也～nî-ā⇨大約一年了。～點鐘的時間～tiám-cheng ê sî-kan⇨大約一小時。～分鐘久耳～hun-cheng-kú niā⇨大約一分鐘那麼久而已。未～千哩boeh～chheng-leh⇨將近於千的單位。未～個月哩boeh～kò·-goeh-lè⇨將近一個月。未～桶仔道有夠也boeh～tháng-á tō ū-kàu-ā⇨將近一桶(例如水)就夠了。未boeh亦作侎boeh。～大～toā⇨眞大chin-toā⇨蓋大kài-toā⇨很大。～媠～súi⇨眞媠chin-súi⇨蓋媠kài-súi⇨很漂亮。媠súi，美姿也。

**【成人 chiâⁿ-lâng】** 成人sêng-jîn，大人。結婚了。盒都～～也taⁿ to～～ā⇨而今長大娶妻了。不～～m̄～～⇨不像人。臭男子。不成器的東西。～～更不成器哩～～koh put-sêng-khì-leh⇨長大成人了，却不是有用之材哩。又量高低深淺曰成人chiâⁿ-lâng。有～～水ū～～chúi⇨有一個身高那麼深的水。～～高的牆圍～～koân ê chhiûⁿ-ûi⇨人身高的圍牆。～～深的水溝～～chhim ê chúi-kau⇨人身那麼深的水溝。。～～攬的樹仔～～lám ê chhiū-á⇨合抱之樹。

**【成日 chiâⁿ-jit】** 大約一日。該～～的工夫ài～～ê kang-hu⇨要整天的工夫。

**【成孔 chiâⁿ-khang】** 開孔。拍到～～流血phah-kà～～lâu-hoeh(huih)⇨打得皮破血流。

**【成天 chiâⁿ-thiⁿ】** 天候穩定。好天氣。不～～未動工得m̄～～bē(bōe) tāng-kang-tit⇨天氣不穩定興工不得。較～～也khah～～a⇨天氣較好了。

**【成好 chiâⁿ-hó】** 很好。安爾～～an-ne(ni)～～⇨如此很好。

**【成囝 chiâⁿ-kiáⁿ】** 囝kiáⁿ亦作子kiáⁿ。像樣的孩子。不～～m̄～～⇨不像樣的壞孩子。又東西弄壞了。侎用不顧，盒都不～～也boeh-iōng m̄-kò·,taⁿ-to m̄～～ā⇨只用不加維護，而今都弄壞不成樣子了。

**【成行 chiâ$^n$-kiâ$^n$】** 跑了很多路程。今仔日人道～～也kin-á-ji̍t lâng-tō～～ā⇨今天我就跑了很多很多路了。

**【成百 chiâ$^n$-pah】** 近百，將百。～～斤重～～kin tāng⇨重量將近百斤。～～歲～～hòe⇨近百歲。～～步脚耳～～pō·-kha niâ⇨近一百步的距離而已。

**【成尾 chiâ$^n$-bóe】** ㊀成蟲。長大了。今都～～也敢肯聽人講ta$^n$ to～～à kám-khéng thia$^n$-lâng-kóng⇨而今長大了，豈肯聽父母的教訓。㊁很後頭。伊到～～也藉到位i kàu～～à chiah kàu-ūi⇨他到了很末尾才到達。

**【成物 chiâ$^n$-mi̍h】** 成器sêng-khì。囡仔眞～～也gín-á chin～～ā⇨孩子很成功了。又較好的東西。較～～的揀來做種khah～～ê kéng-lâi chò(chòe)-chéng⇨較好的選起來做種子。又不多也。有收成亦不～～ū siu-sêng iah m̄～～⇨有收獲也不多。不～～嘛，愛道乎你m̄～～mā,ài tō hō·-lí⇨不多嘛，你要就送給你。即個囡仔後日會～～chit-ê gín-á āu-ji̍t ē(ōe)～～⇨此孩子將來會很了不起。

**【成忝 chiâ$^n$-thiám】** 甚疲勞。行了～～也kiâ$^n$-liáu～～à⇨跑得很累了。

**【成項 chiâ$^n$-hāng】** 整套的，整筆的。較～～的物khah～～ê mi̍h⇨較整套的東西。較～～的錢khah～～ê chî$^n$⇨大筆的錢。～～錢～～chî$^n$⇨整筆錢。～～物～～mi̍h⇨整套物件。

**【成萬 chiâ$^n$-bān】** 近一萬。幾乎一萬。佅到～～人boeh-kà～～lâng⇨將近一萬人。佅未boeh即「要」之意。

**【成樣 chiâ$^n$-iū$^n$】** 像個樣子。即個囡仔愈來愈不～～chit-ê gín-á ná(jú)-lâi-ná(jú) m̄～～⇨這個孩子越來越壞。

**【成錢 chiâ$^n$-chî$^n$】** 像樣子的錢。趁眞～～thàn chin～～⇨趁得很多很多的錢。不～～仔免計較m̄～～á bián kè-kàu⇨微末的錢，用不着計較。

**【成抵好 chiâ$^n$-tú-hó】** 很巧合。很不巧合～～～你家己來～～～lí ka-kī-lâi⇨很逢巧你自己來了。～～～有人看見～～～ū-lâng khoà$^n$-kì$^n$⇨幸虧有人看見。

**【成個月 chiâ$^n$-koh-goe̍h】** 近一個月。病～～pē$^n$～～～⇨臥病近月。

**【成葩成朶 chiâ$^n$-pha-chiâ$^n$-tó】** 花或果實等結得很多。樹上的花果～～～～非常的美麗chhiū-siāng ê hoa-kó～～～～hui-siâng(siông) ê bí-lē⇨同上。

**情** chiâ$^n$ 心情sim-chiâ$^n$,心情sim-chêng也，心sim也。有～～ū～～⇨有心。有意。曷有～～看戲a̍h-ū～～khoà$^n$-hì⇨豈有心看戲乎。無～～bô～～⇨無心無意。親～chhin～⇨親人之情，親族關係。結親～kiat chhin～⇨因婚姻而成立親族關係。

**仗** chiā$^n$ 硬仗ngē-chiā$^n$,略見堅硬kian-nge̍h。反之曰軟略nńg-lio̍h。安爾甚軟略，更較～～一屑仔較好an-ne siu$^n$ nńg-lio̍h,koh-khah～～chi̍t-sut-á khah-hó⇨如此太軟一點，更硬一點的才好。槍仗tiāng，劍戟總名。又憑倚也，憑者可以委仗。借仗tiāng爲仗chiā$^n$。

## chiah

**隻** chiah 計牛計鳥曰隻chiah。計馬曰匹phit。牛～馬匹gû～bé-phit⇨同上。鳥～chiáu～⇨鳥類。計動物大部份亦曰隻chiah。一～鳥鼠chi̍t-～niáu-chhí⇨同上。二～牛nn̄g～gû⇨同上。三～虎sa$^n$～hó·⇨同上。四～兎sì～thò·⇨同上。五條龍gō·-tiâu-liông⇨同上(例外)。六尾蛇la̍k-bóe(bé)-choâ⇨同上(例外)。七～馬chhit～bé⇨同上。八～羊peh(poeh) iû$^n$⇨同上。九～猴káu～kâu⇨同上。十～鷄cha̍p～ke⇨同上。十一～狗cha̍p-it～káu⇨十二～猪cha̍p-jī～ti⇨同上。計椅亦曰隻chiah。一埣桌該十～椅chi̍t-tè-toh āi cha̍p

～í⇨一棹須配十椅。又筆數也。片言～語phiàn-giân～gí(gú)⇨同上。

【隻身 chiah-sin】 單身tan-sin。～～在外～～chāi-goā⇨單身在外。

【隻字不提 chiah-jī-put-thê】 謂不利於己者一字都不提出。

chiah **跡** 脚印也。前所留下的遺痕曰跡chiah, jiah (見jiah及chek各部)。亦作迹或作蹟。無影～bô-iáⁿ～⇨無影無～bô-iáⁿ-bô～⇨沒事實，無其事。講到有脚有～kóng-kà ū-kha-ū～⇨說得似乎眞有其事。

chiah **脊** 背呂也，兼肉曰脊chiah,chek，其骨曰呂lī，亦即脊椎chek-chui也(見chek部)。俗曰腰脊骨io-chiah-kut。亦曰脚～骨kha～kut，脚kha當係尻kha之訛。尻～肼kha～phiaⁿ⇨背部。

chiah **藉** 相借力也。因也。假設之詞。㊀表示此刻或不久之前。阮～開業無若久goán～khai-giap bô-goā-kú⇨我們剛開業了沒多久。伊今年～畢業耳 i kin-nî～pit-giap niâ⇨他今年才畢業而已。我早起～來的goá chá-khí(í)～lâi-ê⇨我今晨才抵達此地。咱較停仔～來去lán khah-thêng-á～laih khì⇨我們等一下才出發。㊁勉強爲之然後有轉機。拚三支大射～止痛piàⁿ saⁿ-ki toā-siā～chí-thiàⁿ⇨連打三支大針才抑住了痛。問歸日～問着一個知影的mn̄g-kui-jit～mn̄g-tioh chit-ê chai-iáⁿ-ê⇨問了一個整天才問到一個知道的人。袋仔底～存十外元耳tē-á-té～chhun chap-goā-oân niâ⇨囊中才留有十多元而已。先借一下～算利息還你seng-chioh-chit-ē～sǹg lī-sek(sit) hêng-lí⇨先借用一下然後才計利息返給你。若有～乎你nā-ū～hō·-lí⇨有了再給你。有趣味～更來ū-chhù-bī～koh-lâi⇨有興趣才再來。無合意～提來還bô-kah-ī～theh-lâi-hêng⇨不中意才拿來返。㊂原因，因而。無錢～起屁面bô-chîⁿ～khí phùi-bīn⇨沒有錢才致翻臉。無肉～買魚bô-bah～bé(bóe) hî⇨沒有肉可買才買了魚。有趁～未散ū-thàn～bē(bōe)-sàn⇨有工作有收入才不致貧窮。有燒香～有保庇ū sio-hiuⁿ～ū-pó-pì⇨有燒香，神才可能賜庇佑。該拚勢讀～未落第ài-piàⁿ-sì-thak～bē(bōe)lok-tē⇨需要拼命讀書才不致於留級。你道是傷土～無人共你交關lí tō-sī siuⁿ-thó·～bô-lâng kā-lí kau-koan⇨你就是太過土直不曉得招待顧客，才致使沒人與你交易。㊃付條件。該共媽講～當去ài kā-ma-kóng～thang-khì⇨要對媽媽說明了才可以去。安爾～好an-ne(ni)～hó⇨如此做才可以。安爾創～好勢an-ne(ni) chhòng～hó-sè⇨如此做才可以順利。一人該按二碗～有夠chit-lâng ài-àn nn̄g-oáⁿ～ū-kàu⇨一個人要預定兩碗才不致不足。加帶一領外套～未寒死ke-toà chit-niá goā-thò～bē(bōe)-koâⁿ-sí⇨多帶一件外衣才不致於被凍死。該煮過～會食得ài-chí(chú)-kòe～ē(ōe)-chiah-tit⇨應該煮過了才可以食用。憑～pîn～⇨依靠。慰～ùi～⇨安慰。

【藉口 chiah-kháu(khió)】 託詞thok-sû。不是無誠意曷會～～推了了m̄-sī bô-sêng-ì ah-ē～～the-liáu-liáu⇨不是沒誠意，怎麼會託詞推得一乾二淨呀。

【藉用 chiah-iōng】 運用。～～人的喟力～～lâng-ê khùi-lat⇨運用別人的力量。用iōng字可以省之。

【藉名 chiah-miâ】 假託他人之名。～～騙取～～phiàn-chhí⇨託假名詐騙。

【藉言 chiah-giân】 同藉口。～～有病不參加～～ū-pēⁿ(pīⁿ) m̄-chham-ka⇨同上。

【藉詞 chiah-sû】 託詞。～～去幽會～～khì iu-hōe⇨同上。

【藉稱 chiah-chheng】 詐稱chà-chheng。～～孫家的三少爺～～sun-ka-ê sam-siàu-iâ⇨同上。

【藉端 chiah-toan】 假託事端。～～惹事生非～～jiá-sī-seng-hui⇨乘機製造事端。

【藉嘴 chiah-chhùi】 ～～講的不是眞心～～kóng-ê m̄-sī chin-sim⇨順嘴說說罷了不是眞心也。

【藉刀殺人 chiah-to-sat-jîn】 你想用彼類～～～～計無效也啦lí siūⁿ-iōng hit-lōe～～～～ kè,bô-hāu-ā-lā⇨你陰謀用那一種借刀殺人之計，沒效果了。失靈了。

【藉手害人 chiah-chhiú-hāi-lâng】 明明是～～～～實在眞毒bêng-bêng sī～～～～sıt-chāi chin-tok⇨同上。

【藉重他人 chiah-tiōng thaⁿ-jîn】 該～～～～家己無法度āi～～～～ka-kī bô-hoat-tō͘⇨同上。

【藉故逃脫 chiah-kò͘-tô-thoat】 借事逃走了。果然～～～～去也kó-jiân～～～～khì-à⇨不出所料眞的借事逃走了。

【藉機成事 chiah-ki-sêng-sū】 會曉得～～～～實在有夠巧ē(ōe) hiáu-tit～～～～sıt-chāi ū-kàu-khiáu⇨懂得乘機會造成事實，眞的十分聰明。

**且** chiah 抑也。慢～bān～⇨等一下，停一下，慢～是bān～sī⇨且不開始(見chhiá且部)。

**食** chiah ㊀啗ām也。食物sıt-but也。死坐活～sí-chē-oah～⇨懶惰而徒食。敢～敢用káⁿ～káⁿ-iōng⇨食得十分好用錢不吝嗇。用iōng亦可說使sái或開khai。會趁會～ē-thàn ē～⇨能趁能吃。敢趁敢～káⁿ-thàn-káⁿ～⇨有胆量趁險錢喜歡吃好的東西。閹鷄拖木屐隨趁隨～iam-ke thoa bak-kiah sûi-thàn-sûi～⇨看命的名堂，謂趁多少吃多少，不會存錢。遊府～府遊縣～縣iû-hú～hú,iû-koān～koān⇨所到地方都可得到飲食招待，據稱李白曾得到此一榮譽(皇帝特賜)。喻流浪不定的生活。～飯缸中央～pn̄g-khaⁿ tiong-ng⇨謂在父母身邊無憂無慮的生活。㊁膳食。～父母～pē-bó⇨父母供食。～家己～ka-kī⇨以自己的錢爲食。～頭家困頭家娘～thâu-ke khùn thâu-ke-niû⇨長工生活的玩笑說法。㊂欺詐虛僞。～人眞到～lâng chin-kàu⇨欺人太甚。～人水頭到～lâng chúi-thâu-kàu⇨欺人太甚，謂搶人家的水源。～伊過過～i kòe-kòe⇨欺壓他，看他不在眼內。嘴開開端仔俫～人chhùi khui-khui tan-a boeh～lâng⇨嘴開的只是要白吃白喝。人都乎你會～得lâng tō hō͘-lí ē～tit⇨人家就讓你欺詐(自食)得了嗎。舊犯～新犯kū-hoān～sin-hoān⇨舊囚欺新囚。白吃新囚的東西。㊃生業生計。～筆尾仔～pit-bóe-á⇨文筆生活。～扁擔～pín-taⁿ⇨擔送工人。～薪水～sin-súi⇨月俸生活。～人飯犯人問～lâng-pn̄g,hoān-lâng mn̄g⇨食人之祿受人之查問。～未倒～bē(bōe)-tó⇨能力不勝其工作。幹不了。～一世人的頭路～chıt-sì-lâng ê thâu-lō͘⇨終生的薪水生涯。㊄宗教信仰。入信。～菜～chhài⇨入齋食教jıp chai-sıt-kàu。～三六九～saⁿ-lak-káu⇨每逢三六九之日實行齋食。～教～kàu⇨入信耶穌教(含有侮意)。㊅假冒。～人的名～lâng ê miâ⇨假冒別人姓名。～別人的字號～pat-lâng ê jī-hō⇨假冒店號。～名～miâ⇨①假冒姓名。②～名道敍也～miâ tō siuⁿ-chē-ā⇨只靠自己的好名聲(做下去)就太夠了。㊆飲。～茶～tê⇨喝茶。～酒～chíu⇨喝酒。～煙～hun⇨抽煙。～阿片～a-phiàn⇨食鴉片煙。～藥仔～ioh-á⇨吃藥。㊇加水，加油等亦曰食chiah。火車母該～水hóe-chhia-bó āi～chúi⇨機關車須加水。車該～油chhia āi～iû⇨車子需要加油。炒菜油該～較重chhá-chhài iû-āi～khah-tāng⇨炒菜的油須加多。布～漿pò͘～chiuⁿ⇨布料加糊水。板～漆pang～chhat⇨版面加漆。更～色較好看koh～sek khah-hó-khoàⁿ⇨再染色更好看。㊈年歲增加亦曰食chiah。歲頭～到二十外，無某當可娶hòe-thâu～kàu jī-chap-goā,bô-bó thang-hó-chhoā⇨年歲老了二十多歲了，沒老婆可娶回來(乞食歌)。～老無囝孫每是枉然 ～ lāu bô-kiáⁿ-sun mā-sī óng-jiân⇨年老沒子孫也是枉費一生。～未老死未臭 ～ bē-lāu,sí-bē-chhàu⇨罵老而不修者。⊕偏向，偏重曰食chiah。～風～hong⇨受風。向風。～火～hóe⇨受火熱，向着火。～工～kang⇨要多工。～所費～só·-hùi⇨要更多費用。～力～lat⇨受多力。～北風～pak-hong⇨受着北風。㊉吻合曰食chiah。答案有～題tap-àn ū～tê⇨答得對題。榫頭有相～向sún-thâu ū sio～àⁿ⇨榫頭鑿得很合。船駛了較～山chûn sái-liáu khah～soaⁿ⇨船駛得太近山。風水做了不止～山hong-súi chò-liáu put-chí～soaⁿ風水(墓)造得很合山勢。㊋固執亦曰食chiah。～氣～khì⇨故意鬪氣。～癖～phiah⇨硬鬪癖。～硬無～軟～ngē bô～nńg⇨對強有力者強加對抗，對軟弱者即並不堅持。㊌下棋或賭博的術語。叫～kiò～⇨預告下一着要吃掉對方的子。～注～chù(tù)⇨吃掉對方所賭注。㊍承受責任亦曰食chiah。～罪～chōe⇨受罰。～未乾～bē-ta⇨負責不了，吃不消。～虧～khui⇨受意外的損失。～認～jīn⇨強認未犯之罪名。㊎貪取亦曰食chiah。～錢～chîⁿ⇨貪取錢財，官吏貪污。連某本煞乎～去liân-bó·-pún soah-hō·～khì⇨連娶妻的本錢也被吃掉了(騙詐)。㊏色情關係亦曰食chiah。一暝～幾仔碗chit-mê～kúi-ā-oáⁿ⇨一夜來數次。彼類查某你也敢～hit-lūi cha-bó·lí-ā-káⁿ～⇨那種女人你也敢要。老牛～幼菅筍lāu-gû～iù-koaⁿ-sún⇨喻老人吃掉了少女。俗以噍作食，非也。噍音chiāu，齧也，嚼也，不如食之包括全部食之動作及過程也。

【食人 chiah-lâng】 ㊀欺壓別人。你實在～～傷過頭去lí sit-chāi ～～ siuⁿ-kòe-thâu-khì(ì)⇨你實在欺人太甚了。㊁吃人家的東西。～～一斤該還人四兩～～chit-kin ài-hêng-lâng sì-niúⁿ⇨謂禮尚往來，不可白吃人家。吃一斤最少也要還人四兩。～～頭鍾酒講人頭句話～～thâu-chong-chiú,kóng-lâng thâu-kù-ōe⇨喝人家的第一杯酒，說先於別人的第一句話。謂其地位在其圈子裏是高高在上的。～～水頭夠～～chúi-thâu-kàu⇨謂欺人太甚khi-jîn-thài-sīn也。

【食力 chiah-lat】 ㊀壓力大。即枝柱仔較～～chit-ki thiāu-á khah～～⇨此柱子承受壓力較大。㊁打力大。乎打一下眞～～hō·phah-chit-ē chin～～⇨被打一下很重很重。㊂打擊大。個老父死一下眞～～in-lāu-pē sí-chit-ē chin～～⇨他們的父親這一死，打擊很大。㊃問題大。即斗～～也chit-táu～～à⇨此一事情問題大了。

【食工 chiah-kang】 需費工夫。即類工事眞～～chit-lūi kang-sū chin～～⇨這一種工程很需工力(工力，人力)。

【食山 chiah-soaⁿ】 靠近於山。風水做較～～hong-súi chò khah～⇨同上。船行眞～～chûn kiâⁿ-chin～～⇨船航行得很近山。

【食水 chiah-chúi】 ㊀喝水。情意好～～甜chêng-ì-hó～～tiⁿ⇨情意好的話喝水亦甜。㊁吃水。即隻船～～丈二⇨chit-chiah-chûn～～tn̄g-jī⇨此船吃水深丈二。你即款人～～有啦lí chit-khoán-lâng ～～ ū-là⇨你這種人喝水有啦(吃飯就困難了)。～～用棕蓑毛扭～～iōng chang-sui-mo· liù⇨喻無智無能。

【食火 chiáh-hóe】 火鷄～～hóe-ke～～⇨火鷄吃火。

【食日 chiáh-jit】 受到太陽光。即位較～～曝較會乾chit-ūi khah～～phak-khah-ē-ta⇨此地較有陽光曬得快乾。

【食王 chiah-ông】 大食漢。無拎品～～bô-teh-phín～～⇨不在比較誰大食。

【食目 chiah-bak】 惹目jiá-bak,引人注意。即領衫穿起來眞～～chit-niá-saⁿ chhēng-khí-lâi chin～～此件衣穿起來很好看。

【食市 chiah-chhī】 人多生意旺的地點。市仔口較～～chhī-á-kháu khah～～⇨市場口較旺市。

【食用 chiah-ēng(iōng)】 食與用。生活費。～～計計看伊一人～～kè-kè khoàⁿ-i chit-lâng⇨生活一切都靠他一個人負擔。計計kè-kè⇨件件kiāⁿ-kiāⁿ。

【食肉 chiah-bah】 ～～滑溜溜，討錢面憂憂～～kut-liu-liu,thó-chîⁿ bīn-iu-iu⇨借錢買肉滑溜溜很好吃，被追討肉錢時卻面色很不好看。～～該菜介～～ài chhài-kah⇨肉雖好吃也需要蔬菜來配合。

【食老 chiah-lāu】 年老矣。～～道掊無土豆～～tō póe-bô-thô·-tāu⇨謂年老了工作效率就差得多。掊土豆póe-thô·-tāu，分開土粉以找出土豆也。

【食色 chiah-sek】 ㊀加彩色。更～～道眞好看也koh～～tō chin-hó-khoàⁿ-à⇨再加彩色就很好看了。㊁假借財勢之力。～～的那有稀罕～～ê ná-ū hi-hán⇨假別人財勢的何稀奇之有。

【食先 chiah-sian】 健啖之人。正～～chiàⁿ～～⇨名符其實的大食漢。先sian或作仙sian。先生或仙人也。

【食虎 chiah-hó·】 不擇食的大食者。即隻～～有夠格chit-chiah～～ū-kàu-keh⇨這隻食虎夠資格也。

【食油 chiah-iû】 ㊀飲食油類。～～顧胃腸～～kò·-ūi-tn̂g⇨吃油以保護胃腸。㊁擦油。機器點油。該～～藉未生鉎ài～～chiah-bē seⁿ-sian⇨擦油才不生銹。無～～藉連鞭壞bô～～chiah liâm-piⁿ hāi⇨不點油才很快就壞了。

【食命 chiah-miā】 靠命運。好命運。三小姐～～saⁿ-sió-chiá～～⇨三小姐靠命運就可以。有人～～有人食力ū-lâng～～ū-lâng chiah-lat⇨有人靠幸運有人靠自己的力量生活。

【食物 chiah-mih】 食物sit-but。～～講衛生上要緊～～kóng ōe-seng siāng iàu-kín⇨同上。

【食肥 chiah-pûi】 食肥肉。～～走瘖～～cháu-sán⇨喻於事無補，無實益。

【食定 chiah-tiāⁿ】 下定聘之日女家請男家食酒。阿大個厝抒～～a-tāi in-tau teh～～⇨阿大他家在請定聘宴。

【食注 chiah-tù】 ㊀勝方取敗方之賭份。㊁第三者替莊脚負起所賭注者。

【食祖 chiah-chó·】 祭祖後當夜同族會食。逐家來去～～tak-ke lâi-khì～～⇨大家來去聚餐。

【食穿 chiah-chhēng】 衣食。抵着歹翁～～無拍罵有tú-tioh pháiⁿ-ang～～bô phah-mē-ū⇨碰到壞丈夫，衣食沒有打罵多多，可憐的妻子。

【食風 chiah-hong】 ㊀吃風。去海邊～～包你飽khì hái-piⁿ～～pau-lí-pá⇨到海邊去吃風保證你吃得飽。～～放屁～～pàng-phùi⇨放屁時自嘲。㊁車輪灌氣曰食風chiah-hong。車胎該更～～chhia-thai ài-koh～～⇨車胎需再加空氣。㊂受風。較～～的所在較涼khah～～ê só·-chāi khah-liâng⇨同上。

【食勇 chiah-ióng】 食糧當勇。勇ióng兵也。去～～也khì～～ā⇨去當兵了。

【食酒 chiah-chiú】 飲酒。請人～～chiáⁿ-lâng～～⇨請客喝酒。

【食根 chiah-kin(kun)】 錢財之來源。生活之路。～～斷也～～tn̄g-à⇨食根斷了。

【食氣 chiah-khì】 偏執，激氣。合囡仔得～～kah-gín-á teh～～⇨與孩子鬧意氣。

【食班 chiah-pan】 專找人家請客的人。我無抒企～～goá bô-teh-khiā～～⇨我不在參加食班，意謂我不隨便吃人家的請客。

【食倯 chiáh-sông】 欺騙愚直人。～～騙戇～～phiàn-gōng⇨吃定愚人。

【食茶 chia̍h-tê】 請咱親家親姆來～～chhiá lán chhin-ke chhe$^{n}$-ḿ lâi～～⇨同上。

【食蛇 chia̍h-choâ】 ㊀食蛇肉。㊁喻殘忍。～～配虎血，逐項亦敢做～～phòe hó-hoeh (húih),ta̍k-hāng a̍h-ká$^{n}$-chò⇨謂其性殘忍，任何不情不義的事都做得出來。

【食教 chia̍h-kàu】 ㊀入宗教之門。㊁以宗教爲財路。～～的～～ê⇨教派之人，即耶教之人。有輕蔑之意。

【食晝 chia̍h-tàu】 吃中午飯。食早～～食暗chia̍h-chá～～chia̍h-àm⇨早飯，中飯，晚飯。

【食甜 chia̍h-ti$^{n}$】 ～～想着鹹～～siū$^{n}$-tio̍h kiâm⇨喻處在順境勿忘逆境。

【食釣 chia̍h-tiò】 上釣鉤。魚不止仔～～hî put-chí-á～～魚兒相當頻頻上釣鉤。

【食菜 chia̍h-chhài】 素食。～～食到肚臍爲界～～chia̍h-kàu tō͘-châi ûi-kài⇨頑童戲言。

【食焿 chia̍h-ki$^{n}$】 ㊀食焿油。～～自殺～～chū-sat⇨同上。㊁食虧chia̍h-khui。～～淡薄也無要緊～～tām-po̍h-á bô-iàu-kín⇨吃虧多少沒關係。焿ki$^{n}$是鹼ki$^{n}$的俗字。

【食硬 chia̍h-ngē(ngī)】 專反抗強硬的。～～無食軟～～bô-chia̍h-nńg⇨同上。

【食飯 chia̍h-pn̄g】 ～～皇帝大～～hông-tè-toā⇨謂食飯時是神聖不可侵犯一如皇帝。

【食補 chia̍h-pó͘】 進補chìn-pó͘。冬至～～tang-cheh～～⇨冬至tong-chì曰冬節tang-cheh。俗多食健身食物曰補pó͘。

【食罪 chiáh-chōe】 服罪。替人～～thè-lâng～～⇨代人受罪。

【食福 chia̍h-hok】 有～～ū～～。食是～～磨是磨祿 chia̍h sī～～, boâ sī boâ-lo̍k ⇨謂食，勞動拖磨都是定數。福、祿、壽皆定數也。

【食圓 chiáh-î$^{n}$】 食團圓。冬節是冬天，家家厝厝人～～tang-cheh sī tang-thi$^{n}$,ke-ke chhù-chhù lâng～～⇨謂冬至之日家家戶戶都吃湯圓。又指新娘圓。來阮許～～仔lâi goán-hia～～á⇨請到我們那邊吃新娘圓。

【食飽 chia̍h-pá】 吃飽飯。～～想着父～～siū$^{n}$-tio̍h-pē⇨飯後才想起父親，意謂非眞有孝思。～～困，困飽食～～khùn,khùn-pá-chia̍h⇨喻醉生夢死的生活。我無扲～～甚閑去goá bô-teh～～siu$^{n}$-êng-khì(ì)⇨我不在吃飽了飯沒事做，意謂我沒空去管閑事。～～度老，發喙鬚是加趁的～～tō͘-lāu,hoat-chhùi-chhiu sī ke-thàn-ê⇨食飽的目的只是活到老，生出鬚來卻是意外的收獲。～～甚閑掠虱母相咬～～siu$^{n}$-êng lia̍h-sat-bó sio-kā⇨吃飽了沒事做，抓虱母來讓他相鬥。

【食新 chia̍h-sin】 食時新產品。～～是人人愛，～～sī lâng-lâng-ài⇨品嘗新鮮的時新是誰都喜歡，不過愛問家己的袋仔put-kò ài-mn̄g ka-kī ê tē-á⇨不過須問自己袋中有無錢。

【食認 chia̍h-jīn】 強自承認。無人講伊道家己～～的bô-lâng-kóng-i tō ka-kī～～ê⇨沒人指他，他就自己承認的。～～眉仔～～chi-ià⇨食認的賤人。按食認chia̍h-jīn是本無事實但因種種關係食氣而強行自認有罪。

【食漿 chiáh-chiu$^{n}$】 布匹上糊水。～～藉會好看～～chia̍h-ē hó-khoà$^{n}$⇨同上。

【食價 chia̍h-kè】 給予常價以上的高價收買。人～～買去也lâng～～bé-khì-à⇨人家以高價買走了。

【食澁 chiáh-siap】 染澁。漁網該～～hî-bāng ài～～⇨同上。

【食錢 chiáh-chî$^{n}$】 收賄。～～官～～koa$^{n}$⇨同上。

【食虧 chia̍h-khui】 吃虧了。無妄之災。該～～道～～信用該顧ài～～tō～～sìn-iōng ài-kò⇨應該損失就損失沒關係，信用要維持。

【食聲 chia̍h-sia$^{n}$】 ㊀虛張聲勢。怙一枝嘴扲～～kò͘ chit-ki chhùi teh～～⇨依賴一只

利嘴虛張聲勢。㊁說謊騙人。～～食影～～chiah-iá$^{n}$⇨同上。怙ko·，恃也。

【**食糧** chiáh-niû$^{n}$】 ～～當兵～～tng-peng⇨同上。

【**食題** chiah-tê】 吻合題旨。詩作了眞～～si chò-liáu chin～～⇨詩作得很合題意。

【**食鮸** chiah-bián】 吃鮸魚。上等魚。有錢～～無錢免食ū-chîⁿ～～bô-chîⁿ bián chiah⇨同上。免食bián-chiah①不必吃。②要吃亦沒得吃。

【**食鹽** chiah-iâm】 ㊀食塩sit-iâm。～～較敆你食米～～khah-chē lí chiah-bí⇨誇言我比你豪富得多或經驗多。㊁謂不中用或壞人。該許伓～～ài-he boeh～～要那東西作何用。伓～～也boeh～～ā⇨你想死了，你想被修理了。

【**食一驚** chiah-chit-kia$^{n}$】 嚇一跳heh$^{n}$-chit-thiàu。～～～無關係，嚇一跳較大下～～～bô-koan-hē,heh$^{n}$-chit-thiàu khah-toā-ē⇨吃一驚沒關係，嚇一跳較嚴重。嬉笑語。

【**食二清** chiah-jī-chheng】 接近已接過人的女色。包的～～～pau-ê～～～⇨包主食淨飯。嘲笑包飼娼妓者。包飼pau-chhī者出錢使娼妓不接外客。

【**食土糞** chiah-thô·-pùn】 吃土與糞。～～～的人藉安爾～～～ê lâng chiah an-ne(ni)⇨不懂人情義理的人才如此。

【**食天良** chiah-thin-liâng(liông)】 憑良心生活pîn-liang-sim seng-oah。～～～較有好尾～～～khah-ū hó-bóe⇨生活不虧於良心，才有好結果。

【**食水龜** chiah-chúi-ku】 水龜chúi-ku,田裏的甲虫，～～～無擘殼～～～bô-peh-khak⇨意謂無老實。無擘殼就是無拗翅bô-áu-sit,與無老實bô-láu-sit諧音。

【**食未了** chiah-bē-liáu】 吃不完。一個人～～～chit-ê-lâng～～～⇨一個人吃不完(太多)。

【**食未去** chiah-bē-khì】 吃不完。存糧～～～猶有可糶chhun-niû～～～iáu-ū-hó-thiò⇨糧食吃不完，還可以出售。

【**食未消** chiah-bē-siau】 ㊀不消化。㊁無法忍受。吃不消。講彼款話，實在～～～kóng hit-khoán-ōe, sit-chāi～～～⇨說那種話，實在吃不消。

【**食未倒** chiah-bē-tó】 力不堪任，錢不足買，等是也。即類頭路我～～～chit-lōe thâu-lō· goá～～～⇨此種職業我沒有能力擔任。

【**食未焓** chiah-bē-ta】 同食未消之㊁，此事我～～～chhú-sū goá～～～⇨此事我不能忍受。

【**食伓食** chiah-boeh-chiah】 ～～～虱母不掠～～～sat-bó m̄-liah⇨只是要食，卻不捉虱母。罵懶者。

【**食膨餅** chiah-phòng-piá$^{n}$】 受責罵。您不正經做藉看人～～～lín m̄-chèng-keng-chò, chiah-koà$^{n}$-lâng～～～⇨你們不認眞做看看，誰將受責罵(謂你必受責)。脖亦作凸。

【**食家己** chiah-ka-kī】 膳食自己照顧。～～～倒貼百二～～～tó-thiap pah-jī⇨食自己而反而貼錢出去。謂不但白做還要蝕本。～～～的飯，講別人的話～～～ê pn̄g,kóng-pat-lâng ê ōe⇨吃自己的飯說的別人的閒話。

【**食重鹹** chiah-tāng-kiâm】 ㊀越鹹越好。㊁喻好色。～～～的緊慢會鹹死～～～ê kín-bān ē kiâm-sí⇨謂好色者終將爲色亡。

【**食博跮** chiah-poah-thit】 鴉片，賭博，跮蹅thit thô(嫖妓)。畧同嫖賭飲phiâu-tó·-ím。～～～三字全～～～sa$^{n}$-jī-chn̂g⇨嫖賭飲件件皆能。～～～打算爲第一～～～phah-sǹg ûi tē-it⇨謂嫖賭飲沒關係，會打算爲第一要緊。跮thit，跮蹅thit-thô，亦即玩遊。此當作嫖解。俗作迌thit，作迌迌thit-thô。

【**食碗內** chiah-oá$^{n}$-lāi】 ～～～說碗外～～～soeh-oá$^{n}$-goā$^{n}$⇨謂說話不庇護自己的人，反

而為人辯護。

【食頭清 chiah-thâu-chheng】 ㊀抽新鴉片煙。㊁接新女人。

【食父偎父 chiah-pē-oá-pē】～～～～，食母偎母～～～～，chiah-bú(bó)-oá-bú(bó)⇨爸供食附爸，媽供食附媽。喻唯利是圖，見風轉舵者。五十歲食爸，五十年食囝gō·-chap-hôechiah-pē, gō·-chāp-nî chiah-kiáⁿ⇨謂一生全靠父與子的庸人。

【食乳仔力 chiah-leng-á-lat】～～～～煞拼出來～～～～soah piàⁿ-chhut-lâi⇨謂吃乳的力氣也拿出來了，喻拼出全身全部的力量。

【食兇困重 chiah-hiong-khùn-tiōng】 謂食是兇介介，困(睡眠)如死屍之人，亦罵人不中用之詞。困khūn，俗作睏khūn。

【食於肚裡 chiah-tī-tō·-nī】 吃進肚子裡。～～～～死於路裡，棺材於狗肚裡～～～～sí-tī-lō·-nī,koaⁿ-chhâ-tī káu-tō·-nī⇨謂吃的吃進腹中，死嗎死在路邊，棺柴嗎就是狗肚。罵只顧食不顧其他生活條件，結果是死在路旁，被狗吃入肚裡。

【食東食西 chiah-tang chiah-sai】 吃各種東西。吃很多東西。～～～～會拍歹腹肚～～～～ē phah-pháiⁿ pak-tó·⇨吃東吃西會弄壞肚子。

【食便領便 chiah-piān-niá-piān】 吃準備妥當的飯，接受安排好的工作。謂不須為生計操勞的生活。領便niá-piān亦曰領清niá-chheng。

【食曹操米 chiah-chô-chhò-bí】 ⇨三國演義徐庶的故事。喻食人之祿不忠其所事。

【食銅食鐵 chiah-tâng-chiah-thih】 不講理不講情的唯利是圖。彼款人～～～～hit-khoán-lâng～～～～⇨同上。

【食蟳興管 chiah-chîm-hèng-kóng】 食蟳喜歡吃蟳管chîm-kóng。管kóng講kóng諧音。意謂喜歡講話(罵人饒舌)。

【食緊撞破碗 chiah-kín lòng-phoah-oaⁿ】 謂空着急必將弄壞事。

【食道拼做着請 chiah-tō-piàⁿ chò-tioh-chhiáⁿ】 吃飯就自己拼命，做工需要他人邀請。

【食緊緊走緊緊 chiah-kín-kín-cháu-kín-kín】 謂大家爭着吃，飽了又跑緊緊(以避免付賬)。

【食閧閧嚷閧閧 chiah-kōng-kōng- jiáng-kōng-kōng】 謂人多羣龍無首，大家熱鬧滾滾，無人負責。無人工作。

chiah
**吃** 此字乃普通話之食，近來似被年輕的台語使用者認同而作食chiah也。本khìt音。笑也亦即吃吃笑khih-khih,chhiò。

## chiam

chiam
**尖** 銳也。銳利也。末端小曰尖chiam，感覺敏銳亦曰尖chiam。筆～pit～⇨同上。刀～to～⇨同上。舌～chih～⇨舌端siat-toan。鼻孔～phīⁿ-khang～⇨嗅力hiù-lek敏銳。耳孔～hīⁿ-khang～⇨聽力theng-lek強。山～soaⁿ～⇨山頂上。鞋～ê～⇨鞋之前端。嘴～舌利chhùi～chih-lāi⇨很會說尖酸刻薄話。脚～手幼kha～chhiú-iù⇨不幹粗活的纖細幼綿的脚與手。

【尖刀 chiam-to】～～不可乎囡仔耍～～m̄-hó hō· gín-á sńg⇨尖刀不可給孩子玩。

【尖山 chiam-soaⁿ】 此去恒春是無若遠，天壽～～仔來鎮中央，等待～～若迸輪轉，藉合我君仔困共床chia-khì hēng-chhun sī bô-joā-hn̄g, iau-siū～～ á lāi tìn tiong-ng, tán-thāi ～～ nā sē-lín-tńg, chiah kap goá kun-á khùn kāng-chhn̂g⇨恒春調歌詞的代表。尖山在恒春之南。

【尖尖 chiam-chiam】 頭殼～～thâu-khak～～⇨謂非福相hok-siōng，不會有好運氣。

【尖尾 chiam-bóe(bé)】 ～～刀～～to⇨同上。

【尖角 chiam-kak】 銳角jōe-kak。

【尖端 chiam-toan】 先端sian-toan。～～科技～～kho-ki⇨走在最前頭的科學技術。

【尖銳 chiam-jōe】 尖而利。㈠聲音高而銳。～～的口氣～～ê kháu-khì⇨言詞尖銳刺激。㈡情勢緊張富刺激性。雙方的對立愈加～～化siang-hong ê tùi-li̍p jî(jû)-ka ～～ hoà⇨同上。

【尖嘴 chiam-chhùi】 鳥嘴型。～～鍬～～chhiu⇨土木工程用的鑿地工具。其丁字形者曰十字鍬si̍p-jī chhiu。～～鰮～～un⇨魚名。

【尖頭 chiam-thâu】 頭尖。～～的無福氣～～ê bô-hok-khì⇨同上。

**chiam 詹** 姓氏。至也，給也，古有詹事官chiam-sū-koaⁿ。掌皇后太子家。

**chiam 瞻** 仰視也。視也。回顧與前～hôe-kò͘ í chiân-～ ⇨同上。逐家相～抣ta̍k-ke saⁿ～ leh⇨大家彼此注意注意(照顧)。店頭共我～抣tiàm-thâu kā-goá～lê⇨店裡給我看一下。高～遠矚ko～oán chiok⇨同上。民俱爾～bîn kī ní～⇨同上。

【瞻仰 chiam-gióng】 仰視。欽佩景仰。

【瞻望 chiam-bōng】 舉手遠望。～～弗及～～hut-ki̍p⇨同上。

【瞻前顧後 chiam-chiân-kò͘-hō͘(hiō)】 chiam-chêng kò͘-āu。看看前面回看後面，十分謹愼。

**chiam 針** 縫衣的小工具。本作鍼chim。又指示某事者皆曰針chiam，又以針刺之亦曰針chiam。方～hong～⇨心志所向。風～hong～⇨風雨計。寒暑～hân-sí(sú)～⇨寒暑計。避雷～pī-lûi～⇨同上。打～táⁿ～⇨打藥～táⁿ(phah)-io̍h～⇨俗曰注射chū-siā。鐵尺磨細～thih-chhioh boâ sè(sòe)～⇨堅忍持久不懈。穿～引線chhoan～íń-soàⁿ⇨居間指引拉攏。無～不引線bô～put-íń-soàⁿ⇨有人居中指引。～不離線～put-lī-soàⁿ⇨同上。

【針孔 chiam-khang】 針頭穿線之孔。喻小。未輸～～抣bē-su～～lī⇨小如針孔。

【針指 chiam-chí】 縫衣刺繡等以針線為工具的工作，應作鍼黹chiam-chí，亦即女紅lí(lú)-hông也。～～女紅～～lí(lú)-hông⇨女紅。

【針黹 chiam-chí】 見針指。黹chí，鐵thih也。縫衣也。針應作鍼，俗或作箴。

【針脚 chiam-kha】 針法。～～眞幼～～chin-iù⇨針法很好，所縫製者甚幼細整齊。

【針鼻 chiam-phīⁿ】 針孔。展如廊亭，攝若～～tián ná phō͘-thêng, liap ná～～⇨展開來大如廊亭，攝小下來却小如針孔。謂說時大吹其牛，實行時却縮得小而又小。有看見～～無看見大西門ū-khoàⁿ-kìⁿ～～bô-khoàⁿ-kìⁿ toā-se-mn̂g⇨明察秋毫，不見輿薪bêng-chat chhiu-hô, put-kiàn î-sin⇨同上。

【針線 chiam-soàⁿ】 針與線。～～盒～～a̍p⇨同上。

【針裏削鐵 chiam-lí-siah-thih】 從針上削取鐵片，喻營商工作困難得利微末，客方不可過分還價，商人宣傳薄利之詞。

【針鋒相對 chiam-hong-siang(siong)-tùi】 爭論犀利極烈。鋒hong兵器之尖端也。雙方～～～～比做戲猶較好看siang(siong)-hong～～～～ pí chò-hì iáu-khah hó-khoàⁿ⇨同上。

**chiam 簪** 插也。戴也。首飾也。

【簪仔 chiamá】 首飾。～～頭插～～thâu-chhah⇨首飾類。

【簪花 chiam-hoe】 插上花，戴上簪仔。又科舉及第時於帽上加金花曰簪花chiam-hoe。據說狀元chiōng-goân是皇后親自為之簪花的。又據說闖王李自成中狀元，皇后以其奇醜而拒為簪花，自成遂反云。

【簪掛 chiam-koà】 秀才及第即加以簪花與

紅綾披肩。以示榮耀。

**chiam 占** 視預兆以知吉凶也。口授詩文曰占chiam，據爲已有曰占chiàm。今作佔chiàm。又貨幣單位仙sián曰占chiam，一仙chit-sián⇨一占chit-chiam，十仙chap-sián⇨十占chiam。

**【占卜 chiam-pok】** ～～運途～～ūn-tô⇨同上。

**【占卦 chiam-koà】** 卜卦pok-koà。

**【占夢 chiam-bāng】** 卜夢。視所夢的吉凶。

**【占米卦 chiam-bi-koà】** 以米卜吉凶。

**【占星望斗 chiam-chhe^n-bāng-táu】** 觀察星辰天文。天文學者行之，星相家亦行之。

**chiam 鍼** 同針chiam。俗作箴chiam(見chim針部)。

**【鍼法 chiam-hoat】** 以針治病。

**【鍼灸 chiam-kiú】** 鍼以針刺入體內，灸以藥草燒外皮，都是古代治病法。針灸chiam-kiú。

**【鍼砭 chiam-pián】** 規勸過失。好朋友互相～～hó-pêng-iú hō-siōng～～⇨同上。

**chiam 箴** 同鍼chiam。箴言chiam-giân(見chim部)。

**chiàm 占** 同占chiam。同佔chiàm。

**chiàm 佔** 據爲已有也。強力奪取也。制止打架亦曰佔chiàm。獨～tok～⇨同上。強～kiâng(kiông)～⇨同上。霸～pà～⇨同上。侵～chhim～⇨同上。未拍道拎～bōe-phah tō-teh～⇨未加打罵就在寵護。

**【佔人chiàm-lâng】** 強奪人家的，人lâng亦改讀lāng。許～～的he～～ê⇨那是強奪人家的。～～的田園某囝～～ê chhân-hn̂g bó·-kiá^n⇨強佔人家的田園妻子。～～的便宜～～ê pân(piân)-gî⇨巧佔好處，以利己。

**【佔大 chiàm-toā】** ㊀自大。伊侏～～i boeh～～⇨他要自任頭兄thâu-hia^n。㊁賭。你～～來拼一下lí～～lâi pià^n-chit-ē⇨你佔大數(我佔小數)來拼一下。㊂佔有多數。～～股～～kó⇨同上。～～部分～～pō·-hūn⇨同上。

**【佔有 chiàm-iú】** ～～權～～koân⇨持有權。

**【佔地 chiàm-tē】** 所佔的地面。～～五百坪～～gō·-pah-pê^n⇨同上。

**【佔位 chiàm-ūi】** 佔位子。先去～～seng-khì～～⇨同上。

**【佔買 chiàm-bé(bóe)】** 股票買賣時，站在買方。～～佔賣～～chiàm-bē(bōe)⇨買方與賣方。

**【佔領 chiàm-léng】** 佔而統治之。～～軍～～kun⇨同上。

**【佔據 chiàm-kì(kù)】** 佔領。帝國主義所～～tè-kok chú-gī só·～～⇨同上。

**【佔穩 chiàm-ún】** 畧同佔贏chiàm-iâ。～～的～～ê⇨要安全的，要妥當的。穩ún或作允ún，義同。

**【佔贏 chiàm-iâ^n】** 只要勝。要好面。～～無佔輸～～bô chiàm-su⇨只要好面，不要負面，謂只顧利己。

**【佔人妻 chiàm-jîn-chhe】** 佔人的某chiàm-lâng ê bó·⇨同上。

**【佔土地 chiàm-thó·-tē】** ～～～不還人～～～m̄-hêng-lâng⇨同上。

**【佔便宜 chiàm-pân-gî】** 逐項都必～～～tak-hāng to-boeh～～～⇨同上。討小便宜。

**chiám 嶄** 山高峻也。

**【嶄然 chiám-jiân】** chám-biân。相當。伊的車～～新i-ê chhia～～sin⇨他的車相當新。

**chiām 漸** 徐進也，凡由近及遠，由淺入深皆曰漸chiām。西風東～se-hong tong～⇨西方的文明漸入東方。逐～發展tiok～hoat-tián⇨一步一步的發展。

**【漸進 chiām-chìn】** 逐步前進。急進kip-chìn之反。～～較穩當～～khah ún-tàng⇨同上。

【漸漸 chiām-chiām】 徐徐。一步一步。～～大漢～～toā-hàn⇨一步一步長大。～～有花字～～ū hoe-jī⇨逐漸有個樣子。～～擴大～～khok-tāi⇨同上。～～發展～～hoat-tián⇨同上。～～開花去也～～khui-hoe-khì-à⇨一步一步消散去了(組織,家族)。透早要出門,天色～～光thàu-chá boeh-chhut-mn̂g, thiⁿ-sek～～kng⇨流行歌詞。

【漸漸仔 chiām-chiām-ā】 徐徐。～～～來～～～lâi⇨慢慢來。

【漸入佳境 chiām-ji̍p-ka-kéng】 謂境遇徐徐向上。此去道會～～～～也chhú-khì tō-ē(ōe)～～～～à⇨從此就會一步一步,進入好境界了。

chiām
暫 爲時不久也。臨時的。短～的toán～ê⇨同上。

【暫且 chiām-chhiáⁿ】 暫時chiām-sî。～～莫提起～～mài-thê-khí⇨(此話)暫時不要提及。

【暫用 chiām-iōng】 權且用之。舊的提去～～明年藉買新的kū-ê the̍h-khì～～mê-nî chiah bé(bóe)-sin-ê⇨舊的拿去權且用之,明年才買新的(來換)。

【暫行 chiām-hêng】 ～～條例～～tiâu-lē⇨同上。～～辦法～～pān-hoat⇨同上。

【暫度 chiām-tō͘】 臨時維持生活。擔葱賣菜罔～～taⁿ-chhang-bē(bōe)-chhài bóng～～⇨擔葱賣菜苟且維持生活。擔葱賣菜taⁿ-chhang-bē-chhài喻做小生意。～～罔過日～～bóng-kōe-ji̍t⇨權且生活下去。

【暫借 chiām-chioh】 ～～款～～khoán⇨會計科目的一種。～～荊州～～keng-chiu⇨三國演義的故事。

【暫時 chiām-sî】 臨時。～～無奈何～～bô-nāi-hô⇨一時性的沒辦法。～～做苦工～～chò khó͘-kang⇨臨時做苦工。～～跔人的裙仔脚～～khû lâng-ê kûn-á-kha⇨臨時依人籬下。

【暫設 chiām-siat】 停車場～～大廟口thêng-chhia-tiû～～toā-biō-kháu⇨同上。

【暫停 chiām-thêng】 工作～～kong-chok～～⇨同上。

## chian

chian
煎 熬也。乾煮也。乾煮曰煎chian。水煮曰煮chí。魚仔落您的鼎伙～伙煮隨在你 hî-á lo̍h lín-ê-tiáⁿ, boeh～boeh-chí, sûi-chāi-lí⇨謂魚兒已經落在你們的釜中,是煎是煮皆由你決定。又日曝曰煎chian。雨淋日頭～hō͘-lâm ji̍t-thâu～⇨同上。

【煎日 chian-ji̍t】 曝日phak-ji̍t。逐日拾～～較加萬亦烏tak-ji̍t teh～～khah-ke-bān ah o͘⇨每天在晒太陽,不黑也得黑。

【煎油 chian-iû】 以油煎之。～～較好～～khah-hó⇨同上。

【煎魚 chian-hî】 ～～該司父～～ài sai-hū⇨煎魚需要功夫。

【煎匙 chian-sî】 煎炒用的小道具。無～～安怎煎魚bô～～an-choáⁿ chian-hî⇨沒有煎匙如何煎魚呢。

【煎餅 chian-piáⁿ】 煎的酥餅。～～囡仔較愛～～gín-á khah-ài⇨煎餅孩子們比較喜歡。

【煎瓷 chian-chî】 囡仔人尻川三斗火,也可～～也可餾粿gín-á-lâng kha-chhng saⁿ-táu-hóe, ā-hó～～ā-hó liū-kóe⇨謂少年郎血氣方剛,屁股有三斗火的火力,可以煎瓷可以餾粿,絕不怕寒冷。

【煎盤 chian-poâⁿ】 煎物用的平盤。有～～來煎較快ū～～lâi-chian khah-khoài⇨如果有煎盤來煎就較快。

chian
旃 旗之曲柄也。

【旃檀 chian-tân】 香木。亦即旃檀那chiantân-ná。一木四香，根曰旃檀chian-tân，節曰沈香tîm-hiang，花曰鷄舌ke-chi̍h，膠曰薰陸hûn-lio̍k。又旃檀有白檀，黃檀，紫檀之別。紫檀chí-tân亦爲名貴的家具材料。又旃chian應作栴chian。

**chian 戔** 小也。又殘chân也（見chan部）。

【戔戔 chian-chian】 淺小。～～之數～～chi-sò·⇨很少數。

**chian 箋** 表識也。供識別之字條曰箋chian。書札si-chap曰箋chian，書信用紙曰箋chian。精美的紙choá亦曰箋chian。花～hoa～⇨同上。錦～kím～⇨同上。薊～so·～⇨同上。蠟～la̍h～⇨加蠟者。信～sìn～⇨同上。詩～si～⇨同上。便～piān～⇨同上。

【箋紙 chian-choá】 一刀～～chi̍t-to～～⇨一帖便箋用紙。刀to計算紙的單位。一百張爲一刀。

**chián 餞** 送行也。以酒食送別也。又俗以糖漬之果品曰蜜餞bi̍t-chián。

【餞行 chián-hêng】 送行。於機場～～ti-ki-tiû～～⇨在機場送行。

【餞別 chián-pia̍t】 ～～會～～hōe⇨同上。

**chián 螹** 衣書的蛀蟲，異名白魚pe̍k-hî，亦曰紙魚chí-hî。俗曰剪仔chián-á。亦即剪蛀衣服書籍的意思。

【螹蠽 chián-choa̍h】 剪仔chián-á。～～食眞害～～chiah-chin-hāi⇨被紙魚吃得很嚴重。蠽choa̍h，虫也。

**chián 剪** 齊斷也。鉸開曰剪chián。蟲蛀食曰剪chián。橫取近路亦曰剪chián。又詐騙扒竊亦曰剪chián。鉸～箭ka～chì$^{n}$⇨剪刀形的箭。册乎～了了也chheh hō·～liáu-liáu-à⇨書本給紙魚剪食完了。乎咬蠽～去hō· ka-choā～khì⇨被蟑螂剪破。直接～過山去較近ti̍t-chiap～kōe-soa$^{n}$-khì khah-kin⇨直接橫跨過山較近。～河過去也眞近～hô kōe-khì à-chin-kīn⇨橫河過去也很近。錢乎賊仔～去也chî$^{n}$ hō·-chha̍t-á～khì-à⇨錢被小賊扒去了。繳棍三～kiáu-kùn-sam～⇨贏贏剪，輸輸剪，無輸贏，無輸贏剪iâ$^{n}$ iâ$^{n}$-chián, su su-chián, bô-su-iâ$^{n}$,bô-su-iâ$^{n}$-chián。亦即勝了剪掉不再貪勝，敗了剪掉不再戀戰，無勝負亦應剪掉，改時再戰。此爲窡棍的三剪，也就是提會起放會落the̍h-ē-khí, pāng-ē-lo̍h的臨事不亂的作風。

【剪刀 chián-to】 鉸刀ka-to。～～地獄～～tē-ga̍k⇨同上。

【剪仔 chián-á】 ㈠剪刀。㈡扒竊賊。㈢剪魚，紙魚。

【剪布 chián-pò·】 買布。落街去～～lo̍h-ke-khì～～⇨上街買布。

【剪扭 chián-liú】 扒手pê-chhiú。～～仔～～á⇨扒竊賊。

【剪枝 chián-ki】 剪去不用的枝椏以使造林木長得理想，果樹結好果子。～～愛技術～～ài ki-su̍t⇨剪枝需要技術。

【剪眉 chián-bî】 留～～lâu～～⇨前額頭髮留到眉上而剪之。

【剪草 chián-chháu】 芟除雜草。

【剪茸 chián-jiông】 剪取鹿茸lo̍k-jiông，未角質化的幼角。

【剪做 chián-chò】 裁縫chhâi-hông。三小姐會～～sa$^{n}$-sió-chiá ē(ōe)～～⇨三小姐很會做裁衫縫衣。又詐騙也。戇人乎人～～去都不知gōng-lâng hō·-lâng～～khì to m̄-chai⇨傻瓜被人騙詐了都不曉得。

【剪參 chián-som(sim)】 切參仔chhiat som-á。～～剪藥～～chián-io̍h⇨同上。

【剪裁 chián-chhâi】 同剪做chián-chò。又排疊pâi-thia̍p。眞會曉～～chin-ē-hiáu～～⇨善於排疊。

【剪髮 chián-hoat】 理髮lí-hoat。

【剪僥 chián-kiáu】 詐賭。又停賭，亦即贏剪iâ$^{n}$-～，輸剪su-chián，無輸贏剪bô-su-iâ-chián的僥棍kiáu-kùn三剪sam-chián也。

【剪斷 chián-toān】 斬斷。剪不斷，理還亂chián put-toān, lí-hoân-loān⇨同上。

【剪頭毛 chián-thâu-mô͘(mn̂g)】 理髮。囡仔毋愛～～～gín-á m̄-ài～～～⇨小孩子不喜歡理髮。

chián **戩** 楊戩iû$^{n}$-chián，封神榜中的名將。

chián **踐** 履行也。踩也。腳蹈地也。實～si̍t～⇨同上。足～地曰踩chiok～tē oat chhái⇨同上。

【踐言 chián-giân】 實行諾言si̍t-hêng lo̍k-giân。

【踐位 chián-ūi】 帝王登位。十七歲～～cha̍p-chhit-hòe～～⇨十七歲登上帝位。

【踐約 chián-iak(iok)】 履行所約者。～～守信～～siú-sìn⇨同上。

【踐踏 chián-ta̍h】 踩踏chhái-ta̍h。請勿～～以維整潔chhiá$^{n}$-bu̍t～～í ûi chéng-kiat⇨公路車上引擎ín-kéng蓋上常見的標語。

chiàn **戰** 鬪也。懼也。又顫動chiàn-tōng也。能征慣～lêng-cheng-koàn～⇨同上。春秋無義～chhun-chiu bû-gī～⇨春秋時，沒有正義之戰爭。大～小～tāi～siáu～⇨同上。長期～tiâng-kî～⇨同上。經濟～keng-chè～⇨同上。海～陸～空～hái～lio̍k～khong～⇨同上。棋～kî～⇨同上。雀～chhiak(chhiok)～⇨同上。交～kau～⇨同上。

【戰士 chiàn-sū】 軍人。勇敢的～～ióng-kám ê～～⇨同上。

【戰水 chiàn-chúi】 逆流而上曰戰水chiàn-chúi。魚仔～～hî-á～～⇨魚兒逆流而上。

【戰火 chiàn-hóe】 ～～連年～～liân-liân⇨同上。

【戰冊 chiàn-chheh】 兵書～～peng-si(su)～～⇨同上。

【戰犯 chiàn-hoān】 戰爭罪的被告。～～審判～～sím-phoà$^{n}$⇨古來勝王敗賊，一死了之，彼此心照不宣，但是而今要被追究好戰或者不人道的實情與責任，敗者雖無可奈何，但是似乎亦不甚合人道之道。

【戰甲 chiàn-kah】 古時鐵製征衣。穿～～chhēng～～⇨同上。

【戰古 chiàn-kó͘】 戰爭的故事。講～～kóng～～⇨同上。

【戰功 chiàn-kong】 軍功kun-kong。～～彪柄～～piu-péng⇨同上。

【戰列 chiàn-lia̍t】 戰陣chiàn-tīn。太太也加入～～thài-thài à ka-ji̍p～～⇨妻子也參戰了。

【戰死 chiàn-sí(sú)】 ～～沙場～～sa$^{n}$-chhiâng⇨戰死於戰場。

【戰地 chiàn-tē】 ～～鐘聲～～chiong-seng⇨小說名，海明威作。有同名之電影。

【戰車 chiàn-chhia】 ～～部隊～～pō͘-tūi⇨同上。

【戰歿 chiàn-bu̍t】 陣亡。～～將士～～chiàng-sū⇨同上。

【戰爭 chiàn-cheng】 兩國或多國間之爭戰。中日～～tiong-ji̍t～～⇨同上。

【戰況 chiàn-hóng】 ～～非常激烈～～hui-siông(siâng) kek-lia̍t⇨同上。

【戰果 chiàn-kó】 ～～輝煌～～hui-hông⇨同上。

【戰俘 chiàn-hû】 ～～數萬人～～sò͘-bān-lâng⇨同上。

【戰馬 chiàn-bé】 軍馬kun-bé。

【戰書 chiàn-si(su)】 戰爭通牒。下～～hē～～⇨要求開戰。通告開戰。俗曰挑戰書thiau-chiàn-si(su)。

【戰時 chiàn-sî】 ～～內閣～～lāi-koh⇨應付戰爭狀態的特別內閣。

【**戰將 chiàn-chiàng**】 軍將。大將。勇將。軍中～～留名kun-tiong ～～ liû-bêng⇨長坂坡劇中曹軍要趙子龍報名。

【**戰船 chiàn-chûn**】 軍船。

【**戰國 chiàn-kok**】 ～～時代～～sî-tāi⇨同上。始春秋，終～～，五霸強，七雄出sí-chhun-chhiu, chiong-～～, ngó͘-pà-kiâng(kiông)，chhit-hiông-chhut⇨三字經。

【**戰略 chiàn-liak(lek)**】 ～～地位～～tē-ūi⇨同上。～～決定戰術～～koat-tēng chiàn-sut⇨同上。

【**戰敗 chiàn-pāi**】 ～～國～～kok⇨同上。

【**戰術 chiàn-sut**】 ～～訓練～～hùn-liān⇨同上。

【**戰雲 chiàn-hûn**】 ～～密布～～bit-pò͘⇨情勢緊迫戰爭似乎不能避免的情形。

【**戰棚 chiàn-pē$^{n}$(pî$^{n}$)**】 鬪戰的舞台。搭～～tah～～⇨雙方（尤以女人）對罵。

【**戰報 chiàn-pò**】 戰情的報告。軍書kun-si。

【**戰勝 chiàn-sìn(sèng)**】 ～～心中的魔鬼～～sim-tiong ê mô-kúi⇨克服了自己心內的疑難雜念。

【**戰場 chiàn-tiû$^{n}$**】 戰地chiàn-tē。中東～～tiong-tang～～⇨同上。

【**戰鼓 chiàn-kó͘**】 ～～連天～～liân-thian⇨同上。

【**戰慄 chiàn-lek**】 因恐懼而顫抖。令人不覺全身～～lēng-jîn put-kak choân-sin～～⇨同上。

【**戰端 chiàn-toan**】 ～～已經啓開也～～í-keng khé-khui-a⇨戰爭已經開始了。

【**戰線 chiàn-soà$^{n}$**】 西部～～se-pō͘～～⇨同上。

【**戰輸 chiàn-su**】 戰敗chiàn-pāi。～～道是賊寇～～tō-sī chhat-khò͘(khiò)⇨同上。

【**戰壕 chiàn-hô**】 戰場上避彈的壕溝。～～蜒蜒數百里～～iân-iân sò͘-pah-lí⇨可見戰場之大。

【**戰贏 chiàn-iâ$^{n}$**】 戰勝chiàn-sìn。～～道是王～～tō-sī ông⇨勝者官軍sìn-chiá koa$^{n}$-kun。

【**戰鬪 chiàn-tò͘**】 ～～力～～lek⇨同上。～～帽～～bō⇨～～艦～～lām(kām)⇨同上。～～機～～ki⇨飛機專責戰鬪者。～～部隊～～pō͘-tui⇨同上。

【**戰艦 chiàn-lām**】 戰鬪船艦的通稱。又專指戰鬪艦。艦lām俗似讀慣kàm。大小～～八百艘tāi-siáu ～～ peh-pah-so⇨日軍在太平洋戰爭前的自誇。

【**戰大江 chiàn-tāi-kang**】 逆大河流而上。龍蝦～～～liông(lêng)-hê～～～⇨據說南投松柏坑廟的建築就是取此地理。站在廟前西望濁水溪，地形地物確有如此感覺。

【**戰利品 chiàn-lī-phín**】 因戰事而取得的東西。

【**戰國策 chiàn-kok-chhek**】 古書名。

【**戰戰慄慄 chiàn-chiàn-lek-lek**】 顫抖恐懼。～～～～汗不敢出～～～～koa$^{n}$ m̄-ká$^{n}$-chhut⇨三國演義鄧艾tēng-ngāi的故事。謂在帝前人皆怕得流汗，獨艾不流汗，帝問艾不怕乎，艾答曰太怕了，以致汗不敢流出。

【**戰戰兢兢 chiàn-chiàn-keng-keng**】 恐懼戒愼。～～～～深恐有負使命～～～～chhim-khióng iú-hú sú-bēng⇨同上。

**chiàn 顫** 顫抖chiàn-tó͘，身體因爲寒冷恐懼等而戰動也。俗曰顫chun。懼懼顫kih-kih-chun。

**chiàn 箭** 箭chì$^{n}$（見chì$^{n}$部）。

**chiàn 薦** 草名。簡筆作荐chiàn。獸所食草也。草之深厚者也。又臥席也。舉而進之曰薦chiàn，獻也，進也。草～chháu～⇨草蓆chháu-chhioh。舉～kí～⇨舉賢而進之。推～chhui～⇨推而進之，略同舉荐。徐庶走馬～諸葛chhî-sī cháu-bé～chu-kat⇨三國演義故事。簡～委kán～úi⇨簡任，荐任，委任的官等。

【薦人 chiàn-lâng】 推荐人。伊有～～來 i ū～～lâi⇨他推荐了人來。

【薦引 chiàn-ín】 推荐介紹chhui-chiàn-kài-siāu。有力人士的～～iú-lek-jîn-sū ê～～⇨同上。

【薦任 chiàn-jīm】 荐任官階。簡任之下委任之上。～～三級俸～～sa$^{n}$-kip-hōng⇨荐任三級的薪水。

【薦枕 chiàn-chím】 陪睡侍寢。親自進身於枕蓆以求親密也。佳人～～ka-jîn～～⇨同上。同薦枕蓆chiàn-chím-sek。

【薦拔 chiàn-poat】 引荐提拔。要人的～～iàu-jîn ê～～⇨同上。

【薦骨 chiàn-kut】 脊骨末端尾椎骨之上的大骨。～～神經痛～～sin-keng-thià$^{n}$⇨腰骨痛的新名。

【薦盒 chiàn-ap】 祭神的禮餅盒。糕仔盒ko-á-ap。盒中分若干小格，皮各色餅食。

【薦羞 chiàn-siù】 備禮物獻滋味以祭神。羞siù時羞sî-siù，時新之物之羞siù也。

【薦新 chiàn-sin】 五穀初熟，果物新出，採而獻祭曰荐新chiàn-sin。

chiân 前 進也。後āu, hō·, hiō之反。在先曰前chiân，過去亦曰前chiân。雪擁藍間馬不～soat-ióng lâm kan má-put～⇨馬不進也。門～雪bûn～soat⇨同上。殿～武士tiān～bú-sū⇨同上。眼～虧gán～khui⇨同上。觀～顧後koan～kò·-āu(hiō)⇨同上。忽～忽後hut～hut āu(hiō)⇨同上。庭～têng～⇨同上。燈～teng～⇨同上。墓～bōng～⇨同上。山～san～⇨同上。以～以後í～í-āu(hiō)同上。在～在後chāi～chāi āu(hiō)⇨同上。

【前人 chiân-jîn】 ～～種樹後人乘涼～～chèng-chhiū hō·-jîn sêng-liâng⇨同上。

【前文 chiân-bûn】 ～～有講過不更重提～～ū-kóng kòe m̄ koh tiōng-thê⇨前文說過了不再重提。

【前市 chiân-chhī】 上午之市況。～～起後市落～～khí hō·(hiō)-chhī-loh⇨同上。

【前方 chiân-hong】 ～～後方～～hō·-hong⇨敵前敵後tek-chhiân-tek-hō·。～～食緊，後方緊食～～chiah-kín, hō·-hong kín-chiah⇨前方軍情緊張，後方競作豪華食生活。

【前夫 chiân-hu】 死夫sí-hu，離婚夫lī-hun-hu。～～所生～～só·-seng⇨前夫之子女。

【前去 chiân-khì】 交付買主～～掌管kau-hū bé(bóe)-chú～～chiáng-koán⇨交買主掌管。古買賣合約書常用詞，雖無特別意思，卻似有存在的價值。

【前功 chiân-kong】 ～～盡廢～～chīn-hùi⇨同上。

【前生 chiân-seng】 佛家言。～～今世～～kim-sè⇨生前之身，現在之身。

【前世 chiân-sè(si)】 ～～今世後世～～kim-sè hō·-sè⇨三世sam-sè。～～業～～giap⇨前世的宿業siok-giap。～～人～～lâng⇨先世之人。

【前代 chiân-tāi】 父之世代。父祖之世。～～的手尾～～ê chhiú-bóe⇨父親的遺產。

【前因 chiân-in】 有～～道有後果ū～～tō-ū hō·(hiō)-kó⇨有因就有果。

【前言 chiân-giân】 取消～～chhí-siau～～⇨同上。

【前身 chiân-sin】 商學院的～～道是商專siang(siong) hak-ī$^{n}$ ê ～～ tō-sī siang(siong)-choan⇨商學院就是以前的商專所改組發展而來的。

【前妻 chiân-chhe】 死妻，離妻。離了～～絕了後代lī-liáu～～choat-liáu-āu-tē⇨勸告不可離婚之詞。後代āu-tē爲諧音將代tāi轉爲tē。

【前非 chiân-hui】 痛改～～thòng-kái～～⇨同上。

【前事 chiân-sū】 舊事。～～不忘，後事之師～～put bōng, hō͘ (hiō) -sū-chi-su⇨同上。

【前後 chiân-hō͘ (hiō)】 ～～互相矛盾～～hō͘-siāng (siōng) -mâu-tún⇨同上。

【前科 chiân-kho】 過去的犯罪記錄。有～～的人ū～～ê lâng⇨有犯罪記錄的人。

【前軍 chiân-kun】 ～～中軍後軍統稱三軍～～tiong-kun āu (hiō) -kun thóng-chheng sam-kun⇨同上。

【前信 chiân-sìn】 上次的信函。～～所講的問題～～só͘-kóng ê būn tê⇨同上。

【前哨 chiân-sàu】 先行的隊伍。～～已經有接觸也～～í-keng ū-chiap-chhiok-à ⇨前行隊伍已經與敵軍有過小戰鬪了。

【前清 chiân-chheng】 亡淸。～～遺老～～ûi-ló⇨今猶在世的淸朝老人。

【前途 chiân-tô͘】 乎阮～～失光明hō͘-goán～～sit-kong-bêng⇨流行歌。

【前進 chiân-chìn】 ～～保守～～pó-siú⇨同上。

【前程 chiân-thêng】 ～～萬里～～bān-lí⇨前途希望無限。

【前提 chiân-thê】 ～～條件～～tiâu-kiāⁿ⇨先決條件。

【前朝 chiân-tiâu】 剛剛過去的朝代。前代chiân-tāi。～～的代誌曷管到許濟～～ê tāi-chì ah koán kà hiah-chē⇨前朝之事了，管到那麼多做甚。

【前愆 chiân-kian】 過去的過失。

【前線 chiân-soàⁿ】 敵前。～～補給～～pó͘-kip⇨同上。

【前敵 chiân-tek】 ～～指揮～～chí-hui⇨敵前指揮者。

【前謝 chiân-siā】 預付的報酬金。例如律師的酬勞金。～～十萬後謝五萬～～chap-bān āu-siā gō͘-bān⇨同上。

【前奏曲 chiân-chàu-khek】 音樂用詞。在本曲之前的附屬曲。

【前置詞 chiân-tì-sû】 文法用詞。位置在名詞代名詞之前，以表示地點，時間，原因等關係之詞。

【前仆後繼 chiân-phok-hō͘-kè】 在前者倒地了，在後者不畏懼繼續前進。

【前因後果 chiân-in-hō͘-kó】 佛家語。謂有因必有果，有果必有因，亦即因果報應也。

【前車覆轍 chiân-ki (ku) -hok-tiat】 ～～～～，後車之戒～～～～，hō͘-ki (ku) -chi-kài⇨前車的覆轍可使後車戒愼。

【前思後想 chiân-sū-hō͘-siūⁿ】 自思量。～～～～想到不得開招～～～～siūⁿ-kà put-tek khai-chiau⇨自思想，任想都想不出好辦法。

【前倨後恭 chiân-kì (kù) hō͘-kiong】 起初時甚傲慢，後來一變而表示恭順。

【前無古人 chiân-bû-kó-jîn】 ～～～～後無來者～～～～hō͘-bû-lâi-chiá⇨謂古今皆無人可比擬之偉大。

**賤** chiān 卑鄙也。不貴也。價低曰賤chiān。又謙詞也。又恣肆chih-chuh曰賤chiān (意謂無教養) 下～hē (hā) ～⇨卑鄙，下流。便宜貴～pân-gî-kùi～⇨物之貴與賤。貧～pîn～⇨貧即是賤。穀～傷農穀貴傷民kok～siang-lông, kok-kùi siang-bîn⇨同上。臭～chhàu～⇨㈠無廉恥的賊。㈡極普遍通俗。即個囡仔眞～chit-ê gín-á chin～⇨這個孩子很恣肆chih-chuh。恣意愚弄人或舞弄東西曰恣肆chih chuh。又頑物喪志式的事物亦自謙曰賤chiān。愛罔～ài-bóng～⇨高興頑弄。罔～也罔～bóng～ā bóng～⇨姑罔頑之。

【賤人 chiān-jîn】 惡罵婦女之詞。即個～～chit-ê～～⇨這個下賤的東西。

【賤手 chiān-chhiú】 手賤chhiú-chiān。喜歡弄東西的手，手上喜歡玩東西。

【賤內 chiān-lāi】 謙稱己妻。～～也是姓李～～ā-sī sèⁿ (sìⁿ) -lí⇨我妻亦姓李。

【賤民 chiān-bîn】 貧窮之人。～～的生活眞慘～～ê seng-oah chin-chhám⇨同上。

【賤妾 chiān-chhiap】 ㊀己妾。㊁妾自稱。漢兵已略地，四面楚歌聲，大王意氣盡，～～何聊生hàn-peng í lek-tē, sù-biān chhò͘-ko-seng, tāi-ông ì-khì-chīn，～～hô-liâu-seng⇨虞姬gî(gû)-ki在垓下唱。

【賤庚 chiān-ke$^{n}$(ki$^{n}$)】 謙稱自己年歲。～～三十也～～sa$^{n}$-chap-à⇨我三十歲了。

【賤姓 chiān-sè$^{n}$(sì$^{n}$)】 己姓的謙稱。～～陳賤字大一～～tân, chiān-jī tāi-it⇨同上。

【賤骨 chiān-kut】 ㊀下賤的東西。㊁好動的性格。～～盈未稠～～êng-bē(bōe)-tiâu⇨賤骨頭閑得不習慣。～～相～～siàng⇨義同。

【賤婢 chiān-pī】 同賤人chiān-jîn。惡罵婦女之詞。

【賤業 chiān-giap】 下賤的職業。～～婦～～hū⇨賣淫爲業的婦女。

【賤體 chiān-thé】 謙稱。～～無抵好抄～～bô-tú-hó-leh⇨我身體不甚妥當。

【賤東賤西 chiān-tang-chiān-sai】 ㊀孩子恣肆東chih-chuh-tang恣肆西chih-chuh-sai。㊁大人弄東西(非其)正業者。

chiān **濺** 水流急也。水沫飛散也。水花四～chúi-hoe-sù～⇨同上。

# chiang

chiang **章** 亦章chiong也。樂～gak～⇨同上。文～bûn～⇨同上。印～ìn⇨同上。圖～tô͘～⇨同上。奏～chàu～⇨同上。憲～hiàn～⇨同上。率由舊～sut-iû-kiū～⇨同上。雜亂無～chap-loān-bû～⇨同上。

【章句 chiang-kù】 文章句讀。

【章魚 chiang-hî】 烏賊類的海產動物。

【章程 chiang-thêng】 一種低層的規章。辦事～～pān-sū～～⇨同上。

【章回小說 chiang-hôe-siáu-soat】 分回記述的小說，例如三國誌演義，水滸傳，西遊記等等是也。

chiang **漳** 地名。在福建。亦漳chiong也。漳州chiang-chiu也。不～不泉put～put chan⇨謂台灣話由漳腔與泉腔的混合融化，今已渾然一體矣。

【漳泉 chiang-choân】 漳州與泉州。～～二州～～jī-chiu⇨同上。～～拼～～pià$^{n}$⇨古時漳泉二州人的械鬪。

chiang **彰** 文章也。文彰飾也。又明也。表～piau～⇨宣揚。罪惡昭～chōe-ok chiau～⇨同上。嘉言孔～ka-gân-khóng～⇨同上。

【彰化 chiang-hoà】 chiong-hoà。地名，在台灣中部。鹿港風～～蚊lok-káng-hong～～báng⇨兩地各以異物聞名。

【彰明昭著 chiang-bêng-chiau-tì】 非常的顯明。

chiang **將** 介詞。進也。從也。把也。日就月～jit-chiū-goat～⇨日有成就月有進步。亦將chiong也。必～成功pit～sêng-kong⇨同上。硬～ngē～⇨硬要，chiang→chhiàn。硬～侎死也ngē～boeh-sí ā⇨幾幾乎非死不可了。

【將死 chiang-sí(sú)】 chiong-sí(sú)。人之～～其言也善，鳥之～～其鳴也哀jîn-chi～～ki-giân-iá-siān, niáu-chi～～ki-bêng-iá-ai⇨同上。

【將有 chiang-ū】 chiong-ū。～～好結果～～hó-kiat-kó⇨同上。～～三尺長～～sa$^{n}$-chhioh-tn̂g⇨約近三尺長。到時～～人來接你kàu-sî～～lâng-lâi chiap-lí⇨同上。～～戲好看～～hì hó-khoà$^{n}$⇨可能會有好戲可看。

【將近 chiang-kīn】 chiong-kin。群衆～～五萬人kûn-chiòng～～gō͘-bān-lâng⇨群衆快要五萬人。

【將來 chiang-lâi】 chiong-lâi。未來。～～

的計畫～～ê kē-ōe⇨同上。

【將就 chiang-chiū】 chiong-chiū。勉強承受。散鄉人仔娶老某——～～sàn-hiong-lâng-á chhoā-lāu-bo͘——～～⇨窮人討老妻——勉強過去罷。

【將心比心 chiang-sim-pí-sim】 設心處地 siat-sim chhì(chhù)-tē。爲他人考慮。～～～～咱於心何忍～～～～lán î-sim hô-jím⇨同上。咱lán我們也。

【將天比地 chiang-thi$^n$-pí-tē】 下輩(下賤)人與長輩(高貴)人相提並論。曷敢安爾～～～～阮無伓促歲壽爾ah-kā$^n$ an-ne(ni)～～～～goán bô-boeh chhek-hòe-siū-leh⇨何敢如此的以下比上，我不欲短縮歲數哩。

【將功補罪 chiang-kong-pó-chōe】 安爾～～～～乎伊有自新的機會也是好an-ne(ni)～～～～hō͘-i ū chū-sin ê ki-hoe iā-sī-hó⇨同上。

【將信將疑 chiang-sìn-chiang-gî】 亦信亦疑。心內總是～～～～sim-lâi chóng-sī～～～～⇨心中總是半信半疑。

【將計就計 chiang-kè-chiū-kè】 ～～～～也是計～～～～iā-sī-kè⇨將計就計亦計也。

【將就將就 chiang-chiū-chiang-chiū-】 罔將就bóng-chiang-chiū，暫且承受之。

【將錯就錯 chiang-chhò-chiū-chhò】 ～～～～正是大錯～～～～chià$^n$-sī tāi-chhò⇨將錯就錯眞眞是大錯。

【將牆補壁 chiang-chhiû$^n$-pó-piah】 將伊的牆補伊的壁chiang-i-ê-chhiû$^n$ pó-i-ê-piah⇨割他的肉補他的瘡(於吾無損何勞不爲)。

chiáng **掌** 手心也。主其事也。手～心chhiú～sim⇨手掌。鼓～kó͘～⇨拍手。熊～hîm～⇨熊之足。車～chia$^n$～⇨隨公車的服務員。

【掌心 chiáng-sim】 同掌中。～～雷～～lûi⇨武功的技名。

【掌中 chiáng-tiong】 猴齊天跳不出如來佛的～～kâu-chē(tē)-thian thiàu-put-chhut jî-lâi-hut ê～～⇨西遊記的故事。

【掌板 chiáng-pán】 笞刑打人板。又主辦實施笞刑的小吏。

【掌故 chiáng-kò͘】 風情人物等的故事。

【掌家 chiáng-ke】 主持家事。家事主持人。

【掌圃 chiáng-phó͘】 掌管菜園。⇨chóng-phò͘(總圃)廚師。

【掌理 chiáng-lí】 管理。主理。～～人～～jîn⇨主持的人。～～店務～～tiàm-bū⇨管理店務。

【掌握 chiáng-ak(ok)】 ～～着政權～～tioh chèng-koân⇨同上。局勢已在～～kiok-sè í-chāi～～⇨局勢已經(明瞭)可以控制。刑警～～了線索hêng-kéng～～liáu soà$^n$-soh⇨刑警已經有了犯人的線索。

【掌管 chiáng-koán】 家財萬貫，猶個老父扲～～扲 ka-châi-bān-koàn iáu in-lāu-pē teh～～leh⇨家財萬貫還是他老父在掌理著。

【掌櫃 chiáng-kūi】 管賬的koán-siàu-ê。出納人員。查某人褲頭～～後cha-bó͘-lâng khò͘-thâu～～aū⇨女人的腰際與掌櫃的後面，此兩地是惹是非的地方，不可接近，謂乎你未摸得 hō͘-lí bē(bōe)-bong-tit⇨你是摸不得(任何人都摸不得)的地方。

【掌權 chiáng-koân】 執權chip-koân。細姨仔扲～～sè(sòe)-î-á teh～～⇨小老婆在執掌權力。

【掌門人 chiáng-mn̂g-lâng】 館主，幫主。教主。某某道的～～～bó͘-bó͘-tō ê～～～⇨同上。

【掌簿官 chiáng-phō͘-koa$^n$】 閻羅王giâm-lô-ông的戶籍課長。主管生死簿se$^n$-sí-phō͘。

chiáng **奬** 勸也。譽也。助也。亦奬chióng也。過～kòe(kè)～⇨同上。中～tiòng～⇨頭～thâu～⇨同上。尾～bóe(bó)～⇨同上。有～較贏無～ū～khah-iâ$^n$ bô～⇨同上。頒

～pan～⇨同上。諾貝爾～no-be-luh～⇨同上。

【獎助 chiáng-chō͘】 ～～貧寒學生～～pî$^n$-hân ha̍k-seng⇨同上。～～金～～kim⇨同上。

【獎狀 chiáng-chn̄g】 頒發～～pan-hoat～～⇨同上。

【獎金 chiáng-kim】 領～～五千兩niá～～gō͘-chheng-niú⇨同上。

【獎券 chiáng-koàn(kǹg)】 愛國～～ài-kok～～⇨同上。

【獎掖 chiáng-e̍k】 ～～後進～～hō͘(hiō)-chìn⇨同上。

【獎飾 chiáng-sek】 詞多～～sû-to～～⇨詞中多是獎勵與文飾之詞。

【獎賞 chiáng-siáng(siú$^n$)】 ～～有功～～iú-kong⇨同上。

【獎勵 chiáng-lē】 ～～人飼魚～～lâng chhī-hî⇨獎勵養魚。～～金～～kim⇨同上。

**chiáng 槳** 行舟之具（見chiú$^n$槳部）。

**chiáng 長** 長大也。漲大也。不～進put～chin⇨長不大，沒有男子氣。～着眞快～tio̍h chin-khoài⇨（植物）長得很快。銀水有較～也gîn-chúi ū-khah～ā⇨銀價比較升高了。看會更～一屑仔未khoà$^n$-ē(ōe)-koh～chi̍t-sut-à-bē⇨看看會不會再漲一點。更～也不成物也koh～iā m̄-chiâ$^n$-mi̍h-ā⇨再漲也有限了。

**chiàng 將** 帥也。率軍也。高級軍官也。大～中～少～tāi～tiong～siáu～⇨高級軍官的官階。代～tāi⇨同上。准～chún～⇨同上。勇～之下無弱卒ióng-～ chi hā(hē) bû jia̍k(jio̍k)-chut⇨同上。調兵遣～tiāu-peng-khián～⇨調動軍隊軍官以備戰。戰～chia̍n～⇨能征善戰之大將。猛～béng～⇨勇猛之將。謀～bô͘～⇨善謀之將。福～hok～⇨幸運之將。

【將才 chiàng-châi】 大將之才能。又喻健壯。眞～～chin～～⇨同上。有～～ū～～⇨同上。

【將士 chiàng-sū】 將兵。～～用命～～iōng-bēng⇨同上。

【將令 chiàng-lēng】 軍令。～～難違～～lân-ûi⇨同上。

【將門 chiàng-bûn】 武將家庭。～～之子～～chi-chú⇨武門bú-bûn的子弟。

【將官 chiàng-koa$^n$】 上將，中將，少將等的高級軍官。～～階級道未細也～～kai-kip tō bē(bōe)-sè(sòe) ā⇨將官階級就算不小了。

【將相 chiàng-siàng】 出將入相。大將與相國。王侯～～寧有種ông-hô͘～～lêng-iú-chéng⇨謂王侯將相也是人，並不是特別的種子或種族。

【將帥 chiàng-sòe】 將領。司令官。

【將校 chiàng-kàu】 軍官。～～俱樂部～～kī(kū)-lo̍k-pō͘⇨同上。

【將棋 chiàng-kî】 象棋chhiū$^n$-kî。亦曰武棋bú-kî。

【將旗 chiàng-kî】 將官的旗幟。

【將領 chiàng-léng】 領導層的軍人。三軍～～san-kun～～⇨陸海空軍的領導層。

【將在外 chiàng-chāi-goā】 ～～～，君命有所不受～～～，kun-bēng iú-sé(só͘)-put-siū⇨謂總司令在外作戰中，對於君命之不合理者可以不奉命。

【將在謀 chiàng-chāi-bô͘】 ～～～，不在勇～～～，put-chāi-ióng⇨爲將者善謀爲第一，勇不勇在其次。

【將家子 chiàng-ka-chú】 將門子弟。

**chiàng 衆** 犒衆khò-chiàng，犒勞主神的從衆chiông-chiòng也。

**chiàng 障** 故障kò͘-chiàng（見chiòng障部）。

**chiàng 瘴** 癘也。熱病也。孽瘴 gia̍t-chiàng（見chiòng瘴部）。

# chiap

**chiap 接** 交也。承也，會合也，連續也。兩繩相結連也。前～後chêng～āu⇨同上。合人際～kah-lâng chih～⇨與人交際。前手～錢後手空chêng-chhiú ～ chî$^{n}$ āu-chhiú khang⇨同上。父仔～母仔pē-á～bó(bú)-á⇨父女與母子兩代互相結爲夫妻。事務交～sū-bū kau～⇨新舊任交代事務。桃～李thô～lí⇨桃與李接成的李子。移花～木î-hoa～bo̍k⇨巧妙的變造事實。

【接手 chiap-chhiú】 ㊀經手keng-chhiú。㊁收取。即筆錢是您二人～～的 chi̍t-pit-chî$^{n}$ sī lín-nn̄g-lâng～～ê⇨這筆錢是你們兩個人經手的。彼號物我無～～hit-hō-mi̍h goá-bô～～⇨那一類東西我沒有收到。

【接引 chiap-ín】 佛家語。接應。～～西天～～se-thian⇨迎往西天佛土。～～佛祖～～pu̍t-chó͘⇨接引菩薩chiap-ín phô͘-sat。

【接續 chiap-soà】 繼承。將來有人好～～chiang-lâi ū-lâng hó～～⇨將來繼承有人。

【接印 chiap-ìn】 ～～視事～～sī-sū⇨新官上任。

【接尾 chiap-bóe(bé)】 ～～詞～～sû⇨文法用詞。

【接吻 chiap-bún】 男女嘴唇相接的洋禮，所謂kiss也。相擁～～siang-iông～～⇨同上。

【接位 chiap-ūi】 繼位。～～做皇帝～～chò(chòe) hông-tè⇨同上。

【接枝 chiap-ki】 果樹增殖法的一種。～～法～～hoat⇨同上。

【接近 chiap-kīn】 chiap-kūn。～～權勢～～koân-sè⇨親近於權勢。～～樂園～～lo̍k-hn̂g⇨近倚於上帝之國。

【接洽 chiap-hia̍p】 洽談。商量。該先去～～ài seng-khì～～⇨需要先去商量。攏～～好勢也lóng～～hó-sè-à⇨皆洽談妥當了。

【接風 chiap-hong】 ～～洗塵～～sián-tîn⇨同上。

【接訓 chiap-sûn】 接線chiap-soà$^{n}$。～～猶有看見～～iáu-ū khoà$^{n}$-kì$^{n}$(î$^{n}$)⇨接痕還看得出來。

【接待 chiap-thāi】 ～～人客～～lâng-kheh⇨款待賓客。

【接骨 chiap-kut】 ～～法～～hoat⇨同上。

【接納 chiap-la̍p】 願上帝～～阮的祈禱goān siōng-tè～～goán ê kî-tó⇨同上。

【接陣 chiap-tīn】 迎戰gêng-chiàn。

【接塊 chiap-chhah】 增料以接長。更～～一塊布來就有夠也koh～～chi̍t-tè-pò͘-lâichiū ū-kàu-à⇨再增一塊布揷入接長之就夠了。講話佼～～kóng-ōe gâu～～⇨說話很會安排條理。

【接脚 chiap-kha】 隨在後面。～～道夠位也～～tō kàu-ūi-ā⇨隨在後面就來了。又女亡婿再娶而仍認己爲外家者曰～～的～～ê。

【接棒 chiap-pāng】 承後。後繼。後嗣。～～人～～jîn⇨後繼人。後嗣。

【接榫 chiap-sún】 榫頭之處。～～無密～～bô-ba̍t⇨同上。

【接嘴 chiap-chhùi】 接口chiap-kháu。～～無密會漏水～～bô-bā ē(ōe)-lāu-chhúi⇨接口接得不密還會漏水。

【接頭 chiap-thâu】 ㊀相接點。～～開去也～～khui-khì(ì)-à⇨接點離開了。㊁接洽。有人去～～也ū-lâng khì～～ā⇨有人去接洽了。

【接應 chiap-èng】 應接。～～人客～～lâng-kheh⇨應接賓客。又支援也。有預備部隊的～～ū-ī-pī pō͘-tūi ê～～⇨同上。

【接續 chiap-sio̍k】 相連續。讀册無～～tha̍k-chheh bô～～⇨讀書有中斷。逐項都該～～

藉做有代誌tak-hāng to-āi ～～ chiah chò-ū tāi-chì⇨各事皆須有繼續才能夠做成事。

【**接力賽** chiap-lek-sài】 田徑或水上運動的節目名。四百公尺～～～sì-pah kong-chhioh ～～～⇨同上。其他有八百、千六等各種。

【**接批信** chiap-phe-sìn】 收取函件。

【**接後的** chiap-āu-ê】 後妻。繼室。某死了更娶～～～也bó·-sí-liáu koh-chhoā～～～ā⇨妻死了，再娶繼室了。

【**接後嗣** chiap-āu-sū】 後嗣。不免驚無人～～～也m̄-bián-kia$^{n}$ bô-lâng～～～ā⇨不怕沒人繼承了。

【**接胳肉** chiap-lek-bah】 胳骨與脊骨相接處的腔內肉，左右各有一片。接chiap當為脊chiah之訛。

【**接線生** chiap-soà$^{n}$-seng】 轉接電話線路人。電話～～～tiān-ōe～～～⇨同上。

chiap **睫** 目旁毛也。俗曰目珠毛 bak-chu(chiu)-mô·(mn̂g)。又目瞬動亦曰睫chiap。

【**睫毛** chiap-mô·(mn̂g)】 俗曰目珠毛bak-chu(chiu)-mô·(mn̂g)。

【**睫睫瞔** chiap-chiap-nih】 眼連次開閉也。不敢相信眼所見也。敢毋目珠～～～也ta$^{n}$-m̄ bak-chu(chiu)～～～á⇨而今，大勢去矣，不是嗎。

chiap **汁** 液也。液～ek～⇨同上。果～kó～⇨同上。奶～leng～⇨同上。甘蔗～kam-chià～⇨同上。柑仔～kam-á～⇨同上。衫穿到出～也sa$^{n}$ chhēng-kà chhut～ā⇨衣穿得太髒了（汗脂將可榨出了）。

chiap **捷** 速也。(見chiat捷部)。敏而快曰捷chiap。頻頻pîn-pîn亦曰捷chiap。緊～快kín～khoài⇨很快。連～liâm～⇨快捷。脚手眞連～kha-chhiú chin liâm～⇨手腳很敏捷。～來～lâi⇨定定來tiā$^{n}$-tiā$^{n}$-lâi⇨常常來siâng-siâng-lâi⇨同上。常常siông-siông。～來不是客～lâi m̄-sī-kheh⇨常來就不是貴賓了。～見官未畏～食酒未醉～kì$^{n}$-koa$^{n}$ bē(bōe)-ùi，～chiah-chiú bē(bōe)-chùi⇨屢屢lúi-lúi見官者不怕官，經常飲酒者不醉酒。～看尻川道會跋落屎礐～khoà$^{n}$ kha-chhng tō-ē(ōe) poah-loh sái-hak屢屢看人屁股就可能跌落糞坑。喻壞事做多必將敗露。超～仔chiau～à⇨相當頻煩。

【**捷捷** chiap-chiap】 很捷。～～講～～kóng⇨常說到。～～聽～～thia$^{n}$⇨屢次聽說過。

# chiat

chiat **節** 竹節也。骨骱也。操守也。禮儀也。時令也。文章分段亦曰節chiat，事體情形曰節chiat，一定度數曰節chiat，曲調緩急高低亦曰節chiat。又減省也，儉約也。限制亦曰節chiat。掛貞～牌koà-cheng～pâi⇨同上。守～到底siú～tàu-té⇨同上。晚～眞好boán～chin-hó⇨同上。中途失～tiong-tô· sit～⇨同上。禮～看眞重lé～khoà$^{n}$ chin-tāng⇨同上。春～得未到也chhun～tit-boeh-kàu-à⇨新年快要到了。章～分了眞清楚chiang～hun-liáu chin-chheng-chhó⇨同上。內容細～省畧lāi-iông sè(sòe)～séng-lîak(liok)⇨同上。情～離奇chêng～lî-kî⇨同上。四時八～sù-sî-pat～⇨同上。完名全～oân-bêng-choân～⇨同上。在秦張良椎，在漢蘇武～chāi-chîn tiu$^{n}$-liâng-chui, chāi-hàn so·bú～⇨正氣歌。～外生～～goā-seng～⇨同上。

【**節目** chiat-bok】 電視～～表tiān-sī～～piáu⇨同上。精彩的～～cheng-chhái ê～～⇨同上。

【**節用** chiat-iōng】 ～～而愛民，使民以時～～jî ài-bîn, sú-bîn í-sî⇨同上。

【**節制** chiat-chè】 ～～資本～～chu-pún⇨同上。～～飲食～～ím-sit⇨同上。受外交部～～siū goā-kau-pō·～～⇨受外交部管轄

koấn-hat指揮chí-hui。

**【節育 chiat-iok】** 節制生產。調節生產兒女之數。

**【節哀 chiat-ai】** ～～順變～～sūn-piàn⇨勸慰喪家用詞。

**【節奏 chiat-chàu】** 樂調gak-tiāu的高低緩急。

**【節約 chiat-iak(iok)】** 省食儉用生活非常～～séng-chiah-khiām-iōng，seng-oah hui-siâng(siông)～～⇨同上。

**【節省 chiat-séng(sé$^{n}$)】** ～～時間～～sî-kan⇨同上。逐項都會用得～～tak-hāng to-ē(ōe)-iōng-tit～～⇨每事皆可以節省。

**【節食 chiat-sıt】** ～～減肥法～～kiám-hûi-hoat⇨同上。

**【節度 chiat-tō͘】** 生活無～～seng-oah bô～～⇨生活放縱。～～使～～sài⇨古時的方面大官，約相當於總督chóng-tok或巡撫sûn-bú。

**【節婦 chiat-hū】** 貞節不移的婦人。會堪得企牌坊的～～ē(ōe)-kham-tit khiā pâi-hong ê～～⇨同上。

**【節減 chiat-kiám】** 豫算～～ī-soàn～～⇨預算額減少。

**【節儉 chiat-khiām】** 生活～～治家有方seng-oah～～tī-ka iú-hong⇨同上。

**【節操 chiat-chho】** 氣節khì-chiat。無～～的下流政客bô～～ê hā-liû chèng-kheh⇨同上。

**【節錄 chiat-lok】** 抽錄要點。暢銷書的～～本thiòng-siau-si(su) ê～～pún⇨同上。

**【節足動物 chiat-chiok-tōng-but】** 如蜈蚣giâ-kang蝦仔hê-á等的動物是也。

**折** chiat 拍斷phah-tn̄g也。虧損khùi-sún也。減價曰折chiat。拗曲áu-khiau曰折chiat。死亦曰折chiat。又換算亦曰折chiat。令人心～lēng-ĵn-sim～⇨令人十分佩服。七～八扣chhit～peh(poeh) khàu⇨折扣得十分厲害。夭～iau～⇨未成年而亡。又喻工作不循常理的草率，偷工減料。事情有曲～sū-chêng ū-khiok～⇨事情裏面有彎曲奧妙。內有文章。特別打～乎你tek-piat tá$^{n}$～hō͘-lí⇨同上。打七～tá$^{n}$-chhit～⇨實收七成錢。算八～sǹg-peh(poeh)～⇨八折計算。英磅～港幣eng-pōng～kắng-phè⇨英磅換算港幣。禮品～現款lé-phín～hiān-khoán⇨禮品不送換送現款。

**【折中 chiat-tiong】** 掠長補短liah-tn̂g-pó͘-té。～～辦法～～pān-hoat⇨同上。

**【折半 chiat-poà$^{n}$】** 一分爲二。～～負擔～～hū-tam⇨兩人各負擔一半。

**【折本 chiat-pún】** 虧本khui-pún，蝕本sıt-pún。

**【折合 chiat-hap】** 四萬～～美元一千sì-bān～～bí-goân chit-chheng⇨同上。

**【折回 chiat-hôe】** 半路～～poà$^{n}$-lō͘～～⇨同上。

**【折扣 chiat-khàu】** 打折tá$^{n}$-chiat。好貨不免～～道相爭買也hó-hòe m̄-bián～～tō sio-che$^{n}$-bé-â⇨東西好不必折扣就大家都要買了。相爭sio-che$^{n}$⇨相爭sa$^{n}$-chi$^{n}$。

**【折服 chiat-hok】** 誠心佩服sêng-sim-pōe-hok。服hok或作伏hok。令人不能不～～lēng-jîn put-lêng-put～～⇨同上。

**【折衷 chiat-chhiong】** 同折中chiat-tiong。～～辦法～～pān-hoat⇨同上。

**【折現 chiat-hiān】** 未到期的支票折換現款。蝕些～～較穩sıt-chè～～khah-ún⇨蝕本多少折現較安全。

**【折減 chiat-kiám】** 扣減khàu-kiám。例如因貨色不符予以打折。～～三成～～sa$^{n}$-siâ$^{n}$⇨同上。

**【折節 chiat-chiat】** 屈志。～～事強～～sū-kiâng⇨改變志節服從強力(財勢等)。～～

求學～～kiû-hak⇨改變主意而求學問。

【折腰 chiat-io】 下拜。不為五斗米～～put-ūi gō͘-táu-bí～～⇨陶淵明的故事。五斗米gō͘-táu-bí，喻微少的官俸。

【折獄 chiat-gak】 斷決訟案。治獄～～tī-gak～～⇨同上。

【折銀 chiat-gîn】 同折錢chiat-chî$^{n}$。

【折衝 chiat-chiong】 防敵禦侮。～～樽俎～～chun-chó͘⇨決勝於杯酒之間。

【折價 chiat-kè】 貨品換算現款。～～合伊算算抒較直～～kah-i sǹg-sǹg-leh khah-tı̍t⇨折現款與他結賬比較簡單。

【折賬 chiat-siàu】 舊欠賬打折以了結。～～了也～～liáu-à⇨舊賬打折清理完了。

【折磨 chiat-boâ】 病魔的～～pē$^{n}$-mô ê～～⇨同上。命運的～～miā-ūn ê～～⇨同上。

【折錢 chiat-chî$^{n}$】 物換算為現金。～～較簡單～～khah kán-tan⇨同上。

【折舊 chiat-kū】 會計學名詞。房屋機器設備等的～～pâng-ok, ke-khì-siat-pī-teng ê～～⇨房屋機器等不動產，每年折舊若干，以備將來更新。

【折翼鳥 chiat-io̍k-niáu】 喻中途喪偶之人。

chiat **櫛** 理髮的小道具。俗曰梳se，亦即柴梳chhâ-se。亦有骨、角等所製者。

【櫛比 chiat-pí】 緊密相連得如梳之齒。屯營～～thûn-iâ$^{n}$～～⇨屯營密連如梳齒。

【櫛風沐雨 chiat-hong-bok-í(ú)】 以風梳頭以雨洗身沐浴。辛勞奔波。

chiat **浙** 地名。浙江省chiat-kang-sé$^{n}$(séng)。又該省之大河名。亦曰之江chi-kang，因河流曲折如之字形。

chiat **䬸** 臭敗之味也。餲～âu～⇨臭敗。眞～也chin～ā⇨很臭了。

【䬸味 chiat-bī】 餲味âu-bī。餲臭之味âu-chhàu chi-bī。有～～也ū～～ā⇨有臭味了。

【䬸䬸 chiat-chiat】 鼻着味～～也phī$^{n}$-tioh bī～～â⇨聞到令人窒息的臭味。

chiat **捷** 戰勝也。快速也。報～pò～⇨傳～thoân～⇨戰勝的報告。敏～bín～⇨快速khoài-sok。簡～kán～⇨簡單迅速。較～抒khah～leh⇨乾脆一點。

【捷才 chiat-châi】 反應敏捷。機智～～ki-tì～～⇨同上。

【捷徑 chiat-kèng】 近路。邪路。學問無～～hak-būn bô～～⇨學問無近路。

【捷捷 chiat-chiat】 乾脆kan-chhòe。簡單kán-tan。佅不～～講一句boeh-m̄～～kóng-chı̍t-kù⇨要或不要，乾乾脆脆說一句。不道莫，佅道～～m̄-tō-māi boeh-tō～～⇨不要就算了，要就乾乾脆脆要了。

chiat **截** 切也。斷也。～人講話～lâng kóng-ōe⇨切斷人家講話。

【截止 chiat-chí】 中止。停止。報名～～也pò-miâ～～â⇨報名終止了。不交陪道不交陪逐個自現在～～莫來往m̄-kau-pôe tō m̄-kau-kôe, tak-ê chū-hiān-chāi～～mài-lâi-óng⇨絕交就絕交，大家自現在為終止，不再往來。

【截途 chiat-tô͘】 剪徑chián-kèng。～～搶劫～～chhiú$^{n}$-kiap⇨同上。

【截斷 chiat-toān】 切斷chiat-toān。斷tn̄g。水路乎人～～也chúi-lō͘-hō͘-lâng～～â⇨水路被人切斷了。

【截長補短 chiat-tn̂g-pó͘-té】 切取長者補足短者。同掠長補短liah-tn̂g-pó͘-té。

chiat **睫** 目旁毛也。俗曰目珠毛bak-chiu-mô͘。事在眉～sū-chāi bî～⇨事情急迫。又目瞬也。

【睫毛 chiat-mô͘(mn̂g)】 目珠毛bak-chiu-mô͘(mn̂g)。

【睫睫躡 chiat-chiat-nih】 目不停瞬。目珠

皮～～～ba̍k-chiu-phôe～～～⇨同上。睫睫矚chia̍t-chia̍t-nih→chia̍p-chia̍p-nih。矚nih，目動貌。

## chiau

**chiau 招** 召tiāu也。手呼也。手呼曰招chiau, chio，口呼曰召tiāu（見chio部）。自供罪狀曰招chiau，技擊功夫的技法亦曰招chiau。店～tiàm～⇨商店招引顧客的字板。屈打成～khut-tá$^{n}$ sêng～⇨拷打迫使招認。不打不～put-tá$^{n}$ put～⇨不拷打不招認。學三二～的功夫o̍h sa$^{n}$-nn̄g～ê kang-hu⇨學兩三套的步數。絕～choa̍t～⇨絕對無人能禦的技法。出～chhut～⇨打出技法之手。即～未好也chit～bē-hó-â⇨此一招不能活了。俗作此事嚴重矣解。

【**招生** chiau-seng】 招募學生。聯合～～liân-ha̍p～～⇨同上。

【**招考** chiau-khó】 ～～技術工～～ki-su̍t-kang⇨同上。

【**招招** chiau-chiau】 招認。～～抡，免食拍～～leh，bián chia̍h-phah⇨招認出來，就可免拷打。

【**招呼** chiau-ho·】 chio-ho·。接待，照應。～～人客～～lâng-kheh⇨接待賓客chiap-thāi pin-kheh。～～站～～chām⇨上下車處的美名。共阮較～～抡kā-goán khah～～leh⇨請多賜照應。

【**招供** chiau-keng】 兇嫌～～也hiong-hiâm～～a⇨嫌疑犯招認了。

【**招股** chiau-kó·】 ～～組織公司～～chó·-chit kong-si⇨同上。

【**招房** chiau-pâng】 記錄口供的書記。

【**招帖** chiau-thiap】 招待書狀。

【**招架** chiau-kè】 對付敵方的招數。～～無力～～bû-le̍k⇨同上。

【**招待** chiau-thāi】 接應賓客。～～券～～koàn⇨同上。～～於賓館～～tī pin-koán⇨接應在賓館。～～所～～só·⇨同上。有時專指請客。中晝乎我～～tiong-tàu hō·-goá～～⇨中飯給我招待。

【**招財** chiau-châi】 引致財寶。～～王～～ông⇨財神爺châi-sîn-iâ。～～童子～～tông-chú⇨同上。～～進寶～～chìn-pó⇨同上。

【**招租** chiau-cho·】 吉屋～～kiat-ok～～⇨空屋出租。

【**招致** chiau-tì】 ～～殺身之禍～～sat-sin chi hō⇨導引殺身之禍。

【**招展** chiau-tián】 花枝～～hoa-ki(hoe-ki)～～⇨服飾美麗的美女的行動的形容。

【**招徠** chiau-lâi】 招引顧客。以廣～～i kóng～～⇨用以招引顧客。

【**招頂** chiau-téng】 食堂～～si̍t-tn̂g～～⇨餐館出售。

【**招集** chiau-chi̍p】 召集tiāu-chi̍p。～～股東會～～kó·-tong-hōe⇨同上。

【**招貼** chiau-tah】 張貼廣告。～～滿街～～boá$^{n}$-ke⇨滿街皆廣告單。

【**招募** chiau-bō·】 ～～工作員～～kang-chok-oân⇨同上。

【**招搖** chiau-iâu】 虛張聲勢。～～過市～～kò·-chhī⇨同上。～～撞騙～～tōng-phiàn⇨同上。

【**招牌** chiau-pâi(phai)】 店招。清早起來掛～～chheng-chá khí-lâi koà～～⇨歌仔戲客店主的唱詞。

【**招魂** chiau-hûn】 招弔亡魂。何處～～hô-chhí～～⇨同上。

【**招認** chiau-jīn】 自招認罪chū-chiau-jīn-chōe。死都不當～～sí to m̄-thang～～⇨就是會死也不可招認。

【**招領** chiau-niá】 失物～～sit-bu̍t～～⇨同上。

【招標 chiau-phiau(piau)】 chio-pio。工事扲～～也kang-sū teh～～a⇨工程在招標了。

【招親 chiau-chhin】 chio-chhin。劉備過江～～lâu-pī kòe-kang～～⇨三國演義故事。

【招攬 chiau-lám】 ～～商理～～seng-lí⇨招徠生意。

【招妖旗 chiau-iau-kî】 企～～～khiā～～～⇨開業娼館。

【招物議 chiau-bu̍t-gī】 惹人議論長短。驚做會～～～kiaⁿ-chò(chòe) ē(ōe)～～～⇨同上。

【招兵買馬 chiau-peng-mái-má】 chio-peng bé-bé。招兵士買戰馬以備戰。喻將有作爲正在準備。看伊扲～～～～毋知伓變什麼孔khoàⁿ-i teh～～～～m̄-chai boeh-pìⁿ sa-ma-khang⇨看他在招兵買馬不知要弄出什麼大事。

【招蜂引蝶 chiau-hong-ín-tia̍p】 喻女人賣弄風騷招惹男人。

chiau **昭** 明也。光也。著也。

【昭示 chiau-sī】 明示。

【昭告 chiau-kò】 明告bêng-kò。～～天下～～thian-hē⇨同上。

【昭君 chiau-kun】 ～～和番～～hô-hoan⇨漢代昭君出嫁匈奴的故事。～～出塞～～chhut-chē⇨同上。～～怨～～oàn⇨古樂譜名。

【昭容 chiau-iông】 古女官名。亦即皇帝的御用女人之一。

【昭雪 chiau-soat】 洗清sé-chheng。～～冤情～～oan-chêng⇨同上。

【昭彰 chiau-chiang】 顯明。罪惡～～chōe-ok～～⇨同上。

【昭儀 chiau-gî】 同昭容。亦女官名。

【昭穆 chiau-bo̍k】 宗廟的左右神。在左曰昭chiau，在右曰穆bo̍k。

【昭然若揭 chiau-jiân-jiak-tiat】 非常明顯，如突然拉開隱蔽物那麼清楚。包藏禍心～～～～pau-chông hō-sim～～～～⇨同上。

chiau **椒** 胡椒hô·-chio也。青～chheⁿ(chhiⁿ)～⇨蔬菜名。亦屬椒類。

【椒房 chiau-pông】 皇后居殿。以椒塗壁，取其芳香多子之義。

chiau **超** 凡越乎其前，出乎其上皆曰超chhiau（見超chhiau部）。稍越於前，稍出其上則曰超chiau，例如超大，讀chhiau-tāi是特別大亦即所謂特大，讀chiau-toa却是稍爲大一點。在文法上言，超chiau是副詞，冠於形容詞之上，以定其程度的。其意思最多是：相當的，說得上，或者是漢語所用的很字的範圍。並無非常或特別之函義。～夥～chē(chōe)⇨相當多。～長～tn̂g⇨很長。～有錢也～ū-chîⁿ-à⇨說得上有錢了。人～忠厚也lâng～tiong-hō·-à⇨爲人很厚道。有是有，～少也ū-sī-ū～chió-à⇨有是有的，很少哩。工課～輕鬆也khang-khòe～khin-sang-à⇨工作相當輕鬆的。做人～拍拚也chò(chòe)-lâng～phah-piàⁿ à⇨爲人很勤勉的。～有責任也～ū chek-jīm-à⇨很有責任感的。事業～順序也sū-gia̍p～sūn-sī-à⇨事業相當順序的。其他無法一一列舉。

chiau **礁** 海洋中岩石之隱現於水面者曰暗礁àm-chiau。珊瑚～san-ô·～⇨珊瑚所聚積而成的海中岩石。船觸～了沈落海去也chûn chhiok～liáu tîm-lo̍h-hái-khì-à⇨同上。觸～chhiok～亦喻事遭阻碍。

chiau **蕉** 俗曰芎蕉kin-chio或作芎蕉keng-chio, kiong-chio，亦即芭蕉。蓮～liân～⇨草生植物。芭蕉扇⇨㊀芭蕉葉形之扇。㊁西遊記中的寶扇，可扇火炎山之火。

chiau **焦** 火所傷也。火燒黑也。火之臭味曰chiau。又煩也，苦也。臭火～味chhàu hóe(hé)～bī→chhàu hóe-ta-bī。亦曰臭火熏味chhàu hóe-hun-bī。通燋chiau。

【焦心 chiau-sim】 心煩意急。你端仔～～亦無路用lí tan-a(tan-na，than-na, kan-na)～～ah bô-lō·-iōng⇨你只是焦心也沒用。

【焦灼 chiau-chiak】 心煩意急。心肝內眞～～sim-koaⁿ lāi chin～～⇨心中很着急。

【焦炭 chiau-thoàⁿ】 加工過的石炭。亦叫焦煤chiau-bôe(mûi)。燒～～較未熏sio～～khah-bē-hun⇨燃焦炭比較沒煙氣。

【焦慮 chiau-lī(lū)】 心中憂慮。不勝～～put-sìn～～⇨非常憂慮。

【焦點 chiau-tiám】 物理學或數學的專門名詞。俗作中心解。問題的～～būn-tē ê～～⇨問題的中心。～～集中在張三李四～～chip-tiong chāi tiuⁿ-saⁿ lí-sì⇨同上。～～距離～～kī-lī⇨同上。

**鳥** chiáu 飛禽也。鳥類之總稱(見niáu鳥部)。拍～phah～⇨打鳥tàⁿ-niáu。掠～liah～⇨捉鳥。粉～hún～⇨鴿鳩類之鳥。大隻～細隻～toā-chiah～sè(sòe)-chiah～⇨大鳥小鳥。

【鳥公 chiáu-kang】 雄鳥。～～配鳥母～～phòe chiáu-bó(bú)⇨公鳥配以母鳥。

【鳥毛 chiáu-mô·(mn̂g)】 鳥之羽毛。又喻事多。～～扇～～sìn⇨同上。工課較夠過～～khang-khòe khah-chē(chōe)-kòe～～⇨工作多過鳥毛。

【鳥仔 chiáu-á】 小鳥。鳥類之通稱。一隻～～號啾啾，號到半冥也叡無巢chi̍t-chiah～～háu-kiu-kiu, háu-kà poàⁿ-meⁿ(miⁿ)-á chhōe(chhē)-bô-siū⇨童歌。號háu亦作哮háu。

【鳥母 chiáu-bó(bú)】 母鳥。～～抄生卵也～～teh seⁿ(siⁿ)-nn̄g-ā⇨母鳥在下蛋了。

【鳥囮 chiáu-bôe】 引鳥入籠的東西。用～～藉有法度掠iōng～～chiah-ū hoat-tō·-liah⇨用鳥囮引誘才有辦法捉鳥。

【鳥卵 chiáu-nn̄g】 鳥蛋。合人去食～～kah-lâng-khì chiah～～⇨與人同去吃鳥蛋。謂渡海中船破到孤島去吃鳥蛋。嘲好渡洋出國者。

【鳥屎 chiáu-sái】 鳥糞niáu-pùn。面抹～～的bīn boah～～ê⇨喜歡戲弄婦女的家伙。頭頂滴着～～thâu-téng tih-tio̍h～～⇨頭上打中鳥糞。謂將交霉運。

【鳥隻 chiáu-chiah】 鳥類的總稱。～～憑冬熟～～pn̄g tang-se̍k⇨鳥類受到冬收時機的餘惠。喻乘機佔到餘惠。年冬好收要緊～～食到若敍nî-tang hó-siu iàu-kín～～chia̍h kà goā-chē(chōe)⇨年豐收穫好要緊，鳥類吃的算不了多少。

【鳥岫 chiáu-siū】 鳥居。有～～道有鳥歇ū～～tō ū chiāu hioh⇨有鳥巢就有鳥憩息。謂女的縱使最醜也有人要。

【鳥脚 chiáu-kha】 鳥足。～～蜘蛛肚會食未行路～～ti-tu-tō·, ē(ōe)-chia̍h bē(bōe)-kiâⁿ-lō·⇨腳瘦如鳥，肚大如蜘蛛，謂此種人只是大食漢不會做工。～～踏～～ta̍h⇨鳥籠中的小橫木(或竹枝)。

【鳥腱 chiáu-kiān】 鳥肚。喻物之小。未輸～～抄bē-su～～leh⇨宛如鳥肚(之小)。穿着像～～chhēng-tio̍h chhiūⁿ～～⇨穿上來好像鳥肚，謂衣服尺寸不夠大。鳥腱chiáu-kiān亦曰鳥仔腱chiáu-á-kiān。

【鳥精 chiáu-chiⁿ(chiaⁿ)】 妖鳥。喻靈精。即個囡仔眞～～chit-ê gín-á chin～～⇨這個孩子很靈精。

【鳥銃 chiáu-chhèng】 ～～拍鳥～～phah-chiáu⇨同上。

【鳥嘴 chiáu-chhùi】 鳥之嘴。㊀～～牛尻川～～gû-kha-chhng⇨鳥嘴進。牛屁股出，謂入小出大，收支不符。㊁尖嘴鍬之省詞。

【鳥檻 chiáu-lâm】 同鳥籠chiáu-láng。～～仔～～ā⇨同上。

【鳥籠 chiáu-láng】 恰如放出～～哩kah-ná pàng-chhut～～lè⇨好像放出鳥籠的(自由自在)。

【鳥仔肚 chiáu-á-tō͘】 喻肚子小。水牛身～～～chúi-gû-sin～～～⇨大漢食量少。

【鳥仔卦 chiáu-á-koà】 以文鳥取卦的一種卜卦法。亦曰鳥卦chiáu-koà。

【鳥仔膽 chiáu-á-tá$^n$】 小膽鬼。無一隻～～～bô chi̍t-chiah～～～⇨連一隻鳥的膽子都沒有。謂極小膽。

【鳥屎面 chiáu-sái-bīn】 ㊀小丑面。㊁言而無信。你不～～～的lí m̄～～～ê⇨你不是鳥屎面的嗎(爲何言而無信)。

【鳥咬種 chiáu-kā-chéng】 稻米的一種。

【鳥梨仔 chiáu-lāi-á】 一種李仔大的小粒梨。～～～糖～～～thn̂g⇨鳥梨加糖的食品。孩童所喜歡的。

chiáu **沼** 池也。圓曰池曲曰～oân oa̍t tî, khiok oa̍t～⇨同上。池～tî～⇨養魚池。水澤chúi-te̍k。泥～nî～⇨泥池；泥地。

【沼澤地帶 chiáu-te̍k-tē-tài】 地理學名詞，夏爲草原，多爲冰地的地方。西伯利亞的～～～～se-pek-lī-a ê～～～～⇨同上。

chiáu **屌** 男子的陽物。俗作鳥chiáu。羼屌lān-chiáu，俗作卵鳥lān-chiáu。

chiàu **詔** 告也。教也。上命曰詔chiàu。君告臣也，告民也。上令下～siāng-lēng hē(hā)～⇨同上。臣奉～sîn hōng～⇨同上。民承～bîn sîn～⇨同上。

【詔令 chiàu-lēng】 上告下之詞。王曰～～，皇后太子曰令ông oa̍t～～，hông-hō͘(hiō) thài-chú oa̍t lēng⇨同上。

【詔書 chiàu-si(su)】 皇帝的布告書。

chiàu **照** 日光也。日光投射也。憑證也。摹仿也，依樣也。(見chio照部)。夕～se̍k～⇨夕陽。依～慣例i～koàn-lē⇨同上。按～規定àn～kui-tēng⇨同上。彼此對～pí-chhú tùi～⇨同上。行車執～hêng-chhia-chip～⇨同上。準～辦理chún～pān-lí⇨同上。遵～辦理chun～pān-lí⇨同上。令仰知～lēng-gióng-ti～⇨同上。送請查～sòng-chhéng chhâ～⇨同上。

【照支 chiàu-chi】 薪水～～sin-súi～～⇨薪水照常支付，或照數支付。

【照日 chiàu-ji̍t】 按日àn-ji̍t。～～算～～sǹg⇨按日計算。照月chiàu-go̍eh即按月。

【照片 chiàu-phì$^n$】 相片siàng-phì$^n$。

【照行 chiàu-kiâ$^n$】 依約而行。照呼～～chiàu-ho͘～～⇨言明如何就如何實行。

【照折 chiàu-chiat】 同樣折減。～～照攤～～chiàu-thoa$^n$⇨同樣折減同樣攤分。

【照扮 chiàu-pān】 按樣本。～～買道可以也～～bé tō khó-í-à⇨照樣本買就可以了。

【照呼 chiàu-ho͘】 按照所唱所品。(唱chhiàng，講明白，品phín，約明白。)

【照直 chiàu-ti̍t】 按直路正道。該～～藉着，不當合人橫橫䩞 ài～～chiah-tio̍h, m̄-thang kah-lâng hoâi$^n$-hoâi$^n$-kô⇨應該照直才對，不可以與人蠻橫講歪理。合人無～～kah-lâng bô～～⇨與人不依公平(交易)。

【照限 chiau-hān(ān)】 按期限。～～返錢～～hêng-chî$^n$⇨同上。

【照約 chiàu-iak(iok)】 踐約。～～行較公道～～kiâ$^n$ khah kong-to⇨同上。

【照看 chiàu-khoà$^n$】 依常理觀察。～～是未無信用藉着。～～sī bē(bōe) bô-sin-iōng chiah-tio̍h⇨大約是不會沒信用才對。

【照相 chiàu-siàng(siòng)】 ～～機～～ki⇨同上。

【照原 chiàu-goân】 按本來，按元本。～～樣～～iū$^n$⇨照舊樣。～～價～～kè⇨按照本錢chiàu-pún-chî$^n$。

【照做 chiàu-chò(chòe)】 按常規作爲。有扵～～ū teh～～⇨在按常規進行。你不同意我亦是～～lí m̄-tông-ì goá a̍h-sī～～⇨你不同意我還是要做下去。

【照排 chiàu-pâi】 先來先排，逐家～～則好seng-lâi seng-pâi, ta̍k-ke～～chiah-hó⇨先

到先排大家照排才可以。

【照常 chiàu-siâng(siông)】 ～～辦公～～pān-kong⇨同上。～～開門～～營業～～khui-mn̂g～～êng-giap⇨同上。

【照期 chiàu-kî】 ～～交貨～～kau-hòe⇨按期交貨。

【照欵 chiàu-khoàn】 照樣。～～做道可～～chò tō-hó⇨依樣製作就可以。

【照開 chiàu-khui】 平均負担。所費逐個～～só·-hùi tak-ê～～⇨費用大家平分負担。

【照貼 chiàu-thiap】 按舊例補貼。照補～～chiàu-pó·～～⇨同上。

【照會 chiàu-hōe】 通知，詢問。查詢。外交～～goā-kau～～⇨外交上的往來文書。彼邊有來～～hit-pêng ū-lâi～～⇨那一邊對某事來過通知（查對）。

【照管 chiàu-koán】 管理。保管。～～公業～～kong-giap⇨管理公業。暫時託人～～chiām-sî thok-lâng～～⇨臨時請人看管。

【照算 chiàu-sǹg】 按實計算。～～你有較食虧～～lí ū-khah-chiah-khui⇨照算你比較吃虧一點。

【照樣 chiàu-iūⁿ】 依樣。～～畫葫蘆～～ōe hô·-lô·⇨按舊方式進行。

【照價 chiàu-kè】 按公價，按市價。～～好買賣～～hó bé-bē⇨趁價thàn-kè容易交易。

【照實 chiàu-sit】 ～～講較輕罪～～kóng khah-khin-chōe⇨實招了罪會減輕。賣貓說貓～～講bē(bōe)-niau-soeh(seh)-niau～～kóng⇨謂賣貓者說貓就是照實講。因貓niau與𧘌niau（麻臉）又賣bē與未bē諧音。

【照辦 chiàu-pān】 依令辦事。我會～～goá ē～～⇨我將遵命辦理。

【照頭 chiàu-thâu】 從頭chiông-thâu。～～來～～lâi⇨同上。～～排～～pâi⇨照順序排列。～～講～～kóng⇨同上。

【照應 chiàu-èng】 照拂。保護。請就近～～chhiáⁿ-chiū-kīn～～⇨同上。無人～～較未安心bô-lâng～～khah-bē an-sim⇨沒人照拂較不能放心。

【照講 chiàu-kóng】 ㊀按理。～～該更補工錢～～ài-koh-pó· kang-chîⁿ⇨應該補點工資。㊁依約。～～照行～～chiàu-kiâⁿ⇨依所約定者實行。㊂說實話。我端仔～～耳goá tan-a～～niâ⇨我只是照說而已（沒有加油添醋）。

【照額 chiàu-giah】 ㊀按原額。～～賠你可否～～pôe-lí hó-bò·⇨按原數賠你可以嗎。㊁照道理。本來。～～該罰～～ài-hoat⇨本來應該罰。

【照舊 chiàu-kū】 ～～賣豆腐～～bē tāu-hū⇨還在賣豆腐。

【照耀 chiàu-iāu】 福星～～平安宅hok-seng～～pêng-an-theh⇨新年桃符的吉祥語。

【照顧 chiàu-kò·】 照拂，關顧，管理，保護。身命該～～sin-miā ài～～⇨身體健康應該自己注意管理。作穡着認眞，田園該～～chò-sit tioh jīn-chin, chhân-hn̂g ài～～⇨工作應該認眞做，田地需要經常加以照拂保護。

【照子午 chiàu-chú-ngó·】 按照定規行事。在時間上子chú爲子時（中夜十二時）午ngó·爲午時（中午十二時）在方位上子北午南。做人該～～～chò(chòe)-lâng ài～～～⇨爲人須按照定法常規行事。當今的少年郎較無抄～～～tong-kim ê siàu-liân-lâng khah-bô teh～～～⇨現代的青年比較不講社會的定例常規。

【照三頓 chiàu-saⁿ-tǹg】 按照三餐的時間。藥仔該～～～食ioh-á ài～～～chiah⇨（醫生吩咐）藥須按照三餐的時間給之。

【照行情 chiàu-hâng-chêng】 按照市價。～～～買賣～～～bé-bē(bóe-bōe)⇨同上。

【照身分 chiàu-sin-hūn】 按照身分之高低行事。更較～～～亦講未了koh-khah～～～ah

kóng bē-liáu⇨任你如何按照身分也說不清。

【照坎站 chiàu-khám-chām】 同照紀綱chiàu-khí-kang。按坎進按站停。

【照紀綱 chiàu-khí-kang】 按照紀律綱常行事。正經chèng-keng。做人無～～～是未用得chō(chōe)-lâng bô ～～～ sī bē(bōe)-iōng-tit⇨爲人不正經是行不得的。

【照順序 chiàu-sūn-sī】 先得先後得後sian-tit-sian hō·-tit-hō·。甕肚扁仔討契兄～～～àng-tō·-pîⁿ-á thó-kè-hiaⁿ～～～⇨謂有女人名叫扁，她契兄討得太多了，要其契兄們照順序來。甕肚àng-tō·謂有食物自食不分給人，討契兄thó-kè-hiaⁿ謂女人私找外食。

【照食照拍 chiàu-chia̍h-chiàu-phah】 ㈠賭博用詞。依賭法應吃的牌就吃，應打的牌就打。㈡凡事守本分與責任。不貪分外之財不作分外之事。長工若會曉～～～～，頭家那有話講tn̂g-kang nā-ē(ōe)-hiáu ～～～～，thâu-ke ná-ū ōe-kóng⇨長工如果曉得照食照打，頭家有話可說嗎。

**憔** chiâu 憂苦也。

【憔悴 chiâu-chhūi】 憂慮困苦。又病而瘦弱也。顏容～～gān-iông～～⇨臉上顯着病苦的樣子。

**樵** chiâu 取薪也。砍木採草爲燃料也。採～chhái～⇨同扱柴khió-chhâ或剉柴chhò-chhâ。

【樵夫 chiâu-hu】 樵子chiâu-chú。即剉柴人chhò-chhâ-lâng。～～牧童～～bo̍k-tông⇨砍柴的與看牛的。

【樵蘇 chiâu-so·】 生活。生民何計樂～～seng-bîn hô-kè lo̍k～～⇨百姓人有何方法過其平安的生活呢。

**齊** chiâu 平也，整也，等也(見chê齊部)。凡事物均勻曰齊chiâu，相若亦曰齊chiâu。雨落得眞～hō· lo̍h-li(le) chin～⇨雨下得很均勻(大小均勻，又每天一樣)。粉抹得眞～hún boah-li(le) chin ～ ⇨粉抹得很均勻。即幅正楷有～chit-pak chiàⁿ-khái ū ～ ⇨這幅正楷寫得整齊。彼班成績蓋～hit-pan sêng-chek kài ～⇨那一班成績都很好很平均。濫無～lām-bô-～⇨混和得沒均勻。個幾兄弟眞～in kúi-hiaⁿ-tī chin～⇨他們兄弟若干人都很平均(財富，身體等等)。瓜仔生了無～koe-á seⁿ(sin)-liáu bô～⇨瓜兒生得不整齊。

【齊大 chiâu-toā】 同樣的大小。～～也～～，～～a～～⇨非常同樣的大小。

【齊勻 chiâu-ûn】 均勻，平均。趁錢不免峧～～道驚人thàn-thîⁿ m̄-bián-chē ～～ tō kiaⁿ-lâng⇨趁錢不必(一次)太多，收入能均勻繼續就會成爲驚人的成績。～～二九冥昏～～jī-káu mê-hng⇨二九冥jī-káu mê指過年夜的圍爐。謂希望每天都如年夜圍爐，有豐盛的食物。

【齊全 chiâu-chn̂g】 皆備。嫁妝詮～～也未kè-chng chhoân ～～ á bōe(bē)⇨嫁妝都準備好了沒有。逐項每～～也ta̍k-hāng mā～～ā⇨每一項都齊備了。

【齊動 chiâu-tāng】 齊振動chiâu-tín-tāng。一齊開動，開始。機關～～也ki-koan ～～ ā⇨機器一齊開動了。

【齊備 chiâu-pī】 物件款～～道該出發也mi̍h-kiāⁿ khoán～～tō-ài chhut-hoat-ā⇨東西準備齊了就需要上路了。

【齊齊 chiâu-chiâu】 齊chiâu，很齊。有道～～有，無道～～無ū-tō～～ū，bô-tô～～bô⇨有就大家皆有，無就大家皆沒有。亦可說：有道齊有，無道齊無ū-tō chiâu-ū，bô-tō chiâu-bô。

【齊齊仔 chiâu-chiâu-à】 很均勻。秧仔～～～，未䆀ng-á ～～～ bē(bōe)-bái⇨稻苗發育相當均勻，不壞。

阮叔仔有於厝裡否～～goán-chek-á ū-tī-chhù-lì-bō͘⇨嬸仔，叔叔在家嗎。阮～～抒洗衫goán～～teh sé(sóe)-saⁿ⇨我們的小叔母在洗衣（對第三者）。阮細～～goán-sè(sòe)～～⇨同上。

【嬸婆 chím-pô】 叔公chek-kong之妻。三～～saⁿ-～～⇨三叔公之妻。～～祖～～chó͘⇨叔公祖之妻。

chìm
**浸** 漬也。潤也。物在水中曰浸chìm。事無進展亦曰浸chìm。秫米該先～chut-bí ài seng～⇨秫米應該先浸水，使其軟化易磨也。～好的着先挨～hó-ê tioh seng-e⇨浸好的要先挨之。挨e者挨磨也e-bō-á，挨塗礱e-thô͘-lâng之挨e，推也，亦即推動以磨之也。於許～三年都眞未用得tī-hia～saⁿ-nî to chin bē(bōe)-iōng-tit⇨在那個地方生活工作了三年，都很不行。無採～許久bô-chhái～hiah-kú⇨枉費浸淫了那麼久(或做生意，或作某種工作)。～了若未用得道該抽轉來～liáu nā-bē(bōe)-iōng-tit to-ài thiu-tńg-lâi⇨做久了如果不行，就應該收拾回家，不可再拖下去。

【浸水 chìm-chúi】 浸在水中，浸入水中。～～綿紗歹紡～～mî-se pháiⁿ-pháng⇨浸了水的綿紗難紡。喻此事難纏chhú-sū oh-tīⁿ。亦即此事難應付。

【浸本 chìm-pún】 利少週轉慢。新生理較～～sin-seng-lí khah～～⇨同上。

【浸死 chìm-sí】 溺死lek-sí。～～的～～ê⇨溺水而死。

【浸雨 chìm-hō͘】 浸在久雨中。草菜～～攏爛了了也chháu-chhài～～lóng-noā-liáu-liáu-à⇨蔬菜類浸在久雨中，皆腐爛掉了。

【浸柿 chìm-khī】 水柿chúi-khī。柿熟摘下，浸於石灰水中去澁siap者。點炫油tiám-kiⁿ-iû即成紅柿âng-khī。

【浸酒 chìm-chiú】 浸於酒中。當歸～～tong-kui～～⇨同上。

【浸種 chìm-chéng】 欲秧仔該先～～iang-á ài seng～～⇨欲秧需要預先將粟種浸水，以促進其發芽。

【浸霑 chìm-tâm】 下於水中使其濕潤。～～抒道好～～leh tō-hó⇨濕潤了就可以。

【浸血池 chìm-hoeh(huih)-tî】 浸入血池中。地獄的刑罰之一。～～～地獄～～～tē-gak⇨同上。

【浸信會 chìm-sìn-hōe】 基督教的一派。

【浸溫泉 chìm-un-choâⁿ】 草山～～～chháu-soaⁿ～～～⇨草山溫泉浴。

【浸禮教 chìm-lé-kàu】 同浸信會chìm-sìn-hōe。

【浸藥酒 chìm-ioh-chiú】 以特殊的藥材浸入酒中使酒帶有該藥之味，謂有補血強身之效。

chîm
**蟳** 一種節足動物，亦爲上等的食品之一。紅～âng～⇨同上。菜～chhài～⇨同上。臺灣～tâi-oân～⇨臺灣產的蟳。意爲無膏bô-ko。是輕蔑臺人之詞。臺灣～無膏tāi-oân～bô-ko⇨謂臺人腹中無物。

【蟳仁 chîm-jîn】 蟳膏chîm-ko。蟳的卵。

【蟳管 chîm-kóng】 蟳的大剪脚。

【蟳羹 chîm-keⁿ(kiⁿ)】 以蟳爲主料的一道菜。羹keⁿ俗作焿keⁿ。不通。

## chin

chin
**眞** 仙人變形而登天也。正也，實也，不虛不假也。反璞歸～hoán-phok-kui～⇨同上。歸本反～kui-pún-hoán～⇨同上。天～無邪thian～bû-siâ⇨同上。千～萬確chhian～bān-khak⇨同上。貨～價實hòe～kè-sit⇨同上。如假似～jî-ké-sū～⇨同上。以假亂～í-ké-loān～⇨同上。話是～的ōe-si-～ê⇨話中是事實。眞珠是～的chin-chu sī～ê⇨眞珠是正的。想較～爾siūⁿ-khah～leh⇨想較清楚一點。看無～khoàⁿ bô～⇨看得不清楚。赫

～有的heh～ū-ê⇨豈有此理。赫～有影heh～ū-iá$^n$⇨絕對不能如此。赫愛～拚爾heh ài～pià$^n$-leh⇨哼需要大大的拚一拚(才能知之)。

【眞八 chin-bat(pat)】 非常懂。～～貨～～hōe(hè) ⇨很會鑑別貨品之好壞。～～嗍～～chia̍h⇨很懂得食樂之道。～～事～～sū⇨很懂得人情世故。無人～～bô-lâng～～⇨沒有眞正都懂的。八bat(pat)俗以識sek。作識bat。

【眞人 chin-jîn】 神，神仙。道士的尊(自)稱。大道公就是吳～～tāi-tō-kong chiū-sī gô·～～⇨同上。～～看做直入～～khoà$^n$-chò (chòe) ti̍t-ji̍p⇨眞人誤看爲直入。看錯字的笑話。

【眞人 chin-lâng】 正人chèng-jîn。老實人láu-si̍t-lâng。～～無講假話～～bô-kóng ké-ōe-⇨正人君子不說謊言。無講bô-kóng亦作未說bē-seh(soeh)，義同。

【眞刀 chin-to】 ～～眞槍不可耍～～chin-chhiu$^n$-m̄-hó-sńg⇨眞正的刀槍不可戲玩。不好m̄-hó亦作不當m̄-thang。

【眞心 chin-sim】 實心si̍t-sim。～～扲相愛～～teh siōng(sa$^n$)-ài⇨同上。恰如不是～～的款kah-ná-m̄-sī～～ê-khoán⇨好像不是誠心的樣子。扲teh，於也，在也；得tit，可以也。

【眞正 chin-chià$^n$】 正的。不虛不假。～～有影～～ū-iá$^n$⇨果然是事實。～～的太子～～ê thài-chú⇨不是假太子。～～的金條～～ê kim-tiâu⇨不是假金條。我假請的你講～～來goá ké-chhiá$^n$-ê lí-kóng～～lâi⇨我是假裝請客，你竟眞的來了。～～憫讀册～～gâu-tha̍k-chheh⇨眞的書讀得很好很好。～～飯桶～～pn̄g-tháng⇨確實不中用的脚色kha-siâu。～～無客氣咯～～bô kheh-khì-lò⇨眞的不客氣了。

【眞主 chin-chú】 ㊀受命於天的皇帝。出～～chhut～～⇨出現了眞主。㊁眞的主宰者。～～上帝～～siōng-tè⇨基督徒的信仰。

【眞犯 chin-hoān】 眞的犯人。～～已經歸案～～í-keng kui-àn⇨同上。

【眞包 chin-pâu】 眞物，正貨。～～假包～～ké-pâu⇨眞假包青天。

【眞本 chin-pún】 眞商無～～chin-siang(siong) bô～～⇨謂能幹的商人經營生意用不着眞的本錢。無～～生理道做未動bô～～seng-lí tō chò-bē(chòe-bōe)-tāng⇨沒有事實上的資金生意就做不開。石上栽花～～少，此時求現不堪賒se̍k-siāng chai-hoa～～siàu, chhú-sî kiû-hiān put-kham-sia⇨某田莊山店主的打油詩。謂我的生意如在石上種花沒有土，沒有本錢，所以都要現款交易無力賒欠。

【眞仙 chin-sian】 ～～未救得無命子～～bē(bōe)-kiù-tit bô-miā-kiá$^n$⇨眞仙也救不了無命的孩子。子kiá$^n$或作囝kiá$^n$，亦作人lâng。

【眞成 chin-chiâ$^n$】 非常hui-siâng(siông)。相當於很hún。～～寒～～koâ$^n$⇨很冷。非常寒冷。～～有禮數～～ū-lé-sò·⇨很有禮貌。～～奸巧～～kan-khiáu⇨非常奸詐。～～物～～mi̍h⇨很像樣的好孩子。

【眞死 chin-sí】 ㊀壽終。㊁不能通融。很嚴緊。限制～～hān-chè～～⇨同上。老父手頭捏～～lāu-pē chhiú-thâu tē$^n$(tī$^n$)～～⇨父親手上握得很嚴密。

【眞言 chin-giân(gân)】 ～～咒語～～chiù-gí(gú)⇨同上。

【眞命 chin-bēng】 ～～天子～～thian-chú⇨受命於天的皇帝。

【眞知 chin-chai】 早已十分明白。伊未出錢，我都～～爾i bē(bōe)-chhut-chî$^n$ goá to～～leh⇨他不會出錢，我全明白的。～～您會未赴～～lín-ē(ōe)-bē(bōe)-hù⇨明知你們一定會趕不上時間。

【眞的 chin-ê】 不僞不虛不假。講～～抑假的kóng～～a̍h ké-ê⇨說眞的還是說笑的。～～無扲買～～bô-teh-bé(bóe)⇨眞實買不到。～～無抾賣～～bô-teh-bē(bōe)⇨眞實沒人在出售。兩句都喻說眞話者不多。

【眞花 chin-hoe(he)】 ㊀天然花thian-jiân-hoe。㊁很複雜或紛亂。問題～～būn-tē(tōe)～～⇨問題非常複雜。代誌舞到～～tāi-chì bú-kà～～⇨事情鬧得很紛亂。

【眞金 chin-kim】 純金sûn-kim。～～不怕火～～put-phàⁿ-hóe(hé)⇨同上。

【眞相 chin-siàng(siòng)】 ～～大白～～tāi-pek⇨同上。

【眞珠 chin-chu】 ～～寶玉～～pó-gek⇨同上。走馬看～～cháu-bé khoàⁿ～～⇨謂連圓也扁都看無清楚liân îⁿ-ā-pīⁿ to khoàⁿ-bô chheng-chhó。～～皮到變成老鼠屎～～khǹg-kà pīⁿ chiâⁿ niáu-chhí(chhú)-sái⇨把眞珠收藏得變成老鼠屎。謂有價值的東西死藏得變成無價值者。～～披鍊～～phoā-liān⇨眞珠的項鍊。

【眞料 chin-liāu】 上等的材料。用的攏是～～iōng-ê lóng-sī～～⇨所用皆是上好的材料。

【眞神 chin-sîn】 ～～假神～～ké-sîn⇨同上。

【眞情 chin-chêng】 ～～實意～～sit-ì⇨同上。～～流露～～liû-lō⇨同上。吐露～～thò-lō～～⇨同上。

【眞貨 chin-hòe(hè)】 ～～假貨～～ké-hòe(hè)⇨同上。

【眞假 chin-ké】 ～～難辯～～lân-piān⇨同上。～～公主～～kong-chú⇨同上。你合我得辯～～lí-kah-goá teh-piān～～⇨你和我在爭論眞僞，亦即你要反抗我嗎。

【眞理 chin-lí】 公理道是～～kong-lí tō-sī～～⇨同上。

【眞童 chin-tâng】 正式的童乩tâng-ki。三十查甫是～～，三十查某是老人saⁿ-chap cha-po· sī～～，saⁿ-chap cha-bó· sī lāu-lâng⇨謂三十歲的男人血氣正盛，宛如眞童的亂跳亂奔，三十歲的女人已經算老人了。

【眞誠 chin-sêng】 至誠chì-sêng。

【眞傳 chin-thoân】 師父的～～su-hū ê～～⇨同上。

【眞僞 chin-gūi】 同眞假chin-ké。～～不明～～put-bêng⇨同上。

【眞實 chin-sit】 事實。～～的故事～～ê kò-sū⇨眞人實事chin-jîn-sit-sū。

【眞蘇 chin-so·】 ㊀雅緻。安爾算～～也了an-neⁿ(ni) sǹg～～ā- lò·⇨如此可謂很別緻了。㊁用於對付等端侵冒者的鄙視。你即個人亦～～也哼lí chit-ê-lang iah～～ā hǹg⇨你這個人也太過了，哼。

【眞行草 chin-hêng-chhó】 眞書chin-si(su)行書hêng-si(su)草書chhó-si(su)的三種字體。

【眞抵好 chin-tú-hó·】 逢巧。不巧。～～～我亦有時間～～～goá iah-ū sî-kan⇨很幸運我也有時間。～～～伊人無於抾～～～i lâng bô tī-teh⇨很不巧，他人不在家。

【眞抵眞 chin-tú-chin】 眞而又眞。講到～～～kóng-kà～～～⇨說得十分眞實。～～～實抵實～～～sit-tú-sit⇨十分眞實。

【眞空管 chin-khong-koán(kńg)】 管中無物無氣的玻璃管。無線電等電氣器具的重要附屬品。

【眞善美 chin-siān-bí】 哲學上主張眞善美三者爲人生的最高目的。

【眞霍亂 chin-hok-loān】 流行病名。

【眞才實學 chin-châi-sit-hak】 有～～～～的人藉敢拿伊ū～～～～ê lâng chiah-káⁿ-ná i⇨有眞才實學者才敢擔當之。

【眞米正酵 chin-bí-chiàⁿ-kàⁿ】 喻正式的正統的。～～～～的翁仔某～～～～ê ang-á-bó⇨正正堂堂如僞包換的夫妻。阮是～～～～的不是逮人走的goán-sī～～～～ê, m̄ sī tòe (tè)-lâng-cháu-ê⇨我們是正式的結髮夫妻，不是私奔勾搭的。

【眞草隸篆 chin-chhó-lē-toān】 各種字體。

**chin 甄** 陶也。瓦器也。別也，察也。姓氏。

【甄用 chin-iōng】 選別任用。～～人員～～jîn-oân⇨同上。

【甄別 chin-piat】 選別人材之優劣。

【甄拔 chin-poat】 選而提拔任用。

**chin 升** 量名。一斗chit-táu的十分之一曰一升chit-chin。米～bí～⇨量米的器具。市～chhī～⇨同上。公～kong～⇨同上。一～米chit～bí⇨同上。縛三～粽pak saⁿ～chàng⇨縛做三升米之粽。

【升斗 chin-táu】 一升的小量器。～～小民～～sió-bîn⇨不以大斗而以小升買米的貧窮大衆。

【升聲 chin-siaⁿ】 往時的田地買賣的計算方法。算～～不算分聲sǹg～～put-sǹg hun-siaⁿ⇨例如一筆田的佃租是三十石，米價是一兩銀六斗亦即六十升，那麼該筆田的價值就是值銀五兩。而是不以面積幾分來計算的。

【升地斗厝 chin-tē-táu-chhù】 ㊀地基的面積比較房屋第宅的宏偉來得狹小。㊁謂升金亦可以買地，房屋第宅要新建必需斗金。亦即指新建第宅較購置土地更費錢。

**chín 振** 奮也。動也。發也。起也。聲名大～seng-bêng tāi～⇨同上。欲～無力iok～bû-lek⇨同上。名～天下bêng～thian-hē⇨同上。

【振作 chín-chok】 打起精神作事。家己該較～～扵ka-kī āi-khah～～leh⇨自己要振作。

【振動 chín-tōng】 ㊀物理名詞。物質作一定的往復不停的運動也。㊁動也。tin-tāng。蚊罩扵～～báng-tà teh～～(tín-tāng)⇨蚊帳在受風而動（見tin振部）。

【振興 chín-hin】 工業的～～上要緊kang-giap ê～～siāng iàu-kín⇨工業的發展興旺最重要。

【振振有詞 chín-chín-iú-sû】 說得很有道理。伊亦猶於～～～～扵 i mā iáu-teh～～～～leh⇨他也還在強辯不停中。

【振筆直書 chín-pit-tit-si(su)】 寫文章很快下筆直寫不必思考的形容。

【振臂大呼 chín-pī-tāi-ho͘】 奮力揮手大聲主張意見。～～～～打倒走狗～～～～táⁿ-tó cháu-káu⇨同上。

**chín 賑** 贍siām也。給kip也。救濟災荒也。

【賑災 chín-chai】 救濟災荒。

【賑恤 chín-sut】 救濟撫恤。

【賑款 chín-khoán】 救濟災荒的錢。

【賑濟 chín-chè】 以財物救濟災民。

**chín 疹** 皮外起粒khí-liap或起泡khí-phā的病也。濕～sip～⇨潰瘍性hùi-iông-sèng的疹。紅～âng～⇨紅色的疹。麻～moâ～⇨俗曰麻仔moâ-á。

【疹仔 chín-á】 chín-ná。凡起粒khí-liap或起泡khí-phā的病狀的通稱。起～～khí～～⇨發生疹子。俗訛爲khí-chhìn-nah，是一種突發性的皮膚病，皮外小起如蚊虱刺咬者，奇癢。

**chín 診** 視也。察脈看病曰診chín。初～chho͘～⇨初次看病。義～gī～⇨不取費的看病。門～bûn～⇨看不住院的病患。往～óng～⇨外～goā～⇨醫生往外看性。

【診所 chín-só͘】 醫生看病的地方。不設病床留醫的醫院。自設～～chū-siat～～⇨自己設立診所獨立行醫。

【診治 chín-tī】 診出病源加以醫治。

【診察 chín-chhat】 診病狀察病源。

【診療 chín-liâu】 同診治chín-tī。

【診斷 chín-toàn】 看病人而斷定其所患何病。

chín
**震** 雷之大者也。動也，威也。雷～lûi～⇨雷。地～tē～⇨地動tē-tāng(tōng)。

【**震怒** chín-nō】 大怒tāi-nō。大王～～tāi-ông～～⇨同上。

【**震撼** chín-hām】 大搖大動。石油～～chioh-iû～～⇨石油價格暴漲而動搖了整個世界。

【**震盪** chín-thōng】 大搖動。

【**震驚** chín-kiaⁿ】 震動而驚慌。大驚。

chín
**拯** 救也。助也。包文拯pau-bûn-chín⇨家喻戶曉ka-jî-hō-hiáu的包公pau-kong包青天pau-chheng-thian。

【**拯救** chín-kìu】 耶穌～～世人iâ-so～～sè-jîn⇨同上。

【**拯民水火** chín-bîn-chúi-hóe】 把人民從水深火熱的痛苦之中解救出來。

chín
**畛** 田間小路也。俗曰田岸chhân-hoāⁿ。又封地之界也。

【**畛域** chín-hek】 地域tē-hek。範圍hoān-ûi。～～不分～～put-hun⇨不分彼此。～～之見～～chi-kiàn⇨地域觀念tē-hek-koan-liām。

chìn
**進** 登也。前也。凡向前向上皆曰進chìn。獻食物曰進chìn。又房屋的前部曰前進chêng-chìn。後部曰後進āu-chìn。前～chiân～⇨進步的。引～ín～⇨㊀引薦人材。㊁導入技術或品種。有～無退ū～bô-thè⇨同上。三～仔三退sam-～á sam-thè⇨猶豫不能決。～可攻退可守～khó-kong thè-kó-siú⇨同上。

【**進口** chìn-kháu】 從外國買入。輸入su-jip。～～貨～～hòe⇨外國製外國來的物品。～～出口～～chhut-kháu⇨輸入輸出。

【**進士** chìn-sū】 秀才舉人～～siù-châi kí-jîn～～⇨同上。～～骨的～～kut-ê⇨喻品質上乘。偎偎每是～～骨的bái-bái mā sī～～kut-ê⇨雖然不好看，到底還是上等材料的貨色。明朝～～清朝錢bêng-tiâu～～chheng-tiâu-chîⁿ⇨謂在明代是進士，在清朝是錢，最被重視。

【**進化** chìn-hoà】 生物的～～seng-but ê～～⇨同上。達爾文的～～論tat-ní-bûn ê～～lūn⇨同上。

【**進主** chìn-chú】 把父母等的神主牌sîn-chí-pâi送進寺廟合祀hap-sū。

【**進行** chìn-hêng】 工作有得～～kang-chok ū-teh～～⇨工作在進行中。～～曲～～khek⇨同上。

【**進言** chìn-giân】 向上級～～hiàng(hiòng) siāng(siōng)-kip～～⇨同上。

【**進兵** chìn-peng】 進軍chìn-kun。～～中原～～tiong-goân⇨同上。

【**進步** chìn-pō】 ～～眞快～～chin-khoài⇨同上。

【**進取** chìn-chhú】 力求上進lek-kiû siāng(siōng)-chìn。不止仔～～put-chí-á～～⇨相當求上進。～～精神～～cheng-sîn⇨同上。

【**進京** chìn-kiaⁿ】 上京chiūⁿ-kiaⁿ。上帝都。～～考校～～khó-kàu⇨上京參加科舉考試。

【**進房** chìn-pâng】 入洞房。新娘～～sin-niû～～⇨同上。

【**進前** chìn-chêng】 提前thê-chiân。事前sū-chêng。佅毋該講～～boeh-m̄ ài-kóng～～⇨要與不要必須事前聲明。～～一日來去較好～～chit-jit lâih-khì khah-hó⇨提前一天去比較好。～～幾年死的～～kúi-nî sí-ê⇨在其前幾年死的。

【**進香** chìn-hiuⁿ】 去獅頭山～～khì sai-thâu-soaⁿ～～⇨往獅頭山參拜神佛。

【**進財** chìn-châi】 得到利益。發財hoat-châi。添丁～～thiam-teng～～⇨又添丁又發財。

【**進站** chìn-chām】 進入車站停車。火車猶未～～hóe(hé)-chhia á-bōe(iá-bē)～～⇨同上。

【**進酒** chìn-chiú】 飲酒ím-chiú。獻酒祭神。欣夫子丹丘生，～～杯莫停，爲君歌一曲，請君傾耳聽khim-hu-chú，tan-khiu-seng,～～poe bok-thêng,ūi-kun ko-it-khek, chhéng-kun kheng-jí(ní)-theng⇨李白的將進酒歌。

【進益 chìn-ek】 得到利益。～～未少～～bē(boē)-chió⇨得益不少。

【進益 chìn-iah】 發展hoat-tián。生理愈做愈有～～seng-lí ná-chò(chòe)-ná-ū～～⇨生意越做越發展。

【進級 chìn-kip】 進升上級。全部～～無人留級choân-pō͘～～bô-lâng liû-kip⇨同上。考績三年無～～khó-chek saⁿ-nî bô～～⇨同上。

【進貢 chìn-kòng】 外邦來～～goā-pang lâi～～⇨同上。有好孔的該提些來～～ū-hó-khang-ê ài theh-chē lâi～～⇨有意外的所得應該拿些來給我(老大的口氣)。

【進退 chìn-thè】 ～～兩難～～liáng-lân⇨進不得退不得chìn-put-tek thè-put-tek。

【進貨 chìn-hòe】 買入新貨。～～出貨～～chhut-hòe⇨貨品的買入賣出。

【進款 chín-khoán】 收入現款。今日～～kim-jit～～⇨今天的收入。

【進場 chìn-tiûⁿ】 入場。考生～～khó-seng～～⇨同上。

【進學 chìn-hak】 入學校。六歲道該～～也lak-hòe-tō-ài～～ā⇨六歲就應該入學讀書了。

【進學 chìn-oh】 考試及格得秀才siù-châi的稱謂。十六歲道～～也chap-lak-hòe tō～～ā⇨十六歲就考中秀才了。

【進膳 chìn-siān】 獻飯食。吃飯。～～食飯的時間煞免～～chiah-pn̄g ê sî-kan soah-bián⇨吃飯的時間也沒有。

【進贅 chìn-chòe】 男子先入女家爲婿，經一段時間之後偕同妻子回己家。

【進壙 chìn-khòng】 將棺木放進墓穴bōng-hiat。午時～～ngō͘-sî～～⇨同上。

【進獻 chìn-hiàn】 寶貝～～乎國王pó-pòe～～hō͘ kok-ông⇨同上。

【進人口 chìn-jîn-káu】 子孫衆多。直直抡～～～tit-tit-teh～～～⇨一路在添丁thiam-teng。

【進二甘 chìn-jī-kam】 果子成熟已夠分。進頭甘～～～chìn-thâu-kam～～～⇨同上。

【進度表 chìn-tō͘-piáu】 標示進度的表格。工作～～～kang-chok～～～⇨同上。

【進頭甘 chìn-thâu-kam】 青果剛剛成熟。～～～的果子～～～ê kóe-chí⇨剛剛成熟最好吃的青果。食果子道該～～～進二甘的時陣chiah-kóe-chí tō-ài～～～chìn-jī-kam ê sî-chūn⇨吃果子須在剛剛成熟或成熟剛透的時候。

【進頭香 chìn-thâu-hiuⁿ】 第一個進廟燒香。喻爭先恐後cheng-sian-khióng-hō͘(hiō)者。你免抡～～～lí biān-teh～～～⇨你不要爭先恐後。

【進不進退不退 chìn-put-chìn-thè-put-thè】～～～～～～是何道理～～～～～～sī hô tō-lí⇨張飛罵長坂坡。

【進可攻退可守 chìn-khó-kong-thè-khó-siú】軍事上的重要地點，或有利形勢。某地做基地～～～，～～～bó-tē chò(chòe) ki-tē～～～，～～～⇨同上。

**chìn 晉** 同進chìn。加冠進祿ka-koan-chìn-lok的進亦作晉chìn。又國名。㊀在戰國爲五霸或七雄之一。㊁三國司馬炎篡魏又滅蜀吳而稱帝國號晉chìn。蜀魏吳，爭漢鼎，號三國，迄兩～siok-gūi-gô͘，cheng-hàn-téng, hō-sam-kok, git-liáng～⇨三字經。兩晉liáng-chìn即洛陽的西晉se-chìn，後來遷建康爲東晉tong-chìn。

【晉江 chìn-kang】 流經泉州的河流名。又泉州的別號。因晉朝士族沿江而居故名。

【晉文公 chìn-bûn-kong】 戰國七雄之一。～～～齊桓公～～～chê-hoân-kong⇨同爲戰國七雄之一。

**chìn 搢** 揷也。古時官員揷笏於腰帶間曰～笏～but。古早時代的。

【搢紳 chìn-sin】 ㈠古時稱呼做官的人爲～～。㈡舊時職官人名錄。

**chìn 症** 症chèng也(見cheng部)。寒熱～也koaⁿ-jiat～á⇨寒熱症koaⁿ-jiat-chèng。

**chìn 證** 證chèng也（見cheng部)。憑～pîn～⇨憑證pîn-chèng。

**chìn 秦** 國名。姓氏。春秋戰國兼併入秦chìn。嬴～氏，始兼併，傳二世，楚漢爭êng～sī,sí-khiam-pèng，thoân-jī-sè,chhó·-hàn-cheng⇨三字經。西～王爺se～ông-iâ⇨戲神。據稱是唐明王tông-bêng-ông。

【秦淮 chìn-hoâi】 金陵kim-lêng（南京）的勝地。～～畫舫～～ōe-hóng⇨歌樓舞榭列兩岸，畫舫遊河中。

【秦檜 chìn-kōe】 岳飛gak-hui的政敵。南宋大奸臣。

【秦嶺 chìn-léng】 終南山chiong-lâm-san。雲橫～～家何在，雪擁藍關馬不前hûn-hêng～～ka-hô-chāi,soat-ióng lâm-kan má-put-chiân⇨韓愈詩。

【秦始皇 chìn-sí-hông】 ～～～吞六國～～～thun-liok-kok⇨秦始皇帝吞滅了楚chhó·齊chê燕iàn，韓hân魏gūi-趙tiō等六國。

【秦廣王 chìn-kóng-ông】 第一殿的閻羅王giâm-lô-ông。

【秦晉之好 chìn-chìn-chi-hó·】 締結～～～～tē-kiat～～～～⇨結爲婚姻。兩姓締親。古時秦晉兩國世世爲婚。同朱陳之好chu-tân-chi-hó。

【秦樓楚館 chìn-lâu-chhó·-koán】 ～～～～歌台舞榭～～～～ko-tāi-bú-siā⇨都是酒色遊樂的地方。

【秦鏡高懸 chìn-kèng-ko-hiân】 法官斷獄神明。秦始皇宮中懸有明鏡能照人心之正邪。

**chìn 繩** 索也。直也，正也。注目，注視亦曰繩chìn。麻～草索moâ～chháu-soh⇨同上。準～chún-～⇨規圓生矩kui-oân seng kí，矩方生～kí-hong seng～繩直生準chìn-tit seng chún，法度也。又木工製器，先以繩含墨彈畫木上，然後斷截之。其彈繩具曰墨斗bak-táu。當其彈畫時，必以目注視繩木之間以正之，因此繩chìn亦轉而有注視之義。牽～khan～⇨拉繩。繩頭先以釘固定之，另一頭拉到適當的地方，以指頭按定之，然後以另一手拉繩彈之木上曰彈～toaⁿ～。～了無準～liáu bô-chún⇨拉繩打了不準，轉義爲注視了不準。掠我一直～liah-goá it-tit～⇨朝我一直注視。罔也罔～bóng～â-bóng-⇨姑妄看之（例如讀自己所不甚懂的書，也是自謙詞)。

【繩索 chìn-soh】 麻結的曰繩chìn，草打的曰索soh。但而今似乎索soh已取代了繩chìn，不論其質料是麻，綿草或其他都通稱曰索仔soh-á，或者分別爲麻索moâ-soh，草索chháu-soh，鋼索kǹg-soh等是也。

【繩墨 chìn-bek】 俗稱墨斗bak-táu。木工取直用的小道具。

【繩線 chìn-soàⁿ】 墨斗線bak-táu-soàⁿ。以小綿繩爲之，以其善含墨汁也。

【繩之以法 chìn-chi-í-hoat】 依法律懲治不法之人。違者將～～～～ûi-chiá chiang～～～～⇨同上。

**chīn 盡** 止也，終也，竭也，悉也，備也，死也。天數未～thian-sò·-bōe～⇨天數還未終止。上帝的恩講未～siōng-tè ê in kóng-bē(bōe)～⇨基督徒稱讚上帝之詞。無窮無～bû-kiông-bû～⇨同上。用～食～當～結局是自～iōng～chiah～tǹg～kiat kiok sī chū～⇨同上。

【盡力 chīn-lat】 竭力kiat-lek。全力choân-lek。～～拍拚～～phah-piàⁿ⇨全力奮鬥。～～支持～～chi-chhî⇨同上。對社會有～～tùi-siā-hōe ū～～⇨同上。

【盡心 chīn-sim】 全心choân-sim。有盡力無～～ū chīn-lat bô～～⇨不情願的助人。

【盡出 chīn-chhut】 總出chóng-chhut。

【盡在 chīn-chāi】 全在choân-chāi。會成會敗～～你一人ē-sêng-ē-pāi～～lí chit-lâng⇨成敗全看你。相思萬種～～無言中siuⁿ-si bān-chióng～～bû-giân-tiong⇨同上。

【盡仰 chīn-ǹg】 全部希望。～～你，你盡誤人～～lí,lí chīn gō·-lâng⇨大家都寄望於你，你竟誤了大家。三家～～你一人saⁿ-ke～～lí chit-lâng⇨三家全寄望於你一身。

【盡帆 chīn-phâng】 ㊀滿帆boán-phâng。船食～～風chûn chiah～～hong⇨船受滿帆的風，亦即正走得最快。㊁極端。有權不當使～～ū-koân m̄-thang-sái～～⇨有權勢不可發揮得太極端。即類價錢算～～也chit-lōe kè-chîⁿ sǹg～～ā⇨這種價錢可以說是最高的了。

【盡有 chīn-ū】 皆有之。所有的。～～盡食～～盡開～～chīn-chiah～～chīn-khai⇨有物食盡，有錢全開盡，謂絲毫不知節儉。

【盡尾 chīn-bóe(bé)】 最末端。最後。行到～～彼間道是也kiâⁿ-kà～～hit-keng tō-sī-ā⇨行到最末端那家就對了。

【盡孝 chīn-hàu】 盡忠～～chīn-tiong～～⇨同上。

【盡角 chīn-kak】 最邊隅。極端。咱佔於～～彼旁lán chiàm-tī～～hit-pêng⇨我們佔到了最邊角的地方。話講到～～也ōe kóng-kà～～à⇨說到極端了。

【盡命 chīn-miā】 拚命piàⁿ-miā。～～做耳～～chò(chòe) niā⇨拚命工作而已。

【盡忠 chīn-tiong】 盡忠。老實láu-sit。～～盡義～～chīn-gī⇨同上。～～不怕死～～put-phàⁿ-sí⇨同上。～～無棺柴～～bô koaⁿ-chhâ⇨盡忠而死却沒有棺材收容自己。謂太過老實終將吃虧。

【盡皆 chīn-kai】 全部。～～賣了去也～～bē(bōe)-liáu-khì-à⇨全部賣出去了。

【盡根 chīn-kin(kun)】 斷根tn̄g-kin。古合約書的套詞。杜賣～～字tō·-bē～～jī⇨不動產等的出售合約書。

【盡展 chīn-tián】 悉數展示。功夫～～kang-hu～～⇨同上。落喟步～～lâu-khùi-pō～～⇨謂自己不體面的地方都展示出來了。

【盡情 chīn-chêng】 眞心眞意。做朋友不止～～也chò(chòe)-pêng-iú put-chí～～ā⇨做朋友相當眞誠了。老鼠哭貓假～～niáu-chhí(chhú) khàu-niau ké～～假仁假義ké-jîn-ké-gī。

【盡量 chīn-liōng】 可能的範圍。～～做～～儉～～chò(chòe)～～khiām⇨同上。我會～～共你湊脚手goá ē～～kā-lí tàu-kha-chhiú⇨我會盡我的力量協助你。～～莫得罪伊較好～～mài tek-chōe-i khah-hó⇨極力注意不得罪他爲妙。～～發揮你的力量～～hoat-hui lí ê lek-liōng⇨極力發揮你的力量。

【盡義 chīn-gī】 爲朋友～～ūi pêng-iú～～⇨同上。

【盡磅 chīn-pōng】 滿磅boán-pōng。磅pōng量器也，俗稱磅仔pōng-á，大磅toā-pōng亦不過可量千斤以內。千斤即滿磅boán-pōng，亦即盡磅chīn-pōng。火車開～～hóe(hé)-chhia khui～～⇨火車開最高速力。做人該樽節，逐項不當放～～chò(choè)-lâng ài chun-chat, tak-hāng m̄-thang pàng～～⇨爲人應該斟酌chim chiok，每事不可做得太極端。

【盡頭 chīn-thâu】 終端。路行到～～也lō· kiâⁿ-kà～～ā⇨路到終端了。沒辦法了。官做到～～也koaⁿ chò(chòe)-kà～～ā⇨官升到最高的了，不會再升了，沒有希望了。

【盡職 chīn-chit】 盡忠職守chīn-tiong-chit-siú⇨同上。

【盡看你 chīn-khoàⁿ-lí】 全部依靠你。全都你負責。即家人～～～一人抡生活chit-ke-lâng～～～chıt-lâng teh seng-oah⇨此一家全部靠你一個人在生活。即頓～～～也chit-tǹg～～～ā⇨這一餐全由你負責好了。

【盡喟力 chīn-khùi-lat】 盡全力chīn-choân lek。

【盡趁盡開 chīn-thàn-chīn-khai】 很會趁錢也很會浪費。～～～～端仔未曉儉～～～～tan-a bē(bōe)-hiáu-khiām⇨趁很多浪費很多，只是不曉得節儉積蓄。端也toan-a⇨tan-a⇨tan-na⇨kan-na。端的toan-tek也。

## chio

**chio 招** 來之也。手呼也。手之曰招chio，chiau(見chiau部)。口之曰召tiàu。邀請iau-chhéng也。放尿相～，無放的軟脚腰pàng-jiō sio～，bô-pàng-ê nńg-kha-io⇨童言。謂相邀相招，大家一起放尿也。又女子迎夫入家亦曰招chio。乎人～hō·-lâng～⇨被人家招入爲婿。嫁也可～也會使得kè à-hó，～à-ē-sái-tit⇨出嫁也好，招婿也可以。

【招人 chio-lâng】 ㊀邀人。～～合股～～hap-kó⇨同上。㊁招婿。但人lâng改讀lang。阮要～～不嫁人goán boeh～～m̄-kè-lâng⇨我們要招入不嫁出。

【招夫 chio-hu】 ～～養子出之無奈～～iáng-chú，chhut-chi bû-nāi⇨招夫多出自女家無子嗣，男家窮，兄弟又多，因而入婿女家，自已及將來子女，皆冠妻姓，有人認爲是大丈夫所不爲。

【招生 chio-seng】 收學生。新學期～～sin-hak-kî～～⇨同上。

【招呼 chio-ho·】 招引。～～人客～～lâng-kheh⇨同上。～～入會～～jip-hōe⇨同上。款待孩子。囡仔該人～～gín-á ài-lâng～～⇨孩子需要有人陪伴接待。共阮～～抡kā-goán～～lē⇨給予照顧。

【招股 chio-kó·】 募股bō·-kó·。開始～～khai-sí～～⇨同上。

【招翁 chio-ang】 ～～焉某走～～chhoā-bó·-cháu⇨謂招夫來了，壻却把老婆帶走了。又帶走曰焉chhoā，與娶chhoā諧音。

【招耕 chio-keng】 招佃承耕。～～帶典字～～tài-tián-jī⇨土地出租並出典給佃農的合約書。亦即地主向佃農借錢以土地担保也。

【招牌 chio-pai】 店牌tiàm-pâi。掛～～koà～～⇨同上。老～～lāu～～⇨同上。

【招壻 chio-sài】 在父曰～～在女曰招夫chāi-hū oat～～chāi-lí oat chio-hu(ang)⇨同上。

【招募 chio-bō·】 ～～股東～～kó·-tong⇨同上。

【招脚 chio-kha】 招人chio-lâng。～～來凑股做商理～～lâi tàu-kó· chò(chòe) seng-lí⇨招人合股做生意。

【招領 chio-niá】 ～～失物～～sit-but⇨同上。

【招親 chio-chhin】 劉備過江～～lâu-pī kòe-kang～～⇨三國演義故事。

【招人客 chio-lâng-kheh】 ～～～交關～～～kau-koan⇨招客交易。

【招子壻 chio-kiáⁿ-sài】 阿久伯仔抡～～～a-kú peh-á teh～～～⇨阿久伯在爲女招夫。

【招保險 chio-pó-hiám】 保險公司的勸募員。阿義抡～～～a-gī teh～～～阿義在做保險勸誘員。

【招做陣 chio-chò(chòe)-tīn】 招在一起。～～～較有伴～～～khah-ū-phoāⁿ⇨大家相約會在一起較熱鬧。

【招會仔 chio-hōe-á】 標會～～～做某本～～～chò(chòe)-bó·-pún⇨招會來做娶妻的本錢。

【招歸陣 chio-kui-tīn】 會合成羣。～～～抡滾地龍～～～teh kún-tē-liông⇨會合成羣在

滾鬧。

【招入娶出 chio-jip-chhoā-chhut】 名儀是招夫，其實是出嫁入夫家。因女方的獨生女，唯一傳祀人，因此名儀上招入，至有子女傳承女家，即可娶回男家。

【招軍買馬 chio-kun-bé-bé】 古時是～～～～做大王～～～～chò(chòe) tāi-ông。而今是凡有所作爲而預作準備曰～～～～。

【招嫁由在你 chio-kè-iû chāi-lí】 猶公子仔掠查某，～～～～～siáu-kong-chú á liah-cha-bó͘～～～～～⇨猶公子擄掠良家女，要招要嫁都由你自己打算。猶公子siáu-kong-chú即戲台上扮演員外之子的小丑sió-thiú。其詞謂，你要嫁人我要共你娶，你要招人我要合你帶lí-boeh kè-lâng，goá-boeh kā-lí-chhoā，lí-boeh chio-lâng，goá-boeh kah-lí-toà ⇨ 同上。帶toà，住也。合你帶kah-lí-toà，謂入你家受招贅。

chio
# 蕉
芭蕉pa-chiau也。俗稱弓蕉kiong-chio或kin-chio，俗作芎蕉kiong-chio，keng-chio，kin-chio。亦叫香蕉hiang-chio。弓蕉好食雙頭蹺，一只無蹺眞孽誚kin-chio hó-chiah siang-thâu-khiau, chit-jí bô-khiau chin giat-siâu⇨童謠。

【蕉農 chio-lông】 種植芭蕉的農夫。十萬～～sip-bān～～⇨當年盛時(第一次大戰後)中南台灣滿山滿野皆弓蕉。農夫數通稱十萬。

【蕉蟲 chio-thâng】 ㊀弓蕉的寄生蟲。主要爲象鼻蟲chhiūⁿ-pīⁿ-thâng。㊁食蕉農血汗的人蟲。乎～～食了了hō͘～～chiah-liáu-liáu⇨利益皆被吃掉了。

chio
# 椒
胡椒hô͘-chio也。亦即黐椒hiam-chio或作番椒hoan-chio。胡～蒜頭hô͘～soàn-thâu⇨皆辛味料。

【椒房 chio-pâng】 chiau-pông。皇后所居的宮殿。以椒和泥塗壁，取其有芳香而多子故也。～～之親～～chi-chhin⇨皇后之親屬。

chió
# 少
不多也。䝼～chē～⇨多少to-siáu。嫌無，無嫌～hiâm-bô, bô-hiâm～⇨有即可也，不多沒關係。有減較～去ū-kiám khah～khì(ì) ⇨減去了若干。無較～bô-khah～⇨沒有減少。超～也道有夠也chiau～ā tō-ū-kàu-ā⇨很少就夠了。

【少人 chió-lâng】 人少lâng-chió。人不多。～～食～～chiah⇨食口sit-kháu不多。家族少。～～講～～kóng⇨很少人提到。～～敢～～káⁿ⇨很少人敢於如何如何。加人加業，～～摺疊ke-lâng ke-giap，～～siap-tiap⇨人增加業亦增加，人少比較好辦。謂子女少，做父母者比較輕鬆khin-sang。業giap指業障giap-chiàng業命giap-miā，亦則勞碌命lô-lok-miā。

【少利 chió-lāi】 利息少。伊提眞～i theh chin～～⇨他收很便宜的利子。

【少缺 chió-khoeh(kheh)】 太多thāi-to。無稀罕bô-hi-hán。彼款物件～～滿四界也hit-khoán mih-kiāⁿ～～moá-sì-kè-à⇨那種東西太多了，到處有的是。～～人表兄妹拎結婚的～～lâng piáu-hiaⁿ-moāi(mūi) teh kiat-hun-ê⇨很多很多表兄妹結婚的。

【少歲 chió-hòe(hè)】 年歲少。阿明較～～阿德較䝼歲a-bêng khah～～，a-tek khah-chē(chōe)-hòe(hè)⇨阿明較年輕，阿德較年老。猶～～爾iáu～～leh⇨年紀還少。

【少話 chió-ōe】 很少說話。寡言koáⁿ-giân(gân)。阿花較～～未像阿月許爾厚話a-hoe khah～～，bē(bōe)-chhiūⁿ a-goat hiah-ni kāu-ōe⇨阿花比較沈默寡言，不像阿月那麼多嘴。

【少算 chió-sǹg】 減少。～～三元～～saⁿ-kho͘⇨減少三元。㊀好意減收。㊁錯誤算少。熟儕人～～是有，敢有加算的sek-sāi-lâng～～sī-ū，kám-ū ke-sǹg-ê⇨熟人嗎，少算是有的，豈有加算之理呢。

【少少仔 chió-chió-à】 很少數。～～～耳，無外夠～～～niâ，bô-goā-chē(chōe)⇨很少很少。不多。

【少頭嘴 chió-thâu-chhùi】 小家庭。人較少。～～～逐項較省～～～tak-hāng khah-séⁿ(séng)⇨人口少，各項開支均可省。

chiò
醮 祭也。僧道設壇祈禱也。做～chò(chòe)～⇨同上。做平安～chò(chòe) pêng-an～⇨辦理祈求平安的醮。做水～chò(chòe) chúi～⇨祈求水災平安或祭水死者。

【醮榜 chiò-pńg】 做醮費用捐獻名單。～～貼出來也～～tah-chhut-lâi-ā⇨捐獻人名貼出來了。

【醮壇 chiò-toāⁿ】 做醮的祭壇。於抄結～～也tī-teh kat～～ā⇨在開始裝飾醮壇了。

chiò
照 日光也。光線所射也。鑑鏡也。圖形也。憑證也。通知也。日月所～jı̍t-goa̍t só·(sé)～⇨同上。慈光普～chû-kong phó·⇨同上。攬鏡自～lám-kiàⁿ chū～⇨同上。寫～siá～⇨同上。玉～gio̍k～⇨同上。近～kīn～⇨同上。執～chip～⇨同上。護～hō·～⇨同上。發～hoat～⇨同上。又照chiàu (chiau部)。

【照日 chiò-jı̍t】 浴日光ek-jı̍t-kong。西～～sai～～斜陽射目。猴精～～kâu-chiaⁿ～～⇨猴浴太陽光，喻窮得無衣可穿。

【照相 chiò-siàng(siòng)】 ～～舘～～koán⇨同上。相siàng亦作像siàng。

【照影 chiò-iáⁿ】 ～～於水底～～tī chúi-té⇨影映在水中。

【照鏡 chiò-kiàⁿ】 攬鏡自照。查某囝仔愛～～cha-bó·-gín-á ài～～⇨女孩子喜歡照鏡。又喻自省。家己該～～看覓抄ka-lī(kī,tī) ài～～ khoàⁿ-bāi-leh⇨自己應該照鏡看看尊容如何(反身自省自省)。

【照身鏡 chiò-sin-kiàⁿ】 入棺時放在屍身上的小鏡。

【照海燈 chiò-hái-teng】 探照燈thàm-chiàu-teng。

# chioh

chioh
借 貸也。暫取於人曰借chioh，暫假他人曰貸tāi。有～有還，再～不難ū～ū-hân，chài～put-lān⇨同上。秧扱的，牛～的，有刈，無煞ng-khioh-ê，gû～ê，ū-koah，bô-soah⇨稻苗是拾得的，牛是借用的，有成果就收割之，無成果便算了。謂免本的事不妨一試。共人～道該還kā-lâng～tō-āi-hêng⇨向人借必須退還。不當～荊州煞要佔荊州m̄-thang～keng-chiu soah-boeh chiàm-keng-chiu⇨不可學劉備借荊州竟要佔有荊州。暫～chiām～⇨臨時借用。假～kē～⇨㈠六書之一，本無其字，依聲託事，令，長是也。㈡借。

【借人 chioh-lâng】 ㈠調借人員。～～來湊脚手～～lâi tàu-kha-chhiú⇨借人來協助。㈡借給別人。錢～～chîⁿ～～⇨貸款給人。～～死不～～生～～sí m̄～～seⁿ(siⁿ)⇨謂自己的地方(家)可以借人死，不可以借人生子。蓋認爲死者將留下遺福，生者將帶走福氣也。

【借刀 chioh-to】 ～～殺人～～sat-jîn⇨假他人之刀（手）殺人以達目的的奸計。～～企磨借牛貪掛～～khiā-boâ，chioh-gû tham-koà⇨喻他人之物不加珍惜。企磨khiā-boâ立而磨。刀應該平磨，立磨反使刀不利亦損刀。貪掛tham-koà，謂拖長犂田的時間使牛不能休息。

【借主 chioh-chú】 ～～不肯還～～m̄-khéng-hêng⇨惡借主也。

【借用 chioh-iōng(iēng)】 暫時～～的chiām-sī～～ê⇨同上。會使得～～抄未ē-sái-tit～～leh bē⇨可不可以借用一下。

【借叫 chioh-kiò】 非同姓同宗而使用親屬關係的稱呼，例如阿姑a-ko·，阿妗a-kīm等，叫得宛如親屬者。許～～的耳he～～ê niâ⇨那不過是借叫的而已。

【借字 chioh-jī】 借錢的證書。有企ū-khiā～～⇨立有借錢證書。

【借企 chioh-khiā】 借住chioh-chū。～～於阮阿姑許～～tī goán a-ko·-hia⇨借住在我們姑媽那邊。

【借來 chioh-lâi】 ～～看～～khoàⁿ⇨同上。～～借去～～chioh-khì⇨同上。

【借送 chioh-sàng】 在正式結婚前，先迎未婚妻來爲父母送喪。～～娶～～chhoā⇨因而順便舉行結婚，各項禮節都可從簡。

【借款 chioh-khoán】 借大錢。～～交涉～～kau-siap⇨同上。

【借問 chioh-mn̄g】 請問chhiáⁿ-mn̄g。～～扵酒家於佗位～～leh，chiú-ka tī to(ta)-ūi⇨借問酒家何處有。

【借條 chioh-tiâu】 借字之簡單者。～～是有，但是無證人～～sī-ū，tāⁿ-sī bô-chèng-jîn⇨同上。

【借路 chioh-lō·】 假道ké-tō。～～滅趙～～biat-tiō⇨同上。

【借錢 chioh-chîⁿ】 ～～行利是天公地道的～～kiâⁿ-lāi sī thian-kong-tē-tō-ê⇨借錢支付利息是公道的。～～一樣面討錢一樣面～～chit-iūⁿ-bīn，thó-chîⁿ chit-iūⁿ-bīn⇨謂向人請借時是佛祖的慈悲面，被追討時是閻王面。

【借嘴 chioh-chhùi】 日常的口頭上的禮尙往來。不必有其意，但有其詞爲妙的招呼也。逐個～～扵有啦tak-ê～～leh ū-lâ⇨彼此招呼招呼是有的。個都連～～扵耳，道未堪得也in to liân～～leh niâ，tō bē-kham-tit-â⇨他們是口頭上的招呼也不肯招呼了。

【借過扵 chioh-kòe(kè)-leh】 通過他人住家內非通路的致歉詞。拜託～～～pài-thok～～～⇨請讓我通過此地。

**chioh 績** 紡績pháng-chek也。緝也。緝綿爲被phōe也。綿～被mî～phōe⇨綿被mî-phōe。綿～mî～⇨如綿被者，其大小片端亦曰綿績mî-chioh。俗或作積，非也。積，衣裙之褶也。

**chioh 熗** 乾也。曝也。取暖曰熗chioh。同晴chioh。落霜有日～烏寒死無藥loh-sng ū-jit～，o·-koāⁿ-sí bô-ioh⇨下霜天還有日光取暖，烏雲密布的寒天，冷死也沒藥可醫。

【熗火 chioh-hóe(hé)】 向火取暖。烘火hang-hóe(hé)。逐家扵灶脚～～tak-ê tī chàu-kha～～⇨大家在厨房烘火hang-hóe(hé)。

【熗日 chioh-jit】 向日光取暖。晒太陽sài-thài-iâng。十二月天～～上好也chap-jī-goeh-thiⁿ～～siāng-hó-â⇨寒冷天晒太陽最好了。

【熗燒 chioh-sio】 取暖。烘燒hang-sio。逐個先～～扵tak-ê seng～～leh⇨大家先來暖一暖罷。

**chioh 石** 岩石也。岩石之大小塊也（見sek部）。大～小～toā～sió～⇨大粒～細粒～toā-liap～sè(sòe)-liap～⇨大石小石。砂～仔soa～á⇨工程用之中小石子。鵝卵～gô-nn̄g～⇨鵝卵形之小石。岩～gâm～⇨地殼之一部份。璇～soān～⇨璿～soān～⇨金剛～kim-kong～⇨同上。火～hóe(hé)～⇨打火石。脚踏～kha-tah～⇨貼高以免脚着水的石片。有心打～，～成穿ū-sim phah～，～chiâⁿ-chhng⇨有心打石，則石亦可穿孔。又衡量之名。十斗爲一～chap-táu ûi chit～⇨同上。阿花若娶會着，九斗較贏一～a-hoe nā chhoā-ē-tioh，káu-táu khah-iâⁿ chit～⇨謂若能夠娶得阿花爲妻，是最上的幸運了。

【石工 chioh-kang】 石匠sek-chhiāng。拍石工phah-chioh-kang。近來～～較少也kīn-lâi～～khah-chió-â⇨近來石工較少了。

【石女 chioh-lí(lú)】 不能人道之女人。

【石仔 chioh-á】 小石子。大石也該～～拱toā-chioh â-āi～～kēng⇨大石亦需要小石子貼住其安定。謂大人物也需要小人物的支持。

【石灰 chioh-hoe】 抹壁的～～boah-piah

ê～～⇨同上。

【石竹 chioh-tek】 草花名。

【石車 chioh-chhia】 古糖廍thn̂g-phō͘的甘蔗kam-chiā壓榨ap-chà器。鴨卵塞～～ah-nng that(sat)～～⇨把鴨蛋送入石車壓榨ap-chà。謂無夠食bô-kàu-chiah或無夠看bô-kàu-khoàⁿ，意即不是對手。

【石坊 chioh-hng(hong)】 表揚善行美德的牌樓。

【石角 chiok-kak】 ㊀大石之尖角。㊁碎石chhùi-chioh。亦曰石頭角仔chioh-thâu-kak-á。

【石坎 chioh-khám】 石階sek-kai。～～仔更迫起去道是也～～á koh peh-khí-khì(ì) tō-sī-ā⇨石階再爬上去就到了。

【石兵 chioh-peng】 一種淡水小魚名。攻～～kòng～～⇨捉石兵的方法。以長網圍之，然後亂投石子驚動之，迫其逃入網中。

【石佛 chioh-put(hut)】 石刻佛像。

【石囟 chioh-sìn】 囟因嬰兒長大而固定不再動者。

【石枕 chioh-chím】 棺中的枕頭。睏～～khùn～～⇨睡石棺。喻死。

【石虎 chioh-hó͘】 ㊀山猫soaⁿ-niau。㊁蜥蜴sek-ek，亦曰守宮siú-kiong：亦卽壁虎piah-hó͘。

【石花 chioh-hoe】 亦卽～～菜～～chhài。俗稱菜燕chhài-iàn。

【石油chioh-iû】 俗稱水油chúi-iû。～～水油火油 ～～ chúi-iû hóe-iû⇨石油卽水油，點燈油也。火油乃花生油，食用者也。蓋水油未來之前，花生油亦用於點燈也。

【石板 chioh-pán】 庭是鋪～～的tiâⁿ sī pho͘～～ê⇨同上。

【石版 chioh-pán】 印刷法之一。～～印刷～～ìn-soat⇨同上。

【石枋 chioh-pang】 同石板chioh-pán。牛屎龜扛～～gû-sái-ku kng～～⇨謂根本不可能。

【石砂 chioh-gîm】 門前的小石階。～～仔～～á⇨同上。

【石英 chioh-eng】 鑛物名。

【石界 chioh-kài】 立石爲界lıp-sek-ûi-kài。

【石重 chioh-tāng】 船底的石頭，保持船隻重心tiōng-sim之穩定ún-tēng者。

【石洞 chioh-tōng】 石穴。

【石炭 chioh-thoàⁿ】 煤bôe, mûi。煤炭bôe(mûi)-thoàⁿ。

【石珠 chioh-chu】 大柱之基石。

【石崁 chioh-khàm】 崖gâi，斷崖toān-gâi。大～～toā～～⇨大斷崖tāi-toān-gâi。

【石坍 chioh-pà(phoh)】 防水堤hông-chúi-thê。造～～chō～～⇨同上。垻pà，壩pà的簡寫。

【石基 chioh-ki】 牆壁的基層。～～跤～～kho⇨～～底～～té。

【石笟 chioh-kô】 以竹篾tek-bıh束石曰笟kô，以竹篾及竹片從橫編成圍圈，放入水流中，然後實以石子，古時灌漑或造橋等土木工程，廣泛用之，現在改以鐵絲線爲之，取名曰蛇籠siâ-láng者是也。蛇籠siâ-láng或曰choâ-láng，實本自日文蛇籠jakago。

【石條 chioh-tiâu】 sek-tiâu。長方形的切石chhiat-chioh。鋪～～做橋pho͘～～chò(chòe) kiô⇨同上。

【石梯 chioh-thui】 石階sek-kai。迵～～peh～～⇨登石梯。

【石斑 chioh-pan】 魚名。

【石牌 chioh-pâi】 告示牌kò-sī-pâi。曷未企～～去展寶ah-bē khiā～～khì tián-pó⇨何不立石牌去廣告。展寶tián-pó展示珍寶，誇示己長。

【石筆 chioh-pıt】 ㊀墓爲筆形的裝飾柱。㊁寫字用的特種筆。石盤～～chioh-poâⁿ～～⇨

古時學生寫字用的兩件重要東西。石盤當紙，寫了可以抹消自寫。

【石窟 chioh-khut】 石穴sek-hiat。石洞chioh-tōng。

【石鼓 chioh-kó͘】 鼓形之石。大石。大～～toā～～⇨大石tāi-sek。

【石碑 chioh-pi】 紀念碑kí-liām-pi。企～～做記念khiā～～chō(chòe) kì-liām⇨同上。

【石獅 chioh-sai】 拍～～phah～～⇨彫刻tiau-khek 石獅子。～～ 亦驚人告 ～～ iah kiaⁿ-lâng-kò⇨石獅子也怕打官司。石獅chioh-sai喻官員，蓋古衙門前皆立有石獅。～～亦畏人抵臍～～iah ùi-lâng tú-châi⇨強者亦怕人抵抗。抵臍tú-châi爲一種遊戲，兩人相對，各以臍合挾一長棒，放手出力相抵是也。用別人的拳頭母掙～～iōng pat-lâng ê kûn-thâu bó(bú) cheng～～⇨以別人的手打石獅。喻假他力用事，以成收其利，敗亦不痛。

【石塔 chioh-thah】 石材所建之塔。

【石膏 chioh-ko】 藥品名。降熱劑，亦爲做豆腐不可缺之觸媒。

【石墩 chioh-tún】 小石平台，可爲椅子坐者。金墩～～kim-tún～～⇨同上。

【石像 chioh-siōng】 悎人的～～gâu-lâng ê～～⇨賢人hiân-jîn的石像。

【石墨 chioh-bak】 石盤用的白墨。練寫字用者。

【石盤 chioh-poâⁿ】 練字用的小道具。以石筆寫之。大～～toā～～⇨古時搾油用的道具。

【石線 chioh-soàⁿ】 暗礁àm-chiau。

【石磨 chioh-bō】 磨粉boâ-hún的小道具。燈心未挌得～～teng-sim bē(bōe)-keh-tit～～⇨燈心鬪不過石磨，喻小不能抗大。～～也心～～á-sim⇨石磨由兩片約三寸厚尺米徑之圓石板所成，中間有一鐵心，下板固定，上板有～～仔手～～á-chhiú，拉動之卽以鐵心爲中心而旋轉。將我扲做～～也心chiang(chiong)-goá teh-chō(chòe)～～á-sim⇨謂把我挾在中間折磨。

【石墻 chioh-chhiûⁿ】 圍～～ûi～～⇨同上。

【石橋 chioh-kiô】 ～～竹橋～～tek-kiô⇨同上。

【石壁 chioh-piah】 崖gâi，斷崖toān-gâi。過彼站～～較僫kòe hit-chām～～khah-bái⇨要通過那一段斷崖較困難。

【石頭 chioh-thâu】 石之總稱。～～仔～～á⇨小石。～～米仔～～bí-á⇨米粒大的細沙。～～粒仔～～liap-á⇨較大的沙石soa-chioh。～～公～～kong⇨大石。有當神而拜者。～～埔～～po͘⇨溪埔khe-po͘，河邊地。～～山仔～～soaⁿ-á⇨小石山。～～孔～～khang⇨石穴sek-hiat, chioh-hiat。～～堆～～tui⇨群石堆。

【石燭 chioh-chek】 燭台形的石塊。又石燈籠。

【石決明 chioh-koat-bêng】 中藥名。

【石舂臼 chioh-cheng-khū】 石臼sek-kiū。大水未流得～～～toā-chúi bē(bōe)-lâu-tit～～～⇨山洪流不動石臼。喻立場基礎安固。

【石將軍 chioh-chiong-kun】 墓前兩旁的石人像。

【石棺柴 chioh-koaⁿ-chhâ】 石棺sek-koan。柴chhâ或應作材chhâi。

【石敢當 chioh-kám-tong】 路旁的避邪石碑，刻有石敢當三字。

【石跳仔 chioh-thiàu-á】 鋪在濕地上的跳石。跳～～～thiàu～～～⇨跳渡而通過石跳仔。

【石橋仔 chioh-kiāu-á】 ㊀鰻的一種。小於鱸鰻lô͘-moâ，體有斑紋。㊁喻小流氓。意謂小於鱸鰻。鱸鰻lô͘-moâ與流氓liû-bâng諧意。流氓liû-bâng亦卽流氓lô͘-moâⁿ也。

## chiō 就

就是chiū-sī也，亦曰就是chiō-sī。

# chiok

**chiok 祝** 祈求也。謝天地也。慶～元宵kheng～goân-siau⇨同上。預～成功ī～sêng-kong⇨同上。廟～biō～⇨廟主，香火管理人。

【祝告 chiok-kò】 ～～天地～～thian-tē⇨同上。

【祝賀 chiok-hō】 ～～會～～hōe⇨同上。

【祝詞 chiok-sû】 祈禱文，稱頌他人的言詞。眞多人講～～chin-chē(chōe)-lông kóng～～⇨很多人致祝詞。

【祝福 chiok-hok】 求神賜福。祈求快樂。受牧師的～～siū-bo̍k-su ê～～⇨同上。～～世界和平～～sè-kài hô-pêng⇨。祈求世界和平。

【祝電 chiok-tiān】 拍～～去賀喜phah～～khì hō-hí⇨同上。

【祝嘏 chiok-ká(kó͘)】 祝壽。賀壽。

【祝壽 chiok-siū】 賀壽hō-siū。共老人～～kā-lāu-lâng～～⇨同上。

【祝融 chiok-iông】 火神。

**chiok 妁** 媒bôe,mûi也。奉父母之命，媒～之言hōng hū-bó͘-chi-bēng, bôe(mûi)～chi-giân⇨舊時代的婚姻的主要原因(見chiak部)。

**chiok 酌** 盛酒行觴也。又擇善而取也。對～tùi～⇨對飲。獨～to̍k～⇨自飲。晚～boán～⇨每晚必進若干杯。斟～損益進盡忠言chîm～sún-ek,chìn-chīn tiong-giân⇨前出師表(見chiak部)。

【酌加 chiok-ka】 chiak-ka。～～手續費～～chhiú sio̍k-hùi⇨同上。

【酌收 chiok-siu】 chiak-siū。～～工本費～～kang-pún-hùi⇨同上。

【酌情 chiok-chêng】 chiak-chêng。審視情況。～～辦理～～pān-lí⇨看情形辦事。

【酌婦 chiak-hū】 日文shakuhu，陪酒侍寢的妓女。～～藝妲～～gē-toà$^{n}$⇨可以同衾的藝妲。問阮～～抑藝妲，北琶加阮舉來彈mn̄g-goán～～a̍h gē-toà$^{n}$,pak-pê kā-goan giâ-lâi-toâ$^{n}$⇨酌婦歌。

【酌量 chiok-liōng】 chiak-liāng。斟酌數量輕重。～～有夠道可～～ū-kàu tō-hó⇨看看夠了就可以。

**chiok 芍** 花名，即芍藥chiok-io̍k或chiak-ia̍k。牡丹～藥bó͘-tan～io̍k(ia̍k)⇨同上。

**chiok 足** 脚kha也。滿也，無所欠缺曰足chiok。兄弟如手～heng-tē jî(jû) siú～⇨同上。學然後知不～ha̍k jiân-hō͘ ti put～⇨學無止境。人苦不自～，得隴復望蜀jîn khó͘ put-chū～，tek-lóng ho̍k bōng sio̍k⇨光武帝劉秀言。衣食～而知禮節，倉稟滿而知榮辱i-si̍t～jî ti lé-chiat,chhong-lím-boán jî ti êng-jio̍k⇨管仲言。比上不～，比下有餘pí-siāng(siōng) put～，pí-hā(hē) iú-î⇨同上。二斤～nn̄g-kin(kun)～⇨滿兩斤。三歲～sa$^{n}$-hòe(hè)～⇨滿三歲了。十～si̍p～⇨十分。

【足下 chiok-hē(hā)】 稱人之尊詞。悲乎～～pi-hō～～⇨晉文公哀介之推。～～差矣～～chha-î⇨先生你錯了。

【足月 chiok-go̍eh】 懷胎已夠十月。得未～～也tit-boeh～～à⇨快要滿十個月了。得未tit-boeh→tit-beh→te-be⇨快要。

【足用 chiok-iōng】 夠用kàu-iōng。一萬二人～～也chit-bān nn̄g-lâng～～ā⇨一萬兩千個人夠了。

【足本 chiok-pún】 ～～大字～～toā-jī⇨書商的宣傳文句。謂册數足字體大。

【足成 chiok-siâ$^{n}$】 金銀等的成份十足。～～金～～kim⇨純金。～～銀～～gîn⇨純銀。

【足足 chiok-chiok】 ～～二四小時～～jī-sì-sió-sî⇨十足廿四小時之久。～～一百圓

～～chıt-pah-oân⇨整一百元。

【足見 chiok-kiàn】 可見khó-kiàn。～～伊並無歹意～～i pēng-bô pháiⁿ ì⇨可見他並非惡意。～～即張是假的～～chit-tiuⁿ sī ké-ê⇨可見此一張是僞的。

【足金 chiok-kim】 純金sûn-kim。九九九～～kiú-kiú-kiú～～二千分之九九九的純金。

【足眠 chiok-bîn】 睡得十分夠。睏無～～khùn bô～～⇨睡得不夠飽。

【足夠 chiok-kàu】 充足chhiong-chiok。～～一世人的食用也～～chıt-sì-lâng-ê-chiah-iōng-ā⇨充分可供爲終身的生活費用了。

【足球 chiok-kiû】 一種球類運動。脚球kha-kiû。

【足跡 chiok-chek】 脚跡kha-jiah。～～滿天下～～boán-thian-hē(hā)⇨走遍天下了。

【足意 chiok-ì】 意足ì-chiok，滿足boán-chiok。加倍賠你更還猶無～～哩ka-pōe pôe-lí koh-hoân-iáu bô～～lih⇨雙倍賠你竟還是不滿意呢。

【足數 chiok-sò͘】 數量不缺。～～兌現～～tôe-hiān⇨十足兌換現款。

【足額 chiok-giah】 夠額kàu-giah。數量十足。

【足鏡的 chiok-kiàⁿ-ê】 非常明敏。

【足食豐衣 chiok-sıt-hong-i】 ～～～～的生活～～～～ê seng-oah⇨不虞匱乏也。

【足智多謀 chiok-tì-to-bô͘】 ～～～～的大將～～～～ê tāi-chiàng⇨有腦筋的將領。

chiok
**爵**
禮器也。封位名稱也。有公侯伯子男五等～位ū kong,hô͘,phek,chú,lâm gō͘-téng～ūi⇨同上。

【爵主 chiok-chú】 chiak chú。貴族的尊稱。小～～sió～～⇨其子弟的尊稱。

【爵位 chiok-ūi】 chiak-ui。～～有五等～～ū gō͘-téng⇨爵位分類等級。

【爵爺 chiok-iâ】 chiak-iâ。有爵位者的尊稱。

【爵祿 chiok-lok】 chiak-lok。爵位所受的俸祿。

chiok
**促**
催迫chhui pek也(見chhiok部)。

## chiong

chiong
**章**
章chiang也（見chiang部）。

chiong
**終**
極也。結局也。死曰終chiong。婦怨無～hū-oàn bû～⇨女人永遠抱怨。有始有～iúsí-iú～⇨始終如一。小人曰死君子曰～siáu-jîn oat-sí(sú)，kun-chú oat～⇨小人之死曰死sí，君子之死曰終chiong。壽～siū～⇨死了。善～siān～⇨不是凶死。善惡～有報，來早與來遲siān-ok～iú-pō，lâi-chá í lâi-tî⇨因果報應之必然性。年～歲暮liân～sòe-bō͘⇨年底。始～如一sí～jî(jû)-it⇨頭尾攏仝款。狗命該～káu-miā～kai～⇨即該死的時候。怙～無奈ko͘～bû-nāi⇨無奈何。

【終止 chiong-chí】 停止。～～契約～～khè-iak(iok)⇨契約無效。

【終日 chiong-jıt】 整天chéng-thian。～～無所事事～～bû-sé(só͘)-sū-sū⇨整天無事可爲。

【終年 chiong-nî】 全年choân-nî。～～終月～～chiong-goeh⇨一年三百六十五日。～～透天～～thàu-thiⁿ⇨全年，一年三百六十五日。

【終局 chiong-kiok】 結局kiat-kiok。～～也是你該負責～～ā-sī lí āi-hū-chek⇨結局還是你須負責。

【終身 chiong-sin】 一生。～～大事～～tāi-sū⇨婚姻問題。一日爲師～～爲父 it-jıt ûi-su,～～ūi-hū⇨謂雖短時間的老師也須一生尊敬之如己父。～～遊四海，到處不求人～～

iû-sù-hâi,tò-chhí (chhú) put-kiû-jîn⇨謂有一藝在手，一生獨來獨往，到處都可以獨立生活。

【終夜 chiong-iā】 終日～～無好歇困chiong-ji̍t～～bô-hó-hioh-khùn⇨一日一夜無法休息。

【終站 chiong-chām】 末端的車站。亦終點chiong-tiám。人生行到～～也jîn-seng kiâⁿ-kā～～ā⇨人生跑到終點了。

【終點 chiong-tiám】 末尾boa̍t-bóe。終站chiong-chām。人生的～～jîn-seng ê～～⇨死。車路的～～chhia-lō͘ ê～～⇨終站。

【終歸 chiong-kui】 結局。～～是家己的父母～～ sī ka-tī(kī,lī) ê pē bó(bú)⇨到底是自己的父母。老父的財產～～是您的lāu-pē ê châi-sán～～sī lín-ê⇨父產結果是你們的。

chiong
# 鍾
酒器也，又聚也，專一也。龍～liông～⇨年老立不定也。

【鍾山 chiong-san】 山名。南京的紫金山chí-kim-san。

【鍾情 chiong-chêng】 凝集情愛。一見～～it-kiàn～～⇨一眼就愛上了。

【鍾馗 chiong-kûi】 辟鬼的神，據稱是唐朝的進士，容貌奇醜，以致皇后拒絕爲他簪花。～～掠鬼～～lia̍h-kúi⇨份內之事或輕而易舉。～～嫁妹～～kè-moāi⇨戲齣名。

【鍾愛 chiong-ài】 集中愛情。得着父母的～～tit-tio̍h pē-bó(bú) ê～～⇨父母置蔭。

【鍾乳石 chiong-leng-chio̍h】 一種礦物質。倒吊於石灰洞內，甚是美觀。此種石灰洞亦稱鍾乳洞chiong-leng-tōng，鍾乳chiong-leng亦作鐘乳chiong-leng。

【鍾鼎山林 chiong-téng-san-lîm】 在朝在野的人士。鍾鼎chiong-téng爲廟堂用的器具。山林san-lim爲隱士所居。

chiong
# 將
將chiang也 (見chiang部)。

chiong
# 种
此等也。此也。稱的程的chiong-ê hiong-ê⇨此等東西，彼等東西。亦曰chióng-ê hiòng-ê。可能是否即樣chit-iōng及彼樣hit-iōng所轉之化者。

chióng
# 種
同種chéng (見cheng部)。同文同～tông-bûn-tông～⇨使用同一文字的同種民族。人～jîn～⇨人類的種別。各～事情kok～sū-chêng⇨同上。即～事chit～sū⇨此種事。

【種子 chióng-chú】 種子chéng-chí。～～隊～～tūi⇨最基層的班隊。

【種門 chióng-mn̂g】 種類，佗一～～的人to-chi̍t～～ê lâng⇨何方神仙。

【種族 chióng-cho̍k】 民族，家族。人類有幾仔～～jîn-lūi ū kui-á～～⇨人類有好幾個種族。彼～～仔攏是安爾hit～á lóng-sī an-ne(ni)⇨那一家人都是如此。

【種種 chióng-chióng】 各種。以前～～譬如昨日死以後～～譬如今日生i-chiân～～phì-jî cho̍k-ji̍t-sú, i-hō͘～～phì-jî kim-ji̍t seng⇨謂過去的諸事譬如昨日都死了，不要再後悔，將來的諸事譬如今天新生的，必須珍重好好照顧以免再後悔。～～原因～～goân-in⇨很多原因。～～困難～～khùn-lân⇨諸多困難。

【種類 chióng-lūi】 種chióng-，類lūi。～～甚多～～sīm-to⇨很多種。很多類。

chiòng
# 將
將chiàng也 (見chiang部)。

chiòng
# 衆
同衆chèng (見cheng部)。公～kong～⇨大衆。民～bîn～⇨人民公衆。大～tāi～⇨大多數的公衆。譁～取寵hoâ～chhí(chhú)-thióng⇨利用群衆取得寵愛。犒～khò～⇨祭拜無緣的鬼魂。

【衆人 chiòng-jîn】 衆人chèng-lâng。～～皆醉吾獨醒～～kai-chùi gô͘ to̍k-séng⇨只有我一個人醒著。～～惡～～ò͘⇨人皆憎恨之。

～～恨～～hīn⇨人皆恨之。～～妻～～chhe⇨衆人某chèng-lâng-bó͘⇨指娼妓。

【衆口 chiòng-khó͘(kháu)】 ～～鑠金～～siok-kim⇨衆口可以鎔解金塊。喻人言之可怕。～～同音～～tông-im⇨～～一辭～～it-sû⇨異口同聲ī-kháu(khió)-tông-seng。～～難消寸水無魚～～lân-siau,chhùn-súi bû-gî⇨人言無法消滅，寸水無法養魚。

【衆生 chiòng-seng】 佛家語。包括人的有生命者。普度～～phó͘-tō～～⇨普救衆生。～～相～～siàng⇨佛家以我相gó͘-siàng，人相jîn-siàng，衆生相chiòng-seng-siàng，壽命相siū-miā-siàng爲四相sù-siàng。

【衆軍 chiòng-kun】 ～～殺人罪歸主帥～～sat-jîn,chōe kui chú-sòe⇨士兵殺人，主帥負有責任。

【衆神 chiòng-sîn】 諸神chu-sîn。～～歸山～～kui-san⇨各歸各自的管區。

【衆鳥 chiòng-chiáu】 ～～要食番仔通的粟～～boeh-chia̍h hoan-á-thong ê chhek⇨謂大家欺負良善之人。番仔通hoan-á thong據稱是一位很老實的農夫。～～討毛～～thó-mô(mn̂g)⇨債主齊來要債。

【衆寡 chiòng-koá$^{n}$】 ～～懸殊～～hiân-sû⇨多少(人數)相差太多。

【衆議 chiòng-gī】 諸多議論。～～紛紛～～hun-hun⇨大家的議論眞多。～～院～～ī$^{n}$⇨美國等西方民主國家國會的下院。～～員～～oân⇨下議院的議員。

【衆志成城 chiòng-chì-sêng-sêng】 ～～～～衆口鑠金～～～～chiòug-kháu(khió) siok-kim⇨喻衆志一到的力量之大。

**chiông 從** 隨也，順也。就也。自也。又南北曰從chiông。隨～人員sûi～jîn-oân⇨所有跟班兒的。順～父意sūn～hū-ì⇨孝之精義。侍～武官sī～bú-koa$^{n}$⇨總統之武裝侍衛人員。侍御僕～sī-gī-po̍k～⇨侍候族。言聽計～giân(gân)-thèng-kè～⇨最得老板的賞識。雲～龍風～虎，一人起，萬民睹hûn～liông, hong～hó,it-jîn-khí,bān-bîn-tò͘⇨古代領袖一皇帝的號召力。三～四德sam～sù-tek⇨古代女人的待遇。會省～省ē-sé$^{n}$～sé$^{n}$⇨可能省約則省約之。會省ē-sé$^{n}$(ōe-séng)。待遇～優thāi-gū～iu⇨招人廣告常用詞。內容～略lāi-iông～le̍k⇨同上。自～別後chū～pia̍t-hō͘(hiō)⇨書信常用詞。天～人願thian～jîn-goān⇨同上。禍～天降hō～thian-kàng⇨完全意外的災禍。人有善願，天必～之jîn-iú siān-goān,thian pit～chi⇨報應的鐵則。合～連橫ha̍p～liân-hêng⇨戰國時代之政治遊戲。

【從子 chiông-chú】 ㊀夫死～～hu-sí～～⇨三從之一。㊁自己兄弟之子。～～從女都是自己兄弟的子女～～chiông-lí(lú) to-sī chū-kí hia$^{n}$-tī ê chú-lí⇨就是侄仔chiū-sī ti̍t-á。

【從夫 chiông-hu】 出嫁～～chhut-kè～～⇨三從之一。

【從父 chiông-hū】 ㊀伯父叔父。㊁在厝～～chāi-chhù～～⇨在家～～chāi-ka～～。三從之一。

【從中 chiông-tiong】 ～～取利～～chhú-lī⇨利用機會，偷賺外快。～攝合～～liap-ha̍p⇨媒人的工作。

【從兄 chiông-heng】 俗稱叔伯兄chek-peh-hia$^{n}$。～～從弟～～chiông-tē⇨叔伯兄叔伯弟。

【從犯 chiông-hoān】 法律名詞。主犯～～chú-hoān～～⇨主謀者與隨從者。

【從此 chiông-chhú】 ～～斷路也～～tn̄g-lō͘-ā⇨自此絕交了。～～不敢更講要安怎安怎也～～m̄-ká$^{n}$ koh-kóng boeh-an-choá$^{n}$-an-choá$^{n}$-ā⇨自此時開始，不敢再說他要如何如何了。

【從吉 chiông-kiat】 從吉例辦理。喪服未除臨時易吉服。

【從戎 chiông-jiông】 從軍chiông-kun。投

筆～～tâu-pit～～⇨棄文就武khì-bûn-chiū-bú。

【從良 chiông-liâng(liông)】 娼妓廢業嫁人。擇夫～～tek-hu～～⇨選擇soán-tek佳婿ka-sài而嫁之為妻。

【從命 chiông-bēng】 服從命令。恭敬不如～～kiong-kèng put jî～～⇨解決客套的最好辦法。

【從者 chiông-chià】 僕從pok-chiông。食前方丈～～數百sit-chiân hong-tiāng,～～sò·-pah⇨生活豪華。

【從來 chiông-lâi】 自來chū-lâi。以前í-chêng。～～無人安爾～～bô-lâng an-ne(ni)⇨過去沒有人如此。～～不八抱病～～m̄-bat(pat) phoā-pēⁿ(pīⁿ)⇨以前未曾病過。～～不敢反抗～～m̄-káⁿ hoán-khòng⇨死忠也。～～所無的～～só·-bô-ê⇨前所未曾有的。

【從事 chiông-sū】 治事ti-sū,辦事pān-sū。青州～～chheng-chiu～～⇨古官名。又有好酒的意思。

【從政 chiông-chèng】 ～～黨員～～tóng-oân⇨有出路的黨棍。從商～～,各從所好chiông-siang～～kok-chiông sé(só·)-hòⁿ⇨人各有志也。

【從前 chiông-chiân】 以前,過去。～～道安爾也～～tō an-ne(ni)-a⇨以前就如此了。～～無人來過～～bô-lâng-lâi-kòe⇨以前沒人來過。

【從前 chiông-chêng】 同從前chiông-chiân。

【從軍 chiông-kun】 從戎chiông-jiông。～～記者～～kì-chiá⇨隨軍採訪的記者。

【從省 chiông-séⁿ(séng)】 刊仔兄開查某會省～～khan-á-hiaⁿ khai-cha-bó· ē-séⁿ～～⇨刊先生飲酒嫖妓,可以節省就免了罷。刊仔兄khan-á-hiaⁿ據說是一位極吝嗇的鄉下先生。

【從俗 chiông-siok】 循風俗習慣。～～較未費氣～～khah-bē(bōe) hùi-khì⇨從俗例較少麻煩。

【從容 chiông-iông】 ～～不迫～～put-pek⇨態度悠然不急。～～就義～～chiū-gī⇨從容受刑。

【從寬 chiong-khoan】 ～～解釋～～kái-sek⇨作較寬的解釋。

【從橫 chiông-hêng】 ～～天下～～thian he⇨同上。～～家～～ka⇨上九流之一。

【從優 chiông-iu】 ～～撫恤～～bú-sut⇨同上。待遇～～thāi-gū～～⇨給予最優待遇。

【從嚴 chiông-giâm】 從寬chiông-khoan之反。～～解釋～～kái-sek⇨同上。

【從今以後 chiông-kim-í-āu】 ～～～～道該細膩～～～～tō-ài sè(sòe)-jī⇨今後就該小心。～～～～道是翁某也～～～～tō-sī ang-bó·-à⇨現在開始就是夫妻了。

【從中作梗 chiong-tiông-chok-kéng(keng)】 在中間阻礙。有人～～～～ū-lâng～～～～⇨有人在中間製造障礙。梗kéng(keng),草木刺人。又阻塞也。又作梗chok-kéng,俗訛為創景chhòng-kéng。奚人創景的he lâng chhòng-kéng-ê⇨那是有人變孔pìⁿ-khang的。

【從長計議 chiông-tiâng(tiông)-kè-gī】 慢慢商量。即件事該～～～～藉好chit-kiāⁿ-sū ài～～～～chiah-hó⇨此一事,應該慢慢商量才好。

【從無失手 chiông-bô-sit-chhiú】 未嘗失手。～～～～不是蓋的～～～～m̄-sī-kài-ê⇨未嘗失手不是吹牛的。失手sit-chhiú亦可作失錯sit-chhò或差錯chha-chhò。

【從善如流 chiông-siān-jî-liû】 欣然接受好的意見。～～～～,實在眞有風度～～～～sit-chāi chin-ū hong-tō·⇨同上。

【從頭到尾 chiông-thâu-kàu-bóe】 自始自終。～～～～都是家己攬抡講～～～～to-sī ka-kī(lī,tī) lám-leh-kóng⇨自始至終自己包辦的說不停。

chiōng 狀 狀chōng也(見chong部)。

【狀元 chiōng-goân】 舊時科舉時代，進士第一名。廷試一甲第一名。一甲取三名，狀元之下有榜眼póng-gán探花thàm-hoa(hoe)是也。又上等的東西亦以狀元爲形容詞。較慘過中～～khah-chhám-kòe tiòng～～⇨比中狀元還嚴重。～～樓～～lâu⇨紀念某狀元或其自建的建築物。而今坊間以此爲名之茶樓酒肆不少。～～田～～chhân⇨最上等的水田。～～命～～miā⇨將來必中狀元或最上等之命運。～～子～～kiáⁿ⇨最幸運之子。～～價～～kè⇨無上的好價錢。較歹亦是～～骨khah-pháiⁿ iah-sī～～kut⇨謂壞是壞，還是好的東西，並非凡物可比。有～～學生無～～先生ū～～hak-seng bô～～sin-seⁿ(sian-siⁿ)⇨謂學生強於老師。青出於藍chheng chhut-î-lâm。漢女不入宮～～無滿仔中hàn-lí put-jip-kiong,～～bô boán-á-tiòng⇨漢女不入宮做后妃。滿人不能中狀元。據說是洪承疇投清的條件。

## chip

chip 執 捕罪人也。持也。固守也。掌理也，友也。固～～kò～⇨守一而不通融。偏～phian～⇨偏向。被～pī～⇨被捕。父～hū～⇨父之友。允～其中ún～kî-tiong⇨同上。

【執一 chip-it】 專一。固執。～～無失～～bû-sit⇨同上。～～不變～～put-piàn⇨同上。

【執友 chip-iú】 志同道合的好友。我的～～goá ê～～⇨同上。

【執中 chip-tiong】 採行中庸之道。允執其中ún-chip-kî-tiong。

【執行 chip-hêng】 ～～業務～～giap-bū⇨同上。～～委員～～úi-oân⇨同上。發監～～hoat-kaⁿ～～⇨送監執行其刑期。

【執拗 chip-áu】 固執。眞～～連聽人苦勸每不chin～～liân thiaⁿ-lâng khó-khǹg ma-m̄⇨非常的固執，連聽聽人家的勸告也不肯。

【執法 chip-hoat】 ～～甚嚴～～sīm-giâm⇨同上。

【執事 chip-sū】 爲人服務。其人。～～先生～～sian-seng⇨尊稱。例如書函中有此上～～先生，意即致執事先生轉呈。

【執政 chip-chèng】 掌握政權。其人。～～者～～chiá⇨同上。～～團～thoân⇨集體領導。

【執迷 chip-bê】 ～～不悟～～put-gō⇨同上。

【執紼 chip-hut】 會喪。～～者甚衆～～chiá sīm-chiòng⇨同上。紼hut，引棺索也。

【執訣 chip-koat】 堅守老法。頑固。眞～～不肯改變chin～～m̄-khéng kái-piàn⇨同上。

【執掌 chip-chiáng】 主持管理。～～江山～～kang-san⇨同上。～～全家產業～～choân-ka sán-giap⇨同上。

【執硬 chip-ngē】 採行強硬法。伊端仔要～～你都無法度不i tan-á boeh～～lí to bô-hoat-tō-m̄⇨他只是要強硬法。你(我們)全沒辦法嘛，不是嗎。

【執照 chip-chiàu】 證明，證書。行車～～hêng-chhia～～⇨同上。開業～～khai-giap～～⇨同上。

【執意 chip-ì】 一心一意。堅持kian-chhî。～～不肯～～m̄-khéng⇨堅持不肯。～～佅娶彼個～～boeh-chhoā hit-ê⇨一心一意要娶那一個做老婆。

【執癖 chip-phiah】 頑固性。固執也。伊都眞～～無佅聽人講i to chin～～bô-boeh thiaⁿ-lâng-kóng⇨他皆非常頑固，不聽人勸告。

【執牛耳 chip-ngiû-jí(ní)】 領導地位。執商界之牛耳chip-siang-kài chi ngiû-jí⇨同上。

領導商界。

【執死訣 chip-sí-koat】 同執訣chip-koat。

【執箕箒 chip-ki-chiú】 箕ki，畚箕pún-ki，箒chiú，掃箒sàu-chiú。願～～～goān～～～⇨願執賤役。願為妻妾。

chip
**㗱** 魚食也。入口曰咂chap（見chap部）。小飲曰㗱chip。徐飲以賞其味曰㗱chip。～一喙茶～chit-chhùi-tê⇨輕輕吸一小口茶。來～一杯安怎lâi～chi̍t-poe an-choáⁿ⇨來小飲一杯如何。云云也～ûn-ûn-á～⇨慢慢賞味。一喙仔一喙～藉知好chi̍t-chùi-á-chi̍t-chhùi ～chiah chai-hó⇨一口一口地慢慢喝，才知道其好處。

【㗱一下 chip-chi̍t-ē】 喝一杯。～～～若好你敢知～～～goā-hó lí-kam-chai⇨來一杯，如何之好你懂嗎。

chi̍p
**集** 群鳥在木上也。獨鳥曰止，群鳥曰集chi̍p。會也。聚也。又市也，部也。雜也。聚～chū～⇨集合chi̍p-ha̍p。趕～koáⁿ～⇨定期開市的所在。市～chhī～⇨市鎮。出版第一～chhut-pán tē-it～⇨同上。詩～si～⇨同上。

【集中 chi̍p-tiong】 集在一起。～～地點～～tē-tiám⇨同上。～～管理～～koán-lí⇨同上。～～買賣～～bé(bóe)-bē(bōe)⇨同上。

【集合 chi̍p-ha̍p】 會合。～～時間～～sî-kan⇨同上。

【集會 chi̍p-hōe】 言論～～的自由最尊貴giân-lūn～～ê chū-iû chòe chun-kùi⇨同上。～～所～～só⇨同上。

【集團 chi̍p-thoân】 同目的或同性質而集合的團體。～～軍～～kun⇨同上。～～生活～～seng-oa̍h⇨同上。

【集議 chi̍p-gī】 會議。衆人～～chèng-lâng～～⇨同上。

【集權 chi̍p-koân】 中央～～tiong-iang～～⇨地方分權tē-hong-hun-koân之反。

【集體 chi̍p-thé】 同集團chi̍p-thoân。～～行動～～hēng-tōng⇨同上。～～創作～～chhòng-chok⇨同上。

【集中營 chi̍p-tiong-iâⁿ】 軍隊的臨時營房。又俘虜，政治犯或其他的集中管理所。以二次大戰中的納粹～～la̍p-chhùi～～～最有名。

【集做伙 chi̍p-chò(chòe)-hóe(hé)】 合在一起。～～～較鬧熱～～～khah lāu(nāu)-jia̍t⇨同上。

【集偎來 chi̍p-oá-lâi】 集合起來。～～～還也有，幾也萬元哩～～～oân-ā-ū kúi-ā-bān-oân-lih⇨總合起來，亦有數萬元哩。

【集做堆 chi̍p-chò-tui】 同集做伙chi̍p-chò-hóe。

【集思廣益 chi̍p-su-kóng-ek】 集合衆人的智慧以收廣大的利益。

【集腋成裘 chi̍p-e̍k-sêng-kiû】 集合衆人的力量，以完成大事。

# chit

chit
**織** 治絲曰織chit。構造kò-chō曰組織cho-chit。紡～phang～⇨同上。促～chhiok～⇨蟋蟀sek-sut的異名。綿～品mî～phín⇨同上。絲～品si～phín⇨同上。

【織女 chit-lí(lú)】 星名。牽牛 khan-gû(khian-giû)星的女朋友。七夕故事的女主角。俗稱牛郎～～gû(gô)-nn̂g～～。牛郎東～～西gû(gô)-nn̂g tang～～sai⇨兩星隔銀河相離，天帝只准其一年一會於七夕。

【織布 chit-pò】 ～～廠～～chiáng(chhiúⁿ)⇨織布工場。

【織車 chit-chhia】 紡織機。換新～～oāⁿ-sin～～⇨同上。

【織花 chit-hoe】 織繪花鳥的花紋。

【織造 chit-chō】 ～～局～～kio̍k⇨同上～～廠～～chhiáng(chiúⁿ)⇨同上。

【織補 chit-pó͘】 以手工依原織的線條修補。恔～～的差不多看未出是破孔gâu～～ê chha-put-to khoà$^{n}$-be-chhut sī phoà-khang⇨同上。恔gâu會hōe也。很會。

【織蓆 chit-chhio̍h】 織造草蓆。燒磁的食缺，～～的困椅 sio-hûi-ê-chia̍h-khih,～～ê khùn-í⇨陶工用破碗進食，織造工睡椅子，謂生產者選好的產品出售，自己反而用壞的。

【織錦 chit-kím】 娘到未輸～～抄 súi-kà bē-su～～leh⇨美麗得不遜於織錦。

chit **職** 執掌也。事業也。品秩也。就～chiū～⇨上位。免～bián～⇨革～kek⇨被開除。辭～sî～⇨自請離位。離～lī～⇨同上。在～怨～無～思～chāi～oàn～bû～su～⇨在職時自怨已職最壞，無職了即羨望有個職業不知多好。

【職分 chit-hūn】 職位上的本分。此臣之所以忠於陛下之～～也chhú sîn chi só͘-í tiong î pē-hā chi～～iā⇨前出師表。

【職司 chit-su】 在職所辦之事。謹慎於～～kín-sīn î～～⇨謹守崗位。～～教育～～kàu-io̍k⇨位成者爲。

【職守 chit-siú】 忠於～～tiong-î～～⇨奉公敬業。

【職位 chit-ūi】 ～～無變～～bô-piàn⇨一直做仝款的空課。

【職官 chit-koan】 文武官兵的通稱。

【職員 chit-oân】 公私大小機關團體的辦事人員的通稱。～～會議～～hōe-gī⇨同上。

【職務 chit-bū】 ～～上的責任～～siāng ê chek-jīm⇨因職業所承擔的責任。～～重大～～tiōng-tāi⇨同上。

【職責 chit-chek】 ～～所在，不敢推辭～～só͘-chāi, m̄-ká$^{n}$ the-sî⇨同上。

【職業 chit-gia̍p】 ～～分類～～hun-lūi⇨同上。～～無貴賤～～bô kùi-chiān⇨同上。

【職銜 chit-hâm】 職位的正式名稱。～～看起來未細～～khoà$^{n}$-khí-lâi bē-sè⇨職銜看起來不小。

【職權 chit-khoân】 ～～濫用～～lām-iōng⇨同上。利用～～圖利，早晚會失敗lī-iōng～～tô͘-lī chá-bān ē sit-pāi⇨未使歪哥。

chit **桎** 古刑具。足械也。使躓礙難行也。俗曰脚枷kha-kê或脚梏kha-khàu。梏khàu亦作銬khàu。

【桎梏 chit-khok】 古刑具。械在足曰桎chit，在手曰梏khok。喻壓迫人民。救萬民於～～之中kiù bān-bîn î～～chi tiong⇨大政治家之志氣。

chit **鯽** 魚名。淡水小魚。俗曰鯽仔魚chit-á-hî。

【鯽魚 chit-hî】 ～～食水鰓下過～～chia̍h-chúi,chhi-ē-kòe(kè)⇨鯽魚喝水，由鰓下通過而已。喻受恩不知報。～～釣大鮘～～tiò toā-tāi⇨喻以小換大。～～抱筩，一尾二尾大～～phō-tāng,chi̍t-bóe-nn̄g-bóe-toā⇨喻所費大得預想外的兩三倍。抱筩phō-tāng，謂魚咬浮筩phû-tāng。

chit **蛭** 水蟲名。水蛭chúi-chit。

chit **躓** 礙也。凡事行不利皆曰躓chit。躓礙難行chit-gāi lân-hêng⇨阻礙多，行不通。

chit **窒** 塞也。窒息chit-sit⇨呼吸停止。窒礙chit-gāi，通躓礙chit-gāi。

chit **即** 此chhu也。彼hit之反也。即旁彼旁chit-pêng hit-pêng⇨此方彼方。即個人彼個人chit-ê-lâng hit-ê-lâng⇨此人，那人。

【即下 chit-ē】 ㊀此次，此一下子。～～較無生理～～khah-bô seng-lí⇨此次生意比較清淡。～～我看未飼得也～～goá-khoà$^{n}$ bē-chhī-tit-à⇨這一下子我看活不了了。未飼得bē-chhī-tit，養不活，打擊大，損失嚴重。㊁最近chōe-kin。～～景氣眞僫～～kéng-khì chin-bái⇨最近景氣很壞。～～較無抄來～～

khah-bô teh-lâi⇨最近比較少來。

**【即久 chit-kú】** 此時，此刻。～～幾點也～～kúi tiám-ā⇨此刻幾點了。～～仔～～á⇨近頃。

**【即月 chit-goeh】** 此一個月。～～該還人也～～ài hêng-lâng-ā⇨這一個月須還債給人了。

**【即日 chit-jit】** 此日。這一天。～～該上班我無時間～～ài siāng-pan goá bô-sî-kān⇨此一天我須上班沒時間參加。

**【即世 chit-sì】** 此生，今生。～～做，後世收～～chò(chōe) āu-sì siu⇨今生做好因後世收好果kim-seng chò(chòe)-hó-in,āu-sì siu hó-kó。～～來世～～lâi-sì(sè)⇨今世與再生。～～人～～lâng⇨此一生涯。～～人是安爾耳～～lâng sī an-ne(ni) niâ⇨此一生涯是如此而已了（不可能再有發展了，已經近末路了）。

**【即次 chit-chhù】** 此次。即擺chit-pái。～～跌無路也～～liòng-bô-lō·-ā⇨此次逃不掉了。跌liòng，滾跌kún-liòng，掙扎也。

**【即位 chit-ūi】** ㊀此處。此地。～～彼位～～hit-ūi⇨此處彼處。～～仔道會使得也～～á tō ē-sái-tit-ā⇨此地就可以了。㊁代名詞（對人尊稱）。～～是阿德兄～～sī a-tek-hiaⁿ⇨此人是阿德先生。～～道是阮頭家～～tō-si goán thâu-ke⇨此人就是我的老板。

**【即所 chit-só·】** 這個東西。～～的該修理～～ê ài siu-lí⇨這個家伙非修理不可。

**【即站 chit-chām】** ㊀此段(路程)。～～路較僫行～～lō· khah-bái-kiaⁿ⇨此段道路較難行。㊁此時期。～～猶較早，該更個外月藉會出～～iáu khah-chá，ài-koh koh-goā-goeh chiah-ē-chhut⇨此刻時期還早些，需再一個月多才出產(上市)。

**【即個 chit-ê】** 此一個。此事。～～亦可～～iah hó⇨此一個也可以。～～抑是彼個～～iah-sī hit-ê⇨此一個或者那一個。～～未用得濫擅～～bē-iōng-tit lām-sám⇨此事馬虎不得。～～該斟酌～～ài chim-chiok⇨此事應該慎重從事。～～臭小囝～～chhàu-sió-kiáⁿ⇨罵詞。～～狗奴才～～káu-lô·-châi⇨罵詞。

**【即班 chit-pang】** 此車次。～～無來後班一定來～～bô-lâi āu-pang it-tēng-lâi⇨同上。～～較扣，後班藉來～～khah-kheh,āu-pang chiah lâih⇨此班人多，後班才往吧。

**【即旁 chit-pêng】** 此邊。～～是溝彼旁是圳，叫我要安怎講～～sī kau, hit-pêng sī chùn, kiò-goá boeh-an-choáⁿ-kóng⇨此方是親彼方是戚，要我怎麼說才好呢。溝kau圳chùn都是灌溉水路。喻親與戚。～～邊仔～～piⁿ-a⇨此方。

**【即時 chit-sî】** 此時。～～未比得彼時～～bē pí-tit-hit-sî⇨此時比不得當時。此一時也彼一時也chhú it-sî iā pí it-sî iā⇨同上。

**【即項 chit-hāng】** 此種。即種chit-chióng。即款chit-khoán。～～貨較無消～～hòe khah-bô-siau⇨此種貨品銷路較少。

**【即款 chit-khoán】** 此種，即類chit-lōe。～～人曷可交～～lâng ah-hó-kau⇨此種人何可交爲友。～～貨佗佗買～～hòe boeh-ta-bé⇨此種貨品要何處才能買到（謂貨好價實）。～～代誌未八聽過～～tāi-chì m̄-bat thiaⁿ-kòe⇨此種事情未之聞也。～～囝婿無抾取也～～kiáⁿ-sài bô-teh-chhú-ā⇨此種好女婿沒法子找到了。

**【即唱 chit-khùi】** 最近。近項。～～有較絯～～ū khah-ân⇨近項錢路較緊迫。

**【即筆 chit-pit】** ～～土地～～thó·-tē⇨同上。～～錢～～chîⁿ⇨這筆錢。～～賬～～siàu⇨這筆帳。

**【即號 chit-hō】** ㊀此種嘜頭。～～貨較有信用～～hòe khah-ū sìn-iōng⇨此種嘜頭的貨品信用比較可靠。㊁即類chit-lōe，即款chit-khoán。～～人罕得看見 ～～ lâng hán-tit-khoàn$^{n}$-kī$^{n}$(ī)⇨此種人很少見。

【即過 chit-kōe】 此次。～～更給你欠，後過道未用得嚇 ～～ koh hō·-lí-khiàm,āu-kòe tō· bē-iōng-tit-heh⇨此一次再讓你賒欠一次，以後就不能再賒欠了，好罷。

【即勢 chit-sì】 此方向。換～～較合oā$^{n}$～～khah-hah⇨換過此一方向比較符合。

【即埞 chit-tè】 ㈠此地。～～也有當買食否～～ á ū-thang(tàng) bé-chiah-bō·⇨此地有沒有賣食物的地方。㈡此一等地。～～是私有地，更過去彼塊是公有的 ～～ sī su-iú-tē, koh-kōe-khì(ì) hit-tè sī kong-iú-ê⇨這一筆是私有地，再過去那一筆是公有地。㈢布片，肉片等。～～ 布較貴 ～～ pò· khah kùi⇨同上。～～肉臭也～～bah chhàu-à⇨此塊肉臭了。

【即種 chit-chióng】 此種。即類chit-lōe，即款 chit-khoán。～～ 茶 藉 是 正 烏 龍 ～～ tê chiah-sī chià$^{n}$ o·-liông⇨此種茶才是眞正的烏龍茶。

【即滿 chit-moá】 此次。即碼chit-má之訛。

【即遭 chit-cho】 此一遭遇。～～敢剝未脫也～～ ká$^{n}$ pak-bē-lut-à⇨這一次恐怕脫不了關係了。～～ 拂一下未飼得也 ～～ hut-chit-ē be-chhī-tit-à⇨這一次打擊活不了了。

【即碼 chit-má】 此次。此刻。此回。～～正到位～～chià$^{n}$ kàu-ūi⇨此刻剛剛到達。～～輪着你也 ～～ lûn-tioh-lí-à⇨此此輪到你了。～～ 有希望也 ～～ ū-hi-bāng-ā⇨此回有希望了。

【即霎 chit-tiap】 此時此刻。～～趕去猶會赴 ～～ koá$^{n}$-khì(ì) iáu-ē-hù⇨此刻立即趕去還來得及。趁～～猶未人知，該趕緊去先登記 thàn ～～ á-bōe-lâng-chai, ài koá$^{n}$-kín khì seng-teng-kì⇨乘此刻還沒人知道，要趕快去搶先登記。

【即陣 chit-chūn】 此時，此刻。～～多敢無人抬賣也抬 ～～ to-ká$^{n}$ bô-lâng teh-bē-ā-leh⇨此種時刻恐怕沒人賣了。查某囡仔～～上媠 cha-bó· gín-á ～～ siāng-súi⇨女孩子此時期最美。

【即類 chit-lōe】 此種。～～人～～lâng⇨此種人。～～ 案件 ～～ àn-kiā$^{n}$⇨此種案件。～～大誌～～tāi-chì⇨此種事情，此種問題。～～關係～～koan-hē⇨此種關係。～～飯曷會食得 ～～ pn̄g ah-ē-chiah-tit⇨此種飯何能吃呢。飯pn̄g喩職業、工作。謂此種職業做不得。

【即下仔 chit-ē-á】 最近。近來。～～～較熱～～～khah joah⇨最近比較熱。～～～攏無看見人 ～～～ lóng-bô-khòa$^{n}$-kì$^{n}$(ì$^{n}$)-lâng⇨最近皆看不見他。

【即尾手 chit-bóe(bé)-chhiú】 嗣後。到了最後。近項。～～～道無人愛也～～～tō bô-lâng-ài-à⇨到後來，就沒人要了。

【即角頭 chit-kak-thâu】 此地區。角頭kak-thâu亦曰角勢kak-sì。～～～的頭兄～～～ê thâu-hia$^{n}$⇨此地區的老大。

【即幾人 chit-kúi-lâng】 這幾個人。～～攏是老實人～～～lóng-sī láu-sit-lâng⇨同上。

【即幾日 chit-kúi-jit】 這幾天。～～～眞寒冷～～～chin hân-léng⇨這幾天冷極了。

【即幾年 chit-kúi-nî】 這幾年。～～～景氣都未僫 ～～～ kéng-khì to-bē-(bōe)-bái⇨近年來經濟情況相當不錯。

【即箍圍 chit-kho·-ûi】 即角勢chit-kak-sì，即角頭chit-kak-thâu。

【即箍隸 chit-kho·-lē】 此地，此地一帶，此地附近。～～～仔風景未僫 ～～～ á hong-kéng bē(bōe)-bái⇨此地一帶風景不惡。～～～仔都是公家機關～～～á to-sī kong-ka-ki-koan⇨此地皆是公家機關。

【即溪無魚 chit-khe(khoe)-bô-hî】 ～～～別溪釣～～～～pat-khe(khoe)-tiò⇨別

的地方也有太陽。同類的諺語有；東港無魚西港抛tong-káng bô-hî sai-káng-pha⇨此地沒有，轉到他處去找。抛pha，投網也。

**chit 質** 本體也。天性也。抵押也。物～bu̍t～⇨同上。性～sèng～⇨同上。人～jîn～⇨以人為抵押品。重～不重量tiōng～put-tiōng-liāng⇨謂要好不要多。本～pún～⇨本有之性質。實～si̍t～⇨實際質地。

**【質朴 chit-phok】** 簡素kán-sò͘。生活～～seng-oa̍h～～⇨同上。朴phok亦作樸phok。

**【質問 chit-būn】** 問明。～～演說～～ián-soat⇨議員在議會中向政府問政。

**【質量 chit-liāng(liōng)】** 質chit與量liōng。物理學名詞。物體的～～bu̍t-thé ê～～⇨同上。

**【質詢 chit-sûn】** 同質問chit-būn。但層次較低。縣市級只能質詢chit-sûn,不能質問chit-būn。當今說法如此。

**【質疑 chit-gî】** 問明疑問。～～應答～～èng-tap⇨一方問一方答。

**【質權 chit-koân】** 法律名詞。設立～～siat-li̍p～～⇨提出物體作抵押。

**chit 脊** 脊chek,chiah也（見chek，chiak各部）。背骨也。中～tiong～⇨屋頂的中梁。腰～骨io～kut⇨腰骨io-chiah-kuk。尻～胼kha～phia$^{n}$⇨背。亦曰kha-chiah-phia$^{n}$。

**【脊髓 chit-chhóe】** ～～發炎～～hoat-iām⇨同上。～～出血～～chhut-hoeh(huih)⇨同上。～～衣～～i⇨脊髓膜chit-chhóe-mō。

**chi̍t 疾** 病也，急病也。急也。無～而終bû～jî chiong⇨不病而死。

**【疾苦 chi̍t-khó͘】** 痛苦thòng-khó͘。民間的～～bîn-kan ê～～⇨人民的艱苦。

**【疾首 chi̍t-siú】** 憤恨頭痛。～～蹙額～～chhek-hia̍h⇨憤恨之極的形容。

**【疾病 chi̍t-pēng】** 小病大病。病的總稱。

**【疾惡 chi̍t-ok】** ～～如仇～～jî(jû)-siû⇨同上。仇siû同讐siû，亦作讎siû。

**【疾足先登 chi̍t-chiok-sian-teng】** 快者先得之khoài-chiâ sian-tek-chi。中原逐鹿，～～～～tiong goân tio̍k-lo̍k，～～～～⇨先到先贏。疾足chi̍t-chiok亦作捷足chia̍t-chiok。

**【疾言厲色 chi̍t-giân(gân)-lē-sek】** ～～～～，盛氣凌人～～～～，sēng-khì lêng-jîn⇨亂發脾氣，隨便欺負人。

**【疾風知勁草 chi̍t-hong-ti-kèng-chhó】** ～～～～～，亂世出忠臣～～～～～loān-sì(sè)chhut-tiong-sîn⇨困難時代考驗出真正英雄來。

**【疾雷不及掩耳 chi̍t-lûi-put-ki̍p-am-ní】** 處事猛厲快速令人不及預防。

**chi̍t 一** 一個也。一二三chi̍t, nn̄g, sa$^{n}$之一chi̍t不是一二三it,jī,sam之一it。～還～二還二～hoân～nn̄g-hoân-nn̄g⇨一就是一，二就是二，各不相同，不容混亂。例如統一thóng-it是統一thóng-it，不能讀成thóng-chi̍t。又十一cha̍p-it亦不能說成cha̍p-chi̍t。

**【一人 chi̍t-lâng】** 一個人。每一個人。～～一個脾氣～～chi̍t-ê phî-khì⇨脾氣各人皆不相同。～～主張，不如二人思量～～chú-tiu$^{n}$, put-jî(jû) nō(nn̄g)-lâng su-niû⇨一個人的意見，不如兩人商量過的意見好。～～三囝，六代千丁～～sa$^{n}$-kiá$^{n}$, la̍k-tāi chhian-teng⇨謂一個人傳三個孩子，六代後的子孫將有一千人。～～未比得～～，～～bē(bōe)-pí-li～～⇨謂人各不相同，彼此比較不了。～～一個命，好歹天註定～～chi̍t-ê-miā, hó-phái$^{n}$ thi$^{n}$-chù-tiā$^{n}$⇨謂人的運命皆不相同，是好是壞是天所決定。～～業一樣，無人相親像～～gia̍p-chi̍t-iū$^{n}$, bô-lâng sio(sa$^{n}$)-chhin-chhiū$^{n}$⇨謂每一個人都有互不相同的苦勞，沒有人是同樣的。業gia̍p前世帶來的苦命。或作孽gia̍t。～～高～～koân⇨高約五六尺。～～攬～～lám⇨一人合抱ha̍p-phō的大小。

**【一千 chi̍t-chheng】** 較無～～khah-bô～～

⇨略不足一千。～～吝吝也～～lím-lím-à⇨一千少一點。～～足足～～chiok-chiok⇨一千夠多了。～～八百～～peh-pah⇨比較像樣的數額。無～～亦該八百bô～～iah-āi peh-pah⇨非一千也要八百。你敢有～～八百合人相參lí kám-ū～～peh-pah kah-lâng sio(saⁿ)-chham⇨你有多少錢和人家合辦嗎。意謂沒有吧。～～賒不如八百現～～sia put-jî peh-poh-hiān⇨現金至上也。

【一下 chit-ē】 ㊀第一次。～～看道愜意～～khoàⁿ tō kah-ì⇨一見鍾情it-kiàn-chiong-cheng。～～講道好勢也～～kóng tō hó-sè-à⇨一說就成功了。～～搔平波波～～so, pêⁿ(pîⁿ)-pho-pho⇨一着手搔就解決得四平八穩了。搔so搔圓掟扁so-îⁿ-tēⁿ-pîⁿ亦即調解也。～～講道是大抵大的～～kóng tō-sī toā-tú-toā-ê⇨一開口就是很大很大(的數字，錢)。㊁一次作爲。打～～尻川脫一擺褲phah～～kha-chhng thǹg chit-pái-khò⇨打一下屁股脫一次褲子，謂有夠麻煩。講～～話道歸晡kóng～～ōe tō kóng-kui-po⇨講一次話就說個整半天。你更減～～lí koh-kiám～～⇨你再減少一次(一些)。更徙～～koh-soá～～⇨再移一步。更較緊～～koh-khah-kín～～⇨再快一點。更等～～koh-tán～～⇨再等候一下子。～～無錢道會拼也～～bô-chîⁿ tō-ē-piàⁿ-à⇨一沒錢就會拼命了。～～雷天下嚮～～lûi thiⁿ-ē-hiáng⇨一成名天下知。～～仔～～á⇨不很久。～～仔工耳～～á-kang niâ⇨一下子的工夫而已。～～仔道好也～～á tō-hó-à⇨很快就可以了。

【一工 chit-kang】 一工作天it-kang-chok-thian。～～趁外銰錢～～thàn goā-chē-chîⁿ⇨一日得工資多少。～～人～～lâng⇨一工作天。

【一丈 chit-tn̄g】 十尺。～～差九尺抾～～chha-káu-chhioh-lē⇨謂程度差得太遠。～～槌着留三尺後～～thûi tioh-lâu saⁿ-chhioh-āu⇨謂一丈長的棒，要留三尺爲棒柄。喻事應留有餘地。

【一大 chit-toā】 很大、很多。～～陣～～tīn⇨同上。～～山～～soaⁿ⇨堆積如山。～～碗～～oáⁿ⇨同上。～～桶～～tháng⇨同上。～～鍋～～oe⇨同上。零星話講～～堆lân-san-ōe kóng～～tui⇨廢話甚多甚多。

【一手 chit-chhiú】 隻手。隻身。存一脚～～耳chhun chit-kha～～niâ⇨只淨一足一手而已。殘廢了。祖父～～趁來的財產chó·-hū～～thàn lâi ê châi-sán⇨祖父自己所趁的財產。阿姑～～共咱成大漢的a-ko～～kā-lán chhiâⁿ-toā-hàn-ê⇨姑母一個人養育我們成人的。～～入～～出敢有當存～～jip～～chhut, kám-ū thang chhun⇨一入一出，那裡有錢可存儲。～～交過～～，～～kau-kòe～～⇨㊀轉交確實。不致差錯。㊁轉過多人手了，不知誰之錯。～～交過～～也，曷知於佗位不抵好去～～kau-kòe～～ā, ah-chai tī-to-ui m̄-tú-hó-khì(ì)⇨此轉彼轉過多人了，那裡知道在何人手上發生了錯誤。～～四張四張～～sì-tiuⁿ-sì-tiuⁿ⇨每一手分發四張牌。～～交錢～～交貨～～kau-chîⁿ～～kau-hòe⇨錢貨當面對換。

【一水 chit-chúi】 ㊀同生的一羣。～～鷄仔～～ke-á⇨一羣同生同養的鷄。人刈～～去也lâng koah～～khì-à⇨人家收刈一次了(例如香蕉者)。㊁一段時期。～～仔～～á。～～成紅，喝水會堅凍～～chiâⁿ-âng, hoah-chúi ē kian-tàng⇨一段時期很紅，喝聲可使水堅凍。湯斗因冷而凝結成膠狀曰堅凍kian-tàng。

【一日 chit-jit】 一天。整天。每天。囡仔～～～～大gí n-á～～～～toā⇨孩子一天一天在長大。～～～～寒～～～～koâⁿ⇨天氣日寒。～～溜溜去～～liu-liu-khì⇨整天閑蕩在外。溜溜去liu-liu-khì亦可作抛抛走pha-pha-cháu。～～度過～～～～tō·-kòe～～⇨一天

～～人～～lâng⇨同上。～～鴨～～ah⇨一羣鴨子。～～獅陣～～sai-tīn⇨獅陣一隊。合番仔剖～～kah hoan-á thâi～～⇨與番戰一回合。

【一粒 chit-liap】 一個圓形的東西。～～眞珠～chin-chu⇨同上。～～柑仔～～kam-á⇨同上。～～西瓜～～si-koe⇨同上。～～炸彈～～chà-tân⇨同上。～～米流幾仔百粒汗～～bí lâu-kúi-à-pah-liap-koāⁿ⇨粒粒皆辛苦liap-liap kai sin-khó·所得來的。～～飯擲死三隻烏狗公～～pn̄g tìm(tèng)-sí saⁿ-chiah o·-káu-kang⇨投擲一粒飯粒殺死三隻大雄狗。喻非常的吝嗇到家。～～雨擲死一個人～～hō· tìm(tèng)-sí chit-ê-lâng⇨喻雨太大了。～～田螺煮九碗湯～～chhân-lê chí(chú) káu-oáⁿ-thng⇨謂勉強應付過去其實無效。～～仔～～á⇨人小而能幹的人物。

【一偶 chit-ngauh】 一組，一對。雙頭無～～siang-thâu bô～～⇨兩頭空liáng-thâu-khang。又想要東，又想要西，結果東西皆要不成。～～鱟～～hāu⇨野合的夫妻。鱟hāu蟹類，據說雌雄必成對，雄小雌大，雌常負雄而行云。

【一條 chit-tiâu】 ～～褲帶～～khò·-toà⇨同上。～～面巾～～bīn-kin⇨同上。～～紃～～sûn⇨一條小線紋。～～腸通尻川～～tn̂g thàng-kha-chhng⇨一腸直通屁股。喻心無丘岳，有話必直說。～～如番藷拎～～ná han-chî-leh⇨一個人如一條藷。喻無用之物。講到～～一段kóng-kà～～chit-toāⁿ⇨說得有條不紊iú-tiâu-put-būn。

【一項 chit-hāng】 一件。一種類。～～有～～的特色～～ū～～ê tek-sek⇨各物各有不相同的特色。～～治～～,～～tī～～⇨一物克一物。例如某病有某特效藥。

【一困 chit-khùn】 ㊀一個小睡。一個小睡之久。歇～～hioh～～⇨休息一些時。休息一次。食～～去也chiah～～khì-à⇨開始吃了一些時了。戲做～～也hì chò～～à⇨戲開演了一些時了。正做～～也耳chiàⁿ chò～～á niâ⇨剛剛開演了不久而已。㊁一下子。一下chit-ē。～～拂三碗公～～hut saⁿ-oáⁿ-kong⇨一下子吃了三大碗。做～～開三萬外chò～～khai saⁿ-bān-goā⇨一下子費消了三萬有多。

【一幅 chit-pak】 一張書畫。～～擦仔～～chhat-á⇨擦仔chhat-á，畫畫。～～財子壽～～châi chú, siū⇨趙財神，郭子儀，彭祖的圖畫。

【一透 chit-thàu】 一次。適當的一次。～～雨～～hō·⇨一次雨。可供農作物以適當的水份，不大不小不成災的甘霖kam-lîm。豉～～道眞好食也sīⁿ～～tō chin-hó-chiah à⇨豉一豉就很好吃了。滾～～道好也kún～～tō-hó-à⇨滾一滾就可以了。

【一程 chit-thêng】 一小段時間。一回。即陣，雨來落～～仔，眞好chit-chūn, hō· lâi-loh～～à, chin-hó⇨此時下一次雨將是很好的。限了～～過～～也ān-liáu～～kòe(kè)～～ā⇨展延了一次又一次了，限ān，要求展延還債的期日。滾絞～～過～～也kún-ká～～kòe(kè)～～ā⇨吵鬧過一次又一次了。食～～過～～也還猶未飽chiah～～kòe(kè)～～ā hoân-iáu-bōe-pá⇨吃了一次又一次了還未吃飽。

【一場 chit-tiûⁿ】 一件。一幕。一個場面。若會安爾亦是～～的好事 nā-ē an-ne(ni)iah-sī～～ê hó-sū⇨若果如此，也是一件好事情。伊每是～～的好意。i ma-sī～～ê hó-ì⇨他也是出自一片好意。有～～好戲好看也ū～～hó-hì hó-khoàⁿ-à⇨有一場好戲可看了(意謂將會發生一場大衝突)。～～戲極加是三點鐘久～～hì kek-ke sī saⁿ-tiám-cheng-kú⇨一場戲最多是三個小時。了～～工來請你敢無誠意 liáu～～kang lâi-chhiáⁿ-lí, kám-bô-sêng-ì⇨費了一場的工夫來邀請你光臨，能說我沒誠意嗎。

【一脚 chi̍t-kha】 單脚。欠～～khiàm～～⇨㊀跛一足。㊁傲伴kiáu-phoā$^n$少一個。例如需四個人(四脚)者只得三人。～～踏一船～～ta̍h chi̍t chûn⇨雙脚踏雙船 siang-kha ta̍h siang-chûn⇨心未定。雙頭蛇siang-thâu-choâ。～～戶椗內～～戶椗外～～hō·-tēng-lāi～～hō·-tēng-goā⇨三心兩意sam-sim-liáng-ì。

【一暝 chi̍t-mê$^n$(mî$^n$)】 一夜，整夜。～～如猾狗抄～～ná-siáu-káu-leh⇨整夜亂跑一如狂犬。～～全頭路天光無半步～～choân thâu-lō· thi$^n$-kng bô-poà$^n$-pō·⇨謂夜中對妻言有種種妙計，天光了却一籌莫展。恬恬睏～～大一寸tiām-tiām-khùn,～～toā-chi̍t-chhùn⇨搖籃歌。接下來是惜也惜～～大一尺sioh-à-sioh～～toā-chi̍t-chhioh。

【一領 chi̍t-niá】 一件衣服。～～衫～～褲抄過日～～sa$^n$～～khò· teh-kòe-ji̍t⇨一衣一褲的生活，謂雖未窮得十分但亦十分緊迫的生活。～～水蛙皮仔耳～～chúi-ke-phôe-á niâ⇨只有一件水蛙皮聊可維持體面而已。～～褲三枝腿～～khò· sa$^n$-ki-thúi⇨喻一國三公政出多途。

【一說 chi̍t-soeh (seh)】 ～～講是無影～～kóng sī bô-iá$^n$⇨一說是虛的i̍t-soat sī hi-ê。安爾講每較有～～an-ne(ni)-kóng mā-khah-ū～～⇨如此說法較有道理。一人講～～chi̍t-lâng kóng～～⇨一人一說。

【一滴 chi̍t-tih】 ～～水～～chúi⇨同上。哭到～～目屎三斤重khàu-kà～～ba̍k-sái sa$^n$-kin-tāng⇨喻哭得大慘。～～～～耳落無大～～～～niâ lo̍h-bô-toā⇨一滴一滴而已下得不大(雨)。～～仔～～á⇨一點點。～～滴仔～～tih-á⇨一點點。

【一對 chi̍t-tùi】 一雙chi̍t-siang。一組兩個不相同的。～～翁某～～ang-bó·⇨～～夫妻～～hū-chhe。～～情人～～chêng-jîn⇨同上。～～鴛鴦水鴨～～oan-iu$^n$-chúi-ah⇨同上。～～手環～～chhiú-khoân⇨同上。～～耳鉤～～hī$^n$-kau⇨同上。～～時～～sî⇨今天的某時某刻開始至明天的同時同刻止的二十四小時。

【一遭 chi̍t-choā】 一條。一次行程。～～虹～～khēng⇨同上。～～路～～lō·⇨一次行程。～～船～～chûn⇨一航次。～～來～～去～～lâi～～khì⇨一來一往it-lâi-it-óng。～～來仔～～去～～lâi-á～～khì⇨來來往往。

【一樣 chi̍t-iū$^n$】 共樣kāng iū$^n$。同樣tâng-iū$^n$。～～米飼百樣人～～bí chhī-pah-iū$^n$-lâng⇨一樣的米，養育的人却百人百樣無一相同。～～生百樣死～～se$^n$(si$^n$) pah-iū$^n$-sí⇨生法一樣死法却各不相同。

【一輪 chi̍t-liàn(lìn)】 一迴轉it-hôe-choán。街仔行～～也ke-á kiâ$^n$～～ā⇨街上跑一轉了。行kiâ$^n$亦可作迣sē(sōe)。街仔ke-á→koe-á。

【一篇 chi̍t-phi$^n$】 文章bûn-chiu$^n$的單位。～～通信稿～～thong-sìn-kó⇨同上。講出～～大道理kóng-chhut～～toā-tō-lí⇨同上。編～～白賊話phian～～pe̍h-chhat-ōe⇨編一篇謊言。

【一盤 chi̍t-poâ$^n$】 ～～魚仔全全頭～～hî-á choân-choân-thâu⇨一盤皆是魚頭。謂各人各有主張，凡事無法一致。～～生理攏靠伊～～seng-lí lóng-khò-i⇨全盤的生意經營皆賴他支持。～～棋限制十三點鐘～～kî hān-chè cha̍p-sa$^n$-tiám-cheng⇨日人下圍棋一盤用時每人不得超過十三小時。

【一擔 chi̍t-tà$^n$】 ㊀擔～～ta$^n$～～⇨肩挑一擔。㊁一對寶貝chi̍t-tùi pó-pòe。彼二個湊抄抵～～hit-nō(nn̄g)-ê tàu-lè tú～～⇨他們兩個人湊合來剛好一對(寶貝)。㊂一千兩銀。伊存有～～錢也i chhun-ū～～chî$^n$-ā⇨他存有

一千兩銀子了。

【一頭 chi̍t-thâu】 半擔poā$^n$-tā$^n$。一方。單方。～～貨～～hòe⇨半擔貨。拗～～áu～～⇨擔半擔。～～要～～不～～boeh～～m̄⇨一方要，另一方不要。～～ 擔雞雙頭啼 ～～ta$^n$-ke siang-thâu-thî⇨喻站在中間，難作左右袒lân-chok-chó-iū-thán。或一心兩意it-sim-liáng-ì。

【一聲 chi̍t-sia$^n$】 一聲it-seng。～～不知，萬聲無代～～m̄-chai, bān-sia$^n$ bô-tāi⇨謂說一聲不知道，萬事都與我無干。～～天～～父～～母～～地～～thi$^n$～～pē～～bú～～tē⇨形容呼天喚地大聲號泣。

【一點 chi̍t-tiám】 ㊀時間。～～ 鐘久 ～～cheng-kú⇨一小時。㊁斑。～～ 烏點 ～～ o͘-tiám⇨同上。～～亦㚱百點亦㚱～～ia̍h-niau pah-tiám ia̍h-niau⇨一點也是汚點百點也是汚點。㚱niau，飾馬的花帶。有汚點汚斑皆曰㚱niau。俗作貓niau。～～一抵都未走得～～chi̍t-tuh to-bē-cháu-tit⇨一小點一小畫都錯不得。㊂水點。一枝草～～露chi̍t-ki-chháu～～lō͘⇨謂雖小如一草，亦各能獲天之恩澤，各有生存之路。～～水都着錢買來食～～chúi to-tio̍h-chî$^n$ bé-lâi-chia̍h⇨一滴水都要用錢買來喝。謂都市生活樣樣要錢。㊃少數。一人分～～仔chi̍t-lâng pun ～～ á⇨每人分得一點點。～～仔意思都無 ～～ á ì-sù to-bô⇨一點點意思都沒有。

【一邊 chi̍t-pi$^n$】 一旁。生的且 ～～ 養的較大天se$^n$(si$^n$)-ê chhiá$^n$～～, iú$^n$-ê khah-toā-thi$^n$⇨生母暫時待在旁邊，養母應先予安插（招待），因爲養育之恩大於天故云。

【一二日 chi̍t-nō(nn̄g)-ji̍t】 一兩天。一二工chi̍t-nn̄g-kang。

【一月日 chi̍t-goe̍h-ji̍t】 一月it-goat。抵好歇 ～～～ tú-hó hioh ～～～ ⇨剛好休息一個月。

【一巴掌 chi̍t-pa-chiú$^n$】 一個手掌。～～～大～～toā⇨手掌那麼大小。

【一世代 chi̍t-sè(sì)-tāi】 一世，一代。一生。～～～無若久 ～～～bô-goā-kú⇨人的一生是短暫的。

【一世紀 chi̍t-sè-kí】 一百年。

【一句話 chi̍t-kù-ōe】 俫不～～～boeh-m̄～～～⇨要或不要一言以決之。～～～三尖六角，角角會傷人 ～～～ sa$^n$-chiam-la̍k-kak, kak-kak ē(ōe)-siang(siong)-lâng⇨謂同一言詞因聽者立場不同感受就有異。因而往往變成刺傷他人者。

【一痞仔 chi̍t-phí-á】 很小很小。～～～囝～～～kiá$^n$⇨很小。一痞痞也chi̍t-phí-phí-a⇨同上。

【一更船 chi̍t-ke$^n$-chûn】 一更的航程。～～～的海路～～～ê hái-lō͘⇨同上。

【一眉仔 chi̍t-bâi-á】 很小很小。～～～月～～～goe̍h⇨初三、四的弦月hiân-goat。～～～土地～～～thó͘-tē⇨一小片的土地。

【一紀年 chi̍t-khí-nî】 十二年。干支一輪爲一紀年。你抵大～～～lí tú-toā～～～⇨你剛好大十二歲。

【一站仔 chi̍t-chām-á】 一小時段。有去～～～ū khì～～～⇨去過一小時段。去讀～～～耳khì-tha̍k～～～niâ⇨上學過很短的時段。

【一屑仔 chit-sut-á】 少量。食～～～chia̍h～～～⇨吃一點點。～～～乎人道到佗～～～hō͘-lâng tō kà͘-tah⇨少量給別人就不肯嗎。到佗kàu-tah, kà tah,到何處，亦即壞在那裏。

【一喟仔 chi̍t-khùi-á】 一呼吸。短暫toán-chām。見伊好額亦是～～～耳 kì$^n$-i hó-gia̍h ia̍h-sī ～～～ niâ⇨任他豪富也是不長久的。～～～ 有較起色 ～～～ ū-khah khí-sek⇨一陣子有較好轉過。

【一絲仔 chi̍t-si-á】 一絲絲it-si-si。～～～風～～～hong⇨微微的小風。存 ～～～ 喟耳

chhûn～～～khùi niâ⇨還有一絲絲的呼吸而已。一絲絲也chi̍t-si-si-a⇨同上。

【**一路取** chi̍t-lō-chhú】 一事的長處。一種技能。做人該有～～～chò(chòe)-lâng ài-ū～～～⇨人須有一技之長。無～～～要安怎合人企起 bô～～～boeh-an-choá$^{n}$ kah-lâng khiā-khí⇨沒有一技之長，將如何與人共存。

【**一稠猪** chi̍t-tiâu-ti】 一舍猪i̍t-sià-ti。稠tiâu即猪稠ti-tiâu，亦即猪舍ti-sià。～～～無一隻會刣得的～～～bô-chi̍t-chiah ē(ōe) thâi-tit-ê⇨全猪稠中的猪，沒有一隻宰得的，喩全家人中沒有一個有用之材。

【**一寡仔** chi̍t-koá-á】 一些。些少。交～～～不三不四的朋友kau～～～put-sam-put-sì ê pêng-iú⇨交上一些不三不四的壞人。～～～賬猶未算抂～～～siàu á-bōe-sǹg-leh⇨一些賬還未清算。阿叔有凑脚手～～～a-chek ū-tàu-kha-chhiú～～～⇨叔父曾資助過一部份。～～～有浸着水耳～～～ū-chìm-tio̍h-chúi niâ⇨一小部份潰過水而已他無大害。

【**一簇仔** chi̍t-chhok-á】 一小塊。一小片。頭毛白～～～thâu-mô(mn̂g)-peh～～～⇨頭髮白了一小塊。留～～～齒箆仔鬍lâu～～～khí-bín-á-chhiu⇨留了一個牙刷鬍。許～～～者～～～耳，不成物hia～～～chiah～～～niâ, m̄-chiâ$^{n}$-mi̍⇨彼一小片此一小片而已，不甚多。

【**一覆手** chi̍t-phak-chhiú】 煮飯節抵好～～～道有夠也chí(chú)-pn̄g chat-tú-hó～～～tō ū-kàu⇨煮飯調節得剛好一覆水就夠了。手伏於米上，加水到覆蓋手掌背曰一覆水chi̍t-phak-chúi。

【**一孔一缺** chit-khang-chit-khiah】 一個孔一個缺口。很多孔穴，所有的秘密。路面～～～眞歹行lō·-bīn～～～～chin-phái$^{n}$-kiâ$^{n}$⇨路面凸凹不平，很難行。～～～～人攏知也～～～～lâng lóng-chai-a⇨所有的秘密人家皆知之了。～～～～都究了了～～～～to óe-liáu-liáu⇨所有的秘密點皆被揭露出來。缺khiah亦作窟khut。

【**一日半日** chi̍t-ji̍t-poà$^{n}$-ji̍t】 一天或半天。短期間。～～～～無要緊～～～～bô-iàu-kín⇨一兩天沒關係(例如出遊、助人作工等等)。

【**一任一換** chi̍t-jīm-chi̍t-oā$^{n}$】 ～～～～未用得連任～～～～bē(bōe)-iōng-tit liân-jīm⇨(某種職位)一個任期更換一個人來接替，不能連任。

【**一好一傀** chi̍t-hó-chi̍t-bái】 一利一害it-lī-it-hāi。一得一失it-teh-it-sit。傀bái同惡ok。

【**一府四縣** chi̍t-hú-sì-koān】 清初台灣分一府四縣。～～～～遊透透～～～～iû-thàu-thàu⇨謂各地皆遊覽過了。喩沒有地方不到的。

【**一副一正** chi̍t-hù-chi̍t-chià$^{n}$】 如夫人，正夫人。娶～～～～，若得意抂你敢知chhoā～～～～, goā-tek-ì-leh lí-kám-chai⇨娶得正副兩妻，正在如何的得意中，你知道不知道。

【**一虛百虛** chi̍t-hi(hu)-pek-hi(hu)】 一事虛即百事皆不實。人講～～～～，不當信啦lâng-kóng～～～～，m̄-thang-siàn-lā⇨古人言，一虛百虛，不可相信麼。

【**一替一換** chi̍t thè(thòe) chi̍t-oā$^{n}$】 謂僅有替換的兩件衣服。衫仔褲～～～～耳sa$^{n}$-á-khò·～～～～niâ⇨衣裳僅有一件退去洗一件換上身而已。

【**一過半過** chi̍t-kòe(kè)-poà$^{n}$-kòe(kè)】 一次或半次，一兩次。偶爾。～～～～無相干～～～～bô-siang-kan⇨偶爾爲之沒關係(例如，飲酒、賭博、冶遊等等)。過kòe(kè)亦可作次chhù，擺pái。一擺半擺猶可以原諒，你歸日守於許，那會用得chi̍t-pái-poà$^{n}$-pái iáu-khó-í goân-liāng, lí kui-ji̍t chiú-tī-hia, ná-ē-sái-tit⇨偶爾一兩次還可以原諒，你整天死守在那裡，怎麼可以呢。

【一蕊好花 chit-lúi-hó-hoe】 一朵美麗的花。～～～～插牛屎～～～～chhah-gû-sái⇒一朵美花揷在牛糞上。喩美女嫁醜夫。

【一好合一獃 chit-hó-kah-chit-gâi】 謂夫妻兩人，一定是一個好的配上一個壞的。～～～～二好無相排～～～～～nō(nn̄g)-hó bô-sio(saⁿ)-pâi⇒謂夫妻一定是一賢一愚的配合，兩好是不並排的。

【一字値千金 chit-jī-tat-chhian-kim】 極言識字之重要。～～～～～千金難買聖賢心～～～～～chhian-kim lân-bé sèng-hiân-sim⇒千金譜。

【一名透京城 chit-miâ-thàu-kiaⁿ-siâⁿ】 名聲遠布(多用於惡聲)。家己～～～～～也知或不知ka-kī(tī, lī)～～～～～ā chai-ah-m̄-chai⇒你自己的臭聲遠布到京城了，知道不知道。

【一劫過一劫 chit-kiap-kòe-chit-kiap】 一難過了，一難又來。

【一晃過三冬 chit-hoáⁿ-kòe-saⁿ-tang】 謂日月如梭。日光一閃耀，三年已過矣。～～～～～，三冬一世人～～～～～saⁿ-tang-chit-sì-lâng⇒同上。

【一馬掛兩鞍 chit-bé koà-liáng-oaⁿ】 一匹馬上兩副鞍。喩一心兩意，一女兩夫。

【一難又一難 chit-lān iū-chit-lān】 同一劫過一劫chit-kiap-kòe-chit-kiap。

【一鬮三十六 chit-khau saⁿ-chap-lak】 謂微不足道的收入。趁人～～～～～的，別物無半項會thàn-lâng～～～～～ê, pat-mih bô-poàⁿ-hāng-ē⇒只會趁取人家微少的臭錢，別事一無所能。

【一石粟九斗冇 chit-chioh-chhek-káu-táu-phàⁿ】 粟一石其中九斗是冇的phàⁿ-ê，喩所言皆虛。冇phàⁿ禾不實也。空者也，俗作右phàⁿ。

【一跬出一跬入 chit-hoah-chut-chit-hoah-jip】 一步內一步外chit-pō·-lāi-chit-kō·-goā。又想進又想退，猶豫不決。跬hoah，步也。舉一足曰跬hoah，兩足曰步pō·。

【一腹狂一腹熱 chit-pak-kông-chit-pak-jiat】 謂心中急燥不安定。阿九嫂聽着耳道～～～～～～煩惱到未食未睏得a-káu-só· thiaⁿ-tioh niâ tō～～～～～～hoân-ló-kà bē-chiah-bē-khùn-tit⇒阿九嫂一聽到消息，就急得心裡一上一下，煩惱得寢食不安。

【一還一二還二 chit-hoân-chit, nn̄g-hoân-nn̄g】 一歸一二歸二it-kui-it jī-kui-jī。堅守本分不可踰越。囡仔人該～～～～～～gín-á-lâng ài～～～,～～～⇒年輕人(對上輩者)應該緊守本分不可踰越。

【一礐屎看三擔 chit-hak-sái-khoàⁿ-saⁿ-tàⁿ】 一厠池的糞只估計爲三擔。亦即估計錯誤太大。～～～～～～目珠都不是吐蕊去也講～～～～～～bak-chiu to-m̄-sī thó·-lúi-khì-à-kong⇒一厠糞只做計三擔，眼睛豈是吐蕊去了嗎。吐蕊thó·-lúi，一種嚴重不治的眼疾，眼珠破裂成一朵花的樣子。講kóng改讀講kong，其後有安爾an-ne(ni)等詞的省略。罵人看錯物之詞。

## chiu

**chiu 周** 密也。完備也。圓形的外線曰周chiu，圓～oân～⇒同上。圓～率oân～lut⇒徑與周的比例，通常爲 3.1416 倍。四～sì～⇒周圍。一～it～⇒一廻轉。

【周公 chiu-kong】 古政治家，周武王之弟。我～～作周禮，著六官，存治體ngó·～～，chok-chiu-lé,tī(tū) liok-koan,chûn-tī-thé⇒三字經。

【周天 chiu-thian】 三百六十五～～saⁿ-pah-lak-chap-gō·～～⇒天球的一周。

【周至 chiu-chì】 周到chiu-tò。各事物皆完整。

【周全 chiu-choân】 齊全chê-chn̂g。逐項眞

～～tak-hāng chin～～⇨樣樣都不缺。～～人～～lâng⇨幫助人家。

【周折 chiu-chiat】 波折。經過眞夠～～keng-kòe chin-chē～～⇨經過很多麻煩。

【周易 chiu-ek】 易經ek-keng。有連山，有歸藏，有～～三易詳iú-liân-san, iú-kui-chông, iú～～,sam-ek-siâng(siông)⇨三字經。

【周到 chiu-tò】 招待～～chiau-thāi～～⇨無所不至地招待。

【周密 chiu-bıt】 周到細密。計畫～～kè-ōe～～⇨詳細而毫無漏洞的計劃。

【周章 chiu-chiang】 煞費～～soah-hùi～～⇨不勝勞煩。

【周率 chiu-lut】 電波的計算單位。

【周旋 chiu-soân】 應酬，排解。於社會扲～～tī siā-hōe teh～～⇨在社會上應酬。有人～～藉會解決ū-lâng～～chiah-ē kái-koat⇨有人排解才能夠解決。

【周瑜 chiu-jî(jû)】 三國名將。孔明氣死～～khóng-bêng khì-sí～～⇨一流人物壓倒等而下之者。三國演義故事。

【周圍 chiu-ûi】 四周。～～都是山～～to·-sī-soa$^n$⇨四邊攏是山。

【周轉 chiu-choán】 ～～失靈～～sit-lêng⇨用錢發生困難。

【周文王 chiu-bûn-ông】 姬昌 ki-chhiang (chhiong)。周王朝的開創主。

【周武王 chiu-bú-ông】 文王之子。～～～，始誅紂，八百載，最長久～～～，sí-thi(thu)-tiū, pat-pek-chái, chòe-tiâng(tiông)-kiú⇨三字經。

【周而復始 chiu-jî-hok-sí】 循環不息 sûn-khoân-put-sit。

**chiu 週** 同周。今以七日爲一週chiu。一禮拜(一星期)曰一週chiu。亦單稱週chiu。

【週刊 chiu-khan】 一個星期(禮拜)發行一次的刊物。新聞～～sin bûn～～⇨美國有名的刊物。

【週年 chiu-nî】 ～～紀念日～～kí-liām-jit⇨滿一年之日。

【週知 chiu-ti】 公告～～kong-kò～～⇨同上。

【週期 chiu-kî】 一種現象或運動，經過一定的期間，又恢復到原狀，周而復始曰週期chiu-kî。振動～～chín-tōng～～⇨物理學名詞。公轉～～kong-choán～～⇨天文學名詞。自轉～～chū-choán～～⇨天文學名詞。～～函數～～hâm-sò·⇨數學名詞。～～律～～lut⇨化學名詞。

【週報 chiu-pò】 同週刊。

【週歲 chiu-sòe】 滿一歲。眞緊道～～也chin-kín tō～～à⇨很快就滿一歲了。

**chiu 珠** 睛cheng也，目珠子也。目～bak～⇨眼球，眼。俗作目睭bak-chiu，睭，深也。

**chiu 睭** 目珠子也。睭本義爲深，以其音近而作目珠子，似可通。

**chiu 州** 水中可居之地曰州。又行政區域。各府～縣kok-hú～koān⇨同上。關關睢鳩在河之～koān-koan chi-khiu, chāi-hô-chi～⇨詩經。天下九～thian-hē kiú～⇨據稱大禹將天下分爲九個州。

【州牧 chiu-bok】 古時州的長官。亦稱太守thài-siú。

【州閭 chiu-lî】 鄉村hiang-chhoan。鄉里hiu$^n$-lí。

【州官放火 chiu-koa$^n$-hòng-hóe(hé)】 只許～～～～不許百姓點燈chí-hí～～～～put-hí peh-sè$^n$(sì) tiám-teng⇨謂做官的禁止百姓犯法，自己卻不守法。

**chiu 洲** 水中之小島。又地理名詞。全世界分五大～choân-sè-kài hun ngó·-tāi～⇨同上。亞細亞～a-sè-a～。歐羅巴～au-lô-pa～。七里～chhit-lí～⇨很遠很遠的地方。據稱地近南京，鄭成功北伐時，先鋒部隊曾攻抵此地，謂拂到七里洲去hut-kàu chhit-lí-chiu-khì，亦即進攻到七里洲。今謂多敢拂到七里洲去也抡to-kán hut-kà chhit-lí-chiu khì-ā-lè⇨恐怕跑到很遠很遠的地方去了哩。

【洲仔 chiu-á】 河中的小島。沙洲soa-chiu。～～尾～～bóe(bé)⇨同上。

chiu
舟 船也。小船曰舟chiu。獨木～tok-bok～⇨刳木爲～ko·-bok-ûi～。又俗以西瓜的一小片曰一舟chit-chiu，西瓜一破開爲二曰破平phoà-pêng。二再破爲四曰破對舟phoà-tùi-chiu,再切爲細片曰切舟chhiat-chiu。凡圓形如西瓜者皆如此說法。蓋以其形如小船也。

【舟車 chiu-chhia】 船與車。交通。～～之便～～chi piān⇨乘車搭船，很方便。

【舟師 chiu-su】 水軍。海軍。

【舟楫 chiu-chip】 船與槳。船隻。～～之利～～chi-lī⇨船運之利。

【舟中敵國 chiu-tiong-tek-kok】 不修德即同舟的人也可能成敵人。兵家吳起之言。

chiú
酒 含酒精之飲料也。又名杜康tō·-khong。所謂百藥之長也。天～thian～⇨甘露kam-lō·。飲～lim～⇨俗曰食酒chiah-chiú。出～chhut～⇨飲酒過多而吐出污物。醉～chùi～⇨不勝酒力。退～thè～⇨飲者酒意消失。解～kái～⇨以他物消酒意。格～kek～⇨釀酒jiāng～。或作激酒kek-chiu。搭～tah～⇨買酒bé(boé)chiú。一杯～chit-poe～⇨同上。一桶～chit-tháng～⇨同上。三罐～saⁿ-koàn～⇨同上。一桌～chit-toh～⇨同上。～不能解眞愁～put-lêng-kái chin-chhiû⇨謂酒消遣可以，但不能解憂愁。食～可以，毋當乎～食去chiah～khó-í，m̄-thang hō·～chiah-khì⇨謂喝酒沒關係，但是不應該喝得不省人事。～中不語眞情事，財上分明大丈夫～tiong put-gí chin-chêng-sū, chāi-siāng hun-bêng tāi-tiāng(tiōng)-hu⇨謂酒席上不說眞情，務財上來清去明才是大丈夫。～逢知已飲，詩向會人吟～hông ti-kí-ím, sī hiàng(hiòng)hōe-jîn-gîm⇨同上～逢知己千杯少，話不投機半句多～hông ti-kí chhian-poe-siáu, ōe-put-tâu-ki poàn-kū-to⇨同上。～不醉人人自醉，色不迷人人自迷～put-chūi-jîn jîn-chū-chùi, sek put-bê-jîn jîn-chū-bê⇨謂沉迷於酒色都是人的問題，不是酒色的問題。～乎人食，～甕煞乎人摃破～hō·-lâng-chiah，～àng soah-hō·-lâng kòng-phoà⇨酒給人喝酒甕竟給他打破了。喻忘恩背義。十千沽～莫辭貧sip-chhian ko·～bok-sû-pîn⇨十千(一萬文)之錢買酒也不辭貧，喻愛酒之甚。對～當歌，人生幾何，譬如朝露，去日苦多，慨當以慷，幽思難忘；何以解憂，唯有杜康tùi～tong-ko, jîn-seng ki-hô, phì-jî tiau-lō·, khì-jit khó·-to, khài-tong-í-khong, iu-su lân-bōng, hô-í-kái-iu, ûi-iú tō·-khong⇨曹操短歌行。

【酒友 chiú-iú】 飲酒之友。酒伴chiú-phoāⁿ。食酒該～～chiah-chiú ài～～⇨喝酒需要酒伴相陪。

【酒令 chiú-lēng】 飲酒行令，違者罰飲。

【酒仙 chiú-sian】 ㊀李白。李白斗酒詩百篇，長安市上酒家眠，天子呼來不上船，自稱臣是酒中仙lí-pek tó·-chiú si-pek-pian, tiâng(tiông) an-chhī-siāng(siōng) chiú-ka-bîn, thian-chú hō·-lâi put-siāng(siōng) chhoân, chū-chheng sîn-sī-chiú-tiong-sian⇨唐詩。㊁嗜酒sī-chiú者的自稱或他稱。

【酒肉 chiú-jiok】 ～～之交～～chi-kau⇨喝酒朋友。

【酒色 chiú-sek】 美酒與女色。～～之徒～～chi-tô·⇨同上。貪迷～～tham-bê～～⇨貪戀入迷於酒與女色。

【酒狂 chiú-kông】 同酒猾chiú-siáu。

【酒肚chiú-tō·】 專爲喝酒之胃。～～的飲較敍每未醉～～ê lim-khah-chē ma-bē-chùi⇨酒量大者喝再多也不醉。

【酒虎 chiú-hó͘】 狡獪的酒客。老～～也飲那會醉lāu～～ā lim ná-ē(ōe)-chùi⇨老酒虎了那裏會醉。

【酒矸 chiú-kan】 酒瓶chiú-pân。番仔～～hoan-á～～⇨接過番仔客的妓女。番仔hoan-á⇨外邦人的通稱。

【酒肴 chiú-ngâu】 酒食chiú-sıt，酒菜chiú-chhài。

【酒性 chiú-sèng】 ㊀酒的功能。～～抣發也～～teh hoat-â⇨酒性在發作了（快要醉了，快要亂來了）。㊁飲酒者的性格 。阿甲～～眞好a-kah～～ chin-hó⇨阿甲酒性好(不醉不亂)。

【酒毒 chiú-tok】 中～～tiòng～～⇨同上。

【酒食 chiú-sıt】 酒肴chiú-ngâu。～～兄弟～～hia$^{n}$-tī⇨有酒有食即兄弟，謂不可靠的朋友。有～～先生饌iú～～sian-seng-choān⇨論語，食sıt改讀sū。

【酒宴 chiú-iàn】 酒筵chiú-iân。有酒的宴席。

【酒鬼 chiú-kúi】 嗜酒如命者。未輸～～抣bē(bōe) su～～leh⇨宛然是酒鬼。

【酒氣 chiú-khì】 帶～～tài～～⇨喝過酒的樣子。

【酒桶 chiú-tháng】 酒桶。喻大酒客。

【酒嘳 chiú-khùi】 似有酒氣chiú-khì。恰如～～～～的款kah-ná～～～～ê khoán⇨好像有飲酒的樣子。

【酒配 chiú-phòe】 送酒的食物。興酒的曷使～～hèng-chiú-ê ah-sái～～⇨嗜酒者何須酒配。

【酒席 chiú-sek】 ～～上的話，不必認眞～～siāng(siōng) ê ōe put-pit jīn-chin⇨同上。

【酒猶 chiú-siáu】 酒癲chiú-tian。酒醉心頭定，～～無性命chiú-chùi sim-thâu-tiā$^{n}$,～～bô-sè$^{n}$(si$^{n}$) miā⇨謂酒醉的程度尚無大礙，喝得癲了就有危險性。猶siáu，狂病kông-pe$^{n}$。狂也。

【酒徒 chiú-tô͘】 嗜酒之人。酒聖酒仙～～酒鬼chiú-sèng chiú-sian～～chiú-kúi⇨嗜酒人的等級。

【酒量 chiú-liāng(liōng)】 飲酒之度數。有～～ū～～⇨～～大～～toā⇨飲大酒。棋局～～kî-kiok～～⇨下棋有限度，喝酒量有限度。謂凡事都有個程度。

【酒意 chiú-ì】 飲而未醉。有～～耳猶未醉ū-～～niâ á-bē(bōe) chùi⇨略有酒意而已還未醉。

【酒債 chiú-chè】 賒酒sia-chiú之債。～～尋常行處有，人生七十古來稀～～sīm-siâng(siông) hêng-chhì(chhù)-iú, jîn-seng chhit-sıp kó͘-lâi-hi⇨唐詩。杜甫秋興。

【酒話 chiú-ōe】 醉話chùi-ōe。酒席上的雜談。未食酒道講～～bōe(bē)-chiah-chiú tō-kóng～～⇨同上。

【酒肆 chiú-sù(sì)】 賣酒的店戶。笑入胡姬～～中chhiàu-jıp ô͘-ki～～tiong⇨唐詩。胡姬酒肆ô-ki-chiú-sù有胡姬侍飲的酒店。

【酒樓 chiú-lâu】 酒家chiú-ka，酒館chiú-koán。

【酒癮 chiú-giàn】 酒興chiú-hèng之進一步者。～～抣攀也～～teh-giâ-à⇨酒癮在動了。

【酒興 chiú-hèng】 ～～一下起管伊有米也無米～～chıt-ē-khí, koán-i ū-bí-ā-bô-bí⇨酒興一起管他有米無米。

【酒羶 chiú-hiàn】 酒味chiú-bī。臭～～chhàu～～⇨臭酒味chhàu-chiú-bī，酒特有的氣味。

【酒鼈 chíu-pih】 酒精中毒者。～～抣振動也～～teh tín-tāng-ā⇨酒鼈在要酒了。

【酒痝痝 chiú-bâng-bâng】 醉痝痝chùi-bâng-bâng。疕bâng，病酒也。

【酒池肉林 chiú-tî-jiok-lîm】 窮奢極侈kiông-chhia kek-chí。以酒爲池懸肉爲林í-chiú ûitî，hiân-jiok ûi-lîm⇨而男女裸體於期間，互相追逐，通霄達旦不已，史書所記的殷紂王的生活。

【酒色財氣 chiú-sek-châi-khì】 容易引人入迷的事物。～～～～容易入迷～～～～iông-ī-jip-bê⇨同上。

【酒精中毒 chiú-cheng-tiòng-tok】 飲酒過度的一種病症。每日須有酒才能略持正常，否則神經麻痺，例如手指顫動不已，字都不能寫。俗稱酒鼈chiú-pih。

【酒囊飯桶 chiú-lông-pn̄g-tháng】 桶tháng亦作袋tē。喻毫無用處之人。歸陣攏是～～～～kui-tīn lóng-sī～～～～⇨整羣人都是無用之人。

【酒醉刣鄭恩 chiú-chùi-thâi-tēⁿ-in】 酒定刣高懷德～～～～～chiú-tiāⁿ thâi ko-hoâi-tek⇨謂宋太祖趙匡胤因酒醉而誤殺功臣鄭恩，酒定了又責高懷德不諫止而殺之。喻自我主義之無理。

【酒醉誤江山 hiú-chùi-gō·-kang-san】 酒醉誤大事。逐個亦講伊會～～～～～tak-ê mah-kóng-i ē(ōe)～～～～～⇨人人都說他會因酒誤大事。

【酒無量不及亂 chiú-bû-liōng-put-kip-loān】 謂酒量因人而異，沒有一定的標準，飲了不至於失態，即飲多一點也無關係。

chiú
帚 掃除塵穢之道具。亦作箒chiú。掃～星sàu～chheⁿ⇨慧星。畚斗掃～pùn-táu-sàu～⇨掃地用具。畚pùn盛土盛糧之草器也，俗作糞斗pùn-tau，非也。

chiú
箒 同帚chiú。俗以以竹造之故用箒chiú。

chiú
守 攻守kong-siú也（見siú守部）。看守也，持之弗失也。無所作爲亦曰守chiú。～於死窟～tī sí-khut⇨生活在死窟中。喻一無作爲。死窟sí-khut謂無發展性之地。亦曰死窟水sí-khut-chúi。悾悾仔～gōng-gōng-á～⇨呆然地等待著。

【守更 chiú-keⁿ(kiⁿ)】 顧更的kò·-keⁿ(kiⁿ)-ê。～～夫～～hu⇨守夜人siú-iah-jîn。～～柝～～khok⇨更夫所用的鳴具。

【守賊 chiú-chhat】 防盜hông-tō。做賊的一更～～的一暝chò(chòe)-chhat-ê chit-keⁿ(kiⁿ)～～ê chit-mê(mîⁿ)⇨謂小盜的工作只需一更，防盜者却需整夜工作。工作量不相稱不能比較。

【守寡 chiú-koáⁿ】 夫死後不改嫁者。～～人～～lâng⇨～～的～～ê⇨～～婦～～hū⇨皆指守寡者。～～面～～bīn⇨陰鬱的面容。經常不開朗的面容。

【守空房 chiú-khang-pâng】 閨中無男人。害阮孤單～～～hāi-goán(gún) ko·-toaⁿ～～～⇨連累我一個人獨居空閨。阮goán, gún複數，但是出自女人口中時，却往往是單數，指她自己。

【守活寡 chiú-oah-koáⁿ】 空有夫妻之名而無夫妻生活的妻子。實質生活同於守活寡者。所謂: 有翁如無查甫人ū-ang ná-bô cha-po·-lâng者也。

【守燈下 chiú-teng-hē(hā)】 呆呆地在燈下。獨夜無伴～～～，清風對面吹tok-iā bô-phoāⁿ～～～，chheng-hong tùi-bīn-choe⇨流行歌詞。此守字宜讀chiú，讀siú雖不能說是錯，但却有失歌詞的原意。蓋守chiú是消極的，守siú是積極的，例如攻守kong-siú，堅守kiang-siú等是也。

【守錢奴 chiú-chîⁿ-lô·(nô·)】 同守財奴siú-châi-lô·(nô·)。抵著你卽個～～～曷有較差tú-tioh lí-chit-ê～～～ah-ū khah-choa(chha)⇨逢到你這個守財奴那裡會有補救。有較差ū-khah-chha，有效也。反之卽曰無較差bô-khah-chha。

chiù
咒 祝禱也。對神鬼立誓也。呪chiù的俗字，亦作訂chiù。符～hû～⇨符與咒。據稱皆能致人禍福。繪符念～ōe-hû liām～⇨書符條念呪文。又暗中罵上亦曰咒chiù。於尻川後～亦無路用tī kha-chhng-āu～a̍h-bô-lō·-iōng⇨在背後私罵也沒用。辛勞～頭家sin-lô～thâu-ke⇨店員私罵店主。～人未死～lâng bē(bōe)-sí⇨呪罵人是不死的。

【咒祖 chiù-chó·】咒罵祖先。對公仔媽寬仔～～tùi kong-á-má khoa$^{n}$-á～～⇨對公媽的牌位一一數說表示怨懟。

【咒掐 chiù-khàng】咒罵 chiù-mē。掐khàng，抓出事實。詈罵～～lé-mē(mā)～～⇨提出事實加以責罵。用於女主人對其嫺婢。

【咒詛 chiù-chó·】咒罵chiù-mē。咒祖chiù-chó·。

【咒詛 chìu-choā】對神鬼立誓。食精免～～chia̍h-chia$^{n}$ bián～～⇨謂食精肉者不用立誓以洗雪偷食肥肉之嫌。暗指食精者難保不食肥肉，亦難免嫌疑。～～錢不過暝～～chî$^{n}$ m̄-kōe-mî$^{n}$(mê$^{n}$)⇨立誓不留錢過明天。明譽暗毀之詞。～～不八人死～～m̄-bat lâng-sí⇨謂呪詛未嘗有人因之而死，意謂咒詛並不可靠。～～乎別人死～～hō· pat-lâng-sí⇨立誓自己將如何如何，其實是迫使別人去如何如何。

【咒語 chiù-gí】念～～喝變道變liām～～hoah-piàn tō-piàn⇨口念呪語叫變就變。眞言～～chin-giân～～⇨同上。

【咒罵 chiù-mē】詈罵lé-mē。歸日～～未煞kui-ji̍t～～bē(bōe)-soah⇨整天詈罵不停。

【咒讖 chiù-chhàm】㊀咒詛chiù-chó·。㊁預言性的詈罵。被序大人～～有較不好hō· sī-toā-lâng～～ū khah-m̄-hó⇨受長輩的預言性責罵比較不妙。老母仔都較不廉嘴，～～一下曷有要緊lāu-bú-á to-khah put-liâm-chhùi, ～～chi̍t-ē a̍h-ū iàu-kín⇨做母親多較不擇言，咒讖一下有什麼關係。

【咒死呼詛 chiù-sí-ho·-choā】賭命立誓力辯清白。～～～～較講每不是伊～～～～khah-kóng mā-m̄-sī i⇨拼命立誓強辯清白，怎麼說都不是他所爲。呼詛hō·-choā亦作捋詛la̍k-choā，義同。

【咒身詈命 chiù-sin-lé-miā】chiù-sin-lóe-miā。婦女咒罵自己命運遭遇不幸，怨天咎人。有安怎道安爾～～～～牽翁仔挽豆藤，實在嚕嗽ū-an-choá$^{n}$ tō an-ne$^{n}$(ni$^{n}$)～～～～khan-ang-á bán-tāu-tîn,si̍t-chāi lô-so⇨動不動就這樣的咒身詈命，扯東接西，綿延不停，(女人)實在嚕嗽。

**chiù 蛀** 物被蟲蝕皆曰蛀chiù，其蟲例如紙魚等皆曰蛀蟲chiù-thâng。柱仔～也thiāu-á～à⇨柱子蛀了。樟仔道未～chiu$^{n}$-á tō bē(bōe)～⇨樟材就不會蛀。白蚼～土地peh-hiā～tho-tī⇨白蟻蛀壞了土地公神像。喻小鬼弄倒了城隍。樹心～了了也chhiū-sim～liàu liàu-à⇨樹心皆蛀壞了只留有樹殼。

【蛀孔 chiù-khang】蛀蟲食穿之洞。舊板～～了了，未用得也kū-pang～～liáu-liáu,bē(bōe)-iōng(iēng)-tit-à⇨舊板全是蛀孔，不能用了。了了liáu-liáu亦可改讀liàu-liàu。

【蛀核 chiù-hu̍t】龍眼lêng(kéng)-géng荔枝lāi-chi等之核小得異常者。～～仔未輸歸粒攏肉呢～～á bē-su kui-lia̍p lóng-bah-nì⇨蛀核的(龍眼或荔枝)恰如整個都是果肉呢。～～也～～á⇨其種類。

【蛀骨 chiù-kut】㊀蛀蟲食骨。㊁惡作劇的孩子。～～囡仔～～gín-á⇨喜歡惡作劇的壞孩子。

【蛀龜 chìu-ku】米，豆類的蛀蟲。亦稱蛀米龜chiù-bí-ku。

【蛀蛘 chiù-iû$^{n}$】俗名蛀米龜chiù-bí-ku。

【蛀窟 chiù-khut】靨子ia̍p-chú，亦卽笑靨chhiàu-ia̍p。俗曰酒窩chiù-o，亦卽酒窟仔chiù-khut-á。

【蛀鼻 chiù-phī$^{n}$】㊀缺鼻khih-phī$^{n}$，鼻的缺

陷。㊁喻事已敗。～～去也～～khì-à⇨失敗去了。㊂刁難。莫扲合我～～māi-teh kah-goá～～⇨不要和我刁難。

【蛀齒 chiù-khí】 齲齒ku(u)-khí。蛀壞的牙齒。～～扲痛～～teh-thiàⁿ⇨蛀牙在痛。

【蛀蟲 chiù-thâng】 蛀物的蟲類的總稱。白蚼啦，食册的紙魚啦，噍米的蛀龜啦，都叫做～～ peh-hiā-là, chiah-chheh ê chí-gî-là, chiah-bí ê chiù-ku-là, to-kiò-chò～～⇨同上。白蚼peh hiā白蟻pek-gī也。

**就** chiū 成也。即也。近也。即時也。假設之詞也，順從事勢皆曰就chiū。功名成～kong-bêng sêng～⇨功名實現了。罔將～bóng-chiang～⇨勉強遷就。遷～chhian～⇨放棄主觀順應客觀。委曲求全。屈～khut～⇨委曲遷就。天未光～來也thiⁿ-bē(bōe)-kng～lâi-ā⇨天未光即到了。去了～無轉來也khì-liáu～bô-tńg-lâi-ā⇨一去即不回頭了。一下病～嗚呼哀哉也chit-ē-pēⁿ～o·-ho·-ai-chāi(chāi)-ā(ā)⇨一病即死了。二十歲～娶某也jī-chap-hòe～chhoā-bó·-ā⇨二十歲即娶妻了。叫～來，喝～去kiò～lâi，hoah～khì⇨喚即來喝即去，任人驅使。逐項該～伊tak-hāng ài～i⇨每事都要順從他。削價～人siah-kè～lāng⇨降價遷就買方。人lâng改讀lāng。屈脚相～khut-kha siang(siong)～⇨屈膝就之。～伊的話想道知也～i-ê-ōe siūⁿ to chai-a⇨將他的話思考就可知道了。～單算錢～toaⁿsǹg-chîⁿ⇨根據賬單算錢。～事論事～sū-lūn-sū⇨從事情本身評論。身命家己不顧，老來你～知sin-miā ka-lī(kī) m̄-kò·,lāu-lâi lí～chai⇨身體自己不照顧，將來老了你就會知道(其錯誤)。若不減價～莫買ná-m̄ kiám-kè～māi-bé(bóe)⇨不降價即不買。有錢～揚氣也ū-chîⁿ～iâng-khì-à⇨有錢道得意了。就chiū⇨即chek⇨道tō。

【就木 chiū-bok】 進住棺材中。行將～～hêng-chiang～～⇨快要入棺材中。喻死期近。

【就日 chiū-jit】 喻接近天子。千官～～萬品趨雲chhian-koan～～bān-phín chhu-hûn⇨千官萬品皆趨向天子。

【就正 chiū-chèng】 詩詞示人的謙詞。～～於諸君子～～î chu-kun-chú⇨公開(出版)其詩詞等。

【就任 chiū-jīm】 就職chiū-chit。新官～～sin-koaⁿ～～⇨引出歇後語三把火。

【就位 chiū-ūi】 到達所定的位置。主席～～chú-sek～～⇨同上。

【就近 chiū-kīn】 在近。㊀地理性。～～共伊照顧～～kā-i chiàu-kò·⇨在近處順便照顧他。㊁時間性。～～無解決未用得～～bô-kái-koat bē(bōe)-iōng(iēng)-tit⇨在最近之中非解決不可。

【就是 chiū-sī】 ㊀即是。彼平岸～～也hit-pêng-hoāⁿ～～ā⇨河那邊即是。算做我的數～～也sǹg-chò·(chòe) goá-ê-siàu～～ā⇨算做我的賬即對了。還伊～～hêng-i～～⇨返給他即可。㊁道是tō-sī。伊～～兇手i～～hiong-chhiú⇨他道是兇手。～～無錢所致的～～bô-chîⁿ só·-tì-ê⇨道是無錢所致的。無錢～～無錢,那有法度bô-chîⁿ～～bô-chîⁿ ná-ū hoat-tō⇨無錢道是無錢，那有法度。上帝～～救世主siōng-tè～～kiù-sè-chú⇨上帝道是救世主。就是chiū-sī⇨道是tō-sī⇨即是chek-sī。

【就偎 chiū-oá】 就近chiū-kīn。～～道併娶也～～tō-boeh(beh)-chhoā-ā⇨很快就要娶妻了。

【就義 chiū-gī】 爲義而死。全員慷慨～～choân-oân～khong-khài～～⇨同上。

【就業 chiū-giap】 上了一種工作。有人失業有人～～ū-lâng sit-giap ū-lâng～～⇨同上。

【就寢 chiū-chhím】 上床睡覺。九點～～五點起床káu-tiám～～gō·-tiám khí-chhn̂g⇨同上。

【就緊 chiū-kín】 盡量快速。～～回家hôe-ka⇨同上。～～返債～～hêng-chè⇨同上。

【就緒 chiū-sī】 籌備～～tiû-pī～～⇨同上。

【就範 chiū-hoān】 受節制。不肯～～put-khéng～～⇨同上。

【就養 chiū-iáng】 父母受兒女的奉養。

【就學 chiū-hak】 上學校。～～率眞高～～lut chin-koân⇨同上。

【就職 chiū-chit】 ～～大典～～tāi-tián⇨就任典禮。

【就醫 chiū-i】 受醫治。去國外～～khì-kok-goā～～⇨前往外國醫治。

【就安爾 chiū-an-ne(ni)】 就如此chiū-jî-chhú。～～～道無來往也～～～tō-bô-lâi-óng-à⇨就這樣子就不相來往了。

【就孝娶 chiū-hà-chhoā】 俗謂父母喪百日內,可以迎娶新娘入門,否則須等候三年孝滿。亦曰順孝娶sūn-hà-chhoā。

【就地正法 chiū-tē-chèng-hoat】 在犯罪原地立即處死。兇手早道～～～～也hiong-chhiú chá-tō～～～～à⇨兇手早就地正法了。

【就地取材 chiū-tē-chhú-châi】 在當地求取所需之材料人工。～～～～一來可免搬運,二來亦可感情交流～～～～it-lâi kó-bián poaⁿ ūn, jī-lâi ah-hó kám-chêng kau-liû⇨同上。

【就地取糧 chiū-tē-chhú-niû】 在現地求取所需糧草。～～～～較省搬運～～～～khah-séⁿ(séng) poaⁿ-ūn⇨同上。

## chiuⁿ

**chiuⁿ 章** 同章chiang,chiong (見chiang部)。文～bûn～⇨同上。第二～第三節tē-jī～tē-saⁿ-chat⇨書文段落。

**chiuⁿ 樟** 木名。一種濶葉喬木。可製材,亦可格樟腦油。種～仔chèng～á⇨樟的造林。

【樟仔 chiuⁿ-á】 樟樹,樟材。～～好於有芳更未蛀～～hó-tī ū-phang koh-bē(bōe)-chiū⇨樟材的好處在於有芬芳,加上不蟲蛀。

【樟柴 chiuⁿ-chhâ】 樟木。樟材。～～較稀罕過紅檜～～khah hi-hán-kòe âng-kòe⇨樟較紅檜更稀有。

【樟料 chiuⁿ-liāu】 樹木的木材。即座橱是～～的chit-chō-tû sī～～ê⇨此一衣橱是樟木的材料做的。

【樟腦 chiuⁿ-ló】 從樟樹格成的一種香油。亦曰～～油～～iû,或簡稱腦油ló-iû。在化學合成以前是相當珍貴的原料。所謂celluloid者的原料是也。

【樟樹 chiuⁿ-chhiū】 樟的大木。

**chiuⁿ 漿** 汁也。泥狀濃汁曰漿chiuⁿ。米～bí⇨米加水磨成者。豆～tāu～⇨略同米漿。塗～thô·～⇨泥土。塗糜～thô·-moâiⁿ(bê)～⇨泥土,狀如糜bê(moâiⁿ)。搦塗～jiok-thô·～⇨踏塗～tah-thô·～⇨製造泥漿nî-chiuⁿ。搦jiok用手,踏tah用脚。入～jip～⇨粟粒中已有米汁。又布浸入泔ám或糊水中以增其清鮮度亦曰漿chiuⁿ,曰嗤漿chiah-chiuⁿ。亦曰漿泔chiuⁿ-ám,泔ám飯汁也。衫洗了該更～saⁿ～sé(sóe)-liáu ài-koh～⇨同上。有～的較鮮俏ū～ê khah chhinⁿ-chhioh⇨加漿的更鮮俏。

【漿泔 chiuⁿ-ám】 ㈠布食漿。㈡目珠皮無～～bak-chiuⁿ-phôe bô～～⇨喻眼光不夠精明看不出勢利。

【漿衫 chiuⁿ-saⁿ】 衣裳加漿。

【漿洗 chiuⁿ-sé(sóe)】 逐日該～～tak-jit ài～～⇨每天都要漿與洗。

**chiuⁿ 蟾** 蟾蜍siâm-î俗曰chiuⁿ-chî (見siam部)。

**chiúⁿ 槳** 楫也。用以撥水行舟者也。櫓也。櫓～ló·～⇨長大曰櫓,短小曰槳。船～chûn～⇨同上。小～仔sió～á⇨小舟。螺旋～lê-soân～⇨船或飛機的螺旋狀推進機。

【上街 chiū$^n$-ke(koe)】 前往商店街購物。我眞罕得～～goá chin-hán-tit～～⇨我很少上街。

【上棚 chiū$^n$-pê$^n$(pi$^n$)】 菜瓜等蔓類植物長大伸上瓜棚。菜瓜得未～～也chhài-koe tit-boeh～～ā⇨菜瓜快要上棚了。得未tit-boeh⇨ti-boeh(beh)→te-beh。又同上台chiū$^n$-tâi。

【上衙 chiū$^n$-gê】 上衙門。官員上班。大人～～去也tāi-jîn～～khì-ā⇨大人上班去了。

【上路 chiū$^n$-lō͘】 出發。早起透早道～～也chá-khí(í) thàu-chá tō～～ā⇨今晨一早就出發去了。

【上落 chiū$^n$-lo̍h】 升降。來往。～～眞利便～～chin lī-piān⇨升降很便利。～～的人敥～～ê-lâng chē⇨來往人多。不時有人～～put-sî ū-lâng～～⇨經常有人來來往往。

【上運 chiū$^n$-ūn】 步上好運。得未～～也te-beh～～ā⇨快要步上好運了。

【上算 chiū$^n$-sǹg】 列入賬目，有價值。不～～m̄～～⇨算不上。會堪得～～也ē(ōe)-kham-tit～～à⇨有價值(資格)算上了。不～～的人m̄～～ê-lâng⇨不足取的小人物。

【上槽 chiū$^n$-chô】 小猪離母乳自找食物。猪仔囝～～猪母道食屎無ti-á-kiá$^n$～～ti-bó tō-chia̍h-sái-bô⇨小猪離乳了，母猪就沒得吃了。喻母愛，孩子離乳了不吃乳，但卻什麼東西都留給孩子，自己很少吃。

【上遭 chiū$^n$-choā】 上軌道(好壞都用)。較教都未～～khah-kà to-bē(bōe)～～⇨如何教都教不會。食一下好更會～～chia̍h-chi̍t-ē-hó koh-ē(ōe)～～⇨嘗了好處又自來了。

【上熱 chiū$^n$-jia̍t】 開始有興趣。抄～～也免若久道會上癮也teh～～à bián joā(goā)-kú tō-ē(ōe) chiū$^n$-giàn-ā⇨在熱中了，不必多久就會上癮了。

【上課 chiū$^n$-khò】 上課siāng(siōng)。

【上數 chiū$^n$-siàu】 登賬。彼條該～～hit-tiâu ài～～⇨那條需登上賬。在賬。即條有～～chit-tiâu ū～～⇨此筆已在賬中。

【上樹 chiū$^n$-chhiū】 攀上樹上。教囝泅，毋教囝～～kà-kiá$^n$-siû，m̄-kà-kiá$^n$～～⇨教孩子游水也不教子攀樹。謂上樹危險多。

【上學 chiū$^n$-o̍h】 入學。進學。猶未～～á-bōe(bē)～～⇨還沒上學。

【上頭 chiū$^n$-thâu】 惹虱～～爬jiá-sat～pê⇨喻自招麻煩。

【上檐 chiū$^n$-chî$^n$】 孩子恃寵撒嬌。愈來愈～～ná-lâi ná～～⇨越來越壞了。愈ná，jú。檐chî$^n$或作錢chî$^n$，但不知何對何時，或另有其字。

【上額 chiu-$^n$-hia̍h】 河溪～～芋仔好食hô-khe～～ō͘-á hó-chia̍h⇨天河正對頭額時芋頭就可以採食。約在舊曆六月末七月初，天何漸近中天。農諺。

【上轎 chiū$^n$-kiō】 乘上轎。新娘～～sin-niû～～⇨同上。

【上年歲 chiū$^n$-nî-hōe】 上了年紀。～～～的人～～～ê lâng⇨老年人。

【上馬瘋 chiū$^n$-bé-hong】 房事中急死的病症。着着～～～tio̍h-tio̍h～～～⇨中了上馬瘋症。亦稱上馬寒chiū$^n$-bé-hân。

【上北落南 chiū$^n$-pak-lo̍h-lâm】 北上南下。～～～～像抄行灶脚抄～～～～chhiū$^n$-teh-kiâ$^n$ chàu-kha-leh⇨忽上北忽下南，宛如往廚房那麼頻頻。

【上馬金落馬銀 chiū$^n$-bé-kim-lo̍h-bé-gîn】 ～～～～～～三日小五日大～～～～～～sam-ji̍t-siáu ngó͘-ji̍t-tāi⇨上馬贈金，下馬贈銀，三日一小宴，五日一大宴，俗謂曹操如此款待關羽。您父端仔欠一下～～～～～～耳，你猶得嫌啥lín-pē tan-á khiàm-chi̍t-ē～～～～～～niâ，lí iáu-teh-hiâm-siah$^n$⇨我待遇你只是上馬金下馬銀做不到而已你還有什麼不足。

**chiūⁿ 癢** 同痒也。皮膚欲搔曰癢chiuⁿ。痛更～thiàⁿ koh～⇨痛加癢。未痛未～bē-thiàⁿ-bē～⇨不痛不癢。也痛也～ā-thiàⁿ-ā～⇨又痛又癢。皮抄～也phôe-teh～ā⇨皮在癢了，媽罵孩子的話，意謂皮在癢了需要媽打你一打了。皮～骨～phôe～kut～⇨自己惹來麻煩。～的毋扒，痛的爪到血流～ê m̄-pê，thiàⁿ ê jiàu-kà hoeh(huih)-lâu⇨癢處不抓痛處卻抓得流血，謂應管的事情不管，不相關的地方卻管得亂七八糟。爪無着～jiàu bô-tioh～⇨喻文不對題。耳孔～hīⁿ-khang～⇨謂有人在數念你siàu-liām-lí。尻川～kha-chhng～⇨喻自作孽。俗以瘴作癢chiūⁿ，非也。瘴，音chiàng，癘也，熱病也。

## chng

**chng 粧** 妝chong的俗字，通用粧chng。飾也。女子理容梳髻曰粧chng，以飾貌也。引申之，掩飾亦曰粧chng。又裝貨亦曰粧chng，裝煙亦曰粧chng，通裝chng。假～的ké～ê⇨化裝的，假冒的。梳～臺se～tâi⇨化粧鏡台。梳～樓～se～lâu⇨同上。梳～打扮se～táⁿ-pān⇨梳頭抹粉整衣以美容儀。～人成人，～鬼成鬼～lâng chiâⁿ-lâng，～kúi chiâⁿ-kúi⇨扮甚麼，像甚麼。神該扛，人該～sîn ài-kng，lâng ài～⇨神着扛，人着～sîn tioh-kng，lâng tioh～⇨人神均須加意打點修飾。

【粧丑 chng-thiú】 ～～粧淨～～chng-chēng⇨演小丑演大花。

【粧包 chng-pau】 粧成一包一包。茶是～～賣的tê sī～～bē(bōe)-ê⇨同上。裝包chng-pau。

【粧生 chng-seng】 演小生的角色。～～粧旦～～chng-toàⁿ⇨演小生演小旦。

【粧佛 chng-put(hut)】 粧神～～chng-sîn～～⇨假鬼假怪。

【粧担 chng-thāⁿ】 加意化粧。有～～有走錯ū～～ū cháu-choā⇨有打扮就好看得多。担thāⁿ拂也，擊也，舉也，非擔tàⁿ之簡體字。

【粧神 chng-sîn】 ～～粧佛～～chng-put⇨假鬼假怪。～～成神，粧鬼成鬼～～chiâⁿ-sîn chng-kúi chiâⁿ kúi⇨謂凡事要自己先有其底，可扮神可扮鬼，才能成功。粧神chng-sîn亦作粧人chng-lâng。

【粧茶 chng-tê】 茶打包。～～乎人～～hō͘-lâng⇨同上。

【粧做 chng-chò(chòe)】 假冒。可能是有～～khó-lêng sī ū～～⇨很可能是作假的。水鬼～～城隍chúi-kúi～～sêng-hông⇨水鬼假扮城隍。壞人假裝好人。

【粧貨 chng-hòe(hè)】 裝貨chng-hòe，chong-hòe。抄～～也teh～～à⇨在裝貨了。

【粧揷 chng-chhah】 粧担chng-thāⁿ。愛～～ài～～⇨好濃粧艷抹。

【粧煙 chng-hun】 裝煙絲於煙斗。裝阿片煙。

【粧傷 chng-siang(siong)】 假傷ké-siang。恔～～gâu～～⇨會裝假傷。無假有，小假大。

【粧奩 chng-liâm】 俗曰嫁粧kè-chng。

【粧箱 chng-siuⁿ】 粧成一箱一箱。裝箱chng-siuⁿ。

【粧戲 chng-hì】 演戲ián-hì。學戲oh-hì。無捨施生子去～～bô-sià-sì seⁿ(siⁿ)-kiáⁿ khì～～⇨很可憐兒子去做學演戲的。

【粧新娘 chng-sin-niû】 未輸抄～～～抄bē(bōe)-su teh～～～leh⇨與粧新娘一樣。

【粧藝閣 chng-gē-koh】 製造藝閣。

【粧花担粉 chng-hoe-tháⁿ-hún】 極盡化粧之能事。食到七老八老也講亦合人抄～～～～chiah-kà chhit-lāu-peh-lāu-ā kóng-ah kah-lâng teh～～～～⇨活到夠老了竟也和少年人一樣的大事化粧。

**chng 庄** 莊chng的俗字，田家村落曰庄chng。街～ke～⇨鄉鎮hiang-tìn。田～chhân～⇨鄉村。臭鬓邊，無好貨，十八～，無講話chhàu pìn-piⁿ，bô-hó-hòe，chap-peh～，bô-kóng-ōe⇨童謠。謂臭鬓邊者不是好東西，在十八庄中，無人與他講話。臭鬓邊chhàu-pìn-piⁿ，鬓有疤痕。

【庄內 chng-lāi】 庄中chng-tiong。全庄。～～無人有的～～bô-lâng-ū-ê⇨全庄沒人有之。

【庄仔 chng-á】 庄。庄內chng-lāi。～～頭掠猪，～～尾的狗參扲吠～～thâu liah-ti，～～bóe-ê-káu chham-leh-pūi⇨謂在村中這邊掠猪，那邊的狗也吠起來了。亦即世間事趁鬧熱者衆。

【庄社 chng-siā】 庄。社之后土hō·-thó·也。～～逐家眞和氣～～tak-ke chin hô-khì⇨庄中大家很平和。

【庄例 chng-lē】 庄的規紀。該照～～藉好ài chiàu～～chiah-hó⇨需要按庄規辦理才好。

【庄長 chng-tiúⁿ】 鄉長hiang-tiúⁿ。村長chhoan-tiúⁿ。

【庄脚 chng-kha】 鄉下。～～人～～lâng⇨鄉下人。～～店仔～～tiàm-á⇨庄中小店。～～較好企起～～khah-hó khiā-khí⇨鄉下較易生活。

【庄裏 chng-nī(lī)】 庄chng。庄內chng-lāi。田庄chhân-chng。～～帶到無竹圍也～～toà-kà bô-tek-ûi-à⇨謂在本庄居住甚久了。自有竹圍的時代直到無竹圍的時代。～～人～～lâng⇨田庄人chhân-chng-lâng。～～倯海口�⇨～～sông hái-kháu-gōng⇨鄉下人與海口人彼此相輕之詞。

【庄頭 chng-thâu】 庄的進口。～～庄尾～～chng-bóe⇨同上。庄chng。庄內chng-lāi。全庄。～～若要好做頭老的人眞要緊～～nā-boeh-hó，chò thâu-ló-ê-lâng chin iàu-kín⇨庄若要好，做頭領導的人很重要。

**chng 莊** 姓氏。商號稱莊chng，商品的式類亦曰chng。茶～tê～⇨茶肆。茶交易所。錢～chîⁿ～⇨錢幣交易商。即～的較有信用chit～ê khah-ū sìn-iōng⇨此式貨較可靠。彼～的較俗hit～ê khah-siok⇨那一種貨較便宜。你愛佗一～的lí ài to-chit～ê⇨你要何一式類的。我不知佗一～的較好goá m̄-chai to-chit～ê khah-hó⇨我不知何式的好。一～貨一～價錢chit～hòe chit～kè-chîⁿ⇨一種貨一種價各不相同。

**chng 賍** 贓chong的俗體字（見chong部）。納賄賂hóe-lō·也。竊盜chhiap-tō所得也。賊～chhat～⇨贓物chong-but。掠姦在床，掠賊在～liah-kan chāi-chhn̂g，liah-chhat chāi～⇨謂事必須具體確切之證物。通姦必男女在床上，盜賊必有贓物爲證。消～siau～⇨變賣贓物。

**chng 唑** 閉口也。蠅食曰唑chng。胡蠅～的hô·-sîn～ê⇨蠅食之矣。扲～teh～⇨蠅在食之。～過的不當食～kòe-ê m̄-thang-chiah⇨蠅食過的不可食之。

**chng 磚** 燒墼sio-kat也。墼kat者磚模chng-bô·，未燒者曰塗墼thô·-kat，俗作塗角thô·-kak，既燒者曰甎chng，俗作磚chng。紅～âng～⇨紅～仔âng～á⇨磚chng之通稱。鋪金～pho·-kim～⇨以金鋪地。地～tē～⇨鋪地磚pho·tē-chng。～徙於石裡～soá tī chioh-nī⇨從磚移徙於石。謂從好處遷移壞處。

【磚仔 chng-á】 ～～厝～～chhù⇨磚造房屋。～～窰～～iô⇨燒磚之窰。～～角～～kak⇨破磚片。～～門mn̂g⇨同上。～～庭～～tiâⁿ⇨同上。～～廳～～thiaⁿ⇨同上。

【磚棚 chng-pêⁿ(pîⁿ)】 欄杆台。～～仔～～á⇨同上。踏～～仔tah～～á⇨鋪裝欄杆台之磚。

【磚鏨 chng-chām】 土水用的小工具。切削磚瓦之用。

**chńg 掌** 掌chiáng也。掌頭chńg-thâu也。尾～仔bóe～á⇨尾掌頭仔bóe-chńg-thâu-á，亦即尾指仔bóe-cháiⁿ-á也。掌頭仔chńg-thâu-á⇨掌指chiáng-chí也，指也。

【掌甲 chńg-kah】 chéng-kah。掌頭甲也。指甲cháiⁿ-kah，chéng kah，chńg-kah。～～花～～hoe⇨花名，有芳香，葉可染指。～～茸～～jiông⇨指甲內之肉。～～眉仔～～bâi-á⇨指甲所生之處。或有月眉形的白色出現。性命於抒～～眉仔sèⁿ(sìⁿ)-miā tī-teh～bâi-á⇨謂萬分危險。～～鑿～～chhak⇨弧形之鑿。鑿竹之用。竹鑿tek-chhak。～～眞深～～chin-chhim⇨指醫生收費太高。

【掌指仔 chńg-cháiⁿ-á】 chéng-cháiⁿ-á。手指。指。十枝～～～伸出來未平長chap-ki～～～chhun-chhut bē(bōe) pêⁿ(pîⁿ)-tn̂g⇨㊀子女未必同賢惠hiân-hūi。㊁父母心未必無偏愛。手～～～chhiú～～～⇨同上。

【掌頭仔 chńg-thâu-á】 。同掌指仔chńg cháiⁿ-á。手～～～chhiú～～～⇨同上。～～～伸出也有長短～～～chhun-chhut iā-ū tn̂g-té⇨要全部齊一是不可能的。喻兄弟不可能同俊賢，父母也不能同予關愛。～～～目～～～bak⇨指關節。

**chǹg 鑽** 所以穿也。刺也。以針穿孔曰鑽chǹg。潛入內部曰鑽chǹg。善作夤緣干求曰鑽chǹg。～幾孔～kúi-khang⇨要開若干孔。～未過～bē(bōe)-kòe⇨穿不通。～於土糜內～tī thô· moâi(bê)-lāi潛在泥中。眞佼～chin-gâu～⇨很會鑽營choàn-êng。頭殼削尖尖，專門得～的thâu-khak siah-chiam-chiam，choan-bûn teh～ê⇨頭削得甚尖，專門以夤緣干求爲能事。扁～pîⁿ⇨同上。大～toā～⇨同上。金剛～kim-kong～⇨同上。

【鑽水 chǹg-chúi】 潛水chhiâm-chúi。會～～ē(ōe)～～⇨能潛水。佼～～gâu～～⇨善於潛水。～～艇～～théng⇨同上。

【鑽仔 chǹg-á】 錐仔chuiⁿ-á。鍼器chiam-khì。無～～無法度bô～～bô-hoat-tō·⇨沒錐仔沒辦法穿過去。一枝～～chit-ki～～⇨小利害的人物。成事不足敗事有餘的小人物。

【鑽耳 chǹg-hīⁿ】 耳朵穿孔以便帶耳鉤。亦曰貫耳仔kǹg-hīⁿ-á。

【鑽錢孔 chǹg-chîⁿ-khang】 在錢中鑽營。專抒～～～的人choan teh～～～ê lâng⇨錢分一的見利忘義者。

【鑽孔鑽縫 chǹg-khang-chǹg-phāng】 多方鑽營干求不休。無孔不入。～～～～非常敢死～～～～hui-siâng káⁿ-sí⇨無孔不入，不顧及廉恥。

【鑽桷仔縫 chǹg-kak-á-phāng】 在法律邊緣討生活。桷仔kak-á屋頂戴瓦之小樑。

**chn̂g 全** choân也（見choan部）。亦讀chûiⁿ。齊～chiâu～⇨全備矣。châu～，chê～。嫖賭飲三字～ phiâu-tó·-ím saⁿ-jī～⇨謂嫖賭飲三事皆全部染上了。亦曰食博跮三字～chiah-poah-thit saⁿ-jī～。跮thit，跮跢thit-thô玩樂也。十字～透底軟chap-jī～thâu-té-ńng⇨謂十惡皆備，如假包換。透底軟thâu-té-nǹg是純綿到底全是軟的，半點不假的純正的。

【全年 chn̂g-nî】 chûiⁿ-nî。講～～的kóng～～ê⇨談整年的。

【全然 chn̂g-jiân】 chûiⁿ-jiân。完全oân-choân。～～不知～～m̄-chai⇨一無所知。～～無提起～～bô-theh-khí⇨皆沒有說過。

【全豬全羊 chn̂g-ti-chn̂g-iûⁿ】 繫～～～～抒hē～～～～leh⇨許願要酬許全豬全羊哩。

**chn̄g 狀** 扎也，牒也。形態也。陳述也。陳述事實之文字曰狀chn̄g。告～kò～⇨告訴書。訴～sò·～⇨同上。行～hêng～⇨㊀言行的經過。㊁言行的記錄。獎～chiáng～⇨獎勵書。特許～tek-hí～⇨特別許可書。自～其情chū

～kî-chêng⇨自述其事。言動無～giân-tōng bû～⇨言動脫軌。

【狀元 chn̄g-goân】 chōng-goân。chiōng-goân。

【狀紙 chn̄g-choá】 訴訟書狀用紙。法院有一定的格式者出售。

【狀師 chn̄g-su】 代書人,代作訴訟書狀者。請～～寫告狀chhiá$^{n}$～～siá kō-chn̄g⇨同上

【狀貌 chn̄g-māu】 相貌siàng-māu。～～堂堂～tông-tông⇨同上。

【狀頭 chn̄g-thâu】 狀紙上。～～狀尾～～chn̄g-bóe⇨狀紙上自始至終。～～每你的名,狀尾每無你的名～～bô lí-ê-miâ,chn̄g-bóe mā-bô lí-ê-miâ⇨紙上無你名。你無權干涉。

chn̄g **䑛** 以舌取物也。亦讀chūi$^{n}$用舌～iōng-chi̍h～⇨以舌嘗之。牛母～牛囝曰～犢gû-bó～gû-kiá$^{n}$ oat～to̍k。一枝竹仔成掠長,中央一點糖,約會着,擧去～約未着,夯去問chi̍t-ki tek-á chiâ$^{n}$-lia̍h-tn̂g, tiong-ng chi̍t-tiám-thn̂g,ioh-ē-tio̍h, giâ-khì～ioh bē-tio̍h,giâ-khì-mn̄g⇨童子謎。答案是屎篦sái-pe。成掠長chiâ-lia̍h-tn̂g五六寸長。約ioh,猜謎也。

【䑛奶 chn̄g-leng】 含母乳。嬰仔～～e$^{n}$-á～～⇨同上。

【䑛犢 chn̄g-to̍k】 老牛～～lāu-gû～～⇨親子之愛。

【䑛筆尾 chn̄g-pit-bóe】 口含筆尖使筆毛尖齊。～～～仔～～～á⇨靠寫字爲生之人。

【䑛鉛筆 chn̄g-iân-pit】 囝仔～～～gín-á～～～⇨學童有嘗鉛筆尖的惡癖。

【䑛嘴唇 chn̄g-chhùi-tûn】 ～～～皮～～～phôe⇨觸吻嘴唇。

chn̄g **臟** 內臟lāi-chōng也。粉～hún～⇨豬的十二指腸部份。爲一甚珍奇的食品。

【臟腑 chn̄g-hú】 chōng-hú。～～王～～ông⇨同上。

chn̄g **旋** 毛脚作旋渦soān-o狀曰旋chn̄g。雙～單～siang～toa$^{n}$～⇨兩旋相並與單旋獨立。子午卯酉,～歸中chú-ngó·-báu-iú,～kūi tiong⇨謂子午卯酉四個時辰出生的嬰仔,其旋chn̄g在頭上正中央(信不信由你)。双個～惡到無人問siang-ē～ok-kà bô-lâng-mn̄g⇨謂双旋者性質兇猛至於無人與他相問聞。

## cho

cho **慒** 慮也。心亂也。心～sim～⇨心肝頭～sim-koa$^{n}$-thâu～⇨心裡鬱悶ut-būn。腹肚枵道～pak tó· iau tō～⇨肚子一餓心就鬱悶。

【慒心 cho-sim】 心悶跳。端仔安爾眞～～tan-a(tan-na) an-ni(ne) chin～～⇨只是這樣子的心裡很悶亂。～～到硬將未絕喟去～～kà ngē chiong boeh choa̍t-khùi-khì⇨心裡悶亂得幾乎要斷氣了。

【慒慒 cho-cho】 鬱悶。心～～sim～～⇨心裏悶悶不樂。

cho **遭** 遇也。際遇曰遭cho,又事有若干次曰若干遭cho(亦曰choâ,見choa部)。周～chiu～⇨附近。即～該死也,伊chit～kai-sí-à,i⇨此次死定了,他。即～未得直也chit～bē-tit-ti̍t-à⇨這一次不得了了。即～無許好也chit～bô hiah-hó-à⇨這一次沒那麼容易了。

【遭殃 cho-iang】 遭受災禍。先死的萬幸,慢死的～～seng-sí-ê bān-hēng,bān-sí-ê～～⇨頑童們的戲詞。謂: 先死者算好運,慢死者有苦頭吃。

【遭逢 cho-hông】 遇合。辛苦～～起一經sin-khó·～～khí-it-keng,干戈落落四周星kan-ko lo̍k-lo̍k sū-chiu-seng,山河破碎水漂絮san-hô phò-chùi súi-phiau-sī身世浮沉風打萍sin-sè phû-tîm hong-tá$^{n}$-phêng,皇恐灘邊說皇恐hông-khióng-than-pian soat-hông khióng，零丁洋裏嘆零丁lêng-teng-iâng-lí thàn lêng-teng，人生自古誰無死，jîn-seng chū-kó· sûi-bû-sú，留取丹心照汗青liû-chhí tan-sim-chiàu-hān-chheng⇨文天祥詩。皇恐灘hông-khióng-than，零丁洋lêng-teng-iâng，崖山gâi-san均在廣東外海，皇恐hông-khióng可能是香港hiang-káng的古名。宋末幼帝逃元兵，出皇恐灘，經零丁洋而至崖山，在崖山兵敗沉海而死，宋朝滅於此。詩詠此事，兼提自己身世與決心一死，悲壯之極。

【遭遇 cho-gī】 相逢。～～戰～～chiàn⇨兩軍預期或不預期，在中途相遇而發生的戰鬥。

【遭際 cho-chè】 人生所處的境地。

【遭瘟 cho-un】 病瘟疫。

【遭難 cho-lān】 遇難，受難。～～者不多～～chiá put-to⇨同上。

【遭家不造 cho-ka-put-chō】 家遭不幸。喻遭到父母之喪。

【遭時不遇 cho-sî-put-gī】 時勢不可爲。～～～～，歸臥山林～～～～kui-ngō·-san-lîm⇨古時仕宦不得志時的退路。

**棗** chó 果樹名。俗曰棗仔chó-á。有紅～烏～âng～o·～⇨古時仕宦不得志時的退路。

【棗仔生仁 chó-á-seng-jîn】 棗仔與生仁。都是通年的食品。生仁seng-jîn是包糖衣的花生米。

**早** chó 清晨也。先期也。亦讀chá(見cha部)。皇帝該～朝hông-tè ài～tiâu⇨古帝王每清晨登殿受羣臣朝賀。莫道君行～，更有～行人bok-tō kun-hēng～， kēng-iú～hêng-jîn⇨昔時賢文。

【早日 chó-jit】 前天。大～～toā～～⇨大前天。

【早世 chó-sì】 死得早，夭折iáu-chiat。

【早婚 chó-hun】 年歲較幼而婚。古早人較～～十六、七歲仔道嫁了了也kó·-chá-lâng khah～～chap lak-chhit-hòe-á tō-kè-liáu-liáu à⇨古人比較早婚，十六七歲就都出嫁去了。

【早產 chó-sán】 未足月而出。～～無要緊，會大漢道好也～～bô-iàu-kín ē-toā-hàn tō-hó à⇨早產沒關係，會成人就好了。

【早衙 chó-gê】 故時的官衙的朝會。朝廷有早朝，縣衙有～～tiâu-têng ū chó-tiâu, koān-gê ū～～⇨各層統治者均有一定的規制。

**左** chó 右之對也。又邪也。又反對的亦曰左chó。前東後西，右南～北chêng-tang āu-sai, iū-lâm～ pak⇨東對西，南對北。意見相～ì-kiàn siang(siong)～⇨意見相衝突。旁門～道pông-bûn～tō⇨妖法邪術。

【左右 chó-iū】 ㊀部下，家丁。～～呀，打轎回府～～ah, tá-kiāu hôe-hú⇨戲白hì-peh。大家回家去吧的戲詞。㊁大約tāi-iak。敢五點～～也kám gō· tiám～～à⇨大約五時前後了吧。㊂影響éng-hióng。乎你未～～得hō·-lí bē～～tit(lī)⇨你左右不了，你影響不了(他，我)。

【左券 chó-koàn(kǹg)】 契約書，分左右兩份各執其一。穩操～～ún-chho～～⇨十分有把握pa-ak。

【左衽 chó-jīm】 披髮～～phi-hoat～～⇨夷狄的風俗。微管仲，吾其披髮～～矣bî-koán tiōng gô·-kî-phi-hoat～～î⇨如果沒有管仲，我將被異族統治變穿夷服了。

【左派 chó-phài】 急進的。古歐洲議會議席，右爲國王黨亦即保守派，左爲反對黨亦即進步的甚至激進的派系，右方爲執政派，左方爲急進派，遂有右派左派之名。～～的激烈反對成功～～ê kek-liat hoán-tùi seng-kong⇨同上。

【左袒 chó-thán】 偏護。右袒～～iū-thán～～⇨偏助右或左。不敢左右袒 m̄-kán chó-iū-thán⇨不敢偏助左或右。

【左傾 chó-kheng】 傾向左派。～～作家～～chok-ka⇨偏左急進的作家。

【左翼 chó-e̍k】 左派。～～右翼～～iū-e̍k⇨同上。

【左右手 chó-iūchiú】 最可靠的幹才。盒得做某某人的～～～外揚氣抮你敢知ta$^{n}$-teh-chò bo-bo-lâng ê～～～goā-iâng-khì-lè lí-kám-chai⇨而今在做某某人的得力部下，如何的得意揚揚你知道嗎。

【左右相 chó-iū-siàng】 左相右相。同左右手。你抮做伊的～～～不lí-teh-chò i-ê～～～m̄⇨你在做他的左右相不是嗎。

【左右爲難 chó-iū-ûi-lân】 問題難於取決。你不免抮～～～～乾脆乎個二人家己去解決嘛lí m̄-bián teh～～～～kan-chhòe hō·-in-nn̄g-lâng ka-kī khì kái-koat mà⇨你用不着左右爲難，乾脆讓他們兩個自己去解決嘛。

【左右逢迎 chó-iū-hông-gêng】 多方應付。於商界中～～～～無許快tī siang-kài-tiong～～～～bô-hiah-khoài⇨同上。

【左死右死 chó-sí-iū-sí】 進不得退不得。～～～～也合伊拼不～～～～à kah-i piàn m̄⇨左也死右也死了，跟他拼一拼吧，否則何爲。

【左擁右抱 chó-ióng-iū-phō】 擁ióng亦抱phō也。～～～～大享其齊人之福～～～～tāi-hiáng kî chê-jîn chi hok⇨雙手抱雙美，享盡齊人之福。

【左顧右盼 chó-kò·-iū-phàn】 東張西望。～～～～敢是驚人看見～～～～kán$^{n}$-sī kia$^{n}$-lâng khoà$^{n}$·-khì$^{n}$(i$^{n}$)⇨東張西望，恐怕是怕被人看見的。

chó
佐 輔助也。縣～koān～⇨副縣長。王～之材ông～chi châi⇨軍師的才能。日語校官kàu-koa$^{n}$曰佐官chó-koa$^{n}$，上校siāng-kàu曰大佐tāi-chó(taisa)。

【佐吏 chó-lī】 小官員。斗食～～táu-si̍t～～⇨薪水微薄的小雇員。其食祿都在百石以下。

【佐貳 chó-jī】 輔助首長之次長官員。古時首長級的都稱郎官lông-koa$^{n}$，其佐貳皆御史gī-sú。～～官～～koa$^{n}$⇨輔助級的官。

【佐命之臣 chó-bēng-chi-sîn】 輔助主君開國創業之臣。姜子牙可謂正港的～～～～kiang-chú-gê khó-ūi chià$^{n}$-káng ê～～～～⇨姜子牙可以說是眞正的佐命之臣。

chò
做 作之俗字。爲也，造也，凡有所作爲皆曰做chò。㊀製造：～衫仔～sa$^{n}$-á⇨造衣服。～皮鞋～phôe-ê⇨同上。～家具～ka-kī(kū)⇨造家具類。～詩～si⇨同上。～文章～bûn-chiu$^{n}$⇨同上。㊁工作，職業。～田～chhân⇨耕田。～穡～sit⇨耕農。～生理～seng-lí⇨從事買賣，經營商業。～油水～iû-chúi⇨從事飲食商。～木匠～ba̍k-chhiū$^{n}$⇨從事木工。～醫生～i-seng⇨同上。～議員～gī-oân⇨同上。～官～koa$^{n}$⇨同上。～公務員～kong-bū-oân⇨同上。～兵仔～peng-á⇨當兵。～軍人～kun-jîn⇨同上。～媒人～boâi$^{n}$-lâng⇨同上。㊂氣候：～風落雨～hong-lo̍h-hō·⇨起風下雨。～水災～chúi-chai⇨同上。～大水～toā-chúi⇨同上。出洪水。～風颱～hong-thai⇨颱風。㊃嫁娶。猶未～人á-bōe(bē)～lâng⇨還未許嫁於人，人lâng改讀làng第三聲。～啥人～siá$^{n}$-lâng⇨定親何人。～親成～chin-chiâ$^{n}$⇨結成姻親。～翁～ang⇨做丈夫chò-tiāng(tiōng) hu。～某～bó·⇨做妻子。～子壻～kiá$^{n}$-sài⇨同上。㊄當作，假設。～攏你的，你亦該更還我～lóng-lí-ê, lí ia̍h-ài-koh hêng-goá⇨當作皆屬你，你也還要還給我。～你無偷提，錢包那會於你的袋仔～lí bô-thau-the̍h, chî$^{n}$-pau ná-ē tī-lí ê tē-á⇨假使你沒偷，錢包何以會在你袋內。即一百元～我賠你chit-chi̍t-pah-oân～goá pôe-lí⇨此一百塊當作我賠你。㊅任由，隨便。你～你我～我lí～lí goá～goá⇨你由你，我由我(各自不相干)。你～你去，我～我行lí～lí-khì,goá～goá-kiâ$^{n}$

⇨各自分東西。您～您困lîn～lîn-khùn⇨你們各自去睡覺(不要理我)。㊆其他。未～得bē～tit(lit,lì)⇨①做不得(因無利可圖或有所阻碍)。②看未～得khoàⁿ bē-～tit(lit,lì)⇨看不過眼(抱不平)。

**【做手 chò-chhiú】** 造假。許有人～～he ū-lâng～～⇨那是有人造假。

**【做孔 chò-khang】** 設陷阱。人～～的lâng～～ê⇨人家設謀的。～～也～～á⇨同上。

**【做巢 chò-siū】** ㊀居住場所。該先㪣些來～～ài-seng-chhōe-chē lâi～～⇨要先找個地方作居停之所。鳥仔～～chiáu-á～～⇨鳥造巢。㊁男女密會地。於阿九嫂仔許～～tī a-káu-só-à-hia～～⇨在阿九嫂家幽會。

**【做堆 chò-tui】** ㊀做一塊。㊁成婚。送～～sàng～～⇨使童養媳與已子成婚。

**【做話 chò-ōe】** 問題。囡仔講的未使得～～gín-á kóng-ê bē-sái-tit～～⇨孩子說的不可以拿來做問題追究。

**【做對 chò-tùi】** ㊀作對句。～～仔～～á⇨作對子。㊁相敵對。啥人敢合我～～伊道會好看siáⁿ-lâng káⁿ kah-goá～～i tō-ē-hó khoàⁿ⇨誰敢與我敵對誰就要好看。

**【做膜 chò-moh】** 略覺冷意。恰如～～～～kah-ná～～～～⇨好像略覺寒顫。

**【做穡 chò-sit】** 稼穡kà-sek。耕也，農事。～～人～～lâng⇨農夫。～～相推，食飯相爭～～siō-the, chiah-pn̄g siō-chiⁿ(cheⁿ)⇨謂工作則相推諉，食物卻相爭取。掠人不～～，掠蜂不做蜜liah-lâng m̄～～liah-phang m̄-chō-bit⇨謂強制的方法，不能有好結果。掠liah抓了。

**【做人情 chò-jîn-chêng】** 送人情。～～～乎伊亦未偲～～～hō·-i-ah bē(bōe)-bái⇨送個人情給他也是不壞。

**【做大人 chò-toā-lâng】** 因成婚而成人。娶某～～～也chhoā-bó·～～～ā⇨結婚成人了。

**【做把戲 chò-pá-hì】** 演假戲。未輸抣～～～抣bē-su teh～～～lè⇨好像在演戲。

**【做得來 chò-tit-lâi】** 所作爲之結果。是你家已～～～的，要怨啥人sī-lí ka-kī～～～ê, boeh oàn siáⁿ-lâng⇨是你自惹出來的(惡果)，要埋怨何人。

**【做散氣 chò-sán-khùi】** 老男老女互相調戲。您更會～～～也呵lîn koh-ē～～～ò·⇨你們竟會玩耍。

**【做會來 chò-ē-lâi】** 有能力作爲。你都～～那不做lí to～～～ná m̄-chò⇨你是可以做，何不做。

**【做會到 chò-ē-kàu】** 有力負擔。照講阿甲是～～～，爭差個某不肯耳chiàu-kóng a-kah sī～～～，cheng-chha in-bó· m̄-khéng niâ⇨照理阿甲是有能力負擔(這筆)，差就差在他妻子不同意而已。

**【做會起 chò-ē-khí】** 足以擔當。做序大愛～～～，人藉看你有目地，chò-sī-toā ài～～～,lâng-chiah khoàⁿ-lí-ū-bok-tē⇨作長輩需要有擔當，人家才看得起你。

**【做體藝 chò-thé-gē】** 半做半玩。安爾～～～必趁水食咯an-ne(ni)～～～boeh thàn-chúi-chiah-loh⇨如此不認眞做工作要喝水飽嗎。又爲消耗時間而工作。逐個盈盈，抣囥～～～的tak ê êng-êng teh bóng～～～ê⇨大家空着在做着玩的。

**【做牛做馬 chò-gû-chò-bé】** 當作牛馬。～～～～拖磨一世人～～～～thoa-boâ chit-sì-lâng⇨作牛作馬拖磨勤勞一生。

**曹** chô 姓氏。古地名，古國名。治獄之官。政務各部曰曹chô。有法～hoat～，兵～peng～，民～bîn～，倉～chhong～等等共爲六～liok～，亦曰六司liok-su。法～界hoat～kài⇨司法界。功～kong～⇨古官名，掌文教祭祀。

**【曹操 chô-chhò】** 三國時代的名主角。俗認為所謂奸雄的代表人物。嘸～～米用孔明計chia̍h ～～ bí iōng khóng-bêng-kè⇨三國誌的故事。講鬼鬼道到，講～～，～～企於尻川後kóng-kúi,kúi-tō-kàu,kóng ～～,～～ khiā-tī kha chhng-āu⇨提到鬼，鬼立即出現，提到曹操曹操就站在後面。

【曹國舅 chô-kok-kū】 八仙之一。

chô **漕** 水路運送也。轉～choán～⇨換船轉運。

【漕船 chô-chûn】 貨船、運糧船。

【漕運 chô-ūn】 船運。～～總督～～chóng-tok⇨古官名，主管大運河等的運糧工作。

chô **槽** 家畜之食器也。猪～ti～⇨同上。馬～bé～⇨同上。鷄～ke～⇨同上。又酒桶chíu-tháng曰酒～chiú～。猪仔若上～，猪母道嘸屎無ti-á nā chiū$^{n}$～ ti-bó tō chia̍h-sái-bô⇨上～chiū$^{n}$～，小猪離乳自食。謂小猪離乳，各佔滿猪槽，猪母就沒有地方就槽以自食了。喻母有物皆讓子食。水～chúi～⇨貯水的大桶。研～géng～⇨中醫研藥具。牙～岸gê～hoā$^{n}$⇨齒槽khí-chô。飼一～猪仔 chhī chi̍t～ti-á⇨畜養一槽猪隻ti-chiah。大約是四五隻同槽。

【槽箍 chô-kho·】 猪頷ti-am̄的俗稱。～～肉～～bah⇨猪頤部位之肉。頷ām亦作頷ām，頤î也，頸kéng也。

chô **艚** 船也。拖網船也。罟～ko·～⇨拖網的漁船。釣～tiò～⇨釣魚船。一～罾chi̍t～chan⇨三船共用一個網以捕魚者。

chō **坐** 臂托椅也。亦坐chē也（見che部）。計山頭或建築物的單位曰坐chō或作座chō。又牽連於罪案亦曰坐chō。敬陪末～kèng-pôe-boa̍t～⇨同上。一～山chi̍t～soa$^{n}$⇨一山。一～樓chi̍t～lâu⇨一樓。一～圖書館chi̍t～tô·-si(su)-koán⇨同上。

【坐大 chō-tāi】 不勞而強大。抗日之戰使共黨～～khòng-ji̍t-chi-chiàn, sú kiōng-tóng～～⇨同上。

【坐法 chō-hoat】 犯了法。～～入監～～ji̍p-ka$^{n}$⇨同上。

【坐食 chō-si̍t】 不勞而食。～～山空～～san-khong⇨同上。

【坐骨 chō-kut】 臀骨tûn-kut，俗曰尻川骨kha-chhng-kut。～～神經痛～～sîn-keng-thià$^{n}$⇨同上。

【坐視 chō-sī】 ～～不肯援救～～put-phéng oān-kiŭ⇨同上。

【坐落 chō-lo̍k】 不動產的位置。～～於某地～～tī bó·-tē⇨同上。

【坐蓐 chō-jio̍k】 坐產蓐chē-sán-jio̍k。

【坐禪 chō-siân】 chō-siâm。佛家語。和尚～～hōe-iū$^{n}$～～⇨同上。

【坐鎮 chō-tìn】 大將鎮守地方。～～山南地區～～san-lâm tē-khu⇨同上。

【坐井觀天 chō-ché$^{n}$-koan-thian】 喻見識狹小。咱都井底水蛙～～～～耳，lán to ché$^{n}$-té chúi-ke ～～～～ niâ⇨我不過是井底蛙而已，見識甚小。

【坐立不安 chō-li̍p-put-an】 坐也不可，立也不可，心神不安。

【坐地分贓 chō-tē-hun-chong】 賊黨分佔贓物。

【坐收漁利 chō-siu-gî-lī】 鷸蚌相爭，漁翁得利u̍t-pāng-sion cheng, gî-ong tek-lī⇨同上。

【坐臥兩用 chō-ngō·(gō·)-liáng-iōng】 ～～～～車～～～～chhia⇨坐臥都可以的車輛。

【坐懷不亂 chō-hoâi-put-loān】 美女坐入懷中而不及於亂。謂不為女色所迷亂。

chō **座** 坐位也。對號入～tùi-hō-ji̍p～⇨同上。器物架曰座chō。花瓶架hoe-pân-kè⇨花瓶座hoe-pân-chō。對長官的尊稱。廳長thia$^{n}$-tiú$^{n}$曰廳座thia$^{n}$-chō，主任chú-jīm曰主座chú-chō，太太thài-thài曰太座thài-chō。又山或房

屋亦稱座chō。一～山chi̍t～soa$^n$⇨同上。圖書館一～tô·-si(su)-koán chi̍t～⇨同上。空屋三～khang-ok sa$^n$～⇨空屋三棟。

【座上客 chô-siāng-kheh】 常賓、貴賓。昨爲～～～，今爲階下囚chok ûi～～～，kim ûi kai-hē-siû⇨同上。

【座右銘 chô-iū-bêng】 自書於書桌之旁，易見之處，作爲日常自律自戒之詞。自己的～～～無守也是無効chū-kí ê～～～，bô-siú iā-sī bô-hāu⇨同上。

chō **造** 建立也。作爲也。虛構也。舖橋～路pho·-kiô～lō·⇨架設橋梁開鑿道路。偷～銀票thau～gîn-phiò⇨僞造紙幣。創～萬物chhòng～bān-bu̍t⇨同上。新～sin～⇨同上。僞～gūi～⇨同上。揑～liap～⇨同上。

【造化 chō-hoà】 ㊀創造化育。天地自然。～～主～～chú⇨創造之主。㊁平安無事。眞～～chin～～⇨很幸運的平安無事。平安～～是pêng-an～～sī⇨果然無事。

【造反 chō-hoán】 謀反bô·-hoán。鴨母王～～ah-bó·-ông～～⇨朱一貴chu-it-kùi反清。朱以養鴨爲業，人稱鴨母王。

【造作 chō-chok】 裝簧chong-hông曰造作。來自日語。內面的～～做猶未好lāi-bīn ê～～chò-á-bōe-hó⇨內部裝磺還在做。

【造船 chō-chûn】 ～～廠～～chhiú$^n$⇨造船工場。

【造路 chō-lō·】 開路。舖橋～～pho·-kiô～～⇨同上。

【造話 chō-ōe】 揑造言詞。罔得恫～～bóng-teh gâu～～⇨不可烏白講。

【造塔 chō-thah】 建塔。～～道該造透尾～～tō-āi chō-thàu-bóe⇨同上。建塔應該建到塔尖。喻做事必致最後全部完成。

【造賬 chō-siàu】 做假賬目。～～報假～～pò-ké⇨同上。

【造謠 chō-iâu】 中傷～～tiòng-siang⇨同上。

【造家甲 chō-ke-kah】 作戶籍。～～算人額～～sǹg lâng-gia̍h⇨戶籍是有人必登記而不管其人之如何。

【造錦囊 chō-kím-lông】 豫言書。我可以共你～～～goá khó-í kā-lí～～～⇨我可以爲你立書豫言。

【造孔造縫 chō-khang-chō-phāng】 虛造諸多理由或事端。上恔～～～～siāng-gâu～～～～⇨最會黑白揑造事由。

chō **⿰扌曹** 亂筆亂塗曰⿰扌曹chō。身體等弄髒亦曰⿰扌曹chō。亂～一場loān～chi̍t-tiû$^n$⇨亂寫一場。亂塗一場。烏白～o·-pe̍h～⇨亂塗亂寫。筆攑扲道亂～也pit giâ-leh tō loān～à⇨同上。筆拿起就亂寫亂塗了。～到面攏烏去也～kà bīn lóng-o·-khì(ì)-à⇨塗得臉皆黑了。

【描烏墨 chō-o·-ba̍k】 塗黑墨水。石灰壁～～～描了了也chio̍h-hoe-piah～～～ chō-liáu-liáu-à⇨石灰的白壁皆被墨水弄黑了。

【描狂貓面 chō-siáu-niau-bīn】 臉上塗滿黑墨水。未輸～～～～的bē-su～～～～ê⇨宛如繪上狂貓的臉譜。

【描烏了了 chō-o·-liáu-liáu】 都弄髒了。

## cho·

cho· **鄒** 古國名。姓氏。亦讀che。

【鄒魯遺風 cho·-ló·-ûi-hong】 孔子鄒人，孟子魯人，因以表示文教之風氣興盛。

cho· **芻** 牧草也。又草食之獸曰芻cho·。

【芻言 cho·-giân】 草野之言論。亦曰芻議cho·-gī。

【芻狗 cho·-káu】 天地不仁，以萬物爲～～，聖人不仁，以百姓爲～～thian-tē put-jîn, í bān-bu̍t ûi～～, sèng-jîn put-jîn, í pek-sèng ûi～～⇨老子ló-chú之言。

**cho·**
**組** ㊀綬屬也。亦即綬纓之類也。組紃sûn俱爲絛tho，薄濶爲組，似繩者爲紃。又絛繫連帷幄，髻kôe用紃。由此按之，組是板狀繩，紃是普通繩，都是係物用的繩索，大可以縛連帷幄，小可以作髻(洗頭髮)時之束髮用。是則組cho·應該也是組choā，亦即俗以行hâng爲行choā的組也。例如：行一choā路，寫三choā字，駛一choā車，一choā稻仔等等之choā應皆屬之，而俗皆用行hang作choā。又紃即是線soàⁿ，俗卻多以痕hûn或紋bûn爲sûn，不過所謂積非成是，今欲改行hang回組choā，改痕sûn或紋sûn回紃sûn，恐或難矣。㊁相結合曰組cho·，整套整隊亦曰組。籌～公司tiû～kong-si⇨同上。編～phian～⇨同上。分～hun～⇨同上。內閣改～lāi-koh kái～⇨同上。專案小～choan-àn-sio～⇨同上。

【組合 cho·-hap】 合作社hap-chok-siā。日人曰～～(kumiai)。合作成事亦曰組合cho·-hap。～～未好勢～～bē-hó-sè⇨合作不成。

【組長 cho·-tiúⁿ】 一組之長。小～～sió～～⇨同上。

【組訓 cho·-hùn】 組織訓練。民衆的～～工作，共產黨上踐bîn-chiòng ê～～kang-chok，kiōng-sán-tóng siāng(siōng)-khiàng⇨共產黨最擅搞群衆工作。

【組員 cho·-oân】 ～～有十外個～～ū chap-goā-ê⇨同上。

【組隊 cho·-tūi】 學生～～去比賽hak-seng～～khì pí-sài⇨同上。

【組脚 cho·-kha】 ㊀組員。㊁某組所管轄。某組的～～bó-cho· ê～～⇨同上。

【組閣 cho·-koh】 組織內閣。小畢特24歲道～～做首相sió-pit-tek lī-sì-hòe tō～～chò(chòe) siú-siàng⇨英國小畢特24歲當首相終於戰勝了拿破崙Napoleon。

【組織 cho·-chit】 結合。不准～～政黨put-chún～～chèng-tóng⇨同上。細胞～～sè(sòe)-pau(phāu)～～⇨同上。

**cho·**
**租** 田賦也。稅也。使用他人之物的代價亦曰租cho·。地～tē～⇨田賦tiân-hù。田～chhân～⇨佃～tiān～⇨租耕者交地主的租穀。拍～phah～⇨收取佃租。坐地收～chē-tē siu～⇨謂地主不勞而收租。房～pâng～⇨借住房間的代價。船～chûn～⇨船費。厝～chhù～⇨借房屋費。又計算佃租收入的單位。家事幾仔千～ke-sū kúi-ā-chheng～⇨家事有數千租(石)的收入。四五百～耳sì-gō-pah～niâ⇨四五百石的收入而已。升二～chin-jī～⇨古時計算地價的基礎，亦即租一升二合以一圓的比率計算地價。又不動產的出借亦曰租cho·。吉屋招～kiat-ok-chio～⇨空屋待租。～人種土豆～lâng chèng thô·-tāu⇨貸借人家種花生(土地)。出～去也chhut～khì-à⇨出租給人了。

【租地 cho·-tē】 價租土地。～～造林～～chō-lîm⇨林務機關與民間契約造林，綠林政策之一。

【租谷 cho·-kok】 同租穀cho·-kok。

【租店 cho·-tiàm】 ～～做生理～～chò(chòe)-seng-lí⇨生理即生意。

【租界 cho·-kài】 強國在弱國境內畫界居住，弱國被迫放棄法律管轄權的區域。前有英法等競相設之，今已成歷史名詞。

【租厝 cho·-chhù】 ～～企居～～khiā-ki⇨企居即居住。

【租借 cho·-chioh】 土地或房屋的貸借。～～契約～～khè-iak(iok)⇨同上。

【租粟 cho·-chhek】 租穀cho·-kok。亦簡署爲租谷cho·-kok。佃租。糶～～thiò～～⇨賣佃租。

【租項 cho·-hāng】 佃租。佃租的數額。～～有算較軟淡薄仔～～ū-sǹg khah-nńg tām-poh-á⇨佃租算得比較便宜一些。

【租稅 cho·-sòe】 田園納租，百貨納稅。統稱百姓所負的稅賦。～～愈來愈重～～ná-lâi-ná-tāng⇨同上。

【租單 cho·-toa$^{n}$】 佃租的收條。

【租業 cho·-gia̍p】 可以出租生息的產業。不動產。有～～可收成ū～～hó siu-sêng⇨同上。可hó亦用當thang。

【租趕 cho·-koá$^{n}$】 大地主的佃租代理人。有直接雇傭制，或包辦制。做～～未歹孔chò(chòe)～～bē(bōe)-phái$^{n}$-khang⇨做收佃租代理人收入很不壞。

【租穀 cho·-kok】 同租粟cho·-chhe̍k。

【租館 cho·-koán】 租趕的事務所。乞食舍個的～～khit-chia̍h-sià in ê～～⇨乞食舍的租館。個in是他們。乞食舍khit-chia̍h-sià，名叫乞食的富人。

【租額 cho·-gia̍h】 佃租的額數。～～一冬是85石～～chi̍t-tang sī pe̍h(poe̍h)-cha̍p-gō· chio̍h⇨租額每季是85石。

**cho· 趨** 疾行也。向也。私行曰趨chhu(見chhu部)。亦步亦～e̍k-pō·-e̍k～⇨一前行一後追。大勢所～tāi-sè só·～⇨大勢所歸向。

【趨向 cho·-hiàng(hiòng)】 傾向。老的是較～～保守，茈的是最新潮，該安怎配合呢lāu-ê-lì khah～～pó-siú,chí$^{n}$-ê-lì chòe-sin-tiâu, ài án-choá$^{n}$ phòe-ha̍p-neh⇨老少各得其趣。

【趨承 cho·-sêng(sîn)】 奔走迎合。～～承旨～～sêng-chí⇨同上。

【趨迎 cho·-gêng】 出迎。～～貴賓是應該的嘛～～kùi-pin sī èng-kai-ê-mà⇨同上。

【趨奉 cho·-hōng】 奔走拍馬屁。～～孝敬～～hàu-kèng⇨同上。

【趨炎 cho·-iām】 炎iām，喻權力財勢。～～附勢～～hū-sè⇨奔走於權勢財富的豪門大戶。

【趨賀 cho·-hō】 親往致賀。聞聲～～者不絕於途bûn-seng～～chià put-choa̍t î tô·⇨同上。

【趨勢 cho·-sè】 大勢所向。看～～紅派的佔先的款khoà$^{n}$～～âng-phài-ê chiàm-sian ê khoán⇨看大勢好像是紅的佔先。

**chó· 祖** 父之父曰chó·，祖之父曰曾祖cheng-chó·，曾祖之父曰高祖ko-chó·。外～goā～⇨母之父。光～耀宗kong～iāuh-chong⇨同上。祭～chè～⇨同上。遠～oán～⇨同上。先～sian～⇨同上。

【祖上 chó·-siāng(siōng)】 祖先。上代祖宗。

【祖公 chó·-kong】 先祖。上代的祖宗。～～仔頂戴來的～～á téng-tài-lâi-ê～～⇨謂祖宗所致蔭下來的(家財)。無抄驚您～～戴曉勢bô-teh-kia$^{n}$ lín～～tì-khiau-sì⇨不在怕你的祖宗是戴官帽做大官。

【祖先 chó·-sian】 祖宗。服事～～ho̍k-sāi～～⇨祭祀祖宗。

【祖宗 chó·-chong】 祖公chó·-kong。～～仔無靈聖～～á bô-lêng-sià$^{n}$⇨祖公不靈不庇佑。

【祖法 chó·-hoat】 無守～～bô-siú～～⇨同上。

【祖述 chó·-su̍t】 ～～先人的學說～～sian-jîn ê ha̍k-soat⇨同上。

【祖厝 chó·-chhù】 祖廟chó·-biō。宗祠chong-sû。

【祖家 chó·-ke】 祖宗之家。本國，生國。又商品之首創製造者曰～～貨～～hòe。正～～的chià$^{n}$～～ê⇨眞貨不是仿製品。轉去～～tńg-khì～～⇨回去本家，喻死亡。

【祖國 chó·-kok】 本國。自己的國家。保衛～～pó-ōe～～⇨同上。

【祖⿸广豆 chó·-tau】 同祖家chó·-ke。⿸广豆tau，祭所也，庖廚也。引申爲家。俗作兜tau。兜，本爲鍪，胄，或頭盔，亦即古戰帽，並無家之函義。不過各地似有以兜爲村莊名者。

【祖業 chó·-gia̍p】 祖宗遺產。繼承～～kè-sêng(sîn)～～⇨同上。

【祖媽 chó·-má】 祖公～～chó·-kong～～⇨祖父母。

【祖傳 chó·-thoân】 ～～的秘方～～ê pī-hng⇨同上。

【祖道 chó·-tō】 餞別。祖神～～祖帳都是餞別的意思chó·-sîn～～chó·-tiàng to-sī chián-piat ê ì-sù⇨同上。

【祖龍 chó·-liông】 指秦始皇chîn-sí-hông。竹帛煙消帝業虛，關河深鎖～～居，坑灰未冷山東亂，劉項元來不讀書tek-phek ian-siau tè-giap-hi，koan-hô chhim-só·～～ki,khong-hui bī-léng san-tong-loān, liû-hāng goân-lâi put-thok-si⇨唐詩。

【祖籍 chó·-chek】 本籍。原籍。～～都是共所在～～to-sī kāng-só·-chāi⇨同上。

chó·
走 趨也。行～衙門hêng～gê-mn̂g⇨謂慣在衙門出入藉以營私圖利。太史公牛馬～thài-sú-kong-giû-má～⇨太史公自稱。走chó·猶僕bok，pok也（見cháu部）。

chó·
阻 險也，止也，妨害也。山川險～san-chhoan-hiám～⇨同上。風雨無～hong-í-bû～⇨同上。爲人所～ûi-jîn só·～⇨同上。

【阻力 chó·-lek】 ～～愈來愈大～～jú-lâi-jú-toā⇨妨碍的力量越來越大。愈jú⇨愈ná。

【阻止 chó·-chí】 妨害。頭到尾無人～～thâu-kàu-bóe bô-lâng～～⇨自始至終沒人妨害。

【阻碍 chó·-gāi】 妨害。碍gāi同礙gāi。～～該設法排除～～ài siat-hoat pâi-tî(tû)⇨同上。

【阻隔 chó·-keh】 被阻隔斷連繫。山川～～san-chhoan～～⇨同上。

【阻擋 chó·-tòng】 阻止chó·-chí。講要道是要，無人敢共伊～～kóng-boeh tō-sī-boeh, bô-lâng-káⁿ kā-i～～⇨說要就是要，沒人敢於阻擋他。

chò·
奏 進言於上也。吹打樂器也(見chau部)。

chō·
助 以力益人也。拔刀相～poat-to siang～⇨同上。幫～pang～⇨同上。協～hiap～⇨同上。援～oān～⇨支援幫助。扶～hû～⇨扶持輔助。補～pó·⇨補充協助。天～就是自～thian～chiū-sī chū～⇨同上。

【助人 chō·-jîn】 ～～爲快樂之本～～ûi khoài-lok chi pún⇨同上。

【助力 chō·-lek(lat)】 共伊～～kā-i～～⇨爲他出力相助。

【助手 chō·-chhiú】 該有～～藉做會去āi-ū～～chiah chò-ē-khì⇨需要有人幫助之人才能夠做得完。

【助長 chō·-tiáng】 何必～～別人的威風hô-pit～～pat-lâng ê ui-hong⇨同上。

【助弱 chō·-jiak(jiok)】 ～～無助強～～bô-chō·-kiâng(kiông)⇨助弱者可以，助強者無人爲之。

【助教 chō·-kàu】 教師的助手。於大學做～～tī tāi-hak chò(chòe)～～⇨在大學當助教。～～授～～siū⇨次於教授的青年新教授。

【助貧 chō·-pîn】 劫富～～kiap-hù～～⇨同上。

【助詞 chō·-sû】 主詞～～動詞chú-sû～～tōng-sû⇨同上。

【助戰 chō·-chiàn】 雙邊都有人～～不藉愈鬧熱siang-pêng to-ū-lâng～～m̄-chiah jú-nāu-jiat⇨雙方都有助戰因之越熱鬧起來了。不則m̄-chiah的不m̄，並非否定詞。

【助學 chō·-hak】 以財力獎勵上學。～～金～～kim⇨同上。

【助膽 chō·-táⁿ】 壯膽chòng-táⁿ。食酒～～chiah-chiú～～⇨借酒力壯膽。該人～～否āi-lâng～～bò·⇨要人壯膽否。

【助產士 chō·-sán-sū】 輔助產兒的職業婦女，日語產婆Sanba。

【助理員 chō·-lí-oân】 助手。會計～～～kòe-kè～～～⇨同上。

【助紂爲虐 chō·-tiū-ûi-ge̍k】 助壞人欺負善良。紂tiū，殷末的暴君紂王tiū-ông也。

## choa

choa 抓 抓jiàu也。近始有choa的讀法。此亦台語受國語影響之一例也。依次取牌曰choa，洗牌亦曰choa(賭徒語)作抓choa。着你～tio̍h-lí～⇨輪由你取牌。過～kòe～⇨取過牌。不取牌。喻機會已逝。安怎無～道拎分an-choá$^n$ bô～tō-teh-pun⇨何以不洗牌就在分牌。今人或以抓作掠lia̍h，非。

【抓牌 choa-pâi】 取牌。着啥人～～tio̍h siá$^n$-lâng～～⇨輪由何人取牌。

【抓籤 choa-chhiam】 抽籤。～～做莊～～chò(chòe)-chong⇨抽籤定莊家。

choá 紙 文房四寶bûn-pông-sù-pó之一。蔡倫做～chhoà-lûn chò(chòe)～⇨蔡倫製紙。宣～洋～道林～soan～iû$^n$～tō-lîm～⇨各種紙名。字～jī～⇨字條。～未包得火～bē(bōe) pau-tit-hóe⇨紙包不得火。喻壞事終必露現。秀才人情一張～siù-châi jîn-chêng chi̍t-tiu$^n$～⇨謂人情薄如紙。

【紙人 choá-lâng】 糊～～kô·～～⇨同上。未輸～～哩bē(bōe)-su～～lì⇨好像紙人。喻身體軟弱。

【紙刀 choá-to】 截紙刀chhiat-choá-to。

【紙引 choá-ín】 粗紙撚成的小紙棒，由打火石引火給水煙吹所用。

【紙行 choá-hâng】 大紙店。該去～～買藉有ài-khì～～bé(bóe) chiah-ū⇨需要到紙行去買才有(你所要的)。

【紙灰 choá-hu(he)】 ～～飛作白蝴蝶，淚血染成紅杜鵑～～hui-chok pe̍k-o·-tia̍p, lūi-hiat jiám-sêng hông-tō·-koan⇨古詩吟述清明祭墓的光景。

【紙身 choá-sin】 紙質choá-chit。～～相當厚～～siang-tong kāu⇨同上。～～都猶好好～～to-iáu hó-hó⇨紙還很好。

【紙虎 choá-hó·】 ㊀亦名紙魚choá-hî。㊁畫符或寫字句以咒人或中傷人的古海報。有人放～～ū-lâng pàng～～⇨①有人私貼字白以傷人。②有人投書作小報告。

【紙枋 choá-pang】 板紙pán-choá。截～～做紙箱chhiat～～chò(chòe) choá-siu$^n$⇨同上。

【紙枷 choá-kê】 紙的假刑具。舉～～giā～～⇨負假刑具。迷信之徒在祭神遊行中，背之以示悔悟。

【紙厝 choá-chhù】 紙的僞厝。～～，紙轎，代人，替身都是陪葬用的假物～～，choá-kiō, tāi-jîn, thē-sin to-sī pôe-chòng-iōng ê ké-mi̍h⇨同上。

【紙被 choá-phōe(phē)】 ～～也趁人諜虱母～～a̍h thàn-lâng sa̍h sat-bó(bú)⇨紙被也學人家以滾水諜殺虱母。謂不認份。

【紙扇 choá-sì$^n$】 當今～～未時行咯tong-kim～～bē(bōe)-sî-kiâ$^n$-lò·⇨同上。

【紙船 choá-chûn】 紙的假船。～～送王爺～～sàng ông-iâ⇨一種迷信的拜神法。

【紙魚 choá-hî】 食紙蟲。亦名紙虎choá-hó·。舊書乎～～食破了了也kū-si hō·～～chia̍h-phoà liáu-liáu-à⇨舊書皆被紙魚吃爛掉了。

【紙條 choá-liau】 choá-tiâu。字條用紙。割～～koah～～⇨將紙張割成條。

【紙票 choá-phiò】 紙幣choá-pè。～～上好上有力也～～siāng-hó siāng-ū-la̍t-à⇨謂錢最好最有力量。

【紙牌 choá-pâi】 賭具。有骨的有紙的。～～不動風～～put-tōng-hong⇨謂玩紙牌時不准喧喧嚷嚷不准有所暗示。

【紙筆 choá-pit】 墨，墨盤，～～叫做文房四寶ba̍k, ba̍k-poâ$^n$，～～kiò-chò(chòe) bûn-pông-sū-pó⇨同上。

【紙敬 choá-kèng】 奠儀tiān-gī。逐家每是簡省包～～耳ta̍k-ke mā-sī kán-sé$^{n}$ pau～～niâ$^{n}$⇨大家都是從簡只包香奠而已。

【紙幣 choá-pè(phè)】 紙票。偷印～～thau-in～～⇨僞印紙幣。

【紙燈 choá-teng】 紙的手提燈。點～～照路tiám～～chiō-lō͘⇨夜路點紙燈。

【紙煙 choá-hun】 煙枝hun-ki。吸～～，較無人吸水煙也suh～～，khah-bô-lâng suh chúi-hun-ā⇨(而今)是吸紙煙，沒人吸水煙了。

【紙鏨 choá-chām】 紙刀。有～～每該紙砧ū～～mā-ài choá-tiam⇨有截紙刀了，也要截紙臺。

【紙籠 choá-lâng】 書房的垃圾桶。亦曰字紙籠jī-choá-lâng。

【紙老虎 choá-lāu-hó͘】 空有架子而無實力。彼角勢的實在是～～～耳，無效也啦hit-kak-sì-ê si̍t-chāi sī～～～niâ, bô-hāu-ā-là⇨那一邊事實上只是空架子而已，沒作用了。

【紙挾仔 choá-giap-á】 挾紙的小道具。

【紙撚丁 choá-lián-teng】 紙撚成小索，用以釘合簡單的文件。用～～～合道好iōng～～～kap tō-hó⇨用～～～訂就可以。

【紙上計畫 choá-siāng-kè-ōe】 同紙上談兵。

【紙上談兵 choá-siāng-tām-peng】 空談不能成事。

【紙頭紙尾 choá-thâu-choá-bóe】 紙頭無你的名，紙尾無你的名，你扲合人諳甚choá-thâu bô-lí-ê-miâ, choá-bóe bô-lí-ê-miâ, lí teh kah lâng ta-sah$^{n}$⇨謂字契上皆沒有你的名字，你完全是外人，你在硬嘴什麼呢。諳ta，多言也，妄語也，吹牛也。

choà
泏 急激搖動曰choà。忽一下～一下眞大下hu̍t-chi̍t-ē～chi̍t-ē chin-toā-ē⇨突然搖動一次，很大下(如地震等)。一下大～，停一下，藉更連續幾也下細～chi̍t-ē toā～, thêng-chit-ē, chiah-koh liân-soà kúi-à-ē sè(sòe)～⇨一個大動，停一下之後，才又連續來了幾個細動。又水因搖動而溢出器外亦曰泏choà。水有～出去chúi ū～chhut-khì(ì)⇨水有因動而潑出器外。沿路行沿路～iân-lō͘-kiâ$^{n}$ iân-lō͘～⇨一路行一路潑。

choâ
蛇 錦～，毒～，草花仔～，白～，烏～kím～, to̍k～, chháu-hoe-á～, pe̍h～, o͘～⇨各種蛇。弄～出孔lāng～chhut-khang⇨引蛇出蛇洞，喻自找麻煩。大～放屎toā～pàng-sái⇨拖延很多時間。喻大人物行動多慢。又惡瘡名。生～se$^{n}$(si$^{n}$)～⇨發在指上的惡瘡。纏骨～tî$^{n}$-kut～⇨脚指上的惡瘡。纏身～tî$^{n}$-sin～，纏腰～ti$^{n}$-io～⇨或全身或半身的惡瘡。死～活尾溜sí～o̍ah-bóe-liu⇨死蛇尾還在動，喻除惡不盡有後遺症。

【蛇孔 choâ-khang】 蛇所出入的穴洞。～～透老鼠巢～～thàu niáu-chhí-siū⇨謂秘密的地方，自有秘密的通路。

【蛇皮 choâ-phôe(phê)】 剝～～做～～拐pak～～chò(chòe)～～koái⇨製造蛇皮拐。

【蛇身 choâ-sin】 ～～有四五尺長～～ū sì-gō͘-chhioh tn̂g⇨謂大蛇也。

【蛇殼 choâ-khak】 同蛇蛻choâ-thòe。

【蛇傷 choâ-siang(siong)】 被蛇咬傷。～～虎厄天地數～～hó͘-eh thian-tē-sò͘⇨謂蛇傷虎咬是天數所前定的災難。

【蛇蛻 choâ-thòe】 蛇脫掉的皮。

【蛇精 choâ-chia$^{n}$】 蛇妖精。

【蛇蟒 choâ-bóng】 大蛇。大蟒toā-bóng。

【蛇癀 choâ-hông】 蛇傷發癀。

【蛇藥 choâ-io̍h】 治蛇傷之藥。

【蛇蠱 choâ-kó͘】 蛇精之邪。中～～tiòng～～⇨急死，因不明死因而迷信爲心中了蛇精之邪。

【蛇鬚 choâ-chhiu】 蛇舌choâ-chi̍h。

【蛇吞象 choâ-thun-chhiū$^{n}$】 人慾無度。人心不足～～～jîn-sim put-chiok～～～⇨謂人心不足如蛇想呑食大象。

choâ **淘** 一種利用遠心力(即離心力)的高級篩米技術，輕者靠邊乘便撥掉，重者集於中央，另設法除之，曰淘米choâ-bí。更～過較無石頭仔koh～kòe khah-bô chio̍h-thâu-á⇨再淘過較無小石子。是驚厚工毎，較講毎是～～抡較好 sī kia$^{n}$-kāu-kang mā, khah-kóng mā-sī ～～ leh khah-hó⇨是怕多費工夫而已，否則怎麼說還是淘一下較好。自己～哩無伊法，請人～哩無工錢，還仔是石頭仔罔哺耳ka-ki～lī bô-i-hoat, chhiā$^{n}$-lâng～lī bô-kang-chî$^{n}$, oân-a-sī chio̍h-thâu-á bóng-pō͘ niâ⇨自己淘嗎，沒辦法，請人淘嗎，沒工錢可給人家，還是忍耐着嚼嚼小石子算了。

choâ **誰** 誰chiâ也。誰也sûi-iâ也。～講～kóng⇨啥人講（見chia部）。

choā **詛** 請神加殃也。呪～chiù～⇨與神立約也。呪重～chiù-tāng～⇨對神立很重的誓約。解～ké(kóe)～⇨對神解消前誓。

choā **迌** 紃也。字一行chi̍t-hâng曰一迌chi̍t-choā。走一次路曰行一迌路kiâ$^{n}$-chi̍t-choā-lō͘。單程tan-thêng曰單迌toa$^{n}$-choā。雙程siang-thêng曰雙迌siang-choā。長～tn̂g～⇨長程。短～té～⇨短程。昨昏走幾～chah-hng cháu kúi～⇨昨天出幾次車(跑幾次路)。一～船該三禮拜chi̍t～chûn ài sa$^{n}$-lé-pài⇨一航海需要三星期。一～車該五加侖油chi̍t～chhia ài gō͘-ka-lûn iû⇨一次車需要五加侖油。組cho͘與紃sûn同爲絛tho之一種，皆繩線之類。故今走迌cháu-choā就是脫線，即是失誤的，此迌應爲組cho之，原即應作走組cháu-cho͘(choā)才對，意則繩線走樣了之意。女人刺毛衣，跳針曰走線cháu-soà$^{n}$，又女工車衣，跳針亦曰走線cháu-soà$^{n}$，皆與走組cháu-cho(choā)同義。無～bô～⇨並無差異，即爲無走線也。無較～bô khah～⇨同前。

choā **縒** 走組之訛。但走迌(組)cháu-choā被遺落，而轉成錯誤，組choā就無端成爲差錯了。縒亦訓錯，今借縒爲差以別於組 choā字(見choā迌目)。無～bô～⇨無差異，一樣。敢有～kám ū～⇨有差異嗎。～䊷哩～chē-lī⇨差多矣。無較～bô-khah～⇨沒有差異，沒有影響，沒有效果。～無外䊷～bô-goā-chē⇨差不多。～一屑仔耳～chi̍t-sut-a niâ⇨差一點點而已。

【縒心 choā-sim】 異心。無～～bô～～⇨無二心。養的較有孝都難免會～～iú$^{n}$-ê khah-ū-hàu to lān-bián ē(ōe)～～⇨乞養的怎樣有孝都難免有些不同的心事。

【縒音 choā-im】 走音。唱了～～去chhiù$^{n}$-liáu～～khì(ì)⇨唱得走了音。講～～道聽無也kóng～～ tō thia$^{n}$-bô-ā⇨音說走了就聽不懂了。

【縒辦 choā-pān】 與樣本有異。不同於見本(即樣本)。目珠都不是龍眼仔核講，～～煞看不八ba̍k-chiu to m̄-sī lêng-kéng-á-hu̍t-kóng, ～～ soah khoà$^{n}$ m̄-bat⇨眼睛並不是龍眼核做的，不同於見本的怎麼看不懂。

## choa$^{n}$

choa$^{n}$ **煎** 水煮曰煎choa$^{n}$。～茶～tê⇨煮茶。～藥～io̍h⇨煮藥。

【煎茶 choa$^{n}$-tê】 煮水泡茶。人客來掃地，人客轉～～lâng-kheh-lâi sàu tē, lâng-kheh-tńg～～⇨謂客人到了才掃地，客人回去了才煎茶，喻所作所爲皆慢一步。

【煎渣 choa$^{n}$-che】 煎藥渣。

【煎藥 choa$^{n}$-io̍h】 煮藥。～～該煎八分～～ài choa$^{n}$ peh(poeh)-hun⇨同上。

【煎滾水 choa$^{n}$-kún-chúi】 燒開水。～～～來泡茶～～～lâi phàu-tê⇨同上。

choáⁿ
**怎** 如何也。爲何也。安～着安～不着an～tioh an～m̄-tioh⇨如何對如何不對。安～不去an～m̄-khì⇨何以不去。

【**怎好 choáⁿ-hó**】何可。～～更勞煩人～～koh lô-hoân-lâng⇨何可再麻煩別人。

【**怎麼 choáⁿ-má**】何以，何爲。突然間～～會變安爾thut-jiân-kan～～ē(ōe) piàn an-ne(ni)⇨同上。

【**怎樣 choáⁿ-iūⁿ**】㑑是倸～～taⁿ-sī-boeh～～⇨而今如何處之。～～不來～～m̄-lâi⇨同上。

choáⁿ
**盞** 小杯也。小淺盤曰盞choáⁿ。玉～gek～⇨玉杯。酒～chiú～⇨酒杯。燈～teng～⇨燈盤teng-poâⁿ。盞盛油以綿心等點火爲燈。一～酒chit～chiú⇨一杯酒。二～燈nn̄g～teng⇨同上。

【**盞仔燈 choáⁿ-á-teng**】灯盤teng-poâⁿ。點～～～tiáⁿ～～～⇨同上。

choàⁿ
**炙** 煏piak油曰炙choàⁿ。吹牛亦曰炙choàⁿ。亂～loān～⇨烏白講o͘-peh-kóng。

【**炙油 choàⁿ-iû**】肥肉煏piak成油。先～～藉炒菜seng～～chiah chhá-chhài⇨同上。

【**炙豬油 choàⁿ-ti-iû**】同炙油。喻吹牛。

【**炙豬頭皮 choàⁿ-ti-thâu-phôe**】喻吹臭牛烏白講。蓋豬頭皮者本無油脂，炙不出油也。免抸～～～～bián-teh～～～～⇨不要吹臭牛。不要胡說八道。

choâⁿ
**泉** 地下水之湧出地面者也。山脚一管～soaⁿ-kha chit-kńg～⇨同上。出～chhut～⇨湧泉。清～chheng～⇨同上。溫～un～⇨北投溫泉。聖人不飲偷～水sèng-jîn put-ím thau～chúi⇨喻名不正則言不順。

【**泉水 choâⁿ-chúi**】財源恰如～～châi-goân kah-ná～～⇨財源一如泉水滾滾而來不會停止。

【**泉目 choâⁿ-bak**】可能湧泉的地點。不落雨～～都未開m̄-loh-hō͘～～to bē(bōe)-khui⇨久不下雨泉目都沒出現。

【**泉源 choâⁿ-goân**】泉水的源頭。喻財源。～～相當豐富～～siang-tong hong-hù⇨泉(財)很多很多。財如～～活水來châi jî(jû)～～oah-chúi-lâi⇨同上。

choâⁿ
**殘** 食餘物也。食餘曰殘choâⁿ。嘴涎～chhùi-noā～⇨口嘗之餘物。啥人要食人的食涎～siaⁿ-lâng boeh-chiah lâng-ê chhùi-noā～⇨誰人肯吃人家食餘沾口水的東西。貓～狗～niau～káu～⇨貓狗所食餘的。

choāⁿ
**賤** 貴之反。賤chiān也。賤賣曰賤choāⁿ。便宜貴～pan-gî-kùi～⇨謂貴與賤。甘願爛，毋願～kam-goān noā，m̄-goān～⇨寧願讓其(貨品)腐爛，也不願賤賣。爛～人noā～lâng⇨凡事該理不理，總是慢半拍的懶惰鬼。

choāⁿ
**濺** 水疾流也。濺chiàn也。漬phún流曰濺choāⁿ。蚊眞厚該～蚊仔水也báng chin-kāu, ài～báng-á-chúi à⇨蚊子很多，應該漬些殺蚊藥水了。血有～着衫hoeh(huih) ū～tioh saⁿ⇨血濺上衣。衫～霑去也saⁿ～tâm-khì(ì)-à⇨衣服濺濕了。又春雨不停曰濺choāⁿ。春愈寒，雨愈～chhun-ná-koâⁿ, hō͘-ná～⇨春天越寒雨越下不停。又長舌多嘴亦曰濺choāⁿ。烏白～o͘-peh～⇨亂講。略同於烏白炙o͘-peh choàⁿ。不過炙choàⁿ多指自製話題，濺choāⁿ却似多指傳述。又小便亦曰濺choāⁿ。

【**濺水 choāⁿ-chúi**】水龍抸～～chúi-liông(lêng) teh～～⇨消防車在濺水滅火。

【**濺尿 choāⁿ-jiō**】小便。查某人放尿濺未上壁cha-bó͘-lâng pàng-jiō choāⁿ-bē(bōe)-chiūⁿ-piah⇨同上。

【**濺歹話 choāⁿ-pháiⁿ-ōe**】宣傳壞話，四界得共我～～～sì-kè teh kā-goá～～～⇨在各方面說我的壞話。

【**濺濺抸 choāⁿ-choāⁿ-lè**】較緊～～～較安

全khah-kín ～～～ khah-an-choân⇨趕快濺較安全，指農藥。

【濺藥仔 choā$^n$-io̍h-á】 漬放藥劑。例如濺農藥choā$^n$-lông-io̍h，濺DDT等。

## choai$^n$

choāi$^n$ **𢷬** 倒損也。扭轉身曰𢷬choāi$^n$，扭傷亦曰𢷬choāi$^n$。若驕頭抮，頭～抮道走也joā-kiau-thâu-lè, thâu～lè tō-cháu-à⇨多麼驕橫自大呢，頭一扭就跑了。手骨～着chhhiú-kut～tio̍h⇨手扭了傷。

【𢷬折 choāi$^n$-chih】 扭斷。手骨～～去chhiú-kut～～khì(ì)⇨手扭斷了。

【𢷬𢷬 choāi$^n$-choāi$^n$】 𢷬。彎彎～～oai$^n$-oai$^n$～～⇨或彎的或𢷬的。

【𢷬斷 choāi$^n$-tn̄g】 扭斷。～～脚道較歹醫～～kha tō khah-phái$^n$ i⇨扭斷脚就較難醫治。

【𢷬輪轉 choā$^n$-liàn-tńg】 扭轉向。頭殼～～道看會着也thâu-khak ～～～ tō khoà$^n$-ē-tio̍h-à⇨頭扭一轉就看得見了。

【𢷬來𢷬去 choāi$^n$-lâi-choāi$^n$-khì】 左𢷬右𢷬chó-choāi$^n$-iū-choāi$^n$。安爾～～～～佅安怎穿衫án-ne(ni)～～～～boeh an-choá$^n$ chhēng-sa$^n$⇨(母責孩子)如此的扭來扭去要怎麼穿衣服呢。

## choan

choan **耑** 本作端toan，端耑古今字。今俗用以爲專choan字。書函中多如此。～此奉復～chhú hōng ho̍k⇨同上。～此拜託～chhú pāi-thok⇨同上。等等皆作專字用。

choan **顓** 擅也，同專choan。

【顓頊 choan-khiok】 古帝名，即高陽氏，黃帝之孫，昌意之子，十歲而佐少昊siàu-hō，二十歲即帝位，在位七十八年。頊khiok或讀gio̍k。

choan **專** 擅也。純也、誠也。單一也。秫米無～chu̍t-bí bô～⇨秫米不純，雜有粘仔。讀册心該～tha̍k-chheh sim ài～⇨讀書心必須單一目標。心無～做無功德sim bô～chò-bô kong tek⇨謂心不誠做不成事。～抮抪生葩～teh phô·-lān-pha⇨專門在拍馬屁。～得做小工渡日～teh chò-sió-kang tō·-ji̍t⇨只在做小工過日子。

【專人 choan-jîn】 負全責之人。有～～抮負責ū～～teh hū-che̍k⇨同上。

【專工 choan-kang】 特地。今仔日～～來向您請教kin-á-ji̍t ～～ lâi hiàng-lín chhéng-kàu⇨今仔日kim-á-ji̍t⇨kin-ná-ji̍t。

【專心 choan-sim】 一心。～～一意～～it-ì⇨同上。

【專用 choan-iōng】 ～～車～～chhia⇨同上。～～電話～～tiān-ōe⇨同上。

【專色 choan-sek】 清一色。用～～較好，iōng～～khah hó⇨使用單一色彩較好。～～抮做餅生理～～ teh chò piá$^n$-seng-lí⇨清一色只做賣餅的生意。

【專車 choan-chhia】 接送用～～chiap-sàng-iōng～～⇨同上。

【專防 choan-hông】 港口，城門等的特別警察。～～區～～khu⇨其警備區。

【專攻 choan-kong】 ～～經濟史～～keng-chè-sú⇨同上。

【專利 choan-lī】 獨利。～～法～～hoat⇨同上。

【專門 choan-bûn】 ～～賣油炙檜～～bē(bōe) iû-chia̍h-kóe⇨專門賣油條。～～家～～ka⇨同上。～～學校～～ha̍k-hāu⇨同上。

【專制 choan-chè】 ～～政治～～chèng-tī⇨同上。

【專金 choan-kim】 純金。眞金。

【專房 choan-pâng】 細姨仔佔～～sè-î-á chiàm ～～⇨同上。又細姨的尊稱。貴～～kùi～～⇨貴如夫人。

【專使 choan-sài】 派～～去參加就職大典phài～～khì chham-ka chiū-chit-tāi-tián⇨同上。

【專科 choan-kho】 ～～醫生～～i-seng⇨同上。～～學校～～ha̍k-hāu⇨同上。

【專差 choan-chhe】 派～～去送禮phài～～khì sàng-lé⇨同上。

【專務 choan-bū】 ～～理事～～lí-sū⇨同上。

【專訪 choan-hóng】 新聞採訪的一種。其所作記者就叫～～。寫一篇5,000字的～～siá chi̍t-phi$^{n}$ gō·-chheng-jī ê～～⇨同上。

【專業 choan-gia̍p】 飼鷄飼豬都該～～化chhī-ke chhī-ti to-ài～～hoà⇨同上。

【專意 choan-ì】 專心～～choan-sim～～⇨同上。

【專誠 choan-sêng】 ～～來請教～～lâi chhéng-kàu⇨同上。

【專賣 choan-bē(bōe)】 ～～圓仔湯～～î$^{n}$-á-thng⇨同上。～～局～～kio̍k⇨同上。

【專櫃 choan-kūi】 專用或專門性質的櫃台。所謂百貨公司並非都是自營，多數是出租～～só·-ūi pah-hòe-kong-si pēng-hui to-sī chū-êng, to-sò· sī chhut-cho·～～⇨同上。

【專權 choan-khoân】 ～～處理～～chhì(chhù)-lí⇨同上。伊有較～～i ū-khah～～⇨他較獨斷獨行。

**choan 磚** 甎choan之俗字。建築用材，俗曰chng(見chng部)。

**choán 轉** 移也，反也。旋回也。移～î⇨同上。反～hoán～⇨同上。運～ūn～⇨同上。逆～ge̍k～⇨同上。輪流～lûn-liû～⇨同上。

【轉手 choán-chhiù】 ㊀經過別人的手。～～乎別人也～～hō· pa̍t-lâng-ā⇨同上。㊁迅速。幾粒仔錢耳，～～道無去也kúi-lia̍p-á-chî$^{n}$ niâ,～～tō-bô-khì(ì)-ā⇨不多的錢轉手之間就沒有了。

【轉化 choán-hoà】 化學名詞。例如甘蔗汁kam-chià-chiap變成糖的過程是也。～～糖～～thn̂g⇨同上。

【轉用 choán-iōng】 移爲別用。公款未使得濫擅～～kong-khoán bē-sái-tit lām-sám～～⇨同上。

【轉句 choán-kù】 舊詩五絕七絕的第三句。起句承句～～結句khí-kù sîn-kù～～kiat-kù⇨同上。

【轉世 choán-sè(sì)】 豬八戒是天篷元帥來～～的ti-pat-kāi sī thian-hông-goân-sòe lâi～～ê⇨西遊記。

【轉生 choán-seng】 同轉世。

【轉回 choán-hôe】 病有較～～也pē$^{n}$ ū-khah～～ā⇨病轉得較好了。

【轉交 choán-kau】 由同鄉的手～～一張批來iû tông-hiang(hiong)-ê-chhiú～～chi̍t-tiu$^{n}$-phe(phoe)-lâi⇨同上。

【轉地 choán-tē】 換所在。～～療養～～liâu-iáng(ióng)⇨同上。

【轉車 choán-chhia】 換車。台南打單到打狗，打狗～～到阿緱，細囝想奶也會哮，阿娘想君目屎流tâi-lâm phah-toa$^{n}$ kàu tá-káu，tá-káu～～kàu a-kâu, sè-kiá$^{n}$ siū$^{n}$-ni iā-ē-háu, a-niû siū$^{n}$-kun ba̍k-sái-lâu⇨民謠。

【轉身 choán-sin】 回身。換向。未～～得bē(bōe)～～tit⇨翻身不得。

【轉居 choán-ki(ku)】 移居。～～去別所在也～～khì pa̍t-só·-chāi-ā⇨同上。

【轉典 choán-tián】 收典再出典。亦曰轉當choán-tǹg。

【轉柩 choán-khiū】 出葬時先將棺運出外面。巳時～～未時進葬chī-sî～～bī-sî chìn-chòng⇨同上。

【轉借 choán-chioh】 轉貸。再貸。～～的人每俅趁～～ê lâng mā boeh-thàn⇨轉借的人也要利潤。

【轉接 choán-chiap】 交通連絡。該～～幾仔站，較無利便ài ～～ kúi-à-chām, khah-bô lī-piān⇨需要轉車接續的有好幾站，比較不方便。

【轉眼 choán-gán】 瞬息，迅速。一～～道幾仔年也it～～ tō kúi-à-nî-ā⇨瞬息之間就數年了。～～之間講攏大人也～～chi-kan kóng-lóng toā-lâng-ā⇨不久的中間，竟皆成人了。

【轉移 choán-î】 移動。變化。～～陣地～～tīn-tē⇨同上。氣候的～～較激烈khì-hāu ê ～～khah kek-liat⇨同上。

【轉寄 choán-kià】 轉送。有的～～乎人ū-ê ～～hō·-lâng⇨有的轉送給他人。

【轉途 choán-tô·】 改換職業。閹豬的～～開麵店iam-ti-ê～～khui mī-tiàm⇨同上。

【轉換 choán-oāⁿ】 改變。～～方向～～hong-hiàng⇨同上。～～別途～～pat-tô·⇨改換別業。

【轉意 choán-ì】 改變意見。悔意。有抮～～也ū teh～～à⇨在改換想法了。亦轉意tńg-ì。回心～～hôe-sim～～⇨同上。

【轉勤 choán-khîn(khûn)】 調換勤務也。～～去山地～～khì soaⁿ-tē⇨同上。

【轉達 choán-tat】 傳達。你的意思，我會替你～～lí ê ì-sù, goá ē thè-lí～～⇨同上。

【轉戰 choán-chiàn】 ～～南北～～lâm-pak⇨同上。

【轉學 choán-hak(oh)】 ～～去別的學校讀也～～khì pat-ê hak-hāu thak-à⇨同上。

【轉機 choán-ki】 轉變的重要關頭。人生的～～jîn-seng ê～～⇨同上。

【轉籍 choán-chek】 移轉戶籍。因爲出嫁，～～去夫家in-ūi chhut-kè，～～khì hu-ka⇨同上。

【轉彎 choán-oan】 ㊀轉角choán-kak,～～斡角～～oat-kak⇨同上。㊁變通。伊眞會曉～～i chin ē-hiáu～～⇨他很會變通。你安爾都無～～的餘地也 lí án-ne(ni) to-bô ～～ ê î-tē-ā⇨你如此(堅持)都沒有通融的方法了。若不是你共伊～～伊道未得直也 nā m̄-sī lí kā-i ～～i tō bē-tit-tit-à⇨若非你爲他轉圜，他就擔當不了了。

【轉變 choán-piàn】 ㊀變遷。社會的～～siā-hōe ê～～⇨同上。㊁通融thong-iông，機變ki-piàn。做人無～～chò(chòe)-lâng bô ～～⇨不懂得通融。眞佼～～chin-gâu～～⇨很會通融，很有機變。

【轉瞬間 choán-sùn-kan】 眼一瞬之間。～～耳道到位也～～ niā tō kàu-ūi-ā⇨很快就到了。

【轉敗爲勝 choán-pāi-ûi-sèng】 使失敗的變成成功的。將士用命藉會得～～～～chiàng-sū iōng-bēng chiah-ē-tit～～～～⇨同上。

【轉禍爲福 choán-hō-ûi-hok】 善制事者～～～～因敗爲功siān-chè-sū-chià～～～～in-pāi-ûi-kong⇨同上。

**賺** choán 臨時性的收入，例如賭博贏了，曰賺choán，討生活曰賺choán。即孔好～chit-khang hó～⇨此路容易收益。又同趁thàn。不過賺choán似包括有不正當的成分，趁thàn則是以力換取，是正當的。～無食～bô-chiah⇨趁得不夠吃。～水食都無～chúi-chiah to-bô⇨趁水來吃都沒有。又詐騙亦曰賺choán。乎你未～得hō·-lí bē(bōe)～tit⇨你詐騙不了。乾乾乎～去了kian-kian hō·～～khì-là⇨眼見被騙走了。有～ū～⇨有趁錢。即久仔攏無～chit-kú-á lóng bô～⇨最近皆無收入。罔～也罔～bóng～á bóng～⇨同罔趁也罔趁bóng-thàn-á-bóng-thàn。

【賺食 choán-chiah】 討生活。～～碗～～

oá$^{n}$⇨生意道具。又賴以維生的職業。～～步～～pō͘⇨職業上所必要的手段。這未～～得che bē～～tit⇨忍受不了。例如夜裡蚊子多亦曰未賺食得bē-choán-chia̍h-tit,與所謂討生活無干。又詐騙曰賺食。乎人～～去也hō͘-lâng～～khì-â⇨被人詐騙去了。～～無過手～～bô-kòe-chhiú⇨詐騙未遂。又暗中賣淫曰偷～～thau～～⇨同上。

【**賺錢** choán-chî$^{n}$】同趁錢thàn-chî$^{n}$。即久仔攏顧～～耳chit-kú-á lóng kò͘～～niâ⇨最近皆在專心於賺錢而已。

**choân**
**全** 完也。具備也。保全也（亦讀chn̂g，見chng部）。十～老人si̍p～lāu-lâng⇨同上。完～是事實oân～sī sū-si̍t⇨十足是事實。兩～其美liáng～kî-bí⇨双方皆保持其完美。忠孝双～tiong-hàu siong～⇨同上。福壽双～hok-siū siang～⇨同上。無～亦着半bô～a̍h-tio̍h-poà$^{n}$⇨不能全體亦要一半。～無信用～bô sìn-iōng⇨同上。～人了了～lâng liáu-liáu⇨皆是人，謂人很多很多。～無講道理～bô-kóng-tō-lí⇨完全不講理。

【**全人** choân-jîn】人jîn不能讀lâng。㈠聖人。唯～～能之ûi～～lêng-chi⇨只有聖人能夠做。㈡四肢五官完整之人。㈢保全人民。昔伊尹立功～～sek i-in li̍p-kong～～⇨同上。

【**全日** choân-ji̍t】整日。～～營業～～êng-gia̍p⇨同上。～～開放～～khai-hòng⇨同上。

【**全民** choân-bîn】～～政治～～chèng-tī⇨同上。

【**全功** choân-kong】未竟～～bī-kēng～～⇨未達成全功。

【**全件** choân-kiā$^{n}$】一件，婚禮目錄專用詞。鏡台～～kià$^{n}$-tāi～～⇨鏡台一件。

【**全年** choân-nî】一年。～～收入有外敍～～siu-jip ū joā(goā)-chē(chōe)⇨同上。

【**全局** choân-kio̍k】不當因爲個人來影響～～m̄-thang in-ūi kò-jîn lâi éng-hióng～～⇨同上。

【**全身** choân-sin】一身。～～都攏墨着血～～to-lóng ba̍k-tio̍h-hoeh(huih)⇨全身皆染血。

【**全屍** choân-si】屍體完整未遭破壞。～～而死～～jî-sí⇨未遭砍頭bī-cho khám-thâu。

【**全信** choân-sìn】～～書不如無書～～si(su) put-jî(jû) bô-si⇨謂書中所寫不可全信。

【**全家** choân-ke】～～攏總平安～～lóng-chóng pêng-an⇨合家皆平安。

【**全能** choân-lêng】萬能。～～的上帝～～ê siōng-tè⇨同上。十項～～cha̍p-hāng～～⇨十種競技。

【**全豹** choân-pà】未窺～～那能批評bī-khui～～na-lêng phe(phoe)-phêng⇨未看到全部何能批評。

【**全班** choân-pan】～～無人缺席～～bô-lâng khoat-se̍k⇨同上。

【**全書** choân-si(su)】舊約～～kū-iok～～⇨同上。

【**全島** choân-tó】～～一週～～it-chiu⇨同上。

【**全副** choân-hù】～～精神～～cheng-sîn⇨同上。

【**全球** choân-kiû】全世界。～～性的流行～～sèng ê liû-hêng⇨同上。

【**全國** choân-kok】～～上下一致～～siāng-hē it-tì⇨同上。上下siōng-hā。

【**全部** choân-pō͘】～～及格～～ki̍p-keh⇨同上。

【**全集** choân-chi̍p】文學～～bûn-ha̍k～～⇨同上。

【**全然** choân-jiân】完全。～～不知影～～m̄-chai-iá$^{n}$⇨完全不知道。～～無碍着～～bô-gāi-tio̍h⇨同上。

【**全勝** choân-sèng】大獲～～tāi-he̍k～～

⇨同上。

【全滅 choân-biat】 彼款鳥仔得㑂～～也 hit-khoán chiáu-á tit-beh～～à⇨那一種鳥快要全滅了。

【全境 choân-kéng】 全地方，全國。～～都扵慶祝獨立～～to teh khèng-chiok tok-lip ⇨同上。

【全臺 choân-tâi】 ～～首學～～siú-hak⇨台南孔子廟有此匾。臺tâi省筆作台tâi。

【全髮 choân-hoat】 不落髮。出家是出家，猶更留～～扵chhut-ke sī chhut-ke，iáu-koh lâu～～leh⇨出家雖然是出家了，但是還留着全髮。

【全賦 choân-hù】 地租完納。～～單～～toaⁿ⇨其收據。

【全盤 choân-poâⁿ】 生理～～靠伊一人 seng-lí～～khò-i chit-lâng⇨生意全面的靠他一個人經營。

【全篇 choân-phiⁿ】 ～～有三萬外字～～ū saⁿ-bān-goā-jī⇨同上。

【全線 choân-soàⁿ】 ～～通行無阻～～thong-hêng bû-chó͘⇨同上。

【全鴨 choân-ah】 整隻鴨。～～的料理～～ê liāu-lí⇨同上。全鷄～～choân-ke～～⇨同上。

【全權 choân-khoân】 ～～大使～～tāi-sài ⇨同上。～～處理～～chhì(chhù)-lí⇨同上。

【全體 choân-thé】 ～～同仁～～tông-jîn ⇨同上。

【全天候 choân-thian-hāu】 不論陰晴風雨。～～～服務～～～hok-bū⇨全日服務。

【全家福 choân-ka(ke)-hok】 全家族合攝的照片。全家聚合歡樂。

【全軍覆滅 choân-kun-hok-biat】 二次大戰日軍攻中途島，差不多是～～～～jī-chhù-tāi-chiàn jit-kun kong tiong-tô͘-tó͘ chha-put-to sī～～～～⇨同上。

【全盛時代 choân-sêng-sî-tāi】 漢武帝造成西漢的～～～～hàn-bú-tè chō-sêng se-hàn ê～～～～⇨同上。

【全智全能 choân-tì-choân-lêng】 ～～～～的上帝～～～～ê siōng-tè⇨同上。

**choân 泉** 泉choâⁿ也。地名也。溫～un～⇨同上。漳～二州chiang～jī-chiu⇨同上。

**choān 栓** 木釘也。水的開關曰栓choān,chūn(見chun部)。

**choān 饌** 具食也，飲食也。有酒食，先生～iú chiú-sū，sian-seng～⇨論語。

## choat

**choat 泏** 水出也。水因搖動而溢出器外曰泏choat，亦形容極肥胖。水～了了也chúi～liáu-liáu-à⇨水都溢出去了。肥到油都～出來也pûi-kà iû to～chhut-lâi-ā⇨肥得油都溢出來了。

【泏出 choat-chhut】 菜湯～～碗外chhài-thng～～oáⁿ-goā⇨同上。好禮仔行，無會～～來hó-lé-á-kiâⁿ, bô-ē～～lâi⇨小心走，否則會溢出來。

【泏油 choat-iû】 是啥人～～於塗脚sī siáⁿ-lâng～～tī thô͘-kha⇨是何人把油泏在地面。

**choat 拙** 不巧也。又自謙之詞。大智若愚大巧若～tāi-tì jiak-gî(gû)，tāi-khiáu jiak～⇨老子語。弄巧成～lōng-khiáu sêng～⇨同上。心餘力～sim-î lek～⇨心有餘而力不足sim-iú-î jî lek-put-chiok。

【拙內 choat-lōe】 賤妻。～～不肯我食酒～～m̄-khéng-goá chiah-chiú⇨太座不准我喝酒。

【拙作 choat-chok】 我的小作品。即個問題於～～中也有討論過也chit-ê būn-tê tī～～tiong iā-ū thó-lūn-kòe-à⇨此問題在小作中

也討論過了。

【拙見 choat-kiàn】 己見，小意見。～～所及～～só·-kip⇨私見所能想到。

【拙荊 choat-keng】 柴杷chhâ-pê。阮貴～～彼關道未得過也，曷使更講goán kùi ～～hit-koan tō bē-tit-kòe-à,ah-sái koh-kóng⇨我的貴太座那一關就過不了了，何必再說。

**choat 攝** 收取也(見liap部)。以指取沙狀物曰攝choat。一～沙仔chit～soa-á⇨很少的沙。一～仔chit～á⇨一屑仔chit-sut-á。

**choat 絕** 斷也。消失也。死也。又詩體的一種。又極也。獨一無二曰絕choat。天無～人的路thi$^{n}$ bô～lâng-ê-lō·⇨同上。氣～也khùi～à⇨呼吸斷了，人死了。斷～人的財路都較慘共刣死抔toān～lâng-ê-châi-lō· to khah-chhám ka thâi-sí-leh⇨切斷他的錢財收入的路徑較殺死他還要慘。人攏死～了了也lâng lóng sí～liáu-liáu-à⇨人皆死絕了。情盡義～chêng-chīn-gī～⇨同上。狗命不該～káu-miā put-kai～⇨同上。五～七～ngó·～chhit～⇨五言絕句與七言絕句。傷～siu$^{n}$～⇨太過極端。太過份。

【絕仔 choat-á】 絕句。當今眞罕得人做～～也tong-kim chin-hán-tit-lâng chò～～à⇨現在很少有人做絕句的詩了。

【絕才 choat-châi】 獨一無二的才能。天下～～thian-hā～～⇨同上。

【絕戶 choat-hō·】 在戶籍上消滅。彼家都～～去也hit-ke to～～khì(ì)-à⇨那一戶都消失了。

【絕句 choat-kù】 詩體，同絕也choat-á。

【絕世 choat-sè(sì)】 ～～佳人～～ka-jîn⇨同上。

【絕代 choat-tāi】 冠絕當代。～～佳人～～ka-jîn⇨同上。

【絕交 choat-kau】 君子～～不出惡聲，忠臣去國不全其名kun-chú～～put-chhut ok-seng,tiong-sîn khì-kok put-choân kî-bêng⇨謂君子交絕不出惡聲罵其友，忠臣失敗離國不保全自己的名譽以損及國君。

【絕色 choat-sek】 獨一無二的美人。第一美人。

【絕妙 choat-miāu】 ～～好辭～～hó-sû⇨同上。

【絕步 choat-pō·】 最惡毒的手段。良心上不敢用～～liāng(liōng)-sim-siāng(siōng) m̄-ká$^{n}$-iōng(ēng)～～⇨同上。

【絕招 choat-chiau】 無敵的招數。同絕步。人講～～出手道會死人lâng-kóng～～chhut-chhiú tō-ē sí-lâng⇨傳說絕招一出手必定傷死人。

【絕佳 choat-ka】 阿西合阿花佃二個可以說是一對～～的翁仔某對a-se kap a-hoe in-nn̄g-ê khó-í-soeh sī chit-tùi～～ê ang-á-bó·-tùi⇨同上。

【絕氣 choat-khùi】 呼吸停止。硬將倈～～去ngē-chiang boeh～～khì(ì)⇨幾乎要停止呼吸。

【絕倫 choat-lûn】 無以倫比bû-í-lûn-pí。精力～～cheng-lek～～⇨同上。

【絕望 choat-bāng】 阿花嫁人也，你當不～～也a-hoe kè-lâng-ā, lí ta$^{n}$-m̄～～ā⇨阿花嫁人了，你不是絕望了嗎。

【絕情 choat-chêng】 無情，寡情。實在眞～～sit-chāi chin～～⇨同上。

【絕頂 choat-téng】 ㊀山的最高處。㊁同絕等。

【絕景 choat-kéng】 太魯閣會使得講是一個～～thài-ló·-koh ē-sái-tit-kóng sī chit-e～～⇨同上。

【絕等 choat-téng】 ～～的聰明人～～ê chhong-bêng-lâng⇨同上。

【絕路 choat-lō·】 ㊀沒前程。行着～～也kia$^{n}$-tioh～～ā⇨跑上無前程的路了。行錯路了。㊁絕交。伊𠊎都～～也in taⁿ-to～～ā⇨他們而今斷交了。

【絕嗣 choat-sū】 許爾大的家庭講無幾年道～～了了也hiah-ni-toā ê ka-têng kóng-bô-kúi-nî tō～～liáu-liáu-à⇨那麼大的家庭，竟沒幾年就皆絕嗣了。

【絕對 choat-tùi】 ㊀一定。～～不當聽伊的話～～m̄-thang-thiaⁿ-i ê ōe⇨一定不可信從他的話。～～無好的～～bô-hó ê⇨同上。～～該去～～āi-khì⇨一定要去。㊁無法作對句的對子。據稱: 烟鎖池塘柳ian-só tî-tông-liú,此五個字就是絕對，因爲各字字旁都不同，却是金木水火土的五行各佔其一，因之古人還無正對云云。

【絕頭 choat-thâu】 進退不得。𠊎都行到～～也taⁿ to kiâⁿ-kàu～～ā⇨今者已經跑到進退都不得的地步了。不得已道用～～步也不put-tek-í tō-iōng～～pō-ā m̄⇨不得已就用最後的手段了，有其他辦法嗎。～～間～～keng⇨阿片煙吸食所。

【絕斷 choat-tn̄g】 斷絕。絕交。幾仔年前音信道～～了也kúi-á-nî-chêng im-sìn tō～～liáu-à⇨數年前音信就沒有了。伊咯，早道～～也到𠊎in-lò͘,chá-tó～～à kàu-taⁿ⇨他們嗎，早就斷絕關係了，何待於今日。

【絕藝 choat-gē】 師父展～～su-hū tián～～⇨同上。

【絕水火 choat-súi-hó͘】 乾餓。弔脰死的較八聽見，～～～死的都準較毋八tiàu-tāu-sí-ê khah-bat thiaⁿ-kìⁿ(ī)，～～～sí-ê to-chún khah-m̄-bat⇨弔頸而死者常聽見，乾餓而死的是很少聽過的。

【絕命書 choat-miā-su(si)】 臨死寫～～～是無簡單lîm-sí siá～～～sī bô-kán-tan⇨臨死時寫絕命書並不容易。

【絕風嶺 choat-hong-niá】 最後的地步。死地。𠊎都行到～～～也，毋答應每着答應taⁿ to kiâⁿ-kàu～～～à m̄-tah-èng mā-tioh tah-èng⇨而今都到最後地步了，不答應也得答應了。

【絕後代 choat-āu-tāi】 得未～～～也不藉敢做彼類代誌tit-boeh(teh-beh)～～～ā m̄-chiah-káⁿ chò hit-lōe tāi-chì⇨快要沒後代了才敢做那種事情，不是嗎。

【絕煙火 choat-ian-hóe】 兵糧沒有了。得未～～～也tit-boeh(teh-beh)～～～à⇨快要斷糧了。

【絕大多數 choat-tāi-to-sò͘】 緘默的～～～～hâm-bek ê～～～～⇨緘口默然無語的最多最多的人。

【絕處逢生 choat-chhù(chhì)-hōng-seng】 九死一生kiú-sú-it-seng。

## chok

chok
**作** 爲也，造也，起也，作業也。狂風大～không-hong tāi～⇨同上。自～自受chū-～chū-siū⇨同上。自己振～ka-ki chín～⇨自己振奮精神。無惡不～bû-ok-put～⇨同上。製～chè～⇨同上。創～chhòng～⇨同上。傑～kiat～⇨同上。大～tāi～⇨同上。佳～ka～⇨同上。力～lek～⇨述～sut～⇨同上。勞～lô～⇨同上。耕～keng～⇨同上。農～lông～⇨同上。發～hoat～⇨同上。動～tōng～⇨同上。操～chho～⇨同上。改～kái～⇨同上。合～hap～⇨同上。仵～ngó͘～⇨古之驗屍人。細～sè～⇨間諜kan-tiap。

【作文 chok-bûn】 做文章chò-bûn-chiuⁿ。～～課～～khò⇨教作文的課程。

【作中 chok-tiong】 仲介，媒介。該請一個序大來～～āi chhiáⁿ chit-ê sī-toā lâi～～⇨要請一位長輩來做仲裁。

【作用 chok-iōng】 ㊀影響éng-hiong。發生同化～～hoat-seng tōng-hoà～～⇨同上。

㊁用意。另有～～lēng-iú～～⇨同上。

【作古 chok-kó͘】 死亡。早就～～也chá-chiū～～ā⇨早就死亡了。

【作合 chok-ha̍p】 締合姻緣。天所～～的thiⁿ-só͘～～ê⇨天作之合。

【作成 chok-sêng】 ㊀合而成之。將逐家的意見來～～結論chiong ta̍k-ê ke ì-kiàn lâi～～kiat-lūn⇨把大家的意見作成一個結論。㊁助成。成全。逐家提錢共伊～～ta̍k-ke the̍h-chîⁿ kā-i～～⇨大家拿錢出來成全他。

【作弄 chok-lōng】 玩弄。滾笑。同作浪chok-lōng。有人於後面扲～～ū-lâng tī āu-bīn teh～～⇨有人在背後興風作浪。

【作物 chok-bu̍t】 農～～的運銷比生產較要緊lông～～ê ūn-siau pí seng-sán khah iàu-kín⇨同上。

【作者 chok-chiá】 ～～是無名氏～～sī bû-bêng-sī⇨同上。

【作法 chok-hoat】 ㊀施行法術。道士扲～～tō-sū teh～～⇨道士在施術。㊁作風。一人有一人的～～chi̍t-lâng ū chi̍t-lâng ê～～⇨謂每人都有自己的作法。㊂製訂法律。～～自斃～～chū-pī⇨訂法者害死了自己。

【作怪 chok-koài】 ㊀妖邪魔鬼施術。一定是妖精扲～～it-tēng sī iau-chiaⁿ teh～～⇨一定是妖邪在作祟。㊁胡爲亂來。裝神弄鬼。辦法。作鬼～～chok-kúi～～⇨同上。未～～也否bē～～ā hohⁿ⇨沒辦法了罷。看你猶會～～否khoàⁿ lí iáu-ē～～bò͘⇨看你還會亂來嗎。袋仔一下空，道～～無路也tē-á-chi̍t-ē-khang，tō～～bô-lō͘-ā⇨囊裡一空就作怪不起來了。

【作秀 chok-siù】 歌手演員等所謂明星類人物展示其歌唱表演以趁錢之謂。秀siù是英文show的譯音。或作做秀chò (chòe) -siò。

【作品 chok-phín】 優秀的～～iu-siù-ê～～⇨同上。

【作家 chok-ka】 小說～～siáu-soat～～⇨同上。

【作祟 chok-sūi】 鬼神的災禍。妖精扲～～iau-chiaⁿ teh～～⇨同上。

【作揖 chok-ip】 行禮。打躬～～taⁿ-kiong～～⇨同上。

【作爲 chok-ûi】 有爲。有～～難不～～更較難iú～～lān put～～koh-khah-lān⇨同上。

【作惡 chok-ok】 ～～多端～～to-toan⇨同上。～～作毒騎馬轆轂～～chok-to̍k,khiâ-bé lo̍k-kho̍k⇨謂作惡作毒反而有馬可騎乘。似乎是對沒報應的一種諷刺。轆轂lo̍k-kho̍k是馬步聲，壞馬叫轆轂馬lo̍k-kho̍k-bé。俗或作碌硞馬lo̍k-kho̍k-bé。

【作業 chok-gia̍p】 ～～人員～～jîn-oân⇨同上。～～員～～oân⇨同上。

【作亂 chok-loān】 義民～～gī-bîn～～⇨同上。

【作弊 chok-pè】 ～～貪汚～～tham-u⇨同上。

【作樂 chok-lo̍k】 飲酒～～ím-chiú～～⇨同上。

【作戰 chok-chiàn】 登陸～～teng-lio̍k～～⇨同上。要塞攻擊～～iàu-sài kong-kek～～⇨同上。聯合～～liân-ha̍p～～⇨同上。

【作孽 chok-gia̍t】 ㊀作災惹禍。天～～猶可違，自～～不可逃thian～～iû-khó-ûi,chū～～put-khó-tô⇨謂天災可違可避，自惹的麻煩逃不了。㊁孩童惡作劇。即個囡仔眞～～chit-ê gín-á chin～～⇨這個孩子很壞，作孽多端。～～囡仔～～gín-á⇨很會作孽的孩子。

【作姦犯科 chok-kan-hoān-kho】 作惡犯法。～～～～及爲忠善者，宜付有司，論其刑賞～～～～kip ûi tiong-siān-chiá, gî-hù iú-su, lūn-kî hêng-siáng⇨前出師表。

【作威作福 chok-ui-chok-hok】 ～～～～魚

肉善良～～～～gî-jiok siān-liâng⇨同上。

【作繭自縛 chok-kián-chū-pak】 蠶吐絲綑縛自己。喻自己作事妨碍了自己。你這人，講是～～～～，要怨恨甚人lí-che lâng, kóng sī ～～～～,boeh oàn-hīn siáⁿ-lâng⇨你此事，古人說是自作自受，要怨誰呢。

chok **族** 親屬也。人種的類別亦曰族chok。三～sam～⇨父族，母族，妻族。九～kiú～⇨上自高祖下至玄孫爲九族。血～hiat～⇨同上。親～chhin～⇨同上。同～tông～⇨同上。宗～chong～⇨同上。同宗不同～tông-chong put-tông～⇨同姓而無血緣關係。民～觀念bîn～koan-liām⇨同上。

【族人 chok-jîn】 同宗族之人。受～～的尊敬siū～～ê chun-kèng⇨同上。

【族兄(弟) chok-hiaⁿ(tē)】 堂兄(弟)。

【族居 chok-ki】 同族同聚而居。

【族姓 chok-sèⁿ】 姓sìⁿ, sèng。同族共同的姓氏。

【族長 chok-tiúⁿ】 族中年高望重的人。

【族親 chok-chhin】 血緣內的族人。～～都來祝壽～～to-lâi chiok-siū⇨同上。

【族譜 chok-phó͘】 記載同族系統關係的文書。修～～siu～～⇨纂修族譜。

chok **簇** 臭～chhàu～⇨例如千篇一律的連續劇，重複同樣的言詞，趕時髦慢半拍等等之類，皆會被指爲臭簇chhàu-chok！傷～siuⁿ～⇨過於俗麗。太臭簇thài-chhàu～⇨同上。又例如房間等佈置太華麗，或婦女滿身珠光寶氣亦被視爲簇chok，亦即臭簇chhàu-chok。

chok **戳** 擲槍也。銳器刺物曰戳chok。用槍共人～iōng-chhiuⁿ kā-lâng～⇨擲槍刺人。俗作戮lek，非也。又蓋印曰戳印chok-ìn，俗曰chhop-ìn或chhop-ìn。

【戳記 chok-kì】 chhop-kì。機關印信。圖記tô͘-kì的俗稱。

【戳槍 chok-chhiuⁿ】 標槍pio-chhiuⁿ。

【戳窟仔 chok-khut-á】 khut-á→khut-lá。新正童戲之一。在庭中開一小窟窿，輪流從一定的距離投擲硬幣入窟，入多少贏多少的遊戲，亦是賭博。新正～～～踥踱sin-chiaⁿ～～～thit-thô⇨新春戳窟仔玩。

chok **怍** 心動也。心肝眞刺～sim-koa chin chhì～⇨心裏很是遲疑不安。刺怍chhì-chok應爲儗怍之訛。儗gî，遲疑也，怍chok，心動也，怍亦作怎。

chok **鏃** 箭尖也。鏢pio尖也。銳利也。箭～chìⁿ～⇨箭尖，亦即箭頭。使嘴～sái-chhùi～⇨只出嘴使用人而己不動。嘴鏃chhùi-chok⇨口如鏃之銳利。

## chong

chong **宗** 同祖曰宗chong，直系曰大～tāi～，支系曰小～siáu～。又流派曰宗chong，佛教有天台～thian-tâi～，華嚴～hoâ-giâm～，禪～siân～等，道教有南～lâm～，北～pak～等之流派。萬法歸～bān-hoat-kui～⇨同上。又主要的產物曰大～toā～，例如農產物是，米較大～bí khah-toā～。又物品一件chit-kiāⁿ曰一～chit～，案卷àn-koàn曰卷～koàn～。

【宗人 chong-jîn】 同宗之人。～～眞合作～～chin hap-chok⇨同上。

【宗子 chong-chú】 大宗之子。宗人擁護～～chong-jîn iông-hō͘～～⇨同上。

【宗支 chong-chi】 系統，子弟子孫。亦作宗枝chong-chi。丟父母，別～～，反問吾君是何理tiu-hū-bó, piat～～, hoán-mn̄g gô͘-kun sī hô-lí⇨妻致夫書，責其無端離別。

【宗主 chong-chú】 一宗之主。南宗的～～lâm-chong-ê～～⇨同上。又爲人所尊崇者。受尊爲～～siū-chun ûi～～⇨同上。～～國～～kok⇨屬國對宗主國。

【宗兄 chong-heng】 同宗之兄長。同姓不同宗之同輩亦稱宗兄chong-heng。前者論長幼。後者論輩不論歲lūn-pòe put-lūn-hòe。

【宗旨 chong-chí】 行事的主意或目的。做代誌該有～～chō(chōe) tāi-chì ài-ū～～⇨做事情需要有個主意。

【宗仰 chong-gióng】 衆所～～chiòng-só͘～～⇨同上。

【宗伯 chong-peh】 族伯父。又對同姓的伯輩的尊稱。

【宗社 chong-siā】 宗廟社稷chong-miāu-siā-chek。

【宗法 chong-hoat】 立宗之法。家系的基本。～～眞嚴～～chin-giâm⇨同上。

【宗派 chong-phài】 家族，宗教，學術的分派。～～無共款講較無話～～bô kāng-khoán kóng-khah-bô-ōe⇨宗派不相同，說話比較不投合。

【宗室 chong-sek】 王的家族。

【宗祠 chong-sû】 家廟ka-biō。合起～～hap-khí～～⇨同上。

【宗姪 chong-tit】 族姪。又同姓之姪輩。賢～～hiân～～⇨例如在書信中對同姓之姪輩的稱呼。

【宗族 chong-chok】 家族。父兄～～hū-heng～～⇨同上。同宗。～～內的兄弟～～lāi ê hiaⁿ-tī⇨同上。

【宗教 chong-kàu】 ～～家～～ka⇨同上。～～界～～kài⇨同上。

【宗廟 chong-biō(miāu)】 家廟。宗祠。～～社稷～～siā-chek⇨同上。

【宗親 chong-chhin】 同宗之親屬。族親。～～會～～hōe⇨同上。

【宗主權 chong-chú-koân】 宗主國對屬國的政治干與的權利。甲國主張對乙國有～～～kah-kok chú-tiuⁿ tùi it-kok ū～～～⇨同上。

## 莊 chong

端正也。村落曰莊chong，同庄chng。田莊tiân-chong⇨田莊chhân-chng。又商號曰莊chong。錢～chîⁿ～⇨同上。布～pò͘～⇨同上。又商品色類亦曰莊chong。京～kiaⁿ～⇨京城貨。港～káng～⇨香港貨。又姓氏。端～toan～⇨形容婦女儀容。山～san～⇨同上。老～ló～⇨老子與莊子。

【莊子 chong-chú】 古學者莊周。又其書名。老子與～～ló chú í～～⇨古哲學家。

【莊田 chong-tiân】 農場的古名。～～制度～～chè-tō͘⇨地主使用農奴的制度。

【莊重 chong-tiōng】 嚴肅。態度～～thài-tō͘～～⇨同上。

【莊稼 chong-kè】 耕農。～～漢～～hàn⇨農夫。

【莊嚴 chong-giâm】 莊重嚴肅。殿堂～～tiān-tông～～⇨同上。威儀～～ui-gî～～⇨同上。

【莊敬自重 chong-keng-chū-tiōng】 ～～～～處變不驚～～～～chhì(chhù)-piàn-put-keng⇨同上。

## 妝 chong

飾也。俗作粧。女子美化儀容曰妝，粧chong, chng(見chng部)。掩飾其實亦曰妝chong，或作裝chong。時～sî～⇨同上。宮～kiong～⇨同上。假～ké～⇨同上。化～hoà～⇨同上。梳～se(soe)～⇨se(soe)-chng。

【妝次 chong-chhù】 對婦女的尊稱。書信用語。某某女士～～bó͘-bó͘ lí-sū～～⇨同上。

【妝扮 chong-pān】 梳粧打扮。女兒愛～～lí-jî ài～～⇨同上。粧扮chong-pān。

【妝奩 chong-liâm】 女用的鏡臺鏡匣。隨嫁的器具用品。俗曰嫁粧kè-chng (見chng部)。聘金～～一概會省從省phèng-kim～～it-khài ē(ōe)-séⁿ(séng) chiông-séⁿ(séng)⇨聘金嫁粧一切能夠省儉者即省儉之。亦作粧奩chong-liâm。

**chong 粧** 妝的俗字。且把西湖比西子，淡～濃抹總相宜chhiáⁿ pá se-ō· pí se-chú, tām～lông-boat chóng siang-gî⇨蘇東坡詠西湖詩。

**chong 裝** 包也。服飾也。裝飾也。亦讀chng(見chng部)。化～hoà～⇨改裝kái-chong。紳士改裝乞食曰化裝。化粧hoà-chong即是美化儀容。西～se～⇨西方式的服裝。西服。武～bú～⇨穿戰衣帶武器。服～hok～⇨衣著。假～ké～⇨同上。僞～gūi～⇨同上。淑女～siok-lí(lú)～⇨淑女的衣裳，淑女樣的打扮。乞食～khit-chiah～⇨乞食的衣著。乞食式的打扮。行～hêng～⇨旅行裝備。

【裝甲 chong-kah】 甲kah是兵甲peng-kah，甲冑kah-tiū的甲。～～兵～～peng⇨裝甲部隊的軍兵。～～車～～chhia⇨戰車chiàn-chhia。～～部隊～～pō·-tūi⇨戰車部隊。

【裝包 chong-pau】 打包，包裝。出貨～～chhut-hòe～～⇨同上。

【裝修 chong-siu】 店面該更～～tiàm-bīn ài-koh～～⇨舖面需要再加整理修飾。～～門面～～mn̂g-bīn⇨同上。

【裝束 chong-sok】 身穿sin-chhēng。打扮。遠行的～～oán-hêng ê～～⇨出遠門的打扮。

【裝訂 chong-tèng】 把散頁訂裝成册或成書。猶扵～～，猶未好iáu-teh～～，iáu-bōe-hó⇨還在裝訂中還未訂好。

【裝貨 chong-hòe】 貨品的打箱，打包或積車。扵～～也teh～～à⇨在裝貨中了。

【裝設 chong-siat】 配設。～～活動門～～oah-tōng-mn̂g⇨同上。

【裝備 chong-pī】 配備。軍隊的～～相當好kun-tūi ê～～siang-tong-hó⇨同上。

【裝潢 chong-hông】 ㊀裱褙piáu-pòe。字畫的～～jī-ōe ê～～⇨裱糊piáu-kô·字畫。㊁貨品或舖面室內等的修飾。該更～～過藉會看得ài-koh～～kòe chiah-ē khoàⁿ-tit⇨需再加裝潢才好看。

【裝飾 chong-sek】 加配物事以增加美觀。～～品～～phín⇨加添美觀的東西。

【裝置 chong-tì】 設置siat-tì。～～電氣設備～～tiān-khì siat-pī⇨同上。

【裝箱 chong-siuⁿ】 打箱，裝入箱。出貨～～chhut-hòe～～⇨同上。裝包，裝箱性質相同，方法略異。

【裝腔作勢 chong-khiong chok-sè】 講僞話造僞事以威壓別人。～～～～做乎人看～～～～chò hō·-lâng khoàⁿ⇨故意假死假活作給人看。

【裝模作樣 chong-bô·-chok-iūⁿ】 故意假裝姿態。～～～～都騙人未過～～～～to phiàn-lâng bē-kòe⇨假仙假鬼作給人看。

【裝聾作啞 chong-lóng-chok-á】 假聾假啞。上好是～～～～較未乎序細感siāng-hó sī～～～～khah-bē-hō· sī-sè chheh⇨最好是故意不聞不問才不會被下輩(子女)怨恨。

**chong 踪** 跡也。同蹤chong。追隨也。跟～kin～⇨尾隨。來無影去無～lâi bû-éng khì bû～⇨謂來去不定，甚神秘。行～不明hêng～put-bêng⇨下落不明。行～不定hêng～put-tēng⇨行動無定處。

【踪跡 chong-chek】 蹤跡chong-chek。行跡hêng-chek。找無～～chhōe-bô～～⇨找不到行蹤。

**chong 蹤** 同踪chong。

**chong 棕** 樹名。同椶chong。無枝椏的喬木，原產熱帶地。即棕櫚也。

【棕色 chong-sek】 色名，或曰赤銅色chhiah-tâng-sek。～～人種～～jîn-chióng⇨馬來西亞人。

【棕竹 chong-tek】 小棕櫚。觀賞植物，常見於庭園中，亦多有作盆栽。相當美麗好看。

【棕櫚 chong-lî】 亦作椶櫚chong-lî，單稱棕chong, chang(見chang部)。

**chong 綜** 相交會也。複雜錯～hok-chap-chhok～⇨同上。聚合也，～括～khoat。

【綜合 chong-hap】 會聚合成。～～意見～～ī-kiàn⇨大家的意見都混合而成的意見。～～起來～～khí-lâi⇨全部合攏起來。～～醫院～～i-īⁿ⇨集有各科的大醫院。～～所得稅～～só·-tek-sōe⇨對包含各種所得收入所課征的稅金。

【綜括 chong-khoat】 包括一切。～～各方面的情報～～kok-hong-bīn ê chêng-pò⇨同上。

【綜合藝術 chong-hap-gē-sut】 戲劇等是也。

**chông 崇** 高也。尊也。重也。推～chhui～⇨同上。

【崇奉 chông-hōng】 ～～釋迦佛～～sek-kia-hut⇨同上。

【崇尙 chông-siàng(siòng)】 崇拜。趨向。社會～～自由民主siā-hōe～～chū-iû bîn-chú⇨同上。

【崇拜 chông-pài】 ～～英雄人物～～eng-hiông-jîn-but⇨同上。

【崇敬 chông-kèng】 ～～有德有學問的人～～iú-tek-iú-hak-būn ê lâng⇨同上。

**chong 贓** 收賄曰贓chong。貪～枉法tham～óng-hoat⇨違法收賄物。盜竊所得之物曰贓chong，chng(見chng部)。捉賊在～捉姦在床chiok-chhat chāi～(chng) chiok kan chāi-chhông(chhn̂g)⇨謂捉賊要有贓物做證據，捉通姦要在床上才能成立。捉亦作掠liah。

【贓物 chong-but】 盜竊的財物。～～罪～～chōe⇨贓物之收買，搬運，寄存等等在刑法上皆有罪。

**chong 賍** 贓的俗字。

**chóng 總** 聚而束之也。合也，皆也。～的合共的～ê-kah-kiōng-ê⇨總共兩字分開說。亦即全部。稻草成束曰總cháng(見cháng部)。束髮也，～角～kak⇨束頭髮爲左右兩角，亦即兒童的髮式。又凡也，斷結之詞也。欠債～該還khiàm-chè～ài-hêng⇨同上。早晚～會來chá-bān～ē-lâi⇨同上。有一日～會出頭天ū chit-jit～ē chhut-thâu-thiⁿ⇨有一天總會出人頭地。生活～該自己檢點seng-oah～ài-ka-kī-kiám-tiám⇨同上。～未講去道不轉來也～bē-kóng khì-tō-m̄-tńg-lâi-à⇨總之不致於一去就不回來了。你～著走一紺lí～tioh cháu-chit-choā⇨你結局免不了跑一次吧。～不是伊偷提的～m̄-sī-i thau-thē-ê⇨恐怕不是他偷的吧。你娶細姨～無講免請我lí chhoā-sè-î～bô-kóng bián-chhiáⁿ-goá⇨你討小老婆大概不致於不請我吧。拖到盒～該煞也thoa-kah-taⁿ～ài-soah-à⇨拖延到而今了，恐怕非結束不可了。大漢也～該嫁人toā-hàn-à～ài-kè-lâng⇨長大了，終非出嫁不可。～比死較好～pí-sí khah-hó⇨無論如何都比死還好。

【總之 chóng-chi】 總而言之。～～你是無誠意解決嘛～～lí sī bô-sêng-ì kái-koat-mà⇨總之，你是沒誠意解決了。

【總仔 chóng-à】 ㈠阿總其人。㈡全部。～～合共仔～～kah kiōng-ā⇨意爲所有的全部。亦說成總的chóng-ê，共的kiōng-ē。

【總包 chóng-pau】 全部負責。費用若多我～～hùi-iōng goā-chē goá～～⇨費用若干全由我出錢。～～攬～～lám⇨總包辦chóng-pau-pān。其業。我都無抒做～～攬講goá to-bô-teh-chò～～lám kong⇨講kóng改讀第一聲kong。意謂我不在做包辦業，你事事都要我做，我不幹。

【總行 chóng-hâng】 ～～派去分行～～phài-khì hun-hâng⇨同上。

【總合 chóng-hap】 全部合計。～～起來是五百元。～～khí-lâi sī gō͘-pah-oân⇨同上。

【總共 chóng-kiōng】 ～～三百外人～～sa$^{n}$-pah-goā-lâng⇨通計三百多人。

【總名 chóng-miâ】 總括的名稱。通稱。該講～～來問較知影ài-kóng～～lâi-mn̄g khah-chai-iá$^{n}$⇨要說出總名來問較清楚。

【總扯 chóng-chhé】 總結。總解決。～～猶算無了錢～～iáu-sǹg bô-liáu-chî$^{n}$⇨總結算還算沒虧本。彼個問題～～掉也hit-ê būn-tê～～tiāu-à⇨那個問題全部解決掉了。

【總角 chóng-kak】 頭髮分結爲左右頭角各一束，亦即古時的孩童髮式。～～之友～～chi-iú⇨竹馬之友。

【總兵 chóng-peng】 古之武官。大約是將官級。十三陞，到～～cha̍p-sa$^{n}$-seng, kàu～～⇨升上十三級，就升到總兵。謂士兵一步一步升，也可能做到將官。

【總的 chóng-è】 不分大小或好壞的貨色hòe-sek。有揀的廿五，～～二十一斤ū-kéng-ê jī-gō͘,～～jī-cha̍p chi̍t-kin⇨選好的二十五(元)，總的二十(元)一斤。

【總庖 chóng-phô͘】 厨師tû-su。～～師父～～sai-hū⇨對厨師的尊稱。

【總則 chóng-chek】 民法～～bîn-hoat～～⇨同上。

【總計 chóng-kè】 全數合計。～～無夠三百元～～bô-kàu sa$^{n}$-pah-oân⇨同上。

【總括 chóng-khoat】 全面。～～來講也算未僫也～～lâi kóng ā-sǹg bē-bái-à⇨全面來說，也算不壞了。

【總是 chóng-sī】 要之。是不是～～罵自己不sī-m̄-sī～～mē-ka-kī(ka-tī) m̄⇨不論對不對，要之，罵罵自己人嘛，有何辦法。話是安爾講著啦，～～我未得當同意道是ōe sī an-ne(ni)-kóng-tio̍h-là,～～goá bē-tit-thang tông-ī tō-sī⇨話如此說是對了，可是我不能夠同意就是。

【總帥 chóng-sòe】 總司令的簡稱。

【總務 chóng-bū】 庶務sì(sù)-bū。不屬各部的事務。～～老爺～～lāu-iâ⇨對總務人員的尊稱。亦可見其權勢。

【總理 chóng-lí】 ～～大臣～～tāi-sîn⇨日本首相。

【總裁 chóng-chhâi】 台灣銀行～～tâi-oân gîn-hâng～～⇨同上。

【總結 chóng-kiat】 ㊀完了。彼的工事早道～～也hit-ê kang-sū chá-to～～á⇨那一工程，早就完結了。㊁決算。～～猶趁幾仔萬～～iáu-thàn kúi-ā-bān⇨決算了還趁好多萬元。

【總開 chóng-khai】 ㊀全部消費掉。～～道～～驚甚～～tō～～kia$^{n}$-sah$^{n}$(siah$^{n}$)⇨全部用掉就全部用掉，怕什麼。㊁猜拳用詞，出五指曰總開chóng-khai，亦即五指全放開。

【總開 chóng-khui】 全開。花～～也hoe～～a⇨花全部開出來了。

【總單 chóng-toa$^{n}$】 總計算書。～～猶未開，不知趁也了～～a-bōe(bē)-khui, m̄-chai thàn-ā-liáu⇨計算書還未開出來，不知有盈利或者是虧損。

【總統 chóng-thóng】 選舉～～soán-kí(kú)～～⇨同上。

【總會 chóng-hōe】 全員的會議。股東～～kó͘-tong～～⇨同上。

【總爺 chóng-iâ】 古武官，千總chhian-chóng。統兵千名。個阿公講做到～～哩in-a-kong kóng-chō-kà～～lī⇨他祖父據說作過總爺。

【總過 chóng-kòe】 ㊀全部通過。㊁賬目易人負責。彼陣的賬都～～阿猷的也hit-chūn ê siàu to～～a-tai-ê-ā⇨當時的賬項都全部易名由阿猷負責了。

【總督 chóng-tok】 官名。兩廣～～liáng-kóng～～⇨清代的官名，主管廣東，廣西兩省。

【總稱 chóng-chheng】 東台灣舊時～～叫後山tang-tâi-oân kū-sî～～kiò āu-soa$^{n}$⇨同上。阿兵哥是軍人的～～a-peng-ko sī kun-jîn ê～～⇨同上。

【總管 chóng-koán】 主管。總掌管chóng-chiáng-koán。

【總算 chóng-sǹg】 皆計算。一年所費～～該幾仔萬chi̍t-nî só͘-hùi～～ài kúi-à-bān⇨一年經費需要數萬。

【總監 chóng-kàm】 警視～～kéng-sī～～⇨日本的警察長官。

【總論 chóng-lūn】 ～～寫也各論猶未寫～～siá-à kok-lūn a-bōe-siá⇨總論寫好了，各論還未寫。

【總舖 chóng-pho͘】 大板床，可以同睡多人。睏～～khùn～～⇨睡大板床。日式榻榻米亦曰總舖chóng-pho͘。

【總數 chóng-sò͘】 全數。～～無加也無減～～bô-ke iā bô-kiám⇨同上。

【總頭 chóng-thâu】 一種男人髮型，俗曰all back。剃～～thì～～⇨同上。

【總額 chóng-gia̍h】 貿易～～達幾仔百萬báu-e̍k～～ta̍t kúi-à-pah-bān⇨同上。

【總簿 chóng-phō͘】 大簿toā-phō͘。看～～道明瞭也khoà$^{n}$～～tō bêng-liâu-ā⇨同上。

【總司令 chóng-su-lēng】 海軍～～～hái-kun～～～⇨同上。

【總代表 chóng-tāi-piáu】 各界～～～kok-kài～～～⇨同上。

【總代理 chóng-tāi-lí】 承售商。XY的某地～～～XY ê bó͘-tē～～～⇨同上。XY代表商品或商號。

【總包葱 chóng-pau-chhang】 全部包辦負責。你扲做～～～lí teh chò～～～⇨你在支配全部。葱chhang疑是場chhiâng之訛。

【總攻擊 chóng-kong-kek】 ～～～令～～～lēng⇨命令總攻擊。拂曉～～～hu̍t-hiáu～～～⇨黎明時的全軍攻打敵軍。又喻發動全力辦事。存一個月耳，該～～～也chhun-chi̍t-kó͘-goe̍h niâ ài～～～ā⇨還有一個月而已，需要發動全力進攻了。

【總根頭 chóng-kin(kun)-thâu】 根源kin(kun)-goân，本源pún-goân，關鍵koan-kiàn。該㪣～～～藉會解決ài-chhōe～～～chiah-ē kái-koat⇨需要找出根源才能解決。又喻最重要的人物。逐角勢都有一個恰如～～～的人ta̍k-kak-sì to-ū chi̍t-ê kah-ná～～～ê lâng⇨每個地區都有一個好像是總根頭的中心人物。

【總經理 chóng-keng-lí】 董事會之下的最高人員。某公司的～～～bó͘-kong-si ê～～～⇨同上。

【總路頭 chóng-lō͘-thâu】 交通量最多之處。彼個位抵好仔是～～～hit-ê-ūi tú-hó-á sī～～～⇨那一個地方剛好是交通道路的要點。

【總領事 chóng-léng-sū】 駐外使臣的一個階級，在大使之下領事之上，可以獨立開館。駐某地～～～chū-bó͘-tē～～～⇨同上。

【總爐主 chóng-lô͘-chú】 爐主的主席。爐主就是每次迎神賽會的主持人物。阿新伯仔卜著～～～a-sin-peh-à poa̍h-tio̍h～～～⇨阿新伯卜中首席爐主。

【總而言之 chóng-jî-giân-chi】 斷結之詞。或省爲總之chóng-chi。～～～～貪心所致的嘛，人講貪字貧字殼，你無聽人講不～～～～tham-sim só͘-tì-ê-mà, lâng-kóng tham-jī pīn-jī-khak, lí bô-thia$^{n}$-lâng-kóng-m̄⇨簡單的說，是貪心所致的，古人說，貪字貧字的外殼相同，你沒聽人說過嗎。

**chòng 壯** 大也，健也，肥大也。壯年也。健～kiān～⇨同上。勇～ióng～⇨同上。年輕力～liân-kheng-le̍k～⇨同上。悲～的故事pi～ê kò͘-sū⇨同上。

【壯丁 chòng-teng】 成年的男子。文官做到保正，武官做到～～bûn-koaⁿ chò(chòe)-kà pó-chèng, bú-koaⁿ chò-kà～～⇨台灣人自嘲之詞，日據有壯丁團之組織，略似自衛隊之性質，強迫壯年男女參加，團員即曰壯丁。

【壯士 chòng-sū】 六～～liok～～⇨二次大戰後出品的有名的美製影片名。

【壯大 chòng-tāi】 坐觀敵人～～chō-koan tek-jîn～～⇨同上。

【壯年 chòng-liân】 古人以三十曰壯，～～期～～kî⇨大約是指二十外至四十歲之間，似無確切的區分。

【壯志 chòng-chì】 大志tāi-chì。～～雄心～～hiông sim⇨同上。

【壯氣 chòng-khì】 勇氣。

【壯健 chòng-kiān】 ～～的身體～～ê sin-thé⇨同上。

【壯陽 chòng-iâng】 ～～藥～～ioh⇨同上。

【壯圖 chòng-tô͘】 大計圖。征服魔鬼嶺的～～cheng-hok mô-kúi-niá ê～～⇨同上。

【壯膽 chòng-táⁿ】 ㊀大膽toā-táⁿ，人眞～～噸位更大lâng chin～～tùn-ūi koh-toā⇨人很有膽量，體積又大。噸位tùn-ūi指巨無霸kī-bû-pà型的體格。㊁助強膽量。飲酒～～lim-chiú～～⇨喝酒以增強膽量。

【壯麗 chòng-lē】 風景～～hong-kéng～～⇨同上。

【壯觀 chòng-koan】 雄大的景觀。

chòng
**葬** 掩埋死者曰葬chòng。埋～bâi～⇨同上。凶～hiong～⇨死體埋入土。吉～kiat～⇨遷葬骨骸。喪～大禮song～tāi-lé⇨同上。會～hōe～⇨參加葬禮。

【葬儀 chòng-gî】 葬禮chòng-lè。～～眞隆重～～chin liông-tiōng⇨同上。

【葬身之地 chòng-sin-chi-tē】 死無～～～～sú-bû～～～～⇨屍棄於野無人收埋。

chòng
**粽** 五日節粽chàng(見chang部)。

chòng
**糉** 同粽chàng。

chông
**蹌** 動也。巧趨貌。趨走行動也。爲生計奔走曰蹌chông。奔走趁錢曰蹌chông。阿三兄眞恔～a-sam-hiaⁿ chin gâu～⇨阿三兄很會奔走趁錢。較～都～無路khah～to～bô-lō͘⇨如何拼命奔走都沒有門徑可入。～到若狂狗哩～kà ná kông-káu-lī⇨奔波得像狂狗。該～āi～⇨需要奔走以解家計或家人的困難。

【蹌人 chông-lâng】 奔走於人際之間。～～來講人情～～lâi-kóng jîn-chêng⇨找人來說人情。

【蹌錢 chông-chîⁿ】 ～～還人～～hêng(hân)-lâng⇨找錢來返債。～～蹌到無冥無日～～chông-kàu bô-mê(mî)-bô-jıt⇨找錢找得連夜連日沒休息。

【蹌來蹌去 chông-lâi-chông-khì】 拼命奔走。～～～～蹌到活未起狷也～～～～chông-kà oah-boeh khí-siáu-ā⇨拼命奔走得幾幾乎要發瘋了。

【蹌東蹌西 chông-tang-chông-sai】 爲生計奔波。即久仔看伊抡～～～～不知抡蹌甚chit-kú á khoāⁿ-i teh～～～～m̄-chai teh chông-sahⁿ(siahⁿ)⇨最近看他在忙著，不知他在忙什麼事情。

chông
**藏** 匿也。蓄也。藏物之所曰藏chông，佛經亦曰藏chông。收～美術品siu～bí-sut-phín⇨同上。包～禍心pau～hō-sim⇨同上。珍～tin～⇨同上。寶～pó～⇨同上。秘～pì～⇨同上。潛～危機chiâm～gūi-ki⇨同上。暗～家私àm～ke-si⇨暗藏利器。

【藏拙 chông-choat】 掩蓋所短。有人會曉～～有人敢獻醜ū-lâng ē-hiáu～～ū-lâng káⁿ hiàn-chhiú⇨有人會藏拙有人敢展功夫。

【藏書 chông-si(su)】 ～～數萬卷～～sò͘-bān-koàn⇨同上。

【藏嬌 chông-kiau】 私娶小老婆。金屋～～kim-ok～～⇨娶細姨別居。

chông **臧** 善也。陟罰～否，不宜異同thek-hoa̍t～hó͘, put gî ī-tông⇨升罰善惡(的論功行賞)不可有不同的標準。

chōng **臟** 人體內部各器官的總稱。內～器官lāi～khì-koan⇨同上。心～sim～⇨同上。肝～koa$^n$～⇨同上。肺～hì～⇨同上。脾～pî～⇨同上。腎～sīn～⇨同上。五～六腑ngó͘～lio̍k-hú⇨心、肝、肺、脾、腎爲五臟。六腑指膽，胃，膀胱，三焦，大腸，小腸。三焦今曰泌尿器官。

【臟腑 chōng-hú】 泛指內臟。

chōng **狀** 形態也。貌māu也。陳述也。陳述事實之文件曰狀chōng,chn̄g(見chng部)。形～hêng～⇨同上。訴～sò͘～⇨同上。

【狀元 chōng-goân】 進士第一名。～～榜眼探花～～póng gán thàm-hoe⇨進士一，二，三名。

【狀況 chōng-hóng】 情況。～～眞好～～chin-hó⇨同上。

【狀態 chōng-thāi】 情形。膠著～～kau-tio̍k～～⇨進不進退不退的情形。

【狀貌 chōng-māu】 相貌siàng-māu。

## chu

chu **朱** 赤心木也。深赤色也。姓氏。惡紫亂～ok-chí-loān～⇨同上。紅仁～筆âng-jîn～pit⇨朱筆。

【朱色 chu-sek】 朱紅色。

【朱明 chu-bêng】 姓朱的明朝。李唐趙宋～～番仔淸 lí-tông tiō-sòng～～hoan-á-chheng⇨唐，宋，明，清四代加其姓氏。

【朱紅 chu-âng】 深紅色。

【朱紫 chu-chí】 古代貴官之服色。少少書勤學，文章可立身，滿朝～～貴，盡是讀書人siàu-siàu su(chu)-khîn-ha̍k, bûn-chiang khó-li̍p-sin, boán-tiâu～～kùi, chīn-sī tho̍k-su-jîn⇨勸學詩。書讀si,su,chu。

【朱註 chu-chù】 朱熹所註釋。～～四書五經～～sù-singó͘-keng⇨同上。

【朱硯 chu-hiān】 紅墨盤âng-ba̍k-poâ$^n$。～～朱墨朱筆～～chu-ba̍k chu-pit⇨同上。

【朱顏 chu-gân】 紅顏hông-gân。雕欄玉砌應猶在，只是～～改tiau-lân gio̍k-chhiat èng-iû-chāi, chí-si～～kái⇨李後主詞。

【朱薯 chu-chî】 俗稱紅番薯âng-han-chî。

【朱文公 chu-bûn-kong】 朱熹chu-hi的尊稱。宋朝的大儒。亦稱朱子chu-chú或朱夫子chu-hu-chú。

【朱元璋 chu-goân-chiang】 明太祖洪武帝bêng-thài-chó͘ hông-bú-tè。俗稱臭頭仔洪武君chhàu-thâu-á hông-bú-kun。

【朱朱紅 chu-chu-âng】 大紅toā-âng。紅朱朱âng-chu-chu。紅亟亟âng-kì-kì。

chu **茱** 茱萸chu-jû，藥草名。山～～soa$^n$～～⇨藥草名。獨在異鄉爲異客，每逢佳節倍思親，遙知兄弟登高處，遍揷～～少一人to̍k chāi ī-hiang(hiong) ûi ī-khek, múi-hông ka-chiat pōe su-chhin, iâu-ti heng-tē teng-ko-chhì(chhù), phiàn-chhah～～siáu it-jîn⇨王維重九登高詩。

chu **珠** 蚌珠pāng-chu也。通稱眞珠chin-chu，亦曰珍珠tin-chu。白～青～碧～皆寶石名以珠者也pe̍k～chheng～phek～kái pó-sek bêng í chu-chiá-iá⇨同上。龍～在頷liông～chāi-ām，蛇～在口siâ～chāi-kháu，魚～在眼gî～chāi-gán，鮫～在皮kau～chāi-phî，鼈～在足pih～chāi-chiok，蛛～在腹tu～chāi-ho̍k，皆不及蚌～也kái put-ki̍p pāng～iā⇨同上。又形圓如玉者皆曰珠chu。串～chhoàn～⇨珠穿孔以線串連者。數～sò͘～⇨串珠之爲僧尼所佩帶者。石～chio̍h～⇨柱基石之圓

形者。葱仔～chhang-á～⇨青葱之切粒者。芹菜～khîn-chhài～⇨芹菜之切粒者。魚目混～gî-bok-hūn～⇨魚珠在眼。喻假貨混入眞貨。老蚌生～lāu-pāng seⁿ(siⁿ)～⇨老境得子。

【珠仔 chu-á】 眞珠chin-chu。眞珠形者。～～針～～chiam⇨俗稱大頭針toā-thâu-chiam。

【珠玉 chu-gek】 玉。喻華貴美好。全篇～～之作choân-phian～～chi chok⇨同上。～～在前自覺形穢～～chāi-chiân, chū-kak hêng-òe⇨更佳者在面前，羨慕之至。

【珠花 chu-hoe】 珠製的髮飾。頭插～～thâu chhah～～⇨同上。

【珠胎 chu-thai】 懷孕hoâi-īn。～～暗結～～àm-kiat⇨就該暗彈珠淚了。

【珠淚 chu-lūi】 美稱眼淚gán-lūi。～～暗彈～～àm-thân⇨私自流淚。

【珠喉 chu-âu】 善歌之喉。～～宛轉～～oán-choán⇨同上。

【珠算 chu-soàn】 以算盤sǹg-poâⁿ計算kè-sǹg。阿林～～眞強a-lîm～～chin khiàng⇨同上。

【珠環 chu-khoân】 珠手環chu-chhiú-khoân。手掛～～chhiú koà～～⇨同上。

【珠簾 chu-lî(liâm)】 眞珠簾。風吹～～hong-chhoe～～⇨同上。

【珠寶 chu-pó】 眞珠寶玉類的總稱。～～店～～tiàm⇨同上。～～商～～siang(siong)⇨同上。

【珠光寶氣 chu-kong-pó-khì】 女人衣飾富麗華貴hū-lē-hoâ-kùi。打扮到一身～～～～táⁿ-pān-kà chit-sin～～～～⇨同上。

【珠圓玉潤 chu-oân-giok-lūn】 歌聲宛轉，文詞優美ko-seng-oán-choán, bûn-sû-iu-bí。

【珠還合浦 chu-hoân-hap-phó͘(pó͘)】 喻失物復得，亦頌清官善政。太守革易前弊，求民利病，未踰歲而去珠復還thài-siú kek-ek chiân-pè, kiû-bîn lī-pēng, bī-jî-sòe jî khì-chu hok-hoân⇨合浦hap-pó͘，地名，眞珠名產地。

【珠聯璧合 chu-liân-phek-hap】 有美皆備iú-bí-kai-pī。郎才女貌～～～～的好姻緣lông-châi-lí(lú)-māu～～～～ê hó-in-iân⇨天作之合。

**chu 硃** 丹砂tan-se也。～砂痣～se-kì⇨紅色的痣。～砂諭～se-jû⇨朱筆聖旨sèng-chí。

**chu 諸** 凡衆hoân-chiòng也。之於也。～如此類的問題～jî chhú-lūi ê būn-tê⇨大凡像此種的問題。只好求～來生了chí-hó kiû～lâi-seng liáu⇨只可以求之於來生了。

【諸子 chu-chú】 古代學術界的諸名家。～～百家～～pek-ka⇨古代學術界之總體。

【諸父 chu-hū】 伯叔的總稱。伯叔～～pek-siok～～⇨阿伯阿叔。～～諸母～～chu-bó⇨伯叔父及伯叔母。

【諸生 chu-seng】 許多學生。校長訓戒～～hāu-tiúⁿ hùn-kài～～⇨校長對全校學生訓話。

【諸君 chu-kun】 對許多人的凡稱。吾老讓～～gô͘-ló jiāng～～⇨我老了，讓諸君去做罷。～～子～～chú⇨諸君的尊稱。

【諸位 chu-ūi】 略同諸君子chu-kun-chú。～～熱烈聲援鼓勵～～jiat-liat seng-oān kó͘-lē⇨同上。

【諸事 chu-sū】 各項事。～～齊備只欠東風～～chê-pī, chí-khiàm tang-hong⇨三國演義周瑜的窘境chiu-jî ê khún-kéng。

【諸侯 chu-hô͘(hiô)】 天子所分封的各地貴族王。八百～～peh-pah～～⇨天下各地諸王族。周代有八百名地方之王。

【諸神 chu-sîn】 ～～降臨～～kàng-lîm⇨神們下凡。

【諸家 chu-ka】 各大家。～～各立門戶～～kok-li̍p mn̂g-hō͘⇨學界各有山頭。

【諸國 chu-kok】 各國。締盟～～合力攻戰 thē-bêng ～～ hap-lek kong-chiàn⇨聯合各國，共同抗敵。

【諸葛亮 chu-kat-liāng】 孔明 khóng-bêng。較慘過三請～～～哩khah-chhám kòe sam-chhiáⁿ～～～ lī⇨比三請諸葛亮還要難請(客人架子大)。

【諸行無常 chu-hêng-bû-siâng(siông)】 佛家語。～～～～會者定離，盛者必衰～～～～ hōe-chiá tēng-lî，sēng-chiá pit-soe⇨同上。

chu **緇** 帛黑色也。黑色也。緇衣chu-i⇨㊀卿大夫之正服。㊁僧衣。

chu **輜** 輜車chu-chhia也。車之有帷幔ûi-bān者也。載～重臥息其中之車也chāi～tiōng ngō·-sek kî-tiong chi chhia-iā⇨同上。

【輜重 chu-tiōng】 行李hêng-li也。又軍中之兵器，糧食，材料等也。～～兵～～peng⇨兵種之一⇨監運戰爭材料之兵種。～～部隊～～pō·-tūi⇨監運戰材為主的軍隊。

chu **資** 財貨之總稱。藉也。給也。天賦之材質曰資chu。身分閱歷曰資chu。川～chhoan～⇨旅費lí-hùi。工～kang～⇨雇工費kò·-kang-hùi。游～iû～⇨閒着未加利用的錢。天～英邁thian～eng-māi⇨英雄寫照。投～tâu～⇨提出資本做事。勞～對立lô～tùi-lip⇨勞工要多得工資，資方要少給之。年～liân～⇨本錢眞相。

【資力 chu-lek】 財力châi-lek。～～雄厚～～hiông-hō·⇨本錢眞粗。

【資方 chu-hong】 出資者。對勞方lô-hong而言。～～代表～～tāi-piáu⇨出資者的代表。

【資本 chu-pún】 經商的本錢。～～家～～ka⇨有錢人。～～論～～lūn⇨共產主義的聖經。～～主義～～chú-gī⇨共產主義所欲打倒者。生產～～seng-sán～～⇨同上。金融～～kim-iông～～⇨同上。產業～～sán-giap～～⇨同上。固定～～kò·-tēng～～⇨同上。流動～～liû-tōng～～⇨同上。

【資助 chu-chō·】 以財力助人。有人～～ū-lâng～～⇨有人出錢出力幫助。

【資斧 chu-hú】 旅費lí-hùi。

【資政 chu-chèng】 高級顧問。總統府～～chóng-thóng-hú～～⇨資本與財產均雄厚。

【資財 chu-châi】 資產chu-sán。～～雄厚～～hiông-hō·⇨資本與財產均雄厚。

【資格 chu-keh】 ～～考試～～khó-chhì⇨同上。無～～bô～～⇨同上。夠～～kàu～～⇨同上。

【資料 chu-liāu】 參考～～chham-khó～～⇨同上。

【資望 chu-bōng】 資格名望。～～重於地方～～tiōng î tē-hong⇨在地方很有聲望。

【資產 chu-sán】 財產châi-sán。～～家～～ka⇨同上。

【資源 chu-goân】 保護國家～～pó-hō· kok-ka～～⇨同上。蹧蹋～～chau-that～～⇨無理無由的浪費資源。

【資質 chu-chit】 天賦之質料。～～算未偎～～sǹg bē(bōe)-bái⇨資質算不錯。

【資歷 chu-lek】 資格經歷。論～～有夠做大臣也lūn～～ū-kàu-chò(chòe)-tāi-sîn-ā⇨同上。

【資治通鑑 chu-tī-thong-kàm】 宋司馬光的大作，可以說是一本帝王學教科書。

chu **滋** 蒔也，長也，益也。又滋味也，滋補也，草木～焉chhó-bok～ian⇨草木生長矣。

【滋生 chu-seng】 ㊀繁殖hoân-sit。有益於生長。㊁發生。惹事jiá-sū。～～事端～～sū-toan⇨惹出了問題。

【滋味 chu-bī】 ㊀味覺bī-kak。試豬母肉的～～chhì ti-bó-bah ê～～⇨試嘗其味如何。㊁感覺kám-kak。失戀的～～sit-loân ê～～⇨失戀的感覺。少女不知愁～～siàu-lí put-ti chhiû～～⇨少女沒有愁的感覺。

【滋事 chu-sū】 惹事jiá-sū。鬧事nāu-sū。～～生端～～seng-toan⇨惹是生非jiá-sī-seng-hui。

【滋長 chu-tiáng】 生長seng-tiáng。萬物日夜～～bān-but jit jit-iā～～⇨同上。

【滋補 chu-pó͘】 吃滋養物以保健。食～～品chiah～～品⇨同上。

【滋養 chu-iáng(ióng)】 助益於健康。～～品～～phín⇨同上。～～料～～liāu⇨同上。～～分～～hūn̄⇨同上。

【滋陰補陽 chu-im-pó͘-iâng(iông)】 中藥的宣傳用詞。謂某種東西有此奇効。

**chu 痘** 痘瘡tāu-chhong俗曰珠chu。學名曰天然痘thian-jiân-tāu。出～chhut～⇨生痘瘡。種～chèng-～⇨種牛痘。出水～chhut-chúi～⇨生水疱seⁿ-chúi-phā⇨同上。

【痘跡 chu-jiah】 痘的痕跡hûn-jiah。俗曰痘皮tāu-phôe，痘皮面tāu-phôe-bīn。

【痘種 chu-chéng】 痘苗chu-biâu。

【痘漿 chu-chiuⁿ】 ㊀痘種chu-chéng。㊁痘流膿lâu-lâng。

**chu 書** 書su，si也。書籍也。經～keng～⇨四書五經。讀～thak～⇨同上。文～bûn～⇨文件bûn-kiāⁿ。婚～hun～⇨結婚書kiat-hun-su(si, chu)。離～lî～⇨出妻書chhut-chhe-su(si, chu)。

【書巾 chu-kun】 su(si)-kin。包書的包袱巾pau-hok-kin。

【書中 chu-tiong】 su(si)-tiong。～～自有黃金屋，～～自有顏如玉～～chū-iú hông-kim-ok, ～～chū-iú gân-jî(jû)-giok⇨古勸學詞。

【書句 chu-kù】 su(si)-kù。書中之詞句sū-kù。

【書皮 chu-phê】 su(si)-phôe。册皮chheh-phôe。書不讀～～裂裂破chu m̄-thak～～lih-lih-phoà⇨謂不讀書而把書弄破了。

【書生 chu-seng】 su(si)-seng。～～本色～～pún-sek⇨同上。～～之見～～chi kiàn⇨不切實際之見。

【書局 chu-kiok】 su(si)-kiok。書店chu-tiàm(su-tiàm)。中央～～tiong-iong～～⇨同上。

【書狀 chu-chn̄g】 su(si)-chn̄g。文件bûn-kiāⁿ。

【書房 chu-pâng】 su(si)-pâng。㊀書齋chu-chai(su-chai)。起居的房間。㊁小規模的書院chu-īⁿ(學校)。

【書底 chu-tóe】 su(si)-té。有～～的人ū～～ê-lâng⇨有讀書基礎之人。有學問素養之人。

【書架 chu-kè】 su(si)-kè。册架chheh-kè。

【書信 chu-sìn】 su(si)-sìn。函件hâm-kiāⁿ。有～～扝來往ū～～teh-lâi-óng⇨同上。南海～～lâm-hái～～⇨同上

【書院 chu-īⁿ】 su(si)-īⁿ。學校。藍田～～lâm-tiân～～⇨學校名。磺溪～～hông-khe～～⇨同上。

【書堂 chu-tông】 su(si)-tông。書肆chu-sù(su-sù, si-sù)。册店chheh-tiàm。又學校hak-hāu。

【書童 chu-tông】 su(si)-tông。侍童sī-tông。小工友。雜差仔chap-chhe-á。

【書獃 chu-tai】 su(si)-tai。不知世故sè-kò͘⇨不知通融的讀書人。讀册讀到變～～也thak-chheh thak-kà pìⁿ～～a⇨讀書讀得變書獃子了。

【書籠 chu-láng】 su(si)-láng。册籠chheh-láng。

**chu 咨** 謀事曰咨chu，問於善曰咨chu。又公文的一種，平行機關之間來往之公文曰咨chu。宮中之事，事無大小，悉以～之，必能裨補闕漏，有所廣益也kiong-tiong chi sū，sū-bû tāi-siáu，sek í～chi，pit-lêng pī-pó͘ khoat-lō͘，iú só͘ kóng-ek iā⇨出師表。

**chu 諮** 同咨chu。

【諮議 chu-gī】 官名。～～參軍～～chham-kun⇨同上。～～局～～kio̍k⇨同上。～～機關～～ki-koan⇨有答所問之責，無議決之權的機關。

**chu 兹** 此chhú也。原與玄部兹chu字有別，今已不分矣。念～在～liām～chāi～⇨同上。十年於～矣si̍p-liân î～î⇨同上。

【兹因…chu-in…】 略同兹有chu-iú。

【兹有…chu-iú…】 現在有…。～～啓者～～khé-chiā⇨書信開頭用詞。～～某事…～bó͘-sū…⇨文書開頭用詞的一種。

【兹定…chu-tēng…】 現在決定…。～～某日開會～～bó͘-ji̍t khai-hōe⇨同上。

【兹事體大 chu-sū-thé-tāi】 此事非常重要。～～～～應該請示了後藉更決定～～～～èng-kai chhéng-sī liáu-āu chiah-koh koat-tēng⇨這個問題非常重要，關係重大，應該請上級指示之後，才來決定。

**chu 侏** 侏儒chu-jû。短小之人也。

**chu 姿** 態thāi也。資chu也。美麗bí-lē也。天～國色thian～kok-sek⇨絕世罕見之美人。風～綽約hong～chhiak-iak⇨風度體態溫柔美麗。沈魚落雁之～tîm-gî-lo̍k-gān-chi～⇨形容美人的套詞。多彩多～to-chhái-to～⇨形容人生經歷或場面的安排出色。

【姿色 chu-sek】 容色iông-sek。有幾分～～ū kúi-hun～～⇨社會新聞上常見詞。相當美貌但未夠十分美麗。

【姿勢 chu-sè】 動作中的身體的狀態。排～～pâi～～⇨採取所欲或所要的體形。假～～ké～～⇨假裝姿勢以瞞人。

【姿態 chu-thāi】 人的外形的狀態chōng-thāi。行動的狀態。略同姿勢chu-sè。一種～～耳啦chi̍t-chióng～～niā-là⇨一種～～而已(不是眞的)。

**chú 子** 十二地支之首也。又時間之首也。兒女曰子chú。又尊稱也。甲～kah～⇨六十甲子kah-chí之首。中夜曰～時tiong-iā oa̍t～sî⇨同上。有夫婦然後有父～iú hu-hū jiân-hō͘ iú hū～⇨同上。孔～khóng～⇨孔夫子khóng-hu-chú。老～ló～⇨俗稱李老君lí-ló-kun及其書。孟～曾～荀～朱～bēng～cheng～sûn～chu～⇨儒教派的代表人物。老夫～lāu-hu-～⇨老師。弟～tē～⇨門生。孫～sun～⇨子之子。男～女～lâm～lí(lú)～⇨男與女。內～外～lāi～goā～⇨夫與妻之互稱。忠臣孝～tiong-sîn-hàu～⇨同上。惡妻逆～無法可治ok-chhe-ge̍k～bô-hoat khó-tī⇨惡妻逆子是無奈何的。君君，臣臣，父父，～～kun-kun，sîn-sîn，hū-hū，～～⇨君臣父子各在其位各守其分盡其職的倫常世界。君不君，臣不臣，父不父，～不～kun put-kun，sîn put-sîn，hū put-hū，～put～⇨反倫常的亂世。

【子女 chú-lí(lú)】 兒女jî-lí。父母～～hū-bó～～⇨同上。

【子母 chú-bó】 利子與母金。～～攏還也～～lóng hêng-ā⇨母銀子銀皆還清了。～～飯～～pn̄g⇨白飯加鷄肉鷄蛋的日本食。

【子午 chú-ngó͘】 ㊀十二地支之第一支與第七支。亦即鼠chhí與馬bé。～～時～～sî⇨子時chú-sî與午時ngó͘-sî。～～年～～月～～日～～nî～～goe̍h～～ji̍t⇨屬鼠與屬馬之年月日。㊁性質sèng-chit。～～沖～～chhiong⇨屬鼠與屬馬者是相剋siang-khek的。亦曰～～對沖～～tùi-chhiong。所謂相剋siang-khek者，諸事不吉婚姻不諧。㊂規則kui-chek。紀綱kí-kong。標準phiau-chún。無～～的人bô～～ê-lâng⇨無方針主見之人。有～～ū～～⇨很有按照規則。無照～～扲做bô-chiàu～～

teh-chō (chōe) ⇨ 不按照倫常或規紀而行。～線 ～～ soà$^n$ ⇨ 地球上的南北線，亦即經線keng-soà$^n$。因北屬子，南屬午，亦即南北線也。天氣預報中謂東經若干度，即指東方若干度的子午線。～～針～～chiam⇨磁石盤上的指南針。～～卯酉，洪歸中央～～báu-iú，chn̄g kui tiong-ng⇨子，午，卯，酉此四個時辰所出生的人，其洪chn̄g在頭上的中央。洪chn̄g，洪毛也。俗曰卷螺仔洪kńg-lē-á-chn̄g。

【子民 chú-bîn】 人民。上帝的～～siōng-tè ê～～⇨上帝的百姓。

【子弟 chú-tē】 ㊀後嗣hō·-sū。官家 ～～ koa$^n$-ka～～⇨同上。富家～～hù-ka～～⇨同上。好田地不如好 ～～ hó-chhân-tē put-jî (jû) hó ～～ ⇨肥沃值錢的土地不如優秀的子嗣。㊁青年人及其所關與的各種舉措。～～戲～～hì⇨子弟班所演的戲。～～班～～pan⇨業餘的青年劇團ke̍k-thoân。梨園子弟lē-hn̂g chú-tē。傑～～gām～～⇨傻瓜。傑gām不慧也。分外有所求曰傑gām。傑想gām-siū$^n$。眞傑想也嚇chin gār-siū$^n$ ā-hè⇨對妄爲強索者的阻止之詞。太過份了。～～ 虎 ～～ hó·⇨仗勢遊蕩欺人的官家富家子弟。～～ 尾仔 ～～ bóe-á⇨膏梁子弟ko-liông-chú-tē的末路。

【子音 chú-im】 母音 ～～ bó-im ～～ ⇨同上。

【子思 chú-su】 孔子之孫，名伋kip。受學於曾子cheng-chú。大學一書的作者。

【子姪 chú-ti̍t】 己子及兄弟之子。子弟chú-tē。不肖的～～put-siàu ê～～⇨同上。

【子夏 chú-hē】 孔門弟子卜商pok-siang。以文學見重。

【子宮 chú-kiong】 生殖器官之一。～～ 病 ～～pē$^n$ (pī$^n$) ⇨同上。～～炎～～iām⇨子宮病之一。～～外妊娠～～goā jīm-sin⇨同上。

【子貢 chú-kòng】 孔門弟子端木賜toan-bo̍k-sū。口才好，能料事，善貨殖，家累千金，官至國宰，爲孔門弟子中，最多彩多姿的人物。

【子息 chú-sit】 子女。～～ 攏眞出色 ～～ lóng-chin chhut-sek⇨子女皆很優秀。

【子孫 chú-sun】 自己之子以下的後嗣皆曰子孫。自 ～～，至玄曾，乃九族，人之倫chū ～～，chì hiân-cheng，nái-kiú-cho̍k，jîn-chi-lûn⇨三字經。

【子虛 chú-hi】 虛無之事。～～ 烏有 ～～ o·-iú⇨同上。

【子規 chú-kui】 鳥名。俗曰吐血鳥thò·-hoeh (huih) -chiáu。別名杜鵑tō-koan。木棉樹上～～啼，木棉樹下牽郎衣，欲別不別不忍別，落英沒盡君馬蹄ba̍k-mî-chhiū-siāng～～thî，ba̍k-mî-chhiū-hē khan-lông-i，io̍k-pia̍t put-pia̍t put-jím-pia̍t，lo̍k-eng bu̍t-chīn kun má-thî⇨廣東竹枝詞。

【子路 chú-lō·】 孔門弟子仲由tiōng-iû，亦號季路kùi-lō·，亦即所謂勇而無謀的代表人物，其實亦相當優秀的政治家。

【子彈 chú-tân】 俗稱銃子chhèng-chí。

【子爵 chú-chiak】 封建時代的五爵的第四級。

【子曰店 chú-oat-tiàm】 私塾之只授經書者。開～～的khui～～ê⇨子曰店之老師。

【子子孫孫 chú-chú-sun-sun】 世代相傳sè-tāi siang-thoân。～～～～一直傳落去～～～～it-ti̍t thoân-lo̍h-khì⇨同上。

**主** chú 君也。權所在皆曰主chú。君～kun～⇨同上。民～bîn⇨同上。物～bu̍t～⇨物各有～bu̍t kok-iú～。世～sè～⇨天子及諸侯之嫡子tek-chú。業～gia̍p～⇨產業之主。船～chûn～⇨同上。田～chhân～⇨田地主。地～tē～⇨土地所有人。苦～khó·～⇨慘案被害者的家族。教～kàu～⇨宗教的創設者或教派主持人。神～sîn～⇨立以棲神之木片。俗曰神主牌sîn-chú-pâi。穩～ún～⇨可靠的債務人。借～chioh～⇨借錢之人，債務人chē-bū-jîn。

外人較莫抡lán-ka-kī chō(chōe)～～lâi-chō(chōe) tō-hó, goā-lâng khah-māi-leh⇨我們自己爲中心就可以，外人少來爲妙。

【**主觀** chú-koan】 客觀kheh-koan的對稱。你傷～～去lí siu$^n$～～khì(ì)⇨你太過於憑一己的意見。～～觀念道有不着也～～koan-liām tō-ū m̄-tio̍h-à⇨主觀觀念就有不對了。

【**主心定** chú-sim-tiā$^n$】 下定決心。若要道該有～～～正會使得nā-boeh tō-āi-ū～～～chiā$^n$-ē-sái-tit⇨如果要，就必須下定決心才可以。

chú
**煮** 煮chí也。烹飪pheng-jīm也。煎～chian～⇨無水曰煎chian，有水曰煮chú，chí。魚仔於鼎底，偞煎偞～隨在您hî-á tī tiá$^n$-té，boeh-chian-boeh～sûi-chāi-lín⇨魚在釜中，或煎或煮權都在你們。被迫無奈之詞。魚喻自己。舊米較有～kū-bí khah-ū～⇨謂舊米造飯，飯量較多。自己～ka-kī～⇨自炊chū-chhui。公家～kong-ke～⇨共同炊事。

【**煮法** chú-hoat】 烹飪之法。～～無共道差去也～～bô-kāng tō-chha-khì(ì)-à⇨煮法不同其味道就不同了。

【**煮桌** chú-toh】 chí-toh。煮整桌的食物，亦曰辦桌pān-toh。亦即辦宴席也。會曉～～也ē-hiáu～～à⇨能夠辦宴席了。

【**煮菜** chú-chhài】 chí-chhài。除煮米飯之外，通曰～～。飯熟也，該更～～pn̄g-se̍k-à，ài-koh～～⇨飯煮熟了，要再造副食物。

【**煮飯** chú-pn̄g】 chí-pn̄g。備辦日食三餐。閹鷄啼了着～～，烏秋啼了天未光，雙手開門乎哥轉，手捍門閂心頭酸iam-ke thî-liáu tio̍h～～，o·-chhiu thî-liáu thi$^n$-boeh-kng, siang-chhiú khui-mn̂g hō·-ko-tn̄g，chhiú-hoā$^n$ mn̂g-chhoā$^n$ sim-thâu-sng⇨民歌。烏秋o·-chhiu，鳥名。～～婆仔～～pô-á⇨拙荊chhoat-keng。阮～～的goán～～ê⇨我的老婆。

【**煮食** chú-chia̍h】 chí-chia̍h。備辦膳食pī-pān-siān-si̍t。悃～～gâu～～⇨精於烹飪之法。會曉～～ē-hiáu～～⇨通於烹飪之法。～～的～～ê⇨厨人。亦指家妻。

【**煮熟** chú-se̍k】 chí-se̍k。飯～～也，菜未熟pn̄g～～à，chhài bōe(bē)-se̍k⇨同上。～～道好不當爛～～tō-hó m̄-thang-noā⇨煮得熟透就可以，不要太爛。

【**煮糜** chú-bôe(bê)】 chí-moâi。造稀飯。

【**煮麵** chú-mī】 chí-mī。造麵湯。你～～我要炒米粉lí～～goá boeh chhá-bí-hún⇨你要湯麵我要炒米粉。

【**煮鹽** chú-iâm】 chí-iâm。製鹽chè-iâm。海水～～hái-chúi～～⇨同上。

【**煮三頓** chú-sa$^n$-tǹg】 chí-sa$^n$-tǹg。煮飯chú-pn̄g。煮三餐chú-sam-chhan。

【**煮中晝** chú-tiong-tàu】 chí-tiong-tàu。煮晝chú(chí)-tàu。

【**煮早飯** chú-chá-pn̄g】 chí-chá-pn̄g。煮早起飯chú(chí)-chá-khí(í)-pn̄g。

【**煮暗飯** chú-àm-pn̄g】 chí àm-pn̄g。煮暗chú(chí)-àm。

【**煮鶴焚琴** chú-ho̍h-hûn-khîm】 chí-ho̍h-hûm-khîm。因爲要吃鶴肉，把琴當柴燒了。所謂殺風景sat-hong-kéng者之一。殺風景者，花間喝道hoā-kan-hat-tō，背山起樓pōe-san-khí-lâu，煮鶴焚琴chú(chí)-ho̍h-hûn-khîm，清泉濯足chheng-choân-cho̍k-chiok等是也。

【**煮豆燃豆萁** chú-tāu-jiân-tāu-kî】 chí-tāu-jiân-tāu-kî。喻兄弟相迫。三國曹操之子曹丕已登帝位，欲害其弟曹植，迫其七步成詩，否則行大法。植乃吟曰；～～～～～，豆在釜中泣，本是同根生，相煎何太急～～～～～，tāu chāi hú-tiong-khip，pún sī tông-kin-seng，siang-chian hô thài-kip⇨同上。

chú
**仔** 任也。又語尾詞(見a部)。

【仔肩 chú-kian】 負荷hū-hō。擔負的責任。卸～～ sià ～～ ⇨卸下重擔tāng-tà$^{n}$。解除責任。

【仔細 chú-sè】 ㊀注意chú-ì。小心。該～～ ài～～⇨需小心。該較～～抮ài khah～～lè ⇨要多小心謹慎處之。路滑該～～行lō·-ku̍t ài ～～kiâ$^{n}$⇨同上。㊁詳細，母死衆人喪，妻死割人腸，因何有此理，～～好思量bó-sí chèng-lâng-song, chhe-sí koah-lâng-chhiông, in-hô iú-chhú-lí，～～hó-su-liônĝ⇨俚詞。

**梓** chú 樹名。桑～song～⇨故鄉。古人植桑梓兩木於牆下，桑以養蠶，梓以備建築或器物之材料。又～爲木長，故呼～爲木王～ûi bo̍k-tiáng, kò hō·～ûi bo̍k-ông⇨同上。治木器曰～，治土器曰陶，治金器曰冶tī-bo̍k-khì oa̍t～tī-thô·-khì oa̍t tô, tī-kim-khì oa̍t iá⇨同上。

【梓人 chú-jîn】 木匠ba̍k-chhiū$^{n}$。

【梓里 chú-lí】 故鄉kò-hiang(hiong)。父母所居之地。桑梓父之所樹song-chú hū chi sō·-sī⇨桑與梓父所植者也。

【梓板 chú-pán】 刻字於梓木板之上。以便印出文字。今出版物(書籍)交付印刷曰付梓hù-chú，即本於此。

【梓宮 chú-kiong】 天子之棺木也。以梓木製之故云。

**楮** chú 樹名。俗名鹿仔樹lo̍k-á-chhiū。皮可製紙。宣紙soan-choá是也。葉有白色乳液，可充爲養豬飼料，俗亦稱曰豬菜tī-chhài。

**鑄** chù 銷金成器也。人不是鐵～的lâng m̄-sī thih～ê⇨人非鐵打的。錢自己～的每無許快chî$^{n}$ ka-kī～ê mā-bô-hiah-khoài⇨錢自己鑄造也沒有那麼快，謂自己鑄造也趕不上浪費。

【鑄造 chù-chō】 ～～機器～～ke-khì⇨凡鑄物先依設計尺寸製成木型bo̍k-hêng，然後埋入鑄沙chù-soa之中，沙塡實後，將木型慢慢取出，此過程曰翻砂hoan-soa，然後將鐵液灌入其中，待冷卻léng-khiok之後，毀沙取出即成。

【鑄銃 chù-chhèng】 鑄造銃枝。林道乾～～拍家己lîm-tō-khiân～～phah ka-kī⇨自作孽chū-chok-gia̍t。林道乾者明末據台之海賊。他自己鑄造大焊toā-kòng，亦即大砲，可惜在試射中，爆炸致死，因而留有此語。又手銃chhiú-chhèng亦作手逞chhiú-chhèng一詞，意謂孩子們調皮，作孽chok-gia̍t，疑爲此故事所轉訛的。即鑄銃chù chhèng轉手銃chhiú-chhèng也。

【鑄模 chù-bô·】 翻砂hoan-soa。～～工～～kang⇨同上。

【鑄錢 chù-chî$^{n}$】 鑄造錢幣。鄧通～～tēng-thong～～⇨漢代故事。

【鑄犂頭 chù-lê-thâu】 鑄造犂尖。～～～的若來，正買金含乎你食～～～ê nā-lâi, chià$^{n}$-bé(bóe) kim-kâm hō·-lí-chia̍h⇨烏有o·-iú的語詞。民初時代，鄉村中還常見鑄犂頭隊鑄犂的光景。鑄犂必有鐵屎thih-sái如珠粒者，曰金含kim-kâm。擬於糖果之金含也。

【鑄成大錯 chù-sêng-toā-chhò】 造成無從補救的大錯誤。

**注** chù 灌koàn也。意所向也。又賭博tó·-phok的財物曰注chù,tù。大江灌～入海tāi-kang koàn-～ji̍p-hái⇨同上。全神貫～choân-sîn koàn～⇨同上。挹～ip～⇨引有餘補不足。又通註chù。

【注入 chù-ji̍p】 ～～新思想～～sin-su-siáng(sióng)⇨同上。

【注心 chù-sim】 專心choan-sim。～～想～～siū$^{n}$⇨專心思索。無～～抮做正會安爾bô～～teh-chò chià$^{n}$-ē an-ne(ni)⇨不專心做才致如此。

【注目 chù-ba̍k】 chù-bo̍k。～～禮～～lé⇨同上。人抮～～lâng teh～～⇨人家在注意。引起人的～～ín-khí lâng ê～～⇨引起人家注意。

【注册 chù-chheh】 同註册chù-chheh。

【注音 chù-im】 ～～字母～～jī-bó⇨同上。～～符號～～hû-hō⇨同上。

【注神 chù-sîn】 貫注精神koàn-chù-cheng-sîn。～～聽～～thiaⁿ⇨同上。～～看～～khoàⁿ⇨同上。～～做～～chò(chòe)⇨同上。

【注射 chù-siā】 醫療法之一,將藥物注入體內。亦曰打針táⁿ-chiam,皮下～～phî-hā～～⇨同上。靜脈～～chēng-meh～～⇨同上。預防～～ī-hông～～⇨同上。

【注意 chù-ì】 留心liû-sim。請逐個～～chhiáⁿ tak-kê～～⇨請大家留心。無～～道會失敗bô～～tō-ē sit-pāi⇨不小心就會失敗。

**註** chù 解kái也。識也。解而記之曰註chù,通注chù。四書～sù-si～⇨四書的註解。又命運所前定曰註chù。莫非所～bok-hui só·～⇨一屠夫連折數兒,之後忽一舉雙雄,乃分別取名曰莫非bok-hui與所註sé-chù。不久所註又夭折矣,親手埋兒之後,抱上莫非,憮然而言曰,所註的既行去,莫非的我看你敢無卜也só·-chù-ê kà-kiâⁿ-ì, bok-hui-ê goá-khoàⁿ lí-ká bô-poh-à⇨所註既然往矣,我看莫非你恐怕也難保了。行去kiâⁿ-khì→kiâⁿ-ì,意謂完了,死了。

【註仔 chù-á】 註解chù-kái。看～～道會曉也khoàⁿ～～tō ē-hiáu-à⇨(自己)看註解就懂了。

【註册 chù-cheh】 官廳登記。學生向學校報到亦曰註册chù-chheh。初三～～初五上課chhe(chho·)-saⁿ～～chhe(chho·)-gō· siāng(siōng)-khò⇨學校開學。～～商標～～siang(siong)-phiau⇨官廳登記有案的商標(別人不能侵用)。

【註生 chù-seⁿ(siⁿ)】 天命所定誰該出生。南斗～～北斗註死lâm-táu～～pak-táu chù-sí⇨謂南斗星君主管註生,北斗星君主管註死。～～娘娘～～niû-niû⇨保護嬰仔eⁿ(iⁿ)-á平安的女神。

【註死 chù-sí】 註明應死。該死kai-sí。未曾註生先～～bōe(bē)-chêng chù-seⁿ(siⁿ) seng～～⇨謂在出生以前,死就已經決定了。～～拍不見藥單～～phah-m̄-kìⁿ ioh-toaⁿ⇨可能沒救了,才遺失了處方chhì(chhù)-hong。

【註明 chù-bêng】 付記明白。～～自費參加～～chū-hùi chham-ka⇨同上。

【註定 chù-tiāⁿ】 姻緣天～～in-iân thiⁿ～～⇨姻緣由天定。～～着～～tioh⇨註定chù-tē-ng。五百年前～～着的gō·-pah-nî-chêng～～tioh-ê⇨謂姻緣是五百年前天就註定了。

【註消 chù-siau】 抹消記載boah-siau kì-chāi。權利乎人～～也koân-lī hō·-lâng～～a⇨權利被取消了。

【註敗 chù-pāi】 註定失敗。賊星～～的chhat-chheⁿ(chhiⁿ)～～ê⇨賊運注定出師不利。

【註解 chù-kái】 註釋chù-sek。白話～～peh-ōe～～⇨用白話註釋。

【註脚 chù-kha】 註解chù-kái。說明soeh-bêng。另外有～～抄lēng-goā ū～～lè⇨另外有說明。

【註贏 chù-iâⁿ】 註定勝利。～～註輸～～chù-su⇨同上。

【註釋 chù-sek】 註解khù-kái。不免你家婆更～～m̄-bián lí ke-pō koh～～⇨用不着你多管閑事再添蛇足siâ-chiok。

【註好好 chù-hó-hó】 註定着chù-tiāⁿ-tioh。食外夥物～～～抄,不免怨嘆chiah goā-chē(joa-chōe)-mih～～lê,m̄-bián oàn-thàn⇨吃若干東西(能獲若干)早已註定的了,用不着怨嘆。

**炷** chù 燈心也。又燃燈,點香的次數曰炷chù。即～香祝母親平安chit～hiuⁿ chiok bó-chhin pêng-an⇨此一手香拜祝媽媽平安。拜一～香pài chit～hiuⁿ⇨同上。

**chû 慈** 愛也。柔也。善也。仁也。上愛下曰慈chû。凡愛憐他人皆曰慈chû,子女孝父母亦曰慈chû。俗稱母曰慈chû，稱父曰嚴giâm。父嚴母～hū-giâm bó～⇨同上。父～子孝，姑～婦聽hū～chû-hàu, ko～hū-theng⇨同上。仁～jîn～⇨同上。～不掌兵，義不掌財～put-chiáng-peng, gī put-chiáng-châi⇨慈善者不將兵，仁義者不管財。

【慈心 chû-sim】 慈悲chû-pi之心。

【慈母 chû-bó】 慈愛的母親。嚴父～～giâm-hū～～⇨父嚴厲，母仁慈。

【慈命 chû-bēng】 媽媽的命令。

【慈航 chû-hâng】 佛家謂: 我佛大慈悲，普度衆生，出入死海，有如舟航，故曰～～gô·-hu̍t tāi-chû-pi, phó·-tō· chiòng-seng, chhut ji̍p$^{n}$-sí-hái, iú-jî(jû) chiu-hâng, kò·-o̍at～～。～～道人～～tō-jîn⇨觀音大士的別稱。

【慈訓 chû-hùn】 媽媽的教訓。

【慈烏 chû-o·】 烏有反哺之義o· iú hoán-pō· chi gī⇨烏鴉o·-ah，因此被稱爲慈烏chû-o·或慈鴉chû-ah。

【慈祥 chû-siâng(siông)】 仁慈祥善jîn-chû-siâng-siān。～～的母親～～ê-bó-chhin⇨同上。

【慈菇 chû-ko·】 一種芋類。粒子甚小。俗曰馬薯bé-chî。種水畔。亦曰茨菰chhî-ko·。

【慈悲 chû-pi】 佛家謂: 愛憐之心曰慈，惻隱之心曰悲，～～佛心也āi-lîn chi sim o̍at chû, chhek-ún chi sim o̍at pi,～～hu̍t-sim iā⇨同上。

【慈善 chû-siān】 ～～家～～ka⇨行慈善之人。～～機關～～ki-koan⇨同上。～～事業～～sū-gia̍p⇨同上。

【慈愛 chû-ài】 長輩對小輩之愛。

【慈顏 chû-gân】 長輩的笑容。

**chû 薯** 薯榔chû(hî)-nn̂g。一種山薯soa$^{n}$-chû(chî)，根莖kin-keng可作漁網hî-bang的染料ní-liāu。

**chû 藷** 藷chî也。同薯chû, chî (見chi部)。番藷hoan-chû→han-chî。

**chû 怚** 心不精也。默然沈思曰怚chû。想到～去siū$^{n}$-kà～ì⇨沈思得有若失神。看到～去khoà$^{n}$-kà～ì⇨注視得有若失神。去khì→ì。

【怚怚 chû-chû】 默然無語的樣子。看到～～khoà$^{n}$-kà～～⇨同上。想到～～siū$^{n}$-kà～～⇨同上。

**chû 磁** 石名。有引鐵之性曰磁chû。亦曰磁力chû-le̍k或磁氣chû-khì。亦曰磁性chû-sèng。

【磁力 chû-le̍k】 物理學名詞。磁作用之力。磁chû有兩極。同極相斥，異極相吸。其作用之力即磁力chû-le̍k。～～線～～soà$^{n}$⇨同上。

【磁石 chû-se̍k】 天然之磁鐵chû-thih。山之陽產鐵者，陰必有～～san chi iâng sán-thih-chiâ, im pit-iú～～⇨同上。

【磁性 chû-sèng】 吸引力khip-ín-le̍k。伊的聲有～～i ê sia$^{n}$ ū～～⇨同上。～～歌喉～～ko-âu⇨同上。

【磁針 chû-chiam】 俗曰指南針chí-lâm-chiam。磁鐵所做，中大兩端尖。中央以針支之，即一端指北，一端指南。即羅盤lô-poâ$^{n}$所用者也。

【磁場 chû-tiû$^{n}$】 物理學名詞。磁力所作用之範圍。～～強度～～kiâng-tō·⇨同上。

【磁器 chû-khì】 瓷器chû-khì。俗以磁chû爲瓷chû。而曰磁仔hûi-á。

【磁鐵礦 chû-thih-khòng】 含磁之礦石。

**chû 瓷** 瓦器也。陶器tô-khì之堅緻kian-tì者。即俗所謂磁仔hûi-á也。

**chû 咮** 呼鷄聲。鷄～仔ke～á⇨小鷄。

【咮咮 chû-chû】 呼鷄聲。有聽見伊扵呼鷄呼到～～叫ū thia$^{n}$-ì$^{n}$ i teh kho·-ke kho·-kà～～kiò⇨聽見了他在呼鷄，呼得咮咮叫的聲。聽見thia$^{n}$-kì$^{n}$→thia$^{n}$-ì$^{n}$。

**chū 住** 居也，止也，停也，留也。又阻也。衣食～i sıt～⇨同上。乎人當～抒hō-lâng tòng～leh⇨被人阻止着。乎伊攔～抒hō-i nâ～leh⇨被他阻擋着。攔noâ，以軟法說服也。且～chhiáⁿ～⇨小候片刻，稍等片刻。會～得道罔～未～得道該走也ē～lī tō bóng～,bē～lī tō-āi cháu-à⇨維持得下，就苟且維持之，維持不下，就該走了。家～安平港ka～an-pêng-káng⇨家居在安平港。～於山仔頂～tī soaⁿ-á-téng⇨住在山上。君家在何處，妾～在橫塘，停舟暫借問，或恐是同鄉kun-ka chāi hô-chhì (chhù)，chhiap～chāi hoâiⁿ-tông, thêng-chiu chiām chioh-mn̄g, hek-khióng sī tông-hiang(hiong)⇨古詩。被問此人，可能是潘安phoaⁿ-an。

**【住口 chū-kháu】** 止口chī-kháu。閉嘴pì-chhùi的戲白sì-peh。

**【住手 chū-chhiú】** 停手thêng-chhiú。双邊攏不肯～～siang-pêng lóng-m̄-khéng～～⇨同上。

**【住戶 chū-hō͘】** 居民ki-bîn。～～大約有十外家～～tāi-iok ū chap-goā-ka⇨住民chū-bîn約有十多家。

**【住宅 chū-theh】** 國民～～kok-bîn～～⇨同上。

**【住址 chū-chí】** 住所chū-só͘。～～變更～～piàn-keng⇨遷換居址。

**【住居 chū-ki】** 居住ki-chū。

**【住所 chū-só͘】** 居處ki-chhì。我無像你彼類無～～的goá bô-chhiūⁿ-lí hit-lōe bô～～ê⇨我不似你那樣居無定處者。

**【住持 chū-chhî】** 佛家語。寺院之主僧也。亦曰長老tiúⁿ-ló。開元寺的～～khai goân-sī ê～～⇨開元寺的主僧。

**【住處 chū-chhì】** 住所chū-só͘。～～未決定抒～～bōe(bē) koat-tēng-leh⇨住所還在未定中。

**【住宿 chū-siok】** 暫時停留。～～於朋友佃戶～～tī peng-iú in-tau⇨暫居在朋友之家。

**【住脚 chū-kha】** 停脚thêng-kha。休息hiu-sit。短期安頓an-tùn。先乎伊～～抒seng hō-i～～lè⇨先讓他安頓一下。連～～的所在都無liân～～ê só-chāi to-bô⇨同上。

**chū 駐** 馬立也。馬止也。車馬停止曰駐chū，凡停留皆曰駐chū。

**【駐屯 chū-tûn】** 軍隊停留不動。～～於海口～～tī hái-kháu⇨同上。～～軍司令部～～kun su-lēng-pō͘⇨同上。

**【駐兵 chū-peng】** 駐軍chū-kun。～～權～～khoân⇨同上。～～有守規紀～～ū siú kui-kí⇨同上。

**【駐紮 chū-chap】** 駐屯chū-tûn。有兵仔～～抒ū peng-á～～leh⇨有兵駐屯中。

**【駐駕 chū-kà(kè)】** 大員停留其地。

**【駐蹕 chū-pit】** 駐輦chū-lián。天子停留其地。蹕pit，止行人以清道也。

**chū 字** 字jī也(見ji部)。

**【字典 chū-tián】** 漢和大～～hàn-hô tāi～～⇨以日文解釋的漢字字典。英文～～eng-bûn～～⇨同上。

**chū 聚** 會也。積也。斂也。又村落曰聚chū。會～hōe～⇨會合。積～chek～⇨積蓄。小鄉～爲大縣siáu-hiang～ûi tāi-koān⇨同上。萬二千五百家爲鄉～bān-nn̄g-chheng-gō͘-pah-ke ûi hiang～⇨同上。一年所居成～it-liân só͘-ki sêng～⇨同上。

**【聚居 chū-ki】** 群居kûn-ki。土民～～之處thó͘-bîn～～chi chhì⇨同上。

**【聚首 chū-siú】** 會面hōe-bīn。罕得當時有～～的機會hán-tit tang-sî ū～～ê ki-hōe⇨(老友)難得何時有見面的機會。當時tang-sî何時也。

**【聚訟 chū-siōng】** 衆說紛紛，無法決定。

～～多年，無法解決～～to-nī, bô-hoat kái-koat⇨同上。

【聚衆 chū-chiòng】 集群衆。～～拒賊～～kī-chhat⇨同上。～～滋事～～chu-sū⇨糾合徒衆惹事。

【聚集 chū-chip】 會合hōe-hap。朋友～～逐家歡喜pêng-iú～～tak-ke hoaⁿ-hí⇨朋友集會，大家高興。

【聚散 chū-sàn】 集與散。農產的～～地lông-sàn ê～～tē⇨同上。

【聚會 chū-hōe】 同聚集chū-chip。

【聚餐 chū-chhan】 朋友集合同飲食。～～會～～hōe⇨同上。

【聚斂 chū-liám】 急收稅捐搜括人民。橫征豪奪～～搜括民不聊生hêng-cheng hô-toat～～so·-khoat bîn put-liâu-seng⇨同上。

【聚精會神 chū-cheng-hōe-sîn】 貫注全部精神。～～～～心無外鶩～～～～sim-bû-gōe-bū⇨同上。鶩bū鴨ah也。或謂家鴨ke-ah。

【聚蚊成雷 chū-báng-chiâⁿ-lûi】 chū-bûn-sêng-lûi。小人多數的錯誤言行，足以惑亂是非。～～～～積非成是～～～～chek-hui-sêng-sī⇨同上。

chū **埾** 埾tiām也(見tiam部)。以布，紙等放在下面用以防汚去濕曰埾chū，即墊子tiām-chú，俗曰埾仔chū-á。～茶罐～tê-koàn，～茶甌～tê-au, 用些～扲正未燙着iōng-chē～leh chiâⁿ bē(bōe)-thǹg-tioh⇨找些什麼東西墊一墊才不會被燙傷。

【埾仔 chū-á】 椅～～í～～⇨椅墊子。鐵馬～～thih-bé～～⇨脚踏車kha-tah-chhia的坐墊chē(chōe)-tiām。尿～～jiō～～⇨尿布jiō-pò·。屎～～sái～～⇨屎布sái-pò·。亦尿布也。

【埾布 chū-pò·】 以布墊之。下底有～～ē-té ū～～⇨同上。

【埾紙 chū-choá】 ～～會霑去～～ē tâm-khì⇨同上。

【埾脚 chū-kha】 給與財物作爲生活基礎。夥少該些乎伊～～chē-chió āi-chē hō·-i～～⇨多多少少，應該給他一些(財物)作爲生活的基礎。阮彼當時出來，連一斗米當～～都無，看若艱苦，你道知goán hit-tang-sî chhut-lâi, liân chit-táu-bí thang～～to-bô, khoàⁿ goā kan-khó· lí tō-chai⇨我們當年出來(自立)，連一斗米可作爲基礎都沒有，你看多辛苦就知道。有些～～道差了了也ū-chē～～tō chha-liáu-liáu-à⇨有若干埾脚(事情)就大不相同了。

【埾棉被 chū-mî-phōe】 ～～～有夠燒也～～ū-kàu-sio-a⇨墊棉被不會凍了。

chū **自** 己也。躬親kiong-chhin也。本然pún-jiân也。由也。從也。～以爲是～í ûi sī⇨自認是對的。獨～支持tok～chi-chhî⇨獨力支持。意氣～如ì-khì～jî⇨意氣如舊。泰然～若thài-jiân～jiak⇨泰然不動如故。～你做乞食，不八拍你的啅管～lí chò(chòe) khit-chiah,m̄-bat(pat)-phah lí ê phōng-kóng⇨自從你做叫化子(我)沒有打過你的啅管。謂自從你暴富以來，我沒有借過你的錢。亦即你富你的，我窮我的，我不會向你低頭。

【自力 chū-lek】 一己之力。～～更生～～keng-seng⇨自求重新發展。

【自己 chū-kí】 ～～他人～～thaⁿ-jîn⇨同上。～～要用不賣他人～～iàu-iōng put-māi thaⁿ-jîn⇨非賣品hui-bē(bōe)-phín。～～打掃門前雪，休管他人瓦上霜～～táⁿ-sàu bûn-chiân soat, hiu-koán thaⁿ-jîn oá-siāng-song⇨謂自己門前雪掃掉就好了，不必爲鄰居屋上霜操心。～～不能保，焉能保他人～～put-lêng-pó,ian-lêng-pó thaⁿ-jîn⇨自救都不可能了，何能救他人。保pó，保護pó-hō·也。

【自大 chū-tāi】 妄自誇大。夜郎～～iā-lông～～⇨夜郎iā-lông，西南夷，問漢使曰，漢與我夜郎誰大。

【自分 chū-hun】 自然分開。到尾黑白～～kàu-bóe(bé) o·-peh～～⇨最後黑白自然的分開。是非自明。

【自今 chū-kim】 ～～以後～～í-āu⇨從今以後chiông-kim í-āu⇨現在開始。將來。

【自主 chū-chú】 自立門戶chū-lip-bûn-hō·。獨立～～tok-lip～～⇨同上。～～權～～koân⇨同上。家己～～也ka-kī～～à⇨自己獨立了。

【自由 chū-iû】 ～～平等～～pêng-téng⇨言論～～giân-lūn～～⇨同上。出版～～chhut-pán～～⇨同上。結社～～kiat-siā～～⇨同上。～～自在～～chū-chāi⇨無拘無束bô-khu-bô-sok無煩無惱bô-hoân-bô-ló的生活。～～權～～koân⇨同上。

【自甘 chū-kam】 自己甘心。～～墜落～～tūi-loh⇨同上。

【自古 chū-kó·】 古來kó·-lâi。～～以來無人安爾～～í-lâi bô-lâng an-ne(ni)⇨從來沒有人如此。～～及今～～kip-kim⇨自往昔而至現在。

【自立 chū-lip】 自謀生計chū-bô· seng-kè。～～門戶自謀生計～～bûn(mn̂g)-hō· chū-bô· seng-kè⇨同上。

【自白 chū-pek】 自行陳述chū-hêng tîn-sut。～～書～～si(su,chu)⇨同上。

【自本 chū-pún】 ㊀本來pún-lâi。～～安爾～～an-ne(ni)⇨本來就如此。～～有的～～ū-ê⇨本來就有的。～～無錢的～～bô-chîⁿ-ê⇨本來就貧窮的。㊁自己的錢。～～經營的～～keng-êng-ê⇨獨資經營的tok-chu keng-êng-ê。

【自生 chū-seng】 ～～自滅～～chū-biat⇨謂無人關心。

【自刎 chū-bún】 自割其喉。自殺。～～而死～～jî sí⇨同上。

【自早 chū-chá】 自古早chū-kó·-chá。早chá。～～道有也～～tō ū-ā⇨從前就有了。～～道拍算好好也～～tō phah-sǹg-hó-hó-ā⇨早就打算得十分周全了。

【自在 chū-chāi】 ㊀安全穩固。庋安爾眞～～也khǹg-an-ne(ni) chin～～ā⇨安置如此，很穩固不會搖動了。庋無～～khǹg bô～～⇨放得不穩固還會動搖。桌仔無～～toh-á bô～～⇨桌子放得沒有平穩。㊁安然自若an-jiân-chū-jiak。貧窮～～富貴多憂pîn-kiông～～hù-kùi to-iu⇨同上。

【自份 chū-hūn】 認識自己，守己安份。僫更毋～～bái koh m̄～～⇨貌醜而又不自知。阿姊較～～未合小妹相爭a-ché khah～～bē(bōe) kah sió-moāi(bōe) sio-cheⁿ(saⁿ-chiⁿ)⇨姊姊較守己安份，不和妹妹互爭。

【自有 chū-iú】 吉人～～天相kiat-jîn～～thian-siàng(siòng)⇨善良者自有天助之。惡人～～惡人磨ok-lâng～～ok-lâng boâ⇨惡人自有更惡者加以懲治。

【自如 chū-jî】 自由自在。來去～～lâi-khì～～⇨同上。進退～～chìn-thè～～⇨同上。

【自守 chū-siú】 閉關～～pì-koan～～⇨不與外國交往。

【自足 chū-chiok】 自己滿足。自給～～的生活chū-kip～～ê seng-oah⇨自己生產自己用，不仰賴外力的生活。人苦不～～，得隴復望蜀jîn khó· put～～, tek-lóng hok bōng-siok⇨謂人的毛病在於不知足。致使已得了隴西，又要再進攻蜀地。光武帝語。

【自決 chū-koat】 ㊀自己決定自己事。民族～～bîn-chok～～⇨殖民地的被統治民反對殖民統治。㊁自殺chū-sat。自己決定自己的生命。用～～來表示淸白iōng～～lâi piáu-sī chheng-pek⇨同上。

【自利 chū-lī】 自私～～chū-su～～⇨同上。

【自我 chū-ngó͘】 ～～陶醉～～tô-chùi⇨同上。～～禮讚～～lé-chàn⇨同上。

【自身 chū-sin】 自己之身。自己。泥菩薩過江～～難保nî-phô͘-sat kòe-kang～～lân-pó⇨謂自己且顧不了了，無法兼顧他人。

【自私 chū-su】 彼的人眞～～hit ê lâng chin～～⇨那個人很自私。～～自利～～chū-lī⇨同上。

【自序 chū-sū(sī)】 自作文爲序。

【自底 chū-té】 自始chū-sí。～～好額的～～hó-giah-ê⇨自始就有錢的(不是暴發戶)。～～有的～～ū-ê⇨㈠自始就是富戶。㈡以前就有的東西。～～帶於許～～toà tī hia⇨本來就住在那裏。

【自治 chū-tī】 地方～～tē-hong～～⇨同上。

【自恨 chū-hīn(hūn)】 恨自己。～～枝無葉，莫怨太陽偏～～ki bû-iap, bok-oàn thài-iâng-phian⇨自恨自己枝上不長樹葉，不可遷怨太陽偏心。謂自己不如人是自己的責任，非他人偏心所致的。

【自封 chū-hong】 ～～三齊王～～sam-chê-ông⇨自己封王。自以爲大得不得了。

【自負 chū-hū】 自以爲不凡。～～無輸人～～bô-su-lang⇨自認很有才能，不肯稍遜讓他人。

【自苦 chū-khó͘】 自己折磨chiat-boâ。亦不是散亦不是無囝兒，何必～～呢ah-m̄-sī sàn, ah-m̄-sī bô-kiáⁿ-jî, hō-pit～～nì⇨也非貧窮也不是沒有子女，何必自苦呢。

【自律 chū-lut】 ～～神經～～sîn-keng⇨同上。

【自省 chū-séng】 自己反省chū-kí hoán-séng。

【自恃 chū-sī】 自依賴chū-i-nāi。～～有錢有勢看人攏無點～～ū-chîⁿ ū-sè khoàⁿ-lâng lóng-bô-tiám⇨自以爲有錢有勢皆看人不起。

【自信 chū-sìn】 對才能力量的自許。我～～未輸人goá～～bē(bōe)-su-lâng⇨我相信自己不比別人差。～～心眞強～～sim chin kiâng⇨同上。我～～我考會着goá～～goá khó-ē-tioh⇨我深信我考得上。

【自首 chū-siú】 自動投案chū-tōng tâu-àn。兇手已經～～也hiong-chhiú í-keng～～à⇨同上。

【自重 chū-tiōng】 珍重自己。君子～～kun-chú～～⇨同上。

【自耕 chū-keng】 ～～農～～lông⇨自己有土地自己耕作者。

【自高 chū-ko】 自大chū-tāi。自以爲淸高。～～自大～～chū-tāi⇨自認淸高自認偉大。伊眞～～，無甚倸插人i chin～～bô-siaⁿ-boeh chhap lâng⇨他很自大，不甚理人。

【自修 chū-siu】 自習chū-sip。～～時間～～sî-kan⇨同上。

【自專 chū-choan】 不聽父母言。未曾未道敢安爾自作～～bōe-chêng-bōe tō-káⁿ an-ne(ni) chū-chok～～⇨還很早呢，就敢於如此自作主張。

【自許 chū-hí】 自己許可，～～甚高⇨自認自己非常高超。

【自許 chū-hia】 ㈠從那地點。～～到者～～kàu chia⇨從彼地到此地。者chia此也，此地也。～～更去道是工業區～～koh-khì tō-sī kang-giap-khu⇨從彼地再過去就是工業區。㈡將那些東西。～～的賠伊～～ê pôe-i⇨將那些東西賠償他。～～的扣轉來道好～～ê khàu-tńg-lâi tō-hó⇨把那些錢扣回來就可以。

【自強 chū-kiâng】 男兒當～～lâm-jî tong～～⇨同上。～～不息～～put-sit⇨同上。

【自殺 chū-sat】 自盡chū-chīn。許病曷未去～～hiah peⁿ ah-bē-khì～～⇨那麼不中用，何不去自殺。法醫鑑定是～～不是他殺

hoat-i kàm-tēng sī ～～ m̄-sī thaⁿ-sat ⇨ 同上。

【自細 chū-sè(sòe)】 從幼少時開始。～～道眞八事～～tō chin bat-sū⇨從幼少就很懂事。薑辣～～就是辣kiuⁿ loah～～chiū-sī loah⇨喻聰明者幼小就聰明。

【自習 chū-si̍p】 無師自學。～～時間 ～～sî-kan⇨同上。

【自得 chū-tek】 ～～其樂～～kî-lo̍k⇨同上。悠然～～iu-jiân～～⇨同上。

【自動 chū-tōng】 ～～他動～～thaⁿ-tōng⇨同上。～～詞～～sû⇨同上。～～電話～～tiān-ōe⇨同上。

【自費 chū-hùi】 用自己的錢。～～公費～～kong-hùi⇨同上。～～生 ～～seng⇨自費的學生。

【自然 chū-jiân】 天生的，天然的，當然的。～～林～～lîm⇨天然林thian-jiân-lîm。慣勢成～～koàn-sì sêng～～⇨習慣成自然。～～的道理～～ê tō-lí⇨自然之理。～～而然～～jî-jiân⇨天生如此。～～該還人～～ài hêng-lâng⇨當然必須還人家。有麝～～香，何必東風立iú-siā ～～ hiong, hô-pit tong-hong-li̍p⇨喻有道有德者，自然有其令譽，不必自行宣揚。～～界～～kài⇨自然的世界。～～石～～chio̍h⇨同上。～～紀念物～～kí-liām-bu̍t⇨同上。～～淘汰～～tô-thāi⇨同上。天生～～的thian-seng～～ê⇨自然天成者。

【自欺 chū-khi】 ～～欺人～～khi-jîn⇨同上。

【自棄 chū-khì】 自暴～～chū-pho̍k～～⇨同上。

【自給 chū-kip】 ～～自足～～chū-chiok⇨同上。

【自備 chū-pī】 自己準備。人講便當該～～呢lâng-kóng piān-tong ài ～～ neh⇨人家說午飯要自帶便當呢。

【自滅 chū-bia̍t】 自生～～chū-seng～～⇨同上。

【自禁 chū-kìm】 自行禁之。不禁而～～矣put-kìm jî ～～ ì⇨(官廳)不禁而(民)自行禁絕了。

【自誇 chū-khoa】 自吹自擂chū-chhui-chū-lûi。毋免抬～～m̄-bián teh～～⇨用不着自己吹牛。毋是我抬～～，彼當時，若毋是我，看您走有路否m̄-sī goá-teh ～～, hit-tang-sî, nā-m̄-sī-goá khoàⁿ lín cháu-ū-lō͘ bō͘⇨不是我吹牛，當時若非我在，看你們逃得了嗎。

【自愧 chū-khùi】 自覺於心有愧chū-kak î sim iú-khùi。

【自新 chū-sin】 悔改錯誤重新作人hòe-kái chhò-gō͘ tiōng-sin chó(chòe)-lâng。改過～～kái-kò～～⇨同上。。

【自鳴 chū-bêng】 ～～鐘～～cheng⇨同上。～～得意～～tek-ì⇨同上。

【自稱 chū-chheng】 自說自讚chū-soeh chū-chhàn。～～公稱～～kong-chheng⇨自許的公認的。～～三齊王～～sam-chê-ông⇨自認大得不得了。可能出於韓信取齊的故事。

【自盡 chū-chīn】 自殺chū-sat。用盡嗾盡當盡，煞尾是 ～～iōng-chīn chia̍h-chīn tǹg-chīn, soah-bóe sī～～⇨謂用，食，當之後，最後是自殺。

【自誤 chū-gō͘】 自己害自己。不當 ～～m̄-thang～～⇨同上。～～誤人～～gō͘-jîn⇨誤自己也誤別人。

【自豪 chū-hô】 自大chū-tāi。值得～～ta̍t-tit～～⇨同上。

【自認 chū-jīm】 ～～天下無敵手～～thian-hā bû-te̍k-chhiú⇨自許天下第一。

【自認 chū-jīn】 自己承認其非。是你家己～～的不是我冤枉你的sī lí ka-kī ～～ê m̄-sī goá oan-óng lí ê⇨同上。

【自撰 chū-choān】 無根據的。杜撰tō-choān。

你家己 ～～ 的lí ka-kī ～～ ê⇨你自己烏白講的。沒有根據的。

【自縊　chū-è】　弔頸自殺。～～身死 ～～sin-sí⇨同上。。

【自衞 chū-ōe】　～～隊～～tūi⇨同上。

【自頭 chū-thâu】　開始起。～～道有問題也～～ tō-ū būn-tē-â⇨從開始時起，就有問題了。～～至尾，一五二貫七，攏講出來也～～chì-bóe, it-gō·-jī-kǹg-chhit, lóng-kóng chhut-lâi-à⇨自始至終的經過，詳詳細細，皆講出來了。

【自謙 chū-khiam】　自作謙讓。～～是美德，過份～～就是虛僞～～sī bí-tek, kòe hūn ～～chiū-sī hi-gūi⇨同上。

【自斃 chū-pè】　自死chū-sí。多行不義必～～to-hêng put-gī pit～～⇨同上。

【自覺 chū-kak】　自己省悟。國民～～運動kok-bîn ～～ ūn-tōng⇨同上。～～症狀 ～～chèng-chōng⇨病人自己感覺到的病狀。

【自安爾　chū-an-ne(ni)】　就安爾chiū-an-ne(ni)。自chū，就chiū之訛。就如此。～～～乎去～～～hō-khì⇨就這樣子讓他去。～～～寄去道好 ～～～ kià-khì tō-hó⇨就這樣子送去就可以了。～～～ 道無更轉來也 ～～～ tō bô-koh tńg-lâi-à⇨就如此沒再回來了。

【自作孽 chū-chok-giat】　自招禍患chū-chiau-hō-hoān。天作孽猶可爲，～～～不可活thian-chok-giat iû-khó-ûi,～～～ put-khó-hoat⇨天作之禍還可以改爲救濟，自招之禍不能逃。

【自來水 chū-lâi-chúi】　水道chúi-tō。～～～公司～～～kong-si⇨同上。

【自卑感　chū-pi-kám】　己不如人的恐懼khióng-kī(kū)。伊的 ～～～ 眞重i　ê～～～chin-tāng⇨他的自卑感很重。

【自尊心 chū-chun-sim】　珍視自己之心。自認不輸人之心。人無 ～～～ 道害也lâng bô ～～～tō-hāi ā⇨人無自尊心就完了。

【自開誇　chū-khai-khoa】　出言自誇chhut-giân-chū-khoa。免抮～～～bián teh～～～⇨何必自吹自擂chū-chhui-chū-lûi。

【自去自來 chū-khì-chū-lâi】　～～～～ 梁上燕，相親相近水中鷗～～～～liâng-siāng-iàn, siang-chhin siang-kīn súi-tiong-au ⇨ 杜甫詩。

【自以爲是 chū-í-ûi-sī】　自認自己所作皆善。逐項都～～～～攏無佅聽人的意見tak-hāng to ～～～～lóng-bô-boeh thiaⁿ-lâng ê ì-kiàn⇨事事都自認爲善，全不採用人家意見。

【自成一家　chū-sêng-it-ka】　自己創立了一個門派。

【自自在在　chū-chū-chāi-chāi】　～～～～平平安安的生活 ～～～～ pêng-pêng-an-an　ê seng-oah⇨自由無礙平安舒適chū-iû-bû-ngāi pêng-an-sī-sek的生活。

【自自然然　chū-chū-jiân-jiân】　～～～～大大方方的風度 ～～～～ tāi-tāi-hong-hong　ê hong-tō⇨很自然很大方的風度。

【自作自受　chū-chok-chū-siū】　自作自負責chū-chok-chū-hū-chek。～～～～不當怨天咎人 ～～～～ m̄-thang oàn-thian kiū-jîn⇨自作自受不可怨天責人。

【自言自語 chū-giân-chū-gí(gú)】　無事獨語。家己一個於許抮～～～～未輸猶的哩ka-kī chit-ê tī-hia teh～～～～bē(bōe)-su siáu-ê-lī⇨自己一個人在那裏獨語宛如是神經病的嘛。

【自吹自擂　chū-chhui-chū-lûi】　自吹喇叭，自擂大鼓。同自唱自彈chū-chhiùⁿ-chū-toāⁿ。不免得 ～～～～ 啦，逐家共稠牛相知氣力抮m̄-bián teh～～～～lā, tak-ke kāng-tiâu-gû sio-chai khùi-lat-leh⇨用不着吹牛嘛，彼此同稠之牛知道彼此的氣力如何也。

【自投羅網　chū-tâu-lô-bāng】　自己入網被擒。捉雀之網曰羅lô。自罾死路chū-chhōe-sí-lō·。

【自命不凡 chū-bēng-put-hoān】 自認高人一等。伊彼款的～～～～的態度，合人都未合 i hit-khoán ê～～～～ ê thāi-tō· kah-lâng to bē(bōe)-hah⇨他那種自認高人一等的態度，與別人都不能合羣。

【自相矛盾 chū-siang(siong)-mâu-tún】 自己的話前後不相符。連鞭講東連鞭講西，～～～～的話講歸擔亦不驚人笑liâm-piⁿ kóng-tang, liâm-piⁿ kong sai,～～～～ê ōe kóng-kui-tàⁿ ah-m̄-kiaⁿ-lâng-chhiò⇨一會兒說東一會兒說西，自相矛盾的話說一大擔也不怕人笑。

【自怨自艾 chū-oàn-chū-ngāi】 痛恨自己過去的過失。無必奮發圖強，單也～～～～那有路用bô-boeh hùn-hoat-tô-kiâng，tan-a～～～～ná-ū lō-iōng⇨不奮發圖強，只是日夜痛恨過去何用。

【自食其力 chū-sit-kî-lek】 以自己的力量，解決自己的生活。男子漢大丈夫不～～～～得做人的走狗，敢未見笑lâm-chú-hàn tāi-tiāng-hu m̄～～～～ teh-chò(chòe)-lâng ê cháu-káu, kám-bē(bōe) kiàn-siàu⇨堂堂的男子不自己爭取生活而在當人家的走狗，豈不羞人。

【自食苦果 chū-sit-khó·-kó】 自己收回其惡果。當初不聽忠言，今日～～～～tong-chhe (chho·) m̄-thiaⁿ tiong-giân,kim-jit～～～～⇨同上。

【自相殘殺 chū-siang-chân-sat】 自己人互相殺害。起內亂道～～～～也khí-lāi-loān tō～～～～à⇨同上。

【自唱自彈 chū-chhiùⁿ-chū-toāⁿ】 自己唱歌自己伴奏。喻自己宣傳。吹牛。～～～～伊是專科的～～～～i sī choan-kho-ê⇨自吹自擂他是專門的。

【自得其樂 chū-tek-kî-lok】 自己享受自己認爲有趣者。盈的時陣道弦也罔鋸，歌仔罔欵，眞眞是～～～～的生活êng-ê-sî-chūn tō hiân-á-bóng-kì, koa-á-bóng-haiⁿ, chin-chin sī～～～～ê seng-oah⇨得閑的時候，就是胡弦烏白拉，小調烏白唱，眞眞正正是自得其樂的生活。欵haiⁿ; 痛聲。喻唱歌。

【自焚其身 chū-hûn-kî-sin】 自己燒死。蟲飛入火～～～～thiông-hui jip-hó·～～～～⇨同上。

【自然淘汰 chū-jiân-tô-thài】 優勝劣敗，適者生存道是達爾文的～～～～學說iu-sèng-loat-pāi, sek-chiá-seng-chûn tō-sī tat-ní-bûn ê～～～～hak-soat⇨同上。

【自叡麻煩 chū-chhōe-mâ-hoân】 自惹麻煩 chū-jiá mâ-hoân。

【自圓其說 chū-oân-kî-soat】 牽強附會以～～～～khian-kiāng-hù-hōe í～～～～⇨同上。

【自顧不暇 chū-kò-put-hē(hā)】 照顧自己還來不及。～～～～也猶有當顧人～～～～ā iáu-ū-thang kò·-lâng＝自顧都來不及了，還能夠顧到人嗎。

# chuh

**chuh 淬** 流也。由小孔泄漏曰淬chuh。意外的賬目出現曰淬chuh。被迫出小錢曰淬chuh。水更抣～也chúi koh teh～à⇨水又在泄出了。水又得～也chúi iū teh～à⇨同上。水猶得～chúi iáu teh～⇨水還在泄出中。那會更～一條賬ná-ē koh～chit-tiâu-siàu⇨何以會再爆出一條賬目。伓道做一下提出來，安爾～一下～一下歹看嘛boeh tō chò-chit-ē theh-chhut-lâi, an-ne(ni)～chit-ē～chit-ē pháiⁿ-khoàⁿ-mà⇨要嗎，一下子就全部拿出來，這樣子泄一些又泄一些的，不好看嘛。㳰㳰仔～耳，即條錢伊還仔會～出來ûn-ûn-á～niâ, chit-tiau-chîⁿ i oân-á ē～chhut-lâi⇨慢慢出而已，此一筆錢，他還是會淬出來的。還仔oân-á⇨oân-ná⇨還是。慢慢仔～bān-bān-á～⇨逡逡仔～ûn-ûn-á～⇨一點一點地拿出來。

【淬水 chuh-chúi】 泄水siap-chúi。漏水lāu-chúi。一點一點地泄出來。

【淬孔 chuh-khang】 ㊀淬賬chuh-siàu。㊁問題漏泄būn-tē lāu-siap。破孔phoà-khang。莫～～道好，～～道無醫也mài～～tō-hó，～～tō-bô-i-a⇨不弄破就可以，一弄破就沒醫了。

【淬油 chuh-iû】 油脂泄淬。肥到要～～也pûi-kà boeh～～ā⇨肥胖得油要爆炸了。

【淬屎 chuh-sái】 泄屎siap-sái。閃屎siám-sái。嬰仔～～eⁿ-á～～⇨幼兒淬屎。～～花～～hoe⇨同上。

【淬淬 chuh-chuh】 極度肥滿。謂其油要淬泄出外了。肥～～pûi～～⇨肥得油要泄淬了。

【淬賬 chuh-siàu】 爆出賬條。更～～道歹孔咯koh～～tō phái<sup>n</sup>-khang-lò͘⇨再爆出賬條就不好了。

【淬錢 chuh-chîⁿ】 勉強出錢。到時不～～也該～～也kàu-sî m̄～～ā-āi～～ā⇨到時候，不出錢也得出了。

**chuh 沮** 沮泄也。同沮chhuh。又入曰注chù，出曰沮chuh。沮水龍chhuh-chúi-liông⇨消防車放水。沮水沮仔chuh-chúi-chuh-á⇨玩水鏡。水沮仔chúi-chuh-á⇨孩童玩水的小玩具，亦曰chúi-chhuh-á。水～着面chúi～tioh bīn⇨水濺上面，亦可作chhuh-tioh-bīn。

**chuh 堅** 墊tiām曰堅chuh。椅墊í-tiām曰椅堅í-chuh。

【堅仔 chuh-á】 薄墊poh-tiām。椅～～í～～⇨同上。尿～～jiō～～⇨尿布。尻川～～kha-chhng～～⇨鐵馬的坐墊的俗稱。

## chui

**chui 隹** 短尾鳥的總名。長尾曰鳥niáu，短尾曰隹chui。又部首之一。隹字旁chui-jī-pêng。

**chui 婁** 婟婁kó͘-chui，可愛也，盈姿貌。俗作古錐kó͘-chui非。婁chui有一說係好姿之音轉也。

**chui 脽** 尻khau, kha也。尻骨khau-kut盡處也。臀tûn也。亦即尻川kha-chhng也，屁股也。脊～骨chek～kut⇨脊椎骨chek-chui-kut。尾～bóe～⇨屁股。俗作尾錐bóe-chui非也。

**chui 錐** 銳器也。亦即尖可刺物者也。俗曰鑽仔chǹg-á。盛物太多如山高起亦曰錐。滿到～起來也moá kà～khí-lâi-ā⇨滿得凸出如山了。滿到～～也moá-kà～～a⇨滿得錐出如山了。圓～形oân～hêng⇨圓尖三角形底平者。

**chui 椎** 擊物器也。槌thûi也。鐵～thih～⇨鐵槌。脊～骨chek～kut⇨應作脊脽骨chek-chui-kut。在秦張良～，在漢蘇武節chāi-chîn tiuⁿ-liâng～，chāi-hàn so͘-bú-chiat⇨正氣歌。

**chui 騅** 蒼白雜毛曰騅chui。烏～馬o͘～bé⇨楚霸王項羽chhó͘-pà-ông hāng-ú的坐騎。力拔山兮氣蓋世，時不利兮～不逝，～不逝兮可奈何，虞兮虞兮奈若何，lek-poat-san-hè khì-kài-sè, sî-put-lī-hè～put-sī, ～put-sī-hè khó-nāi-hô, gû-hè gû-hè nāi-jiak-hô⇨垓下舞劍歌。

**chúi 水** ㊀水súi也。山～soaⁿ～⇨同上。溪～khe～⇨同上。泉～choâⁿ～⇨同上。雨～hō͘～⇨同上。露～lō͘～⇨同上。自來～chū-lâi～⇨同上。清～chheng～⇨同上。醪～lô～⇨同上。活～oah～⇨同上。死～sí～⇨同上。泅～siû～⇨同上。戰～chiàn～⇨逆水而上。情意好，食～甜chêng-ì-hó, chiah～tiⁿ⇨謂彼此之間，如果情意好，就是只以水款待，也覺得很甜很好吃，反之即山珍海味亦難下喉也。～落地難歸盆～lo̍h-tē lān-kui-phûn⇨覆水難收ho̍k-súi-lān-siu。三年～流東，三年～流西sa$^n$-nî～lâu-tang, sa$^n$-nî～lâu-sai⇨謂世間事是輪流的，會者定離，盛者必衰hōe-chiâ tēng-lī, sēng-chiâ pit-soe，有時星光有時月光ū-sî chhe$^n$-kng, ū-î go̍eh-kng。㈡水分過多曰水chúi。糊仔傷～kô-á siū$^n$～⇨漿糊太軟。糜煮了有較～bôe chú-liáu ū-khah～⇨粥煮得不夠膠bô-kāu-ka。㈢成熟度曰水chúi。十八歲眞夠～也，傷會嫁得也cha̍p-peh(poeh)-hòe(hè) chin kàu～à，siū$^n$-ē-kè-tit-à⇨十八歲夠成熟了，超過可以結婚的時期了。果子猶未夠～較不好食kóe-chí á-bōe kàu～khah m̄-hó-chia̍h⇨水果還未十分成熟比較不好吃。㈣收獲siu-he̍k的批次曰水chúi。頭～筍仔上市也thâu～sún-á chiū$^n$-chhī-ā⇨今年第一批的竹筍上市了。大鷄場一～鷄出著歸萬隻toā-ke-tiû$^n$ chi̍t～ke chhut-tio̍h kui-bān-chiah⇨大養鷄場一批鷄一出售就是整萬隻。即～鴨卵眞齊chit～ah-nn̄g chin chiāu⇨此一批鴨蛋很齊。即～豬拄著好價chit～ti tú-tio̍h hó-kè⇨此一批豬逢上了好價錢。㈤假劣之貨曰水chúi。～璇～soān⇨次級的璇石soān-chio̍h。～肝～chhio⇨去勢khì-sè了的豬牛等又發情。扐著～貨la̍k-tio̍h～hòe⇨誤買了假貨。㈥銀之成色曰水chúi。銀～起落gîn-～ khí-lo̍h⇨同上。貼～thiap～⇨補貼交換的差額。㈦某種價值曰水chúi。有油～好收ū iû～hó-siu⇨有橫財可收取。肥～無流別人區pûi～bô-lâu pa̍t-lâng-khu⇨謂利益終歸自己人。區khu，水田的單位。

【水力 chúi-la̍t】 利用～～發電lī-iōng～～hoat-tiān⇨同上。

【水刀 chúi-to】 切肉用的樹葉形的刀。亦曰豬刀ti-to或屠刀tô͘-to。

【水口 chúi-kháu】 出～～chhut～～⇨水流出處。

【水土 chúi-thó͘】 水與土。地方。不習～～put-si̍p～～⇨不習慣於該地之生活。不服～～put-ho̍k～～⇨同前。食不着～～chia̍h-m̄-tio̍h～～⇨風土氣候不適合。～～未合～～bē-ha̍h⇨水土不合。

【水井 chúi-ché$^n$(chí$^n$)】 飲用水之井。公共～～kong-kiōng～～⇨同上。

【水手 chúi-chhiú】 水夫chúi-hu。水兵chúi-peng。～～爺～～iâ⇨水手先生。妓寮之神。

【水水 chúi-chúi】 ㈠酒～～ chiú～～⇨酒中暗加了水。㈡麻粃～～moâ-chî～～⇨麻粃太軟。㈢食著～～ chia̍h-tio̍h～～⇨(水果類等)吃得沒有甜味。

【水厄 chúi-eh】 水難chúi-lān。水災chui-chai。有～～ū～～⇨有水難之災。抵著～～tú-tio̍h～～⇨逢到水災。

【水牛 chúi-gû】 牛的一種。～～赤牛～～chhiah-gû⇨水牛與黃牛。同爲在農村的主勞動力。

【水火 chúi-hóe(hé)】 ㈠水與火。～～相剋～～siang-khek⇨謂水能勝火，火亦能勝水。～～無情～～bô-chêng⇨謂人靠水火而生活，但是水災火災卻不能避免。㈡患難hoān-lān。生活於～～之中seng-oa̍h tī～～chi-tiong⇨生活在水裡火裡的苦難之中。㈢相仇恨siang-siû-hīn。～～不相容～～put-siang-iông⇨同上。勢成～～sè sêng～～⇨同上。

【水夫 chúi-hu】 水手chúi-chhiú。水兵chúi-peng。船員chûn-oân。

【水心 chúi-sim】 水流的中央。～～有人外深～～ū lâng-goā-chhim⇨水心大約有六七尺深。人外lâng-goā，指普通人以上的身長。

【水田 chúi-chhân】 農田lông-tiân。當今的世界，山坪未較輸～～tong-kim ê sè-kài, soa$^n$-phiâ$^n$ bē(bōe)-khah-su～～⇨當今的世界山坡地san-pho-tē不會比水田遜色。

【水甲 chúi-kah】 比較柔軟的指甲。反之曰柴甲chhâ-kah。

【水瓜 chúi-koe】 菜瓜chhài-koe。絲瓜si-koe。

【水白 chúi-peh】 產前的羊水iâng-súi。有～～也得未快也ū～～ â tit-boeh-khoài-â⇨水白出現了，快要出生了。

【水仙 chúi-sian】 花草名。～～花～～hoe⇨同上。～～王～～ông⇨據說就是治水的禹王ú-ông。是保護河海水災之神。～～宮～～kiong(keng)⇨同上的廟。

【水米 chúi-bí】 水與米。揹～～仔koāⁿ～～á⇨認乾女(兒)。子女生後身體虛弱，尋一適當人家認爲契父母，由其携帶水與米來家結親，謂因而可使子女轉弱爲強，是爲揹水米koāⁿ-chúi-bí。

【水圳 chùi-chùn】 灌溉koàn-khài用人工水路。埤圳pi-chùn。～～頭～～thâu⇨圳的取水口。

【水尾 chúi-bóe】 埤圳pi-chùn的末端boat-toan。～～田～～chhân⇨位置近埤圳末端之水田。又用過之水，用餘之水。洗人的～～sé-lâng ê～～⇨用人家洗過之水再洗自己(例如洗澡等)。扱～～仔khioh～～á⇨同前。扱khioh，取也斂也。

【水災 chúi-chai】 水害chúi-hāi。～～火厄～～hóe-eh⇨火災hóe-chai，水害chúi-hāi。

【水車 chúi-chhia】 運水之車。運～～ūn～～⇨同上。又利用人力或風力等，由低處送水上高處的設備皆曰水車chúi-chhia。龍骨車liông-kut-chhia即其一也。日出霧散望雲遮，生理如輪轉～～，石上栽花眞本少，此時求現不堪賒jı̍t-chhut bū-sàn bāng-hûn-jia, seng-lí jî-lûn choán～～，sek-siāng chhâi-hoa chin-pún-siáu, chhú-sî kiû-hiān put-khan-sia⇨田莊小店的打油詩。

【水芋 chúi-ō͘】 一種野生芋類植物，雖不能食，但莖可當藥用，葉可作包裝(魚肉類)用。俗稱姑婆芋ko͘-pô-ō͘。

【水兵 chúi-peng】 叫～～陸戰kiò～～lio̍k-chiàn⇨教水兵陸上戰鬥。謂較不合式。

【水卒 chúi-chut】 龍王的部下。魚蝦～～hî-hê～～⇨龍王的軍隊。又喻小人物。叫叫許的魚蝦～～那有用kiò-kiò hiah-ê hî-hê～～ná-ū-iōng⇨招集了那些小人物有何用。

【水花 chúi-hoe】 水鬚chúi-chhiu。噴～～phùn～～⇨飛水沫。水點飛噴。

【水府 chúi-hú】 龍王府liông-ông-hú。龍宮liông-kiong。

【水油 chúi-iû】 石油chio̍h-iû。點～～的tiám～～ê⇨點燃石油的。～～燈～～teng⇨同上。～～坑～～kheⁿ(khiⁿ)⇨石油坑。

【水果 chúi-kó】 青果類的總稱。～～刀～～to⇨削水果專用的小刀。～～大王～～tāi-ông⇨賣水果的大王。

【水坵 chúi-khu】 鹽田的蒸發池。～～岸～～hoaⁿ⇨同上。

【水門 chúi-mn̂g】 水閘chúi-cha̍h。開～～khui～～⇨開放水閘。放～～pàng～～⇨同上。

【水泥 chúi-nî】 俗曰紅毛土âng-mô͘-thô͘。紅毛âng-mô͘者荷蘭人也。鐵筋～～的大厝thih-kin～～ê toā-chhù⇨鐵筋水泥造的大建築物。～～路～～lō͘⇨鋪裝水泥之路。

【水泡 chúi-phā】 手足等的皮膚起水粒也。泡亦作皰phā。燒了攏起～～也sio-liáu lóng khí～～ā⇨燒得皆起皰子了。

【水披 chúi-phi】 披過水面。披～～phi～～⇨抛小石或瓦片落水，使其在水面滑走。開錢像抙披～～抙khai-chîⁿ chhiūⁿ-teh phi～～leh⇨開錢一如披水披的樣子。謂浪費甚多。

【水波 chúi-pho】 ㊀波浪pho-lōng。清風徐來，～～不興chheng-hong chhî-lâi, ～～put-hin⇨同上。㊁水的白泡沫pe̍h-phō-boa̍t。起～～khí～～⇨同上。

【水性 chúi-sèng】 女人之性格。～～楊花～～iâng-hoa⇨水性活動，楊花飄浮。謂女人淫蕩輕薄。

【水底 chúi-té】 水中。水裡。沈落～～tîm-loh～～⇨沉入水中。

【水抽 chúi-thiu】抽水的小工具。～～來抽較快～～lâi-thiu khah-khoài⇨同上。～～油抽～～iû-thiu⇨同上。

【水面 chúi-bīn】 水之表面。浮於～～phû tī～～⇨浮游在水上。～～平平～～pêⁿ pêⁿ⇨水面平坦phêng-thán。

【水星 chúi-chheⁿ(chhiⁿ)】 太陽系的九大行星之一。

【水泉 chúi-choâⁿ】 泉choâⁿ。泉水choâⁿ-chúi。死水窟活～～sí-chúi-khut oah～～⇨死水與活水流。喻無來源的錢財與財源如泉的錢財。

【水珠 chúi-chu】 ㊀水點之如珠者。㊁眞珠chin-chu的次等貨。㊂水痘chúi-tāu。出～～chhut～～⇨病水痘。

【水垢 chúi-káu】 水中的污物。沉澱物tîm-tiān-but。

【水柹 chúi-khī】 浸石灰水脫澁的柿子。～～未輸梨仔～～bē-su lâi-á⇨水柿不遜梨子。

【水洘 chúi-khó】 退潮thè-tiâu。

【水缸 chúi-kng】 盛水之大缸。～～會撞破去～～ē lōng-phoà-khì(ì)⇨同上。

【水軍 chúi-kun】 水師chúi-su。海軍hái-kun。～～提督～～thê-tok⇨水軍司令。

【水神 chúi-sîn】 ㊀水之神。俗指東海龍王。～～廟～～biō。㊁所謂牽地理者的之名堂。～～好～～hó⇨似乎是指地勢水勢配合甚好。

【水草 chúi-chháu】 ㊀水中之草。～～仔眞厚～～á chin-kāu⇨水草茂密。㊁水與草。逐～～的生活tiok～～ê seng-oah⇨遊牧民族的生活。

【水租 chúi-cho͘】 ㊀灌溉用水費。水利會費。㊁喻小便。講要去納～～哩kóng-boeh-khì lap～～lī⇨(他)說要去小便。

【水栓 chúi-chūn】 或作水揆。水道嘴chúi-tō-chhùi。水龍頭chúi-liông-thâu。～～仔～～á⇨同上。

【水氣 chúi-khì】 水份chúi-hūn。濕氣sip-khì。～～眞重～～chin tāng⇨濕氣很重。

【水鬼 chúi-kúi】 俗以溺死者將變成水鬼chúi-kúi。～～陞城隍～～seng sêng-hông⇨水鬼升格當城隍。小人暴發成大人物。～～叫跛瑞～～kiò pái-sūi⇨水鬼叫跛脚的阿瑞。謂誘引入邪道。～～騙城隍～～phiàn sêng-hông⇨謂事太過勉強。因城隍是水鬼的主管官故也。交交許的～～羅漢合乞食kau-kau hiah-ê～～lô-hàn kah khit-chiah⇨交陪上那水鬼，羅漢及乞食(指責其不長進)。一日食飽船底睏，～～拖去無神魂chit-jit chiah-pá chûn-té-khùn,～～thoa-khì bô-sîn-hûn⇨桃花過渡。～～仔～～á⇨潛水夫。潛水兵、蛙人。

【水被 chúi-phōe】 納棺時蓋死者之被單phōe-toaⁿ。

【水師 chúi-su】 同水軍chúi-kun。～～營～～iâⁿ⇨同上。

【水涵 chúi-âm】 下水道hē(hā)-súi-tō。埋～～tâi～～⇨施設下水道。～～洞～～tōng⇨下水道。～～孔～～khang⇨同前。

【水務 chúi-bū】 灌溉水利事務。

【水彩 chúi-chhái】 畫的一種。～～畫～～ōe(ūi)⇨同上。

【水泏 chúi-chhiâng】 瀑布pok-pò͘。～～窟～～khut⇨瀑布下之大水窟。泏chhiâng，水落地也。俗以冲chhiong代之。

【水鳥 chúi-chiáu】 水禽chúi-khîm。

【水蛇 chúi-choâ】 棲息在水中的蛇。無毒。～～腰對狗公腰～～io tùi káu-kang-io⇨最

美麗的女人腰和男人腰的形容詞。

【水族 chúi-chok】 魚類等水中的生物。～～館～～koán⇨同上。

【水符 chúi-hû】 鎮壓火災的紙符。

【水淹 chúi-im】 ㊀上海潮。～～來也～～lâi-ā⇨海潮漲起來了。㊁水浸chúi-chìm。～～滂滂～～phōng-phōng⇨大水源源而入浸。～～到鼻孔擋你未稠也～～kà phī$^{n}$-khang, tòng-lí bē-tiâu-ā⇨水浸漬到鼻孔來了，已經忍不住了，喻事已萬不得已了。～～頷～～ām⇨水浸漬到頸部。喻事到極步，萬不得已了。

【水梘 chúi-kéng】 引水的設備。引水器。梘kéng同筧kéng,以木引水爲梘kéng,以竹引水爲筧kéng。鋪～～仔pho·～～á⇨鋪設引水路。

【水梨 chúi-lâi】 一種小梨子。亦曰鳥梨仔chiáu-lâi-á。～～仔糖～～á-thn̂g⇨水梨加紅色糖衣的孩童食品。四五粒串成一串。

【水瓶 chúi-pân】 盛茶水等的長頸器具。～～酒瓶～～chiú-pân⇨茶瓶tê-pân酒瓶。

【水屏 chúi-pîn】 洗面臺sé-bīn-tâi。正面有鏡屏kiā$^{n}$-pîn者。

【水產 chúi-sán】 ～～物～～but⇨同上。～～學校～～hak-hāu⇨同上。

【水桶 chúi-tháng】 取水用的圓形箱。擔～～去擔水ta$^{n}$～～khì ta$^{n}$-chúi⇨擔空水桶去擔水回來。

【水脚 chúi-kha】 ㊀醬間chiù$^{n}$-keng豆腐間tāu-hū-keng等的擔水夫。㊁水路的運費。

【水淀 chúi-tī$^{n}$】 水滿chúi-moá$^{n}$曰淀tī$^{n}$。～～也～～ā⇨水滿了。

【水晶 chúi-chi$^{n}$】 ～～對玻璃～～tùi po-lê⇨意爲逐個通光thang-kng,亦即大家都是聰明人，不能相欺。因水晶chúi-chi$^{n}$，玻璃po-lê兩物皆透明的。透明thàu-bêng亦即通光thang-kng，亦即聰明chhong-bêng也。緣投仔骨～～仔王(孱)核iân-tâu-á-kut,～～á-lān-hut⇨謂美男子是如此。～～宮～～kiong(keng)⇨龍王廟liông-ông-biō。～～目～～bak⇨可怕的目神。～～目圓棍棍看著道驚死～～bak î$^{n}$-kùn-kùn khoà$^{n}$-tioh tō kia$^{n}$-sih⇨水晶目，圓如棍，一看就嚇死人。～～目鏡在人合目～～bak-kià$^{n}$ chāi-lâng kah-bak⇨眼鏡人人不同，合用即可。喻人各有所好，不能相強。

【水蛙 chúi-ke(koe)】 青蛙。田蛙。～～皮～～phôe⇨蛙皮。喻衣服。人是一領～～皮仔穿扲，扲好看耳lâng sī chit-niá～～phôe-á chhēng-leh, teh hó-khoà$^{n}$ niâ⇨人只是一件衣服穿在身上，在好看而已(謂人們只是外表好看而已，裏面都是見不得人的)。老～～lāu～～⇨老經驗。老奸。

【水飯 chúi-pn̄g】 送～～sàng～～⇨送飯食給被囚禁之人。

【水程 chúi-thêng】 水路的路程。該三日的～～ài sa$^{n}$-jit ê～～⇨需要三工的水路。

【水脹 chúi-tiù$^{n}$】 水喝得過多。腹肚～～～～pak-tó·～～～～⇨腹中覺得漲滿了水。消人的～～siau-lâng ê～～⇨治好人家的腹脹。安撫人家腹中的怨恨。俗話已化爲水場chúi-tiû$^{n}$。

【水閘 chúi-chah】 水門chúi-mn̂g。～～門～～mn̂g⇨同上。水池，水庫的關閉門。

【水葬 chúi-chòng】 葬水中。土葬～～火葬thô·-chòng～～hóe(hé)-chòng⇨同上。

【水準 chúi-chún】 水平chúi-phêng。無～～bô～～⇨不夠資格。

【水源 chúi-goân】 水之源流。～～木本～～bok-pún⇨水之源流，木之根本。飲水念～～，刣柴拜樹頭lim-chúi liām～～，chhò-chhâ pài chhiū-thâu⇨做人愼勿忘恩。～～頭～～thâu⇨源流goân-liû。～～地～～tē⇨同上。

【水靴 chúi-hia】 雨靴hō·-hia。穿～～chhēng～～⇨同上。

【水煙 chúi-ian】 水氣chúi-khì。～～眞重，衫會霑去～～chin-tāng, sa$^{n}$-ē tâm-khì⇨水

氣太重了，衣會濕掉。

【水溝 chúi-kau】 下水溝。通水之溝渠。清～～chheng～～⇨疏通水路。

【水窟 chúi-khut】 ㊀水池。大～～toā～～⇨大池塘。泉孔透～～choâ$^n$-khang thàu～～⇨。泉穴通至水塘。喻小事將直接傳遍社會。俗多把泉choâ$^n$訛爲蛇choâ。㊁臨時積水的大小凹地亦曰水窟仔chúi-khut-á。

【水路 chúi-lō͘】 ㊀水程chúi-thêng。～～該三日～～āi sa$^n$-ji̍t⇨取水程即要三天。從～～進攻chiông～～chìn-kong⇨由水路加以攻擊。㊁灌溉～～koàn-khài～～⇨灌溉用水路。俗稱圳路chùn-lō͘。排～～pâi～～⇨排水溝。

【水雷 chúi-lûi】 ～～艇～～téng⇨戰船的一種。埋～～tâi～～⇨埋設bâi-siat水雷。

【水壺 chúi-ô͘】 盛茶水之壺。茶瓶tê-pân，水瓶chúi-pân。

【水碗 chúi-oá$^n$】 廚師做工具用的粗碗chho͘-oá$^n$。～～較無夠～～khah bô-kàu⇨粗碗尚略告不夠用。

【水勢 chúi-sè】 水流。雨愈來～～愈大hō͘ jú-lâi～～jú-toā⇨同上。

【水傷 chúi-siang】 水害。～～田～～chhân⇨易遭水災的河邊田。

【水碓 chúi-tùi】 利用水力的舂具cheng-kī(kū)。～～無糙米～～bô-chhò-bí⇨謂既然有水碓舂米不需人力，就不會有糙米了。

【水鉈 chúi-tô】 測丈水深的長繩tn̂g-chîn。打～～phah～～⇨測丈水深。

【水道 chúi-tō】 ㊀水路chúi-lō͘。㊁自來水chū-lâi-chúi的日文。～～頭～～thâu⇨水源地。～～嘴～～chhùi⇨水栓chúi-chūn。

【水稱 chúi-chhìn】 水準器chúi-chún-khì。測看地面是否水平的小儀器。

【水餃 chúi-kiáu】 一種麵皮包餡的食物。～～皮～～phôe⇨包水餃的薄麵片。

【水漏 chúi-lāu】 ㊀移裝液體用的小工具。～～仔～～á⇨同上。㊁古代的計時器。金爐香盡漏聲殘kim-lô͘ hiang-chīn lāu-seng chân⇨古詩。漏聲lāu-seng，即水漏chúi-lāu滴水之聲也。

【水酺 chúi-phó͘】 俗作水普chúi-phó͘。水上的普施餓鬼。酺phó͘，天下太平，天子賜民飲酒作樂也。

【水質 chúi-chit】 ～～調查～～tiau-cha⇨同上。即港泉～～眞好chit-káng-choâ$^n$～～chin hó⇨此一股泉水，水質很好。

【水槽 chúi-chô】 長形的水櫃chúi-kūi。又同水筧chúi-kéng，引水路。舖～～pho͘～～⇨舖設水梘chúi-kéng。

【水蝶 chúi-ia̍h】 水蚼chúi-hiā。有翅的飛蟻。俗稱大水蚼toā-chúi-hiā，謂其出現爲水災之前兆。～～映映飛～～iā$^n$-iā$^n$-poe⇨水蝶滿天飛。

【水影 chúi-iá$^n$】 水中之影像。面照～～bīn chiò～～⇨面照出在水中。

【水膠 chúi-ka】 木工用的膠。粘藉力甚強。用～～粘藉會稠iōng～～liâm chiah-ē-tiâu⇨使用水膠粘合才能夠粘住。

【水褲 chúi-khò͘】 短褲té-khó͘。工人農夫的工作褲。穿～～仔chhēng～～á⇨工人，農夫。～～棵仔～～ko̍eh-á⇨同水褲。棵ko̍eh，斷木也。物之半或分成若干節曰棵ko̍eh。水褲棵chúi-khò͘-ko̍eh亦曰水褲節chúi-khò͘-chat，即半截之水褲。

【水鴨 chúi-ah】 鴛鴦～～oan-iu$^n$～～⇨同上。山鷄抮想～～soa$^n$-ke teh-siū～～⇨山鷄在羨慕水鴨的水上生活。

【水積 chúi-chek】 一種胃病ūi-pē$^n$。俗曰胃酸過多ūi-sng-kòe-to。又積chek亦作癪chek。

【水錦 chúi-gím】 一種觀賞用花木。～～開花白波波，娘子脚扆好跮踱～～khui-hoe pe̍h-pho-pho，niû-á kha-tau hó-thit-thô⇨民歌。脚扆kha-tau，家也。～～花～～hoe⇨同上。

【水辦 chúi-pān】 ㊀測水的標識phiau-chì。巡～～sûn～～⇨巡視員巡視並記錄之。㊁分配灌溉koàn-khài用水量的小閘門chah-mn̂g。看～～khoà$^{n}$～～⇨巡～～sûn～～⇨看看有無人動手脚。

【水燈 chúi-teng】 放～～pàng～～⇨普渡時把很多燈籠teng-lâng放水流。又凡不規則者曰放水燈pàng-chúi-teng。放～～仔來pàng～～á-lâi⇨斷斷續續而來。其中時間，數目皆不一定。放～～仔做pàng～～á-chò⇨斷斷續續而爲之。亦即不照紀綱khí-kang做。～～首～～siú⇨放水燈的主持人。

【水頭 chúi-thâu】 水源所在。河川的上游。～～田較允水～～chhân khah-ún-chúi⇨水頭田比較不致缺水。食人～～夠chiah-lâng～～kàu⇨太欺負人了。

【水癀 chúi-hông】 俗以傷口觸及生水會發炎hoat-iām。起～～khí～～⇨同上。

【水螺 chúi-lê】 ㊀汽笛khì-tek的俗稱。彈～～tân～～⇨吹鳴chhui-bêng汽笛，俗戲稱陳水螺。㊁古時鄉村豬肉行商者的號角。有牛角製的，有海螺製的，通稱水螺chúi-lê。欣～～pûn～～⇨吹鳴水螺以賣豬肉。

【水龍 chúi-liông】 唧筒chek-tâng，亦即幫浦pump，抽水機thiu-chúi-ki。～～車～～chhia⇨消防滅火用的幫浦車pump-chhia。～～濺水～～choā$^{n}$-chúi⇨抽水機在放水(滅火biat-hóe)。

【水龜 chúi-ku】 水田中的一種甲蟲。食～～無八殼chiah～～bô peh-khak⇨謂無老實bô-láu-sit,亦即不忠厚put-tiong-hō͘。蓋無八殼bô-peh-khak⇨不去甲⇨不折翅put-chiat-sit⇨不拗翅put-áu-sit⇨無拗翅bô-áu-sit⇨無老實bô-láu-sit諧音。八peh，象分別相背之形。亦即分開也。

【水聲 chúi-sia$^{n}$】 ㊀水與他物的配合量。～～猶未講定著哩～～iá-bōe-kóng tiā$^{n}$-tioh-leh⇨水配合量還未決定。㊁警告。人得出～～也你猶不驚否lâng teh chhut～～a lí-iáu-m̄-kiā$^{n}$-ho͘h⇨人家在出水聲了你還不怕嗎(這個人lâng，也可以是令夫人)。

【水薰 chúi-hun】 煙通過水中才入口的菸草ian-chháu的抽法。～～吹～～chhoe⇨其器具。～～袋仔～～tē-á⇨盛水煙用煙絲的小袋，水煙吹的附屬品，普通都是繡花的，甚美麗。

【水櫃 chúi-kūi】 蓄水槽。蒸氣機關的水箱chúi-siu$^{n}$。

【水薸 chúi-phiô】 浮萍phû-phêng。沽～～kó͘～～⇨從水中取萍。

【水醮 chúi-chiò】 在水邊舉行的醮。超度chhiau-tō͘水死的遊魂iû-hûn。

【水蚯 chúi-hiā】 水蚼蚯chúi-káu-hiā。有翅在洪水時飛舞的一種螞蟻má-gí。

【水藥 chú-ioh】 漢藥。有人愛～～仔ū-lâng ài～～á⇨有人喜歡中藥。

【水關 chúi-koan】 ㊀水門chúi-mn̂g。～～門～～mn̂g⇨同上。㊁命卜者的名堂。帶～～tài(toā)～～⇨謂命中帶有水難之相。

【水瀨 chúi-loā】 亦單稱瀨loā，溪路上下不平，水流湍急toan kip之處也。鰈魚戰～～kiat-hî chiàn～～⇨鰈魚在水瀨逆水而上。

【水獺 chúi-thoah】 一種食魚獸。穴居於河濱。晝伏夜出，行動極敏捷。善捕魚爲食，今已罕見。

【水鬚 chúi-chhiu】 飛奔的水沫。給～～濺到霑霑hō͘～～choā$^{n}$-kà tâm-tâm⇨被飛沫濺得濕透了。～～四界濺～～sì-kè-choā$^{n}$⇨同上。

【水鬮 chúi-khau】 輪流灌溉lûn-liû koàn-khài。輪著～～lûn-tioh～～⇨輪中有水灌溉。

【水生木 chúi-seng-bok】 金生水，～～～，木生火，火生土，土生金，此五行之相生也kim-seng-chúi，～～～，bok-seng-hóe，hóe-seng-thó͘，thó͘-seng-kim，chhú ngó͘-hêng chi siang-seng-iā⇨五行相生之說。

【水走篩 chúi-cháu-thai】 製茶用具。圓形的大篩，用以去除茶葉之水氣促進其乾燥。

【水剋火 chúi-khek-hóe】 金剋木，木剋土，土剋水，～～～，火剋金，此五行之相剋也kim-khek-bok, bok-khek-thó͘, thó͘-khek-chúi,～～～，hóe-khek-kim, chhú ngó͘-hêng chi siang-khek-iā⇨五行相剋之說。

【水流東 chúi-lâu-tang】 我台灣以中央山脈走南北而被分成東西兩部。因而西部台灣之河流一概向西而流，據稱所謂水流東chúi-lâu-tang者僅竹東tek-tang有一處。

【水流屍 chúi-lâu-si】 大水冲流而來的不明身分的溺死者。沽著～～～ko͘-tioh～～～⇨撈到水流屍。

【水流柴 chúi-lâu-chhâ】 大水冲流而來的木材。亦曰水流木chúi-liû-bok。相爭沽～～～sio-cheⁿ-ko͘～～～⇨彼此爭撈水流木。水流柴chúi-lâu-chhâ本歸撈得者所有。但今改爲亦應報請處分。

【水蒸汽 chúi-cheng-khì】 水遇熱發爲氣體曰水蒸氣chúi-cheng-khì。

【水蜜桃 chúi-bıt-thô】 一種上等的水菓。果大，汁多味甜。梨山的～～～lê-san ê～～～⇨梨山出產最多。

【水來土掩 chúi-lâi-thô͘-iám】 無效的俗套siok-thò。兵來將擋～～～～peng-lâi-chiàng-tòng～～～～⇨同上。

【水泄不通 chúi-siap-put-thong】 ㊀人多擁擠ióng-chê。人挌到～～～～lâng-kheh-kà～～～～⇨人擠得水亦漏不出。㊁防備嚴密。

【水底無魚 chúi-té-bô-hî】 ～～～～三界娘仔爲王～～～～sam-kài-niû-á ûi-ông⇨蜀中無大將廖化爲先鋒siok-tiong bô tāi chiàng, liāu-hoà ûi sian-hong。

【水流破布 chúi-lâu-phoà-pò͘】 水流襤褸lâm-lô͘。喻一出外隨處逗留不知回家者。恰如～～～～抄，出去道不知好轉來也kah-ná～～～～leh, chhut-khì tō m̄-chai hó-tńg-lâi-à⇨好像水流破布的隨處逗留，一出門就不知回家了。

【水深火熱 chúi-chhim-hóe-jiat】 百姓在～～～～之中peh-sèⁿ(sìⁿ) chāi～～～～chi tiong⇨人民處在水中火中十分困苦。

【水清魚定 chúi-chheng-hî-tiāⁿ】 水濁即魚安靜不亂跑。～～～～水濁魚仔著驚～～～～chúi-lô hî-á tioh-kiaⁿ⇨水清即魚靜，水濁即魚驚怕而亂奔。

【水清魚現 chúi-chheng-hî-hiān】 水清即魚出現。喻事之眞相出現黑白分明。盒都～～～～也，曷使更諍taⁿ to～～～～ā，ah-sái koh-chèⁿ⇨而今全都清楚了，何用再分辯。

【水落石出 chúi-loh-chioh-chhut】 súi-lok-sek-chhut。水沒有了，石頭出現了，喻眞相chin-siàng(siòng)畢露pit-lō͘。

【水漲船高 chúi-tiàng-chûn-ko】 喻彼此都升高。薪水調整，物價每調整，～～～～那有差sin-súi tiâu-chéng, but-kè mā tiâu-chéng,～～～～nā-ū-chha⇨薪水提高了，物價也漲了，所謂水漲船高，有什麼分別。

【水盤過碗 chúi-poaⁿ-kòe-oáⁿ】 ～～～～每會消蝕～～～～mā-ē siau-sıh⇨水移過另一個碗，也會減少，喻事變換必蒙損失。

【水歕冷藉飲 chúi-pûn-léng chiah-lim】 謂熱水應該吹冷之後才飲之，喻事應慎重考慮之後才實行。

**醉** chùi 酒卒其量曰醉chùi。酒酣kam曰chùi。又迷惑曰醉chùi，沉溺tîm-lek於事亦曰醉chùi。我～也goá～ā⇨我醉矣。未飲道～bōe-lim tō～⇨未飲就醉了。不～不歸put～put-kui⇨同上。酒～心頭定chiú～sim-thâu-tiāⁿ⇨謂酒醉心裡不醉。酒不～人人自～，色不迷人人自迷chiú put-～jîn jîn-chū～，sekput-bê-jîn jîn-chū-bê⇨同上。天天～thian-thian～⇨添添～thian-thian～⇨每日醉，不做正事只管醉。酩酊大～béng-teng-tāi～⇨同上。心～～sim⇨同上。假～kē～⇨同上。

【醉人 chùi-jîn】 日在醉中之人。一日食飽做～～耳chit-jit chiah-pá chò～～niâ⇨終日做醉人而已。

【醉仙 chùi-sian】 醉酒之仙人。好醉之人。

【醉酒 chùi-chiú】 貴妃～～kùi-hui～～⇨楊貴妃醉酒。戲齣名。

【醉翁 chùi-ong】 ～～之意不在酒～～chi-î put-chāi-chiú⇨謂醉翁所求者不在酒。喻另有所求。～～之意不在酒，在於山水之間～～chi-î put-chāi-chiú, chāi-î san-súi chi-kan⇨同上。

【醉眼 chùi-gán】 ～～矇朧～～bông-lóng⇨醉眼矇矇看不清東西。

【醉意 chùi-ì】 微醉bî-chùi。略有酒意。有～～耳猶未眞醉ū～～niâ iá-bōe chin-chùi⇨只有微醉而已還未眞醉。

【醉漢 chùi-hàn】 酒醉者。～～鬧派出所～～nāu phài-chhut-só͘⇨同上。

【醉定也 chùi-tiā$^{n}$-ā】 醉醒也chùi-chhé$^{n}$-ā。

【醉痝痝 chùi-bâng-bâng】 醉甚矣。痝bâng，病酒也。

chûi ⿰率刂 割斷koat-toān也。對圓筒形的物體，困khûn而割之曰⿰率刂chûi。～菜頭～chhài-thâu⇨困割蘿蔔lô-pok。又硬殺價曰⿰率刂chûi，討價還價thó-kè-hoân-kè亦曰⿰率刂chûi。寬仔～khoa$^{n}$-á～⇨慢慢地討價還價。佼～gâu～⇨很會強行殺價。硬～ngē～⇨硬要其降價。合伊～一哺kah-i～chit-po͘⇨與伊還價半天。未輸要掠去～哩，不肯道是不肯bē(bōe)-su-boeh liah-khì(ì)～leh, m̄-khéng tō-sī m̄-khéng⇨好像要被捕去殺頭一樣，不肯就是不肯。例如要他樂捐若干，他不肯同意的情形，就如同要被割殺一樣。

【⿰率刂菜頭 chûi-chhài-thâu】 困割khûn-koat蘿蔔lô-pok。殺頭都像～～～耳那有啥sat-thâu to-chhiū$^{n}$～～～niâ ná-ū-siah$^{n}$⇨殺頭皆像割蘿蔔而已，有什麼了不起。

【⿰率刂頷仔 chûi-ām-á】 困截khûn-chhiat首級。殺頭sat-thâu。未輸要共～～～哩bē(bōe) su-boeh kā～～～leh⇨宛如要困斷khûn-toān他的首級哩。亦即一如要殺他頭那樣的不肯同意。

chûi 誰 誰sûi也。何人也。伊是～i sī～⇨他是何人。

## chun

chun 尊 高稱也。貴也，重也，敬也。君父之稱也。敬重之詞，同貴kùi。又古地方官曰尊chun，知府曰太～thài～，知州曰州～chiu～，知縣曰縣～koān～。天～地卑乾坤定矣thian～tē pi，khiân-khun tēng-ì⇨同上。天下有達～三，爵齒德是也thian-hē iú tat～sam，chiak(chiok) chhí tek sī-iá⇨同上。禮者自卑而～lé-chiá chū-pi jî～⇨同上。却嫌脂粉汚顏色，淡掃蛾眉朝至～khiok-hiâm chi-hún u-gân-sek，tām-sò͘ ngô͘-bî tiau chì～⇨唐詩。至尊chì-chun，皇帝也。元始天～goân-sí-thian～⇨道教的最高神。令～lēng～⇨對朋友父親的尊稱。天下無人唯我獨尊～thian-hē-bû-jîn ûi-ngó͘ tok～⇨同上。

【尊人 chun-jîn】 令尊lēng-chun。～～有意見否～～ū ì-kiàn bò͘⇨同上。

【尊公 chun-kong】 令尊lēng-chun。尊翁chun-ong。～～無恙否～～bû-iāng hò͘⇨尊翁平安否。

【尊札 chun-chap】 貴函kùi-hâm。拜誦～～pài-siōng～～⇨看了您的信。

【尊正 chun-chèng】 令夫人lēng-hu-jîn。～～敢未反對～～kám-bē(bōe) hoán-tùi⇨

令夫人不反對嗎。

【尊兄 chun-heng】 ㊀令兄lēng-heng。～～有於厝裡否～～ū tī chhù-lí bó͘⇨令兄在家嗎。㊁仁兄jîn-heng。～～看法如何～～khoàⁿ-hoat jî-hô⇨同上。

【尊示 chun-sī】 貴指示。遵照～～辦就是chun-chiàu～～pān chiū-sī⇨同上。

【尊名 chun-bêng】 請問～～大姓chhiaⁿ-mn̄g～～tāi-sèng⇨問人之姓名。亦可曰尊姓大名chun-seng tāi-bêng。

【尊府 chun-hú】 貴府kùi-hú。拜訪～～pài-hóng～～⇨同上。

【尊姓 chun-sèng】 ～～大名～～tāi-bêng⇨同上。

【尊長 chun-tiáng】 長輩tiáng-pòe。目無～～bok-bû～～⇨眼中無長輩的存在。

【尊者 chun-chiá】 和尙hôe-siū的尊稱。伏虎～～hok-hó͘～～⇨十八羅漢之一。

【尊前 chun-chiân】 面前的尊稱，伯父大人～～peh-hū-tāi-jîn～～⇨同上。

【尊卑 chun-pi】 長幼tióng(tiáng)-iù。上下siāng-hē(siōng-hā)。～～不分，天下亂矣～～put-hun thian-hē loān-ī⇨同上。

【尊重 chun-tiōng】 敬重kèng-tiōng。重視tiōng-sī。～～公共道德～～kong-kiōng tō-tek⇨同上。受～～的人siū～～ê lâng⇨同上。～～別人道是～～自己～～pat-lâng tō-sī～～chū-kí⇨敬重他人就是敬重自己。

【尊翁 chun-ong】 對人父親的尊稱。～～八十大壽該挕一下也咯～～peh (poeh)-chap-tāi-siū ài-lāh-chit-ē-à-lō⇨令尊八十大壽，應該大大的熱鬧一下吧。

【尊師 chun-su】 ～～重道～～tiōng-tō⇨同上。

【尊堂 chun-tông】 令堂lēng-tông。對人母親的尊稱。～～有眞康健否～～ū chin khong-kiān ho͘hⁿ⇨媽媽很康健吧。

【尊貴 chun-kùi】 高貴ko-kùi。地位～～tē-ūi～～⇨同上。

【尊意 chun-ì】 貴意kùi-i。不知～～如何put-ti～～jî-hô⇨不知道貴意如何。

【尊敬 chun-kèng】 敬重kèng-tiōng。～～序大人～～sī-toā-lâng⇨敬重長輩。

【尊稱 chun-chheng】 敬重的稱呼。對人的父母該用～～tùi lâng ê pē-bó(bú) ài iōng～～⇨對人家的父母，應該使用尊稱。

【尊榮 chun-êng】 尊貴而光榮。極一時之～～kek it-sî chi～～⇨同上。

【尊駕 chun-kà】 大駕tāi-kà。～～光臨～～kong-lîm⇨同上。

【尊嚴 chun-giâm】 尊貴嚴肅。莊重有威。在獨裁的社會無個人的人格～～可言chāi tok-chhâi ê siā-hōe，bô kò-jîn-ê-jîn-keh～～khó-giân⇨同上。

【尊覽 chaun-lám】 賜閱sù-oat。謹呈～～kín-thêng～～⇨同上。

【尊大人 chun-tāi-jîn】 對別人父親的尊稱。請替我向～～～問安chhiáⁿ thè-goá hiàng (hiòng)～～～būn-an⇨同上。

【尊夫人 chun-hu-jîn】 對別人的妻的尊稱。～～～是賤內的同學～～～sī chiān-lāi ê tông-hak⇨令夫人是我內人的同學。

【尊王攘夷 chun-ông-jiâng-î】 擁護國王抵抗外敵。日本的所謂明治維新，道是～～～～鬥爭的結果jıt-pún ê só͘-ūi bêng-tī-ûi-sin，tō-sī～～～～tàu-cheng ê kiat-kó⇨同上。

**遵** chun 循sûn也，行也。服從hok-chiông 曰遵chun。敬請示～kèng-chhéng sī～⇨請指示以便照辦。～人講的去做較直～lâng kóng-ê khì-chò(chòe) khah-tıt⇨照人家說的做較單純。

【遵行 chun-hêng】 ～～法令規定～～hoat-lēng kui-tēng⇨同上。

【遵守 chun-siú】 ～～命令～～bēng-lēng

⇨同上。

**【遵命 chun-bēng】** 敬謹～～kèng-kín～～⇨同上。

**【遵循 chun-sûn】** 遵照chun-chiàu。

**【遵趁 chun-thàn】** 遵照chun-chiàu。～～命令～～bēng-lēng⇨同上。

**【遵照 chun-chiàu】** ～～辦理～～pān-lí⇨同上。

**【遵古法製 chun-kó·-hoat-chè】** 照古法製造。中藥店的招牌用詞。

chun **樽** 酒器也。同罇chun。俗曰酒甕chiú-àng。携幼入室，有酒盈～hê-iū ji̍p-sit，iú-chiú êng～⇨歸去來辭。

**【樽俎 chun-chó·】** 酒食用器。折衝～～chiat-chhiong～～⇨決勝算於杯酒之間。指外交交涉。樽chun亦作尊chun。

chun **顫** 凝chit也，寒身動也。因寒而肉戰chùn曰顫chun。凝chun亦戰chùn也。業業～gia̍p-gia̍p～⇨因寒而身戰慄不已。⇨gī-gī-chun。

chún **准** 同準chún。但官方文書多用准chún。如照准chiàu-chún，批准phe-chún，不准put-chún等皆是。

chún **準** 水平謂之準chún，平物之器亦曰準chún。均也。度也。又鼻也。許可曰準chún(作准chún)，正確曰準chún，假設亦曰準chún。以仁義爲～í jîn-gī ûi～⇨同上。易與天地爲～e̍k í thian-tē ûi～⇨同上。秦始王蜂～長目chîn-sí-ông hong-～ tiâng-bo̍k⇨秦始王鼻子長目長。高祖隆～龍顏ko-chó· liông～liông-gân⇨劉邦高鼻龍顏。時間有～sî-kan ū～⇨時間正確。約著眞～ioh-ti̍oh chin～⇨猜得甚正確。看～正提khoà$^{n}$～ chià$^{n}$ the̍h⇨看正確了才取之。伊的話無一句～i-ê-ōe bô chi̍t-kù～⇨他的話沒有一句可靠。會～未～我無擔保ē(ōe)～ bē(bōe)～ goá bô tam-pó⇨正確不正確我不作擔保。～做伊未得來，每會叫人來講～chò(chòe) i bē(bōe)-tit-lâi mā-ē(ōe) kiò-lâng lâi-kóng⇨假使他不能來，也會叫人來通知。我～無錢好，你好額人每敢講無錢是否goá～ bô-chî$^{n}$-hó，lí hó·-gia̍h-lâng mā-ká$^{n}$-kóng bô-chî$^{n}$ sī-bô·⇨我做(假設)沒錢來說可以，你有錢之人也敢說沒錢嗎。伊～有錢每不出i～ū-chî$^{n}$ mā-m̄-chhut⇨他縱使有錢也不負擔之。

**【準如 chún-ná】** 如準ná-chún。～～無～～bô⇨那準無ná-chún-bô⇨好像沒有。～～我的～～goá-ê⇨那準我的ná-chún-goá-ê⇨好似我的(東西)。伊～～有安爾講i～～ū an-ne(ni)-kóng⇨伊那準有安爾講i ná-chún ū án-ne(ni)-kóng⇨他好像如此說過。

**【準如 chún-nā】** 設若siat-jia̍k。～～有反對呢～～ū hoán-tùi nè⇨設使有人反對，將如何。

**【準有 chún-ū】** ㈠一定有。即次～～的chit-chhù～～ê⇨此次一定有的。㈡假定有。～～也未赴也～～ā bē(bōe)-hù-à⇨縱使有也來不及了。

**【準定 chùn-tiā$^{n}$】** 一定it-tēng。伊～～會來i～～ē lâi⇨他一定會來。

**【準則 chún-chek】** 標準phiau-chún。法式hoat-sit。有～～來道較好講ū～～lâi tō khah-hó-kóng⇨有準則來(照做)就說得通。

**【準時 chún-sî】** 按約定的時刻。七點～集合chhit-tiám～～chi̍p-ha̍p⇨同上。

**【準做 chún-chò(chòe)】** 假設ké-siat。即旁～～山，彼旁～～海chit-pêng～～soa$^{n}$, hit-pêng～～hái⇨此方假設是山，彼方假設是海。～～錢，你是還了也，看你交甚人講～～chî$^{n}$ lî sī hêng-liáu-à，khoà$^{n}$-lí kau-siá-lâng-kong⇨假設錢你是交還了，但是要看看你交還於何人就明白了。～～我無去，我那會知伊仙來～～goá bô-khì, goá ná-ē(ōe)-chai i boeh-lâi⇨假使我沒去，我何以知道他會來。

【準備 chún-pī】 預備ī-pī。～～衣服～～i ho̍k⇨同上。～～糧食～～niû-si̍t⇨同上。您父～～俫合伊拂一下看扲lín-pē～～boeh kah-i hut-chi̍t-ē-khoà$^{n}$-leh⇨我打算要跟他拚一下看看。～～妥當也～～thò-tòng-ā⇨都預備好了。該有萬無一失的～～ài-ū bān-bû it-sit ê～～⇨同上。～～金～～kim⇨貯之以待應急之錢。

【準節 chún-chat】 節制。撙節chún-chat。用錢道該～～iōng-chî$^{n}$ tō-ài～～⇨開銷khai-siau要斟酌chim-chiok節制chiat-chè。

【準準 chún-chún】 正確chèng-khak。很準。時間～～sî-kan～～⇨時間很正確。約着～～ioh-tio̍h～～⇨推測得很正確。講着～～kóng-tio̍h～～⇨一說就說中了。略同於約着ioh-tio̍h。～～會來～～ē(ōe)-lâi⇨一定會來it-tēng ē(ōe)-lâi。

【準當 chún-tǹg】 抵押tí-ah。擔保tam-pó。剝衫乎人做～～pak-sa$^{n}$ hō·-lâng chò(chòe)～～⇨脫衣給人家作擔保。乎人掠去做～～hō·lâng lia̍h-khì chò(chòe)～～⇨被捉去當人質。

【準算 chún-sǹg】 算數。算賬sǹg-siàu。囝仔講的未～～得gín-á-kóng-ê bē(bōe)～～tit⇨小孩子說的信不得。大人呢，講話該有～～也toā-lâng-neh，kóng-ōe ài-ū～～ā⇨不是小孩子了，說話要算話了。即次安爾無～～chi̍t-chhù an-ne(ni) bô·～～⇨此次如此(有毛病)不算(不取計)。無～～道攏無～～bô～～tō-lóng bô～～⇨不算就大家都不算。

【準賬 chún-siàu】 抵賬tú-siàu。做工～～chò(chòe)-kang～～⇨作工抵債tí-chè。講話有～～否kóng-ōe ū～～bò·⇨講話算話嗎。

【準憑 chún-pîn】 ㊀標準phiau-chùn。伊的話做～～i-ê-ōe chò(chòe)～～⇨他說的爲憑。㊁憑準pîn-chún。準確chún-khak。伊講的無～～i-kóng-ê bô～～⇨他說的不可靠。

【準繩 chún-chîn】 法度hoat-tō。定式teng-sit(sek)。準所以爲平，繩所以爲直也。法者天下之～～hoat-chiâ thian-hē chi～～⇨同上。

**chún 撙** 抑也，促也，挫也。有所抑而不敢肆謂之撙chún，有所制而不敢過謂之節chat。

【撙節 chún-chat】 抑制ek-chè。節制chiat-chè。俗作準節chún-chat或站節chām-chat。亦即節省用度也。君子恭敬～～退讓以明禮kun-chú kiong-kèng～～thè-jiāng í bêng-lé⇨同上。生活道該有～～seng-oa̍h tō-ài ū～～⇨生活上應該節制節省。共您父～～扲kā lín-pē～～leh⇨與我節制節制(父喝子女勿亂用錢)。

**chùn 俊** 材千人也。智過千人曰俊chùn。又大也。容貌美好亦曰俊chùn。英～瀟洒eng～siau-sá⇨美男子的形容詞。勝敗兵家不可期，包羞忍辱是男兒，江東子弟多才～，捲土重來未可知sèng-pāi peng-ka put-khó-kî，pau-siu jím-jio̍k sī lâm-jî，kang-tong chú-tē to-châi～，koàn-thó·-tiōng-lâi bī-khó-ti⇨唐詩。青年才～chheng-liân châi～⇨同上。

【俊乂 chùn-ngāi】 賢才hiân-châi之士。～～在官chāi-koan⇨同上。乂ngāi亦作艾ngāi。

【俊秀 chùn-siù】 ㊀才智傑出之士。天下～～thian-hē～～⇨同上。㊁容色秀美。童僕勿用～～，妻妾切忌艷裝tông-pok bu̍t-iōng～～，chhe-chhiap chhiat-kī iām-chong⇨朱子家訓。

【俊英 chùn-eng】 優秀的人材。同輩中的～～tông-pòe-tiong ê～～⇨同上。

【俊彥 chùn-gān】 才智之士。一時之～～it-sî chi～～⇨當今的傑出人物。

【俊傑 chùn-kia̍t】 傑出的人物。～～之士～～chi sū⇨同上。識時務者在於～～sek-sî-bū-chiá chāi-î～～⇨同上。

【俊德 chùn-tek】 大德tāi-tek。克明～～

khek-bêng～～⇨同上。

chùn
**竣** 事畢也。完工曰～工～kang或～事～sū。

chùn
**峻** 高也。大也。又苛刻也。用法嚴～iōng-hoat giâm～⇨山極高，谷極深。

【峻山 chùn-san】 ～～深谷～～chhim-kok⇨同上。

【峻法 chùn-hoat】 嚴刻的法律。嚴刑～～giâm-hêng～～⇨同上。

【峻嶺 chùn-léng(niá)】 高山～～ko-san～～⇨同上。

chùn
**駿** 良馬也。又大也，迅速也。八～pat～⇨古帝王之名馬，有八匹。八～圖pat～tô⇨八馬之圖。

【駿足 chùn-chiok】 駿馬。又喻賢才，名師門下的～～bêng-su bûn-hē ê～～⇨名老師門下的高才。

【駿馬 chùn-má】 好馬hó-bé。東市買～～西市買寶劍tong-chhī mái～～se-chhī mái pó-kiám⇨木蘭辭。

【駿發 chùn-hoat】 迅速發揚。英才～～eng-chāi～～⇨同上。

chùn
**圳** 甽chùn的俗字。田中溝也。甽chùn同畎khián。凡灌漑用水路皆曰圳chùn。大～小～toā～sió～⇨大小灌漑水路。水～chúi～⇨同上。埤～pi～⇨水圳chúi-chùn。埤pi，池塘tî-tông也。嘉南大～ka-lâm-tāi～⇨嘉南平野的大灌漑水路。水按～行chui ān～kiâⁿ⇨水依圳路而流。謂事應按照順序進行。清～chheng～⇨清除圳路以去阻塞物。轉～tńg～⇨斷圳tn̄g-chùn。斷圳源以清圳。巡～sûn～⇨巡視圳路。

【圳丁 chùn-teng】 巡視圳路的工人。俗曰巡圳的sûn-chùn-ê。

【圳水 chùn-chúi】 圳中之水。～～要乾也～～boeh ta-a⇨圳水要乾涸了。

【圳戶 chùn-hō͘】 圳水用戶。水利會的會員。

【圳主 chùn-chú】 圳之所有人。私圳的～～不肯放棄所有權su-chùn ê～～m̄-khéng hòng-khì só͘-iú-koân⇨同上。

【圳尾 chùn-bóe(bé)】 圳路終點。～～田水較無允～～chhân chúi khah-bô-ún⇨圳尾之田地灌漑用水較不擔保。

【圳岸 chùn-hoāⁿ】 圳旁之兩壁。～～崩去也～～pang-khì-à⇨圳岸崩裂了。

【圳底 chùn-té(tóe)】 ㊀圳內。～～猶有水～～iáu ū chúi⇨圳中還有水，(不能立刻淸圳)。㊁圳路所通過的地基。～～猶屬私人的～～iáu-siok su-jîn-ê⇨圳路的土地還是私人所有。㊂圳路使用費。納～～lap～～⇨繳交圳路使用費。

【圳租 chùn-cho͘】 圳水使用費。水利會費。繳～～kiáu～～⇨同上。

【圳照 chún-chiò】 埤圳開設許可證。～～出也，佅開也～～chhut-à boeh-khui-a⇨開圳許可書出了，快要開鑿了。

【圳路 chùn-lō͘】 圳溝chùn-kau。天烏烏，佅落雨，舉鋤頭，淸～～thiⁿ-o͘-o͘，boeh-loh-hō͘，giâ tî-thâu, chheng～～⇨民謠。

【圳寮 chùn-liâu】 圳的工寮或辦事所，包括其租穀倉庫。

【圳頭 chùn-thâu】 圳源之地。食水拜～～，食果子拜樹頭chiah-chúi pài～～，chiah-kóe-chú pài-chhiū-thâu⇨謂凡事不可忘本。

chùn
**顫** 四支寒動也。驚恐而戰動亦曰顫chun。亦作戰chùn。手～chhiú～⇨手顫動chùn-tōng。脚～kha～⇨同上。驚到懼懼～kiaⁿ-kà khū-khū～⇨怕得戰慄不已。懼懼～khū-khū～→khī-khī～→gī-gī～。着～瘋tioh～hong⇨患上顫動病。未輸着～瘋呢bē(bōe) su tioh～hong-nī⇨着瘋症一樣。

【顫股 chùn-kó͘】 一種髮飾。股跤爲螺旋形的銅線，動則自搖。頭插～～，脚穿紅鞋thâu

chhah～～，kha chhēng âng-ê⇨同上。

【顫脚 chùn-kha】 脚顫動。～～顫手～～chùn-chhiú⇨脚手都顫動。

【顫瘋 chùn-hong】 顫動之病。着～～tio̍h～～⇨同上。

【顫釁 chùn-būn】 因動而生裂痕。釁būn，hūn，玉裂也，器破而未裂謂之釁būn。無～～着bô～～tioh⇨連裂痕都沒有，喻全無影響。猶無～～扴iáu-bô～～leh⇨同前。略同猶無礙着扴iáu-bô gāi-tio̍h-leh。

**戰** chùn 同顫chùn。

**船** chûn 舟也。渡～tō·～⇨渡河海之船。火～hóe (hé)～⇨輪～lûn～⇨汽～khì～。搭～tah～⇨坐～chē～⇨乘船sêng-chûn。眩～hîn～⇨暈船hûn-chûn。行～kiâⁿ～⇨駛船sái-chûn。漁～hî～⇨捕魚船pó·-hî-chûn。戰～chiàn～⇨兵船peng-chûn。捕鯨～pó·-keng～⇨同上。補給～pó·-kip～⇨同上。救生～kiù-seng～⇨同上。行～的人kiâⁿ～ê lâng⇨船員。～過水無痕～kòe chúi-bô-hûn⇨船過了水上不留痕跡。謂受恩不知報。坐人～愛人～走chē lâng～ài lâng～cháu⇨食人之祿擔人之憂si̍t-jîn-chi-lo̍k tam-jîn chi iu。

【船戶 chûn-hō·】 船主chûn-chú。船籍chûn-che̍k。依船生活之家。

【船夫 chûn-hu】 船員chûn-oân。

【船內 chûn-lāi】 船中chun-tiōng。

【船仔 chûn-á】 小舟。撐～～theⁿ～～⇨駕小舟。駛～～人sái～～lâng⇨舟子。～～頭～～thâu⇨繫船所。碼頭。

【船名 chûn-miâ】 無～～的小船仔bô～～ê sió chûn-á⇨同上。

【船身 chûn-sin】 船體chun-thé。～～無破～～bô phoà⇨同上。

【船底 chûn-té(tóe)】 ㊀船內。～～積貨於扴～～chek-hòe tī-teh⇨船內積着貨。㊁船底。～～破孔～～phoà-khang⇨同上。

【船長 chûn-tiúⁿ】 一船之長。

【船政 chûn-chèng】 管理海事船舶事務的行政。～～機關～～ki-koan⇨主管船政的機關。

【船客 chûn-kheh】 ～～坐到滿滿～～chē-kà moá-moá⇨同上。

【船神 chûn-sîn】 船中所奉之神。

【船隻 chûn-chiah】 船chûn。船舶chûn-phek。外國的～～goā-kok ê～～⇨外國船。

【船破 chûn-phoà】 船破了。～～亦着扱船釘～～ia̍h-tio̍h-khioh chûn-teng⇨船破了船釘也需要收回。謂可用之物雖小亦不可棄之。～～海坐底～～hái chē-té⇨船破了，一切都沈沒入海底。謂事敗了還是主其事者應負責。

【船票 chûn-phiò】 買～～坐船bé(bóe)～～chē-chûn⇨同上。

【船舶 chûn-phek】 船隻chun-chiah。～～司～～su⇨主管船務的機關。

【船期 chûn-kî】 行船日程。開船日期。～～定了也～～tēng-liáu-à⇨同上。

【船稅 chûn-sòe(sè)】 ㊀租船使用費。～～眞貴～～chin-kùi⇨船稅很高。㊁船的稅捐。～～一定的～～it-tēng-ê⇨船稅不變動。

【船路 chûn-lō·】 船的航程。～～該三工～～ài saⁿ-kang⇨搭船需三日的航程。

【船塢 chûn-o·】 船舶建造修理的地方。

【船牌 chûn-pâi】 船舶的執照。亦曰船照chûn-chiò。

【船廠 chûn-chhiúⁿ】 造船工場。船塢chûn-o·。

【船艙 chûn-chhng】 ～～貨積滿也～～hòe chek-moá-à⇨船艙內積滿貨了。

【船頭 chûn-thâu】 船的前部。～～船尾～～chûn-bóe(bé)⇨同上。～～行～～hâng⇨在港口做船貨中盤的店舖。

【船籍 chûn-che̍k】 船的戶籍。～～變更～

～piàn-keng⇨例如甲國船轉入乙國船。

**chûn 存** 在也，有也，留也。庋khǹg之曰存chûn，亦即保存pó-chûn也。實～sıt～⇨同上。餘～î～⇨同上。留～liû～⇨同上。提～thê～⇨同上。寄～kià～⇨同上。原收出～goân-siu-chhut～⇨記帳之原則，亦即原有(昨日所存)若干，收入若干，支出若干，扣除外留存(於明日)若干都要一一記明。

【存亡 chûn-bông】 ～～絕續～～choat-siok⇨國家的存亡絕續。此誠危急～～之秋也chhú sêng gūi-kip～～chi chhiu ià⇨出師表。

【存在 chûn-chāi】 在。有今仔日的～～是靠伊家己的努力ū kin-á-jit ê～～sī khò i-ka-kī ê-nó-lek⇨他之有今天，是靠他自己的努力(得來的)。～～主義～～chú-gī⇨文學上的一種新觀念。

【存庋 chûn-khǹg(khùiⁿ)】 貯藏thí-chōng。保存pó-chûn。收而庋之。庋khǹg，khùiⁿ，閣也。閣藏也。

【存底 chûn-té(tóe)】 存根chûn-kin(kun)。支票的～～chi-phiò ê～～⇨同上。重要書類的～～tiōng-iàu si(su)-lūi ê～～⇨同上。

【存查 chûn-chhâ】 辦公用詞。意謂存之以備調閱。其實是他們認爲不重要的文件的處理方法。擬～～gí～～⇨主辦人員寫此三字，經主管蓋章認可，即打入冷宮矣。

【存案 chûn-àn】 保留案底。先～～抾也好seng～～leh à-hó⇨先留個案底也好(做將來的根據)。

【存根 chûn-kin(kun)】 存底chûn-té(tóe)。有～～道無要緊ū～～tō bô-iàu-kíⁿ⇨有存底爲證就沒有關係。

【存息 chûn-sek】 金錢往來存款利息。

【存貨 chûn-hòe(hè)】 未售之貨。貨底hòe-té。無～～也bô～～à⇨無貨底了，皆賣完了。～～單～～toaⁿ⇨存貨目錄。

【存款 chûn-khoán】 將現金存入銀行生息。俗曰寄金kià-kim。～～業務～～giap-bū⇨銀行的重要業務。～～放款～～hòng-khoán⇨銀行的收入存款而貸放款的業務。

【存疑 chûn-gî】 對於疑點不加論斷留待將來解答。

【存摺 chûn-chiat】 chûn-chih。俗曰寄金簿仔kià-kim-phō͘-á。

【存亡絕續 chûn-bông-choat-siok】 存而發揚光大與斷絕而敗亡。國家～～～～的關頭kok-ka～～～～ê koan-thâu⇨同上。

**chūn 陣** 陣tīn也。交戰一次曰一陣it-tīn。其經歷時間曰一陣chıt-chūn。～～仔久耳chıt～á-kú niâ⇨打鬪一次的時間那麼久而已，亦即很短的時間而已。時候，時節亦曰陣chūn。一場風一場雨曰chıt～hong，chıt～hō͘。甚麼時～sam-ma sî～⇨何時。何種時刻(時期不對)。即～chit～⇨此時。此刻。彼～hit～⇨彼時。做～chò～⇨一下子一下子。腹肚做～仔痛pak-tó͘ chò～á-thiàⁿ⇨肚子一下子一下子的痛。產前有～痛sán-chêng ū～thiàⁿ⇨新名詞即曰陣痛tīn-thòng。

【陣雨 chūn-hō͘】 tīn-í(ú)。俗曰西北雨sai-pak-hō͘，亦曰過雲雨kòe-hûn-hō͘。晴下午有～～chêng hē-ngó͘ iú～～⇨天氣預報用詞。其實應曰陣雨tīn-hō͘，蓋言其雨如陣隊，非指其時間也。

【陣痛 chūn-thiàⁿ】 tīn-thòng。～～來也，快也～～lâi-ā, khoài-ā⇨陣痛來了，快生產了。

**chūn 拵** 擠也，搯也。搯而回旋之曰拵chūn。您祖媽道～到你叫不敢去lín chó͘-má tō～kā lí kiò-m̄-kaⁿ-i⇨本祖媽就搯到你叫不敢矣。

【拵脰 chūn-tāu】 脰tāu，頸keng也。扭頭～～giú-thâu～～⇨責女人輕佻不莊重之詞。

【拵內菻 chūn-lāi-koaiⁿ】 內股曰內菻，大腿內側也。挾取內股肉而回旋之是其痛無比的懲罰也。

**chūn**
**鏇** 溫酒器也。旋之水中以溫酒之器也。又轉軸裁器choán-tio̍k-chhâi-khì也。今曰車牀chhia-chhn̂g，亦作車床chhia-chhn̂g。打開開關曰鏇chūn。螺絲～仔lō·-si～á⇨螺絲起子。滾輪～kún-lûn～⇨打滾。逐禮拜該～ta̍k-lé-pài ài～⇨每星期要上練(的時鐘)。用手～未開iōng-chhiú～bē(bōe)-khui⇨以手打不開。

【鏇仔 chūn-á】 起卸螺絲釘所用的起子。有～～一下道開也ū～～chi̍t-ē tō khui-a⇨有起子一下子就開了。

【鏇脰 chūn-tāu】 脰tāu，頸kēng也。扭頭～～giú$^{n}$-thâu～～⇨婀娜作態a-ná chok-thāi。

【鏇開 chūn-khui】 打開螺絲。～～螺絲～～lō·-sī⇨同上。～～水道～～chúi-tō⇨打開自來水。

【鏇環 chūn-khoân】 繩形的手環。

【鏇螺 chūn-lê】 螺絲lō·-sī。～～無絃～～bô ân⇨螺絲不緊。螺絲鬆了。

【鏇揜後 chūn-iap-āu】 手骨～～～chhiú-kut～～～⇨手被反扣。手被反縛。喻違法被捕。手骨～～～的不當耳，逐項每當做chhiú-kut～～～ê m̄-thang niā，ta̍k-hāng mā-thang-chò⇨謂犯法者不可爲而已，其他任何事都可以做(謀生之道)。

## chut

**chut**
**卒** 兵士也。領隊也。終也。壽終也，大夫之死曰卒chut。兵～peng～⇨兵與卒。又象棋的棋子。步～pō～⇨步兵pō·-peng。販夫走～hoàn-hu-cháu～⇨最下層的人物。事出倉～sū-chhut chhong～⇨事在倉促之間發生。爲善不～ûi-siān put～⇨行善而中途變卦。無名小～bû-bêng-siáu～⇨同上。

【卒中 chut-tiong】 病名。中醫曰中風tiòng-hong。西醫曰腦出血náu-chhut-hoeh。

【卒仔 chut-á】 小兵。象棋的棋子。～～兵仔～～peng-á⇨象棋的黑紅棋子之階級最低者。只能直進一步，過河才可橫進一步，但都不能後退。～～食過河～～chia̍h kòe-hô⇨謂不守分的橫行霸道hoâi$^{n}$-hêng-pà-tō。黑～～o·～～⇨小人物。

【卒卒 chut-chut】 暗～～àm～～⇨一片烏黑。

【卒哭 chut-khok】 喪百日也。百日～～pe̍k-ji̍t～～⇨同上。

【卒業 chut-gia̍p】 學生修學期滿，功課及格。亦曰畢業pit-gia̍p。～～典禮～～tián-lé⇨同上。

**chu̍t**
**秫** 有黏性的米也。亦即粽，粿所用之米，亦名糯米lō-bí。秥仔～chiam-á～，鵝卵～gô-nn̄g～，大～toā～等等種類甚多，皆製糕餅，粿粽或製酒所用者。

【秫米 chu̍t-bí】 糯米lō-bí之總稱。～～秥米～～chiam-bí⇨秫米爲逢年過節製粿粽糕餅所用，秥米即日常飯食所用者。～～飯～～pn̄g⇨俗曰米糕bí-ko。～～粽～～chàng⇨俗稱五日節粽 gō·-ji̍t-cheh-chàng 或肉粽 bah-chàng。有～～路ū～～lō·⇨興食秫米製品者。反之曰無～～路bô～～lō·。～～酒～～chiú⇨以秫米爲原料之酒。～～煮的～～chí-ê⇨以秫米爲原料製造的各種假玉器所謂celluloid賽璐珞也。

**chu̍t**
**捽** 觸chhio̍k也。持也。摩也。以手揩拭曰捽chu̍t，寫字撩草不按筆法曰捽chu̍t。用手～iōng chhiú～⇨以手直接揩之拭之。濫擅～lâm-sám～⇨烏白～o·-pe̍h～⇨亂寫亂繪loān-siá-loān-ōe。自己罔～ka-kī bóng～⇨自己烏白寫。順手共我～一張sūn-chhiú kā-goá～chi̍t-tiu$^{n}$⇨順手爲我寫一張。

【捽鼻 chu̍t-phī$^{n}$】 手揩鼻涕phī$^{n}$-thì。大人

也，猶得用手～～，未見笑toā-lâng-ā，iáu-teh iōng chhiú～～，bē(bōe)-kiàn-siàu⇨大人了還在以手揩鼻涕，不怕羞。

【捽東捽西 chut-tang-chut-sai】 石灰壁不當～～～～chioh-hoe-piah m̄-thang～～～～⇨白壁上不可亂塗。自己～～～～度時間ka-kī～～～～tō sî-kan⇨自己亂寫以消耗時間(謙詞)。

**chut 悴** 憂也。顏色憔～gān-sek chiau～⇨臉上露出憂愁。鬱～⇨鬱抑不得伸也。

## chha

**chha 差** 錯也。失錯也。不同也。爭～cheng～⇨相差。無爭～bô-cheng～⇨同上。先生～矣sian-seng～ī⇨你錯了。原～被～來人不～goân～pī～lâi-jîn put～⇨原告有差錯或被告有差錯是你們之事，我們奉命辦事的人沒有差錯，你們必須以禮款待也。古衙役的口頭禪。～於天淵～tī thian-ian⇨天淵之差。～之毫釐謬之千里～chi hô-lî,biū-chi chhian-lí⇨同上。仙裡拍鼓有時錯，脚步踏～誰人無sian-lì phah-kó· ū-sî chhò,kha-pō· tah～siáⁿ lâng bô⇨謂人生行路上，有的迷路做錯是難免的。

【差別 chha-piat】 不相同，有分別。～～待遇是不平的最大原因～～thāi-gū sī put-pêng ê chōe-toā goân-in⇨同上。

【差異 chha-ī】 不相同。共廠的產品，敢有什麼～～kāng-chhiáng ê sán-phín, kám ū sa-ma～～⇨同一廠的產品，有什麼不同嗎。

【差距 chha-kī】 爭差的距離。差額chha-giah。～～不大～～put-tāi⇨差額不多。

【差錯 chha-chhò】 失錯。萬一若有～～啥人負責bān-it nā-ū～～siáⁿ-lâng hū-chek⇨萬一出事了誰負責。～～是免不了的～～sī bián-put-liáu ê⇨同上。

【差夥 chha-chē(chōe)】 差得多。生的合養的許更～～了seⁿ(siⁿ)-ê kah iáng(ióⁿ)-ê he koh～～lō·⇨自己生的與收養的，那差別更大了。夥：多也。俗或作濟。

【差謬 chha-biū】 差之毫釐謬之千里chha-chi hô-lî, biū-chi chhian-lí⇨同上。

【差額 chha-giah】 爭差的數量。歲出入的～～sòe-chhut-jip ê～～⇨歲出與歲入的數字的爭差。

【差不多 chha-put-to】 相差不大。大約。時間，數量都適用。我看～～～也goá khoàⁿ～～～a⇨我看大約可以了，夠了。～～～該五百工人～～～āi gō·-pah kang lâng⇨大約需要五百個工作天。

【差分分仔 chha-hun-hun-a】 爭差極微小。

【差釐釐仔 chha-lî-lî-a】 同差分分仔。

**chhá 吵** 同訬chhá。

**chhá 訬** 擾也。通吵chhá。喧鬧也。爭取也。去合縣長～khì kah koān-tiúⁿ～⇨去對縣長爭取補助。～無食～bô-chiáh⇨吵鬧的對象太少。爭取不到。一暝～天光chít-mê～thiⁿ-kng⇨(嬰兒)整夜哭鬧到天光。～東～西～tang～sai⇨黑白吵。

【訬抐 chhá-lā】 吵鬧攪亂。兩夫妻不時抄訬訬抐抐liáng-hu-chhe put-sî teh chhá-chhá lā-lā⇨兩夫妻經常在吵吵鬧鬧。

【訬家 chhá-ke】 在家庭中惹是生非。～～抐膣～～lā-kê⇨攪亂家庭。～～抐宅～～lā-theh⇨同上。

【訬班 chhá-pan】 攪亂局面。～～的～～ê⇨同上。吵班的常常是可愛的人，例如家庭中的孩子。

【訬衰 chhá-soe】 ～～人～～lâng⇨無理取鬧。～～的～～ê⇨義同。

【訬潲 chhá-siâu】 吵。粗語。

【訬鬧 chhá-nāu】 同吵抐。吵吵鬧鬧chhá-chhá-nāu-nāu。

【訬嘴 chhá-chhùi】 口角khấu-kak。做伙道～～chō-hóe tō～～⇨同在一處就口角。

【訬嚷 chhá-jiáng】 吵鬧。外面抣～～啥goā-bīn teh～～sahⁿ⇨外面在吵鬧何事。

【訬人安眠 chhá-lâng-an-bîn】 妨害別人睡眠。

chhá **炒** 烹飪法之一。熱鼎熱油方下菜料加以炒翻之。有湯曰煮，無湯曰炒。

【炒的 chhá è】 炒法製的食品。

【炒料 chhá-liāu】 炒東西的配料。

【炒麵 chhá-mī】 炒麵條。

【炒下水 chhá-hā-súi】 炒鷄肝鷄心等。

【炒大蝦 chhá-toā-hê】 炒大蝦。

【炒水蛙 chhá-chúi-ke】 炒田蛙。

【炒肉片 chhá-bah-phìⁿ】 炒肉片。

【炒羊肉 chhá-iûⁿ-bah】 炒羊肉片。

【炒米粉 chhá-bí-hún】 人抣～～～你抣共人喝燒lâng teh～～～,lí teh kâng hoah sio⇨共人切成kâng。謂人家在炒米粉，你在旁邊替人家喊熱。喻多管閒事。

【炒豆仁 chhá-tāu-jîn】 炒和蘭豆仁。

【炒肚尖 chhá-tō·-chiam】 炒豬肚尖。肚壁最厚之處叫肚尖tō·-chiam。

【炒肝花 chhá-koaⁿ-hoe】 炒肝片。

【炒紅蟳 chhá-âng chîm】 炒紅蟳。

【炒魚片 chhá-hî-phìⁿ】 炒魚肉片。

【炒蝦仁 chhá-hê-jîn】 炒蝦仁。

【炒魷魚 chhá-iû-hî】 ㊀炒柔魚。㊁喻捲舖蓋。失業了。

【炒鴨片 chhá-ah-phìⁿ】 炒的鴨肉薄片。

【炒鷄丁 chhá-ke-teng】 炒鷄肉。肉切四角粒爲丁。

【炒鷄片 chhá-ke-phìⁿ】 炒鷄肉片。

【炒八寶麵 chhá-pat-pó-mī】 加八種料的炒麵。

chhâ **柴** 小樹木也。燃料木也。木料也。棺木也。喻無感覺或無感情。此木是～山山出chhú-bok sī ～ san-san chhut⇨此木合爲柴，山山合爲出。

【柴人 chhâ-lâng】 ㊀木偶。㊁無感覺的人。一顆如～～chit-kho· ná～～⇨一大條如木人，一無感覺，女人罵不解風情的常用語。

【柴刀 chhâ-to】 砍柴刀。～～架～～kê⇨上山帶柴刀用的小道具。

【柴工 chhâ-kang】 骨骼粗大的人。生做～～～～seⁿ-chō～～⇨天生粗枝大葉的體格。～～生～～seⁿ⇨義同。

【柴山 chhâ-soaⁿ】 產柴草之山。

【柴火 chhâ-hóe】 火柴hóe-chhâ。

【柴片 chhâ-phìⁿ】 小木片。

【柴心 chhâ-sim】 樹心。木心。～～餲也～～àu à 樹心腐爛了。

【柴目 chhâ-bak】 ㊀木紋。㊁感覺遲鈍的眼睛。～～看不八好僫～～khoàⁿ m̄-bat hó-bái⇨柴目看不懂是好是壞。

【柴甲 chhâ-kah】 指甲之硬質者。有～～有水甲ū～～ū chúi-kah⇨硬甲軟甲。

【柴平 chhâ-pêng】 亦柴片也。大木片也。

【柴米 chhâ-bí】 柴米油鹽糖醋茶。開門七件事。

【柴耳 chhâ-hīⁿ】 聽力不好的耳。死耳sí-hīⁿ。

【柴車 chhâ-chhia】 車床。

【柴杙 chhâ-khit】 杙者釘入地以繫牛之木棒。本作橛或橛。

【柴肝 chhâ-koaⁿ】 豬肝之質地粗硬者，不如粉肝hún-koaⁿ之好吃。

【柴把 chhâ-pé】 柴之綑成束者。

【柴疕 chhâ-phí】 樟木以圓形斧削成小片以蒸樟腦。剸～～thoáⁿ～～同上。剸thoáⁿ，截也。截木也。

【柴味 chhâ-bī】 木材的香氣。

【柴花 chhâ-hoe】 木紋。bok-bûn。

【柴門 chhâ-mn̂g】 木門。白沙翠竹江村暮，相送～～月色新peh-soa chhùi-tek kang-chhoan bō, siang-sòng (sa$^{n}$-sàng) ～～goàt-sek sin⇨杜甫。

【**柴版 chhâ-pán**】 木版。bok-pán。

【**柴柙 chhâ-kah**】 擔柴用的柴架。又稱擔柙tà$^{n}$-kah。

【**柴柝 chhâ-khok**】 ㊀chhâ-khok是老樹頭。㊁chhâ-khok是打更的木鐸。第八與第四聲之差。

【**柴柱 chhâ-thiāu**】 木柱。bok-thiāu。

【**柴炭 chhâ-thoà$^{n}$**】 木炭。～～火～～hóe⇨同上。

【**柴馬 chhâ-bé**】 ㊀木匠工作用的三脚架。㊁砍柴工用的擔柴架。

【**柴紋 chhâ-bûn**】 木紋。木理。照～～破藉破會開chiàu～～phoà chiah phoà ē khui⇨按木理劈才劈得開。～～較直～～khah-tit⇨同上。～～眞媠～～chin-súi⇨同上。

【**柴柴 chhâ-chhâ**】 身體器官不靈敏。痲木。不知安怎手恰如～～m̄-chai an-noá, chhiú kah ná～～⇨不知何故，手好像痲痲不靈敏。

【**柴草 chhâ-chháu**】 薪炭燃料。

【**柴屐 chhâ-kiah**】 木屐bak-kiah。

【**柴料 chhâ-liāu**】 ㊀木材。木料。㊁以木材做料所製的東西。例如傢俱類的粗家私。該做幾粒仔～～乎伊ài-chò kúi-liap-á～～hō· ī⇨須做若干嫁粧給她。

【**柴耙 chhâ-pê**】 ㊀耙物的道具。㊁大脚女。㊂醜稱己妻。

【**柴栓 chhâ-sng**】 木栓。

【**柴砧 chhâ-tiam**】 破柴連～～煞破phoà-chhâ liân ～～ soah-phoà⇨喩問罪連提供秘密的人亦說出。

【**柴盒 chhâ-ap**】 木盒。

【**柴眼 chhâ-gán**】 畧同柴目chhâ-bak。又指臨終時已失活力的眼睛。～～假訟棍～～ké siōng-kùn⇨嘲無知者僞裝博學。

【**柴魚 chhâ-hî**】 鰹魚干。柴顆魚chhâ-kho·-hî。

【**柴梳 chhâ-se**】 木櫛。

【**柴焦 chhâ-chau**】 燒過的木頭。喩舊情人。舊～～快熿火kū ～～ khoài toh-hóe⇨舊情人容易再興波。翻舊～～hoan kū～～⇨舊情人重新開始關係。

【**柴鈎 chhâ-kau**】 山場集柴用的鐵鈎，形如鶴嘴。

【**柴菰 chhâ-ko·**】 山林中的樹菰chhiū-ko·的總稱。所謂靈芝者是也。

【**柴棵 chhâ-koeh**】 斷木。柴節chhâ-chat。

【**柴棍 chhâ-kùn**】 木棒。你得俫食～～也lí tit-beh chiah～～à⇨你要吃木棒了—做壞事，尤其調戲人妻爲旁人所知時受此警告。

【**柴牌 chhâ-pâi**】 木牌。

【**柴塔 chhâ-thah**】 木材積成四角形的小山。

【**柴椀 chhâ-oá$^{n}$**】 木椀。

【**柴碎 chhâ-chhùi**】 碎柴chhùi-chhâ。

【**柴箄 chhâ-pâi**】 木材做的潑水具。普通多竹製的竹筏tek-pâi。

【**柴埣 chhâ-tè**】 或作柴埔木片。

【**柴像 chhâ-siōng**】 木像。

【**柴槌 chhâ-thûi**】 木槌。木棒。

【**柴質 chhâ-chit**】 木料的素質。～～眞好～～chin-hó⇨同上。

【**柴寮 chhâ-liâu**】 木工的小木屋。

【**柴樠 chhâ-mêh$^{n}$**】 松柴結樠宜於起火。樠，meh，松脂所凝結者。

【**柴盤 chhâ-poâ$^{n}$**】 木盤。盛牲禮用的。

【**柴箱 chhâ-siu$^{n}$**】 木箱。衣箱。

【**柴蕉 chhâ-chio**】 果肉硬而不好吃的香蕉。

【**柴墻 chhâ-chhiû$^{n}$**】 木料的牆圍。

【**柴嘴 chhâ-chhùi**】 吃不出東西的好壞。亦稱戇嘴gōng-chùi。

【**柴橋 chhâ-kiô**】 木橋bok-kiô。有～～罔過亦著罔去也ū ～～ bóng-kòe ah-tioh bóng-khì à⇨有木橋可胡亂通行，也算馬虎得去了。

【**柴瓢 chhâ-phiô**】 木瓢bok-phiô。

【柴擔 chhâ-ta$^{n}$】 ㈠木質的扁擔pín-ta$^{n}$。㈡chhâ-tà$^{n}$。柴料裝成擔tà$^{n}$。

【柴頭 chhâ-thâu】 ㈠樹頭chhiū-thâu。㈡棺木koan-bok。㈢祖先的牌位。㈣喻木頭人。恰如～～翁仔kah-ná～～ang-á⇨恰如木頭人。恰如～～kah-ná～～⇨同義。

【柴鍥 chhâ-keh(koeh)】 砍柴刀。

【柴顆 chhâ-kho͘】 砍掉樹頭樹尾來加工之原木。

【柴檨 chhâ-soāi$^{n}$】 纖維質較多核較大的檨仔soāi$^{n}$-á，另一種肉較粉者叫肉檨bah-soāi$^{n}$。

【柴櫃 chhâ-kūi】 古時商店必置大柴櫃。亦稱大櫃toā-kūi。以存放金錢帳簿之用。所謂掌櫃chiáng-kūi一詞，想當本此。

【柴橋 chhâ-kiô】 木橋。

【柴籌 chhâ-tiû】 木牌。亦稱柴牌仔chhâ-pâi-á。工人搬貨的標誌。

【柴鬚 chhâ-chhiu】 小柴枝。用～～起火iōng(ēng)～～khí-hóe⇨同上。

【柴抓仔 chhâ-jiàu-á】 木製而字形小農具。

【柴刻的 chhâ-khek è】 你不～～～lí-m̄～～～⇨你簡直是柴刻的木人。你不恰如～～～lí-m̄ kah-ná～～～⇨義同。

【柴枕頭 chhâ-chím-thâu】 木枕。

【柴指甲 chhâ-chéng-kah】 硬質的指甲。反之爲水甲。同柴甲。

【柴籬笆 chhâ-lî-pa】 木籬笆。

【柴青火熄 chhâ-chhi$^{n}$(chhe$^{n}$)-hé(hóe)-sit】 謂火已熄了，灶也冷了，時候太慢了。即陣～～～～也，要怎樣更煮飯chit-chūn～～～～à,boeh(beh) choá$^{n}$-iū$^{n}$ koh chí-pn̄g⇨此刻火熄灶冷了，太晚了，如何能再煮飯呢。柴青chhâ-chhe$^{n}$，未乾的生柴。

【柴空米盡 chhâ-khang-bí-chīn】 柴無米亦無。謂貧窮之至。

chhâ
# 查

考驗也。調查也。同查cha(見cha部)。

【查出 chhâ-chhut】 ～～幕後的主持人～～bō͘-āu ê chú-chhî-jîn⇨同上。

【查考 chhâ-khó】 考查kho͘-cha。

【查收 chhâ-siu】 驗收。到請～～tō chhiá$^{n}$～～⇨到達了請收起。書信用詞。

【查究 chhâ-kiù】 探查追究。～～責任～～chek-jīm⇨同上。

【查明 chhâ-bêng】 調查清楚。～～眞相～～chin-siàng⇨同上。

【查夜 chhâ-iā】 夜間巡邏。～～的～～ê⇨同上。

【查定 chhâ tēng】 調查評定。～～品級～～phín-kip⇨同上。

【查查 chhâ-chhâ】 詳細查過。四界～～抄sì-kè(kòe)～～leh⇨四處詳查看看。

【查看 chhâ-khoà$^{n}$】 ～～災害～～chai-hāi⇨視察災情。

【查案 chhâ-àn】 調查案件。～～人員～～jîn-oân⇨同上。

【查眞 chhâ-chin】 查明眞相。代誌無～～未使得亂講tāi-chì bô～～bē(bōe)-sái-tit loā-kóng⇨事情未查明不能亂說話。

【查核 chhâ-hek】 查明核定。調查核對。

【查訪 chhâ-hóng】 探查。～～案件～～àn-kiā$^{n}$⇨同上。

【查勘 chhâ-khàm】 實地～～sit-tē～～⇨到案件有關地方實地調查。～～官～～koa$^{n}$⇨查勘的官員。

【查問 chhâ-mn̄g】 審問。探查詢問。

【查街 chhâ-ke(koe)】 警察～～kéng-chhat～～⇨同上。

【查尋 chhâ-sīm】 搜查。～～逃犯～～tô-hoān⇨同上。

【查照 chhâ-chiàu】 查明照辦。公文用詞。

【查詢 chhâ-sûn】 調查探訪。去原籍地～～伊的記錄khì goân-chek-tē～～i ê kì-lok⇨同上。

【查察 chhâ-chhat】 調查考察。

【查賬 chhâ-siàu】 查對帳目。

【查審 chhâ-sím】 查問審理。

【查實 chhâ-si̍t】 查明實情。你轉去～～賬目藉更講lí tńg-khì～～siàu-ba̍k chiah koh-kóng⇨你回去查明賬目才再說。

【查檢 chhâ-kiám】 檢查。稅關～～行李sòe-koan～～hêng-lí⇨同上。～～賬條～～siàu-tiâu⇨查對帳目。

【查證 chhâ-chèng】 查對證據。

【查驗 chhâ-giām】 同查檢。～～官～～koaⁿ⇨檢查官。

【查戶口 chhâ-hō͘-kháu】 調查戶口。

【查家甲 chhâ-ke(koe)-kah】 同查戶口。

【查斤查兩 chhâ-kin-chhâ-niú】 查輕查重chhâ-khin-chhâ-tāng。輕亦查重亦查。喻管閒事。專管芝麻綠豆的小事。上佼～～～～也siāng-gâu～～～～à⇨最會問斤問兩。最會問小事情。

chhā
**沶** 水聲。吱～叫chhī～kiò⇨水漏聲。透早侏放尿，放著吱～叫，有時放較𡢃，有時放較少thàu-chá boeh pàng jiō, pàng-ti̍oh chhī～kiò, ū-sî pàng khah-chē, ū-sî pàng khah-chió⇨童謠。

【沶沶叫 chhâ-chhâ-kiò】 水漏聲。同吱沶叫chhī-chhā-kiò。

## chhah

chhah
**鍤** 鑿chha̍k也。鑿形之物也。頭～thâu～⇨頭髮飾物。鍼仔頭～chiam-á thâu～⇨頭髮飾物類的總稱。

chhah
**插** 刺肉也。刺入也。又擔也，即扦擔chhiám-taⁿ，兩頭尖，刺入禾束以擔之者。又通鍤chhah，刺土器也。雙旁～siang-pêng～⇨兩人共扶一人同行（手插入其胳下）。又賭是非曰插chhah。你敢～否lí káⁿ～bò͘⇨你要不要賭一賭。

【插手 chhah-chhiú】 參與其事。干與。警察可能會～～kéng-chhat khó-lêng ē～～⇨同上。

【插句 chhah-kù】 加入字句於文章。

【插艾 chhah-hiāⁿ】 同插榕。

【插招 chhah-chiau】 死囚插死牌於背上。

【插靑 chhah-chheⁿ(chhiⁿ)】 或作插生chhah-chhiⁿ。插生竹枝或樹枝爲記號，或謂可以避災。

【插花 chhah-hoe】 以花爲頭飾。又插花於花籃上的技術。人～～，你插草，人抱嬰，你抱狗，人到厝，你到橋仔頭，人哈哈笑，你目屎𤶃𤶃流lâng～～,lí chhah-chháu,lâng phō-eⁿ,lí phō-káu,lâng kàu-chhù,lí kàu kiô-á-thâu, lâng hah-hah-chhiò,lí ba̍k-sái nih-nih-lâu⇨童謠。～～仔～～á⇨賭博用詞。局外參賭某局內人之輸贏也。

【插股 chhah-kó͘】 加入做股東。

【插界 chhah-kài】 立界。立木或石做分界線。逐家該來～～後擺藉未麻煩ta̍k-ê ai-lâi～～āu-pái chiah bē(bōe)-mâ-hoân⇨彼此要來立界以免將來發生麻煩。

【插針 chhah-chiam】 ㊀定婚後男家送花簪及禮物到女家，準新娘將簪花插上頭，上大廳拜別祖先靈位之禮。針疑爲簪cham或chiam之訛。㊁童乩以鐵針插於自己的面，股，腕等之上。

【插班 chhah-pan】 中途入學。～～生～～seng⇨插班的學生。

【插翅 chhah-si̍t】 ～～難飛～～lân-poe⇨加翅亦飛不了。喻無法逃亡。

【插椏 chhah-oe】 插枝chhah-ki。園藝的一種蕃殖法。

【插腰 chhah-io】 裁衣時加布於腰部以補不足。

【插裾 chhah-ki】 加布於裾部。

【插話 chhah-ōe】 加入談話。打破人家的談話。上恔共人～～siāng-gâu kāng～～⇨最興加入人家的話團。最興打破人家的話柄。(共人kâ-lang→kâng。)

【插榕 chhah-chhêng】 端午日插生榕樹枝於門上以避災。～～較健龍，插艾較長命～～khah kiā$^n$-lêng,chhah-hiā$^n$ khah tn̂g-miā⇨同上。

【插圖 chhah-tô】 書中的圖。有地圖，風景，或模式等等各種，各作書意的補助說明。

【插樹 chhah-chhiū】 插樹枝於地以蕃殖之。亦稱插枝chhah-ki。插椏chhah-oe。

【插上車 chhah-chiū$^n$-chhia】 扶上車。插病人上車。

【插牛屎 chhah-gû-sái】 插在牛糞上。好花～～～hó-hoe～～～⇨上等新娘嫁了不長進的女婿。

【插甘蔗 chhah-kam-chià】 種甘蔗。

chhah
# 叉
而字形的道具。鐵～thih～⇨而字形的鋤頭。又通插chhah。

【叉胳 chhah-koh】 手叉在腋下。手～～chhiú～～⇨同上。手～～嘴含煙，恰如鱸鰻款chhiú～～chhùi kâm-hun,kah-ná lô·-moâ-khoán⇨手叉腰口含菸，恰如鱸鰻的樣子。

【叉腰 chhah-io】 同叉胳。

【叉燒 chhah-sio】 以鐵叉thih-chhe插肉而燒之。～～肉～～bah,～～鴨～～ah等皆是。～～包～～pau⇨包叉燒肉的饅頭。

## chhai

chhai
# 猜
疑也。測也。約ioh也。推理也。燈～teng～⇨同上。謎～bī～⇨同上。亂～亂約一場loān～loān-ioh chit-tiû$^n$⇨同上。

【猜拳 chhai-kûn】 酒席間的遊戲之一。

【猜着 chhai tioh】 猜中了。乎伊～～也hō·-i～～à⇨同上。

【猜想 chhai-siū$^n$】 推考。想像。亂～～loān～～⇨同上。

【猜疑 chhai-gî】 ～～心眞重～～sim chim tāng⇨同上。

【猜謎 chhai-bī(bê)】 元宵或仲秋猜燈謎goân-siau hek tiong-chhiu chhai teng-bê⇨同上。詩人猜詩謎si-jîn chhai si-bê⇨同上。

chhai
# 千
一千 chit-chheng，或戲曰 chit chhai (chhai$^n$)。

chhái
# 采
有色之帛也。食邑也。封地也。

【采地 chhái-tē】 受封之地。

【采芹 chhái-khîn】 入學。入泮。

chhái
# 彩
文章也。光彩也。文～bûn～⇨同上。色～sek～⇨同上。水～画chúi～ōe⇨同上。喝～hat～⇨叫好。光～kong～⇨同上。

【彩旦 chhái-toà$^n$】 古戲的一種角數kioh-siàu。花旦hoe-toà$^n$。

【彩色 chhái-sek】 ～～的電影～～ê tiān-iá$^n$⇨同上。

【彩船 chhái-chûn】 花船。龍船。

【彩票 chhái-phiò】 獎券。買～～希望中頭獎bé～～hi-bāng tiòng thâu-chiú$^n$⇨同上。

【彩蛋 chhái-tàn】 皮蛋phî-tàn。

【彩街 chhai-ke(koe)】 遊街。戲班扲～～hì-pan teh～～⇨戲班新到一地，即盛裝遊街以作宣傳亦曰～～。

【彩畫 chhái-ōe】 有色彩的画。

【彩棚 chhái-pê$^n$(pî$^n$)】 結彩的戲棚。搭～～tah～～⇨搭造花棚。

【彩路 chhai-lō·】 ㈠點燈結彩的街路。㈡遊山～～iû-san～～⇨神佛的遊行。㈢有花色的絹布料。

【彩牌 chhái-pâi】 神佛彩街時用的木牌。

【彩旗 chhái-kî】 有色的旗。破褲做～～phoà-khò· chò～～⇨破褲當彩旗。～～鼓～～kó

⇨有彩旗的鼓陣。

【彩樓 chhái-lâu】 結彩的牌樓。搭～～tah～～⇨同上。

【彩燈 chhái-teng】 花燈。

【彩頭 chhái-thâu】 吉兆。好～～hó～～⇨好吉兆。

【彩轎 chhái-kiō】花轎。新娘轎。神明轎。

chhái
**綵** 彩色布也。點燈結～tiám-teng-kat～⇨同上。通彩。

【綵尺 chhái-chhioh】 布商用的尺。

【綵帛 chhái-pe̍h】 綢緞布匹。～～店～～tiàm⇨綢緞布匹店。做～～仔chò～～á⇨經營棺材喪具的店舖。

chhái
**採** 取也。無～bô～⇨可惜khó-sioh。無～Ibô～kang⇨徒勞枉費。信～chhìn(sìn)～⇨隨意隨便。不拘不執。

【採用 chhái-iōng(ēng)】 ～～新人～～sin-jîn⇨同上。～～新方法～～sin hong-hoat⇨同上。

【採取 chhái-chhí(chhú)】 ～～反擊行動～～hoán-ke̍k hêng-tōng⇨同上。

【採花 chhái-hoe】 摘花。折花。喻蹂躪女色。～～蜂～～phang⇨採花蜜的蜜蜂。喻在女人群中打轉的色鬼。～～賊～～chha̍t⇨色中餓鬼。

【採桑 chhái-song】 摘取桑葉以養蠶。

【採茶 chhái-tê】 摘茶葉。～～歌～～koa⇨採茶的婦女所唱的歌謠。～～戲～～hì⇨唱採茶歌的戲劇。拍～～弄車鼓pha～～lāng chhia-kó͘⇨最簡單的民間戲劇表演。車鼓chhia-kó͘，疑是鑱鼓chhîm-kó͘。

【採訪 chhái-hóng】 ～～新聞。

【採掘 chhái-ku̍t】 ～～礦山～～khòng-san⇨同上。

【採買 chhái-bé(bóe)】 ～～嫁粧～～kè-chng⇨同上。

【採集 chhái-chi̍p】 ～～標本～～phiau-pún⇨同上。

【採蜜 chhái-bi̍t】 蜜蜂～～bi̍t-phang～～⇨同上。

【採辦 chhái-pān】 ～～年貨～～nî-hòe⇨同上。

【採購 chhái-kò】 ～～物品～～bu̍t-phín⇨同上。

【採藥 chhái-io̍h】 上山～～chiū$^{n}$-soa$^{n}$～～⇨同上。～～材～～châi⇨採藥材。

【採糴 chhái-tia̍h】 採購穀類。

【採風問俗 chhái-hong-būn-siok】 採訪風俗。

chhài
**菜** 草之可食者皆曰菜。佐餐的肴饌亦曰菜。亦即菜蔬chhài-se，菜羹chhài-ke$^{n}$(ki$^{n}$)也。

【菜刀 chhài-to】 俗謂福州仔有三刀，鉸刀，～～，剃頭刀hok-chiu-á iú sam-to,ka-to,～～,thì-thâu-to⇨同上。

【菜子 chhài-chí】 種菜該揀～～chèng-chhài ài kéng～～⇨種菜應該選擇菜種。～～油好點火～～iû hó tiám-hóe⇨菜子油可以點燈。查某囡仔～～命cha-bó͘ gín-á～～miā⇨女子命如菜子。

【菜干 chhài-koa$^{n}$】 蔬菜之曝乾者。曝～～pha̍k～～⇨晒菜干。

【菜公 chhài-kong】 齋友之守寺院者。或稱廟公biō-kong。賊面～～心chha̍t-bīn～～sim⇨面醜而心善者。

【菜心 chhài-sim】 ～～較幼較好食～～khah-iù khah-hó-chia̍h⇨同上。

【菜介 chhài-kah】 配合之副菜，食魚食肉亦該～～⇨吃魚吃肉，也須吃青菜。

【菜母 chhài-bó】 例如鹹瓜kiâm-koe，醬筍chiù$^{n}$-sún等經常維持不缺的菜蔬。韮菜亦算是～～kú-chhài a̍h sǹg-sī～～⇨韮菜亦可謂菜母。韭kú同韮kú。

【菜市 chhài-chhī】 ～～仔上鬧熱～～á siāng(siōng) nāu-jia̍t⇨菜市場最熱鬧。

【菜玉 chhài-ge̍k】 人造玉。～～仔不值錢～～á m̄-ta̍t-chî$^n$⇨同上。

【菜甲 chhài-kah】 菜葉幹。鹹～～kiâm～～⇨鹼菜的菜甲。

【菜瓜 chhài-koe】 越瓜。亦謂絲瓜sī-koe～～鬚～～chhiu⇨菜瓜藤之鬚。直到如～～鬚ti̍t kà ná～～chhiu⇨恰似菜瓜鬚那麼直，反語，喻事事挑剔不可理諭者。～～槓狗去一棵～～kòng-káu khì chi̍t-koe̍h⇨以菜瓜敲狗斷一半，喻做傻事招來損失。～～布～～pò⇨老菜瓜做的洗物刷。

【菜包 chhài-pau】 以蔬菜作餡ā$^n$的麵包。

【菜宅 chhài-the̍h】 菜園chhài-hn̂g。

【菜尾 chhài-bóe】 同菜底㊁。和我請～～hō͘-goá chhiá$^n$～～⇨讓我請你食菜尾——大譏後之殘肴。

【菜把 chhài-pé】 青菜束成把。

【菜豆 chhài-tāu】 食用豆。僧隱元傳入日本，叫做隱元豆ingen mame。

【菜花 chhài-hoe】 菜開花。～～抽蒿也～～ thiu-ko a⇨菜花蒿長了，菜老了。～～油～～iû⇨同上。

【菜油 chhài-iû】 菜子油chhài-chí-iû。

【菜姑 chhài-ko͘】 齋姑。三姑六婆之一。

【菜股 chhài-kó͘】 菜畦。拍～～種菜phah～～chèng-chhài⇨造菜股以種菜。

【菜乳 chhài-leng】 較淡較無體臭的人乳。臊乳chho-leng對稱。

【菜底 chhài-té】 ㊀魚肉下面的青菜曰菜底。比如一盤肉上面看來是肉，下面卻是青菜，不過並不是全假，也是作配料所需要的。㊁殘肴。同菜尾chhài-bóe。傾～～ khêng～～⇨食～～chia̍h～～⇨吃殘肴。

【菜店 chhài-tiàm】 賣酒菜而兼賣色情的酒家。酒店兼娼樓。落～～扲趁lo̍h～～teh thàn⇨女人墮落菜店為娼妓。

【菜炸 chhài-chì$^n$】 油炸青菜。或應作菜炙chhài-chì$^n$。

【菜架 chhài-kè】 放置蔬菜之架。～～仔～～á⇨蔬菜店。市場內的蔬菜攤。

【菜栽 chhài-chai】 菜苗。

【菜根 chhài-kin】 菜之根。～～譚～～tâm⇨古書名。

【菜圃 chhài-phó͘】 菜園。

【菜配 chhài-phòe】 副食的東西。食酒人較無重～～chia̍h chiú-lâng khah bô tiōng～～⇨喝酒的比較不重視酒配chiú-phòe。

【菜販 chhài-hoàn】 仲盤的菜商。

【菜教 chhài-kàu】 食菜教。

【菜脚 chhài-kha】 ㊀下部的老菜葉。拍～～phah～～⇨除掉老菜葉以促成長。㊁做菜的配料。

【菜陵 chhài-lêng】 菜畦。菜股。菜股陵chhài-kó͘-lêng。

【菜脯 chhài-pó͘】 蘿蔔干。食飯配～～儉錢開查某chia̍h-pn̄g phòe～～,khiām-chî$^n$ khai cha-bó͘⇨喻色重於食的鄙語。～～米～～bí⇨菜脯絲干。～～鹹薑罔咬鹹～～kiâm-kiu$^n$ bóng kā-kiâm⇨謂以菜脯鹹薑姑且生活。

【菜婆 chhài-pô】 菜公之妻。

【菜蒯 chhài-koái$^n$】 菜莖。菜甲chhài-kah。

【菜飯 chhài-pn̄g】 飯菜。便～～piān～～⇨家常便飯ka-siâng-piān-pn̄g。

【菜單 chhài-toa$^n$】 開列菜肴名稱價錢的紙條。

【菜葉 chhài-hio̍h】 菜葉。

【菜園 chhài-hn̂g】 菜園。

【菜碗 chhài-oá$^n$】 拜神的極簡單的一種祭品。扱～～khioh～～⇨備辦菜碗。

【菜鴨 chhài-ah】 食肉用的鴨。飼～～仔chhī～～á⇨同上。

【菜錢 chhài-chî$^n$】 ㊀買菜蔬的錢。㊁菜店的酒菜錢。

【菜燕 chhài-iàn】 洋菜。一種海藻類製成的食品。

【菜館 chhài-koán】 餐店。賣飲食物的店舖。

【菜蔬 chhài-se(soe)】 蔬菜。青菜。熱天～～較少joah-thiⁿ～～khah chió⇨夏天蔬菜類比較少。

【菜擔 chhài-tàⁿ】 擔～～扴賣taⁿ～～teh bē(bōe)⇨同上。

【菜豬 chhài-ti】 肉用豬，不能做豬哥ti-ko亦不能做豬母ti-bó者。

【菜頭 chhài-thâu】 蘿蔔。頭thâu，王也，即萬菜之王。不知～～生於總裡m̄-chai～～seⁿ(siⁿ) tī cháng lī⇨不知蘿蔔生在總之下，喻不知事之來龍去脈。～～拔起來孔原在～～poeh khí-lâi,khang goân-chāi⇨喻女人不會因使用而損減的鄙語。～～粿～～kóe⇨蘿蔔糕。

【菜總 chhài-cháng】 蘿蔔開始開葉的部分。又菜尾部分。～～仔干～～á koaⁿ⇨蘿蔔葉晒干。

【菜鴿 chhài-kap】 肉用鴿。飼～～chhī～～⇨養肉用鴿。

【菜蟳 chhài-chîm】 多肉無紅仁的蟳。亦稱蠘仔chhih-á。

【菜蟲 chhài-thâng】 蔬菜的害虫。～～食菜菜下死～～chiah-chhài chhài-ē sí⇨喻好色者爲色亡身。菜下或曰菜脚chhài-kha。

【菜櫥 chhài-tû】 炊房收置碗盤的橱棚。

【菜簽 chhài-chhiam】 番薯切粗絲。～～飯～～pn̄g⇨同上。

【菜掣 chhài-chhoah】 細切蘿蔔或番薯的道具。

【菜鹹 chhài-kiâm】 醃醬菜或鹹魚之類，用以促進食欲者。無～～嗎較未落飯bô～～chiah khah bē loh pn̄g⇨沒有菜鹹比較吃不下飯。

【菜籃 chhài-nâ】 小菜籠。無心假有心～～仔擔水乎哥飲bô-sim ké ū-sim,～～ tàⁿ-chúi hō· ko lim⇨喻虛情假意。～～仔底鼈～～á té pih⇨龜脚趆出來也ku-kha sô-chhut-lâi à・謂事敗露了。

【菜金菜土 chhài-kim-chhài-thô·】 蔬菜的價錢無保障，極受供需關係的影響，時而貴如金，時而賤如土。

【菜快食行奧修 chhài khoài-chiah,hēng oh-siu】 謂食菜容易修行難。讖明裡言明食菜以積德修行，暗裡卻作惡多端者。奧oh，困難也。

才 chhâi 木材的體積單位。方一寸長一丈爲一才chhâi。

栽 chhâi 栽chai也。栽培chai-pôe⇨栽培chhâi-pôe。

裁 chhâi 製衣也。斷定也。減少也。仲～tiōng～⇨居中調和。剪～的工夫chián～ê kang-hu⇨製衣的工夫。請玉～chhiáⁿ giok～⇨請貴意決定。

【裁刀 chhâi-to】 裁剪紙張的刀。～～板～～pang⇨裁紙時貼紙的板。又固定裁刀的板。

【裁尺 chhâi-chhioh】 裁衣用的長尺。

【裁可 chhâi-khó】 核可。

【裁衣 chhâi-i】 裁剪衣裳。

【裁判 chhâi-phoàⁿ】 審判。～～官～～koaⁿ⇨推事。～～員～～oân⇨運動場上的裁判人員。

【裁決 chhâi-koat】 決裁。

【裁減 chhâi-kiám】 減少。～～經費keng-hùi⇨同上。～～編制～～phian-chè⇨同上。

【裁奪 chhâi-toat】 定奪。

【裁撤 chhâi-thiat】 撤消。～～機關冗員～～ki-koan jiông-oân⇨同上。

【裁縫 chhâi-hông】 做～～的chō～～ê⇨裁縫店。～～車～～chhia⇨縫衣機。～～司～～sai⇨裁縫匠。

【裁斷 chhâi-toàn】 ㊀公平的～～kong-pêng ê～～⇨同上。㊁切斷chhâi-tn̄g。

chhāi **栽** 栽木曰栽châi，立物曰栽chhāi。立神佛之像曰栽。儍坐或儍立不動亦曰栽chhāi。神主～於紅格桌頂sîn-chí～tī âng-keh-toh-téng⇨同上。

【栽公媽 chhāi-kong-má】 立公媽之神主。

【栽死人 chhāi-sí-lâng】 像～～～於歸日都不振動chhiūⁿ～～～leh kui-jıt to m̄ tín-tāng⇨好像是坐(立)着的死人，整天不工作。妻罵丈夫不勤力工作的慣用詞。

【栽杙仔 chhāi-khit-á】 立木棒於地。

【栽柱仔 chhāi-thiāu-á】 立柱。

【栽訂行 chhāi-têng-hēng】 使性儍坐(立)不動。

【栽神明 chhāi-sîn-bêng】 立神佛之像。

【栽恬恬 chhāi-tiām-tiām】 默默無為而坐。

【栽規日 chhāi-kui-jıt】 儍坐整天。～～無振動～～～bô tín-tāng⇨儍坐整天一動也不動。

【栽神主仔 chhāi-sîn-chí-á】 立祖先之牌位。

chhāi **傳** 以物挿地曰傳chhāi，立也。立事曰傳chhāi。立神明或立銅像似應用傳神明chhāi-sîn-bêng或傳銅像chhāi-tâng-siāng。俗多用栽chhāi或豎chhāi。

## chhak

chhak **鑿** 穿孔也。開孔也。開闢也。刺也。鮮明也。(見chhok部)。開山～路khui-soaⁿ～lō͘⇨同上。道路開～to-lō͘ khai～⇨同上。心肝眞刺～sim-koaⁿ chin chhì～⇨心裡覺得懷疑不安。

【鑿孔 chhak-khang】 穿孔。開孔。～～鑿縫～～chhak-phāng⇨喩諸多挑剔。多方刁難。事事指責。多方攻擊。～～鑿榫～～chhak-sún⇨義略同前。

【鑿仔 chhak-á】 穿孔的刄器。磨～～boâ～～⇨同上。

【鑿目 chhak-bak】 ㊀刺眼。日頭眞～～jıt-thâu chin～～⇨太陽很刺眼。㊁礙目gāi-bak。不順眼put-sūn-gán。看着會～～khoàⁿ-tioh ē～～⇨一看很不順眼。

【鑿花 chhak-hoe】 雕刻花鳥。～～的～～ê⇨雕刻之人。雕刻師。

【鑿枷 chhak-kê】 造枷。～～自己舉～～ka-kī giâ⇨造刑具自己戴。喩自作自受。自惹麻煩。

【鑿魚 chhak-hî】 刺魚chhì-hî。刺捕魚。

【鑿着 chhak tioh】 刺中。～～刺(針)～～chhì(chiam)⇨被刺(針)刺中了。～～心～～sim⇨①刺中心臟。②心理受到刺激。～～骨縫～～kut-phāng⇨刺中弱點。弱點被指出。

【鑿屧 chhak-lān】 屧俗作𡳞。凡事物有妨礙心目者。表示極烈的反感或惡感之詞(粗語)。看着毎～～khoàⁿ tiah mā～～⇨一看就不愉快。聽脫着道～～也曷使看thiaⁿ-tioh tō～～ā ah-sái khoàⁿ⇨一聽就不愉快了，何用看。同賭屧tuh-lān。

【鑿透了 chhak-thàu-liáu】 鑿通了。烞孔～～pōng-khang～～～⇨隧道開透了。

## chham

chham **參** 參與也。見面也。通三sam,saⁿ。魚還魚蝦返蝦水龜～田螺hî hoân hî,hê hoân hê,chúi-ku～chhân-lê⇨喩物必歸類。

【參入 chham-jip】 參與，參加。混入。有～～什麼無共款的物質藉會變味ū～～sam-ma bô kāng-khoán ê but-chit chiah ē piàn-bī⇨有混入不相同的物質才會變了味。

【參加 chham-ka】 ～～革命～～kek-bēng⇨同上。

【參白 chham-peh】 頭毛開始變白。頭毛～～thâu-mo͘～～⇨頭髮有白髮加入了。

【參考 chham-khó】 ～～資料～～chu-liāu⇨同上。

【參府 chham-hú】 古軍職名。約當千總chhian-chóng或遊擊iû-kek。亦即今之大中校的程度。

【參事 chham-sū】 官名。～～官～～koaⁿ⇨同上。

【參政 chham-chèng】 ㈠官名。㈡參加政治。～～運動～～ūn-tōng⇨同上。～～權～～koân⇨參與政治事務的權利。做大官，做代議士是參政權的具體表現。

【參香 chham-hiuⁿ】 上廟燒香禮神佛。

【參軍 chham-kun】 武職名。

【參拜 chham-pài】 ～～祖墳～～chó͘-phûn⇨拜祖先的墳墓。

【參星 chham-seng】 星名。

【參差 chham-chhe(chhi)】 ～～不齊～～put-chê⇨不齊一。

【參參 chham-chham】 混合。～～做伙～～chō-hóe⇨混合在一起。～～茹～～jî⇨混混亂亂。～～濫濫～～lām-lām⇨混合。混亂。

【參將 chham-chiàng】 古軍職名。約當於今之上校或少將。

【參商 chham-siang】 參星與商星。㈠兄弟不睦。㈡相見甚難。動如參與商tōng jî chham î siang⇨每如參與商一北一南甚難有相見的機會。

【參集 chham-chi̍p】 參加集合。參與集會。

【參碎 chham-chhùi】 不整齊。零零星星。參參碎碎chham-chham chhùi-chhùi⇨同上。

【參照 chham-chiàu】 參考。～～辦理～～pān-lí⇨同上。

【參會 chham-hōe】 參與會事。～～人員～～jîn-oân⇨同上。

【參詳 chham-siâng】 當面詳談。面談。面議。商量。檢討。猶有～～的餘地iáu-ū～～ê î-tē⇨還有商量的餘地。較～～都未好勢khah ～～to bē hó-sè⇨如何商量都談不合。

【參蝦 chham-hê】 魚～～水龜濫田螺hî ～～chúi-ku lām chhân-lê⇨謂此法不可也，應該是魚還魚，蝦還蝦，水龜參田螺方可也。

【參謀 chham-bô͘】 軍職名。作戰～～chok-chiàn～～⇨同上。～～總長～～chóng-tiúⁿ⇨同上。

【參贊 chham-chàn】 官名。補助性的官職。外交～～goā-kau～～⇨同上。軍事～～kun-sū～～⇨同上。

【參議 chham-gī】 文職名。省府～～séng-hú～～⇨同上。

【參觀 chham-koan】 ～～博物館～～phok-bu̍t-koán⇨同上。～～教育設施～～kàu-io̍k siat-si⇨同上。

## chhám 慘

痛也。苦也。無計可施亦曰慘chhám。 盦～也taⁿ～à⇨而今敗了。淒～chhi～⇨淒慘落魄chhi-chhám-lo̍k-phek⇨同上。悲～pi～⇨同上。有夠～ū-kàu～⇨十分苦也。

【慘狀 chhám-chn̄g】 淒慘的情形。災區的～～chai-khu ê～～⇨同上。

【慘情 chhám-chêng】 悲慘的情形。哭訴伊的～～khok sò͘ i ê～～⇨同上。

【慘淡 chhám-tām】 ～～經營～～keng-êng⇨苦心經營文章或事業。淡或作澹。

【慘境 chhám-kéng】 苦境。

【慘劇 chhám-ke̍k】 悲慘的戲齣。

【慘齣 chhám-chhut】 悲慘的戲目。

【慘兮兮 chhám-hê-hê】 悲慘的情形。哭到～～～khàu-kà～～～⇨哭得很淒慘。

## chhàm 讖

預言也。通讖。

【讖語 chhàm-gí】 預言ī-giân。預言將來禍福。造～～⇨作預言。

## chhàm 懺

悔過也。

【懺悔 chhàm-hōe(hóe)】 佛家語。悔過之

意。～～錄～～lo̍k⇨悔過的記錄書。

【懺愧 chhàm-khùi】 悔愧於心。

chhâm **讒** 飾惡言以害賢良也。言人之短也。

【讒言 chhâm-giân】 進～～chìn～～⇨害人以惡言。

【讒諂 chhâm-thiám】 進讒言而諂媚於上。

chhâm **蠶** 俗曰娘仔niû-á。養～iáng～⇨同上。俗作蚕。

【蠶卵 chhâm-nn̄g】 蠶之卵。

【蠶豆 chhâm-tāu】 俗曰chhân-tāu作田豆。

【蠶架 chhâm-kè】 養蠶架。

【蠶室 chhâm-sit】 養蠶室。又受宮刑人療傷之密室。

【蠶絲 chhâm-si】 蠶吐絲，蜂釀蜜。

【蠶蛾 chhâm-ngô͘】 娘仔孵化為蛾。

【蠶種 chhâm-chéng】 蠶的種卵chéng-nn̄g。

## chhan

chhan **孱** 弱也。亦孱siān也。呻吟也。幼兒女糾纏父母曰孱chhan。囡仔恔～gín-á gâu～⇨小兒小女糾纏父母。唏唏～hiⁿ-hiⁿ～⇨唏唏叫hiⁿ-hiⁿ-kiò⇨喻兒女在孱。

【孱弱 chhan-jia̍k(jio̍k)】 軟弱。

【孱孱 chhan-chhan】 呻吟。呻吟聲。

【孱頭 chhan-thâu】 chām-thâu（見cham部）。

chhan **潺** 水聲也。水流貌。雨聲。

【潺潺 chhan-chhan】 水聲。水流聲。簾外雨～～liâm gōe í(ú)～～⇨李後主詞。

chhan **餐** 食也。飯也。飲食也。俗作湌。素～sò͘～⇨素食。西～se～⇨西人之食。午～ngó͘～⇨午飯。誰知盤中～，粒粒皆辛苦sûi ti phoân-tiong～，lia̍p-lia̍p kai sin-khó͘⇨古詩。

【餐食 chhan-si̍t】 飲食。～～不缺～～put-khoat⇨同上。

【餐飲 chhan-ím】 飲食。～～業～～gia̍p⇨飲食店業。

【餐廳 chhan-tiaⁿ】 ㊀食飲間。㊁飲食店。開～～khui～～⇨經營飲食店。

chhàn **粲** 精白米也。鮮明也。美好也。笑也。舌～蓮花sia̍t～liân-hoe⇨舌如蓮花，喻巧於說話。亦作燦。

【粲花 chhàn-hoe】 稱美說話美妙。

【粲者 chhàn-chià】 美女之通稱。

【粲然 chhàn-jiân】 鮮明。～～一新～～it-sin⇨同上。

【粲爛 chhàn-lān】 鮮明美麗。榮光～～êng kong～～⇨同上。

chhàn **燦** 鮮明也。通粲。

【燦然 chhàn-jiân】 同粲然。

【燦爛 chhàn-lān】 鮮明美麗。同粲爛。榮光～～êng-kng～～⇨同上。

chhân **殘** 粗魯也。強烈也。粗～chho͘～⇨同上。即個囡仔有～chit ê gín-á ū～⇨此子殘忍也。

【殘手 chhân-chhiú】 粗手。下手強烈。敢作為。實在有～～一刀道殺死人si̍t-chāi ū～～chi̍t-to tō sat-sí lâng⇨同上。眞～～一下道敢買五百箱chin～～chi̍t-ē tō káⁿ bé gō͘-pah-siuⁿ⇨眞大胆，一下子就敢於買下五百箱。

【殘心 chhân-sim】 心毒。心猛。敢作為。略同殘手。

【殘殘 chhân-chhân】 下大決心。～～豆干縛二塊～～tāu-koaⁿ pa̍k nn̄g-tè⇨嘲富人之吝嗇。謂富人下定決心下街散財，以免家財為浪子所蕩盡，結果買回豆腐兩塊。買物不當嫌貴，～～買轉來，要用道有可用bē-mih m̄-thang hiâm-kùi,～～bē tńg-lâi,ài-iōng tō ū-hó-iōng⇨謂買東西不可嫌貴，下決心買回來要用時就馬上可以應用。

【殘膽 chhân-táⁿ】 大膽。有夠～～ū-kàu～～⇨夠資格的大膽。

chhân **田** 水田也。耕地也。土地也。做～人chò～lâng⇨農夫。播～夫pò͘～hu⇨農夫。泮～土的poān～thô͘ ê⇨做田人。

【田土 chhân-thô͘】 田中之泥土。土地。娶某合～～chhoā-bó͘ kah～～⇨謂娶妻連土地。蓋嫁粧中有土地也。

【田主 chhân-chú】 地主。

【田肉 chhân-bah】 田中的土壤。～～眞肥～～chin pûi⇨田很肥。

【田庄 chhân-chng】 鄉下。村莊。～～人～～lâng⇨鄉下人。～～親家不八禮～～chhin-ke m̄-bat lé⇨謂鄉下人不懂禮教。

【田地 chhān-tē(tōe)】 田，土地。

【田豆 chhân-tāu】 蠶豆chhâm-tāu之訛。

【田佃 chhân-tiān】 佃戶。佃人。頭家～～thâu-ke～～⇨頭家對田佃。

【田岸 chhân-hoāⁿ】 田畔。田界。～～路～～lō͘⇨田畔路。田間的小路。～～路仔～～lō͘-á⇨同上。

【田坵 chhân-khu】 田的區劃。～～生做眞好～～seⁿ-chò chin hó⇨田坵生成很好。

【田面 chhân-bīn】 看～～不當看人面khoàⁿ～～m̄-thang khoàⁿ lâng-bīn⇨謂自耕的收穫可期，別人的援助難期待。喻人宜自食其力。

【田洋 chhân-iûⁿ】 一片皆田的平野。

【田契 chhân-khè】 田地的買賣證明書。

【田草 chhân-chháu】 ㊀水田的雜草。㊁仙草。一種清涼飲料用的植物。

【田租 chhân-cho͘】 ～～重佃戶艱苦～～tāng tiān-hō͘ kan-khó͘⇨同上。

【田嬰 chhân-eⁿ(iⁿ)】 蜻蜓chheng-têng之俗名。恰如～～相咬尾kah-ná～～sio kā-bóe⇨喻經常相結連。～～結做堆出門穿棕蓑～～kiat-chò-tui,chhut-mn̂g chhēng chang-sui⇨蜻蜓結集成羣爲下雨之前兆。謂此時要穿雨具出門以免雨淋。棕蓑爲棕絲編成的農民用的防雨具。

【田格 chhân-keh】 田的塗格thô͘-keh。耕地表土下面的硬土曰土格。

【田根 chhân-kin(kun)】 土地開墾人。業主。翻～～hoan～～⇨舊業主對業主於土地買賣交清後，重新強求補償。謂有某種理由，買賣無效。

【田骨 chhân-kut】 田的土質。～～眞肥～～chin pûi⇨同上。

【田野 chhân-iá】 ～～的人～～ê lâng⇨粗俗的人。

【田菁 chhân-chheⁿ】 綠肥用的植物。～～仔～～á⇨同上。

【田業 chhân-giap】 田地，田產。祖公的～～chó͘-kong ê～～⇨祖先遺下的田地。

【田園 chhân-hn̂g】 耕地。～～死鳥飛未過～～sí-chiáu poe-bē-kòe⇨死sí，四sì雙關。①根本無田園。②田園有四鳥飛不過去那麼多。～～厝宅～～chhù-theh⇨田地與家宅。好後生不免父母的～～好查某囝不免父母的嫁粧hó hāu-seⁿ m̄-bián pē-bó ê～～,hó cha-bó͘-kiáⁿ m̄-bián pē-bó ê kè-chng⇨好男兒不必要父母的田園，好女兒不必有父母的嫁粧，謂皆自已會建置。

【田溝 chhân-kau】 田邊的灌漑小水溝。又田中犂開的低處。

【田缺 chhân-khiah】 田岸缺口。掘～～巡田水kut～～sûn chhân-chúi⇨農夫的日常工作。

【田螺 chhân-lê】 ～～好食痛尾～～hó-chiah thiàⁿ-bóe⇨喻貪眼前的好處，將會貽害於將來。～～含水會過冬～～kâm-chúi ē kòe-tang⇨謂田螺含水能夠忍過冬季，人如忍耐亦能過難關。

**【田蛤仔 chhân-kap-á】** 田蛙的一種。亦曰水蛤仔chúi-kap-á。

**【田撟仔 chhân-kiāu-á】** 做田人的粗夫。

**【田頭公 chhân-thâu-kong】** 田頭的男遊魂。

**【田頭家 chhân-thâu-ke】** ㊀地主。㊁諱稱人家的岳父。曷不驚您～～～共你起耕ah m̄ kiaⁿ lín ～～～ kā lí khí-keng⇨謂何不怕你岳父不准你繼續耕作。

**【田頭媽 chhân-thâu-má】** 田頭的女遊魂。於收穫時必具牲禮拜之曰拜田頭pài-chhân-thâu。田頭有公媽之分。

**【田頭土地公 chhân-thâu-thó͘-tē-kong】** 福德之神。俗稱土地公thó͘-tī-kong。農家所鄭重敬拜者。得罪着土地公飼無鷄tek-chōe tio̍h thó͘-tī-kong chhī-bô-ke⇨謂獲罪於土地公所事者將不成就。

## chhang

chhang **葱** 菜蔬之一。辛味料。擔～賣菜taⁿ～bē-chhài⇨喻做小生意以謀生一如擔葱賣菜之小者。老～lāu～⇨鴇母。

**【葱仔 chhang-á】** 葱。～～白～～pe̍h⇨白色的葱身部分。又淺白色。

**【葱珠 chhang-chu】** 切珠粒的葱。葱仔珠chhang-á-chu⇨同上。

**【葱絲 chhang-si】** 葱切成絲條。

**【葱管 chhang-kóng】** 葱莖。青色中空部份。～～糖～～thn̂g⇨糖加麥牙糖煮成糖膏，然後抽成白色中空的糖餅。

**【葱蒜 chhang-soàn】** 葱與蒜。同爲重要的辛味料。

**【葱頭 chhang-thâu】** ㊀葱之頭。葱根。㊁洋葱。老～～lāu～～⇨鴇母pó-bó。葱chhang娼chhiang諧音。

**【葱白色 chhang-pe̍h-sek】** 淺白色。

**【葱管炙 chhang-kńg-chìⁿ】** 以葱莖爲主料的一種油炸食品。顆仔餅～～～ khok-á-te ～～～⇨炙粿類chìⁿ-kóe-lui也。

**【葱燒雞 chhang-sio-ke】** 以鷄爲主料的一種菜色。

chhàng **潛** 游行水中也。匿也。藏也。泅bih也。

**【潛水 chhàng-chúi】** 匿游於水中。～～泅～～bī(bih)⇨潛行(匿)水中。喻逃脫。或逃匿。見出錢的時見去～～～kiàn chhut-chîⁿ ê sì kiàn khì～～～⇨每須付錢之時每去逃匿。

chhàng **藏** 潛匿也。收藏也（見chōng部）。

**【藏茸 chhàng-jiông】** 據稱雄鹿換角時，必深藏不出，俟新角(新茸)發齊，才敢重出，謂之藏茸。喻藏匿一時。不知去佗～～也m̄ chai khì tah～～ā⇨不知到何處去藏匿了。

**【藏縫 chhàng-phāng】** 匿入縫隙。又訛爲穿縫chhng-phāng而作見機而爲解。

chhàng **髩** 髮亂也。同鬆(訓讀)。髭～目降chhiu ～ ba̍k-kàng⇨倒髭怒目也。大怒的形容詞。

**【髩髩 chhàng-chhàng】** 毛髮散亂。毛～～mô͘～～⇨同上。

**【髩鬚 chhàng-chhiu】** 喻逞能théng-lêng。彼款三保的亦敢來扲～～ hit-khoán saⁿ-pó-è a̍h-káⁿ lâi teh ～～⇨那種三流角色也敢來逞能。免扲～～bián teh～～⇨何用逞強。上勢～～siāng gâu～～⇨最會假強ké-khiàng。

**【髩毛管 chhàng-mo͘-kńg】** 毛髮倒豎。極驚慌。聽著毛管直直髩 thiaⁿ-tio̍h mo͘-kńg ti̍t-ti̍t chhàng⇨聽得毛髮孔一直起鷄皮。

## chhap

chhap **插** 刺入也。參與也。干與也。理會也。我不～你也goá m̄～lí à⇨我不理你了。閑事未～得êng-sū bē(bōe)～tit⇨閑事管不得。又洗牌亦曰插chhap。牌仔該～乎齊pâi-á āi～hō· chiâu⇨牌仔應洗得均勻。

【插手 chhap-chhiú】 染指。參與。外人未～～得goā-lâng bē(bōe)～～tit⇨外人干涉不得。

【插伊 chhap ī】 不管他。～～去～～khì⇨管他如何。～～去死～～khì sí⇨同上。

【插色 chhap-sek】 配色phòe-sek。地圖～～較淸楚tē-tô·～～khah chheng-chhó⇨地圖有配色比較淸楚。

【插事 chhap-sū】 理事。管事。老人無～～也lāu-lâng bô～～ā⇨老人不參與事務了。

【插著 chhap tio̍h】 參與了。干與了。既然～～也，未使得中途放手kí-jiân～～à bē-sái-tit tiong-tô· pàng-chhiú⇨同上。

【插嘴 chhap-chhùi】 插嘴chhap-chhùi。人扲講話未用得～～lâng teh kóng-ōe bē-iōng-tit～～⇨人在講話，不能中途加入說話。～～插舌～～chhap-chi̍h⇨諸多插入講話。

【插雜 chhap-cha̍p】 混亂。複雜。附近眞～～做住家較無好hū-kīn chin～～chò chū-ka khah-bô-hó⇨同上。

【插潲伊 chhap-siâu ī】 插伊的粗話。潲或作精siâu。

【插閑事 chhap-êng-sū】 管閑事。

【插東插西 chhap-tang-chhap-sai】 管東管西。干涉東干涉西。

【插脚插手 chhap-kha-chhap-chhiú】 喩妨害行事。絆脚絆手phoāⁿ-kha-phoāⁿ-chhiú。

chhap **涌** 滴水也。亦涌chhop也。

【涌涌滴 chhap-chhap-tih】 形容下雨或滴水。雨仔～～～hō·-á～～～⇨雨下不停。厝頂漏到～～～chhù-téng lāu-kà～～～⇨屋頂漏得很利害。又喩羨物流涎。嘴涎～～～chhùi-noā～～～⇨口水流滴不停，喩極羨望天鵝肉。

chhap **呷** 魚食也。入口曰呷chha̍p, so̍p，啖tām, ām也。

【呷呷叫 chha̍p-chha̍p-kiò】 嚼物聲。食到～～～chia̍h-kà～～～⇨同上。

# chhat

chhat **漆** 樹名。其汁作染料。又塗抹亦曰漆chhat。油～iû～⇨同上。粉～hún～⇨同上。

【漆仔 chhat-á】 圖畫。一幅～～chi̍t-pak～～⇨同上。

【漆白 chhat-pe̍h】 漆白色的。畫黑～～ōe-o·～～⇨謂亂塗烏。

【漆刷 chhat-chhè】 上漆用的刷子。

【漆的 chhat lè】 以染料漆過的。漆的器具類。

【漆金 chhat-kim】 ～～的較野～～ê khah iá⇨漆金的比較惹目。～～稍銀～～pòe-gîn⇨謂粧得金色輝煌。

【漆料 chhat-liāu】 漆類的統稱。又各種漆的原料。

【漆盒 chhat-a̍p】 漆器的小盒。

【漆筅 chhat-chhéng】 同漆刷。

【漆箔 chhat-po̍h】 拜神佛的金銀紙上加塗錫箔siah-po̍h。

【漆樹 chhat-chhiū】 漆木。

chhat **察** 審核也。覺知也。苛求也。監～kàm～⇨同上。警～kéng～⇨同上。巡～sûn～⇨同上。按～àn⇨同上。推～thui～～⇨同上。其政～～kî chèng～～⇨謂政事苛求於民。

【察訪 chhat-hóng】 ～～案件～～àn-kiāⁿ⇨暗訪案件。

【察理 chhat-lí】 審理。推理。未曉做官每會曉～～bē-hiáu chò-koa$^{n}$ mā ē-hiáu～～⇨謂不會做官的也會推想到，喻事理甚淺近。

**【察察其明 chhat-chhat-kî-bêng】** 凡事苛求也。錙銖必究。或喻明察秋毫的人。做人過頭～～～～每不好chò-lâng kòe-thâu～～～～mā m̄-hó⇨謂人太過苛求於人，太會計較也不好。

**chhat 擦** 急摩也。磨～mô͘～⇨同上。火～hóe～⇨番仔火～hoan-á-hóe～⇨火柴hóe-chhâ。樹奶～仔chhiū-leng～á⇨膠擦。

**【擦消 chhat-siau】** 抹消boah-siau⇨同上。

**【擦傷 chhat-siang】** 手脚攏有～～，chhiú-kha lóng ū～～⇨手脚都有擦傷。

**【擦賬 chhat-siàu】** 消帳。清帳。

**chhat 賊** 盜物也。刼人也。反對政府者亦曰賊chhat。罵對敵者亦曰賊 chhat。反～hoán～⇨叛逆之徒。奸～kan～⇨奸人。義～gī～⇨指刼富助貧者。小賊sió～⇨同上。花～hoe～⇨①偷摘花草者。②指玩女人者。拉屑～lah-sap～⇨不入流之小賊。⇨垃圾賊lah-sap-chhat。

**【賊手 chhat-chhiú】** 牛鼻抵著～～gû-phī$^{n}$ tú-tioh～～⇨謂很湊巧。牛一定被盜。喻恰巧高手出現失敗是難免的。

**【賊厄 chhat-eh】** 失盜的災禍。抵著～～tú-tioh～～⇨逢到被盜的災難。

**【賊王 chhat-ông】** 賊的首領。

**【賊心 chhat-sim】** 盜心。不良之心。～～賊行～～chhat-hēng⇨同上。

**【賊仔 chhat-á】** 盜賊。小賊。～～狀元才～～chiōng-goân-châi⇨謂賊子具有狀元之聰明。～～白～～peh⇨賊仔間所使用的隱語。～～骨～～kut⇨適合做賊的骨格。～～目～～bak⇨賊仔之目。～～面～～bīn⇨同上。～～相～～siàng⇨同上。～～性～～sèng⇨同上。～～貨～～hòe⇨賊貨。～～癖～～phiah⇨賊性。賊癖。～～較猛(惡)人～～khah béng(ok) lâng⇨賊較人還要兇猛(惡)。

**【賊犯 chhat-hoān】** 被捉到的賊仔。

**【賊囮 chhat-bôe】** 賊探。

**【賊兵 chhat-peng】** 叛軍。～～十萬～～chap-bān⇨同上。

**【賊物 chhat-mih】** 賊貨。賊仔物chhat-á-mih。～～不當愛～～m̄-thang ài⇨賊物不可要。

**【賊星 chhat-chhe$^{n}$】** ～～該敗～～kai-pāi⇨賊運注定失敗。

**【賊軍 chhat-kun】** 叛軍。～～攻擊官兵～～kong-kek koa$^{n}$-peng⇨同上。

**【賊胚 chhat-phoe】** 少年賊。

**【賊案 chhat-àn】** 偷竊案件。

**【賊馬 chhat-bé】** 抵著高山道該除防～～tú-tioh koân-soa$^{n}$ tō ài tî-hông～～⇨謂行旅逢到高山地帶就該提防山賊的出沒。

**【賊徒 chhat-tô͘】** 賊衆。賊人。

**【賊將 chhat-chiàng】** 賊兵的首領或幹部。

**【賊船 chhat-chûn】** 坐著～～chē-tioh～～⇨誤上賊船。

**【賊脚 chhat-kha】** 賊徒。賊爪牙。～～仔～～á⇨小賊衆。～～賊手～～chhat-chhiú⇨謂輕快敏捷得有如賊脚賊手。

**【賊寇 chhat-khò͘】** 賊徒。賊兵。

**【賊婆 chhat-pô】** 女賊。

**【賊巢 chhat-siū】** 賊衆的根據地。～～造於山林內～～chō tī soa$^{n}$-nâ-lāi⇨同上。

**【賊探 chhat-thàm】** 賊黨的探子。賊仔的爪牙。

**【賊衆 chhat-chiòng】** 賊黨。

**【賊勢 chhat-sè】** ～～兇猛～～hiong-béng⇨同上。

**【賊膽 chhat-tá$^{n}$】** ～～包天～～pau-thian⇨喻壞人的膽子奇大。

**【賊黨 chhat-tóng】** 叛黨。賊衆。

**【賊臟 chhat-chng】** 贓物。掠姦在床，掠賊在贓lia̍h-kan chāi chhn̂g，lia̍h-chha̍t chāi chng⇨同上。

【賊刼賊 chha̍t-kiap-chha̍t】～～～小管仔刼墨賊～～～sió-kńg-á kiap ba̍t-cha̍t⇨喻同業相爭同類相食。刼kiap或作拼pià$^n$，義同。

【賊喊賊 chha̍t-hán-chha̍t】喻壞人相爭，皆指對方是賊。喊hán或作喝hat或拼pià$^n$，義皆略同。拼pià$^n$兼有互揭瘡疤之意。

## chhau

chhau **操** 演習軍事曰操chhau，運動肢體曰操chhau，勞心勞神亦曰操chhau。兵～peng～⇨同上。體～thé～⇨同上。落～lo̍h～⇨參加操練。

【操心 chhau-sim】勞心。～～迫腹～～peh-pak⇨喻勞心勞神甚深。

【操作 chhau-chok】勞心做事。～～過勞～～kòe-lô⇨工作過多而傷身。

【操兵 chhau-peng】練兵。

【操煩 chhau-hoân】勞心煩惱。免你～～bián-lí～～⇨不用你勞心。厚～～kāu～～⇨煩惱多。端仔你抡厚～～kan-a lí teh kān～～⇨只有你在作多餘的煩惱。端也toan-á→tan-á⇨kan-á，端的toan-tek，只是，只有，一定。

【操練 chhau-liān】演練。逐日該～～ta̍k-ji̍t ài～～⇨每日都要操練。

【操拳練武 chhau-kûn-liān-bú】演習拳法訓練武技。

chhau **抄** 取也。略取也。謄寫也。後斗～āu-táu～⇨從後面偷襲。文～公bûn～kong⇨偷抄他人文章爲己作者的謔稱。

【抄正 chhau-chià$^n$】淨書。清書。

【抄本 chhau-pún】戶口～～hō·-kháu～～⇨同上。

【抄封 chhau-hong】沒入公，充公的土地。做～～的chò～～ê⇨承耕抄封地。～～田～～chhân⇨充公的公田。～～租較俗～～cho· khah-sio̍k⇨抄封田的租比較便宜。

【抄書 chhau-chu(si)】抄錄書本。

【抄寫 chhau-siá】抄之錄之。～～工作～～kang-chok～⇨同上。

【抄賬 chhau-siàu】抄錄賬目。

【抄錄 chhau-lo̍k(le̍k)】抄寫。～～主文道好～～chú-bûn tō hó⇨抄主文就夠了。

【抄譯 chhau-e̍k】節譯。～～一部分～～chi̍t-pō·-hūn⇨節譯一部分。

【抄襲 chhau-si̍t】㊀私自抄取人家的文章作爲自己的文章。㊁包圍攻擊。

chháu **踩** 雙脚交踏曰踩chháu。

【踩踏 chháu-ta̍h】以雙脚踏之。侮辱。又踏有侮辱女人之意。例如鷄母相踏ke-bó sio-ta̍h，即指公鷄母鷄交尾。因而踩踏亦有侮辱女人之意。或作草踏chháu-ta̍h。乎人～～去也hō· lâng～～khì à⇨受人侮辱了。我亦無～～您啥人goá a̍h bô～～lín siá$^n$-lâng⇨我並無侮辱你家任何人。

chháu **草** 草類的總稱。花～hoe～⇨同上。雜～cha̍p～⇨同上。糧～niû～⇨同上。牛食～gû-chia̍h～⇨同上。又接尾助詞。市～chhī～⇨市況。毛～mo·～⇨毛髮。漢～hàn～⇨男人體形。

【草人 chháu-lâng】稻草人。作人形立於田園間以防鳥害者。

【草刀 chháu-to】刈草刀。斬草刀。

【草子 chháu-chí】草實。草的種子。～～仔～～á⇨愛玉子ò-giô-chí（⇨愛玉子ò-giô-chí）。

【草木 chháu-ba̍k】青草與樹木。山裡的～～soa$^n$-nih ê～～⇨山上的草與木。

【草丑 chháu-thiú$^n$】小丑。～～仔～～á⇨小丑。～～仔神～～á sîn⇨言動如小丑者，

不正經者。輕佻者。～～仔神無大端～～á sîn bô tāi-toan⇨輕率而不莊重。

【草仔 chháu-á】 凡草類皆謂草仔。雜草chap-chháu。～～花～～hoe⇨草花。～～性～～sèng⇨易喜易怒的性質。感情過多。急性。～～性快引火～～sèng khoài ín hóe⇨急性的人易受感情的作用。易發怒。

【草民 chháu-bîn】 小民。

【草包 chháu-pau】 傻瓜。土包老thó·-pa-láu也。

【草本 chháu-pún】 草類。～～植物～～sit-but⇨木本植物之對稱。

【草灰 chháu-hoe】 加纖維的石灰。抹～～boah～～⇨同上。

【草色 chháu-sek】 青草色。草綠色。

【草地 chháu-tē】 鄉村，田莊chhân-chng，鄉下。案：應爲楚地之轉。蓋以楚人多沐猴而冠者也。～～兄～～hiaⁿ⇨不懂世事的鄉下人。～～兄哥～～hiaⁿ-ko⇨鄉下佬。～～聖旨～～sèng-chí⇨田莊的政治評論。～～親家，食飽道行～～chhin-ke chiah-pá tō kiâⁿ⇨謂不知禮。～～人～～lâng⇨鄉下佬。～～倯～～song⇨鄉下佬。～～倯不八君臣禮～～sông,m̄-bat kun-sîn lé⇨鄉下佬不知禮。

【草車 chháu-chhia】 刈草機。製繩機。

【草疕 chháu-phí】 草皮。

【草枝 chháu-ki】 草莖。～～仔亦會跋倒人～～á ah ē poah-tó-lâng⇨小草莖也會跌倒人，喻不可輕視小人物。成事不足，敗事有餘。

【草金 chháu-kim】 不純的金。～～不是足金～～m̄-sī chiok-kim～⇨同上。

【草林 chháu-nâ】 火燒～～hóe sio～～⇨草林失火。

【草呢 chháu-nî】 僞呢。綿呢。

【草厝 chháu-chhù】 茅屋。～～掛玻璃窗～～koà po-lê-thang⇨謂不相稱。

【草氣 chháu-khì】 草地氣。鄉土氣。草地人仙粧都猶有～～chháu-tē-lâng sian-chng to-iáu-ū～～⇨草地人怎麼打扮都還有土氣。仙粧sian-chng,任你打扮。

【草根 chháu-kin(kun)】 草之根。～～木皮都是藥～～bok phôe to-sī ioh⇨草根木皮皆藥材也。

【草骨 chháu-kut】 草莖。

【草料 chháu-liāu】 牲畜的飼料。～～充足～～chhiong-chiok⇨同上。

【草埔 chháu-po·】 草生地。牧牛地。牛埔gû-po·。愛睏～～較緊也ài khùn～～khah kín à⇨想死很快了。罵人犯了無法諒解的壞事。

【草莆 chháu-pû】 圓橢形的囤草堆。約於～～脚iak tī～～kha⇨相約草莆下。

【草索 chháu-soh】 草繩。～～看做蛇～～khoàⁿ chò choâ⇨謂看東西不仔細誤把草索看做蛇。～～拖阿公～～拖阿父～～thoa a-kong～～thoa a-pē⇨謂草草埋葬祖父，亦將被草草埋葬。亦即自己不孝於父，己子亦將不孝於已。～～仔車～～á chhia⇨製繩機。打繩機。

【草庵 chháu-am】 小庵室。草舍。茅舍。

【草莓 chháu-bôe】 一種水菓。

【草魚 chháu-hî】 池塘養殖的淡水魚。青草作飼料。～～頭鰱魚尾～～thâu, liân-hî bóe⇨謂草魚頭，與鰱魚尾最好吃。

【草寇 chháu-khò·】 山賊。綠林～～liok-lîm～～⇨同上。

【草笠 chháu-léh】 戴～～扲釣魚tì～～teh tiò-hî⇨戴草笠在釣魚。俗稱冠笠koe-leh。

【草袋 chháu-tē】 草之袋。～～做被單～～chò phōe-toaⁿ⇨草袋代被單。謂囧暫度bóng-chiām-tō·。

【草堆 chháu-tui】 草棚chháu-pîⁿ。草墩chháu-tun。

【草絪 chháu-in】 稻草，蔗葉等打束以作燃料者。絪～～in～～⇨打草絪束。

【草猴 chháu-kâu】 螳螂。喻人瘦而輕佻者。一隻如～～chit-chiah ná～～⇨如一隻草猴。

【草棚 chháu-pêⁿ(pîⁿ)】 稻草堆。疊如廊亭形。疊～～thiap～～⇨堆疊草棚。

【草場 chháu-tiûⁿ】 草埔地。草埔。好～～hó～～⇨好草埔地，好牧場。

【草圍 chháu-ûi】 草料的圍牆。

【草蓆 chháu-chhioh】 眠床該更鋪～～bîn-chhn̂g āi koh pho͘～～⇨同上。～～捲扦擔，雙頭吐～～kńg chhiám-taⁿ, siang-thâu-thó͘⇨喻雙方相持不下，公有理婆也有理。

【草廍 chháu-phō͘】 糖廍。古之製糖廠。

【草鞋 chháu-ê(ôe)】 草製的鞋。～～凹襪～～thap-bōe⇨穿襪配草鞋，謂不相稱。～～咬入來，豬肚咬出去～～kā jip-lâi, ti-tō͘ kā chhut-khì⇨謂咬入壞物咬出好物，喻顧家不得其法。

【草蝦 chháu-hê】 大蝦。

【草箍 chháu-kho͘】 草圈。孝子所戴者。穿孝戴～～chhēng-hàu tì～～⇨穿孝服戴草箍。

【草褲 chháu-khò͘】 老稻草。拍～～phah～～⇨曝粟要除去老稻草。

【草踏 chháu-tah】 侮辱婦女，強暴婦女。或作踩踏chháu-tah。

【草錦 chháu-kím】 錦蛇kím-choâ。

【草蔬 chháu-se】 水草。飼金魚該～～chhī kim-hî āi～～⇨養金魚需要水草。

【草頭 chháu-thâu】 草之頭。草根。又草字頭的部首。

【草總 chháu-cháng】 稻草束。恰如扲孩～～kah-ná teh hàiⁿ～～⇨謂摔人如摔草總，輕而易也。

【草鍥 chháu-keh(koeh)】 砍柴刀。砍草刀。～～仔～～á⇨同上。

【草環 chháu-khoân】 圓的稻草薦，帆船的救命備品。

【草薦 chháu-chīⁿ】 chháu-siⁿ。草墊。冬天墊床，以稻草製成者。

【草鵝 chháu-gô】 鵝。家鵝。

【草藥 chháu-ioh】 藥草。草根樹皮的藥材。

【草蠅 chháu-sîn】 小胡蠅。

【草籃 chháu-nâ】 草籃。

【草根木皮 chháu-kin-bok-phôe】 指中醫所用的茶藥類。

**臭** chhàu 惡味也。惡氣也。物腐敗也。餲～āu～⇨肉敗而有惡味。毋八芳毋八～m̄-bat phang m̄-bat～⇨喻不懂事。芳～phang～⇨芳與臭。～去也～khì-à⇨腐敗了。

【臭人 chhàu-lâng】 無廉恥者。人見人惡者。缺德者。好好人毋做伓做～～hó-hó-lâng m̄ chò boeh chò～～⇨好人不做要做臭人。

【臭丸 chhàu-oân】 防蟲害的臭藥丸。Naphthalin的通稱。

【臭土 chhàu-thô͘】 ～～味～～bī⇨有土味。～～羶～～hiàn⇨臭土味。魚池的魚仔，煮了會有～～味hî-tî ê hî-á chí-liáu ē ū～～bī⇨同上。

【臭水 chhàu-chúi】 ～～溝～～kau⇨同上。～～管～～kóng⇨臭水管。

【臭孔 chhàu-khang】 板仔有～～pang-á ū～～⇨同上。果子仔有～～kóe-chí-á ū～～⇨果實有臭孔。又喻弱點。諒約伊是有什麼～～liāng-iak(liōng-iok) i sī ū sa-ma～～⇨料想他是有什麼弱點。

【臭心 chhàu-sim】 ㊀物之中心壞了。即條蕃薯有～～chit-tiâu han-chî ū～～⇨這條蕃薯內裡臭了。㊁心地不良。～～毒行～～tok-hēng⇨心不端行陰毒。㊂自以爲是。瞎猜。～～想～～siūⁿ⇨胡思亂想。心未死。猶扲～～想人iáu teh～～siūⁿ-lâng⇨還在想他(她)。～～肝～～koaⁿ⇨臭心想。未死心。

【臭目 chhàu-bak】 ㊀爛眼。～～毋死亦跤落學～～m̄-sí ah kau-loh-hak⇨罵爛眼者。㊁臭木節。臭木眼。即塊松羅可惜有即粒～～

chit-tè siông-lô khó-sioh ū chit-liap～～⇨這張松羅板可惜有這個臭木眼。

【臭肉 chhàu-bah】 ㊀腐敗的肉類。買著～～bé tioh～～⇨買了壞肉。㊁喻自己骨肉。不合咱都有一塊仔～～於許，咱無去看一下那會甘心put-hap lán to ū chit tè-á～～tī hia, lán bô-khī khoàⁿ chit-ē ná ē kam sim⇨不幸我是有一個人在(他)那邊，我不去看一下何能甘心。

【臭米 chhàu-bí】 ～～飼豬好～～chhī-ti hó⇨臭米飼豬最好。食～～仔chiah～～á⇨罵做走狗的線民。

【臭行 chhàu-hēng】 ～～的人未交得～～ê lâng bē kau tit⇨壞心行的人交不得。

【臭老 chhàu-lāu】 老。外表蒼老。阿明外表較～～耳a-bêng goā-piáu khah～～niâ⇨阿明只是外表較蒼老而已，實在還年輕。

【臭名 chhàu-miâⁿ】 醜名。惡名。～～透京城～～thàu kiaⁿ-siâⁿ⇨同上。～～聲～～siaⁿ⇨不名譽。

【臭坎 chhàu-khám】 木材的臭孔chhàu-khang。～～抵著木頭眼～～tú-tioh bak-thâu-gán⇨喻巧合。謂木材的臭孔凹入，木頭眼bak-thâu-gán是木材凸出的臭目，一凹一凸相抵，喻事甚巧合。

【臭味 chhàu-bī】 臭氣。～～相投～～siang-tâu⇨同上。

【臭油 chhàu-iû】 水油chúi-iû。石油chioh-iû。～～桶～～tháng⇨石油桶。～～抽～～thiu⇨油抽iû-thiu。～～箱～～siuⁿ⇨石油的鐵箱。～～燈～～teng⇨點石油的燈火。

【臭狗 chhàu-káu】 ㊀全身無毛的病狗。㊁台人罵日人爲臭狗。～～仔～～á⇨小日本仔。

【臭屁 chhàu-phùi】 放～～pàng～～⇨喻說謊，吹牛。～～龜仔～～ku-á⇨醜小之詞。

【臭面 chhàu-bīn】 佰某不時張一個～～in-bó͘ put-sî tiuⁿ chit-ê～～⇨他妻經常裝出一個臭面孔。

【臭俗 chhàu-chok】 粗俗chho͘ siok。俗或作濁。不雅氣。無稀罕bô-hī hán。裝潢較～～淡薄仔chong-hông khah～～tām-poh-á⇨裝潢得略見粗俗。即種花眞～～愛較夠每有chit-chióng hoe chin～～ài khah chē(chōe) mā ū⇨這種花不稀罕要多少，有多少。～～話免更講規擔～～ōe bián-koh-kóng kui-tàⁿ⇨臭俗話不要再說那麼多。

【臭封 chhàu-hong】 封藏不得其法而變質變味。～～鹹菜～～kiâm-chhài⇨同上。

【臭柑 chhàu-kam】 爛柑。～～佔店面～～chiàm-tiàm-bīn⇨罵醜女出鋒頭。～～戴籠～～tò͘-láng⇨一粒臭柑染臭了整籠好柑，喻近墨者黑。戴tò͘，染也。

【臭柿 chhàu-khī】 ～～仔～～á⇨番茄。

【臭屎 chhàu-sái】 最下等的人，事，物。亦曰餲屎àu-sái。～～的～～ê⇨其人其物。

【臭草 chhàu-chháu】 雜草。～～花亦有滿開時～～hoe ah ū moáⁿ-khui sî⇨喻貧人家也有月圓時。

【臭臭 chhàu-chhàu】 甚臭。鼻著恰如～～phīⁿ-tioh kah-ná～～⇨聞著好像很臭。

【臭氣 chhàu-khì】 臭氣味。～～眞重～～chin tāng⇨同上。

【臭魚 chhàu-hî】 腐敗的魚。

【臭脚 chhàu-kha】 病脚。不洗之脚。～～餿～～sioh⇨脚不洗的臭味。穿鞋流汗未洗的臭味。～～胴～～tâng⇨生爛瘡之脛。～～鼻梁～～phīⁿ-liâm⇨臭脚胴。梁liâm或宜作稜liâm。

【臭棋 chhàu-kî】 不成棋。不合棋理的棋。行～～kiâⁿ～～⇨下壞棋。亂七八糟的棋。

【臭湳 chhàu-lòm】 ㊀臭泥漿。～～堀～～khut⇨臭泥的小塘。亦即臭水堀chhàu-chúi-khut。㊁略同臭封。～～鹹菜～～kiâm-chhài。～～豆油～～tāu-iû。

【臭黃 chhàu-n̂g(ûi$^{n}$)】 青菜庋久～～去也chhe$^{n}$(chhi$^{n}$)-chhài khǹg(khǜi$^{n}$)-kú～～khì (khù) à⇨青菜放久了皆變黃色了。

【臭焦 chhàu-ta】 焦或作乾。㊀焦了。飯煮到～～去也pn̄g chí-kà ～～ khì à⇨飯煮焦了。㊁破產。百萬的家財都攏～～去也pah-bān ê ka-châi to lóng～～khì à⇨百萬的家財皆盪盡了。

【臭腥 chhàu-chhè$^{n}$(chhì$^{n}$)】 未成熟或煮未熟的動植物的各種強烈的香氣。豆仔炒無熟猶真～～抄tāu-á chhá bô-se̍k iáu chin～～lè⇨豆子炒得沒熟還很有臭香氣。～～龜～～ku⇨㊀一種臭昆蟲。㊁喻未成熟而故作大言或妄追女人的青年。～～ 龜仔 ～～ ku-á⇨同義。～～母～～bó⇨一種平地的大蛇。

【臭溝 chhàu-kau】 臭水溝chhàu-chúi-kau。～～仔糜～～á moâi(bê)⇨爛泥，臭泥。

【臭疑 chhàu-gî】 臭心疑chhàu-sim-gî。瞎推。自己臭尻川藉抄 ～～ 別人ka-kī chhàu-kha-chhng chiah teh～～ pa̍t-lâng⇨自己有缺點才在瞎推別人也似乎有弱點。

【臭酸 chhàu-sng】 食物開始腐化的酸味。又喻陳舊。～～去也～～khì à⇨酸化了。～～菜～～chhài⇨酸化了的菜。～～水～～chúi⇨溢出口中的胃液。～～糜～～moâi (bôe)⇨冷糜。冷粥。嫌到～～去hiâm kà～～khì⇨嫌了又嫌。～～話～～ōe⇨陳腔濫調。～～話無人愛聽～～ōe bô lâng ài thia$^{n}$⇨老話沒人聽。～～步～～pō͘⇨早已周知的老步數。～～步不免展 ～～ pō͘ m̄-bián tián⇨老步不要吹牛。好了。

【臭銅 chhàu-tâng】 廢銅。～～銑～～sian⇨錢銀的賤稱。有二個仔 ～～ 銑道揚氣死死ū n̄ng-ê-á ～～ sian tō iâng-khì sí-sí⇨有些少臭錢就揚氣得不得了。

【臭賤 chhàu-chiān】 下流。卑鄙。～～的頭路 ～～ ê thâu-lō͘⇨下流的職業。罵人之詞。～～人～～jîn⇨最下流的女人。～～婢～～pî⇨同義。

【臭樟 chhàu-chiu$^{n}$】 樟樹的一種。亦曰芳樟phang-chiu$^{n}$。

【臭頭 chhàu-thâu】 爛瘡頭。禿頭。～～的厚藥～～ ê kāu-io̍h⇨古時臭頭之爲病極難醫，人見人報良藥，所以此藥也用過，那藥也用過，都無效，人又報良藥，姑妄用之，謂之臭頭的厚藥。～～ 和尙做無好功德 ～～ hôe-siū$^{n}$ chò bô hó-kong-tek⇨爛頭和尙做不出好法事。喩教壞人做事是做不出好事的。～～的假破脰～～ê ké phò-tāu⇨禿頭的假博學。十個 ～～ 的九個假破脰cha̍p-ê ～～ ê káu-ê ké phò-tāu⇨謂禿頭老多數興裝成博學的樣子。破脰phò-tāu略同解頤kái-î。～～鷄仔～～ke-á⇨爛頭鷄。討人厭受人欺負的可憐蟲。於學校抄乎人摘 ～～ 鷄仔tī ha̍k-hāu teh hō͘-lâng tih～～ke-á⇨在學校都是被人欺負的可憐蟲。～～臭面～～chhàu-bīn⇨極不悅的顏色。小可仔講著，道～～～～sió-khoá-á kóng tio̍h tō ～～～～ ⇨略加譴責就表示極度不悅之色。～～爛耳～～noā$^{n}$-hī$^{n}$⇨爛頭爛耳。～～疕～～phí⇨頭瘡皮疕。

【臭臊 chhàu-chho】 ～～物～～ mi̍h⇨魚類肉類。人無食～～未使得lâng bô-chia̍h～～bē-sái tit⇨人不能不食魚食肉。～～魚～～hî⇨同上。畏～～ùi～～⇨怕食魚食肉。不好魚或肉。海水～～hái-chúi～～⇨天氣變壞之兆。～～眩蠅 ～～ siâ$^{n}$-sîn⇨魚肉類招引胡蠅。喩女人招蜂引蝶。脚霑嘴 ～～ kha tâm chhùi～～⇨謂脚霑——踏入水中，才有魚食。喩爲討厭的問題所牽連。～～氣～～khùi⇨腥氣。～～ 嗶泡 ～～ phī-phā⇨很腥。～～ 草 ～～chháu⇨一種氣味很腥的藥草。～～草茶～～chháu-tê⇨臭臊草的茶。～～ 味 ～～ bī⇨腥味。～～ 神 ～～ sîn⇨㊀與魚類有緣份的人。有捕魚特技的人。㊁有吸引力的人，合群的人。

伊的生理見做見好，恰如有～～神扲i ê seng lí kiàn-chò kiàn-hó,kah-ná ū～～sîn lè⇨他的生意，每做每興旺，好像有臭臊神在吸引人。彼個查某未輸有～～神扲，人會相爭佅愛伊hit-ê cha bó· bē-su ū～～sîn lè, lâng ē sio-cheⁿ boeh ài-ī⇨那個女人好像有臭臊神在身，人們才會爭先要她。

【臭餿 chhàu-sioh】 食物經久變味。陳腐的，陳舊的。～～羶～～hiàn⇨人交久有臭餿羶。～～味～～bī⇨物經久有臭餿味。

【臭蟲 chhàu-thâng】 床虱。

【臭醢 chhàu-kê】 鹹醢kiâm-kê。餲醢àu-kê。～～臭人食～～chhàu-lâng chiah⇨喻世上無廢人亦無廢物。～～無除笑～～bô tî(tû) ńg⇨笑，盛物以稱的小道具，謂自已缺點不自扣除，却要批人缺點。

【臭醭 chhàu-phú】 生醭。發黴。～～米～～bī⇨同上。衫仔褲～～去也saⁿ-á-khò·～～khì à⇨衣服發黴了。橱仔內有～～味tû-á lāi ū～～bī⇨衣橱內有生醭的氣味。

【臭爛 chhàu-noā】 腐爛。～～貨～～hòe⇨爛貨。又喻娼妓。～～貨該現錢～～hòe ái hiān-chîⁿ⇨謂嫖妓須現款交易。歸船攏～～去也kui-chûn lóng～～khì à⇨整船皆爛掉了。日據時運芎蕉赴日出賣，多有電報報此壞消息，或謂皆報僞以使吞沒之。

【臭了了 chhàu-liáu-liáu】 全部臭了。歸坵番薯～～～也kui-khu han-chî～～～à⇨整坵番薯皆臭掉了。喻女或妻眞的出牆了。

【臭小囝 chhàu-sió-kiáⁿ】 罵人詞。臭小子。

【臭火燒 chhàu-hóe-sio】 燒焦的，燒焦了。～～～的補無熟的～～～ê pó· bô-sek-ê⇨焦了的補未熟的，謂好的抵壞的，不要計較。臭火焦(乾)chhàu-hóe-ta，臭火熏chhàu-hóe-hun，臭火烙chhàu-hóe-lo·等義皆略同。

【臭去也 chhàu khì à】 臭掉了。

【臭汗酸 chhàu-koāⁿ-sng】 衫仔褲穿到～～～去也saⁿ-á-khò· chhēng-kā～～～khì à⇨衣服穿得都臭汗酸了。

【臭老羶 chhàu-lāu-hiàn】 老人的氣味。嫌人～～～無愛嫁伊hiâm lâng～～～bô-ài kè i⇨嫌人家老氣橫秋不要嫁給他。

【臭杉味 chhàu-sam-bī】 杉材之味。木材之味。杉仔味(sam-á-bī)。

【臭尿醃 chhàu-jiō-hiam】 尿水的臭氣。臭尿氣chhàu-jiō-khùi，臭尿羶chhàu-jiō-hian，臭尿破chhàu-jiō-phoà，臭尿破味chhàu-jiō-phoà-bī等，皆略同。

【臭抵坎 chhàu-tú-khám】 巧合。見臭坎chhàu-khám。

【臭青荒 chhàu-chheⁿ(chhiⁿ)-hng】 全荒了。全無了。柑仔乎人挽到～～去也kam-á hō· lâng bán-kā～～～khì-à⇨柑仔被偷得一乾二淨了。人死到～～～去也lâng sí-kā～～～khì à⇨人死得要沒種了。

【臭乳獃 chhàu-leng-tai】 乳臭未乾發音有獃氣。講話猶～～～kóng-ōe iáu～～～⇨講話還有孩兒腔。喻其人乳臭未乾。還屬小兒。臭乳羶chhàu-leng-hiàn⇨義略同。

【臭破味 chhàu-phòa-bi】 ㊀有尿味。㊁有曙光，有希望。做了有一個～～～也chò-liáu ū chit-ê～～～ā⇨弄得有點曙光了。連一個～～～每無liân chit-ê～～～mā bô⇨連一個希望都沒有。臭破布味chhàu-phoà-pò·-bī⇨義同。

【臭酒羶 chhàu-chiú-hiàn】 醉漢的酒味。臭酒味chhàu chiú-bī⇨義同。

【臭菰也 chhàu-ko· à】 生醭了。生菰了。

【臭短命 chhàu-té-miā】 女人罵男人詞。～～～呀你道忝心肝～～～à lí tō gōng-sim-koaⁿ⇨謂臭短命呀，你休忝想(阮不會答應您)。

【臭鼎烙 chhàu-tiáⁿ-lo·】 煮焦了的飯。臭火烙chhàu-hóe-lo·⇨義略同。

【臭醃醃 chhàu-hiam-hiam】 很臭。

【臭忝𨉷 chhàu-gōng-hiàn】 忝人的模樣。過於忠厚。有較～～～淡薄仔ū khah ～～～ tām-po̍h-ā⇨有些悉直的款式khoán-sit。

【臭鬢邊 chhàu-pìn-pi$^{n}$(pian)】 鬢際有瑕疵。～～～無好貨，十八庄無講話～～～ bô hó-hòe, cha̍p-peh chng bô-kóng-ōe⇨謂臭鬢邊者沒有好東西，與十八庄的人們不相聞問。

【臭頭臭面 chhàu-thâu-chhàu-bīn】 講著錢道笑頭笑面，講著做工道～～～～kóng-tio̍h-chî$^{n}$ tō chhiò-thâu chhiò-bīn, kóng-tio̍h chò-kang tō ～～～～⇨說錢就笑，說工作就哭。

chhâu **攙** 搊chhiâu也(見chhiau部)。

## chhe

chhe **叉** 分支曰叉chhe。音～im～⇨測音調的小儀器。開～khui～⇨分兩股。双～路siang～lō·⇨同上。魚尾～hî-bóe(bé)～⇨魚尾多開叉。又音階之一。士合工～上sū-hō·-kong～siāng⇨音節。

【叉叉 chhe-chhe】 多叉不齊貌。尾仔～～不好看bóe-á～～m̄-hó-khoà$^{n}$⇨尾部多叉不齊不好看。

【叉仔 chhe-á】 叉東西的小道具。用～～叉起來iōng～～chhe khí-lâi⇨同上。

chhe **初** 始也。亦初chhoe也。人之～性本善jîn chi～sèng pún-siān⇨三字經。起～khí～⇨開始時。月～goe̍h～⇨月之開頭。

【初一 chhe-it】 月之第一日，依次到月之第十日爲初十 chhe-cha̍p。～～落雨初二散，初三落雨到月半～～lo̍h-hō· chhe-jī-soà$^{n}$,chhe-sa$^{n}$ lo̍h-hō· kàu goe̍h-poà$^{n}$⇨古俚。

【初心 chhe-sim】 猶言本心。有違～～iú-ûi～～⇨同上。

【初民 chhe-bîn】 原始人。～～的生活～～ê seng-oa̍h⇨同上。

【初犯 chhe-hoān】 ～～者可獲寄罪～～chiá khó-he̍k kià-chōe⇨初犯者可獲執行猶豫之判決。

【初生 chhe-seng】 ～～之犢不怕虎～～chi to̍k put-phà$^{n}$-hó·⇨剛剛出生的小牛不怕虎。喩年青人不知世路險惡而豬突冒進。

【初旬 chhe-sûn】 五月～～gō·-goe̍h～～⇨五月頭十天。

【初志 chhe-chì】 起始的志願。～～不在此～～put-chāi-chhú⇨同上。

【初步 chhe-pō·】 圍棋～～ûi-kî～～⇨同上。

【初版 chhe-pán】 ～～已經賣了也～～í-keng bē(bōe) liáu à⇨初版（之書）已賣完了。

【初級 chhe-kip】 ～～中小學～～tiong-sió-ha̍k⇨初級的中學與小學。

【初幾 chhe-kúi】 今仔日～～kin-á-ji̍t～～⇨今天是月之初幾日。～～去請你初九去拖你，敢無夠禮～～khì chhiá$^{n}$-lí,chhe-káu khì thoa-lí, kám-bô-kàu-lé⇨初幾之日去請你來(赴宴)，初九再去拖請你來，豈不十分盡禮了，表面的意思如此，但因初幾與差鬼諧音(chhe-kúi)，初九與差狗亦諧音 (chhe-káu) 變爲派鬼狗去請客。就成了一句很有趣的戲謔之詞了。

【初裡 chhe lí】 chhe-nì。同初旬。裡lí改讀lì第三聲。後個月～～道會有消息也 āu-kò·-goe̍h～～tō-ē(ōe)-ū siau-sit à⇨下月初之間就會有消息了。

【初等 chhe-téng】 ～～教育～～kàu-iok⇨同上。

【初篁 chhe-hông】 ～～新筍～～sin-sún⇨同上。

【初學 chhe-ha̍k】 ～～入門～～ji̍p-mn̂g⇨同上。

【初選 chhe-soán】 ～～複選～～hok-soán ⇨同上。

【初出茅廬 chhe-chhut-mâu-lû】 初進社會經驗不足。

chhe **妻** 女嫁夫謂之妻chhe。夫～hu～⇨同上。一夫配一～it-hu phòe it～⇨同上。多～制度to～chè-tō·⇨同上。朋友～不可傒，朋友伙記公家的pêng-iú～put-khó he,pêng-iú hóe-kì kong-ke-ê⇨謂朋友之妻不可以亂來，朋友的姘頭是大家的女朋友。傒he；有所望，亦即有野心也。賢～良母hiân～liâng-bó(bú)⇨同上。惡～孽子無法可治ok～giat-chú bû-hoat khó-tī⇨謂人生逢到惡妻孽子是無藥可救的。～家財，家己來～ka-châi,ka-kī-lâi⇨妻，家，財都自己來了。謂娶得富家千金爲妻，帶同連樓帶地的大嫁粧而來。家欲齊，置兩犁，家欲敗，置兩～ka-iok-chê,tì-liáng-lê, ka-iok-pāi,ti-liáng～⇨古諺。

【妻子 chhe-chú】 妻。家己的～～家己好ka-kī ê～～ka-kī hó⇨自己的妻自己認爲好。

【妻妗 chhe-kīm】 妻弟之妻。在子女是母妗bó-kīm，稱呼爲阿妗a-kīm。

【妻妾 chhe-chhiap】 妻與妾。

【妻舅 chhe-kū】 妻之弟也，在子女是母舅bó-kū。亦即阿舅a-kū。

【妻黨 chhe-tóng】 妻方的宗族。

chhe **差** 使喚也。派用也。欽～大臣khim～tāi-sîn⇨皇帝親派的大臣。郵～iû～⇨送信人。雜～chap～⇨承辦各項小工作的人。出～chhut～⇨被派出外工作，當今多讀爲chhut-chhai，非也。銷～siau～⇨出差任務完畢返回繳命。公～kong～⇨因公事而出差。不整齊曰差chhe,參～不齊chham～put-chê。又錯誤曰差chha(見chha)部。

【差用 chhe-iōng】 使喚。有人當～～較輕鬆ū-lâng thang～～khah khin-sang⇨有人可使喚較輕鬆。

【差叫 chhe-kiò】 使喚。無人當～～bô-lâng thang～～⇨同上。差核之轉訛。

【差役 chhe-iah】 衙門的～～gê-mn̂g ê～～⇨同上。

【差押 chhe-ah】 查封之日語。～～財產～～châi-sán⇨同上。

【差使 chhe-sái】 同差用。

【差校 chhe-kah】 有二個查某嫺扲～～ū nn̄g-ê cha-bó·-kán teh～～⇨(老夫人)有兩個侍女在受使喚。或謂校kah亦用教kà。

【差船 chhe-chûn】 官差之船。

【差遣 chhe-khián】 遣派。～～耶穌救萬民～～iâ-so· kiù bān-bîn⇨同上。

【差牛促馬 chhe-gû-jiok-bé】 使牛追馬。喻用人不適當。

【差嫺使兒 chhe-kán-sái-jî】 差侍女使小童。喻富裕安閒的生活。～～～～還也是扲嫌艱苦～～～～oân-ā-sī teh hiâm kan-khó·⇨差嫺使兒的生活還是在喊苦。oân-ā-sī→oân-ná-sī。

chhe **吹** 吹chhoe也(見chhoe部)。

chhe **炊** 炊chhoe也(見chhoe部)。

chhe **萋** 草茂盛也。青草～～chheng-chháu～～⇨同上。岸上草～～gān-siāng(siōng) chháu～～⇨岸上青草很茂盛。

chhe **棲** 鳥居也。同栖。居住也。梧～gô·～⇨地名。双～双宿siang～siang-siok⇨同息同居。兩～動物liáng～tōng-but⇨青蛙，龜等水陸雙棲的動物。

【棲息 chhe-sit】 暫時～～的所在chiām-sî～～ê só·-chāi⇨同上。

【棲宿 chhe-siok】 無定着的～～每艱苦bô tiāⁿ-tioh ê～～mā kan-khó·⇨沒一定的居住處所也麻煩。

**chhe 鐃** 銅製的打樂器名。小～sió～⇨小鐃。大～toā～⇨大鐃。弄～鼓lāng～kó͘⇨弄鐃打鼓。俗曰弄車鼓。

【鐃鼓 chhe-kó͘】 鐃與鼓。訛爲車鼓chhia-kó͘。鐃鼓戲chhe-kó͘-hì→車鼓戲chhia-kó͘-hì。弄～～lāng～～⇨表演車鼓戲。

**chhé 縒** 同紲chhé。打活結曰縒chhé。許～一下hia～chıt-ē⇨那個地方打一個活結(爲記或使不擴散)。先～一下seng～chıt-ē⇨先打個活結。～較絯抾～khah ân leh⇨結得緊一點。～抾道可～leh tō-hó⇨縒一縒就可以。彼位打～道可hit-ūi phah～tō-hó⇨那個地方打個結就可以。

**chhé 絹** 同縒。

**chhé 扯** 平均曰扯chhé。總～一人無若濟chóng～chıt-lâng bô-goā-chē⇨總平均一個人沒有多少。掩來～去am-lâi～khì⇨好的不加値，壞的不扣減，一併合計平均計算。

【扯匀 chhé-ûn】 同扯平chhé-pêⁿ(pîⁿ)。平均。～～一場有若干的收入～～ chıt-tiûⁿ ū jiak-kan ê siu-jıp⇨平均一場有多少錢的收入。

【扯平 chhé-pêⁿ(pîⁿ)】 同扯匀chhé-ûn。

**chhé 膸** 膸chhóe也(見chhoe部)。有學者以腿作膸，非也。腿音thúi，脛也，或脛股後肉也。

**chhè 脆** 不堅固而易破易斷者皆曰脆chhè，亦曰chhòe。油麻比苧仔較～iû-boâⁿ pí tē-á khah～⇨油麻比苧仔更易斷(沒韌性)。甘蔗該～藉好食kam-chià ài～chiah hó-chiah⇨甘蔗要脆的才好吃。人的命眞～lâng ê miā chin～⇨人類的生命很脆(易死)。

【脆力 chhè-lat】 快速加強用力曰使～～sái～～。使～～落去一下道斷也sái～～loh-khì(ì) chıt-ē tō-tn̄g-à⇨使快速大力下去，一下子就斷了。

【脆皮 chhè-phôe】 易破易傷的皮。人講兎仔上～～lâng-kóng thò͘-á siāng(siōng)～～⇨聽說兎子最脆皮。

【脆命 chhè-miā】 易死亡。人上～～lâng siāng(siōng)～～⇨人類最容易死亡。

【脆脆 chhè-chhè】 很脆。囡仔骨～～gín-á-kut～～⇨小孩子的骨頭很脆弱。

【脆骨 chhè-kut】 幼骨。有人愛食～～ū-lâng ài-chiah～～⇨有人喜歡吃幼骨。

【脆雷 chhè-lûi】 迅雷sīn-lûi。彈～～tân～～⇨鳴脆雷。

**chhè 刷** 刮淸也。掃～所以爲潔淸sàu～só͘-í-ûi kiat-chheng⇨同上。以刷仔chhè-á 加水摩擦洗之曰刷chhè。～地板～tē-pán⇨同上。齒～khí～⇨亦作齒刡khí-bín。靴～ê(ôe)～⇨亦作靴刡ê-bín。刡bín似應作筤bín。印～ìn～⇨同上。鼎～tiáⁿ～⇨鼎簽對鼎～tiáⁿ-kám tùi tiáⁿ～。

【刷仔 chhè-á】 刷子。用～～刷刷較淸氣抾iōng～～chhè-chhè khah chheng-khì leh⇨同上。

【刷刷 chhè-chhè】 ～～洗洗抾～～sé-sé leh⇨同上。

【刷新 chhè-sin】 ～～庶政～～sì-chèng⇨同上。

**chhè 粞** 白米加水磨粉後加以壓乾者，加糖等料可以製成粿餠等。在加料加工前曰粿粞kóe-chhè。秫米～chut-bí～⇨秫米所製者。粘仔～chiam-á～⇨粳米所製者。

【粞粽 chhè-chàng】 秫米做的。亦有粳粽亦有～～ā-ū kiⁿ-chàng ā-ū～～⇨同上。粳應爲鹼即鹼油kin-iû也。

**chhè 厠** 雜也。便所也。如～jî～⇨赴便所。茅～mâu～⇨便所或作毛～mo͘～。

【厠池 chhè-tî】 便所。果眞是酒醉，何不入～～ká chin-sī chiú-chùi,hô-put-jıp～～⇨同上。

【厠所 chhè-só͘】 便所。

**chhê 箠** 箠chhôe也。繫馬策也。小竹鞭也(見chhoe部)。

**chhē 坐** 負起錢財或罪過的責任曰坐chhē，承認也。該～人的理ài～lâng ê lí⇨應該向人家承認負責任。共你～敢有刣頭許爾夠kā-lí～kám-ū thâi-thâu hiah-ni chē⇨向你承認好了，難道有殺頭那麼嚴重嗎。伊更～咱二仟元i-koh ～ lán nn̄g-chheng goân⇨他再補足我們兩千元。烏白開啥人俠～即條賬o͘-pe̍h-khai siá$^n$-lâng boeh～chit-tiâu siàu⇨胡亂開支誰將負責此筆賬。～些理抮道好也 ～ chē-lí leh tō-hó à⇨承認一些理虧就好了。又囤積貨品亦曰坐chhē。布匹 ～ 眞夥pò͘-phit ～ chin-chē (chōe)⇨布匹囤積很多。又地基下陷亦曰chhē。中央～二三尺落去tiong-ng～nn̄g-sa$^n$-chhioh lo̍h-khì(ì)⇨中央下陷兩三尺。熱較～也jia̍t khah ～ à⇨熱退一些了。價錢有較 ～ kè-chî$^n$ ū-khah～⇨價錢下跌一點。

【坐底 chhē-té】㊀沉於底。土砂～～也thô͘-soa～～à⇨泥土沉澱了。㊁承担他人行爲之後果。船破海～～chûn-phoà hái～～⇨謂船破自然沉入海底，喻責任自然有最後的負責人。

【坐貨 chhē-hòe】囤積貨物。相爭人～～sio-che$^n$-lâng～～⇨人人爭相囤積。

【坐理 chhē-lí】向人承認自已理屈。賠理。既肯～～道是有認錯也kā-khéng～～ tō-sī ū-jīn-chhò͘ à既然肯於坐理，就是已經承認錯誤了。

【坐賬 chhē-siàu】㊀承認代付財物，食食抮藉叫人～～我每敢chia̍h-chia̍h leh chiah kiò-lâng ～～ goá-mā-ká$^n$⇨吃飽了才叫人家替你付賬，這事我也可以做。㊁代任罪。做您共修理乎金金，有問題，我～～chò-lín kā siu-lí hō͘ kim-kim,ū būn-tê goá～～⇨你們隨意把他修理得很好看，有問題我負責。

【坐錢 chhē-chî$^n$】賠錢。講叫人估計看抮，伊則必～～啦kóng kió-lâng kó͘-kè-khoà$^n$ leh, i chiah boeh～～là⇨他說，請人估計看看多少，他將要賠錢也。

【坐不是 chhē-put-sī】坐理chhē-lí。咱家己既理有較短人道該加人～～～藉着lán-ka-kī kà lí ū khah-té lâng tō-ài kā-lâng～～～chiah-tio̍h⇨我們自己既然理氣比人更短(沒道理)就應該向人請罪才對。

【坐毋着 chhē-m̄-tio̍h】同坐不是chhē-put-sī。一句～～～道要放伊去也是不chi̍t-kù～～～tō-boeh pàng-i-khì à sī-m̄⇨只說一句坐毋着就要放他沒事了是嗎。

【坐坐起來 chhē-chhē khí-lâi】全部承受起來。同攏坐起來lóng-chhē-khí-lâi。～～～～時到藉拍算～～～～ sî-kàu chiah phah-sǹg⇨全都坐起來，時候到了才再造道理。

【坐桶底蠔 chhē-tháng-té-ô】買取賣剩留在桶底的臭蠔，喻引受最後的臭責任。你要害我～～～～也不lí-boeh hāi-goá～～～～ā m̄⇨你要陷我負起最後的爛擔頭了，是不是。

**chhē 戳** 尋找也，求也(見chhoe部)。俗以尋或找作戳，不得已之措施也。尋、找兩字在意義上相同，均有搜索之意。但是發音上，兩字均離現實太遠。尋音sîm，找音hoa，均與chhoē或chhē，相差甚遠。

## chhe$^n$

**chhe$^n$ 生** 未經烹飪pheng-jīm的食物皆曰chhe$^n$，亦曰chhi$^n$。未熟識者亦曰chhe$^n$，chhi$^n$，秉～換熟péng～oā$^n$-se̍k⇨所業多所變換。未開化亦曰 chhe$^n$, chhi$^n$。不當食～的物 m̄-thang chia̍h～ê mi̍h⇨不可食未經烹飪的食物。地方猶眞～tē-hng iáu chin～⇨地方(的情形)還是很生疏。對課本猶眞～tùi khò-pún iáu chin～⇨對課本還未讀熟(見seng部)。

【生人 chhe$^n$-lâng】初次看見的人。同生份人chheⁿ-hùn-lâng。～～熟人～～sek-lâng⇨同上。

【生手 chheⁿ-chhiú】 未熟練的工人。～～熟手～～sek-chhiú⇨同上。

【生灰 chheⁿ-hoe】 生石灰chheⁿ-chioh-hoe。檳榔有參～～pin-nn̂g ū-chham～～⇨檳榔中有加入生灰。

【生份 chheⁿ-hūn】 未熟交曰生份chheⁿ-hūn。～～人～～lâng⇨同生人chheⁿ-lâng。猶～～抾iáu～～leh⇨還在未熟的狀態。驚～～kiaⁿ～～⇨怕見生人。

【生字 chheⁿ-jī】 ～～眞敍無查字典未使得～～chin-chē(chōe) bô-chhâ jī-tián bē(bōe)-sái tit⇨新字很多，非查字典不可。

【生冷 chheⁿ-léng】 寒冷。下晝較～～ē-tàu khah～～⇨下午比較(上午)寒冷。

【生炒 chheⁿ-chhá】 ～～蝦仁～～hê-jîn⇨菜名。

【生花 chheⁿ-hoe】 鮮花。～～店～～tiàm⇨同上。

【生面 chheⁿ-bīn】 易怒易變的人。阿花眞～～a-hoe chin～～⇨阿花反面無常。

【生枵 chheⁿ-iau】 健康人因未進食而覺腹中空虛。端仔～～比啥都較艱苦tan-a～～pí-siahⁿ to khah kan-khó͘⇨單純的生枵比什麼都更難堪。端仔tan-a→tan-na kan-na,～～活餓～～oah-gō⇨同上。

【生凊 chheⁿ-chhìn】 冰冷。～～面～～bīn⇨冷面孔。～～汗～～koāⁿ⇨冷汗。

【生眞 chheⁿ-chin】 又怕又急。問到眞生眞mn̄g-kà chin～～⇨問得很着急。講到眞～～kóng-kà chin～～⇨說得又怕又急。

【生魚 chheⁿ-hî】 未烹飪的魚肉。～～片～～phìⁿ⇨日語刺身sasimi的譯名。

【生脚 chheⁿ-kha】 新進人員。同生手chheⁿ-chhiú。～～了了，工作較慢～～liáu-liáu，kang-chok khah bān⇨多數是新人(所以)工作比較遲鈍。

【生菜 chheⁿ-chhài】 蔬菜。加食些～～較好ke-chiah-chē～～khah-hó⇨多吃些青菜較好。

【生番 chheⁿ-hoan】 ㊀番族之人。～～出草～～chhut-chháu⇨番族出獵人頭。㊁蠻橫不講理。恰如～～哩kah-ná～～nì⇨恰如生番的蠻橫不講理。

【生猴 chheⁿ-kâu】 慌張的人。抵着你這～～那有法度tú-tioh lí-che～～ná-ū hoat-tō͘⇨逢到你這個慌張鬼那裡有辦法。

【生絲 chheⁿ-si】 未經處理的蠶絲。

【生疏 chheⁿ-so͘】 未熟識。未熟練。路途人面攏～～lō͘-tô͘ lâng-bīn lóng～～⇨路程，人面皆不熟。空課猶眞～～khang-khòe iáu chin～～⇨工作還是很未熟練。

【生童 chheⁿ-tâng】 無經驗的乩童。掠～～liah～～⇨抓人來當童乩(本職者不在時)。

【生傷 chheⁿ-siang(siong)】 剛剛遭受到的傷。～～較快醫～～khah-khoài-i⇨生傷較容易治癒。

【生藥 chheⁿ-ioh】 草根木皮等的藥品。～～店～～tiàm⇨同上。

【生驚 chheⁿ-kiaⁿ】 突然受驚嚇。着～～tioh～～⇨同上。猶眞～～抾iáu chin～～leh⇨還在害怕着。

【生鹽 chheⁿ-iâm】 粗塩。

【生牛仔 chheⁿ-gû-á】 小牛、新牛。～～～不驚虎～～～m̄-kiaⁿ hó͘⇨小牛不怕虎，喩新人不知事之困難可怕。

【生狂狗 chheⁿ-kông-káu】 慌張狗。～～～食無屎～～～chiah-bô-sái⇨喩慌張即做不成事。

**星** chheⁿ 天空之群耀也(見seng部)。太白金～thài-pek-kim～⇨星名。落屎～làu-sái～⇨流星liû-seng。長尾～tn̂g-bóe～⇨彗星hūi-seng。掃箒～sàu-chiú～⇨彗星。相信是遺害於人的惡星。火金～hóe-kim～⇨螢火。煞～

soah～⇨惡星。火～hóe～⇨火花。有時～光，有時月光ū-sî～kng, ū-sî goe̍h-kng⇨喻凡事輪流轉。kng皆改讀第三聲kǹg。

【星斗 chhe$^{n}$-táu】 星群。望～～bāng～～⇨觀察星辰。

【星辰 chhe$^{n}$-sîn】 星宿seng-siù。日月～～ji̍t-goa̍t～～⇨同上。

【星宿 chhe$^{n}$-siù】 seng-siù。天空中的列星。劉秀封二十八～～lâu-siù hong jī-cha̍p-peh～～⇨光武帝封二十八將。

**chhe$^{n}$ 青** 五色之一。竹葉～tek-hio̍h～⇨①竹葉的青色。②酒名。殺～sat～⇨火薰竹簡，定稿，又年少也(見chheng部)。

【青玉 chhe$^{n}$-ge̍k】 青玉chheng-giok。

【青白 chhe$^{n}$-pe̍h】 青色與白色。無管你黑黃～～bô-koán-lí o͘-n̂g～～⇨不管你青黃黑白。

【青色 chhe$^{n}$-sek】 ～～的山～～ê soa$^{n}$⇨同上。

【青竹 chhe$^{n}$-tek】 竹。～～棍～～kùn⇨青竹棒。～～絲～～si⇨一種毒蛇名。皮色青如竹。

【青豆 chhe$^{n}$-tāu】 一種食用豆。

【青苔 chhe$^{n}$-thî(tî)】 青苔chheng-thâi。鼻孔口上～～也phī$^{n}$-khang-kháu chiū$^{n}$(chhiū$^{n}$)～～ā⇨鼻孔口上青苔了。謂頑童鼻下爲鼻涕所汚而不知清除之。

【青草 chhe$^{n}$-cháu】 活草。～～埔～～po͘⇨同上。～～坪～～pê$^{n}$(pî$^{n}$)⇨同上。～～膏～～ko⇨一種青色的藥膏。～～地～～tē⇨同上。

【青筋 chhe$^{n}$-kin】 靜脈。～～紅筋～～âng-kin⇨靜脈和動脈。

【青黃 chhe$^{n}$-n̂g】 ～～不接～～put-chiap⇨同上。

【青翠 chhe$^{n}$-chhùi】 美麗的青綠色。～～的山坡蔭涼的樹脚～～ê soa$^{n}$-pho im-liâng ê chhiū-kha⇨同上。

【青銅 chhe$^{n}$-tâng】 銅與錫的合金。～～的大鐘～～ê toā-cheng⇨同上。

【青瞑 chhe$^{n}$-mê】 目失視力。～～精，啞口能～～cheng ê-káu lêng⇨盲者精明，啞者能幹。

【青龍 chhe$^{n}$-liông(lêng)】 ㊀～～白虎～～pe̍h-hó͘⇨謂皆不吉兆之物。㊁城門名(前朱雀,後玄武,左～～,右白虎chiân chu-chhiak, hō͘ hiân-bú, chó～～, iū pe̍k-hó͘)⇨同上。

【青乓乓 chhe$^{n}$-phiàng-phiàng】 很青；尙未成熟。猶～～～扲，敢會食得iáu～～～lehkám-ē-chia̍h tit⇨還那麼青那麼未熟豈可食呢。

【青悛悛 chhe$^{n}$-sún-sún】 驚怕至極的情形。驚到～～～kia$^{n}$-kah～～～⇨驚得臉色又青又在發抖。

【青琳琳 chhe$^{n}$-lin-lin】 青得很深的樣子。潭底看落去安爾～～～噢thâm-té khoà$^{n}$ lo̍h-khì an-ne(ni)～～～ò⇨潭底看下去是如此的青琳琳呢。

【青瞑牛 chhe$^{n}$-mê$^{n}$-gû】 喻目不識丁者。阮這～～～合人未比並得goán-che～～～kah-lâng bē(bōe)-pí-phēng tit⇨阮這目不識丁的人與人家比較不得。

【青瞑鷄 chhe$^{n}$-mê-ke】 盲鷄。～～～啄着米～～～tok-tio̍h-bí⇨喻傻人逢到意外的好運氣。

【青面獠牙 chhe$^{n}$-bīn-liâu(niâu)-gê】 惡鬼們。喻非正道的所謂朋友們。串交都是許的～～～～的chhoàn-kau to-si hiah-ê～～～～ê⇨每交陪的都是那些～～～～的朋友。

【青推白推 chhe$^{n}$-thui-pe̍h-thui】 強硬推進，強行研究。家己～～～～的，無人指點都行無路ka-kī～～～～ê, bô-lâng chí-tiám to kiâ$^{n}$-bô-lō͘⇨自己自行推摩研究的,沒人指點,都跑不出路徑來。

【青捏白捏 chheⁿ-liap-peh-liap】 黑白虛構捏造。無影無跡，攏伊抰～～～～bô-iáⁿ-bô-chiah, lóng-i teh～～～～⇨無事無實，皆是他在黑白捏造的。

【青碰白碰 chheⁿ-pōng-peh-pōng】 突如其來thut-jî-kî-lâi。暴其然 pok-ki-jiân。 突然間thut-jiân-kan。～～～～講來俫討賬，不抰看着鬼～～～～kóng lâi-boeh thó-siàu,m̄-teh khoàⁿ-tioh-kúi⇨突然之間說是來(對我)討賬，不是在活見鬼嗎。

【青約白約 chheⁿ-ioh-peh-ioh】 黑白推測。～～～～未通嘛，該有根據藉會用得～～～～bē(bōe)-thong mà, ài-ū kin-kì(kun-kù) chiah ē(ōe)-iōng(ēng) tit⇨胡亂推測不行嘛，要有根據才行。

【青謗白謗 chheⁿ-pòng-peh-pòng】 謗pòng誇大也。攏是～～～～一粒豆仔謗到像一支山許爾大lóng-sī～～～～chit-liap tāu-á pòng-kà chhiūⁿ chit-ki-soaⁿ hiah-ni-toā⇨都是黑白誇大，一粒小豆吹到好像一座山那麼大。

## 菁

chheⁿ 檳榔樹曰菁chheⁿ, chhiⁿ，曰菁仔chheⁿ-á, chhiⁿ-á。柴菁仔chhâ～á⇨一種專供水田綠肥的植物。亦曰田～仔chhân～á。

【菁仔 chheⁿ-á】 檳榔樹。～～扇～～sìⁿ⇨菁樹皮扇。～～子～～chí⇨檳榔子pin-nn̂g-chí。～～樹～～chiū⇨檳榔樹。～～宅～～theh⇨菁仔所圍繞的住宅，亦地名。～～欉～～châng⇨菁仔樹。喻不解風情的男子。

## 醒

chhéⁿ 覺也。覺～kak～⇨同上。睏～khùn～⇨自睡眠中恢復知覺。睏落去道未～khùn loh-khì(ì) tō-bē(bōe)～⇨一入睡就醒不過來。一～到天光chit～kàu thiⁿ-kng⇨一睡直到天亮。

【醒目 chhéⁿ-bak】 惹人注目。色彩做了眞～～sek chhái chò-liáu chin～～⇨彩色做了很新鮮。

【醒悟 chhéⁿ-gō͘】 省悟séng-gō͘。趁早～～猶有機會爾thàn-chá～～iáu-ū ki-hōe leh⇨趁早省悟，還有機會哩。

【醒醒 chhéⁿ-chhéⁿ】 在醒中，沒入睡。猶～～抰iau～～lè⇨還沒入睡。

## 腥

chhèⁿ 肉氣也，肉臭也。臭臊氣chhàu-chho-khì曰腥chhèⁿ。臭～chhàu～⇨臭臊chhàu-chho⇨臭羶chhàu-hiàn⇨此三詞皆指獸或魚等生物的異臭或異氣，意思大同小異。臭～龜chhàu～ku⇨一種有異臭的甲蟲。臭～龜仔chhàu～ku-á⇨①臭甲蟲。②自吹自大的小人物。臭～嘪chhàu～khùi⇨刺激性的異臭或異氣。

# chheh

## 册

chheh 書也。書籍也。讀～thak～⇨讀書thok-su,thak-chu。念～歌liām～koa⇨讀書如唱歌。譏讀書不解其義。又帳薄也。手～chiú～⇨同上。小～sió～⇨同上。底～té～⇨基本台帳。名～miâ～名簿。簿～phō͘～⇨同上。讀～人thak～lâng⇨讀書人。讀～仔thak⇨學生。小學生。教～的kà～ê⇨教員。歌仔～koa-á～⇨歌書。

【册仔 chheh-á】 小本子。不成～～塞倒街m̄-chiâ～～that-tó-ke⇨不三不四的小本子滿街皆是。

【册句 chheh-kù】 書句，成語。出嘴不是～～道是四句連仔chhut-chhùi m̄-sī～～tō-sī sì-kù-liān-á⇨出口不是成語就是四句連仔(詩形態的人句)。

【册包 chheh-pau】 書包。較早學生攏背～～去學校khah-chá hak-seng lóng-phāiⁿ～～khì hak-hāu⇨前些時學生皆背書包去學校。

【册名 chheh-miâ】 書名。～～煞未記得也～～soah bē-kì tit-à⇨書名竟記不得了。

【册店 chheh-tiàm】 書店。逐間～～都有抰賣tak-keng～～to-ū teh bē(bōe)⇨每家書店

都有賣。

【冊套 chheh-thò】 書套。洋裝書大概攏有～～ iû$^{n}$-chong-si tāi-khài lóng-ū ～～⇨同上。

【冊橱 chheh-tû】 書橱。所謂新家庭都有酒橱却無～～ só͘-ūi sin-ka-têng to-ū chiú-tû khek(khiok)-bô ～～⇨當今的所謂新家庭都有酒橱却沒有書橱。

**chheh 慼** 憂也。恨也。怨也。同慽chheh,chhoeh。不免～ m̄-bián～⇨不必恨。苦～ khó͘～⇨苦歎khó͘-thàn。～身～命～sin～miā⇨恨環境恨運命。無想無～愈想愈～bô-siū$^{n}$ bô～jú(ná)-siū$^{n}$-jú(ná)～⇨不想不恨,愈想愈恨。聽着道～thia$^{n}$-tio̍h tō～⇨聽到了就生氣。

【慼心 chheh-sim】 安爾藉～～ an-ne(ni) chiah～～⇨如此才大恨於心。

【慼命 chheh-miā】 慼身～～chheh-sin～～⇨同上。

【慼人安爾 chheh-lâng-an-ne(ni)】 討厭如此者。阿媽蓋～～～～ a-má kài～～～～⇨祖母最討厭人家如此做。

**chheh 慽** 同慼。

**chhe̍h 積** 累也。堆累tuī-lūi也。儲蓄thî-thiok也。儲以待價曰chhe̍h,亦即囤積tūn-chek也。又物價下跌亦曰積chhe̍h。咱都不敢～lán to m̄ ká$^{n}$～⇨我不敢囤積。阿三有～a-sam ū～⇨阿三有囤積。價數有較～也kè-siàu ū-khah～⇨價格下跌多了。

【積貨 chhe̍h-hòe(hè)】 囤積物質。～～積米～～chhe̍h-bí⇨同上。

【積落來 chhe̍h lo̍h-lâi】 物價跌下來。今仔日攏～～～也kin-á-ji̍t lóng～～～ā⇨今天皆普遍下跌了。

【積落底 chhe̍h-lo̍h-té】 跌到底。看是～～～也,未更積也khoà$^{n}$ sī～～～ā,bē koh chhe̍h-ā⇨很可能跌到底不會再跌了。

# chhek

**chhek 策** 馬鞭也。竹簡也。謀略也。科舉用的一種文體。射～siā～⇨考生猜答策問。對～tùi～⇨①考生對策問的答案。②對付的方法。妙～miāu～⇨好方法。保持距離以～安全pó-chhî kī-lī í～an choân⇨交通安全標語。束手無～sok-chhiú-bû～⇨無計可施bû-kè khó-si。獻～hiàn～⇨獻計。政～chèng～⇨同上。

【策士 chhek-sū】 謀士bô͘-sū。參謀chham-bô͘。～～所獻的妙計～～só͘ hiàn ê miāu-kè⇨同上。

【策杖 chhek-tiāng】 扶手杖。～～而徘徊～～jî pâi-hôe⇨扶杖散步hû-tiāng sàn-pō͘。

【策問 chhek-būn】 科舉時代的一種試題。其答案曰射策siā-chhek,亦曰對策tùi-chhek。

【策略 chhek-le̍k】 計畫,戰略,對象。我方的～～是先取主動gó͘-hong ê～～sī sian-chhí chú-tōng⇨同上。～～性工業～～sèng kang-gia̍p⇨同上。

【策動 chhek-tōng】 推動某種目的的運動。～～革命～～kek-bēng⇨同上。有人暗中～～ū-lâng àm-tiong～～⇨有人秘密推動。

【策應 chhek-èng】 從各方面呼應。～～的部隊～～ê pō͘-tūi⇨支援部隊。

【策馬勢 chhek-bé-sè(sì)】 作成開拳相撲之姿勢。

【策源地 chhek-goân-tē】 根據地kin-kì-tē→kun-kù-tē。發源的地方。革命黨的～～～kek-bēng-tóng ê～～～⇨同上。

**chhek 戚** 親近也。哀也。憂也。姓氏。親～chhin～⇨內外的親屬。眉親生～chi-chhin-lān～⇨裙帶關係的粗語。君子坦蕩蕩,小人長～～kun-chú thán-tōng-tōng,siáu-jîn tiâng～～

⇨論語。哀～ai～⇨哀傷。

【戚容 chhek-iông】 哀戚的儀禮。～～稱其服～～chhèng-kî-ho̍k⇨戚容要和服式相符合。又憂愁的樣子。面無～～bīn-bô～～⇨面上沒有憂傷的樣子。

【戚族 chhek-cho̍k】 親族

【戚大人 chhek-tāi-jîn】 戚繼光。明代平倭寇的名將。

【戚夫人 chhek-hu-jîn】 人類最殘忍的食醋故事被害人。漢高祖的寵妃，爲呂后所妬，呂后斷戚夫人手足，去眼，熏耳，飲瘖藥，使居厠中，命曰人彘。人彘jîn-tī者，即人猪jîn-ti也。

chhek **側** 旁也。反～hoán～⇨反身hoán-sin。輾轉反～tián-choán-hoán～⇨反過來又反過去而不能入眠。行人靠右～hêng-jîn-khò-iū～⇨靠正平行路khò-chià$^{n}$-pêng-kiâ$^{n}$-lō。

【側目 chhek-bo̍k】 怒恨nō· hīn(hūn)。見者莫不～～kiàn-chiá bo̍k-put～～⇨同上。

【側耳 chhek-ní】 。～～而聽～～jî-thèng⇨同上。

【側投 chhek-tâu】 棒球投手的一種投法。伊的～～有威力i ê～～ū-ui-le̍k⇨他的側投具有威力。

【側門 chhek-bûn】 偏門phian-mn̂g。～～毋八開～～m̄-bat-khui⇨邊門未曾開過。

【側面 chhek-bīn】 正面～～chià$^{n}$-bīn～～⇨正面與反面。～～消息～～siau-sit⇨旁邊的消息。～～攻擊～～kong-ke̍k⇨同上。

【側室 chhek-sit】 細姨sè(sòe)-î。小妾。正室～～chià$^{n}$-sit～～⇨妻與妾。

【側重 chhek-tiōng】 偏重phian-tiōng。較～～於經濟方面khah～～tī keng-chè-hong-biān⇨比較邊重於經濟方面。

【側聞 chhek-būn】 側面消息。據所～～有人俫主張反對kì-só·～～ū-lâng boeh(beh) chú-tiu$^{n}$ hoán-tùi⇨同上。

【側擊 chhek-kek】 旁敲～～pông-khau～～⇨引喻設譬以使暗中領會。又從旁邊外圍下工夫以令人不覺而吐出眞情。

chhek **惻** 心痛也。爲我心～ûi-gó· sim～⇨使我心痛。

【惻隱之心 chhek-ún-chi-sim】 同情心tông-chêng-sim。～～～～人皆有之～～～～jîn-kai iú-chi⇨同上。

chhek **測** 度量to̍k-liâng也。推度chhui-to̍k也。又酌予增減曰測chhek，亦曰量liōng。即旁～二寸，彼頭量三寸chit-pêng～nn̄g-chhùn，hit-thâu liōng-sa$^{n}$-chhùn⇨此邊縮減了兩寸，那邊增加了三寸。未～得也bē(bōe)～tit-à不能再增減了。～未抵好～bē-(bōe)-tú-hó⇨調整(增減)得不能合攏。～未好勢～bē hó-sè⇨妥協得不合攏。～平敥藉會使得～pê$^{n}$-chē chiah-ē-sái tit⇨調整得大家一樣才可以。平敥pê$^{n}$-chē⇨一樣多。pî$^{n}$-chōe。時間～較早抮sî-kan～khah-chá lè⇨時間提早一點。推～chhui～⇨未接證物的推理。預～ì～⇨事未來而先斷其結果。

【測定 chhek-tēng】 ～～確實的距離是五十米～～khak-si̍t ê kī-lī sī gō·-cha̍p-bí⇨同上。米bí公尺也。

【測度 chhek-to̍k】 推測猜度chhui-chhek-chhai-to̍k。乎你未～～得hō·-lí bē(bōe)～～tit(lì)。

【測候 chhek-hāu】 觀測氣候。～～所～～só·⇨觀測天文氣像，預報天氣的機構。

【測量 chhek-liāng(liōng)】 以儀器量度土地。陸地～～隊lio̍k-tē～～tūi⇨同上。～～學～～ha̍k⇨同上。

【測字數 chhek-jī-sò·】 以字體卜吉凶。亦曰拆字數thiah-jī-sò·。青盲的～～～；講古的落屎吐chhe$^{n}$-mê-ê～～～；kóng-kó·-ê làu-sái-thò·⇨童謠。

【測歲壽 chhek-hōe-siū】 縮減年歲。～～～

合你拎認同年～～～kah-lí teh jîn-tâng-nî⇨縮減年歲與你在做同年歲之友。謂降格與人交往。

**chhek 尺** 十寸爲一尺chhi̍t-chhioh(見chhioh部)。桃花潭水深千～，不及王倫送我情thô-hoa-thâm súi-chhim chhian～, put-ki̍p-ông-lûn sòng-gó·-chêng⇨李白。

**【尺八 chhek-pat】** 樂器名。洞簫，亦曰尺八仔chhioh-peh-á。

**【尺寸 chhek-chhùn】** 法度。衣服的～～i-ho̍k ê～～⇨衣服的寸尺chhùn-chhioh。

**【尺土 chhek-thó·】** 極小的土地。～～必爭～～pit-cheng⇨同上。

**【尺度 chhek-tō·】** 標準。有一定的～～ū-it-tēng ê～～⇨同上。

**【尺素 chhek-sò·】** 書信。～～往來～～óng-lâi⇨同上。

**【尺牘 chhek-tho̍k】** 書信。又寫書信的程式指南。看～～道會曉寫khoà$^{n}$～～tō ē(ōe)-hiáu-siá⇨同上。

**chhek 赤** 淺朱也。空虛無物也。又裸體也(見chhiah部)。近朱者～，近墨者黑kīn(kūn)-chu-chiâ～,kīn(kūn)-be̍k-chiâ-hek⇨同上。面紅耳～biān-hông-ní～⇨同上。

**【赤子 chhek-chú】** 嬰兒。又喻百姓。陛下～～pī-hā(hē)～～⇨陛下的人民。

**【赤手 chhek-chhiú】** 空手。～～空拳～～khong-kûn⇨無資本無憑藉。

**【赤化 chhek-hoà】** 受共產黨的影響。

**【赤心 chhek-sim】** 誠心。忠心。～～報國～～pò-kok⇨同上。

**【赤色 chhek-sek】** ㊀朱色。㊁代表共產黨。～～政權～～chèng-koân⇨受赤化的政權。

**【赤地 chhek-tē】** 因大旱致草木不生之地。～～千里～～chhian-lí⇨謂旱害地域廣大。

**【赤俄 chhek-gô(ngô)】** 赤色俄羅斯chhek-sek ngô-lô-su的簡稱。

**【赤帝 chhek-tè】** 五帝之一。～～子殺白帝子～～chú sat pe̍k-tè-chú⇨漢高祖斬白蛇的故事。

**【赤帶 chhek-tài】** 女病名。～～白帶～～pe̍k-tài⇨皆女病名。

**【赤痢 chhek-lī】** 一種傳染病名。

**【赤誠 chhek-sêng】** 眞誠。～～之心～～chi-sim⇨同上。

**【赤道 chhek-tō】** 地球的中心線，緯道的基礎。太陽通過～～thài-iâng thong kòe～～⇨太陽每年通過赤道兩次，春分與秋分。

**【赤血球 chhek-hiat-kiû】** 血液中的一種細胞。～～～白血球～～～pe̍k-hiat-kiû⇨赤白兩種血球。

**【赤兎馬 chhek-thò·-má】** 三國演義中的名馬，簡稱赤兎chhek-thò·。原爲呂布坐騎，後歸關羽。人中呂布，馬中～～jîn-tiong lī-pò·, má-tiong～～⇨極稱其人與馬。

**【赤壁賦 chhek-pek-hù】** 蘇東坡的名文，有前後兩賦。赤壁chhek-pek地名，曹操八十萬大軍爲周瑜所敗之古戰場。

**【赤身露體 chhek-sin-lō·-thé】** 裸體ló-thé。十二月天講安爾～～～～cha̍p-jī-goe̍h-thi$^{n}$ kóng-an-ne(ni)～～～～⇨十二月天(這麼寒冷)竟如此脫光全身。

**【赤膽忠心 chhek-tá$^{n}$(tám)tiong-sim】** 忠誠至極。

**【赤繩繫足 chhek-sîn-hē-chiok】** 月下老人以紅線繫上其足。喻結成婚姻。姻緣前定。

**chhek 粟** 小米也。稻穀tiū-kok曰粟chhek，粟去殼曰米bí。稻～tiū～⇨同上。刈稻曝～koah-tiū-pha̍k～⇨同上。糶～thiò～⇨出售稻穀。糶～青thiò～chhe$^{n}$⇨穀未收而預先出售。糴～仔tia̍h～á⇨買穀。磚仔廳未發～chng-á-thia$^{n}$ bē(bōe)-hoat～⇨辦公廳中不會生稻米(因此你們必須孝敬我)，古時小官吏對百姓勒索的慣用詞。衆鳥要食番仔東的～ chiōng-chiáu boeh-chia̍h hoan-á-tong ê～⇨喻衆人皆欺負老實人。番仔東hoan-á-tong，老實人阿東的綽號。

【粟斗 chhek-táu】 大斗。普通斗的双倍大。打租用～～phah-cho· iōng～～⇨收租時使用大斗。以省時間。

【粟仔 chhek-á】 粟。陸稻。敥～～iā～～⇨種陸稻。敥iā以手散物。亦即散布種子也。

【粟青 chhek-chhe$^{n}$(chhi$^{n}$)】 粟未熟而出售曰賣～～bē(bōe)～～。糶～～thiò～～⇨同前。概以生活所迫，先行賤賣以度難關也。

【粟倉 chhek-chhng】 ～～仔滿滿抙～～á moá-moá lè⇨米庫很飽滿，喻很富裕。

【粟耙 chhek-pê】 晒穀用的小道具，大約尺半長八寸濶的木板，中央湊有五六尺的長柄。用以集穀或翻穀。

【粟殼 chhek-khak】 粟的外殼。俗曰粗糠chho·-khng。

【粟種 chhek-chéng】 種子粟。敥～～iā～～⇨散布稻仔的種子。恰如抙敥～～呢kah-ná teh iā～～neh⇨恰如在散布種子。喻錢銀散失之快。

【粟頭 chhek-thâu】 留在風鼓頭的比重較大的大粟粒，雜有甚多小石粒，故皆充爲鷄鴨的飼料。

chhek **觸** 冒犯也。誤逢不吉利也。又抵觸tí-chhiok (見chhiok部)。

【觸衰 chhek-soe】 不吉利。觸霉頭。遭殃cho iang。我無抙～～goá bô-teh～～⇨我沒有那麼倒霉。莫抙共人拍～～mài-teh kā-lâng phah～～⇨不要亂說不吉利的話。

【觸惡 chhek-ò·】 骯髒am-cham。齷齪ak-chak。污穢ù-òe。穢褻òe-sòe。～～人～～lâng⇨同上。～～代～～tāi⇨骯髒事。～～話講規擔～～ōe，kóng-kui-tà$^{n}$⇨髒話說太多。

【觸着 chhek tio̍h】 冒犯了。～～伊的意思～～i ê ì-sù冒犯了他的意思，使他不高興。有～～ū～～⇨曾經觸到不吉利。

chhek **踔** 同趠chhe̍k。跳也。跛也。謂跛者足有長短，行狀如跳也。動搖也。上下動曰趠chhe̍k，左右動曰搖iô。路無平車眞～lō·bô-pê$^{n}$ chhia-chin～⇨路面不平，車行上下動很激烈。歸路搖搖踔踔，實在食未焓kui-lō· iô-iô-che̍k-chhe̍k,sı̍t-chāi chia̍h-bē-ta⇨一路搖擺不停實在吃不消。車chhia～⇨車越chhia-tiô。越tiô，雀行也。地動～一下tē-tāng～chı̍t-ē⇨地震動了一下。～了破未一半去～liáu phoà boeh-chı̍t-poà$^{n}$ khì⇨跳動了破爛了將近一半(例如鴨蛋等東西)。

【踔仔麵 chhe̍k-á-mī】 或作摵仔麵。最簡易的食品。麵條放小竹籠中，投入滾熱的湯中，上下踔動之，少時取出，加料及湯即可，亦則以燙法thǹg-hoat煮成的，或應曰燙麵thǹg-mī，但以其在滾湯中上下踔chhe̍k兩下，而有此名。其小竹籠亦因而叫踔仔chhe̍k-á。

## chheng

chheng **清** 澂也。潔也。明也。除去曰清chheng，了結曰清chheng。空虛亦曰清chheng。又朝代名。滄浪之水～兮可濯吾纓chhong-lōng chi súi～hê khó te̍k gô·-eng⇨同上。水～魚現chúi～hî hiān⇨同上。澄～嫌疑têng～hiâm-gî⇨同上。洗～恥辱sé～thí-jio̍k⇨同上。掃～叛黨sàu～poān-tóng⇨同上。結～舊賬 kiat～kū-siàu ⇨同上。認～敵友 jīn～te̍k-iú⇨同上。百年河～pek-liân hō～⇨同上。天高氣～thian-ko khì～⇨同上。月白風～goa̍t-pe̍k hong～⇨同上。滿～boán～⇨遜～sùn～⇨有～一代iú～it-tāi⇨清朝chheng-tiâu。

【清丁 chheng-teng】 船上管貨員。～～頭～～thâu⇨其頭目。

【清丈 chheng-tiāng】 土地～～thó͘-tē～～⇨土地的測量整理。

【清水 chheng-chúi】 ～～煮白米～～chú (chí) pe̍h-bí⇨喻潔白無瑕。澈底清白。白米pe̍h-bí亦作白飯pe̍h-pn̄g。

【清心 chheng-sim】 ㊀心中無所掛慮。心中愉快滿足。你盒～～也啱lí taⁿ～～ā-nō⇨你現在一身輕了，心中無所掛慮了。我豈～～goá ká～～⇨我沒有那麼清心。㊁作清心事。亦即動詞化。來去～～一下laih-khì (ì)～～chi̍t-ē⇨去找清心事吧。來去laih-khì⇨la-ì。～～彈～～toâⁿ⇨清心彈奏樂器。作清心樣。厝裡無米每扲～～～chhù-lí bô-bí mā-teh～～～⇨家中無米也在作樂。

【清白 cheng-pek】 身家～～sin-ka～～⇨同上。

【清平 chheng-pêng】 天下太平。～～世界～～sè-kài～～⇨同上。

【清早 chheng-chá】 清晨chheng-sîn。～～道趕倸出門也～～tō koáⁿ-boeh chhut-mn̂g ā⇨清晨就急著要出門了。～～燒香～～sio-hiuⁿ⇨同上。

【清尿 chheng-jiō】 無夾雜物的童子尿。據稱中藥有此一味。

【清明 chheng-bêng】 二十四氣之一。三月初三古～～saⁿ-go̍eh chhe-saⁿ kó͘～～⇨同上。

【清官 chheng-koaⁿ】 ～～難斷家務事～～lān-toàn ka-bū-sū⇨喻家庭糾紛之複雜。

【清秀 chheng-siù】 不瘦不肥近乎標緻。生做眞～～未嫌得也seⁿ-chò (chòe) chin～～bē (bōe) hiâm tit-ā⇨生得相當清秀，蠻可愛的了。

【清炖 chheng-tūn】 烹飪法之一。～～全鷄～～choân-ke⇨同上。～～白鴿～～pe̍h-kap⇨同上。～～團鼈～～thoân-pih⇨同上。

【清香 chheng-hiang】 花有～～月有蔭hoa iú～～goa̍t iú ìm⇨同上。

【清風 chheng-hong】 ～～徐來，水波不興～～chhî lâi，súi-pho put-hin⇨同上。破扇引～～phoà-sìⁿ ín～～⇨同上。破扇可引來清風。

【清幽 chheng-iu】 清潔幽靜。厝內布置了有夠～～chhù-lāi pò-tì-liáu ū-kàu～～⇨家中布置得十分清幽。店較～～的所在，較會長歲壽tiàm-khah～～ê só͘-chāi khah-ē tn̂g-hōe-siū⇨住於比較清幽的地方，比較能夠長壽。

【清苦 chheng-khó͘】 生活眞～～seng-oa̍h chin～～⇨生活很貧很苦。

【清亮 chheng-liāng】 明亮。

【清酒 cheng-chiú】 米酒。特級～～te̍k-kip～～⇨同上。

【清盈 chheng-êng】 或作淸容。有閒有暇，無憂無慮，亦作淸閒chheng-hân。～～命～～miā⇨安樂富貴之身。～～人毋做，愛扲鷄母跆糞掃～～lâng m̄-chò, ài-teh ke-bó thái-pùn-sò⇨安樂富貴不享受，反如高興在拼命工作。鷄母跆糞掃ke-bó-thái-pùn-sò，母鷄在糞堆中找食。

【清高 chheng-ko】 清雅高潔chheng-ngá ko-kiat。樸實～～的風範實在難得phok-si̍t～～ê hong-hoān si̍t-chāi lân-tit⇨同上。

【清氣 chheng-khì】 清潔chheng-kiat。～～水～～chúi⇨清淨的水。可用之水。～～相～～siùⁿ⇨好清潔的性質。～～窮～～kêng⇨清貧chheng-pîn。～～溜溜～～liu-liu⇨很清氣。～～哥～～ko⇨①衛生部長，亦即對出口清氣入口衛生者的戲稱。②一種陪葬的替身thè-sin (亦即代人tāi-jîn)。～～哥佮俐嫂～～ko，léng-lī-só⇨陪葬的男女代人替身。

【清流 chheng-liû】 ㊀潔淨的流水。㊁清高的社會。爲～～所不容ûi～～só͘ (sé) put-iông⇨同上。

【清書 chheng-si】 淨書。該更～～過ài-koh～～kòe⇨需要淨書一次。

【清茶 chheng-tê】 ～～薄酒～～poh-chiú⇨同上。

【清除 chheng-tî(tû)】 ～～糞掃～～pùn-sò⇨除掉垃圾tî(tû)-tiāu lah sap。

【清望 chheng-bōng】 好的人望。不可自毀～～put-khó chū-hùi～～⇨同上。

【清淨 chheng-chēng】 眼不見爲～～gán put-kiàn ûi～～⇨沒看見總是清淨的。

【清彩 chheng-chhái】 精神愉快。早起看見有較～～也chá-khí khoà$^{n}$-ki$^{n}$ ū-khah～～à⇨今晨看來比較精神爽快sóng-khoài了。早起看見chá-khí khoà$^{n}$-kì$^{n}$⇨chá-í khoà$^{n}$-ì。

【清清 chheng-chheng】 人～～白白，不當白白布加人染到烏去lâng～～pek-pek，m̄-thang peh-peh-pò· kā-lâng ní-kà-o· khì(ì)⇨人家是清清白白的，不該將白白的布給人家染成黑的。水猶～～chúi iáu～～⇨水還是清的。

【清唱 chheng-chhiù$^{n}$】 唱而不演。平劇～～phêng-kek～～⇨同上。

【清野 chheng-iá】 堅壁～～kian-pek～～⇨堅固城壁清除野外食物，使敵軍攻不入，亦得不到食。

【清國 chheng-kok】 遜清帝國的簡稱。～～奴～～lô·⇨清代漢人的蔑稱。尤其日人稱之曰chhiang-ko-lo。有心人痛恨之。

【清規 chheng-kui】 佛門的規紀。不守～～put-siú～～⇨破戒phoà-kài。

【清理 chheng-lí】 清算整理 chhheng-sǹg chéng-lí。～～委員會～～úi-oân-hōe⇨同上。

【清涼 chheng-liâng】 ～～飲料～～ím-liāu⇨同上。

【清貧 chheng-pîn】 清寒chheng-hân，清氣窮chheng-khì-kêng。安於～～的生活an-î～～ê seng-oah⇨滿足於清貧的生活中。

【清爽 chheng-sóng】 略同清心 chheng-sim。愉快。氣爽。家內整頓到眞～～ka-lāi chéng-tùn-kà chin～～⇨家中整理得清清淨淨令人氣爽。有來有往，無來～～ū-lâi ū-óng，bô-lâi～～⇨謂禮尚往來lé-siāng óng-lâi，來者非還禮不可，不來者不必還禮，反而輕鬆khin-sang。

【清淡 chheng-tām】 生理～～seng-lí～～⇨生意不旺。家事～～ke-sū～～⇨家運不甚順適。

【清甜 chheng-ti$^{n}$】 甜度較鮮烈。砂糖較～～過烏糖soa-thn̂g khah～～kòe o·-thn̂g⇨同上。

【清菜 chheng-chhài】 食～～chiah～～⇨素食sò·-sit。

【清閒 chheng-hân】 無憂無慮。無事可做。一日～～一日仙it-jit～～it-jit-sian⇨同上。

【清寒 chheng-hân】 ～～學生奬學金～～hak-seng-chiáng-hak-kim⇨同上。

【清湯 chheng-thng】 烹飪法之一。～～鮑魚～～pau-hî⇨同上。～～魚翅～～hî-chhì⇨同上。～～蝦丸～～hê-oân⇨同上。

【清朝 chheng-tiâu】 清代。～～錢，明朝進士～～chî$^{n}$，bêng-tiâu chìn-sū⇨謂最受尊重的東西。或指清朝可以錢買官，不必全靠科場晉身也。

【清場 chheng-tiû$^{n}$】 清理場地。戲院無～～道會使得連場看hì-ī$^{n}$ bô～～tō-ē(ōe)-sái-tit liân-tiû$^{n}$-khoà$^{n}$⇨戲院不清場就可以連續看下一場。

【清單 chheng-toa$^{n}$】 計算書。～～來藉會知影～～lâi chiah-ē(ōe) chai-iá$^{n}$⇨清單來了才能夠知道

【清楚 chheng-chhó】 明白bêng-pek。來～～去明白lâi～～khì-bêng-pek⇨記賬kì-siàu的原則。條件該先講～～tiâu-kiā$^{n}$ ài seng-kóng～～⇨條件需要預說明白。聽無～～道

行不藉會錯去thiaⁿ-bô ～～ tō-kiàⁿ m̄-chiah-ē-chhō khì(ì)⇨聽不清楚就跑去了才錯了的。又消失了亦曰清楚chheng-chhó。阿金舍的財產早道～～也a-kim-sià ê châi-sán chá tō ～～ à⇨阿金舍的財產老早就蕩盡消失去了。收～～也siu ～～ à⇨收拾妥當了。事情猶未～～抖sū-chêng iá-bōe(á-bē)～～ lè⇨事尚未解決。弄未～～lōng-bē～～⇨弄不明白。

【清廉 chheng-liâm】 爲官不貪。三年～～官，十萬雪花銀 saⁿ-nî～～koaⁿ，chap-bān soat-hoa-gîn(gûn)⇨謂做官三年，不貪不污，亦能有十萬美如雪花的白銀在身。

【清痰 chheng-thâm】 去痰。～～化氣～～hoà-khì⇨中藥品的宣傳用詞。

【清道 chheng-tō】 ㊀大官的路徑趕走閒雜之人。㊁掃路。～～夫～～hu⇨衛生工人。

【清算 chheng-sǹg】 清賬chheng-siàu，決算koat-soàn。～～未了～～bē(bōe)-liáu⇨敲不清。較～～每安爾khah ～～ mā an-ne (ni)⇨如何清算都是一樣。

【清算 chheng-soàn】 決算koat-soàn。年度～～nî-tō·～～⇨同上。

【清塚 chheng-thióng】 墓地清理。

【清靠 chheng-khò】 有錢又有好子弟。阿竹伯仔不止仔～～也a-tek-peh à put-chí-á～～ à⇨阿竹伯相當清靠了。

【清標 chheng-phiau】 瀟灑siau-sá。準团堉生做相當～～ chún-kiáⁿ-sāi seⁿ(siⁿ)-chò (chōe) siang-tong～～⇨同上。

【清賬 chheng-siàu】 清算chheng-sǹg。俳道逐家來～～一下 boeh tō tak-ke lâi～～chit-ē⇨既然要就大家清算一下好了(債務，恩怨皆通用)。亦可簡稱逐個來清一下tak-ê lâi-chheng chit-ē。

【清談 chheng-tâm】 聊天liâu-thian。竹林七賢的～～tek-lîm chhit-hiân ê～～⇨六朝名人答嘴鼓。

【清靜 chheng-chēng】 ～～的所在～～ê só·-chāi⇨不喧鬧的地方。

【清錢 chheng-chîⁿ】 還錢。還賬。

【清醒 chheng-séng】 知覺健全ti-kak kiān-choân。猶～～抖iáu～～lè⇨還有知覺。尚未暈迷。

【清潔 chheng-kiat】 清掃chheng-sàu。清氣chheng-khì。～～劑～～che⇨清潔藥品。～～隊～～tūi⇨同上。

【清議 chheng-gī】 名流的批評。～～所不容～～só·(sé) put-iông⇨同上。

【清一色 chheng-it-sek】 無雜物。無他色他物。

【清泱泱 chheng-oaiⁿ-oaiⁿ】 清澄的水流。溪仔水～～～khe-á-chúi～～～⇨同上。

【清眞寺 chheng-chin-sī】 清眞教chheng-chin-kàu即回教hôe-kàu的寺院。

【清鏡鏡 chheng-kiàⁿ-kiàⁿ】 清澄如鏡。潭水～～～thâm-chúi～～～⇨同上。

chheng **稱** 言也。贊揚也。名～bêng～⇨名號。聲～seng～⇨宣明。宣～soan～⇨宣明。自～三叉王chū～sam-chhe-ông⇨自以爲大。諉～不知情úi～put-ti-chêng⇨同上。

【稱后 chheng-hō·(hiō)】 封后hong-hō·(hiō)。女排魔女～～lí(lú)-pâi mô·-lí(lú)～～⇨女子排球賽是魔女隊冠軍。

【稱快 chheng-khoài】 叫好kiò-hó。人人～～jîn-jîn～～⇨同上。

【稱臣 chheng-sîn】 敗者俯首～～pāi-chià hú-siú～～⇨敗家屈服爲部下。

【稱呼 chheng-ho·】 稱號chheng-hō，尊稱chun-chheng。安怎～～an-choáⁿ～～⇨如何叫法。

【稱便 chheng-piān】 大家～～tāi-ke～～⇨大家都說便利。

【稱帝 chheng-tè】 自稱皇帝。稱王～～chheng-ông～～⇨同上。劉備～～lâu-pī～～

⇨三國誌。

【稱病 chheng-pēng】 諉稱有病。～～不出～～put-chhut⇨推說有病不辦公。

【稱許 chheng-hí】 稱頌chheng-siōng。長官所～～tiú$^{n}$-koa$^{n}$ só͘(sé)～～⇨同上。

【稱雄 chheng-hiông】 稱霸chheng-pà。田徑巨人～～，桌球超人稱霸tiân-kèng kī-jîn～～ toh-kiû chhiau-jîn chheng-pà⇨田徑賽是巨人隊勝利，桌球賽是超人隊贏了。

【稱揚 chheng-iâng】 稱讚chheng-chhàn。人人齊聲～～lâng-lâng chē-sia$^{n}$～～⇨同上。

【稱亂 chheng-loān】 舉兵反亂。黃巢～～n̂g-chhâu～～⇨同上。

【稱羨 chheng-siān】 稱讚兼羨望。人人～～jîn-jîn～～⇨同上。

【稱頌 chheng-siōng】 讚美頌揚chhàn-bí siōng-iâng。

【稱慶 chheng-khèng】 額手～～gia̍h-chhiú～～⇨舉手(打於額上)說好。

【稱謝 chheng-siā】 說謝。

【稱讚 chheng-chàn】 稱揚chheng-iâng。

【稱兄道弟 chheng-hia$^{n}$-tō-tī】 交羣結黨kau-kûn kiat-tóng。

【稱孤道寡 chheng-ko͘-tō-koá$^{n}$】 以王自居，自傲自大。自稱三叉王道～～～～起來也chū-chheng sam-chhe-ông tō～～～～ khí lâi-ā⇨同上。古時的帝王自稱曰孤ko͘或寡人kóa$^{n}$-jîn。

**chheng 千** 數字。十個百曰千chheng，chhian(見chhian部)。十～湊一萬cha̍p～tàu chi̍t-bān⇨十個一千，加成一萬。

【千一 chheng-it】 一千一百。算～～道可也sǹg～～tō-hó ā⇨算你一千一百（元）就好了。千一至千九皆同斷。

【千外 chheng-goā】 一千以上。～～人～～lâng⇨一千以上的人。極加～～至二千煞ke̍k-ke～～chì nn̄g-chheng soah⇨最多一千以上至兩千罷了(不會再多)。

【千人見 chheng-lâng-kì$^{n}$】 ～～～不值着一人八～～～ m̄-ta̍t-tio̍h chi̍t-lâng-bat⇨千人看見的不如一個懂事的。

【千外外 chheng-goā-goā】 一千以上近兩千。該～～～佅到二千抾ài～～～boeh-kàu nn̄g-chheng lê⇨需要將近兩千哩。

【千千萬萬 chheng-chheng-bān-bān】 謂極多。～～～～人抾出出入入～～～～lâng teh chhut-chhut-ji̍p-ji̍p⇨數不清的人在出入。

【千算萬算 chheng-sǹg-bān-sǹg】 計算得非常詳細考慮得非常巧妙。～～～～不值着天一畫～～～～ m̄-ta̍t tio̍h thi$^{n}$ chit-ōe⇨謂人算不如天算。一畫chi̍t-ōe謂畫一筆給你。

【千年田八百主 chheng-nî-chhân peh(poeh)-pah-chú】 謂世事多變遷。亦即一千年間，地主換了八百個。

**chheng 蜻** 蜻蜓chheng-têng。俗稱田嬰chhân-e$^{n}$(i$^{n}$)。善飛的昆蟲類。群飛於田間，甚可愛。穿花蛺蝶深深見，點水～～款款飛chhoan-hoa kiap-tia̍p chhim-chhim-kiàn, tiám-súi～～khoán-khoán-hui⇨唐詩。

【蜻蜓點水 chheng-têng tiám-chúi】 ～～～～式的照顧～～～～sit ê chiàu-kò͘⇨偶爾照顧一次。

**chheng 青** 五色之一也。生也。年少曰青chheng。殺～sat～⇨古代以竹簡刻字，以火炙之，使出汗以消青色而免蟲蛀曰汗～hān～，亦卽殺～sat～，亦卽竹簡已完成可收藏也。後凡著作脫稿可付印，電影片整理好可付印，皆曰殺青sat-chheng。

【青山 chheng-san】 樹木青翠之山。～～易改本性難移～～ī-kái，pún-sèng lân-î⇨同上。～～綠水～～lio̍k-súi⇨美麗的河山。

【青天 chheng-thian】 ㊀好天氣。太平無事。～～白日看着鬼～～pe̍h-ji̍t khoà$^{n}$-tio̍h-kúi⇨喻無中生有bû-tiong-seng-iú。㊁賢明的官吏。包～～pau～～⇨宋朝的賢吏包拯pau-chín的通稱。

【青史 chheng-sú】 古代歷史寫在青竹簡，故稱歷史爲青史。長垂～～tiâng-sûi～～⇨同上。

【青衣 chheng-i】 戲劇中演女主角的演員。俗稱旦toà$^{n}$或苦旦khó͘-toà$^{n}$，蓋多演悲劇的主角故也。

【青年 chheng-liân】 ～～人～～lâng⇨同上。女子～～會lí(lú)-chú～～hōe⇨同上。

【青果 chheng-kó】 新鮮的果子kóe-chí類。亦曰水果chúi-kó。～～運銷合作社～～ūn-siau hap-chok-siā⇨同上。

【青春 chheng-chhun】 ～～少年時～～siàu-liân-sî⇨少年時代。當～～扲tng～～lê⇨正在青春盛時。～～不再來～～put-chāi-lâi⇨同上。～～痘～～tāu⇨面疱bīn-phāu，俗曰痱也子thiāu-á-chí。

【青衿 chheng-khim】 讀册人thak-chheh-lâng，亦即讀書人thok-si(su)-jîn。古時秀才等讀書人皆衣藍衫。

【青苔 chheng-thai】 chhe$^{n}$-thî。～～綠苔～～liok-thai⇨同上。

【青絲 chheng-si】 頭髮thâu-hoat。剪掉～～做尼姑chián-tiāu～～chò(chòe) nî-ko͘⇨同上。

【青睞 chheng-lâi】 垂青愛護。得着頭家的～～tit-tioh thâu-ke ê～～⇨獲得老板的特別愛護。

【青樓 chheng-lâu】 妓女所聚的商家。～～艷姬～～iām-ki⇨同上。酒館～～chiú-koán～～⇨同上。

【青雲志 chheng-hûn-chì】 遠大的志願。少抱～～～siàu-phō(phāu)～～～⇨年輕時即抱有大志。

【青蛙腿 chheng-oa-thúi】 一種小孩腿部畸形的病名。最近才被重視。

【青天霹靂 chheng-thian-phek-lek】 事態發生之突然，宛如晴天突來霹靂雷聲大響。

【青出於藍 chheng-chhut-î lâm】 喻弟子強過師父。～～～～而青於藍～～～～～jî chheng-î-lâm⇨同上。藍lâm，nâ，植物名。亦即靛青tiān(tiā$^{n}$)-chheng。

【青紅黑白 chheng-hông-hek-pek】 是非曲直sī-hui-khiok-tit→chhe$^{n}$(chhi$^{n}$)-âng-o͘-peh。

【青面獠牙 chheng-biān-liâu-gê】 惡鬼煞神ok-kúi-soah-sîn。行徑令人怕的一羣人。chhe$^{n}$(chhi$^{n}$)-bīn-liâu-gê。

【青梅竹馬 chheng-bôe-tek-má → chhe$^{n}$(chhi$^{n}$)-bôe(mûi)-tek-bé】 童年時代同遊同戲的朋友。

**請** chhéng 請chhiá$^{n}$也。求也。問也。聘～phèng～⇨同上。邀～iau～⇨招請chiau-chhéng。招聘chiau-phèng。懇～khún～⇨殷勤要求in-khîn iàu-kiû。

【請令 chhéng-lēng】 請求指定任務。向上級～～hiàng siāng-kip～～⇨同上。

【請示 chhéng-sī】 要求上級指示。～～機宜～～ki-gî⇨同上。

【請安 chhéng-an】 問安būn-an。共阿姑～～kā a-ko͘～～⇨同上。

【請求 chhéng-kiû】 懇求。要求。～～付款～～hù-khoán⇨要求付錢iàu-kiû hù-chî$^{n}$。～～書～～si(su)⇨要求付錢的文件。～～援助～～oān-chō͘⇨同上。

【請命 chhéng-bēng】 ㊀懇求寬容。代民～～tāi-bîn～～⇨同上。㊁同請令chhéng-lēng。

【請免 chhéng-bián】 要求免除。～～學雜費～～hak-chap-hùi⇨同上。

【請和 chhéng-hô】 請求和平解決。

【請降 chhéng-hâng】 要求接受投降。敵軍～～tek-kun～～⇨同上。

【請便 chhéng-piān】 請人隨自己的便。逐家～～ta̍k-ke～～⇨大家請自由行動。

【請益 chhéng-ek】 懇請更多指教。向老師～～hiàng lāu-su～～⇨同上。

【請託 chhéng-thok】 求情。以事託人。受人～～siū-lâng～～⇨同上。

【請假 chhéng-ká】 請賜假。連續～～一禮拜liân-sio̍k (sō)～～chi̍t-lé-pài⇨同上。

【請教 chhéng-kàu】 求教。～～高明～～ko-bêng⇨同上。～～較有經驗的人～～khah-ū keng-giām ê lâng⇨同上。

【請期 chhéng-kî】 古婚禮手續之一。納聘la̍p-phèng之後，男家擇定迎娶之吉日，遣使告知女家曰請期chhéng-kî，意謂向女家請示期日以示謙讓。

【請罪 chhéng-chōe】 請求處罰。謝罪siā-chōe。負荊～～hū-keng～～⇨廉頗liâm-pho的故事。

【請領 chhéng-niá】 要求發放。～～牌照～～pâi-chiàu⇨同上。～～補助款～～pó͘-chō͘-khoán⇨同上。

【請願 chhéng-goān】 人民～～案件jîn-bîn～～àn-kiā$^{n}$⇨同上。

【請纓 chhéng-êng】 ～～殺敵～～sat-te̍k⇨同上。

【請君入甕 chhéng-kun-ji̍p-àng】 以君之方法修理君，使其自作自受，自食其果。

chhéng **筅** 帚也。彈塵曰筅chhéng。拂拭亦曰筅chhéng。鷄毛～ke-mô͘ (koe-mn̂g)～⇨鷄毛製的拂塵hut-tîn。棕～chang～⇨棕刷子。銅～tâng～⇨銅刷子。

【筅仔 chhéng-á】 拂塵hut-tîn之類。亦曰刷仔chhè-á。桌仔用～～筅toh-á iōng～～chhéng⇨同上。

【筅筅 chhéng-chhéng】 筅chhéng。～～扵～～lē⇨筅一筅。～～掃掃～～sàu-sàu⇨筅掃chhéng-sàu。

chhéng **逞** 肆行也。任性恣行曰逞chhéng，矜誇自顯曰逞chhéng。恣肆chih-chuh，躍躍欲試皆曰逞chhéng。囡仔人眞～gín-á-lâng chin～⇨孩童們很恣行作弄。少年人四界～siàu-liân-lâng sì-kè～⇨少年人到各處去胡鬧。

【逞功 chhéng-kong】 自誇功大。躍躍而欲有功。不免～～m̄-bián～～⇨不用自誇功勞。不免扵～～m̄-bián teh～～⇨不必躍躍欲有功。

【逞龜 chhéng-ku】 逞鬚者，又其蔑稱。～～道是～～，～～tō-sī～～⇨名符其實的逞龜。

【逞鬚 chhéng-chhiu】 躍躍欲試。莫扵～～mài-teh～～⇨不用逞能théng-lêng逞強thèng-khiàng。

【逞仔性 chhéng-á-sèng】 生性甚逞chhéng。訛爲筅仔性chhéng-á-sèng⇨筅chhéng，刷仔chhè-á，謂如刷仔chhè-á亂筅loān-chhéng也。

chhèng **稱** 好也。愜意kah-ì也，滿意moá-ì也。又權衡斤兩重輕亦曰稱chhèng，chhìn，亦作秤chèng，chhìn (見chhin部)。

【稱身 chhèng-sin】 合軀ha̍h-su。裁了眞～～chhâi-liáu chin～～⇨(衣服)剪裁得很合軀ha̍h-su。

【稱意 chhèng-ì】 愜意kah-ì。意欲得之的中意tiòng-ì。看了眞～～khoà$^{n}$-liáu chin～～⇨看了(相親)之後，很稱意(積極性)。有～～道好講了ū～～tō hó-kóng à⇨有中意就容易說合了。

【稱職 chhèng-chit】 能擔當職務。伊自謙是～～耳無什麼成就i chū-khiam sī～～niā，bô-sa-ma sêng-chiū⇨同上。

【稱人意 chhèng-lâng-ì】 合人家的意思。咱這查某嫺仔命，～～～便罷，無～～～道該食凸餅lán-che cha-bó͘-kán-á-miā，～～～piān-pā，bô～～～tō-ài chia̍h phōng-piá$^{n}$⇨我此種女婢命的人，中人之意便算了，不中人意就要受斥罵。凸餅phōng-piá$^{n}$，喻生氣時面頰漲

大。

**chhèng 銃** 火器也。火～hóe～火箭hóe-chì$^{n}$，小銃sió-chhèng。小～大炮sió～toā-phàu⇨同上。步兵～pō͘-peng～⇨小銃。機關～ki-koan～⇨機槍ki-chhiang(chhiu$^{n}$)。鳥～chiáu～⇨打鳥之銃。路～lō͘～⇨獵取走獸的一種火箭，暗放在獸徑以待之。獵～la̍h～⇨打獵用之銃。手～chhiú～⇨小銃。大～toā～⇨大砲。放～pàng～⇨開砲。喻平白損失。放空～pàng-khang～⇨無威力的警告。

【**銃子 chhèng-chí**】 子彈。喻錢。無～～也bô～～à⇨沒錢了。

【**銃口 chhèng-kháu**】 您那俫～～朝對我者來lín ná-boeh～～tiâu-tùi goá-chia lâi⇨你們何以要向我集中攻擊呢(此事與我無干嘛)。

【**銃手 chhèng-chhiú**】 代考者。倩～～去代考chhià$^{n}$～～khì tāi-khó⇨雇傭銃手代考。

【**銃孔 chhèng-khang**】 同銃口chhèng-kháu。

【**銃仔 chhèng-á**】 小銃。玩具銃。查某囡仔愛翁仔，查甫的愛～～cha-bó͘-gín-á ài ang-á，cha-po͘-ê ài～～⇨女孩子喜歡偶人，男孩子喜歡小銃玩具。

【**銃殺 chhèng-sat**】 槍斃chhiang-pè。掠去～～lia̍h-khì(ì)～～⇨捉去槍斃。

【**銃路 chhèng-lō͘**】 彈道tān-tō。敢是犯着伊的～～嘛ká$^{n}$-sī hoān-tio̍h i ê～～mà⇨恐怕冒犯了他的脾氣吧。

【**銃傷 chhèng-siang(siong)**】 ～～猶未好～～á-bōe(bē)-hó⇨同上。

【**銃樓 chhèng-lâu**】 防匪防盜的建築物，也是銃械倉庫。

【**銃頭 chhèng-thâu**】 ～～銃尾～～chhèng-bóe⇨同上。

【**銃聲 chhèng-sia$^{n}$**】 ～～眞近也～～chin-kīn ā⇨同上。

【**銃櫃 chhèng-kūi**】 銃樓chhèng-lâu之小型者。

【**銃藥 chhèng-io̍h**】 火藥hóe-io̍h。喻錢，資金。無～～也bô～～à⇨沒本了。

**chhèng 滕** 泉水湧出也。百川沸滕。又達也，通騰thêng。凡事得意得勢皆曰滕chhèng。阿三眞～a-sam chin～⇨阿三很得意。很吃得開。很有財路，很得勢。有夠～ū-kàu～⇨十分得意。出去～一下chhut-khì(ì)～chi̍t-ē⇨上街去大樂一下。一個小職員仔三幾年耳講～到董事長chit-ê sío-chit-oân-á sa$^{n}$-kúi-nî niâ kóng～kà táng-sū-tiú$^{n}$⇨同上。未～也bē(bōe)～à⇨不可能再升了，不能再發展下去了。失敗了。免抡～bián-teh～⇨何用得意，～無路也～bô-lō͘ à⇨發展不開了。～了有夠紅也～liáu ū-kàu-âng ā⇨紅得發紫了。俗以沖作滕，非。沖，音chhiong，往上衝也。

**chhèng 擤** 手捻鼻膿曰擤chhèng。囝仔猶未會曉～gín-á á-bōe(bē) ē-hiáu～⇨孩子還不懂得如何擤鼻。

【**擤鼻 chhèng-phīn**】 ～～糊目珠～～kô͘ ba̍k-chiu⇨童言。

**chhèng 蒸** 烝cheng也。物置隔水而煮之曰蒸chhèng。茶葉等加香氣亦曰蒸chhèng。水向上急噴亦曰蒸chhèng。又物價上漲亦曰蒸chhèng。或應作逞chhèng。蕃藷～的較好食han-chî(chû)～ê khah-hó-chia̍h⇨同上。茶葉更～花tê-hio̍h koh～hoe⇨茶葉加花香。粉有～芳hún ū～phang⇨(化粧用)粉加過香氣。泉水抡～choâ$^{n}$-chúi teh～⇨泉水在上噴。

【**蒸芳 chhèng-phang**】 花粉有～～hoe-hún ū～～化粧用粉加過香氣。

【**蒸峘 chhèng-koân(koâi$^{n}$)**】 噴上。加高。漲價。～～的水叫做噴水～～ê chúi kiò-chò(chòe) phùn-chúi⇨同上。地基該更～～tē-ki ài-koh～～⇨地基須增高。物價～～眞敹也bu̍t-kè～～chin-chē à⇨物價漲很多了。

【**蒸茶 chhèng-tê**】 茶加香氣。用茉莉花～

～iōng boa̍t-lī-hoe～～⇨茶加茉莉花香。

【**蒸價** chhèng-kè】 漲價。佗一項～～無着 ta(to) chit-hāng～～bô-tio̍h⇨何物沒有漲價。

【**蒸番藷** chhèng-han-chî(chû)】 蒸煮地瓜。

【**蒸蒸芳** chhèng-chhèng-phang】 香蒸蒸 phang-chhèng-chhèng。香氣四溢。

chhêng **松** 樹名 。松柏仔 chhêng-pe̍h-á ⇨ 松柏 siông-pek。

chhêng **榕** 樹名。鳥榕仔chiáu-chhêng-á⇨榕樹 iông-chhiū。插～較健龍，插艾較長命 chhah～khah-kiān-lêng，chhah-hiā$^n$ khah-tn̂g-miā⇨端午節俗多在門前插榕iông插艾ngāi。謂榕象健康，艾象長命。

【**榕仔** chhêng-á】 榕樹iông-chhiū。～～乳～～leng⇨榕樹膠。～～鬚～～chhiu⇨榕樹枝上的根鬚。

【**榕墻** chhêng-chhiû$^n$】 榕樹剪齊成墻。榕仔墻chhêng-á-chhiû$^n$。

chhēng **穿** 凡衣着皆曰穿chhēng。食～看我chia̍h～khoà$^n$-goá⇨食與穿皆由我負責。食飽～燒上要緊chia̍h-pá～sio siāng(siōng) iàu-kín⇨吃得飽穿得溫暖第一。食是山珍海味，～是綾羅紡絲chia̍h-lī san-tin-hái-bī，～lī lîn(lêng)-lô-pháng-si⇨吃是上等食，穿是上等的衣着，高級生活。是sī在本句中讀lī。食～免煩惱也chia̍h～bián hoân-ló à⇨生活不用憂慮了。第一食第二～tē-it-chia̍h，tē-jī～⇨謂食衣爲生活最重要的條件。

【**穿衫** chhēng-sa$^n$】 穿衣chhoan-i。～～穿褲～～chhēng-khò͘⇨穿衣服。

【**穿插** chhēng-chhah】 衣着粧飾。佼～～gâu～～⇨很懂得衣着打扮。～～無合拍～～bô-kah-phah⇨衣着打扮配合不妥切。

【**穿十三尺** chhēng-cha̍p-sa$^n$-chhioh】 穿旗袍，男旗袍曰長衫tn̂g-sa$^n$，十三尺cha̍p-sa$^n$-chhioh合一丈三尺曰丈三tn̂g-sa$^n$，丈三tn̂g-sa$^n$，長衫tn̂g-sa$^n$諧音也。

【**穿牛皮衫** chhēng-gû-phôe-sa$^n$】 古時的一種刑罰，生牛皮套在身上晒日，將逐漸收縮，終將致人於死。不驚人掠去～～～～ m̄-kia$^n$ lâng lia̍h-khì(ī)～～～～⇨不怕被人家抓去穿牛皮衣嗎。

【**穿紅嫁翁** chhēng-âng-kè-ang】 穿紅衣嫁丈夫。無特別含意，只取其押韻。

【**穿麻帶孝** chhēng-moâ-toà-hà】 穿麻衣戴孝帽。～～～～扵無心成講商理嘛～～～～lè bô-sim-chiâ$^n$ kóng seng-lí mà⇨身上穿帶重孝，無心談生意吧。

【**穿鞋吊襪** chhēng-ê-tiò-boeh】 斯文人打扮。今仔日～～～～要去叫人阿爸是否kin-á-ji̍t～～～～boeh-khì(ī) kiò-lâng a-pâ sī-bò͘⇨今天穿得如此斯文，要去叫人阿爸嗎，意謂是否要去當女婿。

## chhi

chhi **蚩** 蟲也。笑也作嗤chhi。醜惡作媸chhi。

【**蚩尤** chhi-iû】 古人名。～～作亂，黃帝破之～～chok-loān, n̂g-tè phò-chi⇨同上。

chhi **嗤** 笑也。

chhi **媸** 醜惡也。

chhi **鰓** 魚類的呼吸器官也，俗作腮。魚曰～人曰顋hî oa̍t chhi, lâng oa̍t sai⇨同上。刣魚該刣到～講話該講透枝thâi-hî ài thâi-kàu～, kóng ōe ài kóng-thàu-ki⇨謂殺魚要殺到鰓部，說話應該說到末部。喻說話應該全部說出來，以免誤會。透枝thàu-ki謂枝頭到枝末全部。

chhi **蛆** 水中微細蟲類，或菌類，能致人皮膚(主要在脚趾間)發癢者曰蛆chhi。著～tio̍h～⇨被蛆所食上了。按所謂香港脚hiag-kángkha不知是否著蛆tio̍h-chhi的一種。不過其症候甚相似。

**chhi 妻** 妻chhe，某bó͘也（見各該部）。

**chhi 茨** 蓋也。布施也。鋪墊床巾等曰茨chhi，亦舒chhu。～床巾～chhn̂g-kin⇨同上。～草蓆一chháu-chhio̍h⇨同上。～毛毯～mo͘-thán⇨同上。寫字～字格仔siá-jī～jī-keh-á⇨同上。～地毯～tē-thán⇨同上。～被睏～phōe-khùn⇨墊被而眠。

**chhí 取** 捕物也。收受也。選而用之曰取chhú（見chhú部）。分文不～hun-bûn put～⇨同上。採～chhái～⇨同上。探囊～物thàm-lông～bu̍t⇨同上。

【**取巧** chhí-khiáu】 投機～～tâu-ki～～⇨同上。

【**取笑** chhí-chhiò】 嘲笑tiâu-chhiàu。安爾會受人～～an-ne(ni) ē(ōe) siū-lâng～～⇨如此做會受人家嘲笑。取笑chhí-chhiò⇨恥笑thí-chhiò。

【**取消** chhí-siau】 ～～資格～～chu-keh⇨同上。

【**取捨** chhí-sià】 用與棄。無法度～～bô-hoat-tō͘～～⇨同上。

【**取樂** chhí lo̍k】 飲酒～～ím-chiú～～⇨同上。

【**取締** chhí-thê】 torishimari日語。意爲管理，干涉。警察出來～～也kéng-chhat chhut-lâi～～ā⇨警察來干涉了。

**chhí 鼠** 小動物名。俗曰鳥鼠niáu-chhí，應作老鼠niáu-chhú。蛇亦伓命～亦伓命choâ a̍h-boeh-miā, ～a̍h-boeh-miā⇨喻生物皆欲生而不欲死。老～藥仔niáu-～io̍h-á⇨殺鼠藥sat-chhí(chhú) io̍h。老～精，鬧宋朝，包文拯，擋未稠，上天借玉貓，收來收去收未著，劉秀敗國站瓦窰，王莽趕到道要燒niáu-～chia$^{n}$, nāu-sòng-tiâu, pau-bûn-chíń, tòng bē-tiâu, chiūⁿ-thiⁿ chioh-ge̍k-niau, siu-lâi-siu-khì siu-bē tio̍h, lâu-siù pāi-kok tiàm hiā-iô, ông-bóng koáⁿ-kàu tō-boeh-sio⇨舊戲的丑仔白。首～兩端siú～liáng-toan⇨進不是退也不是，遲疑不決。緩則首～，急則狼顧oān-chek siú～kip-chek lông-kò͘⇨同上。

【**鼠目** chhí-ba̍k】 ～～鳥嘴～～chiáu-chhùi⇨鼠之目鳥之嘴，謂不是福相hok-siàng。

【**鼠疫** chhí-e̍k】 由老鼠傳染的傳染病。

【**鼠輩** chhí-pòe】 ～～小人～～siáu-jîn⇨同上。

【**鼠竊** chhí-chhiap】 ～～狗偷～～káu-thau⇨同上。

**chhí 齒** 牙也。馬～徒增má～tô͘-cheng⇨歲數增加的謙詞（見khi部）。

**chhí 侈** 反儉多費也。奢～chhia～⇨奢華chhia-hoa。

【**侈言** chhí-giân】 誇大的言論。侈談chhí-tâm，侈論chhí-lūn皆同義。

**chhì 刺** 以尖銳的物件戳殺曰刺chhì，暗殺曰刺chhì，言詞譴責曰刺chhì。針形的東西亦刺chhì，又厲害的人物曰刺chhì，女的則曰刺chhiah。草魚厚暗～chháu-hî kāu àm～⇨草魚多暗刺。玫瑰花有～bûn-kùi-hoe ū～⇨同上。欺負爛土無～khi-hū noā-thô͘ bô～⇨喻欺負善良者。大～幼～toā～iù～⇨大刺小刺。食鰇仔吮～chia̍h-giâu-á chhńg～⇨鰇仔giâu-á小魚，大約米粒大四五分長。吮chhńg在口中剔出骨頭或魚刺。意謂無意義的奢侈。諷～hong～⇨同上。譏～ki～⇨譏笑諷刺。明諷暗～bêng-hong-àm～⇨同上。

【**刺刀** chhì-to】 尖刀chiam-to。用～～刺死人iōng～～chhì-sí-lâng⇨同上。

【**刺仔** chhì-á】 有刺植物的通稱。又刺的總稱。～～鑿著脚～～chha̍k-tio̍h-kha⇨刺仔刺中脚。

【**刺目** chhì-ba̍k】 ㊀刺眼睛。日頭～～jit-thâu～～⇨日光射眼。㊁礙目gāi-ba̍k,不順眼put-sūn-gán。愈看愈～～jû-khoà$^{n}$-jû～～⇨越看越不順眼。

【刺瓜 chhì-koe】胡瓜。

【刺史 chhì-sú】古官名。亦稱州牧chiu-bo̍k。三國演義稱劉表為荊州之主，其官名即是荊州刺史keng-chiu-chhì-sú或荊州牧keng-chiu-bo̍k。

【刺竹 chhì-tek】竹的一種，有刺。往時多植在住宅周圍以防盜。～～圍～～ûi⇨防盜的竹籬笆。

【刺死 chhì-sí】刺殺而死。暗殺死。乎反對黨～～hō͘(pī) hoán-tùi-tóng～～⇨同上。

【刺客 chhì-khek】在一定的目的之下實行暗殺之人。～～列傳～～lia̍t-toān⇨史記中的一卷。太史公對傳中人物甚多讚詞。這是賊仔嘛那裏是～～chē-sī cha̍t-á mà, ná-lí-sī～～⇨此乃賊而已，非刺客也。

【刺骨 chhì-kut】冷風～～léng-hong～～⇨極度的寒冷。

【刺殺 chhì-sat】～～無死輕傷耳～～bô-sí, khin-siang niâ⇨同上。

【刺探 chhì-thàm】奉了大王命～～軍事情hōng-liáu-tāi-ông-bēng～～ kun-sū-chêng⇨歌仔戲白。

【刺激 chhì-ke̍k】精神上的～～cheng-sîn-siāng ê～～⇨同上。有～～性的食物ū～～sèng ê si̍t-bu̍t⇨同上。少年郎愛～～siàu-liân-lâng ài～～⇨同上。

【刺豬 chhì-ti】一種毛皆鋼刺的豬。

【刺繡 chhì-siù】女紅之一種。以針與色絲縫出山水花鳥等美麗的圖樣者也。繡siù，俗作綉siù。亦chhiah-siù也。

【刺鑿 chhì-chha̍k】㊀眼受強烈光線刺激。早起的日頭真～～ chá-khí ê ji̍t-thâu chin～～⇨今晨的太陽很刺眼。㊁心感預兆。心肝～～sim-koa$^{n}$～～⇨心裡怪怪，有預感。

【刺毛蟲 chhì-mo͘-thâng】毛蟲。

【刺舉舉 chhì-giâ-giâ】好戰善鬪在男曰～～～在女曰刺耙耙chhiah-pê-pê。彼對寶貝翁某，一個是～～～，一個是刺耙耙，逐日都有戲好看hit-tùi pó-pòe ang-bó͘, chi̍t-ê-lī～～～chi̍t-ê-lī chhiah-pê-pê, ta̍k-ji̍t to-ū-hì hó-khoà$^{n}$⇨那一對夫妻，男的是惡形惡狀，女的潑辣尖酸，每天都有戲可看。

chhì **翅** 鳥翼也。蟲翼魚鰭俗亦皆曰翅 chhì, si̍t (見si̍t翅部)。魚～hî～⇨魚鰭hî-kî去骨供食者。

chhì **試** 預為考驗或刺探曰試chhì。嘗～siâng～⇨同上。考～khó～⇨同上。初～chhe(chho͘)～⇨同上。無妨一～bû-hông it～⇨可以一試。～道～驚甚～tō～kia$^{n}$-simh(sa$^{n}$)⇨試就試怕甚。

【試火 chhì-hóe(hé)】入火中試之。頭毛～～thâu-mô͘(mn̂g)～～⇨喻極度危險。

【試用 chhì-iōng】～～於昔日，先帝稱之曰能～～î se̍k-ji̍t, sian-tē chheng-chi oa̍t-lêng⇨出師表。

【試行 chhì-hêng】實施前先行考驗。

【試車 chhì-chhia】㊀試車輛。㊁試機械。十五～～十六正式開工cha̍p-gō͘～～ cha̍p-la̍k chèng-sek khai-kang⇨工廠開工。

【試卷 chhì-koàn】考卷khó-koàn。

【試看 chhì-khoà$^{n}$】試看覓抃chhì-khoà$^{n}$-bāi lè。～～有法得無～～ū-hoat tit-bô͘⇨試一試看看能夠不能夠。～～豬母肉膶抑脆～～ti-bó-bah lūn a̍h chhè(chhòe)⇨謂明知困難不信再試試看。膶lūn，堅柔，或作韌jūn。豬母肉是公稱膶lūn的。

【試航 chhì-hâng】新船，新飛機的試車，新航線的試行。

【試問 chhì-mn̄g】～～你敢敢刣人～～lí kám-ká$^{n}$ thâi-lâng⇨請問你敢殺人嗎(諒你不敢殺人)。

【試探 chhì-thàm】 ～～伊的心事～～i ê sim-sū⇨設法探知他的心事。

【試演 chhì-ián】 新戲的～～sin-hì ê～～⇨同上。

【試驗 chhì-giām】 農藥反應的～～lông-io̍h hoán-èng ê～～⇨農藥反應的實驗。入學～～ji̍p-o̍h～～⇨入學考試。

【試金石 chhì-kim-se̍k】 辨認黃金成分的一種特別石子。喻成敗或眞僞的考驗。人生的～～～jîn-seng ê～～～⇨同上。

【試覓抡 chhì-bāi lè】 同試看抡chhì-khoàⁿ lè⇨試看覓抡chhì-khoàⁿ-bāi lè。

【試鹹飷 chhì-kiâm-chiáⁿ】 嘗試食物的鹹分是否適當。考驗能力，你去～～～一下看覓抡。略同試豬母肉chhì-ti-bó-bah。

【試驗紙 chhì-giām-choá】 化學檢驗液體或氣體的一種特製的藥紙。

**處** chhì 處chhù也（見chhù處部)。

**徐** chhî 姓氏。緩也。安行也。清風～來，水波不興chheng-hong～lâi, súi-pho put-hin⇨赤壁賦。

**持** chhî 握也。扶助也。保守也，挾制也。支～chi～⇨同上。扶～hû～⇨同上。維～ûi(î)～⇨同上。保～pó～⇨同上。住～chū～⇨寺廟的管理人。主～chú～⇨同上。刼～kiap～⇨同上。相～不下siang～put-hē⇨同上。

【持久 chhî-kiú】 曠日～～khòng-ji̍t～～⇨空費時日徒作長期之消耗。～～戰～～chiàn⇨以時間拖倒敵人的作戰。

【持分 chhî-hūn】 日文mochibun。各人所持有的股份。你的～～佔未三分之一哩lí ê～～chiàm-boeh sam-hun-chi-it lè⇨你的持分幾乎佔三分之一呢。

【持正 chhî-chèng】 ～～不阿～～put-a⇨公正不曲從。

【持平 chhî-pêng】 ～～之論～～chi-lūn⇨公平的議論。

【持重 chhî-tiōng】 愼重sīn-tiōng。態度較～～thài-tō· khah～～⇨同上。

【持家 chhî-ka】 主持家庭。治家。

【持論 chhî-lūn】 平生所抱持的議論。～～公正～～kong-chèng⇨同上。

**泜** chhî 衣毛若濡也。身上衣有濕氣曰泜chhî，流汗致衣濕曰泜chhî，亦曰泜泜chhî-chhî，或曰泜泜泜chhî-chhî-chhî。流汗流到衫泜泜chhî-chhî。耍水耍到衫泜泜泜sńg-chúi sńg-kàu saⁿ chhî-chhî-chhî。衫眞～該來換saⁿ chin～āi-lâi-oāⁿ⇨衣很濕須更衣。

**癡** chhî 不慧也。神思不足也。病也。俗作痴chhî。虎～hó·～⇨三國演義許褚的綽號。沉迷於事物曰癡chhî。情～chêng～⇨同上。

【癡人 chhî-jîn】 癡迷之人。～～之愛～～chi-ài⇨小說名。不開口笑是～～put-khai-khó·-chhiàu sī～～⇨李白。

【癡心 chhî-sim】 癡迷之心。～～罔戇想～～bóng gōng-siūⁿ⇨同上。

【癡呆 chhî-bó·】 不敏不慧，行動遲鈍。

【癡迷 chhî-bê】 ～～不悟～～put-gō·⇨執迷不悟。

【癡情 chhî-chêng】 癡迷之愛情。一片～～it-phiàn～～⇨同上。

【癡秙 chhî-ko】 好色的漢子。秙ko·亦作羖ko·，牡羊也。據說秙極好淫hò·ⁿ-îm。又癡秙俗作痴哥chhî-ko。

【癡騃 chhî-gâi】 痴也，騃亦痴。

**痴** chhî 同癡chhî。

**嗤** chhî 笑也。笑聲也。又聲音也。

【嗤笑 chhî-chhiàu】 笑。譏笑ki-chhiàu。恥笑thí-chhiò。人抡～～也lâng-teh～～à⇨人在取笑了。

【嗤嗤叫 chhî-chhî-kiò】 水沸聲。

【嗤嗤笑 chhî-chhî-chhiò】 嗤嗤而笑。

【嗤嗤滾 chhî-chhî-kún】 同嗤嗤叫chhî-chhî-kiò。

【嗤嘸嗤吵 chhî-bu-chhî-chhā】 同嗤嘸嗤嗾。

【嗤嘸嗤嗾 chhî-bu-chhî-chhū】 私語。翁也某抮～～～～ang-á-bó· teh～～～～⇨夫妻在切切私語。～～～～老鼠仔抮相咬～～～～niáu-chhí-á teh-sio-kā⇨夫妻在私語嬉戲。

**市** chhī 買賣之所也。買賣貨物也。城鎮曰市chhī。菜～chhài～⇨同上。魚～hî～⇨同上。墟～hi～⇨定期而開之交易所。開～khui～⇨同上。罷～pā～⇨會同休市。新開～較好結拜親兄弟sin-khui～khah-hó kiat-pài chhin-hia$^{n}$-tī⇨謂第一個來向我交易之人比結拜之友，親兄弟還要好。

【市井 chhī-ché$^{n}$(chí$^{n}$)】 商店所聚之地。～～之臣～～chi-sîn⇨城市中之庶民。～～之徒～～chi-tô·⇨所謂在商言商的紳士。小商人。

【市內 chhī-lāi】 市區chhī-khu。～～巴士～～ba-suh⇨同上。

【市民 chhī-bîn】 ～～權～～koân⇨同上。

【市外 chhī-goā】 市內～～chhī-lāi～～⇨同上。

【市虎 chhī-hó·】 三人成～～sam-jîn sêng～～⇨謂言之者多，假亦成真。

【市長 chhī-tiú$^{n}$】 ～～公選～～kong-soán⇨同上。

【市面 chhī-bīn】 市況，市情。～～蕭條～～siau-tiâu⇨同上。～～漸漸好～～chiām-chiām-hó⇨同上。

【市政 chhī-chèng】 ～～會議～～hōe-gī⇨同上。

【市亭 chhī-têng】 市公所。

【市草 chhī-chháu】 市況chhī-hóng。好～～hó～～⇨市況好，買賣旺盛。歹～～pháiⁿ～～⇨同上。

【市容 chhī-iông】 維持～～整潔美觀î(ûi) chhî～～chéng-kiat bí-koan⇨同上。

【市情 chhī-chêng】 商情。～～調查～～tiau-cha⇨同上。

【市區 chhī-khu】 市內chhī-lāi。

【市街 chhī-ke】 ～～真鬧熱～～chin nāu-jia̍t⇨同上。～～戰～～chiàn⇨同上。

【市場 chhī-tiû$^{n}$】 ㊀買賣的地方。交易～～kau-e̍k～～⇨同上。㊁銷路siau-lō·。開拓～～khai-thok～～⇨同上。

【市義 chhī-gī】 買人情。馮諼燒券爲孟嘗君～～pâng-soan sio-kǹg ūi bēng-siâng-kun～～⇨同上。

【市肆 chhī-sī(sù)】 市中的商店。

【市儈 chhī-kōe】 唯利是圖的商人。～～的興風作浪～～ê hin-hong chok-lōng⇨同上。

【市價 chhī-kè】 市面通行的價格。～～無起落～～bô khí-lo̍h⇨同上。

【市廛 chhī-tiân】 市中的邸店。

【市塵 chhī-tîn】 市街空氣（塵埃tîn-ai）遠離～～oán-lī～～⇨同上。

【市公所 chhī-kong-só·】 ～～～與代表會～～í tāi-piáu-hōe⇨同上。

【市政府 chhī-chèng-hú】 ～～～公報～～～kong-pò⇨同上。

【市議員 chhī-gī-oân】 ～～～選舉～～～soán-kí⇨同上。

【市議會 chhī-gī-hōe】 ～～～議長～～～gī-tiú$^{n}$⇨同上。

【市立機關 chhī-li̍p-ki-koan】 ～～～～的管理～～～～ê koán-lí⇨同上。

**飼** chhī 以食食人也。蓄養鳥獸亦曰飼chhī。養育也。又以酒浸殺鰻鼈亦曰飼chhī，浸水或酒使物變質亦曰詞chhī。養～iú$^{n}$～⇨養育。包～查某pau～cha-bó·⇨置妾tī-chhiap。乳母～乳leng-bó(bú)～leng⇨同上。別人的桌頂挾肉～姑家pa̍t-lâng ê toh-téng ngih(ngeh)-bah～ta(toā)-ke⇨喻慷他人之慨。一樣米～百樣人chit-iūⁿ-bí～pah-iūⁿ-lâng⇨同上。燒酒～白鰻sio-chhiú ～ peh-moâ⇨白鰻置有蓋的陶器中，灌入燒酒使鰻醉死。據說，如此，可以引出鰻的功能。～石灰～chioh-hoe⇨石灰加水浸之，以為檳榔之配料。

【飼牛 chhī-gû】 養牛。～～犁田 ～～ lê-chhân⇨同上。

【飼囝 chhī-kiáⁿ】 養育子女。～～無論飯，飼父母算飯頓 ～～ bô-lūn-pn̄g, chhī-pē-bó(bú) sǹg pn̄g-tǹg⇨謂父母養育子女，未嘗計較吃了多少飯，子女奉養父母，卻要按頓計算，指子女不孝。

【飼狗 chhī-káu】 ～～吠自己～～pūi-ka-kī⇨喻被親近的人所違背。～～猶會搖尾～～iáu-ē(ōe) iô-bóe(bé)⇨謂養狗會搖尾示高興(養人卻不知報)。

【飼貓 chhī-bâ】 ～～不飼鼠 ～～ m̄-chhī-chhí⇨給野貓吃也不給家鼠吃。謂白送也要白送外人，不送給自己人。兄弟爭產常見的可嘆情景。

【飼豬 chhī-ti】 養豬。～～成豬哥，飼雞成伯勞 ～～ chiâⁿ-ti-ko, chhī-ke(koe) chiâⁿ pit-lô⇨謂養豬不成豬，養雞不成雞，事事不成。豬哥ti-ko謂瘦而無肉。伯勞pit-lô小鳥名。

【飼魏 chhī-gūi】 魏gūi，獸名，借音。～～可耳～～hó niâ⇨作魏的飼料可以而已 (之外一無是處)。罵肥佬之不中用。

【飼到老 chhī-kà-lāu】 養育至老境一死。飼到大無人 ～～～ chhī-kà-toā bô-lâng ～～～⇨養育至長大成人(是有)，沒人養育(子女)至老死。此為一般的說法。責罵自己子女即改成；飼你大敢有飼你老chhī-lí-toā kám-ū- chhī-lí-lāu。

【飼金魚 chhī-kim-hî】 養小白臉。杯底不當～～～poe-té m̄-thang～～～⇨流行歌詞。

【飼查某 chhī-cha-bó͘】 置妾。鴉片煙竅酒～～～ a-phiàn-hun kiáu-chiú ～～～⇨ 鴉片，賭博，喝酒，嫖娼，等的四害。竅kiáu(賭博)與攪kiáu(攪伴)諧音，故乍聽就像；以鴉片攪伴酒以給女人食。

【飼娘仔 chhī-niû-á】 養蠶 iáng(ióng)-chhâm。

【飼鳥鼠 chhī-niáu-chhí】 ～～～ 咬破布袋～～～kō-phòe pò-tē⇨謂無端養賊自盜。

**胥** chhī 蟹醢也。蟹醬也。醢hái，肉醬也。胥chhī，亦讀胥sū, sī。

【胥仔 chhī-á】 茱蟳chhāi-chîm。

## chhiⁿ

**星** chhiⁿ 亦星chheⁿ也。天空中的群星kûn-seng也(見seng部)。日月～辰jit-goeh～sîn⇨同上。啓明～khé-bêng～⇨同上。織女～chit-lí～⇨同上。長尾～tn̂g-bóe～⇨慧星hūi-seng的別稱。亦稱掃箒～sàu-chiú～。落屎～làu-sái～⇨流星liû-seng的俗稱。太白金～thài-pek-kim～⇨同上。文曲～bûn-khiok～⇨同上。歹～pháiⁿ～⇨壞人。煞～soah～⇨帶給人壞運的人。賊 ～ chhat ～ ⇨賊仔chhat-á。救～kiù～⇨救命救難者。火～hóe(hé)～⇨火花hóe(hé)-hoa。火金～hóe(hé)-kim～⇨螢火êng-hóe。滿天～moáⁿ-thiⁿ～⇨同上。

【星石 chhiⁿ-chioh】 隕石ún-sek，亦曰星屎chhiⁿ(chheⁿ)-sái。

【星光 chhiⁿ-kng】 chheⁿ-kng。星甚光亮。有時～～，有時月光ū-sî～～ū-sî goeh-kng⇨喻好運壞運是輪流轉的。習慣上此兩個kng皆改讀kn̄g。

【星辰 chhiⁿ-sîn】 chheⁿ-sin。群星的總稱。日月～～jit-goeh～～⇨日月星jit-goat-seng。

**生** chhiⁿ 未煮熟曰生chhiⁿ，chheⁿ，未成熟曰生chheⁿ，chheⁿ。未熟習亦曰生chhiⁿ，chheⁿ。拍～食phah～chiah⇨不煮而食。拍～的phah～ê⇨不煮而食的。李仔猶真～lí-á iáu chin

～ ⇨李子還很未成熟。傷 ～ 未食得siu$^n$～ bē (bōe)-chia̍h-ti̍t⇨太未成熟吃不得。按未成熟的生chhe$^n$ chhi$^n$，似應作青chhi$^n$，chhe$^n$，但俗多用生chhi$^n$，chhe$^n$。條條熟，句句～tiâu-tiâu-se̍k，kù-kù～⇨謂讀書如唱歌，整條都可以上口，惟斷句起來，每一句都不懂。亦即指讀書不認字。路頭猶較～lō͘-thâu iáu khah～⇨路程還不熟。人面 ～ lâng-bīn ～ ⇨人地生疏。人 ～ 地無熟lâng ～ tē-bô-se̍k⇨人地兩生疏。

**【生人 chhi$^n$-lâng】** chhe$^n$-lâng。初見之人。未熟習之人。牛驚～～gû-kia$^n$～～⇨牛怕生人。

**【生力 chhi$^n$-la̍t】** chhe$^n$-la̍t。亦曰脆力chhè-la̍t。一下子出盡全力。使～～sái～～⇨使脆力sái-chhè(chhòe) la̍t⇨同上。

**【生水 chhi$^n$-chúi】** chhe$^n$-chúi。未煮開之水。不當噍～～m̄-thang-chia̍h～～⇨不可飲生水。

**【生手 chhi$^n$-chhiú】** chhe$^n$-chhiú。未熟練者。新人。頭仔較慢耳，免三日～～嘛thâu-ā khah-bān niā bián-sa$^n$-ji̍t～～mā ⇨ 開始時(工作)較慢而已，沒有三天的生手嘛。亦即不三天就成熟手se̍k-chhiú了。

**【生目 chhi$^n$-ba̍k】** chhe$^n$-ba̍k。禁～～kìm～～⇨道士治病作法，禁止作法前未見病人者入見病人。

**【生生 chhi-chhi】** chhe$^n$-chhe$^n$。未熟bōe-se̍k。猶～～爾安怎噍iáu～～lē an-choá$^n$-chia̍h⇨還很生的如何食之。

**【生皮 chhi$^n$-phôe(phê)】** chhe$^n$-phôe。未加工之皮。牛的 ～～ gû ê ～～ ⇨牛皮之剛剝取者。

**【生字 chhi$^n$-jī】** chhe$^n$-jī，新字。未讀過之字。～～熟字～～se̍k jī⇨已知之字，不知之字。

**【生狂 chhi$^n$-kông】** 或作chhe$^n$-kông。急急忙忙橫衝直撞曰生狂chhe$^n$-kông。生生狂狂chhi$^n$-chhi$^n$-kông-kōng(chhe$^n$-chhe$^n$-kông-kông)⇨生狂chhe$^n$-kông。～～狗～～káu⇨～～鬼 ～～ kúi⇨皆指其人。～～ 狗食無屎～～káu chia̍h-bô-sái⇨生狂狗找不到食物。～～鬼車倒飯菜擔 ～～ kúi chia-tó pn̄g-chhài-tà$^n$⇨生狂鬼推倒祭鬼的禮物。

**【生冷 chhi$^n$-léng】** chhe$^n$-léng。秋風起也，暝尾仔有較～～也chhiu-hong-khí-à，mê(mî$^n$)-bóe(bé)-á ū-khah～～à⇨秋風起了，中夜後較冷了。又陰森而令人寒慄。彼間舊厝無人帶，入去道恰如眞～～hit-keng kū-chhù bô-lâng toà, jit-khì tō kah-ná chin ～～ ⇨那家舊屋沒人住一進去就好像很陰森。

**【生炒 chhi$^n$-chhá】** chhe$^n$-chhá。烹飪法之一。猛火熱鼎下油下菜料快速攪翻之，加調味料起鼎即可，不加水。凡獸禽，海鮮，蔬菜類皆可以此法炒之。～～蝦仁～～hêjin⇨同上。～～ 魚片 ～～ hî(hû)-phì$^n$⇨同上。～～ 鷄丁～～ke-teng⇨同上。～～花蟳～～hoa-chîm⇨同上。

**【生物 chhi$^n$-mi̍h】** chhe$^n$-mi̍h，未烹飪之食物。生水～～攏較莫食較好chhi$^n$(chhe$^n$)-chúi～～lóng khah-mài-chia̍h khah-hó⇨生水生物皆吃少一點較好。

**【生面 chhi$^n$-bīn】** chhe$^n$-bīn。喜怒不定。易喜易怒。伊眞 ～～ 講話該注意i chin ～～ kóng-ōe ài chù-ì⇨他喜怒不定，你對他說話要小心。

**【生炸 chhi$^n$-chà】** chhe$^n$-chà。菜料加麵粉直接下熱油中炸熟之。～～蝦捲～～hê-kńg⇨同上。～～ 芋棗 ～～ ō͘h-chó⇨同上。～～ 花枝～～hoe-ki⇨同上。～～肝肥～～koa$^n$-lêng⇨同上。

**【生食 chhi$^n$-chia̍h】** 不煮而食。～～道無夠也曷有當賣 ～～ tō bô-kàu-à a̍h-ū-thang-bē (bōe)⇨生食就不足了，何來出賣之。

**【生馬 chhi$^n$-bé】** chhe$^n$-bé。新馬。兇悍的

馬。～～氣眞重～～khì chin-tāng⇨粗暴氣。好戰。

【生眞 chhiⁿ-chin】 chheⁿ-chin。慌張如眞實。講著眞～～扵kóng-tioh chin～～lê⇨說得很慌張又如眞實事。

【生柴 chhiⁿ-chhâ】 含水未乾之柴。田園荒盡猶納稅，日砍～～帶葉燒chhân-hn̂g hong-chīn iû lap-sōe, jıt-khám～～tài-iap-sio⇨述戰亂下生民之苦。

【生草 chhiⁿ-chháu】 chheⁿ-chháu。青草chheⁿ-chháu。草藥chháu-ioh。～～仔～～á⇨草藥。

【生凊 chhiⁿ-chhìn】 chheⁿ-chhìn。覺得慄然。～～汗～～koāⁿ⇨冷汗léng-koāⁿ。～～風～～hong⇨令人慄然的風。聽著道～～汗流未了thiaⁿ tioh tō～～koāⁿ lâu-bē-liáu⇨一聽就冷汗直流。

【生魚 chhiⁿ-hî(hû)】 chheⁿ-hî。未經烹飪的魚類。～～片～～phìⁿ⇨生魚切片。日語刺身sasimih也。

【生脚 chhiⁿ-kha】 chheⁿ-kioh。生手chhiⁿ(chheⁿ)-chhiú。～～客～～kheh⇨新客。新來的，未熟練的。

【生菜 chhiⁿ-chhài】 chheⁿ-chhài。蔬菜。魚魚肉肉亦該～～介hî-hî(hû-hû)-bah-bah ah-ài～～kah⇨謂吃魚吃肉都需要蔬菜來配合。

【生番 chhiⁿ-hoan】 chheⁿ-hoan。未化之蠻族。喻不講理者。～～婆仔～pô-á⇨番女。～～公～～kang⇨男番。你不未輸～～lí m̄-bē-su～～⇨你不宛如生番不講理嗎。

【生猴 chhiⁿ-kâu】 chheⁿ-kâu。急性的家伙。內山～～lāi-soaⁿ～～⇨田莊chhân-chng來的急郎中。～～死死～～sí-sí⇨非常急性。

【生疏 chhiⁿ-so͘】 chheⁿ-so͘。不熟未熟。路途～～不八人lō͘-tô͘～～m̄-bat-lâng⇨路生人不識。人地～～jîn-tē～～⇨同上。～～疏～～so͘⇨非常生疏。

【生童 chhiⁿ-tâng】 chheⁿ-tâng。新童乩sin-tâng-ki。掠～～liah～～⇨普通人忽然自跳如童乩。謂之神佛所抓來的。～～奧關～～oh-koan⇨新童乩神佛難附身。

【生傷 chhiⁿ-siang(siong)】 chheⁿ-siang。剛發生的傷口。～～較快好～～khah-khoài-hó⇨同上。

【生漆 chhiⁿ-chhat】 chheⁿ-chhat。～～熟漆～～sek-chhat⇨同上。

【生疑 chhiⁿ-gî】 chheⁿ-gê。無道理的懷疑。你都端仔扵～～耳lí to tan-a teh～～niâ⇨你皆只是在空懷疑而已。不當～～人m̄-thang～～lâng⇨不該平白懷疑別人。

【生膏 chhiⁿ-ko】 chheⁿ-ko。生阿片chhiⁿ(chheⁿ) a-phiàn。煮～～chí(chú)～～⇨生膏煮成熟膏。

【生擒 chhiⁿ-khîm】 chheⁿ-khîm。～～活掠～～oah-liah⇨不用計而強捕之。

【生燒 chhiⁿ-sio】 chheⁿ-sio烹飪法之一。獸禽肉等直接以火燒熟之。～～乳豬～～leng-ti⇨同上。～～鴨～～ah⇨同上。～～魚片～～hî(hû)-phìⁿ⇨同上。

【生藥 chhiⁿ-ioh】 chheⁿ-ioh。～～熟藥～～sek-ioh⇨同上。～～鋪～～pho͘⇨同上。

【生驚 chhiⁿ-kiaⁿ】 chheⁿ-kiaⁿ。急驚。著～～tioh～～⇨突然驚壞了。

【生鹽 chhiⁿ-iâm】 chheⁿ-iâm。～～熟鹽～～sek-iâm⇨同上。

【生人目 chhiⁿ-lâng-bak】 chheⁿ-lâng-bak。瞞～～～moâ～～～⇨詐騙新來者的耳目。謂孝男孝女在喪禮時的大哭大號不過是瞞騙不知眞相者而已。

【生牛仔 chhiⁿ-gû-á】 chheⁿ-gû-á。新牛。～～～不八虎～～～m̄-bat-hó͘⇨喻新人不辨事理，不懂利害不知死活。不八虎m̄-bat-hó͘亦作不驚虎m̄-kiaⁿ-hó͘或不怕虎put-phàⁿ-hó͘。

【生捶的 chhiⁿ-thui ê】 chheⁿ-thui ê。緊急

惡補。～～～硬煉的～～～ngē-liān-ê⇨惡補苦煉的。非科班出身的。

【生枵白餓 chhiⁿ-iau-peh-gō】 chheⁿ-iau peh-gō。無因無故而饑餓。

【生掠白掠 chhiⁿ(chheⁿ)-liah-peh-liah】 同烏白掠o͘-peh-liah。

【生創白創 chhiⁿ-chhòng-peh-chhòng】 同烏白創o͘-peh-chhòng。

【生頭凊面 chhiⁿ(chheⁿ)-thâu-chhìn-bīn】 極不耐煩的臉面表情。極不愉快。～～～～一聲道喝來～～～～chıt-siaⁿ tō hat-lâi⇨極不愉快地開口就罵下來。喝hat，大聲直罵也。

【生米成白飯 chhiⁿ(chheⁿ)-bí-chiâⁿ peh-pn̄g】 事態已出現不能移易的事實。～～～～～也，無趕緊設法未用得也～～～～～ā，bô koáⁿ-kín siat-hoat bē(bōe)-iōng-tit-ā⇨事已成局不快快設法不行了。

【生見熟無份 chhiⁿ(chheⁿ)-kìⁿ-sek-bô-hūn】 未加工時看得見，加工好可以吃時却無緣份食之。謂僕從者對高貴之東西可見而不可得。

**青** chhiⁿ 五色之一。青chhiⁿ，chheⁿ。果實之未熟者曰青chhiⁿ，chheⁿ。竹葉～tek-hioh～⇨如竹葉之青色。又酒名。銅～色tâng～sek⇨同上。藍～色nâ～sek⇨青藍色chheⁿ-nâ-sek。李仔猶～哩lí～á iáu～lè⇨李子還青未成熟。柑仔猶眞～猶未黃哩kam-á iáu-chin～iáu-bōe n̂g-leh⇨柑仔還很青，還未黃熟哩。半頭～poàⁿ-thâu～⇨糊塗蟲，一半未成熟之意。烏～激血o͘～kek-hoeh(huih)⇨皮呈黑青色而皮下淤血。

【青色 chhiⁿ(chheⁿ)-sek】 看道知，黃色的是熟也～～的道是猶未熟khoàⁿ-tō-chai，n̂g-sek-ê sī sek-ā ～～ê tō sī á-bē-sek⇨一看就可知，黃色的成熟了，青色的就是還未成熟。

【青的 chhiⁿ(chheⁿ)-ê】 ㊀青色的。～～合紅的～～kah âng-ê⇨青色的和紅色的。㊁未成熟的。～～猶未好食～～iá-bōe hó-chiah⇨青的(未熟的)還不能食。黃的挽起來，～～更留扵n̂g-ê bán-khí-lâi ～～koh-lâu-lè⇨黃熟的摘下來，青未熟的仍留下他。

【青盲 chhiⁿ-mî】 chheⁿ-mê。盲mê亦作瞑mê。盲目。視而不見也。盲人。～～牛～～gû⇨文盲。～～仔～～á⇨～～的～～ê⇨盲人。～～精，啞口能～～cheng, é-káu lêng⇨盲者精明，啞者能幹。～～的怨壁～～ê oàn-piah⇨盲人碰著壁而怨其阻路，喩不求諸己而反咎別人。～～鷄啄著米～～ke，tok-tioh-bí⇨喩偶然幸而誤中。～～查某認耽壻～～cha-bó͘ jīn-taⁿ-sài⇨盲女認錯丈夫，謂錯將他人之物認爲自己失物。～～的看告示～～ê khoàⁿ kò-sī⇨盲人看告示，謂一無效用。～～的不驚虎～～ê m̄-kiaⁿ-hó͘⇨盲人不怕虎，謂其實不知死活非不怕。或作不畏銃m̄-ùi-chhèng義同。～～的看目金的食好物～～ê khoàⁿ bak-kim-ê chiah-hó-mih⇨盲人推想目金的一定經常吃得很好很好的東西。～～的看見，臭耳的聽見～～ê khoàⁿ-ì，chhàu-hīⁿ-ê thiaⁿ-ì⇨盲人看見的，聾人聽見的，謂全屬子虛。看見khoàⁿ-kìⁿ，聽見thiaⁿ-kìⁿ均讀成khoàⁿ-ì，thiaⁿ-ì。～～的看柑仔園，叱喝～～ê khoàⁿ kam-á-hn̂g, ko͘-hoah⇨盲人看守柑子園（有賊無賊不知），只管叫喝kiò-hoah而已。啞口的愛講話～～的興博梧ê-káu-ê ài kóng-ōe，～～ê hèng poah-poe⇨謂其不自量力。～～的有目金的牽～～ê ū-bak kim-ê khan⇨盲人有不盲者牽引指路。

【青苔 chhiⁿ(chheⁿ)-tî】 青苔chheng-thai。上～～chiūⁿ(chhiūⁿ)～～⇨生出青苔。鼻孔口上～～phīⁿ-khang-kháu chhiūⁿ～～⇨鼻口常流鼻涕不乾。

【青草 chhiⁿ(chheⁿ)-chháu】 雜草chap-chháu。～～仔～～á⇨㊀雜草。㊁草根木皮等的藥材。～～藥仔～～ioh-á⇨同上。～～仔膏～～á-ko⇨青色的膏藥。

**【青埔 chhi$^n$(chhe$^n$)-po͘】** 青草埔chhe$^n$-chháu-po͘。未墾耕的草生地。益著～～誤了熟園it-tio̍h ～～ gō͘-liáu se̍k-hn̂g⇨夢想著開墾新天地反而荒廢了好好的園地。喻貪心將反受禍。

**【青翠 chhi$^n$(chhe$^n$)-chhùi】** ～～的樹木～～ê chhiū-ba̍k⇨同上。

**【青龍 chhi$^n$(chhe$^n$)-lêng(liông)】** ㊀左～～右白虎chó ～～ iū pe̍h-hó͘⇨宅第或墳墓的前面左方曰青龍，右方曰白虎。㊁有毛曰～～，無毛曰白虎iú-mo͘ o̍at ～～ bû-mo͘ o̍at pe̍h-hó͘⇨同上。

**【青皮豆 chhi$^n$(chhe$^n$)-phôe-tāu】** 豆名。

**【青乒乓 chhi$^n$(chhe$^n$)-pín-piàng】** 青果類完全未熟sek。猶～～～爾安怎食iáu～～～leh an-choá$^n$-chia̍h⇨還是青青的未熟的，如何吃得。

**【青竹絲 chhi$^n$(chhe$^n$)-tek-si】** 毒蛇名。全身青綠色，極美麗，但有猛毒。

**【青竹棍 chhi$^n$(chhe$^n$)-tek-kùn】** 青竹棒chhi$^n$(chhe$^n$)-tek-pāng。要食～～～也不boeh(beh)-chia̍h～～～à m̄⇨想吃青竹棍了嗎。想吃青竹棒大打一頓了是嗎。

**【青啼仔 chhi$^n$(chhe$^n$)-thî-á】** 小鳥名。

**【青裹面 chhi$^n$(chhe$^n$)-niau-bīn】** 花裹面hoe-niau-bīn。亦曰花臉面hoe-liám-bīn。

**【青定白定 chhi$^n$(chhe$^n$)-tiā$^n$-pe̍h-tiā$^n$】** 突然。突如其來。～～～～講抙做風颱呢～～～～ kóng-teh-chò(chòe) hong-thai-neh⇨突然之間竟做起颱風來了。～～～～講道死蹺蹺也～～～～ kóng-tō sí-khiàu-khiàu-à⇨忽然之間竟死掉了。

**【青面獠牙 chhi$^n$(chhe$^n$)-bīn-liâu-gē】** ㊀鬼卒。㊁惡形惡狀之人。

**【青逢白逢 chhi$^n$(chhe$^n$)-pōng-pe̍h-pōng】** 同青定白定chhe$^n$-tiā$^n$-pe̍h-tiā$^n$。突然。逢pōng或作碰pōng。～～～～要共我借錢～～～～ boeh kâ-goá chioh-chî$^n$⇨突然要向我借錢。

**【青謗白謗 chhi$^n$(chhe$^n$)-pòng-pe̍h-pòng】** 同烏白謗o͘-pe̍h-pòng，小說成大，無說成有，或反之皆曰謗pòng。上佼～～～～的人siāng-gâu～～～～ê lâng⇨最會黑白講之人。

**chhi$^n$ 鮮** 生魚也，鳥獸也。又鳥獸新殺曰鮮sian, chhi$^n$(見sian部)。新成的食物皆曰chhi$^n$。衣類清新亦曰chhi$^n$。即道魚有～做了未僫chit-tō-hî ū～, chò-liáu bē bái⇨此道魚很新鮮，做得很不錯。今仔日穿到者爾～佅做囝婿是否kin-á-ji̍t chhēng-kà chiah-ni-～boeh-chò kiā$^n$-sài sī-bô͘⇨今天穿得這麼清新整齊，要當新郎官嗎。愛食～ài-chia̍h～⇨喜歡吃鮮新的東西。生魚無一定是～魚chhi$^n$(chhe$^n$)-hî bô-it-tēng sī～hî⇨生魚不一定是鮮魚(也有不鮮的)。要食道趁～boeh-chia̍h tō thàn～⇨要吃嘛就趕快吃，一會兒就不鮮chhi$^n$了。有～可，無～無愛ū～hó, bô～bô-ài⇨鮮chhi$^n$才可以，不鮮chhi$^n$就不要。

**【鮮的 chhi$^n$-ê】** 鮮新的。～～藉好～～chiah-hó⇨新鮮的才好。

**【鮮花 chhi$^n$-hoe】** ～～店～～tiàm⇨賣新鮮花枝之店。

**【鮮俏 chhi$^n$-chhiò】** 新鮮。鮮新整齊好看。趁～～緊食thàn～～kín-chia̍h⇨當其還鮮俏快吃。身穿眞～～sin-chhēng chin～～⇨衣著很鮮新合時。

**【鮮魚 chhi$^n$-hî(hû)】** 生魚無一定是～～chhi$^n$(chhe$^n$)-hî(hû) bô-it-tēng sī～～⇨生魚不一定是鮮魚。

**chhi$^n$ 菁** ㊀山菁soa$^n$-chhi$^n$, soa$^n$-chhe$^n$，亦即山菁仔soa$^n$-chhi$^n$-á，或soa$^n$-chhe$^n$-á，一種綠肥專用的植物。番菁hoan-chhi$^n$, hoan-chhe$^n$，其外來種。亦稱田菁仔chhân-chhi$^n$(chhe$^n$)-á。㊁檳榔樹pin-nn̂g-chhiū。

**【菁仔 chhi$^n$(chhe$^n$)-á】** ㊀田菁仔chhân-chhi$^n$(chhe$^n$)-á。焱～～iā～～⇨下菁仔的種

子。㊁檳榔樹pin-nn̂g-chhiū，又其果實種子。～～欉～～châng⇨①檳榔樹。②不解風情的大男子。因為菁仔欉其形態是一顆直直chi̍t-khò· ti̍t-ti̍t。直ti̍t是正直，亦即老實láu-si̍t，不彎不曲，轉而為不通融亦即不解風情也。～～子～～chí⇨檳榔子。～～宅～～the̍h⇨有檳榔樹pin-nn̂g-chhiū的住家。

**醒** chhí$^{n}$ 醉解也。夢覺也。由迷反悟曰醒chhí$^{n}$,chhé$^{n}$。酒～也chiú-～ā⇨醉解了。困～也khùn～ā⇨睡覺起來了。猶未～á-bōe(bē)～⇨還在睡夢中。不知～m̄-chai～⇨同上。叫未～kiò bē(bōe)～⇨同上。又一睡it-sūi曰一醒chi̍t-chhe$^{n}$(chhi$^{n}$)。⿰木頁一～lìm-chi̍t～⇨一小睡。⿰木頁lìm，俯首也，小睡曰⿰木頁lìm。一～到天光che̍t～kàu-thi$^{n}$-kng⇨一睡直到天明。覺～kak～⇨醒悟，覺悟。

【醒目 chhé$^{n}$(chhí$^{n}$)-ba̍k】華美而引人注目。窗仔橱排了有～～thang-á-tû pâi-liáu ū～～⇨店橱排設得很好。

【醒悟 chhé$^{n}$(chhí$^{n}$)-gō·】覺悟kak-gō·。無人點醒伊都未～～bô-lâng tiám-chhé$^{n}$(chhí$^{n}$) i to-bē～～⇨沒人警告他都不知悟。

【醒嘴 chhí$^{n}$(chhé$^{n}$)-chhùi】珍品甚可口。食了有夠～～chia̍h-liáu ū-kàu～～⇨吃得十分可口。食物～～道是脾土開也chia̍h-mi̍h～～tō-sī pî-thó· khui-a⇨吃東西覺得好吃就是食欲增進了。

**腥** chhī$^{n}$ 肉臭也。肉類魚類的特殊氣味曰腥chhī$^{n}$, chhè$^{n}$。亦曰羶hiàn，臭腥chhàu-chhī$^{n}$(chhè$^{n}$)⇨臭羶chhàu-hiàn。臭腥龜chhàu-chhē$^{n}$(chhī$^{n}$)-ku⇨①一種臭氣甚重的小飛蟲。②喜歡出風頭的人曰～～～仔～～～á。

【腥喟 chhī$^{n}$(chhī$^{n}$)-khùi】肉類魚類者的臭味。酒會使得消～～chiú ē(ōe)-sái-tit siau～～⇨酒可以取去腥氣。

# chhia

**奢** chhia 侈也。反儉為～hoán-khiām ûi～⇨由儉變而為奢。由儉入～易，由～入儉難iû khiām ji̍p～ī，iû～ji̍p khiām lân⇨同上。

【奢侈 chhia-chhí】趁錢容易人較～～thàn-chî$^{n}$ iōng-ī lâng khah～～⇨賺錢容易，百姓人比較奢華。～～品～～phín⇨奢侈的物品。～～稅～～sòe⇨對奢侈品科征稅金。

【奢望 chhia-bōng】過分的希望。講到～～奧講啦，逐人每有～～，你亦無一個標準，安怎藉不是～～kóng kā～～oh-kóng lā, ta̍k-lâng mā-ū～～, lí a̍h-bô chi̍t-ê phiau-chún, an-choá$^{n}$ chiah m̄-sī～～⇨說到奢望難講嘛，大家都有奢望，你又沒有一個標準，如何才不是奢望呢。

【奢華 chhia-hoa】少年人較未八，較愛～～siàu-liân-lâng khah m̄-bat khah ài～～⇨少年人不懂事比較喜歡奢華。同奢侈。

**車** chhia 車輛的總稱。有輪的器具曰車chhia，以機械製成圓形物亦曰車chhia。陸上行～水上行船lio̍k-siāng(siōng) hêng～chúi-siāng(siōng) hêng chûn⇨同上。路頭～起抵天lō·-thâu～khí tú-thi$^{n}$⇨路途講起來有抵達天那麼遠。水～chúi～⇨同上。風～hong～⇨同上。火～hóe～⇨同上。牛～gû～⇨同上。羊～iû$^{n}$～⇨同上。馬～bé～⇨同上。紡～pháng～⇨同上。滑～kut～⇨同上。天～thian～⇨起重機。電～tiān～⇨同上。搭～tah～⇨坐～chē(chōe)～⇨同上。轉～choán～⇨換～oā$^{n}$～⇨同上。台南拍單到打狗，打狗轉～到阿猴，細囝想乳也會哮，阿娘想君目屎流tāi-lâm phah-toa$^{n}$ kàu tá$^{n}$-káu, tá$^{n}$-káu choán～kàu a-kâu, sè(sòe)-kiá$^{n}$ siū$^{n}$-ni iā-ē háu, a-niû siū$^{n}$-kun ba̍k-sái lâu⇨古民歌。又弄翻東西亦曰車chhia或推同，推翻

也。貓～倒泔，共狗幹光景niau～tó ám kā kấu kàn kong-kéng⇨謂貓弄翻泔讓狗吃掉了，喻自己徒勞反爲人造成機會。

【車工 chhia-kang】 開車khui-chhia(各種)的工人，又其工資。運費。～～的或是車件的～～ê ah-sī chhia-kiāⁿ ê⇨車工的工資是計日的或計件的。

【車土 chhia-thô͘】 運土。～～塡海～～thūn hái⇨運土塡海。

【車水 chhia-chúi】 以車運水。踏水車起水。～～去山頂～～khì soaⁿ-téng⇨運水上山上。

【車手 chhia-chhiú】 車的把手。～～擋彎去～～lòng oan-khì⇨同上。

【車夫 chhia-hu】 拖車的。拉車的。～～每是人～～mā-sī lâng⇨同上。

【車心 chhia-sim】 車軸，機軸。～～磃去也～～ui-khì à⇨車心磨損掉了。

【車斗 chhia-táu】 車身。載貨或坐客的地方。～～做了有堂皇～～chò-liáu ū tông-hông⇨同上。

【車仔 chhia-á】 ㊀小車。㊁縫衣機hông-i-ki。用手綻的比用～～車的猶較惰iōng(ēng) chhiú-thīⁿ-ê pí iōng(iēng)～～chhia-ê iáu khah-súi⇨手縫的比縫衣機車的還要好看。㊂脚踏車kha-tah chia。騎～～～來去較贏步輦khiâ～～～laih-khì khah-iâⁿ pō͘-lián⇨騎脚踏車去勝過步行。來lâi轉第四聲laih。又來去亦可讀成laih。～～線～～soàⁿ⇨機器紡的線。縫衣機用的線。～～針～～chiam⇨縫衣機用針。

【車母 chhia-bó(bú)】 機關車。～～拖火車～～thoa hóe-chhia⇨同上。亦曰火～～hóe～～⇨同上。

【車帆 chhia-phâng】 ㊀覆車的防雨布。㊁揚帆，收帆。

【車床 chhia-chhn̂g】 旋盤工作台。滑動～～kut-tōng～～⇨同上。脚踏～～kha-tah～～⇨同上。

【車杆 chhia-koaiⁿ】 輻。車輪中的直木。～～落去～～lak-khì⇨車杆脫掉了。

【車杙 chhia-khit】 輕便車kheng-piān-chhia上插在四隅的小木棒。藉以推車亦做擋棍tòng-kùn。

【車房 chhia-pâng】 機器房。～～的待遇較崎～～ê thāi-gū khah koân⇨同上。崎koân，大山峘，小山岌kèh。

【車衫 chhia-saⁿ】 以縫衣機做衫。～～較快學～～khah-khoài oh⇨車衣較快學習。

【車底 chhia-té(tóe)】 車之底盤。車內。～～無半個人客～～bô-poàⁿ-ê lâng-kheh⇨車中一個乘客都沒有。

【車長 chhia-tiúⁿ】 一車(火車)之長。～～的責任～～ê chek-jīm⇨同上。

【車站 chhia-chām】 交通車停發處。小～～仔曷肯共你停車sió～～á ah-khéng kā-lí thêng-chhia⇨小車站怎麼肯爲你停車。

【車針 chhia-chiam】 縫衣機用針。～～斷去～～tn̄g-khì⇨車線斷了。

【車柴 chhia-chhâ】 運搬木材。運燃料(木料)。～～攏較重載～～lóng khah tāng-chāi⇨同上。

【車班 chhia-pang】 公路行車的班次。～～眞捷，每五分鐘道有一班～～chin chiap,múi gō͘-hun-cheng tō-ū chit-pang⇨車班很密，每五分鐘就有一班。

【車紗 chhia-se】 機械紡紗。～～車線～～chhia-soàⁿ⇨同上。

【車扇 chhia-sìⁿ】 推進機的葉iap。同車葉chhia-iap。

【車栓 chhia-sng(suiⁿ)】 止車輪於車軸的小鐵棒。

【車倒 chhia-tó】 弄倒了。推倒了。～～米有加，無要緊～～bí ū-ke, bô-iàu-kín⇨謂米弄倒落地會增加，沒關係，嘲侃語，因所謂加者，增加沙土因而量亦增加，然後去沙土又增加工作，皆屬有加ū-ke也。

【**車魚** chhia-hî】運魚。～～去趕市～～khì koá$^{n}$-chhī⇨運魚去趕早市。

【**車貨** chhia-hòe(hè)】轉運貨物。～～交下手～～kau ē-chhiú⇨運貨交承買人。

【**車痕** chhia-hûn】車轍chhia-tia̍t。無看見有～～於路面bô-khoà$^{n}$-kì$^{n}$ ū～～tī lō͘-bīn⇨沒看見車轍留在路面。

【**車掌** chhia-chiáng】日語。意則掌車的。～～合運轉手～～kah ūn-choán-chhiú⇨車掌與司機。兩詞皆出自日語。

【**車費** chhia-hùi】乘車所費。車票的代金。共你出～～道眞大也kā-lí chhut～～tō chin-toā ā⇨爲你出錢買車票就很好(待遇夠好)了。

【**車稅** chhia-sòe】車輛的稅捐。～～愈來愈重也～～ná-lâi ná-tāng ā⇨車稅愈重了。又租車的代價曰車租chhia-cho͘。

【**車單** chhia-toa$^{n}$】車票。買～～藉上車bé(bóe)～～chiah chiū$^{n}$-chhia⇨同上。

【**車閘** chhia-chā】貨車的車框chhia-kheng。～～壞去也～～hai-khì à⇨車框壞了。

【**車葉** chhia-ia̍p】推進機的～～chhui(thui) chìn-ki ê～～⇨同上。～～故障道完啦～～kò͘-chiàng tō oân-là⇨同上。

【**車鼓** chhia-kó͘】弄～～lāng～～⇨亦曰拍描茶phah-chhái-tê。～～戲～～hì⇨同上。～～旦～～toà$^{n}$⇨車鼓的女角。

【**車路** chhia-lō͘】可通車之路。開～～運柴khui～～ūn-chhâ⇨開闢車路以搬運木材。火～～hóe～～⇨鐵路。

【**車齒** chhia-khí】齒輪之牙。～～斷一齒～～tn̄g chi̍t-khí⇨車齒斷了一個牙。

【**車輦** chhia-lián】～～該換也～～ài oā$^{n}$ ā⇨車輪應該換新了。～～心～～sim⇨車軸chhia-tio̍k。舉～～giâ～～⇨肩負車輪，喻被車輛轢死le̍k-sí。

【**車盤** chhia-poâ$^{n}$】交陪或交際(帶有馬屁成份)。把結。彼家人上佼～～人hit-ke-lâng siāng-gâu～～lâng⇨他那一家最會巴結人家。～～道是安爾不…～～tō-sī an-ne(ni) m̄…⇨交陪就是如此，否則怎麼辦呢……。又爭論亦曰車盤。～～規日猶～～未直～～kui-ji̍t iáu～～bē(bōe)-ti̍t⇨爭論整天了還說不淸。

【**車錢** chhia-chî$^{n}$】車票錢。無夠～～當轉去bô-kàu～～thang tńg-khì⇨不足車票錢以回家。

【**車當** chhia-tòng】煞車機。～～故障該隨時修理～～kò͘-chiàng(chiòng) ài sûi-sī siu-lí⇨制動機壞了要馬上修理。要做～～較快也boeh chō～～khah khoài ā⇨要做煞車機(而死)較快了(司機先生怒罵阻其行車者)。

【**車頭** chhia-thâu】車站。大小～～都停，不藉有觀光意義 toā-sió～～to thêng, m̄-chiah ū koan-kong ì-gī⇨大小站都停車，不是才有觀光意義嗎。

【**車罾** chhia-chan】利用滑車收放的大魚網。～～掠輸人罷也曷未去扱柴～～lia̍h-su lâng chan-á a̍h-bē khì khioh-chhâ⇨大網掠輸人家小網何不去做樵夫，謂你沒資格做漁人。

【**車舉** chhia-giâ】或作奓舉 chhia-piâ。無端的自動變易，例如家中佈置，甚至大辦喜慶等皆曰奓舉chhia-giâ。無安爾～～敢未使得bô an-ne(ni)～～kám bē(bōe)-sái-tit⇨不如此車舉使不得嗎？又抗議或爭論亦曰車舉chhia-giâ。

【**車轆** chhia-lok(lak)】滑車。用～～起貨較快iōng(ēng)～～khí-hòe khah-khoài⇨同上。

【**車灌** chhia-koàn】車輦chhia-lián的灌風機。

【**車仆反** chhia-poa̍h-péng】或作奓跋秉chhia-poa̍h-péng。翻來覆去。無謂的改易。罔

愛安爾～～bóng-āi an-ne(ni)～～～⇨妄自喜歡如此變易。(埋怨之)。又輾轉反側也。～～～歸暝，攏無睏的款～～～kui-mê(mî), lóng bô khùn ê khoán⇨輾轉反側了整夜，皆沒睡著的樣子。

【車畚斗 chhia-pùn-táu】 車chhia或作奓chhia。翻筋斗。企亭～～～khiā-thêng～～～⇨立正與翻筋斗。有紅眠床不困，藉扵蠔殼～～～ū âng bîn-chhn̂g m̄-khùn, chiah-teh ô-khak～～～⇨謂紅眠床不睡而在蠔殼上飛筋斗。喻有安逸的地位不要，弄得辛苦掙扎。亦即車跋反chhia-poah-péng的結果。

【車馬費 chhia-bé-hùi】 變相的酬勞金。送～～～sàng～～～⇨送車馬費。

【車龜轔 chhia-ku-liàn】 謂龜四脚朝天旋轉掙扎翻不起身。喻拼命掙扎。翁親某親，老翁婆仔道該～～～ang-chhin bó·-chhin, lāu-ang pô-á tō-āi～～～⇨謂兒子結婚了親親蜜蜜，把老父母都忘了，老夫妻就要自己掙扎得如龜翻不得身。轔liàn亦輪也，旋轉也。因與親chhin押韻改讀lìn。

【車龜弄甕 chhia-ku-lāng-àng】 車chhia或作奓chhia。翻箱倒篋。不去外口跮蹉端仔帶於厝裡安爾～～～～m̄-khì goā-kháu thit-thô tan-á(kan-na) toà-tî chhù-nì an-ne(ni)～～～～⇨不到外邊玩，一定要在家裡如此胡鬧翻箱倒篋。一指孩子們找東西吃或玩。車龜弄甕chhia-ku-lāng-àng，當爲調廚弄甕chhiau-tû-lāng-āng之訛。調chhiau者翻而查之也。亦調動chhiâu-tāng物之位置。亦即所謂人事調動之調動tiāu-tōng也。

chhia 奓 張也。開也。推動曰奓chhia，同車chhia。見車盤，車字目。

chhiâ 斜 傾斜kheng-siâ，歪斜oai-siâ曰斜chhiâ。攲khi亦曰斜chhiâ。

【斜土 chhiâ-thó·】 土字旁thó·-jī-pêng，部首之一。

【斜王 chhiâ-ông】 玉字旁giok-jī-pêng。部首之一。同斜玉chhiâ-gek。

【斜目 chhiâ-bah】 斜視siâ-sī。斜視眼siâ-sī-gán。

【斜玉 chhiâ-giok】 chhiâ-gek。同斜王chhiâ-ông。

【斜紋 chhiâ-bûn】 布名。～～布～～pò·⇨同上。白～～peh～～⇨同上。

【斜斜 chhiâ-chhiâ】 歪斜oai-siâ。柱仔略也～～thiāu-á lioh-á～～⇨柱有點歪斜。

## chhiaⁿ

chhiaⁿ 箕 斜逆也。斜刺也。鑿着～chhak tioh～⇨刺中了斜刺。

chhiáⁿ 且 又也。況也。暫時曰且chhiáⁿ。慢～bān～⇨少停。慢～是bān～sī⇨等一下才開始。況～hóng～⇨同上。而～jî～⇨同上。暫～chiām～⇨同上。苟～kó～⇨同上。姑～ko·～⇨同上。

【且用 chhiáⁿ-iōng】 暫時使用。舊的～～扵kū-ê～～leh⇨舊物再暫時使用。

【且庋 chhiáⁿ-khǹg】 暫時放置之。～～扵～～leh⇨同上。

【且度 chhiáⁿ-tō·】 暫時維持生活。草寮每且踞～～一下chháu-liâu mā chhiáⁿ-ku～～chi̍t-ê⇨草寮也暫時屈居暫時維持一下生活。

【且慢 chhiáⁿ-bān】 等一下。～～一下～～chi̍t-ê⇨稍候片刻siau-hāu phiàn-khek。

【且一邊 chhiáⁿ-chi̍t-piⁿ】 暫時放置於旁邊不理之。利息～～～連母都免討lī-sek(sit)～～～liân-bó to bián-thó⇨利息且不論，連母銀都沒得討。生的～～～養的較大天seⁿ-ê～～～iúⁿ-ê khah-toā-thiⁿ⇨生母且不提，養母(之恩)比天還大。謂養育之恩較生育之恩還要大。

【且從權 chhiáⁿ-chiông-koân】 暫時採取臨

時的變通措施。總是該～～～度過即個難關 chóng-sī ai～～～tō-kòe chit-ê lān-koan⇨無論如何需要暫時從權以度此難關。

【且等候 chhiá$^{n}$-tán-hāu】 chhiá$^{n}$-thèng-hāu。稍候片刻。～～～一下～～～chit-ê⇨同上。

【且戰且走 chhiá$^{n}$-chiàn-chhiá$^{n}$-cháu】一面戰一面逃走。喻爲等候將來好機會，暫時忍耐目前的艱難的現狀。

**chhiá$^{n}$ 請** 求也，問也，召也(見chhéng請部)。以酒食食客曰請chhiá$^{n}$，求人任事曰請chhiá$^{n}$。迎神佛曰請chhiá$^{n}$。我～你～攏會使得goá～lí～lóng-ē-sái-tit⇨我請客你請客皆可行。～醫生～i-seng⇨迎醫生治病。～鬼醫病～kúi i-pē$^{n}$⇨喻請錯壞人任事。央～iang (iong)～⇨請託。搬～poa$^{n}$～⇨邀請iau-chhéng。聘～phèng～(chhéng)⇨同上。

【請火 chhiá$^{n}$-hóe】 未參加祭典的信女善男持當天的紙灰回家膜拜求福之謂。

【請王 chhiá$^{n}$-ông】 人死後旬日由道士邀請閻王來家禮拜之謂。

【請坐 chhiá$^{n}$-chē(chōe)】 ～～，許罕行～～hiah-hán-kiâ$^{n}$⇨延客之詞。意謂貴人臨寒舍是稀有之事。

【請帖 chhiá$^{n}$-thiap】 請柬chhéng-kán，請客單chhiá$^{n}$ kheh-toa$^{n}$。發～～hoat～～⇨同上。

【請神 chhiá$^{n}$-sîn】 迎神giâ$^{n}$-sîn，由道士行之。～～迎佛～～giâ$^{n}$-pu̍t(hu̍t)⇨同上。～～鎮煞～～tìn-soah⇨同上。

【請酒 chhiá$^{n}$-chiú】 請客。飲宴。

【請單 chhiá$^{n}$-toa$^{n}$】 ～～發了未～～hoat-liáu-bē⇨請帖發出去了沒有。

【請薰 chhiá$^{n}$-hun】 接人客～～chiap-lâng-kheh～～⇨請煙以接待客人。

【請合辭 chhiá$^{n}$-kah-sî】 極烈拒絕。阿久伯仔～～～a-kú-peh-á～～～⇨阿久伯憤然拒絕。

**chhià$^{n}$ 倩** 借也。請人代爲也。雇人代勞曰倩chhià$^{n}$。～的，不是請的～ê m̄-sī chhiá$^{n}$-ê⇨付錢雇用的，不是免費央託的。好央～hó-iang～⇨易抒請託。平易近人。肯於助人。

【倩人 chhià$^{n}$-lâng】 付代價雇用別人。雇工kò·-kang。～～洗衫～～sé-sa$^{n}$⇨雇工洗衣。～～煮飯～～chí-pn̄g⇨同上。～～犁田～～lê-chhân⇨雇工犁田。～～湊脚手～～tàu-kha-chhiú⇨雇工協助工作。～～哭，無目屎～～khàu, bô ba̍k-sái⇨雇人來哭以充孝男，是哭不出眼淚的。喻事依賴別人不會有良好的效果。

【倩工 chhià$^{n}$-kang】 雇用工人。～～的～～ê⇨㊀雇工做的。㊁計工(日)付酬的。～～的不是貿工的～～ê, m̄-sī bāu-kang-ê⇨雇工非包工。

【倩的 chhià$^{n}$-ê】 ～～人～～lâng⇨㊀雇工之主。㊁被雇的人。我～～goá～～⇨我雇來的。阮是～～goán sī～～⇨我等是被雇用的。

【倩馬 chhià$^{n}$-bé】 雇人代作文章。雇槍手kò·-chhiu$^{n}$-chhiú。

【倩倩 chhià$^{n}$-chhià$^{n}$】倩。～～一大陣，敎牛蹈無糞～～chi̍t-toā-tīn, chē-gû ta̍h-bô-pùn⇨雇用一大羣人(太多了)，牛多也弄不出肥料。牛糞可當肥料。

【倩鎗手 chhià$^{n}$-chhiu$^{n}$-chhiú】 雇人代考。鎗chhiu$^{n}$，同槍chhiu$^{n}$。或作銃chhèng。

**chhiâ$^{n}$ 成** 養育也，造就也，又修改也。天拍天～thi$^{n}$-phah-thi$^{n}$～⇨謂天生之，天成之。例如無依無靠的小孤兒，仍然能長大成人曰天拍天成chhiâ$^{n}$的。阿姑～大的a-ko·～toā-ê⇨(孤兒)由姑母養育長大的。話～道歹聽ōe～tō phái$^{n}$-thia$^{n}$⇨話修歪了就難聽。～對邊仔去～tùi pi$^{n}$-a-khì⇨(把話)拉到旁邊去(才不好聽)。～到壞了了～kā hāi-liáu-liáu⇨改歪得都壞了。

【成好 chhiâ$^{n}$-hó】 修理得好。～～更用猶會使得～～koh-iōng iáu ē(ōe)-sái-tit⇨修理好再使用還是可以。～～的無，成害的較穩～～ê bô, chhiâ$^{n}$-hāi-ê khah-ún⇨修理好的不可能，修理得壞殆可擔保。

【成囝 chhiâ$^{n}$-kiá$^{n}$】 養育子女。父母～～pē-kó～～⇨同上。

【成尾 chhiâ$^{n}$-bóe】 最後的修正。伊寫的有軍師得共伊～～無伊要夯龜咯i siá-ê ū kun-su teh kā-i～～bô i-boeh giâ-ku-lō͘⇨他所寫的(文章)有個軍師在爲他作最後的修飾，否則他那裡有能力。舉龜giâ-ku應作舉股giâ-ku，謂如鴨子潛水屁股高舉在水面。喻展示不是才能的才能。又弄丟了。個老父的手尾有十外甲乎伊，免三輦半道乎伊～～去也in-lāu-pē ê chhiú-bóe ū cha̍p-goā-kah hō͘-i, bián sa$^{n}$-liàn-poà$^{n}$ to hō͘-i～～khì-à⇨他們的父親，有十多甲的遺產給他，不三兩下就給丟光了。

【成命 chhiâ$^{n}$-miā】 弄死人。買命。白虎湯食落去，～～抵好peh-hó͘-thng chia̍h-lo̍h-khì, ～～tú-hó⇨白虎湯喝下去，剛好買命矣。你要共您父～～也不lí boeh kā-lín-pē～～ā-m̄⇨你要把我的生命弄掉了嗎。

【成持 chhiâ$^{n}$-tī】 撫養成人。個阿姑一手共伊～～的in-a-ko͘ chı̍t-chhiú kā-i～～ê⇨他姑母一手撫育他成人。

【成壞 chhiâ$^{n}$-hāi】 成好chhiâ$^{n}$-hó之反。～～了了也～～liáu-liáu-à⇨皆弄壞了。

【成話 chhiâ$^{n}$-ōe】 改歪別人話意。～～成到人寃家，不～～chhiâ$^{n}$-kā lâng oan-ke m̄⇨修歪人家的話，把話改歪了，致使人家吵架，不是嗎？

【成成爾 chhiâ$^{n}$-chhiâ$^{n}$-leh】 修理修理。～～～更用藉好，無，無採～～～koh-iōng chia̍h-hó, bô，bô-chhái⇨修理一下再使用才好，否則可惜。～～～，猶像新的～～～，iáu chhiū$^{n}$-sin-ê⇨修理修理了還像新的一樣。

# chhiah

**chhiah 赤** 淺朱色也。空而無物也。裸體也(見chhek部)。紅天～日頭âng-thi$^{n}$～jı̍t-thâu⇨白天。炎熱。紅膏～脂âng-ko～chī⇨紅光滿面的健康色。煎到～藉好食chian-kà～chiah hó-chia̍h⇨煎到焦赤才好吃。紅猴～âng-kâu～⇨深赤色。煎了有～也chian-liáu ū～à⇨煎得很赤了。紅面～髻âng-bīn～kè⇨面紅冠赤，形容怒氣至極。散～sàn～⇨貧窮pîn-kiông。散～人sàn～lâng⇨貧人。～到鬼侎掠去也～kà kúi boeh-lia̍h-khì-à⇨窮得鬼要抓去了。

【赤土 chhiah-thô͘】 赤色的土壤。彼款～～種無食hit-khóan～～chèng-bô-chia̍h⇨那種類的赤土栽植了也沒收穫。

【赤手 chhiah-chhiú】 空手。～～空拳打天下～～khang-kûn phah-thi$^{n}$-ē⇨同上。

【赤牛 chhiah-gû】 外來牛。似乎是赤崁樓時代荷蘭進口的。～～水牛～～chúi-gû⇨同上。

【赤化 chhiah-hoà】 共產主義化，共產黨化。反對～～hoàn-tùi～～⇨抵抗共產主義。

【赤仔 chhiah-á】 稻種之一。即冬播～～chit-tang pò͘～～⇨本季種植赤仔種。

【赤囝 chhiah-kiá$^{n}$】 貧家子。囝kiá$^{n}$即子chú。不知～～的艱苦m̄-chai～～ê kan-khó͘⇨不知貧家子之苦。

【赤肉 chhiah-bah】 瘦肉sán-bah應曰精肉chia$^{n}$-bah。

【赤米 chhiah-bí】 赤也米 chhiah-á-bí。

【赤色 chhiah-sek】 ㊀淺朱色。㊁共產黨色。～～政府～～chèng-hú⇨同上。

【赤身 chhiah-sin】 素身sò͘-sin。不著衣之身。～～裸體～～lō͘-thé⇨全身裸露choân-sin-lô-lō͘。

【赤狗 chhiah-káu】 赤毛狗。～～斬尾—假鹿～～ chām-bóe—kē-lok⇨赤狗斬斷尾巴—假鹿。意謂不過是假鹿，亦即假冒貨是假不了的。

【赤金 chhiah-kim】 正金chià$^{n}$-kim，純金sûn-kim。

【赤砂 chhiah-soa】 赤糖。～～白砂～～peh-soa⇨赤糖白糖。

【赤鬼 chhiah-kúi】 ㊀鬼。㊁窮鬼kêng-kúi亦即散鬼sàn kúi⇨貪人。

【赤蛆 chhiah-chhu(chhi)】 生在泥溝中的小蛆，金魚的飼料。亦曰紅蛆âng-chhi。

【赤帶 chhiah-tài】 婦人病名。～～白帶～～pek-tài⇨同上。

【赤猴 chhiah-kâu】 ㊀往時的一種下級煙絲名。㊁窮鬼kiông-kúi。～～拼銀牛—會拼得～～ pià$^{n}$ gîn-gû-ē pià$^{n}$-tit⇨貪鬼鬪富戶—鬪得。

【赤脚 chhiah-kha】 跣足sián-chiok。脫～～ thǹg ～～ ⇨跣足。～～的促鹿，穿鞋的食肉～～ê jiok-lok, chhēng-ê-ê chiah-bah⇨謂工人捉鹿，斯文人吃鹿肉。一種社會不平之鳴。～～查某～～cha-bó͘⇨不纏足的婦女。～～先仔～～sian-á⇨非專業的醫生，土醫生。

【赤燕 chhiah-iàn】 赤色的燕窩iàn-o。下等貨的燕巢iàn-châu。

【赤糖 chhiah-thn̂g】 粗製的紅色糖。亦曰紅糖âng-thn̂g。

【赤鯮 chhiah-chang】 魚名。上等魚食。～～仔～～á⇨同上。紅～～âng～～⇨同上。鱗chang同鯮chang。

【赤崁樓 chhiah-khàm-lâu】 古樓名。在台南市，荷蘭hô-lân據台時所建，今存者已非在原址，形態亦多已走樣。

chhiah **刺** 針刺chiam-chhì也（見chhi部）。直傷也。殺傷也。以針黹物曰刺chhiah。黹chí，繡花也。以尖器刺物亦曰刺chhiah。文身亦曰刺chhiah。又多言潑辣亦曰刺chhiah。～胖紗～phòng-se⇨刺織毛線。～皮鞋～phôe-ê⇨同上。土～～土thô͘～～thô͘⇨同上。目孔～bak-khang～⇨羨而怨之。

【刺心 chhiah-sim】 心如針刺如火燒。惡心。敢會食不抵好去恰如眞～～kám-ē chiah-m̄-tú-hó-khì(ī) kah-ná chin～～⇨不知是否食得不適當了好像很惡心。

【刺仔 chhiah-á】 土刺 thô͘-chhiah，炭刺thoà$^{n}$-chhiah等小器具的通稱。用～～刺土iōng～～chhiah-thô͘⇨同上。用～～刺土炭iōng～～chhiah-thô͘-thoà$^{n}$⇨同上。

【刺目 chhiah-bak】 ㊀刺激眼睛。日頭眞～～jit-thâu chin～～⇨烈陽刺眼。㊁看見佳物美事羨慕而生妬恨。同目孔刺bak-khang-chhiah。看着人好孔道扵～～也khoà$^{n}$-tioh-lâng hó-khang tō-tēh～～ā⇨看見人家有幸運事就在刺目了。

【刺血 chhiah-hoeh(huih)】 宰殺猪牛等先刺出其血。有專門扵～～的人ū-choan-bûn teh～～ê lâng⇨有專門在做刺血工作之人。

【刺字 chhiah-jī】 文身bûn-sin。未開化的民族多數～～於面裡bī-khai-hoà$^{n}$ ê bîn-chok to-sò͘～～tī bīn-nī⇨未開化的民族多數刺字在臉上。

【刺吐 chhiah-thò͘】 以箸等刺激咽喉使生吐氣。古時的催生法。

【刺花 chhiah-hoe】 繡花siù-hoe。～～做針黹～～chò-chiam-chí⇨繡花，做女紅。

【刺土 chhiah-thô͘】 以土刺刺土。

【刺網 chhiah-bāng】 結網。～～掠魚～～liah-hî⇨結網以捕魚。

【刺箕 chhiah-ki】 一種竹製的小道具，可插入米粟之中，因而捧持搬運米粟等之物。～～與糞箕是同形的，但是粗幼不同用途有別～～î pùn-ki sī tông-hêng-ê, tān-sī chho͘-iù put-tông, iōng-tô· iú-pia̍t⇨同上。

【刺酸 chhiah-sng】 刺激性的酸感。拍～～噎phah-～～eh⇨同上。

【刺鞋 chhiah-ê(ôe)】 造鞋。～～合人的脚～～ hah-lâng ê kha⇨謂辛苦所造成的結果爲別人不勞而獲。亦可以說～～合我的脚～～hah-goá-ê-kha, ⇨我不勞而得到實惠。

【刺繡 chhiah-siù】 女紅之一。～～是一種古老的藝術 ～～ sī chi̍t-chióng kó·-ló ê gē-su̍t⇨同上。

【刺血刀 chhiah-hoeh(huih)-to】 刺血尖刀。嘴唸阿彌陀，手擧～～～chhùi-liām o·-mí-tō·, chhiú-giâ～～～⇨諷刺僞善家。

【刺屌屄 chhiah-chi-bai】 同刺查某。野鄙語，不上紳士淑女之口。

【刺耙耙 chhiah-pê-pê】 形容婦女極潑辣。男人即曰刺擧擧chhí-giâ-giâ。一個是刺夯夯，一個是～～～，實在抵好一對寶貝夫妻chi̍t-ê lî chhì-giâ-giâ, chi̍t-ê lî～～～，si̍t-chāi tú-hó chi̍t-tùi pó-pōe-hu-chhe⇨天作之合。

【刺查某 chhiah-cha-bó·】 多言潑辣的女人。惹熊惹虎不當惹着～～～jiá-hîm jiá-hó·, m̄-thang jiá-tio̍h～～～⇨謂熊虎還可以對付，刺查某是沒辦法對付的。

## chhiak

chhiak **雀** 小鳥名。麻雀mâ-chhiak也，亦雀chhiok也。螳螂在前，黃～在後tông-lông chāi-chêng, n̂g～chāi-āu(hiō)⇨同上。燕～焉知鴻鵠之志，iàn～ian-ti hông-hō-chi-chì⇨同上。孔～khóng～⇨同上。麻～mâ(moâ)～⇨雀的俗名。又賭具名。麻～牌mâ～pâi⇨同上。

【雀屏 chhiak-pîn】 選女壻。～～中選～～tiòng-soán⇨選中女壻。

【雀戰 chhiak-chiàn】 打麻雀牌。～～三冥三日～～sa$^{n}$-mê-sa$^{n}$-ji̍t⇨連戰三晝夜。

【雀躍 chhiak-ia̍k】 喜極而起舞。欣喜～～him-hí～～⇨同上。

chhia̍k **雀** 雀踊也。雀躍也。名詞之動詞化也。躍躍欲試曰雀chhia̍k，心跳亦曰雀chhia̍k。你毋免～lí m̄-bián～⇨你用不着躍躍欲試。你不用吹牛。展風神tián-hong-sin，亦即吹牛亦曰雀chhia̍k。免傷～bián-siu$^{n}$～⇨不用太過誇示自己。傷～無底siu$^{n}$～bô-té⇨太過出鋒頭沒有根基(於將來)。雀似應爲趞chhia̍k。

【雀猴 chhia̍k-kâu】 同雀龜chhia̍k-ku。

【雀龜 chhia̍k-ku】 愛出鋒頭者。傷～～有人道會變哭龜siu$^{n}$～～ū-lâng tō-ē pì$^{n}$ khàu-ku⇨太過雀龜有人就會變哭龜。謂太惹人不悅遭人毆打。～～仔～～á⇨小雀龜。

【雀雀叫 chhia̍k- chhia̍k-kiò】 叫不停口，亦即吹不停牛。端仔一枝嘴～～～見眞無半步tan-a chit-ki-chhùi～～～kì$^{n}$-chin bô-poà$^{n}$-pō·⇨只是一張口喋喋不休，逢到眞事一籌莫展。端仔tan-a→tan-na→kan-na。

【雀雀跳 chhia̍k-chhia̍k-thiàu】 躍躍欲試。畧同於雀雀叫chhia̍k- chhia̍k-kiò，前者重於叫kiò，後者重於跳thiàu。

【雀雀趒 chhia̍k-chhia̍k-tiô】 高興而起舞。雀躍。細漢囡仔～～～趒入山，挽莚麻，挽幾斗，挽二斗sè(sòe)-hàn-gín-á～～～, tiô-ji̍p-soa$^{n}$, bán-pi-moâ, bán-kúi-táu, bán-nn̄g-táu⇨童謠。

## chhiam

chhiam **籤** 狹而長的竹片。竹～tek～⇨同上。木等之同形者亦曰籤chhiam。問～mn̄g～⇨同卜籤pok-chhiam。抽～thiu～⇨㊀用以決定特定事物。㊁問卜也。長短～tn̂g-té～⇨物不齊端。好歹～hó-phái$^{n}$～⇨抽中好籤或壞籤。觀音媽～koan-im-má～⇨觀音廟中的籤。

【籤王 chhiam-ông】 同籤頭chhiam-thâu。寺廟籤詩中之最佳運途者。抽着～～該添油香thiu-tioh ～～ āi thiam-iû-hiuⁿ⇨抽中籤王者須加獻油香錢。

【籤仔 chhiam-á】 籤。～～做好也～～chō-hó-ā⇨為某事某物須抽籤決定時臨時作籤。籤詩。～～無一定會準～～bô-it-tēng ē-chún⇨籤詩所言不一定眞的。～～卦～～koà⇨以籤卜吉凶。

【籤筒 chhiam-tâng】 裝籤之竹筒。

【籤詩 chhiam-si】 暗示神意的文字，採用詩的形體。解～～kái～～⇨解說籤詩的意義。

chhiam
**簽** 題文字爲標記也。古曰署sī(sū)，今曰簽chhiam，敍述意見亦曰簽chhiam。又切細條曰切簽chhiat-chhiam，比切絲chhiat-si署大。署押sī(sū)-ah⇨簽押chhiam-ah。會～hoe～⇨主辦單位會同有關單位簽註意見。切絲切～chhiat-si chhiat～⇨切條，絲小簽大。剉～chhoah-～⇨用菜剉chhài-chhoah剉成簽chhiam。番薯～han-chî(chû)～⇨番薯剉條曬干。菜脯～chhài-pó～⇨蘿蔔絲干。

【簽仔 chhiam-á】 ㊀計數用的小竹片。提～～來算較會準theh～～lâi-sǹg khah-ē-chún⇨拿簽子來計算較正確。㊁番薯簽han-chî(chû)-chhiam的簡稱。～～舉眞高也～～giâ chin-koân-ā⇨番薯簽(的價格)昇漲很高了。

【簽字 chhiam-jī】 簽約chhiam-iak(iok)，俗曰簽字chhiam-jī。您的契約～～未lín ê khè-iak(iok)～～ bē⇨你們的合同簽約了還是未簽。

【簽名 chhiam-miâ】 署名。～～蓋印～～kài-ìn⇨同上。

【簽呈 chhiam-thêng】 部屬對長官的書面意見書。你的～～有准否lí ê～～ ū-chún-bô⇨你的簽呈獲准了沒有。

【簽押 chhiam-ah】 簽名畫押chhiam-miâ-ōe-ah。～～名字～～miâ-jī⇨同上。

【簽約 chhiam-iak(iok)】 ～～國～～kok⇨在條約或協定上簽名同意的國家。

【簽條 chhiam-tiâu】 標示行李所屬等的字條。～～結好未～～kat-hó-bē⇨簽條結上了沒有。

【簽註 chhiam-chù】 ～～意見～～ì-kiàn⇨同上。

【簽署 chhiam-sū】 在公文上署名。

【簽證 chhiam-chèng】 簽名證明。護照抾辦～～也hō-chiò teh-pān～～ā⇨路照在辦理簽證了。亦即已送駐在國的外交機構簽證了。

chhiam
**僉** 衆共言之也。推擧也。你看～甚麼人較好lí-khoàⁿ～sim-mih-lâng khah-hó⇨你看推荐何人比較好。既然被人～着也無行那會使得kí-jiân hō·-lâng～tioh-ā，bô-kiâⁿ ná-ē(ōe) sái-tit⇨既然受人公選中了，不跑跑看看怎麼行呢。

【僉取 chhiam-chhú】 選擇。～～新婦～～sim-pū⇨同上。～～子壻～～kiáⁿ-sài⇨同上。

【僉事 chhiam-su】 古官名，書記官的程度。

【僉擧 chhiam-kú(kí)】 選擧。～～總理～～chóng-lí⇨公選主持人(經理)。

chhiam
**纖** 細也，小也。脚～手幼kha～chhiú-iù⇨所謂幼秀人iù-siù-lâng的條件(纖chhiam俗訛爲尖chiam)。

【纖手 chhiam-chhiú】 chiam-chhiú。美人之手。～～細脚～～sè(sòe)-kha⇨美人之手與腳。尖手細脚chhiam-chhiú sè-kha。

【纖維 chhiam-î】 生物體中的組織。植物～～sit-but～～⇨同上。

【纖纖 chhiam-chhiam】 chiam-chiam。細小也。十指～～奉一杯，問君此去何時回，路邊野花君莫採，帶念閨中一枝梅sip-chí ～～ hōng-it-poe, būn-kun chhú-khì hô-sî-hôe, lō·-piⁿ iá-hoe kun-bok-chhái, tāi-liām kuī-tiong it-ki-môe⇨歌仔戲，歌詞。

**chhiâm 潛** 水中行也。～水艦～súi-lām⇨潛水艇。

**chhiám 扦** 末端尖銳可通物或刺物者曰扦chhiám。糖～thn̂g～⇨刺入糖袋中取出些少糖粉以供檢驗的小工具。亦曰米扦bī-chhiám。又俗喻不擇對象的色狼曰糖扦thn̂g-chhiám。牙～gê～⇨亦曰牙籤gê-chhiam。李仔～lí-á～⇨俗作李仔串lí-á-chhoàn，而改讀chhiám。

**【扦刀 chhiám-to】** 尖刀chiam-to，刺血刀就是～～chhiah-hoeh-to chiū-sī～～⇨同上。用～～扦死人iōng～～chhiám-sí-lâng⇨以扦刀刺死人。

**【扦仔 chhiám-á】** 小尖棒sió-chiam-pāng。用以刺取東西者。削竹籤做～～siah tek-chhiam chò(chòe)～～⇨削尖小竹片造扦仔chhiám-á。用牙扦做～～iōng gê-chhiám chò(chòe)～～＝以牙扦代作扦仔用。

**【扦米 chhiám-bí】** 用糖扦thn̂g-chhiám扦米以供檢驗。糖扦亦曰米扦。一物可兩用也。

**【扦血 chhiám-hoeh(huih)】** 同刺血chhiah-hoeh。刣豬該先～～thâi-ti ài-seng～～⇨宰猪需要先刺血。

**【扦豬 chhiám-ti】** 宰猪時扦死之也。

**【扦擔 chhiám-ta$^n$】** 擔送稻草的特種扁擔，約有一丈長，兩端均削尖。～～鈎仔索～～kau-a-soh⇨鈎仔索kau-á-soh以綑束稻草，然後以扦擔扦而擔之。臭短命仔你道戇心肝，更再來也你道食～～chhàu-té-miā-á lí-tō gōng-sim-koa$^n$, koh-chài-lâi-á lí-tō chia̍h～～⇨臭短命chhàu-té-miā，臭男人也，食扦擔chia̍h-chhiám-ta$^n$，以扦擔打之也。黎田歌的一節。

**【扦糖 chhiám-thn̂g】** 目的與扦米同。

**【扦釘落榫 chhiám-teng-lo̍h-sún】** 謂合約加釘又落榫，既合理又緊固，不易被違反。免煩惱啦，～～～～也，伊倈番對佗位去bián-hoân-ló-là, ～～～～ā, i boeh hoan-tùi to-ūi-khì⇨用不着憂慮了，已加釘又落榫，他要違反也沒辦法違反了。番hoan生番chhe$^n$-hoan，喻不講理，亦翻hoan也。

**chhiàm 僭** 假也，以下擬上也。過分曰僭chhiàm。伊的人眞～i-ê-lâng chin～⇨他爲人多僭越。

**【僭分 chhiàm-hūn】** 越過自己身分。～～坐大位～～chē-toā-ūi⇨坐上不該他坐的上席。

**【僭位 chhiàm-ūi】** ㈠假冒官階。㈡越分佔上席。

**【僭高 chhiàm-koân】** 冒高位，越過輩分。我較～～goá-khah～～⇨自謙詞，首先開口的套詞。

**【僭越 chhiàm-oa̍t】** 同僭高chhiàm-koân。我較～～goá-khoh～～⇨同上。

**【僭號 chhiàm-hō】** 冒稱尊號。

**【僭稱 chhiàm-chheng】** 僞稱高號。

**【僭嘴 chhiàm-chhùi】** 插嘴。未曉得更要～～bē(bōe) hiáu-tit koh-boeh～～⇨不懂事竟要說話。

**【僭鑽 chiàm-chn̄g】** chhiàm-chn̄g。很會鑽營，很有活動性。即個囝仔眞～～chit-ê gín-á chin～～⇨這個孩子很有活動性。很活潑。

## chhian

**chhian 千** 十百cha̍p-pah也。白髮三～丈pe̍k-hoa̍t sam～tiāng⇨同上。氣象萬～khì-siōng-bān～⇨同上。成～成萬sêng～sêng-bān⇨同上。百子～孫pek-chú～sun⇨同上。一萬三～尺it-bān-sam～chhiok⇨玉山高度的約數。

**【千古 chhian-kó͘】** ㈠時代久遠。㈡哀悼用詞。某先生～～bó͘-sian-seng～～⇨同上。

**【千里 chhian-lí】** ～～路途三五步，百萬軍兵六七人～～lō͘-tô͘ sa$^n$-gō͘-pō͘, pah-bān kun-peng la̍k-chhit-lâng⇨古時莊脚野台戲戲棚上常見的對聯。～～馬～～bē⇨同上。～～眼

～～gán⇨同上。～～駒～～kī(kū)⇨同上。

**【千金 chhian-kim】** ㊀很多錢。春宵一刻值～～chhun-siau it-khek ti̍t～～⇨古詩句。～～買厝宅萬金買厝邊～～ bé-chhù-the̍h, bān-kim bé-chhù-pi$^{n}$⇨古諺。謂好隣居比好住家更重要。㊁小姑娘。乞食行到大門邊～～小姐捧目箭khit-chia̍h kià$^{n}$-kàu toā-mn̂g-pi$^{n}$,～～sió-chiá sut-ba̍k-chī$^{n}$⇨乞食歌。謂他行到富家大門前，千金小姐向他送秋波。

**【千秋 chhian-chhiu】** 千年。久遠。太子爺～～ thài-chú-iâ ～～ ⇨爲太子爺(神名)祝壽詞。～～萬歲～～bān-sòe⇨①祝壽。②永遠。

**【千乘 chhian-sēng】** 天子車萬乘諸侯千乘。道～～之國，敬事而信，節用而愛民，使民以時tō～～chi-kok, kèng-sū-jî-sìn, chiat-iōng jî ài-bîn, sú-bîn-í-sî⇨論語。

**【千萬 chhian-bān】** ㊀多數。雖～～人吾亦往矣sûi ～～jîn, gô͘-e̍k-óng-ī⇨謂爲正義之大勇如此。㊁最鄭重的叮嚀。～～不當答應即類事～～m-thang tah-èng chit-lōe-sū⇨千萬不可答應此種事。～～不當講出來～～m̄-thang kóng-chut-lâi⇨千萬不要說。～～ 不可誤會～～m̄-hó gō͘-hōe⇨同上。

**【千斤力 chhian-kin-la̍t】** ㊀～～～ 不值著四兩命～～～m̄-ta̍t-tio̍h sì-niú-miā⇨謂有一千斤的大力氣也抵不過有四兩命運的幸福。四兩命sì-niú-miā謂一日有享受四兩肉之幸運。㊁小型起重機。車輛的附屬品。

**【千日好 chhian-ji̍t-hó】** 千日平安。人無～～ 花無百日紅jîn-bû ～～～ hoa-bû pek-ji̍t-hông⇨謂人不能千日皆平安無事，花不能連紅百日之久。

**【千字文 chhian-jī-bûn】** 舊時代的兒童教科書，共有一千個生字，以天地玄黃thian-tē hiân-hông四字一句開始，以焉哉乎也ian chai hō͘ iā四字結束全文。

**【千年樹 chhian-liân-chhiū】** 千年的老樹。山中多有～～～，人間却少百歲人san-tiong to-iú～～～，jîn-kan khiok-siàu pek-sòe-jîn⇨謂山中甚多千年老樹，人間却少有百歲老人。

**【千金譜 chhian-kim-phó͘】** 書名。集諺語俚句而成，往時在鄉間相當流行。開頭兩句是，字是隨身寶，財是國家珍jī sī sûi-sin-pó, châi sī kok-ka-tin。

**【千家詩 chhian-ke-si】** 書名。集近代的絕律舊詩。

**【千人所指 chhian-jîn-só͘-chí】** 衆怒難犯。～～～～無病也會死～～～～bô-pē$^{n}$(pi$^{n}$) ā-ē(ōe)-sí⇨同上。

**【千刀萬割 chhian-to-bān-koah】** 古代慘刑。曷未去乎人～～～～a̍h-bē khì-hō͘-lâng～～～～⇨何不被千刀萬割之刑。咒罵詞。

**【千山萬水 chhian-san-bān-súi】** 山川重重，路途遙遠san-chhoan têng-têng, lō͘-tô͘ iâu-oán。

**【千方百計 chhian-hong-pek-kè】** 想盡用盡所有方法。～～～～ 都害人未死 ～～～～ to hāi-lâng bē-sí⇨千方百計皆害不死人。

**【千里迢迢 chhian-lí-thiau-thiau】** 路途遙遠。不遠～～～～ 去尋親人put-oán ～～～～ khì sîm-chhin-jîn⇨同上。

**【千里姻緣 chhian-lí-in-iân】** ～～～～一線牽～～～～it-soà$^{n}$-khan⇨俗諺。

**【千辛萬苦 chhian-sin-bān-khó͘】** 食盡了～～～～chia̍h-chīh-líau～～～～⇨吃盡了千辛萬苦。

**【千言萬語 chhian-giân(gân)-bān-gí(gú)】** 說不盡的～～～～ soeh-put-chīn ê ～～～～⇨同上。

**【千金一諾 chhian-kim-it-lo̍k】** 一諾值千金i̍t-lo̍k ti̍t chhian-kim。

**【千奇百怪 chhian-kî-pek-koài】** 十分奇怪。～～～～ 逐項都是不八看見的 ～～～～ta̍k-hāng to-sī m̄-bat khoà$^n$-kì$^n$(ì$^n$)-ê⇨千奇百怪，各項事物皆是未曾看見的。

**【千呼萬喚 chhian-hō·-bān-hoàn】** ～～～～始出來，猶把琵琶半遮面～～～～sí-chhut-lâi, iû-pá pî-pê poàn-jia-biān⇨白樂天琵琶行。

**【千軍易得 chhian-kum-ī-tek】** 軍隊容易組織之。～～～～一將難求～～～～it-chiàng lân-kiû⇨求軍隊容易，求大將之才不容易。

**【千軍萬馬 chhian-kun-bān-bé】** 人多。～～～～抄出入的所在～～～～teh chhut-ji̍p ê só·-chai⇨千人萬人在出入的地方。

**【千思萬想 chhian-su-bān-siū$^n$】** ～～～～較想都想未通～～～～khah-siū$^n$ to siū$^n$-bē(bōe)-thong⇨想了又想如何想都想不通。

**【千捶百鍊 chhian-thûi-pek-liān】** ～～～～的文章～～～～ê bûn-chiu$^n$⇨同上。

**【千載一時 chian-chái-it-sî】** ～～～～實在難得的機會～～～～si̍t-chāi lân-tit ê ki-hōe⇨同上。

**【千算萬算 chhian-sǹg-bān-sǹg】** ～～～～不如天一算～～～～put-jî(jû) thi$^n$-chi̍t-sǹg⇨謀事在人成事在天bô·-sū-chāi-jîn, sêng-sū-chāi-thian。

**【千慮一失 chhian-lī(lū)-it-sit】** 智者千慮，難免一失，也是有的tì-chià chhian-lī(lū), lān-bián it-sit, ā-sī ū-ê⇨同上。

**【千篇一律 chhian-pian-it-lu̍t】** 一無變化。伊的詩，都是～～～～i-ê si to-sī～～～～⇨同上。

**【千嬌百媚 chhian-kiau-pek-mī】** 鶯鶯燕燕，逐個都～～～～eng-eng iàn-iàn, ta̍k-ê to～～～～⇨謂美女一大羣，每一個都十分美麗。

**【千頭萬緒 chhian-thâu bān-sī(sū)】** 內底～～～～亂糟糟，如何收拾，正是大問題lāi-té～～～～loān-chhau-chhau, jî(jû) hô, siu-si̍p, chià$^n$-sī toā-būn-tê(tôe)⇨同上。

**【千變萬化 chhian-piàn-bān-hoà】** 棋是～～～～，乎你曷會料得kî-sī～～～～hō·-lí a̍h-ē-liāu-tit⇨棋步千變萬化，你何能料到(下何子)。

**chhian 阡** 田間之路也。

**【阡陌縱橫 chhian-pek-chiòng-hêng】** 田路東西南北互相交錯。

**chhian 遷** 移徙也。變易也。左～chó～⇨官員從高位調下位。搬～poa$^n$～⇨搬徙poa$^n$-soá。孟母三～bēng-bó sam～⇨同上。落屎馬做無三個月道乎人～掉也lâu-sái-bé, chò-bô-sa$^n$-koh-go̍eh tō-hō·-lâng～tiāu-ā⇨不中用的東西，做(買賣者)不到三個月。就被人家換掉了。

**【遷走 chhian-cháu】** 遷離。乎人～～也hō·-lâng～～ā⇨被人調換而離去了。

**【遷居 chhian-ki(ku)】** ～～進宅～～chìn-the̍h⇨遷居而進住新宅。

**【遷移 chhian-î】** 換所在oā$^n$-só·-chāi。同遷徙。～～陣地～～tīn-tē⇨換場所(例如賭博等等)。

**【遷徙 chhian-soá】** 移徙î-soá。菓子種了道不好更～～kóe-chí chéng-liáu tō-m̄-hó koh～～⇨果子樹種植了就不可以再移植。～～眞費氣～～chin-hùi-khì⇨遷居等移動很麻煩。

**【遷掉 chhian-tiāu】** 遷走chhian-cháu。

**【遷棺 chhian-koan】** 出葬日棺移外庭。辰時～～午時進葬sîn-sî～～ngó· sî chìn-chòng⇨同上。又遷葬也。人俫清塚咱該～～lâng-boeh chheng-thióng lán-ài～～⇨人家要整理墓地我們必須遷葬。

**【遷都 chhian-to·】** 都城的遷移。古早新朝代多數都有～～kó-chá sin-tiâu-tāi to-sò· to-ū～～⇨同上。

**【遷鋪 chhian-pho·】** 臨終時由寢房移出大廳。阿六伯仔講～～也a-la̍k-peh-á kóng～～ā⇨聽說阿六伯搬舖了(死掉了)。亦曰搬舖

poa$^{n}$-pho·。

【**遷調 chhian-tiāu**】 人事～～jîn-sū～～⇨人事的調動。

【**遷地爲良 chhian-tē-ûi-liâng**】 要換地方時的口頭禪。

**chhián 淺** 水不深也。凡無深意者皆曰淺chhián。水～未稠魚chúi～bē-tiâu-hî⇨水淺留不住魚。由～入深iû～jip-chhim⇨同上。問題傷～būn-tê(tôe) siu$^{n}$～⇨考題太易。你的度數較～lí ê tō·-sò· khah～⇨你的(眼鏡)度數比較無深度。伊抒想較～i teh-siū$^{n}$ khah～⇨他所想者比較淺薄。膚～之見hu～chi-kiàn⇨同上。

【**淺仔 chhián-á**】 容器之較淺者。～～鼎～～tiá$^{n}$⇨同上。

【**淺山 chhián-soa$^{n}$**】 ～～未飼得獅王～～bē(bōe)-chhī-tit sai-ông⇨淺山養不起大獅子。小地方容不得大人物。

【**淺水 chhián-chúi**】 龍游～～遭蝦戲，虎落平洋被犬欺liông-iû～～cho-hê-hì, hó·-loh pe$^{n}$-iû$^{n}$ pī-khián-khi⇨俗諺。平洋pe$^{n}$-iû$^{n}$平地。(山) 地之對稱。

【**淺色 chhián-sek**】 色澤之較淡者皆曰淺色chhián-sek。例如淺紅chhián-âng, 淺黃chhián-n̂g，淺綠豆色chhián-lek-tāu-sek等是也。

【**淺見 chhián-kiàn**】 高見ko-kiàn之反。我的～～goá ê～～⇨我的意見。膚淺之見，～～的人未曉深想～～ê lâng bē-hiáu chhim-siū$^{n}$⇨同上。

【**淺沙 chhián-soa**】 水邊淺處。～～地～～tē⇨同上。

【**淺性 chhián-sèng**】 胸中無城府。喜怒立見。～～的人道惀未稠也～～ê lâng tō lún-bē-tiâu-ā⇨淺性者就忍不住了。～～無腹內～～bô-pak-lāi⇨淺性者無腹可藏物。

【**淺拖 chhián-thoā**】 拖鞋thoā-ôe。～～仔～～á⇨同上。

【**淺眠 chhián-bîn**】 易醒 ī-chhé$^{n}$(chhí$^{n}$)。～～到密虱相踏道精神也～～kàu bat-sat sio-tah tō cheng-sîn-ā⇨淺眠到虱子交尾的程度就醒了。

【**淺現 chhian-hiān**】 顯而易見。～～的道理～～ê tō-lí⇨同上。耳目～～ní-bok～～⇨容易爲人所知。淺籬薄壁傷～～chhián-lî-poh-piah siu$^{n}$～～⇨墻低壁薄，太難保密。

【**淺量 chhián-liōng**】 酒力小。反之曰海量hái-liōng。我較～～goá khah～～⇨我酒力不強。

【**淺想 chhian-siū$^{n}$**】 深思之反。一個是～～一個是淺性，一下道爆炸也chit-ē-lí～～chit-ē-lí chhián-sèng, chit-ē tō pok-chà-à⇨一個淺想一個急性，一下子就發生衝突了。

【**淺學 chhián-hak**】 ～～深陶～～chhim-thoā⇨淺學者由於陶thoā而可至於深學之境。陶thoā，見聞而學也。薰陶hûn-tô，陶養tô-iáng之陶tô。

【**淺灘 chhián-thoa$^{n}$**】 淺水的沙灘。

【**淺肚腸 chhián-tō·-tn̂g**】 ㊀性急。～～～三句話道惀未稠也～～～sa$^{n}$-kù-ōe tō lún-bē-tiâu-ā⇨同上。㊁頭腦單純幼稚。～～～的人未曉聽話尾～～～ê-lâng bē-hiáu-thia$^{n}$ ōe-bóe⇨單純的人聽不出人家的言外之音。

【**淺籬薄壁 chhián-lî-poh-piah**】 居家簡陋。深院大宅chhim-ī$^{n}$-toā-theh之反。～～～～難掩人的耳目～～～～lân-am-lâng-ê-ní-bok⇨同上。

**chhiân 遷** 拖延曰遷chhiân。延～iân～⇨拖延thoa-iân。不好更～也m̄-hó koh～ā⇨不可再慢了。更～道未赴也koh～tō bē-hū-à⇨再拖就趕不上了。乎你未～得也hō·-lí bē～tit-à⇨讓你拖延不得了。一下～道三年chit-ē～tō sa$^{n}$-nî⇨一拖就拖了三年。

【**遷工 chhiân-kang**】 工程多費了時日。拖延工時。即款穡頭較～～chit-khoán sit-thâu khah～～這種工作比較費時。

【遷手 chhiân-chhiú】 費時費事。麻煩。較省更～～khah-séⁿ(séng, sín) koh～～⇨比較不麻煩。不好更～～也，共我提起來嘜m̄-hó koh～～à, kā-goá theh-khí-lâi-mā⇨不要再客氣了，給我收起來好嘜(請人收物)。

【遷延 chhiân-iân】 拖延thoa-iân。～～時間～～sî-kan⇨拖延時間。

【遷這遷奚 chhiân-che-chhiân-he】 爲此而遷延爲彼而遷延。～～～～遷到者爾暗～～～～chhiân kàu chiah-ni-àm⇨遷此遷彼遷至這麼晚。

chhiân
錢 錢chîⁿ也。有～皆眞話，無～話不眞iú～kai chin-ōe, bû～ōe put-chin⇨有錢說話皆眞話，無錢說話都是假的。一～二緣三媠四少年it～jī-iân saⁿ-súi sì-siàu-liân⇨使美女拜倒你軍前的四法寶，第一是金錢，第二是緣份，第三是標緻兼英俊，第四是年紀輕。

chhiān
筌 捕魚竹器也。蓋而後捕魚的小道具，魚～仔hî～á。保護小雞等的小道具亦曰雞～仔ke～á。

## chhiang

chhiang
槍 兵器也。亦作鎗。刀槍to-chhiuⁿ也(見chhiuⁿ槍部)。銃chhèng曰槍chhiang，機關～ki-koan～⇨同上。毛瑟～mo͘-sek～⇨一種德國製五連發的銃。鳥～chiáu～⇨鳥銃chiáu-chhèng。

chhiang
昌 美善也。興盛也。廣連～kóng-liân～⇨往時彰化有此商號，規模不小，後遭火災而毀。隆～liông～⇨興盛。

【昌大 chhiang-tāi】 盛大sēng-tāi。～～門楣～～bûn-bî⇨同上。

【昌言 chhiang-giân】 正言。大議論。

【昌明 chhiang-bêng】 盛大而修明。政治～～chèng-tī～～⇨同上。

【昌盛 chhiang-sēng】 隆盛。

【昌期 chhiang-kî】 政教昌明的時代。

chhiang
菖 花名。菖蒲chhiang-pô͘。

chhiang
猖 任性妄爲也。

【猖狂 chhiang-kông】 放肆hòng-sù無度bû-tô͘也。

【猖獗 chhiang-khoat】 氣勢囂張khì-sè-hiau-tiong。

chhiáng
廠 露舍也。屋而無壁也。工作場所曰廠chhiáng, chhiúⁿ。工～kang～⇨工場kang-tiûⁿ。糖～thn̂g～⇨製糖工場。紡織～pháng-chit～⇨同上。煉油～liān-iû～⇨同上。兵工～peng-kang～⇨軍事工場。肥料～pûi-liāu～⇨肥料工場。紅毛土～âng-mo͘-thô͘～⇨水泥chúi-nî工場。酒～chiú～⇨同上。布～pò͘～⇨同上。

【廠主 chhiáng-chú】 工場的主人。

【廠址 chhiáng-chí】 工場的所在地。

【廠商 chhiáng-siang】 chhiúⁿ-siong。製造業。製造商。

【廠牌 chhiáng-pâi】 製造商的嘜頭bak-thâu。商品的記號。～～無共款～～bô-kāng khoán⇨嘜頭bak-thâu不相同。

【廠價 chhiáng-kè】 在廠交貨的價格。

chhiáng
敞 高而可遠望也。地方開闊。寬～khoan～⇨場所廣大。開～khai～⇨開闊khui-khoah。

chhiàng
唱 發歌聲也。高呼亦曰唱hhiàng, chhiùⁿ(見chhiùⁿ唱部)。提～theh～⇨同上。合～hap～⇨同上。獨～tok～⇨同上。歌～ko～⇨同上。夫～婦隨hu～hū-sûi⇨翁行某逮ang-kiâⁿ-bó͘-tōe。明～明品bêng～bêng-phín⇨明白講清楚。

【唱片 chhiàng-phiàn】 chhiùⁿ-phìⁿ（見chhiuⁿ部）。

【唱名 chhiàng-miâ(bêng)】 呼姓名。～～清點～～chheng-tiám⇨呼人名一一比對核算。

【唱和 chhiàng-hô】 以詩歌互相酬答。

【唱首 chhiàng-siú】 發起人hoat-khí-jîn。

【唱設 chhiàng-siat】 提唱設立。先父所～～的sian-hū sé(só͘)～～ê⇨同上。

【唱遊 chhiàng-iû】 唱歌遊戲。小學的一科目。

【唱歌 chhiàng-ko】 chhiùⁿ-koa（見chhiuⁿ部）。

【唱價 chhiàng-kè】 喊價hán-kè。提出價錢。

【唱諾 chhiàng-lo̍k】 打揖。作揖行禮。

【唱明白 chhiàng-bêng-pe̍k】 講清楚了。條件等皆說好了。明呼明唱 bêng-ho͘-bêng-chhiàng⇨同上。

【唱高調 chhiàng-ko-tiāu】 發出難見實現的高論。chhiùⁿ-koân-tiāu（見chhiùⁿ部）。

chhiâng **戕** 殺害也。以鑿挖土曰戕chhiâng，土鑿thô͘-chha̍k曰土戕thô͘-chhiâng。又凡作爲曰戕chhiâng。你敢合伊～lí káⁿ kah-i～⇨你敢與他一拼。～道～驚甚～tō～kiaⁿ-siahⁿ⇨幹就幹嘛怕什麼。打就打嘛怕什麼。

【戕仔 chhiâng-á】 塗戕thô͘-chhiâng。無～～來無法得bô～～lâi bô-hoat-tit⇨沒有土戕來挖不下去。～～來戕藉會快～～lâi-chhiâng chiah-ē(ōe)-khoài⇨拿土戕來挖才會快。

【戕落去 chhiâng-lo̍h-khì】 chhiâng-lo̍h-ì→chhiâng-lōe。㊀戕下去，挖下去。㊁凡作爲要開始都曰戕落去。戕落去chhiâng-lōe，亦即我們開始罷，幹下去罷，拼一拼罷，等等的意思。亦屬舊名詞的新用法也。

chhiâng **腸** 消化器官（見tn̂g腸部）。小～，大～，直～的總稱，sió～，tāi～，ti̍t～ê chóng-chheng⇨同上。煙～ian～⇨同上。臘～la̍h～⇨同上。粉～hún～⇨加麵粉的煙腸。心～惡毒sim～ok-to̍k⇨心地惡毒。肝～寸斷kan～chhùn-toān⇨悲傷之極（亦讀chhiông）。

【腸炎 chhiâng-iām】 病名。俗曰腸仔炎tn̂g-á-iām。

【腸斷 chhiâng-toān】 傷心事。～～八通關～～pat-thong-koan⇨在八通關發生的傷心事。

【腸肥腦滿 chhiâng-hûi-náu-boán】 飽食終日無所事事，無所用心的人。

chhiâng **場** 空地。工作地（見tiûⁿ場部）。文場失意bûn-chhiâng(chhiông) sit-ì⇨考試失敗。

chhiâng **償** 還所欠也。酬報siû-pò也。賠～pôe～⇨同上。如願以～jî(jû)-goān í～⇨照願望而實現。得不～失tek put～sit⇨所得不値所失。失大也。

【償命 chhiâng-bēng】 賠人命pôe-jîⁿ-bēng。殺人者～～sat-jîn-chiá～～⇨同上。

【償還 chhiâng-hoân】 歸還。十年～～計畫si̍p-liân～～kè-ōe⇨同上。

【償本還息 chhiâng-pún-hoân-sit】 母利皆歸還。

chhiâng **冲** 以水注入也（見chhiong冲部）。從上直流而下曰冲chhiâng。水～chúi⇨瀑布po̍k-pò͘。水急潑亦曰冲chhiâng。～水～chúi⇨潑水。冲洗。～身軀～sin-khu⇨以水潑身。亦即冲洗身體也。又冲同沖。

【冲水 chhiâng-chúi】 潑水。～～洗藉會清氣～～sé(sóe) chiah-ē(ōe) chheng-khì⇨潑水冲洗才會乾淨。

【冲冲流 chhiâng-chhiâng-lâu】 滾滾而流kún-kún jî liû。溪水～～～khe-chúi～～～⇨同上。。

【冲冲趒 chhiâng-chhiâng-tiô】 雀躍而喜。同雀雀趒chhia̍k-chhia̍k-tiô。

【冲冲滾 chhiâng-chhiâng-kún】 ㊀開水沸騰。㊁非常熱鬧。街仔路人～～～ke-á lō͘ lâng～～～街上人多非常熱鬧。

chhiâng
**娼** 妓女也。俗曰賣笑婦bē(bōe)-chhiò-hū。男偷女～lâm-thau-lí(lú)～⇨同上。嫖妓宿～phiâu-ki-siok～⇨所謂狹斜之遊kiap-siâ-chi-iû也。妻不如妾，妾不如～，～不如偷chhe-put-jî chhiap, chhiap-put-jî～，～put-jî-thau⇨同上。

【娼仔 chhiâng-á】 妓女。不成～～m̄-chiâⁿ～～⇨下賤的女人。

【娼妓 chhiâng-ki】 ～～酒女～～chiú-lí⇨同上。

【娼家 chhiâng-ka】 妓女之家。

【娼婦 chhiâng-hū】 婊piáu。

【娼貓 chhiâng-bâ】 臭婊chhàu-piáu。

【娼樓 chhiâng-lâu】 ～～妓館～～ki-koán⇨同上。

【娼寮 chhiâng-liâu】 娼樓之簡陋者。

【娼優隸卒 chhiâng-iu-lē-chut】 古之所謂下九流者。

chhiâng
**薔** 花名。薔薇chhiâng(chhiông)-bî。亦即玫瑰花bûn-kùi-hoe。

chhiâng
**牆** 屏也。圍～ûi～⇨同上。禍起蕭～hō-khí-siau～⇨同上。紅杏出～hông-hēng-chhut～⇨喻女找外遇。

chhiāng
**蹌** 動也。巧趨也。又舞也。獨脚行曰蹌chhiāng，跛行亦曰蹌chhiāng。慢行亦曰蹌chhiāng。亦作蹡chhiāng。罔～也罔～，～久道會到位bóng～a bóng～,～kú to-ē(ōe)-kàu-ūi⇨勉強而行，行久了就會到達目的地。

【蹌仔 chhiāng-ā】 跛行者。～～抵著跫仔～～tú-tioh-khōng-ā⇨跛行人逢到跫行人，謂湊巧極矣。跫khōng，伸脛也，亦跛足之一種。

【蹌抵蹌 chhiāng-tú-chhiāng】 謂湊巧也，稀有也。跛行者逢到跛行者既湊巧亦稀有也。～～～抵有人必去～～～tú-ū-lâng boeh-khì⇨機會機會，剛好有人要去。

【蹌跫蹌 chhiāng-khōng-chhiāng】 跛而一步，又一步，慢行，謂行行又行行。～～～都乎蹌到位也～～～to-hō͘ chhiāng-kàu-ūi-ā⇨行也行也，終於蹌到目的地。

【蹌脚鷄 chhiāng-kha-ke】 獨脚跳行也。如獨脚鷄之跳行也。

chhiāng
**蹡** 通蹌chhiāng。亦作蹡。～脚鷄～kha-ke⇨獨脚鷄。

chhiāng
**悤** 急遽也。俗作匆chhong(見chhong匆部)。

【悤悤行 chhiāng-chhiāng-kiâⁿ】 匆忙而行。～～～，悤悤走～～～chhiāng-chhiāng-cháu⇨匆匆忙忙而行。

chhiāng
**淌** 水波也。水勢也。滾淌淌kún-chhiāng-chhiāng⇨水大滾。

【淌淌滾 chhiāng-chhiāng-kún】 熱水大滾也。同滾淌淌kún-chhiāng-chhiāng。

## chhiap

chhiap
**妾** 小老婆sió-lāu-pô。細姨sè(sōe)-î。妻～chhe～⇨同上。小～sió～⇨同上。賤～chiān～⇨女人自稱。漢兵已略地，四面楚歌聲，大王意氣盡，賤～何聊生 hàn-peng í liak-tē, sù-biān chhó͘-ko-seng, tāi-ông ì-khī-chīn, chiān～hô-liâu-seng⇨虞姬gî(gû)-ki垓下kāi-hā所吟。

【妾侍 chhiap-sī】 妾。做人的～～曷扵稀罕chò(chòe) lâng-ê～～ah-teh hi-hán⇨做人家的小老婆有何了不起。

【妾身未明 chhiap-sin-bī-bêng】 是妻是妾身分未分明。凡身分未明者都借用此詞。

chhiap
**竊** 俗作竊chhiap。盜也。私也。私心也。乘人不備而盜曰竊chhiap。慣～koàn～⇨屢犯的竊賊。鼠～chhí(chhú)～⇨小偷sió-

thau。明搶暗～bêng-chhiú$^{n}$-âm～⇨同上。剽～phiàu～⇨㊀竊取他人之物。㊁抄襲chhau-sit他人之詩文。

【竊位 chhiap-ūi】 無才能而佔據職位。

【竊取 chhiap-chhí(chhú)】 ～～財物～～châi-bu̍t⇨同上。

【竊思 chhiap-su】 自己思維的謙詞。

【竊笑 chhiap-chhiàu】 暗中譏笑。不驚人～～m̄-kia$^{n}$ lâng～～⇨不怕人家暗中譏笑。

【竊盜 chhiap-tāu】 小盜。小賊。～～罪～～chōe⇨小賊之罪。

【竊賊 chhiap-chha̍t】 偷提物件的賊仔thau-the̍h mi̍h-kiā$^{n}$ ê chha̍t-á⇨偷東西之賊。

【竊據 chhiap-kì】 私自佔據。無權而佔有之。～～公地～～kong-tē⇨同上。

【竊聽 chhiap-thia$^{n}$】 偷聽thau-thia$^{n}$。～～私人電話～～su-jîn-tiān-ōe⇨同上。

【竊竊私語 chhiap-chhiap-su-gí】 大絃錯錯如急雨，小絃竊竊如私語，大絃小絃錯雜彈，大珠小珠落玉盤tāi-hiân chhò-chhò jî-kip-í(ú), siáu-hiân chhiap-chiap jî-su-gí(gú), tāi-hiân-siáu-hiân chhò-cha̍p-tân, tāi-chu-siáu-chu lo̍k-gio̍k-phôan⇨琵琶行。

chhia̍p **喋** 多言也。又喋血tiap-hiat(見tiap部)。

【喋喋叫 chhia̍p-chhia̍p-kiò】 喋喋不休tiap-tiap-put-hiu。講到～～～kóng-kà～～～⇨喋喋不休。

chhia̍p **眨** 目動也。目數開閉也。亦眨chhop也。亦作眼chia̍p。

【眨眨躡 chhia̍p-chhia̍p-nih】 chhop-chhop-nih。同睫睫躡chhia̍p-chhia̍p-nih。驚疑於所見也。或謂失望的樣子。今不道目珠～～～也ta$^{n}$ m̄-tō ba̍k-chu(chiu)～～～ā⇨而今，令你失望了，不是嗎。

chhia̍p **睫** 目珠也。睫chia̍p也。事在眉～sū chāi bî～⇨事情非常緊迫。

【睫睫睛 chhia̍p-chhia̍p-nih】 同眨眨躡chia̍p-chhia̍p-nih。

## chhiat

chhiat **切** 割koah也。斷toān也。急迫也。近也，實也。按ān也。迫～的需要pek～ê sû-iàu⇨同上。太過操～thài-kò chho～⇨同上。詞意剴～sû-ì kai～⇨同上。親～chhin～⇨同上。懇～khún～⇨同上。心誠意～sim-sêng-ì～⇨同上。至～勿誤chì～bu̍t-gō·⇨同上。確～的答應khak～è tah-èng⇨同上。講～道～實在有絕kóng～tō～si̍t-chāi ū-choa̍t⇨說切斷關係就切斷關係了，實在十分絕情。刀利道好～to-lāi tō hó～⇨刀利就容易切割東西。未曉～道～未好看bē-hiáu～tō～bē-hó-khoà$^{n}$⇨不會操刀切物就切得不好看。反～hoán～⇨以兩字之音，切成一字之音曰反切。例如字典上，寂的讀音是截檄切，音籍是也。亦即截chia̍t的頭音ch與檄ke̍k的尾音ek合而爲chek是也。

【切片 chhiat-phì$^{n}$】 筍仔～～肉切絲sún-á～～bah chhiat-si⇨竹筍切片，猪肉切成細絲條。～～檢查～～kiám-chha⇨醫療名詞。

【切合 chhiat-ha̍p】 ㊀切題chhiat-tê。㊁兩物相接得各合其份。榫頭未～～sún-thâu bē～～⇨榫頭鑿得不好。

【切言 chhiat-giân】 ～～不可～～put-khó⇨直說不可以。

【切要 chhiat-iàu】 重要。目前最～～的問題bo̍k-chêng chōe～～ê būn-tê⇨同上。

【切音 chhiat-im】 反切所得之音。～～不一定很準確，蓋讀音不同，所得亦不同也。

【切望 chhiat-bōng】 迫切的希望。逐家所～～的ta̍k-ke só·(sé)～～ê⇨大家所切望的。

【切棵 chhiat-koeh】 棵koeh斷木也，亦即柴節chhâ-chat也。～～切顆～～chhiat-kho·

⇨顆kho͘者圓形物也。棵ko̍eh與顆kho͘，名異而實同，言其短即曰棵ko̍eh，言其形即曰顆kho͘。鰻～～moâ～～⇨鰻切顆moâ chhiat-kho͘。鰻棵moâ-ko̍eh即鰻顆moâ-kho͘也。

【切開 chhiat-khui】 ～～做二平 ～～chò n̄g-pêng切開爲兩半。

【切意 chhiat-ì】 ～～要做～～boeh-chò⇨很希望要做。～～拜讀～～pài tho̍k⇨誠心拜讀。

【切齒 chhiat-chhí】 咬牙～～kā-gê～～⇨怒恨之極。

【切磋 chhiat-chho】 ～～琢磨～～to̍k-mô⇨如切如磋如琢如磨jî-chhiat jî-chho, jî-to̍k jî-mô⇨同上。

【切實 chhiat-si̍t】 該～～去執行ài ～～khì～～chip-hêng⇨同上。

【切線 chhiat-soà$^n$】 直線與圓周邊相切合曰切線chhiat-soà$^n$,切合點曰切點chhiat-tiám。球體與平面的關係亦同。

【切題 chhiat-tê(tôe)】 合於題目。即首詩有合韻無～～chit-siú-si ū-ha̍h-ūn bô～～⇨此詩韻合格式，主題不合題目，亦即空殼詩khang-khak-si，無內容之詩。

【切斷 chhiat-tn̄g】 話柄乎伊～～去ōe-pè$^n$ hō͘-i ～～ khì⇨說話中途被他切斷了。～～電話不愛共伊講～～tiān-ōe m̄-ài kā-i-kóng⇨切了電話不要跟他再說話。～～同居關係～～tông-ki koan-hē⇨斷絕了同居關係。

【切斷 chhiat-toān】 ～～敵軍補給線～～te̍k-kun pó͘-kip-soà$^n$⇨同上。

【切不可 chhiat-put-khó】 千萬不可chhian-bān put-khó。～～～亡恩背義 ～～～ bōng-in-pōe-gī⇨同上。

**chhiat 踋** 拖鞋thoa-ê等的脚步聲。其他同樣的聲音。有聽見～一下ū-thia$^n$-kì$^n$(ì$^n$)～chit-ē⇨聽見了踋的一聲。

【踋踋叫 chhia̍t-chhia̍t-kiò】 行着路～～～kiâ$^n$-ti̍oh-lō͘～～～⇨行路踋踋作聲。→sia̍t-sia̍t-kiò。

## chhiau

**chhiau 抄** 搜也。索人曰搜so͘，索物曰抄chhiau。又攪和曰抄chhiau (見chhiâu抄，tiau調各部)。調味曰抄chhiau。～查～chhâ⇨調查tiau-cha。

【抄物 chhiau-mi̍h】 搜尋東西。賊仔～～cha̍t-á～～⇨小賊搜尋東西。

【抄厝 chhiau-chhù】 搜查房屋。刑警～～⇨同上。

【抄齊 chhiau-chiâu】 攪均匀。～～了藉加水～～liáu chiah ke-chúi⇨攪匀了才加水。

【抄鹽 chhiau-iâm】 瓜仔～～李仔抄糖koe-á ～～ lí-á chhiau-thn̂g⇨瓜兒攪鹽，李子攪糖。

【抄身軀 chhiau-sin-khu】 搜身so͘ (so) -sin。搜身尋物。～～～還也抄無～～～oân-á chhiau-bô⇨搜身了還是搜不到東西。

【抄麻油 chhiau-moâ-iû】 加麻油攪和。麵線～～～未偲食mi̍h-soà$^n$～～～bē(bōe)-bái-chia̍h⇨麵線攪麻油吃很不壞。

【抄東抄西 chhiau-tong-chhiau-sai】 翻箱倒篋。～～～～抄到亂糟糟～～～～chhiau-kà loān-chhau-chhau⇨翻箱倒篋翻得亂成一場糊塗。

**chhiau 超** 凡越乎其前出乎其上皆曰超 chhiau, chiau(見chiau超部)。入～jip～⇨進口多於出口。出～chhut～⇨出口多於進口。

【超人 chhiau-jîn】 能爲常人所不能爲之人。童話中有～～tông-ōe-tiong ū～～⇨同上。～～的能力～～ê lêng-le̍k⇨同上。

【超凡 chhiau-hoān】 ～～脫俗～～thoat-si̍ok⇨同上。

【超生 chhiau-seng】 再生chāi-seng，佛家語。萬世不能～～bān-sì put-lêng ～～⇨同

上。

【超拔 chhiau-poat】 非凡。武藝～～bú-gē～～⇨同上。超次提拔。～～自己的門生～～chū-kí ê bûn-seng⇨同上。

【超度 chhiau-tō͘】 濟度chhè-tō͘，佛家語。～～衆生～～chiòng-seng⇨同上。做功德共序大人～～chò(chòe)-kong-tek kā sī-toā-lâng～～⇨做法事(做司功chò-sai-kong)爲父母超度。

【超級 chhiau-kip】 特級。～～明星～～bêng-seng⇨同上。

【超脫 chhiau-thoat】 ㊀脫俗。～～非凡～～hui-hoân⇨同上。㊁佛家以從地獄tē-ga̍k脫出再生於人世曰超脫chhiau-thoat。

【超然 chhiau-jiân】 高高在上ko-ko-chāi-siāng。立場～～lı̍p-tiû$^{n}$～～⇨同上。

【超過 chhiau-kòe】 越過oa̍t-koe。～～五公尺～～gō͘-kong-chhioh⇨同上。過份。你有較～～lí ū-khah～～⇨你有些過份。傷～～siu$^{n}$～～⇨太過份。

【超羣 chhiau-kûn】 ～～絕倫～～choat-lûn⇨同上。

【超噤 chhiau-hm̄】 過份閉口不言。伊的人有較～～也i-ê-lâng u-khah～～ā⇨他爲人是過於寡言。

chhiàu **佻** 佻巧也。輕佻kheng-thiau也。女人輕佻曰佻chhiáu，亦作俏chhiáu，不端莊也。不夠莊重也。查某囡仔人不當傷～cha-bó͘-gín-á-lâng m̄-thang siu$^{n}$～⇨女孩子不可太輕佻。～到未開花也～kā boeh khui-hoe-a⇨輕佻得要開花了。謂～得無度～tit bû-tō͘。

【佻面佻樣 chhiàu-bīn-chhiàu-iū$^{n}$】一派輕佻的模樣。

chhiáu **悄** 憂勞於心也。靜也。

【悄悄仔 chhiáu-chhiáu-a】 漸漸地。逐步地。天抒～～～光也thi$^{n}$ teh～～～kng-a⇨天在逐漸亮了。莫想懶～～～行連鞭道會夠位mài-siū$^{n}$-lán～～～kiâ$^{n}$ liâm-pi$^{n}$ tō-ē(ōe) kàu-ūi⇨不要想懶，一步一步慢慢跑一會兒就會到達。

chhiàu **笑** 喜而破顏露齒曰笑chhiàu, chhiò。樂而～lo̍k-jî～⇨同上。談～風生tâm～hong-seng⇨同上。冷～léng～⇨同上。

【笑柄 chhiàu-pèng】 取笑的資料。chhiò-pè$^{n}$。遺人～～î-jîn～～⇨留人以笑話的材料。

【笑容 chhiàu-iông】 笑時的容貌。～～可掬～～khó-kiok⇨同上。

【笑納 chhiàu-la̍p】 請人接受己物的謙詞。請賜～～chhéng-sù～～⇨同上。

【笑談 chhiàu-tâm】 打～～phah～～⇨講笑話。

【笑中刀 chhiàu-tiohg-to】同笑裏藏刀chhiàu-lí-chông-to。

【笑逐顏開 chhiàu-tio̍k-gân-khai】 喜樂得常露笑容於臉。

【笑裏藏刀 chhiàu-lí-chông-to】 外表溫和而心中藏有殺人之刀。～～～～的笑面虎～～～～ê chhiò-bīn-hó͘⇨同上。刀to亦作劍kiàm。

chhiâu **綃** 夏天的絲織衣料。黑～o͘～⇨同上。紅～âng～⇨同上。

chhiâu **調** 移物也。調整也。調度也。移人曰人事調動tiāu-tōng(見tiau調部)。移物曰調chhiâu，椅仔～抒í-á～chit-leh⇨椅子移動些。～椅棹～í-toh⇨排好椅棹以便請客。又臨時情借現款曰調頭寸tiāu-thâu-chhùn，亦屬財政調度也。情借物品曰調chhiâu。～粟種～chhek-chéng⇨同上。～秧仔～ng-á⇨同上。彼位給你未～得hit-ūi hō͘-lí bē(bōe)～tit⇨那一職位你動不得(因非他莫屬，或背景奇強)。天公抒～棹也thi$^{n}$-kong teh～toh-ā⇨天公在安排椅棹了，意謂天公將大請客。形容雷鳴的戲詞。

【調偎 chhiâu-oá】 徙過來soá-kòe-lâi。椅

仔～～來í-á～～lâi⇨坐椅徙過來這邊。

【調徙 chhiâu-soá】 遷移(器物)。～～位～～ūi⇨移易位置。

【調動 chhiâu-tāng】 tiāu-tōng。移動î-tong(指器物。人曰調動tiàu-tōng)。同調振動chhiâu-tín-tang。若紙糊的～～道會壞去ná choá-kô·-ê～～tō-ē hāi-khì⇨如紙糊成的，一移動就會壞掉。

【調振動 chhiâu-tín-tāng】 同徙振動soá-tín-tāng。

【調時鐘 chhiâu-sî-cheng】 調整時間。亦曰調時間chhiâu-sî-kan。

【調頭寸 chhiâu-tâu-chhùn】 周轉現款來應用也。

【調落臼 chhiâu-loh-khū】 骨脫臼了再調回原位。

【調落坎 chhiâu-loh-gám(khám)】 調榫頭入榫孔。與擱落臼chhiâu-loh-khū同情形。

【調價數 chhiâu-kè-siàu】 調整價目。討價還價。

## chhim

**chhim 深** 淺chhián之對。幽也，遠也。晚也。微妙也。莫測高～bok-chhek-ko～⇨同上。年久月～nî-kú-goeh～⇨同上。更～夜靜ke$^{n}$(ki$^{n}$)～iā-chēng⇨同上。即本册眞～chit-pún-chheh chin～⇨此書很奧妙難解。學問眞～hak-būn chin～⇨學問淵博。掌甲眞～chéng-kah chin～⇨醫生取費甚高。水～有三尺chúi～ū sa$^{n}$-chhioh⇨水深三尺。五尺～gō·-chhioh～⇨深五尺。丈四濶三丈～tn̄g-sì-khoah sa$^{n}$-tn̄g～⇨濶一丈四尺深度三丈，指房屋的大小(店舖)。目鏡掛眞～bak-kiàn koà chin～⇨所掛的眼鏡度數甚高。又色濃曰深chhim。

【深入 chhim-jip】 ～～民間～～bîn-kan⇨同上。～～民心～～bîn-sim⇨同上。～～淺出～～chhián-chhut⇨同上。

【深山 chhim-soa$^{n}$】 內山lāi-soa$^{n}$。～～林內～～lâ$^{n}$-lāi⇨山中森林之中。貧居鬧市無人問，富在～～有遠親pîn-ki nāu-chhī bû-jîn-būn, hù-chāi～～iú oán-chhin⇨同上。

【深井 chhim-ché$^{n}$】 水井chúi-ché$^{n}$(chí$^{n}$)。～～仔～～á⇨店面與後面屋室間的空地。

【深水 chhim-chúi】 水之深處。食～～chiah～～⇨㊀船身入水深。㊁貪收賄賂。～～魚～～hî⇨棲息深海之魚類。企～～khiā～～⇨立在深水中。喻旁觀，見義不爲。同企高山看馬相踢khiā-koân-soa$^{n}$ khoà$^{n}$-bé sio-that。

【深切 chhim-chhiat】 ～～的意義～～ê ì-gī⇨同上。

【深目 chhim-bak】 眼凹入。

【深交 chhim-kau】 親密的交友。平素無～～pêng-sò bô～～⇨平生沒深交。

【深更 chhim-ke$^{n}$(ki$^{n}$)】 深夜chhim-iā。

【深究 chhim-kiù】 ㊀精密的研究。㊁更進一步追查。不予～～put-í～～⇨不作進一步的追查。

【深坑 chhim-khe$^{n}$】 深的溪溝。無底～～bô-té～～⇨同上。同深淵chhm-ian。

【深沉 chhim-tîm】 人較～～lâng-khah～～⇨爲人比較沉着tîm-tiok不輕佻put-kheng-thiau。做事不止～～chò(chòe)-sū put-chí～～做事相當穩健。

【深夜 chhim-iā】 三更半暝sa$^{n}$-ke$^{n}$(ki$^{n}$)-poà$^{n}$-mê$^{n}$(mî$^{n}$)。夜半iā-poàn。

【深秋 chhim-chhiu】 中秋以後。～～來天氣加眞涼也～～lâi thi$^{n}$-khì ke-chin-liâng-ā⇨同上。

【深信 chhim-sìn】 信心強烈。～～會上西天～～ē(ōe) chiū$^{n}$-se-thian⇨信佛者皆如此。～～不疑～～put-gî⇨同上。

【深思 chhim-su】 沈思默考tîm-su-bok-khó。

同深想chhim-siū$^{n}$。

【深恩 chhim-in(un)】 父母的～～pē-bó(bú) ê～～⇨同上。

【深徑 chhim-kèng】 山中之小路。～～不宜獨行～～put-gî tok-hêng⇨同上。

【深耕 chhim-keng】 ～～犂～～lê⇨爲深耕所設計的特種犂。

【深宮 chhim-kiong(keng)】 宮殿之深處。於～～內大漢的tī～～lāi toā-hàn-ê⇨在深宮內長大的。

【深造 chhim-chō】 更再去～～koh-chài khì～～⇨再接受更高的教育。

【深淺 chhim-chhián】 深與淺。深度。量～～niû～～⇨度深淺。畫眉～～入時無ōe-bî～～jip-sî-bû⇨妻問夫，我的眉毛畫得深淺如何，合時否。

【深淵 chhim-ian】 深水處。深潭chhim-thâm。罪惡的～～chōe-ok ê～～⇨同上。如臨～～如履薄冰jî-lîm～～jî-lí pok-peng⇨十分謹慎從事。

【深掘 chhim-kut】 軟土～～nńg-thô～～⇨土軟容易掘深。喻欺負善良。

【深意 chhim-ì】 無甚麼～～bô sa-má～～⇨沒有另外的意思。沒有企圖。甚麼sa-má→sa-mí。

【深脚 chhim-kha】 水田chúi-chhân的土層較厚。較～～的田收成較有khah～～ê chhân siu-sêng khah-ū⇨土壤深的水田，收穫siu-hek比較多。

【深落 chhim-loh】 房屋向內的深度。～～的厝～～ê chhù⇨同上。

【深想 chhim-siū$^{n}$】 考慮得深，考慮得遠。阿樹較～～a-chhiū khah～～⇨阿樹考慮得周到。

【深運 chhim-ūn】 命相者的名堂。謂十歲前就上了運。～～淺運～～chhián-ūn⇨同上。

【深遠 chhim-oán】 影響～～éng-hióng～～⇨同上。

【深謀 chhim-bô】 ～～遠慮～～oán-lī⇨同上。

【深呼吸 chhim-ho·-khip】 ～～～三次～～～sa$^{n}$-chhù⇨同上。

【深紅色 chhim-âng-sek】 大紅色。～～～的紙～～～ê choá⇨同上。

【深㝗㡆 chhim-lòng-khòng】 形容廣濶的地方。內底～～～lāi-té～～～⇨內面很廣濶。㝗㡆lòng-khòng，屋虛大也。

【深明大義 chhim-bêng-tāi-gī】 ～～～～無第二句話道答應好也～～～～bô tē-jī-kù-ōe tō tah-èng hó à⇨深明大義，一句話就答應可以了。

【深居簡出 chhim-ki-kán-chhut】 住處隱密甚少外出。～～～～與人無交～～～～í-jîn bû-kau⇨甚少外出不與人交往。

【深通脈理 chhim-thong-meh-lí】 ～～～～的醫生～～～～ê i-seng⇨同上。

【深犂重耙 chhim-lê-tāng-pê】 犂得深，耙得重，謂農耕工作做很好很徹底。～～～～較好放重債～～～～khah-hó pàng-tāng-chè⇨謂認眞耕農勝過高利貸ko-lī-tāi。

【深惡痛絕 chhim-ok-thòng-choat】 極其厭惡痛恨。人人所～～～～jîn-jîn só·(sé)～～～～⇨每一個人都痛恨之。

【深藏不露 chhim-chông-put-lō·】 深藏於內輕易不展示於人。

chhim **侵** 進也。犯也。迫害也。偷襲也。潛師掠境chhiâm-su-liok-kéng曰侵chhim。敵軍入～tek-kun jip～⇨敵軍來侵犯。進～鄰邦chìn～lîn-pang⇨進軍侵入鄰國。又非法利用他人錢財亦曰侵chhim。地界乎人～着tē-kài hō·-lâng～tioh⇨地界被人侵入了。～頭家錢～thâu-ke-chî$^{n}$⇨用了主人之錢。

【侵入 chhim-jip】 ～～厝內～～chhù-lāi⇨同上。有～～淡薄仔ū～～tâm-poh-á⇨侵

過界了若干。

【**侵欠** chhim-khiàm】 負債hū-chè(chōe)。無～～人bô～～lâng⇨沒負債於人。～～頭家～～thâu-ke⇨對雇主負債。

【**侵占** chhim-chiàm】 佔用。～～公地～～kong-tē⇨同上。～～罪～～chōe⇨同上。

【**侵犯** chhim-hoān】 神聖不可～～sîn-sèng put-khó～～⇨日本戰前憲法的天皇地位。鄰國～～邊界lîn-kok～～phian-kài⇨鄰國侵署邊境。啥人敢～～我siá$^{n}$-lâng-ká$^{n}$～～goá⇨何人敢冒犯我。

【**侵用** chhim-iōng(ēng)】 ～～朋友的錢～～pêng-iú ê chî$^{n}$⇨挪用nō͘-iōng了朋友的錢。

【**侵本** chhim-pún】 蝕本si̍t-pún。新生理驚做該～～sin-seng-lí kia$^{n}$-chò(chòe)-ài～～⇨新生意恐怕要蝕本。

【**侵取** chhim-chhú】 挪用nō͘-iōng。同侵用chhim-iōng。

【**侵庫** chhim-khò͘】 侵欠公庫。吳大人開路gô͘-tāi-jîn khui-lō͘⇨歇後語。意即侵庫chhim-khò͘。吳光亮(吳大人)開闢通臺東之路，因預算超過而侵了公款。又作虧本解。未叫你～～bē(bōe) kiò-lí～～⇨不會讓你虧本。

【**侵略** chhim-lio̍k】 ～～國～～kok⇨同上。～～政策～～chèng-chhek⇨同上。

【**侵項** chhim-hāng】 挪用款。～～追回～～tui-hôe⇨同上。

【**侵款** chhim-khoán】 挪用款同侵項chhím-hāng。

【**侵擾** chhim-jiáu】 賊兵～～chha̍t-peng～～⇨同上。

【**侵襲** chhim-si̍p】 ～～邊界～～phian-kài⇨同上。

【**侵水雨** chhim-chúi-hō͘】 水太多的雨。霪雨îm-í。或作侵水雨chhìm-chúi-hō͘。～～～來～～～lâi⇨同上。

chhím
**纔** 僅也。始也。才也。剛剛到kang-kang-tàu曰纔來chhím-lâi。天～光耳thi$^{n}$～kng niâ⇨天才光而已。天～暗耳thi$^{n}$～àm niâ⇨天剛黑而已。～講耳道未記得～kóng niâ tō bē(bōe)-kì-tit⇨剛說而已就忘了。～食耳道喊枵也～chia̍h niâ to hán-iâu-a⇨剛剛吃過了又喊餓了。

【**纔去** chhím-khì】 才去。抵去tú-khì。

【**纔光** chhím-kng】 才光。抵光tú-kng。

【**纔到** chhím-kàu】 剛剛到達。才到。抵到tú-kàu⇨抵到位tú-kàu-ūi。～～位～～ūi⇨抵到位tú-kàu-ūi。

【**纔纔** chhím-chhím】 剛剛。抵抵tú-tú。～～有人來講～～ū-lâng-lâi-kóng⇨抵抵有人來講tú-tú ū-lâng-lâi-kóng⇨剛剛有人來說。～～來耳～～lâi niâ⇨抵抵來耳tú-tú-lâi niâ⇨剛好來到了。

chhím
**寢** 臥也。息也。宰予晝～chái$^{n}$-î-tiū～⇨宰予午睡。陵～lêng～⇨天子墓。壽終正～siū-chiong-chèng～⇨死。訃音上的套語。貌～māu～⇨貌不揚māu-put-iâng。就～chiū～⇨睡眠sūi-bîn。

【**寢衣** chhím-i】 ㊀睡衣sūi-i。㊁入棺ji̍p-koan時所穿的最後衣裳。～～幅巾～～po̍k-kin(kun)⇨入棺時打扮用的衣物。

【**寢具** chhím-kī(kū)】 被、枕、蚊帳等的睡眠用具。

【**寢室** chhím-sek】 睡眠的地方。臥房ngō͘(gō͘)-pâng。

【**寢食** chhím-si̍t】 睡眠與食飯。～～不安～～put-an⇨食睡皆無法安心。～～俱廢～～kī(kū)-hùi⇨不眠不食，非常憂慮悲痛。

【**寢苫枕草** chhím-chiàm-chím-chhó】 居喪時在墓側睡在苫席上，以野草爲枕。

chhîm
**尋** 求也。伐也。旋也。逡仔～ûn-á～⇨慢慢地找。慢慢仔～bān-bān-á～⇨同上。

【**尋看** chhîm-khoà$^{n}$】 查探cha-thàm。～～

虛也實～～hi-ā-si̍t⇨查探其虛或實。～～抒～～lê⇨㊀查查看。㊁等一下再說。～～抒藉來講～～lê chiah-lâi-kóng⇨同上。

【尋照 chhîm-chhioh】 查探cha-thàm。無抒～～bô teh ～～⇨不在查尋。有抒認眞～～ū-teh jīn-chin～～⇨在認眞查尋。

【尋脚行 chhîm-kha-kiâ$^n$】 以脚尖探路而進。路滑規路～～～lō·-ku̍t kui-lō·～～～⇨同上。

chhîm **鑱** 一種鳴樂器。銅質，同形兩個爲一對，奏者以雙手合拍之，即作chhîm-chhîm聲。

【鑱仔 chhîm-á】 chhîm-má。小鑱。二聲～～一聲鑼nn̄g-sia$^n$～～chit-sia$^n$-lô⇨鑱鑼的配合。其聲爲chhîm-chhîm-khoāi$^n$。轉而爲chhîm-chhîm-khoà$^n$-lè變成與尋尋看抒chhîm-chhîm-khoà$^n$-lê⇨等下再說。諧音。因而常被用於對急欲成婚者的戲言，其意爲找找看嘛。或者還早哩。

## chhin

chhin **親** 父母也。至也，近也，躬也，屬也，九族也。婚姻相謂之親chhin。慈愛之心曰親chhin。舉目無～kí-bo̍k-bû～⇨所見皆外人。疏不間～so put-kan～⇨疏遠者不能離開親近者。求～說～成～kiû～soeh～sêng～⇨求婚，說媒，成婚。六～lio̍k～⇨父母兄弟妻及子。遠～oán～⇨同上。近～kīn～⇨同上。周～不如近鄰chiu～put-jî kīn-lîn⇨同上。翁～某～老婆仔車龜輪ang～bó·～lāu-pô-á chhia-ku-lîn⇨謂少年夫妻親親愛愛而忘記了父母。車龜輪chhia-ku-lîn，謂掙扎如被反轉朝天的龜。

【親人 chhin-lâng】 ㊀血親之人。見着～～流鼻血kì$^n$-tio̍h～～lâu-phī$^n$-hoeh(huih)⇨逢見親人就流鼻血。據說，水流屍逢到血親之人是會如此的。㊁非親非故的同姓而互相攀親者。～～姑～～ko·⇨準姑母。～～叔～～chek⇨準叔父。～～姊～～ché⇨準大姊等等。

【親丁 chhin-teng】 跟班kin-pan。

【親切 chhin-chhiat】 招待～～chiau-thāi～～⇨同上。～～更周至～～koh chiu-chì⇨又親切又周到。

【親手 chhin-chhiú】 ～～寫的字～～siá-ê-jī⇨親筆字chhin-pit-jī。～～做的蛋糕～～chò(chòe) ê tàn-ko⇨同上。繡球是你自己～～抛的siù-kiû sī lí-ka-tī(kī)～～phau-ê⇨謂事出自你自己所決定的(莫怨他人)。

【親夫 chhin-hu(ang)】 丈夫tiāng-hu。歌謠用詞。手捧香爐等～～chhiú phâng hiu$^n$-lô· tán～～⇨桃花過渡。

【親父 chhin-hū】 chhin-pē。～～養父～～iáng-hū(iú$^n$-pē)⇨同上。

【親友 chhin-iú】 最好的朋友。～～至交～～chì kau⇨同上。

【親王 chhin-ông】 皇帝的宗室而受封爲王者。慶～～肅～～khèng～～siok～～⇨清末較有名者。

【親目 chhin-ba̍k】 ～～看見～～khoàn-kì$^n$(ì$^n$)⇨同上。～～所看的～～só·-khoàn-ê⇨同上。

【親母 chhin-bó(bú)】 ～～養母～～iáng-bó(bú)⇨同上。

【親兄 chhin-heng(hia$^n$)】 ㊀同父母之兄。㊁歌謠用詞。作你，您或情夫解。

【親生 chhin-se$^n$(si$^n$)】 自己所生。～～子～～chú(kiá$^n$)⇨同上。～～囝不值自己財，自己財不值荷包內～～kiá$^n$ m̄-ta̍t chū-kí-châi，chū-kí-châi m̄-ta̍t hô-pau-lāi⇨謂在自己錢包中的自己的錢才是最實在的。

【親收 chhin-siu】 親手收chhin-chhiú-siu。～～足訖～～chiok-git⇨收條上的套詞。

【親兵 chhin-peng】 衛兵ōe-peng。帶～～抒保護toā～～teh pó-hō·⇨同上。

【親身 chhin-sin】 躬親kiong-chhin。～～傳授～～thoân-siū⇨老師直接傳授。～～落田扲拂～～lo̍h-chhân teh-hut⇨躬自下田在力耕。拂hut，作爲皆曰拂hut。

【親征 chhin-cheng】 御駕～～gī-kè(kà)～～⇨㊀皇帝親自領兵出征。㊁戲言親自出外辦事。今仔日更御駕～～kin-á-jit koh gī-kè(kà)～～⇨今天你自己來了。

【親迎 chhin-gêng】 新郎至女家迎娶新娘。～～之禮～～chi-lé⇨同上。

【親近 chhin-kīn(kūn)】 接近chiap-kīn(kūn)。個的關係眞～～in ê koan-hē chin～～⇨他們的關係很接近。不當～～歹人m̄-thang～～phái$^{n}$-lâng⇨不可接近壞人。

【親姑 chin-ko͘】 父親的親姊妹。姑母ko͘-bó。

【親朋 chhin-pêng】 親友chhin-iú。～～無一字，老病有孤舟～～bû-it-jī，ló-pēng iú-ko͘-chiu⇨杜詩。

【親長 chhin-tióng】 族中之長輩tiáng(tióng)-pòe。

【親政 chhin-chèng】 國王～～kok-ông～～⇨同上。

【親挑 chhin-thio】 自己選拔soán-po̍at。個某是伊家已～～的，未過得伊扲展某媠in-bó͘ sī i ka-tī(kī)～～ê，be-kòe-tit i teh tián bó͘-súi⇨他的老婆是他自己挑選的，怪不得他在誇示老婆漂亮。媠súi，姿容美也。

【親家 chhin-ke】 夫妻雙方的父親互稱。隔壁～～禮數原在keh-piah～～lé-sò͘ goân-chāi⇨謂雖然近在隔鄰，禮數照舊不可省略。隔壁keh-piah亦可作對面tùi-bīn。寃家變～～oan-ke pì$^{n}$～～⇨吵架了變成更親密的關係。不打不相識。～～公～～kong⇨親家之父親。～～伯～～peh⇨親家之兄。～～叔～～chek⇨親家之弟。

【親密 chhin-bi̍t】 彼對翁某有夠～～hit-tùi ang-bó͘(hu-chhe) ū-kàu～～⇨同上。最～～的朋友chòe～～ê pêng-iú⇨同上。

【親戚 chhin-chhek】 親族圈內人。眉親生戚chi-chhin-lān-chhek⇨毋成m̀-chiâ$^{n}$親戚的粗話。生chi指女，生lān指男。

【親情 chhin-chiâ$^{n}$】 姻親in-chhin。謂情同親人。放～～pàng～～⇨子女已長成遣放媒人找對象。講～～kóng～～⇨媒人到男女雙方說合。有一個～～喟仔ū chi̍t-ê～～khùi-á⇨有點姻親的味道。遠親。～～五月～～gō͘-go̍eh(geh)⇨～～五十～～gō͘-cha̍p⇨姻親以及近親遠親等等的俗稱。一個是～～猶未放，一個是今年藉死翁，半斤八兩平平重，若無棄嫌也是當chi̍t-ê sī～～iá-bē-pàng，chi̍t-ê sī kin-nî chiah sí-ang,poàn-kin-peh-niú pê$^{n}$-pê$^{n}$-tāng,nā-bô khì-hiâm iā-sī thang⇨笑謔歌。

【親族 chhin-cho̍k】 ～～會議～～hōe-gī⇨同上。

【親眷 chhin-koàn】 眷屬koàn-siok。家族ka-cho̍k。

【親堂 chhin-tông】 ㊀同一祖先的血親。～～兄弟～～hia$^{n}$-tī⇨堂兄堂弟。㊁同姓而非親者表示親密。～～仔～～á⇨同上。

【親像 chhin-chhiū$^{n}$】 像chhiū$^{n}$。似sū。相似。蓋～～個老父kài～～in lāu-pē⇨非常似他父親。無～～人bô～～lâng⇨不似人，意即一切比不得他人。姻到～～一蕊花súi-kà～～chi̍t-lúi-hoe⇨美得似一朵花。～～有講也～～無講～～ū-kóng à～～bô-kóng⇨似乎說過了，也似乎沒說。～～鬼佅掠去～～kúi boeh-lia̍h-khì(ì)⇨好像鬼要捉去一樣，意謂瘦得太不像樣子了。～～翁仔某扲～～ang-á-bó͘-leh⇨好像一對夫妻一般。

【親筆 chhin-pit】 ～～蹟～～chek⇨親筆所寫的。家己的～～字曷煞未認得ka-tī(kī) ê～～jī a̍h-soah bē-jīn-tit⇨自己手寫的那裡

不認得。

【**親疏** chhin-se(so͘)】 親近與疏遠。親不親。人講～～是在人做的lâng-kóng～～sī chāi-lâng-cho(chōe)-ê⇨古人言，親不親是在人的作法如何而定的。

【**親睦** chhin-bo̍k】 ～～會～～hoe⇨同上。

【**親熱** chhin-jia̍t】 親密加熱氣。彼對當時拎～～拎hit-tùi tng-sî-teh～～leh⇨他們兩人正在熱戀中。

【**親醒** chhin-chhé$^n$(chhí$^m$)】 親切而伶俐。～～頭毛長～～thâu-mô(mn̂g)-tn̂g⇨又親切又伶俐的女人頭髮長而美。喻夫妻必能長壽偕老。～～人刼勢命～～lâng-khiap-sì-miā⇨佳人薄命ka-jîn-po̍k-bēng。

【**親嘴** chhin-chhùi】 ㊀接吻。㊁～～講的～～kóng-ê⇨自己的口中說出的。

【**親屬** chhin-sio̍k】 親族chhin-cho̍k。民法～～篇bîn-hoat～～pian⇨同上。

【**親權** chhin-koân】 法律名詞。～～人～～jîn⇨同上。

【**親兄弟** chhin-hia$^n$-tī】 同父同母兄弟。拍虎掠賊着～～～phah-hó͘ lia̍h-chha̍t tio̍h～～～⇨打虎掠賊之類的危險工作需要親兄弟互相照應。

【**親姊妹** chhin-chí-moāi】 同父同母姊妹。

【**親呼呼** chhin-hō͘-hō͘】 口不離親字。非常親密的樣子。認到～～～jīn-kà～～～⇨認同得非常的親密。

【**親骨肉** chhin-kut-jio̍k】 ～～～的兄弟～～ê hia$^n$ tī⇨同上。

【**親搭親** chhin-tha̍h-chhin】 親上加親chhin-siāng(siōng) ka-chhin。

【**親仔堂仔** chhin-á-tông-á】 親堂之輩。～～～～一大拖～～～～chi̍t-toā-thoa⇨親堂之人一大羣。

chhìn **稱** 知輕重也。權衡也。俗作秤chhìn。

chhìn **秤** 正輕重之器也。本作稱chhìn。官～koa$^n$～⇨官制的秤仔chhìn-á。大～toā～⇨同上。又以起子起物亦曰chhìn。～未動～bē(bōe)-tāng⇨起不動。家己愛小～拎ka-tī(kī) ài sió～leh⇨自己(的身分)要自己秤量秤量。尺斗～chhioh táu～⇨度量衡。官不離印，商不離～koa$^n$ put-lī-ìn siang-put-lī～⇨官不能無印，商人不能無秤chhìn。公～kong～⇨市場內的公設秤。頭～該公道tâu～ài kong tō⇨同上。

【**秤仔** chhìn-á】 chhín-na。定斤兩的器具的通稱。通常是桿形的，百六斤以上的叫量仔niū-á。以下有多種，分別以其大小爲名，例如五斤～gō͘-kin～，十六斤～cha̍p-la̍k-kin～等，都是斤爲單位。兩niú以下以錢chî$^n$爲單位的即叫戥仔téng-à，戥黃金，藥材等貴重物者是也。

【**秤尾** chhìn-bóe(bé)】 秤桿的末端。～～有起勢～～ū-khí-sì⇨秤尾略見升高。意謂斤兩(重量)已夠了。～～該較起乎人～～ài khah-khí hō͘-lâng⇨要秤得斤兩夠足給人家。

【**秤花** chhìn-hoe】 秤上標示斤兩的花點。看眊～～khoà$^n$-tā$^n$～～⇨看錯秤花。

【**秤底** chhìn-té(tóe)】 古舊的秤。舊秤較標準秤斤量上都有多少的差異。～～無共～～bô-kāng⇨舊秤一枝一枝都不相同。看什麼～～秤的koà$^n$ sa-ma(mi)～～chhìn-ê⇨看看用那一枝秤。～～上少有一兩的隔脚～～siāng-chió ū chi̍t-niú ê keh-kha⇨每一枝舊秤，最少有一兩重的差異。

【**秤重** chhìn-tāng】 秤量輕重。評估。家己若夥不免展，人會共你～～ka-tī(kī) joā-chē m̄-bián-tián,lâng ē kā-lí～～⇨自己(力量)多少不用誇示，人家自然會爲你秤量。您拎加您父～～lín teh kā-lín-pē～～⇨你們在評估我(看不起我)。您父lín-pē，你們之父親，我的粗話。lím-pē。

【**秤桿** chhìn-koái$^n$】 秤幹。～～釘秤花～～

tèng chhìn-hoe⇨秤幹上打有秤花。

【秤鉤 chhìn-kau】 秤之鉤物以秤者。鐵鉤。

【秤錘 chhìn-thûi】 秤的主要附屬品，無之即不成秤。秤仔無～～合廢物共款chhìn-á bô ～～kah hùi but kāng-khoán⇨同上。

【秤頭 chhìn-thâu】 ～～有夠～～ū-kàu⇨秤得重量(斤量)十足。偷～～thau～～⇨偷減斤兩。添～～thiⁿ～～⇨加足斤兩。

chhìn **信** 信sìn之轉音(見sin部)。

【信採 chhìn-chhái】 隨便。隨意。信手取之也。～～好～～hó⇨什麼都可以。～～講～～kóng⇨隨便說說。～～食～～困～～chiah ～～khùn⇨食宿都不挑剔。～～人每共款～～lâng mā-kāng-khoán⇨任何人都一樣，無特別待遇。～～去每未排尾名的～～khì mā-bē(bōe)-pâi-bóe-miâ-ê⇨隨便去也不會列最壞的。～～講講扵～～kóng-kóng-leh⇨隨便說一說。～～寫寫扵～～siá-siá-leh⇨馬馬虎虎，寫一寫。按或謂應作親裁，非。

chhìn **凊** 冷也。寒也。凡爲人子之禮，冬溫而夏～ hoân ûi jîn-chú chi lé, tong-un jî hē～⇨溫以禦其寒un-í-gī kî-hân，凊以致其凉chhìn-í-tì kî-liâng，是爲人子侍奉父母之禮也。

【凊心 chhìn-sim】 寒心hân-sim。失望sit-bōng。不肖子成令人～～put-siàu-chú chiâⁿ-lēng-lâng～～⇨不肖子太令人失望。

【凊市 chhìn-chhī】 市況蕭條。今仔日較～～kin-á-jit khah～～⇨今天市況不佳。

【凊汗 chhìn-koāⁿ】 冷汗léng-hān。流～～lâu～～⇨流冷汗。

【凊面 chhìn-bīn】 冷嚴的面孔。沒有可愛感的面容。生頭～～chheⁿ-thâu～～⇨嚴酷可怕的面。憤怒之面。有較～～ū-khah～～⇨比較冷感的面。

【凊凊 chhìn-chhìn】 冷冷léng-léng。面仔～～bīn-á～～⇨面上冷冰冰léng-peng-peng。寒到歸身軀冷～～也koâⁿ-kà kui-sin-khu(su) léng～～â⇨凍得全身冷冰冰了。

【凊飯 chhìn-pn̄g】 冷飯léng-pn̄g。殘飯。佚食～～較快也boeh-chiah～～khah-kkoài-â⇨謂你(做這種壞事)快要坐監了。～～丸～～oân⇨飯丸pn̄g-oân。～～當枵人～～tng iau-lâng⇨謂冷飯亦不可棄之，可留以等候枵腹iau-pak之人。喻小物不棄，留之必有用。～～不食每是查某嫺仔的～～m̄-chiah mā-sī cha-bó-kán-á-ê⇨謂冷飯留下來還是女婢要吃的。喻工作不做將來還是要做。

【凊糜 chhìn-moâi(bê)】 冷粥léng-chiok。放～～調pàng～～tiāu⇨放出只供凊糜的恐嚇詞。

【凊霜 chhìn-sng】 飯菜冷了。又言詞過分或不敬。飯菜攏～～也pn̄g-chhài lóng～～a⇨同上。講安爾敢道～～也kóng-an-ne(ni) kám-tō～～a⇨說了此話豈就過分了嗎。

chhìn **疹** 疹chín的轉音(見chin部)。

【疹仔 chhìn-nah】 急性的疹子。起～～khí～～⇨同上。疹仔chìn-á→chhìn-nah。

chhìn **信** 信採chhìn-chhái，隨便也。～～創～～好～～chhòng～～hó⇨黑白創黑白都好。或謂應作親裁chhìn-chhái，說是親自採定之。但既然親自裁定，即非隨便無疑。且以信口開河，信步而行，東望門信馬歸等詞推之，應該是信採而非親裁也。

## chhio

chhio **脜** 殺銳曰脜chhio，所謂逆女殺內，推其意乃接女人而御之，亦即殺於內或殺其銳也。殺當作御解。凡發春情曰脜chhio。俗作鵤chhio。鵤～鳥名而已，似無其他含義。起～khí～⇨春情發動。趕～koán～⇨春情發動期。扵～也teh～a⇨春情在發動了。眞～chin～⇨

春情甚濃。當～扲tng～lè⇨正在大脜特脜。

【脜炕 chhio-káng】 發情期有角獸。例如：牛炕gû-káng，鹿炕lo̍k-káng，羊炕iûⁿ-káng等是。～～仔～～á⇨其小者。

【脜趒 chhio-tiô】 孩童的活潑好動。囝仔即陣當扲～～gín-á chit-chūn tng-teh～～⇨孩童此時(的程度)正在猛衝直撞的(時期)。

【脜鷄 chhio-ke】 春情發動期的雄鷄。癲瘖的食～～ thái-ko-ê chia̍h ～～ ⇨謂：存辦死chhūn-pān-sí，亦即打算死算了。俗謂脜鷄有毒故也。～～公～～kang⇨大雄鷄。～～隺仔～～kak-á⇨青年雄鷄。隺kok，隹欲上冲也。

【脜咯咯 chhio-ko̍k-ko̍k】 略同脜矍矍chhio-kiak-kiak。老罔老，猶～～～扲lāu-bóng-lāu, iáu～～～lè⇨老固老矣，(但是)還是元氣十足，興頭勃勃也。

【脜矍矍 chio-kiak-kiak】 猛脜。元氣旺盛。goân-khì ōng-sēng。春意充沛chhun-ì chhiong-phài。少年仔逐個每～～～扲siàu-liân-á ta̍k-ê mā～～～leh⇨少年家仔每一個都在大脜特脜中。

**chhio 峭** 山峻拔峭絕也。急也，嚴厲也。凡服飾美好華麗者皆曰峭chhio。又通脜chhio。脜chhio峭chhio兩字似已無分別矣。你的領帶有夠～lí ê léng-tài ū-kàu～⇨你的領帶十分美麗好看。今仔日調到許爾～要佗去kin-á-ji̍t tiau-kā hiah-ni～boeh ta(to)-khì⇨今天打扮得那麼華麗整齊意欲何之。衫仔褲熨到眞～san-a-khò ut-kà-chin～⇨衣裳燙得甚俏甚整齊。

【峭角 chhio-kak】 尖角chiam-kak。即個～甚峭chit-ê～～siūⁿ-chhio⇨此一尖角太尖了。

【峭峭 chhio-chhio】 突出。高起。鮮艷。山尾～～soaⁿ-bóe～～⇨山尖甚突出。船頭～～chûn-thâu～～⇨船頭昂擧。西裝～～se-chong～～⇨西裝鮮艷。

【峭脊 chhio chit】 蹺脊khiàu-chit。屋梁兩端昂擧者。～～的大厝～～ê toā chhù⇨蹺脊的大第宅。

**chhio 鵤** 鳥名。俗作脜chhio解。但鵤siau雖亦讀chhio，但並無強健或情慾等之含義。

**chhiò 笑** 喜而解頤露齒也。侮之也。笑chhiàu也（見chhiau部)。又博栝poa̍h-poe之反面曰笑chhiò。淺色chhián-sek亦曰笑chhiò。叫你不當～你端仔併～kiò-lí m̄-thang～lí toan-à boeh～⇨叫你不要笑，你偏偏要笑。眞好～chin-hó～⇨很好笑。愛～ài～⇨想笑出來。乎人～hō-lâng～⇨受人譏笑。嘴～面～chhùi～bīn～⇨笑頭笑面chhiò-thâu-chhiò-bīn。

【笑手 chhiò-chhiú】 手面chhiú-bīn。手掌心chhiú-chiúⁿ-sim。空手khang-chhiú。～～趁食～～thàn-chia̍h⇨乞食爲生。花子生涯。

【笑色 chhiò-sek】 淺淡色。我較愛～～的goá khah-ài～～ê⇨我較喜歡淺淡色的。

【笑死 chhiò-sí】 可笑之極。～～人～～lâng⇨使人笑而致死。～～擔屎的～～taⁿ-sái-ê⇨最大的可笑事。

【笑紅 chhiò-âng】 淺紅色。～～合笑黃～～kah chhiò-n̂g⇨淺紅與淺黃。

【笑面 chhiò-bīn】 ㊀笑的面容。扮些～～扲，講一句歹勢，道好了了也pān-chē～～leh，kóng-chi̍t-kù pháiⁿ-sè，tō hó-liáu-liáu-à⇨打個笑容，說聲呆勢就都沒事了。～～虎～～hó͘⇨同上。㊁表面。～～蓋面～～khap-bīn⇨表面與裏面(栝poe的)。掤～～pḗng～～⇨翻出表面。

【笑科 chhiò-khoe(khe)】 可笑的動作。做～～戲chò～～hì⇨同上。

【笑柄 chhiò-pèⁿ(pìⁿ)】 譏笑的話柄。乎人做～～hō-lâng chò～～⇨被人家取爲譏笑的對象。

【笑神 chhiò-sîn】 好～～hó～～⇨每事必笑。面上常帶笑容。阿花眞好～～a-hoe chin-hó～～⇨阿花很是愛嬌ài-kiau。

【笑容 chhiò-iông】 chhiàu-iông。～～滿面～～moá-bīn(boán-biān)⇨同上。

【笑貧 chhiò-pîn】 ～～無笑賤～～bô chhiò-chiān⇨笑貧不笑賤。以守貧爲愚而不以從賤業爲可恥。是一種道德觀念的變遷。

【笑杯 chhiò-poe】 神杯sîn-poe皆出反面。亦即表示所請不准。

【笑脾 chhiò-pî】 據說是笑源地。笑脾有病，將大笑不止而至於死。着～～tioh～～⇨患上笑病。着～～也是不tioh～～ā sī-m̄⇨患上笑病了是嗎。糾正大笑不止者之詞。

【笑詼 chhiò-khoe(khe)】 笑話chhiò-ōe。戲弄。愛講～～ài-kóng～～⇨喜說笑話。好戲弄人。莫抾講～～mài-teh-kóng～～⇨不要說著玩。

【笑話 chhiò-ōe】 戲言hì-giân(gân)。逐個講～～嘛，該現講現煞藉可tak-ê kóng～～mà，ài hiān-kóng-hiān-soah chiah-hó⇨大家說說玩的嗎，要在此說在此報銷才可以。不當～～講規擔m̄-thang～～kóng kui-tàⁿ⇨不要戲言連篇。

【笑吻吻 chhiò-bún-bún】 喜而無聲之笑。有食道～～～也ū-chiah tō～～～ā⇨有得吃就笑了。

【笑呵呵 chhiò-ha-ha】 呵呵大笑ha-ha tāi-chhiàu。逐家～～～tak-ke～～～⇨皆大歡喜。

【笑面虎 chhiò-bīn-hó͘】 笑中藏刀。抵著～～該除防tú-tioh～～～，ài tî-hông⇨逢到笑面虎應該注意防備。

【笑哈哈 chhiò-hah-hah】 哈哈大笑hah-hah tāi-chhiàu。逐家～～～tak-ke～～～⇨大家樂不可支而大笑。

【笑嘻嘻 chhiò-hi-hi】 chhiò-gi-gi。露牙而喜笑。看着錢道～～～也khoàⁿ-tioh-chîⁿ to～～～a⇨看見有錢了就笑了。

【笑頭笑面 chhiò-thâu-chhiò-bīn】 嘴笑面笑chhùi-chhiò-bīn-chhiò。歡喜的表現。早起不知安怎道～～～～也chá-khí m̄-chai an-choá tō～～～～ā⇨今晨不知何故，就高高興興了。

【笑破人的嘴 chhiò-phoà-lâng-ê-chhùi】 笑破肚皮。嘴亦作肚臍tō͘-châi。也不驚～～～～a-m̄-kiaⁿ～～～～～⇨也不怕笑破人家肚皮。

**chhiō 照** 以小火在黑暗中尋物曰照chhiō。用火柴～看覓抾iōng hóe-chhâ～khoàⁿ-bāi-lè⇨以火柴之光試尋之。較～都～無khah～to～bô⇨如何照尋之都尋不出。

【照光 chhiō-kng】 以火照亮黑暗。照光chhiō-kng⇨照於光，亦即借光。照光chhiō-kng⇨以光照明黑暗，亦即予黑暗以光亮。點火～～tiám-hóe～～⇨燃火以在黑暗中見物。

【照水蛙 chhiō-chúi-ke】 夜暗中以火光與小手網捕捉田蛙。

【照田螺 chhiō-chhân-lê】 同照水蛙的方法相同，而且更容易。

## chhioh

**chhioh 尺** 長度的單位。其計器曰尺chhioh。十寸爲一尺。十尺爲一丈。寸～chhùn～⇨長度。曲～khiok～⇨木工用的銅尺tâng-chhioh。公～kong～⇨俗曰米突制。一公尺等於三尺三寸。市～chhī～⇨市面通行的長度。

【尺二 chhioh-jī】 長度一尺二寸。～～仔～～á⇨一尺二寸大的瓦片。

【尺八 chhioh-peh】 一尺八寸長。～～仔～～á⇨口徑一尺八寸的鼎tiáⁿ。～～仔鼎～～á-tiáⁿ⇨同上。

【尺四 chhioh-sì】 一尺四寸長。～～仔～～á⇨一尺四寸大的地磚tē-chng。

【尺頭 chhioh-thâu】 ～～眞足～～chinchiok⇨尺量得十足。

**【尺斗稱 chhioh-táu-chhìn】** 度量衡tok-liâng-hêng的俗稱。

**【尺土寸地 chhioh-thó͘-chhùn-tē】** 極小的土地面積。

**【尺有所短 chhioh-iú-só͘-toán】** ～～～～寸有所長～～～～chhùn-iú-só͘-tiâng⇨做尺太短了，做寸又太長，例如人材，要大用之又才幹不足，小用之又學歷太高。同類之詞有做衫無夠，做褲有存chò(chòe)-saⁿ bô-kàu,chò(chòe) khò͘ ū-chhun⇨裁衣不足，裁褲子有多。

**【尺幅千里 chhioh-hok-chhian-lí】** 稱讚一幅繪包羅萬象的美詞。

chhioh
**泥** 濡也。漬水也。亦讀chhiok。入水輕洗曰泥chhioh,chhiok。

**【泥水 chhioh-chúi】** chhiok-súi。入水輕洗。～～道好也～～tō-hó-à⇨漬水一洗就好了。

**【泥霮 chhioh-tâm】** chhiok-tâm。漬水而使霮濡。先～～藉更曝乾道會使得也seng～～chiah-koh phak-ta tō ē-sái-tit-à⇨先予漬水再曬乾就可以了。

**【泥泥於 chhioh-chhioh-leh】** 漬一漬水。～～～道可也～～～tò-hó-à⇨輕輕洗一洗就可以了。

chhioh
**蓆** 坐臥用的編織物也，以草竹獸皮爲之。草～chháu～⇨同上。篾～bih～⇨竹～tek～⇨涼～liâng～⇨皆竹製品。用途亦同。拍～phah～⇨織～chit～⇨編織各種蓆。燒磁的食缺，織～的困椅sio-hûi-ê chiah-khih, chit～ê khùn-í⇨謂陶工用缺口的碗盤，織蓆工睡在椅子上。亦即生產者把好的產品都賣掉以維生活，自己却用下等貨唿度。

**【蓆草 chhioh-chháu】** 織蓆原料草。俗曰大甲草tāi-kah-chháu。蓆之外亦有大甲帽tāi-kah-bō等有名的工藝產品甚多。

**【蓆老爹 chhioh-ló͘-tia】** 下級軍官的戲稱。～～～兵大爺～～～peng-toā-iâ⇨同上。

## chhiok

chhiok
**捉** 捕也。掠liah也。捕～pó͘～⇨擒～khîm～⇨活～oah～⇨活掠oah-liah。

**【捉拿 chhiok-nâ】** ～～大盜～～tāi-tō⇨同上。

**【捉刀 chhiok-to】** 代人作文章。～～人～～jîn⇨同上。

**【捉弄 chhiok-lōng】** 戲弄hì-lāng。命運所～～miā-ūn só͘(sé)～～⇨同上。

**【捉姦 chhiok-kan】** 掠姦liah-kan。捉賊在贓～～在床chhiok-chhat chāi chng，～～chāi-chhn̂g⇨同上。

**【捉迷藏 chhiok-bê-chông】** 孩童的一種遊戲。各人分藏各處，一人蒙眼以捉之，被捉者代替蒙眼再捉人。

**【捉襟見肘 chhiok-khim-kiàn-tiú】** 貧窮的衣服破舊不能蔽體。窮得顧此失彼。

chhiok
**尺** 刀尺to-chhiok，裁衣道具也。寒衣處處催～～，白帝城高急暮砧hân-i chhì-chhì chhui～～，pek-tè-sêng ko kip-bō͘-tiam⇨杜甫。

chhiok
**雀** 雀chhiak也(見chhiak部)。

chhiok
**促** 迫也。催迫也。催～chhui～⇨同上。督～tok～⇨同上。

**【促成 chhiok-sêng】** ～～姻緣～～in-iân⇨媒介以成立婚姻。

**【促進 chhiok-chìn】** 催迫前進。～～委員會～～úi-oân-hōe⇨同上。

**【促織 chhiok-chit】** 蟋蟀sek-sut的別稱。謂其聲如促織chhiok-chit⇨促迫懶婦趕快織布。

**【促狹鬼 chhiok-kiap-kúi】** 陰險損人者。

**【促膝談心 chhiok-chhip-tām-sim】** 親密細談。雙方膝接膝而談。

**chhiok 綽** 寬也。緩也。寬裕也。又外號也。

**【綽約 chhiok-iok(iak)】** 風姿～～hong-chu～～⇨形容女人美麗大方。～～多姿～～to-chu⇨同上。

**【綽號 chhiok-hō】** 外號，多點出其人的特點。烏狗龍仔o·-káu-liông-á⇨名阿龍，其人有烏狗態。大鼻竹仔toā-phīⁿ-tek-á⇨名以其人大鼻。甕肚扁仔àng-tō·-píⁿ-á⇨其人名扁，甕肚àng-tō·，不老實，也是必然的。

**【綽綽有餘 chhiok-chhiok-iú-î】** 非常寬裕。凡財力，力氣，能力等能夠勝任愉快者，皆用以形容。

**chhiok 觸** 牴也。接也。接～chiap～⇨雙方對碰。感～kám～⇨深刻的感覺。又突然碰見曰觸chhiok。乎我～着hō·-goá～tioh⇨被我撞見。～着人的意～tioh lâng-ê ì⇨冒犯其意。一～即發it～chek-hoat⇨同上。

**【觸犯 chhiok-hoān】** 冒犯mō-hoān。～～着人的碼頭也～～tioh lâng-ê bé-thâu-ā⇨冒犯了人家的去路(意興)了。～～煞神～～soah-sîn⇨冒犯了凶神hiong-sîn。

**【觸角 chhiok-kak】** 昆蟲頭上的感覺器官。亦曰觸手chhiok-chhiú或觸鬚chhiok-chhiu。

**【觸動 chhiok-tōng】** ～～良心～～liâng(liông)-sim⇨同上。

**【觸媒 chhiok-bôe】** 化學名詞。促進化學作用的藥品。～～作用～～chok-iōng⇨同上。

**【觸發 chhiok-hoat】** ～～戰爭～～chiàn-cheng⇨同上。

**【觸景 chhiok-kéng】** 見景kiàn-kéng。～～生情～～seng-chêng⇨見景生情。～～傷情～～siang(siong)-chêng⇨見景傷情。～～觸景也～～chhiok-kéng-ā⇨機會機會ki-hōe-ki-hōe，偶然。

**【觸電 chhiok-tiān】** 感電kám-tiān。～～死的～～sí ê⇨感電而死者。

**【觸覺 chhiok-kak】** 視覺～～聽覺sī-kak～～thiaⁿ-kak⇨皆爲觸覺。

**【觸目驚心 chhiok-bok-keng-sim】** 一見即心怕。

**chhiok 浞** 泥也。行泥中曰浞chhiok。濡甚jû-sīm曰浞chhiok。路眞～lō· chin～⇨同上。強～轉來kiâng～tńg-lâi⇨強行泥路回家。又捏泥或捏物曰浞chhiok。～土偶仔～thô·-ang-á⇨玩製泥偶人。壞紙～掉hāi-choá～tiāu⇨廢紙揉棄之。脚去～着牛屎kha khì～tioh gû-sái⇨脚誤踩牛糞。

## chhiong

**chhiong 充** 塞sat也。當也。實之也。滿也。冒～mō～⇨以假亂眞。假～ké～⇨同前。濫～lām～⇨同上。

**【充分 chhiong-hun】** 十分。～～美滿的家庭～～bí-moá ê ka-têng⇨同上。

**【充公 chhiong-kong】** 沒入公家。公同用之。財產～～châi-sán～～⇨財產沒收入公庫。逐家提來～～tak-ke theh-lâi～～⇨大家拿出來共同使用。

**【充斥 chhiong-thek】** 西瓜當出～～滿街si-koe tng-chhut～～moá-ke(koe)⇨西瓜正當盛產期，一堆一堆堆滿街上。

**【充耳 chhiong-ní(jí)】** 塞耳sat-hī。～～不聞～～put-būn⇨塞掉耳孔而不聞知之。

**【充血 chhiong-hiat】** 內～～lāi～～⇨皮內出血。

**【充足 chhiong-chiok】** 充分chhiong-hun。糧草～～niû-chháu～～⇨同上。有～～的準備ū～～ê chún-pī⇨同上。

**【充沛 chhiong-phài】** 精神～～cheng-sîn～～⇨同上。

【充軍 chhiong-kun】 古刑罰之一種。遣送偏遠地區服役。發去～～hoat-khì(ì)～～⇨同上。

【充做 chhiong-chò(chòe)】 ～～某本～～bó·-pún⇨當作娶妻的本錢。做chò同作chò。

【充裕 chhiong-jū】 財源～～châi-goân～～⇨同上。

【充棟 chhiong-tòng】 汗牛～～hān-giû～～⇨喻書籍之多，運則使牛流汗，堆則堆滿屋宇。

【充塞 chhiong-sat】 充滿chhiong-moá。～～不滿的空氣～～put-boán ê khong-khì⇨同上。

【充電 chhiong-tiān】 ㊀充填電力。㊁添加錢財或新花樣。該更～～也ài-koh～～à⇨需要再充電了。如果是學生就是向父母拿錢。去美國～～khì bí-kok～～⇨到美國充電去了。或求新知，或學新花樣隨言者的身分而不同內涵。

【充滿 chhiong-moá】 ～～自信心～～chū-sìn-sìm⇨同上。

【充實 chhiong-si̍t】 ～～財力～～châi-le̍k⇨同上。～～自己～～chū-kí⇨同上。

【充數 chhiong-sò】 濫竽～～lām-û～～⇨以不合標準者充任職務。～～～～耳，請多多指教～～～～niâ，chhiá$^{n}$ to-to chí-kàu⇨算是自謙之詞。

【充饑 chhiong-ki】 塞住餓腹。食猪母乳～～chia̍h ti-bó(bú)-leng～～⇨同上。猪母乳ti-bó-leng爲一種植物，可充當猪的飼料。畫餅～～ōe-piá$^{n}$～～⇨虛有其名而無實益。

chhiong **沖** 幼小也。虛也。以水注入曰沖chhiong，冒犯神鬼曰沖chhiong，通衝chhiong。幼～iù～⇨幼小。謙～khim～⇨謙虛。對～tùi～⇨對消。相～sio～⇨兩事物相撞。會去～着抑未ē-khì～tio̍h ah-bē⇨會不會冒犯了(神鬼)。生肖相～se$^{n}$-siù$^{n}$ sio～⇨生肖相犯謂不宜結親。

【沖天 chhiong-thian】 意氣～～ì-khì～～⇨意氣高揚得衝上天空。～～砲～～phàu⇨火箭hóe-chì$^{n}$。

【沖犯 chhiong-hoān】 冒犯mō-hoān。得罪tek-chōe。～～着土地公飼無鷄～～tio̍h thó-lī-kong chhī-bô-ke⇨冒犯了土地公就養不成鷄。沖犯chhiong-hoān亦可作得罪tek-chōe。土地公thó-tē-kong⇨thó-lī-kong。阿花姐仔無人敢～～伊a-hoe-ché-á bô-lâng-kā$^{n}$～～i⇨阿花姐沒人敢於冒犯她。

【沖洗 chhiong-sé】 灌水以洗之。～～汽車～～khì-chhia⇨同上。又洗相片亦曰沖洗chhiong-sé。～～七折～～chhit-chiat⇨照相舘前的廣告牌。

【沖破 chhiong-phoà】 撞破lōng-phoà。提錢～～人的腰斗the̍h-chî$^{n}$～～lâng ê io-tó⇨拿錢衝破人家的荷包。謂用錢不當兼不智。

【沖消 chhiong-siau】 賬目對消。～～了也～～liáu-à⇨對沖tùi-chhiong掉了。

【沖茶 chhiong-tê】 泡茶phàu-tê。客來掃地客去～～kheh-lâi sàu-tē，kheh-khì～～⇨謂事皆慢了一步。

【沖淡 chhiong-tām】 減低程度。～～緊張的空氣～～kín-tiu$^{n}$ ê khong-khì⇨同上。

【沖喜 chhiong-hí】 喜～～hí～～⇨兩喜互撞爲不吉，例如迎親隊中途相逢，即必須互換禮物以避凶。娶新娘～～chhoā-sin-niû～～⇨娶新娘回家沖喜，謂未婚夫有病，提前完成婚禮即可逢凶化吉。

【沖積層 chhiong-chek-chân】 地理學名詞。河流出口處的廣大沙地。

【沖繩島 chhiong-sêng(sîn,chîn)-tó】 琉球liû-khiû的日本名。在台灣東北海中。

chhiong **衝** 交道也。向也。突擊也。相撞也。直上曰衝chhiong，冒犯神鬼亦曰衝chhiong，但此兩義多已由沖chhiong字所取代。交通要～kau-thong iàu～⇨同上。橫～直撞hoâiⁿ～tı̍t-lōng⇨同上。折～尊俎chiat～chun-chó͘⇨決勝負於杯酒之間。

【衝向 chhiong-hiàng(hiòng)】 一直奔向。火箭～～月球hóe-chìⁿ～～goe̍h-kiû⇨同上。

【衝冠 chhiong-koan】 怒髮～～ nō͘-hoat～～⇨喻極烈震怒。～～一怒爲紅顏～～it-nō ūi hông-gân⇨同上。

【衝突 chhiong-tut(thu̍t)】 互相撞擊。正面～～chèng-biān～～⇨同上。

【衝浪 chhiong-lōng】 一種新興的玩水運動。

【衝殺 chhiong-sat】 樸殺phok-sat。

【衝動 chhiong-tōng】 未經過大腦的行動。少年人較～～siàu-liân-lâng khah～～⇨少年人較衝動。

【衝鋒 chhiong-hong】 突擊thu̍t-kek。～～陷陣～～hām-tīn⇨激烈戰殺。

【衝撞 chhiong-lōng】 當面反擊。～～序大人～～sī-toā-lâng⇨衝撞長輩。

【衝口而出 chhiong-kháu-jî-chhut】 隨意說出了利害關係甚大的話。～～～～透漏了實情～～～～thàu-lāu-liáu si̍t-chêng⇨同上。

chhiong **昌** 昌chhiang也(見chhiang部)。

chhiong **娼** 娼chhiang也(見chhiang部)。

chhióng **廠** 廠chiáng也(見chhiang部)。

chhiòng **唱** 唱chhiàng也(見chhiang部)。

chhiông **場** 場chhiâng也(見chhiang部)。

chhiông **腸** 腸chhiâng也(見chhiang部)。

chhiông **薔** 薔chhiâng也(見chhiang部)。

chhiông **牆** 牆chhiâng也(見chhiang部)。

# chhip

chhip **輯** 車輿也。聚也。集也。編～phian～⇨搜集資料編成書籍報刊。今輯chhip多借用緝chhip字。

chhip **緝** 績也。搜捕也。查～chhâ～⇨調查捕人。編～phian～⇨原作編輯phian-chhip。又暗中偷窺亦曰緝chhip或應作竊chhiap→chhip。偷～人的房間thau～lâng ê pâng-keng⇨偷窺人家的居室。～伊的意思～i ê ì-sù⇨探取他的意思。

【緝私 chhip-su】 查緝走私。～～隊～～tūi⇨同上。～～艇～～téng⇨同上。

【緝匪 chhip-húi】 搜捕不法之徒。

【緝拿 chhip-ná】 搜捕só-pó͘。～～逃犯～～tô hoān⇨同上。

【緝盜 chhip-tō】 搜捕盜賊。

【緝看抖 chhip-khoàⁿ-lè】 看一看。～～～道走也～～～tō-cháu-à⇨略作一瞥就走了。

【緝看覓抖 chhip-khoàⁿ-māi-lè】 同緝看抖chhip-khoàⁿ-lè。

chhip **竊** 偷也。私也。察也。偷窺的緝chhip，或應用此字。

chhip **湒** 雨下也。濕也。潤～叫chhi～kiò⇨行泥路聲。霑～～tâm～～⇨很濕。眞霑chin-tâm亦作澹tâm。

chhip **膝** 腿脚間能屈伸之關節也。(諸侯將)屈～而前，莫敢仰視khut～jî-chiân，bo̍k-kam giong-sī⇨記項羽之威武也。

【膝下 chhip-he̍(hā)】 書上父母的稱呼，所以示親愛也。父(母)親～～hu(bó)chhin～～⇨同上。

【膝行 chhip-hêng】 示投降屈服也。

【膝蓋骨 chhip-kài-kut】 生理學名詞。俗曰脚頭翁仔骨kha-thâu-ang-á-kut。亦簡稱脚頭骬kha-thâu-u。

## chhit

chhit **七** 數名也。即六加一之數。公文上或賬簿上多作柒chhit。人死後每七日致祭曰做七chò(chòe)-chhit 。白賊～仔peh-chhat～à⇨說謊的阿七。六～八lak～peh⇨同上。一四～it-sū～⇨同上。不管你三～二一m̄-koán-lí sa$^{n}$～jī-it⇨不管你如何。

【七七 chhit-chhit】㊀～～四十九～～sì-chap-káu⇨乘法。㊁死後四十九日。做～～chò(chòe)～～⇨四十九日祭。

【七十 chhit-sip】七十歲。人生～～古來稀jîn-seng～～kó͘-lâi-hi⇨同上。

【七夕 chhit-sek】舊曆七月七日牽牛織女兩星相會之日。～～米糕～～bí-ko⇨七夕之日民俗特製米糕以拜七娘媽chhit-niû-má。

【七月 chhit-goeh】～～鬼月～～kúi goeh⇨據稱七月初一鬼門開放。鬼可出外覓食一月，至七月末日收門。故普施餓鬼即在七月中舉行。～～關無了的～～koai$^{n}$-bô-liáu-ê⇨漏網之鬼。笑罵貪食大食之詞。～～無盈和尚～～bô êng-hôe-siū$^{n}$⇨七月祭事多，有僧皆忙。～～半鴨仔～～poà$^{n}$ ah-á⇨不知死活m̄-chai sí-oah。。因供犧牲所需要不知何時遭殃也。～～半鴨仔不知死～～poà$^{n}$ ah-á m̄-chai-sí⇨謂不知自己死運已臨頭。～～半鬼～～poà$^{n}$-kúi⇨餓鬼gō(ngō͘)-kúi。

【七日 chhit-jit】㊀七天。㊁死後第一個七日。頭七thâu-chhit。～～引魂～～ín-hûn⇨七日忌chhit-jit-kī。

【七孔 chhit-khóng】面上的雙眼，雙鼻，雙耳及口。～～流血～～liû-hiat⇨同上。～～未赴喘～～bē(bōe)-hù-chhoán⇨從七孔喘息也喘不及。意即非常的急喘。

【七仔 chhit-á】㊀七點牌。～～來～～lâi⇨七點牌來。㊁女友，女伴。蓋女字去一撇也。逐～～jiok～～⇨追少女女朋友。

【七仔 chhit-à】阿七a-chhit其人。～～較興八仔～～khah-hèng-peh-à⇨阿七較阿八更有興頭hèng-thâu。難兄難弟lān-heng-lān-tē。～～扺笑八仔～～teh-chhiò peh-à,～～莫笑八仔～～mài-chhiò peh-à皆同義。

【七瓜 chhit-koa】七月的異名。亦作瓜月koa-goat。

【七企 chhit-khiā】～～八倒九斜十落～～peh-tó káu-siâ chap-loh⇨簡言七姑星的位置。七月天未明時在中天，八月略倒斜，九月又低斜，十月已下山了。

【七言 chhit-giân(gân)】七字。～～詩～～si⇨七絕七律等每句七字的詩。

【七星 chhit-che$^{n}$(chi$^{n}$)】星名。北斗～～pak-táu～～⇨同上。踏～～tah～～⇨道士施術時的運步。據稱是依北斗七星運步的。～～燈～～teng⇨道士施術點明七個燈。魏延撞破～～燈gūi-iân lòng-phoà～～teng⇨喻魯莽敗事。孔明設壇致祭，魏延急馬馳入，撞息燈明。～～枋～～pang⇨棺底的板，畫有七星。

【七情 chhit-chêng】曰喜怒，曰哀懼，愛惡慾，～～具oat-hí-nō, oat-ai-kī,ài-ò-iok,～～kī⇨三字經。

【七歲 chhit-hòe】～～騙八歲～～phiàn-peh-hòe⇨謂不那麼容易就可以騙。～～的罵八歲的夭壽～～ê mē$^{n}$(mā) peh-hòe-ê iáu-siū⇨謂大家未具資格。夭壽iáu-siū未五十而亡也。五十俗稱上壽chiū$^{n}$-siū。

【七賢 chhit-hiân】七個賢人。古～～kó͘⇨伯夷phek-î叔齊siok-chê，虞仲gî-tiōng，夷逸î-it，朱張chu-tiang，柳下惠liú-hē(hā)-hūi，少連siàu-liân。竹林～～tek-lim～～⇨嵇康khe-khong，阮籍goán-chek，阮咸goánhâm，向秀hiàng-siù，劉伶lāu-lēng，山濤san-tô，王戎oñg-jiông等七人。以清談chheng-tām及飲酒而聞名於世。

【七尺槌 chhit-chhioh-thûi】 七尺棒chhit-chhioh-pāng。長棒tn̄g-pāng。～～～無留三尺後～～～bô-lâu saⁿ-chhioh-āu⇨tioh-lâu saⁿ-chhioh-āu⇨長棒應該留三尺爲控制的地方。亦即做事應該留有餘地。

【七巧圖 chhit-khá-tô͘】 益智遊戲的小道具。

【七字對 chhit-jī-tùi】 七字的聯對。

【七里香 chhit-lí-hian】 植物名。

【七角戲 chhit-kioh-hì】 同七脚戲chhit-kioh-hì。

【七姑星 chhit-ko͘-chheⁿ(chhiⁿ)】 星名。位於金牛宮之頂部，有小星七顆。

【七娘媽 chhit-niû-má】 七夕的女神。七姑星chhit-ko͘-chheⁿ的女神。織女chit-lí。～～～生～～～seⁿ⇨七娘媽的誕辰。～～～衣～～～i⇨七夕燒的五色紙衣。～～～亭～～～têng⇨七夕與七娘媽衣等同時焚化的美麗紙亭。

【七脚戲 chhit-kioh-hì】 只用七個演員表演演的戲。例皆用童星tông-seng。～～～報萬兵～～～pò-bān-peng⇨七人表演的戲口白却說萬兵交戰。謂太離譜了難以相信。～～～全棚做～～～chn̂g-pîⁿ-chòe⇨喻少數人包辦全盤的工作。

【七層塔 chhit-chàn-thah】 植物名。一種香辛料。亦稱七層塔káu-chàn-thah。

【七寶銅 chhit-pó-tâng】 赤銅chhiah-tâng。

【七十二變 chhit-chap-jī-piàn】 猴齊天～～～～kâu-chê-thian～～～～⇨西遊記的故事。喻十分有辦法。你有猴齊天～～～～亦是無路使也lí-ū kâu-chê-thê-thian～～～～iah-sī mô-ló͘-sâi-ā⇨你有孫行者的才能十分能幹也是沒法子了。無路使mô-ló͘-sâi擬福州腔hok-chiu-khiuⁿ。應該是bô-lō͘-sái。

【七土八土 chhit-thó͘-peh-thó͘】 非常的粗魯無禮。講着話～～～～kóng-tioh-ōe～～～～⇨說起話來非常粗野。

【七手八脚 chhit-chhiú-peh-kha】 紛亂。人手多。逐家逡逡仔是，不可安爾～～～～tak-ke ûn-ûn-á-sī, m̄-hó an-ne(ni)～～～～⇨大家慢慢來不可如此亂紛紛地爭奪。大細漢～～～～，做着，都也眞快toa-sè-hàn～～～～，chò-tioh, to-ā chin-khoài⇨大人孩子人多了，做來，却也很快速。亦作七脚八手chhit-kha-pah-chhiú。

【七早八早 chhit-chá-peh-chá】 很早很早，大清早。～～～～道爬轉去也～～～～tō-pê tn̄g-khì-ā⇨很早很早就趕回去了。

【七老八老 chhit-lāu-peh-lāu】 年老歲多liân-ló͘-sòe-to。食到～～～～也猶於不認老chiah-kà～～～～ā iáu-teh m̄-jīn-lāu⇨已經年事七八十了，還在不承認老。

【七扣八除 chhit-khàu-peh-tî(tû)】 多項扣除。～～～～都差不多攏乎伊也～～～～to chha-put-to lóng-hō͘-i-ā⇨諸多扣除結果，差不多全都給他了(所剩無多了)。亦作七除八扣chhit-tî(tû)-peh-khàu,義全同。

【七成八敗 chhit-sêng-peh-pāi】 俗稱嬰兒早生，七個月而生者可活，八個月者即必失敗。

【七折八扣 chhit-chiat-peh-khàu】 又打折又扣除。～～～～存無一半～～～～chhûn-bô-chit-poàⁿ⇨七折八扣結果，所淨不夠一半。

【七坐八爬 chhit-chē-peh-pê】 ～～～～九發牙～～～～káu-hoat-gê⇨嬰兒成長的過程，謂七個月會自己坐，八個月自己爬行，九個月開始發牙。

【七奇八怪 chhit-kî-peh-koài】 奇奇怪怪kî-kî-koài-koài。～～～～的變化～～～～ê piàn-hoà⇨同上。

【七起八倒 chhit-khí-peh-tó】 再三又起又倒。略同七蓋八笑chhit-khap-peh-chhiò。

【七蓋八笑 chhit-khap-peh-chhiò】 乎伊害

到～～～～hō·i hāi-kà～～～～⇨被他陷害(拖累)得七起八倒chhit-khí-peh-tó慘得不亦樂乎。蓋khap伏地，笑chhiò朝天。

【七縱七擒 chhit-chhiông-chhit-khîm】 三國誌，孔明收服孟獲的故事。

【七十二地煞 chhit-cha̍p-jī-tē-soah】 七十二個地上殺神。三十六天昊～～～～～sa$^{n}$-cha̍p-la̍k-thian-hō～～～～～⇨三十六顆天昊星，七十二顆地煞星，水滸傳謂其一百零八英雄，都是此等天昊星地殺星所轉世的。

【七十銅八十鐵 chhit-cha̍p-tâng-peh-chap-thih】 廢物。又廢話。講彼的～～～～～～要創甚kóng hiah-ê～～～～～～boeh-chhòng-sah$^{n}$(siah$^{n}$)⇨說那些廢話何用。

**拭** chhit 清也。揩也。以巾拭垢濡也。技～揩bûn～kai⇨皆拭chhit也。時時勤拂～，不可染塵埃sî-jî khîn hut～，put-khó jiám tîn-ai⇨禪宗門人神秀詩句。

【拭手 chhit-chhiú】 以巾揩手。～～拭面～～chhit-bīn⇨以巾拭手面。

【拭仔 chhit-á】 擦刷chhat-chhè的小道具。烏枋～～o·-pang～～⇨同上。樹乳～～chhiū-leng～～⇨膠擦kau-chhat。

【拭汗 chhit-koā$^{n}$】 擦去汗污。～～一下來食飯～～chit-ē lâi chia̍h-pn̄g⇨同上。

【拭嘴 chhit-chhùi】 揩嘴。會曉偷食未曉～～ē-hiáu thau-chia̍h bē(bōe)-hiáu～～⇨謂做事不懂善後。

【拭尻川 chhit-kha-chhng】 擦屁股。喻善後工作。叫人～～耳人誰要kio-lâng～～niâ lâng chiâ(siâng)-boeh⇨只是要人收拾殘局而已，誰肯。

【拭白痒 chhit-pe̍h-tiò】 刷拭白痒chhè-chhit pe̍h-tiò。白痒pe̍h-tiò者一種皮膚病，皮膚無端白色化，從局部而終至全身。掠蝕仔～～～li̍ah sih-nah～～～⇨捉閃電摩擦白痒。喻十分無奈何。閃電siám-tiān如何才捉得到呢。

【拭棹椅 chhit-toh-í】 拂拭椅棹。入灶脚，洗碗箸，入大廳～～～ji̍p chàu-kha,sé(sóe) oá$^{n}$-tī,ji̍p toā-thia$^{n}$～～～⇨讚美新娘的民謠。

**漆** chhit 漆chhat也(見chhat部)。

**策** chhit 有二步策仔ū-jī-pō·-chhit-a也。相當於兩把刷子lióng-pa-sa-chuh。謂相當有辦法或者有才能也。彼棵唔成猴竟嶄然有～～～抄hit-kho· m̄-chia$^{n}$-kâu, koh chám-jiân-ū～～～leh⇨那個（四不像的）東西，居然是相當有辦法的人物呢。唔成猴m̄-chiâ$^{n}$-kâu，謂猴而不成猴樣。的輕視人之詞。有ū以下，皆改讀第三聲jī-pō-chhìt-á。

## chhiu

**秋** chhiu 百穀成熟之期也。四季之一也，又年也。立～li̍p～⇨廿四氣之一。立秋至立冬之間爲秋。春夏～冬chhun-hē～tang⇨四季。千～萬歲chhian～bān-sòe⇨千年萬年。一日不見如三～it-ji̍t put-kiàn jî-sam～⇨秋分爲孟仲季三秋。雷攻～年冬好收lûi-kòng～nî-tang hó-siu⇨謂立秋日有雷即表示五穀豐收。～逢甲子雨，稻仔生兩耳～hông kah-chú-ú(í)，tiū-áseng-liáng(lióng)-ní⇨秋後甲子日有雨，即稻子將發芽生根，亦即收成減少的凶年。關公讀春～koan-kong tho̍k-chhun～⇨關公讀魯史。春～無義戰chhun～bû-gī-chiàn⇨謂魯史記載的戰事皆不合道義。麥～be̍k(be̍h)～⇨麥的收成期，在夏初。在時屬夏，在麥即屬秋。

【秋分 chhiu-hun】 春分～～chun-hun～～⇨同上。～～日夜平分～～ji̍t-iā pê$^{n}$(pî$^{n}$)-pun⇨秋分日日與夜的時間同樣長。

【秋天 chhiu-thi$^{n}$】 ～～較涼冷～～khah-liâng-léng⇨同上。

【秋色 chhiu-sek】 ～～平分～～pêng-hun

⇨同上。

【秋收 chhiu-siu】 ～～冬藏～～tong-chông⇨同上。

【秋季 chhiu-kùi】 秋期。～～營業狀況～～êng-gia̍p-chōng-hóng⇨同上。～～班～～pan⇨同上。

【秋波 chhiu-pho】 美人的目神ba̍k-sîn。送～～sàng(sòng)～～⇨美人看上你。～～頻送～～pîn-sòng⇨一再送秋波以示意。

【秋風 chhiu-hong】 ㊀秋天的風。～～秋雨愁煞人～～chhiu-ú(í) chhiû-sat-jîn⇨革命志士秋瑾女士臨刑時的題句。煞soah同殺sat。㊁打～～tá$^{n}$～～⇨強人資助。俗曰高等乞食ko-téng khit-chia̍h。亦作打抽豐tá$^{n}$-thiu-hong。

【秋娘 chhiu-niû】 美人之年老色衰者。美人遲暮。

【秋扇 chhiu-sì$^{n}$】 喻年老色衰而被棄的女人。棄如～～khì-jî～～⇨同上。

【秋菊 chhiu$^{n}$-kiok】 菊在秋盛開。春蘭～～chhun-lân～～⇨同上。

【秋聲 chhiu-seng】 秋令西風，其聲蕭殺。梧桐落葉已～～gô-tông lo̍k-ia̍p i～～⇨同上。

【秋霜 chhiu-song】 秋季降霜。喻嚴肅。冷淡。冷若～～léng jia̍k(jio̍k)～～⇨同上。或作冰霜peng-song。

【秋蟬 chhiu-siân】 蟬siân不離秋。～～仔～～á⇨同上。

【秋蠶 chhiu-chhâm】 秋季之蠶。～～到死絲方盡～～tò-sí si-hong-chīn⇨謂一生辛勞至死。

【秋收冬藏 chhiu-siu-tong-chông】 秋季收穫冬季倉貯。寒來暑往～～～～潤餘成歲，律侶調陽hân-lâi-sú-óng～～～～ lūn-î-sêng-sòe, lu̍t-lī tiâu-iâng⇨千字文。

【秋高氣爽 chhiu-ko-khì-sóng】 謂秋日氣候宜人。～～～～的時候正宜登山郊遊～～～～ê sî-hāu chia$^{n}$-gî teng-san kau-iû⇨同上。

【秋毫無犯 chhiu-hô-bû-hoān】 謂軍紀好，不犯百姓。大軍入城～～～～tāi-kun ji̍p-siâ$^{n}$～～～～⇨同上。

chhiu **鬚** 髭鬚也，亦即俗所謂鬍子。口上毛曰髭chu，頤下毛曰鬚chhiu。亦曰髯jiám。又甲蟲類等動物的觸角亦曰鬚chhiu。又狀如鬚者皆曰鬚chhiu。嘴～chhùi～⇨口邊之髭鬚。鬍～的hô͘～ê⇨鬍子，其人。長～tn̂g～⇨同上。短～té(tóe)～⇨同上。無～仔老大bô～á lāu-toā⇨少年人當糾爭的調人。自告奮勇的調解人。頭毛嘴～白也thâu-mô͘(mn̂g)-chhùi～pe̍h-ā⇨頭髮髭鬚皆白了。謂年已老了。嘴～好打結也chhùi～hó-phah-kat-ā⇨口鬚可以打結了。謂年老了。蝦仔～hê-á～⇨蝦的觸角。菜瓜～chhài-koe～⇨同上。榕仔～chhêng-á～⇨榕樹根鬚。蛇扲吐～choâ-teh thò͘～⇨蛇在吐舌。日～ji̍t～⇨太陽的光線。月光到有～go̍eh kng-kà ū～⇨形容月光之明。水～chúi～⇨飛噴的水沫。雨～hō͘～⇨雨沫。褲帶～khò͘-toà～⇨帶的飾物。煙袋仔～hun-tē-á～⇨同上。荷包～hô-pau～⇨同上。

【鬚髯 chhiu-jiám】 鬚即髯，髯即是鬚。美鬚公bí-su-kong⇨美髯公bí-jiám-kong⇨三國演義關公的美稱。

【鬚鬀目盱 chhiu-chhàng-bak-kàng】 怒容對人的形容。你曷使得～～～～lí ah-sái-teh～～～～⇨你何用在怒容對人，鬀chhàng怒鬚倒立也，盱kàng，張目也，目多白也。

chhiu **羞** 以食指自撥己頰以笑人不知羞siu。會曉～別人更未曉～家己ē-hiáu～pa̍t-lâng koh bē(bōe)-hiáu～ka-kī(tī)⇨會羞別人不會羞自己。畏人～ùi-lâng～⇨驚人～kia$^{n}$-lâng～⇨怕人家取笑。

【羞也羞 chhiu-a-chhiu】 同羞羞羞。

【羞羞羞 chhiu-chhiu-chhiu】 大羞。～～～未見笑～～～bē(bōe)-kiàn-siàu⇨～～～不

知羞。～～～揹籃仔扱鰗鰍，一尾食，一尾糊目珠～～～koāⁿ-nâ-ā khioh-hô-liu,chit-bóe(bé)-chiah,chit-bóe(bó)-kô-bak-chiu⇨取笑哭的童謠。

**chhiu 昭** 自弄人。瞜瞜～～liu-liu-～～⇨眼光四視。瞜liu。目明也，遠見也。瞜瞜～～食兩蕊目珠liu-liu～～chiah-nn̄g-lúi bak-chiu⇨謂做人須經常眼光四視詳細觀察事物以作進退之本，人生可以此而得到生存發達。

**chhiu 鶖** 烏鶖。o·-chhiu，鳥名。略小於烏鴉仔o·-ah-á見鵁鴞即羣攻之，被視爲益鳥。烏鶖打鵁鴞o·-chhiu phah-lāi-hioh⇨同上。亦喻小頑童羣打大人。

**chhiu 鞦** 鞦韆chhiu-chhian。古作秋千chhiu-chhian。繩戲也。孩鞦韆hàiⁿ-chhiu-chhian⇨打鞦韆。盪鞦韆。孩hàiⁿ動也，動搖也。上固定，下端一來一往曰孩hàiⁿ，俗作振hàiⁿ，非也。

**chhiú 手** 上肢曰手chhiú，下肢曰脚kha，曰足chiok。一舉～一投足it-kí～it-tâu-chiok⇨同上。～忙脚亂～bông-kha-loān⇨同上。又凡動作之人，善其技者皆曰手chhiú。倒～tò～⇨左手chó-chhiú。右～iū～⇨正手chiàⁿ-chhiú。左右～chó-iū～⇨左右兩手。喻重要如左右手的人物。頂～下～téng～ē～⇨大賣商與小賣商。頭～二～thâu～jī～⇨大司阜與二司阜。換～oāⁿ～⇨物業換主人。水～chúi～⇨海員、水兵。喇叭～la-pa～⇨同上。鼓～kó·～⇨同上。兄弟仔～hiaⁿ-tī-á～⇨技藝等之難兄難弟者。生～熟～chheⁿ～sek～⇨新進者與老經驗。前～後～chêng～āu～⇨同上。前～接錢後～空chêng～chiap-chîⁿ āu-～khang⇨喻所入不敷所出。序大人的～sī-toā-lâng ê～⇨父母的時代。尾～bóe～⇨最後。兇～hiong～⇨行兇人。殺～sat～⇨劊子～kōe-chú～⇨擔當下手殺人者。又下手兇殘無猶豫者。煞～soah～⇨順手sūn-chhiú，熟手sek～。動～tāng～⇨出手chhut～，作爲。下～hē(hā)～⇨動手tāng-chhiú，起手khí-chhiú。收脚洗～siú-kha-sé(sóe)～⇨脫離不好的環境或行業。動脚動～tāng-kha-tāng～⇨不是君子風度。摸脚摸～bong-kha-bong～⇨毛手毛脚mo·-chhíu-mo·-kha。湊脚湊～tàu-kha-tàu～⇨幫忙。笨脚笨～pūn-kha-pūn～⇨同上。七～八脚chhit～peh-kha⇨人多工作快速。猴脚猴～kâu-kha-kâu～⇨反應敏捷樣樣快速。蝦仔醢～hê-á-kê～⇨性好偷拎偷拎之人，意謂手上沐bak滿蝦仔醢甚骯髒。hô·-lah-sà→o·-lōan-sa胡亂抸諧音。胡亂抸即烏白提o·-peh-theh也。蚷蛁仔～tō·-peh-á～⇨空出oat-chhut向外人(不助自己人)。

**【手刀 chhiú-to】** 手掌。打～～剪銅鑼，剪剪二一哥phah～～chián-tâng-lô chián-chián jī-it-ko·⇨童謠。打手刀phah-chhiú-to，對面互以掌相擊也。

**【手下 chhiú-ē】** ㊀受節制的人。部下。彼二三人道是大頭的～～hit-nn̄g-san-lâng tō-sī toā-thâu-á ê～～⇨同上。㊁時代。許猶於臭頭洪武～～呢he-iáu-tī chhàu-thâu-hông-bú～～neh⇨那還在朱洪武時代嘛。

**【手工 chhiú-kang】** 手上的工作。～～藝品～～gē-phín⇨同上。

**【手巾 chhiú-kin(kun)】** 手帕 chhiú-peh。～～仔～～á⇨同上。

**【手爪 chhiú-jiáu】** 指甲。～～無好～～bô-hó⇨有偷癖。歹～～pháiⁿ～～⇨同前。

**【手內 chhiú-lāi】** 手中。～～無頭寸～～bô-thâu-chhùn⇨手中沒現款。

**【手心 chhiú-sim】** 掌心。～～有斷掌～～ū-tn̄g-chhiúⁿ⇨掌心的紋路無連貫。

**【手皮 chhiú-phôe】** 手之皮。～～錢～～chîⁿ⇨主要以手勞動，例如洗衣，除草等所換的艱苦kan-khó·錢。

**【手印 chhiú-ìn】** 指印。掌印。打～～phah

～～⇨表示承認。脚模～～攏打乎人也kha-bô·～～lóng phah-hō·-lâng-â⇨謂一切皆承認了答應了，不能移易î-e̍k了。

【手臼 chhiú-khū】 臂節pí-chiat。～～仔脫去～～á lut-khì⇨臂節脫臼thoat-khū。

【手尾 chhiú-bóe(bé)】 ㊀手上。～～力～～la̍t⇨素手的力量。㊁遺產。～～錢～～chî$^{n}$⇨父母留下來的錢。個老父的～～未少in-lâu-pē ê～～bē(bōe)-chió⇨他父親的遺產不少。

【手抄 chhiú-chhau】 ～～的不是影印的～～ê m̄-sī iá$^{n}$-ìn-ê⇨手抄本不是影印本。

【手法 chhiú-hoat】 工作的方法，～～無相共～～bô-siō-kâng(bô-sâ$^{n}$-kâng)⇨手法不相同。

【手股 chhiú-kó·】 上臂。～～頭～～thâu⇨同上。該靠自己的～～頭會生肉ài-khò ka-lī(kī) ê～～thâu ē(ōe) se$^{n}$(si$^{n}$)-bah⇨必須依靠自己的手會賺錢。

【手門 chhiú-mn̂g】 虎口hó-khau。～～裂去～～li̍h-khì⇨虎口裂傷。

【手底 chhiú-té】 ㊀手裡。手中。掀～～乎人看hian～～hō·-lâng-khoà$^{n}$⇨迫使以內幕示人。亦即內幕實力示人。㊁遺產。祖公的～～chó·-kong ê～～⇨先祖公之遺產。端仔個老父的～～道幾仔十甲也tan-á in lāu-pē ê～～tō kúi-à-cha̍p-kah-à⇨只是他父親的遺產就有數十甲了。

【手面 chhiú-bīn】 手上。手掌。～～仔趁食～～á thàn-chia̍h⇨依靠雙手勞力生活。～～錢～～chî$^{n}$⇨現款hiān-khoán。～～大～～toā⇨不惜費用的大場面。

【手指 chhiú-chí】 ㊀戒指。㊁指。十枝～～敢有平長cha̍p-ki～～kám-ū pê$^{n}$(pî$^{n}$)-tn̂g⇨十指豈同長乎。

【手枴 chhiú-koái】 枴杖。擧～～giâ～～⇨拿著手杖。

【手相 chhiú-siàng(siōng)】 看～～的khoà$^{n}$～～ê⇨看手相的算命者。

【手信 chhiú-sìn】 訪人時順便帶去的小禮物，多數以孩童爲對象的果餅。帶些～～仔去較好勢toà-chē～～ā khì khah-hó-sè⇨帶些東西去比較好意思。

【手段 chhiú-toā$^{n}$】 方法。技能。好～～滾道爛hó～～kún-tō-noā$^{n}$⇨好手段一滾就爛。高壓～～ko-ap～～⇨不問是非但加壓迫的強力方法。

【手紋 chhiú-bûn】 手上的紋路。亦曰手紃chhiú-sūn。俗作手痕非。

【手骨 chhiú-kut】 臂骨pì-kut。大枝～～toā-ki～～⇨喻個人有辦法，負擔能力高。拍斷～～去倒勇phah-tn̄g～～khì-tó-ióng⇨俗謂手骨斷了痊癒後反而更強有力。

【手耙 chhiú-pê】 一種農具，用以平耕地者。駛～～sái～～⇨操作手耙。

【手逞 chhiú-chhéng】 chhiú-chhèng。惡作劇。囡仔逐個都～～gín-á ta̍k-ê to～～⇨孩子每一個都喜歡惡作劇。

【手淫 chhiú-îm】 自慰。

【手球 chhiú-kiû】 排球pâi-kiû。

【手術 chhiú-su̍t】 醫生以刀治療。開刀khai-to。

【手菜 chhiú-chhài】 細心加工製成之食物。亦曰手路菜 chhiú-lō·-chhài。又稱幼菜 iù-chhài。亦即粗菜chho·-chhài⇨家常便菜之反。

【手琴 chhiú-khîm】 手風琴。小提琴。

【手腕 chhiú-oán】 有能力有方法能做事曰有～～ū～～。～～眞好～～chin-hó⇨同上。

【手筆 chhiú-pit】 筆蹟pi̍t-che̍k。看是伊的～～無不著khoà$^{n}$-sī-i ê～～bô-m̄-tio̍h⇨一看是他的筆蹟，不錯。

【手提 chhiú-the̍h】 ～～包～～pau⇨小提包。～～金庫～～kim-khò·⇨小金庫。

【手銃 chhiú-chhèng】 ㊀短銃。㊁(男人)手

淫。拍～～phah～～⇨同上。㊂恣睢chih-chuh曰～～。應為手逞chhiú-chhéng之訛。

【手鼓 chhiú-kó͘】 小鼓。搖～～仔iô～～á⇨同上。

【手瘋 chhiú-hong】 手抖不停的病。著～～tio̍h～～⇨患上手瘋病。

【手梏 chhiú-khàu】 刑警用的手鎖chhiú-só。～～鎖稠爾～～só-tiâu-leh⇨手銬鎖住著。

【手袂 chhiú-ńg】 衣袖。手所出入之處。

【手模 chhiú-bô】 手印。拍～～phah～～⇨同上。

【手談 chhiú-tām】 相對下圍棋。

【手頷 chhiú-ām】 掌接臂的部位。～～未振動～～bē(bōe)-tín-tāng⇨手頷不能動。

【手錶 chhiú-pió】 金～～kim～～⇨同上。

【手蹄 chhiú-tê】 手掌。～～仔斬乎人也～～á chām hō͘-lâng-ā⇨謂承諾書上手印已押下去了，已不能反悔了。～～眞賤～～chin-chiān⇨謂有偷癖。

【手頭 chhiú-thâu】 手。手中。～～絯～～ân⇨缺少現款。～～有較量也～～ū-khah-liōng-ā⇨手上現款比較寬裕了。生活比較富裕了。有錢是有錢，權捋於個某的～～ū-chî$^{n}$ sī ū-chî$^{n}$ koân la̍k-tī in bó͘ ê～～⇨錢是有的是，可惜使用權握在他老婆的手中(他無法用之)。～～重～～tāng⇨①打擊力大。②醫生用藥量過多。過少曰～～輕～～khin。

【手癀 chhiú-hông】 據稱手有一種看不見的有毒氣。

【手環 chhiú-khoân】 金～～玉手指kim～～ge̍k-chhiú-chí⇨同上。

【手鋸 chhiú-kì】 小鋸。大鋸～～toā-kì～～⇨同上。

【手縫 chhiú-phāng】 指與指之間。～～疏～～se(soe)⇨手縫不密。喻有浪費不知節儉的習慣。

【手藝 chhiú-gē】 手上的功夫。小小功夫遊天下，輕輕～～見君王sió-sió kang-hu iû-thian-hē, khin-khin～～kì$^{n}$-kun-ông⇨據說，舊時代的剃頭擔thī-thâu-ta$^{n}$上有此對聯。

【手鏡 chhiú-kià$^{n}$】 小鏡。

【手轎 chhiú-kiō】 兩人相對四手互握以為轎，以乘人，童戲所常見。拍～～phah～～⇨同上。轎kiō俗多讀kiāu，非。

【手續 chhiú-sio̍k】 辦事所應通過的各階段。～～猶未辦好呢～～á-bōe(bē) pān-hó-neh⇨來自日文tetsuzuki。

【手餿 chhiú-sio̍h】 手脂或手汗。生～～se$^{n}$(si$^{n}$)～～⇨手有油脂。餿sio̍h或so͘，飯濕熱也。

【手交手 chhiú-kau-chhiú】 彼此親自授受。現現是～～～的猶於講無hiān-hiān-sī～～～ê iáu-teh-kóng-bô⇨明明白白是我手交你手的還在說沒有。

【手後曲 chhiú-āu-khiau】 手之中關節。脚後彎～～～kha-āu-oan～～～⇨脚中關節手中關節。曲khiau或宜作蹺。

【手電筒 chhiú-tiān-tông】 亦叫手電仔chhiú-tiān-á。

【手數料 chhiú-sò͘-liāu】 服務費，工本費。來自日文～～～該五十元～～～āi gō͘-cha̍p-kho͘⇨同上。

【手癖僫 chhiú-phiah-bái】 僫手癖bái-chhiú-phiah。有偷癖。～～～的囡仔，人較嫌～～～ê gín-á lâng-khah-hiâm⇨有偷癖的孩子人人討厭。

【手忙脚亂 chhiú-bông(bâng)-kha-loān】 臨事慌張失秩序。事前都準備好也，到時還仔是～～～～ sū-chêng to chún-pī-hó à,kāu-sî oân-á-sī～～～～⇨事前皆準備妥當了，到時候還是亂作一場。還仔是hoân-á-sī→oân-á-sī⇨oân-na-sī⇨還是。

【手足之情 chhiú-chiok-chi-chêng】 同胞兄弟之情誼。

【手快眼明 chhiú-khoài-gán-bêng】 看到手到。反應敏捷。～～～～的人提去食～～～～ê lâng the̍h-khì(ì)-chia̍h⇨謂反應敏捷者勝利。

【手梳舉高 chhiú-se-giâ-koân】 開恩寬容。請您～～～～chhiá$^{n}$-lín～～～～⇨同上。

【手無寸鐵 chhín-bô-chhùn-thih】 手中無武器。～～～～，又更孤掌難鳴，只有投降一條路～～～～iū-koh ko͘-chiáng-lān-bêng，chí-ū tâu-hâng chi̍t-tiâu-lō͘⇨同上。

chhiú **首** 首siú轉訛。我有一～詩，天下無人知，有人來問我，我講我毋知goá-ū chi̍t～si，thian-hē bû-jîn-ti,ū-lâng-lâi mn̄g-goá，goá-kóng ngâi-m̄-tî⇨童謠。我毋知ngâi-m̄-tî客家音也。故作滑稽而用也。

chhiû **揪** 一手接一手引繩近身曰揪chhiû。糾明根源亦曰揪chhiû。～索仔～soh-á⇨引索近身。～風吹線～hong-chhoe-soà$^{n}$⇨引風箏線。有人扲～根底ū-lâng teh～kin(kun)-té⇨有人在探求眞相。刑警猶扲～扲hêng-kéng iáu-teh～lè⇨刑警還在追究中。一下～呢，恰如～菜瓜藤哩，一個更一個，攏總掠了了chi̍t-ē～lè,kah-ná～chhài-koe-tîn-lih，chi̍t-ê koh-chi̍t-ê, lóng-chóng lia̍h-liáu-liáu⇨一追究下去嘛，好像在揪菜瓜藤地，一個又一個，都皆捉到了。你佗會許校～lí tha-ē hiah gâu～⇨你爲何那麼好追問。

chhiû **愁** 憂也。悲也。悽慘景象也。憂～iu～⇨同上。一醉解千～it-chùi kái-chhian～⇨好酒者言。酒不解眞～chiú put-kái chin～⇨不好酒者言。秋風秋雨～煞人chhiu-hong chhiu-ú(í)～sat-jîn⇨同上。多～善感to～siān-kám⇨同上。

【愁眉 chhiû-bî】 ～～不展～～put-tián⇨同上。

【愁苦 chhiû-khó͘】 憂愁苦悶。

【愁城 chhiû-sêng】 憂愁之地。坐困～～chō-khùn～～⇨同上。

【愁容 chhiû-iông】 面色憂愁悲哀。

【愁腸 chhiû-chhiông】 ～～寸斷～～chhùn-toān⇨同上。

chhiū **樹** 木的總稱。種植也。又建立也。～木～ba̍k(bo̍k)⇨同上。山中多有千年～，世上難逢百歲人san-tiong to-iú chhian-liân～，sè-siāng(siōng) lân-hông pek-sòe-jîn⇨同上。搖錢～iô-chî$^{n}$～⇨養女，收養少女迫入娼家賣淫，而坐收其利，曰錢～開花chî$^{n}$～khui-hoe。

【樹子 chhiū-chí】 果實kó-si̍t。果子kóe-chí，青果類。食～～無拜樹頭chia̍h～～bô-pài chhiū-thâu⇨食其子不拜其樹。喻受恩不知報。

【樹下 chhiū-ē】 ～～一隻狗，樹頂一隻猴，猴跋落來，狗走猴也走，不知是狗驚猴，抑是猴驚狗～～chi̍t-chiah-káu, chhiū-téng chi̍t-chiah kâu,kâu-poa̍h-lo̍h-lâi,káu-cháu-kâu-ā-cháu,m̄-chai-sī káu-kia$^{n}$-kâu a̍h-sī kâu-kia$^{n}$-káu⇨急口令。

【樹木 chhiū-ba̍k】 花草～～hoe-chháu～～⇨禾本木本各色各種植物。

【樹心 chhiū-sim】 樹幹之中心部。樹皮都皺皺～～猶好好chhiū-phôe to jiâu-jiâu,～～iáu-hó-hó⇨謂人老心却未老。

【樹仔 chhiū-á】 種～～chèng～～⇨植木。造林。

【樹目 chhiú-ba̍k】 ㊀樹幹發枝處。㊁木材面的文理。

【樹皮 chhiū-phôe】 木皮。表皮。～～皺皺～～jiâu-jiâu⇨樹皮皺文多。

【樹乳 chhiū-leng(ni)】 樹膠chhiū-ka。～～印～～ìn⇨同上。～～鞋～～ê(ôe)⇨～～管～～kńg⇨同上。～～糊～～kô͘⇨同上。～～帶～～toà⇨同上。～～箍仔kho͘-á⇨同上。

【樹身 chhiū-sin】 ～～企得正不怕樹尾風～～khiā-tit chià$^{n}$ put-phà$^{n}$ chhiū-bóe-hong (bé)-hong⇨喻持身正即不怕是非的謠言。

【樹枝 chhiū-ki】 樹椏chhiū-oe。

【樹林 chhiū-nâ】 ～～內烏烏暗暗眞驚人～～lāi o·-o·-àm-àm chin-kia$^{n}$-lâng⇨樹林內很黑很暗很可怕。

【樹神 chhiū-sîn】 世多迷信萬物皆有神。拜～～pài～～⇨同上。

【樹根 chhiū-kin(kun)】 ～～爛去未活也～～noā-khì(ì) bē(bōe)-oah-ā⇨根爛了，活不了了。

【樹椏 chhiū-oe】 枝。枝椏。樹枝chhiū-ki。

【樹脚 chhiū-kha】 ～～歇困～～hioh-khùn⇨樹下休息。

【樹影 chhiū-ńg】 ～～遮凉～～jia-liâng⇨同上。

【樹頭 chhiū-thâu】 食果子無拜～～chiah-kóe-chí bô-pài～～⇨承恩不知報本。死貓吊～～死狗放水流sí-niau tiàu～～, sí-káu pàng-chúi-lâu⇨最壞的古諺。

【樹大影道大 chhiū-toā-ńg-tō-toā】 謂事物是相對的。收入多支出也不能少。

【樹倒猴仔散 chhiū-tó-kâu-á-soà$^{n}$】 樹倒猢猻散。

## chhiu$^{n}$

**chhiu$^{n}$ 槍** 兵器也。刀～劍戟to～kiàm-kek⇨皆古兵器。長～tn̂g～⇨同上。標～pio～⇨比槍運動。

【槍刀 chhiu$^{n}$-to】 武器的代表。～～歸庫，馬放南山～～kui-khò·, má hòng lâm-san⇨謂天下太平無戰事。刀馬皆不用。

【槍法 chhiu$^{n}$-hoat】 槍術chhiu$^{n}$-sut。用槍之法。練～～liān～～⇨同上。

【槍林彈雨 chhiu$^{n}$-lîm-tân-ú(í)】 槍如林彈如雨，戰鬪極烈。

**chhiu$^{n}$ 鯧** 魚名。一～二鯢三加蚋it～jī-bián sa$^{n}$-ka-lah(lak)⇨謂最佳的三種魚。白～peh～⇨白色的鯧魚。烏～o·～⇨同上。

**chhiú$^{n}$ 廠** 廠chhiáng也(見chhiáng廠部)。

**chhiú$^{n}$ 搶** 強取也。強奪也。強～kiâng～⇨同上。硬～ngēh～⇨同上。未輸～的bē(bōe)-su～ê⇨好像強奪的。全～的choân～ê⇨價太貴或物太壞，謂之全～的choân～ê，意謂與搶同樣。相爭～sio-che$^{n}$(sa$^{n}$-chi$^{n}$)～⇨你爭我奪。相爭相～sio-che$^{n}$(sa$^{n}$-chi$^{n}$) sio(sa$^{n}$)～⇨同上。

【搶犯 chhiú$^{n}$-hoān】 ㈠犯搶劫的囚人。㈡劫放囚犯。

【搶灰 chhiú$^{n}$-hoe(he)】 爭取買石灰的小錢。～～連棺柴續去～～liân koa$^{n}$-chhâ soà-khì⇨謂買棺者上賭場，原打算贏個小錢夠買埋葬時所要的石灰就可以了，不意一賭下來，連棺柴錢也輸掉了。

【搶劫 chhiú$^{n}$-kiap】 強奪。未輸～～抡安爾兇介介bē(bōe)-su～～lè an-ne(ni) hiong-kài-kài⇨宛若強偷打劫的如此的兇。

【搶修 chhiú$^{n}$-siu】 趕緊修復。道路的～～tō-lō· ê～～⇨同上。

【搶救 chhiú$^{n}$-kiù】 災區的～～工作chai-khu ê～～kang-chok⇨同上。

【搶新 chhiú$^{n}$-sin】 爭先搶用新物品。愛～～的人ài～～ê lâng⇨喜歡搶新之人。

【搶奪 chhiú$^{n}$-toat】 ～～罪～～chōe⇨同上。

【搶頭香 chhiú$^{n}$-thâu-hiu$^{n}$】 爭取第一個進香的地位。同進頭香。

**chhiù$^{n}$ 唱** 發歌也。高呼亦曰唱chhiù$^{n}$。合～hap～⇨同上。獨～tok～⇨同上。高～自由ko～chū-iû⇨高呼自由。

【唱片 chhiù$^{n}$-phì$^{n}$】 灌入歌曲的膠片。灌製～～koàn-chè～～⇨同上。

【唱曲 chhiù$^{n}$-khek】 唱音譜。喻說不中聽的話。我聽你抣～～哩goá thia$^{n}$-lí teh～～lè⇨謂你只管說在我如在聽曲調，不痛不癢。亦即你抣放屁lí-teh pàng-phùi的較文雅表現。

【唱名 chhiù$^{n}$-miâ】 出聲點名。～～較未不着～～khah-bē(bōe) m̄-tio̍h⇨唱名比較不會錯。

【唱票 chhiù$^{n}$-phiò】 唱名點票。公開～～kong-khai～～⇨民主政治的選舉開票應公開唱票。

【唱歌 chhiù$^{n}$-koa】 學生仔～～ha̍k-seng-á～～⇨同上。～～記曲～～la-khek⇨高歌放談吵鬧。記la，言不正也。

【唱山歌 chhiù$^{n}$-san-ko】 歌唱山歌。同唱曲。未輸抣～～～哩bē(bōe)-su teh～～～lè⇨宛如在放屁。

【唱亂彈 chhiù$^{n}$-lān-thân】 同唱山歌。你不抣～～～的lí m̄-teh～～～ê⇨你不是在唱亂彈的嗎，你不是在放屁嗎。亂彈本為曲名。

【唱高調 chhiù$^{n}$-koân-tiāu】 說好聽話。吹牛。～～～的耳，無影安爾嘛～～～ê niâ, bô-iá$^{n}$ an-ne(ni) mā⇨說好聽話而已，不是如此嘛。

【唱哭調仔 chhiù$^{n}$-khàu-tiāu-á】 喻假訴衷曲。你免得～～～～lí bián-teh～～～～⇨你不用假訴苦情。

chhiû$^{n}$ **牆** 垣也。牆所以防非也。俗作墻chhiû$^{n}$。土～竹籬笆thô͘～tek-lî-pa⇨同上。圍～ûi～⇨圍住宅之垣。順風推倒～sūn-hong sak-tó～⇨乘勢成事。挖人～賠人壁ó͘-lâng～pôe-lâng piah⇨謂損壞人家的圍墻要回賠以壁。不可貪小便宜。推倒～娶好子娘，偷摳葱嫁好夫sak-tó～chhoā hó-kiá$^{n}$-niû, thau-khau-chhang kè-hó-ang⇨推倒人家的牆就能夠娶到美嬌娘，偷得葱就能夠嫁得好丈夫。一種迷信，於元宵夜行之。銅～鐵壁tâng～thih-piah⇨城池的堅固如此。將伊的～糊伊的壁chiang(chiong) i ê～kô͘-i-ê-piah⇨以他的墻糊他的壁。謂不費本錢而可助人。糊kô͘亦作補pó͘。

【牆圍 chhiû$^{n}$-ûi】 圍牆。更造一道～～koh-chō chi̍t-tō～～⇨再造一道圍牆。

【牆壁 chhiû$^{n}$-piah】 壁。～～該更抹過～～ài-koh boah kòe⇨壁須再塗抹一次。

chhiū$^{n}$ **象** 動物名。虎豹獅～hó͘-pà-sai～⇨皆大型動物名。排獅～pâi-sai～⇨謂只供觀賞。又棋子名。將士～kun-sū～⇨皆棋子名。將亦作帥。

【象牙 chhiū$^{n}$-gê】 ～～箸～～tī⇨同上。～～印仔～～in-á⇨象牙印。～～之塔～～chi-thah⇨喻大學，做學問之地方。

【象田 chhiū$^{n}$-tiân】 象子行對角田。

【象油 chhiū$^{n}$-iû】 一種膏藥。～～膏～～ko⇨同上。

【象棋 chhiū$^{n}$-kî】 亦稱武棋bú-kî。圍棋～～ûi-kî～～⇨文棋武棋。

【象管 chhiū$^{n}$-kńg】 象鼻。～～更湊象牙柄～～koh-tàu chhiū$^{n}$-gê-pè$^{n}$(pì$^{n}$)⇨謂象鼻欲再加湊象牙之把手。喻貪婪無厭。有夠～～ū-kàu～～⇨十分貪慾。

【象鼻蟲 chhiū$^{n}$-phī$^{n}$-thâng】 ㊀芭蕉的害蟲。㊁食蕉農的芭蕉界壞幹部。～～～該揉死～～ài jôe-sí(sì)⇨同上。

chhiū$^{n}$ **相** 棋子名。同象chhiū$^{n}$。

chhiū$^{n}$ **匠** 木工也。工役皆曰匠chhiū$^{n}$。熟練工也。木～ba̍k～⇨木工工作，木工工人。土水～thô͘-chúi～⇨土水工。

chhiū$^{n}$ **像** 相似曰像chhiū$^{n}$。親～chhin～⇨近似。相似。無親～人bô-chhin～lâng⇨不似人，不及於人。囝～老父kiá$^{n}$～lāu-pē⇨子似父。心～鐵硬sim～thih-ngēh⇨心硬如鐵。～火抣燒～hóe(hé) teh-sio⇨如火在燃燒。～你許佼道會使得也～lí hiah-gâu tō ē(ōe) sái tit à⇨聰明如你就可以了。～鳥仔會飛～chiáu-á ē(ōe)-poe⇨能夠飛翔如鳥。～魚會泅～hî ē(ōe)-siû⇨能夠游水如魚。～到無宛然去～kà-bô-oán-jiân-khì(ì)⇨相似得十二分相似。宛然oán-jiân，眞的一樣，無宛然bô-oán-jiân，超越宛然。

chhiūⁿ **上** 上chiūⁿ的轉訛。

【**上水 chhiūⁿ-chúi**】 取水。去古井～～khì kó͘-chéⁿ～～⇨去古井取水。

【**上釀 chhiūⁿ-phú**】 生醭seⁿ-phú。發黴。

【**上白蚼 chhiūⁿ-peh-hiā**】 生白蟻。新柱仔未曾未講扵～～～也sin-thiāu-á bōe-chêng-bōe kóng-teh～～～à⇨新柱子剛開始而已竟在發生白蟻之害了。

【**上青苔 chhiūⁿ-chheⁿ(chhiⁿ)-tî(thî)**】 發青苔。鼻腔口～～～也phīⁿ-khang-kháu～～～ā⇨鼻腔前生青苔了，指孩子經常鼻涕不乾。

【**上店窗 chhiūⁿ-tiàm-thang**】 關閉店門窗。～～～敢於十一點也～～～káⁿ-tī chap-it-tiám à⇨關店時恐怕在十一點了。

【**上鞋面 chhiūⁿ-ê-bīn**】 縫鞋面。～～～了，該更衲鞋底～～～liáu, ài-koh lap-ê-té⇨鞋面縫了之後需再打鞋底。縫製鞋底曰衲lap。

## chhng

chhng **穿** 穿chhoan也。通也。孔也。小孔曰穿chhng。破一～phoà-chit～⇨破一小孔。蛀～也chiù～ā⇨蛀開孔了。～珠仔～chu-á⇨穿珠串。

【**穿孔 chhng-khang**】 開小孔。該～～藉會用得ài～～chiah ē-iōng-tit⇨同上。～～穿縫～～chhng-phāng⇨尋人之短以謀利。

【**穿針 chhng-chiam**】 ～～紩衫～～thīⁿ-saⁿ⇨線穿針以縫衣。～～引線～～ín-soàⁿ⇨喻介紹接應。chhoan-chiam-ín-soàⁿ。有人～～～～藉有法得ū-lâng～～～～chiah ū-hoat-tit⇨有人接應引路才有辦法。

【**穿過 chhng-kòe**】 穿通chhoan-thong。手袂～～去看覓扵chhiú-ńg～～khì khoàⁿ-bāi leh⇨手穿過袖去看一看。

【**穿篙 chhng-ko**】 晒衣法之一。竹篙穿過衣袖之法。～～較快乾～～khah-khoài-ta⇨穿篙晒之易乾。

【**穿山甲 chhng-soaⁿ-kah**】 chhoan-san-kah一種全身有鱗甲的動物。自穿地穴而居。俗稱鯪鯉lâ-lí。

【**穿山龍 chhng-soaⁿ-lêng(liông)**】 ㈠大砲tāi-phàu。山砲san-phàu。㈡卜地脉吉凶爲業的所謂地理師。～～～萬世窮～～～bān-sì-kêng⇨所謂地理師者代代貧窮。

chhng **川** 川chhoan也。兩山之間也。竅khiàu也。穴hiat也。倫山有獸其川在尾上。亦即尾穴bóe-hiat也。尻川kha-chhng⇨屁股。屁股穴。俗作脚倉kha-chhng。尻kha脊骨盡處，倉chui，即尾脽bóe-chui也。亦即屁股。

chhng **倉** 倉chhong也。穀藏也。粟～chhek～⇨粟之倉庫。米～bí～⇨藏米所。糧～niû～⇨糧食倉庫。產糧的地方。穀～kok～⇨同上。鹽～iâm～⇨藏鹽庫。義～gī～⇨防饑用的糧倉。入～jip～⇨入庫。

【**倉口 chhng-kháu**】 倉庫門chhng-khò͘-mn̂g。～～簿～～phō͘⇨倉庫的物品進出登記簿。

【**倉米 chhng-bí**】 倉庫內之米。在庫米。

【**倉庫 chhng-khò͘**】 收藏貨物之建築物。～～業～～giap⇨以倉庫租人寄存物品爲業者。海關～～hái-koan～～⇨同上。軍用～～kun-iōng～～⇨同上。機關張於～～ki-koan tiuⁿ-tī～～⇨謂事屬秘密。

chhng **艙** 船舶之內部曰艙。船～chûn～⇨同上。前～chiân～⇨同上。中～tiong～⇨同上。房～pâng～⇨同上。客～kheh～⇨同上。貨～hòe～⇨同上。貨滿～也hòe moá～

a⇨貨積滿船艙了。

chhng
瘡 癰eng，疽chú，癤chiat等之皮膚病的總稱。皮膚發赤，終而生膿，瘡口有膿頭塞住者曰疽chú，亦即疔teng也。多孔多膿頭者曰癰eng，疔之小而無膿頭者曰癤chiat。俗曰粒仔liap-á。俗以梅毒bôe-tok曰瘡chhng。生～seⁿ (siⁿ)～⇨患梅毒。痔～tī～⇨肛門病。

【瘡毒 chhng-tok】 黴毒bôe-tok。亦作梅毒bôe-tok。～～入骨也～～jıp-kut à⇨梅毒入骨了。

【瘡藥 chhng-ioh】 梅毒之藥。

chhńg
啍 以齒取肉曰啍chhńg。以齒去骨取肉曰啍chhńg。亦食也。又鑽營亦曰啍chhńg。無牙未曉～bô-gê bē-hiáu～⇨沒牙不能啍。骨仔罔～kut-á bóng～⇨同上。恔～孔gâu～khang⇨善於鑽營。恔～查某gâu～cha-bó͘⇨善勾引女人。

【啍孔 chhńg-khang】 鑽營斂財。勢～～趁錢gâu～～thàn-chîⁿ⇨善於鑽孔chhǹg-khang找錢路。～～啊縫～～chhńg-phāng⇨多方鑽營干求斂財。

【啍毛 chhńg-mô͘(mn̂g)】 鳥以嘴整羽毛。鳥仔得～～chiáu-á teh～～⇨鳥在整毛。亦曰舐翅chhńg-sıt。

【啍食 chhńg-chiah】 同餈孔chhńg-khang。恔～～的道是恔～～gâu～～ê tō-sī gâu～～⇨善鑽營歛財者就是善鑽營歛財(在任何條件之下都是一樣的哩)。

【啍骨 chhńg-kut】 去骨留肉而食之。食生～～chiah-lān～～⇨罵人挑剔食物太過份之粗語。

【啍瓜子 chhńg-koe-chí】 剔食瓜子。

chhńg
餈 嫌食貌，惡食也。或作呲chhńg。即俗語所謂揀食kéng-chiah也。又以齒取肉去骨亦曰餈chhńg。凡擇肥而噬tek-hûi-jî-sè者皆曰餈chhńg。

【餈食不肥 chhńg-chiah(sit)-put-hûi】 揀食kéng-chiah的人未肥bē-pûi，亦即對食物挑剔太厲害者不可能肥胖壯大。謂食物不可有好惡之分，要都吃下去，營養才可免失偏頗，才可平均發育的意思。

chhǹg
擤 擤chhèng也。手捻鼻膿也。又其聲曰擤chhǹg。猶未會曉～扲á-bōe ē-hiáu～leh⇨還不曉得擤鼻(還幼少)。

【擤鼻 chhǹg-phīⁿ】 chhèng-phīⁿ。手揩鼻涕。

【擤擤叫 chhǹg-chhǹg-kiò】 擤聲連連。歔泣之聲。哭到～～～khàu-kà～～～⇨同上。

chhǹg
串 圓珠連貫曰串chhǹg，曰穿chhng。亦曰貫kǹg(見chhoan部)。一～數珠chıt～sò͘-chu⇨同上。

【串仔 chhǹg-á】 魚名。金鎗魚kim-chhiuⁿ-hî。日語作鮪mā-gu-loh。maguro。～～魚～～hî⇨鮪úi, iú。金鎗kim-chhiuⁿ。

chhn̂g
床 牀chhn̂g之俗字。臥具也。安置器物之架亦曰床chhn̂g。眠～bîn～⇨睡架。病～pēⁿ(pīⁿ)～⇨病人所臥。車～chhia～⇨機械工作架。旋盤soan-poâⁿ。臨～醫學lîm～i-hak⇨醫生面對病患之醫學。筆～pit～⇨筆架。墨～bak～⇨墨架，古人重墨也。琴～khîm～⇨琴架。球～kiû～⇨撞球台。困共～khùn kāng～⇨同眠於一床。掠姦在～掠賊在贓liah kan chāi～, liah-chhat chāi chng⇨捉姦須在床上，捉賊須有贓物爲證。

【床巾 chhn̂g-kin】 覆床防汚之布。換～～oāⁿ～～⇨去舊換新的床巾。

【床仔 chhn̂g-á】 小床。

【床母 chhn̂g-bó(bú)】 嬰兒的保護神。產兒之神。～～扲創治人～～teh chhòng-tī lâng⇨床母在戲弄人。謂該生者不生，不該生者却大起肚子來了。

【床姐 chhn̂g-chiá】 床母chhn̂g-bó之異稱。～～床媽～～chhn̂g-má⇨都是床母之異稱。

【床架 chhn̂g-kè】 床上之小架。庋於～～裡未無去khn̄g tī～～nī bē(bōe)-bô khì⇨置在床架上不會失落的。

【床球 chhn̂g-kiû】 撞球lōng-kiû。

【床第 chhn̂g-tē】 枕蓆chím-sek之間。～～之言～～chi giân⇨枕蓆間之私語。～～私情～～su-chêng⇨同上。

【床楣 chhn̂g-bî】 蚊帳上的特別美麗布幕。綉～～siù～～⇨繡刺床楣。

【床頭 chhn̂g-thâu】 床上枕頭所在的一方。～～打床尾和～～phah chhn̂g-bóe-hô⇨謂夫妻間頭那邊在爭吵，脚那邊在談和談。亦即夫妻間之爭吵會自己打自己和的，外人不必作多餘的干涉。

【床戲 chhn̂g-hì】 戲劇hì-kek之涉及床第間之事者。演～～ián～～⇨就演員而言。拍～～phah～～⇨就拍攝者而言。

【床櫃 chhn̂g-kūi】 商家用的床形大櫃。夜兼供爲小店員的眠床。

## chho

**chho 臊** 凡肉類的腥氣皆曰chho，亦即臭臊chhàu-chho。食菜無食～，食豬肉君荖蒿chiah-chhài bô chiah-～，chiah-ti-bah kûn tang-o⇨素食不食葷，吃豬肉煮茭蒿，押韻之外亦嘲素食者。魚～hî～⇨同上。血～hoeh(heh)～⇨同上。貓仔愛油～niau-á ài-iû～⇨貓喜歡腥味。

【臊油 chho-iû】 動物性的油類。生疔仔較不當食～～seⁿ(siⁿ)-teng-á khah-m̄-thang chiah～～⇨長疔瘡即比較不可吃腥油。

【臊物 chho-mih】 腥臊的食物。病人～～嗍較少扲pēⁿ(pīⁿ)-lâng～～chiah-khah-chió leh⇨病人腥物少吃些。

【臊桌 chho-toh】 葷的筵席。攏總辦八埨～～，另外菜桌一埨lóng-chóng pān peh-tē～～，lēng-goā chhài-toh chit-tè⇨全部預備葷菜八席，另外加素菜一席。

【臊菜 chho-chhài】 ㊀韭菜kú-chhài，蒜仔soàn-á等不上素席的蔬菜類。㊁有魚有肉等腥料菜席。～～桌～～toh⇨葷席。

**chho 藻** 水草也。文采也。綠～liok～⇨綠色水草。詞～sû～⇨同上。文～bûn～⇨同上。

【藻飾 chho-sek】 以文字使樸素變華麗。辱承～～jiok-sêng～～⇨書函上常見詞。

**chho 澡** 洗也。以水浴身曰澡。洗～sé～⇨浴身。

【澡房 chho-pâng】 浴室ek-sit。

【澡堂 chho-tn̂g】 供人洗澡的商店。

【澡身浴德 chho-sin-iok-tek】 儒家的日常修養。儒家有～～～～jû-ka iú～～～～⇨同上。

**chho 磋** 磨物也。如切如～jî-chhiat-jî～⇨同上。切～chhiat～⇨互相勉勵。又商量也。

【磋商 chho-siang(siong)】 仔細商量。該更～～一下ài-koh～～chit-ē⇨需要再商量一下。

**chho 蹉** 蹉跌chho-tit。足失據也。失足也。失敗也。

【蹉跎 chho-tô】 虛度光陰。日月～～jit-goat～～⇨同上。

**chho 操** 把持也，操刀。練習也，操演。駕駛也。操舟。品行也。節～chiat～⇨同上。情～chêng～⇨同上。兵～peng～⇨同上。貞～觀念cheng～koan-liām⇨同上。無節～的人bô chiat～ê lâng⇨同上。體～訓練thé-～hùn-liān⇨同上。情～超凡chêng～chhiau-hoān⇨同上。

【操刀 chho-to】 ㊀使用刀。～～殺人～～sat-jîn⇨同上。㊁代筆。一定是叫人～～的，若無伊豈憩it-tēng-sī kiò-lâng～～ê，nā-bô，i ká-khiàng⇨一定是請人代筆的，否則他豈有那麼能幹。

【操戈 chho-ko】 互相敵對攻擊。同室～～

tông-sit～～⇨同上。

【操心 chho-sim】 見chhau-sim操心。

【操舟 chho-chiu】 駕駛小舟。

【操行 chho-hēng】 品行phín-hēng。～～無當好～～bô-thang-hó⇨操行不甚好。

【操守 chho-siú】 做人的行爲，立身的原則。～～有問題～～ū-būn-tê(tôe)⇨同上。

【操作 chho-chok】 工作。～～過勞～～kòe-lô⇨同上。

【操持 chho-chhî】 管理。～～家務～～ka-bū⇨同上。又操守也。

【操觚 chho-ko͘】 執筆作文章。觚ko͘是四角木，古人以之爲書。～～界～～kài⇨新聞界。

【操勞 chho-lô】 見chhau-lô操勞。

【操場 chho-tiû$^{n}$】 見chhau-tiû$^{n}$操場。

【操練 chho-liān】 見chhau-liān操練。

【操縱 chho-chhiòng】 ㊀駕駛。飛機的～～士hui-ki ê～～sū⇨飛機駕駛員。㊁用手段誘迫利用。不當受人～～m̄-thang siū-lâng～～⇨不可被人利用。

【操奇計贏 chho-kî-kè-êng】 商人屯積居奇以營利。

**嵯** chho 山高石大也。

【嵯峨 chho-ngô͘】 山險石大。

**草** chhó 草本植物的總稱(見chháu部)。起稿曰草chhó。田野民間曰草chhó。又字體之一也。甘～kam～⇨一種中藥名。行～hêng～⇨字體。撩～liâu～⇨撩亂。偷仙～thau-sian～⇨白蛇傳的故事。庭前生瑞～，好事不如無têng-chiân seng sūi～, hó-sū put-jî-bô⇨謂庭中生出了瑞草是好事，但是這一類的好事，有不如沒有好。意當在強調所謂瑞草之善人注意可能致麻煩也。又一種可造花的蓪草心亦曰草chhó。

【草木 chhó-bo̍k】 ～～皆兵～～kai-peng⇨同上。

【草本 chhó-pún】 植物學名詞。木本bo̍k-pún之對稱。～～植物～～si̍t-bu̍t⇨同上。

【草字 chhó-jī】 草體之字。學寫～～o̍h-siá～～⇨學習寫草字。

【草花 chhó-hoe】 以蓪草造的假花。～～較貴過塑膠花～～khah-kùi-kòe sok-ka-hoe⇨草花比塑膠花還要貴。

【草芥 chhó-kài】 不足貴，不堪用，不值錢之物。因而有輕視之意。視吾人如～～sī gô͘-jîn jî～～⇨看待吾人如草芥。

【草昧 chhó-māi】 文明未開化。～～的時代～～ê sî-tāi⇨同上。

【草案 chhó-àn】 原案。亂愛取締法～～loān-ài chhí(chhú)-thê-hoat～～⇨同上。

【草草 chhó-chhó】 ㊀撩草。寫了～～看無甚有siá-liáu～～khoà$^{n}$-bô-sia$^{n}$-ū⇨寫得很潦草的字體，看得不甚懂。㊁簡畧。～～了事～～liáu-sū⇨很馬虎就完畢了。～～收埋～～siu-bâi⇨簡單予以埋葬。㊂草包。無用。你不好看伊～～個老父是梁山的宋江呢lí m̄-hó khoà$^{n}$-i～～in-lāu-pē sī niû-soa$^{n}$ ê sòng-kang neh⇨你不要看他不起，他的父親是梁山的賊王呢。

【草書 chhó-si】 ～～我看無～～goá khoà$^{n}$-bô⇨草書我認不出字。看不懂。

【草莽 chhó-bóng】 草野，民間。～～之臣～～chi sîn⇨在野之臣。～～英雄～～eng-hiông⇨江湖上的豪傑hô-kia̍t。

【草率 chhó-sut】 潦草liâu-chhó輕率kheng-sut。做代誌未使得傷～～chò(hòe)-tāi-chì bē(bōe)-sái-tit siu$^{n}$～～⇨做事不能太過草率。

【草創 chhó-chhòng】 初創chho͘-chhòng。～～時期～～sî-kî⇨同上。

【草稿 chhó-kó】 初著筆的原稿。先～～藉更檢討seng～～chiah-koh kiám-thó⇨同上。免～～bián～～⇨喻很有把握。

【草履 chhó-lí】 草鞋chháu-ê。～～仔鞋

～～á-ê⇨同上。

【草澤 chhó-tek】 同草莽chhó-bóng。在野。～～英雄～～eng-hiông⇨同上。

【草擬 chhó-gí】 草亦擬，擬即草。～～一個案～～chit-ê àn⇨同上。

【草顆 chhó-kho͘】 薙草斬棵koeh，以擠取其心，是爲草心chhó-sim，亦即草chhó。

【草菅人命 chhó-kan-jîn-bēng】 輕視人民生命。菅kan俗稱菅草koaⁿ-chháu。亦即視人命如菅草，隨時可以割之。～～～～的政府無久長～～～～ê chèng-hú bô-kú-tn̂g⇨草菅人命的政府不久長。

chhò
# 剉
斬也。斬截也。伐木曰剉chhò。芟草～木seng-chhau～bdh⇨同上。

【剉竹 chhò-tek】 ～～造水筧～～chō chúi-kéng⇨伐竹來造水筧以引水。

【剉柴 chhò-chhâ】 ～～做燃料～～chò jiân-liāu⇨伐木爲燃料。

【剉樹 chhò-chhiū】 伐木。開山～～khui-soaⁿ～～⇨開墾山林自然要伐木。～～仔～～á⇨同上。

chhò
# 糙
米未舂白也。舂cheng亦作精cheng。

【糙米 chhò-bí】 未舂白之米。～～飯～～pn̄g⇨同上。

chhò
# 操
人名。曹操chô-chhò⇨三國時代的奸雄。

chhò
# 挫
折也。敗也。屈辱也。北進受～pak-chìn siū～⇨北進(軍)遭受失敗。

【挫折 chhò-chiat】 戰而失利。行事失利。事業～～sū-giap～～⇨事業失敗。

【挫辱 chhò-jiok】 挫折羞辱。

chhò
# 杲
鳥群鳴也。或作噪chhò。

chhò
# 噪
呼噪也。～～而進～～jî chìn⇨同上。

chhò
# 譟
羣呼煩擾也。或作噪chhò。聲音眞～siaⁿ-im chin～⇨譟音擾人。

【譟音 chhò-im】 取締～～chhí-thê～～⇨同上。

【譟人耳 chhò-lâng-hīⁿ】 擾人清靜。莫更嚷也啦，～～～mài-koh-jiáng à là，～～～⇨不要再喊叫了，譟人耳。

chhò
# 錯
誤失也。雜亂也。失～sit～⇨同上。過～kòe～⇨同上。差～chha～⇨同上。無～bô～⇨同上。大～特～tāi～tek～⇨同上。我～也goá～à⇨我錯了。你～了lí～liàu⇨你錯了。將～就～chiang～chiū～⇨同上。寫～字siá～jī⇨同上。聽～話thiaⁿ～ōe⇨同上。搭～船tah～chûn⇨同上。罵～人mē～lâng⇨同上。買～貨bé～hòe⇨同上。打～算盤phah～sǹg-poâⁿ⇨同上。

【錯刀 chhò-to】 ㊀治玉石的道具。錯chhò原有治玉磨石之義。㊁誤刀。失手。～～傷人～～siong-jîn⇨誤以刀殺傷別人。該注意不當～～傷人ài chù-ì，m̄-thang～～siang-jîn⇨要注意，不可失手傷人。

【錯手 chhò-chhiú】 失手。～～打傷人～～phah-siang-lâng⇨同上。

【錯目 chhò-bak】 彷彿看～～去hóng-hut khoàⁿ～～khì(ì)⇨看不清楚以致看走了眼。

【錯字 chhò-jī】 不對的字。～～該改～～ài-ké⇨錯字應該改正。

【錯死 chhò-sí】 意外死。枕頭脚邊無～～chím-thâu-kha-piⁿ bô～～⇨謂在家庭內不會無因無端發生意外的死亡事故。喻皆屬血壽hoeh-siū該終，天所註定chù-tiāⁿ。

【錯事 chhò-sū】 錯誤。食到好死也藉做即類～～chiah-kà hó-sí à chiah chò-chit-lōe～～⇨活到夠老了，才做出這種錯誤的事情。

【錯拳 chhò-kûn】 ～～拍死人～～phah-sí-lâng⇨錯手打死人。

【錯愕 chhò-gok】 失驚。不勝～～之至put-sìn～～chi-chì⇨同上。

**【錯愛 chhò-ài】** 受人愛顧的謙詞。承蒙～～sîn-bông～～⇨同上。

**【錯節 chhò-chiat】** 盤根～～phoân-kin～～⇨事情互相糾結非常複雜。

**【錯過 chhò-kòe】** ～～機會～～ki-hōe⇨同上。

**【錯亂 chhò-loān】** 精神～～cheng-sîn～～⇨同上。秩序～～tia̍t-sū～～⇨同上。

**【錯綜 chhò-chòng】** 複雜～～ho̍k-cha̍p～～⇨同上。

**【錯誤 chhò-gō·】** 計算～～kè-sǹg～～⇨同上。

**【錯覺 chhò-kak】** 感覺上的錯誤。彷彿之間難免有～～hóng-hut-chi-kan lān-bián-ū～～⇨同上。

# chho·

**chho· 初** 始也，亦初chhe也(見chhe部)。起～khí～⇨開始。人之～jîn-chi～⇨人類之開始。

**【初婚 chho·-hun】** 第一次結婚。双方都是～～siang-hong to-sī～～⇨同上。

**【初出洞 chho·-chhut-tōng】** 初出社會。～～～仔～～～á⇨同上。～～～門～～～bûn⇨同上。～～～仔恰如青暝牛呢～～～á kah-ná chhe$^{n}$-mê$^{n}$-gû-nì⇨謂初出社會的少年人宛如盲牛一樣(亂衝亂撞)。

**【初見面 chhō·-kì$^{n}$-bīn】** 算是～～～逐家猶較不敢sǹg-sī～～～ta̍k-kê iáu khah-m̄-ká$^{n}$⇨可以說是第一次見面，大家都還是客客氣氣。

**【初相逢 chho·-siang(siong)-hông】** 初見面。～～～來講，雙方都覺得一見如故～～～lâi-kóng, siang-hong to kak-tit it-kiàn-jî(jû)-kò·⇨雖然是初相逢，但是双方都覺得一見如故。

**【初生之犢 chho·-seng-chi-to̍k】** 同初出洞仔chho·-chhut-tōng-á。～～～～不怕虎～～～～put-phà$^{n}$-hó·⇨同上。

**【初出茅廬 chho·-chhut-mâu-lô·】** 初次下山。孔明～～～～即定鼎足三分之計khóng-bêng～～～～chek-tēng téng-chiok-sam-hun-chi-kè⇨同上。

**【初試啼聲 chho·-chhì-thî-seng】** 嬰兒初生，其聲洪亮，將來一定不同凡響。

**【初嘗禁果 chho·-siâng-kìm-kó】** 阿當夏娃～～～～a-tong hā-oa～～～～⇨舊約創世紀的故事。

**chho· 粗** 大也，略也，疏也，不精緻也。暴戾亦曰粗chho·。本錢眞～pún-chî$^{n}$ chin～⇨資金很大。心內無歡喜，聲道～sim-lāi bô-hoa$^{n}$-hí, sia$^{n}$ tō～⇨心中不悅時，聲就大。皮～phôe～⇨皮膚不幼軟。力～la̍t～⇨力氣大。荔枝皮較～lāi-chi-phôe khah～⇨荔枝皮不平滑。心肝～sim-koa$^{n}$～⇨心硬。手路～chhiú-lō·～⇨手工不精緻。

**【粗人 chho·-lâng】** 粗夫。粗工。～～未做得幼粿～～bē(bōe)-chò-tit iù-kóe(ké)⇨粗人做不了幼工。幼粿iù-kóe，精細之餅食。粿kóe同粿kóe。

**【粗工 chho·-kang】** 無半撇，總是做～～好耳，毋，俫做啥bô-poà$^{n}$-phiat, chóng-sī chò～～hó niâ, m̄ boeh chò-siah$^{n}$⇨一事不通，總之做做粗活而已，否則做什麼呢。

**【粗手 chho·-chhiú】** 起手傷人曰粗手chho·-chhiú。你那許爾～～lí-ná hiah-ni～～⇨你爲何起手就那麼重呢。

**【粗夫 chho·-hu】** 不精細的人。不雅的人。～～俗子～～sio̍k-chú⇨同上。

**【粗心 chho·-sim】** ㊀不小心。～～大意～～tāi-ì⇨疏忽。㊁殘酷之心。～～膽大～～tá$^{n}$-toā⇨心殘酷而頑劣。

【粗幼 chho·-iù】 粗略與精細。～～嫺幾仔個～～kán kúi-á-ê⇨粗女婢幼女婢很多人。～～攏會做～～lóng-ē-chō⇨粗活細活皆能幹。～～會～～ē(ōe)⇨同上。

【粗皮 chho·-phôe】 皮不平滑或不幼軟。～～厚殼，南風起西北～～kāu-khak, lâm-hong khí sai-pak⇨無特別意義，只是押韻順口詞。

【粗布 chho·-pò·】 粗俗的布料。～～較勇～～khah-ióng⇨粗布較強韌耐穿。

【粗本 chho·-pún】 大資本。～～生理揀人做～～seng-lí kéng-lâng-chō(chōe)⇨大資本的生意不是任何人都可以做。

【粗孝 chho·-hà】 百日內的重孝tāng-hà。猶帶～～抄iáu toà～～leh⇨還在帶粗孝中。

【粗花 chho·-hoe】 ㊀粗俗的雜色花。㊁較粗粒的紅糖。㊂例如李、梅等的果子比較大粒。即班的李仔有較～～chit-pang ê lí-á ū-khah～～⇨此輪的李子比較粗粒。㊃布匹的花紋大。近來的查某囡仔較愛～～的kīn-lâi ê cha-bó·-gín-á khah-ài～～ê⇨同上。

【粗穿 chho·-chhēng】 便衣。～～的較信採～～ê khah chhìn-chhái⇨便服比較隨便就可以。信採chhìn-chhái，隨便也。

【粗勇 chho·-ióng】 人粗壯勇健，物粗大強靭，同時含有欠缺美的成份。彼個小姐有夠～～hit-ê sió-chiá ū-kàu～～⇨同上。家私～～道好ke-si～～tō-hó⇨家具粗勇就可以。

【粗胚 chho·-phoe】 ㊀初型chho·-hêng。該先拍～～ài-seng-phah～～⇨同上。㊁猪未足肥。猶二隻～～連鞭會用得賣也iáu nn̄g-chiah～～liâm-piⁿ ē-ēng-tit-bē(bōe) ā⇨還有兩只待肥的猪，不久就可以出賣了。

【粗俗 chho·-siok】 野鄙、臭賤。～～物～～mih⇨同上。～～話～～ōe⇨同上。～～到送人每無人愛～～kà sàng-lâng mā bô-lâng-ài⇨同上。臭賤得送人也沒人要。

【粗重 chho·-tāng】 ～～的工課～～ê khang-khōe⇨肉體勞動的工作。即款工課眞～～chit-khoán khang-khōe chin～～此種工作很吃力。

【粗紙 chho·-choá】 非寫字用的粗糙紙。～～幼紙～～iù-choá⇨幼紙iù-choá供寫字用。粗紙即今之衞生紙也。

【粗茶 chho·-tê】 ㊀粗製茶。㊁自謙詞。～～薄酒～～poh-chiú⇨自謙話。

【粗粗 chho·-chho·】 不平滑不幼軟。荔枝好食皮～～，龍眼好食核會烏lāi-chi hó-chiah phôe～～, lêng kéng(géng) hó-chiah hut ē o·⇨童謠，謂荔枝成熟可以吃了皮是粗粗的，龍眼可以吃了核是黑的。

【粗貨 chho·-hòe】 ～～是～～較有擋頭～～sī～～khah-ū tòng-thâu⇨雖然不是精美的東西，但是比較耐用。

【粗鹵 chho·-ló·】 鹵亦作魯ló·。粗野。鹵莽。～～人～～lâng⇨鹵莽ló·-bóng之人。講話眞～～kóng-ōe chin～～⇨說話鹵笨ló·-pūn無禮貌。～～妄製～～mō·-chè⇨鹵莽的濫擅製造，亦即馬馬虎虎的製品，亦即馬馬虎虎ma-ma-hu-hu。轉化爲o·-ló·-bok-chè，和漢字烏魯木齊諧音，遂被疑與新疆的烏魯木齊有何淵源，事實只是偶然的諧音字而已。

【粗笨 chho·-pūn】 ㊀野卑。講話眞～～kóng-ōe chin～～⇨同上。㊁肥胖而不敏捷。大食更～～放尿都逮人未着toā-chiah koh～～, pàng-jiō to tòe-lâng-bē-tioh⇨又大吃又肥笨，小便都趕不上人。

【粗殘 chho·-chhân】 暴戾。殘忍。彼個囡仔眞～～hit-ê gín-á chin～～⇨那個孩子很粗魯殘忍。

【粗菜 chho·-chhài】 ～～淡酒～～tām-chiú⇨同上。

【粗話 chho·-ōe】 髒話。粗嘴串講都是～～chho·-chhùi chhoàn-kóng to-sī～～⇨髒嘴

每說皆是髒話。

【粗飽 chho·-pá】 但求不餓的飲食。既來也，食好的不敢講，食～～的免驚無啦kā-lâi ā,chiah-hó ê m̄-ká$^{n}$-kóng,chiah～～ê bián-kia$^{n}$-bô lā⇨既然來了，要吃好東西不敢講，吃些飽肚免餓的普通東西一定是有的。

【粗嘴 chho·-chhùi】 出口野鄙。～～野斗～～iá-táu⇨～～野舌～～iá-chih⇨同上。

【粗澀 chho·-siap】 ㊀食物不油滑。㊁利薄而工量重。即斗有夠～～chit-táu ū-kàu～～此事十分艱難。即遭路眞～～chit-choā-lō· chin～～此次的路程十分艱難。

【粗索仔 chho·-soh-á】 大索。不免用到彼類～～～啦m̄-bián iōng-kà hit-lōe～～～lā⇨不必用那一種的大索嘛。

【粗家私 chho·-ke-si】 大件笨重的家具(多指嫁粧)。～～～有也，該更加些小粒物仔耳～～～ū ā,ài-koh ke-chē sió-liap-mih-á niâ⇨大的家具類齊全了，需要添購些小東西就可以了。

【粗粑粑 chho·-pê-pê】 很粗。彼埣板～～～不好啦hit-tê-pang～～～m̄-hó lā⇨那一塊板很粗很粗不好嘛。

【粗菜飯 chho·-chhài-pn̄g】 家常便飯。～～～先食些未枵抾道好也～～～seng-chiah-chē bē(bōe)-iau leh tō-hó à⇨家常便飯先吃個不餓就可以了。

【粗脚手 chho·-kha-chhiú】 粗工。該叫幾個仔～～～ài-kiò kúi-ê-á～～～需要雇用若干個粗工。

【粗糠耳 chho·-khng-hī$^{n}$】 耳中乾涸，耳垢片片如粗糠者。有人油耳，有人～～～ū-lâng iû-hī$^{n}$，ū-lâng～～～⇨有的人是油耳，有的人是乾耳。

【粗穡頭 chho·-sit-thâu】 粗工作。～～～還仔揀人做～～～oân-á kéng-lâng-chò⇨雖然是粗工作來說，還不是任何人都能夠做的。

【粗枝大葉 chho·-ki-toā-hioh】 喩不精密。～～～～的計畫書～～～～ê kè-ōe-si(su)⇨同上。

【粗肴淡酒 chho·-ngâu-tām-chiú】 粗菜薄酒chho·-chhài poh-chiú。～～～～請隨便～～～～chiá$^{n}$-sûi-piān⇨同上。

【粗具規模 chho·-kī-kui-bô·】 大略有個具體的輪廓。工場～～～～也kang-tiû$^{n}$～～～～ā⇨工廠已略具規模了。

【粗脚重手 chho·-kha-tāng-chhiú】 工作表現粗魯。你安爾～～～～會給你撞壞去啦lí an-ni(ne)～～～～ē(ōe) hō·-lí lòng-hāi khì lā⇨你如此粗魯不細心可能給你撞壞吧。

【粗籬薄壁 chho·-lî-poh-piah】 居家簡陋。～～～～合人高樓大厦伓安怎比～～～～kah-lâng ko-lâu-tāi-hē(hā) boeh an-choá$^{n}$-pí⇨同上。

楚 chhó· 荊也。刑具也。痛也。國名。夏～hā(hē)～⇨刑具。苦～khó·～⇨痛苦。衣冠～～i-koan～～⇨衣冠鮮明。

【楚囚 chhó·-siû】 楚人被囚。～～纓其冠，傳車送窮北～～eng-kî-koan, thoân-ki sōng-kiông-pak⇨正氣歌。

【楚楚 chhó·-chhó·】 鮮明。衣冠～～i-koan～～⇨衣飾鮮麗。～～動人～～tōng-jîn⇨同上。

【楚漢 chhó·-hàn】 楚項羽hāng-ú與漢劉邦lâu-pang。～～之爭～～chi cheng⇨項羽與劉邦之爭霸戰。

【楚歌 chhó·-ko】 楚人之歌。四面～～sì-bīn～～⇨四方皆在唱楚歌。謂四周皆敵人。漢兵已略地，四面～～聲，大王意氣盡，賤妾何聊生hàn-peng í liok-tē, sù-biān～～seng, tāi-ông ì-khì-chīn, chiān-chhiap hô-liâu-seng⇨虞姬gî(gû)-ki 垓下kai-hē(hā)舞劍所唱。

【楚館 chhó·-koán】 妓樓。秦樓～～chînlâu～～⇨妓樓酒家。

【楚霸王 chhó·-pà-ông】 ㊀項羽。不是關夫子，亦非～～～，却是走麥城，亦是敗烏江put-sī koan-hu-chú, ek-hui～～～, khiok-sī cháu-beh-siâⁿ, ek-sī pāi-o·-kang⇨一個燈謎的謎題，答案是翡翠húi-chhùi。是寶石名，亦是鳥名。㊁喩橫行霸道。你都未輸～～～哩lí to bē-su～～～lī⇨你宛如楚霸王(那樣的不講理)。楚chhó·，在鄉音中已訛成草chháu，而說成草霸王chháu-pà-ông。

【楚才晉用 chhó·-châi-chìn-iōng】 楚的人材爲晉國所重用。

**礎** chhó· 基礎ki-chhó·也。基～堅固k：～kian-kò·⇨同上。

**措** chhò· 安排也。施行也。安置也。舉～不定kí(kú)～put-tēng⇨舉置不定。籌～基金tiû～ki-kim⇨籌設基金。

【措大 chhò·-tāi】 士子。讀書人。因其能措施大事故云。或謂士窮人也，窮而佔四民之首，故措你爲大爲措大。兩說似皆通。窮～～kiông～～⇨窮苦的讀書人。

【措手 chhò·-chhiú】 動手。～～不及～～put-kip⇨動手已經來不及補救。

【措施 chhò·-si】 緊急～～kín-kip～～⇨同上。

【措置 chhò·-tì】 安排。～～無周全～～bô-chiu-choân⇨同上。

【措辭 chhò·-sû】 用詞。～～極強硬～～kek-kiāng-ngē⇨同上。

**醋** chhò· 酸的調味料。又嫉妒chit-tò·曰食醋chiah-chhò·。酸～sng～⇨食用醋。

【醋神 chhò·-sîn】 醋氣chhò·-khì。吃醋而成仙成神。～～帶眞重～～tài chin-tāng⇨同上。

【醋桶 chhò·-tháng】 醋都是小瓶裝的，而竟可以桶裝之，可知其醋量之大，醋意之多。～～擔得倒～～taⁿ-lè(teh)-tō⇨擔着醋桶而把醋倒出桶外。喩醋神大暴發。

【醋意 chhò·-ì】 嫉妒的意思。～～是逐人都免不了的～～sī tak-lâng to bián-put-liáu ê⇨嫉妒是每一個人都不能免的。

【醋甕 chhò·-àng】 整甕的大醋。～～舉扲迢～～giâ-lè(teh)-sē(sōe)⇨舉著醋甕在肩上巡回找人暴炸。較擔醋桶爲激烈一步。

【醋海興波 chhò·-hái-hin-pho】 因妒而發生的多角男女糾紛事件。許爾好的姻緣，講會鬧出即類～～～～的案件hiah-ni-hó ê in-iân, kóng-ē nāu-chhut chit-lōe～～～～ê àn-kiāⁿ⇨那麼好的姻緣竟會鬧出這種的大吃醋案件。

## chhoa

**聚** chhoá 存聚chhûn-chhoá也。有存餘有積蓄曰存聚chhûn-chhoá。較～～也khah～～à⇨相當有餘裕了。亦即富裕起來。即幾年仔加眞～～也 chit-kúi-nî-á ke-chin～～à⇨近幾年來，富裕得多了。

**漈** chhoà 漈流chhoà-lâu，水流湍急也。落～loh～⇨ 據說，澎湖溝有海流甚急之處，船陷之則不能回。曰落漈loh-chhoà。

【漈流 chhoà-lâu】 湍急之河流。急流kip-liû。水眞～～未潦得chúi chin～～bē-liâu tit⇨水流甚急不能徒涉。驕頭更～～ kiau-thâu koh～～⇨形容女人又驕又潑辣。阿美仔驕頭更～～無人敢拿伊a-bí â kiau-thâu koh～～bô-lâng káⁿ-ná i⇨阿美小姐又驕又潑辣，無人敢惹她也。

**蔡** chhoà 姓氏。陳林李～，天脚下佔一半tân lîm lí～，thiⁿ-kha-ē chiàm-chit-poàⁿ⇨謂陳林李蔡四姓的人口最多。佔或作鎭tìn。

【蔡騫 chhoà-khian】 台灣開創時期(明末)的海賊名。較野～～khah-iá～～⇨比蔡騫還野蠻。較橫逆～～khah-hêng-gek～～⇨比蔡騫還暴逆。

【蔡文姬 chhoà-bûn-ki】 蔡邕chhoà-iong之女。東漢末的女音樂家。~~~能辨琴，謝道韞，能詠吟，彼女子，且聰敏，爾男子，當自警~~~lêng piān-khîm, siā-tō-un lêng ēng-gîm,pí-lí-chú,chhiá$^{n}$-chhong-bín,ní-lâm-chú,tong-chū-kéng⇨三字經。

【蔡伯喈 chhoà pek-kai】 即蔡邕chhoà-iong。唐的唐明皇，宋的宋仁宗，楊的楊六壻，蔡的~~~五六個，相招來食酒，tông ê tông-bêng-hông, sòng ê sòng-jîn-chong, iû$^{n}$ ê iû$^{n}$-la̍k-sâi, chhoà ê ~~~ gō·-la̍k-ê，sio-chio lâi chia̍h-chiú⇨丑仔白。

chhoā **娶** 男人迎婚也。嫁~kè~⇨女方曰嫁男方曰娶chhoā。上門~chiū$^{n}$-mn̂g~⇨女壻lí-sài親至岳家迎娶。做著歹田望後冬，~着歹某一世人chò-ti̍oh phái$^{n}$-chhân bāng-āu-tang,~ti̍oh, phái$^{n}$-bó· chi̍t-sì-lâng⇨謂耕作壞田，明年還有希望，娶得了壞老婆就得吃苦一輩子了。一個猶未嫁一個猶未~chi̍t-ê á-bōe(bē)-kè, chi̍t-ê á-bōe(bē)~⇨同上。歲頭食到三十外，無某當好~hòe-thâu chiah kà sa$^{n}$-cha̍p-goā,bô-bó· thang-hó~⇨乞食歌。

【娶某 chhoā-bó·】 某bó·，妻chhe也。~~書不讀，嫁翁脚不縛~~chu m̄-tha̍k,kè-ang kha m̄-pa̍k⇨謂娶了老婆就不認眞讀書了，嫁得丈夫了就不纏小脚。喻人有安於小成的毛病。~~司仔，飼妻司父~~sai-á,chhī-bó· sai-hū⇨謂娶個老婆容易，徒弟也做得到，養活老婆是需要師父的眞功夫才能夠。

【娶嫁 chhoā-kè】 婚嫁hun-kè。嫁娶kè-chhoā。

【娶親 chhoā-chhin】 迎新娘。湊脚手~~tàu-kha-chhiú~~⇨幫忙人家結婚。

【娶細姨 chhoā-sè-î】 娶小老婆。放搬大某~~~pàng-sak toā-bó·~~~⇨丟下大妻娶小老婆。

【娶新娘 chhoā-sin-niû】 拍鑼拍鼓~~~phah-lô phah-kó·~~~⇨同上。

【娶新婦 chhoā-sim-pū】 ~~~含做生日~~~kâ$^{n}$ chò-se$^{n}$-ji̍t⇨娶息婦兼做生日。

【娶路鷄 chhoā-lō·-ke】 新娘首次回娘家，娘家以公母鷄一對同新娘遣回夫家。意謂將來爲回娘家帶路。或作𤆬路鷄chhoā-lō·-ke。

chhoā **𤆬** 引路俗作𤆬chhoā，伴行亦曰𤆬chhoā。相~去跮踱sio~khì thit-thô⇨相偕出遊。相~好sio~hó⇨互相勉勵向善。歹~頭phái$^{n}$~thâu⇨誘人入惡之罪魁。該有人~較好ài ū-lâng ~ khah-hó⇨應該有人帶路比較安全，無人~道行無路bô-lâng~tō kiâ$^{n}$-bô-lō·⇨沒人帶路就不知如何跑法。尿床曰𤆬尿chhoā-jiō。

【𤆬尿 chhoā-jiō】 尿床。細漢囡仔逐個每八~~sè-hàn-gín-á ta̍k-ê mā bat~~⇨小孩兒每一個都有過尿床。~~雌~~chi⇨~~婆~~pô⇨尿床的女人(罵詞)。

【𤆬路 chhoā-lō·】 帶路。~~鷄~~ke⇨見𤆬路鷄chhoā-lō·-ke。

【𤆬操 chhoā-chhau】 指揮操練。

【𤆬頭 chhoā-thâu】 帶頭，先導。都是你即個歹~~to-sī lí-chit-ê phái$^{n}$~~⇨皆是你這個壞帶頭人帶壞的。

chhoā **斜** 不正也(見siâ部)。歪oai也。直線轉向曰斜chhoā。改取較近的路曰斜chhoā。領鋏~去niá ka~khì(ī)⇨衣領剪歪了。路於許~對廟邊過lō· tī-hia~tùi biō-pi$^{n}$ kòe⇨道路在那地轉向由廟傍過去。歪~oai~⇨形不正。歪折~鞠oai-chi̍h~kô⇨歪的，折斷的，傾斜的，旋轉的。喻內容紛亂複雜。對即條路~過去道夠位也tùi chit-tiâu-lō·~ kòe-khì tō kàu-ūi ā⇨從此路斜轉過去就到了。

【斜目 chhoā-ba̍k】 歪目。使~~看人sái~~khoà$^{n}$ lâng⇨謂看不起人。

【斜角 chhoā-kak】 對角。~~遭~~choā

⇨對角線。遭choā應作組choā，組紃sûn線皆絛屬也。

【斜斜 chhoā-chhoā】 斜chhoā。歪歪～～oai-oai～～⇨很歪很斜。

【斜勢 chhoā-sì(sè)】 罟罟仔～～斜勢lioh-lioh-á～～chhoā-sì⇨稍微歪斜著。

## chhoa$^{n}$

chhoa$^{n}$ **簽** 竹籤也。粗木竹篾之小刺曰簽，其小刺刺皮曰chhoa$^{n}$。手乎～著chhiú hō～tioh⇨手給刺了。～一下眞痛～chit-ē chin-thiàn⇨刺得很痛。又乘機找麻煩。起～khí～⇨乘機找麻煩。我乎你未～得goá-hō͘-lí bē～tit⇨你惹不了我。或以莊作簽非。莊音chng或chong，草盛貌。

【簽刺 chhoa$^{n}$-chhì】 莊之刺。喩好惹事，惡霸霸。彼個囝仔眞～～hit-ê-gín-á chin～～⇨那個孩子很好惹事打架。愛～～ài～～⇨同上。

【簽簽 chhoa$^{n}$-chhoa$^{n}$】 粗粗chho͘-chho͘加上刺皮感。猶～～抾該更磨磨抾iáu～～leh ài-koh boâ-boâ leh⇨還是刺刺地，需要再磨一磨。

【簽著 chhoa$^{n}$-tioh】 ～～簽～～chhoa$^{n}$⇨身上受刺中了。

chhoà$^{n}$ **閂** 關門橫木也。門～mn̂g～⇨同上。

【閂門 chhoà$^{n}$-mn̂g】 栓門。未記得～～道去睏，煞乎賊仔偷入來bē-kì-tit～～tō-khì-khùn, soah hō͘ chhat-á thau-jip-lâi⇨忘記了閂門就去睡覺，竟被小偷進來了。

【閂筋 chhoà$^{n}$-kin(kun)】 木匠防止木板僥彈hiáu-thân的方法。該拍～～藉未僥彈ài-phah～～chiah bē hiau-thân⇨需要加閂筋板料才不致彎彈。

chhoà$^{n}$ **闖** 馬出門也。健牛曰闖chhoà$^{n}$。兇暴亦曰闖chhoà$^{n}$。即隻牛眞～chit-chiah gû chin～⇨這匹牛健壯有力脚力足。彼個囝仔眞～hit-ê gín-á chin～⇨那個小孩很粗暴。安爾～死死緊縒慢會乎人教示an-ne(ni)～sí-sí kín-choā-bān ē hō͘-lâng kà-sī⇨如此的橫霸霸歹死死早晚會遭人修理。

chhoà$^{n}$ **篡** 逆取曰篡。chhoà$^{n}$亦即chhòa$^{n}$。強～人的某囝kiâng～lâng ê bó͘-kiá$^{n}$⇨強佔別人妻子。～無過手～bô-kòe-chhiú⇨強佔未遂。濫擅～人的田園，某囝無好尾lām-sám～lâng ê chhân-hn̂g, bó͘-kiá$^{n}$ bô-hó-bóe⇨違法佔人之田園妻兒不會有好結果。

## chhoah

chhoah **掇** 拔也，若手之拾掇物也。急拔急挽曰掇chhoah，強行調用頭寸亦曰掇chhoah。嘴鬚～了了也chhùi-chhiu～liáu liáu à⇨鬍皆被拔光了。喩面子盡失。牛索乎～斷去gû-soh hō͘～tn̄gkhì⇨牛繩給拉斷了。～鳥毛～chiáu-mô͘(mn̂g)⇨拔鳥毛。青～白～chhe$^{n}$～peh～⇨亂拉一場。強行調用金錢。～來過年～lâi kòe-nî⇨強調來應付過年。～來～去～lâi～khì⇨互相調用。又一種釣法曰掇chhoah。～溪哥仔～khe-ko-á⇨釣溪哥魚。硬～ngē～⇨強拔，強拉。

【掇嘴齒 chhoah-chhùi-khí】 拔牙。煌先～～～hông-sian～～～⇨表面是煌醫生拔牙，實用上的答案是一句俗語：青掇白掇chhe$^{n}$-chhoah-peh-chhoah，或青挽白挽chhe$^{n}$-bán-peh-bán，其意同強行調用金錢。據稱，煌先是一個未曾受過正統醫學教育的赤脚醫生，對牙科尤屬外行。但在別無良醫的情形下，偶爾有牙科患者，亦非硬著頭皮，青掇白掇之不可。遂有是言。按煌醫生是有名的蘭醫生(彰化基督教病院的創始人)的再傳弟子，在彰化，草屯方面行醫一生，頗有名氣。

【掇嘴鬚 chhoah-chhùi-chhiu】 拔鬚。喻失面子。你敢共伊～～～lí-káⁿ kā-i～～～⇨你好大膽敢給他失面子。

【掇年掇節 chhoah-nî-chhoah-cheh】 過年過節的互相調借。～～～～永每會的～～～～éng mā ē(ōe) ē⇨調頭寸來應付過年過節是偶爾會發生的。

chhoah **剟** 刊也，削也。削薯爲簽之法曰剟chhoah，其所用小器具亦曰chhoah，通稱菜～chhāi～。蕃薯，芋仔，瓜仔，筍仔攏會～得han-chî,ō·-á,koe-á，sún-á,lóng-ē～tit⇨蕃薯等等皆可以剟。你道不當～著手lí tō m̄-thang～tioh-chhiú⇨你不可擦傷了手。俗以擦作剟，非。擦音chhit，挑取也；又音chhat，推也。

【剟簽 chhoah-chhiam】 蕃薯要～～抑是剔顆han-chî boeh～～ah-sī tok-kho·⇨同上。剔tok，斫也。擊斬也。

【剟菜頭 chhoah-chhài-thâu】 ～～～曝菜脯米～～～phak chhài-pó·-bí⇨蘿蔔切絲晒干曰菜脯米chhài-pó·-bí亦曰菜脯絲chhài-pó·-si。

chhoah **泏** 水波冲也。屎尿失禁曰泏chhoah(chhoat)。驚一下屎～到滿褲底kiaⁿ chit-ē sái～kà boáⁿ-khò·-té⇨嚇一下屎出滿褲底。屎尿都～～出來也sái-jiō to ～～chut lâi à⇨屎尿皆嚇出來了。俗或以泄作泏，非。泄siat，水溢出也。

【泏尿 chhoah-jiō】 chhoat-jiō。尿失禁而出。

【泏屎 chhoah-sái】 chhoat-sái。驚到～～也kiaⁿ-kà～～⇨嚇得屎失禁了。

【泏青屎 chhoah-chheⁿ-sái】 chhoat-chheⁿ-sái嬰仔著驚～～～eⁿ(iⁿ)-á tioh-kiaⁿ～～～⇨賣藥廣告詞。

chhoah **竝** 恐懼也。戰慄chiàn-lek(lat)也。四肢寒戰曰竝chhoah。不免～m̄-bián～⇨不要怕。無扲～bô-teh～⇨不在怕，怕什麼。心肝頭怌怌～sim-koaⁿ-thâu phī-phī～⇨心中在戰慄。免～錢死人無代bián～chîⁿ sí lâng bô-tāi⇨不要怕，付錢就可以，人不會死。或有以惙作竝者，非。惙，憂也，非恐懼也。

## chhoan

chhoan **川** 河流也。兩山之間必有～liáng-san chi-kan pit-iú～⇨同上。又竅也。尻川kha-chhng⇨屁股(見chhng部)。山～草木san～chhó·-bok⇨同上。大～大澤tāi～tāi-tek⇨同上。河～地hô～tē⇨河邊之地。又地名也。四～sù～⇨同上。中藥名冠川字者多示四川藥材。

【川七 chhoan-chhit】 中藥名。

【川朴 chhoan-phok】 中藥名，又名厚朴hō·-phok。

【川芎 chhoan-kiông】 中藥名。

【川貝 chhoan-pòe】 中藥名。

【川資 chhoan-chu】 旅費。～～有限扲～～iú-hān leh⇨旅費有限。

【川脚 chhoan-kha】 賭徒用詞。莊家對面曰川chhoan，骰子出七曰七川chhit-chhoan，其人曰川脚chhoan-kha。

【川蓮 chhoan-liân】 中藥名，亦即黃蓮n̂g-liân。啞口的食黃蓮——無話講é-káu ê chiah n̂g-liân-bô-ōe-kóng⇨啞子吃黃蓮——沒話說。

【川流不息 chhoan-liû-put-sit】 繼續流動不停。人客來往～～～～lâng-kheh lâi-óng～～～～⇨客人很多來往不停。

chhoan **村** 聚落chū-lok也。又鄙野不雅曰村chhoan。牧童遙指杏花～bok tông iâu-chí hēng-hoa～⇨古詩。桃花～thô-hoa～⇨同上。山～僻地soaⁿ～phiah-tē⇨山間偏僻的小地方。農～lông～⇨農家的聚落。無醫～bû-i

～⇨沒有醫生的地方。鄉～hiang～⇨同上。

【村夫 chhoan-hu】 田莊人chhân-chng-lâng。～～俗子～～siok-chú⇨粗夫俗子chho͘-hu-siok-chú。

【村里 chhoan-lí】 ～～長～～tiúⁿ⇨村長，里長。～～幹事～～kàn-sū⇨村里長的助手。

【村居 chhoan-ki】 鄉村生活。

【村姑 chhoan-ko͘】 田莊姑娘chhân-chng-ko͘-niû。

【村漢 chhoan-hàn】 村夫chhoan-hu。土漢thó͘-hàn。

【村塾 chhoan-siok】 鄉村的私設學校。

【村夫子 chhoan-hu-chú】 村塾的教師。田庄紳士chhân-chng-sîn-sū。

【村學究 chhoan-hak-kiú】 村夫子chhoan-hu-chú。

**chhoan 穿** 通也。孔也。通過孔道曰穿chhoan，亦曰穿chhng(見chhng部)。揭～秘密kiat～pì-bit⇨掀開秘密hian-khui pì-bit。看～你的心khoàⁿ～lí ê sim⇨看透你的心中事。又著衣曰穿chhoan，亦曰穿chhēng(見chheng部)。

【穿心 chhoan-sim】 萬箭～～bān-chìⁿ～～⇨同上。

【穿翅 chhoan-sit】 鷄翼ke-iok去骨塡入配料的料理。

【穿插 chhoan-chhah】 加入其中。～～眞敎故事情節～～chin-chē(chōe) kò͘-sū chêng-chiat⇨加入很多故事與情節。

【穿鑿 chhoan-chhak(chhok)】 妄作牽強附會khian-kiâng-hū-hōe。事情愈～～會愈茹sū-chêng ná～～ē(ōe) ná jî(jû)⇨事情越追究會越複雜。伊都上佼～～也i to siāng(siōng)-gâu～～ā⇨他是最會牽強附會的。

【穿山甲 chhoan-san-kah】 動物名。亦稱鯪鯉lâ-lí。

【穿衣戴帽 chhoan-i-tài-mō͘】 ～～～～非常整齊～～～～hui-siâng(siông) chéng-chê⇨同上。

**chhoan 玔** 玉環gek-khoân也。手環chhiú-khoân也。或作釧chhoan。

**chhoán 喘** 氣急也。呸呸～phīⁿ-phīⁿ～⇨急喘聲。氣～未離khùi～bē(bōe)-lī⇨喘不開。哮～hấu～⇨病名。俗稱哮龜～he-ku～。

【喘氣 chhoán-khùi】 呼吸。稍事休息。連～～的時間都無liân～～ê sî-kan to-bô⇨稍爲呼吸休息的時間都沒有。

【喘息 chhoán-sit】 氣急曰喘chhoán，氣順曰息sit。急激運動之後，必喘息chhoán-sit以舒透其氣。～～症～～chèng⇨哮喘hấu-chhoán。

【喘大氣 chhoán-toā-khùi】 長嘆息。不免端仔抾～～～趕緊設法補救要緊m̄-biān tan-ā teh～～～koáⁿ-kín siat-hoat pó͘-kiù iàu-kín⇨不可只在嘆息，趕快設法來補救爲第一。

【喘哈呼 chhoán-phīⁿ-phēⁿ】 急喘聲。走到～～～cháu-kà～～～⇨走得呸呼喘phīⁿ-phēⁿ-chhoán。

**chhoàn 簒** 奸奪強佔也。王莽～漢ông-bóng～hàn⇨王莽奸奪了漢平帝的帝位。～人的財產～lâng ê châi-sán⇨奸佔人家的財產。頭路乎人～去thâu-lō͘ hō͘-lâng～khì⇨職業被人所取代。連某囝煞乎人～去liân bó͘-kiáⁿ soah hō͘-lâng～khì⇨連妻子都給人家奸佔去了。

【簒位 chhoàn-ūi】 奪佔職位(帝位)。曹操心想～～却驚人批評以致不敢實行chô-chhò sim-siūⁿ～～khiok kiaⁿ-lâng phe(phoe)-phêng í-tì m̄-káⁿ sit-hêng⇨同上。

【簒奪 chhoàn-toat】 歷史不過是～～的記錄耳lek-sú put-kò-sī～～ê kì-lok niâ⇨同上。

**chhoàn 串** 物相連貫也。習也。錢一貫，珠一貫皆曰一串chit-chhoàn。互相勾結亦曰串chhoàn。又稅單亦曰串chhoàn。一連～it-liân～⇨繼續不斷。一～珠chit～chu⇨珠一貫。

又扮演曰串chhoàn。客～kheh～⇨臨時扮演。慣～koàn～⇨習慣。

【串仔 chhoàn-á】 稅單。無收著～～bô siu-tio̍h～～⇨沒收到稅單。～～單～～toaⁿ⇨稅單。

【串同 chhoàn-tông】 通謀。～～外賊來做案的～～goā-chha̍t lâi-chò-àn ê⇨同上。

【串供 chhoàn-keng】 被告互相談妥作有利於己的口供kháu-keng。可能有～～khó-lêng ū～～⇨同上。

【串拐 chhoàn-koái】 勾結ka̤u-kiat誘拐。～～良家婦女～～liâng-ka-hū-lí⇨同上。

【串票 chhoàn-phiò】 古時錢糧收據曰串票chhoàn-phiò，亦曰串紙chhoàn-choá，亦曰串單chhoàn-toaⁿ，現在凡稅單之類皆曰串仔單chhoàn-á-toaⁿ，省稱曰串仔chhoàn-á。納串仔la̍p-chhoàn-á⇨繳納稅金。

【串通 chhoàn-thong】 私通。共謀。合人～～轉來拂個老父kah-lâng～～tńg-lâi hut-in-lāu-pē⇨與別人共謀回家騙自己父親。

【串單 chhoàn-toaⁿ】 同串仔chhoàn-á，亦曰串仔單chhoàn-á toaⁿ，皆指稅單。

【串演 chhoàn-ián】 做假戲chò-ké-hì。曷使得～～哭調仔a̍h-sái teh～～khàu-tiāu-á⇨何必在做假戲呢。哭調仔khàu-tiāu-á⇨歌仔戲的一種哭訴悲情的戲目。

【串賣 chhoàn-bē(bōe)】 ～～假貨～～ké-hòe⇨同上。

【串戲 chhoàn-hì】 演戲。又票友的特別出演。

chhoàn **闖** 出頭貌。突兀thut-gut驚人曰闖chhoàn，不期而出現曰闖chhoàn。歹囝～飼父pháiⁿ-kiáⁿ～chhī-pē⇨壞孩子反而扶養著老父母。慢到～好孔bān-kàu～hó-khang⇨遲到反而有好處。想講了也～趁錢siūⁿ-kóng-liáu à～thàn-chîⁿ⇨打算要賠本了反而撈到一筆。這些闖chhoàn皆屬不期而出現的情形，俗皆作串chhoàn，似只取其音同。又突然冒出幼芽或牙齒亦曰chhoàn。～齒～hhí⇨冒出新齒。～一目芽也～chi̍t-ba̍k-gê ā⇨冒出一目新芽了。

【闖入 chhoàn-ji̍p】 冒然自入。～～人的厝～～lâng ê chhù⇨侵入人家。

【闖王 chhoàn-ông】 明末李自成起義，自稱～～，迫使明朝滅亡，滿淸入關。

【闖芽 chhoàn-gê】 冒出新芽。杜鵑插了正四工耳道抡～～也呢tō͘-koan chhah-liáu chiàⁿ-sì-kang niâ tō-teh～～ā neh⇨杜鵑花插枝才四天而已就在發芽了呢。

【闖做 chhoàn-chò(chòe)】 ～～無好事～～bô-hó-sū⇨每做都沒有好事。闖講闖做，俗作串講串做。亦通。串chhoàn除音同外，亦有連貫之含義。

【闖禍 chhoàn-hō】 惹出問題。該仔細，若更～～道壞了了ài-chú-sè,nā-koh～～tō hāi-liáu-liáu⇨要小心注意，若再惹出問題就全壞了。

【闖講 chhoàn-kóng】 常說，每次說。～～都無好話～～to-bô hó-ōe⇨每開口皆沒有好話。

chhoàn **竄** 逃也。匿也。鼠～chhí～⇨鼠群之爭先逃匿。喻倉皇逃亡。亂走亂～loān-cháu-loān～⇨同上。

chhoàn **攛** 投擲也。

【攛掇 chhoàn-toat】 誘人爲非。誘人行事。慫恿chhióng-ióng也。千萬拜託，替我～～幾句chhian-bān pài-thok, thè-goá～～kúi-kù⇨請請您替我說說好話。

chhoân **詮** 具也。具說事理也。具備事物亦曰詮chhoân也。準備。又通銓choân，作選人解。行李～好也hêng-lí～hó à⇨行裝都準備好了。上狡～也siāng-gâu～â⇨最會選集所要的東西。逐項該先～tok-hāng ài seng～⇨每事(物)要先作準備。

【**詮好好 chhoân-hó-hó**】 準備得很好。攏～～～也lóng～～～à⇨皆準備得很好了。

【**詮囝婿 chhoân-kiá$^{n}$-sài**】 選擇女婿。未曾未道拎～～～也，笑死人bōe-chêng-bōe tō-teh～～～à chhiò-sí-lâng⇨謂女兒還太小了，就提前選女婿笑，破人的肚皮。

【**詮便便 chhoân-piān-piān**】 準備周全隨時可用。逐項都～～～也ta̍k-hāng to～～～ā⇨每事每物都皆準備周全隨時可以應用了。

【**詮新婦 chhoân-sim-pū**】 選媳婦。拎共您後生～～～也否teh kā lín hāu-se$^{n}$～～～ā ho͘h$^{n}$⇨在爲你們兒子撿選媳婦了，對吧。

【**詮嫁粧 chhoân-kè-chng**】 共查某囝～～～kā-cha-bó͘-kiá$^{n}$～～～⇨爲女兒選集嫁粧。

chhoân
**痊** 疾病好了也。

【**痊安 chhoân-an**】 病癒而平安。敬祝～～kèng-chiok～～⇨書函用詞。

【**痊癒 chhoân-ji**】 疾病好了。希望早日～～恢復健康hi-bāng chá-jit～～hôe-ho̍k kiān-khong⇨同上。

# chhoe

chhoe
**炊** 隔水熟物曰炊chhoe，chhe。亦即蒸cheng也。飯是煮的，粿是～的pn̄g sī chí ê, kóe sī～ê⇨同上。九重～káu-têng～⇨甜鹹等層相間的一種水粿。重～萬餾têng～bān-liū⇨再炊再餾chāi-chhoe chāi-liū。喻不停的重提舊事。

【**炊斗 chhoe-táu**】 同炊桶chhoe-tháng。炊具的一種。

【**炊桶 chhoe-tháng**】 同炊斗chhoe-táu。柴甑chhoe-sn̂g的一種。

【**炊飯 chhoe-pn̄g**】 餾飯。隨便～～來食較快sûi-piān～～lâi chia̍h khah-khoài⇨同上。

【**炊粿 chhoe-kóe**】 蒸製粿食。～～縛粽～～pa̍k-chàng⇨同上。

【**炊甑 chhoe-sn̂g**】 炊具的總稱。有籠甑lâng-sn̂g，有柴甑chhâ-sn̂g，而今有新式的輕銀甑khin-gîn-sn̂g等等。用～～炊粿iōng～～chhoe-kóe⇨同上。

chhoe
**吹** ㊀風動曰吹。風～草動hong～chháu tāng⇨風吹草動。喻平常發生的小事情。㊁吹奏樂器。～簫拍壁～siau phah-phek⇨同上。～喇叭～la-pa⇨同上。㊂樂器名。鼓～kó͘～⇨古式的喇叭。亦單叫吹chhoe，噴～pûn～⇨噴鼓～pûn kó͘～⇨吹喇叭。鼓吹或應作古吹kó͘-chhoe。

【**吹風 chhoe-hong**】 受風吹動。～～較快乾～～khah-khoài-ta⇨受風吹動者較快乾燥。～～會寒着～～ē(ōe) koâ$^{n}$ tio̍h⇨受風吹打會着凉。

【**吹螺 chhoe-lê**】 噴螺pûn-lê。～～賣猪肉～～bē(bōe)-ti-bah⇨古時賣猪肉者吹肉螺爲號。

【**吹簫 chhoe-siau**】 噴洞簫pûn-tōng-siau。曲館邊的猪母，未～～亦會打拍khek-koán-pi$^{n}$ ê ti-bó bē～～a̍h-ē phah-phek⇨畧同於近朱者赤近墨者黑kīn-chu-chiā chhek kīn-be̍k-chiā hek。

【**吹狗螺 chhoe-káu-lê**】 野狗長鳴。古人相信狗見鬼才作長鳴。故認爲不祥之兆。又喻講話無道理。未輸拎～～～拎bē-su teh～～～lê⇨好像在吹狗螺一樣。

chhóe
**髓** 同膸chhóe, chhé。骨中脂也。精～cheng～⇨古人相信精cheng是髓chhóe, chhé所成的。骨～kut～⇨骨中脂。頭殼～thâu-khak～⇨頭腦thâu-náu。喫骨吸～khē-kut-khip～⇨喻痛恨之極。

chhōe
**脆** 脆chhē也(見chhe部)。

chhōe
**刷** 刷chhē也(見chhe部)。

chhòe
**粞**
chhè也(見chhe部)。

chhôe
**箠**
亦箠chhê也。竹條也。擊馬策也。訓子女，訓學生用的小竹枝曰箠chhôe, chhê。枵鷄無惜～枵人無惜面底皮iau-ke bô-sioh～, iau-lâng bô-sioh bīn-té-phôe⇨餓鷄不怕箠打，餓人不顧面子。

【箠仔 chhôe-á】 竹條。教鞭kàu-pian。哭要食～～也不khàu-boeh chiah～～à m̄⇨哭是要吃箠仔了嗎，亦即你哭是不是希望人鞭打你了。亦着～～ 亦着糜ah-tioh～～ ah-tioh bôe⇨也需要鞭來鞭撻也需要糜來養育。

chhōe
**揣**
揣摩憶測也。覓求也。找尋也。走～cháu～⇨遍尋各方。沕相～bih-sio～⇨捉迷藏。沕bih，潛藏也。～前～後～chêng～āu⇨找前找後。～無證據～bô chèng-kì⇨同上。～無人～bô-lâng⇨同上。～死～活～sí～oah⇨謂極盡努力找尋。～孔～縫～khang～phāng⇨多方找事端惹事。

chhōe
**敠**
卜問吉凶也。

## chhoh

chhoh
**譟**
呵叱ho·-hat人也。責罵人也。呸諫～phih-kàn～⇨呸phih爭論，諫kàn，譟chhoh責罵。如此而已，可惜是諫kàn與姦諧音，遂被視爲髒詞。開嘴道～khui-chhùi tō～⇨開口就責罵。你是扵～要的是否lí sī-teh～sńg ê sī bō·⇨你是在罵玩的嗎。

【譟人 chhoh-lâng】 人lâng改讀lāng。大聲罵人。囝仔也敢～～ gín-á ā-káⁿ～～⇨小孩子也敢罵人(好大的膽子)。

【譟諫變 chhoh-kàn-phih】 惡言惡語罵人。

【譟諫皦 chhoh-kàn-kiāu】 譟chhoh責罵也，諫kàn忠言也，皦kiāu多言也，糾正也，發人罪也。總之皆爲責罵也。甚至皦kiāu是舉事實以責其非。但是諫kàn却與姦kan, kàn諧音，遂都被誤爲髒詞。

chhoh
**嘘**
同譟chhoh。俗或以誶作譟或嘘，義可通，音則相異。誶音sui。

## chhok

chhok
**觸**
牴也。以角牴他物也。接也。犯也。亦觸chhiok也。牴～tí～⇨相碰。接～chiap～⇨同上。感～kám～⇨同上。～着心事～tioh sim-sū⇨打中心事。

【觸手 chhok-chhiú】 動物的感覺機關。喻試探。伸出～～chhun-chhut～～⇨謂暗中使人試探。

【觸目 chhok-bok】 目所接觸。～～驚心～～keng-sim⇨同上。

【觸犯 chhok-hoān】 違犯。～～着法律～～tioh hoat-lut⇨同上。

【觸角 chhok-kak】 觸手 chhok-chhiú。動物如蝦、蜈蚣等的感覺機關。

【觸怒 chhok-nō·】 ～～了圍觀的人～～liáu ûi-koan ê lâng⇨同上。

【觸媒 chhok-bôe】 俗曰催化劑chhui-hoà-che。～～作用～～chok-iōng⇨同上。

【觸發 chhok-hoat】 ～～大戰～～tāi-chiàn⇨同上。戰爭一觸即發chiàn-cheng it-chhok(chhiok) chek-hoat⇨同上。

【觸景 chhok-kéng】 ㊀見景kiàn-kéng。㊁偶然。～～抵着的～～tú tioh ê⇨偶然逢見的。人講～～啦lâng-kóng～～là⇨古人說機會機會嘛。

【觸電 chhok-tiān】 接觸到電流。重者立即致死。輕者曰感電kám-tiān。會～～的我不敢摸ē(ōe)～～ê goá m̄-káⁿ-bong⇨同上。

【觸礁 chhok-chiau】 船碰到海底暗礁。又喻事情遭到意外的阻礙。計畫～～也kè-ōe～～a⇨計畫碰到阻礙了。

【觸覺 chhok-kak】 神經末端對外物接觸的感覺作用。指頭仔、嘴唇、嘴舌有最敏銳的～～chéng-thâu-á, chhùi-tûn, chhùi-chi̍h ū chòe-bín-jōe ê～～⇨同上。

【觸類旁通 chhok-lūi pông-thong】 對相類似的事物加以類推溝通。

chhok
**簇** 一小塊曰簇chhok。頭毛白一～thâu-mô͘(mn̂g) pe̍h-chi̍t～⇨頭髮白了一小塊。留一～齒抿仔鬍lâu chi̍t～khí-bín-á-chhiu⇨留一小塊牙刷形的小鬍。一～仔人chi̍t～á lâng⇨一小羣人。

chho̍k
**鑿** 鮮明也。明確也。又穿木也。開孔也(見chha̍k鑿部)。穿～chhoan～⇨穿穴鑿孔chhoan-hia̍t-chha̍k-khang。強所求證。牽強附會。傷過頭穿～每不好siuⁿ kòe-thâu chhoan～mā m̄-hó⇨太過牽強附會也不好。

【鑿鑿 chho̍k-chho̍k】 鮮明。明確。證據～～也猶更抡諍chèng-kì～～à iáu koh-teh chèⁿ⇨證據很明顯了，還要爭辯。～～有據～～iú-kì⇨同上。～～其明～～kì-bêng⇨觀察精確，俗訛爲chhat作察察其明。明察秋毫。咱人甚過～～其明每愛沽人怨lán-lâng siuⁿ-kòe～～kì-bêng mā-ài kò͘ lâng-oàn⇨爲人太過精明也會招人反感。

## chhong

chhong
**倉** 穀藏也。農～lông～⇨農業倉庫，農家的倉寮。米～bí～(chhn̂g)⇨米倉庫，米的大產地(見chhn̂g部)。又急切也。

【倉卒 chhong-chut】 急急忙忙。傷～～去siuⁿ～～khì⇨太過急急忙忙。～～舉兵～～kí-peng⇨同上。同倉皇。

【倉皇 chhong-hông】 匆促慌忙。～～就道～～chiū-tō⇨急忙出門。

【倉容 chhong-iông】 倉庫的容量。～～不足～～put-chiok⇨同上。

【倉庫 chhong-khò͘】 chhn̂g-khò͘。米穀～～bí-kok～～⇨同上。原料～～goân-liāu～～⇨同上。

【倉頡 chhong-kiat】 傳說中漢字的創始人。～～造字～～chō-jī⇨同上。或作蒼頡chhong-kiat。

【倉廩 chhong-lím】 米穀倉庫，穀藏曰倉，米藏曰廩lím。～～盈而知禮節，衣食足而知榮辱～～êng jî-ti lé-chiat, i-si̍t-chiok jî-ti êng-jio̍k⇨管仲的名言。

chhong
**蒼** 草色也。青也。彼～者天，曷其有極pí～chiá thian, hat-kî iú-ke̍k⇨同上。

【蒼天 chhong-thian】 天也。天色蒼蒼，故稱～～thian-sek chhong-chhong, kò-chheng～～⇨同上。悠悠～～iu-iu～～⇨同上。無語問～～bû-gí būn～～⇨同上。

【蒼白 chhong-pe̍k】 顏色～～gān-sek～～⇨同上。

【蒼生 chhong-seng】 百姓人peh-sèⁿ(sìⁿ)-lâng。安石不出如～～何an-se̍k put-chhut, jî～～hô⇨宋謝安石故事。

【蒼老 chhong-ló】 衰老。外表較老。俗曰臭老chhàu-lāu。

【蒼朮 chhong-chu̍t】 植物名。藥材名。

【蒼狗 chhong-káu】 白雲～～pe̍k-ûn～～⇨世事變幻莫測。

【蒼穹 chhong-kiong】 天空。～～如圓蓋～～jî oân-kài⇨同上。

【蒼茫 chhong-bông】 迷茫，遙遠。

【蒼涼 chhong-liâng】 淒涼，冷冷清清。

【蒼翠 chhong-chhùi】 碧綠清新。草木眞～～chháu-ba̍k chin～～⇨同上。

【蒼蠅 chhong-sîn】 胡蠅hô͘-sîn。～～毒人未死穢人腹腸～～thāu-lâng bē-sí òe-lâng pak-tn̂g⇨胡蠅毒人不死，但是汚染腹腸。喻無大害但惹人討厭。古人認爲呑一隻胡蠅算不了什麼。㨃thāu；偃動也。

**chhong 滄** 水名。

【滄海 chhong-hái】 大海。桑田變～～song-tiân piàn～～⇨世事變遷迅速。

【滄浪 chhong-lōng】 水名。～～之水濁兮可濯吾足～～chi súi to̍k-ê khó-te̍k-gô͘-chiok⇨謂水濁可以洗足(反之水清即可以洗纓)。

【滄桑 chhong-song】 滄海變桑田。嘆世事～～人生須臾thàn sè-sū～～jîn-seng su-jû⇨感歎世事變遷大而快速人生又是一幌即逝。

**chhong 窗** 房屋的採光通風口。同牕，亦作窓。明～淨几bêng～chēng-kí⇨明亮的窗口潔淨的書桌。同～老友tông～lāu-iú⇨同學的老朋友。門～戶扇bûn～hō͘-siàn(mn̂g-thang-hō͘-sì$^n$)⇨同上。同～tông～⇨同窗下讀書之友人。而今同獄坐監之人亦稱同窗矣，此之所謂社會進化歟。

【窗友 chhong-iú】 同學之友。同監亦稱～～矣tông-ka$^n$ e̍k-chheng～～ì⇨同上。

【窗兄 chhong-heng】 同學間互稱。

【窗稿 chhong-kó】 呈老師批改的練習詩文。

**chhong 怱** 速也。急遽也。悤chhong的俗字。

【怱忙 chhong-bông】 急急忙忙。～～之間～～chi kan⇨同上。

【怱怱 chhong-chhong】 ～～忙忙～～bông-bông⇨同上。來也～～，去也～～lâi à～～khì à～～⇨來得很快去得也很快。一現即逝。你安爾～～忙忙得踮啥貨lí an-ni(ne)～～bông-bông teh chông-sia$^n$-hè⇨你如此急急忙忙在忙何事。啥兮sia$^n$-hè, sa$^n$-hòe。

**chhong 蔥** 葱chhang也。香辛類的蔬菜也。

**chhong 聰** 聽覺敏銳曰聰chhong，耳～目明ní～bo̍k-bêng⇨同上。

【聰明 chhong-bêng】 有智慧。又～～又伶俐iū～～iū lêng-lī⇨伶俐lêng-lī慧黠也。～～人闖做糊塗事～～lâng chhoàn-chò hô͘-tô͘-sū⇨聰明的人反而多糊塗事。

【聰慧 chhong-hūi】 ～～敏捷～～bín-chia̍t⇨同上。

【聰穎 chhong-éng】 ～～非凡～～hui-hoân⇨同上。

**chhòng 創** 始也，造也，又傷也。凡有所作爲皆曰創chhòng。草～時代chhó～sî-tāi⇨同上。家己～的ka-kī(tī,lī)～ê⇨自己造的，自己所爲的。公家～kong-ke～⇨合辦。隨人～sûi-lâng～⇨各人自己去推行。～未好勢～bē-hó-sè⇨作得不合(所求的目標)。～了眞好勢～liáu chin-hó-sè⇨作得很順利。～些坡來作～chē phiâ$^n$ lâi-choh⇨弄些(買或設法弄來)山坡地來耕作。～乎人～hō͘ lâng⇨弄(出賣或讓予)給別人。我來買酒，你去～些做酒配goá la̍ih bé-chiú, lí khì～chē chò chiú-phòe⇨我買酒去，你弄些東西來做酒配。來la̍ih，來去lâi-khì也。～牆圍仔～chhiû$^n$-ûi-á⇨造圍牆。～花園～hoe-hn̂g⇨造花園。來～lâi～⇨我們開始罷。我無愛～goá-bô-ài～⇨我不要做。來～否lâi～ho͘h$^n$⇨可否開始。我看不當～goá-khoà$^n$ m̄-thang～⇨我看不可以做。又修繕亦曰創chhòng。～靴底～ê-té⇨修理靴底。厝該～也chhù ài～à⇨房子應該修理了。

【創孔 chhòng-khang】 設圈套。這，一定人～～的che, it-tēng lâng～～ê⇨此事一定人家設圈套的。

【創立 chhòng-li̍p】 公司～～大會kong-si～～tāi-hōe⇨同上。

【創見 chhòng-kiàn】 獨創性的見解。即個計畫眞有～～chit-ê kè-ōe chin-ū～～⇨同上。

【創法 chhòng-hoat】 造法。～～合人無共款～～kah-lâng bô kāng-khoán⇨造法與別

人不相同。

【創治 chhòng-tī】 調戲。惡作劇。大人～～囝仔toā-lâng ～～ gín-á⇨同上。床婆～～人chhn̂g-pô·～～ lâng⇨床婆作弄少女使其大肚子。據稱每床有床神曰床婆chhn̂g-pô，主生男育女。少女未嫁肚子大了，曰床婆相～～chhn̂g-pô sio～～或床婆創治人。～～人的査某囝仔～～lâng ê cha-bó· gín-á⇨姦戲良家子女。

【創建 chhòng-kiàn】 設立。祖父時代～～的chó·-hū-sî-tāi～～ê⇨同上。

【創造 chhòng-chō】 上帝～～天合地siōng-tè～～thiⁿ-kap-tē⇨同上。

【創設 chhòng-siat】 創立。私人～～的圖書館su-jîn～～ê tô·-si(su)-koán⇨同上。

【創景 chhòng-kéng】 ㊀造風景。㊁嘲戲，嘲弄。乎你未～～得hō·-lí bē～～tit⇨你作弄不了。㊂同創孔。

【創業 chhòng-giap】 建立事業。～～難抑是守成難～～ lân ah-sī siú-sêng lân⇨唐太宗李世民曾與魏徵等羣臣論此問題。

【創傷 chhòng-siang(siong)】 受傷。～～無輕～～bô-khin⇨受傷不輕。

【創新 chhòng-sin】 革新。並無～～的所在pēng-bô～～ê só·-chāi⇨同上。

【創意 chhòng-ì】 創見。眞有～～的計畫chin-ū～～ê kè-ōe⇨同上。

【創舉 chhòng-kí(kú)】 前所未有。新記錄。～～的成績～～ê sêng-chek⇨同上。

【創世記 chhòng-sè-kì】 聖書中的第一篇。

【創好好 chhòng-hó-hó】 做好好。～～～，扲等候～～～teh thèng(tán)-hāu⇨同上。

【創死的 chhòng-sí ê】 造死的。凡機件器具的一部份可以自由調換或開閉自如者曰活的oah ê，反之曰死的sí ê。～～～道可以也，不免創活的～～～tō-khó-í à m̄-bián chhòng-oah ê⇨同上。

【創制權 chhòng-chè-koân】 提案權的一種。三民主義中與選舉，罷免，複決同列爲四權。

【創便便 chhòng-piān-piān】 做好了在等候。～～～扲隨時會用得～～～lè sûi-sî ē-iōng tit⇨同上。

【創東創西 chhòng-tang-chhòng-sai】 做此做彼。辦理雜碎事務。～～～～時間咬了了去～～～～ sî-kan kā-liáu-liáu khì ⇨ 忙此忙彼，時間都被吃掉了。

【創痍滿目 chhòng-î-boán-bok】 受損傷破壞甚嚴重的情形。～～～～ 觸目驚心 ～～～～ chhiok-bok-keng-sim⇨同上。

**床** chhông 牀chhông之俗字(見chhông牀字)。

**牀** chhông 臥具也。眠具也。眠床bîn-chhông, bîn-chhn̂g(見chhng部)。又器物之架曰床chhông。筆～pit～⇨同上。車～chhia～⇨同上。同～異夢tông～ī-bōng⇨夫妻不同心了。

【牀第 chhông-chí】 床蓆。～～之言～～chi-giân⇨枕蓆上的私語。～～之私～～chi-su⇨同上。

【牀頭金盡 chhông-thâu-kim-chīn】 原意謂貧窮。今多指冶遊的本錢沒了。

## chhu

**茨** chhu 以茅蓋屋也。鋪床巾pho·-chhn̂g-kin，鋪草蓆pho·-chháu-chhioh皆曰茨chhu亦曰鋪pho·。有草好～道會使得ū-chháu hó～tō-ē(ōe)-sái tit⇨有草可鋪就可以。按：俗作舒，非也。蓋茨指加草蓆等物於牀席上。舒乃伸展布巾之類也。亦即前者加上蓆等成品，後者先把布巾類伸展方可茨之也。茅茨不剪mâu-chhu-put-chián⇨謂古人屋勘茅草而不加剪齊。

【茨板 chhu-pang】 鋪木板pho·-bok-pán。

～～拍地鋪來隔一瞑 ～～phah-tē-pho· lâi keh-chi̍t-mê⇨(今夜)鋪板打地鋪宿一宵。鋪pho·同鋪pho·。拍地鋪phah-tē-pho·⇨直接睡地上而非床上。有板茨道眞好也ū-pang chhu tō chin hó à⇨有板可鋪就很好了。

【茨草 chhu-chháu】 鋪以稻草等。～～睏較燒～～khùn khah-sio⇨舒草睡覺比較溫暖。古鄉村冬寒多在蓆下多鋪一層稻草取暖。

【茨被 chhu-phōe】 鋪棉被以眠。豈博爽更～～ká-phok-sóng koh ～～⇨不要那麼濶氣要再鋪棉被睡眠。博爽phok-sóng⇨博以取痛快。或可譯爲過份奢華chhia-hoa。往時民貧物稀，認爲棉被是蓋的，不應是茨的。

【茨地氈 chhu-tē-thán】 鋪地氈pho·-tē-thán。新厝攏～～～sin-chhù lóng～～～⇨新屋皆鋪有地氈。

【茨床巾 chhu-chhn̂g-kin(kun)】 鋪床巾pho·-chhn̂g-kin(kun)。

【茨草蓆 chhu-chháu-chhio̍h】 鋪蓆 pho·-chhio̍h。～～～道眞會使得也～～～tō chin ē(ōe)-sái tit à⇨鋪蓆而眠就很不錯了。

【茨棉被 chhu-mî-phōe】 同茨被chhu-phōe。

【茨氈仔 chhu-thán-á】 鋪毛氈pho·-mô·-thán以眠。

chhu **趄** 行不進也。路斜而難行曰趄chhu。凡傾斜一方皆曰趄chhu。厝頂無夠～未卸水chhù-téng bô-kàu ～ bē(bōe)-sià-chúi⇨屋頂斜度不夠雨水卸得不順利。崎仔路眞～ kiā-á-lō· chin ～⇨山路坡度高。山坪～～ soa$^{n}$-phiâ$^{n}$ ～～⇨山坪地soa$^{n}$-phiâ$^{n}$-te(山坡地san-pho-tē)傾斜。

chhu **趨** 走也。行也。捷步chiat-pō·曰趨chhu。跨足而行也。又急急而行也。又避人而行曰趨chhu。亦步亦～e̍k-pō·-e̍k～⇨緊隨在後。模仿他人。偷～thau～⇨私自急急而行。看大勢所～khoà$^{n}$ tāi-sè só·～⇨看大勢所傾向。

【趨去 chhu-khì】 chhu-ì。避人耳目而去。～～食點心 ～～chia̍h tiám-sim⇨私自去吃點心。～～約會 ～～iak(iok)-hōe⇨私去幽會。趨來～～不知抬變甚魍chhu-lâi ～～m̄-chai teh pì$^{n}$ sa$^{n}$(sia$^{n}$)-báng⇨暗來暗去àm-lâi-àm-khì不知在變何把戲pá-hì。

【趨向 chhu-hiàng】 chhu-hiòng。社會風氣較～～西化siā-hōe hong-khì khah ～～ se-hoà⇨同上。

【趨的 chhu ê】 避人私行。既公明正大，曷着用～～kà kong-bêng-chèng-tāi a̍h-tio̍h-iōng～ê⇨既然公明正大，何必偷偷而行。

【趨迎 chhu-gêng】 急急出迎。～～要人的大駕～～iàu-jîn ê tāi-kà(kè)⇨同上。

【趨奉 chhu-hōng】 奔走奉承phun-cháu-hōng-sîn(sêng)。競相～～kèng-siang(siong)～～⇨同上。

【趨承 chhu-sîn】 chhu-sêng。趨奉chhu-hōng。向前奉承hōng-sîn(sêng)有勢有權之人。～～的人日多～～ê lâng ji̍t-to⇨同上。

【趨勢 chhu-sè】 大勢所傾向 tāi-sè só· kheng-hiàng(hiòng)。社會的～～猶是前進保守兩派得對立siā-hōe ê～～iáu-sī chiân-chìn pó-siú liáng-phài teh tùi-li̍p⇨同上。

【趨吉避凶 chhu-kiat-pī-hiong】 走向吉祥避開凶險的。既有法度～～～～天下都太平也kà ū—hoat-tō·～～～～thian-hē to· thài-pêng ā⇨既然有辦法趨吉避凶的話，天下皆太平了。

【趨炎附勢 chhu-iām-hū-sè】 奔向權力依附權勢。～～～～的輕薄社會～～～～ê kheng-po̍k siā-hōe⇨同上。

chhu **蛆** 水蟲也。蛆chhi也(見chhi部)。着～tio̍h～⇨同上。起藥～khí io̍h～⇨同上。

chhu **樞** 本也。要也。樞chhu謂之根oe，戶樞也。亦即俗曰門臼mn̂g-khū，門榫mn̂g-sún者也。又重要之處曰樞chhu。又北斗第一星pak-táu tē-it-chhe$^{n}$謂之天樞thian-chhu。鐵～

thih～⇨鐵門臼thih-mn̂g-khū，富人用以防盜者也。

**【樞臣 chhu-sîn】** 重要之大臣，陛下的～～pī-hē ê～～⇨同上。

**【樞要 chhu-iàu】** 重要。中心。天下～～在尙書thian-hē～～chāi siōng-su⇨意指行政之中心。

**【樞紐 chhu-liú】** 戶樞印紐，皆屬重要之處。交通之～～kau-thong chi～～⇨交通之中心要地。

**【樞機 chhu-ki】** 主要之地位。～～主教～～chú-kàu⇨天主教的要職。

**【樞密使 chhu-bi̍t-sài】** 天子的重臣特使。依時依人，而任務皆不同。

**chhu 箸** 箸tī也。亦即筷子也(見ti部)。客家系的人箸tī曰箸chhu，阿叔a-chek曰阿叔a-sû。

**chhú 取** 捕取pó͘-chhú也，提取thê-chhú也。收而有之曰取chhú。選而用之曰取chhú。克敵不用師曰取chhú。又數sò͘, sǹg亦曰取chhú。收～賄賂siu～hóe-lō͘⇨同上。選～人材soán～jîn-châi⇨同上。攻～人心kong～jîn-sim。可～之材khó～chi châi⇨值得選用之人。有上～ū-chiū$^{n}$～⇨值得選用。眞可～chin khó～⇨很有可以嘉許之處。苟非己有雖毫厘而勿～kó͘-hui kí-iú sui hô-lî jî bu̍t～⇨若不是自己所有，雖然很少很少，都不可取之。

**【取人 chhú-jîn】** 以貌～～失之子羽 í māu～～sit-chi chú-ú⇨依外貌擇取人材，在子羽的場合是失敗的。謂不可以貌取人。子羽chú-ú爲孔門弟子，有行而其貌不揚。

**【取士 chhú-sū】** 選取人材soán-chhú-jîn-châi。開科～～khai-kho～～⇨開辦科擧銓考人材。

**【取巧 chhú-khiáu】** chhí-khiáu。利用機會佔便宜。投機～～tâu-ki～～⇨同上。

**【取材 chhú-châi】** 就地～～chiū-tē～～⇨就所在之地獲得所要之物，不依賴由外補給。

**【取決 chhú-koat】** chhí-koat。～～於體力～～î thé-le̍k⇨由於體力誰強而決定勝負。

**【取利 chhú-lī】** chhí-lī。居中～～ki-tiong～～⇨站在雙方之間爲己圖利。

**【取和 chhú-hô】** 作和，過去作無輸贏大家重新開始。亂軍～～～loān-kun～～⇨象棋的公約。

**【取法 chhú-hoat】** chhí-hoat。効法hāu-hoat。～～於前賢～～î chiân-hiân⇨同上。

**【取俗 chhú-sio̍k】** 選買便宜貨。俗sio̍k便宜也。阿九叔仔指貨～～道可a-káu-chek à hak-hòe～～tō-hó⇨阿九叔買東西，只要便宜就買。擂hak購買kó͘-bé(bóe)也。詮chhoân也。辦也。

**【取笑 chhú-chhiàu】** chhí-chhiò。諷刺hong-chhì。嘲笑tiâu-chhiàu。亦不驚人～～a̍h m̄-kia$^{n}$-lâng～～⇨同上。

**【取消 chhú-siau】** chhí-siau。廢掉前定之事。～～郊遊～～kau-iû⇨同上。

**【取捨 chhú-sià】** 取舍chhí-sià。取用與棄置chhú-iōng í khì-tì。～～選擇，其權在我～～soán-te̍k, ki-khoân chāi-gô͘⇨同上。

**【取義 chhú-gī】** 生亦我所欲也，義亦我所欲也，二者不可兼得，舍生而～～⇨seng e̍k gó͘-só͘-io̍k-ià, gī e̍k gó͘-só͘-io̍k-ià, jī-chià put-khó-khiam-tek, sià-seng jî～～⇨孟子。

**【取齊 chhú-chê】** chhí-chê。集合chi̍p-ha̍p，集齊chi̍p-chê。五點於車頭～～不當遲到gō͘-tiám tī chhia-thâu～～m̄-thang thì-tō⇨五時在車站集合不可遲到。

**【取締 chhú-thê】** 日語取締tholísi mali的移用。警察發動權力限制百姓行動。～～攤販～～thoa$^{n}$-hoàn⇨同上。～～交通～～kau-thong⇨同上。～～市容～～chhī-iông⇨同上。～～役～～ia̍h⇨日語，大約是專務理董事之類的職位曰取締役tholì-sìmalì-iakhù。

**【取糧 chhú-niû】** 就地～～chiū-tē(tōe)～～

⇨軍隊在戰地自尋糧食。又以其地之材在其地建造。

【取贖 chhú-siok】 chhí-siok贖回出典之物。一個錶仔當眞久也，都無錢當去～～chit-ê pió-á tǹg chin-kú à, to bô-chî$^n$ thang-khì ～～⇨(我)有一個錶出典很久了，都沒錢可以贖回。

【取囝壻 chhú-kiá$^n$-sài】 選擇女壻soán-tek lí (lú)-sài。子kiá$^n$亦作囝kiá$^n$。抾～～～也teh～～～à⇨在選擇女壻了。謂女兒長大了。未輸抾～～～哩bē(bōe)-su teh～～～lè⇨宛然在選女壻一樣。謂選人甚嚴格。

【取有錢 chhú-ū-chî$^n$】 ～～～道該你～～～tō-ài-lí⇨數富豪就該輪到你。

【取好膽 chhú-hó-tá$^n$】 ～～～道該阿勇～～～tō-ài a-ióng⇨數好膽，阿勇該列第一。

【取眼前 chhú-gán-chiân】 重視眼前。就眼前。～～～無看將來～～～bô-khoà$^n$ chiang-lâi⇨同上。～～～來講～～～lâi-kóng⇨就目前而論。～～～來講，何必談天說地～～～lâi-kóng, hô-pit tām-thian-soat-tē⇨應就眼前事實討論，用不着談到天地那麼遠。

【取釣竿 chhú-tiò-koa$^n$】 尋取可作釣竿之小竹。去山裡～～～khì soa$^n$-nī～～～⇨上山(竹林)去尋取釣竿。

【取幾人 chhú-kúi-lâng】 ㊀能有幾個人。～～～有才調做彼類代誌～～～ū châi-tiāu chò(chòe) hit-lōe tāi-chì⇨能有幾個人有才調做那種大事。～～～敢出來做證人～～～ká$^n$ chhut-lâi chò(chòe)-chèng-jîn⇨有幾人好膽敢出面做證。㊁採用多少人。攏總～～～lóng-chóng～～～⇨總共採用多少人。

【取愛哭 chhú-ài-khàu】 ～～～您二個無輸贏～～～lín nňg-ê bô-su-iâ$^n$⇨數愛哭，你們兩個人難兄難弟lān-heng-lān-tē。

【取藥材 chhú-ioh-châi】 尋取可作藥料之草根木皮。上山去～～～chiū$^n$-soan khì～～～⇨上山採藥。

【取無輸贏 chhú-bô-su-iâ$^n$】 同取和chhú-hô。到者攏～～～～，若伓道逐家對第一仔打起kàu-chia lóng～～～～, nā-boeh tō tak-ke tùi tē-it-á phah-khí⇨到此為止，全部算做平手，無勝無敗。以後若要再來，大家從頭開始。

chhú **疵** 病也。瑕hâ也。缺點曰疵chhú。凡事物有缺失者皆曰疵chhú。瑕～hâ～⇨缺失khoat-sit。瑕hâ玉病也。毛病mô͘-pē$^n$曰瑕疵hâ-chhú。吹毛求～chhui-mô͘-kiû～⇨力求他人之毛病。

chhú **此** 事物的代名詞。彼pí的對稱。彼～pí～⇨彼與此。彼事物與此事物。彼～彼～pí～pí～⇨大家一樣。志不在～chì put-chāi～⇨心意不在此而另有所求。又則也，乃也。有德～有人，有人～有土，有土～有物，有物～有用iú-tek～iú-jîn, iú-jîn～iú-thó͘, iú-thó͘～iú-but, iú-but～iú-iōng⇨同上。～天譴也～thian-khián iā⇨此乃天譴。等因奉～téng-in hōng～⇨公文用詞。等由據～téng-iû-kì～⇨公文用詞。等情准～téng-chêng chún～⇨公文用詞。到～為止tò～ûi-chí⇨同上。莫～為甚bok～ûi-sīm⇨沒有比此更嚴重的。樂～不疲lok～put-phî⇨以此為樂而不覺疲勞。以～為戒í～ûi-kài⇨同上。去彼取～khì-pí chhú～⇨同上。厚彼薄～hō͘-pí-pok～⇨謂不公道不公平。在彼不在～chāi-pí put-chāi～⇨同上。

【此中 chhú-tiong】 此中。其中。～～敢另外有意思～～kám lēng-goā ū-ì-sù⇨其中是不是另有含意。～～的道理該想看覓抾～～ê tō-lí ài-siū$^n$ khoà$^n$-bāi-lè⇨其中的道理需要斟酌chîm-chiok一下。

【此外 chhú-goā】 除此之外。～～道該更啥～～tō-ài-koh siah$^n$⇨此外還要何物。

【此去 chhú-khì】 ㊀從此地去某地。～～恒春無外遠，夭壽尖山鎮中央，等待尖山來迣輪轉，正合我君困共床～～hêng-chhun bô-goā-hn̄g, iau-siū chiam-soa$^{n}$ tìn-tiong-ng, tán-thāi chiam-soa$^{n}$ lâi sê(sôe)-lián-tńg, chià$^{n}$-kap goá-kun khùn kāng-chhn̂g⇨恒春調。㊁從今以後。～～道該較保重爾～～tō-ài khah pó-tiōng leh⇨從今以後，就應該自己保重。

【此君 chhú-kun】 此物。此人。何可一日無～～hô-khó it-ji̍t bû～～⇨原謂不可一日無竹。今濫用而指酒、菸、阿片等的趣好物。～～的脾氣你都知，無酒未用得～～ê phî-khì lí-to-chai, bô-chiú bē(bōe)-iōng tit⇨此仁兄的脾氣你所知，沒酒不行的。

【此刻 chhú-khek】 迫到～～藉扲叫救人pek-kā～～chiah teh kiò-kiù-lâng⇨迫到此時刻才在喊救。危急存亡，決在此時～～gūi-kip-chûn-bông koat-chāi chhú-sî～～⇨同上。

【此時 chhú-sî】 ～～回頭猶未晚扲～～hôe-thâu iá-bōe(bē)-bān lè⇨此時回頭猶未晚。

【此輩 chhú-pòe】 此一群人。～～要安怎你敢會按算得～～boeh an-choá$^{n}$ lí kám-ē àn-sǹg tit⇨此班人將如何(行動)你能預料嗎。

【此而今 chhú-jû-kim】 而今jî(jû)-kim。拖到～～～正來講，那有法度thoa-kà～～～chià$^{n}$-lâi-kóng ná-ū hoat-tō͘⇨拖到此刻才來報告，有什麼辦法。

【此巷無路 chhú-hāng-bû-lō͘】 ～～～～看做北港魚落～～～～khoà$^{n}$-chò(chòe) pak-káng hî-lo̍h⇨看錯字的笑話。謂把此巷無路四字看成北港魚落。魚落hî-lo̍h魚成羣順流而下。

chhú **鼠** 鼠chhí也(見chhi部)。

chhú **杵** 杵chhí也(見chhi部)。

chhú **娶** 娶chhí也(見chhi部)。

chhú **眦** 目厓bo̍k-gâi也。目際bo̍k-chè也。俗曰眼角 gán-kak。或目眶 ba̍k-kho͘。亦作眥chhú。睚～gâi～⇨怒目相視。睚～必報gâi～pit-pò⇨怒目相視之小怨亦必報之。謂小人報復之斤斤計較也

chhù **次** 不前不精也。第二的曰次chhù，較劣貨曰次chhù。在外居住之處曰次chhù。又順序也，回數也。政～chèng～⇨政務次官chèng-bū chhù-koa$^{n}$。常～siâng(siông)～⇨常務次官siâng-bū chhù-koa$^{n}$。政次，常次皆第二位的官員。分等～hun-téng～⇨分等第。旅～lí～⇨旅行中的宿處。軍～柳營kun～liú-êng⇨軍隊暫屯柳營。第三～的集會 tē-sa$^{n}$～ê chi̍p hōe⇨同上。三番兩～sam-hoan-liáng～⇨屢次lúi-chhù。無數～的實驗bû-sò͘～ê si̍t-giām⇨數不清的實驗。太上立德，其～立功，再～立言thài-siāng li̍p-tek, kî～li̍p-kong, chāi～li̍p-giân⇨同上。

【次子 chhù-chú】 第二個兒子。次男chhù-lâm。大的無去～～變做太子toā ê bô khì～～pì$^{n}$-chò(chòe) thài-chú⇨大的死了，次子變成太子。

【次女 chhù-lí(lú)】 第二個女兒。大的嫁了也～～猶扲做親toā ê kè-liáu à～～iáu-teh chò(chòe)-chhin⇨大女結婚了，次女還在談親事。

【次序 chhù-sū(sī)】 順序sūn-sī(sū)。秩序tia̍t-sī(sū)。～～排好也～～pâi-hó à⇨秩序排成了。照～～一個一個來chiàu～～chi̍t-ê-chi̍t-ê lâi⇨依次一個一個來。～～創不著也～～chhòng-m̄-tio̍h à⇨順序弄錯了。眞有～～chin ū-～～⇨秩序井然tia̍t-sī-chéng-jiân。

【次弟 chhù-tē】 二弟jī-tē。阮～～扲揣你goán～～teh chhōe lí⇨我二弟在找你。

【次官 chhù-koa$^{n}$】 次長chhù-tiú$^{n}$。

【次長 chhù-tiúⁿ】 次官chhù-koaⁿ。政務～～chèng-bū～～⇨同上。

【次等 chhù-téng】 較差的。～～的角色～～ê kioh-siàu⇨二流貨jī-liû-hòe(人)。～～的貨色～～ê hòe-sek⇨二流貨品。

【次韻 chhù-ūn】 押韻ah-ūn。

【次路貨 chhù-lō·-hòe】 二路貨jī-lō·-hòe。娶彼類～～～亦得稀罕chhoā hit-lōe～～～ah-teh hi-hán⇨娶那一種的貨色也在稀罕什麼。

【次殖民地 chhù-si̍t-bîn-tē】 地位還不及殖民地。

【次號脚色 chhù-hō-kha-siàu】 二流人物。不講信用的人。脚色kha-siàu⇨腳色kioh-siàu之俗訛。

chhù **厝** 家也。住家也。房屋也。家庭亦曰厝chhù。阮～goán～⇨我們的家。我家。您～lín～⇨你們的家。人的～lâng ê～⇨人的家。起～派半料khí～phài poàⁿ-liāu⇨蓋房屋所準備的建築用材，只夠一半之數。謂辦事估計難求準確。有路無～ū-lō· bô～⇨有路可行無家可歸。流浪漢。頂～教囝下～乖téng～kà-kiáⁿ ē～koai⇨頂家訓教子弟，下家的子弟不訓教自乖。猪來窮狗來富猫來起大～ti-lâi-kêng káu-lâi-pù, niau-lâi khí-toā～⇨猪來了必有失主追尋故不可要之，所以戒人，以避紛爭也。狗，猫來了，諒無失主追回，但你却不想要之，所以以致富，起大厝誘你收留之，也是一種愛護動物的觀念也。草～chháu～⇨茅屋。竹管～tek-kóng～⇨竹屋。柴～chhâ～⇨木屋。磚仔～chng-á～⇨磚屋。瓦～hiā～⇨屋頂蓋瓦之屋。大～toā～⇨大第宅tāi-tē-the̍h。新～sin～⇨新屋。舊～kū～⇨舊屋。破～phoàⁿ～⇨破爛之舊屋。破～桶仔phoà～tháng-á⇨破小屋。販～hoàn～⇨以出售爲目的而蓋的房屋。俗作厝非，厝，棺材存放處也。

【厝內 chhù-lāi】 ㊀家中。家庭。家族。～～攏平安～～lóng pêng-an⇨家中皆平安。做官騙～～chò(chòe)-koaⁿ phiàn～～⇨做官者只好騙自己家人。示其威信，其高薪，其權力等無所不吹於家人。㊁內子，妻子。尹～～不肯伊肯每無法度in～～m̄-khéng i-khéng mā bô-hoat-tō·⇨他的妻不肯，只他肯也都沒用。

【厝仔 chhù-á】 小屋。起小～～khí sió～～⇨蓋建小房屋。

【厝主 chhù-chú】 房東pâng-tong。～～抄要討厝～～teh-boeh thó-chhù⇨房東將要收回房屋。

【厝瓦 chhù-hiā】 覆在屋上以蔽風雨之瓦片。～～乎風颱吹破去眞夠～～hō· hong-thai chhoe-phoà-khì(ì) chin-chē⇨瓦被颱風打破甚多。

【厝地 chhù-tē(tōe)】 家屋基地。買～～來起厝bé(bóe)～～lâi khí-chhù⇨同上。田園～～四鳥飛未過chhân-hn̂g～～sì-chiáu poe-bē-kòe⇨謂田地厝地多，豪富之家。但四與死諧音，而有死鳥飛未過之另解。

【厝宅 chhù-the̍h】 房屋連土地。千金買～～萬金買厝邊chhian-kim bé(bóe)～～bān-kim bé(bóe) chhù-piⁿ⇨千金買家宅，萬金買鄰居。謂好鄰居比好房屋還重要。

【厝角 chhù-kak】 住家附近。共～～的kāng～～ê⇨鄰居。

【厝身 chhù-sin】 ㊀基地除外的房屋。賣～～耳bē(bōe)～～niâ⇨同上。㊁單指牆壁部份。～～好也厝頂猶未蓋～～hó à chhù-téng á-bōe(bē)-khàm⇨牆壁好了，屋頂還未蓋好。厝頂有抄漏也耳～～猶好好抄chhù-téng ū teh lāu ā niâ,～～iáu hó-hó leh⇨屋頂有部分漏水而已，牆壁還很好。牆俗作墻。

【厝面 chhù-bīn】 家屋之外觀。～～未僫看～～bē(bōe)-bái-khoàⁿ⇨房屋的外觀不難看。

【厝契 chhù-khè(khòe)】 房產買賣契約書。田契～～chhân-khè(khòe)～～⇨同上。

【厝頂 chhù-téng】 同厝蓋chhù-koà。蓋～

～khàm～～⇨蓋屋瓦。～～尾溜～～bóe-liu⇨屋簷上。

【厝稅 chhù-sòe】 出租房屋的代價。～～猶未收哩 ～～ á-bōe(bē) siu leh⇨厝稅還未收(房東)。～～交了也～～kau-liáu ā⇨厝稅交去了(房客)。

【厝場 chhù-tiûⁿ】 厝地。基地。～～好不如肚腸好，墳地好不如心地好～～hó put-jî(jû) tō͘-tn̂g-hó, phûn-tē(tōe)-hó put-jî(jû) sim-tē(tōe) hó⇨謂厝地，墓地的好壞，在於自己心地的好壞。亦即修德勝於迷信地理師。

【厝脚 chhù-kha】 厝佃chhù-tiān。房客。好厝主抵著好～～hó chhù-chú tú-tioh hó～～⇨好房東逢到好房客。

【厝蓋 chhù-koà】 屋頂。滾到～～都硬將要夯去也kún-kā～～to ngē-chhian-boeh giâ khì(ì) ā⇨鬧得幾乎要把屋頂吹跑了。形容鬧得利害。

【厝鳥仔 chhù-chiáu-á】 家雀。煏～～～ 䆀 piak～～～pa⇨同上。煏piak，烹法之一。

【厝頭家 chhù-thâu-ke】 房東。厝主chhù-chú。無量的～～～bô-liāng ê～～～⇨刻薄khek-pok的房東。

【厝前厝後 chhù-chêng-chhù-āu】 住家的前後附近。囝仔班於～～～～抄跮蹉gín-á-pan tī ～～～～ teh thit-thô⇨孩子們在房前房後玩耍。

【厝邊頭尾 chhù-piⁿ-thâu-bóe(bé)】 左隣右舍chó-lîn-iū-siā。隣居。～～～～道該相照顧～～～～tō-ài sio-chiàu-kò͘⇨同上。

chhù 厝 厲也，即磨刀石。置也。葬也。安～an～安葬也。今停柩待葬亦曰厝chhù，即俗所謂打桶taⁿ-tháng也。

【厝即措 chhù-chek-chhò͘】 謂本來厝字就是措字。措chho͘，即置也。措施chhò͘-si，措置chhò͘-ti等是。俗多以厝作厝。

【厝火積薪 chhù-hóe-chek-sin】 謂將火置於積薪之下是十分危險也。

chhù 趣 意味也。又意義也。但得琴中～何勞絃上聲 tàn-tek khîm-tiong ～ hô-lô hiân-siāng-seng⇨陶淵明。旨～chí～⇨宗旨，意義。志～chì～⇨志向chì-hiàng(hiòng)。興～hèng～⇨心覺有味而向之。興味hèng-bī。關心koan-sim。

【趣旨 chhù-chí】 旨趣chí-chhù。意趣ì-chhù。

【趣向 chhù-hiàng(hiòng)】 興意所向。趣好chhù-hò͘。～～無相共～～bô sio-kāng⇨同上。

【趣好 chhù-hò͘】 ～～品～～phín⇨例如酒chiú，煙hun，鴉片等等之類曰趣好品。有人興燒酒，有人興豆腐，此之謂～～不相同也ū-lâng hèng-sio-chiú, ū-lâng hèng-tāu-hū, chhú-chi-ûi～～put-siang(siong)-tông iā⇨同上。各人各有～～，無法度勉強kok-lâng kok-iú～～，bô-hoat-tō͘ bián-kiáng⇨各人各有趣好不能相強。

【趣味 chhù-bī】 興趣hèng-chhù。伊對數學眞有～～i tùi sò͘-hak chin-ū～～⇨他對數學很有興趣。我食酒無 ～～ góa chiah-chiú bô～～ ⇨同上。～～～～ 也罔耍啦 ～～～～ ā bóng-sńg-lā⇨很有趣的，苟且玩之吧。阿公俫煮鹹，阿媽俫煮飷，二人相撲撞破鼎，眞正～～a-kong boeh-chí(chú)-kiam, a-má boeh-chí(chú)-chiáⁿ, nn̄g-lâng sio-phah lòng-phoà-tiáⁿ, chin-chiáⁿ～～⇨民謠。

【趣聞 chhù-bûn】 有趣的新舊聞。有啥～～每講些來聽抄ū-siaⁿ～～ mā-kóng-chē lâi-thiaⁿ lè⇨有何趣聞可講些來聽聽吧。

【趣意書 chhù-ì-si(su)】 公司創立～～～kong-si chhòng-lip～～～⇨同上。

chhù 佽 以財物助人也。佽助chhù-chō͘。相推～而助之siang-chhui～jî chō͘-chi⇨相前後助之。

**chhù 處** 居止也。位置也。所在也。斷決也。亦處chhì也。上古穴居而野～siāng-kó· hia̍t-ki jî iá～⇨同上。何以自～hō í chū～⇨同上。～以嚴刑而不能禁～í giâm-hêng jî put-lêng-kìm⇨同上。相～甚歡siang～sīm-hoan⇨同上。一無是～it bû sī～⇨沒有一個地方是對的。好～多多hó～to-to⇨同上。長～是忠厚，短～是遲鈍tiáng～sī tiong-hō·, toán～sī thî-tūn⇨特點是忠厚，缺點是遲鈍。報名～pō-miâ～⇨同上。登記～teng-kì～⇨同上。入口～ji̍p-kháu～⇨同上。以上各指地方。軍機～kun-ki～⇨同上。警務～kéng-bū～⇨同上。衛生～ōe-seng～⇨同上。稅捐～sòe-koan～⇨同上。以上指官署。

**【處子 chhù-chú】** chhì-chú。處女，處士皆曰處子。綽約～～chhiak-iak～～⇨風姿美麗的少女。堂堂～～tông-tông～～⇨男子漢。

**【處女 chhù-lí(lú)】** chhì-lí(lú)。在室女chāi-sit-lí。未出嫁之少女。老～～lāu～～⇨老小姐。～～地～～tē⇨人間未到之地。未開發的地方。～～演說～～ián-soat⇨爲人第一次的演說。～～作～～chok⇨第一個作品。

**【處士 chhù-sū】** chhì-sū。拒絕徵召不做官的古時的名讀書人。

**【處方 chhù-hong】** chhì-hong。醫生所開的藥單。你也不是醫生開甚麼～～lí ā-m̄-sī i-seng khui-sam-mah～～⇨同上。

**【處分 chhù-hun】** chhì-hun。對事物採取決定的措施皆曰處分chhù-hun。行政～～hêng-chèng～～⇨㈠行政機關所爲之行爲。例如許可，禁止，受理，不受理，等等皆是。行政～～hêng-chèng～～⇨行政機關對其官員所爲之懲戒。㈡整理或清理。～～財產～～chāi-sán⇨清理財產。房地產先～～掉pâng-tē-sán seng～～tiāu⇨房地產先賣了他。攏～～掉也lóng～～tiāu-à⇨皆清理得清清楚楚了。

**【處世 chhù-sè】** chhì-sè。立身～～忠厚爲本li̍p-sin～～tiong-hō· ûi-pún⇨同上。人講言多必失，～～切戒多言lâng-kóng giân-to-pit-sit,～～chhiat-kài to-giân⇨同上。～～愼勿弄機謀～～sīn-bu̍t-lōng ki-bô·⇨立身處世不可玩弄鬼計。

**【處刑 chhù-hêng】** chhì-hêng。判刑phoà$^{n}$-hêng。依法～～也 î-hoat～～ā⇨同上。

**【處死 chhù-sú】** chhì-sí。依法論死刑。依法～～î-hoat～～⇨同上。

**【處決 chhù-koat】** chhì-koat。執行死刑。秋後～～chhiu-āu(hiō)～～⇨古時死囚，除謀反大逆bô·-hoán-tāi-ge̍k之外，概於秋後執行死刑。

**【處身 chhù-sin】** 處世chhì-sè。置身tì-sin。～～險境～～hiám-kéng⇨身在險地。

**【處和 chhù-hô】** chhì-hô。和解hô-kái。取和chhú-hó之訛。

**【處所 chhù-só·】** chhì-só·。場所tiû$^{n}$-só·。娛樂～～gō·-lo̍k～～⇨同上。

**【處事 chhù-sū】** chhì-sū。待人～～攏眞和氣thāi-jîn～～lóng chin hô-khì⇨同上。

**【處治 chhù-tī】** chhì-tī。㈠治罪。乎人掠去～～也hō· lâng lia̍h-khì(ì)～～ā⇨被人抓去治罪了。㈡同創治chhòng-tī。加以戲弄hì-lāng，窘擾也。～～人的查某囡仔～～lâng ê chā-bó·-gín-á⇨戲弄人家的女孩子。～～個老母～～in lāu-bú⇨窘擾自己媽。個的鷄仔來～～菜園仔in ê ke-á lâi～～chhài-hn̂g-á⇨他們的雞來蹧蹋chhau-tah我們的菜園。囡仔～～老人gín-á～～lāu-lâng⇨少年人戲弄老年人。

**【處長 chhù-tiú$^{n}$】** chhì-tiú$^{n}$。稅捐～～sòe-koan～～⇨同上。警務～～kéng-bū～～⇨同上。

**【處斬 chhù-chám】** chhì-chám。開刀～～khai-to～～⇨同上。

**【處處 chhù-chhù】** chhì-chhì。各處。～～

聞啼鳥～～būn-thî-niáu⇨同上。

【處理 chhù-lí】 chhì-lí。辦理pān-lí。你去～～道好lí khì ～～ tō-hó⇨你隨便辦理就可以。無法～～bô-hoat～～⇨無法處分，難於解決。

【處暑 chhù-sú】 chhì-sí。二十四氣之一，在立秋後白露前。立秋～～白露lip-chhiu～～peh-lō⇨同上。

【處罪 chhù-chōe】 chhì-chōe。處罰chhì-hoat。

【處置 chhù-tì】 chhì-tì。安排an-pâi。安怎～～藉著都不知an-choá$^{n}$～～ chiah-tioh to m̄-chai⇨如何安排才對都不知道。

【處罰 chhù-hoat】 chhì-hoat。依法懲罰。如有虛假甘受～～jî-iú hi-ké, kam-siū～～⇨同上。

【處境 chhù-kéng】 chhì-kéng。目前的～～非常困難bak-chêng ê～～ hui-siâng(siông) khùn-lân⇨同上。

【處之泰然 chhù(chhì)-chi-thài-jiân】 臨事心胸豁達sim-hiong-hoat-tat，不爲之動搖。

【處心積慮 chhù(chhì)-sim-chek-lī】 懷蓄某種目的，並爲之籌謀。伊想做縣長，～～～～想幾仔年也，逐人都知影i siū$^{n}$ chò-koān-tiú$^{n}$，～～～～ siū$^{n}$ kúi-ā-nî ā，tak-lâng to-chai-iá$^{n}$⇨他想做縣長暗中苦心計劃多年了，人人都知之。

**chhū 趄** 路斜曰趄chhu，路滑足溜曰趄chhū。一下～丈外遠chit-ē～tn̄g-goā-hn̄g⇨一滑丈外，謂滑趄得利害。

【趄倒 chhū-tó】 滑倒地。於崎仔～～落去tī kiā-á～～loh-khì⇨在崎上滑一倒。

【趄一下 chhū-chit-ē】 滑一滑脚。～～～險也跋落去～～～hiám-á poah loh-khì⇨滑一脚險些跌下去。

**chhū 嗾** 唆使so-sú也。私語也。有人扵～ū-lâng teh～⇨有人在唆使。吱嘸吱～chhi-bú-chhi～⇨竊竊私語。

【嗾狗 chhū-káu】 使狗sái-káu。夭壽人講安爾～～俳咬人啦iau-siū-lâng kóng an-ne ～～boeh kā-lâng lā⇨同上。

## chhuh

**chhuh 眵** 目傷眥chhú也。眥chhú，目際也，同眦chhú。視力不甚明曰眵chhuh。

【眵目 chhuh-bak】 視不明見不清之目。阮～～～～無看見goán～～～～bô-khoà$^{n}$-ì$^{n}$⇨我們(我)眵目眵目看不見(多用爲看見了但不願說出的遁詞)。看見khoà$^{n}$-kì$^{n}$→khoà$^{n}$-ì$^{n}$。

【眵昏 chhuh-hun】 視不明。兩目～～頭雪白liáng-bok～～thâu soat-pek⇨人入老境視不明白髮生。

【眵眵 chhuh-chhuh】 視不明，看不清。目珠～～bak-chiu～～⇨同上。

**chhuh 焠** 堅刀刃也，刀刃to-jím俗曰刀肉to-bah。火入水也。燒刀刃而入水中以堅之也。俗曰滲gàn。又灼也。急觸於曰焠chhuh,又淺試即止亦曰焠chhuh。會使得～也ē(ōe)-sái-tit～à⇨可以滲gàn了。乎香～一下hō͘ hiu$^{n}$～chit-ē⇨被香灼一下。煙頭該～化hun-thâu ai～hoa⇨香煙頭應該弄熄。煙借～一下hun chioh～chit-ē⇨香煙借我轉點一下。許～一下，這～一下，都未專心he～chit-ē，che～chit-ē to bē(bōe)-choan-sim⇨那項淺觸一下，此項淺嘗一下，皆不專心去做。彼旁～一埆，即旁～一埆攏無歸塊hit-pêng～chit-tè，chit-pêng～chit-tè, lóng-bô kui-tè⇨那邊開一(小)片地，此邊開一(小)片地，皆非整個像樣的園地。火毋當濫擅～hóe m̄-thang lām-sám～⇨火不可以烏白焠chhuh。火～膨泡的hóe～phòng-phā ê⇨火灼傷起水泡khí-chúi-phā的。

【焠水 chhuh-chúi】 把燒者插入水中。～～

連鞭冷～～liâm-pi$^n$-léng⇨插入水馬上冷。

【焠火 chhuh-hóe(hé)】 以火觸物。以物觸及火。頭毛～～thâu-mô͘～～⇨謂萬分危險。俗多曰頭毛試火thâu-mô͘ chhì-hóe(hé)，義同。

**chhu̍h 沮** 沮泄謂泄漏也。水從小孔直射而出曰沮chhu̍h。水龍車拎～chúi-liông-chhia teh～⇨救火車在射水也。水～仔chúi～á⇨小幫浦。

【沮水 chhu̍h-chúi】 噴水phùn-chúi。水沮仔～～chúi-chhu̍h-á～～⇨小幫浦射水。

【沮沮叫 chhu̍h-chhu̍h-kiò】 射水聲。水龍～～～chúi-liông～～～⇨幫浦射水聲。

【沮香水 chhu̍h-phang-chúi】 灑香水。

**chhu̍h 趉** 地面歪斜曰趉chhu，在斜地滑行曰趉chhu̍h。亦作趄chhu̍h或趉chhu̍h。又地滑tē-ku̍t而溜足liu-chiok滑跤ku̍t-kha亦曰趉chhu̍h。用～的較快iōng～ê khah-khoài⇨滑行較快。～倒去～tó-ì⇨滑倒了。倒去tó-khì→tó-ì。一下～，道到坑仔底去也chi̍t-ē～tō kàu khe$^n$ á-té khì-à⇨一趉就到小溪底去了。跤～去耳人無倒kha～khì niâ lâng bô-tó⇨足滑走而已人沒倒地。

【趉來趉去 chhu̍h-lâi-chhu̍h-khì】 路滑，～～～～，險仔趉落去潭仔底lō͘ ku̍t～～～～ hiám-á chhu̍h-lo̍h-ì thâm-á-té⇨路滑趉來趉去險些就滑落水潭中。險仔hiám-á⇨險險仔hiám-hiám-á⇨很危險。險些。

**chhu̍h 嗾** 使犬吠。即嗾chhu̍h。暗中唆使só͘-sú曰嗾chhu̍h。私語亦曰嗾chhu̍h。後面有人拎～āu-bīn ū-lâng teh～⇨背後pōe-āu有人唆使。道是有人～毋藉會發生誤會tō-sī-ū lâng～m̄-chiah-ē hoat-seng gō͘-hōe⇨就是有人挑撥離間才發生誤會。彼二個不知拎～甚hit-nn̄g-ê m̄-chai teh～sah$^n$⇨那兩個人不知在私語何事。哆嘸哆～chhi-bú-chhi～⇨竊竊私語。哆chhi，張口也。

# chhui

**chhui 崔** 姓氏。崔鶯鶯chhui-eng-eng⇨西廂記se-siu$^n$-kì的女主角。

**chhui 催** 促也。迫也。恕～sī～⇨請帖常用詞，意謂請按時駕臨，以免再催請。來拎～也lâi teh～a⇨人家有人來催駕了。更～一遍koh～chi̍t-piàn⇨再催一次。不免～連鞭去m̄-bián～liâm-pi$^n$-khì⇨不用催(我)馬上到。

【催生 chhiu-se$^n$(si$^n$)】 促進迅速生子。～～符～～hû⇨促產之符咒。～～藥～～io̍h⇨促生之葯品。

【催死 chhui-sí】 迫死pek-sí。又同催命chhui-miā。硬要～～ngē-boeh～～迫得要命。

【催咒 chhui-chiù】 念咒語liām-chiù-gí。唸符～～liām-hû～～同上。

【催油 chhui-iû】 車加油以增加速度。～～道會較緊～～tō-ē khah-kín⇨加油就會跑得更快。

【催命 chhui-miā】 催死chhui-sí。要命iàu-miā。～～鬼～～kúi⇨同上。。

【催促 chhui-chhiok】 迫討債務pek-thó chè-bū。～～書來幾仔張也～～si(su) lâi kúi-à-tiu$^n$-a⇨討債之信來了好幾封了。

【催迫 chhui-pek】 日月～～人快老，的確無久死道到ji̍t-go̍eh～～lâng-khoài-lāu, tek-khak bô-kú sí-tō-kàu⇨基督教讚美歌。

【催眠 chhui-bîn】 促眠chhiok-bîn。～～術～～su̍t⇨同上。～～曲～～khek⇨使嬰仔e$^n$(i$^n$)-á快快安眠的母親唱的歌曲。

【催討 chhui-thó】 催促chhui-chhiok。欠人的錢，人～～亦應該的khiàm-lâng-ê-chî$^n$, lâng～～iah eng-kai-ê⇨欠人家錢，人家催討也是當然的。

【催絃 chhui-ân】 ㊀迫得甚急切。～～伊藉不敢放外外～～i chiah m̄-ká$^n$ pàng-goā-

goā⇨迫得急他才不敢毫不關心。㈢使綑縛東西更穩固。索仔該～～soh-á ài～～⇨繩子要拉得更緊。～～ 藉未縷去 ～～ chiah-bē lāu khì⇨(繩子)拉緊縛絯pak-ân才不致鬆開。縷lāu，絲繩鬆開也。

【催緊 chhui-kín】 迫得快。迫得急。略同催絯chhui-ân。絯ân與緊kín雖然有相同之處。但是亦不相同。絯ân指力量，緊kín指時間。例如：縛眞絯pak-chin-ân⇨綑縛得甚固亦即工作堅固。縛眞緊pak-chin-kín⇨綑縛得甚快。亦作工作快速。

【催頷 chhui-ām】 緊迫咽喉。未輸抾～～也抾bē-su teh～～á leh⇨好像在束緊咽喉，有如束頸的狀態。

【催壁 chhui-piah】 以泥漿塗牆壁曰抹壁boah-piah,初抹之後，再抹之(不加泥)，使泥穩固壁面平滑曰催chhui，曰催壁chui-piah。下晝該更～～ē-tàu ài-koh～～⇨下午要再做催壁的工作。

chhui 推 推thui也。求也。度tok。猜也。窮詰也。送物使前曰推chhui, thui。荐舉曰推chhui, thui。拒却亦曰推chhui, thui。其他可以類～kî-thaⁿ khó-í lūi～⇨同上。黑白～o͘-peh～、黑白約 o͘-peh-ioh ⇨ 黑白推測 o͘-peh-chhui-chhek。前牽爲輓後送爲～chiân-khan ûi bán, hō͘-sòng ûi～⇨同上。公～阿狗做保正kong～a-káu chò-pó-chèng⇨公舉阿狗担任保正。～落崩坎～loh pang-khàm⇨推落崖下。

【推行 chhui-hêng】 thui-hêng。～～富國強兵政策～～hù-kok-kiâng-peng chèng-chhek ⇨同上。～～家庭計畫 ～～ ka-têng-kè-ōe⇨同上。

【推究 chhui-kiù】 ～～ 責任 ～～ chek-jīm ⇨窮詰kiông-kiat責任。

【推卸 chhui-sià】 ～～ 責任 ～～ chek-jīm ⇨同推脫。

【推事 chhui-sū】 thui-sū俗稱法官hoat-koaⁿ。法院的～～hoat-īⁿ ê～～⇨同上。～～有獨立審判權～～ū tok-lıp sím-phoàⁿ-koân ⇨推事在審判案件中，不受任何指揮監督或干涉。

【推定 chhui-tēng】 猜定chhai-tēng。～～年齡大約三十歲左右～～ liân-lêng tāi-iak (iok) saⁿ-chap-hòe chó-iū⇨同上。

【推卻 chhui-khiok】 同推卸chhui-sià。～～得一乾二淨～～tit it-kan-jī-chēng⇨同上。

【推料 chhui-liāu】 預料ī-liāu。

【推搁 chhui-chhiâu】 妥協thò-hiap。逐家小 ～～ 抾道好勢也tak-ke sió ～～ lè tō-hó-sè-à ⇨大家小讓一點點就可以了。又通融thong-iông。即類代誌給你未 ～～ 得chıt-lōe tāi-chì hō͘-lí bē(bōe) ～～tıt⇨此種事，你通融不得。免～～也bián～～ā⇨不用變動了。

【推移 chhui-î】 時勢的 ～～ sî-sè ê ～～ 時勢的變遷。變換。

【推理 chhui-lí】 追求原因道理。～～ 小說 ～～siáu-soat⇨偵探小說等。

【推測 chhui-chhek】 猜測chhai-chhek。據我～～一定會成功kì-goá～～it-tēng ē sêng-kong⇨依我猜想一定成功。

【推進 chhui-chìn】 thui-chìn。～～力～～lek⇨同上。～～機～～ki⇨同上。

【推想 chhui-siūⁿ】 猜測chhai-chhek。～～未夠的～～bē-kàu-ê⇨想不到的。

【推敲 chhui-khau】 thui-khau。斟酌字句。斟酌 chim-chiok。不免更 ～～ 也啦 m̄-bián koh～～a-là⇨事不必再斟酌了。

【推算 chhui-sǹg】 料事liāu-sū。做軍師該會曉～～chò(chòe)-kun-su ài-ē-hiáu～～⇨當軍師者應該會料事如神。

【推算 chhui-soàn】 thui-soàn。估計kó͘-kè。收支～～表siu-chi～～piáu⇨同上。

【推輓 chhui-bán】 thui-bán。大力～～tāi-lek～～⇨大力推荐。後送曰推，前牽曰挽。

【推廣 chhui-kóng】 thui-kóng。農事～～課lông-sū～～khò⇨主管農事的一個小單位。

【推論 chhui-lūn】 thui-lūn～～正確～～chèng-khak⇨同上。

【推諉 chhui-úi】 thui-úi。設辭逃責任。做事相～～，食飯爭做前chò(chòe)-sū saⁿ～～chiah-pn̄g cheⁿ(chiⁿ)-chò(chòe)-chêng⇨辦事情互相託詞逃避，吃飯即爭先恐後cheng-sian-khióng-hō͘⇨同上。

【推銷 chhui-siau】 thui-siau。出售chhut-siū。無人推薦道該自己～～也bô-lâng chhui-chiàn tō ài ka-kī(tī)～～a⇨沒人推薦，就該自己推銷了。

【推舉 chhui-kí(kú)】 thui-ki(kú)。推賢舉能 chhui-hiân-kí(kú)-lêng。～～主席～～chú-sek⇨同上。

【推選 chhui-soán】 thui-soán。～～作品～～chok-phín⇨同上。

【推薦 chhui-chiàn】 人是～～好的，曷有人～～僫的lâng sī～～hó-ê，ah-ū-lâng～～bái-ê⇨人家都是推薦好的，那裏有人推薦壞的。

【推翻 chhui-hoan】 thui-hoan。推倒chhui-tó。～～暴政～～pok-chèng⇨同上。

【推斷 chhui-toàn】 thui-toàn。推想而斷定事物。根據情報～～kin(kun)-kì(kù) chêng-pò～～⇨同上。

【推辭 chhui-sû】 悌辭the-sî也。～～託故～～thok-kò͘⇨設詞託事以閃避siám-pī。

【推己及人 chhui-kí-kip-jîn】 以待自己的心，對待別人。人講～～～～，不當家己好道好，無管別人死活lâng-kóng～～～～，m̄-thang-kóng ka-kī hó tō-hó，bô-koán pat-lâng sí-oah⇨古人說，推己及人，不可以爲自己好就算了，不管別人的生死。

【推三託四 chhui-saⁿ-thok-sì】 多方藉故chek-kò͘推託。較討每是～～～～不肯還khah-thó mā-sī～～～～m̄-khéng-hêng⇨如何催討也是多方推託不肯還債。

【推心置腹 chhui-sim-tì-hok】 誠心對待人。漢光武推赤心置人腹中hàn-kong-bú chhui-chhek-sim tī-jîn hok-tiong⇨光武帝劉秀誠心待人。

【推波助浪 chhui-pho-chō-lōng】 故意把事情擴大。人講無息事寧人都壞也，你更顚倒共伊～～～～，你實在有夭壽lâng-kóng bô sit-sū lêng-jîn to-hāi-ā，lí koh tian-tó kā-i～～～～，lí，sit-chāi ū-iau-siū⇨古人說，不能息事寧人都很不好了，你還反而推波助浪，實在夠該死。

【推陳出新 chhui-tîn-chhut-sin】 從陳舊的事物中推究出新的事理。當今的世界，～～～～時時刻刻都拎進步，tong-kim ê sè-kài，～～～～ sî-sî-khek-khek to-teh chìn-pō͘⇨同上。

**chhui 吹** 口出氣也。風動曰吹chhui，chhoe(見chhoe部)。大～大擂toā～toā-lûi⇨大作宣傳。風～草動hong～chhó～tōng⇨風吹草動hong-chhoe-chháu-tāng。鼓～革命kó͘～kek-bēng⇨同上。

【吹噓 chhui-hi】 頌揚別人好處。～～相助～～siang-chō͘⇨吹噓亦即相助也。荷蒙曲賜～～ō-bông-khiok-sū～～⇨信函中常見詞。

【吹號角 chhui-hō-kak】 吹鳴chhui-bêng戰鬪的號角。

【吹毛求疵 chhui-mô-kiû-chhû】 存心揣欠點。毋當～～～～m̄-thang～～～～⇨不可吹開毛髮以求人家之瑕疵。不可故意挑剔thiau-thek。揣chhōe，尋求也。

【吹灰之力 chhui-hoe-chi-lek】 小小之力量。不費～～～～put-hùi～～～～⇨同上。

**chhui 炊** 爨chhoàn也。炊chhoe也(見chhoe部)。以火煮物曰炊chhui。

【炊事 chhui-sū】 厨房tû-pâng之事。

【炊煙 chhui-ian】 炊事的火煙hóe-ian。

【炊爨 chhui-chhoàn】 飯盒～～hoān-ap～～⇨以飯盒煮飯如軍中或郊遊者。

chhúi
**揣** 量niû高低也。探求忖度皆曰揣chhúi。度高曰～tok-ko oat～⇨量度高低叫做揣chhúi。

【揣度chhúi-tok】 暗中料想。私自～～su-chū～～⇨同上。

【揣骨 chhúi-kut】 揣摸骨相。～～相法～～siàng-hoat⇨同上。

【揣摩 chhúi-mô】 探求比對以求眞相。～～臆測～～ek-chhek⇨同上。

chhúi
**摧** 折也。挫chhò也。滅也。折毀chiat-hùi曰摧chhúi。損毀sún-húi曰摧chhúi。～壞去～hāi-khì⇨折毀了。破壞了。～壞了了～hāi-liáu-liáu⇨全部破壞掉了。

【摧殘 chhúi-chân】 取次～～天賦才chhí-chhù～～thian-hù-châi⇨西廂記。

【摧毀 chhúi-húi】 摧殘破壞。～～掉無採～～tiāu bô-chhái⇨壞了可惜。

【摧摧壞 chhúi-chhúi-hāi】 摧毀掉了。

chhúi
**膸** 骨中脂也。

chhúi
**髓** 膸chhóe也(見chhoe部)。

chhùi
**翠** 鳥名，青羽雀也。凡是青綠色者皆曰翠chhùi。翡～húi～⇨①美石之綠色者。②一種美鳥名。遠山含～oán-san hâm～⇨同上。

【翠玉 chhùi-gek】 翡翠玉húi-chhùi-giok。

【翠竹 chhùi-tiok】 青竹。白沙～～江村暮，相送柴門月色新pek-sa～～kang-chhoan-bō，siang-sòng chhâ-bûn goat-sek-sin⇨杜詩。

【翠嵐 chhùi-lâm】 青色的山峯。翠峰chhùi-hong。

chhùi
**粹** 純sûn也。不雜也。純一不雜曰粹chhùi。純～sûn～⇨同上。精～cheng～⇨精華cheng-hoâ。國～kok～⇨我國第一主義。

【粹白 chhùi-pek】 純白sûn-pek。天下無～～之狐，而有～～之裘，取之衆白也thian-hē bû～～chi hô͘，jî-iú～～chi kîu，chhú-chi chiòng-pek-iā⇨同上。

chhùi
**碎** 破也。細破曰碎chhùi。又瑣屑só-sap也。雜～chap～⇨事物細小煩雜。亦曰雜雜～～chap-chap～～。破～phò～⇨破而又碎矣。布～仔pò͘～á⇨布屑pò͘-sap。紙～仔choá～á⇨紙屑chóa-sap。米～仔bí～á⇨米幼仔bí-iù-á⇨米屑bí-sap。粉～hún～⇨碎如粉。

【碎工 chhùi-kang】 散工soàⁿ-kang。臨時工lîm-sî-kang。做～～chò(chòe)～～⇨同上。叫～～kiò～～⇨同上。

【碎米 chhùi-bí】 破碎米phoà-chhùi-bí。～～仔掃來飼鷄～～á sàu-lâi chhī-ke(koe)⇨同上。

【碎金 chhùi-kim】 文藝之緒餘。名家的筆跡。

【碎割 chhùi-koah】 萬刀～～bān-to～～⇨古代有此刑。當爲寸割之訛。

【碎碎 chhùi-chhùi】 不成整體。散散soàⁿ-soàⁿ。粉粉hún-hún。～～去也～～khì-à⇨碎破了。切～～chhiat～～⇨切成小珠或小片。什什～～chap-chap～～⇨雜碎chap-chhùi。

【碎銀 chhùi-gîn】 銀的細屑。

【碎錢 chhùi-chîⁿ】 小錢sió-chîⁿ。換～～oāⁿ～～⇨大鈔換零錢。

【碎鹽鹽 chhùi-iâm-iâm】 碎如鹽。破到～～也phoà-kà～～～ā⇨破得碎如塩了。

【碎身粉骨 chhùi-sin-hún-kut】 ～～～～以報大恩～～～～í-pò tāi-in⇨碎身當寸屍。

【碎屍萬斷 chhùi-si-bān-toān】 古刑。掠去～～～～liah-khì(ì)～～～～⇨碎身當寸屍。

【碎骨分屍 chhùi-kut-hun-si】 從高處跌下身體破碎。跋落來若未～～～～我藉輸你poah

-loh-lâi nā-bē(bōe)～～～～goá chiah su-lí⇨跌下來若不碎骨分屍我就認輸。罵孩子在高處玩。

**chhùi 脆** 脆chhè也(見chhe部)。

**chhùi 啐** 聲也。吐口水。吐痰thò-thâm。

**chhùi 嘴** 凡口kháu皆曰嘴。又形尖突出者亦曰嘴chhùi。牛～馬～狗～鳥仔～鯉魚～gû～bé～káu～chiáu-á～tāi-hî～⇨各種嘴chhùi。鑽石～soān-chioh～⇨言詞犀利者。機器～ke-khì～⇨終日見物即食而不斷者。聖旨～sèng-chí～⇨①君無亂言。言必有信者(不論好壞)。②推測必中者。烏鴉仔～o·-ah-á～⇨報凶不報吉。鮐魚～tāi-hî～⇨女人的小口。灌管～koàn kóng～⇨灌管形(橢圓形)的出入口。垃圾～lap-sap～⇨開口就是髒話。眉屄～chi-bai～⇨言而無信者。刀～to～⇨①刀口to-kháu。②刀傷。歹～phái$^{n}$～⇨惡言惡語。好～hó～⇨好話。開～khui～⇨開口khai-kháu。開～合～都抾思念khui～hap～to-teh su-liām⇨每有機會說話都在思念。囡仔人有耳無～gín-a-lâng ū-hī$^{n}$ bô～⇨年青者有耳無口。謂可以耳聽人說話不可開口提意見。鷄～變鴨～ke～pì$^{n}$ ah～⇨謂強辯者已辭窮矣。⿰多支人⿰多支～chē-lâng chē～⇨人多意見多。應～應舌ìn～ìn-chih⇨對尊輩的話諸多辯解。學～學舌oh～oh-chih⇨搬～搬舌poa$^{n}$～poa$^{n}$-chih。粗～野斗chho·～iá-táu⇨言詞粗野。歹～六斗phái$^{n}$～lak-táu⇨惡言惡語。頭～thâu～⇨食口sit-kháu。六個頭～lak-ê thâu～⇨六個人的生活。食二三～飯道走也chiah nn̄g-sa$^{n}$～pn̄g tō-cháu-à⇨吃兩三口飯就跑了。不歛～put-liâm～⇨口不擇食。口不擇言。

**【嘴口 chhùi-kháu】** ㊀口外，口上。肉到～～也藉乎溜去bah-kàu～～à chiah hō·liu-khì⇨肉到口了，才給溜走。喻事垂成而敗。㊁口頭上。～～話～～ōe⇨口頭上的話。無意中順口說出的話。～～～～端仔也講未出來～～～～à kan-a kóng-bē(bōe)-chhut-lâi⇨謂覺得很熟嘴的(名字，東西)，只是說不出來。發～～願hoat～～goān⇨口頭上對神佛立誓。公開立誓。

**【嘴水 chhùi-chúi】** 說話。阿狗仔較有～～a-káu-à khah-ū～～⇨阿狗較會交際(會說話)。阿貓較無～～a-niau khah-bô～～⇨阿貓較不會交際。人食～～花食露水lâng-chiah～～hoe-chiah lō·-chúi⇨人依交際說話而生存，花依露水即嬌豔。食一枝～～chiah chit-ki～～⇨依賴一口會說話會交際的嘴。

**【嘴孔 chhùi-khang】** 口腔。塞～～that～～⇨①吃東西以生存。有才調塞～～道眞佼也ū-châi-tiāu that～～tō chin gâu-ā⇨有才能自己塡飽肚子就很能幹了。②封人之口。該些給伊塞～～抾āi-chē- hō·-i that～～lè⇨要多少給他封嘴hong-chhùi。

**【嘴內 chhùi-lāi】** 口中。～～含飯～～kâm-pn̄g⇨同上。

**【嘴巴 chhùi-pe(poe)】** 水禽類的扁平嘴。鵝～～gô～～⇨同上。死鴨仔硬～～sí-ah-á ngē～～⇨鴨子死了，嘴巴還是硬的。喻人死嘴不死，強硬主張己意到底。

**【嘴斗 chhùi-táu】** 口kháu。大～～toā～～⇨敢說敢講ká$^{n}$-soeh-ká$^{n}$-kóng。歹～～phái$^{n}$～～⇨①對食物好惡太甚。老人較歹～～lāu-lâng khah phái$^{n}$～～⇨老人食欲較弱較挑剔食物。好～～hó～～⇨有物就食不作挑剔。②惡言罵人。不當許爾歹～～m̄-thang hiah-ni phái$^{n}$～～⇨不可那麼惡語罵人。

**【嘴仔 chhùi-á】** 口kháu。煙吹～～hun-chhoe～～⇨煙斗口。～～紅紅必食人～～âng-âng boeh-chiah-lâng⇨一意貪慾想坑人。紅紅âng-âng謂口染人血。食人chiah-lâng謂欺人取財。

【嘴白 chhùi-pe̍h】 拒食反應。不想吃，不愛吃。擇物而食。病抵好耳有較～～pē$^n$(pī$^n$)-tú-hó niâ ū-khah～～⇒病剛好了比較不想吃東西。囝仔眞～～gín-á chin～～⇒孩子很挑剔食物。

【嘴尖 chhùi-chiam】 ～～舌利～～chı̍h-lāi⇒能言善辯lêng-giân siān-piān。

【嘴舌 chhùi-chı̍h】 舌chih。～～利～～lāi⇒能言善辯lêng-giân-siān-piān。反之曰～～鈍～～tūn。～～吐掠外長～～thó· lia̍h-goā-tn̂g⇒舌吐出五六寸長。(表示震驚)。掠lia̍h，五指伸直曰一掠chit-lia̍h約五六寸長。

【嘴尾 chhùi-bóe(bé)】 ㊀食後的舌上感覺。～～苦苦～～khó·-khó·⇒有苦味。～～甜甜～～ti$^n$-ti$^n$⇒有甜感。～～澀澀～～siap-siap⇒有澀感。食些柑仔煞～～chia̍h-chē kam-á soah～～⇒吃些柑子殺(食後的)口味。㊁話尾ōe-bóe。扱人的～～亦講到有一字八khioh-lâng-ê～～a̍h-kóng-kà ū-chit-jī-pat⇒拾人口惠也說得有個樣子。

【嘴角 chhùi-kak】 嘴邊 chhùi-pi$^n$。講到～～涎了了kóng-kà～～noā-liáu-liáu⇒說得口角都是口沫。生～～疔se$^n$(si$^n$)～～teng⇒嘴角生疔。

【嘴快 chhùi-khoài】 嘴輕chhùi-khin。說話不愼重。～～害死人～～hāi-sí-lâng⇒因嘴快可能致人於死。

【嘴呼 chhùi-ho·】 空嘴說白話khang-chhùi soeh-pe̍h-ōe。～～二萬五～～jī-bān-gō·⇒口說兩萬五，但無實行之意。～～耳無誠意～～niâ bô-sêng-ì⇒嘴說說而已沒誠意。

【嘴花 chhùi-hoe】 說話。嘴錦chhùi-gím。(不過嘴花較重輕鬆面。嘴錦較重吵嘴)。盤～～答嘴鼓poâ$^n$～～tap-chhùi-kó·⇒無事閒聊。

【嘴空 chhùi-khang】 口中無食物。沒飯吃。～～道罵翁～～tō mē-ang⇒謂口中無食物就罵丈夫無能。

【嘴約 chhùi-iak(iok)】 口約 kháu-iak，～～無準算～～bô-chhún-sǹg⇒口約不算。

【嘴敆 chhùi-chē】 多嘴to-chhùi。～～沽人怨～～kó·-lâng-oàn⇒多嘴惹人怨恨。

【嘴涎 chhùi-noā】 口水。～～水～～chúi⇒口水。呸～～phùi～～⇒吐口水。～～沴丈外長～～tin tn̄g-goā-tn̂g⇒口水垂下丈多長。喻極爲羨慕於某物。～～殘～～choā$^n$⇒食餘之物。食人的～～殘chia̍h-lâng ê～～choā$^n$⇒吃人家吃過的東西。

【嘴焰 chhùi-ta】 口渴kháu-khat。～～喉渴～～âu-khoah⇒喉乾嘴渴 âu-ta-chhùi-khoah。亦喻事在燃眉之急jiân-bî chi kip。

【嘴脣 chhùi-tûn】 口唇kháu-sûn。看見蘇州婆仔眞文理，十七二八少年時，紅～～白嘴齒桃花面點胭脂 khoà$^n$-kì$^n$ so·-chiu-pô-á chio-bûn-lí，cha̍p-chhit jī-pe̍h(poe̍h) siàu-liân-sî，âng～～pe̍h(poe̍h)-chhùi-khí，thô-hoe-bīn，tiám-ian-chi⇒千金譜。～～皮仔相款待～～phôe(phê)-á sio(sa$^n$)-khoán-thāi⇒維持口頭上的交際。

【嘴琴 chhùi-khîm】 ㊀口琴kháu-khîm。㊁蕃人以嘴爲琴(利用樹葉等)。歕～～pûn～～⇒同上。

【嘴渴 chhùi-khoah】 口乾kháu-kan。喉乾～～âu-ta～～⇒同上。

【嘴硬 chhùi-ngē(ngī)】 ～～尻川軟～～kha-chhng-nńg⇒謂嘴上說得強硬，事過了就軟下來了。表面強硬，背後軟綿綿。

【嘴飯 chhùi-chiá$^n$】 口不知味(例如病後)。會感覺～～未ē kám-kak～～bē⇒會不會覺得食而無味。飯chiá$^n$食無味也。

【嘴鼓 chhùi-kó·】 打～～phah～～⇒閑談hân-tâm。答～～啥人未tap～～siá$^n$-lâng bē⇒夫妻吵嘴誰家無。

【嘴滑 chhùi-ku̍t】 嘴快chhùi-khoài。～～講不着話～～kóng-m̄-tio̍h-ōe⇒嘴滑說錯話。

【嘴聖 chhùi-siàⁿ】 預言必中。善說笑話。～～耳無路用啦～～niâ bô-lō͘-iōng-lâ⇨說說笑話而已有什麼用。

【嘴罩 chhùi-tà】 覆口鼻的小布。掛～～koà～～⇨同上。

【嘴噈 chhùi-chok】 只叫人做工自己却不做。會曉使～～耳ē-hiáu sái～～niâ⇨只會用嘴要人家做而已。猪哥使～～ti-ko sái～～⇨罵使嘴噈之人爲猪哥。

【嘴管 chhùi-kóng】 嘴chhùi。長～～的tn̂g～～ê⇨猪ti。～～較長過下頷～～khah-tn̂g-kòe ē-hām⇨嘴管比下顎還長。謂只有空口講白話的嘴。

【嘴齒 chhùi-khí】 牙齒gê-khí。～～痛～～thiàⁿ⇨牙痛。掇～～chhoah～～⇨拔牙poat-gê。挽～～bán～～⇨拔牙。發～～hoat～～⇨長牙。～～眞齊～～chin-chiâu⇨牙齒很整齊。～～暴暴～～pauh-pauh⇨暴牙pauh-gê。～～根咬抮～～kin(kun) kā-lè⇨咬緊牙根。～～涎～～noā⇨口水。～～脚～～kha⇨牙齦gê-kîn。皇先掇～～hông-sian chhoah～～⇨青挽白挽chheⁿ-bán-peh-bán。⇨①烏白拔牙(因皇先非牙醫)，②強硬拖欠債務。

【嘴錦 chhùi-gím(kím)】 嘴花chhùi-hoe。盤～～poâⁿ～～⇨你來我往持久不停的打嘴架。

【嘴酺 chhùi-phé(phóe)】 面頰biān-kiap。拍～～phah～～⇨打頰。搧～～siàn～～⇨同前。～～頦仔～～koai-á⇨小嘴頰。

【嘴頭 chhùi-thâu】 嘴chhùi。～～硬～～ngē⇨口頭上強硬。

【嘴講 chhùi-kóng】 口頭說。～～眞好聽，見眞敢無影～～chin hó-thiaⁿ，kìⁿ-chin káⁿ-bô-iáⁿ⇨口頭上說得很好，逢到事實時怕不是眞的。

【嘴饞 chhùi-sâi】 貪食tham-chiah。不歛嘴put-liâm-chhùi。枵饞iau-sâi。～～更人偲，不驚嫁無人愛否～～koh lâng-bái，m̄-kiaⁿ kè-bô-lâng-ài-ho͘hⁿ⇨逗笑小女子的話。

【嘴下斗 chhùi-ē-táu】 下顎ē-kok。亦曰嘴下頷chhùi-ē-hām或嘴下頦chhùi-ē-hoâi。

【嘴上毒 chhùi-siāng-tok】 言詞最毒，能利人、能傷人。人無毒～～～lâng-bô-tok～～～⇨謂人不能爲害，嘴才最利害。

【嘴不死 chhùi-m̄-sí】 一身死了了也猶更～～～chit-sin sí-liáu-liáu-ā iáu-koh(kú)～～～⇨人死了，嘴還在說話(自辯，鳴不平者)。

【嘴合合 chhùi-hap-kap】 閉嘴pì-chhùi。～～～不講話～～～m̄-kóng-ōe⇨同上。

【嘴抵嘴 chhùi-tú-chhùi】 面對面bīn-tùi-bīn。～～～講的伊都不承認也要更講啥～～～kóng-ê i to m̄-sêng-jīn-ā boeh-koh kóng siahⁿ⇨對面說的他都不承認了，還要說什麼。閹鷄相撲～～～老鼠相撲迫樓梯，娘仔生緣無生雉，生雉無緣上尅虧 iam-ke sio-phah～～～niáu-chhí sio-phah peh-lâu-thui，nîu-á seⁿ(siⁿ)-iân bô-seⁿ(siⁿ)-súi，seⁿ(siⁿ)-súi bô-iân siāng khek-khui⇨丑仔白(老家婆 lāu-ke-phôa)。

【嘴紅紅 chhùi-âng-âng】 食人肉口染血。～～～要食人～～～boeh chiah-lâng⇨欺人謀利的狡猾káu-kut之徒。食人chiah-lâng，欺人謀利。

【嘴飛飛 chhùi-poe-poe】 病後多言。～～～亂亂講～～～loān-loān-kóng⇨同上。

【嘴是風 chhùi-sī-hong】 言詞如風。～～～，筆是踪～～～pit-sī-chong⇨言詞如風非證據，文件才是證據。

【嘴動嘴 chhùi-tāng-chhùi】 順嘴sūn-chhùi。～～～罔愛講耳～～～bóng-ài-kóng niâ⇨謂我本無意講，你已提之，我才順便說說而已。

【嘴開開 chhùi-khui-khui】 開口。～～～俫食人耳～～～boeh chiah-lâng niâ⇨嘴紅紅必食人chhùi-âng-âng boeh-chiah-lâng。

【嘴無靈 chhùi-bô-lêng】 嘴上無權威。～～

～耳未利～～～hīⁿ-bē(bōe)-lāi⇨謂人老了口不靈耳不聽，已無權威。不中用put-tiōng-iōng了。

**【嘴見目見 chhùi-kīⁿ-bak-kīⁿ】** 近在咫尺chí-chhioh。經常相見。～～～～的人，～～～～ê lâng⇨經常見面之人。

**【嘴烏面土 chhùi-o·-bīn-thó·】** 極度不高興的表情。見着道～～～～甚人敢講伊kīⁿ-tioh tō～～～～ siaⁿ-lâng káⁿ-kóng-ì⇨動不動就嘴烏面土誰敢數說他。

**【嘴蜜腹劍 chhùi-bit-hok-kiàm】** 說好聽的話心不懷好意。

**【嘴食嘴不認 chhùi-chiah-chhùi-m̄-jīn】** 謂現行犯却不承認。～～～～～尻川爛到面～～～～～kha-chhng noā-kà-bīn⇨同上。尻川kha-chhng屁股。

**【嘴硬尻川軟 chhùi-ngēh-kha-chhng-nńg】** 口說硬話，事到却軟綿綿無法應付。

**【嘴食尻川坐賬 chhùi-chiah-kha-chhng-chē-siàu】** 嘴吃東西屁股負責。謂亂吃東西致成疴痢。尻川負責。

**【嘴是無底深坑 chhùi-sī-bô-té-chhim-kheⁿ(khiⁿ)】** 口是無底的深谷。～～～～～～一世人坦未淀～～～～～～ chit-sì-lâng thūn-bē(bōe)-tīⁿ⇨口是無底深谷，終生塡不滿。

**【嘴飽目珠不飽 chhùi-pá-bak-chiu-m̄-pá】** 貪食鬼tham chiah-kúi。

chhùi
**喙** 同嘴。應讀sùi或hùi，多指鳥獸之口唇也。

chhùi
**咀** 嘴或喙chhùi的省筆。

chhûi
**推** 同推chhui。

## chhun

chhun
**春** 四季之首也。～夏秋冬～hē chhiu tang⇨一年四季之名。立～lip～⇨冬盡春始也。三～sam～⇨孟～仲～季～bēng～tiōng～kùi～是也。相當於陰曆之正二三月。又喻年紀少也。男女之情亦曰春chhun。二八青～少年時jī-pat chheng～siàu-liân-sî⇨十六七歲的少年時代。有女懷～iú-lí hoâi～，少年思～siàu-liân su-～，猶貓叫～siáu-niau kiò～青樓賣～chheng lâu māi～等等皆指男女間之情也。東方甲乙木屬～tong-hong kah-it-bok siok～⇨五行說。～愈寒雨愈濺～ná-koaⁿ hō· ná-choāⁿ⇨天日日寒冷不退，春雨日日綿綿不停。～看海口，冬看山頭～khoàⁿ hái-kháu tang khoàⁿ soaⁿ-thâu⇨春天觀察海上，冬天觀察山上可知天氣之變化。～南夏北無水磨墨～lâm hē-pak bô-chúi boâ-bak⇨春天吹南風夏天吹北風，天將不雨至於連磨墨用水都沒有。～報頭冬報尾～pò-thâu tang pò-bóe⇨春雨前有大風，冬雨後必有大風。～鯉冬加鮎～bián tang ka-lah⇨春季的鯉魚，冬季的加鮎魚最宜上桌。行～kiâⁿ～⇨新春時探親訪友。

**【春仔 chhun-á】** 春季的產品的通稱。～～茶～～tê⇨春茶。～～蕉～～chio⇨春蕉(香蕉)。～～花～～hoe⇨①椿花。②吉祥時女人插用的蓪草thong-chhó等的人造花。

**【春干 chhun-koaⁿ】** 一種柔魚干。

**【春牛 chhun-gû】** 立春前日進牛入宮曰春牛。～～圖～～tô⇨古時的曆書表。畫有牛及牛童並印有天氣預報等的簡畧文字。～～嫺格天～～kán keh-thiⁿ⇨不講理的拗相公aú-siàng-kong。因其天氣預報多與實際不合，視爲牛童故意不順天意所致故云。春牛嫺chhun-gû kán意爲照顧春牛的女婢。不過亦即指牧童也。

**【春方 chhun-hong】** 催淫藥方。

**【春分 chhun-hun】** 二十四氣之一。～～秋

分暝日平分～～chhiu-hun mê-ji̍t pê$^{n}$-pun⇨春分秋分這兩天日夜的時間同樣。春分在三月廿一二日，秋分在九月廿一二日。

【春日 chhun-ji̍t】 ～～尋芳泗水濱，無邊光景一時新～～sīm-hong sù-súi-pin, bû-pian kong kéng it-sî-sin⇨古詩。

【春心 chhu̍n-sim】 思春su-chhun之心。懷春hoâi-chhun之心。花言巧語弄到～～動也hoa-giân-khá-gí lāng-kà～～tōng-ā⇨以花言巧語戲弄得春心動了。

【春天 chhun-thi$^{n}$】 春。春季，春的天空。～～時～～sî⇨春季的時候。～～後母面～～āu-bó(bu)-bīn⇨春的天氣易變。謂如繼母的面，喜怒不定。

【春令 chhun-lēng】 春的時序。抄行～～也teh-kiâ$^{n}$～～ā⇨同上。

【春衣 chhun-i】 春季的衣裳。朝回日日典～～每日江頭盡醉歸，酒債尋常行處有，人生七十古來稀，穿花蛺蝶深深見，點水蜻蜓款款飛，傳語風光共流轉，暫時相賞莫相違tiâu-hôe ji̍t-ji̍t tián～～，múi-ji̍t kang-thiû(thiô) chīn-chùi-kui，chíu-chè sīm-siâng hêng-chhì(chhù)-iú，jîn-seng chhit si̍p kó-lâi-hi，chhoan-hoa kiap-tia̍p chhim-chhim-kiàn，tiám-súi chheng-têng khoán-khoán-hui，thoân-gí hong-kong kiōng-liû choán，chiām-sî siang-siáng bo̍k-siang ûi⇨杜詩。

【春光 chhun-kong】 ～～易老～～ī-ló⇨春日易逝chhun-ji̍t ī-sì。～～外洩～～goā-siap⇨好事洩露。

【春色 chhun-sek】 春之美景。美色。金爐香盡漏聲殘，剪剪輕風陣陣寒，～～惱人眠不得，月移花影上欄杆kim-lô· hiang-chīn lō·-seng-chân，chián-chián kheng-hong tīn-tīn-hân，～～náu-jîn bîn-put-tek，goa̍t î hoa-éng siāng-lân-kan⇨古詩。

【春雨 chhun-í(ú)】 ～～連綿妻獨宿～～liân-biân chhe-to̍k-siok⇨一句謎題，答案是一個一字。意謂春雨連綿定是無日，妻獨宿定是無夫，春字去日再去夫，不是一而何。

【春季 chhun-kùi】 自立春至立夏爲春季，舊曆在正二三月，新曆在三四五月間。～～班的學生～～pan ê ha̍k-seng⇨同上。

【春事 chhun-sū】 春耕chhun-keng之事。農事。～～已起，壯丁就功～～í-khí，chòng-teng chiū-kong⇨謂春耕開始了，壯丁各開始工作了。

【春秋 chhun-chhiu】 ㈠歲時。～～二祭～～jī-chè⇨祭祖之時。㈡年歲。～～鼎盛～～téng-sēng⇨盛壯之年。㈢書名。關公讀～～koan-kong tho̍k～～⇨關羽讀孔子之書魯史。㈣時代名。始～～，終戰國，五霸強，七雄出sí～～，chiong chiàn-kok，ngó·-pà-kiâng，chhit-hiông-chhut⇨三字經。

【春風 chhun-hong】 白髮漁樵江渚上，慣看秋月～～，一壺濁酒春相逢，古今多少事，都付笑談中pe̍h-hoa̍t gî-chiâu kang-chú-siāng koàn-khàn chhiu-goa̍t～～，it-ô· to̍k chiú hí-siang-hông，kó·-kim to-siáu-sū，to· hù chhiàu-tâm-tiong⇨三國演義開卷詞。

【春酒 chhun-chiú】 春宴chhun-iàn。乘新春宴請親戚朋友。請～～chhiá$^{n}$～～⇨同上。

【春喟 chhun-khì】 春季的氣息。～～到也～～kàu-ā⇨春氣到了(行春令了)。

【春宮 chhun-kiong】 ㈠太子的宮殿，亦曰東宮tong-kiong。㈡淫畫。～～圖～～tô·⇨同上。

【春紗 chhun-se】 一種薄紗布。

【春宵 chhun-siau】 春之夜。～～一刻值千金，花有清香月有蔭，歌管樓臺聲細細，鞦韆院落夜沈沈～～it-khek ti̍t chhian-kim，hoa-iú chheng-hiang goa̍t-iú-ìm, ko-koán lô·-tâi seng-sè-sè, chhiu-chhian ī$^{n}$-lo̍k iā-tîm-tîm⇨古詩。

【春祭 chhun-chè】 ～～秋祭～～chhiu-chè⇨春秋兩祭列祖列宗。

【春情 chhun-chêng】 思春su-chhun之情。～～發動～～hoat-tōng⇨同上。

【春假 chhun-ké(ká)】 春季的休假。學校放～～也hak-hāu hòng～～à⇨同上。

【春嘳 chhun-khùi】 春的氣氛。有～～也ū～～à⇨有春之氣氛了。

【春飯 chhun-pn̄g】 新春的飾物。除夕以大碗盛飯，飾以剪花，與春錢同供祖神前，以取吉祥，因春chhun與富厚之休chhun諧音故也。

【春筍 chhun-sún】 新笋sin-sún。～～抵出耳～～tú-chhut niâ⇨春筍剛剛上市而已。

【春夢 chhun-bāng(bōng)】 容易消逝的東西。河邊～～hō-pīⁿ～～⇨同上(夢似宜讀bāng)。～～了無痕～～hiáu bû-hûn⇨同上(夢似宜讀bōng)。

【春餅 chhun-piáⁿ】 肉類及豆菜爲主料，以麵粉皮包之，然後加以油炸的食品。亦曰春捲chhun-kńg。

【春錢 chhun-chîⁿ】 新春的飾物。以紅絲貫錢與春飯同置祖神之前，以取吉祥。因春chhun亦即休chhun，有餘也。

【春頭 chhun-thâu】 春初chhun-chhe。初春chhe-chhun。

【春聯 chhun-liân】 古桃符thô-hû。寫～～賣～～siá～～bē(bōe)～～⇨同上。

【春心蕩漾 chhun-sim-thōng-iāng】 有女懷春芳心難以自持iú-li hoâi-chhun hong-sim lân í chū-chhî。

【春光漏洩 chhun-kong-lāu-siap】 男女間的私情被人撞破了。

【春花秋月 chhun-hoa-chhiu-goat】 春之花，秋之月，良辰美景，風流韻事。～～～～何時了，往事知多少，小樓昨夜又東風，故國不堪回首月明中，彫欄玉砌應猶在，只是朱顏改，問君能有幾多愁，恰如一江春水向東流～～～～hô-sî-liáu, óng-sū ti to-siáu, siáu lâu chā-iā iū tong hong, kò·-kok put-kham hôe-siú goat-bêng tiong, tiau-lân-giok-chhiat(chhè) èng iū-chāi, chí-sī chu-gān-kái, bun-kun lêng-iú kí-to-chhiû, khap-jî(jû) it-kong chhun-súi hiàng-tong-liû⇨李後主詞。

【春風一度 chhun-hong-it-tō·】 社會新聞用詞，謂男女交合一次。不知是否～～～～玉門關～～～～～giok mn̂g-koan的省詞。

【春蚓秋蛇 chhun-ín-chhiu-siâ】 謂字體拙劣chhoat-loat。行如蚯蚓字如秋蛇 hâng jî chhiu-ín jī jî chhiu-siâ⇨同上。

【春華秋實 chhun-hoâ-chhiu-sit】 謂文章格調雖然不相同，卻是一樣的精美。

【春寒料峭 chhun-hân-liāu-chhiaù】 謂雖然春天了，但是東風還是有寒意。

【春樹暮雲 chhun-sū-bō·-kûn】 思念遠方之友。～～～～之情～～～～chi chêng⇨同上。

【春蘭秋菊 chhun-lân-chhiu-kiok】 謂物逢其時，各有其美。

【春露秋霜 chhun-lō·-chhiu-song】 恩威兼施。惠霑春露，威厲秋霜hūi tiam chhun-lō·, ui lē chhiu-song⇨同上。

**偆** chhun 富也。厚也。富有也。存chûn也。亦作賰chhun。有餘曰偆chhun。增加亦曰偆chhun。存之亦曰偆chhun。俗作剩seng讀chhun。有～無～ū～bô～⇨有多餘沒有多餘。猶～五元iáu～gō·-kho·⇨還留存五元。一個人食無夠二個人食有～chit-ê-lâng chiah bô-kāu, nn̄g-ê lâng chiah-ū～⇨勸獨身者早娶妻成家的慣用詞。謂一個人生活無法維持，兩個人生活，即綽綽有餘。此去會～也chhú-khì ē(ōe)～a⇨從今以後會有(財物)可留存了。有～較贏無夠ū～khah-iâⁿ bô-kāu⇨有多餘勝過不足。

【偆的 chhun-ê】 餘額î-giah。殘額chângia̍h。～～給你做所費～～hō·-lí chò(chòe) só·-hùi⇨所餘的殘額，給你做費用。～～移入下年度～～î ji̍p ē-nî-tō·⇨結餘轉入下年度的賬內。～～無外敍～～bô-goā-chē(chōe)⇨餘額不甚多。

【偆抾 chhun-lè】 留存之。有偆的乎～～無要緊ū-chhun-ê hō·～～bô-iàu-kín⇨有殘額留著沒關係。～～每無路用～～mā bô-lō· iōng⇨留著也沒用。

【偆錢 chhun-chî$^{n}$】 積存之錢。有～～也ū～～ā⇨有積存之錢了。富裕起來了。無～～每休人bô～～mā chhun-lâng⇨沒錢人在，亦即還有機會。沒增錢也增加人口了，亦即成績不佳，人口增加了也是一喜。

【偆糧 chhun-niû】 存糧chûn-niû。在庫備用之糧食。俗作春糧chhun-niû。家己食的～～有啦ka kī-chia̍h ê～～ū-là⇨自己食用的糧食是有的。

【偆下抾 chhun-hē-leh】 偆抾chhun-lè。留存之。～～～做種～～～chò-chéng⇨留爲種子。

【偆查甫 chhun-cha-po·】 多餘的男人。～～無偆查某～～～bô chhun-cha-bó·⇨有沒人要的男人，沒有沒人要的女人。

【偆起來 chhun-khí-lâi】 留下來。～～～當還人～～～thang hêng-lâng⇨留下來以便還人家。

chhun **伸** 舒也。直也。展也。屈者使直也。又使曲者直，短者長亦曰伸chhun。又寃昭雪曰伸chhun。明白亦曰伸chhun。想未～siū$^{n}$-bē(bōe)～⇨想得無法明白。講未～kóng-bē(bōe)～⇨解釋得無法使其了解(指對方不能了解非解釋無方)。亦曰講未～車kóng bē(bōe)～chhia。格未～kek-bē(bōe)～⇨推考不出其理。

【伸手 chhun-chhiú】 動手。出手。～～摸心官～～bong-sim-koa$^{n}$⇨問自己良心。～～抵著壁～～tú-tio̍h-piah⇨謂窮得走投無路。

【伸勻 chhun-ûn】 ㊀打呵欠伸懶腰。坐了懶，抾～～也chē(chōe)-liáu lán, teh～～ā⇨坐得疲倦了在伸懶腰了。㊁寬裕。即久有較～～也chit-kú ū khah～～ā⇨最近較寬裕了。

【伸出 chhun-chhut】 頭殼不當～～車外thâu-khak m̄ thang～～chhia-goā⇨頭不要伸出車外。

【伸糾 chhun-kiù】 伸縮sin-siok。屈伸khut-sin。

【伸直 chhun-ti̍t】 展直tián-ti̍t。～～掠外長，糾抾恰如鷄母虫～～lia̍h-goā-tn̂g，kiù-leh kah-ná ke-bó(bú)-thâng⇨手掌展開指伸直的長度曰一掠chi̍t-lia̍h，大約是六七寸或七八寸。糾kiù，縮也。鷄母虫ke-bó-thâng，糞堆中剛出蛹之蛾蟲。

【伸脚 chhun-kha】 展足。舒足。～～出手～～chhut chhiú⇨動起手脚做事。會～～未出手得ē(ōe)～～bē(bōe)-chhun-chhiú-tit⇨可以伸出脚不能伸出手。不能動手脚的笑謔。意謂手已不能伸，乾動脚也屬無作爲。

【伸腰 chhun-io】 欠伸khiàm-sin。呵欠～～o-khoat～～⇨同上。

【伸綽 chhun-chhoá】 綽綽有餘 chhiok-chhiok-iú-î。生活寬裕。即久仔加眞～～也chit-kú-á ke-chin～～à⇨最近生活寬裕得多了。

【伸長手 chhun-tn̂g-chhiú】 有求於人。乞食khit-chia̍h。看不免共人～～～否，既該，死較直也khoà$^{n}$-m̄-bián kā-lâng～～～bò·, kà-ài, sí khah-ti̍t-à⇨將來希望不必求助於人，如果要，死較單純了。

chhun **鶞** 鶉sun也。鳥名。俗曰鵪鶉仔ian-chhun-á，性善鬪而好淫，故多有飼養之以爲遊戲者。因其羽毛有黃色條紋，亦有黃脰n̂g-tâu之名。老妓私蓄少年曰飼嫣頭chhī-ian-tâu，所謂嫣頭ian-tâu就是美少年，或謂係鶺鴒ian-chhun與黃胆n̂g-tâu所混訛者。不惜金籠飼黃胆，秋風無數老來嬌put-sioh kim-lâng chhī n̂g-tâu, chhiu hong bû-sò͘ ló-lâi-kiau⇨老婦善粧曰老來嬌ló-lâi-kiau，亦花名，即雁來紅gān-lâi-hông。

chhún **惷** 亂也。厚也，又愚也。亦作蠢chhún。愚～gû～⇨愚昧gû-māi。不知是非之別也。

【**惷人** chhún-jîn】無知之人。戇人gōng-lâng。

【**惷婦** chhún-hū】愚婦gû-hū。愚夫～～gû-hu～～⇨愚昧的夫婦，亦即戇翁戇某gōng ang-gōng-bó͘。

chhún **蠢** 蟲動也。動也。不遜也。亦通悉chhún。伏蟒思動曰蠢蠢欲動ho̍k-bóng su-tōng oa̍t chhún-chhún io̍k-tōng⇨同上。

【**蠢動** chhún-tōng】將有所作爲之動作。暗中活動。反對黨有扲～～hoán-tùi-tóng ū-teh～～⇨反黨在暗中活動。

【**蠢蠢** chhún-chhún】～～欲動～～io̍k-tōng⇨頻作有所作爲的樣子。行將發動。又大蛇思動的樣子。

chhún **忖** 度to̍k也。思也。推測chhui-chhek曰度to̍k，曰忖chhún。

【**忖度** chhún-to̍k】推測chhui-chhek。他人有心，予～～之thaⁿ-jîn iú-sim，î～～chī⇨古文詞句。

chhún **舛** 錯也。錯亂也。命途多～miā-tô͘ to～⇨謂命運上多齟齬chū-gú(chó͘-ngō͘)。人生路上多事而無所成。

chhùn **寸** 度名。十分爲寸，十寸爲尺。又法度也。又少也。得～進尺tek～chìn-chhioh⇨貪心不知足。做人無分～chò(chòe)-lâng bô-hun～⇨爲人無節制。無分無～bô-hun-bô～⇨無分～bô-hun～⇨沒有標準可循。無所節制。方～亂矣hong～loān-ī⇨心中亂了。一～蟲也有五分氣chhi̍t～thâng à-ū gō͘-hun-khì⇨謂微小的人物也有其志，不庸輕視(日諺)。

【**寸土** chhùn-thó͘】小小的土地。～～難求～～lân-kiû⇨人多地少。～～寸金～～chhùn-kim⇨謂地價與黃金相等。

【**寸尺** chhùn-chhioh】㊀法度。做衫該量～～chò(chòe)-saⁿ ài-niû～～⇨製衣需要度寸法。㊁些少。～～不移～～put-î⇨動也不移動。

【**寸心** chhùn-sim】寸志chhùn-chì。微小的心意。

【**寸步** chhùn-pō͘】一小步。～～難行～～lân-hêng⇨極言行之難。

【**寸金** chhùn-kim】一寸四方的金塊。一寸長的金條。寸土～～chhùn-thó͘～～⇨土地貴如黃金。～～難買寸光陰～～lân-bé(bóe) chhùn-kong-im⇨喻時間之可貴。一寸光陰一寸金it-chhùn kong-im it-chhùn-kim⇨同義。

【**寸陰** chhùn-im】很小的時間。惜～～sioh～～珍惜短暫的時間。

【**寸進** chhùn-chìn】小小的進步。

【**寸斷** chhùn-toān】碎斷chhùi-toān。肝腸～～無人來koaⁿ-tn̂g～～bô-lâng-lâi⇨情人爽約。

【**寸鐵** chhùn-thih】小武器。小小的金屬品。身無～～只好束手就縛sin-bû～～chí-hó sok-chhiú chiū-pa̍k⇨同上。窮的窮～～，富的富上天kêng ê kêng～～, pù-ê pù-chiūⁿ thiⁿ⇨貧者貧得寸鐵都沒有，富者富得可以爬上天。極言貧富懸殊。上天chiūⁿ-thiⁿ亦作抵天tú-thiⁿ。

【**寸寸仔** chhùn-chhùn-á】漸進。～～～是～～～sī⇨慢慢來。

【**寸草心** chhùn-chhó-sim】人子區區的孝思，無以報答如春暉之母愛。

【**寸草不留** chhùn-cháu-put-liû】消滅得乾

淨了。彼的所在盒都～～～～也hit-ê só· chāi ta$^{n}$-to～～～～ā⇨那個地方，今者什麼都沒有了。

**chhùn 吋** 英國的長度名。英吋eng-chhùn。十二英吋為一英呎eng-chhioh。

**chhûn 存** 恤問也。告問也。尊重長輩曰存chhûn。居心蓄意曰存chhûn。預作打算曰存chhûn。有～咱ū～lān⇨看得起我，尊重我。(咱lán我們，亦我的人。此處改讀咱lān。)相～sio(sa$^{n}$)～⇨互讓。彼此尊重。尊～chun～⇨同上。

**【存心 chhûn-sim】** 居心。蓄意。～～不良～～put liâng⇨同上。～～挑意安爾創的～～thiau-ì an-ne(ni) chhòng-ê⇨有心故意如此作為的。～～乎伊好看～～hō·-i hó-khoà$^{n}$⇨故意要他好看。

**【存死 chhûn-sí】** 決心要死。覺悟死。～～打一百人～～phah chit-pah-lâng⇨同上。～～.合伊拂也～～kah-i hut-ā⇨決心要跟他拼了。

**【存意 chhûn-ì】** 有意iú-ì。故意kò·-ì。恰如有～～的款kah-ná ū～～ê khoán⇨好像故意的樣子。

**【存辦 chhûn-pān】** 打算，覺悟。～～無的～～bô-ê⇨覺悟犧牲(無物)的。～～走未去也～～cháu-bē(bōe)-khì-ā⇨覺悟逃不了了。客人種番薯，～～死kheh-lâng chèng-han-chî～～sí⇨客家話種番薯與存辦死chhûn-pān sí諧音。

**【存天良 chhûn-thian-liâng(liông)】** 留一點良心。不要泯沒良心。你較～～～抄lí khah～～～leh⇨你留一點良心罷。～～～講～～～kóng⇨憑良心說。

**【存序大 chhûn-sī-toā】** 尊重長輩。做人該會曉～～～chò(chòe)-lâng ài ē(ōe)-hiáu～～～⇨做人應該懂得尊重老輩的人。

**【存後步 chhûn-āu-pō·】** 留下餘地。作退步之計。未曉～～～bē(bōe)-hiáu～～～⇨不會顧慮下步。恔～～～gâu～～～⇨很會作退後之計。

**【存人的額 chhûn-lâng-ê-gia̍h】** 保留人家的部分。無～～～～那會使得bô～～～～ná-ē(tōe)-sái-tit⇨不保留人家的怎麼行。

**【存大存細 chhûn-toā-chhûn-sè(sòe)】** 尊重長輩，愛護幼輩。～～～～是天公地道的～～～～sī thian-kong-tē-tō-ê⇨敬老恤幼是為人自然之理。

**【存皮痛的 chhûn-phôe thià$^{n}$ ê】** 覺悟受呵責鞭打。你不～～～～lí m̄～～～～⇨你不是打算受責問鞭打的嗎。

**chhūn 拵** 據也。捽也。以兩指挾皮而扭轉之曰拵chhūn。捻liàm而扭轉之曰拵chhūn。

**【拵內胲 chhūn-lāi-koâi$^{n}$】** 捻拵大腿liàm-chhūn toā-thúi。惡婦苦毒媳婦仔的慣用手段。因其地在袴內，雖黑青瘀血，亦看不見也。內胲lāi-koâi$^{n}$同內股lāi-kó·。

**【拵嘴酺 chhūn-chhùi-phé】** 捻拵面頰。亦為惡婦所慣用者。但似較少用之，因其傷痕將立現於衆目也。

## chhut

**chhut 齣** 戲劇hì-ke̍k一幕，一段或一場曰一齣chhut。換～oā$^{n}$～⇨換戲目。做甚麼～chò(chòe) sam-ma～⇨演何種戲目。文武～bûn-bú～⇨同上。猾～也siáu～á⇨笑科戲chhiò-khoe-hì。大～小～toā～siò～⇨大場面與小場面的戲劇。又問題曰齣chhut。即～大～也chit～toā～ā⇨這個問題大了。又宴席中一道菜亦曰一齣chhut。猶更幾～iáu koh kúi～⇨還有幾道菜。更三～道甜湯也koh sa$^{n}$～tō ti$^{n}$-thng-a⇨再三道菜就是甜湯(最後)了。

**【齣頭 chhut-thâu】** ㊀戲齣hì-chhut。戲目hì-ba̍k。不知做甚麼～～m̄-chai chò(chòe) sam-ma ～～⇨不知演何戲目。㊁戲法hì-hoat。點子。伊的～～上麰也i ê～～siāng-chē(chōe)-ā⇨他的花樣hoe-iū$^n$最多了(點子最多)。攏伊的～～了了lóng i ê～～liáu-liáu⇨全是他變的戲法(他弄的玄虛hiân-hi)。變無～～也piàn bô～～ā⇨變不出把戲了。今仔日是你的～～kin-á-jit sī lí ê～～⇨今天是你的戲(你演的，你是主角)。

**chhut 出** 進也。產生曰出chhut。入之對也。自內而外曰出chhut。超越也。女子出嫁曰出chhut。又講價錢亦曰出chhut。大郎是嫡～的tāi-lông sī tek～ê⇨大郎是正妻所生的。三郎是庶～的sam-lông sī sì(sù)～ê⇨三郎是偏房phian-pâng所生的(細姨仔囝sè-î-á-kiá$^n$)。美國～的bí-kok～ê⇨美國出產的。寒帶～的hân-tài～ê⇨寒帶出產的。已醉而～í-chùi jî～⇨醉了而步出戶外。走～來看cháu-～lâi-khoà$^n$⇨步出以看望。六～祈山拖老命liok～kî-san thoa-lāu-miā⇨孔明的故事。挺身而～théng-sin jî～⇨同上。人材輩～jîn-châi pòe～⇨同上。傾巢而～kheng-châu jî～⇨同上。人材特～jîn-châi tek～⇨同上。拳王復～kûn-ông hok～⇨同上。進進～～chìn-chìn～～⇨頻頻來往出入。無～其右者bû～kî-iū chiá⇨同上。超～預算chiau～î-soàn⇨同上。有入無～ū-jip-bô～⇨同上。量入爲～liâng-jip ûi～⇨同上。深居簡～chhim-ki-kán～⇨同上。古禮妻有七～，無子一也，淫泆二也，不事翁姑三也，口舌四也，盜窃五也，妬忌六也，惡疾七也，kó·-lé chhe iú chhit～, bû-chú it-iā, im-tiat jī-jā, put-sū ong-ko· sam-iā, kháu-siat sù-iā, tō-chhiap ngó·-iā, tò·-kì liok-iā, ok-chit chhit-iā⇨七出亦曰七去chhit-khì。

**【出入 chhut-jip】** ㊀經歷。會～～內外的人ē(ōe)～～lāi-goā ê lâng⇨見聞經歷多的人。㊁錢財的收支。一年間的～～不是少數chit-nî-kan ê～～m̄-sī sió-sò·⇨同上。㊂來來往往。～～的人眞麰～～ê lâng chin-chē(chōe)⇨來來往往的行人甚多。㊃有交往。有扲～～ū-teh～～⇨經常有來往有接觸。㊄有不符或不對的問題。話有～～ōe ū～～⇨話中有不符之處。話講了有～～ōe kóng-liáu ū～～⇨話說得有不相符者。我看內中敢有～～的款，驚做有問題goá-khoà$^n$ lāi-tiong ká$^n$ ū～～ê-khoán, kia$^n$-chò ū-būn-tê(tôe)⇨依我所看裏頭可能有不對的地方，恐怕有問題存在。

**【出力 chhut-lat】** 盡力chīn-lek。大力toā-lat。打即下眞～～phah chit-ē chin～～⇨此一打很大力。有錢出錢有力～～ū-chî$^n$ chhut-chî$^n$, ū-lat～～⇨同上。

**【出丁 chhut-teng】** 多生男兒。亦曰旺丁ōng-teng。三房較～～sa$^n$-pâng khah～～⇨三房男兒生得比較很多。

**【出工 chhut-kang】** 提供勞力。一個出本一個～～chit-ê chhut-pún-chit-ê～～⇨一個資本一個勞力合作。

**【出口 chhut-kháu】** ㊀出言chhut-giân。～～成章～～sêng-chiang⇨開口是文章。～～傷人～～siang(siong)-jîn⇨同上。㊁出界外之路。～～處該設三位～～chhì ài siat sa$^n$-ūi⇨出口的地方需設三所。㊂對國外出售產品。～～商～～siang⇨同上。～～貨～～hòe⇨輸出品su-chhut-phín。～～貿易～～bō·-ek⇨同上。

**【出山 chhut-san】** 出仕chhut-sū。做官chò-koa$^n$。亦曰下山hā-san。講到劉伯溫～～彼站也kóng-kà lâu-phek-un～～hit-chām-ā⇨講到劉伯溫下山那一段了。

**【出山 chhut-soa$^n$】** 出葬chhut-chòng。阿久伯仔～～如做鬧熱扲a-kú-peh-á～～ná-chò(chōe) nāu-jiat-leh⇨阿久伯的出葬如迎神賽會的熱鬧。～～了也醫生正到～～liáu-ā i-seng chià$^n$-kàu⇨謂事已太遲了。赴不及了。

【出手 chhut-chhiú】 起手khí-chhiú。動手tāng-chhiú。下手hē-chhiú。作爲chok-ûi。歹～～phái$^{n}$～～⇨難於動手。好～～hó～～⇨易於下手。不敢～～m̄-ká$^{n}$～～⇨不敢作爲(例如敵強不敢打，物貴不敢買等等)。不當出脚～～m̄-thang chhut-kha～～⇨不可動脚動手。無講無吆～～道打人bô-kóng bô-iāu～～tō phah-lâng⇨不說不喊起手就打人。～～扲脚～～la̍k-kha⇨摸手摸脚bong-chhiú-bong-kha，俗作毛手毛脚mo-chhiú-mo-kha。扲lō→lā。

【出水 chhut-chúi】 ㊀河流增水。落到坑仔攏～～也lo̍h-kā khe$^{n}$(khi$^{n}$)-á lóng～～à⇨(雨)下得小溪皆增水了。㊁出氣。問責。曷有人博輸筊拍某～～的a̍h-ū-lâng poa̍h-su-kiáu phah-bó·～～ê⇨何可輸了錢打老婆出氣呢。這該戧～～che ài chhōe-i～～⇨此事應該找他問責。～～聲～～sia$^{n}$⇨警告kéng-kò。～～單～～toa$^{n}$⇨貨主開發的收條。

【出月 chhut-go̍eh】 ㊀月上東天。～～也～～à⇨月亮上天了。㊁下個月。～～正還你好否～～chiā$^{n}$ hêng-lí hó-bō·⇨下個月才還給你好不好。

【出火 chhut-hóe(hé)】 ㊀起火。倉庫～～chhng-khò·～～⇨倉庫失火。㊁移動祖先牌位。～～入火～～ji̍p-hóe(hé)⇨祖先牌位(神主牌)的遷出與遷入(例如房屋修建時遷出，修好了又遷入)。

【出日 chhut-ji̍t】 太陽出現。連鞭～～連鞭落雨，即類天氣像痟的liâm-pi$^{n}$～～liâm-pi$^{n}$ lo̍h-hō·, chit-lōe thi$^{n}$-khì chhiū$^{n}$-siáu-ê⇨一下子出日一下子下雨，此種天氣好像神經病的。連鞭liân-pian,⇨liâm-pi$^{n}$。很快，一下子的時間。

【出出 chhut-chhut】 看～～扲曷使騙khoà$^{n}$～～leh a̍h-sái-phiàn⇨看得非常明白的，何用騙人。

【出外 chhut-goa】 離家遠行。在外chāi-goā。～～人～～lâng⇨離鄉背井lī-hiang-pōe-ché$^{n}$之人。～～趁食～～thàn-chia̍h⇨在外鄉謀生活(多指勤勞階級的人)。在家日日好，～～朝朝難chāi-ka ji̍t-ji̍t-hó, ～～tiau-tiau-lân⇨謂出外人的困難多。在家不會迎賓客，～～方知少主人chāi-ka-put-hōe gêng-pin-kheh, ～～hong-ti siáu-chú-jîn⇨謂在家有客不知善加款待，出外才知沒有人做東來接待自己。

【出去 chhut-khì】 往外面。出家門。～～四界流～～sì-kè-liû⇨離家四處去流浪。

【出去 chhut-khì】 ㊀同出來。在家人言曰出去。在己言曰出來。～～做工～～chò(chòe)-kang⇨同上。㊁趕人出門。亦即命令詞。你～～lí～～⇨同上。您攏～～lín lóng～～⇨你們皆出去。趕～～koá$^{n}$～～⇨趕走他(他們)。

【出本 chhut-pún】 出錢爲資金。～～公家做生理～～kong-ke chò(chòe) seng-lí⇨大家出資共同經商。

【出司 chhut-sai】 技藝界的徒弟習藝期滿獨立門戶。三年～～sa$^{n}$-nî～～⇨三年期滿獨立門戶。往時習藝者必拜師入門，勤習滿三年，經師認可，始准出司chhut-sai。司sai或應作師sai。

【出生 chhut-se$^{n}$(si$^{n}$)】 chhut-seng。～～地～～tē(tōe)⇨同上。～～入死～～ji̍p-sí⇨同上。～～年月日～～nî-go̍eh-ji̍t⇨同上。

【出世 chhut-sì】 誕生tàn-seng。～～嬰仔～～e$^{n}$-á⇨剛出生的幼兒。～～着好所在～～tio̍h hó-só·-chāi⇨誕生在很好的地方。謂生在富或貴之家。～～着頭～～tio̍h-thâu⇨生得其時得其地。原義是正常的姿勢出生。反之即曰～～不着頭～～m̄-tio̍h-thâu⇨倒頭生tò-thâu-se$^{n}$。亦即足先生出來的不正常姿勢。喻生不逢其時不得其地，落在貧窮人家。美其名曰：坐蓮花～～命chē-liân-hoe～～miā⇨蓮花與輪迴liân-hôe諧音，連迴俗作，苦命，淒慘落魄解。

【出仕 chhut-sū】 做官chò(chòe)-koaⁿ。姓陳的眞～～séⁿ(sîⁿ)-tân-ê chin～～⇨陳家優秀人材甚多。

【出米 chhut-bí】 產米sán-bí。有名的～～地u-miâ ê～～tē⇨同上。

【出在 chhut-chāi】 隨意sûi-ì。出自chhut-chû。要不～～人boeh-m̄～～lâng⇨要否各人自定。～～伊去也～～i-khì-â⇨由他去好了。不管他好了。～～你講攏好～～lí-kóng lóng-hó⇨由你講什麼就什麼，皆可以。羊毛～～羊身上iûⁿ-mô～～iûⁿ-sin-siāng(siōng)⇨同上。毛病～～內賊mô-peⁿ(piⁿ)～～lāi-chhat⇨同上。

【出血 chhut-hoeh(huih)】 流血lâu-hoeh(huih)。無～～無要緊bô～～bô-iàu-kín⇨沒流血沒關係。

【出字 chhut-jī】 出乩chhut-ki。童乩～～tâng-ki～～⇨同上。

【出乩 chhut-ki】 童乩tâng-ki在桌上畫文字以示神意。聽見講是～～的thiaⁿ-ì-kóng sī～～ê⇨同上。

【出汗 chhut-koāⁿ】 流汗lâu-koāⁿ。～～錢～～chîⁿ⇨流汗錢lâu-koāⁿ-chîⁿ⇨乾淨的錢。

【出名 chhut-miâ】 有名iú-bêng。～～的風景區～～ê hong-kéng-khu⇨同上。人驚～～豬驚肥lâng kiaⁿ～～ti kiaⁿ pûi⇨人怕出名豬怕肥。～～的故事～～ê kò·-sū⇨很有名的故事。

【出色 chhut-sek】 ㊀鮮明。特立。窗仔做了有～～thang-á chò(chòe)-liáu ū～～⇨窗子做得很鮮明好看。～～的人材～～ê jîn-châi⇨優秀的人材。㊁射精也。

【出收 chhut-siu】 意外的超收chhiau-siu。年冬～～nî-tang～～⇨收穫siu-hek意外的多。

【出尾 chhut-bóe(bé)】 ㊀末端boat-toan。路行到～～也lō· kiâⁿ-kà～～â⇨道路跑到盡處了。㊁圓滿收局。彼對夫妻可能無法度～～hit-tùi hu-chhe khó-lêng bô-hoat-tō·～～⇨彼對夫妻可能沒辦法百年偕老pek-liân-kai-ló。

【出局 chhut-kiok】 ㊀妓女應召出妓樓。～～資～～chu⇨出局取費。㊁棒球的術語。跑壘者死曰出局chhut-kiok，三出局則攻守換位。

【出牢 chhut-lô】 同出監chhut-kaⁿ。監kaⁿ指其官，亦即主獄官，牢lô指其所，亦即監獄。

【出身 chhut-sin】 ㊀進身有地位之境。安爾會使得講是相當～～也an-ne(ni) ē(ōe)-sái-tit-kóng sī siang-tong～～a⇨如此(的地位)可以說是相當成功了。萬代不能～～bān-tāi put-lêng～～⇨萬世無法浮上上級社會。㊁經歷。妓女～～的ki-lí～～ê⇨前歷是妓女(而今成功了)。小學徒～～做到主席sió-hak-tō·～～chò(chòe)-kà chú-sek⇨小學徒的經歷做到了主席。大學～～的tāi-hak～～ê⇨大學畢業的。爲如夫人洗脚，賜同進士～～ūi jî-hu-jîn sián-kiok, sù-tông-chìn-sū～～⇨據稱是曾國藩與左宗棠互相調侃的對聯。

【出巡 chhut-sûn】 巡行境內。媽祖～～má-chó·～～⇨同上。縣長～～koān-tiúⁿ～～⇨同上。

【出味 chhut-bī】 茶猶未～～tê á-bōe(bē)～～⇨同上。未曉泡道未～～bē(bōe)-hiáu-phàu tō bē(bōe)～～⇨(茶)不會泡就無味。香水～～phang-chúi～～⇨香水漏氣。

【出征 chhut-cheng】 出兵征伐。～～軍～～kun⇨同上。

【出招 chhut-chiau】 打出功夫手。比抄耳無眞正～～pí-lè niā, bô chin-chiàⁿ～～⇨比比而已，沒有眞的出招。

【出招 chhut-chio】 勸誘khoàn-iú。伊～～人的i～～lâng-ê⇨他誘人參加的。是你藉要

～～你呢sī-lí chiah-boeh～～lí neh⇨是你才要勸你參加(別人休想)。

【**出芽** chhut-gê】 五穀發芽。即冬害也，稻仔攏於～～也chit-tang hāi-ā tiū-á lóng teh ～～ā⇨此季壞透了，稻穀皆在(田裏)發芽了(久雨不能收刈)。

【**出奇** chhut-kî】 異於常。不可思議put-khó-su-gī。成績突然好到～～sêng-chek thut-jiân hó-kā～～⇨同上。

【**出來** chhut-lâi】 ㊀在外。～～做工～～chò-kang⇨同上。～～趁食～～thàn-chia̍h⇨同上。～～食頭路～～chia̍h-thâu-lō͘⇨在外領薪水工作。㊁自內而出。～～看抮～～khoà$^n$-lè⇨出來看看。～～講清楚～～kóng chheng-chhó⇨挺身說明白。不敢～～m̄-ká$^n$ ～～⇨恐怕有事不敢出。不肯～～m̄-khéng ～～⇨不答應出來。㊂助詞。寫～～siá～～⇨寫siá。講～～kóng～～⇨講kóng。挌～～kheh～～⇨擠～～chi$^n$～～⇨挌出kheh-chhut。擠出chi$^n$-chhut。哭～～khàu～～⇨哭了。目屎流～～也ba̍k-sái lâu～～ā⇨眼淚流了。

【**出門** chhut-mn̂g】 步出門外。～～免三步道到也～～bián sa$^n$-pō͘ tō-kàu-ā⇨謂離其家很近。～～見喜～～kiàn-hí⇨出外逢吉chhut-goā hōng-kiat。迷信者出外之先要卜出此卦。

【**出版** chhut-pán】 ～～書刊～～si(su)-khan⇨同上。最新～～chòe-sin～～⇨新書。

【**出使** chhut-sài】 出任外交使節。～～番邦～～hoan-pang⇨出使外國。

【**出所** chhut-só͘】 警察派出所的省稱。拂到去見～～也hut-kà khì-kì$^n$～～ā⇨鬧到派出所去了。

【**出典** chhut-tián】 ㊀送出抵押té-ah。～～乎人也～～hō͘-lâng-ā⇨同上。㊁典故之所由來。

【**出注** chhut-tù】 出賭注chhut-tó͘-chù。逐人～～藉博ta̍k-lâng ～～chia̍h-poa̍h⇨各人都出注了才博。無～～無算bô ～～bô-sǹg⇨沒出注的不算。

【**出面** chhut-bīn】 ㊀出現chhut-hiān。有人代表～～交涉ū-lâng tāi-piáu～～kau-sia̍p⇨同上。你～～講較好勢lí～～kóng khah hó-sè⇨你代表出去講較方便。㊁出在臉上。今都癩痦～～也猶抮驚甚ta$^n$-to thái-ko ～～ā iáu-teh kia$^n$-sah$^n$⇨而今所求者皆表露出來了，還在怕何事，亦即而今可以乾脆說明白了。癩痦thái-ko一種嚴重的皮膚病，可能是性病。喻重大事。

【**出洋** chhut-iû$^n$】 出國chhut-kok。～～去鍍金～～khì tō͘-kim⇨俗對出國留學者的戲謔詞。鍍金tō͘-kim加金箔也。

【**出界** chhut-kài】 超出界線。球打～～去kiû phah～～khì(ì)⇨球打出界外了。

【**出虹** chhut-khēng】 落西北雨道會～～lo̍h sai-pak-hō͘ tō ē(ōe)～～⇨過雲雨之後就會出現虹khēng。

【**出首** chhut-siú】 報案。有人～～ū-lâng ～～⇨有人報案。自首chū-siú。～～家己投到也～～ka-kī tâu-tò-ā⇨而自己投案了自首。

【**出神** chhut-sîn】 ㊀神魂離身sîn-hûn-lī-sin。一個查某囡仔過道看到～～去chi̍t-ê cha-bó͘-gín-á kòe tō khoà$^n$-kà～～khì(ì)⇨一個女孩子經過就看她看得神魂離散。㊁如神然。～～入化巧奪天工～～ji̍p-hoà khiáu-toa̍t thian-kang⇨謂神妙得如神做的如天生自然的。

【**出馬** chhut-bé】 ～～競選議員～～kèng-soán gī-oân⇨同上。不敢～～的款m̄-ká$^n$～～ê khoán⇨好像不敢出馬。

【**出差** chhut-chhe】 奉命出外辦事。～～旅費～～lí-hùi⇨同上。俗多讀chhut chhai，非。

【**出厝** chhut-chhù】 厝宜作[广+東]。出家門。出外。在厝貴～～賤chāi-chhù-kùi～～chiān⇨

在家受愛護備至，出外須與人甘苦(富家子弟)。

【出酒 chhut-chiú】 飲酒過多而致嘔吐甚至不省人事。你不驚更～～否lí m̄-kiaⁿ koh～～ho·hⁿ⇨你不怕再次出酒嗎。

【出租 chhut-cho·】 便屋～～piān-ok～～⇨吉屋招租kiat-ok-chio-cho·。

【出痘 chhut-chu】 出天然痘chhut-thian-jiân-tāu的俗語。

【出海 chhut-hái】 出海上。～～討掠～～thó-liah⇨出海捕魚。

【出家 chhut-ke】 歸佛道爲僧尼。～～人～～lâng⇨僧尼。～～又帶枷～～iū tài-kê⇨謂僧尼還是有罪業之身。～～如初，成佛有餘～～jî-chhe, sêng-hut iú-î⇨謂僧尼如能持其出家當初之志，即必成佛無疑。亦即嘆此種能持之有恒的僧尼甚少。

【出氣 chhut-khì】 靈氣散失(看風水者的名堂)。風水～～也hong-súi～～ā⇨風水的靈氣沒有了。

【出恭 chhut-kiong】 如厠jî-chhè。～～入敬～～jip-kèng⇨古考場的肅靜牌。如厠者，領出恭字牌而赴厠所。

【出骨 chhut-kut】 去骨留肉。猪肉着～～藉賣ti-bah tioh～～chiah-bē(bōe)⇨猪肉要去骨才出售。

【出破 chhut-phoà】 秘事暴露。代誌～～也tāi-chì～～ā⇨事態暴露了。

【出哨 chhut-sàu】 出外巡哨sûn-sàu。

【出草 chhut-chháu】 生番嘯衆下山馘取人頭之謂。衾都唔八聽見講番仔～～也taⁿ-to m̄-bat(pat) thiaⁿ-i-kong hoan-á～～ā⇨而今沒聽說番人出草了。

【出席 chhut-sek】 ～～簿～～phō·⇨同上。無～～亦要領～～費bô～～ah-boeh-niá～～hùi⇨同上。

【出息 chhut-sit】 收益 siu-ek。收穫 siu-hek。～～眞好～～chin-hó⇨收益很好。眞有～～chin-ū～～⇨同。一年～～有幾仔百萬chit-nî～～ū kúi-ā-pah-bān⇨一年收穫有數百萬。幾仔百kúi-ā-pah→kúi-nā-pah。無～～bô～～⇨無前途。

【出倯 chhut-sông】 所謂出洋相也，田莊哨chhân-chng-khùi。不當去～～道歹看相m̄ thang khì～～tō pháiⁿ-khoàⁿ-siùⁿ⇨不要太過田莊哨，否則就難看死了。倯，癡貌。

【出處 chhut-chhì(chhù)】 ㊀出身。英雄不問～～eng-hiông put-būn～～⇨同上。㊁進退。君子重～～kun-chú tiōng～～⇨君子重視進退。

【出將 chhut-chiàng(chiòng)】 ～～入相～～jip-siàng(siòng)⇨出爲大將入爲宰相。

【出現 chhut-hiān】 新星～～sin-seng～～⇨①新星球被發現了。②演藝界的新名人出現了。～～一種怪現象～～chit-chióng koài-hiān-siōng⇨同上。龜脚趖出來也，本相～～也ku-kha sô-chhut-lâi-ā pún-siàng～～ā⇨露出馬脚現出本相了。

【出貨 chhut-hòe】 ㊀出售chhut-siū。～～量～～liāng⇨出售總額。㊁買進商品。去行～～khì-hâng～～⇨到躉行去批取貨物。躉行tún-hâng俗曰大賣toā-bē(bōe)。㊂由躉船tún-chûn起貨。

【出票 chhut-phiò】 ㊀開出支票。～～人～～jîn⇨同上。㊁開出拘票khu-phiò。～～掠人～～liah-lâng⇨同上。

【出產 chhut-sán】 產物sán-but。咱臺灣～～的lán-tâi-oân～～ê⇨我們的臺灣出產者。～～芎蕉較有名耳～～kin-chio khah ū-miâ niā⇨同上。小所在無甚～～sió-só·-chāi bô-siaⁿ～～⇨小地方沒什麼產物。

【出售 chhut-siū】 發賣 hoat-bē(bōe)。～～餘糧～～î-niû⇨同上。本號～～pún-hō～～⇨本店賣出的。

【出岫 chhut-siū】 離巢lī-châu。抵抵～～的雞仔囝tú-tú ～～ ê ke-á-kiáⁿ⇨剛剛孵化出來的小雞。～～雞母～～ke-bó(bú)⇨離巢的母雞。喻喋喋不休的女人。謂咯咯叫。

【出脫 chhut-thoat】 脫離困境。長進tiáng-chìn。無～～的bô～～ê⇨不中用的東西。你盒都～～也lí taⁿ to～～à⇨你而今成功了(不再窮苦了，富裕了)。

【出衆 chhut-chiòng】 出在衆人之上。卓越tok-oat。特別優秀。才情～～châi-chêng～～⇨同上。

【出發 chhut-hoat】 啓程khé-thêng。五點集合六點～～gō-tiám chi̍p-ha̍p la̍k-tiám～～⇨同上。

【出港 chhut-káng】 開船～～ khui-chûn～～⇨同上。

【出結 chhut-kiat】 具結kī(kū)-kiat。做證人該～～chò(chòe) chèng-jîn ài～～⇨作證須具結。

【出棺 chhut-koan】 出殯chhut-pìn。出山chhut-soaⁿ。

【出喟 chhut-khùi】 發洩心中怒氣nō-khì。講些來～～kóng-chē lâi～～⇨對人說說以洩心中之恨。那會用得打人的囝來～～ná-ē-iōng-tit phah-lâng-ê-kiáⁿ lâi～～⇨何可打人之子以洩你自己之恨。你食胖餅藉來掠我做～～筒，我伓揣甚人～～lí chia̍h phòng-piáⁿ chia̍h-lâi lia̍h goá chò(chòe)～～tâng, goá boeh chhōe siaⁿ-lâng～～⇨你被責罵才來把我當出氣筒洩掉你的恨，我這個恨要找誰來洩呢。食凸餅chia̍h-phòng-piáⁿ，遭受長輩或上司責罵。

【出訴 chhut-sò͘】 自訴chū-sò͘。對法院去～～tùi hoat-īⁿ khì～～⇨到法院去控告。

【出稅 chhut-sòe】 出租chhut-cho͘。～～別人～～pa̍t-lâng⇨出租給人家。

【出場 chhut-tiûⁿ】 ～～唱曲～～chhiùⁿ-khek⇨同上。

【出罪 chhut-chōe】 代罪tāi-chōe。掠些友的去～～做消水場lia̍h-chē iú-ê khì～～chò(chòe) siau-chúi-tiûⁿ⇨抓幾個小流氓去處分(代罪)以便結案收場。敢放屁不敢做屁主，到時藉掠人～～甚人要káⁿ pàng-phùi m̄-káⁿ chò(chòe) phùi-chú, kàu-sî chiah lia̍h-lâng～～siaⁿ-lâng boeh⇨謂敢惹事又不敢負責，屆時才抓人代罪誰肯(參與)。

【出葬 chhut-chòng】 出山chhut-soaⁿ。決定明仔日～～koat-tēng bîn-á-ji̍t～～⇨決定明天出山。

【出業 chhut-gia̍p】 同卒業chut-gia̍p。～～證書～～chèng-si(su)⇨同上。

【出嫁 chhut-kè】 女子結婚。在家從父，～～從夫，夫死從子chāi-ka chiông-hū, ～～chiông-hu, hu-sú chiông-chú⇨女人之三從。

【出勤 chhut-khîn】 上班siāng-pan。～～簿～～phō͘⇨上班登記簿。今上工作皆曰出勤。

【出路 chhut-lō͘】 ㊀出口。～～塞去也～～thah-khì(ī)-à⇨出口杜塞了。㊁進路。卒業了道無～～chut-gia̍p-liáu tō bô～～⇨畢業之後就沒進路了。

【出腹 chhut-pak】 屠殺開腹取出內臟。刣是刣也該更～～thâi-sī-thâi-ā ài-koh～～⇨宰是宰了，要再取出內臟。

【出嗣 chhut-sū】 出繼他家。出爲養子。～～乎人做囝～～hō-lâng chò(chòe)-kiáⁿ⇨出繼別人家做養子。

【出稠 chhut-tiâu】 稠tiâu，猪稠ti-tiâu，即猪舍也。規稠猪夠肥夠大，一次賣出曰出稠chhut-tiâu。會使得～～也ē(ōe)-sái-tit～～ā⇨可以出稠了。

【出道 chhut-tō】 出社會chhut-siā-hōe。參與某道。～～早～～晚～～chá～～bān⇨出道早與晚。

【出運 chhut-ūn】 進入佳境。得未～～也ti̍t-boeh～～ā⇒快要脫出惡運進入佳境了。

【出餉 chhut-hiàng(hiòng)】 支付薪水。～～日～～ji̍t⇒同上。

【出演 chhut-ián】 參加表演piáu-ián。初次～～chhe(chho͘)-chhù～～⇒初出演。

【出境 chhut-kéng】 ㊀離開境界。出國愛領～～證chhut-kok ài-niá～～chèng⇒同上。㊁神佛離開其寺廟。中午必～～tiong-ngó͘ boeh～～⇒(神佛)決定中午出巡chhut-sûn。歹星～～phái$^n$-chhe$^n$(chhi$^n$)～～⇒壞星出現。喻事逢阻碍。

【出閨 chhut-kui】 出閨房kui-pâng。出嫁chhut-kè。猶未～～的在室女iáu-bōe～～ê chāi-sek-lí⇒還未出嫁的處女。

【出榜 chhut-pńg】 出告示。～～安民～～an-bîn⇒同上。

【出賒 chhut-sia】 賒欠sia-khiàm。本號本短，恕不～～pún-hō pún-té, sì(sù) put～～⇒小店戶不賒欠的字據。

【出賣 chhut-bē(bōe)】 ～～朋友～～pêng-iú⇒違背朋友。～～大日本～～tāi-ji̍t-pún⇒本日大賣出pún-ji̍t toā-bē(bōe)-chhut(日人商招)的倒讀。

【出價 chhut-kè】 買方表示若干價錢，即願買之曰出價chhut-kè。又討價還價。伊～～三百，當賣否i～～sa$^n$-pah, thang bē(bōe)-bò͘⇒他出價三百，可不可以賣給他。到今猶未人～～kā-ta$^n$ á-bōe(bē)-lâng～～⇒至今還沒有人出價。

【出監 chhut-ka$^n$】 囚人獲釋sîu-jîn he̍k-sek。正～～耳道更犯也chiâ$^n$～～niâ tō koh-hoān-ā⇒才出獄而已，就再犯了。

【出暴 chhut-pauh】 事暴露sū po̍k-lō͘。代誌～～也tāi-chì～～ā⇒秘事發覺了。

【出賬 chhut-siàu】 支出的帳目。～～入賬該記淸楚～～ji̍p-siàu ài kì-chheng-chhó⇒支出收入各帳目要記淸楚。

【出嘴 chhut-chhùi】 說話soeh-ōe。話講～～也，不肯每歹勢ōe kóng～～ā, m̄-khéng, mā phái$^n$-sè⇒話已經說出去了，不答應也不好意思。阮不敢～～goán m̄-ká$^n$～～⇒我(我們)不敢插嘴說話(人微言輕)。阮goán雖是複數，但自卑時，當做單數解。會人～～未人出身ē(ōe) lâng～～bē(bōe) e lâng chhut-sin⇒會者出嘴指使別人，不會者受人指使而勞身。會人ē-lâng⇒會人ē-lāng。未人be-lâng⇒未人bē-lāng。會人，能幹之人，未人，無能之人。

【出錢 chhut-chî$^n$】 捐出金錢。～～的人主意～～ê lâng chú-ì⇒出錢者爲主。出錢者出主意。有錢～～有力出力ū-chî$^n$～～ū-la̍t chhut-la̍t⇒同上。有～～無布目ū～～bô pò͘-ba̍k⇒錢是捐出去了，但是沒看到利益。無布目bô-pò͘-ba̍k亦作無看戲bô-khoà$^n$-hì。

【出戰 chhut-chiàn】 出陣chhut-tīn。參加比賽。賊兵不敢～～chha̍t-peng m̄-ká$^n$～～⇒賊軍不敢出陣打戰。巴西隊～～美國隊pa-se-tūi～～bí-kok-tūi⇒巴西，美國兩隊比賽。

【出擔 chhut-tà$^n$】 行商hêng-siang(siong)。落雨道未～～得lo̍h-hō͘ tō bē(bōe)～～tit⇒下雨就做不得行商。做～～的chò(chòe)～～ê⇒行商人。

【出頭 chhut-thâu】 ㊀起出。三十～～耳道做大臣也sa$^n$-cháp～～niâ tō chò(chòe) tāi-sîn-ā⇒三十才過而已就當上大臣了。十斤～～去也cha̍p-kin～～khì-ā⇒十斤超過了。㊁出人頭地。工字無～～kang-jī bô～～⇒工這個字沒有出頭。謂工人沒出息不會出人頭地。無人敢～～bô-lâng-ká$^n$～～⇒沒人有擔量出面。囝仔直直得～～也gín-á ti̍t-ti̍t teh～～ā⇒兒子輩一個一個在長大成人了。～～露角～～lo̍h-kak⇒挺身出面力拼。露lō͘→lo̍h，展露，亦出也。亦即出角以力拼也。俗作落角

lo̍h-kak，非也。～～天～～thi$^n$⇒成功了。脫出人生的苦難了。

【出醜 chhut-chhiú】 出羞chhut-siu。貽笑大方î-chhiàu-tāi-hong。你敢～～你道去嘛lí ká$^n$～～lí tō khì mà⇒同上。

【出戲 chhut-hì】 鬧臺了藉會～～nāu-tâi-liáu chiah-ē～～⇒演戲，例先有一陣子的空鑼鼓，曰鬧臺nāu-tâi。之後，才正式開始演戲曰出戲chhut-hì。

【出聲 chhut-sia$^n$】 出聲音。講話。說出意見。愛的人～～ài-ê-lâng～～⇒需要者出聲說要。我有～～叫，伊都無聽見goá ū～～kiò, i to bô-thia$^n$-kì$^n$⇒我出聲喊了他，他皆沒有聽見。

【出穗 chhut-sūi】 稻子出稻穗tō-sūi。稻仔～～也tiū-á～～ā⇒稻子出穗了。

【出擢 chhut-tioh】 兒輩能幹。囡仔攏眞～～gín-á lóng chin～～⇒孩子們個個都很能幹。

【出額 chhut-gia̍h】 超額chhiau-gia̍h。足額chiok-gia̍h。盒都～～也，不免更繳也ta$^n$ to～～à，m̄-bián koh-kiáu-à⇒而今足額了不必再交出了。

【出題 chhut-tê】 出試題chhut-chhì-tê。你俫～～考我是否lí boeh～～khó-goá sī-bō͘⇒同上。

【出轎 chhut-kiō】 新娘～～sin-niû～～⇒新娘自花轎中步出入大廳。

【出關 chhut-koan】 離鄉lī-hiang。離國lī-kok。

【出殯 chhut-pìn】 出葬chhut-chòng。出山chhut-soa$^n$。

【出贌 chhut-pa̍k】 房地產出租。你的土地有～～未lí ê thó͘-tē ū～～bōe⇒同上。

【出廳 chhut-thia$^n$】 新娘結婚第三日，伴同新郎出大廳，參拜祖先神主，並介紹於親戚。新娘～～sin-niû～～⇒同上。今似已不限三日，或即日或次日都有。

【出人命 chhut-jîn-bēng】 發生殺人案。～～～也～～～ā⇒發生命案了。

【出人前 chhut-lâng-chêng】 在衆人之前。眞～～～chin～～～⇒很習慣於在衆人之前，畏～～～ùi～～～⇒怕出人前。

【出身命 chhut-sin-miā$^n$】 弄壞健康。弄壞身體。伊都安爾死裏做轉來，做到～～～不 i to an-ne (ni) sí-lí-chò-tńg-lâi, chò-kā～～～m̄⇒他是如此的硬做硬拼，拼到身體壞了，不是嗎。不好做到～～～呀你 m̄-hó chò-kà～～～ò lí⇒你不可做到傷害自己身體。

【出社會 chhut-siā-hōe】 進入一般社會環境。多指學校畢業者的環境。～～～道該人人好～～～tō-ài lâng-lâng-hó⇒父母訓示子弟之言。會～～～的人ē(ōe)～～～ê lâng⇒慣於在社會上游遊之人。

【出風頭 chhut-hong-thâu】 愛～～～ài～～～⇒喜歡在人前賣弄自己，乎伊去～～～一下hō͘-i-khì～～～chi̍t-ē⇒讓他賣弄一下子吧。

【出賞格 chhut-siú$^n$-keh】 懸賞hiân-siú$^n$。～～～掠人～～～lia̍h-lâng⇒懸紅捉人。

【出人頭地 chhut-jîn-thâu-tē】 比別人高出一籌。將來有當～～～～chiang(chiong)-lâi ū-thang～～～～⇒將來可以高人一等。

【出沒無常 chhut-bu̍t-bû-siâng(siông)】 時出時沒無定時。～～～～的小賊仔～～～～ê sió-chha̍t-á⇒同上。

【出谷遷喬 chhut-kok-chhian-kiâu】 賀遷居之美詞。春鶯出自幽谷而遷喬木chhun-eng chhut-chū iu-kok jî chhian kiâu-bo̍k⇒同上。

【出其不意 chhut-kî-put-ì】 ～～～～攻其無備～～～～kong-kî-bû-pī⇒三十六計之一。

【出於無奈 chhut-î-bû-nāi】 迫不得已pek-put-tek-í。我也是～～～～的，不是我愛安爾

的goā à-sī ～～～～ ê, m̄-sī goá ài an-ne (ni)-ê⇨我也是被迫不得已的，不是我喜歡如此的。

【出類拔萃 chhut-lūi-poat-chhūi】 才能出衆châi-lêng chhut-chiòng。～～～～的人物～～～～ê jîn-but⇨同上。

【出乎意料之外 chhut-ho·-ì-liāu-chi-goā】 料想不到liāu-siōng put-tò⇨料想未到liāu-siūⁿ-bē(bōe)-kàu。完全意外。即類結果確實是～～～～～～的chit-lōe kiat-kó khak-sit sī～～～～～～ê⇨同上。

【出乎爾反乎爾 chhut-hō·-ní-hoán-hō·-ní】 出爾反爾chhut-ní-hoán-ní。言行矛盾giân-hêng-mâu-tún。反覆無常hoán-hok-bû-siâng(siông)。你安爾～～～～～～教人要安怎藉好lí an-ne(ni)～～～～～～ kiò-lâng boeh an-choáⁿ chiah-hó⇨你這樣子的反覆無常，叫人怎麼辦。

## e

**e 挨** 觳也。推也。物相近相觸皆曰挨e。相～相觳sio～sio-kheh⇨形容人衆擁擠之詞。觳kheh，車相觳也。人衆彼此推來推去曰觳kheh。土礱不免～也thô·-lâng m̄-bián～a⇨喻大勢去矣。一切完了。意謂不必挨米來吃了。土礱亦可曰豆腐。

【挨米 e-bí】 挨土礱e-thô·-lâng的簡稱。呋唉，～～飼閹雞，閹雞飼大隻，阿舅來，掠來刣，阿舅食了了，存一枝雞脚爪，阿媽捧去庋，阿孫桌脚殼殼� hù-e,～～ chhī-iam-ke, iam-ke chhī-toā-chiah, a-kū-lâi, liah-lâi-thâi, a-kū chiah-liáu-liáu, chhun-chit-ki ke-kha-jiáu, a-má phâng-khì(ì)-khn̄g, a-sun toh-kha khok-khok-ǹg⇨童謠。庋khn̄g，置也。收置厨中等適當場所曰庋khn̄g。

【挨土礱 e-thô·-lâng】 推動土礱以磨去穀皮(粗糠)也。土礱thô·-lâng者，老式的研穀機，以紅仁土與竹爲主料所製。

【挨石磨仔 e-chioh-bō-á】 推動石磨以磨粉。石磨chioh-boâ者老式研粉機。石製的。俗曰石磨仔chioh-bō-á。形體與土礱thô·-lâng相同，質料及大小不同耳。

【挨來揀去 e-lâi-sak-khì】 推來推去。揀sak亦推也。維持家計而移東補西以解急需之費。阮每是安爾～～～～耳，無俠安怎goán mā-sī an-ne～～～～niâ, bô-boeh an-choáⁿ⇨我們也是如此這般的移東補西而已，否則有何辦法呀。

【挨挨陣陣 e-e-tīn-tīn】 人衆擁擠成羣結隊場面非常熱鬧。陣tīn隊tūi也。人馬安爾～～～～人山人海，人道是人lâng-bē an-ne(ni)～～～～jîn-san-jîn-hái, lâng tō-sī lâng⇨形容熱鬧異常之詞。

**e 萵** 萵仔菜e-á-chhài也。一種蔬菜。亦曰萵仔菜oe-á-chhài。

**e 鍋** 鍋oe也(見oe部)。

**é 瘂** 瘂口é-káu,口不能言者也。～～的乎蜂釘著～～ê hō· phang tèng tioh⇨喻無話可說也。青盲精～～能chheⁿ-mê-cheng～～lêng⇨盲人靈精(感覺靈敏)啞人能幹。青盲chheⁿ-mê→chhiⁿ-mî。

**é 啞** 啞口é-káu，同瘂口é-káu。

**é 倭** 順也。遠也。又矮也。古書謂東海中有倭人分百餘國，即指今之日本人及其國也。

【倭奴 é-nô·(lô·)】 古日人自稱倭奴Ainu。

【倭寇 é-khò·】 元明之間，大舉侵掠東南海沿岸之日本海賊團之禍。其實亦有甚多漢人參加其中，鄭成功之父鄭芝龍即其中之佼佼者。

**é 矮** 短人也。不長也。天脚下～thiⁿ-kha-ē～⇨天下第一矮thian-hā tē-it-é。肥～pûi～⇨矮而胖。大顆～toā-kho·～⇨同前。

【矮人 é-lâng】 短人toán-jîn。身不高之人。～～厚行～～kāu-hēng⇨矮人多心思（鬼計）～～無行，天下太平～～bô-hēng, thian-hā thài-pêng⇨謂矮人而沒有脾氣，天下就無事了。

【矮仔 é-á】 矮人ē-lâng。～～毒糾毛仔惡～～tok khiû-mô(mn̂g)-á ok⇨謂矮者多心思毛糾者兇惡。～～鬼～～kúi⇨矮而多端者。～～爺～～iâ⇨城隍廟的長短兩將之矮者，名叫范無咎hoān-bû-kiū，亦即犯無咎hoān-bû-kiū,犯者無罪，以與其同僚謝必安siā-pit-an相對稱，俗多訛爲犯無救hoān-bû-kiù，亦即犯者必死。

【矮鼓 é-kó͘】 喻矮人。～～～～仔～～～～á⇨矮而肥如鼓。嫁著～～翁，燒香倩別人kè-tioh ～～ ang, sio-hiu$^{n}$ chhiā$^{n}$ pāt-lâng⇨謂丈夫太矮了，燒香時要請他人代挿上案上。～～人仔～～lâng-á⇨同上。

【矮⿰盧瓜 é-lô͘】 竹筍tek-sún等作物新芽之肥壯者。栽敹較～～的較好chai chhōe khah ～～ ê khah-hó⇨栽須找較肥壯者栽植之才好。作物曰矮⿰盧瓜é-lô͘，人曰矮僂é-lo͘。

【矮匕匕 é-phí-phí】 矮如匕pí。甚矮甚矮也。匕phí，pí者飯匙pn̄g-sî也。匕首pí-siú，亦即小刀也。哎喲，許～～～也阿花曷肯ài-ō, hiah ～～～ â a-hoe ah-khéng⇨哎喲那太矮太矮了，阿花怎麼會答應。

【矮糾糾 é-kiuh-kiuh】 同矮匕匕ē-phí-phí。

【矮脚僂 é-kha-lo͘】 矮僂ē-lo͘。～～～仔～～～á⇨矮人。

【矮篤篤 é-tok-tok】 é-tuh-tuh。同矮匕匕ē-phí-phí。篤tok，厚也，牢固也，引伸爲不伸不長。

**è 裔** 衣裾也。末也，胄也。末～boat～⇨後代之子孫。苗～biâu～⇨同前。後～hō͘～⇨同前。

**è 瞖** 眼疾也。目障也。亦曰瞖ì，疑指今之白內障peh-lāi-chiàng。目珠起～bak-chiu khí～⇨視力覺得有障礙chiàng-gāi。

**è 穢** 穢ōe也（見oe部）。

**ê 個** 助詞，附於數詞等以示數量者。十～老歲仔九～虛詞，十～後生仔九～下痟chap～lāu-hòe-á káu～hau-siâu, chap～hāu-se$^{n}$-á káu～hē-siau⇨謂老者多吹牛，少者多落屎馬lâu-sái-bé。三四～人道甚夠去也sa$^{n}$-sì～lâng to siu$^{n}$-chē(chōe)-ì-â⇨有三人四人就夠多了。一～錢打廿四結chit～chî$^{n}$ phah jī-sì-kat⇨謂極度的儉約。有幾～ū kúi～⇨有多少。該幾若百âi kúi-nā-pah⇨需數百。

**ê 的** 助詞。㊀表示歸屬:我～帽仔goá～bō-á⇨同上。你～衫lí～sa$^{n}$⇨同上。英國～國旗eng-kok～kok-kî⇨同上。阿公～枴也a-kong～koāi-á⇨同上。印度～佛教ìn-tō͘～hut-kàu⇨同上。寒冷～所在hân-léng～sō͘-chāi⇨同上。熱天～氣候joah-thi$^{n}$～khì-hāu⇨同上。白～是雪，紅～是血peh～sī seh âng～sī hoeh⇨白者雪也紅者血也。㊁表示省略:我講～是事實goá kóng～sī sū-sit⇨我所說者事實也。今仔日收～kin-á-jit siu～⇨今天所收的錢。白了～peh-liáu～⇨平白的損失。你借～lí chioh～⇨你所借的錢。有較好～否ū khah-hó～bō͘⇨有無更上等的東西。㊂表示職業:賣魚～bē(bōe)-hî～⇨賣魚人。做穡～chò(chòe)-sit～⇨農夫。做米～chò-bí～⇨米商。賣布～bē-pò͘～⇨布商。彈三絃～toā$^{n}$-sam-hiân～⇨①彈奏三絃者。②嘲但靠三指按脈爲生之人。㊃表示老兄或先生:林～lîm～⇨老林。陳～tân～⇨陳先生。

**ê 鞋** 足所履者也。皮～布～草～phôe～pò͘～cháu～⇨各種料之鞋。高跟～長統～運動～ko-kin～tiâng-thóng～ūn-tōng～⇨同上。釘～球～teng～kiû～⇨同上。穿～弔襪

chhēng～tiō-bo̍eh⇨喻高貴人的打扮tā$^n$-pān。破～破襪phoà～phoà-bo̍eh⇨喻下等人(窮人)的身穿。赤脚的逐鹿，穿～的食肉chhiah-kha-ê jiok-lo̍k, chhēng～ê chia̍h-bah⇨喻下層人流汗出力，上層人坐享其成。

【**鞋油** ê-iû】 潤皮鞋之油。擦～～chhat～～⇨同上。拭～～chhit～～⇨同上。

【**鞋底** ê-té】 ～～破也～～phoà-à⇨鞋底破了。

【**鞋店** ê-tiàm】 開～～khui～～⇨同上。

【**鞋面** ê-bīn】 ～～猶好好～～iáu hó-hó⇨鞋面還很好。

【**鞋胚** ê-phoe】 未完形製造中之鞋。～～好也，眞緊也～～hó-à, chin-kín-à⇨謂胚好了，鞋很快就好了。

【**鞋拖仔** ê-thoa-á】 拖鞋thoa-ê。

【**鞋䉼仔** ê-kám-á】 主婦的裁縫用品籠。䉼kám者，竹披tek-phi。亦即淺盤形的竹籃也。古主婦多有之，今似已改裁縫盒或箱，或簡脆不用了。

【**鞋帶仔** ê-toà-á】 系鞋之小帶。～～～斷去也～～～tn̄g-khì-à⇨鞋帶斷了。

ê **吓** 感嘆詞。表示懷疑。～，敢安爾～kám an-ne⇨吓，如此嗎。～，卜敢是的～，poh-ká$^n$-sī-le⇨吓，恐怕是的(對的)。～，不當，較好的～，m̄-thang, khah-hó-le⇨吓，不爲，似較妥當吧。

ē **下** 上之對詞，亦頂téng之對詞。又次等也。次數也。天脚～thi$^n$-kha～⇨天下。棉樹～mî-chhiū～⇨同上。脚底～kha-té～⇨同上。頂～téng～⇨①上與下。頂～歲仔téng hōe-á⇨謂年歲甚接近。②上一次。頂～的錢未還 téng～ê chî$^n$ bōe-hêng⇨同上。即～敢無好～囉 chit～ká$^n$ bô-hó～lò·⇨此次恐怕不那麼便宜了。即～乎你未僻得 chit-～hō·-lí bē (bōe)-piah-li̍h⇨此次不讓你們詐騙了。僻 pi-ah, 邪也。邪取曰僻 piah。拍三～phah sa$^n$～⇨打三下。二～大nn̄g～toā⇨大兩倍。

【**下手** ē-chhiú】 ㊀部下。～～人～～lâng⇨承辦之人。奉命行爲之人。㊁買方。頂手～～téng-chhiú～～⇨躉賣商tún-bē(bōe)-siang(siong)與零售商lēng-siù-siong。㪣無～～怵買chhōe-bô～～boeh-bé(bóe)⇨找不到買貨主人。

【**下月** ē-go̍ah(ge̍h)】 次月chhù-go̍ah。俾我更限一下啦～～道還你清楚好否hō·-goá koh-ān chi̍t-ē-lā, ～～tō hêng-lí chheng-chhó hó-bō·⇨讓我再展延一下，下一月就還你清楚可以嗎。

【**下日** ē-ji̍t】 他日tha$^n$-ji̍t。～～仔藉更來～～á chiah koh-lâi⇨他日再來吧。

【**下匀** ē-ûn】 次一輩份。～～的少年人～～ê siàu-liân-lâng⇨同上。頂～～téng～～⇨上一輩下一輩。～～仔～～á⇨族中的青少年們。

【**下半** ē-poà$^n$】 上半siāng-poà$^n$之對稱。～～年～～nî⇨同上。～～月～～go̍eh(ge̍h)⇨同上。～～暝～～mê$^n$(mî$^n$)⇨同上。～～夜～～iā⇨同前。～～腰～～io⇨同上。～～腹～～pak⇨同上。～～場～～tiû$^n$⇨同上。

【**下司** ē-si】 下級官員。頂司管～～，鋤頭管畚箕téng-si koán～～, ti-thâu koán pùn-ki⇨嘲小角色管閑事。鋤頭，畚箕ti-khâu, pùn-ki，皆小器具也。寧爲頂司狗莫作～～官lêng-ûi téng-si-káu, bo̍k-chok～～koa$^n$⇨極言下司官之難爲。～～總督～～chóng-tok⇨嘲精於花街柳巷之道者。

【**下冬** ē-tang】 次一期的作物。播著歹田望～～，娶著歹某一世人pò·-ti̍oh phái$^n$-chhân bāng～～, chhoā-ti̍oh phái$^n$-bó· chi̍t-sì-lâng⇨謂收成壞，還有下一季的希望，壞妻却是一生一世的罪過也。極言惡妻之害。

【**下次** ē-chhù】 頂次都未清抄，那有～～

téng-chhū to bōe(bē)-chheng-leh, ná-ū～～⇨上次的未還何能談下次。

【**下身** ē-sin】身體的下半部。同下脚ē-kha。

【**下季** ē-kùi】俗以第二期稻作爲下季ē-kùi或下半季ē-poà$^{n}$-kùi，與四季sù-kùi的季kùi字已略走樣（季本應爲四分之一年，而非二分之一者）。

【**下底** ē-té】下。底。䆀的庋於～～bái-ê khǹg-ti～～⇨壞貨藏在底下，亦即以好貨舖面也。～～衫～～sa$^{n}$⇨內衣。～～褲～～khò͘⇨內褲。被人揤於～～hō͘-lâng ji̍h-tī～～⇨被人壓在底下。

【**下面** ē-bīn】㊀下港方面。去～～做生理khì～～chò(chòe) seng-lí⇨到下港方面營商去了。㊁下方，其次。～～無也了～～bô-ā-lā⇨下面沒有了，紀曉嵐講故事嘲太監之詞。

【**下班** ē-pang】下次。～～車～～chhia⇨同上。

【**下晡** ē-po͘】下午 hā-ngó͘。下半天 hā-poàn-thian。～～好天道會去啦～～hó-thi$^{n}$ tō-ē(ōe)-khì-lā⇨下午天氣好就必去也。較～～仔抡khah～～á-lè⇨下午的較慢些。

【**下脰** ē-tāu】下頷ē-ham。嘴～～chhùi～～⇨下巴也。

【**下晝** ē-tàu】下中午tiong-ngó͘。食～～chia̍h～～⇨吃中飯。～～頓拍於江山樓～～tǹg phah-tī kang-san-lâu⇨中餐派在江山樓。

【**下港** ē-káng】南部地方。～～人仔較儉樸～～lâng-á khah khiām-phok⇨同上。

【**下腰** ē-io】腰部。攬～～lám～～⇨抱腰作摔跤之戲也。尋～～siâm～～⇨抱腰。尋siâm，雙手合抱曰尋，信尋曰常，又長度也，八足曰尋siâm。

【**下脚** ē-kha】㊀下身ē-sin。頂頭燒滾滾，～～抡落凉粉téng-thâu sio-kún-kún, ～～teh lâu-liâng-hún⇨謂上身穿得多太夠溫了，下身却只薄褲一件涼冷得不亦樂乎。㊁下層hā-chân。～～人歹做～～lâng phái$^{n}$-chò(chòe)⇨下層之人，受人喝喝殺殺hat-hat-sat-sat,難爲也。

【**下頦** ē-hoâi】下頷ē-hām。落～～lāu-～⇨落下頷lâu-ē-hām。烏白講（多指色情話）。你聽伊抡落～～lí thia$^{n}$ i teh lāu～～⇨你聽他在烏白講。

【**下頷** ē-hām】下顎ē-kok。下頦ē-hoâi。落～～lāu～～⇨說笑話。烏白講。曷不驚去落～～去a̍h-m̄-kia$^{n}$-ì lāu～～khì⇨謂你說此荒唐話，何不怕下顎脫掉了。

【**下頭** ē-thâu】同下港ē-káng。

【**下顎** ē-kok】下頦e-hoâi。男天平女～～lâm thian-pêng, lí(lú)～～⇨謂看面相，男要看天平，亦即前額chêng-hia̍h，要濶，女要看下顎，要豐滿，才是好面相。

【**下擺** ē-pái】下次。將來。興重鹹，～～你道知hèng-tāng-kiâm，～～lí tō-chai⇨興吃重鹹，將來你就知（其後果）。興重鹹hèng-tāng-kiâm，喜歡食重鹽之食物，亦喻好女色。

【**下年度** ē-nî-tō͘】次一年度。

【**下學期** ē-ha̍k-kî】次一學期。

【**下禮拜** ē-lé-pài】次一星期seng-kî。

**會** ē ㊀能爲。安爾我～也an-ne(ni) goá～ā⇨如此我能爲之了。未抡假～bē(bōe) teh ké～⇨不能爲之而在假裝能爲。你～我每～lí～goá mā～⇨你能之我亦能之。逐家攏～也ta̍k-ke lóng～ā⇨大家都能爲之了。㊁可能。將來～安怎不知抡chiang-lâi～an-choá$^{n}$ m̄-chai-lè⇨將來可能變成如何不知也。阿三～來未a-sam～lâi-bē⇨阿三可能來否。無救道是～死嘛，曷使講bô-kiù tō-sī～sí-mà, a̍h-sái-kóng⇨沒救就可能死嗎，何必多言。㊂助詞，略相當於得tit。學～也o̍h～ā⇨學會了。食～飽，穿～燒道好也chia̍h～pá, chhēng～sio tō-hó-à⇨吃得飽，穿得溫暖就可以了。講～愜意人聽kóng ～ kah-ì lâng-thiaⁿ⇨說得(有道理)令人聽得滿意。做 ～ 成功chò(chòe) ～ sêng-kong⇨做得能夠成功。

**【會八 ē-bat(pat)】** 能懂。有鑑識力。該人道～～āi-lâng tō～～⇨謂你無力鑑識又有何用。教到你～～，嘴鬚道拍四結kà kà lí～～，chhùi-chhiu tō phah-sì-kat⇨孺子不可教也。

**【會得 ē-tit】** 可以，能夠。有錢道～～享福ū-chîⁿ tō ～～ hiáng-hok⇨同上。後禮拜道～～去也āu-lé-pài tō～～khì-à⇨同上。滿二十歲道～～自由結婚也moá jī-chap-hòe tō ～～ chū-iû kiat-hun-à⇨同上。二千元耳，～～創甚nn̄g-chheng-goân-niâ, ～～ chhōng-saⁿ(siaⁿ)⇨只兩千元而已，能夠何爲呀。

**【會曉 ē-hiáu】** 知道。了解。能夠。～～講道該～～行～～kóng tō-āi～～kiâⁿ⇨能說就應該能實行。～～偷食未曉拭嘴～～thau chiah bē(bōe)-hiáu chhit-chhùi⇨喻但知藏頭而不知善後。～～洗面免麸水～～sé(sóe)-bīn bián chē-chúi⇨喻能者事半功倍 sū-poàn-kong-pōe。～～講人，未曉講家己～～kóng-lâng，bē(bōe)-hiáu kóng ka-kī(tī)⇨只會批評他人却不知自省。～～英文，毋八英語～～eng-bûn m̄-bat eng-gí⇨懂得英文，不識(會)英文會話。

**【會用得 ē-iōng(ēng)-tit】** 可用。可行。～～道可也 ～～～ tō-hó-à⇨①物可用夠矣。②事可行可矣。

**【會共未 ē-kāng-bē(boe)】** 會工作的與不會工作的。阮都～～～的，算算扲一大拖，道家己拂也goán to～～～ê, sǹg-sǹg-leh chih-toā-thoa, tō ka-kī(tī)-hut-à⇨我們是會做的不會做的，一共一大羣，就自己做起來了。

**【會行得 ē-kiâⁿ-tit】** 事可行也。合算也。安爾你 ～～～ 未an-ne(ni) lí ～～～ bē(bōe)⇨如此(之法) 你合算嗎。您～～～，阮該了哩lín ～～～，goán-āi-liáu-lih⇨在你們是合算了，在我們却要虧本也。

**【會扛轎 ē-kng-kiō】** 能抬轎。～～～藉當開轎間 ～～～ chiah-thang khui-kiō-keng⇨能抬轎者才可以開設轎店。喩不內行不可爲。

**【會使得 ē-sái-tit】** 同會用得ē-iōng-tit。

**【會呼雞 ē-kho͘-ke】** 能呼雞lêngk-hō͘-ke。～～～，未歕火也～～～bē(bōe)-pûn-hóe(hé)-à⇨喩喘息急促疲勞之甚。

**【會死會活 ē-sí-ē-oah】** 謂如在死活關頭的事態嚴重。哭到～～～～khàu-kà～～～～＝哭得非常厲害。安爾耳，道～～～～也咯an-ne(ni)-niâ，tō～～～～ā loh⇨只此而已就那麼要死要活了嗎。

**【會未盡即下 ē-bē-chīn-chit-ē】** ōe-bōe-chīn-chit-ē。謂成敗在此一舉。～～～～～，佮攏看你也了 ～～～～～， taⁿ lóng-khoàⁿ-lí-à-lō͘⇨成敗在此一舉，現在全仰仗你了。

**【會人使嘴未人使身 ē-lâng-sái-chhùi-bē-lâng-sái-sin】** 奸巧者用嘴役人，下愚者以身被役。

# eh

**厄** eh 同戹eh。隘也。困窮也。使人陷於困窮也。災難也。災難之機曰厄eh。亦即隘eh，狹路kiap-lō͘難通過曰厄eh。人講攏是一個～耳，～若脫過道好了了也lâng-kóng lóng-sī chit ê～ niâ, ～nā thoa-kòe tō hó-liáu-liáu-à⇨人家說，凡事是一個厄字而已。厄如能脫過去就萬事OK了。脫thoah，脫離或排開厄運之謂也。過～kòe～⇨通過厄運之關。改～kái～⇨改開或改造厄運爲好運。此一說法，乃神棍道棍所乘之機也。水～火～蛇～車～chúi～hóe～choâ～chhia～⇨水難、火難、蛇傷、車禍等各種災難。

**【厄運 eh-ūn】** 逢災遭難之運。抵著～～tú-tioh～～⇨逢到惡運。

eh
噎　飯窒也。食塞咽喉也。腹中食物上溢曰噎eh。酸～sng～⇨酸氣上溢。赤酸～chhiah-sng～酸氣刺人之噎。

【噎仔 eh-á】 uh-á。拍～～phah～～⇨氣上溢。

【噎乳 eh-leng】 亦作溢乳ek-leng。乳汁上溢也。嬰仔扵～～也eⁿ-á teh～～a⇨嬰孩在溢乳ek-leng了。亦即乳已吃飽了。

eh
唉　感嘆詞。喚起對方注意。同喂oih。眞燒，～chin-sio, ～⇨很熱的(注意吧)。～，敢有影～kám-ū-iáⁿ⇨唉，眞的嗎？有錢否，～ū-chîⁿ-bō͘，～⇨有錢否，喂oih。～，你毋轉去否～，lí m̄-tńg-khì-hòⁿ⇨喂oih，你不回家嗎。～，借問扵～，chioh-mn̄g-lè⇨喂，請教一下。

【唉唉 eh-eh】 ～～，你是安怎？～～，lí sī an-choáⁿ，⇨喂喂oih-oih，你怎麼了？～～，該來去也呢～～，ài laih-khì-à-neh⇨喂喂oih-oih，應該出發了呀。

eh
隘　同阨eh。狹hiap也。不廣曰隘eh。所在眞～só͘-chāi chin～⇨地方很不廣不濶。即旁猶較～chit-pêng iáu-khah～⇨此方猶爲狹小(擴大一點吧)。新娘房甚～sin-niû-pâng siuⁿ～⇨新閨太窄chak也。心官較㑳～sin-koaⁿ khah kheh～⇨心地窄小不開朗。㑳隘kheh-eh，狹小不曠濶kiap-siáu put-khòng-khoah，形容心地窄小之詞。人多相擠亦曰㑳kheh。

【隘死死 eh-sí-sí】 極端之窄小。～～～教人安怎帶～～～kiò-lâng an-choáⁿ-toà⇨窄死了，教人如何住下去。

【隘是隘 eh-sī-eh】 窄小不錯也。～～～㑳扵道落嘛～～～kheh-lè tō-loh-mà⇨狹窄，無錯也，但是一擠就可以全進去(收容)了。

【隘晶晶 eh-chiⁿ-chiⁿ】 很窄狹。～～～店着毎未爽快～～～tiàm-tioh mā-bē(bōe)sóng-khoài⇨太隘的住也不能愉快。店tiàm亦住chū也。

eh
穡　糠也。穀皮也。亦即米糠bí-khng也。又如米粉狀之物亦曰穡eh。糠～khng～⇨米糠。精出來的米皮也。穀的外皮曰粗糠chho͘-khng。魚脯仔～hî-pó͘-á～⇨魚脯的殘屑。

eh
唯　感嘆詞。表示同意之詞。亦即承諾sîn-lok之詞。伊講～啦i kóng～lā⇨他說好了hó-lā，或者是他說會啦ē-lā。唯eh是同意，會ē(ōe)是能夠做。共你講～啦，免煩惱啦kā-lí-kóng～lā, bián boân-ló-lā⇨我說同意了，不用煩惱了。伊攏不敢～半聲í lóng m̄-káⁿ～poàⁿ-siaⁿ⇨他一聲唯都不敢說。

## ek

ek
益　饒也。利也。增進也。有～iú～⇨同上。利～lī～⇨同上。純～sûn～⇨同上。損～sún～⇨同上。增～cheng～⇨同上。多多～善to-to～siān⇨越多越好。所謂韓信用兵也。勤有功，戲無～khîn-iú-kong, hì-bû～⇨三字經。

【益友 ek-iú】 有益於己的朋友。～～損友～～sún-iú⇨同上。

【益鳥 ek-niáu】 有益於人類之飛禽。保護～～pó-hō͘～～⇨同上。

【益智 ek-tì】 增加智識。～～節目～～chiat-bok⇨同上。

【益壽 ek-siū】 添加歲壽。延年～～ian-liân～～⇨同上。

ek
溢　水滿而出器外也。飽而吐出亦曰溢ek。利權外～lī-koân goā～⇨利權爲圈外人所佔。

【溢水 ek-chúi】 ㊀水滿器外。㊁從腹中吐水。

【溢收 ek-siu】 超出預算之稅收。稅多～～sòe-to～～⇨同上。

【溢利 ek-lī】 得利。～～不多～～put-to⇨

同上。

【溢乳 ek-leng】 嬰兒飽乳而吐出之。嬰仔抒～～也eⁿ-á teh～～ā⇨謂孩兒吃飽了。

ek
**憶** 數念siàu-liām也。事記在心中也。回～hôe～⇨同上。記～kì～⇨同上。

【憶舊 ek-kū(kiū)】 閑居～～hân-ki～～⇨同上。

ek
**億** 數名，一萬萬曰億ek。幾仔～的收入kúi-nā～ê siu-jıp⇨同上。

【億兆 ek-tiāu】 很多很多。～～萬民～～bān-bīn⇨同上。

【億萬富翁 ek-bān-hù-ong】 大富翁。

ek
**臆** 胸也。又推度也。憑自己的意思妄加推測也。

【臆測 ek-chhek】 ～～屢中～～lúi-tiòng⇨好運的投機商人每戰必勝。記得范蠡hoān-lî傳中有此語。

【臆說 ek-soat】 妄自推測妄加討論。揣摩～～chhûi-mô～～⇨同上。

ek
**鎰** 一條二十兩重的金磚。

ek
**扼** 緊握要點也。

【扼要說明 ek-iàu-sòe-bêng】 把重點簡單說明。

【扼殺計畫 ek-sat-kè-ek】 把計畫案弄消了。

【扼腕嘆息 ek-oán-thàn-sit】 非常嘆惜。

ek
**厄** 厄eh也(見eh部)。

ek
**亦** 兩事相同也。亦iah也，每mā也(見各該部)。

【亦步亦趨 ek-pō-ek-chō】 步步緊跟他人。模仿他人。

【亦莊亦諧 ek-chong-ek-hâi】 也莊重也詼諧。

ek
**奕** 大也。美也。又次序也。圍棋曰奕ek。亦作弈ek。奕ek弈ek似已互通矣。

【奕奕 ek-ek】 神彩～～sîn-chhái～～⇨同上。

【奕棋 ek-kî】 圍棋ûi-kî。聞道長安似～～，百年世事不勝悲būn-tō tiāng-an sû～～，pek-liân sè-sū put-sèng-pi⇨杜甫。

ek
**浴** 洗身也。沐～bok～⇨同上。洗～sé(sóe)～⇨同上。日光～jıt-kong～⇨同上。海水～hái-chúi～⇨同上。

【浴室 ek-sit】 洗身房。～～的設備十分舒適～～ê siat-pī sıp-hun sī-sek⇨同上。

【浴桶 ek-tháng】 洗身之大桶。～～仔～～á⇨小桶。

【浴間 ek-keng】 浴室ek-sit(sek)。～～仔～～á⇨小浴室。

【浴槽 ek-chô】 長形之浴桶。

ek
**易** 周易chiu-ek也。又變更，物品交換皆曰易ek。移～î～⇨同上。交～kau～⇨同上。貿～bō～⇨同上。以羊～牛í iâng～giû⇨同上。

【易日 ek-jıt】 變換日期。不當更～～也m̄-thang koh～～ā⇨不宜變換日期了。

【易名 ek-bêng】 換名。埋姓～～bâi-sèng～～⇨同上。

【易地 ek-tē】 轉換地方。交（變）換土地。

【易俗 ek-siok】 移風～～î-hong～～⇨同上。

【易經 ek-keng】 古哲學書。周易chiu-ek。所謂十三經之一。

ek
**役** 戍邊sù-pian也。供使喚，被使喚皆曰役ek。服官服兵亦曰役ek。戰爭曰戰役chiàn-ek。兵～peng～⇨同上。使～sú～⇨同上。服～hok～⇨同上。已自以心爲形～í chū-í-sim ûi-hêng～⇨歸去來辭。無期懲～bû-kî-tîn～⇨無期徒刑的日文。

【役夫 ek-hu】 服役hok-ek之人。

【役男 ek-lâm】 適合當兵年歲的男子。

ti̍oh⇨眼中有物飛入。

**éng 永** 長遠。偶爾亦曰永éng。～ 每會 ～ mā-ē (ōe)⇨偶爾也會如何如何。

【永久 éng-kúi】 ～～相愛 ～～ siong-ài⇨同上。

【永生 éng-seng】 永遠的生命。

【永別 éng-pia̍t】 死別。

【永佃 éng-tiān】 有永久耕作權的佃戶。

【永眠 éng-bîn】 死的形容詞。

【永訣 éng-khoat】 死別。

【永耕字 éng-keng-jī】 永佃的合約書。

**éng 泳** 泅水siû-chúi也。游～iû～⇨泅水。

**éng 湧** 水波。海～hái～⇨海浪。～來～去～lâi～khì⇨漂來漂去。

【湧影 éng-éng】 如游絲之盪來盪去。～～看光景 ～～ koà$^n$ kong kéng⇨嘲遊手好閒者。

**éng 影** 日影。鳥影。(見iá$^n$部。)扱肖～khioh-siàu～⇨臨繪人物形狀的。扱khioh，作爲曰扱khioh。

【影響 éng-hióng】 事物對外的反應。～～眞大～～chin-toā⇨同上。

**èng 應** 當然。呼應。答～ta～⇨允諾。報～pò～⇨同上。反～hoán～⇨同上。～人的利便～lâng ê lī-piān⇨令人能得到利便。

【應分 èng-hūn】 合於身分。～～ 的負擔～～ê hū-tam⇨切合身分的負擔。

【應卯 èng-báu】 ㊀按時上班。㊁虛應故事 ～～仔～～á⇨裝得像應卯。

【應用 èng-iōng】 ㊀應該使用。典禮～～的物件tián-lé ～～ ê mi̍h-kiā$^n$⇨典禮該用的東西。㊁推大而用之。頭腦死死不知 ～～ thâu-náu sí-sí m̄-chai ～～ ⇨腦筋不靈活不知道如何推廣而用之。～～ 化學 ～～ hoà-ha̍k⇨同上。

【應世 èng-sè】 合時勢迎合時代。～～文章 ～～bûn-chiang⇨迎合時代的文章。

【應效 èng-hāu】 有效。藥到命無，有夠～～ i̍ok-kàu miā-bô, ū-kàu ～～ ⇨嘲事物之功効(笑話)。

【應承 èng-sêng】 承諾。

【應訊 èng-sìn】 應召去受偵訊。

【應接 èng-chiap】 應對。～～ 未了 ～～ bē-liáu⇨應接不暇。

【應得 èng-teh】 應該得到。～～ 的報酬 ～～ê pò-siû⇨同上。

【應景 èng-kéng】 合於情勢。應時～～的文章èng-sî ～～ ê bûn-chiang⇨迎合時景的文章。

【應援 èng-oān】 支援。朋友多少，亦有～～ peng-iú to-siáu a̍h ū～～⇨同上。

【應答 èng-tap】 應對。～～如流～～jî-liû⇨同上。

【應該 èng-kai】 應當。該死kai-sí。欠債還債是 ～～ 的khiàm-chè hêng chē sī ～～ ê⇨同上。～～的，誰叫你安爾～～ê, siáng kiò-lí an-ne(ni)⇨該死，誰教你如此。

【應酬 èng-siû】 應對酬謝。～～ 眞夥 ～～ chin-chē⇨同上。夥chē，多也。

【應當 èng-tong】 同應該。

【應驗 èng-giām】 有反應，有効。推算果然有～～chhui-sǹg kó-jiân ū～～⇨同上。

**éng 壅** 土面起粒膨鬆。起～khí～⇨同上。濆鼠孔夯～bùn-chhí khang giâ～⇨濆鼠濆行因而地面起壅。鷄屎～ke-sái～⇨同上。

**êng 榮** 茂盛，有名譽。光～kong～⇨同上。繁～hoân～⇨同上。

【榮光 êng-kng】 五色瑞氣。救主的 ～～ kiù-chú ê～～⇨同上。

【榮幸 êng-hēng】 光榮兼幸運。

【榮華 êng-hoâ】 ㊀草者之發花。㊁人間之顯達。～～富貴～～hù-kùi⇨同上。

【榮辱 êng-ji̍ok】 光榮與恥辱。衣食足而知禮節，倉廩實而知～～i-si̍t chiok jî-ti lé-chiat, chhong-lím sit jî-ti～～⇨管仲。

【榮達 êng-ta̍t】 達到榮耀富貴之境。

【榮養 êng-iáng】 ㊀榮為揚名顯親;養為奉養父母。㊁對身體健康有滋養的食品謂有榮養。

**êng 閒** 無事做。有閒暇、多餘的。～仙仙～sian-sian⇨閑暇得如仙人。無～bo～⇨忙。忙甚，或不得閑暇。

【閒人 êng-lâng】 無事做的人。無關係的人。～～挨柏粟～～e phà$^{n}$-chhek⇨喻閑聊以消耗時間。～～閃開，老人展威～～siám-khui lāu-lâng tián-ui⇨高叫對老人讓座位時的戲謔詞。

【閒工 êng-kang】 不急不忙的時間。～～罔做～～bóng chò⇨有多餘時間所以苟且作之。

【閒手 êng-chhiú】 與閒工畧同。

【閒米 êng-bí】 食～～仔chia̍h～～á⇨可不負責的人。食閒飯的chia̍h-êng-pn̄g-ê⇨同前。

【閒行 êng-hēng】 大閒了。甚～～去不罔做體藝毋siu$^{n}$～～khì(ì) m̄-bóng-chò thé-gē-m̄⇨作無謂之事消耗時間之詞。甚siu$^{n}$，太過也。

【閒身 êng-sin】 不做粗工的人。～～人～～lâng⇨同上。

【閒事 êng-sū】 世間俗事。毋當管～～m̄-thang koán～～⇨同上。

【閒間 êng-keng】 空房子。～～罔底蚊～～bóng-tē-báng⇨空房姑且養蚊子(笑謔話)。

【閒脚 êng-kha】 ～～罔行～～bóng-kiâ$^{n}$⇨散步、閒蕩。

【閒話 êng-ōe】 閒飯加食二碗，～～減講一句êng-pn̄g ke-chia̍h n̄g-oá$^{n}$, ～～kiám kóng chi̍t kù⇨飯多食可以，閒話不可多說。

【閒錢 êng-chî$^{n}$】 多餘不急用之錢。游資iû-chu。咱曷有彼類～～好開對彼去lán a̍h-ū hit-lōe～～hó-khai-tùi-hia-khì⇨我們能有那種閒錢可應付那些事嗎。

【閒工夫 êng-kang-hu】 每該錢每該～～～無人俫送你扲mā-ài-chî$^{n}$ mā-ài～～～bô, lâng boeh sàng-lí-lè⇨也要錢也要閒工夫，否則人家肯白送你嗎。

【閒人免進 êng-lâng-bián-chìn】 禁人通行的告示牌。閒亦作閑êng。工場重地～～～～kang-tiû$^{n}$-tiōng-tē～～～～⇨同上。

【閒時白日 êng-sî-pe̍h-ji̍t】 ㊀非年節的平常日子。～～～～較無人來～～～～khah-bô lâng-lâi⇨平常日子賓客較少。㊁青天白日chheng-thian-pe̍h-ji̍t。～～～～賊仔講亦敢來啦～～～～chha̍t-á kóng a̍h ká$^{n}$-lâi-là⇨青天白日賊也敢來也。

【閒話免講 êng-ōe-bián-kóng】 ～～～～，做工課較有影～～～～，chò(chòe) khang-khòe khah-ū-iá$^{n}$⇨閒說休題，工作才實在。

**êng 閑** 同閒êng。

**êng 盈** 滿也。日月～昃ji̍t-goa̍t～sek(chhek)⇨同上。

【盈餘 êng-î】 營業的餘利。無～～生理安怎做，騙鬼bô～～seng-lí an-choa$^{n}$-chò(chòe), phiàn-kúi⇨同上。

【盈虧 êng-khui】 ㊀月的圓缺。人有悲歡離合，月有～～圓缺jîn iú pi-hoân-lî-ha̍p, goa̍t iú～～oân-khoat⇨同上。

**êng 嬴** 勝也，餘也。盈也，或作贏êng。輸～su～⇨負與勝。賭博tó͘-phok亦曰輸贏su-êng(iâ$^{n}$)。

**êng 螢** 火蟲也。夜飛腹下有火光。俗名火金姑仔hóe-kim-ko͘-á。輕羅小扇撲流～kheng-lô siáu-siàn phok-liû～⇨唐詩。

【螢窗雪案 êng-chhong-soat-àn】 謂貧家子弟借螢光雪光勤讀苦學。亦即三字經所謂如囊螢，如映雪，家雖貧，學不輟jî-lông-êng, jîèng-soat, ka-sûi-pîn, hak-put-toat是也。

**êng 營** 軍營也。做事曰營êng。做生理曰營êng。經～keng～⇨經之營之。

【營利 êng-lī】 經營謀利。～～事業～～sū-giap⇨同上。

【營建 êng-kiàn】 土木建築。～～工程～～kang-thêng⇨同上。

【營造 êng-chō】 建築事業。～～廠～～chhiáng⇨同上。～～業～～giap⇨同上。

【營業 êng-giap】 以營利爲目的的事業。～～者～～chiá⇨同上。～～場所～～tiû$^{n}$-só⇨同上。色情～～sek-chêng～～⇨酒樓chiú-lâu妓館ki-koán等等之有酒女色的生理。～～稅～～sòe⇨同上。

【營繕 êng-siān】 土木建築所關係的事情。～～官員～～koa$^{n}$-oân⇨同上。

【營私舞弊 êng-su-bú-phè(pè)】 官員貪贓枉法暗圖私利。

**ēng 用** 用iōng也(見iong部)。

**ēng 詠** 吟詠gîm-ēng也。吟詩gîm-si唱歌chhiù$^{n}$-koa也。

**ēng 泳** 游也。潛行水中也。泅水siû-chúi曰游～iû～。

## ga

**gâ 牙** 牙gê也。

**gâ 芽** 芽gê也。

**gâ 衙** 衙門gâ-bûn⇨衙門gê-mn̂g也。

**gā 迓** 相迎際gêng-chih也。通作迎gêng。

**gā 訝** 驚疑也。訝ngā也。

## ga$^{n}$

**ga$^{n}$ 啞** 木然開口而不知所云曰啞ga$^{n}$。端仔嘴開開～～耳kan-na chhùi khui-khui～～niâ⇨只是開著口啞然無語而已。端仔toan-a→tan-na→kan-na，端的toan-tek也。

**gá$^{n}$ 雅** 六詩之一。不俗氣曰雅gá$^{n}$。又用爲對人之尊重。風～頌hong～siōng⇨同上。文～bûn～⇨同上。高～ko～⇨同上。優～iu～⇨同上。附庸風～hù-iông hong～⇨此不雅也。不～之物put～chi but⇨或形容男性。

【雅言 gá$^{n}$-gân(giân)】 有益之言。咨取善道，察納～～chu-chhí siān-tō,chhat-lap～～⇨出師表。

【雅事 gá$^{n}$-sū】 風流～～hong-liû～～⇨同上。

【雅致 gá$^{n}$-tì】 風趣有意思。排疊得眞～～pâi-thiap li chin～～⇨同上。致tì亦作緻[illegible]

【雅氣 gá$^{n}$-khì】 不凡俗。打扮扲有～[illegible]$^{n}$-pān-lè ū～～⇨打扮得夠雅氣。

【雅教 gá$^{n}$-kàu】 您的教益。辱[illegible]～jiok-sîn～～⇨同上。

【雅量 gá$^{n}$-liāng】 有容人容[illegible]物之量。有～～的人未安爾ū～～ê lâng bē[illegible]ōe) an-ne(ni)⇨簡直無度量也。

【雅愛 gá$^{n}$-ài】 您的眷顧。荷蒙～～hō-bông～～⇨同上。

【雅意 gá$^{n}$-ì】 好意hó-ì。多謝你的～～to-siā lí ê～～⇨同上。

【雅興 gá$^{n}$-hèng】 您的興頭。～～不淺～～put-chhián⇨同上。

**gā$^{n}$ 訝** 疑怪也。茫然自失bōng-jiân-chū-sit曰訝gā$^{n}$。畧同啞ga$^{n}$。驚～kia$^{n}$～⇨驚疑。看到～去了khoà$^{n}$ kà～khì(ì)-lò⇨看得茫然自失了。聽一下煞～去thia$^{n}$-chit-ē-soah～khì(ì)⇨一聽就茫然自失了。昻～gông～⇨同上。

【訝訝 gā$^{n}$-gā$^{n}$】 驚疑的樣子。人煞～～lâng soah～～⇨人竟木然不知所措。

## gai

**gâi 騃** 駑馬銜脫也。雌～chhî～⇨罵女人愚蠢之詞。

**gâi 獃** 癡chhî也。癡如小犬之無分別也。不懂事理曰獃gâi。痴～chhî～⇨愚蠢gû-thún(chhún)。三歲乖，四歲～，五歲掠來刣sa$^{n}$-hòe-koai, sì-hòe～, gō-hòe-lia̍h-lâi-thâi⇨謂孩子的成長過程。三歲最乖，四歲了就痴獃不講理了，五歲就壞得簡直可殺。掠通作搦，俗多用掠。

【獃人 gâi-lâng】 不受歡迎之人。做～～chò～～⇨當不受歡迎之人。對他人之錯提出指正曰做獃人。應該做～～每該做～～，即款的代誌無講那會使得éng-kai chò(chòe)～～mā-ài chò(chòe)～～，chit-khoán ê tāi-chì bô-kóng ná-ē(ōe) sái-tit⇨應該不受歡迎也不受歡迎可矣，此種事是不講明不可也。

【獃子 gâi-kiá$^{n}$】 愚蠢gû-thún的兒子。子kiá$^{n}$亦作囝kiá$^{n}$。生到即類～～活乎氣死se$^{n}$(si$^{n}$)-kà chi̍t-lui～～oa̍h-hō·-khì-sí⇨生了此種傻子被他氣就死了也。

【獃狗 gâi-káu】 傻瓜。～～叫你不當你道佅～～kiò-lí m̄-thang lí-tō-boeh⇨傻瓜，叫你不可以，你就偏偏要（玩、創）。失敗後之責備詞。

【獃鳥 gâi-chiáu】 不知死活之鳥。許都～～不，死每不知當飛走he-to～～m̄,sí mā m̄-chai thang poe-cháu⇨那是傻瓜鳥也，不是嗎？他死也不知應該飛而逃走也。謂主人逐客之詞。傻鳥soâi$^{n}$-chiáu，乃傻瓜鳥也。

**gâi 崖** 峻峭chùn-siàu的岩壁曰崖gâi。山～san～⇨同上。絕～choa̍t～⇨無法攀登之崖。懸～勒馬hiân～le̍k-má⇨在墜崖死亡之前應該勒馬止步，喻到了危險之時應及時回頭。

**gâi 涯** 水邊也。邊也。在天之～chāi thian chi～⇨同上。天～thian～⇨同上。吾生也有～gô· seng-iā iú～⇨謂人生有限。生～seng～⇨生活。賴以維生之生計。弓箭生～kiong-chì$^{n}$-seng～⇨靠弓箭爲生之生活。博徼生～poa̍h-kiáu-seng～⇨賭博以維生。

**gâi 皚** 霜雪之白。積雪～～chek-soat～～⇨同上。

**gâi 剴** 剴切gâi-chhiat，切合事實。詞意剴切sû-ì-gâi-chhiat⇨同上。

**gāi 礙** 阻碍。妨害。嘴合舌都會相～chhùi-kah(kap)-chih to-ē(ōe) sio～⇨謂口舌也有不相協之時。喻最親者之間難免也有衝突。洗面～著鼻sé(sóe)-bīn ～tio̍h-phī$^{n}$⇨喻無意損及在場之人。無～bô～⇨沒影響。沒關係。猶無～著扲iáu bô～tio̍h-lè⇨完全無影響，還有充分的餘裕。拂三碗公猶無～著扲hut-sa$^{n}$-oá$^{n}$-kong iáu bô～tio̍h-lè⇨吃了三大碗還是沒吃一樣。走三千米猶無～著扲cháu-sa$^{n}$-chheng-bí iáu bô～tio̍h-lè⇨跑了三千公尺還有十分餘力。

【礙目 gāi-ba̍k】 不順眼put-sūn-gán。看著～～耳，合咱亦無關係也khoà$^{n}$-tio̍h～～niâ kah(kap)-lán a̍h-bô koan-hē-â⇨只是一看不順眼而已，與我們也沒什麼關係也。

【礙卵 gāi-lān】 卵lān，俗作生lān。男物也。不舒服put-sī-ho̍k。不服氣put-ho̍k-khì（粗語）。愈想愈～～jû-siū$^{n}$ jû～～⇨越想越不舒服。按生lān字，行之久矣，布袋戲準岳婿對罵，有：生字不出頭；生一卵也，大字加一點，犬即狗kau也的對白。

【礙逆 gāi-gio̍h】 不順。有所阻碍。目珠如準～～～～ba̍k-chiu ná-chún～～～～⇨眼睛好像有點不舒服（或所阻碍）。

**gāi 捱** 拒也。延緩也。勉強支持下去曰捱gāi。亦忍耐jím-nāi也。腹肚枵枵著悃～，扁擔夯起著罔揩pat-tó· iau-iau tioh bóng～，pín-taⁿ gîa-khí tioh bóng-khaiⁿ⇨謂肚子餓了應該姑且忍耐下去，扁擔拿起來，姑且擔之趕路要緊。民歌。揩khaiⁿ，擔taⁿ亦曰揩khaiⁿ。雙頭曰擔，單頭曰揩。

【捱得苦中苦 gāi-tit khó·-tiong-khó·】 能夠忍受苦中之苦。～～～～～方爲人上人～～～～～hong-ûi jîn-siāng-jin⇨同上。

**gāi 艾** 一種植物。是有名的藥草。所謂鍼灸chiam kiú之灸kiú，即用此草也，古亦名灸草kiú-chháu。俗名叫艾hiāⁿ。亦可爲粿kóe之香辛料。所謂紅龜粿âng-ku-kóe者多有用之者。三年之～治七年之病sam-liân chi～tī chhit-liân chi pēng⇨同上。方興未～hong-hin bī～⇨謂事正當興盛。少～siàu～⇨少年而美好者。美少婦。

**gāi 碍** 礙gāi的俗字。

## gak

**gak 岳** ㊀大山。同嶽。妻之父稱岳，或岳父。㊁姓。

【岳丈 gak-tiāng】 妻之父。東岳泰山有丈人峰。因而稱妻父曰岳父gak-hū，亦曰丈人tiuⁿ-lâng，轉而爲岳丈。妻之母亦隨之而稱岳母gak-bó稱丈母娘tiūⁿ-ḿ-niû。

【岳翁 gak-ong】 岳父的尊稱。

【岳飛 gak-hui】 南宋名將，精忠報國，但被秦檜莫須有之罪名陷害而死。

**gak 獄** 囚禁人犯的所在。監～kaⁿ～⇨同上。地～tē～⇨地府。陰府。煉～liān～⇨基督教謂不完美的信徒，須經地獄贖罪訓煉，才能上天國。

【獄吏 gak-lī】 古時辦理訴訟的官吏koaⁿ-lī。

【獄卒 gak-chut】 監獄內的差役chhe-iah。

【獄官 gak-koaⁿ】 同獄吏。

**gak 嶽** 同岳gak。俗有：～王，～神，～帝等等諸神。太～thài～⇨同上。

**gak 樂** 有一定腔調的聲音。音～im～⇨同上。聲～siaⁿ～⇨同上。

【樂人 gak-jîn】 以音樂做職業的人。

【樂生 gak-seng】 在文廟學習音樂或其有儀禮時擔任音樂吹奏的人。

【樂師 gak-su】 音樂的教師。樂隊的成員。

【樂隊 gak-tūi】 多種樂器吹奏的隊伍。～～樂團～～gak-thoân⇨同上。

【樂器 gak-khì】 演奏音樂的器具，有㊀管樂器，笙、笛、簫等等。㊁弦樂器，絃仔、提琴、洋琴。㊂打樂器，鑼、鼓、鋼琴等屬之。

【樂譜 gak-phó·】 用符號或文字記載音律的音樂書。

【樂籍 gak-chek】 古時的官妓，重犯的妻女沒入～～稱爲樂戶gak-hō·。

## gam

**gam 崁** 大谷也。谷中空也。崖下凹入曰崁gam。本作谽。

【崁崁 gam-gam】 崁脚gam-kha也。下脚～～不知會危險未ē-kha～～m̄-chai ē(ōe) gûi-hiám bē⇨同上。

【崁脚 gam-kha】 崖下凹入曰崐脚gam-kha或重疊之曰崁脚崁脚gam-kha-gam-kha。

**gám 眼** 木頭眼bak-thâu-gám也。木紋之瑕疵也。

**gám 坎** 坎khám亦曰坎gám，樓梯，石階之小段段皆曰坎gám。樓梯～lâu-thui～⇨樓階。石～chioh～⇨石階sek-kai。一～也一～一直迫起去chit～á chit～it-tit peh-khí-khì⇨一階一階地直爬上去。

【坎仔 gám-á】 khám-á。落～～loh～～⇨

下小崁hē-sió-khâm。迫～～peh～～⇨上小崁。坎gâm之大者崁khâm，崁之更大者曰崖。

gâm
**嵒** 山之連續者也。山巖san-giâm，亦山巖soaⁿ-gâm也。嵒gâm俗作岩gâm。巖gâm，石窟也，大曰巖，小曰洞。巖亦省作岩gâm。嵒gâm，巖gâm皆作岩gâm。

gâm
**岩** 嵒gâm也。巖也。大石亦曰岩gâm。玄武～hiân-bú～⇨同上。花崗～hoa-kong～⇨同上。

【岩石 gâm-chioh】 大石也。石質的地層也。～～層～～chân⇨同上。

【岩穴 gâm-hiat】 大山洞toā-soaⁿ-tōng。石洞chioh-tōng (sek-tōng)。古代人穴居～～kó͘-tāi-lâng hiat-ki～～⇨同上。

【岩茶 gâm-tê】 茶名。武夷山bú-î-san即武夷岩出產者。

【岩漿 gâm-chiùⁿ】 火山噴出的岩石之熔液iông-ek。

gâm
**巖** 俗作岩gâm。

gâm
**癌** 病名。身體內外的毒瘤tok-liû也，種類甚多。如胃～ūi～，乳～leng～，腸～tn̂g～等等是也。皆屬難治之症。

gām
**譀** 不慧也。亦作儑gām。不辨事理，兼有非份之想曰譀gām。我無扲～goá bô-teh～⇨我不是傻瓜。你許爾～lí hiah-ni～⇨你太傻瓜了。

【譀人 gām-lâng】 傻瓜sá-koa而有非份之想者。～～不討趁端仔想仙好孔的～～m̄-thó͘-thàn kan-na siūⁿ-boeh hó-khang-ê⇨傻瓜只想要撿到便宜。討趁thó͘-thàn，打工營商等找生計也。

【譀目 gām-bak】 眼力鈍。～～更無記性～～koh bô-kì-sèⁿ⇨譀目又加上記憶力差。

【譀面 gām-bīn】 厚面皮。看人的～～想人的不長進khoàⁿ-lâng-ê～～siūⁿ-lâng-ê put-tiáng-chìn⇨看(美)人者譀面，想人者不長進。

【譀賊 gām-chhat】 冒冒失失之賊。

【譀想 gām-siūⁿ】 非份之想，你免扲～～lí bián teh～～⇨你莫作非份之想。～～的帶於山茶鍋～～ê toàⁿ-tī soaⁿ-tê-oe⇨譀想的gām-siūⁿ-ê其人之綽號。山茶鍋soaⁿ-tê-oe者地名。在罕見人跡的高山深林之中，他想：要是有賣肉擔來到，不知多好，我將買他三五斤，一次吃得夠飽也。此故事爲筆者家鄉之俚言，亦爲譀字的最佳詮釋。伓是boeh-sī，要是iàu-sī，亦即假使ká-sú也。

【譀譀 gām-gām】 ～～孜孜想要啖～～tuh-tuh-siūⁿ-boeh-ām⇨傻傻地，一味要想要吃。孜孜想tuh-tuh-siūⁿ，孜孜營營而硬想也。

gām
**憨** 愚也，癡也。或作同講非。

## gan

gán
**眼** 目珠也。又要點，估計。點～tián～⇨神像彫好須辦點眼的儀禮才能開始供奉。亦即畫龍點睛oe-liông-tiám-cheng也。中央留一個～當好透氣tiong-ng lâu chit-ê～thang-hó thàu-khùi⇨中央留一小穴以通氣。這就是問題的～目⇨同上。肉～無珠jiok～bû-chu⇨不識好人。有～不識泰山iú～put-sek thài-san⇨同肉眼無珠。你～看該外絯經費lí～khoàⁿ āi goā-chē keng-hùi⇨你估計看看要多少費用。不當～彼類無字的m̄-thang～hit-lōe bô-jī-ê⇨請勿估計得那麼無道理的。較有～kha ū～⇨較有實惠。字～用得眞好jī～iōng-li chin-hó字句用得妙。唱到有板有～chhiúⁿ-kà ū-pán-ū gán⇨唱得有音韻。

【眼力 gán-lek】 觀察或鑑賞事物的能力。

【眼孔 gán-khóng】 眼穴。～～大，看人小～～toā, khoàⁿ-lâng sió⇨喻人態度傲慢看不起人。

【眼目 gán-bok】 事物的要點。

【眼光 gán-kong】 觀察力。先見之明。有～～ū～～⇨有先見之明。

【眼前 gán-chiân】 或謂gán-chêng-á。目前。現在。～～報～～pò⇨立即的報應。～～虧～～khui⇨同上。君子不食～～虧kuh chū put-chiah ～～ khuí⇨如韓信之出胯下者是也。

【眼界 gán-kài】 視覺的範圍。～～大～～toā⇨所見大。開～～khai～～⇨看新事物。遊觀新風景。

【眼科 gán-kho】 有關眼球的醫學。～～醫生～～i-seng⇨同上。

【眼疾 gán-chit】 有關眼的疾病。眼病。眼症。

【眼珠 gán-chu】 眼球gán-kiû，俗曰目珠仁bak-chiu-jîn。

【眼神 gán-sîn】 目神。眼對人的態樣。～～眞正經～～chin chèng keng⇨目不邪視。

【眼睛 gán-cheng】 眼。目。目珠bak-chiu。

【眼精 gán-cheng】 眼力好。～～手快～～chhiú-khoài⇨同上。

【眼嫖 gán-phiâu】 但看不交易的嫖客。

【眼線 gán-soàⁿ】 刑警的爪牙jiàu-gê，爪耙仔jiàu-pê-á⇨同上。

【眼識 gán-sek】 佛家語。心法之一。大意是戒人了卻色界。～～快～～khoài⇨謂反應之敏捷。做事之敏捷。

【眼鏡 gán-kiàⁿ】 目鏡bak-kiàⁿ。

【眼中釘 gán-tiong-teng】 非立即消滅不可的敵人。

【眼不見爲清淨 gán-put-kiàn-ûi-chheng chēng】 喩對事物不知不見其實情即皆無事。亦勸人不必強採事物之眞相以惹麻煩。

**gàn 滲** 冷得透骨。熱物投入水亦謂滲gàn。早起的水眞～chá-khí ê chúi chin～⇨清晨的水冷得入骨。風～hong～⇨同上。水～chúi～⇨同上。

【滲水 gàn-chúi】 鐵匠以熱鐵浸入水中，或謂～鋼～kǹg。使刀劍堅利也。

【滲目 gàn-bak】 退目火。看人有好事或好收入叫做目孔赤bak-khong-chhiah，亦即眼熱亦即眼有火或眼紅。事主割愛若干給他爲gàn-bak，以退其眼火也。亦可謂遮杜其嘴也(如屬不正當事)。

【滲蹄 gàn-tê】 據稱鹿疾走久，逢水必停立水中以gàn-tê，一唐山客見之大喜，推之不動，摸之不去，於是將包裹掛上鹿角，先來薰一鉢(poah)，正喜煙後可設法掠回，可發一筆小財，想不到，煙未熄，鹿滲蹄已畢，起腳一跑而去。唐山客大惑不解，白賠包裹而回云。薰hun，薰草也，俗作煙，煙草tabako，日文用法也。又薰吹塡入一次薰葉而點吸曰一鉢chit-poah(poā)。

**gân 言** 講話。說明。講論。或讀giân。君無亂～kun bû loān-giân⇨皇帝講話算話。不幸～中put-hēng～tiōng⇨不幸，話竟說對了。人微～輕jîn-bî～kheng⇨地位低講的話無力量。～外之音～gōa-chi-im⇨話中另外有的意思。

【言行 gân-hêng】 言談與行爲。～～錄～～lok⇨記述言行的記錄。

【言官 gân-koaⁿ】 古時的諫官。今之民意代表亦有人稱之爲言官。

【言責 gân-chek】 言論的責任。對自己的話負責。

【言詞 gân-sû】 講話用詞。～～粗魯～～chho·-ló·⇨同上。

【言路 gân-lō·】 朝廷使人民能自由講話叫開～～khai-～～。查封什誌報館就是關閉言路，亦即封鎖言論自由。

【言語 gân-gí】 人類表示意志的聲音。或謂語言gí-gân。

【言論 gân-lūn】 ～～自由是基本人權之一。人人都要合力爭取。

【言談 gân-tām】 彼此講話。～～之間，難免意見不同～～ chi-kan,lân-bián ì-kiàn put-tông⇨同上。

【言三語四 gân-saⁿ-gí-sì】 講東講西kóng-tang-kóng-sai。推卸責任。或謂言三托四thok-sì。義同。

【言聽計從 gân-thèng-kè-chiông】 所獻出的言論計策都被採用。如諸葛亮之於劉備。喻君臣寵信之深。

gān **雁** 鳥名。亦作鴈。候鳥。秋南來春北去。群飛成列叫雁行。排列整齊叫雁陣。

【雁柱 gān-thiāu】 琴弦之支持弦線者。或謂gān-chū。

【雁來紅 gān-lâi-hông】 鷄冠ke-kōe花或謂鳳仙花。即老來嬌ló-lâi-kiau也。

gân **顏** ㊀面。面皮也。采色。㊁姓也。

【顏回 gân-hûi】 孔子公最愛的短命子弟。

【顏色 gân-sek】 面色。花色。今年花落～～改。kin-liân hua-lok～～kái⇨同上。

【顏面 gân-biān】 面皮。合～～有關係的問題kah(kap)～～ ū koan-hē ê būn-tê⇨即面子biñ-chú問題。

【顏容 gân-iông】 面容或面色。～～憔悴～～chiâu-chhūi⇨喻疲勞之狀。

gān **岸** 溪邊。河邊。海邊。回頭是～hôe-thâu sī～⇨同上。海～hái～⇨同上。江～kang～⇨同上。沿～地帶iân～tē-tài⇨同上。

gān **贗** 僞物也。仿製之物皆曰贗品gān-phín。亦即頂替之物了。

【贗造錢幣 gān-chō-chîⁿ-phè】 僞造紙幣硬幣。

## gang

gāng **卬** 望也。望天也。茫然自失狀曰卬gāng。謌然自失亦曰卬gāng。戇態gōng-thài畢露狀也。看一下耳道～去也khoàⁿ-chit-ē-niâ to-～khì(ì)-à⇨一看見就茫然自失bōng-jiân-chū-sit了。

【卬卬 gāng-gāng】 茫然自失狀。看伊～～坐於許耳khoàⁿ i～～chē(chōe)-tī-hia-niâ⇨看見他只茫然坐在那兒而已。伊都～～耳亦未講話也啦i to～～ niâ iah-bē(bōe) kóng-ōe-ā-là⇨他只是茫茫然而已，也不會說話也。

## gap

gap **哈** 魚口動也。魚呑水也。呑食thun-sıt曰哈gap。呑沒thun-but錢財亦曰gap。乎～去也hō～khì(ì)-à⇨被呑沒了。～一下耳道不食也～chit-ē-niâ tō-m̄ chiah-à⇨輕咬一口而已就不吃了。攏每～去也lóng-mā～khì(ì)-à⇨全部皆一呑而盡了。

【哈水 gap-chúi】 魚食水或呼吸。

【哈了了也 gap-liáu-liáu-à】 全部呑食落腹thun-chiah-loh-pak矣。

## gau

gâu **㤭** 慧也。黠kiat也。賢慧hiân-hūi，能幹lēng-kàn曰㤭gâu。凡善於作爲皆曰㤭gâu。亦作㤭gâu。會讀書ē(ōe)-thak-su(chu)曰㤭讀册gâu-thak-chheh是㤭gâu，是賢hiân。會做賊ē(ōe)-chò(chōe)-chhat亦曰㤭做賊gâu-chò-chhat是善於作爲，當不屬賢hiân也。逐項都會曉tak-hāng to ē(ōe)-hiáu是有㤭ū-gâu，無半項會曉道是無㤭bô-poàⁿ-hāng e-hiáu tō-sī bô-gâu。俗作勢gâu。但勢應讀ngō，意強有力也，似不必勉強拉之入忖gau。

【㤭人 gâu-lang】 ㊀賢人hiân-jîn。偉人úi-jîn。能幹之人。～～仔味是～～á bī-sī⇨謂賢人亦程度種別多矣。有其味就算㤭郎也。㊁不受歡迎之人。人伊貪都～～也lâng i taⁿ-to

～～ā⇨而今他偉大起來了，看不起人了。看不起人者，當然也不受歡迎。

【佼早 gâu-chá】 ㊀Good morning。清晨相見的客套詞。逐家～～tak-ke～～⇨大家早。㊁慣於早起。阮阿公逐日眞～～goán a-kong ták-jıt chin ～～ ⇨我家祖父每晨起得甚早。～～星～～chheⁿ(chhiⁿ)⇨①清晨起得早之人。②事事須先人一步之人。九嬸婆仔逐項每要並～～星的káu-chím-pô-a tak-hāng mā-boeh-phēng～～chheⁿ-ê⇨九嬸婆其人，事事都要先人一步。

【佼訬 gâu-chhá】 略同佼憍gâu-khiâu。訬chhá同吵chhá。稔才，～～更佼憍bái-châi，～～koh gâu-khiâu⇨不好看也，這樣子又訬又憍。

【佼孱 gâu-chhan】 略同佼憍gâu-khiâu。孱chhan，呻吟sin-gîm也。弱也。佼哼更～～gâu-hiⁿ koh～～⇨慣作哭鬧。哼hiⁿ呻也。

【佼開 gâu-khai】 善作浪費。慣作冶遊。阿三都安爾～～ 佃老父每無法度也 a-sam to an-ne(ni)～～ in-lāu-pē mā-bô-hoat-tō·-ā⇨阿三是如此這般的慣作冶遊，他老爸也無法奈何他了。

【佼憍 gâu-khiâu】 善於吵擾父母。囡仔～～都眞無法度gín-á～～to chin-bo hoat-tō·⇨孩子吵擾實無辦法也。憍khiâu，孩子吵擾chhá-jiáu也。恃寵凌物，小人得志曰憍khiâu，通驕kiau。

【佼哭父 gâu-khàu-pē】 慣常大聲馬喉。動即叫苦。彼顆都上～～～也hit-kho· to siāng～～～ ā⇨那家伙是最會喊苦之人。莫～～～啦好否mài～～～là hó-bò·⇨不要呱呱叫好不好。

【佼做人 gâu-chò(chòe)-lâng】 ㊀處事公道合理之人。㊁趨炎附勢善於鋪排之人。㊂戲謔多產的父母親。阿久伯仔正港的～～～ a-kú-peh-á chiāⁿ-káng-ê～～～⇨阿久伯正牌的善於造人。

【佼假仙 gâu-ké-sian】 ㊀宣稱有辦法有能力。免得～～～，幾枝毛都看現現的bián teh～～～，kúi-ki-mô(mn̂g) to khoàⁿ-hiān-hiān-lè⇨不必假仙吧，你有幾根毛誰不知道(看得一清二楚)也。㊁裝模作樣。更～～～每無路用也啦，人攏去也啦koh～～～ mā bô-lō·-iōng-ā-là, lâng lóng-khì-à-là⇨再裝模作樣也無效了，人家都跑掉了。

【佼舖排 gâu-phô·-pâi】 善於奉承。佃都上～～～人也in to siāng～～～lāng-ā⇨他們是最會奉承的人也。

【佼講話 gâu-kóng-ōe】 ㊀善說話。阿花有影～～～有條有理的。a-hoe-ū-iáⁿ～～～iú-tiâu-iú-lí-ê⇨同上。㊁善造遁詞。人曷煞不知影你～～～lâng ah-soah m̄-chai-iáⁿ lí～～～⇨誰人不知你善造遁詞。

【佼畫山水 gâu-ōe-san-súi】 善於花言巧語以騙人。

【佼畫虎生 gâu-ōe-hō·-lān】 同佼畫山水gâu-ōe-san-súi。阿七仔蓋～～～～⇨a-chhit-à kài～～～～⇨阿七最會吹牛。

gâu **勢** 佼gâu之俗字也。勢於義，多指孔武有力之體力，似並無包括心力之巧妙也。

## ge

ge **挩** 不從也。擬挩gí-ge⇨爭執不休。佗該合人安爾～～thà-ài kah-lâng an-ne～～⇨何必與人如此爭訬cheng-chhá。擬gí，揣度也，比也。

【挩挩 ge-ge】 不從。擬擬～～gí-gí～～⇨爭執。爭論。佃父寬仔去合伊擬擬～～in-pē khoaⁿ-á khì kah-i gí-gí～～⇨本大爺去和他大吵，大鬧了一場。寬仔khoaⁿ-á是不慌不忙，強調有膽量。

**gé 鬩** 恨也。相怨恨也。兄弟～於牆heng-tē～î chhiâng ⇨ 兄弟不和。省稱曰鬩墻gé-chhiâng。亦即互相爭訟於內訌lāi-kong也。

**gé 睨** 睥睨phì-gé，斜視也。看不起人也。～～群雄～～kûn-hiông⇨同上。

**gè 嚙** 囓khè也。咬骨取肉也。食肉～骨chiah-bah～kut⇨同上。咬伊的皮～伊的骨kā i ê phôe～i ê kut⇨表示深仇大恨。

【嚙甘蔗 gè-kam-chià】 囡仔愛～～～gín-á ài～～～⇨同上。

**gê 譃** 調笑也。戲笑也。取笑也。驚人～kia$^{n}$-lâng～⇨怕人家取笑。愛人～ái-lâng～⇨喜歡人家取笑自己。

【譃人 gê(giô)-lâng】 作戲笑。取笑別人。上佼～～siāng-gâu～～⇨最會戲笑於人。

【譃洗 gê-sé】 諷刺。～～到無一塊仔好～～kà bô chit-tè-á hó⇨譏誚到一無是處。

**gê 牙** 齒也。牙齒雖通用，但習慣上人稱齒，獸稱牙。例如象～-chhiu$^{n}$～，虎～hó～⇨①虎之牙，②犬齒亦稱虎牙，狗～káu～，豬公～ti-kong～等是。青面獠～chhe$^{n}$-bīn-liâu～⇨惡鬼，喻壞人。爪～jiáu～⇨部下，黨徒。又做～chò～⇨陰曆每初二十六（或曰初一十五）辦牲禮拜土地公或遊魂野鬼，曰做牙chò-gê。正月二日爲頭牙thâu-gê，十二月十六日爲尾牙bóe-gê。

【牙人 gê-jîn】 俗稱牽猴仔khan-kâu-á。站在買賣雙方之間促進買賣成立以取佣金，亦稱仲人tiong-lâng。

【牙扦 gê-chhiam】 ㈠用以剔除牙垢之小木棒。即齒托khí-thok。㈡亂交女人者。扦亦作籤。音同。

【牙行 gê-hâng】 仲介業。

【牙刷 gê-soat】 俗稱齒抆仔khí-bín-á。抆亦作抿。

【牙科 gê-kho】 醫學分科之一。～～醫生～～i-seng⇨牙科大夫。俗多叫齒科khí-kho或補嘴齒的。

【牙疳 gê-kam】 牙病名。醫學名詞曰齒槽膿漏khí-chô-lâng-lāu。

【牙根 gê-kîn】 牙齒之根。亦作牙齦。

【牙婆 gê-pô】 三姑六婆之一。專做侍妾婢女之媒者。

【牙硝 gê-siau】 藥名，狀如鹽。

【牙膏 gê-ko】 俗稱齒膏khí-ko。

【牙槽 gê-chô】 齒槽。齒下部付肉之處。～～岸～～hoā$^{n}$⇨整個牙槽。

【牙箸 gê-tī】 象牙之箸。

【牙錢 gê-chî$^{n}$】 牙人對買賣雙方抽取佣金。往例是說，賣一買二bē-chit-bé-nō⇨賣主一分買主二分。當今因交易數字大，多改面品面唱biān-phín-biān-chhiàng⇨事前當面講明佣金若干。

【牙齒 gê-khí】 牙齒的總稱。～～根咬較絯扲～～kin kā-khah-ân-leh⇨強忍耐。作重大決心或金錢負擔時要咬緊牙根以忍痛。

**gê 衙** 官署也。縣～koān～⇨縣政府。官～koa$^{n}$～⇨政府機關。

【衙內 gê-lāi】 貴家子弟的稱呼。

【衙役 gê-i̍ah】 古之最下級差役chhe-i̍ah。～～仔～～á⇨警察仔kéng-chhat-ā。

【衙門 gê-mn̂g】 官署。官廳。政府。～～內好修行～～lāi hó-siu-hēng⇨衙門之內是修行積德的好地方。喻做官的應該多多體貼百姓人。亦即等於修行積德。～～口～～kháu⇨官廳的大門。～～八字開，無錢不免來～～pat-jī-khai, bô-chî$^{n}$ m̄-bián-lâi⇨謂衙門沒有好的，有錢才能通關節。亦戒人不可好訟。

**gê 睨** 怒目視人也。討厭也。恨也。

【睨卵 gê-lān】 卵即屌，俗作生，表示討厭(粗語)。

【睨睨 gê-gê】 不能發生好感。看著～～khoà$^{n}$-tio̍h～～⇨看見就覺得討厭。

【睨㴸 gê-siâu】 極度討厭（粗語）。

gê **輗** 輗軏gê-goat，控制大小車之道具。大車無輗，小車無軏tāi-ki bû-gê, siáu-ki bû-goat⇨論語。

gê **芽** 草木之芽。草木初發。事物之開始。新芽sin-gê⇨幼芽。發芽hoat-gê⇨長出新芽。春天樹木發新芽chhun-tiⁿ chhiū-bak hoat-sin-gê⇨同上。

gê **霓** 虹之外環。紅霓紅霓âng-gê-âng-gê⇨老人面色紅潤。大旱之見雲～tāi-hān chi-kiàn hûn～⇨有下雨之兆了。

【霓虹燈 gê-hông-teng】 Neon sign。廣告的電彩燈。

【霓裳羽衣 gê-siâng-ú-i】 仙女的美麗衣裳。～～～～曲～～～～khek⇨古曲名。

gē **詣** 造詣chō-gē，學業深入。伊對即方面的～～真深i tùi chit-hong-bīn ê～～chin-chhim⇨同上。又候至也，進也，到也。無～bo～⇨寂寞也。阿娘仔無～假梳頭a-niû-á bô～ké se-thâu⇨同上。

gē **羿** 后羿hō·-gē氏。傳說中的帝王，月中嫦娥的丈夫，亦為弓射之名人。～～射日～～sia-jit⇨謂天有九日，民幾熱死，后羿射落其八而存其一，民始安云。

gē **藝** 才能也。文～bûn～⇨文學與藝術。文學之藝術。武～bú⇨武術。武技。才～châi～⇨種種的才能。

【藝妓 gē-ki】 有才藝的妓女。藝妲。

【藝姑 gē-toàⁿ】 會唱歌曲的妓女。與娼妓有別。古時召妓陪酒，有藝妓有娼妓，前者標榜賣藝不賣身，只陪酒唱歌曲，索價較高。後者亦陪酒亦賣身，索價較便宜。～～間仔～～keng-á⇨藝妲自租房屋而居，是為藝妲間。陳設甚雅致。在藝妲間內可迎客飲酒唱歌曲作樂，亦可應召出張各酒樓陪酒。娼妓即群宿妓寮或酒樓以待客。～～囝仔～～gín-á⇨雛妓。亦即小藝妲，十四五歲正在學舞習歌的時期。

【藝能 gē-lêng】 歌唱，跳舞等表演。～～界～～kài⇨戲劇演藝的社會。

【藝倆 gē-niū】 gī-niū。消遣的方法。無～～bô～～⇨沒有消遣的方法。無聊。

【藝術 gē-sut】 有技巧及有思想的活動。其製作為～～品～～phín。或簡稱作品chok-phíⁿ。

【藝棚 gē-pêⁿ(pîⁿ)】 臨時小舞台。藝妲表演清唱的小戲棚。

【藝閣 gē-koh】 迎神賽會時，以藝妲或小童小女做中心，配以山水，在平板上做出一種有情致的情景，或歷史上的場面，以人扛抬而參加遊行，謂迎～～giâⁿ～～。後漸改裝在卡車上。今已不得復見。

gē **毅** 有決也，剛毅也。樂毅gak-gē，古人名。管仲～～koán-tiōng～～⇨皆古賢人。

## gek

gek **虐** 殘暴也。橫～抵天hêng～tú-thiⁿ⇨同上。暴～無道po·h～bû-tō⇨同上。抵，抵觸也，亦作牴。拄tuh，支撐也，亦指以物創破。

【虐政 gek-chèng】 殘暴的政治。～～猛於虎～～béng î hó·⇨暴政比猛虎更可怕。

【虐待 gek-thāi】 粗暴的款待。～～弟妹～～tē-moāi⇨同上。～～動物～～tōng-but⇨同上。

gek **瘧** 病名。Malaria。間歇熱。寒熱病也。俗名寒熱症仔koâⁿ-jiat-chèng-á。又名乞食症仔khit-chiah-chèng-á。

【瘧蚊 gek-báng】 傳遞寒熱症菌的蚊仔。蚊，俗或作蠓，非。蓋蠓者蠓蜹，雖同為小飛蟲，但蠓者在春夏之月，因雨而生，聚群而飛，見陽而死；但蚊者出自臭水，不因雨陽如何，咬人釘人如常也。

【瘧疾 get-chit】 間歇熱。

【瘧蟲 gek-thiông】 瘧病的病菌。

**ge̍k 逆** 不順從也。反對也。預料也。忤～ngō͘～⇨不孝父母。叛～罪poān～chōe⇨反對官府之罪。～料～liāu⇨預料。

【逆子 ge̍k-chú】 不孝子。惡妻～～無法可治ok-chhe～～bû-hoat khó tī⇨同上。

【逆天 ge̍k-thian(thi$^n$)】 違背天理。冒犯長輩。～～所行～～so͘-kiâ$^n$⇨行爲冒犯了長輩。你亦眞～～，鷄肉講不好食lí iah chin～～, ke-bah kóng m̄-hó-chia̍h⇨你亦實在逆天，鷄肉竟說不好吃。

【逆行 ge̍k-hêng】 時代～～sî-tāi～～⇨反對時代潮流。開倒車。

【逆耳 ge̍k-jí(ní)】 聞之不愉快。良藥苦口利於病，忠言～～利於行liâng-io̍h khó͘-kháu lī-î-pēng, tiong-giân～～lī-î hêng⇨良藥忠言同具價值。

【逆風 ge̍k-hong】 反風。順風之對稱。

【逆旅 ge̍k-lí】 客舍。

【逆料 ge̍k-liāu】 預料。至於成敗利鈍則非臣之所能～～者也chì î sêng-pāi-lī-tun chek húi sîn-chi-só͘-lêng～～chiá-iá⇨後出師表。

【逆流 ge̍k-liû】 反流。不同於潮流者。時代的～～si-tāi ê～～⇨時代潮流中的反派。

【逆倫 ge̍k-lûn】 違背人倫之道。例如子女殺害父母之類。

【逆理 ge̍k-lí】 同逆天。

【逆喉 ge̍k-âu】 刺激咽喉。即種薰眞～～chit-chióng-hun chin～～⇨此種菸很刺激咽喉。

【逆賊 ge̍k-chha̍t】 反對者。自古以來反對派難逃賊名，除非你能成功爲王。

【逆境 ge̍k-kéng】 不順利的環境。處境困窮。

【逆襲 ge̍k-si̍p(sit)】 軍事反攻。反攻擊。

【逆鱗 ge̍k-lîn】 冒犯主人(君王)。龍喉下有逆鱗一枚，誤觸之必殺人云。龍當然是比喻君王也。

**ge̍k 玉** 石之美者。玉器之總稱。喻美麗。又成全也。珍珠寶～chin-chu-pó～⇨同上。ge̍k→giok。

【玉人 ge̍k-jîn】 美人。拂墻花影動，疑是～～來hut-chhiâng hoa-éng-tōng, gî-sī～～lâi⇨西廂記。

【玉手 ge̍k-chhiú】 美女之手。一雙～～千人枕，半點紅唇萬人嘗it-siang～～chhian-jîn-chím, poàn-tiám hông-sûn bān-jîn-siâng⇨謂妓女生涯之無奈。

【玉女 ge̍k-lí】 美女。金童～～kim-tông～～⇨婎少年人。

【玉仔 ge̍k-á】 玉器之總稱。～～揀人帶～～kéng-lâng toà⇨玉器非人人都可以佩帶之。蓋指玉器易破傷也。謂特定之斯文人方可帶也。

【玉印 ge̍k-ìn】 天子之印。

【玉路 ge̍k-lō͘】 玉器之類。做～～的chò(chòe)～～ê⇨玉器商。

【玉環 ge̍k-khoân】 玉質手環。金環～～kim-khoân～～⇨同上。玉手環ge̍k-chhiú-khoân⇨同上。

【玉手指 ge̍k-chhiú-chí】 穿載有排比，金手環，～～～，也乖巧，也佮俐chhēng-tài ū-pâi-pí, kim-chhiú-khoân～～～iā-koai-khá, iā-léng-lī⇨千金譜。

**ge̍k 獄** 囹圄lêng-gô͘也。囚禁違法之地也。牢～lô～⇨監～ka$^n$～⇨監獄ka$^n$-ga̍k。地～tē～⇨關陰魂的監獄。落地～lo̍h-tē～⇨下地獄。俗多讀ga̍k。

## geng

**géng 研** 磨粉末。藥～io̍h～⇨研藥的舟形鐵鉢。

【研末 géng-boah】 研成粉末。胡椒～～hô͘-chio～～⇨胡椒研成胡椒末。

【研石 géng-chio̍h】 研布用的凹字形研布石。

【研布 géng-pō͘】 捲成圓筒的布匹，以研石加以研磨以加其光澤。

【研鉢 géng-poa̍h】 研藥之鉢。有陶製、玻璃製、鐵製者。

【研槌 géng-thûi】 研棒。研藥的棒。

【研槽 géng-chô】 藥研的主要部份。放藥之處。歪～～oai～～⇨女陰之惡詞。

【研輪 géng-lûn】 在藥研中旋轉的小道具。

【研錢 géng-chîⁿ】 在藥研中旋轉的小道具。

【研藥 géng-io̍h】 將藥研成粉末。

【研麵 géng-mī】 以研麵棒研麵粉以製麵。

【研土豆 géng-thô͘-tāu】 將土豆研爲末以使無牙的老人易吞食。

【研末幼 géng-bē-iù】 笨徒拙於研末工作也。

géng **眼** 龍眼lêng-kéng亦叫龍眼lêng-géng。

gêng **凝** 液體變固體也。心思激於心曰～。你會～否lí ē～bō⇨你會生氣不會。

【凝心 gêng-sim】 不勝其不樂，惋惜或生氣等等。愈想愈～～ná-siūⁿ-ná～～⇨越想越不樂。越氣。越惋惜。愈ná亦愈jú也。

【凝血 gêng-hoeh(huih)】 因打成擦傷致皮下血液凝結。

【凝固 gêng-kò͘】 凝結成固體。

【凝神 gêng-sîn】 集中精神。

【凝結 gêng-kiat】 氣體變液體或液體變固體。

【凝點 gêng-tiám】 凝固點。冰點。

gêng **迎** 接chiap也。際chih也。際接chih-chiap也。歡～hoan～⇨同上。

【迎合 gêng-ha̍p】 接受。附和。反抗之對稱。～～時代的潮流～～sî-tāi ê tiâu-liû⇨附和於時代的潮流。

【迎接 gêng-chiap】 歡迎接待。～～人客～～lâng-kheh⇨同上。

【迎敵 gêng-te̍k】 迎擊敵軍。

【迎戰 gêng-chiàn】 迎擊來攻的敵人。

【迎年菊 gêng-liân-kiok】 正月開的菊花。

【迎春花 gêng-chhun-hoe】 花名。

【迎梅雨 gêng-bôe-hō͘】 陰曆正月下的雨。

gêng **龍** 龍眼lêng-kéng亦叫龍眼lêng-géng或訛爲龍眼gêng-géng。

## gi

gi **唭** 欲笑也。亦作嘰gi。說～笑la～chhiò⇨會心之笑。滿足之笑。笑到說～說～chhiò-kà la～la～⇨同前。嘴仔說～說～chhùi-á la～la～⇨同前。

gí **語** 句也。詞也。以言告人也。直說曰言，論難曰語gí言～giân～⇨同上。以動作示意亦曰語gí。手～chhiú～⇨同上。蟲鳥之聲亦曰語gí。花香鳥～hoa-hiang niáu～⇨同上。千言萬～chhian-giân bān～⇨同上。君折書，須看知，細心誦讀奴言～，千里關山無別寄，唯願安康只一～kun chiat-si, si-khàn-ti, sè-sim siōng-tho̍k nô giân～, chhian-lí koan-san bû pia̍t-kì, ûi-goān an-khong chí-it～⇨妻寄夫書。外～goā～⇨外國話。英～eng～⇨英文。法～hoat～⇨法國話。日～ji̍t⇨日本話。夜半無人私～時iā-poàn bû-jîn su～sî⇨同上。

【語文 gí-bûn】 ㊀語言gí-giân與文字。深通法國～～chhim-thong hoat-kok～～⇨同上。㊁白話與文字。

【語言 gí-giân】 話語ōe-gí。交談的言詞。～～未得溝通～～bē(bōe)-tit kau-thong⇨同上。

【語法 gí-hoat】 文法中，用詞遣句之法也。伊的～～恰如怪怪 i ê～～kah-ná koài-koài⇨同上。

【語音 gí-im】 口音kháu-im。伊的～～恰如有南部腔i ê～～kah-ná ū lâm-pō·-khiu$^{n}$⇨他的口音好像帶有南部的腔口khiu$^{n}$-kháu。

【語病 gí-pēng】 用詞的毛病。話講了有～～ōe kóng-liáu ū～～⇨話說得有被誤會的不妥當之處。雖可讀gí pē$^{n}$(pī$^{n}$)，但我認爲gí-pēng較妥當，蓋新名詞讀正音較妥也。

【語氣 gí-khì】 口氣kháu-khì。～～用了有較重～～iōng-liáu ū khah-tāng⇨話說得嚴重了些。

【語體文 gí-thé-bûn】 白話文pe̍h-ōe-bûn。～～～寫會媠未媠，毎是看人～～～siá-ē-súi-bē-súi，mā-sī khoà$^{n}$ lâng⇨語體文寫得好壞，還是看人的才能(有待於人)。

【語無倫次 gí-bû-lûn-chhù】 說話無條理層次。亂講一場。

**擬** gí 相似也。起草也。無罪可～bô-chōe khó～⇨罪大惡極至無可定其罪名也。

【擬定 gí-tēng】 起一個草案。

【擬案 gí-àn】 起稿，起草計畫書，作文章或公文的草稿。

【擬流 gí-liû】 擬定流放邊區或遠島之罪。

【擬徒 gí-tô·】 擬定拘禁服苦役之罪。

【擬斬 gí-chám】 擬定斬首罪。

【擬絞 gí-ká】 依法或按律擬定絞殺之罪。

【擬罪 gí-chōe】 擬定罪名及其輕重。

【擬題 gí-tê】 擬訂題目。

【擬議 gí-gī】 評議。計畫。安爾做，驚做會受人～～an-ne-chò, kia$^{n}$-chò ē siū-lâng～～⇨如此做，恐怕會有人批評。～～中的新路計劃～～tiong ê sin-lō· kè-ōe⇨計畫中的新路開闢案件。

**宜** gî 適合也。適當也。權～之計khoân～chi kè⇨臨急適當的措施。便～行事piān-hêng-sū⇨從權辦理。

【宜人 gî-jîn】 ㊀合於心意的人。㊁古貴婦人的封號，大約縣長夫人的程度就可得宜人的封號。

【宜男 gî-lâm】 婦人多子也。

【宜家 gî-ka】 宜其室家。和順於家庭。宜是和順，室是夫婦所居，家是一門之內。

【宜梧 gî-ngô】 植物名。～～仔草～～á chháu⇨草名。

【宜室宜家 gî-sit-gî-ka】 稱頌新家庭之美詞。

**儀** gî 法也。禮也。善也。禮～三百威～三千lē～sam-pek ui～sam-chhian⇨所謂禮儀之邦也。

【儀仗 gî-tiāng(tiōng)】 儀禮用的兵隊。制服鮮豔，步伐整齊。～～兵～～peng⇨儀仗部隊。又喻中看不中打的軍隊。

【儀容 gî-iông】 儀表gî-piáu，表現在外的風度。

【儀態 gî-thāi】 同儀容。～～萬千～～bān-chhian⇨謂其風度之多彩多姿。

**疑** gî 惑也。迷也。相似也。不信也。～人不用，～事不動～jîn put-iōng, ～su put-tōng⇨人有疑問者不可用，事有疑問者不可動。

【疑心 gî-sim】 懷疑之心。～～生暗鬼～～seng àm-kúi ⇨ 有懷疑之心，即心中自生鬼胎。

【疑念 gî-liām】 懷疑的心思。

【疑問 gî-būn】 可疑的問題，不明白的地方。～～眞夥～～chin-chē⇨同上。夥chē，多to也。

【疑訝 gî-ngāi】 疑問。～～的所在眞夥～～ê só·-chai chin-chē⇨疑問的地方很多。

【疑惑 gî-he̍k】 因疑而心動搖。心有～～sim iú～～⇨同上。

【疑誤 gî-gō·】 懷疑與錯誤。無～～，更落大雨bô～～，koh lo̍h-toā-hō·⇨想不到竟下大雨。

【疑生怪 gî-seng-koài】 因疑心而產生諸多怪異，不疑則不怪。

【疑神疑鬼 gî-sîn gî-kúi】 對神亦疑，對鬼亦疑。喻多疑之極也。

**寓** gī 寄託也。寄居也。客～kheh～⇨客居之所。公～kong～⇨新式的房屋設計。多家分住一樓閣的房間。

【寓公 gī-kong】 客居外地之人。去美國作～～khì bí-kok chò ～～⇨到美國去作安樂公。

【寓言 gī-giân】 有所寄意之文章。～～小說～～siáu-soat⇨寓言的小說。

【寓所 gī-só·(sé)】 寄寓的所在。居住之處。

【寓禁於征 gī-kìm-î-cheng】 寄禁止之意於征收重稅之中。即對某種業種本應禁止，但不加禁止而加征極重之稅金以迫其自然消滅。

**愚** gî 不智不慧也。又自稱也。衆～成城chiòng～sêng-sêng⇨愚者多數亦爲一大力量。賢～千載知誰是，滿眼荒塚共一丘hiân～chhian-chāi ti-sûi-sī, boán-gán hong-thióng kiōng it-khiu⇨古詩。

【愚人 gî-jîn】 不智之人。～～節～～cheh⇨洋人以四月一日爲～～節。是日可說謊作弄人爲嬉戲。

【愚民 gî-bîn】 ㊀昏昧無知的百姓。㊁欺騙百姓。～～政策～～chèng-chhek⇨欺騙百姓的政策。施政不使百姓了解，對百姓不施教育，禁止言論報導等是也。

【愚兄 gî-heng】 對幼弟妹自稱。書札中多用之。～～賢弟～～hiân-tē⇨同上。

【愚見 gî-kiàn】 謙卑的話。謂愚昧的見解，未必對也。

【愚弄 gî-lōng】 欺騙玩弄。～～老百姓～～lāu-peh-sè$^{n}$⇨騙人民。

【愚弟 gî-tē】 對同輩之謙稱。書札中多用之。

【愚直 gî-tit】 表面如愚實質正直。

【愚不可及 gî-put-khó-kip】 最愚者。～～～～的人～～～～ê lâng⇨同上。

**魚** gî 魚類也，即魚hî也，水族類也。魚蝦龜鼈之類也。掠～liah～，拋～pha～，釣～tiò～⇨古老的掠魚法。

**漁** gî 捕魚也。侵奪也。竭澤而～，焚林而田kat-tek jî ～ hun-lîm jî tiân⇨喻趕盡殺絕的政治。田tiân，獵也。

【漁人 gî-jîn】 捕魚之人。漁夫gî-hu，漁翁gî-ong，漁民gî-bîn。～～得利～～tek-lī⇨喻雙方相爭不下，第三者安享其利。

【漁火 gî-hóe】 漁船的燈火。

【漁父 gî-hū】 老漁人。漁翁。

【漁色 gî-sek】 貪愛女色。～～之徒～～chi tô·⇨貪好女色的人。

【漁利 gî-lī】 侵取財利。

【漁翁 gî ong】 老漁人。～～夜旁西岸宿，曉汲淸霜燃楚竹，天光日出不見人，唉乃一聲山水綠～～iā-pông se-gān-siok, giâu-khip chheng-song jiân-chhó·-tiok, thian-kong jit-chhut put-kiàn-jîn, ai-nái it-seng san-súi-liok⇨唐詩。

【漁船 gî-chûn】 捕魚之船。

【漁港 gî-káng】 捕魚業專用的港灣。

【漁場 gî-tiû$^{n}$】 魚多漁船必到之處。

【漁業 gî-giap】 捕魚的職業。

**義** gī 宜也。意思也。結誼也。正～chèng～.⇨同上。無～之人bū～chi jîn⇨忘義之人。

【義子 gī-chú】 誼子。㊀收養孤兒爲子，但不作嗣，亦不改其姓。㊁己子之結拜兄弟亦稱義子。㊂長與幼彼此互相認爲有父子之誼亦爲義子。㊃爲增加勢力，廣收徒衆爲義子。此等義子亦稱契子khè-kiá$^{n}$。父爲義父gī-hū亦稱契父khè-pē。弟爲義弟gī-tē亦稱契弟khè-tē。兄爲義兄gī-hia$^{n}$，但不稱契兄khè-hia$^{n}$，因契兄另指情夫，並不指義兄也。而義姊gī-ché義妹gī-moāi$^{n}$卻仍可稱爲契姊khè-chè，契妹khè-moāi$^{n}$也。義母gī-bó契母khè-bó亦通用。

【義士 gī-sū】 重義之人。忠臣～～tiong-sîn

～～⇨同上。

【**義民** gī-bîn】 重義的百姓。爲正義而死的百姓。～～爺gī-bîn-iâ⇨受地方尊崇爲神的義民。其廟爲～～祠～～sû。

【**義兵** gī-peng】 爲正義而戰的軍隊。起～～khí～～⇨同上。

【**義勇** gī-ióng】 爲正義獻身的勇氣。其人。～～精神～～cheng-sîn⇨同上。～～兵～～peng⇨爲義而戰的軍士。～～隊～～tūi⇨其軍隊。

【**義俠** gī-kiap】 有正義感之俠士。～～小說～～siáu-soat⇨同上。

【**義倉** gī-chhng】 救濟災歉的米倉。與常禾倉同爲備凶年平穀價而設。古時的一良好制度。

【**義捐** gī-iân】 樂捐lok-koan。

【**義氣** gī-khì】 正義之心。義俠之氣。講～～的兄弟káng～～ê hiaⁿ-tī⇨同上。

【**義師** gī-su】 正義之師。唐高祖，起～～，除隋亂，創國基，二十傳，三百載，梁滅之，國乃改tông-ko-chó͘, khí～～ tî-sûi-loān, chhòng-kok-ki, jī-sip-thoân, sam-pek-chai, liâng-biat-chi, kok-nái-kái⇨三字經。

【**義務** gī-bū】 ～～教育～～kàu-iok⇨同上。～～勞動～～lô-tōng⇨同上。

【**義理** gī-lí】 道理。人情～～jîn-chêng～～⇨同上。

【**義渡** gī-tō͘】 免費的渡船。～～田～～chhân⇨義渡制度所生的一種制度。如今之財團法人。其收入即充爲義渡的維持費。～～租～～cho͘⇨義渡田所收的租穀。

【**義戰** gī-chiàn】 爲正義而戰。春秋無～～⇨謂春秋時代之戰爭皆屬爭權奪利之私人戰爭也。

【**義塚** gī-thióng】 埋葬行旅死亡或無緣者的墓地。其埋葬費亦由其所屬財團負擔。

【**義僕** gī-pok】 忠僕。～～忠犬～～tiong-khián⇨同上。

【**義塾** gī-siok】 詞義學。

【**義學** gī-hak】 gī-oh。免束修的私立學校。

【**義膽** gī-tám】 行義的膽量。～～忠心～～tiong-sim⇨同上。

【**義不容辭** gī-put-iōng-sū】 無法推辭，不宜推辭不敢推辭。

**議** gī 談論也。會～hōe～⇨同上。協～hiap～⇨同上。評～phêng～⇨同上。

【**議決** gī-koat】 會議的決定。～～案～～àn⇨議案得法定人數支持依法通過者。

【**議和** gī-hô】 媾和。

【**議事** gī-sū】 會議中的討論或審議。

【**議定** gī-tiēng】 由會議所決定。～～事項～～sū-hāng⇨會議所決定的問題。

【**議長** gī-tiúⁿ】 議會之首長。由議員所公選。

【**議案** gī-àn】 提出議會或國會討論的案件。

【**議院** gī-īⁿ】 國會的上院下院各爲議院。

【**議員** gī-oân】 代議士。

【**議處** gī-chhí(chhú)】 檢討處罪的方法與輕重。

【**議場** gī-tiûⁿ】 會議的場所。

【**議會** gī-hōe】 立法機關，由議員所組織。

【**議論** gī-lūn】 討論。協議。評議。不合人的～～put-hap lâng ê～～⇨不合常規，不合倫常。

【**議題** gī-tê】 會議的題目。

【**議而不決** gī-jî-put-koat】 只開會討論而無結論。～～～～決而不行～～～～koat-jî-put-hêng⇨同上。

**御** gī 駕馭車馬也。其人也。進奉於天子曰御。天子所行事亦曰御。例如：～製～chè⇨天子所作。～書～si(su)⇨天子所書。～覽～lám⇨天子所觀覽等是。統～thóng～⇨同上。

【**御人** gī-jîn】 ㊀同御者gī-chiá。駕馭車馬

之人。㊂統御部下。善於siān î～～⇨同上。

【御女 gī-lí(lú)】 與女人交合。～～數千～～sò·-chhian⇨同上。

【御史 gī-sú】 古官名。糾察之官。～～大夫～～tāi-hu⇨古官名。職司大體與御史同。～～大人～～tāi-jîn⇨尊稱。

【御駕 gī-kè(kà)】 天子之車駕。～～親征～～chhin-chheng⇨天子親自出馬征戰。

【御用紳士 gī-iōng-sin-sū】 走狗 cháu-káu。

gī **禦** 拒也。止也。守也。守～sīu～⇨同上。抵～tí～⇨同上。要塞防～戰iàu-sài hong～chiàn⇨同上。莫之能～bo̍k-chi lêng～⇨無法拒之。

【禦侮 gī-bú】 抵抗侵略。

## gia

giâ **鵝** 鵝gô也。鵝仔鴨仔gô-á-ah-á⇨鵝鴨皆家禽中之水禽類(見go部)。

giâ **迎** 迎ngiâ也 (見ngia部)。

giâ **舉** 以肩舉物也。舉物皆曰舉giâ。風起雲湧曰舉giâ，俗作夯giâ。擔抑～taⁿ ah～⇨擔送或舉送。擔舉皆以肩承之，擔taⁿ者使用扁擔pún-taⁿ或棒，物弔兩邊;舉giâ則一物直舉肩上。稞～該扛bái～ài-kng⇨舉送困難也，須扛送。扛kng者，用長棒物弔中央人扛兩端也。物價抄～也but-kè teh～ā⇨物價在昇漲了。

【舉刀 giâ-to】 舉刀kí-to。～～要刣人～～boeh thāi-lâng⇨同上。

【舉工 giâ-kang】 舉送工資。～～算件～～sǹg-kiāⁿ⇨按件計資。

【舉孔 giâ-kang】 舉發。人～～的lâng～～ê⇨有人檢舉的。

【舉板 giâ-pán】 執笞杖。～～的～～ê⇨執板打人者。

【舉風 giâ-hong】 起風khí-hong。恰如咻～～也kah-ná boeh～～。⇨好像要起風了。

【舉枷 giâ-kê】 負項械。古刑罰的一種。喻沈重的負擔。替人～～thè-lâng～～⇨代人負枷。舉枷的種類甚多。一併列舉於次，以省麻煩。舉囝枷giâ-kiáⁿ-kê⇨為養活子女受罪。舉妻枷giâ-bó·-kê⇨為妻受罪。舉死人枷gîa-sí-lâng-kê⇨妻之怨言。舉雙連枷giâ-siang-liân-kê⇨苦命的夫妻。

【舉針 giâ-chiam】 做裁縫工作。～～慣勢也～～koàn-sì-â⇨做裁縫慣了。

【舉筆 giâ-pit】 執筆。～～畫符仔～～ōe-hû-á⇨執筆畫符。

【舉雲 giâ-hûn】 湧雲ióng-hûn。彼旁山抄～～也hit-pêng soaⁿ teh～～ā⇨同上。

【舉旗 giâ-kî】 拿旗。囡仔該～～仔gín-á ài～～á⇨小孩子喜歡玩旗。～～軍仔～～kun-á⇨戲台上的小兵小卒。

【舉箸 giâ-tī】 拿筷子。

【舉壅 giâ-èng】 昆蟲類自穴中推出小土粒也。土猴抄～～tō·-kâu teh～～⇨土猴在起土壅。土猴tō·-kâu者，蚝蛞仔tō·-peh-á的俗稱，亦即蟋蟀sek-sut的大形者，色較白。

【舉頭 giâ-thâu】 舉頭。～～起來看，月娘也孤單～～khí-lâi-khoàⁿ, goe̍h-niû iâ ko·-toaⁿ⇨同上。～～旗～～khî⇨領頭niá-thâu。反頭hoán-thâu。

【舉刺 giâ-chhiah】 唆使so-sú。刺chhiah者所以刺物，加以刺激也。有人抄～～的款ū-lâng teh～～ê khoán⇨似乎有人在唆使。

【舉龜 gia-ku】 龜是尻kho之轉訛。就是舉尻川gia-kha-chhng之省詞。謂推舉屁股去擔當也。是說除此之外，無任何才調之可言的罵人之詞，亦不雅之詞也。

【舉人命 giâ-jîn-bēng】、負起命案之責任。共人～～～kā-lâng～～～⇨替人負起命案的責任。

【舉杉仔 giâ-sam-á】 ㊀肩運衫木。㊁妓女接客。～～～顆～～～kho͘⇨同上。

【舉車輦 giâ-chhia-lián】 喻被車輦轢死。自己要去～～～的，曷抡講ka-kī boeh-khì ～～～ ê ah-teh-kóng⇨自己要去被轢死的還有何話可說。

【舉硬篙 giâ-ngē-ko】 強硬反對。徹底反對。亦即舉篙叉之昇級也。存阿三抡～～～耳chhun a-sam teh ～～～ niâ⇨只存阿三在徹底反對而已。

【舉勢頭 giâ-sè-thâu】 運用財勢背景。～～～來壓死人～～～lâi ap-sí-lâng⇨同上。

【舉篙尺 giâ-ko-chhe】 反對。個父去合伊～～～in-pē khì kah-i～～～⇨我去與他鬧了一場。篙叉應爲篙尺之訛。篙ko尺chhioh皆木匠道具，用以度長短高度者也。今拿起篙尺，就是要徹底計較長短高低了。這是文字上的解說。其實似應作一端開叉之長竹棍解。

【舉死囡仔 giâ-sí-gín-á】 肩運死童去埋葬。

【舉槌夯棒 giâ-thûi-giâ-pāng】 拿槌棒打架。

**giâ 夯** 舉俗字也。

**giâ 蜈** 蜈蚣giâ-kang，亦即百足pek-chiok也。～～脚～～kha⇨船尾防賊攀登之尖木棒。～～脚蛤仔手～～kha kap-á-chhiú⇨喻烏合之衆。～～咬，鷄母呷，鷄母若毋呷，道該買棺柴～～kā, ke-bó-hah, ke-bó nā-m̄-hah, tō-āi bé(bóe)-koaⁿ-chhâ⇨民謠。呷hah,吹氣也。～～蛤仔蛇三不服～～kap-á choâ, sam-put-hok⇨謂百足怕蛙尿(會脫足)，蛙怕蛇生呑，蛇怕百足鬚(伸入其鼻中即死)，是爲三不服，不知是否事實。～～趖入蚼蚏巢～～sô-jip káu-hiā-siū⇨自尋死路。～～梯～～thui⇨百足形的長梯。

# giah

**giah 撠** 持戟刺人也。以針刺破亦曰撠giah。互揭瘡疤亦曰撠giah。彼對寶貝又抡～也hit-tùi pó-pòe iū-teh ～ à⇨那對寶貝又在互相攻擊揭瘡疤了。伊都不驚人～i to-m̄-kiaⁿ lâng ～⇨他(她)是不怕人揭瘡疤的。～到無一地仔好～kà bô-chit-tè á hó⇨罵到沒一塊地方是好的。

【撠刺 giah-chhiah】 ㊀開口攻擊罵人。㊁撓刺ngiáu-chhì。剔出魚刺或其他刺在身上之刺。

【撠破 giah-phoà】 戳破lèk-phoà。㑑都～～面也，不合伊拂每乎伊好款，taⁿ to～～bīn-à m̄-kah-i-hut mā hō͘-i hó-khoán⇨現在面子已經撕破了，不與他角鬪一下也讓他太便宜了。好款hó-khoán，孩子乘寵而驕也。

【撠膿 giah-lâng】 剔出血膿。伊都驚痛不敢～～無膿出來道好也i to kiaⁿ-thiàⁿ m̄-káⁿ ～～bô lâng-chhut-lâi tō-hó-à⇨他是怕痛不敢剔出膿血，否則膿出了就癒合了。

**giah 額** 定數也。分量也。有～ū～⇨分量夠多。有～抡ū～leh⇨足夠分配。眞無～chin bô-～⇨分數很不多。都無～抡我不免啦to-bô ～leh goá m̄-bián-lā⇨不夠分配嘛，我不要(不用分給我)好了。人～lâng～⇨人數。造公工算人～chō-kong-kang sǹg-lâng～⇨造勞動服務册只計人數(不分男婦老幼)。納稅～lap-sòe～⇨同上。營業～êng-giap～⇨同上。進口～chìn-kháu～⇨同上。名～miâ～⇨人數，定員tēng-oân。數～太大sò͘～thài-toā⇨同上。算實～藉講也甚人算虛～sǹg sit～chiah-kóng-à siaⁿ-lâng sǹg-hi～⇨計算實數才說也有誰計算虛數的。你猶有～抡li iáu-ū～leh你還可以分配到。月有定～goeh-iú tēng～⇨每月有一定的收入(支付)。

【額外 giah-goā】 定額之外。～～的收入～～ê siu-jīp⇨同上。～～的負擔～～ê hū-tam⇨同上。

【額面 giah-bīn】 支票面上。～～五萬～～gō-bān⇨支票面上寫五萬，亦即五萬元之支票。

【額數 giah-sò͘】 數目。～～較無夠～～khah-bô-kāu⇨數目不足一點點。

## giam

**giám 儼** 昂頭也。敬也。矜莊也。～若冰霜～jiak peng-song⇨形容態度嚴肅。

【儼然 giám-jiân】 宛然。假却如眞。～～夫妻扵同宿同飛～～hu-chhe teh tông-siok-tông-hui⇨宛然夫妻一樣在同宿同飛。

【儼硬 giám-ngē】 不懦弱。好嘉哉，無父無母也，有一個阿姊許爾～～hó-ka-chài, bô-pē-bô-bú-à ū-chit-ê a-ché hiah-ni～～⇨幸矣，無父無母了，而有個姊姊那麼能幹。未八十也猶眞～～扵boeh peh-chap-à iáu chin～～lē⇨快要八十了還是很康健。

**giám 笒** 笒gím也。樹椏chhiū-oe也。竹椏tek-oe亦曰笒gím，亦即笒giám。

【笒仔 giám-á】 gím-á。摔梳～～siuh-se～～⇨用以教訓子女的小竹枝。

**giàm 厭** 飽足也。憎惡也。亦討厭thó-ià也。看着道～khoàⁿ-tioh tō～⇨一看見就討厭。逐家都～tak-ê to～⇨大家都討厭。儂都無～甚，～伊博竅耳lâng to bô～sahⁿ,～i poah-kiáu niâ⇨我沒有嫌棄什麼，只嫌他賭博而已(妻表示對夫的意見)。

【厭生 giàm-lān】 厭giám的粗語。嫌惡之極也。

【厭潲 giàm-siâu】 同厭生giám-lān。亦粗語。潲siâu即精液cheng-ek也。彼款人逐家每～～hit-khoán-lâng tak-ke mā～～⇨那種人大家都討厭。

**giâm 閻** 里中之門也。

【閻王 giâm-ông】 閻羅王之簡稱。～～註定三更死～～chù-tiāⁿ saⁿ-keⁿ-sí⇨布袋戲刺客開刀前的口白。

【閻君 giâm-kun】 閻羅王之簡稱。見～～kìⁿ～～⇨死。

【閻羅王 giâm-lô-ông】 地獄之主，鬼之主也。又稱閻羅天子～～thian-chú。

**giâm 嚴** ㈠教命急也。事急也。峻烈也。敬畏也。稱父曰嚴。父～子孝hū～chú-hàu⇨同上。㈡姓也。

【嚴父 giâm-hū】 尊崇父親。又父親之稱。～～出孝子～～chhut hàu-chú⇨同上。

【嚴正 giâm-chèng】 嚴格正確。～～中立～～tiong-lip⇨絕對不作左右袒。

【嚴冬 giâm-tong】 寒氣峻烈的冬天。

【嚴令 giâm-lēng】 嚴格命令。～～施行～～si hêng⇨同上。

【嚴刑 giâm-hêng】 嚴加刑罰。嚴酷的刑罰。～～峻法～～chùn-hoat⇨法刑皆嚴酷峻烈。

【嚴防 giâm-hông】 嚴加戒備。～～敵軍之偷襲～～tek-kun chi thau-sip⇨同上。

【嚴命 giâm-bēng】 父之命令。嚴格的命令。

【嚴重 giâm-tiōng】 慘重。深厚。損害～～sún hāi～～⇨損害慘重。～～的打擊～～ê táⁿ-kek⇨深重的打擊。

【嚴師 giâm-su】 老師。～～出高徒～～chhut ko-tô͘⇨嚴的老師之下有優秀的學生。

【嚴寒 giâm-hân】 極寒冷。

【嚴睚 giâm-gâi】 嚴密注視，管教。做父母的亦眞～～chò-pē-bú-è iah chin～～⇨父母也很嚴格管教。

【嚴禁 giâm-kìm】 嚴令禁止。～～在此小便～～chāi-chhú siáu-piān⇨不可在此小便。

【嚴罰 giâm-hoat】 嚴格的處罰。違者～～ūi-chiá～～違犯者嚴罰。

【嚴酷 giâm-khok】 嚴峻殘酷。～～的取締，使社會大感不安～～ê chhi-thê,sú siā-hōe tāi-kám put-an⇨同上。

【嚴肅 giâm-siok】 深刻。～～的社會問題～～ê siā-hōe-būn-tê⇨影響深遠的社會問題。

【嚴厲 giâm-lē】 嚴格。甚～～siūⁿ～～⇨太過嚴厲。

【嚴親 giâm-chhin】 嚴父。

【嚴辦 giâm-pān】 從嚴辦理。

【嚴謹 giâm-kín】 嚴密謹慎。製作態度～～chè-chok-thāi-tō～～⇨同上。

【嚴官府 giâm-koaⁿ-hú】 政令嚴酷的官衙。～～～出厚賊～～～chhut kāu-chhat⇨嚴的官衙之下盜賊案發生更多。亦喻在過於嚴格的家庭，子女反而多不肖。

giâm **儼** ㊀同嚴。㊁眞新像。

【儼然 giâm-jiân】 宛然。彷彿。～～有法官的氣派～～ū hoat-koaⁿ ê khì-khài⇨宛然有法官的風度。衫褲一下換起來，更～～像好額人 saⁿ-khò· chit-ē oāⁿ-khit-lâi, koh～～chhiūⁿ hó-giah-lâng⇨衣服一換了，竟彷彿像有錢人也。

giâm **巖** 同岩。高山峻巖。亦指寺庵。

【巖穴 giâm-hiat】 高山中之山洞。龍蛇所居。～～之士～～chi sū⇨隱居的高士。

【巖院 giâm-īⁿ】 寺院。

giām **驗** 證明也。考核也。查對也。試～chhì～⇨同上。考～khó-～⇨同上。檢～kiám～⇨同上。

【驗血 giām-hoeh】 檢查血液，驗出血型病原。

【驗封 giām-hong】 檢查封條。

【驗屍 giām-si】 檢查死者之身體，如屬刑案的被害者，則由檢察官及法醫執行之。查驗有無外傷或推測其死因等情形。

【驗差 giām-chhe】 驗明案中有關係的使者。

【驗單 giām-toaⁿ】 檢查結果的證明書。又車站或車中的查票。驗車票(單)giām-chhia-phiò(toaⁿ)⇨同上。

【驗傷 giām-siang】 檢查身體之損傷程度。

【驗明正身 giām-bêng-chèng-sin】 查明是否本人。查明姓名年籍職業。死刑執行前必經之手續。

# gian

gian **姸** 媸súi也。美麗也。打狗港中秋色～，月光如水水如天táⁿ-káu-káng-tiong chhiu-sek～, goat-kong jî súi súi-jî-thian⇨同上。

gián **研** 磨也。窮究也。精～歧黃cheng～kî-hông⇨同上。

【研究 gián-kiù】 探討事理。～～生～～seng⇨從事研討事理的學生。我無～～goá bô～～⇨同上。

【研讀 gián-thok】 審讀。～～兵書～～peng-si⇨細心讀軍事書籍。

giàn **髒** 瘦貌。瘦髒sán-giàn⇨同上。鴉片癮，道是鴉片～a-phiàn～,tō-sī a-phiàn～⇨阿片癮者就是阿片髒的瘦鬼也。

giàn **癮** 嗜好品的中毒也。嗜好成癖不能自已也。酒～chiú～⇨渴求酒。起酒～khí-chiú～⇨發酒瘋。鴉片～a-phiàn～⇨鴉片癮。又極希望亦曰癮giàn。我未～goá be～⇨同上。～做縣長～chō koān-tiúⁿ⇨渴望能做縣長。～要做船員～boeh chō chûn-oân⇨盼能當船員。

【癮某 giàn-bó】 希望有個老婆。想娶妻。想結婚。

【癮頭 giàn-thâu】 ㊀興頭。～～起也～～khí-à⇨同上。㊁同輩間的喝止用詞。莫扲～～

mài-teh ～～ ⇨算了吧。㊂略同戇頭gōng-thâu。

【癮先哥 giàn-sian-ko】 癮先生，癮兄哥。㑑著去做～～～了taⁿ tioh-khì chō (chōe) ～～～lō ⇨現在可當癮先生了。

【癮查某 giàn-cha-bó】 渴想有女人。看有食無端仔癮khoàⁿ-ū chiah-bô kan-na-giàn⇨可望而不可及。

giàn **慭** 同癮giàn。動詞多用慭。癮gian，病也，皮外小起之皮膚病也。同癮gian。有別於慭gian。慭，願也，甘也。

giân **言** 心事發於口也。說話也。一～不中，千～無用it～put-tiòng,chhian～bû-iōng⇨謂說話已不被重視，再說千萬句亦徒勞。～多必失，禮必多詐～to pit-sit,lé to pit-chà⇨喻做人不可過於多言，亦不可過於多禮。

【言中 giân-tiòng】 預言中的。不幸～～put-hēng～～⇨事如預言的結果(不妙)。

【言行 giân-hêng】 講話與品行。講話與行動。～～一致～～it-tì⇨講話做事無表裡。

【言責 giân-chek】 ㊀講話的任務。言官的～～giân-koaⁿ ê～～ ⇨諫官進忠言的義務。㊁講話的責任。文有文責，言有～～ bûn iú bûn-chek, giân iú～～⇨文章有文章的責任，講話有講話的責任。

【言詞 giân-sû】 說話。較有 ～～ khah-ū～～比較會講話。～～較短～～khah-té⇨比較不會說話。

【言語 giân-gí(gú)】 語言。話。厚～～kāu～～⇨多嘴。

【言輕 giân-khin】 說話沒有份量。不夠權威。人輕 ～～ 講到流涎去每無路用lâng-khin～～ kóng-kà lâu-noā-khì mā bô-lō-eng⇨謂無財勢做背景的小人物，說到口沫橫飛也沒有用。

【言三語四 giân-saⁿ-gí-sì】 背後鳴不平。冷言熱語。在面頭前好味好素，在後面藉拎～～～～ chāi bīn-thâu-chêng hó-bī-hó-sò chāi āu-bīn chiah teh ～～～～ ⇨在面前萬事都答應，在後面却在鳴不平。

【言三託四 giân-saⁿ-thok-sì】 設詞推諉。不肯道不肯也曷著安爾 ～～～～ m̄-khéng tō m̄-khéng-à ah-tioh an-ne ～～～～ ⇨不就說不好了，何必如此在背後才說好聽話。

【言聽計從 giân-thèng-kè-chiông】 所言所計謀皆被採用。謂人臣極受其主君重用。

giān **硬** 硬硬giān-giān，僵kiang也。死～～也啦無救也啦sí～～ā-là bô-kiù-ā-là⇨同上。

## giang

giang **鉼** 俗作鉼或鉼。小鐘sió-cheng也。又其聲也。司功～sai-kong～⇨司功使用之小鐘。吟～叫gin～kiò⇨小鐘聲。

【鉼仔 giang-á】 小鐘。司功～～sai-kong～～⇨司功所用的樂器。百合～～pek-hap～～⇨同前。因其形如百合花也。司功sai-kong者道士戲也或作司公sai-kong。

【鉼鉼 giang-giang】 鉼聲。～～仔～～á⇨小鐘。～～叫～～kiò⇨其聲。

giang **姸** 美麗也。稱心快意亦曰姸giang。阿三，您牽的有 ～ 嗚a-sam, lín khan-ê ū ～ o⇨阿三，貴太座美人也 (其實，俗不當面言人妻之美)。我未 ～ 啦goá bē(bōe) ～ là⇨我不高興。起毛未 ～ khí-mo bē(bōe) ～ ⇨同前。起毛khí-mo一詞，當由日文kimochi(氣持)所轉化。亦演化爲起稞毛khí-bái-mo(壞了心情)，起好毛khí-hó-mo(高興起來)等詞。

【姸姸 giang-giang】 甚美麗，姻～～súi～～⇨甚美麗。新娘仔媠～～sin-niû-á súi～～⇨新娘美麗極了。媠súi，姿也，資也，天資之姿色也。

giáng **仰** 仰gióng也。信仰sìn-gióng⇨信仰sin-giáng。

giàng
**齴** 露齒貌。突出也。毛髮或作物稀疏不齊亦曰齴giàng。

【齴牙 giàng-gê】 ㊀齒列不齊。㊁強辯。不免～～m̄-bián～～⇨何用強辯。

【齴齴 giàng-giàng】 ㊀齒露。牙齒～～gê-khí～～⇨同上。㊁稀疏。二枝仔～～nn̄g-ki-á～～⇨毛髮兩三根而已。㊂不齊。出了～～chhut-liáu～～⇨(芽)出了很不齊。亦即作物發芽不佳。

【齴傞傞 giàng-sâ-sâ】 兇猛hiong-béng。兇蓋蓋～～～hiong-kài-kài～～～⇨同上。

## giap

giap
**夾** kiap雙方相合也。相雜處也。公事～仔kong-sū～á⇨公文夾。毛蟹脚會～人mo-hē-kha ē～lâng⇨蟹脚會夾人。雙脚～相俍siang-kha～sio-oá⇨雙脚合起來。頭毛～仔thâu-mo～á⇨髮夾。

【夾仔 giap-á】 夾物以保存的小道具。新聞～～sin-bûn～～⇨報夾。公事～～kong-sū～～⇨同上。

giap
**業** 財富也。職司也。命格也。耐勞也。產～sán～⇨①財富。②生產事業。製餅～chē-piáⁿ～⇨製餅的職業。勤業業khîn-iap-iap⇨勤勞無懈。業giap，此處改讀iap。

【業戶 giap-hō】 持有土地開墾的特權者。又稱墾首khún-siú或大租戶toā-cho·-hō·。

【業主 giap-chú】 產業的所有權人。

【業命 giap-miā】 一生必須勤勞不懈的命格。不管有無錢都是勤業業絲毫不能放鬆的人。俗曰勞祿命lô-lok-miā。清閒命chheng-hân-miā的對詞。

【業底 giap-té】 基本產業。財富的根底。～～眞厚～～chin-kāu⇨根底深厚。

【業相 giap-siàng(siòng)】 生活本可悠哉悠哉，但性格上經常坐立不安，凡事非親自參與不可的人。同業命。

【業神 giap-sîn】 同業相或業命。

【業務 giap-bū】 有關事業或職業的事務。

【業產 giap-sán】 產業。財產。

【業債 giap-chè】 孽債giat-chè。前世之債。～～未了～～bōe-liáu⇨孽債未清。

giap
**挾** 夾持giap-chhî也。夾giap與挾giap亦皆讀kiap，雖有兩物在中曰夾giap，腋下曰挾giap之分別，但今似已不分矣。鵁鴞偷～鷄仔lāi-hiō thau～ke-á⇨同上。

## giat

giat
**嚙** 噬sē也。同齧giat。以齒斷物也。剪chián，食chiah，巧取，輕侮皆曰嚙giat。用鉸刀～iōng ka-to～⇨同上。乎你未～得hō·-lí bē～tıt⇨你詐騙不了的。～些來食點心～chē lâi chiah tiám-sim⇨撈他若干吧。乎伊～未少hō· i～bē(bōe)-chiò⇨被他整了不少。

giat
**臬** 門臼mn̂g-khu也。亦即門楘mn̂g-khıt也。定門扉使其能旋轉者也。楘khıt同杙khıt。又法也。官名也。

【臬司 giat-su】 官名。清制提刑按察使曰臬司giat-su，亦曰臬台giat-tâi。

giat
**蠍** 剪蟲chián-thâng。俗叫蠍仔giat-á或剪仔chián-á。同蝎giat。

【蠍虎 giat-hó·】 俗叫守宮chiú-kiong或壁虎piah-hó·。亦即善翁仔siān-ang-á也。夜間出沒壁上，擒食蟑螂或蚊蟲者也。或謂守宮養之以丹砂，至大七斤，擣以萬杵，點之女人身上，可終身不滅，但有房事即自行消失，可因以防其淫，故稱守宮chiú-kiong云。

giat
**蘖** 萌芽也。樹頭(砍伐後)發新芽也。同枿giat。

giat
**孽** 庶子也。災也。怪異，妖異皆曰孽giat。天作～，猶可違，自作～，不可逃thian-chok～，iū-khó-ûi, chū-chok～, put-khó-tô⇨同

上。作～chok～⇨做壞事，自取其咎。囡仔不當作～gín-á m̄-thang chok～⇨孩童不可惡作劇。罪～深重chōe～chhim-tiōng⇨同上。

【孽孑 giat-khiat】 挑工做歹代誌。

【孽子 giat-chú】 ㊀庶子sì-chú，謂如孽芽giat-gê之旁生也。㊁作惡之子。惡妻～～無法可治ok-chhe～～bû-hoat khó-tī⇨同上。

【孽畜 giat-thiok】 罵人之詞。罵其爲罪孽深重之畜生thek-seⁿ也。

【孽話 giat-ōe】 不正經之話。髒話。愛講～～ài-kóng～～⇨喜歡談談笑謔之話。

【孽誚 giat-siâu】 作孽chok-giat。惡作劇。誚siâu，責也。讓也。～～囡仔～～gín-á⇨惡作劇的孩子。～～到無欵去～～kà bô-khoán-khì⇨作孽得太過分了。～～話～～ōe⇨髒話。亦笑科chhiò-khoe。

【孽黠 giat-khiat】 同孽誚giat-siâu。黠khiat，黠kiat也。亦即慧也，狡猾也。者的囡仔眞～～chiā-ê gín-á chin～～⇨這些孩子們非常的作孽chok-giat。

## giau

**giâu 堯** 中國古代傳說中之古帝，與舜帝並稱爲聖明之君，禪讓政治即其共同演出之傑作。

【堯年 giâu-liân】 喻太平盛世。

【堯堯 giâu-giâu】 崇高。同嶢嶢。

## gim

**gím 棽** 木枝條也。竹枝亦曰棽gím。掃梳～sáu-se～⇨掃帚棽sàu-chiú-gím，竹枝竹尾所製也。

【棽仔 gím-á】 竹枝。掃梳～～sáu-se～～⇨同上。摔梳～～siuh-se～～⇨小竹枝。母親用以摔打教訓的家法。亦作小疏～～sió-se～～。竹～～tek～～⇨桂竹枝。用竹～～縛掃梳iōng tek～～pak sáu-se⇨以桂竹枝縛成掃梳。桂竹枝者曰掃梳sáu-se，大庭用者，菅芒花koaⁿ-bâng-hoe等者曰掃帚sáu-chiú，房內用者也。

**gím 錦** 水錦chúi-gím，花木名。水～花chúi～hoe⇨同上。錦kím也。

**gím 吟** 斟酌chîm chiok曰吟gím。該更～看抄ài koh～khoàⁿ-leh⇨需要再斟酌看看。不當更～也了m̄-thang koh～á-lò⇨不要再考慮再遷延了。

【吟議 gím-gī】 斟酌chîm-chiok。再議。

**gìm 疚** 寒也。因寒病而畏縮曰疚gìm。

【疚疚 gìm-gìm】 衰弱畏縮狀。病到～～也pēⁿ(pīⁿ) kà～～á⇨同上。看著～～無氣力也khoàⁿ-tioh～～bô khúi-lat-à⇨一看衰弱無力氣了。

【疚痀 gìm-ku】 同疚疚gìm-gìm。痀ku者曲脊也。～～仔～～á⇨衰弱曲背之人。～～鷄仔～～ke-á⇨病弱鷄。亦喻病弱之人。略略仔～～～～lioh-lioh-á～～～～⇨有些疚痀狀。

**gîm 吟** 歌咏也。呻吟也。蔡文姬，能辨琴，謝道韞，能詠～chhoá-bûn-ki，lêng-piān-khîm,chiā-tō-un，lêng-ēng～⇨三字經。龍～虎嘯liông～hó·-siàu⇨同上。

【吟味 gîm-bī】 辨別玩味。

【吟咏 gîm-ēng】 詠吟ēng-gîm。出聲讀詩書。

【吟哦 gîm-gô】 誦讀詩書。

【吟詩做對 gîm-si-chò-tùi】 古讀書人的主要功課。

**gîm 圻** 坎khàm也。屋外簷下坎也。石～chioh～⇨小石階。

【圻仔 gîm-á】 圻簷gîm-chîⁿ也。～～脚～～kha⇨圻簷脚。

【圻簷 gîm-chîⁿ】 圻仔gîm-á。痀人的～～脚khû lâng ê～～kha⇨寄人籬下。痀ku，曲背。

亦踞ku也，踞khu也。

gīm
**拎** 提theh也。握也。(余竹馬之友有廖姓者，日常言詞與一般無異，獨持物〔取物〕一詞，不曰提theh而曰拎gīm，其家人男婦老幼亦皆如此。)

【**拎物** gīm-mih】 提物theh-mih。

【**拎東拎西** gīm-tang-gīm-sai】 提東提西theh-tang-theh-sai。

## gin

gín
**囝** 幼童也。吳越子女作囡(音似南)，在粵子作团(音才)。吾台則子女作团kiáⁿ，幼童亦作囝仔gín-a，分開团kiáⁿ與囝gín的兩字。本書遵吾台用法；作团kiáⁿ，子女也;囝gín，幼童也。皆男女混用以爲分別。查甫团cha-po·-kiáⁿ男兒。男子漢。查某团cha-bó· kiáⁿ⇨女兒。查甫～仔cha-po·～á⇨男童。查某～仔cha-bó·～á⇨女童(詳見囝仔gín-á)。按：俗作孥gín，本書不採。蓋孨音或近軟。字義多作近孱，孱弱或可強解爲兒童之外，直接讀作孨gin-á似不無勉強了點。

【**囝仔** gín-á】 gín-ná，幼童。小孩。～～起，大人佔椅～～khí, toā-lâng chiàm-í⇨謂小孩先在座，大人來了須起立讓坐。～～閃開，大人展威～～ siám-khui toā-lâng tián-ui⇨亦喻小孩須讓坐。～～团～～kiáⁿ⇨幼童。～～嬰～～ eⁿ⇨幼兒。查某～～嬰cho-bó·～～eⁿ⇨女童。～～樣～～iūⁿ⇨成人而狀似孩童的模樣。大人～～樣toā-lâng～～iūⁿ⇨其實是大人，看來却像小孩。～～衣～～i⇨胞衣，胎盤。～～威～～ui⇨戲言兒童之活潑情形。～～王～～ông⇨群童中最威風者。～～頭～～thâu⇨同～～王。孩童的首領。亦稱～～頭王thâu-ông。～～鬼～～kúi⇨小鬼，小靈精。～～歌～～koa⇨童歌。童謠。～～款～～khoán⇨同囝仔樣gín-á-iūⁿ。～～栽～～chai⇨童苗。童之幼苗。卽款～～栽曷會飼得chit-khoán～～～ah ē chhī tit⇨這種的(壞)孩童何能養育(意謂養不得)。～～精～～chiaⁿ⇨同囝仔鬼gín-á-kúi。～～車～～chhia⇨孩童的小車。乳母車。～～胎～～the⇨胎兒。～～豘～～thûn⇨十五六歲之孩童也，豘同豚tûn，小猪也回俗作豭ka非，蓋豭kā，大牡豬也。媌豭bā-ka指錢財之來往對外不明不白之人。伊的郎眞媌豭，謂其爲人胡塗，錢財對人不明不白，知入不知出。～～胚～～phoe⇨同囝仔豘gín-á-thûn。～～班～～pan⇨兒童班。孩童群。～～黨～～tóng⇨同囝仔班gín-á-pan。～～戲～～hì⇨孩童演的戲。大人做～～戲toā-lâng chó～～hì⇨大人做～～的工作。喻不長進。～～症～～chéng⇨小兒科。～～～～phí(疕或作痞)⇨①小童。②罵人不長進。輕視人爲孩童。～～人～～lâng⇨小孩童。年輕人。～～人做人起頭～～lâng chó lâng khí-thâu⇨孩童就是人的開始(喻事事要學做人，不可永留孩子氣)。～～人有耳無喙～～lāng ū-hīⁿ bô-chhúi⇨謂年輕人聽可以不可胡亂插嘴。喙同嘴。大人放～～屎toā-lâng páng～～sái⇨罵大人做出小孩事。～～屎放未了～～sái páng bē(bōe) liáu⇨罵人不長大。

gîn
**銀** 金屬的一種。俗稱白金。

【**銀行** gîn-hâng】 存放款等爲主要業務的金融機關。

【**銀耳** gîn-jí】 白木耳peh-bok-jí。

【**銀色** gîn-sek】 銀的色水。又白銀色。

【**銀根** gîn-kin】 金融界的用詞。～～眞緊～～chin-kín⇨金融很迫。

【**銀票** gîn-phiò】 錢票。錢。憲兵出門戴紅帽，肩頭揹槍手夯刀，若有歹人緊來報，～～澤山免驚無hián-peng chhut-mn̂g tí âng-bō, keng-thâu phāiⁿ-chhēng chhiú giâ to, ná ū pháiⁿ-lâng kín-lâi-pò, ～～thak-sáng bián-kiaⁿ bô⇨日據時的打油詩，道出強權藉金錢魔力施其挑撥離間的惡毒政策。在輕鬆的語氣中藏著無限的痛恨。澤山takusan，日語也，多多的意思。謂密告者賞金多多也。

【銀婚 gîn-hun】 結婚二十五年。

【銀幕 gîn-bok】 電影之映像幕。英文screen的譯詞。以白布為之而得銀名。亦為電影或電影界之代稱。

【銀器 gîn-khì】 銀製的粧飾品。器具。

【銀額 gîn-giah】 錢的多少。金額kim-giah。

gîn **睨** 斜視也。怒目視人也。或曰應為臣或作凝。余曰非。蓋臣î者頷am也，通頤î，凝gêng者水堅也，與睨gê之為禽鳥斜視何干？又雞以嗔睨，鴨以怒睨，皆怒目視也。

【睨人 gîn-lâng】 因恨以怒目視人。

【睨睨 gîn-gîn】 怒目視人狀。目珠生～～bak-chiu chheⁿ～～⇨同義。

gīn **恨** 憎也，怨也。恨hīn的轉音。

【恨卵 gīn-lān】 極度不愉快。很討厭。～～道攏不分俾伊～～tō lóng m̄ pun-hō·i⇨(極度不爽快之餘)那就不分給他。～～我道不參加～～goá tō m̄-chham-ka⇨(同前)我就不參加。不過都是憤恨之粗詞，實無其意。有時或說成，恨卵屌gīn-lān-chiáu，義同。

【恨誚 gīn-siâu】 不愉快、生氣。略同恨卵。又反臉。驚做伊會～～kiaⁿ-chó i ē～～恐怕他會生氣。誚siâu，責也，讓也。

## gio

gió **嬈** 擾也。戲弄也。扭ngiú亦曰嬈gió。婀娜作態也。佼～gâu～⇨美女多姿善舞。又上等曰嬈gió。嬈的gió-ê⇨上等貨，日文上等jioto之訛。

giô **偶** 同名曰偶giô。謂相像也。認～的jīn～ê⇨彼此認知(結盟)是同名的。一～二同年it～jī tâng-nî⇨第一親是同名的，第二親是同年同歲的。蕃仔～hoan-á～⇨音同字不同的同名之人。

【偶的 giô-ê】 同名的。又彼此的互相稱呼。阮～～goán～～⇨同上。

【偶爹 giô-tia】 父的同名人。對其稱呼。

giô **蟯** 海蛤類。㊀粉～hún～⇨文蛤。㊁隱語。指女陰。

【蟯仔 giô-á】 ㊀文蛤bûn-kap。～～肉～～bah⇨粉蛤之肉。㊁女陰。～～街～～ke⇨娼婦市。

【蟯貝 giô-pe】 蟯仔殼giô-á-khak。又喻女陰。

giô **譊** 嘲戲(尤其男女關係)。相～saⁿ(sio)～⇨彼此互嘲。不免～人，許是人人會的m̄-bián～lāng, he sī lâng-lâng ē-ê⇨不必嘲笑別人，那是誰都會犯的。相～笑saⁿ～chhiò⇨義同。

【譊來譊去 giô-lâi-giô-khì】 彼此互譊。

giô **蕘** 薁～子ò-giô-chí，一種樹子名。浸水成凍，成為一種極佳的清涼飲料。據說是有愛玉其人初發現之並供為飲料，因而有愛玉仔ò-giô-á之名。愛玉冰ò-giô-peng，愛玉凍ó-giô-táng等皆是也。

giō **蕎** 蕗蕎lō-giō，薤hâi的俗名。亦叫蕗蕎lō-kiō。一種與韭菜kú-chhái同屬的菜蔬。漬鹹其球根而食之。～～面十八重～～bīn chap-peh(poeh)-têng⇨喻最無廉恥bô-liâm-thí。

【蕎麥糖 giō-bē-thn̂g】 蕎麥糖kiō-bē-thn̂g，蕎麥煮成之糖，有止嗽之效云。

## giong

gióng **仰** 舉也。敬慕也。敬～kèng～⇨仰慕。欽～khim～⇨敬仰。景～kéng～⇨同上。信～sìn～⇨同上。

【仰止 gióng-chí】 最高的仰慕。高山～～景行行止ko-san～～kéng-hêng hêng-chí⇨誦孔子德行之詞也。

【仰角 gióng-kak】 水平線與視物線所成之角度。

【仰毒 gióng-to̍k】 飲毒。～～自殺～～chū-sat⇨飲毒自殺身死。

【仰望 gióng-bōng】 n̂g-bāng希望也。

【仰慕 gióng-bō͘】 對人欽仰敬慕。

【仰人鼻息 gióng-jîn-pī-sit】 依賴別人生存，聽人支配。依人籬下～～～～i-jîn lî-hā, ～～～～⇨同上。

【仰即知照 gióng-chek-ti-chiàu】 公文中的套詞。文末的命令語。

【仰事俯畜 gióng-sū-hú-hiok】 上孝養父母下撫育妻兒，爲人道之常。

【仰不愧於天 gióng-put-khùi-î-thian】 居心正直善良，對天無愧於心。～～～～～俯不愧於地～～～～～hú put-khùi î tē⇨對天對地都可心安理得。

giōng
**強** 差不多要……或者幾乎將如何如何……曰強要giōng-boeh……。

【強伓 giōng-boeh】 ～～行去也～～kiâⁿ-khì(ì)-à⇨差不多完了(要死了)。～～好勢也藉溜去～～hó-sè-à chiah liu-khì⇨幾乎要成事了才飛掉了。人～～爭去也lâng～～cheⁿ-khì-à⇨人家幾乎要奪走了。～～無望也更有救兵來～～bô-bāng-ā koh-ū kiù-peng-lâi⇨幾乎絕望了，竟有救兵開到。伓boeh，同敉，撫也，愛也，安也。本書用以代要boeh。

【強強 giōng-giōng】 同強伓giōng-boeh。幾幾乎要。～～行去也～～kiâⁿ-khì-à⇨同上。～～好勢也～～hó-sè-à⇨同上。～～無望也～～bô-bāng-ā⇨同上。～～輸去也～～su-khì-à⇨幾乎敗了。

# go

gô
**訛** 化也。僞也。以～傳～i～thoân～⇨以訛傳訛。

【訛詐 gô-chá】 詐取財物。

【訛傳 gô-thoân】 誤傳。

gô
**鵝** 水禽也。家禽之一種。白～pe̍h～⇨同上。企～khī～⇨棲息南極的水禽。枵狗數想天～肉iau-káu siáu-siūⁿ thian～bah⇨喻夢想仙女入懷。

【鵝毛 gô-mo͘】 giâ-mn̂g。鵝之羽毛。

【鵝母 gô-bó】 母鵝。

【鵝卵 gô-nn̄g】 鵝蛋。～～面～～bīn⇨鵝蛋形的面。或稱鷄卵面ke-nn̄g-bīn。臉形橢圓形的美女。～～秫～～chu̍t⇨大秫粘米也。～～黃～～n̂g⇨蛋黃色。淺黃色。～～石～～chio̍h⇨鵝蛋大小的石頭。

gô
**鼇** 海中大鼈也。或謂大龜。俗作鰲。四書讀透透，不八黿～龜鼇竈sú-si tha̍k-thàu-thàu, m̄-bat(pat) goân～ku pih chàu⇨謂讀書讀得滾瓜爛熟了，却不識此五字也。

【鼇頭 gô-thâu】 鼇俗作鰲。獨占～～to̍k-chiàm～～⇨謂狀元及第。

gô
**翱** 翱翔gô-siâng，大鳥展翼在空中慢慢環飛以尋地上獵物也。迴旋hôe-soân曰翱gô，乾轆扲kan-lo̍k teh～⇨陀螺tô-lê在旋轉。歪～oai～⇨所謂歪哥oai-ko也。

【翱翱纏 gô-gô-tîⁿ】 kô-kô-tîⁿ。凡事物之複雜難於對付者皆曰翱翱纏kô-kô-tîⁿ(gô-gô-tîⁿ)。亦即有如：物在旋轉綑在繞纏也。莫扲合我～～～mái teh kah-goá～～～⇨莫與我胡纏亂來。

gô
**敖** 出遊也。目中無人也。通作傲gō。

gō
**傲** 自大也。自高也。目中無人也。自～chū～⇨同上。驕～kiau～⇨同上。

【傲物 gō-bu̍t】 傲氣凌人。恃才～～sī-châi～～⇨自恃才高而目空一切。

【傲骨 gō-kut】 高傲不屈的氣概。一身～～

it-sin～～⇨同上。

【傲氣 gō-khì】 不平凡的氣概。豪邁之氣 hô-māi chi-khì。

【傲慢 gō-bān】 自大而輕視他人。態度～～ thāi-tō·～～⇨同上。

gô **遨** 遨遊gô-iû，玩樂出遊也。～～四方～～ sù-hong⇨周遊各地方。

gô **熬** 熬ngâu也。以文火煮物也。湲湲仔～ûn-ûn-á～⇨慢慢地煮之。或作云云仔。

【熬酒 gô-chiú】 熱酒jiat-chiú。溫酒un-chiú。

gô **嗷** 衆口愁也。衆口哭也。

【嗷嗷待哺 gô-gô-thāi-pō·(hú)】 衆口哭餓等待哺食也。

gô **娥** 美好也，嫦娥，古美女也，亦作姮娥，后羿妻，時天有九日，民心苦熱，羿射落其八，民乃安。西王母嘉之，賜羿長生不老丹。不意姮娥竊之，羿怒欲殺之，娥恐，携丹奔月避之。是爲月中姮娥之故事也。文人有詩曰:嫦娥應悔偷靈藥，碧海青天夜夜心。

gô **俄** 須臾su-jî(jû)也。又蘇聯簡稱曰蘇俄so-gô或單稱俄gô。原曰俄羅斯gô-lô-su也。白～peh～⇨不願赤化而逃出國外的俄人。

【俄頃 gô-khéng】 須臾之間。

【俄亥俄 gô-hāi-gô】 Ohio。美國州名。

【俄勒岡 gô-lek-kong】 Oregon。美國州名。

【俄羅斯 gô-lô-su】 Russia。蘇聯的原國名。今曰～～～蘇維埃聯合社會主義共和國。～～～so·-ûi-ai liân-hap siā-hōe-chú-gī kiōng-hô-kok。

gô **囂** 諠譁soan-hoa也。喧嘩soan-hoa也。市曰囂gô，亦墟也。市合曰囂gô，散曰墟hi, 今已通曰墟hi。甚～塵上sīm～tîn-siāng⇨謂市上四處傳說紛紛。

【囂張 gô-tiàng】 傲慢放肆。黑道的活動，日見～～o·-tō ê oah-tāng jit-kiàn～～⇨同上。

gō **餓** 不飽也。飢～ki～⇨穀不熟曰飢ki,食不飽曰餓gō。飢而不～ki jî put～⇨同上。

【餓狼 gō-lông】 飢餓中之惡狼。枵鬼較慘～～iau-kúi khah-chhám～～⇨飢餓人比餓狼還要兇惡。俗多說成枵鬼的較敍俄羅iau-kúi-ê khah-chē gô-lô⇨謂餓鬼多過俄羅人。

【餓殍 gō-hû】 餓死者。

【餓虎撲羊 gō-hó·-phok-iâng】 強食弱。貪暴殘忍也。

gō **臥** 休也。寢也。坐～兩用chō～liáng-iōng⇨今車輛或飛機的坐位，都宣傳爲具有可坐可臥之妙用。坐～不安chō～put-an⇨同上。

【臥房 gō-pâng】 寢室chhím-sit。主～chú～～⇨同上。

【臥龍 gō-liông】 ㊀諸葛孔明自稱～～先生～～sian-seng⇨同上。㊁～～藏虎之地～～chông-hó chi-tē⇨謂龍虎雜處有危險性的所在。

## go·

gô· **吳** 大言也。姓氏。古國名。泛指江南地方。單指江蘇省。移禍乎東～î-hō hō· tong～⇨移禍東吳。移禍別人。鷄胿～ke-kui～⇨吹牛的吳先生。姓口天～sèⁿ kháu-thian～⇨謂姓是口天合成的吳。

【吳子 gô·-chú】 古兵書。與孫子齊名。熟讀孫吳兵書sek-thak sun-gô· peng-si(su)⇨同上。

【吳服 gô·-hok】 日語gohuku。布匹的總稱。因古日本布匹概來自吳國。

【吳起 gô·-khí】 戰國名將。或以爲吳子作者。

【吳猛 gô·-béng】 古孝子。～～飼蚊～～chhī-báng⇨二十四孝之一。蚊非即蠓也。

【吳漢 gô·-hàn】 東漢名將～～殺妻～～sat-chhe⇨吳漢殺妻救劉秀的戲劇故事。

【吳姬越女 gô·-ki-oa̍t-lí】 吳越兩地的美女。我便多娶幾個 ～～～～ 也何過分 goá piān to-chhí ki-kô ～～～～ iā hô-kóe-hūn⇨趙子昂戲示其妻的名句。

【吳大人開路 gô·-tāi-jîn-khui-lō·】 侵庫 chhim-khò·，亦即預算不足而侵用庫銀。按吳光亮(吳大人)開闢東西橫貫公路自斗六門經鳳凰山，八通關而至璞石閣，因工程艱巨而侵用了庫銀，因而被罷官。民間傳說如此，因而有吳大人開路——侵庫(俗呼如深庫chhim-khō·)之詞。

gô·
# 吾
我的自稱。通我。

【吾人 gô·-jîn】 我們。～～的責任～～ê chek-jīm⇨我們的責任。

【吾兄 gô·-heng】 對朋友的尊稱。某某～～平安bó·-bó·～～pêng-an⇨書信開頭語。

【吾生 gô·-seng】 我的身世或我的人生。樂～～之行休lo̍k～～chi hêng-hiu⇨歸去來辭。

【吾曹 gô·-chô】 我輩。我。

【吾儕 gô·-chê】 猶言吾人。

【吾國吾民 gô·-kok-gô·-bîn】 我的國家我的人民(民族)。從西語譯來之詞。

gô·
# 我
自稱也。自稱其家或其國也。依然故～ i-jiân kó·～⇨我還是我(並無改變)。

【我行我素 gô·-hêng-gô·-sò·】 不管別人批評自行其是。

【我見猶憐 gô·-kiàn-iû-lîn】 一個妬妻欲殺其夫之寵妾，及見妾嬌艷絕倫，竟曰：吾見猶憐，何況老賊，遂扶而起之。此妬妻可謂通情。

gô·
# 梧
梧桐gô·-tông也。～～落葉已秋聲～～ lo̍k-ia̍p í chhiu-seng⇨同上。

gō·
# 五
數名(見 ngo·部)。百～pah～⇨一百五十。四仔～sì-á～⇨四百五十。十～cha̍p～⇨同上。

【五十 gō·-cha̍p】 半百。～～步一百步～～pō· chi̍t-pah pō·⇨相差不多。～～個同君～～個同賊 ～～ê tâng-kun ～～ê tâng chha̍t⇨謂好人壞人難下定論。

【五人 gō·-lâng】 五個人。

【五目 gō·-ba̍k】 ㊀圍棋五子。五眼。㊁五個眼睛。三人共～～將來不當有長短脚話sa$^n$-lâng kāng ～～ chiang-lâi m̄-thang ū tn̂g-té-kha-oe⇨雙關話。謂一媒爲跛男與眇女撮合，臨相親各授以密計以自遮其短。結果果然大家滿意。媒乃作此聲明以圓脫責，五目音同晤目。長短腳話爲閒話或怨咎，亦即怨他跛嫌她眇也。亦同十郎前仔十郎後 cha̍p-lâng chêng-á cha̍p-lâng āu⇨謂雖不是美人也不是醜女。

【五百 gō·-pah】 半千。～～斤鹽鑄一口鼎 ～～kin iâm chú chit-kháu tiá$^n$⇨五百年前天註定gō·-pah-nî-chêng thi$^n$ chú tiā$^n$之滑稽化之詞。謂姻緣是五百年前天就註明定了的。～～人同君 ～～ 人同賊 ～～ lâng tâng kun ～～lâng tâng chha̍t⇨謂事之是非善惡難明。五百或作五十。

【五色 gō·-sek】 ngó·-sek。五種色彩。～～布～～pó·⇨五色的布。～～人～～lâng⇨形形色色的人。～～旗～～kî⇨五色的旗。～～雲～～hûn⇨美麗的雲彩。瑞雲。

【五旬 gō·-sûn】 死後的第五個七日。做～～chò～～⇨第五個七日的拜祭。

【五角 gō·-kak】 五十錢。～～大厦～～tāi-hē⇨正五角形的建築物。亦指美國國防部：因其部址正是五角形建築物。

【五更 gō·-ke$^n$】 古時夜分五刻，昏起至曉爲一夜。一夜分五刻，以鼓告之，曰一鼓二鼓至五鼓而天曉，鼓或曰更。故可知三更是半夜，五更是天將曉未曉。～～天～～thi$^n$⇨同上。～～早～～chá⇨同上。哭～～khàu～～⇨妓女自傷的歌。謂妓女哭到五更還在哭。三更燈火～～鷄sa$^n$-ke$^n$ teng-hóe～～ke⇨謂半夜挑燈勤讀直到五更天曉鷄鳴時。

【五花 gō-hoe】 花花。花紋多或花色多爲花。～～肉～～bah⇨肥瘦相間的豬肉。～～～～仔～～～～á⇨稀稀疏疏。

【五票 gō·-phiò】 五圓的紙幣。喻巴掌。賞一下～～siúⁿ chit-ē～～⇨吃了個巴掌。

【五七八 gō-chhit-peh】 五與八之間的不定數。～～～人～～～lâng⇨五六人至七八人。一日有～～～元仔收入chit-jit ū～～～kho·-á siu-jip⇨一日有七八元上下的收入。

【五寸尾 gō-chhùn-bóe】 樹尾切口的直徑五寸。木料的大小以樹尾切口的直徑大小計算之。五寸尾，三寸尾。

【五寸釘 gō-chhùn-teng】 五寸長的鐵釘。武松之兄武大郎的綽號。

【五斗缸 gō-táu-kng】 大缸toā-kng等於大矸toā-kan。大矸諧音大奸toā-kan。～～～仔(或五斗甕仔)掛揹～～～á(gō-táu-āng-á) koā-koāⁿ⇨大奸雄。

【五日節 gō-jit-cheh】 端午。五月五日。亦稱五月節gō·-goeh-cheh。

【五斗甕 gō-táu-àng】 可盛五斗米之大甕。～～～仔～～～á⇨喻官員。食俸五斗也。

【五爪龍 gō-jiáu-liông】 ㊀五爪之龍。㊁手。伸出～～～就扻chhun-chhut～～～chiū sa⇨伸手就抓。扻sa，五指合取也。

【五四三 gō-sì-saⁿ】 爭論不清。免扲～～～bián teh～～～⇨可免再多嘴。莫再爭論。

【五行舘 gō-hâng-koán】 五種行業的洋商的總稱。～～～的交關人～～～ê kau-koan lâng⇨與五行舘交易的人。

【五里亭 gō-lí-têng】 五里一亭。行旅休憩之亭。

【五馬花 gō-má-hoe】 糾纏不清。免來扲～～～bián-lâi teh～～～⇨不要來糾纏我。

【五等親 gō-téng-chin】 五親等。

【五筋枷 gō-kin-kê】 五指緊握擊頭叫～～～。加講話你道食～～～ke-kóng-oe lí tō chiah～～～⇨再多嘴你頭上就吃五筋枷。

【五間起 gō-keng-khí】 舊家屋的建築模式。中央有大廳toā-thiaⁿ，其左右各連兩間爲大房toā-pâng與二房jī-pâng合爲五間。前方雙翼爲護稜hō-lêng，全部合稱大厝toā-chhù。厝chhu:舍也，非厝。厝:俗曰打桶，即屍暫置未入土也。

【五總頭 gō-cháng-thâu】 蘿蔔出土開葉之處。總根頭chóng-kin-thâu。緊要之處。～～～俾人扻扲～～～hō-lâng-sa-leh⇨緊要之處被人抓住。

【五層樓 gō-chàn-lâu】 五層之樓。

【五營三廳 gō-iâⁿ-saⁿ-thiaⁿ】 五個軍營與三個官廳。喻起軍動衆。小可仔代誌那使起到～～～～sió-khoá-á tāi-chì ná-sái khí ka～～～～⇨小事情何必如此起軍動衆。喻小題大做。

【五城十二樓 gō-siâⁿ-chap-jī-lâu】 神仙所居之處。

【五斤番薯臭八十一兩 gō-kin-han-chî chhàu peh-chap-it niú】 五斤八十兩，而臭八十一兩，即是全都臭了。喻事態已壞到不能收拾了。多喻在室女的細腰自動膨大也。

**誤** gō· 差錯也。謬也。惑也。錯～chhò～⇨同上。失～sit～⇨同上。謬～biū～⇨誤謬。

【誤人 gō-lâng】 ㊀對別人失信。不當～～⇨m̄-thang～～⇨不可失信於人。㊁拖累別人。耽誤別人。～～的青春～～ê chheng-chhun⇨耽誤人家的青春。～～了錢～～liáu-chîⁿ⇨拖累人家賠錢。～～空行～～khang-kiâⁿ⇨連累人家空跑。～～的子弟～～ê chú-tē⇨耽誤人家子弟。喻教師失調。

【誤事 gō-sū】 敗事。食酒～～chiah-chiú～～⇨同上。

【誤差 gō-chha】 數學名詞。眞值與近似值的差額。

【誤殺 gō-sat】 因誤會而殺人。因錯手而殺人。法律上有過失致死罪。～～呂家人八口，方知曹操是奸雄～～lī-ka jîn peh-kháu, hong-ti chô-chhò sī kan-hiông⇨三國故事。

【誤會 gō͘-hōe】 會錯情會錯意。因爲～～煞發生衝突in-ūi～～soah hoat-seng chhiong-thut⇨因誤會而竟發生衝突。

【誤解 gō͘-kái】 誤會。雙方的～～已經冰釋也siang-hong ê～～í-keng peng-sek á⇨同上。

【誤傷 gō͘-siang】 ～～人命～～jîn-bēng⇨過失致人於死。

【誤傳 gō͘-thoân】 錯誤的消息。不正確的新聞。

【誤聞 gō͘-būn】 聽錯。不正確的傳聞。

【誤認 gō͘-jīn】 ～～賊星是朋友～～chha̍t-chhe$^{n}$ sī peng-iú⇨看錯人。

【誤寫 gō͘-siá】 寫錯。～～金額～～kim-gia̍h⇨同上。

【誤錯 gō͘-chhó】 錯誤。

【誤謬 gō͘-biū】 謬誤。錯誤。

【誤大誤細 gō͘-toā-gō͘-sè】 連累大連累小。

【誤某誤囝 gō͘-bó-gō͘-kiá$^{n}$】 七莊八少年道不幸，來～～～～chhit-chí$^{n}$-peh-siàu-liân to put-hēng lâi～～～～⇨那麼年輕就遭不幸，以使妻子遭受困難。

gō͘ **伍** 同五。軍制五人爲伍。行～出身的hâng～chhut-sin-e⇨列兵出身的大人物。

【伍長 gō͘-tiú$^{n}$】 軍制五人爲伍。伍有長。

gō͘ **蜈** 蟲名。

【蜈蚣 gō͘-kong】 百足。俗稱giâ-kang。～～蛤仔蛇～～kap-á choâ⇨三不服。蛤仔，水蛙也。謂蜈蚣怕沾蛤仔尿以脫足，蛤仔怕蛇活吞食，蛇怕蜈蚣鬚伸入其鼻中以致死。

【蜈蜞 gō͘-khî】 吸血的軟體動物。～～釘～～teng⇨雙方攏有彎曲的鐵釘仔。～～咬蛤～～kā ka̍p⇨謂多人蝟集或爭論或搶食而人聲噪雜(尤其孩童)。

## goa

goá **我** 自稱之辭也。你～伊lí～i⇨你我他。你合～lí kah(kap)～⇨你和我。你是你，～是～lí-sī-lí，～sī～⇨你你也，我我也(互不相干也)。你還你，～還～～lí-hoân-lí,～hoân～⇨你做你的事，我管我的代誌，互不相干也。

【我曷…… goá a̍h……】 ～～敢～～ká$^{n}$⇨我何敢，我不敢也。～～有講～～ū-kóng⇨我何曾說此事，我沒有說此事也。～～著～～tio̍h⇨我何曾需要，我不必也。

【我豈…… goá-ká……】 ～～慇～～khiàng⇨我沒有那麼能幹。～～會～～ē-(ōe)⇨同上。～～大膽～～toā-tá$^{n}$⇨我沒有那麼大膽。～～好額～～hó-gia̍h⇨我沒有那麼有錢。～～衰～～soe⇨我沒有那麼衰(不中用)也。

【我家己 goá-ka-kī】 我一個人。～～～來耳～～～lâi niā⇨我一個人來的。～～～了好啦～～～liáu hó-là⇨我一個人負擔可也。您不，～～～來lín-m̄，～～～lâi⇨你們皆不要，我自己要也。

goâ **若** 若goā的加強語氣。

【若爾…… goâ-ní……】 ～～大抒～～toā-leh⇨多麼大的。～～好抒～～hó-leh⇨多麼好的。～～媠抒～～súi-leh⇨多麼美麗的。～～乖抒～～koai-leh⇨多麼乖的。

goā **外** 對內而言也。除也。外表也。例～lē～⇨同上。法～hoat～⇨同上。門～mn̂g～⇨同上。十三天～cha̍p-sa$^{n}$-thi$^{n}$～天方夜譚。

【外人 goā-lâng】 ㊀自己或自己所屬團體以外的人。姨丈亦不是～～講無要緊î-tiū$^{n}$ a̍h m̄-sī～～kóng bô iàu-kín⇨姨丈並不是外人，講沒關係。㊁goā-jîn。外國人。～～部隊～～pō͘-tūi⇨同上。

【外才 goā-châi】 外表以及所表現出來的才能。內才lāi-châi之對稱。～～眞好，可惜內才差 ～～ chin-hó, kho-sioh-lāi-châi chha⇨同上。

【外口 goā-kháu】 外面。門之外。～～有人抆會～～u- lâng teh hōe⇨外頭有人在議論。

【外方 goā-hng】 ㈠異鄉。我君在帶於 ～～ goá-kun chāi-toà tī ～～ ⇨他住在很遠的地方。㈡送邪神去外方。住chū，帶toà在歌詞中或曰在帶chāi-toà。帶： 留住也。

【外册 goā-chheh】 經書以外，或教科書以外的雜色書。讀～～thak～～⇨讀什色書。

【外外 goā-goā】 事非關己的態度。不關心。逐項都格～～tak-hāng to kek～～⇨每事皆不理亦不關心。格 ～～ 敢道閃會過kek～～kám tō siám-ē-kōe⇨不理不睬就逃得了嗎。

【外公 goā-kong】 母之父。外祖父。

【外皮 goā-phôe】 表皮。外表。外面。～～好看，內面烏漉漉 ～～ hó-khoàⁿ, lāi-bīn o·-lok-lok⇨外表好看，內裡快要爛掉了。

【外史 goā-sú】 正史以外的歷史或小說。儒林～～jū-lîm～～⇨同上。

【外行 goā-hâng】 本業外的人。～～ 人講～～話～～lâng kóng～～ōe⇨同上。

【外江 goā-kang】 ㈠外地。～～人～～lâng⇨外地人。㈡唱～～的chhiùⁿ～～ê⇨唱北管。

【外交 goā-kau】 對外交陪。對外交際。對外交涉。～～ 眞好 ～～ chin hó⇨很會外交。外交手段很好。～～ 部長 ～～ pō·-tiúⁿ⇨同上。～～政策～～chèng-chhek⇨同上。

【外夷 goā-î】 邊疆外的外族人。外番。

【外攻 goā-kong】 外來的攻擊。～～ 內應～～lāi-èng⇨外面攻擊內面響應。又中醫以貼膏藥爲外攻。

【外邦 goā-pang】 外國。

【外位 goā-ūi】 別的地方。～～ 來的人客～～lâi ê lâng-kheh⇨別地遠來的客人。別的客戶。比～～較便宜pí～～khah piân-gî⇨(本號)比別家更便宜。

【外衫 goā-saⁿ】 外衣。內衣 ～～ lāi-i ～～⇨內衣外衣。

【外面 goā-bīn】 ～～該掃清氣～～āi sàu-chheng-khì⇨外面須打掃清潔。內面一家內之對稱。又指家庭以外。～～ 的風聲不好 ～～ ê hong-siaⁿ m̄-hó⇨同上。

【外岸 goā-hoāⁿ】 外圍防堤。

【外姓 goā-sèⁿ】 本族以外的姓氏。

【外洋 goā-iûⁿ】 外海。大洋。外國。過～～kōe～～⇨到外國去。

【外界 goā-kài】 外面。～～ 有風聲 ～～ ū hong-siaⁿ⇨同上。

【外客 goā-kheh】 外來的顧客。新客。商戶有熟客sek-kheh～～⇨新客舊客。

【外科 goā-kho】 ～～ 醫生 ～～ i-seng⇨同上。內科～～lāi-kho～～⇨同上。

【外城 goā-siâⁿ】 內城 ～～ lāi-siâⁿ～～ ⇨內外城。

【外姪 goā-tit】 妻的兄弟之子。

【外差 goā-chhe】 外勤人員。出差chhut-chhe。

【外海 goā-hái】 外洋。船出 ～～ 也chûn chhut～～ā⇨船出了外洋了。

【外容 goā-iông】 外表。外才。好～～無腹內hó～～bô pak-lāi⇨外表好看腹中無墨水。

【外家 goā-ke】 生母之家(就妻而言)。

【外鬼 goā-kúi】 內頭家神仔通～～lāi-thâu-ke-sîn-á thong～～⇨謂家裡有內奸在作弄。

【外旁 goā-pêng】 外側。～～猶有可坐～～iáu-ū hó-chē⇨外面還有得坐。

【外神 goā-sîn】 外方之神。邪神。～～抆作怪～～teh chok-koài⇨邪神在作怪。

【外孫 goā-sun】 女婿之子。女兒所生之子。

【外庭 goā-tiâⁿ】 內庭lāi-tiâⁿ～～⇨內外庭

院。

【外祖 goā-chó͘】 母之祖父母。

【外套 goā-thò】 大衣。該加穿～～藉未寒ài ke chhēng～～chiah bōe(bē) koâⁿ⇨須加上外套才不寒。

【外務 goā-bū】 外面的事務。推銷事務。～～員～～oân⇨在外頭擔任推銷工作的人。

【外戚 goā-chhek】 母方的親戚。～～弄權～～lōng-koân⇨王后的外家擅權。

【外野 goā-iá】 內野～～lāi-iá～～⇨棒球場的內野和外野。～～手～～chhiú⇨守外野的球員。

【外港 goā-káng】 ㊀內港之外港。㊁～～人～～lâng⇨本地以外的人。

【外掛 goā-koà】 在糖廍thn̂g-phō͘榨甘蔗用三牛拖石椿在廍亭phō͘-thêng內旋轉。內牛爲內掛lāi-koà，外牛爲外掛。石椿，壓榨機也。

【外國 goā-kok】 己國以外的國家。外邦。～～人～～lâng⇨同上。

【外商 goā-siang】 外地商人。外國商人。

【外書 goā-su(si)】 同外册。

【外痔 goā-tī】 內痔lāi-tī～～⇨內外痔瘡

【外掌 goā-chiáng】 古糖廍時代，在外面從事蔗田工作的工作人員。

【外鄉 goā-hiang(hiuⁿ)】 他鄉外里thaⁿ-hiang-goā-lí⇨同上。

【外揚 goā-iâng】 家醜不～～ka-chhiú put～～⇨家的壞事不傳揚於外。

【外場 goā-tiûⁿ】 賭博莊主以外的傲脚kiáu-kha。筊：竹杯形之物也。傲，傲倖也。亦作徼倖。

【外腎 goā-sīn】 睪丸káu-oân。卵核仔lān-hut-á。

【外債 goā-chè】 發行～～hoat-hêng～～⇨求外債。

【外境 goā-kéng】 管轄區外。白目神蔭～～peh-bak-sîn ìm～～⇨戇神保佑外方。白目指目無黑瞳。

【外勤 goā-khîn】 例如警察，在辦公廳內工作者爲內勤lāi-khîn，擔任巡邏或偵緝作者爲～～人員～～jîn-oân⇨同上。

【外路 goā-lō͘】 ㊀來自本業以外的所得。㊁貪污舞弊的收入。～～錢～～chîⁿ⇨特別收入。食頭路人有什麼～～錢chiah-thâu-lō͘-lâng ū sa-ma～～chîⁿ⇨薪水生活的人有什麼特別收入，意即非貪舞所得而何來。

【外僑 goā-kiâu】 外國籍的僑居人。

【外貌 goā-māu】 表面看的容貌。～～都相似，安知是我姨～～to siang-sū, an-ti sī gô͘-î⇨風流姊夫想兼吃天鵝肉，回房中對其妻妹動腦筋，事破作此自辯。

【外語 goā-gí】 外國話。～～學校～～hak-hāu⇨同上。

【外盤 goā-poâⁿ】 ㊀店面的工作。㊁消費國的價格。照～～算是未和chiàu～～sǹg sī bē(bōe)-hô⇨照國外價格計算是不合算。

【外頭 goā-thâu】 外面方面。內頭～～攏該伊一人lāi-thâu～～lóng ài i chit-lâng⇨內頭外頭都要他一個去治理。

【外親 goā-chhin】 母系的血親。

【外媽 goā-má】 母之母。外祖母。外婆。

【外邊 goā-piⁿ】 外面。外側。

【外櫃 goā-kūi】 店面櫃。直接對客收支的櫃面。企～～khīa～～擔任店面工作的店員。

**goā 若** 如此也。如何也。若干jiak-kan也。亦若鼓joāchē。講著該～抵～kóng-tioh ài～tú～⇨一開口就要如何如何之大(數字)。到～好kà～hó⇨好到何程度。～大～toā⇨如何之大。～大你有看過否～toā lí ū khoàⁿ-kòe bô⇨大小如何你看過嗎。你有～鼓錢lí ū～chē chîⁿ⇨你有多少錢。～好你敢知～hó lí kám chai⇨如何之好你那裡知道。～艱苦～kan-khó͘，～好空～hó-khang，～好額～hó-giah，～拍拼～phah-piàⁿ，～酷行～khok-hêng，

～龜祟～ku-sui？皆作如何解。又如爾ní爲若爾goā-ní或joā-ní，意思用法皆相同。～～大出手～～toā-chhut-chhiú⇨如何大手筆。～～好賺亦該出力～～hó-thán ah āi chhut-lat⇨如何之易賺錢，亦要出力才賺得來。～～有情呢你知否～～ū-chêng-nī lí chai-bô⇨如何之有情你知否。不論若goā單用或若爾goā-ní連用，多屬反詰詞形。

goā **嘆** 大呼也。驚呼之聲也。～壞也～hāi-ā⇨嘆！敗了。～！我乒也～！góa piāng-à⇨嘆！敗了。～！去也！ khì-à⇨嘆！完蛋了。～！去魯八仙祖也～!khì-ló· pat-sian-chó·-à⇨嘆！都完蛋了。

## goan

goán **阮** 代名詞。我góa的複數。㊀泛指我們，但對話人除外。～田莊人較無計較～chhân-chng lâng khah-bô kè-kàu⇨我們鄉下人較隨便。～有你無不好意思～ū lí-bô m̄-hó ì-sù⇨我們有你沒有不好意思。～台灣人～tāi-oân-lâng⇨我們台灣人。㊁指自己的家或家族。～厝～chhù⇨我們的家。～阿姑～a-ko·⇨我家的姑母。～彼隻牛～hit-chiah-gû⇨我家那匹牛。㊂亦單指自己。～翁～ang⇨我的丈夫。～囝～kiáⁿ⇨我的兒子。～老父～lāu-pē⇨我父親。～母仔～bú-à⇨我母親。

goán **玩** 戲弄也。遊也。欣賞也。遊山～水iû-san～súi⇨同上。遊～iû～同上。

【玩弄 goán-long】 舞弄bú-lāng。～～花樣～～hoe-iūⁿ⇨同上。

【玩物 goáu-but】 玩弄或玩賞事物。～～喪志～～song-chì⇨謂貪玩小物而忘記正事。例如日夜以釣魚爲樂而忘記讀書進德。

【玩具 goán-kū(kī)】 兒童玩弄的東西。有娛樂性的，有教育性的。當今的先進國家，～～的產銷是一大產業。文化程度越高，玩具越多越複雜越高級。

【玩味 goán-bī】 仔細體驗。用意如何，值得～～iōng-ì jû(jî)-hô, tat-tit～～⇨同上。

【玩法 goán-hoat】 藐視法律。

【玩賞 goán-sióng】 或goán-siúⁿ。或goán-siáng。～～風景～～hong-kéng⇨同上。

【玩世不恭 goán-sè-put-kiong】 ～～～～的人～～～～ê lâng⇨同上。

goán **頑** 愚鈍也。通玩作嬉戲解。

【頑民 goán-bîn】 不順服之民。

【頑皮 goán-phî】 小兒嬉戲無度。～～的小學生～～ê sió-hak-seng⇨同上。

【頑固 goán-kò·】 泥古不化。自以爲是不從善言。～～的老頭～～ê lāu-thâu⇨同上。～～派～～phài⇨同上。

【頑健 goán-kiān】 自稱健康。

【頑童 goán-tông】 頑皮的童子。惡作劇的童子。

【頑癬 goán-sián】 難治癒的癬疥。

【頑石點頭 goán-sek-tiám-thâu】 喻感化力之大。

goân **元** 元始也。大也。善也。通原。又通圓。又朝代名。

【元夕 goân-sek】 元宵夜。

【元元 goân-goân】 天下的庶民。老百姓。

【元月 goân-goeh】 一年之始的意思。

【元日 goân-jit】 月之第一日。元月～～goân-goeh～～⇨正月一日。

【元斗 goân-táu】 標準斗。

【元凶 goân-hiong】 惡逆之首領。

【元本 goân-pún】 ㊀元朝時代刊行的書籍。㊁元始。初期。～～是公家的～～sī kong-ka ê⇨最初時公共所有物。

【元史 goân-sú】 元代的歷史。其書名。

【元旦 goân-tàn】 一年之第一日。～～拜年～～pài-nî⇨元旦日拜新年。

【元戎 goân-jiông】 軍事的最高首領。

【元曲 goân-khek】 元代的戲劇。

【元老 goân-ló】 資望崇高的老臣。經驗多的人。會使得算是議會的～～也ē-sai-tit sǹg-sī gī-hōe ê～～ā⇨算得上是議會的元老級人物了。

【元年 goân-nî】 ㊀紀年的第一年。民國～～bîn-kok～～⇨同上。㊁新君即位的第一年。

【元君 goân-kun】 道家女人之成仙者。男謂眞人chin-jîn女謂之元君。

【元良 goân-liâng】 天子。亦指太子。

【元夜 goân-iah】 元宵之夜。上元之夜。

【元來 goân-lâi】 忽然發見事物的眞相之時即說～～是安爾～～sī an-neⁿ⇨同上。～～如比～～jî(jû)-pí⇨頑童們故意將如此jî-chhú讀成如比jî-pí以示滑稽。

【元始 goân-sí】 開始。～～天尊～～thian-chun⇨道教的最高之神。

【元首 goân-siú】 國家～～kok-ka～～⇨同上。

【元帥 goân-sòe】 軍隊的主帥。軍官的最高官階之稱。

【元祖 goân-chó͘】 某宗派或某業的開創之人。

【元氣 goân-khì】 人的精氣。眞有～～chin ū～～⇨很活潑。很有力氣。補～～pó͘～～⇨補充氣力。

【元配 goân-phòe】 ～～夫人～～hu-jîn⇨同上。所謂頭毛結髮的正妻

【元宵 goân-siau】 舊曆元月十五夜。古俗點燈結綵演戲等等以同樂。故亦稱燈節teng-cheh。

【元神 goân-sîn】 ㊀妖怪的本體。～～出現～～chhut-hiān⇨例如白素貞因雄黃酒醉而現出蛇形之謂。㊁佛家指靈魂或知覺。

【元素 goân-sò͘】 化學名詞。物質的元質。

【元勳 goân-hun】 開國～～khai-kok～～⇨同上。

【元寶 goân-pó】 四四角角，上面略作凹形的金塊。據說成於元代，故稱元寶。

**原** goân 泉水之本也。本也。宥恕也。同源也。亦同元。飲水本思～ím-súi pún su～⇨同上。

【原人 goân-jîn】 人類的祖先。

【原子 goân-chú】 元素分割至最小限之粒子。～～彈～～tân⇨同上。

【原文 goân-bûn】 ～～照抄～～chiàu-chhau⇨同上。

【原主 goân-chú】 元來的主人。舊主。物歸～～but-kui～～⇨原璧歸趙。

【原由 goân-iû】 事之所起。亦作元由。

【原本 goân-pún】 ㊀自來。～～安爾～～an-ne⇨本來就如此。㊁作家之原書。

【原全 goân-choân】 復原。健康恢復。病醫了有～～也pēⁿ i-liáu ū～～ā⇨病醫得皆復原了。

【原因 goân-in】 根由。～～不明～～put-bêng⇨同上。

【原任 goân-jīm】 去職之官。～～縣長～～koān-tiúⁿ⇨同上。

【原色 goân-sek】 紅藍黃為三原色。

【原初 goân-chho͘】 初時。開頭。～～是好意～～sī hó-ì⇨同上。

【原作 goân-chok】 原作者所作。

【原形 goân-hêng】 本形。本相。狐狸精現出～～hô-lî-chiaⁿ hiān-chhut～～⇨同上。

【原告 goân-kò】 先提訴訟的人。～～對被告～～tùi pī-kò⇨同上。

【原油 goân-iû】 未加精煉的石油。

【原來 goân-lâi】 同元來。～～是你～～sī-lí⇨同上。～～劉項不讀書～～lâu-hāng put-thok-si⇨同上。

【原性 goân-sèng】 本性。～～不改～～put-kái⇨同上。

【原底 goân-té】 當初。從前。～～有講，逐家共同負責～～ū-kóng, tak-ke kiōng-tông hū-chek⇨當初講過了，大家同負責任。

【原委 goân-úi】 事物的本末。

【原則 goân-chek】 ～～同意～～tông-ì⇨同上。

【原前 goân-chiân】 本來。從前。～～是眞認眞，後來煞學壞去～～sī chin jīn-chin, āu-lâi soah oh-hāi-khì⇨本來是很認眞，後來竟學壞了。

【原泉 goân-choâⁿ】 ～～活水～～oah-chúi⇨喻財源滾滾而流。

【原型 goân-hêng】 ㊀模型。㊁本象。～～畢露～～pit-lō͘⇨同上。型通形。

【原封 goân-hong】 ～～不動～～put-tōng⇨原封未加拆開。

【原宥 goân-iú】 推其情節而宥赦其責任。

【原版 goân-pán】 ～～的册無抡買也～～ê chheh bô-teh-bé-ā⇨原版書買不到了。

【原案 goân-àn】 照～～通過 chiàu～～thong-kòe⇨同上。

【原紙 goân-choá】 油印的～～iû-ìn ê～～⇨同上。

【原料 goân-liāu】 未經加工的貨物。或材料。～～不足～～put-chiok⇨同上。

【原被 goân-pī】 原告與被告。～～双方同意和解～～siang-hong tông-ì hô kái⇨同上。

【原配 goân-phòe】 同元配 goân-phòe。～～夫人～～hu-jîn⇨同上。

【原素 goân-sò͘】 同元素。化學～～hoà-hak～～⇨同上。

【原野 goân-iá】 荒野。～～奇俠～～kî-kiap⇨同上。～～地～～tē⇨同上。

【原理 goân-lí】 事物的基本法則。

【原單 goân-toaⁿ】 ～～漏列，補正如上～～lāu-liat, pó-chèng jî siāng⇨同上。

【原罪 goân-chōe】 ㊀以前所犯之罪。以前所判之罪。㊁與生俱來之罪（基督教）。

【原意 goân-ì】 當初的意思。～～是贊成，後來藉變卦～～-sī chàn-sêng, āu-lâi chiah piàn-koà⇨同上。

【原路 goân-lō͘】 舊路。行過的路。照～～行倒轉來去較妥當chiàu～～kiâⁿ-tó-tńg-lâi-khì khah thò-tòng⇨循原路跑回頭比較安全。

【原裝 goân-chong】 ～～進口貨～～chìn-kháu hòe⇨同上。

【原語 goân-gí(gú)】 外國語。未譯成本國語的外語。

【原碼 goân-bé】 廠商所付的價目表。～～八折～～peh-chiat⇨原價打八折。

【原價 goân-kè】 店買入的價數。

【原稿 goân-kó】 ～～紙～～choá⇨同上。

【原諒 goân-liāng】 請您～～伊猶細漢 chhiáⁿ-lín～～i iáu sè-hàn⇨請你們原諒他還是小孩子。

【原頭 goân-thâu】 泉水的本源。貨品的產銷商。～～有活水抡流～～ū oah-chúi teh-lâu⇨喻財源不斷。～～無貨來也～～bô hòe lâi-ā⇨生產者已無貨供應了。

【原額 goân-giah】 元來的數額。～～退還～～thè-hêng⇨同上。

【原舊 goân-kū】 事物未發生變化。～～道安爾也～～tō an-ne-ā⇨從前就如此了。

【原籍 goân-chek】 本籍。～～是屛東～～sī pîn-tong⇨本籍是屛東的人。

【原子彈 goân-chú-tân】 第一粒～～～投於日本廣島tē-it-liap～～～tâu tī jit-pún kóng-tó⇨同上。

【原動力 goân-tōng-lek】 青年是國家民族的～～～chheng-liân sī kok-ka-bîn-chok ê～～～⇨同上。

【原收出存 goân-siu-chhut-chûn】 記帳的原則。以日爲單位，須記明①原有數(昨日的存數)，②今日的收入總數，③今日的支出總數，④今日存數。

【原璧歸趙 goân-phek-kui-tiō】 藺相如獻和氏璧於秦王的故事。原亦作完。

goân
源 泉水之本也。通原。～遠流長～oán-liû-tiâng⇨同上。飲水思～ím-chúi su～⇨謂不可忘恩。財～滾滾chāi～kún-kún⇨財源如水之滾流。開～節流khai～chiat-liû⇨同上。

【源流 goân-liû】 事之本源。～～活水～～oah-chúi⇨同上。亦喻財源。

【源源 goân-goân】 水流不斷。～～而來～～jî-lâi⇨同上。

【源頭 goân-thâu】 水源。貨源。～～有活泉～～ū oah-choâⁿ⇨源頭有活的水泉。～～無貨也～～bô-hòe-à⇨頂手沒貨可批發了。

goān
願 欲也。希望也。乞食下大～khit-chiah hē toā～⇨謂所言過奢不稱其身分。心甘情～sim-kam chêng～⇨同上。不～m̄～⇨不甘心。不～白了即條錢m̄～peh-liáu chit-tiâu chîⁿ⇨不甘心平白損失即筆錢chit-pit-chîⁿ。

【願望 goān-bōng】 希望。由衷所盼望。唯一的～～ûi-it ê～～⇨同上。

【願意 goān-ì】 甘心。～～做牛做馬～～chò-gû chò-bé⇨謂甘心付出最大的努力。

goān
愿 謹愼也。通願。作情願解。不情～m̄-chêng～⇨心裡不服。

【愿死 goān-sí】 ㊀甘心赴死。死無反悔。㊁情願從善或吃苦。而今有較～～也jî-kim ū khah～～a⇨現在比較肯從本分了。

【愿意 goān-ì】 同願意。

【愿還 goān-hêng】 情願還債。

## goat

goat
月 月球也。月亮也。一月也。月goeh也。日～雙明jit～siang-bêng⇨同上。日～同光jit～tông kong⇨同上。日進～步jit-chìn～pō⇨日日進步。

【月老 goat-ló】 媒人。媒灼之人。月下老人之省稱。

【月杪 goat-biáu】 月尾。

【月明 goat-bêng】 ～～星稀～～seng-hi⇨月明之夜星光自然較稀少。反之星光滿天則是無月之夜。大小星自然爭輝。

【月信 goat-sìn】 月經之異稱。

【月薪 goat-sin】 同月俸。亦goeh-sin也。

【月桂冠 goat-kùi-koan】 古希臘人以月桂爲神聖之植物。凡詩才優異或競技得勝者，即編桂葉爲冠以贈之。以示榮譽。英王選詩人亦曰桂冠詩人。

【月下老人 goat-hā(hē)-ló-jîn】 職司男女結緣之神。簡稱月老。據說：月下老人以紅繩繫於男女之足，雖各屬仇家或遠方之人亦必會合而結成夫妻。

goat
軏 轅端持衡者，亦即所以連結牛馬以拖行之構造也。小車無～siáu-ki bû～⇨小車用輗gê不用軏goat。大車無輗，小車無～tāi-ki bû-gê siáu-ki bû～⇨輗軏gê-goat似乎同一物，在大車曰軏goat，在小車即叫輗gê而已。

## goeh

goeh
月 月goat也。月亮也。大陰也。亦月goeh也。三十日爲一月。滿～moá～⇨三十日。又嬰仔生後三十日爲滿月。月大月小 goeh-toā goeh-sió⇨大月與小月。有時星光，有時～光ū-sî chheⁿ-kng, ū-sî～kng⇨喻世事是輪流轉的。光kng改讀kn̄g。

【月上 goeh-chiūⁿ】 同月出。～～月落～～goeh-loh⇨月上月落。

【月月 goeh-goeh】 每月。各月。～～有增加～～ū cheng-ka⇨同上。

【月幻 goeh-hoàⁿ】 月微明。～～仔～～ā

⇨都是指月光朦朧。

【月日 goeh-jıt】 時日。無企～～bô-khiā～～沒有記載何年何月何日。

【月內 goeh-lāi】 產後一個月之中。坐月chē-goeh。知伊～～藉仙拍伊的房門chai i ～～chiah beh phah i ê pâng mn̂g⇨喻故意揭發人之所短。～～房～～pâng⇨產房。產婦居室。～～風～～hong⇨產後的感冒。產褥熱。～～人～～lâng⇨產婦。～～香～～hiang⇨花名。

【月中 goeh-tiong】 月之中央。中旬。

【月仔 goeh-á】 月。～～光映映，賊仔偷挒壁～～kng-iahⁿ-iahⁿ, chhat-á thau-liú-piah⇨童謠。挒liú，挖開穴洞皆日挒。頌月光明亮。做～～chò～～⇨受雇爲月計工。倩～～chhiàⁿ～～⇨雇月計工。～～錢～～chiⁿ⇨按月計利的高利貸。放～～利pàng～～lāi⇨放高利貸。

【月出 goeh-chhut】 月上天空。～～月落～～goeh-loh⇨月出月沒。

【月令 goeh-lēng】 一年十二個月，按月根據五行干支所做的行事紀錄。

【月白 goeh-peh】 月色白。

【月半 goeh-poàⁿ】 月之半。半月。月之中央。十五日。

【月刊 goeh-khan】 按月出版的刊物。日刊，～～，周刊jıt khan, ～～, chiu-khan⇨同上。

【月光 goeh-kng】 月明。～～未曝得粟～～bōe(bē)-phak li-chhek⇨月之光晒不了穀。謂女人雖巧亦勝不過男人。～～暝～～mê⇨月光之夜。

【月色 goeh-sek】 月之色。月之光。～～照在三線路～～chiò-chāi sam-soàⁿ lō⇨流行歌詞。

【月尾 goeh-bóe】 月末。

【月初 goeh-chhe】 同月頭。

【月明 goeh-bêng】 月光明亮。

【月表 goeh-piáu】 以月爲單位的報表。月報表。

【月斧 goeh-pú】 月形的斧頭。

【月眉 goeh-bâi】 弦月。半圓月。初三四，藉有～～意chhe-saⁿ-sì chiah ū～～ì⇨月之初三初四，才開始能夠看到微微的月眉。

【月計 goeh-kè】 月月計算。月尾合計。

【月信 goeh-sìn】 同月經。或稱月事goeh-sū。

【月兔 goeh-thò】 家兔的一種。月產小兔一次。

【月缺 goeh-khih】 月虧。月過十五夜。～～也～～à⇨月已經不圓了。

【月娘 goeh-niû】 月。月的尊稱。

【月桃 goeh-thô】 ngeh-thô。一種草。～～花～～hoe⇨同上。草～～chháu～～⇨同上。

【月清 goeh-chheng】 按月清算。

【月終 goeh-chiong】 月之末。月將盡。

【月琴 goeh-khîm】 樂器名。

【月結 goeh-kiat】 月月結帳。月尾結算。

【月報 goeh-pò】 一月出版一次報紙。又月報表。

【月窗 goeh-thang】 月形的窗口。

【月暗 goeh-àm】 無月之夜。～～暝～～mê⇨同上。

【月鼠 goeh-chhí】 鼠的一種。

【月圓 goeh-îⁿ】 滿月。月盈。～～月缺～～goeh-khih⇨月圓與月缺。望與朔。

【月經 goeh-keng】 女人的月事goeh-su。～～有順～～ū sūn⇨按月按序而來。～～無來～～bô-lâi⇨不按月而來。停止了。

【月煞 goeh-soah】 該月的煞神。

【月銀 goeh-gîn】 按月授受的錢。同月薪。

【月餅 goeh-piáⁿ】 仲秋餅。象月形的餅。

【月影 goeh-iáⁿ】 月之光線。～～照入窗～～chiò-jıp-thang⇨月光照入窗口。

【月課 goeh-khò】　每月的工作。每月的課題。

【月輪 goeh-lûn】　月。月球。日輪～～jıt-lûn～～⇨日與月。

【月桔 goeh-kıt】　柑橘的一種。

【月頭 goeh-thâu】　月之初。月已開始。提～～錢theh～～chî$^{n}$⇨月頭收取該月之租金。～～利～～lāi⇨月頭交的利息。高利貸之又高利貸。

【月薪 goeh-sin】　計月的薪俸。

【月攤 goeh-thoa$^{n}$】　分月計算。用～～來還債ēng～～lâi hêng-chè⇨以月攤的方式還清債務。

【月食 goeh-sıt】　蝕月sıt-goeh。～～日食～～jıt-sıt⇨蝕月蝕日。

【月外日 goeh-goā-jıt】　一個月又若干日。同個外月kó·-goā-goeh。病～～～也　pē$^{n}$～～～ā⇨臥病一月又若干日了。

【月圍箍 goeh-ûi-kho·】　月因雲而生外環。～～～火燒埔。～～～hoé-sio-po·⇨同上。

【月抵月 goeh-tú-goeh】　一月接一月。幾個月。喻時日長久。講著俅～～～kóng-tioh boeh～～～⇨一談就需要幾個月。年抵年nī-tú-nī同上。抵通牴，達也，俗作拄，支撐也，非。

goeh
**挾**　同挾ngeh，挾kiap也。卵股乎椅仔～抾 lām-pha hō· í-á～leh⇨謂男物被椅挾住，坐也痛，企也痛。喻進退兩難。

## gok

gok
**鱷**　動物名。亦作鰐gok。又神話中魁星khoe-seng所騎乘的一種想像中的動物。

【鱷魚 gok-hî】　㊀棲息於熱帶河流池沼中的爬虫類動物。其皮爲昂貴的裝飾品材料。㊁神話中的動物，爲魁星khoe-seng的坐騎。又象長壽。孩童頸下每見怪魚形的飾物即爲鱷魚，多以金銀打製以祝平安長成。～～皮～～phôe⇨鱷魚之皮。

gok
**鰐**　同鱷gok。

gok
**蕚**　花的最外部綠色部分。花～hoe～⇨同上。

gok
**愕**　倉卒驚懼也。又直言也，同諤gok。

【愕然 gok-jiân】　倉卒驚懼。

【愕愕 gok-gok】　直言的形容詞。～～然～～jiân⇨同上。

gok
**鶚**　鳥名。屬猛禽類。

【鶚視 gok-sī】　瞻視勇猛。畧同虎視。

gok
**噩**　同愕，驚也。

【噩耗 gok-hò】　令人驚噩之凶信。訃音。死亡通知。

【噩夢 gok-bāng】　令人驚愕的夢。不祥之夢。惡夢ok-bāng。

gok
**鵠**　天鵝也。形似鵝而頸長。

【鵠立 gok-lıp】　延頸而望狀如鵠。侍臣～～通明殿sī-sîn～～thong-bêng-tiān⇨古詩。

gok
**諤**　正直之言也。亦作愕gok。

【諤諤 gok-gok】　直言爭辯也。侃侃～～khán-khán～～⇨侃khán，剛直也。千夫之諾諾，不如一士之～～chian-hu chi lok-lok, put-jî it-sū chi～～⇨同上。

## gong

góng
**昂**　昻gông俗亦讀góng。意氣軒～i-khì hian～⇨同上。～然而入～jiân jî jıp⇨同上。

gông
**昻**　舉也。高也。士氣高～sū-khì ko～⇨同上。

【昂昂 gông-gông】 志氣高。氣宇～～khì-ú～～⇨氣宇軒昂khì-ú hian-gông。

【昂然 gông-jiân】 志氣出衆。～～而入～～jî jıp⇨同上。

【昂貴 gông-kùi】 價錢高貴。價錢～～的物件kè-chîⁿ～～ê mıh kiāⁿ⇨價錢很貴的東西。

【昂藏 gông-chōng】 氣度軒昂。六尺～～之軀liok-chhek～～chi khu⇨同上。

**恍** gông 知覺迷亂也。亦作恾。又失意貌。頭暈曰恍gông。頭殼～thâu-khak～⇨頭殼迷迷亂亂——似痛又非痛也。

【恍恍 gông-gông】 頭殼～～無想俫食飯thâu-khak～～bô-siūⁿ beh(boeh)-chiah-pn̄g⇨頭暈腦漲不想吃飯。

**戇** gōng 愚也。直也。俗作忠gōng。起～khí～⇨作違常理的言行。起～癖khí～phiah⇨同起戇。無悾無～無做乩童bô-khong bô～bô-chò ki-tâng⇨非悾非戇者不作童乩也。略同謙gām。愚而貪曰謙。

【戇入 gōng-jıp】 糊塗收入。～～無戇出～～bô gōng-chhut⇨糊塗收可以，但不糊塗支出。喻私利之心重。

【戇人 gōng-lâng】 傻瓜。

【戇仔 gōng-á】 愚人。傻人。食～～chiah～～⇨佔人便宜。

【戇目 gōng-bak】 看不出事物的善惡是非認不出人。～～更無記性～～koh bô-khì-sèⁿ⇨戇目加記憶力壞。

【戇肉 gōng-bah】 打不痛的肉——人。賣～～bē(bōe)～～⇨做無意義的事而遭痛打。～～趁皮痛～～thàn-phôe-thiàⁿ⇨做傻事所得只是皮痛。

【戇的 gōng-ê】 祖父母對孫兒的愛稱。戇孫gōng-sun之略。

【戇虎 gōng-hó】 徒有氣力的傻瓜。

【戇直 gōng-tit】 愚直。

【戇面 gōng-bīn】 傻瓜面。不知恥的面。～～戇面～～gōng-bīn⇨～～～～看著錢道笑也～～～～khoàⁿ-tioh chîⁿ tō chhiò à⇨～～虎～～hó⇨傻瓜，～～端仔想俫食人～～kan-a siūⁿ beh(boeh) chiah-lâng⇨大傻瓜只想要佔人便宜。

【戇神 gōng-sîn】 無氣力。無精神。～～戇神～～gōng-sîⁿ⇨同上。某死了看著煞～～～～bó sí-liáu, khoàⁿ-tioh soah～～～～⇨妻死了看來很沒氣力。

【戇倯 gōng-sōng】 笨蛋。傻瓜。～～戇倯～～gōng-sòng⇨傻里傻氣。

【戇猴 gōng-kâu】 糊塗蟲，笨蛋。大耳嫖客toā-hīⁿ phiâu-kheh。

【戇竅 gōng-kiáu】 博彼類贏驚輸無惀的～～，更較大的財產每會行去poah hit-lōe iâⁿ-kiaⁿ su-bô-lún ê～～, koh-khah-toā ê chāi-sán mā ē kiâⁿ-khì⇨賭那種勝即著慌，敗卻無懼色的傻賭博，有再大的財產也會輸光的。

【戇脚 gōng-kha】 跑徒勞的路。歸日行～～那有效kui-jıt kiâⁿ～～ná ū-hāu⇨整日空跑無謂的路何益。

【戇話 gōng-ōe】 愚論。食飽漲～～chiah-pá tèⁿ～～⇨食飽無事做，製造愚論。講～～kóng～～⇨說無謂的話，說無道理的話。～～講歸擔～～kóng kui tàⁿ⇨戇話說整車。

【戇想 gōng-siūⁿ】 胡思亂想。～～的帶於山茶窩～～ē toà tī soaⁿ-tê-oe⇨山茶窩深山林內的一個地名。謂一個人住在深山林內，幾個月不知肉味很想肉食。他自想而對其同伴說，如果有個賣肉的來，不知多麼好。

【戇福 gōng-hok】 戇人有～～gōng-lâng ū～～⇨傻人有傻福。

【戇獃 gōng-tai】 略同戇倯。

【戇錢 gōng-chîⁿ】 用得無意義的錢。開～～khai～～⇨開銷得無價值的錢。

【戇豬 gōng-ti】 有錢的傻瓜。刣～～thâi

～～⇨修理有錢的傻瓜。

【戇膽 gōng-tá$^{n}$】 不知死活的膽量。無～～曷敢做bô ～～ a̍h ká$^{n}$ chò⇨非有傻膽量何敢做此事。

【戇戇 gōng-gōng】 傻。很傻。

【戇大豬 gōng-toā-ti】 有錢的傻瓜。～～～見人刣 ～～～ kī$^{n}$-lâng-thâi⇨肥傻瓜任人宰割。

【戇仔鯊 gōng-á-soa】 一種沙魚名。

【戇唔唔 gōng-ǹg-ǹg】 話都不會說的傻瓜。

【戇嘟嘟 gōng-tuh-tuh】 傻傻的。

【戇頭戇面 gōng-thâu-gōng-bīn】 傻頭傻腦。

【戇蚊釘神明 gōng-báng-tèng-sîn-bêng】 謂毫不覺痛癢。喻毫無效果。

gōng
态 戇的俗字。

## gu

gú
語 語gí也。國語kok-gú⇨國語kok-gí。

gû
牛 動物名。六畜之一。水～chúi～⇨同上。黃～n̂g～⇨㊀黃色牛。㊁來路不正。番仔～hoan-á～⇨舶來之牛隻也。

【牛母 gû-bó】 母牛。

【牛毛 gû-mo͘】 牛之毛。喻多數。空課較夥過～～ khang-khòe khah-chē-kòe ～～ ⇨工作多過牛毛。

【牛仔 gû-á】 牛。小牛。～～不八虎～～m̄-bak(pat)-hó͘⇨小牛不認識老虎。不知其可怕。～～囝～～kiá$^{n}$⇨牛之子。亦即小牛。

【牛皮 gû-phôe】 牛之皮。一隻牛起九領皮chi̍t-chiah-gû khí-káu-niá-phôe ⇨ 喻剝削之苛酷。～～膠～～ka⇨牛皮煮成的膠。穿～～衫chhēng ～～ sa$^{n}$⇨一種古刑罰。生牛皮做衣服穿在身上，等其自然乾燥而收縮，迫使衣者皮膚遭受收縮的痛苦。

【牛肉 gû-bah】 牛之肉。～～湯～～thng⇨牛肉湯。～～羹～～ke$^{n}$(ki$^{n}$)⇨牛肉羹。～～絲～～si⇨牛肉切絲。～～凍～～tàng⇨牛肉湯結凍。～～砧～～tiam⇨切牛肉的砧。～～店～～tiàm⇨賣牛肉的店戶。～～麵～～mī⇨牛肉麵。

【牛羊 gû-iû$^{n}$】 牛與羊。

【牛尾 gû-bóe】 牛之尾巴。寧爲鷄頭勿爲～～lêng-ûi ke thâu, bu̍t-uî～～⇨寧爲小國之主，勿爲大國之臣。

【牛灶 gû-chàu】 ㊀屠牛場。㊁娼寮。落～～lo̍h～～⇨墜落娼寮。

【牛車 gû-chhia】 牛力車。～～馬車～～bé-chhia⇨同上。

【牛角 gû-kak】 牛之角。～～鼓～～kó͘⇨道士用的號角，以牛角做或做牛角型。～～花～～hoe⇨毒蛇的一種。

【牛坑 gû-khe$^{n}$(khi$^{n}$)】 地獄中的校場kàu-tiû$^{n}$，行刑的所在。～～地獄～～tē-ga̍k⇨同上。

【牛杙 gû-khit】 繫牛的小木柱。～～仔～～á⇨繫牛的木柱。喻看牛的小牛童。做～～好耳chò～～hó niâ⇨只好做牛童而已。父母罵子不長進。

【牛肚 gû-tō͘】 牛之肚(胃)。～～尖～～chiam⇨牛胃入口處胃壁最厚的部份。亦即被珍視的食品。～～湯～～thng⇨牛肚湯。君子無本，滾滾～～～kun-chú bô pún, kún-kún～～～⇨頑童戲謔論語。

【牛油 gû-iû】 牛之油。～～燭～～chek⇨牛油製的蠟燭。

【牛犺 gû-káng】 公牛。牡牛。～～仔～～á⇨小公牛。～～䞃～～oaih⇨一種甲龜蟲。頭上有一角。

【牛乳 gû-leng】 牛母之乳。～～油～～iû⇨牛酪。～～粉～～hún⇨牛乳粉。～～糖～～thn̂g⇨牛乳的糖菓。～～餅～～piá$^{n}$⇨牛乳糖

菓。

【牛脾 gû-pî】 心肝較大過死～～sim-koa$^{n}$ khah-toā-kōe sī～～⇨喻太貪心了。

【牛隻 gû-chiah】 牛。咱的～～損人的稻仔 lán ê～～sńg lâng ê tiū-á⇨我們的牛損害了人家的水稻。

【牛胰 gû-î】 牛胰臟。

【牛牪 gû-kâ$^{n}$】 兩牛合爲一組工作曰牨kâ$^{n}$。

【牛哥 gû-ko】 牛兄。做種的公牛。

【牛郎 gû-nn̂g】 gô-nn̂g。牽牛星khian-giû seng。～～織女星～～chit-lí-chhe$^{n}$⇨同上。

【牛埔 gû-po͘】 牧場。天然的放牛場。

【牛索 gû-soh】 牛繩。繫牛之繩。牽～～仔 khan～～á⇨看牛。牛童。

【牛販 gû-hoàn】 販牛人。～～仔～～á⇨販牛的。

【牛掛 gû-koà】 使用多牛一組的工作。～～未使得駛甚緊～～bē(bōe)-sái-tit sái-siū$^{n}$-kín⇨双牛的工作不可趕得太緊（避免牛隻過勞)。

【牛婆 gû-pô】 古時糖廍 thn̂g-phō͘—製糖所管理牛隻的人員。男職而稱婆的唯一名詞。

【牛筋 gû-kin】 牛之筋肉。

【牛痘 gû-tāu】 天然痘苗。種～～chèng～～⇨同上。

【牛腰 gû-io】 牛的腎臟。

【牛脚 gû-kha】 牛之脚。～～窟仔～～khut-á⇨牛蹄跡。

【牛路 gû-lō͘】 牛馬通行的小路。

【牛蜂 gû-phang】 大隻蜂。吸牛血者。

【牛稠 gû-tiâu】 牛舍。～～內角牛母～～lāi tak gû-bó⇨喻全在自家內欺負自己兄弟，對外卻完全不敢哼聲的人。角tak；角對角之戰也俗作觸tak，非。

【牛腿 gû-thúi】 牛大腿。

【牛鼻 gû-phī$^{n}$】 牛之鼻子。～～抵著賊手～～tú-tioh chhat-chhiú⇨牛鼻逢到賊手，順手牽牛(羊)。牛鼻不拎拎牛尾～～m̄-lêng lêng gû-bóe⇨罵做事不知要領者。

【牛膠 gû-ka】 牛骨膠。

【牛墟 gû-hi】 牛隻交易所。定期交易(例如見三六九之日等)而非常設的。猪母牽去～～ti-bó khan-khì～～⇨謂弄錯了對象。

【牛擔 gû-ta$^{n}$】 牛扁擔gû-pî$^{n}$-ta$^{n}$。竹木製的都有，半開拱形兩端有繩索結連犂耙或車輛。

【牛蹄 gû-tê】 牛之蹄。

【牛頭 gû-thâu】 牛之頭。地獄的士兵。～～馬面～～bé-bīn⇨如牛頭馬頭的人，喻不是善類。～～爺～～iâ⇨同上尊稱，牛爺馬爺gû-iâ-bé-iâ⇨同前。～～㓼～～thoâ$^{n}$⇨行爲粗暴的青少年。

【牛蠅 gû-sîn】 胡蠅的一種。較一般的體略大。

【牛籍 gû-chek】 人有戶籍牛有～～lâng ū hō͘-chek gû ū～～⇨同上。

【牛欄 gû-nâ】 牛舍門止牛出入的橫木或竹。又臨時圍成的牛舍。欄牛nâ-gû。

【牛目燈 gû-bak-teng】 燈面裝凸面鏡的信號燈。

【牛信鬃 gû-sìn-chang】 一種野草。根莖均極靭強，可繫縛巨牛。亦謂牛信草gû-sìn-chháu。

【牛犂耙 gû-lē-pē】 農具的總稱。～～～逐項會～～～tak-hāng-ē⇨農具件件皆會操作。喻一個十全的農夫。

【牛肉場 gû-bah-tiû$^{n}$】 當今最流行的美女脫衣舞場地。蓋牛肉niu-jo兩音恰巧與法國話nude（讀如奴道，即美女裸體相也）諧音。遂有牛肉場一詞之出現。

【牛將軍 gû-chiang-kun】 牛神。牛爺。

【牛種仔 gû-chéng-á】 小公牛。

【牛摔仔 gû-sut-á】 趕牛鞭。

【牛磨仔 gû-boh-á】 牛力拖動的石磨chioh-boh。

【牛嘴籃 gû-chhùi-lam(lom)】 牛的口罩。竹製的，可防其工作中濫食農作物。無掛～～～的人bô-koà～～～ê lâng⇨貪食、濫食如牛無節制之人。

【牛灌管 gû-koàn-kóng】 強迫牛隻食飼料的小道具。一二尺長的竹筒一節，一方斜砍爲蛋圓形的灌口，一方留節爲底，以盛液體飼料，強灌入牛口，以維持其營養，農忙時牛隻無暇自食草料，每多見之。

【牛腸馬肚 gû-tn̂g-bé-tō͘】 喻大食如牛馬。人講十外歲囡仔如～～～～抡，是眞佼食呢lâng-kóng chap-goā-hòe gín-á ná～～～～leh, sī chin gâu-chiah-neh⇨同上。

【牛雎鬥馬鼻 gû-chi-tàu-bé-phīⁿ】 同牛頭不對馬嘴gû-thâu put-tùi bé-chhùi也。雎chi，女陰也。雎亦作屄chi。

【牛抡合馬哮 gû-teh-kah-bé-háu】 牛馬對鳴。不同語言者對話。無理取鬧。未輸～～～～～抡be-su～～～～～leh⇨不懂所說何事。其言於我簡直是無理取鬧也。

【牛頭不對馬嘴 gû-thâu-put-tùi-bé-chhùi】 彼此不同類故不成對，亦即事不相涉。

**gû 愚** 不聰明也。自謙曰愚gû。大智若～tāi-tì jiak～⇨同上。賢～千載知誰是，滿眼荒山共一坵hiân～chhian-chái ti-sûi-sī, boán-gán hong-san kiōng it-khiu⇨同上。同愚gî。

【愚直 gû-tit】 gî-tit。坦白率直。一個較～～一個較狡獪chit-ê khah～～chit-ê khah káu-koài⇨同上。

【愚鈍 gû-tūn】 gî-tūn。魯笨不聰敏。

【愚蠢 gû-thún】 gî-chhún。大傻瓜。

【愚人節 gû-jîn-cheh】 洋人以四月一日爲愚人節。是日可以騙人亦可以說謊。

【愚民政策 gû-bîn-chèng-chhek】 迫使百姓對國事一無所知盲目服從如牛馬的高等政策。

【愚兄賢弟 gû-heng-hiân-tē】 信中用詞。自稱曰愚兄，指弟曰賢弟。

**gū 遇** 逢也。不期而會也。待也。境～kéng～⇨所處境地。遭～戰chô～chiàn⇨兩軍不期而碰頭的戰鬪。待～thāi～⇨①款待khoán-thāi。～～伊如阿公爾～～i ná-a-kong-leh⇨款待他一如祖父。②酬勞。～～調整～～tiâu-chéng⇨加薪昇官。

【遇害 gū-hāi】 gī-hai。被殺死。不幸～～put-hēng～～⇨同上。

【遇難 gū-lān】 gī-lān。碰到災難phòng-tò chai-lān。～～遇禍攏是天註定抡～～gū(gī)-hō lóng-sī thiⁿ-chù tiāⁿ-leh⇨同上。

【遇凶化吉 gū-hiong hoà-kiat】 謂逢到凶事能化爲吉祥也。

【遇人不淑 gū-jîn-put-siok】 gī-jîn-put-siok。所嫁丈夫不端正。

## gui

**gûi 危** 無安全也。損害也。～如累卵～jî lūi loān⇨如累卵之險，隨時有傾倒破碎的危機。～及國家～kip kok-ka⇨傷害到自己的國家。危gûi又讀hui，見hui部。

**gûi 巍** 屹立高大之山勢也。嵬～ūi⇨高高聳立。

【巍峨 gûi-gô】 山勢或建築物之高聳壯大者之形容。

【巍然 gûi-jiân】 高大雄偉的壯貌。～～屹立～～khit-lip⇨如山之高聳直立，不可動搖。

【巍巍 gûi-gûi】 同巍然。

**gūi 魏** 戰國七雄之一。亦爲中國歷史朝代名，有三國之曹魏及東晉魏時之拓拔魏。堯舜夏舜等天子所居之地也。姓氏也。

【魏延 gūi-iân】 三國蜀中名將。性魯莽，曾壞諸葛亮大事。～～奮倒七星燈～～chhia-tó chhit-chheⁿ-teng⇨三國演義故事，以喻魯莽之徒成事不足敗事有餘也。

【魏碑 gūi-pi】 中國北朝碑刻，其字體筆力強勁，結構嚴整，獨樹一體，爲書法家硏摩之典範。

【魏體 gūi-thé】 即由魏碑所形成之書法。

【魏闕 gūi-koat】 魏朝宮門外之樓觀，亦爲公布法令之地也，因而代表魏國朝廷也。

## gun

gún 阮 即阮goán。代名詞，第一人稱複數。第一人稱單數自稱（多爲女人）所用。佃佮～是共字寫in kah ～ sī kāng jī-siá⇨他們和我們同姓。食～的飯，道該受～問chiah～ê pn̄g, tō ái siu～mn̄g⇨吃我家的飯就該受我們管。是～無愛耳，毋是～未曉呢sī～bô-ái niâ, m̄-sī～beh-hiáu neh⇨我是不要，不是不會。

【阮庴 gún-tau】 我家，我們家。來～～踅踱，好無？lâi ～～ chit-thô͘, hó-bô?⇨來我們家玩玩兒吧！

【阮兩人 gún-n̄ng-lâng】 我們倆。

## ha

ha 呷 吸也。吸而飲曰呷ha。燒茶罔～sio-tê bóng～⇨熱茶苟且呷之。～些茶抄藉來去～chē-tê-lè chiah-laih-khì⇨喝喝茶才出發罷。來lâi改讀laih。罔～也罔～bóng-～-a bóng-～⇨馬馬虎虎喝茶度時間。按近報刊上多以呷ha作呷chiah，而將食飯作呷飯，蓋今所謂國語，甲kah讀家chia，類推誤以爲呷當可讀食chiah也。

【呷茶 ha-tê】 飮茶。～～聽譀古，未䆀～～thia$^{n}$ hàm-kó͘,-bē(bōe)-bái⇨一面喝茶一面聽荒唐故事，很不壞也。譀古hàm-kó͘無根據的吹牛故事。

【呷燒茶 ha-sio-tê】 喝熱茶。～～～撚嘴鬚，阿久伯也，會用得也啦～～～lián-chhùi-chhiu, a-kú-peh-ā, ē-ōng tit à là⇨喝熱茶撚嘴鬚，阿久伯啊(你如此，夠享福了，人生如此也)，可以滿足了。

ha 哈 笑聲。笑～～chhiò～～⇨同上。

【哈哈笑 ha-ha-chhiò】 笑聲。逐家～～tak-ke～～～⇨大家哈哈笑。

【哈哈大笑 ha-ha-tāi-chhiàu】 伊聽了～～～～i thia$^{n}$-liáu～～～～⇨同上。

ha 嘘 吹嘘chhui-hi也。出氣急曰吹chhui，出氣緩曰嘘hi。亦即嘘ha也。又挑惹thiau-jiá亦曰嘘。杜定咬，鷄母～，鷄母不～，道愛買棺柴tō͘-tēng kā, ke-bó ～, ke-bó m̄-～, tō-ài bé koa$^{n}$-chhâ⇨謂被杜定咬傷了，就要鷄母吐氣嘘之，鷄母若不嘘之，就要買棺材了(死定了)。童謠如此，不知眞否。杜定tō͘-tēng一種蜥蜴sek-ek類的動物之俗稱。千萬不當去～伊chian-bān m̄-thang-khì ～i⇨最好不要去惹他。我不敢～伊goá m̄-ká$^{n}$～ i⇨我不敢招惹他。給你未～得hō͘-lí bē～tit⇨你拿他不倒(不起)。

【嘘冷 ha-léng】 吹涼熱物。～～藉好食～～chiah hó-chiah⇨吹涼才可以吃。

【嘘擋 ha-lak】 挑惹。挑弄。嘘ha也。擋lak，振也，搖也。未～～得bē(bōe)～～tit⇨凡力量不夠，包括財力、實力，因而不敢爲之者，或對方太大奈何不了他者，皆曰未～～得bē-～～tit或未嘘得bē-ha-tit。彼類生理未～～得hit-lōe seng-lí bē～～tit⇨那種生意做不得。莫～～伊較妥當mài ～～i khah thò-tòng⇨不要惹他較安全。

【嘘燒 ha-sio】 ㊀同嘘冷ha-léng。吹使熱物涼化。㊁呷燒茶ha-sio-tê。呷燒湯ha-sio-thng。

【嘘未倒 ha-bē(bōe)-tó】 拿他無辦法。奈何不了他。咱～～～伊寧可莫lán～～～i lêng-khó-mài⇨我們奈何不了他，不如不惹他好了。

**há 唉** 唉ái之變。歎聲。～，著了～tioh-lā⇨哦，對了。～，有影都著～，ū-iáⁿ to-tioh⇨同上。～，害也～，hāi ā⇨哦，糟了。

**hà 孝** 服喪曰帶孝hà。帶双～toà-siang～⇨爲父母服喪。

【孝中 hà-tiong】 服喪期內。

【孝尾 hà-bóe(bé)】 ㈠孝期之末。㈡一種感歎詞。粗人用之。表示奇異等等。眞～～講恒來亦無影chin～～ kóng boeh-lâi ah bô-iáⁿ⇨眞～～說要來又不來。～～人那會知～～lâng ná-ē-chai⇨他何以知之。眞～～抵活二欉耳chin～～tú-oah nn̄g-châng-niâ⇨眞～～剛好生活兩木而已。→hàu-bóe。義同夭壽iáu-siū用法同。

【孝杖 hà-tn̄g】 子送父母出葬，身穿粗麻衣，手執梧桐杖。今已以青竹棍代之。手夯～～心知哀chiú-giâ～～sim-chai-ai⇨(爲人子者)手執孝杖才知道喪父(母)之可哀。

【孝服 hà-hok】 喪服。～～未滿～～bōe(bē)-moá⇨服喪未滿。

【孝衫 hà-saⁿ】 喪服song-hok。粗麻布衣。身穿～～sin-chhēng～～⇨同上。

【孝路 hà-lō】 喪葬用品。備辦～～pī-pān～～⇨購辦喪葬所要物件。～～店～～tiàm⇨葬禮用具用品專門店。

【孝燈 hà-teng】 靈桌前之弔燈。弔～～tiàu～～⇨掛出孝燈。

【孝聯 hà-liân】 喪家用之門聯。

【孝尾仔 hà-bóe-á】 喪中所生之子。一種罵人不長進之詞。亦曰～～～囝～～～kiáⁿ。您父母生到你即個～～～囝lín-pē-bó(bú) seⁿ(siⁿ)-kà lí-chit-ê～～～kiáⁿ⇨同上。

**hâ 瑕** 玉病也。過失曰瑕hâ。白玉無～pek-giok bû～⇨白玉完整無缺點。白玉微～，不掩其瑜pek-giok bî～，put am kî-jû⇨白玉有小缺不失其爲美玉。

【瑕疵 hâ-chhû】 過失。人總是有～～的lâng chóng-sī ū～～ê⇨人難免沒有缺點。

【瑕痕 hâ-hûn】 裂縫liat-hōng。lìh-phāng。水缸有～～了chúi-kng ū～～lò⇨水缸破了有裂縫了。

【瑕嗄 hâ-sa】 木桶等因乾涸而有裂縫lìh-phāng。水桶～～去未用得宁水也chúi-tháng～～khì bē(bōe)-iōng-tit té-chúi-ā⇨水桶有裂縫了，貯不了水了。

【瑕璺 hâ-bûn】 同瑕痕hâ-hûn。璺bûn，玉破未離也。痕hûn，傷口癒合者也。

**hâ 繕** 束物也。束於腰亦曰繕hâ。柴～無絃chhâ～bô-ân⇨薪柴綑束得不緊固。絃ân俗作緊kín。褲帶～絃khò·-toà～ân⇨①腰帶束緊。②準備拚力。

【繕刀 hâ-to】 腰束利刀。舉銃更～～giâ-chhèng koh～～⇨拿槍又帶刀。

【繕仔 hâ-á】 縛成束而剪尾的稻秧tiū-ng。播～～pò·～～⇨播田用繕仔秧hâ-á-ng。

【繕柴 hâ-chhâ】 綑束薪木。～～去賣～～khì-bē(bōe)⇨綑柴以出售。

【繕絃 hâ-ân】 束得堅固。褲帶～～不當落褲khò·-toà～～m̄-thang lâu-khò·⇨褲帶束緊一點，不可使褲子脫落。

【繕裙 hâ-kûn】 穿裙chhēng-kûn。甚人講～～的無穿褲siáⁿ-lâng-kóng～～ê bô-chhēng-khò·⇨誰說穿裙子者便沒穿褲子。

【繕搦 hâ-lak】 hâ-lak束之曰繕，握之曰搦，未～～得hē～～tit→謂拿他無辦法也。

【繕甘蔗 hâ-kam-chià】 綑甘蔗成束。甘蔗在園地砍倒綑束才運往製糖。～～～的繂無稠提無錢～～ê hâ-bô-tiâu theh-bô-chîⁿ⇨謂綑工如此綑得不固致散綑了，就不付工錢。

**hâ 暇** 閒hân也。閒暇hân-hâ無事也。無正事可爲也。承歡侍宴無閒～，春從春遊夜專夜sîn-hoan sī-iàn bû-hân～, chhun chiông chhun-iû iā choan-iā⇨長恨歌。

**hâ 霞** 赤雲氣也。彩雲也。雲～hûn～⇨雲亦霞霞亦雲。又彩色布亦曰霞hâ。

【霞帔 hâ-phi】 古婦人的一種服飾。命婦始能服之，分有品級。形如今之披肩之類，有美麗的綉花彩。

【霞飛路 hâ-hui-lō͘】 上海路名。取自法國名將霞飛將軍。

**hâ 蝦** 蝦hê也(見he部)。

**hâ 遐** 遠也。陟～必自邇thek～pit-chū-ní⇨致遠必自近tī-oán pit-chū-kin。

【遐想 hâ-sióng】 高遠的思惟。遙想遠方，追思往古等是也。

【遐邇 hâ-ní】 遠近oán-kin。聞名～～būn-bêng～～⇨大名傳到遠方近鄰。

【遐齡 hâ-lêng】 高年。壽登～～siū-teng～～⇨年歲很高了。或說知命ti-bēng曰遐齡hâ-lêng。

**hā 下** 上之對稱。同下he。在上不在～chāi-siāng put-chāi～⇨同上。上中～分三等siāng-tiong～hun-saⁿ-téng⇨分爲上中下之三品級。顧上不顧～kò͘-siāng put-kò͘～⇨但看上面不看下面。喻只敬奉大人物不管小民。順流而～sūn-liû jî～⇨順水之流向而往下流。傾盆而～kheng-phûn jî～⇨形容雨之大。天～爲公thian～ûi-kong⇨同上。

【下下 hā-hā】 下之下。最下的。上上之計～～之計siāng-siāng-chi-kè～～chi-kè⇨最上策與最下策。

【下凡 hā-hoân】 同下降hā-kàng。仙女～～sian-lí(lú)～～⇨同上。

【下女 hā-lí(lú)】 婢女日語曰下女gejioh。

【下士 hā-sū】 軍兵的階級。～～官～～koaⁿ⇨同上。

【下手 hā-chhiú】 出手chhut-chhiú。先～～爲強，慢～～遭殃sian～～ûi-kiâng, bān～～chô-iang⇨同上。

【下元 hā-goân】 陰曆十月十五。上元中元～～siāng-goân tiong-goân～～⇨正月十五，七月十五，十月十五。

【下方 hā-hong】 敗部。甘拜～～kam-pài～～⇨願意認輸投降。反之曰佔盡上方chiàm-chīn-siāng-hong。

【下午 hā-ngó͘】 中午以後。

【下水 hā-súi】 ㊀汚水路。～～溝～～kau⇨同上。～～路工程～～lō͘ kang-thêng⇨同上。㊁鷄鴨等的內臟爲料的料理名。炒～～chhá～～⇨同上。～～湯～～thng⇨同上。

【下民 hā-bîn】 細民sè-bîn。體恤～～thé-sut～～⇨同上。

【下田 hā-chhân】 下等之水田。～～做無收成～～chò-bô siu-sêng⇨下等田耕作的收成少。

【下令 hā-lēng】 發出命令。～～取締～～chhí-thê⇨下令禁止或限制下民的作爲。

【下司 hā-si】 下級官衙。做上司狗都不當做～～官chò siāng-si-káu to-m̄-thang chò～～koaⁿ⇨寧可做上司之犬也不要做下司之官。

【下血 hā-hiat】 血便hiat-piān。糞中有血pùn-tiong iú-hiat。有～～的款ū～～ê khoán⇨對醫生報告。

【下旬 hā-sûn】 月之下三分之一。後個月～～道俫娶也āu-koh-goeh～～tō-boeh chhoā-ā⇨下月下旬就要娶妻了。

【下作 hā-choh】 卑賤pi-chiān。～～頭路～～thâu-lō͘⇨下賤的工作。～～人～～lâng⇨卑賤之人。

【下位 hā-ūi】 上位之對稱。坐上位居～～chō-siāng-ūi ki(ku)～～⇨同上。

【下弦 hā-hiân】 下半月之弓形月。上弦月～～月siāng-hiân-goat～～goat⇨同上。

【下官 hā-koaⁿ】 官員自稱之詞。

【下毒 hā-tok】 ㊀投毒藥。～～殺人～～

sat-jîn⇨同上。～～手～～chhiú⇨使用致人於死的手段。㊂瀉出藥素。即帖藥是～～的chit-thiap-ioh sī～～ê⇨此包藥是解毒的。

【下海 hā-hái】 從業餘變職業。～～做舞女～～chò(chòe) bú-lí⇨同上。

【下品 hā-phín】 下等hā-téng。不好的東西。天子重英豪，文章教爾曹，萬般皆～～，唯有讀書高thian-chú tiōng eng-hô, bûn-chiang kàu-ní-chô, bān-poaⁿ kai-～～, ûi-iú thok-si-ko⇨古勸學詩。

【下問 hā-būn】 向下級者請教。不恥～～put-thí～～⇨不以下問爲恥。

【下院 hā-īⁿ】 上院～～siāng-īⁿ～～⇨國會的兩院，通常稱參議院chham-gī-īⁿ與衆議院chiòng-gī-īⁿ爲上院與下院。

【下浣 hā-iân(oân)】 月之下旬。

【下疳 hā-kam】 疳瘡kam-chhng。軟性～～nńg-sèng～～⇨一種性病。

【下級 hā-kip】 上級之反。～～品～～phín⇨～～貨～～hòe。～～機關～～ki-koan⇨下級的官衙koaⁿ-gê。

【下流 hā-liû】 下賤hā-chiān。卑鄙～～的人pi-phí～～ê lâng⇨同上。～～的所在～～ê só-chāi⇨同上。風流未可厚非，～～千萬不可hong-liû bi-khó hō·-hui, ～～chhian-bān put-khó⇨同上。

【下馬 hā-má】 文官下轎武官～～bûn-koaⁿ hā-kiō, bú-koaⁿ～～⇨小說中太師府前的告示牌。新官上任展一下～～威sin-koaⁿ chiūⁿ-jīm tián-chit-è～～ui⇨新官到位，施展一下子嚴厲的架勢。

【下班 hā-pan】 散衙soàⁿ-gê，散工soàⁿ-kang。上班～～siāng(siōng)-pan～～⇨上工散工。

【下乘 hā-sāng】 下駟hā-sù。頇顢hām-bān曰下乘hā-sāng。駑仙lô·-sian即駑馬lô·-bé，下等馬。上駟良馬之對稱。喻不中用put-tiòng-iōng。手脚笨拙。你有夠～～，多敢連娶某都未曉抾lí ū-kàu～～,to-káⁿ-liân-chhoā-bó· to bē-hiáu lè⇨你實在夠笨，恐怕連娶妻都不知道吧。

【下情 hā-chêng】 民情bîn-chêng。～～上達～～siāng(siōng)-tat⇨同上。

【下野 hā-iá】 執政者離開政權。執政曰在朝chāi-tiâu,不執政曰在野chāi-iá。當其離開之時曰下野hā-iá。通電～～thong-tiān～～⇨通電宣布我不幹了。

【下降 hā-kàng】 從天上而來。天神～～thian-sîn～～⇨同上。

【下婢 hā-pi】 女婢lí-pi。下女hā-lí。

【下堂 hā-tông】 休妻hiu-chhe。～～妻～～chhe⇨離婚了之妻。貧賤之交不可忘，糟糠之妻不～～pîn-chiān-chi-kau put-khó-bōng, chô-khong-chi-chhe put-～～⇨同上。

【下痟 hā-siau】 ㊀病名。尿酸過多的病症。～～瘋～～hong⇨同上。㊁同下乘hā-sāng。十個後生仔九個～～，十個老歲仔九個虛詞chap-ê hāu-seⁿ-á káu-ê～～chap-ê lāu-hòe-á káu-ê hau-siāu⇨謂十個少年人九個下乘不中用，十個老人九個會吹牛騙少年人。

【下等 hā-téng】 下級hā-kip。～～頭路上等收入～～thâu-lō· siāng-téng siu-jip⇨卑微的工作多有高級的報酬。～～下的～～hā-ê⇨最下等的。

【下嫁 hā-kà】 降級嫁人。出嫁chhut-kè。千金小姐～～秀才郎chhian-kim sió-chiá～～siù-châi-lông⇨同上。

【下銀 hā-gîn(gûn)】 下等的銀幣。

【下僕 hā-pok】 傭工iông-kang。奴僕nô-pok。

【下壽 hā-siū】 六十歲。上壽百二～～六十siāng(siōng)-siū pah-jī～～lak-chap⇨古人以上壽一百二十歲下壽六十歲。

【下臺 hā-tâi】 步下台階。罷官。上臺容易～～難chiūⁿ-tâi iông-ī～～lân⇨上台做官容易，罷官下台令人難受。

【下賤 hā-chiān】 卑鄙pi-phí。人品～～卑鄙jîn-phín～～pi-phí⇨同上。～～人～～lâng⇨同上。～～骨～～kut⇨天生的下賤。生成～～骨的se$^{n}$-sêng～～kut-ê⇨天生之下賤骨。～～底～～té⇨出身卑微。

【下輩 hā-pōe】 ㊀輩份低。我的～～goá ê～～⇨同上。㊁卑賤之人。即類～～的話那會信憑得chit-lōe～～ê ōe ná-ē sìn-pîn-tit⇨這些小人物的話怎麼可以相信呢。

【下殤 hā-siang(siong)】 幼而死。指男兒八歲至十一歲者。

【下澣 hā-hān】 下旬hā-sûn。下浣hā-oân。

【下辦 hā-pān】 品質不佳的。～～貨更俳根高價～～hòe koh boeh tiū$^{n}$-koân-kè⇨下等貨色反而要求高價錢。根，法也，俗以挽曰根tīu$^{n}$。上～～每賣有三十元siāng～～mā bē(bōe)-ū sa$^{n}$-cha̍p-kho͘⇨最差勁也可以賣得三十元。

【下屬 hā-sio̍k】 下僚ha-liâu。大官之下的小官。

【下體 hā-thé】 男女之私處。hē-thé。

【下九流 hā-kiú-liû】 俗以娼妓chhiong-kī，優伶iu-lêng，巫祝bû-chiok，掠龍lia̍h-liông，歕鼓吹pûn-kó͘-chhoe，剃頭thì-thâu，奴隸nô͘-lē，女婢lí-pī，侍妾sī-chhiap之九種人爲下九流，其子弟不能參加科舉。反之乞食khit-chia̍h卻屬上九流，亦可參加科舉亦可做官。

【下江南 hā-kang-lâm】 進攻江南地方。曹操～～～chô-chhò～～～⇨三國故事。

【下地府 hā-tē-hú】 落地獄lo̍h-tē-ge̍k。遊地府iû-tē-hú。

【下戰書 hā-chiàn-si(su)】 挑戰thiau-chiàn通知書。人抔～～～也猶敢否lâng teh～～～a iáu-ká$^{n}$-bò͘⇨人家在挑戰了，你還敢不敢再來（例如棋拳等之遊戲比賽）。

【下筆成章 hā-pit-sêng-chiang】 喻文才敏捷bûn-châi bín-chiat。

**hā 夏** 四季之一。朝代名。曰春～，曰秋冬，此四時，運不窮。oa̍t-chhun～, oa̍t-chhiu-tong, chú-sū-sì, ūn-put-kiông⇨三字經。～有禹，商有湯，周文武，稱三王～iú-ú, siang iú thong, chiu-bûn-bú, chheng-sam-ông⇨三字經。

【夏日 hā-ji̍t】 夏天hā-thian。～～炎炎似火燒，野田荒草半枯焦，農夫心內如湯沸，王子公孫把扇搖～～iām-iām sū hóe-sio, iá-tiân hong-chhó͘ poàn-ko͘-chiau, lông-hu sim-lāi jû-thong-hut, ông-chú kong -sun pá-sì$^{n}$-iô⇨水滸傳。

【夏令 hā-lēng】 夏季的徵候。冬行～～tong hêng～～⇨冬天出現夏天的氣候。～～營～～iâ$^{n}$⇨同上。

【夏布 hā-pò͘】 夏季衣料。

【夏雨 hā-í(ú)】 夏天之雨。

【夏季 hā-kùi】 四季之一。～～休假～～hiu-ká⇨同上。

【夏娃 hā-oa】 基督教舊約聖經中，神所創造的第一個女人，Eva或作Eve，阿當Adam之妻。

【夏禹 hā-ú】 禹王ú-ông。夏的開國之君。

【夏桀 hā-kia̍t】 夏朝的末帝。與紂王併稱的暴君po̍k-kun。桀紂之暴政kia̍t-tiū chi po̍k-chèng⇨同上。

【夏假 hā-ká】 夏季休假hā-kùi-hiu-ká。

【夏菊 hā-kiok】 夏季的菊花。春蘭～～chhun-lân～～⇨同上。

【夏朝 hā-tiâu】 夏禹之朝代在大舜之後，商湯王之前。夏殷周；上古三代也。

【夏傳子 hā thoân-chú】 夏朝將過去禪讓siān-jiāng的政權移轉形式改爲父傳子的制度。亦則將國家家庭化的所謂家天下ka-thian-hā的制度。

hā
**嘩** 譁hā之俗字。諠譁soan-hoa也。衆聲呼噪曰嘩hā。

【嘩偎來 hā-oá-lâi】 喊聲合攏而來。民衆攏～～～也bîn-chiòng lóng～～～à⇨同上。

【嘩嘩叫 hā-hā-kiò】 衆聲嘩咧嘩咧地噪呼。民衆不平的～～～bîn-chiòng put-pêng ê～～～⇨同上。hoā-hoā-kiò。

【嘩嘩滾 hā-hā-kún】 衆聲大鬧。歸市～～～kui-chhī～～～⇨全市大噪大鬧。

## ha$^{n}$

ha$^{n}$
**唅** 鼓吹kó·-chhoe聲。嘻～叫hi～kiò⇨鼓吹聲。

【唅嘻唅 ha$^{n}$-hi-ha$^{n}$】 鼓吹聲。～～～娶某來洗衫～～～chhoā-bó· lâi sé(sóe)-sa$^{n}$⇨童謠。

há$^{n}$
**哄** 誑誘也。威嚇ui-he̍k也。以威迫之也。虛張聲勢曰哄há$^{n}$。不免～m̄-bián～⇨不必恐喝。不驚人～m̄-kia$^{n}$-lâng～⇨不怕人家威迫恐嚇。大聲～toā-sia$^{n}$～⇨大聲恐嚇。食～耳chia̍h～niâ⇨只有哄一招而已。食胆無食～chia̍h-tá$^{n}$ bô-chia̍h～⇨以胆量取之，不以嚇人得之。

【哄人 há$^{n}$-lâng】 虛張聲勢。～～耳，無影會安怎～～niâ, bô-iá$^{n}$ ē an-choá$^{n}$⇨嚇人而已，不致會怎麼樣的。

【哄細囝 há$^{n}$-sè-kiá$^{n}$】 恐喝嬰仔。大奶～～toā-leng～～～⇨喻大壓小。

hà$^{n}$
**烘** 烘hang也。藉火取煖曰烘hà$^{n}$，以火乾物亦曰烘hà$^{n}$。依伏官勢亦曰烘hà$^{n}$。

【烘火 hà$^{n}$-hóe】 向火取煖。來～～較未寒lâi～～khah-bē(bōe)-koâ$^{n}$⇨烘一下道未寒也。

【烘燒 hà$^{n}$-sio】 熱一熱。冷冷也，～～抒藉來去léng-léng-ā～～leh chiah laih-khì⇨很冷的，熱一熱才出發罷。來lâi改讀laih。膏藥～～道會貼得也ko-io̍h～～tō-ē tah tit à⇨膏藥烘一烘就可以貼之。

【烘人氣 hà$^{n}$-jîn-khì】 受人所發散之氣。～～～加較熱～～～ke-khah-joa̍h⇨人多烘人氣更加熱。

【烘日花 hà$^{n}$-jit-hoe】 照軟太陽。～～～仔未穲呀，來呀～～～á bē(bōe)-bái-ā, lâi-ā⇨晒軟日不壞呀，來嗎。

【烘官勢 hà$^{n}$-koa$^{n}$-sè】 依仗官的勢力。免抒～～～啦，別人敢道無bián-teh～～～là, pa̍t-lâng kám-tō-bô⇨何用靠仗官勢，別人就沒官勢對抗你嗎。

hà$^{n}$
**向** 對也。迫近曰向hà$^{n}$。日頭～山也ji̍t-thâu～soa$^{n}$-a⇨日迫西山了。

【向山 hà$^{n}$-soa$^{n}$】 ㊀日迫西山。日～～也ji̍t～～a⇨同上。㊁船近陸地。船抒～～也chûn teh～～a⇨船在駛近陸地了。

【向烏 hà$^{n}$-o·】 近黃昏。日頭～～了ji̍t-thâu～～lò·⇨將要黃昏的時候了。～～～～也～～～～a⇨黃昏起來了。

hâ$^{n}$
**懸** 事懸而未決曰懸hâ$^{n}$。代誌猶～稠抒tāi-chì iáu～tiâu-lè⇨問題還懸而未決。猶～抒iáu～lè⇨還懸而未理。共伊～抒kā-i～teh⇨置之未理。半攬～poà$^{n}$-lám～⇨半途而停頓。

【懸抒 hâ$^{n}$-teh(leh)】 懸案中。代誌猶～～tāi-chì iáu～～⇨問題還在懸案中。端仔～～俠安怎都不講抒；tan-a～～boeh-an-choá$^{n}$ to m̄-kóng-lè⇨他只是不作決定，要如何都不說呢。端仔tan-a轉為乾仔kan-na→kan-ta。

【懸雲 hâ$^{n}$-hûn】 薄雲浮而不動。月仔～～go̍eh-á～～⇨月有薄雲蒙住而不動。月仔～～～鬼仔得俠出巡go̍eh-á～～～kúi-á tit-boeh chhut-sûn⇨講古的說到鬼將出現，多有月仔懸雲懸雲之句。

hâ$^{n}$
**嚇** 拒人之詞。～！你講啥～！lí-kóng-siah$^{n}$⇨嚇！你講什麼話。～！你得講仙古～！lí-teh-kóng-sian-kó·⇨嚇！你在說仙故事罷

(仙才可能)。～！你免得放屁～！lí-bián-teh pàng-phùi⇨嚇！你放屁何用。

hā$^n$ **評** 同呼hō。唯ûi也。諾lo̍k也。～了～lā⇨是也。對也。是了，對了。了lā亦作lō͘，咯lō͘，嘮lō͘等。

【評評 hā$^n$-hā$^n$】 唯唯諾諾ûi-ûi-lo̍k-lo̍k。～～叫的人～～kiò ê lâng⇨連聲應好之人。伊的人～～仔i-ê-lâng～～-à⇨他爲人隨隨便便的。不會拒絕他人的。嘘嘘～～也hi$^n$-hi$^n$～～à⇨隨隨便便的。馬馬虎虎的。

hā$^n$ **哈** 肯定之聲。答應之聲。～咧～lā⇨對。是。咧lā亦作啦lā。

【哈哈 hā$^n$-hā$^n$】 答聲。嘘嘘～～hi$^n$-hi$^n$～～⇨唯唯諾諾。隨隨便便。馬馬虎虎。

hā$^n$ **跬** 亦步也，跬而越之曰跬hā$^n$。一下～道過去也chi̍t-ē～tō kòe khì à⇨一脚就跨而過之了。

【跬過衰 hā$^n$-kòe-soe】 ㊀被跨過頭上者將倒霉。㊁跨而越之使霉運過去。

hā$^n$ **泛** 浮也。空虛也。虛也～也耳hi-à ～à niâ⇨只是虛也泛也的虛浮之交而已。

【泛泛 hā$^n$-hā$^n$】 上浮。虛浮。～～之交～～chi kau⇨虛浮之交陪，並無深交。虛虛～～的人hi-hi～～ê lâng⇨泛泛之輩hoàn-hoàn chi pōe。阿三每虛虛～～耳a-sam mā hi-hi～～niâ⇨阿三也不過是泛泛之輩而已。

## hah

hah **呼** 發大聲也。趕牛聲。

【呼夫 hah-huh】 趕牛聲。叫呼hah！或夫huh！以趕之。

hah **嚇** 驚怒之聲。又笑聲也。～！又更來也～！iū koh-lâi ā⇨嚇！又來了。～！共你講哩，破去也否～！kā-lí-kóng-lih, phoà-khì (i)-a hò͘⇨嚇！(我對)你說了，會弄破的，不是嗎。～！敢無加你講，盒哩～！kám-bô kā-lí-kóng, ta$^n$-lih⇨哈！不是講過了嗎，而今呢(要如何處理呀)。笑～～chhiò～～⇨笑聲連連。

【嚇嚇笑 hah-hah-chhiò】 滿面春者安爾～～～笑嚇嚇moá-bīn chhun-hong an-ne～～～chhiò-hah-hah⇨同上。

ha̍h **合** 和也。符合也。一致也。和好曰合ha̍h。相配相稱亦皆曰合ha̍h。兄弟仔無～hia$^n$-tī-á bô-～⇨兄弟不和，翁某未合ang-bó͘ bē(bōe)～⇨夫妻不和。個二人未甚～in-nn̄g-lâng bē(bōe)-siá$^n$-～⇨他們兩個，不甚合得來。話講了無～ōe kóng-liáu bô～⇨話說得不一致(不相符合)。音子無～im-chí bô～⇨音色不和協。弦仔路較猶未～hiân-á-lō͘ khah-á-bōe(bē)～⇨弦類還未十分和協。衫仔做了眞～sa$^n$ á chò(chòe)-liáu chin～⇨衣裳做得很合軀ha̍h-su。榫頭鑿扲眞～sún-thâu chha̍k-le chin～⇨榫頭與榫孔鑿來毫釐不差。彼對有影有～都著hit-tùi ū-iá$^n$ ū～to-tio̍h⇨彼對眞的很相配。公的如春臼屁，母的哩如竹篙鬼呢，安爾那有～kang-ê ná cheng-khū-phùi, bó-ê-lì-ná tek-ko-kúi-nè, an-ne ná-u～⇨男的如小臼，女的又像竹竿，如此(的一對)豈能說是相配相稱呢。是sī在中間往往說成哩lih輕聲。有夠衰，刺鞋去～著人的脚ū-kàu-soe, chhiah-ê (ôe) khì～tio̍h lâng-ê-kha⇨夠倒霉的，刺好鞋子(剛好合於人家的脚)給人家穿走了(喻工作成果無端被奪走)。有校～ū-kà～⇨有相稱。無校～bô-kà～⇨不相配。校kà，比也。同較kà。

【合手 ha̍h-chhiú】 合用ha̍h-iōng。拿來使用很恰當。即枝刀拍了眞～～chit ki-to phah-liáu chin～～⇨此刀打得很合手很好使用。

【合孔 ha̍h-khang】 ㊀榫頭合於榫孔。㊁適合sek-ha̍p。適當sek-tòng。即款工課伊來做抵好眞～～chit-khoán khang-khòe i-lâi-chò (chòe) tú-hó chin ～～ ⇨此種工作他來做，剛好很適當。

**【合用 hah-iōng(ēng)】** 實用sı̍t-iōng。物該有～～的藉當買mı̍h ài-ū～～ê chiah-thang-bē(bōe)⇨東西必須適於使用才可以買之。

**【合任 hah-jīm】** 稱職。彼款人做校長有～～hit-khoán-lâng chò(chòe)-hāu-tiúⁿ ū～～⇨他那一類型的人做校長很適當。

**【合身 hah-sin】** 同合軀hah-su。阿花仔眞饺打扮，衫仔褲見穿攏眞～～合軀的藉有穿a-hoe-a chin-gâu táⁿ-pān, saⁿ-á-khò· kiàn-chhēng lóng-chin～～hah-su-ê chiah-ū-chhēng⇨阿花很會打扮，衣裳每件都是合身合軀的才穿。

**【合症 hah-chèng】** 藥宜於病。貴不貴不管伊，藥是～～要緊kùi-put-kùi m̄-koán-i, io̍h-sī-～～iàu-kín-⇨貴賤不論他，藥是合於病症第一。亦曰合症頭hah-chèng-thâu。

**【合時 hah-sî】** 合時宜hap(hah)-sî-gî。穿捙無～～chhēng-chhah bô～～⇨打扮táⁿ-pān不合時代流行。死得～～sí-li～～⇨死得其時。得tit轉爲得li。你莫夭壽，啥死得～～lí mài iáu-siū, siáⁿ sí-li～～⇨你不要缺德，何謂死得其時。

**【合嘴 hah-chhùi】** 恆喙kah-chhùi。口味滿意。未八食較未～～bōe(bē)-bat(pat)-chiah khah-ōe(bōe)～～⇨未曾吃過較不適口。

**【合脾 hah-pî】** ㊀合嘴hah-chhùi。口味適合。物若有～～食較敍無啥要緊。mı̍h nā-ū～～chiah kha-chē bô-siáⁿ iàu-kín⇨食物如果中意吃的，多吃一些沒關係，㊁中意tiòng-ì。感覺得舒服。俠做到逐家攏～～合死平奧。boeh-chò(chòe)-kā tak-ke lóng～～kah-sí pêⁿ-oh⇨要做到大家都叫好，那與死同樣的困難。

**【合意 hah-ì】** 恆意kah-ì。您雙旁看了若有～～道來進行好否lín-siang-pêng khoàⁿ-liáu nā-ū～～tō-lâi chìn-hêng hó-bō·⇨你們雙方相親過後，如果都滿意了，就來進一步、具體化可否。見看都無～～，傷饺揀，你不當去揀着賣龍眼的呀，我先共你講kiàn-khoà to bô～～, siūⁿ-gâu-kéng, lí m̄-thang khì kéng-tio̍h bē(bōe) lêng-kéng-ê-ò, goá seng kā-lí-kóng⇨每次皆不滿意，太過分挑剔，你不要挑上一個賣龍眼的呀，我先警告你。賣龍眼的bē-lêng kéng-ê俗指最壞的女婿。

**【合脚 hah-kha】** 合於脚之大小。鞋如～～道好穿ê nā～～tō-hó-chhēng⇨鞋若合於脚形就好穿。

**【合路 hah-lō·】** 門路適合。生理做了有～～seng-lí chò(chòe) liáu ū～～⇨生意做得對路了。你彼款人道去做戲藉有～～啦lí hit-khoán-lâng tō-khì chò(chòe) hì chiah-ū～～lā⇨你那種人去演戲才是正路呀。

**【合管 hah-koán】** 拍子和協。弦仔挨無～～hiân-á e-bô～～⇨胡弦奏得拍子不合。

**【合盤 hah-poâⁿ】** 合算hap-sǹg。看若會～～道來做講khoàⁿ nā-ē(ōe)～～tō-lâi-chò(chòe)-kong⇨如果能夠合算就做罷。講kóng助詞改讀kong。

**【合壇 hah-toâⁿ】** 和協。個二個湊了都未～～in nn̄g-ê tàu-liáu to-bē～～⇨他們兩個合作得不和協。聽佪講話更不止仔～～thiaⁿ-in kóng-ōe koh put-chí-á～～⇨聽他們說話，居然很和協。

**【合題 hah-tê】** 對題tùi-tê。文章做了有～～bûn-chiuⁿ chò(chòe)-liáu ū～～⇨同上。

**【合人意 hah-lâng-ì】** 使人滿意。～～～道萬幸；若無～～～就穲過日～～～tō-bān-hēng, nā-bô～～～chiū bái-kòe-ji̍t⇨人家滿意就很好不過了，如果人家不滿意，日子就難過死了。

**【合水土 hah-chúi-thó·】** 風土氣候適合。無～～～道會抱病講bô～～～tō-ē(ōe) phoā-pēⁿ-kong⇨水土不合就會生病嘛。講kóng助詞改讀kong。

【合時勢 hah-sî-sè】 合時宜hah-sî-gî。食老道無～～～也啦chiah-lāu tō-bô～～～à-lā⇨吃得年老了，就不合時勢了。

【合情理 hah-chêng-lí】 合情合理hah-chêng-hah-lí。伊抡講較平棒較～～～i-teh-kóng khah-pêⁿ(pîⁿ)-pāng khah～～～⇨他說的比較公道比較合情合理。

【合道理 hah-tō-lí】 同合情理hah-chêng-lí。講話該～～～，未使得橫柴夯入灶kóng-ōe-ài～～～, bē(bōe)-sái-tit hoâiⁿ-chhâ giâ-jıp-châu⇨凡講話者須合於道理，不能如橫柴強入灶一樣，強詞奪理是使不得的。

【合頭槌 hah-thâu-thûi】 相配。相稱。彼二個龜莫笑鼈無尾，有～～～hit nn̄g-ê ku mài-chhiò-pih bô-bóe, ū～～～⇨他們兩個是彼此彼此，眞的很相稱頭槌，頭對之化。

hah
簑 竹皮也。俗曰筍殼sún-khak。植物之葉較大者亦曰簑hah。甲～kah～⇨竹皮。形如龜甲ku-kah也。芎蕉～kin-chio～⇨芭蕉葉pa-chiau-hioh。甘蔗～kam-chià～⇨甘蔗葉kam-chià-hioh。桂竹仔～kùi-tek-á～⇨桂竹皮。俗作篚，非。蓋篚，竹名也，非竹葉也。

【簑仔 hah-á】 竹皮或葉仔hioh-á。剝蔗～～pak-chià～～⇨剝脫甘蔗簑。刈芎蕉～～koah kin-chio～～⇨刈取蕉葉。

【簑笠 hah-lē】 竹葉笠。戴～～仔tì～～á⇨同上。

【簑籠 hah-lam】 內茨竹簑的大竹籠。十八～～的金銀財寶chap-peh～～ê kim-gîn-châi-pó⇨台灣多有此傳統，謂某山有此物，諒前海賊時代或眞有海賊偷藏之亦未可知。

## hai

hai
奒 大也。凡大皆曰奒hai。即～夠大～了chit～kàu toā～lō⇨此巨物十分大了。娶即～有大～也chhoā-chit～ū-toā～a⇨娶此大新娘實在夠大了(所謂頓位tùn-ūi大)。十～九忲sıp～kiú-tai⇨十個巨漢有九個癡騃chhî-gâi的。大而反應遲鈍曰忲tai。又亦作十忲九～sıp-tai kiú～⇨同上。大厖～toā-bông～⇨唐奒tong-hai⇨很大很大。唐tong當係大厖之切音。腹肚唐～pak-tó·-tong～⇨肚子很大。

【奒奒 hai-hai】 很大。腹肚～～pak-tó·～～⇨腹肚唐夸pak-tó· tong-hai⇨同上。奒～～hai～～⇨很大很大。

hai
咍 蚩笑chí-chhiàu也。恥笑thí-chhiò也。悅也。樂也。

【咍咍 hai-hai】 喜笑也。哈哈笑ha-ha-chhiò。～～笑～～chhiò⇨同上。笑～～chhiò～～⇨同上。笑到嘴仔咍咍咍chhiò-kā chhùi-á hai-hai-hai⇨笑得嘴裂開得很大。

hái
海 天池也。以納百川者。百川歸～pek-chhoan kui～⇨同上。。靠山食山，靠～食～khō-soaⁿ-chiah-soaⁿ, khō-～chiah～⇨同上。出～討掠chhut～thó-liah⇨同上。八仙過～pat-sian kòe～⇨同上。東～龍王tong～liông(lêng)-ông⇨同上。南～觀音lâm～koan-im⇨同上。人山人～jîn-san jîn～⇨喩人多。學～無邊hak～bû-pian⇨喩學海之廣大。

【海仔 hái-á】 大水池。大潭tāi-thâm。水社～～chúi-siā～～⇨日月潭的原名。去～～釣魚khì～～tiò-hî⇨去大魚池釣魚。

【海口 hái-kháu】 ㊀港口káng-kháu。㊁沿海之地。～～人～～lâng⇨沿海地區之人。內山倈～～戇lāi-soaⁿ-sông, ～～gōng⇨山區人與海區人互嘲。㊂口才kháu-châi。～～好～～hó⇨好～～hó～～⇨口舌利便。誇～～khoa～～⇨歕鷄胿pûn-ke-kui，吹牛也。

【海上 hái-siāng(siōng)】 ～～警察～～kéng-chhat⇨港市的水上警察。～～自衛隊～～chū-ōe-tūi⇨日本海軍的代名。

【海土 hái-thô͘】 海底泥hái-té-nî。

【海水 hái-chúi】 人不可貌相，～～不可斗量jîn put-khó māu-siàng(siōng),～～put-khó táu-liâng⇨同上。～～較濶，船頭亦會相抵～～khah-khoah, chûn-thâu ah-ē sio-tú⇨謂海雖廣大，還是有船互撞之事。喻社會雖大究竟是有限的。～～浴～～ek⇨夏季到海邊游泳以消暑。～～花～～hoe⇨浪花lōng-hoa。

【海牙 hái-gê】 Hague，地名。荷蘭的首都。國際法庭的所在地。

【海反 hái-hoán】 魚介類造反chō-hoán。喻家內的小紛爭。先生不在館，學生搬～～sin-se$^n$ put-chāi-koán, hak-seng poa$^n$～～⇨老師不在學堂，學生表演鬧劇。

【海內 hái-lāi(lōe)】 ㊀國內。～～外～～goā⇨國內國外。㊁天下。四海之內皆兄弟也sù-hái chi lāi kai heng-tē iā⇨同上。

【海石 hái-chioh】 海波石hái-pho-chioh。甚輕。亦曰輕石khin-chioh。

【海冬 hái-tang】 海產多收期。到～～道真無盈了kàu～～tō chin bô-êng lò͘⇨海冬來了就很忙了。今年～～算未穲也kin-nî～～sǹg bē(bōe)-bái à⇨今年的海產收穫期可以說不壞了。

【海防 hái-hông】 海上防衛。～～部隊～～pō͘-tūi⇨同上。

【海角 hái-kak】 岬kah也。陸地之尖入海中者。亦曰海岬hái-kah。天邊～～thi$^n$-pi$^n$～～⇨天涯萬里thian-gâi-bān-lí。

【海里 hái-lí】 計算海程之單位。

【海味 hái-bī】 海產的食物。山珍～～san-tin～～⇨山海產所有的珍貴食物。市場～～到眞少chhī-tiû$^n$～～kàu-chin-chió⇨市場海產食品到貨不多。

【海岸 hái-gān】 hái-hoā$^n$。接海之地。～～線～～soà$^n$⇨①接海之地。②通過海邊的道路或鐵路。同海圻hái-kim。

【海岸 hái-hoā$^n$】 hái-gān。㊀海濱hái-pin。～～扱着鱟～～khioh-tioh-hāu⇨在海岸拾得鱟。喻逢到意外的幸運。鱟hāu，一種甲殼魚類。㊁堤防thê-hông。造～～chō～～⇨築造海濱的堤防。～～線～～soà$^n$⇨海岸線hái-gān-soà$^n$。

【海狗 hái-káu】 膃肭臍un-lut-chē，海獸類。～～丸～～oân⇨海狗腎做的丸藥，據稱有壯陽之效。

【海坡 hái-phiâ$^n$】 海灘hái-thoa$^n$。傾斜地曰坡pho曰坡phia$^n$。

【海波 hái-pho】 ㊀海中的泡沫phau-boat。㊁海綿hái-mî。

【海拔 hái-poat】 超出水平面的高度。～～萬三公尺～～bān-sa$^n$-kong-chhioh⇨玉山的高度。

【海底 hái-té(tóe)】 海之底。海中。～～摸針～～bong-chiam⇨喻事之不可爲。～～電信～～tiān-sìn⇨電線通過海底的老通信法。

【海面 hái-bīn】 海上hái-siāng(siōng)。～～平平～～pê$^n$-pê$^n$(pî$^n$-pî$^n$)⇨風平浪靜hong-pêng lōng-chēng。～～討食～～thó-chiah⇨海上找生活。漁夫。

【海海 hái-hái】 大方tāi-hong，慷慨khóng-khài，不斤斤計較。阿三做人～～仔a-sam chò(chòe)-lâng～～à⇨阿三爲人很大方慷慨。朋友間～～仔就是pêng-iú-kan～～à chiū-sī⇨朋友之間，不必斤斤計較就對了。又海海hái-hái亦可單作海hái。～～仔～～à⇨大方也。不必計較也。

【海風 hái-hong】 起～～khí～～⇨風浪漸大。低氣壓的前兆。

【海洋 hái-iû$^n$】 ㊀外海。船出～～chûn chhut～～⇨船駛出外海。～～學～～hak⇨研究海洋的學問。㊁海賊hái-chhat。～～大盜

～～tāi-tō⇨大海賊。做十幾年的～～chò(chòe) cha̍p-kúi-nî ê～～⇨做過十多年的海賊。

【海軍 hái-kun】 水師chúi-su之今名。～～陸戰隊～～lio̍k-chiàn-tūi⇨海軍的登陸部隊。～～提督～～thê-tok⇨海軍的官名，將官或司令級的。

【海砂 hái-soa】 海底或海邊之砂。～～埔～～po·⇨海埔hái-po·。海埔地hái-po·-tē。

【海翁 hái-ang】 大鯨魚tāi-keng-hî。

【海草 hái-chhó】 海中的藻類。

【海峽 hái-kiap】 兩片陸地間之海域。台灣～～tāi-oân～～⇨台灣與大陸間之海域。多佛～～to-hu̍t～～⇨英法間之海峽。

【海氣 hái-khì】 潮氣tiâu-khì。～～激的雨～～kek ê hō·⇨潮氣所激成之雨。

【海流 hái-liû】 流動的海水。～～有暖流寒流兩種～～ū-loán-liû, hân-liû liáng-chióng⇨同上。

【海員 hái-oân】 在船上服務之人。～～工會～～kang-hōe⇨同上。

【海豹 hái-pà】 海獸類之一。

【海埔 hái-po·】 海濱hái-pin。～～地～～tē⇨同上。～～新生地～～sin-seng-tē⇨海濱地由於塡土等加工整理而增加的可耕地。

【海神 hái-sîn】 龍神liông-sîn。～～廟～～biō⇨同上。

【海島 hái-tó】 海中之島嶼tó-sū。～～式的經濟～～sit(sek) ê keng-chè⇨同上。

【海蛇 hái-choâ】 海生之蛇類。

【海魚 hái-hî】 海中之魚。山貓數想～～soa$^{n}$-niau siàu-siū$^{n}$～～⇨山貓希望能吃吃海魚。喩份外之奢望。

【海寇 hái-khò·】 海賊hái-chha̍t。

【海國 hái-kok】 四面環海，或海岸線長的國家。～～靠海軍～～khō hái-kun⇨同上。

【海陸 hái-lio̍k】 水路陸路。～～平安～～pêng-an⇨同上。～～空三軍演習～～khong sam-kun ián-si̍p⇨同上。

【海参 hái-som(sim)】 海中動物名。亦曰海鼠hái-chhí。古來被視爲一種高級食品。形體似胡瓜。

【海產 hái-sán】 海洋所生產的物品。～～山產～～soa$^{n}$-sán⇨同上。

【海菜 hái-chhài】 海草類的總稱。

【海象 hái-chhiū$^{n}$】 海獸類之一。哺乳類。

【海馬 hái-bé】 一種小魚。體形似馬。三四寸大。中藥品的橱窗中常見之。亦即龍落子liông-lo̍k-chú。

【海涵 hái-hâm】 度量如海可包涵一切。書信的套語。尙請～～siāng-chhéng～～⇨同上。

【海湧 hái-éng】 波浪pho-lōng。～～眞粗～～chin chho·⇨波浪很大。

【海量 hái-liāng(liōng)】 ㊀度量大。望你～～bāng-lí～～⇨希望你賜予寬容。㊁飲酒量大。甚人不知影你～～siah$^{n}$-lâng m̄-chai-iá$^{n}$ lí～～⇨誰人不知你能飲善飲lêng-lim-siān-lim。

【海裡 hái-nī】 海中hái-tiong。～～無魚第一魴～～bô-hî tē it-hang⇨謂海中無魚時，魴算第一等的了。魴hang爲下等魚，俗曰臭尿魴chhàu-jiō-hang。～～無魚三界娘仔爲王～～bô-hî sam-kài-niû-á ûi-ông⇨同前。三界娘仔sam-kài-niû-á一種箸頭大小的小魚。～～摸針～～bong-chiam⇨海底摸針hái-té-bong-chiam。

【海棠 hái-tông】 花木名。～～紅～～hông⇨海棠花之色，亦即淡紅色。

【海程 hái-thêng】 海上路程。～～該三日～～ài sa$^{n}$-ji̍t⇨船行須三天。

【海賊 hái-chha̍t】 海寇hái-khò·。以船或船隊強刼商船的海上強盜。～～船～～chûn⇨同上。～～頭～～tâu⇨海賊之首領。

【海腰 hái-io】 海峽hái-kiap。

【海禁 hái-kìm】 禁止對海外通商以及人民的彼此來往。

【海脚 hái-kha】 海濱hái-pin。於～～抾討食tī～～teh thó-chiah⇨在海濱討生活。

【海路 hái-lō͘】 ㊀水路chúi-lō͘。船程chûn-thêng。七日的～～chhit-jit ê～～⇨七日的船程。㊁海產食品。魚介類。風颱後～～較少貨hong-thai-āu～～khah-chió hòe⇨風颱之後魚介類到貨較少。您阿公愛食～～的ín-a-kong ài-chiah～～ê⇨你們祖父高興吃魚介類。

【海運 hái-ūn】 海上的交通運輸。

【海圻 hái-kîⁿ】 海邊hái-piⁿ。～～風～～hong⇨同上。圻ki, kiⁿ, kîⁿ，界也，俗作墘。

【海綿 hái-mî】 海中小蟲集合而成者。有許多小孔。可供洗拭之用。～～體組織～～thé cho͘-chit⇨同上。

【海圖 hái-tô͘】 航海用的特種地圖。

【海鼻 hái-phīⁿ】 海角hái-kak。岬kah。海邊的突出角。

【海嘯 hái-siàu】 海水因海底地震或火山暴發而突受震動而浸襲近海陸地。起～～khí～～⇨同上。

【海線 hái-soàⁿ】 ㊀海中的淺沙。船㟏～～chûn-khō～～⇨船駛上淺沙上。㊁海岸線hái-gān-soàⁿ。～～人較夥～～lâng-khah-chē (chōe)⇨海岸方面的人多。

【海潮 hái-tiâu】 海水的漲落。潮汐tiâu-sek。起～～khí～～⇨海水開始漲起。

【海戰 hái-chiàn】 水戰chúi-chiàn。決戰於海上。陸戰～～空戰liok-chiàn～～khong-chiàn⇨同上。

【海龜 hái-ku】 海生之龜。

【海澳 hái-ò】 小海灣。可停船的地方。船開入～～chûn khui-jip～～⇨船駛入澳內。

【海豬 hái-ti】 海豚hái-tûn。海獸類之一。～～仔～～á⇨同上。～～母～～bó⇨同上。

【海螺 hái-lê】 ㊀海中的螺形動物。㊁肉螺bah-lê，亦即賣肉者的號螺。

【海嶼 hái-sū】 海島hái-tó。小島sió-tó。

【海鵝 hái-gô(giâ)】 ㊀信天翁sìn-thian-ong。海禽類。㊁企鵝khī-gô亦曰海鵝hái-gô。

【海關 hái-koan】 設在國境的收稅機關，對進出口貨物及船隻等依法課征各種稅捐者。

【海邊 hái-piⁿ】 海濱hái-pin。～～風～～hong⇨即海圻kîⁿ也。

【海獸 hái-siù】 生存在海中的哺乳動物的總稱。例如海狗hái-káu，海豬hái-ti或鯨魚等原有的四肢退化或進化變爲魚鰭hî-kî狀，以便於游泳。

【海獺 hái-thoah】 海獸類之一。體毛柔軟甚美。

【海藻 hái-chó】 海菜hái-chhài類。

【海權 hái-koân】 海洋法所講的海上權。～～國家～～kok-ka⇨有強力海軍之國家。往年之英國、日本等是。

【海鰱 hái-liân】 鹹～～花旗鰮kiâm～～hoe-kî-un⇨兩種最普遍的進口鹹魚kiâm-hî。亦爲農漁民的基本食品，今已少見矣。

【海鰻 hái-moâ】 魚類之一。溪鰻～～khe-moâ～～⇨淡水鰻與鹹水鰻。

【海鷗 hái-o͘(au)】 海鳥名。

【海灘 hái-thoaⁿ】 海邊。海水所冲激之地。

【海鹽 hái-iâm】 從海水製成的鹽。～～岩鹽～～gâm-iâm⇨海水鹽與山岩鹽。

【海灣 hái-oan】 海澳hái-ò。船抛於～～chûn pha-tī～～⇨同上。

【海八哥 hái-pat-ko】 烏鶖o͘-chhiu的別號。

【海王星 hái-ông-chheⁿ(chhiⁿ)】 太陽系的九大行星之一。

【海東青 hái-tong-chheng】 hái-tong-chheⁿ (chhiⁿ)。鳥名。鵰tiau的一種。羽毛甚美。

【海洋洲 hái-iâng-chiu】 世界五大洲之一。

包括東南太平洋上的大小群島在內。

【海南戇 hái-lâm-gōng】 ㊀一種海禽類。有信天翁sìn-thian-ong的別名。㊁體形粗大的傻瓜。生許的～～～踏糞好耳seⁿ hiah-ê～～～tah-pùn hó-niâ⇨生下那一班海南戇的大傻瓜做堆肥的材料可以而已，否則何用。踏糞tah-pùn製造堆肥tui-pûi。

【海参威 hái-som-ui】 Vladivostok，地名。蘇聯在東方唯一的不凍港。近朝鮮最北端，臨日本海。

【海蟉蠽 hái-ka-choah】 ㊀船蟲chûn-thâng。㊁船員等挾帶私貨入口者。

【海龍王 hái-lêng-ông】 海神hái-sîn。～～～更辭水～～～koh sî-chúi⇨海龍王竟不要水。喻大酒客意外的不喝酒。

【海螵蛸 hái-phiau-siau】 藥名。烏賊之甲骨。可作刀傷止血劑或齒粉之原料。

【海鷄母 hái-ke-bó】 hái-koe-bú。㊀海鷗的別名。㊁船入港時，向小走私客收買其挾帶入口的貨品者。

【海市蜃樓 hái-chhī-sīn-lâu】 在沙漠中或海上出現的空中奇景。據稱是空氣雲層的疏密以及光線的曲折關係所產生的。喻虛幻不可靠。彼款的計劃未輸～～～～抾hit-khoán ê kè-ōe bē(bōe)-su～～～～lè⇨那種計劃與海市蜃樓一樣，將立即消失。

【海枯石爛 hái-ko͘-sek-lān】 謂永無此事，萬無此理。喻歷時久遠亦無變化。

【海屋添籌 hái-ok-thiam-tiû】 祝壽的套詞。滄海桑田轉變一次為一籌。

【海誓山盟 hái-sè-san-bêng】 謂所誓所盟如山如海之永恒可靠。多用於男女之私約。

【海闊天空 hái-khoah-thian-khong】 謂如海似天之廣大無邊並無阻碍。～～～～任飛揚～～～～jīm-hui-iâng⇨自由自在的世界。

**嗐** hái 聲也。嘆聲也。～！無路用人～！bô-lō͘-iōng-lâng⇨嗐！無用之人。～！叫你不當你不聽～！kiò-lí m̄-thang lí-m̄-thiaⁿ⇨嗐！叫你不可(如此)你不聽。

**孩** hâi 幼稚iù-tī也。大～小～攏攏來toā～sió～lóng-lóng-lâi⇨大孩子小孩子全部來。

【孩子 hâi-chú】 幼童。兒子。小～～sió～～⇨同上。我的～～goá ê～～⇨同上。

【孩兒 hâi-jî】 嬰仔eⁿ-á。我的～～goá ê～～⇨我的兒子。～～散～～sán⇨孩兒專用藥。

【孩提 hâi-thê】 幼稚iù-tī。～～之童～～chi-tông⇨兩三歲之幼兒。

【孩童 hâi-tông】 幼童iù-tông。兒童jî-tông。

**骸** hâi 骨也。骨～kut～⇨骨。遺～ûi～⇨遺體ûi-thé。屍體si-thé。形～hêng～⇨形體hêng-thé。放浪形～之外hòng-lōng hêng～chi-goā⇨同上。

【骸骨 hâi-kut】 骨骸kut-hâi。扱父母的～～khioh pē-bó ê～～⇨收拾父母之遺骨。

**諧** hâi 合也。和也。和～hô～⇨和協hô-hiap。氣氛和～khì-hūn hô～⇨同上。

【諧音 hâi-im】 kai-im。兩音一致。孩與亥是～～字hâi-í-hāi sī～～jī⇨孩與亥是同音之字。

【諧聲 hâi-seng】 六書之形聲亦曰諧聲。

**頦** hâi 頤下也。下～ē～⇨下頤hā-î。落下～lāu-ē～⇨說笑話。亦即解頤kái-î也。頦hâi→hoâi。

**械** hâi 機器ke-khì類也。器械khì-hâi也。機械ki-hâi也。兵器亦曰械hâi。軍～kun～⇨兵器，武器。繳～kiáu～⇨解除武裝。

【械鬪 hâi-tò͘】 大規模的民間私鬪。例如姓拼姓，庄拼庄，郊拼郊等是。今已少見矣。

**駭** hâi 馬驚也。驚也。怕也。亂也。國人大～kok-jîn tāi～⇨同上。驚～kiaⁿ～⇨駭怕hâi-phàⁿ，俗作害怕hāi-phàⁿ。

【駭怕 hâi-phàⁿ】 害怕hāi-phàⁿ。

【駭浪 hâi-lōng】 可怕的大波浪。驚濤～～keng-tô～～⇨同上。

【駭異 hâi-ī】 非常值得懷疑。不勝～～put-sìn～～⇨怪異之至。

**hāi 亥** 亥hāi也。～相豬咧～siūⁿ-ti-lê～⇨拒絕付錢之詞。因亥hāi與來lâi諧音。例如人家對你說錢來（還錢來）你就以此句對付他。

**hāi 亥** 十二地支之末位。十二時辰之一。十二生相以亥hāi爲豬ti。～豕也～sí-iā⇨亥就是豕sí，亦即猪ti也。申酉戌～sin, iú, sut,～⇨地支的末四位。

【亥時 hāi-sî】 屬亥的時辰。大約夜間九、十時曰亥時。

【亥卯未 hāi-báu-bī】 屬豬，兎，羊者。～～～三合～～～sam-hap⇨謂猪兎羊三相者不相衝突。可合。～～～煞在西～～～soah chāi-sai⇨謂相猪兎羊者，西方是鬼門，有煞，不可去。煞soah，殺也。

**hāi 惰** 苦也，愁畏也。畲道～也taⁿ tō～ā→而今敗了。俗皆作壞及害。見壞hāi害hai部。

**hāi 壞** 毀húi也。敗也。害也。人損曰害hāi，物毀曰壞hāi。困惑亦曰壞hāi。漸敗曰壞hāi，凡毀損腐敗皆曰壞hāi。城門～去siâⁿ-mn̂g～khì⇨城門毀損了。錶仔～去pió-á～khì⇨手錶壞了不走了。食無了的～去也chiah-bô-liáu-ê～khì-ā⇨沒吃淨的，就腐敗了。臭爛曰臭～chhàu-noā oat chhàu～⇨同上。若無錢道～也nā bô-chîⁿ tō～ā⇨如果沒錢就難辦了。暨道～了taⁿ-tō～lò⇨而今問題來了（困難來了）。目珠無看見就～也bak-chiu bô-khoàⁿ-kìⁿ chiū～ā⇨眼睛看不見了就沒辦法了。眞～也chin～ā⇨問題很嚴重了。病重了。

【壞啦（咯） hāi-là(lò)】 敗了。畲道～～taⁿ tō～～⇨這個敗了。而今有問題了。～～錢無也啦～～chîⁿ bô-ā là⇨敗了，錢沒有了。

【壞仔 hāi-á】 壞東西hoāi-tong-si。歹人phāiⁿ-lâng。你即個～～該來加你修理藉會使得lí chit-ê～～āi-lâi kā-lí siu-lí chiah-ē-sái-tit⇨你這個壞東西，需要修理修理才好。

【壞去 hāi-khì(ì)】 損壞了。有故障了。鐵馬～～也thih-bé～～ā⇨脚踏車損壞了。～～道該修理～～tō-āi siu-lí⇨損壞了就應該加以修理。～～都未修理得也～～to bē-siu-lí-tit ā⇨損壞了全不能修理了。共人拍～～kā-lâng phah～～⇨給人家弄壞了。共人講～～kā-lâng kóng～～⇨給人家說歪了。

【壞物 hāi-mih】 廢物hùi-but。～～較姣貨底～～khah-chē(chōe) hòe-té⇨弄破的（陶器類）比賣不出去的還要多。

【壞貨 hāi-hòe】 品質不良之貨品。～～賣無人愛～～bē(bōe) bô-lâng-ài⇨不良之貨品沒人要買。

【壞猴 hāi-kâu】 不良的器具。你不專拎賣～～lí m̄ choan-teh-bē(bōe)～～⇨你不是專門在販賣壞器具嗎。

【壞了了 hāi-liáu-liáu】 全部壞了。完了。乎風颱到～～～也hō·-hong thai-kà～～～ā⇨乎風猛吹得全部壞了。乎你創到～～～去hō·-lí chhòng-kà～～～khì(ì)⇨被你弄得都壞了。代誌～～～也tāi-chì～～～ā⇨事情都完了（不可收拾了）。

【壞壞去 hāi-hā khì(ì)】 同壞了了hāi-liáu-liáu。無採人的物攏～～～也啦bô-chhái lâng-ê-mih lóng～～～ā là⇨可惜好好的東西，都弄壞了。

**hāi 害** 傷也。加禍也。妨也。傷～siang(siong)～⇨同上。陷～hām～⇨同上。妨～hông～⇨同上。災～chai～⇨同上。相～sio(saⁿ)～⇨同上。爲～不少ûi～put-siáu⇨同上。有利無～iú-lī bû～⇨同上。利～關係lī～koan-hē⇨同上。損～得失sún～tek～sit⇨同上。一利一～it-lī-it～⇨同上。受～人siū～jîn⇨同上。有～於社會iú～î siā-hōe⇨同上。

【害人 hāi-jîn】 加禍於人。～～利已～～

lī-kí⇨加禍於人而自己得利。～～則害己，害著家已死～～chek hāi-kí, hāi-tio̍h ka-kī-sí⇨損害於他人就是損害自己，終將迫死自己進死路。

【害人 hāi-lâng】㊀加禍於人。同害人hāi-jîn。千萬不當～～chhian-bān m̄-thang～～⇨絕對不可陷害他人。㊁導致。～～了錢～～liáu-chî$^{n}$⇨導致人家損失金錢。～～食凸餅～～chia̍h phōng-piá$^{n}$⇨致使我受人責罵。～～加行路～～ke-kiâ$^{n}$-lō·⇨讓人家多跑冤枉路。～～無面子～～bô-bīn-chú⇨導致我失去體面。

【害死 hāi-sí】㊀殺死。～～生靈～～seng-lêng⇨殺生sat-seng。～～人免用刀～～lâng bián-iōng-to⇨殺人不用刀劍。～～人命～～jîn-bēng⇨謀殺致人於死。㊁拖累別人。你～～您父了幾仔千lí～～lím-pē liáu kúi-ā chheng⇨你拖累我損失數千元。乎伊～～到七狼八狽hō·i～～kà chhit-lông-peh-pōe⇨被他拖累得狼狽不堪(凄慘落魄chhi-chhám-lo̍k-phek)。仙拼仙～～猴齊天sian-pià$^{n}$-sian～～kâu-chê-thian⇨仙對仙拼鬭，連累死孫大聖。

【害鳥 hāi-chiáu】有害之鳥類。損害農作物者。

【害蟲 hāi-thâng】㊀直接間接有害於人類的蟲類。驅除～～khu-tî(tû)～～⇨同上。㊁惡人。～～愛掠掉～～ài lia̍h-tāu⇨壞人要除掉。

【害人縫 hāi-lâng-phāng】損毀人之縫隙。你不當～～～掠做風景區lí-m̄-thang～～～lia̍h-chò(chòe) hong-kéng-khu⇨勸人少作冶遊之詞。掠做lia̍h-chò誤認gō·-jīm。

【害羣之馬 hāi-kûn-chi-má】一馬連累羣馬。喻損害衆人之人。

hāi **邂** 邂逅hāi-hō·不期而相遇也。

hāi **劾** 舉發罪狀也。彈～tân～⇨檢舉官吏過失、罪狀。亦讀hek（見hek部）。

## hai$^{n}$

hai$^{n}$ **咳** 嘆thàn也。呻吟sin-gîm之聲也。恔～gâu～⇨善於訴苦。免扲～bián-teh～⇨不必叫苦，不用歎窮。倒扲～tó-teh～⇨橫臥在床上呻吟。

【咳咳叫 hai$^{n}$-hai$^{n}$-kiò】連聲叫苦。痛到～～～thià$^{n}$-kà～～～⇨痛得叫苦連連。阿金仔上有錢的，伊每扲～～～a-kim-a siāng(siōng)-ū-chî$^{n}$-ê i mā-teh～～～⇨阿金仔他最有錢的人，也在叫苦連天。即斗收扲你道未～～～也chit-táu siu-lè lí-tō-bē～～～à⇨此一筆收入了你就不會叫苦了。

【咳咳孱 hai$^{n}$-hai$^{n}$-chhan】亦叫苦。了到～～～liáu-kà～～～⇨虧本得叫苦連天。

hài$^{n}$ **㧡** 動也。動搖也。亦讀㧡hi$^{n}$。彼筆錢猶於扲～扲hit-pit-chî$^{n}$ iáu tī-teh～lè⇨彼筆錢還在動搖不定哩（錢主不穩定）。猶於天中央扲～扲iáu-tī thi$^{n}$-tiong-ng teh～lè⇨還在中天搖蕩。喻未定之天。雙手～siang-chhiú～⇨雙手搖動。咦去呢也，雙手～，～個撞著鼻也哪哀嘵i-khì-nî-à, siang-chhiú～,～koh lòng-tio̍h phī$^{n}$-à na-ai$^{n}$-gio̍h⇨採茶調。

【㧡中秋 hài$^{n}$-tiong-chhiu】於中秋節戲鞦韆。查某囡仔嬰扲～～～cha-bó·-gín-á-e$^{n}$ teh～～～⇨小姑娘仔在打鞦韆。

【㧡鞦韆 hài$^{n}$-chhiu-chhian】打鞦韆。

【㧡狗母鮻 hài-káu-bó-so】失業中。狗母鮻káu-bó-so魚名。阿木仔猶扲～～～～扲a-bo̍k-à iáu-teh～～～～lè⇨阿木還在失業中。

hâi$^{n}$ **還** 還hêng也。不肯～m̄-khéng～⇨不肯返錢。不～道煞m-～tō-soah⇨不還就算了。

hāi$^{n}$ **咳** 同咳hai$^{n}$。～～叫～～kiò⇨咳咳叫hai$^{n}$-hai$^{n}$-kiò。

# hak

**hak 劃** 擘也。建置房地產等家業曰劃hak，購置物品亦曰劃hak。父母無留落來咱道家己～pē-bó(bú) bô lâu-loh-lâi lán tō ka-tī(kī)～⇨父母沒有留下(遺產)來我就自己建置之。決心～落去koat-sim～loh-khì(ì)⇨決心買了他。有錢道逐逐仔～ū-chîⁿ tō tauh-tauh-á～⇨有錢就逐步購置之。房地產曰劃，錢財曰蓄。

**【劃田 hak-chhân】** 購置田地。～～劃山劃土地～～hak-soaⁿ hak-thó·-tē·⇨購置不動產之類。

**【劃田園 hak-chhân-hn̂g】** 購置不動產。有錢會曉～～～無戇。ū-chîⁿ ē(ōe)-hiáu～～～bô-gōng⇨有了錢能夠購置不動產非愚人之輩也。

**【劃身穿 hak-sin-chhēng】** 購買衣服裝身的物品。有趁錢道該～～～ū-thàn-chîⁿ tō-ài～～～⇨同上。

**【劃產業 hak-sán-giap】** 購置不動產之類。人講世間是輪流轉的，有人～～～，有人賣產業lâng-kóng sè-kan sī lûn-liû-chhoán-ê, ū-lâng～～～, ū-lâng bē-sán-giap⇨同上。

**【劃嫁粧 hak-kè-chng】** 購置陪嫁物品。抾共查某囡～～～也teh-kā cha-bó·-kiáⁿ～～～a⇨在爲女兒購置陪嫁的東西了。

**hak 學** 覺悟也。覺所未知也。教育之所也。又道術也。求～kiû～⇨同上。就～chiū～⇨同上。入～jip～⇨同上。升～seng～⇨同上。小～中～大～sió～tiong～tāi～⇨同上。不～無術put～bû-sut⇨同上。未曾～仙先～術bōe-chêng～sian seng～sut⇨同上。學hak亦作學oh。法～醫～語言～hoat～i～gí(gú)-giân～⇨同上。

**【學力 hak-lek】** 學問智識的程度。論～～未輸大學生，講學歷是公學士lūn～～bē(bōe)-su tāi-hak-seng kóng-hak-lek sī kong-hak-sū⇨論學力不遜大學生，講學歷却是公學士。公學士kong-hak-sū，日本時代的小學(台人的曰公學校)畢業生的自嘲。

**【學士 hak-sū】** 大學畢業所得學位。文～～法～～農～～bûn～～hoat～～lông～～⇨同上。～～椅～～í⇨有靠背靠手之坐椅。

**【學友 hak-iú】** 校友hāu-iú。同學tông-hak。～～會～～hoē⇨同上。

**【學斗 hak-táu】** 辦理學租(學校的學田當基本財產)的人。

**【學田 hak-chhân】** hak-tiân。田地產之作爲學校之基本財產者。～～管理會～～koán-lí-hōe⇨同上。

**【學生 hak-seng】** ㊀在各級學校上學中之青少年通稱曰學生hak-seng。大～～小～～tāi～～sió～～⇨同上。㊁古有人戲解爲學習生子。今之學生多有談戀愛而生子者，似乎亦合此義。

**【學仙 hak-sian】** 無錢則學佛，有錢則～～bô-chîⁿ chek hak-put, ū-chîⁿ chek～～⇨謂無錢時就學佛不飲酒以免酒傷性，有錢即學仙飲酒以便酒可養性。

**【學位 hak-ūi】** 學問上的榮譽名稱。提著博士～～-á咯theh-tioh phok-sū～～-á lò·⇨拿到了博士學位囉。

**【學制 hak-chè】** ～～改革～～kái-kek⇨同上。

**【學官 hak-hoaⁿ】** ㊀教育行政人員。㊁教官。

**【學者 hak-chiá】** 有學問之人。專家～～choan-ka～～⇨同上。

**【學界 hak-kài】** 教育界或所謂學者等的社會。

**【學科 hak-kho】** 猶幾～～欠教員iáu kúi～～khiàm kàu-oân⇨還有多少學科沒有教員呢。

【學租 hak-cho͘】 學田等基本財產的收入。

【學校 hak-hāu】 ～～教育～～kāu-io̍k⇨同上。

【學院 hak-īⁿ】 獨立～～tok-li̍p～～⇨同上。

【學級 hak-kip】 低～～高～～te～～ko～～⇨同上。

【學務 hak-bū】 ～～部～～pō͘⇨同上。

【學問 hak-būn】 ～～是無底深坑～～sī bô-té chhim-kheⁿ⇨同上。

【學淺 hak-chhián】 才疏～～châi-so͘～～⇨同上。

【學理 hak-lí】 ～～無徹～～bô-thiat⇨對學理欠徹底的了解。

【學習 hak-si̍p】 學而時習之。

【學術 hak-su̍t】 ～～水準無夠高～～chúi-chún bô-kàu-koân⇨同上。

【學堂 hak-tông】 oh-tn̂g。學校hak-hāu。

【學費 hak-hùi】 ～～起價了～～khí-kè-lò͘⇨同上。

【學期 hak-kî】 ～～頭拖到～～尾～～thâu thoa-kà～～bóe(bé)⇨同上。

【學童 hak-tông】 小學生。

【學業 hak-gia̍p】 ～～未成～～bōe-sêng⇨同上。

【學說 hak-soat】 新～～打倒舊～～sin～～táⁿ-tó kū～～⇨同上。

【學臺 hak-tâi】 ㈠古之學官。㈡告～～kò～～⇨走～～cháu～～⇨上廁所的隱語。

【學識 hak-sek】 ～～非凡～～hui-hoân⇨同上。

【學法術 hak-hoat-su̍t】 上山～～～chiūⁿ-soaⁿ～～～⇨同上。

【學資金 hak-chu-kim】 學費。讀書之本錢。

**hak 礐** 厠池chhē-tî也。糞坑pùn-kheⁿ曰礐hak。大～toā～⇨大公厠。按礐hok：土堅也，或曰山多大石，與嶨，壆共三字，字義皆同。除音通之外，似本無厠字義。

【礐仔 hak-á】 厠所chhè-só͘。便所piān-só͘。驚跋落～～不驚火燒厝kiaⁿ poah-loh～～m̄-kiaⁿ hóe-sio-chhù⇨只怕跌下糞坑，不怕火災。謂傾全財產打扮得一身如紳士，外無餘物，亦即所有皆在身上，故火災不影響，跌糞坑即敗矣。

## ham

**ham 箺** 竹節tek-chat曰箺ham，一節chat曰一符ham。三箺ham可以曰一節chat，但三節chat卻不可以曰一箺ham。甘蔗類亦同。落～lāu～⇨成長好，箺ham很長。長～tn̂g～⇨落箺lāu-ham。竹～tek～⇨同上。甘蔗～kam-chià～⇨同上。

**ham 頤** 頤也。下頦ē-hoâi也。亦作頷ham。落下～lāu-ē～⇨落下頦lāu-ē-hâi(hoâi)⇨下顎脫掉。略同論當世而解頤kái-î的解頤。笑到落下～去chiò-kà lāu-ē～khì(ì)⇨笑得下顎脫掉了。又講笑話亦曰落下～lāu-ē～。你莫得落下～lí māi-teh lāu-ē～⇨你莫亂說笑話。曷不驚去落下～去ah-m̄-kiaⁿ-i lāu-ē～khì(ì)⇨(你亂講)何不怕下顎脫掉。去khì讀ì。

**ham 胮** 腫chéng亦曰胮ham。同脝hāng。哭到目珠皮～～khàu-kà bak-chiu-phôe～～⇨哭得眼皮有一點腫胮chéng-hāng。

**ham 頇** 頇顢ham-bān，遲鈍thî-tūn，下乘hā-sāng也。～～人～～lâng⇨不聰明，不能幹之人。九月狗納日，～～查某領未直káu-goeh káu nah-jit，～～cha-bó͘ niá-bē-ti̍t⇨謂九月日漸短，下乘主婦承辦不了分內工作。

**hám 撼** 搖也。動也。打曰撼hám。見著道～kìⁿ-tioh tō～⇨逢到了就打（例如鼠，蛇等）。不敢～m̄-káⁿ～⇨不敢打。亂～一場loān～chi̍t tiûⁿ⇨同上。～山易，～岳家軍難～san-eī,～qak-ka-kun nân⇨岳家軍雄壯堅毅，比山還牢不可破。

【撼死 hám-sí】 拍死phah-sí。雷公～～的lûi-kong～～ê⇨雷霹死的。

【撼扁 hám-pī$^{n}$】 打成扁平。～～藉會用得～～chiah ē-iōng-tit⇨打扁才可以用。會用得ē-iōng-tit⇨ōe-ēng-tit。

【撼破 hám-phoà】 打爛。水缸～～去chúi-kng～～khì(ì)⇨小缸打爛了。較小心扲不好～～去khah sió-sim lè m̄-hó～～khì(ì)⇨小心一點不要打爛他。

**hàm 顑** 顑，頤餓貌。言面頤虛浮也。虛浮，虛肥皆曰顑hàm。誇大也。荒唐hong-tông也。做事失準繩曰顑hàm。馬虎曰顑hàm。亦曰譀khám。伊有較～i ū khah～⇨他有點誇大，有點馬虎。甚～siu$^{n}$～⇨太誇大。太馬虎。生理做了甚～seng-lí chò(chòe)-liáu siu$^{n}$～⇨生意做得太浮誇。膨脹得太大也。

【顑人 hàm-lâng】 誇大，馬虎，無定性之人。～～闖做都顑事～～chhoàn-chò(chòe) to hàm-sū⇨荒唐人每每弄出荒唐事。～～一下買講買規稱啦～～chi̍t-ē-bé kóng bé-kui-chhìn-lā⇨荒唐人，一買就是整稱了。俗一稱chhìn爲十六斤。又整全皆曰規。

【顑古 hàm-kó͘】 荒唐故事。吹牛。講～～kóng～～⇨說說有根無據的故事。聽你扲講～～扲thia$^{n}$ lí teh-kóng～～lè⇨你在吹牛罷。

【顑狗 hàm-káu】 諏人hàm-lâng。～～食諏豬頭～～chia̍h hàm-ti-thâu⇨諏人投入危險的問題。

【顑事 hàm-sū】 荒唐事。老實人曷好插即款～～láu-si̍t-lâng a̍h-hó-chhap chit-khoán～～⇨老實人怎麼可以加入此種荒唐事呢。

【顑唐 hàm-tông】 誇誕荒唐。唐tông大言也。～～人～～lâng⇨顑人hàm-lâng。～～道是～～顑到可穿蚊罩～～tō-sī～～hàm-kà hó chhēng-báng-tà⇨荒唐就是荒唐，誇大得可以穿蚊帳(爲衣)那麼大了。

【顑顑 hàm-hàm】 ㊀伊做人～～仔啦，未穤啦i chò-lâng～～à-là, bē-bái-lā⇨他的爲人，馬馬虎虎大大方方，不壞嘛。㊁世間事～～仔啦，不免甚認眞啦sè-kan-sū～～à-là,m̄-bián siu$^{n}$-jīn-chin-lā⇨世間事，馬馬虎虎算了。不要太認眞好了。

【顑鏡 hàm-kià$^{n}$】 擴大鏡khok-tāi-kià$^{n}$。用～～照藉看有iōng～～chiò chiah khoà$^{n}$-ū⇨以擴大鏡照之才看得見。

【顑呱呱 hàm-koa̍h-koa̍h】 太顑了。亦曰顑唭呱hàm-ki̍h-koa̍h。

**hàm 泛** 浮phû也。浮腫phû-chéng也。凡事虛浮不切實皆曰泛hàm。似應皆從顑黃腫～n̂g-chéng～⇨病名。黃疸n̂g-thán。脚有水～kha ū chúi～⇨脚有水腫。

【泛水 hàm-chúi】 水腫chúi-chéng。脚扲～～也kha teh～～à⇨脚在水腫了(脚氣惡化)。面～～較不好bīn～～khah m̄-hó⇨面上水腫就較不妙了。

【泛浮 hàm-phū】 ㊀浮腫phû-chéng。㊁女人的口頭禪。略同孱頭chhân-thâu⇨不中用之人。孱頭chhân-thâu本義下劣怯弱。阮彼個～～仔goán hit-ê～～á⇨我的丈夫的愛稱。意爲我們那個浮腫病人。眞～～呢不知佗會安爾chin～～neh,m̄-chai thah-ē an-ne⇨很奇怪呀，不知何以如此。

【泛腫 hàm-chéng】 水腫。面～～較不好bīn～～khah m̄-hó⇨同上。

**hâm 咸** 皆也。悉也。和也。與也。偕也。我～您去好否goá～lín khì hó-bò͘⇨我與你們同去好不好。老李的～長的猶～伊扲花扲láu-lí-ê～tiú$^{n}$-ê iáu～i teh-hoe leh⇨老李與長的還跟他們在糾紛中。魚～蝦，水龜～田螺，安爾都亂了了也，不道魚還魚，蝦還蝦，水龜藉～田螺，安爾分開藉好嘛hî～hê,chúi-ku～hhân-lê,an-ne to loān-liáu-liáu-ā, m̄-tō hî-hoânhî,hê-hoân-hê, chúi-ku chah～chhân-lê, an-ne hun-khui chiah-hó-mà⇨魚參蝦，水龜參田螺，如此全亂了了也。就是魚歸魚，蝦歸蝦，水龜才合於田螺，這樣才可以嘛。～人公家～lâng kong-ke⇨與人共同爲之。～我行敢有穤～goá-kiâⁿ kám-ū-bái⇨與我同行（同事，同居），有壞處嗎。～伊講清楚～i kóng-chheng-chhó⇨與他說個明白。～屎合尿攏來～sái kap jiō lóng-lâi⇨包括好的壞好全部都要（買之）。～某合囝攏讓人也～bó kap kiáⁿ lóng niū-lâng ā⇨連妻帶子皆讓渡給人家了。

【咸宜 hâm-gî】 皆可以。皆適用。老少～～ló-siàu～～⇨老人，孩子皆適用。

【咸陽 hâm-iâng】 古都名。秦始皇都於此。～～宮殿三月紅，霸業已隨煙塵滅～～kiong-tiān sam-goat hông, pà-giap í-sûi ian-tîn-biat⇨唐詩。

【咸豐 hâm-hong】 清帝名。又年號。道光～～，同治，光緒，宣統tō-kong, ～～, tông-tī, kong- sī, soan-thóng⇨清末五代帝名年號。

hâm **函** 含也。容也。匣ap也。匱kūi也。又書信也。緘封hâm-hong謂之函hâm。石～chioh～⇨同上。空～khang～⇨同上。信～sìn～⇨書信。

【函丈 hâm-tiāng(tiōng)】 師也。老師的尊稱。夫子～～hu-chú～～⇨同上。

【函授 hâm-siū】 通信教授。～～學校～～hak-hāu⇨同上。

【函數 hâm-sò͘】 數學名詞。～～表～～piáu⇨同上。

【函館 hâm-koán】 日本港口名，hako-date。在北海道。

【函谷關 hâm-kok-koan】 地名。古名關。劉邦入咸陽，遣將守之。項羽不能入。羽疑之，因而有鴻門之會者。

hâm **涵** 水澤多也。潤澤多也。容也。俗水孔亦曰涵hâm(âm)。包～pau～⇨能容人。內～lāi～⇨涵養。涵hâm俗作含ham。水～chúi～(âm)⇨水孔。下水道。

【涵洞 hâm-tōng】 下水道。廢水的陰溝。

【涵養 hâm-iáng(ióng)】 潛修道德學問，修練內心。莊敬誠實，～～有素chong-kèng sêng sit, ～～iú-sò͘⇨同上。有～～的人未黑白講人ū～～ê lâng bē(bōe) o͘-peh-kóng-lâng⇨有涵養之人不隨便罵人。

hâm **含** 啣hâm也。口含物也。包容也。懷也。實物於死人口中曰含hâm。包～pau～⇨①包括pau-khoat。②通包涵pau-hâm。

【含忍 hâm-jím】 忍怒於心不發。到～～未稠也道該講也不kàu～～bē(bōe)-tiâu ā tō āi-kóng à m̄⇨到了忍無可忍了就非講出來不可了，不是嗎。

【含恨 hâm-hīn】 懷恨hoâi-hīn。～～在心～～chāi-sim⇨抱恨在心中。

【含怨 hâm-oàn】 有怨在心。懷恨hoâi-hīn。

【含笑 hâm-siàu(chhiàu)】 喜在心中笑在面上而無聲。～～花～～hoe⇨花名。～～歸土～～kui-thó͘⇨謂心滿意足而死。

【含敨 hâm-sau】 陶磁器有璺hūn而未裂開也。大缸有～～也toā-kng ū～～a⇨大水缸有裂璺liat-hūn了。～～磁耐捁～～hûi nāi-khok⇨謂有裂璺之磁器反而耐用。喻身體不甚健康者反而長命。捁khok，打也。

【含羞 hâm-siù】 少女臉紅。亦含笑hâm-chhiò也。～～草～～chháu⇨含笑花hâm-siàu-hoe。就花或草而言之差別也。總之是見羞草kiàn-siàu-chháu之花也。

【含寃 hâm-oan】 有寃未報。～～受屈～～siū-khut⇨同上。

【含意 hâm-ì】 寓意。伊的話另外有～～於抒i-ê-ōe lēng-goā ū～～tī-teh⇨他的話中，有其他的意思存在。

【含鈴 hâm-lêng】 合嘴鈴。～～仔～～á⇨孩兒佩在頷下之小鈴。～～仔草～～á-chháu

⇨草名。

【含糊 hâm-hô͘】 不明瞭。曖昧ài-māi。糊塗hô͘-tô͘。俾你未～～得hō͘-lí bē(bōe)～～tit⇨你不能裝糊塗。

【含口算 hâm-kháu-sǹg】 嘴算chhùi-sǹg。心算sim-sǹg。～～～較快人的算盤～～～khah-khoài lâng-ê sǹg-poâⁿ⇨心算較打算盤還快。

【含羞淚 hâm-siû-lūi】 含淚hâm-lūi。～～～筆寫書，滿懷心事告君知～～～pit siá-si, boán-hoâi sim-sū kò kun-ti⇨舊尺牘範文，妻致夫書。

【含三缺四 hâm-saⁿ-khih-sì】 廢物。爛東西。意謂含散hâm-sau者三缺嘴khih-chhùi者四。～～～～的你如愛，送你嘛～～～～ê lí nā-ài sàng-lí-mà⇨這些破爛的如果你要，就送你吧。

【含含糊糊 hâm-hâm-hô͘-hô͘】 糊糊塗塗hô͘-hô͘-tô͘-tô͘。伊的話安爾～～～～攏扠無寮仔門i-ē-ōe an-ne(ni)～～～～lóng saⁿ-bô liâu-á-mn̂g⇨他的話曖曖昧昧，都找不到門徑可入。

【含珠不吐 hâm-chu-put-thò͘】 喻不表示意見。彼陣你又～～～～暫正扲話了了hit-chūn lí iū～～～～taⁿ chiaⁿ teh ōe-liâu-liâu⇨當時你又不講，而今才廢話連篇。了了liáu-liáu。人講～～～～誰知是寶lâng-kóng～～～～sûi-ti sī pò⇨古人說，口中有珠不吐出，誰知是寶物。

**hâm 銜** 馬勒口也。口中含物曰銜hâm。奉命曰銜hâm。官名曰銜hâm。官～koaⁿ～⇨官職名。頭～thâu～⇨同前。相爺～siàng(siōng)-iâ～⇨宰相禮遇。大使～的公使tāi-sài～ê kong-sài⇨掛大使之名，行公使之職。

【銜尾 hâm-bóe】 一馬隨一馬。～～而進～～jî-chìn⇨路狹不能並驅而行。

【銜命 hâm-bēng】 奉君命。～～出使～～chut-sài⇨同上。

【銜枚 hâm-bôe】 古行軍近敵，令軍馬口銜枚以止喧嘩。枚bôe者如箸tī。人～～馬勒口jîn～～má-lek-kháu⇨同上。

【銜頭 hâm-thâu】 官銜koaⁿ-hâm。～～大無實權那有路用～～toā bô-sit-khoân ná-ū-lō͘-iōng⇨官名大無實權也是沒用。

【銜環 hâm-khoân】 報答救命之恩。結草～～以報kiat-chhó～～í-pò⇨喻誓必報大恩也。

**hâm 緘** 封也。封～hong～⇨信緘sìn-hâm封口寫出。三～其口sam～kî-kháu⇨堅決不說話。

【緘口 hâm-kháu】 禁嘴kìm-chhùi。～～令～～lēng⇨同上。

【緘默 hâm-bek】 閉口不言。～～無言～～bû-giân⇨同上。

**hām 陷** 陷阱hām-chéng也。害也。深入也。戰敗曰陷hām。缺～khoat～⇨同上。被奸所～pī-kan só͘～⇨被奸人所害。衝鋒～陣chhiong-hong～tīn⇨同上。土～thô͘～⇨地阱。設～害人siat～hāi-jîn⇨同上。淪～lûn～⇨落入敵手。

【陷阱 hām-chéng】 hām-chéⁿ(chíⁿ)。陷坑hām-kheⁿ。陷捉人獸之坑也。

【陷坑 hām-kheⁿ(khiⁿ)】 陷阱hām-chéⁿ(chíⁿ)。跋落～～poah-loh～～⇨跌入阱中。

【陷眠 hām-bîn】 眠中譫譫有詞也。陷眠hām-bîn疑爲譫眠lâm-bîn所轉化。俗作含眠hâm-bîn。

【陷害 hām-hāi】 設陷以損人。～～忠良～～tiong-liâng⇨同上。歹心想～～別人pháiⁿ-sim siūⁿ～～pat-lâng⇨同上。

【陷陣 hām-tīn】 殺入敵中。衝鋒～～chhiong-hong～～⇨同上。

【陷落 hām-loh】 ㈠地塌陷。土地～～去thó͘-tē～～khì⇨地坪塌陷。㈡陣地被攻佔。陣地～～敵手tīn-tē～～tek-chhiú⇨同上。㈢墜

入。～～煙花～～ian-hoa⇨失身入煙花界。

# han

**han 頇** 顢頇boân-han，大面的樣子。俗所謂下乘hā-sāng，即頇顢ham-bān的意思。

【頇顢 han-bān】 ham-bān。遲鈍thî-tun也。下乘hā-sāng也。～～人～～lâng⇨不聰明不能幹之人。小弟較～～， 請您指導指導sió-tī khah～～, chiá$^{n}$-lín chí-tō-chí-tō⇨謙遜詞。九月狗納日～～查某領未直káu-go̍eh káu-nah-ji̍t, ～～ cha-bó͘ niá-bē-tit⇨九月狗開始向日取暖（日頭軟了，也短了）。脚手慢散的女人空課khang-khòe做不完，太陽就下山了。咱～～人道該認分lán～～lâng tō-ài jîn-hūn⇨我們(這種)無才能的人自應認分不可逞能。咱lán，我們，亦作我解。

**hán 罕** 少也。少見曰稀罕hi-hán。眞稀～chin hi-hán⇨很少見的事物。稀～啥hi～siah$^{n}$⇨有什麼稀奇。我無稀～goá bô hi～⇨我不要(不認爲有要的價值)。

【罕有 hán-iú】 稀有hi-iú。即款代誌實在世間～～chit khoán tāi-chì si̍t-chāi sè-kan～～⇨此種事實在世上所罕見。嘿，眞～～也嘿hé, chin～～à hé⇨嘿，此事太稀奇了(責事實顛倒之詞)。

【罕行 hán-kiâ$^{n}$】 甚少跑路。一種見面表示歡迎的套詞。逐家眞～～了ta̍k-ke chin～～lò͘⇨大家很難得的都光臨了。哇！～～～～請入內坐oa!～～～～,chhiàⁿ ji̍p-lâi-chē⇨哇，難得貴客來臨，請進來坐坐。

【罕物 hán-mih】 稀有之物也。豈～～ká～～⇨沒有那麼稀有之事(否定詞)。

【罕見 hán-kiàn】 hán-kì$^{n}$。希有hi-iú。稀見hi-kiàn，少見siáu-kiàn。～～的案件～～ê àn-kiā$^{n}$⇨稀有之案件。

【罕得 hán-tit】 稀少。～～來～～lâi⇨很少來。～～去～～khì⇨很少去。～～看見～～khoà$^{n}$-kì$^{n}$(ì$^{n}$)⇨很少看見。很少見面。～～當時尼姑做滿月～～tang-sî nî-ko͘ chò(chòe)-moá-go̍eh⇨很少見很少有的事。當時tang-sî亦作幾時kúi-sî，或於時tī-sî。

【罕裡 hán-lí(nì)】 同罕得hán-tit。～～當時轉來，更跮踱幾日仔曷要緊～～tang-sî tńg-lâi,koh thit-thô kúi-ji̍t-á a̍h-iàu-kín⇨很少的機會才回家來的，再玩幾天有什麼關係呢。

**hán 喊** 高呼也。又議論曰喊hán。消息傳揚亦曰喊hán。喝～hoah～⇨叫喊kiò-hán。議論。通街也攏扲～thong-ke-á lóng-teh～⇨全街都在議論紛紛。無影無跡也扲～bô-iá$^{n}$-bô-chiah ā-teh～⇨完全沒事實也在空議論。～罔～入城無許快～bóng～ji̍p-siâ$^{n}$ bô-hiah-khoài⇨傳說是傳說，要眞的入城沒有那麼快。空～的耳，無彼類價數khang～ê-niā, bô-hit-lōe kè-siàu⇨叫價而已，沒有那一種（高或低）價格。

【喊喝 hán-hoah】 叫嚷kiò-jiáng。大聲～～toā-sia$^{n}$～～⇨同上。

【喊班 hán-pan】 ㊀喊堂助威hán-tn̂g-chō͘-ui。俗曰喝咿呵的hoah-i-o-ê。㊁大驚小怪者。你莫扲～～lí mài-teh～～⇨你莫大驚小怪。

【喊冤 hán-oan】 大聲訴說寃枉。叫屈～～kiò-khut～～⇨同上。擊鼓～～kek-kó͘～～⇨同上。

【喊譁 hán-hoā】 群衆喧鬧。通街扲～～講土匪侎來了thong-ke teh～～kóng thó͘-húi boeh-lâi-lò͘⇨全街在喧鬧說是土匪要來攻了。

【喊起來 hán-khí-lâi】 傳揚出去。傳揚開了。歸街仔一下道～～～也kui-ke-á chi̍t-ē tō～～～à⇨全街一下子就傳開去了。

【喊起喊倒 hán-khí-hán-tó】 喝起喝倒。說上就上說下就下。乎伊一個人～～～～曷煞會用得 hō͘-i chi̍t-ê-lâng teh～～～～a̍h-soah-ē-iōng-tit⇨讓他一個人在出盡主意怎麼可以呢。

**hàn 漢** 天河也。種族名。朝代名。男子也。河～hô～⇨銀～gîn～⇨天河thian-hô，亦曰漢河hàn-hô。西～se～⇨劉邦所開創的時代。東～tong～⇨光武帝所創立。蜀～siok～⇨三國之一。男子～lâm-chú～⇨男人。大丈夫。蒙蕩～bông-tōng～⇨流浪～liû-lōng～。英雄好～eng-hiông-hó～⇨同上。乞食羅～khit-chiah-lô～⇨同上。單身～toaⁿ-sin～⇨同上。無賴～bû-nāi～⇨同上。一～抵一～chit～tú chit⇨一人對一人。大～細～toā～sè(sòe)～⇨同上。

【漢子 hàn-chú】 男子。男人。～～女子～～lí(lú)-chú⇨男人女人。

【漢文 hàn-bûn】 中國文。～～英文德文～～eng-bûn tek-bûn⇨同上。

【漢玉 hàn-giok】 漢代的玉器。

【漢字 hàn-jī】 漢人所使用的象形文字。國字kok-jī。

【漢兵 hàn-peng】 ㊀～～番兵～～hoan-peng⇨同上。㊁～～楚兵～～chhó·-peng⇨同上。

【漢界 hàn-kài】 國界。～～番界～～hoan-kài⇨同上。楚河～～chhó·-hô～～⇨象棋盤面皆有此文字。

【漢草 hàn-chháu】 男子的形態。指體態高大者。好～～hó～～⇨人高大又健康。～～有雋～～ū-chán⇨漢草太俊美了。

【漢書 hàn-si(su)】 西漢的正史。班固所撰。

【漢將 hàn-chiàng】 高頭大馬的漢子。生做成～～seⁿ(siⁿ) chò(chòe) chiâⁿ～～⇨一副高頭大馬的樣子。

【漢朝 hàn-tiâu】 劉邦所開創的朝代。～～趙燕，唐朝武則天，查某人做皇帝，蓋好勢～～tiō-iàn, tông-tiâu bú-chek-thian, cha-bó·-lâng chòe-hông-tè kài-hó-sè⇨丑仔白。趙燕tiō-iàn，趙飛燕tiō-hui-iàn也。

【漢學 hàn-hak】 國學kok-hak。～～家～～ka⇨同上。

【漢緣 hàn-iân】 風格風度。眞好～～chin-hó～～⇨同上。

【漢藥 hàn-ioh】 中藥材。草根木皮，人參，羚羊犀角之類。

【漢文帝 hàn-bûn-tè】 漢高祖劉邦之子，以代王入繼大統。又爲二十四孝之榜首。謂親嘗湯藥然後進奉母親。

【漢光武 hàn-kong-bú】 東漢開國之君劉秀。光武興，爲東漢，四百年，終於獻kong-bú-hin, ûi-tong-hàn, sù-pek-liân, chiong-î-hiàn⇨三字經。

【漢高祖 hàn-ko-chó·】 西漢的開國之君劉邦。高祖興，漢業建，至孝平，王莽篡ko-chó·-hin, hàn-giap-kiàn, chì-hàu-pêng, ông-bóng-chhoàn⇨三字經。

【漢鍾離 hàn-chiong-lī】 古仙人鍾離權。八仙之一。

【漢人漢族 hàn-jîn-hàn-chok】 漢民族hàn-bîn-chok。世界所有民族中，人數最多者，亦爲歷史最久者之一。

**hân 韓** 姓氏。國名。春秋戰國時代有韓國。七雄之一。今朝鮮亦曰韓國。秦楚齊燕～魏趙chîn, chó·, chê, iàn, ～ gūi, tiō⇨戰國七雄。大～民國tāi～bîn-kok⇨朝鮮的國名。

【韓信 hân-sìn】 與蕭何siau-hô張良tiuⁿ-liâng併稱爲漢三傑。蕭何月下追～～siau-hô goat-hā tui～～⇨戲牌名。～～將兵多多益善～～chiàng-peng, to-to-ek-siān⇨越多越好oat-to-oat-hó。～～分龜～～pun-ku⇨一種遊戲又正算又倒算而使有人就是分不到龜（東西）的遊戲。據說是韓信授其軍兵以解無聊者。

**hân 閑** 通閒hân。無事做也。安靜也。有當安～過日道眞好也ū-thang an～kòe-jit tō

chin-hó à⇨有得平安無事過日子就很好了。偷～tho·～⇨忙中找時間尋樂。

【閑人 hân-jîn】 無事可做之人。局外之人。～～止步～～chí-pō·⇨公私場所常見的告示牌。亦作～～免進～～bián-chìn。

【閑居 hân-ki(ku)】 無事可做的生活。小人～～而爲不善siáu-jîn～～jî-ûi put-siān⇨同上。

【閑氣 hân-khì】 無來由的氣惱。無因無端受人的～～亦是歹過日bô-in-bô-toaⁿ siū-lâng ê～～ah-sī pháiⁿ-kòe-jit⇨無因無端遭人蹧躂也是難過日子。

【閑話 hân-ōe】 盈話êng-ōe。～～都隨在人講的莫管伊道可好也～～to sûi-chāi-lâng-kóng-ê, māi-koán-i tō-hó-à⇨閑話都是隨便說的，不管他就是了。～～休題～～hiu-tê⇨故事書中的轉語詞。

【閑談 hân-tâm】 hân-tām。閒聊hân-liâu。無事做道罔～～渡時間bô-sū-chò(chòe) tō bóng～～tō· sî-kan⇨沒事做就胡亂閒聊以消耗時間。

【閑日月 hân-jit-goat】 清閑的生活。英雄～～～eng-hiông～～～⇨英雄失意時的生活。

【閑情逸致 hân-chêng-ek-tì】 安閑無事快樂的興趣。

【閑雲野鶴 hân-hûn-iá-hō】 喻自由自在，無拘無束的快樂生活。

【閑暇無事 hân-hâ-bû-sū】 空閑無事可做。今日～～～～帶家丁上街閑遊kim-jit～～～～toà-ke-teng chiūⁿ-ke hân-iû⇨丑仔白。

【閑遊四海 hân-iû-sù-hái】 自由自在的遨遊。

hân
閒 同閒kan。隙也。俗時間，中間，空間等用間kan。安閒，閒暇，閒居等用閒hân，通用閑hân。

hân
寒 冷也。薄也。貧苦也。又病的一種。自謙曰寒hân。嚴～giâm～⇨同上。心～sim～⇨同上。貧～pîn～⇨同上。大～小～tāi～siáu～⇨同爲二十四氣之一。轉～tńg～⇨熱症解熱後，體溫急降，致全身皆冷，爲一種惡症。傷寒siang-hân⇨傳染病。上馬～chiūⁿ-bé～⇨房事中途所發生的一種危險病症。一暴十～it-pok-sip～⇨謂讀書無恒心，熱心一天又冷了十天，難有成就。

【寒士 hân-sū】 窮書生kiông-si-seng。

【寒心 hân-sim】 心冷sim-léng。心中怕。心覺戰慄。替伊～～thè-i～～⇨爲他深覺不安。聽著道～～thiaⁿ-tioh tō～～⇨只聽見了心裡就怕。

【寒生 hân-seng】 小生sió-seng的自稱。

【寒衣 hân-i】 防寒之衣。冬天的衣裳。～～處處催刀尺，白帝城高急暮砧～～chhù-chhù chhui to-chhek, pek-tè-sêng ko kip-bō·-tiam⇨杜詩。

【寒冷 hân-léng】 寒。冷。天氣～～thiⁿ-khì～～⇨同上。

【寒門 hân-bûn】 貧門。亦自謙之詞。～～的光彩～～ê kong-chhái⇨同上。

【寒夜 hân-iā】 寒冷之夜。～～孤枕～～ko·-chím⇨同上。

【寒居 hân-ki(ku)】 同寒舍hân-sià。

【寒舍 hân-sià】 自己家的謙稱。～～就在附近耳～～chiū-chāi hū-kīn niā⇨我家就在此很近的所在。

【寒食 hân-sit】 hân-sū。古節氣名。冬至後一百零五日亦即清明前二日曰寒食節，古俗禁火三日。春城無處不飛花，～～東風御柳斜，日暮漢宮傳蠟燭，輕煙散入五侯家chhun-sêng bû-chhì put-bui-hoa, ～～tong-hong gī-liú-siâ, jit-bō· hàn-kiong thoân-lap-chiok, kheng-ian sàn-jip ngó·-hô·-ka⇨唐詩。

【寒威 hân-ui】 寒氣hân-khì。～～襲人～

～sit-jîn⇨寒氣迫人hân-khì-pek-jîn。

【寒氣 hân-khì】 寒冷之氣。～～凜冽～～lím-liat⇨同上。又中醫的一種病名。

【寒流 hân-liû】 寒冷的氣流。～～過境～～kòe-kéng⇨同上。

【寒族 hân-chok】 謙稱自己的宗族。

【寒帶 hân-tài】 地理學名詞。～～溫帶熱帶～～un-tài,jiat-tài⇨地理上，由北而南的三個氣候分區。

【寒窗 hân-chhong】 窗前受寒苦讀書。十年～～無人問，一朝成名天下知sip-liân～～bû-jîn-būn,it-tiau sêng-bêng thian-hā-ti⇨苦讀十年科舉及第的榮譽。

【寒喧 hân-soan】 慰問起居。相逢彼此問候。互相～～hō·-siang～～⇨同上。

【寒暑 hân-sú】 一寒一暑。～～計～～kè⇨計量寒暑度數的小道具。

【寒酸 hân-san】 hân-soan。吝嗇līn-sek。小家氣。甚～～未用得siuⁿ～～bē(bōe)-iōng-tit⇨太過小氣不行。～～鬼～～kúi⇨吝嗇鬼līn-sek-kúi。～～客～～kheh⇨小氣先生。～～的人愛伊一個錢未輸扲鋸頷呢～～ê lâng ài-i chit-ê-chîⁿ bē-su teh kì-ām nì⇨吝嗇之人，你要他一個錢，宛如鋸他的頸呢。

【寒儒 hân-jû(sû)】 窮書生。窮學者。

【寒蟬 hân-siân】 蟬天寒即不鳴。喻不開口。噤若～～kìm-jiak～～⇨當言而不言。

【寒露 hân-lō·】 二十四節氣之一。～～霜降～～sng-kàng⇨同爲二十四節氣之一。

【寒山寺 hân-san-sī】 名寺。姑蘇城外～～～夜半鐘聲到客船ko·-so· sêng-gōe～～～iā-poàn chiong-seng tò khek-chhoân⇨唐詩。

【寒熱症 hân-jiat-chèng】 病名。

**還** hân 還hêng也（見heng部）。亦讀hoân, hâiⁿ（見各部）。

**玄** hân 玄hiân也。

【玄壇爺 hân-thân-iâ】 神名，俗似亦稱玄天上帝。俗於上元夜，以竹轎抬出遊行。以其可驅寒也。（其實遊行即運動，自可驅寒也。）又疑爲邯鄲爺han-than-iâ之訛。邯鄲，古趙都也。

**樊** hân 姓氏。樊hoân也。

【樊梨花 hân-lê-hoa】 小說中的女英雄。以移山倒海的～～～î-san-tó-hái ê～～～而婦孺皆知。

**邯** hân 地名。邯鄲hân-tan古地名。春秋時代的趙都，亦當時的大都會也。

【邯鄲夢 hân-tan-bōng】 古小說。謂盧生在邯鄲客館中，自嘆窮困，有呂翁授之以枕，謂枕此，當可如意。生枕之，果然娶美妻，中進士，一帆風順，將兵破敵，任宰相十幾年，子孫滿堂，年已八十，至此忽然一覺，原來不過是一夢。時館主在煮黃粱，尚未夠熟。故亦謂黃粱夢hông-liâng-bōng。所謂浮生若夢phû-seng jiak(jiok)-bōng者也。

**翰** hān 天雞赤羽也。文字。書信曰翰hān。文～bûn～⇨同上。書～si～⇨書信。

【翰林 hān-lîm】 文學的侍從。以進士出身者選任之。點～～tiám～～⇨由天子選入翰林院任職。～～院～～īⁿ⇨古官署名。

【翰苑 hān-oán】 翰林院hān-lîm-īⁿ。非進士起家不得居～～hui-chìn-sū khí-ka put-tek-ki～～⇨古有此規定。

【翰墨 hān-bek】 筆墨pit-bak。文事。愛弄～～ài-lāng～～⇨喜歡舞弄筆墨。

**汗** hān 汗koāⁿ也。人液也。從毛管孔mo-kńg-khang排出的體液也。流～liû～⇨同上。發～hoat～⇨同上。又番語王，成吉思汗。

【汗巾 hān-kin(kun)】 手巾chhiú-kin。

【汗青 hān-chheng】 竹簡殺青。人生自古誰無死，留取丹心照～～jîn-seng chū-kó· sûi-bû-sú, liû-chhú tan-sim chiàu～～⇨文天祥

正氣歌。

【汗衫 hān-sa$^{n}$】 內衫lāi-sa$^{n}$。軀底衫su-té-sa$^{n}$。

【汗牛充棟 hān-giû$^{n}$-chhiong-tòng】 言書籍之多。可使牛拉得流汗，可充滿棟屋。

【汗不敢出 hān-put-kám-chhut】 三國誌鍾會之故事。鍾會與其兄面君。兄怕得全身是汗，他卻不在乎。天子問他何以不怕而不流汗。他答曰，戰戰慄慄～～～～chiàn-chiàn-lek-lek～～～～⇨非不怕，是怕得汗不敢出來。

【汗流浹背 hān-liû-kiap-pòe】 滿身流汗，衣衫都濕了。喻驚恐之至。

【汗馬之勞 hān-má-chi-lô】 喻戰功。矢石之難～～～～sí-sek-chi-lān～～～～⇨同上。

hān **限** 閾hek也。門限亦即戶定hō·-tēng也。又界kài也。約時刻曰定tēng曰限hān。到～kàu～⇨到了約定之時。過～kòe(kè)～⇨逾期jī(jū)-kî。逾限jī-hān。期～kî～⇨限期hān-kî。～你三工該還錢～lí sa$^{n}$-kang ài hêng-chî$^{n}$⇨你在三天之內必須把錢退回來。有～時間無ū～sî-kan bô⇨有無規定時間。無～的bô～ê⇨沒定的。沒限制的。大～tāi～⇨壽命之終點。無～大bû～tāi⇨比最大更大。有～iú～⇨有一定的。很小。很少。老鼠仔尾生粒仔，有膿也有～niáu-chhí-á-bóe se$^{n}$(si$^{n}$)-liap-á，ū-lâng ā iú～⇨老鼠尾巴生瘡，有膿也不多。喻毋成物m̄-chia$^{n}$-mih。

【限日 hān-jit】 指定某日。決定日數。～～乎伊起到好～～hō·-i khí-kà-hó⇨限定時日（日數）給他建築完成。限時～～的無人愛hān-sî～～ê bô-lâng-ài⇨限定期間的沒人要做。

【限年 hān-nî】 以年為限制的單位。講久也是有～～抡kóng-kú ā-sī-ū～～lè⇨說是很久，還是有規定若干年的。

【限制 hān-chè】 制限chè-hān。人數有～～錢額無～～jîn-sò· ū～～chî$^{n}$-giah bô～～⇨人必若干人，錢多少不管。

【限定 hān-tiā$^{n}$】 hān-tēng。定teng。無～～bô～～⇨沒有規定。沒有一定的。每月～～生活費五千múi-goeh～～seng-oah-hùi gō·-chheng⇨每月規定生活費是五千元。無～～bô～～⇨沒有指定。

【限界 hān-kài】 指定範圍。有～～抡，更過去彼旁道未使得ū～～lè, koh kòe-khì hit-pêng tō bē-sái-tit⇨有個範圍存在，再過去那邊就不行了。

【限度 hān-tō·】 規定範圍。逐項都該有一個～～tak-hāng tō ài-ū chit-ê～～⇨每種事都應該有個限度。

【限時 hān-sî】 指定時間。～～限日抡～～hân-jit lè⇨時日都指定著。限日無～～較無要緊hān-jit bô～～khah bô iàu-kín⇨只限日沒有限時間，比較輕鬆一點。～～專送～～choan-sàng⇨郵政有此制度。

【限期 hān-kî】 指定期限。～～滿了也～～moá-liáu à⇨限期已經夠滿了。著～～藉好tioh～～chiah-hó⇨需要有個期日才好。

【限量 hān-liōng】 限度hān-tō·。限數量。無～～bô～～⇨沒一定的量。囡仔食乳該～～較好gín-á chiah-leng ài～～khah-hó⇨嬰兒吃乳有個定量較好。

hān **旱** 不雨也。又水之對稱。大～tāi～⇨大炕旱toā-khòng-oā$^{n}$。久～逢甘雨，他鄉遇故知kiú～hông(hōng) kam-í(ú), tha$^{n}$-hiang(hiong) gī(gū) kò·-ti⇨日諺所謂：於地獄抵著佛祖tī-tē-gek tú-tioh-hut-chó·也。

【旱稻 hān-tiū】 陸稻liok-tiū。水稻以外種在山園soa$^{n}$-hn̂g等無水之地者。俗亦曰旱仔chá-á。因為必須提早焱子iah-chí提早收成故也。

【旱路 hān-lō·】 水路之反。陸路liok-lō·。趕～～koá$^{n}$～～⇨行陸路。

【旱魃 hān-poat】 旱之神。亦曰旱母hānbó。日文作炕旱khoǹg-oāⁿ解。

# hang

**hang 魴** 魚名，魴仔hang-á，魴魚hang-hî或魴仔魚hang-á-hî。一～二虎it～jī-hó͘⇨第一好吃是魴仔，第二是虎魚hó͘-hî。虎魚hó͘-hî或說是鱸thêng亦作䲍thêng。

【魴毒 hang-to̍k】 魴魚尾之毒。

【魴劍 hang-kiàm】 魴尾之劍。亦曰魴尾劍hang-bóe-kiàm。

【魴鯊無狗分 hang-soa-bô-káu-hūn】 魴魚與鯊魚，狗休想分一杯羹。因爲其骨軟，全魚無可棄者。

**hang 烘** 就火取暖曰烘hang。燒烘食物亦曰烘。起火來～khí-hóe lâi～⇨起火以便取暖。

【烘火 hang-hóe(hé)】 ～～較未寒～～khah bē(bōe)-koâⁿ⇨烘火較不寒。

【烘肉 hang-bah】 ～～烘魚～～hang-hî⇨同上。

【烘餅 hang-piáⁿ】 煎餅chian-piáⁿ。但是煎隔一鐵板，烘hang即直接在火上照熟之。

【烘燒 hang-sio】 烘火以暖之。～～一下較好～～chi̍t-ē khah-hó⇨烘一烘較暖。

【烘爐 hang-lô͘】 火爐hóe-lô͘。～～扇～～sìⁿ⇨烘爐搧火的竹篾扇tek-bi̍h-sìⁿ。新～～新茶鈷sin～～sin tê-kó͘⇨喻新婚夫妻。

【烘火籠 hang-hóe(hé)-lang】 以火籠取暖。查某人～～～cha-bó͘-lâng～～～⇨謎題，打一園蔬。答曰紫蓟chí-so(諧音)。

**háng 哄** 哄hāⁿ也。恐嚇也（見haⁿ部）。

**hàng 痥** 腫chéng也。瘡腫曰痥hàng。粒仔～起來lia̍p-á～khí-lâi⇨疙瘩腫了。

【痥痥 hàng-hàng】 腫腫chéng-chéng～～⇨粒仔腫大。

**hàng 脝** 膨phòng也。脹tiàng也。胖而健美曰肚hàng。疙瘩發癀曰痥hàng。皮仔～～～phôe-á～～～⇨謂嬰兒的皮膚很健美。

【脝皮 hàng-phôe】 膨皮phòng-phôe。皮膚健美。～～～～眞媠～～～～chin-súi⇨皮膚健美很美麗。稱讚健美的女人。

【脝乳 hàng-leng(lin)】 乳兒健康漂亮肥美。嬰仔眞～～眞媠eⁿ-á chin～～chin-súi乳兒膨皮眞健康漂亮。少男少女轉成人乳部轉大曰腫奶chéng-leng不曰胖奶hàng-leng。又少男少女健康漂亮曰粗粕chho͘-phoh亦不曰脝乳hàng-leng。成人即單曰肥pûi，或肥軟pûi-ńng。

【脝箬 hàng-ha̍h】 ㈠樹葉肥大。箬ha̍h以皮，亦作樹葉解。稻仔甚～～未結穗tiū-á siuⁿ～～bē(bōe) kiat-sūi⇨稻枝成育太好稻葉太旺就不結穗。㈡作風誇張或出手大方不作吝嗇狀皆曰痥篚，亦作脝箬hàng-ha̍h。老李眞～～láu-lí chin～～⇨老李很慷慨。老張講話眞～～láu-tiuⁿ kóng-ōe chin～～⇨老張說話很誇大。老趙較～～較未合人計較láu-tiō khah～～khah-bē kah-lâng kè-kàu⇨老趙較隨便不與人計斤究兩。老林較～～愛好看láu-lîm khah～～ài hó-khoàⁿ⇨老林較大方注重面子。

**hâng 航** 行舟也。行於空中海上皆曰航hâng。～空～khong⇨同上。～海～hái⇨同上。～路～lō͘⇨同上。～行器～hêng-khì⇨飛行器具，飛機hui-ki，飛船hui-chûn，直升機ti̍t-seng-ki，噴射機phùn-siā-ki等是。

**hâng 杭** 杭州hâng-chiu，地名。天上天堂，地下蘇～thian-siāng thian-tông, tē-hā so͘～⇨極言蘇杭二州之風景美如天堂。

**hâng 篊** 取魚之設備也。將溪流集中於適當之所，以凵形之桂竹棚承之，水出棚外，魚留棚中，藉以取之者。亦即魚梁hî-liâng也。俗曰魚篊hî-hâng。扱魚～khioh-hî～⇨築篊取魚。一般多以部落住民共同合力爲之。大工程也。

**hâng 行** 列也。百工所執業曰行hâng。物資買賣之所曰行hâng。寫做二～siá-chò(chòe) nn̄g～⇨書成兩列。總統一～百幾人chóng-thóng it(chi̍t)～pah-kúi-lâng⇨總統連同其隨員一班人計一百多人。代表一～tāi-piáu it～⇨代表們一班人。內～人lāi～lâng⇨對某業或某事經驗或智識豐富之人。亦曰內～的lāi～ê。反之即曰外～人goā～lâng或外～的。goā～ê。茶～tê～⇨茶商。魚～hî～⇨魚商。糖～thn̂g～糖商。布～pò͘～⇨布商。油～iû～⇨食用油商。汽油～khì-iû～⇨機器用油商。本～pún～⇨①各行號的自稱。②自己所屬或所學習成功的行業技能。洋～iûⁿ～⇨外國人的商館。牙～gê～⇨經紀業。俗曰牽猴仔khan-kâu-á。開～khui～⇨開設行號。廈門透廣東，廣東十三～，買賣交關我一人ē-mn̂g thàu kńg-tang,kńg-tang cha̍p-saⁿ～,bé-bē kau-koan goá-chi̍t-lâng⇨丑仔白。

【行口 hâng-kháu】 貿易商bō͘-e̍k-siang(siong)。出口商chhut-kháu-siang(siong)。

【行戶 hâng-hō͘】 商家。大商家。大商家之主。本市的大～～pún-chhī ê oā～～⇨同上。

【行伍 hâng-ngó͘】 隊伍tūi-ngó͘。～～出身的～～chhut-sin-ê⇨列兵lia̍t-peng出身的人。出身低微之人。

【行東 hâng-tong】 行號之主人。

【行郊 hâng-kau】 批發商phe-hoat-siang(siong)。船～～chûn～～⇨運漕業ūn-chô-gia̍p。郊kau者，古之同業公會。

【行家 hâng-ke(ka)】 大商戶。內行人lāi-hâng-lâng。專家choan-ka。～～的高見～～ê ko-kiàn⇨同上。

【行情 hâng-chêng】 ㊀市況chhī-hóng。物價bu̍t-kè。時價sî-kè。～～有較行也～～ū khah-kiâⁿ-ā⇨市況在向上轉動。～～眞暗～～chin-àm⇨市況不明。～～眞通光～～chin-thang-kng⇨對市況瞭如指掌。～～扲變動～～teh piàn-tōng⇨市況在轉變。㊁情形。程度。你講無～～的lí kóng bô～～ê⇨你說沒程度的話。無～～的不當講bô～～ê m̄-thang-kóng⇨太過份的話不可說。

【行貨 hâng-hòe(hè)】 商行所販賣之貨色。非特製品。彼類～～四界有hit-lōe～～sì-kè-ū⇨那種東西（不稀奇）到處都有之。

【行號 hâng-hō】 行名hâng-miâ。行戶hâng-hō͘的名稱。

【行頭 hâng-thâu】 ㊀批發商。㊁職業上所必備的道具，衣服等等。～～無帶來那會用得～～bô-toà-lâi ná-ē-iōng-tit⇨道具沒帶來怎麼行。

【行行出狀元 hâng-hâng-chhut-chiōng-goân】 喻每一行業都有其優秀人物。或在每一行業中都可以有特出超人的機會。人講～～～～～，實在有影lâng-kóng～～～～～si̍t-chāi ū-iáⁿ⇨古人說，行行出狀元，是眞的。稱讚成功者。人講～～～～～，逐項頭路每共款lâng-kóng～～～～～，ta̍k-hāng thâu-lō͘ māh kāng-khoán⇨勸人繼承父業。

**hâng 降** 伏也。投降tâu-hâng也。被打敗而服從敵人曰降hâng。生～死不～seng～sú-put～⇨俗謂滿清入關有此條件。投～tâu～⇨同上。

【降伏 hâng-ho̍k】 以武力強迫敵人屈伏。敵軍～～tek-kun～～⇨同上。

【降服 hâng-ho̍k】 ㊀投降而服從。不肯～～m̄-khéng～～⇨不降不服。㊁佩服pōe-ho̍k。無人～～伊bô-lâng～～i⇨沒有人承認他優秀。伊的才情確實使人～～i ê châi-chêng khak-si̍t sú-lâng～～⇨他的才幹確實令人佩服。

【降者不殺 hâng chià-put-sat】 投降者留其狗命。誘人投降之騙詞。

**hāng 項** 頸後受枕處也。姓氏。條目曰項hāng。硬～ngē～～⇨硬氣ngēh-khì。彼顆眞硬～

hit-kho· chin ngē～⇨他不肯輕易認輸。例行事～lē-hêng-sū～⇨依例辦理的事。逐～俫持tak～boeh～tī⇨每一種都要。即～歹扭擸也chit～pháiⁿ liú-lak-ā⇨此一件事，難料理了。一～術一～破chit～sut chit～phò⇨一種道術必有一種破解的方法。大～細～攏俫攬toā～sè～lóng-boeh-lám⇨大事小事都要一手抓。事算～物算件sū sǹg～but sǹg-kiāⁿ⇨同上。

【項目 hāng-bok】 條目tiâu-bak。分做三個～～來討論hun-chò saⁿ-ê～～lâi thó-lūn⇨分爲三個條目逐條討論。

【項羽 hāng-ú】 名籍chek，羽ú字也。亦即楚霸王chō·-pà-ông也。

【項當 hâng-tàng】 職務。當佗一～～tng tó-chit～～⇨擔任何一職務。

【項橐 hāng-thok】 據說，七歲而爲孔子師。昔仲尼，師～～，古聖賢，尙勤學sek-tiōng-nî, su～～, kó-sèng-hiân, siāng-khîn-hak⇨三字經。

hāng **巷** 里中道也。同衖hāng。小路曰巷hāng。直曰街曲曰～tit-oat-ke, khiok-oat～⇨同上。大街小～toā-ke sió～⇨同上。直街橫～tit-ke hoâiⁿ～⇨同上。無尾～bô-bóe～⇨無出口之小巷路。

【巷仔 hâng-á】 小巷。～～口～～kháu⇨～～頭～～thâu⇨巷路之兩端。～～路～～lō·⇨小巷路。

【巷尾 hâng-bóe】 小巷的末端。街頭～～ke-thâu～～⇨大街小巷toā-ke-sió-hàng。

【巷戰 hāng-chiàn】 市街戰 chhī-ke-chiàn。拂到～～起來，而尾後，死若夠人抄hut-kà～～khí-lâi, jî-bóe-āu, sí-goā-chē-lâng-lē⇨弄得彼此展開了市街戰到最後，死了很多人呢。

【巷議 hāng-gī】 街談～～ke-tâm～～⇨民間所談論。～～是難免臆測的～～sī lân-bián ek-chhek-ê⇨街頭巷尾百姓所談，不能皆有根據的。

【巷深狗惡 hâng-chhim-káu-ok】 謂深巷大宅有兇猛之犬。喻大家之閨女難於接近。阿貴，人講～～～～唔，道該仔細唔a-kūi, lâng-kóng～～～～ho·ⁿ, tō-āi chú-sè-ho·ⁿ⇨勸阿貴，不可枵狗想食天鵝肉。

# hap

hap **哈** 魚口動也。哈gap也。開口呑食也。魚仔扲～嘴hî-á teh～chhùi⇨魚口在一開一閉。～一嘴～chit-chhùi⇨呑食一口。

【哈水 hap-chúi】 gop-chúi。㊀魚口在動。魚仔扲～～hî-á teh～～⇨同上。㊁喝水。飲水。眞嘴焦趕緊走去～～chin-chhùi-ta koáⁿ-kín cháu-khì(ì)～～⇨口很乾趕快跑去喝水。

hap **詥** 會言也。合衆意曰詥hap。聊天liâu-thian曰詥hap。參商chham-siāng亦曰詥hap。試談商事亦曰詥hap。罔～也罔～bóng～a bóng～⇨姑罔談之。聊聊天。盈道來～êng tō-lâi～⇨得閑就來聊天罷。

【詥仙 hap-sian】 說笑話。聊天。逐家扲～～tak-ê teh～～⇨大家在說說笑笑。衆人於扲～～chèng-lâng tī-teh～～⇨大家在聊天。抵扲共伊～～看伊要否tú-teh kāng-i～～khoàⁿ-iboeh-bō·⇨剛好正在與他商量看看他是不是要。

【詥笑 hap-chhiò】 說笑。茶仔罔呷罔～～都蓋好也tê-á bóng-hah bóng～～to kài-hó-à⇨呷呷茶，說說笑，此最好不過了。

【詥生理 hap-seng-lí】 談生意。合人～～～kap-lâng～～～⇨與人談生意。

【詥笑詼 hap-chhiò-khoe】 詥笑hap-chhiò。～～～詥了煞變面～～～hap-liáu soah-pìⁿ-bīn⇨說說笑笑結果竟反面起來了。

**hap 合** 合嘴也。配了。和也。中式也。比對也。聚也。交戰曰合hap。與也。使～kap～⇨配合。和合。配～phōe～⇨同上。會～hōe～⇨同上。天作之～thian-chok-chi～⇨同上。大戰三百～tāi-chiàn sa$^{n}$-pah～⇨同上。苟～kō͘～⇨同上。野～iá～⇨同上。六～liok～⇨宇宙，東西南北加上下也。尙無不～siāng-bû-put～⇨公文用詞。展開如廊亭，～抡如雨傘襇thián-khui ná phō͘-thêng, ～lè ná hō͘-soà$^{n}$-kéng⇨喻吹牛時吹得大如天，回到自己則小如鼠。廊亭phō͘-thêng糖廍絞蔗汁之大建築物。狀如大雨傘。分則兩害，～則兩利hun-chek-liáng-hāi, ～chek-liáng-lī⇨拆開則兩方都受損，合作則雙方都有利。

【合力 hap-lek】 共同出力。同心～～tông-sim～～⇨同上。

【合十 hap-sip】 合掌hap-chiáng。合手hap-chhiú。～～禮拜～～lé-pài⇨同上。

【合仔 hap-á】 ㊀兩物相合。～～銀～～gîn(gûn)⇨包銅之僞銀幣。～～頭～～thâu⇨可以拆開的阿片煙吹。㊁雙倍。～～錢～～chî$^{n}$⇨雙倍之利益。～～趁～～thàn⇨獲利雙倍。～～生理～～seng-lí⇨雙倍利益之商意。

【合功 hap-kong】 合作努力。～～破曹～～phò-chô⇨合力打敗曹操。喻協力對付困難。

【合本 hap-pún】 合資hap-chu。～～做生理～～chò(chòe)-seng-lí⇨同上。

【合成 hap-chiâ$^{n}$】 hap-sêng。合爲hap-ûi。～～一家～～chit-ka⇨同上。

【合印 hap-ìn】 官發契合印。官府的～～koa$^{n}$-hú ê～～⇨同上。

【合共 hap-kiōng】 總共chóng-kiōng。通計thong-kè。～～抵好三千～～tú-hó sa$^{n}$-chheng⇨合計剛好三千金。

【合式 hap-sek】 bop-sit。㊀適當。你做生理無～～lí chò(chòe) seng-lí bô～～⇨你(的性格)做生意不適當。㊁合規紀。你該替您阿叔出力藉～～lí ài-thè lín-a-chek chhut-lat chiah～～⇨你應該替你叔叔出力才合理。

【合同 hap-tông】 合約hap-iak。寫～～siá～～⇨作成契約書。

【合宜 hap-gî】 合式hap-sek，當然tong-jiân。該紅包去賀藉～～ài âng-pau khì-hō chiah～～⇨需要紅包禮去賀之才對。伊講的也是～～的話i kóng- ê iā-sī～～ ê ōe⇨他說的也是當然的話。

【合和 hap-hô】 和洽hô-hiap。㡾內未～～，代誌道免做chhù-lāi bē(bōe)～～，tāi-chì tō bián-chò(chòe)⇨家內不和，事業做不成。

【合法 hap-hoat】 符合法令所定。～～的買賣～～ê bé-bē(bóe-bōe)⇨同上。～～的權利～～ê koân-lī⇨同上。～～合理～～hap-lí⇨又合法又合理。

【合金 hap-kim】 兩種金屬合成一種。

【合巹 hap-kín】 婚禮夫妻同飲的酒杯。～～杯～～poe⇨同上。

【合股 hap-kó͘】 共同出資。～～生理較大本～～seng-lí khah toā-pún⇨合股的生意，資本較雄厚。～～經營～～keng-êng⇨同上。

【合併 hap-pèng】 併合pèng-hap。～～辦理～～pān-lí⇨同上。

【合奏 hap-chàu】 聯合演奏。小提琴～～會sió-thê-khîm～～hōe⇨同上。

【合約 hap-iak(iok)】 契約khè-iak。鬮書～～khau-si(su)～～⇨同上。～～字～～jī⇨契約書khè-iak-si。

【合計 hap-kè】 合共hap-kiōng。～～算未合～～sǹg-bē-hap⇨總共計算數字不一致。

【合家 hap-ka】 全家choân-ka。～～大細攏平安～～toā-sè(sòe) lóng pêng-an⇨同上。

【合格 hap-keh】 及格kip-kep。及第kip-tē。考了有～～khó-liáu ū～～⇨考試結果上榜了。

【合翅 hap-sıt】 收翅siu-sıt。你看許鳥仔愈飛落來愈～～lí-khoàⁿ he chiáu-á ná-poe-loh-lâi ná ～～⇨你看那鳥要飛下來，就一路飛，一路收翅。

【合情 hap-chêng】 ～～合理更合法～～hap-lí koh hap-hoat⇨同上。

【合唱 hap-chhiùⁿ】 國歌～～kok-koa～～⇨同上。

【合婚 hap-hun】 結婚kiat-hun。二姓～～jī-sèng～～⇨兩姓男女結婚。～～桌～～toh⇨①結婚的筵席。②爲新郎新婦特設的筵桌。

【合理 hap-lí】 不背道理。不違理論。有～～無合法藉歹講ū～～bô-hap-hoat chiah pháiⁿ-kóng⇨合理但是不合法才難說。～～可作，小利莫爭～～khó-chok,siáu-lī bok-cheng⇨合理的事情可爲之，但是不可貪小利。

【合葬 hap-chòng】 同葬tông-chòng。阮父母～～於太平山 goán-pē-bó ～～tī thài-pêng-san⇨我父母都合葬在太平山。

【合該 hap-kai】 於理必然。即款錢～～道該賠咱chit-khoán chîⁿ～～tō-ài pôe-lân⇨此種錢於理當然賠償給我們。～～然～～jiân⇨當然。

【合夥 hap-hóe(hé)】 合股hap-kó·。合辦hap-pān。～～抾做～～teh chò(chòe)⇨合股而在經營。二兄弟分了更再～～nn̄g-hiaⁿ-tī pun-liáu koh-chāi～～⇨兩兄弟分了，又再合起來了。

【合算 hap-sǹg】 ㊀合計hap-kè。～～猶有存～～iáu ū-chhun⇨合併計算還有餘額。㊁合盤hap-poâⁿ。在生理上有利可圖。會～～藉來,未～～都不是佅做暢的講ē(ōe)～～chiah-lâibōe～～to-m̄-sī boeh-chò thiòng-ê-kong⇨能夠有利才做，沒利的生意不是要做玩的。

【合辦 hap-pān】 共同主辦。官民～～koaⁿ-bîn～～⇨同上。

【合面街 hap-bīn-ke】 街路兩旁都有店鋪的。單面街toaⁿ-bīn-ke之對詞。發展著眞快，攏變～～～了hoat-tián-tioh chin khoài, lóng-pìⁿ～～～lō·⇨發展得很快速，全都變成合面街了。

【合時宜 hap-sî-gî】 合時hap-sî。即間店開了有～～～chit-keng-tiàm khui-liáu ū～～～⇨此店開得很合時。

【合做堆 hap-chò-tui】 合做夥hap-chò-hóe。

【合做夥 hap-chò-hóe】 hap-chòe-hé。做夥chò-hóe。共同kiōng-tông。咱二人～～～來做lán-nn̄g-lâng ～～～ lâi-chò⇨我們兩個人共同來經營。

【合壽木 hap-siū-bok】 生前預備的棺木。

【合境平安 hap-kéng-pêng-an】 全境內皆平安。境指寺廟的管轄區。寺廟內都有合境平安燈或號牌。

## hat

**hat 褐** 粗衣也。粗布的衣服也。又貧賤之人曰褐hat。又黑黃色曰褐hat。短～toán～⇨短粗布。茶～tê～⇨茶色tê-sek。

【褐夫 hat-hu】 貧賤之人。

【褐色 hat-sek】 茶色tê-sek。黃烏色n̂g-o·-sek。土黃色thô·-n̂g-sek。亦曰猪肝色ti-koaⁿ-sek。

【褐炭 hat-thoàⁿ】 褐煤hat-bôe(mûi)。

【褐鐵鑛 hat-thıh-khòng】 製鐵的主要鐵鑛。俗稱鐵鑛thıh-khòng或鐵鑛石thıh-khòng-chioh。

**hat 豁** 達也。深也。又免除也。開～khai～⇨開闊khui-khoah。

【豁免 hat-bián】 免除bián-tî(tû)。～～權～～koân⇨同上。

【豁然 hat-jiân】 突然展開光明的樣子。～～開朗～～khai-lóng⇨突然開展光明。

【豁達 hat-tat】 度量大，胸無城府hiong bû sêng-hú。爲人～～坦懷待人 ûi-jîn ～～

thân-hoâi thāi-jîn⇨同上。

**hat 喝** 訶也。大言怒責也。譴斥也。又呼也。無代無誌講去乎人～，即斗有夠衰bô-tāi-bô-chì kóng khì-hō·-lâng～, chit-táu ū-kàu-soe⇨無因無端bô-in-bô-toa$^{n}$竟吃了一個怒斥，這一下子夠倒霉的。大聲～，人道驚你也不toā-sia$^{n}$～, lâng tō kia$^{n}$-lí-à m̄⇨（你）大聲怒叫，別人就怕你了嗎。像得～囡仔抔chhiū$^{n}$ teh～gín-á lè⇨如在怒斥孩子們一般。老母仔都共～到哭抔lāu-bú-á to-kā～kā-khàu lè⇨連老母親也都被（他）喝得哭。呼～ho·～⇨調遣指派。呼～未動 ho·～bē(bōe)-tāng⇨調派不動。

【喝人 hat-lāng】 人lâng改讀lāng。怒斥nō-thek。大聲～～toā-sia$^{n}$～～⇨大聲怒斥。你安爾烏白～～無情理嘛lí an-ne o·-peh～～bô-chêng-lí mà⇨你如此亂罵人沒道理呀。

【喝采 hat-chhái】 叫好。衆人～～chèng-lâng～～⇨大家都叫好。

【喝喝 hat-hat】 ～～塞塞～～sat-sat⇨喝hat者怒罵也,塞sat者杜其嘴也。食到者老也藉抔乎人安爾～～塞塞不如來去死較直也chiah-kà chiâ lāu-ā, chiah-teh hō·-lâng an-ne(ni)～～sat-sat, put-jî(jû) laih-khì(ì)-sí khah-tit à⇨活到這麼老了，才在受人家如此喝喝塞塞，不如死掉了乾淨。來去lâi-khì(ì)改讀laih-khì(ì)。呼呼～～ho·-ho·～～⇨頤指氣使î-chí-khì-sái。食到俫死也藉乎人抔呼呼～～chiah-kà boeh-sí-â chiah hō·-lâng teh ho·-ho·～～⇨活得快要死了才被人當奴才使喚。

【喝誚 hat-siâu】 斥責thek-chek。怒斥。您父共伊～～lím-pē kā-i～～⇨本爺對他加以斥責。再說白一點即：本爺加伊消毒pún-iâ kā-i siau-tok。眞衰給人～～chin-soe hō·-lâng～～⇨倒霉透了吃了人家的消毒。誚siâu責讓也。

【喝唱 hat-chhiù$^{n}$】 噴嚏phùn-thì。其聲。～～一聲愛睏神攏走去也～～chhit-sia$^{n}$ ài-khùn-sîn lóng cháu-khì-à⇨噴嚏一聲睡眠之神都嚇跑掉了。

【喝喝殺殺 hat-hat-sat-sat】 同喝喝塞塞。殺殺者，老板盛氣凌人之惡形惡狀也。

**hat 轄** 管koán也。統～thóng～⇨同上。管～koán～⇨同上。

【轄下 hat-hā(hē)】 轄區hat-khu。管轄之下的省語。屬於二分局的～～siok-tī jī-hun-kiok ê～～⇨屬二分局的管區。

【轄內 hat-lāi】 同轄下。

【轄區 hat-khu】 同轄下。

**hat 核** 痳巴腺的臨時腫張曰核hat，曰牽核仔khan-hat-á。⇨khan-hat-lá。是檨仔呢，你掠做是～也，共你講出面也啦sī soai$^{n}$-á-neh, lí liah-chò(chòe)-sī～á, kā-lí-kóng, chhut-bīn-ā-lâ⇨那是橫痃hoâi$^{n}$-hiân也，你以爲是核仔嗎(早就)對你說過了，(性病)表面化矣了。

**hat 脅** 脅hiap也。腋下也。兩膀也。亦作脇hiap。俗曰股下寅脚kó·-ē-lang-kha。

【脅仔帶 hat-á-toà】 hat-la-toà。腰圍io-ûi，有暗藏銀兩或錢包之腰巾。錢皮於～～～chî$^{n}$ khǹg-tī～～～⇨錢收在脅仔帶之中。

**hat 乏** 無也。疲也。缺乏khoat-hoat曰乏hat。暫無曰乏hat。控制生活亦曰乏hat。貨有較～hòe(hè) ū-khah～⇨貨源比較不充裕。水～到斷去也chúi～kà tn̄g-khì à⇨水缺得沒水了。用度眞～iōng-tō· chin～⇨經常所需費用很少很少。一文錢每～死死chit-bûn-chî$^{n}$ mā～sí-sí⇨只一文的小錢也限制得無可通融。超～也chiau～ā⇨相當缺乏。

【乏水 hat-chúi】 ㊀水少。缺水。～～期～～kî⇨缺水期。㊁錢上不充裕。手裡當抔～～chhiú-nì tng-teh～～⇨手中正在欠錢用。頂手貨眞～～téng-chhiú-hòe chin～～⇨批發

方面貨源很缺乏。

【乏底 hat-té】 缺乏 khoat-hoat。困乏 khùn-hoat。錢～～也chî$^{n}$～～ā⇨錢將沒有了。我當抄～～goá tng-teh～～⇨我正在最困窮之時。開了也得怵～～了khai-liáu iā tit-boeh～～lō⇨浪費得快要差不多了。

【乏窩 hat-o】 同乏底hat-té。

【乏死死 hat-sí-sí】 嚴酷限制。逐項怵～～～亦是未用得tak-hāng-boeh～～～ah-sī bē-iōng-tit⇨每事要限制太嚴酷也是不可以的。半文錢都～～～噢poā$^{n}$-bûn-chî$^{n}$ to～～～ō⇨一點點的小錢都是嚴厲限制著。

## hau

hau **皴** 皮堅也。皮不平滑曰皴hau。皮粗曰皴hau。臉面不平滑曰面粗粗bīn-chho͘-chho͘，亦曰面皴皴bīn-hau-hau。苹果面的平平釉釉pê$^{n}$-pê$^{n}$-iu-iu，柑仔面的道一粒一粒皴皴chit-liap-chit-liap-hau-hau。

【皴皮 hau-phôe】 皮面不平滑。痞瘰的～～thái-ko-ê～～⇨同上。

【皴流 hau-lâu】 皴而又浮腫。～～面～～bīn⇨同上。～～柑～～kam⇨椪柑。胖柑面phōng-kam-bīn⇨皴流面hau-lâu-bīn。胖柑phōng-kam，俗作椪柑phòng-kam。胖phōng，胖脹phoān-tiàng也。

【皴皴 hau-hau】 不平滑。生痱仔道～～se$^{n}$(si$^{n}$)-pùi-á tō～～⇨生痱子就不平滑。痱仔生到被～～pùi-á se$^{n}$-kā hau～～⇨痱子生得很多很嚴重。

hau **囂** 妄言也。亦音敖gô。伊抄講話眞～i teh-kóng-ōe chin～⇨他的話很虛假。話不當甚～ōe-m̄-thang siu$^{n}$～⇨話不可說得太虛。

【囂詔 hau-siâu】 妄言bōng-gian。白賊話peh-chhat-ōe。虛話hi-ōe。胡說荒唐話。吟嘯談囂gîm-siau-tām-hau。或作囂潲hau-siâu。或謂應作囂佋hau-siâu。而眞正語源似應爲虛詞。～～話講規擔～～ōe kóng-kui-tà$^{n}$⇨假話說得太多。規擔kui-tà$^{n}$謂整擔子，可以擔送之。不當更～～落去也m̄-thang koh～～loh-khì-ā⇨不可再繼續騙下去了。～～囂濁～～hau-tak⇨一片爛言。荒唐話連篇。

【囂囂詔詔 hau-hau-siâu-siâu】 白白賊賊peh-peh-chhat-chhat。全是胡說。～～～～無影無之跡的也敢講，你不驚去抽舌根～～～～bô-iá$^{n}$ bô-chi-chiah-ê iā-ká$^{n}$-kong, lí m̄-kia$^{n}$-khì(ì) thiu-chih-kin⇨一片胡言，無半點事實的也敢胡說，你不怕去(見閻王時)被抽舌根否。

háu **哮** 哭khàu也。又鳥獸鳴叫也。大聲～toā-sia$^{n}$～⇨大聲哭。嗎嗎～mà-mà～⇨嗎嗎地哭。細囝想奶也會～，阿娘想君目屎流sè(sòe)-kiá$^{n}$ siū$^{n}$-ni iā-ē～a-niû siū$^{n}$-kun bak-sái-lâu⇨民謠。鳥仔抄～chiáu-á teh～⇨鳥兒在叫。像野狼抄～的聲chhiū$^{n}$ iá-lông teh～ê-sia$^{n}$⇨似野狼之叫聲。鬼抄合馬～kúi teh kah bé～⇨鬼與馬在對叫。①彼此語言不通。②看着鬼khoà$^{n}$-tioh-kúi。亦即豈有此理。

【哮叫 háu-kiò】 大聲叫。～～講腹肚痛～～kóng pak-tó͘-thià$^{n}$⇨大聲哭着說肚子痛。

【哮吚 háu-hi$^{n}$】 訴苦sò͘-khó͘。鳴不平。～～你著食掙～～lí tioh chiah-chi$^{n}$⇨再哮吚就打你。端仔～～了錢tan-a～～liáu-chî$^{n}$⇨一意訴說虧本。

【哮乳 háu-ni(leng)】 嬰仔求乳而哭。嬰仔抄～～e$^{n}$-á teh～～⇨同上。

【哮枵 háu-iau】 哭枵khàu-iau。喩多嘴。莫抄～～mài-teh～～⇨不要亂講話。

【哮孱 háu-chhan】 孩子哭鬧。猶抄～～抄iáu-teh～～lè⇨還在哭哭鬧鬧。囡仔罔～～的gín-á bóng～～ê⇨孩子黑白哭鬧而已。

【哮痛 háu-thià$^{n}$】 喊痛hán-thià$^{n}$。嚕嗦。無趁道無趁也抄～～啥bô-thàn tō bô-thàn-ā teh～～siah$^{n}$⇨不獲利就不獲利了，還在嚕嗦什麼。講未聽，加答久仔你道～～kóng-bē-thia$^{n}$, ke-tap-kú-á lí tō～～⇨不聽話，一會兒你就要哭痛了(被責罵打教)。

【哮鷄 háu-ke】 善鳴之鷄。喻多話之人。你莫扲～～lí mài-teh～～⇨你莫作哮鷄。彼隻～～來道鬧熱也hit-chiah～～lâi tō nāu-jiat-à⇨那隻哮鷄來了就熱鬧了。

～～德仔～～tek-à⇨哮鷄阿德。

【哮賴人 háu-loā-lâng】 哭鬧。家已創壞去罔～～～耳ka-tī(kī) chhòng-hāi-khì bóng～～～niâ⇨自己弄壞的只是哭哭鬧鬧纏人而已。

【哮暝哮日 háu-mê-háu-jit】 日夜哭哭啼啼。～～～～勸也未恬～～～～khǹg iā bē-tiām⇨日夜啼哭勸也沒效。

**吼** háu 猛獸鳴也。同哮háu。咆～山林pâu～san-lîm⇨獸之哮叫也。咆～公堂pâu～kong-tn̂g⇨大鬧公堂。人也。

**孝** hàu 善事父母也。居喪曰孝hàu。供奉牲禮祭之曰孝hàu。食亦曰孝hàu(粗語)。囝兒有～kiá$^{n}$-jî iú～⇨同上。不～子put～chú⇨同上。孟孫問～子曰無違bêng-sun būn～chú-oat bû-ûi⇨論語。二十四～jî-chap-sì～⇨同上。辦牲禮去～pān-seng-lé khì～⇨以牲禮拜之。盒不緊～ta$^{n}$ m̄-kín～⇨而今何不快吃之。提提去～theh-theh-khì～⇨都拿去吃吧。～到甚飽也～kà siu$^{n}$-pá-à⇨吃得太飽了。

【孝子 hàu-chú】 有孝之子。久長病無～～kú-tn̂g-pē$^{n}$(pī) bô～～⇨極言長期病之麻煩。父母臥病苦在床上，家人在金錢勞力上皆受折磨，長期之下，有孝者亦變不孝矣。家貧出～～，國亂有忠臣ka-pîn chhut～～, kok-loān iú tiong-sîn⇨同上。～～會～～hōe⇨喪事互助會。

【孝女 hàu-lí(lú)】 有孝之女兒。居喪之女兒。孝子～～hàu-chú～～⇨同上。

【孝山 hàu-soa$^{n}$】 法事用的道具。有二十四孝圖等繪像。糊～～kô͘～～⇨糊製孝山。

【孝心 hàu-sim】 盡孝道之心。～～感動天～～kám-tōng-thian⇨同上。

【孝兄 hàu-hia$^{n}$】 傻瓜。你眞～～照安爾做耳煞未曉lí chin～～chiàu-an-ne-chò niâ soah-bē-hiáu⇨你眞眞是傻瓜，照樣做而已，怎麼也不會呢。果是～～做曷有好代ká-sī～～chò(chòe)-ah-ū hó-tāi⇨既然是傻瓜了，還能辦什麼事呢。

【孝男 hàu-lâm】 ㊀居喪之兒子。～～謝拜～～siā-pài⇨孝男對弔喪客行禮致謝。～～擒棺～～khî$^{n}$-koan⇨孝男同扶棺木。㊁罵人爲孝男。意爲聽人指使，不中用之人。叫到你即類～～亦衰kiò-kà lí chit-lōe～～ah-soe⇨要到你這種不中用者亦倒霉也。～～面～～bīn⇨一幅要哭的樣子。～～神～～sîn⇨動則哭者。您父～～衫敢未曉脫掉 lín-pē-～～sa$^{n}$ kám-bē-hiáu thǹg-tiāu⇨本老爺不會把責任推脫嗎，當然會嘛。

【孝孤 hàu-ko͘】 ㊀孝敬孤鬼。㊁吃(粗詞)。提去～～也theh-khì～～a⇨取去吃了。盒不緊～～ta$^{n}$-m̄-kín～～⇨現在何不快吃之。囡仔歹嘴斗攏不～～gín-á phái$^{n}$-chhùi-táu lóng-m̄～～⇨孩子們胃口不好，什麼都不吃。免～～了bián～～lò͘⇨沒得吃了。

【孝物 hàu-mih(mngh)】 牲禮。供牲禮以拜之。

【孝鬼 hàu-kúi】 孝敬好兄弟仔hàu-kèng hó-hia$^{n}$-tī-á。好兄弟仔，遊魂野鬼也。

【孝孫 hàu-sun】 居喪之孫。

【孝悌 hàu-tē】 敬重父母兄長。融四歲，能讓梨，弟於長，宜先知，首～～，次見聞，知某數，識某文iông-sù-sòe, lêng-jiāng-lê, tē-î-tiáng, gî-sian-ti, siú～～, chhù-kiàn-būn, ti-bó͘-sò͘, sek-bó͘-bûn⇨三字經。

【孝鳥 hàu-chiáu】 烏鴉仔o͘-a-á。鴉有反哺

之義故稱～～a-iú hoán-pō·-chi-gī, kō-chheng～～⇨同上。

【孝飯 hàu-pn̄g】 死後百日晨昏兩次，百日過後即望朔兩次以白飯供於靈前。停～～也thêng～～ā⇨孝飯之期滿了。

【孝順 hàu-sūn】 順序大人之意不違逆。新婦眞～～sin-pū chin～～⇨同上。

【孝經 hàu-keng】 書名。有關孝道之古典。

【孝敬 hàu-kèng】 ㊀敬重序大。對序大人該有～～之心 tùi-sī-toā-lâng ài-ū～～chi-sim⇨同上。㊁對神佛供奉禮物。～～神明～～sîn-bêng⇨同上。㊂送紅包亦曰孝敬hàu-kèng。逢年過節攏每該～～hong-nî kōe-cheh lóng-mā-āi ～～ ⇨過年過節的時候都必須送送紅包。

【孝廉 hàu-liâm】 有孝道而又廉正。舉～～kí(kú)～～⇨古時由地方官推舉去中央任官。

【孝道 hàu-tō】 敬愛序大之道。行～～hêng～～⇨同上。

【孝墓 hàu-bōng】 掃墓sàu-bōng。清明～～chheng-bêng～～⇨同上。

【孝養 hàu-iáng(ióng)】 對父母盡孝道。～～序大人～～sī-toā-lâng⇨同上。

【孝怢 hàu-tai】 身軀大的傻瓜。人～～～～也lâng～～～～a⇨其人很有孝怢的樣子。

【孝靈 hàu-lêng】 供牲禮拜祭死人之靈。

【孝祖公 hàu-chó·-kong】 具牲禮拜祖先。未輸抔～～～抔bē-su-teh～～～lè⇨一如孝祖公一樣的款待。責罵不肖子之詞。

【孝神明 hàu-sîn-bêng】 以牲禮敬拜神明，～～～拜公媽～～～pài-kong-má⇨同上。

【孝棺柴頭 hàu-koaⁿ-chhâ-thâu】 ㊀祭拜棺木。㊁責罵不盡本分的子弟。恰如抔～～～～抔kah-ná teh～～～～lè⇨同上。

**hâu 熬** 熬ngâu也。以文火緩煮曰熬ngâu亦曰熬hâu。猶耐久也。事停滯曰熬ngâu, hâu。代誌～抔tāi-chì～lè⇨問題停滯着無法解決。猶～抔安怎好都不知iáu～ leh an-choáⁿ-hó to-m̄-chai⇨還在停滯中如何是好都不知道。

**hâu 侯** 字姓。侯贏無二諾，君子重一言hâu-êng bû-jī-lok, kun-chú tiōng-it-giân⇨侯贏古代的俠士。

**hâu 好** ㊀佳、妙。不止～put-chí～⇨甚佳。甚妙。㊁作爲。俳～不道緊來～beh～m̄-tō kín-lâi～⇨要做何不快來做。奤每～也taⁿ-mā～ā⇨夠了吧(新詞)。顯然的，這個好hâu字詞的使用是受普通話（也叫北京話)的影響。在語言學上是一種借詞或借用語。

【好略 hâu-lioh】 收拾siu-sip。修理。共伊～～起來kā-i ～～khí-lâi⇨收拾他罷。未～～得 bē(bōe)～～tit⇨惹不得。賊仔～～去了chhat-á～～khì～lò·⇨賊仔接收去了。

【好利害 hâu-lī-hāi】 非常可怕。～～～的人～～～ê lâng⇨同上。德國的大砲太～～～tek-kok ê toā-phàu thài ～～～⇨德國的大砲非常的可怕。

**hāu 校** 教書讀書之所。學～hak～⇨同上。軍～kun～⇨同上。母～bó～⇨同上。大學～tāi-hak～⇨同上。各～代表kok～tāi-piáu⇨同上。

【校工 hāu-kang】 學校雇用的工人。人有大學生抔做～～呢lâng-ū tāi-hak-seng teh-chò(chòe)～～neh⇨事實有大學生在當校工呢。

【校友 hāu-iú】 同學tông-hak。～～會～～hōe⇨同上。

【校舍 hāu-siā】 學校的建築物。～～全新的～～choân sin-ê⇨同上。

【校長 hāu-tiúⁿ】 一校之長。～～先生～～sin-seⁿ(sian-siⁿ)⇨同上。～～兼槓鐘～～kiam kòng-cheng⇨校長自兼校工打號鐘。喻小機關。

【校風 hāu-hong】 學校的風紀風氣。～～未穲～～bē(bōe)-bái⇨校風不惡。

【校費 hāu-hùi】 學費hak-hùi。～～眞貴～

～chin-kùi⇨同上。

【校務會議 hāu-bū-hōe-gī】 校長召開～～～～hāu-tiú$^{n}$ tiàu-khui～～～～⇨同上。

hāu 鱟 魚名。甲殼類。亦曰鱟魚hâu-hî。好好～刣到屎流hó-hó～thâi-kà sái-lâu⇨上等的鱟魚料理得漏了屎。喻好好的事情弄得七糟八糕。抾著死～khioh-tio̍h sí～⇨喻獲得意外之財。

【鱟杓 hau-hia】 炊煮用的小道具。專用於鼎底取湯。～～對飯耒～～tùi pn̄g-lē(lōe)⇨囡仔對。飯耒pn̄g-lē去沾取飯的小道具。

【鱟殼 hāu-khak】 ㈠鱟之甲殼。㈡瓦類的破片。～～仔～～á⇨瓦類的破片。

【鱟片仔 hāu-phiá$^{n}$-á】 破瓦phoà-hiā。破瓦片。同鱟殼仔hāu-khak-á。可能是瓦hiā鱟hāu諧音而來的。囡仔耍～～～厝gín-á sńg～～～chhù⇨孩子們以瓦片玩蓋屋。

【鱟脚鱟蹺 hāu-kha-hāu-giô】 喻行動慢。阮～～～～逮您未著，goán～～～～tòe-lín bē-tio̍h⇨我們行動慢，跟不上你們。查某人～～～～較加每輸您cha-bó͘-lâng～～～～khah-ke mā su lín⇨婦道人家行動慢，當然要輸你們的。蹺giô舉足也。謂鱟手足皆慢也。

hāu 效 學也。致力也。功驗也。同効hāu。仿～hóng～⇨同上。績～chek～⇨同上。功～kong～⇨同上。藥～io̍h～⇨同上。無～的神通散bô～ê sîn-thong-sán⇨無効力，無効用，無効果皆用此成語。神通散sîn-thong-sán者藥名，原以胃特効藥賣出。其藥効似乎不彰，乃得有此成語。

【效力 hāu-le̍k】 ㈠致力tì-le̍k。竭力kia̍t-le̍k。逐家～～tak-kê～～⇨大家出力。㈡功效。彼類藥仔曷有～～hit-lōe io̍h-á a̍h-ū～～⇨彼種藥那裏有效。

【效尤 hāu-iû】 模仿他人的方法。嚴加取締，以儆～～giâm-ka chhí(chhú)-thê，í-kéng～～⇨官方文書用詞。

【效用 hāu-iōng】 功効。用途。無啥～～不愛好啦bô-siá$^{n}$～～m̄-ài hó-là⇨沒什麼用途，不要算了。

【效命 hāu-bēng】 拼生命效力。敢不～～kám put～～⇨同上。

【效法 hāu-hoat】 學習。～～先賢～～sian-hiân⇨同上。其與效尤hāu-iû不同者，一個之學好人，一個是學壞事。

【效果 hāu-kó】 行爲之結果。～～無好～～bô-hó⇨同上。～～猶未知～～á-bōe-chai⇨同上。

【效忠 hāu-tiong】 致忠心於其主。～～國家～～kok-ka⇨同上。

【效率 hāu-lu̍t】 物理學名詞。一般用作工作效果或工作進度的意思。工作～～未仙kang-chok～～bē(bōe)-bái⇨工作效果（或進度）不惡。

【效勞 hāu-lô】 出勞力。效力。服務。爲美人～～ûi bí-jîn～～⇨爲美人服務。

【效驗 hāu-giām】 證實的效果。～～果有影未僫呢～～kó ū-iá$^{n}$ bē(bōe)-bái-neh⇨效果果然眞的不壞呢。

【效顰 hāu-pîn】 謂不能胡亂模仿他人。東施～～tong-si～～⇨東施學西施顰眉。西施顰極美，東施效之却不美。顰眉者肚痛促眉也。

hāu 候 伺望也。時候也。情況曰候。該更等～ài-koh tán～⇨須再等待。時～無早也sî～bô-chá-à⇨時候不早了。氣～抮變化khì～teh piàn-hoà⇨氣候在轉變中。火～眞抵好hóe～chin tú-hó⇨火力正剛好。功～猶無夠kong～iáu-bô-kàu⇨功力還不足。派斥～探軍情phài thek～thàm kun-chêng⇨派出斥候去偵察軍情。

【候旨 hāu-chí】 等候聖旨。～～定奪～～tēng-toa̍t⇨同上。

【候死 hāu-sí】 等待死亡。群醫束手也，當是～～的耳不kûn-i sok-chhiú-à, ta$^{n}$-sī～～

ê-niâ m̄⇨群醫都沒辦法了，而今只是等待死亡而已，否則有辦法嗎。我無伓帶者～～goá bô-boeh toà chia～～⇨我不在此靜候死亡。者chia，此也，此地也。

【候官 hāu-koa$^{n}$】 等候補缺的候補官員。～～扲候缺～～teh hāu-khoeh⇨候補官員在等候補實爲正官員。

【候缺 hāu-khoeh(kheh)】 等候官員出缺以補之。～～的知縣～～ê ti-koān⇨等候補缺的縣長。古時以錢買一個官名，比如以若干買個知縣（縣長）者曰候補知縣，有缺則可補缺而做正式的縣長。

【候脈 hāu-meh】 看脈khoàn-meh。節脈chat-meh。

【候鳥 hāu-niáu】 隨氣候之轉變而遷地的鳥類。例如燕之春來秋去是也。

【候補 hāu-pó͘】 等待補正者。～～知縣～～ti-koān⇨同上。～～議員～～gī-oân⇨同上。

【候價 hāu-kè】 等候價格的變動。囤貨扲～～tún-hòe teh～～⇨囤積居奇tún-chek-ki-kî。

【候車亭 hāu-chhia-têng】 公路上等候乘車的場所。

## hau$^{n}$

**熬** hâu$^{n}$ 以文火煮物曰熬ngâu曰熬hâu$^{n}$。亦熬hâu也。又事停頓不前，亦即在所謂膠着狀態亦曰熬ngâu亦曰hâu$^{n}$或hâu。代誌猶扲～扲tāi-chì iáu-teh～lè⇨事情還在停頓不前。代誌猶～繫扲tāi-chì iáu～hē-lè⇨問題還在膠着狀態。安爾～扲都未進未退得an-ne(ni)～lè to bē(bōe)-chìn-bē(bōe)-thè-tit⇨如此膠着著都進退皆不能。～繫扲每不是辦法～hē-lè mā-m̄-sī pān-hoat⇨停頓著不解決也不是好辦法。

**淆** hâu$^{n}$ 濁水也。雜也，亂也。芋仔或菜頭生育不正常，致煮得狀如半生不熟者，曰咬著淆淆kā-tioh hâu$^{n}$-hâu$^{n}$, hâu-hâu或曰ngauh-ngauh。香蕉亦有如此情形。

【淆淆 hâu$^{n}$-hâu$^{n}$】 ngâu-ngâu, hauh-hauh。芋仔食著～～ō͘-á chiah-tioh～～⇨同上。菜頭咬著～～chhāi-thâu kā-tioh～～⇨同上。番薯食著～～han-chî chiah-tioh～～⇨同上。這芎蕉食著它會安爾～～che-kin-chiochiah-tioh thāi-ē an-ne(ni)～～⇨此香蕉吃得何以會如此的淆淆不好吃呢。

## he

**傒** he 待也。有所望也。朋友妻毋當～朋友伙記公家的peng-iú chhe in-thang he, peng-iú hóe-ki kong-ke ê⇨謂對朋友之太太不可有野望，朋友的女朋友乃公共的朋友也，可以分享艷福。

**盻** he 恨視也。怒視也。目半閉曰盻he。視不明亦曰盻he。目～的bak～ê⇨視不明的。

【盻盻 he-he】 視不能明。目珠～～bak-chiu～～⇨看不清楚。目珠格～～bak-chiu kek～～⇨眼睛看不清楚(故作半閉故也)。

**許** he 彼也。較這che遠一點。～這～che⇨彼與此。那個事物曰許he。這著～不著che-tioh～m̄-tioh⇨此事對，那事不對。這會食得～不好食che ē(ōe) chiah-tit～m̄-hó-chiah⇨此物可以食，那物不能食。這不好，～較好che m̄-hó，～khah-hó⇨此(事物)不好，那(事物)比較好。～眞驚人～chin-kia$^{n}$-lâng⇨那(事物)很可怕。～不是你的，這藉是～m̄-sī lí-ê che chiah-sī⇨那個不是你的，此一個才是。～不當扲～m̄-thang-lè⇨其事不可爲。～都不兗客氣～to m̄-bián kheh-khì其事全不用客氣。～安爾道有戲好看也～an-ne(ni) tō ū-hì hó-khoàn à⇨其事如此就有戲可看了。

he
**疨** 嗽喉sàu-âu病也。瘶sàu同嗽sàu。久嗽不已，連喘帶嗽，坐寢有音者曰疨he，曰疨痀he-ku。歸冥～未煞kui-mê～bē(bōe)-soah⇨通宵病不停。一直抩～抩喘it-tit teh～teh-chhoán⇨一直在疨痀兼喘。

【疨痀 he-ku】 病名。～～嗽～～sàu⇨同上。～～喘～～chhoán⇨同上。～～嗽嗽～～khâm-sàu⇨同上。

hé
**奚** 反語。何也。～有～ū⇨豈有此理。～有的～ū-ê⇨同上。～眞有～chin-ū⇨眞眞豈有此理。～眞有的～chin-ū-ê⇨同上。～有影～ū-iáⁿ⇨同上。～眞有影～chin-ū-iáⁿ⇨同上。

hé
**火** 火hóe也(見hoe部)。

hé
**伙** 伙hóe也(見hoe部)。

hé
**夥** 夥hóe也(見hoe部)。

hè
**貨** 貨hòe也(見hoe部)。

hè
**歲** hòe也(見hoe部)。

hê
**携** 提也。牽引也。連也。提～thê～⇨同上。連～liân～⇨同上。

【携手 hê-chhiú】 連手。～～合作～～hap-chok⇨同上。～～初行平等禮，同心合唱自由歌～～chho·-hêng pêng-téng-lé, tông-sim hap-chhiūⁿ chū-iû-ko⇨某地所見新婚日之門聯。

【携帶 hê-tài】 帶同。各人～～便當kok-lâng～～piān-tong⇨各人帶同飯盒。

【携款 hê-khoán】 ～～逃走～～tô-cháu⇨同上。

hê
**奚** 何也。已自以心爲形役，～惆悵而獨悲í-chū í-sim ûi-hêng-ek, ～tiû-tiàng jî tok-pi⇨歸去來辭。

hê
**霞** 赤色的雲氣也。常見於日出日沒之時。朝～tiau～⇨同上。晚～boán～⇨同上。雲～ûn～⇨同上。紅～âng～⇨同上。

【霞帔 hê-phi】 美麗彩色的披肩。婦女之外，僧道的服飾亦有之。

hê
**蝦** 甲殼類的水棲動物。種類甚多。龍～liông～⇨同上。草～chháu～⇨同上。大～toā～⇨同上。紅～âng～⇨同上。軟脚～nńg-kha～⇨①軟殼蝦nńg-khak-hê。②喻婦女文人等所謂手無縛雞之力的人。～若倸跳著趁生～nā-boeh-thiàu tioh-thàn-chhiⁿ⇨蝦如果想跳躍應該乘此未死之際。喻要嫁要娶就應該在青春少年之時。

【蝦丸 hê-oân】 蝦肉丸。炸～～chà～～⇨油炸之蝦丸。

【蝦仁 hê-jîn】 去頭脚去殼之蝦肉。生炒～～chheⁿ-chhá～～⇨同上。

【蝦仔 hê-á】 小蝦。摸～～兼洗褲bong～～ kiam sé(sóe)-khò·⇨喻順便辦事。蝦仔hê-á亦可換作蜊仔lâ-á，小蛤蜊也。

【蝦米 hê-bí】 去皮的小蝦干。東港～～逞到無頭無脰tang-káng～～chhéng-kà bô-thâu-bô-tâu⇨謂孩子逞chhéng將如東港蝦米連頭都沒有了。喻不死也會受傷。蝦米之製法：蝦晒成干，裝入袋中摵chhek之，其殼頭等自脫，然後篩離之即成。摵chhek在蝦而言，是在袋中跳躍，孩子們跳動恣肆chih-chuh即曰逞chhéng。

【蝦炙 hê-chìⁿ】 油炸蝦iû-chà-hê。亦曰蝦仔炙hê-á-chìⁿ。炙chìⁿ即炸chà。

【蝦籠 hê-lāng】 竹篦製的捕蝦小道具。竹筒形，封其一頭，另一頭進口，能入不能出，內置香餌，以待其自投蝦籠——羅網。

【蝦米腰 hê-bí-io】 永遠是彎的。喻諂媚thiám-mī。～～～橄欖跳～～～ka-ná-thiàu⇨見人彎腰低頭，狀如小丑的諂媚之人。

**hê 繫** 連接也。連繫liân-hê。連絡liân-lo̍k。稍一觸及曰繫hê。很接近亦曰繫hê。衫仔裾相～亦是他生之緣saⁿ-á-ki sio～a̍h-sī thaⁿ-seng-chi-iân⇨佛家語。於許抄～耳tī-hia-teh～nîa⇨在那個地方或上或下而已(意謂非常接近)。無五百亦是於許抄～耳bô-gō͘-pah a̍h-sī tī-hia teh～niâ⇨不夠五百也是在五百的地方上上下下而已。

【繫船 hê-chûn】 縛船使其不離岸。～～碼頭～～bé-thâu⇨同上。

**hê 呀** 同吓hê。表示驚疑，感歎時用之。～，你更有影來～，lí koh ū-iáⁿ-lâi⇨吓，你竟眞的來了。～，安爾敢好～，an-ne(ni) kám-hó⇨吓，這樣子可以嗎。～，有影有板～，ū-iáⁿ ū-pán⇨吓，眞的有辦法。

【呀呀 hê-hê】 ㊀笑聲。～～笑～～chhiò⇨笑聲呀呀。㊁笑的樣子。笑到軟～～chiò-kā nńg～～⇨笑得不能自持。

【呀哈笑 hê-ha-chhiò】 hi-ha-chhiò。笑。笑聲。

**hē 夏** 四季之一。曰春～，曰秋冬，此四時，運不窮o̍at-chhun～, o̍at-chhiu-tang, chhú-sū-sî, ūn-put-kiông⇨三字經。

【夏日 hē-ji̍t】 夏天的太陽。～～炎炎似火燒，野田禾草半枯焦，農夫心內如湯沸，王子公孫把扇搖～～iām-iām, sū-hóe-sio, iá-tiân hô-chhó pòan-ko͘-chiau, lông-hu sim-lāi jî thong-hut, ông-chú-kong-sun pá-sìⁿ-iô⇨水滸傳。

【夏天 hē-thiⁿ】 熱天joa̍h-thiⁿ。～～人較孱～～lâng khah-siān⇨無元氣曰孱siān。死亦曰孱siān。

【夏仔 hē-á】 夏季的產物。～～茶～～tê⇨同上。～～蕉～～chio⇨夏季香蕉。

【夏令 hē-lēng】 夏天，夏季。行～～kiâⁿ～～⇨同上。～～營～～iâⁿ⇨學校等作夏天的特別訓練。

【夏至 hē-chì】 二十四氣之一。太陽走到北限，亦即北回歸線上。是日白天時間最長。反之夜間即最短。芒種～～小暑bông-chèng～～sió-sí⇨三個連續的二十四氣。

【夏衣 hē-i】 ～～曷著煩惱～～a̍h-tio̍h hoân-ló⇨夏衣何必操心。

【夏季 hē-kùi】 ～～學校～～ha̍k-hāu⇨同上。

【夏華 hē-hoâ】 hā-hoa。或作夏娃hē-oa(ha-oa)。基督教神話中的人類始祖亞當之妻。亞當～～a-tong～～⇨Adam, Eve。

**hē 系** 繫也。聯綴liân-toat也。由上連接於下曰系hē。又大學院校的分科曰系hē。世～sè～⇨一世一世的傳承。家～ka～⇨家族系統。底～té～⇨家系，家世。不知伊的底～m̄-chai i ê té～⇨不知他的來龍去脈。文學～bûn-ha̍k～⇨同上。法律～hoat-lu̍t～⇨同上。數學～sò͘-ha̍k～⇨同上。

【系統 hē-thóng】 流派的。有連繫liân-hē有組織。伊是狗熊彼～～的人i sī káu-hîm hit～～ê lâng⇨同上。有～～的研究ū～～ê gián-kiù⇨同上。個許抄做眞有～～in-hia teh-chò(chòe) chin-ū～～⇨他們那邊所做的很有系統。

**hē 係** 繫也。絜束也。縛也。干～kan～⇨同上。關～koan～⇨同上。無～無項bô～bô-hāng⇨無關無聯，無消息。或者藥不見效。創了都無～無項chhòng-liáu to bô～bô-hāng⇨做了一無頭緒。或者全無消息。

【係累 hē-lūi】 所扶養的家人。無～～bô～～⇨沒有家族的負擔。無係無累bô-hē-bô-lūi，獨自一人。

【係項 hē-hāng】 ㊀事由事理。咱都不知～～lán to m̄-chai～～⇨我們一無所知。㊁效果。藥仔食眞夠也都無～～io̍h-á chia̍h-chin-chē-ā to-bô～～⇨藥吃很多了，都不見效果。講有彼類大粒人抄共咱走踮都還也無係無項kóng ū hit-lōe toā-liap-lâng teh kā-lán cháu-chông to oân-à bô-hē-bo-hāng⇨說是有那麼大要人在爲我們奔走，也還是沒什麼消息的。㊂頭緒。摸無～～道無法度不bong-bô～～tō bô-hoat-tō·-m̄-⇨摸不著頭緒就沒辦法了，不是嗎。㑑都講有一個～～也，不較佳哉taⁿ to kóng-ū chit-ê～～ā, m̄-khah ka-chāi⇨現在說是有一個頭緒了，非常萬幸的。

【係數 hē-sò·】 數學名詞。在代字前之數字。例如3X+4Y+5Z=0一式中，3，4，5三數就是係數。

hē 繫 縛也。囚拘也。留滯也。約束也。庋khǹg曰繫hē，亦即物放置一處而不動之也。求神求鬼亦曰繫hē，亦即與神約定也。俗皆作下hē。濫擅～lām-sam～⇨烏白庋o·-peh-khǹg。烏白～o·-peh～⇨濫擅庋lām-sam-khǹg。柑仔～桌頂錢～腰肚kam-á～toh-téng, chîⁿ～io-tó·⇨柑放桌上，錢放錢包。逐項四界～該藉來揣tak-hāng sì-kè～āi chiah lâi-chhōe⇨各物到處亂庋需要之時才找尋之。投～tâu～⇨投訴於天地神明。投天～地tâu-thiⁿ～tē⇨投告於天，繫訴於地。

【繫物 hē-mih】 放置物品。庋物khǹg-mih。～～該定著所在～～āi tiāⁿ-tioh só·-chāi⇨放置東西要在一定的地方。

【繫神 hē-sîn】 祈求於神明。與神合約也。～～託佛～～thok-hut⇨求神求佛。

【繫貨 hē-hòe】 庋貨khǹg-hòe。放置貨物（商品）。借倉庫～～chioh-chhng-khò·～～⇨租借倉庫以貯藏商品。

【繫願 hē-goān】 繫神許願hē-sîn-hí-goān。請求神助而許以答謝。亦即與神立約也。

【繫大願 hē-toā-goān】 許下巨大的報酬。乞食～～～khit-chiah～～～⇨乞食（求神）許以巨大的報酬。喻空希望。

【繫平安 hē-pêng-an】 求神賜平安。

【繫珠寶 hē-chu-pó】 庋珠寶khǹg-chu-pó。收藏珠寶。撒金庫來～～～hak-kím-khò· lâi～～～⇨買金庫以收藏珠寶。

【繫蟶繫蠔 hē-than-hē-ô】 約以珍貴之謝禮。蟶蠔than，ô皆海產。代誌未成～～～～，一旦成了，蟶蠔攏無tāi-chì bōe-sêng～～～～, it-tàn sêng-liáu, than-ô lóng-bô⇨事未成求人，大約以厚禮，一旦事成了，蟶蠔也不見了。

hē 下 底tē也。低級曰下hē。施放曰下hē。投入曰下hē。施術用藥曰下hē。毒步猶不敢～tok-pō· iáu-m̄-káⁿ～⇨毒步還不敢使用。

【下力 hē-lat】 投下力氣。出力chhut-lat。眞抒～～抒chin-teh～～lè⇨非常的大力正在投入。

【下手 hē-chhiú】 施用毒步。心軟不敢～～sim-nńg m̄-káⁿ～～⇨同上。先～～爲強，慢～～遭殃sian～～ûi-kiâng, bān～～cho-iang⇨同上。～～的人～～ê lâng⇨兇手。

【下本 hē-pún】 投入資金。眞敢～～chin-káⁿ～～⇨很大膽投資。

【下命 hē-miā】 拼命piàⁿ-miā。～～抒做～～teh-chò(chòe)⇨拼命在進行中。

【下肥 hē-pûi】 施肥si-pûi。落肥loh-pûi。無緊來～～甚慢去也bô-kín-lâi～～siuⁿ-bān-khì(ī)-à⇨不快來施肥，要太遲了。

【下毒 hē-tok】 放毒hòng-tok。白蛇～～peh-choā～～⇨雷峯塔故事。

【下級 hē-kip】 hā-kip。～～人員～～jîn-oân⇨基層人員。

【下符 hē-hû】 施放符術。乎人～～去也hō·-lâng～～khì-à⇨被人家施放符術了。

【下笱 hē-kó】 ㊀下笱捕魚。㊁下笱堰水。笱kô，①捕魚具。②堰水用物也，以竹或木若干條爲經，以粗竹篾編成圓筒形，傳立水中，然後以大小石實之，即可爲臨時橋墩，連笱可以成堤。

【下棋 hē-kî】 行棋kiâⁿ-kî。著棋tioh-kî。棋亦術也。

**【下等 hē-téng】** hā-téng。～～動物～～tōng-but⇨同上。～～人～～lâng⇨同上。

**【下落 hē-loh】** 行動進退。不知伊的～～m̄-chai i ê～～⇨不知他(現在)如何。沒有他的消息。～～不明～～put-bêng⇨不知人在何方。無～～人bô～～lâng⇨不中用之人，無權勢地位之人。亦即從下落不明引伸爲住處不定，四處浮浪之人。

**【下網 hē-bāng】** 打網捕魚。

**【下賂 hē-lō͘】** 行賄hêng-hòe(hóe)。偷去～～thau-khì～～⇨秘密去行賄。

**【下種 hē-chéng】** 播種子。敥種子iā-chéng-chí。豆仔好～～也tāu-á hó～～à⇨黃豆可以下種子了。

**【下層 hē-chân】** hā-chân。～～階級～～kai-kip⇨同上。

**【下功夫 hē-kang-hu】** 施手腕或手段。發揮能力。眞正～～～拂一下chin-chiàⁿ～～～hut-chit-ē⇨下眞工夫拼一下。

**【下性命 hē-sèⁿ-miā】** 賭生命。～～～於許～～～tī-hia⇨賭性命於此(事，事業)。

**【下後手 hē-āu-chhiú】** 行賄hêng-hòe(hóe)。下賂hē-lō͘。無去～～～曷有當許好孔bô-khì～～～ah-ū-thang hiah-hó-khang⇨沒有暗中去行賄何能那麼平安。

**hē 會** 會hōe也(見hoe部)。

**hē 蟹** 毛蟹mô͘-hē也。一種淡水蟹名。

## hēⁿ

**heⁿ 哼** 口頭語。表示贊許，允諾，或容忍時帶有鼻音的語詞。尤其在電話對話中最常用。

## heh

**heh 嚇** 驚恐人曰嚇heh(hehⁿ)。恐喝khióng-hat曰嚇heh(hehⁿ)。你免拎～lí bián teh～⇨你不必施用恐喝。品無～的phín-bô～ê⇨大家講好了不驚恐人。行暗路不當假～kiâⁿ-àm-lō͘ m-thang ké～⇨夜行時不要假鬼以嚇人。未～得bē(bōe)～tit⇨嚇不了(膽大不怕嚇)。不驚人～m̄-kiaⁿ-lâng～⇨不怕人嚇。不免驚，不免～，食一千，八百八m̄-bián-kiaⁿ，m̄-bián～, chiah-chit-chheng, peh-pah-peh⇨受驚的自慰或母慰子的口頭禪。

**【嚇驚 heh-kiaⁿ】** hehⁿ-kiaⁿ。驚嚇他人。毋當～～人m̄-thang～～lâng⇨不要驚嚇人家。濫擅～～人不好lām-sám～～m̄-hó⇨無理無由驚嚇人是不道德的。

**【嚇死鬼 heh-sí-kúi】** 司功～～～sai-kong～～～⇨謂事屬形式而已(未見其事也)。

**【嚇未死人 heh-bē(bōe)-sí-lâng】** 嚇不致人於死。誰講～～～～，該扛去埋耳拎，未死siâng-kóng～～～～, ài-kng-khì-tâi-niâ-lè, bē(bōe)-sí⇨誰說嚇人不致於死，需要抬上山埋葬而已，誰說不死。

**heh 嘿** ㈠做語尾助詞，表示叮嚀，求同意等之詞。著較細膩拎～tioh-khah sè(sòe)-jī-leh～⇨同上。毋可拍毋見去～m̄-hó phah-m̄-kìⁿ-khì(ì)～⇨同上。該儉～ài-khiām～⇨同上。毋好亂食～m̄-hó loān-chiah～⇨同上。你加出些～lí ke-chhut chè～⇨你多出一點好不好。我莫去～goá-m̀ai-khì～⇨我不去可不可以。乎伊參加～hō͘-i chham-ka～⇨讓他參加可不可以。㈡大呼也。大聲驚愕也。～怎樣～choáⁿ-iūⁿ⇨如何呀。～毋當～m̄-thang⇨千萬不可。～曷是～ah-sī⇨完全不是。～曷着～ah-tioh⇨何必。～曷敢～ah-káⁿ⇨千萬不敢。～阮無彼類雄面～goán bô-hit-lūi súi-bīn⇨我們沒那麼大面子。～您看有才調否也，阮～lín khoàⁿ ū-châi-tiāu-bō͘-à goán⇨你們看看是否有能力可也，我們(何敢)。～眞有～chin-ū⇨眞的有之。拒絕或反對之詞，意謂豈有此理，或作～眞有也～，～chin-ū-ā～⇨同上。

**heh 歇** 歇hioh, heh$^{n}$也。

【歇困 heh-khùn】 heh$^{n}$-khùn。hioh-khùn。休息hiu-sit。憩息khè-sit。困khùn悴也。勞倦甚也，因而休息也。俗作睏khùn。

【歇店 heh-tiàm】 宿店。

**heh 嚄** 責失聲也。驚愕貌。～曷可安爾！～a̍h-hó an-ne (ni)！⇨同上。～，你死也～，ní sí-à⇨嚄！你死路一條而已矣。

## hek

**hek 黑** 色名。五色之一。昏暗無光曰黑hek。青黃赤～白曰五色che$^{n}$, n̂g, chhek,～pe̍k oa̍t ngó$^{n}$-sek⇨同上。黑亦代表惡。近朱者赤，近墨者～kīn-chu-chiā-chhek, kin-be̍k-chiā～⇨同上。烏曰～o·-oa̍t～⇨同上。

【黑人 hek-jîn】 黑色人種之人。俗曰烏人o·-lâng。

【黑子 hek-chú】 ㊀痣kì曰黑子。㊁太陽的烏點曰黑子。

【黑奴 hek-nô】 黑人之奴隸。原住家鄉非洲，無端被白人圍捕，運往北美洲販賣爲奴者。小說～～籲天錄～～io̍k-thian-lo̍k (原名Uncle Tom's Cabin) 即描寫其悲慘生活，以喚起世人之同情，爲嗣後黑奴問題遂發展爲美國本身的南北戰爭，終於能夠廢止了黑奴制度。

【黑白 hek-pe̍k】 烏與白。善與惡。世人～～分，往來爭榮辱sè-jîn～～hun, óng-lâi cheng-êng-jio̍k⇨同上。是非無分～～無明sī-hui bô-hun, ～～bô-bêng⇨同上。

【黑色 hek-sek】 五色之一。～～曰烏～～o̍at-o·⇨同上。～～人種～～jîn-chióng⇨膚色黑之人種。原多居住非洲大陸。

【黑夜 hek-iā】 烏暗暝o·-àm-mê。無星光無月光之夜。～～的明燈～～ê bêng-teng⇨同上。

【黑帝 hek-tè】 傳說中的五帝之一。

【黑幕 hek-bo̍k】 內情。主持唆使之人之不可告人者。一定有～～的it-tēng ū～～ê⇨必然有不可告人之內情或主使人。

【黑死病 hek-sú-pēng】 傳染病pest的譯名。亦曰黑瘟疫hek-un-e̍k。

【黑虎神 hek-hó-sîn】 邪神之名。

【黑龍江 hek-liông-kang】 東北地方之大江。因水色黑綠而得名。

【黑面郎君 hek-biān-lông-kun】 豬的別名。

【黑暗時代 hek-àm-sî-tāi】 dark ages。歷史學名詞。歐洲羅馬帝國瓦解後，新國爭相成立，戰爭不絕，文化低落，人民生活困苦的時代。

**hek 赫** 大赤貌。發怒也。顯也。使人心驚也。神威顯～sîn-ui hián～⇨同上。

【赫怒 hek-nō】 大怒tāi-nō。

【赫然 hek-jiân】 顯然hián-jiân。～～斯怒～～su-nō⇨赫怒hek-nō。

【赫赫 hek-hek】 顯明hián-bêng。顯赫hián-hek。

**hek 嚇** 迫人驚恐曰嚇hek。哄～hán̂g～⇨大聲恐喝khióng-hat。伓哄～人耳boeh-háng～lâng niâ⇨要恐喝人使人恐懼而已。

**hek 劾** 舉發官吏過失，惡行，罪狀。亦讀hāi (見hāi部)。

**he̍k 或** 表示不定之情事。～東～西無法確定～tang～sai bô-hoat khak-tēng⇨同上。～嫁出～招入，攏總好～kè-chhut～chio-ji̍p, lóng-chóng-hó⇨看看是出嫁還是入壻都可以。三年了，～生～死每該有消息也sa$^{n}$-nî-lō·, ～se$^{n}$ (si$^{n}$)～sí mā-ái-ū sian-sit-à⇨已經三年了，是活是死，也應該有消息(回來)才對呀。

【或者 he̍k-chiá】 叫阿九去合伊畫，～～諗會成亦無的確kiò a-kiú khì-kap-i-ōe, ～～

hap-ē-sêng iah-bô-tek-khak⇨叫阿九去與他聊，～～能夠談成功也不一定。畫ōe，畫山水也，遊說iû-soat也。詞hap，會言也。接詞chiap-hap也。伊會來，～～較慢耳i-ē-lâi, ～～khah-bān-niâ⇨他會來，或者慢一點而已。

【或是 hek-sī】 看是愛人～～愛錢攏隨在伊啦khoàⁿ-sī ài-lâng～～ài-chîⁿ lóng sûi-chāi i lā⇨看看（他們）是要人或者是要錢都由他來決定。

【或者是 hek-chiá-sī】 或者hek-chiá。～～不敢去的～～～m̄-káⁿ-khì-ê⇨或者不敢去的。

【或然率 hek-jiân-lu̍t】 數學名詞。計算機會有多少的學問。

hek
**馘** 截耳也。軍戰斷首也。

【馘首 hek-siú】 斷取首級。古軍戰對敵軍，死者截其耳，活者斷其首以計功。

hek
**穫** 刈穀koah-kok也。收也。收～siu～⇨刈稻。秋收也。俗同用獲hek。穀作穫hek，獸作獲hek。

hek
**獲** 獵所得也。獵獲禽獸也。得也。收～siu～⇨獵得鳥獸。同收穫siu-hek。坐～其利chō～kî-lī⇨不勞而～put-lô-jî～⇨坐而得利，不勞而得利。

【獲咎 hek-kiū】 hek-chiū。得罪於人。動即～～tōng-chek～～⇨稍不注意，即將得罪於人。

【獲得 hek-tek】 得到tit-tō。～～民衆支持～～bîn-chiòng chi-chhī⇨同上。～～勝利～～sèng-lī⇨同上。

【獲麟 hek-lîn】 絕筆choat-pit。終點。謂孔子作春秋，至西狩～～而終。

【獲罪於天 hek-chōe-î-thian】 ～～～～無所禱也～～～～bû-só.-tó-iā⇨謂對不起天就無法可祈求矣。

hek
**惑** 迷亂也。疑也。煩惱hôan-ló亦曰惑hek（佛家）。四十而不～五十而知天命sú-sip jî-put～ngó·-sip jî ti thian-bēng⇨孔子。大～不解tāi～put-kái⇨同上。迷～bê⇨自惑被惑。

# heng

heng
**兄** 兄hiaⁿ也。先出生之男子曰兄heng。弟～tē-～⇨①兄弟。②軍兵稱爲弟兄tē-heng。長～tiáng-～⇨大哥toā-ko。令～lēng-～⇨你的哥哥。

【兄弟 heng-tē】 兄與弟。～～如手足，妻子似衣服～～jî(jû) siú-chiok, chhe-chúsū i-hok⇨兄弟如手與足同一體不能割開，妻似衣服也可以換新。有錢有酒是～～，急難何曾見一人iú-chhiân iú-chiú sī～～, kip-lān hô-chêng kiàn-it-jîn⇨有錢有酒之時稱兄道弟chheng-heng tō-tē，逢到急難時，看過一個這樣的兄弟來幫助過你嗎。～～是～～，過江須用錢～～sī-～～, kòe-kang si iōng-chhiân⇨彼此是兄弟，不錯，但是過江（搭兄弟之船）你必須給船錢。亦即兄弟之間，錢財之事，必須算分明。親～～勤算賬chhin-～～khîn-sǹg-siàu⇨親兄弟之間，有錢財帳目來往，必須立即計算清楚，不可拖延，以防止或有之誤會。

【兄長 heng-tióng】 爲兄之人。兄之輩份。做人的～～該較認份抒chō (chōe)-lâng-ê-～～ài-khah jīn-hūn leh⇨爲人之兄者，必須多認份。忍讓jím-jiāng曰認份jīn-hūn。

【兄臺 heng-tâi】 對友輩之尊稱。

【兄姊弟妹 heng-chí-tē-moāi(bōe)】 兄弟姊妹hiaⁿ-tī-chí-moāi。

heng
**胸** 胸部hiong-pō·。襟～khîm-～⇨胸heng。鷄～ke-～⇨胸部突出者。鷄襟～ke-khîm～⇨①鷄肉最厚的地方。俗以爲最好吃的鷄肉。②喻最好的地區。彼位是本市的鷄襟～hit-ūi sī pún-chhī ê ke-khîm-～⇨彼地是本市最佳區。食到搭～chiah-kā-tah-～⇨鼓腹擊壤kó͘-hok-kek-jiáng。吃得太滿足了。

【胸仔 heng-á】 胸部。二個～～扭抄道拂也nn̄g-ê～～ khiú-teh tō hut-à⇨兩個人拉著胸就開打了。拂hut，作爲皆曰拂hut。

【胸坎 heng-khám】 胸部hiong-pō͘。～～仔～～á⇨同上。～～骨～～kut⇨～～仔骨～～á-kut ⇨ 胸骨肋骨 lek-kut。～～毛～～mô (mn̂g)⇨～～仔毛～～á-mo(mn̂g)⇨胸毛。

【胸前 heng-chêng】 胸之前。～～二粒奶～～nn̄g-liap leng(ni)⇨同上。

【胸槽 heng-chô】 胸部中央之凹部。～～會痛～～ē(ōe)-thià$^{n}$⇨同上。

heng **興** 興hin也。起也。盛也。神佛靈威曰興heng。百廢皆～pek-hùi kai～⇨同上。大～土木tāi-～-thó͘-bok⇨大作土木各種工程。生理當抄～seng-lí tng-teh-～⇨生意正在旺盛。白目佛～外境peh-bak-put～-goā-kéng⇨白目佛的靈威都發揮在外方。

【興亡 heng-bông】 hin-bông。國家～～匹夫有責kok-ka～～phit-hu iú-chek⇨同上。

【興工 heng-kang】 hin-kang。起業。開工。講連鞭會～～了kóng liân-pi$^{n}$ ē(ōe)-～～lò͘⇨據說很快就會開工了。

【興兵 heng-peng】 hin-peng。起兵 khí-peng。～～起義～～khí-gī⇨同上。～～勤王～～khîn-ông⇨同上。

【興旺 heng-ōng】 hin-ōng。興隆旺盛hin-liông-ōng-sēng。六畜～～liok-thiok～～⇨家畜舍的新年聯。

【興起 heng-khí】 hin-khí。勃興put-heng。

【興衰 heng-soe】 hin-soe。榮枯êng-ko͘。～～有時～～iú-sî⇨沒有長興的，也沒有長衰的。

【興敗 heng-pāi】 hin-pāi。興衰hin-soe。～～在此一舉～～chāi-chhú it-kí(kú)⇨興衰由此一措施的成否而定。

【興通 heng-thong】 hin-thong。享通hiáng-thong。利路～～，財源廣進lī-lō͘～～, châi-goân kóng-chìn⇨商鋪常見的春聯。

【興廢 heng-hòe】 hin-hùi。興敗heng-pāi。～～存亡之秋～～chûn-bông-chi-chhiu⇨興廢存亡之重大時機。

héng **悻** 悻悻héng-héng。激怒也。非常生氣。～～然～～jiân⇨很生氣。

【悻悻叫 héng-héng-kió】 很生氣的樣子。曷使抄～～～ah-sái-teh～～～⇨何必悻悻的生氣。

hèng **興** 歆喜him-hí也。慭giàn也。心喜愛之也。頭仔～尾仔冷thâu á～bóe à léng⇨開始時很有興頭，到後來就冷了。你～我都無～lí～goá to-bô～⇨你喜之，我却不要。有人～燒酒有人～豆腐ū-lâng～-sio-chiú, ū-lâng～-tāu-hū⇨謂各人所喜所好，各不相同。有夠～也ū-kàu～à⇨十分喜愛之。～夠興也，曷有法度～kàu-hèng à ah-ū hoat-tō͘。⇨興之極矣，何法可止乎。

【興味 hèng-bī】 有趣味 iú-chhù-bī。林泉～～長lîm-choân～～tiâng⇨古句。

【興事 hèng-sū】 喜惹事。不當～～合人冤家m̄-thang-～～kah-lâng oan-ke⇨不可惹事致與人吵架。你道眞～～也，您父藉配你lí tō chin-～～ā, lín-pé chiah-phòe-lí⇨你就夠愛鬧事了，我就與你配對罷。配phòe對抗到底。

【興耍 hèng-sńg】 ㊀喜愛玩物。例如下棋、賭博等。㊁喜冶遊。許爾～～你會壞hiah-ni～～lí-ē-hāi⇨那麼頻頻冶遊你將倒霉

【興酒 hèng-chiú】 喜飲酒。有的～～有的興豆腐ū-ê～～ū-ê hèng tāu-hū⇨同上。

【興趣 hèng-chhù】 趣味 chhù-bī。關心koan-sim。阿林對彼味眞有～～a-lîm tùi-hit-bī chin-ū-～～⇨阿林對那門事很有趣味。彼味hit-bī例如下棋，釣魚，賭博等等。

【興興 hèng-hèng】 很興。你也～～抄lí-ā

～～leh⇨你也非常喜愛的。

【興奮 hèng-hùn】 心理學名詞。因刺激所起的心理變化。～～劑～～che⇨同上。

【興緻 hèng-tì】 興趣hèng-chhù。趣味chhù-bī。

【興頭 hèng-thâu】 愁頭giân-thâu。等人無～～也你藉來tán-lâng bô-～～ā lí-chiah-lâi⇨到了人家的興頭消失了你才來。正當有～～抄chiā$^{n}$-tng-ū～～lè⇨正在興頭最高潮。

【興高彩烈 hèng-ko-chhái-lia̍t】 興緻很高而氣氛熱烈。消息一下到，逐家～～～～，暢到厝蓋硬俫夯去siau-sit chhi̍t-ē-kàu, ta̍k-ke～～～～, thiòng-kà chhù-koà ngē-bōe-giâ khì⇨消息一到，大家太高興了，高興得屋頂都要吹跑了。

hêng **衡** 度量衡tō·-liāng-hêng。平衡pêng-hêng。

hêng **橫** hoâi$^{n}$也。合縱連～ha̍p-chiōng liân～⇨戰國時代的政治策略。寧塞無底坑，不塞鼻下～lēng-sek-bû-té-khang, put-sek phī$^{n}$-hā～⇨鼻下橫phī$^{n}$-hā-hêng，嘴坑chhùi-khang也。

【橫行 hêng-hêng】 蟹行hāi-hêng。坦橫行thán-hoâi$^{n}$-kiâ$^{n}$。肆意跋扈sù-ì-poa̍t-hō·。～～霸道～～pà-tō⇨同上。且將冷眼觀螃蟹，看你～～未失敗chhiá$^{n}$-chiang-léng-gán khan pông-hāi, khoà$^{n}$-lí～～bē(bōe) sit-pāi⇨謂靜觀其橫行霸道吧，看他豈沒有失敗的一天嗎。

【橫逆 hêng-ge̍k】 暴虐殘忍。強慾無道。有夠～～人講走就罷了，你更促俍去共人拍ū-kàu-～～, lâng-kóng-cháu chiū pā liàu, lí-koh jiok-oá-khì kā-lâng-phah⇨十分橫逆，古人言走就算了，你又追上去加以毆打。眞～～錢提去人煞掠去chin-～～ chî$^{n}$ the̍h khì(ì) lâng soah lia̍h-khì(ì)⇨太橫逆了，錢要去了，人亦順手捉捕去了。

【橫禍 hêng-hō】 意外之災禍。天災～～未閃得thian-chai ～～ bē(bōe)-siám tit⇨天災橫禍閃避不了。無法逃避。

hêng **刑** 刑hêng也。剄kéng也。以刀割頸也。法也。刑法也。迫人認罪亦曰刑hêng。死～sí～⇨同上。無期徒～bû-kî-tô～⇨同上。乎人掠去～hō·-lâng lia̍h-khì(ì)～⇨被人捉去拷問。酷～khok～⇨慘毒的拷問迫供khó-mn̄g-pek-keng。緩～oān～⇨暫時不執行刑罰hêng-hoa̍t。～期無～～kî bû～⇨謂所以實施刑罰是期待刑罰之事不再發生。

【刑名 hêng-bêng】 申子之學號刑名hêng-bêng。他主張尊君卑臣，崇上抑下，可謂典形的封建學派也。～～師爺～～su-iâ⇨古官名。大約相當於今之警察局長兼判官。

【刑法 hêng-hoat】 法律名詞。～～，民法，商法～～，bîn-hoat, siang-hoat⇨各種法律名稱。

【刑具 hêng-kī(kū)】 拷打迫供的各種道具。

【刑房 hêng-pâng】 刑名師爺的辦公處。或刑事科（局）。

【刑事 hêng-sū】 ㊀法律名詞。～～民事～～bîn-sū⇨法律、法院皆分有刑事、民事兩部門。～～訴訟法～～sò·-siōng-hoat⇨有關刑事訴訟程序的規定。㊁警察的一部門。～～課～～khò⇨同上。又擒捉人犯之人曰刑事hêng-sū。～～大人～～tāi-jîn⇨自古以來刑事先生皆以大人自居。

【刑剋 hêng-khek】 五行的相剋。某行～～會剋死翁bó·-kiâ$^{n}$～～ē(ōe) khek-sí-ang⇨同上。

【刑案 hêng-àn】 刑事案件。辦～～的pān～～ê⇨辦理刑事案件。

【刑罰 hêng-hoa̍t】 ㊀國家對犯罪者所加的苦果。㊁刑與罰。㊂拷問迫供。講～～到眞忝kóng～～kà chin-thiám⇨據說，拷打得非常利害。

**hêng 形** 圖畫也。體貌也。容也。地勢也。象～文字siōng～bûn-jī⇨同上。天成象，地成～thian-sêng-siōng, te-sêng～⇨同上。地～地勢tē～tē-sè⇨同上。圓～î$^{n}$～⇨同上。三角～sa$^{n}$-kak～⇨同上。有～無～iú～bû～⇨同上。模～bô͘～⇨模型bô͘-hêng。形hêng通型hêng。

【形式 hêng-sek】 hêng-sit。形狀 hêng-chōng式樣sek-iū$^{n}$。樣子iū$^{n}$-chú。款式khoán-sit。～～攏共款～～lóng kāng-khoán⇨樣子皆相同。創一個～～耳chhòng-chi̍t-ê～～niâ⇨做一個樣子而已。伊的～～眞新i ê～～chin-sin⇨他的款式很新穎。講～～耳實質無要緊kóng～～niâ si̍t-chit bô-iàu-kín⇨但問形式(外觀)而已，實質沒關係。～～主義～～chú-gī⇨同上。～～論～～lūn⇨同上。

【形狀 hêng-chn̄g】 模樣bô͘-iū$^{n}$。樣子。甚麼～～的人sim-mih～～ê lâng⇨什麼樣子的人。～～怪怪～～koài-koài⇨同上。

【形威 hêng-ui】 威風。威嚴。雄威hêng-ui之訛。

【形容 hêng-iông】 ㊀風采hong-chhái。～～枯槁～～ko͘-kó͘⇨疲勞焦悴phî-lô-chiau-chhūi的樣子。㊁比喩pí-jū。～～詞～～sû⇨詞品之一。勢～～gâu～～⇨很會設比喩。勢～～人gâu～～lâng⇨巧於設喩罵人。被你～～著不值半個錢也hō͘-lí～～tio̍h, m̄-ta̍t poà$^{n}$-ê-chî$^{n}$-ā⇨被你譬相起來，半文錢都不值了。譬相phí-siù$^{n}$，引喩以辱人也。

【形勢 hêng-sè】 情勢chêng-sè。情形chêng-hêng。看～～安怎變化khoà$^{n}$～～an-choá$^{n}$ piàn-hoà⇨同上。

【形像 hêng-siōng】 形狀hêng-chn̄g。～～未穤～～bē(bōe)-bái⇨同上。～～牌～～pâi⇨同上。

【形圖 hêng-tô͘】 肖像siàu-siōng。畫～～出來扲掠也ōe～～chhut-lâi teh-lia̍h-à⇨畫出形圖來捉人了。

【形影 hêng-iá$^{n}$】 行踪hêng-chong。㪣無～～chhōe-bô～～⇨找不到行踪。

【形影 hêng-éng】 hêng-iá$^{n}$。形與影。～～相隨～～siāng-sûi⇨同上。

【形骸 hêng-hâi】 體格。放浪～～之外hòng-lōng～～chi-goā⇨同上。看～～無看腹內khoà$^{n}$～～bô-khoà$^{n}$-pak-lāi⇨看體格外表不看腹中虛實。謂皮相之見。

【形頭 hêng-thô͘】 衣飾i-sek。身穿sin-chhēng。格～～kek～～⇨粧飾打扮。有～～好行走ū～～hó-hêng-chó͘⇨衣飾整齊宜於出外行走。

【形體 hêng-thé】 體形thé-hêng。體格thé-keh。～～未穤看～～bē(bōe)-bái-khoà$^{n}$⇨體形不會難看。

【形而上 hêng-jî-siāng】 超越在物質之上。～～～的思惟～～～ê su-ûi，同～～～學～～～ha̍k⇨哲學的一部門。

【形形色色 hêng-hêng-sek-sek】 物類衆多。～～～～千變萬化，仙看都未了～～～～chhian-piàn bān-hoà, sian-khoà$^{n}$ to-bē-liáu⇨謂物多變化多，怎麼看都看不完。

【形格勢禁 hêng-keh-sè-kìm】 事勢有阻碍不易進行。

【形單影隻 hêng-tan-éng-chiah】 孤立ko͘-lip。無兄無弟的身世。在孫惟汝，在子惟吾，兩世一身，～～～～chāi-sun û-ní, chāi-chú ûi-gô͘, liáng-sè-it-sin, ～～～～⇨祭十二郎。

**hêng 恒** 常也。久也。有～爲成功之本iú～ûi sêng-kong-chi-pún⇨同上。永～的友情éng～ê iú-chêng。亦作恆hêng。

【恒山 hêng-san】 山名。五嶽之一。俗稱北嶽pak-ga̍k。

【恒心 hêng-sim】 常心siâng(siông)-sim。～～者人常有善心也～～chiá jîn siâng-iú siān-sim iā⇨同上。

【恒河 hêng-hô】 Gandes River。印度之大

河。～～沙數～～soa-sò·⇨喻莫大不可勝計之數如恒河之沙。

【恒春 hêng-chhun】 地名。南部的古城。～～調～～tiāu⇨恒春一帶的民謠。

【恒星 hêng-seng】 hêng-chheⁿ(chhiⁿ)。星羣之中心如太陽者。～～行星～～hêng-seng⇨不動如太陽之星。移動如地球之星。

【恒產 hêng-sán】 俗指房地產等的不動產。有～～藉有恒心ū～～chiah-ū hêng-sim⇨同上。

hêng 雄 ㊀雄hiông也。鳥父也。牡bó·也。有生殖作用曰雄hêng。鷄仔鴨仔拍～ke-á ah-á phah～⇨家禽交尾。照～chiàu～⇨依光線照視孵化中之蛋是否有效蛋(能夠孵出小鷄)。看有～亦無～khoàⁿ ū～ah bô～⇨照視看看是否有效蛋。有受～ū siū～⇨有效蛋(會變小鷄的)。散～soàⁿ～⇨曰無效蛋(不會變小鷄的) ㊁喻性散漫。散～的soàⁿ～ê⇨做事無甚結果之人。彼顆散～散～hit-kho· soàⁿ～soàⁿ～⇨那個家伙馬馬虎虎má-má-hu-hu。

【雄威 hêng-ui】 威風ui-hong。威嚴ui-giâm。阿高看著眞有～～的款a-ko khoàⁿ-tioh chin-ū～～ê khoán⇨老高一看很是威風凜凜ui-hong lím-lím的樣子。

hêng 型 鑄器之法也。亦即模型bô·-hêng也。木曰模bô·，竹曰笵(同範hoān)，土曰型hêng三者皆同一物，只是材料不同耳。風格亦曰型hêng。模～bô·～⇨同上。新～的舊～的sin～ê kū～ê⇨同上。紳士～的sîn-sū～ê⇨同上。淑女～的siok lí(lú)～ê⇨同上。三八～的sam-pat～ê⇨同上。阿公阿婆～的a-kong a-pô～ê⇨老人型的。典～tián～⇨模範。風簷展書讀～～在夙昔hong-liâm tián-si(su)-thok, ～～chāi-siok-sek⇨正氣歌。

hêng 行 步也。趨也。步～pō·～⇨行路kîaⁿ-lō·。寸步難～chhùn-pō·-lân～⇨同上。離住地他往曰行hêng。旅～lí～⇨同上。餞～chiàn～⇨送別sāng-piat。相偕而～siang-kai jî～⇨同行tông-heng。作爲曰行hêng。施～si～⇨同上。執～chip～⇨同上。奉～hōng～⇨同上。身體力～sin-thé lek～⇨同上。三思而後～sam-su jî-hō·～⇨同上。流動曰行hêng。流～lîu～⇨同上。風～hong～⇨同上。詩體曰行hêng。貧交～pîn-kau～同上。麗人～lē-jîn～⇨同上。琵琶～pî-pê～⇨同上。

【行人 hêng-jîn】 路上～～lō·-siāng～～⇨同上。

【行文 hêng-bûn】 公文書的來往。～～到上司～～kàu siāng-si⇨同上。

【行在 hêng-chāi】 天子出巡所停之地。

【行舟 hêng-chiu】 順風駛船，順水～～sūn-hong sái-chûn, sūn-chúi～～⇨同上。

【行血 hêng-hiat】 使血行暢通。～～的補藥～～ê pó·-ioh⇨同上。

【行兇 hêng-hiong】 動手殺人tāng-chhiú sat-jîn。蓄意藉酒～～hiok-ì chek-chiú～～⇨計畫借酒醉之名殺人。

【行年 hêng-liân】 年歲nî-hòe。～～七十～～chhit-sip⇨七十歲。

【行列 hêng-liat】 直排曰行hêng，橫行曰列liat。～～整齊～～chéng-chê⇨同上。

【行伍 hêng-ngó·】 士兵之列。～～出身的～～chhut-sin-ê⇨同上。

【行色 hêng-sek】 準備他行的狀況。～～匆匆～～chhong-chhong⇨同上。

【行災 hêng-chai】 天降的災難。天地～～教示人thian-tē～～kà-sī-lâng⇨天地降災以警告人類。

【行車 hêng-chhia】 駛車sái-chhia。～～時間表～～sî-kan-piáu⇨火車、巴士等的運行時間表。

【行孝 hêng-hàu】 有孝iú-hàu。對父母～～每是當然的tùi-pē-bó(bú)～～mā-sī tong-jiân-ê⇨同上。

【行李 hêng-lí】 旅客的包裹pau-kó。款～～khoán-～～⇨治行裝tī-hêng-chong。檢查～～kiám-cha～～⇨進出口的關卡皆爲之。

【行兵 hêng-peng】 出兵chhut-peng。動起干戈tāng-khí kan-ko。

【行私 hêng-su】 營私êng-su。假公～～ké-kong～～⇨假公濟私ké-kong-chè-su。

【行刺 hêng-chhì】 實行刺殺。暗殺àm-sat。白天敢公然～～pe̍k-thian ká$^{n}$ kong-jiân～～⇨同上。

【行幸 hêng-hēng】 天子出巡。

【行房 hêng-pâng】 房中事pâng-sū。

【行使 hêng-sú】 使用。～～假銀票～～ké-gîn-phiò⇨同上。～～職權～～chit-koân⇨同上。

【行政 hêng-chèng】 立法、司法以外之國家統治作用。～～權～～koân⇨同上。～～區域～～khu-he̍k⇨同上。～～會議～～hōe-gī⇨同上。～～院～～ī$^{n}$⇨同上。

【行者 hêng-chiá】 佛家語。㊀行佛道者。㊁有意出家之男子。～～武松～～bú-siông⇨水滸傳。

【行香 hêng-hiu$^{n}$】 禮神拜佛lé-sîn-pài-hu̍t。去觀音寺～～khì koan-im-sī～～⇨同上。

【行軍 hêng-kun】 軍隊移動。～～演習～～iám-si̍p⇨同上。

【行省 hêng-sé$^{n}$(séng)】 省sé$^{n}$(séng)。十八～～cha̍p-peh～～⇨清代全國有十八省。

【行星 hêng-seng】 遊動之星球。八～～pat～～⇨太陽的周圍有地球等八個行星，各在其軌道上圈遊不息。

【行爲 hêng-ûi】 有意識的動作。～～不檢～～put-kiám⇨行爲不檢點。法律～～hoat-lu̍t～～⇨同上。合法的～～ha̍p-hoat ê～～⇨同上。違法的～～ûi-hoat ê～～⇨同上。愛國的～～ài-kok ê～～⇨同上。違背良心的～～ûi-pōe liâng(liông)-sim ê～～⇨同上。

【行徑 hêng-kèng】 ㊀路站lō·-chām。茲去～～無當好chia-khì～～bô-thang-hó⇨此去的路站不很好。㊁行爲heng-ûi。伊的～～較少人講好i ê～～khah-chió-lâng kóng-hó⇨他的行爲說好的人很少。

【行宮 hêng-kiong】 天子在外所止之處。～～見月傷心色，夜雨聞鈴斷腸聲～～kiàn-goa̍t siong-sim-sek, iā-ú būn-lêng toān-chhiâng(chhiông)-seng⇨長恨歌。

【行書 hêng-si(su)】 書體的一種。在楷書與草書之間的字體俗曰半草楷仔poà$^{n}$-chhó-khai-á。

【行船 hêng-chûn】 kiâ$^{n}$-chûn。駛船 sái-chûn。船上工作。～～駛馬三分命～～sái-bé sa$^{n}$-hun-miā⇨謂行船騎馬都是很危險。

【行強 hêng-kiâng(kiông)】 使用武力加以強制。我不受您恐喝每不受驚您～～goá put-siū-lín khióng-hat mā-m̄-kia$^{n}$-lín～～⇨我不接受你們的恐喝，也不怕你們使用武力。

【行脚 hêng-kiok】 行脚hêng-kha。和尙而遊行四方以修行者。～～僧～～cheng⇨同上。

【行國 hêng-kok】 遊牧民族之國。追水草而移動者也。

【行商 hêng-siang(siong)】 隨身携貨遊動販賣之商人。～～的生理無許快做～～ê seng-lí bô hiah-khoài-chò(chòe)⇨行商這一行的生意沒那麼容易做。

【行動 hêng-tōng】 行爲舉動。開始～～khai-sí～～⇨同上。～～派的～～phāi-ê⇨㊀重實行者。反之即曰理論派的lí-lūn-phāi-ê。㊁輕舉妄動者。

【行善 hêng-siān】 ～～是好事～～sī hó-sū⇨同上。

【行程 hêng-thêng】 旅行的路程。

【行跡 hêng-chek】 行動的跡像。～～有可疑的所在～～ū khò-gî ê só·-chāi⇨同上。

【行裝 hêng-chong】 旅行的行李。治～～tī～～⇨備辦行裝。

**【行賄 hêng-hóe】** 行使賄賂hóe(hòe)-lō͘。買通貪官bé-thong tham-koa$^n$。有人～～道有人受賄，亦是有人收賄藉有人～～ū-lâng～～tō-ū-lâng siū-hóe(hòe), a̍h-sī ū-lâng siu-hóe(hōe) chiah-ū-lâng ～～⇨有人行賄就有人受賄或是有人收賄才有人行賄。

**【行聘 hêng-phèng】** 下聘禮。決定性的定婚。～～了也～～liáu-à⇨聘禮送完了。

**【行踪 hêng-chong】** ～～不明 ～～ put-bêng⇨不知其人之下落。踪chong亦作蹤chong。

**【行儀 hêng-gî】** 行爲，品行。～～可嘉～～khó-ka⇨同上。

**【行樂 hêng-lo̍k】** 消遣遊戲siau-khián-iû-hì。及時須～～歲月不待人kip-sî si～～, sòe-goat put-thāi-jîn⇨同上。

**【行銷 hêng-siau】** 銷售siau-siū。～～全球～～chôan-kiû⇨貨品推銷到全世界。

**【行賞 hêng-siú$^n$】** 賞有功者。論功～～lūn-kong～～⇨同上。

**【行險 hêng-hiám】** 走險cháu-hiám。亦會使得講是被迫～～的a̍h ē-sái-tit kóng sī pī-pek～～ê⇨也可以說是被迫走險的。～～得來的僥倖錢～～tit-lâi ê hiau-hēng-chî$^n$⇨冒險好運所得的錢。

**【行營 hêng-iâ$^n$】** 作戰總司令部。大將駐止之處。文轅武營bûn-oân-bú-iâ$^n$⇨文官曰轅，武官曰營。

**【行轅 hêng-oân】** 大官出巡的駐處。亦曰行臺hêng-tâi。

**【行醫 hêng-i】** 以醫爲業。～～半世了～～poàn-sì-lò͘⇨行醫很久了。

**【行糧 hêng-niû$^n$】** 輸送軍糧。未行兵先～～bōe(bē) hêng-peng, seng～～⇨同上。

**【行權 hêng-koân】** 權宜行事koân-gî-hêng-sū。～～必有道，莫利己莫損人～～pit iú-tō, bo̍k lī-kí, bo̍k sún-jîn⇨同上。

**【行不得 hêng-put-tek】** 不能去。～～～也，哥～～～ià, ko⇨不能去呀，哥哥。謂鷓鴣chià-ko͘的啼聲如此。

**【行路難 hêng-lō͘-lân】** 喻世路之難行。

**【行屍走肉 hêng-si-cháu-jio̍k】** 喻庸碌無能之人。人不學，存如死，～～～～耳jîn-put-ha̍k, chûn-jî(jû)-sú, ～～～～ní⇨同上。

**【行雲流水 hêng-hûn-liû-súi】** 喻文章之流暢自然。蘇東坡謂作文須如～～～～so͘-tong-pho ūi chok-bûn si-jî～～～～⇨同上。

**hêng 還** 償也。清償負欠曰還hêng。借物退歸原主曰還hêng。有借有～ū-chioh-ū～⇨有借有還。借的該～chioh-ê ài～⇨借來者必須退還。批仔～phe$^n$(phi$^n$)-á～⇨一批一批而還之。分期還錢。食人一斤每該～人四兩chia̍h-lâng chi̍t-kin(kun) mā-ài～lâng sì-niú$^n$⇨吃了人家一斤最少也要還人家四兩，決不可白吃他人。謂禮尙往來的原則如此。讀一寡仔字攏～先生也tha̍k chit-koa$^n$-á-jī lóng～sin-se$^n$(sian-si$^n$)-ā⇨讀過一些字皆退還老師去了。意謂皆忘記了。亦即不識字。

**【還庫 hêng-khò͘】** 燒金銀紙替死者還債。做司功的名堂之一。

**【還債 hêng-chè】** 清還負債。清債～～免抄乎人討債chheng-chè～～ bián-teh hō͘-lâng thó-chè⇨清還債務，以免受人追討。

**【還賬 hêng-siàu】** 清還掛帳之債務。無～～道未過關bô～～tō-bē(bōe)-kòe-koan⇨不還帳就不行的。

**【還願 hêng-goān】** 還神明債。謝神siā-sîn。有繫願道該～～ū-hē-goān tō-ài～～⇨對神祈求約定願酬報了，就應該酬報之。刣猪公～～抄大拂咧thâi-ti-kong～～teh toā-hut-leh⇨殺公猪謝神，在大拂大鬧熱哩。拂hut，作爲皆曰拂hut。

**【還了債 hêng-liáu-chè】** 清還了債務。～～～起了家 ～～～ khí-liáu-ke⇨謂清還舊債是家道起飛之機。

hēng 幸 吉而免凶也。福也。福喜之事皆曰幸hēng。非分而得之謂之幸hēng。天子所至曰幸hēng，所親愛亦曰幸hēng。萬～bān～⇨很好。免於不利、不吉等皆曰萬幸。無了道萬～也bô-liáu tō bān～ā⇨不致虧本就很好了。不～put～⇨不吉利也。不～一命來嗚呼去put～chit-miā lâi o·-ho·-khì⇨不幸生命就這麼沒去了。天子臨～thian-chú lîm～⇨天子來臨。天子所～thian-chú só·～⇨天子所親愛。三生有～sam-seng iú～⇨同上。

【幸而 hēng-jî】 幸hēng。萬幸bān-hēng。～～無死有好更見面～～bô-sí ū-hó koh kìⁿ-bīn⇨幸而不死有再見之機會。

【幸免 hēng-bián】 免遭不幸也。無一個～～bô-chit-ê～～⇨沒一個有幸而免於遭難。

【幸甚 hēng-sīm】 佝祈關拂～～siāng-kî koan-hut～～⇨同上。

【幸遇 hēng-gī(gū)】 幸運而逢到。～～～～也～～～～ā⇨遇然的機會。難逢的機會。

【幸福 hēng-hok】 好運氣，每事皆如意。～～家庭～～ka-têng⇨同上。

【幸運 hēng-ūn】 好運。～～的得獎人～～ê tek-chiáng-jîn⇨同上。～～兒～～jî⇨同上。

hēng 莧 植物名。蔬菜類。莖葉供為食用。馬齒～bé-khí～⇨最常見的莧菜。

【莧菜 hēng-chhài】 蔬菜的一種。馬齒莧bé-khí-hēng。

hēng 荇 荇菜hēng-chhài也。亦作莕菜hēng-chhài。一種水生的蔬菜。

【荇菜 hēng-chhài】 參差～～，左右流之chham-chhe～～, chó-iū liû-chi⇨詩經。流lîu，選也。在水中洗而選擇其佳者也。

hēng 杏 樹名。花似梅而較大。果可食。果核曰杏仁hēng-jîn，更可貴。白～紅～peh～âng～⇨杏花白色而帶紅。

【杏月 hēng-goat】 二月的異名。

【杏仁 hēng-jîn】 杏之種子。杏果之核。～～茶～～tê⇨杏仁加糖之飲料。～～露～～lō·⇨杏仁食品。～～豆腐～～tāu-hū⇨豆腐形的杏仁食品。～～酥～～so·⇨杏仁餅。

【杏花 hēng-hoe(hoa)】 借問酒家何處有，牧童遙指～～村chioh-mn̄g chiú-ka hô·-chhì(chhù)-iú, bok-tông iâu-chí～～choan⇨古詩。

【杏林 hēng-lîm】 醫生之家的稱頌詞。

【杏壇 hēng-toâⁿ】 孔子講學之處。教育界之代名詞。

hēng 行 品德曰行hēng。狼心狗～lâng-sim-káu～⇨心如狼行如狗。倭人厚～ê-lâng kāu～⇨矮人多事（難題）。佛訂～chhāi-tèng～⇨怒而不言亦不動的一種反抗行動。德～tek～⇨同上。道～tō～⇨同上。品～phín～⇨同上。修～siu～⇨同上。苦～僧khó·～cheng⇨同上。

hēng 貺 賜也。與也。分發禮物曰貺hēng。

【貺大餅 hēng-toā-piáⁿ】 分贈大餅以公開已女已受聘禮。從前婚姻行聘，皆有大餅一物，女家受之，分贈親朋好友左鄰右舍，以示慶祝。人～～～也呢lâng～～～à-neh⇨人家分贈大餅了，亦即已定婚了。

【貺檳榔餅 hēng-pin-nn̂g-piáⁿ】 分贈檳榔與小餅。往時調戲良家婦女，被懲罰，買置檳榔、餅，若干（依其所犯輕重而定），逢人便貺之，貺完為止。

## hi

hi 希 少也。盼望也。祈求也。

【希望 hi-bāng】 hi-bōng(hāng)。心中所祈求。～～明仔早起好天～～bîn-á-chá-khí(i) hó-thîⁿ⇨希望明天早上晴天。～～乎水流去也

～～hō͘ chúi lâu-khì à⇨希望被水流失了。

【希臘 hi-lah】 Hellas or Greece。國名。歐洲古文明大國。～～文化～～bûn-hoà⇨同上。

【希伯來 hi-pek-lâi】 Hebrews，種族名，亦稱猶太Jews，或Judaea，即今中東以色列Israel也。

【希特勒 hi-tek-lek】 Adolf Hitler，德國政治狂漢。第二次世界大戰的挑發者。

hi **稀** 疏也。薄也。少也。月明星～goat-bêng-seng～⇨同上。酒債尋常行處有，人生七十古來～chiú-chè sīm-siâng hêng-chhì-iú, jîn-seng chhit-sıp kó͘-lâi～⇨杜甫。古～kó͘～⇨七十歲。物以～爲貴but-í～ûi-kùi⇨同上。

【稀少 hi-siáu】 罕見hán-kiàn。甚少sīm-siáu。～～價値～～kè-tat⇨物以稀爲貴。

【稀罕 hi-hán】 稀少罕見。珍視之。視之如寶。無～～bô～～⇨何奇之有hô-kî-chi-iú。無人放屎地仔大咧亦抄～～啥bô-lâng pàng-sái-tē-á-toā-leh ah-teh～～sahⁿ⇨沒有人家的便所那麼大(的土地)也在稀罕什麼呢。生一個查某囡仔疕耳，講道～～死死seⁿ(siⁿ) chit-ê cha-bó͘-gín-á-phí niâ, kóng-tō～～sí-sí⇨只生一個小女孩而已，就視之如寶的很了不起的樣子。

【稀有 hi-iú】 少見。罕有hán-iú。

【稀奇 hi-kî】 ～～古怪～～kó͘-koài⇨同上。

【稀飯 hi-hoān】 粥chiok。糜moâi。飯有汁ū-chiop曰糜moâi，糜稀曰粥chiok。

【稀疏 hi-so͘】 疏se。甚少。住民～～chū-bîn～～⇨同上。

【稀薄 hi-pok】 薄poh。待遇～～thāi-gū～～⇨同上。

【稀釋 hi-sek】 淡化tām-hoà。漆該更～～chhat āi-koh～～⇨油漆太濃要再淡化。

hi **虛** 空也。無也。天空曰虛hi。眞氣不足曰虛hi。不眞實曰虛hi。太～thài～⇨天。太空thài-khong。子～chú～⇨烏有o͘-iú。無也。假也。頭眞～thâu chin～⇨頭覺有氣無力。話笑道～ōe-chhiò tō～⇨說話一笑就變成假的。講實的成做～的kóng-sıt-ê chhiâⁿ-chò (chòe)～ê⇨說實話訛成虛話。

【虛火 hi-hóe(hé)】 ～～大～～toā⇨中醫的名堂。

【虛心 hi-sim】 不自滿之心。誠心sêng-sim。～～請教～～chhéng-kàu⇨同上。

【虛名 hi-bêng】 空名。～～累身～～lūi-sin⇨同上。

【虛字 hi-jī】 助詞句完整之字。～～實字～～sıt-jī⇨同上。

【虛無 hi-bû】 ㊀無形象可見。忽聞海上有仙山，山在～～縹緲間hut-bûn hái-siāng-iú-sian-san, san-chāi～～phiau-biáu-kan⇨長恨歌。㊁一無所有。無所存在。～～主義～～chú-gī⇨同上。

【虛華 hi-hoa】 浮華phū-hoâ。熱鬧jiat-nāu。少年郎較愛～～siàu-liân-lâng khah-āi～～⇨年青人比較喜歡熱鬧。～～的所在～～ê só͘-chāi⇨熱鬧的地方。

【虛詞 hi-sû】 空話。僞話。句句事實，並無～～kù-kù sū-sıt, pēng-bô～～⇨同上。

【虛榮 hi-êng】 貪圖浮名富貴。～～心眞重～～sim chin-tāng⇨同上。

【虛實 hi-sıt】 探聽～～thàm-thiaⁿ～～⇨同上。

【虛數 hi-sò͘】 數學名詞。～～實數～～sıt-sò͘⇨同上。

【虛有其表 hi-iú-kî-piáu】 只是外面好看而已。並無實力。～～～～耳，內面都知知抄～～～～niâ,lāi-bīn to chai-chai-leh⇨徒具外表而已。內裡皆很清楚嘛。

【虛虛實實 hi-hi-sıt-sıt】 虛中有實，實中有虛。兵法～～～～，實實虛虛peng-hoat～～～～sıt-sıt-hi-hi⇨同上。

【虛與委蛇 hi-í-úi-siâ】 勉強應酬bián-kiángèng-siû。假意應付ké-ì-èng-hù。

【虛傷蠱膈 hi-siang-kó·-kek】 hi-siong-kó·-keh。女的肺病，男的肺病，脹滿，胃癌的四種難治之病。～～～～ 難醫奧治lân-i-oh-tī⇨謂此四種病又難醫又難治。

hi
**墟** 古人所居曰墟hi。古～kó·～⇨同上。姚～iâu～⇨大舜的古墟。殷～in～⇨殷代的人所居。又臨時市集曰墟hi。廟會，夜市之類亦曰墟hi。趁～thàn～⇨趕集koáⁿ-chi̍p。落～lo̍h⇨上墟市購物。三六九～⇨每月中逢三六九之日開市的墟場。牛～gû～⇨今北港仍有牛墟。豬母牽去牛～ti-bó khan-khì(ì) gû～⇨喻話不對題。

【墟場 hi-tiûⁿ】 墟。墟市hi-chhī。即個～～是開一四七的chi̍t-ê～～sī khui it-sù-chhit-ê⇨此墟市每月逢一，四，七之日開市。亦即每月開九天。

hi
**嘻** 笑聲。

【嘻嘻 hi-hi】 笑聲。笑的樣子。笑～～chhiò～～⇨喜聲笑面。～～笑～～chhiò⇨笑。傻笑。～～哈哈～～ha-ha⇨大家喜樂。

hi
**嬉** 遊也。戲也。

【嬉笑 hi-chhiàu】 嬉戲hi-hì。遊戲iû-hì。～～怒罵～～nō-mē(mā)⇨嬉笑怒罵各種形態。謂皆可作爲文章。

【嬉戲 hi-hì】 遊戲。囡仔～～老人每該～～gín-á～～lāu-lâng mā-āi～～⇨孩童老人都喜愛遊戲。

hi
**噓** 吐氣也。通歔hi。吹～chhui～⇨爲人揄揚，替人稱頌也。

【噓唏 hi-hi】 啼泣也。哀而不泣曰唏hi。噓hi同。亦作歔欷。hi-hi或作欷歔。

hi
**犧** 牛羊豕之活牲禮也。

【犧牲 hi-seng】 ㊀祭祀用之家畜。牲禮seng-lé。～～毋用牝～～bû-iōng-pín⇨牲禮要公的，不可用母的。㊁放棄權利生命。爲公～～ūi-kong～～⇨同上。～～性命財產～～sèⁿ-miā chāi-sán⇨同上。

hi
**羲** 伏羲ho̍k-hi。古帝名。拜請～～，文王，孔子，周公，五代聖賢，今有錢家弟子拜請聖卦……pài-chhíⁿ～～, bûn-ông, khóng-chú, chiu-kong, gó·-tāi-sèng-hiân, kim-iú chîⁿ-ka-tē-chú pài-chhiáⁿ sèng-koà……⇨卜卦者之開場白。口唸此詞，手搖籤筒。

hí
**許** 聽從也。准予曰許。不准put-chún曰不許。只～州官放火，不准百姓點燈chí～chiu-koaⁿ pàng-hóe, put-chún peh-sèⁿ tiám-teng⇨同上。以身相～í-sin-siāng(siōng)～⇨女子聽從男子之意。答應嫁之。

【許可 hí-khó】 批准。～～書～～si(su)⇨准許爲某事的執照。我這有～～有納稅的呢，乎你未猜得goá che ū～～ū-la̍p-sòe-ê-neh, hō·-lí bē-siáu-tit⇨我此(生意)是政府許可，向政府繳稅的，你不能亂來。

【許婚 hí-hun】 同意結婚。父母做主～～的，不是揹包袱仔逮人走的pē-bó chò-chú～～ê, m̄-sī moh-pau-ho̍k-á tōe-lâng-cháu-ê⇨父母做主同意結婚的，非私自偷漢私奔的。

【許諾 hí-lo̍k】 答應tah-èng。當面～～的tng-bīn～～ê⇨面對面同意的。

【許願 hí-goān】 繫願hē-goān。祈神賜福，許以應驗後以某事某物致祭。共土地公～～，講若贏簌道伓做戲謝神kā-thó·-tī-kong～～, kóng-nā iâⁿ-kiáu tō-boeh chò-hì siā-sîn⇨向土地公下願，說如果賭博勝了就將演戲謝神。

hí
**喜** 樂也。福也。凡吉祥之事皆曰喜。寡人龍心大～koáⁿ-jîn liông-sim tāi～⇨㊀戲白。皇帝曰非常高興。㊁友輩間表示高興的套詞。恭～賀～kiong～hō～⇨同上。一門雙～it-bûn siang～⇨同上。入門～ji̍p-mn̂g～⇨

新娘過門不久即有孕。有～的款ū～ê-khoán⇨好像是有孕了。報～莫報憂pō～bo̍k-pō-iu⇨謂報喜受歡迎，報憂討人怨。

【喜允 hí-ún】 歡喜答應。當面～～的未反悔啦tng-bīn～～ê bē-hoán-hóe-là⇨同上。

【喜兆 hí-tiāu】 喜事之前兆。吉兆kiat-tiāu。～～來也啦，無不著也啦～～lâi-à-là,bô-m̄-ti̍oh-à-là⇨喜兆來了，不會錯的。

【喜雨 hí-í(ú)】 甘雨kam-í(ú)。

【喜事 hí-sū】 婚慶壽辰等曰喜事hí-sū。人抾做～～不當去帶衰人較著lâng-te̍h chò～～m̄-thang khì tài-soe-lâng khah-ti̍oh⇨人家在辦喜事，不可去把人家弄上霉字才對。

【喜怒 hí-nō】 喜與怒。曰～～，曰哀樂，愛惡慾，七情具oa̍t～～, oa̍t-ai-lo̍k, ài-ok-io̍k, chhit-chêng-kū⇨三字經。

【喜炮 hí-phàu】 祝喜的爆竹。放～～pàng～～⇨同上。

【喜信 hí-sìn】 好消息。得著～～ti̍t-ti̍oh～～⇨同上。

【喜酒 hí-chiú】 喜事之酒。請～～chhiá$^{n}$～～⇨家有喜事而請客。食～～chia̍h～～⇨參加喜筵。辦～～pān～～⇨安排喜酒。

【喜捐 hí-iân】 樂捐lo̍k-koan。題～～tê～～⇨在樂捐薄册或捐單上寫明願捐若干。

【喜容 hí-iông】 高興的樣子。～～滿面～～boá$^{n}$-bīn⇨同上。

【喜鳥 hí-chiáu】 鵲chhiak。鳴禽類。俗曰喜鵲hí-chhiak或喜鳥hí-chiáu。土名客鳥kheh-chiáu。

【喜捨 hí-sià】 自動捐助。良心～～liâng(liông)-sim～～⇨同上。

【喜報 hí-pò】 好消息。～～得未來也～～tit-boeh-lâi-ā⇨好消息快要來了。

【喜筵 hí-iân】 賀宴hō-iàn。開了三百席的～～khui-liáu sa$^{n}$-pah-se̍k ê～～⇨同上。

【喜壽 hí-siū】 七十七歲曰喜壽hí-siū。蓋喜字草體，狀似七十七故也。阿久伯仔，過年了敢不是該做～～也a-kú-peh-á, kòe-nî-liáu kám-m̄-sī ài-chò～～ā⇨阿久伯仔，年一過不是七十七歲了，該辦祝壽了吧。

【喜劇 hí-ke̍k】 喜齣hí-chhut。～～開始悲劇收場～～khai-sí pi-ke̍k siu-tiû$^{n}$⇨謂開始時大家高高興興。終了時大家怒目相視。

【喜慶 hí-khèng】 值得慶祝之喜。～～喪葬好歹事攏是相放伴的～～song-chòng hó-phái-sū lóng-sī sio-pàng-phoā$^{n}$-ê⇨好壞之事，都是互助幫助的。

【喜樂 hí-lo̍k】 喜而樂。

【喜轎 hí-kiō】 花轎hoe-kiō。新娘轎sin-niû-kiō。都伓上～～也藉伓梳頭to-boeh chiū$^{n}$～～ā chiah-boeh se-thâu⇨謂一切皆完備要上花轎了，才要梳頭。喻最重要的事情延而不爲。

【喜齣 hí-chhut】 喜劇hí-ke̍k。喜笑爲主的戲。較愛看～～khah-ài-khoà$^{n}$～～⇨同上。

【喜不見喜 hí-put-kiàn-hí】 甲乙兩家各有喜事，即不相應酬。否則喜沖喜hí-chhiong-hí，將把喜事沖走了。～～～～，王不見王～～～～，ông-put-kiàn-ông⇨同上。

【喜出望外 hí-chhut-bōng-goā】 意料之外之驚喜。乞食抾著死鷄～～～～khit-chia̍h khioh-ti̍oh-sí-ke～～～～⇨同上。抾khioh拾也。撿到曰抾khioh。

hì
**戲** 凡嬉遊之事皆曰戲hì。演劇曰戲hì，詼嘲曰戲hì。做～chò～⇨搬～poa$^{n}$～⇨演劇的俗稱。遊～iû～⇨嬉戲。大～toā～⇨由人扮演者。歌仔～koa-á～⇨大戲的一種，以俗曲白話表演者。布袋～pò͘-tē～⇨木偶戲。皮猴～phôe-kâu～⇨以燈影演出的木偶戲。傀儡～ka-lé～⇨以線操演的木偶戲。馬～bé～⇨circus，表演空中飛人，跑馬，弄虎等的西洋戲。看～khoà$^{n}$～⇨觀劇koan-ke̍k。有～好看也ū～hó-khoà$^{n}$-ā⇨喻意外的問題(爭吵)即將發生了。[夌支]～[夌支]人看chē～chē-lâng-khoà$^{n}$⇨喻生意不怕競爭。老～做到跤落棚lāu～chō-kà-ka-lauh-pê$^{n}$⇨喻老經驗之人，有時還是會失錯。跤落棚ka-lauh-pê$^{n}$(pî$^{n}$)，謂㊀演者跌落演台下。㊁表演有遺漏。

【**戲文** hì-bûn】 脚本khau-pún。戲冊也。不八～～大喟掠拎歕m̄-bat(pat)～～toā-khùi liah-le-pûn⇨嘲外行假內行。謂不知戲的內容卻頻頻搖頭嘆氣。

【**戲仔** hì-á】 ㊀童子戲。㊁小看～～sió-khoà$^{n}$～～⇨小觀衆。～～圍鼓邊～～ûi-kó·-pi$^{n}$⇨小觀衆喜歡蝟集於樂隊周圍。鼓kó·代表樂隊。～～班～～pan⇨①童子戲團。②喻子女衆多。一陣若～～班哩chit-tīn ná～～pan-leh⇨一大羣子女們有如童子戲班。做～～悾，看～～戇chò～khong, khoà$^{n}$～gōng⇨同上。

【**戲旦** hì-toà$^{n}$】 扮女人的脚色kioh-siàu。竅鬼較媠～～kiáu-kúi khah-súi～～⇨賭博之鬼，比戲旦還要漂亮。喻賭博的引誘力，比美人的引誘力還要大。

【**戲曲** hì-khek】 戲中的歌曲。唱～～chhiù$^{n}$～～⇨同上。

【**戲言** hì-giân】 笑談。軍中無～～kun-tiong bû～～⇨談正事之時不可亂開玩笑。

【**戲弄** hì-lāng】 調戲女人。～～人的某，乎人打，都應該的，不～～lâng-ê-bó·, hō·-lâng-phah to èng-kai-ê, m̄⇨調戲人妻被人毆打，算是公道嘛。

【**戲虎** hì-hó·】 精通演劇的人。老～～lāu～～⇨同上。

【**戲服** hì-hok】 戲台上用的衣裳。

【**戲柱** hì-thiāu】 戲迷hì-bê。意謂戲之支柱。阿三是大～～你不知否a-sam sī toā～～lí m̄-chai-hò·⇨阿三就是大戲迷你不知道嗎。

【**戲迷** hì-bê】 同戲柱hì-thiāu。

【**戲班** hì-pan】 戲團。劇團kek-thoân。請～～來搬戲chhiá$^{n}$～～lâi poa$^{n}$-hì⇨同上。

【**戲棚** hì-pê$^{n}$(pî$^{n}$)】 臨時戲台。～～脚企久的人的～～kha khiā-kú-ê-lâng-ê⇨謂演戲棚下，站久了就全部歸他所有。企久戲完了人散了就淨他一個人亦即全屬他了。喻凡事都應有耐力耐心，能持久必勝。

【**戲單** hì-toa$^{n}$】 ㊀戲票hì-phiò。㊁介紹戲劇的印刷品。

【**戲嬈** hì-hiâu】 嬈hiâu，好戲的輕薄婦女。彼個看著～～～～彼個道是也hit ê khoà$^{n}$-tioh～～～～hit-ê tō-sī-ā⇨那一個一看嬈體嬈體那人就對了。

【**戲園** hì-hn̂g】 演戲場。戲院hì-ī$^{n}$。

【**戲臺** hì-tâi】 戲棚之永久性者。舞台bú-tâi。

【**戲謔** hì-hiok】 ㊀諧謔kai-hiok。㊁戲中的笑科chhiò-khoe或猥褻óe-siat表演。人講～～～～也無所謂啦lâng-kóng～～～～à bô-só·-ūi là⇨古人說笑科笑科，無要緊啦。

【**戲劇** hì-kek】 搬戲演劇poa$^{n}$-hì-ián-kek。～～界～～kài⇨有關戲劇的社會。

【**戲館** hì-koán】 曲館khek-koán。戲班之家。演戲場。～～邊的豬母，未吹簫亦會拍擘～～pi$^{n}$ ê ti-bó, bē-chhoe(chhe)-siau ah-ē phah-phek⇨戲館邊的豬母不會吹簫也會打拍子。戲館hì-koán亦作曲館khek-koán。

【**戲豬** hì-ti】 追戲旦的傻瓜。

【**戲籠** hì-láng】 戲班的衣服道具箱。同戲箱hì-siu$^{n}$。竹製曰籠láng，木製曰箱siu$^{n}$。

【**戲齣** hì-chhut】 戲目hì-bak。不八～～不敢合人講m̄-bat(pat)～～m̄-kā kah-lâng-kóng⇨不識節目不敢與人議論。

【**戲先生** hì-sin-se$^{n}$】 hì-sian-si$^{n}$。教戲劇的老師。

【**戲頭家** hì-thâu-ke】 戲班或劇團之主人。

hì **肺** 肺臟hì-chōng。人～豬～侎共款仔lâng～ti～boeh kāng-khoán-á⇨人肺，豬肺差不多一樣。傷著～siang(siong)-tioh～⇨肺

臟受了傷害。豬～炒王梨ti～chhá-ông-lâi⇒猪肺炒鳳梨。指其介味kah-bī。

【肺炎 hì-iām】 病名。

【肺病 hì-pēⁿ(pīⁿ)】 肺結核病hì-kiat-hut-pēⁿ(pīⁿ)。

【肺腑 hì-hú】 ～～的話～～ê ōe⇒～～之言～～chi giân⇒眞心眞意之話。

【肺萎 hì-úi】 肺結核hì-kiat-hut。

【肺管 hì-kńg】 氣管khì-kńg。～～炎～～iām⇒肺炎hì-iām。

【肺膜 hì-moh】 肋膜lek-moh。～～炎～～iām⇒肋膜炎lek-moh-iām。

【肺癆 hì-lô】 肺病hì-pēⁿ。肺結核病hì-kiat-hut-pēⁿ。

【肺癰 hì-eng】 病名。

【肺水腫 hì-chúi-chéng】 病名。

【肺肋膜 hì-lek-moh】 肺之表膜。

【肺活量 hì-oah-liāng(liōng)】 深呼吸所吸入的空氣之量，吐出而量之。可以判身體之強弱。

【肺氣腫 hì-khì-chéng】 病名。

【肺動脈 hì-tōng-meh】 心通至肺的大血管。～～～肺靜脈～～～hì-chēng-meh⇒同上。

【肺結核 hì-kiat-hut】 肺病hì-pēⁿ。又有肺癆hì-lô,肺萎hì-úi，或單稱傷siang，癆lô等異稱。

**魚** hî 水中動物。海～hái～⇒生宿海中之魚類。淡水～tām-chúi⇒生宿於陸上淡水中之魚類。有～毋食頭ū～m̄-chiah-thâu⇒魚多即魚頭無人要吃。喻慣於富裕即趨向奢華。刣～著刣到鰓，講話著講透枝thâi～tioh-thâi-kàu-chhi, kóng-ōe tioh kóng-thàu-ki⇒宰魚應該宰到魚鰓部份，說話應該說到全部始末。溪裡無～，三界娘仔爲王khe-lih bô～，sam-kài-niû-á ûi-ông⇒同上。三界娘仔sam-kài-niû-á魚名。極小型的魚。東港無～西港拋tong-káng bô～sai-káng-pha⇒喻人須能機變不宜墨守一事一地。食～食肉該菜介chiah～chiah-bah ài chhài-kah⇒魚肉都要生菜配合。

【魚子 hî-chí】 魚卵hî-nn̄g。烏～～o·～～⇒鯔魚chu-hî卵之加塩晒半干者。鯔chu俗曰烏魚o·-hî。

【魚干 hî-koaⁿ】 魚之晒成干者。曝～～phak～～⇒同上。

【魚丸 hî-oân】 魚肉製成的丸粒。～～湯～～thng⇒同上。

【魚仔 hî-á】 小魚，魚兒。一盤～～攏是頭了了chit-poâⁿ～～lóng-sī-thâu liáu-liáu⇒謂一盤小魚皆頭而無肉。喻一羣小人物都是出主意的首長，意見多，事難辦。了了liáu-liáu亦讀liàu-liàu。～～市～～chhī⇒魚市場。～～孔～～khang⇒魚多的區域。

【魚生 hî-chheⁿ(chhiⁿ)】 生魚肉 chheⁿ-hî-bah。食～～chiah～～⇒吃生魚肉。日語刺身sasimi也。

【魚市 hî-chhī】 魚市場hî-chhī-tiûⁿ。～～仔～～á⇒同上。

【魚肉 hî-bah】 魚類之肉。

【魚行 hî-hâng】 魚類專業店。開～～khui～～⇒同上。

【魚池 hî-tî】 ㈠養魚池。㈡水池。泉水。前～～後果子chêng～～āu kóe(ké)-chí⇒厝前有泉水池。厝後有果子園。謂富家頗具規模的第宅。

【魚尾 hî-bóe】 魚之尾。鰱魚頭草～～liân-hî-thâu, chháu～～⇒謂鰱魚宜食其頭，草魚宜食尾。食～～又較快做大家chiah～～chhe khah-khoài chò-tā-ke⇒新娘入門次晨家族聚餐，媒人挾菜給新娘，一樣菜說一句祝福的話。此句即其一。

【魚卵 hî-nn̄g】 魚子hî-chí。

【魚花 hî-hoe】 魚游所滾起的水花。有看見～～無看著魚ū-khoàⁿ-kìⁿ(ìⁿ)～～bô-khoàⁿ tioh-hî⇒魚花看見了，魚沒看見。

【魚油 hî-iû】 鯨魚油 keng-hî-iû。燈火用者。

【魚郊 hî-kau】 魚行hî-hâng。魚行的同業組織。

【魚栽 hî-chai】 魚苗hî-biâu。活～～hoa̍t～～⇨育成魚苗。活hoa̍t繁殖hoān-si̍t。搖～～iô～～⇨魚苗類流動的活水，移入容器靜水片刻即死，是以買賣魚苗者，移入魚苗籃之後，必須即刻加以搖動，直到移進養魚池的活水中。

【魚翅 hî-chhì】 魚鰭hî-kî製成的食料。紅燒～～âng-sio～～⇨一種魚翅料理。

【魚船 hî-chûn】 漁船hî-chûn。捕魚船pō͘-hî-chûn。

【魚販 hî-hoàn】 販魚之人。～～仔～～á⇨同上。

【魚脯 hî-pó͘】 干魚。鹹～～kiâm～～⇨同上。餌～～chiáⁿ～～⇨不太鹹的魚干。

【魚塭 hî-un】 養魚池。

【魚雷 hî-lûi】 水雷的一種。因形如魚而得名。～～艇～～théng⇨能發射魚雷的小戰船。

【魚網 hî-bāng】 捕魚之網。補～～pó͘～～⇨補修魚網。

【魚笐 hî-hâng】 以竹引溪流的掠魚設備。扱～～khioh～～⇨構築魚笐。

【魚頭 hî-thâu】 沙茶～～sa-te～～⇨以魚頭爲主料的菜名。

【魚篧 hî-khah】 收魚籠。小魚籠。以小竹篾編之，亦單稱篧仔khah-á。

【魚鑿 hî-chha̍k】 刺魚的特別道具。鋸口形的鑿子。用～～鑿蛇，一筆中的iōng～～chha̍k-choâ, it-pit-tiòng-ê⇨以魚鑿刺蛇是一刺必中的。一筆中it-pit-tiòng謂必成功。

【魚類 hî-lūi】 動物學名詞。人類鳥類～～昆蟲類jîn-lūi, niáu-lūi, ～～, khún-thiông-lūi⇨同上。

【魚羹 hî-keⁿ(kiⁿ)】 俗作魚焿hî-keⁿ(kiⁿ)，非也焿者鹼(油)之俗字。魚肉加料爲湯而牽粉成糊狀者。

【魚藤 hî-tîn】 殺魚之毒藤。亦曰蘆藤lô͘-tîn。用～～儔魚iōng～～thāu-hî⇨以蘆藤毒魚以捕之。儔thāu，毒動也。

【魚鰭 hî-kî】 魚類的運動器官。有胸鰭hiong-kî，腹鰭hok-kî,臀鰭tûn-kî，背鰭pòe-kî，尾鰭bóe-kî等。俗曰翅chhì。

【魚鰾 hî-pio】 ㊀魚脬hî-phau,亦即空氣袋，所以調節魚身浮沈的器官。㊁俗亦以魚的精液囊爲魚鰾hî-pio。烏～～o͘～～⇨雄魚子。

【魚鱗 hî-lân】 拍～～phah～～⇨除掉魚鱗。～～瘢～～chōe⇨皮膚的贅瘤。瘢chōe亦作贅chōe。～～沓～～tha̍h⇨有規則如魚鱗形的堆積法。～～册～～chheh⇨帳簿之採取魚鱗形者。據稱，劉銘傳巡撫時代之土地清丈的土地台帳，曾採取此方式。

【魚肝油 hî-koaⁿ-iû】 取自魚肝之油。補品。

【魚架仔 hî-kè-á】 排魚之架。賣魚者。於市仔排～～～tī-chhī-á pâi～～～⇨在市場排魚架仔賣魚。

【魚趁生 hî-thàn-chhiⁿ】 魚須乘其新鮮之時食之。～～～人趁茈～～～lâng-thàn-chíⁿ⇨魚要新鮮，人要少年。茈chíⁿ，茈薑chíⁿ-kiuⁿ的茈chíⁿ。喻年青。

【魚食露水 hî-chia̍h-lō-chúi】 魚吃露水(不知是否皆如此)。～～～～人食嘴水～～～～lâng-chia̍h chhùi-chúi⇨魚吃露水而生，人賴嘴水而活。嘴水chhùi-chúi會說話之嘴。謂會說話很重要。

【魚魚肉肉 hî-hî-bah-bah】 很多魚很多肉。～～～～較講每是該菜介～～～～khah-kóng mā-sī ài chhài-kah⇨很多魚很多肉不錯很好，但是怎麼說，還是需要青菜來配合，才夠完美。介kah配合也。

【魚蝦水卒 hî-hê-chúi-chut】 魚類。水族。喻小兵小卒。～～～～幫助白素貞～～～～pang-chō͘ pe̍h-sò͘-cheng⇨白蛇傳故事。悉悉許的～～～～那有效chhoā-chhoā hiah-ê

～～～～ná-ū-hāu⇨帶著那一班小兵小卒豈有用呢。禿chhoā，帶頭的俗字。

**hī 耳** 耳hī$^{n}$也(見hi$^{n}$部)。

# hi$^{n}$

**hi$^{n}$ 譆** 痛也。歎聲也。兒女憍khiâu物之聲也。不平之鳴曰譆hi$^{n}$。哮～háu～⇨不平而哀聲歎氣。佼～gâu～⇨①孩子多憍khiâu。②多鳴不平。

【譆譆 hi$^{n}$-hi$^{n}$】 多譆。～～孱～～chhan⇨小兒女憍khiâu也。～～叫～～kiò⇨病痛歎聲。同咳咳叫hai$^{n}$-hai$^{n}$-kiò。

**hi$^{n}$ 唏** 聲也。狀聲。唏唏hi$^{n}$-hi$^{n}$之聲也。狗～káu～⇨狗追求狗母也。又不知自己身分硬追女人亦曰狗唏káu-hi$^{n}$。狷狗～siáu-káu～⇨同前。

【唏唏 hi$^{n}$-hi$^{n}$】 狀聲。蚊仔～～叫báng-á～～kiò⇨蚊子嗚嗚聲。狗屎臭～～káu-sái chhàu～～⇨狗屎很臭很臭。

**hī$^{n}$ 㧡** 動也。動搖也。手前後動曰㧡hī$^{n}$，亦曰㧡hāi$^{n}$。動動～tōng-tōng～⇨吊物搖動。又搖搖欲墜。存一個了尾仔囝扲動動～chhûn-chi̍t-ê liáu-bóe-á-kiá$^{n}$ teh tōng-tōng～⇨僅存一個敗家子在幌來幌去。行一步～三下你八否kiâ$^{n}$-chi̍t-pō·～sa$^{n}$-ē lí-bat(pat)-bó·⇨斥人無知的粗語。意謂一步三搖的(男陰)，你懂否。伊——去——呢，雙手～，～著撞著鼻也，哪哎唷也i—khì—ni, siang-chhiú～, ～tio̍h lòng-tio̍h-phī$^{n}$-ā, na-ai$^{n}$-giō-ā⇨車鼓歌。

【㧡手 hī$^{n}$-chhiú】 hāi$^{n}$-chhiú。搖手。

【㧡揀 hī$^{n}$-sak】 拋棄之。棄之。橋過枴～～kiô-kòe koái～～⇨橋過了手杖就拋棄了。喻事過即忘恩背義。無用的～～啦bô-iōng-ê～～là⇨沒用的東西棄之吧。

【㧡銅 hī$^{n}$-tâng】 男陰。～～可否～～hó-bō·⇨拒絕不予人的粗語。

【㧡鞦韆 hī$^{n}$-chhiu-chhian】 打鞦韆。八月十五～～～peh-go̍eh(poeh-ge̍h) cha̍p-gō·～～～⇨同上。㧡hī$^{n}$亦曰㧡hāi$^{n}$。

【㧡狗母梭 hī$^{n}$-káu-bó-so】 hāi$^{n}$-káu-bó-so。失業。無業遊民。梭so，織具，在線間穿來穿去者也。猶扲～～～～扲iáu-teh～～～～leh⇨還是在失業蕩來蕩去的遊民。

**hī$^{n}$ 歔** 同唏hi$^{n}$。泣不出聲也。兒女驕而哭曰歔hī$^{n}$。你更～，更～你道食柴仔lí-koh～, koh～lí tō chia̍h chhâ-á⇨你再哭，再哭你就會被柴鞭子打了。柴仔chhâ-á亦作箠仔chhôe-á-小樹枝小竹枝之類也。

**hī$^{n}$ 耳** 聽覺器官也。物之兩旁如人耳者亦曰耳hī$^{n}$。即～入彼～出chit～ji̍p, hit～chhut⇨此耳進，彼耳出。謂聽之立即忘之。大～toā～⇨豬。傻瓜。大～的toā～ê⇨大～仙toā～sian⇨大傻瓜。罐仔～koàn-á～⇨茶瓶等之耳。棺桶～koā$^{n}$-tháng～⇨同上。鼎仔～tiá$^{n}$-á～⇨同上。柴屐～chhâ-kia̍h～⇨木屐耳。土礱無換～thô·-lâng bô-oā$^{n}$-～⇨土礱耳(手)是不能換的。喻獨生子無可替換。囡仔人有～無嘴gín-á-lâng ū～bô-chhùi⇨謂小孩子在大人說話之時，可以靜聽之，不可以開口插嘴。噪人～chhò-lâng～⇨擾人之耳。

【耳刀 hī$^{n}$-to】 剃耳孔毛之小剃刀。

【耳孔 hī$^{n}$-khang】 耳穴。～～重～～tāng⇨耳不聽。半聾poàn-lông。～～輕～～khin⇨輕信人言。～～挖利利扲聽～～ōe(úi)-lāi-lāi teh thia$^{n}$⇨仔細在聽。～～鬼仔譏譏叫～～kúi-á ki-ki-kiò⇨耳孔內譏譏有聲。

【耳仔 hī$^{n}$-á】 耳。扭～～根giú～～kin(kun)⇨拉耳朶。表示警告kéng-kò。訓戒hùn-kài。～～崎崎～～kiā-kiā⇨①側耳而聽的樣子。②傻瓜的樣子。～～伏伏～～phak-phak⇨耳朶低垂。謂如豬。

【耳風 hī$^{n}$-hong】 風說。傳聞。不當聽人的

～～m̄-thang thiaⁿ-lâng-ê～～⇨不可聽人家的傳說。～～仔準有聽見～～á chún-ū thiaⁿ-kìⁿ(ìⁿ)⇨人家說的好像聽見了。

【耳屎 hīⁿ-sái】 耳垢ní-kó͘。～～無挖得未無聽見也～～bô-óe(úi) tit-boeh bô-thiaⁿ-kìⁿ(ìⁿ)-â⇨耳垢不挖快要聽不見了。

【耳鈎 hīⁿ-kau】 耳飾之一種。耳環hīⁿ-khoân。金～～玉手指kim～～giok-chhiú-chí⇨同上。

【耳葉 hīⁿ-iap】 耳朵。耳孔葉仔hīⁿ-khang-iap-á。～～乎人扭無角是否～～hō͘-lâng giú-bô-lut sī-bô͘⇨(你的)耳朵被人拉得沒斷掉嗎(嘲其被太太修理)。

【耳鼓 hīⁿ-kó͘】 鼓膜kó͘-mō͘。～～硬將要破去也～～ngeh-chhian boeh-phoà-khì(ì)-â⇨耳膜幾乎要破裂了。

【耳塞 hīⁿ-that】 ㊀耳內生瘡。生～～seⁿ(siⁿ)～～⇨同上。㊁喪帽的掩耳布。意謂服孝中不聞世事。

【耳漏 hīⁿ-lāu】 耳病。俗曰臭耳聾仔chhàu-hīⁿ-àng-á。

【耳環 hīⁿ-khoân】 耳鈎hīⁿ-kau。

【耳鏡 hīⁿ-kiàⁿ】 耳鼓hīⁿ-kó͘。～～破去也～～phoá-khì(ì)-â⇨同上。

【耳扒仔 hīⁿ-pê-á】 取耳垢之小道具。亦曰耳挖仔hīⁿ-óe(úi)-á。

【耳邊風 hīⁿ-piⁿ-hong】 耳邊吹過之風。人講的話都掠做～～～不lâng-kóng-ê-ōe to liah-chò～～～m̄⇨人家(序大人)說的話，皆當做耳邊風而不入耳，不對嗎。

**hīⁿ 硯** 硯hiān也(見hian部)。

# hia

**hia 衙** 自矜chū-khim也。矜是自賢。自媒，又行賣也。今曰自我推銷chū-ngó͘ chhui-siau。通衒hiân，行且賣也。

【衙擺 hia-pai】 展示其顯耀也。安爾道嶄然～～也，an-ne(ni)-tō chám bian～～a⇨如此就相當的不得了矣。一個小警察仔耳道～～死死也，chit-ê sió-kéng-koaⁿ-á niâ tō～～sìsi á⇨一個小警官而已就得意揚揚不得了也。俗或作花班hia-pai，亦有作杓擺hia-pai者。

**hia 杓** 勺器chiok-khì也。小者曰湯匙thng-sî，小杓器也。大者曰杓hia，匏杓pû-hia，鱟杓hāu-hia等是，皆舀此移彼之具也。又用杓之動作亦曰杓hia。匏～pû～⇨匏仔製的杓。尿～jiō～⇨舀尿用之杓。網～bāng～⇨杓而以網爲之，以從水中罛(亦可作罟)ko͘魚者。用手～iōng-chhiú～⇨以手爲杓。

【杓仔 hia-á】 小杓。勺器類的總稱。該有～～藉有法得ài-ū～～chiah-ū hoat-tit⇨需要使用杓子才有辦法。

【杓魚 hia-hî】 從水中罛魚，罛ko͘，以網杓取之也。杓仔～～眞好勢hia-á～～chin-hó-sè⇨杓仔罛魚很方便。

【杓杓 hia-hia】 開放的，無蓋的。門開～～m̂g khui～～⇨門開著沒人看管。

【杓遮 hia-jia】 有碍場地。甚過～～鎭地的道毋好siuⁿ-kòe～～tìn-tē-ê tō-m̄-hó⇨太過於妨碍場地的就不要。

【杓蝶仔 hia-iah-á】 杓捉蝴蝶。囡仔扲～～gín-á teh～～～⇨同上。

**hia 靴** 履之類也。皮製曰靴hia，軍靴kun-hia也。長統者曰靴hia，短統者曰鞋ê(ôe)。半桶～poàⁿ-tháng～⇨長統靴。孟麗君脫～bēng-lē-kun thoat～⇨同上。

【靴尖 hia-chiam】 靴尾hia-bóe。鞋頭ê-thâu。乎～～踢著hō͘～～that-tioh⇨同上。

【靴桶 hia-tháng】 靴管hia-kóng。靴之脛部。

【靴鞋 hia-ê(ôe)】 長靴tn̂g-hia與短鞋té-ê

(ôe)。

【靴模 hia-bô͘】 長靴之模。

【靴破底原在 hia-phoà-té(tóe)-goân-chāi】 長靴破了，靴底無傷。喻基礎堅固者，不爲小瑕疵而動搖。人講～～～～～也，曷有碍著lâng-kóng～～～～～ā, ah-ū-gāi-tioh⇨古人言，靴破底還是好的，沒什麼影響。

hia
許 處也。所也。彼處曰許hia。鄰近，左右，前後皆曰許hia。反之即曰者chia。您～阮～⇨你們的地方(家)，我們的地方(家)。下午三時～到位hā-ngó͘ saⁿ-sî～kàu-ūi⇨下後三時前後到達。敢近於四點～較穩káⁿ kīn(kūn)-tī sì-tiám～khah-ún⇨恐怕近於四時左右較確實。伊～有，老高～無i～ū lāu-ko～bô⇨他那邊有，老高那邊沒有。於～於者攏共款tī～tī-chia lóng-kāng-khoán⇨在彼在此皆一樣。

【許的 hia-ê】 那些。彼處的，他們的。～～物無人的～～mih bô-lâng-ê⇨那些東西不屬什麼人。～～生活費較峘～～seng-oah-hùi khah-koân⇨彼地的生活費較高。峘koâi，高ko也。～～人恰如較不驚死～～lâng kah-ná khah-m̄-kiaⁿ-sí⇨那些人好像很不怕死。～～問題猶未解決～～būn-tê(tôe) á-bōe(bē) kái-koat⇨那些問題還未解決。

【許者 hia-chia】 彼處(方)與此地(方)。～～攏會使得～～lóng-ē(ōe)-sái-tit⇨在彼在此皆可以。

hiā
瓦 土燒成的器具也。勘厝蔽風雨之瓦器曰瓦hiā。厝～chhù～⇨勘屋頂之瓦。勘～的khām～ê⇨同上。紅～厝仔âng～chhù-á⇨紅瓦之屋。

【瓦刀 hiā-tō】 土水工的割瓦割磚刀。亦曰磚仔刀chng-á-to。

【瓦厝 hiā-chhù】 瓦屋頂之家。紅～～仔âng～～á⇨同上。

【瓦窰 hiā-iô】 燒瓦之大竈。劉秀敗國站～～，王莽趕到道要燒lāu-siù pāi-kok tiàm～～, ông-bóng koáⁿ-kàu tō-boeh-sio⇨丑仔白。

【瓦槽 hiā-chô】 瓦屋頂之溝。～～有破去抄漏～～ū-phoá-khì(ì) teh-lāu⇨瓦槽有地方破了，在漏雨。

hiā
蚼 蚍蜉也。大蟻也。蚼～káu～⇨螞蟻。大水～toā-chúi～⇨洪水時出現的有翅之大蟻。白～peh～⇨白蟻pek-gī。紅～âng～⇨紅蟻hông-gī。

## hiaⁿ

hiaⁿ
兄 長也。男子先生爲兄hiaⁿ，後生爲弟tī。又平輩男子的互相尊稱。大～toā～⇨長兄tiáng-heng。表～piáu～⇨姑表,姨表之兄輩者。汝～我弟lí～goá-tī⇨稱兄道弟chheng-heng-tō-tē。阿～a～⇨兄之通稱。老～lāu～⇨對兄輩外人的尊稱。客～kheh～⇨情郎。嫖客。或作契兄kheh-hiaⁿ。阿三～a-sam～⇨阿三哥a-sam-ko。阿木～a-bok～⇨阿木哥a-bok-ko。錦～kím～⇨錦哥kím-ko，錦先生kím-sin-seⁿ, kím-sian-seng。德～tek～⇨阿德哥a-tek-ko，阿德先生a-tek-sin-seⁿ, a-tek-sian-seng。

【兄弟 hiaⁿ-tī】 拍虎掠賊着親～～phah-hó͘ liah-chhat tioh-chhin～～⇨從事危險性的工作，需要親兄弟才能夠誠心互相照顧。～～有同心，烏土變成金～～ū tâng-sim, o͘-thô͘ pìⁿ-chiâⁿ-kim⇨同上。少時是～～，長大各鄉里sàu-sî sī～～, tiáng-tāi kok-hiuⁿ-lí⇨謂少年時代在父母之下是兄是弟，長大了必須各自獨立各自討生活。～～仔官～～á-koaⁿ⇨同等級的官員。～～仔手～～á-chhiú⇨彼此力量技術相差不多。

【兄妹 hiaⁿ-moāi(bē)】 兄與妹。二～～相依爲命nn̄g～～siang-i-ûi-bēng⇨同上。

**【兄哥 hia$^n$-ko】** ㈠兄。哥ko亦兄。阮～～goán(gún)～～⇨我(們)的哥哥。我們的大兄。㈡朋友的泛稱。內山～～lāi-soa$^n$～～⇨內山來的朋友。㈢客兄kheh-hia$^n$。去尋～～也khì chhōe～～a⇨找客兄去了。

**【兄嫂 hia$^n$-só͘】** 兄之妻。～～細叔～～sè-chek⇨夫之弟曰細叔sè-chek。

**【兄頭仔 hia$^n$-thâu-á】** 客兄kheh-hia$^n$。彼個查某～～～講偞歸打抮hit-ê cha-bó͘～～～kóng-boeh kui-tá-lè⇨那個女人的客兄，據說將近一打。

**hiá$^n$ 跼** 行不正也。跼hián也。搖iô也。趴跼tang-hiá$^n$，行動不穩定也。老的老步定，少年的較蚍跼lāu-ê lāu-pō͘-tiā$^n$, siàu-liân-ê khah-tang-hiá$^n$⇨老人老步較穩定，少年人比較暴燥。

**hiá$^n$ 炫** 光也。明也。星光閃爍siám-le̍k曰炫hiá$^n$。星抮～一下～一下chhe$^n$(chhi$^n$) teh～chı̍t-ē～chı̍t-ē⇨同上。天～～也光thi$^n$～～a-kng⇨天色漸漸光了。hoá$^n$-hoá$^n$-á-kng。

**【炫目 hiá$^n$-ba̍k】** 奪目toat-bo̍k。惹人注意。甚～～阮不敢穿siū$^n$～～goán(gún) m̄-ká$^n$-chhēng⇨(衣裳)太醒目了，我不敢穿。

**【炫烏 hiá$^n$-o͘】** 清晨黃昏時的天色微暗。猶～～～～iáu～～～～⇨還黑黑(天微亮)的。都～～～～也to～～～～a⇨全都微黑了(快全黑了)。

**【炫場 hiá$^n$-tiû$^n$】** 店頭，場面等引人注目。彼間排得特別～～hit-keng pâi-le te̍k-pia̍t～～⇨那一家陳設得特別好看。→iá$^n$-tiû$^n$。

**【炫炫仔 hiá$^n$-hiá$^n$-a】** 微黑。微明。天～～～光thi$^n$～～～kng⇨天漸漸光。天炫炫仔光thin hiá$^n$-hia$^n$-a-kng→thi$^n$ hoá$^n$-hoá$^n$-á-kng。

**hià$^n$ 掀** 以手高舉也。高聳也。倒向～tó-siàng～⇨反身落地。厝身有較～chhù-sin ū-khah～⇨屋子有點向後傾。

**【掀身 hià$^n$-sin】** 上身反向後方。行著路～～～kiâ$^n$-tio̍h-lō͘～～～～⇨行路上身在後(肚子在前)。

**【掀後 hià$^n$-āu】** 一個較掀前一個較～～chı̍t-ê khah hià$^n$-chêng chı̍t-ê khah～～⇨同上。

**【掀前 hià$^n$-chêng】** 上身向前。

**【掀掀 hià$^n$-hià$^n$】** 向後倒。頭仔～～見天見天，看著如戇人咧thâu-á～～kiàn-thian-kiàn-thian, khoà$^n$-tio̍h ná-gōng-lâng-leh⇨頭向上看天，一看好像個儍人。

**【掀腰 hià$^n$-io】** 腰肚聳出。

**hiâ$^n$ 焚** 燒sio也。使火燃燒以煮物曰焚hiâ$^n$。火該～較猛抮hóe ài～khah-mé-lè⇨火要燒烈一點。無柴好～道該～脚骨了bô-chhâ hó～tō-ài～kha-kut-lò͘⇨沒柴燒要燒脚了。

**【焚水 hiâ$^n$-chúi】** 燒水。煮水。～～洗身軀～～sé(sóe)-sin-khu⇨同上。～～泡茶～～phàu-tê⇨同上。

**【焚火 hiâ$^n$-hóe(hé)】** 燒火煮物。你連～～都未曉不lí liân～～to-bē-hiáu-m̄⇨你燒火都不會曉，是嗎。

**【焚柴 hiâ$^n$-chhâ】** 燒柴。～～焚草～～hiâ$^n$-chháu⇨同上。

**【焚燒 hiâ$^n$-sio】** 燒熱。～～道可不免滾～～tō-hó m̄-bián-kún⇨燒熱一點就可以，不用燒滾。

**【焚火炭 hiâ$^n$-hóe-thoà$^n$】** 燒木炭。

**hiā$^n$ 艾** 艾ngāi曰艾hiā$^n$。草名。葉干可做紅龜粿之香辛料。亦可作鍼灸之藥料。

## hiah

**hiah 許** 概指之詞也。可單獨用之，亦可與爾相連作許爾hiah-ni。義相同。許hia之加強詞。去～去許khì～khì-hiah⇨往東往西。

**【許久 hiah-kú】** 時間那麼久。等～～也猶不來tán～～à iáu-m̄-lâi⇨等候那麼久了還不來。～～無去脚敢未蟯～～bô-khì kha-kám-bē-ngiau⇨那麼久沒去了，脚不癢嗎。～～的數猶不還～～ê siàu iáu-m̄-hêng⇨那麼久的老賬還不還。

【許大 hiah-toā】 那麼大。～～敢可～～kám-hó⇨大得如此(彼)可以嗎。敢有～～kám-ū～～⇨有那麼大嗎(恐怕沒那麼大)。豈～～ká～～⇨豈有那麼大(沒那麼大罷)。反之許細hiah-sè的用法亦同。又作許爾大hiah-ni-toā或許爾細hiah-ni-sè用法，意義皆同。

【許好 hiah-hó】 那麼好。～～的人～～ê-lâng⇨那麼好的好人。無～～下bô～～ē⇨沒那麼好的遭遇。豈～～ká～～⇨豈眞的那麼好。反之曰許壞hiah-hāi，許爾壞hiah-ni-hāi同。

【許佼 hiah-gâu】 那麼能幹，聰明。果～～曷未去做皇帝ká～～a̍h-bē-khì chò-hông-tè⇨眞的那麼能幹，何不去做皇帝(沒那麼佼gâu罷)。咱豈～～lán ká～～⇨我沒那麼能幹。許病hiah-pē$^{n}$之反也。許爾佼hiah-ni-gâu同。

【許夥 hiah-chē】 那麼多。～～人去抾曷要緊～～lâng-khì-leh a̍h-iàu-kín⇨那麼多人去嘛，有什麼關係。要～～錢，敢不當較好iàu～～chî$^{n}$，ká$^{n}$-m̄-thang khah-hó⇨需要那麼多的錢，恐怕不要較好。反之許少hiah-chió或作許爾夥hiah-ni-chē，許爾少hiah-ni-chió亦同。

【許病 hiah-pē$^{n}$】 那麼病。病pē$^{n}$作下乘hā-sāng，頇顢hān-bān或不中用put-tiòng-iōng，無能bû-lêng解。～～未去死～～bē-khì-sí⇨那麼沒用何不死掉。～～亦敢來～～i̍ah-ká$^{n}$-lâi⇨那麼沒用也有膽子來了。許爾病hiah-ni-pē$^{n}$亦同。

【許媠 hiah-súi】 那麼漂亮。媠súi，美姿也。豈～～ká～～⇨豈有那麼漂亮。～～的人講有影無媠命～～ê-lâng kóng-ū-iá$^{n}$ bô-súi-mīa⇨那麼漂亮的人竟眞的沒有好命。反之曰稞bái亦作僫bái，許稞hiah-bái，許爾稞亦作伺bái hiah-ni-bái亦同。

【許爾 hiah-ni】 許hiah。概指之詞。～～峘～～koân,～～白～～pe̍h,～～暗～～àm,～～早～～chá,～～衰～～soe,～～有福氣～～ū-hok-khì,～～成無細膩～～chiâ$^{n}$-bô-sè-jī。～～成桶拓～～chiâ$^{n}$-tháng-thuh⇨那麼喋喋不休(愛出風頭)。桶拓tháng-thuh鑿形的木片，用以杜塞水桶之漏隙的道具。

【許遠 hiah-hn̄g】 那麼遠的地方。～～不好去～～m̄-hó-khì⇨太遠了不要去。許爾遠hiah-ni-hn̄g同。反之曰許近hiah-kīn，許爾近hiah-ni-kīn亦同。

hia̍h **額** 頭髮下眉上曰額hia̍h。頭～thâu～⇨同上。凸～khok～⇨前額突出。前凸金後凸銀凸～查某做夫人chêng-khok-kim, āu-khok-gîn, khok～cha-bó͘ chō-hu-jîn⇨俗俚。鷄胸礐～不死每做乞食ke-heng hāu～m̄-sí mā-chō-khit-chia̍h⇨胸突出，額凸大者不夭折也要做花子。俗俚。

【額前 hia̍h-chêng】 前額chêng-hia̍h。額上hia̍h-siāng。

【額紋 hia̍h-hûn】 額上之皺紋。～～深了～～chhim-lō͘⇨額紋很深了。老了。

【額頭 hia̍h-thâu】 頭額thâu-hia̍h。額hia̍h。～～損一孔～～kōng-chi̍t-khang⇨額上打一個孔(傷一孔)。

## hia$^{n}$h

hia$^{n}$h **攇** 手約物也。挾物於腋下曰攇hia$^{n}$h。手持物曰攇hia$^{n}$h。賊仔偷～衫chha̍t-á thau～sa$^{n}$⇨賊偷衣服。

【攇布 hia$^{n}$h-pò͘】 ㈠取布。㈡買布匹。買布匹攇回家曰攇布hia$^{n}$h-pò͘。亦曰剪布chián-pò͘。亦即買布料回家也。

【攇衫 hia$^{n}$h-sa$^{n}$】 挾持衣物。取衣物。～～去當～～khì-tǹg⇨携衣物到當舖當錢。

【攇柴 hia$^n$h-chhâ】 挾取薪柴sin-chhâ。～～來添火 ～～ lâi thi$^n$-hóe⇨取薪柴來加火。喻加油煽動。

【攇被 hia$^n$h-phōe(phē)】 挾取綿被mî-phōe。～～乎人客蓋 ～～ hō·-lâng-kheh-kah⇨取綿被給客人蓋。

【攇甘蔗 hia$^n$h-kam-chiah】 挾持甘蔗。

hia$^n$h **嚇** 驚嚇kia$^n$-hek也。嚇heh$^n$也。～一驚～chi̍t kia$^n$⇨嚇了一跳。

【嚇人 hia$^n$h-lâng】 hek-jîn, heh$^n$-lâng。

【嚇手 hia$^n$h-chhiú】 鼓舉雙手。

【嚇風 hia$^n$h-hong】 受風。受大風。嬰仔不當～～e$^n$-á m̄-thang ～～⇨嬰兒不可受風吹打。

【嚇翅 hia$^n$h-si̍t】 鼓翼欲飛。鳥仔～～人嚇手chiáu-á～～lâng hiah$^n$-chhiú⇨同上。

【嚇價 hia$^n$h-kè】 價忽漲。

【嚇一跳 hia$^n$h-chi̍t-thiàu】 嚇一驚heh$^n$-chi̍t-kia$^n$⇨嚇了一跳。

hia$^n$h **向** 倒翔向tò-siàng-hia$^n$h，向後倒地，亦即四脚朝天的倒法也。翔siàng者周禮冬官考工記矢人「前弱則俛，後弱則翔」之翔也。

# hiam

hiam **馦** 辛辣sin-la̍t曰馦hiam。椒chio薑kiu$^n$之味也。番薑眞～hoan-kiu$^n$ chin～⇨薑眞辣lo̍ah。～到會凍舌～kà ē-tàng-chih⇨辛辣得會刺舌。又同嗛hiam，或作薟。

【馦椒 hiam-chio】 辣椒la̍t-chio。～～仔～～á⇨同上。

【馦辣 hiam-lo̍ah】 略略仔 ～～ 道可也不好甚馦lio̍h-lio̍h-á ～～ tō-hó-à m̄-hó siūn-hiam⇨有一點薟辣hiam-lo̍ah意就可以了，不要太辣。

【馦馦 hiam-hiam】 薟hiam。小可仔 ～～ sió-khó-á～～⇨有一點辣意。

【馦薑 hiam-kiu$^n$】 薑kiu$^n$。番薑hoan-kiu$^n$。～～仔～～á⇨同上。番仔薑hoan-á-kiu$^n$。

hiám **險** 要隘之地曰險hiám。傾危也。邪惡也。幾乎曰險hiám。天～之地thian～chi-tē⇨同上。危險hûi(gûi)～⇨病況危，情勢不妙，道路難行等等。無保～bô-pó～⇨同上。陰～的人im～ê lâng⇨其心難測之人。千萬不當弄～chhian-bān m̄-thang lōng～⇨必不可冒險mō-hiám。較 ～ 過擔油khah ～ kōe ta$^n$-iû⇨比擔送熱滾滾的油還危險。知～不～ti～put～⇨知險能預防之故不險矣。

【險了 hiám-liáu】 險些虧本。險也了hiám-à-liáu⇨險些就虧本。差一點就虧本。險險也道了hiám-hiám-à tō-liáu⇨差一點點就了，就虧本。亦即險了hiám-liáu⇨險也了hiám-à-liáu⇨險險也道了hiám-hiám-à-tō-liáu。

【險仔 hiám-à】 險矣。差一點點。～～死～～sí⇨差一點就死(幸而不死)。～～了錢～～liáu-chî$^n$⇨差一點就虧本(沒虧本)。～～食凸餅～～chia̍h-phông-piá$^n$⇨差一點就被責罵。

【險死 hiám-sí】 差一點就死。用法與險了hiám-liáu相同。

【險阻 hiám-chó·】 世路多～～sè-lō· to～～⇨同上。

【險要 hiám-iàu】 ～～之地 ～～ chi-tē⇨難攻易守的重要之地。

【險計 hiám-kè】 危謀gûi-bô·。～～不當用～～m̄-thang-iōng⇨危謀不可用。

【險馬 hiám-bé】 臨危之馬。～～不食回頭草 ～～ m̄-chia̍h hôe-thâu-chháu⇨喻臨危之時不可興起慾心。

【險峻 hiám-chùn】 山路 ～～ 歹行soa$^n$-lō· ～～phái$^n$-kiâ$^n$⇨同上。

【險路 hiám-lō·】 危險難行之路。行～～kiâ$^n$ ～～ ⇨ ㈠行危險之道路。㈡喻做險事或趁險錢。～～不當行～～m̄-thang-kiâ$^n$⇨壞事不可做，險錢不要賺。

【險錢 hiám-chîn】 ～～不當賺～～m̄-thang-thàn⇨同上。

【險一險 hiám-chı̍t-hiám】 險險也hiám-hiám-ā。～～～道跋落屎礐～～～tō poah-lo̍h sái-hak⇨差一點就跌下廁所。

【險險仔 hiám-hiám-ā】 同險也hiám-ā。但是險險仔hiám-hiám-ā例須加道tō。例如：險仔死hiám-ā-sí,但～～～道死～～～tō-sí是也。

【險一點仔 hiám-chı̍t-tiám-á】 同險一險hiám-chı̍t-hiám。～～～～道無命～～～～tō bô-miā⇨險些就沒命了。

**hiàm 喊** 呼也。叫也。喚也。人抮～你lâng teh～lí⇨人在喚你。人抮～也lâng teh～ā⇨人在叫你了。喝～hoah～⇨大聲叫。喝hoah從匕不從七。鬮鷄走站，鴉鴉喝～，龜咬劍，咬咬糾iam-ke cháu-tiàm, lâi-hio̍h hoah～, ku-kā-kiàm, kā-kā-kiu⇨孩童捉鬼遊戲須定一人爲鬼，一人手掌伸出，掌心向下，其他各人各以指人指頂住其掌心，於是唸此口訣，至咬咬糾kā-kā-kiu，大家抽走，被捉到者即爲鬼，鬼須捉他人替己爲鬼。

【喊喝 hiàm-hoah】 hán-hoah。大聲叫嚷kiò-jiáng。大聲～～toā-siaⁿ～～⇨同上。不知抮～～甚貨m̄-chai teh～～siaⁿ-hòe(hè)⇨不知在嚷什麼。

【喊叫 hiàm-kiò】 hán-kiò。喊喝 hiàm-hoah。

【喊咻 hiàm-hiu】 叱咻hoah-hiu。聽見人～～去看都未赴也 thiaⁿ-kìⁿ(ìⁿ) lâng～～khì-khoàⁿ to-bē(bōe)-hū-ā⇨聽到人在叱咻之聲就去看了，但是已來不及了。

【喊救 hiàm-kiù】 hán-kiù。求救kiû-kiù。～～人～～lâng⇨叫救人kiò-kiù-lâng。

【喊冤 hiàm-oan】 hán-oan。高呼冤枉。鳴冤bêng-oan。

【喊賊 hiàm-chha̍t】 喝賊hoah-chha̍t。高呼有賊。

【喊聲 hiàm-siaⁿ】 叫聲kiò-siaⁿ。呼聲ho·-seng。無聽見～～bô-thiaⁿ-ìⁿ～～⇨聽不見呼聲。

【喊口號 hiàm-kháu-hō】 hán-kháu-hō。高呼口號。

【喊鷄喊狗 hiàm-ke-hiàm-káu】 喝鷄喝狗hoah-ke-hoah-káu。喝鷄喝狗hat-ke-hat-káu。大聲以驅逐之。

**hiâm 嫌** 憎惡也。不滿也。挑剔亦曰嫌hiâm。未～得bē(bōe)～tit⇨相當好。烏白～o·-pe̍h～⇨亂說不好。不當～囉m̄-thang～lò·⇨不可再說不滿意了。頭家於抮～thâu-ke tī-teh～⇨主人在表示不滿意。甜鹹餌無～tiⁿ-kiâm-chiáⁿ bô～⇨甜的，鹹的，淡的，皆歡迎(都可以通吃)。愛～也罔～耳啦，更戥敢有即款貨。ài～à bóng～niâ-là, koh-chhōe kám-ū chı̍t-khoan-hòe⇨要說不好也是說說而已，你再找能夠找出這樣好的貨色嗎。這你上㤰～看猶有啥好～taⁿ lí siāng-gâu～khoàⁿ iáu-ū siahⁿ hó～⇨現在你最會挑剔，看看你還有什麼可以挑剔。

【嫌忌 hiâm-kī】 嫌隙hiâm-khek。禁忌kìm-kī。有～～於抮ū～～tī-teh⇨其中有嫌忌的存在。

【嫌貴 hiâm-kùi】 不滿其價高。～～道不當買～～tō m̄-thang-bé(bóe)⇨如果認爲太貴了就不要買。

【嫌疑 hiâm-gî】 可疑。伊抮～～啥人i teh～～siáⁿ-lâng⇨他在懷疑誰呢。～～犯～～hoān⇨同上。

【嫌味是 hiâm-bī-sī】 烏白嫌o·-pe̍h-hiâm。端仔～～～耳,也未曉講是安怎穲kan-a～～～niâ à-bē(bōe)-hiáu-kóng sī an-choáⁿ-bái⇨只是一意不滿而已，也不曉得說出如何的不好。

【嫌肝嫌腱 hiâm-koaⁿ-hiâm-kiān】 同嫌東嫌西hiâm-tang-hiâm-sai。不道講甚紅，不道講甚大，～～～～未講得不廉嘴m̄ tō-kóng siūⁿ-âng, m̄ tō-kóng siūⁿ-toā,～～～～bē-kóng-tit put-liâm-chhùi⇨不是說太紅了，就是說太大了，說此不好說那不好，嫌個不停，非常沒修養的嘴也。廉通斂liâm，自檢斂也。

【嫌東嫌西 hiâm-tang-hiâm-sai】 對很多很多方面或者東西表示不滿意。安爾～～～～講著都無一項好的an-ne(ni)～～～～kóng-tioh to-bô chit-hāng-hó-ê⇨如此的挑三剔四，據他說的，沒一事一物是可取的。

## hian

**hian 軒** 車也。車前高也。長廊也。書齋等的特殊地方稱軒hian。弟子戲的音樂團體亦稱軒hian或稱園oân。書～su～⇨書齋si-chai。讀書室thok-si-sit。長樂～tiâng-lok～⇨弟子戲團名。德義～tek-gī～⇨同上。

【軒的 hian-ê】 稱軒的弟子戲派。另一派曰園的oân-ê。兩派經常有激烈的競爭。

【軒冕 hian-bián】 乘軒服冕sēng-hian-hok-bián，古大官的派頭，亦即貴顯之人或得意得志得勢者。亦指傲慢，驕傲的人。老林即陣當～～lāu-lîm chit-chūn tng～～⇨老林此時正在大得意。毋當扲甚～～m̄-thang teh siūⁿ～～⇨不可太過驕慢。

【軒輊 hian-chì】 議論之高低抑揚。事物之差別。因古代的車，車前高曰軒，車後低曰輊chì。並無～～pēng-bû～～⇨並無差別。

【軒轅 hian-oân】 黃帝的稱號。～～氏～～sī⇨黃帝。因其住軒轅之丘。

**hian 掀** 舉出也。依頁翻書曰掀hian。揭開箱籠曰掀hian。暴露秘密亦曰掀hian。一面也一面～chit-bīn-á-chit-bīn～⇨一頁一頁地依次而翻書。～箱倒籠～siuⁿ-tō-láng⇨翻箱倒篋找東西。要～逐家來～boeh～tak-kê lâi～⇨要暴露嗎大家來暴露好了。腳蹠底佅～乎人看毋kha-chiah-té boeh hō·-lâng-khoàⁿ-m̄⇨脚底下要翻出來給人看嗎。自己的恥辱要翻出來給大家看嗎。

【掀書 hian-si(chu)】 翻出書册之頁。亦曰掀册hian-chheh。

【掀開 hian-khui】 揭開kiat-khui。甕仔蓋一下～～安爾芳吭吭àng-á-koà chit-ē～～an-ne(ni) phang-kòng-kòng⇨甕蓋一打開，如此的很香很香。簾仔～～道有看見啦liâm(nî)-á～～tō-ū-khoàⁿ-kīⁿ(iⁿ)-lā⇨簾子拉開就可以看見也。

【掀蓋 hian-koà】 揭開蓋，揭開箱籠等之蓋。

【掀開開 hian-khui-khui】 沒勘蓋。沒掩蔽。同獻開開hiàn-khui-khui。罐仔嘴攏～～～koàn-á-chhùi lóng～～～⇨罐口皆開而沒蓋回。

【掀天揭地 hian-thian-kiat-tē】 旋轉天地的大才能。伊道是有才調像猴齊天安爾～～～～也是無效也i tō-sī ū châi-tiāu chhiūⁿ kâu-tê-thian an-ne(ni)～～～～a-sī bô-hāu-ā⇨他就是有孫悟空那樣旋轉乾坤的才能也是沒用了。猴齊天kâu-chê-thian→kâu-tê-thian。

**hián 顯** 著也。明也。神威靈聖lêng-siàⁿ曰顯hián。明～bêng～⇨非常明白。靈～lêng～⇨神佛靈聖lêng-siàⁿ。翁～弟子道落臉ang～tē-chú tō lok-lián⇨神有靈聖了，弟子就倒霉了。弟子tē-chú，信衆對神自稱弟子tē-chú。翁ang指神。神像。

【顯考 hián-khó】 稱亡父之辭。古人在祖，孝(父)妣(母)之上，皆加一皇字，至元朝，以人民不得稱皇，乃改用顯字。顯祖hián-chó·，顯妣hián-pí是也。

【顯明 hián-bêng】 非常清楚。事實眞～～扲sū-sit chin～～leh⇨同上。

【顯要 hián-iàu】 要人。軍政界的～～kun-chèng-kài ê～～⇨同上。

【顯章 hián-chiang(chiong)】 顯彰 hián-chiang。

【顯現 hián-hiān】 明白表明。清楚出現了。伊的心肝都～～於伊的行動也i-ê sim-koa$^{n}$ to ～～ tī i ê hêng-tōng-ā⇨他的眞意都表現在他的行動了。

【顯揚 hián-iâng】 發揚光大。～～名聲～～miâ$^{n}$-sia$^{n}$⇨同上。

【顯然 hián-jiân】 明白bêng-pek。事情眞～～的tāi-chì chin～～tè(lì)⇨事情非常清楚的。伊的意思眞～～也i ê ì-sù chin～～ā⇨他的意思很明白了。

【顯聖 hián-sèng】 顯靈hián-lêng。神靈露出形像示人。玉泉山關公～～giok-choân-san koan-kong～～⇨三國演義的一個章回。

【顯著 hián-tì(tù)】 明顯bêng-hián。功勞～～kong-lô～～⇨同上。

【顯彰 hián-chiang(chiong)】 顯揚。～～祖德～～chó·-tek⇨同上。

【顯赫 hián-hek】 神威～～sîn-ui～～⇨同上。

【顯像 hián-siōng】 以藥液使照相底出現所照的影像。俗作現像hiān-siōng。～～液～～ek⇨同上。

【顯爵 hián-chiok】 高官～～ko-koa$^{n}$～～⇨同上。

【顯應 hián-èng】 神佛靈聖lêng-sià$^{n}$。媽祖眞～～má-chó· chin～～⇨同上。

【顯耀 hián-iāu】 顯明hián-bêng。～～門楣～～bûn-bî⇨光大家門的名聲。名聲～～miâ-sia$^{n}$～～⇨名聲響亮

【顯父母 hián-hū-bó】 揚名聲，～～～，光於前，裕於後，iâng-bêng-seng，～～～, kong-î-chiân, jū-î-hō·⇨三字經。

【顯祖耀宗 hián-chó-iāu-chong】 使祖宗顯耀。～～～～光前裕後～～～～kong-chiân-jū-hō·。

hián
**踐** 撼hám也。行不正曰踐hián。舟車行不穩曰踣hián。俗以撼hám作撼hián。船眞～chûn chin～⇨船行搖動甚烈。車眞～chia chin～⇨車行不穩。行着路格安爾～kiâ$^{n}$-tioh-lō· kek-an-ne(ni)～⇨行路裝成如此的搖搖擺擺（示得意，威風）。～一下險仔倒落去～chit-ē hiám-á tó-loh-khì(ì)⇨顛一下險些就倒下去。～也～，～ā～⇨～跣～，～khōng～⇨行路搖擺不定。跣跣～khōng-khōng～⇨同上。你看伊安爾～仔～恰如酒醉的款lí khoà$^{n}$-i an-ne(ni)～ā～kah-ná chiú-chùi ê khoán⇨你看他如此的一搖一擺，好像醉酒的樣子。

hiàn
**憲** 法度也。法令也。上官曰憲hiàn。行～hêng～⇨實行憲法。制～chè～⇨制定憲法。護～hō·～⇨保護或擁護憲法。立～君主國lip～kun-chú-kok～⇨行憲政的王國。

【憲兵 hiàn-peng】 軍中的警察兵。～～隊～～tūi同上。

【憲法 hiàn-hoat】 一國的基本大法。成文～～sêng-bûn～～⇨有文字有條文的憲法。不成文～～put-sêng-bûn～～⇨無文字記載，依慣例與法理維持的憲法。

【憲政 hià-chèng】 依憲法行事的政治。

【憲章 hiàn-chiang(chiong)】 法制典章hoat-chè-tián-chiang。

【憲警 hiàn-kéng】 憲兵與警察。～～會干涉～～ē(ōe) kan-siap⇨同上。

hiàn
**羶** 羊臭也。動物之味皆曰羶hiàn。羊羔～iû$^{n}$-ko～⇨羊羶iû$^{n}$-hiàn。牛～gû～⇨牛之味。人～lâng～⇨人之味。臭日～chhàu-jit～⇨太陽晒過的焦味。臭～chhàu～⇨凡腥臊等味皆曰臭羶chhàu-hiàn。鴨～ah～⇨①鴨之味。②鴨尾上的兩粒鴨脂囊。無人緣更臭乞食～bô-lâng-iân koh chhàu-khit-chiah～⇨謂非常不受歡迎之人。人緣壞又加上叫花子之臭味。臭老～囉，無人愛囉chhàu-lāu～lō,

bô-lâng-ài-lō⇨阿公阿婆的自歎語。

**獻** hiàn 進也。下奉上曰獻hiàn。呈於眼前曰獻hiàn。掀開thián-khui亦曰獻。俗作献hiàn。做三～chò-sam～⇨小型的做醮chò-chiò。奉～hōng～⇨獻的敬詞。敬～kèng～⇨同上。貢～kòng～⇨同上。貢kòng亦献hiàn也。呈～thêng～⇨同上。

【獻孔 hiàn-khang】 僞答應將捐獻巨款以示濶綽。彼款的～～其實是献空，逐個每敢hit-khoán ê～～kî-sı̍t sī hiàn-khang, ta̍k-ê mā-káⁿ⇨他那種假大方，其孔是空的，誰也可以做嘛。

【獻公 hiàn-kong】 提出爲公家共同之用。財產必～～châi-sán boeh～～⇨同上。

【獻功 hiàn-kong】 表功piáu-kong。展功tián-kong。掠人去～～lia̍h-lâng khì～～⇨同上。

【獻甲 hiàn-kah】 脫開戰甲。獻上戰甲。御甲而見，～～而走gī-kah-jî-kìⁿ, ～～jî-cháu⇨謂常遇春陪劉伯溫謁孔明墓，進時無事，退時却退不得，因常所御戰甲被磁石所吸住也，故脫甲而逃。

【獻花 hiàn-hoe】 ㊀事破裂。代誌舞到～～去也tāi-chì bú-kà～～khì(ì)-ā～⇨問題弄得破裂了。㊁口裂得很大。孔口～～～～khang-kháu～～～～⇨瘡口裂開得大大的。㊂贈花給神人等致敬。派代表～～phài-tāi-piáu～～⇨同上。在紀念碑前～～chāi-kí-liām-pi-chêng～～⇨同上。

【獻江 hiàn-kang】 端午扒龍船的開江典禮。講今仔日侎～～了是否kóng kin-á-ji̍t boeh～～lò· sī-bō·⇨據說今天要開江了是嗎。

【獻地 hiàn-tē】 贈送土地。～～求和～～kiû-hô⇨割去若干土地送敵以求和平。割地求和。

【獻身 hiàn-sin】 貢獻身體生命。～～於教育～～î kàu-io̍k⇨同上。

【獻胸 hiàn-heng】 露出胸部。衫做～～的saⁿ-chò～～ê⇨做獻胸型之衣。開胸khai-heng。

【獻芹 hiàn-khîn】 自謙贈物不美。芹，芹菜也。

【獻胛 hiàn-kah】 露肩。脫露肩頭之衣也。

【獻計 hiàn-kè】 建議良計。獻謀hiàn-bô·。

【獻紙 hiàn-choá】 清明掃墓。因祭掃之後亦配置金錢紙於墓上也。亦曰卦紙kùi-choá。或卦紙錢kùi-choá-chîⁿ。

【獻貢 hiàn-kòng】 献上貢物。番邦來～～hoan-pang lâi～～⇨同上。

【獻祭 hiàn-chè】 祭神。～～的牲禮～～ê seng-lé⇨同上。

【獻開 hiàn-khui】 掀開hian-khui。啓開khé-khai。～～大門～～toā-mn̂g⇨啓開大門。～～胸仔～～heng-á⇨露出胸部。

【獻敬 hiàn-kèng】 敬獻kèng-hiàn。～～神明～～sîn-bêng⇨同上。～～首～～siú⇨獻敬禮的代表。

【獻裾 hiàn-ki(ku)】 衣開裾。做～～的chò～～ê⇨同上。

【獻領 hiàn-niá】 獻胸hiàn-heng。～～的西服～～ê se-ho̍k⇨同上。開襟khai-khîm。

【獻曝 hiàn-po̍k】 同獻芹hiàn-khîn。野人～～iá-jîn～～⇨同上。

【獻西城 hiàn-se-siâⁿ】 三國演義的故事。孔明～～～khóng-bêng～～～⇨孔明因馬稷失街亭，無奈乃以空城(西城)迎戰司馬懿，司馬氏怕有詐而自退。

【獻城門 hiàn-siâⁿ-mn̂g】 開城門迎敵入城，亦即投降也。

**讞** hiàn 議罪也。法院判決確定曰定讞tēng-hiàn。

**絢** hiàn 絢爛hiàn-lān，光彩耀目也。

hiân
**玄** 黑也。深奧也。～之又～，衆妙之門～，chi-iū～，chiōng-miāu-chi-bûn⇨老子。默然無有曰玄hiân。

【玄女 hiân-lí】 女神名。九天～～助黃帝破蚩尤kiú-thian ～～ chō·-hông-tè phoà-chhi-iû⇨同上。

【玄月 hiân-goat】 陰曆九月之異名。

【玄妙 hiân-miāu】 不可思議謂之～～ put-khó-su-gī ūi-chi～～⇨同上。

【玄武 hiân-bú】 宮門名。前朱雀後～～chiân-chu-chhiak-hō·～～⇨前朱雀門，後玄武門。～～門之變～～bûn-chi-piàn⇨歷史名詞。李世民攻殺其兩兄(太子建成與元吉)之事件。

【玄奘 hiân-chōng】 唐代的名和尚。亦即三藏取經的三藏法師也。

【玄孫 hiân-sun】 曾孫的兒子。自本身下數爲第五世之孫。俗曰乾仔孫kan-á-sun。

【玄虛 hiân-hi】 空洞不實。故弄～～kò·-lōng～～⇨同上。

【玄黃 hiân-hông】 天玄而地黃。天地～～，宇宙洪荒，日月盈昃，辰宿列張thian-tē～～，ú-tiū hông-hong, jıt-goeh êng-chek, sîn-siok-liat-tiang⇨千字文。

【玄天上帝 hiân-thian-siāng(siōng)-tè】 北方之神。獸肉業之神，俗稱上帝公siāng(siōng)-tè-kong，上帝爺siāng(siōng)-tè-iâ，或玄天爺hiân-thian-iâ→邯鄲爺hān-thân-iâ。玄天爺是否邯鄲爺之訛，我不敢斷定。又邯鄲地名，戰國時代趙之首都，也是當時的一大文化中心。

hiân
**弦** 弓弦kiong-hiân也。以絲張於琴亦曰弦hiân，月半分謂之弦hiân，半月也。無～琴bû～khîm⇨陶淵明撫之以寄意。上～月siāng～goeh⇨弦在上之半月。下～月hē～goeh⇨弦在下之半月。管～koán～⇨樂器的總稱。亦即笙簫之管樂器類與琴瑟之弦樂器類。弦通絃。

【弦歌 hiân-ko】 以琴瑟爲主之樂歌。亦作絃歌hiân-ko。

【弦樂 hiân-gak】 用弦之樂器也。亦即琴瑟之類。又其所奏之音樂。～～器～～khì⇨以弦爲主之樂器類。

hiân
**絃** 張絲於琴瑟以發音者也。本作弦hiân。斷～toān～⇨俗以琴瑟喻夫婦，故婦死曰斷絃toān-hiân。再娶即曰續絃siok-hiân。管～koán～⇨同上。

【絃仔 hiân-á】 胡琴。挨～～e～～⇨拉胡琴。～～脚～～kha⇨拉胡琴的同好者。～～線～～soàⁿ⇨琴線khîm-soàⁿ。

【絃歌 hiân-ko】 同弦歌hiân-ko。簫管～～siau-koán～～⇨同上。

【絃外之音 hiân-goā-chi-im】 所言之外另有所指。阮老實人，講一道是一，無甚麼～～～～goán-láu-sıt-lâng, kóng-chıt-tō-sī-chıt, bô sam-mi～～～～⇨我們老實人，說一就是一，沒什麼絃外之音。

hiân
**痃** 病名。橫痃hoâiⁿ-hiân，性病的一種。

hiân
**舷** 船邊也。船的兩旁也。

hiân
**泫** 水滴下垂也。落淚的樣子。

【泫然 hiân-jiân】 ～～淚下～～lūi-hā⇨眼淚不停地流下來。

hiân
**賢** 多才也。有善行也。又尊重別人之詞。選～與能soán～í-lêng⇨選賢者，舉能者。敬老尊～kèng-ló-chun～⇨同上。禮～下士lé～hē-sū⇨禮敬賢人敬重武士。欲爲王者多如此。招～納士chiau～lap-sū⇨同前。

【賢人 hiân-jîn】 才智能幹之人。～～自斷，愚人公斷～～chū-toān, gî(gû)-jîn kong-toàn⇨賢者自己判斷，不賢者待人來公斷。

【賢女 hiân-lí(lú)】 賢慧的婦女。癡人畏婦，～～敬夫chhi-jîn ùi-hū, ～～kèng-hu⇨傻瓜

怕老婆，賢女敬重丈夫。

【賢士 hiân-sū】 賢能之士。

【賢兄 hiân-heng】 ～～賢嫂～～hiân-só͘⇨尊稱。

【賢臣 hiân-sîn】 賢能之官員。～～擇主而事，良禽擇枝而棲～～tek-chú-jî-sū, liâng-khîm tek-ki-jî-chhe⇨賢人選擇優秀的主人爲之效力，好鳥選擇好樹枝爲棲息之所。願爲～～不作忠臣goān-ûi～～put-chok-tiong-sîn⇨唐魏徵語。謂有明君才有賢臣，有昏君才有忠臣。

【賢明 hiân-bêng】 聰明chhong-bêng。～～的決定～～ê koat-tēng⇨同上。

【賢妻 hiân-chhe】 ～～良母～～liâng-bó⇨同上。

【賢侄 hiân-tit】 ～～賢甥～～hiân-seng⇨侄與甥，兄弟之子與姊妹之子也。

【賢婦 hiân-hū】 賢慧的婦女。～～令夫貴，惡婦令夫賤～～lēng-hu-kùi, ok-hū lēng-hu-chiān⇨同上。

【賢會 hiân-hōe】 婦女明事理知禮儀知進退。～～的人不敢濫擅～～ê-lâng m̄-ká$^{n}$ lâm-sám⇨賢會的女人不敢胡爲。您查某囝眞～～lín-cha-bó͘-kiá$^{n}$ chin～～⇨汝的女兒眞賢會。

【賢內助 hiân-lāi-chō͘】 他人之妻的尊稱。不知～～～會反對未m̄-chai～～～ē(ōe)-hoán-tùi-be(bōe)⇨不知令夫人會不會反對。

【賢昆玉 hiân-khun-giok】 對他人兄弟的尊稱。～～～敢攏贊成否～～～ká$^{n}$-lóng chàn-sêng-hoh$^{n}$⇨令兄令弟們恐怕都贊成了罷。

【賢昆仲 hiân-khun-tiōng】 同賢昆玉hiân-khun-giok。

【賢良方正 hiân-liâng-hong-chèng】 古代取士的標準。舉～～～～kí～～～～⇨推舉賢良方正者任官。

hiân **懸** 繫也。倒吊也。浮案無所繫屬曰懸hiân。遠也，虛也。救生民之倒～kiù-seng-bîn-chi-tó～⇨救生民被倒吊之艱苦生活。校長猶虛～未補hāu-tiú$^{n}$ iáu hi～bōe(bē)-pó͘⇨校長還是空着未補新人。

【懸河 hiân-hô】 口若～～，聲如黃鐘kháu-jiak～～,seng-jî(jû)-hông-cheng⇨謂口才無碍，如懸河之瀉水，注而不竭，聲如黃鐘之響亮。

【懸念 hiân-liām】 心中掛念。乎父母不免～～hō͘-pē-bó(bú) m̄-bián～～⇨同上。

【懸紅 hiân-âng】 提出賞格。～～掠賊～～liah-chhat⇨同上。

【懸軍 hiân-kun】 孤軍深入敵地。～～千里～～chhian-lí⇨同上。

【懸案 hiân-àn】 未決之案件。～～未決～～bī-koat⇨同上。

【懸殊 hiân-sū】 相差甚遠。實力～～sit-lek～～⇨同上。

【懸梁 hiân-liâng】 吊於梁。頭～～，錐刺股，彼不教，自勤苦thâu～～, chui-chhì-kó͘, pí-put-kàu, chū-khîn-khó͘⇨三字經。～～自盡～～chū-chīn⇨吊脰tiàu-tāu也。

【懸抳 hiân-teh(leh)】 事在未決中。代誌猶～～tāi-chì iáu～～⇨事還在懸案中。代誌定定～～心肝內tāi-chì tiā$^{n}$-tiā$^{n}$～～sim-koa$^{n}$-lāi⇨事常繫在心中。即條且～～看覓抳chit-tiâu chhiá～～khoà$^{n}$-bāi-leh⇨此一件暫且放下來看看如何。

【懸壺 hiân-ô͘】 ～～濟世～～chè-sè⇨掛牌做醫生。

【懸腕 hiân-oán】 吊手tiàu-chhiú。～～書法～～si-hoat⇨吊手寫字法。

【懸疑 hiân-gî】 未解明之疑問。～～手法～～chhiú-hoat⇨例如電影等劇中故意提出疑問引繫觀衆的好奇心。

【懸崖勒馬 hiân-gâi-lek-má】 策馬至崖邊，及時勒止，以防墜崖。若能～～～～悔悟自新，猶爲未晚。jiak-lêng～～～～hóe-gō͘-chū-sin, iû-ûi bī-boán⇨同上。

**hiān 現** 顯也。露也。今也。實有曰現hiān。一千賒不值著八百～chi̍t-chheng-sia, m̄-ta̍t-tio̍h peh-pah～⇨賣一千掛帳，不如賣八百現款。出～chhut～⇨同上。發～hoat～⇨同上。表～piáu～⇨同上。露～lō͘～⇨同上。兌～tôe～⇨同上。貪道王見～也否ta$^{n}$-tō ông-kiàn～ā-ho͘h⇨而今敗露了罷。

**【現人 hiān-lâng】** 本人。其人。～～猶於抡～～iáu-tī-teh⇨其本人還在(活著)。

**【現仔 hiān-á】** hiān-ná。現款hiān-khoán。逐家每愛～～ta̍k-ke mā-ài～～⇨大家都喜歡現金的。

**【現月 hiān-goe̍h】** 本月pún-goe̍h。此月。～～的無也隔月的猶幾張也～～ê bô-ā, keh-goe̍h-ê iáu-kui-tiu$^{n}$-á⇨本月的沒有了，上個月的還有幾張。

**【現日 hiān-ji̍t】** 本日。～～食會使得耳，隔日道未食得也～～chia̍h ē(ōe)-sái-tit-niâ, keh-ji̍t tō-bē(bōe)-chia̍h-tit-â⇨即日食之可以而已，過了日就吃不得了。

**【現今 hiān-kim】** 現在hiān-chāi。目前bo̍k-chêng。當今tong-kim。～～的行情較差不多～～ê hâng-chêng khah-chha-put-to⇨目前的市況較溫和。～～的世界～～ê sè-kài⇨現代的世界。

**【現世 hiān-sì】** 示羞辱於世人。～～現濁～～hiān-ta̍k⇨非常的現世。我無俅出去～～goá-bô-boeh chhut-khì(ì)～～⇨我不出去自示羞辱。彼款的亦敢去～～hit-khoán-ê a̍h ká$^{n}$-khì～～⇨那個樣子也去見人(而不知恥)。～～了了啲，祖公仔都乎你帶衰去啲～～liáu-liáu-ō, chó͘-kong-á to hō-lí tài-soe-khì-ō⇨太不知恥了，祖先也都被你連累得倒楣了。～～報～～pò⇨可恥的立即報應。

**【現代 hiān-tāi】** 當今的時代。～～的社會～～ê siā-hōe⇨同上。～～化的設備～～hoà ê siat-pī⇨同上。～～式的交際～～sek-ê-kau-chè⇨同上。～～教育～～kàu-io̍k⇨同上。～～政治～～chèng-tī⇨同上。

**【現在 hiān-chāi】** 目前bo̍k-chêng。而今jî-kim。此時此刻。～～有貨否～～ū-hòe-bō͘⇨此刻有現貨嗎。～～較無人愛也～～khah-bô-lâng-ài-à⇨到而今，較少人要了。～～不講要等何時～～m̄-kóng iàu-tán-hô-sî⇨此時不說出來要等待何時。

**【現年 hiān-nî】** 本年。今年。～～一十八歲～～it-si̍p-pat-sòe⇨同上。

**【現況 hiān-hóng】** 現在的狀況。～～報告～～pò-kò⇨同上。

**【現金 hiān-kim】** 現款hiān-khoán。現錢hiān-chî$^{n}$。現銀hiān-gîn(gûn)。～～交易～～kau-e̍k⇨現款買賣。

**【現時 hiān-sî】** 而今。～～無時行也～～bô-sî-kiâ$^{n}$-ā⇨而今不流行了。

**【現清 hiān-chheng】** 付現款的。立即解決的。今仔日攏～～的kin-a-ji̍t lóng～～ê⇨今天的皆付現款的。～～的都無夠也曷有好豉醃～～ê to-bô-kàu-à a̍h-ū-hó sī$^{n}$-kê⇨現在吃之還不夠呢，何能鹽漬爲醃kê。

**【現現 hiān-hiān】** 分明hun-bêng。明白bêng-pe̍k。看～～的曷使抡假仙khoà$^{n}$～～bē a̍h-sái teh ké-sian⇨事情很清楚嘛，何必騙人。尻川幾枝毛都看～～抡kha-chhng kui-ki-mo(mn̂g) to-khoà$^{n}$～～lê⇨屁股有幾根毛皆看得很明白的。意謂你的根底多少，大家都是明白的。

**【現貨 hiān-hòe】** 現錢買～～不免翱翱纏hiān-chî$^{n}$ bé(bóe)～～m̄-bián kô-kô-tî$^{n}$⇨以現款買取現貨省得有麻煩。

**【現報 hiān-pò】** 立即的報應。現做～～hiān-chò(chòe)～～⇨因果報應立見。

**【現象 hiān-siōng】** 化學～～hoà-ha̍k～～⇨同上。無重力～～bû-tiōng-le̍k～～⇨超出萬有引力的現象。

【現提 hiān-theh】 立即取現。貨～～錢現交hòe～～chîⁿ-hiān-kau⇨貨品立即提取，貨款立即繳交。

【現實 hiān-sit】 只顧眼前不講將來或人情義理。當今的人眞～～tong-kim-ê-lâng chin～～⇨同上。～～主義～～chú-gī⇨同上。

【現講 hiān-kóng】 當面講明白。逐個當面～～的，後下無更反悔藉好tak-ê tng-bīn～～ê, āu-ē bô-koh hoán-hòe chiah-hó⇨大家當面說明的，將來不再反悔才可以。

【現職 hiān-chit】 ～～人員～～jîn-oân⇨同上。

【現鬮 hiān-khau】 糖廍thn̂g-phō͘原料區域內的直屬蔗農。亦曰鬮仔旁khau-á-pêng。招～～chio～～⇨招募區域內的蔗農。

【現茲時 hiān-chú-sî】 此時。當今。此刻。～～～雨水未煞抒猶未好做～～～hō͘-chúi bōe-soah-lè á-bōe-hó-chò⇨而今雨水期還未過了，還不能做。

【現行犯 hiān-hêng-hoān】 在犯罪實行中，或在現場立即發覺的違法者。非～～～不得予以逮捕hui～～～put-tek î-í tāi-pó͘⇨法治團對民意代表的一種表示尊重的特別規定。

【現交關 hiān-kau-koan】 當場交割清楚。現金交易。～～～的呢，不是賒賬的呢～～～ê-neh, m̄-sī sia-siàu-ê-neh⇨現金交易呀，不是掛帳的呀。

【現更便 hiān-koh-piān】 謂錢銀在手隨時可用。阿九嫂仔的錢～～～曷使煩惱a-káu-só͘-à ê chîⁿ～～～ah-sái hoân-ló⇨阿久嫂的錢很多很方便何用操心。

【現抵現 hiān-tú-hiān】 ㊀現貨對現款。～～～的生理上好做～～～ê seng-lí siāng(siōng)-hó-chò(chòe)⇨無賒無欠bô-sia-bô-khiàm的買賣最容易經營。㊁事態甚明。眞抵～～～的敢有騙你chin tú-chin～～～ê kám-ū-phiàn-lí⇨千眞萬確的絕對沒騙你。～～～正合我講話耳，安怎人會無去～～～chiàⁿ-kah-goá kóng-ōe-niâ an-choáⁿ lâng-ē(ōe)-bô-khì(ì)⇨事事實實剛和我講過話而已，何以人會不見了。

【現做現報 hiān-chò-hiān-pò】 謂做壞事，報應立見。雖然無講～～～～，總是有一日道會知影sui-jiân bô-kóng～～～～, chóng-sī ū-chit-jit tō-ē chai-iáⁿ⇨雖然不一定會現做現報，不過有一天就會知道(是報應來了)的。

【現買現賣 hiān-bé(bóe)-hiān-bē(bōe)】 謂本錢不多，無法囤積居奇，只能買來若干賣出若干以爭蠅頭微利。無本錢，總是～～～～趁些糜也食耳不bô-pún-chîⁿ, chóng-sī～～～～thàn-chē moâi-á-chiah-niā-m̄⇨沒本錢，只好現買現賣，(賺點稀粥)以維持起碼生活而已，否則有辦法嗎。

【現趁現食 hiān-thàn-hiān-chiah】 立即趁錢立即充爲生活費。趁thàn找生活也。閹鷄拖木屐，～～～～iam-ke thoa-bak-kiah，～～～～⇨相命者的名堂。有鷄拖屐之圖示人。據稱是無好也無穲bô-hó-à-bô-bái的命格。

# hiang

**hiang 香** 香hiong也。芳也。香物也。沈～tîm～⇨同上。檀～tân～⇨同上。麝～siā～(hiuⁿ)⇨同上。

【香油 hiang-iû】 hiong-iû。白麻油peh-moâ-iû。～～雞～～ke⇨同上。

【香香 hiang-hiang】 香氣。香味。鼻著～～phīⁿ-tioh～～⇨有香氣。食著～～chiah-tioh～～⇨有香味。

【香茅 hiang-m̂】 hiong-m̂。一種香草。～～油～～iû⇨同上。

【香水梨 hiang-chúi-lâi】 梨的一種。君當問娘佅食物，佅食唐山～～～kun taⁿ mn̄g-niû boeh-chiah-mih, boeh-chiah tn̂g-soaⁿ～～～

⇨病囝歌。

【香芹菜 hiang-khîn(khûn)-chhài】 俗曰茴香hôe-hiuⁿ或茴香仔hui-hiang-á。

**hiang 鄉** 區域也。世居之地曰鄉hiang。曰鄉hiong,hiuⁿ。同～會tông～hōe⇨同上。他～外里thaⁿ～goā-lí⇨同上。還～hoân～⇨同上。回～hôe～⇨同上。思～su～⇨同上。懷～病hoâi～pēⁿ⇨思念故鄉之病。家～ka～⇨故鄉。

【鄉人 hiang-jîn】 ㊀同鄉之人。㊁田莊人chhân-chng-lâng。粗夫。

【鄉土 hiang-thó͘】 故鄉之土地。故鄉。～～文學～～bûn-ha̍k⇨同上。

【鄉井 hiang-chéⁿ】 家鄉。離鄉背井lī-hiang-pōe-chéⁿ⇨遠離家鄉。

【鄉民 hiang-bîn】 田莊之人。某鄉之住人。

【鄉老 hiang-ló】 鄉里中的長輩老輩。

【鄉村 hiang-chhoan】 田庄chhân-chng。農民聚居的地方。～～地方～～tē-hng⇨田莊所在。

【鄉里 hiang-lí】 地方。自己的地方。轉去～～tńg-khì～～⇨回家鄉去了。

【鄉味 hiang-bī】 故鄉的食物。

【鄉長 hiang-tiúⁿ】 鄉之長官。

【鄉音 hiang-im】 故鄉用慣聽慣之語言。父母之語言。少小離家老大返，～～未改鬢毛衰siáu-sió lī-hiang ló-tāi hoân, ～～bī-kái pin-mo soe⇨唐詩。

【鄉情 hiang-chêng】 思鄉之情，同鄉之情誼。

【鄉紳 hiang-sin】 鄉村的紳士。草地紳士chháu-tē-sin-sū。

【鄉親 hiang-chhin】 同鄉之人。～～的～～ê⇨同鄉的。

【鄉鎮 hiang-tìn】 鄉與鎮。行政區域。～～長～～tiúⁿ⇨同上。～～代表會～～tāi-piáu-hōe⇨同上。

【鄉關 hiang-koan】 地方的出入口。男兒立志出～～，學若不成死不還，埋骨豈期墳墓地，人間到處有青山lâm-jî li̍p-chì chhut～～,ha̍k-jia̍k-put-sêng sú-put-hoân, bâi-kut kí-kî hûn-bōng-tē, jîn-kan tò-chhì(chhù) iú-chheng-san⇨古詩。

**hiáng 亨** 通也。

【亨利 hiáng-lī】 英王名Henry。有八英王皆稱亨利。稱亨利第一至第八。

【亨通 hiáng-thong】 運命通達無挫折。財源～～chāi-goân～～⇨財源滾滾而來。

**hiáng 享** 獻也。祭祀等下奉物於上皆曰享hiáng, hióng。亦假借為饗hiáng。有福未曉～ū-hok bē-hiáu～⇨同上。

【享年 hiáng-liân】 一生的年數。享壽hiáng-siū。但例似五十以上才用享壽。否則用享年。蓋俗以五十上壽chiūⁿ-siū也。

【享受 hiáng-siū】 生活富裕幸福快樂事事如意曰享受hiáng-siū。阿久伯仔攏未曉～～a-kú-peh-á lóng-bē-hiáu～～⇨阿久伯不知如何享受生活。

【享福 hiáng-hok】 享受幸福快樂的生活。有好～～，道該～～，毋當未得～～也藉佅～～ū-hó～～tō-ài～～m̄-thang bē-tit～～ā chiah-boeh～～⇨可以享福就應該享福，不可(等到)無法享福了才要享福。亦即應該及時享福，死了就無所謂享福也。

【享樂 hiáng-lo̍k】 享受快樂。～～主義～～chú-gī⇨同上。

【享壽 hiáng-siū】 一生之歲數。～～八十～～pat-si̍p⇨在生八十年。

**hiáng 饗** 飲酒也。盛筵請客曰饗hiáng。通享hiáng。請人曰饗hiáng，請神曰享hiáng。宴～賓客iàn～pin-kheh⇨同上。

【饗宴 hiáng-iàn】 請客大宴。盛大的～～sēng-tāi ê～～⇨同上。

hiáng
**響** ㈠聲也。應聲也。音～im～⇨有關音樂的電氣設備。影～éng～⇨同上。㈡曉hiáu也。會也。能夠也。我未～得goá bōe～hit⇨我不會。會～也未ōe～a-bōe⇨能夠不能夠。未～不道不當講會～bōe～m̄-tō m̄-thang-kóng ōe～⇨不會就不可說會，不是嗎。

【響亮 hiáng-liāng】 聲音通達。聲音眞～～siaⁿ-im chin～～⇨同上。

【響馬 hiáng-bé】 一種強盜。似乎較講道義者。綠林～～liok-lîm～～⇨同上。～～丹～～tan⇨盜賊所用的痲醉藥。據稱是採自百步蛇毒者。

【響盞 hiáng-choáⁿ】 樂器名。小銅鑼，伏置於響盞架上而由上打者。

【響應 hiáng-èng】 如聲之應聲。雲會～～hûn-hōe～～⇨同上。全國～～choân-kok～～⇨同上。

hiàng
**嚮** 對也。歸向也。曩日也。天下歸向thian-hā (hē) kui～⇨天下皆歸之。

【嚮的 hiàng-ê】 hiòng-ê。那個東西。～～不好啦～～m̄-hó-lā⇨同上。

【嚮當時 hiàng-tang-sî】 hiòng-tang-sî。當時。那個時候。講到～～～，無米食番藷kóng-kā～～～，bô-bí chiah han-chî⇨同上。

hiàng
**餉** 軍糧曰餉hiàng。薪水亦曰餉hiàng。領～niá～⇨領糧，領薪水。食～chiah～⇨薪水生涯。

【餉銀 hiàng-gîn(gûn)】 薪水。軍糧。

hiàng
**向** 對也。趨向也。對～tùi～⇨同上。方～hong～⇨同上。北～pak～⇨同上。志～chì～⇨同上。意～ì～⇨同上。

【向上 hiàng-siāng】 hiòng-siōng。向前進去。進步。

【向來 hiàng-lâi】 hiòng-lâi。～～如此～～jî-chhú⇨一向如此。

【向例 hiàng-lē】 前例chiân-lē。老例lāu-lē。

【向往 hiàng-óng】 仰慕gióng-bō。

【向背 hiàng-pōe】 人心的～～jîn-sim ê～～⇨人心所趨向。

【向善 hiàng-siān】 hiòng-siān。求善。～～之心～～chi sim⇨同上。

【向陽 hiàng-iâng】 hiòng-iông。近水樓台易得月，～～花草早逢春kīn-chúi lâu-tâi ī-tek-goat, ～～hoe-cháu chá hông-chhun⇨同上。

【向榮 hiàng-êng】 木欣欣以～～，泉涓涓而始流bok-him-him í～～, choân koan-koan jî sí-liû⇨歸去來辭。

【向學 hiàng-hak】 hiòng-hak。求學好學。

【向心力 hiàng-sim-lek】 hiòng-sim-lek。求心力。

【向日葵 hiàng-jit-kûi】 hiòng-jit-kûi。花草名。花自然向着日旋轉。

【向後轉 hiàng-āu-choán】 hiòng-āu-choán。轉向後方前進。

## hiap

hiap
**協** 合也，和也，助也，佐也。和～hô～⇨同上。嘴～心不～chhùi～sim-m̄～⇨口合心不合。妥～thò～⇨同上。

【協力 hiap-lek】 ～～同心～～tông-sim⇨同上。

【協同 hiap-tông】 共同。東亞～～體tong-a～～thé⇨前日軍閥征服亞洲所提出的口號。

【協和 hiap-hô】 百姓昭明，～～萬邦，其命維新pek-sèng chiau-bêng, ～～bān-pang, kî-bēng ûi-sin⇨日本當今天皇昭和，即出於此典。

【協定 hiap-tēng】 停戰～～thêng-chiàn～～⇨同上。

【協約 hiap-iak(iok)】 國對國之間所協定的條約。

【協理 hiap-lí】 佐理總經理者，位於副總經理之下。銀行的～～gîn-hâng ê～～⇨銀行中的高級幹部。

【協商 hiap-siang(siong)】 共同商議。

【協統 hiap-thóng】 清代武官。約今之旅長。

【協會 hiap-hōe】 爲協力互助而結成的團體。農民～～lông-bîn～～⇨同上。文化～～bûn-hoà～～⇨同上。

【協臺 hiap-tâi】 清代武官名。大約今之上校程度。

【協調 hiap-tiau】 妥協thò-hiap。阿和抄加佪～～a-hô teh kā-in～～⇨同上。

【協辦 hiap-pān】 協助辦理。主辦～～chú-pān～～⇨同上。～～大學士～～tāi-hak-sū⇨清代官名。內閣官員。

【協議 hiap-gī】 協商hiap-siang。共同商量。

【協讚 hiap-chàn】 共同加以支持。～～會～～hōe⇨同上。

【協議會 hiap-gī-hōe】 ㈠街庄～～～ke-chng～～～⇨約今之鄉鎮代表會。㈡一種協調協議性的組織。

hiap
脅 兩膀也。腋下ek-hā(hē)謂之脅hiap。同脇hiap。以威力相加曰威脅ui-hiap。威～利誘ui～lī-iú⇨同上。

【脅下 hiap-ē】 hiap-hā(hē)。兩膀liáng-pông之腋下ek-hē(hā)。

【脅制 hiap-chè】 恃勢強迫人服從。被～～無法脫離pī～～bô-hoat thoat-lî⇨同上。

【脅迫 hiap-pek】 以力強迫。

【脅骨 hiap-kut】 肋骨lek-kut。俗曰排仔骨pâi-á-kut。

【脅從 hiap-chiông】 被迫服從。～～者免究～～chià bián-kiù⇨被迫而服從者不予追究。

hiap
挾 挾kiap也(見kiap部)。

hiap
葉 樹葉chhiū-hioh也。紅～hông～⇨楓樹之葉，見秋即紅故云。梧桐一～，天下知秋gô͘-tông it～, thian-hā(hē) ti-chhiu⇨梧桐葉落時，就知秋來了。

【葉落九州 hiap-lok-kiú-chiu】 ～～～～，根同一處～～～～，kin(kun)-tông-it-chhì(chhù)⇨九州指全國。古代分九州故云。

hiap
脇 同脅hiap。

## hiat

hiat
血 血hoeh, huih也。鮮～sian～⇨同上。熱～jiat～⇨同上。新～sin～⇨喻新人。鐵～宰相thiat～cháiⁿ-siàng⇨強硬政策的宰相。

【血手 hiat-chhiú】 染血之手。殺人之手。惡人。攏你彼枝～～所造成的lóng-lí-hit-ki～～só͘-chō-sêng-ê⇨皆你那隻殺人手所造成的罪惡。

【血本 hiat-pún】 辛辛苦苦血汗所積存的本錢。～～無歸～～bû-kui⇨本錢不回來。大損失。

【血汗 hiat-hān】 喻辛苦努力。一生的～～攏灌於子女身上it-seng-ê～～lóng-koàn-tī chú-lí-sin-siāng⇨謂一生辛苦皆爲子女而費盡了。

【血色 hiat-sek】 ㈠紅血色。㈡紅潤健康的面色。你今仔日～～成好lí kin-a-jit～～chiâⁿ-hó⇨你今天面色很好看。

【血性 hiat-sèng】 見義勇爲的熱情。～～的男兒～～ê lâm-jî⇨同上。

【血型 hiat-hêng】 血液有幾種不同的型態。有A,B,O,AB等各種。

【血枯 hiat-ko͘】 健康衰弱月經停滯。身體恒的～～sin-thé-lâm ê～～⇨同上。㦨lâm，士失志也，作軟弱解。

【血氣 hiat-khì】 活力。蓬勃之氣力。～～旺～～ōng⇨同上。～～方剛的少年人～～hong

-kong ê siàu-liân-lâng⇨同上。

【血案 hiat-àn】 殺人案件。雙屍～～siang-si～～⇨兩個屍體的殺人事件。

【血脈 hiat-me̍h】 hiat-be̍h。血液循環系統。血路hoeh-lō͘。

【血書 hiat-si(su)】 以血寫字以表衷情。留一張～～而自殺身亡lâu-chi̍t-tiu$^{n}$～～jî chū-sat-sin-bông⇨同上。

【血清 hiat-chheng】 血液的澄清液體，有抵抗毒素之作用。～～注射～～chù-siā⇨同上。

【血液 hiat-e̍k】 血hoeh, huih。檢查～～kiám-cha～～⇨醫生驗血以明有無病源。～～庫～～khò͘⇨醫生貯藏血液以備急需之用。～～循環～～sûn-khoân⇨同上。

【血球 hiat-kiû】 血液中的球體物。有白，紅兩種。白～～紅～～pe̍h～～âng～～⇨同上。

【血淚 hiat-lūi】 血與淚。～～滿面～～moá-bīn⇨形容悲痛至極的哭泣。血hiat亦指淚lūi，不必眞流血也。～～和流～～hô-liû⇨形容悲痛。

【血痔 hiat-tī】 痔之常出血者。

【血虛 hiat-hi(hu)】 ㊀貧血pîn-hiat。㊁女肺結核病。

【血痣 hiat-kì】 ㊀紅痣âng-kì。㊁淤血i-hiat。皮下充血。

【血痢 hiat-lī】 赤痢chhek-lī。

【血統 hiat-thóng】 家系。系統。～～證明～～chèng-bêng⇨高貴的狗族，馬族今多有之。人族卻似乎尚少重視。

【血跡 hiat-che̍k】 hoeh(huih)-jiah。人講有檢查著～～lâng kóng-ū kiám-cha-tio̍h～～⇨血案的傳說。

【血暈 hiat-hūn】 分娩後出血過多的虛脫。

【血痳 hiat-lîm】 痳疾lîm-chi̍t。亦作淋病lîm-pē$^{n}$(pī$^{n}$)。

【血路 hiat-lō͘】 血脈hiat-be̍h(me̍h)。～～無通～～bô-thong⇨中醫的講法。

【血漢 hiat-hàn】 好漢hó-hàn。男子漢lâm-chú-hàn。

【血管 hiat-koán】 hoeh-kńg。血脈之管道。～～破裂血流未煞～～phò-lia̍t hoeh (huih) lāu-bē-soah⇨血管破裂致出血不停。

【血漿 hiat-chiu$^{n}$】 血液除去血清後所留的液汁。～～注射～～chù-siā⇨同上。

【血親 hiat-chhin】 骨肉之親。家己的～～ka-kī ê～～⇨自己的至親。

【血戰 hiat-chiàn】 流血的激烈戰鬥。～～三百合～～sa$^{n}$-pah-ha̍p⇨同上。

【血壓 hiat-ap】 hoeh-ah。血液流動的壓力。～～傷峘道較不好～～siu$^{n}$-koân to-khah-m̄-hó⇨血壓過高就不甚妙。～～計～～kè⇨量血壓的小儀器。

【血海深仇 hiat-hái-chhim-siû】 極大極深的仇恨。亦不是甚麼～～～～何必呢a̍h-m̄-sī sim-mí～～～～hô-pit-neh⇨並不是什麼血海深仇何必如此絕情呢。

**hiat 抭** 投也。投置不理亦曰抭hiat。暫時～抮chiām-sî～teh(lè)⇨暫時按下。～抮眞久了～teh(lè) chin-kú-lò͘⇨投置很久了。

【抭下 hiat-hē】 抭抮hiat-lè。空課～～抮做伊去跮踱khang-khòe～～leh chò(chòe)-i khì-thit-thô⇨把工作投置不做，任意出去玩。

【抭去 hiat-khì(ì)】 投過去。我～～你該承抮好否goá～～lí-ài-sîn-leh, hó-bò͘⇨我投過去你須接取之，可否。抭來～～hiat-lâi～～⇨抛過來抛過去。

【抭抮 hiat-lè】 抭抮hiat-lè。投置之。按下之。～～見在伊去也～～kì$^{n}$-chāi-i-khì-à⇨投置而不理他了。空課～～不做較久每做未好khang-khòe～～m̄-chò(chòe) khah-kú mā chò(chòe)-bē(bōe)-hó⇨工作按下不做永遠沒有做好之日。無用～～驚做壞去無彩bô-iōng

～～ kia$^n$-chō(chōe) hāi-khì(ì) bô-chhāi ⇨不用而投置之，恐怕壞掉了就很可惜。

【挄掉 hiat-tiāu】 棄之khì-chi。丟掉tiu-tiāu。無路用的物攏搬去～～bô-lō·-iōng-ê-mih lóng-poa$^n$-khì(ì)～～⇨無用之物皆搬出棄之。人～～的你佅扱去做寶咯lâng～～ê lí-boeh-khioh-khì chò(chòe)-pó-lò·⇨人家丟棄的東西你要拾回去當寶貝是嗎。

【挄揀 hiat-sak】 同挄掉hiat-tiau。撣～～tàn～～⇨撣挄揀tàn-hì$^n$-sak⇨撣掉tàn-tiāu⇨挄掉hiat-tiau。

【挄擱 hiat-kak】 挄掉hiat-tiāu。挄揀hiat-sak。

hiat **穴** 土室也。孔也。墓窟曰穴hiat。動物所蟄居曰穴hiat。人身要害曰穴hiat。偕老同～kai-ló-tông～⇨夫妻同老的頌詞。死即同～sú-cheh tông～⇨同上。蛇孔鼠～choâ-khang-chhí～⇨同上。虎～hó·～⇨同上。九鍼～法kiú-chiam～hoat⇨針灸法。龍～liông～⇨龍所居，最佳的墓地。結～kiat～⇨形成了穴hiat（宜於墓或厝宅者)。活～oah～⇨宜於墓或厝宅者。死～sí～⇨活穴之已死者。亦即不宜於墓或厝之地也。田蛤仔～chhân-kap-á～⇨水蛙形之靈地。蜘蛛結網～ti-tu-kiat-bāng～⇨同上。點～tiám～⇨地理仙仔指出風水。摸著～bong-tioh～⇨摸中了要害。

【穴地 hiat-tē】 地理仙仔所指之墓地。

【穴位 hiat-ūi】 人身上的要害。鍼著～～藉有效chiam-tioh～～chiah-ū-hāu⇨行鍼灸要在穴位行之才有效。

【穴字頭 hiat-jī-thâu】 漢字部首穴也。空，穹，穿等字屬之。

【穴居野處 hiat-ki-iá-chhì】 上古人類未有宮室之時的生活情形。

## hiau

hiau **梟** 鳥名。猛禽類。目能夜視。俗以不馴良之人曰梟hiau。奸～雄kan～hiông。私～su～⇨走私者。鹽～iâm～⇨偷運偷販鹽者。

【梟心 hiau-sim】 違背，悔約之心。

【梟示 hiau-sī】 梟首示衆之簡稱。

【梟首 hiau-siú】 古極刑。～～示衆～～sī-chiòng(chèng)⇨斬首懸木上以示衆。

【梟將 hiau-chiàng】 勇猛善戰之將。猛將béng-chiàng。

【梟雄 hiau-hiông】 豪傑hô-kiat。奸雄kan-hiông。天下之～～thian-hā chi～～⇨指豪傑。治世之能臣亂世之～～tī-sè chi lêng-sîn, loān-sè chi～～⇨三國演義中，曹操的考語。

【梟獍 hiau-kèng】 梟，惡鳥食母，獍，惡獸食父。喻人之惡毒忘恩背義者。獍kèng亦名破鏡phoà-kià$^n$。

【梟險 hiau-hiám】 陰險惡毒im-hiám-ok-tok。

【梟騎 hiau-khì】 勇猛善戰之騎兵。～～三千～～sa$^n$-chheng⇨同上。

hiau **僥** 僞也。無端毀約曰僥hiau，直木彎曲亦曰僥hiau。又表翻過裏亦曰僥hiau。反～hoán～⇨①違背ûi-pōe。毀約hūi-iak。②木料彎曲。板仔反～去pang-á hoán～khì⇨同上。乎人～去hō·-lâng～khì(ì)⇨被人欺騙了。

【僥人 hiau-lâng】 騙人。人lâng改讀lang。咱人仙都不當～～lán-lâng sian-to-m̄-thang～～⇨我們爲人，千萬不可違背失信於人。

【僥土 hiau-thô·】 翻土。～～來曝～～lâi-phak⇨翻土以曬之。

【僥反 hiau-hoán】 反僥hoán-hiau。㊀違背人。乎人～～去也hō·-lâng～～khì-ā⇨被人違背了。被人騙了。㊁木料歪曲。曝了～～去煞未用得phak-liáu～～khì soah-bē-iōng-tit⇨日曬結果斜歪了不能用了。

【僥心 hiau-sim】 心變。變心。存心違背。伊敢會～～i kám-ē(ōe)～～⇨他可能變心毀約嗎。

【僥坦 hiau-than】 hiau-thán。板料僥反。

【僥負 hiau-hū】 負心忘恩。安爾～～人的恩情每不好an-ne(ni)～～lâng ê in-chêng mā-m̄-hó⇨這樣違背人家的恩情也是不好的。

【僥倖 hiau-hēng】 ㊀徼幸hiau-hēng。希望份外有所得。～～錢～～chîⁿ⇨分外之財。意外之財。不義之財。～～錢失德了，冤枉錢博輸窮～～chîⁿ sit-tek-liáu, oan-óng-chîⁿ poah-su-kiâu⇨謂不義之財為失德而失之，不正之財輸於賭博。～～秀積德舉～～siù, chek-tek-kí(kú)⇨謂秀才可以僥倖得之，舉人則必須積有善行善德才能考中。㊁可憐。作感嘆詞用之。你不當許～～lí m̄-thang hiah～～⇨你不可做出那麼可憐之事。～～啊，一水雞仔囝講死了了～～ò chit-chúi ke-à-kiáⁿ kóng sí-liáu-liáu⇨可憐啊，一水小雞都死掉了。～～啊，無捨施啊！～～ò bô-siá-sì-ò！⇨婦女之同情詞。

【僥險 hiau-hiám】 同梟險hiau-hiám。陰險惡毒。當今的人心是眞～～的tong-kim ê jîn-sim sī chin～～ê⇨現在的人心是很危險惡毒的。

【僥過面 hiau-kòe-bīn】 翻出另一面。～～～來看～～～lâi-khoàⁿ⇨同上。

**hiau 徼** 徼幸hiau-hēng。希望分外有所得也。亦作僥倖hiau-hēng。

**hiau 驍** 良馬也。勇捷ióng-chiat也。

【驍騎 hiau-khî】 禁軍kìm-kun的騎兵隊。～～營～～iâⁿ⇨同上。

【驍勇善戰 hiau-ióng-siān-chiàn】 個個～～～～kô-kô～～～～⇨同上。

**hiau 邀** 遮留也。招也。舉杯～明月，對影成三人kí-poe～bêng-goat, tùi-éng sêng-sam-jîn⇨李白。携手相～入錦帷，羅衣羞解似梅妃，君須憐惜未經慣，露滴牡丹魂若飛hê-chhiú saⁿ～jip-kím-ûi, lô-i siu-kái sū-bôe-hui, kun-si lîn-sioh bī-keng-koàn, lō͘-tek bó͘-tan hûn-jiak-hui⇨荔鏡。

【邀約 hiau-iak(iok)】 請而約之。林先生來～～lîm-sian-seng lâi～～⇨同上。

【邀請 hiau-chhéng】 招請。～～族親來鬧熱～～chok-chhin lâi nāu-jiat⇨同上。

**hiáu 曉** 天明也。明也。知也。春眠不覺～，處處聞啼鳥，夜來風雨聲，花落知多少chhun-bîn put-kak～, chhì-chhì bûn-thî-niáu, iā-lâi hong-í-seng, hoa-lok tī-to-siáu⇨古詩。會～或是未～ē(ōe)～ah-sī bē(bōe)～⇨懂或不懂。能夠或不能夠。人曷煞未～lâng ah-soah be-(bōe)～⇨人家(阮)何以不懂(當然懂也)。分～hun-～⇨分明。明白。拂～hut～⇨天將亮未亮。拂～攻擊hut～kong-kek⇨同上。

【曉明 hiáu-bêng】 清晨chheng-sîn。天剛亮。

【曉悟 hiáu-gō͘】 覺悟kak-gō͘。了悟liáu-gō͘。

【曉得 hiáu-tit】 明白。能夠。我～～啦goá～～lā⇨我明白啦。我會～～goá ē(ōe)～～⇨我明白。我能夠如何如何。

【曉理 hiáu-lí】 明白事理。深通理氣。～～的人～～ê lâng⇨明白道理之人。～～人褲家已褪～～lâng khò͘ ka-kī-thǹg⇨明白事理之人自己脫褲(自己脫褲接受杖責)。

【曉諭 hiáu-jî(jū)】 諭知。～～百姓～～peh-sèⁿ(sìⁿ)⇨同上。

**hiâu 僥** 僥hiau也。

**hiâu 嬈** 曲肩行貌。戲也。美好也。女人挑情曰嬈hiâu。輕佻亦曰嬈hiâu。東帝女死，葬姑嬈山，化爲蓄草，服之媚於人。因此以蓄iâu作嬈hiâu，似乎較以嬲niáu作嬲hiâu，比較恰當。又自作多情，或自找麻煩亦曰嬈hiâu。莫罔～

mãi-bóng～⇨不要多事。若莫～道未拖到者爾暗nā-mãi～tō-bē-(bōe) thoa-kà chia-ni-àm⇨如果不嬈，亦即不多事就不會拖到如此晚。此嬈hiâu亦作嬈花hiâu-hoe或嬈尻川hiâu-kha-chhng。

【嬈花 hiâu-hoe】 嬈hiâu。玩遊。彼款查某囡仔即陣當～～hit-khoán cha-bó·-gín-á chit-chūn tng～～⇨那一種(年歲的)女孩子，此時最輕佻。倲去佗位～～boeh-khì tó-ūi～～⇨要到何地去嬈(玩)。

【嬈嬈 hiâu-hiâu】 很輕佻。很具挑撥性。今的查某囡仔佗一個未安爾～～taⁿ-ê cha-bó·-gín-á ta(to)-chit-ê bē(bōe)-an-ne～～⇨當今的女孩子那一個不這樣子的輕佻呢。

【嬈體 hiâu-thé (thóe)】 輕佻的體態。挑發性的體態。看著有夠～～khoàⁿ-tioh ū-kàu～～⇨看來十分挑發性。個阿姊較～～in-a-chē khah～～⇨她大姊更具挑發性。

【嬈雌屄 hiâu-chi-bai】 女人吵嘴的粗語。雌chhî，女陰也，作女眉chi解。

【嬈戻戻 hiâu-nih-nih】 少女很嬈很嬈。很輕佻。十幾歲仔耳，講道安爾～～～啦chap-kúi-hòe-á-niâ, kóng-to-an-ne(ni)～～～là⇨才十幾歲而已，居然就這麼不規紀。講安爾格到～～～，未輸藝旦呢kóng-an-ne(ni) kek-kà～～～, be-(bōe)-su gē-toāⁿ-nih⇨居然裝得如此的輕佻宛然是藝旦呢。戻：曲戻也。

**hiâu 嬲** 嬲liâu，niâu也。通作嫽liâu, niâu，擾也。俗作嬈hiâu解。

## him

**him 忻** 心喜也。忻然him-jiân⇨同上。

**him 訢** 喜也。樂也，樂而忘天下也。同欣。

**him 欣** 笑喜也。亦作訢him。

【欣然 him-jiân】 高興。～～答應～～tah-èng⇨同上。

【欣喜 him-hí】 歡喜hoāⁿ-hí。～～雀躍～～chhiak-iak⇨同上。

【欣欣 him-him】 ㊀喜樂。～～然～～jiân⇨同上。㊁茂盛。木～～以向榮，泉涓涓而始流bok～～í-hiàng-êng, choân-koan-koan jî sí-liû⇨歸去來辭。

【欣賀 him-hō】 慶賀khèng-hō。無任～～之至bû-jīm～～chi chì⇨書牘套詞。

【欣羨 him-siān】 him-soān。羨慕siān-bō·。無～～bô～～⇨不稀罕put-hi-hán。有做你有，無人拎～～ū-chò(chòe) lí-ū，bô-lâng teh～～⇨有(錢)由你去有(錢)，沒人在羨慕你也。

【欣慕 him-bō】 仰慕。羨慕soān-bō·。

**him 廞** 興也。怒喝也。

**hìm 焮** 薰也。蓋灰殺火或放入甕中殺火以存炭曰焮火炭hìm-hóe(hé)-thoàⁿ。亦作𤑔iin。

【焮火 hìm-hóe(hé)】 烘爐該～～hang-lô· ài～～⇨烘爐的炭火，要蓋以火灰以殺火勢。

【焮燒 hìm-sio】 加蓋密封而燒之。

**hîm 熊** 熊hiông也。動物名。山～soaⁿ～⇨熊類的通稱。狗～káu～⇨台灣熊 tâi-oân-hîm。～咬著竹管～kā-tioh tek-kóng⇨喻亂收亂取無用之物。竹管於熊，一無所用也。

【熊子 hîm-chí】 躂熊that-hîm的遊戲所用的石頭。揖石頭來做～～moh-chioh-thâu lâi-chò(chòe)～～⇨同上。揖moh，雙手抱物也。

【熊皮 hîm-phôe(phê)】 熊之毛皮。剝～～pak～～⇨同上。

【熊掌 hîm-chiúⁿ】 hiông-chiáng。藥材名。亦爲高貴之食品。謂熊在冬天蟄居洞中，餓則舐其掌，所以其掌甚美云。掌者獸之前蹄也。魚與～～hî í～～⇨海味與山珍。孟子謂兩物都不忍割愛。

【熊膽 hîm-tá$^{n}$】 熊之膽。藥材名。～～丸～～oân⇨熊膽爲料之丸藥。

**hīm 噤** 口閉也。口閉而不言曰噤hīm，亦曰噤hm̄。

【噤嘴 hīm-chhùi】 hm̄-chhùi。口作不言之狀，以表示不愉快或卑視之。人抄～～也lâng teh～～á⇨人家在討厭你了。

【噤噤 hīm-hīm】 hm̄-hm̄。口閉不言的樣子。怒而不言的樣子。人～～也lâng～～ā⇨其人沈默寡言tîm-bek-koá$^{n}$-giân。嘴～～chhùi～～⇨口閉不說話。看著～～也恰如眞受氣的款khoà$^{n}$-tioh～～ à kah-ná chin-siū-khì ê khoán⇨一看全不出聲，好像很生氣的樣子。

## hin

**hin 興** 起也。盛也。大～土木tāi～thó·-bok⇨大做土木工程。大業中～tāi-giap tiong～⇨同上。文藝復～bûn-gē hok～⇨歷史學名詞。中～新村tiong～sin-chhoan⇨地名。中～大學tiong～tāi-hak⇨同上。

【興旺 hin-ōng】 六畜～～liok-hiok～～⇨同上。

**hîn 眩** 視不明也。迷亂也。亦作暈hîn。烏暗～o·-àm～⇨眩暈hiān-ūn。頭殼～thâu-khak～⇨頭痛頭暈thâu-thià$^{n}$ thâu-hîn。

**hîn 暈** 迷亂也。同眩hîn。昏厥hun-khoat曰暈hūn。頭殼～～thâu-khak～～⇨同上。講著錢頭道～kóng-tioh-chî$^{n}$ thâu-tō～⇨提到錢頭就痛。頭～目暗thâu～bak-àm⇨頭昏眼花thâu-hûn-gán-hoe。

【暈山 hîn-soa$^{n}$】 在山上頭張目眩，迷失方向。未八起山較會～～bōe-bat peh-soa$^{n}$ khah-ē～～⇨沒上山經驗較易暈山。

【暈車 hîn-chhia】 略同暈船hîn-chûn。山路較會～～soa$^{n}$-lō· khah-ē～～⇨同上。

【暈船 hîn-chûn】 ～～無要緊，踏著陸地自然道好去～～bô-iàu-kín tah-tioh liok-tē chū-jiân tō hó-khì⇨暈船沒關係，一登陸上自然就好了。

【暈轎 hîn-kiō】 新娘～～sin-niû～～⇨同上。

**hīn 恨** 怨也。悔也。怨～oàn～⇨同上。悔～hóe～⇨同上。一失足成千古～，再回頭是百年身it-sit-chiok sêng-chhian-kó·～, chài-hôe-thâu sī pek-liân-sin⇨俚語。商女不知亡國～，隔江猶唱後庭花siang-lí put-ti bông-kok～, keh-kang iû-chhiàng hō·-têng-hoa⇨古詩。自～枝無葉，莫怨太陽偏chū-～ ki bû-iap, bok-oàn thài-iâng-phian⇨俚語。銜～在心hâm～chāi-sim⇨同上。飲～吞聲ím～thun-seng⇨同上。

【恨命 hīn-miā】 ～～莫怨天,莫怨太陽偏～～bok-oàn-thian, bok-oàn thài-iâng-phian⇨同上。

【恨晚 hīn-boán】 相見～～siāng-kiàn～～⇨同上。

【恨入骨 hīn-jip-kut】 恨甚深。～～～髓～～chhóe(chhúi)⇨同上。

【恨咱命 hīn-lán-miā】 恨自己的遭遇。清水岩仔雞公，～～～歹chheng-chúi-giâm-á ke-kang,～～～phái$^{n}$⇨謂清水岩一廟的公雞，其啼聲曰恨咱命歹，蓋全廟無一母雞也。

【恨鐵不成鋼 hīn-thih-put-sêng-kang】 喩期待子女早日有所成就。

【恨不相逢未嫁時 hīn-put-siāng-hông-bī-kè-sî】 相逢晚矣，使君有婦，羅敷亦有夫故也。

## hio

**hió 否** 否hó·也。不也。不然也。是～sī～⇨是不是。是～可以安爾做sī～khó-í an-ne(ni)-chò(chòe)⇨是不是可以如此做。

【否定 hió-tēng】 hò·tèng論理學名詞。肯定khéng-tēng之反。答案是～～的tap-àn sī ～～ê⇨答案是不然(或者無)。

hiō
否
同否hió。拒絕也。否hò·也。

【否掉 hiō-tiāuh】 hò·-tiāuh。拒絕。乎人～～也，眞衰hō·-lâng～～à，chin-soe⇨被人拒絕掉了，太倒霉了。人一下每～～lâng chit-ē mā～～⇨人家一定一下子就拒絕的。

hiō
翹
翹khiàu也。尾部高舉也。翹khiàu亦曰翹hiàu或翹hiō或翹hiauh。

【翹翹 hiō-hiō】 高舉。翹翹khiàu-khiàu。嘴唇皮仔～～chhùi-tûn-phôe-á～～⇨口唇翹翹khấu-tûn khiàu-khiàu⇨同上。紙板糊了～～choá-pang kô·-liáu～～⇨紙板糊得低邊翹舉起來了(hiàu-hiàu)。紙糊之物乾固了，自然有此現象。

hiô
侯
侯hô·也(見ho·部)。

hiō
着
着tioh也，對也。～啦，道是安爾啦～là，tō-sī an-ne là⇨對也，就是如此是也。

hiō
后
hō·也(見ho·部)。

hiō
雨
雨hō·也(見ho·部)。

hiō
後
後hō·也(見ho·部)。

## hioh

hioh
歇
息也。停。盡也。憩息khè-sit曰歇hioh。阮安爾驚到不敢～goán-an-ne(ni) kiaⁿ-kà m̄-káⁿ～⇨我們如此的怕得不敢停步。曷有人歸日行不～的ah-ū-lâng kui-jit kiâⁿ-m̄～ê⇨怎會有人整日跑路不休息的。～不～隨在你～m̄～sûi-chāi-lí⇨休息不休息由你決定。旅館不～講來得睏破廟lí-koán m̄～kóng-lâi-teh khùn-phoà-biō⇨旅館不住竟來在破廟睡覺。一日做一日～chit-jit-chò-chit-jit～⇨一天工作一天休息。

【歇工 hioh-kang】 停工。即下也～～無拎做了chit-ē-á～～bô-teh-chò(chòe)-lò·⇨最近停工沒做了。

【歇雨 hioh-hō·】 ㊀避雨pī-hō·。閃雨siám-hō·。於廟裡～～tī-biō-lih～ ～⇨在廟中避雨。㊁雨停了。有較～～也ū-khah～ ～à⇨雨停下來了。

【歇店 hioh-tiàm】 宿店siok-tiàm。今仔日著較早～～抒kin-á-jit tioh khah-chá～ ～lè⇨今天應該早些宿店休息。

【歇涼 hioh-liâng】 乘涼。休息取涼。～～一下更行較未懶～～chit-ē koh-kiâⁿ khah-bē-lán⇨休息涼一下再跑較不疲勞。

【歇晝 hioh-tàu】 中午休息吃飯。於A市～～暗抵到位tī A-chhī～ ～àm-tú kàu-ūi⇨於A市取午飯傍晚剛好到達(目的地)。抵tú，亦作牴，牴觸也。拄tú，支撐也。

【歇喘 hioh-chhoán】 休息。用以緩和急喘。～～一下較好～～chit-ē khah-hó⇨休息一下較好。

【歇寒 hioh-koâⁿ】 寒假hân-ká。

【歇困 hioh-khùn】 休息。

【歇暗 hioh-àm】 夜而停息。可～～了hó～～lò·⇨可以休息宿店了。

【歇脚 hioh-kha】 ㊀憩息。無～～的所在bô～～ê só·-chāi⇨沒有憩息之地。㊁小休息。小～～抒藉更來去啦sió～～leh chiah-koh lâi-khì-là⇨略作休息才再前進罷。來去lâih-khì，我們去罷，前進罷。來去，lâi-khì，來與往。

【歇溽 hioh-joah】 暑假sú-ká。溽joah，溼暑也。溼同濕。

【歇中晝 hioh-tiong-tàu】 同歇晝hioh-tàu。

【歇旅館 hioh-lí-koán】 宿店siok-tiàm。彼暝～～～hit-mê(mîⁿ)～～～⇨當夜投宿旅

館。

hioh **翹** 翹khiàu也，高擧也。嘴唇皮仔～～chhùi-tûn-phôe-á～～⇨口唇翹翹。

hioh **葉** 草木之葉iap曰葉hioh。樹～chhiū～⇨同上。竹～tek⇨同上。芎蕉～kin-chio～⇨同上。大～細～toā～sè(sòe)⇨同上。梧桐～gô·-tông～⇨同上。梧桐一～天下知秋gô·-tông chit～(it-iap) thian-hā(hē) ti chhiu⇨梧桐落一葉，時序已入秋天。落舊～發新～lâu-kū～hoat-sin～⇨同上。散到食番藷～sàn-kà chiah han-chî～⇨窮得只吃番薯之葉。

hioh **著** 是也。對也。著tioh之轉化。著啦tioh-lā⇨著啦hioh-lā⇨是也，對也。哎，～咧aih，～lè⇨哎，著哩aih tioh-lè⇨哎，對了。

【著啦 hioh-lā】 著了tioh-lā。對。是(肯定)。～～安爾著啦～～an-ne(ni)-tioh-lā⇨對，這樣子對。～～，叫姑丈藉著啦～～，kiò ko·-tiūⁿ chiah-tioh-lā⇨對，稱他姑丈才對。

【著也 hioh-à】 是也。對也(自動承認)。哎，～～，彼條錢猶未乎人否aih,～～，hit-tiâu-chîⁿ á-bōe hō·-lāng ho·h⇨哎，對了，那一條錢還未給人家，對嗎。～～，險仔未記得～～，hiám-á bē(bōe)-kì-tit⇨對了，險些就忘記了(幸而想起)。～～，該更踏錢否～～，ài-koh chông-chîⁿ-ho·h⇨對了，是不是要再調錢tiàu-chîⁿ。

【著咧 hioh-lè】 眞的。對的。(表示同意)。～～我煞未記得～～goá soah-bē(bōe)-kì-tit⇨眞的，我竟忘記了。～～，煞無共提錢～～，soah-bô kā-theh-chîⁿ⇨對了，竟沒向他拿錢(回來)。

【著啦 hioh-lā】 同著了hioh-lā。著啦tioh-lā。

hioh **鴞** 鶆鴞lāi-hioh也。從空中襲取小鷄之惡鳥。lāi-hioh，俗作鵈鴞chhi-hioh，或曰應作鶆鳩lāi-khiu。但據辭海說明，前者似黃鳥而小，不似lāi-hioh之惡形，後者爲猛禽類，亦可馴養獵魚。爲鷹之一種，甚似lāi-hioh。愚意，似可勉強作鶆鴞lāi-hioh。鶆鴞鷹lāi-hioh-eng，大鶆鴞也。

## hiok

hiok **旭** 日初出也。明也。俗亦讀khiok。

【旭日 hiok-jit】 初升的太陽。～～初升～～chhe(chho·)-seng⇨同上。～～升天之勢～～seng-thian-chi-sè⇨謂勢大又順利。日本人喜用此形容詞以誦其國旗。

【旭旭 hiok-hiok】 ㊀日初升。㊁小人得志的樣子。～～憍憍～～khiâu-khiâu⇨孩子哭鬧曰憍khiâu。

hiok **郁** 文也。盛也。通彧hiok。周鑑於二代，～～乎文哉chiu-kàm-î-jī-tāi，～～hō· bûn-chāi⇨論語。

hiok **彧** 通郁hiok。文也。盛也。又人名。三國魏有荀彧sûn-hiok，爲曹操之重要謀士。

hiok **畜** 養也。積也。畜thiok(thek)也(見thiok部)。六～興旺liok～hin(heng)-ōng⇨同上。家～ka～⇨同上。

【畜牧 hiok-bok】 養殖猪牛馬等家畜類。～～時代～～sî-tāi⇨人類半開化的時代。依賴馴養野獸維生的時代。～～事業～～sū-giap⇨畜養牛猪等的營利事業。～～課～～khò⇨主管畜牧行政的下級機關。或作畜產課hiok-sán-khò。⇨thiok-bok，thiok-sán。

【畜產 hiok-sán】 thiok-sán。畜牧的產物。～～公司～～kong-si⇨經營畜牧事業的營利組織。

【畜養 hiok-iáng】 thiok-iáng。飼養禽獸類。伊～～的鷹犬i～～ê eng-khiáⁿ⇨他所圈養的惡家丁。

hiok **蓄** 蓄thiok。貯～thí～⇨積聚存貯。

【蓄菜 hiok-chhài】 菜乾之類。～～以禦冬～～í gī-tong⇨做菜乾以備冬天之用。

【蓄積 hiok-chek】 積聚。資本的～～chu-pún ê～～⇨同上。

【蓄電池 hiok-tiān-tî】 物理學名詞。俗曰乾電池kan-tiān-tî或簡稱電池tiān-tî。

【蓄聲器 hiok-seng-khì】 演唱音樂的小道具。亦曰蓄音器hiok-im-khì，或電唱器tiān-chhiū$^{n}$-khì。

hiok **頊** 顓頊chhoan-hiok古帝名。黃帝之孫即高陽氏。

## hiong

hiong **香** 香hiang也（見hiang部）。

hiong **凶** 惡也。不吉也。年穀不熟曰凶hiong。吉～未卜先有兆kiat～bī-pok sian-iú-tiāu⇨俚語。

【凶日 hiong-ji̍t】 不吉之日。

【凶年 hiong-liân】 凶歲hiong-sòe。五穀收成不佳之年。～～饑歲～～ki-sòe⇨同上。

【凶服 hiong-ho̍k】 喪服song-ho̍k。

【凶事 hiong-sū】 不吉利之事。死葬之事。辦～～pān～～⇨辦理喪葬之事。

【凶神 hiong-sîn】 惡神。～～惡煞～～ok-soah⇨同上。

【凶報 hiong-pò】 壞消息hāi-siau-sit。死亡的通知。

【凶葬 hiong-chòng】 埋葬死屍。改葬的埋葬枯骨即曰吉葬kiat-chòng。

【凶煞 hiong-soah】 埋葬時的煞氣。～～會煞人，該較閃扲～～ē(ōe) soah-lâng, ài-khah-siám-leh⇨埋葬時的煞氣會殺人，必須避遠一點。

【凶歲 hiong-sòe】 同凶年hiong-liân。～～無餓死道眞萬幸囉～～bô-gō-sí tō chin bān-hēng-lò⇨同上。

hiong **兇** 殺傷曰兇hiong。凶hiong也。惡也。行～hêng～⇨殺人、傷人。惡相曰兇hiong。面像～bīn-chhiu$^{n}$～⇨兇相面hiong-siàng-bīn。狂妄曰兇hiong。生～chhi$^{n}$～⇨兇狂hiong-kông。快速曰兇hiong。走眞～cháu chin～⇨跑很快。

【兇心 hiong-sim】 殘忍之心。有夠～～ū-kàu～～⇨其心十分殘忍。

【兇手 hiong-siú】 hiong-chhiú。下手行兇者。～～掠著也～～lia̍h-tio̍h-à⇨兇手抓到了。

【兇犯 hiong-hoān】 殺人兇手。解送～～kái-sàng～～⇨同上。

【兇死 hiong-sí】 兇極了。敢死。實在有～～sit-chāi-ū～～⇨眞的夠兇惡之極。伊眞～～咧i chin～～lè⇨他很敢死呢(例如冒險等)。阿歹較～～a-phái$^{n}$ khah～～⇨阿歹較大膽。

【兇狂 hiong-kông】 慌張hong-tiàng。匆忙。走許～～扲創啥cháu-hiah～～teh-chhòng-siah$^{n}$⇨跑得那麼慌張在搞什麼鬼。你甚～～去，會打生驚人lí siū$^{n}$～～khì(ì), e(ōe)-phah-chhe$^{n}$-kia$^{n}$-lâng⇨你太匆忙了，會令人起疑心。～～狗食無屎～～káu chia̍h-bô-sái⇨喻慌張者必失事。

【兇拳 hiong-kûn】 兇猛之拳。～～不打笑面～～put-tá$^{n}$ chhiàu-bīn⇨謂笑面相對者不便打之。

【兇猛 hiong-béng】 勇猛ióng-béng。張飛比趙子龍較～～tiu$^{n}$-hui pí tiō-chú-liông khah～～⇨同上。

【兇陷 hiong-hām】 所費莫大。消耗快速。安爾扲開眞～～呢an-ne(ni) teh-khai chin～～neh⇨這樣子的開銷法很可怕的。～～每是該開～～mā-sī ài-khai⇨（數字）可怕的多，也是非支付不可。

【兇漢 hiong-hàn】 兇惡之人。兇手hiongsiú。半路去抵著～～poāⁿ-lō· khì-tú-tioh～～⇨中途逢到兇惡之人。

【兇態 hiong-thāi】 粗殘chho·-chhân。粗暴chho·-pok。即個囡仔安怎～～到安爾chit-ê-gín-á an-choáⁿ～～kà an-ne(ni)⇨此一孩子，何以粗暴到如此呢。

【兇器 hiong-khì】 行兇用的道具。兇手掠著也，～～猶扵揣hiong-siú liah-tioh-à，～～iáu-teh-chhōe⇨兇手抓到了，兇器還在找尋。

【兇介介 hiong-kài-kài】 ㊀很兇。一個面看著～～～，活驚每驚死chit-ê-bīn khoàⁿ-tioh～～～，oah-kiaⁿ mā-kiaⁿ-sih⇨他那個臉，看來很兇很兇。只是怕就怕死了。㊁很快速。走到～～～跋落去你道壞cháu-kà～～～poah-loh-khì(ī) lí-tō-hāi⇨跑得這麼快，跌下去你就敗了（會跌傷的）。介介kài-kài，耿耿kéng-kéng也，有害也。俗作蓋蓋kài-kài似無意義。

【兇死死 hiong-sí-sí】 很兇。同兇介介hiong-kài-kài。像狗扵掙墓壙的，安爾～～～chhiūⁿ-káu-teh cheng-bōng-khòng-lè,an-ne(ni)～～～⇨如狗在掙破墓穴（想吃屍肉）一樣的太兇太猛了。

【兇霸霸 hiong-pà-pà】 兇。粗暴。不可～～～啦，較慢的啦m̄-hó～～～là，khah-bān-leh-lā⇨不要粗暴，慢來一點。

## hiong 胸

腹上至喉下曰胸hiong。懷抱hoâi-phō曰胸hiong。成竹在～sêng-tiok chāi～⇨胸有成竹hiong iú sêng-tiok。謂心內已有定見或計畫。

【胸中 hiong-tiong】 心內sim-lāi。～～已有打算～～í-iú tàⁿ-soàn⇨同上。胸中已有成竹。

【胸部 hiong-pō·】 胸的部位。

【胸圍 hiong-ûi】 胸部的周圍的長度。～～眞大～～chin-toā⇨同上。

【胸像 hiong-siāng】 上半身的彫刻或繪像。阿公的～～a-kong ê～～⇨祖父之半身像。

【胸襟 hiong-khim】 胸中hiong-tiong。抱負phō-hū。側塞煩～～chhek-sek hoân～～⇨古句。

【胸懷 hiong-hoâi】 胸中所懷抱。～～磊落～～lúi-lok⇨性情坦白爽快。

【胸無點墨 hiong-bû-tiám-bek】 完全不識字。～～～～的土巴佬～～～～ê thó·-pa-láu⇨同上。

## hiong 匈

同胸。多用於形容聲音。

【匈奴 hiong-nô】 Hun。古之北狄pak-tek。亦即昭君和番時之番邦也。

【匈牙利 hiong-gê-lī】 Hungary。國名。在歐洲中部。現爲蘇俄附庸之一。最近因蘇聯之解體又恢復獨立國體。

## hiong 鄉

鄉hiang也(見hiang部)。

## hiong 向

同向hiàng。向的hiang-ê⇨那一樣的。

## hióng 享

享hiáng也(見hiang部)。

## hióng 響

響hiáng也(見hiang部)。

## hióng 向

向的hióng-ê，彼也。那一個也，亦即彼個hit-ê。可能是彼樣hit-iāng之轉化。～的向的～ê hiong-ê⇨彼個此個。→hiong-e→hióng-ē→hióng-ē→hiòng-ē皆同。

## hiòng 餉

餉hiàng也(見hiang部)。

## hiông 雄

鳥父也。牡獸也。勇也。大也。勢盛才傑曰雄hiông。奸僞曰雄hiông。兇hiong亦曰雄hiông。梁上有雙燕，翩翩～與雌liâng-siāng iú siang-iàn，phian-phian～i-chhî⇨同上。雌～難辨chhî～lān-piān⇨同上。固一世之～也kò· it-sè chi～iā⇨赤壁賦。治世之能臣，亂世之奸～tī-sè chi lêng-sîn，loān-sè chi kan～⇨三國演義對曹操之評語。奸梟～kan-hiau～⇨同上。你心眞～lí sim-chin～

⇨你的心太殘忍。面像眞～bīn-chhiuⁿ chin～⇨面相甚兇。

【雄大 hiông-tāi】 壯大也。～～的計畫。～～ê kē-ōe⇨大規模的計畫。

【雄水 hiông-chúi】 兇水hiong-chúi。流速甚急之水。急流kip-liû。～～毋當潦～～m̄-thang-liâu⇨急流不要徒涉之。

【雄心 hiông-sim】 壯大之志。雄大的心志。～～萬丈～～bān-tiāng(tiōng)⇨同上。

【雄壯 hiông-chòng】 ～～的軍歌～～ê kun-koa⇨同上。

【雄花 hiông-hoa】 植物學名詞。只有雄蕊而無雌蕊之花。

【雄厚 hiông-hō͘】 很富很厚。～～的資本～～ê chu-pún⇨大資本。

【雄風 hiông-hong】 威風ui-hong。大王之～～tāi-ông chi～～⇨同上

【雄流 hiông-lâu】 激流kek-liû。雄水hiông-chúi。彼所在較～～較危險hit-só͘-chāi khah～～khah-gûi-hiám⇨彼地流急險多。

【雄偉 hiông-úi】 雄壯偉大。～～的景觀～～ê kéng-koan⇨同上。

【雄雄 hiông-hiông】 兇兇hiong-hiong。快速。可怕的。～～道過去也～～tō kòe-khì-ā⇨很快就過去了。看著～～眞驚人khoàⁿ-tioh～～chin-kiaⁿ-lâng⇨一看很兇很可怕。

【雄黃 hiông-hông】 一種藥材。～～酒～～chiú⇨白素貞端午喝之，醉而變出原形。

【雄圖 hiông-tô͘】 偉大的計畫。宏圖hông-tô。～～大展～～tāi-tián⇨同上。

【雄辯 hiông-piān】 強而有力的大言論。～～是銀沈默是金～～sī-gîn，tîm-bek-sī-kim⇨西諺。

【雄介介 hiông-kài-kài】 兇介介hiong-kài-kài。很兇。很快。格到～～～仙驚死人kek-kà～～～boeh-kiaⁿ-sí-lâng⇨裝得很兇要嚇死人嗎。走到～～～，是伓走去佗位chàu-kà～～～sī-boeh cháu-khì(ì) to-ūi⇨跑得那麼兇(快)要到那裏去呢。

【雄材大略 hiông-châi-tāi-liok】 雄大的才幹偉大的謀略。以老兄你的～～～～來拂，一定成功的í lāu-hiaⁿ-lí ê～～～～lâi-hut,it-tēng sêng-kong-ê⇨以老兄您的雄才大略經營之一定成功無疑的。拂hut，同創chhòng，同做chò，即作爲也。

**熊** hiông 動物名。俗叫熊hîm。夢～bōng～⇨生男子之兆。賀生男子之喜用詞。

【熊掌 hiông-chiáng】 hîm-chiáng。魚，我所欲也；～～亦我所欲也hî, gô͘-só͘-iok-iā；～～ek-ngô͘ só͘-iok-iā⇨孟子。

【熊熊 hiông-hiông】 形容火光之詞。其光～～kî-kong～～⇨同上。

【熊貓 hiông-biâu】 hîm-niau。稀奇動物之一，產於四川。英文叫panda。

【熊膽 hiông-tám】 hîm-tāⁿ。藥材名。～～丸～～oân⇨藥名。

**兇** hiông 殘chhân也。惡毒也。心官眞～sim-koaⁿ chin～⇨心地惡毒。有夠～ū-kàu～⇨十分殘忍。

## hip

**翕** hip 合也。引也。亦吸也。斂也。從上壓下曰翕hip。密閉曰翕hip。無風悶熱曰翕hip。吸引亦曰翕hip。以勢壓人亦曰翕hip。飯～仔pn̄g～á⇨便當盒。

【翕石 hip-chioh】 磁石。磁鐵。電磁。～～吸鐵～～khip-thih⇨同上。

【翕汗 hip-koāⁿ】 用棉被～～iōng-mî-phōe～～⇨以棉被蓋身使流汗。

【翕死 hip-sí】 被翕而死。厝倒～～人chhù-tó～～lâng⇨被厝壁壓死也。乎被～～hō͘-phōe～～⇨被棉被悶死。

【翕相 hip-siàng】 hip-siōng。照相chiàu-siàng(siōng)。～～機～～ki⇨照相機。

【翕茶 hip-tê】 以茶碗泡茶。加蓋曰翕hip。

【翕翕 hip-hip】 溽～～joah～～⇨同上。燒～～sio～～⇨同上。

【翕瘋 hip-hong】 肚痛時，以小空罐內點火而覆於臍上吸出毒氣。土醫法也。

【翕溽 hip-joah】 空氣悶熱。今仔日眞～～kin-á-jit chin～～⇨同上。

【翕死人 hip-sí-lâng】 ㊀燜死人。㊁翕倒人hip-tó-lâng。有錢敢道會用得～～～也ū-chîⁿ kám-tō ē(ōe)-iōng-tit～～～à⇨有錢就可以(隨便)壓迫他人嗎。

【翕豆菜 hip-tāu-chhài】 翕製豆芽菜。

【翕油飯 hip-iû-pn̄g】 燜油飯būn-iû-pn̄g。

【翕倒人 hip-tó-lâng】 押倒人ah-tó-lâng。用錢～～～iōng-chîⁿ～～～⇨使用金錢之力征服他人。

## hit

hit
**彼** 彼pí也。指示之詞。即chit之反也。即仔～仔chit-á～á→chit-tah-hit-tah⇨即佗彼佗⇨此地彼地。

【彼下 hit-ē】 前日，前幾天，前些時。～～較便宜你都不買～～khah-piân-gî lí to-m̄-bé⇨前幾天較便宜的時候你都不買(而今貴了)。～～仔～～á⇨前些時或那陣子。

【彼日 hit-jit】 其日，那一天。～～有講過也～～ū-kóng-kòe-à⇨當天說過了。～～仔～～á⇨那天。

【彼孔 hit-khang】 那一件事。～～創好勢未～～chhòng hó-sè-bōe⇨那件事弄好了沒有。～～捭，即孔掠～～póe, chit-khang-liah⇨謂多方面有收入。捭póe，捭土豆póe-thô͘-tāu。掠liah，捉生物曰掠liah。又捭póe，排開也。掊pō，鹽官入水取鹽也。

【彼角 hit-kak】 彼地。那個方向。～～即角～～chit-kak⇨彼地此地。～～勢～～sì⇨那一方面。～～頭～～thâu⇨同上。

【彼位 hit-ūi】 ㊀彼地。彼處。那個地方。～～較食市～～khah chiah-chhī⇨那個地方較食市(人多客多的上等地點)。～～我未八去～～goá bōe-bat-khì⇨彼地我未曾去過。未八去bōe-bat-khì→bōe-pat-khù。㊁那個人。即位是張三，～～是李四chit-ūi sī tiuⁿ-saⁿ，～～sī lí-sì⇨此人是張三，彼人是李四。～～仔～～á⇨指地方，不指人。

【彼所 hit-só͘】 那個家貨。～～的～～ê⇨同上。～～的該掠來修理～～ê ài-liah-lâi siu-lí⇨那家貨需要抓來加以修理。

【彼個 hit-ê】 ㊀指人。～～小子～～sió-kiáⁿ⇨～～狗奴才～～káu-lô͘-châi⇨皆罵人之詞。～～老人～～lāu-lâng⇨同上。～～查某囡仔～～cha-bó͘-gín-á⇨那個女孩子。㊁指事。～～問題～～būn-tê⇨～～代誌～～tāi-chì⇨那個事情。㊂指物。～～較耐用～～khah nāi-iōng⇨同上。～～較新款～～khah-sin-khoán⇨同上。

【彼時 hit-sî】 彼時。當時。～～你又不講～～lí-iū-m̄-kóng⇨當時你又不講出來。～～也較有抾來往～～á khah-ū-teh lâi-óng⇨當時比較多來往。

【彼款 hit-khoán】 ～～即款攏無共款～～chit-khoán lóng-bô kāng-khoán⇨彼一種此一種皆不相同。～～人未交得～～lâng bē-kau-tit⇨他那種人交陪不得。

【彼項 hit-hāng】 那件。～～代誌無緊解決未用得～～tāi-chì bô-kín kái-koat bē(bōe)-iōng-tit⇨那件事不趕快解決不行。～～仔囝耳道許爾麻煩～～á-kiáⁿ-niâ tō hiah-ní mâ-hoân⇨那麼一點點小事情而已就那麼麻煩。

【彼跡 hit-jiah】 彼地。～～即跡～～chit-jiah⇨同上。

【彼埞 hit-tè】 彼地。即埞換～～更貼若夠 chit-tè oā$^{n}$～～koh-thiap goā-chē(chōe)⇨此塊地換那塊地，再補貼多少呢。

【彼號 hit-hō】 彼類hit-lōe。那種。～～花，結～～子，～～粟，結～～米～～hoe, kiat ～～chí, ～～chhek, kiat～～bí⇨那一種花就結那一種子，那一種粟就結那一種米。

【彼頭 hit-thâu】 彼方，對方。即頭肯，更～～不肯chit-thâu-khéng，koh～～m̄-khéng⇨此方答應了，但是對方不答應。即頭佅～～不chit-thâu-boeh～～m̄⇨同上。

【彼陣 hit-chūn】 彼時。～～即陣～～chit-chūn⇨彼時此時。～～仔猶未有火車咧～～á á-bōe-ū hóe-chhia-lè⇨那時候，還沒有火車呢。

【彼類 hit-lōe】 彼號hit-hō。那類。～～蛇，生～～卵，～～種，攏未斷～～choâ, se$^{n}$(si$^{n}$) ～～nn̄g,～～chéng, lóng-bē(bōe)-tn̄g⇨那一種蛇就生那一種的蛋。所以那一種蛇，完全不會斷代。喻壞父生壞子弟。到～～時道夯～～旗kàu～～sî tō-giâ～～kî⇨謂事必臨機應變。該苦着苦。不應浸在過去的美夢中。類lūi於會話中，常說成類lōe：彼類無路用的人，誰敢倩hit-lōe bô-lō·-iong ê lâng, siâng ká$^{n}$ chhìa$^{n}$？

【彼一日 hit-chi̍t-ji̍t】 當天。～～～抵好阿花人佅娶去也，你煞未記得～～～tú-hó a-hoe lâng-boeh-chhoā-khì(ì)-ā, lí-soah-bē(bōe)-kì-tit⇨那一天剛好阿花人家要娶過去了，你怎麼就忘記了。

【彼所在 hit-só·-chāi】 彼地。那個地方。～～～不安爾眞好跮踱～～～m̄-an-ne(ni) chin-hó thit-thô⇨那個地方，就是很好玩的，不是嗎。

【彼當時 hit-tang-sî】 當時tong-sî。那個時候。講到～～～，無米食番藷kóng-kàu(kà) ～～～, bô-bí chia̍h-han-chî⇨雜唸仔cha̍p-liām-á。

【彼等號人 hit-téng-hō-lâng】 那一種人(帶輕視之意)。～～～～安怎會用得～～～～an-choá ē(ōe)-iōng-tit⇨那一種人怎麼可以用呢。

# hiu

**hiu 休** 止息也。出妻也。辭官也。不可曰休hiu。美善也。公～kong～⇨①公開解決以息事。②公定休假。私～su～⇨私下解決以息事。干～kan～⇨放任不究。不予追究。萬事～bān-sū～⇨一切完了。半點氣在千般用，一旦無常萬事～poàn-tiám-khùi-chāi chhian-poa$^{n}$-iōng,it-tàn bû-siâng bān-sū～⇨古俚言。

【休去 hiu-khì】 同休矣hiu-ì。又出妻矣。

【休刊 hiu-khan】 刊物暫停發行。

【休字 hiu-jī】 出妻證明。休書hiu-si。古人不要老婆了，可以自書一紙附妻而逐之出門。其紙即曰休字hiu-jī或休書hiu-si，亦曰離書lî-si。寫～～siá～～⇨自書出妻書。

【休矣 hiu-ì】 完了。萬事～～bān-sū～～⇨什麼都完了。即遭狗命敢～～囉chit-cho káu-miā ká$^{n}$～～lō⇨此次生命恐怕沒有了。

【休克 hiu-khek】 shock的譯音。衝擊chhiong-ke̍k。陷在～～的狀態hām-chāi～～ê chōng-thāi⇨醫學上的說法。石油～～chio̍h-iû～～⇨油價暴漲的影響。

【休兵 hiu-peng】 休戰hiu-chiàn。～～罷戰～～pā-chiàn⇨同上。

【休咎 hiu-kiū】 吉凶kiat-hiong。～～未卜～～bī-pok⇨吉凶未知。

【休官 hiu-koa$^{n}$】 官員辭職。相逢盡道～～去，林下何曾見一人siang-hông chīn-tō～～khì, lîm-hā(hē) hô-chêng kiàn-it-jîn⇨唐詩。

【休書 hiu-si(su)】 同休字hiu-jī。

【休息 hiu-sit】 停止工作以恢復疲勞。～～五分鐘～～gō·-hun-cheng⇨同上。

【休戚 hiu-chhek】 喜憂hí-iu。～～相同～～siāng-tông⇨關係密切。

【休假 hiu-ká】 放假休息。

【休閒 hiu-hân】 業餘無事之時。～～活動～～oah-tāng⇨同上。休閒時的種種行動。

【休業 hiu-giap】 停止工作或營業。今日～～kim-jit～～⇨同上。

【休戰 hiu-chiàn】 停戰thêng-chiàn。～～協定～～hiap-tēng⇨同上。

【休學 hiu-hak】 暫停受業。～～一年～～chit-nî⇨同上。

【休憩 hiu-khè】 休息hiu-sit。～～所～～só·⇨同上。

【休職 hiu-chit】 官員因故停止執行職務。飭令～～thek-lēng～～⇨上級下令休職。

hiu **咻** 大聲叫人曰咻hiu。使聲達遠方曰咻hiu。叫痛亦曰咻hiu。大聲～toā-siaⁿ～⇨大聲叫人。較～都無聽見khah～to-bô-thiaⁿ-kìⁿ(ìⁿ)⇨怎麼大聲叫都沒聽見。

【咻咻 hiu-hiu】 吠聲。～～叫～～kiò⇨聲咻咻地在叫。聽見～～叫thiaⁿ-kìⁿ(ì)～～kiò⇨聽見了咻咻之聲。痛到～～叫thiàⁿ-kà～～kiò⇨痛得咻咻大叫。

hiú **朽** 腐也。衰老也。死而不～sú-jî-put～⇨雖死而名不滅。腐～hú～⇨腐敗。老～ló～⇨老人。

【朽朽 hiú-hiú】 爛noā。破爛phoà-noā。盒也，爛～～也taⁿ-ā, noā～～ā⇨而今爛如泥了。衫仔破～～囉saⁿ-á phoà～～lò·⇨衣裳皆破爛了。

【朽爛 hiú-noā】 腐敗hú-pāi。攏抒～～也lóng teh～～⇨皆在腐朽了。

【朽壞 hiú-hoāi】 腐敗hú-pāi。

【朽木糞土 hiú-bok-pùn-thó·】 喻志氣昏庸不堪造就之人。朽木不可雕也。糞土之牆不可杇也hiú-bok put-kó-tiau-iā, pùn-thó·-chi-chhiâng put-kó-u-iā⇨孔子罵宰予晝寢chái-î-tiû-chhím之語。杇u，塗也，抹壁boah-piah也。

hiù **嗅** 鼻審氣也。感覺是芳phang是臭chhàu曰嗅hiù。

【嗅覺 hiù-kak】 生理學名詞。知道芳臭phang-chhàu的作用也。～～神經～～sîn-keng⇨主司嗅覺之神經。

hiù **醜** 惡也。貌陋也。不美也。亦讀chhiù。子不嫌母～，犬不嫌家貧chú put-hiâm bó～，khián put-hiâm ka-pîn⇨古俚言。

hiù **泳** 散也。投也。以手散水曰泳hiù。大散水曰潑phoah，小散水曰泳hiù。灑sá也。

【泳水 hiù-chúi】 喂，阿花，你共我～～，是不是對我有意思，你的死人啦oeh, a-hoe, lí kā-goá～～, sī-m̄-sī tùi-goá ū-ì-sù, lí-ê sí-lâng-là⇨阿花與男友打情賣俏。

【泳芳水 hiù-phang-chúi】 查某囡仔較愛～～cha-bó·-gín-á khah-ài～～～⇨同上。

hiû **裘** 皮衣也。衣雙重者曰裘。中夾綿者曰綿～mî～，亦曰舖錦～pho-mî～。破～phoà～⇨同上。有食酒亦穿破～，無食酒亦穿破～ū-chiah-chiú ah-chhēng-phoà～, bô-chiah-chiú ah-chhēng-phoà～⇨俚言。

【裘仔 hiû-á】 裘hiû。未食五日節粽破～～不願放bōe-chiah gō·-jit-cheh-chàng, phoà～～m̄-goān-pàng⇨謂端午節未過，寒氣還是會來，故裘仔還是需要。

## hiuⁿ

hiuⁿ **香** 拜神之香枝曰香hiuⁿ。同形之物亦曰香hiuⁿ。瘦而高亦曰香hiuⁿ。夯～的giâ～ê⇨手持香枝者。指拜神者。無夯～的bô-giâ～ê⇨手不持香者。不以香拜神者。過爐～較芳

kòe-lô ～ khah-phang⇨移過另一個香爐之香較芳芬。去廟裡拈～khì-biō-lih liam～⇨赴寺廟燒香。燒～拜佛sio～pài-put⇨指稱拜神佛。有燒～有保庇ū-sio～ū-pó·-pì⇨喻有往必有來。阿美仔較瘦～a-bí-à khah sán～⇨阿美較清瘦。瘦～更薄扁sán～koh-pō-pí$^{n}$⇨又瘦香又薄扁。枝～小細ki～sió-sè(sòe)⇨枝香小粒子ki～sió-liap-chí⇨沒肉又小骨格。添油～thiam-iû～⇨捐出油香錢。蚊仔～báng-á～⇨殺蚊香。行～hêng～⇨上廟拜神。

【香火 hiu$^{n}$-hóe(hé)】 燒香點燭sio-hiu$^{n}$-tiám-chek。亦即祭祀chè-sū。傳宗接代thoân-chong-chiap-tāi。傳～～thoân(thn̂g)～～⇨傳接家系。又香火袋也。謄～～thêng～～⇨抄錄公媽牌的記事，作成香火袋以帶出旅行。

【香引 hiu$^{n}$-ín】 以香引火作火柴之代用。

【香公 hiu-kong】 廟公biō-kong。

【香末 hiu$^{n}$-boah】 香料粉。

【香包 hiu$^{n}$-pau】 ㊀香火包hiu$^{n}$-hóe-pau。㊁香芳hiu$^{n}$-phang。端午用的香袋。

【香灰 hiu$^{n}$-hu】 香爐灰hiu$^{n}$-lô·-hu。

【香芳 hiu$^{n}$-phang】 端午的應節物。有小動物形，瓜果形，翁仔形等等，做得小巧可愛，又有芬芳之氣，端午節前後，小孩子們都一人一個，吊於胸前，據說可以避邪。婦女用的即曰香袋hiu$^{n}$-tē或香包hiu$^{n}$-pau，帶入衣袋中。

【香店 hiu$^{n}$-tiàm】 賣香之店鋪。亦曰香鋪hiu$^{n}$-phò·。

【香香 hiu$^{n}$-hiu$^{n}$】 動植物發育不佳，長而不肥者。阿花看是～～仔，不過生做眞結實a-hoe khoà$^{n}$-sī～～a, m̄-ku chin-kiat-sit⇨阿花外表看來是很瘦，但是發育得很結實。甘蔗出了都～～仔kam-chià chhut-liáu to～～a⇨甘蔗出芽了，但是長得很微弱。

【香客 hiu$^{n}$-kheh】 燒香拜佛之人。

【香茅 hiu$^{n}$-m̂】 hiang-mâu。香草名。～～油～～iû⇨取自香茅之油。

【香胚 hiu$^{n}$-phoe(phe)】 製香原料的竹枝。

【香亭 hiu$^{n}$-têng】 香爐轎hiu$^{n}$-lô·-kiō。葬列用的代人替身tāi-jîn-thè-sin之類的東西，都是紙竹糊的。

【香柴 hiu$^{n}$-chhâ】 香木片hiang-bok-phì$^{n}$。

【香案 hiu$^{n}$-oà$^{n}$】 祭典時家門口所排的供物桌。家家戶戶都排～～ka-ka-hō·-hō· to-pâi～～⇨同上。亦曰～～桌～～toh。

【香陣 hiu$^{n}$-tīn】 夯香隨神駕遊行的隊伍。

【香條 hiu$^{n}$-tiâu】 線香soà-hiu$^{n}$。香枝hiu$^{n}$-ki。

【香菰 hiu$^{n}$-ko·】 一種菌類食物。～～木耳香爐神主～～bok-jí hiu$^{n}$-lô·-sîn-chí⇨謂奉命上街買香菰木耳，豈知一跳過溝竟變成香爐神主。

【香奠 hiu$^{n}$-tiān】 奠儀tiān-gî。奠弔之禮。多包現款代之。

【香煙 hiu$^{n}$-ian】 ㊀香條之火煙。㊁家系。萬代～～bān-tāi～～⇨萬代家系不絕。傳～～thoân(thn̂g)～～⇨同上。

【香櫞 hiu$^{n}$-î$^{n}$】 植物名。枸櫞kú-î$^{n}$的俗名。果有香氣，不佳於食。俗多置之桌上爲飾物。俗作香圓hiu$^{n}$-î$^{n}$，亦稱佛手柑hut-chhiú-kam。

【香爐 hiu$^{n}$-lô·】 企香之爐。～～耳～～hī$^{n}$⇨①香爐之把手。②傳宗接代之人。存即個～～耳而已chhûn chit-ê～～hī$^{n}$ jî-í⇨只此一個傳宗接代人而已。

# 鄉

hiu$^{n}$ 鄉hiang, hiong也。

【鄉下 hiu$^{n}$-ē】 hiang-hā。hiong-hā，庄腳也。

【鄉里 hiu$^{n}$-lí】 兄弟是兄弟，長大各～～hia$^{n}$-tī sī hia$^{n}$-tī, tióng-tāi kok～～⇨謂兄弟長大了亦必各走西東也。

【鄉社 hiu$^{n}$-siā】 鄉村hiang(hiong)-chhoan。～～合城市都攏共款去也～～kah siâ$^{n}$-chhi to-lóng kāng-khoán-khì(ì)-à⇨鄉村和都市全都一樣化了。

hiū$^n$ **芒** 穀端之細毛也。草～chháu～⇨穀端之細毛以及稻草末。打草～phah-chháu～⇨穀收割回家要先打草芒，然後曝之。粟～chhek～⇨同上。麥～bē～⇨同上。

## hiu$^n$h

hiu$^n$h **咻** 氣急喘聲。痚呴的又抣～也hê-ku-ê iū-teh～ā⇨哮喘病人又在喘不出氣了。安爾抣～，不知若艱苦的an-ne(ni) teh～, m̄-chāi goā-kan-khó·-lè⇨如此的氣急喘法不知是如何之痛苦的。

**【咻咻叫 hiu$^n$h-hiu$^n$h-kiò】** 痚呴的喘聲。昨暝～～～咻歸暝cha-mê(mî)～～～hiuh$^n$-kui-mê(mî)⇨同上。

## hm

hḿ **哼** 哼hńg的合唇鼻音。憤怒，鄙斥，否定之聲。～，你免想～，lí-bián-siūⁿ⇨哼！你休夢想。～，不看著鬼～, m̄ khoà$^n$-tioh-kúi⇨哼！見鬼。～，乎你未騙得～， hō·-lí bē(bōe)-phiàn-tit⇨哼！你騙不了我。

hm̀ **啈** 哼hǹg的合唇鼻音，否定，疑問之聲。～，它變安爾～，thà(thài) pì$^n$-an-ne(ni)⇨啊，何以變成如此。～，您好，別人俅安怎～lín-hó, pat-lâng boeh-an-choá$^n$⇨啈，你們好了，他人怎麼辦呢。

hm̂ **茅** 草名。勘厝頂khām-chhù-téng用草。倩人刈～chhià$^n$-lâng koah～⇨請人刈取茅草。蓋曰勘。

**【茅仔 hm̂-á】** 茅草hm̂-chháu。勘～～khām～～⇨屋頂蓋以茅草。刈～～koah～～⇨收刈茅草。～～根～～kin(kun)⇨茅根hm̂-kin。茅草根hm̂-chháu-kin。～～厝～～chhù⇨蓋以茅草之房屋。茅屋mâu-ok。～～刀～～to⇨刈取茅草用之刀。

hm̂ **媒** 媒人hm̂-lâng，亦即媒人moâi(bôe)-lâng也。

hm̄ **不** 不m̄的合唇鼻音。不put也。否定之聲。有聽見否，人抣～也。目珠抣瞚也ū-thia$^n$-kī$^n$(ī$^n$)-bō·, lâng teh～ā, bak-chiu teh-gîn-ā⇨聽見了沒有，人家在作不聲了，眼睛在怒視了。

hm̄ **噤** 合唇鼻音。雷聲，猛獸聲。～～叫～～kiò⇨雷聲。～～哮～～háu⇨猛獸聲。又閉口不言曰噤hm̄，言語giân-gí少曰噤hm̄。伊的人超～也i-ê-lâng chhiau～ā⇨他的爲人，很少言詞。阿菊有較～有影啦a-kiok ū-khah～ū-iá$^n$-là⇨阿菊比較不說話是眞的。

**【噤噤 hm̄-hm̄】** 閉口不講話。恬恬tiām tiām。少說話。伊人～～也較無嘴水啦i-lâng～～ā khah-bô chhùi-chúi-là⇨他這個人不說話的，比較不會花言巧語。人講～～食三碗公半，彼款人較厲害，你知否lâng-kóng～～ chiah-sa$^n$-oá$^n$-kong-poà$^n$, hit-khoán-lâng khah-lī-hāi lī-chai-bò·⇨古人言，默默然的吃了三大碗半，那一種人，比較厲害，你知道嗎。伊道是～～不講話，曷知伊抣想啥i tō-sī～～m̄-kóng-ōe, ah-chai-i teh-siū$^n$-sah$^n$⇨他就是默默不說話，何能知他在想什麼。

## hmh

hmh **吁** 違也。合唇鼻音。否認。拒絕之聲。吁～hmh～⇨否認，不同意。禹竟代舜立，其父吁～哉ú kēng tāi-sùn-lip, kî-hū hmh～chāi⇨同上。

hmh **揊** 擊也。強擊曰揊hmh，合唇鼻音。投石曰揊hmh。投出巨款曰揊hmh。牛飲馬食亦曰揊hmh。亦作敲hmh。俗作撼hmh。大力～toā-lak～⇨大力敲打。出力～一下道斷也chhut-lak～chit-ē tō tn̄g-ā⇨出力大敲一下就斷了。用鐵槌仔抣～曷是耍笑iōng-thih-thûi-á teh～ah-sī sńg-chhiò⇨以鐵槌敲打，那裏是玩笑。乎雷公～無死的hō·-lûi-kong～bô-sí-ê⇨被天雷打不死的。謂其人壞，雷公亦打不死他。人用大把錢安爾抖～，咱曷有法度lâng-iōng toā-peh-chî$^{n}$ an-ne(ni) teh～, lán a̍h-ū-hoat-tō·⇨他們使用大金巨款這般的投擲，我們那裏有辦法。大把錢～落去，逐個每乖乖過來toā-peh-chî$^{n}$～ lo̍h-khì,ta̍k-ê mā koai-koai-kòe-lâi⇨大金巨款投下去，每一個都會乖乖地過來就你。伊安爾大酴～三矸咯，講袂更～啦i an-ne(ni) toā-thô·～ sa$^{n}$-kan-lò·, kóng-boeh-koh～ lā⇨他如此這般大酴喝掉三瓶了，竟說還要喝下去啦。一下道～三碗公飯chi̍t-ē tō～sa$^{n}$-oá$^{n}$-kong-pn̄g⇨一下子就吃掉三大碗白飯。

【搵死 hmh-sí】 打死。大把錢抖～～人toā-peh-chî$^{n}$ teh～～lâng⇨大金巨款在壓死人。阿花去乎錢～～也a-hoe khì-hō·-chî$^{n}$～～ā⇨阿花被錢打死了，投降了。

【搵倒 hmh-tó】 擊倒。打倒。墻圍乎一叢大樹～～去chhiû-ûi hō· chi̍t-châng toā-chhiū～～ khì⇨墻圍被一大木擊倒了。結局是乎錢～～的kiat-kio̍k sī hō·-chî$^{n}$～～ê⇨歸根結底是被金錢打倒的。

【搵搵 hmh-hmh】 搵hmh。彼頓飯無～～抖伊曷甘願hit-tǹg-pn̄g bô～～ leh i a̍h-kam-goān⇨那頓飯不吃下去，他何能甘心。

# hng

**hng 方** 正也。位也。法術也。東西南北曰四方sì-hng。東～tang～⇨同上。西北～sai-pak～⇨同上。中央地～tiong-ng-tē～⇨同上。醫生開藥單曰處～chhù～。藥～io̍h～⇨藥單io̍h-toa$^{n}$。禁～kìm～⇨不能用的藥。偏～phian～⇨秘～pì～。即～chit～⇨①此一方向。②此一藥方。濶嘴查甫食四～濶嘴查某食田園khoah-chhùi cha-po· chia̍h sì～khoah-chhùi cha-bó· chia̍h chhân-hn̂g⇨謂男的口大很好，女的口大不好，會吃掉田地家產。

【方向 hng-hiàng(hiòng)】 hong-hiàng方位hong-ūi。驚做～～認不著去kia$^{n}$-chò(chòe)～～jīn-m̄-tio̍h-khì⇨恐怕把方向認錯了。

【方道 hng-tō】 占卜或看地理的術語。你這～～有冲犯lí-che～～ū-chhiong-hoān⇨你此(墓，宅等)是方向冲犯了鬼邪。今年東旁的～～無利kin-nî tang-pêng ê～～bô-lī⇨今年東方不吉利。

【方頭 hng-thâu】 藥方io̍h-hng。亦曰湯頭thng-thâu。蓋中藥多爲湯藥也。～～歌訣～～ko(koa)-koat⇨藥名與病名以歌謠（七言）方式列舉以便記憶者。亦爲做中醫的終南捷徑。

**hng 坊** 旌表忠孝節義的義門牌樓gī-mn̂g-pâi-lâu。企～khiā～⇨立牌旌表。石～chio̍h～⇨石造的。節～chiat～⇨表揚節女節婦的。節孝～chiat-hàu～⇨旌表節婦孝子的。

【坊表 hng-piáu】 義門gī-mn̂g。牌樓pâi-lâu。企～～khiā～～⇨立坊。

**hng 昏** 黃昏hông-hun也。夜曰昏hng。二三暝～nn̄g-sa$^{n}$-mê～⇨兩三夜。歸暝～無睏kui-mê～bô-khùn⇨整夜未睡。下～ê～⇨今夜。今宵。昨～chā～⇨昨夜。昨～暗chā～àm⇨昨夜。昨～暗→chang-àm。

**hng 荒** 蕪也。廢也。果穀不熟曰荒hng。虛也，空也。迷亂曰荒hng。抛～pha～⇨土地棄而不耕不管。饑～ki～⇨五穀不熟。凶年。十年九年～cha̍p-nî káu-nî～⇨十年中有九年凶年。見在伊～都無人管kì$^{n}$-chāi-i～to-bô-lâng-koán⇨(田地)任由荒廢都沒人管。半作半～poà$^{n}$-choh-poà$^{n}$～⇨耕如不庋。庋抖抛～khǹg-teh pha～⇨置而(不耕)任由抛荒。

【荒田 hng-chhân】 廢耕之水田。狀元田庋抖做～～chiōng-goân-chhân khǹg-teh-chò～～⇨上等之田置而任由成荒田。

【荒去 hng-khì】 hng-ì。家己無才調作攏～

～也ka-kī bô-châi-tiāu-choh lóng～～à⇨自己沒辦法耕作皆荒廢掉了。

【荒埔 hng-po͘】 草生地。無人耕作之草生地。歸遍攏～～都無人愛kui-phiàn lóng～～to bô-lâng-ài⇨整遍都是荒埔沒人要。

【荒荒 hng-hng】 ㊀土地荒蕪。～～去也～～khì-à⇨(土地)荒蕪掉了。㊁空虛。迷亂。冷漠léng-bok。阿狗都心官～～敢讀有册囉a-káu to sim-koaⁿ～～kám tak-ū-chheh-lò͘⇨阿狗(這個孩子)都是心不在焉豈能讀書。面仔～～bīn-á～～⇨面相冷漠。面仔～～不插人bīn-á～～m̄-chhap-lâng⇨面相臭臭不理人。一個面仔臭～～chit-ê bīn-á chhàu～～⇨面相很臭很臭。→hng-hng, hiⁿ-hiⁿ。

【荒廢 hng-hùi】 hong-hòe。荒蕪hong-bû。㊀地不耕。土地～～去也thó͘-tē～～khì-à⇨同上。㊁技藝學問不複習。一下久無練攏～～去囉chit-ē-kú bô-liān, lóng～～khì(ì) lò͘⇨久久不複習之皆忘記了。

【荒荒抜抜 hng-hng-hīⁿ-hīⁿ】 事物散亂，未加整理整頓。年到節到也攏猶～～～～抡nî-kàu-cheh-kàu-à lóng-iáu～～～～leh⇨年節很切迫了，都是雜亂無章猶未整理。

hńg
**哼** 冷笑，蔑視之詞。～，都無佅笑死人抡～，to-bô-boeh chhiò-sí-lâng-leh⇨哼，快要笑死人了。～外敍物～goā-chē-mih⇨哼，什麼東西。

hǹg
**吽** 怒，拒斥之詞。～，家已好道好～ka-tī(kī)-hó tō-hó⇨吽，自己好就可以了嗎。～你正看抡～，lí-chiàⁿ-khoàⁿ-leh⇨吽，你等著瞧吧。

hn̂g
**何** 反問之詞。～安爾敢著～an-ne(ni) kám-tioh⇨什麼，這樣子對嗎。～，那會用得不去呢～，ná-ē-iōng-tit m̄-khì-nih⇨什麼，何可以不去呢。

hn̂g
**園** 種植花木果蔬之場所。旱田亦園hn̂g⇨同上。花～hoe～⇨同上。公～kong～⇨同上。菜～chhài～⇨同上。番薯～han-chî～⇨同上。芎蕉～kin-chio～⇨同上。柑仔～kam-á～⇨同上。植物～sit-but～⇨同上。動物～tōng-but～⇨同上。空～khang～⇨同上。

【園主 hn̂g-chú】 園之主人。地主。

【園契 hn̂g-khè】 園地的買賣契約書。所有權證書。往時契約書就是證書。

【園租 hn̂g-cho͘】 園的贌耕(借地)料。

hn̂g
**圂** 厠所也。豕所居也。養豕圂khoân，即猪稠ti-tiâu也。

hn̂g
**黃** 硫黃liû-hn̂g也。

hn̄g
**遠** 近kīn之反。無近也無～bô-kīn a-bô～⇨不近也不遠。不是甚近道是甚～m̄-sī siūⁿ-kīn tō-sī siūⁿ～⇨不是太近了就是太遠。茲去恒春是無若～，夭壽尖山仔鎮中央chia-khì hēng-chhun sī bô-joā～,iau-siū chiam-soaⁿ-á tìn-tiong-ng⇨恒春調。

【遠近 hn̄g-kīn】 oán-kīn。～～無要緊，較肅靜的道可～～bô-iàu-kín, khah-siok-chēng-ê tō-hó⇨遠近不要緊，肅靜的地方就可以了。

【遠路 hn̄g-lō͘】 長途tiâng-tô͘。不八行～～較忝m̄-bat(pat)-kiâⁿ～～khah-thiám⇨沒有跑慣遠程之路比較快疲勞。

## ho

ho
**焅** 熇ho。旱氣也。熱氣也。有些熱氣曰焅ho。悶熱曰焅ho。厝內較～chhù-lāi khah～⇨房中有些悶熱。嘴～chhùi～⇨口中有熱。身體眞～sin-thé chin～⇨身上很熱(有如發熱)。

【焅日 ho-jit】 照太陽。即類天～～無甚會用得也chit-lōe thiⁿ～～bô-saⁿ-ē-iōng-tit-à⇨這種天氣晒太陽不太好了(太熱了)。

【焅濕 ho-joah】 悶熱būn-jiat。安怎會者爾～～an-choáⁿ-ē chiá-ni～～⇨何以會這麼悶

熱呢。

**【焅焅 ho-ho】** 熱熱的。摸着～～也，該俾人看較好bong-tio̍h～～ā, ài hō·-lâng-khoàⁿ khah-hó⇨摸着熱熱的，須給醫生一診比較好。～～仔燒～～á-sio⇨熱熱的。

**ho 烆** 煖也。暖也。通焅。

**hó 好** 美也。善也。佳也。壞hāi之對詞。人事物皆通用。相親相愛曰好hó。竟也，事結曰好hó。時機成熟曰好hó，答應亦曰好hó。人～心～情意～lâng～sim～chêng-ì～⇨同上。穿～食～帶～chhēng～chia̍h～toà～⇨衣食住皆佳。人材～學問～jîn-châi～ha̍k-būn～⇨同上。布料～做工～pò·-liāu～chò-kang～⇨同上。遠景美～oán-kéng bí～⇨同上。朋友相～pêng-iú siang(siong)～⇨同上。家庭和～ka-têng hô～⇨同上。猶未～á-boē (iá-bē)～⇨還未弄好。連鞭～liâm-piⁿ～⇨馬上好。更二日道～koh-nn̄g-ji̍t tō～⇨再兩天就好了。敢～去囉káⁿ～khì-lò·⇨恐怕該去了。～行也～kiâⁿ-à⇨該上路了。～食飯也～chia̍h-pn̄g-ā⇨可以吃飯了。～，你提去～，lí-the̍h-khì⇨可以，你拿去。有～無穤ū～bô-bái⇨有利無害。有一～無二～⇨～ū-chi̍t～bô-nn̄g～⇨有一利必有一害。勸人～不當勸人歹khǹg-lâng～m̄-thang khǹg lâng-pháiⁿ⇨勸人行善不可勸人爲惡。行情有較～囉hâng-chêng ū-khah～lò·⇨行情恢復起來了。你來得眞抵～lí lâi-li chin tú～⇨你來得很恰巧。

**【好人 hó-lâng】** 善良之人。合～～行，有布經，合歹人行，有囝生kah(kap)～～kiâⁿ, ū-pò·-keⁿ(kiⁿ), kah(kap)-pháiⁿ-lâng-kiâⁿ, ū-kiáⁿ-seⁿ(siⁿ)⇨與善人同行，學會織布，與壞人同行學會生子（以少女爲喩）。同近朱者赤，近墨者黑。

**【好才 hó-châi】** 有才能。～～好藝～～hó-gē⇨同上。

**【好下 hó-ē】** 幸運。我看即遭敢無許～～囉goá-khoàⁿ chit-cho kaⁿ-bô hiah～～lò·⇨依我觀察，他此一遭遇恐怕沒有那麼順利過關了。

**【好工 hó-kang】** 稱人輕快。你有影許～～共我送來也囉lí ū-iáⁿ hiah～～kā-goá sàng-lâi-ā-lò·⇨你眞的那麼輕快爲我送(物)過來了也。～～夫～～hu⇨好手藝。好作風。中主人意便是～～夫tèng-chú-lâng-ì piān-sī～～hu⇨中主人之意就是好手藝。

**【好囝 hó-kiáⁿ】** 能幹之子，善良之子。人講～～不用夥，夥子餓死父lâng-kóng～～m̄-iōng-chē, chē-kiáⁿ gō-sí-pē⇨古人言，好子不須多，多子反而使父挨餓而死。～～不當兵，好鐵不拍釘～～m̄-tng-peng, hó-thih m̄-phah-teng⇨俗俚。非常不好的觀念。

**【好手 hó-chhiú】** ㊀完整無傷之手。好脚～～hó-kha～～⇨同上。㊁好牌hó-pâi。扱著～～khioh-tio̍h～～⇨抓得好牌。㊂高手。能手。扱幾個～～組一隊球隊khioh-kúi-ê～～cho·chi̍t-tūi kiû-tūi⇨集若干好選手組一球隊。～～勢～～sè(sì)⇨①手的工作方向適當。②工作效率高。～～段～～toāⁿ⇨手段高明。～～段一滾就爛～～toāⁿ, i̍t-kún chiū-noā⇨手段高，辦事快捷。～～筆～～pit⇨能書能寫。

**【好友 hó-iú】** 良友。～～逐個相勉勵～～ta̍k-ê sio(saⁿ) bián-lē⇨同上。

**【好日 hó-ji̍t】** 吉日。看～～娶新娘khoàⁿ～～chhoā-sin-niû⇨同上。～～子～～chí⇨同上。

**【好空 hó-khang】** 有錢可喜之空課或空頭也。發財之路。敢阿三較～～的款káⁿ a-sam khah～～ê khoán⇨可能是阿三比較有錢的樣子。抵著～～的道不八人也否tú-tio̍h～～ê tō-m̄-bat(pat)-lâng-ā-ho·hⁿ⇨逢到好事情就忘記了老朋友了，不對嗎。欶著～～的該相報chhōetioh ～～ ê ài sio(saⁿ)-pò⇨尋到發財孔應通知一下。㪚chhōe，卜問吉凶也，通作揣chhōe用。

【好不 hó-m̄】 同好否hó-bō͘。

【好歹 hó-pháiⁿ】 善惡吉凶siān-ok-kiat-hiong。是非曲直sī-hui-khiok-tit。～～人～～lâng⇨善人惡人。～～事～～sū⇨吉事凶事。～～攏是家己的人～～lóng-sī ka-kī ê lâng⇨是是非非總是自家人。～～是你的命～～sī lí-ê-miā⇨好壞都是你的運命所前定。～～運～～ūn⇨好運壞運。

【好心 hó-sim】 善良之心。慈悲心。～～好行～～hó-hēng⇨行慈悲之事。～～害了心～～hāi-liáu-sim⇨好心反而損害了感情，喻恩將仇報。～～好行，無衫可穿～～hó-hēng, bô-saⁿ hó-chhēng⇨慈悲憐憫他人弄得自己無衣可穿。謂行同情心而遭到困難。～～的乎雷揕～～ê hō͘-lûi-chim⇨恩將仇報。較講每是～～的人較有底khah-kóng mā-sī～～ê-lâng khah-ū-té⇨無論如何說，還是好心之人基礎較安定。～～性～～sèng(sèⁿ)⇨有耐性。～～情～～chêng⇨興頭hèng-thâu高。～～行～～hêng⇨心地慈悲。

【好天 hó-thiⁿ】 晴天。今仔日更未～～道壞也囉kin-á-jit koh-bē(bōe)～～tō-hāi-a-lò͘⇨今天再不好天就壞了也。～～著積雨來糧～～tioh-chek hō͘-lâi-niû⇨晴天應該貯備雨天的糧食。～～年～～nî⇨天下太平的時代。

【好市 hó-chhī】 市況好。物暢銷。～～草～～chháu⇨同上。

【好用 hó-iōng】 有用iú-iōng。容易驅使工作。～～的物較快壞～～ê-mih khah-khoài-hāi⇨好用之器具易損毀。～～的物連鞭無去～～ê-mih liâm-mi-bô khì⇨有用之物快消失。連鞭liân-pian→liâm-piⁿ→liâm-mi。

【好句 hó-kù】 佳句ka-kù。

【好冬hó-tang】 好收hó-siu。年年～～nî-nî～～⇨同上。

【好好 hó-hó】 很好。人～～於抆lâng～～tī-teh⇨人平平安安的。～～人抆講鬼話～～lâng teh-kóng kúi-ōe⇨謂說得太不像話。～～鼈刣到屎流～～pih thâi-kà sái-lâu⇨喻把完美的事情弄得亂七八糟。

【好行 hó-kiâⁿ】 易行。路～～lō͘～～⇨同上。～～走～～cháu⇨同上。

【好收 hó-siu】 豐收hong-siu。年冬～～查某人發嘴鬚nî-tang～～cha-bó͘-lâng hoat-chhùi-chhiu⇨年多好收時，女人忙得嘴生鬚了，喻忙得無暇洗面以去面上之污物。～～成～～sêng⇨同上。

【好兆 hó-tiāu】 吉兆kiat-tiāu。安爾不是～～an-ne(ni) m̄-sī～～⇨如此非吉兆也。

【好否 hó-bō͘】 問詞。來～～lâi～～⇨可否來。結婚～～kiat-hun～～⇨①要不要結婚。②結果如何。於者拍球～～tī-chia phah-kiû～～⇨在此打球可不可以。

【好尾 hó-bóe(bé)】 好結果。善終。好頭不如～～hó-thâu put-jî～～⇨好開始不如好結局。謂不宜中途起風波。亦勸人之詞。～～結～～kiat⇨結果完滿。

【好步 hó-pō͘】 妙法miāu-hoat。想無～～siūⁿ-bô～～⇨想不出好辦法。有～～道展噢ū～～tō-tián-ò͘⇨有妙法就施展罷。

【好困 hó-khùn】 善睡。易入眠。大顆人較～～toā-kho͘-lâng khah～～⇨同上。～～神～～sîn⇨同上。

【好花 hó-hoe】 美麗之花。～～插牛屎～～chhah-gû-sái⇨佳人配笨夫。

【好命 hó-miā】 幸運hēng-ūn。阮豈～～goán ká～～⇨我沒那麼大命。～～人侎做阿公也了～～lâng-boeh-chò(chòe) a-kong-a-lò͘⇨幸運的人快要升上祖父了。

【好物 hó-mih】 佳品。～～不在多～～put-chāi-to⇨好物無須甚多。～～不中飽人食～～

put-têng pá-lâng-chiah⇨好吃的東西在滿腹之人也是不中意吃的。

【好事 hó-sū】 ㊀善行善事。好人～～hó-lâng～～⇨同上。㊁喜慶之事。人抄做～～lâng-teh chò (chòe)～～⇨人家在辦喜事。做chò亦作辦pān。

【好底 hó-té(tóe)】 本質，基礎，出身等等曰底。亦曰底系té-hē，底置té-tì或底績té-chioh。你毎無得～～也lí mā bô-teh～～â⇨你也並不是什麼善類。人伊連本～～lâng-i liâm-pún～～⇨人家他本來就有好根基的。

【好食 hó-chiah】 ㊀美味可口。有夠～～ū-kàu～～⇨十分好吃。眞～～chin～～⇨同上。好看不～～hó-khoàⁿ m̄-～～⇨中看不中食。㊁可以食之。飯～～囉pn̄g～～lò⇨飯可以吃了。官司好拍，狗屎～～koaⁿ-si hó-phah, káu-sái～～⇨如果官司可以打，狗屎也可以吃。喩官司絕不可妄打。

【好計 hó-kè】 妙計 miāu-kè。安爾有影～～an-ne(ni) ū-iáⁿ～～⇨如此眞的是妙計。

【好看 hó-khoàⁿ】 ㊀美麗。華麗。～～不好食～～m̄-hó-chiah⇨宜於看不宜於食。喩外表美，實質不佳。㊁難看。出醜。咱藉來看人～～lán chiah-lâi khoàⁿ-lâng～～⇨我們慢慢地來看看人家的笑話罷。

【好馬 hó-bé】 良馬liâng-má。駿馬chùn-má。

【好柴 hó-chhâ】 好的木材。～～無流過關渡缺～～bô-lâu-kòe(kè) koan-tāu-khiah⇨喩有用之人不會被冷落。缺khiah，缺口khoat-káu，亦即山峽san-kiap也。又關渡缺在台北與淡水間。

【好笑 hó-chhiò】 可笑 hó-chhiò。實在足～～的sit-chāi chiok～～ê⇨眞的十分可笑。～～神～～sîn⇨笑顏常開。愛嬌。可愛。彼個查某囡仔眞～～神hit-ê cha-bó-gín-á chin～～sîn⇨那一個女孩子很可愛。

【好酒 hó-chiú】 上等之酒。～～沉甕底～～tîm-àng-té(tóe)⇨喩有實力者不出風頭。～～量～～liāng(liōng)⇨善飲。

【好衰 hó-soe】 非常的壞運。～～不衰去合人講著也～～m̄-soe khì-kah lâng-kóng-tioh-â⇨千不該萬不該與人家約定了。

【好茶 hó-tê】 上等之茶。人轉去也藉抄泡～～lâng tńg-khì-â chiah-teh-phàu～～客人回去了，才在泡好茶。

【好景 hó-kéng】 ㊀好景致hó-kéng-tì。㊁可笑。玩笑。你不抄～～lí m̄-teh～～⇨你不是說笑嗎。

【好款 hó-khoán】 ㊀樣式好。彼頂帽仔不止也～～hit-téng bō-á put-chí-á～～⇨那一頂帽子式樣相當好。㊁孩子驕縱不馴曰好款hó-khoán。愈來更愈～～ná-lâi koh ná～～⇨越來越不像樣子。

【好貓 hó-niau】 hó-bâ。～～管百家，好狗管百宅～～koán-peh-ke, hó-káu koán-peh-theh⇨喩輕快八事理肯爲鄰里服務的人。

【好趁 hó-thàn】 利純多。現錢現水，有安爾，算～～也hiān-chîⁿ-hiān-chúi, ū-an-ne(ni), sǹg～～â⇨現金交易無賒無欠，有如此(利純)，可以說好趁了。～～食～～chiah⇨容易找生活。

【好意 hó-ì】 善意。人是～～的lâng-sī-～～ê⇨人家是出於善意的。～～乎你看做生神～～hō·-lí khoàⁿ-chò(chòe) lān-sîn⇨好意被你看成發神經病(粗話)。

【好幹 hó-kàn】 ～～，你來～～，lí-lâi⇨有種你來罷(粗話)。

【好脚 hó-kha】 好的同伴。賭伴曰竅脚kiáu-kha，有錢的竅脚kiáu-kha就是好脚hó-kha，亦即好竅脚hó-kiáu-kha。

【好話 hó-ōe】 ㊀吉祥詞。請乞食講～～chhiáⁿ-khit-chiah kóng～～⇨喩在喜慶場面開口不愼者。㊁佳音ka-im。有價值的消息。

～～無過三人耳～～bô-kòe sa$^n$-lâng-hī$^n$⇨好話傳不過三個人。同好事不出門hó-sū put-chut-bûn。～～題～～tê⇨同上。

【好勢 hó-sè】 順適。舒暢。查某人做皇帝上～～cha-bó·-lâng chò hông-tè siāng(siōng)～～⇨戲白。

【好運 hó-ūn】 幸運。一牽成二～～三才情 it-khan-sêng, jī-～～,sa$^n$-châi-chêng⇨成功的三要素，第一提拔，第二命運，第三才幹。乞食每有三年～～khit-chia̍h mā-ū sa$^n$-nî～～⇨謂乞食且有好運之時，人豈能皆在壞運中。～～氣～～khì⇨同上。

【好漢 hó-hàn】 ㊀肥佬。㊁大丈夫。男子漢。～～庋拍～～khǹg-phah⇨好漢能忍受，不輕易動手。庋khng，貯存，收藏也。

【好樣 hó-iū$^n$】 好榜樣。大的無～～細的討和尚toā-ê bô ～～ sè(sòe)-ê thó-hôe-siū$^n$⇨大的沒有好的模範所以小的也學壞了。

【好價 hó-kè】 價錢甚好。庋抮～～藉佅賣 khǹg-le ～～ chiah-boeh-bē(bōe)⇨擺到價錢漲了才要出售。庋khǹg，貯存thí-chûn也。

【好嘴 hó-chhùi】 善言招呼，奉承。勸告。囡仔人該較～～抮gín-á-lâng ài-kha ～～leh⇨年輕人逢人應該招呼招呼。咱～～共伊講伊都不聽lán ～～ kā-i-kóng i-to-m̄-thia$^n$⇨我(我們)好言好語勸告他了，他都不聽。用～～共伊姑成iōng ～～ kā-i ko·-chiâ$^n$⇨以好話對他勸誘。～～水～～chúi⇨很會說話。～～斗～～táu⇨㊀健啖。kiān-tām。吃得多。㊁不擇物皆可以食之。

【好得…… hó-li(chi̍t)……】 幸哉。～～咱無去～～lán-bô-khì⇨幸哉我們沒有去。～～赴有著～～hū-ū-tio̍h⇨幸哉趕得上了。～～無代誌，無道麻煩也～～bô-tāi-chì, bô-tō-mâ-hoân-ā⇨幸哉沒事，否則麻煩了。

【好頭 hó-thâu】 好的開始。～～不如好尾～～put-jî hó-bóe⇨開始好，不如結局好。～～好面～～hó-bīn⇨表示善意。～～好面臭尻川～～ hó-bīn chhàu-kha-chhng⇨表面故示善意，背後說臭話。～～嘴～～chhùi⇨善於交際，說話應酬。

【好膽 hó-tá$^n$】 大膽toā-tá$^n$。有勇氣。阿木眞～～較暗路都敢行a-bo̍k chin ～～ khah-àm-lō· to-ká$^n$-kiâ$^n$⇨阿木夠大膽了，再黑之路也敢自行。～～你過來～～lí-kòe-lâi⇨打架吵鬧用詞。～～頭～～thâu⇨同上。

【好額 hó-gia̍h】 有錢。富戶。～～人～～lâng⇨有錢之人。～～底～～té⇨本來是富家(今非也)。～～人派頭～～lâng phāi-thâu⇨富豪人之架子。

【好讀 hó-tha̍k】 易讀。～～歹讀攏該讀～～ phái$^n$-tha̍k lóng-ài-tha̍k⇨易讀難讀皆應讀。

【好聽 hó-thia$^n$】 悅耳oa̍t-ní。中人聽tèng-lâng-thia$^n$。講～～話kóng～～ōe⇨說裝門面之言(騙人)。講起來～～耳kóng-khí-lâi～～niā⇨只是說出來好聽而已(事實不如其言)。

【好人材 hó-jîn-châi】 旣～～～人道取去做子壻也了，曷會於者抮數街路石kà～～～lâng tō-chhú-khì chò(chòe)-kiá$^n$-sài-ā-lò·, a̍h-ē tī-chia teh-siàu ke-lō·-chio̍h⇨如果好人材，人家就選去當女壻了，何能在此閑蕩。

【好口才 hó-kháu-châi】 能言善道。確實是～～～未輸孔明抮舌戰羣儒咧khak-si̍t sī～～～ bē(bōe)-su khóng-bêng teh sia̍t-chiàn kûn-jû-leh⇨眞眞是好口才，就像孔明在舌戰羣儒一樣的。

【好工夫 hó-kang-hu】 工夫好。中主人意便是～～～tèng-chú-lâng-ì piān-sī～～～⇨做得主人滿足了就是好工夫。

【好上元 hó-siāng(siong)-goân】 上元日(舊曆正月十五日)好天氣。～～～好早冬～～～hó-chá-tang⇨上元日天氣好，預示一期作豐收。

【好女德 hó-lí-tek】 賢淑。～～～的查某囡仔～～～ê cha-bó·-gín-á⇨賢淑的少女。

【好兄弟 hó-hiaⁿ-tī】 ㈠好朋友。㈡～～～仔～～～á⇨遊魂餓鬼。孝～～～仔hàu～～～á⇨祭拜餓鬼。

【好目識 hó-ba̍k-sek】 目識巧ba̍k-sek-khá。～～～一下道看出來也～～～chi̍t-ē tō-khoàⁿ-chhut-lâi-ā⇨同上。

【好央倩 hó-iang-chhiàⁿ】 肯受託代勞。託人曰央iang，雇人曰倩chhiàⁿ。阿三伊人眞～～～a-sam i-lâng chin～～～⇨阿三他爲人，很肯爲人代勞。

【好年冬 hó-nî-tang】 豐年。～～～道有當食，歹年冬道該餓～～～tō-ū-thang-chia̍h, pháiⁿ-nî-tang tō-āi-gō⇨豐收就有得食，歉收就得挨餓。

【好吉兆 hó-kiat-tiāu】 瑞兆sūi-tiāu。查某人發嘴鬚，年冬好收，這～～～cha-bó·-lâng hoat-chhùi-chhiū, nî-tang hó-siu, che～～～⇨女人發鬚，年冬豐收，此瑞兆也。

【好肌骨 hó-ki-kut】 肌膚美，骨格好。指女子身裁十分美麗。查某囡仔第一該～～～啦，cha-bó·-gín-á tē-it ài～～～lā⇨同上。

【好字運 hó-jī-ūn】 好運hó-ūn。行著～～～也，鬼都閃路，歹字運呢，放屎都抵著鬼kiâⁿ-tio̍h～～～ā, kúi to siám-lō·, pháiⁿ-jī-ūn-neh, pàng-sái to tú-tio̍h-kúi⇨好歹運的極端的比喻。

【好名聲 hó-miâ-siaⁿ】 美名。～～～扵透京城咧～～～teh thàu-kiaⁿ-siâⁿ-leh⇨謂惡名遠布。透京城 thàu-kiaⁿ-siâⁿ與臭伽伽 chhàu-kiâ-kiâ諧音。透thàu，到達也。

【好見識 hó-kiàn-sek】 見識高超。

【好佳哉 hó-ka-chài】 幸虧hēng-khui。～～～你有看見～～～lí ū-khoàⁿ-kìⁿ(ìⁿ)⇨幸虧你是看見的。～～～無拍不見去～～～bô-phah-m̄-kiàn-khì⇨幸而沒有遺失。

【好育飼 hó-io-chhī】 孩子健康麻煩少，事事順適曰好育飼hó-io-chhī。囡仔～～～gín-á～～～⇨同上。

【好胃口 hó-ūi-kháu】 食慾旺盛。囡仔扵大，當時～～～gín-á teh-toā, tng-sî～～～⇨孩子在成長期，食慾正盛。

【好科介 hó-khoe-hāi】 演員在台上之動作曰科khoe，亦曰介hāi。亦即所謂唱做好chhiūⁿ-chò(chòe)-hó的做chò。好科介hó-khoe-hāi即善於表演。～～～臭腹內～～～chhàu-pak-lāi⇨表演好外觀好，但是腹中却是臭的(腹中無物)。同科khoe，皆指戲台上之動作。如跳墻科，飲酒介是也。

【好品行 hó-phín-hēng】 ～～～的人有較贏～～～ê lâng ū-khah-iâⁿ⇨品行好的人略勝一籌。

【好食食 hó-chia̍h-si̍t】 美食。一日三餐～～～慣勢的人it-ji̍t sam-chhan～～～koàn-sì ê lâng⇨同上。

【好面像 hó-bīn-chhiuⁿ】 心情愉快的面容。歸日攏無～～～kui-ji̍t lóng-bô～～～⇨整天沒有愉快的面色。像，通相。

【好記性 hó-kì-sèⁿ(sìⁿ)】 記憶力kì-ek-le̍k強。阿媽猶眞～～～扵a-má iáu-chin～～～leh⇨老祖母還是記憶力很強。

【好氣派 hó-khì-phài】 好派頭 hó-phài-thâu。口氣大，出手大，有夠～～～kháu-khì-toā, chhut-chhiú-toā, ū-kàu～～～⇨同上。

【好家教 hó-ke-kàu】 好家風hó-ke-hong。良家 liâng-ka。～～～好家風的子弟～～～hó-ke-hong e chú-tē⇨良家子弟liâng-ka-chú-tē。

【好記智 hó-kì-tì】 同好記性hó-kì-sèⁿ。

【好骨骼 hó-kut-keh】 體格雄健。白皙更～～～pe̍h-siak koh～～～⇨皮膚白，骨架又好。

【好造化 hó-chō-hoà】 好運。安爾更無死有夠～～～an-ne(ni) koh-bô-sí ū-kàu～～～

⇨這樣子還是不死，十分好運了。

**【好牽扱 hó-khan-khioh】** 反語。提拔引薦曰牽扱khan-khioh。但加好之後却用於拒絕或埋怨。你免拎～～～lī bián-teh～～～⇨你不要連累我。攏是你～～～lóng-sī-lí～～～⇨都是你太家婆。家婆，俗作雞婆

**【好惟是 hó-bī-sī】** 唯唯諾諾úi-úi-lo̍k-lo̍k。和氣hô-khì。昨昏都猶～～～拎，安怎會更變症cha-hng to-iáu～～～leh，an-choá$^{n}$-ē-koh pián-chèng⇨昨天還是很好很和氣的嘛，何以會突然變卦。

**【好彩頭 hó-chhái-thâu】** 好吉兆hó-kiat-tiāu。新正年頭也該～～～sin-chia$^{n}$-nî-thâu-á ài～～～⇨新正年頭需要瑞祥的開始。

**【好款待 hó-khoán-thāi】** 容易伺候。不挑不剔。阮大官也未穲啦，眞～～～goán ta-koa$^{n}$-á bē(bōe)-bái-là, chin～～～⇨我家的公公算不壞的，很好伺候。

**【好脚手 hó-kha-chhiú】** 敏捷bín-chiat。安爾有～～～連鞭做人的老父也an-ne(ni) ū～～～ liâm-pi$^{n}$ chò(chòe)-lâng-ê-lāu-pē ā⇨這樣子太快了，一會兒就做父親了。

**【好過日 hó-kòe-ji̍t】** 容易討生活。富裕的生活。安爾翁仔某耳～～～也了 an-ne(ni) ang-á-bó·-niā～～～à-lò·⇨如此情形之下，兩夫妻而已，太富裕了。

**【好脚色 hó-kha-siàu】** 好脚色同角色皆叫hó-kioh-siàu。今人却把角色叫成kok-sek。㊀出色的演員。㊁優秀的分子。～～～曷有當好閑～～～ah-ū thang-hó-êng⇨好的角色kioh-siàu那裡能夠閒着。

**【好種傳 hó-chéng-thn̂g】** 好血統。未怪得啦，人許～～～，老父校，子道校也不bē(bōe)-kòe-ti̍t-lā, lâng-he～～～, lāu-pē-gâu, kiá$^{n}$-tō-gâu-ā m̄⇨莫怪嘛，人家他們血統好，父聰明，子就聰明，不是嗎。

**【好鼻獅 hó-phī$^{n}$-sai】** 嗅覺強之人。喻有食物必到之人。亦曰虎鼻獅hó·-phī$^{n}$-sai。

**【好講話 hó-kóng-ōe】** 容易說話。家己的人～～～啦ka-kī-ê lâng～～～lā⇨自家人易說話。可以參商也。

**【好禮仔 hó-lé-á】** 小心注意。輕脚輕手。～～～創～～～chhòng⇨小心做。～～～行～～～kiâ$^{n}$⇨小心行。～～～提，會破噢～～～the̍h, ē-phoà-o·⇨小心拿着，會破的。

**【好體面 hó-thé-bīn】** 光榮。好名聲hó-miâ-sia$^{n}$。人總是爭一個～～～耳lâng chóng-sī che$^{n}$-chi̍t-ê～～～niā⇨同上。

**【好山好水 hó-san-hó-súi】** 山水景色好。喻花言巧語hoa-giân-khá-gí。講到～～～～kóng-kà～～～～⇨說得很好聽。

**【好好先生 hó-hó-sian-seng】** 庸俗無主見之人。～～～～耳，合人競選甚～～～～niā kah-lâng kéng-soán-sah$^{n}$⇨只不過是平庸無奇之人而已，與人競選何事。

**【好言好語 hó-giân-hó-gí(gú)】** 良好之言詞。用～～～～共伊苦勸iōng～～～～kā-i khó·-khǹg⇨說盡好話予以忠告。

**【好味好數 hó-bī-hó-sò·】** 味好量多。喻自覺得意。乞食盤羅漢，更～～～～khit-chia̍h phoân lô-hàn, koh～～～～⇨同上。盤phoân同棲，同居也。別人的衫講穿到～～～～pa̍t-lâng ê sa$^{n}$ kóng chhēng-kà～～～～⇨他人之衣服竟穿得洋洋得意。

**【好事多磨 hó-sū-to-boâ】** 好事多阻碍。人講～～～～實在有影lâng-kóng～～～～si̍t-chāi ū-iá$^{n}$⇨同上。

**【好面前企 hó-bīn-chêng-khiā】** 善作當面說假話。伊都端仔～～～～耳i to kan-a～～～～niā⇨他只是能當面善作花言巧語而已。端仔kan-a，光是，只是。

**【好脚好手 hó-kha-hó-chhiú】** 四肢完好。～～～～講家己不討趁拎做乞食～～～～kóng ka-lī(kī) m̄-thó-thàn teh-chò(chòe)-khit-chia̍h⇨四肢完整的人竟自己不去勞動討生活而在當花子。

【好鑼好鼓 hó-lô-hó-kó͘】 好山好水hó-san-hó-súi。花言巧語hoa-giân-khá-gí。無影無跡的每講到～～～～bô-iáⁿ-bô-chiah-ê mā-kóng-kā～～～～⇨虛構之事也說得如音樂的好聽。

【好事不出門 hó-sū-put-chhut-bûn】 好事難於傳揚。～～～～～，歹事傳千里～～～～～，pháiⁿ-sū thoân chhian-lí⇨人情喜歡傳揚人家之欠點不喜歡宣揚人家之美點。

**hò͘ 好** 好hò͘也(見ho͘部)。

**hô 禾** 穀類之連藁者謂之禾hô。稻仔tiū-á，麥仔be̍h-á皆曰禾hô。

【禾本科 hô-pún-kho͘】 植物學名詞。稻、麥等皆屬之。～～～植物～～～si̍t-bu̍t。

**hô 和** 相應也。平也。調也。溫也。與也。不剛不柔曰和hô，諸數相加之數曰和hô。又日本的別稱也。雙旁講～siang-pêng kóng～⇨同上。萬邦協～bān-pang hia̍p～⇨同上。民主共～bîn-chú kiōng～⇨同上。日麗風～ji̍t-lē hong～⇨同上。心平氣～sim-pêng-khì～⇨同上。互相唱～hō͘-siāng chhiùⁿ～⇨同上。態度溫～thāi-tō͘ un～⇨同上。兩隊拍～liáng-tūi phah～⇨不分勝負。夫妻不～hu-chhe put～⇨同上。日本自稱大～ji̍t-pún chū-chheng tāi～⇨同上。

【和平 hô-pêng】 ㊀無爭鬪。世界～～sè-kài～～⇨同上。～～的天年～～ê thiⁿ-nî⇨和平時代。㊁溫和。做人眞～～chò(chòe)-lâng chin～～⇨爲人甚溫和。

【和合 hô-ha̍p】 和。和親hô-chhin。夫妻相～～hu-chhe siang～～⇨同上。

【和好 hô-hó】 相和相好。夫妻～～hu-chhe～～⇨同上。

【和局 hô-kio̍k】 棋局不分勝負。棋行了～～kî kiâⁿ-liáu～～⇨同上。比了～～pí-liáu～～⇨比賽了和局。

【和和 hô-hô】 和hô。逐家～～無安怎ta̍k-ke～～bô-an-choáⁿ⇨大家和和無有異樣。

【和服 hô-ho̍k】 日式的衣服。

【和事 hô-sū】 談和解。言和之事。～～佬～～ló⇨紛爭的調解人。

【和約 hô-iak(iok)】 和平不戰之條約。～～成立～～sêng-li̍p⇨同上。

【和姦 hô-kan】 強姦kiâng-kan之對詞。

【和氣 hô-khì】 平和之氣。逐家有～～，彼此無怨言ta̍k-ke iú～～, pí-chhú bû oàn-giân⇨同上。

【和息 hô-sek(sit)】 和平息事。入～～稟ji̍p～～pín⇨提出和解申請書。訴訟～～了也sò͘-siōng～～liáu-à⇨訴訟和解矣。

【和番 hô-hoan】 與番邦言和。昭君～～chiau-kun～～⇨同上。

【和棋 hô-kî】 和局之棋。

【和順 hô-sūn】 和合順適。家內～～ke-lāi～～⇨同上。性情～～sèng-chêng～～⇨同上。

【和睦 hô-bo̍k】 溫和親睦。兄弟～～heng-tē～～⇨同上。

【和會 hô-hōe】 和平會議。巴黎～～pa-lê～～⇨第一次大戰的和會。

【和解 hô-kái】 雙方止爭而言和。勸個～～khoàn-in～～⇨勸他們和解。～～稟～～pín⇨和息稟hô-sit-pín。和解申請書。

【和諧 hô-hâi】 和平而調和。會場的氣分眞～～hōe-tiûⁿ ê khì-hun chin～～⇨同上。

【和盤 hô-poâⁿ】 ㊀生理交易合算ha̍p-sǹg曰和盤hô-poâⁿ。會～～ē(ōe)～～⇨能夠合算，亦即有利可圖。算未～～sǹg-bē(bōe)～～⇨不夠成本計算。㊁全盤。～～托出～～thok-chhut⇨全部傾吐清楚毫無保留。

【和聲 hô-siaⁿ】 合聲ha̍p-siaⁿ。同聲tâng-siaⁿ。逐家～～喝萬歲ta̍k-ke～～hoah-bān-sòe⇨同上。

【**和羹** hô-ke$^{n}$(ki$^{n}$)】 羹湯之和以五味者。肉與菜蔬合煮曰羹 ke$^{n}$(ki$^{n}$)。曰肉羹 bah-ke$^{n}$(ki$^{n}$)。俗作肉焿bah-ke$^{n}$。雜～～chap～～⇨各種殘菜合而爲一者。雜和羹chap-ô-ke$^{n}$(ki$^{n}$)也。

【**和議** hô-gī】 息戰之提議。～～成立～～sêng-lip⇨同上。

【**和蘭** hô-lân】 Holland。國名。曾佔據台灣三十年，後被鄭成功所驅逐者。～～豆～～tāu⇨豌豆oán-tāu。和蘭人所傳來者。～～水～～chúi⇨汽水。～～藷～～chî⇨馬鈴薯bé-lêng-chî。和蘭亦作荷蘭。

【**和光同塵** hô-kong-tông-tîn】 與塵俗相處不自立異。亦謂與惡人相處而不受其污染。

【**和顏悅色** hô-gân-oat-sek】 和藹的面容高興的面色。待人接物～～～～thāi-jîn-chiap-but～～～～⇨對人對物均和善接待。

【**和藹可親** hô-ái-khó-chhin】 和善能容人的風度。～～～～的老阿婆～～～～ê lāu-a-pô⇨同上。

**hô 毫** 長銳之毛也。筆也。小數也。筆～pit～⇨筆。因以毫爲之。十絲曰～十～曰釐sip-si oat～,sip～oat-lî⇨同上。絲～都無必要si～to bô-pit-iàu⇨同上。揮～hui～⇨寫毛筆字。

【**毫末** hô-boat】 細微之事物。～～之數何必計較～～chi-sò͘ hô-pit kè-kàu⇨同上。

【**毫忽** hô-hut】 極小數。十微爲忽，十忽爲絲。分厘～～hun-lî～～⇨極小之數。

【**毫釐** hô-lî】 毫末hô-boat。固非吾物，雖～～而勿取kò͘-húi gô͘-but, sûi～～jî but-chhí⇨赤壁賦。差之～～，謬以千里chha-chi～～biū-í-chhian-lí⇨謂毫釐之小差，能致千里之謬誤。

**hô 豪** 猪毛之黑者也。毛也。凡才力勝人者皆曰豪hô。強亦曰豪hô。文～bûn～⇨同上。土～劣紳thó͘～loat-sin⇨同上。天子重英～，文章教爾曹，萬般皆下品，唯有讀書高thian-chú tiōng eng～, bûn-chiang kàu-ní-chô, bān-poan kai-hā-phín, ûi-iú thok-si-ko⇨古勸學詩。

【**豪仔** hô-á】 o-á，猪之愛稱。豪豨ti也，豨ti即猪也。～～豕仔呃～～ih-à-eh⇨呼猪聲。

【**豪光** hô-kong】 ㈠黑夜忽見忽滅之閃光。出～～chhut～～⇨同上。㈡神佛頭上所畫的圈圈。～～燦爛～～chhàn-lān⇨同上。

【**豪門** hô-bûn】 權力財勢之家。～～大戶～～tāi-hō͘⇨同上。～～子弟～～chú-tē⇨同上。

【**豪放** hô-hòng】 資性通達不受拘束。～～的性格～～ê sèng-keh⇨同上。

【**豪客** hô-kheh】 強盜。綠林～～liok-lîm～～⇨同上。

【**豪爽** hô-sóng】 意氣豪放言詞爽直。伊的人眞～～i ê lâng chin～～⇨他之爲人很豪放爽直。

【**豪華** hô-hoâ】 奢侈chhia-chhí。富麗堂皇。～～的用度奢侈的生活～～ê iōng-tō͘, chhia-chhí ê seng-oah⇨同上。

【**豪富** hô-hù】 巨富kī-hù。權貴～～的社會koân-kùi～～ê siā-hōe⇨財勢勾結的社會。

【**豪傑** hô-kiat】 才智出衆之人。英雄～～eng-hiông～～⇨同上。

【**豪興** hô-hèng】 有興趣ū-hèng-chhù。～～飲～～lim⇨有興趣而飲之。這是你家己～～的未怪得別人che-sī lí-ka-tī(kī)～～ê bē-kòe-tit pah-lâng⇨此乃你自己高興(做)的，怪不了他人。別人pat-lâng→pah-lâng。

【**豪猪** hô-ti】 毛如針錐之猪。

**hô 壕** 城下池也。通作濠hô。掘戰～kut-chiàn～⇨開掘戰壕。

**hô 河** 流水之通稱。又天漢thian-hàn即銀河gîn-hô也。又黃河曰河hô。天～thian～⇨天漢thian-hàn。銀～gîn～⇨銀漢gîn-hàn。江

～kang～⇨大河流。溪～khe～⇨較小之河流。黃～hông～⇨同上。投～tâu～⇨投江tâu-kang⇨投水自殺。

【河川 hô-chhoan】 溪流khe-liû。河流hô-liû。～～地～～tē⇨溪流邊之浮覆地。

【河山 hô-san】 山河。～～萬里～～bān-lí⇨同上。

【河岸 hô-hoā$^{n}$】 河畔hô-phoān。～～的散步路～～ê sàm-pō·-lō·⇨同上。

【河洛 hô-ló】 hô-lok。黃河與洛水lok-súi。～～人～～lâng⇨居住河洛流域之人。俗作福佬人ho-ló-lâng，不通也。～～客～～kheh⇨河洛人與客家人，都是河洛來的人。

【河馬 hô-bé】 動物名。一種非洲產的大動物。

【河豚 hô-tûn】 魚名。其卵巢及肝有劇毒，誤食即死，但其肉却極美味。捨命食～～sià-miā chiah～～⇨極言其美味值得賭命以食之。

【河溪 hô-khe】 天漢thian-hàn。銀河gîn-hô。～～上額，芋仔好食～～chiū$^{n}$-hiah, ō·-á hó-chiah⇨農諺。謂河溪上額頭了，芋仔就可以採食了。

【河漢 hô-hàn】 同河溪hô-ke。天漢thian-hàn。

**hô 何** 疑問之詞。有～貴事iú～kùi-sū⇨同上。是～體統sī～thé-thóng⇨同上。無奈～bô-nāi～⇨同上。又姓氏。

【何人 hô-jîn】 誰sûi。什麼人sam-mah-lâng→sim-mih-lâng。～～何事～～hô-sū⇨同上。

【何干 hô-kan】 有何牽涉khan-siap。有何關係。於你～～î-lí(ní)～～⇨同上。合你～～kah-lí～～⇨同上。

【何不 hô-put】 若果是眞醉，～～入厠池jiak-kó sī chin-chùi～～jip-chhē-tî⇨同上。

【何以 hô-í】 爲何。～～不肯來～～m̄-khéng-lâi⇨爲何不來。～～謂孝乎～～ūi-hàu-hō·⇨同上。

【何必 hô-pit】 未必bī-pit。不必put-pit。～～呢～～nē⇨勸止之詞。～～大驚小怪～～toā-kia$^{n}$-sió-koài⇨何用大驚小怪。～～著急～～tioh-kip⇨無用急也。～～客氣呢～～kheh-khì-nē⇨無須客氣嗎。

【何如 hô-jî(jû)】 如何jî-hô。貴意～～kùi-í～～⇨同上。

【何妨 hô-hông】 無妨bô-hông。無不便之處。講又～～kóng iū～～⇨說出來有什麼要緊。

【何況 hô-hòng】 比較之詞。大人都不敢也～～囡仔toā-lâng to m̄-ká$^{n}$-à～～gín-á⇨大人尙且不敢了，孩子是更加不敢的。歸大陣人都無法得也～～咱二三個仔耳kui-toā-tīn-lâng to bô-hoat-tit-à～～lán nn̄g-sa$^{n}$-ê-á-niâ⇨一大羣的人都沒辦法了，何況我們才兩三個人(有何辦法)。

【何事 hô-sū】 什麼事情。叫我～～kiò-goá～～⇨同上。～～吵鬧～～chháu-nāu⇨同上。

【何苦 hô-khó·】 何必自苦。我～～呢goá～～nē⇨我不爲的拒絕詞。

【何故 hô-kò·】 有何原因。所爲～～só-ûi～～⇨同上。～～伓安爾～～boeh an-ne(ni)⇨爲何要如此。

【何曾 hô-chêng】 何嘗hô-siāng。相逢盡道休官去，林下～～見一人siāng-hông chīn-tō hiu-koan-khì, lîm-hē～～kiàn-it-jîn⇨唐詩。

【何等 hô-téng】 ㊀品類。～～人～～lâng⇨何種人物。～～人物～～jîn-but⇨同上。㊁不平常。～～的歡喜～～ê hoa$^{n}$-hí⇨同上。～～的高貴～～ê ko-kùi⇨同上。～～的快樂～～ê khoài-lok⇨同上。

【何嘗 hô-siâng】 何曾。～～無關心～～bô-koan-sim⇨沒有不關心的。

【何仙姑 hô-sian-ko·】 八仙中的女仙。

【何首烏 hô-siú-o͘】 藥材名。一種蔓草。

hô **荷** 蓮花也。其地下莖曰藕ngāu，子曰蓮子liân-chí。擔任也。又承人之惠曰荷hô。負～hū～⇨肩上負物。不勝負～之重put-èng hū～chi tiōng⇨重得不能負之。

【荷月 hô-goa̍t】 陰曆六月之別稱。

【荷包 hô-pau】 錢袋。錢囊。～～飽飽扲～～pá-pá leh⇨同上。

【荷花 hô-hoa】 蓮花liân-hoe。

【荷馬 hô-má】 Homer or Homeros，人名。古希臘詩人。

【荷蘭 hô-lân】 同和蘭hô-lân。國名。

【荷爾蒙 hô-lu-bông】 Hormone。醫學名詞。人體內自然分泌的重要物質。～～～作用～～～chok-iōng⇨同上。

hō **賀** 以禮物奉慶也。祝～chiok～⇨同上。慶～khèng～⇨同上。恭～kiong～⇨同上。敬～kèng～⇨同上。

【賀正 hō-chia$^{n}$】 同賀年hō-nî。賀新年。

【賀年 hō-liân】 ～～片～～phiàn⇨同上。

【賀函 hō-hâm】 祝賀的信件。

【賀喜 hō-hí】 恭喜～～kiong-hí～～⇨同上。

【賀電 hō-tiān】 祝賀的電報。

【賀壽 hō-siū】 祝壽chiok-siū。

【賀儀 hō-gî】 奉慶之禮物金品。

hō **號** 呼也。哭也。號令也。標識也。名稱也。取名曰號hō。指物佔之亦曰號hō。呼～ho͘～⇨同上。電話叫～tiān-ōe kiò～⇨同上。大哭大～tāi-khok-tāi～⇨同上。發～施令hoat～si-lēng⇨同上。發信～hoat-sìn～⇨同上。做記～chò(chòe)-kì～⇨同上。名～miâ～⇨同上。店～tiàm～⇨同上。行～hâng～⇨同上。商～siang～⇨同上。番～hoan～⇨同上。拍～phah～⇨打番號。先～先贏seng～seng-iâ$^{n}$⇨先佔有先勝。二～的jī～ê⇨No. 2，小妾也。

【號外 hō-goā】 有緊急消息臨時發行之報紙。～～大新聞～～toā-sin-bûn⇨號外傳佈的大消息。

【號叫 hō-kiò】 同號做hō-chò(chòe)。～～什麼名～～sam-mah-miâ⇨叫做何名。

【號令 hō-lēng】 傳呼命令。發～～hoat～～⇨同上。～～三軍～～sam-kun⇨同上。

【號召 hō-tiàu】 標出目的希望大衆從我行動。～～同胞反對暴政～～tông-pau hoán-tùi po̍k-chèng⇨同上。～～力～～le̍k⇨足以動員之力量。

【號衣 hō-i】 軍士之制服。～～褂～～koà⇨制服上裝外套。

【號名 hō-miâ】 取名chhú-bêng。猶未～～扲iá-bōe(bē)～～leh⇨還未取名。

【號泣 hō-khip】 大聲吼細聲哭toā-sia$^{n}$-háu sè(sòe)-sia$^{n}$-khàu。

【號炮 hō-phàu】 信號炮。放～～pàng～～⇨放砲以示信號。

【號做 hō-chò(chòe)】 號叫hō-kiò。叫做kiò-chò(chòe)。彼號的道是～～新潮派啦hit-hō-ê to-sī～～sin-tiâu-phài-lā⇨那一種的就是叫做新潮派。

【號稱 hō-chheng】 宣稱。自稱。～～天下無敵～～thian-hā-bû-te̍k⇨同上。

【號旗 hō-kî】 軍令旗。～～舉起着奮志，不當伊名受辱～～giâ-khí tio̍h-hùn-chì, m̄-thang ī-miâ siū-jio̍k⇨讚美歌。

【號碼 hō-bé】 記號，數字的符號。一二三或123或I II III等是也。三角～～sa$^{n}$-kak～～⇨一種字典尋字的方法。

【號頭 hō-thâu】 ㈠符號hû-hō。標識phiau-sek。做～～chò(chòe)～～⇨同上。㈡信號sìn-hō。彼旁扲出～～也hit-pêng teh chhut～～ā⇨彼方在出信號了。

hō **禍** 害也。神不福曰禍hō。凡有害之事曰禍hō。以害加於人亦曰禍hō。天災人～thian-chai-jîn～⇨天降之災人為之禍。因～得福in～tek-hok⇨同上。

【禍水 hō-chúi】 禍害之根元。趙飛燕被認為是～～tiō-hui-iàn pī-jīm-ûi sī～～⇨同上。趙飛燕tiō-hui-iàn漢成帝后也。古來稱美女之一。今已汎指女人矣。

【禍根 hō-kin(kun)】 禍害之根元。斬除～～chám-tî(tû)～～⇨同上。

【禍患 hō-hoān】 災難疾病。～～難防～～lân-hông⇨同上。～～無窮～～bû-kiông⇨同上。

【禍福 hō-hok】 禍與福。～～無門～～bû-bûn⇨謂其來乃心自召。天有不測風雲，人有旦夕～～thian-iú put-chhek hong-ûn, jîn-iú tàn-sek～～⇨風雲禍福皆不招自來者。

【禍端 hō-toan】 同禍根hō-kin。惹～～jiá～～⇨引起災禍。

【禍不單行 hō-put-tan-hêng】 不幸事，其來每不止一端。福無雙至，～～～～hok-bû siang-chì，～～～～⇨福不兩端同來，禍每連續數端。

【禍從口出 hō-chiông-kháu-chhut】 禍因口出言多而生。謂必慎重言語以免生禍。病從口入，～～～～pēng chioⁿg kháu-jip，～～～～⇨病發於貧嘴多食，禍生於貧嘴多言。

**hō 鶴** 鳥名。俗以為仙禽sian-khîm，有千年之壽。祝壽必提到鶴字。仙～sian～⇨同上。白～peh～⇨同上。丹頂～tan-téng～⇨鶴必丹頂也。

【鶴唳 hō-lē】 鶴鳴聲。風聲～～hong-seng～～⇨心疑而驚怕也。符堅被謝安所敗，聞風聲鶴唳，皆以為是謝兵。爭相驚怕潛逃。

【鶴扇 hō-sìⁿ】 鶴毛之扇。綸巾～～lûn-kin～～⇨戲台上孔明的打扮。或作羽扇í(ú)-sìⁿ。

【鶴髮 hō-hoat】 白髮。喻衰老。宛轉蛾眉能幾時，須臾～～亂如絲，但看古來歌舞地，唯有黃昏鳥雀悲oán-choán ngô·-bî lêng-kí-sî, su-jî(jû)～～loān-jî(jû)-si, tàn-khàn kó·-lâi ko-bú-tē, ûi-iú hông-hun niáu-chhiak-pi⇨唐詩。～～鷄皮～～ke-phî⇨頭毛白面皮皺，形容年高力衰的老人。

【鶴壽 hō-siū】 祝壽之詞。～～千年～～chhian-liân⇨同上。龜齡～～ku-lêng～～⇨祝禱之詞。

【鶴立鷄羣 hō-lip-ke-kûn】 喻人材出衆。昂昂然如野鶴在群鷄之中也。

**hō 浩** 大也。廣大也。盛大也。多也。

【浩大 hō-tāi】 廣大kóng-tāi。盛大sēng-tāi。工程～～kang-thêng～～⇨同上。

【浩劫 hō-kiap】 大災大難。家破人亡的～～ka-phò jîn-bông ê～～⇨同上。

【浩然 hō-jiân】 盛大。我善養我～～之氣gô· siān-iáng gô·～～chi-khì⇨孟子。天地有正氣，雜然賦流形，下則為河嶽，上則為日星，於人曰～～，沛乎塞蒼溟thian-tē iú chèng-khì, chap-jiân hù-liû-hêng, hē-chek-ûi-hō-gak, siāng-chek-ûi-jit-seng, î-jîn-oat～～, phài-ho· sek-chhong-bêng⇨正氣歌。

【浩浩蕩蕩 hō-hō-tōng-tōng】 聲勢浩大。招一陣人二三十人～～～～道去合伊輸贏也chio-chit-tīn-lâng jī-saⁿ-chap-lâng～～～～tō-khì kah-i su-iâⁿ-ā⇨糾合一群人二三十人大搖大擺就去與他決勝負了。

**hō 昊** 昊天hō-thian也。天之泛稱。昊天無極hō-thian-bû-kek⇨父母之恩如天之大。無窮無盡，難以言報。

**hō 皓** 明也。白也。又通昊hō，昊天hō-thian亦作皓天hō-thian。

【浩白 hō-pek】 白。鬚眉～～su-bî～～⇨同上。

【浩首 hō-siú】 年老頭毛白。～～匹夫賣主老賊～～phit-hu, bē-chú lāu-chhat⇨三國演義，孔明罵死王郎。

# ho·

ho· **呼** 外息也。喚也。召也。發大聲也。口約曰呼ho·，使喚曰呼ho·。明～明唱bêng～bêng-chhiàng⇨公開講明條件。照～照行chiàu～chiàu-kiâⁿ⇨說多少就是多少，不能有詐。先～抾，逐家無哭的，seng～leh tak-ke bô-kàu-ê⇨先品明白，大家都不哭的。(在打架之時)先說明，(打敗了)彼此都不哭的(才可以打)。嘴～二萬五chhùi～jī-bān-gô⇨謂口頭說的，不可靠(你說二萬五，我對誰取之)。用～的無準算iōng～ê bô-chún-sǹg⇨口頭叫的不算數。招～chio～⇨①商人款待顧客。②年長者愛顧年幼者。對小弟較～～抾tùi-sió-tī khah～～leh⇨對弟愛顧一點。稱～chheng～⇨對人稱謂。嗚～哀哉o·～ai-chài⇨同上。

【呼么 ho·-io】 出聲叫一。賭博者呼叫出現其所要數字。～～喝六～～hoah-liok⇨賭博者叫一叫六等的喊聲。喻言動浮躁。

【呼吸 ho·-khip】 喘氣chhoán-khùi。～～新鮮的空氣～～sin-sian ê khong-khì⇨同上。～～器官～～khì-koan⇨口、鼻、肺等是也。

【呼約 ho·-iak(iok)】 口約kháu-iak。端仔嘴抾～～耳敢會信得kan-a chhùi-teh ～～niâ kám-ē(ōe) siàn-lī(chit)⇨只是口頭上約定而已，靠得住嗎。

【呼音 ho·-im】 依據反切或其他方法，發聲以查明字音。平仄毋八，安怎～～pêⁿ-cheh m̄-bat(pat), an-choáⁿ～～⇨平仄不知如何呼音。

【呼做 ho·-chò(chòe)】 叫做kiò-chò(chòe)。一個名～～甚貨，煞未記得chit-ê-miâ～～siaⁿ-hòe(hè), soah bē(bōe)-khì-tit⇨有一個名字叫什麼竟忘記了。

【呼喝 ho·-hat】 差遣指揮。～～未動～～bē(bōe)-tāng⇨不聽指揮。

【呼喊 ho·-hiàm】 差遣chhe-khián。有人可～～u-lâng hó～～⇨有人可供差遣。

【呼喚 ho·-hoàn】 呼喊ho·-hiàm。

【呼應 ho·-èng】 互相～～hō-siāng～～⇨同上。

【呼籲 ho·-iok】 請求chhéng-kiû。～～市民協力～～chhī-bîn hiap-lek⇨同上。

【呼天叫地 ho·-thiⁿ-kiò-tē】 慘求天地救人。彼陣若聽人講，盦曷使得～～～～hit-chūn nā-thiaⁿ-lâng-kóng, taⁿ ah-sái teh～～～～⇨當初如果聽從人家的忠告，而今何至於悲慘到如此。

【呼天呼地 ho·-thiⁿ-ho·-tē】 說天說地的大吹其牛。～～～～未輸伊是仙抾～～～～bē(bōe)-su-sī-sian-leh⇨說天說地，一如他是仙人的樣子。

【呼奴喚婢 ho·-lô·-hoàn-pī】 差遣奴才使喚女婢。生活富裕事事有人代勞。～～～～的生活～～～～ê seng-oah⇨同上。

【呼風喚雨 ho·-hong-hoàn-í(ú)】 ㊀術能呼風喚雨。畫符念咒～～～～ōe-hû-liām-chiù～～～～⇨同上。㊁喻財勢強大，一舉一動能起風波。

ho· **洿** 洿hô·也(見hô·洿目)。

hó· **虎** 猛獸名。威猛曰虎hó·。巧詐善騙亦曰虎hó·。龍～鬪liông～tàu⇨喻兩雄相爭。死～做活～拍sí～chò(chòe) oah～phah⇨喻無希望的病人亦克盡能力加以醫治。送肉飼～sàng-bah chhī～⇨喻抱薪救火或以糧資敵。拳打南山猛～，脚踼北海蛟龍kûn-táⁿ lâm-san-béng～, kha-that pak-hái-kau-liông⇨同上。惹熊惹～，未惹得刺查某jiá-hîm-jiá, ～bē(bōe)-jiá-tit chhiah-cha-bó·⇨熊虎皆可以惹之，但潑婦却是惹不得。惹jiá，惹事jiá-sū，惹禍jiá-hō也。大官～toā-koaⁿ～⇨大官如猛虎。臙脂～ian-chi～⇨悍婦hān-hū。囡仔～

gîn-á ～ ⇨小騙子。小～食大～sió～chiah toā～⇨小騙子吃掉大騙子。～人的稱頭～lâng ê chhìn-thâu⇨騙以重量，亦即偷斤減兩。

【虎人 hó·-lâng】 詐騙。～～未過手～～bē(bōe)-kòe(kè)-chhiú⇨詐騙失敗。

【虎口 hó·-kháu】 ㊀危險之地。碼路如～～bé-lō·jî～～⇨同上。㊁大指與食指之間俗曰虎口hó·-kháu。～～裂三分～～lih-saⁿ-hun⇨虎口裂開三分長。

【虎厄 hó·-eh】 遇虎之災難。厄eh，災難也，蛇傷～～大歹運choâ-siang(siong)～～toā-pháiⁿ-ūn⇨同上。

【虎爪 hó·-jiáu】 虎上利害的道是～～hó·siāng(siōng)-lī-hāi-ê tō-sī～～⇨同上。～～豆～～tāu⇨一種豆名。多作綠肥種之。

【虎穴 hó·-hiat】 虎所居之穴洞。不入～～焉得虎子put-jip～～ian-tek hó·-chú⇨喻不入險地不能建大功。

【虎皮 hó·-phôe(phê)】 虎之皮。～～交椅～～kau-í⇨亙(弓)虎皮keng-hó·-phôe之坐椅。

【虎尾 hó·-bóe(bé)】 虎之尾巴。～～蘭～～lân⇨蘭花的一種。～～寮～～liâu⇨小草屋。山寮也soaⁿ-liâu-á。

【虎神 hó·-sîn】 亦稱虎爺 hó·-iâ，被安置在保生大帝廟的神桌之下，爲賭徒等所崇拜。

【虎威 hó·-ui】 虎之威猛。狐假～～hô·-ké～～⇨狗憑主人勢káu-pêng chú-lâng-sè。

【虎骨 hó·-kut】 虎之骨。～～酒～～chiú⇨酒名。～～膠～～ka⇨藥材名。

【虎狼 hó·-lông】 虎與狼，都是猛獸。～～之年～～chi liân⇨如虎如狼之年齡。大約指女人三四十歲。～～豹彪～～pà-piu⇨皆猛惡之獸類。喻魚肉善良之無賴之徒。

【虎將 hó·-chiàng(chiòng)】 勇將。猛將。五～～ngó·～～⇨①關張趙馬黃。②凡指最有用的五個部下。

【虎符 hó·-hû】 ㊀兵符peng-hû。畫有虎形。偷～～thau～～⇨同上。㊁神符sîn-hû。亦即孩子所掛的守護符。

【虎帳 hó·-tiàng】 將軍之帳幕。柳營春試馬，～～夜談兵liú-êng chhun-chhì-má,～～iā-tâm-peng⇨戲白(武將用詞)。

【虎斑 hó·-pan】 虎皮之斑紋。～～狗～～káu⇨有虎皮斑紋之狗。

【虎獅 hó·-sai】 虎與獅。～～盤牆～～poâⁿ-chhiûⁿ⇨孽童群盤籬迫壁poâⁿ-lî-peh-piah。～～嘴～～chhùi⇨孩童貪食之嘴。

【虎榜 hó·-pńg】 進士榜chìn-sū-pńg。出～～chhut～～⇨虎榜發表。登～～teng～～⇨列名於虎榜上，亦即進士及第。

【虎𡳞 hó·-lān】 𡳞，卵lān俗字虎之陽物。畫～～ōe～～⇨花言巧語以愚弄人。～～仙～～sian⇨花言巧語之人。

【虎猫 hó·-niau】 虎與猫。～～面～～bīn⇨骯髒面am-cham-bīn。花裹面hoe-niau-bīn或花臉面hoe-lián bīn之訛。

【虎頭 hó·-thâu】 虎之頭。～～鳥鼠尾～～niáu-chhí-bóe⇨虎頭蛇尾hó·-thâu-choâ-bóe。～～燕頷～～iàn-ām⇨頭如虎，頷如燕。喻貴人之相。～～監～～kaⁿ⇨重犯之監牢。～～柑抸排店面～～kam teh-pâi tiàm-bīn⇨罵醜女出風頭。～～鉗～～khiâm⇨大鉗也toā-khiâm-á。～～鍘～～chah⇨古刑具。～～蜂～～phang⇨一種大形的野蜂，性甚兇猛。

【虎藥 hó·-ioh】 殺虎之藥。合～～kap～～⇨調配殺虎藥。喻共謀設計陷人。

【虎羅 hó·-lô】 捉虎之大網。

【虎鬚 hó·-chhiu】 虎之鬚。拔～～pōe(pūi)～～⇨共同飲食而以抽籤等方法決定負責人或分攤額。不是拔～～道是剖(破)甘蔗啦。敢有一項正經的m̄-sī pōe(pūi)～～tō-sī phoà-kam-chiā-lā, kám-ū chit-hāng chèng-keng-ê⇨責問之詞。

【虎列拉 hó·-lia̍t-lah】 cholera，霍亂病。亦即上吐下瀉的急性傳染病。

【虎耳草 hó·-hī$^{n}$-chháu】 草花名。亦可作藥材。

【虎撐頷 hó·-thè$^{n}$-ām】 以手支下顎而靜坐。有做一站，無藉～～～ ū-chò-chi̍t-chām, bô-chiah ～～～ ⇨有時一下子就弄掉了，無時才虎撐頷作失望羡慕之狀。喻應留後步。

【虎口餘生 hó·-kháu-î-seng】 經歷兵亂等大難而不死。

【虎視眈眈 hó·-sī-tam-tam】 猛虎注視獵物必欲得之。喻對事物之強烈的佔有慾。～～～～必欲得之而後已～～～～pit-io̍k tek-chi jî-hō·-í⇨同上。

**琥** hó· 琥珀hó·-phek，玉器也。珍珠琥珀tin-chu-hó·-phek。

**滸** hó· 水涯也。岸上平地曰滸hó·。水～傳chúi～toān⇨小說名。亦即梁山英雄的故事。

【滸苔 hó·-thî】 青海苔。乾苔。

**否** hò· 不也。不然也。非也。是～同意sī～tông-ì⇨同上。應～拒絕èng～kī-choa̍t⇨同上。陟罰臧～，不宜異同thek-hoa̍t-chong～put-gî ī-tông⇨出師表。

【否決 hò·-koat】 ㊀議決得不到決定人數之同意者曰否決hò·-koat。㊁拒絕。乎人～～掉也hō·-lâng～～tiāu-à⇨被人拒絕了。

【否定 hò·-tēng】 論理學名詞。肯定khéng-tēng之反。事物之不然者或無者曰否定。答案是～～的tap-àn sī～～ê⇨答案是沒有，或不然。

【否掉 hò·-tiāu】 拒絕。嚴加拒絕。一下手道～～也chi̍t ē-chhiú tō ～～ā⇨一下子就斷然拒絕了。或作戽掉hò·-tiāu。

【否認 hò·-jīm】 表示不承認。伊都不敢～～ i to m̄-ká$^{n}$～～⇨他是不敢否認。不敢～～道是承認不m̄-ká$^{n}$～～ tō-sī sêng-jīm-m̄⇨不敢否認就是承認了，不對嗎。

【否否掉 hò·-hò·-tiāu】 全部拒絕。徹底拒絕。攏～～～ 莫管伊lóng ～～～ mài-koán-i ⇨全部拒絕算了，不理他好了。或作戽戽掉hò·-hò·-tiāu。

**戽** hò· 抒也。取出也。汲出謂之抒。以器盤水曰戽hò·，從下盤上曰戽hò·。用面盆～iōng-bīn-phûn～⇨以面盆為戽斗。用匏杓～iōng-pû-hia～⇨以匏杓為戽斗。又獲取大利亦曰戽hò·。

【戽水 hò·-chúi】 抒水si-chúi。舀水ió-chúi。潑水phoah-chúi。將水抒出曰戽水hò·-chúi，散水於地亦曰戽水hò·-chúi。

【戽斗 hò·-táu】 盤水用的小道具。多以竹製之。又下顎突出的面形曰戽斗hò·-táu，亦曰～～面～～bīn。

【戽焻 hò·-ta】 水乾涸曰焻ta。～～藉來掠～～chiah-lâi-lia̍h⇨等到水戽乾了才來捕魚。謂不要太急，必須等候可行之時才行之。

【戽掉 hò·-tiāu】 戽出而棄之。喻拒絕。乎人～～也hō·-lâng～～ā⇨同否掉hò·-tiāu。

【戽戽掉 hò·-hò·-tiāu】 同否否掉hò·-hò·-tiāu。全部拒絕。

【戽魚仔 hò·-hî-á】 渴澤而魚也。

【戽蝦仔 hò·-hê-á】 同戽魚仔hò·-hî-á。㫷道個姆仔～～～也ta$^{n}$-tō in-ḿ-à～～～à⇨謂而今沒有了，或事情壞了。

**合** hò· 音階也。×工～，士～上chhe-kong～, sū～siāng⇨傳統音樂之調音法。

**互** hò· 交叉也。縛成十字形曰十字互si̍p-jī-hò·。縛pa̍k亦因而曰互hò·。双頭互siang-thâu-hò·⇨兩邊同縛之。

【互互 hò·-hò·】 親近親熱。親～～chhin～～⇨很親近。很親熱。阿舅長阿舅短叫到親～～a-kū-tn̂g a-kū-té kiò-kā chhin～～⇨同上。

**胡** hô· 北狄也。謬妄biū-bōng曰胡hô·。攪亂餐席曰胡。弄髒亦曰胡hô·。毋當給囡仔～m̄-thang hō·-gín-á～⇨不要讓孩子攪亂了(食桌)。於桌頂抄～tī toh-téng teh～⇨在餐桌上亂來。～到滿嘴～kà moá-chhùi⇨嘴都弄髒了。

【胡椒 hô·-chio】 植物名。其子爲香辛料。～～粉～～hún⇨胡椒研末géng-boah。上食桌的香辛料。～～蒜茸～～soàn-jiông⇨胡椒與蒜茸。～～一粒仔較贏番薯規稱～～chit-liap-á kah-iâⁿ han-chî kui-chhìn⇨胡椒一小粒勝過番薯整稱多。一稱十六斤也。喻小者優於大者。

【胡塗 hô·-tô·】 同胡頗hô·-hàm。老～～lāu～～⇨老胡頗lāu-hàm。

【胡說 hô·-soat】 亂講loān-kóng。聽你抄～～thiaⁿ-lí teh～～⇨只聽到你一個人在胡說八道而已。

【胡頗 hô·-hàm】 虛誇。無定見。頗hàm虛浮也。伊的人蓋～～i ê lâng kài～～⇨他爲人虛虛泛泛hiⁿ-hiⁿ-hāⁿ-hāⁿ。做代誌甚～～每未使得chō(chōe)-tāi-chì siuⁿ～～mā bē(bōe) sái-tit⇨作事太過隨便也不行。～～人～～lâng⇨虛虛泛泛hiⁿ-hiⁿ-hāⁿ-hāⁿ之人。泛泛hoàn-hoàn之輩，亦即無用之人。

【胡蠅 hô·-sîn】 蒼蠅。～～貪甜～～tham-tiⁿ⇨喻貪小便宜。～～惹衰脚～～jiá-soe-kha⇨喻運途不佳才逢到麻煩。～～跋落泔～～poah-loh-ám⇨爲食泔而溺斃泔中。同人爲財死鳥爲食亡。

【胡拉唏 hô·-lá-sah】 ㊀胡亂吃。什麼東西都吃。彼顆～～～的hit-kho·～～～ê⇨那個家伙亂碰亂吃之人。㊁骯髒am-cham。應爲胡垃圾hô·-lah-sap之訛。生做安爾～～～要驚死人seⁿ(siⁿ)-chō(chōe) an-ne(ni)～～～boeh kiaⁿ-sí-lâng⇨生得這麼骯髒的嚇死人也。

【胡胡塗塗 hô·-hô·-tô·-tô·】 非常的胡塗。非常顧hui-siâng-hàm。～～～～那會用得～～～ná-ē-iōng-tit⇨同上。

**hô· 糊** 黏也，漿糊也，粘質物也，可以黏紙布皮等之類也，俗亦用同糊塗hô·-tô·。

**hô· 葫** 葫蘆hô·-lô·。瓠hô·，匏pû類的總稱。又細腰匏曰葫蘆hô·-lô·。

【葫蘆單 hô·-lô·-toaⁿ】 禁止乞食出入之紙單。乞食頭賣給商店以防群乞者。

【葫蘆脚 hô·-lô·-kha】 椅桌腳彫刻成葫蘆形者。

**hô· 鬍** 鬍鬚曰鬍hô·。鬚多曰鬍hô·。嘴鬚～目珠吐chhùi-chhiu～bak-chiu-thó⇨鬚多眼睛突出，惡人之相。

【鬍的 hô·-ê】 多鬚之人。～～奸臣，裏的不仁～～kan-sîn niau-ê put-jîn⇨多鬚者奸臣，面裹者不仁。

【鬍鬍 hô·-hô·】 鬍髮蓬生。嘴鬚～～chhùi-chhiu～～⇨同上。頭毛～～thâu-mô(mn̂g)～～⇨頭髮太長了。

【鬍鬚 hô·-chhiu】 多鬚。～～的～～ê⇨其人

【鬍獅狗 hô·-sai-káu】 獅仔狗sai-á-káu。獅形之小狗。

**hô· 狐** 動物名。形似狗，體長口尖尾長，性狡猾多疑。遇敵即放臭屁以逃脫，據傳說狐能迷人，尤能變化美男美女以擾亂人間云。聊齋一書中多記之。

【狐步 hô·-pō·】 一種舞法，亦即孤步舞Fox Trot也。跳～～thiàu～～⇨同上。

【狐臭 hô·-chhàu】 腋臭ek-chhàu的俗稱。亦曰騷臭so-chhàu。

【狐狸 hô·-lî】 狐的俗稱。～～精～～chiaⁿ⇨善迷男人的女人。謂狐狸所化成者。～～纏身～～tīⁿ-sin⇨被狐狸所迷。

【狐疑 hô·-gî】 臨事遲疑不能決。

【狐假虎威 hô·-ké-hó·-ui】 藉在上者之權威以威嚇他人。

**hô· 侯** 君也。又五等爵之一也。八百諸～peh-pah chu～⇨古代有諸侯國八百。君～kun～⇨主君。主公。公～伯子男kong～pek-chú-lâm⇨五等爵。

【侯門 hô·-bûn】 貴顯之家。～～一入深似海，從此蕭郎是路人～～it-ji̍p chhim-sū-hái, chiông-chhú siau lông-sī lō·-jîn⇨唐詩。

【侯爵 hô·-chiak】 五等爵之第二等。～～夫人～～hu-jîn⇨同上。

【侯嬴 hô·-êng】 古俠士。助信陵君奪符救趙者。季布無二諾，～～重一言kùi-pò· bû-jī-lo̍k,～～tiōng-it-giân⇨古詩。

**hô· 蝴** 蝴蝶hô·-tia̍p也。

**hô· 荷** 荷包hô·-pau，錢包chîⁿ-pau也。

**hô· 洿** 抒水也。以網杓魚曰洿hô·。以網狀之物自水中取物曰洿hô·。水中取物亦曰洿hô·。洿hô·亦曰洿ho·。叫人～kiò-lâng～⇨請人洿取之。自己去～ka-kī khì～⇨自己去洿取之。無飯来可～bô-pn̄g-lē khó～⇨沒飯来可洿取。

【洿飯 hô·-pn̄g】 抒取飯粒。用飯来～～iōng-pn̄g-lē～～⇨往時飯多水煮，以飯来pn̄g-lē抒起飯粒，是爲白飯，餘者爲泔ám，或留若干飯粒成爲糜moâi，亦即粥也。飯来pn̄g-lē，洿飯的小道具，留有小網孔之竹器也。

【洿萍 hô·-phiô】 抒取水草。～～飼鴨～～chhī-ah⇨抒取浮萍養鴨。

【洿死人 hô·-sí-lâng】 洿起水流屍chúi-lâu-si。

【洿金魚 hô·-kim-hî】 以網杓bāng-hia抒取金魚。～～～一枝紙網十元洿到破～～～chi̍t-ki choá-bāng cha̍p-kho· hô·-kà-phoà⇨夜市等多有此洿金魚之商人，洿起的小金魚免費得之，或再由商人買回，小孩童最樂此不疲。

**hô· 滬** 編竹在河流中取魚曰滬hō·，亦曰簖toān，取魚貝也。又滬字代表上海市。

**hô· 猴** 猴羣狗黨hô·-kûn-káu-tóng也。猴kâu也。

**hō· 后** 天子之妻曰后hō·。通後hō·。皇～hông～⇨同上。太～thài～⇨同上。皇太～hông-thài～⇨同上。知止而～有定ti-chí-jî～iú-tēng⇨大學。

【后土 hō·-thó·】 ㊀地也。皇天～～hông-thian～～⇨天地。㊁地神。俗以土地公thó·-lī-kong爲后土。墓旁皆有后土之小碑。

【后妃 hō·-hui】 ㊀天子之妻妾。㊁天子之妻曰后，太子之妻曰妃。

【后羿 hō·-gē】 傳說中的人物。亦爲嫦娥奔月故事的男主角。

**hō· 後** 與前對稱。與先對稱。又子孫也。前～chiân～⇨同上。先～同學sian～tông-ha̍k⇨同上。前無古人～無來者chiân-bû-kó·-jîn-～bû-lâi-chià⇨同上。先得先，～得～sian-tit-sian，～tit～⇨決定事序的原則。先小人～君子sian-siáu-jîn～kun-chú⇨謂在金錢的來往。要先以小人的態度詳細計較，然後才能維持君子的風度。

【後人 hō·-jîn】 子孫。後至之人。後代hō·-tāi。前人種樹～～乘涼chiân-jîn-chèng-chhiū,～～sēng-liâng⇨同上。

【後日 hō·-ji̍t】 日後ji̍t-āu。將來。

【後天 hō·-thian】 先天不足，～～失調sian-thian put-chiok, ～～sit-tiâu⇨先天條件不足，(生後，事後)又調養不好。

【後世 hō·-sè】 後代hō·-tāi。

【後生 hō·-seng】 青年人。～～可畏～～khó-ùi⇨同上。又hāu-seⁿ；男兒也。

【後代 hō·-tāi】 後世hō·-sè。即代無法得，道該看～～也。chit-tāi bô-hoat-tit,tō-āi-khoàⁿ～～ā⇨此一代沒辦法，就要期待於下一代之人了。

【後任 hō·-jīm】 前任～～chiân-jīm～～⇨同上。前～～chiân～～⇨同上。

【後身 hō·-sin】 後來āu-lâi。嗣後sū-hō·。即～～來道較無人也chit～～lâi tō khah-bô-lâng-ā⇨以後就比較沒有人材了。

【後軍 hō·-kun】 三軍之一。前軍中軍～～chiân-kun, tiong-kun～～⇨同上。

【後悔 hō·-hóe】 ～～甚慢囉～～siūⁿ-bān-lò·⇨後悔太遲了。

【後宮 hō·-kiong】 ～～佳麗三千人，三千寵愛在一身～～ka-lē sam-chhian-jîn,sam-chhian thióng-ài chāi-it sin⇨長恨歌。

【後哨 hō·-sàu】 後衛部隊。～～趕來增援～～koàⁿ-lâi cheng-oān⇨同上。

【後退 hō·-thè】 ㊀後撤hō·-thiat。退後thè-āu。㊁不肖之子孫。

【後患 hō·-hoān】 ～～無窮～～bû-kiông⇨同上。

【後進 hō·-chìn】 後人hō·-jîn。先進～～sian-chìn～～⇨同上。好～～hó～～⇨好後撐hó-āu-thèⁿ。

【後援 hō·-oān】 父母的栽培，朋友的～～hū-bó-ê chhai-pôe, pêng-iú ê～～⇨同上。

【後裔 hō·-è】 子孫。後代。亞伯拉罕的～～a-pek-la-hán e～～⇨Abraham的後裔(猶太人，耶穌等是也)。

【後衛 hō·-ōe】 前衛～～chêng-ōe～～⇨同上。足球隊的～～chiok-kiû-tūi ê～～⇨同上。

【後輩 hō·-pòe】 前輩～～chiân-pòe～～⇨同上。

【後學 hō·-hak】 勉勵～～bián-lē～～⇨同上。

【後繼 hō·-kè】 ～～有人～～iú-jîn⇨同上。

hō· **雨** 水從雲下也。落～loh～⇨同上。天無～人無路thiⁿ-bô～lâng-bô-lō·⇨謂天不降雨則人無生路。拍死人～phah-sí-lâng～⇨形容大雨。～落四山，終歸大海～loh sì-soaⁿ, chiong-kui tāi-hái⇨雨分在各地(的山)下地，終局皆入大海。

【雨水 hō·-chúi】 雨hō·。～～期～～kî⇨多雨的時期。五穀豐登，～～接應ngó·-kok hong-teng, ～～chiap-èng⇨農產豐收，風調雨順。

【雨仔 hō·-á】 小雨siáu-í。～～來來～～lâi-lâi⇨小雨下不停。～～濛濛～～bâng-bâng⇨濛bâng微雨的樣子。～～潯潯來～～chhìm-chhìm-lâi⇨簾外雨潯潯。

【雨衣 hō·-i】 雨衫hō·-saⁿ。帶～～較允toā～～khah-ún⇨帶同雨衣比較安全。

【雨怪 hō·-koài】 蟾蜍chiuⁿ-chî。

【雨衫 hō·-saⁿ】 雨衣hō·-i。破～～ㄙ罔穿較贏無phoà～～mā-bóng-chhēng khah-iâⁿ-bô⇨破雨衣亦且穿之，聊勝於無。

【雨脚 hō·-kha】 雨hō·。雨之足。放～～pàng～～⇨即將下雨的樣子。宙～～làng～～⇨雨小停。同宙雨縫làng-hō·-phāng。

【雨笠 hō·-leh】 竹笠tek-leh。笠leh。箠笠koe-leh。

【雨棚 hō·-pêⁿ(pîⁿ)】 ㊀防雨之棚。搭～～tah～～⇨同上。㊁可防雨之戲台。搭～～tah～～⇨同上。

【雨漏 hō·-lāu】 屋頂破漏。掠～～liah～～⇨尋出雨漏之處加以修補。承～～水sîn～～chúi⇨接收雨漏水。

【雨暝 hō·-mê(mî)】 下雨之夜。落～～loh～～⇨同上。

【雨幪 hō·-moa】 大雨衣。帶～～toà～～⇨同上。穿～～chhēng～～⇨同上。幔～～moa～～⇨同上。

【雨縫 hō·-phāng】 雨與雨之間。雨小停之間。宜～～làng～～⇨雨小停之間。宜làng屋空虛也。引伸爲間隙曰宜làng。

【雨點 hō·-tiám】 雨滴hō·-tih。～～仔～～á⇨小雨點。～～仔耳～～á niâ⇨有小雨點而已，雨不大也。

【雨鬚 hō·-chhiu】 小雨。噴～～仔耳phùn～～á-niâ⇨下著小雨而已。

【雨毛仔 hō·-mn̂g-á】 同雨芒仔hō·-mn̂g-á。

【雨芒仔 hō·-mn̂g-á】 小雨。毛毛雨。落～～～loh～～～⇨同上。

【雨來湆滴 hō·-lâi-tap-tih】 長期雨。～～～～安爾霑漉漉亦強凴轉來～～～～an-ne(ni) tâm-lok-lok ah-kiâng-bā-tńg-lâi⇨久長雨落得如此的濕漉漉亦強行涉水而回來。凴bā，無舟渡河曰凴河pāng-ho，冒雨強行曰凴bā。

hō· **厚** 不薄也。事物不薄皆曰厚hō·。禮數夠，待遇佳亦曰厚hō·。肇國弘遠，樹德深～thiāu-kok hông-oán, sī-tek chhim～⇨日皇勅語自贊詞。溫～篤實un～-tok-sıt⇨同上。～此薄彼～chhú pok-pí⇨同上。忠～老實tiong～láu-sıt⇨同上。

【厚生 hō·-seng】 使生活豐足。～～利用～～lī-iōng⇨同上。

【厚利 hō·-lī】 大利。～～所在人必趨之～～só·-chāi, jîn-pıt chhu-chi⇨同上。

【厚直 hō·-tıt】 溫厚正直。～～的人較長～～ê lâng khah-tn̂g⇨同上。長tn̂g指好結果。

【厚待 hō·-thāi】 寬厚的款待。對人～～無戇tùi-lâng～～bô-gōng⇨對人寬厚非癡人。

【厚恩 hō·-in(un)】 大恩tāi-in。～～大德～～tāi-tek⇨同上。

【厚道 hō·-tō】 忠厚tiong-hō·。伊的人眞～～i ê lâng chin～～⇨同上。

【厚情 hō·-chêng】 ～～厚意～～hō·-ì⇨同上。

【厚福 hō·-hok】 多福。

【厚德 hō·-tek】 大恩。仰酬～～難從禮，謹奉新詩當作媒gióng-siû～～lân-chiông-lé, kín-hōng sin-si tong-chok-bôe⇨西廂記。

【厚薄 hō·-pok】 待遇有～～thāi-gū iú～～⇨同上。

【厚謝 hō·-siā】 重謝。

【厚禮 hō·-lé】 重禮。無代無誌送即類～～不知啥意思bô-tāi-bô-chì sàng-chit-lōe～～m̄-chai siáⁿ ì-sù⇨無緣無故送來此種重禮，不知其用意如何。

【厚顏 hō·-gân】 ～～無恥～～bû-thí⇨同上。

hō· **戶** 門之單扇者曰戶hō·。居室出入之所也。家曰戶hō·。門～mn̂g～⇨同上。客～kheh～⇨交易的主顧。大～toā～⇨大家族。大主顧。妓女～ki-lí～⇨娼寮。拍大門開大～phah-toā-mn̂g khui-toā～⇨門戶大開放。公開。

【戶口 hō·-kháu】 家曰戶人曰口。～～調查～～tiau-cha⇨查～～cha～～⇨同上。～～簿～～phō·⇨同上。

【戶戶 hō·-hō·】 每一戶。家家～～ka-ka～～⇨同上。每一家每一戶。

【戶定 hō·-tēng】 閾hek也。門限bûn-hān也。～～脚～～kha⇨門限之下。喻門前。～～較高過門楣～～kha-koân-kōe mn̂g-bâi⇨喻卑輩比尊輩更無禮。坐人的～～拍人的囝仔chē-lâng-ê～～phah-lâng ê gín-á⇨喻不懂人情義理。定或做橂，非。橂，木理堅實也。

【戶限 hō·-hān】 同戶定hō·-tēng。

【戶部 hō·-pō·】 古六部之一。掌戶口田賦。略同於今之內政、財政兩部。～～尙書～～siāng-si(siōng-su)⇨戶部之長官。

【戶尉 hō·-ùi】 守門神。左門丞右～～chó-bûn-sîn-iū～～⇨門扉上所畫的兩神。左曰門丞右曰戶尉。

【戶稅 hō·-sòe】 按家按戶課稅。一種變相的人頭稅也。

【戶數 hō·-sò·】 戶口之統計數。

【戶頭 hō·-thâu】 ㊀不動產簿上的業主名。㊁銀行的交易戶。銀行有～～gîn-hâng ū～～⇨在某銀行開有戶頭。㊂女人的一定對手。人是有～～的lâng-si ū～～ê⇨伊是有定戶的。

【戶籍 hō·-chek】 登載戶口事項的簿册。～～課～～khò⇨主掌戶籍最前端的小機關。～～

法～～hoat⇨同上。

【戶外運動 hō-goā-ūn-tōng】 在戶外的體育活動。～～～～是人人愛的～～～～sī lâng-lâng-ài-ê⇨同上。

hō· 互 交互也。彼此同樣做曰互hō·。相～作用siāng～chok-iōng⇨同上。

【互市 hō·-chhī】 國與國通商。彼此～～pí-chhú～～⇨同上。

【互助 hō·-chō·】 互相扶助。～～會～～hōe⇨同上。～～合作社～～hap-chok-siā⇨同上。

【互相 hō·-siāng】 彼此。逐家～～～～啦tak-ke～～～～lā⇨大家彼此彼此嗎。

【互通 hō·-thong】 ～～消息～～siau-sit⇨同上。

【互惠 hō·-hūi】 彼此同樣施惠同樣得利。經濟～～條約keng-chè～～tiâu-iak⇨同上。～～關稅～～koan-sòe⇨同上。～～主義。

【互換 hō·-oāⁿ】 彼此交換。～～批准書～～phe-chún-si⇨兩國換批准書成立條約。

【互不相讓 hō·-put-siāng-jiāng】 彼此不肯讓。爭得利害。

【互爲因果 hō·-ûi-in-kó】 前因後果循環不息。

hō· 護 助也。保～pó～⇨同上。救～kiù～⇨同上。掩～iám～⇨同上。擁～ióng～⇨同上。辯～piān～⇨以言詞保之。日語律師曰辯～士piān～sū。醫～人員i～jîn-oân⇨同上。

【護士 hō·-sū】 助醫師看護病患之人。多以女性任之。日語曰看護婦kan go fu。～～節～～cheh⇨同上。

【護岸 hō·-hoāⁿ】 防堤。～～工程～～kang-thêng⇨防海岸河岸的工程。

【護法 hō·-hoat】 佛家語。保護佛法之人皆曰護法hō·-hoat。

【護送 hō·-sàng】 押運ah-ūn。武力～～bú-lek～～⇨同上。

【護理 hō·-lí】 病患看護的理論。～～學校～～hak-hāu⇨同上。

【護照 hō·-chiò】 官發的旅行文件。領～～出國niá～～chhut-kok⇨同上。

【護衛 hō·-ōe】 親王的～～chhin-ông ê～～⇨同上。

【護龍 hō·-lêng】 廂房siuⁿ-pâng。或作護廊hō·-lêng。正身～～chiàⁿ-sin～～⇨中央曰正身，兩旁因護龍。

【護身符 hō·-sin-hû】 ㊀僧徒之度牒。㊁倚仗以橫行而爲所欲爲之權勢。刑警都如伊的～～～扮hêng-kéng to-ná i ê～～～lè⇨刑警好像是他的護身符的在保護他。

【護花使者 hō·-hoa-sú-chiá】 美人的男伴。

hō· 給 俗作乎hō·。供也。賜也。以物與人也。又交也。付也。物之授受皆曰給hō·。不～人m̄～lâng⇨不付給人。錢～李小姐chîⁿ～lí-sió-chiá⇨錢交李小姐。他如：給我，給你，給伊等等，皆同解。給亦讀kip(見kip部)。

hō· 俾 俗作乎hō·。同給hō·。以物予人作給hō·，以事予人作俾hō·。～你麻煩～lí mâ-hoân⇨同上。～人操心～lâng chhau-sim⇨同上。創～好chhòng～hó ⇨ 做好他。煮～好食chí～hó-chiah⇨煮得好吃些。講～明白kóng～bêng-pek⇨說得清清楚楚。刣～死thâi～sí⇨殺到死。做～好勢chò～hó-sè⇨要做得周至。寫～婸siá～súi⇨寫得漂亮些。由上各例，可見俾hō·與給hō·同，但卻有讓他如何如何之含意，不似給hō·是單純的供給或授受。俾亦讀pī(見pi部)。

hō· 被 俗作乎hō·。被動之詞。～人(你，我，他等等)創壞去～lâng(lí, goá, thaⁿ, téng-téng) chhòng-hai-khì⇨被人弄壞了。～伊刣死～i thâi-sí⇨被他殺死。～阿狗打～a-káu-phah⇨被阿狗打。～人掠去囉～lâng liah-khì-lò·⇨被捉走了。～人關於廊仔內～lâng koaiⁿ-tī-lông-á-lāi⇨被關進牢中了。攏～人提

去囉lóng～lâng the̍h-khì-lò͘⇒皆被偷走了。白白～食去也pe̍h-pe̍h～chia̍h-khì-à⇒平白被吃掉了。食亦作嘸chia̍h，詐騙也，巧取豪奪皆曰食。又被人hō͘-lâng兩字，依反切法自然成爲一音hông，例如：被人偷提hō͘-lâng thau-the̍h→hông-thâu-the̍h，被人食去hō͘-lâng chia̍h-khì→hông-chia̍h-khì，被人殺死hō͘-lâng-sat-sí→hông-sat-sí等等，被人hō͘-lâng皆可反切成hông，惜未見有新字出現。同樣共人kā-lâng一詞亦反切成kâng，加我kā-goá一詞卻成了kâ，亦皆未見新字出現。共人騙kā-lâng-phiàn→kâng-phian⇒騙了我。共我拍kā-goá-phah→kâ-phah⇒打了我。被亦讀pī(見pi部)。

hō͘ **乎** ㊀文字虛言。學而時習之，不亦悅～！hak-jî sî-sip-chi put-ek loa̍t～! ⇒論語。㊁爲給hō͘，俾hō͘，及被hō͘等之俗字。本字典雖從俗採用乎字，但給，俾，及被仍時見於引例中。

## ho͘$^{n}$

ho͘$^{n}$ **嗃** 吹竹筒聲也。猴聲曰嗃ho͘$^{n}$。風打電話線聲曰嗃ho͘$^{n}$。山仔～san-na～⇒猴kâu叫聲。山仔san-na，猴kâu之愛稱也。亦叫猴山仔kâu-san-na。電話線～～叫tiān-ōe-soā$^{n}$～～kiò⇒電線嗃嗃作聲。

hó͘$^{n}$ **火** 水～木金土súi-～-bo̍k-kim-thó͘⇒五行也。水～無情súi～bû-chêng⇒同上。

hò͘$^{n}$ **好** 愛也。和好也。憎惡cheng-ò͘之對詞。人有所～jîn-iú-só͘～⇒同上。各有所～kok-iú-só͘～⇒同上。惟君子能～之，能惡之ûi-kun-chú lêng～chi, lêng-ò͘-chì⇒君子能愛之能恨之(非君子則不能也)。人人所～，亦人人所惡jîn-jîn só͘～，e̍k jîn-jîn só͘ ò͘⇒人人都喜愛，亦人人皆惡之。喻女色。

【好生 hò͘$^{n}$-seng】 愛生存愛活命。～～不好死～～put-hò͘$^{n}$ sú⇒同上。天有～～之德thian-iú～～chi-tek⇒同上。

【好色 hò͘$^{n}$-sek】 愛美色。愛女色。好德不如～～hò͘$^{n}$-tek put-jî～～⇒好德者少弱，好色者多強。英雄～～eng-hiông～～⇒同上。～～者未必是英雄～～chiā bī-pit-sī eng-hiông⇒同上。

【好奇 hò͘$^{n}$-kî】 喜愛新奇事物。～～心～～sim⇒喜歡查究新奇事物的心理。

【好勇 hò͘$^{n}$-ióng】 喜歡蠻勇。～～無謀～～bû-bô͘⇒同上。

【好淫 hò͘$^{n}$-îm】 色鬼sek-kúi。

【好勝 hò͘$^{n}$-sèng】 喜歡勝人一籌。～～厭輸是人的常情～～iām-su sī lâng-ê siâng(siông)-chêng⇒同上。

【好戰 hò͘$^{n}$-chiàn】 喜歡打鬧戰爭。～～派的～～phài-ê⇒武力派的。～～的鷹派大將～～ê eng-phài-tāi-chiàng⇒同上。鴿派kap-phài即指和平派。～～主義～～chú-gī⇒武力主義。

【好學 hò͘$^{n}$-ha̍k】 喜歡讀書研究。有顏回者～～今也已亡iú gān-hôe-chiā～～, kim-iā í-bông⇒孔子之言。～～無屎～～bô-sái⇒謂空有好學虛名而無實學。學ha̍k與厠所的礐ha̍k諧音。好礐hò͘$^{n}$-ha̍k謂勤訪厠所。戲謔詞也。

【好賢 hò͘$^{n}$-hiân】 喜歡展示聰明。孩子甚至嬰兒的好奇表現。阮若爾～～抄goān goā-ni～～leh⇒我們的嬰仔多麼好賢呀。

【好燒酒 hò͘$^{n}$-sio-chiú】 愛飲酒ài-lim-chiú。有人～～～，有人好豆腐ū-lâng～～～ū-lâng hò͘$^{n}$-tāu-hū⇒喻人人所好，人人不同。

【好高騖遠 hò͘$^{n}$-ko-bū-oán】 好大喜功，不肯切實從頭做起。～～～～的人～～～～ê lâng⇒同上。

【好大喜功 hò͘$^{n}$-tāi-hí-kong】 言必大事大功。略同好高騖遠。一個是～～～～，一個是好高騖遠，半斤八兩，抵一對chi̍t-ê-lí～～～～, chi̍t-ê-lí hò͘$^{n}$-ko-bū-oán, poā$^{n}$-kin-peh-niú tú-chi̍t-tùi⇨同上。是sī⇨lī。

**嗥** hô͘ⁿ 咆也。嗚也。號哭曰嗥hô͘ⁿ。長號曰嗥hô͘ⁿ。不當更～m̄-thang koh～⇨不要再哭。直直得～tit-tit teh～⇨一直哭不停。阮不～也眞乖哦goán m̄～ā chin-koai-o͘⇨淘孩子之詞。猶抮～iáu-teh～⇨還在號叫。更～就無乖了koh～tō bô koai-lō͘⇨再哭下去就不乖了。

【嗥嗥叫 hô͘ⁿ-hô͘ⁿ-kiò】 哭到～～～khàu-kà～～～⇨同上。

**鼾** hô͘ⁿ 臥息聲。困著會～khùn-tioh ē(ōe)～⇨臥中會作鼾聲。眞饺～chin-gâu～⇨很大的鼾聲。饺～的無一定是大肥呢gâu～ê bô-it-tēng sī toā-pûi-neh⇨大鼾者不一定是大肥佬呀。

【鼾眠 hô͘ⁿ-bîn】 鼾聲而眠。抵著會～～的人，我道免困也tú-tioh ē(ōe)～～ê-lâng goá-tō bián-khùn-ā⇨逢到鼾眠之人，我就沒辦法睡了。睏，困之俗字。

【鼾鼾叫 hô͘ⁿ-hô͘ⁿ-kiò】 ～～～未輸豬抮，你敢無聽着～～～bē(bōe)-su-ti-leh, lí-kám bô-thiaⁿ-tioh⇨鼾聲如豬的，你聽不見嗎。

**嗚** hō͘ⁿ 感動詞。多在句前。～，道是你～tō-sī-lí⇨嗚！就是你。～，您阿姊咯～lín-a-ché-lō͘⇨嗚，是您姊姊。～，安爾未歹勢？～，an-ne(ni) bē(bōe) pháiⁿ-sè?⇨嗚，這樣子不會不好意思嗎？

# hoa

**花** hoa 花蕾hoe-lúi舒放謂之花hoa。即花hoe也。視不淸曰眼花gán-hoa，即目珠花bak-chiu-hoe。耗費散財曰亂花loān-hoa。天然痘曰天花thian-hoa。特種婦女或妓女皆曰花hoa。百～盛開pek～sēng-khai⇨同上。桃～紅李～白thô～hông lí～pek⇨同上。看～容易畫～難khàu～iông-ī oā～lân⇨同上。落～流水春去也，天上人間lok～liû-súi chhun-khì-iā, thian-siāng-jîn-kan⇨李後主詞。眼～撩亂gán～liâu-loān⇨同上。尋～問柳sîm～būn-liú⇨同上。姊妹～chí-māi(bē)～⇨同上。錦上添～kím-siāng thiam～⇨同上。落煙～loh-ian～⇨下海當妓女。雪～soat～⇨同上。印～ìn～⇨同上。

【花子 hoa-chú】 乞食khit-chiah。

【花木 hoa-bok】 花卉與樹木。栽種～～chai-chèng～～⇨同上。

【花月 hoa-goat】 二月的異名。

【花王 hoa-ông】 牡丹花bó͘-tan-hoa。據稱是武則天所封賜的。

【花甲 hoa-kah】 六十歲。～～大壽～～tāi-siū⇨同上。

【花生 hoa-seng】 土豆thô͘-tāu。落～～lok～～⇨土豆。～～油～～iû⇨亦稱火油hóe-iû，蓋古以此爲燈油也。

【花卉 hoa-hùi】 花草hoe-chháu。卉hùi，草之總名。栽培～～chai-pôe～～⇨同上。

【花押 hoa-ah】 簽名押字於文書契約之末尾，因字形多簽成草字體美如花，故曰花押hoa-ah，即簽押chhiam-ah也。

【花花 hoa-hoa】 虛華，五花十色。～～公子～～kong-chú⇨虛浮華麗之公子哥兒。～～世界～～sè-kài⇨奢侈榮華，五花十色的世界。

【花神 hoa-sin】 司花之神。善樹花者亦曰花神hoa-sin。

【花草 hoa-chhó】 花草hoe-chháu。花卉hoa-hùi(hūi)。饺繡～～gâu-siù～～⇨善於花草之刺繡。

【花鳥 hoa-niáu】 專畫～～人物choan-ōe～～jîn-but⇨同上。

【花椒 hoa-chio】 白胡椒peh-hô͘-chio。

【花費 hoa-hùi】 浪費lōng-hùi。無需要安爾～～bô-sû-iàu an-ne(ni)～～⇨不必這樣子

浪費。

【花朝 hoa-tiau】 俗以二月十五為百花之生日曰花朝hoa-tiau。謂是日晴天，百果將告豐收。～～月夕～～goat-sek⇨良辰美景liâng-sîn-bí-kéng。亦即二月半與八月半，一以花一以月為最美麗的一天。亦作花辰月夕hoa-sin-goat-sek。

【花農 hoa-lông】 種花業者。

【花魁 hoa-khoe】 藝妓中的No.1。賣油郎獨佔～～bē-iû-lông(lâng) tok-chiàm～～⇨今古奇觀中的一則故事。

【花銷 hoa-siau】 開銷khai-siau。～～無外夠，咱出無要緊～～bô-goā-chē, lán-chhut bô-iàu-kín⇨所費不多，我們負担好了。

【花燭 hoa-chek】 正式結婚。古來結婚禮皆點花燭引新郎新婦入洞房。～～大典～～tāi-tián⇨結婚典禮。洞房～～夜，金榜題名時tōng-pông～～iā, kim-pńg tê-bêng-sî⇨人生最得意之時。

【花邊 hoa-pian】 ㊀銀幣。紋銀bûn-gîn亦曰龍仔銀liông-á-gîn。㊁～～新聞～～sin-bûn⇨有關色情或其他有趣的特別消息。

【花癲 hoa-tian】 色情狂人。狷到未輸～～siáu-kà bē(bōe)-su～～⇨熱中得像花癲。

【花信風 hoa-sìn-hong】 通知開花之風。據稱風應花期而來，某信風來，某種花即開。共有二十四香云。二十四香～～～jī-chap-sì-hiang～～～⇨同上。

【花柳界 hoa-liú-kài】 煙花ian-hoa的世界。～～～肯行，緊慢耳，還仔會中狀元啦～～～khéng-kiâⁿ, kín-bān-niā, oân-a-ē(ōe) tiōng-chiōng-goân-lā⇨煙花之地勤行，早晚之別而已，還是會染上花柳病的。

【花柳病 hoa-liú-pēⁿ(pīⁿ)】 梅毒bôe-tok，淋病lîm-peⁿ等，因色情而傳染的病患。著著～～～tioh-tioh～～～⇨染上了花柳病。俗亦戲稱中狀元tiōng-chiōng-goân。

【花崗石 hoa-kong-chioh】 花崗岩hoa-kong-gâm。上等的建築石材。

【花錦地 hoa-kím-tē】 奢華chhia-hoa的地方。遊樂之所。花柳街hoa-liú-ke。彼款的～～～亦是莫去較順hit-khoán ê～～～ah-sī mài-khì khah-sūn⇨那種的虛華地方還是不去為妙。

【花不住枝 hoa-put-chū-ki】 喻生而不育。準人講的，～～～～，都攏飼無起來chún-lâng-kóng-ê,～～～～，to-lóng chhī-bô-khí-lâi⇨一如古人所說，花不住枝，都皆養不大的。

【花天酒地 hoa-thian-chiú-tē】 在花柳界縱淫亂飲。彼個囡仔安爾～～～～，奆敢成一個人hit-ê-gín-á an-ne(ni)～～～～，taⁿ-kám-chiâⁿ-chit-ê-lâng⇨那個年青人，如此這般的花天酒地，而今，差不多不像人的樣子了。

【花言巧語 hoa-giân-khá-gí(gú)】 甜言蜜語tiⁿ-giân-bit-gí。糖甜蜜甜的～～～～⇨二輪半道訹去也thn̂g-tiⁿ-bit-tiⁿ ê～～～～ nn̄g-liàn-poàⁿ tō sut-khì-à⇨如糖如蜜的好聽話，兩下子就誘拐去了。訹sut誘也。誘物也。

【花枝招展 hoa-ki-chiau-tián】 形容女人衣飾打扮之美麗。

【花容月貌 hoa-iông-goat-māu】 形容女人之美。閉花羞月之容，沈魚落雁之貌pì-hoa-siu-goat chi iông, tîm-gî-lok-gān chi māu⇨皆美女的形容詞。

【花街柳巷 hoa-ke-liú-hāng】 風化區hong-hoà-khu。行是～～～～交是你兄我弟，即類囡仔，奆都扱桷也kiâⁿ-lī(sī)～～～～, kau-lī(sī) lí-hiaⁿ-goá-tī, chit-lōe-gín-á taⁿ-to khioh-kak-à⇨謂在風化區出入與人稱兄道弟，此種孩子沒希望了。

**hoa 華** 榮也。同花。文采曰華hoa，虛浮曰華hoa，髮白曰華hoa。粉亦曰華hoa。光～kong～⇨同上。奢～chhia～⇨同上。虛～hi～⇨同上。洗盡鉛～sé-chīn-ian～⇨把花粉全洗掉。榮～富貴êng～hù-kùi⇨同上。

【華美 hoa-bí】 美。服飾～～ho̍k-sek～～⇨同上。

【華冑 hoa-tiū】 貴族子弟。～～子弟～～chú-tē⇨同上。

【華族 hoa-cho̍k】 ㊀貴族，㊁日本次於皇族之階級。

【華誕 hoa-tàn】 生日的美詞。慶祝六十歲～～khèng-chiok la̍k-cha̍p-hòe～～⇨同上。

【華髮 hoa-hoat】 鶴髮ho̍k-hoat。白髮pe̍k-hoat。即老人之花白頭髮。～～不再青，勞生竟何補～～put-chāi-chheng, pô-seng kéng hô-pó·⇨頭髮白了，再也長不出黑髮來了辛苦勞碌一輩子，到底有甚麼用！

【華麗 hoa-lē】 美麗bí-lē。裝潢～～chong-hông～～⇨同上。

【華氏表 hoa-sī-pió】 Fahrenheit's thermometer，一種溫度計。以冰點 32 度，沸點 212 度爲表者。

【華盛頓 hoa-sēng-tùn】 Washington。㊀人名George Washington，美國第一任總統，偉大的政治家。領導美國的獨立，確立民主的良好基礎。㊁地名。美國首都，以第一代總統之名爲名。又美國州名。在西部加州之北。

【華而不實 hoa-jî-put-si̍t】 有名無實iú-bêng-bû-si̍t。

**hoa 譁** 喧譁soan-hoa也。

【譁衆取寵 hoa-chiòng-chhí-thióng】 以喧嚷浮誇之言行博取衆人之敬愛。

**hoa 化** 死也。生也。天地運行，自有而無，自無而有，百物生息，即爲化hoa也。息滅皆曰化hoa。人死曰化hoa，火息亦曰化hoa。僧死曰坐～chō～，道死曰羽～ú～。人死曰化去也hoa-khì-à。人死像火～抄呢lâng-sí chhiū$^{n}$ hóe～leh-nī⇨人死如火之息。彼族仔攏～去也hi̍t-cho̍k-á lóng～khì-à⇨彼一族皆沒有人了。安爾火～去，豆腐都免挨了an-ne(ni) hóe～khì tāu-hū to bián-e-lò·⇨這樣火息滅了，一切都完了。火拍未～hoe phah-bē(bōe)～⇨火撲不息。人親像要～去抄lâng chhin-chhiū$^{n}$-boeh～khì-leh⇨人(衰弱得)好像要死了。

**hoà 化** 教化也。變也。猶死也(見hoa化)又性不拘泥曰化hoà。教～kàu～⇨同上。風～hong～⇨同上。文～bûn～⇨同上。開～khai～⇨同上。溶～iông～⇨同上。消～siau～⇨同上。焚～hûn～⇨火～hóe～⇨以火燒滅之。千變萬～chhian-piàn-bān～⇨同上。情勢惡～chêng-sè ok～⇨同上。代誌有變～tāi-chì ū piàn-～⇨事情有變。阿仁仔人較～a-jîn-á lâng-khah～⇨阿仁爲人較不拘泥。伊人都還也眞～i-lâng to oân-á chin～⇨他爲人還是很開明大方。還仔hoân-á→oân-á→oân-ná。

【化山 hoà-soa$^{n}$】 做司功sai-kong時，以金銀紙折疊爲山形而燒之。

【化化 hoà-hoà】 不拘泥。伊人～～較未執訣i lâng～～khah-bē(bōe) chip-koat⇨他爲人很開明，不拘執。

【化火 hoà-hóe(hé)】 焚化hûn-hoà。放火hòng-hóe。～～燒了了也～～sio-liáu-liáu-à⇨放火皆燒掉了。

【化生 hoà-seng】 新生。萬物～～bān-bu̍t～～⇨同上。

【化吉 hoà-kiat】 去邪。變爲吉祥。向東方～～hiàng(hiòng) tang-hng～～⇨向東方去邪來吉祥。逢凶～～hông-hiong～～⇨同上。

【化身 hoà-sin】 ㊀神變人形。佛祖～～的hu̍t-chó·～～ê⇨佛所化成之人。㊁蓮花～～liân-hoe～～⇨布袋戲等，使死後屍首已分化之死人復活之法。觀音媽共伊蓮花～～koan-im-má kā-i liân-hoe～～⇨觀音加以蓮花化身之法使他復活了。

【化景 hoà-kéng】 商人推銷的戲法。噱頭ki̍h-thâu。噱ki̍h, kio̍k，大笑也。生理人抄～～的seng-lí-lâng teh～～ê⇨商人在變戲法。

【化單 hoà-toa$^n$】童乩tâng-ki所開的藥方。或燒灰水飲之，或擄以拆藥thiah-io̍h。

【化粧 hoà-chong】梳粧se-chng打扮tá$^n$-pān，抹粉boah-hún，點臙脂tiám-ian-chi。～～師～～su⇨化粧的專家。～～品～～phín⇨化粧所用的藥品物品等。～～室～～sit⇨①化粧的特別房。②厠所的美稱。

【化緣 hoà-iân】僧尼乞食善欵。托鉢～～thok-poat～～⇨同上。尼姑出來抾～～nî-ko· chhut-lâi teh～～⇨同上。

【化學 hòa-ha̍k】物理～～bu̍t-lí～～⇨同上。

【化齋 hoà-chai】化緣hoà-iân。托鉢thok-poat。和尚～～hôe-siū$^n$～～⇨同上。

【化驗 hoà-giām】化學的檢查。有毒無毒該更～～過藉會知ū-to̍k-bô-to̍k ài-koh～～kòe chiah-ē(ōe) chai⇨同上。

【化三千 hoà-sam-chhian】教化三千人。上大人，孔乙己，～～～，七十士，siāng-tāi-jîn, khóng-it-kí, ～～～chhit-si̍p-sū, ⇨三字經。

【化小事 hoà-sió-sū】變爲小事情。大事～～小事化無事toā-sū～～～sió-sū hoà-bô-sū⇨同上。

【化骨符 hoà-kut-hû】能把梗在咽喉的魚刺肉骨等化解之神符。

hoâ **和** 合也。諸數相加也。約計曰和hoâ。概畧的估計也。無～不知影bô～m̄-chai-iá$^n$⇨未予約計尚不知。～了較胖碼～liáu khah-phōng-bé⇨估計得較誇大。小～抾道知也曷使算sió～leh tō-chai-a a̍h-sái-sǹg⇨約畧一看就知道也，何必計算。

【和算 hoâ-sǹg】約計。無～～bô～～⇨不合估計，亦即不合算。無利可取。

【和看抾 hoâ-khoà$^n$-leh】估計看。你有～～否lí-ū～～bô·⇨你估計了沒有。即款厝要起該外麮，共我～～～chit-khoán-chhù boeh-khí ài-goā-chē, kā-goá～～～⇨此樣子的房屋如果要新蓋，需款若干，替我估一估計。

hoâ **華** 華山hoâ-san也。又中華tiong-hoâ也。對四夷而言。冕服采章曰華hoâ。四夷sù-î者，東夷tong-î，南蠻lâm-bân，西戎se-jiông，北狄pak-te̍k，皆異類也。

【華人 hoâ-jîn】中國人。亦即冕服采章之人也。

【華夏 hoâ-hē】中國之自稱。華hoâ者冕服采章。夏者大國。

【華僑 hoâ-kiâu】華人之居住外國國土者。～～社會～～siā-hōe⇨同上。

hoâ **劃** 劃hoā$^n$也(見hoa$^n$部)。

hoā **跬** 步也。一舉足曰跬hoā(三尺)，再舉足曰步(六尺)。在我是～一小步，在人類是～一大步chāi-goá sī～it-siáu-pō·, chāi-jîn-lūi sī～it-tāi-pō·⇨美國踏上月球的第一個太空人，在月上踏第一步時之言詞。

hoā **譁** 諠譁soan-hoa也。爭辯也。其聲曰譁hoā。開鬧曰譁hoā。大人合囡仔抾～toā-lâng kah gín-á teh～⇨大人與小孩在鬨鬧。愛合查某～ài kah cha-bó·～⇨喜歡與女人胡鬧。逐家一下道～起來也ta̍k-ke chi̍t-ē tō～khí-lâi-ā⇨大家一下子就鬨鬧起來了。

【譁偎 hoā-oá】～～來～～lâi⇨一鬨而來。～～去～～khì⇨一鬨而合圍對方。

【譁譁叫 hoā-hoā-kiò】譁譁叫之聲。逐家～～～ta̍k-ke～～～⇨同上。外面～～～是抾譁啥goā-bīn～～～sī-teh hoā-siah$^n$⇨外面譁譁叫聲是在譁何事。啥，甚之俗字

hoā **畫** 繪oe也。亦作畫hoā。以五色繪物象也。亦即圖畫tô·-ōe也。詩中有～，～中有詩si-tiong iú～，～tiong iú-si⇨稱詩畫均妙之詞。

【畫虎類犬 hoā-hó·-lūi-khián】喻好高騖遠弄巧成拙。

【畫蛇添足 hoā-siâ-thiam-chiok】 喻何必多此一舉。

【畫餅充飢 hoā-péng-chhiong-ki】 喻空有虛名而無實利。

【畫龍點睛 hoā-liông-tiám-cheng】 喻完成最後的重要工作，使事成十全十美。

hoā **話** 夢話bōng-hoā也。八十衰年初謝，三千里外無家，金殿五曾拜相，玉堂十度宣麻，追思往日漫繁華，到今成～～pat-si̍p sōe-liân chho·-siā, sam-chhian-lí-goā bû-ka, ki̍m-tiān ngó·-chêng pài-siàng, gio̍k-tông si̍p-tō· soan-mô, tui-su óng-ji̍t bān-hoân-hoa, tò-kim sêng～～⇨宋蔡京。

## hoa$^n$

hoa$^n$ **歡** 喜樂也。心滿也。亦作懽hoa$^n$。

【歡喜 hoa$^n$-hí】 愉快jî(jû)-khoài。滿心～～boá$^n$-sim～～⇨同上。逐家～～過新年ta̍k-ke～～kòe(kè) sin-nî⇨同上。

【歡天喜地 hoa$^n$-thi$^n$-hí-tē】 非常的高興。消息到耳道～～～～也siau-sit kàu-niâ tō～～～～ā⇨消息一到就歡喜得天翻地覆了。

【歡頭喜面 hoa$^n$-thâu-hí-bīn】 嘴笑面笑目珠笑chhùi-chhiò bīn-chhiò,ba̍k-chiu-chhiò。聽着個阿姊要轉來耳道～～～～囉thia$^n$-tio̍h in-a-ché boeh-tńg-lâi-niâ tō～～～～lò·⇨一探知他姊姊要回家來了就歡喜得不得了了。

【歡歡喜喜 hoa$^n$-hoa$^n$-hí-hí】 非常的歡喜。都正～～～～抄安怎又抄哭也to-chià$^n$～～～～lè an-choá$^n$ iū-teh-khàu-ā⇨剛才正在高興極了，何以又在哭了。

hoa$^n$ **嚾** 嚾嚾叫hoa$^n$-hoa$^n$-kiò，風打電信線之聲。電線吹到～～叫tiân-soà$^n$ chhoe-kà～～kiò⇨風吹電線作聲。

hoá$^n$ **晃** 明也。～一下過三冬～chi̍t-ē kòe-sa$^n$-tang⇨一晃三年。一～過三冬，三～一世人chi̍t～kòe sa$^n$-tang, sa$^n$～chi̍t-sì-lâng⇨同上。

hoá$^n$ **幻** 化也。虛而不實也。月色微明曰幻hoá$^n$。虛度光陰曰幻hoá$^n$。或作晃hoá$^n$。烏～o·～⇨微黑微明。烏～烏～o·～o·～⇨同上。紅～âng～⇨微明微紅。紅～紅～âng～âng～⇨同上。～一下就過三年也～chi̍tē tō kòe-sa$^n$-nî-ā⇨一晃道過三年了。一～過三冬，三～一世人chi̍t～kòe sa$^n$-tang, sa$^n$～chi̍t-sì-lâng⇨一晃三年，三晃就一生了。

【幻幻 hoá$^n$-hoá$^n$】 微明。微白。月仔～～goe̍h-á～～⇨月色矇矓bông-lông。天～～也thi$^n$～～ā⇨天色微明了。～～仔光也～～á-kng-ā⇨天色朦朧亮了。～～仔過～～á-kòe⇨謂日子在如夢如幻中過去。

【幻烏 hoá$^n$-o·】 微暗。天色～～也thi$^n$-sek～～a⇨天色微暗了(黃昏後)。

【幻暗 hoá$^n$-àm】 幻烏hoá$^n$-o·。日頭～～也ji̍t-thâu～～a⇨天將入夜了。

hoâ$^n$ **鼾** 臥息也。睡臥中所發鼻息之聲也。困著會～khùn-tioh ē(ōe)～⇨臥中會發鼾聲hān-seng。肥人較恔～pûi-lâng khah-gâu～⇨肥人多鼾聲hān-seng。有人齁齁叫，有人覭齁叫，攏～無共款ū-lâng ko·$^n$-ko·$^n$-kiò, ū-lâng kī$^n$-ko·$^n$-kiò,lóng～bô kāng-khoán⇨謂鼾聲hoâ$^n$-sia$^n$各不相同。

【鼾眠 hoâ$^n$-bîn】 鼾聲hān-seng而眠。阿肥的上恔～～啦a-pûi-ê siāng-gâu～～lā⇨阿肥最會鼾眠。逐人都會～～啦，敢藉阿肥耳ta̍k-lâng to-ē(ōe)～～lā，kám-chiah ā pûi-niâ⇨大家都會鼾眠嗎，何止阿肥而已。

【鼾聲 hoâ$^n$-sia$^n$】 hān-seng。～～眞敆款，～～chin-chē-khoán⇨同上。

【鼾鼾叫 hoâ$^n$-hoâ$^n$-kiò】 hô·$^n$-hô·$^n$-kiò。臥息也。

hoâ$^{n}$ **橫** 橫hoâi$^{n}$也(見hoai$^{n}$部)。

hoā$^{n}$ **劃** 銼刀也。作事也。手攀物曰劃hoā$^{n}$。操縱曰劃hoā$^{n}$，掌管經營曰劃hoā$^{n}$。亦作捍hoā$^{n}$。手～於欄杆chhiú～tī lân-kan⇨同上。手莫～我的肩頭chhiú mài～goá-ê-keng-thâu⇨你的手不要攀在我的肩上。一人～一台chi̍t-lâng～chi̍t-tâi⇨一人操一台(機械)。換個後生～oā$^{n}$-in-hāu-se$^{n}$～⇨換了他的兒子經營。～了更未穤～liáu koh bē(bōe)-bái⇨經營得居然相當不錯。要～一個家無許快boeh～chi̍t-ê-ke bô-hiah-khoài⇨要主持一個家庭沒有那麼容易。家事猶阮老父拎～ka-sū iáu-goán lāu-pē teh～⇨家事還是我們老父在掌管。

**【劃定 hoā$^{n}$-tiā$^{n}$】** 心官該～～sim-koa$^{n}$ ài～～⇨決心須堅持堅定。

**【劃家 hoā$^{n}$-ke】** 治家tī-ke(ka)。主持家務。恔～～gâu～～⇨善於治家。會～～合未～～差於天合地ē(ōe)～～kah be(bōe)～～chha-tī-thi$^{n}$-kah-tē⇨會治家者和不會治家者爭差是天與地之大。

**【劃舵 hoā$^{n}$-tō(toā)】** 掌船舵chiáng-chûn-tō。

**【劃鼓 hoā$^{n}$-kó͘】** 拍鼓phah-kó͘。樂隊指揮。～～的～～ê⇨亦曰劃鼓板hoā$^{n}$-kó͘-pán。

**【劃鼎 hoā$^{n}$-tiá$^{n}$】** 主持鼎政。大厨師。阿肥拎共佪～～a-pûi teh-kā-in～～⇨阿肥在担當他們的大厨師。

**【劃盤 hoā$^{n}$-poâ$^{n}$】** 生理或營業的主管人。主理之人。許爾大的生理每是靠伊一人拎～～hiah-ni-toā ê seng-lí mā-sī-khò-i-chi̍t-lâng teh～～⇨那麼大的生意，也是靠他一個人在主持。

**【劃賬 hoā$^{n}$-siàu】** 會計頭hōe-kè-thâu。主持賬務之人。實在講～～的未必著家己的人si̍t-chāi-kóng, ～～ê bī-pit-tio̍h ka-kī-ê-lâng⇨事實上會計不一定需要自己人。

**【劃頭 hoā$^{n}$-thâu】** 企頭khiā-thâu。主持之人。爲頭之人。三小姐拎～～sa$^{n}$-sió-chiá teh～～⇨三小姐在掌管一切。

**【劃事業 hoā$^{n}$-sū-gip】** 主宰事業chú-chái$^{n}$-sū-gia̍p。無二步策仔怽合人～～～豈許快bô-jī-pō͘-chhit-á boeh-kah-lâng～～～, ká-hiah-khoài⇨沒有若干才能經驗要如人家一樣主持事業，豈有那麼容易(沒有那麼容易也)。

hoā$^{n}$ **岸** 水厓之高者也。田界亦曰岸hoā$^{n}$。畔也。海～hái～⇨同上。溪～khe～⇨同上。潭～thâm～⇨同上。田～chhân～⇨同上。水溝仔～chúi-kau-á～⇨同上。嘴齒～chhùi-khí～⇨牙槽岸gê-chô-hoā$^{n}$。

hoā$^{n}$ **銲** 粘接金屬類曰銲hoā$^{n}$。亦作釬hoā$^{n}$。俗曰銲接kān-chiap。用金～iōng-kim～⇨以金粘接之。用銲藥～iōng hoā$^{n}$-io̍h～⇨以白鑞粘接之。

**【銲藥 hoā$^{n}$-io̍h】** 銲接用的藥品。亦曰白鑞pe̍h-la̍h。是錫與鉛之合金。

## hoah

hoah **叱** 開口也。厲聲喝止hat-chí曰叱hoah。呼叫曰叱，俗作喝hoah。拍人更～救人phah-lâng koh～kiù-lâng⇨打人者反而呼救人。公仔～拂，婆仔～掠，kong-a～hut, pô-a～lia̍h⇨祖父喊打，祖母叫掠賊。～未驚拍未痛，今都扱捕也～bē(bōe)-kia$^{n}$, phah-bē(bōe)-thià$^{n}$, ta$^{n}$ to khioh-ka̍k-â⇨(此孩子)喝不驚，打不痛，而今沒効了。扱捕khioh-ka̍k(訓教無效)只好丟掉。～不振動道是不振動～m̄-tín-tāng tō-sī m̄-tín-tāng⇨喝不動就是不動。

**【叱土 hoah-thó͘】** 道士作法驅邪。唸咒揮劍畫符等等。

**【叱好 hoah-hó】** 喝采hat-chhái。逐家看了

都～～tak-ke khoà$^n$-liáu to～～⇨大家看了都喊好。

【吪咻 hoah-hiu】 大聲呼叫。有人扲～～毋知扲咻甚ū-lâng teh～～m̄-chai teh hiu-sah$^n$⇨有人在呼叫，不知叫何事。

【吪拳 hoah-kûn】 猜拳。食酒～～chiah-chiú～～⇨同上。

【吪喊 hoah-hiàm】 大聲呼叫。鬮鷄走店，鵃鴞～～，龜咬劍，咬咬糾iam-ke cháu-tiàm, lāi-hiō～～, ku kā-kiàm, kā-kā-kiu⇨捉迷藏遊戲，決定誰扮鬼的口號。

【吪路 hoah-lō͘】 同喝道hat-tō。

【吪道 hoah-tō】 喝道hat-tō。開路讓大官通過。大鑼～～toā-lô～～⇨以大鑼開路。家己騎馬家己～～ka-kī khiâ-bé, ka-kī～～⇨喻自導自演自宣傳。

【吪價 hoah-kè】 叫漲價。逐家～～tak-ke～～⇨大家呼應叫漲價。

【吪聲 hoah-sia$^n$】 呼號聲。擔擔的～～扲走，若緊扲呢ta$^n$-tà$^n$-ê～～teh-cháu, goā-kín-leh-neh⇨擔送者們大家呼號聲在跑，多麼快呢。

【吪咿呵 hoah-i-o】 喊叫。呼叫。罔扲～～～耳bóng teh～～～niâ⇨只是亂叫亂嚷而已。～～～的～～～ê⇨助聲勢之衆。旗軍。咱是夯旗軍仔～～～的耳lán-sī giâ-kî-kûn-á～～～ê-niâ⇨我們只是舉旗呼喊之流而已。你知知的啦，還仔是～～～的耳lí chai-chai-le-là, oân-a sī～～～ê-niâ⇨你嗎很清楚嘛，還不是夯旗喝喊之流而已嗎。

【吪號令 hoah-hō-lēng】 班長～～～pan-tiú$^n$～～～⇨同上。

【吪么吪六 hoah-io-hoah-liok】 賭博手投骰子口叫出一或六。喻從旁亂喊亂吪。你莫得～～～～好否lí mài-teh～～～～hó-bō͘⇨你不要亂喊亂吪可以嗎。

【吪起吪倒 hoah-khí-hoah-tó】 指揮、控制全局。亦即起倒皆出自其一吪。攏毎你扲～～～～lóng-mā-lí teh～～～～⇨皆是你在叫起立叫倒臥。亦即起臥進退皆由你在指揮。

【吪龍吪鳳 hoah-liông-hoah-hōng】 同吪么吪六hoah-io-hoah-liok。你安爾～～～～敢未嘴乾lí an-ne(ni)～～～～kám-bē(bōe) chhùi-ta⇨你如此亂喝亂壞不口渴嗎。

**hoah 喝** 吪hoah俗字。

**hoah 滑** 輕磨曰滑hoah。輕輕在皮砥上一滑曰滑hoah，俗以磨boâ作磨hoah。菜刀水缸～一下道利也chhài-to chúi-kng～chit-ē tō-lāi-ā⇨菜刀在水缸邊一滑就很利了。剃頭刀無皮砥未～得thì-thâu-to bô phôe-chí bē(bōe)～tit⇨剃頭刀非皮砥不能滑hoah。生脬皮扲～剃頭刀lān-pha-phôe teh～thì-thâu-to⇨(粗語)喻非常的危險。未曉～道不當～bē(bōe)-hiáu～tō m̄-thang～⇨不懂得滑就不可以亂滑。

【滑皮 hoah-phôe(phê)】 滑剃刀用之皮砥phôe-chí。剃頭店無～～誰俫信thì-thâu-tiàm bô～～siâng boeh-siàn⇨理髮店沒有皮砥誰人相信。

【滑滑 hoah-hoah】 滑。信採～～扲道利利也chhìn-chhái～～leh tō lāi-lāi-ā⇨隨便一滑就很利了。

**hoah 跬** 半步也。一舉足也。一步曰一跬hoah。大～行toā-kiâ$^n$⇨大步行toā-pō͘-kiâ$^n$。無三～脚道到也bô-sa$^n$～kha tō-kàu-ā⇨不三步就到了。很近的。一百～脚chit-pah～kha⇨一百步的距離。～過溝～kòe-kau⇨跨越過水溝。

**hoah 活** 生也。天作孽，猶可作，自作孽不可～thian-chok-giat, iû-khó-chok, chū-chok-giat, put-khó～⇨孟子。生～該穩定seng～ài-ún-tēng⇨同上。

## hoai

hoâi
**懷** 思念也。抱也。包也。胸～hiong～⇨同上。心～莫測sim～bok-chhek⇨不知其心中所想何事。暗～利器àm～lī-khì⇨私補兵器sū-chah peng-khì。

【懷孕 hoâi-īn】 有身ū-sin。有喜ū-hí。入門道～～叫做入門喜jıp-mn̂g tō～～kiò-chò jıp-mn̂g-hí⇨同上。

【懷古 hoâi-kó͘】 追念往事。回顧歷史。夜泊牛渚～～iā-pok giû$^{n}$-chú～～⇨唐詩有此一首。

【懷念 hoâi-liām】 思念su-liām。逐個攏眞～～你tak-ê lóng-chin～～lí⇨同上。

【懷春 hoâi-chhun】 思春su-chhun。少女～～siàu-lí～～⇨同上。

【懷恨 hoâi-hīn(hūn)】 恨在心中。怨恨oàn-hīn。～～在心～～chāi-sim⇨同上。

【懷胎 hoâi-thai】 懷孕hoâi-īn。三年乳哺兒報本，十月～～女謝恩sam-liân jí-pō͘ jî-pò-pún, sıp-goat～～lí-siā-in⇨司功壇常見之對聯。

【懷疑 hoâi-gî】 心中有疑念。無證據道不可～～人bô-chèng-kì(kù) tō-m̄-hó～～lâng⇨同上。

【懷舊 hoâi-kū(kiū)】 懷古hoâi-kó͘。～～之情～～chi chêng⇨同上。

hoâi
**頦** 頤下也。下頦ē-hoâi，俗曰嘴下斗chhùi-ē-táu。落下～lâu-ē～⇨講笑科kóng-chhiò-khoe。亦即論當世而解頤lūn-tong-sè jî kái-î也。下～曷不驚去落去ē～ah-m̄-kia$^{n}$-khì(ì)-lâu-khì(ì)⇨謂你說那些荒唐話，不怕下頦跌下來嗎。你曷聽伊抄落下～lí ah-thia$^{n}$-i teh-lâu-ē-～⇨你何必聽他亂說荒唐話。

hoâi
**槐** 樹名。木質堅，建築及器具的好材料。

【槐月 hoâi-goat】 四月之異名。

【槐花 hoâi-hoe】 槐木之花。初夏開黃白色的蝶形花。可作黃色染料。亦可作藥材，是一種解熱劑。

hoâi
**淮** 水名。即～河～hô。

【淮山 hoâi-san】 一種藥材名。據說是滋補強狀劑。

hoāi
**壞** 敗也。破敗曰壞hoāi，事情不妙亦曰壞hoāi。品行不佳曰壞hoāi。厝～去也chhù～khì-à⇨房子破了。車撞～也chhia lòng～ā⇨車撞破了。代誌～了了也tāi-chì～liáu-liáu-à⇨事情壞透了。阿三即個囡仔成～攏未講得a-sam-chit ê-gín-á chiâ$^{n}$～, lóng-bē-kóng-tit⇨阿三這個孩子很壞，完全不聽忠言勸告。

【壞事 hoāi-sū】 敗事。撞破好事。成事不足～～有餘sêng-sū put-chiok, ～～iú-î⇨同上。

【壞家 hoāi-ke】 敗家pāi-ke。～～散宅～～soà$^{n}$-theh⇨敗家散宅pāi-ke-soà$^{n}$-theh。

【壞血病 hoāi-hiat-pēng】 病名。多起因於營養不良。

## hoai$^{n}$

hoai$^{n}$
**攉** 摩也。掃擊也。棒擊曰攉hoai$^{n}$。用棍仔～iōng kùn-á～⇨以棍子敲擊。曷會堪得青竹棍仔抄～ah ē-kham-tit chhe$^{n}$、tek-kūn-á teh～⇨何能抵得住青竹棍之敲擊。佅～著一下道無命也。boeh～tioh chıt-ē tō-bô-miā-ā⇨要是被擊中了，一擊就沒命了。

hoái$^{n}$
**吽** 牛鳴聲。

hoâi$^{n}$
**橫** 遮門之木也。東西曰橫hoâi$^{n}$，南北曰直tıt(縱)。不順理曰橫hoâi$^{n}$，不講理曰橫hoâi$^{n}$，暴虐亦曰橫hoâi$^{n}$。坦～十字 thán～chap-jī⇨謂排疊不順，有橫的有十字形的。～

於路裡人未行得～tī lō·-lí lâng-bē-kiâ$^{n}$-tit⇨(某物)橫陳在路上。人無法通行。您阿狗有夠～lín-a-káu ū-kàu～⇨你們的阿狗，十分暴虐、兇殘。

【**橫人** hoâi$^{n}$-lâng】 不講理之人。兇暴之人。～～理路直～～lí-lō·-ti̍t⇨兇惡之人偏偏有很好的道理。

【**橫生** hoâi$^{n}$-se$^{n}$(si$^{n}$)】 hêng-seng。㊀謂人以外之萬物也。～～萬物也從生人也～～bān-but-iā, chhiông-seng jîn-iā⇨同上。㊁橫身的生產。～～倒孖～～tó-khê⇨生產之不尋常者。

【**橫直** hoâi$^{n}$-ti̍t】 ㊀縱橫。橫與直。～～攏是六尺～～lóng-sī la̍k-chhioh⇨橫與直皆爲六尺長。㊁不論如何。～～毋管您道著～～m̄-koán-lín tō-tio̍h⇨不論如何，不過問你們就對了。～～你毋知半項嘛～～lí m̄-chai poà$^{n}$-hāng-mà⇨不論如何你什麼都不知道嘛。伊～～愛錢耳i～～ài-chî$^{n}$-niâ⇨他只不過是要錢而已。咱～～都人去道可也lán～～to lâng-khì tō-hó-à⇨我們無論如何，都是人去就可以了。

【**橫洋** hoâi$^{n}$-iû$^{n}$】 ㊀大船。一妻一妾賢且娃，就勸丈夫做生理，造起～～十三隻，當店兼油車chi̍t-chhe-chi̍t-chhiap hiân-chhiá$^{n}$-súi, chiū-khǹg tiāng(tiōng)-hu chò(chòe) seng-lí, chō-khí～～cha̍p-sa$^{n}$-chiah, tǹg-tiàm kiam-iû-chhia⇨千金譜。㊁大海。行～～的大船kiâ$^{n}$～～ê toā-chûn⇨同上。

【**橫財** hoâi$^{n}$-châi】 ㊀不義之財。～～不當愛～～m̄-thang-ài⇨不義之財不可受。㊁意外之財。人無～～不富，馬無夜草不肥jîn bû～～put-hù, má-bû iā-chhó put-hûi⇨同上。

【**橫柴** hoâi$^{n}$-chhâ】 木料打橫。～～夯入灶～～giâ-ji̍p-chàu⇨柴入灶，直可以，橫難矣。喻強行不可能之事。橫行霸道。

【**橫痃** hoâi$^{n}$-hiân】 瘡名。多因梅毒而生。～～便毒～～piān-to̍k⇨同上。

【**橫格** hoâi$^{n}$-keh】 違逆ûi-ge̍k。～～序大人～～sī-toā-lâng⇨反抗父母。

【**橫渡** hoâi$^{n}$-tō·】 ㊀渡船tō·-chûn。撐～～the$^{n}$～～⇨同上。㊁過大海洋。～～太平洋～～thài-pêng-iû$^{n}$⇨同上。

【**橫匾** hoâi$^{n}$-pián】 匾之打橫者。寫一幅～～送人siá-chi̍t-pak～～sàng-lâng⇨寫一幅橫匾贈人。

【**橫領** hoâi$^{n}$-niá】 侵佔chhim-chiàm。詐欺～～chà-khi～～⇨同上。

【**橫遭** hoâi$^{n}$-choā】 橫線hoâi$^{n}$-soà$^{n}$。橫紃hoâi$^{n}$-sûn。

【**橫橫** hoâi$^{n}$-hoâi$^{n}$】 惡形惡狀。面仔～～活要驚死人bīn-á～oa̍h-boeh-kia$^{n}$-sí-lâng⇨惡形惡狀的直要赫死人。～～翺～～kô⇨不講理。橫霸hoâi$^{n}$-pà。

【**橫肉生** hoâi$^{n}$-bah-se$^{n}$(si$^{n}$)】 惡形惡狀的兇殘人。生做有夠～～～se$^{n}$-chō ū-kàu～～～⇨長得十分惡形惡狀。

【**橫街仔** hoâi$^{n}$-ke-á】 ～～～尾的小巷口道到位也啦～～～bóe ê sió-hāng-kháu tō kàu-ūi-ā-lā⇨同上。

【**橫翺翺** hoâi$^{n}$-kô-kô】 十分不講理。即顆有影有夠～～～chit-kho· ū-iá$^{n}$ ū-kàu～～～⇨此家伙眞的十分不講理。

【**橫霸霸** hoâi$^{n}$-pà-pà】 十分蠻橫暴虐。橫肉生更～～～hoâi$^{n}$-bah-se$^{n}$ koh～～～⇨外形惡，果然實質亦兇更殘hiong-koh-chhân。

【**橫行直走** hoâi$^{n}$-kiâ$^{n}$-ti̍t-cháu】 坦橫行，坦直走。咱若照步來，由在咱俫～～～～攏無要緊lán-nā chiàu-pō·-lâi, iû-chāi-lán-boeh～～～～lóng-bô-iàu-kín⇨我們若按理按法而行，即由我們自由要跑東跑西都沒關係。

【**橫倒直格** hoâi$^{n}$-tó-ti̍t-keh】 各種東西散亂雜陳。逐項安爾～～～～脚都踏無路呵ta̍k-hāng an-ne(ni)～～～～kha-to-ta̍h-bô-lō·-ō

⇨各物如此的散亂雜陳，脚都沒有著地之處嘛。

【橫衝直撞 hoâi$^{n}$-chhiong-ti̍t-lòng】 往東、衝西，通行無阻。到佗位您父每是～～～～，敢抄驚呢kàu toh(tah)-ūi lín-pē mā-sī～～～～kám-teh-kia$^{n}$-nè⇨到什麼地方，本大爺都是橫行直走，全無懼怕也。

hoâi$^{n}$ **莪** 芋莖ō͘-keng也。芋莖謂之莪hoâi$^{n}$。芋～ō͘～⇨芋莖。芋～干ō͘～koa$^{n}$⇨芋莖之乾物。丟丟冬也呷道芋～干，臭短命也你道戇心肝，更再來也你道食扦擔tiū-tiū-tang-á i-tō ō͘～koa$^{n}$, chhàu-tē-miā-á lí-tō gōng-sim-koa$^{n}$, koh-chài-lâi-á lí-to-chia̍h chhiám-ta$^{n}$⇨耕田歌。

## hoan

hoan **歡** 喜樂也。男女相愛也。喜～hí～⇨同上。不～而散put～jî-sàn⇨同上。

【歡心 hoan-sim】 喜悅之心。得著老人的～～tit-tio̍h lāu-lâng ê～～⇨同上。

【歡迎 hoan-gêng】 歡喜而迎接來訪之人。～～貴賓～～kùi-pin⇨同上。稚子～～童僕候門tī-chú～～tông-po̍k hâu-bûn⇨歸去來辭。

【歡呼 hoan-ho͘】 快樂而呼。～～萬歲～～bān-sòe⇨同上。

【歡送 hoan-sàng】 送別。畢業生～～會pit-gia̍p-seng～～hōe⇨同上。

【歡樂 hoan-lo̍k】 快樂khoài-lo̍k。秋風起兮白雲飛，草木黃落兮雁南歸，蘭有秀兮菊有芳，懷佳人兮不能忘，泛樓船兮濟汾河，橫中流兮揚素波，簫鼓鳴兮發棹歌，～～極兮哀情多，少壯幾時兮奈老何chhiu-hong khí-ê pe̍k-ûn-hui, chhó-bo̍k hông-lo̍k-ê gān-lâm-kui, lân-iú-siù-ê kiok-iú-hong, hoâi-ka-jîn-ê put-lêng-bōng, hoān-lâu-chûn-ê chè-hun-hô, hêng-tiong-liû-ê iâng-sò͘-pho, siau-kó͘-bêng-ê hoat-tok-ko, ～～ke̍k-ê ai-chêng-to, siáu-chòng kí-sî-ê nāi-ló-hô⇨漢武帝。

【歡天喜地 hoan-thian-hí-tē】 非常的歡喜快樂。聽著耳，道安爾～～～～，厝蓋都硬將要夯起來也 thia$^{n}$-tio̍h-niā, tō-an-ne(ni)～～～～，chhù-koà to ngē-chhiàn-boeh giâ-khí-lâi-à⇨只聽到消息而已，就如此的非常的高興，連屋頂都幾乎要掀掉了(高興得幾乎要爆炸了)。

hoan **讙** 讙譁hoan-hoa也。衆呼噪也。同喧嘩soan-hoa。又同歡hoan，喜悅也。

hoan **驩** 馬名。又同歡hoan，喜悅也。

hoan **吩** 吩咐hoan-hù也。～～鴈，急含去，直到君前莫遲期～～gān, kip hâm-khì ti̍t-tò kun-chian bo̍k-thî-kî⇨妻致夫書。

hoan **番** 計數之辭也。更代也。外族也。外族外邦皆曰番hoan，外來之物多冠以番hoan。無知或不講理亦曰番hoan，亦作蕃hoan，即～的較穲，頂～的較媠chit～ê khah-bái, téng～ê khah-súi⇨此次的比較不好，上一次的比較漂亮。一～生二～熟三～道哎哎叫也chi̍t～chhe$^{n}$, nn̄g～se̍k, sa$^{n}$～tō sut-sut-kiō-à⇨第一次生疏chhe$^{n}$-so͘，第二次熟了，第三次就通行無阻了。哎哎叫sut-sut-kiō，①連續的口哨聲。②形容快速，順利順手，通行無阻。更～keng～⇨交代。西仔～se-á～⇨西方之外邦，西班牙人。生～chhe$^{n}$(chi$^{n}$)～⇨未開化之民。熟～se̍k～⇨同化了之外人。紅毛～ang-mô(mn̂g)～⇨和蘭(荷蘭)人。白色人。烏～o͘～⇨黑種人。烏鬼仔～o͘-kúi-á～⇨很黑很黑之人。囡仔～gín-á～⇨不講理的孩子。查某人～cha-bó͘-lâng～⇨不講理的女人。老～lāu～⇨①老外人。②老而不講理。

【番丁 hoan-teng】 番仔青年hoan-á-chheng-liân。

【番刀 hoan-to】 番族之佩刀。～～利劍劍～～lāi-kiàm-kiàm⇨同上。

【番公 hoan-kang】 男番lâm-hoan。～～番婆～～hoan-pô⇨同上。

【番王 hoan-ông】 番邦之王。拍面做～～phah-bīn chò(chòe)～～⇨化粧扮成番王。

【番仔 hoan-á】 ㊀番人。～～出草～～chhut-chháu⇨兇番獵取人頭。㊁來自番邦之物。～～火～～hóe(hé)⇨火柴hóe-chhâ。～～油～～iû⇨石油chio̍h-iû，煤油bôe-iû。～～薑～～kiuⁿ⇨胡椒hô͘-chio。胡hô͘亦番hoan也。～～幪～～moa⇨無手袖之大衣Manteau也。又生番被體之布。～～狗～～káu⇨①洋犬iâng-khián。②罵洋人之詞。③性如番人。～～直～～ti̍t⇨愚直。～～癖～～phiah⇨固執，易怒之性。

【番行 hoan-hâng】 外人的商號。洋行iûⁿ-hâng。

【番字 hoan-jī】 洋文iûⁿ-bûn。蟹行字hāi-hêng-jī。未輸扲看～～扲，扠無寮仔門bē(bōe)-su teh-khoàⁿ～～leh, sa-bô liâu-á-mn̂g⇨好像看洋文的，不得其門而入。

【番邦 hoan-pang】 番之國，外國。交通～～kau-thong～～⇨與外國私自往來，勾結。

【番社 hoan-siā】 番族部落。村落。

【番花 hoan-hoe】 ㊀花木名。印度素馨în-tō͘-sò-kheng(heng)。亦爲一種藥材。㊁一種婦女的惡性病。生於子宮等處。生～～seⁿ(siⁿ)～～⇨同上。

【番界 hoan-kài】 番族居住的區域。

【番客 hoan-kheh】 ㊀與番交易之商人。㊁來自番邦之人。

【番租 hoan-cho͘】 向番交納的借地稅。台灣番原居平地，被漢人所迫，和平撤入山地，漢人約以每年可來收取租金若干，是爲番租，惟時至今天，此約似乎已消滅矣。

【番紗 hoan-se】 洋紗iûⁿ-se。亦即西洋綿絲。

【番麥 hoan-be̍h】 玉米giok-bí。扎～～at～～⇨採收玉米。

【番船 hoan-chûn】 外國船。同番仔船hoan-á-chûn。～～入港～～ji̍p-káng⇨同上。

【番婆 hoan-pô】 番族之婦女。～～仔～～á⇨番女。番之少女。

【番番 hoan-hoan】 ㊀孩子壞。囡仔～～gín-á～～孩子不講理不聽話。㊁人頑劣。彼個人～～hit-ê-lâng～～⇨那一個人頑固不明事理。㊂話無條理。講話～～kóng-ōe～～⇨同上。～～翱～～kô⇨多方強求。

【番割 hoan-koah】 與番族作物品交換爲業之人。

【番黍 hoan-sé】 禾本科的植物。黍仔sé-á，亦屬穀類，可作飯，亦可釀酒。

【番童 hoan-tông】 番族的少年。

【番餉 hoan-hiàng(hiòng)】 番族所交出之稅捐。收～～siu～～⇨同上。

【番態 hoan-thāi】 番一樣的態度(孩子)。即個囡仔眞～～chit-ê-gín-á chin～～⇨同上。

【番鴨 hoan-ah】 一種鴨名，亦曰正番鴨chiàⁿ-hoan-ah或正番仔chià-hoan-á，形似鴛鴦而體較大，公母差異亦甚大。～～公～～kang⇨其雄者。按：可能是和蘭人帶來的歐種鴨。

【番頭 hoan-thâu】 有洋人頭之硬幣。～～銀～～gîn(gûn)⇨同上。乎人掠去揁～～hō-lâng lia̍h-khì(ì) kòng～～⇨被人捉去勒索(番頭銀)。

【番薯 hoan-chî】 han-chî(chû)。地瓜。客人種～～kheh-lâng chèng～～⇨存辦死chhûn-pān-sí，亦即覺悟要死。蓋客家話，種番薯與河洛話存辦死諧音也。

【番雀仔 hoan-chhak-á】 hoan-chhiak-á。鳥名，canary，亦即金絲雀kim-si-chhiak。

【番通事 hoan-thong-sū】 番語通譯官。淸代有此小官，所謂義人吳鳳，被殺時即任此職。

**【番嘰哈 hoan-kī-kā】** hoan-kī-kap。番人們在喧譁(所言爲何全聽不懂)。番仔～～～hoan-á～～～⇨同上。

**【番仔刣加納 hoan-á-thâi-ka-lah】** 謂嘰哩哈啦不知所說何事。歸陣人恰如～～～～～抄，阮每不知佪抄嚷啥kui-tīn-lâng kah-ná～～～～～leh, goán mā m̄-chai in teh jiáng-sahⁿ(siahⁿ)⇨整陣人有如番人殺加納的，我們也不知他們在叫嚷何事。

**【番仔換老牛 hoan-á-oāⁿ-lāu-gû】** 謂互換東西，有則可以了，不計較其質量。～～～～～有道好～～～～～ū-tō-hó⇨同上。

**hoan 旛** 旗幅長而下垂者也。幢～tōng～⇨書明死者姓名封號等，出殯時由子孫持之與捧斗者同行。有人捧斗夯幢～道可囉ū-lâng phâng-táu giâ-tōng～tō-hó-lò⇨謂出殯之時有子捧斗夯幢旛送葬就滿足了。引魂～ín-hûn～⇨道引死者在他鄉之陰魂回鄉之旛。企～khiā～⇨做功德時須將幢旛立在司功壇。

**hoan 蕃** 草茂也。同番hoan，外族也。男女同姓，其生不～lâm-lí tông-sèng, ki-seng put～⇨古人禁止同姓氏之成婚。生番chheⁿ-hoan亦作生蕃chheⁿ-hoan。

**【蕃衍 hoan-ián】** 繁盛衆多也。

**hoan 翻** 飛也。動也。覆轉也。反覆hoán-hok曰翻hoan。改變曰翻hoan。舊案新辦曰翻hoan。又糖等物風化曰翻hoan。亦作飜hoan。推～thui～⇨同上。更～koh～⇨再辦。新辦。亦曰更再～koh-chāi～。合人～kah-lâng～⇨推翻與人約定者。糖～去也thn̂g～khì(ì)-à⇨糖風化了。

**【翻田 hoan-chhân】** 第二次犂田，使土坔反側。無趕緊～～驚做未赴 bô koáⁿ-kín～～kiaⁿ-chò bē(bōe)-hù⇨不快翻田恐怕來不及(挿秧等)。土坔thô͘-phoeh，耕起土也。～～根～～kin(kun)⇨對已賣出的田地提出難題，強求買主再增加若干補償。

**【翻印 hoan-ìn】** 照樣重印。有銷要更～～ū-siau boeh-koh～～⇨同上。

**【翻車 hoan-chhia】** ㊀車輛翻覆。～～更佳哉無死人～～koh-ka-chāi bô-sí-lâng⇨車飜了，但是很萬幸，沒有人死傷。㊁清楚明白。借音，應該另有其字。你攏講未～～lí lóng-kóng-bē(bōe)～～⇨你對我所說全不明白。較講都未～～khah-kóng to-bē(bōe)～～怎麼說(你)都沒有明白理會。

**【翻身 hoan-sin】** ㊀臥中反側。困了抵仔～～耳khùn-liáu tú-á～～niâ⇨睡後剛在反側。㊁轉身。一變二變～～不見it-piàn jī-piàn,～～put-kiàn⇨孩子玩魔術的口頭禪。㊂立即。馬上。～～道轉來也，免若久啦～～tō-tńg-lâi ā, bián goā-kú-lā⇨馬上就回來，不會太久。我～～道去goá～～tō-khì⇨我一會兒就趕去。

**【翻供 hoan-keng】** 被告推翻前所承認的口供kháu-keng。伊要～～都無法度不，法律也無禁止也啦i boeh～～to-bô-hoat-tō͘-m̄, hoat-lut ā-bô kìm-chí-à-lā⇨他要翻供是沒辦法的，法律上也沒有禁止嘛，不是嗎。

**【翻版 hoan-pán】** ㊀翻印hoan-ìn。再版chāi-pán。㊁與前事一樣。安爾不武松殺嫂的～～an-ne(ni) m̄-bú-siông-sat-só ê～～⇨如此嗎，不是與武松殺嫂的案件完全一樣嗎。

**【翻砂 hoan-soa】** 製造金屬器具類的砂模。～～工～～kang⇨其熟練工。

**【翻案 hoan-àn】** 案情反轉。重新告訴。有新證據會使得～～ū-sin chèng-kì ē(ōe)-sái-tit～～⇨同上。

**【翻草 hoan-chháu】** ㊀反芻hoán-cho͘。牛羊鹿仔道是會～～的動物gû-iûⁿ-lok-á tō-sī ē(ōe)～～ê tōng but⇨同上。㊁再除草。無更～～未使得也bô-koh～～bē(bōe)-sái-tit-ā⇨不再除草第二次不行了。

**【翻倉 hoan-chhng】** 再曬倉中之穀。該～～也ài～～a⇨需要翻倉了。

**【翻厝 hoan-chhù】** 房屋改建。無～～未用得，不過無錢bô～～bē(bōe)-iōng-tit, m̄-kò bô-chî$^{n}$⇨房子不改建不行了，但是又沒錢。

**【翻新 hoan-sin】** 換新樣。房屋改裝。做法～～chò(chōe)-hoat～～⇨同上。厝～～也chhù～～a⇨房屋改裝過了。

**【翻箍 hoan-kho·】** ㊀回頭而來。老水蛙更倒～～呢lāu-chúi-ke koh tò～～neh⇨你又回頭來了。㊁病情反覆。病更扗～～不知要啥步道好pē$^{n}$-koh-teh～～m̄-chai boeh siá$^{n}$-pō· tō-hó⇨病情又在反覆了，不知如何是好。啥步應作甚步。

**【翻頭 hoan-thâu】** ㊀回來。～～來道攏好也～～lâi tō-lóng-hó-à⇨回來就全部弄好了。㊁換另一頭。～～亦可以用～～iah khó-í-iōng⇨換另一頭(例如棒等)也可以使用。

**【翻轉 hoan-tńg】** 再一次。～～年～～nî⇨次年。～～月～～goeh⇨次月。～～日～～jit⇨次日。～～暝～～mê⇨次夜。～～身～～sin⇨翻身hoan-sin。轉身choán-sin。～～來～～lâi⇨回頭而來。乎阮學堂去讀書，讀來讀去二、三年，～～來不八半介字hō·-goán oh-tn̂g khì-thak-chu, thak-lai thak-khì nn̄g-sa$^{n}$-nî，～～lâi m̄-bat(pat) poà$^{n}$-kâi-jī⇨丑仔白。

**【翻曝 hoan-phak】** 再曬太陽。翻倉～～hoan-chhng～～⇨同上。

**【翻譯 hoan-ek】** A語譯成B語。番仔話無人～～hoan-á-ōe bô-lâng～～⇨外語無人通譯。

**【翻茶葉 hoan-tê-hioh】** 翻曬茶葉。茶葉新採回來，要加以風乾，爲使乾度平均，以手加以翻轉曰翻茶葉hoan-tê-hioh。

**【翻軻車 hoan-kha-chhia】** 牛馬要脫去軻車kha-chhia(不輓行也)。喻爲脫責任而嚴重抗議。您父去合伊～～～不，敢扗驚伊lím-pē khì-kah-i～～～m̄, kám-teh-kia$^{n}$-i⇨本大爺去與他抗議反抗了，誰在怕他，不是嗎。亦曰剝軻車pak-kha-chhia。軻車kha-chhia亦即車連牛馬肩之道具，在車前扼牛馬之頸以輓車者也。

**【翻舊賬 hoan-kū-siàu】** 清算舊賬目。計較舊恩怨。逐家不好～～～也啦，愈翻愈臭耳tak-ê m̄-hó～～～à-là, ná-hoan-ná-chhàu-nia⇨大家不可翻舊賬了，越翻越臭的而已。

**【翻天覆地 hoan-thian-hok-tē】** 天翻地覆thian-hoan-tē-hok。鬧到安爾噢～～～～nāu-kà an-ne(ni)-ō～～～～⇨同上。

**【翻來覆去 hoan-lâi-hok-khì】** ㊀講了又講。講話～～～～未輸茹念的kóng-ōe～～～～bē(bōe)-su jî-liām-ê⇨話說了又說，宛然亂講亂念經一般。㊁改了又改。合人講了也猶更～～～～叫人不知安怎道好kah-lâng kóng-liáu-à iáu-koh～～～～kiò-lâng m̄-chai an-choá$^{n}$ tō-hó⇨說定了的還是改了又要改，叫人不知如何是好。

**【翻舊柴焦 hoan-kū-chhâ-chau】** 重拾舊歡。扗更～～～～也teh-koh～～～～a⇨又與舊情人在重拾舊歡了。柴焦chhâ-chau，薪柴之半燃燒者。亦即燃餘之薪柴。

**反** hoán 覆也。歸也。悔也。叛也。違也。正之對詞。異常曰反hoán。板料變形曰反hoán。正～chiā$^{n}$～⇨同上。相～siōng～⇨同上。一去不復～it-khì put-hok～⇨一去而不再回。造～chō～⇨同上。謀～bô·～⇨同上。長毛～tn̂g-mô·～⇨長髮賊洪秀全之亂。林爽文～lîm-sóng-bûn～⇨林爽文之革命。三年一小～五年一大～sa$^{n}$-nî it-sió～gō·-nî it-tāi～⇨謂我們台灣古來反政府事件之多。番仔～hoan-á～⇨外族來侵犯。日本仔～jit-pún-á～⇨日族來攻。走～cháu～⇨逃避兵亂。枋無焦會～pang bô-ta ē(ōe)～⇨木板不夠乾會變形。天氣扗～

也thi$^{n}$-khì teh～â⇨天氣在變(壞)了。不當梟～人m̄-thang hiau～lâng⇨不可違背別人。

【反文 hoán-bûn】 漢字部首之一。攻，改，放等字是也。

【反反 hoán-hoán】 變形。即埲枋略仔～～chit-tè-pang lioh-á～～⇨此枋略有變形。枋pang，板pán，兩字有分別。

【反毋 hoán-m̄】 破約phoà-iak。頭仔講好，尾仔～～thâu-á kóng-hó, bóe-á～～⇨開始時說可以，後來變不要了。

【反王 hoán-ông】 叛首poān-siú。謀主bô͘-chú。企～～khiā～～⇨自主謀反。

【反心 hoán-sim】 變心piàn-sim。貳心jī-sim。心裡有～～的款sim-lí ū～～ê khoán⇨心內好像抱有異志。

【反天 hoán-thi$^{n}$】 天氣轉壞。抮～～也teh～～a⇨天氣在變了。

【反目 hoán-bok】 不和。夫妻～～舞到離家散宅hu-chhe～～bú-kà lī-ke-soà$^{n}$-theh⇨同上。

【反正 hoán-chèng】 ㊀復歸正道。歹人～～phái$^{n}$-lâng～～⇨同上。㊁無論如何。橫直hoâi$^{n}$-tıt。我無管你，～～錢是你的goá-bô-koán-lí,～～chî$^{n}$-sī lí-ê⇨我不管你，錢是你自己的。明仔早正更講，～～你是該來的bin-na-chāi chià$^{n}$-koh-kóng,～～lí-sī-ài-lâi-ê⇨明天再說罷，橫直你是非來不可的。

【反生 hoán-chhe$^{n}$(chhi$^{n}$)】 臨死之前，病情峉轉好。

【反切 hoán-chhiat】 以二字之音切出另一字之讀音的方法。例如甫晚hú-boán切其音是返hoán是也。亦即取甫h-u的前部h，與晚b-oan的後部oan連起來成h-oan→hoán也。

【反白 hoán-peh】 變白piàn-peh。阿花仔去工場了，皮膚攏～～，加眞媠a-hoe-a khì-kang-iû$^{n}$-liáu phôe-hu lóng～～ke-chin-súi⇨阿花上工場打工之後，皮膚皆變白了，顯得更漂亮了。

【反奸 hoán-kan】 好人變壞人。秦世美～～chîn-sè-bí～～⇨戲齣名。

【反抗 hoán-khòng】 百姓對暴政會～～peh-sè$^{n}$(sì$^{n}$) tùi pok-chèng ē(ōe)～～⇨同上。

【反死 hoán-sí】 反相hoán-siàng。抮～～也teh～～â⇨在變相piàn-siàng了，快要死了(罵人語)。

【反舌 hoán-siat】 鳥名。白舌鳥pek-siat-niáu。

【反坐 hoán-chō】 法律名詞。誣告者之罪名。～～法～～hoat⇨同上。

【反形 hoán-hêng】 性格有變。抮～～也teh～～ā⇨性格在變了(快要死了)。你不抮～～也lí m̄-teh～～ā⇨你不是要死了嗎。

【反攻 hoán-kong】 守者改取攻勢。敗退者反擊。

【反味 hoán-bī】 味突變。便當～～也，曷會食得piān-tong～～ā，ah-ē(ōe)-chiah-tit⇨便當變味了，怎麼可以吃呢。

【反青 hoán-chhe$^{n}$(chhi$^{n}$)】 變青色。呈現青色。面攏～～也bīn lóng～～a⇨同上。

【反拙 hoán-choat】 反而不巧不妙。弄巧～～lōng-khiáu～～⇨同上。

【反供 hoán-keng】 翻供hoan-keng。反口供hoán-kháu-keng⇨翻口供hoan-kháu-keng。

【反卦 hoán-koà】 變卦piàn-koà。背約pōe-iak(iok)。

【反陂 hoán-phi】 魚池水變質(酸素亦即氧氣不足)致魚翻白。魚池～～魚仔死了了也hî-tî～～hî-á sí-liáu-liáu-â⇨同上。

【反紅 hoán-âng】 呈現紅色。天～～thi$^{n}$～～⇨天空呈現紅色。紗綠較會～～soa-lek khah-ē(ōe)～～⇨黑綠色(的布色)容易變紅色。

【反面 hoán-bīn】 ㊀正面之對詞。正面寫了

～～每該寫chiàⁿ bīn siáu-liáu～～mā-ài-siá⇨同上。㊁變面pìⁿ-bīn。阿番實在～～無常a-hoan si̍t-chāi～～bû-siâng(siông)⇨同上。

【反症 hoán-chèng】 病狀轉變。暗頭仔食西瓜，半暝仔～～àm-thâu-á chia̍h si-koe, poàⁿ-mê(mî)-á～～⇨喻變卦變得快。

【反悔 hoán-hóe】 hoán-hóe。後悔hō͘(hiō)-hóe。～～都逮於尻川後～～to tōe-tī kha-chhng-āu⇨反悔皆跟在後面也。反悔皆是來不及的。

【反風 hoán-hong】 風勢變。抾～～也卜敢會落一水也teh～～a, pok-káⁿ-ē(ōe)-lo̍h chi̍t-chúi-ā⇨在反風了，恐怕會下一些雨了罷。

【反音 hoán-im】 音色變了。樂器～～ga̍k-khì～～⇨同上。

【反咬 hoán-kā】 反噬hoán-sē。㊀狗咬主人。㊁犯人反指檢舉人爲共犯。

【反派 hoán-phài】 反對派。俗指壞人之黨派。～～的角色～～ê kioh-siàu⇨扮演與主角對立的演員。演～～的ián～～ê⇨同上。

【反叛 hoán-poān】 謀反。立黨～～li̍p-tóng～～⇨同上。

【反背 hoán-pōe】 違背ûi-pōe。～～人不好～～lâng m̄-hó⇨違背他人不可也。不好m̄-hó，不可也，也含無好收尾。

【反省 hoán-séng】 自省chū-séng。自己未曉要～～也是枉費chū-kí bē-hiáu-boeh～～ā-sī óng-hùi⇨自己不知反省也是徒然。

【反相 hoán-siàng(siòng)】 性格轉變。敢是得倸死也，毋那會安爾～～kaⁿ-sī teh-boeh-sí-a, m na ē an-ne(ni)～～⇨恐怕是要死了，否則何以如此反相⇨恐怕是要死了，才會反相。

【反芻 hoán-chho͘】 食物入胃後再出於口中細嚼之。～～動物～～tōng-bu̍t⇨牛羊鹿等是也。

【反梟 hoán-hiau】 背約pōe-iak。食言si̍t-giân。乎人～～去hō͘-lâng～～khì⇨被人遺棄(他人背約而去也)。不當～～人m̄-thang～～lang⇨不可違背別人。人lâng改讀lang。

【反哺 hoán-pō͘】 子哺食母。羊有跪乳之恩，鴉有～～之義iâng iú kūi-jí-chi-in, a iú～～chi-gī⇨報答親恩之詞。

【反射 hoán-siā】 物理學名詞。光線的～～kong-soàⁿ ê～～⇨同上。～～神經～～sîn-keng⇨同上。

【反側 hoán-chhek】 翻身hoan-sin。求之不得輾轉～～kiû-chi-put-tek, tián-choán～～⇨同上。

【反軟 hoán-nńg】 軟化。看不是勢道～～也khoàⁿ m̄-sū-sè tō～～ā⇨看出事勢不妙，就軟化了。不是勢m̄-sī-sè→m̄-sū-sè。不是事勢之省詞。

【反常 hoán-siâng(siông)】 與常時不同。伊會講即類話算是眞～～呢，你敢無注意著i-ē-kóng chit-lōe-ōe sǹg-sī chin～～neh, lí-kám-bô-chù-ì-tio̍h⇨他會說出此種話可以說是相當的不尋常，你豈不注意及此。

【反動 hoán-tōng】 物理學名詞。俗指反對者。～～份子～～hūn-chú⇨同上。～～派～～phài⇨同上。

【反掌 hoán-chiáng】 易如～～安如泰山ī-jî～～, an-jî thài-san⇨同上。

【反間 hoán-kan】 擾亂敵方。～～計～～kè⇨同上。用～～iōng～～⇨同上。中著～～計tiòng-tio̍h～～kè⇨同上。

【反亂 hoán-loān】 叛亂poān-loān。～～事件～～sū-kiāⁿ⇨同上。

【反黃 hoán-n̂g】 變黃色。

【反訴 hoán-sò͘】 法律名詞。被告提出～～pī-kò the̍h-chhut～～⇨同上。

【反賊 hoán-chha̍t】 叛黨poān-tóng。反亂者。

【反照 hoán-chiàu】 光線反射。

【反窟 hoán-khut】 池水變質。同反陂hoán-phi。

【反語 hoán-gí(gú)】 詞面與詞意相反之詞。你要用～～激伊，不道該人聽八，無那有效 lí-boeh-iōng ～～ kek-i, m̄-tō-ài-lâng thia$^{n}$-bat(pat), bô-ná-ū-hāu⇨你要使用反語刺激他，也需要他聽得懂，否則豈能有效果。

【反監 hoán-ka$^{n}$】 監囚ka$^{n}$-siû起暴動。

【反駁 hoán-pak(pok)】 辨正。～～伊家己耳啦，什麼～～！～～i ka-kī-niâ-lâ, sam-ma ～～⇨不過是反駁自己而已，不成反駁也！

【反酸 hoán-sng】 酸化。～～也，有餲味也，不可食也～～ā, ū-àu-bī-ā, m̄-hó-chiah-ā⇨酸化了，有餲味了，不可以吃了。

【反對 hoán-tùi】 不贊成put-chàn-sêng。～～黨～～tóng⇨同上。

【反調 hoán-tiāu】 音樂走調離譜。喻不同於衆之言論。愛唱～～ài-chhiù$^{n}$～～⇨喜歡作相反之高論。

【反嘴 hoán-chhùi】 轉話頭tńg-ōe-thâu。不承認前言。～～道講無也～～tō-kóng-bô-ā⇨轉句話就說沒有了。

【反營 hoán-iâ$^{n}$】 營中自亂。內亂。內訌。家內扵～～ke-lāi-teh～～⇨家中不和。先生一下無扵扵，學生仔未輸扵～～扵sin-se$^{n}$ chit-ē bô-tī-teh, hak-seng-á bē(bōe)-su teh～～leh⇨老師一不在，學生們宛然如內亂一樣了。先生sin-se$^{n}$→sian-si$^{n}$。

【反應 hoán-èng】 心理～～sim-lí～～⇨同上。化學～～hòa-hak～～⇨同上。

【反覆 hoán-hok】 ㊀一次又一次。詳細～～檢查siâng(siông)-sè～～ kiám-cha⇨㊁態度向背不定。～～無常～～bû-siâng(siông)⇨同上。

【反濕 hoán-sip】 乾物發生濕氣。壁～～piah～～⇨同上。

【反證 hoán-chèng】 證明原證據不實。無法提出～～bû-hoat theh-chhut～～⇨同上。

【反顧 hoán-kò͘】 回頭而視。義無～～gī-bû～～⇨同上。

【反比例 hoán-pí-lē】 數學名詞。正比例～～chià$^{n}$-pí-lē～～～⇨同上。

【反作用 hoán-chok-iōng】 有作用就有～～iú-chok-iōng chiū-iú～～～⇨同上。

【反老還童 hoán-ló-hoân-tông】 老人健康如童子。

【反起反倒 hoán-khí-hoán-tó】 ㊀無定見。～～～～，連鞭要，連鞭不，叫人侎安怎～～～～liâm-mi-boeh, liâm-mi-m̄, kiò-lâng boeh-an-choá$^{n}$⇨忽起忽倒，又要又不要，叫人何從。連鞭liân-pi$^{n}$→liâm-mi，很快立即，一會兒。㊁病情忽好忽壞。每是安爾～～～～藥仔食都眞曼mā-sī an-ne(ni)～～～～ioh-á chiah tō chin-bân⇨還是如此的起起倒倒，藥是吃着，很難見效。曼bân引也，長也。藥徐徐難見效曰曼bân。

**hoán 返** 還也。更也。積重難～chek-tiōng-lân～⇨惡習甚深難以改變。青春一去不復～chheng-chhun it-khì put-hok～⇨青春一去不再回。

【返主 hoán-chú】 出殯後，神主牌從山奉回家中。

【返國 hoán-kok】 回國hôe-kok。阿姊得仙～～了a-ché tit-boeh～～lo⇨姊姊快要回國了。

【返照 hoán-chiàu】 同反照hoán-chiàu。

【返鄉 hoán-hiang】 回故鄉。～～省親～～séng-chhin⇨同上。

**hoàn 販** 買賤賣貴者也。市～chhī～⇨市上所賣。做～chò(chòe)～⇨經紀等的中間商人。牛～gû～⇨買賣牛隻者。豬～ti～⇨豬隻之買賣者。魚～hî～⇨同上。菜～chhài～⇨同上。攤～thoa$^{n}$～⇨同上。三個錢～二個錢賣sa$^{n}$-ê chî$^{n}$～nn̄g-ê-chî$^{n}$-bē(bōe)⇨以三文錢

買來兩文錢。賣出。喻聽到人言不計是非立即轉學他人。

【販仔 hoàn-á】 販夫hoàn-hu。小行商。做～～chò(chòe)～～⇨做小行商生意，其人。～～間～～keng⇨收容販夫走卒之便宜旅店。～～白～～peh⇨小販間所使用之數字暗號。例如魚菜販以㓜iù，色sek，冬tang，眞chin，任jīm，皆kāi，才châi，捌pat，欠khiàm，台tâi的十字代表一至十的數字。牛販即以天thian，下hā，平pêng，口khó͘，水súi，龍liông，門bûn，不put，見kiàn，開khai的十字代表之。

【販俏 hoàn-siàu(sau)】 販賣及媒介少女，女婢爲業者。俏siàu，美好曰俏siàu。

【販番 hoàn-hoan】 與番族外邦交易。

【販賣 hoàn-bē(bōe)】 買進賣出。～～人口～～jîn-kháu⇨販俏者是也。文明國家表面上已禁之。

hoàn **喚** 呼也。大聲也。傳～thoân～⇨呼人。阿鼻叫～a-pī-kiò～⇨阿鼻地獄群鬼慘呼。

hoàn **奐** 文采煥然也。盛也。輪～lûn～⇨宮室高大美麗。美輪美～bí-lûn-bí～⇨賀新居之套詞。

hoàn **煥** 火光也。明也。灼爛明～chiak-lān-bêng～⇨同上。

【煥發 hoàn-hoat】 發散光彩。精神～～cheng-sîn～～⇨同上。

【煥然一新 hoàn-jiân-it-sin】 舊物經過一番修飾，一變如同全新。

hoàn **渙** 水盛貌。廣闊。離散也。精神～散cheng-sîn～sàn⇨同上。

hoàn **氾** 濫lām也。廣博也。洪水橫流曰氾hoàn曰濫lām。

【氾濫 hoàn-lām】 洪水橫流，～～於天下hông-súi hêng-liû,～～î thian-hē⇨同上。

hoàn **汎** 浮貌。博也。與氾hoàn等互通。又英文Pan的音譯。Pan America譯爲汎美hoàn-bí。

【汎舟 hoàn-chiu】 浮舟於水上。～～遊湖～～iû-ô͘⇨乘小舟遊湖。

【汎稱 hoàn-chheng】 通稱thong-chheng。總稱chóng-chheng。

【汎論 hoàn-lūn】 全體通盤的說明。總論chóng-lūn。～～各論～～kok-lūn⇨同上。

【汎心論 hoàn-sim-lūn】 哲學名詞。

【汎神論 hoàn-sîn-lūn】 宗教學名詞。

【汎太平洋協會聯盟 hoàn-thài-pêng-iûⁿ-hiap-hōe-liân-bêng】 Pan-Pacific Union，太平洋上各國各地區的一種聯合組織。

hoàn **泛** 浮也。覆也。東～三江，西浮七澤tong～sam-kang, se-hû chhit-tek⇨同上。又尋常也。浮淺也。與人無爭曰泛hoàn(亦曰hàm曰泛hāⁿ見ham，haⁿ各部)。伊人較～i-lâng khah～⇨他爲人較隨便(不斤斤計較)。

【泛泛 hoàn-hoàn】 hàm-hàm。隨便。無計較bô-kè-kàu。伊人～～i-lâng～～⇨他爲人很隨和。～～仔代～～á-tāi⇨泛泛仔代hàm-hàm-á-tai⇨不必太計較之事。你掠做伊是～～之輩咯lí liah-chò-i sī～～chi-pōe-lō͘⇨你以爲他是庸碌無用之人嗎(你錯了)。

【泛而無統 hoàn-jî-bû-thóng】 漫然無統緒bān-jiân-bû-thóng-sī。

hoàn **幻** 相詐惑也。化也。虛而不實也。虛～如眞hi～jî-chin⇨同上。變～莫測piàn～bok-chhek⇨同上。

【幻術 hoàn-sut】 亦稱魔術mô-sut。以無化有或以有化無之遊戲。

【幻滅 hoàn-biat】 ㈠佛家語。幻生～～hoàn-seng～～⇨同上。㈡幻影消滅。

【幻想 hoàn-siūⁿ】 空想khang-siūⁿ。～～曲～～khek⇨樂曲的一種。

【幻境 hoàn-kéng】 虛空的世界。亦即夢幻仙境bōng-hoàn-sian-kéng也。

【幻影 hoàn-éng】 虛影hi-iáⁿ。人生是一場～～耳嘛jîn-seng sī chit-tiûⁿ～～niā-mà⇨人生不過是一場虛影而已。

【幻燈 hoàn-teng】 Magic Lantern，利用凸鏡與光線，將影像放大於白幕之上之裝置。所謂電影tiān-iáⁿ即由此改良者。～～片 ～～phìⁿ⇨同上。

【幻覺 hoàn-kak】 本無物而覺得好似有物。精神病的人較有～～的現象cheng-sîn-pēⁿ ê lâng khah-ū～～ê hiān-siōng⇨同上。

hoân
**亘** 宣soan之本字。以事徧告於衆曰宣布soan-pò͘，亦即亘布hoân-pò͘也。又橫也。又竟也。亘古通今hoân-kó͘-thong-kim。又橫亘三百里hêng-hoân sam-pek-lí。以布展張曰亘hoân，以絃急張曰亙keng，亘hoân亦亙keng也，布曰亘hoân，絃曰亙keng。亘布帆hoân-pò͘-phâng亦曰亙布帆keng-pò͘-phâng。

【亘布帆 hoân-pò͘-phâng】 弓布帆keng-pò͘-phâng以遮雨取涼。

【亘雨傘 hoân-hō͘-soàⁿ】 製造傘之時加傘布以遮雨。亦曰亙雨傘keng-hō͘-soàⁿ。

【亘蚊罩 hoân-báng-tà】 掛蚊帳koà-báng-tiàng亦即展張蚊帳以便防蚊也。亦曰弓蚊罩keng báng-tà。

hoân
**垣** 牆chhiâng也。其高者曰墉iông，卑者曰垣hoân。又官舍也。宮～kiong～⇨同上。諫～kàn～⇨同上。

hoân
**桓** 樹名。古亭之表亦即古驛亭之招牌也。又姓氏。齊桓公，宋桓公之後裔。

hoân
**樊** 藩籬也。樊籠hoân-lóng亦即鳥籠也chiáu-láng-á也。又姓氏。

【樊噲 hoân-kōe】 刣豬的thâi-ti-ê出身，佐劉邦稱帝(漢高祖)而封侯拜相，亦爲幸運人也。

【樊梨花 hoân-lê-hoa】 hân-lê-hoa。戲台上的名美女。移山倒海～～～î-san-tó-hái～～～⇨同上。

hoân
**礬** 一種礦物，白色的結晶體。俗用爲收斂劑，可使濁水澄清。拍～phah～⇨手握礬塊入濁水中攪之以使其澄清。

【礬石 hoân-chio̍h】 礬hoân，亦曰明礬bêng-hoân。

【礬皮 hoân-phôe(phê)】 以礬製皮。使皮革柔軟。

hoân
**煩** 躁也。悶也。亂也。勞也。多也。通作繁hoân。操～chhau～⇨同上。勞～lô～⇨同上。痲～mâ～⇨同上。心～sim～⇨同上。事～sū～⇨事多。畏～ùi～⇨怕痲煩。代誌眞～tāi-chì chin～⇨事情很痲煩。工作甚忙。不當～別人m̄-thang～pa̍t-lâng⇨不可痲煩他人。心～意亂sim～ì-loān⇨同上。

【煩人 hoân-lāng】 人lâng改讀lāng。痲煩他人。～～不可啦～～m̄-hó-lā⇨痲煩別人不可也。莫～～，咱家己想辦法mài～～，lán ka-kī siūⁿ-pān-hoat⇨不要痲煩別人，我們自己想辦法。

【煩心 hoân-sim】 勞心lô-sim。操心chhau-sim。有批轉來也啦不免更～～也啦ū-phe tńg-lâi-ā-lā, m̄-bián koh～～ā-lā⇨有信回來了，不必再操心了。

【煩死 hoân-sì】 死sí改讀sì。煩之極。太煩了。會～～ē(ōe)～～⇨可能操心而死。無～～亦半條命也bô～～mā poàⁿ-tiâu-miā-ā⇨謂不煩死也死一半條死了。

【煩神 hoân-sîn】 勞神lô-sîn。乎你～～眞多謝hō͘-lí～～chin to-siā⇨勞神了，多謝您了。

【煩惱 hoân-ló】 操心勞神。阿花仔你免～～，安啦a-hoe-a lí-bián～～，an-lā⇨阿花之事你不必操心一定沒問題的。食家己的飯～～別人的代誌chia̍h-ka-kī ê pn̄g～～pa̍t-lâng ê tāi-chì⇨謂何必多管閑事。

【煩雜 hoân-cha̍p】 多而複雜。代誌眞～～你都不知扵tāi-chì chin～～lí-to m̄-chai-leh⇨問題夠多夠複雜，你全不知也。

hoân
**繁** 多也。雜也。盛也。通煩hoân。事～人又少sū～lâng-iū-chió⇨事多人手少。

【繁忙 hoân-bông】 多忙。工作～～kang-chok～～⇨同上。

【繁多 hoân-to】 甚多。種類～～chióng-lūi～～⇨同上。

【繁重 hoân-tiōng】 事多責重。公務～～kong-bū～～⇨同上。

【繁盛 hoân-sēng】 熱鬧興盛。市街～～chhī-ke～～⇨同上。

【繁華 hoân-hoa】 奢侈熱鬧。追思往日漫～～，到而今成夢話tui-su óng-jı̍t bān～～, tō-jî-kim sêng-bōng-hoā⇨古詞。

【繁殖 hoân-sı̍t】 養殖iáng-sı̍t。～～漁業～～gî-gia̍p⇨以養代捕之漁業。

【繁榮 hoân-êng】 繁華茂盛。促進地方～～chhiok-chìn tē-hng～～⇨同上。

【繁雜 hoân-cha̍p】 煩雜hoân-cha̍p。事情～～sū-chêng～～⇨同上。

【繁文褥禮 hoân-bûn-jiok-lé】 多而虛僞的傳統的禮數。毋免講講許的～～～～啦m̄-bián kóng-kóng hiah-ê～～～～là⇨不要嚕嘛那些繁文褥禮好了。

【繁星滿天 hoân-seng-boán-thian】 全天皆是星。是夜～～～～sī-iā～～～～⇨同上。

**hoân 還** 復也。歸也。返hoán也。歸～kui～⇨同上。退～thè～⇨同上。返～hoán～⇨同上。清～chheng～⇨同上。一～一，二～二，該照步來chı̍t～chı̍t, nn̄g～nn̄g, ài chiàu-pō·-lâi⇨一歸一，二歸二，必須按部就班àn-pō·-chiū-pān。魚～魚，蝦～蝦，水龜咸田螺hî～hî, hê～hê, chúi-ku hâm chhân-lê⇨謂魚，蝦各歸其類，水龜和田螺可合在一處。你～你，我～我，逐個無交插lí～lí, goá～goá ta̍k-ê bô-kau-chhap⇨你是你，我是我，彼此沒有關係。珠～合浦chu～ha̍p-phó·⇨合浦出眞珠，因貪官珠皆不見了，後來淸官行淸政，珠又出現扵合浦市面。亦曰合浦還珠。合浦ha̍p-phó·地名。在雷州半島。

【還元 hoân-goân】 復元ho̍k-goân。元goân亦作原goân。～～算～～sǹg⇨算術名詞。

【還俗 hoân-siok】 歸俗kui-siok。僧尼脫去僧尼身分回家爲常人。與其破戒，寧可～～í-kî phò-kài, lêng-khó·～～⇨同上。

【還淸 hoân-chheng】 全部淸還。債若～～心官道較淸chè nā～～sim-koaⁿ tō khah-chheng⇨債務退還了，心裡就平安了。

【還得 hoân-li(chit)】 行～～行，食～～食kiâⁿ～～kiâⁿ，chia̍h～～chia̍h⇨行路則行路，食東西則食東西，都要正經，不可又行又食，又食又行。

【還猶 hoân-iáu】 猶未iáu-bōe(iá-bē)，猶有iáu-ū(iá-ū)，猶好iáu-hó等各詞，皆可冠上還hoân字以加強語氣，作～～未～～bōe(bē)，～～有～～ū，～～好～～hó等是也。到盦～～未來嗎kà-taⁿ～～bōe(bē)-lâi-mā⇨至今還未來嗎。～～得食～～teh-chia̍h⇨還在吃。～～有人扵抄～～ū-lâng tī-teh⇨還有人在。～～可用～～hó-iōng⇨還可以使用。

【還債 hoân-chè】 淸還債務。替兄弟～～thè hiaⁿ-tī～～⇨同上。

【還魂 hoân-hûn】 復活ho̍k-oa̍h。～～草～～chháu⇨同上。～～丹～～tan⇨同上。～～藥～～io̍h⇨同上。

**hoân 圜** 天體也。體者道體而非形體也。又同圓oân。

**hoān 犯** 侵也。犯法之人曰犯。違背法令曰犯hoān。違～ûi～⇨同上。干～kan～⇨同上。侵～chhim～⇨同上。觸～chhiok～⇨同上。冒～mō～⇨同上。殺人～sat-jîn～⇨同上。嫌疑～hiâm-gî～⇨同上。囚～siû～⇨同上。監～kaⁿ～⇨囚犯。逃～tô～⇨同上。走～cháu～⇨逃犯。刣頭～thâi-thâu～⇨死刑的囚犯。又罵壞孩子之詞。秋毫無～chhiu-hô-bû～⇨軍紀甚好。食人飯～人問chia̍h-lâng-pn̄g～lâng-mn̄g⇨食人之祿，受人管問。你無

～我，我未問你lí-bô～goá, goá-bē(bōe) m̄ng-lí⇨你不冒犯我，我不找你算賬。

【犯人 hoān-lâng】 因犯罪被捉在官之人。有良心解差，無良心～～ū-liâng-sim kái-chhe, bô-liâng-sim～～⇨謂解差中亦有具有良心者，犯人中却沒有具有良心者。喻你寬大待人，他却乘機逃脫不管你死活。

【犯上 hoān-siāng(siōng)】 冒犯尊長。～～欺下，無惡不作～～khi-hē(hā) bû-ok-put-chok⇨同上。

【犯法 hoān-hoat】 觸犯法令。知法～～罪加一等ti-hoat～～chōe-ka-it-téng⇨同上。

【犯風 hoān-hong】 舟船遇逆風。船～～chûn～～⇨同上。

【犯規 hoān-kui】 同犯法hoān-hoat。

【犯攲 hoān-khia】 自貽被攻擊之藉口。自己～～的那有話講chū-kí～～ê ná-ū-ōe-kóng⇨自遺被攻擊之材料還能說什麼。攲khia，攲器：傾攲易覆之器，又不平也。故意提出難題曰攲khia。

【犯罪 hoān-chōe】 做案chō-àn。～～學～～hak⇨同上。

【犯嫌 hoān-hiâm】 惹人懷疑。安爾藉～～an-ne(ni) chiah～～⇨如此才被懷疑有問題。～～的所在不好去～～ê só͘-chāi m̄-hó-khì⇨君子不近險地kun-chú put-kīn hiám-tē。

【犯勢 hoān-sè】 預料將來之詞。相當於或者、或許或可能等。～～阿花多敢會嫁阿三抡～～a-hoe to-káⁿ ē kè a-sam-leh⇨或者阿花會嫁給阿三也未可知。～～您會先到～～lín ē seng-kàu⇨或許你們先行到達(目的地)。～～多敢無望也咧～～to-káⁿ bô-bāng-ā-leh⇨或者已經無希望了。許是～～～～乎你未料得he-sī～～～～hō͘-lí bē-liāu-tit⇨那事是(要看情形之變化而定，或很有可能性)你是無法預料的。～～～～罔創看覓抡～～～～bóng chhòng-khoāⁿ-bāi-leh⇨或者有可能，姑且試看抡chhì-khoāⁿ-leh。

【犯煞 hoān-soah】 觸犯邪神。

【犯著 hoān-tio̍h】 觸犯chhiok-hoān，冒犯mō-hoān。～～法律～～hoat-lu̍t⇨同上。～～人的銃路～～lâng ê chhèng-lō͘⇨阻擋了人家的彈道。喻冒犯了人家。～～天朝大罪～～thian-tiâu-tāi-chōe⇨犯上滔天大罪tho-thian-tāi-chōe。

【犯諱 hoān-hùi】 犯上尊長的名字。～～的字未用得～～ê jī bē(bōe)-iōng-tit⇨與尊長之名相同的字不能使用。

【犯人攲 hoān-lâng-khia】 犯攲hoān-khia。

【犯三煞 hoān-sam-soah】 住家或墓等犯了年月日三神的方位。

【犯色瘋 hoān-sek-hong】 房事中突發奇症。

【犯聖諱 hoān-sèng-hùi】 冒犯天子之名字。貴抵貴～～～kùi-tú-kùi～～～⇨薛仁貴的故事。謂張士貴以薛仁貴的名是冒犯了他。

**患** hoān 憂也。禍害也。疾病也。有備無～iú-pī-bû～⇨同上。憂～iu～⇨同上。禍～hō～⇨同上。

【患者 hoān-chiá】 有病之人。我的～～goá ê～～⇨醫生指其所診察治療的病人。

【患部 hoān-pō͘】 有毛病的部位。～～該先消毒～～āi-seng siau-to̍k⇨同上。

【患動 hoān-tōng】 疔瘡等患部發炎生膿。無趕緊消毒會～～bô koáⁿ-kín siau-to̍k ē(ōe)～～⇨不趕快加以消毒就會患動。

【患難 hoān-lān】 災難chai-lān。共～～kiōng～～⇨同歷災難。～～之交～～chi kau⇨曾經同遭災難的朋友。

【患得患失 hoān-tek-hoān-sit】 驚死驚活kiaⁿ-sí-kiaⁿ-oa̍h。

**凡** hoān 總指之詞。皆也。庸俗也。塵俗也。平～pêng～⇨不稀不奇。普通的。平平～～過一世pêng-pêng～～kōe-chi̍t-sì⇨普普通通的生活過了一生。

【凡人 hoān-jîn】 平凡之人。平庸之人。塵世之人。我是～～呢，不是仙呢goá sī～～neh, m̄-sī sian neh⇨同上。

【凡夫 hoān-hu】 匹夫phit-hu。～～俗子～～siok-chú⇨同上。

【凡例 hoān-lē】 書籍的編輯體例。

【凡事 hoān-sū】 萬事bān-sū。～～起頭難～～khí-thâu-lân⇨不論何事都是開始時困難。～～著存後步～～tioh-chhûn āu-pō͘⇨萬事須留餘地。～～須當三思～～si(su)-tong sam-su⇨萬事都要三思而後行。

【凡若 hoān-nā】 凡。大凡。～～有法度救出一個人，我道賞伊一百萬～～ū-hoat-tō͘ kiù-chhut chit-ê-lâng，goá-tō-siúⁿ-i chit-pah-bān⇨不論何人，能救出一人者，我則賞他一百萬。～～信主的，道會得着救～～sìn-chú ê，tō-ē(ōe) tit-tioh-kiù⇨基督教徒的宣傳詞。～～有良心的人都攏流目屎～～ū-liâng-sim ê lâng to-lóng lâu-bak-sái⇨有良心者皆流淚。

【凡胎 hoān-thai】 脫～～thoat～～⇨入仙籍jip-sian-chek。

【凡間 hoān-kan】 hān-kan。塵世tîn-sè。仙女來～～轉世sian-lí lâi～～choán-sè⇨同上。

【凡塵 hoān-tîn】 凡間hoān-kan。塵世tîn-sè。即個婆娘不是人，九天仙女下～～，生個兒子去做賊，偷挽仙桃壽母親chit-ê pô-niû put-sī-jîn, kiú-thian-sian-lí hē～～, seⁿ-kô jî-chú khì-chò-chhat, thau-bán sian-thô siū-bó-chhin⇨一狂士爲一大員祝母壽。

hoān 範 法也。模也。模型也。木曰模，竹曰範。模～bô͘～⇨同上。師～su～⇨同上。示～sī～⇨同上。

【範文 hoān-bûn】 示範的文章。

【範本 hoān-pún】 示範的帖册。習字～～sip-jī～～⇨同上。

【範圍 hoān-ûi】 界限kāi-hān。損害的～～相當廣大sún-hāi ê～～siang-tong kóng-tāi⇨同上。

【範疇 hoān-tiû】 哲學名詞。

hoān 飯 飯食hoān-sit，轎夫等之餐食chhan-sit也。打～～táⁿ～～⇨付現款使其自理飯食也。打táⁿ，現物折爲金錢也。

hoān 宦 仕也，學也。試用學習之官也。事人者曰宦hoān。仕～而至將相，富貴而歸故鄉，人之所榮也sū～jî-chì chiàng-siàng, hù-kùi jî-kui kò-hiang, jîn-chi-só͘-êng-iā⇨同上。

【宦人 hoān-jîn】 宮中之閹官，亦即太監thài-kàm也。

【宦官 hoān-koaⁿ】 宮中侍奉之官，因皆用閹人，不復雜調他士，亦專指太監thài-kàm。

hoān 范 姓氏。

【范增 hoān-cheng】 秦末奇人。年七十，助項羽以成霸業，羽尊之爲亞父。後以計不用而去。

【范仲淹 hoān-tiōng-am】 宋名臣。

【范無咎 hoān-bû-kiū】 城隍爺前的二將軍之一。亦作范無救hoān-bû-kiù，亦即犯者無以救之也。謝必安～～～siā(chiā)-pit-an～～～⇨城隍前一高一矮的兩將軍。

## hoat

hoat 法 刑也，制也，術也。手段亦曰法hoat。國～家～kok～ka～⇨同上。立～司～lip～su～⇨同上。憲～民～刑～商～會計～hiàn～bîn～hêng～siang～hōe-kè～⇨各種法。算～sǹg～⇨同上。遁～tūn～⇨同上。種～chèng～⇨同上。煮～chí～⇨同上。食～chiah～⇨同上。手～chhiú～⇨同上。筆～pit～⇨同上。刀～to～⇨同上。劍～kiàm～⇨同上。萬～歸宗bān～kui-chong⇨同上。

佛～hut～⇨同上。仙～sian～⇨同上。入山學～jip-soaⁿ hak～⇨同上。無～無天bû～bû-thian⇨同上。無你～bô-lí～⇨奈何你不了。無法可制服你。我無你～你每無我～goá-bô-lí～lí-mā-bô-goá～⇨我不能服你，你也無法服我。食無～得chiah-bô～tit⇨無法食之(因爲太多，太硬或者其他原因)。讀無～得thak-bô～tit⇨無法讀之(太深奥了)。提無～得theh-bô～tit⇨無法取之(太重了)。擔無～得taⁿ-bô～tit⇨無法擔之(太重了)。

**【法人 hoat-jîn】** ㊀法律名詞。法律認爲有法律能力之團體。公～～kong～～⇨例如學藝、宗教等之公益團體。私～～su～～⇨例如公司行號等之私人組織。財團～～châi-thoân～～。㊁法國人。

**【法力 hoat-lek】** 佛家語。佛法之力。～～無邊～～bû-pian⇨同上。

**【法水 hoat-chúi】** 符灰水。亦即道士等畫符作法之水。潑～～phoah～～⇨散潑法水以驅邪。

**【法令 hoat-lēng】** 法律與命令。～～多如牛毛～～to-jî gû-mô⇨同上。牛毛gû-mô(mn̂g)。

**【法旨 hoat-chí】** 道士施法而發給鬼神的命令。領～～niá～～⇨鬼神接受了道士之命令。

**【法戒 hoat-kài】** 佛法，道法的戒律。守～～siú～～⇨同上。

**【法廷 hoat-têng】** 法官執行審案之所。神聖的～～sîn sèng ê～～⇨同上。

**【法門 hoat-bûn】** 佛家語。衆聖入道之門。喻進身之門徑。不二的～～put-jī ê～～⇨唯一的進身之路。

**【法制 hoat-chè】** 法律制度。～～局～～kiok⇨同上。

**【法官 hoat-koaⁿ】** 推事，檢察官等之官員。～～應獨立於黨派之外～～èng tok-lip î tóng-phài-chi-goā⇨所謂司法獨立的基本原則之一。但國民黨却另有解釋。

**【法例 hoat-lē】** ㊀法律共通適用之通則。㊁判例phoàⁿ-lē。

**【法定 hoat-tēng】** 法律明文所規定。～～年齡～～liân-lêng⇨同上。～～利率～～lī-lut⇨同上。

**【法治 hoat-tī】** 依法治之。對人治而言。依法律循制度行事，可無人治之人在政在人亡政亡之弊端，民主～～是最好的政治制度bîn-chú～～sī chòe-hó ê chèng-tī-chè-tō⇨同上。

**【法帖 hoat-thiap】** 練字的範本。先學～～seng-oh～～⇨先就法帖學之。

**【法界 hoat-kài】** 司法社會。法學界。又佛家之言，另有所指。

**【法律 hoat-lut】** 依法制定的法典。～～無非人情～～bû-hui jîn-chêng⇨似是實非之俗語。～～縫～～phāng⇨法的漏洞。

**【法度 hoat-tō】** 辦法，術法。無～～也bô～～ā⇨沒辦法了。～～是有啦，該錢耳啦～～sī-ū-lâ, ài-chîⁿ-niâ-lâ⇨方法是有的，需要錢而已。

**【法家 hoat-ka】** 古九流之一。～～者流，出於理官，信賞必罰，以輔禮制～～chià-liû, chhut-î-lí-koan, sìn-siáng-pit-hoat, í-hû-lé-chè⇨同上。

**【法索 hoat-soh】** 一種繩索。司功sai-kong驅鬼神的道具。動～～tāng～～⇨動用法索以驅鬼邪神也。

**【法師 hoat-su】** ㊀精通佛法之人。㊁道士亦稱法師。

**【法曹 hoat-chô】** 司法官。～～界～～kài⇨同上。

**【法術 hoat-sut】** 魔法妖法。司功用～～辟妖邪sai-kong iōng～～phek iau-siâ⇨司功道士使用法術驅逐妖邪。

**【法場 hoat-tiûⁿ】** ㊀死囚斬決之所。劫～～kiap～～⇨搶劫法場以救囚犯。古小說中時見之。㊁道士施法之所。

【法網 hoat-bāng】 喻法律爲網。～～疏而不漏～～so͘-jî-put-lāu⇨謂法律之網雖然很疏而不密，但是大魚(壞人)還是漏不掉的。

【法諺 hoat-gān】 有關法律的諺語。例如新法修正舊法sin-hoat siu-chèng kū-hoat或者惡法勝於無法ok-hoat sèng-î bû-hoat等是也。

【法醫 hoat-i】 鑑定刑事案件的死傷程度或其造成原因或其精神狀態的專業醫生。～～學～～hak⇨同上。

【法警 hoat-kéng】 司法警察的簡稱。

【法寶 hoat-pó】 佛家語。佛家三寶。僧尼的衣缽，錫杖亦曰法寶hoat-pó。

hoat **髮** 首上毛也。毛～mô～⇨同上。白～pek～⇨同上。華～hoâ～⇨同上。鶴～hoh～⇨白髮。理～lí～⇨剃頭thì-thâu之現代語。美～bí～⇨同前。剪～chián～⇨同理髮。山以草木爲～san í chhó-bok ûi～⇨同上。落～爲尼loh～ûi-nî⇨剃光頭做尼姑。披～文身phi～bûn-sin⇨頭髮披散肩上身上刺花紋，亦即原始人的一般情形。怒～冲冠nō～chhiong-koan⇨大怒的形容詞。

【髮姐 hoat-ché】 理髮美容業的婦女的通稱。理髮店的～～lí-hoat-tiàm ê～～⇨理髮店的理髮小姐。

【髮僧 hoat-cheng】 道士tō-sū。有髮之僧。

【髮膚 hoat-hu】 毛髮皮膚。身體～～受之父母，不能毀傷，孝之初也sin-thé～～siū-chi hū-bó, put lêng húi-siang, hàu-chi-che-iā⇨孝經。

【髮字頭 hoat-jī-thâu】 漢字部首之一，亦即以髟piu爲冠，例如髹，鬆，鬢等字是也。

hoat **發** 射發也。亦即矢離弦而去也。凡生，出，開，行，遣等皆曰發hoat。付款曰發hoat，醱酵hoat-kàⁿ亦曰發hoat。粟仔～芽chhek-á～gê⇨同上。樹仔～蘖chhiū á～íⁿ⇨樹發芽。囡仔～嘴齒gín-á～chhùi-khí⇨同上。～熱～汗～jiat～koāⁿ⇨同上。生頭～尾seⁿ-thâu～bóe⇨謂自頭至手脚難免生瘡生痛。發尾hoat-bóe亦作發面.hoat-bīn。工錢猶未～kang-chîⁿ iá-bōe～⇨工資未付。薪水得佅～也sin-súi tit-boeh～ā⇨薪水快要發了。龍船雙頭～lêng-chûn siang-thâu～⇨船頭船尾同時加速加快。寅葬卯～iân-chòng-báu～⇨寅時下葬卯時立即開始行好運氣。酵母無～kàⁿ-bó(bú) bô～⇨酵母未醱酵。言出如箭，不可亂～，一入人耳，有力難拔giân-chhut jî chìⁿ, put-khó loān～, it-jip-jîn-ní, iú-lek lân-poat⇨西廂記。夜～清溪向三峽，思君不見下愈州iā～chheng khe hiàng-sam-kiap, su-kun-put-kiàn hā-jî-chiu⇨李白。

【發水 hoat-chúi】 ㊀賊禍。土匪～～thó͘-húi～～⇨土匪搶劫。㊁向榮。生理當抄～～seng-lí tng-teh～～⇨生意正在發達向榮。

【發牙 hoat-gê】 生牙seng-gê。囡仔抄～～也gín-á teh～～ā⇨孩子在發嘴齒了。七坐八爬九～～chhit-chē, peh-pê, káu～～⇨嬰仔七月坐，八月能爬，九月就發牙。

【發火 hoat-hóe(hé)】 ㊀出火chhut-hóe。起火khí-hóe。佗位～～的猶未知tah(toh)-ūi～～ê á-bē-chai⇨何處發火還不知道。㊁生氣seng-khì。怒nō。愈想愈～～ná-siūⁿ-ná～～⇨越想越氣oat-siūⁿ-oat-khì。不免～～，慣勢道好也m̄-bián～～koàn-sì-tō-hó-ā⇨不必生氣，習慣了就沒事了。

【發引 hoat-ín】 靈柩出發向葬地。下午三時～～葬於南山之陽hā-ngó͘ saⁿ-sî～～chòng-î-lâm-san-chi-iâng⇨訃音上常見類似之詞。

【發心 hoat-sim】 ㊀決心。動心。～～佅棄邪歸正～～boeh khì-siâ-kui-chèng⇨同上。㊁佛家語。求正道。初～～時便成正覺chhe～～sî piān-sêng chèng-kak⇨同上。

【發出 hoat-chhut】 出。～～命令～～bēng-lēng⇨同上。～～皓光～～hō-kong⇨

同上。

【發令 hoat-lēng】 發命令hoat-bēng-lēng。發號令hoat-hō-lēng。今仔日抵～～耳kin-á-jit tú～～niâ⇨今天剛剛下來的命令。～～員～～oân⇨同上。

【發布 hoat-pò͘】 發表hoat-piáu。～～新聞～～sin-bûn⇨同上。

【發生 hoat-seng】 ㊀草木～～chhó-bok～～⇨草木生矣。㊁出事chhut-sū。～～車禍～～chhia-hō⇨同上。問題～～也būn-tê～～a⇨同上。

【發行 hoat-hêng】 ㊀發行書報。～～人～～jîn⇨同上。～～數～～sò͘⇨新聞每日印行之份數。㊁批發商品。A公司～～的貨較有信用A-kong-si～～ê hòe khah-ū sìn-iōng⇨同上。

【發汗 hoat-koāⁿ】 出汗chhut-koāⁿ。食藥乎伊～～chiah-ioh hō͘-i～～⇨同上。

【發作 hoat-chok】 生，起，向榮。土匪～～thó͘-húi～～⇨土匪蜂起。舊症頭仔又抾～～也kū-chèng-thâu-á iū-teh～～à⇨老病又在作怪了。家運當抾～～ke-ūn tng-teh～～⇨家運正在欣欣向榮。

【發角 hoat-kak】 生角。㊀喻成長爲怪物。不聽話了。阿三盒多敢～～也抾a-sam taⁿ to-káⁿ～～à-leh⇨阿三而今，恐怕生鬚發角了。㊁牛羊生角。牛種仔抾～～也gû-chéng-á teh～～à⇨小牛在生角了。

【發見 hoat-kiàn】 初次尋出新事物。～～新大陸～～sin-tāi-liok⇨同上。～～著金礦～～tioh kim-khòng⇨同上。

【發狂 hoat-kông】 精神恍惚。發熱熱到～～去hoat jiat jiat-kà～～khì⇨熱得精神恍惚。人一下～～嘴煞飛飛lâng chit-ē～～chhùi-soah poe-poe⇨一發狂竟說東說西亂說一場。

【發兵 hoat-peng】 出兵chhut-peng。元帥不肯～～goân-sòe m̄-khéng～～⇨同上。～～迎擊侵略者～～gêng-kek chhim-liak-chiá⇨同上。

【發身 hoat-sin】 發揮氣力。龍船抾～～lêng-chûn teh～～⇨龍船在拚出速度。囡仔當得～～gín-á tng-teh～～⇨孩子正在快速成長時期。

【發兌 hoat-tôe】 發售。出賣。得仲～～了tit-boeh～～lò͘⇨快要出售了。得未tit-boeh同得倈tit-boeh；將如何未如何也，又快要如何也。

【發明 hoat-bêng】 創造前所未知未有之事物。～～家～～ka⇨創造新事物之人。

【發芽 hoat-gê】 ㊀下種後出芽。燄了攏～～也iā-liáu lóng～～ā⇨下種了皆茁芽了(可喜)。㊁豆粟類因濕敗而出芽。粟仔抾～～也，壞也chhek-á teh～～à, hāi ā⇨谷在發芽了，壞了。

【發花 hoat-hoe】 ㊀生意趨向旺盛。生理抾～～也seng-lí teh～～a⇨同上。㊁心情由沈悶轉活潑。你看伊抾～～也lí khoàⁿ-i teh～～a⇨你看看他，在發花了。

【發炎 hoat-iām】 起炎症khí-iām-chèng。肺～～hì～～⇨同上。

【發育 hoat-iok】 生物生長。～～不完全～～put-oân-choân⇨機能或器官的生長不平衡。

【發表 hoat-piáu】 公開表明。～～意見～～ì-kiàn⇨同上。～～聲明～～seng-bêng⇨同上。

【發表 hoat-pió】 佛道的法會祭拜的開頭。～～首～～siú⇨法會的主持人。

【發泄 hoat-siap】 放出hòng-chhut。宣泄soan-siap。一時感情的～～耳，荅仔久道好也chit-sî kám-chêng ê～～niâ, tap-á-kú tō-hó-â⇨一時感情激動的宣泄而已，一會兒就沒事了。

【發性 hoat-sèng】 起性地khí-sèng-tē。生氣。彼隻牛扲～～也hit-chiah-gû teh～～ā⇨那匹牛在生氣了。牛性gû-sèng發了。

【發紅 hoat-âng】 浮起紅色。面～～bīn～～⇨同上。

【發祖 hoat-chó·】 ㊀開基祖khai-ki-chó·。㊁水源。淡水的水道是對紗帽山～～的tām-chúi ê chúi-tō sī tùi se-bō-soaⁿ～～ê⇨同上。即條龍是對彼邊山～～來的chit-tiâu-liông(lêng) sī tùi hit-pêng-soaⁿ～～lâi-ê⇨牽羅庚者之言。

【發音 hoat-im】 言詞之音。～～無正～～bô-chiàⁿ⇨發音不正確。

【發怒 hoat-nō】 生氣seng-khì。

【發毒 hoat-tok】 毒藥起作用。病瘡腫大。～～道無醫也～～tō bô-i-ā⇨疔瘡再腫就無法可醫了。

【發財 hoat-châi】 獲得大款。恭喜～～kiong-hí～～⇨新年的吉祥語。新～～仔sin～～á⇨暴發戶pok-hoat-hō·

【發症 hoat-chèng】 發病hoat-pēng。彼日～～隔三暝道講死也hit-jit ～～ keh-saⁿ-mê tō-kóng sí-à⇨當天發病才隔三夜就說死了。

【發草 hoat-chháu】 生草seⁿ-chháu。甘蔗皮扲～～kam-chià khn̄g-lè～～⇨甘蔗置而不理任其荒廢生草。

【發倉 hoat-chhng】 ㊀開倉khui-chhng。～～賑濟～～chín-chè⇨開公倉出粟救濟。㊁倉貯腐爛。粟曝無乾會～～都免講的chhek-phak-bô-ta ē(ōe)～～to-bián-kóng-ê⇨粟晒不乾會在倉中腐爛，此不必說之理也。

【發根 hoat-kin(kun)】 生根seⁿ-kin。～～發芽也～～hoat-gê-ā⇨同上。

【發病 hoat-peⁿ(piⁿ)】 生病seng-pēng。發症hoat-chèng。

【發展 hoat-tián】 ㊀發達hoat-tat。咱即地方最近每～～眞紋lán-chit-tē-hng chōe-kīn-mā～～chin-chē⇨同上。㊁墜落tūi-loh。阿狗若～～的你敢知，阿片薰攪酒飼查某，逐項每會a-káu goā～～è lí-kám-chai, a-phiàn-hun kiáu-chiú chhī-cha-bó·, tak-hāng-mā-ē(ōe)⇨阿狗這個東西如何發展你知道嗎，阿片煙攪酒養女人，件件皆能也。攪kiáu與賭博的竅kiáu諧音。

【發條 hoat-tiâu】 Spring。鐘錶的主要機件，螺旋狀的鋼鐵條。以其反彈力而使鐘表自行。時錶的～～sî-pió ê～～⇨同上。

【發彩 hoat-chhái】 事業繁榮發展。即幾年生理不止仔～～chit-kúi-nî seng-lí put-chí-á～～⇨這幾年生意做得相當昌盛。

【發現 hoat-hiān】 發見hoat-kiàn。出現chhut-hiān。有～～新的證據ū～～sin ê chèng-kì⇨同上。

【發掘 hoat-kut】 開掘khai-kut。～～新財源～～sin-châi goân⇨同上。

【發揚 hoat-iâng】 光明顯著。振起奮發。～～光大～～kong-tāi⇨同上。～～愛鄉愛國精神～～ài-hiang-ài-kok-cheng-sîn⇨同上。

【發售 hoat-siū】 販賣hoàn-bē。出售chhut-siū。本號～～pún-hō～～⇨同上。

【發動 hoat-tōng】 發起行動。喚起群衆行動。～～戰爭～～chiàn-cheng⇨同上。～～民衆抵抗～～bîn-chhiòng tí-khòng⇨同上。～～杯葛運動～～poe-kat-ūn-tōng⇨同上。～～機～～ki⇨馬達Motor。

【發揮 hoat-hui】 展示。～～了最大的戰力～～liáu chòe-tāi ê chiàn-lek⇨同上。實力無從～～sit-lek bû-chiông～～⇨同上。

【發陽 hoat-iâng】 男性興起。勃起。

【發寒 hoat-koâⁿ】 發冷hoat-léng。～～發熱～～hoat-jiat⇨發燒hoat-sio發冷hoat-léng。

【發散 hoat-sàn】 向四周散出。～～伊的魅力～～i ê mī-lek⇨發散她的魅力。

【發喪 hoat-song】 發表家有喪事。

【發跡 hoat-chek】 趁錢起家khí-ke。顯達hián-ta̍t。到佪老父彼代藉～～kàu-in-lāu-pē-hit-tāi chiah～～⇨到了他父親那一代才開始有錢(顯達)。

【發媱 hoat-hiâu】 或作發嬈。起媱khí-hiâu。女對男挑情。亦單曰媱hiâu。喻欲有所動。莫～～較直，無敢媱去湳仔底mài～～khah-ti̍t, bô-ká$^{n}$ hiâu-khì(ì) lâm-á-té⇨不可多此一舉比較單純，否則恐怕媱得跌落泥淖中。

【發福 hoat-hok】 由瘦轉肥。扲～～也teh～～à⇨在肥胖了。看著～～～～khoà$^{n}$-tio̍h～～～～⇨一看肥肥的。

【發雷 hoat-lûi】 起雷khí-lûi。落雷lo̍k-lûi。突然於厝後～～thut-jiân tī chhù-āu～～⇨同上。

【發達 hoat-ta̍t】 鼎盛。發展。有錢了。事業成功了。市街即碼眞～～囉chhī-ke chit-má chin～～lò·⇨市街而今很鼎盛了。阿三即幾年來有夠～～也a-sam chit-kúi-nî-lâi ū-kàu～～à⇨阿三在此數年中十分成功了。

【發電 hoat-tiān】 生出電力。水力～～chúi-le̍k～～⇨同上。火力～～hóe-le̍k～～⇨同上。～～所～～só·⇨同上。

【發酵 hoat-kà$^{n}$】 化學名詞。亦作醱酵hoat-kà$^{n}$。～～作用～～chok-iōng⇨同上。

【發遣 hoat-khián】 遣派khián-phài。～～欽差～～khim-chhe⇨同上。

【發誓 hoat-sì(sè)】 對神立誓。盒伊都當面～～也，拍算敢無錯也啦ta$^{n}$ i to tng-bīn～～à, phah-sǹg ká$^{n}$-bô-chhò-à-là⇨而今他已經當面發誓了，多半是沒錯了罷。

【發熱 hoat-jia̍t】 同發燒hoat-sio。發寒～～hoat-koâ$^{n}$～～⇨又涼又熱。拍燒拍冷phah-sio-phah-léng。

【發齒 hoat-khí】 發嘴齒hoat-chhùi-khí。發牙hoat-gê。

【發輦 hoat-lián】 童乩tâng-ki開始搖動神輿。亦曰起輦khí-lián。關未～～koan-bē(bōe)～～⇨童乩不跳動，亦即神輿不動。

【發暴 hoat-pauh】 事露現sū-lō·-hiān。事機不密道會～～，不敢會喈sū-ki put-bi̍t to-ē～～m̄-kám ē-kâi$^{n}$⇨事機不密就會敗露，否即能如何嗎。喈kâi$^{n}$鵝鳴聲也。會喈ē-kâi$^{n}$，能作鵝鳴，喻事成得意也。

【發錢 hoat-chî$^{n}$】 ㊀發銀hoat-gîn(gûn)。機關等支付金錢。拖眞久無～～thoa-chin-kú bô～～⇨同上。㊁發財hoat-châi。

【發興 hoat-hèng】 起興khí-hèng。起興頭khí-hèng-thâu。～～到壻也，鬼每不驚～～kàu-tè-à, kúi mā m̄-kia$^{n}$⇨興頭到了，鬼都不怕。

【發燒 hoat-sio】 發熱hoat-jia̍t。敢是寒著扲～～ká$^{n}$-sī koâ$^{n}$-tio̍h teh～～⇨恐怕中涼了，在發燒。

【發粿 hoat-kóe】 發酵過的一種甜年糕。～～發錢，甜粿鎮年，包仔粿包金，菜頭粿食點心～～hoat-chî$^{n}$, ti$^{n}$-kóe teh-nî, pau-á-kóe pau-kim, chhài-thâu-kóe chia̍h-tiám-sim⇨童謠。以四種年品，唱出其對新年的喜悅。

【發薪 hoat-sin】 發餉hoat-hiàng(hiòng)。發薪水hoat-sin-súi。

【發還 hoat-hêng】 hoat-hoân。歸還kui-hoân。禮數～～伊，莫收啦lé-sò·～～i, mài-siu-lā⇨禮數還給他，不收好了。

【發癀 hoat-hông】 瘡傷發炎，該消毒藉好，無驚做會～～āi-siau-to̍k chiah-hó, bô kia$^{n}$-chò-ē(ōe)～～⇨要消毒才好，否則恐怕會發炎。

【發憤 hoat-hūn】 立志努力求上進。蘇老泉，二十七，始～～，讀書籍so·-ló-choân, jī-si̍p-chhit, sí～～, tho̍k-si-che̍k⇨三字經。

【發願 hoat-goān】 說出希望事項。立志。自己～～的亦不是人強迫的chū-kí～～ê a̍h-m̄-sī lâng kiâng-pek-ê⇨自己立的願望，也不是別人強迫他的。

【發覺 hoat-kak】 惡事被察覺。襂的所在是無意中去～～著的bih-ê-só·-chāi sī bô-ī-tiong khì ～～ tioh-ê⇨(賊)隱藏的地方是無意中被看到的。自己～～代誌不好也ka-kī～～tāi-chì m̄-ho-à⇨自己察覺到事情不妙了。

【發爐 hoat-lô·】 香爐失火。謂係一種凶兆。

【發光體 hoat-kong-thé】 自己有光之物體。人抄喊講昨暗有什麼～～～出現lâng-teh-hán kóng-cha-àm ū-sam-ma～～～chhut-hiān⇨大家在說昨夜曾經看見發光體出現。

【發言權 hoat-giân-khoân】 發表意見的權利。多指在議會等民意機關內者。A議員要求～～～A-gī-oân iāu-kiû～～～⇨同上。

【發起人 hoat-khí-jîn】 最先建議創辦某事之人。無人敢做～～～bô-lâng kán-chò～～～⇨同上。

【發酒瘋 hoat-chiú-hông】 酒癮(愁)chiú-giàn發作(見發僥瘋hoat-kiáu-hong)。

【發暗西 hoat-àm-sai】 傍晚下的西北雨sai-pak-hō·。彼日抵落～～～眞大陣，你未記得也是不hıt-jit tú-loh～～～chin-toā-chūn, lí-bē(bōe)-kī-tıt-à sī-m̄⇨那一天剛好下了旁晚的驟雨很大的，你不記得嗎。

【發僥瘋 hoat-kiáu-hong】 賭博症發作。抄～～～也teh～～～a⇨同上。其他發酒瘋hoat-chiú-hong，或發查某瘋hoat-cha-bó·-hong皆同解。又瘋hong，亦作癀hông，亦同解。總之指熱中於賭博、酒或者女人是也。

**hoat 罰** 出金贖罪也。受法律之處分曰罰hoat。賠罪pôe-chōe亦曰罰hoat。天～thian～⇨天賜之報應。過期會～kōe-kî ē(ōe)～⇨超過限期可能受罰。看人乎人 ～ khoàn-lâng hō·-lâng～⇨看你受人處罰。多指遭老婆譴責。亦即你將被太座譴責的戲謔話。無影該～bô-iáⁿ ài～⇨如假該受罰。刑～hêng～⇨同上。處～chhì(chhù)～⇨同上。

【罰企 hoat-khiā】 罰以立正。乎老師～～hō·-lāu-su～～⇨被老師罰立正。亦曰罰企壁hoat-khiā-piah。

【罰金 hoat-kim】 以金錢贖罪siok-chōe。～～刑～～hêng⇨刑法名詞。刑罰中之最輕者。

【罰則 hoat-chek】 行罰之規定或條文。咱還仔定一個～～較好lán oân-á tēng-chit-ê～～khah-hó⇨我們還是定一個罰則比較好辦。

【罰款 hoat-khoán】 同罰金hoat-kim，罰鍰hoat-hoân。

【罰跪 hoat-kūi】 罰以下跪。乎牽手仔～～hō·-khan-chhiú-à～～⇨被老婆子罰下跪。

【罰鍰 hoat-hoân】 納金鍰以贖罪。亦即今之罰金也。其罰百鍰kî-hoat-pek-hoân⇨罰他一百鍰。一鍰爲六兩。

【罰跪算盤 hoat-kūi-sǹg-poâⁿ】 同罰跪hoat-kūi。乎人～～～～許你道知慘hō·-lâng～～～～hia lí-tō-chai-chhám⇨被人(妻)罰跪算盤的時候，你就知道慘之爲何物。

**hoat 伐** 擊也。敗也。伐之即敗之。征～cheng～⇨同上。討～thó～⇨同上。砍～khám～⇨同上。作～chok～⇨做媒妁之事。亦曰執伐chip-hoat。旦旦而～tàn-tàn jî～⇨同上。

【伐柯 hoat-kho】 爲嫁娶而作媒妁也。～～人～～jîn⇨同上。亦曰執柯人chip-kho-jîn。作伐chok-hoat亦同。

【伐罪 hoat-chōe】 討伐有罪thó-hoat-iú-chōe。弔民～～tiàu-bîn～～⇨憐憫人民而討伐有罪。古人爭取政權的美麗口號。亦即爲百姓而征代欺負百姓之暴君也。

【伐木丁丁 hoat-bok-teng-teng】 詩經之句。丁丁砍伐大木之聲。～～～～山更幽～～～～san kèng-iu⇨同上。

**hoat 活** 生也。生動曰活hoat，老練曰活hoat。養殖動物培殖植物亦曰活hoat。生～seng～

⇨生活seng-oah。字寫得眞～jī siá-li chin～⇨字寫得很老練。學～栽oh～chai⇨學習蕃殖。

【活力 hoat-lek】 活動生動之力。囡仔當時有～～的時代gín-á tng-sî ū～～ê sî-tāi⇨孩童正在富有活力的時代。

【活仔 hoat-á】 養殖的，培殖的。～～窟～～khut⇨養殖池。～～園～～hn̂g⇨培殖園。

【活栽 hoat-chai】 養殖魚苗，蕃殖植物幼苗等皆曰活栽hoat-chai。正抄～～耳chiaⁿ-teh～～niâ⇨剛在養苗時期而已(未大規模蕃延)。

【活動 hoat-tōng】 運動ūn-tōng，生動seng-tōng。鑽營chhoàn-êng。～～～～亦好～～～iah-hó⇨運動一下也好。～～力眞強～～lek chin kiâng⇨同上。有人抄～～的款ū-lâng teh～～ê khoán⇨有人在暗中鑽營的樣子。

【活樂 hoat-lok】 氣分爽快。即款的來帶不藉會～～chit-khoán-ê lâi-toà m̄-chiah-ē(ōe)～～⇨此種的來居住不是才能夠精神愉快嗎。

【活潑 hoat-phoat】 生動。很有活力。青春～～chheng-chhun～～⇨同上。市況眞～～chhī-hóng chin～～⇨市面盛況有力。

【活魚栽 hoat-hî-chai】 養殖魚苗。

【活菜栽 hoat-chhài-chai】 蕃殖蔬菜苗。

【活樹栽 hoat-chhiū-chai】 蕃殖樹苗。

【活杉仔栽 hoat-sam-á-chai】 蕃殖杉木苗。

【活查某囡仔栽 hoat-cha-bó͘-gín-á-chai】 養殖小女子。㊀鴇母pó-bó養雛妓。專門抄～～～～～～choan-bûn teh～～～～～⇨同上。㊁笑女兒生得太多。你抄共人～～～～～～也不lí-teh kā-lâng～～～～～～ā-m̄⇨你在為人專養女孩子了嗎。謂養育女子供人服務。

**hoat 乏** 無也。疲也。暫無曰～，不續曰絕chiām-bû oat～, put-siok oat choat⇨同上。缺～khoat～⇨同上。

【乏力 hoat-lek】 無力。欲振～～iok-chín～～⇨無力振作。

**hoat 閥** 閥閱hoat-oat也。閥hoat同伐hoat，積功也。閱oat經歷也。今以大家巨室曰閥閱hoat-oat。門～之見bûn～chi kiàn⇨同上。軍～kun～⇨同上。財～châi～⇨同上。學～hak～⇨同上。

**hoat 發** 發落hoat-loh也。處置辦理也。主持也。家中無人～～ka-tiong bô-lâng～～⇨家事乏人主持。～～乎出門～～hō͘-chhut-mn̂g⇨主持使棺材上山。您爸藉～～乎你出門lín-pē chiah～～hō͘-lí chhut-mn̂g⇨本大爺才負責辦你的喪事使你的棺材上山(笑謔話)。

## hoe

**hoe 花** 華也。草木之花葩hoe-pha也。梅仔～bôe-á～⇨同上。桃～thô～⇨同上。蘭～lân～⇨同上。牡丹～bó͘-tan～⇨同上。斑紋曰花 hoe。布～pò͘～⇨布匹的花紋。綉～siù～⇨刺繡花鳥。稀疏曰花hoe。生理～～也seng-lí～～a⇨生意稀疏(不致擁擠)不算壞。複雜，混亂皆曰花hoe。內容眞～lāi-iông chin～⇨同上。時局眞～sî-kiok chin～⇨同上。胡鬧搗亂曰花hoe。抄合人～teh-kah-lâng～⇨與人在糾紛中。四界去抄～sì-kè khì-teh～⇨四處去胡鬧。不清明曰花hoe。目珠～了bak-chiu～lò͘⇨眼睛不很明了。星點曰花hoe。天～thian～⇨天然痘。星～chheⁿ～⇨星光點點。起水～khí-chúi～⇨起水泡。女人曰花hoe。姊妹～chí-moāi～⇨同上。採～蜂chhái～phang⇨花蝴蝶hoa-ô͘-tiap。遊山～iû-soaⁿ～⇨遊山玩水。行脚～kiâⁿ-kha～⇨漫步、散步。搖尻川～iô-kha-chhng～⇨搖動屁股，亦行脚花kiâⁿ-kha-hoe也。乞食有食更抄弄拐仔～khit-chiah ū-chiah koh-teh-lāng koái-á～⇨乞食吃飽了玩弄其拐杖。

【花子 hoe-chí】㈠花之種子。㈡卵巢。尤其指母豬的。閹豬道是割～～iam-ti tō-sī-koah～～⇨同上。

【花巾 hoe-kin(kun)】綉花手帛。綉～～siù～～⇨同上。

【花山 hoe-soa$^{n}$】花園內的人造山。造～～chō～～⇨同上。

【花木 hoe-ba̍k】花卉hoe-hùi。～～道是阿錦種盞夥也～～tō-sī a-kím chèng-kài-chē-ā⇨花卉就是阿錦種得最多。

【花心 hoe-sim】㈠雌蕊chhî-lúi。㈡多心。不專情。～～公子～～kong-chú⇨同上。

【花仔 hoe-á】㈠小花。㈡有花紋的。～～布～～pò͘⇨同上。～～衫～～sa$^{n}$⇨同上。～～路～～lō͘⇨有花紋的布匹類。

【花母 hoe-bó(bú)】花卉接叢時的母欉bó-châng。

【花甲 hoe-kah】hoa-kah。六十歲。六十歲叫做耳順，每叫做～～la̍k-cha̍p-hôe kiò-chò ní-sūn mā-kiò-chò～～⇨甲者甲子kah-chí之省詞。一甲子是六十年。

【花旦 hoe-toà$^{n}$】輕佻活潑的少女少婦角色。～～苦旦～～khó͘-toà$^{n}$⇨同上。

【花血 hoe-hiat】妖豔iau-iām。妖冶iau-iá。即領甚～～伊講不敢穿chit-niá siū～～i-kóng m̄-ká$^{n}$-chhēng⇨此一件(衣)太妖豔了，她說不敢穿之。～～查某～～cha-bó͘⇨妖冶的女人。

【花卉 hoe-hùi】花草類。同花木hoe-ba̍k。～～栽培研究會～～chhâi-pôe gián-kiù-hōe⇨同上。

【花字 hoe-jī】㈠花紋。～～不止也媠～～put-chí-á-súi⇨花紋相當美麗。㈡頭緒。方法。事不順利。想無～～siū$^{n}$-bô～～⇨想不出方法。阿貴生理做了不止仔有～～的款a-kùi seng-lí chò(chòe)-liáu put-chí á ū～～ê khoán⇨阿貴的生意，做得相當順利的樣子。愈做愈無～～ná-chò(chòe) ná-bô～～⇨越做越不像樣子。人伊扵做較有～～lâng-i teh-chò(chòe) khah-ū～～⇨人家他的做法比較有辦法。

【花車 hoe-chhia】以花裝飾之車。多用於喪葬行列。

【花言 hoe-giân】hoa-giân。好聽話hó-thia$^{n}$-ōe。花言巧語。～～巧語～～khá-gí(gú)⇨hoa-giân-khiáu-gí(gú)。

【花坩 hoe-kha$^{n}$】花盆hoe-phûn。種花之鉢。

【花花 hoe-hoe】㈠色彩雜陳。看著～～無甚好看khoà$^{n}$-tio̍h～～bô-siá$^{n}$-hó-khoà$^{n}$⇨一看花花地不甚好看。㈡不清明。老歲仔目珠～～了lāu-hōe-á-ba̍k chiu～～lō͘⇨老眼看不清了。無目鏡道～～看無bô-ba̍k-kià$^{n}$ tō～～khoà$^{n}$-bô⇨沒帶眼鏡就花花的看不出什麼。㈢各說紛紛。紛亂。聽著～～thia$^{n}$-tio̍h～～⇨聽起來，很亂。沒有一致的說法。代誌猶～～tāi-chì iáu～～⇨問題還在糾紛中。㈣稀疏(可以表示好，亦可以表示壞)。生理～～也，算未格外稞也seng-lí～～â sǹg-bē(bōe) kah-goā-bái-â⇨生意不很興隆，但是算未格外壞了。伊的票不是無，～～仔耳啦i-ê-phiò m̄-sī-bô，～～a-niâ-là⇨他的票不是全沒有，只是稀稀疏疏而已(不大量集中，亦即不太多)。

【花矸 hoe-kan】花瓶hoe-pân。

【花枝 hoe-ki】㈠有花之枝椏。濫擅扎～～lām-sám at～～⇨亂折花枝。㈡墨魚的一種。～～船～～chûn⇨墨魚之甲骨。清炒～～chhe$^{n}$-chhá～～⇨花枝的一種食法。

【花帕 hoe-pheh】繡花之手帕chhiù-phek。

【花紅 hoe-âng】㈠紅布以示吉祥者。掛～～koà～～⇨對無端受辱者表示恢復名譽。㈡對僧道致送紅包。亦即謝禮。送～～sàng～～⇨同上。

【花眉 hoe-bî】鳥名。目上有一條白眉，甚美，聲亦美。飼～～chhī～～⇨喻私養年輕貌美之客兄。剃頭的飼～～thì-thâu-ê chhī～～⇨謂其身份不相稱。俗亦作畫眉。按：客兄kheh-hiaⁿ，古曰婟嫪ko·-láu，其字義皆戀惜也，故亦曰游壻，時來時去之女壻也。又呂不韋送太后之大陰人名叫嫪毒láu-āi，以今語言之，或可譯爲嫣頭仔毒，但是士大夫却罵嫪毒爲淫人，嫪爲姓氏，亦即嫣頭毒變成姓嫪的淫人阿毒。這道是歷史。

【**花面** hoe-bīn】 ㊀有花紋的。～～的咸素面的～～ê hâm sò·-bīn-ê⇨有紋的和無紋的。咸hâm同合kah。皆也。㊁花臉hoa-lián。紅面的眞忠～～的眞勇âng-bīn-ê chin-tiong～～ê chin-ióng⇨同上。

【**花指** hoe-cháiⁿ】 奏弦樂增加裝飾音。插～～chhah～～⇨同上。

【**花客** hoe-kheh】 嫖客phiâu-kheh。

【**花炮** hoe-phàu】 能放出有花樣之爆竹。放～～pàng～～⇨過年新正或喜慶時放之。

【**花盆** hoe-phûn】 花坩hoe-khaⁿ。種於～～道可也chèng-tī ～～ tō-hó-à⇨種在花盤就可以了。

【**花神** hoe-sîn】 ㊀司花之神。㊁嬈花hiâu-hoe。彼個查某不止仔～～hit-ê cha-bó· put-chí-á～～⇨那一個女人很嬈態。

【**花栽** hoe-chai】 花卉之花苗。發～～hoat～～⇨蕃殖花苗。蕃殖hoân-sit曰發hoat。

【**花針** hoe-chiam】 刺花針chhiah-hoe-chiam。刺繡用之針。

【**花酒** hoe-chiú】 有美女侍宴之酒席。食～～chiah～～⇨同上。

【**花草** hoe-chháu】 花卉hoe-hùi。草花類。愛種～～ài-chèng～～⇨同上。

【**花粉** hoe-hún】 頭上插花面上抹粉。買～～bé(bóe)～～⇨同上。～～錢～～chîⁿ⇨花粉之費。

【**花根** hoe-kin(kun)】 花卉之根。

【**花紐** hoe-liú】 ㊀刺繡的紐仔。紩～～thīⁿ～～⇨同上。㊁曲折khiok-chiat。直講直破無～～較未誤會tit-kóng-tit-phoà-bô～～khah-bē(bōe) gō·-hōe⇨直接坦白說了，沒掩沒勘，才不致誤會。

【**花娘** hoe-niû】 煙花ian-hoa中的娼妓。

【**花瓶** hoe-pân】 挿花之瓶。飾品。機關的～～ki-koan ê～～⇨某機關的裝飾品，亦指其中的年青貌美之女職員。政治～～chèng-tī～～⇨爲某種需要佔有高位卻無實權的官員。

【**花茶** hoe-tê】 加上茉莉花香等之茶。包種茶pau-chióng-tê。

【**花盒** hoe-ap】 女人的小盒。收藏金飾類等之用者。亦作花匣hoe-ap。

【**花彩** hoe-chhái】 同花紅hoe-âng之㊀，送～～sàng～～⇨對僧道致送紅包爲謝禮。

【**花款** hoe-khoán】 花的樣子。花紋的樣子。即枝～～生了較好chit-ki～～seⁿ-liáu khah-hó⇨此枝花的樣子，生得比較好看。

【**花婆** hoe-pô】 ㊀賣花女。㊁媒婆bôe-pô。

【**花探** hoe-thàm】 最初開出的那一朵花。

【**花椒** hoe-chio】 白胡椒peh-hô·-chio。

【**花葉** hoe-hioh】 ㊀花卉之葉。㊁金銀類飾花之花瓣hoe-pān。㊂興高彩烈。三杯落肚道會～～也saⁿ-poe loh-tō· tō-ē～～à⇨酒飲三杯就高興起來了。有錢豈未～～ū-chîⁿ ká-bē(bōe)～～⇨有錢了豈能不弄花樣。㊃嬌豔挑情的。彼個查某有夠～～hit-ê cha bó· ū-kàu～～⇨那一個女郎十分噴火。

【**花間** hoe-keng】 酒樓妓館。落～～loh～～⇨女人入妓籍。～～查某～～cha-bó·⇨娼妓酒女。

【**花猴** hoe-kâu】 花卉買賣的職業仲介人。做～～做到老也chò(chòe)～～chò(chòe)-kà-lāu-ā⇨做花卉經紀人做得老了。

【**花開** hoe-khui】 ～～花落又一年～～hoe-loh iū-chit-nî⇨同上。

【花牌 hoe-pâi】 ㊀茉莉花簪hoe-chhiam。煙花女多插之。㊁賭博用詞。不依法整理之牌。拍～～phah～～⇨同上。

【花斑 hoe-pan】 花點hoe-tiám。斑點pan-tiám。虎皮斑hó͘-phôe-pan。

【花堵 hoe-tó͘】 屏或壁的一部份，爲雕刻花鳥之枋所構成者。入～～ji̍p～～⇨同上。

【花債 hoe-chè】 逃不出煙花環境的命運。～～還未滿～～hêng-bē(bōe)-moá⇨逃不出煙花界。

【花綃 hoe-chhiâu】 有花紋之綃布。烏綃～～o͘-chhiâu～～⇨同上。

【花園 hoe-hn̂g】 種植花卉之園地。小姐約我後～～sió-chiá iak(iok)-goā āu～～⇨丑仔白。

【花絹 hoe-kìn】 有花紋之絹帛

【花鼓 hoe-kó͘】 有花飾之鼓。祭典時特別加飾者。鳳陽～～hōng-iâng～～⇨同上。

【花碗 hoe-oáⁿ】 繪有花鳥之碗。～～甚花每臭俗～～siūⁿ-hoe mā chhàu-cho̍k⇨花碗太花了也是俗氣。反而不雅。

【花葩 hoe-pha】 花朶hoe-thò。花蕾hoe-lúi。

【花艇 hoe-théng】 酒樓船。有娼妓侍酒侍寢之船。

【花蓆 hoe-chhio̍h】 有花紋之草蓆chháu-chhio̍h。

【花旗 hoe-kî】 美國的國旗。美國America。～～鰮～～un⇨美國來的鰮仔魚un-á-hî。

【花臺 hoe-tâi】 花盆台hoe-phûn-tâi。花壇hoe-toâⁿ。

【花樟 hoe-chiuⁿ】 有花紋之樟材。

【花樣 hoe-iūⁿ】 ㊀刺繡圖案的樣本。新～～sin～～⇨同上。㊁戲法。方法。點子。出～～chut～～⇨出點子。變～～piàn～～⇨變戲法。阿九～～上濟a-káu～～siāng-chē⇨阿九花樣最多。上濟siāng-chē→siōng-chōe。濟多作濟。

【花𩚼 hoe-kô】 hoe-ko。麻煩。代誌～～也tai-chì～～ā⇨事情麻煩了。代誌眞～～扴tāi-chì chin～～leh⇨事情非常的複雜。

【花燈 hoe-teng】 迎～～ngiâ～～⇨花燈遊行。實爲花燈展示會。所謂花燈hoe-teng者，不但加繪變形，甚至引入新的科技以爭奇鬭豔，年年於元宵夜行之，甚是熱鬧。原爲各地商會主辦，今似已爲若干有錢之寺廟所取代。

【花燭 hoe-chek】 加金花紋之紅蠟燭。新春過年或婚禮用之。花蠟燭hoe-la̍h-chek。婚禮曰華燭之典hoâ-chiok-chi-tián即出於此。

【花環 hoe-khoân】 花的環。生～～紙～～chheⁿ～～choá～～⇨同上。

【花螺 hoe-lê】 ㊀一種螺仔。㊁稻種名。㊂事情麻煩。盦道～～囉taⁿ-tō～～lò͘⇨現在(事情)麻煩了。

【花蕾 hoe-lúi】 花之含苞未放者。扴拍～～也teh-phah～～à⇨花在結蕾了。

【花謝 hoe-siā】 花萎謝。花開～～hoe-khui～～⇨同上。

【花鮡 hoe-thiâu】 海魚名。生息近海。據說，能離水甚久，時而侵入魚塭攻擊池魚云。

【花點 hoe-tiám】 斑點pan-tiám。烏點o͘-tiám。污點u-tiám。

【花蟯 hoe-giô】 淺海蟯仔chhián-hái-giô-á。

【花叢 hoe-châng】 ㊀連根株之花。㊁妓女群。老入～～ló-ji̍p～～⇨老而後才出入妓樓。謂此症最難治云。

【花鏡 hoe-kiàⁿ】 老人的眼鏡。老～～lāu～～⇨同上。

【花轎 hoe-kiō】 飾花之轎。神佛或新娘所坐者。明媒正娶坐～～的，不是半暝仔逮人走的bêng-bôe-chiàⁿ-chhí chē(chōe)～～ê, m̄-sī poàⁿ-mê-(mî)-á tòe-lâng-cháu-ê⇨謂通過公開正式的嫁娶手續而來的，不是半夜私奔的。

【花瓣 hoe-pān】 花中之小分片。梅花有五葉～～bôe-hoe ū-gō͘-iap～～⇨梅花是五瓣的。

【花籃 hoe-nâ】 ㊀盛花之籃。㊁製成籃形之花。送～～sàng～～⇨喜慶事以此贈之。

【花齣 hoe-chhut】 黃色的戲。少年郎愛看～～siàu-liân-lâng ài-khoàⁿ～～⇨同上。

【花哩囉 hoe-lí-lo】 疑係花如羅之訛。羅lô，采帛也。話講到～～～ōe-kóng-kà～～～⇨話說得亂七八糟。代誌舞到～～～tāi-chì bú-kà～～～⇨事情弄得撲朔迷離。面安爾舞到～～～bīn an-ne(ni) bú-kà～～～⇨面上弄得髒兮兮。

【花崗石 hoe-kong-chioh】 建築材料。

【花斑馬 hoe-pan-bé】 花條馬hoe-tiâu-bé。花馬hoe-bé。

【花嘰咬 hoe-kī-kā】 非常混亂。番仔刣加鯆，安爾～～～不知抾會甚麼hoan-á thâi-ka-lā, an-ne(ni)～～～m̄-chai teh hōe-sim-mih⇨番衆宰加鯉魚，如此這般的嘰嘰咬咬，不知在爭論何事。

【花蓮嘴 hoe-liân-chhùi】 舌粲蓮花之嘴。會說話之嘴。你這～～～拐查某囡仔上𢠃耳啦lí che～～～koái-cha-bó͘-gín-á siāng-khiàng-niâ-là⇨你此蓮花嘴誘拐小女人最有辦法而已。𢠃khiang，亦佼gôu也。

【花裊面 hoe-niau-bīn】 花臉面hoe-lián-bīn。裊niau，花紋交錯曰裊niau。

【花臉面 hoe-lián-bīn】 大花toā-hoe。大戲的角色名。夯大刀的～～～的giâⁿ-toā-to ê～～～ê⇨同上。

【花金花土 hoe-kim-hoe-thô͘】 謂花如金亦如土。搶市時貴如金。敗市時又賤如土也。

【花花草草 hoe-hoe-chhó-chhó】 說花如花，說草如草。馬馬虎虎。人講世間也，～～～～啦，lâng-kóng sè-kan-ā, ～～～～ lā⇨世間也者馬馬虎虎也。

【花花葉葉 hoe-hoe-hioh-hioh】 婀娜多姿，妖豔動人。逐個都安爾～～～～tak-ê to-an-ne(ni)～～～～⇨每一個都是如此的婀娜多姿，妖豔動人。

【花紅柳綠 hoe-âng-liú-lek】 如花之紅，如柳之綠。

【花街柳巷 hoe-ke-liú-hāng】 楚館秦樓所蝟集之地。

**灰** hoe 物燃燒後的殘留物曰灰hoe。石灰chioh-hoe，簡稱曰灰hoe。又淺黑色曰灰hoe。大白～toā-peh～⇨純白之石灰。蠔殼～ô-khak～⇨蠔殼所燒之石灰。洋～iûⁿ～⇨水泥。燒～sio～⇨燒製石灰。抹～boah～⇨塗灰。死～復燃sí～hok-jiân⇨解決了的老問題又翻出來了。

【灰水 hoe-chúi】 石灰水。洗～～sé～～⇨以灰水洗之。石灰壁髒了以灰水洗之恢復白淨。

【灰心 hoe-sim】 心死如灰。喪失希望。不當～～m̄-thang～～⇨不可失望。

【灰石 hoe-chioh】 石灰石chioh-hoe-chioh。

【灰包 hoe-pau】 包裝之石灰。

【灰色 hoe-sek】 淺黑色chhiián-hek-sek。石灰色chioh-hoe-sek。～～的人生～～ê jîn-seng⇨不光彩不顯耀的人生。馬馬虎虎的人生。

【灰粉 hoe-hún】 石灰之飛散者。～～唪唪埔～～phōng-phōng-eng⇨灰粉飛揚。～～壠規身軀～～eng kui-sin-khu⇨被灰粉坱得全身是灰。

【灰匙 hoe-sî】 抹灰壁用之小道具。

【灰漆 hoe-chhat】 加石灰之漆。

【灰槌 hoe-thûi】 擣石灰之木棒。

【灰窰 hoe-iô】 燒灰之窰。

【灰壁 hoe-piah】 白壁。石灰壁。於～～繪烏漆白tī～～ōe-o͘-chhat-peh⇨在白壁上亂繪亂塗。

【灰頭 hoe-thâu】 篩淨或不過篩之廢灰石。～～提去倒掉～～the̍h-khì tò-tiāu⇨同上。

**hóe 火** 物燃燒的光尖曰火hóe。情曰火hóe。氣亦曰火hóe。南方丙丁～lâm-hong piáⁿ-teng～⇨五行之火。水～無情chúi～-bô-chêng⇨水與火皆不講情。眞金不怕～chin-kim put-phàⁿ～⇨喻正者不怕虛誣。紙未包得～choá-bē(bōe)-pau-tit～⇨喻壞事不可能隱藏。心頭～併發了sim-thâu～boeh-hoat-lò͘⇨心中怒火快要發作了。心官～扲燂也sim-koaⁿ～teh-tō-ā⇨心中之怒火在燃燒(快要發作)了。慾～難禁io̍k～lân-kìm⇨慾火壓不下。你不扲～大lí m̄-teh～toā⇨你不是火氣大了嗎。我看敢該退～了goá-khoàⁿ káⁿ-ài thè～lò͘⇨我看恐怕非退退火氣不行了。遠水不救近～oán-chúi put-kiù kīn～⇨同上。灯仔～teng-á～⇨同上。蠟燭～la̍h-chek～⇨同上。松柏仔～chhêng-peh-á～⇨同上。鬼仔～kúi-á～⇨同上。點～tiám～⇨同上。起～khí～⇨同上。燒～sio～⇨同上。烟～tō～⇨同上。文～bûn～⇨同上。武～bú～⇨猛火也。猛～mé～⇨同上。烈～lia̍t～⇨同上。慾～io̍k～⇨同上。情～chêng～⇨同上。無名～bû-bêng～⇨同上。

【火力 hóe-le̍k】 hóe-la̍t。～～水力～～sui-le̍k(chúi-la̍t)⇨同上。～～發電～～hoat-tiān⇨同上。

【火刀 hóe-to】 火石之一種。打～～táⁿ～～⇨同上。～～石～～chio̍h⇨打火石。

【火山 hóe-soaⁿ】 噴火之山。噴～～phùn～～⇨同上。～～灰～～hoe⇨同上。～～地獄～～tē-ge̍k⇨據說閻王有此設備以懲罰壞人。

【火母 hóe-bó(bú)】 火種hóe-chéng。斷～～tn̄g～～⇨火皆全熄全滅。

【火井 hóe-chéⁿ(chíⁿ)】 古人在宅中另備一井，火災等緊急之時可將貴重之物投入井中。

【火厄 hóe-eh】 火的災禍。水災～～chúi-chai～～⇨皆屬不幸之事也。

【火化 hóe-hoà】 火葬hóe-chòng。

【火夫 hóe-hu】 管火工。亦作火伕hóe-hu。

【火引 hóe-ín】 從打火石引火之紙紉丁choá-lián-teng。紉lián合絲爲繩也。亦作撚lián。

【火石 hóe-chio̍h】 打火石。

【火印 hóe-ìn】 燒而印之。烙印lo̍k-ìn。拍～～phah～～⇨同上。

【火舌 hóe-chi̍h】 火炎hóe-iām。火之騰起者也。～～爛著～～nā-tio̍h⇨被火舌灼傷。～～爛來爛去～～nā-lâi-nā-khì⇨火舌伸來此方，又伸過彼方。

【火刑 hóe-hêng】 古刑。以火燒之。

【火灰 hóe-hu】 火後之餘塵。清灶孔出～～chheng-chàu-khang chhut～～⇨清理灶孔扒出put-chhut火灰。～～色～～sek⇨淺黑色chhián-hek-sek。～～性～～sèng⇨易怒的性質。動則怒者。灰hu，俗作烌。

【火災 hóe-chai】 ～～保險～～pó-hiám⇨同上。

【火灶 hóe-chàu】 灶chàu亦即竈chàu。拆～～thiah～～⇨分居。分家獨立。

【火車 hóe-chhia】 火力蒸氣車。～～行到阿公店。海水無食不知鹹，阿君想娘無走閃，阿娘仔若想君是扲海摸針～～kiâⁿ-kàu a-kong-tiàm, hái-chúi bô-chia̍h m̄-chai-kiâm, a-kun siūⁿ-niû bô-cháu-siám, a-niû-á nā-siūⁿ-kun sī-teh hái-bong-chiam⇨民歌。～～母～～bó(bú)⇨機關車ki-koan-chhia。～～路～～lō͘⇨鐵路thih-lō͘。～～頭～～thâu⇨火車站hóe-chhia-chām。

【火坑 hóe-kheⁿ(khiⁿ)】 火之穴，火之深谷。喻悲慘之境。脫出～～thoat-chhut～～⇨喻娼妓脫出妓女生涯。

【火劫 hóe-kiap】 火災hóe-chai。火厄hóe-eh。水劫～～chúi-kiap～～⇨水火之災。

【火攻 hóe-kong】 欲破曹公，須用～～，萬事齊備，但欠東風io̍k-phoà chô-kong, si-iōng ～～, bān-sū chiâu-pī, tàn-khiàm tong-hong⇨三國演義周孔論戰赤壁。

【火把 hóe-pé】 以破布濕石油，而以鴨卵大小之青竹棍爲柄點火爲照明夜路之用。即類天無～～行無路啦chit-lōe-thiⁿ bô～～kiâⁿ-bô-lō·-lā⇨如此黑夜，不作火把看不見路嘛。

【火刺 hóe-chhiah】 取炭火的小道具。土刺～～thô·-chhiah～～⇨兩物大體相同。只是土的大，火的小耳。

【火花 hóe-hoe】 ㊀火星hóe-chheⁿ(chhiⁿ)。㊁火屎hóe-sái。蠟燭火或者油灯心，因不完全燃燒而成的小紅點等。亦曰火屎teng-hoe。

【火炎 hóe-iām】 火舌hóe-chi̍h。火焰hóe-iām。火之騰起者。～～伸丈外峘～～chhun tn̄g-goā-koân⇨同上。峘koân，大山也。

【火油 hóe-iû】 土豆油thô·-tāu-iû。花生油hoa-seng-iû。蓋古以土豆油點灯故也。～～水油～～chúi-iû⇨花生油與石油chio̍h-iû。

【火性 hóe-sèng】 烈性lia̍t-sèng。易怒的性情。咱這～～的人道擋未稠也lán-che～～ê lâng tō- tòng-bē(bōe)-tiâu-ā⇨我這種火性之人就忍不下去了。

【火星 hóe-chheⁿ(chhiⁿ)】 ㊀火花hóe-hoe。噴～～phùn～～⇨火花飛散。㊁星之名hóe-seng, Mars。太陽行星中，近日第四星。色赤，小於地球。俗曰太白金星thài-pe̍k-kim-chheⁿ(chhiⁿ)，又名啓明星khé-bêng-chheⁿ(chhiⁿ)。

【火急 hóe-kip】 緊急kín-kip。十萬～～si̍p-bān～～⇨同上。

【火炮 hóe-phàu】 花炮hoe-phàu。煙火ian-hóe。放～～pàng～～⇨放煙火pàng-ian-hóe。

【火盆 hóe-phûn】 以盆燒炭。跳～～thiàu～～⇨元宵日童乩作跳火盆之表演。不知有何意義。

【火屎 hóe-sái】 ㊀火星hóe-chheⁿ(chhiⁿ)。火花hóe-hoe。㊁油灯的灯心之不完全燃燒而結紅球者。

【火城 hóe-siâⁿ】 電飾之城。Illumination。

【火炭 hóe-thoàⁿ】 炭thoàⁿ。木炭bo̍k-thoàⁿ。柴炭chhâ-thoàⁿ。燒～～的sio～～ê⇨燒火炭的工人。～～寮仔～～liâu-á⇨火炭小屋。～～頭～～thâu⇨①未完全炭化之原木。②指包青天，謂其面如火炭頭也。

【火挑 hóe-thio】 同火刺hóe-chhiah。

【火柴 hóe-chhâ】 ㊀match，發火用品。無～～可點薰bô～～hó-tiám-hun⇨沒火柴可點香煙。㊁燃料木。好的取做料，存的攏做～～啦 hó-ê chhú-chò(chòe)-liāu, chhun-ê lóng-chò(chòe)～～lā⇨好的選出來做木材，其他淨下來的當燃料吧。

【火酒 hóe-chiú】 燒酒sio-chiú。酒精。

【火候 hóe-hāu】 烹飪pheng-jīm的火功。～～都不八抔亦合人講烹飪～～to m̄-bat(pat)-leh a̍h-kah-lâng-kóng pheng-jīm⇨火候都不懂的，也和人家談什麼料理法。

【火氣 hóe-khì】 ㊀心中之氣。心熱。～～大～～toā⇨同上。～～格的～～kek-ê⇨同上。～～未退～～bōe(bē)-thè⇨同上。㊁火之力。灶孔猶有～～抔chàu khang iáu-ū～～leh⇨灶孔之內還有殘火。

【火脯 hóe-pû】 同火堆hóe-tui凊掃大庭，平時將垃圾掃堆於一隅，適當的時機加上廢棄的木或草，堆積而燒棄之，曰～～仔～～á。俗作境，非。

【火神 hóe-sîn】 司火之神。祝融chiok-iông。～～爺～～iâ⇨同上。～～廟～～biō⇨同上。

【火船 hóe-chûn】 輪船lûn-chûn。

【火莧 hóe-hāng】 一種仙人掌草。有刺，多作籬笆，其肉汁有粘性。女人多取作髮油。

【火票 hóe-phiò】 逮捕書。拘票khu-phiò。火籤hóe-chhian。發～～hoat～～⇨同上。

【火速 hóe-sok】 迅速sìn-sok。快速khoài-sok。急急如律令kip-kip-jî lu̍t-lēng。

【火堆 hóe-tui】 積草或柴以燒棄之。～～仔～～á⇨火脯hoé-pû。

【火鼠 hóe-chhí(chhú)】 飛鼠poe-chhí。

【火葬 hóe-chòng】 火化的葬法。～～水葬土葬～～chúi-chòng thô·-chòng⇨各種葬法。

【火煙 hóe-ian】 火氣。熱水氣。蒸～～chhèng～～⇨同上。～～船～～chûn⇨蒸氣船也。

【火路 hóe-lō·】 防火之空地建設如路。拆～～thiah～～⇨市街地的火災時拆毁隣近的房屋爲火路以防火力外延。開～～khui～～⇨在山林地應開闢火路以防火災。刜～～phut～～⇨同前。草生地刜phut則可矣。

【火筴 hóe-ngeh】 同火鋏hóe-kiap。

【火碗 hóe-oá$^{n}$】 油盞iû-choá$^{n}$的油灯。天下～～天下光thi$^{n}$-ē～～thian-hā-kng⇨謂火碗能夠照遍天下。喻天下事我皆知之。天下～～平平大thî$^{n}$-ē～～pê$^{n}$-pê$^{n}$-toā⇨謂火碗的大小，天下皆一樣，人都自以爲了不起，但是大家都彼此彼此。平平大pê$^{n}$-pê$^{n}$-toā→pî$^{n}$-pî$^{n}$-toā。

【火牌 hóe-pâi】 兵役傳遞各省的憑證。在中途各地可憑以領取口糧。

【火勢 hóe-sè(sì)】 火力。～～有較軟也～～ū-khah-nńg-à⇨火力較軟化了。

【火傷 hóe-siang(siong)】 火燒之傷。～～還仔眞利害呢～～oân-á chin-lī-hāi-neh⇨火傷還是很利害的。還仔oân-á→oân-nā。還是。

【火鼎 hóe-tiá$^{n}$】 汽缸Boiler。

【火遁 hóe-tūn】 奇門遁甲法之一。～～水遁土遁～～chúi-tūn-thô·-tūn⇨各種遁法。

【火網 hóe-bāng】 軍事用語。砲火由前及兩側交發構成網狀的攻防戰術。

【火種 hóe-chéng】 無～～也bô～～à⇨火全滅息了。討～～thó～～⇨乞討火種。

【火箍 hóe-kho·】 草環或鐵環點火燃燒。穿～～nn̄g～～⇨穿越火箍。倲nn̄g或曰穿chhng或曰跳thiàu皆指穿越其環中而過。童乩tâng-ki或者賣藝者爲之。

【火管 hóe-kńg】 ㈠吹風引火之小竹管。㈡銃chhèng(賊仔白chha̍t-á-pe̍h)。～～歕去～～pûn-khì⇨開炮。

【火腿 hóe-thúi】 Ham。煙腿ian-thúi。～～絲～～si⇨火腿切絲。

【火箠 hóe-chhôe(chhê)】 抐火棒lā-hóe-pāng。

【火箭 hóe-chì$^{n}$】 Rocket。～～炮～～phàu⇨同上。

【火影 hóe-iá$^{n}$】 照明之陰影。～～略略仔光光～～lio̍h-lio̍h-á kng-kng⇨燈光有一點矇矇曨曨。

【火鋏 hóe-kiap(giap)】 挾火之小道具。～～挾火～～kiap-hóe⇨同上。→hóe-ngeh。

【火璇 hóe-soān】 上等的璇石soān-chio̍h。

【火箸 hóe-tī】 挾火炭火之鐵箸。

【火燒 hóe-sio】 以火燒之。被火燒了。～～的～～ê⇨燒得過焦者。～～的補無熟的～～ê pó· bô-se̍k-ê⇨喻截長補短chia̍t-tiâng-pó·-toán～～心～～sim⇨①心灼熱痛。②車心過熱。～～山，累著猴～～soa$^{n}$,lūi-tio̍h-kâu⇨喻橫遭無妄之災。～～紅蓮寺～～âng-liân-sī⇨故事名。不驚～～厝，只驚跋落礐m̄-kia$^{n}$～～chhù, chí-kia$^{n}$ poa̍h-lo̍h-ha̍k⇨不怕家被火燒，只怕跌落廁池。謂某種青年打扮得一身公子少爺氣派，只怕跌落廁池，無衣可換，又別無房產家業，所住又是租的故會不怕火燒之。～～厝燒過間也～～chhù sio-kōe-keng-á⇨喻吵架吵到第三者去了。

【火鍋 hóe-ko】 一種特別餐具，可以在桌上邊煮邊食者。～～坩～～kha$^{n}$⇨俗指火鍋餐具。又火鍋hóe-ko即指其食法。食～～chia̍h～～⇨同上。

【火燻 hóe-hun】 炊煙chhui-ian。火煙hóe-ian。無當合人～～bô-thang kah-lâng～～⇨無法與人同樣發出炊煙。亦即無法如人炊造三餐。

【**火關** hóe-koan】 火厄hóe-eh。火難hóe-lān。帶～～toà～～⇨謂命運中有此災難。

【**火藥** hóe-ioh】 炸藥chà-ioh。～～庫～～khò⇨同上。

【**火鏡** hóe-kià$^{n}$】 凸鏡tut-kià$^{n}$亦即胖鏡phòng-kià$^{n}$。其焦點可集日光燒物故曰火鏡hóe-kià$^{n}$。

【**火爐** hóe-lô·】 取暖之小道具。圍～～呷燒茶ûi～～ha-sio-tê⇨往時代冬天的悠閑生活。按呷ha，吸而飲曰呷ha，今報刊上多有作呷飯chiah-png者，非也。

【**火鷄** hóe-ke】 吐綬雞thó·-siū-ke，日名曰七面鳥chhit-bīn-chiáu。北美洲原產。據說，美人感恩節(每年十一月之第四個星期四)以此爲大餐。～～母～～bó(bú)⇨惡形惡狀的太太每被尊稱爲火雞母hóe-ke-bó。

【**火籤** hóe-chhiam】 古時官府用的小道具。作爲逮捕書狀的代替品。官府發給差役，據此以拘捕人犯。執～～的衙役chip～～ê gê-iah⇨執有火籤的差役chhe-iah。

【**火鬮** hóe-khau】 同姒tâng-sāi間輪流炊事的順序。三房著～～sa$^{n}$-pâng tioh～～⇨三嫂輪中炊事班長。

【**火罐** hóe-koàn】 炸彈chà-tân。搦著～～lak-tioh～～⇨握上了炸彈。喻娶上惡妻。

【**火牛陣** hóe-gû-tīn】 古代的一種稀奇的戰法。齊將田單以～～～攻燕chê-chiàng tiân-tan í～～～kong-iàn⇨田單復國的故事。

【**火成岩** hóe-sêng-gâm】 地質學名詞。地殼中的岩漿噴出後凝固而成的岩石。水成岩～～～chúi-sêng-gâm～～～⇨同上。

【**火字脚** hóe-jī-kha】 部首火字，在脚作四個點。例如烹，然，照等字是也。～～～火字旁～～～hóe-jī-pêng⇨同上。在下曰脚kha。在旁曰旁pêng,燈，灶，炊等是也。

【**火金姑** hóe-kim-ko·】 螢êng。螢火蟲êng-hóe-thâng。尻川挾～～～也kha-chhng-giap(goeh)～～～á⇨意謂誦靑tè$^{n}$-chhe$^{n}$(tì$^{n}$-chhi$^{n}$)，亦即裝蒜。

【**火金星** hóe-kim-chhe$^{n}$】 同火金姑hóe-kim-ko·。～～～，十五暝，請您姨仔姐，來食茶，食去茶米香，茶米甕，甕大妗，做媒人，……。～～～, chap-gō·-mê, chhiá$^{n}$-lín-î-á-ché, lâi-chiah-tê, chiah-khì tê bí-phang, tê-bí-àng, àng-toā-kīm, chò-moâi-lâng, ……。⇨童謠。

【**火燒目眉** hóe-sio-bak-bâi】 事太急了。燃眉之急jiân-bî chi-kip的白話化。～～～～也，無拼未用得囉～～～～ā, bô-pià$^{n}$-bē(bōe)-iōng-tit-lò·⇨同上。

【**火燒罟寮** hóe-sio-ko·-liâu】 罟ko·,網類的總名。意謂無網bô-bāng了，亦即無望bô-bāng了，沒有希望了。

【**火燒豬頭** hóe-sio-ti-thâu】 面(頭)燒熟了。亦即面熟bī$^{n}$-sek之人。～～～～面熟面熟～～～～bīn-sek bīn-sek⇨人不熟面却甚熟。

【**火樹銀花** hóe-chhiū-gîn-hoe】 hó·-sū-gîn-hoa。形容元宵或中秋夜的燈光萬道之盛。～～～～冷夜屏，輕羅小扇撲流螢，月光夜色涼如水，臥看牽牛織女星～～～～léng-iā-pîn, kheng-lô-siáu-siàn phok-liû-êng, goat-kong-iā-sek liâng-jî-súi, ngō·-khàn khian-giû-chit-lí-seng⇨唐詩。

hóe **伙** 伙伴hóe-phoā$^{n}$也。遷進新居曰入火jip-hóe亦作入伙jip-hóe。道具器具曰傢伙ke-hóe，利器亦曰傢伙ke-hóe。身裡帶傢伙sin-nih toà ke-hóe指身上帶有利器。

【**伙伴** hóe-phoā$^{n}$】 火伴hóe-phoā$^{n}$俗作伙伴hóe-phoā$^{n}$。古兵制十人爲火，同火者曰火伴hóe phoā$^{n}$。

【**伙食** hóe-sit】 火食 hóe-sit 俗作伙食 hóe-sit。指煮熟然後食。膳食siān-sit。～～費～～

hūi⇨吃飯之費。貼～～thiap～～⇨食於他人而付貼現款者。

【伙記 hóe-kì】 夥計hóe-kì作伙記hóe-kì。亦曰薪勞sin-lô，亦作辛勞sin-lô。皆指店員雇員之類。但伙記hóe-kì亦指臨時夫妻關係曰門～～tàu～～⇨露水夫妻。逮～～tòe～～⇨男人尋露水夫妻。女人即曰討客兄thó-kheh-hiaⁿ，或作討契兄thó-kheh-hiaⁿ。

**夥** hóe 多也。合謀曰湊夥計tàu hóe-ki。

【夥計 hóe-kì】 ㊀合資經營人。湊～～tàu～～⇨共同出資計謀事業。㊁店員，雇員。倩～～chhiàⁿ～～⇨雇用店員。㊂露水夫妻。臨時夫妻。湊～～tàu～～⇨湊成臨時夫妻。據說，露水之妻之曰夥計hóe-kì，是店主把外遇誑稱爲自己雇請來幫忙的夥計hóe-kì所由來者。逮～～tòe～～⇨男人追及女人，反之，女追男即曰討客兄thó-kheh-hiaⁿ，亦作討契兄thó-kheh-hiaⁿ。愚認爲應作客兄較合理。

**悔** hóe 悔也。改也。反悔hoán-hóe也。後～hiō(hō)⇨同上(見hòe悔目)。

【悔心 hóe-sim】 心已省悟。～～轉意～～tńg-ì⇨亦作回心轉意。

**佰** hóe 醜貌。看著目～目觸khoàⁿ-tio̍h ba̍k～ba̍k-tak⇨一看就刺眼刺目。亦即非常不順眼。

**賄** hóe 財也。以財贈人也。以財物買通關節曰行賄hêng-hóe，在官員即曰收賄siu-hóe或受賄siū-hóe。

【賄賂 hóe-lō͘】 iu-lō͘。～～公行～～kong-hêng⇨同上。

**誨** hòe 曉教也。明示以破其所不知者也。教～kàu～⇨同上。教～師kàu～su⇨監獄設有此職。

【誨盜 hòe-tō】 引誘盜賊。慢藏～～，冶容誨淫bān-chông～～iá-iông hòe-îm⇨財物隨便收藏將引來盜賊，妖冶美容將引動奸徒。謂禍皆由自招。

**悔** hòe 恨也。改也。反～逮於尻川後hoán～tòe tī kha-chhng-āu⇨反悔跟在後面。亦即反悔已來不及了。亦曰反悔hoán-hóe。後～hō～⇨後悔hiō-hòe。

【悔悟 hòe-gō͘】 知錯省悟。有～～道可也啦ū～～tō-hó-à-là⇨已經悔悟就算了。

【悔恨 hòe-hīn】 ～～之情見於言表～～chi-chêng kiàn î giân-piáu⇨同上。

【悔婚 hòe-hun】 改消婚約。自由戀愛的更舞到～～啦chū-iû-loân-ài-ê koh-bú-kà～～là⇨自由戀愛的竟弄到改除婚約啦(你看怪不怪)。

【悔親 hòe-chhin】 同悔婚hóe-hun。

【悔不當初 hòe-put-tong-chhe(chho͘)】 當初爲何犯錯，亦即而今一切已太遲了。悔恨當初的犯錯。

**貨** hòe 財也。金玉布帛之總名。物之可易財者曰貨hòe。賣也。罵人之詞。雜～cha̍p～⇨同上。洋～iûⁿ～⇨舶來品phek-lâi-phín。洋雜～iûⁿ-cha̍p～⇨外國進口的什貨。辦～pān～⇨商店批購商品。兌～tòe～⇨辦貨pān-hòe。起～khí～⇨搬進貨品(離船)。出～chhut～⇨搬出貨品(出倉)。進～chìn～⇨商店添貨。私～su～⇨走私物。賊～chha̍t～⇨贓物。害～hāi～⇨①物不佳。②壞人。慄～lám～⇨懦夫ló͘-hu(nó͘-hu)。餲～àu～⇨①不新鮮之貨品。壞貨hāi-hòe。②餲人àu-lâng。臭爛～愛現錢chhàu-noā～ài-hiān-chîⁿ⇨謂貨是不新鮮的卻非現款不賣。嫌～正是擂～人hiâm～chiàⁿ-sī hak～lâng⇨說貨品壞的人，才是購買物品之人。擂～擂頂眞，蝕本蝕較輕hak～hak-téng-chin, si̍h-pún si̍h-kha-khin⇨認眞購買商品者虧本亦虧得少。擂hak採辦，購買。甚～siaⁿ～⇨何物。何事。啥～siaⁿ～⇨同前。甚麼～sam-mih～⇨同前。甚麼～siaⁿ-ma～⇨同前。

【貨主 hòe-chú】 貨品之主人。

【貨色 hòe-sek】 ㊀種類chióng-lūi。品質phín-chit。伊這～～有較差i-che～～ū-khah-chha⇨他們此種東西品質差一點。㊁女人。情人。有～～於扲ū～～tī-teh⇨(背後或暗中)有女人存在。

【貨尾 hòe-bóe】 先出店者曰貨頭hòe-thâu，後出者曰貨尾hòe-bóe。賣貨頭，敨～～bē(bōe)-hòe-thâu siak～～⇨謂貨頭鄭重賣之，貨尾即較隨便賣之。敨siak篠擊也。拍賣phah-bē曰敨siak，便宜賣曰敨siak，曰敨敨掉siak-siak-tiāu，亦即賣得出去就賣了算了也。敨siak畧同摔sut。

【貨車 hòe-chhia】 專供載運貨物之車輛。～～客車～～kheh-chhia⇨同上。

【貨物 hòe-bu̍t】 供交易之物。運送中之東西。～～稅～～sòe⇨一種稅名。

【貨底 hòe-té(tóe)】 賣餘之物。鎮～～tīn～～⇨賣不出而佔住庫位曰陳tīn，俗作鎮tīn，作鎮位tīn-ūi。～～鎮得～～tīn-teh⇨貨底空佔著位子。拍～～phah～～⇨買淸倉貨。淸～～chheng～～⇨淸理陳貨tīn-hòe。

【貨面 hòe-bīn】 ㊀該商品的行銷情形。～～有較鈍流～～ū-khah-tūn-lâu⇨銷路較不通暢。㊁貨品的表面。無扱～～的bô-khioh～～ê⇨沒有粧表面的。扱khioh作爲。把好的選出放置於表面是粧貨面chng-hòe-bīn，亦即扱貨面khioh-hòe-bīn。

【貨草 hòe-chháu】 貨之外觀(品質)。～～未穤～～bē-bái⇨東西不是壞的。草chháu作助詞，例如市草chhī-chháu⇨市況，毛草mô-chháu⇨毛髮的生長情形。

【貨船 hòe-chûn】 運貨船ūn-hòe-chûn。貨物船⇨hòe-bu̍t-chûn。

【貨脚 hòe-kha】 承銷之顧客。～～眞強～～chin-kiâng⇨買氣強。

【貨單 hòe-toa$^{n}$】 貨主開給買主的傳票。送貨的書狀。送～～sàng～～⇨同上。取～～chhí(chhú)～～⇨同上。

【貨幣 hòe-phè】 錢chî$^{n}$。交易的媒介物。本位～～補助～～pún-ūi～～pó·-chō·～～⇨同上。～～價値～～kè-ta̍t⇨同上。

【貨樣 hòe-iū$^{n}$】 樣品iū$^{n}$-phín。樣本iū$^{n}$-pún。～～看了藉來講～～khoà$^{n}$-liáu chiah-lâi-kóng⇨樣品先看然後才談其他。

【貨價 hòe-kè】 價格kè-kek。～～有較挫～～ū-khah-chhe̍h⇨貨價下跌一點。

【貨錢 hòe-chî$^{n}$】 貨款hòe-khoán。價款kè-khoán。

【貨頭 hòe-thâu】 ㊀商品siang-phín。～～眞飽～～chin-pá⇨商品很充足。㊁貨色hōe-sek。其多。

## hòe 廢

壞亂也。棄置不用也。半途而～poàn-tô· jī～⇨同上。事業攏荒～去也sū-gia̍p lóng hong～khì-à⇨事業皆廢置不管了。

【廢人 hòe-jîn】 不中用之人。人罵你～～也猶不知衰，有影有夠～～都著lâng mē-lí～～ā iáu m̄-chai-soe, ū-iá$^{n}$ ū-kàu～～to-tio̍h⇨人家罵你廢人了，還不知恥，眞的是廢人不錯了。

【廢止 hòe-chí】 法令停止適用。法效消滅。新法～～舊法sin-hoat～～kū-hoat⇨法諺。

【廢刊 hòe-khan】 停止出版。被迫～～pī-pek～～⇨同上。

【廢約 hòe-iak(iok)】 破棄合約。自然～～chū-jiân～～⇨同上。

【廢帝 hòe-tè】 被迫退位之帝王。宣統～～soan-thóng～～⇨同上。

【廢疾 hòe-chi̍t】 罷病。俗作不治之病解。

【廢塚 hòe-thióng】 荒廢之墳墓。

【廢業 hòe-gia̍p】 停業。～～改圖～～kái-tô·⇨舊業不做了，重新計劃新事業。

【廢物利用 hòe-bu̍t-lī-iōng】 使無用之物變爲有用。

【廢寢忘食 hòe-chhím-bông-sit】 心專於某事至寢食俱廢。

**hòe 歲** 年也。人之年齡曰歲hòe。論輩無論～lūn-pòe bô-lūn～⇨謂在同族中，但論輩份之尊卑，不論年歲之長幼。頂下～仔téng-ē～á⇨歲距其小，不是同歲就是差也在一兩歲之間。平～pêⁿ(pîⁿ)～⇨同歲。三～叔公saⁿ～chek-kong⇨論輩即三歲也可以當叔公。實～虛～sit～hi～⇨年歲的計算法。亦即算日與算年有別。年～未騙得nî～bē(bōe)～phiàn-tit⇨年齡瞞不了人。

【歲壽 hòe-siū】 年齡liân-lêng。長～～tn̂g～～⇨長壽。策～～合你扲認同年chhek～～kah-lí teh jīn-tâng-nî⇨縮小年齡來和你爲同年。謂忍受一切與你合作。阮是求平安耳，不敢佅添～～goán sī kiû-pêng-an-niâ, m̄-káⁿ-boeh thiⁿ～～⇨我是但求平安無事而已，不敢奢望更求長壽。阮goán，我們亦我自己。

【歲頭 hòe-thâu】 歲數。～～食到二十外，無某當好娶，啐啐吱，想著喉道淀～～chiah-kàn jī-chap-goā, bô-bó· thang-hó-chhoā, phòng-phòng-chhī, siūⁿ-tioh âu-tō-tīⁿ⇨乞食歌。吱形聲字，非嗟嘆詞。

**hôe 回** 轉也。答話答信皆曰回hôe。次數也。宗教名。有去無～ū-khì-bô～⇨有往無來iú-óng-bû-lâi。講不～道是不～kóng m̄～tō-sī m̄～⇨說不回就是不回(回答，回信等等)。即～讓你後～道不讓囉chit～niū-lí āu～tō m̄-niū-lò·⇨此次讓你，不次就不讓了。頂～較好即～較無孔téng～khah-hó chit～khah-bô-khang⇨上次較好，此次不行。章～小說chiang～siáu-soat⇨同上。按回hôe爲次數之詞如上，唯日文回讀kai，亦作次數之詞，因而台灣青少年之稍通日文者，遂自覺紛亂，不知日台語中回hôe，回kai之別，終致訛回hôe爲回kai，至今回hôe仍讀kaî者甚多。甚至已喧賓奪主矣。例如即回chit-kai，頂回téng-kai等詞類頻出現。

【回天 hôe-thian】 旋轉乾坤soân-choán-khiân-khun。宰相有權能割地，孤臣無力可～～，扁舟去作鴟夷子，回首河山意黯然chái-siàng(siòng) iú-koân lêng-kat-tē, ko·-sîn bû-lek khó～～,phian-chiu khì-chok chí-î-chú, hôe-siú hô-san ì-àm-jiân⇨同上。邱逢甲離台詩。

【回仔 hôe-á】 篩出的污物(米，粟，幼石等等)。～～提去給雞食～～theh-khì(ī) hō·-ke-chiah⇨回仔拿去飼雞chhī-ke。穡仔hôe-á的俗字。穡：皺也。

【回生 hôe-seng】 回魂hôe-hûn。再生。起死～～khí-sí～～⇨同上。～～乏術～～hoat-sut⇨同上。

【回批 hôe-phe】 回信hôe-sìn。信函sìn-hâm曰批。～～報平安～～pò·-pêng-an⇨銅線批tâng-sòaⁿ-phe⇨電話也。

【回府 hôe-hú】 高官回家。打轎～～táⁿ-kiāu～～⇨戲白。

【回帖 hôe-thiap】 女家對男方下聘回禮之目錄。送～～sàng～～⇨同上。

【回軍 hôe-kun】 軍隊轉進。～～打家己～～phah-ka-tī(kī)⇨同上。

【回家 hôe-ka(ke)】 薛仁貴～～sih-jîn-kùi～～⇨戲齣名。

【回南 hôe-lâm】 颱風之後，暴風轉南向。亦會作風亦會～～iah-ē(ōe) choh-hong iah-ē(ōe)～～⇨也會做颱風，也會轉南風。謂忽而暴怒，忽而喜笑。

【回拜 hôe-pài】 喪家對會葬客燒香的答拜。孝男攏跪地～～hāu-lâm lóng kūi-tē～～⇨同上。

【回重 hôe-tāng】 稱重量，以袋或箱籠等盛之而稱者，應扣除箱籠等之重量曰回重hôe-tāng。無～～道算曷會用得bô～～tō-sǹg ah-ē(ōe)-iōng-tit⇨沒有回重就計算怎麼可以呢。

【回教 hôe-kàu】 Mohammedanism。亦稱回回教hôe-hôe-kàu，或淸眞敎chheng-chin-kàu。～～徒～～tô͘⇨Muslim。

【回復 hôe-hok】 ㊀回文復文。攏無～～來lóng-bô～～lâi⇨同上。㊁復原。～～原狀～～goân-chōng⇨同上。元氣漸漸～～也goân-khì chiām-chiām～～ā⇨元氣(健康)逐漸復原了。

【回陽 hôe-iâng】 回魂hôe-hûn。自陰間回歸陽間。落陰～～loh-im～～⇨同上。

【回答 hôe-tap】 答問tap-būn。伊不肯～～i m̄-khéng～～⇨同上。

【回朝 hôe-tiâu】 天子～～thian-chú～～⇨同上。

【回敬 hôe-kèng】 回敬禮。～～一杯酒～～chit-poe-chiú⇨同上。伊脚掙來，你～～的是拳頭母去，安爾拍抵起也i kha-chiⁿ lâi, lí～～ê sī kûn-thâu-bó(bú)-khì,an-ne(ni) phah-tú-khí-à⇨他脚掙踺你，你反攻之以拳頭母，雙方算彼此彼此也。

【回落 hôe-loh】 心回氣落。見著錢豈未～～kìⁿ-tioh-chîⁿ ká-bē(bōe)～～⇨一看見錢豈不轉怒爲喜(一定轉怒爲喜)。

【回話 hôe-ōe】 通譯thong-ek。像番仔刣加鰗哩，無人～～都扨無寮仔門chhiūⁿ-hoan-á thâi ka-lah-nī, bô-lâng～～to sa-bô liâu-á-mn̂g⇨如番人宰加鰗魚一樣的嘰哩加啦的，沒人通譯都尋無門徑可入。扨無寮仔門sa-bô-liâu-á-mn̂g尋不到入寮之門。弄不淸楚。按：扨，挾取也；好在扨hó-lám-sa也，或作掮，非。因掮芟取也，亦即選取。其差異大矣。

【回魂 hôe-hûn】 死人又活了。伓～～不道去叡仙丹boeh～～m̄-tō-khì-chhōe sian-tan⇨要死者復活不就要去找仙丹來嗎。～～藥～～ioh⇨一種藥名。似乎是強心劑之類的。

【回頭 hôe-thâu】 回來hôe-lâi。有去無～～ū-khì bô～～⇨一去就沒消息。～～定～～tiāⁿ⇨倒頭定tò-thâu-tiāⁿ。～～烏～～o͘⇨①產卵後再回來的烏魚o͘-hî。②笑空手而回的失望者。當不加衰的也，去做～～烏否taⁿ-m̄-ke-soe-ê-a, khì-chò(chòe)～～o͘-hohⁿ⇨而今不是加衰的嗎。去了又空手而回，不是嗎。加衰ke-soe增加倒霉。一失足成千古恨，再～～是百年身it-sit-chiok sêng-chhian-kó͘-hīn, chài～～sī pek-liân-sin⇨俗語。～～車～chhia⇨回程車hôe-thêng-chhia。～～轎～～kiō⇨回程轎。

【回文詩 hôe-bûn-si】 詩中字句，往復循環，都可以讀，亦可通之詩，一種文人展示其才能的遊戲。

【回歸線 hôe-kui-soàⁿ】 天文學名詞。太陽對地球北移或南移的極限之線，南曰南～～～lâm～～～，北曰北～～～pak～～～，都與赤道平行。

【回心轉意 hôe-sim-tńg-ì】 反悔而回歸正當之路。𠊎，阿三都也～～～～囉，僥若較莫博抸道好也，不當更寃也taⁿ,a-sam to-à～～～～lò, kiáu na-khah-mài-poah-lè tō-hó-à, m̄-thang koh-oan-a⇨而今，阿三也反悔了，賭博如果少去了就算了，不要再吵架了。

【回光返照 hôe-kong-hoán-chiàu】 ㊀佛家語。㊁病情臨危中忽然稍見恢復。～～～～耳啦，無久也啦～～～～niâ-là, bô-kú-à-là⇨回光返照而已，不久了。

**hôe 和** 和尙hô-siāng(siōng)曰和尙hôe-siūⁿ，僧侶也。印度話的譯者，亦作和上hô-siāng(siōng)。尼姑～～nî-ko͘～～⇨尼與僧。～～頭～～thâu⇨①僧人之金光頭。②笑無毛禿頭thut-thâu之人。～～頭拮無虱～～thâu khiat-bô-sat⇨和尙頭上任抓jiàu任拮khiat都沒有虱子。喩窮鬼身上搾不出油水。頭癢力抓jiàu曰拮khiat。～～生，囝仔手～～lān,gín-á-chhiú⇨罵作孽chok-giat恣肆chih-chuh者之粗詞。蓋謂和尙𡳞與囝仔手，都沒有正當之工作，閒時間太多了，才會作孽chok-giat或恣肆chih-chuh，亦即放縱hòng-chhiòng，妄爲無謂之事。

**hôe 摧** 指摩也。抆拭也。例行諸多工作曰摧hôe，婦女的廚房工作曰摧hôe，以手探路曰摧hôe。塗污墻壁曰摧hôe。逐日每安爾～tak-jit mā an-ne(ni)～⇨每日都是如此工作。自己扲～亦無倩人ka-lī teh～iah-bô chhiàⁿ-lâng⇨自己在慢慢做也沒請人幫忙。罔～也罔～不，是俫安怎bóng～à bóng～m̄,sī-boeh-an-choáⁿ⇨忍耐著慢慢做而已，否則有什麼辦法呢。暗暗仔～àm-àm-á～⇨黑暗裡也在工作。人目珠無看見都～有路也咱煞～無路lâng bak-chiu bô-khoàⁿ-kìn(ìⁿ) to～ū-lō·-ā, lán-soah～bô-lō·⇨人家眼睛看不見的都找得出路跑了，我們怎麼會找不到路徑。囡仔～到滿桌頂gín-á～kà moá-toh-téng⇨孩子們弄髒了桌子上。～到滿四界～kà moá-sì-kè⇨塗污了整個地方。佼～gâu～⇨工作慢。善於慢慢地工作。～東～西～歸日～tang～sai～kui-jit⇨忙此忙彼整天都在工作。

**hōe 會** 合也。盟也。際也。能也。領悟曰會hōe。官商會合之地曰會hōe，團體曰會。同樂～tông-lok～⇨同上。運動～ūn-tōng～⇨同上。博覽～phok-lám～⇨同上。品評～phín-phêng～⇨同上。風雲際～hong-hûn chè～⇨同上。都～to·～⇨同上。省～séng～⇨同上。農～工～商～lông～kang～siang(siong)～⇨各種公會。體育～thé-iok～⇨同上。婦女～hū-lí～⇨同上。標～pio～⇨同上。有緣千里來相～iú-iân chhian-lí lâi-siang(siong)～⇨同上。拜～pài～⇨同上。面～biān～⇨同上。相～siang～⇨同上。意～ì～⇨同上。体～thé～⇨同上。誤～gō·～⇨同上。

**【會元 hōe-goân】** 會試的第一名。

**【會友 hōe-iú】** ㊀交朋友。君子以文～～，以友會文kun-chú í-bûn～～,í-iú hōe-bûn⇨同上。㊁會中同仁。教會～～kàu-hōe～～⇨同上。

**【會心 hōe-sim】** 心中領會。～～之笑～～chi-chhiàu⇨同上。

**【會仔 hōe-á】** 標會pio-hōe的簡稱。招～～chio～～⇨招人參加標會。份～～hūn～～⇨加入標會。標～～pio～～⇨標取會款。～～頭～～thâu⇨會頭hōe-thâu，招會之人。～～錢～～chîⁿ⇨參加標會之錢。

**【會合 hōe-hap】** 集合chip-hap。八點於山脚～～peh-tiám-tī saⁿ-kha～～⇨同上。

**【會同 hōe-tông】** ㊀古諸侯會盟。㊁機關會合共同辦理有關連之事。～～辦理～～pān-lí⇨同上。

**【會址 hōe-chí】** 一會所在地或辦公所。有會無～～曷會用得ū-hōe bô～～ah-ē-iōng-tit⇨有會而無會址怎麼可以。

**【會見 hōe-kiàn】** 見面kiàn-biān。兩雄～～liáng-hiông～～⇨同上。

**【會社 hōe-siā】** 日本的公司曰會社。株式～～chu-sek～～⇨股份公司。

**【會長 hōe-tiúⁿ】** 一會之長。水利會～～chúi-lī-hōe～～⇨同上。

**【會面 hōe-bīn】** 見面kīⁿ-bīn。双方先～～一下藉更講siang-hong seng～～chit-ē chiah-koh-kóng⇨双方先見見面再說。

**【會客 hōe-khek】** 見客人。～～室～～sek⇨同上。

**【會員 hōe-oân】** 團體的成員。名譽～～bêng-ī～～⇨同上。

**【會務 hōe-bū】** 會的事務。～～檢討會～～kiám-thó-hōe⇨同上。

**【會章 hōe-chiang】** 會的章程。起草～～khí-chhó～～⇨同上。

**【會堂 hōe-tn̂g】** 廳堂tniaⁿ-tn̂g。公～～kong～～⇨同上。

**【會衆 hōe-chiòng】** 與會之人。～～數千～～sò·-chheng⇨同上。

【會費 hōe-hùi】 會的經費，由會員負擔之。～～省省仔～～séⁿ-séⁿ-à⇨會費很少。很便宜。

【會報 hōe-pò】 會合報告。機關的一種業務會。或自己檢討業務，或爲來賓報告其業務之用。

【會場 hōe-tiûⁿ】 會之場所。運動～～ūn-tōng～～⇨同上。展覽～～tián-lám～～⇨同上。音樂會～～im-gak-hōe～～⇨同上。

【會試 hōe-chhì】 會考hōe-khó。科舉時代。三年一集秀才於省城考之，曰鄉試，及格者即曰舉人，舉人於次年上京會集於禮部會考，曰會試，及格者曰貢士，再經殿試之後，才成爲賜進士出身。

【會齊 hōe-chê】 ㊀會合hōe-hap。～～出發～～chhut-hoat⇨同上。站公園～～tiām-kong-hn̂g～～⇨同上。㊁共同一致。逐家～～合伊拂tak-ê～～kah-i-hut⇨我們一致與他對抗。～～合個拼～～kah-in-piàⁿ⇨一致與他們拼命。

【會意 hōe-ì】 理解其意。推知其意。領悟。看了～～khoàⁿ-liáu～～⇨同上。讀了～～thak-liáu～～⇨同上。

【會話 hōe-ōe】 對話。～～讀本～～thok-pún⇨有關會話之書。

【會銜 hōe-hâm】 兩個以上的機關聯名簽發的公文。

【會賬 hōe-siàu】 算賬sǹg-siàu。相爭要～～sio-cheⁿ boeh～～⇨爭相算賬付錢。

【會審 hōe-sím】 會同審案。三堂～～sam-tông～～⇨戲目。

【會談 hōe-tâm】 會議的一種。條件似乎轉寬。

【會戰 hōe-chiàn】 決戰。長沙～～tiâng-soa～～⇨同上。

【會館 hōe-koán】 館舍。同鄉～～tông-hiang～～⇨同上。

【會頭 hōe-thâu】 ㊀會(團體)之首。㊁標會之主持人。

【會議 hōe-gī】 集合一堂共同會商。國際～～kok-chè～～⇨同上。限武～～hām-bú～～⇨限制武器之生產及使用之會議。

【會計學 hōe-kè-hak】 kòe-kè-hak。

hōe **匯** 錢銀在兩地互相交付收取曰匯hōe。郵～iû～⇨同上。電～tiān～⇨同上。外～goā～⇨同上。結～kiat～⇨同上。

【匯水 hōe-chúi】 兩種貨幣間的差額。

【匯兌 hōe-tôe】 兩地或兩國間之付款。由金融機關辦理。其憑證曰匯票hōe-phiò。

【匯率 hōe-lut】 兩幣的交換比率。

【匯票 hōe-phiò】 匯兌的憑證憑單。

【匯費 hōe-hùi】 匯兌的手續費。送錢的費用。

【匯錢 hōe-chîⁿ】 送錢到外地。亦曰匯款hōe-khoán。

hōe **繪** 雜彩也。綵畫也。畫文也。油～iû～⇨繪畫的一種，亦曰西洋繪。

【繪畫 hōe-ōe】 美術之一。圖繪各種形狀並表達情意。有油繪，水彩，或者山水，花鳥，人物等等，種類甚多，方法各不相同。

# hoeh

hoeh **血** 血液 hiat-ek曰血hoeh。父精母～pē-cheng-bó～(bū-huih)⇨俗謂人所自來。補～pó～⇨俗謂血可以食補藥補充。抽～thiu～⇨抽出血液(棄之或移輸他人)。刺～chhiah～⇨殺猪(牲畜類)。割～koah～⇨宰殺家禽。歃～sàp～⇨殺牲飲血誓於神也。無～無目屎的人bô-～bô-bak-sái ê lâng⇨沒有同情心之人。嘴念阿彌陀，手舉刺～刀chhùi-liām o·-mí-tô·, chhiú-giâ chhiah～to⇨喩口善心惡之人。流鼻～lâu-phīⁿ～⇨①鼻出血②認親人，但只限於笑話。據說，水流屍一逢親生父母，必流出血水。較割每無～khah-koah mā bô～⇨喻窮人任榨亦榨不出錢。

【血水 hoeh-chúi】 huih-chúi。～～也猶抄流～～á iáu-teh-lâu⇨血水還在流着。

【血色 hoeh-sek】 血之色。面斷～～bīn-tn̄g～～⇨面上全無血色。形容懼驚之極或飢寒之甚。

【血角 hoeh-kak】 huih-kak。同血凍hoeh-tàng。

【血盆 hoeh-phûn】 拍～～phah～～⇨司功sai-kong的一種名堂。謂可以超度爲生產而死的母親的寃魂，其法是糊一燈籠，畫有在血池中掙扎的女人，口中念念有詞，而將其燈籠不斷的回旋。

【血紃 hoeh-sûn】 huih-sûn。同血絲hoeh-si。紃sûn，線如絲者。亦線soà$^n$也。

【血氣 hoeh-khì】 hiat-khì。huih-khì。血之氣。～～無行～～bô-kiâ$^n$⇨血氣不通順。老了～～較衰也lāu-lō͘～～kha-soe-a⇨老了，血氣衰了。青年人～～方剛chheng-liân-lâng～～hong-kong⇨同上。

【血書 hoeh-si(su)】 huih-su。血書hiat-si。寫～～siá～～⇨同上。

【血凍 hoeh-tàng】 huih-tàng。血之凝固成塊者。血都結～～也hoeh to kiat～～à⇨血凝固了。

【血蚶 hoeh-ham】 一種海蛤。

【血筋 hoeh-kin(kun)】 血管hiat-koán。敢是有傷著～～，無血那會流未止ká$^n$-sī ū-siang-tio̍h～～, bô hoeh(huih)- ná-ē(ōe) lâu-bē(bōe) -chí⇨恐怕是傷了血管，否則血爲何流不停。

【血絲 hoeh-si】 紅色的幼紃iù-sûn。骨頭牽～～kut-thâu khan～～⇨骨頭上出現紅絲。扱骨khioh-kut之時，骨上出現紅絲，將福陰其子孫者。扱骨khioh-kut者，葬後若干年，將其骨骸掘起改葬之謂也。

【血跡 hoeh-jiah】 huih-jiah。㊀血跡hiat-che̍k。㊁出生之地。搖籃～～地iô-nâ～～tē⇨同上。

【血路 hoeh-lō͘】 huih-lō͘。血之路，但似乎不指血管hiat-koán。點～～tiám～～⇨拳法之一，可以致人於死。拍著～～phah-tio̍h～～⇨打中了血路。打中了關係生死的地方。

## ho͘h$^n$

**ho͘h$^n$ 歟** 語末助詞。表示感動，求同意，添韻味等等。我～，不愛也啦goá～, m̄-ài-à-lā⇨我不要了。你～，去較好呢lí～khì-khah-hó-neh⇨你去才好。寒～koâ$^n$～⇨很凍罷。媠～súi～⇨漂亮罷。貴～kùi～⇨貴罷。賊仔掠著也～chha̍t-á lia̍h-tio̍h-à～⇨小偷捉到了嗎。錢乎伊了也～chî$^n$ hō-i-liáu-à～⇨錢給了他了罷。行未去也～kiâ$^n$-bē(bōe) khì-à～⇨跑不動了罷。輸了也～su-liáu-à～⇨輸掉了罷。共你講～，叫你不當你道俫kā-lí-kóng～, kiò-lí m̄-thang lí-tō-boeh⇨不是說過了嗎，叫你不可以(做)你偏要(做)。語外之意是(才有此失敗)。著也～，你更走啦tio̍h-à～, lí-koh-cháu-lā⇨(捉)著了罷，你(能夠就)再跑看看。

**ho͘h$^n$ 否** 語尾助詞。問對方意見。好～hó～⇨好否。安爾～an-ne～⇨如此嗎。無也～bô-ā～⇨沒有了，對不對。安爾評也～也，俫毋攏毋講，乎人足歹做代誌呢，你甘知！an-ne hā$^n$,～ā, boeh-m̄ kóng, hō͘-lâng chia̍k phái$^n$ chò tāi-chì neh, lí kam-chai⇨如此的哼哼否否，要不都不告訴人，叫人難辦事，你可知道嗎？

## hok

**hok 福** 禍之反也。胙也。祭之酒肉也。凡事順適曰福hok。五～者，一曰壽，二曰富，三曰康寧，四曰修好德，五曰考終命是也ngó͘～chiâ, it-oat-siū, jī-oat-hū, sa$^{n}$-oat khong-lêng, sì-oat siu-hó-tek, gō͘-oat khó-chiong-bēng sī-iā⇨同上。幸～hēng～⇨同上。豔～iām～⇨同上。口～kháu～⇨同上。食～chiah～⇨同上。戇人有戇～gōng-lâng ū-gōng～⇨同上。迎祥納～gêng-siâng-lap～⇨吉祥語。禍～天註定hō～thi$^{n}$-chù-tiā$^{n}$⇨同上。人發～也lâng-hoat～ā⇨人豐滿了。順風順水順人意，得～得祿得財利sūn-hong sún-súi sūn-jîn-ì, tek～tek lok tek-châi-lī⇨某廟所見。造～人羣chō～jîn-kûn⇨同上。

【福人 hok-jîn】有福之人。福地～～居hok-tē～～ki⇨同上。

【福份 hok-hūn】福的份量。九五之尊的～～kiú-ngó͘ chi-chun ê～～⇨做皇帝之福份。三百年的～～sa$^{n}$-pah-nî ê～～⇨朝代傳承三百年。都無乞食的～～抲to-bô khit-chiah ê～～leh⇨全部不及乞食之福份。謂連乞食命都談不上。太慘了。

【福利 hok-lī】利即福也。職員的～～chit-oân ê～～⇨同上。

【福杉 hok-sam】來自福州之杉材。

【福祉 hok-chí】幸福。社會的～～siā-hōe ê～～⇨同上。

【福建 hok-kiàn】大陸的一省。其省都即福州hok-chiu。

【福音 hok-im】神的佳音。傳～～thoân～～⇨同上。～～傳～～toān⇨聖經的章名。～～堂～～tn̂g⇨講道所káng-tō-só͘。

【福星 hok-seng】住宅之守神。～～拱照～～kióng-chiàu⇨同上。

【福相 hok-siàng(siòng)】㊀福人之相貌。㊁心廣體胖sim-kóng-thé-phoān。你加眞～～lí ke-chin～～⇨你豐滿得多了(寒喧詞)。看著～～～～彼的是啥人khoà$^{n}$-tioh～～～～hit-ê sī siá$^{n}$-lâng⇨一看肥肥胖胖那一個人是誰。亦可以說是肥胖的恭維語。

【福食 hok-sit】伙食hóe-sit之美詞。～～費～～hùi⇨伙食費hóe-sit-hùi⇨食飯錢chiah-pn̄g-chî$^{n}$。

【福氣 hok-khì】福。幸福。福份。有～～的人的ū～～ê-lâng-ê⇨有福之人得之。加人加～～ke-lâng ke～～⇨人多福多。～～狗不知～～káu-m̄-chai⇨笑人在福中不知福之詞。狗káu與到kàu諧音。謂如果狗知之就無你份矣。

【福眼 hok-kéng】hok-géng。龍眼lêng-kéng(géng)的一種，粒較大，肉較厚。

【福員 hok-oân】龍眼干lêng-kéng-koa$^{n}$。～～肉～～bah⇨其去殼去核者。

【福至心靈 hok-chì-sim-lêng】聰明隨福而來。有錢了，人也聰明了。

【福德正神 hok-tek-chèng-sîn】土地公thó͘-lī-kong的正式名稱。亦曰福德爺hok-tek-iâ或福德神hok-tek-sîn。

【福祿壽三字全 hok-lok-siū-sa$^{n}$-jī-chn̂g】福份，食祿，長壽三事皆齊全。謂人生所求皆備矣。

hok **蝠** 蝙蝠pián-hok也。動物名。俗曰密婆bit-pô。

hok **霍** 飛聲也。迅疾也。浪費財物於酒色等揮霍無度hui-hok-bû-tō͘。磨刀～～mô-to～～⇨刀磨得利。

【霍光 hok-kong】前漢名臣，廢立兩帝，秉政二十年，權傾一時，身死後家被族滅。所謂威震主者也，但終能復其名，被圖於麒麟閣列爲功臣。

【霍亂 hok-loān】流行病，亦即虎列拉cholera。

【霍去病 hok-khì-pēng】前漢名將霍光hok-kong之兄。擊匈奴hiong-nô有功。與衛青齊名。亦青之甥也。

hok **復** 返也。答也。報也。往～óng～⇨去而又返。答～tap～⇨回答所問。報～pò～⇨以劇烈的方法回報仇恨。恢～hoe～⇨同上。

光～kong～⇨同上。反～運動hoán～ūn-tōng⇨物理學名詞。

【復工 hok-kang】 停止中的工事再度行工。工事得伻～～了kang-sū teh-boeh～～lō⇨工程快要復工了。

【復土 hok-thô͘】 下棺後復土埋棺。～～造墓～～chō-bōng⇨建造墓園。

【復元 hok-goân】 恢復元氣或原狀。病了猶未～～pēⁿ-liáu iáu-bōe～～⇨病後元氣未復。該～～還人啦āi～～hêng-lâng-là⇨需要恢復原狀還人家嘛。

【復仇 hok-siû】 報仇pò-siû。～～報怨～～pò-oàn⇨同上。

【復古 hok-kó͘】 復於古制。～～派～～phài⇨同上。

【復批 hok-phe】 復函hok-hâm。復信hok-sìn。回批hôe-phe。無閑於扵煞無～～乎伊bô-iêng tī-teh soah-bô～～hō͘-i⇨在忙中終於沒回信給他。

【復命 hok-bēng】 報告承辦事項的結果。回國～～hôe-kok～～⇨同上。

【復活 hok-oah】 死而復生。耶穌～～ia-so͘～～⇨同上。～～節～～cheh⇨Easter Day。教會中紀念耶穌復活之日。定在春分(三月二十一或二)月圓後之第一禮拜日舉行之。

【復員 hok-oân】 戰亂後恢復原建制。～～相當順利～～siang-tong sūn-lī⇨同上。

【復習 hok-si̍p】 重新練習功課。逐日該～～藉有效ta̍p-ji̍t āi～～chiah ū-hāu⇨每日須再練習才有效果。

【復辟 hok-phek】 皇帝復職。宣統～～soan-thóng～～⇨同上。

【復興 hok-heng(hin)】 衰敗後再興起。文藝～～bûn-gē～～⇨同上。

【復職 hok-chit】 因事停職者重新返回原職。運動了果有影～～也呢ūn-tōng-liáu kó-ū-iáⁿ～～ā-neh⇨活動之後果然眞的(無事)返回原職了。

【復藥 hok-ioh】 賠償醫藥費。共人～～kā-lâng～～⇨(傷了他人要)爲人賠醫藥費。

【復議 hok-gī】 否決或擱置之提案重新提出討論。～～程序～～thêng-sī(sū)⇨決定復議的順序條件等。

【復權 hok-khoân】 法律名詞。恢復所失之公權私權。申請～～sin-chhéng～～⇨同上。

hok **覆** 反也。審也，詳察之也。敗也，傾倒也，蓋也，被也。傾～kheng～⇨同上。翻～hoan～⇨同上。顚～tian～⇨同上。反～無常hoán～bû-siâng(siông)⇨同上。翻來～去hoan-lâi～khì⇨同上。更～koh～⇨再審。再檢討。日仔猶未～ji̍t-á a-bē～⇨所擇日子還未再檢討過。有～過就可也ū～kòe chiū-hó-à⇨再審了就可以了。免更～也bián koh～à⇨不必再審了。

【覆手 hok-chhiú】 反手。翻手爲雲～～雨，紛紛輕薄何須數，君不見管鮑貧時交，此道今人棄如土hoan-chhiú ûi-hūn～～ú, hun-hun kheng-pok hô-si-sò͘, kun-put-kiàn koán-pāu pîn-sî-kau, chhú-tō kim-jîn khì-jî-thó͘⇨貧交行。

【覆日 hok-ji̍t】 再核對時日之吉凶。～～禮～～lé⇨時日由男方擇定，付禮金送女方再覆(事實是求同意)。

【覆沒 hok-but】 ㊀船沈海中。～～海中～～hái-tiong⇨同上。㊁大戰大敗。全軍～～choân-kun～～⇨全軍皆敗亡。

【覆核 hok-hek】 再審。該更～～扵不知會過未āi-koh～～leh m̄-chai ē-kòe-bē⇨要再審核審核，不知能不能通過。

【覆試 hok-chhì】 再試。～～若過道過也～～nā-kòe-tō-kòe-à⇨再試若通過了就合格了。

【覆算 hok-sǹg】 覆賬hok-siàu。

【覆賬 hok-siàu】 檢討賬目。該更～～較好

ài-koh～～khah-hó⇨再核算一次較好。

【覆審 hok-sím】 再審。

【覆轍 hok-tiat】 翻車hoan-chhia之轍。不可再踏～～put-khó chāi-tah～～⇨不可再次失敗。

【覆水難收 hok-súi-lân-siu】 喻離了的夫妻難於再結合。俗多以朱買臣之妻為例。

【覆巢之下無完卵 hok-châu-chi-hē-bô-oân-nn̄g】 鳥巢翻覆了，其卵亦必全毀。喻禍患必將波及有關係之人。

**腹** hok 肚之總名。臍上下兩旁也。剖～手術phò～chhiú-sut⇨切開腹肚之手術。心～sim～⇨①親信之人。伊的心～i ê sim～⇨他的親信。②要害。心～之患sim～chi-hoān⇨同上。切～自殺chhiat～chū-sat⇨日本古武士的負責死法。

【腹心 hok-sim】 ㊀親近。親信。～～黨羽～～tóng-ú⇨同上。㊁要害。～～之患～～chi-hoān⇨同上。～～要地～～iàu-tē⇨同上。

【腹地 hok-tē】 重心之地區。邊界～～pian-kài～～⇨國界地方與內地。

【腹背 hok-pōe】 前後要害。～～受敵～～siū-tek⇨同上。

【腹膜炎 hok-mō-iām】 病名。急性～～kip-sèng～～⇨同上。

【腹式呼吸 hok-sek-hō-khip】 生理學名詞。以腹的動作作呼吸的方法。

**愎** hok 剛愎自用kang-hok-chū-iōng⇨固執私見，排斥他人。愎似應讀piak，但於今已積非成是，均讀hok矣。

**蝮** hok 毒蛇也。

**複** hok 重衣也。有裏之衣曰複hok，無裏曰單tan。凡重疊皆曰複hok。重～tiông～⇨同上。繁～hoân～⇨同上。

【複利 hok-lī】 利息的算法之一。單利tan-lī之對詞。俗曰利加母母加利lī-kā-bó-bó-ka-lī，亦即利加入母為母金再生利者。～～計算倸藉來～～kè-sǹg boeh-chiah-lâi⇨複利計算法可以才借給你，高利貸之口氣也。

【複姓 hok-sèng】 hok-sèⁿ(sìⁿ)。雙字姓siang-jī-sèⁿ。例如諸葛chu-kat，司徒su-tô·歐陽au-iâng等諸姓是也。

【複寫 hok-siá】 以炭紙一次寫出多張文字。～～紙～～choá⇨炭紙。

【複雜 hok-chap】 事物繁複不單純。雜亂無章chap-loān-bû-chiang。內容眞～～lāi-iông chin～～⇨內容很亂。很不簡單。

【複比例 hok-pí-lē】 數學名詞。單比例～～tan-pí-lē～～～⇨同上。

【複式教學 hok-sek-kàu-hak】 程度不同的兩班合為一班的教學法。

**服** hok 衣也。佩也。事也，職也。從也，認輸jīn-su曰服hok。又食亦曰服hok。衣～i～⇨衣裳之類。官～koaⁿ～⇨同上。禮～lé～⇨同上。軍～kun～⇨同上。團體～thoân-thé～⇨同上。制～chè～⇨同上。口～心不～kháu～sim-put～⇨口頭投降心中不投降。心誠意～sim-sēng-ì～⇨誠心誠意認輸。三不～sam-put～⇨彼此不認輸。降～hâng～⇨投降tâu-hâng。水土不～chúi-thó· put～⇨生活環境不適應。使人會～sú-lâng-ē～⇨令人心服。藥仔食三～ioh-á chiah-saⁿ～⇨藥吃了三次(三包煎食)。煎～chian～⇨煎而後飲之。

【服人 hok-jîn】 使人從之。以德～～不以兵革～～í-tek～～put-í peng-kek～～⇨同上。

【服人 hok-lâng】 人lâng改讀lâng。認輸jīn-su。應該該～～道～～不藉著èng-kai ài～～tō～～m̄-chiah-tioh⇨應該要認輸了就要認輸才對嗎，不是嗎。

【服用 hok-iōng】 服藥。飲藥。～～醫生開的藥仔～～i-seng-khui ê ioh-á⇨吃醫師處方的藥類。

【服式 hok-sit(sek)】 衣服的形式。端仔～

～道差眞敍也kan-a ～～ tō-chha-chin-chē (chōe)-ā⇨只論服式就輸很多了。端仔toan-a →tan-na→kan-na，端的也。

【服役 ho̍k-e̍k】 ho̍k-ia̍h。擔任勞役。在監～～chāi-ka$^n$～～⇨在獄中服苦役。

【服制 ho̍k-chè】 服飾制度。～～無變～～bô-piàn⇨同上。

【服事 ho̍k-sāi】 伺候sū-hāu。～～父母～～hū-bó⇨同上。～～神佛～～sîn-hu̍t。

【服毒 ho̍k-to̍k】 食毒藥。～～自殺～～chū-sat⇨同上。

【服務 ho̍k-bū】 爲人辦事。待遇親切～～周到thāi-gū chhin-chhiat, ～～ chiu-tò⇨商業廣告文。～～業～～gia̍p⇨交通，旅館，飲食等通稱服務業ho̍k-bū-gia̍p。

【服從 ho̍k-chiông】 順從sūn-chiông。聽從命令thia$^n$-chiông bēng-lēng。依法～～是有選擇的î-hoat～～sī-iú soán-te̍k-ê⇨依法規定～～是具有選擇性的(明見其違法者，可以不從)。

【服裝 ho̍k-chong】 衣服。～～設計～～siat-kè⇨同上。

【服罪 ho̍k-chōe】 認罪jīn-chōe。不肯～～m̄-khéng～～⇨同上。

【服飾 ho̍k-sek】 衣服裝飾。田庄較無講究～～ chhân-chng khah-bô káng-kiù ～～⇨同上。

【服輸 ho̍k-su】 認輸也。

【服膺 ho̍k-eng】 謹記不忘。拳拳～～毋懈khoân-khoân～～bû-hāi⇨堅持服膺不怠。

【服藥 ho̍k-io̍h】 食藥物。繼續照醫生指示～～藉好kè-sio̍k chiàu i-seng chí-sī ～～chia̍h-hó⇨同上。

ho̍k **伏** 覆也，以面向下也。藏也，伏兵曰設伏siat-ho̍k。封鎖亦曰伏ho̍k。俯～前進hú～chiân-chìn⇨俯身伏地而進。三～sam～⇨夏季最熱的時期。夏至後的三十天。十天爲一伏。心事起～ sim-sū khí ～⇨同上。敵方屈～tek-hong khut～⇨同上。敵軍有埋～tek-kun iú-bâi～⇨同上。我方有設～gó͘-hong iú-siat～⇨我方設有伏兵。前軍中～chiân-kun tiòng～⇨同上。四城門攏被人～扲sì-siâ$^n$-mn̂g lóng-hō͘-lâng～leh⇨各城門皆被包圍着。十面埋～si̍p-biān-bâi～⇨韓信敗霸王之計。

【伏日 ho̍k-ji̍t】 三伏之日。夏至後三十日，每十日爲一伏。爲一年中最溽joah的天氣。

【伏兵 ho̍k-peng】 埋伏之兵。忽遭～～截擊損失慘重hut-cho～～chia̍t-kek sún-sit chhám-tiōng⇨同上。

【伏法 ho̍k-hoat】 犯罪受死刑。兇手～～hiong-chhiú～～⇨同上。

【伏祈 ho̍k-kî】 書信用詞。～～鑒諒～～kàm-liāng⇨同上。

【伏屍 ho̍k-si】 地上之屍體。～～遍野，血流成河～～phiàn-iá, hiat-liû sêng-hô⇨形容戰敗之慘重。

【伏案 ho̍k-àn】 俯向案上。～～讀書～～tho̍k-si(su)⇨同上。～～疾書～～chi̍t si(su)⇨向案上拼命寫字。

【伏惟 ho̍k-ûi】 俯身思惟。謙詞。～～聖朝，以孝治天下～～sèng-tiâu, í-hàu tī-thian-hē⇨同上。

【伏筆 ho̍k-pit】 文中預爲下文舖設之詞句。前文已經下有～～chian-bûn í-keng hē-iú～～⇨同上。

【伏誅 ho̍k-tu】 因罪誅殺。

【伏羲 ho̍k-hi】 古帝名。拜請～～神農，孔子周公，五代聖賢，今有劉家弟子……pài-chhéng～～sîn-lông, khóng-chú chiu-kong, ngó͘-tāi sèng-hiân, kim-iú lâu-ka tē-chú……⇨盲人賣卜者的請卦詞。

【伏櫪 ho̍k-le̍k】 馬就槽食料。老驥～～，志在千里lō-kì～～, chì-chāi chhian-lí⇨喻烈士暮年，猶抱壯志。

【伏波將軍 hok-pho-chiang-kun】 古官名。使波浪伏息之將軍。馬援má-iân(uân)曾任之。～～～～廟～～～～biō⇨同上。

【伏龍鳳雛 hok-liông-hōng-chhû】 三國演義，司馬德操介紹諸葛亮chu-kat-liāng爲伏龍，龐統bâng-thóng爲鳳雛兩人給劉備。謂此二人皆識時務之俊傑。

**hok 茯** 茯苓hok-lêng也。植物名。又藥材名。

**hok 袱** 包袱pau-hok也。包裹pau-kó衣物者也。

**hok 栿** 窓門之上下橫木。俗曰栿仔hok-á。頂～下～téng～ē～⇨同上。

# hong

**hong 風** 空氣流動皆曰風hong。春～秋～chun～chiu～⇨同上。東～北～tang～pak～⇨同上。颱～捲螺仔～thai～kńg-lê-á～⇨同上。灌～koàn～⇨車輪等打氣。落～lāu～⇨車輪漏氣。風俗教化曰風hong。古～kó͘～⇨同上。家～ka～⇨同上。探門～thàm-mn̂g～⇨打聽家庭的格調。臭氣曰風hong。放～pàng～⇨放屁pàng-phùi。鹹菜臭～kiâm-chài chhàu～⇨同上。棺材出～koa$^{n}$-chhâ chhut～⇨同上。謠言或誇大曰風hong。人扲～也，敢有影的款lâng teh～ā, ká$^{n}$-ū-iá$^{n}$ ê khoán⇨人家在傳說了，恐怕是眞的。扲～耳啦，無準算啦teh～niā-là, bô-chún-sǹg-là⇨不過是傳說傳說而已，不能確定。倒～拳頭謗kiáu～kûn-thâu-pòng⇨賭博的輸贏數，拳術的高低都是針說成棒式的誇大說法。又牝牡相誘謂之風hong。

【風口 hong-kháu】 風門hong-mn̂g。火嘴hóe-chhùi。

【風土 hong-thó͘】 民風土俗bîn-hong-thó͘-siok。～～人情～～jîn-chêng⇨同上。～～病～～pē$^{n}$(pī$^{n}$)⇨同上。

【風月 hong-goat】 男女之事。～～寶鑑～～pó-kàm⇨紅樓夢的別名。涉足～～siap-chiok～～⇨出入於風月場中。

【風化 hong-hoà】 ㊀教化也。風月。～～區～～khu⇨酒家妓樓密集的地區。㊁岩石受大氣的自然影響化爲土壤。～～岩～～gâm⇨同上。～～作用～～chok-iōng⇨同上。

【風火 hong-hóe(hé)】 心氣。怒氣。～～夯起來～～giâ-khí-lâi⇨怒氣大生。～～發～～hoat⇨同。～～頭～～thâu⇨怒氣的最高潮。～～頭仔耳啦，過了道未也啦～～thâu-á-niā-là, kòe(kè) -liáu tō-bē(bōe)-ā-là⇨只是劇怒當中而已，過去了就好了。～～目～～bak⇨急性眼膜炎。

【風孔 hong-khang】 通風筒。開～～khui～～⇨同上。涼風多的地方。即個～～最好chit-ê～～chōe-hó⇨此一涼風口最妙。

【風水 hong-súi】 墳墓hûn-bōng之地。看～～khoà$^{n}$～～⇨尋墳墓之地。～～先生～～sin-se$^{n}$(sian-si$^{n}$) ⇨堪輿師khām-î-su。

【風光 hong-kong】 ㊀景色kéng-sek。彼位仔～～確實未穤hit-ūi-á～～khak-sit bē(bōe)-bái⇨那一帶的地方，景色確實不壞。㊁光榮kong-êng。即斗有夠～～了chit-táu ū-kàu～～lō͘⇨此一遭十分光榮了。

【風燈 hong-teng】 阿片薰燈a-phiàn-hun-teng。

【風車 hong-chhia】 農具。利用風力以吸水上田之具。～～該更加一台藉有夠水～～ài-koh-ke-chit-tâi chiah-ū-kàu-chúi⇨風車須再增加一台，水量才能夠充足。

【風吹 hong-chhoe(chhe)】 紙鳶chí-iâ。放～～pàng～～⇨同上。～～斷了線，家伙去一半～～tn̄g-liáu-soà$^{n}$, ke-hóe khì-chit-poà$^{n}$⇨謂希望沒有了。

【風伯 hong-pek】 司風之神。～～雨師～～

í(ú)-su⇨風神與雨師。

【風邪 hong-siâ】 感冒kám-mō。

【風味 hong-bī】 臭味chhàu-bī，臭氣chhàu-khì(khùi)。有～～也不好食也ū～～ā m̄-hó-chiah-à⇨有腐敗氣了，不可吃了。

【風雨 hong-hō͘】 人事上的種種。無插人～～bô-chhap-lâng～～⇨不干涉人家的風風雨雨。

【風波 hong-pho】 事端sū-toan。禍端hō-toan。平地抙起～～pêⁿ(pîⁿ)-tē(tōe) teh-khí～～⇨同上。

【風雨 hong-ú】 連夜～～liân-iā～～⇨同上。～～針～～chiam(cham)⇨晴雨計chêng-ú-kè。

【風面 hong-bīn】 風所吹向。轉～～tńg～～⇨風轉向。好～～hó～～⇨順風sūn-hong。歹～～phái～～⇨風向不對。喻景氣不佳。～～旗～～kî⇨風向指示旗。

【風姿 hong-chu】 女人的風韻姿色。～～迷人～～bê-jîn⇨同上。

【風神 hong-sîn】 ㊀司風之神。㊁光榮kong-êng。眞～～也咯chin～～ā lò͘⇨很有面子了。㊂自高自豪chū-ko-chū-hô。愛展～～ài-tián～～⇨喜歡自示其了不起。講～～話kóng～～ōe⇨說說其了不起的話。吹大牛。不過吹牛似可及自己以外，風神即只吹自己。

【風俗 hong-siok】 好的～～習慣hó-ê～～sip-koàn⇨同上。歹～～phái～～⇨風俗習慣不佳。

【風度 hong-tō͘】 威儀態度ui-gî-thài-tō͘。～～未穤～～bē(bōe)-bái⇨風度不惡。

【風針 hong-cham(chiam)】 晴雨計chêng-í(ú)-kè。

【風氣 hong-khì】 風俗。流俗。風紀。社會～～猶眞樸實sīa-hōe～～iáu-chin-phok-sıt⇨同上。一般的～～較重金錢it-poaⁿ ê～～khah-tiōng kim-chîⁿ⇨同上。～～眞穤～～chin-bái⇨風俗很不好。

【風流 hong-liû】 ㊀言風度hong-tō͘。～～才子～～châi-chú⇨同上。㊁言花柳之巷。～～客～～kheh⇨尋芳客sim-hong-kheh。願在牡丹花下死，～～作鬼也甘心goān-chāi bó͘-tan-hoa-hē-sí，～～chò(chòe)-kúi iā-kam-sim⇨風流鬼hong-liû-kúi之心願也。～～病～～pēⁿ⇨花柳病hoa-liú-pēⁿ。

【風浪 hong-lōng】 風波hong-pho。風湧hong-éng。

【風扇 hong-sìⁿ】 電扇tiān-sìⁿ。扇風器siàn-hong-khì。即類天有～～每較綽點仔chıt-lōe-thîⁿ ū～～mā khah-tok-tiap-à⇨這種天氣，有電扇比較好一點。點仔tiám-á→tiap-à，一點點也！

【風雪 hong-seh】 hong-soat。～～愈大也～～ná-toā-ā⇨風雪愈吹愈大了。

【風寒 hong-hân】 風邪hong-siâ。～～暑濕～sú-sip⇨風邪hong-siâ，寒氣hân-khì，熱病jiat-pēⁿ，濕氣sip-kì的四種常見的小毛病。

【風蝢 hong-hiā】 大水蝢toā-chúi-hiā，亦即山洪暴發時常見有翅之大蚼蝢káu-hiā，俗作螞蟻má-gí。

【風雲 hong-hūn】 天有不測～～，人有旦夕禍福thian-iú put-chhek～～, jîn-iú tàn-sek hō-hok⇨同上。

【風湧 hong-éng】 風浪hong-lōng。～～眞大～～chin-toā⇨同上。

【風筋 hong-kin(kun)】 大風前出現雲峯曰牽風筋khan-hong-kin(kun)。

【風琴 hong-khîm】 organ。西洋樂器名，送風以出音者。

【風雅 hong-ngê(ngá)】 附庸～～hù-iông～～⇨同上。

【風評 hong-phêng】 世評sè-phêng。輿論î-lūn。～～無當好～～bô-thang-hó⇨世評不甚佳。人抙～～lâng-teh～～⇨人們在議論。

你不驚人～～道去做講 lí m̄-kia$^{n}$ lâng～～tō-khì-chò(chòe)-kong⇨你不怕人們議論就去做嘛，講kóng改讀kong。

【風絲 hong-si】 微風bî-hong。起～～仔khí～～á⇨開始吹微風。斷點～～活侎熻死tn̄g-tiám～～oah-boeh hip-sí⇨半點微風都沒有，快被悶死了。

【風閘 hong-chah】 風圍hong-ûi。遮風之物。

【風葱 hong-chhang】 植物名。藥用葱。

【風鼓 hong-kó͘】 一種分離米粒與粗糠chhó͘-khng的器具。翼～～iat～～⇨使風鼓扇風以吹離粗糠。～～手～～chhiú⇨風鼓的把子。～～尾～～bóe(bé)⇨被扇出風鼓外的粗糠以及稗仔等垃圾。～～斗～～táu⇨風鼓上承穀入鼓的裝備。

【風獅 hong-sai】 屋頂上的辟邪圖。繪有騎獅的武將。

【風勢 hong-sè(sì)】 風之動向。校順～～gâu-sūn～～⇨善於乘機成事。看～～khoà$^{n}$～～⇨看風行船khoà$^{n}$-hong-kià$^{n}$-chûn。放屎未曉看～～pàng-sái bē(bōe) -hiáu-khoà$^{n}$～～⇨責人不會看人察面色的粗語。

【風圍 hong-ûi】 遮風之物。秧績愛做～～ng-chioh ài-chò(chòe)～～⇨稻苗圃須做遮風物。

【風領 hong-niá】 防寒之衣領。加一個～～道加眞燒了ke-chit-ê～～tō-ke-chin-sio-lò͘⇨增加了風領就更加溫暖了。

【風說 hong-seh】 hong-soat。傳說thoân-soeh(soat)。謠言iâu-giân。～～耳，無影啦～～niā, bô-iá$^{n}$-lā⇨謠言而已，不實也。

【風塵 hong-tîn】 ㊀～～僕僕～～pok-pok⇨旅途上之辛苦。㊁墮落～～tūi-loh～～⇨女人轉入妓女生涯。

【風颱 hong-thai】 颱風thai-hong。暴風雨pok-hong-ú。九月～～颯颯來，無被蓋米篩，芹(芎)蕉皮蓋脚尾，瓜子壳蓋目眉，歸身軀，蓋到密周周，因何這寒佗位來 káu-goeh～～phuh phuh-lâi, bô phōe kah-bí-thai, kin-chio-phôe kah-kha-bóe, koe-chí-khak kah-bak-bâi, kui-sin-khu, kah-kà bat-chiuh-chiuh, in-hô che-koâ$^{n}$ to-ūi-lâi⇨童謠。～～每會回南～～mā-ē(ōe) hôe-lâm⇨颱風之後有南風。亦即颱風已過境。謂大怒之後必恢復平靜。拌著～～尾poā$^{n}$-tioh～～bóe⇨被風颱尾打上了。喻伴隨他人受責備(或損失)。

【風潮 hong-tiâu】 ㊀風俗的潮流。趁世界的～～thàn-sè-kài ê～～⇨追隨世界的潮流。㊁事件。糾紛(突發性的)。罷工～～pā-kang～～⇨同上。

【風靜 hong-chēng】 風不強烈。～～浪平～～lōng-pêng⇨同上。

【風頭 hong-thâu】 佔～～較未臭chiàm～～khah-bē(bōe)-chhàu⇨佔在風頭不臭。企～～khiā～～⇨稱老大。愛出～～ài-chhut～～⇨好自逞能。～～壁～～piah⇨大外側之壁。～～報尾～～pò-bóe⇨暴風雨的開始時與終末時。

【風謗 hong-pòng】 誇大的說法。～～的啦:事實無到安爾啦～～ê-lā, sū-sit bô-kà-an-ne(ni)-lā⇨誇大的嘛。事實不至於如此嘛。

【風聲 hong-sia$^{n}$】 風評hong-phêng。傳說thoân-soeh(seh)。謠言iâu-giân。～～謗影～～pòng-iá$^{n}$⇨繪聲繪形ōe-sia$^{n}$-ōe-hêng。烏白講o͘-peh-kóng。

【風霜 hong-song】 喻苦難khó͘-lān。受盡～～siū-chīn～～⇨遭逢了一切的折磨chiat-boâ。

【風櫃 hong-kūi】 鐵匠的風箱。牽～～khan～～⇨①拉動風櫃。②喻哮喘症的人在苦喘khó͘-chhoán。

【風韻 hong-ūn】 風度韻致hong-tō͘-ūn-tì。

徐娘半老 ～～ 猶存chhî-niû poàn-ló ～～ iû-chûn⇨同上。

【風騷 hong-so】 ㊀喜歡遊玩。遊山玩水。愛～～ài～～⇨喜歡遊玩。去～～了khì～～lò·⇨出外去遊玩了。眞敢～～chin-káⁿ～～⇨很積極遊玩。～～ 戴破帽 ～～ tì-phoā-boh⇨風騷結果要戴破帽，亦即無法買新帽也。～～在人，無米趁衆 ～～ chāi-lâng, bô-bí thàn-chèng⇨謂風騷自由也(我得風騷一下)，無米嗎，衆人事也(我趁衆thàn-chèng)。喻個人風騷貪玩之心的強烈。㊁同風流之㊁。～～ 客 ～～ 鬼 ～～ kheh ～～ kúi⇨風流鬼hong-liû-kúi。

【風灌 hong-koàn】 air-pomp，灌風機koàn-hong-ki。

【風馬牛 hong-má-giûⁿ】 喻事不相干。牝牡相誘曰風hong。～～～不相及～～～put-siang-kip⇨及者謂相與也，馬牛不同類，故不能相與也。

【風飛砂 hong-poe-soa】 飛砂hui-soa。

【風吹草動 hong-chhoe-chháu-tāng】 輕微的舉動。有什麼～～～～每有好相照顧ū-sa má ～～～～ mā-ū-hó sio(saⁿ)-chiàu-kò·⇨有事之時可以彼此照顧。

【風消雲散 hong-siau-hûn-soàⁿ】 分散hun-sàn。消失siau-sit。而今攏～～～～去了jî-kim lóng～～～～khì-lò·⇨同上。

【風調雨順 hong-tiâu-í(ú)-sūn】 自從寡人，登基以來，～～～～，國泰民安，槍刀歸庫，馬放南山，算將起來，是寡人的洪福也呵chū-chiông koáⁿ-jîn, teng-ki í-lâi,～～～～, kok-thài-bîn-an, chhiuⁿ-to kui-khò·, má-hòng-lâm-san, soàn-chiang-khí-lâi, sī koáⁿ-jîn ê hông-hok-iā ō⇨布袋戲的戲白。

**hong 封** 王者建侯立國曰封hong。賜爵褒美曰封hong。查禁曰封hong。緘也。包曰封hong。密閉燙爛亦曰封hong。批打面頰亦曰封hong。皇帝扲～了hông-tè teh～lò·⇨皇帝在封賞了。烏白～o·-peh～⇨亂戴人以帽子。厝乎人 ～ 去chù hō·-lâng ～ khì⇨家被查封了。原 ～ 不動goân ～ put-tōng⇨原包未打開。贈銀三 ～ cheng-gîn(gûn) saⁿ～⇨贈送白銀三包。二～批nn̄g～phe(phoe)⇨兩封信。要食～的抑燉的boeh-chiah～ê ah-tūn-ê⇨要吃封的或者燉的。加講話你道食 ～ ke-kóng-ōe lí-tō-chiah～⇨再多嘴你就要受打嘴。勅～thek～⇨日皇所封。日皇的命令曰勅令thek-lēng。開～khui～⇨初夜權。密～bit～⇨同上。蠟～lah～⇨以蠟封閉。舖綿裘～稠稠pho·-mî-hiû～tiâu-tiâu⇨綿裘穿著不敢脫。自～三叉王chū ～ sam-chhe-ông⇨謂韓信初平三齊立大功，請准暫稱假王以資鎭壓之故事也。三叉即三齊之訛也。

【封印 hong-ìn】 古官衙koan-gê每年終擇日封印休息過年，新春再擇日開印khai-ìn視事。～～開印～～khai-ìn⇨同上。

【封肉 hong-bah】 密封煮爛之肉。鷄，鴨則分別曰封鷄hong-ke(koe)，封鴨hong-ah。

【封收 hong-siu】 亦曰抄封chhau-hong。亦即所謂沒收but-siu也。～～租～～cho·⇨封收田地亦即抄封地之租穀。

【封官 hong-koaⁿ】 授官職。～～賜爵～～sù-chiak⇨同上。

【封侯 hong-hô·】 受封爲諸侯。忽見陌頭揚柳色，悔教夫壻覓～～hut-kiàn bek-thiû iâng-liú-sek, hóe-kàu hu-sài bek～～⇨唐詩。

【封建 hong-kiàn】 古代士爲國王所有，王以地分封諸侯，諸侯又分封給士大夫，士大夫各有家臣，各家臣之下有農民或農奴，如此層層相隸屬之社會關係曰 ～～ 社會 ～～ siā-hōe。其制度曰 ～～ 制度 ～～ chè-tō·, 其時代曰～～時代～～sî-tāi。其思想曰～～思想～～su-sióng。

【封神 hong-sîn】 ㊀封神傳hong-sîn-toān。

㈡通風神hong-sìn，亦即自誇。

【封厝 hong-chhù】 查封房屋。人來～～也lâng-lâi～～ā⇨官府派人來封厝。

【封翁 hong-ong】 貴顯人之父的尊稱。

【封釘 hong-teng】 入棺後於出山時加釘，亦爲一種形式，大抵由親人手持斧頭依次在棺四角的釘上一比然後才由工人正式釘絃tèng-ân。如死者爲女人，即例由外家之人封釘，表示其死爲善終siān-chiong。

【封港 hong-káng】 封鎖港口。使船隻不能進出。以制其生死。

【封殺 hong-sat】 野球名詞。打將球被守方接到殺死跑將。亦即制止其佔壘也。

【封條 hong-tiâu】 貼在查封物品上之紙條，上有機關名，印及年月日。～～未濫擅拆得～～ bē(bōe)-lām-sám-thiah-tit⇨封條不能隨便拆開。

【封路 hong-lō͘】 遮斷交通。即旁～～，橋得佅擴建chi̍t-pêng～～, kiô tit-boeh khok-kiàn⇨此方不準交通，因爲將要改建橋梁。

【封誥 hong-khò】 加封的聖旨。古命令書曰誥。接～～chiap～～⇨同上。際～～chi̍h～～⇨同上。際chi̍h，迎也。

【封標 hong-phiau】 舉辦祭典的告示單。人出～～也曷有假的lâng-chhut～～a a̍h-ū-ké-ê⇨他們貼出告示了，那裏是假。

【封嘴 hong-chhùi】 瓶口等加封。～～猶好好～～ iáu-hó-hó⇨瓶口(等)還好好的沒動過。

【封鎖 hong-só】 以兵力遮斷交通。經濟～～keng-chè～～⇨戰爭的一種手段。

【封疆 hong-kiang】 將帥。疆界。萬里車書蓋混同，江南豈有別～～，提兵百萬西湖上，立馬吳山第一峯bān-lí ki-si kài-hūn-tông, kang-lâm khí-iú pia̍t-～～, thê peng pek-bān se-ô͘-siāng, li̍p-má gô͘-san tē-it-hōng⇨金主亮。

【封炕焄 hong-khòng-kûn】 各種烹飪法。喻各種好魚好肉好菜皆備。即款的菜色猶得嫌，佅食～～～不chit-khoán-ê chhái-sek iáu-teh-hiâm, boeh-chia̍h～～m̄⇨此種程度的菜色還在嫌棄，要吃封炕焄嗎。

【封妻蔭子 hong-chhe-ìm-chú】 妻得封號子得蔭官。～～～～光祖耀宗～～～～kong-chó͘-iāu-chong⇨同上。

hong
方 正也。物正，人正，道正皆曰方hong。法也，術也。方位曰方hong。地亦曰方hong。四～sù～⇨正四角形。正～形chèng～hêng⇨製圖用詞。正四角。醫～i～⇨同上。藥～io̍h～⇨同上。處～chhì(chhù)～⇨同上。禁～kìm～⇨不可使用的。偏～phian～⇨偏僻之藥方。東～tong～⇨東之方位。西～se～⇨①方位。②指歐美。地～不安寧tē～put-an-lêng⇨同上。單～tan～⇨雙方之對詞。對～tùi～⇨同上。双～siang～⇨同上。指導有～chí-tō iú～⇨同上。教子無～kàu-chú bû～⇨同上。竇燕山有義～tō͘-iàn-san iú-gī～⇨同上。四～八～sù～pat～⇨同上。遊～和尙iû～hōe-siū$^{n}$⇨行僧hêng-cheng。

【方子 hong-chí】 四角長形的小木板。古官員放諸案上，開案必要時，以此拍案作拍拍聲，以恐喝被告。搭～～tah～～⇨以方子打案上。

【方寸 hong-chhùn】 ㈠方一寸。喻小地方。～～之地～～chi tē⇨同上。㈡指心。～～亂矣～～loān-ī⇨心已亂了，不能思考了。

【方丈 hong-tiāng】 ㈠面積一丈四方。暗想相公在日，食前～～，從者數百，而今只有這兩三人兒也呵àm-siū$^{n}$ siàng-kong chāi-ji̍t, si̍t-chiân～～, chhông-chià sō͘-pah, jî-kim chí-iú che-liáng-sam-jîn-jî-iâ-ō⇨西廂記。㈡寺院的住持叫方丈hong-tiāng，其居家亦曰方丈hong-tiāng。

【方正 hong-chèng】 賢良～～hiân-liâng～～⇨古取士的科類名。

**【方外 hong-goā】** 世外sè-goā。區域外。流落～～liû-lo̍h～～⇨身處外地。

**【方向 hong-hiàng(hiòng)】** 東西南北的分別。抵來耳連～～都猶不知抄tú-lâi-niâ liân～～to iáu-m̄-chai-leh⇨剛來的，連方向都還分不清楚。

**【方式 hong-sit(sek)】** 方法。形式。有工出工，有物出物，有錢出錢的～～來合作較好ū-kang chhut-kang, ū-mi̍h chut-mi̍h, ū-chî$^{n}$ chut-chî$^{n}$ ê～～lâi-ha̍p-chok khah-hó⇨同上。

**【方言 hong-giân】** 官話的對詞。地方通行的語言。

**【方位 hong-ūi】** 方向位置。羅盤的～～lô-poâ$^{n}$ ê～～⇨同上。基本～～中間～～ki-pún～～tiong-kan～～⇨同上。

**【方法 hong-hoat】** 技術。手段。辦法。用甚麼～～趁大錢iōng sím-mí～～thàn-toā-chî$^{n}$⇨同上。有甚麼～～娶好姥ū-sím-mí～～chhoā-súi-bó͘⇨有何辦法娶到美妻。

**【方面 hong-biān】** ㊀體面thé-biān。有面子iú-bīn-chú。即斗阿三有～～了chit-táu a-sam ū～～lō͘⇨這一次阿三夠體面了。㊁地區。業界。彼～～我較無熟hit～～goá khah-bô-se̍k⇨那一方面我比較生疏(che$^{n}$-so͘)。

**【方便 hong-piān】** ㊀便利piān-lī。交通～～kau-thong～～⇨同上。㊁便利於人。予人～～自己～～î-jîn～～chū-kí～～⇨使人方便自己也方便。一毫之善與人～～it-hô chi siān î-jîn～～⇨謂極小事亦應使人方便。～～第一～～tē-it⇨方便最重要。

**【方針 hong-chiam】** 宗旨。目標。阿三～～掠眞在a-sam～～lia̍h chin-chāi⇨阿三對自己的方針拿得很穩定。阿六仔人諏諏，做事無啥～～a-lio̍k-á lâng hâm-hâm chò(chòe)-sū bô siá$^{n}$～～⇨阿六爲人馬馬虎虎，做事沒什麼方針。

**【方略 hong-le̍k】** 方法策略。建國～～kiàn-kok～～⇨同上。攻守～～kong-siú～～⇨同上。

**【方圓 hong-oân】** 四角形與圓形。～～社～～siā⇨圍棋社有取此名者。

**【方纔 hong-chhâi】** 此刻。剛才kang-chhâi。俗作方才hong-chhâi。～～抵到耳～～tú-kàu-niâ⇨此刻才到而已。亦即到達了不甚久。

**【方格紙 hong-keh-choá】** 印有等大方格之紙張。製圖專用者。

**【方程式 hong-thêng-sit】** 數學名詞。代數中等號兩邊有數式者。一元二次～～～it-goân-jī-chù～～～⇨例如：$ax^2+bx+c=0$等皆是。

**【方興未艾 hong-hin-bī-ngāi】** 事正興盛無止境。學跳舞的風氣，正～～～～o̍h-thiàu-bú ê hong-khì, chià$^{n}$～～～～⇨同上。

**hong 芳** 草香也。凡香hiang皆曰芳。亦即芳phang也。俗作香phang。道德聲譽之美曰芳hong。芬～hun～⇨香氣。萬世流～bān-sè(sì)-liû～⇨同上。蘭有秀兮菊有～lân iú-siù-hè kiok iú～⇨同上。

**【芳心 hong-sim】** 女子之心。打動其～～tá$^{n}$-tōng kî～～⇨同上。

**【芳名 hong-bêng】** 尊名chun-miâ。請問～～chhiá$^{n}$-mn̄g～～⇨請問尊名大姓chun-bêng-tāi-sèng。

**【芳草 hong-chhó】** 香草hiang-chháu。亦喻忠貞之士。十里之內必有～～si̍p-lí chi lāi pit-iú～～⇨同上。

**【芳澤 hong-te̍k】** 女用髮油。喻女性。一親～～it-chhin～～⇨同上。

**【芳齡 hong-lêng】** 少女之年齡。二八～～jī-pat～～⇨二八一十六歲也。

**hong 豐** 豆之豐滿者也。多也，盛也。茂也。犧牲禮物多曰豐hong。又歲熟曰豐hong。俗作豊。年～足可溫飽liân～chiok-khó un-páu

⇨同上。

【豐年 hong-liân】 大有年。～～祭～～chè⇨慶讚豐年的各種節目。

【豐收 hong-siu】 五穀大有收成。五穀～～ngó͘-kok～～⇨同上。

【豐盛 hong-sēng】 ㊀曰物多。～～豐沛的款待～～phong-phài ê khoán-thāi⇨同上。㊁肥滿。～～盈滿。

【豐富 hong-hù】 充足富裕。經驗～～keng-giām～～⇨同上。

【豐登 hong-teng】 秋收豐富。五穀～～ngó͘-kok～～⇨同上。

【豐滿 hong-boán】 同豐盛hong-sēng。最近有較～～也了chōe-kīn ū-khah～～à-lò͘⇨最近豐滿多了。

【豐歉 hong-khiām】 豐收與歉收。豐富與儉約。

hong **瘋** 頭病也。慢性病曰瘋hong，急性病亦曰瘋hong。又精神病亦曰瘋hong。頭～thâu～⇨頭痛病。脚～手～痛～kha～chhiú～thòng～⇨脚手關節等之病。中～tiòng～⇨言語障碍，半身不遂等。經～月內～keng～goeh-lāi～⇨婦科之病。挽筋～bán-kin～⇨筋肉收縮之病。上馬～chiūⁿ-bé～⇨房事中的急症。麻～mâ～⇨癩病nāi-pēng。

【瘋症 hong-chèng】 瘋氣痛hong-khì-thiàⁿ。

【瘋氣 hong-khì】 神經痛sîn-keng-thiàⁿ。～～痛～～thiàⁿ⇨同上。

【瘋筋 hong-kin(kun)】 肩頸部靜脈的毛病。掠～～liah～～⇨撅～～koeh～～⇨治瘋筋的方法，以指按之曰掠liah，以骨梳背加力過之曰撅koeh。又瘋筋亦曰板筋pán-kin。

【瘋痛 hong-thiàⁿ】 瘋症之痛。

【瘋膏 hong-ko】 治瘋藥膏tī-hong-ioh-ko。

【瘋濕 hong-sip】 瘋氣hong-khì，瘋症hong-chèng。～～痛～～thiàⁿ⇨同上。

【瘋顛 hong-tian】 精神病。起猶khí-siáu。猴齊天算來算去也是仙，抵著劉孫臏，斬脚假～～ kâu-tê-thian sǹg-lâi-sǹg-khì ā-sī-sian, tú-tioh lâu-sun-pīn chām-kha ké～～⇨丑仔白。猴齊天kâu-chê-thian→kâu-tê-thian。

【瘋犬病 hong-khián-pēⁿ(pīⁿ)】 恐水症khióng-súi-chèng。亦即狂犬病không-khián-pēⁿ或曰猶狗病siáu-káu-pēⁿ。

hong **荒** 蕪也。即穢ōe也。虛也。廢也。迷亂曰荒hong。天～地老thian～tē-ló⇨同上。

【荒耳 hong-hīⁿ】 隨聽隨忘之耳。記性壞。～～聽去趙耳～～thiaⁿ-i tiō-hīⁿ⇨誤聽。

【荒年 hong-liân】 凶年hiong-liân。～～無六親～～bô liok-chhin⇨荒年迫人六親不認。

【荒地 hong-tē】 荒廢之地。荒埔hong-po͘。

【荒狂 hong-kông】 倉忙chhong-bông。惶急。

【荒郊 hong-kau】 荒涼的郊外。～～野外～～iá-goā⇨同上。

【荒荒 hong-hong】 心情浮動。心不在焉sim-put-chāi-ian。心肝～～sim-koa～～⇨同上。～～狂狂～～kông-kông⇨倉倉忙忙chhong-chhong-bông-bông。心肝似應作心官，亦器官之一也。又心與肝爲各有所司之器官也。

【荒埔 hong-po͘】 荒地hong-tē。不毛之地。～～曠野～～khòng-iá⇨同上。

【荒唐 hong-tông】 虛話。無稽之談。～～話～～ōe⇨烏白講o͘-peh-kóng。～～無稽之談～～bû-khe chi tâm⇨同上。～～無影宋～～bô-iáⁿ-sòng⇨唐虛宋假tông-hi sòng-ké。亦即荒唐無稽之談。

【荒涼 hong-liâng】 荒虛淒涼hong-hī-chhe-liâng。空虛khong-hi。一片～～it-phiàn～～⇨同上。

【荒廢 hong-hùi】 hong-hòe。產業事業不理不管曰荒廢hong-hùi。爲著彼個查某，學業每～～了了也ūi-tioh hit-ê cha-bó͘ hak-giap mā

～～ liáu-liáu-â⇨爲了那一個女人，學業也都～～盡了。山園每攏～～去也soa$^{n}$-hn̂g mā-lóng～～khì-â⇨土地也皆荒廢掉了。

【荒傲 hong-kiáu】 爲賭博所迷亂。浸淫於賭博。盦都攏扲～～耳ta$^{n}$-to-lóng-teh～～niâ⇨而今全在熱中於賭博而已。

【荒查某 hong-cha-bó͘】 迷亂於女色。事業放扲，扲～～～也 sū-gia̍p pàng-leh, teh～～～à⇨事業放下不管，在迷亂於女色了。荒應作風。牝牡相誘謂之風hong。熱中於某事皆曰風。風傲hong-kiáu，風查某hong-cha-bó͘等皆是。

【荒山曠野 hong-san-khòng-iá】 荒蕪之山野，不毛之地。～～～～未種作得的所在～～～～bē(bōe) chèng-chok-tit ê só͘-chāi⇨同上。

【荒公廢事 hong-kong-hùi-sū】 荒廢公事。～～～～結局該走路耳～～～～kiat-kio̍k ài cháu-lō͘-niâ⇨同上。

**hong 峰** 山峰san-hong也。同峯hong。

**hong 蜂** 蜜蜂bı̍t-hong等有翅的飛蟲類也。亦即蜂phang也。蠶吐絲，～釀蜜，人不學，不如物chhâm-thò-si,～ jiāng-bı̍t, jîn-put-ha̍k, put-jî-bu̍t⇨三字經。

【蜂起 hong-khí】 如蜂之羣起。同蜂出hong-chut。群雄～～kūn-hiông～～⇨同上。

**hong 鋒** 兵器之尖端曰鋒hong。凡外見尖銳者皆曰鋒hong。軍隊之前隊也。刀～劍～to～kiàm～⇨同上。筆～pit～⇨同上。前～chiân～⇨同上。先～sian～⇨同上。談～tām～⇨同上。詞～sû～⇨同上。

【鋒鋩畢露 hong-bông-pit-lō͘】 材幹表現無遺。

**hóng 訪** 廣問於人曰訪hóng。謁見也。覓也。探～民間thàm～bîn-kan⇨同上。暗～眞相àm～chin-siàng⇨同上。採～新聞chhái～sin-bûn⇨同上。貴客來～kùi-kheh lâi～⇨同上。親自拜～chin-chū pài～⇨同上。

【訪友 hóng-iú】 探問朋友。出去～～chhut-khì～～⇨出門探友。

【訪查 hóng-chhâ】 探問調查。訪察hóng-chhat。～～案件～～àn-kiā$^{n}$⇨同上。

【訪員 hóng-oân】 專事採訪新聞之記者。特別～～tek-pia̍t～～⇨同上。

【訪問 hóng-būn】 ～～朋友～～pêng-iú⇨探友thàm-iú。～～教授～～kaù-siū⇨他校的教授將來講學，期到返原校。出國～～chhut-kok～～⇨到外國去觀光週遊。家庭～～ka-têng～～⇨教師探問學生家庭。

【訪賊 hóng-chha̍t】 探查賊蹤。派人～～phài-lâng～～⇨同上。

**hóng 況** 狀態也。狀～chōng～⇨同上。景～kéng～⇨同上。情～chêng～⇨同上。近～kīn～⇨同上。

【況且 hóng-chiá$^{n}$】 表示本意之外，再加一層之詞。我無時間，～～身體每無好，我不去goá bô sî-kan,～～ sin-thé mā bô-hó, goá m̄-khì⇨同上。

**hóng 仿** 相似也。亦作仿hóng或作髣hóng。效也，俗多作倣hóng。

【仿古 hóng-kó͘】 模擬古人之作品。亦即倣造也。～～畫～～ōe⇨倣畫的古繪。

【仿佛 hóng-hut】 相似。宛然一樣。疏忽亦曰仿佛hóng-hut。～～若夢～～jia̍k(jio̍k)-bōng⇨同上。一時～～看耽去it-sî～～khoà$^{n}$-tā$^{n}$-khì(ì)⇨同上。仿佛hóng-hut亦作彷彿hóng-hut或髣髴hóng-hut。

【仿宋 hóng-sòng】 一種印刷字體，亦即仿宋字hóng-sòng-jī或仿宋體hóng-sòng-thé。

【仿造 hóng-chō】 照樣製造。～～古物～～kó͘-bu̍t⇨同上。～～商品～～siang-phín⇨假冒牌的假冒貨ké-mō-hòe。有能力～～何不自造iú-lêng-le̍k～～hô-put chū-chō⇨同上。

【仿單 hóng-toa$^{n}$】 ㊀貨物的價目表。㊁書畫家的潤例。

【仿照 hóng-chiàu】 按照àn-chiàu。～～古例～～kó͘-lē⇨同上。

**倣** hóng 同仿hóng。效也。依也。模～bô～⇨仿造hóng-chō。照款～chiàu-khoán～⇨按樣品做。～外國款～goā-kok-khoán⇨模倣外國的樣子。

【倣效 hóng-hāu】 模倣效法bô-hóng hāu-hoat。亦作仿效hóng-hāu。～～外國品～～goā-kok-phín⇨同上。

**紡** hóng 績緝麻縷曰紡hóng。亦即紡紗pháng-se也。

【紡綢 hóng-tiû】 絲織物。質地軟細的布匹。即領衫道是～～的chit-niá-sa$^n$ tō-sī ～～ê⇨同上。

【紡績 hóng-chek】 抽絲thiu-si。紡紗pháng-se。～～廠～～chháng⇨同上。

【紡織 hóng-chit】 紡紗織布pháng-se-chit pò͘。～～公司～～kong-si⇨同上。

**彷** hóng 彷彿hóng-hut也。同仿佛hóng-hut。

**髣** hóng 髣髴hóng-hut也。同仿佛hóng-hut。

**恍** hóng 恍惚hóng-hut也。㊀知覺迷亂。精神～～如在夢中cheng-sîn ～～ jî-chāi bōng-tiong⇨同上。～～煞未記得～～soah-bē-khì-tit⇨恍惚竟忘記了。㊁同彷彿hóng-hut髣髴hóng-hut。

**晃** hóng 明也。暉也。日光耀也。耀眼曰晃hóng(明麗)。刺目曰晃hóng(太華麗)。穿的不止～chēng-ê put-chí～⇨穿插相當明豔。穿了甚～chēng-liáu siu$^n$～⇨衣裳太華麗。

**況** hòng 推進之詞。比也。甚也。每下愈～múi-ē-jî(jû)～⇨謂情形愈來愈甚(不好)也。何～hô～⇨甚且。白送人都消毒也～～更要人的錢pe̍h-sàng lâng-to siau-to̍k-à ～～ koh-iàu lâng-ê-chî$^n$⇨免費奉送人家都不要也，甚至要人付錢(人家何肯接受)。

【況且 hòng-chhiá$^n$】 hòng-chhiá$^n$。何況hô-hòng。好天都不去也～～雨來hó-thi$^n$ to-m̄-khì-à～～hō͘-lâi⇨晴天都不去了，何況雨天。

【況兼 hòng-khiam】 同況且hòng-chhiá$^n$。

**放** hòng 逐也。釋也。散也。置也。解除拘束皆曰放hòng。肆意縱恣亦曰放hòng。不關心亦曰放hòng。乎人追～hō͘-lâng tui～⇨被放逐。釋～政治犯sek～chèng-tī-hoān⇨同上。開～買賣khai～bé-bē⇨同上。心花怒～sim-hoa nō～⇨同上。捉～曹操chiok～chô-chhò⇨戲目。安～機器an～ke-khì⇨同上。施～煙火si～ian-hóe⇨同上。官吏外～koa$^n$-lī goā～⇨同上。人伊看較～lâng-i khoà$^n$-khah～⇨他看得比較透澈。心肝較～sim-koa$^n$ khah～⇨①心胸較開放。②較不專心。

【放下 hòng-hē(hā)】 放置hòng-tì。放手hòng-chhiú。～～屠刀立即成佛～～tô͘-to li̍p-chek sêng-hu̍t⇨喻惡人反悔就是好人。安爾～～重擔較輕鬆也an-ne(ni)～～tāng-tà$^n$ khah-khin-sang-a⇨這樣子放下重擔就比較輕鬆了。

【放大 hòng-tāi】 擴大khok-toā。沖洗～～chhiong-sé～～⇨照相館的廣告詞。～～鏡～～kià$^n$⇨擴大鏡。凸鏡。

【放手 hòng-chhiú】 pàng-chhiú。大膽toā-tá$^n$。放膽hòng-tá$^n$。不敢～～落去做m̄-ká$^n$～～lo̍k-khì-chò(chòe)⇨不敢放膽做下去。

【放火 hòng-hóe】 引火ín-hóe。點火tiám-hóe。殺人～～sat-jîn～～⇨同上。

【放心 hòng-sim】 不操心。安心an-sim。未～～得bē(bōe)～～ti̍t⇨無法不操心。做你～～仔困，擔保你去見閻君chò(chòe)-lí～～á-khùn, tam-pó-lí khì-kì$^n$-giâm-kun⇨你自己安心睡覺好了，我保證你去參見閻羅王(嘲弄之詞)。

【放生 hòng-seng】 釋放生物歸林歸水以示憐憫。～～不殺生是佛教的影響～～put-sat-seng sī hu̍t-kàu ê éng-hióng⇨同上。

【放行 hòng-hêng】 准許通過。海關不～～hâi-koan m̄-～～⇨同上。

【放任 hòng-jīm】 聽其自然不加干涉。～～主義～～chú-gī⇨同上。

【放言 hòng-giâm】 亂講話。～～高論～～ko-lūn⇨同上。

【放告 hòng-kò】 接受告訴狀。衙門開門～～gê-mn̂g khai-bûn～～⇨同上。～～牌～～pâ⇨同上。

【放免 hòng-bián】 釋放免究。無罪～～bû-chōe～～⇨同上。

【放放 hòng-hòng】 散慢sàn-bān。心不專一。彼個囡仔心肝～～無効啦hit-ê gín-á sim-koa$^{n}$～～bô-hāu-lā⇨那一個孩子，心不專一，不中用也。

【放棄 hòng-khì】 棄而不要。～～權利無要緊，～～責任道未使得～～khoân-lī bô-iàu-kín,～～chek-jīm tō-bē(bōe)-sái-tit⇨放棄權利沒關係，放棄責任却不行。

【放款 hòng-khoán】 銀行出借現款以取利。驚你無信用耳，銀行曷有不～～的kia$^{n}$-lí bô-sìn-iōng-niâ, gîn-hâng a̍h-ū m̄～～ê⇨只怕你沒有信用而已，銀行怎麼會有不放欵者。

【放肆 hòng-sù】 超出規犯禮節。大膽～～toā-tá$^{n}$～～⇨責罵詞。

【放電 hòng-tiān】 物理學名詞。～～作用～～chok-iōng⇨同上。

【放榜 hòng-pn̄g】 發表考試錄取名單。高考～～了ko-khó～～lò⇨同上。

【放學 hòng-ha̍k】 學生下課回家。學生～～了ha̍k-seng～～lō⇨同上。

【放蕩 hòng-tōng】 放縱不務正業。～～子～～chú(kiá$^{n}$)⇨同上。囡仔旣～～道壞也gín-á kà～～tō-hāi-ā⇨孩子眞的放蕩了就壞了。

【放縱 hòng-chhiòng】 縱情任意胡行。安爾甚～～啦，有較過份啦an-ne(ni) siu$^{n}$～～lā, ū-khah kōe(kè)-hūn-lā⇨如此太放縱了，過份了。

【放膽 hòng-tá$^{n}$】 大膽toā$^{n}$-tá$^{n}$。你做你～～做落去無要緊lí-chò-lí～～chò(chòe)-lo̍h-khì(ì) bô-iàu-kín⇨你自己(不要理他人)大膽做下去沒關係。

【放射性 hòng-siā-sèng】 科學名詞。～～～的問題是當今科學的大問題～～～ê būn-tê(tôe) sī tong-kim kho-ha̍k ê tāi-būn-tê(tôe)⇨同上。

**hông 鴻** 雁gān鳥也。大雁tāi-gān也。大曰鴻hông小曰雁gān。又大也，強也。盛也。

【鴻爪 hông-jiáu】 所經歷之痕跡。雪泥～～soat-nî～～⇨同上。

【鴻毛 hông-mo】 hông-mô(mn̂g)。喻極輕。死有重於泰山有輕於～～sú iú-tiōng-î-thài-san, iú-kheng-î～～⇨謂死之問題，有輕重之別，亦即也不可輕易而死也不應該怕死。要視其意義而定。

【鴻儒 hông-jû】 大儒。有學問之人。博學～～科phok-ha̍k～～kho⇨昔時天子取士有此名目。

【鴻鵠 hông-kok】 鵠kok也。美羽也。亦大鳥。燕雀焉知～～之志iàn-chhiak ian-ti～～chi chì⇨秦末陳勝之言。

【鴻門會 hông-bûn-hōe】 項羽在鴻門設宴與劉邦談判。范增使項莊舞劍，欲乘機殺死劉邦，項伯亦起而舞劍以護劉邦，陳平等亦使樊噲帶劍入場，終能脫險。今人以喩要命之會議，亦曰鴻門宴hong-bûn-iàn。毋是～～～啦，免驚死啦m̄-sī～～～lā, bián-kia$^{n}$-sí-lā⇨同上。

**hông 防** 隄也。備也。凡戒備之事皆曰防hông。隄～thê～⇨堤～thê～⇨同上。冬～海～民～國～tong～hái～bîn～kok～⇨各階層之防備。預～注射ī-～chù-siā⇨同上。

【防己 hông-kí】 植物名。藥材名。漢～～、木～～hàn～～、bo̍k～～⇨較上等的防己與普通防己。

【防守 hông-siú】 防衛hông-ōe。防備hông-pī。～～孤城～～ko͘-siâⁿ⇨同上。～～陣容～～tīn-iông⇨運動名詞。

【防空 hông-khong】 對空中防備。～～演習～～ián-si̍p⇨同上。～～壕～～hô⇨同上。

【防疫 hông-e̍k】 預防疫病之傳染。～～官～～koaⁿ⇨同上。

【防風 hông-hong】 ㊀遮風jia-hong。～～林～～lîm⇨同上。㊁植物名。藥材名。

【防閑 hông-hân】 預防子弟失足教養爲正正堂堂之人。～～子弟～～chú-tē⇨同上。

【防備 hông-pī】 戒備kài-pī。

【防患 hông-hoān】 防阻。～～未然～～bī-jiân⇨防止憂患於未成時。

【防線 hông-soàⁿ】 防守之地。突破～～thut-phoà～～⇨同上。

【防衛 hông-ōe】 防守保衛。～～部隊～～pō͘-tūi⇨同上。～～戰～～chiàn⇨同上。

【防禦 hông-gī(gū)】 防守抵抗。～～設備～～siat-pī⇨同上。

【防護 hông-hō͘】 防守保護。～～組織～～cho͘-chit⇨同上。

【防水布 hông-chúi-pò͘】 不漏水之布。

【防未然 hông-bī-jiân】 防範未然hông-hoān-bī-jiân。君子～～～，不處嫌疑間，瓜田不納履，李下不整冠kun-chú～～～, put-chhì(chhù) hiâm-gî-kan, koa-tiân put-la̍p-lí,lí-hē(hā) put-chéng-koan⇨同上。

【防毒面 hông-to̍k-bīn】 防毒面具。

【防腐劑 hông-hú-che】 防止物品腐敗之藥品。～～～的使用限制～～～ê sú-iōng hān-chè⇨防腐藥品的使用，非有限制不可。

**hông 妨** 害也。礙也。傷也。阻碍chó͘-gāi也。無～bô(bû)～⇨無阻碍。無干係。行得通。就是罵你每無～chiū-sī mē-lí mā bô～⇨即使罵你也屬當然。何～讓一步呢hô～niū-chi̍t-pō͘-neh⇨就讓他一步有什麼關係呀。

【妨害 hông-hāi】 損害sún-hāi。損傷sún-siang。～～風化罪～～hong-hoà-chōe⇨法律名詞。強姦kiâng-kan，通姦thong-kan，猥褻óe-siat等各罪屬之。

【妨礙 hông-gāi】 阻碍chó͘-gāi。守備～～siú-pī～～⇨棒球用詞。Interfere。人伊亦無～～你的路也lâng i a̍h-bô～～lí ê lō͘-ā⇨人家他並無阻碍着你的道路。

**hông 逢** 遇也。迎也。迎合趨奉也。相～何必曾相識siang～hô-pit chêng-siang-sek⇨同上。棋～敵手kî～te̍k-chhiú⇨同上。初相～chho-siang～⇨初次相見面。

【逢迎 hông-gêng】 ㊀奉承hōng-sîn。左右～～chó-iū～～⇨迎合奉承手段靈活。㊁接待客人。主人誠意～～chú-jîn sêng-ì～～⇨同上。

【逢山開路 hông-san-khai-lō͘】 先鋒官的任務。～～～～逢水造橋～～～～hông-súi-chō-kiô⇨同上。

【逢場作戲 hông-tiûⁿ-chok-hì】 偶爾作消遣。人講～～～～嘛，偶爾爲之，亦是難免的了lâng-kóng～～～～mà, ngó͘-ní-ûi-chi, a̍h-sī lân-bián-ê-lō͘⇨古人說，逢場作戲。偶然爲之，也是難免的了。

**hông 蓬** 草名。亦曰飛蓬hui-hông。或曰麻中之草。喻散亂sàn-loān。～生麻中，不扶自直～seng mâ-tiong, put-hû chū-ti̍t⇨同上。

【蓬戶 hông-hō͘】 蓬萊之門戶。貧陋之家。～～甕牖～～àng-iú⇨蓬草爲門破甕爲窗。喻貧家所居。

【蓬勃 hông-but】 興旺茂盛。商業～～siang-gia̍p～～⇨同上。

【蓬萊 hông-lâi】 海中之仙山。亦曰蓬湖hông-ô͘。～～方丈瀛洲～～hong-tiāng êng-chiu⇨傳說中之海中三仙山。昭陽殿裏恩愛絕，～～宮中日月長chiau-iâng-tiān-lí in-ài-choa̍t,～～kiong-tiong ji̍t-goa̍t-tiâng⇨長恨

歌。

【蓬髮 hông-hoat】 頭髮散亂如蓬。

【蓬蓽 hông-pit】 蓬戶蓽門。貧家。蓽pit亦草名。～～生輝～～seng-hui⇨喻貴人訪貧家。貧家亦生光輝。

【蓬頭垢面 hông-thâu-kō·-bīn】 頭髮散亂面上骯髒。～～～～衣衫襤褸～～～～i-sam-lâm-lúi⇨形容貧人之苦相。

**皇** hông 大也。君也。先代之尊稱。神佛亦曰皇hông。莊盛亦曰皇hông。玉～大帝giok～tāi-tè⇨同上。三～五帝sam～ngó·-tè⇨同上。秦始～chîn-sí～⇨同上。富麗堂～hù-lē-tông～⇨同上。堂而～之tông-jî～chi⇨同上。天～thian～⇨㊀古帝名。～～氏～～sī⇨同上。㊁日王自稱天皇。

【皇子 hông-chú】 皇帝之子。～～殿下～～tiān-hē(hā)⇨同上。

【皇上 hông-siāng(siōng)】 當今的皇帝。～～聖安～～sèng-an⇨內臣用詞。

【皇父 hông-hū】 皇帝之父。～～皇叔～～hông-siok⇨同上。

【皇天 hông-thian】 天thian。～～后土～～hō·-thó·⇨天地。

【皇兄 hông-heng】 皇帝之兄。騙狷的，果惡到如～～抒phiàn-siáu-ê, kó-ok-kà-ná～～leh⇨豈有此理，果然兇得如皇兄呀。騙狷的phiàn-siáu-ê⇨騙狂人，謂此事只可騙狂人，作豈有此理解。

【皇后 hông-hō·】 皇帝之妻。～～娘娘～～niû-niû⇨同上。

【皇考 hông-khó】 亡父之稱。～～皇妣～～hông-pí⇨亡父亡母。墓牌，神主牌皆用之。父母曰考妣khó-pí。皇乃亡父母的尊稱。

【皇室 hông-sek】 皇帝家庭、家族。帝室tè-sit。英～～日～～eng～～jit～～⇨英日兩皇家。

【皇帝 hông-tè】 天子之名號。古單稱皇或帝，秦呑六國，始合用曰皇帝hông-tè，並宣稱安爾一世二世一直傳到萬萬世an-ne(ni) chit-sè(sì) nn̄g-sè(sì) it-tit thoân-kàu bān-bān-sè(sì)⇨如此一世二世一直傳下去，直到萬萬世。果然秦兩世而滅，但只此一世二世即可傳到萬萬世也。此之所以君無亂言kun-bû-loān-giân或皇帝嘴hông-tè-chhùi者是也(俗說如此)。～～嘴～～chhùi⇨皇帝金口。說一不二。～～娘～～niû⇨皇后。～～豆～～tāu⇨一種蔓生之豆類，可供食用。～～殿～～tiān⇨皇宮hông-kiong。皇城hông-siâ$^{n}$。～～脚庖～～kha-tau⇨皇帝所居地。皇城。帝都tè-to·。談天說～～tām-thi$^{n}$-soeh～～⇨聊天liâu-thian。說說有稽無稽之談。說說不關痛癢之話。太監抒共～～儉溲thāi-kām teh-kā～～khiām-siâu⇨嘲替主人節儉的粗語。溲siâu，粘性之液狀物曰溲siû$^{n}$，精液cheng-ek曰溲siâu，亦作潲siâu。又大小便曰溲só。～～每會欠國庫～～mā-ē(ōe)-khiàm-kok-khò·⇨喻富人也會借錢應急。乞食身更抒～～嘴khit-chiah-sin koh-teh～～chhùi⇨罵性好擇肥而食者之詞。

【皇家 hông-ka】 皇室hông-sik。～～碼頭～～bé-thâu⇨皇家專用者。

【皇宮 hông-kiong】 皇帝所居之宮殿。～～起的～～khí-ê⇨倣照皇宮的樣式建築的。

【皇孫 hông-sun】 皇帝之孫兒。

【皇嗣 hông-sū】 繼承帝位者。

【皇儲 hông-tî】 皇太子hông-thài-chú之別稱。

【皇太子 hông-thài-chú】 立～～～lip～～～⇨選立皇位繼承人。

【皇太后 hông-thài-hō·】 皇帝之母。

【皇祖皇宗 hông-chó·-hông-chong】 皇帝之祖宗。我～～～～肇國宏遠，樹德深厚gó·～～～～thiāu-kok-hông-oán, sī(sū)-tek chhim-hō·⇨日皇明治勅語中的自讚詞。

**hông 黃** 五色之一。亦即麥熟時之色也。有關低俗趣味或色情者亦曰黃色hông-sek，亦曰n̂g-sek。青～紅黑白chheng～hông-hek-pe̍k⇨五色。亦曰 chhe$^{n}$-n̂g-âng-o͘-pe̍h。青～不接chheng～put-chiap⇨舊穀已盡新穀未熟。飛～騰達hui～thêng-ta̍t⇨升遷快速官場得意。關張趙馬～koan-tiu$^{n}$-tio̍h-má～⇨三國五虎將的簡稱。亦即關羽koan-ú，張飛tiu$^{n}$-hui，趙雲tiō-hûn，馬超má-chiau以及黃忠n̂g-tiong。

**【黃丹 hông-tan】** 鉛丹iân-tan。一種染料。

**【黃色 hông-sek】** n̂g-sek。有關色情或低俗趣味者。～～刊物～～khan-bu̍t⇨有關黃色的出版品。～～電影～～tiān-iá$^{n}$⇨同上。～～咖啡店～～ka-pi-tiàm⇨同上。阿九無～～的都未坻嗽a-káu bô～～ê to-bē(bōe) teh-sàu⇨阿九他非黃色者不能過愁kòe-giàn。坻teh，止也，坻嗽俗作鎮嗽，壓抑咳嗽也。喻過愁kòe-giàn。愁gian，願也，希望也，俗作癮，病也非。

**【黃金 hông-kim】** ㊀n̂g-kim。純金sûn-kim。～～無假，阿魏無眞～～bû-ké, o-gūi bû-chin⇨黃金無假物，阿魏無眞物。阿魏o-gūi一種藥物，或曰出西域，或曰出南番。亦作阿魏o-gūi。～～白銀～～pe̍k-gîn(gûn)⇨眞物眞錢。世人結交須～～，～～不多交不深，縱令然諾暫相許，終是悠悠行路心sè-jîn kiat-kau si(su)～～,～～put-to kau-put-chhim, chiòng-lēng jiân-lo̍k chiām-siang-hí, chiong-sī iu-iu hêng-lō͘-sim⇨古詩。㊁納骨的陶筒tô-tâng。有蓋。亦指白骨pe̍k-kut。～～積水～～chek-chui⇨歇後語。意謂格骨kek-kut，好作違拗常情事曰格骨kek-kut，亦作激骨kek-kut。又積水chek-chui亦曰底水té-chúi或貯水té-chúi。盛水也。～～都伓牽紅筋也藉揹走～～to-boeh-khan âng-kin (kun)-a chia̍h koā$^{n}$-cháu⇨謂白骨快要活起來了，才把它拿走。喻事將成了才弄壞了。

**【黃泉 hông-choân】** 地下之泉。喻陰間地府im-kan-tē-hú。上窮碧落下～～，兩處茫茫皆不見siāng(siōng)-kiông phek-lo̍k hē(hā)～～, liáng(lióng)-chhí(chhú) bông-bông kai-put-kiàn⇨長恨歌。伓相見道該～～地獄了boeh sio(sa$^{n}$)-kì$^{n}$ tō-āi～～tē-ga̍k(ge̍k)-lò͘⇨要相會就須在地府了。

**【黃疸 hông-thán】** n̂g-thán。病名。起於膽臟之病，皮膚多呈黑黃色而體力衰弱的慢性病。都不是抾著～～症也講安爾啦to-m̄-sī teh-tio̍h～～ chèng-á kóng an-ne(ni)-lā⇨全不是患黃疸症的了，何以如此的不中用。

**【黃鶯 hông-eng】** 鳥名。口紅毛黃的美麗小鳥。打起～～兒，莫敎枝上啼，啼時驚妾夢，不能到遼西tá$^{n}$-khí～～jî, bo̍k-kàu ki-siāng-thî, thî-sî keng-chhiap-bōng, put-lêng tàu-liâu-se⇨古詩。

**【黃鸝 hông-lê】** 黃鶯的別稱。兩箇～～鳴細柳，一行白鷺上青天，窗含西嶺千秋雪，門泊東吳萬里船liáng-kô～～bêng-sè-liú, it-hâng pe̍k-lō͘ siāng chheng-thian, chhong-hâm se-léng chhian-chhiu-soat, bûn-phek tong-gô͘ bān-lí-chhoân⇨古詩。

**【黃梁夢 hông-liâng-bōng】** 有盧生者，在邯鄲hân-tan逆旅嘆窮，一翁授以枕曰，枕此可榮適如意，時主人正將煮黃梁，生入睡，娶崔氏爲妻，美而慧且富，旋中進士，累進至節度使，大破番邦，升任宰相十年，有子五人皆高官，孫輩十數皆婚交於大家望族之美女，年八十而卒，及醒，主人之黃梁尚在鼎中未熟，自怪曰，豈夢也，翁曰，人生世事大都如此也。此即黃梁夢hông-liâng-bōng，亦曰邯鄲夢hân-tan-bōng。

**hông 洪** 大水也。大也。姓氏。山～暴發san～po̍k-hoat⇨山大水突至。寬～大量khoan～tāi-liāng⇨同上。

【洪水 hông-súi】 大水toā-chúi。～～氾濫～～hoān-lām⇨大水橫流，溢滿岸上，破壞田園厝宅。～～猛獸～～béng-siù⇨喻惡政禍害之烈。

【洪亮 hông-liāng】 聲大而響亮。聲音～～siaⁿ-im～～⇨同上。

【洪流 hông-liû】 洪水hông-súi。大水流tāi-súi-liû。新時代的～～ sin-sî-tāi ê ～～ ⇨同上。

【洪喬 hông-kiâu】 古人名。代人送書而盡投江中。被～～所誤pī～～so·-gō·⇨信件遺失。

【洪量 hông-liāng】 海量hái-liāng。酒量大。會飲酒ē(ōe)-lim-chiú。

【洪楊 hông-iâng】 洪秀全âng-siù-choân與楊秀清iûⁿ-siù-chheng。清中期，起兵於廣東，建都於南京，稱太平天國，歷十五年而被曾國藩chan-kok-hoan(phoaⁿ)等所敗。俗稱長毛的tn̂g-mô-ê，因其標榜反清復明而留長髮也。

【洪秀全 hông-siù-choân】 âng-siù-choân。太平天國之首謀者。

hông
**紅** 淺赤色也。五色之一。寵顯得意曰紅hông。東天～tong-thian～⇨東天已呈紅色。天將明矣。色彩鮮～sek-chhái sian～⇨同上。女～lí～針黹chiam-chí刺繡chhiah-siù等的女性工作。青天白日滿地～chheng-thian-pek-jit-boán-tē～⇨同上。面～耳赤biān～ní-chhek⇨同上。滿堂～boán-tông～⇨燈光照耀滿堂紅色。嘔～àu～⇨吐血。當扲～tng-teh～(âng)⇨正在紅得發紫。分～hun～⇨配紅利。

【紅玉 hông-gek】 âng-giok。紅色的寶石。Ruby也。

【紅利 hông-lī】 âng-lī。利益。公司的～～kong-si ê～～⇨同上。

【紅粉 hông-hún】 âng-hún。化粧品。婦女。美女。～～佳人～～ka-jîn⇨妙齡美女。～～知己～～ti-kí⇨知心的美人。

【紅葉 hông-iap】 âng-hioh。楓葉等樹葉之於秋令變紅色者。林間煖酒燒～～，石上題詩掃綠苔lîm-kan loán-chiú siau～～, sek-siāng tê-si sò-liok-thai⇨李白。

【紅塵 hông-tîn】 花花世界hoa-hoa-sè-kài。凡塵hoân-tîn。

【紅潮 hông-tiâu】 ㊀心羞面泛紅。面泛～～biān-hoàn～～⇨同上。㊁月經。～～有信～～iú-sìn⇨同上。

【紅顏 hông-gân】 美少年。此翁白頭眞可憐，伊昔～～美少年，王子公孫芳樹下，清歌妙舞落花前。chhú-ong pek-thiû chin-khó-lîn, i-sek～～ bí-siàu-liân, ông-chú-kong-sun hong-sī-hē, chheng-ko miāu-bú lok-hoa-chiân⇨唐詩。

【紅十字會 hông-sip-jī-hōe】 以戰地傷亡救護爲主旨而成立的世界性慈善組織。以紅十字爲標誌。

【紅杏出牆 hông-hēng-chhut-chhiâng】 喻妻向外發展。滿園春色關不住，一枝紅杏出牆來boán-oân chhun-sek koan-put-chū, it-ki hông-hēng chhut-chhiâng(chhiông)-lâi⇨唐詩。

【紅繩繫足 hông-sîn-hē-chiok】 姻緣已定矣。～～～～也，人講紅絲線縛稠扲也，未嗒也啦～～～～à, lâng-kóng âng-si-soàⁿ pak-tiâu-leh-ā, bē(bōe)-kâiⁿ-ā-là⇨紅繩繫足了，古人說，紅絲線縛住脚上解不開了，沒辦法了。嗒kâiⁿ，鳥鳴也。鵝鳴聲也。未嗒也bē-kâiⁿ-ā，鵝不出聲了。作無辦法解。

hông
**虹** 蝃蝀tāi-tong也。亦即雨後出現天空之弧形彩帶。俗曰瓊khêng。凡物之美者皆曰瓊khêng。彩～chhái～⇨①瓊khêng。②古寶劍名。霓～燈gê～teng⇨Neon Sign。五彩奪目的廣告電燈。

【虹霓 hông-gê】 âng-gê。虹hông俗曰瓊khêng。其內環曰虹hông，內環曰霓gê，通稱

虹hông俗稱虹霓âng-gê或瓊khêng。出～～也，會好天也chhut âng-gê-ā ē(ōe)-hó-thiⁿ-a ⇨出瓊了，會好天了。

**hông 磺** 硫磺liû-hông也。化學名詞。亦單稱硫liû，元素之一。又瓦斯Gas曰磺hông。炭孔內有～thoāⁿ-khang-lāi ū～⇨採煤坑內有瓦斯。乎～激死hō͘～kek-sí⇨被瓦斯毒死。引～來點火ín～lâi tiám-hóe(hé)⇨引瓦斯爲燃料。

【磺水 hông-chúi】 溫泉un-choâⁿ。洗～～sé(sóe)～～⇨溫泉浴。

【磺火 hông-hóe(hé)】 亦叫瓦斯灯oá-su-teng或電土火tiān-thô͘-hóe(hé)。是一種特別設計，利用Acetylene Gas的手提照明燈。風眞大，該～～藉會使得hong-chin-toā, ài～～chiah-ē(ōe)-sái-tit⇨風很大，要磺火才行。

【磺孔 hông-khang】 出瓦斯Gas之地穴。較水頭許有一個～～點火會熁khah-chúi-thâu-hia ū-chit-ê～～tiàm-hóe ē(ōe)-toh⇨再上游的地方有個磺孔，點火就會燃燒。

【磺強水 hông-kiông-chúi】 硫酸liû-sng。

**hông 癀** 毒tok或者毒氣tok-khì。皮肉或疔瘡腫chéng，曰發炎hoat-iām，曰發癀hoat-hông。消退了即單曰退癀thè-hông。手有手癀chhiú-hông，所以傷口不宜以手觸摸之，否則會發炎hoat-iām，會發癀hoat-hông。蛇有蛇癀choâⁿ-hông。亦作瘽hông。蚊仔咬了會發～báng-á kā-liáu ē(ōe)-hoat～⇨蚊子咬了會發炎。

**hông 蝗** 飛蝗hui-hông也。亦曰蝗蟲hông-thâng。農作物的大害蟲hāi-thâng。飛～過境hui～kòe-kéng⇨食盡田間的農作物。

【蝗蟲 hông-thâng】 飛蝗hui-hông。喻大食的一羣。您都未輸～～抄lín to bē(bōe)-su～～leh⇨你們宛然是蝗蟲一樣嘛。

【蝗飛入火 hông-hui-jip-hó͘】 ～～～～自焚其身～～～～chū-hûn-kî-sin⇨喻自取滅亡之路。

**hông 惶** 恐也。憂懼iu-kì也。驚～萬分kiaⁿ～bān-hun⇨同上。恐～khióng～⇨同上。

【惶恐 hông-khióng】 憂懼。～～灘邊說～～，零丁洋裏嘆零丁～～thoaⁿ-pian soat～～, lêng-teng-iâng-lí thàn-lêng-teng⇨文天祥。皇恐灘hông-khióng-thoaⁿ與零丁洋lêng-teng-iâng均地名。零丁洋在廣東珠江口。皇恐灘爲贛江十八灘之一，在江西萬安縣境。皇恐hông-khióng同惶恐hông-khióng。

**hông 弘** 大也。廣而大之也。恢～志士之氣，不宜妄自菲薄，引喻失義，以塞忠諫之路也hoe～chì-sū chi khì, put-gî bōng-chū húi-pok, ín-jū sit-gī, í-sek tiong-kàn-chi-lō͘-iā⇨前出師表。

**hông 逢** ㊀被動詞。表示被人或受人作爲。疑係乎人hō͘-lâng兩音所轉化的。會～講ē(ōe)～kóng⇨可能被人批評。～提去～theh-khì⇨被人拿去。～偷去～thau-khì⇨被偷走。～創壞去～chhòng-hāi-khì⇨被弄壞了。上舉各句中的～，皆可代以被人hō͘-lâng。㊁他動詞。表示令人或使人作爲。疑係乎人hō͘-lâng兩音所轉化者。會～費氣ē(ōe)～hùi-khì⇨可能令人麻煩。～開錢～khai-chîⁿ⇨～破費～phò-hùi⇨同上。上列各句中的～，皆可代以乎人hō͘-lâng。暫以逢字代用，分別單獨提出，並未併入逢字，以便有識者之參考，或許來日可得更恰當之字也。

**hông 凰** 鳳之雌者。良時吉日～求鳳liâng-sî-kiat-jit～kiû-hōng⇨同上。

**hōng 鳳** 鳥名。鳳凰hōng-hông也。鸞～和鳴loân～hô-bêng⇨喻夫妻和諧。閹鷄趁～飛iam-ke(koe) thàn～poe⇨譏不自量力。龍交龍，～交～，隱痀的交倲戇liông-kau-liông,～kau～,ún-ku-ê kau-tòng-gōng⇨交kau交際也。倲tòng愚貌。隱痀ún-ku，駝背。

【鳳山 hōng-san】 hōng-soaⁿ。地名。

【鳳毛 hōng-mo】 hông-mô(mn̂g)。子弟優

秀不遜其父的。～～麟角～～lîn-kak⇨稀有的優秀人材。

【鳳尾 hōng-bóe】 龍頭～～liông-thâu～～⇨龍爲頭鳳殿尾，謂頭尾皆英俊。～～蝦～～hê⇨蝦名。

【鳳車 hōng-chhia】 天子之車。鳳輦hōng-lián。

【鳳冠 hōng-koan】 ㈠古時高貴婦人之首飾。戴～～tì～～⇨同上。～～霞佩～～hâ(hê)-pōe⇨古貴婦人的打扮。㈡hōng-kòe地名。雙冬有山峯連之如雞冠狀。筆者兒時上學，夏季河水大，渡船不開，即必改取此鳳冠路。

【鳳書 hōng-si(su)】 男家送致女家的結婚書。或相當於今之結婚證書。亦曰乾書khiân-si(su)。

【鳳凰 hōng-hông】 鳥名。神鳥也。雄曰鳳hōng雌曰凰hông。亦作鳳皇hōng-hông。如龍，麟等，同爲古代想像中的吉祥動物。～～于飛～～î-hui⇨賀新婚之詞。～～來儀～～lâi-gî⇨瑞祥之詞。～～木～～bok⇨樹名。

【鳳釵 hōng-the(thoe)】 鳳形之釵。釵the，一種婦女髮飾。

【鳳輦 hōng-lián】 天子之車駕。～～西巡～～se-sûn⇨天子往西方巡幸。

【鳳髓 hōng-chhóe】 鳳之骨髓kut-chhóe。龍肝～～liông-koa$^{n}$～～⇨珍羞奇味。

【鳳仙花 hōng-sian-hoe】 草花名。亦曰掌甲草chéng-kah-chháu。

**奉** hōng 承也。送也。進獻曰奉hōng。供事亦曰奉hōng。侍～序大人sī～sī-toā-lâng⇨服事尊長。敬～鬼神kèng～kúi-sîn⇨獻上牲敬鬼神。～之如神～chi-jî-sîn⇨尊崇得如神。信～上帝sìn～siāng-tè⇨同上。

【奉上 hōng-siāng】 送上。～～薄禮～～pok-lé⇨同上。

【奉公 hōng-kong】 敬重公事。～～守法～～siú-hoat⇨同上。

【奉安 hōng-an】 安置，安葬。靈柩～～所lêng-kiū～～só·⇨同上。

【奉旨 hōng-chí】 奉命hōng-bēng。旨chí，聖旨sèng-chí，亦命令也。～～查案～～châ-àn⇨同上。

【奉此 hōng-chhú】 承接詞。等因～～téng-in～～⇨公文用詞。

【奉行 hōng-hêng】 遵照施行。～～故事～～kò·-sū⇨按例而行。謂官員依例辦事，照領薪水。

【奉命 hōng-bēng】 ～～維謹～～ûi-kín⇨同上。

【奉侍 hōng-sī】 恩賜御衣今在此，～～每日拜餘香in-sù gī-i kim-chāi-chhú,～～múi-jıt pài-î-hiang⇨日人古詩。

【奉承 hōng-sîn(sêng)】 ㈠服事hok-sāi。侍奉sī-hōng。～～序大人～～sī-toā-lâng⇨同上。㈡巴結pa-kiat。拍馬屁phah-bé-phùi。極盡～～之能事kek-chīn～～chi lêng-sū⇨同上。俗語所謂捧生脬phô·-lān-pha也。

【奉差 hōng-chhe】 受差遣chhe-khián。～～承旨無非食祿應命而已～～sîn-chí bû-hui chiah-lok-èng-bēng jî-í⇨奉上級差遣承天子聖旨，不過是吃薪水聽人指揮辦事而已。

【奉送 hōng-sàng】 ㈠進獻chìn-hiàn。贈物。免費～～bián-hùi～～⇨同上。～～神明～～sîn-bêng⇨同上。㈡送客。～～，不用，該送～～，put-iōng, kai-sàng⇨戲白。

【奉茶 hōng-tê】 敬茶kèng-tê。有時間來寒舍～～ū-sî-kan lâi-hân-sià～～⇨有閒請到寒舍用茶。

【奉教 hōng-kàu】 ㈠接受教訓。謹～～kín～～⇨同上。㈡信奉宗教。指基督教。個～～的人in～～ê lâng⇨他們信基督教的人。

【奉養 hōng-iáng(ióng)】 孝養hàu-iáng。～～父母～～hū-bó⇨同上。

【奉獻 hōng-hiàn】 敬獻kèng-hiàn。進獻

chìn-hiàn。某某弟子～～bó·-bó· tē-chú～～⇨某某人敬獻神前。對神自稱弟子tē-chú。

【奉天承運 hōng-thian-sîn-ūn】 古詔書的套語，亦爲強調我皇帝這個地位是天授我的設詞。～～～～某皇帝……～～～～bó·-hông-tè……⇨所謂聖旨的開頭白也。

hōng **俸** 秩祿tiat-lok也。工員所受之定額報酬也。被雇傭者的報酬亦曰俸hōng。薪水之類皆曰俸hōng。薪～sin～⇨辛～sin～⇨薪水sin-súi⇨辛水sin-súi。食月～chiah-goeh～⇨月給生活goeh-kıp-seng-oah。賞～罰～siúⁿ～hoat～⇨賞與罰。加～減～ke～kiám～⇨俸者有加有減，有賞有罰。

【俸祿 hōng-lok】 秩祿 tiat-lok。廩食 lîm-sıt。廩lîm，糧niû也。亦即實物。古代未有現款皆領實物。食～～仔人chiah～～á-lâng⇨吃薪水之人。薪水生活之人。

hōng **哄** 誑誘也。嗾使só·-sú曰哄hōng。扇動曰哄hōng。免扲～bián-teh～⇨拒人或責人嗾使之詞。我乎你未～得goá hō·-lí bē(bōe)～tit⇨(你的嗾使於我無作用)。

【哄人 hōng-lâng】 嗾使人。扇動。～～寃家相拍～～oan-ke-sio-phah⇨嗾使人家吵鬧打鬪。～～的翁仔姐寃家～～ê âng-á-chiá oan-ke⇨嗾使人家的夫妻吵架。翁仔姐âng-á-chiá同翁仔某ang-á-bó·，夫妻也。～～相妬怨～～sio-tò·-oàn⇨使人家相疑相怨。

【哄的耳 hōng-ê-niā】 惑人而已。空語而已。～～～啦無影無跡～～～lā, bô-iáⁿ-bô-chiah⇨烏白講而已，全無事實。

【哄狗相咬 hōng-káu-sio-kā】 嗾使狗互相撲鬪。嗾使人家生事的套詞。～～～～你會死你～～～～ lí-ē(ōe)-sí-lí⇨使人鬧出問題你該死也。亦曰弄狗相咬lōng-káu-sio-kā，意思相同。

hōng **烘** 藉火取暖曰烘hang。其感覺曰烘hōng。熱也。悶熱būn-jiat也。

【烘烘 hōng-hōng】 熱也。悶熱也。身軀燒～～sin-khu sio～～⇨有病發燒也。房間仔內燒～～pâng-keng-á-lāi sio～～⇨房中悶熱。

【烘烘叫 hōng-hōng-kiò】 ㊀熱。面～～～bīn～～～⇨面燒熱。㊁火～～～hóe～～～⇨火燃燒得猛。㊂耳孔～～～hīⁿ-khang～～～⇨耳中有烘烘之聲。

hōng **黃** 黃昏hông-hun俗曰黃昏hōng-hun。～～不殺雞，早晨不下池～～put-sat-ke, chá-sîn put-hē(hā)-tî⇨謂一個慤仔頭拒絕請其友食鷄食魚之詞，慤仔頭khok-á-thâu，大吝嗇家也。夕陽無限好，只是近～～sek-iâng bû-hān-hó, chí-sī kīn～～⇨俗語。～～無叔孫～～bô-chek-sun⇨花柳界的謔詞。

hóng **汞** 水銀也。丹砂化者也。俗曰汞kóng。

## hu

hu **夫** 男子之稱。壻也。役也。大丈～tāi-tiāng(tiōng)～⇨男子漢lâm-chú-hàn。丈～tiāng(tiōng)～⇨夫壻。一～一婦爲～妻it～it-hū ûi～chhe⇨同上。農～lông～⇨同上。村～chhoan～⇨同上。漁～gî～⇨同上。轎～kiō～⇨同上。匹～匹婦phit～phit-hū⇨同上。人～馬～火～jîn～bé～hóe～⇨各種工役。粗～俗子chho·～siok-chú⇨同上。看老～的功～khoàⁿ ló～ê kang～⇨同上。

【夫人 hu-jîn】 諸侯或高官貴爵之妻的封號。有國～～kok～～，縣～～koān～～，一品～～it-phín～～，二品～～等。將軍～～chiang-kun～～⇨同上。狀元～～chhōng-goân～～⇨同上。壓寨～～ah-chē～～⇨大王嫂tāi-ông-só·。

【夫君 hu-kun】 妻稱夫。十指尖尖奉一杯，～～此去幾時回，路邊野花君莫採，帶念家中一枝梅sıp-chí chiam-chiam hōng-it-poe,～～

chhú-khì kí-sì-hôe, lō·pi$^{n}$ iá-hoe kun-bok-chhái, tāi-liām ka-tiong it-ki-bôe⇨四句連也sì-kù-liân-á。

【夫妻 hu-chhe】 一夜～～百世恩it-iā～～pek-sè-in⇨一夜夫妻也是百世積聚的恩緣。勸人珍惜夫妻關係。無冤無家，不成～～bô-oan-bô-ke, put-sêng～～⇨完全不吵架，就不似夫妻了，勸夫妻吵架是當然不能免的，但是要床頭拍床尾和chhn̂g-thâu-phah, chhn̂g-bóe-hô。

【夫差 hu-chhe】 人名。吳王～～越王勾踐gô·ông～～oat-ông ko·-chiān⇨同上。

【夫婦 hu-hū】 夫妻。～～相隨～～siāng(sā$^{n}$)-sûi⇨同上。

【夫壻 hu-sài】 丈夫tiāng(tiōng)-hu。忽見陌頭楊柳色，悔教～～覓封侯hut-kiàn bek-thâu iâng-liú-sek, hóe-kàu～～bek-hong-hô·⇨同上。唐詩。

【夫唱婦隨 hu-chhiàng(chhiòng)-hū-sûi】～～～～翁行某逮～～～～ang-kiâ$^{n}$-bó·-tòe⇨同上。逮tòe，及也，追也。

**伕** hu 工役曰伕。車～馬～轎～chhia～bé～kiō～⇨各種工。挑～thiau～⇨擔送的工人。

**灰** hu 物燃燒後殘留之粉末也。凡粉末狀者皆曰灰hu。火～hóe～⇨同上。火炭～hóe-thoà$^{n}$～⇨炭末thoà$^{n}$-boah。骨～kut～⇨同上。杉仔～sam-á～⇨同上。鋸屑～kì-sut～⇨同上。糕仔～ko-á～⇨同上。土豆～thô·-tāu～⇨同上。乎人掠去研～都無夠hō·-lâng liah-khì(ì) géng～to-bô-kàu⇨給人家研磨爲末也不足。謂你還太少。久來石頭每會～kú-lâi chioh-thâu mā-ē(ōe)～⇨(時間)一久了，石頭也會變成粉末。柴料都攏～去也chhâ-liāu to-lóng～khì(ì)-à⇨木材都全部腐爛成灰了。

【灰化 hu-hoà】 化爲粉末。喻物之消滅。會多敢～～去也扲ta$^{n}$ to-ká$^{n}$～～khì(ì)-à-leh⇨而今恐怕都沒有什麼了。

【灰灰 hu-hu】 粉末狀。逐項攏～～也tak-hāng lóng～～a⇨各物皆灰化了。砂仔～～soa-á～～⇨砂子如灰不安定。連人都碎～～了liân-lâng to chhùi～～lō⇨人體也都粉碎了(何況其他)。

**麩** hu 小麥的屑皮。麥～beh～⇨麥的屑皮。俗曰beh-phoh，作麥粕。

**膚** hu 身體之表皮也。皮～phôe～⇨同上。肌～ki～⇨皮膚phôe-hu。歹皮～phái$^{n}$-phôe～⇨動即生瘡或傷口不易癒合。身體髮～sin-thé-hoat～⇨同上。

【膚淺 hu-chhián】 淺薄chhián-pok。小弟～～的見解sió-tī～～ê kiàn-kái⇨自謙之詞。

**俘** hu 虜獲ló-hek也。戰～chian～⇨俘虜。數～而出so·～jî-chhut⇨左傳。

【俘虜 hu-ló】 打仗時活捉到的敵人。也是爲敵人所俘的人。

【俘獲 hu-hek】 擒獲，捉住。

**虛** hu 虛hi也(見hi部)。

**墟** hu 墟hi也(見hi部)。

**甫** hú 男子之美稱。或謂查甫人cha-po·-lâng即爲者甫人chiá-hú-lâng，亦即此美男子轉訛。台～tâi～⇨芳名，大名。

**脯** hú 乾肉也。肉～bah～⇨同上。魚～hî～⇨同上。俗脯hú用腐hú，似乎太離譜了。腐者何可食之。脯魚～hú hî-～⇨製造魚脯。脯hú之動詞化也。

**敷** hú 布也。施也。抹粉boah-hún曰敷hú。把粉拭掉亦曰敷hú。愈寫愈～ná-siá-ná～⇨一面書之，一面抹消之。

【敷衍 hú-ián】 ㈠引伸其意義。㈡作事不切實推行，只作表面功夫。阿介哥仔都上佼～～也a-kài-ko-á to siāng-gâu～～à⇨阿介兄是最善於打馬虎眼的。

【敷粉 hú-hún】 抹粉boah-hún。～～點臙脂～～tiám ian-chi⇨同上。

【敷島 hú-tó】 Sikisima。日本古名。

【敷敷 hú-hú】 抹也。亦抹消也。老猴也信採～～抬道可也，曷使抹到許功夫lāu-kâu-ā, chhìn-chhái～～lē tō-hó-à, ah-sái boah-kà hiah-kang-hu⇨老猴了，隨便一敷就可以了，何必抹得那麼精細呢。老猴lāu-kâu，老人。許hiah，許爾hiah-ni。

【敷烏板 hú-o·-pang】 拭烏板chhit-o·-pang→chhat-o·-pang。

【敷食飯棹 hú-chiah-pn̄g-toh】 拭食桌chhit-sıt-toh。

hú
斧 伐木之具，凡兵器也。俗曰斧頭pú-thâu。

【斧正 hú-chèng】 以文章就正於人。亦曰削政siah-chèng，郢政éng-chèng。

【斧鉞 hú-oat】 古軍法殺人用具。～～之誅～～chi-tu⇨受斧鉞殺死。

hú
府 百官辦公之所曰府hú。居宅曰府hú。行政機關曰府hú，收藏公文財物之所曰府。官～koa$^n$～⇨政府chèng-hú。政～省～縣～chèng～séng～koān～⇨各級政府。陰～地～im～tē～⇨閻王的世界。各～州縣kok～chiu-koān⇨各地方。遊～食～遊縣食縣 iû～chiah～iû-koān chiah-koān⇨據稱詩仙李白曾得此免費觀光遊覽牌。一～二鹿三艋舺it～jī-lok, sa$^n$ báng-kah⇨十八世紀末台灣第一繁盛之地爲台南府，第二爲鹿港，第三爲艋舺即今台北市萬華。王～相～貴～ông～siàng～kùi～⇨各級住宅。

【府下 hú-ē】 府管轄下的地方。～～的所在～～ê só·-chāi⇨同上。

【府口 hú-kháu】 官府大門口。

【府上 hú-siāng】 貴府。好，隨時送到～～hó, sûi-sî sàng-kà～～⇨可以，立即送到貴府。

【府令 hú-lēng】 各級政府的行政命令。

【府君 hú-kun】 平民自稱已死的祖或父。先～～sian～～⇨同上。

【府城 hú-siâ$^n$】 ㊀府治。㊁台南古稱府城。因當時台灣府之府治故也。

【府庫 hú-khò·】 府公庫。～～縣庫～～koān-khò·⇨同上。

【府第 hú-tē】 王侯第宅ông-hô·-tē-theh。

【府尊 hú-chun】 府之長官，亦即知府ti-hú或府尹hú-ín的尊稱。

【府衙 hú-gê】 府有～～，縣有縣衙hú-iú～～，koān-iú koān-gê⇨蓋其辦公處所也。

【府綢 hú-tiû】 絲織品。山東～～soa$^n$-tang～～⇨同上。

【府學 hú-hak】 府設～～，縣設縣學hú-siat～～, koān-siat koān-hak⇨古代學制。

hú
腐 爛noā也。臭也。臭敗陳舊皆曰腐hú。陳～tîn～⇨不合時宜。過時的。

【腐化 hú-hoà】 臭敗chhàu-pāi。思想～～su-siáng～～⇨同上。

【腐心 hú-sim】 專心。思考至心將爛矣。日夜切齒～～jıt-iā chhiat-chhí～～⇨同上。

【腐刑 hú-hêng】 古刑名。去除男性之物。亦名宮刑kiong-hêng。司馬遷su-má-chhian曾慘遭此刑。

【腐敗 hú-pāi】 腐爛hú-noā。人心離散，社會～～ jîn-sim lī-sàn, siā-hōe～～⇨政府不振作的結果。

【腐蝕 hú-sıt】 化學名詞。因藥品作用而逐漸損虧消失。～～作用～～chok-iōng⇨同上。～～劑～～che⇨用於腐蝕作用之藥劑。～～土～～thô·⇨農學名詞。植物腐化所積之土層。

【腐儒 hú-iû(jû)】 不合時宜之臭學者。

【腐爛 hú-lān】 hú-noā。屍首已經～～去也si-siú í-keng～～khì(ì)-à⇨同上。

hú
腑 臟腑chōng-hú也。體肉各器官的總稱。五臟六～ngó·-chōng-liok～⇨心、肝、脾、肺、腎爲五臟。胃、膽、三焦、膀胱、大小腸爲六腑。肺～之言hùi～chi-giân⇨出自誠心之意見。

hú **簠** 古代祭祀用的器具。盛稻粱麥稷之器。

【簠簋 hú-kúi】 皆古代祭祀用之器具。簠以盛稻粱，簋以盛黍稷。

hú **俯** 頭下向也。

【俯允 hú-ín】 hú-ún。求人答應。伏祈～～ho̍k-kî～～⇨書牘用詞。

【俯仰 hú-gióng】 hú-giáng。俯看地，仰看天。～～不愧於天地～～put-khùi î thian-tē⇨對天對地皆於心無愧。

【俯伏 hú-ho̍k】 伏身地上。～～前進～～chiân-chìn⇨爬行前進。

【俯首 hú-siú】 低頭。～～認罪～～jīn-chōe⇨同上。

【俯就 hú-chiū】 委屈遷就úi-khut-chhian-chiū。

【俯拾即是 hú-si̍p-chek-sī】 到處皆可拾取之。得之容易。彼款人材～～～～hit-khóan jîn-châi～～～～⇨那一種(不稀不奇)的人材，到處都有。

【俯首帖耳 hú-siú-thiap-ní】 十分順從。

hú **許** 許hí也(見hi部)。

hú **輔** 助也。首～siú～⇨首相siú-siàng。四～三公sù～sam-kong⇨古官名。前疑gî，後丞sîn，左輔hú右弼pi̍t曰四輔sù-hù，太師thài-su，太傅thài-hù，太保thài-pó為三公sam-kong，但因朝代不同而名有異。

【輔助 hù-chō͘】 扶助hû-chō͘。補助pó͘-chō͘。

【輔弼 hú-pi̍t】 扶助天子。左輔右弼chó-hú-iū-pi̍t。～～之臣～～chi-sîn⇨同上。

【輔導 hú-tō】 助而導之。生活～～員seng-oa̍h～～oân⇨當今有此小官。

hù **傅** 相也。輔導之官曰太傅thái-hù，少傅siáu-hù，訓人者曰師傅su-hù。

hù **付** 與也。支出財物曰付hù。支～chi～⇨付錢。止～chí～⇨停止付錢。轉～choán～⇨換地或換人付之。代～tāi～⇨代為付之。墊～tiām～⇨財政用詞。應～未～款èng～bī～khoán⇨應付出而尚未付出之款項。應～仔應～èng～á èng～⇨苟且招呼之。

【付出 hù-chhut】 支付。～～代價～～tāi-kè⇨同上。

【付託 hù-thok】 交付kau-hù。～～重任～～tiōng-jīm⇨同上。

【付款 hù-khoán】 付錢hù-chî$^{n}$。交錢kau-chî$^{n}$。買主拒絕～～bé(bóe)-chú kī(kū)-choa̍t～～⇨世上稀有之事也。

【付之一笑 hù-chi-it-chhiàu】 一笑置之it-chhiàu-tì-chi。

【付諸丙丁 hù-chu-piá$^{n}$-teng】 付之一炬hù-chi-it-kī。謂投入火中燒了算了。丙丁piá$^{n}$-teng屬火。

【付諸東流 hù-chu-tong-liû】 投入河中任他自去。謂一切都算了。諸chu，之於chi-î合成。

hù **附** 益也。增加也。依偎於傍曰附。依～權勢ī～koân-sè⇨同上。皮之不存，毛將焉～phî chi put-chûn, mô chiang ian～⇨同上。

【附件 hù-kiā$^{n}$】 本件之附屬文件。～～落交去～～lâu-kau-khì(ì)⇨附件未添上來。

【附耳 hù-ní】 口近他人之耳。～～私語～～su-gí⇨同上。

【附和 hù-hô】 隨同行動或贊同他人意見。～～雷同之衆～～lûi-tông-chi-chiòng⇨隨便大聲喊叱之人。

【附近 hù-kīn】 相近siāng-kīn。帶於公園～～toà-tī kong-hn̂g～～⇨住在公園之近邊。

【附則 hù-chek】 本法外之附加規定。

【附記 hù-kì】 正文外的記述。～～的部份相當重要～～ê pō-hūn siang-tong tiōng-iàu⇨同上。

【附庸 hù-iông】 附屬於諸侯的小國。聽從大國行事者。～～國～～kok⇨同上。～～風雅～～hong-ngé⇨同上。

【附會 hù-hōe】 把本不相干的事聯合併湊。穿鑿～～chhoan-chha̍k～～⇨同上。牽強～～khan-kiâng～～⇨同上。

【附議 hù-gī】 會議規則，提案或動議，必須有若干人之附議，方能成立。

【附屬 hù-sio̍k】 附隨主要事物者。～～機關～～ki-koan⇨同上。師大～～小學su-tāi～～siáu-ha̍k⇨簡稱曰師大附小。

【附加稅 hù-ka-sōe】 附隨正稅徵收之雜稅。

【附帶條件 hù-tài-tiâu-kiā$^{n}$】 隨主題加入的有關事項。～～～～若加伊呑落去道攏好勢也～～～～nā-kā-i-thun-lo̍h-khì(ì) tō-lóng-hó-sè-ā⇨附帶條件如果全部加以承認，就全部解決了。

hù **副** 貳也。助也。相稱也。預備之物曰副hù。又事物的件數。你做正的，我做～的lí chò(chòe) chià$^{n}$-ê, goá chò(chòe)～ê⇨同上。欠一個～的khiàm chi̍t-ê～ê⇨同上。者的做～的chia-ê chò～è⇨這些個當預備品。全～精神choân～cheng-sîn⇨同上。全～機器choâ$^{n}$～ke-khì⇨同上。

【副手 hù-chhiú】 助手chō·-chhiú。～～幾仔個了～～kúi-ā-ê-lò⇨助手有數人了。

【副本 hù-pún】 圖書文件的預備另本。與正本chià$^{n}$-pún內容完全相同。正本無去有～～較篤苔仔chià$^{n}$-pún(bô)-khì(ì) ū～～khah-tok-top-à⇨正本遺失了有副本在，還好一點點。

【副車 hù-chhia】 附屬車輛。正車之外的車。張良在博浪沙phok-lōng-sa擊秦始皇chîn-sí-hông，誤中副車。

【副君 hù-kun】 太子thài-chú。同儲君。

【副官 hù-koa$^{n}$】 軍隊中辦理雜務的軍官。階級即將校尉各級皆有之，由首長(機關)之大小而定。

【副座 hù-chō】 副主管官。主管稱主座chú-chō。

【副將 hù-chiàng】 古官名。總兵chóng-peng之副手。俗稱副爺hù-iâ。

【副貳 hù-jī】 輔助人員。次長級人員。

【副詞 hù-sû】 文法用詞。修飾動詞，形容詞等之詞，例如最、上，蓋等詞(字)是也。

【副腎 hù-sīn】 生理學名詞。位在腎上的內分泌腺之一。

【副業 hù-gia̍p】 利用機會兼營以增加收入之事業。例如養豬就是農家之副業。家家戶戶都抲做～～ka-ka-hō·-hō· to-teh-chò(chòe)～～⇨每家每戶皆在從事副業。

【副爺 hù-iâ】 副將hù-chiàng之俗稱。總兵chóng-peng稱總爺chióng-iâ。

【副榜 hù-pńg】 鄉會試(考擧人)正取(正榜chià$^{n}$-pńg)之外，同時合式者，亦寫入副榜。得進國子監kok-chú-kàm。(相當於今之國立大學)肄業(ī-gia̍p)。肄業ī-gia̍p修習學業。副榜而在國子監肄業者，即是副貢hù-kòng，或副貢生hù-kòng-seng。

【副署 hù-sī(sū)】 立憲之國元首署名發布法令，之後，須國務大臣的附加署名，才能發生效力。

【副作用 hù-chok-iōng】 藥品在主治效力之外，所發生的其他結果(多指壞的)。彼款藥仔～～～眞大不可用hit-khoán io̍h-á～～～chin-toā, m̄-hó-iōng⇨那一種藥品副作用很大，不可吃。

【副食物 hù-si̍t-bu̍t】 米麥以外的青菜魚肉等之類。主食較簡單，～～～藉抲驚人也chú-si̍t khah kán-tan,～～～chiah-teh kia$^{n}$-lâng-ā⇨主食很簡單，副食(的費用)才是可怕。

【副產物 hù-sán-bu̍t】 工業生產，除目的製品之外，在本應爲廢物之中，所得的有用之物。～～～比主產物煞較有利益～～～pí chú-sán-bu̍t soah-khah-ū lī-ek⇨副產物較主產物更有利可圖。

【副總統 hù-chóng-thóng】 副貳之最高級者。其他有副會長hù-hōe-tiú$^{n}$，副總裁hù-chóng-chhâi，副校長hù-hāu-tiú$^{n}$，副主委hù-chú-úi，副主席hù-chú-sek等等，公私機關團體都有，不勝枚舉。

hù
**富** 備也。厚也。豐於財也。豐厚充實曰富hù，家多財貨曰富hù，年幼曰年富hù。～可敵國～khó tek-kok⇨其富與國富相等。人無橫財不～，馬無夜草不肥jîn-bû hoâi$^{n}$-châi put～,má-bû iā chhó put-hûi⇨同上。貧～懸殊pîn～hiân-sû⇨同上。家欲～子強父ka-iok～, chú-kiâng-hū⇨同上。家～小兒驕ka～siáu-jî-kiau⇨同上。劫～助貧kiap～chō·-pîn⇨同上。貧居鬧市無人問，～在深山有遠親pîn-ki nāu-chhī bû-jîn-būn,～ chāi chhim-san iú-oán-chhin⇨同上。

【富戶 hù-hō·】 豪富hô-hù之家。有錢人ū-chî$^{n}$-lâng。～～人派頭～～lâng phài-thâu⇨有錢人的架子。

【富足 hù-chiok】 富裕充足。生活～～seng-oah～⇨同上。

【富家 hù-ka】 富裕之家。大富之家。～～子弟～～chú-tē⇨同上。～～一餐食，貧家三年糧～～it-chhan-sıt, pîn-ka sa$^{n}$-nî-niû⇨同上。～～翁～～ong⇨有錢人ū-chî$^{n}$-lâng。～～子～～chú⇨同上。

【富翁 hù-ong】 富人。有錢之人。百萬的～～pah-bān ê～～⇨同上。

【富婆 hù-pô】 有錢之女人。由富翁而派生之詞。阿花仔即斗道變～～了a-hoe-a chit-táu tō pì$^{n}$～～lō·⇨阿花小姐這一次就變成富婆了。

【富紳 hù-sin】 有錢的紳士。～～般商～～in-siang⇨同上。

【富裕 hù-jū】 豐富。地方～～tē-hng～～⇨同上。

【富貴 hù-kùi】 財多爲富，官大爲貴。死生有命，～～在天sú-seng iú-bēng,～～ chāi-thian⇨論語。～～看手足，聰明看耳目～～khoà$^{n}$ chhiú-chiok, chhong-bêng khoà$^{n}$ ní-bok⇨相命者謂手足象徵貧富，耳目象徵賢愚。～～思淫慾～～su îm-iok⇨同上。～～三代，方知飲食～～sam tāi, hong-ti ím-sıt⇨謂富人亦須三代之久，才能爲眞正認識飲食的內涵(好壞禮節)。～～花～～hoa(hoe)⇨牡丹花bó·-tan-hoe之異名。

【富豪 hù-hô】 大富人。

【富於春秋 hù-î-chhun-chhiu】 尙在青年時期。君～～～～曷好自薄kun～～～～ah-hó chū-pok⇨你正在青年時期，豈可妄自菲薄。

【富國強兵 hù-kok-kiâng-peng】 ～～～～政策～～～～chèng-chhek⇨同上。

hù
**赴** 至也。趨也。趨而至也。及時曰赴hù，參加曰赴hù。不知會～未m̄-chai ē(ōe)～bē(bōe)⇨不知是否來得及。會～道去，未～道莫去ē(ōe)～tō-khì, bē(bōe)～tō-mài-khì⇨來得及就去，來不及就不要去。用飛的每未～也iōng-poe-ê mā-bē(bōe)～à⇨空中飛去也來不及了。愛錢錢～你用ài-chî$^{n}$ chî$^{n}$～lí-iōng⇨需要錢就把錢及時交你使用。趁無～家己食thàn-bô～ka-kī-chiah⇨所趁不足以自己吃飯。

【赴任 hù-jīm】 往任所。上任。就任。新官要來～～了sin koa$^{n}$ boeh-lâi～～lō·⇨新官要來上任了。

【赴死 hù-sí】 趕著要死。參加死亡。您爸無要去～～lín-pē bô-boeh-khì～～⇨我不去參加死亡，意謂我不去做那一種傻事。都不是要～～的講安爾啦to-m̄-sī-boeh～～ê kóng-an-ne(ni)-lā⇨並不是要去參加死亡的何以如此亂衝亂撞。我看你拎侎去～～也goá-khoà$^{n}$ lí-teh-boeh-khì～～à⇨我看你要去做傻事了。侎～～也每免安爾boeh～～à mā bián an-ne⇨要趕去死亡也不必如此(的粗暴妄撞)。

【赴赴 hù-hù】 十分來得及。行去每猶～～kiâ$^{n}$-khì mā-iáu～～⇨步行而去，也還來得及。一年換二四個頭家，轉來過年，猶～～扲chi̍t-nî oā$^{n}$ jī-sì-ê thâu-ke, tńg-lâi kòe-nî, iáu～～leh⇨一年換了二十四個主人，回家來過年，還有充分的時間。謂其人做事有問題，雇主皆不予久留。

【赴宴 hù-iàn】 參加宴席。

【赴會 hù-hōe】 參加會議。關雲長單刀～～koan-hûn-tiāng tan-to～～⇨三國演義的故事。

【赴墟 hù-hi】 趕墟koá$^{n}$-hi。

【赴不及 hù-put-ki̍p】 來不及lâi-put-ki̍p。時間～～～也sî-kan～～～à⇨同上。

【赴車班 hù-chhia-pang】 該緊來～～～驚做甚暗去ài-kín-lâi～～～kia$^{n}$-chò siu$^{n}$-àm-khì(ì)⇨要趕車班，否則恐怕回家太晚。

【赴流水 hù-lâu-chúi】 追上海水的潮汐。亦用爲趕上時間。船該～～～chûn ài～～～⇨船隻需要趕上潮汐的時間。阮到位正要開桌耳抵抵仔～～～成抵好goán kàu-ūi, chiā$^{n}$-boeh khui-toh-niâ, tú-tú-á～～～, chiâ$^{n}$ tú-hó⇨我們到達，正要開桌上茶而已，剛好來得及與大家吃喝。非常的巧合。

【赴夠夠 hù-kàu-kàu】 錢我會～～～啦，你免煩惱chî$^{n}$ goá ē(ōe)～～～lā, lí bián hoân-ló⇨費用我會及時充分送交你開支，你不必操心。

【赴時赴刻 hù-sî-hù-khek】 趕合時間。人是～～～～的，無趕未用得lâng-sī～～～～ê bô-koá$^{n}$ bē-iōng-tit⇨人家是分秒必爭的，不趕快進行不行。

【赴湯踏火 hù-thong-ta̍h-hóe】 不避艱難不辭危險。～～～～，敢不奉命～～～～，kám put hōng-bēng⇨絕對服從，萬分奉獻。

**hù 訃** 告喪也。古用赴字。

【訃音 hù-im】 死亡的消息。俗以死亡的通知書或報紙上的死亡廣告曰訃音hù-im。發～～hoat～～⇨寄出死亡通知書。

【訃聞 hù-bûn】 即訃音hù-im。哀此～～ai-chhú～～⇨同上。

**hù 賦** 稅也。授也。禀受也。文體之一曰賦hù。田～tiân～⇨同上。稅～sòe～⇨同上。天～thian～⇨同上。詩詞歌～si-sû-ko～⇨同上。

【賦性 hù-sèng】 天授之性。～～聰慧～～chhong-hūi⇨同上。

【賦閒 hù-hân】 去官無事在家。～～在家～～chāi-ka⇨同上。

【賦稅 hù-sòe】 課稅khò-sòe。

【賦詩 hù-si】 作詩。吟詩。登東臯以舒嘯，臨清流而～～，聊乘化以歸盡，樂夫天命復兮疑teng-tong-ko í sī-siàu, lîm-chheng-liû jî～～, liâu sêng-hoà í kui-chīn, lo̍k-hu-thian-bēng ho̍k-hê-gî⇨歸去來辭。

**hù 咐** 吩咐hun-hù也。囑告chiok-kò，交託kau-thok曰吩咐hoan-hù。～～雁，急含去，直到君前莫遲期，～～gān, kip-hâm-khì, ti̍t-tò kun-chiân bo̍k-tî-kî⇨妻致夫書。

**hû 鳧** 鳥名。俗呼野鴨iá-ah。

**hû 芙** 芙蓉hû-iông也。花名。俗曰芙蓉仔花phû-iông-á-hoe。歸來池苑皆依舊，太液～～未央柳，～～如面柳如眉，對此如何不淚垂kui-lâi tî-oán kai-i-kiū, thài-e̍k～～bī-iang-liú,～～jî-biān liú-jî-bî, tùi-chhú jî-hô put-lūi-sûi⇨長恨歌。

**hû 魚** 魚hî也(見hi部)。

**hû 符** 憑信之具也。以木爲之，剖開爲二，半存朝廷，半付外官，有事遣使持半符勘合之，以驗眞假。又合也。道家之符籙也。相～siang～⇨合。不～put～⇨不合。保身～pó-sin～⇨同上。觀音～koan-im～⇨各神皆有符，通稱神～sîn～。書～念咒si～liām-chiù⇨道士爲之。畫～念咒ōe～liām-chiù⇨同上。施～驅鬼si～khi-kúi⇨同上。畫～治病ōe～tī-pē$^n$(pī$^n$)⇨同上。

**【符水 hû-chúi】** 符燒化爲灰，和水飲之，名曰符水，謂飲之有治病之効。～～治病～～tī-pē$^n$(pī$^n$)⇨同上。

**【符仔 hû-á】** 符之通稱。畫～～ōe～～⇨畫符。土～～thó͘～～⇨無拜師者所畫之符。未輸畫土～～bē(bōe)-su ōe-thó͘～～⇨罵書寫之拙劣者。謂與畫土符仔一樣(無人看八也)。

**【符合 hû-ha̍p】** 雙方一致。～～標準～～phiau-chún⇨同上。資格有～～chu-keh ū～～⇨資格(與規定)相符。

**【符命 hù-bēng】** 皇帝的派令。由天廷所具。

**【符咒 hû-chiù】** 符文與咒語。施符者必同時口念眞言咒語以速其効力。

**【符法 hû-hoat】** 畫符施咒之法。上九龍山學～～chiū$^n$-kiú-liông-san ha̍k～～⇨同上。九龍山kiú-liông-san道教之聖地。

**【符號 hù-hō】** 記號kì-hō。指示作爲的記號。例如數學所用之＋－×÷，即爲加減乘除之符號。標點～～phiau-tiám～～⇨同上。注音～～chù-im～～⇨同上。

**【符籙 hû-lo̍k】** 道家的秘文。籙lo̍k，道家之文書。

hû **扶** 助也。護也。輔助也。抱持而動亦曰扶hû。衆人公家～chèng-lâng kong-ke～⇨同上。有人來湊～ū-lâng-lâi tàu～⇨鬥taù，俗作湊tàu。老人該人～lāu-lâng ài-lâng～⇨同上。阿斗未～得a-táu bē(bōe)～tit⇨同上。狗肉～旺無～衰káu-bah～ōng bô～soe⇨謂狗肉對強壯者有益，對衰弱者無助。桃園三結義，關張～劉備thô-hn̂g sam-kiat-gī, koan-tiu$^n$～lâu-pī⇨同上。

**【扶正 hû-chèng】** hû-chià$^n$。妾升正妻。

**【扶乩 hû-ki】** 俗曰關童乩koan-tâng-ki。亦即使童乩開始作用，宣示神意也。～～扶幾仔番了，都無較差～～hû kúi-a-hoan-lò͘, to-bô khah-chha⇨扶乩扶了好幾次了，皆不甚好結果。

**【扶助 hû-chō͘】** 援助oān-chō͘。有人扲～～無早道倒也ū-lâng teh～～bô chá-tō-tó-à⇨有人在援助，否則早就完蛋了。

**【扶持 hû-chhî】** ㊀以手支扶保護。老人該人～～也lâu-lâng ài-lâng～～à⇨老人家需要人支扶保護了。㊁神之保護。求神明～～kiû-sîn-bêng～～⇨同上。

**【扶插 hû-chhah】** 手插入其腋下以支持之。同扶持之㊀。著人～～也tio̍h-lâng～～à⇨需要人支持之。

**【扶養 hû-iáng】** 服仕老人，養育下輩。～～的義務～～ê gī-bū⇨同上。

**【扶上轎 hû-chiū$^n$-kiō】** 老人或新娘上轎時支持之。

**【扶落柴 hû-lo̍h-chhâ】** 入棺ji̍p-koan。

**【扶輪社 hû-lûn-siā】** Rotary Club。一種國際性的民間聯誼組織。

**【扶老携幼 hû-ló-hê-iù】** ～～～～扲走難～～～～teh-cháu-lān⇨同上。走難cháu-lán，避難pī-lān也，同走反cháu-hoán。

**【扶扶插插 hû-hû-chhah-chhah】** 畧同於扶脚送手hû-kha-sòng-chhiú。

**【扶起扶倒 hû-khí-hû-tó】** 扶之爬上山，扶之跌落海。攏每是衆人扲共伊～～～～的lóng-mā-sī chèng-lâng teh-kā-i～～～～ê⇨同上。

**【扶脚送手 hû-kha-sòng-chhiú】** 待遇十分周到。於厝裡人～～～～講不愛，走來扲做工tī-chhù-lì lâng～～～～kóng m̄-ài, cháu-lâi teh-chō(chōe) kang⇨在家中有人扶脚有人送手，悠哉悠哉的生活竟不要，跑到此地來打工。

**hû 蜉** 蜉蝣hû-iû也。一種昆蟲。據稱其成蟲交尾產卵即死。寄～～於天地kì～～î thian-tē⇨喻人生之渺小短暫。

**hū 父** 生我之人，男曰父hū，女曰母bó。尊長之稱。生～seng～⇨生我之父。養～iáng～⇨養我之父。祖～chó͘～⇨父之父。伯～叔～舅～pek～siok～kiū～⇨父母之兄弟。外祖～goā-chó͘～⇨母之父。曾祖～cheng-chó͘～⇨父之祖父。義～gī～⇨所認之父。有其～必有其子iú-kî～pit-iú-kî-chú⇨謂子多似父。君～kun～⇨同上。師～su～⇨老師。家欲富，子強～ka-iok-pū, chú-kiâng～⇨謂子比父還優秀。知子莫若～ti-chú bok-jiak～⇨了解兒子者，誰都不如父親。

【**父子 hū-chú**】 父與子。～～關係～～koan-hē⇨同上。

【**父母 hū-bó**】 父與母。在家靠～～，出外交朋友chāi-ka khò～～, chhut-goā kau-pêng-iú⇨同上。

【**父兄 hū-heng**】 父與兄。～～會，母姊會～～hōe, bó-chí-hōe⇨同上。江湖一點訣，不共～～妻子說 kang-hô͘ chit-tiám-koat, m̄-kā～～chhe-chú-soat⇨同上。

【**父老 hū-ló**】 父輩之人。～～兄弟姊妹～～hiaⁿ-tī-chí-moāi⇨同上。

【**父族 hū-chok**】 ～～母族妻族曰三族～～, bó-chok, chhe-chok oat sam-chok⇨同上。

【**父執 hū-chip**】 爸之好朋友。以～～禮待之í～～lé thāi-chi⇨同上。

【**父憂 hū-iu**】 亡父之憂。丁～～teng～～⇨同上。

【**父親 hū-chhin**】 爸爸。～～節～～chiat(cheh)⇨同上。

【**父系社會 hū-hē-siā-hōe**】 父爲主爲中心之社會。原始社會是母系的，演變之後成爲父系。

【**父精母血 hū-cheng-bó-hiat**】 謂人由於父精母血而成的。逐個人每是～～～～十個月出世的tak-ê-lâng mā-sī～～～～chap-koh-goeh chhut-sì-ê⇨同上。

**hū 婦** 爲人妻者曰婦hū。子之妻亦曰婦hū。成年女人通稱婦。一夫配一～it-hu phòe it～⇨同上。老夫老～lāu-hu-lāu～⇨老夫妻。夫～hū～⇨同上。夫唱～隨hu-chhiàng～sûi⇨同上。主～chú～⇨同上。節～chiat～⇨重節義之人。賢～hiân～⇨賢慧之女人。癡～chhî～⇨痴獃之女人。淫～îm～⇨淫蕩之女人。奸～kan～⇨不忠不貞之女人。老～lāu～⇨老女人。幼～iù～⇨少年女人。

【**婦人 hū-jîn**】 女人。～～人～～lâng⇨女性。抵着楊花水性的～～人，你道無法度也tú-tioh iâng-hoa-chúi-sèng ê～～lâng, lí-tō bô-hoat-tō͘-ā⇨逢到楊花水性的女性，你就沒辦法了。～～之見～～chi-kiàn⇨傳統的男人大沙文主義下，認爲女人之見解，不識大體也。

【**婦女 hū-lí(lú)**】 ～～會～～hōe⇨同上。

【**婦寺 hū-sī**】 寺sī通侍sī。婦女近侍。～～干政～～kan-chèng⇨妃后太監的干涉政治。

【**婦科 hū-kho**】 婦人科。婦產科hū-sán-kho。專治～～choan-tī～～⇨同上。

【**婦容 hū-iông**】 四德之一。婦德，婦言，～～婦功爲女人之四德hū-tek, hū-giân,～～, hū-kong ûi lí(lú)-jîn chi sù-tek⇨同上。功kong工作也。

【**婦道 hū-tō**】 婦女之道。～～人家～～jîn-ka⇨女流之輩lí-liû chi-pōe。

**hū 負** 恃也。擔也。背任物曰負hū。違也，忘恩背德皆曰負hū。敗也。正之對(數學名詞)。自～甚高chū～sīm-ko⇨同上。背～而逃pōe～jî～tô⇨同上。擔～重責tām～tiōng-chek⇨同上。勝～未分sìn～bī-hun⇨同上。正～相殺chiaⁿ～siāng(siōng)-sat⇨同上。

【負欠 hū-khiàm】 不足。負擔。心裡無～～sim-lih bô～～⇨心中無不足，亦無欠他人。

【負心 hū-sim】 違背良心。～～漢～～hàn⇨同上。

【負重 hū-tiōng】 擔負重任。忍辱～～jím-jiak～～⇨同上。

【負氣 hū-khì】 食氣chiah-khì。又怒又不肯示弱。～～出走～～chhut-cháu⇨棄家而去。

【負笈 hū-kıp】 遊學他鄉。笈kıp書箱。～～從師～～chiông-su⇨到他鄉尋好老師。

【負責 hū-chek】 擔責任。無問題，阿花伓攏～～bô-būn-tê a-hoa boeh-lóng～～⇨沒問題，阿花要全部負責。

【負荷 hū-hô】 繼承先人之勳業。兢兢業業，唯恐不勝～～之重keng-keng-giap-giap, ûi-khióng put-sìn～～chi-tiōng⇨第二次大戰，日皇宣戰詔書。

【負販 hū-hoàn】 自負貨品出外販賣者。行商hêng-siang。

【負債 hū-chè】 欠人錢財。～～累累，抾伓破產也～～lúi-lúi, tit-boeh phò-sán-à⇨負債積累如山，快要破產了。

【負義 hū-gī】 背義pōe-gī。辜恩～～ko·-in～～⇨忘恩背義bōng-in-pōe-gī。

【負號 hū-hō】 數學名詞。表示負數之記號。亦即加減號中之減號(－)。

【負傷 hū-siang(siong)】 受傷siū-siang。死亡一個～～三人sí-bông chıt-ê, ～～saⁿ-lâng⇨同上。

【負電 hū-tiān】 陰電im-tiān。

【負數 hū-sò·】 數學名詞。帶有負號之數字。表示負擔或債務。

【負薪 hū-sin】 背負薪柴。朱買臣～～而歸chu-mái-sîn～～jî-kui⇨同上。如～～，如掛角，身雖勞，猶苦卓jî～～,jî-koà-kak, sin-sûi-lô, iū-khó·-tok⇨三字經。

【負荆請罪 hū-keng-chhéng-chōe】 自己背負荆杖去向人謝罰。廉頗與藺相如的故事。

**hū 鮒** 魚名。涸轍之～hok-tiat chi～⇨喻正處困境。涸轍者，無水之車轍也，謂魚在其中無法動彈。

# hui

**hui 飛** 鳥上空中也。物隨風飄亦曰飛hui。投也。快也。無根自至曰飛hui。鵬～萬里phêng～bān-lí⇨同上。龍～鳳舞liông～hōng-bú⇨同上。健步如～kiàn-pō· jî～⇨同上。蟲～入火，自焚其身thiông～jıp-hóe, chū-hûn-kî-sin⇨同上。謠言亂～iâu-giân loān～⇨同上。鳥倦～而知還niáu koān～jî ti-hoân⇨同上。

【飛刀 hui-to】 poe-to。使～～殺人sái～～sat-jîⁿ⇨同上。

【飛行 hui-hêng】 空中～～khong-tiong～～⇨同上。～～機～～ki⇨飛機hui-ki。～～船～～chûn⇨飛船hui-chûn。

【飛車 hui-chhia】 快疾之車。～～救美～～kiù-bí⇨同上。

【飛沫 hui-boat】 水沫飛散chúi-boat-hui-sàn。

【飛奔 hui-phun】 如飛如奔jî-hui-jî-phun。

【飛魚 hui-hî】 能飛躍於水上之魚。俗曰飛烏poe-o·，亦即文鰩魚bûn-iô-hî也。

【飛鳥 hui-niáu】 狡兎死，走狗烹，～～盡，良弓藏，敵國破，謀臣亡káu-thò·-sí, cháu-káu-pheng, ～～chīn, liâng-kiong-chông, tek-kok-phò, bô·-sîn-bông⇨韓信辭世語。

【飛翔 hui-siâng】 翺翔gô-siâng。

【飛鼠 hui-chhí(poe-chhú)】 一種能飛之鼠，食植物之幼皮或枝葉，爲害於造林甚大。俗曰飛鼠poe-chhí。

【飛禽 hui-khîm】 能飛之鳥類。～～走獸～～cháu-siù⇨鳥類獸類。

【飛艇 hui-théng】 飛船hui-chûn。

【飛禍 hui-hō】 意外之災禍。橫遭～～hêng-cho～～⇨同上。

【飛漲 hui-tiàng】 物價上漲如飛。物價～～but-kè～～⇨同上。

【飛碟 hui-tia̍p】 空中的怪物，形如碟，故得名。忽隱忽現，或謂外太空人征服地球的先遣隊等傳說甚多。

【飛彈 hui-tân(tôaⁿ)】 利用火箭的炸彈。自導～～chū-tō～～⇨同上。飛魚～～hui-hî～～⇨法國製的，在福克蘭島事件中，阿根廷以此擊沈英戰艦而有名。

【飛機 hui-ki(tôaⁿ)】 航空機hâng-khong-ki。

【飛躍 hui-ia̍k】 如飛如躍jî-hui-jî-ia̍k。喻快速。～～發展～～hoat-tián⇨事業發展快速。～～的羚羊～～ê lêng-iâng⇨喻飛跑快速之人。

【飛快車 hui-khoài-chhia】 快車khoài-chhia。速度快速之車。

【飛砂走石 hui-soā-cháu-chio̍h】 ㊀風大。㊁仙術妖法。移山倒海～～～～î-san-tó-hái～～～～⇨同上。

【飛黃騰達 hui-hông-thêng-ta̍t】 官途得意。～～～～攏每是靠雌親乇戚的～～～～lóng-mā-sī-khò chi-chhin-lān-chhek-ê⇨得意發跡，皆依裙帶關係的。雌親乇戚chi-chhin-lān-chhek⇨裙帶關係的粗語。

【飛蛾撲火 hui-ngô-phok-hóe】 自尋死路。未輸～～～～抄bē-su～～～～leh⇨簡直是自殺嘛。

**妃** hui 匹也。其貴次於后者曰妃hui。亦即天子之小老婆皆曰妃hui。太子之正妻曰妃hui。諸王之妻亦曰妃。楊貴～iūⁿ-kùi～⇨同上。太子～thài-chú～⇨同上。王～ông～⇨同上。后～hō～⇨后與妃。奸～kan～⇨戲台上的奸相之女。都是送給皇帝做小老婆的。

**揮** hui 奮也。振也。搖手曰揮hui。指示也。指～官chí～koaⁿ⇨同上。發～hoat～⇨同上。刀亂亂～危險to loān-loān～gûi-hiám⇨同上。枴仔夯拎～～koâi-á giâ-le～⇨拿著枴子揮舞。

【揮刀 hui-to】 舞刀bú-to。

【揮手 hui-chhiú】 搖手iô-chhiú。表示拒絕或再見。～～拒絕～～kī(kū)-chhoa̍t⇨同上。～～而別～～jî-pia̍t⇨同上。

【揮汗 hui-hān】 流汗lâu-koāⁿ。～～如雨～～jî ú(í)⇨同上。

【揮毫 hui-hô】 運筆寫字。要人寫字叫～～，非要人叫亂造iàu-jîn siá-jī kiò～～hui-iàu-jîn kiò loān-chō⇨同上。造chō，造謠chō-iâu之造chō，虛構也。亂塗loān-tô曰亂造loān-chō。

【揮淚 hui-lūi】 落淚lo̍k-lūi。孔明～～斬馬稷khóng-bêng～～chám-má-siok⇨三國故事。～～對宮娥～～tùi-kiong-ngô⇨李後主詞。

【揮發 hui-hoat】 物氣化。～～油～～iû⇨Gasoline即汽油。

【揮棒 hui-pāng】 以棒擊物。～～落空～～lo̍k-khong⇨棒球術語。

【揮霍 hui-hok】 浪費財物。～～無度～～bû-tō⇨無限制亂花錢，錢烏白開，一點仔限制都無。

【揮兵西征 hui-peng-se-cheng】 統兵西征thóng-peng-se-cheng。

【揮金如土 hui-kim-jî-thó】 用錢如用土泥。

**非** hui 不是也。不也。無也。是～不明sī～put-bêng⇨搞不清楚甚麼是對甚麼是不對。爲～作歹ûi～chok-tái⇨所作所爲皆壞事。能辨是爲是，～爲～，謂之智lêng-piān sī-ūi-sī，～ūi～ûi-chi-tì⇨智之精義。口是心～kháu-sī-sim～⇨口從心不從。

【非凡 hui-hoân】 不平凡put-pêng-hoân。

身手～～sin-chhiú～～⇨體能技藝出衆。

【非分 hui-hūn】 分外的hūn-goā-ê。不是應有的。～～之財不可貪～～chi-chhâi put-khó-tham⇨不可貪求不應得的錢財。

【非刑 hui-hêng】 違法拷打罪嫌。古刑具有定制。以定制外之刑具拷問罪嫌即屬非刑hui-hêng。

【非攻 hui-kong】 排斥攻戰。墨子兼愛～～bek-chú khiam-ài～～⇨墨子學說。

【非但 hui-tān】 不但put-tān。～～……尙且愛～～……siāng-chhiáⁿ ài⇨一種句法。～～無趁，尙且要虧本～～bô-thàn, siāng-chhiáⁿ ài-khui-pún⇨不但不趁錢甚至要虧本。

【非命 hui-bēng】 橫死hoâiⁿ-sí。慘遭～～chám-cho～～⇨死得很慘。

【非法 hui-hoat】 不合法put-hap-hoat。～～不當做～～m̄-thang-chò·(chòe)⇨同上。

【非非 hui-hui】 ㊀玄妙。想入～～siūⁿ-jip～～⇨所想玄妙，想進玄妙之境。㊁是是～～sī-sī～～⇨①曰以是爲是，以非爲非，不馬虎。②曰以人之是爲是，人之非爲非，聽人操縱。

【非洲 hui-chiu】 Africa，五大洲之一，即阿非利加洲。

【非爲 hui-ûi】 爲非ûi-hui。～～亂做～～loān-chò(chòe)⇨爲非作歹ûi-hui-chok-tái。

【非馬 hui-má】 不是馬。白馬～～論pek-má～～lūn⇨謂白馬就不是馬。古詭辯學派的論理。白馬就是白馬，不是馬。

【非得 hui-tek】 除非tî-hui。～～阿花來講情，無，無法度～～a-hoe lâi-kóng-chêng, bô bô-hoat-tō·⇨除非阿花來講人情，否則沒辦法。

【非常 hui-siâng】 ㊀異於尋常。～～之人～～chi-jîn⇨稀世的偉大之人。～～之事～～chi-sū⇨難逢之大事。～～上訴～～siāng-sò·⇨法律名詞。㊁災變。～～事變～～sū-piàn⇨同上。～～時期～～sî-kî⇨緊急事態的期間，例如戰亂等。～～召集～～tiàu-chip⇨同上。

【非正式 hui-chèng-sek】 正式chèng-sek之對稱。～～～結婚～～～kiat-hun⇨不依法，不依禮制之結婚。～～～公開～～～kong-khai⇨半公開poàn-kong-khai。

【非賣品 hui-bē-phín】 不公開出售的東西。有眞不賣的，有吊高價的。人是～～～呢，不賣的呢lâng sī～～～neh,m̄-bē(bōe)-ê-neh⇨人家是非賣品嘛，不賣的嘛。

【非同小可 hui-tong-siáu-khó】 與普通的小事不相同。即個問題～～～～chit-ê būn-tê～～～～⇨此事大了。

【非君不嫁 hui-kun-put-kè】 除非嫁你，絕不嫁他人。

【非姦則偷 hui-kan-chek-thau】 不是私女色就是偷東西。三更半暝進宅，～～～～saⁿ-keⁿ-poàⁿ-mê chìn-theh，～～～～⇨三更夜半侵入私宅，不是爲私通就是爲作賊。

【非訟事項 hui-siōng-sū-hāng】 法院除民刑訴訟案件之外，依法應辦的事項，例如禁治產之宣告，法人財產之管理，親屬會議之召集等。

【非請勿進 hui-chhéng-but-chìn】 不請不可進入。例如重要工場不歡迎參觀之地常見此告示版。

【非戰之罪 hui-chiàn-chi-chōe】 不是直接戰鬪而敗，而是其他原因所致的。

【非戰鬪員 hui-chiàn-tò-oân】 不執武器參加戰鬪的人員。如軍醫、護士等之人員，依國際法是不能故意殺傷的。

【非禮勿動 hui-lé-but-tōng】 不合禮節不動。非禮勿言，非禮勿聽，～～～～hui-lé-but-giân, hui-lé-but-thèng～～～～⇨同上。

【非驢非馬 hui-lî-hui-má】 不似驢也不似馬。喻不倫不類。不三不四put-sam-put-sù。

## 斐 hui

文貌。文采美麗的樣子。

【斐然 hui-jiân】 有文彩。～～成章～～sêng-chiang⇨寫出美妙的文章。成績～～sêng-chek～～⇨表現優異。

hui **蜚** 蟲也。通飛hui。

【**蜚聲中外 hui-seng-tiong-goā**】 聲譽滿國內國外。

hui **霏** 下雨下雪的樣子。

【**霏霏 hui-hui**】 雨雪下得甚密。初時飄飄，終遂～～chhe(chho·)-sî phiâu-phiâu, chiong-sūi～～⇨同上。

hui **輝** 光也。火之光也。又日之光也。朝旦爲輝hui，日中爲光。光～燦爛kong～chhàn-lān⇨同上。

【**輝煌 hui-hông**】 光彩燦爛。成績～～sêng-chek～～⇨同上。

hui **暉** 光也。日色也。春～chhun～⇨春光和煦hô-hú以喻父母之恩。誰言寸草心，報得三春～sûi-giân chhùn-chhó-sim, pò-tek sam-chhun～⇨唐詩。

húi **誹** 謗也。譏也。非議也。微言曰誹húi曰譏ki。同非húi。

【**誹謗 húi-pòng**】 微言曰誹，放言曰謗bî-giân oat-húi, hòng-giân oat pòng。～～罪～～chōe⇨法律名詞。將他人之事加以指摘或傳佈於衆以損他人名譽之罪。

【**誹議 húi-gī**】 非議hui-gī。坊間多有～～⇨hong-kan to-iú～～⇨社會上非議者多。

húi **毀** 壞也。破壞也。浪費父產祖業曰毀。成物不～sêng-but-put～⇨同上。

【**毀傷 húi-siang(siong)**】 毀損húi-sún。身體髮膚，受之父母，不敢～～，孝之始也sin-thé-hoat-hu, siū-chi-hū-bó, put-kám～～, hàu-chi-sí-ià⇨孝經。

【**毀壞 húi-hoāi**】 破壞phò-hoāi。物件攏～～去也mih-kiā^n lóng～～khì-ā⇨東西皆破壞掉了。～～了了～～liáu-liáu⇨破壞全盡。

【**毀了了 húi-liáu-liáu**】 全毀了。逐項每～～～無半項也tak-hāng mā～～～bô-poà^n-hāng-ā⇨一切皆破壞掉了，一物不存了。

【**毀譽參半 húi-ī-chham-poàn**】 毀者、譽者皆有之。

【**毀譽褒貶 húi-ī-po-pián**】 稱讚與毀貶。～～～～自有定論～～～～chū-iú tēng-lūn⇨同上。

húi **匪** 賊寇chhat-khò·也。土～thó·～⇨同上。土～頭thó·～thâu⇨同上。會～hōe～⇨同上。賊～chhat～⇨同上。

【**匪徒 húi-tô·**】 土匪thó·-húi。

【**匪類 húi-lūi**】 ㊀匪徒húi-tô·。～～掠無著的逃走去也～～liah-bô-tioh-ê tô-cháu-khì-ā⇨同上。㊁很壞，壞如土匪。細漢道眞～～也sè(sòe)-hàn-tō-chin～～ā⇨少時候就壞透了。

【**匪黨 húi-tóng**】 賊黨chhat-tóng。～～攏一網打盡也～～lóng-it-bōng tá^n-chīn-ā⇨匪徒皆擒捉歸案了。

húi **菲** 植物名。土瓜。蔬菜類。或曰蕪菁之類。

【**菲菲 húi-húi**】 hui-hui。花美也。草茂盛也。岸上草～～gān-siāng(siōng) chhó～～⇨河岸上草長得茂盛。

【**菲薄 húi-pok**】 微薄bî-pok。薪俸～～sin-hōng～～⇨薪水少而薄。誠宜開張聖聽，以光先帝遺德，恢弘志士之氣，不宜妄自～～，引喻失義，以塞忠諫之路也sêng-gî khai-tiang sèng-thèng, í-kong sian-tè ûi-tek, hoe-hông chì-sū-chi-khì, put-gî bōng-chū～～, ín-jī sit-gī, í sek-tiong-kàn-chi-lō· iah⇨出師表。

【**菲律賓 húi-lut-pin**】 Philippines。國名。在我巴士海峽南方之島國。

húi **翡** 翡翠húi-chhùi也。㊀絕色玉。㊁鳥名。俗曰釣魚翁tiò-hî-ang。雄曰翡húi，雌曰翠chhùi。

hùi **費** 散財也。耗也。資用也。煩數也。辦公～pān-kong～⇨同上。加班～ka-pan～⇨同上。誤餐～ngō͘-chhan～⇨同上。旅～lí～⇨同上。交通～kau-thong～⇨同上。膳宿～siān-siok～⇨同上。運雜～ūn-cha̍p～⇨同上。生活～⇨同上。水電～chúi-tiān～⇨同上。清潔～chheng kiat～⇨同上。經～keng～⇨同上。所～só͘～⇨同上。開～khai～⇨同上。耗～hò͘～⇨同上。煞～周章soah～chiu-chiang⇨同上。

**【費力 hùi-le̍k】** 食力chia̍h-la̍t。麻煩mâ-hoân。即件代誌該斬然～～趕緊解決，無會麻煩chi̍t-kiā$^{n}$ tāi-chì ài chám-jiân～～koá$^{n}$-kín kái-koat, bô ē-mâ-hoân⇨此一問題須相當認眞及早予以解決，否則可能有麻煩。

**【費手 hùi-chhiú】** 動手之麻煩。費氣hùi-khì。勿較贏，較省～～mài khah-iâ$^{n}$, khah-sé$^{n}$(séng)～～⇨不要算了，省麻煩。

**【費用 húi-iōng】** 經費keng-hùi。所需。所費。～～看該若[illegible]藉來提～～khoà$^{n}$ ài joā-chē(chōe) chiah-lâi-the̍h⇨經費看看多少，才到這裡來拿去。一年間的～～未少呢chi̍t-nî-kan ê～～bē(bōe)-chió-neh⇨一年所需的經費不少呢。

**【費氣 hùi-khì】** 麻煩。～～，我無愛～～goá-bô-ài⇨麻煩，我不要。未啦，未到若～～啦bē(bōe)-là, bē(bōe)-kà-goā～～là⇨不會的，不會很麻煩的。哎呀～～費觸呀，煞煞去啦ài-à,～～hùi-tak-à, soah-soah-khì-là⇨哎呀，太麻煩了，算了罷。

**【費神 hùi-sîn】** 託人，謝人之套詞。～～了～～lò͘⇨麻煩了(多謝了)。不敢～～你共我寫一張批m̄-ká$^{n}$～～lí kā-goá-sk-chi̍t-tiu$^{n}$-phe⇨可否麻煩你爲我寫一張信。

**【費心神 hùi-sim-sîn】** 用心經營。很麻煩。該～～～耳，無算未穤啦ài～～～niā, bô sǹg-bē(bōe)-bái-là⇨只是要費點心神而已，否則，算很不錯。

**【費脚費手 hùi-kha-hùi-chhiú】** 動脚動手麻煩也。～～～～的無愛啦～～～～ê bô-ài-là⇨麻煩的不要。囡仔～～～～也，囡仔莫去較好gín-á～～～～ā, gín-á mái-khì khah-hó⇨孩子們纏脚纏手的，孩子們不去比較好。

hùi **癈** 痼疾也。痼疾不復也。殘～chân～⇨因病傷致殘缺無法工作。殘而不～chân-jî put～⇨雖是殘障，但仍能有作爲。

**【癈人 hùi-jîn】** ㊀身體殘缺之人。㊁罵詞。意爲不中用，或者不可靠不可託。

hùi **廢** 屋傾也。舍也。放置也。壞亂也。棄置不用曰廢hùi。荒～hong～⇨土地、事業、學業等，不耕、不管、不學也。→hòe。

**【廢止 hùi-chí】** hòe-chí。棄置不用。舊法～～無用也kū-hoat～～bô-iōng-ā⇨舊法停止不用了。西市㑑都～～換過東市了sai-chhī ta$^{n}$-to～～oā$^{n}$-kòe tang-chhī-lò͘⇨西市今已廢止不用換過東市了。

**【廢坑 hùi-khe$^{n}$(khi$^{n}$)】** hòe-khe$^{n}$。不再採礦或採炭之坑孔。

**【廢物 hùi-bu̍t】** ㊀無用之物。～～利用～～lī-iōng⇨同上。久一下無用都攏變做～～也kú-chi̍t-ē-bô-iōng-to-lóng pì$^{n}$-chò(chòe)～～ā⇨久而不用了。皆變成廢物了。㊁同癈人hùi-jîn。罵人語。hòe-bu̍t。

**【廢帝 hùi-tè】** 被迫退位之歹命phái$^{n}$-miā皇帝。宣統～～soan-thóng～～⇨同上。

**【廢紙 hùi-choá】** hòe-choá。無用之紙張。㑑甚麼契約書每合～～共款也ta$^{n}$ sim-mi̍h-khè-iak-si(su) mā-kah～～kāng-khoán-ā⇨而今什麼契約書也與廢紙一樣了。

**【廢料 hùi-liāu】** hòe-liāu。無用之材料。不能用之材料。～～無處分掉眞陳位～～bô-chhì(chhú)-hun-tiāu,chin tìn-ūi⇨廢料不處理分發掉，很佔地妨害工作。～～清理～～chheng-lí⇨同上。又陳位tìn-ūi，陳舊之物徒佔位置也。

太倉之穀，陳陳相因，是爲陳位tin-ūi。俗作鎮位，非。蓋鎮者壓也，定也，安撫也。

【廢棄 hùi-khì】 hòe-khì。單方宣佈～～條約tan-hong soan-pò·～～tiâu-iak⇨同上。

【廢業 hùi-gia̍p】 hòe-gia̍p。彼間早道～～了hit-keng chá-tō～～lò·⇨那一家很早就關門了。

【廢話 hùi-ōe】 不中用之言語。～～莫講～～māi-kóng⇨廢話莫說。

【廢墜 hùi-tūi】 荒廢hong-hùi。衰落soe-lo̍k。

**hùi 諱** 隱也。避也。死者之名曰諱hùi。避～pī～⇨避開天子，聖賢之名號。犯聖～hoān-sèng～⇨觸犯天子名號。貴抵貴，犯聖～kùi-tú-kùi, hoān-sèng～⇨薛仁貴的故事，謂張士貴以薛仁貴與他同名貴，是犯了聖諱，非斬不可⇨隋唐演義。

【諱母 hùi-bú】 hòe-bó。忌諱之詞。致命之缺點。心病。俗作血母huih-bú,hoeh-bó。講話毋當撞人的～～kóng-ōe m̄-thang tōng-lâng-ê～～⇨講話不可觸犯人家的心病。伊是挑工佅突伊的～～的i si thiau-kang-boeh-tu̍h-i ê～～ ê⇨伊是特意要刺中他心病的。～～一下突著，道跳起來也～～chi̍t-ē-tu̍h-tio̍h, tō thiàu-khí-lâi-ā⇨心病一被刺中了就暴跳如雷了。

【諱名 hùi-miâ】 正名chiàⁿ-miâ。父母所取之名。

【諱言 hùi-giân】 忌避而不直言。無可～～bû-khó～～⇨沒有不可直言者。謂惡已極了不必再隱之了。

【諱莫如深 hùi-bo̍k-jî-chhim】 極力保守秘密不輕易告人。當事人～～～～，眞相如何，都無人知影tong-sū-jîn～～～～,chin-siàng(siōng) jî-hô to-bô-lâng-chai-iáⁿ⇨當事人保守秘密，不肯告人，眞相如何皆未有人知之。

【諱疾忌醫 hùi-chi̍t-kī-i】 有病而怕醫生。有過失而怕人規勸。有代誌也，準人講的，不當～～～～，道該趕緊設法解決藉著ū-tāi-chì-à, chún-lâng-kóng-ê m̄-thang～～～～, tō-ài koáⁿ-kín siat-hoat kái-koat chiah-tio̍h⇨有問題了，正如古人所言，不可諱疾忌醫，就該早一刻設法解決才對。

**hùi 卉** 百草之總名。花～hoa～⇨百花pek-hoa。

**hùi 肺** 肺hì也(見hi部)。

**hûi 肥** 肉多也。田地腴美jû-bí曰肥hûi。弧形不尖銳亦曰肥hûi。天高馬～thian-ko-má～⇨謂秋季氣清天高馬匹肥美。

【肥皂 hûi-chó(chō)】 俗曰茶箍tê-kho·。蓋往時以茶子粕爲肥皂之代用品。茶子搾油後之茶子粕壓成一箍一箍的小圓盤形故云。～～粉～～hún⇨茶箍粉tê-kho·-hún。亦即洗衣粉sé(sóe)-i-hún。

【肥的 hûi-ê】 弧形的。不尖的。一頭～～一頭尖的chit-thâu～～chi̍t-thâu-chiam-e⇨一方弧形，一方尖銳。

【肥肥 hûi-hûi】 肥的hûi-ê。弧形。肥到尻川䏘～～pûi-kà kha-chhng-phé～～⇨豐滿得屁股現出大弧形。阮頭殼碗～～，毋敢戴彼類宣帽goán-thâu-khak-oáⁿ～～m̄-káⁿ-tì hit-lōe soan-bō⇨我頭不尖(不會鑽營)不敢戴上那種官帽。～～的道會用得，不免尖的～～ê-tō ē(ōe) iōng-tit，m̄-bián chiam-ê⇨孤形的就行了，不必尖的。鑽仔尾～～也chǹg-á-bóe～～à⇨鑽鋒不尖銳了。

【肥兒散 hûi-jî-sán】 小兒用藥之名。

**hûi 磁** 吸引鐵也(chû)。瓷chû俗作磁hûi。陶器之質堅緻者。亦土器之燒成者也。無管你～的也土的bô-koán-lí～ê-a-thô·-ê⇨不管你磁或土。亦即不管你三七二十一。燒～的食缺，織蓆的困椅sio～ê chia̍h-khih, chit-chhio̍h-ê khùn-í⇨陶器生產者吃飯用破碗，蓆生產者沒蓆睡而睡椅子。謂生產者皆以最佳之產品供應顧客。或謂其生產不夠豐富生活故也。釉～iū

～⇨幼滑之磁。

【磁仔 hûi-á】 陶磁器之總名。做～～路chō(chōe)～～lō͘⇨陶磁器商業。～～店～～tiàm⇨同上。～～土～～thô͘⇨燒磁用之原土。～～丹～～tan⇨磁上彩之藥料。亦曰釉丹iū-tan。

【磁鉢 hûi-poat】 大鉢。僧尼之食器。

【磁鼓 hûi-kó͘】 鼓形之磁器。作枕或椅之用。～～椅～～í⇨同上。～～枕～～chím⇨同上。

【磁窰 hûi-iô】 燒磁之大灶。破～～phoà～～⇨同上。～～瓦窰～～hiā-iô⇨同上。

hûi **瓷** 同作磁chû。瓦器也。陶之堅緻者曰瓷hûi，亦作磁hûi。

hūi **惠** 仁愛也。以財物予人曰惠hūi。其養民也～ki iáng-bîn-iá～⇨論語。施～si～⇨予人財物。小～sió～⇨小小的賜予。受人恩～siū-lâng in～⇨同上。

【惠賜 hūi-sù】 賞賜siú$^{n}$-sù。～～一票～～it-phiò⇨選舉用詞。

【惠顧 hūi-kò͘】 顧客來店。多謝～～to-siā～～⇨同上。

【惠然光臨 hūi-jiân-kong-lîm】 歡迎用詞。

hūi **慧** 曉解也。明敏也。智～tì～⇨佛家語。般若曰慧hūi，若那曰智tì。分言之似不同，合之則無分別也。

【慧心 hūi-sim】 能通達眞理之心。

【慧根 hūi-kin】 佛家語。宿習修來～～siok-si̍p-siu-lâi～～⇨同上。

【慧眼 hūi-gán】 達觀明慧之眼。～～識英雄～～sek-eng-hiông⇨同上。

【慧質 hūi-chit】 蘭心～～lân-sim～～⇨稱讚美人聰明美麗。

【慧劍 hūi-kiàm】 能斬斷煩惱魔障之利劍。～～斬情絲～～chám-chêng-si⇨同上。

hūi **吠** 犬鳴也。一犬～形，百犬～聲it-khián～hêng, pek-khián～seng⇨遇事不察眞僞妄相附和。

【吠日 hūi-ji̍t】 蜀犬～～siok-khián～～⇨犬吠其所怪，非吠日也。謂蜀多陰，偶爾日出，犬即吠之。

hūi **彗** 掃箒sàu-chiú也。

【彗星 hūi-seng】 天文學名詞。天體之一現象。俗曰長尾星tn̂g-bóe-chhe$^{n}$。亦曰掃箒星。

## hui$^{n}$

hui$^{n}$ **荒** 荒hng也(見hng部)。

hûi$^{n}$ **橫** 橫hoâi$^{n}$也(見hoai$^{n}$部)。

hûi$^{n}$ **還** 還hêng也(見heng部)。

hūi$^{n}$ **睍** 睍hēng也(見heng部)。

## huih

huih **血** 同血hoeh, hiat(見各部)。流～lâu～⇨血液流出來。

## hun

hun **分** 別也。離也。割開也。又數量名。地積甲之十分之一曰分hun。重量算兩錢分十進法。長度算尺寸分十進法。時間一點鐘是六十分。角度一度亦六十分。小數十分之一曰一分。比數百分之一曰分。幣制曰分(圓之百分之一)。天下三～thian-hē- sam～⇨同上。四～五裂sù～ngó͘-lia̍t⇨同上。買三～地來起厝bé(bóe) sa$^{n}$～tē lâi-khí-chhù⇨買三分面積的土地來蓋房屋。一錢二～重的金手指chi̍t-chî$^{n}$-n̂g～tāng ê kim-chhíu-chí⇨同上。欠三～藉有一寸khiàm sa$^{n}$～chiah-ū chi̍t chhùn⇨

一寸不夠三分。該坐三十～的車āi-chē saⁿ-chap～ê chhia⇨有三十分鐘的車程。東經十五度七～三十秒tong-keng chap-gō·-tō· chhit～saⁿ-chap-bió⇨同上。放三～利pàng saⁿ～lāi⇨收百分之三的利息。買賣算～，相請無論bé-bē sǹg ～, sio (saⁿ) chhiáⁿ bô-lūn⇨在買賣的行爲上，分厘亦當計較，在請客的時候是例外，不計較負擔多少。三～人四～粧saⁿ～lâng sì～chng⇨人本身僅佔三分，化粧之力佔了四分。謂化粧的魔力大。

【分寸 hun-chhùn】 ㊀微少。無差到～～bô-chha kā～～⇨一點差異都沒有。㊁程度。節制。你彼款的無～～的方法無人敢lí-hit-khoán-ê bô～～ê hong-hoat bô-lâng-káⁿ⇨你那種沒程度沒節制的方法人人都怕。人阿花各項眞有～～lâng-a-hoe tak-hāng chin-ū～～⇨人家阿花她什麼事都做得夠程度(理法情皆合度)。未使得甚無～～bē(bōe)-sái-tit siuⁿ-bô～～⇨不可太沒節制(程度)。

【分子 hun-chú】 ㊀化學名詞。原子～～核子goân-chú ～～ hek-chú⇨同上。㊁數學名詞。分母～～ hun-bó ～～⇨同上。㊂成員。～～複雜～～hok-chap⇨同上。

【分工 hun-kang】 依工作性質異同而分開工作。～～合作～～hap-chok⇨同上。

【分文 hun-bûn】 微少。身裡無～～也，會使得講斷銅也sin-nih bô～～à ē(ōe)-sái-tit-kóng tn̄g-tâng-ā⇨身上一分一文都沒有了，可以說是斷銅了。～～不取～～put-chhí(chhú)⇨一點都不貪取。很老實。～～無差～～bô-chha⇨一些差錯都沒有。

【分手 hun-chhiú】 離別。分開。阮都於車頭～～，個做個阮做阮也goán to-tī chhia-thâu～～, in chō(chōe)-in, goán-chō(chōe)-goán-ā⇨我們是在車站分開，他們還他們，我們還我們，各自東西了。

【分戶 hun-hō·】 同分家hun-ke。分立門戶。

【分化 hun-hoà】 ㊀生物學名詞。～～器官～～khì-koan⇨生物體內分業作用的組織。㊁分解分散。一下久道漸漸～～去也chit-ē-kú tō chiām-chiām ～～ khì-ā⇨時間一久就逐漸分崩離析了。

【分支 hun-ki】 同分枝hun-ki。樹分枝，兄弟分家。兄弟～～hiaⁿ-tī～～⇨同上。

【分外 hun-goā】 一分有多。～～重～～tāng⇨重量。～～長～～tn̂g⇨長度。～～久～～kú⇨時間。

【分別 hun-piat】 區別khu-piat。識別sek-piat。好人歹人未曉～～ hó-lâng pháiⁿ-lâng bē(bōe)-hiáu～～⇨善人惡人不知如何分之。

【分身 hun-sin】 一身分爲兩身。～～乏術～～hoat-sut⇨喩事忙。無法～～bû-hoat～～⇨分不開身來。

【分明 hun-bêng】 明白bêng-pek。淸楚chheng-chhó。講～～ kóng ～～⇨說淸楚。看無～～ khoàⁿ-bô ～～⇨看不淸楚。眞假到尾也道～～也chin-ké kàu-bóe-á tō ～～ā⇨眞僞到最後就明白了。

【分枝 hun-ki】 同分支hun-ki。樹仔～～chhiū-á～～⇨同上。

【分居 hun-ki(ku)】 分開居住。兄弟攏～～也hiaⁿ-tī lóng～～ā⇨兄弟皆分家生活了。

【分金 hun-kim】 看風水的地理師，以羅盤配干支五行以決定風水(墓地、居宅)的方位。因五行以金kim爲首。故曰分金hun-kim。定～～tēng～～⇨同上。

【分泌 hun-pì】 生理學名詞。體內組織排出各類液汁的作用。～～腺～～soàⁿ⇨其器官。～～物～～hut⇨其排出的東西。例如膽汁，口涎，胃液等是。

【分析 hun-sek】 ㊀同分拆hun-thiah。析sek亦分也，解釋其理曰析sek。㊁化學名詞。化學～～hoà-hak～～⇨研究各化學物質的性質。

【分拆 hun-thiah】 ㊀分開，分離。～～家伙～～ke-hóe⇨分產別居。㊁解釋kái-sek。解明kái-bêng。解謎kái-bê。～～局勢～～kiok-sè⇨同上。～～命理～～miā-lí⇨同上。～～理論～～lí-lūn⇨同上。人伊抄～～眞清楚lâng-i teh ～～ chin-chheng-chhó⇨人家他的分析很清楚。

【分店 hun-tiàm】 支店chi-tiàm。本店～～pún-tiàm～～⇨同上。

【分派 hun-phài】 ㊀指揮chí-hui。拍派phah-phài。遣派khián phài。頭兄～～的無人敢不聽thâu-hia$^n$～～ê bô-lâng-ká$^n$ m̄-thia$^n$⇨做頭之分派的工作無人敢於不從。～～公工～～kong-kang⇨同上。㊁分裂成派。阮庄裡無～～goán chng-lī bô～～⇨我們庄中沒有黨派。

【分家 hun-ke】 ㊀本家～～pún-ke～～⇨同上。㊁分居。隨人～～囉無相雜囉sûi-lâng～～lō· bô sio-chap-lō·⇨各人分家獨立了，不相干涉了。

【分流 hun-liû】 江河之小流。～～合爲本流～～hap-ûi pún-iû⇨同上。

【分配 hun-phòe】 分發hun-hoat。～～工作～～kang-chok⇨分發工作使各從事勞動。～～食料～～sit-liāu⇨分發食料使各有食。～～制度～～chè-tō·⇨戰時食料，日用物品多有採此制度者。

【分娩 hun-bián】 生理學名詞。胎兒成熟脫離母體。

【分校 hun-hāu】 支校chi-hāu。本校～～pún-hāu～～⇨同上。

【分發 hun-hoat】 分配hun-phòe。支付chi-hù。～～工錢～～kang-chî$^n$⇨同上。～～口糧～～kháu-niû⇨同上。

【分開 hun-khui】 分離hun-lī。分裂hun-liat。彼家伙㑑都～～做幾仔家也hit-ke-hóe ta$^n$-to～～chò(chòe) kúi-á-ke-a⇨即一家而今分裂爲數家了。

【分割 hun-koah】 分開hun-khui。土地～～thó·-tè ～～ ⇨共有地分開爲各人所有。黃金～～hông-kim～～⇨數學名詞。Golden Section。亦即外中分割Medial Section。

【分量 hun-liōng】 物之輕重。～～較無夠～～khah-bô-kàu⇨重量差一點。

【分訴 hun-sò·】 分開訴說原因。都不准咱～～那有法度to-m̄-chún-lán ～～ ná-ū hoat-tō·⇨全不容我們辯明有什麼法子。

【分散 hun-soà$^n$】 解散kái-sàn。一個家當都～～去也chit-ê-ke ta$^n$-to～～khì-à⇨一個家庭而今都散開去了。同學攏～～了了也tông-hak lóng～～ liáu-liáu-à⇨同學皆各自西東了。

【分祧 hun-thiau】 家族的支派。～～辦公～～pān-kong⇨家族分開了，但祭祀還是共同辦理。

【分隊 hun-tūi】 支隊chi-tūi。～～長～～tiú$^n$⇨同上。

【分業 hun-giap】 ㊀分家業。囡仔大娶某道吵要～～也gín-á-toā chhoā-bó tō-chhá-boeh～～à⇨孩子大了娶妻了就鬧要分居分產了。㊁分工。～～若熟手道較有効率～～ná-sek-chhiú tō-khah-ū hāu-lut⇨分業熟手了効率就較高。

【分會 hun-hōe】 支會chi-hō。紅十字～～âng-sip-jī～～⇨同上。

【分路 hun-lō·】 ㊀路分兩道。於大樹脚道～～也ti-toā-chhiū-kha tō ～～ ā⇨在大木之下就分兩路了。㊁物理學名詞。電路，分而再合，用以整流。

【分憂 hun-iu】 同憂tông-iu。共老父仔～～kā-lāu-pē-á～～⇨爲父分擔憂慮。

【分撥 hun-poah】 分批撥出。～～些給個啦～～chē hō·-in-lā⇨分出一些給他們吧。

【分數 hun-sò·】 ㊀數學名詞。除法的數學式。橫畫一線，上曰分子hun-chú下曰分母hun-bó。㈡表示成績高低的數字。～～無夠道該落第～～bô-kàu tō-āi lo̍k-tē⇨分數不足就須留級。

**【分曉 hun-hiáu】** 明白是非。有～～的人ū～～ê lâng⇨阿木伊眞～～a-bo̍k-i chin～～⇨阿木他很懂事。

**【分擔 hun-tam】** 分別負擔。～～責任～～chek-jīm⇨同上。

**【分頭 hun-thâu】** ㈠比例數。同分聲hun-siaⁿ。～～佔眞懸～～chiàm chin-koân⇨比例很高。㈡分道hun-tō。～～並進～～pēng-chìn⇨同上。懸koân，高也。亦縣koân也。

**【分聲 hun-siaⁿ】** ㈠分配的比例數。你佔有若夠～～lí-chiàm-ū goā-chē～～⇨佔有多少比例。若夠goā-chē→joā-chōe。㈡面積。講～～是有五六分啦，不過攏石頭地仔哩kóng～～sī-ū gō·-la̍k-hun-là, m̄-ko(ku) lóng chio̍h-thâu-tē-á-leh⇨說面積是有五六分地，但是都是石頭地哩。

**【分釐 hun-lî】** 微少。～～無差～～bô-chha⇨小小差異都沒有。～～仔耳～～á-niâ⇨一點點而已。～～絲仔耳～～si-á-niâ⇨同前。～～毫忽～～hô-hut⇨微少之數。人講做生理道是計較～～～～的lâng-kóng chò(chòe)-seng-lí tō-sī kè-kàu～～～～ê⇨古人言，生理者，計較，分原毫忽之蠅頭微利者也。

**【分辯 hun-piān】** 釋明sek-bêng。敢有當乎你～～kám-ū-thang hō·-lí～～⇨豈容你解釋。

**【分攤 hun-thoaⁿ】** 平均分配。按月～～清還àn-goe̍h～～chheng-hoân⇨同上。所費逐家～～só·-hùi ta̍k-ke～～⇨同上。

**【分爨 hun-chhoàn】** 分開炊事。分立生計。既然～～也道該隨人討米隨人落鼎kì-jiân～～a tō-āi sûi-lâng thó·-bí sûi-lâng lo̍h-tiáⁿ⇨既然自立生計了，就應該各自求生路了。

**【分水嶺 hun-súi-léng】** 水流東西南北的分界線hun-kài-soàⁿ。又事興衰的分歧點。這是伊一生的～～～che-sī i it-seng ê～～～⇨此爲他一生成敗的決定點。

**【分售處 hun-siū-chhì】** 本公司或本店爲推銷貨品另設的零售地方。本公司各地有～～～pún-kong-si kok-tē ū～～～⇨同上。

**【分門別類 hun-bûn-pia̍t-lūi】** 分門分類。有系統的分類～～～～逐項都排到整整齊齊～～～～ta̍k-hāng to pâi-kà-chéng-chéng-chê-chê⇨同上。

**【分庭抗禮 hun-têng-khòng-lé】** 以同等的資格相對待。小臣安敢與大王～～～～sió-sîn an-kám-í tāi-ông～～～～⇨同上。

**【分道揚鑣 hun-tō-iâng-pio】** 各行各路，各不相謀。～～～～各行其是～～～～kok-hêng-kî-sī⇨同上。

## hun 吩

吩咐hun-hū→hoan-hù也。口頭交託曰吩咐hun-hū→hoan-hù。阿母未死道～～，～～姨仔配姊夫，一世配個二世久，肥水無流過別人坵a-bú bōe(bē)-sí tō～～，～～î-á phōe-ché-hu, it-sè phōe-in nn̄g-sè-kú, pûi-chúi bô-lâu-kòe pa̍t-lâng-khu⇨丑仔白。

## hun 芬

草初生其香分布也。凡香皆曰芬hun。

**【芬芳 hun-hong】** 香氣hiang-khì。

**【芬奇 hun-kî】** 人名。Leonardo da Vinci。文藝復興時代的大人物。意大利人。畫家，藝術家，科學家，今仍留有甚多不朽之作品。

**【芬蘭 hun-lân】** 國名Finland。在北歐，蘇俄之西隣。

## hun 紛

亂也。衆多也。糾～kiù～⇨同上。排難解～pâi-lân-kái～⇨同上。

**【紛爭 hun-cheng】** 彼此爭奪糾纏不相讓。～～愈鬧愈大～～ná-nāu-ná-toā⇨同上。

**【紛紛 hun-hun】** 多而亂。議論～～gī-lūn～～⇨同上。清明時節雨～～，路上行人欲斷魂chheng-bêng sî-chiat í～～, lō·-siāng (siōng)-hêng-jîn io̍k-toān hû$^{n}$⇨千家詩。

【紛然 hun-jiân】 雜亂。鬧熱。南北山頭多墓田，清明祭掃各～～lâm-pak soa$^{n}$ -thâu to-bōng-tiân, chheng-bêng chè-sàu kok～～⇨千家詩。

【紛亂 hun-loān】 雜亂。混雜。交通眞～～無整理未用得kan-thong chin ～～ bô-chéng-lí bē(bōe)-iōng-tit⇨同上。

【紛雜 hun-cha̍p】 雜亂無章。混雜hūn-cha̍p。彼個所在人多車亂眞～～hit-ê-só·-chāi jîn-to-chhia-loān chin～～⇨同上。

**hun 昏** 暝也。日暮時刻也。迷亂也。生未名而死曰昏hun。疏影橫斜水清淺，暗香浮動月黃～so·-éng hêng-siâ súi chheng-chhián, àm-hiang phû-tōng goa̍t-hông～～⇨古詩。

【昏君 hun-kun】 昏昧不明的皇帝。明君bêng-kun之對稱。無道～～有道明君bû-tō～～iú-tō bêng-kun⇨同上。

【昏花 hun-hoe】 視力模糊發花。目珠～～去也ba̍k-chiu～～khì-à⇨眼睛視力不清了。

【昏夜 hun-iā】 暗夜àm-iā。

【昏迷 hun-bê】 ㈠心迷亂。查某一下姻抄，心官攏～～去也cha-bó· chit-ē-bâ-lê, sim-koa$^{n}$ lóng ～～ khì-à⇨女人一媌，心就迷亂了。媌bâ，男女互相追逐。㈡神經昏亂。～～不省人事～～put-séng jîn-sū⇨同上。

【昏天黑地 hun-thian-hek-tē】 同烏天暗地o·-thi$^{n}$-àm-tē。

**hun 婚** 嫁娶之禮曰婚hun。男娶女嫁也。男往娶女曰娶chhoā，女適夫家曰嫁kè。男～女嫁lâm～lí(lú)-kè⇨同上。男大當婚，女大當嫁lâm-tāi tong-hun, lí-tāi tong-kè⇨同上。訂～tèng～⇨同上。完～oân～⇨同上。

【婚仔 hun-á】 女大可婚了，就將其生辰年月日時寫成八時交媒人去提親thê-chhin，放～～pàng～～⇨請媒人尋對象也。媒人到男方交與八字，男方與自己的生辰核對，無相忌相克，認爲翁仔頭ang-á-thâu也相當好，就可具體商量訂親tēng-chhin步驟。

【婚約 hun-iak】 訂親tēng-chhin的新名詞。反之退親thè-chhin即曰解消～～kái-siau～～。

【婚姻 hun-in】 嫁娶kè-chhoā。～～之道，嫁娶之禮～～chi-tō,kè-chhoā chi-lé⇨同上。

【婚宴 hun-iàn】 婚禮的酒宴。～～拂眞大～～hut-chin-toā⇨婚宴弄得很盛大。

【婚配 hun-phòe】 結婚kiat-hun。

【婚書 hun-si(su)】 定婚書tēng-hun-si。男家先送～～到女家，女家對此回書表示接受曰回～～hôe～～。

【婚禮 hun-lé】 結婚的典式。結婚典禮kiat-hun-tián-lé省稱曰婚禮hun-lé。

【婚變 hun-piàn】 婚姻問題的變故。婚約解消或離婚等的不幸問題皆是。

【婚生子 hun-seng-chú】 依法成婚者所生之子女。毋是～～～人較嫌m̄-sī ～～～ lâng khah-hiâm⇨非婚生子世人比較忌之。

**hun 燻** 火煙hóe-ian上出也。火氣曰煙ian，煙上出曰燻hun。火燻hóe-hun作火煙hóe-hun。燻hun即單作煙灼食物之燻hun。

【燻肉 hun-bah】 以火煙hóe-ian燻灼肉類。

【燻魚 hun-hî】 以火煙hóe-ian燻灼魚類。

【燻製品 hun-chè-phín】 燻製的食品類。亦曰燻製食物hun-chè-si̍t-bu̍t。

**hun 熏** 火煙hóe-ian上出也，俗作燻hun。火煙hóe-ian，熏灼物也。亦即以煙氣ian-khì熏殺生物也。以莽草～之í bóng-chhó～chi⇨燒莽草以熏殺之。莽草bóng-chhó者，其實木也，子有劇毒，葉有香氣，可製香hiu$^{n}$，幹可製材。穹窒～鼠kiông-chit～chhí(chhú)⇨窮盡鼠穴，塞之灼之以殺之。穹kiông，窮kiông也。據此，熏殺動物應作熏hun，俗皆以煙ian作煙hun，而根本棄掉了熏hun字。例如蚊仔煙

báng-á-hun，煙鳥鼠仔hun-niáu-chhí-á等是。

**hun 煙** 薰hun，皆作煙hun。㊀菸草ian-chhó也。Nicotiana Tabacum。草名。亦叫煙草ian-chhó，即薰草hun-chháu也。種薰仔chèng-hun-á。㊁火氣也。㊂阿片煙a-phiàn-ian亦叫薰hun。㊃熏灼生物亦作薰hun。火煙hóe-ian叫火薰hóe-hun。食～chiah～⇨抽菸thiu-ian。嘴～嘴茶chhùi～chhùi-tē⇨謂商人但以口頭喊食煙食茶而很少實在以煙茶請日常的顧客。水～吹chúi～chhoe⇨一種煙具。阿片～a-phiàn～⇨阿片a-phiàn，亦作鴉片ia-phiàn，即opium也。癮～giàn～⇨病煙，病阿片。㊄香草也。香草之香氣亦曰薰。溫和也。癮giàn，病也，俗作癮。憖giàn，願也。俗皆作癮。

【煙葉 hun-hioh】 煙葉ian-iap(hioh)。薰hun之材料。公賣局收買～～kong-bē(bōe)-kiok siu-bē(bōe)～～⇨公賣局一手收購之，禁止私人買賣。

【煙土 hun-thô͘】 未精製之鴉片。～～看恰如土～～khoàⁿ kah-ná-thô͘⇨煙土乍看似土。

【煙斗 hun-táu】 ㊀阿片煙具。㊁抽煙絲的煙咀仔。

【煙仔 hun-á】 菸葉ian-hioh。種～～chèng～～⇨栽種菸葉。

【煙灯 hun-teng】 抽鴉片用的油灯。

【煙吹 hun-chhoe】 吸煙具。水～～chúi～～⇨同上。大管～～toā-kóng～～⇨竹製的大煙吹。大可滿握或以上，長可三、四尺不等。兼作防身之武器。～～咀仔～～chhùi-á⇨小煙吹。抽紙煙用者。摃～～頭kòng～～thâu⇨以大管煙吹敲打頭殼。喻受長輩教訓。～～袋仔～～tē-á⇨收放吸煙道具材料的布囊，多有綉花，相當美麗。多由新媳婦入門所贈送者。

【煙咀 hun-chhùi】 抽煙具。～～仔～～á⇨同上。

【煙枝 hun-ki】 紙煙choá-hun。捲～～kńg～～⇨同上。

【煙油 hun-iû】 煙的油脂垢，Nicotine佔主要部份。煙吹被～～塞去hun-chhoe hō͘～～that-khì⇨煙吹被煙油阻塞不透氣了。

【煙店 hun-tiàm】 賣煙之店鋪。

【煙屎 hun-sái】 抽餘的煙的廢物以及煙灰hun-hu。乎～～燙著hō͘～～thǹg-tioh⇨被餘煙燒灼了。

【煙草 hun-chháu】 菸草ian-chhó。煙hun的原料。菸葉ian-hioh。

【煙鬼 hun-kúi】 好鴉片如命者。鴉片～～a-phiàn～～⇨同上。

【煙蛇 hun-choâ】 煙鬼hun-kúi之骨瘦如柴者。

【煙條 hun-tiâu】 捲葉煙kńg-hioh-hun。吸～～格派頭suh～～kek-phài-thâu⇨同上。吸khip亦作嗍suh。

【煙間 hun-keng】 專供吸鴉片的地方。～～儌間查某間～～kiáu-keng cha-bó͘-keng⇨鴉片，賭博，女色的地方。儌kiáu，賭博也。

【煙絲 hun-si】 散煙soàⁿ-hun。

【煙牌 hun-pâi】 ㊀賣煙的公賣局許可書。㊁阿片煙的吸食，購買許可者。

【煙盤 hun-poâⁿ】 庋鴉片吸食用具的大盤。庋khǹg置也。點～～tiám～～⇨妓樓客到，以煙盤饗客，但今已非鴉片而改紙煙矣，當然亦有茶，瓜子，餅等物。邊談邊食。中意了才點名入席。

【煙錢 hun-chîⁿ】 買煙，買阿片之錢。喻小錢，或零用錢，逐個月有～～仔乎伊tak-koh-goeh ū～～á hō͘-i⇨每月有給零用錢買香煙。～～仔有也～～á ū-ā⇨零用小錢有了(夠買香煙錢了)。反之即曰飯錢pn̄g-chîⁿ。亦即生活費。

【煙癮 hun-giàn】 煙病。非煙不治之病。～～一下起，無煙道較慘死～～chit-ē-khí, bô-hun tō khah-chhám-sí⇨煙病一發作，沒煙就比死還要苦。

**hun 薰** 香草也。香草之香氣亦曰薰hun。溫和也。俗多以薰作煙hun，亦通。

【薰風 hun-hong】 和風hô-hong。南風lâm-hong。～～自南來～～chū-lâm-lâi⇨同上。

【薰陶 hun-tô】 感化。良師益友的～～liâng-su ek-iú ê～～⇨同上。不知不覺間的～～put-ti-put-kak-kan ê～～⇨同上。

**hun 勳** 功也。古作勛hun。元～goân～⇨開創的功勞者。功～蓋世kong～kài-sè⇨同上。

【勳位 hun-ūi】 獎酬有功之榮譽。分有大～～tāi～～等的等級。付有年金。

【勳章 hun-chiang】 表示功勞的佩帶物，多掛胸前以示榮顯。

【勳勞 hun-lô】 功勞kong-lô。王功曰勳，事功曰勞ông-kong-oa̍t-hun,sū-kong-oa̍t-lô ⇨同上。王功，王業也，事功以勞定國也。

**hún 粉** 米末也。粧飾也。幼末曰粉hún。肉釉bah-iū亦曰粉hún。米～bí～⇨同上。麵～mi̍h～⇨同上。番薯～han-chî～⇨同上。片栗～phiàn-lek～⇨同上。白～pe̍h～⇨同上。紅仔～âng-á～⇨同上。新竹～sin-tek～⇨同上。胖～phòng～⇨白粉的一種。咀點臙脂面抹～chhùi-tiám ian-chi bīn-boah～⇨咀食檳榔面抹～chhùi-chia̍h pin-nn̂g bīn-boah～。皮膚釉更～phôe-hu iū-koh～⇨皮膚又釉又粉。釉iū陶油也。平滑曰釉iū。土～thô͘～⇨同上。土砂～仔thô͘-soa～á⇨土粉。花～hoe～⇨①植物學名詞。②脂粉chí-hún。

【粉土 hún-thô͘】 幼土iù-thô͘。無砂無石之土層。一層～～chi̍t-chân～～⇨同上。

【粉末 hún-boa̍h】 細末sè(sòe)-boa̍h。幼粉iù-hún。研做～～géng-chò(chòe)～～⇨研磨爲細末。

【粉石 hún-chio̍h】 石之可作白粉或白墨之材料者。

【粉肝 hún-koa$^{n}$】 猪肝之肉質幼細者。～～柴肝～～chhâ-koa$^{n}$⇨質粗者曰柴肝chhâ-koa$^{n}$。

【粉刺 hún-chhì】 因化粧品質不佳，致皮膚起刺。即款粉抹了會起～～chit-khoán-hún boah-liáu ē(ōe) khí～～⇨此種粉使用了可能起粉刺。

【粉面 hún-bīn】 抹粉於面。塗白之面。油頭～～iû-thâu～～⇨打扮得狀似女人的不成後生仔m̄-chiâ$^{n}$ hāu-se$^{n}$-á。

【粉紅 hún-âng】 色名。淡紅色tām-hông-sek。桃花色thô-hoe-sek。～～色～～sek⇨～～仔～～á⇨～～仔色～～á-sek⇨桃花色。

【粉粉 hún-hún】 ㈠細末如粉。碎～～chhùi～～⇨咬碎如粉。㈡平滑。摸著～～bong-tio̍h～～⇨同上。㈢質幼。食著～～chia̍h-tio̍h～～⇨同上。

【粉筆 hún-pit】 俗曰白墨pe̍h-ba̍k。烏枋～～o͘-pang～～⇨教室中必不可缺之物。～～生涯～～seng-gâi⇨喻教員的人生。

【粉鳥 hún-chiáu】 班鴿pan-kah。飼～～chhī～～⇨同上。～～廚～～tû⇨粉鳥的居室。放～～pàng～～⇨①訓練傳書鴿。②帶隊出外，中途棄之不顧。一如放傳習鴿，要其自力自飛而回。

【粉條 hún-tiâu】 綠豆粉製切條之清涼食品。冷凍後加糖水而食。

【粉蛤 hún-kap】 一種介殼類動物。

【粉碎 hún-chhùi】 破碎如粉。～～敵軍～～tek-kun⇨徹底打敗了敵軍。花瓶損一下攏～～去也hoe-pân kòng-chi̍t-ē lóng～～khì-à⇨花瓶一擊之下皆破碎如粉了。

【粉圓 hún-î$^{n}$】 番薯粉製，狀如黃豆粒大小的清冷食品。冷凍後加糖水而食。～～仔～～á⇨同上。

【粉飾 hún-sek】 加粉修飾。～～太平～～thài-pêng⇨製造太平的假像。

【粉綢 hún-tiû】 白色的綢仔布tîu-á-pò͘。

【粉粿 hún-kóe】 番薯粉製的清涼食品。枋狀pang-chn̄g。切塊加糖膏而食。～～擔也～～tà$^n$-á⇨同上。

【粉頭 hún-thâu】 ㊀加化粧之面。～～不止也未穤～～ put-chí-á bē(bōe)-bái⇨臉蛋相當的不惡。㊁美人。～～的招待～～ê chiau-thāi⇨藝妓的招待。㊂施粉於翁仔頭ang-á-thâu。老猴無～～lāu-kâu-bô～～⇨同上。

【粉黛 hún-tāi】 粉白黛黑。喻美女。回眸一笑百媚生，六宮～～無顏色hôe-bô͘ it-chhiàu-pek-bī-seng, liok-kiong～～bû-gân-sek⇨長恨歌。

【粉蟯 hún-giô】 一種介殼類動物。

【粉墨登場 hún-bek-teng-tiû$^n$】 登上戲台演戲。喻非其料者登上重要職位。

**hùn 憤** 悶也。煩也。思之未得曰憤hùn。發～hoat～⇨決心做事。蘇老泉，二十七，始發～，讀書籍，彼既老，人稱異，爾小生，宜立志so͘-lô͘-choân,jī-sıp-chhit, sí-hoat～, thok-si-chek, pí-kì-lô͘, jîn-chheng-ī, ní-siáu-seng, gî-lıp-chì⇨三字經。

【憤怒 hùn-nō͘】 大怒。激昂～～kek-gông～～⇨同上。

【憤慨 hùn-khài】 見事不平而怒自心發。連阿花仔都眞～～liân a-hoe-a to chin～～⇨阿花這小女孩也都非常的憤慨。民衆攏～～bîn-chiòng lóng～～⇨同上。

**hùn 訓** 誨也。誡也。教誨也。古～kó͘～⇨同上。祖～chó͘～⇨同上。教～kàu～⇨同上。不足爲～put-chiok ûi～⇨同上。

【訓令 hùn-lēng】 公文之形式之一。上級對下級機關用文。～～未收著～～bōe(bē)-siu-tioh⇨同上。

【訓示 hùn-sī】 上告戒下。校長～～hāu-tiú$^n$～～⇨同上。

【訓弟 hùn-tē】 教小弟。古城～～kó͘-sêng～～⇨三國演義的故事。

【訓妻 hùn-chhe】 訓練己妻。沙翁喜劇有一篇～～記～～kì⇨同上。前曾電影化取名曰訓悍記hùn-hān-kì。

【訓政 hùn-chèng】 ㊀太上皇或皇太后在執政曰訓政hùn-chèng。㊁三民主義實施的一個階段。～～時期～～sî-kî⇨同上。

【訓詁 hùn-kó͘】 研究古典。道物之貌以告人曰訓hùn，釋古今之異言曰詁kó͘。合而言之，爲究明古典之學問。

【訓詞 hùn-sû】 教訓下屬的話。長官～～tiú$^n$-koa$^n$～～⇨同上。

【訓蒙 hùn-bông】 童子的啓蒙教育。凡～～，須講究，詳訓詁，明句讀hoân～～,si-káng-kiù,siâng-hùn-kó͘, bêng-kù-tāu⇨三字經。句讀kù-thok→kù-tāu。

【訓誨 hùn-hōe】 教誨kàu-hōe。

【訓導 hùn-tō】 教而導之。～～主任～～chú-jīm⇨同上。

**hùn 楥** 織履木模也。由內向外大之曰楥hùn。蚕食隣地曰楥hùn，瘡腫膿亦曰楥hùn。鞋～ê～⇨鞋型。隔壁園～對咱的界內來keh-piah-hn̂g～tùi lán-ê kài-lāi-lâi⇨隣園蚕食到我們的界內來了。粒仔抄～膿liap-á teh～lâng⇨同上。

【楥大 hùn-toā】 擴張khok-tiong。生理直直抄～～sēng-lî tit-tit teh～～⇨生意一直在發展擴大。

【楥動 hùn-tōng】 hoān-tōng。疔瘡生膿腫大。粒仔抄～～liap-á teh～～⇨同上。亦可單說抄楥teh-hùn。

【楥鞋 hùn-ê】 鞋太小弄大一點。用鞋楥～～iōng ê-hùn～～⇨同上。

【楥頭 hùn-thâu】 鞋型ê-hêng。佛蘭西款的～～hut-lân-se-khoán ê～～⇨法國型的鞋模。

【楥膿 hùn-lâng】 漲膿tiù$^n$-lâng。粒仔～～liap-á～～⇨同上。

**hùn 奮** 大飛也。發揚也。震動也。奮然而起也。人心振～jîn-sim chín～⇨同上。

【奮志 hùn-chì】 立志lip-chì。～～讀書～～thok-si⇨同上。

【奮迅 hùn-sìn】 一躍而起。獅子～～之力sai-chú～～chi-lek⇨同上。

【奮勇 hùn-ióng】 鼓勇。～～前進～～chiân-chìn⇨同上。自告～～chū-kò～～⇨同上。

【奮起 hùn-khí】 興起hin-khí。伊於政界～～三年耳道喝水會堅凍也i tī chèng-kài～～saⁿ-nî-niâ tō hoah-chúi-ē-kian-tàng-â ⇨ 他在政界興起才三年而已，就能呼風喚雨了。喝水會堅凍hoah-chúi-ē-kian-tàng一喝水就結冰。喻力大勢大講話是話。

【奮發 hùn-hoat】 振作。～～圖強～～tô-kiâng⇨同上。

【奮筆 hùn-pit】 ㊀書法名詞。一種筆法。㊁揮筆hui-pit。～～直書～～tit-si⇨同上。

【奮戰 hùn-chiàn】 鼓勇征戰。～～到底～～tàu-té⇨同上。

【奮勵 hùn-lē】 奮發勉勵。～～努力～～nô-lek⇨同上。

【奮鬪 hùn-tò͘】 拼鬪phèng-tò͘。～～精神～～cheng-sîn⇨同上。～到底～～tàu-té⇨同上。

hûn
魂 人身有三魂hûn，一曰胎光thai-kong，太清陽和之氣也，二曰爽靈sóng-lêng，陰氣之變也，三曰幽精iu-cheng，陰氣之雜也。三～七魄sam～chhit-phek⇨同上。靈～不滅lêng～put-biat⇨同上。神～顛倒sîn～tian-tó⇨同上。陰～不散im～put-sàn⇨同上。失～落魄sit～lok-phek⇨同上。亡～bông～⇨同上。

【魂身 hûn-sin】 死者之替身。以紙以糊之，葬祭之後燒去之。～～燒掉也～～sio-tiāu-à⇨謂事過景遷了，再嚕嗦亦無効了。

【魂帛 hûn-peh】 臨時神主牌，以白帛包裏之。

【魂亭 hûn-têng】 同魂轎hûm-kiō。

【魂路 hûn-lō͘】 通往冥府之路。開～～khui～～⇨謂做司功的chò-sai-kong-ê開之，死人才可到達冥府。

【魂魄 hûn-phek】 三魂七魄sam-hûn-chhit-phek。悠悠生死別經年，～～不曾來入夢iu-iu seng-sú-piat keng-liân, ～～put-chêng lâi-jip-bōng⇨長恨歌。

【魂轎 hûn-kiō】 安放神主牌之轎。亦曰魂亭hûn-têng。

【魂不附體 hûn-put-hù-thé】 驚惶至極kiaⁿ-hiâⁿ-chì-kek。看一下耳道～～～～也khoàⁿ-chit-ē-niâ tō～～～～à⇨一看見就驚惶失措keng-hông sit-chhò͘了。

【魂飛魄散 hûn-hui-phek-sàn】 同魂不附體hûn-put-hù-thé。您逐家每是～～～～敢講我家己驚耳lín tak-ke mā-sī～～～～kám-kóng goá-ka-lī kiaⁿ-niâ⇨你們大家也是一樣的魂飛魄散，豈止我自己怕而已。或作魂飛天外hûn-hui-thiⁿ-goā。

hûn
雲 水氣凝集爲小水滴浮游於天空者。古人謂雲爲山川之氣也。又云陰陽聚爲雲。又云雲者天地之本。騰～駕霧thêng～-kè(kà)-bū⇨神仙及猴齊天皆能爲之。閒～野鶴hân～iá-hok⇨生活在大自然中自由自在。天有不測風～，人有旦夕禍福thiⁿ-iú put-chhek hong～, lâng-iú tàn-sek hō-hok⇨俚言。

【雲母 hûn-bó】 礦物名。可作電氣絕緣體或裝飾品之用。

【雲石 hûn-chioh】 大理石tāi-lí-chioh。

【雲尪 hûn-ang】 雲變形，有時如山，有時如尪ang，亦即人之形。起～～khí～～⇨舉～～giâ～～⇨同上。

【雲雨 hûn-í(ú)】 男女歡合。巫山～～bû-san～～⇨楚王夢與神女會於巫山，作：朝爲行雲暮爲行雨，之約。～～之情～～chi-chêng⇨同上。

【雲泥 hûn-nî】 高低相差太多。～～之差～～chi-chha⇨相差太遠。

【雲英 hûn-eng】 仙女名。恨不～～未嫁時hīn-put～～bī-kè-sî⇨相見恨晚矣。

【雲師 hûn-su】 雲之神。～～雨師～～ú-su⇨雲神雨神。

【雲頂 hûn-téng】 雲之上。企～～的人khiā～～ê lâng⇨居雲上之人。喻有辦法之人。謂如神仙能呼風喚雨的人。

【雲梯 hûn-thui】 高梯。古攻城用具。據說是墨子bek-chú所製。用～～攻城iōng ～～kong-siâⁿ⇨同上。

【雲開 hûn-kui】 雲散了。～～了，倸好天了～～lò͘,boeh hó-thiⁿ-lò͘⇨雲散了，要好天了。～～見日～～kìⁿ-jıt⇨同上。

【雲煙 hûn-ian】 瞬息即逝。過眼～～kò-gán～～⇨同上。

【雲遊 hûn-iû】 如雲之浮遊。～～四海～～sù-hái⇨自由自在旅行各地。

【雲脚 hûn-kha】 不斷在變化的雲邊hûn-piⁿ。看即類～～多敢要落雨也哩khoàⁿ chit-lōe～～to-káⁿ-boeh loh-hō͘-ā-lih⇨觀察這樣的雲脚，恐怕是要下雨了罷。

【雲漢 hûn-hàn】 天河thian-hô。河溪hô-khe。銀河gîn-hô。

【雲影 hûn-iáⁿ】 影跡iáⁿ-chiah。連看見一個～～每無liân khoàⁿ-khìⁿ(ìⁿ) chıt-ê～～mā-bô⇨一個影子都沒有看見。

【雲霄 hûn-siau】 山名。高也。飛上～～hui-siāng～～⇨同上。

【雲霓 hûn-gê】 紅霓âng-gê。大旱之望～～tāi-hān chi bōng～～⇨喻思慕之殷。

【雲霧 hûn-bū】 雲與霧。回頭下望人寰處，不見長安見～～hôe-thâu hē-bōng jîn-khoân-chhì, put-kiàn tiâng-an kiàn～～⇨長恨歌。

hûn **焚** 燒也。滅也。玉石俱～giok-sek kī(kū)～⇨好的壞的不分皆毀滅。虫飛入火，自～其身thiông-hui jıp-hóe, chū～kî-sin⇨飛虫撲火自揣死路hui-thâng phah(phok)-hóe, chū-chhōe sí-lō͘。

【焚化 hûn-hoà】 火化hóe-hoà。燒掉sio-tiāu。遺體就地～～⇨同上。

【焚書坑儒 hûn-si(su)-khong-sû】 秦始皇chîn-sí-ông的暴政之一。燒毀書籍活埋讀書人。

【焚琴煮鶴 hûn-khîm-chí(chú)-hok】 所謂殺風景sat-hong-kéng之事之一。花間喝道，背山起樓，～～～～，清泉濯足，殺風景者也hoa-kan-hat-tō,pōe-san-khí-lâu,～～～～,chheng-choân-tek-chiok, sat-hong-kéng-chià-iá ⇨同上。

hûn **渾** 對噴湧之聲。濁也。全也。

【渾一 hûn-it】 合一。天地～～thian-tē～～⇨同上。

【渾身 hûn-sin】 全身。趙子龍～～是膽tiō-chú-liông～～sī táⁿ⇨同上。女人運用～～解數lí-jîn ūn-iōng～～kái-sò͘⇨同上。～～無力了～～bô-lat-lò͘⇨同上。

【渾沌 hûn-tūn】 同混沌hūn-tūn。～～初開，上浮者爲天，下沈者爲地～～chhe(chho͘)-khai, siāng-hû-chià ûi-thian, hē-tîm-chià ûi-tē⇨天地創造說。

【渾然 hûn-jiân】 ～～一体～～it-thé⇨結合得完全成一体。

【渾濁 hûn-tok】 污濁。澆季～～之世giâu(iâu)-kùi～～chi-sè⇨末世。

【渾天儀 hûn-thian-gî】 古時測量天文的儀器。

hûn **璺** 裂也。器破而未離曰璺hûn。今多用痕hûn。

hûn **痕** 胝瘢也。凡物有迹皆曰痕hûn。痍處已癒有～曰瘢î-chhì í-jî iú～oat-pan⇨同上。今璺hûn亦作痕hûn。刀～to～⇨刀斬之迹。刀瘢也。傷～siang～⇨傷口已癒之瘢迹panjiah。新傷不曰痕。粒仔～lia̍p-á～⇨瘡疔之瘢迹。啼～thî～⇨淚lūi～⇨啼哭流淚之瘢迹。苔～thai～⇨同上。墨～猶霑霑bak～iáu-tâm-tâm⇨墨痕尙未乾。破一～phoà-chi̍t～⇨裂一璺。裂而未開。新～舊～sin～kū～⇨新裂之紃sûn。紃sûn，線也。咀齒～猶於抆chhùi-khí～iáu-tī-teh(lè)⇨牙齒咬過之迹猶在。脚～猶有看見kha～iáu-ū-khoà$^{n}$ khì$^{n}$(î$^{n}$)⇨脚迹還看得見。船過水無～chûn-kòe chùi-bô～⇨船過了水上沒有痕迹hûn-jiah。

【**痕迹** hûn-jiah】 hûn-chek。迹jiah同跡jiah，亦跡chek也。無痕無迹bô-hûn-bô-jiah⇨一絲絲痕迹都沒有。

**份** hūn ㊀分際曰份hūn。人該守本～lâng ài-siú-pún～⇨爲人應該守著自己分際。自己的身～都不知chū-kí ê sin～to-m̄-chai⇨自己是何等之人都不知。有身～的人ū-sin～ê lâng⇨地位相當高的人物。無惜本～bô-sioh pún～⇨同上。守己安～siú-kí an～⇨同上。無認～bô-jīn～⇨不認識自己。福～有夠大hok～ū-kàu-toā⇨福份十分大。人是靠緣～lâng-sī khò iân～⇨人要看看緣份。㊁比例曰份hūn。三～去一～sa$^{n}$～khì chi̍t～⇨三分失去其一。阿花一人佔四～a-hoe chi̍t-lâng chiàm sì～⇨阿花一個人獨佔十分之四。我藉一～仔耳goá-chiah chi̍t～á-niâ⇨我只佔一小份而已。㊂佔有曰份hūn。參加在內曰份hūn。老三的有～lāu-sa$^{n}$-ê ū～⇨老三有參加。阿花要更～a-hoe boeh-koh～⇨阿花要再參加。老林要三份lāu-lîm boeh sa$^{n}$～⇨阿林要參加三口。慢來的食無～bān-lâi-ê chia̍h-bô～⇨遲到的沒得吃。有人有～ū-lâng ū～⇨人在就可以分享。看著道有～khoà$^{n}$-tioh tō ū～⇨看見了就有權分享。做的有～食的無～chò(chòe)-ê ū—chia̍h-ê bô～⇨工作時有工作可做，吃時沒東西可吃。

【**份股** hūn-kó͘】 參佔股份kó͘-hūn。

【**份額** hūn-gia̍h】 佔有額。一人的～～抵好甲二⇨chi̍t-lâng ê～～tú-hó kah-jī⇨一個人的佔有額剛好一甲二分地。伊的～～恰如有較少i-ê～～kah-ná-ū khah-chió⇨他的佔有額好像少一點。～～較少的人藉更補現金～～khah-chió-ê-lâng chiah-koh-pó͘ hiān-kim⇨分得比較少者(以後)才再補發現款。

【**份公司** hūn-kong-si】 同份股hūn-kó͘。～～～做股東～～～chò(chòe) kó͘-tong⇨同上。

【**份會仔** hūn-hōe-á】 參加標會。～～～有危險性～～～ū gûi-hiám-sèng⇨同上。

**恨** hūn 恨hīn也(見hīn部)。

**混** hūn 豐流也。雜流也。雜也。夾雜也。合也。含～hâm～⇨不明瞭。

【**混一** hūn-it】 統一。一樣。天下車書～～thian-hē ki-si～～⇨同上。

【**混成** hūn-sêng】 合編而成。雜軍所～～的cha̍p-kun só͘～～ê⇨同上。～～旅～～lí⇨各兵種合編的旅團。

【**混同** hūn-tông】 合而同。萬里車書蓋～～，江南豈有別封疆，提兵百萬西湖上，立馬吳山第一峯bān-lí ki-si kai～～, kang-lâm khí-iú pia̍t-hong-kiang, thê-peng pek-bān se-ô͘-siāng, li̍p-má gô͘-san tē-it-hōng⇨金主亮滅宋。

【**混沌** hūn-tūn】 ㊀同渾沌hûn-tūn。～～未分～～bī-hun⇨同上。㊁遲鈍tî-tūn。老也脚手較～～也lāu-à kha-chhiú khah～～ā⇨老了，脚手遲鈍了。

【**混淆** hūn-ngâu】 混雜hūn-cha̍p。混亂hūn-loān。～～視聽～～sī-thèng⇨使視聽者混亂。

【**混亂** hūn-loān】 雜亂無章cha̍p-loān-bû-chiang。交通～～kau-thong～～⇨交通複雜秩序亂。

【**混雜** hūn-cha̍p】 混亂hūn-loān。複雜hok-cha̍p。環境～～khoân-kéng～～⇨同上。

【**混合物 hūn-hap-but**】 化學名詞。各種東西混合在一起。不似化學物各物溶合而成爲一物。

【**混凝土 hūn-gêng-thô͘**】 Concrete的譯音。重要的建築材料。水泥加細沙，幼石以水攪成。鐵筋～～～thih-kin～～～⇨同上。

**hūn 暈** 眩hîn也。失神曰暈hūn。突陷不省人事曰暈hūn。聽著耳，道～去也thia-tioh-niā tō～khì-à⇨一聽到而已就失神去了。一日～幾仔次chıt-jıt～kúi-à-chhù⇨一日昏厥hun-koat數次。

【**暈身 hūn-sin**】 身不靈了。頭大。逢到難題時的套詞。安爾您父都～～也安爾an-ne(ni) lín-pē to ～～ā an-ne(ni)⇨如此您父就頭大了，如此(將如何)。盒道～～了taⁿ-tō～～lō͘⇨而今頭大了。難辦了。

【**暈倒 hūn-tó**】 失神而倒地。～～在地～～chāi-tē⇨同上。

【**暈落去也 hūn-loh-khì-à**】 同暈身hūn-sin。盒道～～～～taⁿ-tō～～～～⇨而今都不靈了。頭大了。您父～～～～lín-pē～～～～⇨我頭大了。

# hut

**hut 笏** 手板chhiú-pán也。朝見時所用。有玉，象牙，魚骨，竹木製之別，指畫於君前用笏hut，受命則書於笏hut，這是笏hut之用途。俗曰奏板chàu-pán。或爲擊賊～，逆豎頭破裂hek-ûi kek-chek～, gek-sū thiû phò-liat⇨正氣歌。

**hut 惚** 恍惚hóng-hut也。記憶不淸曰恍惚hóng-hut。亦作彷彿 hóng-hut。一下～～去chıt-ē～～khì⇨一時弄不淸。

**hut 彿** 彷彿hóng-hut也。見不審曰彷彿hóng-hut。通作恍惚hóng-hut。又一見似是。～～恰如是的款～～kah-ná sī ê khoán⇨一看似乎是的樣子。

**hut 忽** 速也。又小數名。～見陌頭楊柳色，悔教夫壻覓封侯～ kiàn bek-thiû iâng-liú-sek, hóe-kàu hu-sài bek-hong-hô͘⇨唐詩。分厘毫～hun-lî-hô～⇨十微爲忽，十忽爲絲。疏～so͘～⇨失注意。粗心chho͘-sim。

【**忽略 hut-liok(lek)**】 失注意sit-chù-ì。疏忽so͘-hut。一時～～亦是會啦it-sî～～ah-sī-ē-lâ⇨一時疏忽是可能的。

【**忽然 hut-jiân**】 突然thut-jiân。青天白日講～～起大風chheng-thian-peh-jıt kóng～～khí-toā-hong⇨同上。～～間kan⇨同上。

**hut 拂** 擊也。振也。貪騙舞弊曰拂hut。凡有所作爲皆曰拂hut。～著脚～tioh-kha⇨打中脚。～過山～kòe-soaⁿ⇨跑過山那邊。～一早起也～chıt-chá-khí(í)-à⇨打了一上午了，工作一上午了。要～道來～boeh～tō-lâi～⇨要做就來做(開始工作)。講～道～kóng～tō～⇨說做就做。公仔喝～婆仔喝掠kong-a hoah～, pô-ā hoah-liah⇨祖父喊打，祖母喊捉人。財產乎～去chāi-sán hō͘～khì(ì)⇨財產被弄(騙)走了。家伙共人～了了ke-hóe kā-lâng～liáu-liáu⇨把人家的家產都弄(騙詐舞弊)光了。乎～歹算扲hō͘～ phái̍ⁿ-sǹg-leh⇨給他弄走得無法計算。要～不道去～國庫藉有強boeh～m̄-tō-khì～kok-khò chiah-ū-khiàng⇨要拿就去拿國庫才是英雄，不對嗎。咱合伊無～lán-kah-i bô～⇨我們和他拼不了的。家己人曷好安爾～ka-kī-lâng ah-hó an-ne(ni)～⇨自己人何可如此拼鬥。到者來～伊也不～kàu-chia-lâi～i-à-m̄～⇨到此地步，和他拼了，怎麼能不拼。彼二個又扲～也hit-nn̄g-ē iū-teh～à⇨那兩個又在打架了。一下～三碗公半ıt-ē～saⁿ-oáⁿ-kong-poàⁿ⇨一下子吃了三大碗又半碗。～著攏五、六粒～tioh lóng gô͘-lak-liap一吃就是五六個(例如粽等)。

【**拂死 hut-sí**】 打死。～～土匪～～thó͘-húi

⇨打死土匪。～～了了～～liáu-liáu⇨皆打死了。

【拂拭 hut-chhit】 拂hut亦掃也，拭chhit也。身如菩提樹，心如明鏡台，時時勤～～，勿使染塵埃sin-jî phô·-thê-chhiū, sim-jî bêng-kiàⁿ-tâi, sî-sî khîn～～, but-sú jiám-tîn-ai⇨禪宗五祖以詩考諸弟子繼其衣鉢，此乃六祖師兄神秀的卷子。六祖之詩意境超越此詩，乃得以爲掌門人。(六祖詩卷見塵埃tîn-ai條。)

【拂逆 hut-gek】 違格ûi-keh。違逆ûi-gek。豈好膽，老爸曷會～～得kā-hó-táⁿ, lāu-pē ah-ē～～tit⇨沒有那麼大膽，父親怎麼可以違逆。

【拂倒 hut-tó】 撞倒lòng-tó。鬧倒tàu-tó。車去～～人的厝chhia-khì～～lâng-ê-chhù⇨車子撞(衝)倒人家的房屋。大人講乎囡仔～～去toā-lâng kóng-hō·-gín-á～～khì⇨大人竟被孩子鬧倒了。

【拂塵 hut-tîn】 去塵驅蚊蟲之小道具。俗曰蚊摔仔báng-sut-á。

【拂曉 hut-hiáu】 天將明未明的時候。～～攻擊～～kong-kek⇨乘拂曉之時刻出擊。

【拂袖而去 hut-siū-jî-khì】 振其衣袖不辭而別。亦即心抱不滿而自走。

**沸** hut 水湧出也。水滾也。水熱而發生水泡曰沸hut，曰煮沸chí(chú)-hut。

【沸點 hut-tiám】 物理學名詞。液體加熱開始沸騰時的溫度。其高低依物而別。亦曰沸騰點hui-thêng-tiám。

【沸騰 hut-thêng】 ㊀波浪洶湧而起。輿論～～î-lūn～～⇨輿論起如鉅波大浪。㊁物理學名詞。液體到達沸點後滾沸的情形。

**核** hut 果實之硬心。其中包有果仁kó-jîn。又考查也。通覈hek，求其實也。桃仔～thô-á～⇨同上。龍眼～lêng-kéng(géng)～⇨同上。檨仔～soāiⁿ-á～⇨同上。羼～lān～⇨睪丸kau-oân。羼lān俗作乇lān。烏～仔o·～á⇨荔枝lāi-chi的一種。

**佛** hut 梵語hoân-gí(gú)。佛陀hut-thô之省稱。阿彌陀～o·-bí(mí)-tô～⇨佛教教主。亦即無量佛bû-liōng-hut。如來～jî-lâi～⇨同上。面面是～bīn-bīn sī～⇨双方都是好朋友(仲裁人的套詞)。

【佛心 hut-sim】 慈悲chu-pi之心。多情～to-chêng～～⇨同上。

【佛老 hut-ló】 釋迦sek-kia與老子ló-chú。佛教與道教。～～二教～～jī-kàu⇨同上。

【佛寺 hut-sī】 佛教的寺院。～～道觀～～tō-koàn⇨佛道兩教的寺廟。

【佛門 hut-bûn】 佛教界。入～～jip～～⇨當和尙。～～弟子～～tē-chú⇨信奉佛教之人。

【佛法 hut-hoat】 佛教的道理。～～無邊～～bû-pian⇨謂佛德廣大無比。

【佛性 hut-sèng】 佛家語。一切衆生皆有～～it-chhè chiòng-seng kai-iú～～⇨同上。

【佛事 hut-sū】 佛門之祈禱等法事。

【佛面 hut-bīn】 佛之面。無看僧面看～～bô-khoàⁿ-cheng-bīn khoàⁿ～～⇨不給和尙面子也要給佛祖面子。

【佛家 hut-ka】 佛門之人。～～語～～gí⇨佛教用詞。

【佛郎 hut-lông】 Franc，法國貨幣單位。亦作法郎hoat-lâng。

【佛教 hut-kàu】 釋迦牟尼sek-kia-mô-nî創立的大宗教。～～儒教道教合稱三教～～jû-kàu, tō-kàu hap-chheng sam-kàu⇨同上。

【佛經 hut-keng】 佛教的經典。

【佛手柑 hut-chhiú-kam】 果樹名。其果子形似人手掌。

【佛舍利 hut-sià-lī】 佛骨hut-kut。謂佛死焚化，其骨肉結成爲珠，骨肉髮分別爲白舍利、紅舍利、黑舍利。

【佛羅里達 hut-lô-lí-tat】 Florida，地名。

美國南部的半島，亦爲同名之一州。

【佛羅稜斯 hut-lô-lêng-su】 Florence，地名，意大利西部的名勝地。

【佛蘭克林 hut-lân-khek-lîm】 Franklin Benjamin。美國政治家，美國獨立宣言的起草人之一，又爲科學家，電氣即其發見者。

**怫** hut 怒也。～然作色～jiân chok-sek⇨同上。～然大怒～jiân-tāi-nō⇨謂～然大生氣也，即氣怫怫khì-phut-phut也。

## i

**伊** i 他。第三人稱。伊合我i-kah-goá⇨他與我。秋水～人chhiu-súi～jîn⇨同上。

**依** i 依賴。無～無偎bô～bô-oá⇨無可倚偎。

【依依 i-i】 思慕的意思。～～不捨～～put-sià⇨欲別不別不忍別的情形。

【依阿 i-o】 趁人做事。～～是唆～～sī-sō⇨招羣結黨爲不善。

【依偎 i-oá】 偎靠oá-khò。偎oá，昵近也。

【依稀 i-hi】 彷彿相似。～～猶會記得～～iáu ē(ōe) kì-tit⇨同上。

【依然 i-jân】 不改舊貌。相同。～～故我～～kò͘-gó͘⇨我還是如往日一樣。

【依賴 i-lāi】 i-nāi。依託他人。謂人無獨立性者爲～～性重～～sèng tāng。

【依還 i-hoân】 同猶原iû-goân也。依舊。～～安爾～～an-ne(ni)⇨仍然如此。

**倚** i 同依i。

【倚老賣老 i-ló-māi-ló】 自恃已老輕視他人。

【倚門賣笑 i-bûn-māi-chhiàu】 妓女生涯。做工不如依門與人嬉笑。嘆做工之不值錢。

【倚閭望子 i-lī-bōng-chú】 表示關愛子女的心切。

**衣** i 衣裳。器物外覆。果實之皮。春～chhun～⇨同上。外～goā～⇨同上。糖～thn̂g～⇨同上。

【衣服 i-hok】 同衣著i-tiok⇨衣裳i-chiûⁿ。

【衣架 i-kè】 掛衣的架。

【衣冠 i-koan】 穿的衣與戴的帽。～～禽獸～～khîm-siù⇨穿衣戴帽的禽獸。喻行爲違背倫常的人。

【衣食 i-sit】 衣服與糧食。～～父母～～hū-bó⇨依爲衣食來源的人、事。

【衣魚 i-gî】 蛀蟲的一種。專在書中食害紙。

【衣鉢 i-poat】 佛家師弟傳承的法器。繼承～～kè-sêng～～⇨繼承學問或傳統。

【衣裳 i-chiûⁿ】 衣服。人該～～佛該金裝lâng ài～～hut ài kim-chng⇨同上。

【衣食住行 i-sit-chū-hêng】 人類生存最起碼的四事。

【衣錦夜行 i-kím-iā-hêng】 喻榮華富貴無人知。

【衣錦還鄉 i-kím-hoân-hiang】 喻富貴而歸故鄉。

**醫** i 醫治，醫生。良～治人良相治國。神仙不～無命郎sîn-sian put-i bô-miā-lâng⇨神仙亦不能醫好無命之人。人lâng宜作郎lâng。

【醫生 i-seng】 業醫人的通稱。

【醫法 i-hoat】 醫治的方法。亦即醫術。

【醫官 i-koaⁿ】 官辦病院的醫生。

【醫科 i-kho】 醫治病患的學科。

【醫院 i-īⁿ】 醫治病人的地方。

【醫家 i-ka】 醫學專家。

【醫師 i-su】 醫生。

【醫理 i-lí】 醫學的理論。

【醫術 i-sut】 治病的學術技術。

【醫道 i-tō】 ㊀醫學之道。㊁醫生之德。

【醫德 i-tek】 醫生的德行。

【醫學 i-hak】 醫治病人的學問。

【醫療 i-liâu】 醫治與療養。

í
# 以
語助詞。以上以下。所以。

【以上 í-siāng】 某界線的上面。以下，以內，以外，以前，以後等同解。

【以火救火 í-hóe-kiù-hóe】 喻不但不能救，反將助其威。

【以心傳心 í-sim-choân-sim】 佛家語，不立言不說文字，直接以心傳入心的傳教法。

【以身試法 í-sin-chhì-hoat】 喻明知故犯。

【以卵擊石 í-loān-kek-sek】 喻不敵的意思。

【以毒攻毒 í-tok-kong-tok】 利用此毒攻擊彼毒。

【以訛傳訛 í-gô-thoân-gô】 謂流言生流言，生出更多流言。

【以逸待勞 í-it-thāi-lô】 兵法，以安逸的軍勢迎擊勞碌的軍勢。

【以貌取人 í-māu-chhú-jîn】 以容貌的美否做採用人的標準。～～～～失諸子羽～～～～sit-chu chú-ú⇨同上。諸，之於切。

【以暴易暴 í-pok-ek-pok】 以暴力政權替代暴力政權。謂革命軍打倒暴力政權，自組政權代之，亦行暴力政治。

【以德報怨 í-tek-pō-oàn】 人有怨於我，我以德報之，謂大丈夫之行。

【以君之矛攻君之盾 í-kun-chi-mâu kong-kun chi-tún】 矛盾一詞的來源。

í
# 椅
㊀坐具。長椅，背椅，梳化椅等是。㊁職位。大隻椅仔toā-chiah-í-á⇨大的職位。

【椅條 í-tiâu】 可坐多人的長椅。

【椅轎 í-kiō】 椅仔改裝的臨時轎。

【椅仔枷 í-á-kê】 受懲罰的學生，將坐椅戴在頭上作枷。

【椅頭仔 í-thâu-á】 單人坐的椅子。

í
# 已
㊀止。不得已put-tek-í⇨無法度。㊁過去詞。業已竣工giap-í-chùn-kang⇨已經竣工。開嘴己，合嘴巳，半嘴～khui-chhùi-kí，hap-chhùi-chih, poàn-chhùi～⇨己巳已三同形字的分別法。

【已成 í-sêng】 已經成就矣。～～事實～～sū-sit⇨同上。

【已決 í-koat】 已經決定。～～囚～～siû⇨同上。

【已往 í-óng】 過去。～～不咎～～put-kiū。

【已定 í-tēng】 已經決定。～～方針～～hong-chiam⇨同上。

【已知 í-ti】 已經知道的。～～數未知數～～sò bī-ti-sò⇨同上。

【已經 í-keng】 即過去。已經訂婚也～～tēng-hun-a⇨同上。

í
# 禹
古帝王名。大～tāi～⇨禹王í-ông。ú-ông。堯舜～湯giâu-sūn-í-thong⇨周以前的古代也。

【禹域 í-ek】 華夏的區域，全國。

í
# 雨
雨水hō-chúi。連夜～liân-iā～⇨同上。淚下如～lūi-hē jî⇨同上。

【雨水 í-súi】 節氣名。立春後驚蟄前。

【雨天 í-thian】 下雨日。

【雨具 í-kī】 防雨之具，傘，雨衣等。

【雨季 í-kùi】 多雨的季節。

【雨量 í-liōng】 降雨若干。

【雨過天晴 í-kò-thian-chhêng】 雨初晴之天色清朗。

í
# 羽
鳥毛chiáu-mo。

【羽化 í-hoà】 成仙。～～登仙～～teng-sian⇨同上。

【羽書 í-si】 軍書。

【羽林軍 í-lîm-kun】 古帝王的親衛隊。

ì
# 饐
飯經久生水而餲àu也。味數～～也bī-sò～～ā⇨味中有餲味àu-bī也。

î
# 意

㊀意思。意外ì-goā⇨想不到的。㊁思念。

【意中 ì-tiong】 心內所想。～～事～～su⇨心所想的事，無～～bô～～⇨想不到。～～人～～jîn⇨心內所愛的人。無～～的不是挑意故的bô～～ê m̄-sī-thiau-ì-kò·-ê⇨意外的非特意的。

【意外 ì-goā】 想不到的，突然發生的。～～的事件。～～ê sū-kiāⁿ⇨同上。～～的收入～～ê siu-jıp⇨同上。

【意向 ì-hiàng】 心意所向。～～未明～～bōe-bêng⇨同上。

【意志 ì-chì】 主意，決意。志望。～～堅定～～kian-tēng⇨同上。

【意見 ì-kiàn】 意思及見解。～～衝突～～chhiong-tut⇨同上。

【意味 ì-bī】 意思。～～深長～～chhim-tiông⇨同上。

【意思 ì-sù】 ㊀心意。意義。有～～結婚ū～～kiat-hun⇨心內希望要結婚。㊁意義。即句話的～～是不肯去，chit-kù-ōe ê～～sī m̄-khéng-khì⇨講這句話就是表示不肯去。

【意氣 ì-khì】 心意。抱負。～～冲天～～chhiong-thian⇨同上。～～用事～～iōng-sū⇨一時衝動無理的行動。

【意料 ì-liāu】 同意想。心中所預計。～～中事～～tiong-sū⇨一如預計。

【意會 ì-hōe】 會意，看表情或動作知道意思。可～～不可言傳khó～～put-khó giân thoân⇨可以看出來不能以話說出來。

【意想 ì-siūⁿ】 心中所想。～～不到的～～put-tò-ê⇨意外的。

【意識 ì-sek】 觀念。認識。～～形態～～hêng-thài⇨同上。

î
# 瞖

眼疾也。起～khí～⇨目珠起瞖bak-chiu khí～⇨同上。俗作翳，非也。翳者，華蓋也，狀如草叢者也。

î
# 夷

東方之種族。東～tong～⇨同上。～狄～tek⇨東方與北方之種族。四夷：東夷tong-î，西戎se-jiông，南蠻lâm-bân，北狄pak-tek。

î
# 移

遷徙。變易。遷～chhian～⇨換所在。

【移山 î-san】 愚公移山gî-kong î-san⇨努力不斷山也可以移開的故事。移山倒海î-san tó-hái⇨樊梨花的故事。

【移文 î-bûn】 官廳間的公文來往。或謂移案î-àm，或移牒î-tiap。

【移日 î-jıt】 易日ek-jıt。改日。

【移民 î-bîn】 移居別國生活。～～法～～hoat⇨同上。

【移易 î-ek】 變換。即類事情是無法度～～的chit-lōe sū-chêng sī bô-hoat-tō～～ê⇨此種事是無法變更的。

【移居 î-ki】 遷換居住的所在。吉日～～天賜福kiat-jıt～～thian sù-hok⇨同上。

【移時 î-sî】 (文)暫時。少時。

【移情 î-chêng】 變心。～～別戀～～piat-loân⇨變換戀愛的對象。

【移徙 î-soá】 遷換地方。遷徙chhian-soá。

【移動 î-tōng】 變動，調動。人事～～jîn-sū～～⇨同上。

【移開 î-khui】 搬開。無用的物件該～～藉未陳位bô-iōng ê mıh-kiāⁿ ài～～chiah bē tīn-ūi⇨同上。陳，陣，佔位也，鎮，壓也。

【移禍 î-hō】 嫁禍。轉移禍害使別人受害。～～東吳～～tong-gô·⇨三國演義的故事。

【移轉 î-choán】 變更。土地～～登記thó-tē～～teng-kì⇨同上。

【移孝作忠 î-hàu chok-tiong】 君子將事父母的孝心轉移作事君王的忠心。

【移花接木 î-hoa chiap-bok】 本來是園藝家的接穗方法，剪優種接劣種使開美花。俗謂暗中做手以僞易眞欺誑他人爲移花接木手段。

【移風易俗 î-hong ek-siok】 改變社會風氣。

【移樽就教 î-chun chiū-kàu】 移席就別人以請求教導。

【移轉管轄 î-choán-koán-hat】 法律名詞。

**姨** î ㊀母之姊妹。㊁妻之姊妹。

【姨丈 î-siūⁿ】 母之姊妹的丈夫。

【姨太 î-thài】 第二夫人，姨太太的略稱。

【姨表 î-piáu】 姊妹間之子女關係。～～兄弟，～～姊妹 ～～ hiaⁿ-tī，～～ ché-moāi⇨同上。姑表骨頭親，～～是別人ko͘-piáu kut-thâu-chhin，～～ sī piat-jîn⇨謂別人乃可互婚。

**頤** î 下顎也。保養，休養也。解～kái～⇨開口笑也。論當世而解～lūn tong-sè jî kái～⇨同上。易六十四卦之一。☲☳震下離上。

【頤指氣使 î-chí khì-saí】 用面頰表達指使別人的意思。有錢有勢有地位的人使喚人的典型動作。

【頤養天年 î-iáng thian-liân】 保養，休養自然的生命也。

**異** ī 不相同。不尋常。變異piàn～⇨同上。優～iu-ī⇨同上。怪～koài～⇨同上。

【異人 ī-jîn】 ㊀有特種能力的人。得～～授技tek～～siū-ki⇨得到神仙傳授技藝。㊁不同種族的人。外國人一洋人。～～館，外國人之家也。

【異才 ī-châi】 傑出的人才。

【異父 ī-hū】 同母～～tông-bó～～⇨共母各爸。kāng-bó koh-pē。

【異日 ī-jit】 將來。

【異心 ī-sim】 貳心。叛逆之心。早有～～chá iú～～⇨久有叛逆的打算。

【異同 i-tông】 相異與相同。古代有堅白異同之學說。

【異志 ī-chì】 同上。

【異見 ī-kiàn】 不同的意見。獨樹～～tok-sī ～～獨自建立不相同的意見。

【異邦 ī-pang】 不同種族的國度。外國。

【異物 ī-but】 怪奇的東西。怪物。

【異狀 ī-chōng】 狀況有異。

【異姓 ī-sèng】 不同的姓氏。結拜做～～的兄弟kiat-pài chò～～ê hiaⁿ-tī⇨同上。

【異性 ī-sèng】 男女彼此間的關係。對～～特別敏感的年齡tùi ～～ tek-piat bín-kám ê liân-lêng⇨同上。

【異事 ī-sū】 稀有之事。

【異書 ī-si】 奇異的書。

【異族 ī-chok】 不同的種族。

【異域 ī-ek】 不同種族居住的地方。

【異教 ī-kàu】 本派外的宗教。

【異裝 ī-chong】 新奇的服裝。～～奇服～～kî-hok⇨同上。

【異鄉 ī-hiang】 不是自己成長的地方。流落～～liû-lok～～⇨流浪在外鄉。

【異聞 ī-bûn】 稀有的新聞。

【異說 ī-soat】 不同的意見。

【異端 ī-toan】 邪說。

【異樣 ī-iuⁿ】 不同樣，稀奇的情形。

【異類 ī-lūi】 法海和尙罵白素貞是異類的孽畜。

【異變 ī-piàn】 稀奇的變化。意外的變局。

**易** ī 容易。不難。

【易如反掌 ī-jî-hoán-chiáng】 如手掌反面之容易，非常的容易。

**預** ī 事前的階段或情況。～知～ti⇨事先就知道。～計～kè⇨事前的計算或計劃。～備～bī⇨事前所作措施或籌備。加入，參入亦曰預，通與。參～chham～⇨參入其事。干涉亦曰預。干～⇨干涉過問別人的事情。

【預卜 ī-pok】 事先加以卜計，亦即事前所可見之徵兆。

【預先 ī-siān】 事情未發生之前。～～講好

～～konghó⇨事前說定了。

【預估 ī-ko͘】 事前估計。照～～是無者爾妓chiàu～～si bô chiá-ni chē⇨根據事前所作的計算並沒有這麼多。妓俗作濟。

【預告 ī-kò】 事前的通告。電影的～～片tiān-iáⁿê～～phìⁿ⇨廣告宣傳片也。

【預兆 ī-tiāu】 事前所見的迹象或徵兆。

【預定 ī-tēng】 事前所決定。

【預言 ī-giân】 事前所作的言論。伊是根據甚麼拎～～，講世界末日明仔早道到也啦i sī kin-kí saⁿ-mih teh～～, kong sé-kāi boat-jit bin-á-chài tō kàu ā lá⇨他是憑甚麼事實說出世界末日將於明日降臨。

【預感 ī-kám】 事前的感覺。我有即種～～，伊一定未提錢乎你qoá ū-chit-chióng～～, i it-tēng bē thē-chîⁿ hō·-lí⇨我有即種事先的感覺，他一定不給你錢。

【預防 ī-hông】 事前防備。～～射～～siā⇨為避感染某種疾病所施行的注射。～～比治療較重要～～pí tī-liâu khah tiōng-iàu⇨事先防備比事後診治更重要。

【預約 ī-iok】 事前互相約事。大文庫我有～～㑑買也tāi-bûn-khò· goá ū～～boeh bé à⇨大文庫即本册我㑑買，已經～～了也。

【預計 ī-kè】 新厝～～三十工道會好sin-chhū～～saⁿ-chap kang tō ē hó·。

【預支 ī-chi】 薪水或應得之錢款在未到期前提領。～～版稅～～pàn-soè⇨未出版，先領版稅。

【預料 ī-liāu】 事前所做的估計猜算。實在無人～～彼款人亦會做官sit-chāi bô-lâng ū-hoat to～～hit-khoán-ê lâng ah-ē chó-koaⁿ⇨沒人會想到這樣的人也會做官。

【預備 ī-pī】 事先籌備。～～軍官～～kun-koaⁿ⇨台灣的大學生畢業後在軍中服務時所擔任之軍職。～～金ī-pi kim⇨預算的一科目。

【預售 i-siū】 提前出售。即場歌劇已經開始賣～～票也，㑑看道較緊去買，較慢道買無票chit-tiûⁿ koa-kek ì-keng khai-sí bē～～phiò à，beh(boeh) khóaⁿ tō khah-kín khì beh(boeh)，khah-bān tō beh(boeh) bô phiò⇨這場歌劇開始賣預售票了，要看就快去買，慢一點兒就買不到票了。

【預報 ī-pò】 事先報導。天氣～～thīⁿ khì～～⇨報導將發生的氣象變化。已經有人～～好消息了ì-keng ū-lâng～～hó siau-sit lò·⇨已經有人提前報告好消息了。

【預測 ī-chhek】 事先猜測。您的～～無準也，㑑佮人講甚lín ê～～bô chún à, beh (boeh) kah-lâng kong siáⁿ⇨你們推測那麼離譜，還有話說嗎？

【預期 ī-kî】 事先的希望。到尾仔，每無達著～～的目標kàu boeh-á, mā bô tap-tioh～～ê bok-piau⇨最後並沒達到所期待的目標。

【預賽 ī-sái】 決賽前的篩選賽也。僫罔僫每共人拚到～～抾bái-bong-bái mā kah lâng piàⁿ-ka～～leh⇨再差勁也頂到預賽了呀！

【預習 ī-sip】 事前練習。～～若愈充足道愈有信心～～nā lu chhiong-chiok tō lu ū sín-sim⇨事前練習得越充分，信心越高。

【預算 ī-sǹg】 ㊀經費預算書。㊁各層政府每年編列之開銷預定單。因為～～去逢裁減，即個計劃煞無法度更繼續進行，實在眞可惜in-ūi～～khí hông chhâi-khiám, chit-ê keh-oe soah bô hoat- tō koh keh siok chín-hêng, sit-chāi chin khó-siò⇨由於預算受裁減，這個計劃竟無法繼續下去，可惜極了。

【預斷 ī-tòan】 事先推斷或料定。個是憑甚麼會當～～即種事件的發生in sī pîn siaⁿ-mih ē-táng～～chit-chióng sū-kiaⁿ ê hoat-seng⇨他們是根據甚麼在事先斷定這種事情的發生。

## î$^{n}$

**芛** î$^{n}$　同蘖î$^{n}$。

**蘖** î$^{n}$　甘蔗抣發～也 kam-chiâ teh hoat～ā⇨甘蔗在暴芽了。莔～也 puh～ā⇨發芽了。

**燕** î$^{n}$　即燕仔î$^{n}$-á⇨燕子。～仔巢～á siū⇨燕仔每秋必從南方來築巢避寒。

**圓** î$^{n}$　如球之形狀。幾何名稱，即在平面上，自一定點以一定距離環繞一周所形成之軌跡。成爲圓形。月仔～也qoeh-á～ā⇨月圓矣。月娘足～的goeh-niû chiok～ê⇨月圓極了。月仔有時會～有時會扁goeh-á ū-sî ē～ū-sî ē pî$^{n}$⇨月亮時圓時扁。喻人生事物之富變化，非一成不變者。～人會扁；扁人會～～ lâng ē-pî$^{n}$, pî$^{n}$-lâng ē～ ⇨富貴得勢者會變成落魄潦倒的人；窮人也會變成富翁。喻人生貧富得失變化無端。富不可驕，窮不必哀。金～券kim～kǒan⇨一種幣制。粉～hún～⇨澱粉所做成的圓仔。轎斗～kiō-taú～⇨新娘轎頂的～仔糭～á-chhē。

【圓心 î$^{n}$-sim】　圓形之中心定點。

【圓仔 î$^{n}$-á】　以秫米粉做成粒狀的東西，放於湯煮成～～湯～～thng。甜～～，鹹～～，肉～～ti$^{n}$～～, kiām～～, bah～～⇨各種湯圓仔。搖～～湯so～～thng⇨以賄賂暗中買通競爭對手之辦法。來自日語。蓋圓仔湯日語曰團子Dangoh，日文折衝價格曰談合Dan-goo，因其諧音，譯返台語即相當於圓仔湯。

【圓形 î$^{n}$-hêng】　圓的形狀也。

【圓周 î$^{n}$-chiu】　圓形所成之軌跡也。

【圓桌 î$^{n}$-toh】　圓型之桌子。～～會議～～hōe-gī⇨與會者環桌而坐，不分席次之高下，以示與會者之平等，此制創自英國，原名爲The round table consulting。英國重要會議及與平民或殖民地代表談判，多用此制以示平等。

【圓規 î$^{n}$-kui】　劃圓之儀器，即compass。

【圓環 î$^{n}$-khoân】　圓形交流道或圓形公園，飲食攤藥集之處。

【圓仔花 î$^{n}$-a-hoe】　往日台灣野外常見的一種花，今已少見矣。其色紫紅，大小如玻璃球，狀如圓仔，因而得名。～～毋知穤～～m̄-chai bái⇨罵自稱美人之詞。

【圓滾滾 î$^{n}$-kún-kūn】　喻圓極矣。

【圓輪輪 î$^{n}$-lián-lian】　圓如車輪子。

【圓箍仔 î$^{n}$-kho·-á】　圓圈也。

【圓環仔 î$^{n}$-khôan-á】　小型圓環也。

【圓圓圓 î$^{n}$-î$^{n}$-î$^{n}$】　圓之不可再圓。一個面～～～，未輸大餅抣chit-ê bīn～～～, bē-su toā-piá$^{n}$ leh⇨一個圓極了的臉，很像大餅。

【圓滑捽術 î$^{n}$-kut-lut-sut】　喻人非常圓滑世故，待人接物，很能敷衍得面面俱到，萬無一失。

## ia

**埃** ia　怏埃eng-ia，塵埃tîn-ai也。塵埃飛揚曰怏eng，曰怏埃eng-ia，亦爲骯髒am-cham，措措lah-sap，省筆作垃圾lah-sap的意思。

**冶** iá　鎔金也。妖媚亦曰冶iá。良～liâng～⇨好的冶金師tī-kim-su。妖～iau～⇨妖嬌冶艷iau-kiau-iá-iām。陶～tô～⇨感化，教化。陶～人才tô～jîn-châi⇨同上。

【冶金　iá-kim】　鎔煉金屬類。採礦～～科chhái-khǒng～～kho⇨大學中有此一科系。

【冶容 iá-iông】　姿色chu-sek妖媚iau-bī。～～多姿～～to-chu⇨同上。

【冶遊 iá-iû】　花街柳巷尋臨時女朋友也。素好尋芳～～sò·-hó· sîm-hong～～⇨平素喜歡此道。

**埜** iá　同野iá。

iá
野 郊外也。民間也。粗鄙chho·-phí曰野iá。不馴曰野 iá。非人工養殖之動植物皆曰野iá。郊～山～原～kau～san～goân～⇨同上。在朝在～chāi-tiâu-chāi～⇨在官在民。粗～chho·～⇨同上。心肝～sim-koa$^n$～⇨心懷不善。粧了甚～chng-liáu sīu$^n$～⇨打扮得太過份。像賊仔許爾～chhiū$^n$-chhat-á hiah-ni～⇨貪心如賊。野奸僧每無許～iá-kan-cheng mā-bô hiah～⇨野和尚也不那麼貪色情。香水甚～phang-chúi siu$^n$～⇨香味不雅。鋤頭甚～ti-thâu siu$^n$～⇨鋤頭柄的角度不適當（太廣角）。

【野人 iá-jîn】 庶民sī-bîn。老百姓。白身郎peh-sin-lâng。在野之人。

【野山 iá-san】 山野san-iá。～～高麗～～ko-lê⇨野生的朝鮮tiau-sián人參jîn-som。

【野牛 iá-gû】 非人家圈養之牛。～～野馬～～iá-bé⇨同上。

【野火 iá-hóe】 原野中燒草之火。

【野心 iá-sim】 異志。未見實現之大希望。實現了就變成大志矣。阿三的～～更未小呢。a-sam ê～～koh bē(bōe)-sió-neh⇨阿三的野心不小呀。

【野外 iá-goā】 室內sit-lāi之對詞。～～活動～～oah-thōng ⇨ 同上。～～求生法～～kiû-seng-hoat⇨同上。

【野生 iá-seng】 山野所自生。多數的動植物皆是。野禽iá-khîm，野獸iá-siù，野草iá-chhó等等是也。

【野合 iá-hap】 男女的偷情私通。不循禮法的交合。

【野先 iá-sian】 好色先生。亦作野仙iá-sian，好色的仙人。

【野刺 iá-chhiah】 女人的性格潑辣 phoat-lat。即個查某囡仔有夠～～chit-ê cha-bó·gín-á ū-kàu～～⇨同上。

【野味 iá-bī】 在山野現採現食之食物。偷食～～thau-chiah～～⇨指偷享外遇之樂。

【野花 iá-hoe】 山野間自生之花。喻娼妓之類。家花何如～～香ka-hoe hô-jî～～phang⇨同上。路邊～～君莫採，帶念家中一枝梅lō·-pi$^n$～～kun-bok-chhái,tài-liām ka-tiong it-ki-bôe(mûi)⇨民歌。

【野性 iá-sèng】 粗野cho·-iá的性質。～～未改～～bī-kái⇨同上。

【野草 iá-chhó】 iá-chháu。～～閒花～～hân-hoe⇨亦稱娼妓等之類的女人。同野花iá-hoe。

【野描 iá-bâ】 粗野的女孩。脫線的女子。

【野僧 iá-cheng】 ㊀破戒僧phò-kài-cheng。惡和尚ok-hōe-siū$^n$。㊁山寺的僧徒。興味蕭然似～～hèng-bī siau-jiân sū～～⇨同上。

【野種 iá-chéng】 不正常關係下所生的子女。不知父為誰之子女。

【野漢 iá-hàn】 粗野之人。無禮之人。何方～～hô-hong～～⇨同上。

【野樣 iá-iū$^n$】 不雅觀。粗野。多指女的。粧了甚～～喏chng-liáu siu$^n$～～nò⇨打扮得太過份也。即個查某囡仔那許～～chit-ê cha-bó·gín-á ná hiah～～⇨此一女孩子何以那麼粗野無禮。

【野戰 iá-chiàn】 平地為主之戰鬥。～～砲～～phàu⇨射程較長之大砲。～～部隊～～pō·-tūi⇨同上。

【野餐 iá-chhan】 在野外進食。又便當piān-tong亦即飯盒pn̄g-ap或飯包pn̄g-pau也。明仔早逐家準備～～bîn-á-chāi tak-ke chún-pī～～⇨明天大家各準備飯包。

【野豬 iá-ti】 山豬soa$^n$-ti。

【野雞 iá-ke】 ㊀山雞soa$^n$-ke。雉雞thī-ke ㊁散娼。下等妓女。拍～～phah～～⇨同上。

【野鶴 iá-hoh】 喻隱居山林之士。閒雲～～hân-hûn～～⇨隱士的生活。

【野蠻 iá-bân】 粗暴不講理。彼顆真～～

hit-kho· chin～～⇨同上。未開化。～～人～～jîn⇨同上。

【野奸僧 iá-kan-cheng】 同野和尙iá-hōe-siū$^{n}$。

【野和尙 iá-hōe-siù$^{n}$】 破戒和尙。

【野鴛鴦 iá-oan-iu$^{n}$】 野合的男女。

【野狐亂戰 iá-hô-loān-chiàn】 文章或講話亂彈無條理。寫到安爾未輸～～～～的敢會見衆得siá-kà an-ne(ni) bē(bōe)-su ～～～～ lè kám ē(ōe) kì$^{n}$-chèng-tit⇨寫得如此這般的亂詏詏loān-chhau-chhau，能不貽笑大方嗎。

iá **猶** 猶iáu也(見iau部)。

ià **厭** 飽也。足也。眼福足矣亦曰厭ià。刺瘍chhiah-iah亦曰厭ià。疲倦亦曰厭ià。通同猒ià或饜ià。食多會～食久每會～chiah-chē(chōe) ē(ōe)～chiah-kú mā-ē (ōe)～⇨吃夠了會討厭，吃久了，也會討厭。看夠道～看久每會～khoà$^{n}$-chē(chōe) tō～khoà$^{n}$-kú mā-ē(ōe)～⇨看多了就討厭，看久了也會討厭。人眞～也lâng chin～à⇨很疲倦了。看著每～khoà$^{n}$-tioh mā～⇨一看就討厭。想着道～siū$^{n}$-tioh tō～⇨一想起就討厭。討～thó～⇨同上。

【厭孱 ià-siān】 厭倦iàm-koān。孱siān，弱也，劣也。軟弱無力也。人眞～～也lâng chin～～à⇨同上。

【厭死去 ià-sí-ì】 ià-sí-khì。同厭落落ià-lak-lak。活厭每～～～oah-ià mā～～～⇨同上。

【厭落落 ià-lak-lak】 非常厭。不也啦，～～～也啦m̄-ā-lā，～～～à-lā⇨不來了，厭死了。

iâ **爺** 尊稱。帝～公tè～kong⇨神名。王～ông～⇨同上。相～師～siàng～su～⇨官員。老～少～lâu～siàu～⇨同上。大～二～⇨～toā～jī～⇨同上。關老～koan-ló～⇨關公koan-kong。國姓～kok-sèng～⇨鄭國姓tē$^{n}$-kok-sèng。七～八～牛～馬～chhit～peh(poeh)～gû～bé～⇨神差鬼卒之類。玄壇～福德～hiân-tân～hok-tek～⇨都是神名。萬歲～bān-sòe～⇨皇帝。

iâ **耶** 疑問的助詞。同邪。又耶穌教或基督教的簡稱。是～非～sī～hui～⇨同上。

【耶教 iâ-kàu】 耶穌教或基督教的簡稱。

【耶誕 iâ-tân】 基督降誕祭Christmas，亦作Xmas。在十二月二十五日。

【耶穌 iâ-so·】 Jesus。基督教的開基祖。～～基督～ki-tok⇨耶穌Jesus其名，基督Christ其尊稱。意爲救世者。

【耶和華 iâ-hô-hoa】 Jehovah。上帝也。基督教的最高唯一神。亦即所謂造物主是也。

【耶路撒冷 iâ-lō·-sat-léng】 地名Jerusalem。基督教，回教兩教都奉爲聖地。今爲巴力斯坦之首都。

iâ **椰** 椰子樹iâ-chí-chhiū也。熱帶的特殊樹木。甚高大。子亦大而多。

【椰子油 iâ-chí-iû】 椰子之油。可供爲肥皂pui-châu髮油hoat-iû等的原料。

iā **夜** 日入爲夜iā。日出爲晝tiù。日以繼～jit-í kè～⇨日夜相接而循環不息。三更半～sa$^{n}$-ke$^{n}$ poà$^{n}$～⇨三更半暝sa$^{n}$-ke$^{n}$ poà$^{n}$-mê。暝mê即夜iā也。午～ngó～⇨中夜tiong-iā。半暝poà$^{n}$-mê。長～tiâng～⇨夏日夜較長。白～peh～⇨近北極一帶，夏至前後夜明如白天。晝～tiù～⇨同上。

【夜叉 iā-chhe】 惡鬼。母～～bó～～⇨女鬼。金色～～kim-sek～～⇨美人鬼。

【夜工 iā-kang】 夜班工。亦曰暝工mê-kang。做～～chò(chòe)～～⇨同上。

【夜半 iā-poà$^{n}$】 iā-poàn。半夜poàn-iā。姑蘇城外寒山寺，～～鐘聲到客船ko·-so·-sêng-gōe hân-san-sī, ～～chiong-seng tō-khek-chhoân⇨同上。

【夜雨 iā-í(ú)】 屋漏又逢連～～ok-lāu iū-hông liân～～⇨禍不單行hō-put-tan-hêng。

【夜馬 iā-bé】 輕佻的女人。驛馬iah-bé之訛。命帶～～miā-tài～～⇨脫線女人命。命相者的名堂。

【夜宴 iā-iàn】 夜會之飲。～～桃園序～～thô-hn̂g-sī(sū)⇨李白有此篇文章。

【夜景 iā-kéng】 夜間的風景。美麗的～～bí-lē ê～～⇨同上。

【夜勤 iā-khîn】 夜班工iā-pan-kang。

【夜壺 iā-ô】 溺器lek-khì。亦曰尿壺jiō-ô。揹～～的koāⁿ～～ê⇨下流角色。捬屮脬揹～～的phô-lān-pha koāⁿ～～ê⇨同上。

【夜境 iā-kéng】 夜間的迎神遊行。遊～～iû～～⇨同上。

【夜學 iā-hak】 夜間學校。

【夜燕 iā-iàn】 蝙蝠 pián-hok，俗稱密婆bit-pô的雅稱。

【夜鶯 iā-eng】 同野雞 iá-ke。流娼。

【夜光錶 iā-kong-pió】 利用燐光錶面自動發光的手錶。

【夜來香 iā-lâi-hiang】 花名。

【夜明珠 iā-bêng-chu】 鑽石soān-chioh。金剛石kim-kong-chioh。

【夜渡資 iā-tō-chu】 妓女的服務費。

【夜郎自大 iā-lông-chū-tāi】 不知世故自以爲了不起。夜郎iā-lông古代的一個小國名。

iā
**也** 用同亦iah。

【也可 iā-hó】 每可mā-hó。容許。死～～sí～～⇨有無奈感。

【也有 iā-ū】 亦有iah-ū。每有mā-ū。

【也是 iā-sī】 ā-sī。同亦是iah-sī。安爾～～共欵an-ne(ni)～～ kāng-khoán⇨同上。去～～死不去～～死khì～～sí m̄-khì～～sí⇨同上。阿三旣無法度，你～～看現現的啦a-sam kā-bô-hoat-tō lí～～khoàⁿ-hiān-hiān-ê-la⇨阿三旣然無辦法了，你每是mā-sī很淸楚的不行也。

【也著 iā-tioh】 每著mā-tioh。表示對，需要，應該，與曷著ah-tioh⇨何必，是完全不同的。其他曷使ah-sái⇨何必，曷敢ah-káⁿ⇨何敢，曷會ah-ē(ōe)⇨怎麼可能，是不宜用也使iā-sái，也着iā-tioh⇨也著iā-tioh的。也敢iā-káⁿ⇨每敢mā-káⁿ⇨亦敢iah-káⁿ。也會iā-ē(ōe)⇨每會mā-ē(ōe)⇨亦能夠，等等的也iā與曷iah是完全不同的。簡單的分別：也iā，亦iah也；曷iah，何也，爲甚麼也。

【也當 iā-thang】 每當mā-thang。値得。死～～sí～～⇨有價値的。積極的。略同也該iā-ài⇨每該mā-ài或也著iā-tioh⇨每著mā-tioh。

## iaⁿ

iaⁿ
**泱** 雲起也。魚動水面起小波紋曰泱iaⁿ。魚仔抄滾～hî-á teh kún～⇨同上。起水～khí chúi～⇨謂水中魚在動。

iaⁿ
**纓** 冠系也。帽帶bō-toà也。又帽花也。馬～bé～⇨馬鬃bé-chang。馬之領毛，亦即馬鬣má-liap也。帽～bō～⇨帽花。紅～帽âng～bō⇨有紅帽花之帽(童帽)。

iáⁿ
**影** ㊀形影hêng-iáⁿ也。陰影im-iáⁿ也。日～月～jit～goeh～⇨日光之陰，月光之陰。人～樹～花～lâng～chhiū～hoe～⇨同上。電～tiān～⇨影戲。烏～o～⇨同上。烏～耽o～tāⁿ⇨看走了眼。俾你未烏～耽得hō-lí bē(bōe) o～tāⁿ-tit⇨你瞞不了人。烏牛大～o-gû toā～⇨喻大家當形大影更大，中看不中食也。捕風掠～pó-hong-liah～⇨捕風捉影pó-hong-chiok-iáⁿ。立竿見～lip-kan kiàn～⇨效果立見。㊁過目曰影iáⁿ。我有～著goá ū～tioh⇨我得了一瞥。看過一眼。你無～過不lí bô～kòe-m̄⇨你未看過嗎。拜託共我～抄pāi-thok kā-goá～lè⇨請你爲我看住一下。㊂接尾的助詞。也iá的轉化。有～ū～⇨有也iú-iá,

ū-iá，亦即事實。無～bô～⇨無也bû-iá, bô-iá，亦即無其事。知～chai～⇨知也chai-iá亦即我知之。不知～m̄-chai～⇨不知也m̄-chai-iá亦即不知也。假～ké～⇨假也ké-iá，亦即不眞也。虛僞作爲也。

**【影片 iá$^n$-phì$^n$】** 影像iá$^n$-siōng片。電影tiān-iá$^n$亦曰影片iá$^n$-phì$^n$。即Film也。

**【影目 iá$^n$-ba̍k】** 惹人目。引人注意。廣告是～～第一kóng-kò sī～～tē-it⇨同上。或應作映目iá$^n$-ba̍k。

**【影印 iá$^n$-ìn】** ㊀應用照相法的一種新的印刷法。㊁一種新的謄寫法。～～機～～ki⇨同上。

**【影見 iá$^n$-kì$^n$】** 瞥見pia̍t-kiàn。昨暝我有～～cha-mê(mî) goá ū～～⇨昨夜我看見過。

**【影迷 iá$^n$-bê】** 深愛看電影之人。～～球迷照相迷～～kiû-bê chiàu-siàng-bê⇨同上。

**【影射 iá$^n$-siā】** ㊀仿人的行爲。㊁借甲爲乙以惑人。

**【影揚 iá$^n$-iâng(iông)】** 炫耀hiān-iāu。戲班彩街亦是～～hì-pan chhái-ke mā-sī～～⇨同上。或應作映場iá$^n$-tiû$^n$。

**【影評 iá$^n$-phêng】** 電影批評。～～家～～ka⇨同上。

**【影跡 iá$^n$-chiah】** 痕跡hûn-chek。無～～bô～～⇨無影bô-iá$^n$。無也bô-iá。無～～話講歸擔bô～～kóng-kui-tà$^n$⇨白賊話連篇。無～～物bô～～mi̍h⇨不足掛齒之物。

**【影著 iá$^n$-tio̍h】** 同影見iá$^n$-kì$^n$。你每有～～lí mā-ū～～⇨你也看見了。或應作映。

**【影戲 iá$^n$-hì】** 電影tiān-iá$^n$原叫影戲iá$^n$-hì。～～館～～koán⇨同上。館koán亦叫院ī$^n$。

iâ$^n$ **贏** 凡攻戰搏鬥或賭博，勝曰贏iâ$^n$，負hū曰輸su。得勝曰贏iâ$^n$。拍～phah～⇨打勝，戰勝。博～poa̍h～⇨賭勝。講～kóng～⇨辯論勝。搶～是賑chhiú$^n$～sī-siàu⇨奪得者得之(不講理)。講無輸～的kóng bô-su～ê⇨說出來做參考。未想～先想輸bōe-siū$^n$～seng-siū$^n$-su⇨謂爭賭要先有輸得起的覺悟。三更～四更富五更人拆厝sa$^n$-ke～, sì-ke-pù, gō͘-ke lâng-thiah-chhù⇨謂賭博勝負昇降之快速。一夜連勝戰，天未明，連厝都輸光了。

**【贏馬 iâ$^n$-bé】** 賭而得到馬。～～想要更贏馬奴～～siū$^n$-boeh-koh iâ$^n$-bé-lô͘⇨喻人心節節高jîn-sim chat-chat-ko，得隴復望蜀tek-lóng ho̍k bōng-sio̍k。

**【贏儌 iâ$^n$-kiáu】** 賭博賭勝。～～更贏話～～koh iâ$^n$-ōe⇨賭勝了，還要吹牛(刺他人)。儌kiáu求也。儌幸，求不可得而得者。故以儌爲賭博。

**【贏驚輸無悃 iâ$^n$-kia$^n$-su-bô-lún】** 標準的儌豬kiáu-ti小勝了就怕再輸出去，一敗嗎毫無懼色，一注一注，幾大就幾大一直賭下去。悃lún，思也，悶也。心怕曰悃lún。

iâ$^n$ **嬴** 嬴秦氏êng-chîn-sī，秦國之姓。又勝也。通贏iâ$^n$。

iâ$^n$ **營** 軍營kun-iâ$^n$也。軍制有營iâ$^n$。又小屋亦曰營iâ$^n$。兵～軍～peng～kun～⇨同上。大～toā～⇨司令部。露～lō͘～⇨軍野宿。大本～tāi-pún～⇨日本的最高指揮中心。舊制日皇爲必然的三軍大元帥。三連爲一～sa$^n$-liân ûi-chi̍t～⇨軍制如此。乞食～khit-chia̍h～⇨乞食收容所。痞痼～thai-ko～⇨癩患收容所。安～紮寨an～chap-chē⇨同上。

**【營斗 iâ$^n$-táu】** ㊀官印箱(武官)。㊁寺廟立旗幟類的木箱。

**【營兵 iâ$^n$-peng】** 兵peng。營官～～iâ$^n$-koa$^n$～～⇨隊長與士兵。

**【營房 iâ$^n$-pâng】** 兵舍peng-siā。

**【營長 iâ$^n$-tiú$^n$】** 一營之長官。

**【營帳 iâ$^n$-tiàng】** 幕帳bo̍k-tiàng。

**【營盤 iâ$^n$-poâ$^n$】** 屯紮營tūn-chap-iâ$^n$。臨時營房lîm-sî-iâ$^n$-pâng。

iā$^n$ **颺** 風所飛揚也。通揚iâng。又去糠粃曰簸颺po-iâng。旗在風中飄動曰颺iā$^n$。拂去蚊蠅曰颺。輕扇微風曰颺iā$^n$。旗仔猶抸～kî-á iáu-teh～⇨旗還在飛揚。

【颺米 iā$^n$-bí】 簸米poah-bí去糠也。

【颺風 iā$^n$-hong】 輕搖扇取風也。阿公於許抸～～a-kong tī-hia teh～～⇨同上。

【颺蚊 iā$^n$-báng】 趕蚊koá$^n$-báng也。～～颺胡蠅～～iā$^n$-hô·-sîn⇨同上。

【颺颺 iā$^n$-iā$^n$】 ㊀飛揚。鳥仔～～飛chiáu-á～～ pōe⇨鳥羣在飛。蝶仔～～飛ia̍h-á～～poe⇨蝶羣在飛。爪把仔～～飛jiáu-pê-á～～poe⇨小走狗羣到處可見。㊁拂之，趕之。蚊仔～～抸，藉會困得báng-á～～lè, chia̍h-ē (ōe)-khùn-tı̍t⇨羣蚊趕走了，才能入眠。困khùn，休息也，何必加目。

【颺一下 iā$^n$-chı̍t-ē】 物一現即逝。不知啥於許～～～m̄-chai-sah$^n$(siah$^n$) tī-hia～～～⇨不知何物在幌了一下。

**iā$^n$ 映** 明也。照也。

【映映 iā$^n$-iā$^n$】 月光明也。日頭赤～～，隨人顧性命ji̍t-thâu chhiah～～, sûi-lâng kò· sè$^n$(sì$^n$) miā$^n$⇨曉喻自立更生之極致。月仔光～～goe̍h(ge̍h)-á kng～～⇨月明如晝。月仔光～～賊仔偷窌壁goe̍h(ge̍h)-á kng～～chha̍t-á thauliú-piah⇨童謠。惟映映iā$^n$-iā$^n$，因與壁piah押韻的關係，改讀iah$^n$-iah$^n$，或iah-iah。

## iah

**iah 挖** 㧕孔liú-khang曰挖iah。掘開ku̍t-khui曰挖iah，戮穿lie̍k-chhoan亦曰挖iah。草草取食曰挖iah。偷竊亦曰挖iah。用戕仔～iōng (ēng) chhiâng-á～⇨使用戕歹liú。窌chhiâng，地鑿，tē-chha̍k也。～到無一地仔好～kà bô-chı̍t-tē á-hó⇨戮得一小乾淨地都沒有了。飯都熟也～幾嘴藉來去pn̄g to se̍k-à～kú-chhùi-à chiah laih-khì⇨飯煮熟了，食他幾口才一起去吧。乎人～去的款hō·-lâng～khì ê khoán⇨被人偷去了的樣子。逐家～ta̍k-ke～⇨大家互攻。

【挖土 iah-thô·】 ㊀掘土ku̍t-thô·。掘地ku̍t-tē。㊁挖鴉片iah-a-phiàn。

【挖孔 iah-khang】 窌孔liú-khang。穿穴chhoan-hia̍t。

【挖掐 iah-khàng】 揭發khe̍k-hoat。戮穿le̍k-chhoan。相～～sio～～⇨互相攻爛污。

【挖抐 iah-lā】 同挖掐iah-khàng。

【挖心官 iah-sim-koa$^n$】 開誠佈公。～～～乎您看也敢猶無夠不～～～hō·-lín-khoà$^n$-à kám-iáu bô-kàu-m̄心都挖出來給你們看了，還不夠嗎。

【挖孔縫 iah-khang-phāng】 揭發爛污。當得～～～二個抵抸大戰，成好看呵tng-teh～～～nn̄g-ê tú-teh tāi-chiàn, chiâ$^n$-hó-khoà$^n$-ô ⇨正在互揭瘡疤兩人正在大戰中，非常好看也。

【挖番薯 iah-han-chî】 掘取番薯。阿爸於園裏～～～a-pa tī-hn̂g-nī～～～⇨父親在園中掘番薯也。

【挖鴉片 iah-a-phiàn】 買阿片煙。付錢掘取也。無錢～～～得愸仙哥啦bô-chî$^n$～～～teh giàn-sian-ko-là⇨無錢可買阿片煙，在當癮仙也。

**iah 映** 映映iah-iah。月仔光～～賊仔偷窌壁goe̍h-á kng～～chha̍t-á thau-liú-piah⇨童謠。映iā$^n$押韻改映iah。

**iah 益** 保佑pó-iū。無盈媽祖～外方bô-êng má-chó·～ goā-hng⇨忙碌媽祖保佑外境goā-kéng。喻專爲他人白忙。媽祖má-chó·或作神明sîn-bêng。

**iah 焱** 以手散物也。通做掖。米豆等類之下種曰予iah。其粒細如沙也。粒較粗者即曰沈tiām，直接沈入土中也。使物散亂亦曰焱iah。這，啥人～的che, sía$^n$-lâng～ê⇨此誰焱之。

您乖孫仔～的要啥人lín koai-sun-á～ê boeh siáⁿ-lâng⇨你的寶貝乖孫弄散的，還有他人嗎。

【敥子 iah-chí】 ～～較快種栽～～khah-khoai chèng-chai⇨謂子發芽成長，比種苗還要快。

【敥秧仔 iah-ng-á】 敥子iah-chí待其發芽成秧ng。

【敥散 iāh-soàⁿ】 弄散。散失。不當～～去m̄-thang～～khì(ì)⇨不可散之。

【敥豆仔 iāh-tāu-á】 ～～～敥田菁仔～～～iah-chhân-chheⁿ-á⇨皆水田綠肥所需。

【敥麻子 iah-moâ-á】 ～～～敥洋麻～～～iah-iûⁿ-moâ⇨麻仔moâ-á採子製油。洋麻iûⁿ-moâ採皮製繩。

【敥粟子 iah-chhek-chí】 同敥秧仔iah-ng-á。

【敥粟仔 iah-chhek-á】 種陸稻。水柚chúi-tiū須經過秧ng的階段，陸稻liok-tiū即不必也。

【敥蜊仔殼 iah-lâ-á-khak】 丟棄蜆殼hián-khak。開錢恰如扲～～～～扲khai-chîⁿ kah-ná teh～～～～lè⇨形容浪費無度之詞。蜊仔殼lâ-á-khak常被喻金錢(硬幣)，一以其可丟之而不顧，二以其多，三以其多而喇喇有聲如錢幣聲。

iah **易** 交易ka-iah，生意興隆也。生理真～～seng-lí chin～～⇨同上。

【易經 iah-keng】 ek-keng。書名。

iah **役** 戍邊sut-pian也。兵～peng～⇨同上。服～hok～⇨同上。戰～chiàn～⇨戰爭。使～sái～⇨使人工作。工～kang～⇨今曰工友kang-iú。重～tiōng～⇨日文董監事曰重役jiuyaku。

iah **亦** 亦ek也。又也。多以也iā代替。傍及之詞。

【亦可 iah-hó】 亦好iek-hó。每好mā-hó。也是好iā-sī-hó。囡仔人尻川三斗火～～煎餈～～餾粿gín-á-lâng kha-chhng saⁿ-táu-hóe,～～chian-chî,～～liū-kóe⇨謂好後生不可說怕冷的口頭禪。

【亦是 iah-sī】 也是iā-sī，每是mā-sī。～～安爾～～an-ne(ni)⇨也是如此。～～無差～～bô-chha⇨也是一樣。～～許的人～～hiah-ê-lâng⇨還是那一班人馬。

【亦著 iah-tioh】 mā-tioh。也需要。～～人材～～錢財～～lâng-châi～～chîⁿ-châi⇨也要人材，也要錢財。此亦著iah-tioh與曷著iah-tioh易混同，前者是也需要，後者是何必，亦即不要。

iah **曷** 曷at, ah也。反語也。與亦ah完全不同。

【曷可 iah-hó】 ah-hó。曷好iah-hó。豈可。～～亂來～loān-lâi⇨何可亂來。

【曷是 iah-sī】 ah-sī。怎麼是。～～安爾～～an-ne(ni)⇨豈是如此。

【曷著 iah-tioh】 ah-lioh。何必。～～許工夫～～hiah-kang-hū⇨何必那麼客氣(週到)。～～安爾～～an-ne(ni)⇨何必如此。

【曷當 iah-thang】 ah-thang。豈是應當。不可。～～安爾～～an-ne(ni)⇨豈可如此。～～去捨世衆～～khì sià-sì-chèng⇨豈可去出醜chut-thiú(chhiú)。～～自己落氣～～ka-kī lāu-khùi⇨同前。

iah **驛** 傳舍也。古之官設交通站也。設有專人管理，置有馬或車以快傳公文書者也。事實亦形成了一種公私的交通站。

【驛亭 iah-têng】 月台goeh-tâi，亦即Platform也。

【驛馬 iah-bé】 ㊀各驛站所備公差傳遞公文用之馬匹。㊁脫線的女性。謂人人可騎的女人。未輸～～扲抛抛走bē(bōe)-su～～lè pha-pha-cháu⇨不遜於驛馬的到處亂跑。

【驛站 iah-chām】 傳舍。公差中途止宿之所。

【驛頭 iah-thâu】 車頭chhia-thâu。火車站hóe-chhia-chām。伊於～～賣便當啦i tī～～bē(bōe)-piān-tong-lā⇨他在車頭賣便當也。

iah
蝶 蝴蝶ô·-tiap也。尾蝶bóe-iah也。尾蝶bóe-iah，可能是飛蝶poe-iah之轉。牛～gû～⇨一種有害之飛蛾，其身約有鉛筆大，寸來長，其翅有毒粉。染上牛身即使牛患上皮膚病，終致脫毛，一如狗之著瀘tioh-lo·者。牛曰著～狗曰著瀘gû oat tioh～káu oat tioh-lo·⇨但言其病狀同樣，至病因即不知是否亦一樣也。貼壁蝶tah-piah-iah，是布袋戲中的美人亦淫婦亦奸賊的角色，甚有人氣jîn-khì。

【蝶仔 iah-á】 蝴蝶ô·-tiap類的總稱。～～花～～hoe⇨一種花草名。

iah
瘍 刺瘍chhiah-iah。氣不爽。身齷齪ak-chak皆曰刺瘍chhiah-iah。感覺著眞～～kám-kak-tioh chin～～⇨同上。

iah
疫 民皆疾也。謂有鬼行之也。今曰流行病。時～sî～⇨流行病。

【疫病 iah-pēⁿ(pīⁿ)】 流行病liû-hêng-pēⁿ。～～神～sîn⇨疫病之鬼。

## iak

iak
約 纏束也。盟約也。合～hap～⇨同上。契～khè～⇨同上。條～tiâu～⇨同上。盟～bêng～⇨同上。違～ûi～⇨同上。破～phò～⇨同上。預估事物曰約iak。期～賄賂kî～hòe-lō·⇨同上。節儉曰約iak。節～chiat～⇨同上。儉～khiām～⇨同上。伊大～是肯 i tāi～sī khéng⇨他大概肯答應。逐家～要看戲tak-ê～boeh khoàⁿ-hì⇨大家相約將一起去看戲。

【約人 iak-lâng】 約請他人。～～成成，誤人空行～～chiâⁿ-chiâⁿ，gō-lâng khang-kiâⁿ⇨約請他人時信誓旦旦sìn-sè-tàn-tàn，却自己悔約誤人空跑一趟路。

【約字 iak-jī】 合約書hap-iak-si。

【約束 iak-sok】 ㊀約定。逐家該守～～tak-ê ài-siú～～大家都應該遵守所公的事項。㊁管束koán-sok。囡仔無～～未用得gín-á bô～～bē(bōe)-iōng-tit⇨孩子不管束不行。

【約法 iak-hoat】 簡單或臨時性規定。臨時～～lîm-sî～～⇨同上。～～三章～～sam-chiang⇨劉邦定國。

【約略 iak-liok】 大略tāi-liok。大約tāi-iak。大概tāi-khài。～～會十外人仔參加～～ē(ōe) chap-goā-lâng-á chham-ka⇨大約可能有十個以上的人參加。

【約量 iak-liāng】 大約tāi-iak。～～有三百捅～～ū saⁿ-pah-thóng⇨大約有三百多一點。捅thóng，多出也。附在數字時曰吐thó·亦曰捅thóng，皆表示超出的意思。～～有夠也～～ū-kàu-ā⇨大約可足額了。

【約會 iak-hōe】 與他人定期見面。合人有～～於抄kah-lâng ū～～tī-teh⇨與他人有約在先。

【約定俗成 iak-tēng-siok-sêng】 大家行之不怪，久而久之，將成爲慣例。人講～～～～，道是慣勢成自然嘛lâng-kóng～～～～，tō-sī koàn-sì sêng chū-jiân-mā⇨古人言約定俗成，就是慣勢成自然的意思吧了。

iak
藥 治病草也。牡丹芍藥bó·-tan chiok-iak⇨皆花名。

iak
躍 踊躍ióng-iak也。大爲躍iak，小爲踊ióng。踊ióng，跳thiàu也。跳～thiàu～⇨同上。雀～chhiak～⇨形容喜極之詞。飛～的羚羊hui～ê lêng-iâng⇨形容善走善跳者。

【躍進 iak-chìn】 跳進thiàu-chìn。～～文壇～～bûn-toâⁿ⇨同上。

【躍武揚威 iak-bū-iâng-ui】 示威sī-ui。一括仔魚蝦水卒於許抄～～～～耳chit-koah-á hî-hê-chúi-chut tī-hia teh～～～～niâ⇨一小撮魚蝦水卒在那裏誇耀示威而已。

【躍躍欲試 iak-iak-iok-chhì】 技癢心動極欲施展。～～～～的人夠扲呵～～～～ê lâng chē-leh-ò͘⇨極欲一試者多矣。

iak
**鑰** 鎖鑰só-iak也。

## iam

iam
**閹** 割除雄性器官曰閹iam。自～chū～⇨舊小說中多有其事。自閹爲太監也。

【閹人 iam-jîn】 割去雄性器官之人，俗曰太監thāi-kām。

【閹割 iam-koah】 施行性器官割除手術以成中性人。

【閹豬 iam-ti】 爲豬割除性器官。行路～～工kia$^{n}$-lō͘～～kang⇨跑路也算是閹豬工作，蓋古無交通工具，閹豬者皆須自行跑路終日以找工作也。

【閹鷄 iam-ke】 割掉雄鷄的羼核lān-hut也。～～趁鳳飛～～thàn-hōng-poe⇨畧同婢學夫人。～～拖木屐，隨趁隨食～～thoa bak-kiah, sûi-thàn sûi-chiah⇨亦所謂命格之一，謂不旺亦不衰，願工作則生活無憂。

iam
**奄** 奄奄一息iam-iam-it-sit⇨將死未死，但留一息未絕。

iam
**鵪** 鳥名。即鵪鶉iam-chhun也。俗曰ian-chhun-á。

iám
**掩** 關閉也。瞞moâ也。半～門仔poà$^{n}$～mn̂g á⇨暗娼業。

【掩埋 iám-bâi】 草草埋葬。

【掩身花 iám-sin-hoe】 古布袋戲常演的隱身法之一，謂此花插身上而可將身隱去而隨心所欲做其採花等壞事。

【掩身旛 iám-sin-hoan】 死人入棺蓋用的布巾，繪有人像或七星等。

【掩人耳目 iám-jîn-ní-bok】 蒙騙社會。父母死而故作誇大虛禮以示其孝思也。亦簡稱曰瞞生人目moâ-se$^{n}$-lâng-bak。

【掩耳盜鈴 iám-ní-thau-lêng】 喻自欺欺人。

【掩旗息鼓 iám-kî-sit-kó͘】 喻事敗不敢聲張。

【掩護射擊 iám-hō-siā-kek】 使友軍前進的戰術之一。

iàm
**厭** 受氣是也。嫌而惡之也。天～之thian～chi⇨同上。討～thó～⇨同上。

【厭世 iàm-sè】 討厭世上的現實。～～自殺～～chū-sat⇨同上。

【厭倦 iàm-koàn】 討厭而疲勞。厭孱ià-siān。孱siān，呻吟也。弱也。

【厭惡 iàm-ò͘】 極度討厭。

iâm
**鹽** 俗作塩。鹹kiâm味之本也。食～sit～⇨食用鹽。幼～粗～iù～cho͘～⇨同上。撞～tōng～⇨無用或死。提許撞～theh-he tōng～⇨取它何用。要食～也不boeh chiah～ā m̄⇨想死嗎。食chiah，亦可作撞tōng。

【鹽水 iâm-chúi】 鹽泡水。用～～漱口iōng～～sò͘-kháu⇨同上。

【鹽田 iâm-chhân】 引海水以晒鹽之地。iâm-tiân。

【鹽份 iâm-hūn】 鹽之成份。～～甚高～～siu$^{n}$-koân⇨鹽份太高。甚siu$^{n}$，太過也。或作傷siu$^{n}$。

【鹽埕 iâm-tiâ$^{n}$】 鹽田iâm-tiân。～～埔～～po͘⇨同上。

【鹽滷 iâm-ló͘】 鹽所化生出來的苦鹽水。

【鹽館 iâm-koán】 鹽之生產販賣事務所。～～腦館～～ló͘-koán⇨同上。腦ló͘，樟腦chiu$^{n}$-ló͘也。

【鹽到肉臭 iâm-kàu-bah-chhàu】 喻遠水不救近火。

【鹽甕生蟲 iâm-àng-se$^{n}$-thâng】 謂絕不可能。～～～～天下無人～～～～thi$^{n}$-ē bô-lâng⇨同上。

iâm **塩** 本字鹽iâm。塩爲異體或簡體字也。

iām **炎** 火光上也。熱也。焚也。又熱腫之症曰發～hoat～⇨同上。氣勢亦曰炎iām。火～山hōe～soaⁿ⇨同上。盲腸～bông-tn̂g～⇨同上。肺～hì～⇨同上。趨～附勢cho͘～hū-sè⇨爭相依附權勢的人性。

【炎火 iām-hóe】 火火，熱火。～～熊熊～～hiông-hiông⇨同上。

【炎日 iām-jıt】 炎熱之日。夏天。

【炎炎 iām-iām】 光炎。極熱。火光～～hóe-kong～～⇨同上。夏日～～似火燒，野田禾草半枯焦，農夫心內如湯沸，王子公孫把扇搖he-jıt～～sū hóe-sio, iá-tiân hô-chháu-poàⁿ ko͘-chiau, lông-hu sim-lāi jî thng-hut, ông-chú-kong-sun pá-sìⁿ-iô⇨水滸傳。

iām **豔** 美也。光彩也。容色豊滿曰豔iām。光～kong～⇨同上。冶～iá～⇨同上。美而～bí-jî～⇨同上。鮮～sian～⇨同上。獵～lah～⇨追逐美色。

【豔史 iām-sú】 桃色的經歷，港都～～káng-to͘～～⇨在港都發生的桃色故事。

【豔星 iām-seng】 美麗的女演員。

【豔姬 iām-ki】 美貌的妓女。青樓～～chheng-lâu～～⇨曾經有此名之電影。

【豔福 iām-hok】 妻美妾豔。～～不淺～～put-chhián⇨嘲走桃花運者。

## ian

ian **眩** 眩眃ian-n̄g (hiân-ûn)⇨視不明也。你目珠是～～去也是否lí bak-chiu si～～khi (i) à sī-bō͘⇨你的眼睛是看不見了嗎？

ian **煙** 氣體。火～hóe～⇨同上。雲～hûn～⇨同上。

【煙火 ian-hóe】 紙炮的一種。在夜空中發出種種形狀的美麗光亮。慶祝或祭神時多有，放～～pàng～～⇨同上。

【煙花 ian-hoe】 或謂ian-hoa。娼妓。～～女～～lí⇨同上。～～界～～kài⇨花柳界。～～查某～～cha-bó͘⇨同煙花女ian-hoe-lí。

【煙雨 ian-í】 同煙霧。茫茫仔雨bông-bông-á-hō͘。毛毛雨mo-mo-í。

【煙筒 ian-tâng】 通火氣的構造物。形容黑。一身如～～chıt-sin ná～～⇨全身皆黑色。

【煙腸 ian-chhâng】 豬肉切碎灌入豬腸皮內曬乾者。冬天的一種佳肴。

【煙錘 ian-tûi】 鹽魚的一種。

ian **烟** 同煙。香～hiang～⇨同上。

ian **胭** 胭脂ian-chi化粧品之一。或作燕支iān-chi。或作臙脂ian-chi。

ian **焉** (文)反語。面貌都相似，～知是吾姨bīn-māu to siāng-sû, ～ti sī gô͘-î⇨外貌一切都一樣，怎麼知道是阿姨而不是我妻。未知生～知死bī-ti-seng～ti-sí⇨同上。

ian **嫣** 美貌。巧笑態也。貌如潘安宋玉者曰嫣ian。新物新氣象曰嫣ian。阿三今仔日有夠～a-sam kin-á-jıt ū-kàu～⇨阿三今天十分漂亮。新娘猶真新～sin-niû iáu-chin sin～⇨新娘還是新氣十足。許無～也，佬也啦he bô～a, láu-à-là⇨那(她)不新了，枯萎了。即領衫猶者爾新～抄，安怎講破也chit-niá-saⁿ iáu chiah ni sin～lè, an-choáⁿ-kóng phoà-à⇨此件衣還是這麼新，何以說是破的。

【嫣頭 ian-tâu】 美男子bí-lâm-chú。設～～siat～～⇨女人圈養年輕力壯之少年爲男朋友。～～仔骨更水晶仔生核～～á-kut koh chúi-chiⁿ-á lān-hut⇨謂所以如此，人家才肯圈養之。

ian **姻** 姻親ian-chhin⇨姻家ian-ka⇨婚姻關係。姻兄弟ian-heng-tē⇨同上。

ian **鶧** 鶧鶉仔ian-chhun-á，鳥名，即所謂好淫善鬪之鳥也。或謂別稱黃脰n̂g-tāu。即嫣頭

ian-tâu。似屬附會之說。

**咽** ian　咽喉ian-âu也。na-âu。

**淵** ian　包水也。深也。臨～羨魚。何如退而結網lîm～soān-gî, hô-jî thòe-jî kiat-bōng⇨同上。

**偃** ián　僵也。臥也。相～sio～⇨角力。～起～倒～khí～tó⇨扶起扶倒。

**堰** ián　堰堤ián-thê，坊土thūn-thô͘之防堤。坊thūn，土草塡水曰坊thūn。

**演** ián　依成式學習。演禮，演武。公～kong～⇨同上。開～khai～⇨同上。

【演台 ián-tâi】　演藝或演講的高台。

【演員 ián-oân】　演藝人員。基本～～ki-pún～～⇨同上。

【演唱 ián-chhiù$^{n}$】　做戲唱歌。

【演習 ián-si̍p】　按實事情形作練習。軍事～～kun-sū～～⇨同上。典禮～～tián-lé～～⇨同上。

【演義 ián-gī】　推演歷史事實的小說。三國～～sam-kok～～⇨同上。

【演說 ián-soat】　對衆陳述意見。～～調的～～tiāu-ê⇨同上。說話如演說。

【演戲 ián-hì】　表演戲劇。未輸扲～～扲bē-su teh～～lè⇨像極在演戲。

【演題 ián-tê】　演說或演講的題目。

【演繹 ián-e̍k】　論理學名詞。演繹法與歸納法。

【演藝　ián-gē】　表演技藝。～～人員～～jîn-oân⇨同上。

**慳** iàn　恪也，恪於財也。凡小氣曰慳氣，俗作嚥氣非。

【慳氣　iàn-khì】　小氣也。俗曰乞食賬khit-chia̍h-siâu。亦當作謙詞用。安爾眞～～也an-ne(ni)　chin～～à⇨這樣就很對不起了。

**燕** iàn　一種候鳥。春北來秋南往。俗稱燕仔i$^{n}$-á。

【燕窩 iàn-o】　金絲燕之巢，營於斷崖峭壁上。狀如海綿。浸水則柔軟多膠質。爲上等之料理材料。

【燕子魚 iàn-chú-hî】　飛魚。

【燕尾服 iàn-bóe-ho̍k】　洋人的男禮服，前短後長如燕尾。

**緣** iân　人際關係。有人～ū lâng～⇨人見人親。無人～更臭乞食穡bô lâng～koh chhàu-khit-chia̍h-hiàn⇨有人緣之反。又衣之邊飾也。滾衫仔～kún sa$^{n}$-á～⇨加縫邊飾。

【緣分 iân-hūn】　定分tēng-hūn。人講～～是天註定的lâng-kóng～～sī thi$^{n}$-chù-tiā$^{n}$-ê⇨古人言，緣分者天所前定也。

【緣由　iân-iû】　理由。無緣無由bô-iân-bô-iû，即無理由。

【緣投 iân-tâu】　嫣頭ian-tâu之訛。美男子。

【緣起 iân-khí】　佛家講一切事物皆因緣而起也。

**延** iân　長也。引也。及也。遷～日久chhian～ji̍t-kiú⇨同上。展～三工tián～sa$^{n}$-kang⇨延期三天。蔓～眞快bān～chin-khoài⇨同上。雨天順～í-thian sūn～⇨同上。

【延伸 iân-sin】　擴大khok-tāi。亦延長也。

【延長 iân-tiâng】　無夠長道更～～bô-kàu-tn̂g-tō-koh～～⇨同上。

【延期 iân-kî】　展期。不更～～也m̄-koh～～ā⇨不是再展延了嗎。

【延聘　iân-phèng】　招聘chio-phèng。延攬iân-lám。

【延燒 iân-sio】　火及鄰近。猶扲～～扲iáu-teh～～lè⇨還在延燒中。

【延攬 iân-lám】　招致chiau-tì。～～人材～～jîn-châi⇨同上。

【延年益壽 iân-liân-ek-siū】　延長年歲有益壽命。

**捐** iân　獻金。題～tê～⇨祭拜神佛募集獻金。

iân **鉛** 金屬的一種。

【**鉛毒** iân-to̍k】 鉛的毒性。白粉等化粧品類多有鉛毒。

【**鉛桶** iân-tháng】 鉛板做的水桶。

【**鉛筆** iân-pit】 木皮鉛心的筆。

【**鉛管** iân-kóng】 鉛板做的水管。

【**鉛綫** iân soà$^{n}$】 鉛抽的線。鐵線類的通稱。

iân **筵** 竹席也。同宴。酒～chiú～⇨同上。喜～hí～⇨同上。設～招待siat～chiau-thāi⇨同上。

【**筵席** iân-se̍k】 宴飲之場所。筵席稅，其有關稅捐。天腳下無不散的～～thi$^{n}$-kha-ē bô put-sàn-ê iân-se̍k⇨天下無不散之筵席。

iân **蜎** 無翅細蟲。上～chhiū$^{n}$～⇨生菰蠅。菜著～也chhài tio̍h～ā⇨蔬菜生菰蠅矣。

iân **椽** 作加高解。對下面～起來tùi-ē-bīn～khí-lâi⇨從下面加高起來。一椽⇨一重。加做一～ke-chò chi̍t～⇨加做一重。磚仔加一～chhng-á ke chi̍t～⇨磚加疊一重。

iân **沿** 順水行也。亦緣iân也。因也。水邊chúi-pi$^{n}$曰沿iân。凡側畔皆曰沿iân。河～hô～⇨河畔hô-phoān。床～chhn̂g～⇨眠床邊bîn-chhn̂g-pi$^{n}$。相～成習siang～sêng-si̍p⇨同上。歷代相～le̍k-tāi siang～⇨同上。

【**沿用** iân-iōng(ēng)】 ～～老規矩～～lāu-kui-kí⇨同上。一直按照老規矩辦。

【**沿岸** iân-hoā$^{n}$】 溪河岸khe-hô-koā$^{n}$。海岸hái-hoā$^{n}$。～～一帶，良田萬頃～～it-tài, liâng-tiân bān-khéng⇨同上。田百畝爲頃khéng。

【**沿門** iân-mn̂g】 挨門挨戶ai-bûn-ai-hō·。～～托鉢～～thok-poat。

【**沿革** iân-kek】 事物的起始演變。～～誌～～chì⇨同上。

【**沿海** iân-hái】 海濱hái-pin。～～攏是漁戶～～lóng-sī gî-hō·⇨同上。

【**沿路** iân-lō·】 ㊀路傍。～～攏無人家厝～～lóng-bô jîn-ke-chhù⇨路旁皆無百姓人住家。㊁循路。一路上。～～行～～講～～kiâ$^{n}$～～kóng⇨同上。～～走～～咻救人～～cháu～～hiu-kiù-lâng⇨一邊走一邊喊救命。～～講～～笑～～kóng～～chhiò⇨一路說說笑笑。

【**沿線** iân-soà$^{n}$】 同沿路iân-lō·。線soà$^{n}$，路線lō·-soà$^{n}$也。

【**沿襲** iân-si̍p】 循遵古老的東西。因襲in-si̍p。～～難改～～lân-kái⇨同上。

iân **莞** 莞荽iân-sui，蔬菜類。最普遍的香辛料。～～蒜頭是不可免的～～soàn-thâu sī put-khó-bián-ê⇨同上。莞荽，蒜頭兩物不能無。

iân **涎** 唾液thò-e̍k，口水kháu-súi也。嬰仔涎e$^{n}$-á-noā曰涎iân，龍涎liông-noā曰龍涎liông-iân。流～的lâu～ê⇨對流涎lâu-noā嬰仔e$^{n}$-á的愛稱。扲流～也啦teh lâu～à-là⇨在流豬哥涎ti-ko-noā了。以上所舉各例，爲涎字在口語中之念法或說法作證。涎之文讀則爲siân，如，垂～三尺sûi～sam-chhek。

iân **眩** 眩眩iân-n̄g，視而不見也。→hiân-hūn，眼疾也。你是～～的抑是吐蕾的lí sī～～ê a̍h-sī thò·-lûi-ê⇨怒其何以看不見的刻薄語。吐蕾thò·-lûi，眼球破裂者。眩iân亦讀ian。

iân **鳶** 鷙鳥chī-niáu也。俗叫鵜鴞lāi-hio̍h或老鷹lāu-eng。偷挾鷄仔囝ke-á-kiá$^{n}$者也。

## iang

iang **央** 中央tiong-iang。又求也。求人幫助曰央iang。乎人～著也道該共人創hō·-lâng～tio̍h à tō-ài kā-lâng-chhòng⇨受人請托了，就應該爲人効勞。創chhòng，作爲也。

【**央人** iang-lâng】 請託他人。～～去求情～～khì kiû-chêng⇨請他人去替己求情。

【央倩 iang-chhiàⁿ】 央託iang-thok。好～～hó～～⇨受託之人脚輕手快立即答應爲你服務之謂。

【央三託四 iang-saⁿ-thok-sì】四處求人協助。

iang 殃 災禍chai-hō。先下手爲強，晚下手遭～sian hē-chhiú ûi-kiâng, ban hē-chhiú cho͘～⇨同上。

【殃及池魚 iang-kip-tî-gî】 無端被害。城門失火～～～～siâⁿ-mn̂g sit-hóe～～～～⇨同上。

iang 秧 禾苗hô-biâu也。俗曰秧ng或秧仔ng-á。

iang 泱 泱泱iang-iang水深廣也。宏大也。～～大國～～tāi-kok⇨同上。稱頌國之大。

iáng 養 育也。長也。生～seng～⇨生與養。扶～hû～⇨撫～bú～⇨皆使幼少長大也。

【養子 iáng-chú】 收養兒子。～～養女～～iáng-lí⇨同上。

【養生 iáng-seng】 保養身體。

【養老 iáng-ló】 扶養老年人。～～院～～īⁿ⇨同上。

【養成 iáng-sêng】 栽培。～～優秀青年～～iu-siù chheng-liân⇨同上。～～好習慣～～hó si̍p-koàn⇨同上。

【養的 iáng-ê】 收養飼養之人。生的且一邊，～～較大天 seⁿ-ê chhiáⁿ-chi̍t-piⁿ, ～～khah-toā-thiⁿ⇨生母且站候一邊，養母之恩大如天須先接見也。養的iáng-ê亦曰iúⁿ-ê。

【養育 iáng-io̍k】 撫養發育。父母～～之恩pē-bó～～chi in⇨同上。

【養性 iáng-sèng】 怡情～～î-chêng～～⇨同上。

【養神 iáng-sîn】 培養精神。閉目～～pì-bo̍k～～⇨同上。

【養病 iáng-pēⁿ】 調養病情。老大人仔～～較要緊lāu-toā-lâng á～～khah iàu-kín⇨同上。

【養父母 iáng-hū-bó】 養育之父母。非生身之父母。

【養兒待老 iáng-jî-thāi-ló】 養子以待老後受其扶養。

【養虎貽患 iáng-hó͘-î-hoān】 飼虎將留後患於將來，喩留壞人將害自己。

【養尊處優 iáng-chun-chhí-iu】 保持崇高權位享受優厚待遇。

【養精蓄銳 iáng-cheng-hiok-jōe】 培養精銳精力以備突破前程。

iâng 羊 羊iûⁿ也。公冶長，公冶長，南山虎咬～，你得肉，我得腸kong-iá-tiâng, kong-iá-tiâng, lâm-soaⁿ hó͘-kā～, lí-tit-bah, goá-tit-chhiâng⇨公冶長識鳥語，鳥來叫他去南山扱肉，但他卻未將腸遺給鳥云。扱khioh，拾sip也。

iâng 陽 日也。又日中也。太～太陰thài～thài-im⇨日與月。朝～夕～tiau～se̍k～⇨同上。陰～im～⇨象徵日夜或男女以及一切正負相對之因素。九月重～káugoeh tiâng～⇨九月九日。重讀長tiâng。

【陽光 iâng-kong】 太陽之光。～～普照～～phó͘-chiàu⇨同上。

【陽性 iâng-sèng】 陰性～～im-sèng～～⇨男女或正負相對之性別。～～反應～～hoán-èng⇨醫學名詞。

【陽間 iâng-kan】 人的世界。陰間～～im-kan～～⇨同上。

【陽極 iâng-ke̍k】 ～～陰極～～im-ke̍k～～⇨同上。

【陽關路 iâng-koan-lō͘】 大路toā-lō͘。您行您的～～～，阮過阮的獨木橋lín-kiâⁿ lín-ê～～～，goán kòe-goán ê to̍k-bo̍k-kiô⇨你走你的，我走我的，彼此毫不相干。

【陽奉陰違 iâng-hōng-im-ûi】 表面服從，裏面違抗。受壓迫者多不得不如此。

**揚** iâng 飛舉也。顯耀也。意氣飛～ì-khì hui～⇨同上。宣～soan～⇨同上。褒～po～⇨同上。稱～chheng～⇨同上。不當弄～m̄-thang lōng～⇨不可太公開宣揚。

【揚言 iâng-giân】 公開大言。～～報復～～pò-hok⇨同上。

【揚威 iâng-ui】 躍武～～iak-bú～～⇨同上。

【揚揚 iâng-iâng】 ～～得意～～tek-ì⇨同上。

【揚善 iâng-siān】 隱惡～～ún-ok～～⇨隱蔽罪惡，發揚善舉。

【揚眉吐氣 iâng-bî-thò͘-khì】 事成而得意。

【揚湯止沸 iâng-thong-chí-hut】 ～～～～是治標耳，去薪息火正是治本～～～～sī tī-phiau niâ, khì-sin sit-hóe chiâ$^{n}$-sī tī-pún⇨中醫所標榜的醫療原則。

**洋** iâng 大海也。太平～thài-pêng～⇨同上。大西～tāi-se～⇨同上。印度～ìn-tō͘～⇨同上。俗以外國尤其白色西洋曰洋iâng，曰洋iû$^{n}$。

【洋人 iâng-jîn】 西洋人se-iû$^{n}$-lâng。

【洋火 iâng-hóe】 火柴hóe-chhâ。俗又曰番仔火hoan-á-hóe。

【洋灰 iâng-hoe】 水泥chúi-nî。

【洋洋 iâng-iâng】 美善衆多也。～～大觀～～tāi-koan⇨衆多善美可觀者。

【洋娃娃 iâng-oa-oa】 洋式的小女孩形玩具。

【洋洋大觀 iâng-iâng-tāi-koan】 景物廣大美盛的形容詞。

**煬** iâng 隋煬帝楊廣sûi-iâng-tè iâng-kóng也。

**楊** iâng 樹名。有白楊、黃楊又有垂楊各種。形如柳liú，因有楊柳之稱。又姓氏，曰楊iû$^{n}$。

【楊公 iâng-kong】 木匠所崇拜的建築之神。

【楊廣 iâng-kóng】 隋煬帝sûi-iâng-tè之姓名。～～探瓊花～～thàn khēng-hoe⇨戲名故事。

**恙** iāng 憂也，病也。無～乎bû～hō͘⇨企業請安之詞。

**養** iāng 下奉上也。今之孝者，是謂能～，至於犬馬，皆能有～，不敬，何以別乎kim-chi-hàu-chiá, sī ūi lêng～, chì-î khián-má, kai-lêng iú～, put-kèng, hô í piat-hō͘⇨論語。

**癢** iāng 膚欲搔也。亦作痒iâng。七年之～chhit-nî chi～⇨謂婚後七年，多有問題。無關痛～bû-koan thòng～⇨喻小事不影響大局。

## iap

**揜** iap 覆也。手揜物也。通掩iám。暗藏身上曰揜iap。順手牽羊式的偷竊曰揜iap。偷拎偷～thau-ni-thau～⇨拎ni，以指挾取也。無～無貼bô～bô-thiap⇨不夠謹慎以致外露。

【揜手 iap-chhiú】 藏手。手伸背後。

【揜哀 iap-ai】 心中私藏悲哀。

【揜後 iap-āu】 手伸背後。手～～許你道知死chiú～～hia lí-tō chai-sí⇨双手被縛背後的時候，你就知道死(如何之慘)。警告不肖子弟不可胡爲犯法之詞。

【揜貼 iap-thiap】 謹慎以防外露。該較～～抔ài-khah～～leh⇨必須謹慎小心一點（以防外洩，亦指隱私，不一定指壞事)。無揜無貼bô-iap-bô-thiap即多指隱私外洩之詞。～～所在～～só͘-chāi⇨①隱秘之地。②私處。

【揜尾狗 iap-bóe-káu】 喪家之犬。鬪敗之犬。喻喪志落魄。未輸～～～仔抔bē(bōe)-su～～～á-leh⇨宛然如喪家之犬。

【揜翅仔 iap-sit-á】 屋傍加蓋的小房。亦省稱曰揜仔iap-á。

**悒** iap 悒哀iap-ai。心中暗藏悲傷。同揜哀iap-ai。愈想愈～～ná-siū$^{n}$-ná～～⇨越想越

悲哀。悒iap，不樂也。愈亦讀ju着lu。

iap
葉 樹葉chiū-hioh也。樹葉狀者曰葉iap。花～hoa～⇨花瓣hoe-bān。風鼓～hong-kó·～⇨風鼓齒hong-kó·-khí。水車～chúi-chhia～⇨水車齒chúi-chhia-khí。豬肝～ti-koaⁿ～⇨豬肝瓣ti-koaⁿ-bān。豬肝一～來抄ti-koaⁿ chit～lâi-leh⇨豬肝我要買一葉iap。你都心官幾仔～lí to sim-koaⁿ kúi-na～⇨你是三心兩意sam-sim-liáng-ì的。心官無開～sim-koaⁿ bô-khui～⇨心智不開。

iap
業 謹業業kín-iap-iap，戒愼也。深恐爲而不成也。謹kín，爲兢kēng或兢keng之轉化。兢兢～～惟恐不勝負荷之重keng-keng giap-giap, ûi-khióng put-sìn hū-hô chi tiōng⇨日皇詔書。咱安爾謹～～呵，伊卻安爾格凉凉lán an-ne(ni) kín～～ō, i khek an-ne(ni) kek-liâng-liâng⇨我是如此的戒愼恐懼(怕事之不成)他却是如此這般的悠哉也。

iap
燿 燿燿蝕iap-iap-sih⇨形容明滅的星光或飛螢之多。蝕sih，忽明忽暗之螢光也。燿燿是iap-iap-sī⇨形容物多如星數。俗常以熠sih作蝕sih，似不通。熠指燦爛光明。金光～～kim-kong～～⇨金光燦爛也。熠之文讀爲ip，或者燿燿蝕亦可作熠熠蝕ip-ip-sih。此則爲新詞也，然仍指明滅之間忽明忽暗之閃鑠也。

## iau

iau
夭 美也，災也。少壯而死曰夭iau。孤貧～三字全ko·-pîn～san-jī-chn̂g⇨謂不幸之極。

【夭夭 iau-iau】 桃之～～，灼灼其華，之子于歸，宜室宜家。

【夭折 iau-chiat】 少壯而死。俗以未五十而亡爲夭折。

【夭壽 iáu-siū】 ㊀同上。㊁短命，早死。㊂作非常解(粗語)。～～佼～～gâu⇨非常聰明。～～撩草～～ló-chhó⇨非常馬虎。～～工夫～～kang-hu⇨非常周到周密(認眞)。㊃感嘆詞(粗語)。～～也，攏去也～～ā lóng-khì-à⇨敗了，都完了。按夭壽一詞，雖爲粗語，但口頭上範圍非常廣大，例如～～步⇨鴆毒tèng-tok的步數，～～嵩重～～siōng-tiōng⇨極嵩重。或～～囡仔，～～亡仔，～～人，～～短命，～～骨等等，多是罵詞，難於枚舉。

iau
妖 ㊀異於常物而害人者。㊁冶豔iá-iām。

【妖邪 iau-siâ】 妖精邪魔。

【妖怪 iau-koài】 妖魔鬼怪iau-mô-kúi-koài。

【妖星 iau-chheⁿ】 怪異的星。流星。彗星。掃箒星。

【妖術 iau-sut】 僞神僞鬼的騙人方法。

【妖道 iau-tō】 妖僧。野和尙。野道士。

【妖精 iau-chiaⁿ】 ㊀妖怪。㊁罵女人打扮妖冶或行爲淫蕩。粧到像～～chng-kà chhiūⁿ～～⇨打扮得如妖如精。

【妖嬌 iau-kiau】 妖豔。謂女人之美豔。

【妖孽 iau-giat】 稀見之妖怪。

iau
枵 木根空也。虛也。凡物饑耗曰枵iau，人饑曰枵腹iau-hok或iau-pak。生～白餓cheⁿ(chiⁿ)～peh-gō⇨自然發生的空腹感。病癒覺得餓曰生枵cheⁿ-iau，飯頓pn̄g-tǹg過時曰白餓peh-gō。腹肚若～戳飯桶，半暝仔無某戳媒人pat-tó·-nā～chhōe pn̄g-tháng, poà-mê-á bô-bó· chhōe moâi(mûi)-lâng⇨歌謠。～到像監囚的～kà chiūⁿ kaⁿ-siû-ê⇨餓得狀如餓囚(之兇)。囚亦讀siûⁿ。不成～不成飽m̄-chiâⁿ～m̄-chiâⁿ-pá⇨半枵半飽之狀態。

【枵死 iau-sí】 枵餓之極。活佃～～oah-boeh～～⇨餓得幾乎要死了。得未～～人也呢teh-beh～～lâng-ā-neh⇨快要餓死人了。

【枵狗 iau-káu】 餓狗gō-káu。～～賬想豬肝骨～～siàu-siūⁿ ti-koaⁿ-kut⇨逾份之奢望chhia-bāng。或作～～想食天鵝肉～～siūⁿ-chiah thian-gô-bah。意思完全一樣。

【枵枵 iau-iau】 甚枵。腹肚～～道罔耐，扁擔夯起道罔摡pat-tó͘～～ tō bóng-nāi, pîn-taⁿ giâ-khí tō bóng-khaiⁿ⇨歌謠。道tō，就也。摡khaiⁿ亦擔taⁿ也。擔taⁿ之較輕者曰摡khaiⁿ。

【枵鬼 iau-kúi】 貪食tham-chia̍h之人。餓鬼gō-kúi。～～較敎俄羅 ～～ khah-chē(chōe) ngō͘-lô⇨貪食鬼比俄羅人還要多。俄羅gō͘(ngō͘)-lô餓牢ngō͘-lô諧音。～～假細膩，相偵挾大餅 ～～ ké sè(sòe)-jī, siòng-chin ngeh-toā-tè⇨謂貪食者假裝客氣，乘間偷挾大餅肉。餅teh，餌也。

【枵鷄 iau-ke】 餓雞gō-ke。～～無惜箠，枵人無惜面底皮 ～～ bô-sioh-chhôe, iau-lâng bô-sioh bīn-té-phôe⇨喻急即顧不了面子。無惜箠bô-sioh-chhôe，顧不了箠打之苦。箠chhôe，小竹棒也。

【枵饞 iau-sâi】 嬰孩貪食曰枵饞iau-sâi。

【枵牢的 iau-lô-ê】 餓囚gō-siû。㑳每莫捨世衆，安爾未輸～～～呢taⁿ-mā-mài siā-sì-chèng, an-ne(ni) bē(bōe)-su～～～nī⇨謂不可胡鬧，這簡直是餓囚之行也。捨世衆siā-sì-chèng，示自己之醜於世人之前。

【枵飽吵 iau-pá-chhá】 謂小兒女餓也鬧，飽也鬧。吵chhá亦曰憍khiâu，糾也。小兒女有理無理的糾纏曰憍khiâu。歸日～～～呵活要齪死呵kui-ji̍t～～～ò oa̍h-boeh chak-sí-ò⇨媽要爆炸了。齪chak，急迫也。

【枵過飢 iau-kòe-ki】 謂枵過了進入飢之境了。～～～道無法醫～～～tō bô-hoat-i⇨枵而進入飢了就沒法子醫了。按枵iau，飢ki，餓ngō(gō)皆腹中空虛，只是輕重有別而已。從枵iau經飢ki，至餓gō即死，故曰餓殍ngōⁿ-hû而不曰飢殍ki-hû或枵殍iau-hû。

【枵燥燥 iau-sò-sò】 凡飢渴ki-khat之甚皆曰枵燥燥iau-sò-sò。看著道～～～了khoàⁿ-tio̍h tō～～～lò͘⇨一看就喜歡死了。囡仔安爾～～～，實在眞無捨施gín-á an-ne(ni)～～～si̍t-chāi chin-bô-siā-sī⇨孩子們如此這般的飢渴求食之狀，實在非常可憐的。無捨施bô-siā-si讀bô-sia-sī，作可憐，惻隱之心解。

【枵孱飽喊 iau-chhan-pá-hán】 略同枵飽吵iau-pá-chhá。孱chhan，弱也。呻吟也。亦憍khiâu，吵chhá也。

【枵腹從公 iau-hok-chiông-kong】 謂薪水微薄不足以溫飽。

**iau 邀** 邀請iau-chhiáⁿ也。

**iáu 猶** 尙也。還也。如也。同也。猶iáu→iá→á。亡羊補牢猶未晚bông-iâng pó͘-lô iû꞊bī boán。⇨bông-iûⁿ pó͘-lô iáu-bōe bān。猶iáu⇨還猶hoân-iáu。

【猶久 iáu-kú】 iá-kú。同猶早iáu-chá。伓娶某～～抄，幾歲耳boeh chhoā-bó͘～～lè, kúi-hòe-niâ⇨要妻乎還早也，才幾歲嘛。

【猶未 iáu-bōe(bē)】 iá-bōe, á-bōe。尙未也。還未也。還～～hoân～～⇨尙早也。～～來～～lâi⇨還未到。～～了～～liáu⇨未完。～～娶～～choā⇨未娶。～～好勢～～hó-sè⇨未妥當。

【猶可 iáu-hó】 iá-hó。尙可。還可以。～～暫度抄，未是抗捔～～ chiām-tō͘-leh, bōe-sī hiat-kak⇨還可以權且用之，暫時莫丟掉。可khó用好hó，亦晷同當thang。⇨猶當暫渡iáu-thang chiām-tō͘。

【猶有 iáu-ū】 iá-ū。á-ū。還猶有hoân-iáu-ū。尙有之。～～存～～chhun⇨還有殘額。～～步～～pō⇨還有辦法。～～額～～gia̍h⇨①還有足夠數量待人取之。②還有缺額待人補之。

【猶的 iáu-ê】 其他的。～～呢～～nè(nī)⇨其他的怎麼了(追問，追物)。～～食去也～～chia̍h-khì-à⇨其他的吃掉了。～～庋於銀行～～khǹg tī gîn-hâng⇨其他的存於銀行。

【猶呢 iáu-nè】 促講下去之詞。～～不緊講～～m̄-kín-kóng⇨再來呢，快說吧。

【猶是 iáu-sī】 iá-sī。㊀還是。～～老翁婆仔較好 ～～ lāu-ang-pô-á khah-hó⇨還是老夫妻好。㊁還算。這～～咱的che～～lán-ê⇨此還算我們的。㊂仍然。～～ 阿三較有面 ～～a-sam khah-ū-bīn⇨仍然是阿三佔強勢。

【猶無 iáu-bô】 ㊀無存了。～～也～～ā⇨同上。㊁那麼。～～曼愛～～bān-āi⇨那麼不要他吧。～～你去看拎～～lí khì khoàⁿ-leh⇨那麼你去看一看。㊂否則。～～ 都好勢也～～to hó-sè-ā⇨否則皆安當了矣(可惜)。

【猶該 iáu-āi】 每該mā-āi。也要iá-iàu。罰了～～更繳拎hoat-liáu～～kok-kiáu-lê⇨罰金之後也是要再交稅的。～～補考～～pó·-khó⇨還要補考(才能及格)。～～用～～iōng(ēng)⇨還需要使用之。

【猶著 iáu-tioh】 ㊀算是對。安爾～～an-ne(ni)～～ ⇨同上。㊁同猶該iáu-āi。～～ 更去～～koh-khì⇨還是要再去一次。

【猶算 iáu-sǹg】 iá-sǹg。還算。～～好～～hó⇨同上。～～佼～～gâu⇨還算聰明。～～早～～chá⇨同上。～～是…～～ sī…都可應用。～～ 是有良心的 ～～ sī ū-liâng-sim-ê⇨還算有良心的。

【猶安爾 iáu-an-ne(ni)】 仍然如此……。～～～佃安怎～～～boeh-an-choáⁿ⇨這樣一來怎麼辦呢？

【猶更較 iáu-koh-khah】 更如何如何。～～～好～～～hó⇨更加好。～～～快～～～khoài⇨同上。～～～實惠～～～sit-hūi⇨更加實惠。

**iáu 窈** 窈窕iáu-thiáu，深遠也。～～淑女，君子好逑 ～～ siok-lí, kun-chú hò·-kiû⇨詩經。

**iàu 要** 求也。索取也。需求也。重大也。重點也。愛某事物曰要iàu。你不～我～lí put～goá～⇨你毋愛我愛lí m̄-ài goá-ài。必～pit～⇨同上。需～su～⇨同上。提～thê～⇨重點。無～無緊bô～bô-kín⇨要理不理。漠不關心。

【要人 iàu-lâng】 需人任事。當拎～～tng-teh～～⇨正在需人工作。

【要人 iàu-jîn】 重要人物。個許～～，咱合伊講無話in-he～～, lán kah(kap)-i kóng-bô-ōe⇨他那種人要人也，我們與他話不投機(用於卑視其人)。

【要犯 iàu-hoān】 重要犯人hoān-lâng。押送～～ah-sàng～～⇨同上。

【要用 iàu-iōng】 需要使用。自己～～不賣他人chū-kí～～put-māi thaⁿ-jîn⇨同上。

【要旨 iàu-chí】 重要的旨意。～～不明～～put-bêng⇨同上。

【要因 iàu-in】 重要的原因。失敗的～～sit-pāi ê～～⇨同上。

【要件 iàu-kiāⁿ】 必要的條件。國家的三～～kok-ka ê sam～～⇨同上。

【要地 iàu-tē】 重要的所在。工場～～閑人勿進kang-tiûⁿ～～hân-jîn but-chìn⇨同上。

【要求 iàu-kiû】 ㊀索取sok-chhí。～～伊賠～～i pôe⇨要求他賠償。㊁需要su-iàu。時代的～～sî-tāi ê～～⇨同上。

【要事 iàu-sū】 重要的事情。伊有～～佃去公所i ū～～boeh-khì kong-só·⇨同上。

【要害 iàu-hāi】 ㊀重要的攻守重地。北面的～～pak-bīn ê～～⇨同上。㊁致命的部份。拂著～～hut-tioh～～⇨打中了致命之處。

【要脅 iàu-hiap】 藉口強迫服從。你要用這～～我不lí boeh iōng-che～～goá-m̄⇨你要以此事要挾iàu-kiap我嗎。

【要挾 iàu-kiap】 iàu-hiap。同要脅iàu-hiap。

【要素 iàu-sò·】 不可缺的元素。亦當作要件用。天分，努力，環境是成功的三～～thian-hūn nô-lek, khoân-kēng sī sêng-kong ê sam

～～⇨同上。

【要務 iàu-bū】 重要之事。當前的～～tong-chiân ê～～⇨同上。

【要訣 iàu-koat】 主要的方法。秘訣pì-koat。

【要塞 iàu-sài】 軍事重地。～～地帶～～tē-tāi⇨畫爲要塞的地方。

【要緊 iàu-kín】 重要。大事。必要。無～～bô～～⇨不關重要。眞～～chin～～⇨非常重要。該較～～扲āi khah ～～ leh⇨必須倍加重視。有～～藉來講ū～～chiah lâi-kóng⇨有大事才來通知。

【要領 iàu-léng】 主旨。不得～～put-tek～～⇨事無頭緒或尋不出門路。你～～僫lí～～bái⇨你的方法不佳。彼顆～～眞好hit-kho·～～chin-hó⇨他非常奸滑或手腕好。

【要點 iàu-tiám】 重點tiōng-tiám。較簡單扲，～～道好khah-kán-tan-leh，～～tō-hó⇨同上。

iâu **謠** 歌也。無譜之歌曰謠iâu。亂言曰謠。民～bîn～⇨同上。童～tông～⇨同上。歌～ko～⇨同上。造chō～⇨同上。亂～郎的歹話loān～lâng ê phái$^{n}$-ōe⇨亂造他人之謠言。

【謠言 iâu-giân】 揑造之假話。～～惑衆～～he̍k-chiòng⇨同上。

【謠傳 iâu-thoân】 以虛傳虛。有人扲～～ū-lâng teh～～⇨同上。

iâu **遙** 遠也。逍～自在siau～chū-chāi⇨安閑自得。逍～法外siau～hoat-goā⇨犯了罪却免於法律的制裁。路～知馬力，事久見人心lō·～ti má-le̍k, sū-kiú kiàn-jîn-sim⇨古俚。

【遙遙 iâu-iâu】 甚遠。～～千里～～chian-lí⇨千里迢迢chian-lí thiau-thiau。

iâu **姚** 姓氏。斬～敗朝chám～pāi-tiâu⇨東漢姚期的故事。

iāu **耀** 照也。照～世界chiàu～sè-kài⇨同上。光～門戶kong～bûn-hō·⇨同上。榮～歸上帝êng～kui siōng-tè⇨同上。

【耀耀 iāu-iāu】 光明。螢火。晨風鳴北林，～～東南飛sîn-hong bêng-pak-lîm,～～tong-lâm-hui⇨河梁別(李陵)。

# im

im **渰** 雲雨貌。水侵浸chhim-chìm曰渰im，亦作淹im。水～七軍chúi～chhit-kun⇨三國演義中關公最偉大的戰功。

im **淹** 漬也。浸淹chìm-im也。亦作渰im。水～金山寺chúi～kim-sam-sī⇨白娘娘攻法海和尙也。灌溉koàn-khài亦曰淹im。先～霑扲藉挐啦seng～tâm-leh chiah-lê-lā⇨先灌霑潤了才挐之可也。

【淹水 im-chúi】 厝～～也chhù～～ā⇨房屋侵水了。

【淹死 im-sí】 溺水而死。被水～～hō·-chúi～～⇨同上。

【淹大水 im-toā-chúi】 做水災chò(chòe)-chúi-chai。

【淹滂滂 im-phōng-phōng】 侵水甚多。水～～～chúi～～～⇨同上。大水～～～toā-chúi～～～⇨同上。→im-phóng-phóng。

【淹山淹海 im-soa$^{n}$-im-hái】 形容大水泛濫。遍山遍野phiàn-san-phiàn-iá都是大水所淹沒im-bu̍t。

im **音** 聲也。玉～giok～⇨美稱他人的聲音。報佳～pò-ka～⇨報告好消息。

【音叉 im-chhe】 測音調的小道具。

【音名 im-miâ】 音的名稱。如宮商徵角等是也。各國不同，洋人用Do, Re, Mi, Fa等者亦是也。

【音色 im-sek】 音的特性，或品質。亦稱音品(im-phín)。

【音波 im-pho】 音在空氣中興起的波動，能由近及遠。

【音律 im-lu̍t】 音的旋律。

【音信 im-sìn】 書信，消息。信亦可作訊。～～全無～～choân-bô⇨同上。

【音息 im-sit】 亦即音信消息。

【音問 im-būn】 亦同音息。攏無～～lóng-bô～～⇨同上。

【音符 im-hû】 音譜im-phó͘上的音樂符號。

【音階 im-kai】 音的階級高低，例如Do, Re, Mi等。

【音節 im-chiat】 音樂緩急的節度。三～～saⁿ～～⇨同上。

【音樂 im-ga̍k】 以音爲材料再以樂器所構成的藝術。

【音標 im-phiau】 標記音素的符號，羅馬字，日本的片、平假名等皆是。

【音調 im-tiāu】 ㊀平上去入等的聲調。㊁音的高低緩急。

【音韻 im-ūn】 聲音相和就是音韻好。

【音響 im-hiáng】 音樂的器具或其組合。

【音變 im-piàn】 某音受前後音的影響而發生自然變化。

im
# 陰
表示女性，爲暗。又鬼靈世界，亦曰陰im。～陽～iâng⇨陰與陽，暗與明。

【陰文 im-bûn】 器物上的文字凹入者，亦稱陰字im-jī。

【陰戶 im-hō͘】 陰門im-mn̂g，陰部im-pō͘，皆指女人某處。

【陰火 im-hóe】 夜間時在郊外出現時東時西的燐火。

【陰毛 im-mo(mn̂g)】 男女某處的毛。

【陰卯 im-báu】 僞冒的名簿。

【陰功 im-kong】 暗中做好事。～～積德～～chek-tek⇨同上。

【陰司 im-si】 鬼世界的官。

【陰地 im-tē】 ㊀不向陽之地。㊁俗指墓地。

【陰宅 im-the̍h】 堪輿家指墓地，以對陽宅。

【陰府 im-hú】 鬼的世界。或謂地府tē-hú。

【陰阜 im-hù】 女陰有毛之處。生理學名詞。

【陰官 im-koan】 陰府的官員。

【陰事 im-sū】 秘密之事，俗謂陰私im-su。

【陰風 im-hong】 冷風。

【陰症 im-chèng】 ㊀不出皮層面的病症。㊁鬼神作祟的病症。例如夜遊症，憂愁病等，多有迷信是鬼神所致的。致～～tì～～⇨發生陰症。

【陰核 im-hu̍t】 生理學名詞。女陰的一個敏感部位。

【陰莖 im-keng】 生理學名詞。男性生殖器。或稱陽物iâng-bu̍t。

【陰脣 im-tûn】 生理學名詞。女陰的一個部位。

【陰間 im-kan】 鬼的世界。陽間iâng-kan之對稱。

【陰森 im-som】 幽暗。

【陰溝 im-kau】 ㊀女陰。㊁暗溝或謂暗渠àm-kî。

【陰極 im-ke̍k】 物理學名詞。電極的一種。

【陰電 im-tiān】 物理學名詞。電的一種。陽電之對稱。

【陰魂 im-hûn】 人死據稱靈魂脫離肉體轉入陰間生活，是爲陰魂。其世界即陰間，或稱地府。～～不散～～put-sàn⇨人死或有較奇異的現像，就說是陰魂不散。

【陰德 im-tek】 不爲人知之積德。

【陰謀 im-bô͘】 有所企圖的秘密計謀。

【陰曆 im-le̍k】 或稱舊曆，或農曆，月爲基準。太陰曆。

【陰騭 im-chit】 俗曰陰德im-tek。

【陰囊 im-lông】 生理學名詞。包藏卵核(lān-hu̍t)之囊。亦即腎囊sīn-lông。

【陰陽家 im-iâng-ka】 古九流之一。談陰陽曆律之事。

ím
# 飲
食湯水也。

【飲血 ím-hiat】 血指淚。

【飲泣 ím-khip】 淚流入口。沬血～～boat-hiat～～⇨同上。

【飲恨 ím-hīn】 有恨而無所投陳。～～而終～～jî-chiong⇨抱恨而死。～～吞聲～～thun-seng⇨恨極。

【飲食 ím-sit】 三餐之事曰飲食。～～業～～giap⇨以飲食買賣爲職業。～～店～～tiàm⇨同上。

【飲宴 ím-iàn】 飲酒宴食之事。

【飲鴆 ím-tīm】 飲鴆毒之酒(自殺或被迫)。

【飲水思源 ím-chúi-su-goân】 不忘本。

【飲食男女 ím-sit-lâm-lí】 都是人心所願的大事，簡約之是食與色，亦即食色性也的意思。

**蔭** ìm 樹蔭也，通作廕ìm。福～hok～⇨同上。父～子hū～chú⇨例如父留遺產等等。老爸致～不是自己才情lāu-pē tì～m̄-sī chū-kí chai-chêng⇨輕視人之詞。

【蔭火 ìm-hóe】 設法溫存火種不熄。

【蔭股 ìm-kó͘】 一種報酬。免出資的股份。

【蔭屍 ìm-si】 某種原因致未腐爛的死屍。

【蔭妻蔭子 ìm-chhe ìm-chú】 福惠於妻兒。

**廕** ìm 庇～福～pì(tì)～hok～也。今多作蔭ìm。

**醅** ìm 醃am也。漬藏食物也。凡物漬藏掩覆不泄氣者謂之醅ìm。佼～未曉～差得天合地gâu～bē(bōe)-hiáu～chha-tit thiⁿ-kah-tē⇨善醅與不會醅者有天地之別。

【醅瓜 ìm-koe】 醅製之胡瓜。加豆酵tāu-kàⁿ。醱hoat過的爛瓜noā-koe。～～醃瓜～～am-koe⇨醃瓜只用豆油澤醃過而已。未爛bē(bōe)-noā。

【醅油 ìm-iû】 一種上等豆油。

【醅豉 ìm-sīⁿ】 豆油粕加工的食品。亦曰豆豉tāu-sīⁿ。～～扒平你道知～～peh-pêng lí-tō-chai⇨謂豆豉拆平配飯(的生活)你就知其慘也。

**窨** ìm 地穴tē-hiat也。土陷thô͘-hām也。地室也。地窖tē-kàu也。地窖藏酒曰窨ìm。

**霪** îm 久雨也。雨過十日爲霪îm。通淫îm。所謂孱雨siān-hō͘也。

**婬** îm 私逸也。私su者奸邪，逸it者奔也，縱也。亦即私行奸邪通同逃逸也。通用淫îm字。

**淫** îm 久雨也。邪也，通婬îm。不以禮交曰淫îm。浸～chìm～⇨浸在水中。親附。熱中於某事物曰浸淫chìm-îm。奸～kan～⇨同上。意～ì～⇨行淫於心也。～郎的某囝～lâng ê bó͘-kiáⁿ⇨奸淫他人之妻兒。萬惡～爲首bān-ok～ûi-siú⇨淫在惡中排名第一。起～心khí～sim⇨同上。

【淫婦 îm-hū】 奸夫～～kan-hu～～⇨同上。

【淫祠 îm-sû】 不正派的寺廟。

【淫賊 îm-chhat】 色魔sek-mô。

【淫慾 îm-iok】 富貴思～～，貧窮起盜心hù-kùi su～～, pîn-kiông khí-tō-sim⇨同上。

## in

**倗** in 第三人稱伊i的複數。特作倗in或作怹in。阮您倗goán-lín-in⇨我們，你們，他們。～二人～nn̄g lâng⇨他們兩人，他們夫妻。

【倗兜 in-tau】 他們之家。兜tau，厝chhù也。廚房或祭所曰兜tau。您兜阮兜～～lín-tau, goán-tau,～～⇨同上。同倗厝in-chhù。

【倗老父 in-lāu-pē】 他的父親。他們的父親。

【倗祖公 in-chó͘-kong】 他們的祖公。

【倗逐家 in-tak-ke】 倗大家in-tāi-ke。他們。

【倗兜的代誌 in-tau-ê-tāi-chì】 於我何干，他們家的事當然與我無干也。許～～～～～he～～～～～⇨那於我何干。是粗魯的拒絕詞。不但用於他，亦用於你。

**in 偲** 佪in，他們，亦作偲in。本作者寧取其簡作佪in。

**in 因** 事之緣由也。原～goân～⇨同上。起～khí～⇨同上。有～乃有果iú～nái iú-kó⇨同上。無～無端bô～bô-toa$^{n}$⇨無理無由。

【因果 in-kó】 佛家語。有原因有結果，有因必有果。因果相循環，因果相報應。～～律～～lu̍t⇨歸納法之一基礎。

【因循 in-sûn】 守舊不上進，不振作。

【因端 in-toa$^{n}$】 原因。無因無端bô-in-bô-toa$^{n}$。

【因緣 in-iân】 機緣，憑借某種機會。

【因人成事 in-jîn-sêng-sū】 依賴別人以成事。非自己力量。

【因小失大 in-siáu-sit-tāi】 拘泥於小事致誤大事。

【因材施教 in-châi-si-kàu】 根據人材的程度實施教育。

【因陋就簡 in-lō-chiū-kán】 條件不足，權宜從事。

【因時制宜 in-sî-chè-gî】 臨機應變。

【因禍得福 in-hō-tek-hok】 因禍反引來福運。

【因噎廢食 in-ē-hòe-si̍t】 有人噎死而禁天下飲食。喻事之荒唐可笑。

**in 絪** 油麻絞做索。長物相折合。～草～～chháu～⇨草折合而束之當柴燒。飼豬飼狗～柴擄草chhī-ti chhī-káu～chhâ la̍k-chháu⇨謂妻之工作如此。

**in 恩** 德惠。受～siū～⇨接受他人之德惠。感～節kám～cheh⇨同上。

【恩人 in-jîn】 受過恩情的人。

【恩典 in-tián】 恩惠。大人～～tāi-jîn～～⇨大人施惠赦罪。

【恩恤 in-sut】 施恩撫恤。

【恩威 in-ui】 降者免死反抗者殺無赦。恩威並施～～pēng-si⇨同上。

【恩師 in-su】 受教的教師。

【恩惠 in-hūi】 恩情德惠。

【恩義 in-gī】 恩惠的情義。～～絕也～～choa̍t-ā⇨恩義絕了。

【恩將仇報 in-chiang-siû-pò】 受恩不報，反尋麻煩。～～～～的忘恩背義者～～～～ê bông-in-pōe-gī-chiá⇨同上。

**ín 允** 答應曰允ín。半暝仔道該～伊也等到即陣poà$^{n}$-mê-á tō-āi～i ā-tán-kà chit-chūn⇨中夜就該答應他了，何須等到此刻。

【允人 ín-lâng】 答應他人。～～較慘欠人～～khah-chhám khiàm-lâng⇨謂答應了人，嚴重過於欠人債也。亦曰～～未輸欠人～～bē (bōe)-su khiàm-lâng，其義亦同。

**ín 引** 開引。荐導。接受。延續。藥～io̍h～⇨接～chiap～⇨同上。

【引力 ín-le̍k】 物理學名詞。萬有～～bān-iú～～⇨同上。

【引子 ín-chú】 角色（kioh-siàu）出場首先念的詩句。

【引工 ín-kang】 工人或工頭招引工事來做。

【引水 ín-chúi】 俗稱領港niá-káng。

【引見 ín-kiàn】 引道入內見面。

【引荐 ín-chiàn】 引導推荐。得到大力的～～tit-tō tāi-le̍k ê～～⇨同上。

【引退 ín-thè】 辭官。自動～～chū-tōng～～⇨同上。

【引責 ín-chek】 自動擔承責任。～～辭職～～sî-chit⇨擔起職務上的責任辭去官職。

【引進 ín-chìn】 導入。外國～～的新種goā-kok～～ê sin-chéng⇨同上。

【引渡 ín-tō】 法律名詞。政府要求外國政府將逃犯交還本國處理。

【引魂 ín-hûn】 俗謂引導死者的魂上西天。

【引誘 ín-iú】 導人爲非。～～良家子女～～liâng-ka chú-lí⇨同上。

【引線 ín-soàⁿ】 縫衣之針的俗稱。草針，外來的叫洋針。無針不～～bô-chiam put～～⇨有針才能引線。穿針～～chhoan-chiam～～⇨在中間導引。

【引戲 ín-hì】 延請戲班。客方叫請(chhiáⁿ)，請戲，班方叫引(ín)，引戲。班方派外交出去招攬生意曰引戲。

【引證 ín-chèng】 引據事實以證實其事。

【引頭路 ín-thâu-lō͘】 找尋工作職業。

【引鬼入宅 ín-kúi-ji̍p-the̍h】 交友不慎，致壞人來到自己家。

ìn
應 答應。叫未～kiò-bē(bōe)～⇨叫了無人答聲。或無法答聲。

【應金 ìn-kim】 往時帆船入港鳴鑼，港中友船亦鳴鑼和之，曰應金ìn-kim。亦即鳴金相應也。

【應答 ìn-tap】 對話。～～如流～～jî-iû⇨應答如流水的暢通。

【應話 ìn-ōe】 回答。無人～～bô-lâng～～⇨同上。

【應嘴 ìn-chhùi】 對長輩的責罵作抗辯。往日的禮法所忌。～～應舌～～ìn-chi̍h⇨謂下輩無禮也。

【應聲 ìn-siaⁿ】 ㊀回答的聲音。有聽見～～ū-thiaⁿ-kìⁿ(ìⁿ)～～⇨同上。㊁山谷中講話無聲音，從對面山回響回來的聲音。

【應人較慘欠人 ìn-lâng-khah-chhám-khiàm-lâng】 謂既然答應他人也，較諸欠他人還要嚴重，亦即非實現之不可。咱都～～～～～～無是未用得的lán-to～～～～～～bô sī bē(bōe)-iōng-tit-ê⇨我是答應了人就像欠人一樣，不實現不行也。同允人ín-lâng。

ìn
印 官之信物。圖章。又刊行印刷曰印ìn，依模造物亦曰印ìn。官～koaⁿ～⇨同上。私～su～⇨同上。官不離～商不離稱koaⁿ-put-lī～siang-put-lī-chhìn⇨同上。腳模手～kha-bô͘-chhiú～⇨同上。心心相～sim-sim siang～⇨蓋大～khap-toā～⇨同上。

【印仔 ìn-á】 印之總稱。小圖章。玉印，金印，柴印等。豆干～～tāu-koaⁿ～～⇨①豆干豆腐上之紅印。②喻無權威。豆干～～罔鎮的角色tāu-koaⁿ～～ bóng-teh ê kioh-siàu⇨小官員。

【印材 ìn-chhâi】 刻印的印身。

【印花 ìn-hoe】 合約書類收據類等所貼的稅票。～～稅票～～sòe-phiò⇨同上。

【印金 ìn-kim】 冥紙上加印金箔。

【印刷 ìn-soat】 印製文件書本或報章雜誌。

【印契 ìn-khè】 政府發的權利書。

【印信 ìn-sìn】 官府所用的印。古時帝王曰璽sú。官曰印ìn，等而下者有鈐記khiâm-khì，圖記tô͘-kì，臨時性的關防koan-hông，私人用的是私印su-ìn或小印sió-ìn。而今永久性的印信亦皆叫關防。

【印度 ìn-tō͘】 國名India。古之天竺國thian-tiok-kok。西天是～～se-thian-sī～～⇨對夢想上西天成正果者的解迷語。

【印章 ìn-chiang】 即小印。

【印規 ìn-kui】 刻印台，挾持印材以固定之。

【印堂 ìn-tông】 面上兩眉的中間曰印堂ìn-tông。

【印象 ìn-siōng】 心理學名詞，俗作觀念或觀感解。～～眞好～～chin-hó⇨同上。伊對人的～～太僫了i tùi-lâng ê～～thài-bái-là⇨同上。我的～～眞好goá ê～～chin hó⇨同上。

【印綬 ìn-siū】 印綰ìn-koāⁿ (弔印索)。

【印模 ìn-bô͘】 機械名詞swage。依模型把花樣打在製品上者。

【印譜 ìn-phó͘】 集古代印或名家刻印的書。

【印鑑 ìn-kàm】 私印經正式登記者。

ìn
寅 十二支亦即十二生肖seⁿ-siùⁿ之第三支。亦即虎hó͘。子丑～卯密虱咬蚤chú-thiú～báu ba̍t-sat kā-cháu⇨頑童的戲謔詞。

【寅時 în-sî】 屬寅之時刻。約在上午三四時。我無所謂，～～卯時攏可以，由你決定道可goá bô-só·-ūi, ～～báu-sî lóng-khó-í,iû-lí khoat-tēng tō-hó⇨我隨便，什麼時候都可以，由你決定可矣。

【寅申巳亥 în-sin-chih-hāi】 ～～～～父在房中子漫哀～～～～hū chāi pâng-tiong kiáⁿ-bān-ai⇨謂在此四個時辰出世的嬰仔eⁿ-á，如果父在房中現場，即初啼聲會漫一點。

【寅食卯糧 în-chiah-báu-niû】 汎喻未入先出之金錢事項。～～～～罔借罔暫度耳～～～～bóng-chioh bóng chiām-tō·-niā⇨未趁先開，借錢暫維持而已。略同未落南食南米。

【寅葬卯發 în-chòng-báu-hoat】 寅時(三四點)下葬，卯時(五六點)即告發財發達，立即見効的好墓地。有此名堂，難叫人不迷也。

【寅午戌三合 în-ngó·-sut-sam-hap】 謂此三方向大吉。～～～～～煞在北～～～～～soah-chāi-pak⇨謂只忌北方而已。

īn
孕 懷胎hoâi(hôe)-thai也。有～也ū～ā⇨有身也ū-sin-ā⇨懷胎了。身～於抮sin～tī-teh⇨腹中有子。

īn
應 回聲hôe-siaⁿ曰應īn，英文曰Echo，亦即山谷中的回音hôe-im也。又重車載tāng-chhia-chāi對地面的反應hoán-èng，又似地在振動又似有回聲亦曰應īn。彼旁山抮～hit-pêng soaⁿ teh～⇨彼方的山在回聲。山抮～，不是人啦soaⁿ teh～m̄-sī lâng-lā⇨是山在回聲，不是人在叫。火車過，地道會～hó ê-chhia kōe tē-tō-ē(ōe)～⇨火車通過時，地會振動。藉～耳，連杯子碗仔都顫到哩喇叫chùn-kà lih-lah-kiō呢⇨豈但應而已，連杯碗也振得哩喇有聲也。

īn
胤 子孫相承續也。莫非天～bok-hui thian～⇨恐怕是天之子嗣，應爲天子者乎。宋朝的始祖叫趙匡胤tiō-khong-īn。落～lok～⇨謂貴人私民女所生之子也。

## io

io
么 幺io俗作么io。小也。骰九tâu-káu的一點面曰么io。一也。出～chhut～⇨骰出一點面。

【么孔 io-khang】 骰出一也。六猴四五天，～～上無變lāk kâu sù-ngó· thian, ～～siāng bô-piàn⇨似乎是賭徒的一種解語。

【么二三 io-jī-saⁿ】 一二三在賭場如此稱呼。

【么九牌 io-káu-pâi】 一與九之牌。～～～先拍～～～seng-phah⇨同上。

io
腰 腹部曰腰io，腎sīn也。事物之中部曰腰io。攬下～lám-ē～⇨抱腰。山～soaⁿ～⇨山的中腹。水蛇～chúi-choâ～⇨美人會扭動的小腰。狗公～káu-kang～⇨健美男子之小腰。楚王愛細～，宮中多餓鬼chhó·-ông ài-sè～, kiong-tiong to-ngō-kúi⇨喻女人無不愛腰細，甚至餓死都甘願。

【腰子 io-chí】 腎臟sīn-chōng。～～病～～pēⁿ(pīⁿ)⇨同上。

【腰尺 io-chhioh】 脺臟chhùi-chōng。食～～佼相惜chiah～～gâu sio-sioh⇨成婚次晨，新娘出大廳食早飯，做大家的toā-ke(ta-ke)-ê挾取腰尺給新娘，口說此好話hó-ōe。

【腰包 io-pau】 錢包chîⁿ-pau。因多藏在腰際故也。

【腰肢 io-ki】 腰部。～～甚肥偲看～～siūⁿ-pûi bái-khoàⁿ⇨腰太粗難看也。

【腰桶 io-tháng】 女人的洗腳桶。

【腰圍 io-ûi】 腰之周圍。俗指其尺寸。亦即所謂三圍之一。

【腰內肉 io-lāi-bah】 腹腔內腰骨旁之兩塊肉。亦即肢肉bôe-bah也。俗謂此肉最佳。和藥多取此肉。亦曰接肋肉chiap-lek-bah。

【腰脊骨 io-chiah-kut】 腰骨。脊椎骨chiahchui-kut。～～～強要折也～～～giōng-boeh chih-â⇨腰骨快要斷了。謂疲勞甚矣。

【腰的卻的 io-ê-khioh-ê】 ～～～～惜的借的～～～～sioh-ê chioh-ê⇨謂田庄小女之名字，多是阿腰、阿卻，阿惜之類。借chioh只取其諧音。腰，養io諧音，收養。卻khioh，扱khioh也，拾取也；借chioh，告貸也。從這些女子名，可見重男輕女之舊俗。

【腰痠脚軟 io-sng-kha-nńg】 形容疲勞之甚。～～～～腳手攏無力～～～～kha-chhiú lóng-bô-lat⇨同上。

【腰纏萬貫 io-tiân-bān-koàn】 腰中帶有萬貫錢財。喻非常富有。

io **育** 亦做邀io，或作腰io。養也。飼chhī也。養子使爲善也。收養子女曰育io。共人～的kā-lâng～ê⇨①育他人之子。②收他人之子爲己子。～的不是養的～ê m̄-sī ió$^{n}$-ê⇨收養的不是親生的。好～好飼hó～hó-chhī⇨養育上不甚麻煩。好飼hó-chhī者不擇食也。～一個媳婦仔～chit-ê sim-pū-á⇨收養一個小媳婦。

【育的 io-e】 收養的。生的且一邊，～～較大天se$^{n}$-ê chiá-chit-pi$^{n}$,～～ kho tōa-thi$^{n}$⇨謂養育者功大於生母也。

【育囝 io-kiá$^{n}$】 養育兒子。～～無許快～～bô-hiah-khoài⇨養育兒女不是那麼容易。亦作育囡仔io-gín-á。

【育杰 io-chhoā】 看帶兒女。好～～hó～～⇨看看不會有太大麻煩。

【育飼 io-chhī】 養育。飼chhī者給食物入其口中。人阮即個眞好～～lâng-goán chit-ê chin-hó～～⇨我們這一個很少麻煩。

ió **養** 育也。畜也。長也。生子曰養ió。亦無～到一隻青虹仔也iah-bô～kà chit-chiah chhe$^{n}$(chhi$^{n}$)-ioh-á-ā⇨並無生得一男半女。青虹chhe$^{n}$-ioh，有青色斑之蛙。家己～的較輸人育的ka-kī～ê khah-su-lâng io-ê⇨親生的不如他人收養的。

ió **舀** 抒米出臼也。抭彼注此iú$^{n}$-pí-chù-chhú曰舀ió。以杓類抭水iú$^{n}$-chúi(ió-chúi)皆曰舀ió。

【舀水 ió-chúi】 iú$^{n}$-chúi。以杓移水。抭水iú$^{n}$-chúi。～～舀潘～～ió-phun⇨抭水，抭潘水。潘phun者洗米汁，亦即養豬之飼料也。

【舀泔 ió-ám】 iú$^{n}$-ám。抭泔iú$^{n}$-ám。以勺取泔。泔ám者飯汁也。～～的～～ê⇨喻無權講話管事之人。

ió **抭** 抒也，酌也。通舀ió，iú$^{n}$。

ió **漾** 水動搖也。粥水多太軟曰漾ió。反之水少太硬曰膠kâ。不是甚膠道是甚～節未抵好m̄-sī siū$^{n}$-kâ tō-sī siū$^{n}$～chat-bē(bōe) tú-hó⇨糜moâi不是太硬就是太軟，難調節得恰到好處。咱寧可趁較少抡食較～抡lán lêng-khó· thàn-khah-chiò-leh chiah-khah～leh⇨我們還是趁小一點，吃漾一點(不去要那危險錢)吧。

ió **毆** 杖擊也。毆打áu-tá$^{n}$曰ió。～一下腳道折也～chit-ê kha-tō-chih-â⇨毆打一下脚骨就斷了。

iô **搖** 動也。上也。不當～了m̄-thang～lō·⇨不可搖了(頑童在上)。欹皓～khi-khok～⇨壞椅桌搖動聲。人心動～jîn-sim tōng～⇨扶～直上hû～tit-siāng⇨同上。

【搖手 iô-chhiú】 揮手hui-chhiú。逐家抡～～tak-ê teh～～⇨同上。～～攝目～～nih-bak⇨表示制止或某種信號。

【搖尾 iô-bóe(bé)】 擺動尾巴。飼狗每會～～chhī-káu mā-ē(ōe)～～⇨對忘恩背義者的卑視之詞。～～乞憐～～khit-lîn⇨搖尾如狗似的請求同情。

【搖荀 iô-kô】 同搖籃iô-nâ。荀kô，一種入得出不得的捕魚具。

【搖椅 iô-í】 安樂椅an-lok-í。

【搖鼓 iô-kó·】 玲瓏鼓lin-long-kó·。其聲玲

瓏lin-long有聲也。

【搖獅 iô-sai】 嬰仔eⁿ-á高興而搖頭。狗母無～～，狗公那敢來káu-bó bô ～～ káu-kang ná-káⁿ-lâi⇨謂母狗不挑撥，公狗怎敢輕舉妄動。

【搖頭 iô-thâu】 ㊀示意拒絕。伊都 ～～ 耳不點頭扵i to～～niā-m̄-tiám-thâu-leh⇨他只搖頭而已不肯點頭也。㊁擺動頭。查某囡仔人安爾 ～～ 捕脰敢有一個體統cha-bó͘-gín-á-lâng an-ne(ni)～～ chūn-tāu kám-ū chit-ê thé-thóng⇨女孩子這樣的搖頭晃腦，成何體統。捕脰chūn-tāu，旋轉下顎也。脰tāu，即頤î也。

【搖櫓 iô-ló͘】 ㊀搖櫓以進船。㊁物老朽而動搖曰搖櫓iô-ló͘。嘴齒扵 ～～ 也chhùi-khí teh ～～ â⇨齒牙在動搖了。～～～～也～～～～ â⇨搖搖欲墜了。

【搖簸 iô-poà】 左右上下動。簸poà者篩米簸米thai-bí poà-bí也。路僫車眞 ～～ lō͘-bái chhia chin～～⇨路不好致車搖簸得利害。

【搖籃 iô-nâ】 育兒籃io̍k-jî-nâ。～～歌～～koa⇨母親安撫孩兒之催眠歌曲。～～地～～tē⇨喻故鄉。

【搖也搖 iô-a-iô】 ～～～豬脚雙邊屻～～～ti-kha-siang-pêng-liô⇨搖籃歌。

【搖玲瓏 iô-lin-long】 搖玲瓏鼓也。賣雜細的～～～您戽做司功bē(bōe) cha̍p-sè(sòe)-ê～～～，lín-tau chò(chòe) sai-kong⇨童謠。

【搖會仔 iô-hōe-á】 標會仔pio-hōe-á。

【搖錢樹 iô-chîⁿ-chhiū】 乞食以生樹枝吊上紅絲線與幣類，持之沿門挨戶行乞，口唱：～～～搖得高，生子生孫中狀元～～～iô-tit-koân, seⁿ(siⁿ)-kiáⁿ seⁿ(siⁿ)-sun tiòng-chiōng-goân。此往年之搖錢樹也。

【搖身一變 iô-sin-it-piàn】 轉變得快速。人伊 ～～～～ 每是紳士也lâng-i ～～～～ mā-sī sin-sū-ā⇨他搖身一變也成了紳士了。

【搖旗喝喊 iô-kî-hoah-hán】 ～～～～共人助威～～～～kā-lâng-chō͘-ui⇨同上。

【搖豬無刣 iô-ti-bô-thâi】 蹦蹦跳跳的豬，肉少。～～～～ 搖人無才 ～～～～ iô-lâng bô-châi⇨跳豬無肉，跳人無實力。才châi，風度，才幹。又通錢財chîⁿ-châi。

iô
窰 燒瓦灶也。同窯iô。瓦～hiā～⇨同上。磁～hûi～⇨同上。磚仔～chng-á～⇨同上。

iô
謠 童謠tông-iô，民謠bîn-iô也，謠言iâu-giân也。

## ioh

ioh
約 猜測chhai-chhek曰約ioh臆測曰約ioh。這啥乎你～che-saⁿ hō͘-lí～⇨此何物也你猜測吧。烏白～o͘-pe̍h～⇨胡亂猜測。青～白～chheⁿ(chhiⁿ)～pe̍h～⇨同前。做謎來～chò(chòe)-bê lâi～⇨作謎來大家猜chhai。

【約旦 ioh-toàⁿ】 猜測女演員之媠僫súi-bái，亦即美醜bí-chhiú也。青盲的～～chheⁿ(chhiⁿ)-mêⁿ(mîⁿ) ê～～⇨瞎猜hāi-chhai。亦即烏白約o͘-pe̍h-ioh。房間仔內扵～～pâng-keng-á-té teh～～⇨同前。

【約謎 ioh-bī】 猜測謎猜。推摩謎底。解謎。

【約堆的 ioh-tui-ê】 買賣的一種方法。算堆tui亦即一山若干，而不用斗稱的方法也。～～～較簡單啦～～～khah kán-tan-lā⇨算山的簡單嘛。

【約墓粿 ioh-bōng-kóe】 清明掃墓，牧童頑童相偕到墓前看熱鬧。祭畢，祭主把粿各分發一兩塊給他們當點心。美其名約墓粿，其實非約ioh而是要iàu也。

ioh
喲 感歎詞。喚起注意或驚歎。～，好未～hó͘-bōe(be)⇨喲，好了嗎。～，你亦於者～，lí ia̍h tī-chia⇨喲，你也在此。哎～âi～⇨驚歎聲。哎～，險仔行去âi～hiám-á kiāⁿ-

khì(ì)⇨哎喲險些完了。哎～，較佳哉âi～khah ka-chāi⇨哎喲，幸矣哉。哎～安爾不是人也呢âi～, àn-ne(ni) m̄-sī-lâng-ā-neh⇨哎喲，這樣一來，非同小可了。

ioh **唷** 同喲ioh。

ioh **蚼** 青蚼chheⁿ-ioh，一種有青斑的水蛙chúi-ke。～～仔～～á⇨水蛤仔chúi-kap-á。田蛤仔chhân-kap-á。

ioh **藥** 治病之物皆曰藥ioh。火藥類亦曰藥ioh。草～chháu～⇨草根木皮類。西～se～⇨西方之藥。漢～hàn～⇨漢方之藥。通稱醫藥i-ioh。火～hóe～⇨同上。炸～chà～⇨同上。毒～tok～⇨同上。苦～khó͘～⇨同上。補～pó͘～⇨同上。良～liâng～⇨同上。

**【藥丸 ioh-oân】** 豆粒形的藥。～～藥丹～～ioh-tan⇨同上。丹tan似乎是餅片狀藥。

**【藥方 ioh-hng】** 處方chhù-hng。開～～khui～～⇨同上。

**【藥引 ioh-ín】** 引主藥發生更佳藥效的補助藥。

**【藥材 ioh-châi】** 藥的材料。～～行～～hâng⇨同上。

**【藥局 ioh-kiok】** ㊀藥店藥舖ioh-tiàm ioh-phò͘。㊁藥政的官廳。

**【藥砧 ioh-kó͘】** 藥罐ioh-koàn。煎藥的瓦罐。

**【藥栓 ioh-sng】** 防止傷口太早癒合的藥布。拍～～phah～～⇨同上。

**【藥理 ioh-lí】** 有關醫藥之理論。～～有徹～～ū-thiat⇨同上。

**【藥婆 ioh-pô】** 所謂三姑六婆之一。女密醫。

**【藥渣 ioh-che】** 煎過後的草藥，草藥的殘渣。

**【藥廚 ioh-tû】** 藏藥之廚。腹肚抡做～～pat-tó͘ teh-chò(chòe)～～⇨喻無效的各種藥都試過太多了。

**【藥劑師 ioh-che-su】** 調藥的技師。有牌的調藥家。

**【藥是眞的 ioh-sī-chin-ê】** ～～～～，拳頭是假的～～～～kûn-thâu sī ké-ê⇨打拳賣膏藥者之言。

**【藥能醫假病 ioh-lêng-i-ké-pēⁿ】** ～～～～～酒不解眞愁～～～～～chiú put-kái chin-chiû⇨俚言。

ioh **鑰** 鎖鑰só-ioh也。門鑰mn̂g-ioh，門之鎖也。

## iok

iok **約** 約束iok-sok⇨約束iak-sok(見iak部)。

iok **藥** 良藥liâng-iok⇨良藥liâng-iak(見iak部)。

iok **鑰** 鎖鑰só-iak也。

iok **欲** 貪tham也。愛也。又期待之詞。貪～無厭tham～bû-iàm⇨同上。食～sit～⇨同上。情～chêng～⇨同上。性～sèng～⇨同上。名譽～bêng-ī～⇨同上。七情六～不學自通chhit-chêng liok～put-hak chū-thong⇨同上。家～齊，置兩犂，家～敗，置兩妻ka～chê, tī-liáng-lê, ka～pāi, tī-liáng-chhe⇨同上。搖搖～墜iô-iô～tūi⇨同上。工～善其事，必先利其器kang～siān-kì-sū, pit-sian lī-kì-khì⇨同上。山雨～來風滿樓san-í～lâi hong-boán-lâu⇨同上。白頭搔更短，渾～不勝簪pek-thiû so-kêng-toán, hūn～put-sìn-chiam⇨杜甫。

**【欲火 iok-hóe(hé)】** 欲情如火。～～如焚～～jî-hûn⇨同上。

**【欲海 iok-hái】** 情如海之大且深。～～難填～～lân-tiân⇨同上。

【欲望 iok-bōng】 心所欲所望。人講人心節節高，～～是無界限的lâng-kóng jîn-sim chat-chat-ko,～～sī bô-kài-hān-ê⇨同上。

【欲蓋彌彰 iok-kài-bî-chiang】 欲掩蓋反而愈見出醜陋。即類事人講～～～～絕對無法度掩勘的chit-lōe-sū lâng-kóng～～～～choat-tùi bô-hoat-tō· am-khàm-ê⇨同上。勘khàm，覆定也。

【欲擒故縱 iok-khîm-kò·-chhiòng】 本心欲捉人卻故意先放人。欲得之反而表示放棄等之奸計皆是。

【欲罷不能 iok-pā-put-lêng】 含都人講勢如騎虎，～～～～也taⁿ-to lâng-kóng sè-jî khiâ-hó·,～～～～ā⇨同上。

【欲速即不達 iok-sok-chek-put-tat】 謂事必循階而進按部就班，否則反而惹出麻煩，不能達到目的。

iok 慾 情所好也。同欲iok。因七情六欲皆出自心，所以加心作慾iok。

iok 浴 灑身也。齋戒沐～chai-kài bok～⇨同上。貴妃賜～kùi-hui sù～⇨同上。麗人出～圖lē-jîn chhut～tô·⇨同上。

【浴室 iok-sit】 洗身房sé-sin-pâng。浴間ek-keng。

【浴血戰 iok-hiat-chiàn】 形容激烈的戰鬥。

【浴佛節 iok-hut-cheh】 四月八日爲佛誕，各寺院例以清水灌洗佛像，謂之浴佛節iok-hut-cheh，亦曰灌佛節koàn-hut-cheh。

iok 躍 躍進iok-chìn⇨躍進iak-chìn。

iok 育 養之，長之，生之。養子使作善也。養～iāng～⇨同上。生～seng～⇨同上。教～kāu～⇨同上。體～thé～⇨同上。德～tek～⇨同上。

【育英 iok-eng】 教育英才。育才～～iok-châi～～⇨同上。

【育樂 iok-lok】 教育與娛樂。～～施設～～si-siat⇨同上。

【育幼院 iok-iù-īⁿ】 今之育嬰堂也。

【育嬰堂 iok-eng-tông】 古之孤兒院。

iok 翼 鳥翅也。翅sı̍t也。保護曰翼iok。輔助曰翼iok。羽～成矣í～sêng-ī⇨謂其勢力形態已建立了。卵～loán～⇨撫育bú-iok。輔～hù～⇨扶助。左～右～chó～iū～⇨政治或思想界用詞，左指激進，右指保守。左～作家chó～chok-ka⇨同上。

iok 籲 呼籲hō·-iok也。

## iong

iong 央 中央tiong-iong⇨中央tiong-iang（見iang部）。

iong 殃 遭殃cho-iong⇨遭殃cho-iang（見iang部）。

iong 雍 雍正iong-chèng，清代帝號年號。順治，康熙，～～，乾隆，嘉慶sūn-tī, khong-hi,～～，khiân-liông, ka-khèng⇨清前五帝。

iong 邕 蔡邕chhoà-iong，人名。漢代名士。即能琴的蔡文姬chhoà-bûn-ki之父親也。

iong 鞅 商鞅siang-iong，人名。秦的政治家。司馬遷su-má-chhian評爲最刻薄之人也。

iong 鴦 鴛鴦oan-iong。鳥名。即比翼鳥pí-iok-niáu鴛鴦oan-iuⁿ也。願爲～～不羨仙goān-ûi～～put-soān-sian⇨同上。

ióng 勇 氣盛無所畏避曰勇ióng。銳進以致其力曰勇ióng。兵卒曰兵勇peng-ióng。隘～ài～⇨古時防番之民兵。見義不爲無～也kiàn-gī put-ûi bû～iā⇨同上。孔老夫子。智～双全tì～siang-choân⇨同上。有～無謀iú～bû-bô·⇨同上。義～隊gī～tūi⇨警察似有此組織。阿三較～a-sam khah～⇨同上。

【勇士 ióng-sū】 勇武之人。重賞之下必有～～tāng-siúⁿ chi hā pit-iú～～⇨同上。

【勇壯 ióng-chòng】 健壯kiān-chòng。身體

～～sin-thé～～⇨同上。

【勇氣 ióng-khì】 有作爲的氣概。～～百倍～～pah-pōe⇨同上。

【勇猛 ióng-béng】 勇武如猛虎之勢。伊的表現～～而又果斷 i ê piáu-hiān ～～ jî-iū kó-toàn⇨同上。

【勇健 ióng-kiāⁿ】 ióng-kiān阿公猶眞～～於扲a-kong iáu-chin ～～ tī-teh⇨祖父還是很健康的。

【勇敢 ióng-kám】 有勇氣。不怕死。～～的小蜜蜂～～ê sió-bit-phang⇨同上。

【勇者不懼 ióng-chiá-put-kī】 仁者不憂，知者不惑，～～～～ jîn-chiá put-iu, tì-chiá put-hek,～～～～⇨論語。

ióng **湧** 水上騰也。洶～hiong～⇨同上。來勢洶～lâi-sè hiong～⇨同上。淚如泉～lūi-jî choân～⇨同上。

ióng **養** 修養siu-ióng⇨修養siu-iáng（見iang部）。

ióng **俑** 從葬之偶人。始作～者其無後乎sí-chok～chiá kî-bû-hō·-hō·⇨孟子。凡不善不佳等物之造端提唱，曰作俑chok-ióng。曰始作俑sí-chok-ióng。

ióng **踊** 跳也。舞～bú～⇨跳舞thiàu-bú。～～家～～ka⇨同上的專家。

【踊躍 ióng-iak】 歡喜鼓舞樂於從事。踊ióng通踴ióng或勇ióng。～～參加～～chham-ka⇨同上。

ióng **踴** 踴躍ióng-iak也。同踊躍ióng-iak。

ióng **擁** 抱phō也。雲横秦嶺家何在，雪～藍間馬不前ûn-hêng chîn-léng ka-hô-chāi, soat～lâm-kan má-put-chiân⇨韓退之。抱～phō～⇨同上。左～右抱chó～iū-phō⇨雙手抱雙美。

【擁兵 ióng-peng】 養兵也。～～自重～～chū-tiōng⇨把握統帥兵力以堅固自己。

【擁護 ióng-hō·】 助。扶助。～～派合反對派扲拚生死～～phāi kah hoán-tùi-phāi teh piàⁿ-seⁿ-sí⇨同上。

【擁立新君 ióng-lip-sin-kun】 君主時代常見此事。亦因此而釀內亂。

iòng **佣** 作爲曰佣iòng，亦曰創chhòng。我～你～攏共款goá～lí～lóng kāng khoán⇨我創你創都一樣。你佃～否lí boeh～bò·⇨你佃創否lí boeh chhòng-bò·。

【佣金 iòng-kim】 經紀人的酬勞金siû-lô-kim。～～更參商～～koh chham-siâng (siâng)⇨佣金的定例是賣一買二，不過大額的交易可另外商量。

iông **容** 盛也。受物也。包含也。收～siu～⇨同上。儀容也。美～bí～⇨同上。整～chéng～同上。形～hêng～⇨同上。陣～tīn～⇨同上。又安也。從～chiông～⇨同上。花～月貌hoa～goat-māu⇨形容美人。有～即大iú～chek-tāi⇨能包含異見就是大人物。

【容允 iông-ún】 包含。許可。目前伊未～～咱安爾做嘛bok-chêng i bē(bōe)～～lán an-ne(ni) chò(chòe)-mà⇨目前(的情形)，他不同意我們如此做法也。

【容光 iông-kong】 風采hong-chhái。～～煥發～～hoàn-hoat⇨同上。

【容忍 iông-jím】 忍受。暫時該～～藉著chiām-sî ài～～chiah-tioh⇨暫時應該忍受才對。

【容身 iông-sin】 藏身chōng-sin。乎人迫到無～～之地hō·-lâng pek-kà bô～～chi-tē⇨被人迫得走投無路cháu-tâu-bû-lō·。

【容或 iông-hek】 或者。或可能。～～你較著～～lí khah-tioh⇨或者你對也不一定。～～有即類代誌～～ū-chit-lōe tāi-chì⇨可能有此事也不一定。

【容易 iông-ī】 不難。～～來～～去～～lâi～～khì⇨謂錢財之爲物，來得容易去得也容易。亦即非辛苦錢即多不知節儉。

【容納 iông-la̍p】 收容。～～未了～～bē(bōe)-liáu⇨同上。

【容許 iông-hí】 容允iông-ún。

【容量 iông-liōng】 收容量。裝載容。～～眞大～～chin-toā⇨同上。

【容貌 iông-māu】 面貌bīn-māu。論～～是未傯，氣質較差耳lūn～～sī bē(bōe)-bái，khì-chit khah-chha-niâ⇨同上。

iông **蓉** 芙蓉phû-iông，花草名。～～仔花～～á-hoe⇨同上。

iông **楊** 楊柳iông-liú⇨楊柳iâng-liú。

iông **羊** 羚羊犀角lêng-iông-sai-kak⇨羚羊犀角lêng-iâng-sai-kak。

iông **庸** 用也。功也。愚也。平～pêng～⇨同上。凡～hoân～⇨同上。附～hū～⇨小城，小國。聽令於大城大國者。

【庸人 iông-jîn】 平庸之人。無用之輩。～～自擾～～chū-jiáu⇨無用之人自招麻煩。

【庸材 iông-châi】 無用的廢料。～～碌碌因人成事～～lo̍k-lo̍k in-jîn sêng-sū⇨同上。

【庸碌 iông-lo̍k】 平凡無奇。亦作庸庸碌碌iông-iông-lo̍k-lo̍k。

【庸醫 iông-i】 不通病理不精醫術的醫生。～～誤人～～gō͘-jîn⇨同上。

iông **傭** 受雇役也。日～ji̍t～⇨計日的工人。女～lí～⇨同上。雇～關係kò͘～koan-hē⇨同上。

【傭工 iông-kang】 受雇用的工人。

【傭兵 iông-peng】 雇人當兵。～～制～～chè⇨付報酬雇人當兵的制度。

【傭耕 iông-keng】 受雇耕田。

iông **陽** 太陽thài-iông⇨太陽thài-iâng。

iông **洋** 海洋hái-iông⇨海洋hái-iâng。

iông **煬** 隋煬帝sûi-iông-tè⇨隋煬帝sûi-iâng-tè。

iông **瘍** 潰瘍khùi-iâng。一種腐爛性的病名。胃潰～ūi khùi⇨同上。

iông **融** 和也。通也。流通也。金～kim～⇨錢財的來往借貸。金～界kim～kài⇨以金錢的來往借貸爲業者的社會。通～thong～⇨①權宜變更。方便。無法度共你通～bô-hoat-tō͘ kā-lí thong～⇨無法爲你方便。②金錢上的權宜借貸。共我通～一下kā-goá thong～chi̍t-ē⇨權且借貸我若干。水乳交～súi-jí kau～⇨彼此融洽無間。

【融化 iông-hoà】 物質由固體變爲液體的現象。冰塊化水的過程等是也。

【融洽 iông-hia̍p】 感情和睦無間。

【融通 iông-thong】 金錢的周轉。資金的～～chu-kim ê～～⇨同上。

【融融 iông-iông】 和樂。樂～～lo̍k～～⇨同上。

【融會貫通 iông-hōe-koàn-thong】 參合各種事理而能徹底領悟。

iông **溶** 物質化解爲液體也。水～液chúi～e̍k⇨同上。不～物put～bu̍t⇨不溶化的物體。

【溶液 iông-e̍k】 溶有他物之液體。

【溶解 iông-kái】 物質分化爲水狀也。

【溶劑 iông-che】 能溶他物的液體。

iông **鎔** 冶金器也。亦即製造金屬器具。今多作熔iông，以鎔冶需火也。

【鎔點 iông-tiám】 金屬類溶解所需之一定熱度。依類各不相同。

【鎔礦爐 iông-khòng-lô͘】 冶金爐iá-kim-lô͘。

iông **熔** 同鎔iông，以其須用火也。

iōng **用** 使也。可施行也。國～家～kok～ka～⇨財政也。功～效～kong～hāu～⇨功能也。使～任～運～作～應～sú～jīm～ūn～

chok ～ èng ～ ⇨施行也。天生我才必有～ thian-seng gó͘-châi pit-iú～⇨同上。楚材秦～ chhó͘-châi chîn ～ ⇨楚國的人材爲秦國所用。利～厚生lī～hō͘-seng⇨同上。自己要～不賣他人chū-kí iàu ～ put-māi thaⁿ-jîn⇨謂傻瓜誤用言詞，對客指其妹而言。不中～的戇郎put-tiòng～ê gōng-lâng⇨無用之物。

【用心 iōng-sim】 ～～計較～～kè-kàu⇨苦心辛勞經營。～～計較飼您大漢～～kè-kàu chī-lín toā-hàn⇨苦心辛勞養育你們成人。

【用功 iōng-kong】 努力讀書。讀書～～thok-su(chu)～～⇨同上。

【用兵 iōng-peng】 調兵遣將tiāu-peng-khián-chiàng。～～如神～～jî-sîn⇨同上。

【用命 iōng-bēng】 奉行命令。將士～～chiàng-sū～～⇨同上。

【用具 iōng-kī(kū)】 道具tō-kū，器具khì-kū。家庭～～ka-têng～～⇨同上。

【用事 iōng-sū】 當權tong-khoân。太后～～thài-hō͘～～⇨同上。

【用計 iōng-kè】 暗施計謀。軍師～～kun-su～～⇨同上。

【用度 iōng-tō͘】 各種費用。～～無缺～～bû-khoat⇨同上。

【用途 iōng-tô͘】 財貨的去路。～～不明的豆油賬了了～～put-bêng ê tāu-iû-siàu liàu-liàu⇨都是用途不明的糊塗賬也。了了liáu-liáu改讀liàu-liàu。

【用意 iōng-ì】 存心chûn-sim。～～不善～～put-siān⇨同上。

【用謀造計 iōng-bô͘-chō-kè】 ～～～～想要害人，夭壽歹心～～～～siūⁿ-boeh hāi-lâng, iáu-siū pháiⁿ-sim⇨使用計謀意欲害死他人，其心非常的惡毒。

**恙** iōng 無恙bû-iōng⇨無恙bû-iāng。無事平出也。

**漾** ióng 餘波盪漾thōng-ióng⇨餘波盪漾thōng-iáng。

**癢** iōng 痛癢thòng-iōng⇨痛癢thòng-iāng。

**痒** iōng 同癢iōng。

## ip

**熠** ip 明亮也。光耀也。

【熠熠 ip-ip】 鮮明。晚水明～～boán-súi bêng～～⇨夜晚的水面鮮明得很。

**揖** ip 禮客也。拱手於胸前上下左右之爲禮曰揖ip。長～tiâng～⇨長揖。俯～hù～⇨拜揖pài-ip。

【揖客 ip-kheh】 禮迎賓客。

【揖禮 ip-lé】 點頭爲禮。共人客～～kā-lâng-kheh～～⇨同上。

【揖讓 ip-jiāng】 賓主相見之禮也。又以位讓賢也。唐有虞，號二帝，相～～，稱盛世tông iú-gî, hō-jī-tè, siāng～～, chheng sēng-sè⇨三字經。讓jiāng或作遜sùn。

**邑** ip 地方也。大曰都to͘，小曰邑ip。

**悒** ip 悒哀ip-ai→iap-ai。悲從衷來曰悒哀ip-ai。愈想愈～～jú-siūⁿ-jú～～⇨越想越傷心oat-siūⁿ oat siong-sim。→iap-ai。

**挹** ip 挹注ip-chù，取有餘以補不足也。最後的～～chòe-āu ê～～⇨最後一次的孤注一擲ko͘-chù-it-tek也。注chù賭博用詞。

## it

**一** it 一之數也。亦一chit也。大凡等第次序曰一it，數量曰一chit。第～tē～⇨同上。獨～無二⇨tok-～ bû-jī⇨單～目標tan～bok-phiau⇨同上。數～數二的sò·～sò·-jī-ê⇨同上。十～chap～⇨十加一。百～pah～⇨一百一十。千～chheng～⇨一千一百。萬～ban～⇨①一萬一千。②萬分之一或其機會。如果。大凡一it文言指次序，一chit口語即指數目。

【一一 it-it】 一件一件，逐項。～～講到眞清楚～～kóng-kà chin chheng-chhó⇨同上。

【一十 it-chap】 十。～～外～～goā⇨十上之數。一五～～it-gō·～～⇨全部。自始至終。

【一人 it-jîn】 ㊀皇帝。天下～～ thian-hē～～ ⇨同上。～～ 之下萬人之上～～ chi hā bān-jîn chi siāng⇨喻宰相。㊁一個人。～～三子六代千丁 ～～ sam-chú liok-tāi chhian-teng⇨謂一人生三子，連傳六代將有一千人之多。～～敢死萬夫不敢當～～kám-sú bān-hu put-kám-tong⇨同上。～～智不如兩人議～～tì put-jî liáng-jîn-gī⇨一人主張不如二人思量chit-lâng chú-tiu$^{n}$ put-jî nn̄g-lâng su-niû。

【一力 it-lek】 一人獨力。～～ 抵當 ～～ tí-tng⇨一人承當全責。

【一寸 it-chhùn】 ～～光陰～～金～～kong-im～～kim⇨喻時間之寶貴。

【一夕 it-sek】 一夜。與君～～話，勝讀十年書í-kun～～oā, sèng-thok sip-liân-si⇨同上。不是一朝～～道會成功的m̄-sí it-tiau～～tō-ē sêng-kong-ê⇨非一朝晨一夜晚就可以成功者。

【一文 it-bûn】 一文之小錢。身軀斷 ～～ sin-khu tn̄g～～⇨身上一文小銖都沒有。～～不值～～put-tit⇨無一文之價值kè-tat。

【一切 it-chhè】 全部。費用 ～～ 阿西負責 hùi-iōng～～a-se hū-chek⇨同上。無錢～～免談bô-chî$^{n}$～～bián-tām⇨同上。

【一牛 it-giû】 it-gû。～～ 起兩皮 ～～ khí liáng-phî⇨一牛剝取兩皮。喻金錢的重複收取。

【一廿 it-jiap】 一二十。～～郎～～lâng⇨十外二十人。～～ 工郎敢該 ～～ kâng-lâng kā$^{n}$-āi⇨十外二十天的工夫恐怕是需要的。

【一日 it-jit】 終日，一天。～～ 三餐 ～～ sam-chhan⇨日食三頓jit-sit sa$^{n}$-tn̄g。～～不見如三秋～～put-kiàn jî sam-chhiu⇨同上。～～ 爲師終身爲父 ～～ ûi-su chiong-sin ûi-hū⇨謂只一天之老師亦應敬事之如父。天下不可 ～～ 無君thian-hē put-khó ～～ bû-kun⇨謂國家必須經常有主政人。

【一心 it-sim】 專心。～～一意～～it-ì⇨同上。～～通天～～thong-thian⇨誠心感動天。

【一目 it-bok】 ㊀以一目視之。～～了然～～liáu-jiân⇨一看皆清楚。㊁單眼。～～觀天象～～koan thian-siōng⇨嘲獨眼龍。

【一世 it-sè】 一代。～～ 奸雄 ～～ kan-hiông⇨同上。～～ 英名 ～～ eng-bêng⇨同上。～～ 官九世冤 ～～koan kiú-sè-oan⇨一世爲貪官九世受人怨恨。～～一代的壯舉～～it-tāi ê chòng-kí⇨稀有的大事業或大成就。

【一生 it-seng】 ～～一代～～it-tāi⇨一世人chit-sì-lâng。～～ 清閒命 ～～chheng-hân-miā⇨同上。

【一失 it-sit】 一得 ～～ it-tek ～～⇨有得有失。萬無～～bān-bû～～⇨絕對不會錯失。

【一代 it-tāi】 一世。～～ 妖姬 ～～ iau-ki⇨同上。

【一旦 it-tàn】 一朝。三分氣在千般用～～無常萬事休sam-hun khì-chāi chhian-poa$^{n}$-iōng,～～bû-siâng bān-sū-hiu⇨同上。～～嗚呼家伙了～～o·-ho· ke-hóe-liáu⇨同上。謂一旦死矣，家財也完了。

【一行 it-hêng】 一列chit-liat。字～～jî～～⇨同上。人～～lâng～～⇨同上。鳥仔～～chiáu-á～～⇨同上。院長～～返國ī$^{n}$-tiú$^{n}$～～hoán-kok⇨同上。～～ 白鷺上青天～～pek-lō· siāng-chheng-thian⇨古詩。一行it-hêng

說成chi̍t-hâng無所謂，却不能說成一行chi̍t-kiâ$^{n}$。

**【一字 it-jī】** ㊀一個字。～～值千金～～ta̍t chhian-kim⇨同上。～～亦不八～～ia̍h m̄-bat⇨不識一字。㊁一之字。～～平～～pe$^{n}$⇨直線。

**【一色 it-sek】** 同一樣。清～～chheng～～⇨完全同樣絕無他色。～～攏穿制服～～lóng-chhēng chè-ho̍k⇨同上。

**【一言 it-giân】** 一句話。～～半句～～poàn-kù⇨同上。～～一行～～it-hêng⇨所有言行。～～不中，千言何用～～put-tiòng, chhian-giân hô-iōng⇨謂一句話不能有効，再用千句又有何用。～～放出駟馬難追～～hòng-chhut sù-má lân-tui⇨喻男子漢話已說出是不能取消的。～～九鼎～～kiú-téng⇨有効力之言詞。

**【一更 it-ke$^{n}$】** it-ki$^{n}$。初更。～～報喜二更報死～～pò-hí jī-ke$^{n}$ pò-sí⇨忽報喜忽報憂。～～你去巡，二更我來睏～～lí khì sûn, jī-ke$^{n}$ goá lâi khùn⇨謂點更夫食戇更夫。

**【一味 it-bī】** 專一。～～嫌～～hiâm⇨只管嫌棄。～～求神不問醫～～kiû-sîn m̄-mn̄g-i⇨只管求神不請教醫生。

**【一物 it-bu̍t】** 一種事物。～～兩用～～liáng-iōng⇨一物兼用兩途。人講～～降～～實在有影lâng-kóng～～hâng～～si̍t-chāi ū-iá$^{n}$⇨古人言，一物降治一物，果然眞的。

**【一夜 it-iā】** ～～風流～～hong-liû⇨同上。～～夫妻百世恩～～hu-chhe pek-sè-in⇨同上。

**【一肩 it-kian】** 單肩，獨力。～～挑～～thiau⇨獨力承擔之。

**【一刻 it-khek】** 十五分鐘。春宵～～值千金chhun-siau～～ti̍t chhian-kim⇨謂春宵之可愛。

**【一來 it-lâi】** 一個問題。～～是對父母不孝，二來是對衆人未得過～～sī tùi pē-bó put-hàu, jī-lâi sī tùi chèng-lâng bē-tit-kòe⇨一個問題是對父母不孝，另一個是對衆人過不去。有長短該策策扲藉好，～～顧信用，二來逐家不免歹面相見ū tn̂g-té ài chhek-chhek-leh chiah-hó,～～kò͘ sìn-iōng, jī-lâi ta̍k-ke m̄-bián phái$^{n}$-bīn sio-kì$^{n}$⇨有(賬項的)長短出入，應該當面相殺清理才好，一來保持信用，二來大家可免惡面相向。

**【一定 it-tēng】** ㊀不移易。～～的啦，曷使講～～ê-là, a̍h-sái-kóng⇨必然的嗎何必說。㊁推測。阿花～～無來也a-hoe～～bô-lâi-ā⇨阿花恐怕不來了。

**【一直 it-ti̍t】** ㊀直進。～～行去道是也～～kiâ$^{n}$-khì tō-sī-ā⇨一直進去就對了。～～迫起去道會到位～～peh-khí-khì tō-ē kàu-ūi⇨一路爬上去就可以到達。㊁繼續。～～高陞～～ko-seng⇨同上。商理～～好無停seng-lí～～hó-bô-thêng⇨同上。㊂無他念。～～扲想～～teh siū$^{n}$⇨同上。～～扲注意～～teh chù-ì⇨同上。

**【一者 it-chiá】** 第一件。～～無錢二者無人三者無勢～～bô-chî$^{n}$ jī-chiá bô-lâng sa$^{n}$-chiá bô-sè⇨第一無錢，第二無人，第三無勢力可靠。

**【一食 it-chia̍h】** ～～二穿三清盈～～jī-chhēng sa$^{n}$- chheng-êng⇨第一是食，第二是衣，第三是淸閒不勞身勞心。

**【一計 it-kè】** 一謀。心生～～sim-seng～～⇨同上。

**【一紀 it-kí】** it-khí。十二年。抵大～～年tú-toā～～nî⇨剛好大十二歲。

**【一律 it-lu̍t】** 講人可以～～平等，講錢道有論大細了kóng-lâng khó-í～～pêng-téng, kóng-chî$^{n}$ tō-ū-lūn toā-sè-lò͘⇨說人嗎可以大家一律平等，說到錢嗎就須論大小了。

**【一品 it-phín】** 古官階稱品phín。～～夫人

～～hu-jîn⇨婦女的最高階。

【一食 it-sit】 一餐飲食。～萬金～～bān-kim⇨謂生活奢華。

【一家 it-ka】 一個家庭。～～之計在於和，一生之計在於勤～～chi kè chāi-î-hô, it-seng chi kè chāi-î-khîn⇨同上。

【一個 it-kô】 一人。～～翏兩個颱～～liu liáng-kô phiu⇨一人溜走了二人飛走了。翟liu，鳥高飛也。

【一馬 it-má】 一匹馬。～～掛兩鞍～～koà liáng-oaⁿ⇨喻一女交兩男。

【一般 it-poaⁿ】 普通性的。～～論～～lūn⇨同上。～～的情形～～ê chêng-hêng⇨同上。～～的看法～～ê khoàⁿ-hoat⇨同上。

【一席 it-sek】 一桌chit-toh。～～酒菜～～chiú-chhài⇨同上。

【一時 it-sî】 ㊀此時。立即。～～想無到～～siūⁿ-bô-kàu⇨急得想不周到。～～一刻曷有法度～～it-khek ah-ū hoat-tō⇨此時此刻那裏有辦法。㊁同時。～～瑜亮～～jî-liāng⇨同時並稱的人材。

【一致 it-tì】 意見～～ì-kiàn～～⇨同上。言行～～giân-hêng～～⇨同上。目標～～bok-phiau～～⇨同上。

【一唱 it-chhiàng】 ～～三嘆～～sam-thàn⇨同上。～～百和～～pek-hô⇨同上。

【一毫 it-hô】 微末之錢。雖～～而莫取sui～～jî bok-chhí⇨一毛之少亦不可妄取。

【一條 it-tiâu】 ～～龍～～liông⇨相地者之言。又麻雀賭博者之術語。

【一番 it-hoan】 ㊀一次。～～風雨～～涼～～hong-í～～liâng⇨每一次雨都覺得更加秋涼。㊁更再koh-chài。該更～～重拍起ài koh～～têng-pha-khí⇨需要再一次重新做起。

【一報 it-pò】 一次報應。～～還～～定着於～～hoân～～tiāⁿ-tioh-lè⇨一次事有一報應是一定的。

【一等 it-téng】 第一等級。～～一的～～it-ê⇨最高級的。～～客～～kheh⇨上等客也。～～貨～～hōe⇨同上。～～兵～～peng⇨同上。

【一朝 it-tiau】 一旦it-tàn。～～無財，妻奴無義～～bû-châi, chhe-nô bû-gī⇨同上。

【一統 it-thóng】 天下歸～～thian-hē kui～～⇨同上。

【一經 it-keng】 一部經典書。人遺子，金滿籝，我教子，惟～～jîn-î-chú, kim-boán-êng, gó·-kàu-chú, ûi～～⇨三字經。辛苦遭逢起～～，干戈落落四周星sin-khó· chô-hông khí～～，kan-ko lok-lok sù-chiu-seng⇨文天祥。

【一概 it-khài】 全部。～～不承認～～put-sêng-jīn⇨同上。

【一賤 it-chiān】 一卑賤。～～破九貴～～phò kiú-kùi⇨一卑賤累壞九尊貴。喻小缺點可能累壞大事。

【一戰 it-chiàn】 戰。決戰。不辭～～put-sû～～⇨同上。～～成功～～sêng-kong⇨同上。

【一錢 it-chhiân】 ㊀小錢。～～如命～～jî-bēng⇨喻吝嗇。㊁第一算金錢。～～二緣三媠四少年，～～jî-iân saⁿ-súi sì-siàu-liân⇨謂追女朋友成功的四要件。

【一舉 it-kí】 ㊀一次。又第一次。㊁一動。～～一動～～it-tōng⇨每一行動。～～兩得～～liáng-tek⇨同上。～～雙雄～～siang-hiông⇨一次生兩子。

【一藝 it-gē】 一門技藝。賜子千金，不如教子～～sù-chú chhian-kim, put-jî kàu-chú～～⇨同上。

【一二十 it-jī-chap】 ～～～郎敢有～～～lâng káⁿ-ū⇨十外二十人恐怕有的。～～～工道可也～～～kang tō-hó-à⇨十外二十日就可以也。～～～日也猶無消息～～～jit à iáu-bô siau-sit⇨近二十日了還沒有消息回來。

**【一九扣 it-kiú-khàu】** 打九折phah-káu-chiat。

**【一不做 it-put-chò】** ～～～二不休三不做結冤仇～～～jī-put-hiu saⁿ-put-chò kiat-oan-siû⇨謂事做了問題發生了，應該立即解決，拖下去將變成互相仇恨。

**【一元論 it-goân-lūn】** 哲學名詞。

**【一而再 it-jî-chài】** 再三再四。～～～，再而三～～～,chài-jî-sam⇨同上。

**【一字眉 it-jī-bâi】** 一字形的直線眉。據說此種眉之人兄弟多。

**【一次過 it-chhù-kòe】** 一擺過chit-pái-kòe。老虎相交～～～lāu-hó· sio-kau～～～⇨喻勉強忍受一次痛(打擊，損失)下次不來了。

**【一枝花 it-ki-hoe】** 十七十八～～～chap-chhit chap-peh～～～⇨謂十七十八歲的少女美艷如一朵鮮花。

**【一神教 it-sîn-kàu】** 一神獨尊之宗教。～～～多神教～～～to-sîn-kàu⇨同上。

**【一流水 it-liû-súi】** 言詞流暢。拍番～～～的phah-hoan～～～ê⇨打番語對談是一粒一的。

**【一粒一 it-lia̍p-it】** 最投契的朋友。阿花個～～～的a-hoe in～～～ê⇨阿花是他們的最要好的朋友。

**【一週年 it-chiu-nî】** 滿一年。～～～紀念～～～kī-liām⇨同上。

**【一樹蔭 it-sū-im】** ～～～一河流，無非前生緣～～～it-hô-liû, bû-hui chiân-seng-iân⇨佛家語，謂同憩一樹之下，同飲一河之水，皆是前生所結之緣份。

**【一二而二 it-jī-jî-jī】** 九歸的口訣。亦即一乘二得二。

**【一九而九 it-kiú-jî-kiú】** 九歸口訣。

**【一了百了 it-liáu-pek-liáu】** 一次賠本解決以免遺留瓜葛。人講～～～嗎，算算乎伊啦lâng-kóng～～～～mà, sǹg-sǹg hō·-i-lâ⇨古人言一了百了嗎，該若干全部給他吧。

**【一刀兩斷 it-to-liáng-toān】** ㊀做事有決斷。㊁明白斷絕關係。既未合作，～～～～，煞！kà-bē ha̍p-chok,～～～～, soah! ⇨既然不能合作，拆股吧。

**【一人傳虛 it-jîn-thoân-hi】** ～～～～百人傳實～～～～pek-jîn thoân-si̍t⇨同上。

**【一口兩舌 it-kháu-liáng-sia̍t】** 一個嘴講二款話chit-ê-chhùi kóng nn̄g-khoán-ōe。

**【一五一十 it-gō͘-it-cha̍p】** 自始至終一無遺漏。～～～～攏講了了也～～～～lóng-kóng liáu-liáu-à⇨一部二十四史都吐露出來了。

**【一夫一婦 it-hu-it-hū】** 一翁一某chi̍t-ang-chit-bó·。夫hu曰翁ang，妻chhe曰某bó·。某俗借字。

**【一日千秋 it-ji̍t-chhian-chhiu】** 思念相見之迫切。一日不見如千秋也。

**【一毛不拔 it-mô-put-poa̍t】** 拔一毛而利天下不為也。～～～～的慤仔頭～～～～ê khok-á thâu⇨同上。俗以一毛不拔曰慤kho̍k，慤中之慤曰慤仔頭kho̍k-á-thâu。

**【一手包辦 it-chhiú-pau-pān】** 一人總攬。

**【一片冰心 it-phiàn-peng-sim】** 純潔之心。～～～～在玉壺～～～～chāi-gio̍k-ô·⇨同上。

**【一片好意 it-phiàn-hó-ì】** 好意。伊亦是～～～～的，不可誤會 i ia̍h-sī～～～～ê, m̄-hó gō·-hōe⇨同上。

**【一犬吠形 it-khián-hūi-hêng】** ～～～～百犬吠聲～～～～pek-khián hūi-seng⇨同上。

**【一手遮天 it-chhiú-jia-thiⁿ】** 喻一人騙衆人。

**【一石二鳥 it-se̍k-jī-niáu】** ～～～～之計～～～～chi kè⇨一石打兩鳥之妙計。

**【一本萬利 it-pún-bān-lī】** 那有彼類～～～～的生理ná-ū hit-lōe～～～～ê seng-lí⇨何能有一本萬利的商意。

**【一利一害 it-lī-it-hāi】** 有利亦有害。彼款代誌～～～～好道好，壞道無法收拾hit-khoán tāi-chī～～～～,hó-tō-hó, hāi-tō bô-hoat siu-sıp⇨那種事有利有害，好就罷了，壞就無法收拾。

【一決雌雄 it-khoat-chhî hiông】 比試強弱。二隻金牛得未～～～～一下nn̄g-chiah kim-gû tit-boeh～～～～chıt-ē⇨同上。

【一言難盡 it-giân-lân-chīn】 講到阿狗的傑作，實在～～～～kóng-kà a-káu ê kiat-chok sıt-chāi～～～～⇨提到阿狗的有趣的糊塗事，實在講不完。

【一來二去 it-lâi-jī-khì】 究其原因。要者。～～～～咱頭仔如莫合人講，那有即類代誌～～～～lán thâu-ā nā-mài kah-lâng-kóng, ná-ū chit-lōe tāi-chī⇨總之我們最初若不對他們答應就不致發生此問題了。

【一表人材 it-piáu-jîn-châi】 ～～～～兩套西裝，三杯酒量，四圈麻雀～～～～liáng-thò se-chong, saⁿ-poe chiú-liāng, sì-khoan mâ-chhiok⇨謂當今之人必俱此種條件，才能在社會上游泳順利。亦屬哨皮話也。

【一府二鹿 it-hú-jī-lok】 ～～～～三艋舺～～～～saⁿ bán-kah⇨謂此三地最繁盛(百年前)。府指當時府城即今台南，鹿，鹿港，艋舺今叫萬華，當時代表台北。

【一知半解 it-ti-poàn-kái】 半桶水仔poàⁿ-thàng-chúi-á。～～～～道揞抄迣也～～～～tō koāⁿ lè-seh-à⇨一知半解就洋洋得意四處宣傳去了。

【一呼百應 it-hō-pek-èng】 一有主張衆人皆應諾。

【一事無成 it-su-bû-sêng】 無一成就之事可示人。到當猶是～～～～伓安怎見江東父老呢kàu-taⁿ iáu-sī～～～～boeh-an-choáⁿ kìⁿ kang-tong hū-ló-nī⇨同上。

【一針見血 it-chiam-kiàn-hiat】 一針就刺出血。喻所言中肯透徹，直指毛病缺點。～～～～之言～～～～chi giân⇨同上。

【一兼兩顧 it-kiam-liáng-kò͘】 做一事可以兼顧他事。～～～～摸蜊仔兼洗褲～～～～bong-lâ-á kiam sé-khò͘⇨同上。

【一得一失 it-tek-it-sit】 略同一利一害it-lī-it-hāi。

【一掃而空 it-sò-jî-khong】 一下子就沒有了。

【一飲一啄 it-ím-it-tok】 小飲小食。啄tok，鳥食也。～～～～莫非天定～～～～bok-hui thian-tēng⇨謂如一飲一啄的小事，似乎也是天所註定的。

【一絲不掛 it-si-put-koà】 完全裸體。～～～～的脫衣舞～～～～ê thoat-i-bú⇨同上。

【一喜一憂 it-hí-it-iu】 有喜有憂。有可喜者亦有可憂者。父母高年是子女的～～～～hū-bó ko-liân sī chú-lí ê～～～～⇨同上。

【一絲不苟 it-si-put-kó͘】 絲毫都不苟且隨便。

【一筆勾消 it-pit-kau-siau】 全部取消。人講死走二字，當都～～～～也不lâng-kón sí-cháu nn̄g-jī, taⁿ to～～～～a-m̄⇨古人言，死走兩字(的場合是無辦法的)，而今(走了，或死了)只好一筆勾消了(否則有辦法嗎)。

【一無所有 it-bû-só-iú】 全部完了。許爾大的財產舞到當都～～～～也hiah-ni-toā ê chāi-sán bú-kà-taⁿ to～～～～à⇨同上。

【一路平安 it-lō-pêng-an】 祝福詞 (對遠行人)。

【一意孤行 it-ì-ko-hêng】 固執己見，不納善言，獨斷獨行。青鳥仔伓安爾～～～～，你看，緊差晚耳啦chheⁿ-chiáu-á boeh-an-ne～～～～lí-khoāⁿ, kín-choā-bān niâ-là⇨年青又無經驗要如此的不用善言，你看吧，(失敗)是早與晚之差別而已。

【一誤再誤 it-gō͘-chài-gō͘】 連續失誤。安爾～～～～都無藥好醫也an-ne～～～～to bô-ioh-hō-i-a⇨如此連連錯誤，是無藥可救了。

【一模一樣 it-bô-it-iūⁿ】 非常相似。二父仔囝安爾～～～～實在成到無宛然nn̄g-pē-á-kiáⁿ an-ne～～～～sit-chāi sêng-kà bô-oán-jiân⇨父子倆十分相似，實在似得超越宛然的程度。無宛然bô-oán-jiân，超越宛然，亦即完全一樣。

【一箭雙鵰 it-chìⁿ-siang-tiau】 同一舉兩得。不過多用於一男得兩女。～～～～艷福不淺～～～～iām-hok put-chhián⇨同上。

【一瀉千里 it-sià-chhian-lí】 水流急速。喻進行之快捷，而今似亦含有草率從事之意，例如新聞報導議案的討論審查等多見此詞。

【一擲千金 it-tek-chhian-kim】 出手大方。浪費。～～～～無吝色～～～～bû-līn-sek⇨同上。

【一竅不通 it-khiàu-put-thong】 愚而無所知。彼孔的我～～～～，我無愛hit-khang-ê goá～～～～goá bû-ài⇨那類事我不懂，我不爲也。

【一舉兩得 it-kí-liáng-tek】 做一事收兩利。～～～～何樂而不爲～～～～hô-lok jî put-ûi⇨同上。

【一變二變 it-piàn-jī-piàn】 ～～～～飜身不見～～～～hoan-sin put-kiàn⇨兒童玩魔術的口頭禪。

【一攫千金 it-khiok-chhian-kim】 ～～～～的美夢～～～～ê bí-bōng⇨一取就是千金的美夢。攫khiok撲取也。猛禽以足取物曰攫khiok，以翼曰搏phok。

【一顰一笑 it-pîn-it-chhiàu】 一憂一樂it-iu-it-lok。顰pîn，顰蹙pîn-chhiok，憂愁不樂的模樣。

【一三五不論 it-sam-ngó-put-lūn】 詩人謂七絕的平仄，句中的第一、三、五字不稽考。

【一五二貫七 it-gō-jī-kn̄g-chhit】 金錢上的來往大小賬目全部。咱～～～～～攏該合人清楚藉好lán～～～～～lóng-āi kah-lâng chheng-chhó chiah-hó⇨我們每項賬目皆須與人清楚明白才好。

【一偶二同年 it-giô-jī-tâng-nî】 謂最要好的第一是名字相同，第二是年歲相同。同名曰偶的giô-ê，同年曰同的tâng-ê。

【一牽二運三才情 it-khan-jī-ūn-saⁿ-châi-chêng】 一牽成，二好運，三才情it khan-sêng, jī hó-ūn, saⁿ châi-chêng的省詞。謂此三者爲成功的三大要件。

【一將功成萬骨枯 it-ckiàng-kong-sêng-bān-kut-ko͘】 謂一將立功必有萬人爲之戰死。澤國江山入戰圖，生民何計樂樵蘇，憑君莫語封侯事，～～～～～～～tek-kok kang-san jip chiàn-tô͘, seng-bîn hô-kè lok-chiâu-so͘, pîn-kun bok-gí hong-hô͘-sū,～～～～～～～⇨唐詩。

【一舉二運三本事 it-kí-jī-ūn-saⁿ-pún-sū】 一舉薦，二運氣，三本事it kí-chiàn, jī ūn-khì, saⁿ pún-sū的省詞。同前。

【一鮓二魴三鯧四馬鮫 it-ngó͘-jī-hang-saⁿ-chhiuⁿ-sì-bé-ka】 謂魚類中，第一美味者爲鮓，第二魴鯊，第三鯧，第四爲馬鮫鰆。

**it 壹** 同一it，俗曰大寫一toā-siá-it。重大文件多用之以防筆誤或仿冒。

**it 乙** 十干之第二位。甲～丙丁kah～piáⁿ-teng⇨十干之前四位。太歲在～thài-sòe chāi～⇨同上。甲～屬木kah～siok-bok⇨五行說。又第二等曰乙it，蓋第一等曰甲kah也。

【乙科 it-kho】 古科擧之第二等也。甲科～～kah-kho～～⇨進士科與擧人科。

【乙榜 it-pńg】 擧人稱乙榜，乃甲榜kah-pńg進士之次也。

【乙級品 it-kip-phín】 二級貨jī-kip-hòe。甲級貨～～～kah-kip-hòe～～～⇨同上。

**it 忔** 心動也。見事而心喜之曰忔it。曰忔著it-tioh。

【忔著 it-tioh】 見事心動也。～～伊的才情，取來做囝壻～～i ê châi-chêng, chhú-lâi chò kiáⁿ-sài⇨喜其才情好，選取爲女婿。～～人的錢不藉嫁人做細姨～～lâng-ê-chîⁿ m̄-chiah kè-lâng chò sè-î⇨貪心人家有錢，才下嫁爲小老婆。大概有啥乎伊～～，無伊會看阿三許爾重tāi-khài ū-siahⁿ hō·-i ～～,bô i ē khoàⁿ a-sam hiah-ni-tāng⇨可能有某事被他看中意了，否則他(怎麼)會看阿三那麼有份量。

it
**越** 越發it-hoat，更加也。～～漂緻～～phiau-tī⇨同上。～～成功～～sêng-kong⇨同上。

it
**逸** 失也。逃失也。隱遁也。異於恒常也。又安樂也。散～sàn～⇨同上。逃～tô～⇨同上。安～an～⇨同上。淫～îm～⇨同上。

【逸才 it-châi】 出衆之人。亦作逸材it-châi。鬼才～～kúi-châi～～⇨同上。

【逸民 it-bîn】 超凡之平民。隱遁之人。山野的～～san-iá ê～～⇨同上。

【逸事 it-sū】 軼事tiat-sū。民間～～bîn-kan～～⇨同上。

【逸品 it-phín】 超乎俗流之藝術品。稀世之～～hi-sè chi～～⇨同上。

【逸書 it-si(su)】 散失的古事。

【逸興 it-hin】 超乎流俗之雅興。

【逸長蛇 it-tiâng-siâ】 逸失了大蛇(大人物)。流星光底～～～liû-seng kong-té～～～⇨同上。

it
**仡** 勇壯也。

【仡將 it-chiàng】 鼓勵嬰兒學步之詞。～～也，㤷也～～à, gâu-á⇨站起而行吧，㤷也。㤷gâu，慧也，黠kiat也，聰明也。

it
**佚** 失也，遺也。樂也。通逸it。

【佚史 it-sú】 遺聞。同逸事it-sū。名女人～～bêng-lí-jîn～～⇨同上。

it
**軼** 通佚it。

## iu

iu
**攸** 攸關iu-koan也。名譽～關bêng-ī～koan⇨名譽所關係。

iu
**悠** 憂也。思也。長遠也。

【悠久 iu-kiú】 長久tiâng-kiú。～～的歷史～～ê lek-sú⇨同上。

【悠悠 iu-iu】 憂思iu-su。～～我心憂，蒼天曷有極～～gó·-sim-iu, chhong-thian hat-iú-kek⇨同上。正氣歌。

【悠閒 iu-hân】 從容不迫。～～的生活～～ê seng-oah⇨同上。

【悠揚 iu-iâng】 聲音漂揚。歌聲～～ko-seng～～⇨同上。

【悠然 iu-jiân】 清閑狀。採菊東籬下，～～見南山～～chhái-kiok tong-lî he kiàn lâm-san⇨陶淵明的歸去來辭。

【悠遠 iu-oán】 長久。～～的將來～～ê chiang-lâi⇨同上。

【悠哉悠哉 iu-chāi-iu-chāi】 悠閒自在。阿久伯仔可以～～～～也了a-kú-peh-à khó-í～～～～a-lō·⇨阿久伯可以悠閒自得，生活無憂了。

iu
**幽** 隱也。闇也。風景清勝曰幽iu。鬼神所處曰幽iu。清～的所在chheng～ê só·-chāi⇨同上。攬勝探～lám-sìn thàm～⇨遊覽風景佳勝之地。

【幽谷 iu-kok】 深山的靜谷。出～～而遷喬木chhut～～jî chhian-kiâu-bok⇨鶯遷喬木eng-chhian kiâu-bok。

【幽明 iu-bêng】 冥間與人間。～～異路～～î-lō·⇨同上。

【幽美 iu-bí】 幽靜而美妙。環境非常的～～khoân-kéng hui-siâng ê～～⇨同上。

【幽冥 iu-bêng】 陰間im-kan。陰府im-hú。烏闇的地方o·-àm ê tē-hng。

【幽雅 iu-ngá】 清靜雅緻。所在不止～～só·-chāi put-chí～～⇨同上。

【幽會 iu-hōe】 男女神秘相會。

【幽默 iu-be̍k】 Humor的音譯。輕鬆的調侃tiâu-khán，深刻的諷刺hong-chhì。俗作滑稽ku̍t-khe解。

【幽靈 iu-lêng】 神鬼之類。～～出現～～chhut-hiān⇨同上。～～的世界～～ê sè-kài⇨同上。

iu
# 優
㊀良。㊁俳優。

【優先 iu-sian】 先於別人。優先權，較他人佔優先的權利。

【優秀 iu-siù】 出類拔萃。～～的成績～～ê sêng-chek⇨同上。

【優美 iu-bí】 ㊀良好的才學。㊁事物能引人快感者。如歌聲或舞態之美妙。

【優厚 iu-hō·】 很好。～～的條件～～ê tiâu-kiāⁿ⇨同上。

【優柔 iu-jiû】 原意安祥和平。～～寡斷～～koáⁿ-toàn⇨猶豫不決。

【優待 iu-thāi】 好的待遇。～～券～～kǹg⇨免費或打折的招待票。

【優游 iu-iû】 閑暇自得。～～自得的生活～～chū-tek ê seng-oah⇨同上。

【優渥 iu-ok】 同優厚。

【優等 iu-téng】 評論成績的等級。～～賞～～siúⁿ⇨同上。

【優生學 iu-seng-ha̍k】 研究人類改良的科學。

【優勝劣敗 iu-sìn loa̍t-pāi】 進化論的學說。謂優者生存劣者敗滅。

iu
# 憂
愁、勞。悠悠我心～iu-iu-gó-sim-iu⇨爲天地間事而心中不能敍暢。丁～teng～⇨服喪。～頭結面～thâu kat-bīn⇨同上。

【憂心 iu-sim】 心憂。～～冲冲～～chhiong-chhiong⇨憂心重重。

【憂容 iu-iông】 憂愁的面容。面帶～～bīn-tài～～⇨愁容。

【憂患 iu-hoān】 同憂慮。～～逸樂～～i̍t-lo̍k⇨同上。

【憂愁 iu-chhiû】 心勞意結。

【憂慮 iu-lī】 同憂心。

iu
# 釉
在陶磁器坯上加光的釉彩。有過～的尪仔ū kòe～ê ang-á⇨加釉發光澤的尪仔。皮膚有夠～phôe-hu ū-kàu～⇨皮膚十分油滑。枋仔刨無～pang-á khau-bô～⇨板刨得不平滑。尪仔ang-á偶人也，應作俑仔ang-á。

iú
# 酉
十二支的第十支，屬鷄。其時刻是下午五六時爲酉時。點燈～tiám-teng～⇨需點燈的時刻。

iú
# 友
志同道合爲友。會～hōe～⇨同上。學～ha̍k～⇨同上。朋～pêng～⇨同上。

【友的 iú-ê】 不互知名的朋友間的彼此稱呼。原爲朋友的省文，後漸爲遊閑兄弟的總稱。

【友情 iú-chêng】 朋友間的情意。老陳眞有～～láu-tân chin-ū-iú-chêng⇨同上。

【友愛 iú-ài】 朋友間的情誼。

【友誼 iú-gî】 同友情。

【友黨 iú-tóng】 互相連絡支持的黨派。

iú
# 有
無之對稱。～幸～不幸～hēng～put hēng⇨遭遇各不相同。註：此處舉列的有字，必須讀iú，不宜讀ū。

【有用 iú-iōng】 可用。國家～～之材kok-ka iú-iōng chi châi⇨國家可以重用的人材。

【有司 iú-su】 官吏。若有作姦犯科及爲忠善者，宜付～～論其刑賞jia̍k-iú chok-kan-hoān-kho ki̍p-ûi tiong-siān-chiâ, gî-hù～～lūn-kî hêng-siáng⇨前出師表。

【有因 iú-in】 有原因。事出～～查無實據sū chhut～～chhâ bô si̍t-kì⇨有某種原因存在

但查不出實在證據(官場的慣用詞)。

【有守 iú-siú】 有操守。有爲～～之人iú-ûi～～chi jîn⇨有操守有作爲的好人材。

【有志 iú-chì】 有抱負。～～的青年～～ê chheng-liân⇨同上。

【有身 iú-sin】 有孕iú-īn。女人懷胎也。

【有限 iú-hān】 有限度，不太多。老鼠尾生疔仔，有膿亦～～ niáu-chhí-bóe se$^{n}$-teng-á ū-lâng ia̍h～～⇨意謂鼠尾之小疔，有膿也不會太多，喻事態之不嚴重。

【有恩 iú-in】 受有恩惠。～～必報。～～pit-pò⇨同上。

【有情 iú-chêng】 ㈠有情趣。㈡男女互愛之情。～～人終成眷屬iú-chêng-jîn chiong-sêng koàn-sio̍k⇨祝有情人都戀愛成功。

【有期 iú-kî】 可期。後會～～ hō·-hōe～～⇨將來的再會一定可以期待。不久當可再會。

【有爲 iú-ûi】 有所作爲。年青 ～～ liân-chheng～～⇨同上。

【有路 iú-lō·】 有方法。有道路。門門～～bûn-bûn～～⇨一行業一行業都有其學問。

【有損 iú-sún】 有所損害～～陰德～～im-tek⇨陰德將受損害。

【有趣 iú-chhù】 有情調。～～的故事～～ê kò·-sū⇨同上。

【有餘 iú-î】 有多餘。心～～而力不足sim～～ jî le̍k put-chiok⇨心理十分希望助人但力量不足助人，故此不能相助，心實不肯助人的慣套語。

【有數 iú-sò·】 有限的數量。不多。見伊了亦是～～kì$^{n}$-i-liáu ia̍h-sī iú-sò·⇨任其損失亦屬有限數字。

【有力人士 iú-le̍k-jîn-sū】 權財勢都有力量的人物。

【有功無賞 iú-kong-bô-siú$^{n}$】 有功者不獎賞。打破着賠phah-phoà tio̍h-pôe⇨此兩句在口頭上必連續講爲一句，以示不滿。

【有名無實 iú-bêng bû-si̍t】 有虛名無實質。

【有求必應 iú-kiû pit-èng】 有要求一定有報應。也是土地公廟的代名詞。有應公仔iú-èng-kong-á。

【有始有終 iú-sí-iú-chiong】 做事必期徹底不中途而廢。

【有條有段 iú-tiâu-iú-toā$^{n}$】 講話～～～～kóng-ōe～～～～⇨說話甚有條理。

【有條有理 iú-tiâu iú-lí】 ㈠講話理路透徹。㈡～～～～無法無天～～～～bû-hoat-bû-thian⇨同上。

【有虛無實 iú-hi bû-si̍t】 有虛名而無實惠，商場的自謙語。

【有愧於心 iú-khùi-î-sim】 心裡感覺愧疚。

【有機可乘 iú-ki khó-sēng】 有機會可利用。

【有可無不可 iú-khó-bû-put-khó】 作有無均可無所謂解。似爲有可無可之訛。

【有福大家享 iú-hok-tāi-ke hiáng】 有福惠大家分享。

【有眼不識泰山 iú-gán put-sek thài-san】 徒有凡眼不能認識大人物。

【有來無往非禮也 iú-lâi bû-óng hui-lé-ià】 謂社會交際上禮尚往來，也就是所謂公共關係是需要有來有往的。

**誘** iú 以事物引人注意。引～ín-iú⇨同上。勸～khoàn～⇨同上。拐～koái～⇨同上。

【誘拐 iú-koái】 誘騙。～～良家婦女～～liâng-ke-hū-lí⇨同上。

【誘殺 iú-sat】 計騙殺人。

【誘惑 iú-he̍k】 引誘而迷惑之。受人～～siū-lâng～～⇨同上。

【誘騙 iú-phiàn】 設計騙人事物。乎人～～去hō·-lâng～～khì⇨同上。

**幼** iù 稚少。爸老囝～pē-lāu-kiá$^{n}$～⇨均無謀生能力。

【幼丁 iù-teng】 十六歲以下的少年。

【幼布 iù-pò·】 上等布。粗穿耳不免～～

chho·-chhēng-niâ m̄-bián-kà～～⇨日常穿着不必上等布。

【幼肉 iù-bah】 傷口初復初生的肉。抾生～～也teh seⁿ(siⁿ)～～à⇨同上。

【幼花 iù-hoe】 細小的花樣。伊講愛較～～的 i kóng ài khah～～ê⇨同上。

【幼兒 iù-jî】 初生的孩兒。手裡抱的～～chhiú-nī-phō ê～～⇨同上。

【幼秀 iù-siù】 粗魯之對稱。～～人～～lâng⇨不做粗工的人。脚尖手幼的好命人。

【幼貨 iù-hòe】 粗貨的對稱。上等貨。～～較有銷～～khah-ū-siau⇨同上。

【幼稚 iù-tī】 幼少。未夠長大。～～園～～hn̂g⇨同上。

【幼嫩 iù-lūn】 幼弱。樹苗猶傷～～chhiū-biâu iáu siūⁿ～～⇨樹苗猶未成長到可以栽種的程度。

【幼嫺 iù-kán】 閨中做幼工的女婢。

【幼學 iù-ha̍k】 初學，小學。～～瓊林～～khēng-lîm⇨初學用之古書。

【幼粒物 iù-lia̍p-mih】 細小的物品。～～～愛收起來～～～ài siu-khì-lâi⇨小物品應該收拾起來。

【幼綿綿 iù-mî-mî】 幼的形容詞，極幼。手安爾～～～chhiú an-ne～～～⇨手很幼很幼。

**由** iû 從也。原因也。經歷也。因緣也。民可使～之不可使知之bîn khó sú～chi, put-khó sú ti-chi⇨臆百姓只可迫其服從，不能使其知道眞相。此孔家思想之精華，亦即其所以受歷代專制帝王的尊崇之由來也。無理無～bô-lí-bô～⇨完全無道理。自～意志chū～ì-chì⇨同上。不自～毋寧死put-chū～bû-lêng-sí⇨西人爭自由的決心。說出根～soeh-chhut kin(kun)～⇨同上。

【由在 iû-chāi】 ～～人～～lâng⇨隨在人sûi-chāi-lâng。～～你～～lí⇨隨在你sûi-chāi-lí。～～佃～～in⇨隨在佃sûi-chāi-in。

【由你 iû-lí】 ～～做主～～chò(chòe)-chú⇨同上。～～打算～～phah-sǹg⇨同上。～～負責～～hū-chek⇨同上。信不信～～sìn-put-sìn～～⇨同上。

【由於 iû-î】 表示原因之詞。因爲……。

【由來 iû-lâi】 所自來。～～久矣～～kiú-ì⇨歷史久了。本寺的～～pún-sī ê～～⇨爲何有本寺。亦即本寺的緣起iân-khí。～～無人敢去彼的所在～～bô-lâng káⁿ-khì hit-ê só·-chāi⇨素來無人敢到那個地方。

【由衷 iû-thiong】 從心中所發。～～感謝～～kàm-siā⇨同上。

**郵** iû 驛也。傳遞文書者。今之郵政事務皆曰郵iû。督～tok～⇨古官名。即日付～chek-ji̍t hù～⇨即日投寄。快～代電khoài～tāi-tiān⇨一種特別公文，今已不用。

【郵包 iû-pau】 包裹pau-kó。俗曰小包sió-pau。

【郵件 iû-kiāⁿ】 郵政所傳遞的物件。

【郵政 iû-chèng】 傳遞公私函件的事務。～～局～～kio̍k⇨同上。

【郵差 iû-chhe】 送發郵件到各戶之人。

【郵票 iû-phiò】 信件上的郵費憑證。俗曰翁仔頭ang-á-thâu⇨本來多印有人頭，不似當今花樣之多也。～～消印也～～siau-ìn-à⇨翁仔頭消印ang-á-thâu siau-ìn，謂少女終身訂定了，再追也無効了。

【郵筒 iû-tông(tâng)】 同郵箱iû-siuⁿ。圓形曰筒tâng，方形曰箱siuⁿ。

【郵資 iû-chu】 郵費iû-hùi。

【郵滙 iû-hōe】 郵局滙兌hōe-tōe。亦即代客送錢過地的的事務。

【郵戳 iû-chho̍k】 郵票上所加蓋的圖記。有此戳chho̍k，表示郵票已作廢。

**酋** iû 酋長iû-tiúⁿ，首領siú-léng也。今多指番仔頭目hoan-á thâu-ba̍k。⇨chhiû-tiúⁿ。

**iû 猷** 謀也。道也。鴻～大展hông～tāi-tián⇨賀人事業開張的套詞。

**iû 揄** 揶揄ia-iû，舉手嘲侮也。嘲弄也。嘲笑也。聽衆羣起～～thiaⁿ-chiòng kûn-khí～～⇨聽衆對台上的講話人大加嘲笑。

**iû 猶** 同尙。能知悔悟～爲未晚lêng-ti hóe-gō·～ûi bī-boán⇨同上。雕欄玉砌應～在tiau-lân giok chhiat èng～chāi⇨同上。

【猶原 iû-goân】 仍舊。～～共班人～～kāng-pan-lâng⇨還是那一羣人。

**iû 遊** 行樂，遊觀，交游。郊～kau～⇨同上。旅～lí～⇨同上。交～kau～⇨同上。

【遊行 iû-hêng】 示威～～sī-ui～～⇨同上。

【遊玩 iû-goân】 遊覽。四界～～sì-kè～～⇨四處遊覽。

【遊街 iû-ke】 ㊀街路上散步。㊁狀元～～chiōng-goân～～⇨據說，新中狀元可遊街三日，以誇其榮耀。

【遊賞 iû-siúⁿ】 遊覽。～～非洲的風光～～hui-chiu ê hong-kong⇨同上。

【遊學 iû-hak】 留學。～～於西德～～î se-tek⇨同上。

【遊興 iû-hèng】 遊覽的意志。～～濃厚～～lông-hō·⇨同上。

【遊戲 iû-hì】 嬉遊。玩樂。～～人間～～jîn-kan⇨謂人生如戲也。

【遊擊 iû-kek】 ㊀古官名。㊁棒球守位之一。～～手～～chhiú⇨同上。

【遊藝 iû-gē】 遊戲。～～中原～～tiong-goân⇨同上。

【遊山玩水 iû-san goân-súi】 遊覽山水。～～～～逍遙自在～～～～siau-iâu chū-chāi⇨同上。

【遊手好閑 iû-chhiú-hòⁿ-hân】 所謂友的iú-ê之生活。

**iû 尤** 特異也。過甚也。無恥之～bû-thí chi～⇨同上。

【尤物 iû-but】 姿色絕美之物。個中～～kô-tiong～～⇨其中之最好者。

【尤其是 iû-kî-sī】 其中最……。～～～跳舞最出色～～～thiàu-bú chòe-chhut-sek⇨其中跳舞最好。

**iû 油** 一種液體。菜子～chhài-chí～⇨同上。臭～chhàu～⇨石油。

【油水 iû-chúi】 餘惠。有～～好趁ū～～hó-thàn⇨有額外的收入可收(多指舞弊等)。～～無流別人圻～～bô-lâu pat-lâng-khu⇨嘲自己人間不正常的男女關係。～～生理～～seng-lí⇨飲燕飯菜門的生理。

【油火 iû-hóe】 薪炭費。亦曰油香iû-hiuⁿ。添～～thiam～～⇨對寺廟等的捐獻。

【油車 iû-chhia】 搾油廠。開～～khui～～⇨開設油廠。

【油豆 iû-tāu】 豆仔的一種，油特別多。

【油郊 iû-kau】 同上，古名。郊，古之同業公會也。

【油垢 iû-káu】 油積。油汚。～～了了～～liàu-liàu⇨很髒。了了liàu-liàu改讀liáu-liáu。

【油紙 iû-choá】 加油的防水紙。

【油桂 iû-kùi】 極上等的肉桂。

【油瓶 iû-pân】 ㊀裝油的瓶。㊁拖～～的thoa～～ê⇨有子女的再嫁夫人。

【油棧 iû-chàn】 油工廠或其大賣商。開～～khui～～⇨亦稱油車iû-chhia。

【油渣 iû-che】 油類的沈澱物。油滓iú-tái。敆～～khah～～⇨同上。敆khah，合也，會也。

【油菜 iû-chhài】 蔬菜的一種。

【油畫 iû-ōe】 西洋畫。～～展覽會～～tián-lám-hōe⇨同上。

【油飯 iû-pn̄g】 糯米加麻油，當蝦，香菰等料的飯。祝坐產用的。

【油酥 iû-so·】 油炸的餅。～～餅～～piáⁿ⇨同上。

【油漆 iû-chhat】 漆油。～～未乾～～bī-kan⇨同上。

【油擔 iû-tàⁿ】 賣油的。擔～～的taⁿ～～ê⇨賣油郎也。

【油燈 iû-teng】 點石油或豆油等的燈火。

【油頭 iû-thâu】 光滑的頭髮。～～粉面～～hún-bīn⇨男而打扮得不男不女者。

【油餲 iû-ai】 臭油味。臭～～了，不可食了chhàu～～lò· m̄-hó-chiah-lò·⇨有臭味了，不可吃了。

【油甕 iû-àng】 油壺。～～仔～～á⇨同上。

【油櫃 iû-kūi】 油箱，油燈的～～iû-teng ê～～⇨同上。汽車的～～khì-chhia ê～～⇨同上。

【油炙粿 iû-chiah-kóe】 油條。據說是油炙秦檜轉的。燒的～～～sio-ê～～～⇨油條叫賣聲。

**賄** iū 財物。金玉曰貨，布帛曰賄iū。亦曰賄hóe。受～siū～⇨收受不正當的財物。官員收紅包也。

【賄賂 iū-lō·】 hóe-lō·。私相授受財物。俗稱紅包。

【賄選 iū-soán】 選舉使用財物得票。俗稱買票。

**右** iū 左之對稱。左～手chó～chhiú⇨亦喻重要的助手。

【右派 iū-phài】 保守派。或稱右翼iū-iok。

**又** iū 再。復。～更要～koh-boeh⇨再次要。日新～日新jit-sin～jit-sin⇨同上。～要食～要掠～boeh-chiah～boeh-liah⇨食飯亦要，擄人也要。喻古時差役的殘酷。

【又更 iū-koh】 再次。～～來了～～lâi-lò·⇨又來了。～～無看去也～～bô-khòaⁿ-khì(ì)-à⇨又看不見了。～～抄訬也～～teh chhá-ā。

【又要 iū-boeh】 又要iū-iàu。又不抄～～抄，你即個人有夠番iū m̄-leh～～leh, lí chit-ê-lâng ū-kàu-hoan⇨一下不要了，一下仔又要了，你此人，是十分不講理的生番。

【又較 iū-khah】 更加。又再。同有較ū-khah。即久仔～～給也chit-kú-á～～lēng-ā⇨(取締chhí(chhú)-thê)最近又見放鬆了。給lēng。核ân之對詞。

【又更較 iū-koh-khah】 更加。安爾～～～不肯也an-ne(ni)～～～m̄-khéng-ā⇨這樣更壞更加不肯了。

**柚** iū 果子名。種類多。似柑橘類而更大形。斗～táu～⇨同上。文旦～bûn-tàn～⇨同上。

【柚仔 iū-á】 柚類之總稱。食～～放蝦米chiah～～pàng hê-bí⇨柚仔消化似不甚佳，吃多了，會原形放出。

**佑** iū 助也。天～thian～⇨同上。神～sîn～⇨同上。皇天保～hông-thian pó～⇨同上。

**宥** iū 寬也。赦sià也。嚴懲不～giâm-têng put～⇨同上。

**囿** iū 園oân也。有垣之花園hoe-hn̂g果園kó-hn̂g也。又家禽家畜舍也。

## iuⁿ

**鴦** iuⁿ 鴛鴦oan-iuⁿ也。一種美麗的水禽。公母經常成對。～～水鴨～～chúi-ah⇨鴛鴦即水鴨也。喻夫妻。～～枕～～chím⇨新婚夜的枕頭chím-thâu。繡有鴛鴦一對。～～劍～～kiàm⇨兩劍同一鞘siò者。～～瓶～～pân⇨據說爲毒殺用之酒瓶，內分兩部，一有毒一無毒云。願作～～不羨仙goān-chok～～put-soān-sian⇨願爲鴛鴦一般樣的夫妻可也不羨慕仙家生活。

**蚴** iuⁿ 蝓蚴oan-iuⁿ也。一種蜂名。亦曰土蜂thô·-phang。亦作蝓蠮oan-iuⁿ。含泥造巢於屋檐下。似於人畜無害。其腰極細，頭腹幾乎不連接。～～腰～～io⇨蜂腰。～～土～～thô·⇨土蜂巢thô·-phang-siū。亦一種藥材。～～

賒，重疊欠～～sia, têng-thah-khiàm⇨謂賒帳與欠帳重重疊疊têng-têng-thah-thah，非賒即欠，沒有還帳。賒sia者記帳者，欠khiàm者嘴會chhùi-hōe不登帳。～～拖蟉蠽～～thoa ka-choā⇨蟉蠽拉蟑螂。喻小孩搬大物。

iu$^{n}$ **養**　養育iáng-iok也。飼chhī也。湠仔～湠仔飼ûn-á～ûn-á-chhī⇨一步一步地養育。

**【養承 iu$^{n}$-sîn$^{n}$】**　養育而優容奉承。你道是甚恔～～去啦lí tō-sī siu$^{n}$-gâu～～ khì(ì)-lâ⇨你就是太過養承他了。不當甚～～藉著m̄-thang siu$^{n}$～～ chiah-tioh⇨不應該太養承才對。

iú$^{n}$ **舀**　抒米出臼也。挹彼注此ip-pí-chù-chhú曰舀iú$^{n}$。亦作挹iú$^{n}$。

iú$^{n}$ **挹**　抒也。酌也。通舀iú$^{n}$。亦即舀ió也。

**【挹肥 iú$^{n}$-pûi】**　舀取人糞肥料。挹屎，挹尿iú$^{n}$-sái, iú$^{n}$-jiō皆同。

**【挹泔的 iú$^{n}$-ám-ê】**　在家中無權講話管事之人。阮這～～～曷有効goán che～～～ah-ū-hāu⇨我們這種無權勢之人何用。

iú$^{n}$ **養**　養育iáng-iok也。飼chhī也。培～pôe～⇨同上。天生地～thi$^{n}$-si$^{n}$-tōe～⇨同上。

**【養父 iú$^{n}$-pē(pōe)】**　養父iáng-hū。

**【養母 iú$^{n}$-hú(bó)】**　養母iáng-bó。

**【養的 iú$^{n}$-ê】**　養育的。收養的。生的且一邊～～較大天si$^{n}$(se$^{n}$)-ê chhiá$^{n}$ chit-pi$^{n}$,～～khah-toā-thi$^{n}$⇨謂生父母暫且靠邊稍候勿躁，養父母恩大如天，須優先款待也。

**【養飼 iú$^{n}$-chhī】**　養育iáng-iok。

**【養蘭 iú$^{n}$-lân】**　培養蘭花。～～園～～hn̂g⇨同上。

iû$^{n}$ **羊**　山羊soa$^{n}$-iû$^{n}$⇨同上。綿羊mî-iû$^{n}$⇨同上。南山虎咬～lâm-soa$^{n}$ hó·-kā～⇨同上。蘇武牧～so·-bú bok～⇨同上。刣豬屠～thâi-ti-tó～⇨用以祭神也。

**【羊毛 iû$^{n}$-mô(mn̂g)】**　～～出在羊身上～～chhut-chāi iû$^{n}$-sin-siāng⇨羊毛亦是羊身上的。同：龜頭每是龜內肉ku-thâu mā-sī ku-lāi-bah⇨龜頭還是龜之肉。

**【羊仔 iû$^{n}$-á】**　黑毛羊。小羊。～～目～～bak⇨睡時不閉眼者。

**【羊母 iû$^{n}$-bó】**　母羊bó-iâng。羊哥～～iû$^{n}$-ko～～⇨公羊母羊。

**【羊杭 iû$^{n}$-káng】**　公羊。杭káng者牛父也。～～羶～～hiàn⇨公羊的腥氣。羶hiàn者羊臭也。羊氣也。凡動物皆有其羶hiàn。～～鬚～～chhiu⇨羊鬚。

**【羊眩 iû$^{n}$-hîn】**　癲癇tian-hân的俗稱。

**【羊羔 iû$^{n}$-ko】**　小羊。羔ko者小羊也。綿羊mî-iû$^{n}$亦叫羊羔iû$^{n}$-ko。～～羶～～hiàn⇨羊臭。羊氣。～～裘～～hiû⇨綿羊皮衣。

**【羊稠 iû$^{n}$-tiâu】**　羊舍。～～牛稠，馬稠～～gû-tiâu, bé-tiâu。

**【羊頭 iû$^{n}$-thâu】**　掛～～賣狗肉koá～～bē(bōe)-káu-bah⇨喻騙人。

**【羊皮紙 iû$^{n}$-phôe-choá】**　一種防水紙。以羊皮等獸皮所製成。

iû$^{n}$ **洋**　大海曰洋iû$^{n}$。太平～thài-pêng～⇨同上。大西～tāi-se～⇨同上。印度～ìn-tō·～⇨同上。外國曰洋iû$^{n}$。出～chhut～⇨去外國。過南～kòe-lâm～⇨渡往南洋一帶地方。西～人se～lâng⇨洋人。横～hoâi$^{n}$～⇨大船。造起横～十三隻，當店兼油車 chō-khí hoâi$^{n}$～chap-sa$^{n}$-chiah, tǹg-tiàm kiam iû-chhia⇨千金譜。

**【洋刀 iû$^{n}$-to】**　指揮刀。

**【洋文 iû$^{n}$-bûn】**　亦即番仔字。

**【洋火 iû$^{n}$-hóe】**　火柴hóe-chhâ。俗叫番仔火hoan-á-hóe。

**【洋行 iû$^{n}$-hâng】**　西洋人的商館。

**【洋灰 iû$^{n}$-hoe】**　水泥。cement的譯詞。

**【洋式 iû$^{n}$-sit】**　西洋的方式。～～的婚禮～～ê hun-lé⇨同上。

【洋豆 iû$^{n}$-tāu】 罐頭裝的和蘭豆(hô͘-liân-tāu)。～～雞丁～～ke-teng⇨洋菜的一種。

【洋服 iû$^{n}$-hok】 西裝，洋式的衣服。

【洋油 iû$^{n}$-iû】 石油。俗稱水油chúi-iû以別於火油hóe-iû(花生油hoa-seng-iû)。

【洋食 iû$^{n}$-chia̍h】 西洋食。西餐se-chhan。

【洋紅 iû$^{n}$-hông】 舶來的臙脂。

【洋酒 iû$^{n}$-chiú】 舶來酒。

【洋紙 iû$^{n}$-choá】 西式製的紙張。

【洋船 iû$^{n}$-chûn】 ㊀洋式的大船。㊁大海上的船。

【洋貨 iû$^{n}$-hòe】 舶來的雜貨。

【洋商 iû$^{n}$-siang】 西洋人的商號。

【洋傘 iû$^{n}$-soà$^{n}$】 布傘。鐵骨布面的雨傘。

【洋裝 iû$^{n}$-chong】 洋式的女衣。西裝se-chong。

【洋薰 iû$^{n}$-hun】 舶來薰。薰hun：植物也，非煙霧也。

iû$^{n}$ **溶** 物化於水或化爲水。雪～去也seh～khì-à⇨同上。～糖膏～thn̂g-ko⇨同上。又溶亦作財產或金錢的消逝解。七～八～chhit～peh～⇨開銷於此開銷於彼。無外久道～了了也⇨bô goā-kú tō～liáu-liáu à⇨不多久就消逝盡了(大筆財產)。錢銀拎～眞快chî$^{n}$-gîn teh～chin khoài⇨金錢的消逝(開銷)非常的快速。

iû$^{n}$ **鎔** 鎔銅鎔鐵iû$^{n}$-tâng-iû$^{n}$-thih也。

iû$^{n}$ **陽** 半陰陽poà$^{n}$-iam-iû$^{n}$，就是不成公母m̄-chiâ$^{n}$ kang-bú，亦即不男不女，亦男亦女者也。

iû$^{n}$ **油** 油耳iû$^{n}$-hī$^{n}$，就是油耳iû-hī$^{n}$，耳孔內多油脂者也。粗糠耳chho͘-khng-hī$^{n}$(耳中乾燥者)的對詞。

iû$^{n}$ **樣** 法也。式也。式～sit(sek)～⇨款式khoán-sit。圖～tô͘～⇨圖式。鞋～ê(ôe)～⇨鞋式。帽～bō～⇨帽式。花～hoe～⇨①圖樣tô͘-iū$^{n}$。②戲法hì-hoat。點子tiám-chú。伊都上厚～～也i to siāng-kāu～～ā⇨他是戲法點子最多者也。模～bô͘～⇨模式。樣子iāng-chú。模範bô͘-hoān。有幾～ū-kúi～⇨有若干種類或款式。有～看～無～家己想ū～khoá$^{n}$～bô～ka-kī-siū$^{n}$⇨有樣式依照樣式辦，無樣式自己想辦法。

【樣本 iū$^{n}$-pun】 Sample。日文曰見本Mihon, kiàn-pún。看～～khoà$^{n}$～～⇨買賣之先，賣方先提其賣品之一部份，或雛型，圖形等爲樣本出示買方。愜意kah-ì即成立交易。

【樣式 iū$^{n}$-sit(sek)】 Style。款式khoán-sit。硬軟都適用。起甚麼～～的厝khí-sa-ma(mi)～～ê chhù⇨蓋建何種類欵式的房屋。電佗一～～的髮形tiān to-chi̍t～～ê hoat-hêng⇨要電成何一款式的髮形。

【樣相 iū$^{n}$-siù$^{n}$】 樣子siāng-chú。模樣bô͘-iū$^{n}$。歹～～phái$^{n}$～～⇨樣子難看。

## ji

jí **子** 棋子曰子jí。小石亦曰子jí。棋～kî～⇨棋子。石頭～仔chio̍h-thâu～á⇨小石子。食～仔chia̍h～á⇨玩小石子，一種兒童的遊戲，五粒石子握手中，一粒抛上，並把其他的放下，然後又依次撿回之。古時無玩具，小學童無不玩之。烏白～o͘-pe̍h～⇨圍棋的黑白石子。又數芎蕉kin-chio亦曰子jí。十～芎蕉九～蹺，一～無蹺眞孽誚cha̍p～kin-chio káu～chiau, chi̍t～bô-khiau chin giat-siâu⇨謂香蕉子皆作弓形，有一子不作弓形的，很奇妙，芎蕉kin-chio即香蕉hiang(hiong)-chio，亦作芹蕉kin-chio。芎蕉結果實曰弓kiong(keng)，一樹弓一弓，一弓有若干枇pî(約六七枇pî)，一把有若干子jí(約十多子jí)。芎蕉子jí或作芎蕉只jí。

**jí 汝** 爾jí, ní, lí也，亦即第二人稱，～我都是一家之主～gó͘ (lí-goá) to-sī it-ka chi-chú⇨同上。古用爾jí, 或汝ní，今皆用你lí。你是你，我是我lí-sī-lí, goá-sī-goá⇨同上。爾其勿辭jí(ní)-kî-bu̍t-sû⇨君其勿辭kun-kî-bu̍t-sû⇨汝其勿辭jí(ní)-kî-bu̍t-sû⇨你不要推辭lí put-iàu the-sî也。古帝王被迫讓位盡多用之。

**jí 爾** ㊀漢文文言第二人稱，同汝jí或白話文之你ní，lí。以～車來，以我賄遷î～ki (ku) lâi，î ngō͘ hoé chhian⇨詩經。㊁指示代詞，如這，彼，或許也。～夜風恬月朗～iah hong-tiām goa̍t (goeh) lóng⇨世說新語。㊂近也。淺近也。名相近者相遠也，實相近者相～也 bêng siang kīn chiah siang-oán iah, sit siang-kin chiah siang～iah⇨周禮地官。其說甚～kī soat sīm～⇨荀子。㊃助詞爾ne, ni (見ne, ni部)。

**jú 愈** 益也。勝也。亦喻jú也。～久～好～kú～hó⇨越久越好oa̍t-kú-oa̍t-hó。～看～愜意～khoà$^{n}$～kah-ì⇨越看越中意oa̍t-khoà$^{n}$-oa̍t-tiòng-ì。～細的價錢講～貴～sè(sòe)-ê kē-chî$^{n}$ kóng～kùi⇨越小的價錢竟越貴oa̍t-siò-ê kē-chî$^{n}$ kēng oa̍t-kùi。～來～不是款～lâi～m̄-sī-khoán⇨越來越不像樣子。～解說～乎人嫌疑～kái-soeh～hō͘-lâng hiâm-gî⇨越解釋越令人懷疑。

**jí 耳** 耳鼻jí(ní)-pi̍t(hi$^{n}$-phī$^{n}$)的耳jí(ní)。～鼻咽喉科～pi̍t-ian-âu-kho⇨hi$^{n}$-phī$^{n}$ na-âu-kho⇨同上。木～bo̍k～(ní)⇨金針木～香爐神主kin-chiam bo̍k～hiu$^{n}$-lô͘ sîn-chí，謂把金針木耳，誤作香爐神主。故事說:兒子奉命下街買金針木耳兩物，途上跳過一條圳溝，恍惚竟給忘了，不敢回家再問清楚，依稀記得是香爐神主，就把兩物買回去復命云。

**jí 乳** 生子生卵皆曰乳jí，jú。乳房也。又柔軟也。豆～tāu～(jú)⇨鹹醬豆腐。芋～ō͘～⇨鹹醬芋頭。哺～pō͘～⇨以乳食之。哺～動物pō͘～tōng-bu̍t⇨同上。

**【乳臭 jí(jú)-hiù】** ～～未除～～bī-tî(tû)⇨喻人未長大成人。口猶～～khó͘ iû～～⇨同義。

**【乳哺 jí-pō͘】** 三年～～兒報本，十月懷胎女謝恩sam-liân～～jî-pò-pún, si̍p-goa̍t hoâi-thai lí(lú) siā-in(un)⇨頌死母之恩的對聯。常見於司功壇。

**jî 兒** 幼少之子女也。子女對父母自稱兒jî。幼～iù～⇨同上。孩～hâi～⇨同上。孫～sun～⇨同上。女～lí～⇨同上。小～痲痺siáu～bâ-pì⇨病名。又陰指男子性無能。小～科siáu～kho⇨治小兒專科。又喻出手不大方。

**【兒子 jî-chú】** 親生囝chhin-se$^{n}$-kiá$^{n}$。隨人的～～隨人惜sûi-lâng ê～～sûi-lâng sioh⇨各人的兒子各人自己痛愛。

**【兒女 jî-lí】** 子女。男女。～～之情～～chi chêng⇨男女私情。

**【兒科 jî-kho】** 小兒科。～～婦科～～hū-kho⇨小兒科兼婦產科。

**【兒孫 jî-sun】** 子孫。～～自有～～福，莫爲～～作馬牛～～chū-iú～～hok, bo̍k-ûi～～chok má-giû$^{n}$⇨同上。

**【兒童 jî-tông】** ～～時代～～sî-tāi⇨同上。～～教育～～kàu-io̍k⇨同上。～～心理～～sim-lí⇨同上。～～文學～～bûn-ha̍k⇨同上。～～樂園～～lo̍k-hn̂g⇨同上。

**【兒戲 jî-hì】** 亦曰囡仔戲gín-á-hì。許不是～～，乎你未滾笑得he m̄-sī～～, hō͘-lí bē(bōe)-kún-chhiò tit⇨那不是兒童在玩，你不能胡搞亂來。

**jî 如** 同如jû。似也。同也。又若也。假如也。～夫人～hu-jîn⇨同上。～同進士出身～tông chìn-sū chhut-sin⇨同上。～花似玉～hoa-sū-gio̍k(gie̍k)⇨形容美女。～何是好～hô sī-hó⇨怎麼辦呢。不～嫁乞食put～kè khit-chia̍h⇨嫁給花子還要好。不～歸put～

kui⇨回去較好。又鳥名。禽獸不～ khîm-siù put～⇨不及禽獸。郎心～鐵lông-sim～thih⇨同上。心～火燒sim～hóe(hē) sio⇨同上。賽～天仙sāi～thian-sian⇨比天仙還要漂亮。對答～流tùi-tap～liû⇨同上。

【如今 jî-kim】 而今。現在。～～錢無人懶趖～～chî$^{n}$ bô lâng lán-sô⇨現在錢沒了人沒氣力了。～～安在～～an-chāi⇨而今何在jî-kim hô-chāi。事到～～如何是好sū tò～～jî-hô sî-hó⇨事情既然如此有何辦法嗎(意謂已至最後地步)。

【如此 jî-chhú】 既然～～kî-jiân～～⇨(知悉結論)。原來～～goân-lâi～～⇨(了解到原由)。～～這般～～che-poa$^{n}$⇨①附耳私語狀。②故意不說出已知的事情。～～如此，這般這般～～jî-chhú, che-poa$^{n}$ che-poa$^{n}$⇨指示或報告事情。～～可惡～～khó-ò͘⇨可惡到如此地步。

【如何 jî-hô】 滿身債俅～～還呢moá-sin-chè boeh(beh)～～hêng nē(nî)⇨這麼多的債務要如何清還呢。～～是好～～sī-hó⇨同上。～～安排～～an-pâi⇨同上。～～善後～～siān-hō͘(hiō)⇨同上。

【如意 jî-ì】 ～～算盤～～sǹg-poâ$^{n}$⇨自打自算一切順利如意。～～郎君～～lông-kun⇨同上。萬事～～bān-sū～～⇨同上。～～油～～iû⇨一種成藥名。

【如來佛 jî-lâi-hut】 佛名。

【如律令 jî-lut-lēng】 急急～～～ kip-kip～～～⇨謂十分緊急。

【如虎添翼 jî-hó͘-thiam-iek】 ～～～～勢力大振～～～～sè-lek-tāi-chín⇨同上。

【如魚得水 jî-gî-tek-súi】 雙方融合。孤有孔明～～～～ko-iú khóng-bêng～～～～⇨劉備之言。

【如喪考妣 jî-song-khó-pí】 慘如死父死母。全城百姓～～～～choân-siâ$^{n}$ peh-sè$^{n}$～～～～⇨同上。

【如膠似漆 jî-kau-sū-chhat】 ～～～～，相敬如賓～～～～, siang-kèng jî-pin⇨皆謂夫妻和合之詞。

【如數家珍 jî-sò͘-ka-tin】 喻對往事熟悉。～～～～安爾逐項都會記得～～～～an-ne(ni) tak-hāng to ē-kì tit⇨同上。

【如願以償 jî-goān-í-siâng(siông)】 按所願而見實現。祝你～～～～chiok-lí～～～～⇨同上。

【如入無人之境 jî-jip bû-jîn chi kéng】 喻事甚順利進行無所阻碍。～～～～～～哎哎叫～～～～～～sut-sut-kiò⇨同上。

jî
茹 樹根相牽引貌。亂也。散亂，紛亂，搗亂，紛爭，麻煩等皆曰茹jî(jû)。又食也。線～去soà$^{n}$～khì⇨線散亂了。心肝眞～sim-koa$^{n}$ chin～⇨心內很煩很亂。話講～去也ōe kóng～khì à⇨話說亂離重點了。秩序每攏～了了也tiat-sū mā lóng～liáu-liáu à⇨秩序也都全亂了。莫～好否mài～hó-bò͘⇨不要打岔可以罷。愛共人～更眞佼～藉害ài kah-lâng～koh chin-gâu～chiah-hāi⇨(性)好搗亂又很會搗亂才麻煩。代誌眞～也tāi-chì chin～ā⇨事情很麻煩了(紛亂，複雜)。～東～西～tang～sai⇨同上。

【茹去 jî-khì】 散亂。頭毛～～也thâu-mo͘～～à⇨頭髮散亂了。不可創～～m̄-hó chhòng～～⇨不可弄亂掉。

【茹念 jî-liām】 不論黑白數說是非不休。老人連本愛～～lāu-lâng lîm-pún ài～～⇨老人家本來就高興數說人家的。管伊扲冏～～koán-i teh bóng～～⇨管她在妄自數說。

【茹亂 jî-loān】 煩雜。愈茹愈亂ná-jî-ná-loān⇨同上。

【茹了了 jî-liáu-liáu】 全都亂了。無整理攏～～～也bô chéng-lí lóng～～～à⇨沒整理以致皆散亂掉了。

【茹絞絞 jî-kà-kà】 很茹很亂。絞ká或作攪kiáu 或膠 kau。很茹很亂。代誌舞到～～～tāi-chì bú-kà ～～～ ⇨事情(件)弄得很亂(複雜)。

【茹鬆鬆 jî-chháng-chháng】 同茹絞絞。亂作一團。逐項都創到～～～tak-hāng to chhòng-ká ～～～ ⇨每事(物)皆弄得亂七八糟。

【茹毛飲血 jî-mo·-ím-hiat】 食附毛之肉飲禽獸之血。形容古代未開化時代的人類生活。

jî 而 承接的助詞。學～時習之hak～sî sıp-chi ⇨論語。自上～下chū siāng(siōng)～hē (hā) ⇨同上。貧～無諂，富～無驕pîn～bû-thiám, hù～bû-kiau⇨論語。

【而已 jî-í】 極加是了錢而已kek-ke sī liáu-chîⁿ jî-í⇨最多是賠錢而已。贊成的不過五六人～～chàn-sêng-ê put-kò gō·-lak-lâng ～～⇨同上。

【而且 jî-chhiá】 加之。加上。即個囡仔眞走跳～～老實chit-ê gín-á chin cháu-thiàu ～～láu-sıt⇨此孩子很活潑而且老實。免聘金無打緊～～更介樓仔厝bián phèng-kim bô-táⁿ-kín ～～ koh-kah lâu-a-chhù⇨不用聘金不要緊，而且更加上樓房(做嫁粧)。介kah，配合也，副也。此句的無打緊bô-táⁿ-kín在口頭上皆改讀第三聲爲bô-tàⁿ-kìn。

【而立 jî-lıp】 三十歲。三十～～，四十而不惑sam-sıp～～, sù-sıp jî put-hek⇨論語。

【而尾 jî-bóe(bé)】 終局，後來，結果。若安爾無認路～～是做乞食可耳也 nā an-ne(ni) bô-jīn-lō·,～～sī chò khit-chiah hó niā à⇨如果如此不認本分，結果是做乞食可以而已。～～手～～chhiú⇨同義。猶～～手張生有娶鶯鶯否iáu(á)～～ chhiú tiuⁿ-seng ū-chhoā eng-eng bô·⇨還有，後來張生有無娶鶯鶯爲妻。

【而後 jî-āu(hiō)】 其後。～～道攏無看見人也 ～～ tō lóng-bô khoàⁿ-ìⁿ-lâng ā⇨其後就皆沒看見他了。～～身～～sin⇨然後。伊先去～～身個某藉逐去 i seng-khì ～～ sin in-bó· chiah jiok-khì⇨他先去，然後他妻才追去。

jî 儒 同儒jû。有道之人也。有學問之人也。孔孟之道也。孔孟教的人士也。～道釋～tō-sek ⇨儒教，道教，佛教。孔明舌戰群～khóng-bêng siat-chiàn kûn～⇨三國故事。俗～siok～⇨俗曰臭儒。侏～chu～⇨短小的人。

【儒人 jî-jîn】 學孔孟之道的人。～～道是孔門的人士～～ tō-sī khóng-bûn ê jîn-sū⇨儒人就是孔門的人們。

【儒士 jî-sū】 儒學家。有德的～～iú-tek ê ～～⇨同上。

【儒生 jî-seng】 孔道的門徒。重用～～tiōng-iōng～～⇨同上。

【儒門 jî-bûn】 孔教，孔道。入～～jıp～～ ⇨進入孔道。

【儒家 jî-ka】 孔學家。～～的傳統～～ê thoân-thóng⇨同上。

【儒將 jî-chiòng】 有學門的將軍。～～的風度～～ê hong-tō·⇨同上。

【儒教 jî-kàu】 孔子之道。～～思想是保守的～～su-siáng sī pó-siú ê～～⇨同上。

【儒道 jî-tō】 儒教。～～精神～～ cheng-sîn⇨同上。

【儒學 jî-hak】 儒教的學問。孔門之學。～～的泰斗～～ê thài-tó·(táu) ⇨同上。

【儒醫 jî-i】 自稱～～的塞倒街chū-chheng ～～ê that-tó-ke⇨滿街皆是自稱儒醫的人。

jî 愉 同愉jû，喜悅也。滿意也。勝任～快sìn-jīm ～khoài。

【愉快 jî-khoài】 心神～～sim-sîn～～⇨同上。

jî 孺 同孺jû，幼童也。婦～之見hū～chi kiàn ⇨喻見解幼稚，如婦女孩童者。

【孺人 jî-jîn】 古代王之妻曰后，諸侯曰夫人，大夫曰孺人。當今時見於富家之訃音上，其實較夫人猶低一級也。

【孺子 jî-chú】 幼童。～～可教～～khó͘-kàu⇨黃石公讚張良而以兵書授之。

jī 二 數名。比並也。次等也。疑也。副手也。十～生肖cha̍p～se$^{n}$(si$^{n}$)-siù$^{n}$⇨同上。百～萬pah～bān⇨一百又二十萬。～級貨～kip-hòe⇨次一等的貨色。早懷～心chó hoâi～sim⇨夙抱異志。早有反意。～百～，～á～⇨二百又二十。

【二八 jī-pat】 ～～佳人～～ka-jîn⇨妙齡一十六之美人。～～抽～～thiu⇨抽取兩成。～～亂穿衣～～loān-chhoan-i⇨二月與八月不寒不熱，寒衣也穿，薄衣也穿。紅粧～～年hông-chong～～liân⇨紅粧美女正在十八歲。

【二八 jī-peh】 兩個八，～～十六～～cha̍p-la̍k⇨同上。二十八之數。～～九也猶未有過年米～～káu-à á-bōe(bē) ū kòe(kè)-nî-bí⇨二十八日，二十九日了，還沒有米過年。

【二手 jī-chhiú】 ㊀廚師等技術界的副手。～～司父～～sai-hū⇨第二位的司父。～～的～～ê⇨同義。㊁古貨。使用過的東西。～～貨～～hòe⇨古貨。再嫁夫人。

【二心 jī-sim】 思異之心。不忠之心。臣無～～sîn bô～～⇨我沒有不忠之心。

【二太 jī-thài】 第二太太。如夫人。～～較有勢～～khah-ū sè⇨二太太較受寵幸。

【二比 jī-pí】 兩方。原告被告。～～甘愿～～kam-goān⇨雙方願意。您～～該講和較好lín～～ài kóng-hô khah-hó⇨你們原被告雙方應該和解比較好。

【二布 jī-pó͘】 細條的縫衣針。大布～～toā-pō͘～～⇨大號針細號針。

【二旬 jī-sûn】 第二個七日，死者七日爲一旬。做～～chò～～⇨二旬的拜祭。

【二更 jī-ke$^{n}$(ki$^{n}$)】 時間，約近半夜。一更我來睏，～～你去巡it-ke$^{n}$ goá-lâi-khùn～～lí-khì-sûn⇨一更我休息(你巡邏)二更你巡邏(我休息)，喻巧的食戇的khiáu-ê chia̍h gōng-ê。

【二伯 jī-peh】 二伯父。～～二姆～～jī-ḿ⇨二伯父與二伯母。

【二位 jī-ūi】 ㊀席次。坐～～chē～～⇨坐第二席的上賓。㊁兩個貴賓。～～請坐～～chiá$^{n}$-chē⇨同上。

【二叔 jī-chek】 二叔父。～～二嬸～～jī-chím⇨二叔父與二叔母。

【二花 jī-hoe】 小丑。大花～～toā-hoe～～⇨大花臉與小丑。～～面的～～bīn ê⇨小丑。面如小丑者。

【二姑 jī-ko͘】 二姑母。～～丈～～tiū$^{n}$⇨二姑母的丈夫。

【二來 jī-lâi】 第二點。一來是老朋友，～～又是同事，逐家無計較的it-lâi sī lāu-pêng-iú，～～iū-sī tông-sū, ta̍k-ke bô kè-kàu-ê⇨第一是老朋友，第二又是同事，大家都是不計較的。逐家即逐個也。

【二房 jī-pâng】 次男的血統。～～較出丁～～khah chhut-teng⇨二房男兒較多。

【二指 jī-chái$^{n}$】 食指si̍t-chí。尾仔～～bóe(bé)-á～～⇨無名指bû-bêng-chí。第四指。

【二者 jī-chià】 同二來。第二點。一者需要加借一筆錢，～～無利可圖，我看亦是莫做較好it-chià su-iàu ke-chioh chi̍t-pit-chî$^{n}$,～～bô-lī-khó-tô͘, goá-khoà$^{n}$ ā-sī mài-chò khah-hó⇨第一要多借大錢，第二無利可圖，依我看，還是不幹爲妙。

【二姨 jī-î】 二姨母。～～丈～～tiū$^{n}$⇨二姨的丈夫。

【二氣 jī-khì】 陰陽。陰陽～～im-iâng～～⇨同上。

【二彩 jī-chhái】 無頭彩～～每罔去bô thâu-chhái～～mā bóng-khì⇨頭獎沒有，二獎也

馬馬虎虎算不錯的了。

【**二絃 jī-hiân**】 樂器名。伊～～挨得眞好i ～～e-tit chin hó⇨伊二絃拉得很好。

【**二陽 jī-iâng(iông)**】 九月九日重陽曰頭陽，九月十九日曰二陽。頭陽聖，不及～～定thâu-iâng siàⁿ, put-kip ～～ tiāⁿ⇨重陽日下雨將是爛冬noā-tang(多雨季)，但是還是要看看二陽雨不雨才能確定。

【**二猴 jī-kâu**】 骰子的兩個點之面。～～賽么孔，雙人皆暢～～sè io-khang, siang-lâng kai thiòng⇨某種賭法:甲見乙賽出兩點，以爲隨便可賽出三點以上而勝之，是爲一暢(喜)結果卻賽出么孔(一點)，反輸給乙(二暢，但是乙方)。亦即甲先喜乙後喜:合而爲雙人皆暢。

【**二爺 jī-iâ**】 衙役gê-ia̍h，家丁ke-teng等皆曰二爺。

【**二舅 jī-kū**】 二舅父。～～二妗～～jī-kīm ⇨二舅父與二舅母。

【**二媽 jī-má**】 ㈠祖父的二太太。㈡媽祖婆má-chó·-pô的第二座神像。大媽愛過溪，～～興寃家toā-má ài kòe-khe,～～hèng oan-ke ⇨謂大媽祖高興翻山跋水，二媽祖喜歡打架。童謠句。

【**二場 jī-tiûⁿ**】 第二回合的考試。頭場～～攏過也thâu-tiûⁿ～～ lóng-kòe à⇨第一第二回合皆考及格也。

【**二槽 jī-chô**】 風鼓的尾槽，承壞粟chhek的地方。～～仔～～á⇨做飼料的二槽粟。

【**二審 jī-sím**】 高等法院。官司拍到～～去也koaⁿ-si phah-kà～～khì-à⇨訴訟訴到高院了。

【**二簧 jī-hông**】 樂譜名。伊～～西皮都會唱i～～se-phî to-ē chhiùⁿ⇨同上。

【**二顯 jī-hián**】 副乞食頭。～～於乞食中是相當有派頭的～～tī khit-chia̍h-tiong sī siang(siong)-tong ū phài-thâu ê⇨二顯在乞食群中是相當顯赫的。

【**二九冥 jī-káu-mê(mî)**】 廿九夜，過年夜。分未平拍到～～～pun-bē-pêⁿ(pîⁿ) phah-kàu ～～～⇨分配不能公平，一直打至過年夜。

【**二九暗 jī-káu-àm**】 同二九冥。二九三十暗jī-káu saⁿ-cha̍p-àm⇨過年夜。蓋陰曆月有二十九日者，亦有三十日者也。

【**二分法 jī-hun-hoat**】 分類法的一種。在政治上以非友則敵，亦被指爲二分法。

【**二元論 jī-goân-lūn**】 哲學名詞。定二原則以說明事象者。陰陽～～～im-iâng～～～⇨同上。

【**二四史 jī-sì-sú**】 同二十四史jī-cha̍p-sì-sú。統稱歷史。～～～熟溜溜～～～se̍k-liū-liū ⇨二四史皆滾瓜爛熟。

【**二四孝 jī-sì-hàu**】 古來有名的孝子。例如孟宗哭竹bēng-chong khàu-tek，吳猛飼蚊gô·-béng chhī-báng，老萊戲彩lô-lâi-hì-chhái，大舜耕田tāi-sùn-keng-tiân等的故事均屬之。亦作二十四孝jī-cha̍p-sì-hàu。

【**二四講 jī-sì-kóng**】 同二四勸。～～～都無採工～～～to-bô chhái-kang⇨任憑如何勸告都沒有用。

【**二四勸 jī-sì-khǹg**】 謂極力勸告或忠告。～～～呵，較勸都不聽人講～～～ō, khah-khǹg to-m̄ thiaⁿ-lâng-kóng⇨勸死勸活啊，怎麼勸都勸不動。

【**二步七 jī-pō-chhit**】 兩三手。伊果有～～～仔i kó-ū～～～à⇨他果然有三兩手。旣無～～～仔曷敢合人兇鬚kā-bô～～～à a̍h-káⁿ kah-lâng chhāng-chhiu⇨如果沒有三兩手何敢爭相出風頭。按二步七之七，策之轉訛也。

【**二郎君 jī-lông-kun**】 武神名，亦稱二郎神jī-lông-sîn。～～～大戰猴齊天～～～tāi-chiàn kâu-tê(chê)-thian⇨二郎神大戰孫悟空。

【**二婚親 jī-hun-chhin**】 再婚。～～～的都合在室女的無爭差～～～ê to kah chāi-sek-lí-ê bô cheng-chha⇨再婚的卻是和處女一樣(意指再婚者未通房尚維處女之身)。

【二遍草 jī-piàn-chháu】 水稻的第二次除草。～～～ 搔了道等收冬也 ～～～ so-liáu tō-tán siu-tang a⇨第二次除草除了就是等待收穫了。

【二路貨 jī-lō-hòe】 次等的貨色。～～～亦抾雉精 ～～～ iah-teh súi-chiaⁿ⇨下等貨色也在稀罕什麼。

【二轉客 jī-tńg-kheh】 新嫁娘的第二次回外家。～～～較信採～～～khah chhìn-chhái⇨第二次回娘家比較隨便。

【二十八宿 jī-chap-peh(poeh)-siù】 ㊀二十八星宿。㊁東漢二十八將。～～～～ 在內的～～～～chāi-lāi-ê⇨二十八將中的英雄。

【二十四氣 jī-chap-sì-khì】 一年四季～～～～chıt-nî sù-kùi ～～～～ ⇨一年有四季春夏秋冬,又分為立春 lıp-chhun,雨水í-súi,驚蟄keⁿ-tıt,春分chhun-hun,清明chheng-bêng,穀雨kok-í,立夏lıp-hē,小滿sió-moá,芒種bông-chéng,夏至hē-chì,小暑sió-sí,大暑tāi-sí,立秋lıp-chhiu,處暑chhì-sí,白露peh-lō͘,秋分chhiu-hun,寒露hân-lō͘,霜降sng-kàng,立冬lıp-tang,小雪sió-soat,大雪tāi-soat,冬至tang-cheh,小寒sió-hân,大寒tāi-hān等之二十四個節氣cheh-khì。

【二姓合婚 jī-sèng-hap-hun】 ～～～～百年偕老～～～～pek-liân-kai-ló結婚的頌詞。

【二一添作五 jī-ıt-thiam-chok-gō͘】 珠算的除法口訣。兩分。～～～～～密抵塞～～～～～bā-tú-sā⇨兩人平分(私下進行)剛剛好。

jī
**廿** 二十也。(見jiap部)。三百～jīá～⇨二百又二十。一百空二(102)即曰 chıt-pah khòng jī。

【廿一 jī-it】 二十又一。二十又一至九之數皆可曰廿幾。例如:廿二條jī-jī-tiâu⇨同上。廿四枝刀jī-sì-ki-to⇨同上。廿九三十日jī-káu saⁿ-chap-jıt⇨二十九、三十日也,亦即過年日了。

【廿幾 jī-kúi】 二十又若干。～～人 ～～lâng⇨二十幾的人(疑問),二十多個人。～～元～～goân(kho͘)⇨二十又多少元(問)。二十又多少塊錢。

【廿八九 jī-peh(poeh)-káu】 二十八,二十九。歲頭食到～～～也,還猶未娶 hòe-thâu chiah-kà ～ ～ ～ à, hoân-á(iáu)-bē(bōe) chhoā⇨同上。

【廿三四 jī-saⁿ-sì】 二十三或四。該更～～～工藉會可āi-koh～～～kang chiah ē-hó⇨需要再二十三或二十四天才可以完工。

【廿五六 jī-gō͘-lak】 二十五或二十六。到～～～仔看會好天未kàu～～～á khoàⁿ ē-hó-thiⁿ bē⇨等到二十五,二十六看看,天氣會不會變好。變piàn亦曰轉tńg。

jī
**貳** 二的大寫。二也。副也。

【貳臣 jī-sîn】 事過二姓的臣僚。～～傳～～toān⇨貳臣的傳記。

【貳紅 jī-âng】 紅色的一種。大紅～～toā-âng～～⇨同上。

【貳腀 jī-nńg】 皮與赤肉間之脂肪層。～～肉～～bah⇨同上。～～油～～iû⇨同上。竹～～tek ～～ ⇨在竹籐即外皮內的部分曰二腀或貳腀。

jī
**字** 文也。文字也。讀書寫～thok-si(su) siá～⇨同上。～是隨身寶,財是國家珍～sī sûi-sin-pó, châi sī kok-ka-tin⇨同上。一～值千金ıt ～ tat chian-kim⇨同上。無 ～ 天書bô～thian-si(su)⇨同上。唱無～曲仔chhiùⁿ-bô ～ khek-á⇨隨便念隨便唱的意思。又方法也。想到攏無～也siūⁿ-kà lóng-bô～ā⇨想到皆想不出辦法了。較想每無 ～ khah-siūⁿ mā bô～⇨怎麼想都沒辦法。又證件也。有寫～抾ū siá～lè⇨有作成證件的。～於人的手裡敢會諍得～tī lâng-ê-chhiú-lī, kám ē-chèⁿ-tit⇨證書在人家的手中，能夠強辯嗎。白紙寫烏～peh-choá siá o·～ ⇨①指其存在。白紙寫烏～，伊八我我不八伊peh-choá siá o·～, i-bat-goá goá-m̄-bat-i⇨文盲看告示的自嘆。八bat認識也。②喻證據鑿鑿不能強辯，已如前舉例句。③喻其無效。白紙寫烏～耳，敢會咬你，驚啥peh-choá siá o·～ niâ, kám-ē kā-lí, kiaⁿ-sahⁿ(siahⁿ)⇨謂不過是廢紙而已，豈能傷你，怕什麼。

【字目 jī-bak】 學問。寫讀。～～深(淺)～～chhim(chhián)⇨有學問(沒學問)。～～算通底會～～sǹg thong-té ē⇨學問，會計等等都會。

【字母 jī-bó】 切音的符號。羅馬字的～～lô-má-jī ê～～⇨A,B,C……等字母。又鑄鉛字的原模。

【字句 jī-kù】 ～～該更修正～～ài-koh siu-chèng⇨同上。

【字白 jī-peh】 告示。有人出～～也ū-lâng chhut～～á⇨有人貼出告示。

【字尾 jī-bóe(bé)】 文件之末尾。～～該企日～～ài khiā-jit⇨文件末尾須記明日期。字頭無你名～～每無你名，更講甚jī-thâu bô-lí-miâ,～～ mā bô lí-miâ,koh kóng-sahⁿ(siahⁿ)⇨文件前頭沒你的姓名，末尾也沒你姓名，還說什麼。

【字形 jī-hêng】 同字体。～～無共款～～bô kāng-khoán⇨字形不相同。

【字壳 jī-khak】 字的外形。貪字貧～～tham-jī pîn～～⇨貪字外形似貧字，喻貪者終必貧。壳是殼的省筆。～～道無相共也～～tō-bô sio-kāng ā⇨字之外形就不相同了。

【字姓 jī-sèⁿ(sìⁿ)】 姓氏。別～～pat～～⇨別的姓氏。別人。換別～～仔，人早道溜也oāⁿ pat～～á, lâng chá-tō-liu a⇨假如是別人，他很早就跑掉了。亦作別字腳pat-jī-kha。

【字典 jī-tián】 字書。骿(骿)～～péng～～⇨翻字典。

【字帖 jī-thiap】 寫字的法帖。照～～學寫字chiàu～～oh-siá-jī⇨同上。

【字面 jī-bīn】 ㊀文章的表面。看～～是安爾無不着khoàⁿ～～sī an-ne(ni) bô-m̄-tioh⇨看文面是如此，沒有錯的。㊁文面。～～無講着～～bô kóng-tioh⇨文面沒提到。照～～解說咱較有面chiàu～～ kái-soeh lán khah iú-bīn⇨按文面解說我們較有利。

【字音 jī-im】 字之讀音。一字也有幾仔款～～的chit-jī ā-ū kúi-à-khoán ～～ ê⇨一個字也有好幾個讀音的字。

【字屎 jī-sái】 廢字廢句。～～該削掉～～ài-siah tiāu⇨廢字廢句需要刪除。

【字紙 jī-choá】 ㊀證書，文件。祖產的～～猶於抆chó-sán ê～～iáu tī-leh⇨祖產的證件還在。㊁廢紙。～～亭～～têng⇨惜字亭sek-jī-têng⇨燒掉廢紙之亭。～～籠～～láng⇨廢紙籠。廢物箱。

【字骨 jī-kut】 筆勢。～～寫得眞清秀～～siá-tit chin chheng-siù⇨同上。

【字旁 jī-pêng】 木～～的字bok～～ê jī⇨例如材梅林等的字。看～～罔約每知khoàⁿ～～bóng-ioh mā-chai⇨看字旁胡推也知道。

【字猜 jī-chhai】 字謎。猜謎。猜～～chhai～～⇨同上。

【字眼 jī-gán】 詞句。～～用得眞合～～iōng-tit chin-hah⇨遣詞用句很適當。

【字脚 jī-kha】 字列的下端。～～排無齊～～pâi bô-chê⇨字脚排不齊。

【字畫 jī-ōe】 字與畫。做～～生理chò～～seng-lí經營字畫的買賣。

【字義 jī-gī】 字意。字意～～意思共款jī-ì～～ ì-sù kāng-khoán⇨字意字義意思皆一樣。

【字號 jī-hō】 店名。名號，牌子。新～～老

～～sin～～lāu～⇨新開業的行號，有歷史的行號。三不等～～sam-put-téng～～⇨有上有下有好有壞品質各不相同的牌子。鼎鼎大名的～～téng-téng tāi-bêng ê～～⇨同上。即類～～眞透chit-lōe～～chin-tháu⇨這一種牌子的很暢銷。彼間～～眞透hit-keng～～chin-tháu⇨那一家的店很有名。

【字意 jī-ì】 字義。～～無明～～bô-bêng⇨文意不清楚。

【字彙 jī-lūi】 集字之書。字典的別名。～～亦是字典～～iah-sī jī-tiān⇨同上。

【字運 jī-ūn】 運氣。命運。好(歹)～～hó(pháiⁿ)～～⇨好運氣(壞運氣)。有(無)～～ū(bô)～～⇨同前。

【字據 jī-kì(kù)】 證書文件。～～該保存～～ài pó-chûn⇨同上。

【字模 jī-bô͘】 鑄字的原模。～～該更換過也～～ài koh oāⁿ-kòe à⇨字模需要更換新的了。

【字樣 jī-iūⁿ】 文字上的關係。姓名。紙頭紙尾亦無你的～～也choá-thâu choá-bóe iah-bô lí ê～～ā⇨文書上皆找不到與你有關係。

【字稿 jī-kó】 文稿。原稿。～～猶扲起扲～～iáu teh-khí-leh⇨文稿還在起草中。

【字數 jī-sò͘】 ㈠字之數目。㈡拆～～thiah～～⇨以字的形態筆劃卜吉凶之術。講古柝～～聽古落屎吐kóng-kó͘ thiah～～, thiaⁿ-kó͘ lâu-sái-thò͘⇨頑童的戲謔詞。

【字頭 jī-thâu】 ㈠在旁曰字旁jī-pêng，在上曰字頭jī-thâu。草～～chháu～～⇨即廾頭，部首作艸。竹～～tek～～⇨同上。㈡文件的前頭。～～有企名～～ū khiā-miâ⇨文件上列有姓名。

【字韻 jī-ūn】 表示家族輩份的特定文句。論～～阿木大一輩lūn～～a-bok toā chit-pōe⇨講字韻即阿木大一輩。

【字體 jī-thé】 書體。一般性的～～是印刷體合書寫體it-poaⁿ-sèng ê～～sī ìn-soat-thé kah si-siá-thé⇨同上。書法上的～～是王羲之的草書體最出名si(su)-hoat-siāng(siōng) ê～～sī ông-hi-chi ê chhó-si(su) chòe chhut-miâ⇨同上。

【字格仔 jī-keh-á】 字格仔。學寫字該用～～～oh-siá-jī ài-iōng(ēng)～～～⇨練習寫字需要使用字格子。

**揤** jī 捺也。押也。按也。按止能動之物曰揤 jī。又限制hān-chè，取締chhí-thê，壓迫亦皆曰揤jī。較大力～扲khah toā-lat～lè⇨大力按之(命令)。～無着～bô-tioh⇨押不中。～不着位～m̄-tioh ūi⇨按錯地方。亂～一場loāⁿ～chit-tiûⁿ⇨亂捕捉一場。～未死～bē(bōe)-sí⇨押不止(例如漏水)。～反抗派～hoán-khòng-phài⇨壓迫反抗派。政府扲～也chèng-hú teh～à⇨政府在取締了(限制，壓迫)。物價～未死but-kè～bē(bōe) sí⇨物價押不住。～到未喘唷也～kà bē(bōe) chhoán-khùi à⇨限制得不能透氣了。強～入去kiâng～jip-khì⇨強硬推進裡面。強攻硬也。或作揑jī，乃揑造liap-chō之揑也。

【揤凹 jī-lap】 ～～去道不好看～～khì tō m̄-hó-khoàⁿ⇨押凹了就不好看。

【揤死 jī-sí】 押死。～～去也～～khì à⇨押死了。限制死了。

【揤吊 jī-tiàu】 上吊。自縊chū-úi。割喉～～koah-âu～～⇨皆自殺之法。～～鬼～～kúi⇨上吊身死之鬼。謂凡自殺皆有鬼在強迫(揤jī)。

【揤沉 jī-tîm】 押落水中。～～落去浸三日～～loh-khì chìm saⁿ-jit⇨沉入水中浸漬三天。

【揤扁 jī-píⁿ】 押平。球～～去也kiû～～khì-à⇨球押平了。

【揤破 jī-phoà】 壓破。玻璃不當～～po-lê m̄-thang～～⇨玻璃不可押破。

**【揤倒 jī-tó】** 推倒。大漢的被細漢的～～於土脚 toā-hàn-ê hō· sè(sōe)-hàn-ê ～～ tī thô·-kha⇨大人被小人押倒在地上。～～墻圍～～chhiûⁿ-ûi⇨押倒圍墻。

**【揤琴 jī-khîm】** 彈琴。六歲道會曉～～也 lak-hōe(hè) tō ē-hiáu～～à⇨六歲就會彈琴了。

**【揤落 jī-loh】** 押下。推倒。～～水底～～chúi-té⇨抑入水中。～～土脚～～thô·-kha⇨推倒地上。

**【揤水蛙 jī-chūi-ke】** 捉田蛙。未輸抣～～～抣bē (bōeh)-sū teh～～～lè⇨宛然如捉水蛙狀。

**【揤風琴 jī-hong-khîm】** 彈風琴。～～～伴奏～～～phoāⁿ-chàu⇨同上。

**【揤倮來 jī-oá-lâi】** 喊殺而至。歸陣舉刀～～～kui-tīn giâ-to～～～⇨整個隊手拿剛刀喊殺而來。

**【揤電鈴 jī-tiān-lêng】** 押門鈴。～～～叫門～～～kiò-mn̂g⇨同上。

jī **裕** 同裕jū。衣物豐饒也。優～iu～⇨生活寬裕。阿貴近來有較優～也a-kùi kīn-lâi ū-khah iu～à⇨阿貴的生活，最近更富裕了。

jī **餌** 食也。食物也。又以利誘也。藥～ioh～⇨藥物。魚～hî～⇨誘捕魚類的食物。

jī **喩** (見ju部)。

jī **諭** (見ju部)。

## jia

jia **遮** 阻遏也。掩護也。乎雲～抣hō· hûn～lè⇨給雲遮蔽著。日出霧散望雲～，生理如輪轉水車jit-chhut bū-sàn bōng-hûn～,seng-lí jī-lûn choán chúi-chhia⇨嘆村店生涯的打油詩。一手倈～天，敢瞞人會過chit-chhiú boeh～thiⁿ, kám moâ-lâng ē-kòe⇨一手要蓋盡天，瞞得了人嗎。無～之會bû-～chi hōe⇨裸體會。

**【遮日 jia-jit】** 阻遏日光。雨傘帶抣較穩，好～～每好遮雨hō·-soàⁿ toà-leh khah-ún, hó～～mā-hó jia-hō·⇨雨傘帶著同行較妥當，可以遮日也可以遮雨。

**【遮目 jia-bak】** 阻擋視線。企較邊仔抣，阿公藉未～～khiā-khah-piⁿ-a-lē, a-kong chiah bē(bōe)～～⇨站較傍邊一點，祖父才不被阻視線。又，遮生人目jia chheⁿ-lâng-bak⇨謂辦事只重外表以瞞世人耳目而已。

**【遮光 jia-kng】** 阻擋光線。較邊仔抣，莫共我～～khah-piⁿ-a-leh, mài kā-goá～～⇨移邊一點，以免阻住我的光線。

**【遮身 jia-sin】** 蔽身。用樹葉～～iōng(ēng) chhiū-hioh～～⇨同上。～～幡～～hoan⇨棺中蓋死人的白布。

**【遮雨 jia-hō·】** 阻雨。戴笠～～tì-leh～～⇨同上。

**【遮風 jia-hong】** ㈠阻風。穿風衣～～較未寒chhēng hong-i ～～ khah-bē(bōe)-koâⁿ⇨同上。㈡舊式床三邊的圍木欄曰遮風，留一邊爲上下口。～～亦好吊蚊罩 ～～iah-hó tiàubáng-tà⇨遮風也可以吊蚊帳。

**【遮密 jia-bat】** ～～正未曝著日～～chiàⁿ-bē phak-tioh-jit⇨蓋好才不致晒日。

**【遮掩 jia-iám(am)】** 遮蓋，掩護。即類代誌～～未過啦chit-lōe tāi-chì～～bē(bōe)-kòe(kè) là⇨這種事遮蓋不了的。

**【遮陽 jia-iûⁿ】** 屋簷。

**【遮暗 jia-àm】** 人抣寫字不可共人～～lâng teh siá-jī m̄-hó kā-lâng～～⇨人家在寫字不要遮住光線。

**【遮閘 jia-chah】** 該有～～正會使得啦ài-ū～～chiàⁿ ē-sái-tit là⇨同上。無遮無閘bô-jia-bô-chah⇨同上。

【遮蓋 jia-kài】 用草蓆先～～抬iōng(ēng) chháu-chhioh seng ～～ leh⇨用草蓆先蓋起來再說。

【遮蔽 jia-pè】 遮蓋。較遮(蔽)每遮未死人的嘴khah-jia(pè) mā jia-bē-sí lâng-ê-chhùi⇨怎麼掩蓋都掩不了人之口舌(議論)。

【遮瞞 jia-moâ$^{n}$】 遮之以騙人。既安爾道不當更～～也kā an-ne(ni) tō m̄-thang koh ～～ā⇨既然如此，就不可再瞞騙了。

【遮斷 jia-toān(tn̄g)】 安爾交通敢未～～去an-ne(ni) kau-thong kám-bē～～khì⇨如此交通不致被遮斷嗎。

jiá
**惹** 引動也。引發也。～是生非～sī seng-hui⇨惹是非。挑工～伊thiau-kang～i⇨故意挑動也，故意向他挑戰。～熊～虎不當～著刺查某～hîm～hó͘ m̄-thang～tioh chhiah-cha-bó͘⇨謂潑婦比熊虎還利害，刺亦作叱chhiah責罵也。伊是乎你未～得 i sī hō͘-lí bē (bōe)～tit⇨謂她是惹不得也，如惱怒她，她的反擊將迫到你走投無路。～虱上頭爬～sat chiū$^{n}$-thâu pê⇨喻自惹麻煩。～了一場大病～liáu chit-tiû$^{n}$ toā-pē$^{n}$(pī$^{n}$)⇨患上一場大病。仁～jîn～⇨懂事，會應付，人人好。

【惹厄 jiá-eh】 同惹禍jiá-hō。招來災難。

【惹事 jiá-sū】 惹麻煩。你都上愛～～也lí to siāng(siōng)-ài ～～ā⇨你是最會招來麻煩的也。

【惹禍 jiá-hō】 千萬不當共我～～chhian-bān m̄-thang kā goá～～⇨切不可惹禍來給我。～～端～～toan⇨惹禍。

【惹麻煩 jiá-mâ-hoân】 莫～～～較好mài ～～～khah-hó⇨同上。

## jiah

jiah
**跡** 痕hûn也。同蹟或迹chek。脚～kha～⇨脚印。神～sîn～⇨神顯聖的痕跡。傷～siang(siong)～⇨傷痕。拍到一～一～烏青激血phah-kà chit～chit～o͘-chhe$^{n}$-kek-hoeh⇨打得一塊一塊的皮青瘀血。即～彼～chit～hit～⇨此處彼處。無影無～bô-iá$^{n}$-bô～(chiah)⇨完全沒事實。粒仔～liap-á～⇨瘢痕pan-hûn。

## jiam

jiám
**冉** 柔也。緩進也。姓氏也。毛～～mo͘～～⇨形容毛髮柔軟。～～而行～～jî hêng⇨慢慢的進行。

jiám
**染** 加色也。習俗所化曰染jiám，疾病感傳亦曰染jiám。白布～成烏布peh-pò͘～chiâ$^{n}$ o͘-pò͘⇨同上。受虛華生活習氣的感～siū hi-hoa seng-oah sip-khì ê kám-～⇨同上。傳～病thoân～pē$^{n}$(pī$^{n}$)⇨同上。身～重病sin～tāng-pē$^{n}$⇨同上(亦名染ní；見ni部)。

【染人 jiám-lâng】 傳染於人。彼類病講會～～hit-lōe pē$^{n}$(pī$^{n}$) kóng ē～～⇨那種病據說會傳染。

【染色 jiám-sek】 更～～過道眞好看也koh ～～kòe tō chin hó-khoà$^{n}$ à⇨再染過色就很漂亮了。

【染指 jiám-chí】 佔取非分之事物。看在眼內早就思想～～也khoà$^{n}$ chāi gán-lāi, chá-chiū su-siū$^{n}$～～à⇨同上。

【染料 jiám-liāu】 染色的材料。植物～～sit-but～～⇨同上。化學～～hoà-hak～～⇨同上。

【染病 jiám-pē$^{n}$(pī$^{n}$)】 抱病phoā-pē$^{n}$(pī$^{n}$)。若～～藉知影艱苦nā～～chiah chai-iá$^{n}$ kan-khó͘⇨如果染上病就知道其苦。

【染著 jiám-tioh】 少年郎不當～～歹習慣siàu-liân-lâng m̄-thang ～～ phái$^{n}$ sip-koàn⇨少年人不要染上壞習慣。～～風流病～～hong-liû-pē$^{n}$(pī$^{n}$)⇨同上。

【染髮 jiám-hoat】 染黑白頭髮。～～藥～～ioh⇨同上。

【染色體 jiám-sek-thé】 生物學名詞。遺傳基因。～～～的研究，進步眞驚人 ～～～ê gián-kiū, chìn-pō· chin kiaⁿ-lâng⇨染色體的研究，進步得很可怕。

## jian

jiân 然 是也。如是也。當～tong～⇨該～kai～⇨應當的。應該如此。公～kong～⇨公開。天～⇨自然。不～put～⇨非也。不是。再不～chāi put～⇨又不是。二不～jī-put～⇨不一定，未必～bī-pit～之訛。自～chū～⇨自然而然chū-jiân-jî-jiân。本～pún～⇨原本。全～無碍著choân～bô-gāi-tioh⇨完全沒損失，完全不感覺。完全未影響到。果～是眞賊kó～sī chin-chhat⇨不出所料是眞賊。果～有影kó～ū-iáⁿ⇨果然是眞的。了～liáu～⇨無希望。一目瞭～it-bok-liâu～⇨一看就皆清楚。瞭liâu多誤作了liáu。雖～貨是好的，但是價數太貴sûi～hòe(hè) sī hó-ê, tàn-sī kè-siàu thài-kùi⇨同上。宛～oán～⇨相似。無宛～bô-oán～⇨相似。極相似。純～sûn～⇨純粹。突～tut～⇨忽～hut～⇨突～間tut～kan～⇨同上。顯～hián⇨同上。既～kì～⇨同上。竟～考中大學kèng～khó-tiòng tāi-hak⇨意外的考中了大學。甚～有趣sīm～iú-chhù⇨非常有趣。偶～ngó·～⇨無意中。居～是紳士派頭ki～sī sin-sū phāi-thâu⇨眞的是紳士派頭(非常的意外)。儼～夫妻giâm～hu-chhe⇨同上。斷～拒絕toàn～kī(kū)-choat⇨同上。必～的結果pit～ê kiat-kó⇨同上。未必～bī-pit～⇨不一定，或已訛爲二不然jī-put-jiân。究其～是一字貪字 kiù-kî～sī chit-jītham-jī⇨推其所以如此，是出自貪這一個字。暴其～講該我出錢，我那有辦法 pok-kî～kóng ài-goá chut-chîⁿ, goá ná-ū pān-hoat⇨突如其來的說出要我出錢，我怎麼有辦法。

【然而 jiân-jî】 但是。比較文謅謅的用法。

【然後 jiân-āu】 以後。該先交聘金～～藉娶有新娘 ài seng-kau phèng-kim,～～chiah chhoā-ū sin-niû⇨需要先交聘金，然後才能夠娶得新娘。

【然諾 jiân-lok】 答應。君子重～～kun-chú tiōng～～⇨同上。

jiân 燃 燒燒也。點～tiám～⇨點火。

【燃眉 jiân-bî】 燒着眉毛。喻事急。事在～～sū chāi～～⇨～～之急～～chi kip⇨事急待急救。

【燃料 jiân-liāu】 薪炭，煤油，煤炭等的熱能原。～～油～～iû⇨同上。～～庫～～khò·⇨同上。

【燃萁 jiân-ki】 燒豆萁。～～之痛～～chi thòng⇨喻兄弟相爭之不幸。曹植七步詩:煮豆燃豆萁，豆在釜中泣，本是同根生，相煎何太急chí-tāu jiân tāu-ki, tāu chāi hú-tiong khip,pún-sī tông-kin seng, siang-chian hô thài-kip⇨同上。

## jiap

jiap 廿 二十的縮音。一～人it～lâng⇨一二十人。一～元it～goân(kho·)⇨一二十塊錢。一～歲it～hòe⇨一二十歲。～外～goā⇨二十以上。～外外歲也～goā-goā-hòe à⇨近於三十歲。食到～幾歲也猶無某chiah-kà～kúi-hòe à iáu bô-bó·⇨活到二十幾歲了還沒有老婆。

## jiat

**jiat 熱** 溫也。冷léng的對稱。發～發到四十外度hoat～hoat-kà sì-chap-goā-tō⇨同上。退～也thè～ā⇨熱退了。彼對正抒當～hit-tùi chiāⁿ-teh tng～⇨那一對正在熱戀中。拍鐵趁～phah-thih thàn～⇨同上。親～chhin～⇨同上。燒～sio～⇨同上。天狗～thian-káu～⇨病名。猩紅～seng-hông～⇨病名。寒～症koâⁿ～chèng⇨瘧疾的俗名。

【熱火 jiat-hóe】 猛火mé-hóe。～～中燒～～tiong-sio⇨同上。

【熱心 jiat-sim】 ～～公益～～kong-ek⇨同上。

【熱目 jiat-bak】 急性的眼疾。著～～tioh～～⇨染了急性角膜炎。

【熱血 jiat-hiat】 熱情。報國的～～pò-kok ê～～⇨同上。青年的～～cheng-liân ê～～⇨同上。

【熱地 jiat-tē】 熱帶地。又向陽的土地。～～的作物食較姟水～～ê chok-but chiah khah-chē chúi⇨向陽地的作物需要更多的水分。

【熱灶 jiat-chàu】 旺火。炒菜該～～熱鼎chhá-chhài ài～～jiat-tiáⁿ⇨炒菜需要使用熱灶熱鼎。火旺鼎熱。

【熱狂 jiat-kông】 ㈠高熱。～～若不退都敢無救也～～nā m̄-thè(thòe) to-káⁿ bô-kiù ā⇨高燒若不退，恐怕沒救了。㈡事急心慌。當時抒～～煞未記得tng-sî teh～～soah bē(bōe) kì-tit⇨正當急忙亂竟忘記了。

【熱忱 jiat-tîm】 誠眞之意。逐家的～～非常多謝tak-ke ê～～hui-siâng(siông) to-siā⇨同上。

【熱油 jiat-iû】 沸騰的油。～～炸一下道好嘸也～～chà-chit-ē tō hó-chiah ā⇨熱油炸一下就可以吃了。

【熱性 jiat-sèng】 熱情。～～的人看了道拘不平也～～ê lâng khoàⁿ-liáu tō phō-put-pêng ā⇨火氣大的人看了就打抱不平了。

【熱度 jiat-tō】 熱的度數。～～當時抒擧～～tng-sî teh-giâ⇨熱度正在猛烈上升。喻戀愛中的情人們熱情高升。～～百外外也～～pah-goā-goā ā⇨同前，謂熱度非常非常高了。

【熱毒 jiat-tok】 熱瘡。生～～seⁿ(siⁿ)～～⇨同上。

【熱症 jiat-chèng】 ～～冷症～～léng-chèng⇨同爲中醫的名堂。

【熱氣 jiat-khì】 溫氣。暑氣。通風僫，人姟，滾到歸下攏～～，連喘喟都艱苦也thong-hong bái, lâng-chē, kún-kà kui-ē lóng～～, liân chhoán-khùi to kan-khó· ā⇨通風不佳，人多，弄得全屋都熱滾滾，連呼吸都困難了。

【熱烈 jiat-liat】 ～～歡迎～～hoân-gêng⇨同上。

【熱帶 jiat-tài】 寒帶～～hân-tài～～⇨同上。～～地～～tē⇨同上。～～林～～lîm⇨同上。～～魚～～hî⇨同上。

【熱情 jiat-chêng】 ～～的觀衆～～ê koan-chiòng⇨同上。

【熱喉 jiat-âu】 咽喉感覺燒熱。即牌的煙枝較～～chit-pâi ê hun-ki khah～～⇨這個牌子的香煙比較熱喉。

【熱場 jiat-tiûⁿ】 場面盛大熱鬧。起勁。戲做到眞～～hì chò-kà chin～～⇨戲演得很熱鬧。

【熱誠 jiat-sêng】 報國的～～pò-kok ê～～⇨同上。

【熱鬧 jiat-nāu】 jiat-nāu。亦曰鬧熱nāu-jiat。老人較愛～～lâu-lâng khah-ài～～⇨老人喜歡熱鬧。

【熱館 jiat-koán】 曲館或武館興旺。作起勁解。教未～～kà bē(bōe)～～⇨謂教曲教得曲館不興盛。眞～～chin～～⇨非常興盛。同熱場jiat-tiûⁿ。又作親熱解。合伊抒～～kah i teh～～⇨與他在親親熱熱中。

【熱蹄 jiat-tê】 牛馬等獸蹄過熱。～～道該歇一下～～tō-ài hioh-chit-ē⇨走長路致蹄熱了就該休息一下。

【熱頭 jiat-thâu】 沈醉。沈緬。當拎～～無人講會聽tng-teh～～bô-lâng kóng-ē-thiaⁿ⇨正在熱滾滾的當中，沒人能夠使其聽從。

【熱瀉 jiat-sià】 急性疴痢。著～～tioh～～⇨患上急性痢。

【熱病仔 jiat-kat(kiat)-á】 痱子太多。痱仔變～～～也。pùi-á pìn～～～à⇨痱子變成熱疙仔了。

【熱烘烘 jiat-kōng-kōng】 烘亦作哄kōng。火猛。鼎熱。烘爐火～～～也hang-lô·-hóe～～～ā⇨烘爐之火很猛了。拎～～～也tiáⁿ～～～ā⇨鍋很熱了。

【熱滾滾 jiat-kún-kún】 ㊀大熱。燒水猶～～拎sio-chúi iáu～～～lè⇨溫水還很熱的。㊁熱鬧。廟仔人～～～也biō-á lâng～～～à⇨廟裡人多得很熱鬧了。

## jiau

jiáu 爪 手足甲也。禽獸之足也。又口亦曰爪jiáu。手～不好chhiú～m̄-hó⇨謂有偷癖。脚～長kha～tn̂g⇨長脚爪。嘴～無好chhùi～bô-hó⇨謂食欲不佳。虎～hó·～⇨同上。鷹～eng～⇨同上。有前蹄無後～ū chêng-tê bô āu～⇨謂弄亂東西不予整理復原。鷹～桃eng～thô⇨一種花木名。

【爪牙 jiáu-gê(gâ)】 喻黨羽。賊黨的～～chhat-tóng ê～～⇨同上。

【爪哇國 jiáu-a-kok】 今之印度尼西亞。喻遙遠的地方。盒每去到～～～也taⁿ-mā khì-kà～～～à⇨現在可能去到了遙遠的地方了。

jiáu 擾 亂也。煩也。退外敵也。尊皇～夷派chun-hông～î phài⇨日本明治維新前的國論的一派，他們主張尊崇皇室擊退外夷。安內～外an-lâi～goā⇨安撫內部擊退外敵。攪～kiáu～⇨吵鬧。又擾人清靜。

【擾害 jiáu-hāi】 損害。～～風俗～～hong-siok⇨同上。

【擾亂 jiáu-loān】 ～～地方～～tē-hng⇨同上。

jiàu 抓 以手止癢也。又拚也。無～無癢，愈～愈癢bô～bô chiūⁿ, ná～ná chiūⁿ⇨不抓不癢，越抓越癢。乎貓仔～一孔hō· niau-á～chit-khang⇨被貓抓破一個洞。～破皮～phoà-phôe⇨同上。～破册～phoà-chheh⇨撕破書。～到若龜拎～kà ná-ku-leh⇨如龜之拼命翻身。

【抓仔 jiàu-á】 把子。竹把子。用～～抓樹葉iōng(iēng)～～jiàu chhiū-hioh⇨以把子抓集樹葉。

【抓錢 jiàu-chîⁿ】 拼命找錢。即久仔～～抓到像龜拎chit-kú-á～～jiàu-kà chhiūⁿ-ku-leh⇨最近拼錢拼得像龜一樣。當拎～～tng-teh～～⇨正在找錢。

【抓癢 jiàu-chiūⁿ】 搔癢。未輸得～～拎，bē(bōe)-su teh～～lè⇨與搔癢一樣。喻打得甚輕，或損害甚微。共阿公～～kā a-kong～～⇨為祖父搔癢。癢chiū，膚欲搔也。瘴，厲也，中山川厲氣也。

【抓耙仔 jiàu-pê-á】 喻憲警手下的小走狗。～～～映映飛～～～iaⁿ-iaⁿ-poe⇨小走狗們甚多。

【抓草芒 jiàu-chháu-hiūⁿ】 淘除粟中的稻草的枝葉等無用之物。

jiàu 綯 布類的一種。～紗～se⇨布名。

【綯竹 jiàu-tek】 竹名。枝幹皆有皺紋。汐止地方所產。

【綯紗 jiàu-se】 綯紗布jiàu-se-pò·。～～巾～～kin⇨同上。

【綯綢 jiàu-tiû】 綢的綯紗布。

jiâu **皺** 面皮七～八～也亦扲共人抹粉bīn-phôe chhit～peh(poeh)～ā ā-teh kah-lâng boah-hún⇨面皮全皺了，也在與人家一樣的抹粉。衫困～去也saⁿ khùn～khì ā⇨衣服睡皺了。新衫不當拍～去sin-saⁿ m̄-thang phah～khì⇨新衣不可弄皺。～了了也～liáu-liáu ā⇨全部皺了。

【皺皮 jiâu-phôe(phê)】 皮皺。～～的柑仔皮～～ê kam-á phôe⇨同上。

【皺面 jiâu-bīn】 有皺紋的臉。～～也無步也～～ā bô-pō· ā⇨謂面皺人老了，沒辦法了。

【皺痕 jiâu-hûn】 皺紋jiâu-bûn。面攏～～也bīn lóng～～ā⇨面皆皺紋了。老了。

【皺皺 jiâu-jiâu】 多皺。面皮～～也bīn-phôe(pê)～～ā⇨面皮全皺了。人老心未老，親像內山一欉草，草皮是～～，草心都好好jîn-ló sim-bī-ló, chhin-chhiūⁿ lāi-soaⁿ chit-châng chháu, chháu-phôe sī～～, chháu-sim to hó-hó⇨老旦的上臺詞。草chháu，蓪草thong-chháu也。

【皺巴巴 jiâu-pê-pê】 很皺。～～～老翹翹～～ lāu-khiauh-khiauh⇨面全皺紋已十分老了。巴巴亦作敝敝。

jiâu **鰾** 一種小魚名。～仔～á⇨鰾魚。～仔脯～a-pó·⇨～仔干～a-koaⁿ⇨鰾魚之鹽干。

jiâu **饒** 豐足也。寬容也。讓也。人是～你一遍，無～你二遍的lâng sī～lí chit-piàn bô～lí nn̄g-piàn ê⇨人家是可以寬容你一次，不能寬容你第二次的。即款的可惡，絕對不當～伊chit-khoán ê khó·-ò·,choat-tùi m̄-thang～i⇨這種的可惡，絕對不可饒他。

【饒人 jiâu-jîn】 讓人。得～～處且～～tek～～chhì(chhù) chhiá～～⇨同上。

【饒命 jiâu-miā】 救人。大人開恩大人～～tāi-jîn khai-in tāi-jîn～～⇨同上。

【饒恕 jiâu-sī(sū)】 寬容。無伓～～人bô-boeh～～lâng⇨不肯寬容人家。

【饒裕 jiâu-jū(jī)】 豐足。富有。生活加眞～～也seng-oah ke-chin～～ā⇨生活豐足得多了。

# jim

jím **忍** 耐也。不～put～⇨同上。不～之心put～chi sim⇨同情之心。未～得bē(bōe)～tit⇨抑不下去。～一時之氣，免百日之憂～it-sî chi khì, bián pek-jit chi iu⇨抑下一時之氣，可免百日之憂。

【忍心 jím-sim】 抑制感情。會～～得ē～～tit⇨同上。未～～得bē(bōe)～～tit⇨抑不下感情。敢～～káⁿ～～⇨忍得住。眞～～chin～～⇨很絕情。～～害理～～hāi-lí⇨同上。

【忍冬 jím-tong】 植物名。

【忍受 jím-siū】 較艱苦亦該～～khah-kan-khó· ah-āi～～⇨再苦也須忍耐。無法度～～bô hoat-tō·～～⇨沒辦法忍之。～～未稠也～～bē(bōe)-tiâu ā⇨忍耐不住了。

【忍耐 jím-nāi】 忍受。罔～～bóng～～⇨姑且忍受。該有～～心藉做有代誌āi-ū～～sim chiah chò(chòe)-ū tāi-chì⇨要有忍耐心才能夠創造事業。

【忍辱 jím-jiok】 接受屈辱。～～負重～～hū-tiōng⇨同上。含羞～～hâm-siu～～⇨同上。

【忍氣 jím-khì】 ～～吞聲～～thun-seng⇨勉力自制以免表面化。～～吞聲連屁都不敢放～～ thun-seng, liân phùi to m̄-káⁿ pàng⇨同上。

【忍飢受餓 jím-ki-siū-gō】 忍受飢餓。～～～～成到囝兒大漢親像人～～～～ chhiâⁿ-kà kiáⁿ-jî toā-hàn chhin-chhiūⁿ lâng⇨忍受飢餓養育兒子直至成人sêng-jîn而能與一般人平等。

**jîm 荏** 草名。又柔也。

【荏苒 jîm-jiám】 漸進。輾轉。遷延。日月～～jit-goat～～⇨喻時光漸逝。

**jīm 衽** 衣前也。亦作袵。斂～liám～⇨婦女整衣行禮。

**jīm 飪** 大熟也。食物火熟可食也。失～不食sit～put-sit⇨失飪謂生熟煮得不適宜。烹～pheng～⇨料理食物以供食。今有烹飪業pheng-jīm-giap成立烹飪公會。

**jîm 撏** 取也。以指取也。手入穴中取物曰撏jîm。強要亦曰撏jîm。共個老母～錢kā in lāu-bú～chîⁿ⇨向老母要錢。～魚仔～hî-á⇨探穴取魚也。死～活～sí～oah～⇨強撏魚，強要錢。袋仔～無tē-á～bô⇨袋中撏不到錢。

【撏虎舌 jîm-hó·-chih】 同拎虎鬚。喻極度危險。該錢耳，無，叫人～～～人每敢āi-chîⁿ niâ, bô, kiò-lâng～～～lâng mā-káⁿ⇨需要錢罷了，否則，要人撏虎舌也有人肯幹。

**jîm 壬** 十干之一。壬癸jîm-kúi⇨代表北方。壬癸水jîm-kúi-súi。北方代表水。

**jīm 任** 職務也。天降大～于我thian kàng tāi～î gó·⇨同上。重～輕～tiōng～kheng～⇨同上。信～sìn～⇨同上。不信～案put-sìn～àn⇨提出不信任案。委～官úi～koaⁿ⇨同上。簡～官kán～koaⁿ⇨同上。卸～sià～⇨解～kái～⇨離任lī-jīm。一～三年chit～saⁿ-nî⇨一官任期三年。無～歡迎bû～hoan-gêng⇨非常歡迎。責～chek～⇨同上。勝～愉快sìn(sèng)～jû(jî)-khoài⇨謂可擔任其職務而有餘。～人去講～lâng khì-kóng⇨由人去自由批評。

【任內 jīm-lāi】 在任中。～～無過失～～bô kòe-sit⇨同上。

【任用 jīm-iōng(iēng)】 才堪～～châi kham～～⇨其才能值得任用之。

【任地 jīm-tē】 任所。伊的～～是一個小離島i ê～～sī chit-ê sió-lī-tó⇨同上。

【任命 jīm-bēng】 正式～～書來也chèng-sit(sek)～～si(su) lâi ā⇨同上。

【任免 jīm-bián】 有～～權的人道有權威ū～～koân ê lâng tō-ū koân-ui⇨同上。

【任官 jīm-koaⁿ】 擔任官職。正月正式～～也chiaⁿ-goeh chèng-sit(sek)～～ā⇨正月正式做官了。

【任所 jīm-só·】 生在父親的～～seⁿ(siⁿ)-chāi hū-chhin ê～～⇨出生於父親服務的地方。

【任務 jīm-bū】 ～～猶未完成～～á-bōe oân-sêng⇨同上。

【任期 jīm-kî】 ～～猶有三年～～iáu-ū saⁿ-nî⇨任期還有三年。

【任意 jīm-ì】 隨意sûi-ì。會使得～～解約ē-sái-tit～～kái-iak(iok)⇨同上。

【任滿 jīm-moá】 任期完了。～～抵好六十歲～～tú-hó lak-chap-hòe⇨任滿剛好六十歲。

【任憑 jīm-pîn】 隨便。～～您俤刣俤割，都隨在您～～lín beh(boeh)-thâi-beh(boeh)-koah,to sûi-chāi-lín⇨要殺要割都由你們去決定。

【任職 jīm-chit】 在職。～～三十年～～saⁿ-chap-nî⇨同上。

【任考不倒 jīm-khó-put-tó】 ～～～～的萬事通～～～～ê bān-sū-thong⇨同上。

【任其自然 jīm-kî-chū-jiân】 ～～～～免管都會使得也～～～～bián-koán to ē-sái-tit ā⇨聽其自然，不管也可以了。

【任所欲爲 jīm-so·-iok-ûi】 爲所欲爲 ûi-só·-iok-ûi。

【任勞任怨 jīm-lô-jīm-oàn】 ～～～～眞負責任的人～～～～chin hū-chek-jīm ê lâng⇨～～～～很負責任的人。

jīm **認** 允許也。認jīn也。承～sêng～⇨同上。

【認可 jīm-khó】許可。有申請～～ū sin-chhéng～～⇨申請認可了。

## jin

jîn **人** 人類。己之對稱。人格也。類～猿lūi～oân⇨最像人類的猴。己所不欲勿施於～kí so· put-io̍k, bu̍t-si î～⇨同上。技不如～ki put jî(jû)～⇨技藝不及別人。名～bêng～⇨同上。美～bí～⇨同上。軍～kun～⇨同上。達～ta̍t～⇨同上。台大～tâi-tāi～⇨同上。怪～koài～⇨同上。聖～sèng～⇨同上。日～ji̍t～⇨日本人。華～hoâ⇨中國人。小～君子siáu～kun-chú⇨同上。偉～úi～⇨同上。大～tāi～⇨古官員，父母等的敬稱。捱得苦中苦，方爲～上～gâi-tek khó·-tiong-khó·，hong-ûi～siāng(siōng)～⇨忍耐得苦中之大苦,才能夠成爲出人頭地的上等人。一～之下，萬～之上it～chi hē(hā), bān～chi siāng(siōng)⇨喻宰相地位的崇高。～無遠慮，必有近憂～bû oán-lī, pit-iú kīn-iu⇨同上。～死留名，虎死留皮～sú liû-bêng, hó·-sú liû-phî⇨同上。～之初，性本善～chi chhe(chho·), sèng pún siān⇨三字經。

【人人 jîn-jîn】～～愛～～，～～āi～～⇨同上。

【人力 jîn-le̍k】～～神力～～sîn-le̍k⇨同上。～～車～～chhia⇨同上。～～所不可爲～～sé(só·) put-khó-ûi⇨同上。

【人丁 jîn-teng】男子。人口。～～興旺～～hin-ōng⇨家中男兒甚多。

【人亡 jîn-bông】家破～～ka-phò～～⇨財散～～châi-sàn～～⇨義略同,皆謂受害嚴重。

【人子 jîn-chú】人之子。爲～～，方小時，親師友，習禮儀ûi～～，hong siáu-sî, chhin su-iú, si̍p lé-gî⇨三字經。

【人工 jîn-kang】人力。人爲的。～～授精～～siū-cheng⇨同上。～～的不是天然的～～ê m̄-sī thian-jiân ê⇨人爲而成的不是自然而成的。

【人口 jîn-kháu(khió)】～～過多～～kòe-to⇨同上。～～問題～～būn-tê⇨同上。

【人文 jîn-bûn】天文～～thian-bûn～～⇨同上。～～主義～～chú-gī⇨同上。

【人夫 jîn-hu】粗工。做～～chò(chòe)～～⇨同上。

【人日 jîn-ji̍t】古時以正月一日爲鷄日 ke-ji̍t，依次爲二狗káu，三豬ti，四羊iâng，五牛giû，六馬má，至正月七日爲人日jîn-ji̍t。

【人心 jîn-sim】～～莫測～～bo̍k-chek⇨同上。～～不足～～put-chiok⇨同上。～～不服～～put-ho̍k⇨同上。～～不安～～put-an⇨同上。～～節節高～～chat-chat ko⇨同上。～～不足蛇吞象～～put-chiok choâ-thun-chhiū$^{n}$⇨人心不足的情形一如蛇欲一口吞下大象。～～隔肚皮～～keh tō·-phôe(phê)⇨人心隔在腹中難以測知。～～曲曲彎彎水～～khiok-khiok-oan-oan chúi⇨謂人心如河流之彎曲不直。～～似鐵，官法如爐～～sū-thih, koa$^{n}$-hoat jî(jû)-lô·⇨同上。

【人中 jîn-tiong】鼻下之企溝。～～疔～～teng⇨生在人中部位之瘡。～～長(短)～～tn̂g(té)⇨長壽相(短命相)。

【人民 jîn-bîn】主權，～～，領土chú-khoân，～～，léng-thó·⇨國家之三要素。

【人主 jîn-chú】君主，人君。君王。

【人世 jîn-sè】塵世。活於～～o̍ah tī～～⇨活在人間。

【人生 jîn-seng】～～如朝露～～jî(jû) tiau-lō·⇨喻人生之短暫。～～七十古來稀～～chhit-si̍p kó·-lâi-hi⇨同上。～～像眠夢～～chhiū bîn-bāng⇨人生如夢jîn-seng jî bāng。～～一世草生一春 ～～it-sè, chhó-seng it-chhun⇨同上。

【人字 jîn-jī】 ～～架～～kè⇨金字形的屋頂。～～頭～～thâu⇨介，合，會等型之字。～～旁～～pêng⇨仙，位，偉等字的部首。

【人地 jîn-tē】 人與地。～～生疏～～chheⁿ-so͘⇨～～兩疏～～liáng-so͘⇨同上。

【人材 jîn-châi】 好～～hó～～⇨優秀iu-siū的人材。

【人君 jîn-kun】 君，王，～～人臣～～jîn-sîn⇨君臣。

【人身 jîn-sin】 ～～攻擊～～kong-kek⇨同上。

【人臣 jîn-sîn】 臣。人君～～jîn-kun～～⇨君臣。

【人命 jîn-bēng】 ～～關天～～koan-thian⇨同上。著～～tio̍h～～⇨犯殺人罪。食～～chia̍h～～⇨勒取人命案的財物。～～案～～àn⇨殺人案件。

【人物 jîn-bu̍t】 ㊀人材，人傑。偉大的～～ûi-tāi ê～～⇨同上。㊁怪人koài-jîn。～～頭～～thâu⇨大怪人。非常有趣的人。那許～～ná-hiah～～⇨怎麼那麼怪癖(有趣)。

【人事 jîn-sū】 ㊀人力。盡～～而待天命chīn～～jî thāi thian-bēng⇨盡最大的努力，成否任之於天命。㊁禮物，年仔節仔攏有做些～～於拎nî-á cheh-á lóng-ū chò-chē～～tī-leh⇨過年過節，皆有送些禮品。㊂人事任免遷調，獎懲等事務。～～室～～sit⇨辦理人事的單位。

【人面 jîn-biān】 ～～桃花兩映紅～～thô-hoa liáng iāng-hông⇨讚美麗人面如桃花之詞。～～獸心～～siù-sim⇨同上。

【人品 jîn-phín】 ～～高尙～～ko-siáng(sióng)⇨同上。

【人烟 jîn-ian】 ～～稠密～～tiû-bi̍t⇨同上。無～～的所在bô～～ê só͘-chāi⇨無人居住的地方。

【人家 jîn-ka】 遠上寒山石徑斜，白雲生處有～～，停車坐愛楓林晚，霜葉紅於二月花oán-siāng hân-san se̍k-kèng-siâ, pe̍k-în seng-chhì iú～～, thêng-ki chō-āi hong-lîm-boán, song-ia̍p hông î jī-goa̍t-hoa⇨唐詩。

【人家 jîn-ke】 百姓所居。～～厝～～chhù⇨普通百姓的住家。～～查某～～cha-bó͘⇨普通百姓的婦女。

【人格 jîn-keh】 ～～高潔～～ko-kiat⇨同上。～～破產～～phō-sán⇨同上。

【人氣 jîn-khì】 ninki。日語。意謂人望或風評。～～不止仔好～～put-chí-á hó⇨風評相當不錯。有(無)～～ū(bô)～～⇨有(無)人望。～～當紅～～tng-âng⇨風評正在巔峯。～～旺～～ōng⇨同上。

【人倫 jîn-lûn】 有講～～的人ū-kóng～～ê lâng⇨重視人倫道德之人。

【人馬 jîn-má】 ～～衆衆～～chhiàng-chhiàng⇨人馬衆衆lâng-bé chèng-chèng的亂彈lān-thân戲白。多用於諧謔性場面。謂人馬衆多來往洶湧。

【人員 jîn-oân】 人數。～～無夠～～bô-kàu⇨人數不足。

【人望 jîn-bōng】 有～～的人ū～～ê lâng⇨同上。

【人情 jîn-chêng】 恩情，禮物。人際關係。～～義理～～gī-lí⇨同上。人在～～在，人亡～～亡jîn-chāi～～chāi, jîn-bông～～bông⇨謂人際關係之不可靠。不近～～put-kīn～～⇨違背人情。說(講)～～soeh(kóng)～～⇨請求寬赦或援助。會～～hōe～～⇨答報致謝。討～～thó～～⇨要求受惠人答謝。～～錢～～chîⁿ⇨救助或支援性的錢，普通支助者是不打算收回，反之受助者卽自誓有朝一日必還之以報其恩。秀才～～siù-châi～～⇨紙一張，喻薄禮。空～～khang～～⇨口頭人情。～～較大天～～khah-toā thin⇨謂恩情之深厚。～～較大過脚桶～～khah-toā kòe kha-tháng⇨人情比洗脚桶還大，亦卽只有脚桶那麼大小，反譏施小惠而討人情者。～～抵天～～tú-thi$^n$⇨喻恩情之大。～～世事～～sè-sū⇨禮尙往來。～～世事佝到透，道愛無鼎共無灶～～sè-sū thīn-kà-thàu, tō-ài bô-tiá$^n$ kāng bô-châu⇨禮尙往來的人事關係皆應付到淸淸楚楚，就必弄得沒鼎灶——沒法子生活。佝thīn對等也。或作逮tòe，跟進也。

【人造 jîn-chō】 ～～衛星～～ōe-seng⇨同上。

【人欲 jîn-io̍k】 ～～無窮無盡～～bû-kiông-bû-chīn⇨同上。

【人貧 jîn-pîn】 ～～志短，福至心靈～～chì-toán, hok-chì sim-lêng⇨同上。

【人參 jîn-som(sim,sam)】 ～～湯～～thng⇨同上。

【人無 jîn-bû】 ～～千日好，花無百日紅～～chhian-ji̍t hó, hoa-bû pek-ji̍t-hông⇨同上。～～害虎心，虎有傷人意～～hāi-hó· sim, hó·-iú siang-jîn-ì⇨同上。～～橫財不富，馬無夜草不肥～～hoâi$^n$-châi put-hù, má-bû iā-chhó put-hûi⇨同上。～～艱苦計，難得世間財～～kan-khó·-kè, lān-tit sè-kan-châi⇨同上。～～氣卽死，山無氣而崩～～khì chek-sú, san-bû-khì jî-peng⇨同上。～～遠慮必有近憂～～oán-lī pit-iú kīn-iu⇨同上。

【人間 jîn-kan】 俗世sio̍k-sè。～～富貴花間露～～hù-kùi hoa-kan lō·⇨喻塵世富貴之易逝。

【人傑 jîn-kia̍t】 地靈～～tē-lêng～～⇨名山大澤出偉人。

【人等 jîn-téng】 閑雜～～勿進hân-cha̍p～～bu̍t-chìn⇨閑人其他人勿入。房親～～無干pâng-chhin～～bû-kan⇨同上。

【人爲 jîn-ûi】 ～～的～～ê⇨人力所造成的。～～制天工～～chè thian-kong⇨人力勝自然。

【人道 jîn-tō】 ㊀～～車道～～chhia-tō⇨同上。㊁～～主義～～chú-gī⇨同上。㊂不能～～put-lêng～～⇨有性缺陷。

【人種 jîn-chióng(chéng)】 黃～～白～～烏～～n̂g～～pe̍h～～o·～～⇨同上。

【人數 jîn-sò·】 小學一班的～～是五十人以下siáu-ha̍k chi̍t-pan ê～～sī gō·-cha̍p lâng í-hē(hā)⇨同上。

【人蹟 jîn-chek】 ～～不到的所在～～put-tò ê só·-chāi⇨同上。

【人願 jîn-goān】 天從～～thian-chiông～～⇨同上。

【人類 jîn-lūi】 ～～皆平等～～kai pêng-téng⇨同上。

【人體 jîn-thé】 ～～解剖～～kái-phò⇨同上。

【人王全 jîn-ông-choân】 全字的寫法說明。

【人怕老 jîn-phà$^n$-ló】 ～～～債怕討～～～chè phà$^n$-thó⇨同上。～～～豬怕肥～～～ti phà$^n$ pûi⇨謂皆易近死境。

【人山人海 jîn-san-jîn-hái】 廟口許不時每～～～～biō-kháu-hia put-sî-mā～～～～⇨廟口那一帶經常都是人山人海。

【人小鬼大 jîn-siáu-kúi-tāi】 人還是幼少，却鬼計多端。

【人各有志 jîn-kok-iú-chì】 ～～～～未使得賭強～～～～bē(bōe)-sái-tit tó·-kiâng(kiông)⇨人皆有各人不同的意願，不能強制之。

【人老心未老 jîn-ló-sim-bī-ló】 ～～～～～，親像內山一欉草，草皮都縐縐，草心猶好好～～～～～，chhin-chhiū$^n$ lāi-soa$^n$ chi̍t-châng chháu, chháu-phôe to jiâu-jiâu, chháu-sim iáu-hó-hó⇨老旦的戲白。

**jîn 仁** 孔子思想的中心。孔曰成～，孟曰取義，唯其～盡，所以義至khóng-oat sêng～, bēng-oat-chhí-gī, ûi-kî～chīn, só·-í gī-chì⇨同上。又物之核心亦曰仁jîn，卵～卵淸n̄g～n̄g-chheng⇨蛋黃蛋白。土豆～thô·-tāu～⇨花生～hoa-seng～⇨同上。生～seng～⇨花生仁。蝦～hê～⇨去皮的小蝦。目珠～bak-chiu～⇨眼球。話仔～ōe-á～⇨格話仁kek-ōe-jîn⇨說工夫話。

【仁君 jîn-kun】 有道明君。～～仁政～～jîn-chèng⇨同上。

【仁政 jîn-chèng】 ～～惠民～～hūi-bîn⇨同上。

【仁厚 jîn-hō·】 ～～君子～～kun-chú⇨同上。

【仁勇 jîn-ióng】 智～～道是三達德tì～～tō-sī sam-tat-tek⇨同上。

【仁愛 jîn-ài】 ～～爲接物之本～～ûi chiap-but chi pún⇨同上。

【仁慈 jîn-chû】 ～～的老郎～～ê lāu lâng⇨同上。

【仁義 jîn-gī】 ～～莫交財，交財～～絕～～bok-kau-châi, kau-châi～～choat⇨同上。～～禮智信～～lé-tì-sìn⇨同上。講道德，說～～kóng-tō-tek, soat～～⇨同上。

【仁惹 jîn-jiá】 稱讚少年少女之乖巧敏慧者。即個查某囡仔眞～～chit-ê cha-bó·-gín-á chin～～⇨同上。

【仁道 jîn-tō】 仁愛之道。

【仁仁仁 jîn-în-jîn】 結實。土豆逐莢都～～～thô·-tāu tak-ngeh to～～～⇨花生每一莢都極結實。脚肚肉～～～⇨脛肉很結實。

【仁人君子 jîn-jîn-kun-chú】 同仁厚君子。

【仁術仁心 jîn-sut-jîn-sim】 頌良醫之詞。

**jīn 認** 辨明也。允許也。食～chiah～⇨強自承認。未～得bē(bōe)～tit⇨辨別不出。毋～錯m̄～chhò⇨不承認錯誤。半路～老父poàⁿ-lō·～lāu-pē⇨半路認父。承～sîn～⇨同上。否～hò·(hiò)～⇨同上。猶會～得iáu-ē(～ōe)～tit⇨還可以認識。～看是否～khoàⁿ sī-bò·⇨辨識看看是否無錯。

【認分 jīn-hūn】 無～～的人bô～～ê lâng⇨不安分守己者。毋～～m̄～～⇨不守本分。不自量力。

【認主 jīn-chú】 狗每會知恩～～káu mā-ē(ōe) ti-in～～⇨同上。

【認可 jīn-khó】 毋是政府～～的較未信用得m̄-sī chèng-hú～～ê khah bē(bōe) sìn-iōng-tit⇨同上。

【認定 jīn-tēng】 認可。政府～～chèng-hú～～⇨同上。

【認知 jīn-ti】 個生父不肯～～in-seⁿ(siⁿ)-pē m̄-khéng～～⇨他的生父不肯(在法律上)認他(爲子)。

【認眞 jīn-chin】 ～～做工～～chò(chòe)-kang⇨同上。～～讀册～～thak-chheh⇨認眞讀書。

【認耕 jīn-keng】 有寫～～字也ū-siá～～jī ā⇨寫了承認做佃人的合約了。

【認衰 jīn-soe】 自認霉運。家己～～了錢較直ka-kī～～liáu-chîⁿ khah-tit⇨自己認倒霉付錢了事比較單純。

【認貨 jīn-hòe】 出門無～～chhut-mn̂g bô～～⇨貨出店門，不能回頭退換。

【認單(票) jīn-toaⁿ(phiò)】 ～～無認人～～bô jīn-lâng⇨憑單(票)付錢，不憑人付銀。

【認罪 jīn-chōe】 死不～～sí-m̄～～⇨誓死不認罪。

【認路 jīn-lō·】 ㊀辨別道路。諳目未～～的人gām-bak bē(bōe)～～ê lâng⇨同上。㊁同認分。做狗不～～食屎chò(chòe)-káu m̄～～chiah-sái⇨斥罵不守本分者之詞。

【認親 jīn-chhin】 免扲～～流鼻血 bián-teh～～lâu-phīⁿ-hoeh⇨用不著認親。據說橫

死者的死屍碰到親人來認屍，會自鼻孔流出血水。

【認錯 jīn-chhò】 做人該勇敢～～chhò (chhòe)-lâng ài ióng-kám～～⇨同上。

【認輸 jīn-su】 不～～m̄～～⇨不肯承認失敗。無～～人bô～～lâng⇨決不後人。

【認戇 jīn-gōng】 自認愚鈍。查甫毋～～，查某不認𤆬，天下不藉會亂cha-po͘ m̄～～, cha-bó͘ m̄-jīn-bái, thian-hē m̄ chiah ē loān⇨男不承認愚女不承認醜是天下大亂的原因。

## jio

**jiō 尿** 俗曰小便也。放～pàng～⇨解手kái-chhiú或曰小解siú-kái。旋～soān～⇨小孩放尿，狗放尿。意謂使尿渲旋。狗都不加你旋～káu to-m̄ kā-lí soān～⇨狗也不濺尿於你身，意爲倒霉之極。尛～chhoā～⇨尿牀。虹～kheng～⇨虹出現時的毛毛雨。抒～si～⇨引嬰仔放尿也。著燒～tio̍h-sio～⇨乾嫉妒。乾著急。

【尿布 jiō-pò͘】 尿帕仔jiō-phè-á。換～～oaⁿ～～⇨同上。

【尿帕 jiō-phè】 嬰仔該用～～仔eⁿ-á ài-iōng(ēng)～～á⇨嬰兒該用尿布。

【尿缸 jiō-kng】 陶器類的尿桶。～～破去也～～phoà-khì-à⇨尿缸破裂了。

【尿素 jiō-sò】 化學名詞。人造～～jîn-chō～～⇨人工造的尿素。

【尿杓 jiō-hia】 舀尿的器具。～～舀尿渥菜～～iúⁿ-jiō ak-chhài⇨以尿杓舀尿灌菜。杓，亦讀chiak，亦杯也，所以抒挹之器也。

【尿袋 jiō-tē(tōe)】 膀胱。～～直佅爆也～～tit-boeh(beh)-piak-à⇨膀胱快要爆炸了。

【尿桶 jiō-tháng】 承尿之木桶。屎桶～～sái-tháng～～⇨承屎尿之器也。

【尿壺 jiō-hô͘(ô͘)】 男小便器。～～蜈蚣～～giâ-kang⇨意謂：驚死生kiaⁿ-sí-lān⇨我不怕的粗語。揞～～的koāⁿ～～ê⇨小奴才。恰如～～抄kah-ná～～lè⇨恰如尿器的，喻淫不擇人的女人，意謂大家都可用。衆人～～chèng-lâng～～⇨娼妓。

【尿裙 jiō-kûn】 包在尿帕外面的布帕。該更包～～藉會使得ài-koh pau～～chiah ē-sái-tit⇨需要加包一層布帕才可以。

【尿意 jiō-ì】 想放尿。無～～bô～～⇨不想放尿。

【尿滓 jiō-tái】 尿桶底結～～jiō-tháng-té (tóe) kiat～～⇨同上。

【尿道 jiō-tō】 排尿之管道。～～炎～～iām⇨尿道病名。～～結石～～kiat-chio̍h⇨病名。

【尿酸 jiō-sng】 化學名詞。～～吸收無完全～～khip-siu bô oân-choân⇨一種病症。就是所謂風濕症的原因。

【尿嘴 jiō-chhùi】 尿道口。～～抄痛～～teh thiàⁿ⇨尿道口在痛。

【尿褲 jiō-khò͘】 尿裙。穿～～chhēng～～⇨同上。

【尿墊仔 jiō-chū-á】 尿布，尿帕仔。換～～oāⁿ～～～⇨同上。洗～～～sé(sóe)～～～⇨同上。

## jiok

**jiok 促** 迫也。催也。推也。押也。膿頭～未出來lâng-thâu～bē(bōe)-chhut-lâi⇨膿頭押不出。膿頭～出來道會退癀lâng-thâu～chhut-lâi tō-ē thè-hông⇨膿頭取出就消炎。～膿～lâng⇨同上。～血水～hoeh-chúi⇨取血膿。

**jiok 逐** 斥也，放也。每也(見tak部)。追也，追趕也。追求也。中原～鹿tiong-goân～(tio̍k) lok⇨喩爭取政權。叫人去～也kiò-lâng khì～à⇨教人去～也kà-lâng khì～à⇨叫人去催回了。～未著～bē(bōe)-tioh⇨追不到，趕不上。～有(無)人～ū(bô)-lâng⇨追(找)到(不到)人。恰如扲～鹿扲kah-ná teh～lok-lê⇨未輸扲～鹿扲bē(bōe)-su teh～lok-leh⇨宛如在追(獵)鹿狀。喩急急尋人。～三點半的～sa$^{n}$-tiám-poà$^{n}$ ê⇨喩商人應付支票周轉之急迫。赤脚的～鹿，穿鞋的食肉 chhiah-kha-ê～lok chhēng-ê(ôe)-ê chiah-bah⇨謂赤脚者⇨貧者獵鹿，穿鞋者⇨富者食肉，喩世事之不公平。媠的相爭人～súi-ê sio-che$^{n}$-lâng～⇨謂美人競相追逐(不美者不予一顧)。～前～後～chêng～āu⇨急急尋找。紅燈四轎毋坐藉搭帕仔來～ân-teng-sì-kiō m̄-chē(chōe) chiah tah-phè-á lâi～⇨謂女孩子拒絕明媒正娶的對象才弄到約人私奔。～無尾遭～bô bóe-choā⇨追得無影無踪。遭choā，一周曰一遭。

【**逐人 jiok-lâng**】 追人，尋人，求人。～～來幫忙～～lâi pang-bâng⇨同上。無當去～～bô tàng-khì～～⇨沒辦法尋人。

【**逐鹿 jiok-lok**】 獵鹿。喩尋人困難。要佗去～～也boeh ta-khì～～á⇨該何處去尋人呢。

【**逐錢 jiok-chî$^{n}$**】 追錢。籌錢。～～赴三點半的～～hù sa$^{n}$-tiám-poà$^{n}$ ê⇨籌錢趕赴三點半那件事(存款入銀行以免支票不渡)。亦即逐三點半的。

【**逐查某 jiok-cha-bó͘**】 追女人。逐女學生jiok-lí-hak-seng,逐落翅仔jiok-lāu-sıt-á等等類推。

**jiok 肉** 動物的肌膚之總稱。又果菜的可食部份亦曰肉jiok(見bah部)。飛～hui～⇨鳥類。果～kó～⇨青果的可食部份。獸～siù～⇨走獸之肉。親骨～chhin-kut～⇨父母子女。直接血統之人。血～之軀hiat～chi khu⇨非神仙亦非木石做的凡人。魚～鄉民gî～hiang(hiong)-bîn⇨以鄉民爲魚爲肉。皮～之痛phî～chi thòng⇨挨打。靈～一致的生活lêng～it-tì ê seng-oah⇨精神肉體一致的生活。脾～之歎pî～chi thàn⇨脾肉生矣之歎，亦卽日月磋跎jıt-goat chha-tô而無獻技或立功之機會的怨嘆。三國劉備的故事。

【**肉刑 jiok-hêng**】 傷害犯人身體的刑罰。漢文帝始除～～hàn-bûn-tè sí tî～～⇨漢文帝時代才免除肉刑之法。

【**肉林 jiok-lîm**】 酒池～～chiú-tî～～⇨古帝王的荒淫生活。以酒爲池，裸女成林。

【**肉桂 jiok-kùi**】 植物名。中藥名。～～皮～～phôe⇨同上。

【**肉感 jiok-kám**】 sensual。肉慾的感覺。會使得講是～～十足ē-sái-tit kóng-sī～～chap-chiok⇨同上。今人多曰bah-kám。

【**肉慾 jiok-iok**】 性慾sèng-iok。無限度的～～bô hān-tō͘ ê～～⇨同上。

【**肉體 jiok-thé**】 ～～勞動者～～lô-tōng-chiá⇨工人農民等之類也。～～美～～bí⇨同上。～～美人～～bí-jîn⇨同上。

【**肉食者 jiok-sıt-chiȧ**】 厚祿的官吏。～～～偲～～～phí⇨謂高官但食厚祿而無遠謀。

【**肉食動物 jiok-sıt-tōng-but**】 如虎，狼，鷹等的食肉動物。亦曰肉食類jiok-sıt-lūi。

**jiok 弱** 劣也。衰也。年少也。數不足也。軟～loán～⇨同上。神經衰～sîn-keng soe(sui)～⇨同上。強～kiâng～⇨同上。強～立見kiâng(kiông)～lıp-kiàn⇨同上。英語較～eng-gí(gú) khah～⇨英文比較沒實力。～不勝風～put-sîn-hong⇨形容女人的病態美。十分之三～chap-hun chi sa$^{n}$～⇨十分之三不足一點點。強欺～kiâng(kiông) khi(jiak)～⇨同上。

【**弱子 jiok-chú**】 將門無～～chiàng(chiōng)-bûn bû～～⇨同上。

【**弱女 jiok-lí(lú)**】 少女。無依無倔的寡婦～～bô-i-bô oá ê koá$^{n}$-hū～～⇨無人照顧的

寡婦弱女。

【弱身 jiok-sin】 身體軟弱。猶有較～～抮該更休養正好iau-ū khah～～lè ài-kóh hiu-iáng chià$^{n}$-hó⇨還是很軟弱，應該再休養才好。

【弱卒(兵) jiok-chut(peng)】 強將之下無～～(～)kiâng-chiàng(kiông-chiòng) chi hā(hē) bô～～(～)⇨同上。

【弱冠 jiok-koan】 jiak-koan。二十歲。未～～而娶妻bī～～jî chhí-chhe⇨未二十歲就結婚了。

【弱點 jiok-tiám】 有所短。缺點。逐個人都有優點亦有～～tak-ê-lâng to-ū iu-tiám iah-ū～～⇨每一個人皆有所長也有所短。

【弱小民族 jiok-sió-bîn-chok】 ～～～～只是自生自滅耳，無啥作用～～～～chí-sī chū-seng chū-biat nia, bô siá$^{n}$ chok-iōng⇨同上。

【弱肉強食 jiok-jiok-kiông-sıt】 喻強弱不能為件。生存競爭的原則。～～～～適者生存的世界～～～～sek-chiá seng-chûn ê sè-kài⇨同上。

【弱體政權 jiok-thé-chèng-koân】 ～～～～壽命無當若久～～～～siū-miā bô-thang goā-kú⇨無實力的政權，其壽命不致太長。

jiok **辱** 汚也。恥也。屈也。侮～人格bū～jîn-keh⇨汚～家門u～ka-bûn⇨同上。沾～清白tiam～chheng-pek(peh)⇨同上。國家的恥～kok-ka ê thí～⇨同上。不～君命put～kun-bēng⇨同上。喪師～國song-su～kok⇨同上。忍～負重jím～hū-tiōng⇨同上。

jiok **褥** 薦也。坐臥之具也。被～phōe～⇨寢具。被上蓋，褥下墊。床～chhn̂g～⇨牀褥。產～sán～⇨生兒的地方。產～熱sán～jiat⇨婦產褥中發燒之病。

jiok **搙** 握揉也。～土俑仔～thô·-ang-á⇨捏土偶。～田土的～chhân-thô·-ê⇨喻農夫。～做一堆～chò chıt-tui⇨捏成一堆。～散～soà$^{n}$⇨同上。～俾幼～hō·-iù⇨揉為細末。～茈薑～chí$^{n}$-kiu$^{n}$⇨揉幼薑。～些瓜仔來青嗎～chē koe-á lâi chhe$^{n}$-chiah⇨揉些瓜果做青食。

jiok **若** jiak如也。假設之詞。～有神助～iú sîn-chō·⇨如神助。～無其事～bû kî-sū⇨如無事。～有～無～iú～bû⇨如有似無。虛虛實實～眞～假hi-hi-sıt-sıt～chin～ké⇨如虛如實如眞如僞。～神～鬼～sîn～kúi⇨如神如鬼。～不撇開終是苦，因何一去便成囚～put-phiat-khui chiong-sī khó·, in-hô it-khì piān sêng-chhiû⇨若因兩字的拆字對。

【若干 jiok-kan】 約數。多少。猶有～～債務未淸iáu-ū～～chē-bū bōe-chheng⇨還有多少的債務未淸還。猶有～～的疑問該更斟酌iáu-ū～～ê gî-būn ài-koh chim-chiok⇨還有一些疑問需要再作考慮。咱每有～～於彼底也lán mā-ū～～tī hit-té(tóe)-á⇨俺也有佔份多少在裡面。

## jiong

jióng **壤** 同壤jiáng。軟土也。土地也。土～thô·～⇨土質。地皮。土～眞肥thô·～chin pûi⇨土質很肥沃。土～流了了也thô·～lâu-liáu-liáu à⇨地皮皆流失了。接～之地chiap～chi tē⇨互相為界的地方。天～無窮thian～bû-kiông⇨日人對其天皇的頌詞。

【壤土 jióng-thô·】 軟土，鬆土sang-thô·。～～砂土～～soa-thô·⇨同上。

jióng **嚷** 同嚷jiáng。大聲講也。吵架也，鳴不平也。咆哮也。罵也。大聲～toā-sia$^{n}$～⇨同上。烏白～o·-peh～⇨大聲亂說。不當～m̄-thang～⇨不可講，不要講。相～sio～⇨吵罵，吵架。去共伊～khì kā i～⇨去對他大聲表示抗議。伊 i 可省略。擋未稠道～起來也tòng-bē-tiâu tō～khí-lâi à⇨忍不住就叫罵起來了(鳴不平)。

【嚷賊 jióng-chhat】 喊賊hán-chhat。有聽見人抬～～ū thiaⁿ-kīⁿ lâng-teh～～⇨曾聽到人在喊賊。聽見thiaⁿ-kīⁿ變爲thiaⁿ-i，i輕聲。

【嚷衰的 jióng-soe-ê】 嚷以讓人衰。用法與詞意，實質上與嚷暢的畧同。你俫～～～不lí boeh～～～m̄⇨你要嚷以讓人衰嗎，～～～每可～～～mā-hó⇨嚷以讓人衰也好。

【嚷暢的 jióng-thiòng-ê】 以嚷爲快。罵玩的。被嚷方說：你是抬～～～不lí sī teh～～～m̄⇨你不是在亂嚷爲快吧。意謂罵玩的也。嚷方說：～～～每好～～～mā-hó⇨罵玩的也又何妨。

【嚷閧閧 jióng-kōng-kōng】 大嚷大鬧tāi-jiáng-tāi-nāu。食閧閧～～～耳，做無代誌chiah-kōng-kōng～～～niâ, chò(chòe)-bô tāi-chì⇨謂人多無秩序，鬧食鬧事而已，辦不出工作。

【嚷天嚷地 jióng-thiⁿ-jióng-tē】 罵天罵地。～～～～嚷大嚷細～～～～jióng-toā-jióng-sè(sòe)⇨罵天罵地罵長罵幼。即亂罵一場。

【嚷些出氣 jióng-chē-chhut-khùi】 大罵幾句以洩心中怒氣。無～～～～抬擋伊曷會稠bô～～～～lē tōng-i ah-ē(ōe)-tiâu⇨不罵他幾句以消怒氣，何能忍得住。

jiông **戎** 兵也。西方之種族也。兵～相見peng～siang-kiàn⇨謂戰事發生。東夷，西～，南蠻，北狄tang-î, se～, lâm-bân, pak-tek⇨古時稱四方之種族。西～se～⇨西方的異族。

【戎衣 jiông-i】 軍服。身穿～～sin-chhēng～～⇨身穿軍衣。亦曰戎服jiông-hok。

【戎馬 jiông-má】 兵馬。軍隊。戰事。～～關山北，憑軒涕泗流～～koan-san-pak, pîn-hian thè-sū-liû⇨杜甫。

【戎裝 jiông-chong】 軍裝。武裝。～～的武士～～ê bú-sū⇨同上。

【戎機 jiông-ki】 貽誤～～î-gō～～⇨誤失軍機。

jiông **絨** 細布也。布的一種。尼～nî～⇨尼絨布。天鵝～thian-gô～⇨同上。

【絨布 jiông-pò】 絨仔jiông-á。用～～做衫iōng～～chò(chòe)-saⁿ⇨同上。

【絨帽 jiông-bō】 戴～～tì～～⇨同上。

【絨絨 jiông-jiông】 幼軟。稻草該擣到畧畧仔～～藉會使得打草鞋tiū-chháu ài tûi(cheng)-kā lioh-lioh-á～～chiah ē-sái-tit phah chháu-ê(ôe)⇨稻草要槌軟才能夠打造草鞋。鷄肉炖到～～也ke(koe)-bah tūn-kā～～ā⇨鷄肉炖得已軟爛了。

【絨鞋 jiông-ê】 穿～～chhēng～～(ôe)⇨同上。

【絨線 jiông-soàⁿ】 ～～繡的～～siù-ê⇨同上。

【絨氈(毯) jiông-chiⁿ(thán)】 毛氈。mô-thán。～～未較輸棉被～～bē(bōe)-khah-su mî-phōe⇨毛氈與棉被差不多。

jiông **茸** 草初生也。柔軟也。鹿～lok～⇨初生之鹿角，因有茸茸之細毛，故以名之。藏～chhàng～⇨據稱，鹿在換新角時期是自藏其身而不露的，謂之藏茸chhàng-jiông。怕見人或羞見人而深居簡出亦曰藏茸chhàng-jiông。入～jip～⇨刺入指甲內部，喻深刻，厲害。刺到入茸chhiah-kā jip～⇨謂女人潑刺厲害至極。又喻非常的貧窮用赤chhiah，女人潑刺用刺chhiah。掌甲～chéng-kah～⇨指甲之軟肉部。蒜～soàn～⇨蒜頭之打碎者。蒜～豆油soàn～tāu-iû⇨打碎的蒜頭加豆油的佐料。切瓜仔～chhiat koe-á～, 押菜頭～jiok chhài-thâu～⇨皆細切而加鹽或酢而押成的菜品，前者言刀切，後者言手押，互換之亦皆通用。多是切了才押的。

jiông **仍** 因也。依舊也。照舊也。戰火頻～chiàn-hóe pîn～⇨戰事連連。

【仍然 jiông-jiân】 依舊。～～無起色～～bô khí-sek⇨同上。

【仍舊 jiông-kū】 照舊。利率～～是百分之十lī-lu̍t～～sī pah-hun-chi-cha̍p⇨同上。

jiōng **讓** 同讓jiāng。將自己所有推而予人也。退～thè～⇨同上。推～chhui(thui)～⇨同上。禮～lé～⇨同上。揖～i̍p～⇨禮讓。禪～放伐siān～hōng-hoa̍t⇨古來改朝換代的四種方式。賢讓賢曰禪，父讓子曰讓，強逐弱曰放，有道攻滅無道曰伐。

【讓步 jiōng-pō͘】 ～～求和～～kiû-hô⇨同上。不肯～～道無法度解決m̄-khéng～～tō bô-hoat-tō͘ kái-koat⇨不肯讓步就沒法子解決。

【讓位 jiōng-ūi】 囡仔閃開，大人～～gín-á siám-khui, toā-lâng～～⇨對遲到者的戲謔詞，謂其既非孩子亦非大人也。讓位或說成佔位chiàm-ūi。

【讓開 jiōng-khui】 退讓。～～出路～～chhut-lō͘⇨同上。

【讓渡 jiōng-tō͘】 同讓與。曷有人～～牽手a̍h-ū-lâng～～khan-chhiú⇨何能有人讓渡太座。

【讓與 jiōng-í】 家己的權利～～別人ka-kī(lī) ê koân-lī～～pa̍t-lâng⇨自己的權利移讓給別人。

jiōng **釀** 同釀jiāng。製酒也。酒也。自內部逐漸變化曰釀jiōng。佳～ka～⇨好酒。醞～ún～⇨事態自內部逐漸變化。蠶吐絲，蜂～蜜，人不學，不如物⇨三字經。

【釀酒 jiōng-chiú】 造酒。～～工場～～kang-tiû$^{n}$⇨同上。

【釀蜜 jiōng-bi̍t】 蠶吐絲，蜂～～，人不學，不如物chhâm thò͘-si, hong～～, jîn put-ha̍k, put-jî(jû)-bu̍t⇨三字經。

jiōng **孃** 同孃jiāng。娘niû也，少女也。舞～bú～⇨舞女。日語讀jiō，用如小姐。花子～ha-na-ko jiō⇨花子小姐。

## jip

ji̍p **入** 自外而內也。切中也。收～siu～⇨同上。進～chìn～⇨同上。漸～佳境chiām～ka-kéng⇨同上。侵～禁地chhim～kìm-tē⇨同上。數目有出～sò͘-ba̍k u chhut～⇨數字有不對的地方。～不敷出～put-hu chhut⇨收入不夠開支。

【入子 ji̍p-chí】 無～～的銃bô～～ê chhèng⇨沒填入子彈的槍。喻厲害不了。

【入口 ji̍p-kháu】 進口。～～貨～～hòe⇨同上。又出入之口。～～出口該分開，入的門出的門需要分開。

【入山 ji̍p-soa$^{n}$】 上山。～～採藥～～chhái-io̍h⇨同上。～～看山勢，入門看人意～～khoà$^{n}$ soa$^{n}$-sì, ji̍p-mn̂g khoà$^{n}$-lâng-ì⇨同上。

【入土 ji̍p-thó͘】 埋葬。～～為安～～ûi-an⇨同上。

【入木 ji̍p-bo̍k】 入殮，入棺。～～三分～～sam-hun⇨議論深刻。謂刻版刻入木中三分。

【入水 ji̍p-chúi】 ㊀盛水。溫罐提去～～un-koàn the̍h-khì～～⇨熱水瓶拿去盛水。㊁房屋浸水。民房攏～～也bîn-pâng lóng～～à⇨民房全部浸水了。

【入手 ji̍p-chhiú】 到手。逐～～jiok～～⇨追到手了。

【入內 ji̍p-lāi】 進入裡邊。出外～～chhut-goā～～⇨同上。

【入心 ji̍p-sim】 讀有～～tha̍k-ū～～⇨讀得很了徹。痛未～～thià$^{n}$-bē(bōe)～～⇨愛得不深。

【入札 ji̍p-chat】 投標。原為日語Nyusat-su。工事～～kang-sū～～⇨工程招標。

【入米 ji̍p-bí】 稻粒漸結實。亦曰入粒 ji̍p lia̍p。收成果未偎，攏眞～～siu-sêng kó bē

(bōe)-bái, lóng chin ～～ ⇨收穫果然不壞，皆很結實。

【入耳 jıp-ní(jí,hīⁿ)】 聽無～～道捐拎走也 thiaⁿ bô ～～ tō koāⁿ-leh-cháu â⇨聽得未全懂就跑去轉告別人。好話聽未～～hó-ōe thiaⁿ bē～～⇨良言聽不入心。

【入宅 jıp-theh】 引鬼～～ín-kúi～～⇨同上。

【入局 jıp-kiok】 上圈套。騙到拎未～～也 phiàn-kà tit-beh～～â⇨詐騙得快要上當了。僠仔～～ phàn-á ～～ ⇨同上。僠phàn同番hoan，勇猛但倲愚也，倯僠sông-phàn也。

【入利 jıp-lāi】 算入利子。隨母～～sûi-bó～～⇨把利子加入母金而加算利子。

【入狀 jıp-chn̄g】 同入稟jıp-pín。去～～也 khì～～ā⇨前去提出告訴了。

【入京 jıp-kiaⁿ】 進京。～～考校～～khó-kàu⇨上京考試。

【入官 jıp-koaⁿ】 由官府沒收。～～充公～～chhiong-kong⇨同上。

【入來 jıp-lâi】 進來。請～～chhiáⁿ～～⇨請人進來。來lâi應改讀第三聲lāi。

【入門 jıp-mn̂g】 進門。入山看山勢，～～看郎意jıp-soaⁿ khoàⁿ soaⁿ-sì, ～～khoàⁿ lâng-ì⇨同上。～～踏戶～～tah-hō⇨家宅侵入。～～喜～～hí⇨新娘過門即有孕。～～壻～～sài⇨招入的女壻。路邊花草～～取正lō·-piⁿ hoe-chháu ～～ chhí(chhú)-chiàⁿ⇨娼門之女，嫁後立爲正，謂娼門之女亦可娶之爲妻。

【入房 jıp-pâng】 新娘～～sin-niû～～⇨同上。

【入泮 jıp-phoān】 古時秀才及第進入官學爲學生。

【入春 jıp-chhun】 進入春季，立春lıp-chhun。～～入夏入秋入多～～jıp-hē(hā) jıp-chhiu, jıp-tang⇨都是二十四氣之一。

【入城 jıp-siâⁿ】 喊罔喊，～～未許快hán-bóng-hán, ～～ bōe-hiah-khoài⇨謂風聲雖大，但沒有那麼快就實現。

【入相 jıp-siàng】 出將～～chhut-chiàng～～⇨同上。將相chiàng-siàng (chiòng-siòng)。

【入神 jıp-sîn】 忘我之境。看到～～去khoàⁿ-kà～～khì⇨看得入神。聽到～～去thiaⁿ-kà～～khì⇨同上。

【入厝 jıp-chhù】 搬入新居。新居落成。～～酒～～chiú⇨落成的喜筵。

【入座 jıp-chō】 對號～～tùi-hō～～⇨同上。

【入院 jıp-īⁿ】住院。去大病院～～也khì toā-pēⁿ(pīⁿ)-īⁿ～～ā⇨到大病院住院去了。

【入茸 jıp-jiông】 掌甲～～chéng-kah～～⇨掌甲剪得過短或磨滅過甚曰入茸。

【入骨 jıp-kut】 恨到～～hīn-kà～～⇨恨之極。愛到～～了ài-kà～～lō⇨同上。

【入席 jıp-sek】 入座。人客猶有人未來～～抒lâng-kheh iáu-ū-lâng bōe～～lè⇨賓客還有人尚未入席。猶有iáu-ū, á-ū。

【入息 jıp-sit】 業績好，有收益多。事業做了眞有～～sū-giap chò(chòe)-liáu chin-ū～～⇨同上。

【入教 jıp-kàu】 參加宗教爲信徒。通常專指基督教徒爲～～的～～ê，或份教的hūn-kàu-ê。至於食教的chiah-kàu-ê之詞。即有輕視之意。

【入國 jıp-kok】 ～～手續～～chiú-siok⇨入境手續。

【入巢 jıp-siū】 歸巢kui-châu。鳥仔得併～～也chiáu-á tit-boeh～～ā⇨鳥兒快要歸巢了。得併死也tit-beh sí à⇨快要死了。得併teh-bī，將如何未如何也。te-bē, ti-bē或ti-boeh等不同讀法，因人而異。

【入港 jıp-káng】 船隻～～chûn-chiah～～⇨船舶進港。又同入局jıp-kiok。騙憨的～～

phiàn-gōng-ê ～～⇨同上。痲到得俫～～也bâ-kā tit-beh～～ā⇨談得快要入局了。痲bâ:兩情密談也。痲亦作嫲。

【入棺 ji̍p-koan】 ～～忌虎～～kī-hó͘⇨納棺的時刻，相虎之人要廻避。亦曰入柴 ji̍p-chhâ。

【入朝 ji̍p-tiâu】 ～～見駕～～kiàn-kà(kè)⇨同上。

【入場 ji̍p-tiû$^{n}$】 進場。～～券～～kǹg(koàn)⇨同上。

【入衙 ji̍p-gê】 新衙門落成。今仔日～～kin-á-ji̍t～～⇨今天衙門落成。

【入會 ji̍p-hōe】 參加派會組織。～～證～～chèng⇨同上。

【入稟 ji̍p-pín】 呈稟。提出告訴書。有去官府～～也ū-khì koa$^{n}$-hú～～ā⇨已向政府提出告訴書了。

【入運 ji̍p-ūn】 開運。交春道會～～也kau-chhun tō-ē～～ā⇨春後就會開始好運了。

【入幕 ji̍p-bok】 當幕賓。～～之賓～～chi pin⇨①常來往的朋友。②私通的男人。

【入寨 ji̍p-chē】 入山寨。～～無刣人～～bô-thâi-lâng⇨入寨者不殺。投降者不殺。

【入境 ji̍p-kéng】 ～～證～～chèng⇨同上。煞星～～也soah-chhe$^{n}$～～ā⇨麻煩的人物來了。同入國境。～～證～～chèng⇨同上。

【入榫 ji̍p-sún】 鑿榫chhak-sún。～～司父正是司父～～sai-hū chia$^{n}$-sī sai-hū⇨會鑿榫頭的司父才稱得是司父。司父或應作司夫sai-hū。

【入漿 ji̍p-chiu$^{n}$】 稻仔扲～～也tiū-á teh～～ā⇨稻子在結實了。漿chiu$^{n}$或可作澱粉解。粙tiū同稻tiū。

【入嘴 ji̍p-chhùi】 入口中。糕仔～～道溶也ko-á～～tō iû$^{n}$-ā⇨糕仔入口中就溶化了。

【入監 ji̍p-ka$^{n}$】 ～～受刑～～siū-hêng⇨同上。亦曰坐舘仔chē-(chōe)-koán-á。蓋日人初來，一切監獄皆改建爲洋舘——西式建築，故有舘仔之稱也。

【入賬 ji̍p-siàu】 算入賬項之內。收支攏有～～也siu-chi lóng-ū～～ā⇨收支皆登記了。

【入學 ji̍p-ha̍k(o̍h)】 ～～考～～khó⇨入學考試。

【入學 ji̍p-o̍h】 ～～去讀册～～khì tha̍k-chheh⇨同上。

【入學 ji̍p-ha̍k】 同ji̍p-o̍h。

【入贅 ji̍p-chòe】 男入女家的婚式。亦曰入壻ji̍p-sài或招壻chio-sài。～～的囝壻～～ê kiá$^{n}$-sài⇨同上。

【入營 ji̍p-iâ$^{n}$】 入伍。～～做兵～～chò(chòe)-peng⇨同上。

【入殮 ji̍p-liām】 入棺。酉時～～iú-sî～～⇨酉的時刻入木ji̍p-bo̍k。

【入聲 ji̍p-seng(sia$^{n}$)】 急，德，國，福之類的字是～～字～～jī。亦即帶有 -p, -k, -t, -h 等入聲尾音。

【入題 ji̍p-tê(tôe)】 對題tùi-tê。即首詩作了不止～～chit-siú si chò(chòe)-liáu put-chí～～⇨此首詩作得很合題意。

【入籍 ji̍p-che̍k】 戶籍的遷入。牽手猶未～～扲khan-chhiú á-bē(bōe)～～lè⇨同上。

【入大廳 ji̍p-tōa-thia$^{n}$】 ～～～，拭桌椅，入灶脚，洗碗箸～～～chhit toh-í, ji̍p-chàu-kha, sé(sóe) oá$^{n}$-tī⇨謂好新娘是如此。童謠。

【入不敷出 ji̍p-put-hu-chhut】 收入不夠支出。薪俸微薄～～～～ sin-hōng bî-poh～～～～⇨同上。

【入室登堂 ji̍p-sit-teng-tông】 喻學問的最高境界。由也已登堂矣，未入室也iû iā í-teng-tông-ì, bī-ji̍p-sit-iā⇨論語。

【入室操戈 ji̍p-sit-chho-ko】 用其說以攻其人。同以子之矛攻子之盾í- chú-chi-mâu kong-chú-chi-tūn也。但有別於同室操戈tông-sit-chho-ko⇨內部自亂。

【入情入理 jip-chêng-jip-lí】 深合人情義理。逐家所講的話，亦都是～～～～tak-ke só-kóng ke ōe, iah-to-sī～～～～⇨同上。

【入國問俗 jip-kok-būn-siok】 ～～～～入境問禁～～～～jip-kéng-būn-kìm⇨同上。

【入鄉隨俗 jip-hiang(hiong)-sûi-siok】～～～～入港隨灣～～～～jip-káng-sûi-oan⇨同上。灣亦作彎，曲折不直也。

# jit

jit 日 太陽也。一天也。一二～chit-nng～⇨一兩天。有一～ū-chit～⇨有一天。有時有～ū-sî-ū-jit⇨定時定日。今仔～kin-á～⇨今天。明仔～bîn-á～⇨明天。暝～mê-～⇨日夜。逐～tak～⇨每日múi-jit。無暝無～bô-mê-bô～⇨不論日夜。隔暝企～keh-mê-khiā～⇨連日連夜。喻時日久矣。馬行～bé kiâⁿ～⇨棋語。馬走日字形。

【日仔 jit-á】 日，日子。～～看好也～～khoàⁿ-hó-â⇨時日卜定了。做～～工chò(chòe)～～kang⇨按日計算的短工。～～利～～lāi⇨按日計算的利息。～～錢～～chîⁿ⇨按日計算的租金。～～單～～toaⁿ⇨嫁娶日的程序表(卜者所寫定的紅紙單)。～～旁～～pêng⇨日字旁。

【日子 jit-chí】 好～～hó～～⇨吉祥之日。定～～tēng～～⇨決定嫁娶之日。～～相拍著～～sio-phah-tioh⇨時日相衝突。～～未到，不是天道無報～～bī-tò, put-sī thian-tō bû-pò⇨是時候未到，不是因果沒報應。囡仔人～～猶長抲gín-á-lâng～～iáu-tn̂g-leh⇨少年郎將來的人生還很長也。

【日上 jit-chiūⁿ】 ～～日落～～jit-loh⇨太陽之出與入。

【日月 jit-goat】 日與月。歲月。三光者，～～星sam-kong chiâ, ～～seng⇨三字經。～～星辰～～seng-sîn⇨天。宇宙。光陰如箭，～～如梭kong-im jî(jû) chìⁿ, ～～jî(jû)-so⇨時光易逝。

【日月 jit-goeh(geh)】 歲月。～～抲過眞緊～～teh kòe(kè) chin-kín⇨時日過得很快。～～催迫人快老，的確無久死就到～～chhui-pek lâng khoài-lāu, tek-khak bô-kú sí-tō-kàu⇨人生苦短。

【日日 jit-jit】 每日。在厝～～好，出外朝朝難chāi-chhù～～hó, chhut-goā tiau-tiau lân⇨在家日日容易過，出外每天有難題。～～新sin⇨同上。

【日內 jit-lāi】 近日中。～～定著有消息～～tiāⁿ-tioh ū siau-sit⇨同上。

【日出 jit-chhut】 ～～日入～～jit-jip⇨太陽之出與入。～～辰～～sîn⇨上午八時許。

【日用 jit-iōng(iēng)】 ～～品～～phín⇨同上。～～雜貨～～chap-hòe(hè)⇨同上。

【日刊 jit-khan】 ～～週刊月刊～～chiu-khan, goeh-khan⇨同上。

【日本 jit-pún】 國名。～～婆仔～～pô-á⇨日本女人。

【日光 jit-kng】 日間，白天。～～日暗～～jit-àm⇨天明天黑。日夜循環。

【日光 jit-kong】 陽光。～～燈～～teng⇨同上。～～浴～～iok⇨曬太陽。

【日沒 jit-but】 日入，日落。～～時間～～sî-kan⇨同上。

【日車 jit-chhia】 白天行車。～～夜車～～iā-chhia⇨同上。

【日扮 jit-pān】 天時天候。看～～是眞媠khoàⁿ～～sī chin súi⇨看天時是良時吉日。

【日步 jit-pō】 Hibu。日語。百爲單位每日生利若干曰日步。～～五仙～～gō-sián⇨日步五錢。亦即每百元每日生利五錢月計即生利一元五角也。

【日辰 jı̍t-sîn】 時辰。好～～hó～～⇨好日。

【日虎 jı̍t-hó͘】 旁晚的閃電。～～蝕未停，敢是俫落大雨也～～sih-bē(bōe)-thêng, káⁿ-sī boeh-lo̍h toā-hō͘ ā⇨日虎閃不停，似乎要下大雨了。

【日花 jı̍t-hoe】 從雲間或樹葉間漏出的日光。出～～仔也chhut～～á à⇨雲間漏出光線了，亦即天將晴了。曝～～仔pha̍k～～á⇨曬太陽。

【日夜 jı̍t-iā】 ～～無停～～bô-thêng⇨同上。

【日後 jı̍t-āu(hō͘, hiō)】 嗣後。將來。～～會相見～～ē sio(saⁿ)-kìⁿ⇨同上。

【日限 jı̍t-hān】 期限。～～到也～～kàu à⇨限期到了。

【日食 jı̍t-sı̍t】 ㊀日常生活。～～難度～～lân-tō͘⇨生活困難。㊁蝕日也。

【日記 jı̍t-kì】 日誌jı̍t-chì。逐日有寫～～ta̍k-jı̍t ū-siá～～⇨每天都寫日記。

【日時 jı̍t-sî】 白天。～～走抛抛，暝時點燈撈～～cháu-pha-pha, mêⁿ(mîⁿ)-sî tiám-teng la⇨白天逃去遊玩，夜裡才點燈趕夜工。

【日清 jı̍t-chheng】 每日清賬。～～簿～～phō͘⇨同上。

【日球 jı̍t-kiû】 太陽。～～月球～～goa̍t-kiû⇨同上。

【日商 jı̍t-siang(siong)】 日本商人，同商戶。而今台北，高雄，～～了了jî(jû)-kim tâi-pak, ko-hiông～～liàu-liàu⇨現在台北，高雄等地，日本商人商戶很多很多。了liáu改讀第三聲liàu。

【日費 jı̍t-hùi】 日日的開銷。～～開未了(開無夠)～～khai bē(bōe)-liáu(khai bô-kàu)⇨每日的費用開支不盡——有餘(開銷不夠)。

【日間 jı̍t-kan】 白天。～～夜間～～iā-kan⇨日與夜。

【日脚 jı̍t-kha】 日。好(僫)～～hó(bái)～～⇨好(壞)日。某日～～眞媠bó͘-jı̍t～～chin-súi⇨某日是很好的良時吉日。媠súi：姿也，美貌也。

【日期 jı̍t-kî】 期日。～～到也～～kàu-à⇨日期到了。

【日割 jı̍t-koah】 日程。(日語)Hiwari。

【日報 jı̍t-pò】 ～～晚報～～boán-pò⇨同上。

【日程 jı̍t-thêng】 ～～表做好也～～piáu chò-hó à⇨日程表弄好了。

【日暗 jı̍t-àm】 夜。～～也～～à⇨天黑了。

【日照 jı̍t-chiàu】 jı̍t-chiò陽光照射。～～時間～～sî-kan⇨日出至日沒的時間。

【日傭 jı̍t-iông】 按日計資的勞工。～～的勞動者～～ê lô-tōng-chiá⇨同上。

【日落 jı̍t-lo̍h】 日沒。～～申～～sin⇨日落的申時，約下午四時。～～的人～～ê lâng⇨喻老人。

【日新 jı̍t-sin】 ～～又～～日日新～～iū～～jı̍t-jı̍t-sin⇨古銘文。

【日煞 jı̍t-soah】 白天的煞神。～～夜煞～～iā-soah⇨同上。

【日誌 jı̍t-chì】 日記。～～簿～～phō͘⇨同上。

【日語 jı̍t-gí(gú)】 日本話。～～日文～～jı̍t-bûn⇨日本語文。

【日蝕 jı̍t-sı̍t】 ～～定著是月暗時～～tiāⁿ-tio̍h sī goe̍h-àm-sî⇨日蝕一定是在無月時發生的。

【日暮 jı̍t-bō͘】 旁晚。～～詩成天又雪～～si-sêng thian-iū-soat⇨同上。～～西山～～se-san⇨喻老人。～～途窮～～tô͘-kiông(kêng)⇨喻人生末路。

【日影 jı̍t-iáⁿ】 日的光線。～～照著也～～chiò-tio̍h-à⇨陽光射來了。

【日箍 ji̍t-kho͘】 日頭有～～敢是要落雨也 ji̍t-thâu ū～～, ká$^{n}$-sī boeh lo̍h-hō͘ ā⇨太陽有環，恐怕是要下雨了。

【日課 ji̍t-khò】 嫁娶的日程表。～～看好也～～khoà$^{n}$-hó-à⇨結婚的時間表占好了。

【日影 ji̍t-ńg】 陽光被遮。人於日頭中煎，您於～～底閃涼，免講每您較巧 lâng tī ji̍t-thâu-tiong chian, lín tī～～té siám-liâng, bián-kóng mā lín khah-khiáu⇨人家在太陽下煎熬，你們卻在蔭影處乘涼，當然是你們狡猾。

【日數 ji̍t-sò͘】 ～～過頭去也～～kōe-thâu khì à⇨日數超過了。

【日曆 ji̍t-le̍k】 ～～月曆～～goe̍h-le̍k⇨同上。

【日頭 ji̍t-thâu】 太陽，白天。～～時～～sî⇨白天。～～抵天也～～tú-thi$^{n}$-ā⇨太陽升上中天了。快到中午了。～～當扲上的人～～tng-teh chiū$^{n}$ ê lâng⇨太陽正在東升的人。喻年青人。～～扲伕落的郎～～teh-boeh lo̍h ê lâng⇨太陽快落西山之人，喻老郎。～～赤映映(焱焱)，隨人顧生命～～chhiah-iā$^{n}$-iā$^{n}$, sûi-lâng kò͘ sè$^{n}$(sì$^{n}$)-miā⇨謂赤日當天，大家都要照顧自己的生活。喻世間險惡應該好自照顧自己。送～～sàng～～⇨男方致送嫁娶程序單給女方。同送日單sàng ji̍t-toa$^{n}$。～～圓輪輪，串餓是單身～～î$^{n}$-lîn-lîn, chhoàn-gō sī toa$^{n}$-sin⇨謂日圓如輪，餓肚子的卻都是單身漢。得未tek-bî→teh-be；將如何未如何也。

【日戲 ji̍t-hì】 白天上演的戲。搬～～poa$^{n}$～～⇨搬演日戲。

【日未晝 ji̍t-bōe-tàu】 日未到中天，日未至中午。～～～人未老～～～lâng-bōe-lāu⇨日未至中午，人未至老境，皆爲未知數，不能妄下斷語。

【日生翅 ji̍t-se$^{n}$(si$^{n}$)-si̍t】 太陽像生翅連鞭晝連鞭暗thài-iâng chhiū se$^{n}$ si̍t, liâm-pi$^{n}$ tàu liâm-pi$^{n}$ àm⇨太陽好像生了翅膀會飛，一會兒就中午了，一會兒就晚了。

【日生脚 ji̍t-se$^{n}$(si$^{n}$)-kha】 太陽生了脚。九月～～～káu-goe̍h～～～⇨九月太陽就生脚了，謂有脚走得快。喻日漸短。

【日字旁 ji̍t-jī-pêng】 日字在旁，部首之一也。例如暗，時旺等是。

【日字頭 ji̍t-jī-thâu】 日字在頭，例如昇，晏昆等是。

【日射病 ji̍t-siā-pē$^{n}$(pī$^{n}$)】 日頭曝傷久會著～～～ji̍t-thâu pha̍k siū$^{n}$-kú ê(ôe)-tio̍h～～～⇨太陽曬得太久，會中日射病。

【日晝頓 ji̍t-tàu-tǹg】 中午飯。午餐。～～～於佗位每猶未知～～～tī ta(to)-ūi mā á-bōe-chai⇨午飯在何處也還不知道。日晝ji̍t-tàu亦曰中晝tiong-tàu。喻生活極窮的狀態也。

【日積月累 ji̍t-chek-goa̍t-lúi】 逐漸積聚。～～～～每是眞驚郎～～～～mā-sī chin kia$^{n}$-lâng⇨慢慢積蓄，結果也是會可怕的大數字。

## jiu

**jiû 柔** 木曲也。弱也。順也。溫～體貼un～thé-thiap⇨同上。做人該較～扲chò(chòe)-lâng ài-khah～leh⇨做人應該溫和一點。～勝剛～sèng-kang⇨老子。溫～勝剛強un～sèng kang-kiâng⇨同上。該～不當硬ài～m̄ thang nge̍h⇨(方法)需要溫和不可強硬。愈～你愈好款ná～lí ná hó-khoán⇨愈寬恕你，你反而愈壞。愈ju, na。

【柔毛 jiû-mo͘】 羊的別稱。

【柔伊 jiû-i】 寬容他也。順從也。即次～～，後次藉拍chit-chhù～～āu-chhù chiah phah⇨此次寬恕他，後次再犯才打他。你若～～伊逐項每允你lí nā～～i ta̍k-hāng mā ín-lì⇨你如順從他，他什麼都會答應你。

【柔步 jiû-pō͘】 軟的手段。同柔法。阿九嫂仔該用～～藉拿伊會倒a-káu-só-à āi-iōng (iēng)～～chiah ná-i ē-tó⇨阿九嫂這個人要使用柔步，才應付得了。

【柔和 jiû-hô】 溫和。態度看都眞～～曷知伊會安爾thāi-tō͘ khoàⁿ tō chin～～ah-chai i ē-an-ne(ni)⇨態度看來是很溫和，豈料他竟會如此(壞)。

【柔法 jiû-hoat】 軟法。用～～罔合伊牽iōng(iēng)～～bóng kah-i khan⇨以軟法姑且與他周旋。

【柔性 jiû-sèng】 硬性(ngē-seng)之反。大胚的較～～細胚的恰如生蕃抙toā-phoe-ê khah～～sè(sòe)-phoe-ê kah-ná chheⁿ(chhiⁿ)-hoan-lè⇨大兒子比較和順，小兒子恰如生蕃一樣。

【柔弱 jiû-jiak(jiok)】 軟弱。身體較～～sin-thé khah～～⇨同上。態度較～～thāi-tō͘ khah～～⇨同上。

【柔軟 jiû-loán】 ～～體操～～thé-chhau⇨同上。

【柔順 jiû-sūn】 溫柔兼體貼。實在好狗命，娶一個許爾～～的牽手sit-chāi hó káu-miā, chhoā-chit ê hiah-ní～～ê khan-chhiú⇨眞的好運氣，娶得一個那麼溫柔的老婆。

【柔道 jiû-tō】 日人所發展的武術的一種。一種運動項目。～～八段～～peh(poeh)-toāⁿ⇨同上。

【柔一步 jiû-chit-pō͘】 退讓一步。該～～～藉未破裂āi～～～chiah bē(bōe) phò-liat⇨需要退讓一步，才不致破裂。

jiû
# 濡

擦洗也。流汗了先～一下較涼lâu-koāⁿ liáu seng～chit-ē khah-liâng⇨流汗之後先擦洗一下比較涼爽。椅棹愛～～抙í-toh ài～～lè⇨椅棹應該擦擦洗洗也。

【濡身軀 jiû-sin-khu】 以毛巾含水磨擦身體。

【濡椅棹 jiû-í-toh】 擦洗椅棹。

jiû
# 魷

柔魚jiû-hî也。

【魷魚 jiû-hî】 俗名柔魚。海產的軟體動物。～～干～～koaⁿ⇨同上。～～羹～～keⁿ(kiⁿ)⇨以柔魚爲主料的一種料理。羹俗作焿，非也。～～鬚～～chhiu⇨柔魚之足。喻曲折不直。蹺到如～～鬚khiau kà ná～～chhiu⇨謂不爽直如魷足。炒～～chhá～～⇨喻失業。亦即捲舖蓋走路。

## joa

joā
# 若

若干jiak-kan的若。表示不定數量或程度之詞。亦讀goā。～夥錢～chē-chîⁿ⇨幾多錢。該～久āi～kú⇨需要多久。著掘～深tioh-kut～chhim⇨需要掘多深。該～大道～大āi～toā tō～toā⇨應該多大就多大。講著該～抵～kóng-tioh āi～tú～⇨一提到就要很多又很多。～好你敢知～hó lí-kám-chai⇨多好你豈能知之。夥chē，多也，亦作濟。

【若仔 joā-á】 若joā加強語意。～～婎抙～～súi-lè⇨很美。～～憩脚抙～～khiàng-kha-leh⇨非常能幹。～～大盤抙～～toā-poâⁿ-lè⇨很大的架子(女的)。

【若爾 joā-nī】 同若仔joā-á，但含有疑問。～～好額都知知抙曷使歕～～hó-giah to chai-chai-lè ah-sái-pûn⇨多麼富有大家都知道的，何必吹牛。你～～夥喟力都看現現爾曷使展lí～～chē(chōe) khùi-lat to khoàⁿ-hiān-hiān-leh ah-sái-tián⇨你有多大本事都看得見的，何用展示(吹牛)。

【若仔爾 joā-á-nī】 同若仔joā-á，亦加強詞。即大漢仔耳道～～～鷄胿抙chiah-toā-hàn-á niā tō～～～ke-kui-lè⇨這麼小小年紀而已就很會吹牛的。～～～高都敢搉起去～～～koân to-káⁿ khàng-khí-khì(ī)⇨如何高(山等)都敢於硬攀上去。

## joah

**joah 𤍠** 濕也，濕暑也，俗作熱joah。土潤～暑thô lūn～sú⇨同上。嬰仔無寒～eⁿ-á bô koâⁿ ⇨小兒衣不語寒暑，總要厚一點。

【𤍠天 joah-thiⁿ】 夏天，夏季皆曰𤍠天。俗亦曰六月天lak-goeh-thiⁿ。又寒天之對語。

【𤍠衫 joah-saⁿ】 夏季之衣服。

【𤍠着 joah-tioh】 中暑也。寒着的對詞。

**joah 𤍠** 熱jiat也(見jiat部)。氣溫越高越～khì-un oat-ko oat-～⇨同上。冬天寒夏天～tang-thiⁿ-koâⁿ hē(hā)-thiⁿ～⇨冬寒夏熱tong-hân-hā-jiat。天氣安爾寒寒～～眞不好thiⁿ-khì an-ne(ni) koâⁿ-koâⁿ～～chin m̄-hó ⇨天氣如此忽寒忽熱很不好。加眞～也ke chin ～ā⇨熱很多了。逐人都驚～tak-lâng to kiaⁿ ～⇨大家都怕熱。即類天有影會～死人chit-lōe thiⁿ ū-iáⁿ ē(ōe)～sí-lâng⇨此種天氣眞的會熱死人也。翕～hip～⇨悶熱būn-jiat。

【𤍠人 joah-lâng】 熱天，夏季。人lâng改讀lāng。寒人～～都僫過koâⁿ lāng～～to bái-kòe⇨冬季夏季都不好生活。人lâng皆改讀lāng。

【𤍠天 joah-thiⁿ】 夏季。寒天～～koâⁿ-thiⁿ ～～⇨同上。

【𤍠去 joah-khì】 ～～眞夠度也～～chin-kàu-tō ā⇨熱得很夠了。

【𤍠布 joah-pò͘】 夏季的布料。～～較便宜～～khah pân-gî⇨同上。

【𤍠到 joah-kà】 海邊每～～hái-piⁿ mā ～～⇨海邊也太熱了。句尾有俗死去boeh-sí-khì或擋未稠tòng bē tiâu等句的省畧。

【𤍠衫 joah-saⁿ】 夏衣。～～擋未稠也～～tòng bē tiâu-ā⇨夏衣已擋不住(寒)了。

【𤍠氣 joah-khì】 即類～～實在無法度忍chit-lōe～～sit-chāi bô-hoat-tō͘ lún⇨這種熱氣眞的沒辦法忍受。

【𤍠疱 joah-phauh】 夏季生於小孩頭部的瘡。囡仔安爾～～生歸頭殼gín-á an-ne(ni) ～～seⁿ(siⁿ) kui-thâu khak⇨孩子如此的熱疱生滿了腦袋。

【𤍠著 joah tioh】 中暑tiòng-sí(sú)。不是寒著道是～～身體有較荏m̄-sī koâⁿ-tioh tō-sī～～sin-thé ū khah-lám⇨同上。㥘或壈lám，軟弱無力也。

【𤍠路 joah-lō͘】 夏布，夏季貨。～～貨較有銷～～hòe khah-ū-siau⇨同上。

【𤍠褲 joah-khò͘】 熱衫連～～joah-saⁿ liân ～～⇨同上。

【𤍠翕翕 joah-hip-hip】 悶熱死了。

## joe

**jôe 挼** 以手磨物曰挼jôe。乾～kan～⇨以手乾磨。霑～tâm～⇨以手水洗。歸粒的該～乎散kui-liap ê ài～hō͘-soàⁿ⇨結粒的要磨散他。～目珠～bak-chiu⇨磨磨眼。～面巾～bīn-kin⇨洗面巾。～死蚼蚷～sí káu-hiā⇨搓死螞蟻。又橫加折磨亦曰挼jôe，後母仔活㑑共～死āu-bó(bú) á oah-boeh kā～sī⇨後母幾乎要折磨死她。無用的紙～掉bô-iōng(ēng) ê choá～tiāu⇨同上。

【挼挼 jôe-jôe】 ～～死～～sì⇨死sí改讀第三聲sì。～～掉也～～tiāu-à⇨同上。～規丸～kui-oân⇨押成丸形。規亦作規。

**jōe 銳** 利也。尖～chiam～⇨同上。敏～的頭腦bín～ê thâu-náu⇨同上。最精～的部隊chòe cheng～ê pō͘-tūi⇨同上。

【銳角 jōe-kak】 ～～小於直角～～siáu î tit-kak⇨數學定義。

【銳利 jōe-lī】 兇器是～～的尖刀hiong-khì sī～～ê chiam-to⇨同上。

jōe **芮** 姓氏，古國名。虞～五姓gî(gû)～ngó͘-sèng⇨陳tân田chhân胡ô͘姚iâu虞gî(gû)爲同姓的異稱，皆帝舜之後云。

jōe **叡** 深明通達也。亦單作睿jōe字。日人專用於對天皇的頌詞，例如：～才～châi, ～知～ti, ～智～tì，～感～kám, ～慮～lī等等皆專用於天皇。

【叡哲 jōe-tiat】 聰明之資，～～之質chong-bêng chi chu, ～～chi chit⇨同上。

【叡智 jōe-tì】 耳目聰明，心意～～jí-bok chhong-bêng, sim-ī～～⇨同上。

## ju

jú **乳** 同乳jí。俗曰奶leng。羊有跪～之義iâng iú kūi～chi gī⇨同上。同乳jí(見ji部)。豆～tāu～⇨一種鹹漬豆腐也，亦曰豆乳tāu-jí。

jú **愈** 同愈jí。(見ji部)。～大～好～toā～hó⇨同上。

jû **俞** 姓氏，亦讀jî, ～大猷～tāi-iû⇨明代人。

jû **逾** 越也。進也。益也。通踰jû，亦逾jî也。

【逾限 jû-hān】 ～～失効～～sit-hāu⇨同上。

【逾期 jû-kî】 ～～無効～～bô-hāu⇨同上。

【逾越 jû-oat】 並無～～pēng-bô～～⇨並無超過。並無犯法。

【逾額 jû-giah】 ～～退還～～thè-hêng⇨同上。

jû **踰** 越也，過也，通逾jû，亦踰jî也。

【踰垣 jû-hoân】 跳墻。

【踰閑 jû-hân】 超越規範。失檢點。蕩檢～～thōng-kiám～～⇨同上。

jû **愉** 快樂也。愉jî也(見ji部)。心情～快sim-chêng～khoài⇨同上。

jû **茹** 根相連也。亂也。同茹jî(見ji部)。老母仔眞茹念 lāu-bú-á chin jî-liam⇨老母愛誦經。

jû **如** 似也。同如jî(見ji部)。

jû **臾** 少時也。須～su～⇨短暫。須～鶴髮亂如絲su～hoh-hoat loān jî-si⇨同上。

jû **覦** 貪看也。覬～kī～⇨貪欲於非分之名位。

jû **儒** 儒釋道的儒jû，同儒jî(見ji部)。

jū **諭** 訓教也。同諭jī(見ji部)。

jū **喻** 比方也，開導也，知道也。無可理～bû-khó lî～⇨同上。不言而～put-giân jî～⇨同上。比～pí⇨同上。譬～phí～⇨同上。

jū **裕** 衣食豐富也。寬也。生活富～seng-oah hù～⇨同上。亦讀jī，生活優～seng-oah iu～⇨同上(見ji部)。

## jun

jūn **靱** 軟而有靱性曰靱jūn或lūn(見lun部)。刀鈍皮～to-tun phôe～⇨①刀不利而皮強靱。②頑童模擬一種不知名而在秋季過境的候鳥的鳴聲。牛肉較～gû-bah khah～⇨牛肉較硬。該較～的紙藉會用得āi khah～ê choá chiah ē(ōe)-iōng(ēng)-tit⇨要較有靱性的紙才使得。又吝嗇亦曰靱jūn(lūn)。彼个人斬然～hit-ê-lâng chám-jiân～⇨那個人相當吝嗇。耐性亦曰靱jūn(lūn)。阿木做事眞～a-bok chò(chòe)-sū chin～⇨阿木做事很有耐性。

【靱皮 jūn-phôe】 軟皮nńg-phôe。

【靱糖 jūn-thn̂g】 軟糖nńg-thn̂g。

【靱糾糾 jūn-kiuh-kiuh】 靱jūn的形容詞。

～～～曷會食得～～～ah-ē(ōe) chiah-tit⇨這麼靭怎麼吃得呢。

jūn **韌** 同靭。亦作肕jūn，俗作㛮jūn或lūn，軟而有彈性也。

jūn **潤** 霑濕tâm-sip也。利益也。軟而有彈性亦曰潤jūn(lūn)(見lun部)。霑～tâm～⇨霑而軟。口語轉爲tâm-lūn。白～土peh～thô͘⇨白泥土，可作陶器。利～lī～⇨利益。富～屋德～身hù～ok, tek～sin⇨同上。

【潤色 jūn-sek】 增美文詞。由大作家～～iû tāi chok-ka～～⇨同上。

【潤身 jūn-sin】 修業進德。富潤屋，德～～hù jūn-ok, tek～～⇨同上。

【潤肺 jūn-hì】 滋脾～～chû-pî～～⇨中藥的廣告詞。

【潤喉 jūn-âu】 好茶～～hó-tê～～⇨同上。

【潤筆 jūn-pit】 文字書畫的謝禮。～～一下送道是十萬兩，確實是大手筆～～chit-ē-sàng tō sī chap-bān-niú, khak-sit sī toā-chhiú-pit⇨同上。

【潤餅 jūn-piáⁿ】 lūn-piáⁿ。一種清明節食品。

## ka

ka **佳** 美。好。效果奇～hāu-kó kî～⇨效果非常好。

【佳人 ka-jîn】 美女。亂世～～loān-sè～～⇨同上。才子～～châi-chú～～同上。

【佳作 ka-chok】 好的詩文作品。

【佳辰 ka-sîn】 吉祥的時刻。良時吉日。

【佳肴 ka-ngâu】 珍貴的好菜。美酒～～bí-chiú～～⇨同上。

【佳哉 ka-chāi】 ka-chāi。幸運。萬幸。佳之哉ka-chi-chāi⇨同上。

【佳音 ka-im】 吉祥的報告。好的消息。報喜。報～～pò～～⇨同上。

【佳期 ka-kî】 ㊀男女約會。㊁結婚的期日。～～良宵～～liâng-siau⇨同上。

【佳節 ka-chiat】 (文)好的節日。重陽的～～tiâng-iâng ê～～⇨重陽(九九登高)的好節日。

【佳話 ka-ōe】 美談。男女純情的～～lâm-lí sûn-chêng ê～～⇨同上。

【佳境 ka-kéng】 好的境界。漸入～～chiām-jip～～⇨同上。

【佳構 ka-kò͘】 出衆的構造物(新名詞)。

ka **加** 增加。增益。算法的一目。

【加一 ka-it】 一成。十分之一。～～利①～～lāi⇨利子一成。②～～lī⇨利潤一成。

【加法 ka-hoat】 數學名詞。加減乘除的一目。以十爲符號。

【加倍 ka-pōe】 ㊀雙倍。～～還錢～～hêng-chîⁿ⇨雙倍還錢。㊁非常。～～好看～～hó-khoàⁿ⇨非常好看。～～努力～～nô͘-lek⇨同上。

【加冕 ka-biān】 西人國王或教皇就位有加冕禮。冕就是冠。加冠進祿ka-koan-chìn-lok⇨原爲增加官職，增加俸祿的意思。今爲吉祥語。

【加餐 ka-chhan】 勸人自己珍重。好漢～～hó-hàn～～⇨同上。

【加冠禮 ka-koan-lé】 做戲開鑼，例須先跳加冠，在戲金之外亦須加紅包爲謝禮。叫做加冠禮。～～～較歧過戲金～～～khah-chē-kōe hì-kim⇨喻本末不相稱。歧chē，多也。俗作濟。

ka **家** ㊀居。㊁對人自稱其家庭內的尊輩。例如家父ka-hū，家兄ka-heng，家姊夫ka-ché-hu等等是。㊂有專門學問者的尊稱。例如科學家kho-hak-ka，小說家siáu-soat-ka，畫家ōe-ka等等是。㊃單位或職業的分別。國家

kok-ka，商家siang-ka，酒家chiú-ka等是。㈤表示徒衆：佛家hut-ka，儒家jû-ka，道家tō-ka等是（見ke部）。

【家人 ka-jîn】 一家之人。本家的人。又僕從亦稱家人。

【家山 ka-san】 （文）故鄉。～～回首三千里～～hôe-siú sam-chhian-lí⇨回頭看故鄉，遠在三千里之外。

【家己 ka-kī】 自己chū-kí。～～的人免客氣ka-kī-ê-lâng bián khek-khī⇨自己人不必客氣。～～來～～lâi⇨自己做。會曉～～拭尻川也ē-hiáu～～chhit kha-chhng à⇨（小孩子）會自己擦屁股了。～～刣，趁腹內～～thâi, tàn pak-lāi⇨諷家族內爭。

【家世 ka-sè】 代代相傳承的家業或門第。

【家老 ka-ló】 日本德川時代的官名。在幕府中相當於今之大臣或部長級。

【家兵 ka-peng】 ㈠私人的武力。㈡一家的僕役傭人。

【家言 ka-giân】 私人的議論或學說。

【家君 ka-kun】 對外人自稱自己的父親。

【家妓 ka-ki】 官妓之外私家眷養專事歌舞的女人，三國演義中貂蟬就是王允家的歌妓。

【家私 ka-su】 ㈠家產。㈡家庭內的事務。

【家門 ka-bûn】 家族。～～的光榮～～ê kong-êng⇨同上。

【家法 ka-hoat】 ㈠治家訓子的方法。㈡刑責家人的刑具。

【家事 ka-sū】 家庭內的事務。今有家事學校。

【家政 ka-chèng】 同家事。

【家風 ka-hong】 家庭代代相傳的風尙。亦謂門風mn̂g-hong。探聽～～thàm-thiaⁿ～～⇨同上。

【家計 ka-kè】 原指家庭內的收支會計。今亦指生男育女的家庭計劃。

【家室 ka-sit】 妻室。妻子。有～～的拖累ū～～ê thoa-lūi⇨同上。

【家訓 ka-hùn】 治家立身及垂訓子孫的言詞。

【家翁 ka-o͘ng】 家主人，家長。不啞不聾不爲～～put-á put-lông put-ûi～～⇨謂要不罵人不聽人罵，才能做一個好的家長。

【家書 ka-si】 家人互通消息的信件。～～抵萬金～～tí bān-kim⇨家書一封有萬金的價值。喻家人互相關懷之切。

【家庭 ka-têng】 家門。家族，亦即家。人類社會生活的單位。

【家畜 ka-thiok】 家庭以工作食用爲主畜養的動物。例如豬牛犬等是。鷄鵝鴨等即以家禽ka-khîm別之。

【家教 ka-kàu】 ㈠家訓或家法。好～～hó～～⇨謂青年男女表現好是其家教好所致。㈡在家庭內做補助教育。兼做～～趁來繳學費khiam-chò～～thàn-lâi kiáu-hak-hùi⇨兼任家教得報酬以繳交學費。

【家眷 ka-koàn】 同家屬。

【家累 ka-lūi】 自己維持其生活的家眷人數。～～八口～～peh(poeh)-kháu⇨己身負擔其生活的家人有八個人。

【家常 ka-siâng】 日常家居的意思。～～便飯，不成敬意～～piān-pn̄g, put-sêng kèng-ì⇨同上。

【家產 ka-sán】 一家擁有之財物，包括動產、不動產等等。

【家尊 ka-chun】 自稱己父。

【家禽 ka-khîm】 鷄鴨鵝等有別於家畜之家庭動物。

【家棟 ka-tòng】 家產。大～～toā～～⇨很大的家產。

【家賊 ka-chhat】 內賊lāi-chhat。～～難防～～lân-hông⇨同上。

【家業 ka-giap】 一家代代傳承之職業。亦指產業。

【家園 ka-hn̂g】 家族自己的園林。

【家道 ka-tō】 家族的生活狀態。～～富裕或中落～～hù-jū-hekiong-lok⇨家庭生活富裕或者轉入窮困。

【家傳 ka-toān】 有關家族先人的歷史。

【家傳ka-thoân】 家族的傳承。～～的秘方～～ê pī-hng⇨先人傳下來的秘方。

【家督 ka-tok】 長子。～～相續制度～～siāng-siok-chè-tō⇨家業傳長子的制度。

【家塾 ka-siok】 家族私設學堂。

【家廟 ka-biō】 奉祀歷代先人的廟祠。

【家學 ka-hak】 家傳的學問。～～淵源～～ian-goân⇨謂家學的根底甚深遠。

【家聲 ka-seng】 家庭的名聲。

【家譜 ka-phó͘】 記載姓氏世系家人事跡的私人專書。

【家屬 ka-siok】 即某团。

**ka 膠** 黏質物。鹿～lok-～，猴～kâu～，松～siông～等是。樹～chhiū～⇨俗稱樹乳chhiū-leng。喻人際關係的密切。如～如漆jû～jû-chhat⇨喻夫妻關係之密切。塑～sok～⇨人造物質也，plastic。

**ka 鉸** 剪。鉸刀ka-to⇨剪刀chián-to。買布亦曰鉸ka。～布～pò͘⇨買布。

【鉸刀旁 ka-to-pêng】 ㊀半片的壞鉸刀。喻仍可傷人。㊁命卜者流的名堂，謂女人命相的一種。謂帶鉸刀旁的女人，入門將傷害丈夫。帶～～～鐵掃箒toà～～～thih-sàu-chiú⇨有此命的女人就無人敢娶之。

【鉸剪桌 ka-chián-toh】 桌脚可折摺的桌。

【鉸剪做 ka-chián-chò】 ㊀裁縫工作的項目。㊁喻所需要做的事情。～～～，攏靠伊一人～～～，lóng-khò-i-chit-lâng⇨所有的工作，都要他一個人做主。

**ka 袈** 袈裟ka-se，和尚hôe-siūⁿ的法衣。亦喻衣之過大者。穿著未輸～～扲chhēng-tioh bē(bōe)-su～～lè⇨穿起來宛然如袈裟的模樣。

**ka 迦** 釋迦sek-ka，釋迦牟尼佛sek-ka-mô-nî-hut也。→sek-kia。

**ka 笳** 胡笳ô͘-ka，北胡的樂器也。～～十八拍～～sip-pat-phek⇨蔡文姬chhoà-bûn-ki所作。

**ka 嘉** 美也。善也。慶也。實在精神可～sit-chāi cheng-sîn khó～⇨同上。

【嘉禾 ka-hô】 大禾tāi-hô。美麗的水稻。

【嘉勉 ka-bián】 褒揚勉勵。應予～～èng-î～～⇨常見於公文書之文句。

【嘉惠 ka-hūi】 ～～農桑～～lông-song⇨爲農民造福。

【嘉獎 ka-chiáng】 褒獎po-chiáng。得到政府～～tit-tō chēng-hú～～⇨同上。

【嘉慶 ka-khèng】 清代第五任的帝名年號。～～君遊台灣～～kun iû tâi-oân⇨歌仔戲目。

【嘉言懿行 ka-giân-ì-hêng】 正道的言論，方正的品行。

【嘉南大圳 ka-lâm-tāi-chùn】 嘉南平原的灌溉動脈。

**ka 交** ㊀交易ka-iah。商場交易kau-ek多曰交易ka-iah。㊁拍交落去phah-ka-lauh-khì(ì)，物遺失也。又拍交落沙phah-ka-lâuh-soa⇨物失散也。

**ka 鮫** 馬鮫bé-ka，魚名也。

**ka 橄** 橄欖kaⁿ-ná也。樹名。鹹～～kiâm～～⇨其樹子鹽漬之食品。謂可消痰化氣siau-thâm-hoà-khì。

**ka 傀** 傀儡ka-lé也。傀儡kúi-lúi也。～～戲～～hì⇨布袋戲之一種。以弔線操縱者也。猶未～～連鑼扲iá-bōe(bē)～～liân-lo(lô)-lè⇨還早呢(連雅堂之說，謂傀儡戲連打鑼聲響了才是開始準備演)。孩～～haiⁿ(hīⁿ)～～⇨①操演傀儡戲。②喻吊脰tiàu-tāu。吊頸tiàu-kéng而死。脰tāu，亦頸kéng也。聊天liâu-thian曰破脰phò-tāu，亦正是落下頦lâu-ē-hoâi$^n$(hâi)也。③喻失業。㧡hāi$^n$，動也。

**ka 茭** 茭荎ka-chî也。草名。茭者，荎草之乾者也。古狄人逐水草而居，其水草即荎草chiân-chháu也。荎chiân，即薦也，除供牛馬草料之外，亦可作荎蓆，亦可編爲袋。

【茭荎 ka-chî (chû)】 茭荎ka-chî製之袋囊。亦即乞食袋khı̍t-chia̍h-tē也。嫁鷄逮鷄飛，嫁狗逮狗走，嫁乞食，背～～斗 kè-ke tòe-ke-poe, kè-kâu tòe-káu-cháu, kè-khı̍t-chia̍h, phāi$^n$～～láu(táu)⇨謂女人有夫而隨遇而安。

【茭白筍 ka-pe̍h-sún】 khau-pe̍h-sún。菰白筍ko͘-pe̍h-sún俗作茭白筍kau-pe̍h-sún。一種蔬菜也。

【茭荎嗙管 ka-chî(chû)-phōng-kóng】 乞食的生財道具。即怵恒憚生的背～～～～有分啦 chı̍t-lōe pān-toā-se$^n$(si$^n$)-ê phāi$^n$～～～～ū-hūn-lā⇨責備懶子女之詞。

**ka 咖** 咖啡ka-pi，洋人的飲料coffee的譯詞。亦爲學生常用隱語。乎校長叫去食～～ hō͘ hāu-tiú$^n$ kió-khì(ī) chia̍h～～⇨被校長叫去訓斥一番。

【咖哩 ka-lí】 curry之譯音。有辛辣香味之作料，爲印度人所最喜食者～～飯～～pn̄g⇨同上。～～鷄⇨同上。

**ka 茄** 茄苳ka-tang, 樹名。一種常見的大樹。老茄苳lāu-ka-tang，大茄苳樹。其樹頭多見掛有紅綾âng-lêng及燒香焚紙之跡，一如土地廟然。甚至附有茄苳精ka-tang-chia$^n$等莫名其妙的故事。

**ka 厚** 厚茉仔菜ka-boa̍h-á-chhài，一種蔬菜名。其葉甚厚。亦即厚茉仔菜kāu-boa̍h-á-chhài之訛。

**ká 豈** 反語也，何也。無所疑而反詰之詞。亦即愚臣豈敢gû-sîn khí-kám之豈khí也。

【豈大 ká-toā】 沒有那麼大。～～，都不是歕風的講～～， to-m̄-sī pūn-hong-ê-kóng⇨何能有那麼大，非吹風的嘛。～～顆，無抾顑唐哩～～ kho͘, bô-teh hâm-tông-lè⇨何有那麼肥胖的，不是荒唐吧。顑唐hâm-tông，虛浮也。凡誇大者皆曰顑唐hâm-tông，疑來自荒唐hong-tông。

【豈好 ká-hó】 沒有那麼好。～～下～～ē⇨沒有那麼便宜。亦即事不會那麼容易了結。～～孔～～khang⇨那裏有那麼好的事情。～～孔，一孔掠幾仔隻～～khang, chı̍t-khang lia̍h-kúi-ā(nā)-chiah⇨沒有那麼好的一石獲多鳥的事情也。

【豈有 ká-ū】 ㊀不如許的富有。㊁～～即路代～～chı̍t-lō͘-tāi⇨豈有khí-iú此種問題。

【豈衰 ká-soe】 豈有那麼不體面。儂～～lâng～～⇨我(或他)不那麼衰。儂lâng，奴也。

【豈許 ká-hia̍h】 許hia̍h, 許多也，那麼，那樣也。～～大～～toā⇨豈大ká-toā。～～夥～～chē(chōe)⇨豈夥ká-chē。～～好～～hó⇨豈好ká-hó。不如彼之好也。

【豈佼 ká-gâu】 ～～考會著，眞拼抾啫～～khó-ē-tio̍h， chin-pià$^n$-lè-nō⇨何其聰明得能考中，還要大拼一拼也(亦即再拼拼看看)。阮～～goán～～⇨我不那麼偉大，能幹等等，是拒人於千里之外之詞。

【豈會 ká-ē(ōe)】 同豈佼ká-gâu。

【豈夥 ká-chē】 何能有其多也。～～錢，佅佗提～～ chî$^n$，boeh tah-the̍h⇨何能有許多錢，要那裏取來乎。～～，一半道有也～～，chı̍t-poà$^n$ tō-ū-ā⇨何須許多，一半就夠也。

【豈佅食 ká-boeh-chia̍h】 否定收獲會那麼多之詞。佅食boeh-chia̍h，該食kai-chia̍h，亦想註定有得食也。～～～抾～～～eh⇨同上。

【豈許爾 ká-hiah-ní】 同豈許ká-hia̍h。～～～大～～～toā⇨豈大ká-toā。～～～夥～～～chē(chōe)⇨豈夥ká-chē。～～～夥

～～～gâu⇨豈佼ká-gâu。

ká **絞** 縊也。絞縊以戮ká-è í lio̍k⇨絞殺之刑也。繞也。兩物相捩曰絞ká。利息滾動爲母又生利曰絞ká。母～母利～利bó～bó lāi～lāi⇨謂複利計算法。

**【絞子 ká-chí】** 絞繩索用的小道具，防止繩索之過份鬆散者也。

**【絞台 ká-tâi】** 絞首台。絞刑執行台。

**【絞死 ká-sí】** 被絞刑而死。

**【絞利 ká-lāi】** 生利se$^{n}$-lāi。滾利kún-lāi。母絞母利～～bó-ká-bó lāi～～⇨複利計算法。亦喻其結果之利害。

**【絞刑 ká-hêng】** 絞殺之刑。因通姦而被～～in thong-kan jî pī～～⇨同上。

**【絞索仔 ká-soh-á】** 絞製繩索。

**【絞歸陣 ká-kui-tīn】** 滾成隊伍。囡仔～～～於許抣要gín-á～～～tī-hia teh-sńg⇨孩童滾成大隊伍在那邊玩耍。

**【絞羣結黨 ká-kûn-kiat-tóng】** 交羣結黨kau-kûn-kiat-tóng。

ká **假** ㊀非眞也。借用也。如～包換jî～pau-oā$^{n}$⇨同上。弄～成眞lōng～sêng-chin⇨同上。造～chō～⇨同上。㊁通暇。休～hiu～⇨同上。請～chhéng～⇨同上。賜～sù～⇨同上。

**【假手 ká-chhiú】** 借手chioh-chhiú。～～殺人～～sat-jîn⇨借他人之手以達自己殺人之目的。

**【假王 ká-ông】** 大丈夫定諸侯，眞王耳，何爲～～tāi-tiāng-hu tēng chu-hô,chin-ông-ní (niâ), hô-ūi～～⇨劉邦對韓信表假慷慨的故事。

**【假令 ká-lēng】** ㊀假設ká-siat。假使ká-sú。設使siat-sú。㊁非眞令。發～～hoat～～⇨同上。

**【假名 ká-miâ】** ㊀非眞之名。㊁日本字母，有五十音。有片假名katakana及平假名hira gana之兩種。前者取自漢字正楷筆畫，後者取自草書而予簡化者。

**【假冒 ká-mō】** 詐僞。～～商品～～siang-phín⇨非眞牌之商品。～～字號～～jī-hô⇨同上。

**【假借 ká-chio̍h】** ㊀借用。㊁六書(造字法)之一。～～會意～～hōe-ì⇨都是六書之一。

**【假託 ká-thok】** 假借。～～祥瑞以僭竊帝位～～siâng-sūi í chhiàm-chhiap tè-ūi⇨所謂帝王者莫不如此。

**【假期 ká-kî】** 休假之期。羅馬～～lô-má～～⇨曾有此電影，風行一時。

**【假詞 ká-sû】** 托詞thok-sû。

**【假意 ká-ì】** 虛情～～hi-chêng～～⇨同上。～～佅合伊相好～～boeh kah(kap)-i siang-hó⇨虛與委蛇。

**【假裝 ká-chong】** ～～舞會～～bú-hōe⇨假扮異性或他人等的洋人玩藝。

**【假仁假義 ká-jîn-ká-gī】** 內懷奸詐，外裝仁義。曷使抣～～～～，看著錢，龜脚道趖出來也a̍h-sái teh～～～～，khoà$^{n}$-tio̍h-chî$^{n}$ ku-kha tō sô-chhut-lâi ā⇨何必在假裝仁義，一見錢便見眞章了。

**【假公濟私 ká-kong-chè-su】** 利用公權，成全私利。阿九嫂仔，不當擧公刀抣報私仇嚇，～～～～是未使得嚇a-káu-só-à，m̄-thang giâ kong-to teh-pò su-siû heh，～～～～sī bē(bōe)-sái-ti̍t heh⇨阿九嫂，拿公刀報私仇不行也，僞公濟私是不行的嘛(半開玩笑話)。

ká **賈** 商也。商人也。行商處～hêng-siang chhù～⇨同上。商～siang～⇨商人。稼問農，商問～kà-būn-lông, siang-būn～⇨商siang指商業，賈ká指商人矣。

ká **攪** 亂也，撓也。證chhá也。吵chhá也。

**【攪訬 ká-chhá】** kiáu-chhá。攪亂事情。攪局kiáu-kio̍k也。有人抣～～成歹做ū-lâng teh

～～ chiâⁿ pháiⁿ-chō(chōe)⇨有人攪局難爲也。

【攪拉吵 ká-lá-chhá】 攪攪吵ká-ká-chhá之音變。吵chhá同訬chhá。

**kà 教** 教育也。教誨也。即款囡仔該～chit-koán gín-á ài～⇨此種(壞)孩子必須訓戒。無～未用得bô～bē(bōe)-iōng-tit⇨非嚴加教訓不可。

【教囝 kà-kiáⁿ】 ㊀教子kàu-chú。恔～～gâu～～⇨善於教導子女。㊁有子女了。人～～也呢lâng～～à-neh⇨謂人家已經有孩子了。

【教歹 kà-pháiⁿ】 歹本音遏at，好之反也，俗誤讀tāi。即pháiⁿ。教壞。～～人的囡仔大細～～lâng ê gín-á toā-sè(sòe)⇨教壞人家的大兒小女。

【教示 kà-sī】 教誨kàu-hōe。父母死早無人～～的pē-bó(bú) sí-chá bô-lâng～～ê⇨罵他人的子女太壞了。謂其父母早死，沒人教誨以致如此之壞。恔～～gâu～～⇨善訓善導子女。

【教乖 kà-koai】 訓戒hùn-kài。嚴懲giâm-têng。該～～抾ài～～lè⇨必須嚴加懲戒。無～～一擺未使得bô～～chit-pái bē(bōe)-sái-tit⇨非嚴訓一頓不可。一擺仔～～啦chit-pái-á～～lā⇨教訓了一次。

【教猴 kà-kâu】 訓猴。刣鷄～～thâi-ke～～⇨懲小鬼使大鬼知所警惕。

【教司仔 kà-sai-á】 收徒授徒。人抾～～～也了lâng teh～～～à-lò⇨人家已經在稱師授徒了。

【教拳頭 kà-kûn-thâu】 傳授拳術。～～～的司父～～～ê sai-hū⇨同上。拳師，俗稱司父sai-hū，而不稱師父su-hū，不知其所以然。

【教學仔 kà-oh-á】 教學先生。～～～先生～～～sin-seⁿ⇨教學先生kàu-hak sian-siⁿ。

【教道食較泔爾 kà-tō-chiah-khah-àm-lè】 喻訓戒無效。教kà與膠ka諧音。語意謂太膠就改吃較多泔汁者吧。粥之少汁者曰膠ka，多汁者曰泔ám。

**kà 餡** 饘chian，糜bôe(moâi)也。粥也，其汁少曰餡kà。多汁曰泔ám。甚～siuⁿ～⇨太少汁了。糜仔不好甚～moâi-á m̄-hó siuⁿ～⇨粥不要太濃。

**kà 到** 助詞到kaù之轉音。喘～倸死去chhoán～boeh-sí-khì⇨同上。媠～像仙女súi～chhiūⁿ sian-lí⇨同上。散～鬼倸掠去sàn～kúi～boeh liah-khì⇨同上。散sàn即窮kêng也。

**kà 稼** 種穀曰稼。種秞chèng-tiū曰稼kà。結實的稻米曰稼kà。亦農事也。秞tiū同稻。

【稼穡 kà-sek】 種穀曰稼kà，收穀曰穡sek(sit)。農事的總稱。

【稼問農 kà-būn-lông】 農事請教農夫。～～～商問賈～～～siang-būn-ká⇨同上。

**kà 既** 已經í-keng也。既然kì-jiân也。

【既好 kà-hó】 果然好的。～～猴道食也曷有山豬分～～kâu tō-chiah-à ah-u- soaⁿ-ti hūn⇨既然是好的，我就自己去了何能留給他人。

【既有 kà-ū】 既然有了。～～道無話講也了～～tō-bô-ōe-kóng-ā-lò⇨既然有了，就沒話說了。～～，猴道食去也，曷有山豬份～～，kâu-tō chiah-khì(ì)-à, ah-ū soaⁿ-ti-hūn⇨既然有，那麼猿就把他吃掉了，何能留待山豬吃。喻事必有捷足先登 chiat-chiok-sian-teng。

【既是 kà-sī】 然也。～～安爾道該讓你也～～an-ne(ni) tō-ài niū-lí-à⇨既然如此，就該讓給你了。～～伊不肯，咱道莫啦～～i m̄-khéng, lán tō mài-lā⇨既然是他不答應，我們也就算了吧。

**kà 嫁** 嫁kè也(見ke部)。

kà
價 價kè也（見ke部）。

kà
駕 車乘也。馭舟車皆曰駕kà。大～tāi～⇨天子之車乘。尊稱他人之車乘。大～光臨tāi～kong-lîm⇨同上。御～親征gī～chhin-cheng⇨天子親自出征。親自參與其事皆用之。車～ki～⇨天子車乘。別～piat～⇨古官名。州刺史的佐吏。陵～lêng～⇨超越。

【駕御 kà-gī】 控制驅使。～～英雄～～eng-hiông⇨同上。～～部下～～pō-hē(hā)⇨同上。

【駕駛 kà-sái】 舟車等的操縱運行。～～員～～oân⇨同上。～～台～～tâi⇨舟車等之操運台。～～室～～sek⇨船飛機等的駕使台。

【駕臨 kà-lîm】 大駕光臨tāi-kà-kong-lîm。～～寒舍～～hân-sià⇨同上。寒舍hân-sià，家的謙稱。

【駕返瑤池 kà-hoán-iâu-tî】 輓女人用詞，謂你回去神仙王母娘娘之地了。

【駕輕就熟 ká-kheng-chiū-sek】 駕輕車走熟路。喻老手辦事不費吹毛之力。既是老兄你來，～～～～，免更草稿的也kà-sī lāu-hiaⁿ lí-lâi, ～～～～, bian-koh chhó-kó-ê-ā⇨既然是老兄你來了，這就駕輕就熟，不用再草稿了。

kā
咬 喫khè也。以齒食之曰咬kā。硬誣人入罪曰咬kā，打架吵架亦曰咬kā。亦作齩kā。無牙也，未哺未～了bô-gê-ā, bē(bōe) pō· bē(bōe)～lō·⇨無牙齒了，無法咀嚼，無法咬了。被人硬～落去hō·-lâng ngeh～loh-khì(ì)⇨被人強誣入罪。相～sio～⇨打架。吵架。哄狗相～hōng-káu sio～⇨喻使狗相鬪。喻嗾使相鬪。猴～猴kâu～kâu⇨猴鬪猴，客兄khè-hiaⁿ鬪客兄。亦即幾個男朋友彼此爲女朋友相鬪也。客兄，時來時去曰客，非契室者也。

【咬人 kā-lâng】 猗狗會～～siáu-káu ē(ōe)～～狂犬會咬人。

【咬牙 kā-gê】 磨牙。困著會～～khùn-tioh ē(ōe)～～⇨睡中會磨牙。～～切齒～～chhiat-chhí⇨形容仇怨之甚。

【咬舌 kā-chih】 無抵好家己～～每會bô-tú-hó ka-kī～～mā-ē(ōe)⇨不巧而自己咬舌也是有的。

【咬死 kā-sí】 被虎～～去hō·-hó·～～khì(ì)⇨被虎咬死了。狗～～人該賠人命káu～～lâng ài pôe-jîn-bēng⇨同上。

【咬核 kā-ân】 對事立場態度堅定，鍥而不捨。好佳哉個老母仔～～，無早道被人摔掉也hó-ka-chài, in-lāu-bú-á～～, bô chá-tō hō·-lâng sut-tiāu-à⇨幸遇有他母親咬住，否則早就被摔掉了。摔sut亦拋棄也。

【咬硬 ka-ngē】 同咬核kā-ân。咱無～～未用得lán bô～～bē(bōe)-iōng-tit⇨我們非取強硬立場不可。

【咬稠 kā-tiâu】 咬而不放，挾而不開。伊嘴～～扲不放i chhùi～～lè m̄-pàng⇨同上。衫被～～扲剝未開saⁿ hō·～～lè pak-bē(bōe)-khui⇨同上。

【咬齒 kā-khí】 機件的齒輪有問題。即台車仔會～～chit-tâi chhia-á ē(ōe)～～⇨此台縫衣機的齒輪會咬齒。

【咬嘴 kā-chhùi】 柿、香蕉等之未熟果子，對口腔有一種不愉快的澀感曰咬嘴。猶會～～扲，未食得啦iáu-ē(ōe)～～lè, bē(bōe)-chiah-tit-lā⇨還會咬嘴的吃不得也。

【咬人狗 kā-lâng-káu】 樹名。一種濶葉樹。葉大而有芒刺，觸及人身，痛癢難堪。據說有海口人入山，以此樹葉擦屁股，結果莫名其妙的叫苦連天。～～～咬着也～～～kā-tioh-iā⇨同上。您父都無扲用～～～拭尻川講lín-pē to bô-teh iōng～～～chhit-kha-chhng-kóng⇨謂我不自找麻煩。尻川癢kha-chhng-chiūⁿ，喻自找麻煩。瘴，山川厲氣也，非膚欲搔之痒或癢。

【咬齒模 kā-khí-bô】 齒科醫爲患者取模也。

俗曰咬嘴齒ka-chhùi-khí。

【咬鐵釘 kā-thih-teng】 狗～～～不願放káu～～～m̄-goān-pàng⇨喻針對於己不甚有用之事物拼命纏鬪。伊盒都狗～～～不願放耳i-ta$^{n}$-to káu～～～m̄-goān-pàng-niâ⇨他現在只是死咬雞肋不願放棄而已。

【咬牙齒根 kā-gê-khí-kin(kun)】 喻勉強忍受。～～～～乎人做奴才～～～～hō͘-lâng chò(chòe) lô͘-châi⇨同上。

kā 共 助詞。表示前後的關係，有替，代或者爲誰等的意思。我～你創goá～lí chhòng⇨我替你爲之。創chhòng，作爲也。你～我講好否lí～goá-kóng hó-bò͘⇨你告訴我好不好。伊～人創壞去i～lâng chhòng-hāi-khì(ì)⇨他把我的東西弄壞了。

【共人 kā-lâng】 爲我，替人家。但是在言談中多連音切成共kâng，甚至省爲共kā，伊不共講①i m̄ kâng kóng⇨他不告訴人。②i m̄ kā kóng⇨他不告訴我。

【共我 kā-goá】 連音成kā-á。共我提去不還kā-á the̍h-khì m̄-hêng⇨把我的拿去而不退還。

## ka$^{n}$

ka$^{n}$ 監 囚禁罪犯之房屋也。牢房lô-pâng也。被人掠去坐～hō͘-lâng lia̍h-khì(ì) chē～⇨被人捉入監中。關～koai$^{n}$～⇨坐監chē-ka$^{n}$。破～phoà～⇨破獄phoà-ga̍k逃走。未輸守～的bē(bōe)-su chiú～ê⇨喻無聊之極。禁～kìm～⇨坐監chē-ka$^{n}$。坐球～chē-kiû～⇨球類運動員，犯球規，被禁止（若干期間）上場比賽也。

【監犯 ka$^{n}$-hoān】 監囚ka$^{n}$-siû。

【監囚 ka$^{n}$-siû】 喻餓鬼，不顧禮節者。未輸～～的抾bē(bōe)-su～～ê-lē⇨宛然像監囚一樣。

【監牢 ka$^{n}$-lô】 監獄ka$^{n}$-ga̍k。牢lô，養牛馬圈也。

【監例 ka$^{n}$-lē】 監獄的特別規則。

【監房 ka$^{n}$-pâng】 監中之房間。

【監禁 ka$^{n}$-kìm】 乎人掠去抾～～hō͘-lâng lia̍h-khì(ì) teh～～⇨被捉去囚禁中。

【監獄 ka$^{n}$-ga̍k(ge̍k)】 囚禁罪犯之機關及其場地。

【監禮 ka$^{n}$-lé】 監囚對獄官卒的孝敬。

ká$^{n}$ 敢 進取也。勇進必行曰敢ká$^{n}$。不怕死曰敢ká$^{n}$。又大約也，推測其必然性之詞。死每～sí mā～⇨雖死亦必爲之。會死亦敢ē(ōe)-sí a̍h～⇨①同死每敢sí-mā-ká$^{n}$。②大約是無命了。我不是～，是無奈何的goá m̄-sī～,sī bô-nāi-hô-ê⇨我非不怕死，乃不得已也。一個是～，一個是有膽，安爾抵好一對chi̍t-ê-sī～,chi̍t-ê-sī-ū-tá$^{n}$, an-ne(ni) tú-hó chi̍t-tùi⇨一個敢一個有膽，如此剛好湊一對。你驚死不～食不lí kia$^{n}$-sí m̄～chia̍h-m̄⇨你怕死不敢吃嗎。媽，我後擺不～也啦ma, goá āu-pái m̄～à-là⇨孩子向媽求饒詞。

【敢死 ká$^{n}$-sí】 ㊀膽大不怕死。敢生～～ka$^{n}$-se$^{n}$(si$^{n}$)～～⇨超越生死。膽大無比。～～驚無鬼做～～kia$^{n}$ bô-kúi-chò(chòe)⇨謂死必成鬼，不必急也。～～驚做鬼～～kia$^{n}$ chò，(chòe)-kúi⇨謂事屬矛盾。㊁臉皮特厚。有夠～～ū-kàu～～⇨臉皮十分厚矣。伊既～～，你道無法伊了i kà～～,lí tō bô-hoat-i-lò͘⇨他既然面皮夠厚了，你就奈何他不了了。～～敢活～～ká$^{n}$-o̍ah⇨死皮賴臉。

【敢拂 ká$^{n}$-hut】 大膽作爲。～～敢翸～～ká$^{n}$-phún⇨謂散財如潑水。翸phún，展翅飛也。

【敢曼 ká$^{n}$-bân】 賭博中連出同一目多次曰曼bân。眞～～chin～～⇨同上。連出五斗也，敢猶～～liân-chhut gō͘-táu-â, kám-iáu～～⇨連出五次了，還敢曼嗎。

【敢有影 ká$^n$-ū-iá$^n$】 眞的嗎。

【敢忍心 ká$^n$-jīm-sim】 ～～～離開某囝是否～～～lī-khui bó·-kiá$^n$ sī-bō·⇨同上。

【敢刣人 ká$^n$-thâi-lâng】 敢殺人。～～～不敢被人刣～～～m̄-ká$^n$ hō·-lâng-thâi⇨喩包贏不認輸。

【敢趁敢開 ká$^n$-thàn-ká$^n$-khai】 努力工作，玩樂亦不後人。

【敢道快做媽 ká$^n$-tō khoài-chò-má】 謂少女敢(胡爲)就很快會成爲媽(有子女也)。

【敢趁道未散 ká$^n$-thàn-tō-bē(bōe)-sàn】 敢拼命工作，就不致於無錢bô-chî$^n$。

【敢食道不驚毒 ká$^n$-chia̍h-to-m̄-kia$^n$-to̍k】 喩既然干涉其事了，就不怕任何反應。嚵chiau，齧也，嚼也，亦作食解。

ká$^n$
**囝** 囝kiá$^n$ (見kia$^n$部)。

kà$^n$
**酵** 酵母kà$^n$-bó(bú)也。發～hoat～⇨同上。

kâ$^n$
**含** 包含也。懷藏也。眼淚留在眼眶中曰含kâ$^n$。懷養子女亦曰含kâ$^n$。目屎～抮每著行 ba̍k-sái～lè mā-tio̍h-kiâ$^n$⇨含著眼淚也非行不可。目屎猶～抮ba̍k-sái iáu～lè⇨還是含著眼淚。伓～一個囝無許爾快boeh～chi̍t-ê kiá$^n$ bô hiah-ni-khoài⇨要養活一個兒女，並非容易。有阿媽抮湊～ū a-má teh-tàu～⇨有祖母在協助扶養。

【含子 kâ$^n$-kiá$^n$】 懷養兒女。～～飼孫～～chhī-sun⇨養兒養孫。

【含目屎 kâ$^n$-ba̍k-sái】 含淚hâm-lūi。畣每猶～～～抮ta$^n$ mā-iáu～～～lè⇨現在也還是含著眼淚。

【含偎於身邊 kâ$^n$-oá-tī-sin-pi$^n$】 養在身邊。意謂不送人不賣人。攏克苦～～～～～lóng khat-khó·～～～～～⇨皆忍辱負重養在身邊。

kâ$^n$
**拑** 脅持也。亦攬lám也。物挾腋下曰拑kâ$^n$，順便挾帶回家亦曰拑kâ$^n$。亦伓食亦伓～a̍h-boeh-chia̍h a̍h-boeh～⇨也要當場食也要挾帶回家。人講查某囝賊，逐每轉來無～加每～少lâng-kóng cha-bó·-kiá$^n$-chha̍t, ta̍k-mái tńg-lâi bô～ke mā～chió⇨古人言女兒賊也，每次回(娘)家，多多少少都要挾帶回去。裬少～chē-chió～⇨多多少少順便帶回。

kâ$^n$
**犄** 鳥獸相友曰犄kâ$^n$，男女成雙亦曰犄kâ$^n$。牛～gû～⇨役牛之組。例如一車兩牛同拖者或糖廍駛甘蔗kheh-kam-chià之三牛一組者。歸～kui～⇨①成雙。②成群。逐個攏歸～歸～咱孤單人伓合人去創啥ta̍k-ê lóng kui～kui～lán ko·toa$^n$-lâng boeh kah-lâng khì chhòng-sah$^n$⇨大家都成雙成對，我孤家寡人要跟他們去作甚。啥sah$^n$，甚sah$^n$之訛。

kā$^n$
**鼾** 臥息也。鼻聲也。似鼻聲者亦曰鼾kā$^n$。許不知啥抮～he m̄-chai-sah$^n$ teh～⇨那不知是什麼有鼾聲。

【鼾鼾叫 kā$^n$-kā$^n$-kiò】 困到～～～了khùn-kà～～～lò·⇨睡得鼾鼾有聲了。胡蠅～～～hô·-sîn～～～⇨謂臭胡蠅非常之多，鼾鼾有聲。困khùn：休息也，何必作睏。

## kah

kah
**甲** 鱗甲lîn-kah也。爪甲jiáu-kah也，戰甲chiàn-kah也。十干之首也。土地面積單位曰甲kah，菜葉莖曰菜甲chhài-kah,鄰里lîn-lí曰保甲pó-kah。龜～ku～⇨龜殼也。掌～chéng～⇨指甲chí-kah。戰～chiàn-kah⇨甲胄。田一甲chhân chi̍t～⇨田之面積一甲。甲kah者荷蘭的舊制，沿用至今，一甲約當於一公頃，約合日本之2,934坪pê$^n$。一坪者六尺四方也。菜～chhài～⇨菜葉之莖也。花～hoa～⇨六十歲也。六～li̍ok～⇨①遁甲tūn-kah之術。六～六丁li̍ok～li̍ok-teng⇨同上。②身懷六～sin-hoâi li̍ok～⇨女子懷孕。

【甲乙 kah-it】 次序。難分～～lân-hun～～

⇨同上。

**【甲子 kah-chí】** kah-chú。十干十二支的各首字。六十～～lak-chap～～⇨六十年。干支之轉一周也。歲在～～sòe-chāi～～⇨歲在甲子kah-chu之年。

**【甲兵 kah-peng】** 堅甲利兵kian-kah-lī-peng。武裝部隊。帶甲tāi-kah之兵。裝～～ chong～～⇨戰車兵。

**【甲板 kah-pán】** kah-pang。船面鐵板再鋪木板的平地。

**【甲冑 kah-tiū】** 古代武士之戰帽戰衣也。

**【甲魚 kah-hî】** 鼈pih之別名。

**【甲蟲 kah-thâng(thiông)】** 金龜kim-ku，水龜chúi-ku等有硬殼之蟲類。～～三百六，龜爲之長～～saⁿ-pah-lak, ku-ûi-chi-tiáng⇨古人言。

**【甲狀腺 kah-chong-soàⁿ】** 在喉頭的重要內分泌腺之一。俗叫嚨喉蒂仔nâ-âu-tī-á。

**【甲骨文 kah-kut-bûn】** 刻在龜甲或獸骨上的古代文字，多爲占卜的文句。

**【甲午戰爭 kah-ngó-chiàn-cheng】** 清末甲午年對日本的戰爭。亦卽所謂馬關條約的割台灣的戰爭也。

kah **胛** 肩胛keng-kah也。亦卽兩臂與背相連的部份。

**【胛心 kah-sim】** 胸部之肉。前腿肉曰～～chêng-thúi-bah oat～～⇨同上。精肉chiaⁿ-bah最多的地方。與後腿肉âu-thúi-bah均爲最上等之肉。～～肉～～bah⇨同上。

**【胛脊骿 kah-chiah-phiaⁿ】** kha-chiah-phiaⁿ。背部。

kah **愜** 愜意kah-ì，志滿意足曰愜意kah-ì。愜kah者意快也，志滿也。

**【愜意 kah-ì】** 心滿意足也。中意tiòng-ì。俗作合意kah-ì。小姐看了眞～～sió-chiá khoàⁿ-liáu chin～～⇨小姐看見了非常的中意tèng-i，非常的滿足。雉傀無比止，～～較慘死súi-bái bô-pí-chí, ～～ khah chhám-sí⇨謂美醜比不盡，看得中意了最重要(比死還嚴重)。

kah **介** 助也，配合也，附加也。居間助成皆曰kah。但俗多訛爲合kah。介合幾乎不分彼此矣(見合kah部)。食肉每該菜～chiah-bah mā-āi chhài～⇨謂肉類也須要蔬菜配合才更完美。

**【介貨 kah-hòe】** 下貨搭上貨出售也。人講～～啦，湊銷抾啦lâng kóng～～là, tàu-siau-leh lah⇨古人言介貨嘛，湊銷嘛。

**【介景品 kah-kéng-phín】** 添付彩券也。景品，日語，摸彩券也。年尾攏每～～～抾推銷nî-boé long-mā～～～teh thui-siau⇨同上。

**【介櫃仔 kah-kūi-á】** 謂新娘附贈衣橱。喻新娘已大肚皮。恭喜啊，新娘更～～～抾kiong-hí ò, sin-niû koh～～～lè⇨俏皮話。

kah **合** ㊀與也，及也。咸hām也。我～你公家goá～lí kong-ke⇨我與你共有之。魚～蝦，水龜～田螺hî～hê chúi-ku～chhân-lê⇨魚及蝦，水龜及田螺。鹹～澀kiâm～siap⇨又鹹又澀。喻十分吝嗇。俗～有噱siok～ū-kiok⇨又便宜又有績效，味佳量多曰有噱ū-kiok。噱kiok，大笑也。俗作局非。㊁適合也。卽雙鞋有～穿chit-siang-ê(ôe) ū～chhēng⇨此鞋適合我穿。㊂附添也。這加～的che ke～ê⇨此物乃增添予你者也。年尾會～物給顧客nî-bóe ē(ōe)～mih hō· kò·-kheh⇨年末會送物給顧客。牛母～子gû-bó～kiáⁿ⇨母牛還有小牛。㊃論也。～人做～lâng-chò(chòe)⇨看看何人在做。亦卽人是否適合。～所在～só·-chāi⇨地點是否適當。㊄配合也。食肉亦該菜～chiah-bah ah-āi chhài～⇨肉類也須青菜配合。㊃㊄兩合kah，或謂應作介kah。

**【合人 kah-lâng】** ㊀與人。同他人。～～走也～～cháu-à⇨與人私奔了。～～公家做生理～～kong-ke chò seng-lí⇨與人共同營商。～～相拍～～sio-phah⇨與他人打架。㊁論

人。生理～～chō̍(chōe)-ê⇨生理看是誰經營的(有人趁，有人了)。車是～～駛的chhia sī ～～ sái-ê⇨車是看何人駛之(有人用得久，有人立即壞了)。馬每～～騎，人講惡馬惡人騎，臙脂馬抵著關老爺嘛bé mā ～～ khiâ, lâng-kóng ok-bé ok-lâng-khiâ, ian-chi-bé tú-tio̍h koan-ló-iâ-mā⇨喻殺潑厲害的女人也能乖乖的跟人幸福生活。

【合手 kah-chhiú】 合用ha̍h-iōng。即枝刀我眞～～chi̍t-ki-to goá chin～～⇨此刀我很合用。

【合目 kah-ba̍k】 順眼sūn-gán。中意tèng-ì。若有～～道安爾決定落去nā-ū～～tō an-ne(ni) koat-tēng lo̍h-khì(ì)⇨如果看得中意了，就這樣決定下去吧。你有～～，我更無合意哩lí ū～～, goá koh bô kah-ì lè⇨你中意了，我却不合意呢。

【合生 kah-seⁿ(siⁿ)】 果樹初次開花結實。柑仔啦，楊桃啦，果子仔攏每三年道會～～kam-á là, iûⁿ-thô là, kóe-chí-á lóng-mā saⁿ-nî tō-ē(ōe)～～⇨柑也，楊桃也之類的果子，皆是三年就會開始開花結實的。

【合色 kah-sek】 配色。人伊眞恔～～lâng i chin-gâu～～⇨人家他很會配色phòe-sek。

【合味 kah-bī】 配合口味。人講食肉每該菜合，都～～～～也啦lâng-kóng chia̍h-bah mā ài chhài-kah, to～～～～ā-là⇨古人說，吃肉也要青菜配合嘛。是換換口味嘛。

【合拍 kah-phah】 音拍調和。條件皆配合調和。咱阿花仔穿安爾，嗨，實在有～～lán a-hoe-ā chhēng-an-ne(ni)，hái, sit-chāi ū～～⇨我們的阿花小姐，穿著如此，嗨，實在非常合式好看。

【合意 kah-ì】 滿足boán-chiok。同愜意kah-ì。

【合脚 kah-kha】 即雙鞋穿未～～chi̍t-siang ê(ôe) chhēng-bē(bōe)～～⇨此鞋不合脚難穿。

【合嘴 kah-chhùi】 適口sek-kháu充腸chhiong-chhiâng。物攏食未～～mi̍h-lóng chia̍h-bē(bōe)～～⇨食物皆不合口味。

【合軀 kah-su】 適合身裁sin-chhâi。即領衫做了有～～chit-niá-saⁿ chō(chōe)-liáu ū～～⇨此件衣服裁得很合身裁。

【合扇起 kah-sìⁿ-khí】 合扇式建築法。竹木料的房屋是各壁逐扇鑿好，然後把各壁合攏成屋的，曰合扇厝kah-sìⁿ-chù,或合扇的kah-sìⁿ-ê。其建築法曰合扇起kah-sìⁿ-khí。

【合棟起 kah-tàng-khí】 同合扇起kah-sìⁿ-khí。

【合著人 kah-tioh-lâng】 逢到何種人。看人如何。同合人kah-lâng。～～～，別字脚的早道溜也，有可到含～～～lē, pa̍t-jī-kha-ê chá-tō-liu-ā ū-hó kāu-taⁿ⇨看人而定的，如果他人早就跑掉了，何肯留到現在。別字脚pa̍t-jī-kha，別字姓之人。他人。

【合嫁粧 kah-kè-chng】 附贈隨嫁之物品也。應作介kab，蓋亦配合也。

kah **恰** 恰如kah-ná，恰似khap-sû也。恰kah，適當也，適合也。

【恰如 kah-ná】 好似。好像hó-chhiūⁿ。～～觀音抡～～koan-im lè⇨好像觀音之美麗。～～阿且抡～～a-toāⁿ leh⇨好像且樣的美貌。～～有的款～～ū ê khoáⁿ⇨好像有的樣子。～～好額人抡～～hó-gia̍h-lâng lè⇨好像富人的模樣。～～還清楚也～～hêng(hân)-chheng-chhó͘-ā⇨好像都還了。腹肚～～眞枵pak-tó͘～～chin-iau⇨肚子好像很餓。講著更～～仙抡kóng-tio̍h koh～～sian lè⇨說起來居然如仙人一般(的有辦法)。

kah **柙** 便於束物之小道具。擔～tàⁿ～⇨便於擔運薪柴者，多爲藤tîn或竹篾tek-bi̍h所成。亦曰柴柙chhâ-kah。固定米篩bí-thai，簸仔kám-á等之邊緣之大竹篾。米篩～bí-thai～⇨同上。簸仔～kám-á～⇨同上。增強他物者曰柙kah。更舉一枝來柙扵kah-leh，例如一竹怕其支載力不足，再縛上一竹是也。

**kah 及** 與也。通合kah，kap。又咸hām也。

**kah 佮** 合也，同也，通合kah。

**kah 袷** 袷仔kah-á，無袖之短衣也。

**kah 伸** 合也，同也，通合kah。

**kah 蓋** 覆蓋hok-kài也。蓋kài曰蓋kah。九月風颱飒飒來，無被～米篩，柑仔皮～目眉，柿仔蒂～肚臍，芎蕉皮～脚尾，歸身～到密稠稠，因何者寒佗位來káu-goeh hong-thai phū-phū-lâi, bô-phōe～bí-thai, kam-á-phôe～bak-bâi, khī-á-tì～tō·-châi,kin-chio-phōe～kha-bóe, kui-sin～kà bat-chiuh-chiuh, in-hô chiá-koâⁿ toh-ūi-lâi⇨童謠。

【蓋被 kah-phōe】 棉被mî-phōe蓋身以御寒也。

**kah 較** 通角，角力之角，相競也，通校，校對之校，比較也。試比優劣曰較kah，校正kàu-chèng秤稱器具亦曰較kah。好幹，你敢合您父～否hó-kàn, lí káⁿ kah lín-pē～bò·⇨謂你有種與老子一較強弱嗎。好幹hó-kàn，好膽hó-táⁿ也。您父lín-pē，我goá也。都是粗語。逐家～一下，看誰人贏啦tak-ke～chıt-ē khoàⁿ siáⁿ-lâng iâⁿ lâ⇨大家較量一下，看看誰勝嘛。

【較稱 kah-chhìn】 校正kàu-chèng稱仔chhìn-á（秤量之器）的性能。

【較手尾 kah-chhiú-bóe】 比試手尾力chhiú-bóe-lat。

**kah 舺** 艋舺báng-kah，地名，今台北之萬華也。一府二鹿三～～it-hú jī-lok saⁿ～～⇨謂第一繁盛府城（今之台南），第二鹿港，第三艋舺（今曰萬華bān-hoâ，以日文仍讀爲艋舺báng-kah諧音Manka。）

**kah 呱** 聲也。呱呱叫kah-kah-kiò⇨錯雜聲，同譁譁叫hoah-hoah-kiò。人安爾～～～都聽無話粒lâng an-ne(ni)～～～to thiaⁿ-bô ōe-liap⇨人聲如此這般的錯雜，皆聽不出在說什麼也。話粒ōe-liap，單句也。

# kai

**kai 該** 該ài也。宜也。當然也。指稱詞（公文書）。該縣kai-koān，該員kai-oân，該市kai-chī等是。應該的èng～ê⇨罪有應得的。

【該打 kai-táⁿ】 應該打（官對嫌犯宣告）。論罪～～lūn-chōe～～⇨同上。

【該死 kai-sí】 ㈠當然要死。論理當死。恨極詞。～～的警察～～ê kéng-chhat⇨同上。㈡認命或看破之詞。～～去逢著你～～khi pōng-tioh-lí⇨意謂逢著你才非如何如何不可。～～的老彭～～ê láu-phêⁿ⇨該死也，餘皆順口之衍文。

【該然 kai-jiân】 當然。理所～～lí-só·～～⇨照理應該這樣。

【該管 kan-koán】 其所管轄（官文書用語），該屬kai-siok亦同。

【該當何罪 kai-táng-hô-chōe】 戲白。帶有戲謔味的責備詞。

**kai 階** 梯。進身之～chìn-sin chi～⇨出身榮達的樓梯。段～toāⁿ～⇨同上。

【階段 kai-toāⁿ】 時期。猶於設計～～iáu tī siat-kè～～⇨還在設計的時期。

【階級 kai-kip】 ㈠官位官俸的等級。㈡身分相當的多數人。被壓迫～～pī ap-pek～～⇨同上。貴族～～kùi-chok～～⇨同上。～～鬥爭～～tò·-cheng⇨同上。

**kai 偕** 相爲伴。同皆。相～出遊siang～chhut-iû⇨結伴出去遊玩。

【偕老 kai-ló】 夫妻相偕至老。親愛之言。白頭～～pe̍k-thiû～～⇨同上。

【偕老同穴 kai-ló-tông-hia̍t】 ㊀動物名。㊁喻夫妻相親至老死同葬一穴。

kai
# 皆
同也，俱也。草木～兵chhó-bo̍k～peng⇨同上。

kái
# 改
變換。修正。過則勿憚～⇨孔子言也。

【改元 kái-goân】 新君登位改換年號，以新紀元。

【改正 kái-chèng】 修正。～～開發方法～～khai-hoat hong-hoat⇨同上。

【改良 kái-liâng】 壞的改爲好的。品種～～phín-chéng～～⇨同上。

【改易 kái-e̍k】 改換。無法～～的bû-hoat～～ê⇨同上。

【改約 kái-iak】 改換合約的內容。全面～～choân-biān～～⇨同上。

【改革 kái-kek】 去舊換新的作爲。亦修正也。略同革命。路德馬丁的宗教～～lō-tek-má-teng ê chong-kàu～～⇨同上。

【改途 kái-tô͘】 改換生計之路。被生活所迫，～～從商pī seng-oa̍h só͘-pek～～chiông-siang⇨同上。途亦作圖。

【改節 kái-chiat】 寡婦再嫁。誓死不肯～～sè-sí m̄-khéng～～⇨同上。

【改嫁 kái-kè】 或夫死或離婚的女人再與別人結婚。亦即再嫁。

【改絃易轍 kái-hiân-e̍k-tia̍t】 喻事之變換如樂之改調，車之改道。乃～～～～，從頭做起nái～～～～, chiông-thâu chò-khí⇨同上。

【改過自新 kái-kò-chū-sin】 改棄過失，重新爲人。

【改頭換面 kái-thâu-oāⁿ-bīn】 ㊀重新做人。㊁改換形式。決心～～～～，重新做人koat-sim～～～～, tiōng-sin chò-lâng⇨同上。

kái
# 解
判明，離開，說理，脫離，開放，通曉等。請聽下回分解chhiáⁿ-thiaⁿ ē hôe hun-kái⇨章回小說回末慣用辭。二人拍得難分難解 nn̄g-lâng phah-tit lân-hun-lân-kái ⇨ 同上。聽人～說thiaⁿ-lâng～soeh⇨聽別人解釋說明。了解liáu-kái⇨明白。

【解人 kái-jîn】 通達事理，理解風趣的人。妄作～～mōng-chok～～⇨妄充通達之人。

【解手 kái-chhiú】 原意離別，今作小便解。～～歇困～～hioh-khùn⇨同上。

【解厄 kái-eh】 江湖算命的一種名堂。消災～～siau-chai～～⇨同上。

【解元 kái-goân】 省會試舉人的第一名。

【解決 kái-koat】 結束。問題～～了也būn-tê～～liáu-à⇨同上。

【解毒 kái-to̍k】 解消毒氣。～～劑～～che⇨消除毒氣的藥。

【解約 kái-iak】 解消合約。雙方同意～～siang-hong tông-ì～～⇨同上。

【解酒 kái-chiú】 解消酒氣。～～藥～～io̍h⇨同上。

【解剖 kái-phò】 切開生物體加以研究。～～學～～ha̍k⇨同上。

【解除 kái-tî】 禁令消滅。～～戒嚴令～～kài-giâm-lēng⇨同上。

【解脫 kái-thoat】 ㊀佛家語。謂脫離煩惱的束縛，得到自由自在。㊁作解除解。自己～～chū-kí～～⇨同上。

【解雇 kái-kò͘】 不雇用(雇主主動)。乎人～～hō͘-lâng～～⇨同上。

【解愁 kái-chhiû】 解消憂愁。藉酒～～chiā-chiú～～⇨同上。

【解圍 kái-ûi】 解救(擊退圍城的敵人)。～～友軍～～iú-kun⇨同上。

【解說 kái-soeh】 解釋理由說明內容。不聽人～～m̄-thiaⁿ-lâng～～⇨同上。

【解熱 kái-jia̍t】 退熱。～～散～～sán⇨退熱藥粉。

【解嘲 kái-tiâu】 自己解釋被嘲笑之風趣。

聊自～～liâu-chū～～⇨同上。

【解頤 kái-î】 開口笑。論當世而～～lūn tong-sè jî～～⇨談論當今的世事來開口大笑。

【解職 kái-chit】 解除職務(被動的)。因案～～in-àn～～⇨同上。

【解釋 kái-sek】 解說釋明。聽伊～～亦好thiaⁿ-i～～ah-hó⇨同上。

【解體 kái-té】 團體零零碎碎的分散。自動～～chū-tōng～～⇨同上。

【解語花 kái-gí-hoa】 會講話的花。喻美女。比花花解語，比玉玉生香bí-hoa hoa kái-gí, pí-giok giok seng-hiang⇨同上。

【解衣推食 kái-i-thui-sıt】 謂賞賜施惠之殷厚。

【解鈴繫鈴 kái-lêng-hē-lêng】 事由原始作者自行解決。解鈴還是繫鈴人。

**kài 介** 個。居中。助詞。推～chui～⇨推荐介紹。

【介入 kài-jip】 進入。～～中東問題～～tiong-tong būn-tê⇨同上。

【介在 kài-chōi】 或可強說爲實在其間。蘇州目鏡～～人掛so·-chiu bak-kiàⁿ～～lâng kòa⇨謂目鏡之類一人中意一欵也。～～個家己的意思～～in ka-kī ê ĩsù⇨關鍵在他們自己的意見也。

【介紹 kài-siāu】 居中引荐雙方互相認識。～～人～～jîn⇨同上。

【介意 kài-ì】 心中有所在意。我不～～goá put-～～⇨我不要緊。

【介懷 kài-hoâi】 心中有所思。掛念。無日不～～bû-jıt put～～⇨同上。

【介殼類 kài-khak-lūi】 例如蛤，牡蠣等的有殼動物。

**kài 芥** 芥菜koà-chhài。果珍李奈，菜重～薑kó-tin lí-nāi, chhài-tiōng～kiang⇨千字文。又草也。視之如草～sī-chi jî chháu(chhó)～⇨把它看得像草那樣的無價値。

【芥末 kài-boah】 芥辣粉kài-loah-hún。辛味料之一。

**kài 蓋** 覆扵物之上者也。蓋kuà也。最上級。人～暢lâng～thiòng⇨人上暢lâng-siāng-thiòng。上～好siāng～hó⇨上好，最好。～倒全世界～tó choân-sè-kài⇨全世界的都不及他。吹牛亦曰蓋kài。不是～的m̄-sī～ê⇨非吹牛。

【蓋世 kài-sè】 涵蓋當今的世界。～～英雄～～eng-hiông⇨同上。力拔山兮氣～～lek pat-san-hê khì～～⇨霸王別姬。

【蓋好 kài-hó】 最好。～～的朋友～～ê pêng-iú⇨同上。

【蓋印 kài-ìn】 押印，加印。簽名～～chhiam-miâ～～⇨同上。

【蓋倒 kài-tó】 ～～一切～～it-chhè⇨勝過一切。

【蓋暢 kài-thiòng】 最高興。人～～lâng～～⇨我最高興。

【蓋棺論定 kài-koan-lūn-tēng】 謂一個人的賢愚成敗，要到死後，棺材蓋釘了，才能定論。

**kài 界** 境地。分開線。畫線亦曰界kài。食菜肚臍爲～chiah-chhài tō·-chāi ûi～⇨嘲和尙或尼姑戒肉食，但不戒色慾。商～siang～⇨同上。婦女～hū-lí～⇨同上。仙～sian～⇨同上。國～縣～kok～koān～⇨各種界。

【界尺 kài-chhioh】 文具。畫線用的尺。

【界址 kài-chí】 界線。四至～～分明sù-chì～～hun-bêng⇨同上。

【界限 kài-hān】 境界，範圍。～～無明～～bô-bêng⇨同上。

【界紃 kài-sûn】 ㊀界線。㊁畫線ōe-soàⁿ。紃sûn亦線sòaⁿ也。

【界標 kài-phiau】 界址的標誌。儔～～chhāi～～⇨立界標。儔chhāi，物插地也。

【界外球 kài-goā-kiû】 棒球用語。打出左右場外的球。

**kài 槩** 斗槩。斗，升的附屬用具。目珠掛～～，看著人的物道愛bak-chiu koà～～, khoàⁿ-tioh lâng-ê-mi̍h tō-ài⇨喻貪心。

**kài 戒** 警戒，謹慎。命令。訓～hùn～⇨教訓禁戒。十～si̍p～⇨通常指基督教的戒律。

【戒尺 kài-chhioh】 僧侶說教時放在座椅上敲打的四角小木子，亦謂戒子kài-chí。

【戒心 kài-sim】 警戒之心。同戒愼。難無～～lân-bû～～⇨同上。

【戒主 kài-chú】 授戒之僧。

【戒色 kài-sek】 禁限色慾。～～者言易行難也～～chiá gân-ī hêng lān-iā～～⇨同上。

【戒指 kài-chí】 玉石或金屬的小指環。俗曰手指chhiú-chí。訂婚～～tèng-hun～～⇨同上。

【戒律 kài-lu̍t】 佛教的種種戒令。耶教的上帝十戒siōng-tè si̍p-kài亦是～～也。

【戒酒 kài-chiú】 禁酒。～～斷煙～～tn̄g-hun⇨同上。

【戒淫 kài-îm】 戒絕淫慾。

【戒煙 kài-hun】 斷煙tn̄g-hun。

【戒嚴令 kài-giâm-lēng】 緊急事態時實施軍法的臨時措施。實施～～～si̍t-si～～～⇨亦可謂軍事統治之友也。

**kâi 個** 數物之單位。一～人，二～甕仔，三～碗，四～酒杯chi̍t～lâng, nn̄g～àng-á, saⁿ～oáⁿ, sì～chiú-poe⇨同上。俾阮學堂去讀書，讀來讀去二三年，返轉來，更道不八牜～字hō·-goán o̍h-tn̂g khì tha̍k-su(chu), tha̍k-lâi-tha̍k-khì nn̄g-saⁿ-nî, hoán-tńg-lâi, koh-tō m̄-bat(pat) poàⁿ～jī⇨丑仔白。

## kak

**kak 角** 獸角。邊隅。競力。方位。演員角kioh。鹿～lo̍k～⇨同上。邊仔～pin-á～⇨同上。佗一～tó-chi̍t～⇨何一方向，何一方面。老鼠入牛～niau-chhí ji̍p gû～⇨死路一條。

【角力 kak-le̍k】 比較力量。今以比武爲角力。如日本的相撲。亦曰角力。

【角巾 kak-kin】 有布角之巾。古隱居者所用。錦里先生烏～～kím-lí-sian-seng o·-kak-kin⇨杜甫。

【角色 kak-sek】 同脚色kioh-siàu。演員或其扮演的戲中人。你算什麼～～lí-sǹg-sa-ma～～⇨你算什麼東西。好～～hó～～⇨好人材。本來角色kioh-siàu也是腳色kioh-siàu，腳色kioh-siàu也是角色kioh-siàu，完全一樣不分。但今似已不是，角色kak-sek就是腳數kha-siàu矣。

【角車 kak-chhia】 人造的陽物。據稱古時製供寡婦私用。

【角角 kak-kak】 ㊀每個角。㊁角角仔～～à⇨極邊隅。㊂尖角。人講一句話有八八六十四角，～～會傷人lâng-kóng chi̍t-kù-ōe ū peh-peh-la̍k-cha̍p-sì-kak, ～～ē-siang-lâng⇨同上。

【角逐 kak-tio̍k】 爭取。～～議員～～gī-oân⇨競選議員。

【角蜂 kak-phang】 一種惡蜂。又名虎頭蜂hó·-thâu-phang。～～看做筍蟲～～khoàⁿ-chò sún-thâng⇨看錯人，以惡人爲善人。惹著虎頭蜂jiá-tio̍h hó·-thâu-phang⇨惹上大惡大禍。

【角齒 kak-khí】 嘴角齒。犬齒。

【角頭 kak-thâu】 方向，方面。即～～chit～～⇨此地區。彼～～hit～～⇨那一邊。～～的老大～～ê láu-toā⇨流氓地痞。

【角糖 kak-thn̂g】 特製方形的白糖粒。

【角螺 kak-lê】 ㊀一種海產的軟體動物。又名角貝kak-pòe。㊁肉螺bah-lê也。

【角鬃 kak-chang】 鬢毛。古時的小兒兩邊鬢毛梳束結成小辮子垂在兩耳邊。～～仔～～

á⇨同上。

kak **覺** 悟知。感觸。發～hoat～⇨開始知之。警～kéng～⇨時時戒愼於心。知～ti～⇨知之感覺。

【覺悟 kak-ngō͘】 悟知前非，決心重來。

【覺醒 kak-chhéⁿ(chhíⁿ)】 從睡眠中恢復知覺。從失迷中覺知其非。

【覺今是而昨非 kak-kim-sī-jî-chok-hui】 悟知現在才是重要，追慕過去是無用的(陶淵明)。

kak **穀** 五穀gō͘-kak，人的主食物也。～～有收成～～ū-siu-sêng⇨同上。

kak **桷** 口徑方形之料柴liāu-chhâ。寸～chhùn～⇨口徑一寸四方之桷材kak-chhâi。四寸～sì-chhùn～⇨口徑四寸之大桷材。

【桷仔 kak-á】 方形口徑之料柴的總稱，桷材kak-chhâi也。

kak **捔** 抗捔hiat-kak，即抗揀hìⁿ-sak，亦即拋棄phau-khì之也。不愛的該～～m̄-ài-ê ài～～⇨不要之物應該拋棄之。

## kam

kam **甘** 美好。自願。甜味。該人道～ài-lâng tō͘～⇨須看其是否情甘意願。

【甘心 kam-sim】 滿足，自願。情願心甘chêng-goān-sim-kam。～～受苦～～siū-khó͘⇨情願吃苦。～～跳入水晶宮～～thiàu-jip chúi-chiⁿ-kiung⇨謂甘願投水自殺。

【甘用 kam-iōng】 樂意開錢。～～不甘穿～～m̄-kam-chhēng⇨謂什麼錢都捨得用，只衣服的錢不忍支出。

【甘杏 kam-hēng】 藥材名。

【甘味 kam-bī】 甜味。

【甘雨 kam-í(ú)】 適時的好雨。久旱逢～～kiú-hān hông～～⇨久旱中適時下雨。同甘霖kam-lîm。

【甘松 kam-siông】 藥材名。

【甘苦 kam-khó͘】 ～～心自知～～sim chū-ti⇨甜或苦只有個人心裡知道，別人是無法體會的。

【甘草 kam-chhó】 一種藥草。質甜與各種藥草都能配合。因而喻無主見的人物。～～人物～～jîn-bu̍t⇨無害卻也無益之人物。

【甘結 kam-kiat】 結案時提出表示甘願結案的書狀。

【甘蔗 kam-chià】 糖的原料植物。～～好食雙頭甜～～hó-chia̍h siāng-thâu-tiⁿ⇨喻八方美人形的人物。

【甘露 kam-lō͘】 天降～～thian kàng～～⇨喻好世界。

kam **尷** 尷尬kam-kài也，俗作左右爲難解，本義謂行不正也，或謂事合機也。按敢甲kám-kah疑爲尷尬kam-kài之轉，蓋敢甲kám-kah是有志氣負責任，正是事合機也。

kam **柑** 果子。柑橘類。

【柑仔 kam-á】 柑。～～宅～～the̍h⇨柑仔園。～～脚～～kha⇨柑仔樹之下。～～餅～～piáⁿ⇨柑仔的蜜餞。～～尾～～bóe⇨柑仔收成的末期。～～蜜～～bi̍t⇨檳榔用的藥料。

【柑桔 kam-kit】 柑橘類的果子。

kam **疳** 小兒病名。又花柳病也。硬（軟）性下～ngēha(nńg)-seng ha～⇨性病名。俗曰生檨仔seⁿ-soāiⁿ-á。又疳瘡之省詞。

【疳瘡 kam-sng】 花柳病名。或謂應爲姦瘡kan-sng。蓋遊陜斜巷而傳染者也。

【疳癪 kam-chek】 小兒病。多因寄生蟲而來。

kám **感** 心應而有所動也。動人之心也。身有所受亦曰感kám。

【感人 kám-jîn】 感動人心。～～的故事～～ê kò͘-sū⇨同上。

【感化 kám-hoà】 受環境影響而改變觀念。

受人影響而去惡從善。～～院～～ī$^{n}$⇨其機關。

【感心 kám-sim】 感動於心。～～的表現～～ê piáu-hiān⇨同上。

【感佩 kám-pòe】 心感而情服也。

【感染 kám-jiám】 傳染。病疾的～～pēng-chı̍t ê～～⇨同上。思想的～～su-siáng ê～～⇨同上。

【感冒 kám-mō】 ㊀傷風。著～～tio̍h～～⇨患了其病。㊁不勝～～之至put-sìn～～chi chì⇨誠恐惶恐的戲謔新詞。

【感悟 kám-gō͘】 受感化而省悟。

【感恩 kám-in】 感謝恩惠。～～節～～cheh⇨美國節日。

【感情 kám-chêng】 人與人之間的情誼。夫妻的～～hu-chhe ê～～⇨同上。實在傷～～si̍t-chāi siang～～⇨眞的難爲情。

【感淚 kám-lūi】 感激而涕淚。

【感動 kám-tōng】 孝子～～天 hàu-chú～～thian⇨同上。

【感慨 kám-khài】 因感激而憤慨。～～良深～～liâng chhim⇨同上。

【感傷 kám-siong】 有所感受而悲傷。

【感想 kám-sióng】 受感動而有所思想。～～如何～～jî-hô⇨同上。

【感著 kám-tio̍h】 染上病也。～～冷léng～～寒koâ$^{n}$～～風hong等均謂染上傷風症。

【感嘆 kám-thàn】 因感動的嘆息。私自～～su-chū～～⇨同上。

【感激 kám-kek】 感動而奮發。臣受恩不勝～～，臨表啼泣，不知所云sîn siū-in put-sèng～～, lîm-piáu thî-khip, put-ti só͘-ûn⇨出師表。

【感應 kám-èng】 二氣互相影響。

【感謝 kám-siā】 受恩而表示報答。～～上帝～～siōng-tè⇨同上。

【感戴 kám-tài】 感恩戴德。

【感舊 kám-kiū】 感念舊事舊恩。

【感懷 kám-hoâi】 感觸於心懷。

【感觸 kám-chhiok】 觸動於心情。

【感覺 kám-kak】 心身接受的外界影響。

kám **敢** kam。㊀進取也，勇～ióng～⇨同上。～死隊～sú-tūi⇨特攻隊也。～做～爲～chò～ûi⇨同上。勇猛果～ióng-béng kó～⇨同上。㊁反語。～著～tio̍h⇨對嗎。伊～肯i～khéng⇨他會答應嗎。～當安爾～thang an-ne⇨可以如此嗎。安爾～毋著an-ne～m̄ tio̍h⇨如此有不對嗎。

【敢甲 kám-kah】 有志氣。默默而負起家庭責任。阿緞仔亦眞～～，翁死也，家己拎飼許敍個囝a-toān-a a̍h chin～～, ang-sí-à, ka-lī teh chhī hia̍h-che-ê kiá$^{n}$⇨阿緞實在可取，夫死了，自己在養育那麼多個小兒子。(敢甲，疑尷尬之訛，謂合機也。)

【敢採 kám-chhái】 料想。或恐(或謂應作撿採kiám-chhái)。～～會來每無的確～～ē-lâi mā bô-tek-khak⇨或恐會來也說不定。

kám **𥴊** 竹製盛物用具。鞋～仔ê～á⇨婦人繡鞋或裁縫用以盛針線鉸刀，布節等雜物的小道具。～仔店～á tiàm⇨商人用以盛魚脯木耳等雜貨陳列於店頭，因而成爲職業名。～仔郊～á-kau⇨古時的雜貨行公會。

【𥴊壺 kám-ô͘】 𥴊仔之大者，用以做粿或篩米等之用。

【𥴊仔簿 kám-á-phō͘】 舊書或舊雜誌用以挾紗線等幼粒物放置𥴊中以防散失者。

kàm **監** 察看。囚人之所。官署名。

【監工 kàm-kang】 負責監看工程進行情形者。

【監生 kàm-seng】 古時國子監(今之大學)的學生，領有公費。

【監印 kàm-ìn】 官名。管理機關印信者。

【監查 kàm-chhâ】 監督查核。

【監軍 kàm-kun】 督戰之官。

【監斬 kàm-chám】 死刑執行人。～～官～～koa$^{n}$⇨同上。

【監視 kàm-sī】 加意觀察以牽制之。～～黨外的行動～～tóng-goā ê hêng-tong⇨同上。

【監禁 kàm-kìm】 囚禁。

【監督 kàm-tok】 上指導下。～～官廳～～koa$^{n}$-thia$^{n}$⇨上級官廳。有權監督下級官廳。

【監察 kàm-chhat】 監督查察之官。古有～～御史，今有～～委員kó͘-iú～～gī-sú kim iú～～úi-oân⇨同上。

【監獄 kàm-ga̍k】 ka$^{n}$-ga̍k犯案定罪人犯的收容所。

kàm
**鑑** 鏡也。照也。審定也。以古～今í kó͘～kim⇨以歷史爲鑑也。

【鑑札 kàm-chap】 職業的許可證書。牌照。請領～～chiá$^{n}$-niá～～⇨申請發給職業牌照。

【鑑戒 kàm-kài】 反省往事以警戒將來。

【鑑別 kàm-pia̍t】 判別藝術品等的眞僞並估定其價值。

【鑑定 kàm-tēng】 法律名詞。專家鑑別證物之眞僞。～～人～～jîn⇨鑑定的專家。～～筆蹟～～pit-chek⇨鑑別筆蹟的眞僞。

【鑑賞 kàm-siáng】 對藝術品的鑑別賞玩。欣賞him-siáng。

kâm
**含** 物在口中。包含（見hâm部）。金～kim～⇨兒童用的糖仔丸也。

【含水 kâm-chúi】 水在口中。～～漱口～～soá-kháu⇨同上。田螺～～罔過冬chhân-lê～～bóng kòe-tang⇨喻苟延殘喘。柴猶有～～chhâ iáu-ū～～⇨柴未乾。

【含卵 kâm-lān】 粗語。卵是男物。喻辦不到的事。去共～～啦khì kā～～lā⇨去含他的卵，亦卽辦不到。含硬卵kâm-ngē-lān⇨使性地sái-sèng-tē，強硬不願認輸。

【含屁 kâm-phùi】 kām讀第七聲。無用之事物。愛許伓～～ài he boeh～～⇨要那種東西何用。含kām疑另有別字。

【含血噴天 kâm-hoeh-phùn-thi$^{n}$】 反罵口出無實之言以傷人者。噴天phùn-thi$^{n}$謂血必反落自己身上。

kām
**尷** 或作尲kam。卽尷尬kam-kài之尷kam也。

【尷圍 kām-oâi$^{n}$】 同含屁kam-phùi（列在含kâm目），意爲無所充用之事物。伓～～boeh～～⇨伓含屁boeh kām-phùi，都是表示要它來何用。

【尷痀 kām-kuh】 垂頭喪氣狀曰尷痀kām-kuh。痀ku，曲背也，僂lô͘也。～～鷄仔～～ke-á⇨病鷄，即疹痀雞gìm-ku-ke也。人安爾～～～～仔lâng an-ne～～～～à⇨人看來垂頭喪氣的。

## kan

kan
**肝** 肝臟 kan-chōng也。內臟器官之一。～～硬化～～nge$^{n}$-hoà⇨常聞的病名(見koa$^{n}$部)。

kan
**矸** 玻璃酒罐po-lê chiú-koàn曰矸kan，曰酒矸chiú-kan。番仔酒～hoan-á chiú～⇨接過異族客的妓女。

【矸仔 kan-á】 酒矸類型之玻璃瓶罐類。黑～～底豆油o͘～～té tāu-iû⇨歇後語。意爲：看毋出khoà$^{n}$-m̄-chhut，亦卽料想不到liāu-siū$^{n}$-put-tò也。～～蓋～～koà⇨同上。～～塞～～that⇨同上。酒～～嫂chiú～～só⇨在酒家服務的婦女。

kan
**竿** 竹棒也，即竹篙tek-ko也。百尺～頭更進一步pek-chhek (chhioh)～thâu kèng-chìn it-pō͘⇨同上。釣～tiàu～⇨釣竿tiò-koa$^{n}$。船～chûn～⇨進船之長竹竿也。

kan
**菅** 草名。俗名菅草koa$^{n}$-chháu也。

kan
**艱** 難lân也。險也。痛苦也。克服時～khek-ho̍k sî-～⇨同上。

【艱苦 kan-khó͘】 ㊀艱辛kan-sin。㊁病痛pē$^{n}$-thià$^{n}$。～～人～～lâng⇨散赤人sàn-chhiah-lâng。貧窮pîn-kiông之人。人抡～～lâng teh～～⇨人在病中。～～該食藥仔～～ài chia̍h-io̍h-á⇨有病須服藥。

【艱難 kan-lân】 困難khùn-lân。受苦siū-khó͘。～～受苦～～siū-khó͘⇨遭受艱辛勞苦。做人新婦道～～ chò(chòe)-lâng-sim-pū tō～～⇨爲人家媳婦就實在辛苦。

【艱苦計 kan-khó͘-kè】 辛苦經營。人無～～～，難得世間財lâng bô～～～，lân-tit sè-kan-châi⇨謂人不辛苦經營，就得不到錢財。

**kan 間** 間隙kan-kek也。原作閒kan，閒變爲閑hân，而又被閑hân所取代。又當中也。林～lîm～⇨森林之中。空～khong～⇨空中，亦指中空之處。時～sî～⇨時也。瞬～sùn～⇨極短之時間。刹那～sat-ná～⇨極短暫的時刻。人～jîn～⇨同上。世～sè～⇨同上。凡～hân(hoân)～⇨凡人hoân-jîn所居也。地府陰～tē-hú im～⇨鬼的世界。日～ji̍t～⇨白天。夜～iā～⇨夜裡。朋友～pêng-iú～⇨同上。親成～chhin-chiâ$^{n}$～⇨親戚之關係。用～iōng～⇨使用離間計也。反～⇨略誘敵間爲我用也。離～⇨破壞敵方團結也。疏不～親so͘ put～chhin⇨同上。

【間接 kan-chiap】 直接ti̍t-chiap的對詞。事經第三者也。～～聽來的～～thia$^{n}$-lâi-ê⇨從第三者聽到的。～～稅～～sòe⇨同上。

【間隙 kan-kek】 壁孔也。穿穴也。不密put-ba̍t也。有～～道未用得ū～～tō bē(bōe)-iōng-tit⇨不密就不行的。個的中間恰如有～～in ê tiong-kan kah-ná ū～～⇨他們之間，好像有衝突之處。

【間斷 kan-toān(tn̄g)】 中間斷折。不連貫。三年來不八～～ sa$^{n}$-nî-lâi m̄-bat(pak)～～⇨三年來未嘗間斷。

【間作物 kan-chok-bu̍t】 利用秋收與春耕之短暫期間的空閑耕地栽種chai-chèng的農作物。最多爲蔬菜類。番薯等無須長時間者，即提前於秋收之前先於稻田中揷栽以爭取時間，曰糊kô͘，曰糊仔番薯kô͘-á han-chî之類也。又在柑園或香蕉園中的空隙地種之亦曰間作物kan-chok-bu̍t，但如非不得已即多不爲之，謂會搶肥ē(ōe)-chhiú$^{n}$-pûi也。

【間不容髮 kan-put-iông-hoat】 事機非常迫切。毛髮之微亦不能入的迫切。

**kan 杆** 欄杆lân-kan也。庭院或樓閣的木遮欄。～～子也～～chí(jí)-á⇨構成欄杆之小木條。月移花影上欄～goát-î-hoa-éng siāng lān～⇨古詩句。

**kan 干** ㊀干仔kan-a⇨kan-na，端的toan-tek也。只是chí-sī，唯有ûi-iú，一定i̍t-tēng等的意思。音變結果甚複雜。端仔toan-á→tan-ná單仔→than-ná但仔，→kan-na干仔→干乾kan-ta$^{n}$→khan-na牽那等等，各取其字也。你俫，我～～不lí boeh(beh), goá～～m̄⇨你要我一定不要。你講著，我～～不著lí kóng-tio̍h, goá～～m̄-tio̍h⇨你說對，我一定說不對。～～你家己是否～～lí ka-kī sī-bò͘⇨只有你自己嗎。你～～食道可是不lí～～chia̍h tō-hó sī-m̄⇨你只是吃就夠了嗎(其他不要嗎)。～～阿花耳～～a-hoe niâ⇨僅阿花一人而已。～～十元道有夠了～～cha̍p-goân tō-ū-kàu lò͘⇨僅僅十元就夠了。人都不，你～～俫lâng to-m̄, lí～～boeh⇨我是不肯的，你只是非來不可(肚子才大起來了)。～～聘金道該十萬咯～～phèng-kim tō-ài cha̍p-bān-lò͘⇨只是聘金就需十萬了。只好看有食無～～愁耳chí-hó khoà$^{n}$-ū chia̍h-bô～～giàn niâ⇨只可看，吃又吃不到，白愁一途而已。㊁犯。求。關涉。與你何～î lí hô～⇨和你無關係。

【干仔 kan-á】 kan-ná。端的也。一定也。～～有～～ū⇨一定有也。今宵端的雨雲來kim-siau toan-tek î hûn lâi⇨鶯鶯回張生

曰，(我)今晚一定來也。端的，即台語之干仔也。

【干支 kan-chi】 十干十二支。甲乙……至壬癸為十干，子丑……至戌亥為十二支。干支相配稱為甲子kah-chí以記年月日時，一輪六十年為一甲子，蓋十與十二之最小公倍數也。又命卜者以干支為命運所係而作為算命之根據。

【干戈 kan-ko】 武器。戰爭。亦指打架。動～～tāng～～⇨揮動武器。小可仔代誌道動起～～，成什麼體統sió-kho-á tāi-chì tō tāng-khí～～, sêng sa-ma thé-thóng⇨小小的問題就動起武來，成何體統。

【干犯 kan-hoān】 冒犯。違法。～～天條～～thian-tiâu⇨同上。

【干休 kan-hiu】 放棄，不追究或不報復。不放你～～m̄ pàng-lí～～⇨不放你平安無事，一定報復。

【干花 kan-hoe】 外表無傷的失明者。起～～khí～～⇨同上。

【干係 kan-hē】 ㊀關係。有～～ū～～⇨牽連在內。㊁責任。你也有～～lí à ū～～⇨你亦有責任。

【干城 kan-sêng】 防衛國家的城堡。將軍的尊稱。國家～～kok-ka～～⇨將軍，勇將。

【干針 kan-chiam】 羅盤針。

【干涉 kan-siap】 干與。不免你～～m̄ bián-lí～～⇨不要你干與。

【干趁 kan-thàn】 白趁。平白獲利。你～～，我𠯗白了否lí～～, goá boeh pe̍h-liáu-bō͘⇨你白趁，我肯白了嗎。

【干樂 kan-lo̍k】 干求祿位。子張學～～chú-tiang ha̍k～～⇨子張學習求官做官之法。

【干颱 kan-thai】 風而無雨的颱風。起～～khí～～⇨同上。

【干證 kan-chèng】 立證。做硬～～chò-ngē̍h～～⇨強做假證之人。

【干癮 kan-giàn】 ㊀無錢可買鴉片的鴉片癮。㊁明知無希望的單戀。看有食無，端仔愸，khoàⁿ-ū chia̍h-bô kan-na giàn⇨同上。端仔kan-a→端的toan-tek之轉化。端仔toan-á→tan-na→kan-na。意為只是……而已。愸giàn，願也。自愸也。癮giàn，病癮也。

【干卿底事 kan-kheng-tí-sū】 於你何干。沒有你的干係。

## kan 乾

乾燥。無故而然。亦曰乾kan。不勞而得亦曰乾kan。

【乾仔 kan-ná】 乾仔孫之省詞。您～～阮～～lín～～goan～～⇨同上。

【乾貝 kan-pòe】 晒乾的貝肉。俗謂江料珠kang-liāu-chu。

【乾味 kan-bī】 晒乾的海產食物。～～店～～tiàm⇨專售乾海產食物的店號。

【乾炒 kan-chhá】 不用油的炒法。

【乾果 kan-kó】 乾果子。多數是新正用品。

【乾杯 kan-poe】 飲乾全杯。～～祝福～～chiok-hok⇨同上。

【乾淨 kan-chēng】 潔淨。清淨。清靜。實在有～～si̍t-chāi ū～～⇨眞的是清靜的地方。

【乾乾 kan-kan】 白白，無端。～～乎虎去～～hō͘ hó͘-khì⇨無端被騙去了。～～了二塊～～liáu nn̄g-kho͘⇨白白損失二元。

【乾嘔 kan-áu】 吐不出東西。

【乾嗽 kan-sàu】 不含痰的嗽。

【乾燥 kan-sò】 無水氣。曝一日道眞～～也pha̍k-chi̍t-ji̍t tō chin kan-sò à⇨晒一天就乾了。乾燥又謂ta-sò。

【乾薪 kan-sin】 不實工作，掛名領薪水也。領～～nia～～⇨同上。

【乾轆 kan-lo̍k】 俗稱干樂。陀螺也。轆lo̍k，繅車也。乾轆謂只旋而不卷絲之繅車也。

【乾黠 kan-kia̍t】 缺乏人情味。即個所在，人較～～chit-ê só͘-chāi lâng khah～～⇨此地較乏人情味。黠kia̍t，慧也，亦狡黠也。

【乾禮 kan-lé】 現款。送～～省費氣sàng

～～séⁿ hùi-khì⇨送現款代禮以免麻煩。

【乾糧 kan-niû】 ㊀晒乾的食物。㊁無須再加炊煮的食物。逐個都有帶～～ tak-ê tō-ū toà ～～⇨每個人皆帶著乾糧。

【乾好勢 kan-hó-sè】 好像很好，但是……。好勢～～～，該納租耳hó-sè～～～，āi lap-cho·-niâ⇨好是好，須負擔租金而已。一種特別的句法。就是…乾…，會(要)…的句形。好食乾好食，會食壞腹肚耳hó-chiah kan hó-chiah, ē chiah-hāi pat-tó· niâ⇨是好吃的，但是會食壞肚子而已。乾亦可以干字代之。

【乾仔孫 kan-a-sun】 kan-na-sun。曾孫也。同乾爹kan-tia，乾女兒kan-lí-jî等之用法也。俗作囝仔孫kan-na-sun，亦可笑也，似乎忘記了囝kiáⁿ是兒女也。或可說是不勞而得之孫也。

**奸** kan 心不正，心邪。大～toā～⇨大奸。越～越巧越貧窮，～～巧巧天不容oat～oat-khiáu oat pîn-kiông，～～khiáu-khiáu thian put iông⇨謂越奸巧將越貧窮，奸巧是天所不容的。勸善語。

【奸巧 kan-khiáu】 不正的巧智。～～的人無好尾 ～～ê lâng bô hó-bóe⇨心術不正之人，終將無好結局。

【奸妃 kan-hui】 不忠貞的王妃。

【奸臣 kan-sîn】 不忠誠的臣屬。～～仔囝～～á kiáⁿ⇨小奸臣。奸臣之子。

【奸佞 kan-lēng】 專以奸計奉承主子的人。～～之臣～～chi sîn⇨奸佞的臣屬。

【奸邪 kan-siâ】 心事不正。

【奸拐 kan-koái】 設計誘騙。～～良家女子～～liâng-ka lí-chú⇨誘拐女子。

【奸計 kan-kè】 損人的計策。害人的計畫。

【奸鬼 kan-kúi】 心思莫測的壞人。彼顆蓋～～hit-kho· kài～～⇨同上。

【奸細 kan-sè】 刺探軍情的間諜。掠著～～liah-tioh～～⇨同上。

【奸商 kan-siang】 奸巧的商人。無商不奸bû siang put kan⇨同上。囤積居奇的～～tùn-chek ki-kî ê～～⇨同上。

【奸策 kan-chhek】 奸計。奸詭的計策。

【奸雄 kan-hiông】 梟雄hiau-hiông。三國演義的曹操是～～sam-kok-ián-gī ê chô-chhò si～～⇨同上。

【奸惡 kan-ok】 兇惡。

【奸賊 kan-chhat】 損人利己的人。無端反政府之人。

【奸詭 kan-khúi(kúi)】 奸巧欺詐。

【奸謀 kan-bô】 陷害別人的計謀。

【奸險 kan-hiám】 陰險。～～的社會～～ê siā-hōe⇨同上。

【奸譎 kan-koat (kiat)】 奸詭。鬼詐。乾黠kan-kiat無人情味。

**姦** kan 淫行。亂行。同奸kan。通～thong～⇨既婚男女作外遇遊戲。

【姦夫 kan-hu】 通姦的男方叫～～。女方叫姦婦kan-hū。

【姦案 kan-àn】 關係姦淫的案件。

【姦情 kan-chêng】 有關姦案的內情。～～暴露～～pok-lō·⇨通姦的內情公開出來。

【姦淫 kan-îm】 有關強姦kiâng-kan，和姦hô-kan，誘姦iú-kan，通姦thong-kan等案件皆謂之姦淫kan-îm。

【姦通 kan-thong】 亦即通姦。

【姦瘡 kan-chhng】 梅毒。亦謂疳瘡kam-sng。

**簡** kán 文書。選拔。省略。平易。一切從～it-chhè chiông～⇨各項事情都簡化從省(séⁿ—省儉)。

【簡化 kán-hoà】 將複雜變爲單純。～～手續～～chhiú-siok⇨複什的手續改爲簡單的手續。

【簡明 kán-bêng】 簡單明瞭。

【簡易 kán-ī】 簡單平易。～～保險 ～～

pó·-hiám⇨免辦複什手續的保險。

【簡拔 kán-poa̍t】 選拔也。是以先帝～～以遺陛下也si-í sian-tè ～～ í-ûi pē-hē iah⇨諸葛亮。

【簡約 kán-iak】 簡化要約。去蕪存菁，khì-bû-chûn-chheng。

【簡要 kán-iàu】 簡明要約。

【簡便 kán-piān】 又簡單又便利。手續～～化chhiú-sio̍k～～hoà⇨同上。

【簡省 kán-sé$^{n}$】 省略。舊禮攏～～起來也kū-lé lóng～～khí-lâi ā⇨舊禮全部省略起來了。

【簡捷 kán-chia̍t】 敏捷。單純。～～一句話，肯或不肯～～chi̍t-kù-ōe, khéng à m̄-kheng⇨簡單講一句話，肯或不。做工課愛較～～抒chò-khang-khòe ài khah～～lè⇨工作要做得敏捷。

【簡略 kán-lia̍k】 簡化省略。～～的說明～～ê.soeh-bêng⇨同上。

【簡單 kán-tan】 單純。不複什。～～一下～～chi̍t-ē⇨簡單吃一飯吧的代詞。逐家來～～一下好否ta̍k-ê lâi～～chi̍t-ē hó-bō·⇨大家便飯一餐如何。下ē改讀下ē。

【簡慢 kán-bān】 怠慢。不加關心。我有較～～,不當見怪goá ū khah～～, m̄-thang kiàn-koài⇨同上。

kán **嫺** 女婢。查某～仔cha-bó·～á⇨婢女。差～使兒chhe～sái-jî⇨謂富貴人家的女人生活，有成群女婢可差用，自己手不動三寶chhiú put-tāng sam-pó。三寶，或謂金、銀寶貝也。又俗作三保非。

【嫺婢 kán-pī】 女婢。

kán **趕** 趕出去kán-chhu̍t-khì(ì)⇨驅逐出去khu-tio̍k chhut-khì也。又趕koá$^{n}$也(見koa$^{n}$部)。

kán **柬** 通作簡kán。書信si-sìn曰書柬si-kán。請柬chhéng-kán⇨請帖chhiá$^{n}$-thiap也。

【柬埔塞 kán-po·-chē】 Cambodia，國名，即今之高棉ko-mî也。

kán **揀** 選也。簡也。揀kéng也(見keng部)。同柬kán。

kàn **諫** 忠言也。上忠言曰諫kàn。三～而君不聽則逃，三～而親不聽則號泣隨之sam～jî kun-put-thèng chek-tô, sam～jî chhin-put-thèng chek hō-khi̍p sûi-chi⇨古禮如此。忠～tiong～⇨同上。死～sí～⇨以自殺之法進諫。訕～譟phih～chhoh⇨比擬以諭之，善言以告之，大聲以責之，父訓子也。因諫kàn與姦kàn諧音，遂被視爲粗語。寃哉枉也。

【諫臣 kàn-sîn】 魏徵是唐太宗的～～ gūi-tin sī tông-thài-chong ê～～⇨同上。

【諫官 kàn-koa$^{n}$】 專事諫諍kàn-chèng之官。古有此制度，亦稱御史gī-sú。

【諫諍 kàn-chèng】 直言忠告。朋友該互相～～pêng-iú ài hō·-siang～～⇨同上。

【諫讜訕 kàn-tóng-soān】 忠言以告，正論以諭，譏訕以動之，亦子之勸父也。惜因諫kàn與姦kàn諧音，遂被誤爲粗語。

【諫議大夫 kàn-gī-tāi-hu】 古官名，亦諫官也。

kàn **姦** 行淫hêng-îm也。交合kau-ha̍p也。交媾kau-kò·也。相～sio～⇨同上(本目所列皆粗語)。

【姦尻川 kàn-kha-chhng】 要姦ke-kan，亦即鷄姦ke-kan也。尻川kha-chhng，屁股也。

【姦您老 kàn-lín-lāu】 老lāu，老母lāu-bú之略。

【姦您娘 kàn-lín-niâ】 同姦您老kán-lín-lāu。流，老母lāu-bú所切訛也。kán-lín-lāu。

kàn **訐** 面相斥罪也，亦通諫。攻人陰私也。惡語罵人也。攻～kong～⇨同上。

【訐徼 kàn-kiāu】 大聲惡言罵人也。徼kiāu，亦訐kàn也。痛呼也。不可～～人m̄-hó～～lâng⇨不可惡言罵人。即個囡仔講會～～

人啦chit-ê gín-á kóng-ē(ōe)～～ lâng là⇨此孩子竟會惡言罵人了（太壞了）。安爾共人～～，訐到無一塊仔好an-ne(ni) kā-lang～～kàn-kà bô-chit tè-á hó⇨如此這般的大聲罵人，揭人陰私不稍留餘地。埣或作餅teh，食餌也，俗作塊khōai，土丸也。

**kàn 間** 分開也。疏不～親so· put～chhin⇨同上。余無～然î bû～jiân⇨我無所插入意見。

**kàn 幹** 凡主要部份皆曰幹kàn。枝～ki～⇨樹椏chhiū-oe與樹身chhiū-sin。骨～kut～⇨骨也。主～chú～⇨事之主持人。技能曰幹kàn。才～châi～⇨同上。能～lêng～⇨同上。作爲曰幹kàn。莫～boh～⇨不可作爲，喻危險也。俗多轉輕音作無幹bō-kàn。我看莫～不當較贏goá-khoàⁿ bō～m̄-thang khah-iâⁿ⇨我看(此事)危險也，不要做比較好。看您少年的有才調～些啥仔大乾坤否也，阮這棺柴餲一棵也，保講啥khoàⁿ-lín siàu-liân-ê ū-châi-tiāu-～ chē siáⁿ-á toā-khiân-khun bō·-à, goán-che koaⁿ-chhâ àu-chit-kōe à, boeh-kóng-sahⁿ(siahⁿ)⇨期待你們少年輩的有才能(將來)幹出些什麼大事業也，我們這些棺木已朽了一半的人沒話說了。

【幹才 kàn-châi】 才幹之才。新進的～～sin-chìn ê～～⇨同上。

【幹事 kàn-sū】 辦事人員。亦職位名。工會的～～kang-hōe ê～～⇨同上。

【幹部 kàn-pō·】 骨幹人物。～～會議～～hōe-gī⇨同上。

【幹練 kàn-liān】 又能幹又熟練。～～之材～～chi châi⇨同上。

【幹光景 kàn-kong-kéng】 弄出光景，亦即弄出風光。猫車倒泔共狗～～～niau chhia-tó ám kā-káu～～～⇨謂猫誤推倒飯湯，給狗平白享受一場。喻自己徒勞而終無所得。共人～～～耳啦kā-lâng～～～niâ-là⇨只是爲他人弄來風光而已也。

【幹當難 kàn-tn̄g-lān】 不顧一切。若無一屑仔牽拎，人～～～著共伊門脚手nā-bô chit-sut-á khan-lê, lâng～～～tioh kā-lí tàu-kha-chhiú⇨如非有一些血緣牽連著，我爲何需要不顧一切幫助他呢。幹當難kàn-tn̄g-lān，疑爲敢當難kám-tng-lān亦即敢於擔當困難之諧音。

# kang

**kang 公** 雄性。勝利。鷄～ke～⇨公鷄。看死～的或死母的khoàⁿ-sí～ê ah sí-bó-ê⇨看誰勝利。

【公母 kang-bó】 雄與雌。輸贏。～～對～～tùi⇨牡牝組成的一對。～～脚～～kha⇨兩方不相同的一對，例如木屐bak-kiā。拼一下～～piàⁿ chit-ē～～⇨決一個勝負。

【公花 kang-hoe】 雄花。有的植物公花母花是分開的。

**kang 工** 以技藝製造器物的人。出賣勞力的人。～字無出頭～jī bô chhut-thâu⇨指工字的字形。謂工人永不發展一出頭天。有～有錢ū～ū-chîⁿ⇨①有做工就有工錢的收入。②有工數就得算錢額。一～人chit～lâng⇨一人做一天工。有～動值人ū～tōng-tat lâng⇨謂非白吃白取於人，有工作抵其值的。

【工人 kang-lâng】 出賣勞力以求生活的人。出賣勞力的～～chhut-bē(bōe) lô-lek ê～～⇨同上。

【工夫 kang-hu】 ㊀功夫。特殊的武技或工技。中國～～tiong-kok～～⇨中國的特殊武技。㊁工作做得又精密又細膩。做得眞正～～chò-tit chin-chiàⁿ～～⇨謂工作很細密。～～仔做～～á-chò⇨細心慢慢做。～～病～～pēⁿ⇨難醫治的病症。～～人～～lâng⇨做(練)工夫的人。工作細心做的人。不免許爾～～m̄-bián hiah-ni～～⇨不必那麼精細。

【工仔 kang-á】 工人。工員。小工。做～～脚色，曷有當可存錢chò ～～ kha-siàu, a̍h-ū thang-hó chhun-chî$^{n}$⇨做小小的工人，何能積蓄餘錢。

【工本 kang-pún】 工作所要的本錢。酌收～～費chiak-siu～～hùi⇨酌量收取若干所需費用。

【工兵 kang-peng】 擔任土木工程的兵種。

【工房 kang-pâng】 ㊀古時主管工程的官署。㊁今藝術工作者的工作房間多標榜某某工房。

【工事 kang-sū】 kōji。工程的日語。

【工員kang-oân】 工人的新名詞。

【工務 kang-bū】 有關建設工作的事務。～～局～～kio̍k⇨主管建設工程的官署。

【工情 kang-chêng】 心勞。工勞。費了眞大的～～hùi-liáu chin-toā ê～～⇨用去很多的心，身，事，物。

【工程 kang-thêng】 工作。工作單元。建廠～～kiàn-chhiú$^{n}$～～⇨工廠建立的工作。

【工場 kang-tiû$^{n}$】 工作的場所。工廠的日文kōba。

【工資 kang-chu】 工作的代價。工人的薪水。工錢。～～日日貴 ～～ ji̍t-ji̍t kùi⇨工錢一日一日高漲。

【工業 kang-gia̍p】 取自然物加工製新品的生產事業。近代～～kīn-tāi～～⇨同上。

【工會 kang-hōe】 工人的同業公會。

【工銀 kang-gîn】 今稱工錢kang-chî$^{n}$。

【工廠 kang-chhiú$^{n}$】 工場。工人的工作場所。商品的生產場所。

【工寮 kang-liâu】 爲工程進行利便計，一可作工人居住所以免往還，二可作東家辦事所的工地臨時建築。

【工頭 kang-thâu】 ㊀工人的首領。㊁工作的開頭。～～工尾～～kang-bóe⇨同上。

【工藝 kang-gē】 工作，技藝。無～～可做 bô～～hó chò⇨無聊的意思(無工可做)。

kang **江** 河流。大川。長江。

【江山 kang-san】 ㊀國土。國家。㊁事業。家產。較大的 ～～ 每是您後生的khah-toā ê ～～ mā-sī lín hāu-se$^{n}$-ê⇨任你多大的家業也是要歸屬你兒子。

【江岸 kang-hoā$^{n}$】 江邊。河邊。

【江海 kang-hái】 江與海。所有的恩怨，攏瀉入 ～～ só͘-ū-ê in-oàn lóng sià-ji̍p ～～ ⇨一切的恩怨皆瀉入江海，亦即算了。

【江湖 kang-hô͘】 流浪四方謀生的人叫做走～～cháu～～。社會經驗老練的人叫做老～～láu～～。拍拳賣棒phah-kûn-bē-pāng以至以各種醫術技術謀生的都是叫做江湖人。稱人是江湖朋友。今已簡稱爲友的iú-ê。不過友的也包含遊手好閑的青年人，轉而又指黑社會人物。～～一點訣～～chi̍t-tiám-koat⇨江湖人都有一小秘訣。

【江頭 kang-thâu】 江邊。上流。

【江蟜珠 kang-iâu-chu】 乾貝。俗訛江料珠kang-liāu-chu。蟜或作蛛，似蚌pāng。

【江河日下 kang-hô-ji̍t-hē】 景況日益退步。

káng **港** 可停泊船舶之河海口岸。河流。呂宋客入～lī-sòng-kheh ji̍p～⇨大本toā-pān人客蒞臨。今日金牛來咯。

【港口 káng-kháu】 ㊀港埠的出入口。㊁泛指港埠的地方。基隆是～～的所在ke-lâng sī ～～ê só͘-chāi⇨基隆是港口城市。意指不是普通城市。

【港心 káng-sim】 河流的中心。

【港岸 káng-hoā$^{n}$】 港口的海岸。河岸。河邊。

【港門 káng-mn̂g】 港的船舶出入口。

【港底 káng-té】 河底。河床。

【港風 káng-hong】 河風，港風。

【港脚 káng-kha】 同港口。佗一～～來的？

toh-chi̍t～～lâi-ê？⇨何一港口來的？

【港頭 káng-thâu】 河邊。上流。同江頭。

【港灣 káng-oan】 亦即港。

káng **講** 談話。演說。開～khai～⇨聊天。演～ián～⇨演說。

【講台 káng-tâi】 講演者所站立的所在。或謂講壇káng-toâ$^{n}$。

【講究 káng-kiù】 研究。苦心設計。即款布置，相當該～～chi̍t-khoán pò͘-tì, siang tong ài～～⇨此種樣式的布置，是需要相當的苦心設計的。

【講座 káng-chō】 特定科目的講義單元。

【講師 káng-su】 擔任講習講義的人。

【講教 káng-kàu】 演說宗教教義。

【講習 káng-si̍p】 講解以求熟練。～～會～～hōe⇨同上。

【講堂 káng-tn̂g】 學校的禮堂。

【講義 káng-gī】 講解釋義。

【講演 káng-ián】 就一定的題目發表意見。

【講題 káng-tê】 講演的題目。

káng **犺** 水牛也。牡曰犺kang。牛～gû～⇨公牛。羊～iû$^{n}$～⇨公羊。鹿～lo̍k～⇨公鹿。

kàng **降** 自上而下。天～大任thian～tāi-jīm⇨同上。

【降生 kàng-seng】 同降世kàng-sè⇨自天堂下降誕生於凡間hoân-kan。耶穌～～iâ-so͘～～⇨同上。

【降乩 kàng-ki】 神付於童乩之身，童乩開始跳動作用。

【降筆 kàng-pit】 扶鸞的鸞生受神指使開始揮筆。

【降等 kàng-téng】 官等的降級kàng-kip。

【降價 kàng-kè】 價錢下跌。

【降臨 kàng-îm】 同降生。日本有天孫～～的神話。就是說天孫降臨來建立日本皇室。

【降魔 kàng-mô】 使魔鬼魔神降服hâng-ho̍k。降妖～～kāng-iau～～⇨同上。

【降眞香 kàng-chin-hiu$^{n}$】 拜天神用的香。

kâng **仝** ㊀同tâng也。相同sio-tâng⇨相仝sa$^{n}$-kâng。㊁助詞。共人kā-lâng所切成者。共人提去kā-lâng the̍h-khì⇨仝提去kâng-the̍h-khì。共人創壞去也kā-lâng chhòng-hāi-khì⇨仝創壞去kâng-chhòng-hāi-khì → kâng-chhòng hāi-ì。共人食去也kā-lâng chia̍h-khì-â⇨仝食去也kâng-chia̍h-khì-共。共人騙kā-lâng-phiàn⇨仝騙kâng-phiàn。共人拍kā-lâng-phah⇨仝拍kâng-phah。

kāng **共** 同tâng也。皆也。公也。亦仝kâng也。相共sio-kāng⇨相像sio-siāng⇨相同sio-tâng⇨共款kāng-khoán。

【共孔 kāng-khang】 同一穴。同一問題。同一事等等。走～～的cháu～～ê⇨追求同一目標。

【共祧 kāng-thiāu】 同房所出。同一血統的。彼旁合阮同宗耳，無～～hi̍t-pêng kah (kap)-goán(gún) tông-chong-niâ，bô～～⇨他們和我們，只是同宗族而已非同祧也。

【共途 kāng-tô͘】 同業tông-gia̍p。做～～的chò(chòe)～～ê⇨同上。

【共款 kāng-khoán】 同一樣式。同樣。～～的作用～～ê chok-iōng⇨同上。共舘更無共師父咧kāng-koán koh-bô kāng sai-hū lè⇨否定共款kāng-khoán的輕薄詞，謂同一武舘卻不同師父，故所傳承者大不相同也。

【共路 kāng-lō͘】 ㊀同一道路或門路。㊁同共途kāng-tô͘。路線，職種皆用之。

【共腹 kāng-pak】 同一母親。～～的兄弟～～ê hia$^{n}$-tī⇨同上。～～生的～～se$^{n}$(si$^{n}$)-ê⇨同上。

【共字寫 kāng-jī-siá】 共姓kāng-sè$^{n}$(sì$^{n}$)。同姓tông-sèng。逐家都～～～仔，有拎來往啦ta̍k-ke to～～～á，ū-teh lâi-óng là⇨彼此是同姓，所以有來往也。

【共症頭 kāng-chèng-thâu】 ㊀同一病症。

㊁同道同好者，多指壞的方面。父仔子攏每～～～仔pē-á-kiáⁿ lóng-mā～～～á⇨父子皆一樣壞(可能指好賭，好飲或好色)。

**【共種傳 kāng-chéng-thn̂g】** 同樣種子所傳下來的。一樣的壞。俚言云:彼類蛇，生彼類卵,彼類種,攏末斷hit-lōe-choâ, seⁿ(siⁿ)-hit-lōe-nn̄g,hit-lōe-chéng, lóng-bē(bōe)-tn̄g即爲此詞之詮釋也。

**【共樣天 kāng-iūⁿ-thiⁿ】** 同樣之天。同一天空。～～～敢有各樣月～～～kám(káⁿ)-ū koh-iūⁿ-goeh⇨古人相信，天上的月都是一樣的。美國的月似乎不應該是較大較圓的。

**【共籠糖 kāng-láng-thn̂g】** 略同共症頭kāng-chēng-thâu。應爲共種傳kāng-chéng-thn̂g所轉化。伊亦是～～～的，曷有差i ah-sī～～～ê, ah-ū-chha⇨他也是一樣的(壞)，有何分別。

## kāng 降

凌治lêng-tī亦即欺負khi-hū曰降kāng。凌治即凌遲之轉，亦即創治也。孩子打人亦曰降kāng。俗曰創治chhòng-tī或凌治lêng-tī。大～細，永每會toā～sè(sòe), éng-mā-ē(ōe)⇨大的創治小的，是難免的。永éng，亦即永久有可能性也。不可～阿妹m̄-hó～a-moāi⇨不可創治小妹。共阮～到抸哭也kā-goán～kà teh-khàu-à⇨對阮凌治到在哭了。

**【降人 kāng-lāng】** 創治他人。人lâng讀人lāng，或應作郎。不當～～m̄-thang～～⇨不要創治別人。愛～～ài～～⇨喜歡創治他人。

**【降到哭 kāng-kà-khàu】** 創治到哭了。打得哭了。共人～～～也kā-lâng～～～à⇨把人家弄得哭了。凌治，凌遲之訛，即創治。

**【降大降細 kāng-toā-kāng-sè(sòe)】** 創治大的欺負小的。不當～～～～，該好好跮踱呵m̄-thang～～～～ài hó-hó thit-thô-o⇨不要欺負他人，要好好玩好不好。

# kap

## kap 合

共同。和好。相會。亦同合kah。逐家相～來禮拜tak-ke saⁿ～lâi lé-pài⇨大家一起開始禮拜。～～做一堆～～chò chit-tui⇨合起來成一個小山。相～米煮有飯saⁿ～bí chí-ū-pn̄g⇨多人的米合鍋煮，即煮出來的飯較單獨煮的爲多。喻凡事多人合力即力量較大。我～你goá～lí⇨你我共同。

**【合水 kap-chúi】** 兩水合流。相～～仔sio～～á⇨其地方。

**【合作 kap-choh】** 製造家具的。～～師父～～sai-hū⇨同上。～～店～～tiàm⇨家具店。

**【合協 kap-hiap】** kap-hap。結合得緊密。又彼此相稱。即對翁某眞～～chit-tùi ang-bó·chin～～⇨此對夫婦甚是夫唱婦隨。

**【合房 kap-pâng】** 心婦仔長大與其對象合婚。～～做大人～～chò toā-lâng⇨合房成爲大人。否則仍以童子款待也。

**【合框 kap-kheng】** 製造相框或畫框。

**【合港 kap-káng】** 兩河合流。～～仔～～á⇨小合流點。

**【合偎 kap-oá】** 合在一起。合相偎來kap-sio-oá-lâi⇨同上。

**【合紃 kap-sûn】** 合線或合紃之痕跡。

**【合榫 kap-sún】** 榫頭打入榫孔。～～做～～chò⇨器具全靠榫頭，不用鐵釘的做法(木工語)。

**【合遭 kap-choā】** 合口線kap-kháu-soàⁿ。遭，借字，爲紃，其實應作組chōa，蓋條，組→紃，線皆是線條，只有粗細之分而已。

**【合線 kap-soàⁿ】** 亦謂合嘴或合口。

**【合嘴 kap-chhùi】** 兩物相接合之處。亦謂合口kap-kháu。

**【合縫 kap-phāng】** 縫合處。挾縫kiap-hōng。

**【合藥 kap-ioh】** ㊀數種藥合做一服。㊁買藥。～～走去棺材店～～cháu-khì koaⁿ-chhâ-tiàm⇨弄錯對象。喻做事輕率。

kap
**鴿** 粉鳥hún-chiáu也。班鴿pan-kah也。菜～chhài～⇨食用鴿。傳書～thoân-su～⇨通訊鴿。

【鴿鈴 kap-lêng】 鴿足上或結有鈴。

【鴿櫥 kap-tû】 班鴿櫥pan-kah-tû。鳥舍也。

【鴿籠 kap-láng】 同鴿櫥kap-tû。木曰櫥tû，竹曰籠láng。又喻地方狹小。未輸～～抰bē(bōe)-su～～leh⇨小如鴿籠。

【鴿鷹 kap-eng】 鴿形的大鷹。粉鳥鷹hún-chiáu-eng。

kap
**蛤** 一種介殼類，又蛙亦曰蛤kap。即水蛤仔chúi-kap-á，亦即水蛙chúi-ke也。

【蛤仔 kap-á】 水蛙chúi-ke。

【蛤蜊 kap-lâ】 俗曰蜊仔lâ-á。

【蛤虯仔 kap-kiuh-á】 女陰的隱語。

kap
**詬** 衆言也。話在口中曰詬kap。呑呑吐吐鳴不平曰詬kap。嚕嗦lô-so曰詬kap。不知伊抰～啥m̄-chai i teh～sahⁿ(siahⁿ)⇨不知他在說什麼。免抰～，人無俠聽你啦bián teh～lâng bô-boeh-thiaⁿ-lí lā⇨不用嚕嗦，人家不會理你。彼顆人眞～，歹做伙hit-kho·lâng chin～，pháiⁿ-chò-hóe⇨他那傢伙，很嚕嗦，難於相與也。

【詬相 kap-siàng】 嚕嗦性。不知佗會許～～都不知m̄-chai thah-ē(ōe) hiah～～to m̄-chai⇨不知道他爲何會那麼嚕嗦。

【詬詬叫 kap-kap-kiò】 ㊀人聲錯雜。歸陣～～～，恰如番仔刣加納呢kui-tīn～～～，kah-ná hoan-á thâi ka-lah-nī⇨一大群人呱呱叫，好像番仔刣加納一樣(完全聽不懂)。㊁歸日～～～詬，未停kui-jit～～～，kap bē(bōe)-thêng⇨整天喋喋不休。

## kat

kat
**結** 兩繩相締連。拍～phah～⇨打結。拍死～phah-sí～⇨打死結，不易解開。拍活～phah-oah～⇨打易於解開的結。拍結球phah kat-khiû，解不開的絲團也。褲帶～相連khò·-toà～sio-liâm⇨喻夫妻或朋友親密。又臨時性的小造作亦謂～。～彩樓，～祭壇等是。又因憂慮而憂頭～面iu-thâu～bīn。亦曰頭憂面～thâu-iu-bīn～。

【結仔 kat-á】 小結。結頭。結連之處。～～頭～～thâu⇨小頭目。

【結彩 kat-chhái】 爲祝喜事在大廳大門等加掛紅綾掛紅燈挿紅花等裝飾。亦謂結紅kat-âng。點燈～～tiám-teng-～～⇨同上。猪屎籃仔～～ti-sái-nâ-á～～⇨喻所做事不稱身分。結祭壇kat-chè-toâⁿ⇨喪祭時的臨時壇。

【結仔頭 kat-lá-thâu】 喻地方的小頭目。例如在選舉中擁有多少票源具有若干力量者。

【結死的 kat-sí-ê】 約定死的條件。～～～價～～～kè⇨訂定不變更的價錢。結定著的kat-tiāⁿ-tioh-ê⇨結死的。

【結花燈 kat-hoe-teng】 中秋或上元點的花燈。

【結砲城 kat-phàu-siâⁿ】 上元的花樣。爆竹裝像城樓叫～～～。

kat
**割** 以刀切開。宰殺。分開。～鷄焉用牛刀～ke ian-iōng giûⁿ-to⇨殺小鷄何必用殺牛的大刀。謂小事不必勞動大人物。

【割地求和 kat-tē-kiû-hô】 以割地爲條件請求和平。

## kau

kau
**勾** 曲也。抹消也。引也。

【勾引 kau-ín】 設餌引誘。源出自法律名詞勾引狀(拘票)。～～良家婦女～～liâng-ka hū-lí⇨同上。

【勾消 kau-siau】 抹消。一筆～～it-pit～～⇨一次通通抹消。

【勾結 kau-kiat】 共謀而結合。～～串通～～chhoàn-thong⇨同上。

【勾臉 kau-liám】 舊戲以彩色塗出各角色的臉譜。即俗語所謂拍面phah-bīn。

**kau 鉤** 俗多作鈎。兵器。用具。農具。取物。釣鉤tiò-kau⇨釣魚針，凡狀如釣鉤者皆曰鉤。耳～hī$^n$～⇨耳環。秤～chhìn～⇨同上。肉～bah～⇨同上。～來～去～lâi～khì⇨同上。

【鉤耳 kau-hī$^n$】 ㊀漢字部首之一。即阜部。鉤耳仔kau-hī$^n$-á。㊁取耳垢。理髮業者曰探井thâm-ché$^n$(chí$^n$)。

【鉤破 kau-phoà】 ㊀被鉤狀物所鉤裂。㊁古塾師以朱筆在字上加圈點以示該字的特殊讀法。例如:有朋自遠方來不亦說乎的說字，經鉤破須讀成悅字。其實此爲古人或用錯或用代字，而所謂後儒不敢言之亦不敢改之，以傷聖人之偉大，而想出此麻煩的鉤破法也。

【鉤釘 kau-teng】 建築用語。建物做外壁，預先留下突出的齒形狀以爲將來增建時之用。留～～lâu～～⇨同上。

【鉤鐮 kau-liâm】 古武器的一種。～～刀～～to⇨鉤鐮式之刀。今凡刀口作鉤狀的刈草刀亦稱～～刀。

**kau 溝** 人造的水路。水～chúi～⇨圳溝chùn～⇨同上。排水～pâi-chúi～⇨同上。

【溝仔 kau-á】 人造的小水路。～～缺～～khih⇨溝仔的缺口。

**kau 郊** ㊀市區之外圍。郊區kau-khu。㊁古早的商業別公會。行～hêng～⇨同業公會。

【郊戶 kau-hō͘】 古時的貿易商戶。

【郊外 kau-goā】 市街區之外圍。

【郊拚 kau-pià$^n$】 古時貿易商同業會，對另外的同業會的械鬪。～拚～～pià$^n$-～⇨郊與郊對抗火拼。

【郊遊 kau-iû】 郊外遠足。

**kau 交** 彼此通往。彼此接受。彼此相替。彼此連接。

【交丈 kau-tiāng】 交託而信任之。彼類人曷煞會～～得hit-lōe-lâng a̍h-soah ē～～lì⇨那種人，怎麼可以交託他呢。

【交友 kau-iú】 交陪朋友。

【交印 kau-ìn】 官衙的主管換人事務交接。新任接印信。亦曰摘印tiah-ìn。

【交代 kau-tài】 交替。替代。交付任務。

【交冬 kau-tang】 進入冬季。交春kau-chhun⇨進入春季。

【交合 kau-ha̍p】 男女結合。

【交易 kau-e̍k】 買賣。ka-ia̍h，商情熱場。

【交含 kau-kâ$^n$】 瓜葛。無～～bô～～⇨無瓜葛。

【交官 kau-koa$^n$】 交際官吏。～～窮，交鬼死，交羅漢，食了米～～kêng, kau-kúi-sí, kau-lô-hàn, chia̍h-láu bí⇨謂官，鬼，羅漢此三種人是交不得的。

【交定 kau-tiā$^n$】 交下定金。交易成立。

【交界 kau-kài】 接界。分叉處。～～的所在～～ê só͘-chāi⇨同上。

【交拜 kau-pài】 互拜。新娘新郎～～sin-niû$^n$ sin-lông～～⇨婚禮中的禮儀。

【交差 kau-chhe】 完成受差遣的任務。無法～～bô-hoat～～⇨同上。

【交涉 kau-sia̍p】 對人要求解決有關的問題。美國向日本～～抵制莫斯科奧運bí-kok hiàng ji̍t-pún～～tí-chè bo̍k-su-kho ò-ūn⇨同上。

【交託 kau-thok】 委任。交丈。委託。～～人去照顧～～lâng khì chiàu-kò͘⇨同上。

【交情 kau-chêng】 交際間的情義。～～深～～chhim⇨同上。

【交接 kau-chiap】 官員的新舊交代。～～典禮～～tián-lé⇨同上。

【交陪 kau-pôe】 ㊀交際。～～人仔～～人～～lâng-á～～lâng⇨講交際這件事，得聽其自然。免不了，也認眞不了。㊁同交關。商人招呼語。來～～lâi～～⇨來買之意。

【交通 kau-thong】 ㊀共謀，參加非法組織。～～匪黨～～húi-tóng⇨同上。㊁人舟車等的來往。～～便利～～piān-lī⇨同上。

【交插 kau-chhap】 介入。干涉。無相～～bô sio ～～⇨彼此無交情無瓜葛。都是有相～～藉會麻煩to-sī-ū sio ～～ chia̍h-ē mâ-hoân⇨皆因彼此有關聯，才有麻煩。免相～～bián sio～～⇨不必來往，不必交際。

【交椅 kau-í】 ㊀有手靠背靠的老式椅。㊁職位。大隻～～無你份toā-chiah ～～ bô-lí-hūn⇨高貴的大職位你無資格可坐。亦即你做不得大官。

【交結 kau-kiat】 來往結合。同勾結kau-kiat。

【交割 kau-koah】 分割。新接舊。財務的～～châi-bū ê～～⇨同上。

【交換 kau-oā$^n$】 互換。～～大使～～tāi-sài⇨互換大使。

【交替 kou-thè】 替代。～～鬼～～kúi⇨據稱枉死鬼都須有人以同種死法來交替，才能超生。故必須勾引一個人去死以代己。

【交遊 kau-iû】 與交友畧同。～～眞成濶～～chin-chiâ$^n$ khoah⇨廣交友。

【交際 kau-chè】 人與人的交往關係。～～花～～hoa⇨藉交際美名得利的女人。

【交誼 kau-gî】 同交情。～～無眞深～～bô chin chhim⇨同上。

【交盤 kau-poâ$^n$】 交際，交遊。交陪kau-pôe。～～人～～lâng⇨同上。

【交賬 kau-siàu】 結賬。交出賬目。未～～得bē～～tit⇨賬目見不得人。賬，近亦乾脆用數。

【交頭 kau-thâu】 私語狀。～～接耳～～chiap-hī$^n$⇨同上。

【交關 kau-koan】 ㊀買賣。㊁交陪。～～人～～lâng⇨交陪朋友。買賣～～bé(bóe)-bē(bōe)～～⇨同上。

【交纏 kau-tî$^n$】 寃魂來糾纏。死道死路去，不當更來相～～sí-tō sí-lō͘-khì, m̄-thang koh-lâi sio ～～⇨謂你死了，去你的死路好了，不可再來纏我。

【交歡 kau-hoan】 彼此歡喜。聯歡。歡hoan亦作驩hoan。

kau **蛟** 蛟龍kau-liông(lêng)也。龍的一種。起～～khí～～⇨暴風雨的前兆。山崩地裂，或地下水驟然噴出。拳打南山猛虎，脚踏北海～～kun-tá$^n$ lâm-san béng-hó͘, kha-ta̍h pak-hái～～⇨武術喜用的門聯。

káu **狡** 猾也，獪也。亂也。黠也。奸巧kan-khiáu曰狡káu。狡猾káu-ku̍t也。狡獪káu-kōe也。獪kōe亦發koāi也。

【狡怪 káu-koāi】 狡猾káu-ku̍t，狡獪káu-kōe皆曰狡怪káu-koāi。奸巧kan-khiáu也。善於奪利而脫責也。甚～～道共你修理siu$^n$～～tō kā-lí siu$^n$-lí⇨太過奸巧亂來了，就把你修理修理。修理siu-lí者原指修復破爛。今轉指所謂整也，打也，甚至殺也。

【狡計 káu-kè】 奸智之計。～～破也～～phoà-à⇨奸計敗了。

【狡兎 káu-thò͘】 聰明的兔。～～三窟～～sam-khut⇨狡兔有三個可以藏身避禍的地方。～～死，走狗煮，飛鳥盡，良弓藏，敵國破，謀臣王～～sí, cháu-káu-chí, hui-niáu-chīn, liâug-kiong-chōng, te̍k-kok-phò, bô͘-sîn-bông⇨韓信等，多少傻瓜之嘆。

【狡辯 káu-piān】 巧爲辯明無罪。證據鑿鑿，猶敢～～chèng-kì chho̍k-chho̍k iáu-ká$^n$～～⇨同上。

káu **垢** 塵滓tîn-tái也。油～iû～⇨同上。水～chúi～⇨同上。蓬頭～面hông-thâu～bīn⇨

頭無梳thâu bô-se，面無洗bīn bô-sé也。

káu 九 九之數。同上。八～十peh～chap⇨同上。八～不離十pat kiú put-lī-sıp⇨同上。四十～日烏siap～jıt-o·⇨一連四十九天的烏陰天o·-im-thiⁿ。骰～tâu～⇨賭博名。

【九角仔 káu-kak-á】 南管lâm-koán的小戲班，以少女九人成之。

【九層塔 káu-chàn-thah】 ㊀九層之塔。㊁植物名。一種香辛料。

【九籠糖 káu-láng-thn̂g】 ～～～十一個頭家～～～chap-it-ê thâu-ke⇨喻人多而無人負責。

【九八食未離 káu-peh(poeh)-chiah-bē(bōe)-lī】 好事連連的笑謔詞。因九八káu-peh與狗屁káu-phùi諧音也。在骰九，是九八兩數吃(勝)，十一，二兩數被吃(賠)，而十一，二又與食未離chiah-bē-lī諧音。

【九彎十八折 káu-oan-chap-peh-chat】 喻山路之多迂迴曲折。

káu 狗 犬的現代話。揜尾～仔iap-bóe～á⇨咬輸失勢的狗。黑～偷食白～受罪o·～thau-chiah pē～siū-chōe⇨喻無寃受屈。～咬老鼠～kā niáu-chhí⇨喻越權多管閒事。飼～咬主人chhī～kā chú-lâng⇨實在枉費。

【狗母 káu-bó】 母狗。～～如無搖獅，狗公不敢來～～nā-bô iô-sai, káu-kang m̄-káⁿ-lâi⇨謂女的如果無所表示，男的不敢出手。～～屈，香七里～～chi, phang chhit-lí⇨謂母狗雌的腥味，能聞到七里之遙。喻女色引力之大。雌chi者雌具也。亦即屌屄chi-bai也。七里chhit-lí者，七里之遙，亦七個里之廣也。

【狗孔 káu-khang】 狗的出入口。

【狗毛 káu-mo·】 喻事之多。工課較馢過～～khang-khòe khah chē-kòe～～⇨事情多如牛毛。

【狗肉 káu-bah】 狗之肉。～～賬～～siàu⇨亂賬。胡塗賬目。～～無食，狗湯有飲～～bô-chiah, káu-thng ū-lim⇨謂雖非主犯，卻曾分得一杯羹。

【狗囝 káu-kiáⁿ】 ㊀狗之子，小狗。㊁小子，小人siáu-jîn。即個～～眞可惡chit-ê～～chin khó-ò·⇨同上。

【狗屁 káu-phùi】 ㊀狗之屁。㊁罵人說話不像話。一師好以狗屁批作文。計分三等，上等者曰放狗屁pàng-káu-phùi。次等者狗放屁káu-pàng-phùi。下等者放屁狗pàng-phùi-káu。

【狗吠 káu-pūi】 喻講話無効果。當今的議員發言恰如～～火車tong-kim ê gī-oân hoat-giân kah-ná～～hóe-chhia⇨同上。

【狗巢 káu-siū】 狗窩。猪巢不值著～～穩ti-siū m̄-tat-tioh～～ún⇨喻任何好地方都不如自己的家安穩。

【狗頭 káu-thâu】 狗頭。～～滴著麻油濁～～tih-tioh moâ-iû-tak⇨狗頭受著麻油渣，空有香味而舐不著。喻事不但空歡喜且要受罪(受油垢也)。

【狗鯊 káu-soa】 魚名。不良少年對女人空作非份行爲者謂之～～。無好的～～扲撐渡船bô-hó ê～～teh theⁿ-tō·-chûn⇨桃花過渡。

【狗公腰 káu-kang-io】 健壯的公狗之腰。喻健美男人的姿態。

【狗念路 káu-liām-lō·】 喻多話。唱無字歌。未輸～～～扲be(bōe)-su～～～lè⇨同上。

【狗相帶 káu-sio-toà】 雌雄狗接尾。～～～淖死蒜仔股～～～noà-sí soàn-á-kó·⇨狗交尾淖死了蒜仔，喻無謂之事，卻弄得一榻糊塗。

【狗聲乞食喉 káu-siaⁿ-khit-chiah-âu】 喻聲色siaⁿ-sàu之不美妙(惡劣難聽)。

káu 蚼 蚼蟻káu-hiā，螞蟻má-gī也。恰如～～扲扛田嬰扲kah-ná～～teh kng-chhân-eⁿ lè⇨宛然像螞蟻在搬運蜻蜓一模一樣的。喻很多細小之人共扛一大物。

**kàu 教** 訓誨，告示，宗教。有～無類iú～bû-lūi ⇨同上。

【教化 kàu-hoà】 教導感化。～～院～～īⁿ ⇨同上。

【教友 kàu-iú】 宗教界中互稱，教徒。還仔咱～～oân-ā lán～～⇨也是我們教友。

【教外 kàu-goā】 ㊀未歸依宗教。～～教內～～kàu-lāi⇨同上。㊁同化外。

【教官 kàu-koaⁿ】 ㊀掌理教化之官。㊁擔任學校訓導工作，灌注特殊思想的特殊教員。

【教訓 kàu-hùn】 同教誨。父母的～～hū-bó ê～～⇨同上。

【教員 kàu-oân】 教育人員。教師。男女～～lâm-lí(lú)～～⇨同上。

【教規 kàu-kui】 教徒的守則。違犯～～ûi-hoān～～⇨同上。

【教堂 kàu-tn̂g】 作宗教禮拜用的建築物。

【教義 kàu-gī】 宗教的主張或主旨。

【教頭 kàu-thâu】 ㊀教員之首。㊁宋代軍官。禁軍～～kìm-kun～～⇨同上。

**kàu 夠** 亦作够kàu。足額。十足。滿足。實在有～爽sı̍t-chāi ū～sóng⇨眞的十足爽快。修理了有～工夫siu-lí-liáu ū～kang-hu⇨整得十分精彩。有～花ū～hoe⇨十分複雜或麻煩或亂來。

【夠力 kàu-la̍t】 能達成某事爲有夠力。阿花有～～a hoe ū～～⇨阿花是強棒。阿肥無～～a-pûi bô～～⇨阿肥能力不夠。

【夠工 kàu-kang】 ㊀周到。精密。㊁一種謝詞。許爾～～hiah-ní～～⇨謝人專誠送禮。

【夠水 kàu-chúi】 ㊀果子十足成熟。㊁家禽家畜類成熟。㊂少男少女已解風情。㊃過份。食人眞～～chia̍h-lâng chin～～⇨十足的欺負人。

【夠分 kàu-hun】 指果子十分成熟。芎蕉有～～也kin-chio ū～～ā⇨同上。

【夠用 kàu-iōng】 費用足可支應一切。經費勉強可以應付。～～道可也～～tō hó-ā⇨同上。

【夠角 kàu-kak】 周到。十全。做了有～～chò-liáu ū～～⇨做得十分周到。

【夠坎 kàu-khám】 極度。極點。安爾～～也an-ne(ni)～～ā⇨如此已達最高階了。

【夠崁 kàu-khàm】 夠坎kàu-khám。到了崖際。～～也，無法度進也～～ā，bô-hoat-tō͘ chìn-ā⇨已夠了，不能再前進了。坎，階段，崁，斷崖。

【夠喟 kàu-khùi】 ㊀飲食得十足。有～～否ū～～bō͘⇨夠了吧。㊁受人之氣已十足。許眞～～也喏he chin～～ā nò⇨氣死人也。

【夠載 kàu-chāi】 足夠一車的載量。～～道可也～～tō-hó-ā⇨有一車載就夠了。

【夠價 kàu-kè】 價錢已與價值相等。不能再多。安爾有～～也an-ne(ni) ū～～ā⇨同上。

【夠額 kàu-gia̍h】 足額chiok-gia̍h。趁錢無人講～～也thàn-chîⁿ bô-lâng-kóng～～ā⇨喻人心永久不足。

**kàu 到** 到達。～月球～goe̍h-kiû⇨同上。等～尾仔tán～bóe-á⇨等到最後。～位也～ūi-ā⇨到目的地了。～月也～goe̍h ā⇨足月要生產了。稅～期也sòe～kî-ā⇨繳稅期限到了。

**kàu 校** 考校也。檢校也。比對曰校kàu。訂正曰校kàu。中級軍官曰校kàu。比～pí～⇨比對也，多作比較pí-kàu。少～中～上～siáu～tiong～siāng～⇨中級軍官。

【校正 kàu-chèng】 比對以正錯誤。亦曰校對kàu-tùi。～～組～～cho͘⇨出版社等的校對部門。

【校官 kàu-koaⁿ】 在將官之下，尉官之上的中級軍官。

【校訂 kàu-tèng】 同校勘kàu-khàm。

【校勘 kàu-khàm】 與原書或原稿比對而加以審定。專家～～choan-ka～～⇨同上。

【校對 kàu-tùi】 校正kàu-chèng。～～部

～～ pō·⇨負責校對的部門。或稱部，或稱組等。

【校閱 kàu-oat】 ㊀檢閱軍隊。㊁審看校正。林三博士～～lîm-sam phok-sū～～⇨同上。

kâu
猴 猿oan曰猴kâu。猿～不分oân～put-hun⇨猿即猴，猴即猿也。奸夫kan-hu曰猴kâu。掠～liah～⇨捉奸夫。牽～khan～⇨介引奸夫或嫖客。骰九tâu-káu之目曰猴kâu。么～io～⇨一數之目。三～sa$^{n}$～⇨三數之目。經紀人keng-kí-jîn曰猴kâu。米～bí～⇨介紹米穀交易者。錢～chî$^{n}$～⇨介紹金錢貸借者。不成～m̄-chiâ$^{n}$～⇨①罵人之詞(尤其女人多用之)。②一種感嘆詞。不成～果有影考著也m̄-chiâ$^{n}$～kó-ū-iá$^{n}$ khó-tioh-à⇨想不到，居然考中了。著～也不tioh～à-m̄⇨打情賣俏罵毛手毛脚。恰如～抃kah-ná～lè⇨同前。未輸～齊天抃bē-su～tê thian-lè⇨同前。猴齊天即孫悟空。在婦女口中多發音kâu-tê-thian。

【猴相 kâu-siàng】 同猴神。急性。眞～～chin～～⇨非常性急。

【猴拳 kâu-kûn】 拳法的一種。猛虎未受得～～濟béng-hó· bē(bōe)-siū-li～～chē(chōe)⇨寡不敵衆。拳kûn群kûn諧音。

【猴神 kâu-sîn】 猴性。好動的人，輕佻的性質。眞～～chin～～⇨非常的輕佻。

【猴猴 kâu-kâu】 ㊀相貌不俊。㊁爲人平庸不特出。看伊～～仔更俾你想未到khoà$^{n}$-i～～ā koh hō·-lí siū$^{n}$-bē-kàu⇨看伊狀似平庸卻有你意想不到的(表現)。

【猴精 kâu-chia$^{n}$】 猴之鬼。～～照日～～chiò-jit⇨謂照日之外一無所有也。

【猴頭 kâu-thâu】 猴的頭或頭目。阿三抃做～～a-sam teh chò～～⇨同上。～～老鼠耳～～niáu-chhí-hi$^{n}$⇨相貌不雅。心事惡毒之相。

【猴戲 kâu-hì】 猴演的戲。

【猴山仔 kâu-san-a】 猴的愛稱。～～～挽面～～～bán-bīn⇨挽面bán-bīn者女人化粧去面毛，以紗線拔除面上的幼毛也。

【猴囡仔 kâu-gín-ná】 ～～～變的～～～pì$^{n}$-ê⇨臭小子弄出來的。

【猴食去 kâu-chiah-khì(ì)】 猴吃掉了。既有～～～也，曷有山猪份kā-ū～～～à ah-ū soa$^{n}$ ti-hūn⇨既然有，猴就捷足先登地吃掉了，何能留待山猪吃。罵笨牛都被捷足先登而不自知之詞。

【猴咬猴 kâu-kā-kâu】 奸夫的遭遇戰。～～～未輸狗咬狗抃，未偎看～～～bē(bōe)-su káu-kā-káu-leh, bē(bōe)-bái-khoà$^{n}$⇨奸夫拼奸夫，宛然兩狗大戰，好看極了。

【猴齊天 kâu-tê-thian】 孫大聖。㊀猴kau。未輸～～～抃bē-su～～～lè⇨同未輸猴抃be-su kâu-lè。罵其毛手毛脚。㊁能幹。未輸～～～的七十二變，逐項都會bē-su～～～leh chhit-chap-jī-piàn, tak-hāng to-ē⇨宛然像孫大聖有七十二變的功夫，事事都會做。

【猴驚狗 kâu-kia$^{n}$-káu】 樹頂一隻猴，樹下一隻狗，猴跋落來，狗走猴也走，不知是狗驚猴，抑是～～～chhiū-téng chit-chiah-kâu, chhiū-ē chit-chiah-káu, kâu poah-loh-lâi, káu-cháu kâu-iā-cháu, m̄-chai sī káu-kia$^{n}$-kâu ah-sī～～～⇨急口令。

【猴既敢死 kâu-kà-ká$^{n}$-sí】 ～～～～也，猪哥豈不敢無命～～～～ā, ti-ko ká m̄-ká$^{n}$ bô-miā⇨謂你敢爲了，我豈有不配合你之理。

【猴脚猴手 kâu-kha-kâu-chhiú】 喻脚手敏捷，做事乾淨利落。

kāu
厚 多。煩。感情博眞～kám-chêng poah chin～⇨感情賭注甚多。禮數有～也lé-sò· ū～ā⇨禮數十分豐厚了。

【厚工 kāu-kang】 麻煩。安爾～～也了an-ne～～a lò⇨如此即麻煩太多了。

【厚行 kāu-hêng】 多心思。矮人～～é-lâng～～⇨同上。

【厚油 kāu-iû】 多油。即款的食較～～chit-khoán-ê chiah-khah～～⇨此款式煮食耗油較多。

【厚屎 kāu-sái】 多事。彼顆眞～～hit-kho chin～～⇨他甚嚕囌。慢牛～～尿bān-gû～～jiō⇨喻行動慢的人不是屎就是尿，意謂多事。

【厚荖 kāu-náu】 布紙等質好又厚實(hō-sı̍t)。更較～～的藉好koh-khah～～ê chiah-hó⇨再厚一點者才好。

【厚料 kāu-liāu】 畧同厚荖kāu-náu。

【厚賊 kāu-chha̍t】 多賊。嚴官府出～～giâm-koaⁿ-hú chhut～～⇨政令嚴反而賊多。

【厚話 kāu-ōe】 多言語。饒舌不停。不當～～m̄-thang～～⇨同上。

【厚心思 kāu-sim-su】 多權術。

【厚性地 kāu-sèng-tē】 易怒。急性。未更～～～bē koh～～～⇨無能力又加上易發脾氣。

【厚科介 kāu-khoe-hāi】 多端to-toan。多禮to-lé。科介khoe-hāi者，戲台上的大小動作。阿花上～～～耳a-hoe siāng～～～niâ⇨阿花其人最多動作。俗作厚詼諧kàu-khoe-hâi。

【厚面皮 kāu-bīn-phôe】 無廉無恥。

【厚砂屑 kāu-soa-sap】 多端to-toan。多病痛。海口之，～～～ hái-kháu-chi, ～～～⇨多端的粗話。之chi與屋chi諧音。

【厚茉菜 kāu-boa̍h-chhài】 一種蔬菜名，葉甚厚。亦叫厚茉仔kā-boa̍h-á。

【厚禮數 kāu-lé-sò͘】 多禮to-lé。多拘執to-khu-chı̍p。不免許爾～～～嘛m̄-bián hiah-ni～～～mà⇨何必拘執那麼多呀。

【厚譴損 kāu-khián-sńg】 多禁忌。阿久嬸仔眞～～～你知否，略略仔伊道不肯也a-kú-chím-á chin～～～lí-chai-bò͘, lioh-lioh-á i tō m̄-khéng-à⇨阿久嬸多禁忌你曉得嗎，風吹草動她就不幹了。

# kauh

**kauh 餃** 捲製食品曰餃kauh。引伸而綠肥犂入田中亦曰餃kauh。相擁嬉戲亦曰餃kauh。潤餅該家己～藉有趣味lūn-piáⁿ ài ka-kī～chiah-ū chhù-bī⇨潤餅要自己餃食才有趣。豆仔倩人～tāu-á chhiàⁿ-lâng～⇨豆仔(綠肥用的)請人犂餃之。二個攬抮～nn̄g-ê lám-lè～⇨兩人相擁而在打滾。

【餃肥 kauh-pûi】 犂漚綠肥。種豆仔來～～chèng-tāu-á lâi～～⇨同上。

【餃豆仔 kauh-tāu-á】 將豆仔捲漚成綠肥。～～～無大司阜無法得～～～bô toā sai-hū bô-hoat-tit⇨餃豆仔非大師父不行。

【餃檳榔 kauh-pin-nn̂g】 餃製檳榔。～～～的～～～ê⇨餃賣檳榔者。～～～講眞好趁～～～kóng chin-hó-thàn⇨同上。

【餃田菁仔 kauh-chhân-chheⁿ-á】 田菁chhân-chheⁿ亦綠肥之一種。～～～～比餃豆仔猶較歹孔～～～～pí kauh-tāu-á iáu-khah phái-khang⇨餃田菁猶比豆仔難纏也。

**kauh 跤** 跤落ka-lauh，跤漏ka-lāu，皆指物丟掉或遺失了而言。皮包仔～～去phôe-pau-á～～khì(ì)⇨錢包遺失了。乞食曷有當～～粿khit-chia̍h a̍h-ū-thang～～kóe⇨乞食怎麼會有丟失其粿食之奇事。暢到生脬～～土thiòng-kā lān-pha～～thô͘⇨高興亂跳得腎囊跤落於地。喻非常的高興。

**kauh 詥** 詥kap亦曰詥kauh。鳴不平而其詞不明曰詥kauh，曰詥kap。猶抮～抮iáu-teh～leh⇨還在不平。

【詥詥叫 kauh-kauh-kiò】 同詥詥叫kap-kap-kiò。

【詥詥死 kauh-kap-sí】 同詥詥叫kap-kap-kiò。而語氣帶有卑視。

# ke

**ke 家** 居也。人所居也。顧～kò～⇒愛護家庭。外～goā～⇒妻之父母之家。勤～khîⁿ～⇒勤勞勤儉以顧家。敗～pāi～⇒同敗國pāi-kok。有～有室ū～ū-sit⇒同上。弄～散宅lōng～soàⁿ-theh⇒弄得家破人亡也。

**【家內 ke-lāi】** 家之內。～～無猫，老鼠仔道蹺脚～～bô-bâ，niáu-chhí-á tō khiau-kha⇒家裡沒有貓，老鼠就可以享福了。喩家裡沒有大人，兒子輩就胡鬧。～～不和，家神不安～～put-hô, ke-sîn put-an⇒同上。

**【家甲 ke-kah】** 戶口。戶籍。造～～算人額chō～～sǹg lâng-giah⇒派公工只算人數，謂不計男女老幼也。喩懶惰工作不力亦算數。造家甲，依家甲派公工也。

**【家用 ke-iōng】** 家庭用費。生活的費用。～～愈崇重～～ná siong-tiōng⇒生活費愈高。

**【家伙 ke-hóe】** ㊀家的財產。不止仔做～～put-chí-á chò-～～⇒很是勤儉。～～了秀才無～～liáu siù-châi bô⇒家產泡湯了，秀才又考不成。喩屋漏又逢雨的窮途末路。㊁計算家庭的單位。有三五～～的鄰居ū saⁿ-gō～～ê lîn-ki⇒鄰居有三五家。

**【家私 ke-si】** ㊀家庭用的大小器具。～～物件逐項無～～mih-kiāⁿ tak-hāng bô⇒器具物品什麼都沒有。㊁喩男物。～～頭仔～～thâu-á。

**【家事 ke-sū】** 家內的所有事務。家政。劃～～hōaⁿ～～⇒治理家政ka-chèng。劃hoāⁿ，作事也。主理也。俗以按ān作劃hoāⁿ。

**【家長 ke-tiúⁿ】** ㊀賬房。管家。大總管。㊁戶長。戶主。～～會～～hōe⇒學生父兄的組織，協助校方推行教育。每校必有一會。

**【家後 ke-āu】** 妻。內人。祖公仔好積德，囝孫仔好～～chó·-kong-á hó chek-tek, kiáⁿ-sun-á hó～～⇒謂祖先積德，子孫才能夠娶得良妻。

**【家風 ke-hong】** 家庭的風範。人嘴趁～～lâng-chhùi thàn～～⇒對食物的愛惡是隨家況的盛衰而轉變的。人來扲看～～也lâng lâi-teh-khoàⁿ～～ā⇒對方來看家風了，婚談按步進行中。

**【家兔 ke-thò·】** 人工飼養的兔，野兔iá-thò·之對稱。

**【家畜 ke-thiok】** 家庭飼養的牲口。

**【家神 ke-sîn】** 家裡所奉祀的祖先之靈。無鬼怪～～bô-kúi koài～～⇒謂既非外鬼作祟，那麼是家神所爲了。無好～～仔通外鬼bô-hó～～ā thong-goā-kúi⇒謂家內不和一定是有內奸。

**【家庭 ke-têng】** 家。～～生活～～seng-oah⇒家居生活。

**【家教 ke-kàu】** 庭訓。好～～好囝孫hó～～hó-kiáⁿ-sun⇒家庭教育好才有好子孫。

**【家眷 ke-koàn】** 家族。眷屬。妻兒。帶～～較麻煩toà～～khah mâ-hoân⇒帶同眷屬比較麻煩。

**【家婆 ke-pô】** ㊀在家內從事雜役的老婦。㊁好管閑事者亦稱家婆。又扲～～也iū-teh～～ā⇒又在多管閑事了。不免你～～m̄-bián-lí～～⇒不要你多管。

**【家業 ke-giap】** 家的財產事業。

**【家勢 ke-sì】** 家運的形勢。抵着好～～tú-tioh hó～～⇒逢到好家運。～～尾仔～～bóe-á⇒窮途末路。

**【家當 ke-tàng】** 家財。財產。好～～hó～～⇒好大的家財。

**【家運 ke-ūn】** 家族的命運。～～當扲紅～～tng-teh-âng⇒家運正如旭日昇天。

**【家家戶戶 ke-ke-hō·-hō·】** 每家每戶。～～～～人迎翁～～～～lâng-ngiâ-ang⇒家家

戶戶都在迎神禮佛。

**ke 笄** 簪也。安髮之具也。十有五而～sıp-iū ngó͘ jî～⇨謂女孩子十五歲而用笄梳成人的髮型。亦即可以出嫁也。

**ke 街** 市集。大～小巷toā～sió-hāng⇨大小街路。市～chhī～⇨市。商業集中的所在。

**【街仔 ke-á】** 街。小街。～～面～～bīn⇨大街上。

**【街市 ke-chhī】** 市街。商業集中的所在。

**【街面 ke-bīn】** 街上。市面。

**【街路 ke-lō͘】** 街中的道路。～～石～～chioh⇨路上的石頭。數～～～siàu～～～⇨計算路上的石頭。喻失業，無事可做只好算街上的石頭過日。

**【街頭 ke-thâu】** 街中較熱鬧的所在。～～巷尾～～hāng-bóe⇨大街小巷。

**【街衢 ke-kī】** 街路ke-lō͘。

**ke 鷄** 家禽之一。亦作雞。閹～iam～⇨去勢了的雄鷄。閹～拖木屐～～thoa-bak-kiah⇨命格之一，謂隨趁隨食sûi-thàn-sûi-chiah。

**【鷄爪 ke-jiáu】** 鷄之爪。～～手～～chhiú⇨如鷄爪之手。指動則撕破書册紙張者也。～～痕～～hûn⇨如鷄爪之紋，多指爪傷。

**【鷄公 ke-kang】** 公鷄。～～相踏～～sio-tah⇨喻家常便飯的小事。同鷄母相踏即交尾也。

**【鷄心 ke-sim】** 鷄之心。

**【雞仔 ke-á】** 鷄。小鷄。～～目～～bak⇨夜盲症。～～鳥～～chiáu⇨家禽。～～鴨仔～～ah á⇨家禽。～～相踺～～sio-that⇨小鷄打架。喻芝麻綠豆的小事。

**【鷄母 ke-bó(bú)】** 母鷄。起～～皮khí～～phôe⇨因寒或怕極，皮膚起粒。～～媛仔～～noā-á⇨小姐鷄。老～～lāu～～⇨老女。潑婦。～～蟲～～thâng⇨糞堆下掘出的一種幼蟲，白色，約有人指大，每掘出，母鷄即啄食之。～～珠～～chu⇨一種野草花，結朱色子，近傳對癌症有特效。

**【鷄形 ke-hêng】** 謂某事快速如鷄者。～～的～～ê⇨同上。

**【鷄災 ke-che】** 鷄瘟也。著～～tioh～～⇨鷄染鷄瘟。

**【鷄角 ke-kak】** 小公鷄。～～仔～～á⇨小公鷄。

**【鷄肝 ke-koaⁿ】** 鷄之肝。

**【鷄卵 ke-nn̄g】** 鷄蛋。～～面～～bīn⇨美人面型。同鵝卵面gô͘-nn̄g-bīn。

**【鷄油 ke-iû】** 鷄之油。

**【鷄姦 ke-kan】** 鷄姦。即要姦，以男作女也。

**【鷄酒 ke-chiú】** 鷄肉，加麻油，酒，薑母所煮成的食品。產婦坐月的食物。稱麻油酒moâ-iû-chiú。

**【鷄胸 ke-heng】** 胸部高聳的形容。

**【鷄核 ke-hut】** 亦稱鷄生核ke-lān-hut。鷄之睪丸。

**【鷄胿 ke-kui】** 鷄之前胃。胿kui，大腹也。亦即鯁胿kéⁿ-kui之胿。歕～～pûn～～⇨吹牛。

**【鷄翅 ke-sıt】** 鷄之翅。

**【鷄䦆 ke-thûn】** 未成熟的中鷄。～～仔～～á⇨同上。

**【鷄冠 ke-kōe】** 雄鷄頭上之紅花冠。～～花～～hoe⇨鳳仙花也。

**【鷄啼 ke-thî】** 雄鷄晨鳴。～～狗吠～～káu pūi⇨同上。

**【鷄媛 ke-noā】** 鷄小姐。未下蛋之小母鷄。媛亦作僆，鷄小姐也。

**【鷄榆 ke-jiû】** 樹名。木材之一種。材質甚堅。

**【鷄脚 ke-kha】** 鷄之脚。～～褲～～khò͘⇨鷄脚之表皮。～～距～～kıh⇨鷄脚爪ke-kha-jiáu。

**【鷄腱 ke-kiān】** 鷄之胃。

**【鷄稠 ke-tiâu】** 鷄舍。

【鷄腿 ke-thúi】 鷄之大腿。鷄肉好部位之一。

【鷄瘟 ke-un】 鷄的流行病。俗稱：著鷄災tio̍h-ke-che。

【鷄鴨 ke-ah】 鷄與鴨。同爲重要家禽。無～～也好bô～～iā-hó⇨相關話。也是句讀之爭。據說；東家與熟師合約，合約文曰：無鷄鴨也好無魚蝦也好家常便飯不可少束修也不要。東家大悅，因他解說該合約爲①無鷄鴨無魚蝦都可以②家常便飯是應該有的③束修也不要。但日後熟師根據合約提出請求補償，熟師說，文章應有句讀如次；無鷄，鴨也好；無魚，蝦也好。家常便飯不可，少束修也不要。東家無奈乃補償之云。

【鷄襟胸 ke-khim-heng】 鷄胸。最多肉的部位。喻物之最肥最好者。～～～的所在～～～ê só·-chāi⇨一個地方中的最佳區域。

【鷄犬不寧 ke-khián-put-lêng】 喻地方鬧得連鷄犬亦得不到安寧。

【鷄鳴狗盜 ke-bêng-káu-tāu】 喻偷鷄摸狗的小人物。

**ke 機** 機器ke-khī，機械ki-hāi也。

**ke 加** 增益也。添也。施也。算法之一。較～每死khah～mā-sí⇨再多亦無效。當然是死的。有～無減ū～bô-kiám⇨有增加沒減少。寄話會～寄物會減kià-ōe ē～kià-mi̍h ē kiám⇨同上。

【加工 ke-kang】 多餘的工夫。徒勞無功的工夫。不必爲而爲的工作。不免～～啦m̄-bián～～lā⇨不必徒勞。

【加水 ke-chúi】 增加水。～～加豆腐加子加新婦～～ke-tāu-hū，ka-kiáⁿ ka-sim-pū⇨加水豆腐也會增加，加子新婦自然也要增加。喻水漲船高自然之勢，無所謂也。

【加油 ke-iû】 增加油料。加～～，厚厚蒜ke～～，kāu-kāu-soàn⇨油料加，蒜也加。喻本錢增加利益也會增加。厚厚謂多多。

【加長 ke-tióng】 意外的利益。有～～ū～～⇨同上。

【加長 ke-tiông】 計算外的增益。咱～～的lán～～ê⇨同上。

【加添 ke-thiⁿ】 再增加。～～五千看肯否～～gō·-chheng khoàⁿ-khéng-bò⇨再增加五千看(他)肯(買)否。

【加減 ke-kiám】 增減。多少。順自然。～～趁～～食～～thàn～～chia̍h⇨有趁有食。謂生活可勉強維持。～～收～～好～～siu～～hó⇨謂經常有收入多多少少都是很好的。

【加歲 ke-hòe】 增加年歲。年長。阿三較～～a-sam khah～～⇨阿三較年長也。

【加話 ke-ōe】 多餘的話。不必說而說的話。免～～bián～～⇨不必多說。～～免講～～bián-kóng⇨同前。又喻爭吵。逐個不當更～～ta̍k-ê m̄-thang kó～～⇨大家不可再爭吵。

【加增 ke-cheng】 意料外的增加。量了更～～二三斤niū-liáu koh～～nn̄g-saⁿ-kin⇨秤了竟多出二三斤。

【加遷 ke-chhiân】 多遷延。～～幾仔日～～kúi-á-jit＝多遷延了三五日。

【加講 ke-kóng】 多說。～～的～～è⇨多說的。說了也不算的。講該出錢是伊～～的kóng ài chhut-chîⁿ sī i ～～è⇨說要出錢是他多說的(不算)。～～話～～ōe⇨多說多餘的話。你敢更～～～就食拍lí káⁿ-koh～～～chiū chiah-phah⇨你敢再多話就挨打。

【加額 ke-gia̍h】 多餘。剩餘。分了有～～pun-liáu ū～～⇨分配結果有剩餘。又增加數量。該～～藉有夠ài～～chiah ū-kàu⇨要增加數額才夠用。

【加死的耳 ke-sí-ê-niâ】 謂事已無效矣。安爾是～～～～啦an-ne sī～～～～lā⇨如此是增加死亡(損失)而已，無效也。

【加壞的耳 ke-hāi-ê-niâ】 只加深惡化而已。

ke **要** 要姦ke-kan，亦即鷄姦ke-kan⇨姦尻川kán-kha-chhng，以男作女也。

ké **賈** 商賈siang-kē也。行曰商，處曰賈。處chhì，開店也。

ké **假** 非眞也。借也。眞～公主chin～kong-chú⇨同上。

【假八 ké-bat】 假懂事。僞識事。

【假山 ké-soaⁿ】 庭院中的人工山。

【假孔 ké-khang】 假裝。假託。～～假縫～～ké-phāng⇨設辭推三阻四。

【假包 ké-pâu】 假的。假東西。眞包chin-pâu對稱。

【假仙 ké-sian】 僞裝的仙人。虛僞的作爲。免～～bián～～⇨不必假鬼假怪（實知而裝不知）。

【假好 ké-hó】 僞作友善。假相與。

【假印 ké-ìn】 僞印。刻～～khek～～⇨同上。

【假字 ké-jī】 僞造的契約書。

【假曲 ké-khek】 僞曲。喻謊言。～～唱未落喉～～chhiùⁿ-bē(bōe)-lo̍h-âu⇨假曲唱不順喉，謊話說不順口。喻謊言必有矛盾。

【假名 ké-miâⁿ】 ㊀虛的名字。㊁日本字叫假名kana。因原假借漢字之音而字體加以簡化，故稱假名。有平假名Hiragana一草體，與片假名katakana一簡體兩種。

【假死 ké-sí】 裝死。知而故作不知。～～假活～～ké-oa̍h⇨裝死裝活。推三阻四。又假裝重病。

【假困 ké-khùn】 假裝在睡眠。困khùn亦眠也。困khùn俗作睏khùn。

【假知 ké-chai】 不知作知。不知～～m̄-chai～～⇨不知裝知。

【假的 ké-ê】 非眞的。僞造的。倣造的。攏～～無半項眞的lóng～～bô-poàⁿ-hāng chin-ê⇨同上。

【假物 kē-mi̍h】 僞造之物。

【假版 ké-pán】 僞版。僞印。

【假事 ké-sū】 虛託之事。非眞之事。

【假胎 ké-thai】 假想姙孕。

【假笑 ké-chhiò】 空笑。虛笑。

【假珠 ké-chu】 假眞珠。

【假哭 ké-khàu】 虛哭。空哭心不哭。

【假虔 ké-khiân】 假誠意。免扲～～bián teh～～⇨不要在裝模作樣。

【假骨 ké-kut】 故意裝傻裝癲。～～講～～kóng⇨故意講得可笑。又故作違拗也。

【假病 ké-pēⁿ(pīⁿ)】 裝病。

【假猛 ké-béng】 假作勇敢。

【假情 ké-chêng】 假作有情。

【假造 ké-chō】 僞作。～～銀票～～gîn-phiò⇨僞造紙幣。同假做ké-chò。

【假貨 ké-hòe】 僞貨。僞造的東西。

【假番 ké-hoan】 ㊀僞裝做外國番或生番chheⁿ-hoan。㊁故作不講理。～～插雉鷄尾～～chhah thî-ke-bóe⇨欲裝成番人即須頭插鷄毛。免得～～bián teh～～⇨不要在裝蒜。

【假博 ké-phok】 假博學。大言不讓人。

【假筆 ké-pit】 假借別人手筆。書畫的僞作。

【假童 ké-tâng】 僞童乩。～～害衆人～～hāi chèng-lâng⇨假童乩損害人。

【假意 ké-ì】 僞裝。虛情～～hi-chêng～～⇨同上。阿娘仔～～佅梳頭a-niû-á～～boeh se-thâu⇨同上。

【假脚 ké-kha】 大脚假小脚。古女人纏足以愈小愈美。故有以大裝小者。

【假銀 ké-gîn】 假造的銀幣。～～換紙鞋——逐家暢～～ōaⁿ chóa-hia——tak-ke thiòng⇨謂用假銀者買得紙靴回來——大家高興一場。

【假醉 ké-chùi】 僞作醉酒。

【假影 ké-iáⁿ】 假者也。按：疑爲假也ké-iá兩字之訛。猶之如：知影chai-iáⁿ⇨知也chaiiá，不知影m̄-chai-iáⁿ⇨不知也m̄-chai-iá，有影ū-iáⁿ⇨有也iú-iá，無影bô-iáⁿ⇨無也bô-iá等各詞，均屬同型，影字疑爲也字之轉訛。

【假熟 ké-sek】 僞裝熟悉人或事。

【假聲 ké-siaⁿ】 不自然之聲音。倣作之聲。

【假證 ké-chèng】 僞證。虛僞證據。

【假有心 ké-ū-sim】 假裝有意。無心～～～，柴籃仔擔水俾哥飲bô-sim～～～，chhâi-nâ-á taⁿ chúi hō-ko-lim⇨柴籃仔是不能擔水的。

【假慈悲 ké-chû-pi】 貓哭老鼠。

【假山假水 ké-san-ké-súi】 假好意。

【假仁假義 ké-jîn-ké-gī】 假仁義。

**改** ké 修正也。請人～chiáⁿ-lâng～⇨請人修正(文章等)。頷頷該更～ām-niá ài-koh～⇨頷頷部份須再修改。

**解** ké 破也，破招曰解ké。伊拍去，乎人～掉去i phah-khì, hō-lâng～tiāu khì⇨他打出去，被人破解了(亦即其招數失效了)。

【解藥 ké-ioh】 破毒之藥。若無～～道無醫也nā bô～～tō bô-i a⇨如果找不到解毒藥就必死了。

**計** kè 合共也。會計也，謀計也。綜合也。合～hap～⇨同上。總～chóng～⇨同上。

【計共 kè-kiōng】 合計。總計。～～五十人～～gō·-chap-lâng⇨同上。

【計策 kè-chhek】 計畫。策略。想無好～～siūⁿ-bô hó～～⇨想不出好計畫。

【計畫 kè-ōe】 策畫。道路開鑿～～tō-lō· khai-chhok～～⇨同上。

【計智 kè-tì】 計略。想好～～來對付伊siūⁿ-hó～～lâi tùi-hū-i⇨想妥計策來對付他。

【計較 kè-kàu】 計量。檢討。一是一二是二不糊塗。彼此界分分明。詳細籌畫。用心～～培養子女iōng-sim～～pôe-iáng chú-lí⇨同上。～～許無當食～～he, bô-thang-chiah⇨爭論那麼小事情沒用。即類問題一定該共伊～～chit-lōe būn-tê it-tēng ài kā i～～⇨此種問題一定要和他計量清楚。逐個朋友間免～～tak-ê pêng-iú-kan bián～～⇨大家都是朋友，不必計較。該來去共伊～～ài laih-khì kah-i～～⇨必須去向他抗議。

【計算 kè-sǹg】 合算。清算。出入的數目該逐日～～chhut-jıp ê siàu-bak ài tak-jıt～～⇨賬的收支需要每天清算。

【計謀 kè-bô】 計畫。什麼～～每用過也sa-ma～～mā iōng-kòe-à⇨所有的策略都用過了。什麼～～亦不値着天一畫sa-ma～～ah m̄-tak-tioh thiⁿ chıt-oe⇨什麼妙計亦值不得天一畫。亦即謀事在人，成事在天bô·-sū chāi-jîn，sêng-sū chāi thian。

**價** kè 物之直也。物～but～⇨同上。講～kóng～⇨同上。叫～kiò～⇨同上。落～lak～⇨同上。

【價格 kè-kek】 價錢。

【價值 kè-tat】 人的價值。物的價值。做人眞無～～chò-lâng chin-bô～～⇨同上。錢開了有～～chîⁿ khai-liáu ū～～⇨同上。

【價單 kè-toaⁿ】 價錢表。

【價脚 kè-kha】 價的差額。～～差得幾仔堁～～chha-le kui-a-kho·⇨價錢差得幾塊錢。端仔趁～～都未得了也kan-na thàn～～to bōe(bē)-tıt-liáu-à⇨只趁價脚就很多了。

【價數 kè-siàu】 價錢的數字。價錢。～～未和～～bē(bōe)-hô⇨價不合算。～～有較高～～ū khah koân⇨價錢比較懸一點。

**嫁** kè 女婚也。推禍於人曰嫁。男婚女～lâm-hun-lí～⇨同上。～鷄逮鷄飛，～狗逮狗走，～乞食，背茭荐斗～ke tòe-ke-poe, ～káu tōe-káu-cháu, ～khit-chiah phāiⁿ-ka-chì-táu⇨謂女人的生活是隨所嫁的夫婿的程度如何而定的。

【嫁翁 kè-ang】 女子結婚。～～嚥翁～～chiah-ang⇨嫁了丈夫生活就依靠丈夫。

【嫁娶 kè-chhoā】　男女結婚。在女曰嫁出kē-chhut，在男曰娶入 chhoā-jı̍p。二人的交際，已經扲講～～也nn̄g-lâng ê kau-chè, i-keng teh-kóng～～ā⇨兩個人的交際已經在談結婚階段了。

【嫁粧 kè-chng】　新娘出嫁隨帶的一切服飾以至大小家私物件。～～一牛車～～chı̍t-gû-chhia⇨同上。

【嫁禍 kè-hō】　移禍。～～別人～～pia̍t-jîn⇨移禍給別人，亦即自己不負責。～～東吳～～tong-gô͘⇨同上。

kè **稼**　農事也。～問農，商問賈～būn-lông, siang-būn-ké⇨同上。

kè **繼**　接也。承也。前仆後～chian-phok-hō͘～⇨同上。

【繼子 kè-chú】　外來接嗣的兒子。

【繼父 kè-hū】　母之再嫁夫。

【繼母 kè-bó】　父之續弦妻。

【繼妻 kè-chhe】　後妻。俗稱後巢au-siū。

【繼承 kè-sêng】　繼續承接。～～父業～～hū-gia̍p⇨繼承父的產業。

【繼室 kè-sek】　繼妻。後妻。娶來做～～chhoā-lâi chò～～⇨娶做後巢chhoā-chò (chòe) āu-siū。

【繼起 kè-khí】　繼續興起。羣雄～～kûn-hiông～～⇨羣雄相繼興起。子孫～～chú-sun～～⇨子孫相繼發達。

【繼配 kè-phòe】　後妻。

【繼書 kè-su(si)】　相繼證書。

【繼嗣 kè-sū】　繼承的子嗣。～～業～～gia̍p⇨繼承的產業、財產。

【繼續 kè-sio̍k】　接繼。連續。～～進行～～chìn-hêng⇨不斷的進行。～～有效～～iú-hāu⇨同上。

kè **駕**　馬拖車也。乘物之總稱。馭使車船也。大～光臨tāi～kong-lîm⇨你來了的尊稱。御～親征gī～chhin-cheng⇨同上。

【駕車 kè-chhia】　馭車。使車。乘車。～～代步～～tāi-pō͘⇨同上。

【駕御 kè-gī】　驅使。控制。～～英雄～～eng-hiông⇨驅使英雄人物。

【駕返瑤池 kè-hoán-iâu-tî】　喻死。謂回到瑤池去了。弔亡的套詞。

【駕輕就熟 kè-kheng-chiū-se̍k】　使輕車走熟路。喻做熟習的事情，工作進行非常的順利。

kè **架**　小棚也。虛構曰架kè。搭～tah～⇨同上。搭鷹～tah-eng～⇨建築場地的臨時架。

【架子 kè-chú】　派頭phài-thâu。排～～pâi～～⇨展示其不同凡響的派頭。

【架仔 kè-á】　小架小棚。搭～～tah～～⇨同上。菜～～chhài～～⇨賣蔬菜的。市場內的攤位皆曰架仔kè-á。

【架空 kè-khong】　憑空捏造。使有力無法施展。～～猴齊天～～kâu-chê-thian⇨同上。

【架設 kè-siat】　建築架形之物。～～天橋～～thian-kiô⇨同上。

kè **解**　押送人犯曰解kè。押送財物亦曰解kè。蘇三起～so͘-sam khí～⇨戲劇名。內容是將蘇三押送去三堂會審也。

【解犯 kè-hoān】　押送人犯。

【解差 kè-chhe】　奉命解送之官差。

【解送 kè-sàng】　解差押送人犯或錢糧。

【解錢糧 kè-chîⁿ-niû】　押送錢糧往交上級。

kè **疥**　疥癬kài-sián也。皮膚病名。俗曰疥kè，是疥癬蟲在皮膚下穿墜道所致的。生～seⁿ～⇨發生疥癬症。生～咸褲磖seⁿ～hām-khò͘-lè⇨謂生疥了，因其奇癢，就連褲(衣服)而抓，把，磨，以冀消癢也。磖lè，磨也。爛～noā～⇨疥由癢而化膿而潰爛。癒痦thái-ko⇨疥之潰爛遍及全身者。

kè **髻**　總髮也。挽髮而束於頂也。新娘～sin-niû～⇨似乎新娘梳髮的一種補助器具。

【髻仔鬃 kè-á-chang】　假髮束。老婦髮薄，用以增加其髮量者。

kè
**過** 過kòe也。過失kòe-sit⇨過失kè-sit。

kê
**枷** 項械也。古刑具也。脫不了的負擔皆曰枷kê。舉～giâ～⇨帶枷。背帶責任也。舉囡仔～giâ gín-á～⇨父母撫養子女。舉死人～giâ sí-lâng～⇨遇人不淑的太太也。舉囡仔～giâ í-á～⇨頑徒受處罰也。五根～gō·-kin～⇨五指力曲以敲人頭也。天對地，饗杓對飯籬，鼎蓋對鼎刷，頭殼碗對五根～thi$^{n}$-tùi-tē, hāu-hia tùi pn̄g-lē, tiá$^{n}$-kám tùi tiá$^{n}$-chhè, thâu-khak-oá$^{n}$ tùi gō·-kin～⇨童謠。對仔謠。

kê
**醢** 肉醬之有汁者曰醢kê。肉類魚介類之漬重鹽者曰醢kê。珠螺～chu-lê～⇨同上。珠螺chu-lê者小如珠粒。大者不過箸頭大。其殼斗笠形。蚵仔～ô-á～⇨同上。鹿肉～lok-bah～⇨同上。日本～jit-pún～⇨日文曰鹽辛shiokara。蝦仔～hê-á～⇨小蝦之鹽漬者。蝦仔～手hê-á～chhiú⇨好拎食物投入口中者。觀音媽偷拎蝦仔～koan-im-má thau-ni hê-á～⇨謂莫大的寃枉也。

kē
**下** 高koân之對詞。矮é也。低te也。劣loat也。人有大細，位有高～lâng ū toā-sè, ūi ū koân～⇨同上。比高～pí-koân～⇨比較優劣iu-loat。高～耳，平平每是官koân～niâ，pê$^{n}$-pê$^{n}$ mā-sī koa$^{n}$⇨(職位)高低有別而已，一樣都是官員也。更較～抆藉會平koh-khah～leh chiah-ē pê$^{n}$⇨有降低一點才能平坦。甚～去也啦siu$^{n}$～khì-à-là⇨太低了。

【下金 kē-kim】 品質下等之金。

【下音 kē-im】 低音te-im。唱～～的chhiù$^{n}$～～ê⇨低音té-im歌手。

【下神 kē-sîn】 地上之神。天上之神曰高神koân-sîn。

【下脚 kē-kha】 矮脚é-kha。即種的較～～chit-chéng-ê khah～～⇨此種者乃矮脚種é-kha-chéng。

【下路 kē-lō·】 ⿰矢亞路kē-lō·⇨射線偏差，射失準也。喻能力低劣，眼高手低也。俗⿰矢亞路皆作下路，可互通也。

【下輩 kē-pòe】 ē-pòe。輩份低。個較～～in khah～～⇨他們輩份較低。

kē
**⿰矢亞** 惡箭也，箭之不良者。箭之射偏下而不中的者。

【⿰矢亞路 kē-lō·】 箭之路線不正也。射不準也。喻眼高手低差勁也。俗皆作下路kē-lō·，似亦通也。

## ke$^{n}$

ke$^{n}$
**庚** 十干之第七位。又年齡也。同～tâng～⇨同年的tâng-nî-ê。貴～kùi～⇨請問對方年歲。

【庚帖 ke$^{n}$-thiap】 ki$^{n}$-thiap。訂婚的紅帖，其中寫有生辰月日，必須湊成八個字。所謂八字peh(poeh)-jī或八字命peh(poeh)-jī-miā者本此。

ke$^{n}$
**更** 夜間時刻曰更ke$^{n}$，ki$^{n}$。一夜分有五更ke$^{n}$。三～半暝sa$^{n}$～poà$^{n}$-mê$^{n}$(mî$^{n}$) ⇨三更半夜。閻王註定三～死，決不留人過五～giâm-ông chù-tiā$^{n}$ sa$^{n}$～sí, koat-put liû-jîn kòe-gō·～⇨布袋戲刺客要殺人時的口白。三～出，半暝入sa$^{n}$～chhut, poà$^{n}$-mê$^{n}$(mî$^{n}$)-jip⇨①早出晚歸，工作辛苦。②妻怨夫行動不尋常。守～chiú～⇨守夜siú-iā。一～你去巡，二～我來困it～lí khì sûn，jī～góa lâi-khùn⇨謂黠仔食戇仔也。

【更夫 ke$^{n}$-hu】 ki$^{n}$-hu。打更人。

【更鼓 ke$^{n}$-kó·】 ki$^{n}$-kó·。打更用鼓kó·或用柝khok。一更～～月照山，牽君仔手摸心肝it-ke$^{n}$～～goeh(geh) chiò-soa$^{n}$, khan-kun ê chhiú bong sim-koa$^{n}$⇨歌謠。

【更柝 ke$^{n}$-khok】 ki$^{n}$-khok。打更的柝仔khok-á。

【更寮 ke$^{n}$-liâu】 ki$^{n}$-liâu。更夫的小屋。更樓ke$^{n}$-lâu。

【更深夜靜 ke$^{n}$-chhim-iā-chēng】 夜深了。

ke$^{n}$ **經** 織布曰經ke$^{n}$，ki$^{n}$。牽挽khan-bán曰經ke$^{n}$, ki$^{n}$, 羅盤lô-poâ$^{n}$曰經ke$^{n}$, ki$^{n}$，牲畜拍種phah-chéng亦曰經ke$^{n}$, ki$^{n}$。男女苟且kò͘-chhiá$^{n}$行為亦曰經ke$^{n}$, ki$^{n}$。有布～ū-pò͘～⇨有布可織。合好人行有布～，合歹人行有子生kah(kap) hó-lâng kiâ$^{n}$ ū-pò͘～，kah(kap) phái$^{n}$-lâng kiâ$^{n}$ ū-kiá$^{n}$-se$^{n}$(si$^{n}$)⇨謂交陪好人學會織布，交陪壞人學會生孩子。有步～ū-pō͘～⇨有所牽挽亦即有所依靠。與有布經ū-pò͘-ke$^{n}$是雙關語。風吹～於電線hong-chhoe～tī tiān-soà$^{n}$⇨風箏纏住在電線上。牛母恰如扲起盆也，該～也gû-bó kah-ná teh khí-phûn-ā, ài～a⇨母牛好像在發情了，應該交配了。彼類查某都見人～的hit-lōe cha-bó͘ to kì$^{n}$-lâng～ê⇨那種女人是逢人就勾搭(任人睡覺)的。羅～lô～⇨羅針盤lô-chiam-poâ$^{n}$。牽～khan～⇨排羅盤定墓地。有根～ū-kin(kun)～⇨有牽連(親戚關係)。既無根～伊俫插kā-bô kin～i boeh-chhap⇨既然沒關係的他(何以)肯插手。阮合個無根無～goán kah(kap) in bô-kin-bô～⇨我們與他們一些些關係都沒有也。

【經布 ke$^{n}$-pò͘】 ki$^{n}$-pò͘。織布chit-pò͘。紡紗～～pháng-se～～⇨同上。

【經絲 ke$^{n}$-si】 ki$^{n}$-si。蜘蛛佈網。蜘蛛扲～～ti-tu teh～～⇨同上。娘仔扲～～也niû-á teh～～a⇨蚕在吐絲了。蚕chhâm曰娘仔niû-á，蓋來自養蚕起自嫘祖娘娘lê-chó͘-niû-niû。

【經落去 ke$^{n}$-lo̍h-khì(ì)】 牲畜拍種 phah-chéng。猪母～～～也ti-bó～～～ā⇨母豬打種了矣。

【經來經去 ke$^{n}$-lâi-ke$^{n}$-khì】 ㊀牽連甚多。代誌～～～～眞複雜tāi-chì～～～～chin ho̍k-cha̍p⇨問題牽連甚多非常複雜。㊁草蔓纏足。山路草仔藤仔～～～～眞歹行soa$^{n}$-lō͘ chháu-á tîn-á ～～～～ chin phái$^{n}$-kiâ$^{n}$⇨山路上草也藤也會纏人之足甚難行。

【經脚經手 ke$^{n}$-kha-ke$^{n}$-chhiú】 纏脚纏手tî$^{n}$-kha-tî$^{n}$-chhiú。囡仔～～～～做無空課gín-á～～～～chò(chòe)-bô khang-khòe⇨孩子們纏脚繫手工作效率甚差。

ke$^{n}$ **羹** 湯之和以五味者。五味調和曰羹ke$^{n}$, ki$^{n}$。俗以肉蔬菜類煮湯投粉者曰羹ke$^{n}$, ki$^{n}$，俗作焿ke$^{n}$, ki$^{n}$，非也。雜和～cha̍p-ô͘～⇨多種料混合煮成者。肉～bah～⇨肉為主料。魚～hî～⇨魚為主料。魷魚～jiû-hî～⇨魷魚為主料。

【羹頓 ke$^{n}$-tǹg】 飯菜等的三餐食。人食啥～～咱食啥～～亦敢俫合人並lâng chia̍h-sah$^{n}$～～lán chia̍h-sah$^{n}$～～ia̍h-ká$^{n}$-boeh kah-lâng-phēng⇨人家吃的是何種菜食，我們吃的又是何種菜食，也要跟人家比較(眞不怕羞也)。咱的～～是合人未並得lán ê～～sī kah(kap)-lâng bē(bōe)-phēng-tit⇨我們的飯食是與人比不得的(太差了)。人有人的～～，咱有咱的～～，人講比上不足，比下有餘，俫安怎比lâng ū lâng ê～～, lán à lán ê～～, boeh an-choá$^{n}$-pí⇨人家有人家的菜色，我們有我們的菜色。古人言，比上不足，比下有餘，有何法可比較呀。

ke$^{n}$ **驚** 驚蟄ke$^{n}$-ti̍t，節氣名。二十四氣之一，在春分之前，約在太陽曆的三月五或六日。雨水～～春分í-súi～～chhun-hun⇨連續的三個節氣名。

ké$^{n}$ **鯁** 一種淡水魚名。味亦甚美，惜有暗刺，但其大者暗刺亦大，無碍也。落～lāu～⇨鯁魚成群結隊往下流奔游也。往時溪流上設有魚簄hî-hâng, 落鯁時日可捕捉一兩千斤，其大者約有兩三斤重。余兒時曾數逢其盛，親身補助大人捕之。

【鯁仔 ke$^{n}$-á】 鯁之俗名。～～魚～～hî⇨同上。～～筍～～sún⇨其小者。

**ké$^{n}$ 骾** 小骨留喉中也。亦作鯁ké$^{n}$。魚骨刺喉曰鯁ké$^{n}$。好禮仔食藉未～著hó-lé-á chiah chiah-bē(bōe)～tioh⇨小心吃才不刺喉。

**【骾死 ké$^{n}$-sí】** 骨刺刺喉致死。食著如餓牢的亦不驚～～chiah-tioh ná ngō-lô-ê ah-m̄-kia$^{n}$～～⇨吃得如餓監之囚也不怕骾死。

**【骾胿 ké$^{n}$-kui】** 吃得杜塞頷管ām-kńg。胿kui者腹也，食道也。漲到～～也tiù$^{n}$-kà～～a⇨強吃得杜塞食道了。

**【骾骨 ké$^{n}$-kut】** 骨留在喉中。食了～～扲咳未出來chiah-liáu～～ lè khak-bē(bōe) chhut-lâi⇨吃得骨刺喉中咳不出來。

**【骾著 ké$^{n}$-tioh】** ㊀骨刺喉。㊁貪污碰釘。夭壽仔食了都也會～～也否 iau-siū-á chiah-liáu to-ā ē(ōe)～～ à-hoh$^{n}$⇨太無天良的貪法，食了還不是碰了釘了嗎。食chiah亦有貪污之義。食錢官chiah-chî$^{n}$-koa$^{n}$等是也。

**ké$^{n}$ 耞** 連耞liān-ké$^{n}$，打穀的小道具也。可以連續敲擊。

**kè$^{n}$ 桁** 屋橫木也。數之位曰桁kè$^{n}$。算盤桁sǹg-poâ$^{n}$-kè$^{n}$⇨算盤的數位。算盤摘錯～sǹg-poâ$^{n}$ tiak-chhò-～⇨算盤打錯位。以指彈動曰摘tiak。差一～道未活也，更差三～chha chit～tō-bē(bōe)-oah-à，koh chha sa$^{n}$～⇨錯一位數就不得了了，竟錯了三位數(還了得)。差大～也cha toā～à⇨差大碼了。

**kê$^{n}$ 挳** 同挳khian。古牽字。引前也。又扼也。繫hē曰挳kê$^{n}$，草仔～於孔底chháu-á～tī khang-té⇨有草繫塞在孔中。拂除蜘蛛網亦曰挳kê$^{n}$。蜘蛛絲先～藉未幪面ti-tu-si seng～chiah-bē(bōe)-moâ-bīn⇨蜘蛛絲先拂除才不致幪面。不知啥～於嚨喉m-chai-sah$^{n}$～tī nâ-âu⇨不知何物停塞在喉中。

**【挳挳 kê$^{n}$-kê$^{n}$】** 挳kê$^{n}$。拂除。蜘蛛絲～～扲ti-tu-si～～lè⇨蜘蛛絲把它拂除掉吧。

**【挳倒人 kê$^{n}$-tó-lâng】** 一枝草仔～～～chit-ki chháu-á～～～⇨一枝小草能使人失足倒地。

**【挳於心裡 kê$^{n}$-tī-sim-nī】** 繫在心中。到今幾仔年也猶～～～～kàu-ta$^{n}$ kúi-ā-nî-ā iáu～～～～⇨至今數年了，還是繫在心中不去。

**【挳脚挳手 kê$^{n}$-kha-kê$^{n}$-chiú】** 繫足繫手。囝仔～～～～都剝未開gín-á～～～～to pak-bē(bōe)-khui⇨孩子們繫足繫手脫不了身。

# keh

**keh 格** 老樹杦lāu-chhiū-khok曰格keh。法式也。有所界限皆曰格keh。庋物架曰格keh。樹有樹～人有人～chhiū ū chhiū～lâng ū jîn～⇨同上。骨～kut～⇨同上。性～sèng～⇨同上。變～piàn～⇨同上。資～合～chu～hap～⇨同上。及～kip～⇨同上。方～hong～⇨同四角～sì-kak～⇨同上。窓仔門～thang-á-mn̂g～⇨同上。品～管制phín～koán-chè⇨同上。

**【格仔 keh-á】** 四角格的。～～紙～～choá⇨有格之紙亦作罫仔紙。壁～～⇨小壁櫥。可以庋物khǹg-mih。

**【格外 keh-goā】** 特別。愛～～小心ài～～sió-sim⇨需特別小心。人有代誌那有法度～～關心咱lâng ū tāi-chì ná-ū hoat-tō～～koan-sim lán⇨人家有事情沒辦法特別關心我們的。

**【格式 keh-sit(sek)】** 一定的式樣。照咱的～～做chiàu lán ê～～chò(chòe)⇨同上。

**【格局 keh-kiok】** 規模。派頭。看是不止有～～的款khoà$^{n}$ sī put-chí ū～～ê khoán⇨一看似乎是相當不錯的樣子。

**【格調 keh-tiāu】** 品質。品格。文章的～～未穓bûn-chiu$^{n}$ ê～～bē(bōe)-bái⇨文章的格調不壞。歌手的～～道無相共也koa-chhiú ê～～tō bô-sio-kâng-ā⇨歌手的格調就不同了。～～較懸的飯店～～khah-koân ê pn̄g-tiàm⇨同上。

keh
**罫** 礙也。方目也。格子也。日文有罫紙keisi，即格子紙亦即格仔紙keh-á-choá也。用得也對。

keh
**隔** 障也。不相合也。中間有物阻擋曰隔keh，有距離亦曰隔kek。路途遠～lō·-tô· oán～⇨同上。

【隔山 keh-soaⁿ】 間有一山。隔行如～～keh-hâng ná～～⇨不同行業者，大家都不知道他業的內幕。

【隔日 keh-jıt】 過一天。～～耳道來討轉去也～～niâ tō-lâi-thó tńg-khì-à⇨過一天就來收回去了。

【隔江 keh-kang】 一江相隔。商女不知亡國恨，～～猶唱後庭花siang-lí put-ti bông-kok-hīn, ～～iū-chhiàng hō·-têng-hoa⇨唐詩。

【隔界 keh-kài】 分開。相爲鄰。有路～～爾ū-lō·～～lê⇨有路爲界。帶於相～～耳toà-tī sio～～niâ⇨住在互相爲鄰的地方而已(很近)。

【隔間 keh-keng】 分開爲兩間房。～～兄弟～～hiaⁿ-tī⇨堂兄弟。

【隔開 keh-khui】 分開。初五～～chhe-gō·～～⇨謂初五日爲界，前爲新年，後爲常日，一切恢復常態。

【隔脚 keh-kha】 交易出入的差額。五元～～隨在你揀gō·-kho·～～sûi-chāi-lí kéng⇨差額五元，由你選擇。

【隔閡 keh-hâi】 略同隔膜keh-moh。閡hâi(gâi)，塞也，礙也。

【隔暝 keh-mêⁿ(mîⁿ)】 過夜。老鴉仔未庋抡～～卵lō-ah-á bē(bōe)-khǹg-tıt～～nn̄g⇨謂有物立即吃掉絕不留存明天。(但爲何老鴉不留卵到明天則我不知也)。～～企日～～khiā-jıt⇨謂時日甚久了。記明年月日曰企日khiā-jıt。

【隔膜 keh-moh】 不相往來不相連絡。～～愈深～～jú-chhim⇨將傳染病者與普通無病者分開另置一處的地方。

【隔壁 keh-piah】 鄰居。帶～～toà～～⇨住居隔一重壁。～～做親家，禮數原在～～chò(chòe) chhin-ke, lé-sò· goân-chāi⇨鄰居聯婚，有關禮節照舊實行。

【隔離 keh-lī】 分開。～～病房～～pēⁿ-pâng。傳染病～～所thoân-jiám-pēⁿ～～só·⇨將傳染病者與普通無病者分開另置一處的地方。

【隔斷 keh-tn̄g】 中絕。消息攏～～去也siau-sit lóng～～khì-à⇨同上。

【隔轉年 keh-tńg-nî】 過了年。～～～耳，道攏差了了也～～～niâ, tō-lóng chha-liáu-liáu-à⇨只過了一年而已，就皆大不相同了。

【隔岸觀火 keh-gān-koan-hóe】 同企高山看馬相踢khiā koân-soaⁿ khoàⁿ-bé sio-that⇨皆喻旁觀者禍不及己，完全不關心他人生死的態度。

【隔世遺傳 keh-sè-î-thoân】 生物學名詞。謂父母的特性，隔一兩代之後，會再出現在子孫身上。

【隔鞋抓癢 keh-ê(ôe)-jiàu-chiūⁿ】 隔靴搔癢kek-hia-so-iāng。喻做事不切實際。未輸抡～～～～抡，曷有採工bē(bōe)-su teh～～～～lè，ah-ū chhái-kang⇨謂隔鞋抓之不能止癢無效也。

keh
**膈** 分隔胸部與腹部之膜也。橫～膜hoâiⁿ～moh⇨同上。

keh
**鍥** 一種農刀。草鍥仔chháu-keh-á⇨剃草刀phut-chháu-to。

keh
**格** 阻也。抵牾曰格keh。阻～chó·～⇨抵制。有所阻礙曰格keh。一枝草仔會～倒人chıt-ki chháu-á ē(ōe)～tó-lâng⇨一枝小草可能礙及人倒地。格keh，俗作逆keh，但逆gek者拂逆，叛逆之主動，格keh雖曰阻，其實是礙及順利也。

【格手 keh-chhiú】 有物礙手。方向或位置不合手勢。安爾較～～an-ne(ni) khah～～⇨同上。

【格耳 keh-hīⁿ】 不順耳。聽著有較～～thiaⁿ-tioh ū khah～～⇨聽來有些不順。

【格乖 keh-koai】 故作違拗於常態。正月寒死豬，二月寒死牛，三月寒死播田夫，四月寒死～～新婦 chiaⁿ-goeh koâⁿ-sí-ti, jī-goeh koâⁿ-sí-gû, saⁿ-goeh koâⁿ-sí pò·-chhân-hu, sì-goeh koâⁿ-sí～～sim-pū⇨謂媳婦格乖，不依交代多帶衣，致被寒死了。

【格路 keh-lō·】 出手即遭阻格。～～道是～～，你走，阮叫別人～～tō-sī～～，lí-cháu, goán kiò pat-lâng⇨不順的就是不順，你退下去，我叫他人替你。～～司 ～～ sai⇨格路先生。司sai，司阜sai-hu也。

【格馬脚 keh-bé-kha】 象棋的術語。馬前有他子在同線上即不能進也。

【格衆人 keh-chèng-lâng】 不合羣。一人～～～ chit-lâng～～～⇨一個人獨不與衆人合流。

【格生乖 keh-lān-koai】 格乖keh-koai的粗語。生lān，男陰也。生亦作𡳞lān。

## kek

kek
**激** 阻遏流水也，水波湍急也，心中有所感激也，感激也，違俗立異也。按與格字，幾乎紛亂不分。

【激人 kek-lâng】 激怒別人。以特殊的方法鼓動別人。你眞夭壽，～～去死，免用刀lí chin-iau-siū, ～～ khì-sí bián-iōng-to⇨你實在過分，沒用刀就激怒人家去死。

【激力 kek-lat】 出力，拼力。牙齒根咬拎～～共伊拼命gê-khí-kin kā-lè～～ka-i piàⁿ-miā⇨咬著牙根出力跟他拼死命。

【激心 kek-sim】 不勝其不平，不勝其後悔，等等，因而盛怒在心無可發洩。

【激巧 kek-khiáu】 取巧。奸巧。伊都～～不講話i to～～m̄-kóng-ōe⇨他是奸巧不發表意見。

【激古 kek-kó·】 捏造故事以饒舌。食飽顧～～chiah pá kò·～～⇨只管整日作無謂的饒舌(不做正事)。

【激行 kek-hēng】 故意現出狡智或作違拗的表現以示反抗。對家己的老母亦拎～～ tùi ka-kī ê lāu-bú ah teh～～⇨對自己的老母亦在～～(不可也)。

【激血 kek-hueh】 凝血。充血。烏青～～o·-chheⁿ～～⇨打傷的情形。

【激死 kek-sí】 氣極而死。一句話～～英雄漢chit-kù-ōe～～eng-hiông-hàn⇨同上。活㑳～～人oah-boeh～～lâng⇨幾乎要氣死人。

【激困 kek-khùn】 一味睡覺，僞裝睡覺。你～～好耳，會曉做啥lí～～hó niâ, ē-hiáu chò sahⁿ⇨你只僞裝睡覺好而已，會做什麼呢？

【激法 kek-hoat】 所謂激將法也。看你用啥～～耳khoàⁿ-lí iōng siáⁿ～～niâ⇨同上。

【激乳 kek-leng】 漲乳。乳房積乳也。

【激穿 kek-chhēng】 刻意於服飾。

【激食 kek-chiah】 或作激噍。刻意食特別的東西。或上等的食生活。彼家人～～上甘耳，hit-ke-lâng～～siāng-kam niâ⇨那一家只是吃好東西最肯出錢而已。

【激怒 kek-nō·】 劇怒。大怒。～～了烏面的～～liáu o·-bīn-ê⇨同上。烏面的o·-bīn-ê代表硬漢。

【激屎 kek-sái】 裝腔作勢。排架子。裝高傲。裝高貴。屎疑勢之訛。但以罵那些人可謂一針見血。

【激氣 kek-khì】 一時生氣。有恨在心難消。傷害感情。人講倫氣生財～～相剋，逐家不好安爾相激藉好lâng-kóng lún-khì seng-châi,

～～sio-thâi, tak-ke m̄-hó an-ne(ni) sio-kek chiah-hó⇨古人言，倫氣生財激氣相殺，大家不可互相刺激也。

【激骨 kek-kut】 於言行故意標新立異。例如大寒天故穿單衣等。～～道該食肉屑～～tō-āi chiah bah-sut⇨謂～～的人於己有損。講～～仔話kóng～～á ōe⇨講特別修飾或旁敲側擊的話。

【激烈 kek-liat】 劇烈。言論～～giân-lūn～～⇨同上。

【激破 kek-phoà】 暴破。衝破。～～頭腦～～thâu-náu⇨喻想得太多或想不到妙計。～～腹肚腸仔～～pak-tó·-tn̂g-á⇨同上。～～鷄胎～～ke-kui⇨牛皮吹破了。肚kui，大腹也。

【激動 kek-tōng】 劇烈的感動。冷靜，不可～～léng-chēng, m̄-hó～～⇨同上。

【激飲 kek-lim】 一味喝酒。伊攏扲～～酒i lóng-teh～～chiú⇨他別事不做，儘在喝酒（喻不務正業）。

【激硬 kek-ngeh】 態度轉強硬。

【激媠 kek-súi】 愛美麗。打扮美麗。媠súi美姿也。亦媠媠kó·-chui，亦即可愛也。

【激龜 kek-ku】 同激骨。僞龜精也。

【激聖 kek-siàⁿ】 專講聖話siàⁿ-ōe。內幕消息，最新新聞等等爲聖話。你會曉～～耳lí ē-hiáu～～niâ⇨你只會～～而已（只會冒充消息靈通人士，其他一無可取）。

【激鼻 kek-phīⁿ】 臭氣薰得不能呼吸。

【激勵 kek-lē】 勉勵。～～後進～～hō·(hiō)-chìn⇨同上。

【激變 kek-piàn】 極大的改變。劇變。時代的～～sî-tāi ê～～⇨同上。

【激戇 kek-gōng】 裝傻。你免扲～～lí bián teh～～⇨你不用裝瘋作傻。

【激大孔 kek-toā-khang】 裝有錢。僞大方。

【激大派 kek-toā-phài】 同激大孔。裝大。

【激大量 kek-toā-liāng】 裝做很有度量。

【激大路 kek-toā-lō】 裝做很大方。大手筆。

【激大聲 kek-toā-siaⁿ】 轉大聲，以示權威。

【激舔舔 kek-thian-thian】 裝如狂人不管事。舔thian，舔讒thian-thō，言不定也。同快thian，快繼thian-thō，心惑也。

【激丹田 kek-tan-tiân】 集力氣於丹田。

【激四六 kek-sù-liok】 四六指駢四儷六的古文體。㈠講話巧於形容。㈡喻講話轉彎抹角，多花樣，令人摸不到頭緒。你免扲激四六的lí bián teh～～～ê⇨你不必講得那麼好聽。

【激詖詖 kek-phî-phî】 堅持不理會。厚面皮。裝狐狸。詖phî，恬不知恥也。

【激外外 kek-goā-goā】 僞裝如無干係。我不關焉的樣子。

【激外皮 kek-gāu-phôe】 虛飾外表。

【激死死 kek-sí-sí】 裝做死人。全無活力。

【激肝田 kek-kan-tiân】 講滑稽的話。

【激怐怐 kek-khò·-khò·】 罵不知天高地厚的子弟。怐爲怐瞀khò·-bō·（愚蒙）之畧。

【激身格 kek-sin-keh】 打扮服飾。作身分高狀。

【激孤飛 kek-ko·-poe】 單獨行動。故作單獨行動（尤其夜遊）。

【激科介 kek-khoe-hâi】 科介爲戲劇中的動作舉止。喻動作滑稽亦即諔詭諔猾thèⁿ-thian thèⁿ-siàu也。你～～～上蔥耳lí～～～siāng-khiàng niâ⇨你最會做做假動作而已。

【激風神 kek-hong-sîn】 虛裝偉大，得意等。

【激派頭 kek-phài-thâu】 擺大架子。～～～亦該有一個款～～～iah-āi ū chit-ê khoán⇨裝腔作勢也需要有個樣子也。

【激無膏 kek-bô-ko】 勉強不出什麼東西。知知扲，～～～啦chai-chai-leh, ～～～ là⇨同上。

【激水無流 kek-súi-bû-liû】 阻遏水流。阻遏人民生活之路。喻政府壓迫人民，使民不潦生。

**kek 格** 法式。窮究也。考案也，變革也。殺也。標準也。

【**格孔** kek-khang】 造出入口或通風孔(建築物等)。假裝有事。

【**格冰** kek-peng】 造冰。

【**格言** kek-giân】 可爲人生法則之名言。

【**格坎** kek-khám】 造高下。喻不和協。個二人有～～in nn̄g-lâng ū～～⇨他們兩個之間不和協。有階段之隔。

【**格物** kek-bu̍t】 致知在～～tì-ti chāi～～⇨增加智識在於窮究事物之理。研究自然的事物。

【**格雨** kek-hō͘】 醞釀下雨。即類天氣，我看是得～～chit-lōe thi$^{n}$-khì, goá khoà$^{n}$ sī-teh～～⇨同上。

【**格律** kek-lu̍t】 體制與法度。

【**格酒** kek-chiú】 造酒。蒸餾或釀造曰格kek。

【**格理** kek-lí】 推想理由或理論。～～亦知影～～ia̍h-chai-iá$^{n}$⇨想一想可知也。

【**格智** kek-tì】 同格理或格物。

【**格腦** kek-ló】 格製樟腦。

【**格調** kek-tiāu】 詩文的格律與聲調。亦喻人之品格。伊的作品～～高i ê chok-phín～～kôan⇨同上。～～差得多～～chha-tit-to⇨同上。

【**格霜** kek-sng】 同格冰。

【**格藥** kek-io̍h】 造藥。

【**格格不入** kek-kek-put-jip】 彼此差異多，不能相處。

**kek 革** 獸皮去毛也。改新也。更新也。皮革phî-kek，變革piàn-kek，改革kái-kek。兵革peng-kek。

【**革出** kek-chhut】 放逐。

【**革去** kek-khì】 放逐官員。

【**革任** kek-jīm】 免官職。

【**革名** kek-miâ】 除名。

【**革命** kek-bēng】 變換王朝或政府的政治運動。～～黨～～tóng⇨其團體。

【**革面** kek-bīn】 喻改過。洗心～～sé-sim～～⇨改過自新。

【**革除** kek-tî】 解職。

【**革逐** kek-tio̍k】 解職而放逐hòng-tio̍k之。

【**革職** kek-chit】 免官職。

【**革糧** kek-niû】 解除傭兵。

【**革籍** kek-che̍k】 褫奪國籍。

**kek 菊** 菊仔花kiok-á-hoe亦曰菊仔花kek-á-hoe。

**ke̍k 劇** 甚也。疾也。急也。通激kek。戲也。時裝～sî-chong～⇨古裝劇之對稱。

【**劇化** ke̍k-hoà】 ㊀戲劇化。㊁動作或情勢增加快速或嚴重。

【**劇場** ke̍k-tiû$^{n}$】 俗作戲院。演戲用之建築物。

【**劇戰** ke̍k-chiàn】 劇烈的戰鬥。俗激戰也。

【**劇藥** ke̍k-io̍h】 藥性劇烈之藥品。普通藥，劇藥，毒藥。

**ke̍k 極** 最高也。至也。盡也。登～teng～⇨登天子之位。罪大惡～chōe-tāi-ok-～⇨最大最嚴重的罪惡。南～北～lâm～pak～⇨地球的南北兩軸端。

【**極力** ke̍k-le̍k】 盡力。～～推荐～～chhui-chiàn⇨同上。

【**極加** ke̍k-ke】 上夥siāng-chē。最嚴重也。～～賠伊煞～～pôe-i-soa̍h⇨最壞的話，賠他嘛。～～了耳啦，人無代～～liáu-niā-lah, lâng bô-tāi⇨最多虧本而已，無以外的問題(責任)也。

【**極好** ke̍k-hó】 最好。最佳。

【**極言** ke̍k-giân】 盡力說明。～～其非～～kî-hui⇨極力說明其不是。

【**極步** ke̍k-pō͘】 ㊀最後的立場。㊁最後的方法。最毒的方法。到這～～來也，敢猶有希望

kàu-che ～～ lâi-ā, kám-iáu-ū hi-bāng⇨到如此地步來了，還有希望嗎。到者來，無用～～未使得也kāu-chia-lâi, bô-ēng ～～ bē(bōe)-sái-tit-ā⇨事已如此，非使用最後的手段不可了。

【極法 kek-hoat】 極端的手段。最重的法令。過激的方法。

【極其 kek-kî】 同極。～～厲害～～lī-hāi⇨極厲害。

【極品 kek-phín】 最上級。最高位。官居～～koaⁿ-ki～～⇨官居最高位。品爲古時的官階品級。

【極惡 kek-ok】 最惡。

【極端 kek-toan】 物之末尾處。喩事之最激烈之程度。～～的手段～～ê chhiú-toāⁿ⇨最殘忍的手段。

【極光 kek-kong】 aurora borealis。一種天文現象。

【極點 kek-tiám】 最高點。終點。

【極權 kek-koân】 極端的獨裁。～～政治～～chèng-tī⇨無法無天的政治。

【極樂世界 kek-lok-sè-kài】 佛教語。阿彌陀佛所居的世界。佛徒修行的目的地。

kek **戟** 古武器名。有叉之兵器。畫～ōe～⇨三國呂布用畫戟。

【戟門 kek-mn̂g】 顯貴家庭之門。特准立戟於門故云。

kek **擊** 敲打也。攻也。攻～kong～⇨同上。打～táⁿ～⇨同上。

【擊鉢 kek-poat】 鉢聲爲號以作詩文。～～催詩～～chhui-si⇨敲打鉢，催作詩。又稱～～吟～～gîm。

【擊鼓 kek-kó͘】 打鼓。～～罵曹～～mē-chô⇨戲名。

【擊劍 kek-kiàm】 用劍之法。

【擊壤 kek-jiàng】 歌頌天下太平。鼓腹～～kó͘-hok～～⇨喩天下太平。以腹爲鼓，踐壤唱歌也。

# keng

keng **供** 自陳也。親～chhin～⇨親口陳述。口～kháu～⇨口述供狀。迫～pek～⇨強迫自白。亦即刑求口供。

【供體 keng-thé】 以形容的方法罵人。譬相phí-siùⁿ。

【供枉無供黨 keng-óng-bô-keng-tóng】 謂一般口供都是供出無辜之人不供出自己同黨之人。

keng **弓** 射箭的古武器也。張開也。加意使牲畜肥大也。踏大步也。安～搭箭an～tah-chìⁿ⇨同上。大步～toā-pō͘～⇨開大步快行。

【弓手 keng-chhiú】 射手。

【弓仔 keng-á】 弓形的小竹片用以張開如布帆等的軟質東西者。

【弓犯 keng-hoān】 死囚行刑前的特別餐，罵人顧食不勤工。未輸抄～～bē(bōe)-su teh～～⇨完全同於弓犯。

【弓弦 keng-hiân】 弓之弦。

【弓法 keng-hoat】 搭弓射箭之法。

【弓板 keng-pán】 弓的木用竹材部分。

【弓箭 keng-chìⁿ】 弓矢。古代的主要武器。

【弓鞋 keng-ê】 古時女人的鞋。

【弓豬 keng-ti】 加意使豬隻快大快肥。

【弓刀石 keng-to-chioh】 古時軍官考試所用的道具。亦即射箭，弄刀，舉石的三科目。過～～～的kòe～～～ê⇨通過武試的。意謂不是泛泛之輩。

【弓大步 keng-toā-pō͘】 或大步弓。大步行。行快路。

【弓大豬 keng-toā-ti】 養肥祭禮用的大豬。

【弓布帆 keng-pò͘-phâng】 ㊀張掛布帆。㊁喩陽物勃起。

【弓牌銃 keng-pâi-chèng】 指持有弓，盾，銃三種武器的隊伍。

【弓虎皮 keng-ho·-phoê】 剝下虎皮張大撐平。

**keng 宮** 廟宇也。寺院也。亦宮kiong也。媽祖～má-chó·～⇨媽祖廟。～，廟，庵，院，山巖，洞，寺～, biō, am, īⁿ, san, giâm, tōng, sī⇨凡此八字，都是神佛寺廟名稱所常用的字眼。例如：受天宮siū-thian-kiong，福齊廟hok-chê-biō，靖心庵chēng-sim-am，清藏院chheng-chōng-īⁿ，普陀山phó·-tô-san，碧山巖phek-san-giâm，白鹿洞peh-lok-tōng，普及寺phó·-kıp-sī等是也。

【宮埕 keng-tiâⁿ】 廟庭。

【宮餅 keng-piáⁿ】 糖餅名。

【宮廟 keng-biō】 寺廟。

**keng 經** 織從絲也。常道也。聖賢之書也。治理也。通過也。脈絡也。婦女月信也。

【經水 keng-chúi(súi)】 月經。

【經手 keng-chhiú】 經管其事。～～人～～jîn⇨辦理的人。

【經册 keng-chheh】 經典。經書。

【經由 keng-iû】 通過。台北～～香港去新嘉坡tai pak～～hiang kang khì sin-ka-pho⇨同上。

【經世 keng-sè】 治理世界。～～之材～～chi châi⇨治理世界之材能。政治才能。

【經史 keng-sú】 經書與史書。

【經典 keng-tián】 有關聖人之著作。

【經風 keng-hong】 婦人病。有關月經的病。

【經紀 keng-kí】 ㊀職業，生計。㊁商業的仲介。俗稱牽猴仔khan-kâu-á。～～人～～jîn⇨仲介人。

【經書 keng-su(si)】 ㊀四書五經。㊁古聖人的著作。

【經理 keng-lí】 治理。管理事務。～～人員～～jîn-oân⇨商號管理事務的人。

【經商 keng-siang】 從事商務。經營商業。合資～～hap-chu～～⇨共同出資從事商務。

【經常 keng-siâng】 經久常行。平常。

【經費 keng-hùi】 各項公私預算的支出。亦即錢chîⁿ。～～不足～～put-chiok⇨預算不足i-soàn put-chiok。無～～bô～～⇨無預算亦則沒有錢。

【經期 keng-kî】 女人月信來潮的期間。

【經絡 keng-lok】 即脈路。血行之器官khì-koan。

【經痛 keng-thiàⁿ】 月經痛。

【經過 keng-kòe】 通過。經驗。～～千辛萬苦～～chhian-sin-bān-khó·⇨通過千辛萬苦。

【經傳 keng-toān】 聖人書曰經，賢人書曰傳，傳是經的研究或解釋書。

【經管 keng-koán】 主管。主辦。～～業務～～giap-bū⇨主辦的業務。

【經魁 keng-khoe】 古時官吏考試五經各科的首名，計有五名。五～～ngó·～～⇨同上。

【經綸 keng-lûn】 政治的規畫。滿腹～～boán-hok～～⇨肚中都是～～的學問。

【經練 keng-liān】 經過練習。

【經線 keng-soàⁿ】 直線。子午線。～～緯線～～úi-soàⁿ⇨南北線與東西線。

【經緯 keng-úi】 直爲經，橫爲緯。地球的經線(南北)與緯線(東西)。事物的秩序。

【經歷 keng-lek】 經過。履歷lí-lek。

【經濟 keng-chè】 ㊀有關人類財富問題的探討業務行爲。～～學～～hak⇨同上。～～界～～kāi⇨同上。～～政策～～chèng-chek。㊁作實惠省儉解。共同伙食較～～kiōng-tông hóe-sıt khah～～⇨共同伙食比較實惠。你的生活眞無～～lí ê seng-oah chin bô～～⇨你的生活很不節儉。

【經營 keng-êng】 經之營之。商業行爲，經理。～～進出口事業～～chìn-chhut-kháu-sū-giap⇨同上。～～農場～～lông-tiûⁿ⇨同上。

【經懺 keng-chhàm】 經卷。經文。念～～

liām～～⇨誦經siōng-keng。

【經驗 keng-giām】 親身經歷其事。有～～的人ū～～ê lâng⇨同上。～～是最實在的學問～～sī chòe-sit-chāi ê hak-būn⇨同上。

【經一事長一智 keng-it-sū-tiáng-it-tì】 經歷一件事，增加一層智識。喻經驗於人之重要性。

keng **肩** 膊也。俗稱肩胛或肩頭。～胛頭～kah-thâu⇨同上。

【肩胛 keng-kah】 俗謂肩頭keng-thâu或肩胛頭keng-kah-thâu。

【肩頭 keng-thâu】 肩胛。～～做路給人行～～chò-lō͘ hō͘ lâng-kiâ$^n$⇨謂轎夫並喻其生涯之苦之卑。

keng **間** 室。房。數房屋的助詞。商家。房～pâng～⇨寢室。人客～lâng-kheh～⇨會客室或客房。食飯～chiah-pn̄g～⇨食堂。三～房sa$^n$～pâng⇨同上。一～廟chit～biō⇨同上。查某～cha-bó͘～⇨娼家。暗～仔àm-～á⇨私娼館。牛灶～仔gû-chàu～á⇨娼館，亦單稱牛灶gû-chàu。

【間仔 keng-á】 小房間。小屋。放置雜物的小房。盈～～êng～～⇨閑置之房。

【間格 keng-keh】 房間的配置。～～配得眞好～～phòe-tit-chin-hó⇨房間的配置甚妥當。

【間數 keng-sò͘】 房間之多少。～～眞夥抢～～chin-chē-leh⇨房間很多也。

keng **更** 改換也。古時刻名也。代也。再也。斜月三～門半開siâ-goat sam～bûn poàn-khai⇨約人未來也。

【更正 keng-chèng】 矯正錯誤。～～啓事～～khé-sū⇨改正的新聞廣告。

【更生 keng-seng】 重生。再生。

【更衣 keng-i】 易衣。換衫oa$^n$-sa$^n$。入內～～jip-lāi～～⇨進入室內去換衣裳。

【更改 keng-kái】 同更易。未～～得bē(bōe)～～tit⇨不能變換。

【更易 keng-ek】 改變。變更。改易kái-ek。

【更始 keng-sí】 革新。換新年。一元～～萬物皆新it-goân～～bān-but kai-sin⇨同上。

【更番 keng-hoan】 依次輪換。

【更換 keng-oā$^n$】 變換。

keng **耕** 犂也。力田也。借他事以食也。春～chun～⇨春季的種作——農事。筆～pit～⇨寫字或撰稿，寫作以得食。舌～siat-～⇨講話以得食，亦即教師授徒之謂。

【耕田 keng-chhân】 ㊀耕種田園。～～的～～ê⇨農夫。㊁荒地開墾作水田。倩人～～chhiā$^n$-lâng～～⇨同上。

【耕作 keng-choh】 耕種。～～著認路，田園著照顧～～tioh jīn-lō͘, chhân-hn̂g tioh chiàu-kò͘⇨耕田須認眞，守本分，田園應該照顧得妥當。

【耕耘 keng-ûn】 耕田耘草等農事的統稱。一分～～，一分收成chit-hun～～ chit-hun siu-sêng⇨一分的努力耕耘，有一分的收成。喻事利無可以自得的。亦是勸人努力之詞。

【耕農 keng-lông】 從事農業。～～的看天～～ê khoà$^n$-thi$^n$⇨事農者靠天。往時如此，今已看智識看科學矣。

【耕種 keng-chèng】 耕與種。亦即種作chèng-choh。

【耕權 keng-koân】 賜耕權。

【耕讀 keng-thok】 耕田與讀書。晴耕雨讀chêng-keng-í-thok⇨晴天耕田雨天讀書。古時所謂讀書人的理想生活。

keng **荊** 草名。藥用植物。拙～choat～⇨己妻之謙稱。

【荊芥 keng-kài】 植物名。穗，子均可做藥材。

【荊條 keng-tiâu】 刑罪人的棒。

【荊釵 keng-chhe】 己妻之謙稱。又稱荊妻。～～布裙～～pò͘-kûn⇨亦己妻之謙稱。

【荊棘 keng-kek】 有刺的小叢木。喻奸人。又喻世事紛亂。～～之路～～chi-lō͘⇨崎嶇梗阻多難的途徑。

keng **驚** 駭也。亂也。大～小怪tāi～siáu-koài⇨同上。心～眼越sim～gán-tiō⇨驚惶的形容。

【驚心 keng-sim】 心怕。恨別鳥～～hīn-piat niáu～～⇨杜甫。～～動魄～～tōng-phek⇨同上。

【驚嘆 keng-thàn】 深嘆。

【驚醒 keng-chhí$^{n}$】 kia$^{n}$-chhé$^{n}$。心受刺激而忽醒覺。

【驚鴻 keng-hông】 喻美人體態之輕盈。～～一瞥～～it-piat⇨謂美人之忽現忽隱。

【驚天動地 keng-thian-tōng-tē】 驚的最大形容詞。～～～～的大新聞～～～～ê tāi-sīn-bûn⇨最轟動的新聞。

keng **亙** 亙布帆keng-pò͘-phâng⇨亘布帆hoân-pò͘-phâng。由內以支架張開曰亙keng,從外橫張之曰亘hoân。

keng **京** 東西二京tong-sai jī-keng⇨東京西京。

keng **莖** 植物之體幹也。根～枝葉kin～ki-hio̍h⇨植物之主要部份。地下～tē-hē(hā)～⇨藕ngāu即蓮liân之地下莖也。陰～im～⇨陽物iâng-bu̍t的學名。

keng **徑** 步道也。小～siáu～⇨小路。鳥～獸道niáu～siù-tō⇨山林中之小路。直～ti̍t～⇨數學名詞。圓中通過圓心之最長距離。半～poàn～⇨前項之一半。田～賽tiân～sài⇨陸上競技的通稱。徑kèng指跑道。曲～通幽處,兩岸夾小溪,洞中泉濕濕,岸上草萋萋,有水魚難養,無林鳥自棲,自古英雄漢,多在此中迷khiok～thong iu-chhì, liáng-gān kiap-siáu-khe, tōng-tiong choân sip-sip, gān-siāng chhò-chhe-chhe, iú-súi hî-lān-iáng, bû-lîm niáu chū-chhe, chū-kó͘ eng-hiông-hàn, to͘-chāi chhú-tiong-bê⇨頑童的遊戲文章。隱喻女人性器官。

keng **芎** 九芎。小木也。一種灌木。

【芎蕉 keng-chio】 草本的青果。或稱芎蕉kin-chio或香蕉hiang-chio。台灣名產。往年曾與糖,米並列爲台灣的三大出口貨。對當時的農村繁榮影響極大。後因中間剝削與銷路的關係,逐漸衰微,今除屏東地區之外,種者漸少。

【芎蕉王 keng-chio-ông】 老婊lāu-piáu,亦即老娼頭lāu-chhang-thâu也。蓋劉表lâu-piáu在三國故事中是荊州太守,俗稱荊州王keng-chiu-ông,與芎蕉王諧音,劉表又與老婊lāu-piáu諧音故也。

【芎蕉油 keng-chio-iû】 芎蕉爲原料製造的香油。

【芎蕉絲 keng-chio-si】 芎蕉欉剝皮做的絲。可以織布叫芎蕉布。

keng **鯨** 海棲大獸也。體形已變魚形。大～tāi～⇨同上。長～tiâng～⇨同上。

【鯨呑 keng-thun】 喻兼併土地有如鯨魚之大口呑食。

【鯨鬚 keng-chhiu】 無齒鯨之鬚,長者丈餘,柔軟,可作工藝品。

kéng **梗** 阻塞也。桔梗kit-kéng⇨花草名,根可當藥材。

【梗直 kéng-tit】 同鯁直。～～正義之人～～chèng-gī-chi jîn⇨同上。

【梗概 kéng-khài】 事之大略。大概。故事的～～kò͘-sū ê～～⇨同上。

【梗塞 kéng-sek】 阻塞不通。路途～～lō͘-tô͘～～⇨同上。

kéng **景** 日光也。象也。形色可玩賞者。光～kong～⇨情況也。風～hong～⇨景緻。布～pò͘～⇨繪在畫布上的風景。

【景仰 kéng-gióng】 仰慕。

【景色 kéng-sek】 keshiki。日語。風景。

～～宜人～～gî-jîn⇨同上。

【景況 kéng-hóng】 市況。～～無當好～～bô-thang-hó⇨同上。

【景品 kéng-pín】 keihin。日語。獎品。附贈品。抽獎品。

【景氣 kéng-khì】 keiki。日語。市況。～～好～～hó⇨市況很好。此語不但一市，亦指全地方或全國而言。建築界的好～～時代kiàn-tiok-kài ê hó～～sî-tāi⇨同上。

【景致 kéng-tì】 風景。光景。又怪異的行爲。創什麼～～chhòng-sa-ma～～⇨做著什麼怪事。許曷是～～he ah-sī～～⇨那怎麼可以玩。

【景教 kéng-kàu】 唐時傳入中國的基督教的一派。

【景象 kéng-siōng】 情勢。形勢。～～大變～～tāi-piàn⇨情勢很大的變化。

【景雲 kéng-hûn】 瑞雲。

kéng **境** 疆界也。處所也。遭際也。出～入～chhut～jip～⇨同上。仙～sian～⇨同上。順～逆～sūn～gek～⇨同上。

【境內 kéng-lāi】 境界之內。

【境主 kéng-chú】 區域的主神。～～公～～kong⇨對主神的尊稱。～～公生～～kong-seⁿ⇨主神公的生誕。

【境地 kéng-tē】 處境。天地。環境。

【境界 kéng-kài】 土地的分界。環境。學問的範圍。

【境衆 kéng-chiòng】 祭拜區域內的民衆。

【境遇 kéng-gū】 遭際。～～困難～～khùn-lân⇨～～很不好。

kéng **竟** 曲盡也。終止也。畢～pit～⇨結局，終於。

【竟然 kéng-jiân】 果然。結果甚意外。～～中著頭籤～～tiòng-tioh thâu-chhiam⇨同上。

kéng **揀** 選擇也。～也～，～著一個賣龍眼～à～,～tioh chit-ê bē-lêng-kéng⇨選了再選，竟選中了賣龍眼的小販，喻婚姻對像的選擇不必太固執，嚴選的結果不一定最好。你～人，人～你lí～lâng, lâng～lí⇨你選擇別人，別人也選擇你。喻男女婚姻的對方是在彼此互相評選的。

【揀人 kéng-lâng】 擇人。～～會～～ē(ōe)⇨並非任何人都會(能夠)。～～有～～ū⇨特殊的人才有。～～食～～chiah⇨有錢人才(能夠買來)吃。～～有彼類手骨～～ū hit-lōe chhiú-kut⇨很少人有那麼大的手頭(指財勢)。

【揀召 kéng-tiàu】 選召。基督教徒用詞。奉上帝～～hōng siōng-tè～～⇨奉上帝命選召上天堂。喻死亡。

【揀食 kéng-chiah】 擇肥而食。論東西，論肥瘦，論新舊，論貴賤，無所不論，無所不揀。謂如此擇物而食的習慣是不好的。囡仔不當～～gín á-m̄-thang～～⇨小孩子不可擇物而食。恔～～gâu～～⇨喜愛擇物而食。

【揀客 kéng-kheh】 選擇主顧客。選買主。

【揀茶 kéng-tê】 選製茶葉。～～查某～cha-bó⇨選茶的女工。

【揀種 kéng-chéng】 選擇種子。

【揀選 kéng-soán】 揀而又選之，揀了又揀。嚴選。有，～～；無，不管ū～～, bô, put-koán⇨有則揀了又揀，無則不論好壞都要。

【揀碗箸 kéng-oáⁿ-tī】 選擇碗選擇箸。謂不必要的選擇。乞食～～～khit-chiah～～～⇨乞食也擇碗箸，謂不合身分。

【揀佛燒香 kéng-put-sio-hiuⁿ】 擇佛而焚香，看什麼佛燒什麼香。～～～～，揀菜落油～～～, kéng-chhài loh-iû⇨喻待人不公平。同看人撒油khoàⁿ-lâng soah-iû。

kéng **簡** 選拔也。同揀kéng。是以先帝～拔以遺陛下sī-í sian-tè～poat í-ûi pē-hā⇨出師表。

kèng **競** 爭逐也。春風不～chhun-hong put～⇨同上。

【競走 kèng-cháu】 比較誰走得快。賽跑sài-pháu。

【競爭 kèng-cheng】 角逐kak-tiok。軍備～～kun-pī～～⇨同上。生存～～seng-chûn～～⇨同上。逐項攏拎～～tak-hāng lóng-teh～～⇨萬事皆在競爭。

【競馬 kèng-bé】 賽馬。狷～～siáu～～⇨賽馬迷。

【競賣 kèng-bē(bōe)】 拍賣phah-bē(bōe)也。

kéng **烱** 炯kéng俗作烱kéng。目光烱烱bok-kong kéng-kéng⇨目光明亮bêng-liāng，明察bêng-chhat也。

kéng **耿** 明也。正直有氣節也。又心神不安也。

【耿介 kéng-kài】 剛直kang-tıt。性～～sèng～～⇨爲人剛正不阿。

【耿耿 kéng-kéng】 ㊀正明。忠心～～tiong-sim～～⇨同上。㊁不安。～～於懷。～～î hoâi⇨心神不安。

kéng **筧** 導水的設備也。以大竹開平或小竹通孔銜接成之。水～chúi～⇨古之道水設備。

kéng **梘** 同筧kéng。木爲梘kéng，竹作筧kéng。

kéng **裍** 裙幅相襵也。衣襞相積曰裍kéng。裙～kûn～⇨同上。扱～khioh～⇨做成襞裍。扱khioh者做chò也，作爲也。百～裙pah～kûn⇨甚多襞裍之裙。

kéng **警** 戒備也。敏悟也。危急之消息也。火～hóe～⇨火災。邊～phian～⇨邊疆之地危急。軍～kun～⇨同上。

【警世 kéng-sè】 喚醒社會戒慎。～～名言～～bêng giân⇨同上。

【警戒 kéng-kài】 軍事用語。戒備。部署～～線pō·-sū～～soàⁿ⇨布置警戒部隊。

【警告 kéng-kò】 特別的傳言。～～市民～～chhī-bîn⇨喚起市民注意。

【警官 kéng-koaⁿ】 警察職的官員。～～學校～～hak-hāu⇨養成警官的學校。

【警省 kéng-séng】 反省。

【警悟 kéng-gō·】 省悟。

【警笛 kéng-tek】 警察用的笛子。喚起其同僚之注意及協助。

【警察 kéng-chhat】 維持治安的官員。治安～～tī-an～～⇨同上。司法～～su-hoat～～⇨同上。

kèng **敬** 審愼也。尊重也。節～chiat～⇨逢年過節的表致敬意。

【敬白 kèng-pek】 鄭重申明。

【敬老 kèng-ló】 尊敬老年人。古早是～～尊賢，當今是敬有錢兼少年kó·-chá sī～～chun-hiân, tong-kim sī kèng ū-chîⁿ-kiam-siáu-liân⇨往者是敬老尊賢，當今卻是尊敬有錢的少年人。

【敬佛 kèng-hut】 敬信佛陀。

【敬服 kèng-hok】 感服。心服。

【敬奉 kèng-hōng】 敬獻。～～神佛～～sîn-hut⇨拜奉神佛。

【敬果 kèng-kó】 敬神用的果品。

【敬拜 kèng-pài】 禮而拜之。崇拜。～～上帝～～siōng-tè⇨同上。～～神佛～～sîn-hut⇨同上。

【敬重 kèng-tiōng】 尊敬尊重。～～序大～～sī-toā⇨尊敬長輩。

【敬神 kèng-sîn】 崇信神佛。～～禮佛～～lé-hut⇨禮敬神佛。

【敬畏 kèng-ùi】 恭敬並尊重之。～～師長～～su-tiáng⇨敬畏老師及長輩。

【敬酒 kèng-chiú】 ～～毋食食罰酒～～m̄-chiah chiah-hoat-chiú⇨同上。

【敬惜 kèng-sioh】 珍惜。～～字紙～～jī-choá⇨珍惜字紙。

【敬詞 kèng-sû】 敬語。鄭重的言詞。

【敬愛 kèng-ài】 敬而愛之。夫妻相～～hu-chhe saⁿ～～⇨夫婦相敬如賓。

【敬業 kèng-giap】 謹慎從事事業。～～精神～～cheng-sîn⇨其精神。

【敬意 kèng-ì】 尊重的意思。表示～～piáu-sī～～⇨同上。

【敬碗 kèng-oáⁿ】 碗裝的祭禮。～～該先排～～ài-seng-pâi⇨敬碗應該先排好。

【敬賢 kèng-hiân】 敬重賢者。～～恤老～～sut-ló⇨敬賢者，恤老者。

【敬謹 kèng-kín】 恭敬。～～奉教～～hōng-kàu⇨恭敬接受教誨。

【敬字亭 kèng-jī-têng】 焚燒字紙的小火亭。意在珍惜文字尊重孔子。

**鏡** kèng 顯微鏡hián-bî-kiàⁿ⇨顯微鏡hián-bî-kèng。

**更** kèng 又也，再也。

【更加 kèng-ka】 加上。增加。～～堅固～～kian-kò又較牢實堅強也。～～美麗～～bí-le⇨美麗加多。

**窮** kêng 極貧也。貧乏也。終止也。～的～落土，富的富上天～ê～loh thô͘, pù-ê pù-chiūⁿ-tiⁿ⇨喻貧富差距之大。～的～寸鐵～ê～chhùn-tih⇨謂貧者連寸鐵都沒有。

【窮人 kêng-lâng】 貧者。～～無富親～～bô pù-chhin⇨窮人沒有富有的親戚。～～會富，富人會窮～～ē(bē)-pù, pù-lâng ē-kêng⇨風水輪流轉也。

【窮赤 kêng-chhiah】 貧困。

【窮苦 kêng-khó͘】 貧赤之苦。～～大衆～～tāi-chiòng⇨同上。

【窮屍 kêng-si】 貧人之屍。未窮，出～～bōe-kêng, chhut-～～⇨罵吝嗇鬼之詞。謂未至窮卻已像窮人樣。

【窮鬼 kêng-kúi】 貧人。窮得像鬼。～～未當得骨力～～bē-tòng-tit kut-lat⇨窮鬼當不了骨力。謂骨力可戰勝窮鬼。骨力，勤勉也。

【窮貧 kêng-pîn】 貧窮。散赤sàn-chhiah。

【窮漢 kêng-hàn】 貧苦男子。

【窮死走 kêng-sí-cháu】 貧窮，死亡，逃走。謂此三者之外，有債都必須還清。

【窮借富還 kêng-chioh-pù-hoân】 貧時的債，富了必須先還。

【窮秀無窮舉 kêng-siù-bô-kêng-kí】 有貧秀才無貧舉人。因舉人資格較高，較有機會做官。因而奉承者亦多。致富機會也增加。

【窮厝無窮路 kêng-chù-bô-kêng-lō͘】 同儉厝無儉路khiām chù bô khiām lō͘。謂在家應該儉着忍受窮生活，出外則不應該如此。喻旅費應該多準備些。出手亦不宜太寒酸。

**拱** kēng 圍繞也。共尊也。支持也。大石亦該石仔～toā-chioh ah-ài chioh-á～⇨大石亦要小石墊在下面支持其安定。衆星～月chèng-chheⁿ～goeh⇨chiòng-seng kióng-goat。

【拱灶 kēng-chàu】 兄弟分家。妻的外家寄贈廚房用具十二種，以支持其成家。

【拱龜 kēng-ku】 平面的中央突起如龜背。凸龜phok-ku。

【拱相偎 kēng-sio-oá】 團結。逐家尻川該～～～tak-kê kha-chhng ài～～～⇨大家屁股要依偎在一起，喻大家要團結。

【拱轎脚 kēng-kiō-kha】 女兒出閣前親戚分別加以招待以示恭禧，謂之～～～。

【拱來拱去 kēng-lâi-kēng-khì】 謂人大家是拱來拱去，應該互相幫忙。

## ki

**姬** ki 姓氏也。又婦人美號皆稱姬ki。黃帝居姬水，以姬爲姓。周人嗣之，武王克商而有天下，兄弟之國者十五人，姬姓之國四十人。其女貴於列國之女，故婦女之美稱皆曰姬，如：

虞～（楚霸王寵妃），戚～（漢高祖妃，被呂后虐待凌治而死），薄～（漢文帝之母也）等最有名。今人不察，誤以姬爲枝，乃有金枝，玉枝，錦枝，秀枝，美枝之女子名之滿天下矣。

ki
**居** 坐。住。處。福地福人～hok-tē hok-jîn～⇨有福之人能佔住有福之地。奇貨可～kî-hòe khó～⇨佔有好貨待價而估。日常起～jıt-siâng(siông) khí～⇨日常生活。

【居士 ki-sū】 ㊀泛指有材藝之人。㊁居財之人。㊂佛家指帶髮在家修道之信士。

【居心 ki-sim】 存心。～～莫測～～bok-chhek⇨同上。

【居民 ki-bîn】 定居在一地的百姓。～～的頭老～～ê thâu-ló⇨同上。

【居官 ki-koaⁿ】 擔任官職。～～清廉～～chheng-liâm⇨同上。

【居所 ki-só͘】 所起居的所在。～～無定～～bû-tēng⇨同上。

【居室 ki-sit】 起居的房間。～～該清靜～～ài chheng-chēng⇨同上。

【居財 ki-châi】 錢銀守得住。有～～命ū～～miā⇨命卜者之慣用詞。頭大面四方，肚大～～王thâu-toā bīn-sù-hong, tó͘-toā～～ông⇨同上。

【居家 ki-ke】 企家khiā-ke。～～人～～lâng⇨企家人。普通人。

【居常 ki-siâng】 日常。

【居停 ki-thêng】 寄居之所。～～主人～～chú-jîn⇨同上。

【居然 ki-jiân】 事出意外的感嘆詞。～～被伊掘著金鑛～～hō͘-i kut-tioh kim-khòng⇨想不到，眞的讓他掘中金鑛。

【居喪 ki-song】 守喪。曰居憂。～～守制～～siú-chè⇨同上。

ki
**枇** 枇杷ki-pê或gi-pê⇨可食的青果。應爲pi-pê。

ki
**琵** 琵琶ki-pê或gi-pê⇨樂器名。應爲pi-pê。心內彈～～sim-lāi toâⁿ～～⇨歌詞句。

ki
**妓** 美人。俗指賣淫者。歌～ko～⇨以歌舞娛人者。藝～gē～⇨以藝能娛人者。娼～chhiâng～⇨以身娛人者。

【妓女 ki-lí】 賣淫的女人。

【妓樓 ki-lâu】 妓女屯駐營業之所。

ki
**肌** 人體有骨有節有肉曰肌。

【肌骨 ki-kut】 同枝骨。骨幹。～～縛得好～～pak-tıt-hó⇨同上。

【肌膚 ki-hu】 皮膚。較有～～也khah-ū～～ā⇨病後恢復面色較好了。有～～之親iú～～chi chhin⇨謂男女間有肉體關係。

ki
**虬** 虬龍ki-liông⇨龍的一種。

ki
**倨** 驕傲kiau-ngō也。前～後恭chiân～hō͘-kiong⇨開始時很驕傲，後來就恭敬起來了。

ki
**裾** 衣裾也。衫仔～saⁿ-á～⇨同上。前～後～chêng～āu～⇨前後之衣裾。

ki
**譏** 嘲笑他人。反唇相～hoán-tûn siang～⇨同上。～笑～chhiàu⇨同上。～諷～hong⇨同上。～刺～chhì⇨同上。

ki
**箕** 糞斗。糞～pùn～⇨竹製的糞斗。應作畚箕，畚斗pùn-ki, pùn-táu。

【箕裘 ki-kiû】 克承～～khek-sîn～～⇨謂良家子弟，繼承父親的事業做得很好。

ki
**車** 有輪的交通工具。象棋的棋子之一（見chhia部）。

【車裂 ki-liat】 古時的酷刑之一。

【車駕 ki-kè】 古時指皇帝。～～西幸～～se-hēng⇨謂天子向西方出遊。

【車水馬龍 ki-súi-má-liông】 喻人馬交通之熱鬧。車如流水，馬如游龍。

【車載斗量 ki-chāi-tó͘-liâng】 喻人材衆多。人材多得以車載之，以斗量之。

ki
其 彼。指示代名詞。君～勿辭kun～but-sû⇨請您別辭掉那個。

【其一 ki-it】 ㊀第一。～～注意飲食～～chù-ì ím-sıt⇨同上。㊁一部份。你但知～～，不知其二lí tàn-ti ～～, put-ti ki-jī⇨你只知其一部份，不知其他的事情。

【其中 ki-tiong】 中間，內部。～～必有緣故～～pit-iú iân-kò⇨內頭一定有什麼原因。

【其外 ki-goā】 以外。所講的問題之外。～～的攏無管伊～～ê lóng bô-koán i⇨以外的皆不管他。

【其他 ki-than】 另外。所提到的問題之外。～～猶有漏交的否～～iáu-ū làu-kau ê bò⇨另外還有漏掉的沒有。

【其理 ki-lí】 其理由。～～則一～～chek-it⇨其理氣是一樣的。

【其然 ki-jiân】 ㊀如此。莫怪～～bok-koài～～⇨難怪其會如此。㊁作一種助詞。暴其然pok-ki-jiân⇨突然。～～～要我出一萬元那有法得～～～iàu-goá chhut chit-bān-kho ná-ū-hoat-lì⇨突然間要我負擔一萬元那裡負担得起呢。得tıt→lit→lì。元，錢幣的單位曰元kho·，應作顆kho·，凡圓物以顆計，十圓(元)曰十顆kho·。

【其間 ki-kan】 中間。裡面。～～一定有人扲作弄～～it-tēng ū-lâng teh chok-lōng⇨裡面一定有人搞鬼。

【其實 ki-sıt】 說實在話。～～阮攏是投你的票～～goán lóng-sī tâu lí-ê-phiò⇨說實在，我們都是投票支持你的。

ki
飢 餓。腹中空。枵iau也。枵了過～去也iau-liáu kòe～khì(ì)-à⇨餓得過份了。

【飢荒 ki-hng】 ㊀荒年。㊁飢餓至極。餓鬼。看你，未輸～～的呢khoàn-lí, bōe-su～～ê nè⇨看你的食法，宛然像餓鬼的貪婪。

【飢寒 ki-hân】 餓與寒冷。～～交迫～～kau-pek⇨受到餓與寒冷的壓迫。

【飢渴 ki-khat】 飢餓且口渴。

【飢餓 ki-gō】 同飢。～～交迫～～kau-pek⇨又餓又冷也。

【飢不擇食 ki-put-tek-sıt】 飢餓的人無暇選擇食物的好壞。喻萬事急即無所選擇。

ki
機 器具活動的本源。因端in-toan。神秘。天～不可洩漏thian～put-khó siap-lāu⇨這是高度的秘密不能漏出。

【機巧 ki-khiáu】 聰明。同機竅ki-kiáu。

【機宜 ki-gî】 事理。要務。要點。親授～～chhin-siū～～⇨親自指示要務。

【機杼 ki-thī】 織布機。子不學，斷～～chú put-hak, toān～～⇨三字經。

【機要 ki-iàu】 機密的重要事務。～～秘書～～pì-si⇨同上。

【機密 ki-bit】 重要的秘密。～～文件～～bûn-kiān⇨同上。

【機智 ki-tì】 巧智。有～～ū～～⇨能臨機應變。

【機微 ki-bî】 微妙之處。人心的～～jîn-sim ê～～⇨同上。

【機遇 ki-gū】 機會。

【機會 ki-hōe】 幸運的遭遇。做人是～～～～啦chò-lâng sī ki-hōe ki-hōe là⇨謂人生的成否要看有無好的遭遇。既無～～是未佼哩kà bò ～～ sī bōe-gâu-lıh⇨既然沒有機會也能幹不來。

【機緣 ki-iân】 佛家語。謂有善根才有善緣。俗作機會解。～～未到～～bōe-kàu⇨機會未到。

【機謀 ki-bô】 巧妙的計策。機智之謀。

【機器 ki-khì】 多種器具結合而會轉動的物件。俗訛為ke-khi。～～音～～im⇨留聲機。～～曲～～khek⇨唱片或唱機。～～紙～～choá⇨機製的白紙，即白報紙。～～人～～lâng⇨以器具組合成的人，能工作如人。～～廍～～phō⇨設新式機器榨蔗的糖廍。古時榨蔗製糖的工廠叫糖廍。你卽個啄未輸～～廍lí chit-ê-chhūi bōe-su～～phō͘⇨喻大啖大食不稍停有如機器廍。

【機關 ki-koan】 ㊀大小機件的組合有轉動效力者。如蒸氣機關。㊁社會各種組織。如：行政～～，金融～～等。㊂俗謂動力之本源爲～～。例如：～～頭～～thâu⇨某某小集團的首領。～～設於庫底裡～～siat-tī khò͘-té-lī⇨原動機關設在倉庫內面。庫與褲諧音是雙關語。意謂機微之處非你所能知，或非你所能到。

【機警 ki-kéng】 事前的警覺。機敏。伊眞～～i chin～～⇨他非常機警。

【機變 ki-piàn】 隨機應變。反應快。奸詐。曹操做人極有～～chô-chhò-chò lâng kek-iú～～⇨謂曹操反應快，極奸詐。

【機鬼仔 ki-kúi-á】 自動的裝置亦曰活鬼仔oah-kúi-á。內底有張～～～lāi-tē ū tiuⁿ～～～⇨裡面有設個自動的裝置。

【機啄仔 ki-tak-á】 捉鳥的裝置。鳥啄仔chiáu-tak-á。

【機關手 ki-koan-chhiú】 司掌機關的工人。

【機關報 ki-koan-pò͘】 某組織或團體所自辦作自己宣傳的報紙。

【機關銃 ki-koan-chhèng】 連續發彈的小銃。

ki
## 枝

樹椏chhiū-oe。小棒。同源(或同體)分出者。通支。樹枝chhiū-ki⇨樹椏。金～玉葉kim～giok-hioh⇨古謂皇家之子女。講到有～有葉kóng-kà ū～ū-hioh⇨說得千眞萬確。一～草一點露chit～chháu chit-tiám-lō͘(lō͘)⇨喻人各受有天惠，到處都能夠生存。媠到一～如花súi-kà chit～ná-hoe⇨謂女人美如一枝花。

【枝仔 ki-á】 小枝。小棒。～～冰～～peng⇨冰棒。～～煙～～hun⇨紙捲的煙枝。

【枝尾 ki-bóe】 樹枝的末端。～～枝葉下樣～～pak, hioh-ē-soāiⁿ⇨枝末端的枝仔(pak-á)，與葉下的樣仔(soāiⁿ-á)，這兩樣最美味。

【枝骨 ki-kut】 肌骨之訛。骨骼。姿勢。～～仔生做眞好～～á seⁿ-chò chin-hó⇨姿勢(骨格)生得很漂亮。

【枝葉 ki-hioh】 枝與葉。喻事物之小。～～的問題～～ê būn-tê⇨不是根本問題。小事。～～末節～～boat-chiat⇨喻小事情。

【枝勢 ki-sè】 樹椏的形態。～～好看～～hó-khoàⁿ⇨同上。

【枝香小細 ki-hiuⁿ-sió-sè】 瘦小的體格。

ki
## 技

手上的工夫。手藝。才能。彫蟲小～tiau-thiông-siáu～⇨小技藝。謂雕刻繪圖等是小技藝，大丈夫不爲也。

【技士 ki-sū】 官名。辦理土木建築等技術性的工作。約等於雇員或科員。

【技正 ki-chèng】 爲技術官名，約等於委任級。

【技巧 ki-khiáu】 工藝。武技。異於常人的工夫。

【技佐 ki-chó】 技術官名。畧次於技正。

【技師 ki-su】 技術官名。須高等考試及格。

【技術 ki-sut】 藝能的方法與學問。

【技藝 ki-gē】 技巧的藝能。

【技癢 ki-iāng】 有技藝者欲展示其技藝。

【技勇石 ki-ióng-chioh】 古時武考試勇力的石墩。

ki
## 乩

卜以問疑。童～tâng～⇨神意的傳述者。

【乩示 ki-sī】 神意通過童乩的指示。

【乩童 ki-tâng】 童乩。其人。無狂無戇無做～～bô-khong bô-gōng bô-chō～～⇨非言行離譜，非神智不清的人，不會做乩童。一針見血的好俚諺。惜世人多未能體會之。

【乩壇 ki-toâⁿ】 童乩施術的祭壇。

ki
## 幾

聊聊無幾liâu-liâu bû-kí⇨太少了。人生幾何jîn-seng-ki-hô⇨同上。

【幾何 ki-hô】 ㊀價數若干。對酒當歌，人生～～，譬如朝露，去日苦多tūi-chiú tong-ko,

jîn-seng ～～，phì-jî tiau-lo͘, khì-jit khó-to ⇨曹操的短歌行。㊁一種研究點、線、面、體的性質、關係及其計算方法之學問，即～～學～～hak。

**ki 基** 事物之起始。本。奠～tiàn～⇨奠定基礎。地～tē～⇨人生太短了。

【**基本 ki-pún**】 事物之本源。～～原則～～goân-chek⇨同上。～～金～～kim⇨做基本的錢銀。

【**基地 ki-tē**】 建築物所佔有的土地。～～是私有的～～sī su-iú ê⇨同上。

【**基金 ki-kim**】 基本的金錢。～～會～～hōe⇨管理基金的組織。西人多有捐獻私產組織～～會，以發展公益事業。例如：洛克斐勒～～會lok-khek-hui-lek～～hōe⇨同上。

【**基底 ki-té**】 根底。根本。～～拍無在～～phah-bô-chāi⇨根本打得不穩固。

【**基準 ki-chún**】 基本的原則或規範。批評的～～phe-phêng ê～～⇨同上。

【**基業 ki-giap**】 先人留下來的事業、江山。江東的～～kang-tong ê～～⇨三國演義中指東吳(孫權)的國家。

【**基數 ki-sò͘**】 ㊀數之基本。一二三四五六七八九是也。㊁起數。一百做～～chit-pah chò (chòe)～～⇨以一百爲起點之數目。

【**基線 ki-soàⁿ**】 母線。基本線。

【**基調 ki-tiāu**】 ㊀音樂的基本音。繪畫的基本色。㊁基本觀念。

【**基礎 ki-chhó͘**】 事物的起端。事業的起源。奠土爲基，立柱爲礎。～～眞堅固～～chin kian-kò͘⇨同上。

**kí 杞** 枸杞kó͘-kí。

【**杞柳 kí-liú**】 植物名。

【**杞憂 kí-iu**】 無理無由的憂慮。杞人憂天之署。謂杞國有人怕天陷地墜而憂之。

**kí 几** 几桌ki-toh也。紅～桌âng～toh⇨大廳中的高長棹也。

**kí 指** 以手指示之（見chíⁿ部）。若有影，該～出來nā-ū-iáⁿ, āi～chhut-lâi⇨若果事實，須指出證據。

【**指掌 kí-cháiⁿ**】 掌指cháiⁿ-chí也。指chí曰掌頭仔chéng-thâu-á。掌指仔chéng-cháiⁿ-á。

【**指合托 kí-kah-thok**】 指面而罵之。托thok，以指突之。

【**指天指地 kí-thiⁿ-kí-tē**】 弄不清。指天地發誓也。省合伊拎～～～～séⁿ(séng) kah-i teh～～～～⇨省得與他弄不清。

【**指指托托 kí-kí-thok-thok**】 同上。

**kí 己** 自己。開喙己，合喙巳，半喙已khui-chhùi～，hap-chhùi chih, poàn-chhùi-í⇨己巳已三字分別的口訣。自～偎用不賣他人chū～iàu-iōng put-māi thaⁿ-jîn⇨謂傻瓜誤其父之指示，指其妹爲有用的非賣品。

**kí 紀** 規約。曆年。通記。一～年chit～nî⇨十二年。俗訛爲chit-khí-nî。創世～chhòng-sè～⇨聖經中之一部。

【**紀元 kí-goân**】 紀錄年度之始。西曆～～se-lek～～⇨西方以耶穌生年起算的紀年法。

【**紀念 kí-liām**】 思念。～～日～～jit⇨同上。～～會～～hōe⇨同上。～～品～～phín⇨同上。

【**紀律 kí-lut**】 綱紀規律。

【**紀錄 kí-lok**】 同記錄。世界～～sè-kài～～⇨世界第一或唯一之事物。

**kí 既** 同已。已經í-keng也。

【**既成 kí-sêng**】 已成。～～事實～～sū-sit⇨已經變成事實。

【**既往 kí-óng**】 以往。過去。～～不咎～～put-kiū⇨過去的事不追求不責備。

【**既定 kí-tēng**】 已定。～～的計畫～～ê kē-ōe⇨同上。

【既是 kí-sī】 已然如此。～～安爾都免講也～～an-ne tō bián-kóng à⇨事既如此，就不必講了。

【既望 kí-bōng】 十六日。月之十五日為望。即月圓之後也。

【既然 kí-jiân】 已然。～～如此～～jî-chhú⇨已經是這樣了。

kí
**舉** 提高。提拔。推～chhui～⇨同上。抬～thâi～⇨同上。選～soán～⇨同上。亦讀giâ（見gia部）。

【舉人 kí-jîn】 古文官考試及格者。由秀才而舉人而進士。進士頭（皇帝自選）就是狀元。

【舉止 kí-chí】 舉動。～～風流～～hong-liû⇨同上。

【舉手 kí-chhiú】 ～～贊成～～chān-sêng⇨同上。～～之勞～～chi lô⇨一出手而成之小事。

【舉火 kí-hóe】 起火。揚火。～～為號～～ûi-hō⇨揚火做信號。

【舉用 kí-iōng】 提拔而用之。～～新人～～sin-jîn⇨同上。

【舉世 kí-sè】 全天下。～～無雙～～bû-siang⇨同上。

【舉行 kí-hêng】 開辦。～～運動會～～ūn-tōng-hōe⇨同上。

【舉荐 kí-chiàn】 推荐。大員的～～tāi-oân ê～～⇨同上。

【舉動 kí-tōng】 言語行動。對方有什麼～～否tùi-hong ū sa-ma～～bò⇨同上。

【舉目無親 kí-bok-bû-chhin】 謂孤單身邊無一親人。

【舉足輕重 kí-chiok-kheng-tiōng】 喻人物之極重要。一舉足而有影響。

【舉案齊眉 kí-àn-chê-bî】 喻夫妻相敬相愛。

【舉棋不定 kí-kî-put-tēng】 喻做事無決斷。

kì
**痣** 皮膚上的小肉瘤。有紅痣âng-kì，黑痣o·-kì，朱紗痣chu-se-kì等。

【痣鬚 kì-chhiu】 痣上的毛。或謂痣毛kì-mo(mn̂g)。

kì
**鋸** 有齒的鋼片，用以斷物者曰鋸kì。鋸仔kì-á⇨鋸的總稱。

【鋸刑 kì-hêng】 以鋸鋸死人。古時殘忍的刑法。

【鋸屑 kì-sut】 鋸木時從鋸口飛出的小木粉屑。

【鋸齒 kì-khí】 鋸刃。齒狀一左一右成列。

【鋸鑢 kì-leh】 磨鋸齒的小道具。

kì
**記** 記錄。文書。認識。會～得ē～tit⇨能記憶。做～號chò～hō⇨做記認。簿～phō·～⇨記帳。

【記力 kì-lek】 記憶的能力。記性。

【記才 kì-châi】 記憶的能力。好～～hó～～⇨好記憶力。

【記性 kì-sèⁿ】 記憶力。亦謂kì-sìⁿ。好～～hó～～⇨好記力。

【記事 kì-sū】 記者寫的文章。撰寫～～choān-siá～～⇨同上。記錄事實。～～簿～～phō·⇨同上。

【記者 kì-chiá】 為報館撰寫新聞的人。採訪～～chhái-hóng～～⇨同上。

【記恨 kì-hīn】 懷恨。～～在心～～chāi-sim⇨同上。

【記室 kì-sek】 書記。秘書。

【記載 kì-chāi】 記述。聖經有～～sèng-keng ū～～⇨聖經上有記述。

【記過 kì-kò】 對公務員懲罰的一種。～～一次了事～～chit-chhù liáu-sū⇨罰記過一次算了。

【記認 kì-jīn】 記號。無～～都戳無bô～～to chhōe-bô⇨同上。

【記賬 kì-siàu】 記錄對人來往的賬目。賒欠sia-khiàm。～～的不是免還～～ê m̄-sī bián-hêng(hân)⇨記帳非免還也。

【記憶 kì-ek】 記在心中。～～力眞好～～

lek chin-hó⇨同上。

**寄** kì 交託。依附。托送。千里關山無別～，chhian-lí koan-san bû piat～⇨千里迢迢無別物可寄，唯願安康只一語。

【寄託 kì-thok】 ㈠付託。㈡法律名詞，物託於人，受託人允予保管。㈢詩文之寄情託意。

【寄寓 kì-gī】 或kì-gū。寄居。客居。～～異鄉～～ī hiang⇨同上。

【寄語 kì-gí】 或kì-gú。贈言。～～全盛紅顏子，應憐半死白頭翁～～choân-sēng hông-gân-chú, èng-lîn poàn-sú pek-thiû-ong⇨贈言於少年人，應該同情老年人。

【寄人籬下 kì-jîn-lî-hā】 依附他人的勢力討食。

**據** kì 依。按。證。通據。根～kin～⇨同上。證～chèng～⇨同上。

【據實 kì-sit】 根據事實。～～報告～～pò-kò⇨同上。

**奇** kî 不同於常態。怪。詐。又單數，命途不好。怪～koài～⇨奇怪。神～sîn～⇨神妙奇異。豈～ká～⇨豈有此理。

【奇才 kî-châi】 卓出之才能，天才。天下～～thian-hā～～⇨同上。

【奇功 kî-kong】 罕見之大功勞。立～～lip～～⇨同上。

【奇巧 kî-khá】 罕見的事物。～～的物，買來做紀念～～ê mih bóe-lâi chòe kì-liām⇨同上。

【奇行 kî-hêng】 異於常人的行爲。～～怪跡～～koài-chek⇨同上。

【奇形 kî-hêng】 異於常見的形狀。同畸形。～～怪狀～～koài-chōng⇨同上。

【奇局 kî-kiok】 稀見的局面。

【奇妙 kî-miāu】 神奇美妙。怪異不可異議。～～的代誌發生了～～ê tāi-chì hoat-seng-lò⇨同上。

【奇兵 kî-peng】 出人意外的軍事行動。不可思議的手段。這是一支～～che sī chit-ki～～⇨同上。

【奇事 kî-sū】 怪異的事情。～～年年有，今年特別多～～liân-liân-iú, kin-nî tek-piat to⇨同上。

【奇計 kî-kè】 卓絕的計策。～～定天下～～tēng-thian-hā⇨同上。

【奇相 kî-siàng】 稀見的相貌。異於常人的面貌。

【奇珍 kî-tin】 稀奇珍貴。其物。稀世～～hi-sè～～⇨同上。

【奇案 kî-àn】 神奇的案件。故事。女娶妻～～lí-chhí-chhe～～⇨同上。

【奇書 kî-su】 或kî-si。神奇的書籍。

【奇貨 kî-hòe】 大利大益的貨色。～～可居～～khó ki⇨奇貨應佔爲已有。

【奇異 kî-ī】 神奇。怪異。看是無啥～～khoàⁿ sī bô-siaⁿ～～。⇨看起來無任何了不起之處。

【奇蛇 kî-siâ】 藥材名。

【奇術 kî-sut】 魔術。做～～chò～～⇨變魔術。

【奇策 kî-chhek】 卓越的計謀。獻～～hiàn～～⇨同上。

【奇景 kî-kéng】 稀見之美麗景色。天下～～thian-hā～～⇨同上。

【奇遇 kî-gī】 或kî-gū。略同奇緣。

【奇緣 kî-iân】 稀有的緣份。其故事。神女～～sîn-lí～～⇨神女的故事。

【奇樣 kî-iūⁿ】 異於平常的模樣。異樣i-iūⁿ。各樣koh-iūⁿ。

【奇談 kî-tâm】 稀奇的故事。赤嵌～～chhek-khàm～～⇨有關赤崁樓的奇異故事。

【奇蹟 kî-chek】 神蹟。意想不到的怪事。乎你講攏每～～hō-lí-kóng lóng-mā～～⇨由你說都是奇跡也。

【奇觀 kî-koan】 稀見的美妙景觀。天下～～

thian-hā～～⇨同上。

【奇楠香 kî-lâm-hiuⁿ】 香料名。香hiuⁿ的名。

【奇言巧語 kî-giân-khá-gú】 甜言蜜語。

【奇奇怪怪 kî-kî-koài-koài】 奇怪。

【奇風異俗 kî-hong-ī-sio̍k】 風俗很特別。

【奇想天開 kî-siūⁿ-thian-khai】 非常離譜的想法。同異想天開。

【奇裝異服 kî-chong-ī-ho̍k】 怪異的服裝。

kî
**旗** 布帛的標識。指滿族人。國～kok～⇨代表國家的旗幟。錦kím～⇨同錦標。令～lēng⇨代表命令的旗幟。

【旗人 kî-jîn】 滿人。又稱旗民kî-bîn，旗下kî-hā。

【旗手 kî-chhiú】 隊中撐旗的人。

【旗杆 kî-koaⁿ】 進士住家庭進的旗名，表示其尊榮。～～脚出世的～～kha chhut-sì-ê⇨喻世傳書香之子。

【旗軍 kî-kun】 撐旗兵。～～仔脚～～á-kha⇨做雜差cha̍p-chhe的人。無路用人。演員之末流。

【旗亭 kî-têng】 市樓。酒家。

【旗魚 kî-hî】 海魚的一種。

【旗號 kî-hō】 以旗做團體的象徵。企梁山的～～khiā niû-soaⁿ ê～～⇨表示其屬梁山賊寇。借梁山的名行惡。

【旗鼓 kî-kó͘】 軍隊。～～相當～～siang-tong⇨兩軍對敵，勢力相等。

【旗幟 kî-chì】 旗號。～～鮮明～～sian-bêng⇨旗號清晰。所屬顯明。

【旗艦 kî-kàm】 kî-lām。發號施令的戰船。司令長官的坐船。

kî
**祈** 求天地，求神，求福。

【祈安 kî-an】 祈求平安。～～清醮～～chheng-chiò⇨同上。

【祈求 kî-kiû】 祈禱懇求。～～平安～～pêng-an⇨同上。

【祈望 kî-bāng】 希望。日夜所～～的ji̍t-iā só͘～～ê⇨同上。

【祈福 kî-hok】 懇求賜福。

【祈禱 kî-tó】 對神佛祈求的祝禱。

【祈安醮 kî-an-chiò】 一個地方共同設壇祭拜以求平安並謂賜福。

kî
**期** 相約。限時。盼望。

【期日 kî-ji̍t】 有期有日。結婚的～有定著也kiat-hun ê～～ū tiāⁿ-tio̍h â⇨同上。

【期年 kî-liân】 一年。～～孝～～hàu⇨守一年之喪。

【期服 kî-ho̍k】 喪服。期年之喪所服。

【期限 kî-hān】 時期之限制。kî-ān。無～～bô～～⇨沒有時間日期的限定。

【期約 kî-iak】 以某年之結果預約作某種之報價物。

【期票 kî-phiò】 定期兌現付款的票據。

【期間 kî-kan】 特定時日的範圍。法律上有法定～～hoat-tēng～～，裁定～～chāi-tēng～～，命令～～bēng-lēng～～，協定～～hia̍p tēng～～等的分別。

【期單 kî-toaⁿ】 押時日的單據。

【期賬 kî-siàu】 定期付清的賬。收～～的siu～～ê⇨收取期賬的人。

kî
**棋** 智識的遊戲。或作棊或碁。有文～bûn～⇨圍棋或黑白棋；武～bú～⇨象棋，將士象車馬炮等爲子的棋。

【棋子 kî-jí】 文棋用的棋子是黑白小石子，黑181個，白180個。武棋的棋子是將士象車馬炮卒等黑紅各16粒。

【棋仙 kî-sian】 好棋的人。棋的高手。或作棋先。音同。亦即下棋的仙人或下棋的先生。

【棋局 kî-kio̍k】 ㊀棋盤。棋戰。老妻畫紙爲～～ló-chhe ōe-chí uî～～⇨同上。㊁局面。計畫。作戰。伊俅排什麼～～你那會知 i boeh pâi sa-ma～～lí ná-ē-chai⇨他將採取如何的

作戰(對策)你何能知之。郎類～～道連廻也chit-lōe～～tō liân-hôe-ā⇨這樣子的局面就麻煩了。

【棋盤 kî-poâⁿ】 棋枰。～～街～～ke⇨市街的區劃如棋盤面之橫直整齊者。～～石～～chioh⇨狀棋盤之大石。

【棋譜 kî-phó͘】 圍棋或象棋的實戰記錄。

kî 耆 有歲也。年老也。至老鏡也。六十曰耆。

【耆艾 kî-ngāi】 年六十曰耆；五十曰艾。

【耆宿 kî-siok】 老師宿儒。

kī 忌 怨恨。閃避。人死以七日爲忌。避作樂也。做～chō～⇨忌日作祭拜也。無禁無～食一千八百二bô-kìm-bô～chiah chit-cheng peh-pah-jī⇨謂欲長生不老不可多所禁忌也。

【忌日 kī-jit】 親喪之日。忌飲酒作樂。故曰忌日。

【忌尅 kī-khek】 忌怕。阿三最～～的就是阿木a-sam chōe～～ê chiū-sī a-bok⇨阿三最怕阿木。

【忌辰 kī-sîn】 同忌日。古時皇帝皇后之死日亦曰～～。

【忌食 kī-chiah】 不敢食某物。～～酸澁～～sng-siap⇨酸的澁的東西不敢吃。

【忌憚 kī-tân】 有所畏而加戒愼。肆無～～sù bû～～⇨一點點戒愼都沒有。

【忌嘴 kī-chhùi】 同儉嘴khiām-chhùi。不濫食物。愼於食物。病人該較～～扲pêⁿ-lâng ài khah～～leh⇨病人須愼飲食。

kī 巨 大。極大。艱巨kan～。

【巨人 kī-jîn】 ㊀體格極大的人。㊁大富翁，大事業家。大人物。一代～～it-tāi～～⇨同上。

【巨財 kī-châi】 大財產。損獻～～興學koan-hiàn～～hin-hak⇨同上。

【巨商 kī-sian】 同巨賈。～～大賈～～tāi-kéⁿ⇨同上。

【巨賈 kī-ké】 或kī-ká。大商人。～～大商～～tāi-siang⇨同上。

kī 拒 抵禦。抵抗。～不接受～put chiap-siū⇨拒受。抗～khòng～⇨抵抗拒絕。

【拒馬 kī-bé】 封路的木架。

【拒絕 kī-choat】 拒而絕之。～～往來戶～～óng-lâi-hō͘⇨票據失信，銀行拒絕其交關的人或店戶。

kī 嘰 嗶嘰pit-kī。毛織布的一種。又聲也。

【嘰哈叫 kī-kap-kiò】 多人爭言聲。嚷到～～jiáng-kā～～～⇨同上。

【嘰噭叫 kī-kiāu-kiò】 同嘰哈叫kī-kap-kiò。

【嘰咖叫 kī-kā-kiò】 喧鬧聲。人～～～講話每聽無lâng～～～kóng-ōe mā thiaⁿ-bô⇨人聲錯雜，講話也聽不清楚。

【嘰哩咕嚕 kī-lí-kū-lū】 形容聽不懂的話。講許番仔話～～～～不知抣講啥kóng-he hoan-á-ōe～～～～m̄-chai teh-kóng-siahⁿ⇨說那外邦語嘰哩咕嚕不知是在說些什麼。

【嘰嘰咕咕 kī-kī-kū-kū】 言詞不投合。二翁仔姐又抣～～～～也nn̄g-ang-á-chiá iū-teh～～～～à⇨夫妻倆又在話不投機了。

【嘰嘰咖咖 kī-kī-kā-kā】 衆聲錯雜。～～～～不知抣譁啥～～～～m̄-chai teh kā-siahⁿ⇨衆人不知在嚷何事。

## kiⁿ

kiⁿ 更 更keⁿ也。三更saⁿ-keⁿ⇨三更saⁿ-kiⁿ。

kiⁿ 庚 庚keⁿ也。貴庚kùi-keⁿ⇨貴庚kùi-kiⁿ。

kiⁿ 經 經keⁿ也。經布keⁿ-pò͘⇨經布kiⁿ-pò͘。敆好郎行有布～，敆歹郎行有囝生kap hó-lâng kiâⁿ ū-pò͘～, kap phāiⁿ lâng kiâⁿ ū-kíaⁿ seⁿ⇨同上。

ki$^{n}$ **羹** 肉羹bah-ki$^{n}$也。魚羹hî-ki$^{n}$也。雜和羹chap-ô-ke$^{n}$也。羹頓ke$^{n}$-tǹg，即三餐也。俗作焿ki$^{n}$，ke$^{n}$。

ki$^{n}$ **焿** 鹼ki$^{n}$也，羹俗作焿ki$^{n}$。碳酸鈉Alkali也。性滑，可洗衣去垢。所謂雪文soat-bûn等的原料也。燒～仔sio～á⇨往時伐木燒化成灰，經水過濾以取焿。～仔寮～á-liâu⇨山中燒焿之小屋。食著～chhiah-tioh～⇨喻食虧chiah-khui。

【焿水 ki$^{n}$-chúi】 含焿之水。

【焿油 ki$^{n}$-iû】 鹼油ki$^{n}$-iû。～～焿粉～～ki$^{n}$-hún⇨同上。

【焿粽 ki$^{n}$-chàng】 加焿油縛的秫米粽。須搵糖膏食之，亦爲端午之妙品也。

【焿仔餜 ki$^{n}$-á-kóe】 米漿加焿油蒸製者，金黃色極漂亮之粿食。亦搵糖膏而食之。往時夏天之妙點心也。

ki$^{n}$ **梔** 黃梔n̂g-ki$^{n}$。花木名。黃梔仔花n̂g-ki$^{n}$-á-hoe⇨其子可作黃色染料。

ki$^{n}$ **墘** 邊pi$^{n}$曰墘ki$^{n}$。海～hái～⇨海邊hái-pi$^{n}$。碗～oá$^{n}$～⇨碗邊oá$^{n}$-pi$^{n}$。

【墘仔 ki$^{n}$-á】 旁邊。囡仔郎企～～gín-á-lâng khiā～～⇨孩子站邊。海～～hái～～⇨同上。

kí$^{n}$ **鯁** 鯁仔魚ké$^{n}$-á-hî⇨鯁仔魚kí$^{n}$-á-hî。落鯁làu-ké$^{n}$⇨落鯁làu-kí$^{n}$。鯁魚結羣奔游下流也。

kí$^{n}$ **骾** 骾死ké$^{n}$-sí⇨骾死kí$^{n}$-sí。同鯁死。

kí$^{n}$ **耞** 連耞liân-ké$^{n}$，打穀的器具也。

kì$^{n}$ **桁** 算盤桁sǹg-poâ$^{n}$-kè$^{n}$⇨算盤桁sǹg-poâ$^{n}$-kì$^{n}$。打毋著～phah-m̄-tioh～⇨打錯算盤。

kì$^{n}$ **見** ㊀會面。歹面相～pháí$^{n}$-bīn sa$^{n}$～⇨怒顏相見。歹pháí$^{n}$作壞hāi解。㊁投訴。去～官也khì～koa$^{n}$-ā⇨到官衙投訴去了。㊂每也。～買～了～bé(bóe)～liáu⇨比如買什麼獎券之類是也。㊃達到。口二寸深～骨kháu nn̄g-chhùn chhim～kut⇨驗傷報告。㊄任憑jīm-pîn。來悾悾去戇戇，腰斗仔～阮摸lâi khong-khong, khì gōng-gōng, io-tó·-á～goán(gún)-bong⇨老葱拜客兄公(水手爺仔)之詞。老葱lāu-chhang，老鴇lāu-pó也。㊅決定也。～埋藉會知代～bāi chiah-ē(ōe) chai-tāi⇨一決(雌雄)之下，才能知事態(之重大)。㊆接尾詞。看～一個影khoà$^{n}$～chit-ê-iá$^{n}$⇨同上。聽～人得講thia$^{n}$～lâng-teh-kóng⇨同上。

【見人 kì$^{n}$-lâng】 ㊀每人。～～看～～愜意～～khoà$^{n}$～～kah-ì⇨誰看見，誰都中意。人見人愛jîn-kiàn jî-ài。～～投～～thâu⇨有人就投訴。㊁任憑jīm-pîn。見在人kì$^{n}$-chāi-lâng之省詞。～～呫～～摸～～chim～～bong⇨任由人親嘴任由人毛手毛脚(如妓女狀)。～～跮蹉的～～thit-thô-ê⇨任由人玩的(亦指妓女)。

【見天 kì$^{n}$-thi$^{n}$】 朝天tiâu-thian。尻川扲～～也猶未曉見羞kha-chhng-phé teh～～ā iáu-bē(bōe)-hiáu kiàn-siàu⇨謂其褲子破了而不自知。

【見紅 kì$^{n}$-âng】 見血kiàn-hiat(huih)。～～道成人～～tō chiâ$^{n}$-lâng⇨謂新娘見血了就是名正言順光榮的大人(成人)了。

【見面 kì$^{n}$-bīn】 ㊀初～～chho～～⇨第一次見面。～～禮～～lé⇨新娘初見翁姑等親人都要呈贈禮物。～～三分情～～sa$^{n}$-hun-chêng⇨面對面禮讓三分，事易解決。㊁事發無法掩蓋。叫你不當你都佅，盒～～也否kiò-lí m̄-thang lí to boeh, ta$^{n}$～～ā ho·h$^{n}$⇨當初叫你不可你偏不聽我，而今無法掩蓋了，不是嗎。

【見眞 kì$^{n}$-chin】 到了眞實施行(之時)。頭仔興恣恣～～伊講不也啦thâu-ā hèng-chhih-chhih～～i kóng-m̄-ā-lā⇨開始時興致勃勃，到了眞實要來時他說不來了。房間仔底講著全是步，～～無半撇pâng-keng-á-té kóng-tioh choân-sī-pō͘, ～～bô-poà$^{n}$-phiat⇨在閨房中(對妻)說得天花亂墜能幹異常，實際來了却一籌莫展。

【見鬼 kì$^{n}$-kúi】 看見鬼怪。虛言。～～司功白賊戲～～sai-kong peh-chhat-hì⇨謂司功是活見鬼oah-kì$^{n}$-kúi，戲是虛言。都是非眞事，只可姑罔聽之。

【見骨 kì$^{n}$-kut】 抵達骨。刀口二寸深～～to-kháu nn̄g-chhùn chhim～～⇨檢傷單用詞。瘦到～～都攏無肉也sán-kà～～to-lóng bô bah-ā⇨瘦得骨節可見肉皆沒有了。

【見衆 kì$^{n}$-chèng】 面對大家。泥污呵，未～～得啦chhek-ō͘-ò, bē(bōe)～～tit-là⇨難看死了，見不得人也。泥污chhek-ō͘，亦垃圾lah-sap也。逾越常情看不順眼之事曰chhek-ō͘，視爲骯髒也。

【見過 kì$^{n}$-kòe】 看過面了。有～～面也ū～～bīn-ā⇨同上。～～世面的人～～sè-bīn ê lâng⇨經歷豐富之人。

【見著 kì$^{n}$-tioh】 逢見。～～大兵，屎道落～～toā-peng, sái-tō-lāu⇨喻逢到大場面就無辦法。不八～～世面m̄-bat(pat)～～sè-bin̄⇨未曾經歷大場面。痨lāu，痢也，今作肺痨。

【見公母 kì$^{n}$-kang-bó(bú)】 決雌雄koat-chhî-hiông。拼輸贏pià$^{n}$-su-iâ$^{n}$。亦曰見生死kì$^{n}$-se$^{n}$(si$^{n}$)-sí。

【見在人 kì$^{n}$-chāi-lâng】 任由他也。～～～拔鳌～～～pā-lē⇨任由人作弄(欺負，算計)。～～～侏抑不咱不免管伊～～～boeh-ah-m̄ lán m̄-bián-koán⇨由他們自己選擇可否，我們不用管他。～～～咕～～～摸～～～chim～～～bong⇨任憑人去親嘴去撫摸(如妓女狀)。

【見在伊 kì$^{n}$-chāi-i】 任由他。囡仔既大漢也～～～也了gín-á kā-toā-hān-à～～～ā-lō͘⇨孩子們既然大了，不管他了。

【見烏道觸 kì$^{n}$-o͘-tō-tak】 瘋牛看見烏影就鬥之。㊀浪費者。不當安爾～～～～看著道買m̄-thang an-ne(ni)～～～～khoà$^{n}$-tioh tō-bé(bóe)⇨不可如此見烏就鬥之，一看見就買之也。㊁譏好淫者。伊都牝的道好也～～～～也i to bó(bú)-ê tō-hó-à～～～～à⇨他是女人就行了，(不論美醜)逢到了就要了。

kì$^{n}$ **墘** 同墘ki$^{n}$。邊也。霑目～tâm-bak～⇨一種眼疾。眼框常霑濕tâm-sip不乾，甚至紅腫。溝仔～kau-á～⇨溝邊kau-pi$^{n}$。亦侏甜，亦侏淀，亦侏大碗，亦侏滿～iah-boeh-ti$^{n}$, iah-boeh-tī$^{n}$, iah-boeh toā-oá$^{n}$, iah-boeh boán-～⇨喻貪心之尤。淀tī$^{n}$，滿碗也。

## kia

kia **迦** 佛名。佛弟子的名。或作伽。釋～sek～⇨同上。

【迦藍 kia-lâm】 佛寺。意爲衆僧所住之所。

kià **寄** 居住，依付，託付，託人轉達。

【寄生 kià-se$^{n}$】 寄寓異種身上爲生的動植物曰～～仔～～á。～～蟲～～thâng⇨社會的寄生蟲。

【寄批 kià-phe】 寄信。通信。kià-phoe。

【寄附 kià-hù】 樂捐的日語。

【寄居 kià-ki】 臨時居住之處。～～於外邦～～tī goā-pang⇨暫時居住在外國。

【寄金 kià-kim】 存款於銀行。

【寄案 kià-àn】 起訴猶豫。非不起訴，只是暫不起訴以有改過自新的機會，以免留下犯案記錄。

【寄草 kià-chháu】 牛隻託別家飼養。

【寄臭 kià-chhàu】 墓地未擇定室，先作臨時埋葬。

【寄庫 kià-khò͘】 新亡在做法事時，並爲舊亡者燒庫錢。

【寄送 kià-sàng】 ㊀託郵發送。㊁同寄贈。

【寄託 kià-thok】 ㊀託付。伊全生命都～～於囝仔的長大成人 i choân-sè$^{n}$-miā to～～tī gín-á ê tiáng-toā-sêng-jîn⇨她把全生命都寄託在兒子的長大。㊁法律名詞。甲將物任交乙，乙答應交管。㊂詩文的寄興，託物言志。

【寄情 kià-chêng】 託付情感。～～於山水～～tī san-súi⇨同上。

【寄貨 kià-hòe】 ㊀寄送貨品。㊁記賣貨品。

【寄頂 kià-téng】 古官吏繫訟，先摘去其帽頂，以候定讞。無罪時可歸還之。略同於寄罪。

【寄寓 kià-gī】 同寄居。又其住家。或謂kià-gū。

【寄棺 kià-koan】 死於外鄉者，先將棺材寄放於該地寺院以候擇時還棺回家。

【寄罪 kià-chōe】 緩刑。執行猶豫。～～三年sa$^{n}$-nî⇨同上。

【寄脚 kià-kha】 暫時寄居。～～耳，無佅永久站抄～～ niâ, bô-beh éng-kiú tiàm-leh⇨暫時居留而已，並不永久居留於此。

【寄話 kià-ōe】 託人傳言。～～有加，寄物會減～～ū-ke, kià-mih ē-kiám⇨話可添油加醋，物可抽減。

【寄監 kià-ka$^{n}$】 入監。收監。

【寄食 kià-chiah】 搭伙食tah-hóe-sit。

【寄學 kià-oh】 ㊀臨時入學(學齡不足)。㊁寄讀(學籍不同)。

【寄錠 kià-tiā$^{n}$】 船舶爲候風或潮夕，暫時下錠。

【寄聲 kià-sia$^{n}$】 寄話。警告。

kiâ **舉** 舉giâ也（見gia部）。

kiā **崎** 山坡路。傾斜的路。趙～peh～⇨走山路。～脚～頂～kha～téng⇨坡下坡上。～～落落～lak-lak⇨坡度很大。

【崎斜褸 kiā-siâ-lu】 坡度大傾斜急的山路，臂著地一步一步移行的地段。褸lu者，犂也，謂行如犂也。彼位～～～～～～ 眞歹孔道著啦 hit-ūi ～～～～～～ chin phái$^{n}$-khang tō-tioh-lâ⇨那個地方，坡度甚大，非常危險的就是了。

## kia$^{n}$

kia$^{n}$ **京** 大也。天子所居也。上～考校chiū$^{n}$～khó-kàu⇨上帝都參加考試。

【京尺 kia$^{n}$-chhioh】 布匹商用的尺。

【京派 kia$^{n}$-phài】 京都模樣的作風。

【京料 kia$^{n}$-liāu】 京都出售的材料。

【京戲 kia$^{n}$-hì】 用京腔京調的古代戲。

kia$^{n}$ **驚** 駭怕。大～小怪toā～sió-koài⇨同上。拍草～蛇phah-chháu～choâ⇨同上。心～肉超sim～bah-tiô⇨同上。不～伊，惀伊耳m̄～i lún-i niâ⇨不是怕她，只是忍耐，讓著她而已。惀lún，忍也。怕而不敢進曰惀lún。無～無嚇食一千八百八 bô～bô-heh, chiah chit-chheng peh-pah-peh⇨安慰孩童不必驚之詞。

【驚人 kia$^{n}$-lâng】 ㊀人人皆驚。～～的事件～～ê sū-kiā$^{n}$⇨同上。㊁極不潔淨。看著會～～khoà$^{n}$-tioh ē～～⇨不潔淨之極，一看就驚死人kia$^{n}$-sí-lâng。

【驚心 kia$^{n}$-sim】 戒愼之心。顧慮。

【驚死 kia$^{n}$-sí】 極驚。～～人 ～～ lâng。～～驚活～～kia$^{n}$-oah⇨怕生怕死。喻人之小心。～～死～～sí⇨極小心。掟～～，放驚飛tē$^{n}$～～，pàng-kia$^{n}$-poe⇨掟tē$^{n}$，握住也。

【驚某 kia$^{n}$-bó】 恐妻。怕老婆。～～的大丈夫，拍某的豬狗牛～～ê tāi-tiāng-hu, phah-bó-ê ti-káu-gû⇨同上。

【驚做 kia$^{n}$-chò】 恐怕。預料用詞。～～會落雨～～ē loh-hō⇨恐怕會下雨。～～爸不肯～～ pa m̄-khéng⇨恐怕父親不答應。～～行未到～～kiâ$^{n}$-bē(bōe)-kàu⇨恐怕跑不到。

【驚惶 kia$^n$-hiâ$^n$】 心極不安。恐怖。驚驚惶惶kia$^n$-kia$^n$-hiâ$^n$-hiâ$^n$。

【驚疑 kia$^n$-gî】 又驚又懷疑。心情不安。

【驚溽 kia$^n$-joa̍h】 怕溽。反之曰驚寒kia$^n$-koâ$^n$⇨怕冷。溽joa̍h；溽暑也。

【驚生份 kia$^n$-chhe$^n$-hūn】 怕生人。→kia$^n$-si$^n$-hūn。

【驚見笑 kia$^n$-kiàn-siàu】 怕羞。不～～～⇨不知恥。不怕羞。

【驚弓之鳥 kia$^n$-kiong-chi-niáu】 喻心事不安。

【驚大驚細 kia$^n$-toā-kia$^n$-sè】 嚇壞大人嚇壞小孩。

【驚天動地 kia$^n$-thi$^n$-tāng-tē】 驚動天地。言其聲勢之大。

【驚心動魄 kia$^n$-sim-tāng-phek】 動人心情極深。本出讚許文章之華麗。

【驚鴻一瞥 kia$^n$-hông-it-pia̍t】 驚鴻喻美人體態輕盈。謂美人一出現即消逝。

kiá$^n$ **囝** 子女。生～se$^n$～⇨生產（子女）。飼～chhī～，成～chhiâ$^n$～⇨皆扶養子女長大。盛～sēng～⇨過度寵縱子女。盛豬夯灶，盛～不孝sēng-ti giâ-chàu, sēng～put-hàu⇨同上。會生得～身，未生得～心ē-se$^n$-lit～sin, bē-se$^n$-lit～sim⇨做父母生得子女的軀殼，其心神却生不得。謂不肖子之心難測度。有～有～命，無～天註定ū～ū～miā, bô～thi$^n$-chù-tiā$^n$⇨有無子女都是天註定的運命。爸～pē～⇨父與子女。母～bó～⇨母與子女。按囡仔gín-á一童子之意。本書作囝兒kiá$^n$-jî，囡仔gín-á之分別，以避紛亂。

【囝兒 kiá$^n$-jî】 子女。子女衆多因而生活困難，謂之跋落～～坑poa̍h-lo̍h～～khe$^n$。～～新婦～～sim-pū⇨子與媳。

【囝壻 kiá$^n$-sài】 女婿。

【囝爸仔 kiá$^n$-pē-á】 子與父。囝母仔kiá$^n$-bó-á⇨子與母。

【囝孫仔 kiá$^n$-sun-á】 子孫輩。子孫羣。

【囝孫袋 kiá$^n$-sun-tē】 腎囊sīn-lông的戲詞。

kià$^n$ **鏡** 照出物影的玻璃。會反射的光滑面。又指有關攝影的事項。目～ba̍k～⇨眼鏡。光滑如～kong-ku̍t-jû～⇨同上。又指所謂聰明人。伊有夠～i ū-kàu-～⇨他十足的聰明。～抵～，藉有拼～tú～，chiah ū-pià$^n$⇨利害人逢到利害人，才有好戲看。～～人，買著漏酒甕～～lâng, bóe-tio̍h lāu-chiú-àng⇨喻聰明人做錯事。食～chia̍h～⇨食相chia̍h-siàng，照相照得好看。

【鏡片 kià$^n$-phì$^n$】 未入眼鏡的玻璃片。

【鏡台 kià$^n$-tâi】 梳粧台。

【鏡肉 kià$^n$-bah】 鏡頭的厚度。

【鏡底 kià$^n$-té】 照相的底片。

【鏡面 kià$^n$-bīn】 鏡的正面。～～哖～～nî⇨上等的絨。

【鏡框 kià$^n$-kheng】 裝釘好的鏡面。或其四邊的木材。

【鏡桌 kià$^n$-toh】 鏡台。

【鏡盒 kià$^n$-a̍p】 隨身裝放化粧品等的小盒。

【鏡匾 kià$^n$-pián】 鏡面有頌德之詞的禮物。

【鏡箱 kià$^n$-siu$^n$】 舊式的鏡台。～～仔。

【鏡頭 kià$^n$-thâu】 英文Lens的譯語。照相機或攝影機的～～。又指洗出來的照片。～～翕抾眞好看～～hip-leh chin-hó-khoà$^n$⇨照片照得好看。

kiâ$^n$ **行** 步行。行爲。鬬技。影響。藥效。生死。無～，未出名bô～，bē chhut-miâ⇨無車可搭，大家非跑路不可時的自嘲語。講到許，～到許kóng-kà-hia, ～kà-hia⇨講到什麼條件，就該實行到什麼條件。講會～否kóng-ē-～bō·⇨你講的他肯聽否。猶有抾～iáu-ū-teh～⇨還在來往（指男女不正常的關係）。合好人～有布經，合歹人～有囝生kap-hó-lâng～ū-pò·-ke$^n$, kap -phái$^n$-lâng～ū-kiá$^n$-se$^n$⇨勸女人愼擇交遊之詞。有布經是雙關語。布經與步經諧音，前者為織布，後者為行為有牽挽，亦即不致失足。織布是正當職業，不失足適可保持名節。王祿仔先的藥仔，曷煞食會～ông-lo̍k-á-sian ê io̍h-á, a̍h-soah chia̍h-ē-～⇨王祿先生之藥何能有效。阿三講～去也a-sam kóng ～ khì-à⇨阿三聽說死去了。～棋～kî⇨下棋。

【**行走** kiâ$^n$-cháu】 ㈠行行走走。㈡～～衙門～～gê-mn̂g⇨出入於衙門。專門勾結官廳以示顯赫。

【**行利** kiâ$^n$-lāi】 繼續加利子。

【**行房** kiâ$^n$-pâng】 房中事。

【**行海** kiâ$^n$-hái】 航海。～～的～～ê⇨船員。海員。

【**行拳** kiâ$^n$-kûn】 打拳。

【**行氣** kiâ$^n$-khì】 有效。食了有～～chia̍h-liáu ū ～～⇨吃了有效果（藥等）。有燒香有保庇，有食有～～ū sio-hiu$^n$ ū-pó pì, ū-chia̍h ū～～⇨有拜有保佑，有賄有效。

【**行索** kiâ$^n$-soh】 馬戲團的曲藝的一種。一種平衡運動。

【**行船** kiâ$^n$-chûn】 航海。～～走馬三分命～～cháu-bé sa$^n$-hūn-miā⇨喻其極危險。

【**行痕** kiâ$^n$-hûn】 開始有裂痕（壁等）。

【**行踏** kiâ$^n$-ta̍h】 ㈠來往。夥人～～chē-lâng～～⇨多人出入來往。㈡行為。～～正經～～chèng-keng⇨同上。

【**行親** kiâ$^n$-chhin】 親戚間的禮尚往來。

【**行錯** kiâ$^n$-chhò】 做錯。～～步，～～pō͘⇨棋下錯步，事做錯方法。

【**行蕃** kiâ$^n$-huan】 往來於蕃邦（外國）之間。

【**行禮** kiâ$^n$-lé】 致禮。敬禮。

【**行江湖** kiâ$^n$-kang-hô͘】 做江湖人的生活。

【**行後山** kiâ$^n$-āu-soa$^n$】 往來於東台灣。

【**行透透** kiâ$^n$-thàu-thàu】 謂各地方皆去過了。

【**行短路** kiâ$^n$-té-lō͘】 ㈠取捷徑。㈡自殺。長人～～～tn̂g-lâng～～～⇨喻長長的人生，不該有自殺。

【**行脚花** kia$^n$-kha-hoe】 無目的的散步，漫步。

【**行東行西** kiâ$^n$-tang-kiâ$^n$-sai】 四界去sì-kè-khì。

【**行未開脚** kiâ$^n$-bē-khui-kha】 為人或事所吸引，離開不了其地。

kiā$^n$ **健** 身體勇壯。猶算眞～iáu-sǹg chin～⇨還算很康健。

【**健身** kiā$^n$-sin】 身體健康無病。

kiā$^n$ **件** 計算的一種單位。十八般武藝，～～皆能cha̍p-peh(peoh)-poa$^n$ bú-gē，～～ kai lêng⇨各項都會。～數～sò͘。～頭～thâu。一～一～chi̍t～chi̍t～⇨逐件tio̍k-kiā$^n$。隨～算sûi～sǹg⇨逐件計算。

## kiak

ki̍ak **矍** 隹欲逸走也。隹chui，短尾鳥。驚視也。輕健也。

【**矍矍** ki̍ak-ki̍ak】 健美也。婎～～súi～～⇨健美極了。婎súi，美姿也。雋～～chán～～⇨太雋thài-chán了。雋chán，出衆也。～～雋～～chán⇨同前。又健談也。饒舌。又堅固也。聲猶～～叫扲sia$^n$ iáu～～kiò-leh⇨其聲猶堅鏘有彈性也。

## kiam

kiam **兼** 併也。合也。傍及亦曰兼kiam。父～母職hū～bó-chit⇨同上。校長～摃鐘的hāu-tiú$^n$～kòng-cheng-ê⇨校長兼任工友。一～兩顧，摸蜊仔～洗褲it～liáng-kò͘, bong-lâ-á～sé(sóe)-khò͘⇨謂摸取蛤蜊者，弄濕了褲子，亦無異於洗之，是為一兼兩顧也。兼kiam→khiam。本～各職pún～kok-chit⇨同上。

【**兼任** kiam-jīm】 專任之對詞。～～教員～

～kàu-oân⇨同上。

【兼併 kiam-pēng】 併吞國土。嬴秦氏，始～～，傳二世，楚漢爭êng-chîn-sī, sí ～～，thoân-jī sè, chhó·-hàn-cheng⇨三字經。

【兼祧 kiam-thiāu】 一人除本房之外，兼理他房之祭祀。舊家法絕嗣者須人兼祧之。

【兼程 kiam-thêng】 趕路koá$^{n}$-lō·。一日趕兩日路程。～～取邊城～～chhí pian-sêng⇨加快速度趕到邊城而攻取之。

【兼愛 kiam-ài】 博愛phok-ài。墨子曰～～bek-chú oat～～⇨同上。

【兼勢 kiam-sì】 加上。～～於抮無錢了，更再來抱病～～tī-teh bô-chî$^{n}$-lò·, koh-chài-lâi phoà-pē$^{n}$(pī$^{n}$)⇨加在無錢之上，又來了疾病。

【兼管 kiam-koán】 兼理kiam-lí。一個人不好～～甚敍代誌chit-ê-lâng m̄-hó ～～ siu$^{n}$-chē tāi-chì⇨一人不可兼理太多事情。

【兼職 kiam-chit】 在本職之外，兼理他職務。

【兼顧 kiam-kò·】 雙方都照顧。兩地奔波，無法～～liáng-tē phun-pho，bû-hoat～～⇨同上。

【兼收並蓄 kiam-siu-pēng-hiok】 逐項都要tak-hāng to-iàu。～～～～兼容並包～～～～kiam-iông pēng pau⇨同上。

【兼善天下 kiam-siān-thian-hā】 兼顧天下人之幸福。獨善其身逐家會，～～～～無許爾快tok-siān kî-sin tak-ê-ē(ōe), ～～～～ bô hiah-ni-khoài⇨獨善其身大家都會，兼善天下，不那麼容易也。

kiám
# 減

損也。算法之一。加ke之反也。加～ke～⇨①增加與減少。②多少。加～好ke～hó⇨多少皆可以。加～俙ke～boeh⇨多少皆要。加～仔做ke～á-chò(chòe)⇨謂生理多也做，少也做。有加無～ū-ke bô～⇨同上。年年～nî-nî～⇨同上。寄物會～kià-mıh ē(ōe)～⇨託送物件可能減少。

【減人 kiám-lâng】 人少了。一年掃墓一年～～chit-nî sàu-bōng chit-nî～～⇨同上。

【減少 kiám-chió】 kiám-siáu。減較少kiám-khah-chiò。土地直直～～去thó·-tē tıt-tıt～～khì(ì)⇨土地面積一路在減少。預算～～眞敍ī-soàn～～chin-chē(chōe)⇨同上。

【減用 kiám-iōng】 儉用khiām-iōng。～～耳敢會死～～niâ kám-ē(ōe)sí⇨少用一些而已，會死嗎。

【減刑 kiám-hêng】 法律名詞。減少刑期的執行。

【減法 kiám-hoat】 算法之一。

【減肥 kiám-pûi】 減少體重。愛媠道該～～ài-súi tō-ài～～⇨同上。

【減省 kiám-sé$^{n}$】 kiám-séng。儉省。節省開消。

【減重 kiám-tāng】 減去重量。同減輕，只是講法不同耳。無～～道担未贏bô～～tō ta$^{n}$-bē(bōe)-iâ$^{n}$⇨同上。

【減俸 kiam-hōng】 罰俸。

【減班 kiám-pang】 減少車次。加班是有的那有～～ke-pang sī-ū ê ná ū～～⇨同上。

【減罪 kiám-chōe】 同減刑。

【減頓 kiám-tǹg】 減少食飯的次數。減大頓kiám-toā-tǹg⇨爲拜神還願，減食早飯。

【減輕 kiám-khin】 減少重量。減少負擔。～～稅金～～sóe-kim⇨同上。

【減算 kiám-sǹg】 少算。打折扣。～～淡薄仔～～tām-pō-á⇨打折了若干。

【減價 kiám-kè】 減算價款。～～乎你好否～～hō·-li hó-bò·⇨同上。

【減錢 kiám-chî$^{n}$】 同減價kiám-kè。安爾你都減斤兩耳，那有～～an-ne(ni) lí to kiám-kin-niú-niâ, ná-ū～～⇨如此你不過是減少斤兩而已，那裏有減價。

【減額 kiám-giah】 減少額數。照舊無～～chiàu-kū bô～～⇨同上。

kiám **檢** 查察。約束。臨～lîm～⇨同上。推～制度thui～chè-tō͘⇨推事與檢察的制度。

【**檢束** kiám-sok】 警察抓人的名義之一。保護～～pó-hō͘～～⇨抓去保護。

【**檢定** kiám-tēng】 考試方法的一種。

【**檢查** kiám-cha】 檢視查察。～～數目～～siàu-ba̍k⇨同上。～～衛生～～ōe-seng⇨同上。

【**檢疫** kiám-e̍k】 檢查有無疫病。

【**檢屍** kiám-si】 檢查屍體。驗屍giām-si。

【**檢採** kiám-chhái】 豫計用詞。或作敢採。～～未赴頭班車～～bōe-hù thâu-pang-chhia⇨恐怕趕不上頭班車。～～通知未到～～thong-ti bē(bōe)-kàu⇨或者通知無法到達。

【**檢溫** kiám-un】 檢查體溫。～～計～～kè⇨同上。

【**檢察** kiám-chhat】 檢察官。

【**檢閱** kiám-oa̍t】 檢查軍警者的教育成果。

【**檢舉** kiám-kí】 舉發不法行爲。

【**檢點** kiám-tiám】 點檢。檢查。自己較失～～chū-kí khah-sit～～⇨自己失愼重注意。

【**檢驗** kiám-giām】 檢查。

kiàm **劍** 古武器。雙面尖刀。長於世故亦曰劍kiàm。舞～bú～⇨劍舞。人眞～lâng chin～⇨長於世故。

【**劍山** kiàm-soa$^{n}$】 地獄的刑場。

【**劍仙** kiàm-sian】 ㊀吞劍的魔術師。㊁精於人情世故的聰明人。彼顆眞～～hit-kho͘ chin～～⇨同上。

【**劍法** kiàm-hoat】 劍術之法。研究～～gián-kiù～～⇨同上。

【**劍眉** kiàm-bâi】 尖尾之眉。

【**劍俠** kiàm-kiap】 鋤強扶弱的劍客。武俠小說中不可缺的人物。

【**劍客** kiàm-kheh】 精於劍術的俠客。路逢～～須呈劍，不逢詩人莫吟詩lō͘ hông～～si théng-kiàm, put-hông si-jîn bo̍k gîm-si⇨同上。

【**劍術** kiàm-su̍t】 使劍之術。學～～練身體o̍h～～liān sin-thè⇨同上。

【**劍魴** kiám-hang】 魚名。

【**劍鯊** kiàm-soa】 魚名。

【**劍蘭** kiàm-lân】 蘭的一種。

kiâm **鹹** 鹽的味。吝嗇。價高利薄。話刻薄。甜～飪無嫌tin～chiá$^{n}$ bô-hiâm⇨各樣的都好。～合澀的人～kah-siap ê lâng⇨極度吝嗇的人。價錢開了有較～kè-chî$^{n}$ khui-liáu ū khah～⇨所開的價錢高一點。話講眞～ōe kóng chin～⇨話說得很刻薄。

【**鹹水** kiâm-chúi】 鹽水。海水。過～～的kòe～～ê⇨出過洋的人。有來歷的人。～～嘴乾人食～～chhùi-ta-lâng-chia̍h⇨鹽水口渴的人還是渴。喻高利貸要錢的人也是照借無誤。

【**鹹肉** kiâm-bah】 鹹的豬肉。豉～～sī$^{n}$～～⇨同上。

【**鹹卵** kiâm-nn̄g】 紅土加鹽做漿包卵以漬之，使鹽浸入卵中。鹹鴨卵kiâm-ah-nn̄g。～～配糜～～phòe-moâi(phè-bê)⇨同上。

【**鹹香** kiâm-phang】 也鹹也香。～～土豆～～thô͘-tāu⇨同上。

【**鹹草** kiâm-chháu】 藺草。晒乾織蓆或商店包裝用。

【**鹹茶** kiâm-tê】 紫蘇或栨仔葉漬鹽泡的茶(藥用)。

【**鹹圓** kiâm-î$^{n}$】 青菜及肉作餡的圓仔。

【**鹹價** kiâm-kè】 高價。貴。買了眞～～bé(bóe)-liáu chin～～⇨買得太高價了。

【**鹹澁** kiâm-siap】 又鹹又澁。

【**鹹䤼** kiâm-siam】 鹹的程度。看～～khoà$^{n}$～～⇨試有無鹹。䤼siam，酒味苦也。

【**鹹儔** kiâm-toâ$^{n}$】 用醬料漬鹹的各種食物類。儔toâ$^{n}$者，衆也、類也。儔toâ$^{n}$亦讀儔toâ。

【**鹹餡** kiâm-ā$^{n}$】 鹹的餡。

【**鹹死死** kiâm-sí-sí】 ㊀非常鹹。㊁很吝嗇。

**【鹹合澁 kiâm-kah-siap】** 又鹹又澁。喻用錢極吝嗇。～～～一個錢拍二四結～～～chıt-ê-chîⁿ phah jī-sì-kat⇨又鹹又澁，一個錢打廿四個結。

**【鹹板鴨 kiâm-pán-ah】** 鹹鴨乾。

**【鹹鰱魚 kiâm-liân-hî】** 鹽漬海鰱。又大尾，又有肉又便宜。往時農山村的主要副食。

**【鹹酸甜 kiâm-sng-tiⁿ】** 含有三味的菓子食品。

**【鹹酸苦餌 kiâm-sng khó-chiáⁿ】** 喻生活的各種苦樂兼具環境。～～～～的生活，攏每忍耐過也，～～～～ê seng-oah, lóng mā jím-nāi kòe-à⇨喻生活已歷盡滄桑。餌chiáⁿ，食無味也，同淡tām。

## kian

**kian 乾** 干燥也。無故而然曰乾kian。無功受祿亦曰乾kian。皮抄～也phôe teh～a⇨（傷口）外皮在乾涸（收斂）了。安爾～了五百an-ne (ni)～liáu gō· pah⇨這樣平白損失五百。領～薪niá～sin⇨白領薪水。粒仔抄～也liap-á teh～a⇨瘡口在乾涸了。

**【乾了 kian-liáu】** 無故而損失。白了peh-liáu。我～～五百goá～～gō·-pah⇨我無故而損失五百。～～三工人～～saⁿ-kang-lâng⇨白費了三天。未乎你～～bē(boē) hō·-lí～～⇨不會讓你白跑。

**【乾皮 kian-phôe】** 乾涸收斂。粒仔～～也liap-á～～ā⇨同上。

**【乾股 kian-kó】** 不出資的股份。伊有～～於抄i ū～～tī-teh⇨他佔有乾股在裡頭。

**【乾乾 kian-kian】** 無緣無故。無理無由。～～了去～～liáu-khì⇨平白損失了。～～無去～～bô-khì⇨無端不見了。～～乎走去～～hō· cháu-khì⇨平白被逃脫了。～～乎提去～～hō· theh-khì⇨居然被偷去了。～～被唬去～～hō· hó·-khì⇨平白被詐騙去了。唬hó·爲一種騙法。

**【乾薪 kian-sin】** 白領免工作之薪水。一份～～抄乎領chıt-hūn～～teh-hō·-niá⇨有一份乾薪給他領用。

**【乾涸癮 kian-ta-giàn】** kan-ta-giàn。白慭peh-giàn。水份枯竭ko·-kiat曰乾涸kian-ta。或謂乾涸kan-ta是端仔toan-a亦即端的toan-tek之轉化。看有食無～～～khoàⁿ-ū chiah-bô～～～⇨看得見，吃不到，只是白慭而已。慭giàn，願也，癮，病名。

**【乾著急 kian-tioh-kip】** 無濟於事的著急。曷使抄～～～ah-sái teh～～～⇨何必乾著急。

**kian 鰹** 魚名。日人取其背肉乾製爲干，曰鰹節kat-suobushi。即俗曰柴顆魚chhâ-kho·-hî者也。

**kian 肩** 肩甲也。擔任也（見keng部）。

**【肩挑 kian-thiau】** 以肩負運貨物。～～背負～～pōe-hū⇨搬運貨物之人。搬運工。

**【肩章 kian-chiang】** 制服肩上之號章表示其職位。

**【肩輿 kian-î】** 轎。

**kian 堅** 剛固也。牢固也。心～sim～⇨信心堅定。

**【堅心 kian-sim】** 心志堅固。～～立志～～lıp-chì⇨同上。

**【堅守 kian-siú】** 固守。堅持。～～自己的立場～～chū-kí ê líp-tiûⁿ。

**【堅忍 kian-jím】** 堅定忍耐。堅決忍受。～～不拔的精神～～put-poat ê cheng-sîn⇨同上。

**【堅決 kian-kuat】** 堅固的決心。堅定的決定。～～拒絕威脅利誘～～kī-choat ui-hiap lī-iú⇨同上。

**【堅固 kian-kò】** 強固結實。堤防做得眞～～

thê-hông chò-tit chin～～⇨同上。

【堅定 kian-tēng】 強固不移。～～的信心～～ê sìn-sim⇨同上。

【堅貞 kian-cheng】 忠心堅固。～～不二～～put-jī⇨同上。

【堅信 kian-sìn】 堅定相信。～～上帝的存在～～siōng-tè ê chûn-chāi⇨同上。

【堅實 kian-si̍t】 堅固確實。做法眞～～chò-hoat chin～～⇨作風穩固不虛誇。

【堅辭 kian-sû】 堅決辭謝。～～不受～～put-siū⇨同上。

【堅白同異 kian-pe̍k-tông-ī】 古代的一種詭辯法。

【堅壁清野 kian-pek-chheng-iá】 戰術之一。壁堅則敵攻不破，野清則敵不得食。攻不入而無糧食，來敵自然會自退。帝俄抵抗拿破倫即用此法也。

kian **慳** 吝嗇也。無緣或無運也。緣～iân～，命～miā～。

【慳吝 kian-līn】 貪而不捨。見錢不見人。

【慳頭 kian-thâu】 自大。～～更潦流～～koh chhoah-lâu⇨自大加上驕橫。潦流chhoah-lâu者湍悍之溪流，喻兇悍蠻橫。

kián **繭** 繭綢 kián-tiû 也。蠶繭 chhâm-kián (kéng)⇨虫繭thâng-kéng (kián)。

kiàn **建** 立也。設也。設立也。設置也。籌～tiû～。創～chhòng～。興～hin～⇨同上。

【建功 kiàn-kong】 立功。～～立業～～li̍p-gia̍p⇨同上。

【建立 kiàn-lip】 創立。開始設置。～～基礎～～ki-chhó͘⇨同上。

【建物 kiàn-bu̍t】 建築物。房屋等。～～基地～～ki-tē⇨同上。

【建坪 kiàn-pê$^{n}$】 建物的坪數。亦即建物的面積。

【建國 kiàn-kok】 建立國家。～～功勳～～kong-hun⇨同上。

【建設 kiàn-siat】 建造設置。～～事業～～sū-gia̍p⇨同上。

【建醮 kiàn-chiò】 同做醮chò-chiò。爲祈謝平安而舉行的大規模的祭拜神佛。

【建議 kiàn-gī】 就公共事務提出意見。有人～～ū-lâng～～⇨同上。

kiàn **見** 眼睛看東西也。看也。被也。又作每解。私～su～⇨同上。貴～kùi～⇨同上。明察秋毫不～輿薪bêng-chhat chhiu-hô, put～î-sin⇨同上。～博～輸～poa̍h～su⇨每博每敗。此見……見……的用法是一種常用句形，應用範圍甚廣。例如：～來～死～lâi～sí⇨每來必死。～借錢～無還～chioh-chî$^{n}$～bô-hêng⇨每次借錢每次不還。～食鳳梨～腹肚痛～chia̍h ông-lâi～pak-tó͘ thià$^{n}$⇨每次吃鳳梨每次都肚痛等等是也，不勝枚舉。

【見本 kiàn-pún】 樣品，即日語mihon。

【見怪 kiàn-koài】 ㊀同見疑。㊁責怪。責備。不能只～～少年人put-lêng chí～～siàu-liân-lâng⇨不能只責備年青人。～～不怪，怪自消～～put-koài, koài-chū-siau⇨同上。

【見財 kiàn-châi】 看見錢財。收入錢財。日日～～ji̍t-ji̍t～～⇨每日有錢銀的收入。～～起意～～khí-ì⇨看見錢才想到(偷之)。

【見笑 kiàn-siàu】 羞人。眞～～chin～～⇨甚羞人。未～～bē～～⇨無廉恥。～～代～～tāi⇨羞人的事。見不得人的事。

【見習 kiàn-si̍p】 見人實施的學習。實習。～～醫生～～i-seng⇨同上。～～軍官～～kun-koa$^{n}$⇨同上。

【見解 kiàn-kái】 辨別事情的能力，對事的看法與解說。逐家～～都無共款ta̍k-ê～～to bô-kāng-khoán⇨大家～～都不一樣。

【見聞 kiàn-bûn】 眼見與耳聞，增廣～～cheng-kóng～～⇨同上。

【見疑 kiàn-gî】 被懷疑。既然～～也，我就退出較省逐家麻煩kí-jiân～～ā, goá chiū

thè-chhut, khah-séⁿ tak-ke mâ-hoân⇨既然被嫌疑了，我就退出省得彼此麻煩。

【見駕 kiàn-kà】　晉見皇帝。包卿～～pau-kheng～～⇨皇帝叫老包見他。

【見學 kiàn-hak】　見而學習之。～～旅行～～lí-hêng⇨同上。

【見機 kiàn-ki】　看機會。～～而作～～jî-chok⇨看機會而發動。臨機應變。

【見識 kiàn-sek】　有學問有觀察力。～～非凡～～hui-hoân⇨見識高超。

【見死如眠 kiàn-sú-jî-biân】　視死如歸。爭妻奪田，～～～～cheng-chhe toat-tiân～～～～⇨謂人都肯爲妻財賭生命。

【見利忘義 kiàn-lī-bōng-gī】　見財不顧一切。

【見利賣利 kiàn-lī-bē-lī】　有少利即賣之以求利。

【見景傷情 kiàn-kéng-siong-chêng】　每見同樣情景則回憶舊情而傷心。

【見義勇爲 kiàn-gī-ióng-uî】　勇者。見義不爲無勇也kiàn-gī put-uî bû-ióng-iā。

【見事一重膜 kiàn-sū-chit-têng-mō】　謂凡事皆有一重外膜蓋住，非揭開不知其眞相，切不可輕下斷語以招失誤。人講～～～～～，咱不知，不當烏白講lâng-kóng～～～～～，lán-m̄-chai, m̄-thang o·-peh-kóng⇨古人言，事必有外觀內幕，我們不知（眞相），不應該胡亂說也。

【見死不能復生 kián-sú-put-lêng-hok-seng】　謂死者不可能復活。人講～～～～～～，貪道該節哀順變藉著，不當更悲傷也lâng-kóng～～～～～～，taⁿ tō-ài chiat-ai-sūn-piàn chiah-tioh, m̄-thang koh pi-siong-ā⇨勸慰遺族之詞。

**kiân 虔**　虎行貌。敬也。固也。強取也。殺也。地方貧窮人情刻薄曰虔kiân。或作窮kiân。敬～奉命kèng～hōng-bēng⇨同上。敬～的信徒kèng～ê sìm-tô·⇨同上。

【虔婆 kiân-pô】　三姑六婆之一。專以甘言悅人的老女。亦以甘言密語誘人爲惡者也。

【虔誠 kiân-sêng】　敬誠。～～的基督教徒～～ê ki-tok-kàu-tô·⇨同上。

【虔黠 kiân-kiat】　刻薄狡猾。俗作乾黠kan-kiat。地方一下虔，人道較～～也tē-hng chit-ē-kiân, lâng tō khah～～à⇨地方一窮，人就刻薄起來了(無人情味了)。

**kiān 健**　有力也。善也。康～khong～⇨同上。老康～lāu-khong～⇨同上。

【健全 kiān-choân】　完美。組織～～cho-chit～～⇨同上。

【健忘 kiān-bōng】　善忘。～～症～～chèng⇨視善忘爲一種病症。

【健兒 kiān-jî】　㊀健康的孩子。㊁勇健有爲的子弟。

【健康 kiān-khong】　康健。身體勇健。

【健訟 kiān-siōng】　善訴訟。喜歡訴訟。～～的訟棍～～ê siōng-kùn。

【健啖 kiān-tām】　大食，食量多也。～～家ken tan ka⇨日語，意謂大食之專家也。

【健將 kiān-chiàng】　善戰的大將。優秀的選手。

【健談 kiān-tâm】　善談。～～家～～ka⇨善談的大家。喜歡聊天的人。

**kiān 肱**　牛肚也，亦即牛百葉。有角曰～無角曰肚。俗以家禽鳥類的胃曰肱kiān。烏魚肚亦曰肱kiān。鷄～ke～⇨鷄的胃囊。烏魚～o·-hî～⇨烏魚肚。鳥仔～chiáu-á～⇨小鳥肱。喩小。未輸鳥仔～的bē(bōe)-sū chiáu-á～lè⇨宛如鳥肱一樣小。要許蚊仔～合鵪鶉屁俫佗戥iàu-he báng-á～kah lāi-hió-phùi boeh-tah-chhōe⇨要那些烏有之東西(蚊肱與鳥屁)要那裡去尋之。

**kiān 腱**　筋之本也。筋肉曰腱kiān。脚肚～kha-tó·～⇨脚後肚之肉塊。手肚～chhiú-tó·～⇨

手腕之肉塊。

## kiang

**kiang 僵** 。不動。死。亦讀kiong。俗謂死曰行去也kiāⁿ-khì-ā，疑爲僵去也kiang-khì-ā之轉訛。

【**僵立** kiang-lip】 木立。俗謂企死死khiā-sí-sí。企亭亭khiā-thêng-thêng。

【**僵臥** kiang-ngō͘】 謂死者橫陳於地上。～～血泊中～～hiat-phek-tiong⇨橫陳血泊中，血案中常用詞。

【**僵屍** kiang-si】 人死而屍體不朽爛，歷久年而留存於世者。木乃伊。

**kiáng 講** 說話。同講kóng，來自舊戲台詞。爾待怎講ní-thāi-chān-kiáng⇨你將如何。你扵～蕃lí teh～hoan⇨你在講外國(話)。我莫休～決夷goá māi-hiuⁿ～koat-î⇨我未曉講國語。多出之戲謔。

**kiâng 強** 力量勝人。以力量制人。同強kiông。數學眞～sò͘-hak chin～⇨數學的能力很好。家欲富，子～父ka-iok-pù, chú～hū⇨千金譜。

【**強人** kiâng-jîn】 有權有勢的人。南韓的～～朴某人lâm-hân ê～～pok-bó͘-lâng⇨同上。

【**強佔** kiâng-chiàm】 霸佔。～～人的某囝～～lâng ê bó͘-kiáⁿ⇨霸佔別人的妻兒。

【**強拗** kiâng-áu】 硬拗。～～過～～kòe⇨有做無或反之，皆謂～～。同強誣kiâng-bû。

【**強押** kiâng-ah】 強力押送。同強迫。～～轉去～～tńg-ì⇨強制押回家。～～伊讀册～～i thak-chheh⇨強迫他讀書。

【**強制** kiâng-chè】 以強力制服。同強迫。～～教育～～kàu-iok⇨強迫教育。～～執行～～chip-hêng⇨同上。

【**強刧** kiâng-kiap】 強力刼取。～～校場～～kàu-tiûⁿ⇨強攻刑場(搶救犯人)。

【**強佅** kiâng-boeh(beh)】 強要kiâng-iàu。硬佅ngē-boeh(beh)。～～愛～～ài⇨怎樣方法都要之。～～娶伊～～choā-i⇨不論如何都要娶她。

【**強姦** kiâng-kan】 強迫的奸淫。

【**強迫** kiâng-pek】 強制。～～樂捐～～lok-koan⇨俗所謂不樂之捐。～～中獎～tiòng-chiáng⇨同上。

【**強討** kiâng-thó】 以暴力取回。

【**強盜** kiâng-tō】 以武力奪人之物。未輸～～bōe su～～⇨不輸強盜。比強盜還壞。

【**強將** kiâng-chiàng】 勇力的大將。～～之下無弱卒～～chi-hā bô-jiak-chut⇨同上。

【**強硬** kiâng-ngē】 強而堅定。態度～～thāi-tō͘～～⇨同上。

【**強搶** kiâng-chhiúⁿ】 搶刼。

【**強摃** kiâng-kòng】 強寇kiâng-khò͘。強盜kiâng-tō。

【**強壓** kiâng-ap】 強制壓迫。強大的壓力。

【**強霸** kiâng-pà】 強佔。強力霸佔。

【**強心劑** kiâng-sim-che】 ㊀醫藥名。㊁助膽丸chō͘-táⁿ-oân。未輸食著～～的，膽攏大起來也bē(bōe)-su chiah-tioh～～ê, táⁿ lóng-toā-khí-lâi-ā⇨宛然吃了強心丸一樣，膽都大起來了。

## kiap

**kiap 夾** 處在兩物之中。書～，皮～。事甚忙。工課眞～khang-khòe chin～⇨工課放不開。纏住不放。嬰仔眞～乳eⁿ-á chin～leng⇨嬰兒常要乳難放手。

【**夾心** kiap-sim】 夾在兩物中間。～～餅～～piáⁿ⇨同上。

【**夾攻** kiap-kong】 從雙面合攻。

【**夾乳** kiap-leng】 嬰兒不放乳。阮嬰仔眞

～～goán e$^n$-á chin～～⇨同上。

【夾計 kiap-kè】 工作繁忙。免安爾～～bián an-ne(ni)～～⇨何用如此忙碌不休。

【夾帶 kiap-tài】 私藏禁物於他物之中以圖過關。

【夾棍 kiap-kùn】 刑求用具。或夾脚或夾手指，夾到承認偷夯古井爲止。

【夾竹桃 kiap-tek-thô】 花木的一種。

kiap **陜** 海峽hái-kiap。山陜san-kiap。兩物之間曰陜kiap。從人爲陜，隘ài也，從入爲陜siám，地名，陜西也。

kiap **劫** 強力奪取。圍棋術語。硬攻硬～ngē-kong-ngē～⇨最強力的奪取。

【劫水 kiap-chúi】 時機切迫。甚～～不當啦siū$^n$～～m̄-thang-lā⇨大急也，不行。

【劫犯 kiap-hoān】 搶劫的兇犯。～～逃走了～～tô-cháu-lō⇨同上。

【劫案 kiap-àn】 搶劫的案件。屢犯～～lúi-hoān～～⇨同上。

【劫掠 kiap-lio̍k】 搶劫與掠奪。～～百姓～～peh-sè$^n$⇨同上。

【劫棺 kiap-koan】 偷開棺材奪取陪葬之物品。

【劫賊 kiap-chha̍t】 搶劫的強盜。

【劫煞 kiap-soah】 災厄。災難。

【劫監 kiap-ka$^n$】 強攻監獄搶救犯人。

【劫數 kiap-sò͘】 災難。因果。～～難逃～～lân tô⇨劫數是逃不了的。

【劫營 kiap-iâ$^n$】 偷襲敵方軍營。

【劫富助貧 kiap-hù-chō-pîn】 劫奪富人錢財，救助貧人，所謂義賊的行爲。

kiap **俠** 俠客kiap-kheh。劍俠kiàm-kiap。

kiap **袷** 衣。通袷。加裏的衣服。按台灣加裏的衣叫裘hiû，但裘本意爲皮衣。而台灣不用皮衣遂以袷作裘矣。

kia̍p **喋** 便語也。多言也。喋喋不休tia̍p-tia̍p-put-hiu⇨多言無停。嘴甚～估人怨chhùi siū$^n$～kò͘-lâng-oàn⇨嘴太多言者惹人討厭。又扲～也不知～甚死人iū-teh～ā m̄-chai～sia$^n$-sí-lâng⇨又在喋了，不知所喋何事（女人口氣）。

【喋嘴 kia̍p-chhùi】 多話。莫許爾～～未瘂口啦mài hiah-ni～～bē(bōe) ē-káu-lā⇨不說那麼多，不會啞口的。

【喋喋叫 kia̍p-kia̍p-kiò】 喋喋不休tia̍p-tia̍p-put-hiu。歸日～～～⇨同上。

## kiat

kiat **吉** 善也。福也。見者大～kiàn-chià tāi～⇨令人可怕之物每見貼有此語。逢凶化～hōng-hiong-hoà～⇨逢見壞事化成好事。

【吉人 kiat-jîn】 善人。～～自有天相～～chū-iú thian-siàng⇨善人自有天助。

【吉士 kiat-sū】 善士。

【吉土 kiat-thó͘】 宜於卜居之地。

【吉凶 kiat-hiong】 好與壞。～～未來先有兆～～bī-lâi sian iú tiāu⇨吉凶之來，必先有預兆。

【吉日 kiat-jit】 好日子。良時～～liâng-sî～～⇨好時辰好日子。

【吉句 kiat-kù】 吉詳的詞句。

【吉旦 kiat-tàn】 吉日。

【吉兆 kiat-tiāu】 瑞兆。好(歹)～～hó(pháiⁿ)～～⇨好(壞)的徵兆。

【吉貝 kiat-pòe】 藥材名。

【吉服 kiat-ho̍k】 喪期滿脫喪服換吉服。

【吉例 kiat-lē】 瑞祥的舊例。

【吉事 kiat-sū】 應該慶喜的事。

【吉竿 kiat-koa$^n$】 立吉竿。立一竿上懸籠以祝家運永泰。

【吉相 kiat-siōng】 運氣好的像。相亦讀

siàng。

【吉信 kiat-sìn】 好消息。

【吉祥 kiat-siông】 瑞祥。祥亦讀siâng。～～如意～～jû-ì(jî-ì)⇨瑞祥如意。

【吉葬 kiat-chòng】 擇良時吉日改葬骨灰於吉地。對凶葬hiong-chòng—死後新葬—而言。

【吉瑞 kiat-sūi】 祥瑞。

【吉慶 kiat-khèng】 婚，壽，誕等均屬之。值得慶祝的事。

【吉禮 kiat-lé】 吉慶事的禮制或禮式。又對人家吉慶的賀儀。

【吉屋招租 kiat-ok-chio-cho͘】 謂有空厝出租也。吉字表示祥瑞也。

kiat **桔** 同橘kiat，柑橘類的果樹。或稱kit。橙。金柑。柑～仔kam～á⇨柑桔類也。

【桔仔 kiat-á】 或稱柑桔仔kam-kit-a。

【桔汁 kiat-chiap】 kit-chiap。橘仔絞汁。

【桔皮 kiat-phôe】 柑橘皮。可治感冒或作健胃去痰劑。即陳皮tîn-phî也。

【桔紅 kiat-hông】 加蜂蜜精製的柑仔皮。

【桔餅 kiat-piá$^{n}$】 kit-piá$^{n}$。柑橘類煮糖。

kiat **結** 締也。合也。終也。構成也。植物成實亦曰結。聯～liân～⇨同上。締結。總～chóng～⇨了結liáu～⇨結束。好尾～hó-bóe～⇨很好的結果。

【結子 kiat-chí】 植物開花而結果實。亦謂結實kiat-si̍t。

【結册 kiat-chheh】 決算書。

【結石 kiat-chio̍h】 病名。腎臟～～sīn-chōng～～⇨同上。

【結穴 kiat-hia̍t】 地理師謂宜於做墓或做厝宅的地點。謂有結穴或有成地理，將來子孫一定會發達。一種迷信。

【結句 kiat-kù】 詩歌起承轉結的末句。

【結成 kiat-chiâ$^{n}$】 連成。～～翁某～～ang-bó͘⇨結婚而成爲夫妻。

【結舌 kiat-chi̍h】 說不出話。不敢說話。瞠目～～tông-bo̍k～～⇨喻吃驚說不出話。

【結合 kiat-ha̍p】 彼此相聯合。～～做夫妻～～chò-hu-chhe⇨同上。

【結交 kiat-kau】 做朋友。世人～～須黃金，黃金不多交不深sè-jîn～～si hông-kim, hông-kim put-to kau put-chhim⇨謂世態炎涼。

【結冰 kiat-peng】 水因寒冷而凝固爲冰。

【結成 kiat-sêng】 連成。～～連理枝～～liân-lí-ki⇨結成夫妻～～hu-chhe。

【結尾 kiat-bóe】 ㊀稻仔結穗成績很好。㊁最後。

【結局 kiat-kio̍k】 終了。案件或問題結束。眞圓滿的～～chin oân-boán ê～～⇨皆大歡喜的終結。

【結果 kiat-kó】 ㊀植物結子。㊁同結局。㊂死亡。

【結社 kiat-siā】 同興趣或同主張的人組織自己的團體。民主社會有～～的自由bîn-chú-siā-hōe ū～～ê chū-iû⇨同上。

【結怨 kiat-oàn】 彼此相怨恨。同結寃。

【結狀 kiat-chn̄g】 交涉事件結束作成文件爲憑。

【結約 kiat-iak】 約或讀iok。成立合約。

【結拜 kiat-pài】 締結兄弟之誼。～～兄弟～～hia$^{n}$-tī⇨結義的兄弟。

【結首 kiat-siú】 古時開墾團體叫做結kiat，其領導人一首領，或謂頭老thâu-ló，亦叫做結首。今宜蘭五結之地方即當年開墾團體的遺蹟。

【結案 kiat-àn】 訴訟事件等的裁判確定。

【結核 kiat-hu̍t】 病名，即肺～～hì～～。

【結粑 kiat-pa】 糊或血膿乾固成餠狀。

【結草 kiat-chhó】 死後報生前所受之恩，即所謂結草之報。

【結婚 kiat-hun】 男女結成夫妻。～～典禮～～tián-lé⇨同上。

【結粒 kiat-lia̍p】 果樹開花後結子已成粒狀。今年的荔枝眞～～ kin-nî ê lāi-chi chin ～～⇨同上。

【結寃 kiat-oan】 結成寃仇人。

【結晶 kiat-chi$^{n}$】 物質由液體變成固體。有的物質有一定的形態。例如塩的結晶是正四角形。～～體～～thé⇨同上。

【結盟 kiat-bêng】 締結同盟關係。

【結義 kiat-gī】 同結拜。桃園三～～ thô-hn̂g sam～～⇨有名的三國演義故事。

【結網 kiat-bāng】 造網。臨淵羨魚，不如退而～～lîm-ian siān-gî, put-jî thòe-jî～～⇨在水邊想魚，不如回去造網，才是得魚的捷徑。

【結構 kiat-kò͘】 建築物屋架的如何組合。又文章，字體的組合亦稱結構。～～學～～ha̍k⇨研究結構的學問。

【結實 kiat-si̍t】 ㊀植物結子。㊁物品做得甚緊固。㊂人生做甚結實—不太高大亦不太肥胖。

【結髮 kiat-hoat】 古禮男子二十而結髮初冠爲成人。～～夫妻～～hu-chhe⇨少年時初婚之正式夫妻。又稱元配爲～～婦～～hū。阮是頭毛～～的goán-sī thâu-mô～～ê⇨我們是初婚——父母主婚的夫妻，有別於野合者。

【結緣 kiat-iân】 ㊀佛家語。謂與佛法發生關係作將來得度之因緣。㊁人與人彼此發生關係。

【結價 kiat-kè】 決定價格。結算賬目。一石粟～～藉五百元耳，chit-chio̍h-chhek～～chiah gō͘-pah kho͘ niâ⇨同上。

【結論 kiat-lūn】 思惟所得之結果。討論了有～～也thó-lūn-liáu ū～～ā⇨同上。

【結賬 kiat-siàu】 決算賬目。賬亦作數。

【結親 kiat-chhin】 結爲姻親。聯婚。

【結氈 kiat-chi$^{n}$】 被綿舊了已不柔軟。

【結穗 kiat-sūi】 稻麥等的結子叫～～。水稻～～也chúi-tiū～～ā⇨水稻～～了。

【結廬 kiat-lô͘】 蓋屋子。獨自～～而居to̍k-chū～～jî-ki⇨同上。

【結繩 kiat-sêng(sîm)】 上古無文字結繩爲記。大事大結小事小結。～～之政～～chi-chèng⇨稱上古政治之簡易。

【結黨 kiat-tóng】 多人集在一起。組成黨派。～～成羣～～sêng-kûn⇨多人成羣藉勢爲非做歹。交羣～～kau-kûn～～⇨同上。

kiat **詰** 責問。追問。

【詰責 kiat-chek】 追究責任。

【詰問 kiat-mn̄g】 責問。

kiat **潔** 清氣。不污染。清～隊chheng～tūi⇨同上。

【潔月 kiat-goa̍t】 生後滿四個月。

【潔身 kiat-sin】 清氣的身體。清白的身分。～～自愛～～chū-āi⇨保持清白之身爲驕傲。

【潔癖 kiat-phiah】 愛好清潔的性質。厭惡不潔不淨的性質。

kiat **揭** 高舉也。外露也。

【揭穿 kiat-chhoan】 外露。顯示。～～眞相～～chin-siàng⇨同上。

【揭幕 kiat-bo̍k】 kiat-bo̍h。開幕khai-bo̍h。開始。展覽會～～tián-lám-hōe～～⇨同上。

【揭曉 kiat-hiáu】 發表。考試放榜。

【揭示板 kiat-sī-pán】 公告板kong-kò-pán。

【揭人之短 kiat-jîn-chi-toán】 宣揚他人之缺點。

kiat **鴃** 鳥名。俗曰畢勞pit-lô。南蠻～舌lâm-bân～sia̍t⇨孟子罵南方人之詞。

kiat **抉** 挑也。投石曰抉kiat。凡投皆曰抉kiat。濫擅～lām-sám～⇨亂投亂擲。

【抉掉 kiat-tiāu】 擲tek而棄之。提去～～the̍h-khì～～⇨同上。

【抾石頭 kiat-chioh-thâu】 投石tâu-sek。擲石tek-sek。囡仔抾～～～gín-á teh～～～⇨同上。

kiat
黠 慧也。又狡猾káu-kut也。俗曰狡獪káu-koāi。外癡內～goā-chhî-lāi～⇨同上。你較～lí khah～⇨你聰明也；你奸鬼也。

【黠人 kiat-lâng】 聰明人。狡怪之人。

【黠仔 kiat-á】 狡猾之人。～～頭～～thâu⇨最奸鬼之人。

【黠囝 kiat-kiáⁿ】 同黠仔kiat-á。彼類～～食人是有，曷有好俾人食hit-lōei～～chiah-lâng sī-ū ah-u-hó hō͘-lâng-chiah⇨同上。詐chà，騙phiàn皆曰食chiah。

【黠鬼 kiat-kúi】 聰明鬼。奸鬼。

kiat
傑 才智出衆也。優秀人材也。豪～hô～⇨同上。俊～chùn～⇨同上。

【傑出 kiat-chhut】 出衆。～～的人材～～ê jîn-châi⇨同上。

【傑作 kiat-chok】 出衆的作品或表現。～～集～～chip⇨優秀作品集。一代之～～it-tāi chi～～⇨一生的大成功。

kiat
鰈 鰈魚kiat-hî。俗稱香魚hiang-hî，亦稱國姓魚kok-sèng-hî。日文作鮎Ayu。

kiat
杰 人名。通作豪傑hô-kiat之傑kiat。

kiat
竭 盡也。事父母能～其力sū-hū-bó lêng～kî-lek⇨同上。

【竭誠 kiat-sêng】 ～～歡迎～～hoan-gêng⇨同上。

【竭澤而魚 kiat-tek-jî-gî】 放整池水以取魚。但顧目前不看將來。

## kiau

kiau
喬 亦音kiâu，高而曲也。高大也。句如羽～ku-jî ú～⇨謂樹枝曲卷如鳥羽。由此觀之，駝背俗曰蹺痀khiau-ku，應作喬句khiau-ku矣。

【喬木 kiau-bok】 大樹toā-chhiū。鶯遷～～eng chhian～～⇨喻搬住新居。

【喬裝 kiau-chong】 僞飾假裝以掩人耳目也。裝亦作妝chong。～～偷渡過關～～thau-tō͘ kòe(kè)-koan⇨同上。

【喬遷 kiau-chhian】 鳥出幽谷，遷於喬木也。賀人之遷住新居或仕途之升官之詞。

kiau
驕 矜誇也。小人得志曰驕kiau。貧而無諂，富而無～piñ jî bû-thiám, hù jî bû～⇨同上。家富小兒～ka-hù siáu-jî～⇨同上。

【驕色 kiau-sek】 面上有得意之表現。面有～～bīn ū～～⇨同上。

【驕兵 kiau-peng】 自認人多兵強之軍隊。～～必敗～～pit-pāi⇨同上。

【驕傲 kiau-ngō͘】 自誇自大也。～～無禮～～bû-lé⇨同上。

【驕頭 kiau-thâu】 驕也。容易翻臉也。～～更潦流～～koh chhoah-lâu⇨驕頭又加上潤流。潦流chhoah-lâu，水流湍急也。

kiau
嬌 妖嬈也。妖～絕色iau～choat-sek⇨超級美人。老來～lō-lâi～⇨花草名。雁來紅gān-lâi-hông的別名。喻老而有風韻的女人。

【嬌仔 kiau-á】 春畫的古名。當女出嫁，母私付女兒帶同出門的春畫，蓋亦性教科書也。～～譜～～phó͘⇨即其簿册也。

【嬌色 kiau-sek】 鮮艷的色彩。甚～～每不好siuⁿ～～mā m̄-hó⇨色地太過鮮艷亦不佳。

【嬌妻 kiau-chhe】 美妻。～～美妾，焉知是福～～bí-chhiap ian-ti sī hok⇨謂妻妾美麗，未必是福氣。

【嬌姿 kiau-chu】 妖嬈的姿容。～～絕色～～choat-sek⇨同上。

【嬌客 kiau-kheh】 女婿。姑爺。王府的～～ông-hú ê～～⇨王家的女婿。

【嬌滴滴 kiau-tih-tih】 非常嬌美。～～～嫪孀～～～hiâu-nih-nih⇨嫪hiâu，戲也，女

人的挑發惹大曰嬌hiâu。戾nih，曲也。

【嬌小玲瓏 kiau-siáu-lêng-lông】 形容小型的美女。～～～～的查某嫁著一個高頭大馬的查甫，～～～～ê cha-bó· kè-tioh chit-ê ko-thâu-toā-bé ê cha-po·⇨同上。

【嬌生慣養 kiau-seng-koàn-iáng】 自小在過度愛護放縱中長大。彼款的～～～～的千金小姐曷有人敢娶hit-khoán-ê～～～～ê chhian-kim-sió-chiá ah-ū-lâng káⁿ-chhoā⇨同上。

**kiáu 矯** 正曲使直也。匡正弊惡曰矯kiáu。詐稱亦曰矯kiáu。又強也。

【矯正 kiáu-chèng】 糾正。齒列～～khí-liat～～⇨糾正牙齒排列情況。

【矯情 kiáu-chêng】 有意違背常情。～～假意～～ké-ì⇨同虛情假意hi-chêng-ké-ì。

【矯健 kiáu-kiān】 身體強健。

【矯詔 kiáu-chiàu】 僞冒聖旨。～～刣忠臣～～thâi tiong-sîn⇨同上。

【矯枉過正 kiáu-óng-kò-chèng】 如同過猶不及kò-iû-put-kip。安爾驚做～～～～顛倒不好an-ne(ni) kiaⁿ-chò(chòe)～～～～tian-tò m̄-hó⇨如此恐怕太過份了反而不妙。

【矯揉造作 kiáu-jiû-chō-chok】 粧做chng-chò。有意作爲有失自然。揉jiû或作輮jiû，使木屈伸也。既有誠意那著安爾～～～～kà ū sêng-ì ná-tioh an-ne～～～～⇨既然有誠意了何必如此的粧做。

**kiáu 儌** 行也，幸也。儌幸kiáu-hēng，覬非望也。亦作徼幸kiáu-hēng。徼kiáu，求也，幸hēng不當得而得者。賭博之事曰儌kiáu，凡賭輸贏tó-su-iâⁿ皆曰儌kiáu。俗作賭kiáu，但取其義耳。博～poah～⇨賭博tó·-phok。米～bí～⇨以米價漲落決勝負。博～郎君買賣賊poah～lông-kun bé-bē-chhat⇨謂賭博依令而行尙算君子，買賣並無標準簡直似賊行爲也。

【儌友 kiáu-iú】 因賭博而結交的朋友。

【儌空 kiáu-khang】 有關賭博的案件或問題。犯著～～hoān-tioh～～⇨違犯賭禁。

【儌令 kiáu-lēng】 賭博規則。～～出聖旨～～chhut sèng-chí⇨謂賭博規則——如聖旨也非遵行不可。

【儌仙 kiáu-sian】 賭博仙人。仙亦作先sian，即賭博先生，都是戲稱賭徒。

【儌伴 kiáu-phoāⁿ】 同進同出的儌友kiáu-iú。

【儌官 kiáu-koaⁿ】 莊家chong-ka也。

【儌例 kiáu-lē】 賭徒對刑警按期孝敬的紅包。

【儌虱 kiáu-sat】 ～～扲咬也～～teh-kā ā⇨賭興起矣。謂賭興之起是儌虱在咬所致的。

【儌鬼 kiáu-kúi】 嗜賭如命的賭徒。又引人入賭之鬼。～～雌屄神～～chi-bai-sîn⇨謂賭與色兩事是最具誘惑力的。雌chi，即眉也。

【儌巢 kiáu-siū】 賭場也。攏於阿九嫂仔許扲做～～啦lóng tī a-káu-só-à-hia teh-chò～～là⇨皆在阿九嫂仔的家做儌場也。許hia，地方，附近，亦家也，您許，阮許，或左右，前後，如三歲許。

【儌媒 kiáu-bôe】 媒bôe亦作囮bôe，引誘野鳥入籠之家鳥曰囮bôe，即鳥媒chiáu-bôe也。賭徒用來引人入其局之人。

【儌間 kiáu-keng】 常設的賭場(儌場)。～～娼婦房～～chhiang(chhiong)-hū-pâng⇨謂都不是上流的地方。

【儌棍 kiáu-kùn】 詐賭的常習犯。～～抵著儌運～～tú-tioh kiáu-ūn⇨謂詐賭法逢上運氣正旺的人也會無法施展。

【儌猪 kiáu-ti】 好賭而不精，每賭必大輸而仍勇往前進的賭徒。

【儌舅 kiáu-kū】 賭術不精之儌脚kiáu-kha。

【儌脚 kiáu-kha】 儌伴kiáu-phoāⁿ。召～～tiàu～～⇨哨集儌伴。

【儌瘋 kiáu-hông】 好賭的熱情或氣氛。～～扲發也～～teh-hoat ā⇨儌癮在大發了。

【儌錢 kiáu-chîⁿ】 賭資。賭博所贏得之財。～～未做抸家伙～～bē-chò-tit ke-hóe⇨謂賭博所得錢財算不得是財產。

【儌癮 kiáu-giàn】 賭博中毒。著～～也無醫也tio̍h ～～ â bô-i ā⇨中了賭博毒了，無法醫治了。癖好成病曰癮。慭giàn，願也。

【儌癖 kiáu-phiah】 賭博上的脾氣。伊的～～未穩i ê～～bē-bái⇨他的賭博風度不壞。

【儌邊囝 kiáu-piⁿ-kiáⁿ】 賭場邊長大的孩子，謂終究也必淪爲賭徒。～～～嗎，你驚伊未沕入去～～～mà, lí kiaⁿ-i bē-bī-ji̍p-khì⇨儌邊子也，你怕他不沈入其中嗎。沕bī，潛藏也。藏水沕chhàng-chúi-bī⇨潛水chhiâm-chúi。

【儌風拳頭謗 kiáu-hong-kûn-thâu-pòng】有關賭博拳術的風評內容都是經過加油添酢的誇大數字。人講～～～～～曷煞會信得lâng kóng～～～～～ah-soah ē-siàn-ti̍t⇨古人言，賭博拳術話多誇大那裏信得過。

kiáu
繳 交也。納也。凡交付或納入一定的財物皆曰繳kiáu。錢糧該～也chîⁿ-niû ài～à⇨錢糧應該繳納了。錢糧，人索繳也，是非繳不可也，故用該ài。

【繳令 kiáu-lēng】 任務完畢交還命令。

【繳旨 kiáu-chí】 交回天子聖旨。回朝～～hôe-tiâu～～⇨同上。

【繳納 kiáu-la̍p】 交繳，～～稅金～～sòe-kim⇨同上。

【繳消 kiáu-siau】 交還以註消。舊牌該～～kū-pâi ài～～⇨同上。

【繳械 kiáu-hâi】 交出武器，亦即武裝解除。投降也。敵軍～～te̍k-kun～～⇨同上。

【繳費 kiáu-hùi】 交錢。該～～ài～～⇨須交錢。

【繳稅 kiáu-sòe】 交納稅款。

kiáu
攪 亂也。擾亂也。混和亦曰攪kiáu。鴉片煙～酒飼諸姆a-phiàn-hun～chiú chhī cha-bó͘⇨謂以阿片和酒養女人，表示阿片，賭博，女色爲人生三大害。蓋儌kiáu（賭博）與攪kiáu諧音也。

【攪仔 kiáu-á】 打繩索用的小道具。

【攪吵 kiáu-chhá】 擾亂jiáu-loān。吵鬧也。不當加人～～m̄-thang kā-lâng～～⇨不可妨害他人。

【攪家 kiáu-ke】 擾亂家庭。同吵家chhá-ke。～～抐宅～～lā-the̍h⇨吵家抐宅chhá-ke-lā-the̍h⇨謂在家中諸多吵鬧。和飯曰攪kiáu，和湯曰抐lā。抐lā，按物水中也。

【攪散 kiáu-soàⁿ】 打散。弄壞。～～人的姻緣是猪不食狗不哺～～lâng ê in-iân sī ti-m̄-chia̍h káu-m̄-pō͘⇨謂弄散他人的好事是最下流。

【攪湯 kiáu-thng】 飯加菜湯。～～食，眞雋！～～chia̍h, chin-chńn⇨加湯吃，妙極。

【攪鬧 kiáu-nāu】 略同攪吵kiáu-chhá。胡鬧也。

【攪擾 kiáu-jiáu】 吵鬧擾亂。眞～～你chin～～lí⇨客套語，有擾清神了。

【攪塩 kiáu-iâm】 和塩。食飯～～你道知chia̍h-pn̄g～～lí-tō-chai⇨(窮得)吃飯只能和塩吃你就知(其慘)也。勸人未雨綢繆之詞。

【攪豆油 kiáu-tāu-iôⁿ】 食鹹薑，配醋豉，～～～chia̍h kiâm-kioⁿ, phòe ìm-siⁿ～～～⇨永靖腔。

kiáu
裱 裱piáu亦曰裱kiáu，裱褙piáu-pòe曰裱褙kiáu-pòe。

kiàu
叫 叫kiò也。噭kiauh也。

kiàu
噭 吼也。聲也。噭kiauh也。

【噭噭叫 kiàu-kiàu-kiò】 噭噭有聲。有聽見～～～耳，不知抸講啥ū thiaⁿ-kìⁿ～～～niâ, m̄-chai teh kóng-sahⁿ(siahⁿ)⇨只聽見噭噭之聲而已，不知其說什麼。

**kiâu 僑** 客也。寄也。寄居在外國之民曰僑kiâu。華～hoâ～⇨華人之寄居在外者。日～美～jıt～bí～⇨同上。

【僑民 kiâu-bîn】 僑居地之人。

【僑居 kiâu-ki】 寄居外國。～～地～～tē⇨同上。

【僑社 kiâu-siā】 僑民社會的省詞。

【僑胞 kiâu-pau】 僑居外國之同胞。

【僑領 kiâu-léng】 僑民領袖的省詞。

**kiâu 橋** 橋kiô也。

**kiāu 轎** 轎kiō也。今人轎車kiō-chhia不叫而叫橋車kiâu-chhia。蓋將轎字之文語音以及其聲調都弄錯也。

**kiāu 譤** 痛呼也。訐kàn也。亦作譤kiāu。訐譤kàn-kiāu，攻發人之陰私，面斥人以言皆曰訐kàn，曰譤kiāu。大聲斥罵曰譤kiāu。皆用於男人。女人則曰詈lé曰罵mē，有分別也。該人～也不ài lâng～ā m̄⇨要人斥罵了嗎。人抆～也，無聽見乎lâng teh～ā, bô-thiaⁿ-kìⁿ hohⁿ⇨人(你父)在譤矣，聽不見嗎。佃老爸～到牙酥去in-lāu-pē～kà gê so·-khì(ì)⇨他老爸譤得牙齒都爛矣。物鬆脆曰酥so·，鬆懈亦曰酥so·。

**kiāu 撬** 舉也。以棒起物曰撬kiāu。～未開～bē(bōe)-khui⇨撬不開。～振動～tín-tāng⇨撬動。～徙位～soá-ūi⇨同上。

【撬仔 kiāu-á】 槓杆kòng-kan。鐵～～thih～～⇨鐵槓杆。石～～chioh～～①起石之槓杆，或鐵或木料都有。②鱸鰻之小者。似乎以其大小如撬棒而得名。田～～chhân～～⇨指農夫。

【撬門 kiāu-mn̂g】 破門phò-bûn。賊仔～～入來chhat-á～～jıp-lâi⇨賊子破門進入。

【撬石頭 kiāu-chioh-thâu】 起動大石。開路～～～khui-lō～～～⇨同上。

【撬未起垂 kiāu-bē-khí-sôe】 撬不動。起垂khí-sôe指槓秤因重量之多少而秤尾有起落。又撬kiāu又與譤kiāu諧音。因而喻刺激，鼓勵皆無効。～～～～的人～～～～ê lâng⇨刺激鼓勵都失効的廢人。

**kiauh 噭** 同噭kiàu。吼也。呼也。吱～叫ki～kiò⇨講話聲。

【噭噭叫 kiauh-kiauh-kiò】 講話聲。有聽見～～～，都聽無話粒ū thiaⁿ-kìⁿ～～～, to thiaⁿ-bô ōe-liap⇨聽是聽到了人聲錯雜，但是聽不出所言話句。同噭噭叫kiàu-kiàu-kiò。

【噭噭嚷 kiauh-kiauh-jiáng】 叫嚷kiò-jiàng。呼號。免抆～～～，更等一下好否bián teh～～～ koh tán chıt-ē hó-bò⇨不要大聲叫號，再等一下可不可以。

**kiauh 噭** 多言也。哈kap也。伊的人有較～i-ê-lâng ū khah～⇨他爲人比較多言。同較哈khah-kap。又不平之鳴也。猶抆～iau teh～⇨還在叫不平。

【噭噭叫 kiauh-kiauh-kiò】 哈哈叫kap-kap-kiò。喋喋不休。每是猶～～～mā-sī-iáu～～～⇨還是在喋喋不休。

【噭噭死 kiauh-kiauh-sí】 同噭噭叫kiauh-kiauh-kiò(帶有不耐煩或卑視語氣)。免抆～～～啦，無人佅插你啦bián teh～～～ là, bô-lâng boeh-chhap lí là⇨不用喋喋不休也，沒人理你也。

## kim

**kim 金** 黃金也。金質的器物也。堅定也。貴重也。眞～不怕火chin～put-phàⁿ hóe⇨喻正義不怕遭受攻擊。上馬～，落馬銀chiūⁿ-bé～，loh-bé-gîn⇨上馬贈金，下馬贈銀，謂曹操款待關公是如此的敬重。沉默是～，雄辯是銀tîm-bek(bok) sī～，hiông-piān si gîn⇨喻能言善辯並非上德。

【金工 kim-kang】 金匠。

【金山 kim-sa$^{n}$】 ㊀產金之山。金礦。㊁祭奠用的金銀紙之山。

【金井 kim-chī$^{n}$(chén)】 埋金斗之穴。

【金水 kim-chúi】 同銀水gîn-chúi。金銀的市價。滙票的市價。金(銀)水的起落。滙票市價的起落。

【金元 kim-goân】 美金。～～國～～kok⇨美國。

【金丹 kim-tan】 仙丹。食之可不老長生。

【金斗 kim-táu】 骨壺。～～甕仔～～àng-á⇨骨壺。

【金仔 kim-á】 金的。黃金。洗～～sé(sóe)～～⇨淘洗砂金。

【金汁 kim-chiap】 水藥名。據稱是以人糞爲材料精練的。

【金石 kim-chio̍h】 金礦石。掘著～～kut-tio̍h～～⇨同上。

【金主 kim-chú】 金錢之所有人。

【金玉 kim-ge̍k(gio̍k)】 黃金與寶玉。～～之言～～chi-giân⇨有價值的話。珍貴的言詞。

【金幼 kim-iú】 金粉。

【金瓜 kim-koe】 南瓜。人一下衰，種匏仔生～～ lâng chit-ē-soe, chèng-pû-á se$^{n}$～～⇨謂霉運一到事皆不如意。

【金石 kim-se̍k】 如金如石之堅固。～～之交～～chi kau⇨極堅固的友情。

【金囝 kim-kiá$^{n}$】 愛子。我的～～goá-ê～～⇨我的愛子。

【金灰 kim-hoe】 金銀紙的燒灰。亦則所謂爐丹lô-tan, 可作治病靈藥者。

【金色 kim-sek】 黃金色。黃色。～～夜叉～～iā-chhe⇨美人。謂其能致人於死也。

【金言 kim-giân】 言之可作人生規範者。貴重之言。多謝你的～～to-siā lí ê～～⇨謝人好話忠告。

【金角 kim-kak】 金幣。～～仔，銀角仔～～á, gîn-kak-á⇨金的輔幣，銀的輔幣。～～大王～～tāi-ông⇨西遊記人物。

【金含 kim-kâm】 ㊀糖菓名。㊁鐵丸。鑄犁頭的若來，我藉買～～乎你食chù-lê-thâu-ê nā-lâi goá chia̍h bé～～hō·-lí-chia̍h⇨多謝你家婆。

【金身 kim-sin】 神佛之像。神體。粧～～chng～～⇨彫神像。

【金沙 kim-soa】 砂金。～～羽～～ú⇨毛織布的一種。

【金豆 kim-tāu】 豆粒形的黃金粒。古時曾作貨幣用。

【金油 kim-iû】 泥金。用～～寫字iōng～～siá-jī⇨寫金字。

【金金 kim-kim】 ㊀光滑。外面看着～～goā-bīn khoà$^{n}$-tio̍h～～⇨表面看來很光滑。㊁眼張開。目珠～～人傷重ba̍k-chiu～～lâng-siong-tiōng⇨喻眼見事情發展而無可奈何之形容。㊂眼光犀利。目珠～～ba̍k-chiu～～⇨眼光利害。～～相～～siòng⇨相眞眞，看眞實。

【金板 kim-pán】 板金pán-kin。

【金帛 kim-pek】 黃金與綢緞。

【金杯 kim-poe】 黃金杯。

【金面 kim-bīn】 ㊀外皮舖金。金色之表面。㊁金色的佛面。

【金星 kim-chhe$^{n}$】 金星kim-seng。太白～～thài-pe̍k～～⇨金星，神名。

【金英 kim-eng】 花名。英仔花eng-á-hoe⇨同上。

【金風 kim-hong】 秋風。～～送暖，玉露生涼～～sòng-loán, gio̍k- lō· seng-liâng⇨同上。

【金柑 kim-kam】 果名。～～仔～～á⇨同上。

【金城 kim-siâ$^{n}$】 王城。

【金亭 kim-têng】 燒金銀紙之小亭。

【金盾 kim-tún】 美國的金幣。～～仔錢～～á-chî$^{n}$⇨幣質上等的錢幣。

【金紙 kim-choá】 祭神用的特制紙。～～銀紙～～gî-choá ⇨ 祭神的金銀紙kim-gîn-choá。

【金桔 kim-kıt】 金柑。金柑仔kim-kam-á。

【金庫 kim-khò】 收藏財物或重要文件的鐵箱鐵櫃。

【金剛 kim-kong】 ㊀佛名。～～爺～～iâ⇨金剛佛的尊稱。～～經～～keng⇨金剛佛經。～～踏小鬼～～tah sió-kúi⇨喻無法抵抗。㊁轉喻剛強無比。鐵～～tih～～。小～～sió～～等等。～～玉～～gek⇨鑽石。～～石～～chioh⇨鑽石。～～棒～～pāng⇨猴齊天孫悟空的武器。據說可大可小，大可擎天，小可納在耳中。～～鑽～～chǹg⇨可穿鐵的鋼錐。～～懺～～chhàm⇨記述預言的佛經。～～槌～～thûi⇨一種禮器。頭大尾尖。祭禮或神繞境時用的一種裝飾道具。

【金烏 kim-o】 太陽。傳說日中有三足烏。～～玉兎～～gek-thò⇨太陽與月。

【金扇 kim-sìⁿ】 金色的扇子。

【金條 kim-tiâu】 黃金棒。～～金磚～～kim-chng⇨同上。

【金魚 kim-hî】 觀賞用的魚。一壺～～未堪得一尾中班chıt-ô～～，bē-kham-lí chıt-bóe tiong-pan⇨中班會咬死金魚。喻一個壞人將搞亂一個團體。飼～～chhī～～⇨養情夫。～～壺～～ô⇨養金魚的壺。～～草～～chháu⇨草名。～～蔬～～se⇨金魚萍。蔬，草蔬chháu-se也。～～盆～～phûn⇨養金魚的盆。

【金婚 kim-hun】 結婚滿五十年。～～銀婚～～gîn-hun⇨同上。

【金頂 kim-téng】 帽頂之金色者。清制以帽頂之色分階級之高下。

【金釵 kim-the】 金簪。婦女頭髮飾物。

【金堆 kim-tui】 埋金斗之墓。

【金創 kim-chhng】 生傷。刀槍之傷。其傷口。

【金棗 kim-chó】 棗之去皮漬糖者。

【金猴 kim-kâu】 水稻名。

【金殼 kim-khak】 金皮。～～的錶仔～～ê pió-á⇨金皮錶。

【金菊 kim-kiok】 菊花。寒菊hân-kiok。菊多黃色也。

【金絲 kim-si】 金線。武官（參謀）制服粧飾用。

【金童 kim-tông】 仙童。～～玉女～～giok-lí⇨仙童仙女。

【金滑 kim-kut】 光亮平滑。

【金葉 kim-hioh】 金條之薄者。金箔～～kim-phoh～～⇨同上。

【金脚 kim-kha】 ㊀金之脚。㊁謂不出門或不好跑路者。多謝你的～～來共阮看to-siā lí-ê～～lâi kā goán khoàⁿ⇨多謝您來看我們。

【金鳩 kim-khiu】 班鴿的一種。

【金鼓 kim-kó】 鑼鼓。

【金獅 kim-sai】 黃金色的獅子像。佛像等的飾物用。踏～～tah～～⇨佛像彫在獅子之上。～～狗～～káu⇨頸垂長毛的狗。～～狗，守後門～～káu, chiú āu-mn̂g⇨同上。

【金塔 kim-thah】 金紙疊成塔形。

【金埞 kim-tè】 金塊kim-khoài。金磚仔埞kim-chng-á-tè。

【金鼎 kim-tiáⁿ】 kim-téng。燒金銀紙之鐵鼎。

【金殿 kim-tiān】 宮殿。王宮。～～玉樓～～gek-lâu⇨美麗的建築物。

【金遁 kim-tūn】 利用金的遁法。屬金的逃脫法。金指五行之金。～～土遁水遁～～thô-tūn chúi-tūn⇨各種逃脫法。

【金銀 kim-gîn(gûn)】 金銀。～～財寶～～châi-pó⇨同上。～～顆～～kho⇨金顆銀顆，金塊銀塊。～～山～～soaⁿ⇨死者之女兒爲父母做功德chò-kong-tek時，所供奉的金紙山，銀紙山。～～紙～～choá⇨燒獻給冥界的金紙銀紙。～～店～～tiàm⇨經營金銀飾物的店。～～花～～hoe⇨植物名。

【金箍 kim-kho͘】 金的圓箍。黃金箍。

【金箔 kim-po̍h】 金的薄片，貼金身等用的。亦謂金膜kim-mō。

【金榜 kim-pn̂g】 古時進士考試及格名單。～～題名～～tê-bêng⇨進士及第，考試及格。

【金鼓 kim-kó͘】 銅鑼與皮鼓。旗開～～振，人唱凱歌還kî-khai ～～ chín, jîn-chhiàng khái-ko-hoân⇨同上。

【金蓮 kim-liân】 ㊀荷葉蓮。㊁女人的細脚。一姊不如二姊嬌，三寸～～四寸腰，買得五六七錢粉，粧得八九十分嬌it-ché put-jî jī-ché kiau，sáⁿ-chhùn kim-liân sì-chhùn-io，bē-tek gō͘-la̍k-chhit-chîⁿ hún，chng-tit peh-káu-cha̍p-hun kiau⇨古美女的形容歌。

【金鞍 kim-oaⁿ】 飾金的馬鞍。白馬掛～～，騎出萬人看，借問誰家子，讀册人做官pe̍h-bé koà ～～, khiâ-chhut bān-jîn-khoàⁿ, chioh-mn̄g sûi-ka-chú, tha̍k-chheh-lâng chò-koaⁿ⇨古時的勸學歌。

【金磅 kim-pōng】 Pound。英國貨幣單位。

【金融 kim-iông】 金錢的融通。金錢的貸借。～～事業～～sū-gia̍p⇨以現金爲交易爲對象的事業。～～界～～kài⇨金融事業的社會。

【金器 kim-khì】 金質的器物。概指婦女的粧身器。嫁粧端仔～～就歸牛車也kè-chng tan-a ～～ chiū kui-gû-chhia-a⇨嫁粧單說金飾品就夠整牛車了。端仔 toan-á→tan-á→kan-ná (乾仔)，端的也。

【金龜 kim-ku】 鐵甲龜虫的一種。忕着～～，害了性命i̍t-tio̍h ～～，hāi-liáu sèⁿ(sìⁿ)-miā⇨想捉鐵甲蟲而弄死了性命。喻想著金錢而賠了性命。忕it，心動也。釣～～tiò～～⇨喻找有錢的女壻kim-ku-sài。～～迣～～sē⇨兒童的玩具。棒兩端各縛有金龜使棒旋轉。或謂～～遨～～gô。～～鬃～～chang⇨金龜形的髮型。～～綠～～le̍k⇨金龜色。濃綠色。

【金頭 kim-thâu】 ㊀禿頭。～～的～～ê⇨禿頭的。㊁光亮，光澤。即類較～～啦chit-lōe khah～～là⇨此種光亮些。

【金環 kim-khoân】 金的手環。婦女飾物。

【金鯉 kim-lí】 金鱗的鯉魚。

【金蟬 kim-siân】 蟬的一種。～～脫殼～～thoat-khak⇨三十六計之一計。巧妙的脫身法。

【金藥 kim-io̍h】 塗抹於金紙kim-choá的黃金色藥水。

【金礦 kim-khòng】 ㊀產黃金的礦穴或礦山。㊁喻有錢。我無扵開～～goá bô-teh khui～～⇨我不在開金礦，亦即我不是有錢人。

【金鏈 kim-liān】 金質的鏈。

【金蠅 kim-sîn】 胡蠅的一種。體較大。未輸～～扵bē-su～～leh⇨宛如金蠅(聞臭即到)。

【金鐘 kim-cheng】 和尙用的一種鐘。

【金鶯 kim-eng】 鳥名。黃鶯。

【金鷄 kim-ke】 金的鷄。據說：天地載在一金鷄背上，所以～～徙脚～～soá-kha⇨金鷄移動脚，就是地震的原因。～～報曉～～pò-hiáu⇨雄鷄啼晨。～～獨立～～to̍k-li̍p⇨禽以單脚站立。

【金不換 kim-put-hoān】 藥草名。又極寶貴。浪子回頭～～～lōng-chú hôe-thâu～～～⇨浪子能回頭是金也換不來的難能可貴。

【金手環 kim-chhiú-khoân】 黃金手環。～～～玉手指～～～ge̍k-chhiú-chí⇨都是珍重之飾物。

【金包銀 kim-pau-gîn】 ㊀外金內銀的器物。㊁傷口外皮好了，內裡仍有膿者。～～～耳啦～～～niā-là⇨只是外表而已（無實質）。

【金甲神 kim-kah-sîn】 玉皇大帝的部下。

【金字塔 kim-jī-thah】 金字形底大頂尖的塔，pyramid也。

【金吊桶 kim-tiàu-tháng】 黃金的吊桶。喻事之難求。

【金耳墜 kim-hīⁿ-tūi】 草花名。

【金合歡 kim-hap-hoan】 藥用植物名。

【金香燭 kim-hiuⁿ-chek】 金紙，香，蠟燭，拜祭的必用品。

【金胡爐 kim-hô͘-lô͘】 ㊀仙人的大寶貝。搖動之則所欲有之金銀財寶無不源源而至。㊁暗使妻女賣淫以取利者。厝裡專門抾飼～～～chhù-lī choan-bûn teh chhī～～～⇨家裡專養着金胡爐以獲淫利。譏其人。

【金飯碗 kim-pn̄g-oáⁿ】 事輕、位尊，錢多的職位。即類～～～曷當辭chit-lōe～～～ah thang-sî⇨這種好的職位何可辭之。

【金絲猴 kim-si-kâu】 ㊀金毛猴。㊁濶綽的嫖客，有錢的姦夫。掠着～～～liah-tioh～～～⇨捉到有錢的姦夫。

【金鈸仔 kim-poat-á】 金幣。

【金線蓮 kim-soàⁿ-liân】 珍貴的草藥名。

【金蟹石 kim-hāi-chioh】 蟹的化石。

【金鑾殿 kim-loân-tiān】 皇帝殿。

【金收樓拆 kim-siu-lâu-thiah】 一說謂：收其金又拆其樓，是指責其破約無信。一說謂：收金拆樓，皆所情願，不能再作反悔以失信。

【金枝玉葉 kim-kī-gek-hioh】 貴胄之家之子女。

【金科玉律 kim-kho-giok-lut】 法令也。謂法令如金玉之可貴。至理名言。

【金屋藏嬌 kim-ok-chông-kiau】 華屋收藏美人。私置妾侍之謂。

【金鑾星動 kim-loân-seng-tōng】 金鑾星指主婚姻之星神。該星神動則將爲人牽紅線締婚姻矣。

kim
**今** 現在也。當～的世界tong～ê sè-kài⇨現在的世界。而～一切都枉費也jî～it-chhè to óng-hùi-à⇨現在萬事皆枉費了。昔不如～sek put-jî～⇨現在好過古早。

【今人 kim-jîn】 當今的人。～～古人如流水，共看明月皆在此，唯願當歌對酒時，明月長照金樽裡～～kó͘-jîn jî liû-súi, kiōng-khàn bêng-goat kai chāi-chhú, ûi-goān tong-ko-tùi-chiú-sî，bêng-goat tiâng-chiàu kim-chun-lí⇨唐詩。

【今上 kim-siāng】 帝制時代指現任的皇帝。

【今文 kim-bûn】 當今的文章文體。對古文之謂。

【今日 kim-jit】 亦即今天kim-thian。～～社會風氣～～siā-hōe-hong-khì⇨今天的社會風氣。

【今古 kim-kó͘】 當今與古昔。～～奇觀～～kî-koan⇨古小說集。

【今世 kim-sè】 此世。此生。今生～～kim-seng～～⇨此生此世，這一生涯這一時代。

【今夜 kim-iā】 本夜本夕。～～月明人盡望，不知何處是他鄉～～goat-bêng jîn-chīn-bōng, put-ti hô-chhì sī thaⁿ-hiang⇨唐詩。

【今宵 kim-siau】 今夕。本夜晚。

【今朝 kim-tiau】 今晨。～～有酒～～醉，明日憂來明日當～～iú chiú～～chùi, bêng-jit iu-lâi bêng-jit-tong⇨有春聯如此，想家主人的過年，似乎過得不甚快樂也。

kím
**錦** 雜色之彩布也。鮮明美麗也。花團簇～hoa-thoân-chok-～⇨裝飾之多彩多姿。

【錦蛇 kím-choâ】 蛇的一種。大而無毒。

【錦屏 kím-pîn】 錦彩的屏風。～～山～～san。

【錦雞 kím-ke】 雉雞之一種，毛彩極美麗。

【錦繡 kím-siù】 皆美麗之服飾用品。～～河山～～hô-san⇨稱讚國土之美麗。～～河山別人管～～hô-san piat-jîn koán⇨亡國之痛也。

【錦囊 kím-lông】 喻預言或預伏之妙計。我可以共你造～～goá khó-í kā-lí chō～～⇨

我可以預料你的將來。～～妙計～～miāu-kè ⇨裝在錦囊中之妙計。

【錦耳草 kím-hīⁿ-chháu】 草名。

【錦荔枝 kím-nāi-chi】 荔枝的一種。

【錦上添花 kím-siāng-thiam-hoa】 ～～～～無稀罕，雪中送炭較困難～～～～bô-hi-hán, soat-tiong sòng-thoàⁿ khah-khùn-lân ⇨ 謂人情如此。

禁 kìm 以力止之也。以法止之也。戒也。門～森嚴bûn～som-giâm⇨嚴格管理出入。金吾不～kim-gô· put～⇨金吾(帝都的警備官)不禁止百姓的往來出入。

【禁子 kìm-chí】 監獄的看守吏。司獄官。

【禁口 kìm-kháu】 禁止說話。禁止港口的出入。～～煙～～hun⇨吸鴉片者吸煙入口而不吐煙。～～痢～～lī⇨糞口劇痛如絞的瀉痢。但有瀉意而瀉不出。嚴重的赤痢症。～～針～～chiam⇨童乩貫穿於面頰之鐵針。文明人少為為妙。

【禁止 kìm-chí】 禁其未發止其已動。停止別人作為也。～～遊行～～iû-hêng⇨禁止百姓示威遊行。～～發表政見～～hoat-piáu chèng-kiàn⇨亦暴政也。～～左轉～～chó-choán⇨交通規則之一目。

【禁中 kìm-tiong】 禁城之中。禁內kìm-lāi。宮中kiong-tiong。

【禁刊 kìm-khan】 書籍報刊等的禁止刊行。

【禁句 kìm-kù】 禁止使用的字句。

【禁戒 kìm-kài】 禁止與戒備。

【禁忌 kìm-khī】 禁條或禁例禁忌的事例甚多，例如：參忌豆som-kī-tāu⇨人參與豆類同吃即無補。當歸忌鹹菜tong-kui-kī-kiâm-chhài⇨當歸不可與鹹菜同吃。又於婚喪喜慶等等，亦各於五行或干支各有不同的禁忌，不勝枚舉。

【禁門 kìm-bûn】 禁止出入的門。

【禁制 kìm-chè】 禁止與限制。販賣～～品hoàn-bē～～phín⇨同上。

【禁法 kìm-hoat】 有關禁止的法令。

【禁約 kìm-iak】 禁止的約定條件。犯着～～hoān-tioh～～⇨同上。

【禁城 kìm-siâⁿ】 宮城。王城。

【禁厝 kìm-chhù】 因某種禁忌在一定期間禁止生目chheⁿ-bak的人一生人進入家內。

【禁酒 kìm-chiú】 ㊀政府禁止百姓喝酒。㊁百姓自己不喝酒。

【禁喟 kìm-khùi】 停止呼吸。藏水沕愛～～chhàng chúi-bī ài～～⇨同上。

【禁宮 kìm-kiong】 王宮。禁內。

【禁貨 kìm-hòe】 ㊀受法管制的貨物㊁禁止出入口的貨物。

【禁港 kìm-káng】 ㊀港口禁止船舶的出入。㊁不喝酒。你也每突然～～lí a-mā thut-jiân～～⇨你為何忽不肯喝酒。不免拎～～m̄-bián teh～～不必在禁港。㊂女人月信中。

【禁屠 kìm-tô·】 禁止屠殺牲畜。黃昏人～～，早晨不落池hōng-hun lâng～～, chá-sîn put- loh-tî⇨謂一吝嗇者設詞謂黃昏禁屠無肉可買，早晨不落池無魚可網，只好請吃青菜便飯。

【禁絕 kìm-choat】 禁止而絕滅之。

【禁牌 kìm-pâi】 揭示禁制的牌板。

【禁薰 kìm-hun】 ㊀私人自禁抽煙。薰俗作煙。㊁依法禁吸鴉片煙。亦稱禁煙毒kìm-hun-tok。

【禁脚 kìm-kha】 禁止出門。乎個太太～～於拎不敢出來hō·-in thāi-thāi～～tī-teh m̄-káⁿ chhut-lâi⇨同上。

【禁監 kìm-kaⁿ】 坐監。入獄。坐牢。掠去～～了liah-khí～～lō·⇨同上。搦用同掠liah。

【禁嚌 kìm-chiah】 禁止飲食東西。忌食kī-sit。

【禁喙 kìm-chhùi】 禁食。病了抵抵恢復，該較～～拎pēⁿ-liáu tú-tú hoe-hok, āi khah～～leh⇨病後剛恢復，應該禁制一些食物才

好。

【禁諭 kìm-jū】 禁止的命令。抵接著～～耳tú chiap-tioh～～niâ⇨守衛禁內的部隊。

【禁錮 kìm-kò】 監禁。～～終身～～ch-iong-sin⇨終身坐監。

【禁衛 kìm-ōe】 禁內的守衛。～～軍～～kun⇨守衛禁內的部隊。

【禁山禁海 kìm-soaⁿ-kìm-hái】 山也禁海也禁，無所不禁。喻百姓厭惡禁令之多。

【禁治產者 kìm-tī-sán-chiá】 法律名詞。因放蕩過度等依法被禁止治產權者。

【禁落冷宮 kìm-loh-léng-kiong】 禁入冷宮。后妃被打入冷宮。

kīm **妗** 舅母kū-bō曰妗kīm, 曰阿妗a-kīm。大～toā～⇨大舅母。大～嘴toā～chhùi⇨謂共人講壞了了去kā-lâng kóng-hāi-liáu-liáu-khì(ì)。蓋大妗地位崇高，敢打岔，澆冷水，當然會把少年輩的話講壞了了也。細～仔sè(sòe)～á⇨姊之弟婦也。

【妗仔 kīm-á】 ㈠阿妗a-kīm。㈡內兄弟之妻也。細～～sè (sòe)～～⇨同上。

【妗婆 kīm-pô】 舅祖母。

## kin

kin **根** 植物伸長於地下部份也。物之本源也。物之在下部份也。佛家謂能生善惡業之耳、目、鼻、舌、身、意爲六根。六～清淨liok～chheng-chēng⇨修身養性修得很好。

【根由 kin-iû】 來由，根基由來。

【根本 kin-pún】 基本。～～問題～～būn-tê⇨同上。

【根究 kin-kiù】 尋根究底。

【根底 kin-té】 同根基。

【根原 kin-goân】 本源。根源。

【根基 kin-ki】 根本，基礎。事業有～～sū-giap ū～～⇨事業有基本。國文的～～眞好kok-bûn ê ～～chin hó⇨國文的～～很好。

【根節 kin-chat】 根與節。又與謹節kín-chat⇨謹愼而節制——斟酌一詞諧音。因此又從老根節(老根老節)產生了老謹節(老成的謹節)之用法。

【根蒂 kin-tì】 根與蒂。

【根據 kin-kì】 ㈠所處的基地。艦隊的～～地kàm-tūi ê ～～ tē⇨艦隊基地。㈡所論的依據。理論的～～lí-lūn ê～～。

kin **芎** 芎蕉kin-chio，芎蕉keng-chio也。俗亦作芹蕉kin-chio，皆芭蕉之俗稱。

kin **巾** 布也，拭披包蓋者皆謂巾。頭～thâu～⇨同上。面～bin～⇨同上。毛～mo～⇨同上。披～phi～⇨同上。手～chhiú～⇨同上。黃～賊hn̂g～chhat⇨同上。綸～lûn～⇨諸葛巾chu-kat-kin，一種古代帽式，以孔明所愛戴而得名。巾kin又讀巾kun，見kun部。

【巾幗 kin-kok】 婦人之首飾。～～英雄～～eng-hiông⇨女英雄。

kin **今** 今仔日kin-a-jit, 今天kim-thian也。～～～明仔早～～～bîn-a-châi⇨今天，明天。

kin **筋** 俗稱筋也肉也kin-á-bah-á。亦即肌肉ki-jiok。挽～瘋bán～hong⇨一種痙攣症。

【筋肉 kin-jiok】 筋也肉也。肌肉。～～結實～～kiat-sit⇨同上。

【筋節 kin-chat】 筋頭與骨節。～～疲軟～～sng-nńg⇨同上。

【筋頭 kin-thâu】 筋之端。

【筋骨 kin-kut】 筋肉與骨骼。體力。～～勇壯～～ióng-chòng⇨同上。

【筋絡 kin-lok】 筋肉的組織。

【筋病 kin-eng】 疔瘡的一種。

【筋參燕 kin-som-iàn】 最佳的食品。三餐攏是～～～sam-chhan lóng-sī～～～⇨同上。

kin **斤** 重量的單位。一～十六兩翹翹chit～chap-lak-niú khiàu-khiàu⇨①十足一斤。②死了的戲言。～量～liāng(liōng)⇨同上。

～聲～siaⁿ⇨斤量。

【斤斤計較 kin-kin-kè-kàu】 極小事亦計較不休。都不免安爾～～～～嘛to m̄-bián an-ne (ni)～～～～mà⇨何須如此爭執小事呢。

【斤鷄兩鼈 kin-ke-niú-pih】 謂一斤左右的鷄，一兩上下的鼈是最佳最妙的美食。

kin **跟** 隨行也。

【跟人 kin-lâng】 ㊀跟踪別人。㊁跟隨別人的人。同跟丁 kin-teng或跟班kin-pan。

【跟隨 kin-sûi】 跟隨侍候。

kin **均** 平也。平均pêng-kin。

【均分 kin-hun】 平均分配。

【均等 kin-téng】 平等。機會～～門戶開放ki-hōe～～bûn-hō͘ khai-hòng⇨同上。

【均勢 kin-sè】 勢力平均。兩派維持～～關係liáng-phāi ûi-chhî～～koan-hē⇨同上。

【均權 kin-koân】 平均權利。中央地方～～tiong-hng-tē-hng～～⇨中央集權與地方分權兩制度的折衷制度。

【均攤 kin-thoaⁿ】 平均分攤。經費逐家～～keng-hùi ta̍k-ke～～⇨同上。

kin **鈞** 三十斤也。四～爲石sì～ûi-chio̍h⇨四鈞爲一石chio̍h。

kín **謹** 恭敬也。謹愼也。敬～奉命kèng～hōng-bēng⇨同上。

【謹言 kín-giân】 說話審愼。～～愼行～～sīn-hêng⇨同上。

【謹愼 kín-sīn】 謹言愼行。爲人～～ûi-jîn～～⇨同上。

【謹嚴 kín-giâm】 謹愼嚴格。態度～～thāi-tō͘～～⇨同上。

kín **緊** 快也。急也。較～khah～⇨同上。無要無～bô-iàu-bô～⇨同上。眞要～chin-iàu～⇨同上。

【緊手 kín-chhiú】 快速。實在有～～，連鞭就做阿公也si̍t-chāi ū～～, liâm-piⁿ chiū chò a-kong-a⇨實在很快，不多久就做祖父了。

【緊火 kín-hóe(hé)】 快火。急火。猛火。

【緊孔 kín-khang】 急須應付的款項。急切需要錢。

【緊行 kín-kiâⁿ】 快步行。～～無好步，緊走無好路～～bô-hó-pō͘ kín-cháu bô-hó-lō͘⇨謂凡事不宜太急燥。

【緊尿 kín-jiō】 小水急。～～硬禁～～ngē-kìm⇨同上。

【緊快 kín-khoài】 進行極順利。略同輕快khin-khoài。

【緊身 kín-sin】 緊合於身體。～～的衣褲～～ê i-khò⇨同上。

【緊來 kín-lâi】 快來。緊去～～kín-khì～～⇨快去快回。

【緊性 kín-sèng】 急性。暴燥的性質。～～地～～tē⇨同上。

【緊事 kín-sū】 緊急的問題。～～寬辦～～khoaⁿ-pān⇨緊急的問題須慢慢地辦理。

【緊要 kín-iàu】 要緊。重要。～～關頭～～koan-thau⇨同上。

【緊急 kín-ki̍p】 火急。～～命令～～bēng-lēng⇨行政機關得發緊急命令處理緊急事務。效力與法律同，但事後須提出立法機關審議，通過則繼續有效，否則應立即廢止。～～避難～～pī-lān⇨緊急避難時所發生的必要損害可不受罰。

【緊症 kín-chèng】 急症。急性病。～～緊醫～～kín-i⇨同上。

【緊紡 kín-pháng】 紡得快。～～無好紗，緊嫁無好大家～～bô hó-se, kín-kè bô hó-ta-ke⇨紡得快不會紡出好紗，嫁得快不會逢到好的母親。

【緊猛 kín-mé】 同較猛khah-mé。㊀立即，馬上。～～去，～～轉來～～khì，～～tńg-lâi⇨快去快回。㊁加緊。～～讀，～～考～～

thak, ～～khó⇨加緊讀書早日去參加考試。

【緊跑 kín-pháu】 疾走。

【緊脚 kín-kha】 快速行動。趕較～～抔koáⁿ khah～～leh⇨趕快。

【緊慢 kín-bān】 或快或慢。～～會還～～ē-hêng⇨或快或慢（錢）是會還的。

【緊緊 kín-kín】 快。～～行～～走～～kiâⁿ～～cháu⇨行得快，跑得快。

【緊紡無好紗 kín-pháng bô hó-se】 謂急則潦草，紡不出好紗線也。～～～～～，緊嫁無好大家～～～～～，kín-kè bô-hó tā-ke⇨謂事事皆須寬緩，從容處置。急躁必壞事也。

**絹** kìn 生繒也，帛也。絲織物，亦即所謂綢緞tiû-toān也。白～peh～⇨素～sò～⇨白帛peh-pek⇨白色的絲布。黃～n̂g～⇨黃絲布。黃絹，幼婦，外孫，齏臼hn̂g-kìn, iù-hū, gōa-sun, che-kiū⇨絕妙好辭choat-miāu-hó-sû四字的啞謎也。三國演義謂：曹操，楊修同看此碑（即曹娥碑），修立即知其意，操至行軍三十里之後，始解其意，因而有：有智無智差三十里iú-tì bû-tì chha-saⁿ chap-lí之詞。

【絹素 kìn-sò】 即素絹，作書畫的白絲布也。

**覲** kìn 見kiàn也。諸侯秋見天子曰覲kìn。參～交代chham-～ kau-tāi⇨日本德川幕府（明治維新前之中央政權）的諸侯，每半年應上江戶服務，其實是迫其往還奔波，蕩盡財力則無力反抗之巧妙政策也。

【覲抗 kìn-khòng】 不服從。爭論，爭吵。個父去合伊～～in-pē khì-kah-i～～⇨我去與他吵一場。攏抔～～滾也lóng teh～～kún-à⇨鬧得要沸騰了。～～吵～～chhá⇨抗議吵鬧。吵～～chhá～～⇨同上。

**沂** kìn 去湯留粒曰沂kìn。湯～掉thng～tiāu⇨湯棄之。

**近** kīn 不遠也。淺陋也。平常也。親也。遠～oán～⇨同上。最～thòe～⇨同上。鄰～lîn～⇨同上。，附～hū～⇨同上。

【近山 kīn-san】 近的山。近於山。～～多雨～～to-í⇨同上。

【近日 kīn-jit】 最近幾日。～～藉來～～chiah-lâi⇨幾日前才來的。～～會來～～ē-lâi⇨幾日中會來的。

【近水 kīn-súi】 很近的水—河流。～～知魚性，近山識鳥音～～ti gî-sèng, kīn-san sit niáu-im⇨同上。

【近世 kīn-sè(sì)】 略同於近代。

【近代 kīn-tāi】 現代以前的時代。～～史～～sú⇨同上。

【近因 kīn-in】 近的原因。直接的原因。遠因是貧窮，～～是失業oán-in sī pîn-kiông, ～～ sī sit-giap⇨(自殺)遠因是貧窮，近因是失業。

【近位 kīn-ūi】 靠近的地方。附近。～～仔～～á⇨同上。～～仔，有眞濟的名勝～～á ū chin-chē ê bêng-sèng⇨附近有很多名勝地。

【近來 kin-lâi】 最近。

【近前 kīn-chêng】 進前。

【近偎 kīn-oá】 偎近。靠近。偎較近oá khah kīn。

【近視 kīn-sī】 一種眼病。～～目鏡～～bak-kiàⁿ⇨近視的人掛的眼鏡。

【近廟 kīn-biō】 近於廟。～～欺神～～khi-sîn⇨住居近於廟，即對其神不尊敬。

【近親 kīn-chhin】 血緣關係近的親族。～～結婚～～kiat-hun⇨血緣很近的結婚，遺傳學謂不宜也。

【近鄰 kīn-lîn】 鄰居。雖有周親，不如～～，百姓有過，在余一人sui-iú chiu-chhin, put-jī～～, pek-sèng iú-kò, chāi-î-it-jîn⇨同上。

**僅** kīn 剛好也。不少也，不多也。

【僅有 kīn-iú】 獨有。只有。絕無～～choat

-bû～～⇨喻很少很少，甚至只有一個而已。

【僅見 kīn-kiàn】 罕見。略同僅有。

【僅此而已 kīn-chhú-jî-í】 茲的耳chia-ê-niâ。～～～～猶無了～～～～iáu-bô-lò͘⇨茲的耳，猶無也chia-ê-niâ, iáu-bô-ā⇨祇此而已，其他沒有了。

kīn **饉** 饑饉ki-kīn，歲荒也。穀不熟曰饑，菜不熟曰饉。

## kio

kiò **叫** 呼也。鳴也。又使也。呼喚曰叫kiò。使役曰叫kiò。賭博曰叫kiò。有人扲～ū-lâng teh～⇨有人在喚。大聲～toā-sia$^{n}$～⇨同上。鬼仔扲～也kúi-á teh～à⇨鬼在呼喚了（酒徒，竊徒皆曰鬼）。鳥仔啾啾～chiáu-á chiu-chiu～⇨鳥在鳴叫。痛到哀哀～thià$^{n}$-kà ai-ai～⇨痛得哀聲喊痛。

【叫人 kiò-lâng】 ㊀找人。～～鬥脚手～～tàu-kha-chhiú⇨找人協助。㊁電話用詞。伓～～抑叫號boeh～～a̍h kiò-hō⇨要人或要號碼。

【叫化 kiò-hoà】 乞丐khit-kái。乞食khi̍t-chia̍h。～～的～～ê⇨同上。

【叫米 kiò-bí】 要米店送米。該更～～也ài-koh～～ā⇨需再叫米了。

【叫更 kiò-ke$^{n}$ (ki$^{n}$)】 報時。鷄公扲～～也ke-kang teh～～a⇨公鷄在叫晨了。

【叫枝 kiò-ki】 賭徒打暗號要牌張。

【叫門 kiò-mn̂g】 敲門khau-bûn, khà-mn̂g。有人扲～～ū-lang teh～～⇨同上。

【叫客 kiò-kheh】 招引旅客。做旅舘的～～仔chò(chòe) lí-koán ê～～á⇨當旅舘的叫客人。

【叫苦 kiò-khó͘】 喊苦。恔～～gâu～～⇨善作辛苦狀。～～連天～～liân-thian⇨同上。

【叫是 kiò-sī】 以爲是。誤認爲。掠～～甚lia̍h～～sah$^{n}$⇨(我)以爲是何物(指鬼等)。我～～你不來也goá～～lí m̄-lâi-ā⇨我以爲你不來了。我～～會好天也講goá～～ē(ōe) hó-thi$^{n}$-a-kóng⇨我以爲會晴天了(却不)。

【叫做 kiò-chò(chòe)】 介紹或指出名堂用詞。伊～～阿善師i～～a-siān-sai⇨他名喚阿善師。這～～尻川癢che～～kha-chhng chiū$^{n}$⇨此之謂尻川癢也。尻川癢kha-chhng-chiū$^{n}$，屁股發癢。喻自作自受。安爾～～愁死啦an-ne(ni)～～giàn-sí-là⇨此之謂自己想死也。

【叫菜 kió-chhài】 ㊀點菜也。㊁取來外賣菜。～～來請人客～～lâi chhiá$^{n}$-lâng-kheh⇨同上。

【叫著 kiò-tio̍h】 ㊀被點到名了（著tio̍h輕聲)。～～無行都未用得～～bô-kiâ$^{n}$ to bē(bōe)-iōng-tit⇨被指名了是非去不可的。㊁叫對了，亦即稱呼輩份都對了。～～道未乎人笑～～tō bē(bōe)-hō͘-lâng-chhiò⇨叫對了就不會被人笑。

【叫醒 kiò-chhé$^{n}$(chhí$^{n}$)】 喚醒hoàn-séng。～～世人～～sè-jîn⇨同上。

【叫嘴 kiò-chhùi】 承差sîn-chhe。差教chhe-kah。腰一個來～～都未偎io chit-ê lâi～～to bē(bōe) bái⇨收養一個來聽差受教是不壞的。

【叫聲 kiò-sia$^{n}$】 喊叫之聲。有聽見～～耳聽無話粒扲ū-thia$^{n}$-khì$^{n}$(ì$^{n}$)～～niâ thia$^{n}$-bô ōe-lia̍p-leh⇨只聽見叫聲而已，聽不出叫什麼話語。話粒ōe-lia̍p，清晰的言詞語句。

【叫不敢 kiò-m̄-ká$^{n}$】 大喊吃不消。立旗投降。即款囝仔該搩一擺乎～～～藉好chit-khoán gín-á ài-tia̍p chi̍t-pái hō͘～～～chiah-hó⇨這種壞孩子需要修理一次迫他喊叫不敢再壞了才可以。搩tia̍p，鞭笞也。安爾道～～～也，豈許爾無路用an-ne(ni) tō～～～à, ká hiah-ni bô-lō͘-iōng⇨只此而已就投降了，豈那麼不中用嗎。

【叫骰九 kiò-tâu-káu】 作骰九之賭博。

【叫對仔 kiò-tùi-á】 作對仔之賭博。

【叫十八仔 kiò-sip-pat-á】 作十八仔之賭博。

【叫天叫地 kiò-thi$^{n}$-kiò-tē】 喊天呼地的悲痛無奈。叫天天未應，叫地地無聲kiò-thi$^{n}$ thi$^{n}$-bē(bōe)-ìn, kiò-tē tē-bô-sia$^{n}$⇨同上。無聲bô-sia$^{n}$亦作不聽m̄-thia$^{n}$。

【叫起叫睏 kiò-khí-kiò-khùn】 謂父母病在床上，晨夕按時侍奉照顧。睏khùn，休息也，眠也。許大漢仔耳講～～～～攏是伊家己hiah-toā-hàn-á niâ kóng～～～～lóng-sī i ka-kī⇨那麼少小(年紀)而已，晨夕侍候都是他一個人(讚許之詞)。

kiô
**橋** 橫跨河流上之路曰橋kiô。獨木曰杠kang，駢木曰橋kiô。竹管～tek-kóng～⇨同上。鐵～thih～⇨同上。紅毛土～âng-mo-thô～⇨水泥橋。陸～lio̍k～⇨同上。過～較鼓人行路kòe～khah-chē lâng kiâ$^{n}$-lō͘⇨喻經驗比人多。

【橋孔 kiô-khang】 橋下的空隙。

【橋梁 kiô-niû】 橋。官民的～～koa$^{n}$-bîn ê～～⇨喻民意代表。可通官民彼此間的意見。

【橋墩 kiô-tun】 亦叫橋脚kiô-kha。

【橋頭 kiô-thâu】 橋的兩端。～～堡～～pó⇨軍事用語。進攻的前進據點。攻佔了～～堡kong-chiàm-liáu～～pó⇨同上。

【橋過枴丟 kiô-kòe-koái-tiu】 橋過了丟棄枴杖。喻利用價值沒了就被丟棄。亦喻忘恩背義。～～～～人情之常嘛，莫怪啦～～～～jîn-chêng chi siâng-mà, bo̍k-koài-là⇨勸人休怪忘恩背義者。

kiô
**茄** 蔬菜名。一年生草本。其果實可供食。花果皆紫色。因其果形亦被喻男陰。因或忌之而改叫紅皮菜âng-phôe-chhài。番～hoan～⇨外來種的茄科植物。亦即Tomato也。

【茄色 kiô-sek】 美麗的紫色。

kiô
**蕎** 蕎麥kiô-be̍h。麥的一種。～～糖～～thn̂g⇨同上。

kiō
**轎** 肩輿kian-î也。有人騎馬有人坐～ū-lâng khiâ-bé ū-lâng chē(chōe)～⇨同上。花～hoe～⇨新娘轎。竹椅～tek-í～⇨以坐椅代替的臨時轎。拍手～phah-chhiú～⇨孩童玩戲以手爲轎。紅頂四～âng-teng sì～⇨四人扛轎頂有紅球之新娘大轎。紅頂四～來扛不去，藉搭帕仔來促âng-teng-sì-～lâi-kng m̄-khì, chiah tah-phè-á lâi jiok⇨謂大轎來的明媒正娶你不上轎，後來才搭帕仔來逮人走tòe-lâng-cháu。勸少女及早聽話上大轎，不可挑三剔四，敲不好，弄到與人私奔的笑話之局。促jiok，追也。同逐tio̍k。佛～輦～pu̍t～lián～⇨皆神輿。

【轎夫 kiō-hu】 扛轎的kng-kiō-ê。

【轎斗 kiō-táu】 轎後可放東西的地方。～～圓～～î$^{n}$⇨新娘轎上之圓仔糍î$^{n}$-á-chè。

【轎車 kiō-chhia】 俗所謂小包車sió-pau-chhia也。惟當今青年人，多念成嬌車kiau-chhia。退一步言，念轎kiāu-chhia却無不可，何可把轎車kiō-chhia弄成驕車kiau-chhia呢。

【轎店 kiō-tiàm】 開～～當轎班khui～～tng kiō-pan⇨開驕舖自當轎夫。

## kioh

kioh
**脚** 脚色同角色，皆讀kioh-siāu。亦即戲劇的演員也。今者似已舍脚取角kak而叫角色kak-sek矣，猶如寂寞che̍k-bo̍k已成寂寞siok-bok，而竟通行無阻也，一歎。又歌仔戲班中，演戲書通稱khau-pún，或曰應作口本，亦有主張脚本者，筆者認爲脚本爲是，日文叫kiaku-hon，加以潤色叫脚色kiakusioku，都是一脈相通的。近乃有人作角數kioh-siāu或跤數kha-siāu，稱之爲新詞或可，但是角色、脚色是有歷史性的。

【脚本 kioh-pún】 khau-pún。記載戲劇之道白，歌詞，科介khoe-hâi之書册。脚本kioh-pún之所以念khau-pún，似乎是口本kháu-pún之轉，蓋道白tō-peh曰kháu-pèh，口本kháu-pún即是口白kháu-peh之書也。

【脚色 kioh-siàu】 脚色kha-siàu。在戲台上曰脚色kioh-siàu，在台外曰脚色kha-siàu。好脚色hó-kioh-siàu⇨好脚色hó-kha-siàu。前者指優秀的演員，後者指優秀的人材。我們多以脚kha代表人，例如：爐脚lô·-kha⇨同一神下的信徒。廍脚phō·-kha⇨同一糖廍的蔗農。僥脚kiáu-kha⇨賭徒。酒脚chiú-kha⇨酒友。皤仔脚phàn-á-kha等等，皆以脚kha代人也。而不代之以角kak，獨角色kioh-siàu以角kak代之，而今却甚至乾脆直呼角色kak-sek矣，例如什麼角色sim-mi kak-sek道是鄙視人之詞矣。又跤因同脚，但是今一旦以跤代脚，恐或不習慣也。

kioh **角** 角色kioh-siàu，同脚色kioh-siàu，演員也。

kioh **覺** 知覺chai-kioh⇨知道，預知。我都～～你會來goá to ～～ lí ē(ōe)-lâi⇨我知你會來的。講覺kóng-kioh⇨說道。阿三～～有去也a-sam～～ū-khì-à⇨阿三說：他去過了。

# kiok

kiok **菊** 花草名。菊仔花kiok-á-hoe。

【菊花 kiok-hoe】 花名。～～酥～～so·⇨餅名。～～茶～～tê⇨菊花作茶。～～魚肚～～hî-tō·⇨魚鰾爲主料的一種料理。～～餅～～piáⁿ⇨餅名。

kiok **鞠** 養也。曲也。窮治罪人也。

【鞠躬 kiok-kiong】 曲身爲禮。最敬禮。三鞠躬。

【鞠問 kiok-būn】 審問案件。

【鞠獄 kiok-gak】 治獄。

【鞠養 kiok-iáng】 父母養育子女。

kiok **局** 部分也。棋也。集合燕飲也。有實惠也。官署名。來去圓環食較有～laih-khì îⁿ-khoân chiah khah ū-～⇨到圓環去吃比較實惠。騙～phiàn～⇨騙計。時～sî～⇨同上。

【局外 kiok-goā】 不在局中。～～的人不知內容～～ê lâng m̄-chai lāi-iông⇨同上。

【局面 kiok-bīn】 大局之情勢。目前的～～對咱不利bok-chêng ê～～tùi-lán put-lī⇨目前的局面對我們不利。

【局促 kiok-chhiok】 見識短少，不安。～～不安～～put-an⇨同上。

【局部 kiok-pō·】 ㊀全局的一部分。㊁身體的某部分。

【局量 kiok-liāng】 度量。做首長～～該大藉有好部下chò siú-tiúⁿ～～ āi toā chiah ū hó-pō·-hā⇨做頭的人度量要大才有好部下。

kiok **噱** 大笑也。有～u～⇨值得大笑也，太好了，令人太滿足也，曰有噱ū-kiok。即頓飯，安爾～～chit-tǹg-pn̄g, an-ne～～⇨謂此一餐飯，太豐盛了，價錢又公道，太值得了。俗語曰有食更有掠者，皆可曰有噱u-kiok。俗作有局非。

# kiong

kiong **躬** 身也。自己也。親手也。曲也。聖～sèng～⇨天子的身體。賤躬chiān～⇨己身。鞠～盡瘁kiok～chīn-chhūi⇨同上。打～作揖táⁿ～chok-ip⇨同上。反～自省hoán～chū-séng⇨同上。

【躬親 kiong-chhin】 親手做事。事必～～sū pit～～每事一定自己做。

**kiong 恭** 肅也。奉也。謙～khiam～⇨謙卑恭謹。必～必敬pit～pit-kèng⇨同上。

【恭人 kiong-jîn】 古時貴夫人的封號。

【恭迎 kiong-gêng】 恭敬歡迎。～～大駕～～tāi-kà⇨歡迎嘉賓用詞。

【恭賀 kiong-hō】 祝賀。～～新年～～sin-nî⇨同上。

【恭喜 kiong-hí】 賀喜。新年～～sim-nî～～⇨新年賀詞。

【恭順 kiong-sūn】 肅然服從。～～者投降～～chiá tâu-hâng⇨同上。

【恭輓 kiong-bán】 弔輓的恭敬語。

【恭儉 kiong-khiām】 謙恭而樸素。

**kiong 宮** 室也。俗指天子所居。白～pe̍h～⇨美國總統府。魔～mô～⇨同上。

【宮人 kiong-jîn】 ㊀宮女。㊁內宮供奉之官。

【宮女 kiong-lí】 宮中給事之女子。～～罩～～tà⇨富家女人用的一種披肩。

【宮中 kiong-tiong】 宮內。

【宮刑 kiong-hêng】 古五刑之一，亦稱淫刑。男割勢，女幽閉。割勢則去陽物。幽閉或稱幽於室，或稱如閹母猪去其花子。

【宮妝 kiong-chong】 宮女之妝飾打扮。

【宮室 kiong-sit】 宮中之房間。

【宮粉 kiong-hún】 古時流行的一種上等化粧品。

【宮扇 kiong-sī$^n$】 上等之扇。

【宮娥 kiong-ngô͘】 宮女。教坊猶奏離別歌，揮淚對～～kàu-hong iû-chàu lī-pia̍t-ko, hui-lūi tùi～～⇨李後主。

【宮硝 kiong-sa(siau)】 藥名。據說，女的皮膚擦宮硝會留下紅痕，至婚後才能消失。試～～chhī～～⇨以上法試驗是否處女。

【宮殿 kiong-tiān】 王公貴人所居。豪華的大建築物。

【宮燈 kiong-teng】 寺廟或民間喜慶時所用一種特製的提燈。形態似倣古宮中所用。

【宮闕 kiong-khoat】 天子所居。

【宮闈 kiong-ûi】 后妃所居。

【宮嬪 kiong-pin】 宮中高級女官。

**kiong 穹** 蒼～如圓蓋，陸地似棋局chhong～jî oân-kài, lio̍k-tē sū-kî-kio̍k⇨同上。

**kiong 弓** 古兵器也。弓keng也。一～安兩箭it～an liáng-chì$^n$⇨喻男女的三角關係。寧可一～安兩箭，不可一箭害三賢lêng-khó it～an liáng-chì$^n$, put-khó it-chì$^n$ hāi sam-hiân⇨姜維用計的故事。一～安一箭chi̍t～an-chi̍t-chì$^n$⇨謂手頭拮据，無力他顧。

**kióng 拱** 手對抱也。圍繞也。衆星～月chiòng-seng～goa̍t⇨衆星圍月。喻衆人支持一人。

【拱手 kióng-chhiú】 手抱手爲禮。～～送人～～sàng lâng⇨謂平白爲他人所得。

**kiòng 供** 養也。設也。自白的。提～線索the̍h～soà$^n$-soh⇨同上。口～(kiong)，口頭承認也。亦自白書也。kháu-keng。

【供求 kiòng-kiû】 供給與需要。～～失調～～sit-tiau⇨供求失去平均。

【供狀 kiòng-chn̄g】 陳述書tîn-su̍t-si。講有一份～～是伊家己寫的kóng-ū chi̍t-hūn～～sī-i ka-kī siá-ê⇨據說有一份供狀是他自己寫的。

【供給 kiòng-ki̍p】 ㊀經濟學名詞。需要與～～sū-iàu í～～⇨同上。有人需要道有人～～ū-lâng sū-iàu tō-ū-lâng～～⇨經濟的原則。㊁提供。贈予。資料有人提～～chu-liāu ū-lâng teh～～⇨有人在提供資料。個阿姑共伊～～學費in-a-ko͘ kā-i～～ha̍k-hùi⇨他姑媽爲他提供學費。錢以外，愛用的物，攏阿三侏免費～～chî$^n$-í-goā, ài-iōng ê mi̍h lóng a-sam boeh bián-hùi～～⇨錢以外需要的東西，皆阿三將免費供給。

【供詞 kiòng-sû】 被告或證人所陳述。～～是講有，差一個無證據耳～～sī kóng-ū,

chha-chi̍t-ê bô-chèng-kī-niâ⇨同上。

【供養 kiòng-iáng】 扶養hû-iáng。～～老人～～lāu-lâng⇨同上。

【供應 kiòng-èng】 供給以應付需要。源源～～goân-goân～～⇨供應不絕。學用品～～社ha̍k-iōng-phín～～siā⇨一種商人組織。

【供職 kiòng-chit】 任職jīm-chit。於彼個公司～～幾仔年也tī hi̍t-ê kong-si～～kúi-na-nî-ā⇨在那一公司任職多年了。

【供獻 kiòng-hiàn】 貢獻kòng-hiàn。對社會多所～～tùi siā-hōe to-sé～～⇨同上。弟子阿信～～tē-chú a-sìn～～⇨信徒阿信獻給神佛。

【供神佛 kiòng-sîn-hu̍t】 奉拜神佛。

【供過於求 kiòng-kò-î-kiû】 供給量超過需要量。～～～～自然價數較僫～～～～chū-jiân kè-siàu khah-bái⇨供過於求，自然價格不佳也。

【供認不諱 kiòng-jīn-put-úi】 自認事實不作避諱。盦都龜脚趖出來也，不～～～～佅安怎ta$^{n}$ to ku-kha sô-chhut-lâi-ā, m̄～～～～boeh an-choá$^{n}$⇨而今馬脚露出來了，不承認一切有何辦法。

kióng **強** 勉強bián-kióng也。心不願而強爲之，等皆曰勉強bián-kióng。亦即克苦khat-khó͘或克已khek-kí也。～～接受人的條件～～chiap-siū lâng ê tiâu-kiā$^{n}$⇨克苦khat-khó͘接收他人的要求。即類價錢是眞～～也chit-lōe kè-chî$^{n}$ sī chin～～ā⇨此種價格（賣給你，我們）是非常克己了，亦即不能再便宜以虧本了。

kiông **強** 亦kiâng，勢力過人也。有額也，強kiâng亦硬nge̍h也。賭～佅tó͘～boeh⇨強要的。

【強手 kiông-chhiú】 強有力的人。強有力的商戶。～～出現。市草看好～～出現了chhī-chháu khoà$^{n}$-hó～～chhut-hiān-lō⇨同上。

【強佔 kiông-chiàm】 強制佔領。強制佔有。～～人的某～～lâng ê bó͘⇨強佔有別人之妻。

【強壯 kiông-chòng】 身體健康而充滿氣力。逐個身體都眞～～ta̍k-ê sin-thé to chin～～⇨每個人身體都很強壯。

【強扭 kiông-giú】 強拉。～～去食酒～～khì chia̍h-chiú⇨強拉去喝酒。

【強押 kiông-ah】 強加抑制。強迫。～～人著食屎～～lâng tio̍h chia̍h-sái⇨強迫人非吃不可。

【強佅 kiông-boeh】 強要kiâng-iàu也。同硬佅nge̍h-boeh。硬要nge̍h-iàu。要亦曰佅boeh。該郎甘願藉可，毋可～～ài-lâng kam-goān chiah-hó，m̄-hó～～⇨要人家心甘情願乃可以，不可硬佅nge̍h-boeh。

【強拗 kiông-áu】 強硬違拗。～～橫～～hoâi$^{n}$⇨同上。乎伊～～落去hō i～～lo̍h-khì⇨被他強迫作了讓步。

【強制 kiông-chè】 以強力制人。～～執行～～chip-hêng⇨同上。彼顆該共半～～的hit-kho͘ ài kā poà$^{n}$～～ê⇨那家伙需要加以半強制的。凡圓物以顆計，棵kōe斷片也。

【強法 kiông-hoat】 無理的方法。伊敢用～～，你敢有法度i ká$^{n}$ iōng～～, lí kám ū hoat-tō͘⇨他敢於使用無理的強硬手段，你有什麽辦法。

【強刼 kiông-kiap】 強奪。搶刼。～～銀行～～gîn-hâng⇨搶刼銀行。

【強房 kiông-pâng】 強有力的一房宗族。房爲兄弟數，例如五兄弟爲五房pâng。

【強拖 kiông-thoa】 無理的拖延。～～命～～miā⇨勉強支持生命。～～到過年～～kàu kòe-nî⇨同上。

【強姦 kiông-kan】 以強迫手段脅迫成姦。～～罪～～chōe⇨同上。

【強迫 kiông-pek】 強力使就範。～～中獎～～tiòng-chhiáng⇨商人的宣傳名堂。

【強挽 kiông-bán】 同強拖。強予遷延歸還債務。

【強記 kiông-kì】 記憶力好。博覽～～phok-lám～～⇨博覽群書記性又好。

【強討 kiông-thó͘】 ㊀強制要回財物。～～債務～～chè-bū⇨同上。㊁無理要求財物。同強乞kiông-khit。我共阿花～～的goá kā a-hoe～～ê⇨我向阿花強要來的。

【強盜 kiông-tō】 強拒強奪的強賊。

【強國 kiông-kok】 大國。富饒的強邦。強種～～kiông-chióng(chéng)～～⇨同上。

【強弱 kiông-jio̍k】 kiang-jia̍k。強與弱。強大與弱小。

【強硬 kiông-ngē(ngī)】 強。～～手段～～chiú-toāⁿ⇨同上。

【強詞 kiông-sû】 逞強的言詞。～～奪正理～～toa̍t-chèng-lí⇨強詞掩蓋了正義。

【強搶 kiông-chhiúⁿ】 強奪。你安爾都未輸～～的也lí an-ne(ni) to bē(bōe)-su～～ê-ā⇨你如此，形同強奪的了。

【強損 kiông-kòng】 強盜。彼犎未輸～～抡hit-khian bē(bōe)-su～～leh⇨那家伙宛然強盜也。

【強敵 kiông-te̍k】 強大的敵人。有力量的對手。

【強奪 kiông-toat】 強盜的行爲。

【強糊 kiông-kô͘】 勉強成事。～～起來～～khí-lâi⇨同上。伊俫～～人，人誰有法得i boeh～～lâng, lâng siâng ū-hoat-tit⇨伊要強依人成事，誰能辦得到呢。

【強撥 kiông-poah】 強借。臨時借用爲撥。撥借poah-chio。共伊～～的kā-i～～ê⇨向他強借而來的。

【強暴 kiông-po̍h】 粗暴。武力。～～婦女～～hū-lí⇨武力加於婦女。陰指強姦行爲。算是近來報刊上較文雅的字眼。

【強壓 kiông-ap】 ㊀強的壓力。㊁強迫。強制。～～手段～～chhiú-toāⁿ⇨同上。

【強黨 kiông-tóng】 強大的黨。強硬派的黨。

【強霸 kiông-pà】 以力霸佔。違法佔有。～～硬佔～～ngē-chiàm⇨同上。

【強辯 kiông-piān】 無理硬說成有理。上愛～～siōng-ài～～⇨最愛無理取鬧。

窮 kiông 貧也。終極也。人～志短jîn～chì-toán⇨同上。人～心不～jîn～sim put～⇨人貧窮無妨但心應該堅強開朗。

【窮民 kiông-bîn】 貧民。

【窮困 kiông-khùn】 困窮。因貧而一籌莫展。

【窮苦 kiông-khó͘】 同窮困。～～的小民～～ê sió-bîn⇨同上。

【窮急 kiông-kip】 危急。

【窮鬼 kiông-kúi】 窮困至極的人。無錢的人。～～逐人驚～～ta̍k-lâng-kiaⁿ⇨同上。

【窮鳥 kiông-niáu】 失迷之鳥。喻失迷之人。～～入懷～～ji̍p-hoâi⇨喻孤女依人。

【窮理 kiông-lí】 追究理氣。研究理論。

【窮途 kiông-tô͘】 無計可施。～～末路～～boa̍t-lō͘⇨人生落魄之極。

【窮極 kiông-ke̍k】 極貧。～～無聊～～bû-liâu⇨同上。

【窮漢 kiông-hàn】 貧窮的人。

【窮鼠咬猫 kiông-chhí-kā-niau】 鼠怕猫，但被迫無計可施反會咬猫。喻人至無計可施會做任何事。人講～～～～狗急跳墻，你莫抡迫人太甚 lâng-kóng～～～～ káu-kip thiàu-chhiâng, lí mài-teh pek-jîn thài-sīm⇨同上。

共 kiōng 公也。同也。休戚與～hiu-chhek í～⇨同上。總～chóng～⇨同上。合～hap～⇨同上。阿共仔a～á⇨共產黨。

【共犯 kiōng-hoān】 共同做犯法之事。正犯～～chiàⁿ-hoān～～⇨主犯陪犯。

【共仔 kiōng-á】 共產黨。阿～～a～～⇨同前。

【共有 kiōng-iú】 共同所有。～～人～～jîn⇨同上。～～地～～tē⇨同上。～～權～～koân⇨同上。

【共同 kiōng-tông】 合而爲一。～～出資～～chut-chu⇨同上。～～經營～～keng-êng⇨同上。～～管理～～koán-lí⇨同上。～～所有～～só·-iú⇨同上。

【共的 kiōng-ê】 共計。總的合～～亦藉三百耳chóng-ê kah～～mā-chiah sa$^{n}$-pah-niâ⇨總總共共亦不過三百而已。

【共事 kiōng-sū】 ㈠同事。過去八～～過kòe-khì bat(pat)～～kòe⇨曾經同地做過事。㈡同夫。兩女～～一夫liáng-lí～～it-hu⇨同上。

【共計 kiōng-kè】 總計。～～三百四十五元～～sa$^{n}$-pah-sì-cha̍p-gō·-goân⇨同上。

【共商 kiōng-siang】 共同商議。～～大計～～tāi-kè⇨同上。

【共業 kiōng-gia̍p】 數人共有之產業。合人～～的kah-lâng～～ê⇨同上。

【共鳴 kiōng-bêng】 物理學名詞。同一振動數的兩個發生體，一個發聲，另一個也會應而發聲。因而同一論調的言論亦曰共鳴kiōng-bêng。A君的意見，本人深感～～e-kun ê-ì-kiàn pún-jîn chhim-kám～～⇨同上。

【共謀 kiōng-bô】 共同計議。～～大事～～tāi-sū⇨同上。～～發展～～hoat-tián⇨同上。～～殺人～～sat-jîn⇨同上。

【共和國 kiōng-hô-kok】 Republic or Commonwealth。主權在民的國度。

【共產主義 kiōng-sán-chú-gī】 Communism。共產黨所信奉的主義。

## kip

kip **級** 階次也。等第也。階～kai～⇨同上。晉～chìn～⇨同上。留～liû～⇨同上。又古時斬敵首一個晉一級，故曰首～siú～⇨斬斷之人頭也。品～phín～⇨官等。

【級長 kip-tiú$^{n}$】 一級亦即一班之長。

【級數 kip-sò·】 數學名詞。算術～～soàn-su̍t～～⇨同上。幾何～～kí-hô～～⇨同上。

【級任制 kip-jīm-chè】 一教員擔任一學級之全科目。反之爲科任制kho-jīm-chè，即每人擔任一科目。

kip **給** 供與也。賜也。自～chū～⇨自己供給。官～koa$^{n}$～⇨官府供給。亦即官費或公費。

【給付 kip-hù】 債務人應履行的義務，付出財物，其他不作爲依法亦得爲給付。

【給假 kip-ká】 准許休假。～～一個月～～chi̍t-koh-go̍eh⇨同上。

【給照 kip-chiàu】 發給執照。同給牌kip-pâi。

【給養 kip-iáng】 軍中官兵之食糧及牲口之草料。

kip **急** 緊也。疾也。困難也。存亡危～之秋chûn-bông-gûi～chi chhiu⇨同上。緊～kín～⇨緊急。救～kiù～⇨救助急難。

【急切 kip-chhiat】 緊急迫切。

【急性 kip-sèng】 等待不得或忍耐不得的性格。像～～的猴齊天chhiū$^{n}$～～ê kâu-chê-thian⇨同上。

【急要 kip-iàu】 急切需要。

【急急 kip-kip】 甚緊迫。～～如律令～～jî(jû)-lu̍t-lēng⇨趕快按照律令所定施行之不可有誤。告戒官吏之公文或符咒末尾套詞。俗僅作形容緊急之詞。

【急信 kip-sìn】 告急之信翰。

【急症 kip-chèng】 急病。突然發生的病症。

【急差 kip-chhe】 告急的使者。

【急流 kip-liû】 湍急的水流。～～勇退～～ióng-tè(thòe)⇨喻識時務不作駑馬戀棧之愚者。

【急時 kip-sî】 突然發生的困難，求人須求大丈夫，敥人須敥～～無kiû-jîn si kiû tāi-tiōng-hu, chè-jîn si-chè～～bû⇨求助應求大丈夫，救濟應該救救突遭困難之人。

【急務 kip-bū】 緊急的事務。急待解決的問題。

【急進 kip-chìn】 快速進行。～～派～～phài⇨主張急進者的黨派。

【急就 kip-chiū】 忽忙中製造的。～～章～～chiang⇨忽忙中草草寫出的文章。又喻草草成立的事。

【急報 kip-pò͘】 緊急的報告。快報。

【急智 kip-tì】 立即的智慧。能臨機應變的智慧。機智ki-tì。反應快捷也。

【急駕 kip-kè】 急忙。急急忙忙。勤勉。不免許爾～～m̄-bián hiah-ni～～⇨不必那麼忽忙。不必那麼勤勉。

【急難 kip-lān】 突發的災難。

kip
及 與也。至也。若也。普～phó～⇨普遍。阿兄不～小弟a-hiaⁿ-put～sió-tī⇨兄不若弟。～至明亡，乃遷台～chì bêng-bông, nái chhian tâi⇨到了明亡國，始遷居台灣。過猶不～kò iû put～⇨同上。

【及早 kip-chá】 趁早thàn-chá。～～回頭是岸～～hôe-thâu sī-gān⇨及早反悔。

【及格 kip-keh】 達到預定的標準。合於所定規格。

【及時 kip-sî】 還來得及。～～當勉勵～～tong-bián-lē⇨還來得及的時候應該努力。

【及第 kip-tē】 古時考中秀才，舉人，進士等爲及第。亦即榜上有名。

【及時雨 kip-sî-ú(í)】 適時下雨。甘霖kam-lîm。～～～宋江～～～sòng-kang⇨梁山泊niû-soaⁿ-phek的賊頭及其號。

kip
笈 書箱也。旅行書箱也。負～從師hū～chiông-su⇨背負書箱從師於外鄉(國)。亦即今之留學也。

## kiu

kiu
勼 聚也。不直。縮短，內縮。伸chhun的對詞。龜頭～入去又伸出來也ku-thâu～jip-khì iū chhun-chhut-lâi-ā⇨龜頭縮入去又伸出來了。或作糾kiu，同糾kiu。

【勼手 kiu-chhiú】 抽手不幹。同勼脚kiu-kha。

【勼水 kiu-chúi】 布料先浸水使其穩定，以期將來不變形不縮短。做衫該先～～chò-saⁿ ài seng～～⇨同上。

【勼走 kiu-cháu】 私自溜走。不欲參與其事而私自離開其現場。

【勼糺 kiu-kiu】 喻遇事退縮的人。逐項都～～曷有效tak-hāng to～～ah-ū-hāu⇨每事皆無積極性，那裏有用。～～惀惀～～lún-lún⇨消極而患得患失。

【勼被 kiu-phōe】 怕寒縮在被窩裡。

【勼脚 kiu-kha】 退出。不參與。～～不插事～～m̄ chap-sū⇨退出了併且不問與其事。～～去也～～khì-ā⇨退出去了。同糺手。

【勼惀 kiu-lún】 又糺又惀。躊躇不敢向前。惀lún，退縮也。

【勼寒 kiú-koâⁿ】 怕寒不敢出門。於厝裡～～tī chhù-nih～～⇨同上。

【勼抩 kiu-lè】 蟄居家中。不出門不管事。

kiú
九 數之名。天地之至數，始於一終於九。九káu也。喻多數或高位。十嘴九尻川chap-chhùi káu-kha-chhng⇨喻人多話多，難於一致。十做九不成sip-chò kiú-put-sêng⇨同上。

【九九 kiú-kiú】 ㊀算法名。㊁重陽。～～登高～～teng-ko⇨九月九日登山思親。

【九日 kiú-jit】 重陽日。九月九日。

【九五 kiú-ngó͘】 謂帝王之位。～～之尊～～chi chun⇨帝位之尊貴。

【九天 kiú-thian】 中央及四正物隅謂九天。

或謂九方之天。～～玄女～～hiân-lí⇨神話中的名女人。曾敎黃帝滅蚩尤。

【九仭 kiú-jīm】 一仭七尺，喻甚高。爲山～～功虧一簣ûi-san～～kong-khui it-kūi⇨喩大功垂成而敗於一小事。

【九世 kiú-sè】 九世代。～～同堂～～tông-tông⇨九代同居一家而未分居。

【九州 kiú-chiu】 古中國分爲九個州。

【九如 kiú-jî】 祝福之詞。詞中有九種祥瑞之物。三多～～sam-to～～⇨祝頌詞。謂福多祿多壽多，如日月之明，山川之美等九種吉祥之物。

【九芎 kiú-kiong】 一種灌木。～～林～～nâⁿ⇨九芎木之林。地名。

【九泉 kiú-choân】 地下。地府tē-hú。陰間im-kan。死在～～地下，亦會甘心sí-chāi～～tē hē, ah ē kam-sim⇨同上。

【九春 kiú-chhun】 ㈠九年。㈡春季九十日爲九春。

【九品 kiú-phín】 古時官吏的等級。

【九星 kiú-seng】 ㈠北斗星。㈡星辰，日，月，四時，歲爲九星。㈢即九曜。

【九重 kiú-tiông】 ㈠天。～～天～～thian。㈡指天子所居之處，或直指天子。一封朝奏～～天it-hong tiâu chàu～～thian⇨早晨向天子呈遞奏章一封。

【九流 kiú-liû】 ㈠古之職業分類。三教～～sam-kàu～～⇨同上。㈡古之社會階級。有上～～siāng～～與下～～hē(hā)～～之別。

【九族 kiú-chok】 同宗親屬。指自高祖下至玄孫。憐人憐脚蹟，憎他憎～～lîn-jîn lîn kiok-chek, cheng-thaⁿ cheng～～⇨對所愛的人連其脚跡都覺得可愛，對所憎恨的人連其高祖玄孫都覺得可憎，喩人之愛惡之情都是極端離譜的。

【九霄 kiú-siau】 天之極高處。魂飛～～hûn-hui～～⇨謂極度的驚惶。

【九龍 kiú-liông】 九條龍。～～冠～～kuan⇨皇帝的冠。～～袍～～phâu⇨皇帝的制服。或謂滾龍袍kún-liông-phâu。～～杯～～poe⇨彫有九條龍的玉或金杯。～～亭～～têng⇨寺內的小亭。～～包～～pau⇨運送彈藥的袋子。

【九曜 kiú-iāu】 謂日月水火木金土七曜合羅睺及計都兩星爲九曜在照曜世間。或稱～～星～～chheⁿ。

【九竅 kiú-khiàu】 指目耳鼻口及前後陰計九個穴。

【九歸 kiú-kui】 珠算的除法。例如二一添作五jī-it thiam-chok-ngó͘，三一三十一sam-it-sam-sip-it，逢三進一hông-sam-chìn-it等口訣稱爲～～訣～～koat。

【九子母 kiú-chú-bó】 女神名。據說貌最醜。

【九連環 kiú-liân-khoân】 玩具名。有小環九個，可使連串，亦可分解之。

【九大行星 kiú-tāi-hêng-seng】 太陽系的九個大行星。

【九牛一毛 kiú-ngiûⁿ-it-mo】 九隻牛亡失一根毛。喩輕微之極。

【九死一生 kiú-sú-it-seng】 十個九個死。喩極危險。

【九門提督 kiú-bûn-thê-tok】 ㈠皇城的警備司令。㈡清制步軍統領。

**宄** kiú 姦也。奸宄kan-kiú也。由內爲姦kan，起外爲宄kiú。

**久** kiú 長遠。永～eng～⇨同上。天長地～thian-tiâng-tē～⇨同上。久→kú。

【久仰 kiú-gióng】 寒喧語。～～大名～～tāi-bêng⇨同上。

【久見 kiú-kiàn】 寒喧語。用於久別重逢。

【久別 kiú-piat】 別離甚久。～～重逢～～tiông-hông⇨久別之後再相逢。

【久雨 kiú-í】 kiú-ú。下不停的雨。～～初晴～～chhe-chêng⇨久雨的天氣剛放晴。

【久長 kiú-tiâng】 長久。日落西山不～～ jit-lok se-san put～～⇨喻事之快結束。喻老人之壽命。

【久耐 kiú-nāi】 耐久。耐用。

【久病 kiú-pēng】 病得久。～～成醫生～～sêng i-seng⇨謂久病的人，知病情知藥性，簡直可以當醫生。

【久疏 kiú-so͘】 長久疏遠。書牘用詞。～～教益～～kàu-ek⇨很久未接到教訓。

【久違 kiú-ûi】 寒喧語。同久見kiú-kiàn。

【久聞 kiú-bûn】 聽得很久。～～大名～～tāi-bêng⇨同上。

【久遠 kiú-oán】 久長。～～之計～～chi-kè⇨長久的計畫。萬年～～bān-nî～～⇨同上。

【久闊 kiú-khoat】 很久的離別。

【久鍊成剛 kiú-liān-sêng-kǹg】 鐵鍊久了會變成鋼。喻技藝練習久了會成爲眞正好功夫。

kiú
灸 古治病的一法。置艾於患部之上而以火灼燒之。鍼～chiam～⇨針刺火灼，同爲古治病之術。

kiù
救 援助。支助。止災。防禁。無可藥～bû-khó ioh～⇨無藥可救。施～si～⇨予以救助。拯～chín～⇨同上。

【救人 kiù-lâng】 救助人命。叫～～kìo～～⇨喊人來救命。拍人叫～～phah-lâng kiò～～⇨打人者反而喊救人。喻是非倒置。

【救月 kiù-goeh】 月蝕時，打鑼打鼓以示救月之意。破鼓好～～phoà-kó͘ hó～～⇨破鼓亦可以作救月之用。喻無用之物也有利用之路。～～救日～～kiù-jit⇨同上。

【救火 kù-hóe】 消滅火災。消防工作。

【救民 kiù-bîn】 拯救百姓。～～於水火～～î súi-hó͘⇨救民於水火之中的苦難。

【救本 kiù-pún】 賭徒求回本錢。

【救助 kiù-chō͘】 救而助之。貴人～～kúi-jîn～～⇨同上。

【救兵 kiù-peng】 救援的軍隊。救援之人，討～～thó～～⇨請求援助。

【救命 kiù-miā】 不殺。使不致於死。～～的恩人～～ê in-jîn⇨同上。

【救星 kiù-chheⁿ】 kiù-chhiⁿ。救助於緊急關頭之人。救命的恩人。

【救急 kiù-kip】 救助於緊急關頭。

【救軍 kiù-kun】 ㊀同救兵。㊁爲萬一的準備。預備金。留幾個錢仔做～～lâu kúi-ê-chîⁿ-á chò～～⇨留下若干錢做預備金。

【救恤 kiù-sut】 救援與撫恤。

【救援 kiù-oān】 拯救與援助。～～部隊～～pō͘-tūi⇨同上。

【救駕 kiù-kè】 kiù-kà。救天子的輦輿或乘車。救天子。趙子龍～～tiō chú-liông～～⇨趙子龍救阿斗也。

【救濟 kiù-chè】 救貧濟窮。～～院～～īⁿ⇨爲救濟而設的一種社會機關。

【救應 kiù-èng】 救援。～～人員～～jîn-oân⇨同上。

【救護 kiù-hō͘】 救助並加保護。派人抾～～也phài-lâng teh～～ā⇨遣人在救護中。

【救世主 kiù-sè-chú】 救主。在基督教指耶穌。

【救世軍 kiù-sè-kun】 基督教派之一。

【救主誕 kiù-chú-tān】 救主的誕生。聖誕sèng-tān。即耶穌的生日也。

kiù
糾 三股的繩。打絞繩子。收歛。集合。督察。舉發。又由收，合延伸爲能屈伸的意思。按厦門音新字典，台日大辭典:勼kiu(縮)糾kiù(屈伸)均採縮字，蔡編國閩對照常用辭典從之。取其義而無視其音。

【糾布 kiù-pò͘】 能屈伸之布料。

【糾合 kiù-hap】 收合。～～宗族～～chong-chok⇨集合宗族。

【糾紛 kiù-hun】 交錯紛亂。發生～～hoat-seng～～⇨同上。

【糾忞 kiù-chù】 故爲糾纏以遂己慾。吵鬧

chháu-nāu。莫怪伊會～～，實在做了亦較無公道bok-koāi i ē～～, sıt-chāi chò-liáu ah khah-bô kong-tō⇨難怪他會吵吵鬧鬧，事實做得也不很公道。

【糾帶 kiû-toà】 能屈能伸之帶子。

【糾絞 kiû-ká】 ㊀絲線紛亂。㊁問題錯亂。㊂腹痛發生痙攣keng-loân。～～痛～～thiàⁿ⇨同上。

【糾葛 kiû-kat】 問題紛亂難於處理。無～～的藉來bô～～ê chiah-lâi⇨同上。

【糾線 kiû-soàⁿ】 能屈能伸的線。

【糾纏 kiû-tiân】 纏繞不解。糾紛不已或牽涉難分。～～不清～～put-chheng⇨同上。

【糾脚筋 kiû-kha-kin】 脚筋痙攣。抽脚筋。

【糾鼻根 kiû-phīⁿ-kin】 喻爲錢痛心。普通謂：鼻根糾了了也phīⁿ-kin kiû-liáu-liáu-à。

kiû **究** 極也。窮也。推尋也。追～tui～⇨同上。窮～kiông～⇨同上。研～gián～⇨同上。查～cha～⇨同上。

【究明 kiû-bêng】 追究查明。～～眞相～～chin-siàng⇨同上。

【究眞 kiû-chin】 其實。～～亦差無若夎～～ah chha-bô-goā-chē(chōe)⇨其實也差得不多。夎chē,俗做濟。夎chē，多也。

【究恣 kiû-chù】 吵鬧chháu-nāu。訴怨言。或作糾恣 kiû-sú。阿花講要去合伊～～ a-hoe kóng-boeh khì-kah-i～～⇨同上。

【究竟 kiû-kèng】 追問詞。到底。結局。你～～打算安怎lí～～ phah-sǹg an-choáⁿ⇨你到底打算如何。～～是扲變啥蚊～～sī teh-pìⁿ siáⁿ-báng⇨到底是在弄什麼幻虛。～～欠咱若夎～～khiàm-lán goā-chē(chōe)⇨到底欠我們若干帳。～～是有誠意否～～sī ū sêng-ì-bò⇨到底是否有誠意。

【究勘 kiû-khàm】 推究thui-kiû。追究tui-kiû。～～起來，道是本錢較無夠～～khí-lâi, tō-sī pún-chîⁿ khah-bô-kàu⇨推究起來,就是本錢較不足。～～起來，亦無眞大的責任～～khí-lâi, ah-bô chin-toā ê chek-jīm⇨追究起來，也非有甚大的責任。

【究實 kiû-sıt】 究眞kiû-chin。究其實kiû-kî-sıt。

【究辦 kiû-pān】 查明定罪。有要嚴格～～ū-boeh giâm-keh～～⇨決定嚴格究辦。

【究其眞 kiû-kî-chin】 推究眞情。同究其實kiû-kî-sıt。

【究其然 kiû-kî-jiân】 究竟kiû-kèng。推究其原因。～～～都是逐個無眞心合作，藉會安爾～～～to-sī tak-ê bô chin-sim hap-chok, chiah-ē(ōe) an-ne(ni)⇨同上。

【究其實 kiû-kî-sıt】 推究實情。其實。～～～是個二人無法度合作～～～sī in-nn̄g-lâng bô-hoat-tō hap-chok⇨同上。

【究其所以然 kiû-kî-só-í-jiân】 同究其然kiû-kî-jiân。

kiû **啁** 禽聲也。鳥聲也。

【啁啁 kiû-kiû】 鳥聲。鳥仔哮～～chiáu-á háu～～⇨同上。

【啁啁叫 kiû-kiû-kiò】 小鳥爭鳴。鳥仔哮到～～～chiáu-á háu-kà～～～⇨同上。

【啁啁死 kiû-kiû-sí】 不平之鳴。阿三扲～～～a-sam teh～～～⇨阿三在大作不平之鳴。

【啁啁嚷 kìu-kiû-jiáng(jióng)】 大呼不平。逐家扲～～～tak-ke teh～～～⇨大家在大呼不平。

kiû **廄** 馬稠bé-tiâu也。馬舍bé-sià也。馬～bé～⇨馬稠。

【廄舍 kiû-sià】 馬稠bé-tiâu。

kiû **求** 乞助。請～chhéng～⇨要求iàu-kiû。

【求人 kiû-jîn】 乞助於人。～～不如求己～～ put-jî kiû-kí⇨①乞助於別人不如乞助於自己。②責備別人不如責備自己。～～必求大丈夫，濟人須濟急時無～～pit-kiû tāi-tiāng-hu, chè-jîn si chè kip-sî-bû⇨乞助一定乞於男子漢，救濟別人要救助緊要關頭無法通融的人。～～如呑三尺劍～～jî thun saⁿ-chhioh-kiàm⇨喻求人之難。～～廣告～～kóng-kò⇨招募人員的廣告。

【求子 kiû-chú】 求神賜生子女。

【求乞 kiû-khit】 ㊀求助。㊁求討乞食。叫化子。

【求化 kiû-hoà】 佛家語。僧人托鉢求食。勸化。

【求叫 kiû-kiò】 出聲求神，或求助。

【求刑 kiû-hêng】 檢察官請求推事判刑。～～三年～～saⁿ-nî⇨同上。

【求助 kiû-chō͘】 要求援助。

【求免 kiû-bián】 懇求赦免的省略。

【求雨 kiû-hō͘】 乞雨。求天降雨。

【求命 kiû-miā】 哀求留下狗命。

【求杯 kiû-poe】 懇求神佛示吉凶。

【求神 kiû-sîn】 ㊀問神。㊁懇求神佛免禍降福。

【求財 kiû-châi】 尋求錢財。～～恨不多～～hīn-put-to⇨求財是越多越好。

【求借 kiû-chioh】 請求貸款。要求施捨。共人～～kā-lâng～～⇨向別人告貸。

【求情 kiû-chêng】 謝罪，請求寬容。

【求捨 kiû-sià】 要求施捨。

【求嗣 kiû-sū】 懇求神佛賜子嗣。

【求壽 kiû-siū】 祈求長生不老。

【求親 kiû-chhin】 請求締結姻親。提親。男家的媒人去女家～～lâm-ke ê moâi-lâng khì lí-ke～～⇨男方派媒赴女方提親。

【求醫 kiâ-i】 找醫生治病。

【求願 kiâ-goān】 繫願於神佛。許願。

【求歡 kiâ-hoan】 要求歡合。～～被拒～～pī-kī⇨～～被拒絕。

【求天拜地 kiû-tiⁿ-pài-tē】 喻多方懇求膜拜以求多福。

【求求磕磕 kiû-kiû-khap-hhap】 多方磕頭以求神佛降福。

kiû
球 圓形的物體。地～tē～⇨同上。氣～khì～⇨同上。桌～toh～⇨同上。

【球王 kiû-ông】 球類比賽的常勝將軍。

【球心 kiû-sim】 球的中心。

【球床 kiû-chhn̂g】 撞球的球臺。

【球形 kiû-hêng】 圓形。～～的物體～～ê but-thé⇨同上。

【球杓 kiû-hia】 球拍。

【球面 kiû-bīn】 球體的表面。

【球界 kiû-kài】 玩球人的社會。棒～～pāng～～⇨有關棒球的社會。

【球迷 kiû-bê】 極喜歡看球類運動的人。棒～～pāng～～⇨同上。籃～～nâⁿ～～⇨同上。

【球員 kiû-oân】 球隊的成員。球類的選手。

【球庭 kiû-tiâⁿ】 賽球的地方。網～～bāng～～⇨同上。棒～～pāng～～⇨同上。脚～～kha～～⇨同上。

【球桌 kiû-toh】 打桌球的桌。

【球探 kiû-thàm】 偵查球界消息的人。發掘球類優秀選手的人。

【球間 kiû-keng】 撞球的店舖。

【球童 kiû-tông】 高爾夫球場的小工。

【球隊 kiû-tūi】 打球的團隊。籃～～nâⁿ～～⇨同上。

【球監 kiû-kaⁿ】 選手等違犯球界的規定受罰禁其出賽。坐～～chē～～⇨被禁止出賽。

【球箠 kiû-chhôe】 撞球棒。

【球鞋 kiû-ê】 球員穿的運動鞋。

【球審 kiû-sím】 棒球的主審，兼判投手所投每球之好壞。

【球賽 siû-sài】 球類運動的比賽。

kiū
舊 新之對。故也。久也。故交曰舊kiū。亦舊kū也。半新不～poàn-sin put～⇨同上。

【舊友 kiū-iú】 故交kò͘-kau。舊朋友kū-pêng

-iû。

【舊邦 kiū-pang】 周雖～～其命維新chiu sui～～kî-bēng ûi-sin⇨同上。

【舊物 kiū-bu̍t】 ㊀舊的文物。㊁舊的東西。故物。

【舊雨 kiū-í(ú)】 故交。老交情lāu-kau-chêng。新知～～sin-ti～～⇨同上。

【舊恩 kiū-in】 往日的恩惠。故主～～kò-chú～～⇨舊主人的舊恩惠。

【舊情 kiū-chêng】 舊誼。舊的友情。舊的戀情。～～猶是藕斷絲連～～iáu-sī ngó͘-toān-si-liân⇨舊的愛情還斷不了。

【舊章 kiū-chiang】 舊的典章。率由～～sut-iû～～⇨皆循從舊日的典章。

【舊惡 kiū-ok】 往日做的罪孽。往日的怨恨。不念～～put-liām～～⇨不再提起往日的怨恨。

【舊都 kiū-to͘】 故都。往日的首都。舊的大城市。

【舊遊 kiū-iû】 舊地重遊kū-tē-tiông-iû。惆悵～～無復到，菊花時節羨君廻tiû-tiàng～～bû-ho̍k-tò, kiok-hoa sî-chiat soān-kun-hôe⇨李白。

【舊誼 kiū-gî】 往日的交情。～～難忘～～lân-bōng⇨往日的情誼難忘。

【舊慣 kiū-koàn】 舊的習慣。舊習。

【舊蹟 kiū-chek】 古跡。

【舊臘 kiū-la̍p】 去冬。舊年。去歲末。

kiū **舅** 母之兄弟也。母舅bó-kū也。

【舅父 kiū-hū】 母舅bó-kū。俗稱阿舅a-kū。

kiū **臼** 舂臼cheng-khū也。舂米器也。

【臼砲 kiū-phàu】 大砲的一種。砲身較短。亦稱曲射砲khiok-siā-phàu。

kiū **柩** 棺材koan-chhâi，亦即棺柴koa$^n$-chhâ也。在床曰尸si，在棺曰柩kiū。空棺曰櫬chhìn，有尸曰柩kiū。靈～lêng～⇨同上。

【柩不早出 kiū-put-chó-chhut】 ～～～～不暮宿～～～～put-bō͘-siok⇨古代禮制。

kiū **咎** 災殃chai-iang也。罪過chōe-koà也。已往不～í-óng put～⇨過去的不再罪責。

【咎由自取 kiū-iû-chū-chhí】 災禍自己找來的。～～～～佅怨啥人～～～～boeh-oàn siá$^n$-lâng⇨同上。

## kiu$^n$

kiu$^n$ **薑** 植物名。香辛料。可作蔬菜亦可作藥料。生～chhe$^n$～⇨莊～chî$^n$～⇨幼薑iù-kiu$^n$。～猶是老的較䗲～ia̍h-sī lāu-ê khah-hiam⇨薑還是老的較辣loa̍h。

【薑片 kiu$^n$-phì$^n$】 薑之切片法。㊀藥材。薑母片kiu$^n$-bó-phì$^n$。㊁料理的佐料。莊薑片chí$^n$-kiu$^n$-phì$^n$。

【薑母 kiu$^n$-bó】 老薑lâu-kiu$^n$。～～茶～～tê⇨同上。～～湯～～thng⇨同上。～～糖～～thn̂g⇨同上。據稱此三味皆宜於感冒。

【薑芽 kiu$^n$-gê】 薑之新芽。喻纏足的小脚。柴耙踏～～chhâ-pê ta̍h～～⇨大脚誤踏小脚。

【薑絲 kiu$^n$-si】 薑切細絲。～～湯～～thng⇨同上。以薑絲爲佐料之淸湯。

【薑母擦目墘 kiu$^n$-bó-chhat-ba̍k-kî$^n$】 強迫流淚。假裝悲哭。安爾不道該提～～～～～也了an-ne(ni) m̄-tō-āi the̍h～～～～～ā-lò͘⇨如此不就要拿薑母擦目墘強作痛哭流淚了嗎。

kiu$^n$ **麠** 動物名。形似鹿而小，無角，善跑於山崖上。亦作獐kiu$^n$，俗作羌kiu$^n$，非也，羌kiu$^n$乃西域的人種名。

【麠仔 kiu$^n$-á】 麠kiu$^n$之俗稱。當～～tng～～⇨獵戶設陷捉麠。掠著～～lia̍h-tio̍h～～⇨捉到麠。～～肉～～bah⇨麠肉。

kiu$^n$ **獐** 同麠kiu$^n$。

kiu$^{n}$ **荊** 埔荊po·-kiu$^{n}$，植物名。一種平地草埔中常見的灌木。除可供爲薪柴之外，別無他用。青埔荊chhe$^{n}$-po·-kiu$^{n}$，埔荊po·-kiu$^{n}$的一種，色較青綠，有毒性，頑童採之到溪邊撞碎絞汁以毒魚。

kiu$^{n}$ **羌** 西戎牧羊人也。皆蠻夷戎狄bân-î-jiông-tek之屬。

kiu$^{n}$ **羗** 羌kiu$^{n}$，俗作羗kiu$^{n}$。

kiu$^{n}$ **韁** 馬索也。拉馬之皮索。脫～之馬thoat～chi má⇨喻難於控制。

## kng

kng **光** 明也。平滑也。清楚也。行情～hâng-cheng～⇨同上。天～也thi$^{n}$～a⇨天亮了。有時星～有時月～ū-sî chhe$^{n}$～ū-sî goeh～⇨喻世事榮枯盛衰是輪流轉的(kng變第三聲kǹg)。

【光生 kng-si$^{n}$(se$^{n}$)】 整齊清潔。內面扱拾到眞～～lāi-bīn khioh-sıp kà chin～～⇨家庭內收拾得很整齊。歸身軀打扮得眞～～kui-sin-khu tá$^{n}$-pān-tit chin～～⇨全身打扮得很整齊。

【光全 kng-chn̂g】 清潔完整。

【光光 kng-kng】 ㊀明亮。蠟燭火～～lah-chek-hóe～～⇨燭火明亮。～～月不値著一枝蠟燭火～～goeh m̄-tat-tioh chıt-ki lah-chek hóe⇨明月雖光亮但不及蠟燭火有用。喻在家庭內賢妻還是及不上愚夫。～～月不値著暗暗日～～goeh m̄-tat-tioh àm-àm-jıt⇨義同前。㊁平滑。壁抹到～～piah boah kà～～⇨壁抹得很平滑。㊂全盡了。財產開到～～也châi-sán khai-kà～～à⇨財產都開得一乾二淨了。

【光批 kng-phe】 明片。明信片。～～道好也～～tō-hó-à⇨明信片就夠了。

【光明 kng-bêng】 喻希望。俾阮前途失～～hō·-goán chiân-tô· sit～～⇨我前程喪失希望。

【光面 kng-bīn】 平滑的表面。即旁較～～chıt-pêng khah～～這邊比較光滑。枋仔該刨～～的pang-á-ài khau～～ê⇨板要刨平。

【光滑 kng-kut】 平滑而有光澤。

【光碼 kng-bé】 公開的符號。明碼bêng-bé也。暗碼àm-bé之對稱。用～～道會用得iōng～～tō ē iōng-tit⇨不必用暗碼。

【光線 kng-soà$^{n}$】 光。～～不好遮著～～m̄-hó jia-tioh⇨不要遮住光線。

【光頭 kng-thâu】 ㊀不戴帽。即類天講翏～～chit-lōe-thi$^{n}$ kóng liū～～⇨這麼(冷)天氣竟光頭不戴帽。㊁剃～～thì～～⇨同上。㊂禿頭。～～的～～ê⇨和尙。尼姑。

【光鏡 kng-kià$^{n}$】 精明於世故。多已單用鏡kià$^{n}$。彼家人眞～～hit-ke-lâng chin～～⇨他那個人很精靈。

【光禿禿 kng-thut-thut】 歸枝山～～～kui-ki-soa$^{n}$～～～⇨整座山光禿禿。和尙頭～～～hōe-siū$^{n}$-thâu～～～⇨同上。

【光炎炎 kng-iām-iām】 火燃燒得很猛。火舌～～～hóe-chıh～～～⇨火烽很光亮。

【光映映 kng-iah$^{n}$-iah$^{n}$】 形容月明之光。月仔～～～、賊仔偷夯壁goeh-á～～～，chhat-á thau-liú-piah⇨月光很光，小賊偷挖壁。童語，後半句只做押韻。

【光閃閃 kng-siám-siám】 明亮得發閃光。頭鬃梳得～～～thâu-chang se-tit～～～⇨頭髮梳得欲發閃光。

【光溜溜 kng-liu-liu】 畧同光禿禿。頭殼剃到～～～thâu-khak thì-kà～～～⇨同上。

kng **缸** 大瓦器也。俗稱掩缸am-kng。掩～底紅柑am～té ang-kam⇨紅柑裝在掩缸內。(繞口令)。水～chúi～⇨同上。醬～chiū$^{n}$～⇨同上。

**kng 扛** 兩人掮物也。一人擔，二人～chi̍t-lâng-ta$^{n}$, nn̄g-lâng～⇨一人曰擔，兩人曰扛。

【扛工 kng-kang】 扛物的工人。又其報酬。～～未算～～bōe-sǹg⇨扛工的工資未給付。

【扛轎 kng-kiō】 兩人掮轎。～～的～～ê⇨轎夫。～～的無雙頭才～～ê bô-siang-thâu-châi⇨一個轎夫不能扛兩頭。謂一人不能同時兼兩職。～～不～～，管到新娘無放尿～～m̄～～, koán-kā sin-niû bô-pàng-jiō ⇨ 轎不扛，竟管到新娘的放尿問題去了。喻多管閑事。

【扛輦轎 kng-lián-kiō】 輦轎是跳童乩時用的神輿，木質甚堅固的小轎。神像坐縛於轎上，兩人各扛一頭。童乩攀附轎槓，於是三人同跳，是爲跳童乩～～～。

**kńg 捲** 旋卷曰捲kńg。將物造成圓條曰捲kńg。～潤餅～lūn-piá$^{n}$⇨做潤餅。～柔魚～jiû-hî⇨柔魚捲jiû-hî-kńg。

【捲螺 kng-lê】 頭大尾細狀如田螺者的通稱。～～仔水～～á chúi⇨河流旋轉如螺尾狀者。旋渦。～～仔風～～á hong⇨旋風。

【捲煙 kńg-hun】 捲菸枝。紙薰choá-hun。薰hun，薰草也，俗作煙。

【捲心白 kng-sim-pe̍h】 捲心白菜。包心白pau-sim-pe̍h。

**kńg 管** 洞之細長而兩頭通者。水～chúi～⇨通水之管。油～iû～⇨通油之管。又管形之容器。米～bí～⇨量米下鼎之小道具。

【管路 kńg-lō͘】 管道koán-tō͘。～～有透～～ū-thấu⇨管道並無杜塞。

**kńg 廣** 地名。廣東kńg-tang。廣西kńg-sai。

**kǹg 卷** 文件也。試紙也。公文也。文～bûn～⇨同上。考～khó～⇨同上。

【卷紙 kǹg-choá】 考試用紙。鎮卷teh-kng⇨防止紙張飛散之物。

【卷袋 kǹg-tē】 古考生用以裝紙筆的四角袋。

【卷單 kǹg-toa$^{n}$】 古准考證。

**kǹg 鋼** 鋼鐵kǹg-thih也。刀～to～⇨刀口必加鋼，否則刀不利。刀該落～to ài lo̍h～⇨打刀必加鋼。該人刀不道有落～ài-lâng to m̄-tō ū-lo̍h～⇨謂需要刀下了鋼者才行。喻無膽量(報仇)也。

【鋼水 kǹg-chúi】 鋼質kǹg-chit。或作鋼嘴kǹg-chhùi。即枝刀～～好chit-ki-to～～hó⇨此刀好鋼質也。

【鋼的 kǹg-ê】 喻堅定堅強。人都不是～～講lâng to m̄-sī～～kong⇨人非鋼鐵也。

【鋼板 kǹg-pán】 鋼鐵板。寫～～siá～～⇨以鋼板寫蠟紙也。寫siá，亦曰切chhiat。

【鋼琴 kǹg-khîm】 piano也。～～獨奏～～to̍k-chàu⇨同上。

【鋼筆 kǹg-pit】 切蠟紙之鐵筆。

**kǹg 券** 契khè也。可一折開爲二各執其一者，相當於今之契約書或合同。惟今已一式製兩份各執其一，不拆開矣。彩～chhái～⇨同上。獎～chiáng～⇨同上。債～chè～⇨同上。穩操勝～ún-chhó sèng～⇨一定打贏。

**kǹg 貫** 貫通koàn-thong也。穿孔chhng-khang也。有算無～ū-sǹg bô～⇨謂毛利多實利少。錢～chî$^{n}$～⇨貫錢用之小紗線(古錢須貫成串)。喻專討零錢的孩子。

【貫鼻 kǹg-phī$^{n}$】 牛鼻穿孔通以鉤索以便控制。牛種仔可～～了gû-chéng-á hó～～lò͘⇨小牛（大了）可以貫鼻以便控制了。乎人～～於抄hō͘-lâng～～tī-teh⇨被人控制住。在人控制之下。

【貫牛鼻 kǹg-gû-phī$^{n}$】 付予財物市恩以控制他人。我都無佅乎人～～～講goá to-bô-boeh hō͘-lâng～～～kong⇨我不吃貫牛鼻這一套也。

【貫魚仔 kǹg-hî-á】 把魚貫成串。喻買魚。～～～貫規擖～～～kǹg-kui-koā$^{n}$⇨買了成串的魚。

# ko

**ko 戈** 古武器名。戟kek的一種。干戈kan-ko，兵器的總稱。又戰爭也。逐個不當動～～ta̍k-ê m̄-thang tāng～～⇨大家不要打架。嘴罵無要緊動起～～道不好chhùi-mē bô-iàu-kín, tāng-khí～～tō m̄-hó⇨口罵沒關係，動起武力就不可也。

**ko 鍋** 鍋oe也。茶鍋tê-oe不曰茶鍋tê-ko，電鍋tiān-oe卻多曰電鍋tiān-ko。蓋電鍋tiān-ko乃新近出現的新名詞故也。

**ko 堝** 坩堝kham-ko也。新名詞曰熔礦爐iông-khòng-lô·。

**ko 蒿** 菜類之莖幹曰蒿ko。蒿突然急速抽長曰抽蒿thiu-ko，即將開花結子也。白菜～～葉道⿰瓜舌，⿰瓜舌道不好食也pe̍h-chhài～～hio̍h tō koa, koa tō m̄-hó chia̍h-â⇨同上。苦koa，或枯koa，菜類老硬也。抽蒿亦曰浪蒿lōng-ko，表示其快速也，蓋浪lōng即跑pháu，牛奔跑即叫牛浪gû-lōng，以其狀如波浪也。

**ko 高** 崇也。貴重也。尊顯也。年老也。不粗俗也。人心節節～jîn-sim chat-chat～⇨喻慾望無限度。

【**高人 ko-jîn**】 超俗之人。有道而不做官的人。

【**高山 ko-san**】 崇山。高大的山。～～仰止～～giống-chí⇨高山瞻仰不了。喻人格的偉大。古文對孔子的頌詞。

【**高士 ko-sū**】 品行高尚的人。同高人。

【**高大 ko-tāi**】 又高又大。

【**高名 ko-bêng**】 貴名。久仰～～kiú-giống～～⇨同上。請問～～大姓chhiá$^{n}$-mn̄g～～tāi-sèng⇨請問貴姓名。

【**高年 ko-liân**】 高壽。長壽。

【**高見 ko-kiàn**】 貴見。你的意見。～～如何～～jî(jû)-hô⇨同上。

【**高利 ko-lī**】 高率的利子。放～～pàng～～⇨放高利。～～貸～～tāi⇨放高利的人。採自日文。

【**高弟 ko-tē**】 貴弟子，貴徒。

【**高低 ko-te**】 優劣。既安爾，道合你見一下～～也kà-an-ne, tō kah-lí kì$^{n}$-chi̍t ē～～â⇨既然如此，就與你拼個誰輸誰贏吧。

【**高位 ko-ūi**】 崇高的地位。高級的職位。

【**高明 ko-bêng**】 高度的聰明或賢明。又指其人。另請～～lēng-chhéng～～⇨推辭之詞。謂你請別人好了，我敬謝不敏。

【**高枕 ko-chím**】 ～～無憂～～bû-iu⇨毋免煩惱，會使好好仔睏也。

【**高官 ko-koa$^{n}$**】 位高權大之官。～～顯爵～～hián-chiak⇨同上。

【**高空 ko-khong**】 ～～飛行～～hui-hêng⇨同上。拍～～phah～～⇨交通高官。

【**高姓 ko-sèng**】 貴姓。請問～～大名chhiá$^{n}$-mn̄g～～tāi-bêng⇨同上。

【**高尚 ko-sióng(siáng)**】 高雅。～～的生活～～ê seng-oa̍h⇨高雅的生活。高等的生活。

【**高風 ko-hong**】 ～～亮節～～liāng-chiat⇨同上。

【**高砂 ko-soa**】 日文takasago的漢語化。原指台灣，後專指山地番族。如～～族～～chok,～～的～～ê等是也。

【**高度 ko-tō·**】 度數高。程度高。經濟的～～成長keng-chè ê～～sêng-tióng⇨同上。～～的發展～～ê hoat-tián⇨同上。～～的不滿～～ê put-boán⇨同上。～～的反抗～～ê hoán-khòng⇨同上。

【**高高 ko-ko**】 很高。～～在上～～chāi-siāng⇨高者有更高者在其上。喻技藝，功夫，學問無止境，戒人不宜自高。

【**高陞 ko-seng**】 進高級。升高官。～～做壯丁～～chò chòng-teng⇨戲謔的祝詞。台人自嘲曰：文官做到保正，武官做到壯丁。而今有志青年奮發似畧有進展，但尚似差不多也。

【高徒 ko-tô͘】 同高弟。都是表示尊崇。

【高唐 ko-tông】 古地名。在雲澤中。有宋玉夢神女荐枕的故事。因而指男女歡合。寄語～～休詠賦，今宵端的雨雲來kī-gí～～hiu éng-hū, kim-siau toan-tek ú-hûn lâi⇨西廂記鶯鶯約會張生。

【高情 ko-chêng】 盛情。～～厚意～～hō͘-ì⇨同上。

【高莖 ko-keng】 ～～作物～～chok-bu̍t⇨同上。

【高強 ko-kiâng(kiông)】 武藝～～bú-gē～～⇨同上。手段～～chhiú$^{n}$-toā$^{n}$～～⇨同上。

【高堂 ko-tông】 ㊀堂之高者。㊁指父母。

【高貴 ko-kùi】 高官貴人。～～的人～～ê lâng⇨同上。

【高雅 ko-ngá(ngé)】 高尚而優雅。

【高等 ko-téng】 ～～動物～～tōng-bu̍t⇨同上。

【高節 ko-chiat】 高度的氣節。

【高跟 ko-kin】 ～～鞋～～ôe⇨高脚鞋。

【高慢 ko-bān】 傲慢gō-bān。

【高僧 ko-cheng】 有修養的和尚。

【高壽 ko-siū】 同高年。

【高誼 ko-gî】 厚誼。盛意。隆情～～liông-chêng～～⇨同上。

【高樓 ko-lâu】 ～～大厦～～tāi-hē⇨同上。

【高談 ko-tâm】 高論。唱高調。～～濶論～～khoat-lūn⇨同上。

【高錢 ko-chî$^{n}$】 迎神賽會時吊在門口的紙條，穿有多孔，擬於錢。

【高興 ko-hèng】 有興頭ū-hèng-thâu。有趣味ū-chhù-bī。心中快樂。

【高攀 ko-phan】 下交上，貧交富。不敢～～put-kám～～⇨同上。

ko **鴚** 鶯鴚eng-ko，亦作鶯歌eng-ko，即鸚鵡eng-bú的俗稱。能言之鳥也。

ko **歌** 歌功頌德ko-kong-siōng-tek⇨所謂拍馬屁phah-bé-phùi⇨捬羼脬phô͘-lān-pha之基本方法。捬phô͘，捫持也。

ko **篙** 行舟之竹棒，頭附有鐵鏃者。竹～tek～⇨長竹。亦喻長人。竹～鬼tek～kúi⇨長人。竹～鬥柴刀tek～tàu chhâi-to⇨百姓每以此爲武器自衛。亦人民的無奈也。

【篙叉 ko-chhe】 末端開叉的竹棒。舉竹篙以曬衣的小道具。舉～～giâ～～⇨反抗。抗議。寬仔舉～～都無効khoa$^{n}$-a giâ～～to bô-hāu⇨盡力抗議了都沒效果。應爲篙尺ko-chhioh之訛。

【篙尺 ko-chhioh】 木工或土木用，長可十尺的竹棒尺。舉篙叉疑爲舉篙尺之訛。因拿起篙尺與人爭長短，亦即含有抗議，反抗之意也。

ko **羔** 小羊也。小曰羔大曰羊。羊～裘iû$^{n}$～hiû⇨同上。

【羔羊 ko-iû$^{n}$】 小羊。喻無力的小民。代罪的～～tāi-chōe ê～～⇨替人食罪的無辜小民。

【羔裘 ko-hiû】 羊毛裘。羊羔裘iû$^{n}$-ko-hiû。

ko **糕** 秫米炒熟磨粉加糖，再以糕模印成塊，然後蒸之而成糕仔ko-á。食品之一。壽～siū～⇨印成桃子形的糕仔。米～bí～⇨食品之一。秫米加酒糖或其他配料蒸熟者。或不加糖而加油及鹹配料的鹹米糕kiâm-bí-ko。

【糕餅 ko-piá$^{n}$】 糕仔與餅。糕仔餅ko-á-piá$^{n}$⇨餅食類的通稱。

ko **哥** 兄也。表～piáu～⇨表兄。豬～ti～⇨交配專用的雄豬。好色之徒。兄～hia$^{n}$～⇨兄。內山兄～lāi-soa$^{n}$ hia$^{n}$～⇨內山的少年兄。柴籃仔擔水乎～飲chhâi-nâ-á ta$^{n}$-chúi hō͘～lim⇨喻虛情假意。

【哥哥 ko-ko】 兄，阿兄。

【哥嫂 ko-só】 兄與嫂。

**ko 呵** 助詞。示確定或命令。好～hó～⇨好吧。來～lâi～⇨來吧。該去～ài khì～⇨非去不可也。更加三百～koh ke saⁿ-pah～⇨再添三百吧。試看扲～chhì-khoàⁿ-leh～⇨一試如何。

**ko 膏** 肥也。油脂也。恩澤也。濃汁也。民脂民～bîn-chí bîn～⇨百姓的脂與膏。謂國家所課征的租稅都是百姓的血汗錢。豆油～tāu-iû～⇨濃豆油。藥～io̍h～⇨同上。

**【膏火 ko-hóe】** 油火。學費。十年勤讀費～～si̍p-liân khîn-tho̍k hùi～～⇨同上。亦有勤讀書的意思。

**【膏血 ko-hiat】** 脂肪與血。百姓的～～peh-sèⁿ ê～～⇨喻國家租稅收入。

**【膏粱 ko-liâng】** 喻珍美之味。膏，肥肉，粱，美穀。又謂富貴之家。～～子弟～～chú-tē⇨富貴之家的子弟。

**【膏腴 ko-jû】** 土地肥沃。～～之地～～chi-tē⇨同上。

**【膏藥 ko-io̍h】** 拍拳賣～～phah-kûn-bē～～⇨打拳舞棒者販賣特製藥膏。

**kó 果** 樹子。因～in～⇨同上。結～kiat～⇨同上。成～sêng～⇨同上。因～報應in～pò-èn⇨同上。

**【果決 kó-koat】** 果斷。～～果斷～～kó-toàn⇨敢作敢爲。

**【果然 kó-jiân】** 事物見證。～～有影～～ū-iáⁿ⇨果然眞也。～～猶未死～～á-bōe-sí⇨眞的還沒有死。兇案的動機～～是通姦害夫hiong-àn ê tōng-ki～～sī thong-kan-hāi-hu⇨同上。

**【果敢 kó-kám】** 不慮不怕。果決敢行。

**【果報 kó-pò】** 因果的實報。

**【果腹 kó-ho̍k】** 飽食。能～～足矣lêng～～chiok-ī⇨同上。

**【果實 kó-si̍t】** 草木的花果也。採爲食用者曰青果chheⁿ-kó。亦曰水果chúi-kó。

**【果斷 kó-toàn】** 明快的決定。勇猛～～ióng-béng～～⇨日本皇軍曾採爲代名詞。

**kó 稿** 禾之莖桿也。文章之未修治者亦曰稿kó。同稾kó。稻～tiū～⇨同上。稻～草tiū～chháu⇨同前。麥～be̍h～⇨同上。原～goân～⇨同上。草～chhó～⇨同上。起～khí～⇨同上。擬～gí～⇨同上。免草～的bián chhó～ê⇨喻非常熟悉了。若阿花來免草～的啦nā a-hoe lâi bián chhó～ê lā⇨若阿花來辦理(此事)不用草稿就可以辦了。

**【稿件 kó-kiāⁿ】** 原稿。～～送去也～～sàng-khì-à⇨原稿送去了。

**【稿約 kó-iak】** 賣稿買稿等的合約。

**【稿紙 kó-choá】** 原稿用紙。

**【稿費 kó-hùi】** 稿酬kó-siû。

**kó 裹** 包也。纏也。包～pau～⇨打包之物。郵政包～iû-chèng pau～⇨郵政所遞送之包裹。

**【裹蒸 kó-cheng】** 包仔粿pau-á-kóe。

**【裹足不前 kó-chiok-put-chiân】** 因有所懼而不敢前去。人人都～～～～嘛lâng-lâng to～～～～mā⇨大家都不敢去嘛。

**kò 過** 失也。錯誤也。不遷怒，不二～put-chhian-nō, put-jī～論語。人非聖人，誰能無～jîn hui sèng-jîn, sûi lêng bû～⇨同上。錯～了好機會chhò～liáu hó-ki-hōe⇨同上。改～自新kái～chū-sin⇨同上。

**【過失致死罪 kò-sit tì-sú-chōe】** 法律名詞。因過失而致人於死者，其罪較故意殺人者略輕。

**【過則勿憚改 kò-chek-bu̍t-tān-kái】** 聖人說，犯了錯，則勇敢改過來，才是君子風度。

**kò 告** 報也。語也。休假也。提起訴訟曰告kò。通～thong～⇨同上。賜～sù～⇨同上。預～ī～⇨同上。不～而別put～jī-pia̍t⇨同上。

**【告白 kò-pe̍h】** 字條。貼～～tah～～⇨貼

出字條。市仔口有人貼～～chhī-á-kháu ū-lâng tah～～⇨市場口有人貼出字白仔。

【告示 kò-sī】 布告。～～貼出來了～～tah-chhut-lâi-lò·⇨同上。青盲的看～～，白紙寫烏字chheⁿ-mê-ê khoàⁿ～～peh-choá siá o·-jī⇨不八字m̄-bat-jī，亦曰青盲chheⁿ-mê。

【告老 kò-ló】 年老請求退休。～～回鄉～～hôe-hiang⇨年老退回故鄉。

【告狀 kò-chn̄g】 告訴書。向官請求公斷。

【告急 kò-kip】 臨急請求救援。討救兵。

【告密 kò-bıt】 秘密告發別人之私。多爲假公濟私的卑鄙行爲。

【告假 kò-ké(ká)】 請假。

【告發 kò-hoat】 第三者向官告知犯罪的發生。不是告密而是公明正大的行爲。

【告訴 kò-sò·】 被害人向官告發請求公道。

【告耍的 kò-sńg-ê】 告玩的。我不是～～goá m̄-sī～～～⇨我認眞要爭取公道。

【告衰的 kò-soe-ê】 雖不成立罪名亦告之使其食官司而難堪。世之好訴者每每有此一舉。

【告御狀 kò-gī-chn̄g】 直接向天子提出告狀。向高級告狀。

kò
**篙** 進小舟曰篙kò。亦即名詞篙ko的動詞化也。篙ko者船篙chûn-ko，進船之道具。以槳進船曰篙kò。

【篙船 kò-chûn】 進船。碧潭～～也phek-thâm～～á⇨同上。

kô
**笱** 捕魚笱也。筒籠形的竹器，口小而有反刺，使魚能入而不能出者也。曰魚～hî～⇨同上捕豬者曰豬～ti～⇨同上。使嬰仔不致跌落的搖籃曰搖～iô～⇨同上。又圍石爲橋墩等亦曰石～chioh～⇨同上。落～也loh～ā⇨①魚豬等目的物自進笱中了。②喩墜入圈套。下～hē～⇨造橋墩或魚筋岸等之石笱也。

【笱杙 kó-khıt】 亦曰笱籤kó-chhiam。石笱之骨幹也。多使用脚母指大以上之桂竹或柴笱chhâ-sún爲料，以大竹篾編合爲圓筒形，然後扶入水中，實以石塊到滿笱，橋墩或魚箕岸，都以此法爲之，今已爲鐵線網笱所取代。柴笱chhâ-sún者，某種灌木密生叢林中，不長枝椏，自成竹枝狀者也。又杙khıt同橛khit，亦作橜khit，繫牛杙也。

【笱腮 kó-chhi】 笱口之反刺也。腮chhi者魚鰓hî-chhi，與刺chhì諧音。防魚逃脫者也。

kô
**翺** 大鳥展翼靜飛以尋找地上獵物曰翺kô。即翺翔gô-siâng也。回遊也。纏繞tiân-jiáu不清曰翺kô。理不清曰翺kô。攪局亂事曰翺kô。亂～擅～loān～sám～⇨胡爲亂做。猶拎～iáu-teh～⇨還在紛爭中。毋當合人橫橫～m̄-thong kah-lâng hoâi hoâi～⇨不可以與人蠻橫不講理。

【翺翔 kô-siâng】 大鳥在空中高旋而遊也。翼一上一下曰翺，不搖曰翔。～～於天空～～î thian-khong⇨高飛盤遊於太空中也。

【翺翺 kô-kô】 亂也，不清也。亂來也。橫～～hoâiⁿ～～⇨亂來。不講理。橫橫翺hoâiⁿ-hoâiⁿ-kô。花～～hoe～～⇨紛亂如麻。～～做一翺～～chò(chòe)-chıt-kô⇨亂成一團。～～纏～～tīⁿ⇨纏繞tiân-jiáu不休。～～迣～～sē⇨團團轉。

【翺翺纏 kô-kô-tīⁿ】 一還一二還二，逐家藉未～～～chıt-hoân-chıt n̄g-hoân-n̄g, tak-ke chiah-bē～～～⇨同上。

kō
**洘** 染也。塗也。染泥水也。食物搵糖膏等液料曰洘kō。牛臥水中取涼亦曰洘kō。

【洘浴 kō-ek】 牛臥水取涼。牽牛去～～khan-gû khì～～⇨同上。

【洘著 kō-tioh】 染污。～～土～～thô·⇨染上了泥土。～～豆油～～tāu-iû⇨誤染了豆油。～～路溝仔糜～～lō·-ko·-á-moâi⇨染污上爛泥。路溝糜lō·-kau-moâi⇨路溝仔糜lō·-ko·-á-bē，爛泥也。

【洘糖膏 kō-thn̂g-ko】 搵糖膏ùn-thn̂g-ko。

焿粽～～～有雋kiⁿ-chāng～～～ū-chán⇨焿粽涔以糖膏好食也。

## ko·

ko· **沽** 買也。賣也。待價而～thāi-kè jî～⇨等候價漲才賣之。

**【沽名 ko·-bêng】** 買名賣名。～～釣譽～～tiò-ī⇨特意裝模作樣，以獵取名譽。

**【沽人怨 ko·-lâng-oàn】** kò·-lâng-oàn。惹人討厭。咱這都無人緣更～～～，人誰要共咱鬥脚手不lán-che to bô-lâng-iân koh～～～，lâng-chiâ boeh kā-lán tàu-kha-chhiú-m̄⇨阮是無人緣又沽人怨之人，人家誰肯與我協助呢，不是嗎。

ko· **怙** 恃也，即倚賴也。無父何～，無母何恃bû-hū hô～, bû-bó hô-chhī(si)⇨謂無父無母，何以依付而生存。怙，依賴，恃，倨靠也。俗作姑ko·，非。

**【怙不終 ko·-put-chiong】** 出於不得已。～～～亦著行～～～ah-tioh-kiâⁿ⇨不得已還是非去不可。

**【怙終無奈 ko·-chiong bû-nāi】** 謂有所依靠而終不悔改者，如賊之受刑，無所逃避也，即怙不終ko·-put-chiong也。人講～～～～也不，千斤擔每該擔lâng-kóng～～～～ā-m̄, chhian-kin-tàⁿ mā-āi-taⁿ⇨古人言怙終無奈了，不是嗎，就是千鈞重擔也非擔不可也。

**【怙惡不悛 ko·-ok-put-sùn】** 謂依附惡勢力而無惡不作也。

ko· **辜** 罪過也。無～bû～⇨無罪的。清白的。無冤受屈的。無～的災民bū～ê chai-bîn⇨無端遭受災禍的百姓。

**【辜負 ko·-hū】** 背負。～～社會的期許～～siā-hōe ê kî-hí⇨違背社會的期待。～～父母的栽培～～hū-bó ê chhâi-pôe⇨違背父母的撫養教育。～～美人恩～～bí-jîn-in⇨違背了美人的恩愛。

**【辜恩 ko·-in】** 忘恩。

ko· **姑** 父之姊妹也。尊稱夫之姊妹。且也。有～是～丈，無～是野和尙ū～sī～tiūⁿ, bô～sī iá-hōe-siūⁿ⇨姑母在是姑丈，姑母亡了的姑丈等於野僧。

**【姑丈 ko·-tiūⁿ】** 姑母之夫。

**【姑母 ko·-bó】** 俗呼a-ko·。姑媽。

**【姑且 ko·-chhiáⁿ】** 暫時。～～使用～～sú-iōng⇨暫時使用。

**【姑成 ko·-chiâⁿ】** 攛掇chhoàn-toat。細心勸人行事。～～伊來湊脚手～～i lâi tàu-kha-chhiú⇨懇請他來協助。阿姑親身去～～，伊藉肯a-ko· chhin-sin khì～～, i chiah khéng⇨謂姑母之尊去勸，他才肯答應。～～乍屌放尿～～lān-chiáu pàng-jiō⇨千勸萬勸不成時的下流氣話。

**【姑表 ko·-piáu】** 父之姊妹之子女。母之兄弟的子女。～～兄弟～～hiaⁿ-tī⇨同上。～～姊妹～～chí-moāi⇨同上。～～骨頭親，姨表是別人～～kut-thâu-chhin, î-piáu sī piat-jîn⇨謂姑表兄妹是骨血至親所以不能婚嫁，姨表兄妹是別人所以可以結婚。

**【姑姨 ko·-î】** 姑與姨。～～舅丈～～kū-tiūⁿ⇨指親戚。姑ko，父之姊妹，姨î，母之姊妹也。

**【姑准 ko·-chún】** 勉強許可。～～營業～～êng-giap⇨勉強准許營業。姑應作苟，苟且也。

**【姑娘 ko·-niû】** 女子未嫁者之稱。今多曰小姐sió-chiá。但有差異也。

**【姑息 ko·-sek】** 暫安。得過且過。但求無事。～～政策～～chèng-chhek⇨敷衍的政策。～～養奸～～iáng-kan⇨同上。

**【姑婆 ko·-pô】** 祖父之姊妹。

**【姑爺 ko·-iâ】** 家人對女婿的尊稱。府城～～hú-siâⁿ～～⇨府城女的女婿。

**【姑不將 ko·-put-chiong】** 無奈何。怙不終ko·-put-chiong所轉訛，怙姦自終當刑殺之也，亦即有所恃而作姦犯科不改者終必遭刑殺也。（參閱怙字目等各條）。

【**姑換嫂 ko·-oā$^{n}$-só·**】 兄妹對與姊弟對兩組的結婚。

【**姑將無奈 ko·-chiong-bû-nāi**】 應作怙終無奈ko·-chiong-bû-nāi。參閱怙字各條。

**ko· 枯** 乾也。死也。一將功成萬骨～ it-chiàng kong-sêng bān-kut～⇨同上。

【**枯木 ko·-bo̍k**】 死樹。乾死的樹。～～每於山裡鬥鬧熱～～ mā-tī soa$^{n}$-nih tàu-lāu-jia̍t⇨日俚。

【**枯骨 ko·-kut**】 白骨。荒塚～～hong-thiống～～⇨同上。

【**枯焦 ko·-ta**】 枯萎。枯死。樹仔～～去也chhiū-á～～ khí-à⇨樹木枯死了。較細欉的～～眞夠khah-sè-châng-ê～～chin-chōe⇨較小的樹枯死的很多。～～瘦～～sán⇨謂人極消瘦無肉。

【**枯燥 ko·-sò**】 口乾。乾燥。嘴眞～～chhùi chin～～⇨口乾欲水。～～更無味～～koh bô-bī⇨同上。

**ko· 罛** 魚網也。以網取水中之物也。留養幼兒亦曰罛ko·。～起來飼～khí-lâi-chhī⇨寡婦再婚，其幼兒由已夫父母留養之，曰罛起來飼。由寡婦言，即囡仔乎人～去飼gin-á hō·-lâng～khì-chhī⇨同上。

【**罛仔 ko·-á**】 魚網。

【**罛船 ko·-chûn**】 罛艚。

【**罛網 ko·-bāng**】 大地網。

【**罛寮 ko·-liâu**】 收藏大地網的小屋。火燒～～ hóe-sio～～⇨（歇後語）無網也bô-bāng-ā，無望也bô-bāng-ā。網，望諧音。

【**罛艚 ko·-chô**】 以大地網捕魚的漁船。罛艚業的總稱。

**ko· 鮎** 魚名。

【**鮎鮘 ko·-tai**】 溪魚名。

【**鮎甘仔 ko·-kam-á**】 溪產的小魚名。俗轉khó·-kam-á。

**ko· 孤** 無父也。單獨也。鰥寡～獨koan-koá$^{n}$～to̍k⇨無妻，無夫，無父，無子也。

【**孤丁 ko·-teng**】 獨子。單丁。

【**孤子 ko·-chú**】 無父之子。訃音中所見，～～是父死，哀子ai-chú是母死，孤哀子ko·-ai-chú是父母雙亡。

【**孤介 ko·-kài**】 孤單。不喜交際。成～～chiâ$^{n}$～～⇨很不喜交際。

【**孤立 ko·-li̍p**】 無友軍，無奧援。～～無援～～bû-oān⇨同上。

【**孤囝 ko·-kiá$^{n}$**】 單丁獨子。～～土礱～～thô·-lâng⇨孤子如土礱之無耳可換。無耳換bô-hī$^{n}$-oā$^{n}$。土礱本無耳也。謂孤子是無代替品的。

【**孤老 ko·-ló**】 ㊀孤獨老人。～～院ī$^{n}$⇨同上。㊁ko·-láu⇨孤癖。拒人於外。～～孤禿～～ko·-khu̍t⇨同上。按孤老爲婟嫪ko-láu所轉訛，婟嫪者，古娼妓之游壻（客兄）也，同今之孤老，其獨佔慾仍甚明顯，蓋客兄多獨佔，似不與人公家也。又婟嫪兩字，義皆憐惜。

【**孤色 ko·-sek**】 單一的色彩。

【**孤村 ko·-chhoan**】 孤立的村落。山內的～～soa$^{n}$-lāi ê～～⇨同上。

【**孤禿 ko·-khu̍t**】 ㊀無父無母無兄弟無姊妹無親戚。死到～～也sí-kà～～-à⇨死得淨他一個人了。㊁不喜交際。～～lâng⇨不喜交際的怪人。㊂不留一物曰～～。歸山的大細欉樹，攏每剉到～～了了也kui-soa$^{n}$ ê toā-sè-châng chhīu, lóng-mā chhò-kà～～liáu-liáu-à⇨全山的大小樹木皆全部砍得不留一根了。㊃有人當做口頭禪用，例如眞～～chin～～或，許～～hiah～～或者成～～chiâ$^{n}$～～等開口就用，然後才說出本題，或可視爲表示驚奇的感嘆詞。～～絕種～～chē-chéng⇨家族全亡獨存一人而無子嗣。呪詛語。

【**孤身 ko·-sin**】 單身。一人。

【孤注 ko·-chù】 ko·-tù單注。全力博一局。鎮～～teh～～⇨押單面。～～一擲～～it-tek⇨同上。俗曰ko·-tù。

【孤兒 ko·-jî】 無父母的兒童。～～院～～īⁿ⇨同上。

【孤枝 ko·-ki】 ㊀單枝的樹椏chhiū-oe。㊁獨木轎。㊂賭徒術語。等～～tán～～⇨等和單一牌，不是雙頭牌。

【孤奇 ko·-khia】 成對的東西的單方。～～箸～～tī⇨單獨一枝箸。箸必一雙也。

【孤星 ko·-chheⁿ】 北斗星。單獨的星。命帶～～miā-toà～～⇨註定終身無妻的運命。

【孤軍 ko·-kun】 無援之軍隊。～～深入～～chhim-jip⇨同上。

【孤飛 ko·-poe】 單獨行動。放～～pàng～～⇨採取單獨行動。私訪煙花之巷。

【孤城 ko·-siâⁿ】 孤立的城。～～落日～～lok-jit⇨喻景象之淒涼。

【孤厝 ko·-chhù】 無隣居的厝。自己一家離隣居很遠的屋。

【孤烏 ko·-o·】 賭徒用語。鎮～～teh～～⇨押單目。例如押目有四。單押其一目曰鎮孤烏。亦曰鎮孤心teh-ko·-sim。同押雙目曰鎮岸teh-hoāⁿ。心則押一賠二，岸則押一賠一。

【孤島 ko·-tó】 離島。獨自一島。

【孤鳥 ko·-chiáu】 喻單獨一個人。～～插人羣～～chhah lâng-kûn⇨孤鳥飛入鳥羣。喻一個人在羣衆中的孤寂。

【孤脚 ko·-kha】 單獨。～～未行～～bē-kiâⁿ⇨同上。～～靴～～ê⇨失一足之鞋。

【孤貧 ko·-pîn】 孤獨加貧窮。～～未死富貴早亡～～bē-sí, hù-kùi chá-bông⇨貧窮的長壽，富貴的早死。喻人生的矛盾。

【孤棧 ko·-chàn】 糕仔疊森字形——金字塔形的祭品，專祭無依遊魂用的。

【孤雁 ko·-gān】 ㊀孤隻雁。喻寂寞chek-bok。恰如～～扲ká-ná～～leh⇨宛若孤雁的寂寞。同孤鳥。㊁喻守寡婦。

【孤項 ko·-hāng】 單項。食～～菜chhiah～～chhài，賣～～貨bōe～～hòe⇨喻嗜好孤僻。

【孤棚 ko·-pêⁿ】 供奉祭物的架棚。

【孤單 ko·-toaⁿ】 單獨。一個人。睏～～khùn～～⇨單獨一個人睡眠。喻孤男寡女獨眠的寂寞。～～旁～～pêng⇨片面。聽～～旁的話thiaⁿ～～pêng ê ōē⇨聽片面之辭。

【孤魂 ko·-hûn】 孤獨無親人祭祀的遊魂。

【孤寡 ko·-koáⁿ】 無父與其夫者。

【孤獨 ko·-tak】 不喜交際的性格。拒人於外的性格。～～相～～siàng⇨孤獨之相。～～癖～～phiah⇨同上。

【孤獨 ko·-tok】 無伴。與ko·-tak稍異。

【孤雞 ko·-ke】 單獨一隻的小雞。～～不食米～～m̄-chiah-bí⇨喻獨子揀食奧育飼oh-io-chhī。奧oh，深奧，皆困難也。

【孤孀 ko·-song】 無依無偎的守寡婦。

【孤鸞 ko·-loân】 命卜者的名堂。謂不生子之相。帶～～toà～～⇨有不生子之相。～～年～～nî⇨謂新婚者不能生子之年度。

【孤貧夭 ko·-pîn-iau】 孤獨，貧窮，夭折。人生的三大憾事。～～～三字全～～～saⁿ-jī-chn̂g⇨喻悲慘的運命。

【孤條根 ko·-tiâu-kin】 單根。喻孤獨無依者。

【孤行獨市 ko·-hâng-tok-chhī】 獨此一家的商理。最好的商理條件。

【孤枕難眠 ko·-chím-lân-bîn】 喻無妻或無夫者之苦。或謂孤枕獨眠ko·-chím-tok-bîn。義同。

【孤掌難鳴 ko·-chióng-lân-bêng】 喻一人難成大事。

**古** kó· 故也。舊也。不合於當今也。講～kóng～⇨講舊事。又老亦曰古kó·。老賊～lāu-chhat～⇨資深老賊。鯉魚～lí-hî～⇨老鯉魚。盤～開天phoân～khai-thian⇨開天闢地者盤古也。萬～流傳bān～liû-thoân⇨永垂不朽。

有～ū～⇨稀奇或古怪。

【古人 kó͘-jîn】 古時之人。今月曾經照～～kim-goa̍t cheng-keng chiàu～～⇨今夜之月，照過古時之人。又讀kó͘-lâng，義亦同。～～言～～giân⇨古人說。

【古木 kó͘-bo̍k】 老樹。大木。～～參天～～chham-thian⇨古木很高大。喻風光幽美。

【古文 kó͘-bûn】 古代的文章。

【古月 kó͘-goa̍t】 胡椒hô-chio的異名。

【古今 kó͘-kim】 古與今。過去與現在。～～罕有～～hán-iú⇨古今甚少見。

【古石 kó͘-chio̍h】 有風致的石頭。

【古册 kó͘-chheh】 ㈠古時的書籍。㈡故事書。舊小說。

【古史 kó͘-sú】 古時的歷史。古代的歷史。

【古早 kó͘-chá】 古者。古代。～～人～～lâng⇨古時人。～～代～～tāi⇨古時的事情。過去的事情。

【古衣 kó͘-i】 古代的衣物。舊衣物。同故衣。

【古字 kó͘-jī】 古時的筆蹟。古體字。

【古曲 kó͘-khek】 古時的歌曲。古時的音樂。

【古老 kó͘-ló】 老人，老輩。地方的～～tē-hng ê～～⇨地方的老先生們。

【古色 kó͘-sek】 古時的色彩。歷史性的色彩。～～古香～～ko͘-hiang⇨古時的色彩與古時的香氣。歷史性的色與香。

【古寺 kó͘-sī】 舊寺院。

【古言 kó͘-giân】 古人所講的話。

【古佛 kó͘-pu̍t】 古老的佛像。

【古坟 kó͘-hûn】 古墓。

【古物 kó͘-bu̍t】 ㈠古代的文物。㈡破舊的東西。收～～的siu～～ê⇨收買佬。～～商～～siang⇨收購販賣破舊物品之商人。

【古松 kó͘-chhêng】 古榕。老榕樹。

【古玩 kó͘-oán】 古玩物。古董kó͘-tóng。

【古法 kó͘-hoat】 舊式的方法。遵～～謹製chun～～kín-chè⇨照老法子小心製造。

【古花 kó͘-hoe】 古時的花紋。舊的花樣。

【古怪 kó͘-koài】 奇怪。不似當今。～～人～～lâng⇨言行怪異的人。不合時宜的人。

【古來 kó͘-lâi】 自古以來。～～稀～～hi⇨古來稀有。

【古例 kó͘-lē】 舊例。舊法的方式。

【古板 kó͘-pán】 保守作風。老～～lāu～～⇨一成不改的守舊派。

【古風 kó͘-hong】 古派。古派的作風。保守。佪老爸眞～～，我看敢無許快in-lāu-pē chin～～goá khoàⁿ káⁿ bô-hiah-khoài⇨他父親很保守，我看恐怕沒那麼容易。

【古音 kó͘-im】 古代的語言，聲音。

【古柄 kó͘-pèⁿ】 故事之柄，亦話柄也。不當拍斷人的～～m̄-thang phah-tn̄g lâng ê～～⇨不可打斷人家的談話。

【古派 kó͘-phài】 以古爲是的人。反對新派的人。保守黨。

【古盆 kó͘-phûn】 古鉢。有年代的盆栽。

【古城 kó͘-siâⁿ】 舊城。～～會～～hōe⇨戲目。

【古致 kó͘-tì】 古意。古意的風致。

【古書 kó͘-si(su)】 古老之書。

【古稀 kó͘-hi】 七十歲。人生七十古來稀jîn-seng chhit-si̍p kó͘-lâi-hi⇨同上。

【古款 kó͘-khoán】 過去的樣式。老式。

【古雅 kó͘-ngá】 有古色古香的雅意。

【古畫 kó͘-ōe】 舊畫。古代留下來的繪畫。

【古博 kó͘-phok】 ㈠博學。詳知舊事。假～～ké～～⇨同上。㈡怪異的人。阿三每眞～～a-sam mā chin～～⇨同上。

【古場 kó͘-tiûⁿ】 講古場。

【古意 kó͘-ì】 忠厚。～～人～～lâng⇨忠厚老實的人。

【古碑 kó͘-pi】 古老的石碑。

【古詩 kó͘-si】 古人的詩。古代的詩。

【古道 kó͘-tō】 遵守舊禮法。不作迎新棄舊。～～熱腸～～jiat-chhiâng⇨做人保守待人又熱誠。

【古董 kó·-tóng】 ㊀古器供玩賞者。亦稱骨董。㊁稀奇古怪的行動亦稱古董。未輸博物館的老～～bē-su phok-but-koán ê lāu～～⇨同上。

【古塚 kó·-thióng】 古墓。

【古墓 kó·-bōng】 古代的墳墓。

【古製 kó·-chè】 古時所製造的。依古法製造的。

【古語 kó·-gí】 古時代的語言。

【古磁 kó·-hûi】 古陶。

【古銅 kó·-tâng】 青銅。～～色～～sek⇨青銅色。

【古廟 kó·-biō】 古老的廟。

【古儀 kó·-gî】 古禮。古禮式。

【古墳 kó·-hûn】 古墓。亦作古坟。

【古輩 kó·-pòe】 保守派的老人們。

【古調 kó·-tiāu】 古時的音樂。古曲～～kó·-khek～～⇨古代曲調。

【古錢 kó·-chîⁿ】 古代的錢幣。～～學～～hak⇨研究古錢的學問。

【古錐 kó·-chui】 婟婎kó·-chui的俗字。㊀美麗可愛。囡仔眞～～gin-á chin～～⇨小孩兒眞可愛。㊁不通情達理。幼稚。你即個人那許～～lí chit-ê-lâng ná-hiah～～⇨你何以如此之幼稚。

【古樹 kó·-chhiū】 古木。老木。

【古學 kó·-hak】 研究古代的學問。

【古器 kó·-khì】 古代的器物。古董。

【古蹟 kó·-chek】 ㊀有歷史價值的事蹟。㊁與歷史有關係的地方。

【古禮 kó·-lé】 古儀。過去的禮法。

【古關 kó·-koan】 過去的是非。不當更掠人的～～m̄-thang koh liah-lâng-ê～～⇨不該再提出別人過去的是非。

【古體 kó·-thé】 古形式。古老。

【古朋友 kó·-pêng-iú】 老朋友。故友。

【古相好 kó·-siang-hó】 老朋友。

**婟** kó· 戀惜也。凡嗜好不能割捨者皆曰婟kó·。

【婟婎 kó·-chui】 又活潑又可愛之兒童曰婟婎kó·-chui，俗多作古錐kó·-chui，但諧音耳。逐個攏眞～～tak-ê lóng-chin～～⇨每一個都非常可愛。

【婟嫪 kó·-láu】 戀惜也。所戀惜之人也。嫪láu亦戀惜也。古娼妓謂其遊婿iû-sai曰婟嫪kó·-láu。後女人所私者亦曰婟嫪kó·-láu，即俗所謂客兄kheh-hiaⁿ，亦即來去有時之兄哥也。今轉訛爲孤老ko·-láu，而且義亦變矣，轉指孤癖不合群；但男朋友拒人參與共有之義似尙在。

**估** kó· 評論物價也。以實物取債也。

【估計 kó·-kè】 評定物價或工程所需經費。～～單～～toaⁿ⇨估計的清單。

【估貨 kó·-hòe】 評定貨品的價錢若干以抵債務。同估賬。

【估單 kó·-toaⁿ】 估計單。

【估價 kó·-kè】 同估計。

【估賬 kó·-siàu】 取債主的物品以抵賬。

【估去也 kó·-khì-à】 取去抵債了。乎人～～hō-lâng～～⇨被人取去抵債了。

**鈷** kó· ㊀茶鈷tê-kó·也。燒水泡茶的器具。同茶鍋tê-ōe。銅茶鈷tâng-tê-kó·，鐵茶鈷thih-tê-kó·，而今多爲輕銀的茶鈷tê-kó·。新烘爐新～～sin-hang-lô· sin～～⇨喻新夫新妻，謂正在熱滾滾jiat-kún-kún。㊁化學元素

**枸** kó· 枸杞kó·-kí也。植物名。落葉灌木。供爲藥材，又名地骨tē-kut，其根皮即爲地骨皮tē-kut-phôe，據說是眼疾的良藥。

**購** kó· 採購chhái-kó·也。買進曰購kó·。

【購買 kó·-bé(bóe)】 買進。～～力～～lek⇨同

上。

【購置 kó·-tì】 買進不動產。～～業產～～giap-sán⇨同上。

**媾** kó· 締結婚姻也。男女交合也。連合亦曰媾kó·。婚～hun～⇨同上。交～kau～⇨同上。

【媾合 kó·-hap】 交合kau-hap。交媾kau-kó·。

【媾和 kó·-hô】 國與國連和。通作講和kóng-hô。

**鼓** kó· 樂器名。勉勵也。振動也。扇動也。更～keⁿ～⇨古時夜報時亦用鼓。因而幾更亦曰幾鼓。～打三更月正濃～táⁿ saⁿ-keⁿ goeh chiàⁿ-lông⇨更鼓報告三更夜半了，月色正極光亮。戰～chiàn～⇨古軍中鼓勵士氣用鼓，號令進退亦用鼓。戰鼓連天chiàn-kó·-liân-thian。鳴鼓收兵bêng-kó· siu-peng。～在內，聲在外～chāi-lāi, siaⁿ-chāi-goā⇨喻家內事不論好壞，都會傳到外面的。～不打不響～put-táⁿ put-hiáng⇨喻權威不顯示，對方就看不起你。拍鑼拍～phah-lô-phah～⇨同上。

【鼓井 kó·-chéⁿ】 井多圓形如鼓。～～水蛙～～chúi-ke⇨井底之蛙。喻識見小。

【鼓介 kó·-kài】 鼓的調。鼓聲的緩急。轉～～choán～～⇨鼓調的緩急轉變。禁～～kìm～～⇨禁止音樂，古帝王家有喪事即有此一事。

【鼓仔 kó·-á】 鼓。小鼓。圓形的東西。～～椅～～í⇨圓形的椅子。有陶的，有磁的，有木的。～～圓～～îⁿ⇨圓形的面貌。～～燈～～teng⇨鼓形的燈籠。

【鼓吹 kó·-chhoe】 ㊀樂器名。喇叭也。啞口的興講話，缺嘴的興歕吹é-káu-ê hèng kóng-ōe, khih-chhùi-è hèng pûn-chhoe⇨喻人好作能力之外的事。鼓吹亦單說吹。～～嘴，干樂脚～～chhùi, kan-lok-kha⇨形容會講話會活動的人。㊁kó·-chhui。宣傳。扇動。～～節約～～chiat-iak⇨宣傳節約。～～革命～～kek-bēng⇨扇動革命。

【鼓架 kó·-kè】 鼓脚。

【鼓炮 kó·-phàu】 婚禮用的炮城phàu-siâⁿ。形如鼓，因而亦叫～～。

【鼓亭 kó·-têng】 寺廟內放置大鼓之小亭。遊行用的鼓架。～～仔脚捻豆菜～～á-kha liàm tāu-chhài⇨謂有過的好事一定常有的。

【鼓動 kó·-tōng】 心臟猶抣～～sim-chōng iáu-teh～～⇨心臟還在跳動。人還未死。

【鼓掌 kó·-chiáng】 拍手。～～大笑～～tāi-chhiàu⇨同上。

【鼓粟 kó·-chhek】 以風鼓除塵土。

【鼓腹 kó·-hok】 ～～擊壤～～kek-jiáng⇨飽食而以腹作鼓脚踏地跳舞唱歌以作樂。謂太平盛世的百姓是如此快樂。

【鼓舞 kó·-bú】 獎勵。勉勵。勸進。首倡。～～一個事業無許快～～chit-ê sū-giap bô-hiah-khoài⇨提倡設立一個事業沒那麼容易。伊的成功，社會的～～最多i ê sêng-kong siā-hōe ê～～chòe-to⇨他的成功得自社會的鼓舞最多。

【鼓槌 kó·-thûi】 擊鼓棒。亦謂鼓箸kó·-tī。

【鼓樂 kó·-gak】 樂器。音樂。動～～tāng～～⇨演奏音樂。禁～～kìm～～⇨禁止音樂。～～宣天～～soan-thian⇨音樂聲大起。

【鼓樓 kó·-lâu】 寺廟的鼓樓。

【鼓謀 kó·-bô·】 籌謀。～～設立公司～～siat-lip kong-si⇨籌設公司。

【鼓墻 kó·-chhiûⁿ】 鼓之腹墻。或稱鼓邊kó·-piⁿ。

【鼓勵 kó·-lē】 鼓吹與獎勵。

【鼓做鼓拍 kó·-chò-kó·-phah】 ～～～～，簫做簫歕～～～～, siau-chò-siau-pûn⇨打鼓的管打鼓，吹簫的管吹簫，分工合作，各不互相干涉。

**股** kó· 脛也。腿也。大腿也。事物之一部分曰股kó·。索仔～soh-á～⇨一索分數股。公司～kong-si～⇨公司的股份。合～hap～⇨合資。佔大～chiàm-toā～⇨佔大部份的股份。

【股主 kó͘-chú】 股東。

【股本 kó͘-pún】 股東所出的資本。

【股份 kó͘-hūn】 公司的資本分若干股份。～～公司～～kong-si⇨股份組織的公司。

【股字 kó͘-jī】 合股的契約書。

【股肱 kó͘-ko͘】 脚與手。～～之臣～～chi-sîn⇨主子依賴爲手足的重要部下。

【股東 kó͘-tong】 持有公司股份的人，持多份者爲大股東toā-kó͘-tong。

【股株 kó͘-tu】 股份。分～～的hūn～～ê⇨股份組織的。

【股脚 kó͘-kha】 畧同股夥。大股爲股頭，小股爲～～。

【股票 kó͘-phiò】 表示股份之證券。

【股夥 kó͘-hóe】 股件。股友。共同合股的人。或作股伙。

【股頭 kó͘-thâu】 共同出資人之首領。

【股聲 kó͘-siaⁿ】 股數。

【股邊 kó͘-piⁿ】 婦女的髮飾金器。金～～kim～～⇨金仔做的髮飾。

kó͘ 苟 隨便也。不正直也。

【苟且 kó͘-chhiáⁿ】 不務實際。不合禮法。

【苟安 kó͘-an】 姑且設法安定於一地或一時。～～的局面～～ê kiok-bīn⇨苟安的形勢。

【苟全 kó͘-choân】 苟且求全。求不死。～～性命於亂世～～sèng-bēng î loān-sè⇨在亂世中苟且保性命。

【苟合 kó͘-hap】 男女不經正式手續的結合。非婚姻的性行爲。

【苟免 kó͘-bián】 苟且求免。無法～～bô-hoat～～⇨無法求取免罪(責或死)。

【苟活 kó͘-oah】 屈節辱身苟且偷生。

【苟簡 kó͘-kán】 苟且簡畧。隨便應付。不能～～的put-lêng～～ê⇨不能等閒視之的。

【苟延殘喘 kó͘-iân-chân-chhoán】 苟且設法拖長性命。

kò͘ 故 舊時舊事舊物皆曰故kò͘。原因亦曰故kò͘。無因無～bô-in-bô～⇨無原因無理由。緣～關係iân～koan-hē⇨同上。

【故人 kò͘-jîn】 舊友。勸君更盡一杯酒，西出陽關無～～khoàn-kun kèng-chīn it-poe-chiú, se-chhut iâng-koan bû～～⇨唐詩。

【故土 kò͘-thó͘】 故鄉。不勝～～之情put-sìn～～chi chêng⇨非常思念故鄉。

【故友 kò͘-iú】 老朋友。

【故主 kò͘-chú】 舊的主人。

【故交 kò͘-kàu】 久年的老朋友。

【故老 kò͘-ló】 有德行的老先生。

【故里 kò͘-lí】 故鄉。

【故事 kò͘-sū】 古事。小說或講古所講的事件，問題。

【故典 kò͘-tián】 典故。故事。

【故國 kò͘-kok】 離去了的國土。被侵奪了的國土。～～不堪回首月明中～～put-kham hôe-siú goat-bêng-tiong⇨李後主詞。

【故殺 kò͘-sat】 謀殺。蓄意殺死。

【故鄉 kò͘-hiang】 故里。故土。出生成長之地。

【故都 kò͘-to͘】 舊都。

【故意 kò͘-ì】 有意。蓄意。～～殺人～～sat-jîn⇨有計畫的殺人。謀殺。

【故園 kò͘-oân】 舊日的家園。故鄉。

【故障 kò͘-chiàng】 問題有阻礙。機械的部分損壞。

【故態 kò͘-thài】 舊日的狀態。～～復萌～～hok-bêng⇨老毛病又來了。

【故謙 kò͘-khiam】 謙遜。謙卑。或作顧謙。

【故舊 kò͘-kū】 舊知。舊朋友。

kò͘ 固 堅定也。不通也。堅～kian～⇨堅強固定。頑～goán～⇨頑強不聽勸告。

【固有 kò͘-iú】 原有。～～道德～～tō-tek

⇨從前大家遵守的行爲準繩。

**【固守 kò·-siú】** 堅守。堅持。～～孤城～～ko·-siâⁿ⇨同上。～～原則～～goân-chek⇨守住原則，絕不改變。

**【固定 kò·-tēng】** ～～收入～～siu-ji̍p⇨同上。～～攤位～～thoaⁿ-ūi⇨同上。

**【固疾 kò·-chi̍t】** 久年難治之病。同痼疾kò·-chi̍t。

**【固執 kò·-chi̍p】** 頑固。謬執成見不讓人。擇善～～te̍k-siān～～⇨選好的，堅持不變。

**【固辭 kò·-sû】** 堅辭。再辭。

**【固體 kò·-thé】** 物理學名詞，如金木石竹等有一定的形狀者。

kò·
# 痼
久病也。

**【痼疾 kò·-chit】** 經久不癒之病。

kò·
# 顧
遍視也。眷念也。守護也。專心也。說興～嘴無～身la-hin～chhùi bô～sin⇨有說興其人，只顧嘴食不顧身穿。照～囡仔大細chiàu～gín-á toā-sè⇨照顧家裡萬般。～身命～siu-miā⇨保重自己的身體健康。會～得前未～得後ē～lí-chêng bē～lí-āu⇨喻左右爲難。未曉～家己bē-hiáu～ka-kī⇨不曉得如何照顧自己。～食飯無看見你來～chia̍h-pn̄g bô khoàⁿ-ìⁿ lí-lâi⇨只管吃飯沒看見你來。～讀冊時間煞未記得去～tha̍k-chheh sî-kan soah bē-kì-tit-khì⇨只管讀書，時間竟忘記了。主～chú～⇨顧客。管～koán～⇨管理保護。照～chiàu～⇨照料。～前～後～上～下～chêng～āu～chiūⁿ～ē⇨管顧照料周到。

**【顧守 kò·-siú】** 把守。～～三關～～sam-koan⇨把守三關。

**【顧更 kò·-keⁿ】** 守更chiú-keⁿ。守夜。

**【顧客 kò·-kheh】** 主顧客。～～第一～～tē-it⇨顧客上重要的生理原則。

**【顧洞 kò·-tōng】** 守洞。不出門。您攏去，我～～lín lóng-khì, goá～～⇨你們皆去，我自己守家(不去)。

**【顧家 kò·-ke】** 照料家務。娶著會～～的新婦chhoā-ti̍oh ē～～ê sim-pū⇨娶來了會顧家的好媳婦。

**【顧氣 kò·-khì】** 保護氣力。高麗參～～ko-lê-som～～⇨同上。亦作固氣kò·-khì。

**【顧問 kò·-būn】** 國策～～kok-chhek～～⇨同上。

**【顧脚 kò·-kha】** 看脚。行路該～～kiâⁿ-lō·ài～～⇨行路須注意脚。

**【顧愛 kò·-ài】** 眷愛。

**【顧監 kò·-kaⁿ】** 守護監獄。～～的～～ê⇨監獄的看守人員。獄卒。

**【顧人客 kò·-lâng-kheh】** 爲顧客設想。做生理亦該～～～chò seng-lí a̍h-ài～～～⇨做生意也要爲顧客設想。

**【顧本分 kò·-pún-hūn】** 守本分。人第一該～～～lâng tē-it ài～～～⇨同上。

**【顧外家 kò·-goā-ke】** 照顧生父母家。～～～亦是應該的，凡事有分寸都是好的～～～a̍h-sī èng-kai-ê, hông-sū ū-hun-chhùn to-sī-hó-ê⇨做會好勢，照顧生父母之家也是應該的。

**【顧本錢 kò·-pún-chîⁿ】** 設法不虧本。信採敕敕掉，～～～要緊，不當想要趁chhìn-chhái siak-siak-tiāu～～～iàu-kín, m̄-thang siūⁿ-boeh-thàn⇨隨便便便宜宜賣掉，守本錢第一，不可想要獲利。敕siak，倏擊也。殺價賤賣曰敕siak。

**【顧店口 kò·-tiàm-kháu】** 擔當門市工作。～～～會用得倩人～～～ē-iōng-tit chhiàⁿ-lâng⇨門市可以雇用外人。

kò·
# 雇
賃傭jīm-iōng也。受酬被雇服勞役也。同僱kò·。賃jīm，以財倩人chhiàⁿ-lâng也。

**【雇主 kò·-chú】** 出財倩人勞役者。

**【雇員 kò·-oân】** 僅在工役之上的下級公務人員。～～仔～～á⇨同上。

【雇傭 kò·-iông】　雇主與傭工。雇kò·者役人，傭iông者被役於人。～～關係～～koan-hē⇨同上。～～契約～～khè-iak⇨同上。

**kò· 構**　架屋也。凡建設造作皆曰構kò·。計畫寫文章亦曰構kò·。華～hoâ～⇨華屋。佳～ka～⇨好文章。機～ki～⇨機關ki-koan(ki-ko·)

【構成 kò·-sêng】　造成。由三部份所～～iû saⁿ-pō·-hūn só·～～⇨同上。

【構兵 kò·-peng】　啓兵端。開戰。兩國～～liáng-kok～～⇨同上。

【構造 kò·-chō】　組織。人體的～～jîn-thé ê～～⇨人身體的組織結構。

【構想 kò·-siáng】　想法。計劃。你有好的～～否lí ū hó-ê～～bò·⇨同上。

**kô· 糊**　粘物者。麵糊mī-kô·，強力糊kiâng-lek-kô·。漿糊chiūⁿ-kô·。鼻～的phīⁿ～ê⇨喻不牢固。目珠乎鼻～去是否bak-chiu hō-phīⁿ～khì sī-bō⇨你爲什麼看不見。在粗人口中鼻會變成潲siâu。食無偌紱物，～～滿嘴髭chiah bô-goā-chē-mih～～moá chhùi-chhiu⇨喻事小無價值，且事後批評多，～滿嘴髭很難看，不如避免之。事亦同鼻(前句)在粗人口中往往變成潲siâu。

【糊人 kô·-lâng】　㈠以紙等糊造人的形像。㈡依靠別人。將責任移嫁別人。歸顆人攏要～～曷會使得kui-kho·-lâng lóng-boeh～～ah-ē-sái-tit⇨整個人全生活皆要依靠別人，怎麼可以。

【糊仔 kô·-á】　漿糊。～～番薔～～han-chî⇨稻田中間作的番藷。～～枋～～pang⇨裱褙用板。～～缸～～khaⁿ⇨糊仔鉢。

【糊紙 kô·-choá】　以紙糊壁或糊製人形車馬等喪具。～～的～～ê⇨以糊紙爲業的人。

【糊貼 kô·-tah】　以糊仔貼之。

【糊糊 kô·-kô·】　霑霑，爛爛，粘粘tâm-tâm, noāⁿ-noāⁿ, liâm-liâm。霑～～tâm～～⇨濕得像漿液。爛～～noāⁿ～～⇨爛得像漿液。粘～～liâm～～⇨粘得像糊仔。路溝仔糜～～滿身軀lō-kau-á-moâi(lō-ko·-á-moâi)～～moá-sin-khu⇨路溝的泥漿，糊滿身。

【糊縫 kô·-phāng】　以糊塞縫。

## koa

**koa 歌**　詩也。唱詩也。唱～詞曲chhiūⁿ～lā-khek⇨又唱歌又念曲，喻開懷之極。

【歌女 koa-lí】　唱歌的女性。

【歌王 koa-ông】　唱歌界之大王。當今包含自稱他稱，有甚多歌王。如抒情si-chêng～～，民謠bîn-iâu～～，愛國ài-kok～～，尙似無不可，甚至竟有痛苦thòng-khó～～之類的出現。

【歌仔 koa-á】　小調。民歌。～～唱～～chhiūⁿ⇨講話好像唱小調。～～戲～～hì⇨唱小調的白話戲。新戲。改良戲。

【歌曲 koa-khek】　有譜之歌。歌。

【歌星 koa-chheⁿ】　唱歌的。賣歌的人。謂唱歌的如明星之輝煌。這是西語star所轉譯的新名詞。

【歌訣 koa-khoat】　編成七字歌的秘訣。湯頭～～thng-thâu～～⇨中醫或漢醫有所謂湯頭歌訣，是藥名病名處方等綜合唸成一聯的七字歌。唸熟了就是堂哉皇哉的中醫師，可以掛牌行醫了。

【歌舞 koa-bú】　唱歌跳舞。～～團～～thoân⇨同上。

【歌稿 koa-kó】　歌的底稿。

**koa 瓜**　蔬菜的一種。即瓜koe也。傻～sō～⇨戇人gōng-lâng。

【瓜分 koa-hun】　共同分配。如同分瓜每人各切一塊。～～贓款～～chōng-khoán⇨共同分了偷來的錢。列強企圖～～中國liat-kiâng khī-tô·～～tiong-kok⇨同上。

【瓜田 koa-tiân】　種瓜之田。瓜園。～～李下之嫌～～lí-hē chi hiâm⇨瓜田偷瓜李下偷李之嫌疑。謂應盡量避免如此類易涉的嫌疑。君子防未然kun-chú hong-bī-jiân，不處嫌疑間put-chhì hiâm-gî-kan，瓜田不納履koa-tiân put-la̍p-lí，李下不整冠lí-hā put-chéng-koan⇨處世警言。

【瓜果 koa-kó】 瓜。瓜koe與果子koe-chí。用～～款待人客iōng～～khoán-thāi lâng-kheh⇨以果子類招待客人。

【瓜葛 koa-kat】 ㊀親戚關係。㊁問題的紛亂複雜。彼此無～～pì-chú bô～～⇨彼此無相牽連。即筆財產無～～chi̍t-pit châi-sán bô～～⇨此筆財產沒有任何理不清的牽連。

koa **枯** 𤬸koa的俗字。蔬菜老化不幼軟曰枯。果子亦然。傷～去也siu$^{n}$～khì-à⇨過分老化。

【枯正 koa-chia$^{n}$】 指正月十六至二十前後。意謂正chia$^{n}$一新年已老矣，新正已枯koa了，沒味道了。

【枯枯 koa-koa】 不幼不軟不好吃。

【枯硬 koa-ngē】 又枯又硬。

【枯澀 koa-siap】 又枯又澀。

【枯燥 koa-sò】 又枯又沒水分。

【枯去也 koa-khì à】 枯老了。

【枯死死 koa-sí-sí】 枯之極矣。

koa **𤬸** 瓜老也。蔬菜老亦曰𤬸koa。俗作枯。

koà **卦** 八卦。

【卦姑 koà-ko͘】 三姑六婆之一。女算命的。

【卦神 koà-sîn】 八卦之神。

koà **掛** 懸吊也。添也。建也。登記也。～免戰牌～bián-chiàn-pâi⇨停戰認輸。承認失敗。據說古戰爭，有此法。無牽無～bô-khian(khan)-bô～⇨無牽掛。無拖累。牽腸～肚khian(khan)-tn̂g～tō͘⇨無上的心念或心勞。

【掛心 koà-sim】 操心chhau-sim。勞心。放不了心。～～父母的平安～～pē-bó ê pêng-an⇨煩惱父母的平安。

【掛卯 koà-báu】 兵卒的空名額，有名無人者。～～領餉～～niá hiàng⇨掛虛名領實餉，亦即官場的舞弊的一種。

【掛名 koà-miâ】 ㊀登記有案。～～提督～～thê-tok⇨古官名。㊁有名無實。～～夫妻～～hu-chhe⇨只有名份而無實質的婚姻關係。

【掛帆 koà-phâng】 揚帆。～～出海～～chhut-hái⇨揚帆出海。

【掛吊 koà-tiàu】 戀慕。暝日～～無人知mê-ji̍t～～bô-lâng-chai⇨日夜思念無人知。

【掛孝 koà-hàu】 帶孝，居喪。

【掛紅 koà-âng】 掛紅布表示喜慶。掛紅布表示避禍去厄。

【掛映 koà-èng】 裝表面的，裝好看的。捧場的。～～的～～ê⇨表面敷衍，做得好看而已。新名詞也。

【掛冠 koà-koan】 挂冠。官辭其職。

【掛骨 koà-kut】 ㊀肉連骨。賣豬肉不能～～bē-ti-bah put-lêng～～⇨據說當今有此政令。㊁講話帶刺。講話～～kóng-ōe～～⇨話中有刺。講～～話kóng～～ōe⇨電話刺人。

【掛脚 koà-kha】 寄跤kià-kha。借宿。如行脚僧之於寺院掛單。順便於阿德許～～幾仔日sūn-piān tī a-tek-hia～～kúi-á-ji̍t⇨順便在阿德那邊住宿數日。

【掛翎 koà-lêng】 加花翎。帽仔～～bo̍h-á～～⇨(武官)帽子加羽毛等的花翎。

【掛累 koà-lūi】 拖累。某囝～～bó͘-kiá$^{n}$～～⇨妻兒的拖累。

【掛匾 koà-pián】 掛匾額以頌德。

【掛媠 koà-súi】 裝好看的。要～～的boeh～～ê⇨要掛起來好看的。

【掛殼 koà-khak】 連殼。不剝殼。蚵仔曷有人～～的ô-á a̍h-ū-lâng～～ê⇨賣蚵仔那裡有人連蚵殼賣的。

【掛牌 koà-pâi】 掛出招牌或執照。～～做醫生～～chò i-seng⇨掛出招牌開業醫生。

【掛碍 koà-gāi】 阻碍。有什麼～～就不免來ū-sa-ma～～chiū m̄-bián-lâi⇨有何阻碍則不必來好了。

【掛號 koà-hō】 登記。記名。病院每該～～pēⁿ-iⁿ mā ài～⇨病院也該掛號。～～信～～sìn⇨登記保證送達之批信phe-sìn。

【掛意 koà-ì】 介意。免～～bián～～⇨莫介意。

【掛網 koà-bāng】 下網。～～掠魚～～liah-hî⇨下網捉魚。

【掛疑 koà-gî】 加疑。不當～～人m̄-thang～～lâng⇨不該懷疑於別人。

【掛領 koà-niá】 縫衣加領的工作。

【掛圖 koà-tô͘】 得自由掛上取下的教學用圖。

【掛慮 koà-lū(lī)】 同掛心。逐個，講免～～，實在都未放心tak-ê kóng bián～～, sit-chāi to bē hòng-sim⇨大家說不必掛念，實在都放不了心。

【掛鞍 koà-oaⁿ】 馬加鞍。喻子女的安全措施。你即個查某囡仔恰如無～～的lí-chit-ê cha-bó-gín-á kah ná bô～～ê⇨你這個女孩子好像無鞍之馬的亂跑亂闖。

【掛墻 koà-chhiûⁿ】 加墻。我的杯仔都不是有～～的goá-ê-poe-á to-m̄-sī ū～～ê⇨我的酒杯並不是有加墻的(意謂何能斟這麼多)。

【掛鎖 koà-só】 加鎖。

【掛鏈 koà-liān】 加鏈。

【掛鬚 koà-chhiu】 加鬚。桌巾該～～較好看toh-kin ài～～khah-hó-khoàⁿ⇨桌巾須加鬚較好看。

【掛櫃仔 koà-kūi-á】 加櫃。嫁粧加櫃。女人有孕大肚喻櫃。娶～～～新娘chhoā～～～sin-niû⇨娶大肚新娘。

【掛雙馬 koà-siang-bé】 騎雙馬。同駛雙船sái-siang-chûn⇨喻有二心者。

**蓋** koà 覆蓋之物曰蓋koà。厝～chhù～⇨屋頂。鼎～tiáⁿ～⇨鼎之蓋。箱仔～siuⁿ-á～⇨箱之蓋。棺柴～koaⁿ-chhâ～⇨棺材蓋。紅洞仔蓋烏～，借你摸，不當共人拍破âng-tāng-á khàm o͘～, chioh-lí-bong, m̄-thang kāng phah-phoà⇨小兒謎語，謎底紅柿。共人切爲kâng。共人kā-lâng⇨kâng。蓋koà亦讀kài或khàm(見kai及kham部)。

**芥** koà 蔬菜的一種。

【芥菜 koà-chhài】 除夕的長年菜tn̂g-nî-chhài或年中不缺的鹹菜kiâm-chhài，都是芥菜所製者。六月～～⇨蓋六月芥菜未成熟也。無心假有心bô-sim ké ū-sim。

## koaⁿ

**杆** koaⁿ 直木也。旗杆kî-koaⁿ⇨懸旗木。企～～khiā～～⇨築旗台於家門前。舉人及格即得企旗祭祖，曰企旗杆khiā-kî-koaⁿ。

**竿** koaⁿ 直竹也。釣竿tiò-koaⁿ⇨釣魚用具。

**干** koaⁿ 乾koaⁿ俗作干koaⁿ，即食物之乾燥kan-sò者也。肉～bah～⇨同上。魚～hî～⇨同上。蠔～ô～⇨同上。鹹菜～kiâm-chhài～⇨同上。芋莖～ō͘-hoâiⁿ～⇨芋荷干。菜總仔～chhài-cháng-á～⇨蘿蔔葉干也。鹹～飷～kiâm～chiáⁿ～⇨同上。烘～曝～hang～phak～⇨同上。瘦到像人～sán-kà chhiūⁿ lâng～⇨同上。豆～tāu～⇨硬豆腐。筍～sún～⇨同上。未輪抄煎死囡仔～抄bē-su teh chian sí-gín-á～leh⇨形容在太陽光直射下工作。熱陽直射亦曰煎chian。

**乾** koaⁿ 乾物曰乾koaⁿ，俗作干koaⁿ。

**棺** koaⁿ 棺柴koaⁿ-chhâ也。棺木koan-bok也。～～扛上山，毋燒也該埋～～kng-chiūⁿsoa$^{n}$, m̄-sioa-āi tâi⇨同上。

**koa$^{n}$ 官** 文武百官也。好～穲～hó～bái～⇨同上。貪～tham～⇨同上。清～難斷家務事chheng～lân-toàn ka-bū-sū⇨清廉官也理不了別人的家務。三年清廉～，十萬雪花銀sa$^{n}$-nî chheng-liâm～, sip-bān soat-hoa-gîn⇨謂做三年的清廉官，就有十萬兩銀的積蓄。貪污官，即不言可喻了。～～相護～～siāng-hō⇨官是彼此互相袒護照顧的。父母～pē-bó (hū-bó)～⇨古視地方官(縣長)爲民之父母。民則視壞官爲狗官káu-koa$^{n}$。

【官人 koa$^{n}$-lâng】 做官的人。官員。

【官夫 koa$^{n}$-hu】 官轎的轎夫。夫亦作伕。

【官民 koa$^{n}$-bîn】 官與民。

【官田 koa$^{n}$-chhân】 官府所有的田地。

【官立 koa$^{n}$-li̍p】 政府設立。～～學校ha̍k-hāu⇨國，省，縣，市各級政府設立的學校。

【官司 koa$^{n}$-si】 訴訟。拍～～phah～～⇨與人訴訟。～～拍天理～～phah-thi$^{n}$-lí⇨訴訟要憑天理良心。～～好拍，狗屎好食～～hó-phah, káu-sái hó-chia̍h⇨如果訴訟可以打，那麼狗屎也可以吃了。喻絕對不可打官司。又打tá$^{n}$俗亦多作打phah，本小册作打tá$^{n}$與拍phah用。

【官衣 koa$^{n}$-i】 官服。

【官印 koa$^{n}$-ìn】 官廳的印信。官員的印。

【官吏 koa$^{n}$-lī】 官員的總稱。大官小吏toā-koa$^{n}$-sió-lī⇨大小官吏。～～制度～～chè-tō͘⇨同上。事君曰官，治人曰吏。

【官兵 koa$^{n}$-peng】 官軍。又官與兵，亦卽軍官與隊兵。

【官身 koa$^{n}$-sin】 官吏的身分。白身pe̍h-sin的對稱。官員假做白身人去暗訪。～～猶蓋抾～～iáu khàm-leh⇨官員的身分還是蓋著未公開。

【官佃 koa$^{n}$-tiān】 官田的佃戶。

【官位 koa$^{n}$-ūi】 官員的職位。

【官命 koa$^{n}$-bēng】 官的命令。

【官制 koa$^{n}$-chè】 官府的組織制度。～～改訂～～kái-tèng⇨官制重新制定。

【官法 koa$^{n}$-hoat】 法令。民心似鐵，～～如爐bîn-sim sū-thih, ～～jî-lô͘⇨同上。

【官服 koa$^{n}$-ho̍k】 官吏的制服。

【官府 koa$^{n}$-hú】 政府。嚴～～出厚賊giâm～～chhut-kāu-chha̍t⇨嚴峻的政府之下，更多的盜賊出現。喻政治不是嚴峻一面倒就能收效的。

【官金 koa$^{n}$-kim】 政府的公金。

【官命 koa$^{n}$-miā】 做官的運命。生成有～～的se$^{n}$-sêng ū～～ê⇨生下來就註定有做官的運命。

【官物 koa$^{n}$-mi̍h】 公物kong-bu̍t。政府持有的東西。

【官版 koa$^{n}$-pán】 官府印出的出版物。官印的版本。

【官長 koa$^{n}$-tiú$^{n}$】 長官。上司。

【官星 koa$^{n}$-chhe$^{n}$】 官運。～～出現～～chhut-hiān⇨快有官可做了。快要升大官了。

【官界 koa$^{n}$-kài】 官員的世界。官員的社會。～～的浮沈～～ê phû-tîm⇨做官人的官位昇降。

【官軍 koa$^{n}$-kun】 政府軍。

【官契 koa$^{n}$-khè】 官發的證件。

【官派 koa$^{n}$-phài】 ㊀官府指派的。～～的議員～～ê gī-oân⇨官選議員。㊁做官人的臭派頭。激～～kek～～⇨好作官員的臭派頭。

【官威 koa$^{n}$-ui】 官府的威風。

【官馬 koa$^{n}$-bé】 公有的馬。

【官倉 koa$^{n}$-chhng】 官府的倉庫。官設的倉庫。

【官格 koa$^{n}$-keh】 官的品格。又官的品級。

【官庫 koa$^{n}$-khò͘】 公庫，政府公庫。

【官員 koa$^{n}$-oân】 公務員。做官的。

【官莊 koa$^{n}$-chng】 官田。或官自開墾或沒收入官的田園土地。

**【官船 koa$^{n}$-chûn】** 官府的船。

**【官符 koa$^{n}$-hû】** 官事。官司。抵著～～tú-tioh～～⇨遭人告到官。發生訴訟。

**【官規 koa$^{n}$-kui】** 做官的規紀。

**【官設 koa$^{n}$-siat】** 官立。

**【官紳 koa$^{n}$-sin】** 官吏與仕紳。

**【官媒 koa$^{n}$-bôe】** 官設的媒人。官命的媒人。

**【官費 koa$^{n}$-hùi】** 官給的經費。公費。

**【官階 koa$^{n}$-kai】** 同官級。階分級。級歸階。

**【官嘳 koa$^{n}$-khùi】** 官僚的氣派。激一個～～kek-chı̍t-ê～～⇨裝一個官僚的臭派頭。

**【官牌 koa$^{n}$-pâi】** 官府許可書。

**【官飯 koa$^{n}$-pn̄g】** 以做官維持生活。食～～chia̍h～～⇨做官員領官俸。食官之俸祿。

**【官報 koa$^{n}$-pò͘】** 官辦的報紙。刊登政令的刊物。

**【官稅 koa$^{n}$-sòe】** 官府課征的稅。

**【官場 koa$^{n}$-tiû$^{n}$】** 官員的生活,官吏的世界。～～像戲場～～chhiū$^{n}$ hì-tiû$^{n}$⇨做官像做戲chò-koa$^{n}$ chhiū$^{n}$ chò-hì。

**【官渡 koa$^{n}$-tō͘】** 官設的渡船。

**【官衙 koa$^{n}$-gê】** 政府。官署。政府機關。

**【官路 koa$^{n}$-lō͘】** 政府開闢的公路。

**【官話 koa$^{n}$-ōe】** ㊀官員講的語言。官府通用的語言。㊁死板不能通融的話。抄講～～也teh-kóng～～ā⇨在說死板話了。

**【官箠 koa$^{n}$-chhôe】** 笞刑用的鞭棒。佼叫～～gâu-kiò～～⇨謂小兒一打卽哭，一如犯人受官箠而大哭。

**【官銜 koa$^{n}$-hâm】** 官的銜頭。包括其出身職名位階以至待遇等各項均列出。

**【官僚 koa$^{n}$-liâu】** 久居官職者自成一種表現，形成一種力量。於是有～～嘳眞重～～khùi chin-tāng，～～派的作風～～phài ê chok-hong等名詞。～～政治～～chèng-tī⇨同上。

**【官箴 koa$^{n}$-chim】** 官的規紀。無守～～bô-siú～～⇨壞官員不守官的規紀。

**【官樣 koa$^{n}$-iū$^{n}$】** 官的模樣。～～文章～～bûn-chiu$^{n}$⇨喻說過算了。

**【官課 koa$^{n}$-khò】** 官府的稅。納～～la̍p～～⇨交繳官稅。

**【官舖 koa$^{n}$-phò͘】** 官定的里程。十里爲一舖。

**【官燕 koa$^{n}$-iàn】** 上等的燕巢。

**【官墾 koa$^{n}$-khún】** 官府直接開墾。

**【官選 koa$^{n}$-soán】** 民選之對稱。

**【官戲 koa$^{n}$-hì】** 官府主辦的戲劇。

**【官職 koa$^{n}$-chit】** 官的職位。一官半職chı̍t-koa$^{n}$-pòa$^{n}$-chit⇨小小的官。

**【官闖 koa$^{n}$-chhoàn】** 經常出入官府勾結官員以圖利者。

**【官薰 koa$^{n}$-hun】** 官出賣的煙王——阿片。

**【官糧 koa$^{n}$-niû】** 納官府的錢糧。官租。

**【官斷 koa$^{n}$-toàn】** 官府的判斷。官府的裁決。～～不如民愿～～put-jî(jû) bîn-goān⇨官府裁定，不如百姓彼此自願。

**【官蘭 koa$^{n}$-lân】** 蘭花的一種。

**【官體 koa$^{n}$-thé】** 官樣的態度。激～～kek～～⇨擺出官樣的架子。

**【官鹽 koa$^{n}$-iâm】** 官賣鹽。私鹽的對稱。

**【官不離印 koa$^{n}$-put-lī-ìn】** ～～～～，商不離稱～～～～siang put-lī-chhìn⇨同上。

**【官有官條 koa$^{n}$-iú-koa$^{n}$-tiâu】** ～～～～，民有私約～～～～, bîn-iú su-iak⇨同上。

koa$^{n}$ **肝** 主要的內臟器官卽肝臟。心～sim～⇨心。心～仔囝sim～á-kiá$^{n}$⇨如心之可愛子女。豬～狗～ti～káu～⇨罵臭官員的話。肝通官。心～破開豬不食，狗不哺sim～phoà-khui, ti m̄-chia̍h, káu m̄ pō͘⇨罵人的話。謂其心壞到，豬狗都不吃了。

koa$^{n}$ **菅** 草名。多自生於山林。俗曰菅草koa$^{n}$-chháu，或菅榛koa$^{n}$-chin。

**【菅尾 koa$^{n}$-bóe】** 菅草尾。菅草葉。

【菅榛 koaⁿ-chin】 同菅草。抽～～thiu～～⇨砍取菅榛圍籬笆。～～仔壁～～á-piah⇨菅荃壁。～～未做得拐～～bē(bōe)-chò(chòe)-tit koáï⇨菅榛不能做拐杖。喻不成材或不成器。

【菅草 koaⁿ-chháu】 山林中最常見的草類。禾本科，幹可圍籬笆，筍可食，頗有特別滋味。亦稱菅榛koaⁿ-chin。

【菅豪 koaⁿ-hô】 山豪。鼠的一種。山鼠。

【菅茅花 koaⁿ-mâu-hoe】 茅花。菅茅花。

koáⁿ 趕 迫也。逐也。追也。通赶。追～tui～⇨緊追。

【趕人 koáⁿ-lâng】 ㊀迫人從速。～～生～～死，～～食，無天理～～seⁿ～～sí, ～～chiah, bô-thiⁿ-lí⇨迫人快生，迫人快死，迫人快食，都是逆天理，不可爲也。㊁驅人離開。～～走～～cháu⇨同上。

【趕工 koáⁿ-kang】 加快進行工作。無～～未赴用bô ～～ bē-hù-iōng⇨不趕快做就來不及使用。

【趕去 koáⁿ-khì】 追去。～～協辦～～hiap-pān⇨追去協助辦理。

【趕車 koáⁿ-chhia】 ㊀搭車。～～來的～～lâi-ê⇨搭車來的。㊁追車(的時間)。搭車。該較早起來～～ài-khah-chá khí-lâi～～⇨須較早起來以免趕不上班車。

【趕到 koáⁿ-kàu】 到達。～～車頭～～chhia-thâu⇨追到車站。～～位～～ūi⇨追到目的地。

【趕蚊 koáⁿ-báng】 驅逐蚊蟲。秦蝻楚蚊，一物別名耳，蝻作蚋，亦作蠓。

【趕馬 koáⁿ-bé】 追馬快跑。牧馬。～～趕牛～～koáⁿ-gû⇨同上。

【趕站 koáⁿ-chām】 趕路段。趕路。

【趕鬼 koáⁿ-kúi】 驅邪趕鬼。無扴倩司功～～bô-teh chhiàⁿ sai-kong～～⇨不是在雇用司功驅鬼，意謂不可作那些有名無實的事。司功sai-kong，道士戲也，俗作司公sai-kong。

【趕脚 koáⁿ-kha】 迫脚快步。儘快行動。較～～扴khah～～leh⇨儘速行動。

【趕開 koáⁿ-khui】 驅逐清楚。

【趕路 koáⁿ-lō͘】 ㊀快行快跑以爭取時間。㊁驅逐阻礙交通的人。清路chheng-lō͘。

【趕墟 koáⁿ-hi】 ㊀逐墟行商。㊁赴墟購物。墟是鄉村的定期開市的商場。

【趕緊 koáⁿ-kín】 從速。儘快。～～去～～khì⇨立即去。

【趕出去 koáⁿ-chhut-khì】 驅逐出門(境)。

【趕早市 koáⁿ-chá-chhī】 農產物尤其是蔬菜要搶早市，否則可能遭受頓流tùn-lâu或敗市pāi-chhī之苦。

【趕廟公 koáⁿ-biō-kong】 驅逐廟祝biō-chiok。乞食～～～khit-chiah～～～⇨喧賓奪主。謂乞食無地安身，廟公同情借他一隅，隔天乞食竟反臉不認主，要驅逐廟公出門。換他做廟祝。喻反情逆理之極。

【趕緊緊 koáⁿ-kín-kín】 迫得太緊。～～～，要掠去刣每該等人食飽扴～～～，boeh-liah-ī-thâi mā-āi tán-lâng chiah-pá-leh⇨稍候勿急，要抓去殺頭，也應該等到人家吃飽了飯才抓。

koáⁿ 寡 鰥寡koan-koáⁿ⇨無妻曰鰥koan，無夫曰寡koáⁿ。守～chiú～⇨同上。孤男～女ko͘-lâm～lí⇨同上。衆～不敵chiòng～put-tek⇨寡koáⁿ，少也。

【寡人 koáⁿ-jîn】 王侯之自稱。～～登殿以來，風調雨順，國泰民安～～teng-tiān í-lâi, hong-tiâu-í-sūn, kok-thài-bîn-an⇨戲白。

koâⁿ 寒 冷也。貧苦也。大～toā～⇨①最寒冷之時。驚～kiaⁿ～⇨怕冷。②大寒tāi-hân⇨四氣之一

【寒人 koâⁿ-lâng】 ㊀寒天。㊁令人寒冷。寒死人 koâⁿ-sí-lâng⇨寒冷得要死。又讀 koâⁿ-lâng，卽是寒天或冬天。～～來也了～～lâi-ā-lō⇨寒天來了。～～該穿較殺溽人該穿較少～～āi chhēng-khah-chē, joah-lāng āi chhēng-khah-chió⇨冬天要穿得多，夏天要穿得少。此兩人字均第三聲:lāng。溽joah者溽暑也。

【寒天 koâⁿ-thiⁿ】 寒冷的日。冬天。

【寒冷 koâⁿ-léng】 寒冷。有較～～也ū khah～～ā⇨冷些來了。

【寒狗 koâⁿ-káu】 寒天的狗。寒地的狗。～～不八熱巢～～m̄-bat(pat) joah-siū⇨嘲未按照寒熱之轉變增減衣著之人。

【寒衫 koâⁿ-saⁿ】 寒衣。冬衣。

【寒烏 koâⁿ-o͘】 魚名。初冬出產的烏魚。

【寒帽 koâⁿ-bō】 寒天帽。冬帽。

【寒路 koâⁿ-lō͘】 適合寒天的布匹衣類。～～貨～～hōe⇨寒天的貨色。

【寒著 koâⁿ-tioh】 傷著風。傷了風。傷風。感冒kám-mō͘。～～該食藥仔～～āi chiah-ioh-á⇨同上。

【寒熱 kôaⁿ-jiat】 寒與熱。～～症～～chèng⇨瘧疾。麻剌利亞病。～～症仔～～chèng-á⇨同前。

【寒清清 koâⁿ-chhìn-chhìn】 冷寒的形容詞。很寒冷。

**捾** koāⁿ 或摜koāⁿ。手提物也。物成串如龍眼生規～lêng-kéng siⁿ kui-～⇨龍眼結成整串。囡仔生一大～gín-á seⁿ chit-toā～⇨孩子生一大群。

【捾水 koāⁿ-chúi】 ㊀提水。汲水。㊁腫水。一種病態。面～～～bīn～～～⇨臉腫漲。

【捾貫 koāⁿ-kǹg】 捆貫錢。同捆頷。

【捾桶 koāⁿ-tháng】 手提的水桶。～～仔～～á⇨同上。

【捾管 koāⁿ-kńg】 頷下肥大有縐紋者，所謂大頷胿toā-ām-kui也。

【捾頷 koāⁿ-ām】 新年等以紅線貫錢與孩童吊在頷下以示吉慶。～～錢～～chîⁿ⇨紅包的變種。

【捾櫃 koāⁿ-kūi】 喻女人懷孕。～～仔～～á⇨同上。

【捾籃 koāⁿ-nâ】 手提著籃。手提籃。

【捾瓶的 koāⁿ-pân-ê】 執壺斟酌的人。～～～蔭三分～～～ìm-saⁿ-hun⇨謂酒席上執酒瓶者可佔三分之便宜，亦即可少飲三分酒。

【捾軟籃 koāⁿ-nńg-nâ】 做乞食。～～～的～～～ê⇨乞食。

【捾數珠 koāⁿ-sò͘-chu】 ㊀表示入佛門。㊁臍帶絆肩而生。

【捾猫籃 koāⁿ-niau-nâ】 做男色的媒介。

**汗** koāⁿ 毛細管分泌出來的體液。流汗lâu-koāⁿ。～～錢～～chîⁿ⇨流汗得來的錢。亦即勞力換來的錢。做的做到～～，嫌的嫌到流涎chō-ê chò-kà～～, hiâm-ê hiâm-kà lâu-noā⇨謂世間總是不公道。

【汗巾 koāⁿ-kin】 拭汗的布帕。

【汗水 koāⁿ-chúi】 流汗。流汗如水。～～浽浽流～～sōe-sōe-lâu⇨汗流如水。

【汗珠 koāⁿ-chu】 汗流如珠。滿身大汗。

【汗濕仔 koāⁿ-sip-á】 流汗濕濕。小流汗。流～～～lâu～～～⇨小小流汗。

【汗流濕滴 koāⁿ-lâu-sap-tih】 滿身大汗。流汗如水。濕sap或作汁chap。

## koah

**芥** koah 芥菜kài-chhài俗稱芥菜koah-chhài。重要蔬菜之一也。除生食之外，塩漬爲鹹菜kiâm-chhài，以備全年之用。其子可做芥末kài-boah，亦重要之香辛料也。

【芥菜 koah-chhài】 蔬菜之一，亦鹹菜kiâm-chhài之原料也。六月～～lak-goeh～～⇨歇後語也，謂假有心（喻無誠意）。～～剝內菻～～pak-lāi-koáiⁿ⇨喻本末倒置也。例如弟先兄而娶等之謂。

**koah 割** 以刀切開曰割koah。分也。批貨亦曰割koah。開刀治病亦曰割koah。黃金分～n̂g-kim hun～⇨數學名詞Golden Section。去頂手～貨khī téng-chhiú～hōe⇨同上。刣～thâi～⇨外科手術。閹～iam～⇨去勢khī-sè。番～hoan～⇨對番交易的商人。

【割火 koah-hóe】分出神威。同割香koah-hiu$^n$。北港～～pak-káng～～⇨分出北港媽祖的若干神威—香火hiu$^n$-hóe回來保境安民。

【割肉 koah-bah】割開肉身。～～一頓痛～～chi̍t-tǹg thià$^n$⇨割肉痛一次。喻忍受一時的痛苦以割斷病根。別人的手肚～～飼大家pa̍t-lâng ê chhiú-tó͘～～chi toā-ke⇨借花獻佛。

【割舌 koah-chih】講白賊話者，有此災(至少在死後)。～～地獄～～tē-ga̍k⇨同上。

【割血 koah-hoeh】割家禽的血。亦即殺家畜類。

【割地 koah-tē】分割土地。分割國土。～～求和～～kiû-hô⇨極不長進的國家。

【割金 koah-kim】金紙的一種。

【割店 koah-tiàm】批發商。

【割香 koah-hiu$^n$】同割火koah-hóe。

【割草 koah-chháu】除草清園。割草做飼料。

【割耙 koah-pê】農具名。前後兩排竹或鐵齒人踏在上，以牛拖行，用以割碎土塊並加以耙平。

【割麥 koah-be̍h】收割麥仔。

【割貨 koah-hōe】批貨。小賣到大賣～～sió-bē kàu toā-bē～～⇨小賣的到大賣的批貨去小賣。

【割捨 koah-sià】分離。斷絕關係。未～～哩bē～～lih⇨依依不忍離別。

【割喉 koah-âu】自殺方法之一。一～～二上吊it～～jī siāng tiàu⇨謂自殺最簡便的方法。～～每無血～～mā bô-hueh⇨喻極度的貧窮。

【割單 koah-toa$^n$】割香的日程表。由廟方發給客方，亦可以說是割香的批准書。

【割稻 koah-tiū】收刈稻穀。～～仔飯～～á pn̄g⇨請割稻師父sai-hū，有鷄有鴨，特別豐盛的飯頓。似亦包括自祝豐收之意。

【割鍥 koah-keh】刈鈎刀。

【割斷 koah-tn̄g】斬斷。一刀～～是非根it-to～～sī-hui-kin⇨一刀割斷是非根。喻去其勢。

【割鷄 koah-ke】殺鷄。～～免用牛刀～～bián-iōng gû-to⇨割鷄焉用牛刀。

【割鬮 koah-khau】道士作法驅邪招福的名堂。

【割腸割肚 koah-tn̂g-koah-tō͘】斷腸之痛。亦謂牽腸掛肚khan-tn̂g-koà-tō͘。喻掛念之切。

**koah 葛** 植物名。纖維植物。

【葛仔 koah-á】葛布之簡稱。

【葛布 koah-pò͘】布質薄。適於夏衣用。

【葛衫 koah-sa$^n$】葛布做的夏衣。

【葛粉 koah-hún】片栗粉phiàn-le̍k-hún。所謂肉焿等羹ke$^n$ (ki$^n$)類的食物就是加片栗粉的。

【葛藤仔 koah-tîn-á】野生的一種蔓草。

## koai

**koai 乖** 小兒黠獪也。小兒聰慧溫順曰乖koai。三歲～四歲獃，五歲掠來刣sa$^n$-hōe～, sì-hōe-gâi, gō͘-hōe lia̍h-lâi-thâi⇨小兒的成長過程如此。格～keh～⇨不服常。

【乖巧 koai-khá】柔順。～～的囡仔人較惜～～ê gín-á lâng khah-sioh⇨柔順的孩子得人愛。

【乖巧 koai-khiáu】又可愛又聰明。幾歲耳講道～～到安爾kúi-hōe niâ kóng-tō～～kā

an-ne(ni)⇨只是這麼小而已就如此的聰明可愛。

【乖乖 koai-koai】 柔順。～～睏～～khùn⇨靜靜的睡吧。～～不可哭～～m̄-hó-khàu⇨不要哭吧。阮俅～～也否goán boeh～～a hohⁿ⇨我們要很乖了，不是嗎。～～牌的～～pâi-ê⇨聽話受指使利用者。

koái
拐 騙也。不是～，道是騙，不是騙，道是斛m̄-sī～tō-sī phiàn, m̄-sī phiàn tō-sī láu⇨非拐即騙，非騙即斛也。拐，騙，斛都是詐騙，但是嚴格說，似乎有拐人，騙物，斛愚的分別，亦即對象或目的物不同也。誘～iú～⇨引誘詐騙人爲其服務。誘～事件iú～sū-kiāⁿ⇨販賣人口等有關事件。

【拐人 koái-lâng】 拐誘人。～～去賣～～khì-bē⇨拐人(少女)去出賣。～～合伊做生理～～kah-i chò-seng-lí⇨誘騙人與他共同營商。～～無過手～～bô-kòe-chhiú⇨騙得沒有成功。

【拐誘 koái-iú】 誘拐iú-koái。婦女～～事件hū-lí～～sū-kiāⁿ⇨同上。

【拐騙 koái-phiàn】 拐誘詐騙。

【拐仔仙 koái-á-sian】 拐仙人。拐之高手。又黠獪kiat-kòe的小兒的愛稱。謂其騙大人也。

koái
柺 老人杖也。老人所以扶行者也。李托～lí-thok～⇨八仙之一的李鐵柺的俗稱。龍頭～liông-thâu～⇨杖頂彫龍之柺。老人～lāu-lâng～⇨同上。紳士～sîn-sū～⇨紳士杖。

【柺仔 koái-á】 柺杖之通稱。～～刀～～to⇨暗藏利刀之柺杖。～～頭～～thâu⇨柺杖之頂端。攻～～頭kòng～～thâu⇨謂受老輩責備。～～舉扵你道知～～giâ-leh lí tō chai⇨老了你就知道事之嚴重(指疾病等)。弄～～花lāng～～hoe⇨耍柺杖。耍棍子。乞食有食更扵弄～～花khit-chiah ū-chah koh-teh lāng～～hoe⇨謂乞食吃飽了居然會耍柺杖就是蕩拐ōng-koái。有食ū-chiah亦喩豐富。

【柺杖 koái-tiāng】 柺與杖。杖tiāng，孝杖hà-tn̄g，亦棒也，可當柺也。

koái
蒯 蒯通嘴koái-thong-chhùi⇨會講話。恔講話gâu-kóng-ōe。～～～胡纍纍～～～hô·-lùi-lùi⇨謂如蒯通之嘴的恔講亂蓋。胡纍纍hô·-lùi-lùi，鬚多。喩亂蓋。蒯通者，楚漢分爭時的辯士，曾說韓信獨立。信及被擒，始悔不從其言。

koài
怪 奇異曰怪koài。疑忌亦曰怪koài。妖～iau～⇨同上。妖精鬼～iau-chiaⁿ-kúi～⇨同上。莫～bok～⇨不可疑忌。不可懷疑。難～lân～⇨略同前。奇～kî～⇨亦奇亦怪。有可懷疑。

【怪人 koài-jîn】 koài-lâng。鐘樓～～cheng-lâu～～⇨法國的古典小說名。

【怪人 koài-lâng】 有怪癖之人。彼顆～～都合人無共款hit-kho·～to kah(kap)-lâng bô kāng-khoán⇨那個怪人是與人不同的。顆kho·，亦個ê也，亦人也。亦作件khian。彼件所hit-khian-só·⇨那傢伙。

【怪物 koài-bu̍t】 奇怪的東西。怪癖之人。怪事～～koà-sū～～⇨奇怪的事物。本市的～～pún-chhī ê～～⇨本市無人不知之怪人。

【怪狀 koài-chōng】 奇形～～kî-hêng～～⇨奇異形狀，模樣。

【怪奇 koài-kî】 奇怪。世局極盡複雜～～sè-kio̍k ke̍k-chīn ho̍k-cha̍p～～⇨同上。

【怪怪 koài-koài】 甚怪。不自然。奇奇～～kî-kî～～⇨非常複雜怪異。感覺著～～kám-kak tio̍h～～⇨覺得甚不自然。

【怪事 koài-sū】 奇異之事。～～逐年有，今年特別夥～～ta̍k-nî-ū, kin-nî te̍k-pia̍t-chē⇨同上。

【怪風 koài-hong】 鬼風。平白突起之風。

【怪俏 koài-siâu】 奇怪。不可思議。俏siâu，偶然也。迷生於俏。安怎會許～～也，較想都想無an-choá$^{n}$ ē hiah～～à, khah-siū$^{n}$ to siū$^{n}$-bô⇨爲何會那麼奇怪也，怎麼想都想不到。

【怪異 koài-ī】不尋常。～～的現象～～ê hiān-siong⇨同上。

【怪術 koài-su̍t】妖術iau-su̍t。

【怪傑 koài-kia̍t】優秀人材。田徑的～～tiân-kèng ê～～⇨優秀奇特的田徑人才。

【怪談 koài-tâm】鬼故事。古屋～～kó͘-ok～～⇨同上。

【怪癖 koài-phiah】奇異的習氣。～～自是，悔悟必多～～chū-sī hóe-gō͘ pit-to⇨自以爲怪癖並無不對而不改，將來必多反悔。

【怪獸 koài-siù】罕見之野獸。異禽～～ī-khîm～～⇨同上。

## koai$^{n}$

koai$^{n}$ **關** 閉也。囚禁曰關koai$^{n}$。門該～mn̂g-ài～⇨同上。掠去～lia̍h-khì～⇨同上。

【關乖 koai$^{n}$-koai】坐牢使改過遷善。細漢每該～～的sè-hàn mā-ài～～ê⇨年少也要坐牢使他改過自新。

【關門 koai$^{n}$-mn̂g】閉門。～～出～～chhut⇨招壻携妻離岳家獨立，岳家不分予財產爲關門出。～～厝內坐，雨拍天窗來～～chhù-lāi-chē, hō͘ phah-thi$^{n}$-thang lâi⇨喩意外的災禍。雨hō͘與禍hō͘諧音。

【關監 koai$^{n}$-ka$^{n}$】坐牢。猶抮～～iáu teh～～⇨猶在監中。

【關死死 koai$^{n}$-sí-sí】門關密得打不開。

【關鬼門 koai$^{n}$-kúi-mn̂g】地獄世界七月一日開鬼門khui-kúi-mn̂g，放出遊魂餓鬼自由討食。至七月末日～～～，即諸鬼必須返回地獄。

【關密密 koai$^{n}$-ba̍t-ba̍t】門關得一絲不漏。

【關緊緊 koai$^{n}$-kín-kín】緊緊關門。速速關門。搶著關門。例如時間未到，或人未齊就關門，就有此怨言。

【關館仔 koai$^{n}$-koán-á】坐館仔chē-koán-á。坐牢。館仔指監牢的洋式房屋。

koai$^{n}$ **杠** 床前橫木也。杠kdng也，夷床之橫木也。俗作杆hoâi$^{n}$，杆kan者，木挺，卽直木也。家私器具之橫杠hoâi$^{n}$-kang皆曰杠koai$^{n}$。眠床～bîn-chhn̂g～⇨同上。桌～toh～⇨桌仔～toh-á～⇨同上。椅～í～⇨椅仔～í-á～⇨同上。橫～hoâi$^{n}$～⇨橫杠hoâi$^{n}$-kang。

koái$^{n}$ **桿** 銃桿chhèng-koái$^{n}$也。又稱桿chhìn-koái$^{n}$也。皆指其木質部份。杆之俗字。

koái$^{n}$ **稈** 禾莖也。稻～tiū～⇨同上。麥～be̍h～⇨同上。芹蕉～kin-chio～⇨香蕉莖。芋～ō͘～⇨芋荍ō͘-hoâi$^{n}$。菜～chhài$^{n}$～⇨菜葉之主軸。禾曰稈，芋曰荍。

koái$^{n}$ **荍** 芋莖也。芋萩ō͘-koái$^{n}$亦曰芋稈。芋荍干ō͘-hoâi$^{n}$-koa$^{n}$却不曰芋稈干ō͘-koái$^{n}$-koa$^{n}$。

koài$^{n}$ **慣** 慣koàn也。猶未慣抮iá-bōe-koàn-lè⇨猶未慣抮iá-bē-koài$^{n}$-lè。

koâi$^{n}$ **懸** 懸koân也。人懸懸lâng-koân-koân⇨人懸懸lâng-koâi$^{n}$-koâi$^{n}$。

koāi$^{n}$ **乖** 戾也。曲也。異也。背也。手勢不舒暢曰乖koāi$^{n}$。手～抮傴創chhiú～leh bái-chhòng⇨手勢略有歪斜，工作難爲。創chhòng，作爲皆曰創chhòng，亦做chò(chòe)也。七歪八～chhi̍t-oai$^{n}$-peh(poeh)～⇨非常的歪乖。

【乖乖 koāi$^{n}$-koāi$^{n}$】乖抮koāi$^{n}$-leh。手～～chhiú～～⇨同上。

【乖著 koāi$^{n}$-tio̍h】扭傷。～～手～～chhiú⇨手扭傷了。～～脚～～kha⇨同上。～～腰脊骨～～io-chiah-kut⇨扭傷了腰骨。

【乖抮 koāi$^{n}$-lè】在乖的狀態中。手～～chhiú～～⇨同上。脚～～kha～～⇨同上。索仔～～⇨皆指其歪曲的狀態。

## koaihⁿ

koaihⁿ
**乖** 同乖koāiⁿ。戾也。曲也，背也。左手～tò-chhiú～⇨同上。

【乖手 koaihⁿ-chhiú】 慣使左手。又其人。～～仔～～á⇨同上。

【乖乖 koaihⁿ-koaihⁿ】 同乖乖koāiⁿ-koāiⁿ。

【乖著 koaihⁿ-tioh】 同乖著koāiⁿ-tioh。

【乖抳 koaihⁿ-leh】 同乖抳koāiⁿ-lê。

koaihⁿ
**乖** 同乖koaihⁿ。

koaihⁿ
**喈** 二鳥和鳴也。鳥聲也。同類之聲也。鵝母抳～gô·-bó teh～⇨鵝母gô·-bú在鳴叫。嘰～kıh～⇨同上。

【喈喈 koaihⁿ-koaihⁿ】 鵝母哮～～gô·-bó háu～～⇨同上。

【喈喈叫 koaihⁿ-koaihⁿ-kiò】 ㊀鵝聲。哮到～～～háu-kà～～～⇨同上。㊁聲音。放屁挨土礱，更～～～pàng-phùi e-thô·-lâng koh～～～⇨放屁，放臭屁，喝人胡說之詞。謂你放狗屁，更放得有聲有色。喈喈叫 koaihⁿ-koaihⁿ kiò亦曰嘰喈叫kıh-koaihⁿ-kiò。

【喈喈哮 koaihⁿ-koaihⁿ-háu】 鵝抳～～～gô· teh～～～⇨同上。

## koan

koan
**觀** 視也。審視也。意識也：主～chú～。客～kek～。如是～jî-sī～。遊覽也。

【觀光 koan-kong】 遊覽。～～團～～thoân⇨同時遊覽之一隊人。

【觀念 koan-liām】 意識。士大夫～～sū-tāi-hu～～⇨士大夫的想法。～～錯誤～～chhō-gō·⇨意識上有錯誤。

【觀風 koan-hong】 古時科學的模擬考試。考～～khó～～⇨參加模擬考試。

【觀音 koan-im】 佛名。亦即觀世音菩薩koan-sè-im-phô·-sat。佛像最美麗的女形菩薩。恰如～～許爾婎kah-ná～～hiah-ní-súi⇨恰如觀音那麼漂亮。～～媽～～má⇨觀音。寃枉～～媽偷拎蝦仔醢oan-óng～～～mā thau-ni hê-á-kê⇨喻寃枉好人之甚。觀音食齋之佛，豈有食蝦仔醢之理。～～亭～～têng⇨觀音的小廟。～～菜～～chhāi⇨芥藍菜。～～竹～～tek⇨鳳尾竹。～～鬃～～chang⇨觀音的髮式。～～媽面前～～má bīn-chêng⇨(歇後語)謂無好囝bô-hó-kiáⁿ。意含本不是善類，你不可太輕侮之。據説觀音慣收惡少予以教育善導而使成佛。～～佛～～hut⇨觀音佛祖。～～力士～～lek-sū⇨觀音，亦稱大士tāi-sū。～～在所～～chāi-só·⇨(賊仔白)謂有女人在。～～～～大香共伊燒去～～～～toā-hiuⁿ kā-i sio-khì⇨謂有女人在，快放尿！偷鷄小賊，看有女人在，故意放尿，婦女必避之，賊可乘機偷之而去。

【觀看 koan-khoàⁿ】 注意看。觀察。

【觀望 koan-bōng】 在傍觀察。不積極參與。～～態度～～thài-tō·⇨同上。

【觀測 koan-chhek】 觀察測量。天文～～所thian-bûn～～só·⇨小天文台。

【觀察 koan-chhat】 視察。古官名。

【觀劇 koan-kek】 觀賞戲劇。

【觀天台 koan-thian-tâi】 天文台。

【觀人意 koan-jîn-ì】 觀察人的喜怒哀樂。善～～～siān～～～⇨同上。

【觀兵式 koan-peng-sek】 觀兵，閱兵的典禮。

【觀月會 koan-goat-hōe】 仲秋賞月的集會。

【觀星台 koan-seng-tâi】 天文台。氣象台。又叫觀象台koan-siōng-tâi。

【觀象台 koan-siong-tâi】 天文台或觀星台。

【觀山玩水 koan-san-oán-chúi】 遊山玩水。

【觀前顧後 koan-chêng-kò͘-āu】 瞻前顧後。

koan **冠** 帽子之類也。首也。弱～jio̍k(jia̍k)～⇨男子二十歲。古禮男二十歲而戴冠爲成人。鳳～hōng～⇨皇后的帽子。王～ông～⇨王帽。又瓶蓋亦曰王冠。衣～禽獸i～khîm-siù⇨喻人之行爲違背五倫如禽獸者。

【冠軍 koan-kun】 諸軍之冠。今謂各種比賽之得勝者爲冠軍。

【冠帶 koan-tài】 戴冠束帶。古官員的制服。天地顛倒返，暗藍刣紅頂，並無起～～，殺死縣堂頂thiⁿ-tē tian-tó-péng,àm-lâm thâi âng-téng, pēng-bô khí～～, sat-sí koān-tn̂g-téng⇨清末，有林有禮者(紅頂的統領職)，元旦拜年，被殺死於彰化縣堂上，此字白乃事件後見於彰化市面者。余童年，外祖父李淵公曾親口將其故事告余，惜今但記此字白而已。

【冠冕 koan-bián】 做官。～～堂皇～～tông-hông⇨喻榮顯光明。

【冠笄 koan-ke】 男二十而冠，女十五而笄。今婚禮上亦留有男戴冠女戴笄的儀式。

【冠蓋 koan-kài】 官員的帽與其所乘車輛的蓋。～～如雲～～jî(jû)-hûn⇨官員的聚合。～～雲集～～hûn-chi̍p⇨喻貴官顯紳集合的盛況。

koan **官** 官吏也。加～進祿ka～chìn-lo̍k⇨升官加薪也。朝內無人莫作～tiâu-lâi-bû-jîn bo̍k-chokkoan⇨朝廷中沒有親戚朋友做奧援則不可做官。呼吸器～ho͘-khip khì～⇨同上。

koan **棺** 收屍之具也。寄～kià～⇨同上。運～ūn～⇨同上。在床曰尸，在棺曰柩。

【棺木 koan-bo̍k】 棺材。俗稱棺柴koaⁿ-chhâ。板仔pán-á。

【棺柩 koan-khiū】 棺材。

【棺椅 koan-í】 墊棺材脚的矮椅。

【棺窟 koan-khut】 墓穴。

【棺煞 koan-soah】 棺材的煞氣(殺氣，謂能傷人)。

【棺罩 koan-tà】 蓋棺材外面的綉花(龍)布幕。

【棺槓 koan-kǹg】 抬棺材的大棒。

【棺嫺 koan-kán】 伴死者的紙製女婢。

【棺槨 koan-kok】 槨，外棺也。棺收屍，未必爲木料；槨收棺，皆以木料製之。

【棺底鞋 koan-té-ê】 鞋底成棺材型的鞋。

【棺頭紙 koan-thâu-choá】 死後親族致祭的金銀紙。～～衣衾～～i-khim死者所需之物也。

koan **捐** 廢棄也。獻財也。稅名。教育～kàu-io̍k～⇨教育稅。

【捐納 koan-la̍p】 捐貲納票以得官。清制京官郎中以下，地方官府縣以下，皆可捐貲得之，並且有公定的價格。～～的知縣～～ê ti-koān⇨錢買的縣長。

【捐監 koan-kàm】 捐錢換來的監生。

【捐錢 koan-chîⁿ】 獻出財物作善舉。捐金koan-kim⇨同上。捐銀koan-gîn義皆同。

【捐館 koan-koán】 人死。謂人住館舍，死則必出館舍讓給別人居住。

【捐軀 koan-khu】 獻身。犧牲身體。

【捐獻 koan-hiàn】 捐出財物。

koan **關** 入境之要道也。機捩也。連繫也。動員神鬼亦曰關koan。機關ki-koan⇨凡官署，社會團體，人民組織皆曰機關。機關團體ki-koan thoân-thé。軍事機關kun-sū-ki-koan⇨同上。鬼門～kúi-mn̂g～⇨入鬼域之關口。

【關刀 koan-to】 關公的大刀。刀身半月形的大刀。

【關切 koan-chhiat】 關心。逐家所～～的ta̍k-ke só͘～～ê⇨大家所關心的。

【關公 koan-kong】 關羽的尊稱。～～面的～～bīn-ê⇨紅面如關羽的人。～～賣豆腐～～bē tāu-hū⇨喻用材不得其宜。～～敢刣人，不敢俾人刣～～káⁿ thâi-lâng, m̄-káⁿ hông-thâi⇨謂非大丈夫。敢殺人不敢被人殺。俾人

hō·-lâng切爲hông。

【關心 koan-sim】 留心。心所繫之。～～囝兒的婚姻 ～～ kiáⁿ-jî ê hun-in⇨留心子女的婚姻問題。

【關防 koan-hông】 ㈠防守關隘之處。㈡印信的一種。臨時性的特別印信，是長方形的。正印是方形的。

【關門 koan-bûn】 關隘之地。入境之門。

【關係 koan-hē】 彼此的牽連。～～密切～～ bit-chhiat⇨彼此連繫很緊密。～～重大～～tiōng-tāi⇨連繫很重要。牽連很重要(例如彼此對某事)。微妙的～～bî-miāu ê～～⇨同上。男女～～lâm-lí～～⇨同上。

【關涉 koan-siap】 關係所及。～～甚廣～～sīm-kóng⇨所涉及的範圍甚廣大。

【關稅 koan-sòe】 稅關對通過貨物所課征的稅金。

【關童 koan-tâng】 童乩起輦也。使童乩(tâng-ki)起輦khí-lián曰關。

【關隘 koan-ài】 出入境要道。把守～～pé-síu～～⇨防守關隘。

【關煞 koan-soah】 小兒生時日月有關的災厄。也是迷信的一種名堂。帶～～tài～～⇨有關煞的命。

【關餉 koan-hiòng】 關稅。進口稅。餉亦讀hiàng。

【關鍵 koan-kiàn】 扼要之處。成敗死活所繫的重要點。～～人物～～jîn-but⇨同上。問題的～～ būn-tê ê～～⇨同上。民族死活的～～bîn-chok sí-oah ê～～⇨同上。

【關老爺 koan-ló-iâ】 關羽的尊稱。～～～面前舞大刀 ～～～ bīn-chêng bú toā-to⇨同班門弄斧pan-bûn-long-hú。

【關神明 koan-sîn-bêng】 使神藉童乩顯靈之術。或稱關童乩koan-tang-ki，或關輦橋koan-lián-kiō。其實皆一事之異名。此等關koan如屬實卽係動員神鬼也。

【關帝廟 koan-tè-biō】 奉祀關公的廟。當頭白日抾搶～～～ tng-thâu-peh-jit teh chhiúⁿ～～～⇨白日當頭而在搶劫關帝廟。譏白天行房。

【關落陰 koan-loh-im】 亦降靈術或催眠術。法與關三姑仔大同小異。

【關三姑仔 koan-saⁿ-ko·-á】 婦女間所行的一種降靈術或催眠術。月夜受術者蒙眼坐小椅，在燒金燒香中，施術者卽巫婆口中唸唸有詞，卽有三姑仔者引導受術者到陰間與其亡父母等相會談論家事。

**koan 顴** 頰也。頰骨也。

**koan 涓** 小泉也。選擇soán-tek也。泉涓涓而始流 choân koan-koan jî sí-liû⇨始流或爲成溜sêng-liû，乃潘岳射雉賦中之一句。

【涓吉 koan-kiat】 選擇良時吉日。～～敬備菲酌候教 ～～ kèng-pī hui-chiak hāu-kàu⇨請帖常見的套詞。

**koan 鰥** 無妻曰鰥。無夫曰寡。

【鰥夫 koan-hu】 無妻之漢子。

【鰥寡 koan-koáⁿ】 無妻曰鰥，無夫曰寡。～～孤獨～～ko·-tok⇨無妻者，無夫者，又無父曰孤，無子曰獨。皆不幸者也。

**koán 管** 有孔之樂器。拘束也。包攬也。干涉也。主～chú～⇨一個工作班之首。總管chóng-koán⇨綜理整個事務者。託～thok-koán⇨委託管理。頂司～下司，鋤頭～畚箕téng-si～ē-si, ti-thâu～pùn-ki⇨上級的官管下級的官，鋤頭也想依法泡製管管畚箕。嘲人妄自尊大。你曷共人～lí-ah kāng～⇨你何能管我。何勞你管。共人kā-lâng切爲kāng。～你～lì⇨不管你。你lì第二聲變第三聲。我～你去死goá ～ lí khì-sì⇨你去死我亦不管也(氣頭話)。

【管人 koán-lâng】 管理別人。干涉別人。你曷～～佅嫁抑不嫁lí ah～～boeh-kè-ah-m̄-kè⇨你管得了別人要嫁或不嫁嗎。我要嫁不嫁，你都無權干涉。

**【管工 koán-kang】** 管理工員的事務。監督工人。

**【管內 koán-lāi】** 管轄之地。管區之內。

**【管他 koán-tha$^{n}$】** 不理他。不問他事。不～～，錢若還清楚都好也put～～, chî$^{n}$-nā hêng-chheng-chhó tō-hó-à⇨不管如何，錢如能清還就可以了。

**【管伊 koán-i】** ㊀管理他。干涉他。㊁koán-ī。不管他。你曷～～lí-ah～～⇨你爲何要管他。不管好了。～～天地幾斤重～～thi$^{n}$-tē kúi-kin tāng⇨管他天地多重。謂什麼都不管。什麼都與我無干。

**【管甫 koán-hú】** 高利貸。清代戍台之兵分駐各地以管治安。故稱之爲管甫。甫當爲埠之訛。這班官兵多弄錢放利。取利甚高。～～利～～lāi⇨亦稱五虎利gō·-hó·-lāi。高利也。借錢一百日取利五分，至還母之日爲止。據說：昔台南有張某者，本讀書人亦放重利。人稱張管甫，擁資雖厚，而子女多夭折。已不能保有矣。擋久道輸～～tòng-kú tō su～～⇨對抗久了，就會輸給管甫。蓋不能負荷其重利而投降也。

**【管見 koán-kiàn】** 小意見。己見的謙詞。

**【管束 koán-sok】** 監督。管教。對囝兒的～～眞嚴tùi-kiá$^{n}$-jî ê～～chin-giâm⇨對兒女的管教很嚴謹。

**【管門 koán-mn̂g】** ㊀管門戶。㊁樂器的音調。～～無合～～bô-hah⇨音調不調和。

**【管事 koán-sū】** 執事。主管事務的人。～～租～～cho·⇨地方政府爲管事(主管錢糧)們的薪餉從特定的田地所征收的佃租。

**【管家 koán-ke】** 處理家政。眞佼～～chin-gâu～～⇨很會治家。又奴僕之首亦曰～～。～～婆～～pô⇨①承辦家內雜務的婦女。②好管閒事的婦女 (見家婆ke-pō·條)。

**【管絃 koán-hiân】** 音樂。管樂與絃樂。～～樂團～～gak-thoân⇨管樂絃樂合奏的樂隊。

**【管區 koán-khu】** 管轄區。派出所的～～phāi-chhut-só· ê～～⇨同上。

**【管理 koán-lí】** 掌理。～～人～～jîn⇨擔任管理的人。

**【管桶 koán-tháng】** 古時在糖廍製糖工作中，移糖水過桶直至成糖的工作。做其工作的人。又稱熟糖的sek-thn̂g-ê。甘蔗汁加熱直到水分蒸發成糖曰熟糖sek-thn̂g。

**【管業 koán-giap】** 管理產業。產業。陳家的～～tân-kà ê～～⇨陳家的產業。

**【管樂 koán-gak】** ㊀管仲樂毅。㊁管樂器。管樂器爲主的音樂。

**【管駕 koán-kà】** 船長。小船之長。

**【管監 koán-ka$^{n}$】** 管理監獄。

**【管賬 koán-siàu】** 主辦財務會計。～～的～～ê⇨主辦財務會計的人。

**【管錢 koán-chî$^{n}$】** 主管財務。

**【管轄 koán-hat】** 治理。南投鎭～～的lâm-tâu-tìn～～ê⇨南投鎭治理的地方，亦即南投鎭管內。南投已經升爲市。

**【管櫃 koán-kūi】** 管理金庫。主辦財務出入。出納事務。

**【管糧 koán-niû】** 主管糧食。

**【管顧 koán-kò·】** 管理與照顧。交帶地方～～kau-tài tē-hng～～⇨命令地方機關管理保護。

**【管籠 koán-láng】** 管理箱籠。～～的～～ê⇨戲班管理衣裳道具的人。

**【管待伊 koán-thāi-i】** 不管他。你～～～lí～～～⇨不管他好了。

**【管待你 koán-thāi-lí】** 不管你。我～～～goá～～～⇨我不管你。

**【管保的 koán-pó-ê】** 擔任保甲區巡邏的警員。

**koán 舘** 客舍也。屋舍也。旅～lí～⇨客舍。圖書～tô·-su～⇨收藏圖書之房屋。洋～iûⁿ～⇨洋人之家，洋式舘舍。

【舘夫 koán-hu】 旅社的工人。

【舘仔 koán-á】 ㊀小洋房。㊁監獄。掠去坐～～也liah khì chē～～ à⇨抓去坐監了。按日據時，新建警察機關皆仿洋房。被逮者皆先到警局拘留，是爲坐洋房，亦卽坐舘仔之始。

【舘主 koán-chú】 同館頭。

【舘客 koán-kheh】 旅客。

【舘師 koán-su】 書房之教師。

【舘穀 koán-kok】 束修之外的食米。

【舘頭 koán-thâu】 監獄之頭。

**koàn 眷** 親屬也。家～ka～⇨家裡的親人。携～赴任hê-～hū-jīm⇨偕同妻兒上任所。

【眷生 koàn-seng】 兩家結親，對於長輩者自稱爲眷晚生koàn-boán-seng，平輩則自稱眷弟koàn-tē，對於幼輩則自稱眷生koàn-seng。

【眷族 koàn-chok】 同眷屬。

【眷顧 koàn-kò·】 眷卽顧。作親人間的關照解。謬承～～biū-sîn～～⇨接受如親人的關照，書信上之客套話。

【眷屬 koàn-siok】 家族。

**koàn 罐** 瓦器可容物燒煮。今以鐵或玻璃容物者通稱曰罐koàn。

【罐仔 koàn-á】 罐類之通稱。酒～～chiú～～⇨酒瓶。豆油～～tāu-iû～～⇨豆油瓶。

【罐頭 koàn-thâu】 白鐵皮之罐裝食物類。～～行～～hâng⇨同上。～～食品公司～～sit-phín kong-si⇨同上。

**koàn 卷** 書籍也。文書簿册也。開～有益khai～iú-ek⇨打開書來念就會得到好處。勸人勤讀書的話。行萬里路讀萬～書hêng bān-lí-lō· thok bān～si⇨同上。手～chhiú～⇨可捲摺者。考～khó～⇨同上。

【卷一 koàn-it】 同類書之第一本。

【卷宗 koàn-chong】 官衙的檔案文件。

**koàn 捲** 捲簾koàn-liâm也。～～將軍～～chiang-kun⇨豬八戒天廷的官職。

【捲土重來 koàn-thó·-tiōng-lâi】 重整威風。江東子弟多才俊，～～～～未可知kang-tong chú-tē to-châi-chùn, ～～～～ bī-khó-ti⇨唐詩。惜項羽投烏江也。

**koàn 券** 一種憑證。招待～chiau-thāi～⇨同上。彩～chhái～⇨同上。債～chè～⇨同上。准考～chún-khó～⇨同上。穩操勝～ún-chho sèng～⇨有把握必勝。

**koàn 盥** 洗手也。盥洗室koàn-sé-sit⇨洗手間。

**koàn 灌** 灌溉也。注入也。飲也。小木林也。～木林～bok-lîm⇨同上。

【灌入 koàn-jip】 灌。～～孔～～khang⇨注入孔。

【灌木 koàn-bok】 小木。～～林～～lîm⇨小木之叢林。

【灌水 koàn-chúi】 ㊀注水入內。～～的豬肉～～ê ti-bah⇨同上。㊁誇張。你的話有～～無lí ê ōe ū～～bô⇨你的話有無誇張。

【灌風 koàn-hong】 打氣入車胎。車輪該～～也chhia-lián āi～～a⇨同上。

【灌屎 koàn-sái】 對通姦等亂倫者的一種私刑。傷狡怪掠來～～siuⁿ-káu-koài liah-lâi～～⇨太過狡猾抓來灌屎吧。

【灌溉 koàn-khài】 灌水入耕地。～～水路～～chúi-lō·⇨埤圳等的農田引水路。

【灌腸 koàn-chhiâng】 ㊀灌煙腸。㊁洗腸。醫療法之一。

【灌鉛 koàn-iân】 骰仔灌鉛tāu-á～～⇨詐賭用的。

【灌管 koàn-kóng】 強牛食料之斜口竹筒。無牛～～不孝bô gû～～m̄ hāu⇨非以牛灌管強灌之不食也。孝hāu，食的粗話。孝孤hāu-ko⇨孝敬孤鬼游魂也。

【灌漿 koàn-chiuⁿ】 多食蝦類豆腐類使種痘

後發痘良好。多食佳餚增加精力。

【灌藥 koàn-io̍h】 強灌藥品入口。共囡仔～～仔kā gín-á～～á⇨同上。

【灌土猴 koàn-tô͘-kâu】 ㊀從土猴孔口注入大量的水，迫土猴出孔以捉之，小童的遊戲。㊁大量吞飲飲料，尤其酒。未輸～～～哩bē-su～～～lî⇨恰如灌土猴一樣的飲法。

**koàn 貫** 通也。穿也。連～作業liân～chok-gia̍p⇨同上。一～作風it～chok-hong⇨同上。

【貫耳 koàn-ní】 入耳ji̍p-ní。如雷～～jî-lûi～～⇨同上。

【貫串 koàn-chhoàn】 連貫liân-koàn。熟練精通(貫與慣通)。彼孔的阿三都上～～也hi̍t-khang-ê a-sam to siāng～～à⇨那種事情，阿三是最熟悉的了。

【貫注 koàn-chù】 集中注意。～～精神～～cheng-sîn⇨同上。

【貫通 koàn-thong】 通徹。通過。隧道～～也sūi-tō～～a⇨同上。豁然～～hat-jiân～～⇨了徹大悟(學問，思想等)。

【貫滿 koàn-boán】 滿盈也。罪惡～～chōe-ok～～⇨充滿罪惡。罪大惡極了。同貫盈koàn-êng。

【貫徹始終 koàn-thiat-sí-chiong】 一心一德，～～～～it-sim-it-tek～～～～⇨始終一貫，不休不息。

**koàn 慣** 習也。習～性si̍p～sèng⇨同上。未～啦bē～là⇨不習慣也。

【慣手 koàn-chhiú】 熟手se̍k-chhiú。做得很多能夠做得得心應手。彼項的阿三上～～hit-hāng-ê a-sam siāng～～⇨那個事阿三最慣手。

【慣性 koàn-sèng】 物理學名詞。物體常欲維持其現有動或靜的狀態。

【慣習 koàn-si̍p】 習慣。

【慣勢 koàn-sì】 習以爲常。～～也～～à⇨習慣了。～～成自然～～sêng-chū-jiân⇨習慣了變成自然。積非成是。

【慣者爲師 koàn-chiá-ûi-su】 習慣了可爲師父的人。經驗多者可爲老師。

**koân 峘** 岌ke̍h之對稱。大山～小山岌tāi-san～siáu-san-kip⇨同上。人無～岌lâng bô～ke̍h⇨人皆平等。

【峘山 koân-soa$^n$】 峘山。企～～看馬相踢khiā～～khoà$^n$ bé sio-that⇨站在高山上看馬相鬥。喻站在局外看人爭鬥。不加左右袒亦不爲仲裁。

【峘大 koân-toā】 高而大。伊的漢草不止仔～～i ê hàn-chháu put-chí-á～～⇨他做男人的身裁很是高大。

【峘手 koân-chhiú】 技藝或學問很高段。阿木仔是圍棋的～～a-bo̍k-á sī ûi-kî ê～～⇨阿木是圍棋的高段者。

【峘岌 koân-ke̍h】 高與低。一頭高一頭低。～～肩～～keng⇨高低肩。擔東西時，肩頭不平均。～～頭～～thâu⇨一頭高一頭低。～～耳～～hī$^n$⇨耳仔(手把)一邊高一邊低。看人～～目khoà$^n$-lâng～～ba̍k⇨待人不平等。

【峘坎 koân-khām】 高崖。大坎toā-khām。

【峘位 koân-ūi】 ㊀地勢高。坐於～～chē tī～～⇨坐在高的地方。㊁官位高。做官做到眞～～也chò-koa$^n$ chò-kà chin～～ā⇨做官做得官位很高了。

【峘官 koân-koa$^n$】 顯達的官。

【峘音 koân-im】 高音。阿姊唱～～，小妹唱岌音a-ché chhiù$^n$～～，sió-moāi chhiù$^n$ ke̍h-im⇨姊唱高音妹唱低音。

【峘神 koân-sîn】 天上的神。對岌神ke̍h-sîn而言。

【峘級 koân-kip】 高級。讀眞～～的學校tha̍k chin～～ê ha̍k-hāu⇨讀著很高級的學校。

【峘峘 koân-koân】 高高的。鼻仔～～生囝生孫中狀元phī$^n$-á～～se$^n$-kiá$^n$-se$^n$-sun tiòng chiōng-goân⇨所謂講好話之一例。

【峘脚 koân-kha】 長脚。～～種仔～～chéng-á⇨稻的一種。

【峘粧 koân-chng】 高級的商品。～～茶～～tê⇨高級茶。

【峘椅 koân-í】 高脚椅。

【峘價 koân-kè】 高價。買主出到眞～～bé-chú chhut-kà chin～～⇨買方出得價錢很高。

【峘調 koân-tiāu】 高調。高論。唱～～chhiùⁿ～～⇨唱高調的歌，發高論。

【峘墻 koân-chhiûⁿ】 高高的圍墻。

【峘錫 koân-siah】 成分高的錫。峘銀koân-gîn⇨義與錫同。

【峘點 koân-tiám】 得分多。高手。寫字伊有～～siá-jī i ū～～⇨寫字他很有一手。他很會寫字。

koān
縣 行政區域。集鄉成縣。集縣成省，集省成國。知～ti～⇨今之縣長。各府州～kok-hú-chiu～⇨同上。

【縣令 koān-lēng】 縣的長官。縣長。

【縣份 koān-hūn】 縣的區域。

【縣官 koān-koaⁿ】 縣長。

【縣衙 koān-gê】 縣的衙門。縣政府。

【縣誌 koān-chì】 有關縣政的全般記錄。彰化～～chiang-hoà～～⇨彰化縣的記錄。

【縣學 koān-oh】 古之縣立學校。

【縣議會 koān-gī-hōe】 縣的立法機關。以民選的縣議員組織之，有議決縣總預算及一般縣政等之職權。

## koat

koat
訣 離別也。別死者也。秘法也。秘～pì～⇨①秘術。江湖一點～kang-hô· chit-tiám～⇨跑江湖的人全靠一個絕招。②性癖怪異。彼個人眞秘～hit-ê-lâng chin pì～⇨他那個人很怪異。歌～koa～⇨秘訣做成歌的形式。湯頭～～thng-thâu～～⇨漢藥名及處方的秘方。臨～lîm～⇨別死人。

【訣別 koat-piat】 離別。與家人～～í ka-jîn～～⇨同上。

【訣絕 koat-choat】 絕交。交絕。

koat
擱 批也，打也。掌耳也。扇動(騙人)也。俾你未～哩hō-lí bē(bōe)～lì⇨你騙不了我。又塗抹亦曰koat。女人～粉lí-jîn～hún⇨女人塗粉像抹壁。～水泥～chúi-nî⇨隨便以水泥抹壁。

【擱粉 koat-hún】 塗抹太厚之水粉。

【擱水粉 koat-chúi-hún】 抹粉boah-hún太厚曰擱koat。

【擱手蹄 koat-chhiú-tê】 打手心。

【擱豬胚 koat-ti-phoe】 扇動有錢的傻子弟拿出錢來共同花用。略同於扇大耳siàn-toā-hīⁿ。

【擱嘴酺 koat-chhùi-phé】 打嘴巴。掌耳光。

koat
決 水潰堤防也。必也。判斷也。殺囚人也。銃～chhèng～⇨槍殺囚犯。斬～chám～⇨斬殺囚犯。裁～chhâi～⇨同上。判～phoàⁿ～⇨同上。

【決心 koat-sim】 堅決下定主意。阿德～～娶阿美a-tek ～～ chhoā a-bí⇨阿德打定主意要娶阿美小姐。

【決犯 koat-hoān】 同決囚。

【決囚 koat-siû】 實施囚犯的行刑。執行死刑。

【決行 koat-hêng】 決定施行。核定施行。即案是主席自己～～的chit-àn sī chú-sek chū-kí～～ê⇨此案是主席自己批行的。

【決明 koat-bêng】 漢藥材名。

【決定 koat-tēng】 主意或計畫不再變更。我～～辭職goá～～sî-chit⇨同上。政府～～宣戰chèng-hú～～soan-chiàn⇨同上。

【決然 koat-jiân】 斷然。～～拒絕。～～kī-choat⇨堅定的拒絕。

【決裂 koat-lia̍t】 破裂。和談～～hô-tâm～～⇨同上。

【決意 koat-ì】 同決心。

【決算 koat-soàn】 收支實數的總清算。年度～～nî-tō͘～～⇨年度未的總清算。

【決斷 koat-toàn】 堅決的決定。阿才嫂眞有～～力a-châi-só chin ū～～le̍k⇨阿才嫂很有～～力。

【決議 koat-gī】 衆人的決定。議會～～休會抗議gī-hōe～～hiu-hōe khòng-gī⇨同上。

【決死戰 koat-sí-chiàn】 激烈的爭戰。

【決雌雄 koat-chhî-hiông】 定勝負。激烈的爭鬪。

**koat 刮** 削也，摩也。糊墻塗壁曰刮koat，亦曰刮koa̍t。做界耳，信採～～道可也。

【刮粉 koat-hún】 抹厚粉也。～～點臙脂～～tiám ian-chi⇨同上。

【刮牆 koat-chiû$^{n}$】 糊墻圍也。～～塗壁～～tô͘-piah⇨塗抹圍牆厝壁。

【刮目相待 koat-bo̍k siōng-thāi】 謂朋友相見不能以舊眼光相待也。士別三日，則更～～～～su-pia̍t sam-ji̍t, chek-kèng～～～～⇨讀書勤奮者，三日後再見，即有很大的進步。

**koa̍t 刮** 同刮koat。抹壁曰刮。抹厚粉亦曰刮。謂抹粉如抹壁也。

## koe

**koe 瓜** 蔓生植物。種類多。其果實多可供食用。㊀可當蔬菜者有：菜～chhài～⇨絲瓜si-koe，苦～khó͘～⇨同上。醃～am～⇨胡瓜ô͘-koe，因可醃漬也。㊁可當果子kóe-chí者有：西～si～⇨同上。梨仔～lâi-á～⇨同上。多～tang～⇨多作糖品。木～bo̍k～⇨獨此瓜爲木本而非蔓生。人一下衰，種匏仔生金～lâng chi̍t-ē-soe, chèng-pû-á se$^{n}$ kim～⇨金瓜者果實甚大，肉金黃色，但中看不中食，食之者甚少，種者可謂絕無，多屬園邊自生者也。種～得～chèng～tek～⇨有是因有是果。刣人種～thâi-lâng chèng～⇨古時的江湖魔術節目。多由所謂鳳陽婆仔行之。

【瓜子 koe-chí】 西瓜子的加工食品，過年用品之一。～～面～～bīn⇨瓜子形的美人面形。

【瓜仔 koe-á】 瓜類的總稱。～～皮～～phôe⇨同上。～～蒂～～tì⇨同上。～～田～～chhân⇨同上。

【瓜果 koe-kó】 瓜等的青果類。劉全進～～lâu-choân chìn～～⇨李世民派劉全進瓜贈送閻羅王的故事。

【瓜田李下 koe-chhân-lí-hē】 koa-tiân-lí-hā。容易招惹嫌疑的地方。君子防未然，不處嫌疑間，瓜田不納履，李下不整冠kun-chú hông bī-jiân, put-chhí hiâm-gî-kan, koa-tiân put-la̍p-lí, lí-hē put-chéng-koan⇨同上。

**koe 鷄** 鷄ke也。老鷄母lāu-ke-bó⇨老鷄母lāu-koe-bú。

**koe 街** 街ke也。大街toā-ke大街toā-koe。

**koe 蛙** 蛙ke也。老水蛙lāu-chúi-ke⇨老水蛙lāu-súi-koe。

**kóe 果** 果子kóe-chí也。瓜果koe-kó亦即青果類的通稱。食～～無拜樹頭chia̍h～～bô-pài chiū-thâu⇨喻忘恩負義。～～汁～～chiap⇨果汁kó-chiap。～～醬～～chiù$^{n}$⇨果醬kó-chiù$^{n}$。～～山～～soa$^{n}$⇨園地亦曰山soa$^{n}$。～～王～～ông⇨枇杷pi-pê的別稱。

**kóe 粿** 同餜kóe。米糖等爲材料所製的糕仔餅類。含水者曰粿kóe，乾者曰糕ko。炊～chhoe～⇨同上。春養餾～cheng-chī-liū～⇨同上。

【粿巾 kóe-kin】 蒸粿用的布條。

【粿仔 kóe-á】 白米磨碎加水蒸之而成，不加糖或餡，切成薄條加料炒或煮食。如米粉bí-hún然。食法完全相同。～～干～～koa$^{n}$⇨粿仔曬干。～～面～～bīn⇨喻好看的面貌。不止仔有一個～～面put-chí-á ū chit-ê～～～⇨很有一個粿仔面，意謂相當好看的面貌。所謂三姑六婆的用詞。～～湯～～thng⇨粿仔煮湯。

【粿印 kóe-ìn】 做粿的印模。有刻龜，桃或壽字等三種。總稱之爲紅龜粿âng-kóe。

【粿肚 kóe-tō͘】 有粿路的人。意謂食粿的肚。有餜路無～～ū kóe-lō͘ bô～～⇨謂餜吃下去了，肚子却不接受。

【粿盒 kóe-ap】 盛祭品的器具。

【粿袋 kóe-tē】 蒸粿用的特製白布袋。

【粿粞 kóe-chhè】 糝米磨碎離水半乾待做的粿料。

【粿葉 kóe-hioh】 做粿用的芭蕉等的樹葉類。

【粿路 kóe-lō͘】 粿類。有～～ū～～⇨對粿類很喜歡，遇粿必不退縮者。

【粿粽 kóe-chàng】 粽的一種。料米要磨碎。

【粿管 kóe-kńg】 蒸粿時用以透氣的小竹節。

kóe
改 改ké也。一字都俾你未改得chit-jī to hō͘-lí bē-ké-tit⇨一字都俾你未改得chit-jī to hō͘-lí bōe-kóe-tit。改名換姓ké-miâ-oāⁿ-sèⁿ⇨改名換姓kóe-miâ-oāⁿ-sìⁿ。改kái也。

kóe
解 解ké也。解說ké-soeh⇨解說kóe-seh。解毒ké-tok⇨解毒kóe-tok。無解藥道無救了bô ké-ioh tō bô-kiù-lò͘⇨無解藥道無救了bô-kóe-ioh-tō bô-kiù-lò͘。解kóe，解kái也。

kòe
過 通過也。超越也。轉移也。經驗也。次數也。傳病也。已往曰過kòe。跳道～thiàu tō～⇨一躍而過。對門口～tùi mn̂g-kháu～⇨同上。囡仔贏～大人gín-á iâⁿ～toā-lâng⇨同上。較高～山khah-koân～soaⁿ⇨同上。～做伊的名也～chō i ê miâ-ā⇨同上。攏創～也lóng chhòng～à⇨同上。一～也更一～chit～a koh chit～⇨同上。肺病會～人hī-pēⁿ ē～lâng⇨同上。會～代未～妻ē～tē be～chhe⇨謂某種病可能還傳到後代，但不傳給妻子。

【過人 kòe-lâng】 傳染於他人。彼類病會～～hit-lōe pēⁿ ē～～⇨那一種病會傳染。

【過刀 kòe-to】 斬首chám-siú。

【過山 kòe-soaⁿ】 越過山峰。～～不知囝啼～～m̄-chai kiáⁿ-thî～～⇨謂身在外，管不了家中事。～～庫～～轎～～khō͘～～kiō⇨都是燒給死者之物。庫khò͘，庫銀，算往陰府的過路費也。～～刀～～to⇨一種蛇名。

【過水 kòe-chúi】 ㈠漏水。粗磁會～～chho͘-hûi ē～～⇨粗磁會泄水。㈡涉水。過溪或過江。即條路去該～～chit-tiâu-lō͘ khì ài～～⇨跑這一條路需要涉水。㈢果子過熟。即粒鳳梨傷～～也chit-liap ông-lâi siuⁿ～～-ā⇨此顆鳳梨過熟了。㈣過了採收時期。荔枝～～去也lāi-chi～～khì-a⇨荔枝已過了採收期。亦即沒有荔枝可食了。又喻婚期。不緊嫁都要～～去也m̄ kín-kè to-boeh～～khì-à⇨不快出嫁快過熟了。

【過手 kòe-chhiú】 ㈠換手。物換主。㈡事做得完滿。達成目標。我看是～～也goá-khoàⁿ-sī～～à⇨我所觀察是功德完滿了。

【過厄 kòe-eh】 避過災禍。

【過戶 kòe-hō͘】 財產移轉登記。辦理～～手續pān-lí～～chhiú-siok⇨同上。

【過分 kòe-hun】 ㈠同過熟。果子～～也kòe-chí～～a⇨果子過熟了。無緊嫁要～～也bô-kín-kè boeh～～à⇨不快出嫁就要過熟了。㈡kòe-hūn，超過也。一隻牛起雙領皮，敢未傷～～chit-chiah gû khí siang-niá-phôe, kám-bē siuⁿ～～⇨同上。

【過引 kòe-ín】 引火。未～～bōe(bē)～～⇨火引不過。

【過日 kòe-jit】 ㈠日常生活。㈡次日。㈢日光遮不住。會～～猶未會用得ē～～iáu-bōe(bē) ē iōng(ēng) tit⇨陽光遮不死，還使不得。

【過孔 kòe-khang】 財務的善後。未得～～bōe(bē)-tit-～～⇨無法安搭。亦曰過關kóe-koan。

【過心 kòe-sim】 心安。無去看未～～bô khì-khoàⁿ bōe(bē)～～⇨沒看一下心裡不安(比如探病等)。

【過目 kòe-bak】 ㊀寓目。首相有～～否siú-siàng ū～～bô⇨首相看過了沒有。㊁中意。看有～～khoàⁿ ū～～⇨看了中意了。無～～bô～～⇨不中意。

【過去 kòe-khì】 已往。通過。～～現在，未來～～hiān-chāi, bī-lâi⇨同上。

【過半 kòe-poàⁿ】 大半。超過一半。好的有～～否hó-ê ū～～bô⇨好的東西有無一半以上。

【過皮 kòe-phôe】 傷口或瘡疔完全癒合了。

【過世 kòe-sì】 死亡。

【過失 kòe-sit】 失誤。失錯。不管是啥人的～～結果都是該有人負責m̄-koán sī siáⁿ-lâng ê～～kiat-kó to-sī āi ū-lâng hū-chek⇨誰過失也好，都是要有人負其責任。

【過代 kòe-tāi(tē)】 ㊀遺傳。遺傳傳染。癌講會～～gâm kóng ē～～⇨癌據說會遺傳。㊁有後嗣。人講歹心烏瀌肚未～～lâng-kóng pháiⁿ-sim o·-lok-tō· bē～～⇨同上。

【過冬 kòe-tang】 越冬，越年。田螺含水會～～chhân-lê kâm-chúi ē～～⇨喻忍耐等待機會。謂田螺只含水，也可以不死而逃過冬天。

【過字 kòe-jī】 過音。彈奏中，忽甲音變乙音。伊的弦仔眞㤉～～i ê hiân-á chin-gâu～～⇨他奏的弦仔很會過音。㤉亦作㤉gâu，慧也。

【過光 kòe-kng】 ㊀漏光。猶會～～iáu ē～～⇨還會漏光。㊁太明亮。㊂很精明。精通。就是～～藉會敗板chiū-sī～～chiah ē pāi-pán⇨就是太精明了才致失敗。

【過年 kòe-nî】 越年。新年。～～過節～～kòe-cheh⇨過年以及過中秋、端午、七夕、元宵等各節。～～～～藉有肉好食～～～～chiah-ū bah hó-chiah⇨謂古時生活物質缺乏。

【過帆 kòe-phâng】 轉帆。船轉換航路。

【過多 kòe-to】 太多。生產～～seng-sán～～⇨生產過多。

【過劫 kòe-kiap】 通過劫數。通過惡運、劫數盡矣。

【過身 kòe-sin】 ㊀死亡。太老～～去也有影否thài-lāu～～khì-ā ū-iáⁿ-bô⇨令尊死了是否眞的。㊁過去。～～的代誌～～ê tāi-chì⇨過去的事。

【過佃 kòe-tiān】 新舊佃戶接換。

【過肩 kòe-keng】 換肩。換～～oāⁿ～～⇨同上。

【過枝 kòe-ki】 ㊀鳥移別枝。㊁接木的一種方法。母木剪斷，接以別木的枝椏。㊂領養人之子爲己嗣亦曰過枝。

【過門 kòe-mn̂g】 ㊀門窗之上的橫木。㊁新娘入壻家。養女入養母家。

【過往 kòe-óng】 ㊀死亡。～～去～～khì⇨死了。㊁過去。～～的代誌～～ê tāi-chì⇨過去的事。

【過板 kòe-pán】 ㊀前曲過後曲的中間所奏的間奏曲。㊁被騙。俾伊～～去也hō· i～～khì-à⇨被他騙去了。乾乾被～～去kian-kian hō·～～khì⇨平白(眼看)被他做(瞞等)過手了。

【過房 kòe-pâng】 收養同宗之子。俾二伯彼邊～～hō·jī-peh hit-pêng～～⇨給二伯父那邊做過繼子。～～父母～～hū-bó⇨同上。～～兄弟～～hiaⁿ-tī⇨同上。～～業～～giap⇨因過房而獲得的業產。

【過後 kòe-āu】 過了之後。

【過面 kòe-bīn】 平安渡過難關。我看風颱恰如～～也goá-khoàⁿ hong-thai kah-ná～～ā⇨我看風颱期好像渡過去了。

【過指 kòe-chái$^{n}$】 奏弦仔過字。拍算盤過桁。皆喻其巧妙。會曉～～ê-hiáu～～⇨打算盤省用五數之子。

【過限 kòe-hān】 逾限期。

【過洋 kòe-iû$^{n}$】 渡過海洋。～～去美國～～khì bí-kok⇨渡洋到美國去。

【過度 kòe-tō͘】 超過程度。酒食～～去chiú chia̍h～～khì⇨酒喝得太多。酒色～～chiú-sek～～⇨同上。

【過症 kòe-chèng】 病重得已無能醫治。

【過海 kòe-hái】 渡過海洋。盤山～～poâ$^{n}$-soa$^{n}$～～⇨喻遠程艱苦跋涉。八仙～～pat-sian～～⇨八仙過海（各顯神通）。

【過粉 kòe-hún】 加粉。新粉刷的。有～～的ū～～ê⇨同上。

【過家 kòe-ke】 女人訪鄰居聊天。上佼～～siāng-gâu～～⇨最會過家。～～獵宅～～la̍h-theh⇨同過家。歸日干單仔扲～～～～耳kui-ji̍t kan-ta$^{n}$ teh～～～～niâ⇨整日只在作過家獵宅而已，正事全不爲。獵宅謂到人家居處一家又一家形同打獵。

【過宮 kòe-keng】 星換宮。～～星～～chhe$^{n}$⇨流星。俗亦曰落屎星仔。

【過飢 kòe-ki】 過度飢餓。枵了～～去iau-liáu～～khì⇨餓得太過了。

【過鬼 kòe-kúi】 過分精靈。做人傷～～亦不好chò-lâng siu$^{n}$～～a̍h m̄-hó⇨做人太過精靈也不好。

【過骨 kòe-kut】 ㊀骨斷再接合而痊癒了。㊁透骨。巧到～～khiáu kà～～⇨絕頂的聰明。

【過流 kòe-lâu】 魚肉等食料放得過久漸發惡臭。魚仔～～去也hî-á～～khì-à⇨同上。

【過班 kòe-pan】 換班。～～也～～a⇨換班了。

【過時 kòe-sî】 不及時。～～也～～ā⇨流行過了。赴不及流行了。～～曆日～～la̍h-ji̍t⇨舊的曆日，諭已不中用。

【過眼 kòe-gán】 通過眼前。～～雲煙～～hûn-ian⇨謂往事如過眼雲煙，已不能捉摸。

【過掛 kòe-koà】 ㊀過勞。牛使～～也gû sái～～à⇨牛使得過勞了。㊁病過重。等到～～去道無醫也tán-ká～～khì tō bô-i-a⇨等到過沈重就無法醫治了。

【過晝 kòe-tàu】 午時過了。較～～也khah～～â⇨中午過了之後。

【過堂 kòe-tn̂g】 法院開庭審問。

【過番 kòe-hoan】 往番邦。到外國去。～～做駙馬～～chò hū-má⇨到番邦娶番婆。

【過期 kòe-kî】 超越限期。

【過喟 kòe-khùi】 斷氣而死矣。昨暝藉～～耳châ-mê chiah～～niâ⇨昨夜才死的。

【過勞 kòe-lô】 辛勞過多。～～會致病。～～ē tì-pē$^{n}$⇨過勞會生病。

【過剩 kòe-sēng】 過多。生產～～seng-sán～～⇨同上。

【過渡 kòe-tō͘】 過渡船。～～時期～～sî-kî⇨彼此交替，新舊交接的中間時期。或謂過渡時代kòe-tō͘-sî-tāi。

【過意 kòe-ì】 心安理得。未～～bōe～～⇨過意不去。

【過溝 kòe-kau】 通過水溝。跳～～食三甌thiàu～～chia̍h-sa$^{n}$-au⇨童謠。

【過過 kòe-kòe】 謂不過如此。看～～khoà$^{n}$～～⇨不過如此。食～～chia̍h～～⇨吃定的。

【過溪 kòe-khe】 越過溪流。過江kòe-kang，過河kòe-hô皆同義。乞食～～行李敍khit-chia̍h～～hêng-lí-chē⇨喻遷居者行李必多。

【過路 kòe-lō͘】 通路。～～人～～lâng⇨旅客。～～客～～kheh⇨旅客。

【過槓 kòe-kǹg】 做過分。做過頭。話有較～～ōe ū khah～～⇨話說得畧過分。錢用～～去也chî$^{n}$ iōng～～khì-à⇨錢用過多了。

【過慮 kòe-lī】 ㊀過分焦慮。㊁錯怪別人。即個代誌未用得～～別人chit-ê tāi-chì bē ēng-tit ～～pat-lâng⇨此事不能錯怪別人。

【過盤 kòe-poâⁿ】 ㊀過分。較～～的話khah ～～ê ōe⇨較過分的話。㊁交易轉手。～～俾人去也～～hō·-lâng khì-ā⇨轉手給別人去了。

【過磅 kòe-pōng】 ㊀秤量輕重。行李該～～hêng-lí ài～～⇨行李需要過秤。㊁過多。酒食一下較～～去chiú chiah-chit-ē khah～～khì⇨酒一下子喝得過多。

【過舖 kòe-pho·】 換過眠床。換過睡眠的地方。～～道未睏得～～tō bē-khùn-tit⇨換過別床就睡不着。

【過嘴 kòe-chhùi】 ㊀傳話。做仲介。無人～～較歹辦bô-lâng～～khah pháiⁿ-pān⇨無人居中斡旋就難辦些。㊁傳話給第三者。絕對不當～～choat-tùi m̄-thang～～⇨絕不可對外人言。

【過賬 kòe-siàu】 債主換人。甲的負債轉爲乙的負債。換債主亦同。

【過磨 kòe-boâ】 經過琢磨。又過勞。不免傷～～也m̄-bián siuⁿ～～ā⇨不必太過勞了。

【過橋 kòe-kiô】 通過橋梁。～～較𡢃你行路～～khah chē(chōe) lí kiâⁿ-lō·⇨我過的橋多過你跑的路。謂自己是老大。經驗比你多。～～合雨傘～～hap-hō·-soàⁿ⇨防風。作謎語打防丰(藥材名)。防風，防丰諧音。同爲hông-hong。

【過頭 kòe-thâu】 過度。過分。行～～去也kiâⁿ～～khì-ā⇨行路超過目的地。又頭家，爐主thâu-ke, lô·-chú——主持的人新舊接替亦曰過頭kòe-thâu。該～～也ài～～ā⇨應該換主持人了。

【過謙 kòe-khiam】 過分謙卑。

【過額 kòe-giah】 超過數量。

【過覆 kòe-hok】 再查。～～幾仔遍也～～kúi-a-piàn-ā⇨再查數次了。

【過關 kòe-koan】 通過關卡。通過檢查。未～～bē(bōe)～～⇨不能通過。父母、師長，上司等不同意，皆謂未過關。考試不及格。物品檢查不通過等等亦曰未過關。奧得～～oh-tit～～⇨過關困難。

【過爐 kòe-lô·】 ㊀神出巡。媽祖～～má-chó·～～⇨媽祖過境。㊁新舊爐主換人。

【過癮 kòe-giàn】 作治癮。滿足慾望，以得精神爽快。即類代誌聽了眞～～chit-lōe tāi-chì thiaⁿ-liáu chin～～⇨此類事情聽了很滿足、爽快。

【過驗 kòe-giām】 通過檢查。該～～ài～～⇨必須送去檢驗。

【過了過 kòe-liáu-kòe】 白過。未見有其事。過了就算了。公衆代攏是～～～的較𡢃kong-chèng-tāi, lóng-sī～～～ê khah-chōe(chē)⇨公共的事多是講了算了的較多。家己不謳謳，別人謳謳～～～ka-kī m̄ o-ló, pat-lâng o-ló～～～⇨自己不讚美自己，等待別人來讚美是白等待，永無其機會的。謳謳o-ló，讚美也。誦誄也。誄lūi者歌功誦德之詞。

【過斗槩 kòe-táu-kài】 通過鑑定。娶您阿搭的轉來乎您爸仔～～～也否chhoā-lín-a-tah-ê tńg-lâi hō· lín-pâ-á～～～ā hohⁿ⇨帶你愛人回來給你老父鑑定了，對吧。斗槩táu-kài者，斗之附屬品，有斗必有槩。

【過五關 kòe-ngó·-koan】 ㊀關公過五關斬六將。㊁喩通過千辛萬苦而來的，不是泛泛之流。

【過未去 kòe-bō(bōe)-khì】 對不起tùi-put-khí。心肝內眞～～～sim-koaⁿ-lāi chin～～～⇨心裡過不去，內咎猶存。

【過外線 kòe-goā-soàⁿ】 喩死亡。

【過渡船 kòe-tō-chûn】 以渡船過河。

【過鹹水 kòe-kiâm-chúi】 通過鹹水—海洋的人。出過洋⇨去過外國的人。亦即經驗多的人。喩不是汎汎之輩。

【過河拆橋 kòe-hô-thiah-kiô】 喻忘恩負義。彼款～～～～的人，看伊若好hit-khoán～～～～ ê lâng khoàⁿ-i goā-hó⇨他那種忘恩負義之人，看他能夠發達到什麼程度(可預見也)。

【過奈河橋 kòe-nāi-hô-kiô】 喻萬般無奈。你要叫人～～～～人那肯lí boeh kiò-lâng～～～～ lâng ná-khéng⇨你要迫他走死路他那裏肯接受。

【過關斬將 kòe-koan-chám-chiàng】 喻非泛泛之輩。人伊是南征北討，～～～～過的人，咱曷敢合伊叭哈lâng-i sī lâm-cheng-pak-thó～～～～kòe ê lâng, lán ah-káⁿ kah-i peh-ha⇨人家他是能征慣戰，經驗豐富之人，我安敢與他唱對台。

kòe
**儈** 市儈chhī-kòe，老láu於市情之人。唯利是圖的商人。～～氣重～～khì tāng⇨帶著很重的市儈氣質。

kòe
**會** 會計kòe-kè也。今似乎多作會計hōe-kè矣。

kòe
**檜** 樹名。屬松柏之類。有紅檜âng-kòe，扁柏píⁿ-peh等之稱，爲最佳之建築材料。自生在高山峻嶺之上。經數十年來的亂伐，今似已不多見矣。

kòe
**冠** 冠koan也。帽也。蓋頭之物也。鷄～ke～⇨鷄頭上之紅肉也。鷄～花ke～hoe⇨花名。狀似鷄冠ke-kòe也。鳳～hōng～⇨地名。一段險路，有岩崖如刀尖，有小坑，有弔橋，全長約三、四公里。余童年曾由此路通學公學校。

【冠笠 kòe-leh】 冠讀如瓜。竹笠tek-leh也。竹笠亦屬冠koan帽bō之類也。戴～～tì～～⇨戴笠tài-lip。紅～～仔âng～～á⇨笠骨(竹篾)染朱紅色，懸有絲線的彩色笠仔鬚，亦甚美麗，爲愛媠ài-súi的少女們所喜戴者。今已不見矣。

kòe
**疥** 疥kè也。生疥seⁿ-kè⇨生疥siⁿ-kòe。

kòe
**界** 界kè, kài也。四界走sì-kè-cháu⇨四界走sì-kòe-cháu。

kòe
**怪** 埋怨bâi-oàn。懷疑禍之所來自也。不當～人m̄-thang～lâng⇨不該錯怪他人。

【怪人 kòe-lâng】 ～～無共伊湊脚手 ～～bô kā-i tàu-kha-chhiú⇨埋怨人家不曾協助他。略略仔道要～～lioh-lioh-à tō-boeh～～⇨動不動就要埋怨他人。

【怪疑 kòe-gî】 懷疑。濫擅～～lām-sám～～⇨烏白懷疑。～～阿花共伊講歹話 ～～a-hoe kā-i kóng phái ⁿ-ōe⇨懷疑阿花中傷她。

【怪神怪鬼 kòe-sîn-kòe-kúi】 無所不怪人。伊安爾～～～～變到無人敢插伊i an-ne～～～～pìⁿ-kà bô-lâng káⁿ chhap-i⇨他如此這般的烏白責怪他人，致使(而今)無人敢理他。

kôe
**醢** 醢kê也。肉類魚蝦類之重鹽漬食品也。鹹醢kiâm-kê⇨鹹醢kiam-kôe。

kōe
**痷** 手屈病也。工作上手之位置或方向等不自然曰痷手kōe-chhiú。

【痷手 kōe-chhiú】 khôe、chhiú安爾～～都呆創an-ne～～to pháiⁿ-chhòng⇨如此手勢不順難工作也。～～～～眞歹寫 ～～～～chin pháiⁿ-siá⇨手勢不自然難寫字。歹pháiⁿ俗作呆pháiⁿ。

## koeh

koeh
**郭** 姓氏。姓～sèⁿ～⇨同上。吳～魚gô͘～hî⇨吳郭兩先生從南洋引來飼養推廣之魚名。

koeh
**鍥** 鍥keh也。農刀。俗曰草鍥chháu-keh⇨草鍥chháu-koeh。

koeh
**撾** 以竹木小片揩過曰撾koeh。以玉石等堅滑之物揩痠痛亦曰撾。用些酒 ～ 看抡iōng-chē chiú～khoàⁿ-leh⇨加些酒拭撾看看。

【撾尻川 koeh-kha-chhng】 揩屁股。喻善後工作。都不是囡仔講猶該人 ～～～ to m̄-sī

gín-á kóng iáu-āi lâng～～～⇨(你)非嬰兒也，還要別人(助你)揩屁股嗎。佪老父道該出來～～～也不in-lāu-pē tō-āi chhut-lâi～～～a-m̄⇨他老父就被迫出面收拾殘局了，能不嗎。

【擓大板筋 koeh-toā-pán-kin】 以玉石等堅滑之物揩擓背部的大板筋以治疼痛。多加酒或藥洗ioh-sé擓之。

**koeh 棵** 斷木也。斷木曰棵koeh。斷竹亦曰棵koeh。凡短節té-chat或短截toán-chiat者皆曰棵koeh。柴鋸～chhâ kì～⇨同上。甘蔗扎做～kam-chiâ at-chò～⇨一折爲二。魚仔斲做二～hî-á tok-chò nn̄g～⇨一魚截爲兩截。竹篙斷做三～tek-ko tn̄g-chò saⁿ～⇨竹竿一斷爲三。一尾鰻斲做幾仔～chit-bóe moâ tok-chò kúi-a～⇨一鰻斷爲數節。柴頭木～chhâ-thâu-bak～⇨木質的粗家具。殘木廢料。甘蔗～kam-chiâ～⇨甘蔗節kam-chiâ-chat。甕仔～àng-á～⇨喻短人。亦叫人～仔lâng～á。

**koeh 格** 格keh亦曰格koeh，不順也。把好手氣弄岔了曰格koeh。好手氣hó-chhiú-khì者，賭徒語，謂摸好牌打好牌，贏多輸少曰好手氣hó-chhiú-khì。被伊～一下壞了了也hō·i～chit-ē hāi-liáu-liáu-à⇨被他歪一下都完了。未使得安爾～bē-sái-tit an-ne～⇨不能如此不按序而來。～一下壞了了～chit-ē hāi liáu-liáu⇨歪一下影響大矣。

## koh

**koh 閣** 樓也。江山樓，蓬萊～kang-san-lâu, hông-lâi～⇨往昔台北的兩家名酒家。樓～lâu～⇨同上。三步一樓，五步一～saⁿ-pō· chit-lâu, gō·-pō· chit～⇨同上。

**koh 胳** 腋下也。腋曰胳koh。～下宧～ē-lang⇨腋下。空虛之所曰宧lang。～下宧脚～ē-lang-kha⇨同前。

**koh 各** 不同也。不相同。各人也。

【各人 koh-lâng】 每一個人。～～洗米～～落鼎～～sé-bí～～loh-tiáⁿ⇨各自洗米各自下鍋炊之，謂彼此互不相干。～～的～～好，別人的生毴母～～ê～～hó, pat-lâng-ê seⁿ sat-bó⇨各人各自認收自己之物，不可佔認他人之物。

【各樣 koh-iūⁿ】 不一樣。異樣。異狀。有佗～～否ū-ta～～bò·⇨有何異狀嗎。佗ta(to)，何也。攏無～～啦lóng-bô～～là⇨皆無異狀也。共樣天那有～～月kāng-iūⁿ-thiⁿ ná-ū～～goeh(geh)⇨同樣的天空，豈有不同樣的月亮。古人相信天下皆一樣也。

**koh 更** 再也。再加上一次也。要～否，不道要梳頭呵boeh～bò·,m̄ tō-boeh se-thâu-o·⇨再來不，不來(我)就要梳理頭髮了(戲謔語——謂女的惹男的也)。

【更生 koh-seⁿ】 再生產。您某講～～也否lín-bó· kóng～～a hohⁿ⇨你妻聽說又生兒子了嗎。～～無許卵，更孵無許囝，尾腰痛，尾腰痛～～bô-he-nn̄g, koh-pū bô-he-kiáⁿ, bóe-chui-thiàⁿ, bóe-chui-thiàⁿ⇨雲雀離巢覓食。回來一看，巢中空空如也。幼雛已被惡童們捉去玩了。乃飛上天大鳴大悲以訴其痛。此乃惡童所描寫的雲雀悲鳴詞也。許卵he-nn̄g，那一種好卵。

【更再 koh-chài】 再。再一次。加上一次。～～講～～kóng⇨再說。～～重拍起～～têng-phah-khí⇨再一次從頭開始。～～娶～～嫁～～chhoā～～kè⇨再婚。丟丟冬仔你道芋萩干，臭短命仔你道戇心肝，～～來也你道食扦擔tiuh-tiuh-tang-á lí-tō ō·-hoâiⁿ-koaⁿ, chhàu-té-miā-á lí-tō gōng-sim-koaⁿ,～～lâi á lí-tō chiah-chhiam-taⁿ⇨犁田歌。扦擔chhiam-taⁿ，兩端削得極尖，用以扦刺稻草綑成擔tàⁿ的竹棒也。

【更較 koh-khah】 再如何如何。～～好每安爾耳～～hó mā an-ne niâ⇨再好也是如此而已。～～歹亦是囝～～pháiⁿ mā-sī-kiáⁿ⇨再壞也是兒子。～～偲亦嫁有人～～bái iah kè-ū-lâng⇨再醜也(嫁)有人要。～～艱苦，亦著愉～～kan-khó· ah-tioh-lún⇨苦也得忍受。～～早亦是頭班車會付道可也～～chá ah-sī thâu-pang-chhia ē-hù tō-hó-à⇨再早也是頭班車趕得上就可以了。

**koh 洿** 掘洿之也，又水濁不流也。～田土～chhân-thô·⇨做農夫。

**koh 翺** 同翺kô，大鳥在空中翺翔也。橫橫～hoâiⁿ-hoâiⁿ～⇨不講理。

**koh 號** 年號nî-koh也。不知什麼年～去也m̄-chai sim-mih～～khì-à⇨不知何年代了。到彼類～～阮都骨頭可拍鼓也kàu hit-lōe～～goán to kut-thâu hó-phah-kó·-à⇨到那(遙遠的)時代，我們是骨頭可以當鼓打了。

## kok

**kok 國** 邦也。家用長子，～用大臣ka-iōng tiāng chú～iōng tāi-sîn⇨同上。～清才子貴，家富小兒驕～chheng châi chú kùi, ka-hù siáu-jî kiau⇨謂天下太平，才子才能夠貴榮，家庭富裕，兒子將是驕生慣養的。

【國人 kok-jîn】 本國的人民。～～攏平等～～lóng pêng-téng⇨國人皆平等。

【國丈 kok-tiāng】 皇帝之岳父。國王之舅。

【國土 kok-thó·】 國家的領土。

【國文 kok-bûn】 本國的語言寫成的文章。

【國手 kok-chhiú】 醫學等技藝超羣絕俗者的尊稱。大～～tāi～～⇨同上。

【國父 kok-hū】 締造國家的人。尊貴的稱呼。咱貴國特權的稱呼。

【國公 kok-kong】 元老。宰相。

【國內 kok-lāi】 ～～國外攏響應～～kok-goā lóng-hiáng-èng⇨同上。

【國王 kok-ông】 一國之王。君王。

【國丹 kok-tan】 紅百合花。

【國民 kok-bîn】 老百姓lāu-peh-sèⁿ。～～所得調查～～só·-tek tiau-cha⇨同上。

【國母 kok-bó】 國王之母。皇后。

【國犯 kok-hoān】 國事犯。

【國立 kok-lip】 ～～大學～～tāi-hak⇨國家設立的大學。

【國史 kok-sú】 本國的歷史。～～館～～koán⇨綜理本國史的機構。

【國印 kok-ìn】 國璽kok-sú。

【國有 kok-iú】 ～～財產～～châi-sán⇨歸屬於國家之錢財產業。

【國字 kok-jī】 一國所通用的文字。

【國交 kok-kau】 國家間的交際。～～斷絕～～toān-choat⇨外交關係斷了。

【國老 kok-ló】 國之元老。

【國色 kok-sek】 美女。～～天香～～thian-hiang⇨稱牡丹花之美麗、高貴。

【國防 kok-hông】 國家的防衛事務。～～部～～pō·⇨掌管防衛國家事務的部門。

【國君 kok-kun】 國王。

【國步 kok-pō·】 國運。～～艱難～～kan-lân⇨國家在萬般困境中。

【國花 kok-hoa】 梅花是～～bôe-hoe sī～～⇨同上。

【國法 kok-hoat】 國有～～，家有家規kok iú～～, ka iú ka-kui⇨國與家都有法規，必須遵守。

【國政 kok-chèng】 國家政治。綜理～～chōng-lí～～⇨管理一國之政治。

【國計 kok-kè】 ㈠經國安邦之大計。㈡國家之財務。～～民生～～bîn-seng⇨同上。

【國故 kok-kò·】 ㈠國家的變革。㈡國家的典故學術。

【國柄 kok-pèng】 一國的政權。

【國是 kok-sī】 有關國策國計等的問題。討論～～thó-lūn～～⇨商量國家大計。

【國度 kok-tō͘】 ㊀國家的法度。國家的用度。㊁國家。國境。不知流到什麼～～去也 m̄-chai liû-kà sa-ma～～khì-à⇨不知他跑到什麼國去了。

【國威 kok-ui】 國家的威信。國家的威儀。

【國恩 kok-in】 ～～家慶～～ka-khèng⇨同上。

【國辱 kok-jiok】 同國恥kok-thí。

【國家 kok-ka】 土地、人民、主權，三者缺一，不成其國家。

【國格 kok-keh】 國家的品格。

【國庫 kok-khò͘】 ㊀國帑。國家的財務。～～空虛～～khang-hi⇨同上。㊁無限的負擔能力。你免想，我不是～～lí bián-siūⁿ, goá m̄-sī～～⇨你休打我的主意，我不是國庫，有那麼大的能力嗎。

【國書 kok-si(su)】 元首代表國家人民致送外國元首的書翰。大使到任必先呈遞國書。

【國恥 kok-thí】 國家所蒙的恥辱。誓雪～～sè-soat～～⇨立誓雪淸國恥。

【國務 kok-bū】 ～～長官～～tiúⁿ-koaⁿ⇨掌管一國政務之最高官員。

【國情 kok-chêng】 ～～不穩定～～put-ún-tēng⇨一國之政況不平靜。

【國戚 kok-chhek】 王親～～ông-chhin～～⇨國王之家人親戚也。

【國貨 kok-hòe】 本國的產品。國人用～～運動kok-jîn iōng～～ūn-tōng⇨愛國表現。

【國教 kok-kàu】 ㊀法定的宗教。㊁國民教育。

【國策 kok-chhek】 國家的政策。～～顧問～～kò͘-būn⇨可備咨詢有關國策之人物。

【國稅 kok-sòe】 ～～增收～～cheng-siu⇨增加國家之稅收。

【國債 kok-chè】 國家的負債。

【國葬 kok-chòng】 國庫負擔經費的葬禮。

【國賊 kok-chhat】 偷國之賊。叛亂之徒。

【國號 kok-hō】 國家的名稱。國名。

【國勢 kok-sè】 ～～調查～～tiau-cha⇨有關一國之勢力之調查。

【國運 kok-ūn】 國家的命運。～～日隆～～jıt-liông⇨國家命運日漸興隆。

【國際 kok-chè】 ㊀國與國之間的關係。～～金融關係～～kim-iông koan-hē⇨同上。㊁共產黨的世界組織。第三國際。

【國語 kok-gí】 一國之官定語文。

【國魂 kok-hûn】 一國特殊的精神。日本的～～就是大和魂jıt-pún ê～～chiū-sī tāi-hô-hûn⇨大和民族的精神即爲日本之國家靈魂也。

【國旗 kok-kî】 代表國家之旗幟。

【國歌 kok-koa】 代表一國之歌。

【國賓 kok-pin】 國家的賓客。以～～之禮款待í～～chi-lé khoán-thāi⇨同上。

【國粹 kok-chhùi】 一國古來的特色。古董。～～派～～phài⇨主張古來的事物皆最佳而反對新事物的人們。～～主義～～chú-gī⇨崇拜一國之古董之理論與精神。

【國樂 kok-gak】 國粹音樂。

【國憲 kok-hiàn】 國法。

【國慶 kok-khèng】 國家之大典。～～日～～jıt⇨慶祝立國之日。

【國課 kok-khò】 國家的租稅。完～～oân～～⇨完成國家之稅收。

【國幣 kok-phè】 一國法定的通用貨幣。

【國難 kok-lān】 國家存亡絕續的遭遇。～～當頭～～tong-thâu⇨國家在困難中。

【國籍 kok-chek】 ～～法～～hoat⇨同上。

【國寶 kok-pó】 國之寶。～～人物～～jîn-but⇨國寶級的人物。稀有人物。

【國體 kok-thé】 國家的政治體制。例如民主國、共和國或君主國、獨裁國等。

**【國子監 kok-chú-kàm】** 古時的教育部兼國立大學。

**【國民兵 kok-bîn-peng】** ～～～總司令～～～chóng-su-lēng⇨同上。

**【國務卿 kok-bū-kheng】** 古官名。美國國務長官的簡稱。

**【國家主義 kok-ka-chú-gī】** 主張國家統一，反對個人主義及世界主義，實行安內攘外，富國強兵政策的政治主義。希特勒爲其最佳代表人物。

**【國務大臣 kok-bū-tāi-sîn】** 內閣的諸部長。

**kok 穀** 五穀的總稱。俗多作谷。稻，麥，豆，稷，胡麻爲五穀。但有多說，所舉多不一致。

**【穀旦 kok-tàn】** 良時吉日。

**【穀雨 kok-í】** 節氣名。二十四氣之一。在新曆四月二十、二十一之間。在清明之後十五日。清明～～雨水相抵chheng-bêng～～hō·-chúi sio-tú⇨謂清明穀雨之間雨水最多。

**【穀風 kok-hong】** 亦作谷風。東風謂之谷風。生長之風也。

**【穀道 kok-tō】** ㈠長生不老之仙術。不食五穀之道。㈡肛門曰穀道。

**【穀穀 kok-kok】** 鷄鳴聲。鷄其鳴也～～，其死也哀哀ke-kî-bêng-iā～～，ki-sú-iā ai-ai⇨同上。

**kok 各** 指每一個事物。～國～kok⇨每一國家。～縣市～koān-chhī⇨每一縣，每一市。～位來賓～ūi-lâi-pin⇨同上。～種手續～chióng chhiú-sio̍k⇨同上。～業代表～gia̍p tāi-piáu⇨同上。～時代的人物～sî-tāi ê jîn-bu̍t⇨同上。～不相干～put-sian-kan⇨同上。

**【各一 kok-i̍t】** 猜拳用詞，一次連猜三拳，兩勝即贏。

**【各人 kok-lâng】** 每一個人。

**【各色 kok-sek】** 每一個色彩。～～人物～～jîn-bu̍t⇨所有不同的人物。

**【各別 kok-pia̍t】** 個別。～～命令～～bēng-lēng⇨內容各不相同的命令。例如軍隊作戰或演習，每一個部隊所得的命令都不相同。是爲各別或個別命令。

**kok 谷** 泉水流經之處曰谷。又穀的代字。谿～khe～⇨同上。峽～kiap～⇨同上。空～足音khong～chiok-im⇨喻難得而可貴的消息。

**【谷風 kok-hong】** 東風。同穀風。

**kok 咯** 大鷄鳴聲。～～叫～～kiò⇨同上。鷄其鳴也～～，其死也哀哀，嗚呼哀哉，豆油一撇來ke kî-beng-iā ～～ ki-sú iā ai-ai, o·-ho· ai-chāi, tāu-iû chi̍t-phiat lâi⇨同上。

# kong

**kong 公** 無私也。共同也。事屬國家者曰公。屬機關團體者亦曰公。官名也。尊稱也。祖父也。大～無私tāi～bû-su⇨同上。辦～pān～⇨同上。當～tng～⇨輪值擔當公業的事務。食～chia̍h～⇨由公業供食。天～thi$^n$～⇨最高之神。王爺～ông-iâ～⇨神名。土地～thó·-tē～(thó·-lī～)⇨地方的神。阿～a～⇨祖父。叔～chek⇨叔祖父。契兄～khè-hia$^n$～⇨祖父級的契兄，否定的粗語。

**【公人 kong-jîn】** 辦理公共事務的人。公務人員。官吏等是。

**【公子 kong-chú】** ㈠諸侯之子。㈡官家之子。㈢富家之子。㈣通稱別人的子息。～～仔唭猶眞重～～á-khùi iáu-chin-tāng⇨豪富子弟的氣派還是很重。

**【公工 kong-kang】** 無酬勞之勞動服務。派～～phài～～⇨指派公工。造～～算人額chō～～sǹg lâng-gia̍h⇨立公工名册但計人數(不計品質)。

**【公山 kong-soa$^n$】** 公有山林。～～化私山～～hoà su-soa$^n$⇨同上。

**【公文 kong-bûn】** 處理公事的文件。～～袋～～tē⇨同上。

【公分 kong-hun】 公尺制的單位。公尺kong-chhioh，公里kong-lí，公斤kong-kin，等等皆是。

【公斗 kong-táu】 公用的斗。公設以保公平的斗。

【公弔 kong-tiàu】 公祭。

【公主 kong-chú】 帝王之女。諸侯之女。眞假～～chin-ké～～⇨同上。

【公田 kong-chhân】 公共之田。公業之田。

【公出 kong-chhut】 因公外出。公差kong-chhe。

【公用 kong-iōng】 ～～事業～～sū-giap⇨水電等屬之。

【公平 kong-pêng】 ～～分配～～hun-phòe⇨同上。～～負擔～～hū-tam⇨同上。

【公布 kong-pò͘】 法令～～hoat-lēng～～⇨同上。～～施行～～si-hêng⇨法令公布施行。

【公司 kong-si】 股份～～kó͘-hūn～～⇨同上。

【公示 kong-sī】 公告。～～亭～～têng⇨同上。

【公共 kong-kiōng】 ～～衛生～～ōe-seng⇨同上。

【公同 kong-tông】 共同。～～面勘～～biān-khàm⇨共同會合實地查勘。

【公忌 kong-kī】 同族祖先的紀念日。做～～chò～～⇨同上。

【公告 kong-kò】 ～～周知～～chiu-ti⇨同上。

【公決 kong-koat】 公衆的決定。多數決。

【公廷 kong-têng】 公議的所在。

【公呈 kong-thêng】 公稟。連名的陳情書或訴狀。入～～jip～～⇨提出公呈。

【公的 kong-ê】 共有的。大家的。攏是～～lóng-sī～～⇨皆是大家共有的。

【公金 kong-kim】 共同所有的款項。食～～chiah～～⇨貪污了公金。

【公姑 kong-ko͘】 翁姑。父母對妻的地位。

【公使 kong-sài】 駐美～～chū-bí～～⇨同上。～～館～～koán⇨同上。

【公所 kong-só͘】 ㊀公衆集合的所在。㊁小衙門。鄉鎭～～hiang-tìn～～⇨鄉鎭政府。

【公事 kong-sū】 公務。公文。～～公辦～～kong-pān⇨公務按照公開的規定辦理。謂不涉及私情。

【公祖 kong-chó͘】 ㊀祖先。祖公。㊁祖父。老～～lāu～～⇨老祖父。㊂對官員或神的尊稱。老爺老～～lāu-iâ-lāu～～⇨同上。天～～thiⁿ～～⇨同上。

【公保 kong-pó】 ㊀連名的保證。㊁公務人員的保險。

【公約 kong-iok】 華沙～～hoâ-sa～～⇨同上。

【公界 kong-kài】 共同界線。

【公革 kong-kek】 公議公意的免職。

【公案 kong-àn】 無頭～～bô-thâu～～⇨同上。

【公租 kong-cho͘】 稅谷。抗繳～～khòng-kiáu～～⇨同上。

【公差 kong-chhe】 因公出差。出差chhut-chhe。

【公厝 kong-chhù】 同族的共有房屋。公廳kong-thiaⁿ。厝字非，應作康。

【公益 kong-ek】 社會～～事業siā-hōe～～sū-giap⇨同上。

【公宴 kong-iàn】 歡宴國賓～～hoan-iàn kok-pin～～⇨同上。

【公家 kong-ke】 共同。共有。共用。～～壁～～piah⇨同上。～～用～～iōng⇨同上。～～頭路～～thâu-lō͘⇨共同經營的事業。朋友妻，不當徯，朋友伙計～～的pêng-iú-chhe, m̄-thang-he, pêng-iú hóe-kì～～ê⇨俗俚，即友妻不可有野心，但友人之額外女朋友大家都可以分享之。徯he，期待也。

【公務 kong-bū】 ～～在身～～chāi-sin⇨同上。

【公娼 kong-chhiang】 公設的淫業。

【公敎 kong-kàu】 天主～～thian-chú～～⇨天主敎。～～人員～～jîn-oân⇨通稱官衙的官員。

【公婆 kong-pô】 夫妻。二～～仔nn̄g～～á⇨夫妻倆。

【公產 kong-sán】 公共財產。～～處分～～chhì-hun⇨同上。

【公業 kong-giap】 祭祀～～chè-sū～～⇨同族爲祭祀而設立的共同產業。

【公設 kong-siat】 公立。～～市場～～chhī-tiû$^n$⇨同上。

【公堂 kong-tn̂g】 法庭亦衙門也。～～見面～～kì$^n$-bīn⇨大家到法院訴訟。

【公卿 kong-kheng】 高官寵臣。

【公費 kong-hùi】 政府的經費。共同的錢。開～～謝私神khai～～siā-su-sîn⇨喩假公濟私。

【公然 kong-jiân】 無顧忌無隱避。～～侮辱～～bú-jiok⇨同上。亦說成公公然然 kong-kong-jiân-jiân。～～～～不驚人知也～～～～m̄-kia$^n$-lâng-chai-a⇨同上。

【公開 kong-khai】 公表。大家知道。～～的事實～～ê sū-sit⇨大家都知道的事實。半～～的poàn～～ê⇨既非正式亦不怕人知之事。例如同居關係者。

【公衆 kong-chiòng】 共同。共通。大衆共有或有關的事物。～～的利益～～ê lī-ek⇨同上。～～司無人醫～～si, bô-lâng-i⇨極度攻擊喪失公德心的格言。司si者事也。所管之事也。～～錢～～chî$^n$⇨公金。

【公款 kong-khoá$^n$】 公金kong-kim。

【公開 kong-khui】 共同負擔。公食～～kong-chiah～～⇨大家吃大家負擔。

【公普 kong-phó͘】 公共辦理的普渡。村里的～～chhoan-lí ê～～⇨村里公辦的普渡。

【公報 kong-pò】 政府～～chèng-hú～～⇨同上。

【公債 kong-chè】 國庫～～kok-khò͘～～⇨同上。

【公義 kong-gī】 天下～～thian-hā～～⇨同上。

【公園 kong-hn̂g】 去～～散步khì～～sàm-pō͘⇨同上。

【公爺 kong-iâ】 官員。

【公路 kong-lō】 百姓公衆通行的道路。～～網～～bāng⇨同上。

【公媽 kong-má】 廳頭的祖先牌位。一人一家代，～～隨人俉chit-lâng chit-ke-tāi, ～～sûi-lâng chhāi⇨一人一個家庭，公媽牌得各人去奉拜，謂兄弟已分家了，各不相干。～～牌～～pâi⇨祖先的牌位。

【公稟 kong-pín】 公同陳情或請願。入～～jip～～⇨同上。

【公道 kong-tō】 公正公平。價錢～～kè-chî$^n$～～⇨同上。～～自在人心～～chū-chāi jîn-sim⇨同上。

【公塚 kong-thióng】 公墓。

【公銀 kong-gîn】 公金kong-kim。

【公認 kong-jīm】 大家都承認。～～的酒王～～ê chiú-ông⇨同上。

【公僕 kong-pok】 公務官員。官員向自大爲父母官，是民之父母。而今卻自謙爲公僕，公家之僕人，但似乎還是說說而已。僕未必從主也。

【公蔭 kong-ìm】 ～～股～～kó͘⇨功勞股。

【公論 kong-lūn】 理出～～lí-chhut～～⇨同上。

【公親 kong-chhin】 和解的仲人。勸和的人。～～變事主～～pì$^n$ sū-chú⇨謂忘卻立場。貼本做～～thiap-pún chò～～⇨賠本爲人和解。～～人～～lâng⇨做公親之人。～～禮～～lé⇨公親人的謝禮。

【公憤 kong-hùn】 ㈠公怒。輿論的反對。激起了～～kek-khí-liáu～～⇨釀成了輿論的反對。㈡百姓一致的憤怒。

【公錢 kong-chîⁿ】 公共的錢或基金或會費。

【公舘 kong-koán】 臨時性的官吏辦公處。官員的宿舍。大住宅。行政專員～～hêng-chèng-choan-oân～～⇨同上。陶～～tô～～⇨陶氏住家。～～百二庄～～pah-jī-chng⇨此公舘似爲地名。

【公辦 kong-pān】 ㈠公同辦理。官辦。～～政見發表會～～chèng-kiàn hoat-piáu-hōe⇨同上。㈡公事～～kong-sū～～⇨公事要依法秉公辦理絕不循私，官場的口頭憚。

【公選 kong-soán】 公開推選。公開選舉。

【公爵 kong-chiok】 公侯伯子男五爵之首。～～夫人～～hu-jîn⇨同上。

【公醫 kong-i】 ～～制度～～chè-tō·⇨同上。

【公舉 kong-kí(kú)】 ～～一個人出來做董事～～chi̍t-ê-lâng chhut-lâi chò táng-sū⇨同上。

【公題 kong-tê】 公開題名。公開簽名及捐獻額。公開募捐。～～的捐金～～ê iân-kim⇨同上。

【公斷 kong-toàn】 乎人～～hō-lâng～～⇨讓別人公開斷定是非。

【公證 kong-chèng】 ～～結婚～～kiat-hun⇨同上。

【公譜 kong-phó·】 公衆評價的價數。

【公議 kong-gī】 公衆的議論。批評。驚～～議論kiaⁿ～～gī-lūn⇨同上。

【公寶 kong-pó】 璉寶的賭博。

【公權 kong-khoân】 褫奪～～三年thí-toa̍t～～saⁿ-nî⇨同上。

【公攤 kong-thoaⁿ】 公平負擔。所費逐個～～só·-hùi ta̍k-ê～～⇨所支經費大家分攤負擔。

【公廳 kong-thiaⁿ】 同族的集合所。同公厝kong-chhù。

【公挨婆 kong-āiⁿ-pô】 一人扮老翁，背負一紙糊的老婦，表示老翁背負老婆的玩意。挨āiⁿ，擊背也。以背負之曰挨āiⁿ。

【公德心 kong-tek-sim】 公共道德的精神。人人都該有～～～lâng-lâng to ài-ū～～～⇨每人都應有公德心。

【公明正大 kong-bêng-chèng-tāi】 ～～～～的立場～～～～ê li̍p-tiûⁿ⇨同上。

## kong 光

明也。大也。榮也。日～ji̍t～⇨同上。刀～to～⇨同上。眼～gán～⇨同上。

【光明 kong-bêng】 開拓～～的前途khai-thok～～ê chiân-tô·⇨同上。俾阮前途失～～hō·-goán chiân-tô· si̍t～～⇨歌詞。

【光陰 kong-im】 時間的經過。～～如流水～～jî(jû)-liû-súi⇨謂光陰一過即逝。～～似箭，日月如梭～～sū-chìⁿ, ji̍t-goa̍t jû(jî)-so⇨日月即光陰。光陰逝如箭又如梭，謂快速也。一寸～～一寸金chi̍t-chùn～～chi̍t-chhùn kim⇨謂光陰之可貴，一寸光陰値得一寸金塊。

【光彩 kong-chhái】 ～～奪目～～toa̍t-bo̍k⇨同上。

【光景 kong-kéng】 ㈠風景。～～眞好～～chin-hó⇨風景很好。㈡景況。猫車倒泔，共狗幹～～niau-chhia-tó ám, kā káu kàn～～⇨喻己無所得卻造惠別人。猫弄倒泔於地上，爲狗帶來一場食福。

【光復 kong-ho̍k】 收回。回復。～～失土～～si̍t-thó·⇨同上。

【光棍 kong-kùn】 ㈠假紳士。謂打扮得像紳士，卻多詐騙行爲。㈡單身漢。～～一條～～chi̍t-tiâu⇨同上。

【光榮 kong-êng】 ～～的時刻～～ê sî-khek⇨光榮正來臨的時間。～～的失敗～～ê sit-pāi⇨雖敗猶榮。

【光澤 kong-te̍k】 俗稱光頭kng-thâu。布面的

～～眞婚pò·-bīn ê～～chin-súi⇨布面有光頭眞好看。

**【光頭 kong-thâu】** 剃～～thì～～⇨同上。

**【光輝 kong-hui】** 光彩。光耀。～～燦爛～～chhàn-lān⇨同上。

**【光線 kong-soà$^{n}$】** 日之光。～～充足～～chhiong-chiok⇨陽光普照。

**【光臨 kong-lîm】** 大駕～～tāi-kè(kà)～～⇨歡迎客人的套語。

**【光耀 kong-iāu】** 光輝。～～門楣～～bûn-bî⇨使門戶一家庭有光彩。

kong **攻** 擊也。伐也。治也。進～chìn～⇨同上。圍～ûi～⇨同上。反～hoán～⇨同上。

**【攻入 kong-ji̍p】** ～～城門～～siâ$^{n}$-mn̂g⇨同上。

**【攻心 kong-sim】** 心理作戰。～～爲上～～ûi-siāng⇨同上。火～～hoé～～⇨中醫病名。

**【攻打 kong-tá$^{n}$】** ～～頭陣～～thâu-tīn⇨同上。

**【攻守 kong-siú】** ～～同盟～～tông-bêng⇨同上。

**【攻城 kong-siâ$^{n}$】** ～～不如攻心～～put-jû(jî) kong-sim⇨同上。

**【攻破 kong-phoà】** ～～要塞～～iàu-sài⇨同上。

**【攻奪 kong-toa̍t】** 攻城奪地。

**【攻戰 kong-chiàn】** 征戰。

**【攻擊 kong-kek】** 攻打。總～～chóng～～⇨同上。

**【攻讀 kong-tho̍k】** 研讀。～～聖賢書～～sèng-hiân-su(si)⇨同上。

kong **工** 古音符之一。

**【工㕚 kong-chhe】** 士合～～上sū hō ～～siāng⇨皆古音符。

kong **功** 勞績也。成就也。破～phoà～⇨武俠小說語。司～sai～⇨道士戲。

**【功夫 kong-hu】** 武技之術。武術。練～～liān～～⇨訓練武術。

**【功名 kong-bêng】** 科舉時代科第曰功名。求取～～kiû-chhú～～⇨參加科舉考試。～～成就早歸期～～sêng-chiū chá kui-kî⇨考中了就該及早回來(妻致夫信)。～～心重～～sim tāng⇨極重榮辱得失。

**【功臣 kong-sîn】** 開國～～khai-kok～～⇨同上。

**【功効 kong-hāu】** 功能。藥効。食了有～～chia̍h-liáu ū～～⇨(藥)吃了有効果。

**【功狗 kong-káu】** 戰將。功人kong-jîn的對稱。漢劉邦論功行賞。蕭何功最大爲功人，諸將次之爲功狗。

**【功果 kong-kó】** 做～～chò～～⇨祭求冥福。

**【功勞 kong-lô】** 功績。～～簿～～phō·⇨記載軍兵戰功的簿册。

**【功牌 kong-pâi】** 賞功之金牌或銀牌。

**【功業 kong-gia̍p】** 功勞事業。～～無匹～～bû-phit⇨功業之大無與倫比。

**【功德 kong-tek】** ㊀功業與德行。㊁佛家語。～～無量～～bû-liōng⇨同上。㊂道士戲。弔喪者也。做～～chò～～⇨搬演道士戲。即司功也。

**【功勳 kong-hun】** 功勞與勳業。～～子弟～～chú-tē⇨同上。

**【功績 kong-chek】** 工作的成就。

**【功利主義 kong-lī-chú-gī】** 倫理學名詞。一種倫理學說。

kong **綱** 網之大繩也。法度也。大～tāi～⇨同上。紀～kí～⇨規矩。

**【綱目 kong-ba̍k】** 大綱細目toā-kong-sè-ba̍k。

**【綱要 kong-iàu】** 事之要點。大綱與要目。

**【綱紀 kong-kí】** 法度。紀綱khí-kang⇨法度。照紀綱chiàu-khí-kang⇨按法度行事。

【綱常 kong-siâng】 三綱五常。

【綱領 kong-léng】 總綱要領。

kong **剛** 堅強也。柔之對稱也。纔也。僅也。柔克～jiû khek～⇨同上。金～石kim～chioh⇨鑽石soān-chioh，或璇石。

【剛正 kong-chèng】 剛直。～～不阿～～put-a⇨同上。

【剛直 kong-tit】 剛正。不阿。

【剛柔 kong-jiû】 剛與柔。～～相制～～siāng-chè⇨強柔相制衡。

【剛強 kong-kiâng】 柔弱勝～～jiû-jiak sèng～～⇨同上。

【剛愎 kong-pek】 不能容人。～～自用～～chū-iōng⇨自以爲是。

【剛毅 kong-gē】 堅強有決斷。

kong **胱** 膀胱pông-kong也。水府。尿囊jiō-lông也。膀胱結石phông-kong kiat-chioh⇨病名。

kong **肛** 肛門kong-bûn也。俗曰糞門pùn-mn̂g也。又曰尻川kha-chhng。

kong **匡** 正也。救也。安也。趙～胤tiō～īn⇨宋朝的創業主。

【匡時 kong-sî】 匡救時勢之危難。～～安危～～an-gûi⇨同上。

【匡我不逮 kong-gó-put-tāi】 書信用詞。正我所不及的地方。

【匡扶社稷 kong-hû-siā-chek】 拯救chín-kiù國家。

kong **宮** 宮kiong也。馬公má-kong原名媽宮má-kong。

kong **弓** 弓kiong也。彎弓oan-kong⇨曲khiok也。弧hô也。彎弓來，失德了，走脚趁，博輸傚oan-kong-lâi, sit-tek-liáu, cháu-kha-thàn, poah-su-kiáu⇨謂凡事須循正道，急不得的，歪來的必歪出，急來的必急去。彎弓門oan-kong-mn̂g⇨拱門kióng-mn̂g。弧形門hô-hêng之門。

kong **罡** 天罡thian-kong也。星名。北斗星也。天～星地煞星thian～chheⁿ tē-sat-chheⁿ⇨都是星名。三十六天～七十二地煞 saⁿ-chap-lak thian～chhit-chap-jī tē-sat⇨梁山一百零八好漢，都是這些星神轉世的云云。

kong **崗** 崗位kong-ūi也。職務chit-bū。職位chit-ūi。站～chān～⇨軍警在其位置執行職務。

【崗位 kong-ūi】 職務。各人的～～各人顧koh-lâng ê～～koh-lâng-kò͘⇨同上。

kong **鋼** 鋼kang也。鋼kǹg也。

kong **岡** 岡山kong-san也。地名。臥龍～ngō͘-liông～⇨三國演義的名山，軍師諸葛亮所隱居之處。

kóng **講** 談論也。說話也。練習也。人～lâng～⇨聞道。罔～bóng～⇨姑且言之。烏白～o͘-peh～⇨妄言。

【講古 kóng-kó͘】 說書。說故事。～～拆字數，聽古的落屎吐～～thiah-jī-sò, thiaⁿ-kó͘-ê lâu-sái-thò͘⇨順口的玩話。～～先仔～～sian-á⇨說書先生。

【講明 kóng-bêng】 說明白。說明清楚。當初是有～～的tong-chho͘ sī ū～～ê⇨開始時是說得很清楚的。～～是三分利～～sī saⁿ-hun-lāi⇨同上。

【講笑 kóng-chhiò】 講笑話。講來玩。～～的毋當變面～～ê m̄-thang pìⁿ-bīn⇨取笑的不可生氣。

【講鬼 kóng-kúi】 聊齋～～話liâu-chai～～ōe⇨同上。講人人道到，～～鬼於尻川後kóng-lâng lâng tō-kàu,～～kúi tī-kha-chhng-āu⇨說人人就到說鬼鬼在後面。

【講起 kóng-khí】 提起。～～彼當時，無米食蕃薯～～hit-tang-sî, bô-bí chiah han-chî⇨順口溜。

【講情 kóng-chêng】 講人情。要求赦免。央人去～～iang lâng khì～～⇨請人去說情。

【講話 kóng-ōe】 說話。～～含糊～～hâm-hô⇨話意不淸楚或双關。～～掛骨～～koà-kut⇨話中有話，話中有刺。～～無關後尾門～～bô-koai$^{n}$ āu-bóe-mn̂g⇨喻亂說話，不知該收束損人或有利害關係的話。講話不知檢點。刣魚刣到胆～～講透枝thâi-hî thâi kàu chhi,～～kóng thàu-ki⇨謂有話要全盤講出來，不可吞吞吐吐。枝或作機。

【講暢 kóng-thiòng】 說來大家高興。同講笑。～～媽生孫～～má-se$^{n}$-sun⇨順口的戲謔。講與公諧音。意謂阿公高興阿媽生孫子。媽生孫含有亂倫之意。

【講價 kóng-kè】 討價還價。無～～好買賣bô～～hó bé-bē⇨不必討價的買賣好做。

【講慣 kóng-koàn】 ～～的～～ê⇨說成習慣的。～～也～～à⇨說成習慣了。

【講錢 kóng-chî$^{n}$】 講錢的多少。爲以金錢和解而談錢的多寡。看該若夥～～俾伊嗎khoà$^{n}$ ài goā chē,～～hō·-i-mà⇨看他要若干，給他若干不是算了嗎。有叫人來～～ū kiò lâng lâi～～⇨請人來講過價錢。

【講錯 kóng-chhò】 錯chhò或作眈tā$^{n}$。～～去～～khì⇨說錯了。

【講了講 kóng-liáu-kóng】 再三再四重述過。～～～也有嘴講到無涎也～～～à ū-chhùi kóng-kà bô-noā-ā⇨同上。

【講未了 kóng-bē-liáu】 說不盡。伊的孔頭到後日亦～～～i ê khang-thâu kàu āu-ji̍t a̍h～～～⇨謂他的花樣多。三天也說不淸楚。

【講顑古 kóng-hàm-kó·】 說誇大虛構的故事。講無根據的話。顑hàm，虛浮也，或作胮hàm，腫大也。

【講加老 kóng-ka-ló】 無話～～～bô· ōe～～～⇨無事可說了，就糊亂說起加老山的問題，加老亦作傀儡ka-lé。

【講並夥 kóng-pheng-chē】 說太多了。話～～的空課無佅做ōe～～～ê khang-khòe bô-boeh-chò⇨只管多嘴工作不進行。

【講彼類…… kóng-hit-lōe……】 說那些……。～～～無仁的～～～bô-jîn-ê⇨無事實之話。～～～五四三的～～～gō·-sì-sa$^{n}$-ê⇨講那些不夠水準的。～～～四句聯仔～～～sì-kù-liân-á⇨好聽話，七絕體押韻的。

【講耍笑 kóng-sńg-chhiò】 講笑話。講滾笑kóng-kún-chhiò義同。～～～的曷好掠做眞的～～～ê a̍h-hó lia̍h-chò chin-ê⇨說笑的，何可當爲眞的。

【講酒話 kóng-chiú-ōe】 醉話。食酒～～～chia̍h-chiú～～～⇨同上。

【講通透 kóng-thong-thàu】 共謀。個有～～～的in ū～～～ê⇨同上。

【講通幌 kóng-thang-hóng】 吹牛。～～～的耳啦，無彼類尻川啦～～～ê niā-là bô hit-lōe kha-chhng-là⇨吹牛而已，沒有那種實力也。

【講透喟 kóng-thàu-khùi】 說出氣話。伊～～～耳未安怎啦i～～～niā bē an-choá$^{n}$-là⇨他只是氣話而已，不會怎麼樣也。

【講硬話 kóng-nge̍h-ōe】 說強硬的話。提出強硬的要求。無～～～伊錢道不趖出來bô～～～i chî$^{n}$ to m̄ sô-chut lâi⇨不說強硬話他不肯拿出錢(來賠)。

【講透機 kóng-thàu-ki】 機或作枝。講出全盤的話。講出玄機。刣魚該刣到胆，講話該～～～thâi-hî ài thâi kàu chhi, kóng-ōe ài～～～⇨同上。

【講聖諭 kóng-sèng-jī(jū)】 說空話。免扲～～～bián teh～～～⇨何必用空話壓我。

【講孽話 kóng-gia̍t-ōe】 說諷刺的嘲笑話。

【講三色話 kóng-sa$^{n}$-sek-ōe】 說三色人皆中聽的話。三色指敵對兩派與中立派。講的是三色話，食的是四面風 kóng-ê sī sa$^{n}$-sek-ōe, chia̍h-ê sī sì-bīn-hong⇨講得開，吃得開的人。亦喻逢人講人話，逢鬼說鬼話的人。

【講千講萬 kóng-chheng-kóng bān】 背後無數的批評。

【講天講地 kóng-thiⁿ-kóng-tē】 聊天。談天說皇帝。

【講東講西 kóng-tang-kóng-sai】 背後說不平或批評。

【講若米升 kóng-ná-bí-chin】 謂說也無効也。講話同於米升。講與管諧音。米升多竹管製的。

【講若洞簫 kóng-ná-tōng-siau】 喻說話無効力。講與管諧音。洞簫是以管製的。同講若米升。

【講夠做夠 kóng-kàu-chò-kàu】 講到那裏做到那裏。謂有言在先必實行之。不好看伊普普，伊是～～～～的人m̄-hó khoàⁿ i phú-phú, i si～～～～ê-lâng⇒同上。

【講溲講鼻 kóng-siâu-kóng-phīⁿ】 氣他人批評的粗話。溲siâu，溲siûⁿ也，粘液也，俗作精液cheng-ek解。鼻phīⁿ亦粘液也。免抄～～～～啦bián-teh～～～～ lā⇒同上。金收樓拆也藉得～～～～ kim-siu-lâu-thiah â chiah teh～～～～⇒塵埃已落定了，才在放什麼屁。

【講頭知尾 kóng-thâu chai-bóe】 說頭知末。

**kóng 管** 圓洞也。竹管也。竹～tek～⇒竹洞。銅～tâng～⇒銅管。鐵～tih～⇒鐵管。水道～chúi-tō～⇒同上。牛灌～gû-koàn～⇒強牛飲料的斜口竹筒。咔～phōng～⇒竹鼓tek-kó，乞食所用者。蟳～chîm～⇒蟹螯hāi-gô。

【管仔 kóng-á】 竹筒。鐵筒。可裝物者。～～精～～chiaⁿ⇒男娼。打扮到如～～～táⁿ-pān kà-ná～～～⇒打扮得像男娼。～～絃～～hiân⇒竹筒封蛇皮的大絃仔hiân-á。舉～～絃giâ～～hiân⇒想要歪siūⁿ-boeh-oai。歪oai意指圖獲不正之財。蓋其弦音，正與歪oai字諧音也。

**kóng 廣** 大也。濶也。推～chhui(thui)～⇒同上。

【廣交 kóng-kau】 多交際。交際範圍大。做人眞～～chò-lâng chin～～⇒同上。

【廣告 kóng-kò】 推銷貨物，招來顧客的方法。商業～～siang-giap～～⇒同上。

【廣濶 kóng-khoah】 廣大而開濶。地方眞～～tē-hng chin～～⇒同上。

**kòng 誑** 欺也。惑也。

【誑騙 kòng-phiàn】 欺騙。

**kòng 逛** 逛街kòng-ke也。遊街散步也。

**kòng 貢** 獻也。下奉上也。進～chìn～⇒小國晉奉大邦。小人進奉大人。亦贈送之意。提些來進～theh-chē lâi chìn～⇒拿一些來給我。

【貢士 kòng-sū】 古諸侯歲進賢士於天子。清制舉人亦曰貢士。貢士殿試出身者爲進士。

【貢生 kòng-seng】 古時各府州縣選拔學生之品學兼優者保送京師進入太學深造。有副貢，拔貢、優貢、歲貢、恩貢等之別。統稱爲貢生。

【貢架 kòng-kè】 祭拜時搭建爲載牲禮盤、牲禮擔的臨時竹架。

【貢品 kòng-phín】 進貢用貨品。

【貢粉 kòng-hún】 薯、米等的純白上等的幼粉。原爲進貢而特製的。

【貢院 kòng-īⁿ】 古時試士之所也。今曰考場。

【貢緞 kòng-toān】 緞的一種，亦貢品之一。

【貢燕 kòng-iàn】 進貢用的特製燕窩。

【貢獻 kòng-hiàn】 ㊀獻禮物。㊁獻出事物。對社會的～～tùi siā-hōe ê～～⇒同上。

**kòng 摃** 以槌擊物也。用棍仔～iōng kùn-á～⇒以棍棒擊之。又敲竹摃khau-tek-kng曰摃kòng。

【摃死 kòng-sí】 ～～猲狗～～siáu-káu⇨打死狂犬。

【摃角 kòng-kak】 勒索。掠去～～liah-khì～～⇨抓去勒索財物。其有異於綁票者，在於對本人直接取財物也。

【摃破 kòng-phoà】 打破。食緊～～碗chiah-kín～～oáⁿ⇨喻急性反而誤事。

【摃銀牛 kòng-gîn-gû】 畧同摃大客。

【摃槌 kòng-thûi】 擣衣槌。～～仔～～á⇨同上。

【摃錢 kòng-chîⁿ】 同摃角。目的在錢。

【摃鐘 kòng-cheng】 打鐘。校長兼～～hāu-tiúⁿ kiam～～⇨校長兼工友。

【摃龜 kòng-ku】 凡輸贏事食零分全敗之謂也。英文be skunked所轉訛。

【摃大客 kòng-toā-kheh】 藝旦敲呂宋客的軟竹槓。

【摃脚目 kòng-kha-bak】 打脚踝。刑求的一法。據稱極痛無比。

**kòng 訌** 亂也，自亂也。內～lāi～⇨內亂。蟊賊內～mâu-chek lāi～⇨小賊內亂。蟊mâu；小虫也，食菜根小虫。

**kông 狂** 熱中於事物也。神經有異也。暴躁也。熱～jiat～⇨灌注全精神於某種事物。心～火熱sim～hóe jiat⇨心中甚急。着～tioh～⇨發慌今日掠狂liah-kông。俗以抓jiàu作抓liah,非。兇～狗食無屎hiong～káu chiah-bô-sái⇨同上。

【狂去 kông-khì】 慌了。一下～～煞攏未記得chit-ē～～soah lóng bē(bōe)-kì-tit⇨一下子慌了，竟都忘記了。

【狂狂 kông-kông】 荒亂。兇兇～～hiong-hiong～～⇨十分荒亂。兇hiong，快速也。猛烈也。

【狂性 kông-sèng】 暴躁的性質。彼顆人自底眞～～，的確是食緊撞破碗也hit-kho·-lâng chū-té chin～～，tek-khak sī chiah-kín lòng-phoà-oáⁿ-à⇨他那個人本來就性質暴躁，一定是將好事撞壞了。自底就是～～的人chū-té chiū-sī～～ê lâng⇨本來就是急躁性急的人。

【狂風 kông-hong】 急風。疾風。～～大作～～tāi-chok⇨急風驟起。

**kông 槓** 桿也。木棒也。横以扛物者曰槓kông。樓～lâu～⇨樓之横梁hoâiⁿ-niû。→nâ-kông。樓～頂lâu～téng⇨樓上。→nâ-kông-téng。

【槓桿 kông-kàn】 助力器具。桿kàn，亦作杆 kàn。俗曰千斤力 chhian-kin-lat。英文Lever者也。～～原理～～goân-lí⇨物理學名詞。謂：杆上有動點、支點、力點的三點，動點與支點的距離越短，舉力越大。

**kōng 閧** 鬭也。吵鬧cháu-nāu也。吵鬧聲也。內～lāi～⇨內部自相攻殺。內訌lāi-hōng也。起～khí～⇨發生吵鬧。

【閧堂 kōng-tông】 全堂皆動。～～大笑～～tāi-chhiàu⇨全堂大樂大笑。笑得全堂動搖。

【閧閧 kōng-kōng】 熱～～jiat～～⇨非常熱鬧。鬧～～nāu～～⇨非常鬧。很熱。吵～～chhá～～⇨甚喧鬧。吵～～嚷～～食～～chhá～～jiáng～～chiah～～⇨又吵又嚷又食等，大喧大鬧也。

# ku

**ku 龜** 動物名。～笑鼈無尾～chhiò-pih bô-bóe⇨喻彼此彼此。五十步笑百步。～做～討食，𫟂做𫟂爬壁～chò～thó-chiah, hāu-chò-hāu pê-piah⇨喻各跑各的路。～齡鶴算～lêng hok-soàn⇨長壽的祝頌詞。恰如～扲抓kah-ná～teh-jiàu⇨如龜在爬行。喻拼命工作。

【龜毛 ku-mo】 龜本無毛也。喻無端起事。亦曰龜龜毛毛ku-ku mo-mo。

【龜仔 ku-á】 ㊀小龜，龜。㊁龜甲蟲類的通稱。水龜chúi～⇨一種水棲龜甲蟲。食～～免扒壳chiah～～bián peh khak⇨無老實bô-láu-sıt。與無撓翅bô-nâu-sıt諧音。撓nâu者，在口中以舌處理食物也。金龜kim-ku⇨陸棲的。甲虫俗稱牛屎龜gû-sái-ku。

【龜甲 ku-kah】 一種海龜之外壳。裝飾用。

【龜囝 ku-kiáⁿ】 龜之子女。亦罵詞。

【龜印 kiu-ìn】 龜形的印，刻在粿模上。此種粿模印的粿，有祭弔用的烏龜粿，慶祝用的紅龜粿âng-ku-kóe。

【龜卦 ku-koà】 龜甲做道具的卜卦法。

【龜怪 ku-koài】 不可思議。亦奇怪kî-koài也。～～人～～lâng⇨怪人。行動怪異的人。～～癖～～phiah⇨怪異的脾氣。按似爲奇怪kî-koài之轉。豈～～ká～～⇨畧同豈有此理khí-iú chhú-lí。

【龜板 ku-pán】 藥名。龜甲。

【龜背 ku-pōe】 如龜之背。駝背。

【龜祟 ku-sui】 ㊀狡猾。彼顆蓋～～hit-khoˑ kāi ～～ ⇨那家伙最狡猾。㊁當動詞。代誌都～～去也tāi-chì to ～～ khì-à⇨事已不成了(意謂有人狡脫)。

【龜脚 ku-ka】 龜之脚。柴籃仔底鼈～～趖出來也chhâi-nâ-á té-pih,～～ sô-chhut-lâi-à⇨喩露出馬脚。柴籃以竹片編之，多孔，鼈在其中，鼈脚或有在孔外者，底té，物放器中曰底té。

【龜帲 ku-phiaⁿ】 竹篾與竹葉編的龜甲形防雨具。農夫播田搔草時背以防雨。

【龜詆 ku-tuh】 遲鈍木訥thī-tun bok-lut。無嘴水bô-chhùi-chúi。未輸～～抄曷未曉問人一句bē(bōe)-su～～lè ah bē(bōe)-hiáu mn̄g-lâng chıt-kù⇨宛如龜詆一樣，連招呼人家一句都不會。

【龜結 ku-kiat】 安髮用之笄。金～～kim～～⇨金質的笄。結應爲笄ke之轉。笄ke，安髮具也。

【龜筋 ku-kin】 藥名。龜之筋。

【龜精 ku-chiaⁿ】 ㊀龜之鬼精。㊁打扮異常者。㊂男妓。

【龜頭 ku-thâu】 龜之頭。～～每是龜內肉～～ mā-sī ku-lāi-bah⇨喩都是一樣的自己人。

【龜鬃 ku-chang】 龜形的髮形。

【龜鼈 ku-pih】 龜與鼈。龍虎交戰，～～受罪liông-hóˑ kau-chiàn,～～ siū-chōe⇨喩大者相爭小者遭殃。

【龜殼花 ku-khak-hoe】 毒蛇名。亦稱牛角花gû-kak-hoe或百步蛇pah-pōˑ-choâ。

【龜龜毛毛 ku-ku-mo-mo】 同龜毛。

【龜龜祟祟 ku-ku-sui-sui】 同龜龜鼈鼈ku-ku-pih-pih。

【龜龜鼈鼈 ku-ku-pih-pih】 同龜祟ku-sui。彼的人都連本安爾～～～～的hit-ê-lâng to liâng-pún an-ne(ni)～～～～ê⇨那家伙原來就是如此的狡猾的。

**踞** ku 蹲un也。反企khiā也。伸脚或屈足也。暫且居住曰踞ku，寄人籬下亦曰踞ku。四界～sì-kè～⇨四處漂泊。罔蹲罔～bóng-un bóng～⇨姑且生活下去。貪道罔～也taⁿ tō bóng～ā⇨而今要暫度下去了。

【踞脚 ku-kha】 暫且居之。於朋友許先借～～一下有厝道要搬也tī peng-iú-hia seng-chioh ～～ chıt-ē, ū-chhù tō boeh poaⁿ-a⇨在朋友家先暫借住，有家就要搬進去也。

【踞燒 ku-sio】 暫避風寒。暫時～～抄耳chiām-sî～～lè niā⇨暫時躲避風寒而已。

【踞人的畚仔脚 ku-lâng-ê-pún-á-kha】 寄人籬下。畚pún者，積穀之器。粟畚chhek-pún，小粟倉，以竹篾tek-bıh編之，外塗泥，農戶多有之，而今不知倘存否。～～～～～～看人的頭面～～～～～～ khoàⁿ-lâng-ê thâu-bīn⇨依人籬下伺人面色(的生活)。

**ku 痀**　曲脊也。亦作跔，手足不伸也矮痀僂ē-ku-lo͘也。矮小亦曰痀ku。矮～矮～也ē～ē～a⇨(人)甚短小。筍～仔sún～á⇨筍僂仔sún-lo͘-á⇨短小之竹筍。彎～的ún-～ê⇨駝背人。俗痀多作龜。

【痀枝 ku-ki】　駝背的阿枝其人。～～，跛圭，阿賜叔也，龍叔公～～,pái-ke,a-sù-sû-a, lông-chek-kong⇨駝背阿枝，跛脚阿圭，阿賜叔，龍叔公。謂：有枝，圭，賜，龍四兄弟，貧者直呼其名且道出其身體上之缺陷，富者即稱叔，甚至稱叔公。喻世態炎涼，認錢不認人，論貨(非歲hōe)不論輩之刻薄相。叔chek在客家同化河洛人家之中，多有保持其原音阿叔a-chek呼阿叔a-sû者。

**ku 拘**　曲礙也。但也。却khiok也。咱可伊～不抄lán-hó i～m̄-leh⇨我們可以，但是他不肯也。我們是可以，但是他不肯也。憚罔憚抄，成績～未偲抄toā$^{n}$-bóng-toā$^{n}$-leh, sêng-chek～bē(bōe)-bái-leh⇨懶惰固懶惰也，成績却不壞哩。憚toā$^{n}$，畏苦忌難ùi-khó-kī-lân，亦即懶惰也。該是該抄，咱～無錢抄ài-sī-ài-leh, lán～bô-chî$^{n}$-leh⇨需要是需要的，我們却無錢(可買)也。不～m̄～⇨但是，同拘ku。不m̄字同不免m̄-bián的不m̄，並無打消之作用。讀是有抄讀，不～考未稠tha̍k-sī ū-teh-tha̍k, m̄～khó-bē(bōe)-tiâu⇨不字之有無，句意完全一樣。不～安爾較省m̄～an-ne(ni) khah-séng(sé$^{n}$)⇨但是如此省錢也。不m字亦是無作用的。愜意不～無伊法抄kah-ì m̄～bô-i-hoat-leh⇨中意(她)也，但是拿他無奈何哩。不字亦不作用。

**ku 苦**　苦力ku-lí, Coolie，從事重勞動的雜工。漢詞之被英語化者。落屎～～lâu-sái～～⇨凡指無用之輩。例如比賽輸了，也要食上此一句。阿里山～～炐壁a-lí-san～～pōng-piah⇨意謂無錢。轉而謂：袋仔底袋炐子tē-á-té tē pōng-chí⇨就是阿里山苦力，袋中只有炐子而無錢也。謂阿里山苦力是受雇袋炐子去炐壁者也。炐pōng，物遇火而張起曰炐pōng。炐子pōng-chí，即炐巖崖之炸藥chà-io̍h也。

**kú 韮**　韮菜kú-chhài也。韮kú爲韭kú之俗字。蔬菜類之一。豆干炒～～，豬肺炒鳳梨，燒燒一碗來，冷冷阮無愛tāu-koa$^{n}$ chhá～～, ti-hì chhá ông-lâi, sio-sio chi̍t-oá$^{n}$-lâi, léng-léng goán-bô-ài⇨童謠。死某換新衫，死翁割～～sí-bó͘ oā$^{n}$-sin-sa$^{n}$, sí-ang koah～～⇨玩童的刻薄戲語。

【韮黃 kú-hông】　kiú-hông。未出土之黃色幼韮菜。今已以掩蓋法栽培之。比普通之青韮菜被視爲高貴一等。

**kú 久**　永也。長也。舊也。眞～了chin～lò͘⇨很久了。多年以前了。無若～bô-goā～⇨不久。不甚久。許爾～hiah-ni～⇨那麼長的時間。荅仔～tap-á～⇨片刻phiàn-khek。食無～也chia̍h-bô～à⇨快要死了。擋～道輸管甫tòng～tō-su koán-hú⇨喻曠日彌久必敗。管甫koán-hú者地方之小吏。謂鬪不過小吏也。或謂是退伍之士兵之營高利貸者。

【久年 kú-nî】　甚多年前。許盒～～的代誌也喏he-ta$^{n}$～～ê tāi-chì-à-nò⇨那是多年以前之事了。

【久長 kú-tn̂g】　長久tiâng-kiú。～～病～～pē$^{n}$(pī$^{n}$)⇨同上。今要鬥短的抑鬥～～的ta$^{n}$ boeh-tàu té-ê a̍h tàu～～ê⇨戲白。結露水夫妻曰湊tàu。日近西山不～～ji̍t-ki̍n se-soa$^{n}$ put～～⇨謂老年人的歲月不多了。

【久病 kú-pē$^{n}$(pī$^{n}$)】　長病。～～無藥醫～～bô-io̍h-i⇨同上。～～見孝子～～kiàn hàu-chú⇨父母久病的侍候中才可看出子女之眞孝。

**kú 蒟**　蒟蒻kú-jia̍k也。植物名。狀似芋仔ō͘-á，其地下球莖煮成半透明的豆腐形而有彈性者，可供爲菜蔬，市場中所常見，所謂蒟蒻kon-nyaku(日文)者是也。

**kù 句** 止也。言語章句也。文～無順bûn～bô-sūn⇒同上。好詩好～hó-si hó～⇒同上。美辭麗～bí-sû-lē～⇒同上。佳～ka～⇒同上。爲人性癖貪佳～，語不驚人死不休ûi-jîn sèng-phek tham ka～, gí put-keng-jîn sú-put-hiu⇒杜甫。話不投機半～多ōe put-tâu-ki poàn～to⇒不投合的話半句也太多了。一百～五十雙chi̍t-pah～gō-cha̍p-siang⇒謂話多無用。

【句句 kù-kù】 每一句話。～～攏是眞的～～lóng-sī chin-ê⇒句句實話。條條熟～～青tiâu-tiâu-se̍k～～chhe$^{n}$⇒謂讀書每條都能唸，斷句起來却不懂半句。所謂讀册歌也。

【句讀 kù-tāu】 文章之成文者爲句，未成句者爲讀tāu。凡訓蒙，須講究，詳訓詁，明～～hoân-hùn-bông, si káng-kiù, siâng-hùn-kó·, bêng～～⇒三字經。今之標點符號即爲明句讀之用也。

**kù 吸** 抽煙曰吸kù。煙仔罔～hun-á bóng～⇒姑且吸煙。

**kù 灸** 火艾燒灼以治病也。鍼灸chiam-kù⇒鍼灸chiam-kiù。

**kū 舊** 故也。久也。新之對。凡非新者皆曰舊kū。故交曰舊kū。半新半～poà$^{n}$-sin-poà$^{n}$～⇒同上。物著新人著～mi̍h-tio̍h-sin lâng-tio̍h～⇒物要新的人要舊的。迎新去～gêng sin-khì～⇒同上。內山兄選保正，照～lāi-soa$^{n}$-hia$^{n}$ soán-pó-chèng, chiàu～⇒較諸今日之看錢者，還算忠厚。還～賒新hêng(hâi$^{n}$)～sia-sin⇒淸還舊賬再賒新賬。

【舊欠 kū-khiàm】 舊的負債。～～賬～～siàu⇒同上。還～～賒新賬hêng(hâi$^{n}$)～～sia-sin-siàu⇒同上。

【舊交 kū-kau】 故舊。老朋友lāu-pêng-iú。

【舊年 kū-nî】 去年。～～有來過～～ū-lâi-kòe⇒去年來過了。～～底～～té⇒去年年末。

【舊的 kū-ê】 古物kó·-bu̍t。舊人kū-jîn。新的未來，未知～～可寶惜sin-ê bōe(bē)-lâi bōe(bē)-chai～～hó-pó-sioh⇒謂新的未必較舊的好。

【舊例 kū-lē】 老例規。新例無設，～～無滅sin-lē bô-siat，～～bô-bia̍t⇒極保守的諺語。事實是：新例也着設，～～也着滅sin-lē ā-tioh-siat～～ā-tioh-bia̍t⇒新例也該新設，舊例也該滅也。

【舊物 kū-mi̍h】 kiū-bu̍t。故物kò·-bu̍t。～～攏無拍損～～lóng bô phah-sńg⇒故物皆①無損失。②有所派用。

【舊底 kū-té】 原來goān-lâi。以前。～～無安爾～～bô-an-ne(ni)⇒原來不是這個樣子。

【舊怨 kū-oàn】 積怨chek-oàn。～～添新愁～～thiam sin-chhiû⇒同上。

【舊派 kū-phài】 保守派。～～新派當拎拼～～sin-phài tng-teh-pià$^{n}$⇒舊新兩派正在拼鬪。

【舊相 kū-siù$^{n}$】 陳舊的樣相。～～差未生酵耳～～chha-boe se$^{n}$-ko· niâ⇒同上。舊得只差未生酵而已。其對詞曰新嫣sin-ian。

【舊酒 kū-chiú】 新瓶底～～sin-pân té～～⇒喻所謂新政策却是老方案。並無新味。

【舊料 kū-liāu】 舊材料。～～猶恰如新料拎～～iáu kah-ná sin-liāu-leh⇒舊料還是像新料一樣。

【舊時 kū-sî】 往日。以前。～～的社會較有人情味～～ê siā-hōe khah-ū jîn-chêng-bī⇒同上。

【舊岫 kū-siū】 老家。人講豬岫不值得狗岫穩，較講亦～～較好lâng-kóng ti-siū m̄-ta̍t-tit káu-siū ún, khah-kóng a̍h～～khah-hó⇒古人言，豬巢沒狗巢穩(喻換地方)，怎麼說都是自己的老家好。巢châu；在木曰巢在穴作窟在巖作岫siū岫siū，亦家也。

【舊款 kū-khoán】 老款式lāu-khoán-sit。囡仔人穿安爾傷～～去啦gín-á-lâng chhēng-an-ne(ni) siuⁿ～～ khī-lā⇨年輕人，穿揷如此，太過古板kó·-pán也。

【舊路 kū-lō·】 kū-lō·。㊀老道路。㊁老款式。即款的較～～也chit-khoán-ê khah～～ā⇨此種樣式的舊一點。半～～仔poàⁿ～～á⇨半新不舊的。

【舊空頭 kū-khang-thâu】 老情人lāu-chêng-jîn。講合個～～～仔猶拎行kóng kah-in～～～á iáu-teh-kiâⁿ⇨據說與他老情人關係還進行中。

【舊存年 kū-chûn-nî】 前年chiân-liân。前年chêng-nî。～～～仔～～～á⇨同上。

【舊東西 kū-tang-sai】 故物kò·-but。一對新人物，兩件～～～chit-tùi sin-jîn-but, nn̄g-kiāⁿ～～～⇨據說有個滑稽先生以此對聯戲謔一對都是再婚的朋友。

【舊貨底 kū-hòe-té】 售餘殘貨 siū-î-chân-hòe。摒～～～piàⁿ～～～⇨清除倉底故貨。賤售舊貨。扱人的～～～⇨接他人舊物(棄婦)。

【舊禮教 kū-lé-kàu】 汎指舊的東西。或可說是所謂儒教的各種觀念與束縛。～～～敢道攏僫的也是否～～～kám tō lóng-bái-ê-à sī-bô·⇨舊孔教就全是壞的了嗎(老夫子的不平也)。

## 舅 kū

母之兄弟，母舅bó-kū。妻之兄弟曰妻舅chhe-kū。阿～a～⇨對母之兄弟的稱呼。

【舅父 kū-hū】 俗稱阿舅a-kū。～～舅母～～kū-bó⇨阿舅阿妗a-kū a-kīm。

【舅公 kū-kong】 舅祖父。～～舅媽～～kū-má⇨俗稱舅公kū-kong妗婆kīm-pô。

【舅仔 kū-á】 妻舅chhe-kū。～～妗仔～～kīm-á⇨妻舅與其妻。～～姊夫會鬥得～～ché-hu ē(ōe) tàu-tit⇨舅仔與姊夫兩人合得來。

## 具 kū

置也。備也。器物也。材能也。器～khī～⇨同上。道～tō～⇨同上。茶～tê～⇨同上。有材～iú-châi～⇨有材能。

【具文 kū-bûn】 kī-bûn。有名無實的空文。在個法律是～～耳chāi-in hoat-lut sī～～niā⇨在於他們，法律只是～～而已。

【具保 kū-pó】 kī-pó。法律名詞。以人或金錢爲保證。～～放人～～pàng-lâng⇨同上。

【具結 kū-kiat】 kī-kiat。簽字誓約眞實。在場人有～～證明chāi-tiûⁿ-jîn iú～～chèng-bêng⇨同上。

【具體 kū-thé】 事物的實體。講無～～kóng-bô～～⇨說得空洞缺事實。代誌～～化了tāi-chì～～hoà-lò·⇨事有形有體了。有影拎～～進行也ū-iáⁿ teh～～chìn-hêng-ā⇨眞的在進行了。

## 俱 kū

皆也。同也。偕也。

【俱存 kū-chûn】 kī-chûn。皆在。～～俱亡～～kū-bông⇨同上。父母～～hū-bó～～⇨父母皆健在。

【俱佳 kū-ka】 kī-ka。都好。同樣好。唱做～～chhiùⁿ-chò(chòe)～～⇨唱歌，做戲兩樣都好。

【俱備 kū-pī】 kī-pī。皆齊備。萬事～～只欠東風bān-sū～～chí-khiàm tang-hong⇨三國演義故事。喻只欠錢。

【俱樂部 kū-lok-pō·】 kī-lok-pō·。英文Club的譯音兼譯意。公共的娛樂場所。

## 咕 kū

言詞不清楚。腹鳴聲。鳥鳴。

【咕嚕 kū-lū】 言詞不明。嘰哩～～ki-lí～～⇨形容不清楚的言詞。嘰哩～～不知拎講啥ki-lí～～m̄-chai teh-kóng sahⁿ(siahⁿ)⇨同上。嘰哩～～叫ki-lí～～kiò⇨①同前。②腹鳴。

【咕咕叫 kū-kū-kiò】 ㊀腹鳴。腹肚～～～pat-tó·～～～⇨肚裏嘰哩咕嚕叫餓了。㊁鳥鳴。粉鳥～～～hún-chiáu～～～⇨鴿子的叫聲。

【咕咕哮 kū-kū-háu】 同咕咕叫kū-kū-kiò。

kū **距** 同kī。㊀間隔也。～今九日～kim kiu-jit⇨離現在（今天）已九天了。～此不過三里～chhú put-kò sa$^n$-lí⇨離此地不到三里。㊁至也。到也。予决九川，～四海íkoat kiú-chhoan，～sú-hái⇨古書。㊂抗拒。敢～大邦kâm～tāi pang⇨詩經。㊃豈也。難道也。衛奚～然哉ōe-hê～jiân chai⇨韓非子。㊄鷄爪，此爲本字之原義也。

【距離 Kū-lī】 ㊀間隔也。指空間或時間之長短或遠近。咱二人中間無甚麼～～lán n̄ng-lâng tiong-kan bô sa$^n$h-ma～～⇨咱倆毫無隔閡。㊁幾何有三種～～，你知否？ki-hô ūsa$^n$-chióng～～，lí chai bo？⇨垂直～～，水平～～，斜～～ thui-tit～～，chúi-pêng～～，siâ～～。

## kui

kui **胿** 大腹也。膌胿tè-kui，大腹也。頷頣ām-kún曰胿kui。頷頣仔～ām-kún-á～⇨頸也。大頷～toa-ām～⇨所謂頷下生瘤ām-ē-se$^n$-liû。飽～pá～⇨滿腹boán-hok。食到傷飽～了chiah-kà siu$^n$ pá～lō⇨吃得太滿腹了。骾～ké$^n$～⇨因飽胿pá-kui而食物通不過頷管。食到骾～也猶要更食chiah-kà ké$^n$～a iáu-boeh-koh-chiah⇨吃得通不過頷了還要再吃。鷄～ke～⇨鷄之軟胃囊。歕鷄～pûn-ke～⇨吹牛。講大話。亦單曰鷄胿ke-kui。鷄～破也ke～phoà-à⇨吹牛失効了。

【胿胿 kui-kui】 滿腹。食到～～也chiah-kà～～a⇨吃（亦指貪污）得肚子太飽了。

kui **閨** 女子之居室也。臥室也。蘭～lân～⇨同上。璇～soân～⇨同上。深～chhim～⇨同上。

【閨女 kui-lí】 未出嫁之少女。黃花～～hông-hoa～～⇨同上。

【閨房 kui-pâng】 居室。臥房。～～夫妻之私，豈止於畫眉者乎～～hu-chhe chi su kí chí-î ōe-bî-chiá-hō⇨因爲牽手畫眉而被彈劾失威儀的張先生的答辯詞。

【閨秀 kui-siù】 有才學之婦女。～～作家～～chok-ka⇨同上。

【閨怨 kui-oàn】 女子情場失意之怨。

【閨範 kui-hoān】 稱讚有德行的婦女，謂可爲閨中之模範。～～永式～～éng-sek⇨弔祭婦女的套詞。

kui **圭** 瑞玉也。潔白也。白～無瑕pek～bû-hâ⇨白玉無瑕疵。喩其貞節十全無缺點。圭kui（ke）亦作璧phek。

【圭角 kui-kak】 言動性格不同凡俗。～～漸露～～chiām-lō⇨同上。

【圭臬 kui-giat】 測日影的器具。喩準繩。莫不奉爲～～bok put hōng-ûi～～⇨同上。

kui **龜** 烏龜o·-kui。娼館主也。又所謂食軟飯chiah-nńg-pn̄g者也。

kui **規** 法度也。正圓之器也。圓形也。成例也。法～hoat～⇨同上。官～koa$^n$～⇨同上。陋～lō～⇨同上。定～tēng～⇨同上。

【規車 kui-chhia】 兩脚規。Compass。

【規例 kui-lē】 規則。例規。

【規定 kui-tēng】 所定的法度。規程。明文～～bêng-bûn～～⇨同上。

【規則 kui-chek】 規矩。治事的守則。辦事～～pān-sū～～⇨同上。

【規約 kui-iak】 團體議定的規定。

【規格 kui-keh】 製品或工作的標準。～～定眞嚴～～tēng chin giâm⇨同上。

【規個 kui-ê】 整個人。～～郎，攏俙死乎郎，郎曷有彼類生命～～lâng, lóng-boeh sí-hō·-lang, lâng ah-ū hit-lōe se$^n$-miā⇨謂全部（事）皆要依賴（我，我）安有那麼大的力量。

【規矩 kui-kí】 法度。照～～行chiàu～～kiâ$^n$⇨同上。無～～bô～～⇨同上。好～～hó～～⇨同上。～～疊實的人～～thiap-sit ê lâng⇨品行方正性情老實之人。～～有較嚴也～～ū-khah giâm-ā⇨同上。

【規條 kui-tiâu】 規則。條文。

【規程 kui-thêng】 同規定。服務～～hok-bū～～⇨同上。

【規費 kui-hùi】 政府爲特定的人民辦事所受的法定費用。俗謂手續費chhiú-siok-hùi，或手數料chhiú-só·-liāu(皆日文)。

【規模 kui-bô·】 Scale。大～～的toā～～ê⇨同上。～～眞大～～chin-toā⇨計畫很大。

【規範 kui-hoān】 人所應遵行的規定或範例。會議～～hōe-gī～～⇨會議應守的原則。

【規諫 kui-kàn】 以誠實相勸誡。忠告。

【規避 kui-pī】 不應避而設法逃避之。～～責任～～chek-jīm⇨企圖免負責任。

【規口灶 kui-kháu-chàu】 全家也。同規家伙。

【規家伙 kui-ke-hóe】 全家。～～～仔攏每嘴紅紅俫食郎耳～～～á lóng-mā chhùi-âng-âng boeh-chiah-lâng niâ⇨全家都是開口等候他人給食而已。

**kui 歸** 女嫁也。人回也。還物也。專也。一也。會也。附從也。之子于～chi-chú-î～⇨女子出嫁。胡不～ô·-put～⇨爲何不回來。原璧～趙goân-phek-～tiō⇨物歸舊主。天下～心thian-hē～sim⇨全國一心。完整也。或謂同規。余謂無錯，但規kui是規制的整體的，歸是歸一的歸。

【歸一 kui-it】 皈於一。萬宗～～bān-chong～～⇨萬派歸爲一派。喩很多道理究竟還是一個道理。

【歸人 kui-lâng】 一個人。專人。即類代誌該～～辦，藉未亂去chit-lōe tāi-chì ài～～pān, chiah bē-loān-khì⇨此種事情應該專人來承辦，才不致混亂。

【歸人 kui-jîn】 自外回家之人。

【歸下 kui-ē】 同歸項。很多項歸做一項。～～做～～chò⇨作一次做。

【歸土 kui-thó·】 死亡。埋葬。含笑～～hâm chhiàu～～⇨滿足於人生微笑而死。

【歸水 kui-chúi】 一巢鷄蛋一次孵出來的小鷄羣叫做一水鷄仔。～～即是全水，亦即同時出世的全部小鷄。又農作物的一次一批收成亦叫一水。該批收成的全部叫～～。例如～～收成～～siu-sêng⇨一次的收穫。

【歸手 kui-chhiú】 一手。～～去做～～khì-chò⇨自己一手去做。～～賣～～bē(bōe)⇨一家獨佔。～～囝～～kiáⁿ⇨一母所生之所有子女。

【歸月 kui-goeh】 整個月。一個整月。關於時間的表現詞，皆同樣的用法，舉例於次；歸點鐘kui-tiám-cheng，歸日kui-jit，歸年kui-nî，歸百年kui-pah-nî等等皆同解。又關於金錢即用：歸顆kui-kho·⇨整整一元，歸十、百、千元kui-chap, pah, cheng kho·。又關於數字自歸十kui-chap起，百、千、萬等等均同樣應用。不另加舉例。又元（圓）曰顆kho·；因元爲圓形之物故也。

【歸化 kui-hoà】 甲國的人民依法改其國籍爲乙國的公民。

【歸孔 kui-khang】 ㊀負傷。拍到～～血仔浸浸流phah-kà～～hoeh-á chhim-chhim-lâu⇨打得成了個傷洞，血浸浸而流。㊁整個洞穴。～～攏是毒蛇～～lóng sī tok-choâ⇨整個洞都居有毒蛇。

【歸心 kui-sim】 ㊀心悅而歸服。天下～～thian-hē～～。㊁專心一意。～～讀册～～thak-chheh⇨一心認眞讀書。㊂回歸之心。～～如箭～～jî(jû) chìⁿ⇨心如箭飛向家門。

【歸天 kui-thiⁿ】 滿天。～～攏是星～～lóng-sī-cheⁿ⇨滿天星。但如讀kui-thian即指死亡。

【歸民 kui-bîn】 歸屬民有。歸官～～都有規定kui-koaⁿ～～ to ū kui-tēng⇨官有民有各

有規定。

【歸正 kui-chèng】 去惡從善。重生。改邪～～kái-siâ～～⇨去邪皈正。

【歸主 kui-chú】 ㊀歸上帝。㊁歸屬主人。㊂整批。一個所有人。～～貨～～hòe⇨整批貨。一個人的貨。～～買的～～bé-ê⇨整批買的。單獨一家買的。

【歸付 kui-hù】 全付。茶具～～tê-kī(kū)～～⇨全付的茶具。～～的椀盤～～ê oáⁿ-poâⁿ⇨整套的餐具。

【歸去 kui-khì】 歸屬。生理伊攏～～也seng-lí i lóng～～ā⇨商理全都歸屬他了。

【歸疋 kui-phit】 全疋的布。布算疋phit，一疋長四丈。

【歸仙 kui-sian】 死亡。好～～hó～～⇨死得充滿榮譽。死得很安樂一無痛苦。

【歸打 kui-táⁿ】 整整十二個數爲一打。

【歸田 kui-tiân】 辭官返鄉。

【歸本 kui-pún】 ㊀～～册～～chheh⇨整本書。～～古～～kó͘⇨整條故事。

【歸庄 kui-chng】 全庄。整條村。～～攏㾀～～lóng-siáu⇨全村皆瘋了。

【歸尾 kui-bóe】 ㊀結尾。最後。～～亦是有錢人較贏～～ah-sī ū-chîⁿ-lâng khah-iâⁿ⇨最後亦是有錢人較有利。㊁整條。～～魚無人食～～hî bô-lâng chiah⇨同上。

【歸串 kui-chhǹg】 全串。～～的眞珠璉～～ê chin-chu-liān⇨整串的眞珠鏈。

【歸佛 kui-hut】 歸依佛教。

【歸角 kui-kak】 ㊀一個角落。㊁整整一角錢。

【歸身 kui-sin】 全身。要到～～攏土sńg-kà～～lóng-thô͘⇨玩到全身是土泥。

【歸位 kui-ūi】 ㊀皈回原位置。㊁一定的位置。一個位置。逐家坐～～tak-ke chē～～⇨大家坐在一起。

【歸咎 kui-chiū】 追責任。～～於人～～î jîn⇨將責任歸屬於別人。自己不負責。

【歸宗 kui-chong】 ㊀女子自外歸寧。㊁養子終止其收養關係恢復本宗。萬法～～bān-hoat～～⇨同上。㊂整批貨物叫～～貨～～hòe。～～出售不零賣～～chhut-siū put-lêng-bē⇨整批出售不作零賣。㊃萬法～～bān-hoat～～⇨同上。

【歸依 kui-i】 佛家語。因信仰而投依之。～～佛門～～hut-mn̂g⇨落髮爲尼。剃髮爲僧。

【歸官 kui-koaⁿ】 歸屬官方。

【歸面 kui-bīn】 ㊀全面。～～攏擦紅的～～lóng chhat âng-ê⇨整個顏面都塗抹紅色。㊁片面。講～～話kóng～～ōe⇨講片面的話。

【歸省 kui-séng】 返鄉省親。～～父母～～hū-bó⇨同上。～～父母～～hū-bó⇨同上。

【歸個 kui-ê】 完整的一個。整個。～～好好，不可拍破去～～hó-hó, m̄-hó phah-phoà-khì⇨整個完好的，不可打爛它。

【歸家 kui-ka】 ㊀回家。㊁整個家族。歸家族kui-ka-chok。

【歸家 kui-ke】 一家。全家。～～伙～～hóe⇨全家。

【歸氣 kui-khì】 專一。不麻煩。做信解散較～～chō-siàn kái-sàn khah～～⇨索性解散了較省麻煩。～～做田較直～～chò-chhân khah-tit⇨專心耕田較單純。

【歸班 kui-pan】 同歸羣。～～學生～～hak-seng⇨一班學生。

【歸班 kui-pang】 一班。～～車攏女學生～～chhia lóng lí-hak-seng⇨一班車中皆是女學生。

【歸陣 kui-tīn】 同歸羣。～～囡仔～～gín-á⇨同上。

【歸套 kui-thò】 整套。白賊話講～～peh-chhat-ōe kóng～～⇨謊話說整套。見唱都是～～的陳三五娘kiàn chhiùⁿ to-sī～～ê tân-sa$^{n}$-gō͘-niû⇨每唱皆是整套的陳三五娘歌。

【歸組 kui-cho͘】 全組。組全體。組字可以任何同性質，例如：隊、班、部、會、校等等，表示一種組織的名詞代替，均可形成各名詞所含的各種意義。

【歸族 kui-cho̍k】 全民族或全家族。

【歸陰 kui-im】 返回陰間。死亡。一命～～it-miā～～⇨死亡。

【歸國 kui-kok】 ㊀返國。回國。㊁整個國家。全國。～～攏戒嚴～～lóng-kài-giâm⇨全國皆戒嚴。

【歸排 kui-pâi】 成列。樹仔種～～chhiū-á chèng～～⇨樹木種成一直線。

【歸晡 kui-po͘】 整半天。等～～猶未來tán～～iáu-bōe-lâi⇨等了半天還未到。

【歸巢 kui-siū】 ㊀返回巢。鳥仔～～chiáu-á～～⇨鳥還巢。㊁巢全部。～～無去～～bô-khì⇨巢不見了。

【歸堆 kui-tui】 ㊀物甚多在一處。～～若山～～ná-soa$^{n}$⇨堆積如山。㊁人甚多在一處。買無票的人，激～～於許得諫讖訕bé-bô-phiò ê lâng, kek～～tī-hia teh-kàn-tóng-soān⇨買不到票的人，擠集如小山在那裡惡言惡語。

【歸粧 kui-chng】 同種同樣的貨色。～～貨～～hòe⇨同上。

【歸項 kui-hāng】 成套或成筆的。零星的扱～～lân-san-ê khioh～～⇨零星的(小錢等)積聚成整筆的(大錢)。扱khioh，作爲也。

【歸港 kui-káng】 ㊀全港。㊁～～水～～chúi⇨整股流水。～～泉水～～choâ$^{n}$-chúi⇨一大股泉水。整股泉水。～～風～～hong⇨整股風。

【歸間 kui-keng】 整個房子。～～人～～lâng⇨整間房子都擠滿了人。又房中之人。

【歸期 kui-kî】 回家的期日。～～未有期～～bī-iú-kî⇨回家未有決定的時日。

【歸棵 kui-koe̍h】 全木之分斷(節)也。棵koe̍h，斷木也。柴頭木～～chhâ-thau bak～～⇨斷木斷片也。

【歸顆 kui-kho͘】 木之大者曰顆kho͘，小者曰枝ki。～～則整支大木。歸枝則指小枝或椏oe。又～～又喻整個人。～～倨賴人～～oá-loā-lâng⇨整個人倒賴別人支持。

【歸椀 kui-oá$^{n}$】 畧同歸盤。～～攏捧去也～～lóng-phâng-khì-à⇨全部皆收入手中了。又喻小妾獨佔丈夫。椀，亦作碗。

【歸順 kui-sūn】 放棄反抗而投降。～～上帝～～siōng-tè⇨同上。土蕃的～～thó-hoan ê～～⇨土蕃投降。

【歸節 kui-chat】 整節。全節。節指。㊀一棵木竹的若干部份。㊁詩歌的一段。～～攏是謳樂上帝～～lóng sī o-ló siōng-tè⇨全段皆頌揚上帝。

【歸罪 kui-chōe】 追究罪責。～～別人～～pa̍t-lâng⇨歸罪於別人。

【歸羣 kui-kûn】 衆多。群同陣tīn。～～人，無人肯救伊～～lâng, bô-lâng khéng kiù ī⇨一大羣人，沒人肯救他。

【歸路 kui-lō͘】 一路中，～～攏落雨～～lóng lo̍h-hō͘⇨路中皆在下雨。

【歸葩 kui-pha】 一大穗。～～龍眼攏食去～～lêng-kéng lóng-chia̍h-khì⇨一大葩的龍眼全都吃掉了。

【歸埞 kui-tè】 ㊀整片。全片。～～地～～tē⇨整片的土地。㊁～～～～⇨一片一片。一塊一塊。食物作餅teh，亦讀餅te，一種油炸食品名叫顆仔餅khok-á-te，如全包蠔仔者即叫蠔餅ô-te。一般作塊teh。塊khòai，土丸也，土皮thô͘-phōe也。

【歸寧 kui-lêng】 新娘回外家。

【歸暝 kui-mê$^{n}$】 整夜。～～睏未去～～khùn bē-khì⇨整夜睡不着。

【歸孵 kui-pū】 全孵。全巢(巢中有孵化中的蛋)。

【歸趙 kui-tiō】 物歸原主。完璧～～oân-phek～～⇨和氏璧完完整整歸回趙國。藺相如的故事。轉指還債務。時到一定如數～～sî-kàu it-tēng jî-sò͘～～⇨限期到了一定如數奉還。

【歸圖 kui-tô͘】 專門。專心。～～讀册～～thak-chheh⇨專心讀書。～～做五金～～chò ngó͘-kim⇨專門做五金商這一門。

【歸對 kui-tùi】 一雙。一對。～～的宋瓷大花瓶～～ê sòng-hûi toā-hoe-pân⇨成對的宋瓷大花瓶。瓷chû，陶器之堅緻者，俗作磁chû。

【歸盤 kui-poâⁿ】 一盤。全盤。～～商理～～seng-lí⇨同上。

【歸篇 kui-phiⁿ】 全篇。～～攏是亂講～～lóng-sī loān-kóng⇨全篇皆胡言。

【歸隱 kui-ún】 退隱。脫離塵世。～～山林～～san-lîm⇨隱居山林不問俗塵之事。

【歸雙 kui-siang】 成對。一雙。兩個。賣鞋是講～～的，曷有人講一脚的bē(bōe)-ê(ôe) sī kóng～～ê, ah ū-lâng kóng chit kha-ê⇨賣鞋子是講雙的何有人講單脚。

【歸邊 kui-pêng】 片面。偎～～oá～～⇨支持單方面，不公平。

【歸欉 kui-châng】 整棵樹。～～倒落來～～tó-loh-lâi⇨歸棵樹仔倒落來也kui-kho͘ chhiū-á tó-loh-lâiā。

【歸世人 kui-sì-lâng】 一世人。一生。艱苦～～～kan-khó͘～～～⇨辛苦勤勞一生。

【歸納法 kui-lap-hoat】 論理學名詞。與演繹法同爲近代科學研究發展的主要方法。

**鬼** kúi 人死歸鬼kúi。凡陰險害人，詭計多端，行爲不光明等皆曰鬼kúi。引～入宅ín～jip-theh⇨同上。講～～到，講人人於尻川後kóng～～kàu, kóng-lâng lâng tī kha-chhng-āu⇨同上。又癖好逾常亦皆曰鬼kúi，酒～chiú～⇨同上。色～sek～⇨同上。傲～kiáu～⇨傲kiáu作賭博解。其他有，垃圾～lah-sap～⇨同上。齷齪o-cho～⇨同上。痶瘑～thai-ko～⇨同上。亦有：枵～iau～⇨同上。餓～ngō～⇨同上。變什麼～？⇨弄何玄虛等等。不成人不成～m̄-chiâⁿ-lâng m̄-chiâⁿ～⇨同上。水～叫跛瑞chúi～kiò pái-sūi⇨謂鬼所誘者是有毛病之人。

【鬼仔 kúi-á】 鬼。小鬼。～～騙閻羅～～phiàn giâm-lô⇨喻以小騙大是行不通的。恰如～～囝kà-ná～～kiáⁿ⇨恰如鬼之子。孩童有歪聰明。～～根～～kin⇨骨瘦如柴。～～胎～～the⇨女人看似懷孕，但生不出孩兒。～～孔～～khang⇨鬼怪出沒之處。陰陰森森人不敢到之處。～～菰～～ko͘⇨毒菰。～～市～～chhī⇨①價格與交易時常出現意外現象的市場。價格忽高忽低，交易情形忽熱忽冷等。②天未明即交易天明即散市的市場。又名賊仔市chhat-a-chhī。～～目～～bak⇨眼神陰險者。～～火～～hóe⇨夜間在郊野或墓地忽隱忽現的燐火。～～風～～hong⇨旋風。令人覺得不寒而慄的冷風。

【鬼邪 kúi-siâ】 鬼怪妖邪。八卦破～～pat-koà phò～～⇨八卦能破解鬼邪之禍。

【鬼卒 kúi-chut】 鬼兵。小鬼。魚蝦～～hî-hê～～⇨同上。

【鬼怪 kúi-koài】 妖怪。怪物。妖魔～～iau-mô～～⇨同上。～～人～～lâng⇨奸智的人。

【鬼門 kúi-mn̂g】 地獄之門。～～關～～koan⇨人鬼的隔界處。開～～khui～～⇨七月一日鬼門開放，放出孤魂餓鬼接受陽間的普渡，一個月而期滿，諸鬼必須重回地獄云。

【鬼神 kúi-sîn】 鬼與神。敬～～而遠之kèng～～jî oán chi⇨鬼神之事，可敬而不可暱lek。

【鬼節 kúi-cheh】 盂蘭盆會拜鬼神。

【鬼話 kúi-ōe】 鬼的故事。不像人的話。你是得講～～lí sī-teh kóng～～⇨你是在講無根無據的壞話。

【鬼精 kúi-chiaⁿ】 鬼的妖精。

【鬼扲逮 kúi-teh-tōe】 鬼在尾隨。彼顆那會迭迭於許，未輸～～～扲hit-kho· ná-ē tiāⁿ-tiāⁿ tī-hia, bē-su～～～leh⇨那家伙何以常在彼地，宛如鬼在尾隨（好討厭也）。

【鬼頭刀 kúi-thâu-to】 劊子手的斬頭刀。

【鬼合馬哮 kúi-kah-bé-háu】 鬼與馬對哮。喻事不相關或語言不相通。毋扲～～～～m̄-teh～～～～⇨眞是鬼馬對哮。事不相及也。～～～～，未輸看著鬼扲～～～～bē-su khoàⁿ-tio̍h kúi-leh⇨眞是牛頭不對馬嘴的活見鬼了。

【鬼計多端 kúi-kè to-toan】 詭計kúi-ke甚多。

【鬼鬼怪怪 kúi-kúi-koài-koài】 喻行爲陰險不公明。～～～～的人～～～～ê lâng⇨其人。不免扲～～～～m̄-bián teh～～～⇨何必那麼奸僞。

【鬼鬼祟祟 kúi-kúi-sui-sui】 同鬼鬼怪怪。

【鬼脚鬼手 kúi-kha-kúi-chhiú】 喻脚手靈活做事敏捷。

【鬼頭鬼腦 kúi-thâu-kúi-náu】 巧運奸計。

**晷** kúi 日景也。日影也。日晷仔ji̍t-kúi-á⇨日晷儀ji̍t-kúi-gî, Sundial。亦即以日影測太陽之高度，以定時刻之儀器也。亦曰日規ji̍t-kui。

**軌** kúi 車轍也。車輪迹也。法度也。行星的運行路線曰軌kúi。火車路亦曰軌kúi。脫出常～thoat-chhut siâng～⇨逾越jî-oa̍t。脫線thoat-soàⁿ。鐵～thih～⇨鐵路thih-lō·。鐵枝仔路thih-ki-á-lō·。

【軌道 kúi-tō】 ㊀行星的運行路。㊁常道。上～～也chiūⁿ～～ā⇨照常順利運營了。

**傀** kúi 傀儡kúi-lúi，演戲的木偶也。傀儡戲kúi-lúi-hì⇨傀儡戲ka-lé-hì。～～政府～～chèng-hú⇨被操縱的假政府。

**詭** kúi 欺也。謾也。奇異也。詭秘也。奸～kan～⇨奸鬼kan-kúi。

【詭計 kúi-kè】 鬼之謀。～～多端～～to-toan⇨同上。

【詭秘 kúi-pì】 隱密難測。風雲～～hong-hûn～～⇨喻時局變幻莫測。

【詭道 kúi-tō】 不正當的方法。兵～～也peng～～iā⇨戰爭是權宜的非正道。亦通危道gûi-tō。勝負難必的危險方法也。

【詭譎 kúi-khiat】 奇異。奇怪。怪誕。言語～～giân-gí～～⇨同上。

【詭辯 kúi-piān】 俗作歪論怪說解。古有主張：白馬非馬，堅白異同等說是其起源，免扲～～bián teh～～⇨莫歪論。恔～～gâu～～⇨善立怪說。

**幾** kúi 若干也。多少也。㊀問：有～人ū～lâng⇨同上。更～日koh～ji̍t⇨同上。該～十ài～cha̍p⇨需要三五十嗎。欠～萬khiàm～bān⇨不足多少萬。第～號tē～hō⇨同上。㊁回答：十～耳cha̍p～niâ⇨同上。千～耳chheng～niâ⇨同上。十～也cha̍p～ā⇨同上。萬～也bān～ā⇨同上。此四例，耳niâ表示其少，只是十三四或千三四百而已，也ā表示其多，有十五六，或萬五六千之譜。

【幾仔 kúi-à】 若干。甚多。～～人來也～～lâng lâi-ā⇨多人來矣。欠人～～萬khiàm-lâng～～bān⇨負債甚多萬。食～～碗也chia̍h～～oáⁿ-ā⇨吃掉五六碗矣。～～萬更一萬～～bān koh chi̍t-bān⇨很多萬又加一萬。很多很多。

【幾若 kúi-nā】 幾仔kúi-à之轉化。幾kúi亦有人讀幾kut，幾仔kut-ā→kut-lā, t,l皆輕聲，kut-lā→kui-nā，亦音變之自然也。一孔掠～～隻chi̍t-khang lia̍h～～chiah⇨①一石數鳥。②一捉數隻猴——客兄kheh-hiaⁿ的戲謔詞。

**貴** kùi 物不賤也。價高曰貴kùi。位尊曰貴kùi。又尊崇他人之詞。價錢昻～kè-chîⁿ gńg～⇨同上。稀有珍～hi-iú tin～⇨同上。出身高～chut-sin ko～⇨同上。地位尊～tē-ūi chun～⇨同上。又～官～koaⁿ,～姓～sèng,～地～tē,～國～kok,～意～ì,～見～kiàn等皆尊

崇他人之詞。

【貴人 kùi-jîn】 ㊀貴顯之人。㊁古女官名。位次於后。㊂救星。～～現～～hiān⇨相命者之言。有～～ū～～⇨同前。

【貴本 kùi-pún】 本錢崇重。即項較～～chit-hāng khah～～此物本錢較重。

【貴妃 kùi-hui】 皇帝的高級細姨。位在皇后之次。～～醉酒～～chùi-chiú⇨楊貴妃的故事。

【貴冑 kùi-tîu$^{n}$】 貴族子弟。～～世家子弟～～sè-ka chú-tē⇨同上。～～氣～～khì⇨貴族的派頭。

【貴氣 kùi-khì】 貴人的氣質或氣派。激到不止仔～～kek-kà put-chí-á～～⇨打扮得有相當的氣派。生做有較～～se$^{n}$-chò ū-khah～～⇨天生有些氣質。生做se$^{n}$-chò→se$^{n}$-chòe。

【貴族 kùi-cho̍k】 家世顯貴者。古之王親國戚。～～院～～ī$^{n}$⇨古羅馬帝國的上議院。

【貴賓 kùi-pin】 嘉賓ka-pin。招待～～chiau-thāi～～⇨同上。～～館～～koán⇨迎賓館gêng-pin-koán。

【貴金屬 kùi-kim-sio̍k】 價格高昂的金、白金、銀等的金屬類。

【貴重品 kùi-tiōng-phín】 值錢的物件。～～～請交賬房～～～chhiá$^{n}$-kau siàu-pâng⇨旅館賬房壁上常見的招牌。

【貴做鬼買 kùi-chò-kúi-bé】 貴即做鬼買之。庶民對物價暴漲無可奈何的自嘲詞。與貴做貴買kùi-chò-kùi bé，亦即雖貴亦非買之不可諧音。人講～～～～不，無食敢會使得lâng-kóng～～～～m̄, bô-chia̍h kám-ē-sái-ti̍t⇨同上。

kùi
桂 樹名。樟科的香木。肉～jio̍k～⇨桂皮。藥材名。丹～tan～⇨赤皮桂。月～goa̍t～⇨月中有桂。月～冠goa̍t～koan⇨古希臘對詩才優美或競技勝利者以此賜之。作勝利之冠帽。

【桂子 kùi-chú】 木犀bo̍k-sai花。～～蘭孫～～lân-sun⇨喻子孫聰明乖巧。

【桂月 kùi-goa̍t】 八月(舊曆)的異名。

【桂皮 kùi-phôe】 桂樹皮。做藥材曰肉桂jio̍k-kùi。

【桂竹 kùi-tek】 竹的一種。竹身大約是茶甌大以下，其枝可縛掃梳sàu-se，曰掃梳棼sàu-se-gím。

【桂花 kùi-hoe】 木犀花bo̍k-sai-hoe的俗名。～～環～～khoân⇨一種手環。～～蟳～～chîm⇨以螃蟹爲主料的菜名。～～魚翅～～hî-chhì⇨以魚翅爲主料的料理。

【桂枝 kùi-ki】 桂樹之枝椏ki-oe。甚多女子有此名字。枝字當爲姬字之訛。

【桂筍 kùi-sún】 桂竹仔筍kùi-tek-á-sún。～～鹽菜～～kiâm-chhài⇨清明前後，桂筍初出，和塩菜食之，可謂山珍之妙品也。

【桂圓 kùi-oân】 龍眼lêng-kéng(géng)的別稱。～～酒～～chiú⇨今公賣的一種酒名。據稱以龍眼釀造者。

kùi
季 少子也。小也。末也。又三月爲一季kùi，一年爲四季sù-kùi，亦即四時也。昆～khun～⇨兄弟。澆～溷濁之世giâu～hūn-to̍k-chi-sè⇨衰末之亂世。四～春sù～chhun⇨四季皆春之好時光。又歌名。四～春也sù～chhun-á⇨同上。孟仲～bēng-tiōng～⇨兄弟之順序。

【季月 kùi-goa̍t】 四季的最末月，亦即是三、六、九、十二各月也。

【季父 kùi-hū】 最幼的叔父。～～愈，聞爾喪之七日，乃能含哀致誠，祭爾十二郎之靈～～jū, būn-ní-song chi chhit-ji̍t, nái-lêng hâm-ai tì-sêng, chè-ní si̍p-jī-lông-chi-lêng⇨韓愈。

【季布 kùi-pò͘】 楚霸王 chhó͘-pà-ông 的大將。～～無二諾，侯贏重一言～～bû-jī-lo̍k, hô͘-êng tiōng-it-giân⇨侯贏亦戰國時代的俠士。

【季世 kùi-sè】 衰世soe-se。澆季之世。

【季冬 kùi-tong】 冬季的最末月。季春、季夏、季秋，～～kùi-chhun, kùi-hē(hā), kùi-chhiu,～⇨各季的末月。

【季常癖 kùi-siâng-phek】 驚某kiaⁿ-bó͘的好習慣。陳季常者宋代人。其妻眞佼食醋。偉大的陳先生事事忍之。至今能留名，亦賢者也。

【季節風 kùi-chiat-hong】 因地理自然關係，隨季節之變而起之風。

kùi
**癸** 十干的末位。庚辛壬～keⁿ-sin-jîm～⇨十干的後四位。西方壬～水se-hong jîm～súi⇨同上。

kùi
**挂** 懸也。壁鉤懸吊物件曰挂kùi。同掛koà。衫～於壁杙saⁿ～tī piah-khı̍t⇨衣吊在壁鉤。帽仔～bo̍h-á～⇨帽架bo̍h-kē。

【挂紙 kùi-choá】 掃墓sàu-bōng。清明掃墓時置紙錢於墓上曰挂紙kùi-choá。轉去～～tńg-khì～～⇨回(鄉)去掃墓。亦曰挂墓紙kùi-bōng-choá。

【挂破 kùi-phoà】 爲障碍物所鉤破kau-phoà。被竹刺仔～～去hō͘-tek-chhì-á～～khì⇨同上。衫仔被～～去也saⁿ-á hō͘～～khì-ā⇨衣服被鉤破了。手皮～～一孔chhiú-phôe～～chı̍t-khang⇨手被鉤破一處。

kûi
**馗** 鍾馗chiong-kûi，人名。傳說中的人物。謂貌惡才高。考上進士，皇后以其醜不賜簪花，只好去管鬼。～～辟鬼～～phek-kúi⇨懸其圖像可以辟鬼邪云。

kûi
**葵** 花名。向日葵hiàng-jı̍t-kûi，菊科的花，其花朝夕皆朝向太陽。

kûi
**揆** 度也。道也。百揆pek-kûi⇨古官名。百官之長。度百事，總百官者也。首～siú～⇨首相siú-siàng。內閣之長。亦曰閣～koh～⇨內閣總理。總理大臣。

【揆席 kûi-sek】 首相。總理。首席大臣。

kûi
**胿** 滿腹boán-ho̍k也。有孕曰胿kûi，私之亦曰胿kûi。蓋胿kui乃大腹也。有～也ū～ā⇨有孕了。歕雞～pûn-ke～⇨吹牛。

【胿胿 kûi-kûi】 滿腹。飽肚pá-tō͘。食到～～也chia̍h-kà～～ā⇨吃得飽肚了。喻貪污得太多太多了。

【胿囥仔 kûi-gín-á】 懷孕hoâi-īn。嬰仔在懷中。當都～～～也taⁿ-to～～～ā⇨現在有孕了。

【胿落去 kûi-lo̍h-khì(ì)】 吃下去。私下去。較加亦～～～khah-ke a̍h～～～⇨再多也吞下去了。

kūi
**櫃** 同匱kūi。匣a̍p也。大形藏物器也。大～toā～⇨賬～siàu～⇨居家曰大櫃toā-kūi，店戶曰賬櫃siàu-kūi。長可六七尺，高約三尺，濶可四尺，大小不一，不過料多厚一寸以上之厚板，非有三五人不能動之。大約相當於今之金庫也。不過櫃面可利用爲事務桌，店戶的商品錢銀出入，都在櫃面爲之。查某人褲頭大～後cha-bó͘-lâng khò͘-thâu toā～āu⇨謂此兩處皆外人所不可接近者。

【櫃仔 kūi-á】 ㊀櫃的總稱。㊁喻懷孕。介～～kah～～⇨懷孕的新娘。諱稱腹中之物亦在嫁粧之內也。付加嫁粧之內故曰介kah。介kah者附也，即新娘之附屬品類也，無一定的規格，大者田園厝宅，轎車樓仔厝，小者手指手環之類，凡嫁粧類皆曰介kah。

【櫃屜 kūi-thoà】 桌或櫃等的抽斗。屜thoà同屜thoà。～～鎖匙～～só-sî⇨同上。

【櫃頭 kūi-thâu】 企～～khiā～～⇨在店面任買賣應接之工作。會曉企～～也ē-hiáu khiā～～ā⇨從學徒升任店員了。

kūi
**跪** 拜也。兩膝著地而拜也。三～九拜saⁿ～káu-pài⇨謂行大禮。亦即三～九叩頭sam～kiú-khàu-thâu之禮。

【跪乳 kūi-jí(jú)】 跪而吸母乳。鴉有反哺之義，羊有～～之恩a-iú hoán-pō͘ chi gī, iâng iú～～chi in⇨連動物都有知恩圖報的孝道，何況是萬物之靈的人類！

【跪拜 kūi-pài】 行大禮。

【跪算盤 kūi-sǹg-poâⁿ】 所謂太太刑法中之

大罰也。叫你不當你端也要，我看～～～敢走未去也kiō-lí m̄-thang lí toan-á-boeh, goá-khoàⁿ～～～ káⁿ cháu-bē-khì-ā ⇨ 謂我說不可你一定要這次跪算盤恐怕難免了。

# kun

**kun 君** 至尊也。尊稱也。彼此互稱也。～親師～chhin su⇨天子，父親，老師。此三者爲儒教思想之基本。郎～lông～⇨貴人之子弟。博傲～～買賣賊poah-kiáu～～bé-bē chhat⇨賭博的如郎君尙守輸贏原則，做買賣的簡直如賊。所謂七呼二萬五，搶得來則搶。

**【君子 kun-chú】** ㊀有才有德之人。～～務本，本立而道生～～bū-pún, pún-lip jî tō-seng⇨論語。～～無本～～bô-pún⇨無錢的笑謔話。～～愛財，取之有道～～ài-châi, chhí-chì iú-tō⇨君子愛財，取之應合乎道德。～～不奪人之所好～～put-toat jîn chi sé-hò⇨君子不奪取別人所愛者。～～動嘴不動手～～tāng-chhùi put-tāng-chhiú⇨謂說說笑可以，毛手毛脚不可也。～～不食眼前虧～～put-chiah gán-chiân-khui⇨謂不吃眼前虧故此非先逃走不可。先小人後～～sian siáu-jîn, hō～～⇨先作小人詳細計較，使無糾紛，然後君子才做得成。～～可瞞不可欺～～khó-moâ put-khó-khi⇨君子可以瞞騙不可以侮辱。～～之交淡如水～～chi kau tām jî súi⇨君子的交際淡如水(小人甜如蜜)。～～交絕，不出惡聲，忠臣去國，不全其名～～kau-choat put-chhut ok-seng, tiong-sîn khì-kok put-choân ki-bêng⇨君子絕交不說出對方的壞話，忠臣棄國逃亡，不保全其名譽以傷其主君。～～受死不受辱～～siū-sí put-siū-jiok⇨君子寧願受死刑不接受侮辱。㊁重道義守諾言曰君子。實在有夠～～，講一道是一攏無第二句sit-chāi ū-kàu～～, kóng-chit-to-sī-chit, lóng-bô tē-jī-kù⇨眞的是夠資格的君子，講一就是一，全無第二句話。逐家該～～來也～～去tak-ke ài～～lâi-ā～～khì⇨大家應該以君子風度來往。～～行～～kiâⁿ⇨如君子守諾言實行。～～步～～pō⇨正正當當如君子的手段。～～拍～～phah⇨正正當當不使暗箭的打架法。～～賊～～chhat⇨有人情味的義賊。～～尋～～siâm⇨正正堂堂不使暗步的角力。尋siâm爲兩人相對面彼此双手合抱對方。～～攬～～lám⇨同君子尋。

**【君王 kun-ông】** 天子，國王。～～掩面救不得～～iám-biān kiù-put-tek⇨無法救楊貴妃也。

**【君主 kun-chú】** 天子。至尊。國王。～～立憲～～lip-hiàn⇨承認主權在國王而由國王核可的憲法。

**【君臣 kun-sîn】** 君與臣。～～禮～～lé⇨君臣間的禮式。轉指古板的禮式。不免行彼類～～～m̄-bián kiâⁿ hit-lōe～～～⇨不必行那種古董禮也。

**【君恩 kun-in】** 古人謂國王有恩於百姓，與親恩，師恩並列爲三恩。並強調，人必報三恩。

**【君君臣臣 kun-kun-sîn-sîn】** 國君要做得像國君，人臣要表現得像個人臣，否則君不君kun-put-kun(國王不成一個國王)，臣不臣sîn-put-sîn(臣不成臣)，是則國亂矣。與父父子子hū-hū-chú-chú一句連帶使用。

**kun 軍** 兵隊的通稱。陸～liok～⇨同上。海～hái～⇨同上。空～khong～⇨同上。御林～gī-lîm～⇨同上。三～sam～⇨同上。

**【軍人 kun-jîn】** 軍隊中的官、士、兵等各級人員的通稱。

**【軍刀 kun-to】** 軍官的指揮刀。

**【軍士 kun-sū】** 士官。

**【軍中 kun-tiong】** 軍隊之內。～～無戲言～～bû-hì-giân⇨喻正事的時候不宜作笑談。

**【軍民 kun-bîn】** 軍隊與百姓。～～同樂～～

tōng-lo̍k⇨同上。

【軍功 kun-kong】 武功。從軍的功勞。

【軍令 kun-lēng】 軍中之法令。軍事機關所發的命令。～～狀～～chn̄g⇨有軍令的文件。古時司令官與部下的約定書。立～～～li̍p～～～⇨寫約定書，表示戰敗即如何如何受處分。

【軍吏 kun-lī】 軍隊中的文官。

【軍式 kun-sit(sek)】 軍隊的方式。～～體操～～thé-chho⇨同上。

【軍兵 kun-peng】 兵。軍隊。千里路途三五步，百萬～～六七人chhian-lí lō·-tô· sam-ngó·-pō·, pek-bān～～lio̍k-chhit-jîn⇨謂在演戲台上，千里路途三五步就到了，百萬軍兵也不過是六七個旗軍來表現。

【軍服 kun-ho̍k】 軍隊的制服。

【軍法 kun-hoat】 軍中的法令。與普通法不盡相同。照～～辦理chiàu～～pān-lí⇨按照軍法處分。～～會議～～hōe-gī⇨同上。

【軍門 kun-mn̂g】 軍隊之營門。亦即軍隊。

【軍事 kun-sū】 有關戰爭的各項事務。～～學校～～ha̍k-hāu⇨教育作戰人材的各級學校。

【軍政 kun-chèng】 ㊀有關軍事之行政。㊁軍人主持之政治。與一般政治有別。大體而言是藉名非常時，由軍人出面奪取政權施行戒嚴的政治形態。

【軍界 kun-kài】 軍隊的社會。軍人社會。

【軍紀 kun-kí】 軍中的紀律。～～敗壞～～pāi-hoāi⇨軍中風紀腐敗。

【軍旅 kun-lí】 軍隊。旅亦爲軍的單位。～～匆匆～～chhong-chhong⇨同上。

【軍師 kun-su】 古官名。作戰家。所司略同於今之參謀。天下第一～～thian-hē tē-it～～⇨據稱是諸葛孔明。

【軍務 kun-bū】 軍事上的所有事務。志決身殲～～勞chì-khoat sin-chhiam～～lô⇨杜甫詠諸葛亮之詩句。

【軍情 kun-chêng】 軍事軍備的狀態。軍事消息。

【軍將 kun-chiòng(chiàng)】 神的部將。武神。

【軍曹 kun-chô】 士官的一個階級。

【軍械 kun-hâi】 軍器。武器。軍用品。

【軍港 kun-káng】 爲軍事目的而建設的港口。海軍用港。海軍的根據地。

【軍備 kun-pī】 充實軍械軍需是軍備。開路築港亦爲廣義的軍備。總之是有關戰爭的準備。～～縮小會議～～siok-siáu hōe-gī⇨同上。

【軍隊 kun-tūi】 軍兵的集團。兵隊。出動～～chhut-tōng～～⇨同上。

【軍裝 kun-chong】 武裝。軍器。

【軍路 kun-lō】 軍用道路。大路。

【軍餉 kun-hiòng(hiàng)】 軍兵的薪水。

【軍閥 kun-hoa̍t】 軍人擁私兵，爲發展勢力，擴展地盤而彼此攻戰，不計國計民生者。

【軍旗 kun-kî】 軍中所用的旗幟。代表一軍之旗。

【軍歌 kun-koa】 鼓舞軍兵士氣的歌曲。

【軍需 kun-su】 軍用。～～工業～～kang-gia̍p⇨製造各種軍用物品的工業。

【軍樂 kun-ga̍k】 軍事音樂。～～隊～～tūi⇨同上。

【軍器 kun-khì】 軍用器械。武器bú-khì。

【軍機 kun-ki】 軍隊的機要事項。漏泄～～lāu-sia̍p～～⇨漏泄軍事機密。

【軍營 kun-iâⁿ】 軍隊屯駐之營房。兵營。

【軍醫 kun-i】 軍隊的醫師。

【軍籍 kun-che̍k】 軍人名册。兵籍。

**跟** kun 同kin足之後部也。脚～⇨脚後跟。隨後也。緊接隨從也。比並亦曰跟。

【跟進 kun-chìn】 在後面緊緊追隨。

【跟蹤 kun-chiong】 在別人後面，暗中追趕，或爲照顧或爲監視也。

**kún 滾** 大水流也。湯沸曰滾kún。戲鬧亦曰滾kún。水～也chúi～à⇨同上。囡仔抡～gín-á teh～⇨孩子在戲鬧。冲冲～chhiâng-chhiâng～⇨淌淌～chhiāng-chhiāng～⇨①熱水沸騰。②非常熱鬧。

**【滾水 kún-chúi】** 滾熱之水。冷～～léng～～⇨回冷了的熱水。配冷～～phòe-léng～～⇨醫生吩付，吃藥要配冷開水。

**【滾泱 kún-ia$^{n}$】** 水面生小波紋。魚仔於～～hî-á teh～～⇨魚在游滾因而水面生波紋。

**【滾笑 kún-chhiò】** 戲謔。說笑。曷好～～a̍h-hó～～⇨豈可開玩笑。曷會～～得a̍h-ē～～tit⇨玩笑開不得。～～拖後脚～～thoâ-āu-kha⇨玩笑變打架。不是～～的m̄-sī～～ê⇨不是玩的。

**【滾絞 kún-ká】** ㊀喧鬧嬉戲。㊁紛爭。爭端～～未好勢～～bē hó-sè⇨爭得還沒有結果。㊂利息的增加。利息抡～～實在會驚人lī-sit (sek) teh～～si̍t-chāi ē kia$^{n}$-lâng⇨利息在滾動增加實在可怕。

**【滾湯 kún-thng】** 滾熱的菜湯。豬肚煮～～上好食ti-tō͘ chí～～siōng(siāng)-hó-chia̍h⇨豬肚的一種煮法。

**【滾滾 kún-kún】** 沸騰。形容熱。燒～～sio～～⇨①水很熱。②天氣很熱。洪流～～hông-liû～～⇨同上。

**【滾出來 kún-chhut-lâi】** 表面化。因爭鬧而公開化。萬一若～～～到地道歹收煞bān-it nā～～～kàu-tē to phái$^{n}$-siu-soah⇨萬一鬧表面化來了，就難收拾。

**【滾地龍 kún-tē-liông】** 喧鬧嬉戲。謂如龍之在地上旋轉翻騰。歸日安爾抡～～～，較喝亦未聽kui-ji̍t an-ne teh～～～, khah-hoah a̍h bē-thia$^{n}$⇨整日如此地在戲鬧，怎麼喝止都不聽。

**kún 衮** 天子禮服也。大也。縫衣加縫他布曰衮。

**【衮花 kún-hoe】** 加縫花朵。

**【衮衫 kún-sa$^{n}$】** 縫衣。

**【衮條 kún-liau】** 衮縫於衣帽上的小布條。

**【衮邊 kún-pi$^{n}$】** 縫邊緣。

**【衮龍袍 kún-liông-phâu】** 天子的禮服。通天冠～～～thong-thian-koan～～～⇨天子的衣帽。

**kún 捆** 手推之也。為解困而掙扎cheng-chat曰捆kún。

**【捆趆 kún-liōng】** 掙扎。恔～～gâu～～⇨諸多掙扎。未～～也bē(bōe)～～à⇨無力掙扎了。伸直曰趆liōng。

**【捆輪栓 kún-lún-chūn】** ㊀同捆趆。㊁逃避。推諉。被～～～去也hō͘～～～khì-à⇨被閃避而去了。猶抡～～～抡iáu-teh～～～leh⇨還在推諉掙扎中。

**kùn 棍** 棒也。無賴之徒曰棍。善～siān～⇨藉慈善事業而圖私利者。惡～ok～⇨惡徒。無賴。訟～siōng～⇨利用興訟以圖利者。

**【棍仔 kùn-á】** 棍。小棍。小流氓。不成～～団m̄-chiâ$^{n}$～～kiá$^{n}$⇨不成東西的小流氓。

**【棍棒 kùn-pāng】** 棍。棒。木棍。木棒。

**kûn 拳** 手也。握指為拳。拳術也。拍～賣棒phah～bē-pāng⇨打拳賣膏肉。

**【拳手 kûn-chhiú】** 手的動作。～～眞好～～chin-hó⇨手生成結實，動作敏捷。

**【拳母 kûn-bó】** 拳術的基本動作。

**【拳步 kûn-pō͘】** 拳術的技法。～～是千變萬化的～～sī chhian-piàn-bān-hoà-ê⇨同上。

**【拳法 kûn-hoat】** 拳術的各種技法。

**【拳套 kûn-thò】** 拳術的基本技型。學拳該先學～～o̍h-kûn ài seng-o̍h～～⇨學習拳術需要先學拳套。

**【拳術 kûn-su̍t】** 技擊功夫。

**【拳頭 kûn-thâu】** ㊀拳。㊁拳術。～～是高高在上～～sī ko-ko chāi-siāng⇨拳頭是高手之上還有更高的高手。謂拳術無止境。～～

母～～bó⇨拳，手。力量。～～母並大的～～bó phēng-toā-ê⇨看誰的力量大。又喻以力壓人。～～舘～～koán⇨收徒授拳術的地方。～～師～～sai⇨其舘主。拳頭的教師。～～屁～～phùi⇨拳尾。喻無妄之災。食着～～～chia̍h-tio̍h～～～⇨涉及無妄之災。～～砧～～tiam⇨受拳頭之砧。喻常遭人拳打。做人的～～～chò lâng-ê～～～⇨痛己子不肖常受人拳打。猛虎未堪拎～～敥béng-hó· bē-kham-tit～～chē⇨猛虎亦擋不了人多。喻寡不敵衆。企着好所在較好八～～khiā-tio̍h hó-só·-chāi khah-hó bat～～⇨佔得好地點，比會打拳術還要好。

kûn **裙** 下裳也。衫仔～sa$^{n}$-á～⇨衫與裙。上衣衫，下穿裙，當今女裝最普通的服式。百襉～pah-kéng～⇨同上。

**【裙料 kûn-liāu】** 做裙的布料。

**【裙帶 kûn-tài】** 裙之帶。裙與帶。～～親～～chhin⇨姻親。婚姻關係的親戚。～～官～～koan⇨因婚姻關係而得到的官職。～～關係～～koan-hē⇨婚姻關係。指人事用人上的所謂牽親引戚。

**【裙釵 kûn-thoe(the)】** 皆婦女的服飾，今多指婦女。

kûn **羣** 朋輩也。和衆也。禽獸聚合曰羣。人～jîn～⇨人類。樂羣lo̍k～⇨和衆。交～結黨kau～kiat-tóng⇨同上。

**【羣小 kûn-siáu】** 衆多小人。～～作家～～chok-ka⇨未成名的衆多作家。

**【羣生 kûn-seng】** 同類同種之植物同時生長在一處。

**【羣育 kûn-io̍k】** 和羣的教育。養成合作互助的精神。

**【羣芳 kûn-hong】** 衆多佳人。

**【羣英 kûn-eng】** 羣賢kûn-hiân。～～會～～hōe⇨各路英雄好漢能者之集會也。

**【羣島 kûn-tó】** 島嶼之羣。澎湖～～phê$^{n}$(phî$^{n}$)-ô·～～⇨同上。

**【羣雄 kûn-hiông】** ～～割據時代～～koat kì sî-tāi⇨戰國時代。

**【羣盜 kûn-thau】** 賊黨。～～跳梁～～thiàu-liâng⇨各種盜賊放肆猖獗。

**【羣賢 kûn-hiân】** 對多人集會的美稱。～～畢至～～pit-chì⇨衆多賢人皆來臨。

kūn **郡** 地方行政區域名。

**【郡主 kūn-chú】** 親王之女。～～宮主～～kong-chú⇨同上。

**【郡縣 kūn-koān】** 郡之下有縣。～～制～～chè。秦始行～～制。

# kut

kut **骨** 動物體的支架也。肉～bah～⇨骨。鐵～仔生thih～á se$^{n}$⇨體格雖不大但很結實者之謂。～折肉裂～chih bah-lī⇨同上。又素質，性情亦曰骨。乞食～khit-chia̍h～⇨好食懶做如吃食者。鱸鰻～lô·-moâ～⇨好玩懶做者。激～kek～⇨故作異行者。

**【骨力 kut-la̍t】** 做事極認眞奮力。～～食力，体憚呑涎～～chia̍h-la̍t, pīn-toā$^{n}$ thun-noā⇨奮力者自食其力，懶惰者呑口水。～～相～～siù$^{n}$⇨奮力工作的性質。～～脚～～kha⇨肯奔走工作之人。

**【骨刀 kut-to】** 砍骨的屠刀。又童乩用的鯨骨刀。

**【骨目 kut-ba̍k】** 骨節。關節。

**【骨血 kut-hiat】** 骨肉。～～至親～～chì-chhin⇨同上。

**【骨灰 kut-hu】** 或骨爐。火葬的骨灰。

**【骨肉 kut-jiok】** ㊀父母之於子女，子女之於父母。至親～～chì-chhin～～⇨同上。㊁形骸。～～終歸土～～chiong kui-thó·⇨同上。

**【骨炎 kut-iām】** 骨膜炎。

【骨相 kut-siòng(siàng)】 相骨法。看～～khoàⁿ～～⇨依相法看骨格與狀貌。

【骨格 kut-keh】 骨骼。骨架。白皙好～～peh-theh(siak) hó～～⇨皮膚白淨骨格又好。

【骨氣 kut-khì】 ㊀筆勢有力。㊁做人有氣節。即個後生仔不止也有～～chit-ê hāu-seⁿ-á put-chí-á ū～～⇨這個青年，很有骨氣。

【骨牌 kut-pâi】 獸骨造的牌。

【骨節 kut-chat】 骨接骨之處。關節。～～痛～～thiàⁿ⇨關節痛。三十六～～攏振動saⁿ-chap lak～～lóng tín-tāng⇨所有骨節皆動。因作激烈工作或運動。～～瘋～～hong⇨關節炎。

【骨路 kut-lō】 體格。生做好～～seⁿ-chò-hó～～⇨生得很好的體格。

【骨瘤 kut-liû】 骨生瘤。

【骨輪 kut-lûn】 骨節。～～酸了了也～～sng-liáu-liáu-à⇨關節皆酸軟了。

【骨骸 kut-hâi】 骸骨。

【骨頭 kut-thâu】 ㊀骨。骸骨。～～好打鼓也～～hó phah-kó·-à⇨骨已可以當鼓打了。謂死得很久了。㊁指何事。創什麼死～～chhòng sa-ma sí-～～⇨做何事呀？

【骨縫 kut-phāng】 骨與骨之間。鑿～～chhak～～⇨刺入骨縫。謂打得厲害。攻擊弱點。

【骨髓 kut-chhóe】 骨中脂也。骨之養分也。恨入～～hīn jip～～⇨喻最高之痛恨。

【骨癰 kut-eng】 化膿性骨膜炎。

【骨瘦如柴 kut-sò·-jî-chhâ】 謂人細瘦得像柴一樣。

**kut 竭** 骨力kut-lat亦作竭力kut-lat，勉力也。

**kut 滑** 地面泥濘難行曰滑kut。堅而油亦曰滑kut。路眞～lō· chin-～⇨路面很滑。

【滑石 kut-chioh】 藥材名。

【滑車 kut-chhia】 同滑輪kut-lûn。轉動器械的一種機輪。

【滑倒 kut-tó】 因滑而倒也。路會～～人不當去lō· ē～～lâng m̄-thang-khì⇨路滑能跌倒人不應該去也。

【滑嘴 kut-chhùi】 ㊀物品好吃。食着眞～～chiah-tioh chin～～⇨吃來很好吃。㊁講話流利。講着不止仔～～kóng-tioh put-chí-à～～⇨說得很流利。

【滑稽 kut-khe】 講話流利，善亂善變，出人意外，因而令人抱腹絕倒者。史記有～～列傳～～liat-toān⇨同上。

【滑溜溜 kut-liu-liu】 很滑。

**kut 掘** 以器發地也。發～hoat～⇨掘。軟土深～nńg-thô· chhim～⇨土軟易掘，因而掘深些。喻老實人多吃人欺。

【掘仔 kut-á】 掘地用的工器。又稱尖嘴chiam-chhùi。

【掘金 kut-kim】 發金礦。趁大錢。趁錢恰若～～抾thàn-chîⁿ kah-ná～～lè⇨趁錢有如掘金，快速大量。

【掘銀 kut-gîn】 同掘金。

**kut 猾** 奸詐也。奸～kan～⇨奸詐。狡～káu～⇨同上。

【猾智 kut-tì】 奸智。奸計。

## kha

**kha 軥** 軥車kha-chhia，軛下曲叉馬頸者也。剝～～pak～～⇨脫出軥車，喻爭脫責任或離開職位。～～藤～～tîn⇨一種繩形之餅食。

**kha 脚** 亦作跤kha。但脚亦作助詞表示下或方。脛。足。下面。山～soaⁿ～⇨山下。橋～kiô～⇨橋下。樹～chhiū～⇨樹下。跔人的裙仔～khû lâng-ê kûn-á～⇨喻跔處他人勢力下。

【脚刀 kha-to】 拳脚橫掃踢人也。使～～踢一下耳，講道死也啦sái ～～ that-chi̍t-ē-niâ, kóng-tō sí-à-là⇨使脚刀一踼而已，竟就死了也。

【脚川 kha-chhng】 屁股。尻川kha-chhng之訛（見該目）。

【脚巾 kha-kin】 腰巾。你管人～～纏於乍鳥頭lí koán-lâng～～tî$^n$-tī lān-chiáu-thâu⇨欲罵人反自罵之詞例。脚巾當頭巾者反罵嘲笑之人。乍lān，屧或卵的俗字，其物曰卵鳥lān-chiáu，以其形狀如鳥也。

【脚手 kha-chiú】 ㈠脚與手。～～連捷～～liâm-chia̍p⇨脚手運作敏捷。㈡屬下的人。～～眞大陣～～chin-tōa-tin⇨做事的人衆多。㈢湊～～tàu～～⇨協助別人。

【脚爪 kha-jiáu】 同脚手。部屬的意思。～～衆多～～chiòng-to⇨手下的人很多。

【脚毛 kha-mo͘】 脛毛。喩微少。毋值人一枝～～ m̄-ta̍t-lâng chi̍t-ki ～～ ⇨喩極不中用之人。

【脚斗 kha-táu】 同脚桶kha-tháng。～～仔～～á⇨女人洗脚之木桶。

【脚仔 kha-á】 ㈠小角色。㈡他人之部下。做人的～～chò lâng ê～～⇨當人之部下。

【脚目 kha-ba̍k】 脚踝。～～核仔kha-ba̍k-hu̍t-á⇨同上。台灣錢淹～～tâi-oân-chî$^n$ im-kha-ba̍k⇨台灣錢滿地皆是，有淹脚目那麼多。勸人不必悲觀。

【脚臼 kha-khū】 陷阱。落人的～～lo̍h-lâng-ê～～⇨陷人家的陷阱。

【脚色 kha-siàu】 角色kioh-siàu。好～～hó～～⇨能幹的人。彼類～～hit-lōe～～⇨那樣的東西（看不起）。俗作跤數。

【脚尾 kha-bóe(bé)】 脚尖kha-chiam。～～溜～～liu⇨脚尖末端。～～飯～～pn̄g⇨人死後立即於其脚尾具飯一碗拜之。～～錢～～chî$^n$～～紙～～choá⇨拜脚尾飯同時亦燒金銀暝紙以爲其前往陰府之旅費。

【脚步 kha-pō͘】 脚所踐也。行～～kiâ$^n$～～⇨同上。踏～～ta̍h～～⇨操練項目之一。～～眞穩～～chin-ún⇨脚法穩定。仙裡打鼓有時錯，～～踏差甚人無sian-lí ta$^n$-kó͘ ū-sî-chhò, ～～ta̍h-chha siá$^n$-lâng-bô⇨謂仙家打鼓有時也會打錯，行爲失檢是誰也難免的。

【脚花 kha-hoe】 閑蕩hân-thōng曰行～～kiâ$^n$～～。來去行～～啦，佅毋laih-khì kiâ$^n$～～ là boeh-m̄⇨行脚花去吧，去不去。罔行～～看看抔每好bóng kiâ$^n$～～khoā$^n$-khoā$^n$-lē mā-hó⇨姑且閑蕩一下也好。

【脚帛 kha-pe̍h】 古時女人纏足用的長白布。～～仔～～á⇨同上。

【脚底 kha-té】 脚底下。眞失禮，你的脚盤踏著我的～～chin sit-lé, lí ê kha-poâ$^n$ ta̍h-tio̍h goá ê～～⇨錯踏他人的笑謔之詞。～～抹油，赹～～boah-iû, soan⇨快逃吧。

【脚長 kha-tn̂g】 有口福。每趕上人家開飯的時刻。今仔日～～了kin-á-ji̍t～～lō͘⇨今天有口福了。

【脚後 kha-āu】 ～～肚～～tó͘⇨脛後的肉塊。～～肚肉～～tó͘-bah⇨同上。～～肚仁～～tó͘-jîn⇨同前。～～蹺～～khiau⇨同上。蹺khiau亦作彎oan。～～蹬～～te$^n$(ti$^n$)⇨～～蹬跟～～te$^n$-kin(ti$^n$-kun)⇨脚踵kha-chiống。

【脚枷 kha-kê】 扣脚之刑具。～～手枷～～chhiú-kê⇨同上。枷kê：刑具，俗多作架kè。

【脚骨 kha-kut】 ～～跋折去～～poa̍h-chi̍h-khì⇨脚骨跋斷了。～～髓～～chhóe⇨同上。

【脚氣 kha-khì】 脚水腫的病。俗曰捾水koā$^n$-chúi。

【脚胴 kha-tâng】 小腿sió-thúi。脛部。～～骨～～kut⇨同上。臭～～chhàu～～⇨臭脚鼻臁(稜)chháu-kha-phī$^n$-liâm⇨脛骨的一種難治之病。

【脚掙 kha-chi$^n$】 脚踺kha-that。～～拳頭

去～～kûn-thâu-khì⇨脚踢拳擊交加也。

【脚梏 kha-khàu】 脚鐐kha-liāu。刑具。梏khàu今作銬khàu。～～手梏～～chhiú-khàu⇨同上。

【脚㡯 kha-tau】 脚下。㡯tau，祭所也，廚庖也，亦家也。父母～～pē-bó～～⇨父母之家，父母膝下。皇帝～～hông-tè～～⇨御輦之下。皇城也。

【脚桶 kha-tháng】 脚斗仔kha-táu-á。所謂女人洗脚之木桶也。共人摒～～水，人都嫌你臭羶kā-lâng piàⁿ～～ chúi, lâng to-hiâm-lí chhàu-hiàn⇨爲人家倒棄脚桶水，人家也嫌你太臭羶而不要也。勸人放棄非份之想。

【脚筋 kha-kin(kun)】 脚後之大筋。亦叫脚後蹄kha-āu-teⁿ。好幹，不驚人斲～～否hó-kàn, m̄-kiaⁿ lâng-tok～～hohⁿ⇨好大胆，不怕他砍斷你的脚筋嗎。俗謂偷人妻者人砍斷其脚筋以爲報復。

【脚跡 kha-jiah】 脚印kha-ìn。脚痕kha-hûn。無看見～～bô-khoàⁿ-khìⁿ(ìⁿ)～～⇨看不見脚印。

【脚號 kha-hō】 脚痕kha-hûn。～～，雨洗無去也～～, hō·-sé(sóe)-bô-khì(ì)-à⇨脚跡kha-jiah被雨沖洗得全消滅了。

【脚瘋 kha-hong】 關節炎koan-chiat-iām的俗名，據說是塩酸的吸收有缺陷所致的。～～手瘋～～chhiú-hong⇨脚手皆可能發生。

【脚䘸 kha-kiáu】 䘸，脛衣也。護脛之物也，包～～pau～～⇨脛部包以脚䘸也。

【脚腿 kha-thúi】 大腿toā-thúi。～～白雪雪～～peh-sut-sut⇨大腿白如雪。

【脚模 kha-bô·】 脚的樣子，大小。大～～toā～～⇨大脚大仙。非大脚婆toā-kha-pô⇨不纏足之女人，而是凡指大足之男女也。

【脚盤 kha-poâⁿ】 脚背kha-pòe。～～脚底～～kha-té⇨同上。

【脚蹄 kha-tê】 足掌。脚跡kha-jiah亦曰脚蹄kha-tê。猶有～～痕於抒iáu-ū～～hûn tī-teh(lē)⇨還有脚跡存在。

【脚頭 kha-thâu】 脚。脚上。～～手頭～～chhiú-thâu⇨脚上的，手上的。～～重～～tāng⇨踏力大，踢力大。～～骬～～u⇨膝蓋。喻不言或不動。問我的～～骬每較贏mn̄g goá ê～～u mā khah-iâⁿ⇨謂(你問他)不如問我的膝蓋。

【脚浮浮 kha-phû-phû】 脚浮站不穩。心有所怕，意欲遠離也。逐家都～～～也tak-ke to～～～ā⇨大家皆想遠走高飛了。

【脚掌甲 kha-chéng-kah】 脚趾甲kha-chí-kah。

【脚踏脚 kha-tah-kha】 喻片刻之前。踏tah亦作接chiap。阿花～～～抵走耳a-hoe～～～tú-cháu-niâ⇨阿花小姐，片刻前剛好出去了。阿三～～～都猶於者抒a-sam～～～to iáu tī-chia-leh⇨阿三剛剛在此地嗎（忽然那裏去了）。

【脚縫下 kha-phāng-ē】 股下kó·-hē(hā)。韓信爬過人的～～～hân-sìn pê-kòe lâng-ê～～～⇨韓信出股下。

【脚尖手㓜 kha-chiam-chiú-iù】 脚纖小手㓜如綿。喻富貴大戶之小姐。看伊安爾～～～～會曉合人做啥khoàⁿ i an-ne(ni)～～～～ē-hiáu(ōe-hiáng) kah(kap)-lâng chò(chòe)-saⁿ(siahⁿ)⇨你看她如此軟弱之身，能夠與人爲伍做些什麼工作嗎。

【脚來手來 kha-lâi-chiú-lâi】 ㊀勤快khîn-khoài。有事即挺身而出。人安爾～～～～未像你安爾死死lâng an-ne～～～～bē(bōe)-chhiūⁿ-lí an-ne sí-sí⇨他如此的勤勤快快，不像你如此不知何爲的死相。㊁毛手毛脚，動手動脚。對阿公安爾～～～～安怎許無禮tùi a-kong an-ne～～～～an-choáⁿ hiah-bô-lé⇨對祖父動脚動手何以如此的無禮也。

【脚底抹油 kha-té-boah-iû】 脚底擦油以便

快快滑走。看不是勢～～～～道溜也不khoà$^{n}$-m̄-sī-sè～～～～tō-liu-a-m̄看事不對了，立刻就逃走了，不對嗎。

**【脚核手核 kha-hī$^{n}$-chhiú-hī$^{n}$】** 搖脚擺手。略同脚躼手躼kha-lò-chhiú-lò。

**【脚乾手乾 kha-ta-chiú-ta】** 喩清閑無庸親手工作。阿久伯仔盒～～～～了a-kú-peh-à ta$^{n}$～～～～lō·⇨阿久伯現在淸閑了。

**【脚酸手軟 kha-sng-chhiú-nńg】** ㊀因病。即幾日仔安爾～～～～多敢得未死也咧chit-kúi-jit-á· an-ne(ni)～～～～to-ká$^{n}$ tit-boeh-sí-à-lè⇨這幾天脚手都酸軟無力，恐怕是快要死了。㊁因失望。想著道～～～～也siū$^{n}$-tioh tō～～～～à⇨一想起來就無氣力了。

**【脚躼手躼 kha-lò-chhiú-lò】** 高頭大馬ko-thâu-tāi-má。躼lò，身長也，或作躴lò。人生做～～～～，一表人材，未偲嘛lâng se$^{n}$-chò (si$^{n}$-chòe)～～～～, it-piáu jîn-châi, bē (bōe)-bái-mà⇨其人相當高大，一表人材，很好呀。～～～～骨力食怢憚做～～～～kut-lat-chiah pān(pīn)-toā$^{n}$-chò(chòe)⇨人是很高很大，却只要拼命吃而懶不工作。

**kha 尻** 脽也。臀也。亦即尾脽bóe-chui也。脊骨盡處，如山之從高而下所託根之所也。

**【尻川 kha-chng】** 臀也。川chng者竅khiàu也，穴hiat也。有獸如麋，其川在尾上。又兩山之間曰川chhoan。俗作脚穿kha-chhng或尻穿kha-chhng。其實即尻脽kha-chui，亦即尻川kha-chhng也。～～溝～～kau⇨臀中之溝道。～～皻～～phé⇨臀部tûn-pō·。亦即屁股phùi-kó·。～～斗～～táu⇨屁股。～～斗仔肥肥～～táu-á hûi-hûi⇨屁股豐滿。～～斗仔翹翹～～táu-á khiàu-khiàu⇨同前。肥hûi，圓潤也。鑽仔chǹg-á不尖不利曰鑽仔嘴肥肥也chǹg-á-chhùi hûi-hûi-ā⇨錐末圓潤了，鈍了。～～後～～āu⇨背後pòe-āu(hiō)。不當講人～～後話m̄-thang-kóng lâng～～āu-ōe⇨不要背後說人是非。搖～～花iô～～hoe⇨屁股因行而動的模樣曰花hoe。

**【尻脊後 kha-chiah-āu】** 背後pōe-hō·(hiō)。不驚人～～～抒呸嘴涎m̄-kia$^{n}$-lâng～～～teh phùi chhùi-noā⇨不怕人背後唾棄thō-khì。

**【尻脊骨 phe-chiah-kut】** 脊柱chiah-thiāu。亦曰脊椎骨chiah-chui-kut。俗曰腰脊骨io-chiah-kut。

**【尻脊骿 kha-chih-phia$^{n}$】** 背部pōe-pō·。讀册讀於～～～裡thak-chheh thak-tī～～～lih⇨謂讀書記在背部而不記在心中，蓋書包多背在背上也。

**khá 巧** 稀奇也。珍奇也。巧妙也。囡仔乖～gín-á koai～⇨小孩子很聽話，很機靈。奇～kî～⇨罕見之事物。奇～的物kî～ê mih⇨同上。奇～的代誌kî～ê tāi-chì⇨奇事kî-sū。即個人那者～chit-ê lâng ná chiah～⇨此人何以如此蠻不講理。你道有～也嚇lí tō ū～à heh⇨你太怪了，太不講理了。無～亦一肚飽bô～ah chit-tō·-pá⇨雖非山珍海味，也吃得滿腹了。無～不成書bô～put-sêng-si(chu)⇨同上。

**【巧奇 khá-kî】** 奇怪kî-koài。奇妙kî-miāu。即件代誌眞～～於抒chit-kiā$^{n}$ tāi-chì chin～～tī-teh⇨此件事有非常奇怪的地方。

**【巧話 khá-ōe】** 巧語khá-gí。你不免抒講～～lí m̄-bián teh kóng～～⇨不用說遁詞了。

**【巧語 khá-gí】** 花言～～hoa-gân～～⇨同上。

**【巧様 khá-iū$^{n}$】** 稀奇的款式或花様hoe-iū$^{n}$。粧了有～～chng-liáu ū～～⇨打扮得很新奇。

**khà 扣** 敲擊也。打tá$^{n}$曰扣khà。敲打使附着物剝落曰扣khà。以長棒敲打khau-tá$^{n}$曰扣khà，修剪舊衣物亦曰扣khà。提去外口～theh-khì goā-kháu～⇨提到外面敲之。用竹篙～

iōng tek-ko～⇨以竹竿敲打之。更～較短抸koh～khah-té-leh⇨再修剪短一點。

【扣門 khà-mn̂g】 敲門khau-bûn。三更半暝曷可共人～～saⁿ-keⁿ(kiⁿ)-poàⁿ-mêⁿ(mîⁿ)ah-hó kā-lâng～～⇨三更半夜何可敲人之門戶。

【扣衫 khà-saⁿ】 修改舊衣，改短舊衣，換修裘仔裏等皆曰扣khà，曰扣衫khà-saⁿ。

【扣電報 khà-tiān-pò】 打電報phah-tiān-pò。

【扣電話 khà-tiān-ōe】 打電話phah-tiān-ōe。

【扣龍眼 khà-lêng-kéng】 敲打龍眼使其墜地也。

khà
敲 擊也。從旁橫擊也。用同扣khà，當亦不大錯，不過敲油khà-iû，敲竹槓khà-teh-kn̄g兩詞，卻例用敲。

【敲油 kha-iû】 運用力量或方法，迫人無奈付出財物。即次該共阿花～～藉着chit-chhù ài-kā a-hoe～～chiah-tioh⇨此次輪對阿花扣油才對（可能是他們輪流請客吧）。

【敲竹槓 khà-tek-kǹg】 khau-tek-kǹg。敲油khà-iû的新名詞（借自漢語），多指惡官員榨取民脂民膏。

khà
及 及kip也。無～bô～⇨來不及也。無～食bô～chiah⇨來不及食之。衫無～穿道走也saⁿ bô～chhēng tō cháu à⇨衣都不及穿就跑了。

# khah

khah
篭 捕魚籠也。小魚籠曰篭khah。掠魚的伓煞，揹～的不煞liah-hî-ê boeh-soah, koāⁿ～ê m̄-soah⇨謂捕魚者不捕了，提魚籠者還要捕下去。喻從者(親戚，朋友或旁觀者)比事主態度還要強硬，不肯干休。

【篭仔 khah-á】 小魚籠。～～揹抸去釣魚也～～koāⁿ-lè khì tiò-hî-ā⇨帶着小魚籠釣魚去了。

khah
較 比較pí-kàu之詞。比較優劣，長短，大小，高低，輕重等等，皆用之。～野過海賊～iá-kòe hái-chhat⇨比海賊還要野蠻iá-bân，不講理。～冶趁食查某～iá thàn-chiah cha-bó⇨比娼妓更妖冶iau-iá。

【較大 khah-tōa】 看啥人～～khoàⁿ siáⁿ-lâng～～⇨看看誰大。～～顆每行去～～khò mā-kiâⁿ-khì(ì)⇨再大，再富有也完了。更～～一屑仔該加錢否koh～～chit-sut-á ài-ke-chîⁿ-bò⇨再大一些的要不要增加錢數。有～～道會使得ū～～tō ē(ōe)-sái tit⇨只要大些就可以了。

【較加 khah-ke】 ～～每死～～mā-sí⇨無論如何都要死。～～無要緊，較減道未用得～～bô-iàu-kín, khah-kiám tō-bē(bōe)-ēng-tit⇨多些沒關係，少些就不行。安爾是有～～無較減的也an-ne sī ū～～bô-khah-kiám-ê-à⇨如此是有多無減的了。

【較有 khah-ū】 你都～～lí to～～⇨你是比較有錢的。～～額～～giah⇨份量多。～～勢～～sè⇨勢力大。～～噱～～kiok⇨實益多。～～派頭～～phài-thâu⇨成個樣子。～～經驗～～keng-giâu⇨經驗多。～～辦法～～pān-hoat⇨花樣多。～～路用～～lō-iōng⇨用途多。～～話講～～ōe-kóng⇨話比較投機，談得來。

【較長 khah-tn̂g】 即枝～～chit-ki～～⇨此（木，竹等）枝長些。稅的比買的～～sòe-ê pí bé(bóe)-ê～～⇨租用者，比自買的比較有利。

【較猛 khah-mé】 火焚～～抸hóe hiâⁿ～～leh⇨火焚旺一些。～～去～～來～～khì～～lâi⇨快去快回。～～創～～chhòng⇨努力爲之。～～讀～～thak⇨努力用工。叫阿兄～～轉來kiò a-hiaⁿ～～tn̂g-lâi⇨叫哥哥快回來。

【較偲 khah-bái】 偲bái，惡也，醜也，不佳也。～～較媠～～khah-súi⇨較醜較美。媠súi，美姿也。

【較慘 khah-chhám】 勝似，更慘。佅借伊耳講～～欠伊boeh-chioh-i niâ kóng～～khiàm-i⇨不過是答應借給他而已，竟催討得比欠他還要嚴重。～～無主的～～bô-chú-ê⇨把人家之物視同無主之物。戇～～死gōng～～sí⇨愚比死還可悲。媠偲無比止，恆意～～死súi-bái bô-pí-chí, kah-ī～～sí⇨美醜無法全部比較，中意了比死還更嚴重(男女間)。

【較輸 khah-su】 ～～較贏～～khah-iâⁿ⇨較劣較優。阿花～～面a-hoe～～bīn⇨阿花似比較佔了劣勢。

【較講 khah-kóng】 如何說法，不論如何，多次說過了。～～都不聽～～to m̄-thiaⁿ⇨如何說皆不順從。～～每該有錢～～mā-āi ū-chîⁿ⇨無論如何還是有錢好些。～～每即幾句話耳～～mā chit-kúi-kù-ōe-niâ⇨再多說還是這些話而已。～～亦是咱阿花較媠～～ah-sī lán a-hoe-a khah-súi⇨怎麼說還是我們的阿花最漂亮。媠súi，美姿也。

**khah 呵** 責也。怒也。氣出也。笑也。呵止khah-chí⇨大聲喝止hat-chí。

【呵呵 khah-khah】 笑聲。～～笑～～chhiò⇨同上。笑到～～叫chhiò-kà～～kiò⇨笑得呵呵有聲。

**khah 敨** 會也。合也。觸及曰敨khah。黏上去曰敨khah。物依岸而停曰敨khah。又懇切要求曰呼敨kho·-khah，即呼籲hō·-iok也。船相～chûn sio～⇨船舶相靠近。水垢chúi-káu～眞敨chúi-káu～chin-chē(chōe)⇨水垢沈積甚多。負債攏～於我身上hū-chè lóng～tī-goá sin-siāng⇨負債皆歸在我身上。日期驚做會相～jıt-kî kiaⁿ-chò(chòe) ē(ōe) sio～⇨日期恐怕會衝突(即彼此同一時日)。流來～於渡船頭lâu-lâi～tī tō·-chûn-thâu⇨被冲流來依在渡船場。代誌猶～於心官頭tāi-chì iáu～tī sim-koaⁿ-thâu⇨事仍然積抑在心中。門～抄道可mn̂g～lē tō-hó⇨門一掩就可以(不用加鎖)。

【敨人 khah-lâng】 死賴他人。四界～～sì-kè～～⇨到處死賴他人。

【敨油 khah-iû】 染上油污。有～～眞垃圾ū～～chin lah-sap⇨染有油污甚髒。

【敨門 khah-mn̂g】 關門koaiⁿ-mn̂g。掩門iám-mn̂g。有～～否ū～～bò·⇨門關了嗎。

【敨雲 khah-hûn】 月仔有～～goeh-á ū～～⇨月上帶有一些雲。

【敨朦 khah-bông】 早起有～～chá-khí ū～～⇨今晨有朦霧bông-bū。

【敨水垢 khah-chúi-káu】 涵缸底有～～～âm-kng-té ū～～～⇨水缸底積有水垢。

【敨油滓 khah-iû-tái】 積有油渣。有～～～ū～～～⇨同上。

【敨責任 khah-chek-jīm】 背上責任。應該～～～亦該俾敨不eng-kai～～～ah-āi hō·-khah-m̄⇨如果必須負責，也就擔起來好了，無奈何嗎。

【敨稠稠 khah-tiâu-tiâu】 敨得剝不開。稠tiâu，稠密tiâu-bat,tiû-bıt也。～～～剝未絀～～～pak-bē(bōe)-lut⇨敨得甚稠剝不開。絀lut；退也，同黜。

【敨碼頭 khah-bé-thâu】 船舶泊碼頭。番仔船來抄～～～也hoan-á-chûn lâi-teh～～～ā⇨外國船入港來，在泊岸了。

**khah 癁** 物鯁kẽⁿ於嚨喉。骨仔～於嚨喉kut-á～tī nâ-âu⇨小骨梗kẽⁿ在喉中。

**khah 及** 及kip也，同及khã。

# khai

khai
開 閉之反也。教導。啓發。拓展。陳述。起始。衙門八字～gê-mn̂g pat-jī～⇨同上。山，阮～的；樹，阮栽的soaⁿ, goán～ê; chhīu, goán chai-ê⇨同上。又放蕩浪費曰開khai。恔～gâu～⇨會浪費，會放蕩。恔，慧也，黠也。勢，強也，健也，本書取恔gâu。

【開口 khai-kháu】 講話。是非只因多～～sī-hui chí-in to～～⇨惹是非都是因爲多講話。

【開方 khai-hong】 數學名詞。有開平方與開立方之分。

【開化 khai-hùa】 啓開文明。人較未～～lâng khah-bē(bōe)～～⇨同上。

【開心 khai-sim】 ㊀虛心。～～相見～～siang-kiàn⇨同上。㊁快樂。

【開弔 khai-tiàu】 發出訃報。開始辦理喪事。

【開市 khai-chhī】 ㊀市場開張。㊁第一個顧客。新～～較好結拜親兄弟sin～～khah-hó kiat-pài chhin-hiaⁿ tī⇨同上。

【開印 khai-ìn】 衙門年終封印，新年開印，開始辦公。

【開列 khai-lia̍t】 列記。～～名單～～miâ-toaⁿ⇨同上。

【開招 khai-chiau】 賭博者語。想到不得～～siūⁿ-kà put-tek～～⇨謂考慮甚久苦無妙法。

【開放 khai-hòng】 ㊀開啓。門戶～～bûn-hō͘～～⇨打開國門，讓外人進來。㊁開釋。無罪～～bô-chōe～～⇨因無罪而被釋放。

【開拆 khai-thiah】 同開破khui-phoà。分拆內容。

【開恩 khai-in】 施恩免責。～～赦罪～～sià-chōe⇨同上。

【開缺 khai-khoat】 原官去職空缺待補。

【開庭 khai-têng】 法院公開審理案件。

【開彩 khai-chhái】 ㊀開門第一位主顧。㊁雛妓初次接客。

【開眼 khai-gán】 新神像開始供奉。亦謂開光。

【開朗 khai-lóng】 性質明朗爽快。心情～～sim-chêng～～⇨同上。

【開基 khai-ki】 開建基業。～～祖師～～chó͘-su⇨第一個建立行業的祖宗。

【開國 khai-kok】 建國。～～功臣～～kong-sîn⇨建國有功勞的大臣。

【開啓 khai-khé】 開始。～～新時代～～sin-sî-tāi⇨創造新的時代。

【開設 khai-siat】 開辦。～～工場～～kang-tiûⁿ⇨創設工作場地。

【開張 khai-tiang】 新店開業。～～大吉～～tāi-kiat⇨開新店的吉利話，謂店一開張就大賺錢。

【開發 khai-hoat】 啓開發展。新境界的開發sin-kéng-kài ê khai hoat⇨同上。

【開費 khai-hùi】 開支開銷。多～～to～～⇨開銷很大。

【開喪 khai-song】 發出訃音。同開弔khai-tiàu。

【開棺 khai-koan】 ～～驗屍～～giām-si⇨刑事案件求證的步驟。

【開罪 khai-chōe】 得罪。～～於權勢～～î koân-sè⇨同上。

【開業 khai-gia̍p】 開始營業。今日～～kim-ji̍t～～⇨同上。自己～～chū-kí～～⇨同上。

【開誇 khai-khoa】 自誇。不是我扲～～m̄-sī goá teh～～⇨非我在吹牛。

【開禁 khai-kìm】 解禁。～～了也～～liáu-à⇨禁令已解除了。

【開演 khai-ián】 戲等的開場。攏扲等候～～lóng-teh tán-hāu～～⇨同上。

【開幕 khai-bō͘】 開張khai-tiang。戲院～～，明星剪彩hì-īⁿ～～, bêng-seng chián-chhái⇨同上。

【開標 khai-phiau】 一種賭博名。

【開銷 khai-siau】 開支。人多～～敆lâng-chē～～chē⇨同上。敆chē，多也。

【開錢 khai-chîⁿ】 錢財的支出。散財。～～如蜊仔殼抔～～ná-lâ-á-khak-lè⇨喻錢如貝殼的不加儉惜。

【開戰 khai-chiàn】 戰爭開火。既～～落去道無較好也kà～～loh-khì(ì) tō bô-khah-hó-à⇨既已開戰了，就不妙了。

【開館 khai-koán】 設立武館。～～授徒～～siū-tô⇨設立武館，教授徒弟武藝。

【開墾 khai-khún】 開地墾荒。～～山林～～soaⁿ-nâ⇨同上。

【開辦 khai-pān】 開始辦理。開業。定期～～tēng-kî～～⇨同上。

【開講 khai-káng】 閑談。來罔～～lâi-bóng～～⇨來談天說皇帝。

【開竅 khai-khiàu】 開啓心竅，表現聰明。較慢～～khah-bān～～⇨同上。

【開懷 khai-hoâi】 開展胸懷。～～暢飲～～thiòng-ím⇨盡情爽快地喝酒。

【開關 khai-koan】 電鍵。～～壞去耳～～hāi-khì(ì)-niâ⇨同上。

【開查某 khai-cha-bó】 嫖妓宿娼。

【開門見山 khai-bûn-kiàn-san】 喻講話不拖泥帶水，直接講出痛癢之處。～～～～道鑿也～～～～tō chhak-à⇨開口就罵了。鑿chhak，刺攻其要害也。

【開物成務 khai-but-sêng-bū】 謂開通萬物成就天下事務。

【開門揖盜 khai-bûn-ip-tō】 開門迎盜賊也。謂禍根是自己招來的。

【開源節流 khai-goân-chiat-liû】 開發稅源以增加歲收；節減經費以減少支出。

【開誠佈公 khai-sêng-pò-kong】 誠意待人，坦白無私。開誠心，佈公道khai sêng-sim, pò kong-tō⇨同上。

## khái 楷

字體之一。正～chiàⁿ～⇨同上。半草楷仔poàⁿ-chhó～á⇨草楷之間的字體。

【楷書 khái-si(su)】 書寫楷體字，其書幅，其字體，皆曰楷書。

## khái 凱

樂也。兵樂亦即軍樂也。軍奏捷曰凱khái。

【凱旋 khái-soân】 得勝班師。～～門～～mn̂g(bûn)⇨洋人的戰勝紀念牌樓。起自古羅馬帝國，各國多有之，而今最有名的是巴黎的凱旋門也。是紀念拿破崙的。

【凱歌 khái-ko】 凱旋之歌。馬嘶金鎧振，人唱～～還má-su kim-khái-chín, jîn-chhiàng～～hoân⇨戰勝班師凱旋的情形。

## khái 鎧

金鎧kim-khái，戰甲chiàn-kah也。

## khài 概

狀況chōng-hóng也。大略也。一律也。大～tāi～⇨大約tāi-iak。大～有五六個人tāi～ū gō-lak-ê lâng⇨同上。大～好也tāi～hó-à⇨大約弄好了。大其～tāi-kî～⇨大概tāi-khài。大其～仔tāi-kî～á⇨大概tāi-khài。大約tāi-iak。大概大概道可也tāi-khài tāi-khài tō-hó-à⇨概略就行了，不必詳細計較。貨品出門，～不退換hòe-phín-chhut-mn̂g, ～put thè-oāⁿ⇨不負責的商人，有此招貼。

【概況 khài-hóng】 大約的情形。產業界的～～sán-giap-kài ê～～⇨同上。

【概念 khài-liām】 心理學名詞。俗作大概的理解的意思。有一個～～來看藉有意思ū chit-ê～～lâi-khoàⁿ chiah-ū ì-sù⇨同上。

【概要 khài-iàu】 總括大體的要點，稅制的～～sòe-chè ê～～⇨同上。

【概略 khài-liak】 大略tāi-liak。方案的～～hong-àn ê～～⇨同上。

【概算 khài-soàn】 粗略計算。～～書～～si(su)⇨同上。

【概論 khài-lūn】 大體情形的論述。～～總論～～chóng-lūn⇨同上。

【概概仔 khài-khài-á】 看似不在乎卻似頗自負狀。人～～～lâng～～～⇨同上。

【概不例外 khài-put-lē-goā】 一律待遇無例外。

khài 慨 激怒。嘆息。慷慨。憤～hùn～⇨同上。感～kám～⇨同上。慷～khóng～⇨①意氣激昂。②不小氣。

【慨嘆 khài-thàn】 感慨嘆息。

【慨然答應 khài-jiân-tah-èng】 慷慨同意。

khài 愾 敵愾同仇tek-khài-tông-siû也。

khài 漑 灌漑koàn-khài也。灌～水路koàn～chúi-lō͘⇨水圳chúi-chùn等設施。

## khai$^{n}$

khai$^{n}$ 揵 舉也。以肩舉物也。擔ta$^{n}$亦曰揵khai$^{n}$。雙頭曰擔ta$^{n}$，單頭曰揵khai$^{n}$。又重擔tāng-tà$^{n}$曰擔ta$^{n}$，輕擔khin-tà$^{n}$曰揵khai$^{n}$。者的我～chia-ê goá～⇨這些(東西)我擔之。腹肚枵枵道罔耐，扁擔舁起道罔～pat-tó͘ iau-iau tō-bóng-nāi, pín-ta$^{n}$ giâ-khí tō-bóng～⇨謂肚子餓了要苟且忍耐，扁擔拿起來，勉強擔之。訴說擔工無奈之民歌也。罔～罔行bóng～bóng-kiâ$^{n}$⇨且擔且行。

【揵些 khai$^{n}$-chē】 擔他若干。～～蕃薯轉來煮湯～～han-chî tńg-lâi kûn-thng⇨擔些地瓜回來煮湯吃。～～芎蕉當好做所費～～kin-chio thang-hó chò(chòe)só͘-hùi⇨擔若干香蕉回去(出賣)當所費。

khai$^{n}$ 擎 持也，擊也，挽也，引也。相～去見保正也sio～khì-kì$^{n}$ pó-chèng-à⇨相揪去見保正了。胸仔～扲道拂也heng-á～leh tō-hut-à⇨胸一揪住就開打了。彼旁湊～扲hit-pêng tàu～lè⇨彼方協助揪一下吧。頭鬃既被人～扲道無法度也thâu-chang kà hō͘-lâng～leh tō bô-hoat-tō͘-ā⇨頭髮被人揪住了就沒辦法了。你傷狡怪道～來去衙門lí siu$^{n}$-káu-koài tō～laih-khì gê-mn̂g⇨你太過份了就揪你去見官。共～來去kā～laih-khì⇨把他揪住回去吧。

【擎頭鬃 khái$^{n}$-thâu-chang】 查某人相拍～～～cha-bó͘-lâng sio-phah～～～⇨女人打架揪頭髮。

## khak

khak 殼 硬果皮。介類之殼。空虛爲空殼。駁～pak⇨德國製的一種短銃。可二十彈連發，彈殼自動撥掉，故叫駁殼仔pak-khak-á。

【殼仔灰 khak-á-hoe】 介殼類的外殼燒的灰。

【殼仔絃 khak-á-hiân】 椰子殼做筒的絃仔。

khak 恪 恪遵khak-chun，敬謹遵守也。

khak 榷 商榷siang-khak，商討，籌畫也。

khak 麯 同麴khak。酒母也。有白～紅～peh～âng～之分。紅酒參白～，無食不知驚，食了吐落落âng-chiú chham peh～, bô-chiah m̄-chai-kia$^{n}$,chiah-liáu thò͘-lak-lak⇨童謠。

khak 確 堅定。眞情。的～事實tek～sū-sit⇨眞事實。正～chèng～⇨同上。

【確切 khak-chhiat】 堅決切合事實。～～實行～～sit-hêng⇨同上。

【確言 khak-gân】 確實的發言。～～其事也～～ki-sū-à⇨同上。

【確定 khak-tēng】 已定。不再變易。～～佅娶某也～～boeh chhoā-bó͘-à⇨同上。

【確保 khak-pó】 確切保有之。～～權益～～koân-ek⇨同上。

【確信 khak-sìn】 堅決相信。～～會成功～ē(ōe) sêng-kong⇨同上。

【確實 khak-sit】 堅實。正確的事實。～～

無講虛詞～～bô-kóng hau-siâu⇨眞實無虛說。照證據看來，～～是有計劃的chiâu chèng-kì khoà$^{n}$-lâi,～～sī ū kè-ōe-ê⇨同上。

【確證 khak-chèng】 確實的證據。～～扠著也～～sa-tioh â⇨確證取得了。

khak
**喀** 喉中吐物曰喀khak。～紅～âng⇨吐血也，～痰～有聲，吐不出也。同喀khak。

khak
**喀** 嘔áu也。吐thò·也。安爾～敢會用得，不去揣醫生an-ne(ni)～kám ē(ōe)-iōng-tit, m̄-khì chhōe i-seng⇨這樣喀法可以嗎，何不去找醫生呢。

【喀血 khak-hoeh(huih)】 嘔紅áu-hông。～～眞不好扵～～chin m̄-hó-lè⇨同上。

【喀呸 khak-phúi】 卑視，唾棄之也。憤怒的反擊。我～～你goá～～lí⇨同上。

【喀痰 khak-thâm】 吐痰thò·-thâm。～～更含血絲藉不好～～koh-kā$^{n}$-hueh(huih) si chiah m̄-chó⇨吐痰且含有血絲才不好也。

【喀喀呸 khak-khak-phúi】 喀呸khak-phúi的加強詞。

## kham

kham
**堪** 勝也。任也。能勝任愉快，忍受持久，可以受之無虧，皆曰會堪得ē(ōe)-kham-lit (tit, chit)，反之即曰未堪得bē(bōe)-kham-lit (tit,chit)。會～得枵，未～得餓ē(ōe)～lit-iau bē(bōe)～lit gō·⇨耐得枵不能耐餓。枵iau者肚空未食，餓gō·者無物可食也。會～得暴日未～得沃雨ē(ōe)～chit phak-jit bē(bōe)～chit ak-hō·⇨可以受日晒，不可以受雨淋。會～得無趁未～得了錢ē(ōe)～lit bô-thàn bē(bōe)～lit liáu-chî$^{n}$⇨可以不賺錢，不可以虧本。叫你等一下仔亦未～得是不kiò-lí tán-chit-ē-á iah bē(bōe)～lit sī-m̄⇨教你等一下也不行嗎(不夠力教你等嗎)。食你一碗茶都未～得是不chiah-lí chit-oá$^{n}$-tê to bē～lit sī-m̄⇨要喝你(捧來的)一碗茶也不行嗎(沒資格嗎)。咱講安爾要歇一工亦未～得啦lán kóng an-ne(ni) boeh-hioh-chit-kang iah bē(bōe)～tit-lâ⇨我就這樣的打算休息一天，也沒有其福氣也。未～得食好物bē(bōe)～lit chiah hó-mih⇨沒福氣吃好東西(例如要吃就有阻撓，或一吃肚子就容不下)。咱這未～得有錢，有三個錢仔鬼道知lán-che bē(bōe)～lit ū-chî$^{n}$, ū-sa$^{n}$-ê-chî$^{n}$-ā kúi tō-chai⇨我此種人無福有錢，有三文錢了鬼就知之(帶來禍患)。上文中lit皆tit之音變。

【堪輿 kham-î】 ㊀大地也。㊁牽羅經，相地脈，看風水，以尋善地佳穴爲住宅或墓穴，以致蔭子弟。～～師～～su⇨地理先仔tē-lí-sian-á也。

kham
**坩** 坩堝kham-oe(e,ko)，鎔礦爐iông-khòng-lô·也。

kham
**戡** 戡亂kham-loān，殺亂sat-loān，勝亂sìn-loān也。

kham
**嵁** 巖不平也，絕山也。亦嵚也。

【嵁碣 kham-khiat】 山不平。碣khiat，山特立也。道路崎嶇難行曰嵁碣kham-khiat，亦作嵚碣kham-khiat。碣通嵑。或作砝。

【嵁嵁砝砝 kham-kham-khiat-khiat】 嵁砝kham-khiat。路～～～～也您阿娘仔脚無才調行啦lō·～～～～â lín a-niû-á kha bô-châi-tiāu-kiâ$^{n}$-lâ⇨同上。

kham
**龕** 壁廚piah-tû也。壁～piah～⇨同上。佛～hut～⇨同上。神～sîn～⇨同上。

khám
**譀** 誕也。誇誕也。言行突兀誇張，似狂似戇者曰譀khám。亦曰狂譀khong-khám。你成～lí chiâ$^{n}$～⇨你實在狂譀khong-khám。生神無相同，狂～隨在人lān-sîn bô-sio-tâng, khong～sûi-chāi-lâng⇨喻人各有其作風，何必干涉他人。生神lān-sîn者，時而忽大時而忽小，喜怒不定曰生神氣lān-sîn-khì，略似狂譀

khong-khám。

【譀人 khám-lâng】 愚而有喜劇感之人。～～傝人～～gām-lâng⇒傝人與傝人，傝gām不自安也，愚而時有非分之想者。

【譀生 khám-lān】 粗語。罵傝人如生也。

【譀先 khám-sian】 狂譀先生khong-khám-sian-seng。先亦作仙sian，即仙人sian-jîn也。

【譀面 khám-bīn】 譀人面khám-jîn-bīn。你莫抮～～lí mài teh～～⇒同上。

【譀神 khám-sîn】 略同生神lān-sîn。皆指時大時小，忽大忽小喜怒不同之言也。生lān，羼之俗字。

【譀譀 khám-khám】 甚譀sīm-khám。格安爾～～傝傝道有可食也啦kek an-ne(ni)～～gām-gām tō-ū hó-chia̍h-à-là⇒粧成譀傝的樣子就有得食了(反語)。譀khám在心，傝gām在面也。

【譀頭譀面 khám-thâu-khám-bīn】 譀態畢露(通稱傝面人)。

khám
坎
八卦名。乾三連，坤六斷，離中虛，～中滿 khiân-sam-liân, khun-lio̍k-toān, lī-tiong-hi,～tiong-boán⇒八卦口訣。陷也。穴也。高低曰坎khám，段落亦曰坎。臭～chàu～⇒木材板面的枝椏生處朽爛而下陷者。臭～抵著木頭眼chhàu～tú-tio̍h ba̍k-thâu-gán⇒謂；密抵塞bā-tú-sā，亦即甚巧合。差一～chha-chi̍t～⇒有一階之差。又店家一家曰一坎chi̍t-khám。三～店面saⁿ～tiàn-bīn⇒三家店舖。落～lak～⇒下陷一階，下陷一些。中央有落～tiong-ng ū lak～中央有下陷。樓梯～lâu-thui～⇒同上。

【坎仔 khám-á】 高低處。小崎sió-kiā。更迫一個～～道到位也koh-peh chi̍t-ê～～tō kàu-ūi-ā⇒再上一小崎就抵達了。迫peh，上也，登也。登山曰迫山peh-soaⁿ。

【坎坷 khám-khó】 路途不平。生不得志。一生～～不得志it-seng～～put-tek-chì⇒同上。

【坎站 khám-chām】 段落toāⁿ-lo̍h。節制chiat-chè。做人有～～chò(chòe)-lâng ū～～⇒其爲人有節制不逾越。

khám
砍
斫chiok，柞chhò也。刀斧伐木曰柞。

【砍伐 khám-hoa̍t】 ～～山林～～san-lîm⇒同上。

【砍竹 khám-tek】 柞竹chhò-tek。

【砍柴 khám-chhâ】 柞柴chhò-chhâ。伐木爲薪。俗作剉非。

【砍倒 khám-tó】 剉chhò而倒之。～～砍斷～～khám tn̄g⇒剉倒剉斷chhò-tó-chhò-tn̄g。砍斷即自倒矣。

【砍頭 khám-thâu】 斬頭chám-thâu。殺頭sat-thâu。

khàm
崁
嵌khàm俗作崁khàm。山深也。崖gâi曰崁khàm。崩～pang～⇒斷崖toān-gâi。山～soaⁿ～⇒山崖san-gâi,山崎soan-kiā。赤～樓chhiah～lâu⇒荷蘭人留在台南的建築物。坑～kheⁿ(khiⁿ)～⇒溪谷khe-kok。溪～khe～⇒溪邊之崖。

【崁脚 khàm-kha】 斷崖之下。大崎之下。跋落～～道死無救poa̍h-lo̍h～～tō sí-bô-kiù⇒跌下崖去就死定了。

【崁頂 khàm-téng】 山崖上。大崎上。～～迫未起去～～peh-bē(bōe)-khí-khì(ì)⇒崖頂爬不上。迫peh，攀登也。

khàm
嵌
俗作崁khàm。陷入中也。

【嵌工 khàm-kang】 嵌入介殼金銀等的美術工。

【嵌花 khàm-hoe】 由嵌工入花。枋堵攏～～pang-tó· lóng～～⇒同上。

khàm
勘
校也。覆也。加蓋曰勘khàm。校對錯誤以正之也。問案亦曰勘khàm。推～thui～⇒同上。究～kiù～⇒同上。校～kàu～⇒同上。查～cha(chhâ)⇒同上。探～thàm～⇒

同上。動詞化曰勘khàm。秘之曰勘khàm，所見不明亦曰勘khàm。水缸無～chúi-kng bô～⇨水缸未加蓋koà。錢被人～去chî$^{n}$ hō·-lâng～khì(ì)⇨錢被私藏或詐走了。腹肚安爾也敢猶會～得pak(pat)-tó· an-ne(ni)-ā kám-iáu-ē(ōe)～li̍t(chi̍t;ti̍t)⇨肚子如此（大）了，還能秘之嗎。掩～am～⇨秘之不宣。曷使扲掩～a̍h-sái teh am～⇨何用掩秘之。無掩無～bô-am-bô～⇨不私藏不覆蓋。一切公開。勘khàm，俗作蓋khàm。

**【勘印 khàm-iǹ】** 查對印信。

**【勘合 khàm-ha̍p】** 比對符契是否符合。

**【勘地 khàm-tē】** 查看現場。

**【勘查 khàm-cha】** 探查thàm-cha。實地～～si̍t-tē～～⇨同上。

**【勘問 khàm-mn̄g】** 推勘司法案件。訊問sìn-būn。～～被告～～pī-kò⇨同上。

**【勘驗 khàm-giām】** 檢查現場。

**【勘雨 khàm-hō·】** 覆之以避雨。布帆～～都上好也不pō·-phâng～～to siāng-hó-ā-m̄⇨布帆為蓋是最好的了，不是嗎？

**【勘面 khàm-bīn】** 覆其表面。～～道可也，無要蓋佗位～～tō hó-à, bô-boeh khàm tó-ūi⇨蓋其表面就可以了，否則(你)要蓋其什麼地方。

**【勘厝 khàm-chhù】** 蓋屋頂kài-ok-téng。～～頂～～téng⇨同上。

**【勘密 khàm-ba̍t】** 加蓋封密。鹹傷無～～連鞭每生蟲kiâm-toâ bô～～liâm-pi$^{n}$ mā se$^{n}$(si$^{n}$)-thâng⇨塩漬食物類不封密，很快就會生蟲。

**【勘運 khàm-ūn】** 命卜者的名堂。謂可以把惡運蓋掉換來好運。～～勘魂～～khàm-hûn⇨都是同一類者。前者似乎在改運，後者在治病。

**【勘勘 khàm-khàm】** 目珠～～ba̍k-chiu～～⇨眼被遮蓋，喻傻瓜。額仔～～hia̍h-á～～⇨前額突出者。

**【勘蓋 khàm-koà】** 覆之以蓋kài(koà)。烏溪無～～o·-khe bô～～⇨溪流無加蓋也。謂你何不早跳下自殺。烏溪o·-khe，大肚溪toā-tō·-khe也，其他或作港仔káng-á，海裡hái-nī或者直呼某河等由地方而異。

**【勘下扣 khàm-hē-lē】** 隱藏ún-chông。代誌猶～～～tāi-chì iáu～～～⇨問題還未公開出來。

**【勘瓦的 khàm-hiā-ê】** ～～～厝較熇～～～chhù khah-ho⇨瓦屋比較悶熱。

**【勘草的 khàm-chháu-ê】** ～～～厝較涼～～～chhù khah-liâng⇨草屋比較涼爽。

**【勘頭勘面 khàm-thâu-khàm-bīn】** 同目珠勘勘ba̍k-chiū khàm-khàm。～～～～的人～～～～ê lâng⇨少經世故的傻瓜。

khâm **鑨** 鑨仔chhîm-á，一種銅樂器名。鑨錚鼓khâm-cheng-kó·⇨司功用的樂器。司功sai-kong，喪葬的道士戲也。

khâm **黔** 黑也。黎了。～首黎民～siú-lê-bîn⇨皆指黑髮的百姓人。

**【黔黔 khâm-khâm】** 烏o·也。黑也。烏～～o·～～⇨形容人多。人烏～～了lâng o·～～lò·⇨人已經烏黑黑了。人圍到～～烏lâng ûi-kà～～o·⇨人圍得烏黑黑。

**【黔驢技窮 khâm-lî(lû)-ki-kiông】** 喻平庸無能者，不知藏拙，甚至矜誇自示，致情見勢窮者。

khām **嗽** 啖也，呑也。咳嗽聲ka-sàu-sia$^{n}$曰嗽khām，曰嗽sàu。猶扲～iáu-teh～⇨猶扲嗽iáu-teh-sàu。痚痀～嗽hê-ku～sàu⇨痚喘咳嗽hê-chhoán ka-sàu。痚hê，喉病也。

**【嗽扴 khām-khê】** 童穉多事多病。囡仔眞～～gín-á chin～～⇨同上。

**【嗽嗽 khām-khām】** 嗽聲sàu-sia$^{n}$。～～嗽～～sàu⇨同上。嗽～～sàu～～⇨同上。～～叫～～kiò⇨同上。

# khan

**khan 刊** 削木刻字也。印刷書報雜誌等物皆曰刊khan。日～週～月～季～ji̍t～chiu～goe̍h～kùi～⇨以日、週、月、季爲期之各種出版物。半週～poàn-chiu～⇨半周一出版者。半月～poàⁿ-goe̍h～⇨半月一出版者。書～si (su)～⇨刊物khan-bu̍t。

**【刊仔 khan-á】** ㊀貨籤，記貨之所屬所歸。㊁餜名，刊仔(長方)形之餜，後變半月形，今所謂芋餜蹺o͘h-kóe-khiau者是也。俗作牽仔khan-á。

**【刊印 khan-ìn】** 製版印刷。刊行。

**【刊行 khan-hêng】** 印發刊物。三八社～～sam-pat-siā～～⇨三八社乃該刊物之印刊人。

**【刊物 khan-bu̍t】** 周刊、月刊等雜誌類。

**【刊登 khan-teng】** 刊物上登載文章或廣告。

**【刊載 khan-chài】** 同刊登khan-teng。

**khan 栞** 行林中砍樹枝爲道記也。隨山～木sûi-san～bo̍k⇨同上。通刊khan字。

**【栞仔 khan-á】** 縛在行李等的標誌。結～～kat～～⇨同上。俗作牽仔khan-á(同刊仔khan-á)。

**khan 牽** 引之使前也。連也。引薦曰牽khan。媒介曰牽khan。煮羹keⁿ(kiⁿ)和粉亦曰牽khan。青盲的亦有人～chheⁿ-mêⁿ-ê(chhiⁿ-mîⁿ-ê) a̍h-ū lâng～⇨盲人亦有人引行。喻愚人亦有能人助之。有人～藉會成物 ū-lâng～chiah-ē(ōe) chiâⁿ-mi̍h⇨有人薦引才能成物。較～都未上遭khah～to-bē(bōe)-chiūⁿ-choā⇨怎麼薦引都牽不上路。不中用之廢物也。遭chōa；本字爲組chōa。猪母～去牛墟ti-bó～ì gû-hi⇨把猪母拉到牛市去賣。喻找錯門路。

**【牽人 khan-lâng】** 引導。～～過橋～～kòe-kiô⇨同上。

**【牽亡 khan-bông】** 女巫請神。

**【牽手 khan-chhiú】** ㊀拉手。手～～chhiú～～⇨大家拉手。㊁妻曰牽手khan-chhiú。阮～～goán～～⇨我妻。您～～lín～～⇨你妻。娶～～chhoā～～⇨娶妻。

**【牽牛 khan-gû】** ㊀引牛以行。～～食水～～chia̍h-chúi⇨引牛飲水。㊁誘騙人。～～落滴～～lo̍h-lâm(lôm)⇨引誘傻瓜進花叢。㊂星名。khian-giûⁿ。月光夜色涼如水，臥看～～織女星goa̍t-kong iā-sek liâng-jî-súi, ngō·-khàn～～chit-lí-seng⇨唐詩。㊃～～花～～hoe⇨花名。亦名拉叭花la-pa-hoe。㊄～～掛～～koà⇨古糖廍thn̂g-phō·的主司牛隻者，通稱牛婆gû-pô。

**【牽仔 khan-á】** 一種名片式的字條。行李～～hêng-lí～～⇨同上。即刊仔也。

**【牽成 khan-sêng】** 薦引chiàn-ín。推挽thui-bán。有人～～免講每好ū-lâng～～bián-kóng mā-hó⇨有人推挽當然是好事。

**【牽車 khan-chhia】** 挽車。牽牛車khan-gû-chhia，拉人力車lá-jîn-le̍h-chhia皆曰牽車的khan-chhia-ê。

**【牽扱 khan-khioh】** ㊀善意的抬舉。給予機會。拜託你小～～抾pài-thok-lí sió～～lè⇨請你稍賜眷顧抬舉。～～人趁錢～～lâng thàn-chîⁿ⇨給他得利得財。㊁不存好意的抬舉。你免抾好～～lí bián teh hó～～⇨何用你推我(去死)。攏是你抾好～～lóng-sī-lí teh hó～～⇨皆是你推我找來此麻煩。扱khioh，作爲皆曰扱khioh。

**【牽的 khan-ê】** 妻的愛稱。您～～阮～～個～～lín～～goán～～in～～⇨你的大座，我的太座，他的太座。

**【牽抽 khan-thiu】** 裁縫用詞。加布條以加強布身。即塊會用得做～～chit-tè ē(ōe)-iōng-tit chò(chòe)～～⇨此布可用來做牽抽。

**【牽拖 khan-thoa】** ㊀藉口推卸責任。端仔罔～～kan-á bóng～～⇨何必只在推三託四。愛～～ài～～⇨善於找藉口。㈡移罪他人。不當～～人m̄-thang～～lâng⇨不可移罪他人。

【牽風 khan-hong】 拉動風櫃。牽風櫃khan-hong-kūi的省詞。

【牽馬 khan-bé】 馬夫。馬車夫。～～的～～ê⇨同上。

【牽粉 khan-hún】 煮物加片栗粉phiàn-lek-hún。～～做羹，無～～做清湯～～chò-keⁿ bô～～chò-chheng thng⇨同上。

【牽罟 khan-ko͘】 放罟收罟pàng-ko͘-siu-ko͘。罟ko͘，大魚網也。

【牽挽 khan-bán】 互牽互挽。有所牽有所挽。喻穩定，安全，能持久。痟罔痟更有～～的sán-bóng sán koh-ū～～lè⇨瘦小盡管瘦小，却是甚耐用也。能持久也。

【牽魚 khan-hî】 拉網網魚。

【牽牽 khan-khan】 ～～規大拖～～kui-toā-thoa⇨連累甚多人。

【牽連 khan-liân】 關連koan-liân。代誌有～～於抄tāi-chì ū～～tī-teh(lè)⇨同上。

【牽猴 khan-kâu】 ㈠玩猴。～～陣～～tīn⇨一種遊戲名。亦喻全家總動員。未輸～～陣抄bē(bōe)-su～～tīn-leh⇨同上。㈡拉皮條。～～的～～ê⇨同上。又商業經紀人。

【牽絲 khan-si】 引絲為網。蜘蛛抄～～ti-tu teh～～⇨同上。

【牽獅 khan-sai】 唆使so-sú。有人抄～～ū-lâng teh～～⇨同上。

【牽線 khan-soàⁿ】 暗中指使操縱。有人抄～～ū-lâng teh～～⇨同上。同牽獅khan-sai。

【牽頭 khan-thâu】 抵押物tí-ah-but。討～～thó～～⇨還錢取回抵押物。～～被人消去也～～hō-lâng siau-khì(ī)-à⇨東西被抵消掉了。

【牽聲 khan-siaⁿ】 拉長聲音。唱歌～～chhiùⁿ-koa～～⇨同上。

【牽羹 khan-keⁿ(kiⁿ)】 和粉為羹keⁿ(kiⁿ)。同牽粉khan-hún。

【牽磕 khan-khah】 連累liân-lūi。歹運被人～～著都無法度也不phāiⁿ-ūn hō͘-lâng～～tioh to-bô-hoat-tō͘-ā-m̄⇨運途不好被拖累到了，是沒法子的嘛。

【牽纏 khan-tîⁿ】 纏繞tiân-jiáu。問題～～到於伊的身上būn-tê(tôe)～～kà tī i ê sin-siāng⇨問題纏到了他身上來了。

【牽囝人 khan-kiáⁿ-lâng】 養育子女的未亡人。～～～無眞敢甲是無法度的～～～bô chin kám-kah sī bô-hoat-tō͘-ê⇨有子女的未亡人，非意志堅定決心到底是做不到的。

【牽綱仔 khan-kong-á】 拉皮條。～～～頭～～～thâu⇨其業者。娼寮主。

【牽血盆 khan-hoeh(huih)-phûn】 為救死產者免墜血池地獄的法事。據說死產者必墮血池地獄。

【牽無稠 khan-bô-tiâu】 謂豬母未成孕。亦即豬哥牽了失敗也。

【牽猴仔 khan-kâu-á】 ㈠經紀人。有米猴bí-kâu，茶猴te-kâu，糖猴thn̂g等等。㈡皮條客。

【牽親成 khan-chhin-chiâⁿ】 ㈠彼此認識因聯婚而成立的新親戚。㈡拉關係。阿三蓋忟～～～a-sam kài-gâu～～～⇨阿三最善於拉關係。

【牽豬哥 khan-ti-ko】 飼養種公豬為業之人，其工作。～～～趁暢～～～thàn-thiòng⇨喻其事雖於已無益却也不無愉快。後世人會出世做～～～的āu-sī-lâng ē(ōe)-chhut-sì chò(chòe)～～～ê⇨謂來生必生為牽豬哥之人。嘲涉獵女色太多之人。

【牽羅經 khan-lô-keⁿ(kiⁿ)】 ～～～看風水～～～khoàⁿ-hong-súi⇨同上。

【牽山絆林 khan-soaⁿ-poāⁿ-nâ】 喻說話大脫線。安爾～～～～牽規日呵，嘴攏未痠講an-ne(ni)～～～～khan kui-jit-ō, chhùi lóng-bē(bōe)-sng-kong⇨如此這般的拉上大山又扯入森林，說個整天了，口都不痠也。講kóng改讀講kong，相當於云ûn。

【牽牛落湳 khan-gû loh-làm】 喻引誘良家子弟入花叢之事也。夭壽囝毋，攏每抾～～～～iau-siū-kiáⁿ m̄，lóng-mā teh～～～～⇨夭壽子弟也，皆在引誘人家做壞事也。

【牽被蓋脚 khan-phōe(phē)-kah-kha】 喻尚可勉強支持而已，已無不足，亦無餘力。人講～～～～嘛，罔過也罔過耳啦lâng-kóng～～～～mà, bóng-kòe-a bóng-kōe-niâ-lâ⇨同上。

【牽倒頭仔 khan-tò-thâu-á】 擔任傚媒kiáu-bôe或詐欺媒chà-khi-bôe。被人～～～～牽不知去hō·-lâng～～～～khan-m̄-chai-khì(ì)⇨被人引入騙局而不自知。亦曰企桌頭仔khiā toh-thâu-á。原指立桌邊，代童乩傳神意者。亦指其引人入童乩局也。

【牽溝過缺 khan-kau-kòe-khiah】 或牽溝過隙。喻親切的指引惡路照顧安全。人安爾～～～～攏每親切共阮講lâng an-ne(ni)～～～～lóng-mā chhin-chhiat kā-goán(gún)-kóng⇨他如此這般指引照顧，都詳細說得明明白白。

【牽親引戚 khan-chhin-ín-chhek】 用人方法之一。安爾～～～～規衙門內攏每是許的屁頭親羼頭戚了了an-ne(ni)～～～～kui-gê-mn̂g-lāi lóng-mā-sī hiah-ê chi-thâu-chhin lān-thâu-chhek liáu-liáu⇨詞雖粗，但亦表示人人對用人唯裙帶是問作風的厭惡。規，規制也，作整個解。

【牽藤挽豆 khan-tîn-bán-tāu】 同牽親引戚khan-chhin-ín-chhek。

【牽尪仔補雨傘 khan-ang-á-pó-hō-soàⁿ】 無話尋話來長談。亦可謂聊天liâu-thian。都食飽甚閑去，規下晡每合個於許抾～～～～～～to chiah-pá siuⁿ-êng-khì(ì), kui-ē-po· mā kah(kap)-in tī-hia teh～～～～～～⇨吃飽了無所事事，整個下午都在那裏與他們作指導偶人補傘式的聊天。

**khàn 看** 看守khàn-siú也，看護khàn-hō·也。看個明白khàn-kô-bīn-pāi⇨亂彈式的戲白發音。本帥來共伊～～～～抾pún-sòe lâi-kā-i～～～～leh⇨本人去看一看的頑皮語法。

**khàn 侃** 剛直也。～～如也～～jî-iâ⇨同上。～～諤諤～～gok-gok⇨堂堂正正之談。諤gok，正直之言也。調～tiâu～⇨以言語相戲也。

# khang

**khang 空** 無物。白做。前手收來後手～chêng-chhiú siu-lâi āu-chhiú～⇨有收入但要立即支出。等於無收入。嘴～道罵翁chhùi～tō mēⁿ(māⁿ)-ang⇨無物可食就罵丈夫。

【空口 khang-kháu】 同空嘴khang-chhùi。～～薄舌～～poh-chih⇨無事實根據的話烏白講。

【空井 khang-chéⁿ】 無用之井。無水之井。

【空手 khang-chhiú】 手裏無物。～～白搖～～peh-iô⇨空手白跑的。～～拍虎～～phah-hó·⇨①無資本大膽做大事。②暴虎憑河。

【空白 khang-peh】 空虛無物。～～紙～～choá⇨白紙。我的人生的～～時期goá ê jîn-seng ê～～sî-kî⇨同上。

【空行 khang-kiâⁿ】 ㊀無帶東西。㊁徒跑路。害人～～hāi-lâng～～⇨誤人白跑路。

【空身 khang-sin】 ㊀輕身。無帶累身的物件。㊁無帶利器。㊂單身。～～上路～～chiūⁿ-lō·⇨同上。

【空位 khang-ūi】 無人佔住的座位。留～～lâu～～⇨同上。

【空花 khang-hoe】 公花。無用的花。

【空金 khang-kim】 無裝骨骸的骨壺。

【空房 khang-pâng】 ㊀無人住的房間。㊁丈夫不在的閨房。守～～chiú～～⇨同上。

【空音 khang-im】 有音無字。

【空拳 khang-kûn】 無利器在手。～～拍死虎～～ phah sí hó·⇨雙關話：打死一虎與打一死虎。

【空望 khang-bāng】 無法實現的希望。

【空摸 khang-bong】 徒勞無功。亦謂白摸peh-bong。賭博無輸贏叫～～的。又事業無利益亦叫～～的。

【空殼 khang-khak】 空虛。較食人，鼻孔每是～～的 khah-chiah-lâng, phīⁿ-khang mā-sî ～～ ê⇨任你無法無天，結局也是空虛的。～～駙馬～～hū-má⇨有名無實。

【空話 khang-ōe】 無用的話。～～不免講許爾䆀 ～～ m̄-bián kóng hiah-ni-chē⇨無用的話，不必說那麼多。

【空腹 khang-pak】 腹中無物。～～忌酒～～kī-chiú⇨空腹不可飲酒。

【空嘔 khang-áu】 嘔吐áu-thò·而吐無物。

【空銃 khang-chhèng】 未實彈的銃。拍～～phah～～⇨喻虛張聲勢。

【空課 khang-khoè】 今之工作，古曰空課，俗作工課或功課。古有司空之官，位列三公。唐虞已有之。禹作司空平水土。空，穴也。古人穴居。司空者，穿土爲穴以居人也。此職歷代相傳，名稱亦有改變。至清代稱工部尚書。可見穿土開空以居人就是空課。今通以工作曰空課。

【空鬮 khang-khau】 白鬮。譬如兩個不可分割的東西三人分。於是同意做三枝鬮，一枝白鬮無物。抽中白鬮者算運不好。得以逐家tak-ke圓滿。

**孔** khang 穴。洞。隙。歹～phāiⁿ～⇨凡難於應付，難於工作，無利可圖等事物都說歹孔phāiⁿ-khang。有鬼怪出沒的地方亦曰歹孔phāiⁿ-khang。創孔chhòng-khang⇨設圈套。好～hó～⇨有好處。有利益的所在或什麼關節。無～無榫bô～bô-sún⇨無理無由，按孔疑腔之訛，孔與腔音義均相近，但腔有聲調之義。空(穴)本無好壞，聲調才有美否之分。如所疑有理，即好腔歹腔等詞，亦極雅。

【孔缺 khang-khiah】 或孔隙。破孔與缺口。喻缺點。伊的～～我攏知 iê～～goá-lóng-chai⇨他的欠點我皆知之。

【孔頭 khang-thâu】 ㊀問題。伊的～～蓋䆀 i-ê～～kài-chē⇨他的問題甚多。㊁姘頭。彼個舊～～仔猶抾行hit ê kū～～á iáu-teh-kiâⁿ⇨他那個老姘頭還在來往。

【孔縫 khang-phāng】 通道與縫隙。畧同孔缺khang-khiah。揣人的～～chhōe lâng ê～～⇨找他人的缺點。揣孔揣縫chhōe-khang, chhōe-phāng⇨同上。

**壙** khàng 野外。墓。廣濶的空地。

【壙地 khàng-tē】 廣濶的空地。彼塊～～無人的hit-tè～～bô-lâng-ê⇨那塊空地沒主的。

【壙埔 khàng-po·】 無作物的草坪地。

**掐** khàng 爪刺也。力拼曰掐khàng。強登峻崖曰掐khàng。發人隱私亦曰掐khàng。雙旁抾相～siang-pêng teh sio～⇨雙方在力拼。趏未起去亦愛強～硬～peh bē(bōe)-khí-khì ah-âi kiâng～ngeh～⇨爬不上也要強爬硬爬。趏peh，攀登也。～到無一塊仔好～kā bô chit-tè-á-hó⇨罵(揭發)得沒一地乾淨。彼條安怎亦該～還人hit-tiâu an-choāⁿ ah-ài～hêng(hâiⁿ) lâng⇨彼條錢，不論如何，也必須力拼來還清。俗有以控khàng作掐khàng，非。控者置掌中以握之，乃控制也，非以爪或指刺挖或以力拼之掐也。

【掐山 khàng-soaⁿ】 強攀強登。合朋友去～～kah(kap) peng iú khì～～⇨同上。

【掐鼻 khàng-phīⁿ】 挖鼻孔óe-phīⁿ-khang。～～孔～～khang ⇨同上。～～屎食鹹鹹～～sái chiah kiâm-kiâm⇨喻其人十分吝嗇。

【掐粒仔疕 khàng-liap-á-phí】 掐瘡痂khàng-chhong-ka。揭發人之隱私。逐家扲～～～～也tak-ke teh ～～～～ â⇨彼此在互相攻擊隱私了。

## khap

**khap 闔** 門扇也。通合hap。

【闔家平安 khap-ka-pêng-an】 合家平安hap-ka-pêng-an。

【闔第光臨 khap-tē-kong-lîm】 全家總來。請客的客套語。

**khap 蓋** 覆也。面伏地曰蓋khap，反之曰笑chhiò。押印曰蓋khap。貼～笑teh～chhiò⇨璉～笑lián～chhiò⇨一種賭博，即賭蓋或笑者，在莊家chong-ka曰璉lián，在閑家hân-ka曰貼teh。

【蓋笑 khap-chhiò】 賭表或裏之賭博。貼～～teh～～⇨同上。

【蓋甌 khap-au】 有蓋koà的茶甌tê-au。

【蓋豆乾印 khap-tāu-koaⁿ-ìn】 蓋印kài-ìn的俗語。豆乾印tāu-koaⁿ-ìn，喻其無効。豆乾之有無印，於其本質無差異也。豆乾tāu-koaⁿ者，豆腐tāu-hū之較硬者也。你這～～～～仔那有効lí-che ～～～～ á ná-ū-hāu⇨你此押豆乾印的小脚色無効也。

**khap 敆** 會也。合也。觸及曰敆khap。亦作磕khap。未～得bē(bōe)～tit(lit, chit)⇨摸觸不得，一動問題就大了。盦猶會～得taⁿ iáu-ē(ōe)～tit⇨現在還可以摸之嗎，摸不得也，因爲，錢額太大了，價錢太高了等等。

【敆著 khap-tioh】 ㊀觸及。騙猾的都猶未～～哩，道叫哀phiàn-siáu-ê, to-iá-bōe～～leh, tō kiò-ai⇨騙鬼，完全未摸上也，就呱呱叫什麼。㊁同敆扲khap-lē。～～道規萬的也～～to kui-bān-ê-ā⇨動不動就是整萬之數了。

【敆扲 khap-leh】 動不動，一摸到。～～道伓相告～～ tō-boeh sio-kò⇨動不動就要興訟。～～道該幾仔萬更一萬～～tō-ài kúi-na-bān koh-chit-bān⇨動不動就需要講萬爲單位的巨款。

**khap 磕** 兩石相擊聲也。同敆khap。

【磕頭 khap-thâu】 ㊀叩頭khàu-thâu。替人～～ thè-lâng ～～⇨代人求事。㊁以頭擊物，自殺。～～死給伊每無雙條生命～～sí-hō·-i mā-bô siang-tiâu sèⁿ-miā⇨萬般無奈。謂要自殺身死也死不得。

## khat

**khat 渴** 口燥思飲也。口～kháu～ ⇨嘴乾chhùi-ta。侍兒最有相如～，不賜金莖露一杯sī-jî chōe-iú siang-jî ～, put-sù kim-keng lō·-it-poe⇨唐詩。相如～siang-jî～ ⇨司馬相如有消渴siau-khat之疾，據說就是今之糖尿病thn̂g-jiō-peⁿ。望梅止～bōng-bôe chí～⇨畫餅充飢ōe-piáⁿ chhiong-ki。

【渴望 khat-bōng】 求之如渴。萬民～～bān-bîn～～⇨同上。

【渴不飲盗泉之水 khat-put-ím-tō-choân-chi-súi】 謂君子雖渴亦不飲於盗泉，因爲名不正即言不順也。君子何可與盗爲伍乎。

**khat 汲** 引水於井也。以杓舀水iúⁿ(ió)-chúi曰汲khat。破礬杓未～得phoà-hāu-hia bē(bōe)～tit⇨破水杓不能汲水，喻不能克制了。汲khat與克khat諧音。

【汲水 khat-chúi】 舀水iúⁿ-chúi。舀水ió-chúi。掬水kiok-súi。～～來飲～～lâi-lim⇨同上。

【汲仔 khat-á】 杓仔hia(sia)-á。水～～chúi～～⇨同上。

【汲糜 khat-moâi】 舀糜iúⁿ-moâi。貯糜té-moâi。盛糜於碗也。

khat **克** 克制khek-chè也。忍受jím-siū也。未～得bē(bōe)～tit⇨不能克制。無法忍受。破黨杓未～得phoà hāu-hia bē(bōe)～tit⇨路見不平無法自制。克khat與汲khat諧音。未～得水bē(bōe)～tit-chúi⇨克制不了。

【克苦 khat-khó͘】 克服痛苦khek-hok-thòng-khó͘。～～呑愉～～thun-lún⇨勉強忍受。～～讀册～～thak chheh⇨刻苦讀書khek-khó͘ thok-si(thak-chu)。～～儉來還人～～khiām-lâi hêng(hân)-lâng⇨刻苦辛勞節儉還錢。目屎含抆～～呑bak-sái kâm-lè～～thun⇨萬般的委屈都呑入肚中。

【克根 khat-kin(kun)】 同克苦khat-khó͘。～～借伊三百～～chioh-i saⁿ-pah⇨同上。

khat **剋** 衝突chhiong-tut。八字相～peh(poeh)-jī sio(saⁿ)～⇨生時日月相衝突。亦即運命相格不合不宜成婚姻。時日相～sî-jit saⁿ～⇨生時月日或時辰相衝突。

khat **級** 階kai也。路一～一～lō͘ chit～chit～⇨路面有高低。

khat **攫** 搏取也。獲大財曰攫khat。即久有～否chit-kú ū～bô͘⇨最近攫到了沒有。一～千金it～chhian-kim⇨一獲千金。

khat **竭** 盡也。力盡財盡皆曰竭khat，水涸亦曰竭khat。開了亦得㑑～也khai-liáu iah tit-boeh～â⇨浪費了，也快要涸渴了。即久較～chit-kú khah～⇨此刻(銀路)較不圓滑。

【竭根 khat-kin(kun)】 財力告罄khēng。我看～～也了goá-khoàⁿ～～a-lò͘⇨我看差不多(沒有)了。

【竭脚 khat-kha】 幾乎盡了。～～～～也啦，還仔未啱也啦～～～～ā-là, oân-á bē(bōe)-kâiⁿ-ā-là⇨(虧得)差不多了。也是沒辦法的了。啱kâiⁿ，鵝鳴聲。

## khau

khau **㧝** 𤲍田～草lîu-tiân～chháu⇨燒除田中雜草以便下種也。㧝同薅，拔去田草也。

khau **刨** 去皮。批評。正～倒～chiàⁿ～tò～⇨正面的嘲笑反面的譏刺。

【刨刀 khau-to】 木工削木的工具。～～刨枋～～khau-pang⇨同上。

【刨仔 khau-á】 去皮的小刀。你許～～較鈍屎篦lí-he～～khah-tun sái-pe⇨同上。

【刨皮 khau-phôe】 用刨仔刨皮。苦瓜～～人亦罵，匏仔無刨人亦罵叫人要啥步khó͘-koe～～lâng iah-mē, pû-á bô-khau lâng iah-mē, kiò-lâng boeh-siáⁿ-pò͘⇨苦瓜刨皮人家也罵我，匏仔不刨皮了人家也罵我，教我如何是好呢。

【刨洗 khau-sé】 加以諷刺。你免抆～～lí-bián teh～～⇨同上。

【刨削 khau-siah】 同刨洗。刨去皮，削批肉。亦即暴露人之陰私而加以諷刺。正刨倒削chiàⁿ-khau-tò-siah⇨極盡刨洗之能事。

khau **剾** 刨khau之俗字也。

khau **鬮** 拈鬮liam-khau。抽～thiu～⇨抽籤thiu-chhiam以決事也。

【鬮分 khau-hun】 按鬮書所分得的物產。

【鬮書 khau-si】 鬮分的證書。寫明鬮分的文件。

【鬮仔旁 khau-á-pêng】 古時的糖廍，蔗農方叫～～～，廍主叫頭家thâu-ke。

khau **敲** 打。推。擊。推～chhui～⇨斟酌文章的用詞遣句。凡斟酌事物曰推敲。

【敲詐 khau-chà】 藉端勒索錢財。

【敲竹槓 khau-tek-kǹg】 敲詐khau-chà。利用權勢詐收民脂民膏。

【敲門磚 khau-mn̂g-chng】 用後丟掉的東西。利用人做～～～ lī-iōng-lâng chò～～～⇨利用人做進身之階，得手後却忘恩負義。

khaú
口 嘴。男曰丁女曰口。人口。刀劍之鋒刃曰刀口to-kháu。

【口才 kháu-châi】 巧辯的才能。～～眞好～～chin-hó⇨同上。

【口白 kháu-pe̍h】 戲劇的台詞。說～～soeh～～⇨同上。

【口舌 kháu-sia̍t】 言語，辯論。～～利便～～lī-piān⇨長於辯才。～～之禍～～chi-hō⇨因言語所招致的災禍。

【口灶 kháu-chàu】 家族的生活單位。亦即戶。一～～chi̍t～～⇨一戶。大～～toā～～⇨很大的家庭。大家大戶。

【口角 kháu-kak】 言語衝突。相罵sio-mē。

【口供 kháu-keng】 以口頭述說其在案中的情形。

【口音 kháu-im】 腔口khiu$^n$-kháu。鹿港～～lo̍k-káng～～⇨鹿港腔。

【口氣 kháu-khì】 語氣。～～眞大～～chin-toā⇨志向不小。

【口教 kháu-kàu】 秘訣。方法。亦謂口訣kháu-koat。人有個的～～lâng ū in-ê～～⇨他們有他們的秘訣。

【口腔 kháu-khiu$^n$】 ㊀腔口khiu$^n$-kháu。不是本地～～m̄-sī pún-tē～～⇨同上。㊁口腔kháu-khong。～～衛生～～ōe-seng⇨同上。

【口試 kháu-chhì】 口頭的考試。～～筆試～～pit-chhì⇨同上。

【口頭 kháu-thâu】 口頭辯論～～piān-lūn⇨同上。～～禪～～siân⇨同上。

【口糧 kháu-niû】 兵糧，軍糧。携帶～～hê-tài～～⇨同上。

【口是心非 kháu-sī-sim-hui】 所講不是眞心話。愛道講愛，不當更～～～～也啦ài-tō-kóng-ài, m̄-thang koh～～～～a-là⇨愛(他)就說出愛他，不可再說非眞心話嘛。

khàu
扣 使物不脫離。控制。鈕～liú～⇨同上。手～chhiú～⇨同上。剋～軍糧khek～kun-niû⇨同上。

【扣押 khàu-ah】 法律名詞。法院收禁疑犯或沒收證物。

【扣留 khàu-liû】 拘人不放，或強留其物。俗多謂拘留khu-liû。～～二九工～～jī-káu-kang⇨拘留二十九日。是其最長的期限，依法不能超過。但是……。

【扣除 khàu-tî】 從總數中取去一部份。～～前欠就存無若夠也～～chiân-khiàm chiū chhun-bô-goā-chē-ā⇨扣除前欠就所淨無多了。

【扣發 khàu-hoat】 留而不發放。～～工資～～kang-chu⇨同上。

khàu
叩 擊打。通扣。

【叩頭 khàu-thâu】 以頭額thâu-hia̍h擊地爲敬禮。清制最野蠻的禮法。大臣見皇帝亦要三跪九～～sam-kūi káu～～⇨跪拜三次每次以頭擊地三次。同叩首khàu-siú。～～謝恩～～siā-in⇨同上。

khàu
哭 哀聲。大哀爲哭，小哀爲泣。又訴說曰哭khàu。講着如抣～kóng-tio̍h ná-teh～⇨講像哭。

【哭父 khàu-pē】 ㊀哀父亡。㊁粗俗的感嘆詞。～～也～～pē-ā⇨壞了，不得了矣。盒道～～也ta$^n$-tō～～ā⇨這一下子壞透了矣。

【哭苦 khàu-khó】 ㊀夫死大哭。㊁訴說苦情，或謂叫苦kiò-khó。意同。佼～～gâu～～⇨善於喊叫。

【哭痛 khàu-thià$^n$】 ㊀因痛而哭。㊁訴說痛苦。與哭苦畧同。免抣～～bián-teh～～⇨不必訴苦。盒道～～也ta$^n$-tō～～ā⇨略同盒道哭父也ta$^n$-tō khàu-pē-ā⇨同上。

【哭五更 khàu-gō-ke$^n$】 一首民歌名。

【哭冤枉 khàu-oan-óng】 訴說受枉屈。～～～亦無差～～～ah bô-chha⇨同上。

【哭無錢 khàu-bô-chî$^{n}$】 訴窮。～～～道會有也不～～～to-ē(ōe)-ū-ā-m̄⇨哭窮就會有錢了嗎。

【哭路頭 khàu-lō·-thâu】 女接生父母的訃告，須一路哭跪回家。查某囝該～～～cha-bó·-kiá$^{n}$ ài～～～⇨同上。

【哭父哭母 khàu-pē-khàu-bó】 ㊀哀父母之喪。㊁俗以大聲馬喉的講話法爲～～～～。你免抡～～～～啦lí bián-teh～～～～là⇨你不必呱呱叫也。

【哭佅東哭佅西 khàu-beh-tang-khàu-beh-sai】 要求東要求西，多指子女對父母。

## khe

**khe 溪** 河流也。淡水河濁水～tām-chúi-hô lô-chúi～⇨同上。小～仔sió～á⇨小河流。河～hô～⇨天漢thian-hàn。

【溪圻 khe-kî$^{n}$】 河邊hô-pi$^{n}$。河畔hô-phoān。圻kî$^{n}$界也，邊也，俗作墘kî$^{n}$。

【溪埔 khe-po·】 河川邊之石頭地或草生地。～～地每抡相爭開～～tē mā teh sio-che$^{n}$-khui⇨溪埔地也在爭着開墾。

【溪魚 khe-hî】 淡水魚tām-chúi-hî。

【溪瀨 khe-loā】 溪流中的水淺流急之處。

【溪裡無勘蓋 khe-nī bô-khàm-koà】 謂河流無蓋。許病，～～～～～嗎hiah-pē$^{n}$, ～～～～～ma⇨那麼不中用，河流沒加蓋嗎(何不跳河死)。勘khàm，覆也，蓋也。

**khe 科** 科介khoe-hâi亦曰科介khe-hâi(見khoe部)。

**khe 詼** 詼諧khoe-hâi亦曰詼諧khe-hâi(見khoe部)。略同科介khoe-hâi。

**khe 刲** 刺也，割也。以小刀輕削曰刲khe。臭番薯～乎猪食chhàu han-chî～hō· ti chiah⇨蟲蛀的番薯削給猪食。

**khe 稽** 稽查khe-cha也。稽khe，計也。

【稽考 khe-khò】 查考也。免～～的也bián～～êà⇨不用思量計較了。

【稽首 khe-siú】 叩頭至地之禮也。

**khé 啓** 開也，發也。陳述也。書～師爺si～su-iâ⇨承辦書信的先生。拜～pài～⇨同上。謹～kín～⇨同上。敬～kèng～⇨同上。

【啓事 khé-sū】 書面陳述。遺失～～ûi-sit～～⇨同上。謝罪～～siā-chōe～～⇨同上。廣告～～kóng-kò～～⇨同上。

【啓者 khé-chià】 書信用詞。敬～～kèng～～⇨同上。

【啓發 khé-hoat】 開發智識促進領悟。

【啓蒙 khé-bông】 開導教化。～～運動～～ūn-tōng⇨同上。

【啓齒 khé-chhí】 開口說話。難於～～lân î～～⇨不容易說出實話。

**khè 稽** 稽首khè-siú，叩頭至地之禮也。見稽khe部。

**khè 契** 約也。合也。上古結繩而治，後世易以書契。官府給民之證件曰契khè。田～chhân～⇨同上。地～tē～⇨同上。厝～chhù～⇨同上。賣身～bē-sin～⇨賣身爲奴之證書。又相約爲父子或兄弟亦曰契khè。

【契友 khè-iú】 情意相投之好朋友。

【契父 khè-pē】 義父。～～契囝～～khè-kiá$^{n}$⇨同上。認～～jīn～～⇨奉爲義父。

【契兄 khè-hia$^{n}$】 情夫。應作客兄kheh-hia$^{n}$。時來時去之兄非契定者也。翁是逮伙記，某是討～～，抵好一對寶貝夫妻ang lì tòe-hóe-kì, bó· lì thó ～～, tú-hó chit-tùi pó-pòe hu-chhe⇨夫在尋女伴，妻在尋男友，剛好一對寶貝夫妻也。在男曰逮tòe，在女曰討thó(偷tō之訛)，皆所謂找外食也。

【契字 khè-jī】 契約書狀之類皆曰契字。

【契約 khè-iak】 合約。有拍～～於抮ū phah ～～ tī-teh⇨(雙方)訂有合約(存在)。於抮tī-teh→tī-leh→tī-lè。

**khè 嚙** 同齧khè，以齒咬物也。食伊的肉～伊的骨chiah i ê bah～i è kut⇨食其肉齧其骨，謂恨之甚也。

【嚙骨 khè-kut】 咬骨。無肉好食道罔～～過癮bô-bah hó chiah to bóng～～kòe-giàn⇨沒肉吃姑且咬骨過癮。癮giàn，癖好也。慭giàn，願也。

【嚙臂盟 khè-pì-bêng】 私訂婚嫁也。

**khè 揭** 高舉也。掀開也。揭kiat也。

【揭穿 khè-chhoan】 掀開hian-khui。～～秘密～～pì-bit⇨同上。

【揭幕 khè-bō͘】 開幕khai-bō͘。～～典禮～～tián-lé⇨同上。

【揭櫫 khè-ti】 辨其物之善惡與數量而表識之也。櫫ti，杙khit也。

【揭示板 khè-sī-pán】 張貼文字圖畫以示於衆之特製板。

【揭竿起義 khè-kan-khí-gī】 倉卒之間蜂起的義兵。亦即竹篙湊菜刀式的民變也。

**khè 憩** 休息也。少～siáu～⇨同上。休～hiu～⇨同上。休～所hiu～só͘⇨小休之地。

【憩息 khè-sek】 休息hiu-sek。

**khè 擱** 擱khóe也(見擱khóe)。

**khê 扻** 不正也。不順進曰扻khê。阻梗曰扻khê。內底有物～抮lāi-té ū-mih～leh⇨內中有物阻塞。水流破布四界～chúi lâu phoà-pò͘ sì-kè～⇨破布在水流中到處扻稠抮khê-tiâu-leh。囡仔眞厚～gín-á chin kāu～⇨孩子多病多事。厚～kāu～⇨觸扻tak-khê。有物～於嚨喉頭ū-mih～tī nâ-âu-thâu⇨有物阻在咽喉中。代誌～抮tāi-chì～lè⇨問題懸而不能決。

【扻孔 khê-khang】 阻塞。人際不合。個敢是有～～於抮，攏無講話in káⁿ-sī ū～～tī-teh lóng-bô kóng-ōe⇨他們之間恐怕有問題，彼此都不交談。

【扻扻 khê-khê】 扻khê，不順適。代誌～～未順序tāi-chì～～bē-sūn-sī⇨事情有阻塞不順利。

【扻抮 khê-leh】 代誌猶～～都無法度tāi-chì iáu～～to bô-hoat-tō͘⇨問題還在懸案中，無法進退也。

【扻稠抮 khê-tiâu-leh】 懸案中，無法解決。安爾～～～都眞害an-ne～～～to chin-hāi⇨如此的無法解決，甚爲難也。

**khê 𤸇** 𤸇khôe也(見𤸇khoe)。

**khē 下** 下hē也。庋khǹg也。置也。放置也。～於金庫～tī kim-khò͘⇨庋在金庫中。

## kheⁿ

**kheⁿ 坑** 即坑khiⁿ也。溪谷也。深～chhim～⇨深窪之溪谷或地洞。無底深～bô-té-chhim～⇨深得見不到底的深谷。火～hóe～⇨喻害人折磨人的地方。跋落火～poa-loh-hóe～⇨掉進害人之地，如女人之陷入煙花界。食水～chiah-chui～⇨雙冬的一條小山澗。粗～chho͘～⇨地名，即界於雙冬與龜仔頭的一個村子。

【坑仔 kheⁿ-á】 地洞或溪谷。或稱山坑仔soaⁿ-kheⁿ-á。

【坑埔 kheⁿ-po͘】 地洞或溪谷呈現一片平坦之處。

【坑崁 kheⁿ-khàm】 地洞或溪谷之崁段。

【坑道 kheⁿ-tō】 地下通道。

【坑溝 kheⁿ-kau】 即溪谷。或山澗。亦即指山與山間形成之水溝或水坑。

【坑仔底 kheⁿ-á-té】 溪谷或地洞最低處。

# kheh

**kheh 客** 賓也。人～lâng～⇨同上。賓～pin～⇨同上。旅～lí～⇨同上。外～goā～⇨同上。政～chèng～⇨同上。劍～kiàm～⇨同上。俠～kiap～⇨同上。座上～chō-siāng～⇨同上。不速～put-sok～⇨同上。主人讓～chú-lâng niū～⇨同上。來者是～lâi-chiâ sī～⇨同上。木虱食～bat-sat chiah～⇨反賓爲主。頭轉～thâu-tńg～⇨新娘第一次回外家。

【客人 kheh-lâng】 客家之人。河洛人～～都是台灣人hō-ló-lâng～～to-sī tâi-oân-lâng⇨同上。

【客戶 kheh-hō͘】 商家的主顧脚。

【客兄 kheh-hiaⁿ】 古曰遊壻iû-sài，來去不定之男朋友也。或作契兄，非。契兄者蓋謂有來有往如兄之人也。㊀嫖客。隨人的～～隨人認sûi-lâng ê～～sûi-lâng-jīn⇨下級酒樓妓舘的風景也。㊁情夫，男朋友。討～～thó～～⇨尋男朋友。討，應爲偷之訛也。～～公～～kong⇨娼妓之神。～～公較大過三界公～～kong khah-toā kòe sam-kài-kong⇨謂在女人身上，客兄比什麼都重要。

【客氣 kheh-khì】 謙恭。不免～～m̄-bián～～⇨不必拘束於禮節。我無～～共伊要求goá bô～～kā-i iàu-kiû⇨我坦白向他要求。逐家較～～扲tak-ke khah～～lè⇨大家不可太魯笨。

【客套 kheh-thò】 交際上定形的客氣話。逐家先～～一番tak-ke seng～～chit-hoan⇨彼此先行寒喧如儀。逐家敢著安爾～～行君臣禮tak-ke kám tioh an-ne～～kiâⁿ kun-sîn-lé⇨大家必須如此這般的行禮如儀嗎。

【客棧 kheh-chàn】 旅舘lí-koán。店～～較省麻煩人tiàm～～khah-séⁿ mâ-hoân-lâng⇨住旅店不必勞動他人(親戚朋友)。

【客飯 kheh-pn̄g】 餐飲業者的定式定價的便飯。食～～道好也啦chiah～～tō-hó-à-lâ⇨同上。

【客舘 kheh-koán】 客棧kheh-chàn。客店kheh-tiàm。

【客觀 kheh-koan】 主觀chú-koan的對稱。站在局外的觀察。～～條件咱較有利～～tiâu-kiāⁿ lán khah-iú-lī⇨同上。

【客廳 kheh-thiaⁿ】 會客的房間。

**kheh 契** 合也。眼開曰金kim，眼閉曰契kheh，目金目～bak-kim bak～⇨眼開眼合。目珠金目珠～bak-chiu-kim bak-chiu～⇨同前。

【契契 kheh-kheh】 閉眼。目珠～～bak-chiu～～⇨眼睛閉起來。合着眼皮。

**kheh 缺** 缺khoeh也。

**kheh 㑢** 勞也。受屈也。

【㑢隘 kheh-eh】 心地狹隘，心情不開朗。伊的人較～～i ê lâng khah～～⇨他之爲人心地比較不開闊。愈想愈～～jú-siūⁿ jú～～⇨越想越悒哀iap-ai。悒哀，心中悲也。

**kheh 毃** 研治也。擊也。壓出蔗汁以製糖曰毃kheh。阮敢明仔早起道會～著也goán káⁿ bîn-á-chá-khì tō e～tioh-à⇨我們(的蔗)恐怕明晨就會開始壓榨了。

【毃糖 kheh-thn̂g】 壓榨蔗汁以製糖。紅甘蔗未～～得âng-kam-chià bē～～tit⇨紅甘蔗(只可食用)不能製糖。

【毃甘蔗 kheh-kam-chià】 糖廍壓榨甘蔗取其汁製糖。

**kheh 搿** 擁擠ióng-ché曰搿kheh。車內眞～chhia-lāi chin～⇨車中人擁擠不堪。更～一位猶會落koh～chit-ūi iáu-ē-loh⇨再擠一席位還可以。長途的不可甚～tn̂g-tô͘-ê m̄ hó siuⁿ～⇨長程的(車)不可太擠。

【搚死 kheh-sí】 kheh-sì。擠死人。人敍活未～～lâng chē o̍ah-boeh～～⇨人多幾乎要擠死人。

【搚來搚去 kheh-lāi-kheh-khì】 搚過來搚過去kheh-kòe-lâi kheh-kòe-khì。人多互相擠來擠去。

khe̍h **喀** 喀kheh$^{n}$。雷聲。咳嗽，破缸等的擬音字。又被雷擊亦曰khe̍h。又抣～也iū-teh～à⇨又在咳嗽了。

【喀死 khe̍h-sí】 khe̍h-sì。乎雷公～～hō· lûi-kong～～⇨被雷擊斃。活未～～o̍ah-boeh～～⇨幾乎咳得要死。

【喀喀 khe̍h-khe̍h】 缸仔略仔～～kha$^{n}$-á lio̍h-á～～⇨缸略有喀聲，亦即含骹hâm-sau也。凡陶磁器有裂像而未裂開曰含骹hâm-sau。略仔～～仔驚做會漏lio̍h-á～～ā kia$^{n}$-chò ē-lāu⇨有些喀聲，恐怕會漏水。

【喀喀叫 khe̍h-khe̍h-kiò】 雷公～～～lui kong～～～⇨雷聲。歸暝～～～kui-me$^{n}$～～～⇨整夜咳不停。略仔摃抣道～～～也曷會用得lio̍h-á kòng-lē tō～～～à a̍h-ē iōng-tit⇨一小敲就喀喀聲了，何能再用之。

khe̍h **擱** 庋khǹg也。存置也。

【擱抣 khe̍h-lè】 庋抣khǹg-lè。錢～～敢會咬人chî$^{n}$～～kám ē kā-lâng⇨錢存在家中會咬人嗎。責罵浪費子弟之詞。

## khek

khek **曲** 歌之音節。樂譜。樂～gak～⇨同上。無字～bô-jī～⇨隨便哼哼的曲。唱無字曲。假～唱未落喉ké～chhiù$^{n}$-bē-lo̍h âu⇨喻虛僞話不順口。唱歌說～chhiù$^{n}$-koa-lā～⇨同上。說lā，言不正也。

【曲引 khek-ín】 前奏曲。

【曲仔 khek-á】 小曲。唱小～～chhiù$^{n}$ sió～～⇨同上。

【曲片 khek-phì$^{n}$】 曲盤。

【曲先 khek-sian】 教曲的先生。

【曲柄 khek-pì$^{n}$(pè$^{n}$)】 話有話柄曲有曲柄。打斷～～phah-tn̄g～～打斷好歌。打斷人家的好話。

【曲路 khek-lō·】 曲的唱法。～～逐個無共款～～ta̍k-ê bô-kāng-khoán⇨唱法大家不一樣。

【曲盤 khek-poân】 留聲機用的蚋盤。曲片。

【曲調 khek-tiāu】 歌調。

【曲館 khek-koán】 教歌曲的地方。～～邊的猪母，未吹簫亦會打拍～～pi$^{n}$-ê-ti-bó, bē(bōe)-chhui-siau ia̍h ē phah-phek⇨曲館邊的母猪不會吹簫也會打拍。

【曲頭 khek-thâu】 前奏曲。起～～khí～～⇨①奏曲引。②同起孔頭。亦即無事想惹事。

【曲譜 khek-phó·】 曲調的紀錄。

【曲薄 khek-phō·】 紀錄曲譜歌詞的音樂簿册。音樂練習簿。

khek **客** 來賓也。指其人也。過去者也。在習慣上皆讀白爲kheh，例如政客，俠客，劍客，旅客，人客，或客戶，客座，客館，客廳，客飯等等皆是，甚少在口頭上讀khek者。

khek **刻** 鏤也。彫金爲鏤彫木爲刻。計時之名。深求苛歛也。

【刻刀 khek-to】 彫刻用的刀。

【刻下 khek-hā(hē)】 目前。現在。

【刻工 khek-kang】 刻木或刻印的人。

【刻木 khek-bo̍k】 彫神人之像。丁蘭孝父母，～～爲爹娘teng-lân hàu hū-bó,～～ûi tia-niâ⇨所謂二十四孝故事之一。

【刻手 khek-chhiú】 同刻工。

【刻日 khek-jit】 限定時日。～～決戰～～khoat-chiàn⇨指定時日作決戰。

【刻印 khek-ìn】 鏤刻印章。

【刻字 khek-jī】 刻字於印章。～～胚～～phoe⇨印材。

【刻沈 khek-tîm】 刻法之一。～～的～～ê⇨陰文。刻浮的khek-phû-ê⇨陽文。刻透的khek-thàu-ê⇨刻透版底的。

【刻苦 khek-khó͘】 勤苦。～～問學～～būn-hak⇨勤苦窮究學問。

【刻針 khek-chiam】 時鐘之長針。

【刻骨 khek-kut】 刻骨之痛。～～銘心～～bêng-sim⇨刻在骨銘在心以永誌不忘。

【刻剝 khek-pak】 苛酷的侵害人民。重稅虐民。～～百姓～～peh-sèⁿ⇨同上。

【刻意 khek-ì】 集中意志。～～經營～～keng-êng⇨集中意志專心經營(文章或事業)。～～打扮～～táⁿ-pān⇨同上。

【刻版 khek-pán】 上刻成版。喻死版不能移易。彼顆人眞～～hit-kho͘-lâng chin～～⇨他那個人很死板難通融也。

【刻像 khek-siōng】 彫神像或彫人像。

【刻薄 khek-pok】 待人不寬厚。～～成家無久長～～sêng-ka bô-kú-tn̂g⇨刻薄成家不會長久榮華。勸人不可刻薄。

【刻不容緩 khek-put-iông-oān】 一刻亦不能緩慢。亦即必須立即決定。

【刻銅版的 khek-tâng-pán-ê】 喻不能移易的事項。例如：金錢或某種決定，絕對不能增減或移易者。這是～～～～，絕對不容變更。che-sī～～～～choat-tùi put-iông piàn-keng⇨同上。

**khek 克** 肩負也。能也。勝也。

【克己 khek-kí】 抑制自己。即類價錢眞～～也chit-lōe kè-chìⁿ chin～～à⇨這種價錢很便宜了。店方之言。

【克服 khek-hok】 制勝。～～各種困難～～kok-chióng khùn-lân⇨同上。

【克勤 khek-khîn】 會勤勞。～～克儉～～khek-khiām⇨會勤勞會節儉。

**khek 剋** 以力制勝也。通克。卜者作傷害解。例如有剋父，母，夫，妻，子女等命格。謂剋夫格帶鉸刀旁，鐵掃箒者最爲人所厭惡。因鉸刀必剪死夫，掃箒必掃出財富也。平或作旁。

【剋扣 khek-khàu】 扣減。～～錢糧～～chîⁿ-niû⇨非法貪取稅金稅穀。

【剋虧 khek-khui】 吃虧。損失。蒙不白之寃。運途不佳。白白坐三年的監，實在眞～～peh-peh chōe(chē) saⁿ-nî ê kaⁿ,sit-chāi chin～～⇨同上。娘仔生緣無生媠，生媠無緣上～～niû-á siⁿ-iân bô siⁿ-súi, siⁿ-súi bô-iân siāng(siōng)～～⇨小姐生得有人緣要緊，不必生得美麗，生得美麗却無緣最吃虧。有人緣ū-lâng-iân者雖不美麗，但是會發散人看人愛的氣氛或情緒，無人緣者即反之。

# kheng

**kheng 卿** 古官名。九～kiú～⇨同上。少～siàu～⇨同上。稱謂。君呼臣曰卿kheng，夫妻相呼亦曰卿kheng。

【卿家 kheng-ka】 君呼臣。～～平身～～pêng-sin⇨同上。

【卿雲 kheng-hûn】 瑞祥之雲氣。

【卿卿我我 kheng-kheng-ngó-ngó】 夫妻親暱恩愛。

**kheng 鑋** 刀背也。刀～to～⇨同上。

**kheng 筐** 婦女盛裁縫用具的盤形小竹器。大約直徑可有尺半至二尺之大。

**kheng 傾** 覆滅也。側也。敧khi也。空也。天～西北，地陷東南thian～se-pak, tē-hām tong-lâm⇨同上。大厦將～非一木之能支tāi-hā chiang～hui it-bok chi lêng-chi⇨同上。

【傾分 kheng-hun】 計較小事。姊妹仔拎～～chí-moāi-á teh～～⇨姊妹間在計較小事情。

【傾心 kheng-sim】 心所向慕。一見～～it-kiàn～～⇨同上。

【傾向 kheng-hiàng】 心志所趨或事情發展的方向。不止仔有文學少女的～～put-chí-á ū bûn-hak-siáu-lí ê～～⇨同上。民心～～於保守bîn-sim～～î pó-siú⇨同上。

【傾耳 kheng-ní】 仔細聽之。爲君歌一曲，願君～～聽ūi-kun ko-it-khek, goān-kun～～theng⇨同上。

【傾吐 kheng-thò】 全部吐出。～～心聲～～sim-seng⇨同上。

【傾軋 kheng-at】 排斥共事之人。內部～～眞厲害lāi-pō～～chin lī-hāi⇨同上。

【傾倒 kheng-tó】 心折。～～於反戰文學～～î hoán-chiàn-bûn-hak⇨同上。

【傾斜 kheng-siâ】 敧歪khi-oai。柱仔有略仔～～thiāu-á ū lioh-á～～⇨柱有一點點歪斜oai-siâ。

【傾銷 kheng-siau】 Dumping。政策性的殺價大賣出。

【傾覆 kheng-hok】 覆沒、大失敗。後値～～，受任於敗軍之際，奉命於危難之間，爾來二十有一年矣hō·-tit～～, siū-jīm î pāi-kun chi chè, hōng-bēng î gūi-lān chi kan, ní-lâi jī-sip-iú-it-liân-ī⇨出師表。

【傾盆大雨 kheng-phûn-tāi-í(ú)】 形容雨勢大之詞。謂有如盆中倒出之大之急。彼日抵好落未半晡的～～～～hit-jit tú-hó loh-boeh poāⁿ-po· ê～～～～⇨那一天剛好下了半天的大雨。

【傾城傾國 kheng-seng-kheng-kok】 謂女人之美麗可以致人亡國。一笑傾人城，再笑傾人國。你是～～～～貌，我是多情多病身lí-sī～～～māu, goá sī to-chêng-to-pēng-sin⇨所謂佳人才子之戀也。

【傾家動產 kheng-ke-tāng-sán】 喻傾盡全力。個父～～～～亦無放伊煞in-pē～～～～ah-bô pàng-i-soah⇨老子就是破產也不放他。

【傾家蕩產 kheng-ka-thōng-sán】 敗家敗產。了尾仔囝拎～～～～，食博陞，對連騙，二輦半道淸氣溜溜也了liáu-bóe-á-kiáⁿ teh～～～～, chiah-poah-thit, láu-liân-phiàn, nn̄g-lián-poàⁿ tō chheng khì liu-liu-a-lò⇨敗家子的敗家，飲宴，賭博，色情，舞弊詐騙等等，兩輪下來就一乾二淨了。

**kheng 檾** 檾麻kheng-moâ，植物名，即sisal hemp也。俗作瓊麻khêng-moâ，形態似鳳梨樹，其葉較長，有纖維可爲繩，強靭而具耐水性，宜於船舶用纜之用，亦一經濟植物也。恒春地方山區，公路旁多所見之。

**kheng 輕** 重之對稱也。小也。低賤也。未甚也。物～意重but～ì tiōng⇨物小意思大。文人相～bûn-jîn siāng～⇨文人互相輕蔑。

【輕生 kheng-seng】 看輕生命。

【輕舟 kheng-chiu】 不載重貨的舟。～～已過萬重山～～í-kō bān-tiōng-san⇨唐詩。

【輕車 kheng-ki】 不載貨的車。～～熟路～～sek-lō⇨輕車走熟路。喻事之順利。～～簡從～～kán-chiōng⇨車輕從人少，喻要人之私行。

【輕身 kheng-sin】 輕率。不愼重。輕輕之訛。

【輕易 kheng-ī】 容易。

【輕佻 kheng-thiau】 輕薄。輕浮。做人～～chò-lâng～～⇨做人浮薄，不穩重。

【輕便 kheng-piān】 輕而利便。～～車～～chhia⇨走鐵軌的人力車。

【輕信 kheng-sìn】 容易信用人言不加深究。～～人的話kheng-sìn lâng ê ōe⇨輕易信用別人的話。

【輕重 kheng-tiōng】 輕與重。不重要與重要。不知～～的賤人put-ti～～ê chiān-jîn⇨不知好歹的賤女人。

【輕率 kheng-sut】 不愼重。

【輕淡 kheng-tām】 安母尼亞。～～水～～chúi⇨同名水。

【輕微 kheng-bî】 微小。損失～～sún-sit～～⇨損失很少。

【輕裝 kheng-chong】 輕便的服裝。

【輕慢 kheng-bān】 輕蔑。

【輕賤 kheng-chiān】 卑微下賤。

【輕蔑 kheng-bia̍t】 輕視。侮蔑。

【輕敵 kheng-te̍k】 看輕敵人。～～者必敗～～chiá pit-pāi⇨輕敵之人必遭失敗。

【輕諾 kheng-lo̍k】 輕易答應。～～者寡信～～chiá koá$^{n}$-sīn⇨輕易答應的人可信性少。

【輕薄 kheng-po̍k】 浮佻。～～少年～～siàu-liân⇨浮佻無內涵的少年。～～桃花逐水流～～thô-hoa tio̍k-súi-liû⇨唐詩。

【輕躁 kheng-chhò】 輕率躁急。

【輕鐵 kheng-tih】 鋁。

【輕氣球 kheng-khì-kiû】 氣球。

kheng **框** 有邊而中空用以裝入書畫或明鏡者也。鏡～kià$^{n}$～。

khéng **頃** 片刻也。又地積也。良田三～liâng-tiân sa$^{n}$～⇨同上。公～kong～⇨同上。

【頃刻 khéng-khek】 片刻。～～之間～～chi-kan⇨很短的時間。

khéng **肯** 可也。諾也。首～siú～⇨點頭承諾。

【肯定 khéng-tēng】 論理學名詞。否定之對語。答話中以然或有為答者為肯定。

【肯做 khéng-chò】 願意工作。

【肯聽話 khéng-thia$^{n}$-ōe】 凡事服從別人指示，絕無自己意見者。乖囝koai-kiá$^{n}$。當今最吃香之人。

khèng **慶** 賀也。賞也。祝也。

【慶弔 khèng-tiàu】 慶祝喜事與弔慰喪事。

【慶生 khèng-seng】 祝賀生辰。

【慶成 khèng-sêng】 寺廟落成。

【慶祝 khèng-chiok】 祝賀。

【慶賀 khèng-hō】 祝賀。

【慶壽 khèng-siū】 祝壽。

【慶讚中元 khèng-chhàn-tiong-goân】 祝頌中元。

khêng **傾** 空也。又究也。通窮khêng。

【傾分 khêng-hun】 計較kè-kàu。佼～～gâu～～⇨事必計較。合小妹仔亦拎～～了kah sió-moai-á a̍h-teh～～lō⇨責其與妹計較之無道理也。

【傾巢而出 khêng-châu-jî-chhut】 所有黨徒全部出動。

khêng **窮** 究也。究其所盡也。究其所忽也。或作傾kheng。求根究底曰窮。要～逐家～boeh～tàk-ke～⇨要追究嗎，大家都追究好了。講理亦曰窮khêng。

【窮眞 khêng-chin】 究其眞實。～～不是伊的錯～～m̄-sī i-ê-chhò⇨同上。

【窮賬 khêng-siàu】 核對賬項。

khēng **瓊** 玉之美者也。玉之華也。又物之美者多以瓊字喻之。如：～筵～iân，～漿～chiang(chiong)等是。

【瓊花 khēng-hoe】 珍貴的花。煬廣看～～iâng-kóng khoà$^{n}$～～⇨隋煬帝赴揚州賞瓊花，遂為宇文氏兵變所殺。

【瓊林 khēng-lîm】 書名。幼學～～iù-ha̍k～～⇨省筆為琼林。是一種成語集解，頗流行於民間。～～宴～～iàn⇨俗傳新進士於瓊林苑賜宴。

khēng **瓊** 瓊khēng俗稱彩虹chhái-hông，蓋其七彩之美曰瓊khēng也。否則彩虹不會暴其然而稱瓊khēng，一如閃電siám-tiām不會暴然而稱蝕仔sih-nah也。因蝕sit (sih)有脫光之義，故蝕仔sit-á→sít-la，遂成sih-nah者也。

【瓊尿 khēng-jiō】 瓊出現在天空時的細雨。落～～lo̍h～～⇨同上。

【瓊出半帆 khēng-chhut-poà$^n$-phâng】 虹hông出現半環。～～～～，大水流人～～～～，toā-chūi lâu-lâng⇨俗謂虹現一半即將有洪水出現，大至能流人至死。

khēng
**瓊** 瓊麻 khēng-moâ，縈麻 khéng-moâ (sisal)的俗稱。

## khi

khi
**欺** 詐騙。凌辱。虎落平陽被犬～hó· lok pêng-iâng pī khián～⇨虎誤入平地受犬的欺負。～人太甚～jîn thài sīm⇨欺辱人太過分。童叟無～tông-só-bû～⇨連對小兒老人都不詐騙。商人的名堂。

【欺負 khi-hū】 侮辱侵犯。囡仔～～大人gín-á～～toā-lâng⇨小人欺負大人。男女間事多曰男欺負女。

【欺詐 khi-chà】 詐欺。以術騙錢犯詐欺罪。

【欺騙 khi-piàn】 以術騙人。

【欺君逆旨 khi-kun-gek-chí】 違抗皇帝的命令。俗謂不奉命爲～～～～。你敢～～～～⇨lí-ká$^n$～～～～⇨你敢於不奉命（多作輕鬆話講，君作我或妻解）。

【欺貧重富 khi-pîn-tiōng-hù】 欺負貧窮敬重富有。

khi
**攲** 傾。斜。不正。傾攲易覆之器也。有略仔～道未用得ū lioh-á～tō bē-iōng-tit⇨有些微傾斜就不行也。

【攲攲 khi-khi】 傾斜kheng-siâ。頭～～thâu～～⇨同上。船身～～chûn-sin～～⇨同上。柱仔～～thiāu-á～～⇨同上。捧～～會車倒去phâng～～ē-chhia-tó-khì(ì)⇨捧得不正可能翻覆掉。

【攲蹺 khi-khiau】 斜彎不直。狡猾káu-kut⇨káu-koâi作狡怪káu-koâi，蹺khiau，曲木khiau-bak。

【攲頭的 khi-thâu-ê】 頭坐不正的，頭攲攲的。指其人。

khí
**起** 開始。始創。立業。發動。發起。築造。

【起人 khí-lâng】 發動人馬。召集自己的人。轉去～～倈來報仇tńg-khì～～boeh-lâi pò-siû⇨回家去召集人馬要來報仇。～～來助膽～～lâi chō tá$^n$⇨召喚多人來助其膽量。～～起客～～khí-kheh⇨接送賓客。

【起工 khí-kang】 ㊀開工。㊁紀綱之訛。照～～chiàu～～⇨照規紀。

【起山 khí-soa$^n$】 登陸。鄭國姓從鹿耳門～～來台灣tē$^n$-kok-sèng chiông lok-jí-mn̂g～～lâi tâi-oân⇨同上。

【起土 khí-thó】 道士驅邪。驅土煞khu-thô-soah。～～收煞～～siu-soah⇨驅邪收邪。

【起手 khí-chhiú】 開頭。着手。～～無回大丈夫～～bô-hôe tāi-tiāng-hu⇨棋壇用語。謂着子之後不可反悔改着。～～道打人～～tō phah-lâng⇨同上。～～道看無字也～～tō khoà$^n$-bô-jī ā⇨一開始就認爲無希望了。

【起程 khí-thêng】 啓程。出發。得未～～了tit-boeh～～lò·⇨快要出發了。

【起水 khí-chúi】 船貨起出陸上。

【起火 khí-hóe】 點燃火種。發火。～～煮飯～～chí-pn̄g⇨同上。即場火災是從倉庫～～的chit-tiû$^n$ hóe-chai sī chiông chhng-khò～～ê⇨這場火災是從倉庫發火的。

【起孔 khí-khang】 製造吵鬧的藉口。或謂起無孔的khí-bô-khang-ê亦可以。

【起去 khí-khì】 ㊀登上去，一般發音成khit-ì，～～樓頂khit-ì lâu-téng⇨登上二樓。㊁以上。發音同㊀。彼件案件，該五十歲～～的人，藉知影hit-kiā$^n$ àn-kiā$^n$ ài gō·-chap hóe～～ê lâng, chiah chai-iá$^n$⇨那個案件要五十歲以上的人才知道。唐朝更～～的代誌tông-tiâu koh～～ê tāi-chì⇨唐朝再以前的事情。

【起句 khí-kù】 第一句。開頭之句。

【起皮 khí-phôe】 剝皮。去皮。掠來～～袋粗糠liah-lâi ～～ tē chho͘-khng⇨喻嚴重的懲罰。

【起冬 khí-tang】 收成的開始。～～道較無盈了 ～～ tō khah bô-êng-lō͘⇨收成開始就多忙矣。

【起兇 khí-hiong】 ㊀發生殘忍之心。出現蠻橫之行。㊁言行忽見粗暴。

【起伏 khí-hok】 翻起伏倒。起起伏伏。心潮的～～sim-tiâu ê～～⇨同上。

【起行 khí-kiâⁿ】 啓程，出發。

【起色 khí-sek】 繁榮的預兆。病情恢復的預兆。個爸的事業，換伊經營了，更不止仔有～～ in-pâ ê sū giap, oāⁿ i keng-êng-liáu, koh put-chí-á ū～～⇨他父親的事業，由他替代經營結果，竟相當有發展的預兆。換食西藥了後，看着恰如較有 ～～ 也oāⁿ-chiah se-ioh liáu-āu, khoàⁿ-tioh kah-ná khah-ū ～～ â⇨換吃西藥之後，看來好像有恢復的樣子了。

【起先 khí-seng】 最初。開始。～～攏不知影～～lóng m̄ chai-iáⁿ⇨開頭全不知道。～～是感冒的款 ～～ sī kám-mō ê khoán⇨最初是感冒的樣子。

【起床 khí-chhn̂g】 ㊀人死後從眠床移入棺。㊁病人離開病床。未～～的人怎樣出門bē (bōe) ～～ ê lâng choáⁿ-iūⁿ chhut-mn̂g⇨不能起床的人如何出門。

【起初 khí-chho͘】 開始。最初。～～有照紀綱，無外久道歪翹支掇也 ～～ ū chiàu khí-kang, bô-goā-kú tō oai-ko-chhī-chhoah â⇨開始時有講理，不多久就濫擅lām-sám來了。

【起作 khí-choh】 謂耕田須勤工照顧，適時適度施肥，稻草有健康的成長，收成才能有好成績。田會 ～～ 藉有收成chhân ē ～～ chiah ū siu-sêng⇨同上。

【起狂 khí-kông】 發瘋也，發癲也。

【起悾 khí-khong】 亦謂起神經khí-sîn-keng。發神經。

【起刺 khí-chhì】 生刺。例如平滑的表面因使用過久或其他原因發刺粒現象。

【起見 khí-kiàn】 原爲：爲……起見，才如何如何的一種句型所用的字眼，但一般多當做目的，動機或目標等的意思解。例如：爲着錢的 ～～ ūi-tioh-chîⁿ ê ～～ ⇨同上。做好人的 ～～chò-hó-lâng ê～～⇨爲當好人(不得罪人也)。

【起兵 khí-peng】 舉兵。～～討伐不義～～ thó-hoat put-gī⇨同上。

【起身 khí-sin】 出發。啓程。透早～～下晡就到位也thàu-chá ～～, ē-po͘ chiū kàu-ūi ā⇨清晨出發，下午就到了。

【起佃 khí-tiān】 廢佃。同起耕。換佃人。

【起位 khí-ūi】 退坐。離開坐位。

【起油 khí-iû】 除油。去油。做好菜，有的該～～ chò hó-chhài, ū-ê ài ～～ ⇨好的料理，有的要除油。

【起居 khí-ki】 khí-ku。日常生活。日常～～ jit-siông～～⇨同上。

【起來 khí-lâi】 ㊀從坐臥中站立。㊁從睡臥中醒覺離床。㊂助詞。升～～做校長seng～～ chò hāu-tiúⁿ⇨升爲校長。食 ～～ 味道眞好 chiāh～～bī-tō chin hó⇨同上。穿～～ 眞好看chhēng～～chin hó-khoàⁿ⇨同上。講～～眞寃枉kóng～～chin oan-óng⇨同上。寫～～藉有證據siá～～chiah ū chèng-kì⇨同上。路開～～ 藉會利便lō͘ khui ～～chiah ē lī-piān⇨同上。

【起泡 khí-phā】 發生水泡。滾水燙一下耳，道～～也kún-chúi thn̄g-chit-ē niâ, tō ～～ā⇨只是開水燙一下而已就起水泡了。

【起性 khí-sèng】 同起性地khí-sèng-tē，發怒。性地若起，個老爸仔伊每無抾驚sèng-tē nā-khí, in lāu-pē-á i mā bô-teh-kiaⁿ⇨性若發作，連自己的老子他都不在怕。若～～道像猶的nā ～～ tō-chhiū$^n$ siáu-ê⇨一發怒就像狂人一般。

【起事 khí-sū】 舉事。惹事。惹麻煩。

【起底 khí-té】 基本。台基。基本數。鐵筋水泥～～的thih-kin chúi-nî～～ê⇨同上。一口～～是五百元chi̍t-kháu～～sī gō· pak-kho·⇨一口基本數是五百元。

【起封 khí-hong】 揭開封條。解封。

【起風 khí-hong】 風抄吹也hong teh chhoe-a⇨風在吹了。抄～～也teh～～a⇨風在吹了。

【起歪 khí-oai】 好人開始變壞。

【起垂 khí-sôe】 翹高與垂低。秤桿隨所稱物品之輕重而上上下下。喻志氣之高低。激未～～的人kek bē～～ê lâng⇨鼓勵亦無効果的人。喻無志氣不中用的人物。

【起案 khí-àn】 立案。草擬計畫。

【起馬 khí-bé】 設筵送人遠行。餞別。～～桌～～toh⇨餞別筵。

【起症 khí-chèng】 生病。抵～～耳道眞痛tú～～niâ tō-chin-thià$^n$⇨同上。

【起厝 khí-chhù】 建築房屋。～～派半料～～phài poà$^n$-liāu⇨建築房屋的預算，實際上僅夠一半，必須追加一半。亦喻預算馬虎。

【起家 khí-ke】 立業興家。做商理～～的chò seng-lí～～ê⇨做買賣起家的。

【起耕 khí-keng】 地主廢止佃約而收回耕地。廢佃。期未到道共人～～也kî bōe-kàu tō kā-lâng～～a⇨同上。

【起高 khí-koân】 ㊀升高。指物價高。㊁築高，築得高。築於較高處。厝～～較經濟chhù～～khah keng-chè⇨房屋，建築得愈高愈經濟。

【起拳 khí-kûn】 舉拳頭。拳術的開始動作。～～都未學抄，八啥拳頭～～to bōe-o̍h-lè bat (pat)-siá$^n$ kûn-thâu⇨開拳還未學的，懂得什麼拳術。

【起病 khí-pē$^n$】 生病。發病。

【起致 khí-tì】 原因。起因。於者～～的tī-chia～～ê⇨在此地起因的。

【起訬 khí-siáu】 精神病也。

【起船 khí-chûn】 離船上陸地。

【起牏 khí-chhio】 雄性動物發情。即隻牛種仔抄～～也chit-chiah gû-chéng-á teh～～ā⇨此隻小公牛在發情了。雄曰牏，雌曰嬈hiâu。

【起貨 khí-hòe】 船運的貨物搬上岸。其工作。

【起基 khí-ki】 最初。創始。～～祖～～chó·⇨同上。同齊～～的人tâng-chê～～ê lâng⇨相偕創業的人。

【起脚 khí-kha】 舉足。動脚。～～踢人～～that-lâng⇨舉足踢人。～～動手～～tāng-chhiú⇨喻行動之粗魯。

【起崚 khí-lēng】 譬如受鞭打皮膚浮起鞭痕，叫做～～。揲了攏～～tia̍p-liáu lóng～～⇨修理(打也)了皆有傷痕。崚亦稜。

【起粒 khí-lia̍p】 因寒冷或其他刺激皮膚起豆粒。

【起湧 khí-éng】 起浪。

【起嘳 khí-khùi】 開始走好運。賭徒手氣chhiú-kì轉好，連摸好牌頻頻叫食曰～～。阿花抄～～了a-hoe teh～～lò·⇨同上。

【起惡 khí-ok】 溫和者忽生氣而反臉。老師～～也lāu-su～～à⇨老師生氣了。阿媽～～每會罵人a-má～～mā-ē mē-lâng⇨老祖母生氣也會罵人。

【起飯 khí-pn̄g】 人死做百日寄飯kiā-pn̄g後，重新供飯。

【起訴 khí-sò·】 法律名詞。向法院提出訴訟。

【起腥 khí-chhè$^n$】 除掉腥氣。彼種魚，該用酒～～藉會食得hit-chióng hî, ài-iōng chiú～～chiah ē chia̍h-tit⇨那種魚要用酒去腥才能吃。

【起義 khí-gī】 ㊀發動革命。發動勤王討賊也。㊁創業或做事。彼幾個人都是當年同齊～～的hit-kúi-ê-lâng to-sī tong-liân tâng-chê ～～ ê⇨他們那幾個人都是當年一起做事業的。

【起源 khí-goân】 事物之開始。生物的～～seng-but ê～～⇨同上。

【起禍 khí-hō】 惹禍端jiá-hō-toan。

【起意 khí-ì】 臨時的發想。見色～～kiàn-sek～～⇨看到美色才臨時作壞的行動。見財～～kiàn châi～～⇨看到財物才臨時決意盜之。

【起煙 khí-ian】 出煙。

【起鼓 khí-kó͘】 ㊀戲開演。㊁開始工作。可～～也hó～～ā⇨應該開始工作了。

【起暈 khí-kûn】 猪母發情。猪母～～也ti-bó～～ā⇨同上。

【起勢 khí-sì】 病患的開頭。感冒～～的，事不知煞變做肺炎kám-mō͘～～è, sū-put-ti soah piàn-chò hì-iām⇨開始是感冒，想不到竟變成肺炎。

【起痰 khí-thâm】 久病臨終的現象。痰湧塞於咽喉。

【起蒂 khí-tì】 ㊀去蒂。㊁生蒂。紅柿好食是佗落～～的âng-khī hó-chiah sī to-loh～～ê⇨紅柿好吃但是何以能生蒂落蒂呢？你現在是成功了，但是誰人致之呢？勸人飲水心思源之語。蒂與致諧音。指導致也。

【起碇 khí-tiāⁿ】 船拔碇出航。

【起癀 khí-hông】 腫脹。發炎。不當乎～～m̄-thang hō͘～～⇨同上。癀亦作瘟。

【起酵 khí-kàⁿ】 ㊀開始發酵。㊁開始發蹟。當時扲～～tng-sî teh～～⇨正在大賺錢(發展)當中。伊是五箍銀賣鴨卵～～的i sī gō͘ kho͘-gîn bē ah-nn̄g～～è⇨他是五元本銀賣鴨蛋開始發達的。

【起孵 khí-pū】 母禽開始孵卵。粉鳥～～也hún-chiáu～～ā⇨粉鳥開始孵卵了。

【起嗽 khí-sàu】 患了咳嗽。感着煞～～kám-tioh soah～～⇨因感冒而咳嗽了。

【起碼 khí-bé】 ㊀起算。十斤～～⇨同上。㊁最少限度。一日～～亦該有一百顆做所費chit-jit～～ah ài ū chit-pah-kho͘ chò só͘-hùi⇨同上。凡圓物以顆kho͘計。箍kho͘，圓而中空也。

【起箠 khí-chhôe】 箠是小竹枝或小木片，供笞打子女以教訓之。打得有効果，叫做：教會～～kà ē～～。無効果者叫做：教未～～kà bē～～。

【起漿 khí-chiuⁿ】 開始成漿。抹壁的土該有～～藉抹會稠boah-piah ê thô͘ ài ū～～chiah boah-ē-tiâu⇨同上。

【起槽 khí-chô】 小豬大食肯食叫做飼會～～chhī ē～～。因爲成長快，可早出售換錢也。同上槽chiūⁿ-chô。豬仔～～，豬母道食滓無ti-á～～, ti-bó tō chiah-sái bô⇨謂小豬會大食了，母豬就無可食也。

【起價 khí-kè】 漲值。價錢升高。而今萬項都～～也jî-kim bān-hāng to～～ā⇨現在所有的東西都漲價了。

【起課 khí-khò】 賣卜者的名堂。開始占卜。

【起稿 khí-kó】 草擬原稿。寫計劃書。

【起輦 khí-lián】 神靈已降臨神輿開始搖動。童乩～～tâng-ki～～⇨同上。

【起線 khí-soàⁿ】 加線。例如彫刻，在平面上加刻一浮線。

【起箸 khí-tī】 取箸。開始食之。請逐家～～chhiáⁿ tak-ke～～⇨請大家來吃罷。

【起瞖 khí-è(ì)】 眼發生似有物遮住看不清的一種眼疾。

【起興 khí-heng】 神明開始有靈聖lêng-siàⁿ。神顯聖sîn hián-siàⁿ⇨神有靈驗。媽祖婆～～má-chó͘-pô～～⇨媽祖開始顯聖。

【起興 khí-hèng】 發生興趣。與起憖khí-giàn畧同。興hèng是喜愛，例如～酒，～看戲等是。慦giàn是hèng之極，至不能等之，例如～鴉片，～賭博等是。～～頭～～thâu⇨起慦頭khí-giàn-thâu。

【起頭 khí-thâu】 開頭。開始。～～興興，尾仔冷冷～～hèng-hèng, bóe-á léng-léng⇨開始時興頭勃勃，末了就冷了。

【起癖 khí-phiah】 同起性或起性地。伊的人，一下～～，道不驚神不驚鬼i-ê-lâng, chit-ē～～, tō m̄-kia$^{n}$-sîn m̄-kia$^{n}$-kúi⇨他的做人，皮氣一發起來，就什麼都不怕了。

【起霧 khí-bū】 ㊀發生雲霧。㊁眼疾。目珠～～ba̍k-chiu～～⇨同上。

【起譀 khí-khám】 一個人突然做出超越常理的事情，例如突然捐出巨款，突然出盡巨力，突然飲下過多的酒等等，都謂之～～，或～～神，誇誕khoa-tān曰譀khám。粗語即謂起譀卵khí-khám-lān。卵lān亦作羼lān。俗作生lān。

【起爐 khí-lô】 ㊀爐開始點火。㊁從爐中取出燒好的東西。會用得～～也ē(ōe)-iōng-tit～～à⇨可以出爐了。

【起肚亭 khí-tó·-têng】 貪呑善款以自肥。

【起臭肉 khí-chhàu-bah】 去臭肉。謂好的膏藥，會去腐肉。

【起柴頭 khí-chhâ-thâu】 出棺時在戶外供物以祭之。或謂起車頭khí-chhia-thâu。祭棺chē-koan也。

【起蛟龍 khí-kau-liông】 大旋螺風，能捲起大樹大木或房屋於空中。

【起溝湳 khí-ka-lám】 犂田當留溝以便灌漑。～～～雙旁現～～～siang-pêng-hiān⇨謂犂溝湳溝ka-lám-kau須向雙方展開。亦即犂起之土坯thô·-phoe，向左右雙方倒開以留一溝湳溝ka-lám-kau也。

【起戇面 khí-gōng-bīn】 發牛脾氣。伊若～～～是敢嗚i nā～～～sī ká$^{n}$ o·⇨他若發牛皮氣是會的⇨同上。戇gōng，俗作恷gōng。

【起承轉結 khí-sîn-choán-kiat】 詩的結構有起句、承句、轉句、結句。例如：市西線店三姊妹——是起句，先提出欲吟詠之物。阿姊二一妹十七——是承句，承起句而加以說明。諸將殺人用刀劍——是轉句，轉指另一物爲比喩。她們殺人用目箭——是結句，結合起承轉三句的意思而展示最重要的眼目。

【起羣動衆 khí-kûn-tāng-chèng】 謂動多人來協助或做事。喩小題大做。不免安爾～～～～m̄-bián an-ne～～～～⇨不必如此勞動多人來。或作起軍動衆khí-kun-tàng-chiòng。

【起鷄母皮 khí-ke-bó-phôe】 皮膚起粒。因寒冷或驚恐而生。驚到～～～～kia$^{n}$ kà～～～～⇨同上。寒到～～～～koâ$^{n}$ kà～～～～⇨同上。

**khí 齒** 通牙。嘴齒chhùi-khí。俗有人齒獸牙之分，但亦多混用。牙齒gê-khí即是兩字並用。鐵～thih～⇨一口咬死某事是如何如何。亦即所謂興相諍hèng-sio-chè$^{n}$者。鐵齒銅牙槽thih-khí tâng-gê-chô⇨可以企諍王khiā-chè$^{n}$-ông。鐵齒又加上銅牙槽，其勇無比矣。

【齒包 khí-pau】 一種病。齒岸生～～khí-hoā$^{n}$ se$^{n}$～～⇨同上。

【齒托 khí-thok】 牙扦gê-chhiam。或作牙籤gê-chhiam。

【齒抿 khí-bín】 牙刷。～～仔鬚～～á-chhiu⇨卓伯林式的嘴髭。抿bín或作筤bín。

【齒岸 khí-hoā$^{n}$】 牙齒所立之所。同牙槽gê-chô。

【齒杯 khí-poe】 刷牙時用的一種水杯。

【齒音 khí-im】 舌與齒摩擦所發出的聲音。

【齒科 khí-kho】 牙科gê-kho。～～醫生～～i-seng⇨牙醫gê-i。

【齒粉 khí-hún】 刷牙用的一種藥粉。今已變成齒膏khí-ko。

【齒根 khí-kin】 牙齒之根本。牙～～咬抙gê～～kā-leh⇨爲忍辱負重也。

【齒蛇 khí-choâ】 齒岸上的一種病症。生

～～seⁿ～～⇨同上。

【齒痕 khí-hûn】 嘴齒跡chhùi-khí-jiah。齒咬的痕。

【齒瘍 khí-siông】 牙垢。癮到抆吸牙～～也giàn-kà teh-suh gê ～～ ā⇨癮得在自吸牙垢了。乾癮。瘍siông，溲siûⁿ也。粘液曰溲siûⁿ。

【齒膏 khí-ko】 牙膏gê-ko。

【齒癢 khí-chiūⁿ】 ㊀牙齒癢的病態。㊁喻見食物而想食之。嘴齒抆癢也chhùi-khí teh chiūⁿ-ā⇨牙在癢了。

khí **紀** 記。法。道。十二年爲一紀。一～年chit ～nî⇨十二年。

【紀元 khí-goân】 記錄年度的開始。耶穌～～2000年ia-so·～～nn̄g-chheng-nî。建元。古時新王登基必改年號。

【紀綱 khí-kang】 紀律與綱常。照～～chiàu～～⇨按照紀律與綱常做事做人。阿木做人，亦不止仔照～～a-bok chò-lâng, ah put-chí-á chiàu～～⇨阿木做人也很規紀。照～～講是猶有一百元當領chiàu～～kóng sī iáu-ū chit-pah-kho thang niá⇨照理算是猶有一百元可以領到。

khí **豈** 反語。

【豈敢 khí-kám】 何敢。不敢。客套語。小弟～～sió-tī～～⇨小弟不敢也。

【豈有此理 khí-iú-chhú-lí】 何有如此歪理。對莫明其妙或無理取鬧者的責罵語。眞眞～～～～chin-chin～～～～⇨實在無此道理。

khì **器** 日常用具的總稱。又材能也。

【器皿 khì-béng】 飲食用的碗盤之類。

【器宇 khì-ú】 胸懷。～～軒昂～～hian-góng⇨胸懷寬大。

【器物 khì-but】 工具及貨物。損壞～～之罪sún-hāi～～chi chōe⇨同上。

【器官 khì-koan】 生理學名詞。構成生理體的各部份。

【器具 khì-kū(kī)】 用具。～～齊全～～chê-chn̂g⇨應該用的物件全部有。

【器使 khì-sái】 有効使用。量才～～liâng-châi～～⇨大才大用，小才小用。

【器重 khì-tiōng】 重視才能。

【器械 khì-hāi】 用具之總稱。戰器，農器，禮器，樂器等均包括在內。～～體操～～thé-chho⇨同上。

【器量 khì-liōng】 器之容量。度量。～～小～～siáu⇨吝嗇不能容人。反之謂～～大～～tōa。

【器樂 khì-gak】 以樂器演奏的音樂。

khì **氣** ㊀物質的狀態。空氣khong-khì，冷氣léng-khì。㊁精神狀態。朝氣tiau-khì，暮氣bō·-khì，脾氣phî-khì，小氣sió-khì，小姐氣sió-chiá-khì，少爺氣siàu-iâ-khì，客氣kheh-khì，慳氣ián-khì。㊂發怒。受氣siū-khì，火氣hóe-khì。食氣chiah-khì⇨賭氣tó·-khì。格氣kek-khì。

【氣人 khì-jîn】 故意使人生氣。嬉弄人者。

【氣力 khì-lek】 力氣。～～如牛～～jî-gû⇨同上。

【氣水 khì-chúi】 蒸餾水，炭酸水。法蘭西水hoat-lân-se-chúi。同汽水khì-chúi。

【氣血 khì-hiat】 血氣。～～旺～～ōng⇨年少氣盛。

【氣色 khì-sek】 面色。神色。顏面上的表現。～～眞好，敢是有好孔的了～～chin-hó kāⁿ-sī ū-hó-khang-ê-lò·⇨同上。

【氣死 khì-sí】 因劇怒而死。～～驗無傷～～giām bô-siang⇨氣極而死者驗不出傷痕。勸人勿怒的嬉謔語。～～周瑜～～chiu-jī⇨氣死的代表故事。

【氣味 khì-bī】 芳氣phang-khì，臭氣chhàu-khì等等的感覺。～～未稞～～bē(bōe)-bái⇨氣味不惡。

【氣油 khì-iû】易氣化的石油。揮發油。同汽油khì-iû。

【氣旺 khì-ōng】㊀血氣旺盛。㊁運氣佳。～～血壯～～hiat-chōng⇨同上。

【氣苦 khì-khó】生氣兼歎命苦。父母對不肖子女的感覺。～～父母耳～～pē-bó niâ⇨同上。

【氣酒 khì-chiú】蕃薯酒。便宜酒。～～仔罔澀有啦～～á bóng-sip ū-là⇨便宜酒苟且潤喉是有的。

【氣候 khì-hāu】天氣的各種狀況。台灣的～～眞好tâi-oân ê～～chin-hó⇨同上。

【氣球 khì-kiû】利用比重輕的氣體，飄揚在空中的球體。或載人或爲廣告之用。

【氣習 khì-si̍p】習慣性的性質。

【氣象 khì-siōng】㊀氣候的變化。㊁人的面貌神情。

【氣痛 khì-thià$^{n}$】胃或心痛。心～～sim～～⇨同上。

【氣節 khì-chiat】骨氣。生死進退，榮辱的決斷。

【氣運 khì-ūn】運氣。～～當扴紅～～tng-teh âng⇨同上。

【氣概 khì-khài】風度的表現。少年人～～siàu-liân lâng～～⇨外表內涵都是少年人本色。英雄～～eng-hiông～～⇨英雄本色。

【氣質 khì-chit】性質。習氣教養風度。即位小姐的～～眞好chit-ūi sió-chiá ê～～chin-hó⇨同上。

【氣魄 khì-phek】精神力。謂有膽量有擔當tam-tng者爲有～～。飲～～的lim～～ê⇨謂以氣魄強飲酒。

【氣數 khì-sò͘】運氣，命數。命運的運行。～～將盡也～～chiang-chīn-ā⇨命運將到盡頭了。

【氣壓 khì-ap】空氣的壓力。低～～te～～⇨同上。

【氣體 khì-thé】物質有三體，如空氣者爲～～。

【氣身氣命 khì-sin-khì-miā】氣此身之不濟，氣命運之多難。喻極度的氣憤。

【氣腸氣肚 khì-tn̂g-khì-tō͘】喻極度的生氣。

**汽** khì 汽車khì-chhia，汽油khì-iû也。

**去** khì 相違，相離，除掉，往，示運動的方向的助詞。～旅行也～lí-hêng-ā⇨旅行去了。～做工也～chò-kang-a⇨做工去了。～油垢～iû-káu⇨除油垢。迎新～舊giâ$^{n}$-sin～kū⇨同上。做會～chò-ē-khì⇨做得了。消化會～siau-hoà-ē～⇨消化得了。傷慢～也siu$^{n}$-bān-khì-a⇨太遲了。傷貴～也siu$^{n}$-kùi-khì-a⇨太貴了。傷重～也siu$^{n}$-tāng～a⇨太重了。以上慢去，貴去，重去等的去字，通常都是發音做i的第三聲，亦即bān-ì, kùi-ì，重tāng-ì。這些去ì字就是方向情況的助詞。

【去了 khì-lò͘】同去也khì-ā。攏～～lóng～～⇨皆完了。

【去也 khì-ā】往矣。完了。攏～～lóng～～⇨一切完了。～～免望也～～bián-bāng-ā⇨完了，沒希望了。

【去火 khì-hóe】消除火氣。食菜頭～～chia̍h chhài-thâu～～⇨吃蘿蔔消除火氣。

【去世 khì-sè】棄世。逝世。

【去官 khì-koa$^{n}$】辭官。辭職。去職。

【去就 khì-chiū】拒絕與接受。～～未定～～bī-tēng⇨接受或拒絕還未決定。

【去痰 khì-thâm】消除痰涎。

【去魯 khì-ló】人死，物破，事敗皆謂～～。～～拜先祖也～～pài sian-chó a⇨謂死掉了矣，皆完了。

【去澁 khì-siap】消除澁味。紅柿該浸石灰水～～âng-khī ài chìm chio̍h-hōe-chúi～～⇨同上。

【去聲 khì-sia$^{n}$】漢字聲調之一。

【去鬱 khì-ut】 消除鬱悶。消除積勞。解傷～～kái-siang～～⇨賣藥商的名堂。

【去了了 khì-liáu-liáu】 全去了，完了。盒道～～～也ta$^n$-tō～～～ā⇨現在完了。

【去邪歸正 khì-siâ-kui-chèng】 摒去邪途歸返正路。

【去桅失舵 khì-gûi-sit-tō】 喻逢到不能再起的失敗。

**khì 棄** 同去。不要，遺忘。抛～phau～⇨放棄。迎新～舊giâ$^n$-sin～kū⇨同上。

【棄市 khì-chhī】 古死刑。於市街中執行，以示共棄之。

【棄世 khì-sè】 ㈠人死。㈡放棄社會關係而過隱居生活。

【棄物 khì-but】 無用之物。廢掉的東西。

【棄婦 khì-hū】 出妻。被離婚的妻子。

【棄嫌 khì-hiâm】 忌而嫌之。有所顧忌而拒絕之。～～啥物～～sá$^n$-mih⇨顧忌何事。若無相～～，藉更來交陪nā-bô sa$^n$～～, chiah-koh-lâi kau-pôe⇨如果彼此沒有顧忌，才再來交際(易)。多敢是～～阮較無讀册to-ka$^n$-sī～～goán khah-bô-thak-chheh恐怕是嫌棄我們的學歷差(談婚嫁者)。

【棄暗投明 khì-àm-tâu-bêng】 離棄暗愚之主，投靠明理之主。

**khî 騎** 騎馬khiâ-bé也。兩足跨馬謂之騎khî。跨乘皆曰騎khî。一～當先it～tong-sian⇨同上。單～救主tan～kiù-chú⇨同上。九重城闕煙塵生，千乘萬～西南行kiú-tiông sêng-khoat ian-tîn-seng, chhian-sēng-bān～se-lâm-hêng⇨長恨歌。鐵～thih～⇨精強騎兵。

【騎兵 khî-peng】 馬兵má-peng。～～步兵～～pō·-peng⇨各種兵種。

【騎射 khî-siā】 騎兵射箭khiâ-bé siā-chì$^n$。

【騎牆 khî-chhiâng】 跨在墻上。游移兩可。～～派～～phāi⇨可左可右見風轉舵之人。西瓜偎大邊的～～派sî-koe oá-toā-pêng ê～～phāi⇨見勢強即投靠的人們。

【騎乘兵 khî-sēng-peng】 騎兵khî-peng。

【騎縫印 khî-hông-ìn】 公文或契約書上，押在兩紙合縫上之印。

【騎牛尋馬 khî-giû-sîm-má】 喻先就惡職再尋好職。

【騎虎難下 khî-hó·-lān-hē】 喻事之欲罷不能。人講～～～～無拂到底都未用得也lâng-kóng～～～～bô-hut kàu-té to bē(bōe)-iōng-tit-â⇨古人言騎虎難下，非幹到底不行了矣。

【騎鶴西歸 khî-hoh-se-kui】 弔喪的套語。

**khî 蜞** 蜈蜞gô·-khî，水蛭súi-chit，一種吸血蟲也。喻貪食之輩。一陣未輸～～扲chhit-tīn bē(bōe)-su～～lē⇨一羣宛若蜈蜞的（吸食不放）。～～釘～～teng⇨一種鉗物之鐵釘。

**khî 疨** 疤痕pa-hûn曰疨khî。目尾許有一～bak-bóe hia ū-chit～⇨眼尾的地方有一疤痕。粒仔～liap-á-～⇨瘡疤。疨khî亦作疜khî。

**khî 瘻** 瘠chek也。薄也。瘦也。瘦瘻瘻sán-khî-khî⇨甚瘦甚瘦。

【瘻瘻掇 khî-khî-chhoah】 發抖hoat-tó·。驚到～～～kia$^n$-kà～～～⇨恐怖得發抖。

【瘻瘻顫 khî-khî-chun】 戰慄chiàn-lek。發抖hoat-tó·。寒到～～～koâ$^n$-kà～～～⇨冷得發抖。

**khī 忌** 戒也。禁也。畏憚ùi-tān也。忌諱khī-úi也。無禁無～食一千八百二bô-kìm-bô～chiah-chit-chheng-peh-pah-jī⇨毫無禁忌，可長生一千八百二十歲。百無禁～pek-bû-kìm～⇨同上。童言無～tông-giân bû～(kî)⇨同上。→忌kī。禁忌kìm-khī→kìm-kī。

**khī 柿** 果樹。紅～âng～⇨同上。水～chúi～⇨柿之浸石灰水可以生食者。紅～出頭，羅漢目屎流âng～chhut-thâu, lô-hàn bak-sái-lâu⇨紅柿上市北風起了，無妻獨宿的羅漢流淚自嘆孤寂。

【柿餜 khī-kóe】 柿干khī-koa$^n$的一種。～～

柿餅khī-piá$^{n}$⇨一物之兩名。

## khi$^{n}$

**khi$^{n}$ 坑** 坑khe$^{n}$也。山谷也。溪谷也。山～仔soa$^{n}$～á⇨山谷。山～仔縫soa$^{n}$～á-phāng⇨山谷之間。無底深～bô-té-chhim～⇨同上。寧坤無底～。不塞鼻下橫lêng-thūn bô-té～，m̄-that phī$^{n}$-ē-hoâi$^{n}$⇨古俚。謂寧願填平無底之坑，不希望塞止鼻下之橫孔hoâi-khang——口也。坤thūn，草土填tiân水也。跋落陷～poah-loh-hām～⇨同上。墜落火～tūi-loh-hóe-khe$^{n}$(hé$^{n}$-khi$^{n}$)⇨同上。

**【坑仔 khi$^{n}$-á】** khe$^{n}$-á。小谷。山谷。山～～soa$^{n}$～～⇨小山谷。～～底～～té⇨小山谷底處。～～縫～～phāng⇨山谷中。

**【坑崁 khi$^{n}$-khàm】** khe$^{n}$-khàm。崩崁pang-khàm。谷崖kok-gâi。溪崁khe-khàm。

**【坑溝 khi$^{n}$-kau】** 溪谷khe-kok。

**khî$^{n}$ 拎** 急持也。同搇khîm。提也。同擒khîm。緊持不放曰拎khî$^{n}$。孩兒緊纏母親亦曰拎khî$^{n}$。～於船邊的無死～tī chûn-pi$^{n}$-ê bô-sí⇨緊抓住船舷不放者得救了。

**【拎乳 khî$^{n}$-leng(ni)】** 嬰仔e$^{n}$-á不放開母乳。阮即個～～拎眞稠goán chit-ê～～khî$^{n}$-chin-tiâu⇨我們這一個(嬰仔)，含奶kâm-leng含得緊。

**【拎棺 khî$^{n}$-koan】** 緊捉棺木。孝男孝女hàu-lâm-hàu-lí集於棺木周圍手扶之而號哭以示惜別。

**【拎稠稠 khî$^{n}$-tiâu-tiâu】** 緊捉kín-chiok不放。

**khî$^{n}$ 勤** 勤khîn也。不辭辛勞勉力治家曰勤khî$^{n}$。眞肯～chin khéng～⇨任勞任怨口無怨言。眞饺～chin gâu～⇨勤儉治家有方。囡仔會鬥～也gín-á ē(ōe) tàu～ā⇨孩子能夠協助分勞了。

**【勤家 khî$^{n}$-ke】** 克苦辛勞勉力治家。認眞～～jīn-chin～～⇨同上。娶著媠某不～～chhoā-tioh súi-bó· m̄-～～⇨娶了美麗的老婆卻不肯工作。

**khî$^{n}$ 鉗** 箝khiâm也。以竹挾取曰箝khiâm，以鐵挾取作鉗khiâm，曰鉗khî$^{n}$。火～hóe(hé)～⇨同上。桶～tháng～⇨箍桶kho·-tháng用的道具。虎頭～hó·-thâu～⇨同上。

**【鉗仔 khî$^{n}$-á】** 火鉗hóe-khî$^{n}$, hé-khî$^{n}$。

## khia

**khia 奇** 偶(雙)之對也。單toa$^{n}$也。不是雙道是～m̄-sī siang tō-sī～⇨非雙即單。不成對曰奇khia。禮數曷有人創～的lé-sò· ah-ū-lâng chhòng～ê⇨禮數無人用不成雙者。雙～攏包含siang～lóng pau-hâm⇨雙數奇數皆在內。

**【奇月 khia-goeh(geh)】** 1,3,5,7,9,11 等各月也。

**【奇日 khia-jit】** 凡1,3,5,7,9 等無法以2除盡之日皆曰奇日khi-jit。亦即雙日siang-jit之對詞。雙～～siang～～⇨雙日與單日。

**【奇脚 khia-kha】** 一雙或一對者缺一曰奇脚khia-kha。～～都無路用～～to bô-lō·-iōng⇨奇脚無効也。

**【奇數 khia-sò·】** 凡2所不能除盡之數皆曰奇數khia-sò·。雙數之對詞。

**khia 敧** 敧器khia-khì也。正座位之器。傾敧kheng-khia，易覆之器也。又不平也。藉難題責人曰敧khia。犯人～hoān-lâng～⇨自犯遭受責備之罪。家己不當犯人～ka-kī m̄-thang hoān-lâng～⇨自己注意不可自犯惹人攻擊之事。伊都挑工～的i to thiau-kang～ê⇨他是故意找麻煩的。咱都無啥，見伊～嘛lán-to bô-sah$^{n}$(siah$^{n}$), kī$^{n}$-i～mà⇨我們沒什麼事嘛，任由他去找麻煩好了。人講欲加之罪，何患無詞，伊要～你，信採每有話lâng-kóng iok

-ka-chi-chōe hô-hoān-bû-sû, i boeh ～ lí, chhìn-chhái mā-ū-ōe⇨古人言，欲加之罪何患無詞，他如要找藉口攻擊你，隨便都有話可說也。攲khia亦作欹khia，欹khi也。偏傾也。

【攲空 khia-khang】 找麻煩。故意提出難題。曷知伊會～～a̍h-chai i ē(ōe)～～⇨想不到他會故意找麻煩。無疑誤伊會～～bô-gî-gō· i ē(ōe)～～⇨不料伊會乘機敲詐。

【攲孔攲縫 khia-khang-khia-phāng】 諸多刁難chu-to thiau-lân。伊都生本愛安爾～～～～不i to se$^{n}$-pún ài an-ne(ni)～～～～ m̄⇨他是天生自然的非對人諸多難題不可的。

【攲東攲西 khia-tang-khia-sai】 種種難題。～～～～曼管伊～～～～ mān-koán-i⇨難題不休，莫管他。曼mān，無必也。何必也。

**khiâ 騎** 騎馬khiâ-bé也。跨在物之上曰騎khiâ。事受阻亦曰騎khiâ。惡馬惡人～，臙脂馬，抵著關老爺ok-bé-ok-lâng～ian-chi-bé, tú-ti̍oh koan-ló-iâ⇨謂殺潑利害sat-phoat-lī-hāi的惡美人，如有關公的妙騎術，也會乖乖地讓人騎。牛拎相～gû teh sio-～⇨牛在交尾。彼件侌都猶～拎hit-kiā$^{n}$ ta$^{n}$ to iáu～leh⇨那一件事現在還是停頓中。

【騎牛 khîa-gû】 ～～㪣馬～～chhōe-bé⇨事宜逐步逐階前進。騎馬的走抛抛，～～的跋斷脚khiâ-bé ê cháu-pha-pha，～～ê poa̍h-tn̄g-kha⇨謂事物宜循其本然，否則可能遭受意外的損失。

【騎馬 khiâ-bé】 武官～～文官坐轎bú-koa$^{n}$～～bûn-koa$^{n}$ chē- kiō⇨古代官場體制。～～坐～～chē⇨坐如騎馬形，無禮的坐法。～～囊～～long⇨騎如囊在馬背上，囊lông者長布袋，口開中央，置馬背上兩邊墜垂，囊long即囊lông之動詞化。

【騎龍 khiâ-liông】 謂房屋或墓地坐在龍脈上的好地理。地理先仔的名堂。

【騎鶴 khiâ-ho̍h】 ～～西歸～～se-kui⇨喻死。亦曰騎鯨khīa-keng。

【騎虎之勢 khiâ-hó·-chi-sè】 欲罷不能。～～～～難下～～～～lân-hē⇨同上。

【騎雙頭馬 khiâ-siang-thâu-bé】 指可進可退可忠可奸的人。看風駛船的人。～～～～的人～～～～ê lâng⇨騎牆派。

【騎王爺馬 khiâ-ông-iâ-bé】 侵佔公款也。

**khiā 企** 立。設立。居住。銅旗敢～敢倒tâng-kî ká$^{n}$～ká$^{n}$-tó⇨條件敢提出，就是敢接受亦敢被接受。按企銅旗似乎一種古代的遊戲，一方立旗(企)而守之，一方攻而倒之。不知是否。

【企人 khiā-jîn】 字典部首之一。～～旁～～pêng⇨同上。仙，件，他等字是也。

【企刀 khiā-to】 字典部首之一。或謂立刀旁lip-to·-pêng。剖、利、划等字是也。

【企山 khiā-soa$^{n}$】 ㈠居於山地。㈡站在旁邊傍觀。我做～～俾你靠goá-chò～～hō·-lí-khò⇨同上。

【企日 khiā-ji̍t】 記錄期日。隔冥～～keh-mê～～⇨經過幾個日夜。

【企心 khiā-sim】 字典部首之一。～～旁～～pêng⇨同上。快，憔，恰等字是也。

【企在 khiā-chāi】 立定。站穩。商理～～也seng-lí～～ā⇨生意基礎穩定了。

【企名 khiā-miâ】 具名。列名。阿三不敢～～a-sam m̄-ká$^{n}$～～⇨同上。

【企年 khiā-nî】 記年。記入年號。有～～無企日ū～～bô-khiā-ji̍t⇨同上。

【企孝 khiā-hà】 居喪。守喪。

【企空 khiā-khong】 栢poe中立，可倒向任何方。喻人假中立隨時可倒向某方。～～仔～～á⇨其人。

【企股 khiā-kó·】 參加商事的股份。～～做商理～～chò seng-lí⇨合股做商理。

【企板 khiā-pán】 古時笞刑用笞杖是矩形的長杖，普通使平板打較輕。使～～sái～～⇨即極重極痛。甚至皮破血流。

【企泅 khiā-siû】 泳法的一種。泳中上身保持直立。

【企眉 khiā-bâi】 指奸臣。似乎來自舊戲的奸臣臉譜。～～仔～～á⇨汎指不忠實的人。

【企秋 khiā-chhiu】 指秋天下雨或秋霖。企爲企算khiā-sǹg，可以算得的省略，意謂：算是秋天了，下雨是應該的也。

【企食 khiā-chiah】 站立而食。～～不好看～～m̄-hó-khoàⁿ⇨同上。

【企風 khiā-hong】 看風。在賭場外看風報信。～～的人～～ê-lâng⇨其人。

【企亭 khiā-thêng】 立正。直立。企亭亭khiā-thêng-thêng⇨同上。～～車糞斗～～chhia pùn-táu⇨立正與翻跟斗。

【企厝 khiā-chhù】 同企家。企居。～～該好厝邊，做田該好田邊～～ài hó～～, chò-chhân ài hó-chhân-piⁿ⇨喻好隣居爲最要緊。自己也該做別人的好隣居。

【企家 khiā-ke】 住家。～～人～～lâng⇨非營商之人。

【企起 khiā-khí】 居住。企家。逐家做伙～～tak-ke chò-hóe～～⇨大家一起居住。

【企班 khiā-pan】 古時在衙門中站立兩旁助威的衙役旗軍。做～～的chò～～ê⇨意謂湊熱鬧的。我共你～～做獅象goá kā-lí～～chò sai-chhiūⁿ⇨我做你的裝飾品。

【企徙 khiā-soá】 企居與遷徙遷移。眞捷～～chin-chiap～～⇨頻頻搬家。

【企棧 khiā-chàn】 開設棧間。～～糶米～～thiò-bí⇨同上。

【企猴 khiā-kâu】 木然而立。同企菁仔叢khiā-chheⁿ-á-châng。戇人帶於許日頭中央拎～～gōng-lâng toā-tī-he jit-thâu tiong-ng teh～～⇨同上。

【企開 khiā-khui】 閃開。退避開出一線通道。囡仔～～大人展威gín-á～～, toā-lâng tián-ui⇨尊讓大人的一種戲謔語。

【企齊 khiā-chê】 排隊整齊。～～看誰較高～～khoàⁿ-siâng khah-koân⇨立正比較誰高。

【企脚 khiā-kha】 ㈠暫時居留。畧同寄脚。㈡合股做商理。畧同企股。投些資當～～tâu-che-chu thang～～⇨投些資本以便立足。

【企牌 khiā-pâi】 ㈠立墓石。立石牌。～～題字～～tê-jī。㈡掛招牌。～～做醫生～～chò (chòe) i-seng⇨同上。

【企旗 khiā-kî】 豎立旗幟。創立旗號。～～謀反～～bô-hoán⇨獨立運動的古名詞。

【企拎 khiā-leh】 khiā-lè。站立。坐拎的人，不知～～的人脚酸chē-leh ê lâng, m̄-chai～～ê lâng kha-sng⇨坐者不知立者之苦。喻人須有設身處地體貼別人的同情心。

【企廊 khiā-phô͘】 開辦糖廊。廊爲古時製糖廠。

【企像 khiā-siōng】 設立銅像留做紀念。～～紀念～～kì-liām⇨同上。

【企壽 khiā-siū】 生前預估的棺木。

【企算 khiā-sǹg】 可以算，算做……。～～家己的人～～ka-kī ê lâng⇨算起來是自家人。

【企館 khiā-koán】 設立武館。出師～～也chhut-sai～～ā⇨離開師門自立武館。

【企壁 khiā-piah】 站立壁邊。老師懲罰學生的一種方法。被人罰～～hō͘-lâng hoat～～⇨同上。

【企頭 khiā-thâu】 做首領。阿三拎～～a-sam teh～～⇨同上。

【企縫 khiā-pâng】 縫衫pâng-saⁿ。裁縫的一種針法。

【企鵝 khiā-gô】 企鵝，南極的海鵝。penguin的譯名。

【企旛 khiā-hoân】 立祭旗。～～放赦～～pàng-sià⇨企旗燒紙等等以爲亡人求福。

【企橱 khiā-tû】 木橱。

【企叢 khiā-chāng】 立木。～～該留抒～～ āi lâu-lê⇨同上。

【企鐘 khiā-cheng】 坐鐘。

【企癮 khiā-giàn】 謂站以過癮。喻勿站。你是抒～～的不lí sī teh～～ê-m̄⇨你不是在站癮嗎。

【企靈 khiā-lêng】 人死～～lâng-sí～～⇨同上。一定的時間之後，才除靈與祖先會祀。

【企民壯 khiā-bîn-chòng】 民壯古之民兵。喻木然站立不知所事。啥人叫你抒～～～siáⁿ-lâng kiò-lí teh～～～⇨同上。

【企高山 khiā-koân-soaⁿ】 喻保持中立。～～～，看馬相踢～～～khoàⁿ-bé sio-that⇨同上。

【企倒頭仔 khiā-tò-thâu-á】 詐騙的方法之一。個都～～～～去共拂的in to～～～～khì kā-hut-ê⇨他們是使用反間之計去詐騙他的。倒tò亦作桌toh,蓋企桌頭乃立在桌邊替童乩讀字傳神意之人也。意謂僞冒神（人）意也。

# khiah

khiah
**缺** 器破也。虧khui也。毁húi也。瓦陶玉石之類破phoà也。碗破～oáⁿ phoà～⇨碗有缺口。圳崩～chùn pang～⇨圳岸有缺口。山崩～soaⁿ pang～⇨山峯有崩毁之處。此等缺khiah皆缺口khoat-kháu之缺khiah，而非間隙kan-kek之隙khiah。日本自譽其天皇是萬世一系bān-sè-it-hē金甌無缺kim-au-bû-khoat，即無缺bô-khiah而非無隙bô khiah也。月有盈虧圓缺goat iú-êng-khui oân-khoat，即月有虧khui亦即有缺khiah也。

【缺仔 khiah-á】 小缺口siáu-khoat-kháu。水圳有崩一～～，拍算無啥要緊chúi-chùn ū-pang chit～～,phah-sǹg bô-siaⁿ iàu-kín⇨水圳崩一小缺口，預計無甚大碍。

khiah
**隙** 壁孔piah-khang也。穿穴chhoan-hiat，亦即人爲之孔khang穴hiat，非破毁者也。光陰如白馬之過隙kong-im jî pek-má chi kò-khek，此隙khek此隙khiah是壁孔piah-khang，也可能是門縫mn̂g-phāng，非碗缺oáⁿ-khiah也。但是而今，缺khiah似已被隙khiah所兼併kiam-pēng，而退居於缺khih，例如缺碗khih-oáⁿ，缺角khih-kak，缺嘴khih-chhùi等之小王國矣。無孔無～bô-khang-bô～⇨無穿孔也無缺口或間隙，喻無缺點khoat-tiám。一孔一～人攏知了chit-khang-chit～lâng lóng-chai-lò⇨各種問題，大小缺點，大家皆清楚明白了。

【隙仔 khiah-á】 缺仔khiah-á，已無分別。恰如鬼抒，一孔仔一～～伊都知kah-ná kúi-leh, chit-khang-á chit～～i to-chai⇨宛然像鬼一樣，任何一個小小事情他都知之。

# khiak

khiak
**矍** 矍鑠khiak-siak，輕健kheng-kiān的様子。老年人老而身體愈見輕健的專用詞。～～哉是翁也～～chāi sī-ong-iā⇨稱讚古名將馬援má-oân老當益壯ló-tong-ek-chòng之詞。精神～～cheng-sîn～～⇨同上。

【矍矍叫 khiak-khiak-kiò】 物堅固之聲。

khiak
**却** 却khiok也。却是khiok-sī亦曰却是khiak-sī。却說khiak-soeh曰却說khiak-seh（見khiok部）。

khiak
**搉** 敲擊也。以五指敲khau之曰搉khiak。

【搉頭殼 khiak-thâu-khak】 五指擊頭也。壞囡仔該叫來～～～hāi-gín-á āi kiò-lâi～～～⇨壞東西，應該叫來打腦袋。

【搉五根枷 khiak-gō-kin(kun)-kê(kôe)】 同搉頭殼khiak-thâu-khak。五根枷gō-kin-kê者五指齊屈曲之以擊打也。天對地，侯杓對飯籮，鼎蓋對鼎刷，頭殼碗對～～～thi$^n$ tùi-tē, hāu-hia tūi pn̄g-leh, tiá$^n$-kám tùi tiá$^n$-chhè, thâu-khak-oá$^n$ tùi～～～⇨古學童的傑作。

khia̍k **戛** 古兵器名。戟kek也。

khia̍k **嘎** 鳥鳴聲。

【嘎嘎 khia̍k-khia̍k】 木屐ba̍k-kia̍h聲，馬蹄bé-tê聲等皆曰嘎嘎khia̍k-khia̍k。又惡形惡狀亦曰嘎嘎khia̍k-khia̍k。脚屐聲～～叫扲來也啦kha-kia̍h-sia$^n$～～kiò teh-lâi-ā-lâ⇨同上。馬蹄聲～～叫有聽見也啦bé-tê-sia$^n$～～kiò ū-thia$^n$-kī$^n$(ī$^n$)-ā-lâ⇨同上。許～～哮不知是什麼鳥he～～hàu m̄-chai sī sa-ma(mi)-chiáu⇨那～～哮的不知是何鳥。彼顆不成人更安爾惡～～歹死死呢hit-kho· m̄-chiâ$^n$-lâng koh-an-ne(ni) ok～～phái$^n$-sí-sí-neh⇨同上。

## khiam

khiam **兼** 兼kiam也（見kiam部）。一～兩顧，摸蜊仔～洗褲it～liáng-kò·, bong-lâ-á～sé-khò·⇨同上。

khiam **謙** 敬讓。溫良恭～un-liâng-kiong～⇨同上。自～chū～⇨同上。

【謙卑 khiam-pi】 謙讓。～～有禮～～iú-lé⇨同上。

【謙恭 khiam-kiong】 謙讓恭敬。為人～～ûi-jîn～～⇨同上。

【謙詞 khiam-sû】 恭敬的言詞。自謙之詞。

【謙遜 khiam-sùn】 謙己遜人。人蓋～～lâng kài～～⇨同上。

【謙讓 khiam-jiāng】 同謙恭。～～的美德～～ê bí-tek⇨同上。

khiám **歉** 不滿足，不圓滿。道～tō～⇨請恕。

【歉收 khiám-siu】 減收。農作物減產。

【歉疚 khiám-kiū】 深自責。～～之情～～chi-chêng⇨同上。

【歉意 khiám-ī】 自責之意。並致～～pēng-tī～～⇨信中請恕的慣用詞。

khiàm **欠** 財物損失。不足。開口透氣。取貨未付值曰欠khiàm。

【欠人 khiàm-lâng】 欠債於別人。亦即債務。～～人欠～～lâng-khiàm⇨債務與債權。

【欠孔 khiàm-khang】 欠錢使用。者久仔較～～chiá-kú-á khah～～⇨最近錢路不自由。

【欠主 khiàm-chú】 借主。債務人。～～不肯還～～m̄-khéng-hêng⇨同上。

【欠用 khiàm-ēng】 欠錢使用。～～看若敍，講嘛～～khoà$^n$ goā-chē, kóng-mà⇨你沒錢，要多少，說吧。

【欠安 khiàm-an】 不平安。有病。身體～～sin-thé～～⇨同上。

【欠伸 khiàm-sin】 打哈氣。無眠道～～bô-bîn tō～～⇨同上。

【欠位 khiàm-ūi】 坐位不足。安爾抵好無～～an-ne tú-hó bo·～～⇨同上。

【欠重 khiàm-tāng】 重量不足。貨有～～hòe ū～～⇨同上。

【欠神 khiàm-sîn】 ㊀不逼眞。神像雕了較～～sin-siāng tiau-liáu khah～～⇨神像雕得不逼眞。㊁無氣力bô khì-le̍k。

【欠缺 khiàm-khoeh】 財或物不多。無財或物。錢較～～耳chî$^n$ khah～～niâ⇨只是錢不多而已。

【欠項 khiàm-hāng】 同欠錢。項為錢項。

【欠債 khiàm-chè】 欠人財物。～～怨財主，不孝怨父母～～oàn-châi-chú, put-hàu oàn hū-bó⇨喻人的劣根性。相～～來結夫妻sio～～lâi kiat-hu-chhe⇨謂前世相欠債，今生才結做夫妻相償還。夫妻打鬧時的勸解詞。

【欠碼 khiàm-bé】 現金不足。～～無當扠

～～bô-tāng-sa⇨欠現款無從籌措。

【欠賬 khiàm-siàu】 賒欠的賬項。～～人抾討了～～lâng-teh-thó-lō⇨同上。

【欠錢 khiàm-chîⁿ】 ㊀無錢。㊁銀不足。㊂欠債。

【欠字旁 khiàm-jī-pêng】 漢字部首之一。歃，欲，砍等字是也。

【欠花債 khiàm-hoe-chè】 斷不了的花債。桃色因緣。

【欠皇帝 khiàm-hông-tè】 欠皇帝的錢。我亦無～～～也goá ah-bô～～～ā⇨我並無欠交稅金也。

【欠脚債 khiàm-kha-chè】 跑冤枉路。

【欠一下跪 khiàm-chit-ē-kūi】 什麼方法都用了只差一跪（爲謝罪或請事）。爭差～～～～耳，什麼好話每講了了也cheng-chha～～～～niā, sa-ma hó-ōe mā kóng-liáu-liáu-ā⇨只差未作一跪而已，好話都講盡了。

【欠你的死人債 khiàm-lí-ê-sí-lâng-chè】 房中語。

khiâm 鉗 使双方不離曰鉗khiâm。亦作箝khiâm或拑khiâm。以手爲拑khiâm，以竹爲箝khiâm，以銅鐵爲鉗khiâm。皆通用。中央用蜈蚣釘～抾tiong-ng iōng gô-khî-teng～leh⇨中央以鈎釘挽稠抾bán-tiâu-leh。

【鉗仔 khiâm-á】 連接双方之具。挾物之具。

khiām 儉 節省。不奢侈。勤～khîn～⇨勤勞節省。大富由天，小富由勤～toā-pù iû thian, sió-pù iû khîn～⇨勸人認命，勤勞節儉以致小康。儉的人，較有底khiām-ê-lâng, khah-ū-té⇨儉的人根底較堅固。

【儉用 khiām-ēng】 節約費用。省食～～séng(sé^n)-chiah～～⇨同上。

【儉朴 khiām-phok】 節儉樸實。生活～～seng-oah～～⇨同上。

【儉省 khiām-séng】 不濫開支，減少開支。

【儉家 khiām-ke】 節約家庭的費用以顧家。人阮眞～～lâng goán chin～～⇨我們的某人，很顧家kò-ke。

【儉歛 khiām-liám】 節省減用。逐項該較～～抾tak-hāng ài khah～～leh⇨各事都應節儉。

【儉死死 khiām-sí-sí】 非常儉。一世人～～～敢甘食些時羞仔chit-sì-lâng～～～kám-kam chiah-chē sì-siù-á⇨一生儉得要命，豈甘食些點心之類。

【儉食儉穿 khiām-chiah-khiām-chhēng】 飲食衣著都盡量節省。

【儉腸揑肚 khiām- tn̂g-neh-tō】 飲食都不敢滿足，喩極度的節儉。一世人～～～～，結果亦是安爾耳chit-sì-lâng～～～～, kiat-kó ah-sī an-ne(ni)-niâ⇨一生極度節食儉用，結果，不過也是如此罷了。

## khian

khian 嗛 猿藏食頰內也。口銜也。食盡也。大食大呑曰嗛khian。無錢飯大碗～bô-chîⁿ-pn̄g toā-oáⁿ～⇨謂免錢的飯開懷大食。會～道該～呵ē～tō-āi～ō⇨能夠食就該大食吧。囡仔病一頓～五碗gín-á-phí chit-tǹg～gō-oáⁿ⇨小孩子一餐拂五碗（飯）。拂hut亦嗛khian也。

【嗛了了 khian-liáu-liáu】 拂了了hut-liáu-liáu。食了了chiah-liáu-liáu。食盡矣。有影彼缸飯講～～～ū-iáⁿ hit-khaⁿ-pn̄g kóng～～～⇨眞的那一大缸飯皆食盡了。

【嗛落去 khian-loh-khì(ì)】 彼三矼～～～講猶俫啦hit-saⁿ-kan～～～kóng iáu-boeh-lā⇨那三瓶拂下去竟還要呢。

khian 掔 擣頭也。撞也。擊也。乎伵老父～hō in-lāu-pē～⇨受老父痛打。較～亦不驚 khah～ah m̄-kiaⁿ⇨ 如何修理都不怕(不乖)。

【揵石頭 khian-chio̍h-thâu】 投石。不當於許～～～，會揵著人m̄-thang tī-hia～～～, ē khian-tio̍h-lâng⇨不可在彼地投石，可能會擊中人。

【揵頭殼 khian-thâu-khak】 擊打其頭(以懲罰)。被人～～～也否hō·-lâng～～～à ho·hⁿ⇨被人打了頭了，不是嗎(嘲其受太座修理)。

【揵五根枷 khian-gō·-kin-kê】 以五指擊頭。眞衰，被老師～～～～chin-soe, hō· lāu-su～～～～⇨大倒霉也，被老師揵頭殼。

khian
件
件kiāⁿ，計物之詞，視人爲物曰件khian。彼～hit～⇨那個東西。即～該修理chit～ài siu-lí⇨這個東西要敎訓敎訓。彼～所hit-khiān-só·⇨同前。件khian改讀khiān，或作㸩khiān，牛不從引也，又大也。

khian
騫
張騫tiuⁿ-khian，漢代能人也。～～遠使～～oán-sài⇨張騫爲使出西域通西洋的故事。

khian
牽
引之使前進也。連也。門～mn̂g～⇨門環，門扇上之鐵環用以牽動門扇者。

【牽引 khian-ín】 引而使前進。～～力～～le̍k⇨牽引的力量。～～機～～ki⇨引物前進的機器。

【牽仔 khian-á】 亦叫耳仔hīⁿ-á。小環或易於取動之小東西。例如：門～～mn̂g～～或桶～～tháng～～等是也。

【牽制 phian-chè】 因有所關連而從旁加以影響。受反對派的～～siū hoán-tùi-phài ê～～⇨同上。

【牽門 khian-mn̂g】 關門。

【牽連 khian-liân】 khan-liân。彼此有關係。有～～ū～～⇨同上。連累。～～到伊的朋友～～kàu i ê pêng-iú⇨朋友亦遭到連累。

【牽累 khian-lūi】 連累。有家眷的～～ū ka-koàn ê～～⇨同上。

khian
愆
罪過，過失也。超過曰愆khian。喪失或患惡疾亦曰愆khian。

【愆尤 khian-iû】 過失。功成身不退，自古多～～kong-sêng sin put thōe, chū-kó· to·～～⇨李白詩。

【愆陽 khian-iâng】 天旱或酷熱。根據古人陰陽之說，愆陽，陽氣過多也。

khián
犬
狗也。小～siáu～⇨細小的狗。己子的謙詞。鷹～eng～⇨走狗。惡～ok～⇨惡狗。獵～la̍h～⇨狩獵犬。子不嫌母醜，～不厭家貧chú put-hiâm bó-chhiú，～put-iām ka-pîn⇨喻犬之忠。

【犬子 khián-chú】 對人謙稱己子。

【犬馬 khián-má】 爲人效勞者。願效～～之勞goān hāu～～chi-lô⇨甘願做狗做馬爲你服務。

khián
畎
畎畝khián-bó·，田間也。舜居～～sùn ki～～⇨舜是農夫出身。

khián
遣
送也。發也。放逐也。差～chhe～⇨派遣。

【遣使 khián-sái】 差派外交官。

【遣派 khián-phài】 派遣。差遣。

khián
繾
繾綣khián-koán，情深意濃，纏綿難分。兩情～～liáng-chêng～～⇨同上。

khián
譴
責問也。官有罪降級也。

【譴責 khián-chek】 追問責任。

khiàn
揵
挽也。引也。有葱仔來～都上好也ū chhang-á lâi～to siāng-hó-à⇨有葱引香太好了。

【揵香 khiàn-phang】 烹飪上以葱蒜等料等引出香味也。

【揵損 khiàn-sńg】 怕引來禍端的迷信。厚～～kāu～～⇨多所迷信。

【揵蒜仔 khiàn-soàn-á】 以蒜作引香之料也。

khiân
乾
卦名也。象天，君也。父也。男也。

【乾造 khiân-chō】 算卜家以男爲～～，女爲坤造khun-chō，庚帖必以此開頭。

【乾坤 khiân-khun】 天地。宇宙。大局。一言定～～it-giân tēng～～⇨一句話決定了大局。又喻大事或大事業。大～～toā～～⇨大事業。變什麼大～～pīⁿ-sa-ma toā～～⇨計畫什麼大事業。又陰謀或什麼有趣的事情。～～袋～～tē⇨巨袋，據說能將整個乾坤袋入內。又戲喻男腎囊。謂其後代子孫皆裝在內。

【乾三連 khiân-sam-liân】 乾卦象三之字形。三橫皆連而不斷。～～～ 坤六斷八卦定乾坤～～～khun-liok-toān, pat-koâ tēng-khiân-khun⇨謂八卦是乾三連，坤六斷等八八六十四卦以定乾坤者也。六斷者三之中斷為六。

khiân
虔 固也。敬也。誠也。敬～的教徒kèng～ê kàu-tô⇨心實意誠的宗教信徒。

【虔婆 khiân-pô】 所謂三姑六婆之一。亦曰賊婆chhat-pô。以甜言蜜語引人入邪之老女也。

【虔誠 khiân-sêng】 心實意誠。

## khiang

khiang
鏗 金器的聲。堅定的聲。～～叫～～kiò⇨金器或磁器相擊的聲。

【鏗鏘 khiang-chhiàng】 樂器的聲。～～有力～～iú-lek⇨俗喻講話堅定有力量。

khiàng
強 能。能幹。強kiâng也。有～，無三輪半抢，囡仔道抱於手也ū～, bô sáⁿ-liân-poàⁿ-leh, gín-á tō phō·-tī-chiú-á⇨有辦法，未多久，孩兒就抱在手了(對少女婚而生子的戲謔)。

【強人 khiàng-lâng】 有辦法的人。有能力的人。

【強手 khiàng-chhiú】 能力高強。

【強脚 khiàng-kha】 ㊀同強手。㊁特別指女人的。能力高強的女人。殺潑利害sah-phoah-lī-hāi的女人。彼個查某眞～～hit-ê cha-bó·chin～～⇨那個女人彼能幹。

khiap
怯 駭怕。不大方，不合時宜。懦弱。膽小怕事。

【怯勢 khiap-sì】 劣勢。容貌乏善可述，條件惡劣。你若無嫌阮～～藉來講啦lí na bô hiâm gún～～chiah lâi kóng lá⇨你如不嫌我差勁，我們才來談吧。

## khiat

khiat
孑 無右臂之形。單也。單獨也。昔日不學孔天～，將我東坡為東皮 sek-jit put-hak khóng-thian ～, chiong-goá tong-pho ûi sok-phî⇨謂蘇東坡自嘆，有人將其名念成東皮也。

【孑孓 khiat-khoat】 蚊的幼蟲。

【孑立 khiat-lip】 孤立。煢煢 ～～êng-êng～～⇨同上。

【孑然一身 khiat-jiân-it-sin】 形單影隻，～～～～hêng-tan éng-chek,～～～～⇨李密陳情表。

khiat
戛 擊物也。擊物聲也。堅物相擊之聲也。俗作戛khiat。～道著也～tō toh-á⇨一戛就著火了。

【戛火 khiat-hóe(hé)】 擦燃火柴。打火石。

【戛一下 khiat-chit-ē】 戛地一聲。擊打一下。頭殼～～～⇨腦袋擊打一下。

【戛戛叫 khiat-khiat-kiò】 戛戛有聲。～～～不知是啥抢哮～～～m̄-chai sī sahⁿ teh-háu⇨戛戛有聲不知何物在鳴叫。

【戛道炮 khiat-to-phah】 頑童形容火柴之妙用。謂一擊炮一聲就光了。炮phah，著火聲。

khiat
吉 羼lān亦曰吉khiat，男陰也。羼～lān～⇨同上。～仔頭～á-thâu⇨龜頭ku-thâu。亦即羼屌（鳥）頭lān-chiáu-thâu(皆粗語)。

khiat
嘎 鳥聲也。堅物相擊之聲也。馬等以蹄搔地曰嘎khiat。

【嘎蹄 khiat-tê】 馬等以蹄抓地jiàu-tê。馬

抙～～bé teh～～⇨同上。

【嘎嘎叫 khiat-khiat-kiò】 其聲嘎嘎。外面～～～，敢是馬抙來goā-bīn～～～，káⁿ-sī bé-teh-lâi⇨外面嘎嘎有聲，可能是馬來了。

【嘎嘎哮 khiat-khiat-háu】 鳴聲嘎嘎。不知啥抙～～～m̄-chai-sahⁿ teh～～～⇨不知何物在鳴叫。

khiat **黠** 堅黑也。烏～烏～o͘～o͘～⇨甚黑。面眞烏～bīn chin o͘～⇨面色很黑。人較黑～lâng khah o͘～⇨其人黑一點。

khiat **擖** 取也。搏也。撲取也。力耕力拼力鬦皆曰擖khiat。拼命～來食piàⁿ-miā～lâi chiah⇨拼命力鬦來維持生活。個二個耐～in-nn̄g-ê nāi～⇨他們兩個人難決勝負。半暝亦著～poàⁿ-mêⁿ(mîⁿ) ah-tioh～⇨半夜也要力拼。硬爬強～ngē-pê-kiâng～⇨強硬登上去(山或高處)。少年人不～，老道～無siàu-liân-lâng m̄～, lāu tō～bô⇨年輕時不拼命趁錢老了就趁不到錢。一～千金，人所望也。

【擖山 khiat-soaⁿ】 強登山。好膽更來去～～啦hó-táⁿ koh laih-khì～～là⇨有膽的話(我們)再一起去爬山吧。

【擖擖做 khiat-khiat-chò(chòe)】 孜孜工作不倦chu-chu kang-chok put-koàn。安爾～～～都做未懶an-ne(ni)～～～to chò(chòe) bē(bōe)-lán⇨同上。

## khiau

khiau **橈** 曲木也。凡曲khiok皆曰橈khiau。又弱也。死亡俗曰橈khiau。不直不講理亦曰橈khiau。彎～oan～⇨不直。亦喻憍攲khiâu-khi。俗皆作曲khiau。三節六～saⁿ-chat lak～⇨很橈。

【橈面 khiau-bīn】 戽斗面hò͘-táu-bīn。～～的～～ê⇨同上。

【橈痀 khiau-ku】 駝背tô-pōe。亦曰隱痀ún-ku。～～的死過年，未得直～～ê sí-kòe-nî, bē (bōe)-tit-tıt ⇨ 喻事難得了結。亦作橈龜khiau-ku。

【橈勢 khiau-sì】 您厝戴～～每共款lín-tau tī～～mā kāng-khoán⇨你們家是王公大官也是一樣。勢sì，疑係紗帽se-bō，所謂太師帽之轉訛。

【橈橈 khiau-khiau】 彎的。不直的。彼枝～～未用得hit-ki～～bē(bōe)-iōng-tit⇨彼條(材)是不直的，不行。彎彎～～的人oan-oan～～ê lâng⇨佼憍攲gâu-khiâu-khi，不講理之人。要橈道～～，要直道直直 boeh-khiau tō～～ boeh-tıt tō tıt-tıt⇨如果不講理嗎，盡管可以歪曲，如果要講理嗎，乾脆照直行，皆存在一心也。

【橈檐 khiau-taⁿ】 兩端上翹之扁檐pún(pín) taⁿ。

【橈去也 khiau-khì(ì)-à】 死掉了。輕薄的語法。阿狗講～～～是否a-káu kóng～～～ sī-bò͘⇨阿狗據說死了眞的嗎。

【橈玲瓏 khiau lin-long】 很橈的。～～～歪～～～oaiⁿ⇨同上。

khiau **曲** 曲khiok也。俗橈khiau多作曲khiau。

khiau **蹺** 舉足也。足撓khiau曰蹺khiau。脚來～手來幮kha-lâi～chhiú-lâi-moa⇨嬉戲的情形。

【蹺脚 khiau-kha】 曲股khiok-kó͘。～～撚嘴鬚～～ lián-chhùi-chhiu⇨喻好命清閑的老人。

khiáu **巧** 技也。善也。能也。伶俐虛僞亦皆曰巧khiáu。上～，眞～，成～，蓋～siāng～, chin～, chiâⁿ～, kāi～⇨都是非常伶俐的各種語法。技～ki～⇨同上。精～cheng～⇨同上。奇～kî～⇨同上。夭壽～iáu-siū～⇨非常精巧的粗語。奸～kan～⇨同上。

【巧妙 khiáu-miāu】 精巧美妙。～～的安排

～～ê an- pâi⇨同上。

【巧氣 khiáu-khì】 巧神khiáu-sîn。生得蓋～～seⁿ-tit kài～～⇨同上。蓋kài，蓋世也。喻非常。

【巧骨 khiáu-kut】 天生的伶俐巧智。生做眞～～seⁿ-chō(siⁿ-chōe) chin～～⇨同上。

【巧神 khiáu-sîn】 伶俐的神氣。生做成～～seⁿ-chō(siⁿ-chōe) chiâⁿ～～⇨同上。

【巧言令色 khiáu-gân-lēng-sek】 虛僞的美詞麗句。～～～～鮮矣仁～～～～sián-ī-jîn⇨同上。

【巧取豪奪 khiáu-chhí(chhú)-hô-toat】 奸計騙取強暴硬奪。先人所遺留的都被～～～～散去了了也sian-jîn sō͘ ûi-liû-ê to pī ～～～～soàⁿ-khì liáu-liáu-à⇨同上。

【巧奪天工 khiáu-toat-thian-kong】 人工所製超過自然所成。確實有～～～～之妙khak-sıt ū～～～～chi miāu⇨同上。

【巧婦難作無米炊 khiáu-hū-lân-chok-bû-bí-chhui】 人講～～～～～～～也,無錢要講甚lâng-kóng ～～～～～～～iá, bô-chîⁿ boeh-kóng-sahⁿ (siahⁿ)⇨古人言,較巧之婦也無法無米炊出白飯,(既然)無錢了還要說什麼呀。

khiàu **翹** 舉也。高貌。尾起也。又死曰翹khiàu。腹肚枵,生屌～pat-tó͘-iau. lān-chiáu～⇨頑童的爛言。嘴～鼻～chhùi～phīn～⇨形容甚不高興之面容。

【翹歹 khiàu-tháiⁿ】 khiàu-thái。死亡的輕薄語。同橈去khiau-khì。～～去也～～khì-à⇨死掉了。

【翹尾 khiàu-bóe】 挺着尾。～～仔狗 ～～á-káu⇨同上。

【翹脊 khiàu-chit】 屋頂兩端朝天高翹者。人得未起～～的lâng tit-boeh khí～～ê⇨他們預定要蓋起翹脊之大第宅。

【翹翹 khiàu-khiàu】 高起。嘴～～chhùi～～⇨不高興。十七兩～～chap-chhıt-niú～～⇨死亡。十六兩一斤也。

khiâu **憍** 恣也。放縱也。通驕kiau。恃己凌物也。小人得志也。小童對父母強要曰憍。佼～gâu～⇨慣常哭鬧要東西。又扲～也iū-teh～à⇨又在哭鬧了。驕的佼～定著扲kiau-ê gâu～tiāⁿ-tioh-leh⇨驕者善憍,一定之理也。

【憍弔 khiâu-tiàu】 故作拗違以難人。～～人耳～～lâng-niâ⇨只是故意難人而已。

【憍苦 khiâu-khó͘】 同憍弔khiâu-tiàu。曼安爾～～人啦,拜託扲好否mài an-ne(ni)～～lâng-là, pài-thok-leh hó-bò͘⇨別這樣難爲人嘛,拜託一下好不好。

【憍欹 khiâu-khi】 拗違刁難。親成抵著～～的實在麻煩chhin-chiâⁿ tū-tioh～～ê sıt-chāi mâ hoân⇨婚姻事逢到憍欹之人,實麻煩也。

# khih

khih **缺** 器破也。器具毀損一端曰缺khih。燒磁的食～,織蓆的困椅sio-hûi-ê chiah～chit-chhioh-ê khùn-í⇨製陶業者使用破碗食飯,織蓆人家無蓆可睡而睡椅子。似乎是讚揚生產業者之敬業精神。你這有 ～ 也啥人要買lí-che ū ～ à siáⁿ-lâng boeh-bé⇨你此種有缺口者誰人要買之。一 ～ 一 ～ 看現現chıt ～-chıt～khoàⁿ-hiān-hiān⇨一個缺口一個缺口都可以看得清清楚楚也。金甌無～kim-au bô～⇨金甌無缺kim-au bû-khoat。日人自讚其皇室之詞。其實缺多矣。

【缺角 khih-kak】 缺口khoat-kháu。無彼類攏無 ～～ 的啦bô hit-lōe lóng-bô ～～ ê-lā⇨沒有那一種十全十美的也。打～～phah～～⇨弄得不完整。一仙錢亦未使得拍～～ chit-sián-chîⁿ ah-bē(bōe)-sái-tit phah～～ ⇨一個仙都不容弄丟了(弄成不足)。

【缺痕 khih-hûn】 缺璺khih-hûn通作缺痕khih-hûn。痕hûn,傷痕siang-hûn。璺hûn,

玉石裂縫也。無～～的道可啦bô～～ê tō hó-lā⇨沒有裂糾lı̍h-sûn者就好了。

【缺嘴 khih-chhùi】 缺唇khoat-tûn。～～的～～ê⇨其人。～～仔～～á⇨同前。

khı̍h 瘸 痟瘸瘸sán-khî-khî亦曰痟瘸瘸sán-khı̍h-khı̍h。亦曰痟瘸瘸sán-ngī-ngī。

【瘸瘸顫 khı̍h-khı̍h-chun】 發抖hoat-tó。寒到～～～koâⁿ-kà～～～⇨同上。驚到～～～kiaⁿ-kā～～～⇨怕得戰慄chiàn-lı̍k不已。

# khim

khim 欽 敬也。尊敬皇帝之詞也。

【欽犯 khim-hoān】 皇帝的犯人。掠～～liah～～⇨同上。

【欽命 khim-bēng】 皇帝的御使。俗稱欽差khim-chhe。

【欽定 khim-tēng】 皇帝親自審閱為定本者。～～憲法～～hiàn-hoat⇨皇帝審定的憲法。與民主憲法由人民審定有別。

【欽案 khim-àn】 承御旨辦理的案件。

【欽差 khim-chhe】 皇帝親遣的辦事人員。特命頒授關防者謂之～～大人～～tāi-jîn，威權甚重。

【欽准 khim-chún】 御准。親准。

【欽授 khim-siū】 同欽賜。

【欽敬 khim-kèng】 尊敬。

【欽賜 khim-sù】 御賜。親授。～～進士出身～～chìn-sū chhut-sin⇨御賜進士出身。

【欽選 khim-soán】 皇帝親自選拔。

【欽點 khim-tiám】 皇帝親自點出。～～狀元～～chiōng goân⇨同上。

【欽天監 khim-thian-kàm】 古官署名。掌理天文，曆數等事務。

【欽此欽遵 khim-chhú-khim-chun】 古時所謂聖旨的套詞，用在聖旨之末，以示隆重。或單用欽此兩字。按當與一般書翰中所用，謹此kín-chhú，肅此siok-chhú，敬此kèng-chhú或草此chhó-chhú等詞，意義爭差不多。

khim 襟 衣之領也。懷也。兩壻相稱曰連襟liân-khim。淚滿～lī-boán～⇨淚水沾滿衣領。或作衿。鷄～胸ke～heng⇨鷄胸肉。

【襟侄 khim-tı̍t】 妻子之姊妹之子。

【襟胸 khim-heng】 ㈠禽之胸部。肉最肥厚之處。亦謂最好吃之肉。鷄～～ke～～。㈡喻最好最重要之地區。你攏揀彼類鷄～～的地點lí lóng kéng-hit-lōe ke～～ê tē-tiám⇨你皆選擇那些最好的地點。

【襟章 khim-chiong(chiang)】 胸章。

khim 衾 被phōe也。大被也。又斂尸之被也。男女同～lâm-lí tông～⇨同上。棺槨衣～koan-kok-i-～⇨收尸所需之物。同～共枕tông～kiōng-chím⇨同上。

khim 矜 憐閔lîn-bín也。崇敬也。自賢自大也。哀～而勿式ai～jî hu̍t-sek⇨同上。天～于民thian～î bîn⇨同上。不～而莊put～jî chong⇨同上。不～細行put～sè-hêng⇨同上。

【矜式 khim-sek】 敬而效法。人皆～～jîn kai～～⇨同上。

【矜持 khim-chhî】 拘謹khu-kín。不可～～太過put-khó～～thài-kò⇨同上。

【矜恃 khim-sī】 自視甚高。驕傲kiau-ngō。各自～～kok-chū～～⇨同上。

【矜誇 khim-khoa】 以功或才高而驕傲。驕淫～～kiau-îm～～⇨同上。

khîm 琴 樂器也。月～goeh～⇨同上。風～hong～⇨同上。洋～iâng～⇨同上。彈～toâⁿ～⇨同上。

【琴仔 khîm-á】 琴。月琴。

【琴弦 khîm-hiân】 琴與弦。琴線。

【琴桌 khîm-toh】 置琴的小桌。

【琴堂 khîm-tông】 縣官治事之處。古有縣官但彈其琴而地方稱治。

【琴椅 khîm-í】 風琴或鋼琴奏者的坐椅。

【琴童 khîm-tông】 書童。

【琴瑟 khîm-sek】 琴與瑟的兩種樂器。～～和鳴～～hô-bêng⇨稱美夫妻之和合。

【琴劍 khîm-kiàm】 古士人隨身之物。

【琴線 khîm-soàⁿ】 琴的弦線。

【琴彈 khîm-toâⁿ】 彈弦之爪。

【琴聲 khîm-siaⁿ(seng)】 琴之聲音。

【琴譜 khîm-phó͘】 樂譜。琴曲之譜。

【琴棋詩畫 khîm-kî-si-ōe】 古士女之基本修養。針黹女工～～～～無有不能者chiam-chí-lí-kang～～～～bû-iú put-lêng-chiâ⇨同上。

khîm **擒** 本作拴。捉也。手捉物也。生～活掠chheⁿ～oah-lia̍h。

【擒捉 khîm-chiok】 活捉也。逮捕。～～賊徒～～chha̍t-tô͘⇨活捉賊衆。

【擒掠 khîm-lia̍h】 逮捕tāi-pó͘。

【擒賊擒王 khîm-chha̍t-khîm-ông】 喻作事應扼要有先後。射人先射馬，擒賊先擒王siā-lâng seng siā-bé, khîm-chha̍t seng khîm ông⇨同上。

khîm **禽** 鳥類也。飛～走獸hui～cháu-siù⇨同上。家～ka～⇨人類所畜養之鳥類。

【禽獸 khîm-siù】 兩足而羽者爲禽，四足而毛者爲獸。豬狗～～ti-káu～～⇨①豬狗亦禽獸也。②喻不言禮儀廉恥者。猩猩能言，不離～～seng-seng lêng-giân, put-lī～～⇨猩猩雖然能說話，還是脫離不了禽獸的身份。

khîm **噙** 口含物也。

【噙淚 khîm-lūi】 目屎含抄ba̍k-sái kâm-leh。

【噙若寒蟬 khîm-jia̍k-hân-siân】 閉口不言語pī-kháu put-giân-gí。噙khîm亦作噤kīm。

khîm **檎** 林檎lîm-khîm, apples也。蘋果也。

# khin

khin **輕** 重之對稱也。微小也。容易也。鄙賤也。物～意重 mi̍h～ì tāng，物輕意重 but-kheng ì-tiōng也。

【輕力 khin-la̍t】 不加力。～～仔剝，紙藉未剝破去～～á-pak, choá chiah bē-pak-phoà-ì⇨輕輕地剝，紙才不致剝破了。

【輕手 khin-chhiú】 不加力於手。～～洗，藉未損破去～～sé(sóe), chiah bē(bōe) kòng-phoà-ì(khì)⇨輕手洗才不致打破他。

【輕可 khin-khó】 輕易可爲之事。即類工課有夠～～也chit-lōe khang-khòe ū-kàu～～à⇨此種工作十分輕鬆的了。～～～～仔～～～～à⇨很輕可。

【輕孝 khin-hà】 遠親之喪。帶～～toà～～⇨同上。

【輕快 khin-khǎi】 凡事不拖延不貪懶。說做就做。也許應作勤快khîn-khoǎi。伊做人也眞～～i chō-lâng iā chin～～⇨他做人很勤快。

【輕利 khin-lāi】 利子輕。～～重利～～tāng-lāi⇨同上。

【輕身 khin-sin】 身體不鈍重。伊較～～藉跳會過i khah～～chiah thiàu-ē-kōe⇨他比較輕身才跳得過去。

【輕省 khin-séⁿ】 省事séng-sū。安爾藉較～～不an-ne chiah khah～～m̄⇨如此才不痲煩嗎。

【輕重 khin-tāng】 ㊀重量。稱看～～安怎chhìn-khoàⁿ～～an-choáⁿ⇨稱其重量如何。㊁重要不重要。不八～～的人m̄-bat(pat)～～ê lâng⇨不識重要性如何之人。㊂關鍵。死活。不知人的～～m̄-chai lâng ê～～⇨不知人家的死活。全不同情人（此處的人多指一人稱）。

【輕罪 khin-chōe】 輕的罪。～～不罰～～

put-hoat⇨同上。

【輕傷 khin-siang(siong)】 微傷。淺傷。～～耳～～niâ⇨同上。

【輕稱 khin-chhìn】 ㊀不準確的稱chhìn。㊁外形蓬鬆重量比體積小的東西。木耳眞～～bok-jí chin～～⇨木耳很輕稱。

【輕銀 khin-gîn】 鋁。Aluminium。

【輕輕 khin-khin】 很輕。未用得～～道放伊去bē-ēng-tit～～tō pàng-i-khì⇨不能很輕就放過他。

【輕墨 khin-bak】 薄墨。不濃的墨色。

【輕鬆 khin-sang】 精神愉快。沒有多大責任感也。～～的空課～～ê khang-khōe⇨輕鬆的工作。

【輕輕仔 khin-khin-a】 甚輕。～～～摸～～～bōng⇨輕手撫摸。～～～提～～～theh⇨小心提動之。～～～行過，不當踏破去～～～kiâⁿ-kòe, m̄-thang tah-phoà-khì(ì)⇨小心走過去，不要踏破了他。

【輕輕可可 khin-khin-khó-khó】 甚輕可。～～～～的不做，扁擔鋸頷你道知～～～～ê m̄-chò, pín-taⁿ kì-ām lí-tō-chai⇨輕鬆的不做，到了用扁擔擔送時你就知道(苦)了。

【輕聲細說 khin-siaⁿ-sè-soeh】 說話溫柔。我這大聲馬喉的，未曉～～～～goá-che toā-siaⁿ-bé-âu-ê bē-hiáu～～～～⇨我乃大聲馬喉之人，不懂得說細聲話。

khin
**鏗** 鏗鏘khin-khiang(kian-chiāng)，金屬聲，磁器聲。

【鏗鏘叫 khin-khiang-kiò】 碗盤仔～～～也oán-poâⁿ-á～～～ā⇨碗盤在鏗鑒有聲了。

【鏗鏗鏘鏘 khin-khin-khiang-khiang】 同上。khin-lin-khiang-liang⇨同音變。

khîn
**芹** 蔬菜之一。即芹菜khîn-chhài也。有濃厚的芳香。

khîn
**勤** 勞苦也。憂也。望也。辛～sin～⇨同上。服～hok～⇨同上。皆～kai～⇨同上。

【勤工 khîn-kang】 勤苦於工作。

【勤王 khîn-ông】 盡力於王事。義師～～gī-su～～⇨爲協助皇帝而集合的軍隊。

【勤苦 khîn-khó】 勤儉而苦勞。

【勤勉 khîn-bián】 勤儉而又勉力於本分。

【勤務 khîn-bū】 服務。～～兵～～peng⇨同上。

【勤勞 khîn-lô】 勤勉勞苦。～～大衆～～tāi-chiòng⇨同上。

【勤儉 khîn-khiām】 勤勞而節儉。～～爲治家之本～～ûi tī-ka chi pún⇨勤勞是治家之基本。

【勤學 khîn-hak】 全心盡力於學業。常～～時時勤siāng～ sî-sî-khîn⇨同上。

【勤謹 khîn-kín】 勤勞而謹愼。

【勤讀 khîn-thok】 勤於讀書。～～聖賢書～～sèng-hiân-si(su)⇨同上。

【勤能補拙 khîn-lêng-pó-choat】 ～～～～儉足潤身～～～～khiām chiok-lūn-sin⇨同上。

khīn
**鏗** 鏗鋻khīn-khiang，金屬聲，磁器聲。

【鏗鋻 khīn-khōng】 聲。石聲。石頭～～chioh-thâu～～⇨石多貌。

【鏗鋻叫 khīn-khōng-kiò】 石聲。

【鏗鏗鋻鋻 khīn-khīn-khōng-khōng】 大石聲。khīn-līn-khōng-lōng⇨同音變。

## khio

khiò
**口** 口kháu也。

khiò
**扣** 扣khàu也

khiò
**祛** 禳也。道也。一種邪術妖法曰竅或作祛。做～chò(chòe)～⇨弄邪術以害人。據說，能蠱惑人亦能致災厄於人。乎人做～的

hō·-lâng chò(chōe)～è⇨被人施行邪術的。

【袪兆 khiò-tiāu】 厚～～kāu～～⇨袪神重khiò-sîn tāng。

【袪神 khiò-sîn】 ～～眞重～～chin-tāng⇨謂其人深信有其邪術。

khiò **怯** 多畏to-ùi也。懦弱也。心～sim～⇨心裡畏之。情～chêng～⇨心中怕怕的。

【怯場 khiò-tiû$^{n}$】 驚場kia$^{n}$-tiû$^{n}$。考試會～～道較輸khó-chhì ē～～tō khah-su⇨考試會驚場就差一點。未～～道贏三分也bē～～tō iâ$^{n}$ sa$^{n}$-hun a⇨不驚場就先勝三分了。

## khioh

khioh **扱** 斂也，收也，撿也，獲也，舉也，引也，集也，生也等等，幾乎作爲都可以曰扱khioh。俗作拾khioh，只重於撿取之義。

【扱人 khioh-lâng】 學習他人。～～的樣～～ê iū$^{n}$⇨學習他人爲範本。～～的糟粕～～ê chau-phoh⇨拾取他人之餘惠。～～的死鳥～～ê sí-chiáu⇨倣效他人成就而居其利。～～的屎尾仔～～ê sái-bóe-á⇨拾人之餘惠。(卑視詞)。

【扱孔 khioh-khang】 尋藉口。～～佅拂伊～～boeh-hut-i⇨尋機會要修理他。早道扲～～也chá tō-teh～～a⇨早就在找藉口了。

【扱字 khioh-jī】 ㊀文撰。～～的～～ê⇨文撰工。㊁撿拾廢字紙。～～紙～～choá⇨撿拾廢紙，一種所謂尊孔的遺風。

【扱扲 khioh-leh】 扱khioh。面該略仔～～不藉好看，未曉做生理不bīn ài lio̍h-á～～m̄-chiah hó-khoà$^{n}$, bē-hiáu chò-seng-lí m̄⇨貨面需要略選擇安排才好看嗎，你眞不懂做生理也(指其不知扱面)。

【扱姐 khioh-chiá】 產婆。助產婦。

【扱金 khioh-kim】 扱骨khioh-kut。人死而葬曰凶葬hiong-chòng，若干年後，掘墓開棺取其骨骸安排於金斗甕kim-táu-àng內，是爲扱金khioh-kim。然後擇吉選風水重新埋葬入土，是爲吉葬kiat-chòng。

【扱面 khioh-bīn】 選取較佳或較大之貨品排放於表面。商人多爲之。我這攏眞齊啦，無～～啦goá che lóng chin chiâu-lâ, bô～～lâ⇨我此貨(例如柑仔等)皆一樣好也，不扱面也。

【扱恨 khioh-hīn】 長記舊恨而不忘懷。甚㤄～～亦不可siu$^{n}$-gâu～～ia̍h m̄-hó⇨太記舊恨也不必也。

【扱怨 khioh-oàn】 同扱恨khioh-hīn。

【扱拾 khioh-si̍p】 整理整頓。保存。㤄～～gâu～～⇨善於整理整頓。善於保存保留物件。

【扱柴 khioh-chhâ】 採伐薪柴。上山～～chiū$^{n}$-soa$^{n}$～～⇨上山採薪。

【扱骨 khioh-kut】 同扱金khioh-kim。

【扱屑 khioh-seh】 撿取碎物。～～仔～～á⇨撿拾稻穗等者。乘勢取利。豈好孔佅佗～～ká-hó-khang, boeh-tah～～⇨豈能那麼好，那裏有(餘)利可撿。

【扱貨 khioh-hòe】 搳貨hak-hòe。採購貨物。該更～～也ài-koh～～à⇨須再搳貨了。

【扱桷 khioh-ka̍k】 廢物。不讀書道～～也m̄-tha̍k-si tō～～⇨不讀書廢物也。

【扱款 khioh-khoán】 同扱孔khioh-khang。～～共伊修理～～kā-i siu-lí⇨扱孔整他。

【扱稅 khioh-sòe】 課稅。收稅。～～扱眞絯～～khioh chin ân⇨課稅課得甚緊。

【扱路 khioh-lō·】 開路。整修道路。保正吩咐明仔哉佅～～pó·-chèng hoan-hù bîn-á-chài boeh～～⇨保正吩咐明天要扱路(各戶都要派出公工)古時道路多是住民自己保養。

【扱著 khioh-tio̍h】 撿到。～～金仔～～kim-á⇨撿到金塊。～～性命～～sè$^{n}$-miā⇨幸免一死。乞食～～死鷄khit-chia̍h～～sí-ke⇨喻撿到意外的幸運。

【扱像 khioh-siāng】 臨摹人像。同扱肖影

khioh-siàu-éng。

【扱錢 khioh-chîⁿ】 勸募捐獻。免煩惱啦，我藉共你～～bián hoân-ló-là, goá chiah kā-lí ～～⇨沒問題(你死)我爲你募捐(辦後事)(朋友間的笑謔)。

【扱擔 khioh-tàⁿ】 將貨物打包成擔以便擔送taⁿ-sàng。

【扱鬮 khioh-khau】 抽鬮thiu-khau。抽籤thiu-chhiam以定份。

【扱司仔 khioh-sai-á】 收徒授業。司仔sai-á，徒弟也。

【扱囝仔 khioh-gín-á】 生子。阿花講～～～也否，恭喜恭喜a-hoe kóng～～～ â-hohⁿ, kiong-hí kiong-hí⇨阿花聽說生孩子了，恭喜恭喜。

【扱魚簄 khioh-hî-hâng】 構築魚簄。魚簄hî-hâng者，將溪流圍合爲一大股，而以大竹縛成凵khám字形的大竹篇承之以捉魚之大構築物，多由全村總動員合作而成。我父陳茂公一生擔任其主持人兼總工程師，及我父病，村衆強要我代行，謂你來去看道可，迫得我無法拒絕，亦一永生記憶也。

【扱鋸仔 khioh-kì-á】 磨利鋸齒及調整其齒列。亦曰洗鋸仔sé-kì-á。

【扱豬屎 khioh-ti-sái】 撿拾豬糞爲肥料。未八～～～道抵著豬落屎bōe-bat～～～tō tú-tioh ti lâu-sái⇨喻運途不佳，初開業竟逢到惡運。

【扱規下 khioh-kui-ē】 收拾在一處。闌珊的～～～lân-san-ê～～～⇨闌珊錢聚合於一處(以成大錢)。闌珊lân-san者衰落也。零零星星lêng-lêng-seng-seng曰闌珊lân-san。

【扱歸項 khioh-kui-hāng】 同扱歸下khioh-kui-ē。

【扱歸擔 khioh-kui-tàⁿ】 整合成擔。～～～來擔較好勢～～～lâi-taⁿ khah-hó-sè⇨整合成擔而擔之好辦也。

【扱歸載 khioh-kui-chài】 扱貨扱到夠整車(船)。

【扱肉幼仔 khioh-bah-iù-á】 撿拾碎肉。喩乘人打架順勢打人。～～～～扱無討的～～～～ khioh-bô-thó-ê⇨謂順勢打人可不負責。

【扱落穗仔 khioh-lâu-sūi-á】 撿拾落穗。

**khioh 拾** 扱khioh俗多作拾khioh。乃有扱拾作拾拾khioh-sip的出現。

**khioh 却** 却khiok→khioh。阿腰仔，阿～仔，阿葉仔，阿惜仔a-io-a, a～à, a-hioh-à, a-sioh-à⇨往昔常見的貧家婦女名。前兩名表示粗俗，亦即收養的(腰io養io之諧音)，撿來的。後兩名即表示高貴，亦即金枝玉葉，及所痛愛的。蓋惜sioh即痛愛也。

【却是 khioh-sī】 khiok-sī。不是關雲長，不是楚霸王，～～走麥城～～敗烏江m̄-sī koan-hûn-tiâng, m̄-sī chhó͘-pà-ông,～～ cháu-beh-siâⁿ,～～pāi-o͘-kang⇨一句謎題。其答案爲：翡翠húi-chhùi。翡不是項羽不是關羽也，翠是關羽項羽皆卒也。

# khiok

**khiok 曲** 不直也。邪僻也。細事也。部屬也。屈～khut～⇨同上。委～求全úi～kiû-choân⇨同上。暗通款～àm-thong khoán～⇨同上。部～pō͘～⇨同上。文～星būn～chheⁿ⇨傳說：狀元即是文曲星所轉生云。

【曲尺 khiok-chhioh】 木工用的直角銅尺。

【曲折 khiok-chiat】 彎蹺oan-khiau。內容有～～lāi-iông ū～～⇨同上。～～離奇的案件～～lî-kî ê àn-kiāⁿ⇨同上。

【曲直 khiok-tit】 是非～～，自有公論sī-hui～～chū-iú-kong-lūn⇨同上。

【曲筆 khiok-pit】 歪曲事實之寫法。史官的～～掩蓋了眞相sú-koaⁿ ê～～am-khàm-liáu chin-siòng⇨同上。

**【曲解 khiok-kái】** 解歪kái-oai。會錯意hōe-chhò-ì。人是痛你，你共人掠做咬你，是你家己～～的lâng sī thiàⁿ-lí, lí kā-lâng liah-chò kā-lí, sī-lí ka-kī～～ê⇨同上。搦同掠。

**【曲線 khiok-soàⁿ】** 波狀線條。～～美～～bí⇨言女子體態的美麗。

**【曲調 khiok-tiāu】** 曲調khek-tiāu的讀書音。

**【曲高和寡 khiok-ko-hô-koáⁿ】** 知音合唱者少。～～～～，結果是無疾自終～～～～，kiat-kó sī bû-chit chū-chiong⇨同上。

**【曲終人散 khiok-chiong-jîn-sàn】** 喻事已完畢。人講～～～～隨人走也lâng-kóng～～～～sûi-lâng cháu-à⇨同上。

khiok **脚** 脚kha之文讀也。

**【脚本 khiok-pún】** 戲册hì-chheh。記錄演員的口白kháu-peh，科介khoe-hâi以及舞台佈置等的戲劇底本。亦即劇本kek-pún。俗曰脚本khau-pún或kha-pún。

**【脚迹 khiok-chek】** 脚跡kha-jiah。憐人憐～～，憎他憎九族lîn-jîn lîn～～, cheng-thaⁿ cheng kiú-chok⇨昔時賢文。

khiok **却** 退也。不受也。猶但也。退～thòe～⇨同上。了～心事liáu～sim-sū⇨同上。看是老實，～會去開khoàⁿ sī láu-sit，～ē-khì khai⇨外表看來老實，但是會偷出去冶遊。

**【却步 khiok-pō͘】** 畏縮不前。知者～～ti-chià～～⇨同上。

**【却是 khiok-sī】** khioh-sī。但是。不是楚霸王～～走麥城，不是關夫子～～敗烏江put-sī chhó͘-pà-ông～～cháu beh-siâⁿ, put-sī koan-hu-chú～～pāi o͘-kang⇨謎題，打物一。(謎底：翡翠húi-chhùi。)

**【却說 khiok-soat】** 舊小說中轉話題的套詞。

**【却敵 khiok-tek】** 退敵thè-tek。～～有功～～iú-kong⇨同上。

**【却之不恭 khiok-chi-put-kiong】** 拒收乃不敬也。～～～～，受之有愧～～～～，siū-chi iú-khùi⇨收紅包之好藉口chiah-kháu。

# khiong

khiong **姜** 姜kiang也。姜kiong也。姜太公釣魚kiang-thài-kong tiò-hî⇨姜太公釣魚謂離水三寸，願者上鈎，不願者回頭。

khiong **疆** 疆kiang也。疆kiong也。邊疆phian-kiang⇨邊疆phian-khiong。

khióng **恐** 懼kī也。威嚇ui-hek也。又疑也。臆度ek-tok也。驚惶kiaⁿ-hiâⁿ也。驚～kiaⁿ～⇨懼怕kī-phàⁿ。惶～hông～⇨恐懼khióng-kī。停舟暫借問，或～是同鄉thêng-chiu chiām-chioh-mn̄g, hek～sī tông-hiang⇨古詩。深～變卦chhim～piàn-koà⇨甚怕事有改變。

**【恐怖 khióng-pò͘】** 驚懼kiaⁿ-kī。～～政治～～chèng-tī⇨以殺人使民畏懼而聽令任其擺布的政治，今古東西皆有之。～～的報酬～～ê pò-siû⇨似乎有過此一電影。

**【恐怕 khióng-phàⁿ】** 畏懼ùi-kī。臆度ek-tok。推測。～～會變卦～～ē(ōe) piàn-koà⇨似乎會有所改變。～～未赴也～～bē(bōe)-hù-à⇨也許來不及了。～～會相刣也無的確～～ē(ōe) sio-thâi ā bô-tek-khak⇨或者會戰爭也說不定。～～無希望也～～bô-hi-bāng-ā⇨或者沒希望了矣。

**【恐喝 khióng-hat】** 利用強力脅迫他人。～～罪～～chōe⇨同上。我乎人未～～得goá hō͘-lâng bē(bōe)～～tit⇨我不怕他人恐喝。

**【恐慌 khióng-hong】** panic。經濟～～keng-chè～～⇨經濟的失調紛亂而致人心驚慌動搖，financial panic。

**【恐龍 khióng-liông】** 古代的大動物。地球上古今所有的最大動物。大～～tāi～～⇨同上。

【恐懼 khióng-kī】　害怕。～～萬分～～bān-hun⇨十分害怕。～～心理～～sim-lí⇨同上。

【恐驚 khióng-kiaⁿ】　恐怕khióng-phàⁿ。推度chhui-tok之詞。～～伊未來～～i bē(bōe)-lâi⇨或恐他不來。

【恐水症 khióng-súi-chèng】　狂犬病khong-khián-pēⁿ(pīⁿ)的異名。因其見水即發作也。

## khip

**khip 吸**　入息也。又飲也，收也。呼～hō·～⇨喘喟chhoán-khùi。出息曰呼hō·，入息曰吸khip。

【吸引 khip-ín】　牽引，動人。～～力～～lek⇨同上。有～～力的明星ū～～lek ê bêng-seng⇨同上。

【吸血 khip-hiat】　食血。～～蟲～～thâng⇨蚊蟲、蜈蜞、牛虻等是。～～鬼～～kúi⇨追利太甚者，吸食民脂民膏者。

【吸收 khip-siu】　化學，生理學名詞。～～作用～～chok-iōng⇨同上。～～會員～～hōe-oân⇨同上。～～營養分～～êng-iáng-hūn⇨同上。～～新鮮的空氣～～sin-siaⁿ ê khong-khì⇨同上。

【吸食 khip-sit】　食。～～強力糊～～kiâng-lek-kô·⇨同上。～～鴉片煙～～a-phiàn-hun⇨同上。

【吸管 khip-kńg】　飲料用之小管。無～～較歹飲bô～～khah-pháiⁿ(ⁿ)lim⇨同上。

【吸盤 khip-poâⁿ】　動物學名詞。如守宮等，所以能爬行於牆壁上之器官也。

【吸入器 khip-jip-khì】　醫療用的器具。治療咽喉或氣管所用者。

**khip 汲**　自井引水也。引水也。取水也。給水kip-chúi之反。

【汲水 khip-chúi】　取水，抽水。～～給水～～kip-chúi⇨取水與供水。～～機～～ki⇨抽水機。

【汲古 khip-kó·】　研究古書。

【汲深綆短 khip-chhim-kéng-toán】　自謙之詞，謂井深繩太短汲不到水也。～～～～甚不稱職～～～～sīm put-chhèng-chit⇨同上。

**khip 伋**　孔伋khóng-khip，人名。作中庸，乃～～，中不偏，庸不易chok-tiong-iông, nái～～tiong-put-phian, iông-put-ek⇨三字經。

**khip 笈**　書箱也。旅行書箱也。負～從師hū～chiông-su⇨背負書笈從師於他鄉異國，即今之留學也。

**khip 泣**　無聲出涕也。小哭也。小～大哭siáu～tāi-khok⇨同上。飲～ím～⇨同上。哭～khok～⇨同上。涕～thè～⇨同上。臨表涕～，不知所云lîm-piáu thè～, put-ti só·-ûn⇨前出師表。號～hō～啼～thî～⇨皆哭khàu也。

【泣血 khip-hiat】　～～三年～～sam-liân⇨父喪守制三年，謂哭至淚盡而流血也。

【泣壯烈 khip-chōng-liat】　爲其壯烈所感動而泣。或爲出師表，鬼神～～～hek-ûi chhut-su-piáu, kúi sîn～～～⇨正氣歌。

【泣鬼神 khip-kúi-sîn】　鬼神亦感激而泣。動天地而～～～tōng-thian-tē jî～～～⇨同上。

**khıp 擒**　爲免下墜而憑手緊握不放曰擒khıp。亦攀peⁿ也。手～扲chhiu～lē⇨手攀扲chhiú peⁿ-leh。無攀無～bô-peⁿ-bô～⇨無物可攀無物可擒。

【擒絃絃 khıp-ân-ân】　緊攀不放。絃ân，束緊也。

【擒稠扲 khıp-tiâu-leh】　緊擒不放。稠tiâu，密也。好佳哉一條樹根乎我～～～，無我早道墜落萬丈深坑也hó-ka-chài chıt-tiâu chhiū-kin hō·-goá～～～,bô goá chá-tō tūi-loh bān-tīg-chhim-kheⁿ-a⇨幸矣一樹根被我攀上了，否則我早就墜落萬丈深坑死了。

【擒稠稠 khıp-tiâu-tiâu】　同擒絃絃khıp-ân-

ân。稠tiâu，密而不離也。絯ân，束而不離也。

**khip 掐** 爪刺也。或用同㩉khip。

## khit

**khit 乞** 求也。請求也。又收養也。求～kiû～⇨同上。

【乞水 khit-chúi】 人死其家人到河邊以小甕取水為死者淨身。

【乞化 khit-hoà】 乞食求化。四界～～sì-kè～～⇨四處去求化。

【乞丐 khit-kài】 乞食。討飯的。丐kai亦乞也。

【乞求 khit-kiû】 請求。

【乞花 khit-hoe】 婦人欲生男兒到廟寺求賜花種(子種)。據說，亦有食惡僧暗虧之婦女云。

【乞的 khit-ê】 收養。即個查某囡仔是～～chit-ê cha-bo·-gín-á si～～⇨此女子是收養來的。

【乞雨 khit-hō·】 求天賜雨。

【乞食 khit-chiah】 乞丐。向人求食者。～～趕廟公～～koā$^{n}$ biō-kong⇨喻喧賓奪主。～～做忌～～chō-kī⇨喻做事與其身分不相稱。～～回家～～hôe-ke⇨倒贏(到營之諧音)，反敗為勝。因乞食之家為乞食營。回家亦即到營，與倒贏諧音。～～拜墓～～pài-bōng⇨卸祖公(歇後語)謂乞食拜墓乃出賣祖公的面子。～～繫大願～～hē toā-goān⇨喻作過大的期約。繫，對神許願也。～～跋倒～～poā-tó⇨講到漏去kóng-ka-lāu-khì，管交落去kóng-ka-lāu-khì的諧音。因乞食跋倒，其吽管phōng-kóng必將跌落地。～～曷會跤落粿～～ah-ē ka-lāu-kóe⇨乞食何能失落粿，喻無此道理。～～亦有三年好運～～iah ū sa$^{n}$-nî hó-ūn⇨乞食亦有三年的好運。～～亦有四個月的存糧～～iah ū sì-kô-goeh ê chhun-niû⇨乞食亦積有四個月的糧食。謂乞食尚且如此，人何可沒有積蓄。～～有食也會弄拐仔花～～ū chiah ā ē lāng-koái-á-hoe⇨乞食吃飽了，也會弄拐仔花作樂。～～家己謳讚好身分～～ka-kī o-ló hó siú-hūn⇨乞食讚美自己的身分很好，喻不知羞恥。～～過溪行李篏～～kòe-khe hêng-lí chē⇨如乞食者渡河也會覺得行李太多，所以任何人搬遷，拉拉雜雜的行李却是很多的。～～灶孔～～chàu-khang⇨喻濫食者。～～身，皇帝嘴～～sin, hông-té-chhùi⇨嘲無錢而又好美食者。～～死於馬槽～～sí tī bé-chô⇨還算幸運。馬槽權當棺材也。

【乞錢 khit-chî$^{n}$】 求惠錢。

【乞食生 khit-chiah-si$^{n}$】 乞食的外形。又喻吝嗇。～～～張～～～tiu$^{n}$⇨同乞食生。

【乞食肩 khit-chiah-keng】 乞食的肩下垂，看來無力氣。因而喻懶怠無工作能力者。～～～鴨母蹄～～～ah-bó-tê⇨皆指無工作能力者。

【乞食命 khit-chiah-miā】 做乞食的運命。

【乞食胚 khit-chiah-phoe】 乞食材料。

【乞食相 khit-chiah-siù$^{n}$】 不潔不衛生的樣子。

【乞食症 khit-chiah-chèng】 瘧疾。間歇熱。又俗稱寒熱症仔koâ$^{n}$-jiat-chèng-á。

【乞食鬼 khit-chiah-kúi】 嘲吝嗇之人。

【乞食骨 khit-chiah-kut】 嘲坐食不肯工作的人。

【乞食婆 khit-chiah-pô】 女乞食。乞食之妻。～～～趁人走反～～～thàn-lâng cháu-hoán⇨女乞食也學別人逃避兵禍。～～～每無空厝間～～～mā-bô khang-chhù-keng⇨喻凡是女人都有人要，不會空着的。

【乞食調 khit-chiah-tiāu】 乞食所唱的歌曲。邊打哮管邊唱之。

【乞食頭 khit-chiah-thâu】 乞食的首領。

【乞食營 khit-chia̍h-iâ$^{n}$】乞食之家。亦稱乞食寮khit-chia̍h-liâu。

【乞鹿奶 khit-lo̍k-ni】謂母病須野鹿之乳乃能治之，其子入山僞裝小鹿找尋母鹿吸取其乳，回治母病。喻事之不可能實現者。

【乞爐丹 khit-lô·-tan】求取寺廟的香爐灰當仙丹。以治病人。

khi̍t **杙** 繫牛柱也。牛～gû～⇨縛牛之杙。做牛～好耳chò-gû～hó-niâ⇨責其只能當牛童而已。

【杙仔 khi̍t-á】凡棒端釘入地狀如牛杙者皆曰杙仔khi̍t-á。牛～～gû～～⇨同上。柴～～chhâ～～⇨同上。竹～～tek～～⇨同上。釘～～做界tèng～～chò-kài⇨打杙爲界。

khi̍t **籺** 堅麥也。米之細者曰籺khi̍t。堅糜曰籺khi̍t(kit)。亦即糜汁之少者也。又煮漿糊曰籺khi̍t，皆同麧ki̍t也。

【籺糊仔 khi̍t-kô·-á】煮糊仔chí-kô·-á。

【籺頭糜 khi̍t(ki̍t)-thâu-moâi(bê)】糜汁少之堅糜。清糜～～～chheng-moâi～～～⇨沺ám多半爛之糜與沺少米粒全爛之糜。

## khiu

khiu **丘** 小山。大墓。田的區畫。田丘chhân-ku。

【丘八 khiu-pat】兵戲稱爲丘八，折字格也。

【丘陵 khiu-lêng】比較平坦的山。

【丘壑 khiu-hok】㊀山的高處與低處。㊁喻心中有巧思。胸中亦有～～hiong-tiong e̍k-iú～～⇨謂心中也有巧思。

【丘萍 khiu-phiô】一種水草。

khiu **鳩** 鴿的一種。斑鴿pan-kah。又集也。關關雎～在河之洲koan-koan chhi～chāi-hô chi chiu⇨詩經。

【鳩工 khiu-kang】招集工人。

【鳩集 khiu-chip】糾集、糾合。

【鳩資 khiu-chu】集資。

khiú **揪** 捉而力挽之。同扭giú。但揪khiú語意較強。衫仔裾～裂去sa$^{n}$-á-ki～li̍h-khì⇨衣裾拉破了。

【揪來 khiú-lâi】捉來。拉來。～～對指～～tùi-chí⇨拉來對證。～～修理～～siu-lí⇨掠來打。抓jiàu，非掠lia̍h也。

【揪牛鼻 khiú-gû-phī$^{n}$】或謂拎牛鼻lêng-gû-phī$^{n}$。喻抓住要點。揪牛尾khiú-gû-bóe即喻抓錯地方，將失控制。牛鼻不揪揪牛尾gû-phi$^{n}$ m̄-khiú khiú-gû-bóe⇨牛鼻的要點不抓而抓牛尾。謂對牛(事)無法控制。

【揪胸仔 khiú-heng-á】責問的激烈表現。要～～～逐家來嘛boeh～～～ta̍h-ke-lâi-mà⇨同上。

【揪扲迣 khiú-leh-sē】拉着團團轉。堂堂的董事長講乎一個囡仔～～～tông-tông ê táng-sū-tiú$^{n}$ kóng-hō·-chi̍t-ê-gín-á～～～⇨堂堂的董事長竟被一個小孩子(所騙)拉着團團轉。

【揪頭鬃 khiú-thâu-chang】扭頭髮。查某人相拍～～～cha-bó·-lâng sio-phah～～～⇨同上。

【揪來揪去 khiú-lâi-khiú-khì】拉來拉去。～～～衫仔裾都揪破了了也～～～～sa$^{n}$-á-ki to khiú-phoà-liáu-liáu-à⇨同上。

【揪倒轉來 khiú-tò-tńg-lâi】拉回頭。挽回。強強去乎伊～～～～也kiâng-kiâng khì-hō·-i～～～～à⇨終於給他強力挽回來了。

【揪揪搦搦 khiú-khiú-la̍k-la̍k】喻兩個人的爭吵。推推拉拉。兩個人對爭得相持不下。

khiú **摸** 手舉也。即揪khiú也。

khiû **絿** 急也。求也。省減以聚財曰絿khiû。吝嗇，省儉等的作風曰絿khiû，所謂掟驚死，放驚飛tē$^{n}$-kia$^{n}$-sí, pāng-kia$^{n}$-poe者也。阿九嫂仔上～耳a-káu-só-â siāng～niâ⇨阿九嫂第一絿而已（他人不及也）。絲亂結成球也。打結～phah-kat～⇨亂成結。結規～kiat-kui～⇨亂成一團。～做一丸～chò chit-oân⇨亂成一團（一球）。

【絿儉 khiû-khiām】 絿儉khiû-khiām。都無需要～～到安爾to bô-su-iàu～～kàu an-ne⇨是不必絿儉到如此程度的。

【絿之尼 khiû-chi-ni】 極度的吝嗇。之尼chi-ni或另有其字。彼類～～～的人有安爾道算眞大方也hit-lōe～～～ê lâng ū-an-ne tō sǹg chin-tāi-hong-a⇨那種吝嗇鬼有此表現，可算大方極了。

【絿死死 khiû-sí-sí】 絿之極。一世人～～～chit-sì-lâng～～～⇨一生非常絿儉。

【絿更儉 khiû-koh-khiām】 又絿又儉。～～～枵鬼更雜念～～～iau-kúi koh chap-liām⇨又慳又儉，又餓鬼又雜念。

【絿絿儉儉 khiû-khiû-khiām-khiām】 絿儉。一世人～～～～亦是想倸囝兒親像人chit-sì-lâng～～～～iah-sī siūⁿ-boeh kiá-jî chhin-chhiūⁿ-lâng⇨一生勤苦也是希望兒女能夠比得上人。

khiû
**虯** 足不伸也。凡不伸皆曰虯khiû。赳khiû的俗字。

【虯手 khiû-chhiú】 手有病，破相phoà-siùⁿ。～～的～～ê⇨咒罵小偷語，意謂虯手人才會做賊。～～的提去也～～ê theh-khì-à⇨同上。

【虯爪 khiû-jiáu】 同虯手khiû-chhiú。～～的～～ê⇨同上。

【虯毛 khiû-mô(mn̂g)】 毛髮捲曲。矮仔惡～～仔毒é-á ok～～á tok⇨矮人兇惡，虯毛人惡毒。

【虯虯 khiû-khiû】 不伸，捲縮。阿片食來脚～～某去嫁，囝去流a-phiàn chiah-lâi kha-～～bó·-khì-kè, kiáⁿ-khì-liû⇨喻阿片煙毒之害。某bó·，妻也。流liû，流浪liû-lōng也。

【虯翅病 khiû-sit-pēⁿ】 蜜蜂的一種病。

khiû
**赳** 足不伸也。俗作虯khiû。

khiū
**糗** 熬米麥使熟，又搗之以爲粉也。又糗乾糒kan-phí也，乾飯也，又乾糧也。那麼此一糗khiū，似乎是今之所謂麻粢moâ-chî。麻粢之軟潤有彈性曰糗khiū。有～ū～⇨同上。眞～chin～⇨同上。

【糗糗 khiū-khiū】 糗khiū。麻粢～～未穤食moâ-chî～～bē-bái-chiah⇨同上。粢chî，俗作粭chî。

## khiuⁿ

khiuⁿ
**腔** 聲調siaⁿ-tiāu也。曲調khek-tiāu也。語調gí-tiāu亦曰腔khiuⁿ。在我們台語中，腔khiuⁿ有別於調tiāu。漳～泉～chiang～choân～是專指漳州或泉州之口音，鹿港～lok-káng～是指鹿港口音，潮州調tiô-chiu-tiāu即指其曲譜也。講鹿港～唱潮州調kóng lok-káng～chhiùⁿ tiô-chiu-tiāu⇨腔調並立，即可明見其分別矣。離鄉不離～lí-hiang put-lî～⇨同上。

【腔口 khiuⁿ-kháu】 口音kháu-im。聽伊的～～恰如是屏東人thiaⁿ i ê～～kah-ná-sī pîn-tong-lâng⇨聽他的口音，好像是屏東方面之人。

【腔腔 khiuⁿ-khiuⁿ】 話中含有不同之口音。講話～～kóng-ōe～～⇨同上。

【腔調 khiuⁿ-tiāu】 樂曲之聲律。

khiūⁿ
**惢** 怨仇也。控制食物曰惢khiūⁿ。亦即因健康問題謂某種食物不可食之謂也。伊都未～曷有採工i to bē(bōe)～ah-ū chhái-kang⇨他是控制不住的無效也。彼項也～即項也～，安爾我都免食也hit-hāng a～chit-hāng a～, an-ne(ni) goá to bián-chiah-à⇨彼物也不可食，此物也不要食，如此下去，我是無物可食的了。病好道免～也了pēⁿ(pīⁿ)-hó tō bián

～ā lâ⇨病一癒就不用控制食物了。㤮khiūⁿ亦作㤮khiūⁿ。俗以儉khiam作儉khiūⁿ。

【㤮舌 khiū -chih】 忍嘴～～lún-chhùi～～⇨㤮嘴khiūⁿ-chhùi㤮食khiūⁿ-chiah。

【㤮食 khiūⁿ-chiah】 控制食物。禁食某種食物。

【㤮嘴 khiūⁿ-chhùi】 禁嘴不亂吞食物，未～～得都無効bē(bōe)～～tit to bô-hāu⇨嘴不肯㤮是沒効也。

# khng

khng **康** 姓。康有爲khng-iú-ûi，人名，清末人。主張清廷應實施君主憲政制度者。亦即所謂戊戌政變的主角。

khng **糠** 穀皮也。粗～chho˙～⇨粟之外皮也。多供爲燃料。故有：粗～灶chho˙～chàu⇨燃粗糠之灶。是以鐵枝(筋)特製的。鄉村家庭多有採用，以省燃料費。蓋當時的粗糠可自製米工場(米絞仔bí-ká-á)無償取之也。米～bí～⇨米之外皮。多供爲家畜飼料。亦喻釣餌tiò-jī。用米～都該未倀來iōng bí～to siâⁿ-bē(bōe) oá-lâi⇨以米糠誘之不肯集合。捉小魚蝦者也。該siâⁿ，誘也詐也。

【糠仔 khng-á】 米糠bí-khng。夭壽豬～～無撒都不來食iáu-siū-ti ～～ bô-soah to m̄-lai-chiah⇨壞死豬，米糠不撒下去皆不來吃也。夭壽豬iáu-siū-ti，女人罵豬之詞。意爲短命之豬。炒～～來罵蝦仔chhá-～～lâi chan-hê-á⇨米糠炒來爲餌以罵仔chan-á去捕捉小蝦。罵chan爲大約二尺四方的小麻布，四角繫弔繩，中結小竹筒實以炒米糠爲餌，以訂集小蝦，待其蝟集即舉而捉之，此法曰罵chan，罵chan亦網也。

【糠蛤 khng-tâi】 糠中自生的小蟲。米糠生～～也bí-khng seⁿ～～ā⇨米糠發生糠蛤了。

【糠仔飯 khng-á-pn̄g】 殘飯加糠的家畜飼料。有～～～食道眞恔肥也ū～～～chiah tō chin-gâu pûi-ā⇨有糠仔飯爲飼料就很會肥了。

khǹg **勸** 勉勵人也。忠告也。好人～不聽，歹鬼招道行hó-lâng～m̄-thiaⁿ pháiⁿ-kúi chio tō-kiâⁿ⇨好人忠告不聽，惡鬼一招手就立即參加。苦～khó˙～⇨力加忠告勉勵。苦～人做好khó˙～ lâng chò-hó˙⇨勸人行善khǹg-lâng hêng-siān。

【勸和 khǹg-hô】 勸人和解。～～無勸離～～bô khǹg-lī勸夫妻和好如初，不勸以離婚。

【勸煞 khǹg-soah】 勸以息事寧人。煞soah，殺也，止也，終止也。～～是有的，曷有人勸拍～～sī ū-ê ah-ū-lâng khǹg-phah⇨勸人息事者有人，豈有勸人打架者。

khǹg **庋** 安置也。閣藏食物也。俗作藏khǹg。人講查某囝合生肉未～得lâng-kóng cha-bó˙-kiáⁿ kah cheⁿ-bah bē-～ tit⇨古人言：女兒與生肉是久藏kiú-chōng不得的。意謂都會生蟲seⁿ-thâng。不嫁倸～抄鎮風颱不m̄-kè boeh～lèteh-hong-thai-m̄⇨不出嫁要留着鎮壓颱風嗎。恔～物gâu～mih⇨善作保存物件。

【庋拍 khǹg-phah】 食虧而不作立即的報復。好漢～～hó-hàn～～⇨同上。亦即能屈能伸也。

【庋步 khǹg-pō˙】 保留招數不授徒。師父講攏有～～su-hu kóng lóng-ū～～⇨(功夫界的)師父據說都有保留招數(以防身)。

【庋於 khǹg-tī】 置在。錢～～櫃頂chîⁿ～～kūi-téng⇨錢置在大櫃上。賬簿～～櫃屜siàu-phō˙～～kūi-thōa⇨同上。珠寶～～金庫chu-pó～～kim-khò˙⇨同上。物～～大廳mih～～toā-thiaⁿ⇨東西放置在大廳。伊～～心官內攏不講i～～sim-koaⁿ-lāi lóng m̄-kóng⇨(那件事情)他放在心裡全不說出。

【庋間 khǹg-keng】 ㊀當倉庫的小房。彼間都抄做～～ hit-keng to-teh chò～～ ⇨那一

房是在當小倉庫。㊂長時庫藏。～～的番薯較甜～～ ê han-chî khah-ti$^{n}$⇨庫藏多時的番薯甜分多。

【庋歲 khǹg-hòe】 看來比實際年歲年青。阿九嫂仔彼款生做佼～～看著加眞少年a-káu-só-á hit-khoán se$^{n}$-chò gâu～～khoà$^{n}$-tio̍h ke-chīn siàu-liân⇨阿九嫂那種身裁能遮勘年歲，一看年青甚多。小粒子的人較～～sió-lia̍p-chí ê lang khah～～⇨個子小結實之人比較能掩蓋年歲。此指自然的。多說成少者曰暗歲àm-hòe。

【庋抾 khǹg-lè】 抾teh, leh→lè，於ti (î)的變體字。於tī爲介詞；抾lè，助詞也。擱置下來，保存着。留着。用存的該～～iōng-chhun-ê ài～～⇨用不完之物需要保存下來。錢～～敢會咬人chî$^{n}$～～ kám-ē kā-lâng⇨錢留着會咬人嗎。～～做死錢～～chò sí-chî$^{n}$⇨徒留爲死錢(不加利用生息等)。眞珠講～～做鳥鼠屎chin-chu kóng～～chò niáu-chhí-sái⇨把珍珠徒存成鼠糞。～～會爛掉～～ē noā-tiau⇨徒存着會腐爛。～～做姑婆～～chò ko·-pô⇨(不出嫁)留在家中當姑婆。

**吭** khǹg 鼻聲。咽喉聲。又抾～也否iū-teh～à hoh$^{n}$⇨又感冒了，對嗎。～～叫～～kiò⇨同上。

## kho

**科** kho 事物的程式類別也。法也。官事之分組也。作姦犯～chok-kan hoān～⇨同上。分～治事hun～tī-sū⇨同上。六～lio̍k～⇨古官衙分有吏，戶，禮，兵，刑，工之六部門。教育～kàu-io̍k～⇨官衙之一單位。醫～i～⇨大學的一部門。政治～chèng-tī～⇨同上。

【科斗 kho-táu】 蛙類的幼蟲。亦作蝌蚪kho-táu。～～文～～bûn⇨科斗形古字也。

【科目 kho-ba̍k】 學術等皆有分科別目。

【科甲 kho-kah】 古取士有甲乙兩科。後改稱科舉kho-kí。

【科長 kho-tiú$^{n}$】 官名。一科之長官。

【科員 kho-oân】 官廳中，科長之下，雇員之上的下級官員。～～政治～～chèng-tī⇨同上。

【科第 kho-tē】 分科取士曰科甲，曰科舉kho-kí，因有甲乙次第之分，亦曰科第kho-tē。

【科場 kho-tiû$^{n}$】 科舉的考試場。

【科道 kho-tō】 清代的中央官員。中央有六部十五道，統稱科道。

【科學 kho-ha̍k】 Science的譯詞。～～方法～～hong-hoat⇨同上。～～時代～～sî-tāi⇨同上。～～家～～ka⇨同上。

【科頭 kho-thâu】 古戰士不戴戰帽戰甲入敵。喻強示高傲。亦省詞而曰科khô。眞～～chin～～⇨非常驕傲。亦即愛理不理的態度也。免抾～～bián-teh～～⇨何必裝高貴。彼顆都上～～仙也hit-kho to-siāng～～sian-a⇨那家伙最會排臭架子。

【科舉 kho-kí】 科甲kho-kah科第kho-tē。～～制度～～chè-tō⇨從秀才而舉人而進士而狀元的古代人材登用制度。

**蝌** kho 蝌蚪kho-táu也。蛙之幼蟲。亦作科斗kho-táu。

**考** khó 老也。父也。校比也。投擲亦曰考khó，蓋以試所投是否中的也。壽～siū～⇨長壽。顯～hián～⇨亡父。聯～liân～⇨聯合考試。高普～ko-phó·～⇨高等，普通兩種文官考試。路～lō·～⇨試公路上的駛車能力。模擬～bo·-gí～⇨假考，練習考試。佅用石頭仔～，是否？bé iōng chio̍h-thâu-á～，sī-bō·？⇨余母因家貧擬不令我考台中一中。吾姊阿玉建議讓我去考，告母此語，意謂余一介鄉村呆兒憑甚麼考一中，豈不若以石投考，必不中也。以此慰吾母，並成全我升學之志願。雖屬私事，但吾姊用詞甚可愛，且含深意，故錄此以享讀者。

【考古 khó-kó͘】 考察有關古代史的事物。～～學～～ha̍k⇨同上。

【考生 khó-seng】 應考生。

【考究 khó-kiù】 探求所知。研究。設計。用心思。伊的生活不止仔有～～抔i ê seng-oa̍h put-chí-á ū～～lê⇨他的生活設計得相當好。

【考妣 khó-pí】 生曰父母，死曰考妣。如喪～～jî-song～～⇨慘得如死了父死了母。

【考卷 khó-kǹg】 考生的答題卷。

【考官 khó-koa$^{n}$】 監考的官員。

【考核 khó-he̍k】 考察核定官員的服務成績。

【考試 khó-chhì】 試chhì亦考也。～～委員～～úi-oân⇨官員名。畢業～～pi̍t-gia̍p～～⇨同上。

【考察 khó-chhat】 考查。察看。～～歐美的教育制度～～au-bí ê kàu-io̍k-chè-tō͘⇨同上。

【考銃 khó-chhèng】 銃殺chhèng-sat。蓋以犯人爲標的的試銃chhì-chhèng，與所謂考靶仔khó-pé-á初無二致也。掠來～～lia̍h-lâi～～⇨抓來試銃(何等的殘忍)。搦通掠。

【考驗 khó-giām】 考察試驗。

【考靶仔 khó-pé-á】 射擊練習或比賽。掠去～～～也lia̍h-khì～～～à⇨捉去銃殺了。

【考重考 khó-têng-khó】 常例如此。莫相怪。做生理會趁會了，許都～～～的，曷使怨嘆chò seng-lí ē-thàn-ē-liáu, he-to ～～～ ê, a̍h-sái oàn-thàn⇨經商有利有虧，常例如此，何用怨惜。一個人五百都～～～的嘛chi̍t-ê-lâng gō͘-pah to ～～～～ ê mà⇨一個五百定例也。較好的該較貴，～～～的嘛，曷使更講khah-hó-ê ài khah-kùi,～～～ê mà,a̍h sái-koh-kóng⇨上等貨上等錢，當然如此也，何必再說。

【考石頭仔 khó-chio̍h-thâu-á】 投擲石子。蓋考之爲投，乃投以試其是否能中的也，否則投石子胡爲。囡仔愛～～～～gín-á ài～～～～⇨孩子喜歡投擲石子。

【考倒先生 khó-tó-sin-se$^{n}$】 難倒先生sian-si$^{n}$。謂老師亦不能解之也。盦道有影～～～～也ta$^{n}$-tō ū-iá$^{n}$～～～～ ā⇨現在眞的難倒我(這個先生)了。

**khó 拷** 打也。使用刑具拷打以迫取口供也。俗謂之用刑的iōng-hêng-ê。

【拷比 khó-pí】 copy的譯音，亦作拷貝khó-pòe。複印抄本也。從底片洗印正本亦曰copy。印～～ìn～～⇨複印抄本。洗印正本。

【拷紅 khó-âng】 西廂記的戲目，崔夫人拷問紅娘的省詞。紅娘因而供出張生小姐幽會的眞相。

【拷問 khó-mn̄g】 用刑迫供。於某所在～～tī bó͘-só͘-chāi～～⇨同上。

**khó 烤** 以火烘熟肉類等食物也。原爲最原始的火食法。今却大行其道，花樣亦多矣。

【烤肉 khó-bah】 烘熟食肉類。食～～chia̍h～～⇨同上。蒙古～～bōng-kó͘～～⇨同上。

【烤箱 khó-siu$^{n}$】 烤肉類的特別箱。今已有電動者矣。

【烤鴨 khó-ah】 北京～～pak-kia$^{n}$～～⇨一種最具代表性的烤品。

**khó 涸** 竭也。水乾也。水退也。粥汁少曰涸khó，亦曰膠kà，水多即曰泔ám。又清池塘曰涸khó。該較泔的曷較～的ài khah-àm-ê a̍h khah～ê⇨喜愛汁多者或汁少者(粥)。魚池仔該～也hî-tî-á ài～à⇨池塘要清池了。

【涸涸 khó-khó】 糜粥或液體太濃。較愛食即款～～的khah-ài chia̍h chit-khoán～～ê⇨喜歡食此種濃濃的。

【涸埤 khó-pi】 清埤chheng-pi。放出池水以清除其中的污物。～～掠魚～～lia̍h-hî⇨清埤捉魚。

【涸魚池 khó-hî-tî】 同涸埤khó-pi。

【涸塭底 khó-un-té】 清魚塭。

【涸鮒思水 khó-hû-su-chhúi】 謂窮境之求救，必須先能解渴，待三江之水一來，恐怕晚矣。

【涸轍之鮒 khó-tia̍t-chi-hû】 喻窮困kiōngkhǜn。身處困境也。

**khó 可** 好hó也。肯也。否之對詞。許～hí～⇨同上。有～無～iú～bû～⇨有也好，無也好。有～無不～iú～bû-put～⇨①只有可以，沒有不可以的。②只要有，沒有即不可也。

【可比 khó-pí】 比喻。～～來講～～lâi-kóng⇨要提出比喻之套詞。

【可以 khó-í】 ㊀允諾。要錢～～iàu-chî$^n$～～⇨需錢用可以給你。你必去也～～lí boeh-khì iā～～⇨你要去也行。你不答應～～，不過該共我打點打點lí m̄-tah-èng～～, put-kò ài kā-goá tá$^n$-tiám-tá$^n$-tiám⇨你不答應行，但是要共我十分留意(恐喝之詞)。㊁能夠。～～安心了～～an-sim-lò·⇨同上。～～蹺脚捻嘴鬚了～～khiau-kha liàn-chhùi-chhiu-lò·⇨可以安享老福了。

【可見 khó-kiàn】 顯然hián-jiân。～～其中有曖昧～～kî-tiong ū ài-māi⇨同上。～～伊是無意思俫參加～～i sī bô-ì-sù boeh chham-ka⇨同上。～～度～～tō·⇨能看到的範圍。濃霧中的～～度較差lông-bū-tiong ê～～tō· khah-chha⇨同上。

【可決 khó-koat】 多數贊成通過。否決hò·-koat之反。

【可取 khó-chhú】 ㊀可用之材。彼顆人食酒耳，以外都無啥～～抄hit-kho·-lâng chia̍h-chiú-niâ, í-goā to-bô-sa$^n$～～ leh⇨那傢伙只是飲酒而已，以外並無任何可取之處。㊁可讚美。阿美安爾也眞～～也a-bí an-ne iā chin～～à⇨阿美(做到)如此，也算可以謳樂矣。

【可怕 khó-phà$^n$】 ～～的結果～～ê kiat-kó⇨令人畏懼的結果。

【可恨 khó-hīn】 可憎，可惡～～khó-cheng, khó-ò·～～⇨皆同類之詞。

【可能 khó-lêng】 能。會。或者。不～～put～～⇨同上。一定～～it-tēng～～⇨必可以。～～死去也～～sí-khì-à⇨或者死了。～～肯也無的確～～khéng iā bô-tek khak⇨或者肯也說不定。

【可惜 khó-sioh】 惋惜。～～機會無也～～ki-hōe bô-ā⇨同上。～～你無目珠～～lí bô ba̍k-chiu⇨可惜你無眼光。～～咱都無人色～～lán to bô-lâng-sek⇨可惜我們無大人物可靠。

【可惱 khó-náu】 眞眞～～也chin-chin～～iā⇨實在會乎人受氣sit-chāi ē hō·-lâng siū-khì。

【可惡 khó-ò·】 表示憎恨之詞。～～，個爸藉拍一枝乎伊到～～, in-pē chiah phah-chit-ki hō·-i-kàu⇨拍一枝乎伊到phah-chi̍t-ki hō·-i-kàu，打牌類用詞。喻弄些難題讓他難堪。

【可悲 khó-pi】 值得悲傷。

【可愛 khó-ài】 人見人愛。～～的小朋友～～ê sió-pêng-iú⇨同上。

【可疑 khó-gî】 行動～～hêng-tōng～～⇨同上。～～人物～～jîn-bu̍t⇨同上。

【可嘉 khó-ka】 精神～～cheng-sîn～～⇨同上。

【可靠 khó-khò】 有信用。消息～～siau-sit～～⇨同上。人～～lâng～～⇨其人可信憑。不～～put～～⇨靠不住。

【可憐 khó-lîn】 khó-liân。娶俫細姨仔是人人愛，放揀大某是～～代chhoā-boeh sè-î-á sī lâng-lâng-ài, pàng-sak toā-bó· sī～～tāi⇨思想起。～～的秋香～～ê chhiu-hiang⇨表示乾同情之詞。秋香者，好像是歌仔戲中受虐待的代表小丫頭。

【可觀 khó-koan】 有實績。大有～～tāi-iú～～⇨有頗佳的成績。

【可大可小 khó-tāi-khó-siáu】 能大能小。禮數是～～～～的，有誠意道可也lé-sò· sī～～～～ê, ū sêng-ì tō-hó-à⇨禮數之事是能大能小的，有誠意足矣。

【可喜可賀 khó-hí-khó-hō】 皆大歡喜。

**khó 苛** 苛刻khó-khek也，煩擾hoân-jiáu也。

【苛刻 khó-khek】 刻薄khek-pok。～～的稅制～～ê sòe-chè⇨同上。

【苛性 khó-sèng】 化學名詞。能腐蝕皮膚之藥性也。

【苛政猛於虎 kho-chèng-béng-î-hó͘】 煩民擾民刻薄人民的政治之害，比虎害更嚴重。

**khò 靠** 相依也。近也。依賴曰靠khò，信任亦曰靠khò。乎人未～得hō͘-lâng bē～tit⇨依賴不得。誠實可～sêng-sıt khó～⇨同上。

【靠山 khò-soaⁿ】 我乎你做～～goá hō͘-lí chò～～⇨你靠我可矣。伊都錢抡做～～i to chîⁿ teh chò～～⇨他全靠錢也。佪丈人仔乎伊做～～in-tiūⁿ-lâng-á hō͘-i chò～～⇨他岳父做他的後盾。咱這無～～的道鼻仔摸抡也不lán-che bô～～ê tō phīⁿ-á bong-leh-a-m̄⇨我們這些無後盾可靠者，就只好看破了，鼻仔摸抡phīⁿ-á bong-leh，手摸鼻看人家得意也。

【靠岸 khò-hoāⁿ】 船依岸邊(碼頭)。船都未～～抡你佅跳落去是不chûn to bōe～～lè lí boeh thiàu-loh-khì(ì) sī-m̄⇨船還未依碼頭的，你要跳下去嗎？

【靠俗 khò-siok】 因熟悉而不拘禮節。彼此不作客套。逐家眞～～也tak-ke chin～～à⇨大家很熟的了。每不當甚～～mā m̄-thang siuⁿ～～⇨也不可太過隨便。

【靠硬 khò-ngeh】 土地較少水份。即埩地有較～～chit-tè-tē ū-khah～～⇨同上。靠俗字，應作嵪。

【靠勢 khò-sè】 ㊀依仗勢力。～～欺負人～～khi-hū-lâng⇨依仗有財勢欺負弱者。㊁相信。想當然。～～阿三會來伊煞無來～～a-sam ē-lâi i soah bô-lâi⇨想阿三當然會來，他竟沒有來。～～乎勢誤去～～hō͘-sè gō͘-khì(ì)⇨想當然却終於不然而致失敗。

【靠力食力 khò-lat-chiah-lat】 自食其力。人伊有志氣，佅～～～～，不看人的頭面lâng-i ū-chì-khì, boeh～～～～, m̄-khoàⁿ lâng-ê thâu-bīn⇨他有志氣，要自食其力，不依賴他人以伺人顏色。

【靠山食山 khò-soaⁿ-chiah-soaⁿ】 近山則依山而生活。～～～～，靠海食海，天敢有絕人之路～～～～，khò-hái-chiah-hái, thiⁿ kám ū choat-jîn chi lō͘⇨近山依山，近海依海都可以討生活，天不會絕人之路也。

**khò 課** 程式也。稅也。猶科也。稅～sòe～⇨同上。學～hak～⇨同上。農務～lông-bū～⇨同上。

【課文 khò-bûn】 教科書中的文章。

【課本 khò-pún】 學生所讀的教科書。

【課長 khò-tiúⁿ】 官員名。一課之長。

【課堂 khò-tn̂g】 教室kàu-sek。

【課稅 khò-sòe】 課征稅捐。～～率～～lut⇨打稅的比率。

【課程 khò-thêng】 功課的程序。～～甚深～～siuⁿ-chhim⇨課程太深。

**khò 犒** 以牛酒餉軍兵也。今曰勞軍lô-kun。

【犒將 khò-chiàng】 同犒衆 khò-chiàng (chiòng)。犒祭鬼神也。

【犒衆 khò-chiàng】 khò-chiòng。同犒將khò-chiàng。

【犒勞 khò-lô͘】 犒賞酬勞。～～軍兵～～kun-peng⇨同上。

【犒賞 khò-siúⁿ】 ～～三軍～～sam-kun⇨同上。

**khò 嵪** 船著沙不能行也。船底～著 chûn-té～tioh⇨同上。

【嵪淺 khò-chhián】 船著沙。船坐礁。

**khô 科** 科頭kho-thâu省詞爲科khô。故示高貴曰科khô。欲買不賣以釣高價曰科khô。欲買不買以誘其削價亦曰科khô。彼顆眞～hit-kho͘ chin～⇨那傢伙很裝派頭。要賣道賣免安爾～

boeh be-to-be bián an-ne～⇨要賣就賣，何用釣高價。要求人道該乎人 ～ boeh-kiû-lâng tō-ài hō· lâng ～ ⇨求人時就須忍受人家的架子。

【**科科 khô-khô**】 科khô的樣子。格～～kek～～ ⇨科頭科頭khô-thâu-kho-thâu。伊的人都連本安爾 ～～ 的i-ê-lâng to liâm-pún an-ne～～ê⇨他是本來就科頭科頭的。

【**科頭 khô-thâu**】 同單曰科khô。武士不兜入戰曰科頭kho-thâu，亦即自視武勇，亦輕視敵人也。

## kho·

kho· **顆** 凡圓物以顆計，箍kho·中空也，但顆中實，柴～chhâ～，番藷～han-chî～，芎蕉～kin-chio～，烏魚～o-hî～等是也。箍則中虛，篾～bih～，桶～tháng～，鉛線～iân-soa$^{n}$～等是也(見箍kho·部)。一～銀chit～gîn⇨一圓(元)也。大～肥tōa～pûi⇨肥佬，即肥人也。大～佁tōa～tai⇨肥胖之痴人也。大～佁，炒韮菜，燒燒一碗來，冷冷阮無愛tōa～tai, chhá-kú-chhài, sio-sio chit-oá$^{n}$ lâi, léng-léng goán bô-ài⇨童謠。

【**顆仔餅 kho·-á-te**】 轉訛而成khok-á-te。菜市場常見之油炙食品，多作圓形，即俗所謂天婦羅tempura(日語)也。餅te者食品類，或圓或方均有。其計數即曰餅tê。俗作塊tè，非也。

kho· **箍** ㊀篾束物也。竹篾tek-bih編成圈形以束桶者也。亦作動詞用。又圈khoân曰箍kho·。中虛者也，中實者，則作顆kho·。桶～～ 桶tháng～～tháng⇨前箍爲名詞，後箍爲動詞。㊁凡圜物以箍kho·計。凡圓筒形者皆曰箍kho·。人則作顆kho·。樹～柴～chhiū～chhâ～⇨皆指原木。竹～tek～⇨大竹。顆kho·亦計圜物oân-bu̍t(中虛者)之詞也。

【**箍桶 kho·-tháng**】 把桶枋tháng-pang束爲桶。無桶箍要～～bô tháng-kho· boeh～～⇨沒有桶箍要如何箍桶。

【**箍埒仔 kho·-lê-á**】 彼～～～即～～～hit～～～chit～～～⇨那一小區域這一個小圈圈。一定於即～～～耳i̍t-tēng tī chit～～～niâ⇨一定在此小區域內。

kho· **元** 當今幣制的基本單位。即圓oân的代字，圓爲銀圓，圜形也，凡圜形者以顆kho·計。

kho· **䴹** 麴也。麪也。麥禾也。豆穀類搾油後之餘物壓成圓餅形者，依其豆類分別叫：土豆顆thô-tāu-kho·或大豆(黃豆)顆toā-tāu-kho·。又茶子餅tê-chí-pia$^{n}$即曰茶顆tê-kho·，今已成肥皀類的總稱。

kho· **呼** 喚也。出大聲也。呼牲畜曰呼kho·。會～鷄未歕火ē～ke bē-pûn-hóe⇨喻疲勞甚矣。

【**呼狗 kho·-káu**】 ～～拍獵～～phah-la̍h⇨同上。

【**呼敆 kho·-kha̍h**】 求人合作。略同姑成ko·-chiâ$^{n}$。寬仔共伊～～，尾仔伊藉肯出五萬khoa$^{n}$-á kā-i～～ bóe-á i chiah khéng chhut gō·-bān⇨同上。

【**呼蛋 kho·-toa$^{n}$**】 鷄母下蛋前的特別叫聲。鷄母得～～也ke-bó teh～～ a⇨鷄母要下蛋了。蛋toa$^{n}$，卵蛋nn̄g-toa$^{n}$，軟卵，亦即殼未堅者也。

【**呼豬 kho·-ti**】 ～～食潘～～chia̍h-phun⇨同上。

【**呼鷄 kho·-ke**】 喚鷄歸稠也。會～～未歕火也ē～～bē pûn-hóeà⇨喻疲勞甚矣。

【**呼嗦仔 kho·-sut-á**】 打口哨。呼嗦嗦仔kho· sut-sut-á⇨同上。

【**呼噎仔 kho·-uh-á**】 kho·-eh-á。食飯食到～～～⇨吃飯吃到打噎。飯氣冲喉。

khó· **許** 姓氏。姓～的sè$^{n}$～ê⇨同上。老～的láu～ê⇨許兄。

**khó·**
**苦** 五味之一。勤也。急也。極也。勞苦lô-khó·⇨苦勞。痛～thòng～⇨甚痛。艱～kan～⇨艱難。甘～kam～⇨甘味與苦味。～無妙計～bô miāu-kè⇨為無妙計而急。～無囝～bô kiáⁿ⇨苦於無子。～未較緊有某～bē khah-kín ū-bó·⇨盼不得早日有老婆。～你不肯來～lí m̄-khéng-lâi⇨深恐你不肯賜顧。～未天緊光～bē thiⁿ kín-kng⇨盼不得天快亮。

【苦力 khó·-lek】 勞工曰ku-lí。英文cooly的譯音。從事重勞動的人伙。放屎～～⇨喻一無用處的人。～～頭～～thâu⇨苦力的頭目。

【苦工 khó·-kang】 ㊀勞力的工作。做～～chò～～⇨從事吃力的工作。㊁苦心。勞力。用眞敎的～～iōng chin-chē ê～～⇨使用了很多力量或心事。

【苦口 khó·-kháu】 苦言。忠言～～tiong-giân～～⇨忠於口。～～婆心～～pô-sim⇨出於慈悲之心的良言。

【苦厄 khó·-eh】 災難。抵著～～tú-tioh～～⇨逢到苦難。抵tú抵觸也，拄tú支撐也。

【苦毛 khó·-mo】 khó·-mn̂g。幼毛。發～～仔也hoat～～á-ā⇨生出幼毛了。

【苦心 khó·-sim】 苦其心志。千方百計。勞心勞力。～～所得的成果～～só· tit ê sêng-kó⇨勞心勞力所得來的成果。～～經營～～keng-êng⇨極力設法經營。～～孤詣～～ko-gē⇨精研學術，獨創事業，刻苦進行人所不及。

【苦主 khó·-chú】 喪家。兇案被害人的家屬。

【苦甘 khó·-kam】 苦味之中帶有甘味。又苦又甘。好茶飲了嘴尾藉會～～～hó-tê lim-liáu chhùi-bóe chiah ē～～～⇨好茶飲了才會有苦中帶甘的味道。

【苦瓜 khó·-koe】 有苦味的瓜。蔬菜之一。～～好食皮粗粗～～hó-chiah phôe chho·-chho·⇨苦瓜成熟了，其皮粗粗不平滑。

【苦皮 khó·-phôe】 幼皮。表皮。傷口抡生～～也siong-kháu teh seⁿ～～ā⇨傷口在生表皮了。

【苦旦 khó·-toàⁿ】 青衣。～～面～～bīn⇨愛哭面。

【苦行 khó·-hēng】 極辛苦的修行。～～和尙～～hôe-siūⁿ⇨辛苦修行的僧人。

【苦死 khó·-sí】 ㊀悲嘆而死。㊁khó·-sī。苦之極。活要～～oah boeh～～⇨硬要苦死人。太辛苦了。

【苦尾 khó·-bóe(bé)】 口中留有苦味。食了有～～chiah-liáu ū～～⇨口中留苦味。

【苦言 khó·-giân】 忠言。～～藥仔～～ioh-iá⇨同上。

【苦味 khó·-bī】 苦的味道。～～傷重～～siuⁿ-tāng⇨苦味太重。

【苦苦 khó·-khó·】 很苦。悲切。～～哀求～～ai-kiû⇨悲切的要求。

【苦命 khó·-miā】 窮苦的命運。悲慘的命運。～～人～～lâng⇨苦命的人。

【苦毒 khó·-tok】 虐待。大家～～新婦ta-ke～～sim-pū⇨母親虐待媳婦。兄嫂～～細姑hiaⁿ-só～～sè-ko·⇨嫂虐待小姑。

【苦差 khó·-chhe】 艱難的任務。當～～tng～～⇨擔當艱難的工作。看著是～～道無人愛去也khoàⁿ tioh sī～～tō bô-lâng ài-khì ā⇨看見是苦差就沒人要去了。

【苦海 khó·-hái】 喻人生社會。人生未輸～～jîn-seng bē-su～～⇨人生不遜於苦海。亦即人生恰如在苦海中。

【苦氣 khó·-khì】 又悲苦又生氣。不可乎序大人～～m̄-hó hō· sī toā-lâng～～⇨不可使父母生氣。

【苦茶 khó·-tê】 茶。苦味較重的茶。野生的茶。

【苦桃 khó·-thô】 有苦味的桃。

【苦情 khó·-chêng】 悲慘的事情。困難的立場。愛原諒我的～～ài goân-liōng goá ê～～⇨應該原諒我的苦情。

【苦醃 khó-iám】 苦味。形容柚子等略有苦味。即粒柚仔有較～～chit-liap iū-á ū-khah～～⇨此柚味苦些。醃iám，酒味苦也。

【苦麻 khó-moâ】 麻的一種。

【苦涎 khó-noā】 晨起口中的溢液。涎iân亦曰瀾noā。

【苦匏 khó-pû】 匏仔pû-á的一種。苦不能食。～～連根苦，甜瓜透蒂甜～～ liân-kin-khó·, tiⁿ-koe thàu-tì-tiⁿ⇨喻愛惡感情的兩極端。

【苦痛 khó-thòng】 悲痛。傷心～～siong-sim～～⇨傷心悲嘆。

【苦楚 khó-chhó·】 苦頭。食若夥的～～你敢知chiah goā-chē ê～～ lí-kám-chai⇨吃多少苦頭你豈知之。(你不知吧)。

【苦境 khó-kéng】 困難的環境。悲慘的境界。伊於～～中長大i tī～～tióng-toā⇨他在窮苦中長大成人。

【苦嘆 khó-thàn】 悲苦嘆息。怨嘆。～～自細無父母～～ chū-sè bô-pē-bú⇨怨嘆自少年就無父母養育。

【苦慼 khó-chheh】 苦嘆。憂慼。怨嘆。未過得伊拎～～bē-kòe-tit i-teh～～⇨怪不得她在怨恨。

【苦樂 khó-lok】 苦與樂。～～心內知～～sim-lāi-chai⇨苦樂心自知。

【苦戰 khó-chiàn】 激戰。難戰。力戰。勞心～～lô-sim～～⇨費精神用力氣艱巨奮鬪。

【苦學 khó-hak】 ㊀苦心學習。㊁一邊做工一邊學習。留學生拎～～的人眞夥liû-hak-seng teh～～ê lâng chin chē⇨留學生在苦學的人很多。

【苦難 khó-lān】 困難。窮苦。～～的兄弟～～ê hiaⁿ-tī⇨窮苦多難的同胞。

【苦齣 khó-chhut】 悲劇。搬～～poaⁿ～～⇨排演悲劇。個某拎搬～～in-bó· teh poaⁿ～～⇨他妻在演悲劇。

【苦勸 khó-khǹg】 諫言。忠告。勸告。愛聽人～～ài thiaⁿ-lâng～～⇨應該聽從別人的勸告。

【苦未了 khó-bē-liáu】 怨嘆坎坷不得志之詞。謂連續苦運嘗不盡。

# 怐 khò·

愚戇也。

【怐怐 khò·-khò·】 愚直。激～～kek～～⇨心不在焉的態度。亦即散散soàⁿ-soàⁿ。做人無拍無算bô-phah-bô-sǹg也。

# 庫 khò·

藏兵械之舍也。藏器物之所也。兵～peng～⇨同上。倉～chhng～⇨庋物資庋器物的房屋。公～kong～，國～kok～皆指官府預算或財物。

【庫平 khò·-phêng】 古時官府出納的機關名。～～銀～～gîn⇨清代通貨的一種通貨。

【庫吏 khò·-lī】 管理倉庫的小官。

【庫房 khò·-pâng】 出納部。賬房。

【庫秤 khò·-phêng】 同庫平。

【庫銀 khò·-gîn】 國庫的錢銀。

# 褲 khò·

同袴。下衣也。外～goā～⇨褲。內～lāi～⇨內下衣。

【褲丈 khò·-tn̄g】 做褲的布料。

【褲帶 khò·-toà】 束褲之帶。皮帶。～～結較絯拎～～ kat khah-ân-leh⇨準備對付需財孔急的局面。～～結相連～～kat sio-liân⇨喻行雙坐倆的夫妻或朋友。

【褲脚 khò·-kha】 褲的下部。～～攏鬼了了～～lóng kúi-liàu-liàu⇨謂鬼甚多。喻疑心太重。liáu改讀liàu。

【褲頭 khò·-thâu】 褲之最上部束帶之處。查某人～～掌櫃後cha-bó·-lâng～～chiáng-kūi āu⇨謂都是摸不得的地方。

【褲節仔 khò·-chat-á】 短褲。穿～～～運動較輕鬆chhēng～～～ ūn-tōng khah-khin-sang⇨同上。水～～～chúi～～～⇨農人之褲也。

**khò· 寇** 暴亂爲害者也。強盜劫奪也。強～kiâng～⇨強盜。草寇chháu～⇨土賊。落草爲～loh-chháu ûi～⇨入山做賊。倭～e～⇨明末的日本海賊。亦指日本人。

【寇兵 khò·-peng】 賊兵。

【寇亂 khò·-loān】 兵作扵外爲寇，兵作扵內爲亂。

## khoa

**khoa 誇** 諏khám也。大言也。自大也。歕鷄胿pûn-ke-kui，即吹牛。自～chū～⇨自吹自擂chū-chhui-chū lūi。

【誇口 khoa-kháu】 大言。吹牛。歕鷄胿pûn ke-kui。不是我扵～～，您父袋仔底內信採抵抵扵，亦有三五千仔m̄-sī goá teh ～～ lín-pē tē-á-té chhīn-chhài jîm-jîm-lē, ah-ū san-gô·-chheng-á⇨非我吹牛也，我衣袋中隨便抵一抵，也有三五千元也。抵jîm，手探袋中取物也。

【誇大 khoa-tāi】 以小說成大。～～其詞～～ kî-sû ⇨ 同上。～～妄想狂～～ bōng-sióng-khong⇨空思夢想(大)的症候。

【誇言 khoa-giân】 諏話 khám-ōe。誇口 khoa-kháu之言也。

【誇張 khoa-tiang】 言過其實giân-kò-kî-sit。講安爾有較～～kóng an-ne ū-khah～～⇨如此說法，誇大些也。

【誇獎 khoa-chiáng】 讚美奬勵chàn-bí-chiáng-lē。亦爲被誇獎時的謙詞。

**khoa 跨** 渡也。騎也。駕在其上曰跨khoa。横～兩大洲hoâi ～ liáng-tāi-chiu⇨關係區域跨越著兩個大洲。

【跨越 khoa-oat】 横跨過去。

【跨黨 khoa-tóng】 一人加入兩個黨派。～～份子～～hun-chú⇨同上。

**khoa 胯** 兩腿之間也。就人體言爲胯，就衣著言爲袴khoa，褲khò·也。

【胯下之辱 khoa-hē-chi-jiok】 忍辱一時。韓信有～～～～han-sīn iú～～～～⇨同上。

**khoa 袴** 同褲khò·。

**khoà 靠** 船靠岸khò-hoā$^{n}$曰靠岸khoà-hoā$^{n}$，靠港khò-káng,靠碼頭khò-bé-thâu亦皆曰靠khoà。

**khoà ⿱沙可** 船著沙不能行曰⿱沙可沙khò-soa，亦曰khoà-soa,⿱沙可淺khò-chhián，⿱沙可線khò-soà$^{n}$亦皆曰⿱沙可khoà。

**khoà 掛** 懸也。掛koà也。懸物曰掛koà，懸事在心多曰掛khoà。有代誌～於心裡ū tāi-chì～tī sim-nī⇨有事懸在心中。

【掛念 khoà-liām】 關懷，思念。定定扵～～tiā$^{n}$-tiā$^{n}$ teh～～⇨每在思念。

【掛慮 khoà-lū】 憂慮iu-lī。時常於扵～～sî-siōng tī-teh～～⇨時常sî-siōng⇨定定tiā$^{n}$-tiā$^{n}$。

【掛礙 khoà-ngāi】 掛慮khoà-lū。較無～～也嘛，免煩惱也啦khah-bô ～～ā-mà, bián hoân-ló à là⇨掛慮之事很少了，不用再操心了。無掛無礙bô-khoà-bô-ngāi ⇨無所牽掛khan-koà。

**khoā 亟** 敏也。疾也。急也。亦亟khū也。極kek也。

【亟亟走 khoā-khoā-cháu】 khū-khū-cháu。度晬耳道會曉亟亟行 ～～～ 也tō·-chè niâ tō ē-hiáu khoā-khoā-kiâ$^{n}$～～～ à ⇨才周歲而已，就會自自在在地自行自走了。

【亟亟等 khoā-khoā-tán】 khū-khū-tán。焦急的等待。聽著耳道扵～～～也thia$^{n}$-tioh niâ tō-teh～～～à⇨一聽到(消息)就在等候了。

【亟亟蹌 khoā-khoā-chông】 khū-khū-chông。急急地奔去。即幾日仔安爾～～～，未輸猶狗母扵，不知扵蹌啥chit-kúi-jit-á an-ne～～～, bē su siáu-káu-bó-leh, m̄-chai teh chông-siah$^{n}$⇨這幾天，如此這樣的拼命奔波，宛然像狂母狗的模樣，不知他在奔走何事。蹌chông，急行也。亦走也。

## khoa$^{n}$

**khoa$^{n}$ 寬** 不緊不急也。慢慢來也。緊事～辦kín-sū～pān⇨緊急的事須慢慢應付。

**【寬仔 khoa$^{n}$-á】** 漫。漫漫來。～～是～～sī⇨漫漫來。～～行～～kiâ$^{n}$⇨漫漫行。～～飼～～chhī⇨一日一日撫養。～～拜託～～pài-tok⇨多方設法拜託。～～姑成～～ko·-chiâ$^{n}$⇨多方鼓舞勸說。～～共阮妨害～～kā-goán hông-hāi⇨多方對我們妨害。會使得～～享福也ē-sái-li～～hiáng-hok-à⇨可以慢慢享福了。照順序～～講chiàu-sūn-sī～～kóng⇨按照順序漫漫講。

**【寬寬仔 khoa$^{n}$-khoa$^{n}$-á】** 同寬仔khoa$^{n}$-á。有藉～～～還無要緊ū chiah～～～hêng bô-iàu-kín⇨有錢才慢慢地還就好了。

**khóa$^{n}$ 款** 錢項也。賬目用詞。補助～pó·-chō·～⇨同上。救濟～kiù-chè～⇨同上。定期存～tēng-kî-chûn～⇨同上。捐～koan～⇨同上。撥～poah～⇨同上。

**【款項 khóa$^{n}$-hāng】** 條款tiâu-khóa$^{n}$。經費。

**【款項目 khóa$^{n}$-hāng-bok】** 預算書的條目。第二款第三項第四目tē-jī-khóa$^{n}$ tē-sa$^{n}$-hāng tē-sì-bak⇨同上。

**khoà$^{n}$ 看** 見。觀察也。分別也。無夠～bô kàu～⇨謂其差太多也。

**【看人 khoà$^{n}$-lâng】** ㊀見人。觀察人。～～撒油～～soah-iû⇨看什麼種的人物，加多少的油下鼎。喻對人作差別待遇。～～食肉，不當～～破柴～～chiah-bah, m̄-thang～～phoà-chhâ⇨喻不可近險地，因看人食肉雖不合禮但無危險，看人破柴即不但無利反有吃斧頭花的飛來橫禍。～～放屎嚨喉頭道僥～～pàng-sái nâ-âu-thâu tō ngiau⇨喻不可事事看人家做得不錯，就想模倣之。不當～～無著m̄-thang～～bô-tioh⇨不可看輕別人。㊁看是何人，亦即選擇人的意思。許逐個每會曉he tak-ê mā ē-hiáu⇨其事誰都會。該～～扲ài～～leh⇨應該看是何人也（不是誰都會）。～～食米粉扲共人喝燒～～chiah bí-hún teh kâng hoah sio⇨喻多管閑事。共人切讀成kâng。

**【看口 khoà$^{n}$-kháu】** 同看頭。好～～hó～～⇨外表好看。

**【看山 khoà$^{n}$-soa$^{n}$】** ㊀觀山的風景。㊁找尋墓穴。㊂房屋或墓地向山。

**【看水 khoà$^{n}$-chúi】** ㊀巡視灌溉用水及其水路。㊁賊衆看風的人。

**【看月 khoà$^{n}$-goeh(geh)】** 觀月、賞月。

**【看牛 khoà-gû】** 牧牛。放牛。～～囡仔～～gín-á⇨小牛童。～～班～～pan⇨牛童班，據說當今學校有看牛班。派看牛老師，讀也好不讀也好，教也好，不教也好，算是最進步的教育方式。一嘆！

**【看天 khoà$^{n}$-thi$^{n}$】** 觀天。由天。～～田～～chhân⇨單季田，天降雨才有收成。～～食飯～～chiah-pn̄g⇨天不降雨有工作才能有飯吃。

**【看册 khoà$^{n}$-chheh】** 看書。讀書。

**【看見 khoà$^{n}$-kì$^{n}$】** ㊀照顧。看顧khoà$^{n}$-kò·。無人～～bô-lâng～～⇨無人看顧。㊁讀khoà$^{n}$-ī$^{n}$。同看着。無人～～bô-lâng～～沒人看見。～～鬼～～kúi⇨看着khoà$^{n}$-tioh鬼。逢見鬼。意謂並無事實。我有～～goá-ū～～⇨我是看見了。

**【看花 khoà$^{n}$-hoe】** 觀賞花。早起時～～花歡喜，暗時～～花受氣chai-sî～～hoe hoa$^{n}$-hí, àm-sî～～hoe siū-khì⇨謂賞花必在清晨，夜裡即花自己也不高興人看。早起時訛成cha-i-sî→chai-sî。

**【看卷 khoà$^{n}$-kǹg】** 看學生的考卷。

【看命 khoàⁿ-miā】 算命。占卜。～～先～～sian⇒看命先生。

【看門 khoàⁿ-mn̂g】 看守門戶。

【看牲 khoàⁿ-seng】 供看的牲禮。麵粉做的牲禮。

【看症 khoàⁿ-chèng】 看症候。醫生看病。

【看眞 khoàⁿ-chin】 看清楚。～～藉知是看牲～～chiah chai sī khoàⁿ-seng⇒看清楚才知導是人造牲禮。

【看書 khoàⁿ-chu(su或si)】 讀書。

【看脈 khoàⁿ-meh】 把脈探病。

【看病 khoàⁿ-pēⁿ(pīⁿ)】 醫病。看病情開處方。同看症。

【看破 khoàⁿ-phoà】 決心。看得澈底。～～行～～kiâⁿ⇒(無車子可乘)決心行吧。～～賣～～bē⇒(價錢支不住了)賣吧。～～紅塵～～hông-tîn⇒看破塵世(決心歸佛門)。猶毋～～iáu-m̄-～～⇒還看破不了。～～奸情～～kan-chêng⇒看透了壞事。

【看時 khoàⁿ-sî】 看時間。看時機。～～看日～～khoàⁿ jit⇒時日皆由卜者看定。定時定日的。不能移易的。

【看款 khoàⁿ-khoán】 看樣品。看情形。先～～藉來講seng～～chiah lâi-kóng⇒先看樣本然後再說。能不能幫助別人該～～lêng-put-lêng pang-chō͘ pat-lâng ài ～～⇒能不能助別人應該看情形如何才作決定。

【看着 khoàⁿ-tioh】 看見。偷～～thau～～⇒私自看見了。偷～～伊的秘密thau～～in ê pī-bit⇒暗地裡看見了他們的秘密。～～每厭～～mā-giàm⇒一看見就討厭。

【看銀 khoàⁿ-gîn(gûn)】 鑑定銀分。

【看樣 khoàⁿ-iūⁿ】 看樣本照做。～～做～～chò⇒看樣本做。大狗跳牆，細狗～～toā-káu thiàu-chhiûⁿ, sè-káu ～～⇒喻小人會按照大人的壞模樣做。所以大人必須先做好模樣。有樣～～，無樣家己想ū-iūⁿ～～，bô-iūⁿ ka-lī-siūⁿ⇒有樣本的看樣本做，無樣本可看者，須自己想，自己考案出來做。已kī⇒lī

【看慣 khoàⁿ-koàn】 看得習慣了。

【看豬 khoàⁿ-ti】 屠戶找大猪。～～胚～～phoe⇒養猪戶找尋小猪。喻找女壻。

【看戲 khoàⁿ-hì】 欣賞演戲。

【看顧 khoàⁿ-kò͘】 照顧。扶助。

【看一下 khoàⁿ-chit-ē】 一看。～～～道跳起來也～～～tō thiàu-khí-lâi-à⇒一看就跳起來了(大驚或大怒)。

【看人有 khoàⁿ-lâng-ū】 看他有財勢，看得起人。

【看人無 khoàⁿ-lâng-bô】 與看人有相反。看不起人。

【看三孔 khoàⁿ-saⁿ-khang】 看孔。付錢看暗箱孔內有風景人形等奇奇怪怪的照片。

【看上目 khoàⁿ-chiūⁿ-bak】 看上眼。看了中意。既～～～道好講也了kà～～～tō hó-kóng-à-lò͘⇒既然看中意了，就容易說話了。

【看三色 khoàⁿ-sam-sek】 對人事勢都觀察入微，能見風轉舵之精明人。人伊是～～～的人，你侎合人講啥lâng i sī～～～ê lang, lí boeh kah-i kóng-sahⁿ⇒他是精明人，你能與他比嗎。

【看店口 khoàⁿ-tiàm-kháu】 在店面賣貨待客。

【看花燈 khoàⁿ-hoe-teng】 看元宵或仲秋的花燈。

【看現現 khoàⁿ-hiān-hiān】 全部看得清楚，看得透。有若夥物～～～抡也，曷使歕ū-goā-chē-mih～～～leh à, ah-sái-pûn⇒有多大的東西一才能，財勢一看就明明白白了，何必吹牛。

【看會出 khoàⁿ-ē-chhut】 能夠看出。有無都～～～的未瞞得的ū-bô to～～～ê bē-moā-tit-ê⇒有無(錢)可以看出來的，瞞不了的。

【看過目 khoàⁿ-kòe-bak】 看了滿意。～～～道輸贏也～～～tō su-iâⁿ-ā⇒滿意了就決定了。

【看會起 khoà$^n$-ē-khí】 看得起。～～～藉有相招呼～～～chiah-ū sa$^n$-chio-ho͘⇒同上。～～～道來，看未起道煞～～～tō-lâi, khoà$^n$-bē-khí tō-soah⇒看得起我就來吧，看不起我就算了。

【看過過 khoà$^n$-kòe-kòe】 完全不夠看。

【看親成 khoà$^n$-chhin-chiâ$^n$】 ㈠相親。㈡男家赴女家下聘。

【看瓣勢 khoà$^n$-pān-sè】 看形勢。～～～藉決定～～～chiah koat-tēng⇒看情勢如何變化再造道理。

【看千看萬 khoà$^n$-chêng-khoà$^n$-bān】 看過很多很多。

【看前看後 khoà$^n$-chêng-khoà$^n$-āu】 看前面看後面。喻心情不安。

【看馬相踢 khoà$^n$-bé-sio-that】 欣賞馬在爭鬪。企岠山～～～～khiā-koân-soa$^n$～～～～⇒喻身退局外平心欣賞人家之生死鬪爭。

【看無目地 khoà$^n$-bô-bak-tē】 看輕。輕蔑。視人卑賤無價值。

## khoah

khoah **渴** 嘴乾chhùi-kan想茶水曰渴khoah。喉乾嘴～âu-ta-chhùi～⇒渴之極。亦喻窮極。止～chí～⇒救口乾。亦喻救窮。安爾未止～an-ne bē chí～⇒如此不夠濟其窮。

khoah **闊** 廣也。寬也。土地眞～thó͘-tē chin～⇒同上。厝～房間～chù～pâng-keng～⇒房子大屋子大。交陪～kau-pôe～⇒交遊廣。度量～tō͘-liāng～⇒度量大。㝗㝩～lòng-khòng～⇒非常廣大。㝗㝩lòng-khòng，屋空虛也。亦作閬閌lòng-khòng。

【闊身 khoah-sin】 布幅大也。即款布較～～chit-khoán pò͘ khah～～⇒同上。

【闊氣 khoah-khì】 有錢人氣概ū-chî$^n$-lâng khì-khài。豪爽hô-sóng。～～兼風神～～kiam hong-sîn⇒豪爽加上愛出風頭。

【闊幅 khoah-pak】 同闊身khoah-sin。～～布～～pò͘⇒同上。

【闊隘 khoah-eh】 廣狹kóng-kiap。～～無關係，有夠長道可～～bô-koan-hē, ū-kàu-tn̂g tō-hó⇒廣狹都無關係，長度夠了就好了。

【闊嘴 khoah-chhùi】 口大。～～査甫食四方，～～査某食田園～～cha-po͘ chiah-sì-hng,～～cha-bó͘ chiah-chhân-hn̂g⇒俚言。

【闊茫茫 khoah-bông-bông】 闊得無邊際。台北～～～侏佗去㪁人tâi-pak～～～boeh ta(to)-khì chhōe-lâng⇒台北廣得很那裏尋人。

【闊㝗㝩 khoah-lòng-lòng】 非常曠濶khòng-khoah。曠濶khòng-khoah。所在～～～só͘-chāi～～～⇒地方又廣又闊。

【闊腹魚 khoah-pak-hî】 魚名。濶腹仔khoah-pak-á。

【闊獅獅 khoah-sai-sai】 嘴大如獅。即個嬰仔的嘴～～～，你看抔chit-ê e$^n$-á ê chhùi～～～，lí khoà$^n$-leh⇒此嬰兒之口大如獅你看看。

【闊輪㝗 khoah-lìn-lòng】 同濶㝗㝩。

【闊袤蕩是 khoah-bóng-tōng-sī】 廣袤無邊kóng-bō͘-bû-pian也。非常之廣大。一間～～～～由在你侏企亭車糞斗攏會用得chit-keng～～～～iû-chāi-lí boeh khiā-thêng chhia-pùn-táu lóng-ē-ēng-tit⇒房間非常之大，由你要金鷄獨立，要翻跟斗都可以。

khoah **濶** 同闊khoah。

khoah **擱** 置也。放置也。又延緩也。又曰擱khah，義同。未～得也bē(bōe)～tit à⇒不能再拖了。彼條～眞久也hit-tiâu～chin-kú à⇒那一條(賬目)懸案很久了。

【擱淺 khoah-chhián】 khah-chhián。船陷砂不進。亦喻事受阻。問題猶～～於抔būn～tê iáu～～tī-teh⇒事尙懸案中。

## khoai

**khoài 快** 急速也。喜悅也。又指人。最～的速度chòe-khoài ê sok-tō⇨同上。爽～sòng～⇨同上。捕～pó～⇨今謂刑警。馬～bé～⇨馬伕。愛～去倒慢ài～khì-tò-bān⇨欲速即不達。

【快老 khoài-lāu】 易老。日月催迫人～～jıt-goeh chhui-pek lâng～～⇨日催月迫人易老。

【快車 khoài-chhia】 加快速度的交通車輛。～～票該加錢～～phiò ài ke-chîⁿ⇨快車票須加價。

【快快 khoài-khoài】 很快。～～行～～走～～kiâⁿ～～cháu⇨快行快走。

【快函 khoài-hâm】 同快信。

【快活 khoài-oah】 爽快。～～一世人～～chıt-sì-lâng⇨同上。

【快信 khoài-sìn】 限時專送。

【快班 khoài-pan】 捕快等的小吏階級。

【快哨 khoài-sàu】 海關的巡邏艇。作巡邏工作的海關人員。

【快捷 khoài-chiat】 快速敏捷。

【快速 khoài-sok】 快捷khoài-chiat。～～部隊～～pō·-tūi⇨同上。

【快意 khoài-ì】 心神爽快。心滿意足。

【快感 khoài-kám】 爽快的感覺。

【快艇 khoài-têng】 速度快的小船。

【快厭 khoài-ià】 容易討厭。

【快樂 khoài-lok】 無憂無慮，萬事如意。～～人生～～jîn-seng⇨萬事如意的人生。

【快做媽 khoài-chò-má】 快做祖母。敢道～～káⁿ tō～～～⇨指女孩子敢做敢爲就很快會做祖母。即敢亂來就快生子。

【快落籠 khoài-loh-láng】 快被收入戲籠，喻容易息怒。紅面的～～～âng-bīn-ê～～～⇨紅面的喻戲台上的忠臣，這些忠臣多遭人陷害而快死快被收入戲籠中，以喻性硬直的人快歸平靜，亦即易息怒。

【快馬加鞭 khoài-má-ka-pian】 快上加快進行。

【快刀斬亂麻 khoài-to-chám-loān-mâ】 謂有才幹者收拾殘局之迅速明確。

【快人講快話 khoài-lâng-kóng-khoài-ōe】 ⇨急性的人講急性的話。快人快語khoài-jîn-khoài-gí。

【快生無好囝 khoài-seⁿ-bô-hó-kiáⁿ】 謂忽忽生子生不出好的兒子。喻凡事急就章沒有好結果。～～～～～，快紡無好紗，快嫁無好大家～～～～～，khoài-pháng bô-hó-se, khoài-kè bô-hó ta-ke⇨三句皆喻急性草草從事，得不到好結果。

**khoài 筷** 箸tī也。碗～oáⁿ～⇨碗箸oáⁿ-tī。

**khoài 塊** 塵土也。大～tāi～⇨大地tāi-tē。風不鳴枝，雨不壞～，路不拾遺，夜不閉戶hong put-bêng-ki, í put-hoāi～, lō· put-sıp-î, iā put-phì-hō·⇨謂聖人之盛世如此。

**khoâi 塊** 重塊塊tāng-khoâi-khoâi，甚重的形容。

## khoan

**khoan 寬** 事物大而有容也。宥恕也。不迫切也。放～hòng～⇨放鬆。有較～也ū khah～ā⇨同上。

【寬心 khoan-sim】 放心。心不急。

【寬衣 khoan-i】 脫衣。～～解帶～～kái-tài⇨解衣解帶。請逐個～～chhiáⁿ tak-ê～～⇨請大家脫衣。

【寬宏 khoan-hông】 寬大。～～大量～～tāi-liāng⇨肚量很大。

【寬典 khoan-tián】 放寬典章。寬免。

【寬限 khoan-hān】 限制放寬。乎我更～～

二個月hō·-goá koh～～nn̄g-koh-goe̍h⇨再給我放寬兩個月的時間。

【寬宥 khoan-iú】 寬赦。～～伊猶少年無知～～i iáu siàu-liân bû-ti⇨寬宥他還是少年不識東西。

【寬容 khoan-iông】 寬大。不加責備。

【寬恕 khoan-sū】 寬予同情。

【寬裕 khoan-jū】 豐富。生活有較～～seng-o̍ah ū khah～～⇨生活較富裕。

【寬期 khoan-kî】 放寬期限。

【寬廣 khoan-kóng】 寬濶。

【寬緩 khoan-oān】 放寬。乎你～～可以，但是講話該有信用hō·-lí ～～ khó-í, tān-sī kóng-ōe ài ū sìn-iōng⇨讓你放寬可以，但是不可失信。

【寬濶 khoan-khoah】 寬大而廣濶。客廳設計得眞～～ kheh-thia$^{n}$ siat-kè-tit chin～～⇨同上。

【寬懷 khoan-hoâi】 寬大的胸懷。

【寬饒 khoah-jiâu】 寬赦。

**khoán 款** 錢項也。樣式也。品質也。收拾東西亦曰khoán。放～hòng～⇨放債。新～sin～⇨新式樣。新樣。有～ū～⇨有夠格。好～hó～⇨①好樣式。②得寸進尺。父母惜了煞傷好～去hū-bó sioh-liáu soah siu$^{n}$ hó-khoán-khì⇨父母痛愛的結果才得寸進尺——太過分了。物攏～好也mi̍h lóng～hó-à⇨東西皆收拾妥當了。扱～khioh～⇨找機會報仇。扱～要拂伊khioh～boeh hut-i⇨製造問題要打擊他。

【款曲 khoán-khiok】 情趣。有內容有曲折。即棚戲做了眞有～～chit-pê$^{n}$-hì chò-liáu chin ū～～⇨這齣戲做得很有情趣。

【款式 khoán-sit】 樣式。體裁。成品什麼～～猶不知sêng-phín sa-ma～～iáu m̄-chai⇨成品是怎麼樣的式樣還不知道。

【款待 khoán-thāi】 招待，照應。禮遇。侍候。～～人客～～lâng-kheh⇨招待來賓。照顧賓客。講罔講，伊人亦眞好～～kóng-bóng-kóng, i-lâng ia̍h chin hó～～⇨說起來嗎，他的做人也很隨便很易伺候。

【款項 khoán-hāng】 錢項，錢財。～～該來清楚去明白～～ài lâi-chheng-chhó khì-bêng-pe̍k⇨錢銀的來往應該來去明白。

【款勸 khoán-khoàn】 殷勤勸告。忠告。

【款來庋 khoán-lâi-khǹg】 把什物收拾起來收藏。書籍什誌該～～～si-che̍k cha̍p-chì ài～～～⇨同上。庋khǹg，擱置也，俗作藏khǹg。

【款起來 khóan-khí-lâi】 khoán-khì-lâi。收拾。轉而爲收拾了他，修理他，殺了他。共伊～～～！kā-i～～～！⇨修理他。也是一種喊打的呼號。

【款款飛 khoán-khoán-hui】 緩緩而飛。穿花蛺蝶深深見，點水蜻蜓～～～chhoan-hoa kiap-tia̍p chhim-chhim kiàn, tiàm-súi chheng-têng～～～⇨杜甫。

**khoàn 勸** 勉勵也。忠告也。奉～咱人該老實hōng～lán-lâng ài láu-si̍t⇨同上。

【勸化 khoàn-hoà】 勉人轉邪入正。勸人施財物。

【勸世 khoàn-sè】 勸化世人從善。～～文～～bûn⇨同上。～～歌～～koa⇨同上。

【勸戒 khoàn-kài】 訓戒。

【勸告 khoàn-kò】 以善言或利害關係告之。～～罷課的學生快回教室～～pā-khò ê ha̍k-seng khoài hôe kàu-sek⇨同上。

【勸和 khoàn-hô】 勸人和解。勸人不可爭。～～無勸離～～bô khoàn lī⇨勸夫妻和合不勸以離婚。

【勸善 khoàn-siān】 勸人去惡從善。～～壇～～toâ$^{n}$⇨勸人去惡從善的演說壇。

【勸募 khoàn-bō·】 勸人響應募捐。～～救災款～～kiù-chai-khoán⇨同上。

【勸業 khoàn-gia̍p】 獎勵發展產業。～～銀行～～gîn-hâng⇨以產業界為對象的銀行。

【勸解 khoàn-kái】 勸勉解釋。勸勉和解。聽人～～較著thiaⁿ-lâng～～khah-tio̍h⇨聽從勸解才對。

【勸誘 khoàn-iú】 勸勉誘導。保險～～員pó-hiám～～oân⇨同上。

【勸慰 khoàn-ùi】 勸勉慰問。

【勸懲 khoàn-tîn】 勸善懲惡。

【勸工場 khoàn-kang-tiûⁿ】 為發展產業及貿易，集衆多工業的產品於一處，供人參觀採購之處。亦稱勸商場khoàn-siang-tiûⁿ或勸業場khoàn giap-tiûⁿ。今稱共同商品市kiōng-tông-siang-phín-chhī。

khoân **環** 圓形的東西曰khoân。手～chhiú～⇨玉～ge̍k～⇨均女人的飾品。連～liân～⇨數環相連。～～圖繪～～tô͘-ōe⇨連續性的圖繪。

【環旋 khoân-soân】 繞一周。

【環箍 khoân-kho͘】 文章加圈點。

【環癬 khoân-sián】 圓形的癬。

khoân **圈** 圍畜之欄也。亦圓也。打圓點也。太空～thài-khong～⇨同上。

【圈套 khoân-thò͘】 陷害他人之計。設～～siat～～⇨安排奸計。

【圈選 khoân-soán】 在選票上打圈以選出好人。

【圈點 khoân-tiám】 打圓點。句讀點kù-tāu-tiám。

khoân **權** 或讀koân，力也。勢也。利也。別輕重曰權khoân，便宜行事亦曰權khoân。生存～seng-chûn～⇨生活生存的權利。人～jîn～⇨做人皆有獨立、自由、平等的基本權。弄～lōng～⇨玩弄權力。制空～chè-khong～⇨控制本國領空之權利及權力。統治～thóng-tī～⇨同上。

【權力 khoân-le̍k】 操縱指揮的功能。～～是人所必爭的～～sī lâng so͘ pit-cheng-ê⇨同上。

【權臣 khoân-sîn】 有權之臣。能利用主子之臣。～～敗國～～pāi-kok⇨權臣因弄權而敗國。

【權利 khoân-lī】 權。有權者必有利。～～義務～～gī-bū⇨同上。

【權宜 khoân-gî】 臨時行其所宜。隨便。～～行事～～hêng-sū⇨隨時決定問題不必向上級請示。～～之計～～chi-kè⇨臨時應變之計。

【權門 khoân-mn̂g】 權貴之家。把持權力的家族。

【權限 khoân-hān】 權力的範圍。講實在，縣長的～～不值著警察局長kóng-si̍t-chāi,koān-tiúⁿ ê～～m̄-ta̍t-tio̍h kéng-chhat-kio̍k-tiúⁿ⇨同上。

【權要 khoân-iàu】 有權力之主要人物。

【權柄 khoân-pèng】 權。權之柄。權為斧，即權柄就是斧柄。

【權威 khoân-ui】 ㊀權力威力。㊁學問的大家。物理學的～～bu̍t-lí-ha̍k ê～～⇨同上。

【權能 khoân-lêng】 權力功效。上帝的～～siōng-tè ê～～⇨同上。

【權詐 khoân-chà】 奸詐。

【權勢 khoân-sè】 權力勢力。～～有也，錢亦有也～～ū-ā, chîⁿ ia̍h-ū-ā⇨同上。

【權謀 khoân-bô͘】 ～～術數～～su̍t-sò͘⇨權變的計謀。

【權輿 khoân-î】 物之初生。

【權變 khoân-piàn】 從權達變。臨機應變。

## khoat

khoat **缺** 破也。虧廢也。空的職位曰缺khoat。人有悲歡離合，月有陰晴圓缺～jîn-iú pi-hoan lî-ha̍p, goa̍t-iú im-chêng oân～⇨蘇東坡詞念奴嬌。

【缺乏 khoat-hoat】 不夠用。物資眞～～but-chu chin～～⇨物資不夠用。

【缺席 khoat-sek】 沒有出席。～～判決～～phoàⁿ-koat⇨被告未在席而作判決。

【缺陷 khoat-hām】 有缺點。不完滿。

【缺課 khoat-khò】 缺席。老師未上堂。學生未上課。

【缺憾 khoat-hām】 有所遺憾。

【缺點 khoat-tiám】 缺陷之處。～～是有，不過猶眞好用～～sī ū, put-kò iáu chin-hó-iōng⇨缺點是有的，不過還是很可以用。

【缺額 khoat-giah】 額數不足。～～待補～～thāi-pó⇨同上。

khoat 闕 失也。過也。天子所居曰闕。宮～kiong～⇨天子所居。～下～hē⇨宮闕之下。

【闕文 khoat-bûn】 文章中缺失或空白的字或章句。

【闕筆 khoat-pit】 省筆。文字減寫筆畫。

【闕疑 khoat-gî】 有不明不安於心者闕空之。多聞～～，愼言其餘to-būn～～sīn-giân ki-î⇨論語。

khoat 蛞 蛞蝓khoat-jû。動物名。俗名鼻涕蟲phīⁿ-thè-thâng。黑色楕圓形，逢塩即化水而死。棲於陰溝或陰濕之處。

khoat 括 結也。東了。包～pau～⇨同上。囊～lông～⇨包羅pau-lô。

【括弧 khoat-ô】 數學的附號。文章中亦用之。

【括約筋 khoat-iak-kin】 生理學名詞。有收縮與鬆放作用的筋肉。肛門～～～kang-mn̂g～～～⇨同上。膀胱～～～phông-kong～～～⇨同上。

## khoe

khoe 盔 鉢poat也。首鎧siú-khái也。冑tiū也。兜tau也。禦兵刃之冠也。亦即古戰士的鐵帽。頭戴～身御甲thâu tài～sin gī-kah⇨古戰士之鐵甲全副武裝。

【盔甲 khoe-kah】 古武士之鐵帽。盔有五六斤，甲即有四五十斤重云。

khoe 詼 謔gek也。嘲tiâu也。戲笑也。又巧詞騙人亦曰詼khoe。蓋與僞動作的科khoe諧音故也。笑～chhiò～⇨戲謔。講笑～kóng chhiò～⇨說說笑料。眞笑～也哼chin-chhiò～a-hèⁿ⇨責其言之荒唐。又抡～也iū-teh～a⇨又在畫山畫水了。亦即巧詞騙人。免得bián teh～⇨不用騙了。免～bián～⇨免蓋bián-kài。

【詼仙 khoe-sian】 科仙khoe-sian俗作詼仙khoe-sian。亦曰虎乍仙hó-lān-sian（粗語）。仙sian通作先sian。卵lan亦屛也，俗作乍。

【詼諧 khoe-hâi】 科介khoe-hâi之俗訛。

khoe 科 戲劇中的舉止曰科khoe，亦曰介hâi，亦即各脚色kioh-siàu的動作表情也。舊脚本khau-pún中，除口白kháu-peh之外，有跳牆科或飮酒介等的記載，即指示該演員作跳牆或飮酒等之動作也。又假動作亦曰科khoe，俗訛作詼khoe。

【科介 khoe-hâi】 戲劇中的各種舉止動作，逗人喜笑的事宜。厚～～kāu～～⇨動作多，笑料多之人。格～～kek～～⇨表演奇形怪狀的動作或言詞以逗人笑。學生無生材，學且無目眉，叫我學猾丑，更道未曉格～～oh-seng bô seng-châi, oh-toàⁿ bô bak-bâi, kiò-goá oh-siáu-thiúⁿ, koh-tō be-hiáu kek～～⇨丑仔白。

【科仙 khoe-sian】 俗作詼仙khoe-sian，亦曰虎乍仙hó-lān-sian。皆指戲弄或騙人者。

khoe 恢 大也。廣大也。志大也。

【恢弘 khoe-hông】 廣大之。誠宜開張聖聽，以光先帝遺德，～～志士之氣，不宜妄自菲薄，引喻失義也sêng gî khai-tiang sèng-theng, í-kong sian-tè ûi-tek,～～chì-sū chi khì, put-gî bōng-chū húi-pok, ín-jî sit-gī-iâ⇨出師表。

【恢恢 khoe-khoe】 廣大。天網～～，疏而不漏thian-bóng～～so͘ jî put-lō͘⇨同上。

【恢復 khoe-hok】 回復hôe-hok。～～元氣～～goân-khì⇨同上。～～舊觀～～kū-koan⇨同上。

khoe **魁** 帥也。首領也。又星名。又高大也。山寨的首～soaⁿ-chē ê siú～⇨寨主chē-chú。

【魁星 khoe-seng】 北斗第一星。俗曰文星bûn-chheⁿ或狀元星chiōng-goân-chheⁿ。～～呈墨斗～～ thêⁿ bak-tâu(táu)⇨謂文星爲狀元捧墨斗也。

【魁梧 khoe-gô】 體格高大。魁岸，魁偉都是同義詞khoe-gān, khoe-úi to-sī tông-gī-sû⇨同上。

【魁多士 khoe-to-sū】 爲多士之首。若梁灝，八十二，對大廷，～～～jiak liâng-hō, pat-sıp-jī, tùi-tāi-têng～～～⇨三字經。

khoe **溪** 溪khe也。烏溪o͘-khe⇨烏溪o͘-khoe。

khòe **敤** 敤khè也。敤油khè-iû，敤甘蔗khè-kam-chià⇨敤油khòe-iû，敤甘蔗khòe-kam-chià。搾取油脂，搾出蔗汁也。

khòe **㗉** 㗉khè也。㗉骨食肉khè-kut-chiah-bah⇨㗉骨食肉khòe-kut-chiah-bah。

khòe **契** 契khè也。田契chhân-khè⇨田契chhân-khòe。

khòe **擱** 跕thiap也。下有墊tiām曰擱khòe。在下支之曰擱khòe。無物好～bô-mıh hó～⇨無物可墊之。提些來～theh-chē lâi～⇨拿些(東西)來墊之。

【擱脚 khòe-kha】 跕脚thiap-kha。足有履曰跕thiap。舉椅仔～～giâ í-á～～⇨取椅子跕脚。肩頭乎人扴～～ keng-thâu hō͘-lâng teh～～⇨喩轎夫等下賤辛苦的工作。亦曰肩頭乎人做路行keng-thâu hō͘-lâng chò-lō͘-kiâⁿ。

khôe **瘸** 脚手之病也。足跛曰瘸khôe。因寒冷等四肢失感覺亦曰瘸khôe。

【瘸手 khôe-chhiú】 跛手pái-chhiú。佗一個～～仔提去ta(to)-chit-ê～～ê theh-khì⇨咒罵語。謂是誰偷竊而去。

【瘸脚 khôe-kha】 跛脚pái-kha。～～跛手～～pái-chhiú⇨同上。～～破相～～phoà-siùⁿ⇨身體上的缺陷。嫁著～～翁，行路若跳童kè-tioh～～ang, kiâⁿ-lō͘ ná-thiàu-tâng⇨譴稱跛者行路如童乩。

【瘸瘸 khôe-khôe】 脚手失感覺，動作不靈敏。寒到脚手攏～～koâⁿ-kà kha-chhiú lóng～～⇨凍得脚手皆麻木不靈了。

khôe **搩** 搩khê，阻滯也。厚搩kāu-khê⇨厚搩kāu-khôe⇨多阻多滯也，指多事多病。

## khoeh

khoeh **契** 契kheh也。合也。目珠金，目珠契bak-chiu-kim, bak-chiu-kheh⇨目珠金，目珠契bak-chiu-kim, bak-chiu-khoeh。眼開眼閉。

khoeh **敤** 敤kheh也(見kheh部)。

khoeh **揢** 揢kheh也。相挨相揢sio-e-sio-kheh⇨相挨相揢sio-oe-sio-khoeh。

khoeh **缺** 少也。不足也。待補之職位曰缺khoeh。有啥貨較～的該補ū siaⁿ-hòe khah～ê ài-pó͘⇨有何貨品較不足者需要補貨嗎？阿母講，阮是錢較～耳，其他無欠啥啦a-bú-kóng, goán sī chîⁿ khah～niâ, kî-thaⁿ bô-khiàm-siahⁿ-là⇨媽說，我們只是錢比較不多而已，其他沒欠什麼也。官～koaⁿ～⇨同上。欠～khiàm～⇨不足。不夠多也。錢較～～耳chîⁿ khah～～niâ⇨只是錢不夠多而已。有～好補ū～hó-pō͘⇨有缺位可以補新人。

khoeh **挈** 兩物相夾也，挈kheh也。乎門～到流血hō·-mn̂g ～ kà lâu-hoeh(huih)⇨被門夾住到流血。

【挈隘 khoeh-eh】 kheh-eh。人多地少也。喻心情不開朗。心肝較 ～～ sim-koa$^n$ khah ～～⇨同上。

【挈稠抖 khoeh-tiâu-leh】 夾稠抖giap-tiâu-leh。於中央乎人 ～～～ tī tiong-ng hō·-lâng ～～～⇨被人夾於當中。

## khok

khok **矍** 視遽貌。驚視貌。

【矍矍 khok-khok】 視～～sī～～⇨同上。目珠金～～bak-chiu kim～～⇨眼珠金而亮。喻尚未入眠。目珠猶金 ～～ 抖bak-chiu iáu kim～～leh⇨眼珠還是金亮亮。未閉合也。

khok **牿** 牛馬牢也。淫舍 ～ 牛馬îm-sià ～ giû-má⇨同上。野合曰牿khok，亦即不正常的男女關係也。有抖合人～的款ū teh kah(kap)-lâng～ê khoán⇨似乎有男朋友的樣子。講合人抖～kóng kah(kap)-lâng teh～⇨據說有與人同居關係。早道抖～也chá tō-teh ～ à⇨老早就有關係的了。客～kheh～⇨客兄kheh-hia$^n$。亦指事物。創啥客～chhòng-siá$^n$ kheh～⇨弄何鳥事。

khok **凸** 突出也，俗以凸tut作凸khok。前～後～chêng～āu～⇨前額突出，後頭尖突。

【凸凸 khok-khok】 尖突chiam-thut。頭額～～thâu-hiah～～⇨同上。

【凸頭 khok-thâu】 前額突出。前凸後凸，～～ 查 甫 做 總 督 chêng-khok-āu-khok,～～cha-po· chò chóng-tok⇨讚凸額之詞。

【凸額 khok-hiah】 同凸頭khok-thâu。前凸金，後凸銀，～～查某做夫人cheng khok-kim, āu khok-gîn,～～ cha-bō· chò hu-jîn⇨讚凸額女之詞。

khok **柝** 行夜所擊之木也。木魚曰柝khok。皆虛其中，以使聲能大。拍 ～ phah ～ ⇨夜行巡羅擊木。又僧尼誦經擊木魚。唸經拍 ～ liām-keng phah～⇨僧尼之日課也。亦喻喃喃不休的不平之鳴或長輩的訓戒。粗人把經keng字改爲精siâu字以示反抗。

【柝仔 khok-á】 ㊀夜警木。木魚。㊁油杓或水杓。因其中虛也。油～～iû～～⇨同上。水～～chúi～～⇨同上。

【柝槌 khok-thûi】 擊柝之小棒。喻男陰。創啥 ～～ chòng siá$^n$～～ ⇨弄什麼鳥事。掠有否，～～抖liah-ū-bō·,～～lè⇨捉到(魚)了嗎，捉個屁phùi。

【柝鏗 khok-khiang】 擊金屬鉢之聲。粟仔收有否，鳥仔未曾未道啄了了也，收許的～～抖chhek-á siu-ū-bō·, chiáu-á bōe-chêng-bōe tō tok-liáu-liáu-à, siu hiah-ê～～leh⇨陸稻收得如何，鳥羣未熟就啄食完了，收那些屁粟。粟仔chhek-á，山稻也。在田曰稻仔tiū-á，在山曰粟仔chhek-á。稻亦作籼tiu$^n$。

khok **哭** 哀號也。大聲曰哭khok，小聲曰泣khip。痛～流淚thòng～iû-lī⇨同上。放聲大～hòng-seng tāi～⇨同上。

【哭訴 khok-sò·】 邊哭邊訴。

【哭喪杖 khok-song-tiāng】 俗稱孝杖hà-tn̄g。

【哭黎鳥 khok-lê-chiáu】 人頭鳥身，想像中的不吉之鳥。據稱，一出現，即世必大亂云。

khok **擴** 張小使大也。

【擴大 khok-toā】 ～～鏡～～kià$^n$⇨同上。

【擴充 khok-chhiong】 從內向外拓展其範圍。～～ 地盤 ～～ tē-poâ$^n$⇨同上。～～ 銷路～～siau-lō·⇨擴大銷路。

【擴張 khok-tiong】 擴大規模。生理一直～～seng-lí it tit～～⇨買賣愈做愈大。

khok **酷** 厚味之酒也。暴虐也。慘痛也。

【**酷打 khok-tá$^n$**】 暴烈的打法。～～成招～～sêng-chiau ⇨ 屈打成招 khut-tá$^n$ sêng-chiau。

【**酷刑 khok-hêng**】 酷烈的刑求。

【**酷行 khok-hêng**】 殘暴刻薄不顧人情義理爲行爲。

【**酷吏 khok-lī**】 嚴刑峻法酷虐百姓的官員。

【**酷似 khok-sū**】 非常相似。面貌～～bīn-māu～～⇨同上。

【**酷毒 khok-tok**】 惡毒。

【**酷烈 khok-liat**】 殘暴。～～的刑求～～ê hêng-kiû⇨同上。

【**酷索 khok-sok**】 勒索lek-sok。

【**酷暑 khok-sí**】 酷熱的夏天。

khok **硞** 碌硞lok-khok，馬步聲也。～～馬～～bé⇨艦馬lám-bé。劣馬loat-má。做惡做毒騎馬～～chò-ok chò-tok khiâ-bé～～⇨難解詞之一，是否①壞人終將被縛碌硞馬上示衆，或②壞人仍在馬上揚揚得意，難予確定。碌硞lok-khok，亦作轆轂lok-khok。

khok **敲** 擊頭也。兩物相擊曰敲 khok。頭相～thâu sio～⇨兩頭相擊。撞擊曰敲khok。乎磚仔角～着hō· chng-á-kak～tioh⇨被磚塊撞擊着。～一下足痛的～chıt-ē chiok-thià$^n$-ê⇨撞擊一下痛死了。

【**敲頭 khok-thâu**】 ㊀擊頭。～～死乎伊亦無雙條性命～～sí-hō·i iah-bô siang-tiâu sè$^n$-miā⇨謂奈何他不了。提豆腐來～～theh tāu-hū lâi～～⇨拿豆腐來擊頭，要自殺的戲言。㊁相逢面。抵於車頭相～～tú tī chhia-thâu sa$^n$～～⇨剛好在車站逢見了。

khok **慤** 謹愿也。質實也。俗以吝嗇līn-sek刻薄khek-pok爲慤khok。阿花大～a-hoe toā～⇨阿花是大吝嗇家。三～sam～⇨每個地方社會概有三位大慤。阿三亦眞～a-sam iah chin～⇨阿三也相當慤。

【**慤仔仙 khok-á-sian**】 同慤仔頭khok-áthâu。仙sian，仙人。亦作先sian，即慤仙人khok-sian-jîn或慤先生khok-sian-seng。

【**慤仔頭 khok-á-thâu**】 吝嗇大王līn-sek-tāi-ông。

khok **熇** 火熱也。文火久煮至爛曰熇khok。該～爛藉好食ài～noā chiah hó-chiah⇨應該熇得爛才好吃。扴～啥，～到許爾香teh～sah$^n$(siah$^n$)，～kà hiah-ni phang⇨在熇何物香得如此也。扴～啥番仔肉teh～sia$^n$-hoan-á-bah⇨在煮著何種番肉，略同鳥的戲謔詞。

khok **鰐** 鰐gok也。鰐魚gok-hî或曰鰐魚khok-hî。

## khong

khong **悾** 愚也。癲tian也。亦戇gōng也。一個～的一個戇的，抵一擔chit-ê～ê chıt-ê gōng-ê, tú chıt-tà$^n$⇨一悾一戇，剛好一擔（一對）。悾khong者倲諏khong-khám，誇誕khoa-tān。戇gōng者俥戇tòng-gōng，愚劣gû-loat也。無～無戇，無做乩童bô～bô-gōng bô-chò(chòe) ki-tâng⇨非悾非戇，不會做童乩。誠一針見血之格言，惜世人多不悟之。

【**悾人 khong-lâng**】 無定性之人。～～悾到未輸猶的～～khong-kà bē-su siáu-ê⇨悾人悾得宛如神經病的。

【**悾氣 khong-khì**】 悾的樣子。諏諏khám-khám。阿三略仔～～～～啦a-sam lioh-á～～～～lā⇨阿三有些諏諏。諏或作欺，食不滿也非。

【**悾悾 khong-khong**】 諏諏khám-khám。來～～去戇戇，腰肚仔見阮摸lâi～～khì gōng-gōng, io-tó·-á kì$^n$-goán-bong⇨據說，娼家拜水師爺chúi-su-iâ的祝詞如此。

【**悾諏 khong-khám**】 誇誕。怪誕。生神無相同，～～隨在人lān-sîn bô-sio-tâng,～～sûi-chāi-lâng⇨謂人各有其脾氣。聖聖觀音抵着～～弟子sèng-sèng koan-im tú-tio̍h～～tē-chú⇨喻老實人逢上浮誇之人。

khong **圈** 畜舍也。打空圓環khang-î$^{n}$-khoân曰圈khong。亦即畫圓箍ōe-î$^{n}$-kho͘也。老師用朱筆扲～lāu-sū iōng chu-pit teh～⇨老師以朱筆在打圈。看誰較敥～khoà$^{n}$-chiâ khah-chē～⇨看誰多圈。

**【圈金 khong-kim】** 鑲金jiāng-kim。圈以金邊。～～的毎免許貴～～ê mā-bián hiah-kùi⇨鑲金者也不必那麼貴嘛。

**【圈金紃 khong-kim-sûn】** 鑲有金線。紃sûn，線soà$^{n}$也。

**【圈圓箍仔 khong-î$^{n}$-kho͘-á】** 打圓圈。有～～～～的藉有算ū～～～～ê chiah-ū-sǹg⇨打圓圈的才算。

khong **康** 安也。樂也。安樂也。健～kiān～⇨身體健康。安～an～⇨平安。唯願安康ûi-goān an-khong⇨但望平安。

**【康莊 khong-chong】** ～～大道～～tāi-tō⇨同上。

**【康健 khong-kiān】** 身體健壯。老～～lāu～～⇨老而益壯。

**【康強 khong-kiâng】** 剛強。

**【康樂 khong-lo̍k】** ～～活動～～oa̍h-tōng⇨促進身體健康兼收精神愉快的各種活動。打球跳舞，遊山玩水，郊遊觀光等等均屬之。

khong **空** 太空也。虛也。無物也。貧也。天～thian～⇨天。太～thài～⇨天空。

**【空中 khong-tiong】** ～～的鳥隻～～ê chiáu-chiah⇨空中鳥。～～飛人～～hui-jîn⇨同上。

**【空前 khong-chiân】** 前所未有。～～絕後～～choa̍t-hō (hiō)⇨過去所無將來所不能有。～～的成績～～ê sêng-chek⇨同上。

**【空軍 khong-kun】** 飛行的軍隊。海陸～～hai-lio̍k～～⇨海陸空三軍。

**【空相 khong-siòng(siàng)】** 空軍部長，空軍大臣。

**【空洞 khong-tōng】** 虛無。無物。內容～～lāi-iông～～⇨無內容的東西。

**【空氣 khong-khì】** ㊀空中的大氣。人所呼吸者。㊁通悾氣。亦即悾諏khong-khám。又稱無定性bô-tēng-sèng。～～銃～～chhèng⇨空氣銃，喻易怒易消的性格。恰如～～銃扲kah-ná～～chhèng-lè⇨宛如空氣銃。～～枕頭～～chím-thâu⇨灌空氣的枕頭。

**【空費 khong-hùi】** ～～心機～～sim-ki⇨枉費心機。

**【空雷 khong-lûi】** ～～無雨～～bû-ú (í)⇨有雷無雨。喻空喊宣傳不見其事實現。

**【空談 khong-tâm】** ～～無補於事～～bû-pó͘-î-sū⇨空談無補於事。

**【空空如也 khong-khong-jî-iá】** 空無一物。我袋仔底～～～～不道合人用手比goá tē-á-té～～～～m̄-tō kah (kap)-lâng iōng-chhiú-pí⇨我囊中一文莫鳴，可以與他用手比畫的嗎。亦即如何是好。

**【空思夢想 khong-su-bōng-siáng】** 烏白想o͘-peh-siū$^{n}$。

khong **吭** 聲也。鏗吭叫khin-khong-kiò⇨聲。是扲創啥,安爾撞到鏗～叫sī-teh chhòng-sah$^{n}$, an-ne lòng-kà khin～kiò⇨在弄何事，如此撞到鏗吭有聲。

**【吭吭 khong-khong】** 堅物聲。～～叫猶眞好扲～～kiò iáu chin-hó-leh⇨吭吭聲，還是很好的。扲創啥，安爾鏗鏗～～，譟人耳teh-chhong-sah$^{n}$, an-ne khin-khin～～,chhō-lâng-hī$^{n}$⇨弄什麼鬼，如此的鏗吭叫譟人耳chhō-lâng-hī$^{n}$也。定～～tēng～～⇨很硬ngē。定～～硬梆梆tēng～～ngē piàng-piàng⇨又硬又定又堅。

khong **倥** 倥傯khong-chhong，事多也。兵馬～～peng-má～～⇨軍事多忙。

**khóng 慷** 同忼khóng。忼慨khóng-khài也。感傷也。倜儻thek-thóng也。阿三做人眞～a-sam chò-lâng chin～⇨阿三爲人很忼慨。阿四仔猶較～a-sì-á iáu-khah～⇨阿四更忼慨也。慨當以～，幽思難忘，何以解憂，唯有杜康khài tong í～, iu-su lân-bōng, hô í kái-iu, ûi-iú tō-khong⇨曹操。有～ū～⇨忼也。夠～kàu～⇨足忼chiok-khóng。

【慷交 khóng-kau】 忼慨而廣交。伊眞～～更好做伙i chin～～koh hó-chò-hóe⇨他很慷慨廣交又易相處。

【慷慨 khóng-khài】 ㊀意氣激昂。悲歌～～pi-ko～～⇨同上。～～就義～～chiū-gī⇨同上。㊁毫不慳吝。伊的人眞～～i-ê-lâng chin～～⇨同上。

**khóng 孔** 通也。空也。大也。姓氏。姓～的sè$^n$～ê⇨孔姓之人。祭～大典chè～tāi-tián⇨公祭孔聖人的大典。

【孔子 khóng-chú】 孔聖人khóng-sèng-jîn。

【孔明 khóng-bêng】 諸葛孔明。～～獻西城～～hiàn se-siâ$^n$⇨孔明與司馬懿的故事。

【孔孟 khóng-bēng】 孔子與孟子。

【孔門 khóng-mn̂g】 孔子的學校。～～弟子～～tē-chú⇨孔子的學生。

【孔雀 khóng-chhiak】 鳥名。～～開屏。～khai-pîn⇨雄孔雀展開其美麗的尾巴。

【孔教 khóng-kàu】 孔子之教。儒教。

【孔聖 khóng-sèng】 孔子的尊稱。孔聖人。

【孔子公 khóng-chú-kong】 孔夫子khóng-hu-chú。～～～孔子媽～～～khóng-chú-má⇨有公必有媽。～～～不敢收隔暝帖～～～m̄-ká$^n$ siu kē-mê$^n$-thiap⇨喻未來之事難卜。

【孔天孑 khóng-thian-khiat】 與孔夫子三字字形類似。昔日不學～～～，將我東坡作束皮sek ji̍t put-ha̍k～～～，chiong goá tong-pho chò sok-pî⇨孔夫子看成孔天孑，蘇東坡看成蘇束皮。

【孔方兄 khóng-hong-heng】 錢的別稱。因錢孔是四角的。

**khòng 〇** 零lêng也。空也。無之數也。一百〇七日chit-pah khòng-chhit ji̍t。

【〇五 khòng-ngó͘】 百分之五。食人～～也chia̍h-lâng～～á⇨謂食人即偏人phi$^n$-lâng眞夠。每項應得之外要另加百分之五。～～抽～～thiu⇨抽取百分之五的佣金。

**khòng 㝗** 㝗㝩lòng-khòng也。屋閑虛空也。甚～～siu$^n$～～⇨太虛大。～～寄寄～～khòng-khòng⇨極寬大空曠。

**khòng 壙** 墓穴也。狗扲爭墓～káu teh cheng bōng～⇨狗在爭墓穴。罵人行動之兇猛、粗暴。掘～仔kut～á⇨掘墓穴。

【壙孔 khòng-khang】 墓穴。墓～～bōng～～⇨謂大如墓穴。

【壙窟 khòng-khut】 墓穴。墓～～仔bōng～～á也。

**khòng 鑛** 金屬的原石。金～銀～鐵～kim～gîn～tih～⇨各種金屬的砏石。採～冶金chhái～-iá-kim⇨同上。

【鑛山 khòng-soa$^n$】 出產金屬原石的山或地方。金山。

【鑛石 khòng-chio̍h】 金～～kim～～⇨金的原石。

【鑛物 khòng-bu̍t】 ～～質～～chit⇨同上。～～學～～ha̍k⇨同上。

【鑛泉 khòng-choâ$^n$】 含有砏物質的泉水。

【鑛脈 khòng-me̍h】 發現新～～hoat-hiān sin～～⇨同上。

【鑛師 khòng-su】 採砏師。冶砏師iá-khòng-su。

【鑛務 khòng-bū】 砏業事務。

【鑛業 khòng-gia̍p】 開砏事業。

【鑛質 khòng-chit】 ～～眞峘～～chin koân⇨含砏質很高。

khòng
擴
擴khok，俗以讀邊為擴khòng者似乎不少。姑且列之。

【擴大 khòng-tāi】 khok-tāi。～～範圍～～hoān-ûi⇨同上。

【擴張 khòng-tiuⁿ】 khok-tiuⁿ。～～業務～～giap-bū⇨同上。

khòng
曠
空也。遠也。

【曠夫 khòng-hu】 未娶妻之人。無妻之人。內無怨女，外無～～lâi bû oàn-lí goā bû～～⇨無未嫁之女無未娶之男。

【曠日 khòng-jit】 空費時日。～～持久～～chhî-kiú⇨空費時日長久對抗。

【曠地 khòng-tē】 開闊的空地。

【曠野 khòng-iá】 荒野。荒郊野外。

【曠濶 khòng-khoah】 ～～的所在～～ê só·-chāi⇨同上。

khòng
炕
乾也。炙也。以火久熱而熟之也。今亦有水炕法。

【炕肉 khòng-bah】 炕爛之肉。

【炕旱 khòng-oāⁿ】 久旱不雨。

【炕蹄 khòng-tê】 久煮而熟之猪脚。

【炕白菜 khòng-peh-chhài】 炕白菜。

【炕番薯 khòng-han-chî】 炕燒番薯。

khòng
抗
敵對也。反～派hoán～phài⇨不服從的人們。

【抗欠 khòng-khiàm】 拒不還債。～～租金～～cho·-kim⇨拒不繳租。

【抗拒 khòng-kī(kū)】 ～～官府～～koaⁿ-hú⇨反抗政府。

【抗租 khòng-cho·】 抗繳租金。同抗稅khòng-sòe。

【抗敵 khòng-tek】 抵抗敵人。～～建國～～kiàn-kok⇨同上。

【抗糧 khòng-niû】 抗繳錢糧。

【抗繳 khòng-kiáu】 抗拒繳納。

【抗議 khòng-gī】 表示反對意見。外交部提出嚴重的～～goā-kau-pō· theh-chhut giâm-tiōng ê～～⇨同上。

khòng
伉
匹耦也。對等也。

【伉禮 khòng-lé】 對等為禮。分庭～～hun-têng～～⇨行平等之禮。

【伉儷 khòng-lē】 通稱夫婦。縣長夫妻～～koān-tiúⁿ hu-chhe～～⇨同上。

khòng
控
操縱也。告也。制也。遙～iâu～⇨自遠方控制。

【控告 khòng-kò】 不服判決向上級上訴。上訴。

【控制 khòng-chè】 ～～全局～～choân-kiok⇨同上。

【控弦 khòng-hiân】 帶弓矢的兵士。武裝部隊。～～十萬騎～～sip-bān-khì⇨武裝兵十萬。

【控訴 khòng-sò·】 告訴。上訴。

không
悾
同悾khong。激悾悾kek-khong-khong⇨激悾悾kek-không-không。

khōng
硿
石聲。硠～lōng～⇨石多。石頭硐～chioh-thâu lōng～⇨大石多。大石磷磷tāi-sek lîn-lîn。

【硿坑 khōng-khehⁿ】 雷擊聲。

【硿硿 khōng-khōng】 大石聲。大聲。～～叫～～kiò⇨同上。

【硿硠 khōng-lōng】 石聲。硠硿lōng-khōng，石聲。又石多。石頭硠硿chioh-thâu lōng-khōng⇨大石磷磷。

khōng
跫
伸脛也。立足不平衡也。長短脚也。蹩抵～chhiāng-tú～⇨謂甚偶然。

【跫仔 khōng-á】 阿跫。跛脚的～～抵著蹡仔～～tú-tioh chhiāng-á⇨同蹩抵跫。謂偶然之甚也。蹩，蹡相同，單足跳行也。

【跫跫蹡 khōng-khōng-chhiāng】 跛者急急而行也。

【跫脚翹 khōng-kha-khiàu】 坐椅或站脚不穩而摔倒落地也。

# khu

khu
**邱** 姓氏。本作丘，因避孔聖名而作邱，今多再復古爲丘者。

khu
**軀** 體也。身～sin～⇨身體sin-thé。七尺之～chhit-chhek chi～⇨身體。古人以身之高度爲七尺。

【軀殼 khu-khak】 ～～與精神合而爲身體爲人～～í cheng-sîn hap-jî ûi sin-thé ûi-jîn⇨同上。

【軀幹 khu-kàn】 生理學名詞。指胸腹兩部份。

khu
**駒** 白駒pek-khu，白馬peh-bé。人生天地，若～～之過隙jîn-seng thian-tē, jiak～～chi kò-kek⇨喻人生之短暫，白駒pek-khu喻日影。駒khu，兒馬之壯者。

khu
**嶇** 崎嶇khi-khu，山路高低不平也。～～坎坷不得志～～khàm-khó put-tek-chì⇨人生之路不平難行也。坎坷khàm-khó亦路不平也。

khu
**劬** 劬勞khu-lô，病苦。母氏～～bó-sī～～⇨爲母者病苦辛勞。

khu
**拘** 執也。限制也。官擄人也。

【拘守 khu-siú】 拘泥而保守。～～古禮～～kó·-lé⇨堅守古禮。

【拘束 khu-sok】 限制。管制。法令或者古禮所限制。無拘無束的生活bô-khu-bô-sok ē seng-oah⇨不受拘束的生活。自由的生活。

【拘押 khu-ah】 拘留。收押。

【拘留 khu-liû】 拘禁。～～所～～só·⇨處置拘留的地方。

【拘執 khu-chip】 拘泥固執。頑固。～～大的該先嫁～～toā-ê ài seng-kè⇨堅持大的必須先嫁出。

【拘牽 khu-khan】 拘泥。心無～～sim bô～～⇨同上。

【拘票 khu-phiò】 逮捕令書。

【拘提 khu-thê】 法院以強制力量使被告到庭受審。

【拘禁 khu-kìm】 拘留禁押。

【拘禮 khu-lé】 固執於禮式。做人不必太～～chò lâng put-pit thài～～⇨爲人不宜太拘禮。

khu
**驅** 遣逐也。迫退也。策馬也。長～大進tiâng～tāi-chìn⇨同上。

【驅除 khu-tî】 驅散。消除。～～害蟲～～hāi-thâng⇨同上。

【驅逐 khu-tiok】 遣逐。～～艦～～lām⇨戰船名。

【驅馳 khu-tî】 驅策馳騁。策畫奔走。

【驅邪除妖 khu-siâ-tî-iau】 驅除妖邪。

khu
**區** 分別也。市～chhī～⇨同上。郊～kau～⇨同上。災～chai～⇨同上。

【區分 khu-hun】 分開。

【區別 khu-piat】 分別。

【區域 khu-ek】 地區。

【區區 khu-khu】 小也。少數也。

khu
**坵** 田園之界。又計田之單位。田～chhân～⇨田。大～細～toā～sè～⇨同上。

【坵段 khu-toā$^n$】 多坵田的區域。

【坵數 khu-sò·】 田坵之數。

khù
**去** 去khì也。來去lâi-khì⇨來去lâi-khù。

khû
**跔** 曲膝而立也。脚無力也。半～企也。poà$^n$～khiā-á。

【跔脚 khû-kha】 軟脚。見着大兵道～～kì$^n$-tioh toā-peng to～～⇨看見大軍就怕得站不住。

【跔桶 khû-tháng】 古時的便桶。

【跔礐 khû-hak】 礐，厠池也。

【跔人的裙仔脚 khû-lâng-ê-kûn-á-kha】 喻寄人籬下。

**khū 臼** 舂米器也。舂～cheng～⇨精臼cheng-khū。

【臼仔 khū-á】 小舂米器。

【臼砲 khū-phàu】 大砲的一種。日人謂曲射砲。

【臼齒 khū-khí】 臼形的齒。後齒。

**khū 柩** 棺木的計算單位曰柩khū。一～棺柴chi̍t～koaⁿ-chhâ⇨棺一。

## khui

**khui 開** 啓門也。關閉之反也。啓發也。舒放也。拓展也。花芽發放也。設立也。拍～phah～⇨同上。

【開刀 khui-to】 ㊀施行外科手術。㊁拔刀。會得～～，未得入鞘ē-tit～～, bē-tit ji̍p-siò⇨拔刀容易收刀難。略同騎虎難下之勢。

【開叉 khui-chhe】 分兩股。樹椏～～chhiū-oe～～⇨樹枝分枝。筆尾～～也pit-bóe～～a⇨筆尾開叉了，寫不得了。

【開弓 khui-keng(kiong)】 ～～射箭～～siā-chìⁿ⇨同上。

【開口 khui-kháu】 講話。發言。開嘴khui-chhùi。

【開山 khui-soaⁿ】 開放山地。開墾山林。

【開井 khui-chéⁿ】 開鑿水井。～～拔泉～～pōe-choâⁿ⇨新開井會吸引鄰近的泉水。喻新店會吸收舊店的主顧。你～～，人食水lí～～lâng chia̍h-chúi⇨喻自己辛苦，別人得實惠。

【開手 khui-chhiú】 出手。～～就拍～～chiū-phah⇨出手就打。伊代先～～i tāi-seng～～⇨他出手在先。～～禮～～lé⇨做某事對第一個下手做的人送紅包。

【開日 khui-ji̍t】 雲開見日。～～也～～à⇨天晴日出了。

【開孔 khui-khang】 開洞。～～食水～～chia̍h-chúi⇨開洞取水來喝。喻指示出路。

【開田 khui-chhân】 開墾水田。

【開市 khui-chhī】 ㊀市場開門。㊁第一個顧客。新～～，較好結拜親兄弟sin～～, khah-hó kiat-pài chhin-hiaⁿ-tī⇨第一個來光顧的顧客，較自己兄弟還要好。喻主顧客之重要。

【開正 khui-chiaⁿ】 新年的開始。開新正khui-sin chiaⁿ⇨新正年頭受責罵或受傷。

【開行 khui-hâng】 開設行號營商。～～坐店～～chē-tiàm⇨開設行號坐鎮經營。喻大商人的風範。

【開印 khui-ìn】 新年過了，官衙於正月二十日前後開始辦公用印。

【開名 khui-miâⁿ】 記名。列名。

【開帆 khui-phâng】 出帆。船隻出港。

【開地 khui-tē】 開墾土地。開拓土地。

【開池 khui-tî】 開掘池塘。

【開車 khui-chhia】 ㊀發車。㊁駕車。會曉～～ē-hiáu～～⇨會駕車。

【開步 khui-pō】 踏大步。～～行～～kiâⁿ⇨跑快路。

【開花 khui-hoe】 樹木開花。又事不成。攏～～去也lōng～～khì-à⇨全部飛了。

【開門 khui-mn̂g】 打開門扉。啓門。～～禮～～lé⇨同上。

【開店 khui-tiàm】 創立店號做生意。

【開拆 khui-thiah】 說明，詳細解說。

【開面 khui-bīn】 ㊀新娘于歸之前特別請人挽面bán-bīn⇨拔掉面上的幼毛。㊁彫刻師開始彫刻眼，鼻，口等的面部。～～禮～～lé⇨同上的紅包禮。

【開封 khui-hong】 揭開封條。又指女人初受男人。

【開洋 khui-iûⁿ】 船隻出大海。同出帆。

【開荒 khui-hng】 開墾荒地。

【開拳 khui-kûn】 出手。～～拍人～～phah-lâng⇨出手打人。

【開破 khui-phoà】 說明。詳細解釋。～～做人的道理～～chō-lâng ê tō-lí⇨解說做人的道理。

【開剪 khui-chián】 開刀剪裁新郎新娘的衣裳。

【開船 khui-chûn】 船揚帆出海。

【開堂 khui-tn̂g】 法院開廷。～～審問～～sím-mn̄g。

【開菜 khui-chhài】 宴會開始，出菜。亦謂開桌khui-toh。

【開港 khui-káng】 開放港口。～～互市～～hō· chhī⇨彼此貿易。

【開棺 khui-koan】 打開棺材。～～驗屍～～giām-si⇨開棺檢驗屍體，以查致死原因。

【開開 khui-khui】 大開着。大嘴～～toā-chhùi～～⇨啞然無語。天～～thiⁿ～～⇨天氣晴朗。門～～mn̂g～～⇨門開着。

【開棚 khui-pêⁿ(pîⁿ)】 戲開演。

【開脾 khui-pî】 ㈠胃口好食欲大進。㈡心神爽快。安爾藉會～～an-ne chiah ē～～⇨同上。心凉脾土開也。

【開筆 khui-pit】 ㈠學童初就學。林老師～～的lîm-lāu-su～～ê⇨林老師最初教的。㈡新年初次揮毫。

【開屠 khui-tô·】 解除禁屠令。

【開單 khui-toaⁿ】 開稅單khui-sòe-toaⁿ，開賬單khui-siàu-toaⁿ，開罰單khui-hoat-toaⁿ。

【開透 khui-thàu】 ㈠開通了。路～～也lō·～～à⇨公路開通了。㈡花盛開。梅仔花～～也bôe-á-hoe～～à⇨梅花全開了。

【開會 khui-hōe】 開會議。

【開裾 khui-ki(ku)】 衣裾開叉的。做～～的chò～～ê⇨縫製開裾的衣服。

【開禁 khui-kìm】 解禁令。～～也，會使得掠魚也～～à, ē-sái-tit liah-hî-ā⇨同上。

【開路 khui-lō·】 開鑿道路。吳大人～～gô·-tāi-jîn～～⇨侵庫chhim-khò。意即超過預算。吳大人即吳光亮開八通關公路通東台灣，工程宏大而超過預算，謂之侵國庫。

【開道 khui-tō】 古時官員(縣長)出門，有人鳴鑼bêng-lô～～使閒雜人等閃避。想來威風八面，惟而今此風似少見矣。

【開銃 khui-chhèng】 開火。開砲。發砲。

【開監 khui-kaⁿ】 開監門。

【開嘴 khui-chhùi】 說話。答應。伊有～～阮藉敢來i ū～～goán chiah káⁿ-lâi⇨他說過(好)我們才敢來。～～港～～káng⇨進出口較大的港灣。～～己，合嘴巳，半嘴已～～kí, hap-chhùi-sū, poàn-chhùi-í⇨己巳已三個字的差異說明。

【開價 khui-kè】 出價。

【開盤 khui-poâⁿ】 開價。～～禮～～lé⇨開盤人所得的紅包。例如甲乙談交易，但若無價目，甲出紅包若干，由乙開出一個價目，然後准甲選擇買或賣，乙已得紅包對甲之選擇不能拒絕。交易乃告成立。此紅包爲～～禮。

【開學 khui-oh】 開學。開校。開始上課。

【開臊 khui-chho】 ㈠食素者還俗。㈡做醮前的禁屠期間滿了。㈢嬰仔滿四個月開始食肉類。

【開闊 khui-khoah】 廣闊。～～的運動場～～ê ūn-tōng-tiûⁿ⇨同上。

【開聲 khui-siaⁿ】 發出聲音。講話。～～哮～～háu⇨哭出聲。

【開竅 khui-khiàu】 啓開心眼。省悟貫通。覺醒。猶未～～iá-bē～～⇨還未啓開心眼。

【開壙 khui-khòng】 開墓壙。掘墓穴。

【開鎖 khui-só】 打開鎖頭。

【開藥 khui-ioh】 寫藥方。摸脈支支，～～大約bong-meh phiak-phiak,～～tāi-iak⇨譏責醫生。支phiak，小擊也，小擊聲也。

【開鑼 khui-lô】 戲開演。事開始。

【開公分 khui-kong-hun】 爲公益事共同攤分其經費。

【開心事 khui-sim-sū】 開khui，虧khui之

訛。違背良心的事。～～～無人敢～～～bô-lâng-ká$^{n}$⇨違背良心的事無人敢做。

【開倒車 khui-tò-chhia】 做反於時代潮流的事。

【開脚框 khui-kha-kheng】 框kheng應爲脛keng之訛。謂行路過多，雙脛開(鬆解)了，雙脛合不來了。走到伙～～～也cháu-kà boeh～～～ā⇨跑得快要～～～了。

【開脚褲 khui-kha-khò͘】 爲二三歲的小童特別設計的脚底褲，便於自己能解決大小便。

khui **虧** 減損也。欠缺也。毀失也。食～chia̍h～⇨遭受冤枉的損失。

【虧孔 khui-khang】 虧損。虧空khui-khong。

【虧心 khui-sim】 違背良心。～～害人仙不當～～hāi-lâng sian-m̄-thang⇨故意害人的事情，千萬不可做。～～事～～sū⇨違背良心的事情。日時無做～～～，暝時敲門心未驚ji̍t-sî bô-chò～～～, mê$^{n}$-sî khau-mn̂g sim bē-kia$^{n}$⇨謂白天沒做壞事，夜裡人來敲門心裡不會害怕。

【虧本 khui-pún】 賠本。損失。殺頭商理有人做，～～商理無人做sat-thâu sing-lí ū-lâng-chò,～～seng-lí bô-lâng-chò⇨喻商人的立場，賠本較殺頭更難堪。

【虧失 khui-sit】 損失。

【虧負 khui-hū】 辜負。背恩。伊無～～你，你是不能怨伊i bô～～lí, lí sī put-lêng oàn-i⇨他沒辜負你，你是不能怨他的。

【虧累 khui-lūi】 拖累。連累。因所事失敗而殃及他人。

【虧損 khui-sún】 缺損。損失。～～無法彌補～～bô-hoat mî-pó͘⇨同上。

khúi **詭** 欺也。違也。反也。奸～kan～⇨奸鬼kan-kúi。奸詐kan-chà也。

【詭辯 khúi-piān】 古人以例如白馬非馬論爲詭辯，今作講歪理解。佼～～gâu～～⇨善說歪理。免抆～～bián teh～～⇨不用強辯。

khúi **晷** 日晷ji̍t-khúi，古代利用日影的計時機，亦曰日晷ji̍t-kúi。

khúi **軌** 軌道kúi-tō亦曰軌道khúi-tō，火車的鐵軌路，行星運行的路線，法則等皆曰軌道khúi-tō。上～～也chiū$^{n}$～～ā⇨謂事已順利運行了。

khúi **傀** 傀儡kúi-lúi亦曰傀儡khúi-lúi，俗曰傀儡戲ká-lé-hì。

khúi **揆** 度to̍k也。道也。百～pek～⇨古官名。首～siú～⇨今指首相siú-siàng。英～eng～⇨英國首相。

【揆度 khúi-to̍k】 度量to̍k-liâng。～～優劣～～iu-loat⇨同上。

khùi **喟** 呼吸也。喘～chhoán～⇨喘息chhoán-sit。透～tháu～⇨通氣。硬無～去也ngē bô～khì-à⇨幾乎不能呼吸了。氣性亦曰氣khùi。有少年～ū siàu-liân～⇨具有少年人之氣度。老歲仔～lāu-hōe-á～⇨老氣橫秋ló-khì hêng-chhiu。有錢人～ū-chî$^{n}$-lâng～⇨富人的氣脈。公子～kong-chú～⇨富家子的氣派。格～kek～⇨排假架子。大心～toā-sim～⇨喘大氣chhoán-toā-khùi。吐大～thó͘-toā～⇨嘆大息。好～hó～⇨好運氣hó-ūn-khì。有～無當喘ū～bô-thang-chhoán⇨怒在心中無從傾吐。硬未過～也nge̍h-boeh kòe～à⇨幾乎將斷氣矣(死也)。

【喟力 khùi-la̍t】 力量。財勢。後生仔人當有～～hāu-se$^{n}$-á-lâng tng-ū～～⇨青年人正在力氣充沛。無～～的人合人講無話bô～～ê lâng kah-lâng kong-bô-ōe⇨無財勢之人與人話不投機。

【喟口 khùi-kháu】 ㊀品茶用詞。～～未偲～～bē-bái⇨謂入口的感覺不壞，好茶也。㊁口氣。氣派。聽伊的～～不止仔大thia$^{n}$ i ê～～put-chí-a toā⇨聽他的口氣非常的大。

【喟絕 khùi-choa̍t】 呼吸停止。～～去也～～khì-à⇨呼吸停止了。

【喟絲 khùi-si】 微弱的氣息。猶有一點～～也iáu-ū chit-tiám ～～á⇨還有微弱的氣息。意即還沒有死。～～仔都斷也 ～～á to tn̄g-à⇨連一點氣息都斷了(死了)。

【喟頭 khùi-thâu】 畧同喟口khùi-kháu。

khùi **愧** 羞於心。慙～chhâm～⇨知己之缺失而羞於內。却之不恭，受之有～khiok-chi put-kiong, siū-chi iú～⇨推謝是不恭敬，接受又有愧於心。受禮物時的客套，亦是笑謔語。問心無～būn-sim bô～⇨同上。

【愧死 khùi-sú】 羞死。～～無地～～bû-tē⇨愧得無地自容。

## khui$^{n}$

khùi$^{n}$ **勸** 勉勵也。忠告也。勸khǹg也。勸khoàn也。苦～khó͘～⇨忠告。～人做好～lâng chò-hó⇨勸人遵規踏矩。勸人行善。～人不好濫擅～lâng m̄-hó lām-sám⇨勸人不可胡爲。好人～未聽，歹人叫半暝行hó-lâng～bōe(bē) thia$^{n}$, phái$^{n}$-lâng kiò poà$^{n}$-mê-kiâ$^{n}$⇨好人忠告不聽，壞人叫半夜也去。

khùi$^{n}$ **快** 寬也。心情爽快也。

【快活 khùi$^{n}$-oa̍h】 生活寬裕。囝亦大漢亦受債，近來生活不止仔～～kiá$^{n}$ a̍h toā-hàn a̍h siū-chè, kīn-lâi seng-oa̍h put-chí-á～～⇨孩子也大了，也勤勉，近來生活相當的寬裕。

khùi$^{n}$ **庋** 庋khǹg也。置物於定所也。收存也。亦收藏也。俗以藏chōng作藏khǹg(khùi$^{n}$)。

## khun

khun **昆** 兄也。後也。衆多也。

【昆玉 khun-gio̍k】 別人之兄弟的美稱。亦作崑玉khun-ge̍k，謂美如崑山之玉也。

【昆布 khun-pò͘】 海產藻類食物。亦稱海帶hái-tài。

【昆仲 khun-tiōng】 昆指兄，次爲仲。因而稱人之兄弟曰昆仲。

【昆弟 khun-tē】 稱別人之小弟。

【昆裔 khun-è】 同後裔或後嗣。

【昆蟲 khun-thiông】 蟲類之總稱。謂衆多之蟲。

khun **坤** 八卦名。乾爲天坤爲地。臣，妻，母，女皆爲坤。乾～khiân～⇨同上。

【坤方 khun-hong】 女方。未申的方向。

【坤角 khun-kak】 khun-kioh。女伶

【坤卦 khun-koà】 坤之卦，女命之卦。

【坤書 khun-si(su)】 女方送男方的婚書。男方爲乾書khiân-si。

【坤造 khun-chō】 女命爲坤造。男命爲乾造。

【坤範 khun-hoān】 婦德婦道。

【坤輿 khun-î】 地輿tē-î，地球。

khun **髡** 剪髮也。剪樹椏亦曰髡。

【髡椏 khun-oe】 剪樹枝。造林該～～chō lîm ài～～⇨同上。

【髡鉗 khun-khiâm】 古刑罰。髡去髮，鉗鐵束頸。

【髡髮 khun-hoat】 剪髮。

khun **崑** 地名。以崑曲崑腔出名。

【崑腔 khun-khiu$^{n}$】 曲名。崑曲。屬北管。唱～～chhiù$^{n}$～～⇨唱崑曲的腔調。九角仔戲抄～～做káu-kak-á-hì teh～～ chò⇨謂九角戲在演唱崑腔戲。亦即南管的戲班唱北管。謂徒作不必要的勞苦，南管唱南腔好了，何必唱北腔。

khún **窘** 迫也。困也。

【窘迫 khún-pek】 窮迫。追迫。靠財勢抄～

～無錢人khò-châi-sè teh～～bô-chî$^{n}$-lâng⇨環境的～～khoân-kéng ê～～⇨同上。

**khún 菌** ㊀植物學名。同蕈。俗稱菰。㊁醫學名。傳染病的病菌。

【菌絲 khún-si】 俗稱菰種ko·-chéng。

【菌種 khún-chéng】 菰寮用以栽培菰的種子。菌絲。

【菌類 khún-lūi】 各種菰。

**khún 悃** 志誠也。誠悃sêng-khún⇨同上。

**khún 閫** 門限也。㊀婦女。閫範。㊁軍權，閫以外將軍制之。

**khún 綑** 繩也。索也。俗以繩索縛物曰綑。或作捆。包裝曰綑khún。

【綑包 khún-pau】 包而以繩綑之。包裝也。

【綑猪 khún-ti】 縛猪。買猪隻。去田庄～～khì chân-chng～～⇨到鄉下買猪去。～～索～～soh⇨專爲捉猪特製的繩索。俗稱猪轆索ti-lak-soh。

【綑縛 khun-pa̍k】 商場貨品的包裝。受人嚴加管束。未受得個老爸的～～bē siū-li in-lāu-pē ê～～⇨受不了他爸的管束。

**khún 懇** 誠意也。誠～sêng～⇨誠心懇切。

【懇切 khún-chhiat】 眞誠切實。～～訓示～～hùn-sī⇨同上。

【懇求 khún-kiû】 懇切求託。～～上帝～～siōng-tè⇨基督教徒的祈禱詞。

【懇到 khún-tò】 眞誠周到。

【懇親 khún-chhin】 連絡感情。促進交誼。～～會～～hōe⇨學校邀請家長父兄來校交換意見，參觀學生作品展覽，或觀賞遊藝會，以促進密切合作的會。

**khún 墾** 用力耕作也。開拓耕地也。開～荒埔khai～hong-po·⇨開拓荒埔爲耕地。

【墾丁 khún-teng】 開墾工。又地名。

【墾戶 khún-hō·】 墾首之下的墾民。佃戶tiān-hō·。～～租～～cho·⇨墾戶繳交墾首的租穀。

【墾主 khún-chú】 持有土地開墾權的人。有力招集墾戶共同開墾土地的人。俗稱頭家thâu-ke。

【墾首 khún-siú】 同墾主。墾戶之首。業戶gia̍p-hō·。租戶cho·-hō。

【墾單 khún-toa$^{n}$】 同墾照。

【墾照 khun-chiàu】 開墾批准書。

**khùn 困** 道窮力竭曰困khùn。窮～kiông～⇨同上。貧～pîn～⇨同上。圍～ûi～⇨包圍也。趙匡胤～河東tiō-kong-ìn～hô-tong⇨戲劇故事。

【困乏 khùn-hoa̍t】 畧同窘乏。無食爲困無資爲乏。謂貧窮已極。又疲勞也。

【困苦 khùn-khó·】 艱苦、辛苦。～～缺乏～～khoat-hoa̍t⇨無食無錢。

【困窮 khùn-kiông】 極貧窮。無生活之路。

【困難 khùn-lân】 無法做，無法負擔，無法解決等等的事情皆謂之困難。～～重重～～tiông-tiông⇨困難很多或負擔過重。抵着～～最好，不當餒志tú tio̍h～～chòe-hó m̄-thang loé-chì⇨逢到困難的時候，最好不可灰心退縮。

【困獸 khùn-siù】 被圍困之野獸。當圖拼命逃脫。作～～之鬪chok～～chi tò·⇨喩逢到困難時，就作如困獸的拼命以謀解決。

**khùn 睏** 睡眠曰困khùn，俗作睏khùn。早～晏精神chá～oà$^{n}$ cheng-sîn⇨早寢晏起。喩好命囝hó-miā$^{n}$-kiá$^{n}$的生活。晏～oà$^{n}$～⇨晚寢。早起晏～chá-khí oà$^{n}$～⇨同上。恬恬～，一暝大一寸tiām-tiām～chi̍t-mê toā chi̍t-chùn⇨靜靜睡，一夜大一寸。愛～面ài～bīn⇨面色不清爽。愛～神ài～sîn⇨想睡。睡神在面。嗜睡。

【睏房 khùn-pâng】 寢室。

【睏衫 khùn-sa$^{n}$】 睡衣。

【睏晝 khùn-tàu】 午睡。

【睏睏 khùn-khùn】 做人不精明。格～～kek～～⇨如在睡夢中，全不懂世故。

【睏夢 khùn-bāng】 在祖墳或廟寺所得的夢視爲神意以斷吉凶。仙公夢sian-kong-bāng，城王夢sêng-ông-bāng等同解。

【睏鞋 khùn-ê】 古纏足女人的夜睡鞋。

【睏籠 khùn-láng】 戲團休演或喻失業。籠láng即戲籠。攏每抸～～lóng-mā teh～～⇨皆在失業中。

【睏去也 khùn-khì-à】 睡著了。入睡了。

【睏空房 khùn-khang-pâng】 夫遠行妻獨宿。

【睏空舖 khùn-khang-pho͘】 女伴飛了，故此獨眠。

【睏恬靜 khùn-tiām-chēng】 全都睡得靜悄悄。

【睏草埔 khùn-chháu-po͘】 睡野外(墓地)。喻人死。你得未～～也lí teh-boeh～～～a⇨謂快要死了。

【睏單舖 khùn-toa$^{n}$-pho͘】 孤單單的獨眠。怨嘆命偲～～～oàn-thàn miā-bái～～～⇨惋嘆命運不佳(死了妻)才睡孤單。

【睏飽也 khùn-pá-à】 睡夠了。

【睏醒也 khùn-chhé$^{n}$-à】 睡醒了。同困精神khùn-cheng-sîn。

【睏無底棺材 khùn-bô-té-koa$^{n}$-chhâ】 僞裝死掉了。喻做無根據或無根底的事。

khûn **困** 倉廩也。方曰倉。圓î$^{n}$曰困khûn。蛇之盤曲曰困khûn，沿邊而繞曰困khûn。捲成環狀之物亦曰困khûn。蛇～choâ～⇨蛇盤曲成圓盤狀。草索二～chháu-soh nn̄g～⇨同上。鋼線三～kǹg-soà$^{n}$ sa$^{n}$～⇨同上。布邊綉卍字～pò͘-pi$^{n}$ siù-bān-jī～⇨布邊困以卍字之刺繡。去城內～一輪khì siâ$^{n}$-lāi～chi̍t-liàn⇨往城內繞一環。

【困蛇 khûn-choâ】 ㊀蛇捲成困。㊁一種化膿性皮膚病，發生於腹胸部等胴體，據說，不早治將困及全身。

【困卍字 khûn-bān-jī】 困以卍字形的刺繡爲裝飾。

【困金線 khûn-kim-soà$^{n}$】 例如參謀將校的制服等是也。

【困鉛線 khûn-iân-soà$^{n}$】 束以鐵線。

khûn **芹** 芹菜khîn-chhài亦曰芹菜khûn-chhài。

khûn **勤** 勤儉khîn-khiām亦曰勤儉khûn-khiām。

khûn **懃** 殷懃in-khîn亦曰殷懃un-khûn。

## khut

khut **屈** 曲也。折也。枉～óng～⇨遭受不白之冤。細漢着該鬱，大漢鬱不～sè-hàn tio̍h ài ut, toā-hàn ut-put～⇨小時就該拗之(教之)，大了拗不彎(教不成)。

【屈己 kut-kí】 折抑自己。～～待人～～thāi-jîn⇨薄於自己厚於別人。

【屈手 khut-chhiú】 墓前抱墓邊的兩墓袖。

【屈回 khut-hoê】 桌椅脚的雕刻花樣。回字形的。～～脚～～kha⇨雕回字花紋的桌椅脚。

【屈守 khut-siú】 屈志守己。謂不得志時應該暫時屈守。

【屈伸 khut-sin】 進退。大丈夫能屈能伸tāi-tiāng-hu lêng-khut-lêng-sin⇨同上。

【屈服 khut-ho̍k】 跪從。～～於強權～～î kiâng-koân⇨不得已服從於強權。

【屈指 khut-chái$^{n}$】 折指。～～推算～～chhui-sǹg⇨軍師推算戰情也。

【屈從 khut-chiông】 勉力服從。老爸講的無～～每未使得lān-kē kóng-ê, bô～～mā bē-sái-tit⇨父說的話，不從也不行。

【屈脚 khut-kha】 曲脚。～～坐～～chē⇨

⇨曲脚坐。亦曰：屈扲坐khut-lè-chē⇨同上。

【屈就 khut-chiū】 ㊀接受大材小用。㊁勉強服從。

【屈腰 khut-io】 折腰爲禮。

【屈駕 khut-kà(kè)】 枉駕。敬客之詞。

【屈橋 khut-kiô】 曲橋。拱橋。

【屈額 khut-giah】 不足額。

【屈天理 khut-thian-lí】 天理不能伸。寃枉。

【屈螺脚 khut-lê-kha】 脚刻螺花紋的椅桌。

【屈打成招 khut-táⁿ-sêng-chiau】 強力迫供。刑求。

khut **窟** 洞穴也。大水～toā-chúi～⇨大水池。仙～sian～⇨仙洞。儌～kiáu⇨賭博之巢。儌，儌倖kiáu-hēng，覬覦非分之幸也，非賭博而何。

khut **堀** 同窟khut。

khut **禿** 頭無髮也。山無草也。孤～ko˙～⇨人無後也。

【禿尾 khut-bóe】 無尾。～～巷～～hāng⇨無尾巷。

【禿禿 khut-khut】 光禿禿kng-khut-khut。

【禿頭 khut-thâu】 無毛無草。～～山～～soaⁿ⇨童山。～～巷～～hāng⇨無尾巷。無尾路。～～步～～pō˙⇨最殘忍的手段。彼類～～步，千萬不當用hit-lōe～～pō˙, chhian-bān m̄-thang iōng⇨那種極端的手段，千萬不可使用。

khut **咄** 呵叱o-thek也。亦詈罵lé-mē也。咄 khut者掘kut也，發人陰私也。詈合～，指合托，訐合詻lé kah～, kí kah thok, kàn kah lok⇨詈罵諫𠴰lé-mē kàn-kiāu也。指桑罵槐曰詈lé，發其陰私曰咄khut，直指其非曰指kí，指刺其面而罵曰托thok，面斥直罵曰訐kàn，暴怒而罵曰詻lok。罵mē者正斥也，詈lé者旁及也，亦即所謂正剾chiàⁿ-khau倒削tò-siah也。又詈罵lé-mē指女人，訐譤kàn-kiāu指男人。

# la

la **說** 言不正也。快樂也。戲言曰說la，笑話曰說la，自說自悅曰說。奓phāⁿ亦曰說la。開心玩曰說la。阿久伯仔蓋恔～a-kú-peh-á kái-gâu～⇨阿久伯善說笑。恔gâu亦作豪gâu。袋仔底有錢豈未～tē-á-té ū-chîⁿ ká-bē(bōe)～⇨袋中有錢，豈有不開心之理。例如春風滿面，講話大方等之表現，亦說la也。盈盈罔～êng-êng bóng～⇨閑下無事hân-hā-bû-sū姑且聊天。今仔日出來去～一下kin-á-jit chhut-lâi-khì(ì)～chit-ē⇨今天外出去大玩一下吧。訠～lī～⇨開心談論。逐家講到訠～叫tak-ke kóng-kà lī～kiò⇨大家都在開心談論着。今仔日看破共～落去了kin-á-jit khoàⁿ-phoà kā～loh-khì(ì)-à⇨今天決心大破費一番吧。

【說天 la-thian】 閒逸而頑皮。者個囡仔眞～～chiá-ê gín-á chin～～⇨這些孩子大頑皮了。小人閒居而爲不善。

【說說 la-la】 說la。娶出去～～扲chhoā-chhut-khì(ì)～～lè⇨相偕出去玩一番吧。娶chhoā取女爲妻曰娶chhoā，帶人爲伴亦曰娶chhoā，相偕同行曰相娶sio-chhoā。亦講亦笑，歸間訠訠～～，不知扲歡喜啥ah-kóng ah-chhiò, kui-keng lī-lī～～m̄-chai teh hoaⁿ-hí siahⁿ⇨又說又笑，整個房子高談濶論，不知在高興什麼。

la **喇** 喇叭la-pa，喇嘛la-ma等。

【喇叭 la-pa】 樂器名。頭細尾大之管樂器。～～鼓隊～～kó˙-tūi⇨喇叭與鼓之樂隊。～～花～～hoe⇨喇叭形之花。～～管～～kńg⇨輸卵管su-nn̄g-kńg之俗名。

【喇嘛 la-má】 Lama，西藏語也。意爲最高無上。又出家之男子之稱。～～教～～kàu⇨西藏的佛教。

**la 拉** 牽引也。拖thoa曰拉la。糾合kiù-hap亦曰拉la。調chhiâu現款以應急曰拉la。四界～sì-kè～⇨四處去籌借現金。調chhiâu即調tiâu也。拖～機thoa～ki⇨牽引機khian-ín-ki。

【拉丁 la-teng】 Latin，種族名。～～語～～gí(gú)⇨古代羅馬帝國用語。～～語系～～gí-hē⇨使用拉丁語系語言者。當今的伊大利（即義大利）i-tāi-lī，法蘭西hoat-lân-se，葡萄牙pô-tô͘-gê，西班牙se-pān-gê等是也。～～美洲～～bí-chiu⇨前西班牙，葡萄牙等的殖民地而現在已獨立的中南美洲拉丁語系各國。

【拉弓 la-kiong(keng)】 開弓khai-kiong。～～射箭～～siā-chìⁿ⇨同上。

【拉狡 la-kau】 揺狡âⁿ-kau。囉嗦lô-so。逢事必先擇優，或非佔便宜不休。彼顆人眞～～⇨同上。逐項都佅較～～tak-hāng to-boeh khah～～⇨同上。～～人未過手～～lâng bē(bōe)-kòe-chhiú⇨貪多逢到他人不肯讓。安爾～～每無較長an-ne(ni)～～mā bô-khah-tn̂g⇨如此佔人便宜也並不很好。

【拉借 la-chioh】 調頭寸tiâu-thâu-chhùn。四界去～～都拉無sì-kè-khì～～to la-bô⇨四處去調借頭寸都調不到。

【拉練 la-liān】 Zipper，一種關閉啓開都甚便利的小道具，或可說是設計。多用於紐扣liú-khàu的代用。你佅～～或是鉄紐仔lí boeh～～ah-sī thìⁿ-liú-á⇨你(的新衣)要拉練式的或是紐扣式的。

【拉攏 la-lóng】 促進雙方關係接近。眞會曉～～人chin ē(ōe)-hiáu～～lâng⇨甚善於促進人際關係。佅～～彼班人無許快boeh～～hit-pan-lâng bô-hiah-khoài⇨要糾集那一班人馬不那麼容易。

【拉鋸戰 la-kì-chiàn】 難兄難弟，彼此一來一往之戰爭或比賽。雙方展開了非常激烈的～～～siang-hong tián-khui-liáu hui-siâng(siông)kek-liat ê～～～⇨同上。

**lá 仔** 仔á之轉音。由於音變或曰音便，仔á在t之後，皆轉仔lá。例如：佛仔put-lá，骨仔kut-lá，桔仔kit-lá，賊仔chhat-lá，蚊摔仔báng-sut-lá，鋤頭掘仔ti-thâu-kut-lá，破筆仔phoà-pit-lá⇨小學新生等是。

**là 啦** 語尾詞。表示肯定。例如：好～hó～，著～tioh～，是～sī～，你去～lí-khì，伊來也～i-lâi-ā～，安爾夠額也～an-ne(ni)kàu-giah-ā～，代誌壞也～tāi-chi hāi-ā～⇨事情壞了等等。

【啦啦隊 là-là-tūi】 從傍聲援的隊伍。

**là 拉** 排糞便本曰拉la，孩子尿床曰拉là。又～落去也啦iū～loh-ì-ā-là⇨又洩尿chhoā-jiō了。尿床jiō-chhn̂g曰洩尿chhoā-jiō，也作泄尿chhoā-jiō。～到霑了了也啦～kà tâm-liáu-liáu-ā-là⇨尿得都濕了。許爾大漢也每是安爾抄～hiah-ni toā-hàn-ā mā-sī an-ne teh～⇨那麼大了，還是如此的在尿着。

【拉尿 là-jiō】 洩尿chhoā-jiō或作泄尿chhoā-jiō。許大漢也猶抄～～，未見笑hiah-toā-hàn-ā iáu-teh～～, bē(bōe)-kiàn-siàu⇨那麼大了，還在尿床，不怕羞的。

【拉屎 là-sái】 藉拉尿耳，～～藉抄講也chiah là-jiō-niā,～～chiah-teh-kóng-ā⇨豈止尿而已，屎才氣死人也。

**là 納** 納涼nah-liâng或曰納涼là-liâng。

**lâ 蝲** 蝲仔lâ-á也。一種淡水小蛤蜊。生於田邊水溝的清水中。可供食用。摸～～兼洗袴bong～～kiam sé(sóe)-khò͘⇨順便取利。因摸蝲仔必入水中而弄濕褲子，那麼順便洗之可也。鹹～～kiâm～～⇨生蝲弄破加鹽，蒜茸soàn-jiông，醬油等之佐料，爲一早餐配糜之佳品。豉鹹～～sīⁿ kiâm～～⇨做前項之食品也。你佅去賣～～肉也不lí-boeh-khì bē(bōe)～～bah-ā-m̄⇨你想去被人打半死了嗎。

**lâ 鯪** 鯪鯉lâ-lí也。又名穿山甲chhoan-san-kah。一種山中穴居的哺乳動物。體毛皆成魚鱗狀，故有鯪鯉之名。假死～～食死蚼蚻ké-sí～～chia̍h sí-káu-hiā⇨喻表面斯文却另有奸計。據說鯪鯉在其穴口，開口吐舌作已死狀，以引來蟻羣，然後一氣呑食之。～～殼～～khak⇨鯪鯉之鱗，亦爲一種藥材。～～孔～～khang⇨①其居穴。②與撩你孔lā lí-khang諧音。撩lā，挑弄thiau-lāng也。

**lâ 焫** 焫燠燒lâ-lún-sio，微溫的熱度也。正～～～耳，該更荅久仔啦chiâ～～～niâ, âi-koh ta̍p-kú-á là⇨正在微溫的程度而已，需要再等一會兒也。荅久仔ta̍p-kú-á⇨荅ta̍p，小豆也，喻短暫也。我～～～道可也，免甚燒goá～～～tō-hó à, bián siu$^{n}$-sio⇨我微溫就可以了，不必太熱。

**lâ 磟** 磟碡nâ-ta̍k亦曰磟碡lâ-ta̍k，農器也。用爲打平土塊者。以牛輓行，人在上駕之。潑田水，踏～～phoah-chhân-chúi, ta̍h～～⇨同上。

**lâ 鐃** 鐃鈸nâ-poa̍h亦曰鐃鈸lâ-poa̍h，一種小銅器。小鈂sió-chhím，亦可謂樂器也。僧道所用。

**lâ 癘** 惡疾也。破傷風phoà-siang-hong俗曰著癘仔tio̍h lâ-á。

**lâ 蟧** 蟧蜈lâ-giâ，不結網之長脚蜘蛛ti-tu也。

**lā 抐** 取物也。浮取曰撨châu，沈取曰抐lā。捕châu，抄chhau也。攪動kiáu-tōng曰抐lā。水～糖chúi～thn̂g⇨水加糖攪和爲糖水。愈～愈臭呵，不當～也啦ná～ná-chhàu-ò· m̄-thang～à là⇨越攪越臭呀，不可再攪也。勸止吵咀者之詞。抐lā或作撈或撩。

**【抐抐抮 lā-lā-lè】** 攪和之。～～～抵好鹹～～～tú-hó-kiâm⇨①收支相抵。②彼此對抵皆無所得。意謂攪和了鹹餌kiâm-chiá$^{n}$剛好相宜。

**lā 撩** 取也。理也。挑弄挑撥也。阿久伯娶新婦講佅大～呢a-kú-peh chhoā-sim-pū kóng boeh toā～neh⇨阿久伯娶媳婦據說要大大的熱鬧一番呢。愛～道去～講ài～tō-khì～kóng⇨高興熱鬧就去大幹一番吧。可能有人抮～khó-lêng ū-lâng teh～⇨可能有人在(背後)挑撥。不是你～的猶有啥人m̄-sī lí～ê iáu-ū siá$^{n}$-lâng⇨不是你挑弄的還有誰呢。蓋愛～人的孔也kài-ài～lâng ê khang a⇨最喜歡挑出人家私事。無你～伊曷會知bô-lí～i a̍h-ē(ōe)-chai⇨非你提起他何能知之。鼇～lê～⇨喜慶等大幹大鬧。撩lā或作抐lā或撈lā。

**【撩孔 lā-khang】** 挑發人之私事。一定是有人～～啦it-tēng sī ū-lâng～～là⇨一定是有人故意說出來的也。

**【撩破 lā-phoà】** 弄破。破壞掉。代誌被伊～～去也tāi-chì hō·-i～～khì(ì) à⇨事情被他弄壞了。

**【撩頭 lā-thâu】** 提頭the̍h-thâu。發起人hoat-khí-jîn。代誌是伊～～的見眞講煞糾去tāi-chì sī-i～～ê, kì$^{n}$-chin kóng-soah kiu-khì⇨事情是他提出發起的，到眞的要做了，他竟縮回去了。

**【撩話題 lā-ōe-thâu】** 以言詞挑弄人講出實話。阿花抵抮～～～耳阿菊道家已講也a-hoe tú-teh～～～niâ, a-kiok to ka-kī-kóng-à⇨阿花剛在說套頭而已，阿菊就自己說出來了。

**lā 撈** 同抐或撩。

**lā 鴷** 鴷鴞lāi-hio̍h亦曰鵬鴞lā-hio̍h。惡鳥也。

## lah

**lah 哪** 感歎詞。用於開頭以喚起注意。～，於者啦～，tī-chia-là⇨哪，在此嘛(此不是嗎)。～，提去嘛～，theh-khì(ì)-mà⇨哪，拿去吧。

～，還你啦～，hêng-lí-là⇨哪，還給你吧。

**lah 垃** 垃圾lah-sap，應棄污物也。不潔淨曰垃圾lah-sap。本作攋㧒lah-sap。糞掃pùn-sò曰垃圾lah-sap，骯髒am-cham亦曰垃圾lah-sap。掃～～仔sàu～～á⇨掃除糞掃或髒物。～～鬼～～kúi⇨骯髒鬼am-cham-kúi。污糟鬼o-cho-kúi。～～相～～siù$^{n}$⇨不乾淨的樣子或其性格。～～人～～lâng⇨性格不乾淨之人。貪小利之人。～～猫～～niau⇨骯髒am-cham的東西。～～猫咬簷鼠～～niau kā chi$^{n}$-chhí⇨喻髒男交髒女。～～血～～hoeh(huih)⇨月經。產後之污血。～～哩牢～～lī-lo⇨謂非常垃圾lah-sap。哩牢li-lo擬音。lah-sap→la-sam或→lâ-sâm。

**lah 攋** 攋㧒lah-sap也。同垃圾lah-sap→la-sam→lâ-sâm。

**la̍h 獵** 逐取禽獸也。拍～phah～⇨山野逐捉禽獸。狩～siù～⇨冬獵爲狩，放火燒草而獵亦曰狩siù。涉～甚廣sia̍p～sīm-kóng⇨探討研究範圍廣大。

【**獵戶** la̍h-hō͘】打獵人家。夆山抵著～～救去hîn-soa$^{n}$ tú-tio̍h～～kiù-khì(ì)⇨山中迷失，逢到獵戶救了他。

【**獵狗** la̍h-káu】㊀獵犬la̍h-khián。～～鷹犬～～eng-khián⇨幫助狩獵捕魚之狗與鷹。㊁喻受人指使差遣而助紂爲虐的惡徒。

【**獵銃** la̍h-chhèng】狩獵用之火銃。

**la̍h 臘** 合也。冬至後臘祭百神也。冬日所醃漬之肉品亦曰臘la̍h。

【**臘月** la̍h-goat】十二月。臘祭之月也。

【**臘肉** la̍h-bah】冬天冬至後所醃漬之肉品。～～臘腸～～la̍h-tn̂g⇨同上。

【**臘味** la̍h-bī】臘肉製品。

【**臘梅** la̍h-bôe(mui)】觀賞用的梅花。

**la̍h 蠟** 油脂之一種也。有木～鯨～蜜～bo̍k～keng～bı̍t～等各種。打(拍)～tá$^{n}$(phah)～⇨以蠟油潤物。石～chio̍h⇨從石油中抽取的油脂。過～kòe～⇨加蠟油處理過也。

【**蠟紙** la̍h-choá】打石蠟的防水紙。油印原紙。

【**蠟條** la̍h-tiâu】蠟燭條la̍h-chek-tiâu。照明用的。

【**蠟筆** la̍h-pit】畫圖用的蠟製彩色筆。

【**蠟蔗** la̍h-chià】甘蔗kam-chià的一種。亦曰竹仔蔗tek-á-chià。今已少見。

【**蠟燭** la̍h-chek】同蠟條la̍h-tiâu。

**la̍h 曆** 歲時節候之法也。年代也。日記也。舊～日kū～ji̍t⇨過去的曆日表册。新册仔舊～日sin-chheh-á kū～ji̍t⇨謂皆無用之物。新的未讀不能爲用，舊的去了不能再用。

【**曆日** la̍h-ji̍t】㊀有關時日節候吉凶之書册。㊁日曆表ji̍t-le̍k-piáu。過時～～kòe(kè)-sî～～⇨過去了的日曆表。喻無用之物，或事已太遲。

## lai

**lai 黧** 青黧chhe$^{n}$(chhi$^{n}$)-lai也。很青很青也。青黧黧chhe$^{n}$(chhi$^{n}$)-lai-lai，青得幾乎黑色也。黧lai黑也。潭仔水青黧青黧tham-á-chúi chhe$^{n}$-lai-chhe$^{n}$-lai⇨潭水青得幾乎黑的。

**lái 黛** 烏黛o͘-lái，青黑之色也。亦即皮肉凝血gêng-hoeh之色。烏～血o͘～hoeh(huih)⇨青黑色之血。凝血凝到烏黛烏黛也gêng-hoeh(huih) gêng-kà o͘-lái-o͘-lái-à⇨(打傷得)凝血凝成青黑色了。

**lâi 來** 動詞，亦助詞。至也。招致也。做也。表示動詞趨勢之詞。狼～也lông～ā⇨狼到了。佅～不～由在伊boeh～m̄～iû-chāi-i⇨來不來由他自己決定。有～無～攏共款ū～bô～lóng-kāng-khoán⇨來不來都一樣。猶未～iáu-bōe～⇨還沒來。猶未來→iá-bē-lâi。娶～做某chhoā～chò(chòe)-bó͘⇨娶來爲妻。買～食bé(bóe)～chia̍h⇨買回來吃。飼來看娖chhī

~khoâ$^{n}$-súi⇨養之以供觀賞。煮~食chí(chú)~chia̍h⇨煮之以供食用。掠~修理lia̍h~siu-lí⇨捉來教訓教訓。面青~bīn-chhe$^{n}$(chhi$^{n}$)~⇨面色在變青。寒~koâ$^{n}$~⇨天氣在轉冷。錢𡖿~chî-chē~⇨錢多起來。更較瘦~道較媠koh-khah sán~tō-khah-súi⇨再瘦一點就更美。咱~參商lán~chham-siâng(siông)⇨我們商量商量。逐家~祈禱ta̍k-ke~kî-tó⇨大家一起來祈禱。做伙~食飯chò-hóe~chia̍h-pn̄g⇨一起來吃飯。咖啡二杯~抾ka-pi nn̄g-poe~lè⇨咖啡來兩杯。燒燒一碗~,冷冷我無愛sio-sio chi̍t-oa$^{n}$~,léng-léng goá bô-ài⇨童謠。無路~bô-lō͘~⇨行非其方(法,術),可以附在創chhòng,做chò,讀tha̍k,寫siá$^{n}$,講kóng,煮chí,掘ku̍t,駛sái,弄lāng,舞bú等等的動詞之後,表示其弄不好,表現不佳。無~食bô~chia̍h⇨不像個樣子。戇人拜公媽愈看愈無~食gōng-lâng pài kong-má, ju-khoâ$^{n}$ ju bô~chia̍h⇨喻越看越不順眼。意謂傻瓜拜祖先,越看祖先越沒有來吃祭品。亦即不像眞的。會~ē(ōe)~⇨①將到此地來。會~未~猶不知ē(ōe)~bē(bōe)~iáu-m̄-chai⇨來或不來,還不清楚。②附於動詞之後表示能夠做到。例如:請會~chhiá$^{n}$-ē(ōe)~⇨能夠邀請到。讀會~tha̍k-ē(ōe)~⇨能夠讀之,有能力學習。講會~寫會去kóng-ē(ōe)~siá-ē-khì⇨能說能寫。反之不能之時可用未~bē(bōe)~⇨表示不能夠。例如:講未~寫未去kóng-bē(bōe)~siá-bē(bōe)-khì⇨不能夠說話不能夠寫作。將~chiang(chiong)~⇨未來bī-lâi。本~pún~⇨元來goân-lâi。由~iû~⇨自以前到盒,即由來已久。講~好笑kóng~hó-chhiò⇨同上。想~去倒siū$^{n}$~khì-tò⇨對於利弊損害詳加檢討考慮。有~無去(往)非禮也ū~bô-khì(óng) hui-lé-iā⇨禮尚往來lé-siāng óng-lâi。無往~bô-óng~⇨無抾往~bô-teh óng~⇨不相往來。亦即不相交際。亦曰無~去bô~khì⇨不交易put-kau-e̍k。

**【來由 lâi-iû】** 由來iû-lâi。理由lí-iû。講彼類無~~的kóng hit-lōe bô~~ê⇨說那些無來由之話。

**【來去 lâi-khì】** ㊀往復óng-ho̍k。~~該三日~~ài sa$^{n}$-ji̍t⇨去而又回來必須三天。~~俫歸舖路抾~~boeh kui-pho͘-lō͘-lè⇨往復將近整舖路之遠。一舖十里也。㊁交易或收支。~~賬~~siàu⇨交易來往的賬項siàu-hāng。~~拍,差幾仔百~~phah, chha-kui-na-pah⇨錯入錯出,差額甚巨。㊂招人同事之詞。咱~~食飯啦lán~~chia̍h-pn̄g-là⇨我們吃飯去吧。~~行山花俫否~~kiâ$^{n}$-soa$^{n}$-hoe boeh-bò͘⇨(我們)到山裏去看一看要不要。行山花kiâ$^{n}$-soa$^{n}$-hoe同行脚花kiâ$^{n}$-kha-hoe,略同於散步,sàn-pō͘,山區就特別叫行山花kiâ$^{n}$-soa$^{n}$-hoe。我俫~~也goá-boeh~~à⇨我將行矣。

**【來世 lâi-sè】** 次一世代。來生~~lâi-seng~~⇨今生今世kim-seng-kim-sè的對詞。

**【來到 lâi-kàu】** 到達tò-ta̍t。小弟今仔日~~貴地sió-tī kin-á-ji̍t~~kùi-tè⇨同上。你叫阮~~即類所在是有啥用意lí kiò-goán~~chit-lōe só͘-chāi sī-ū siá$^{n}$-iōng-ì⇨同上。

**【來往 lâi-óng】** ㊀來回lâi-hôe。~~著幾工~~tio̍h-kui-kang⇨來回須若干日。㊁交陪kau-pôe。阮合伊無~~goán kap-i bô~~⇨我們與他沒有交陪。有金錢上的~~ū kim-chî$^{n}$-siāng(siōng) ê~~⇨彼此有金錢來往的關係。

**【來者 lâi-chiá】** 將來chiang-lâi。悟已往之不諫,知~~猶可追gō͘ í-óng chi put-kàn, ti~~iū-khó-tui⇨歸去來詞。

**【來信 lâi-sìn】** 外來之信件。來件lâi-kiā$^{n}$。來函lâi-hâm。

**【來貨 lâi-hòe】** 送到之貨。~~若干如數點收了~~jia̍k-kan jî-sò͘ tiám-siu-liáu⇨同上。

**【來得 lâi-tit】** lâi-li。~~著時~~tio̍h-sî

⇨來得時候適當。～～成巧～～chiâⁿ-khiáu⇨來得甚巧。彼句話～～厲害hit-kù-ōe～～lī-hāi⇨那句話來得太厲害了。

【來源 lâi-goân】 貨品之供給源。～～充裕，十足供應～～chhiong-jū，sip-chiok kiòng-èng⇨同上。

【來意 lâi-ì】 來者之意。～～不善～～put-siān⇨同上。

【來路 lâi-lō͘】 ㈠喻進賬chìn-siàu。有去路無～～ū-khì-lō͘ bô～～⇨開銷多，進賬少。㈡船舶運來的。～～貨～～hòe⇨～～的～～ê⇨舶來品phek-lâi-phín。

【來電 lâi-tiān】 通電thong-tian。彼此之間，尤其男女互相吸引亦曰來電lâi-tiān。彼二個恰如有抄～～也的款hit-nn̄g-ê kah-ná ū-teh～～ā ê khoán⇨他們一對好像是在來電了(在談戀愛了)。人亦無男朋友併合啥人～～lâng iah bô-lâm-pêng-iú boeh kah-siáⁿ-lâng～～⇨人家也沒有男朋友要跟誰來電呀。

【來賓 lâi-pin】 貴賓kùi-pin。～～祝詞～～chiok-sû⇨同上。

【來錢 lâi-chîⁿ】 來銀lâi-gîn(gûn)。入賬jip-siàu。～～五十圓有入賬也～～gō͘-chap-oân ū-jip-siàu-ā⇨來銀五十圓已登記了。

【來歷 lâi-lek】 由來iû-lâi。履歷lí-lek。背景pōe-kéng。伊的～～都不知抄i ê～～to m̄-chai-le⇨他的身分不清楚也。你有甚麼～～lí-ū sím-mih～～⇨你有多大的本事。

【來頭 lâi-thâu】 來者之氣勢或背景。～～更未細呵～～koh bē-sè-ō͘⇨來頭不小。未細bē-sè→bōe-sòe。

【來臨 lâi-lîm】 降臨kàng-lîm。大駕～～tāi-kà～～⇨大駕光臨tāi-kà kong-lîm。大禍～～tāi-hō～～⇨大禍降臨。

【來不及 lâi-put-kip】 赴未著hù-bē-tioh。趕不上。～～～也～～～ā⇨同上。也ā亦可作了lō͘，了liáu或矣ì。

【來未來 lâi-bōe-lâi】 未來bī-lâi。～～～去未去的代誌，孔子公每不敢包領～～～khì-bōe-khì ê tāi-chì, khóng-chú-kong mā-m̄-káⁿ pau-niá⇨謂未來之事，孔子也不敢擔保。去未去khì-bōe-khì，亦指未來，蓋應去而未去，即未見結果也。

【來猪窮 lâi-ti-kêng】 猪自來者，將致貧窮。～～～，來狗富，來猫起大厝～～～，lâi-káu pù, lâi-niau khí-toā-chhù⇨謂猪來不可收留，狗猫皆可收留之。愛護動物之古諺。蓋猪爲生財之物，假如收之，猪主尋到必起糾紛故不可收留。狗猫生子，多棄之無人要，故鼓勵收留之也。亦曰猪來窮，狗來富，猫來起大厝ti-lāi-kêng, káu-lâi-pù, niau-lâi khì-toā-chhù。

【來無聲 lâi-bô-siaⁿ】 靜靜而來。～～～去無影未輸亡魂抄～～～khì-bô-iáⁿ bē(bōe)-su bông-hûn-lè⇨寂然而來寂然而去。一如亡魂也。

【來日方長 lâi-jit-hong-tiâng】 未來的時日很長，機會還甚多。人講～～～～嘛，小小的代誌那有要緊lâng-kóng～～～～mà, sió-sió ê tai-chì ná-ū iàu-kín⇨古人言，來日方長嘛，有的是機會。小小的事情何必介意呀。

【來來去去 lâi-lâi-khì-khì】 常來常去。經常有來往。～～～～未輸自己的厝呢～～～～bē(bōe)-su ka-lī(kī) ê chhù-neh⇨常常來常常去，一如自己之家。

【來清去明 lâi-chheng-khì-bêng】 謂金錢來往都很清楚明白。順治入關，約賬項用詞一句——～～～～sūn-tī-jip-koan, ioh-siàu-hāng iōng- sû chit-kù—～～～～⇨做迷猜bī-chhai也。順治入關射賬項用詞一句，謎底正爲來清去明。

【來清楚去明白 lâi chheng-chhó khì bêng-pek】 同來清去明lâi-chheng-khì-bêng。

lâi
**萊** 藜也。草名。蓬～仙島hông～sian-tó⇨同上。老～子戲彩娛親ló～chú hì-chhái gō-chhin⇨老萊子二十四孝之一。自穿彩衣演戲以使老母高興。

【萊菔 lâi-hok】 蘿蔔lô-pok也。俗曰菜頭chhài-thâu,亦即蔬菜類之頭目。

lâi
**鵜** 同鵜lā。鵜鶚lâi-hioh,鳥名也。～～鷹～～ieng⇨較鵜鶚略大之猛禽。～～於許抄翺,得俫來咬鷄仔也～～tī-hia teh-gô, tit-boeh lâi kā-ke-á à⇨～～在那邊翺翔,快要下來咬鷄了。翺gô,翺翔gô-siâng,鳥飛也。大鳥展翼遨遊飛翔也。又環飛曰翺go,曰翺ko。

lâi
**梨** 果子名。果樹名。水～chúi～⇨同上。香水～hiang-chúi～⇨謂有香之水梨。

【梨仔 lâi-á】 水梨chúi-lâi。～～膏～～ko⇨水梨之糖煮者。～～瓜～～koe⇨水果名,一種蔓生之水果。～～花～～hoe⇨梨花lê-hoa。

lāi
**利** 利息lī-sek(sit)曰利lāi。刀劍銳利曰利lāi。眼明耳聰口舌利便亦皆曰利lāi。藥性傷及皮膚腸胃者亦曰利lāi。加一～ka-it～⇨一成之利息。放重～pàng-tāng～⇨高利貸ko-lī-tāi。母起母～起～bó-khí-bó～khí～⇨複利計算。被人抄開無～的hō-lâng teh-khai bô～ê⇨(現款)被人提去利用不付利息。磨刀恨未～boâ-to hīn-bē(bōe)～⇨磨刀恨不利mō-to hīn-put-lī。目珠～耳孔～bak-chiu～hīⁿ-khang～⇨眼明耳聰gán-bêng jí(ní)-chhong。嘴～舌～chhùi～chih～⇨口舌利便。嘴尖舌～chhùi-chiam-chih～⇨同前。您父刀～敢驚伊狗頭大lín-pē to～kám-kiaⁿ-i káu-thâu-toā⇨老子有本事,怕他什麼三七二十一。灰水眞～hoe-chúi chin～⇨石灰水很厲害(會傷皮膚)。王萊眞～ông-lâi chin～⇨鳳梨很厲害(可能傷胃腸)。

【利刀 lāi-to】 切物如切泥之刀。～～利閃閃～～lāi-siám-siám⇨同上。利閃閃lāi-siám-siám,利lāi的形容詞。或應作利巉巉lāi-siàm-siàm。巉siàm山高峻如劍。

【利手 lāi-chhiú】 高段ko-toāⁿ之手。鈍刀使～～tūn-to sái～～⇨不利之刀以利手用之亦可斷物。

【利仔 lāi-á】 利子lī-chú。～～灌母眞驚人呢～～koàn-bó chin kiaⁿ-lâng-neh⇨利子轉入母金(再生利)很可怕也。

【利息 lāi-sit】 利子lī-chú。錢被你開無～～的,你猶無歡喜chîⁿ hō-lí-khai bô～～ê, lí iáu-bô hoaⁿ-hí⇨錢被你佔去利用而不付利息,你還不滿足嗎。

【利器 lāi-khì】 刀劍等。武器。兇器。手舉～～不是耍的chhiú-giâ～～m̄-sī-sńg-ê⇨手執利器不是玩的。

【利起利 lāi-khí-lāi】 利子生利子而增大。母起母～～～bó-khí-bó～～～⇨母金做母金而長大,利子亦生利子變母金而長大。複利hok-lī計算的一般講法。或謂應作母起利利起母bó-khí-lāi, lāi-khí-bó。似皆可通。又起或作絞ká,亦作車chhia。

【利閃閃 lāi-siám-siám】 刀劍類利lāi的形容詞。重於其光澤。

【利劍劍 lāi-kiàm-kiàm】 利如劍。

【利巉巉 lāi-siàm-siàm】 略同利閃閃lāi-siám-siám。重於刀刃之利。巉siàm,山高峻如劍也。

lāi
**內** 中也。天子之宮禁曰內lāi。婦女也。人於～,名於外lâng-tī～,miâ-tī-goā⇨人在內,名聲(好壞)流傳在外。男主外,女主～lâm-chú-goā, lí-chú～⇨男人主持外務,女人主持內務。宇～,海～,四海之～,ú～, hái～, sù-hái chi～⇨皆指天下。國～,家～,會～,黨～,校～,院～,店～,公司～,工場～,kok～, ka～,hōe～, tóng～, hāu～, īⁿ～, tiàm～, kong-si～, kang-tiûⁿ～⇨各種機關團體之內部。山～,林～,田～,園～,

魚池仔 ～soaⁿ～, nâ ～, chhân ～, hn̂g ～，hī-tî-á ～⇨各該構造物之中。心～sim～⇨心中sim-tiong。頭殼～thâu-khak～⇨腦中náu-tiong。腹肚～空空pat-tó～khang-khang⇨①枵iau也，飢餓ki-gō也。②腹中無物hok-tiong bû-but，亦即無學問bô-hak-būn。丈八～tn̄g-peh(poeh)～⇨謂店面的實濶有一丈八尺。實～sit～⇨除去墻壁之外的實際可利用長度。房間～扲約旦pâng-keng～teh ioh-toàⁿ⇨喻不看事實而妄加推測。謂少年夫妻在閨中猜測女演員的美醜也。約ioh，猜chhai，猜測chhai-chhek也。大～tai～⇨禁中，天子的家庭。

【內才 lāi-châi】 學識文章。一個好～～，一個好外才chit-ê hó～～, chit-ê hó-goā-châi⇨一個學殖文章好，一個是口才外表好。

【內山 lāi-soaⁿ】 山中。鄉村。海口hái-kháu之對詞。～～人，海口人～～lâng, hái-kháu-lâng⇨近山之人，近海之人。～～兄～～hiaⁿ⇨～～兄哥～～hiaⁿ-ko⇨～～舉人～～kí(kú)-jîn⇨～～紳士～～sin-sū⇨都是嘲笑其爲不通世故的鄉下人。～～猴～～kâu⇨嘲笑其不知事如猿猴。～～倯，海口戆，～～sông, hái-kháu-gōng⇨山海互相嘲弄。倯sông者不通禮，戆gōng者不識物。～～親家與海口親姆～～chhin-ke í hái-kháu-chheⁿ(chhiⁿ)-ḿ⇨山海通婚而互相嘲笑作弄的故事。

【內公 lāi-kong】 祖父。～～外公攏猶於扲～～goā kong lóng-iáu tī-teh⇨祖父，外祖父，都還健在。

【內心 lāi-sim】 心。心中。～～的痛苦～～ê thòng-khó⇨同上。

【內中 lāi-tiong】 內部lāi-pō。～～有問題～～ū-bûn-tê⇨同上。

【內册 lāi-chheh】 古以四書五經爲內册。亦即欽定讀本。其他者曰外册goā-chheh，亦即課外讀本。

【內外 lāi-goā】 內與外。有扲出入～～ū-teh chhut-jip～～⇨見識多。猪八戒照鏡，～～攏無親像人ti-pat-kài chiò-kiàⁿ,～～lóng-bô chhin-chhiūⁿ-lâng⇨喻①內外皆不如人。②對內對外都難爲人。因爲鏡內鏡外都是猪也。

【內功 lāi-kong】 拳擊的術語。練～～liān～～⇨同上。

【內行 lāi-hâng】 精通某事物者。同業之人。～～人講外行話～～lâng kóng goā-hâng-ōe⇨謂明知其事而故裝不知。

【內助 lāi-chō】 妻。牽手khan-chhiú。賢～～hiân～～⇨令夫人。

【內廷 lāi-têng】 大內tāi-lāi。禁中kìm-tiong。

【內牪 lāi-kâⁿ】 糖廍以牛拉動搾糖車，三牛一組曰一牪chit-kâⁿ，近搾蔗車者曰內牪lāi-kâⁿ，反之曰外牪goā-kâⁿ，中者曰中牪tiong-kâⁿ。～～牛～～gû⇨同上。牪kâⁿ者古友字。俗以兩人成對曰一牪chit-kâⁿ。

【內衫 lāi-saⁿ】 內衣lāi-i。即類天，你敢穿～～耳chit-lōe-thīⁿ, lí-káⁿ-chhēng～～niâ⇨此種天氣，你只穿內衣而已嗎。

【內底 lāi-té(tóe)】 中。房間仔～～pâng-keng-á～～⇨閨房之中。外面歹看耳，～～眞姻goā-bīn pháiⁿ-khoàⁿ-niâ～～chin-súi⇨外面難看一點而已，裏面很好。即～～亦有公的亦有私的，詳細該看賬chit～～ah-ū kong-ê ah-ū su-ê, siâng-sè ài-khoàⁿ-siàu⇨其中也有公的，也有私的，詳細(之數)需要看看賬簿。～～衫～～saⁿ⇨內衣。

【內面 lāi-bīn】 中。外面的對詞。掃～～sàu～～⇨打掃房屋內。猶於～～扲困iáu-tī～～teh-khùn⇨還在裏頭睡覺。～～不知有問題否～～m̄-chai ū-būn-tê(tôe)-bò⇨不知其中是否有問題。困khùn，休止也，亦眠也。睏是俗字。

【內政 lāi-chèng】 國內政事。外交的對詞。～～部長～～pō-tiúⁿ⇨內閣的首席閣員。俗戲稱妻爲內政部長。

【**內祖** lāi-chó͘】 內公lāi-kong。直系祖父ti̍t-hē-chó͘-hū。阮～～明年俳做喜壽goán～～mê-nî boeh-chò(chòe) hí-siū⇨我祖父明年要祝七十七歲大壽。喜字之草體字形似七十七。～～父～～母～～hū～～bó͘⇨內公內媽lāi-kong-lāi-má。

【**內客** lāi-kheh】 外賓之對詞。～～耳啦無請外賓～～niâ lâ bô-chhiá$^{n}$ goā-pin⇨都是自己人而已沒有邀請賓客。

【**內科** lāi-kho】 ～～外科～～goā-kho⇨醫有內外等各科。

【**內神** lāi-sîn】 家內之神。家人。～～通外鬼～～thong goā-kúi⇨謂內部有人對外漏洩秘密。

【**內差** lāi-chhe】 內勤lāi-khîn。當～～tng～～⇨任職內勤。

【**內海** lāi-hái】 陸地所包圍的海域。例如地中海者。瀨戶～～是最有名的～～nāi-hō͘～～sī chōe-iú-bêng ê～～⇨同上。瀨戶內海，日本地理名。

【**內容** lāi-iông】 內中所容納。無～～bô～～⇨①內無秘密。②批評文章之詞。

【**內胲** lāi-kai】 lān-koāi。大腿兩內側之肉。亦內股lāi-kó͘或內胯lāi-khò$^{n}$也。胲kai頰肉kiap-jiok。謂股肉似胲肉故曰內胲lāi-kai，俗曰lān-koāi，亦即生lān之兩側也。拵～～chūn～～⇨扭捻內股肉。食中兩指內曲，強挾腿肉，強力扭轉之曰拵chūn。古惡婦懲罰女婢，常用之手段。縱使烏青激血o͘-chhe$^{n}$-kek-hoeh，亦沒人看見也。亦作捘，義同。

【**內訌** lāi-kòng】 自相鬩鬪hek-tò͘。家己道～～也，不免人安怎ka-kī tō～～ā, m̄-bián lâng an-choá$^{n}$⇨自己就會發生內訌了，不必外人干與。

【**內平** lāi-pêng】 內，中。外平goā-pêng的對稱。家已～～無抵好抮ka-tī(kī)～～bô-tú-hó-lè⇨自己內面不妥當也。

【**內孫** lāi-sun】 直系親孫ti̍t-hē-chhin-sun。～～外孫算來一廿個也～～goā-sun sǹg-lâi it-ji̍ap-ê-ā⇨直系傍系之孫合計一二十個了。

【**內庭** lāi-tiâ$^{n}$】 中庭tiong-tiâ$^{n}$。

【**內務** lāi-bū】 內部之事務。～～整理～～chéng-lí⇨同上。

【**內痔** lāi-tī】 肛門kong(kang)-mn̂g內之痔瘡tī-chhng。

【**內掌** lāi-chiáng】 內掌櫃lāi-chiáng-kūi。糖廍負責會計等內務的經理。主管原料燃料者稱爲外掌goā-chiáng。

【**內港** lāi-káng】 外港之對詞。淡水以台北爲內港，而自居外港。～～人～～lâng⇨淡水人指台北人。

【**內街** lāi-ke(koe)】 市區中心。～～加眞鬧熱～～ka-chin lāu-jia̍t⇨內街熱鬧多的。

【**內腎** lāi-sīn】 腎臟sīn-chōng。外腎goā-sīn之對稱。皆泌尿器官也。

【**內場** lāi-tiû$^{n}$】 賭博上當莊家chong-ka曰做內場chò-lāi-tiû$^{n}$。

【**內勤** lāi-khîn(khûn)】 在屋內或店內勤務辦事，較少外出之人。～～人員～～jîn-oân⇨同上。

【**內亂** lāi-loān】 內訌lāi-kòng。內部不和皆曰內亂lāi-loān。又抮～～了iū-teh～～lò͘⇨又在內亂了。

【**內媽** lāi-má】 祖母。～～外媽～～goā-má⇨祖母外祖母。

【**內傷** lāi-siang】 看不見之傷害。外傷goā-siang之對詞。不流血之傷害。外傷快治～～惡醫goā-siang khoài-tī～～oh-i⇨外傷易治，內傷難醫。

【**內障** lāi-chiàng】 眼病名。表面上無病無痛而視力逐漸減退終至失明之症。您姑仔青盲，您嬸仔～～lín-ko͘-a chhe$^{n}$-mê, lín chím-ā～～⇨講耍笑kóng-sǹg-chhiò，古清明kó͘-

chheng-bêng與姑青盲ko·-chheⁿ-mê諧音。

【內褲 lāi-khò·】 軀底褲su-tē-khò·。～～內衫～～lāi-saⁿ⇨軀底褲軀底衫su-tē-saⁿ。身體sin-thé曰身軀sin-khu→sin-su。

【內盤 lāi-poâⁿ】 有關收支計算採購登記的事務。掌～～chiáng～～⇨主持內盤工作。

【內親 lāi-chhin】 內頭親lāi-thâu-chhin。父方的親戚。～～外戚～～goā-chhek⇨父母兩方的親戚。

【內頭 lāi-thâu】 ㈠家中。查某人顧～～cha-bó·-lâng kò·～～⇨女人照顧家務。㈡妻。您～～有來否lín～～ū-lâi-bô·⇨貴內政部長來了沒有。～～親～～chhin⇨父方的親戚。妻頭親～～戚chhe-thâu-chhin～～chhek⇨女家男家双方的親戚。雌頭親𡳞頭戚chi-thâu-chin, lān-thâu-chhek⇨同前。屬粗語，亦指裙帶關係。妻chhe與雌chi內lāi與𡳞lān諧音。𡳞lān，羼之俗字。

【內櫃 lāi-kūi】 大店戶有內外櫃。帳簿等較重要者收內櫃。又其主持人亦曰內櫃lāi-kūi。

【內臟 lāi-chōng】 腹中之器官。講該剖驗～～kóng-ài phòa-giām～～⇨據說需要解剖檢驗內臟器官。

【內分泌 lāi-hun-pì】 生理學名詞。～～～腺～～～soàⁿ⇨內分泌的器官。

【內切圓 lāi-chhiat-oân】 數學名詞。三角形ABC的～～～saⁿ-kak-hêng ABC ê～～～⇨同上。

【內拍出 lāi-phah-chhut】 洩露秘密於外。有人扵～～～啦，無，人那會知ū-lâng teh～～～lā, bô, lâng-ná-ē(ōe)-chai⇨有人在洩漏於外也，否則人家何能知之。

【內在美 lāi-chāi-bí】 內才lāi-châi。看外表耳啦，無人合你講～～～也啦khoàⁿ-goā-piáu-niâ-là, bô-lâng kap-lí-kóng～～～ā-là⇨只看外表而已，沒人講究內在美的了。

【內閣制 lāi-koh-chè】 內閣爲最高行政機關的制度。責任～～～chek-jīm～～～⇨同上。

【內攻外應 lāi-kong-goā-èng】 謂內外彼此接應。

【內幕新聞 lāi-bō·-sin-bûn】 ～～～～逐家較愛看～～～～tak-ke khah-ài-khoàⁿ⇨內幕消息的文章大家喜歡讀。

【內憂外患 lāi-iu-goā-hoān】 內有內部不安外有外敵環伺。～～～～迫得搖搖欲墮了～～～～pek-tek iô-iô iok-tūi-liāu⇨同上。

lāi **荔** 荔枝nāi-chi亦曰荔枝lāi-chi。→lē-chi。

## laih

laih **來** 去也。往也。來lāi的命令形。咱～lán～⇨我們去吧。我合你～goá-kah-lí～⇨我伴你同去。～，合伊拂～，kap-i hut⇨（我們）去吧，跟他拼。你～啦lí～lā⇨你（同我們）去吧。同齊～啦tâng-chê～lā⇨（我們）一起去吧。我該～也扵goá ài～ā leh⇨我必須去的。你無～未用得lí bô～bē(bōe)-iōng-tit⇨你非去（一起去）不可。伊～道會使得i～tō-ē(ōe)-sái-tit⇨他（與我們）去就行。著～藉好tioh～chiah-hó⇨應該去才好。趕緊～無未赴也koáⁿ-kín～bô bē(bōe)-hù-ā⇨趕快去，否則來不及了。阿三～道眞大了a-sam～tō chin-tāi-lò·⇨阿三去就十分夠資格了。

【來去 laih-khì】 去吧。一起去吧。同英文Let's go。～～呵～～看鬧熱呵～～ō～～khoàⁿ nāu-jiat-ō⇨（我們）去吧，（我們）去看熱鬧吧。～～月球呵～～goeh-kiû-ō⇨前往月球吧。～～合伊賣蝲仔肉噢～～kah-i bē(bōe) lâ-á-bah ō⇨去吧，去賣蝲仔肉吧。賣蝲仔肉bē(bōe) lâ-á-bah，勉強爲之，強顏爲之也。蓋謂賣人肉也。因蛤蝲lâ-á多以鹹食也。安爾無～～合伊拼命扵，那擋伊會稠an-ne(ni) bô～～kap-i piàⁿ-miā-leh, ná-tòng-i ē(ōe)-tiâu⇨既然如此，非去跟他拼命一下，何能忍耐得住。上所舉各來laih，或來去laih-khì，是我們來，或我們同去，相當於英文Let us go!或Let's go!，與來lâi或來去lâi-khì，有別。

## lak

**lak 橐**　囊lông也。亦即袋tē也。囊無底也。大曰囊lông，小曰橐lak。亦曰橐lok。袋一～也tē-chi̍t～ā⇨袋滿一橐了。

**【橐仔 lak-á】**　lok-á。紙～～choá～～⇨紙袋。麻～～moâ～～⇨麻帽，亦即孝男所戴之孝帽。

**【橐袋 lak-tē】**　衣袋。～～仔～～á⇨衣袋。～～仔飽飽抾～～á pá-pá-lē⇨袋中錢飽滿。

**lak 轆**　轆轤lak-lô·，井上吸水之具也。又使繩索容易一頭上一頭下，或繩圈能大能小之小道具亦曰轆lak。又以螺旋錐穿孔亦曰轆lak。乾～kan～⇨一種小玩具。乾轆kan-lo̍k，只能旋轆之謂也。圓錐形，一端訂有鐵心。以小繩圈之而摔於地上，即能自已旋轉者，乾指其只能(旋轉)而無他用。俗曰干樂kan-lo̍k。或曰陀螺tô-lê。

**【轆孔 lak-khang】**　穿洞chhoan-tōng。以轆鏇穿洞。

**【轆索 lak-soh】**　索之一端付有小轆作一能大能小之圈者。猪～～ti～～⇨掠猪liah-ti專用之轆索。

**【轆鏇 lak-soān】**　螺旋錐。舉～～來轆孔giâ～～lâi lak-khang⇨同上。

**【轆鑽 lak-chǹg】**　轆轤鑽lak-lô·-chǹg。手鑽chhiū-chǹg。

**lak 落**　脫落thoat-lo̍k曰落lak。退曰落lak。水路直水流順暢曰落lak。頭毛會～thâu-mo ē(ōe)～⇨頭髮自然脫落。責任剝未～chek-jīm pak-bē(bōe)～⇨責任辭退不開。價錢抾大～kè-chî$^n$ teh toā～⇨價格在大跌。即次～眞兇chit-chū～chin-hiông⇨此次跌得太兇太猛了。水路眞～消會去chúi-lō· chin～siau-ē(ōe)-khì⇨同上。戇丁舉凉傘倒～gōng-teng giâ-niû-soà$^n$,tò～⇨謂阿丁以叔爲其侄掌凉傘是降格，所以爲戇也。

**【落毛 lak-mo(mô)】**　lak-mn̂g。脫毛。落毛lâu-mô(mn̂g)。鳥仔飛過亦要～～chiáu-á poe-kòe a̍h-ài～～⇨謂誰都要交保護費。落毛lak-mô(mn̂g)亦作落三支毛lak-sa$^n$-ki-mô(mn̂g)。

**【落去 lak-khì(ì)】**　脫落。遺失。～～幾仔字～～kui-a(na)-jī⇨漏寫好多字。皮包仔～～都不知，不恰如猪抾phôe-pau-á～～to-m̄-chai,m̄ kah-ná ti-lē⇨錢包丟了都不知，簡直不是猪嗎？

**【落字 lak-jī】**　lâu-jī。脫字。不可共我～～好否m̄-hó kā-goá～～hó-bò·⇨不可有脫字好不好。

**【落交 lak-kau】**　lâu-kau。脫落，看有～～亦無khoà$^n$ ū～～a̍h-bô⇨同上。

**【落坎 lak-khám】**　退坎thè-khám。從高忽低如樓梯者曰坎khám。於彼的所在～～tī hit-ê só·-chāi～～⇨在彼處退一坎。

**【落帙 lak-ia̍h(tia̍t)】**　lâu-ia̍h(tia̍t)。脫頁thoat-hia̍t。即本有～～chit-pún ū～～⇨此書有脫頁。

**【落站 lak-chām】**　lâu-chām。脫站thoat-chām。跳站thiàu-chām。斷站tn̄g-chām。中間有斷缺。中央有～～tiong-ng ū～～⇨同上。

**【落差 lak-chha】**　由高至下的差距。瀑布的～～po̍k-pò· ê～～⇨水淌chúi-chhiâng的高度。

**【落格 lak-keh】**　身分身格倒退。安爾都～～也未用得啦an-ne(ni) to～～ā bē(bōe)-iōng-tit lā⇨這樣是落格了，不行也。

**【落衰 lak-sui】**　落入衰運。您父豈～～lín-pē ká～～⇨本大爺不衰也。有影眞～～ū-iá$^n$

chin～～⇨眞的太丟臉了。

【落殼 lak-khak】 ㊀脫殼thoat-khak。㊁丟臉。同落點lak-tiám。

【落量 lak-liāng】 工作少了。比較有閒了。即久仔有較～～也了chit-kú-á ū-khah～～ā lō͘⇨最近比較有閑時間了。

【落葉 lak-hioh】 lāu-hioh。樹仔～～chhiū-á～～⇨同上。

【落落 lak-lak】 ㊀後山崎～～抄au-soa$^{n}$ kiā～～lè⇨背景非常的強硬。㊁厭～～iā～～⇨討厭之極。㊂散～～soà$^{n}$～～⇨非常散亂。㊃嬈～～hiâu～～⇨非常妖冶而招惹。亦曰嬈嗕嗕hiâu-nih-nih。

【落榫 lak-sún】 榫頭鬆脫。猶新的抄那會～～iáu-sin-ê-lè ná-ē(ōe)～～⇨還是很新嗎,怎麼會落榫。

【落價 lak-kè】 跌價tiat-kè。你等候新娘～～藉侎娶咯,好你云仔等lí tán-hāu sin-niû～～chiah-boeh-chhoā-lō͘, hó lí ûn-á-tán⇨你待新娘跌價才要娶妻否,可以,你慢慢的待好了。

【落齒 lak-khí】 脫牙thoat-gê。囡仔～～無要緊得侎換齒也gín-á～～bô-iàu-kín, tit-boeh oā$^{n}$-khí-ā⇨孩童脫齒不要緊,快要發新齒了。

【落賬 lak-siàu】 lāu-siàu。賬目脫漏。不當～～m̄-thang～～⇨同上。

【落臉 lak-liám】 丟臉。今仔日眞～～kin-á-jit chin～～⇨今天太丟臉也。

【落點 lak-tiám】 身價大減。即每大～～也chit-mai toā～～ā⇨此次太失體面了。

**lak 六** 數名。五加一曰六lak。五～三gō͘～sa$^{n}$⇨五六三十的省詞。三～九sa$^{n}$～káu⇨每逢三,六,九之日或每逢三,六,九之數。百～pah～⇨一百六十。千～chheng～⇨一千六百。萬～bān～⇨一萬六千。

【六月 lak-goeh】 lak-geh。～～綿被～～mî-pho-e⇨(歇後語)簡人蓋kéng-lâng-kah,亦即六月的綿被是特殊之人才能蓋之。蓋六月熱天joah-thi$^{n}$,常人不蓋被也。簡kéng,簡拔kán-poat,亦即選soán也。簡亦作揀。～～芥菜～～koà-chhài⇨(歇後語)謂無心假有心bô-sim ké-ū-sim。因六月還早,芥菜未有心也。～～無洗身軀～～bô-sé(sóe)-seng-khu⇨(歇後語)謂臭到未鼻得chhàu-kà-bē(bōe)-phī$^{n}$-tit。～～初一,一雷轟九颱,無雷九颱來～～chhe-it, chit-lûi kòng-káu-thai, bô-lûi káu-thai-lâi⇨謂六月一日當天,如果有雷,可以一雷轟止九次颱風,無雷九颱將陸續而來。～～十九,無風水也哮～～chap-káu, bô-hong chúi-a-háu⇨謂六月十九當天,不是有風,就是會下雨。

【六猴 lak-kâu】 骰仔tâu-á面之打有六點者。又一種以骰仔爭點數之多寡爲博之徼kiáu。博～～poah～～⇨同上。～～挑持格的～～thiau-tî-kek-ê⇨故意弄出與衆不同之表現。格kek致知格物之格kek。

【六月六 lak-goeh-lak】 ～～～潑田水,踏碎碎～～～phoah-chhân-chúi,tah-nâ-tak⇨謂六月中又潑田水又踏碼碼等,農事甚忙。蓋早冬收了,同時需播植晚冬bān-tang也。

【六月天 lak-goeh-thi$^{n}$】 天氣最熱的時候。我都不是邱罔舍講～～～合你得幪裘仔呷燒茶goá-to-m̄-sī khu-bōng-sià kóng～～～kah-lí-teh moa-hiû-á hah-sio-tê⇨我非邱罔舍也,不與你在六月天穿裘喝熱茶也。

【六月冬 lak-goeh-tang】 六月的收穫期。亦曰早冬chá-tang。～～～較無盈～～～khah-bô-êng⇨六月冬比較忙碌。盈êng,多餘也。假日盈。

【六角形 lak-kak-hêng】 六面體lak-bīn-thé。

【六響仔 lak-hiáng-á】 一種短銃té-chhèng之名。～～～銃～～～chhèng⇨六駁仔銃lakpak-á-chhêng。亦曰六駁仔lak-pak-á。駁，駁殼也。

【六十甲子 lak-chap-kah-chí】 干支一輪六十年。曰六十甲子。

【六面骰仔 lak-bīn-tâu-á】 ～～～～佔無半面～～～～ chiàm-bô poà$^n$-bīn ⇨①大勢已去。②毫無理由根據。

lak **搦** 五指握物曰搦lak。或作搙lak。權猶佪老母仔扲～khoân iáu in-lāu-bú-á teh～⇨權利還是他母親掌握著。錢被佪某～扲chî$^n$ hō· in-bó·～(lè)⇨錢被他妻緊握不放。舌根被人～扲chih-kin(kun) hō·-lâng～(lè)⇨親口言明之事被人抓住不放。掟掟扲都無夠人一～扲tē$^n$-tē$^n$-leh to-bô-kàu lâng-chıt～lè⇨總掟起來不夠人家一握也。掟掟扲 tē$^n$-tē$^n$-lè→tī$^n$-tī$^n$-teh。掟 tē$^n$亦搦lak也。

【搦搦 lak-lak】 ㊀扭扭～～khiú-khiú～～⇨彼此爭吵，又扭khiú又搦lak不放。㊁信採～～扲道可也chhìn-chhái～～lè tō-hó-à⇨隨便在水中握一握(洗一洗)就可以了。

【搦權 lak-khoân】 掌權chiáng-khoân。大某～～不放，伊都也無伊法扲toā-bó·～～m̄-pàng, i to-à bô-i-hoat-lè⇨大妻掌權不放，他也無奈她何嘛。

【搦大漢 lak-toā-hàn】 從幼兒養育成人。阿姑～～～的a-ko·～～～ê⇨姑母自幼把他養育成人者。

【搦死死 lak-sí-sí】 握得緊。搦絯絯～～～lak-ân-ân～～～⇨握得緊迫，握得不動。

【搦起來 lak-khí-lâi】 掠起來。對頷領道～～～也tùi âm-niâ to～～～ā⇨抓其頸就抓起來了。～～～拵～～～chūn⇨握起來挺旋以乾之。拵chūn，絞拵ká-chūn也。

【搦絯絯 lak-ân-ân】 握得緊迫。～～～搦緊緊～～～lak-kín-kín⇨握得緊迫。絯ân指壓力大，緊kín指時間快。

【搦搦㦽 lak-lak-chhoah】 驚恐而戰慄，喜極而抑押不住。脚手肉～～～ kha-chhiú-bah～～～⇨脚手都戰慄(恐懼)。新親姆仔～～～ sin-chhe$^n$(chhi$^n$)-ḿ-á ～～～ ⇨(子女結婚)新丈母娘距距跳phut-phut-tiô。

【搦骰仔 lak-tāu-á】 握持骰子。賭博。

【搦屎搦尿 lak-sái-lak-jiō】 養育嬰兒爲之作屎尿不離的工作。若不是自己的囝兒啥人肯安爾～～～～ná-m̄-sī chū-kí ê kiá$^n$-jī sia$^n$-lâng khéng-an-ne(ni)～～～～⇨若非自己的兒女誰肯如此這般的洗屎洗尿。

lak **轆** 硬幣多數互擊之聲。袋仔底轆轆叫tē-á-té lak-lak-kiò⇨袋中錢多轆轆有聲。lak-lak-kiò。轆lak或lak，形聲耳。

## lam

lam **濫** 濫lām也。漬果也，以諸chu和水也，乾桃乾梅皆曰諸。桃濫水漬而藏之，其味濫濫然酢矣。酢chhò·亦酸也，此所謂酸濫sng-lam或酸濫甜sng-lam-ti$^n$等詞之所由來也。俗皆以甘kam作lam。

lam **甘** 濫lam俗以甘lam冒充。酸濫甜sng-lam-ti$^n$作酸甘甜sng-lam-ti$^n$。一種又酸又甘kam，令人垂涎三尺的味道。

lam **籠** 竹器也。與箱siu$^n$同爲藏物之器。統曰箱籠siu$^n$-lam。鳥獸檻chiáu-siù-lam亦曰籠lam。以籠囊取物亦曰籠lam。多被衣物亦曰籠lam。鳥～chiáu～⇨鳥～仔chiáu～á⇨鳥籠niáu-lóng。鷄～ke～⇨同上。猪～ti～⇨同上。鳥仔放出～chiáu-á pàng-chhut～⇨鳥兒放出籠外。～樣仔～soāi$^n$-á⇨以長柄之小袋取樹上之樣仔soāi$^n$-á。驚寒道該加減～kia$^n$-koâ$^n$ tō-ài ke-kiám～⇨怕冷就該多少多穿(幾件衣)。火炎山的十八籜～hóe-iām-soa$^n$ ê chap-peh(poeh)-hâ～⇨藏寶的傳說或故事，謂火炎山再增加一葉(山)成一百葉時，將有眞主出世，得此十八籜籠的金銀珠寶而起義爲王。簐籠hâ-lam者竹皮與竹葉做之大竹籠toā-tek-lam也。火炎山hóe-iām-soa$^{n}$山名。山形成火舌狀者，有多處，大肚溪上双冬北岸者即其一，俗稱九十九峰káu-cha̍p-káu-hong。又簐hâ，簐ha̍h之訛。

**lám 覽** 觀也。望也。遊～iû～⇨同上。博～羣書phok～kûn-si (su)⇨同上。展～會tián～hōe⇨同上。天子御～thian-chú gī～⇨同上。逐家傳～ta̍k-ke thoân～⇨大家傳閱thoân-o̍at。

**lám 攬** 攝持也。兩腕合抱曰攬lám。負全責曰攬lám。相抱相～sio-phō-sio～⇨同上。君子～kun-chú～⇨對抱下腰以角力。總～chóng～⇨全部負責。總包總～chóng-pau-chóng～⇨同前。總包～chóng-pau～⇨同前。十人～cha̍p-lâng～⇨十人合抱之大小。收～人心siu～jîn-sim⇨同上。延～人才iân～jîn-châi⇨同上。包～工程pau～kang-thêng⇨同上。招～生理chio～seng-lí⇨同上。酒菜您負責，查某我總～chiú-chàilín hū-chek, cha-bó· goá chóng～⇨你們負責酒菜(之費)，女人我負責(攬lám為双關語，亦即抱女人與負責付菜資與謝禮)。

【攬尾 lám-bóe】 負責善後。您隨意出，無夠我～～lín sûi-ì-chhut, bô-kàu goá～～⇨你們隨便出多少就多少，有不足，我全部負責。

【攬胸 lám-heng】 兩腕合抱胸上。双手～～扲想siang-chhiú～～teh-siū$^{n}$⇨同上。

【攬權 lám-koân】 掌握權力。細姨仔扲～～sè-î-á teh～～⇨同上。

【攬偎來 lám-oá-lâi】 母仔囝～～～道哭也bó-á-kiá$^{n}$～～～tō-khàu-à⇨母子相抱就哭了。

【攬跤仔 lám-kau-á】 一種角力之戲。亦曰相偃sio-ián。亦即兩人角力以使對方倒臥地上為勝之遊戲。偃ián仆也，臥也。～～～璇下腰～～～siâm-ē-io⇨同上。璇siâm亦攬lám也。

【攬稠稠 lám-tiâu-tiâu】 緊緊相抱。～～～攬絃絃攬死死～～～lám-ân-ân, lám-sí-sí⇨三句皆抱得甚緊迫的意思。稠，密也，不離也。

【攬勝探幽 lám-sèng-thàm-iu】 遊覽名勝探看幽奇之景。

【攬攬抱抱 lám-lám-phō-phō】 相攬相抱sio-lám-sio-phō。

**lám 纜** 亦纜lām也。

**lám 掤** 凡不強，不勇，不固皆曰掤lám，掤，弱也，俗或作壈或荏lám。公的較勇，母的較～kang-ê khah-ióng bó(bú)-ê khah～⇨牡的較強健，牝的較軟弱。又，荏，柔意也。壈，貧士失志也。

【掤人 lám-lâng】 不勇健之人。體弱之人。怕死之人。～～退邊仔～～thè-pi$^{n}$-a⇨怕死的閃開phà$^{n}$-sí-ê siám-khui。

【掤身 lám-sin】 弱質jia̍k-chit。人～～道較驚寒lâng～～ tō khah-kia$^{n}$-koâ$^{n}$⇨人如弱質就較怕冷。～～命～～miā⇨體弱之身。大顆人～～命toā-kho·-lâng～～miā⇨肥滿形之人，體質是弱的。

【掤馬 lám-bé】 駑馬lô·-bé。喻掤人lám-lâng。～～一步踕～～chi̍t-pō·that⇨謂最駑劣之馬亦有一招以足踢人。喻最其用之人也有獨特的長處。正式的語法是:掤掤馬每有mā-ū一步踕。

【掤貨 lám-hòe】 下級品。

【掤路 lám-lō·】 方法不佳。功夫～～kang-hu～～⇨同上。

【掤爤 lám-noā】 生活上馬馬虎虎不知修飾整齊曰墻爤。例如衣物等到處散放，必要時却尋不到其物等等。～～查某～～cha-bó·⇨不收拾不修飾的女人。

【掤工夫 lám-kang-hu】 下流的技術。彼款～～～賺曷有食hit-khoán～～～choán-a̍h-ū-chia̍h⇨那種三流下的技術，何能維持生計。

【𦜆身命 lám-sin-miā】 身體不健壯。大顆的～～～tāa-kho·-ê～～～⇨虛肥之身不健壯。

lám **欖** 橄欖kam-lám也。亦即橄欖ka-ná也。

lâm **躉** 以足踺人that-lâng曰躉chām，亦曰躉lâm。脚踵～kha-chiⁿ～⇨舉足踺打。乎～一下都未飼得也hō·～ chit-ê to bē(bōe)-chhī-tit ā⇨被踺一脚都活不了矣。

lâm **湳** 泥濘地曰湳lâm。牽牛落～ khan-gû loh～⇨引牛入泥地。喻誘引人涉足花柳界。亦曰牽龜落～khan-ku loh～。

【湳田 lâm-chhân】 泥田。泥池。蓋蘇文趕到李世民落～～，李世民，一時眞不畏，抵著薛仁貴khap-so·-bûn, koáⁿ-kà lí-sè-bîn loh～～, lí-sè-bîn, chit-sî chin-m̄-ùi, tú-tioh sih-jîn-kùi⇨丑仔白。

【湳湳 lâm-lâm】 ㊀泥濘多。路～～僫行lō·～～bái-kiâⁿ⇨泥濘路難行。㊁柔軟易與之物。掠天～～liah-thiⁿ～～⇨把天當作柔軟的。喻認爲社會易與。責罵子女放蕩不知自愛之詞。

【湳溝 lâm-kau】 泥水溝。跋落～～poah-loh～～⇨同上。

【湳土窟 lâm-thô-khut】 泥地。泥水地。

lâm **南** 方位名。四方之一。地陷東～，天傾西北tē-hām tong～, thian-kheng se-pak⇨女媧lí-o補天的神話中之詞。向～較向陽àⁿ(hiàng)～khah hiàng-iâng⇨同上。向hiàng⇨hiòng。亦曰向àⁿ。烏脚西～烏道到o·-kha-sai～o·-to-kàu⇨一種西北雨sai-pak-hō·叫做烏脚西南，謂一烏(黑雲一現)雨就來。來得快亦去得快。一如隊伍過境，是爲陣雨tīn-ī(ū)，或陣雨tīn-hō·，陣tīn，隊伍也，陣chūn，表示時間也。

【南山 lâm-soaⁿ】 南郊之山。公冶長，公冶長，～～虎咬羊，你得肉，我得腸kong-iá-tiâng, kong-iá-tiâng,～～hó·-kā-iâng, lí-tit-bah, goá-tit-chhiâng⇨公冶長識鳥語。有鳥如此告訴他。

【南方 lâm-hong】 南。南旁。東方甲乙木，～～丙丁火，西方庚辛金，北方壬癸水，中央戊己土tang-hong kah-it bok,～～ piáⁿ-teng hóe, se-hong keⁿ-sin kim, pak-hong jīm-kùi súi, tiong-ng bō·-kí thó·⇨五行ngó·-hêng之說。

【南斗 lâm-táu】 星名chheⁿ(chhiⁿ)-miā。～～星君～～seng-kun⇨司生之神。亦曰～～金星～～kim-chheⁿ(chhiⁿ)。～～註生，北斗註死～～chù-seⁿ(siⁿ) pak-táu chù-sí⇨南斗司生產，北斗司死亡。

【南瓜 lâm-koe】 一種食用瓜名。俗叫金瓜kim-koe。因瓜肉koe-bah爲黃金色。

【南北 lâm-pak】 lâm-pok。南與北。曰～～，曰西東，此四方，應乎中oat～～, oat-se-tong, chhú-sū-hong, èng-hō·-tiong⇨三字經。～～二路～～jī-lō·⇨所有的地方。

【南面 lâm-biān】 天子之位坐北向南，故稱人君曰南面王lâm-biān-ông。雍也可使～～iông-iā khó-sú～～⇨論語。

【南音 lâm-im】 南管音樂lâm-koán im-gak 唱～～chhiùⁿ～～⇨同上。

【南洋 lâm-iûⁿ】 泛指馬來má-lâi，新嘉坡sin-ka-pho，印尼ìn-nî，泰國等的地方。過～～趁食kōe～～thàn-chiah⇨前往南洋地方討生活。～～客～～kheh⇨自南洋回來的富客。～～群島～～kūn-tó⇨同上。

【南無 lâm-bû】 梵語。意謂歸命kui-bēng或歸依我佛。～～阿彌陀佛～～o·-mí-tō·-hut⇨同上。

【南極 lâm-kek】 地軸tē-tiok的南端。～～洲～～chiu⇨南極地方的大冰源，亦爲陸地永年在冰雪之下。亦叫南冰洲lâm-peng-chiu。

【南勢 lâm-sì】 較偏於南方。較～～彼旁khah～～hi-pêng⇨同上。

【南管 lâm-koán】 北管pak-koán的對詞。

民間音樂。～～北管～～pak-koán⇨亦可以謂民間音樂與宮庭音樂。

【南蠻 lâm-bân】 南方之外國人。東夷、西戎，～～，北狄tong-î, se-jiông,～～, pak-te̍k⇨四鄰之外人，皆視同屬蟲犬之類，不同於中原人之偉大也。

【南天門 lâm-thian-bûn】 天堂與人間交通的必經之處。西遊記等小說中莫不如此。～～～關公大戰岳飛～～～koan-kong tāi-chiàn ga̍k-hui⇨謂關公爲南天門之守將，見岳飛非命而死，不許其入，因而發生大戰云。

【南半球 lâm-poàn-kiû】 赤道chhek-tō以南的地球。北半球pak-poàn-kiû之對詞。八成以上屬水域。

【南葉門 lâm-ia̍p-bûn】 South Yemen，國名。在阿拉伯半島。

【南丁格爾 lâm-teng-keh-ní】 Nightingale，女慈善家。英人。亦即戰地護士的始祖。

【南征北討 lâm-cheng-pak-thó】 謂轉戰各地立大功。

【南海觀音 lâm-hái-koan-im】 佛名。故事中如需救人之時皆有南海觀音出現。

**男** lâm 丈夫也。力田之人曰男。生～生女天註定 se$^{n}$(si$^{n}$)～se$^{n}$(si$^{n}$)-lí(lú) thi$^{n}$-chù-tiā$^{n}$⇨同上。遂使天下父母心，不重生～重生女sūi-sú thian-hē(hā) hū-bó-sim put-tiōng seng～tiōng-seng-lí⇨讚美楊貴妃之詞。孝～hàu～⇨①父母死子曰孝男hàu-lâm女曰孝女hàu-lí。②善哭之人。未輸孝～抡bē(bōe)-su hàu～lè⇨哭得宛如孝男的模樣。③傻瓜。你那許爾孝～lí ná hiah-ni hàu～⇨你何以那麼傻瓜。公侯伯子～kong-hô·-phek-chú～⇨五爵等之名。

【男人 lâm-jîn】 女人的對詞。～～女體，不死會誤死您娘嬭～～lí-thé, m̄-sí ē(ōe) gō·-sí lín-niû-lé⇨謂男而像女態。不死就可能誤死你母親嘲罵之詞。～～斷掌做相公，女人斷掌守空房～～tn̄g-chiú$^{n}$ chò(chòe)-siòng-kong, lí(lú)-jîn tn̄g-chiú$^{n}$ chiú-khang-pâng⇨謂斷掌之男人做官員。斷掌之女人將守活寡。命相者之言。無一個～～氣慨bô-chi̍t-ê～～khì-khài⇨完全不像男人。責罵之詞。

【男丁 lâm-teng】 男子。～～女口～～lí(lú)-kháu⇨男曰丁，女曰口。

【男子 lâm-chú】 男兒lâm-jî。大丈夫tāi-tiāng(tiōng)-hu。～～膝下有黃金～～sit-hē(hā) iú hông-kim⇨喻男膝貴如黃金，不屈於人前。

【男女 lâm-lí(lú)】 男與女。青年～～chheng-liân～～⇨年紀輕的男女。～～共學～～kiōng-ha̍k⇨同上。～～合演～～ha̍p-ián⇨同上。～～合婚～～ha̍p-hun⇨同上。～～授受不親～～siū-siū put-chhin⇨孔門的規紀。不親put-chhin者謂不直接。必間接相交付，不作你手交我手也。

【男色 lâm-sek】 男風lâm-hong。～～女色～～lí-sek⇨不正常的與正常的色情。

【男兒 lâm-jî】 男子lâm-chú。大丈夫。～～立志出鄉關，學若不成死不還，埋骨豈期墳墓地，人間到處有青山～～li̍p-chì chhut-hiang(hiong)-koan, ha̍k-jia̍k(jio̍k) put-sêng sú-put-hoân, bâi-kut khí-kî phûn-bōng-tē, jîn-kan tò-chhì(chhù) iú-chheng-san⇨記得是日人之作。

【男性 lâm-sèng】 女性lí(lú)-sèng的對詞。～～器官～～khì-koan⇨異於女性之生理器官。～～的天下，女性的禁地～～ê thian-hē, lí-sèng ê kim-tē⇨全部男人的地方。亦即不宜於女性的地方。

【男家 lâm-ka】 新郎sin-lông之家。子壻kiá$^{n}$-sài方面。～～女家，逐家恭喜～～lí-ka ta̍k-ke kiong-hí⇨同上。

【男爵 lâm-chiak(chiok)】 五爵之末。～～夫人～～hu-jîn⇨同上。

【男子漢 lâm-chú-hàn】 大丈夫tāi-tiāng-hu。～～～大丈夫，講不出去，道是不出去～～～tāi-tiāng-hu, kóng-m̄-chhut-khì, tō-sī m̄-chhut-khì⇨謂男子漢沕bih於床底下，對太座說，我不出去挨你打也。～～～一言放出，駟馬難追～～～it-giân hòng-chhut, sù-má lân-tui⇨謂男子之人，言必有信。駟馬sù-má，四匹馬之大車。

【男天庭 lâm-thian-têng】 男人看天庭，天庭濶者爲佳。～～～女下顎～～～lí-ē-gok⇨謂看相，男人看天庭，女人看下顎。天庭thian-têng指兩眉之間。俗指頭額thâu-hiah，女人下顎圓大爲佳。命相者之言。

【男左女右 lâm-chó-lí-ciū】 俗作男倒女正lâm-tō-lí-chiaⁿ。男人佔左方，女人列右方。

【男命無假 lâm-miā bô-kē】 謂男人的生年月日沒有假的。～～～～，女命無眞～～～～，lí-miā bô-chin⇨謂生年月日男的是眞的，女的爲婚事的需要都是算命者所假造的。

【男婦老幼 lâm-hū-ló-iù】 查甫查某老老茈茈cha-po· cha-bó· lāu-lāu-chíⁿ-chíⁿ。

【男精女血 lâm-cheng lí-hiat】 人是～～～～所結成的lâng sī～～～～só· kiat-sêng-ê⇨謂人類是男精與女血所結成者。亦曰父精母血hū-cheng bó-hiat。

【男薑芽女芋頭 lâm-kiuⁿ-gê lí-ō-thâu】 謂手指男的如薑芽之細長，女的如芋頭之圓潤，才是屬幼秀人家。

lâm **淋** 沃水ak-chúi曰淋lâm。沃ak灌koàn也，灌溉也。上沃曰淋lâm，橫沃曰潑phoah。鑄器具灌入金屬類鎔液於模中亦曰淋lâm。風拍雨～hong-phah-hō·～⇨同上。沿路～iân-lō·～⇨遍行路遍被雨。透路～thàu-lō·～⇨一路淋到底。亦曰透雨～thàu-hō·～。存辦～的chhûn-pān～ê⇨打算被雨強行的。亦即準備受雨沃而行的。即欵雨見伊～每未霑也啦，那要緊chit-khoán-hō·, kìⁿ-i～, mā-bē(bōe)-tâm-ā-là, ná-iàu-kín⇨此種(程度的小)雨，任淋不濕也。怕什麼。

【淋水 lâm-chúi】 以水沃物。先～～抾糀來食飯好否seng～～liâng-leh chiah-lâi chiah-pn̄g hó-bô·⇨先行淋水涼一下才吃飯好不好。路無～～眞坯lō·-bô～～chin-eng⇨路不撒水飛塵甚利害。坯ieng，塵埃tîn-ai也。塵埃飛揚曰坯ieng。

【淋雨 lâm-hō·】 被雨pī-í(ú)。～～每著淋也，歹命人不～～mah-tioh-lām-iā, pháiⁿ-miā-lâng-m̄⇨淋雨也得(忍耐被)淋了，歹命人嘛，不對嗎。

【淋模 lâm-bô·】 鎔液灌入模。～～工～～kang⇨其熟練工。

【淋大燭 lâm-toā-chek】 蠟液灌入燭模以製蠟燭lah-chek。倒～～～tò～～～⇨喻男女上下位置倒置。

【淋金身 lâm-kim-sin】 嘲全身金飾太過分者。歸身軀～～～未輸媽祖婆抾kui-sin(seng)-khu～～～bē(bōe)-su má-chó·-pô-lè⇨全身淋金，宛然媽祖婆一樣。

【淋銑水 lâm-seⁿ(siⁿ)-chúi】 同淋模lâm-bô·。鑄犁頭的～～～chù-lê-thâu-ê～～～⇨古有鑄造犁頭等農具類者，於冬尾時下鄉就地作業，一村巡過一村爲之。

lâm **藍** 伽藍ka-lâm也。梵語。俗指佛寺hut-sī。又護法hō-hoat曰伽藍神ka-lâm-sîn。⇨nâ。

lâm **楠** 樹名。一種類似樟chiuⁿ之大木。但無其芳氣。可製材，但質不甚堅。

【楠仔 lâm-á-】 楠木及其材之總稱。～～柴～～chhâ⇨楠木之木材。～～～有較輸～～～ū-khah-su⇨楠木略遜一籌(與檜kōe等之上柴比較)。

lām **濫** 洪水橫流曰氾濫hoān-lām。不實曰濫lām。胡爲曰濫lām。他物混入曰濫lām，參加曰濫lām。無聊bû-liâu曰無濫bû-lām，謂無人可聊天liâu-thian也。有～著俫的ū～tioh bái-ê⇨有劣質者混入。俅的不好～bái-ê m̄-hó ～⇨壞的不可混在一起。來抄～lâi-teh～⇨來而混在其中。有雜號仔來抄～ū cha̍p-hō-á lâi-teh～⇨有仿製品雜在市面上。雜號仔cha̍p-hō-á，各家仿製品。去抄合人～khì-teh kah-lâng～⇨往(他地)與他人混在一起。逐家做伙較未無～ta̍k-ke chò(chòe)-hóe khah-bē(bōe) bô～⇨大家同在一起較不寂寞無聊。有人伴～較鬧熱ū-lâng phoā$^{n}$～khah-lāu-jia̍h⇨有人爲伴較熱鬧。

**【濫用 lām-iōng(ēng)】** 擅用sám-iōng。～～職權～～chit-koân⇨同上。

**【濫伐 lām-hoa̍t】** ～～山林，破壞水土～～san-lîm, phò-hoāi chúi-thó͘⇨同上。

**【濫交 lām-kau】** 不作選擇soán-te̍k的交遊。朋友～～，錢濫用pêng-iú～～, chî$^{n}$-lām-iōng⇨父母責罵。

**【濫伴 lām-phoā$^{n}$】** 做伴chò(chòe)-phoā$^{n}$。來合阮～～好啦lâi kah-goán～～hó-lâ⇨來與我們做伴好嘛。

**【濫忞 lām-sù】** 略同濫擅lām-sám。不八，不當～～創，會創壞去m̄-bat(pat), m̄-thang ～～chhòng, ē(ōe)-chhòng-hāi-khì(ì)⇨不懂不可亂弄，恐怕會弄壞他。～～想～～變，變了更有款抄～～siū$^{n}$～～pì$^{n}$, pì$^{n}$-liáu koh-ū-khoán-lê⇨烏白想，烏白造，造了竟有個樣子的。

**【濫陣 lām-tīn】** 濫伴lām-phoā$^{n}$。若無相棄嫌，～～較鬧熱啦nā-bô sio-khì-hiâm, ～～khah lāu-jia̍t-lâ⇨不嫌棄的話搭伴較熱鬧呀。

**【濫造 lām-chō】** 粗製～～chho͘-chè(chòe)～～⇨同上。

**【濫調 lām-tiāu】** 黃腔～～n̂g-khiu$^{n}$～～⇨曰不當之議論。不雅之歌曲。

**【濫擅 lām-sám】** 俗作濫摻lām-sám。胡爲。亂來loān-lâi。～～用～～開～～iōng(iēng)～～khai⇨胡亂使用(物)，胡亂開銷(錢)。～～講～～做～～kóng～～chò(chòe)⇨胡言亂語，胡爲亂做。彼顆人太～～抄hit-kho͘-lâng thài～～lê⇨那個東西太過胡作亂爲也。即欵代誌俾你未～～得chit-khoán tāi-chì hō͘-lí bē(bōe)-～～tit⇨此種事，是不能隨便的。

**【濫濫 lām-lām】** 混合。攏～～抄公家算啦lóng～～lê kong-ke-sǹg lâ⇨全部混合在一起共同計算吧。～～做一伙省費氣～～chò(chòe)-chi̍t-hóe sé$^{n}$-hùi-khì⇨合在一起，省麻煩。～～參參都無分也～～chham-chham to-bô-hun-a⇨濫之參之皆不分彼此了。參chham，參雜chham-cha̍p也。參加chham-ka，參與chham-ī也。～～擅擅～～sám-sám⇨濫擅lām-sám。非常濫擅。

**【濫觴 lām-siang(siong)】** 事物之起源。謂大河在開始時，小如可浮小酒杯之泉水。

**【濫竽充數 lām-û-chhiong-sò͘】** 實無其能却佔有其位。竽û，一種笙類之樂器。亦即不會吹竽之人亦列爲吹奏人員也。攀龍附鳳～～～～pan-liông-hū-hōng～～～～⇨憑勢力，靠裙帶關係無其能而佔據高位。

**襤** lām 人貧衣破也。無緣衣，亦即不繡邊飾之衣也。

**【襤褸 lām-lúi】** ㊀lâm-lúi。人貧衣破。篳路～～以啓山林pit-lō͘～～, i-khé san-lîm⇨謂先人艱苦開闢山林締造地方。㊁lām-lúi。拖累多。老人囡仔兹，眞～～，都無法度顧到別項lāu-lâng-gín-á-chē(chōe), chin～～, to-bô hoat-tō͘ kò͘-kà pa̍t-hāng⇨家人老幼多，拖累着，無法顧及其他。衣衫～～i-sam～～⇨同上。

**纜** lām 繫舟索也。大～toā～⇨同上。篾～bi̍h～⇨竹篾tek-bi̍h索。電～tiān～⇨電線。解～開船kái～khui-chûn⇨同上。同纜lám。

**艦** lām 武裝之船舶。鐵甲船thih-kah-chûn。戰～千數chiàn～chhian-sò͘⇨戰船以千計之

多也。

【艦隊 lām-tūi】 大小各種戰船隊。～～司令長官～～su-lēng-tiúⁿ-koaⁿ⇨艦隊之指揮官。

## lan

lan **趼** 手胼piân足胝tí，亦即胼胝piân-tí也。足久行生硬皮曰趼lan，即魚鱗hî-lan形之物也。脚手攏結～kha-chhiú lóng-kiat～⇨脚手皆生魚鱗形hî-lan-hêng之硬皮。

lán **咱** 我們曰咱lán。你與我曰咱lán，是伷in他們的對詞。伷還伷，～還～in-hoān-in, ～hoān～⇨他們歸他們，我們歸我們。伷不肯咸～合作in m̄-khéng hām～hap-chok⇨他們不肯與我們合作。咸hām，與也，同也。又你們亦曰咱lán。阮小弟於～許否goán-sió-tī tī～hia ho·hⁿ⇨我弟弟在你們家吧。食虧的是～耳，人抄好空呢chiah-khui-ê sī～niâ, lâng teh hó-khang-neh⇨吃虧的只是你我而已，他們在享福嘛。好空的幾時輪著～hó-khang-ê kí-sî lûn-tioh-～⇨好的何時能輪到我們。

【咱人 lán-lâng】 我們人類。～～無食未活～～bô-chiah bē(bōe)-oah⇨我們人類不吃不能生存。～～會爲子孫留後步～～ē(ōe)-ūi kiáⁿ-sun lâu-āu-pō·⇨我們人類會爲子孫設想。

【咱厝 lán-chhù】 同咱兜lán-tau。轉來～～藉講道好tńg-lâi～～chiah-kóng tō-hó⇨回到我家才說就可以。

【咱兜 lán-tau】 我家。～～您兜伷兜～～lín-tau in-tau⇨我家你家，他家。兜tau，祭所也，廚庖也，非家而何。兜俗作都tau，非。

【咱大家 lán-tāi-ke】 我們大家。大家tāi-ke是逐家tak-ke之轉。逐家tak-ke，每一個家。

【咱公司 lán-kong-si】 我們的公司。

【咱政府 lán-chèng-hú】 我們的政府。

【咱逐家 lán-tak-ke】 咱大家lán-tāi-ke。～～攏是青年人～～～lóng-sī chheng-liân-lâng⇨同上。～～～都該爲咱的前途仔細思量～～～to-ài ūi-lán-ê chiân-tô chú-sè su-niû⇨同上。

【咱臺灣 lán-tâi-oân】 我們的台灣。

【咱學校 lán-hak-hāu】 我們的學校。

lán **懶** 懈也。怠也。同孏lán。疲勞phî-lô厭孱ià-siān曰孏lán。患病亦曰懶lán，講著食道我，講著做道～kóng-tioh-chiah tō-goá, kóng-tioh-chò tō～⇨提到吃就是我(最會吃)，提到工作就是我們(疲勞厭倦)。孏lán與咱lán諧音。跮踱未～thit-thô bē(bōe)～⇨玩得不知疲勞。戲看未～hì-khoàⁿ bē(bōe)～⇨看戲任看不疲勞。食未～chiah-bē(bōe)～⇨儘吃不討厭。聽著道～也thiaⁿ-tioh tō～à⇨一聽到就討厭了。不當想～m̄-thang-siūⁿ～⇨不可生起厭倦之心。即款代誌該無想～藉有法度chit-khoán tāi-chì ái bô-siūⁿ～chiah-ū hoat-tō·⇨此種事，需要不(中途)生起疲勞厭倦之心才能成之。伊抵～抄嘹i tú～leh lioh⇨他剛好有病。伊～抄抄困i～leh teh-khùn⇨他有病在睡覺。

【懶屍 lán-si】 孏得如屍。厭孱ià-siān。人眞～～脚手軟悄悄lâng chin～～kha-chhiú nńg-siô-siô⇨(我覺得)非常的疲倦脚手酸軟無力。多敢得倸死也哩，講着工課道想～～呢to-káⁿ tit-boeh-sí-à lè, kóng-tioh khang-khòe tō-siūⁿ～～neh⇨我似乎快要死了，提到工作就甚疲倦的。

【懶惰 lán-tō】 懈怠不力。～～不正經做，賺水食都無～～m̄-chèng-keng-chò(chòe), choán-chúi-chiah to-bô⇨(工作)孏惰不正經做，趁水吃都沒有。

【懶趖 lán-sô】 孏得動。不知安怎眞～～呢m̄-chai an-choáⁿ chin～～neh⇨不知何故，很孏得動。懶惰的轉訛。

【懶懶 lán-lán】 ㊀有病。人猶～～抄lâng

iáu～～lè⇨人還在病中未全恢復。㊁厭倦。想著～～煞無去siū$^{n}$-tio̍h～～soah-bô-khì⇨有些疲倦終於沒有去。

**lân 蘭** 香草也。常綠多年生的觀賞植物。種類甚多，都以花美或香芳而爲人所喜愛。洋～iû$^{n}$～⇨外來種。國～kok～⇨在來種。養～iáng(iú$^{n}$, ió)～⇨栽植蘭花。誼契金～gî-khè kim～⇨喻交情深厚。謂如金之堅如蘭之香也。

【**蘭月** lân-goa̍t】 舊曆七月之別稱。

【**蘭花** lân-hoe】 蘭草之花。種類甚多。

**lân 鱗** 魚甲也。龍蛇亦有鱗lân。魚～hî～⇨同上。龍～liông～⇨同上。拍～phah～⇨除去魚鱗以便下鼎也。魚～贅hî～sòe⇨胼胝。但魚鱗贅是自生的，是病態。胼胝piân-tī是工作的結果。

**lân 零** 餘兩也。餘數也。不成整數曰零lân。三舖～路sa$^{n}$-phò͘～lō͘⇨三舖多一點之路程。二百～銀nn̄g-pah～gîn(gûn)⇨二百多銀。敢有五十～歲了ká$^{n}$-ū gō͘-cha̍p～hòe-lò͘⇨恐怕五十歲有多了。

【**零星** lân-san】 零碎。不成整數。～～的扱歸項～～ê khioh kui-hāng⇨零碎之物（金錢）積聚成整數。～～話～～ōe⇨談他人之是非。～～錢～～chî$^{n}$⇨小錢。～～肉～～bah⇨㊀息肉也。㊁零碎肉。扱～～肉仔khioh～～bah-á⇨乘龍虎相鬪，從旁偷襲。～～買～～賣～～bé(bóe)～～bē(bōe)⇨零買零售lêng-bé(bóe)-lêng-siū。～～物仔～～mih-á⇨零零星星之小東西。

【**零頭** lân-thâu】 超出之少數字（物）。～～的免算給伊～～ê bián-sǹg hō͘-i⇨超出的少數目不要計算，贈送他們吧。

【**零零星星** lân-lân-san-san】 零零碎碎lân-lân-chhùi-chhùi。～～～～也啦，信採道乎伊，賣賣掉較省費氣啦～～～～ā-là, chhìn-chhái tō hō͘-i, bē-bē-tiā u khah-sé$^{n}$ hùi-khì là⇨所淨零星的了，隨便（價）就給他，賣了省得麻煩也。～～～～的講眞敍～～～～ê kóng chin-chē⇨是是非非說很多。

**lân 難** 艱也。不容易曰難。創業～，守成亦～chhòng-gia̍p～，siú-sêng e̍k～⇨同上。凡事起頭～hoân-sū khí-thâu～⇨同上。在家日日好，出外朝朝～chāi-ka ji̍t-ji̍t-hó, chhut-goā tiau-tiau～⇨同上。攻城易，攻心～kong-sêng-ī, kong-sim～⇨同上。

【**難求** lân-kiû】 千軍易得，一將～～chhian kun ī-tek, it-chiàng～～⇨同上。

【**難免** lân-bián】 不易免除。死罪可逃，活罪～～sí-chōe khó-tô, o̍ah-chōe～～⇨死可赦之，皮肉之痛不能免。

【**難易** lân-ī】 難爲與易爲。時過景遷～～易勢了sî-kò kéng-chhian～～e̍k-sē-liāu⇨同上。

【**難怪** lân-koài】 不能責怪。伊會受氣每是～～i ē(ōe) siū-khì mā-sī～～⇨他會生氣也是怪不得的。～～人不肯～～lâng m̄-khéng⇨他當然是不肯的。

【**難事** lân-sū】 一勤天下無～～，百忍堂中有太和it-khîn thian-hē(hā) bû～～, pek-jím tông-tiong iú thài-hô⇨常見的春聯。

【**難度** lân-tō͘】 生活困難。日食～～ji̍t-si̍t～～⇨同上。

【**難爲** lân-ûi】 ㊀有困難。實在眞～～si̍t-chāi chin～～⇨同上。㊁困他人。不當～～人m̄-thang～～lâng⇨不可爲難於人。～～情～～chêng⇨心中難過。

【**難逃** lân-tô】 逃不了。刧數～～kiap-sò͘～～⇨同上。

【**難移** lân-î】 天數～～thian-sò͘～～⇨同上。江山易改，品性～～kang-san ī-kái, phín-sèng～～⇨同上。

【**難產** lân-sán】 產兒產事遭到困難。太座～～請婦產科道可也無問題thài-chō～～

chhiáⁿ hū-sán-kho tō-hó ā bô-būn-tê ⇨ 同上。人事未和～～道無醫呵jîn-sū bē(bōe)-hô ～～tō-bô-i-o·⇨同上。

【難堪 lân-kham】 難於忍受。伊會講彼款話確實令人～～i ē(ōe)-kóng hit-khoán-ōe khak-sı̍t lēng-jîn～～⇨同上。

【難道 lân-tō】 總不致於……。～～朋友情亦無顧也～～pēng-iú-chêng a̍h bô-kò· ā⇨豈眞的朋友情也不顧了嗎。～～連本帶利攏無去～～liân-pún tài-lī lóng-bô khì⇨不至於本利全軍皆沒吧。

【難題 lân-tê】 難於解決之事。抵著意外的～～tú-tio̍h ì-goā ê～～⇨逢上意想不到的困難問題。拄，支撐也，抵，觸也，達也，相亦曰抵。

【難兄難弟 lân-heng-lân-tē】 優劣難分。論錢道該阿三，論勢又阿六較紅，佪二個都安爾～～～～不lūn-chîⁿ tō-āi a-sam, lūn-sè iū a-la̍k khah-âng, in nn̄g-ê to an-ne(ni)～～～m̄⇨論錢就應該推阿三，論勢力又是阿六較優勢，他們兩個是如此這般的難定優劣也。

lân **剺** 削也。批削曰剺lân。叫阿哥共你～kiò a-ko kā-lí～⇨請阿兄爲你削皮。

【剺一節 lân-chit-chat】 削皮的一棵kōe也。～～～乎我～～～hō·～gōa⇨(甘蔗)一節賣我也。

【剺甘蔗 lân-kam-chià】 削去甘蔗皮也。賣甘蔗節仔bē(bōe)-kam-chià-chat-á也。甘蔗削皮斷節tok-chat以賣之。於市仔內抄～～～tī chhī-á lāi teh～～～⇨在市場中剺甘蔗賣。

【剺竹目 lân-tek-ba̍k】 削平竹目。～～～剺樹椏～～～lân-chhiū-oe⇨削平竹目，削去樹枝。

lân **欄** 欄杆lân-kan也。木造的庭院遮闌之物。亦作闌干lân-kan。凭～涕泗流phēng～thè-sù-liû⇨杜甫。玉容寂寞淚～～，梨花一枝春帶雨gio̍k-iông chek-bo̍k lī～～，lê-hoa it-ki chhun-tāi-í(ú)⇨長恨歌。欄杆lân-kan亦流淚貌。又衣物領口或袖口的刺繡飾物亦曰欄杆lân-kan。困～～khùn～～⇨困剌欄杆。

lân **鈴** 鈴lêng亦曰鈴lân。馬～含～bé～hâm～⇨同上。含～仔hâm～á(hâm-long-á)⇨玲瓏lin-long也。

lān **難** 患也。難lān爲名詞，難lân是動詞。患～相助hoān～siang-chō·⇨同上。大～不死tāi～put-sí⇨同上。遭～chô～⇨同上。災～chai～⇨同上。走～逃～cháu～tô～⇨同上。避～pī～⇨同上。國～kok～⇨國家存亡之機。

lān **屛** 屌chiáu也，俗作生lān。舉～不知當轉肩giâ～m̄-chai thang tńg-keng⇨謂肩負重物不知可以轉肩(以稍減肩上負荷)。喻不通機變之道。您父放尿莫孩～來做每比你較敍lín-pē pàng-jiō mài hìⁿ～lâi-chò mā-pí-lí khah-chē⇨我放尿不孩生來工作也比你工作得多。孩生hìⁿ-lân，左右動之使尿滴脫離也。杜～票tu̍h～phiò⇨不順眼，不順心之反感票。杜tu̍h，塞也，俗以不暢伸曰杜tu̍h，如杜車tu̍h-chhia是也。今多作賭tó·，非。

【屛屌 lān-chiáu】 男子陰。俗又作卵鳥lān-chiáu。(亦通)。～～比鷄腿～～pí ke-thúi⇨絕對不能比較。合～～捭手面kah～～póe chhiú-bīn⇨無價值之對手。謂與卵鳥吵架。～～頭搵泔道共你摔死～～thâu ùn-ám tō kā-lí sut-sí⇨謂很簡單就可以把你弄掉。～～面的～～bīn-ê⇨哭笑不的小人。

【屛神 lān-sîn】 心神氣分起伏的差距大者。～～氣～～khì⇨其性格。好意掠做～～hó-ì lia̍h-chò(chōe)～～⇨把他人之好意當成生神的不知好歹。～～無相同，悾諏隨在人～～bô sio-tāng, khong-khám sûi-chāi-lâng⇨謂屛神各人各不相同，如何悾諏由人自便。屛神

lān-sîn略同悾諏khong-khám。故亦曰悾諏羼khong-kham̄-lān。

【羼核 lān-hu̍t】 生理學所言之睪丸kó-oân也。～～仔一粒銅一粒鐵～～á chi̍t-lia̍p-tâng, chi̍t-lia̍p-thi̍h⇨喻極度的吝嗇lín-sek。謂一個是銅一個是鐵，傷定tēng了。傷定之人曰慤kho̍k，亦即吝嗇鬼lín-sek-kúi也。

【羼脬 lān-pha】 腎囊sīn-lông。～～皮扲滑剃頭刀～～phôe teh-hoahythì-thâu-to⇨謂生死關頭之危險。滑hoah，在皮砥上輕磨剃刀曰滑hoah。亦即刀在(皮)砥上滑來滑去也。

【羼幭 lān-moa̍h】 lān-moa。陰毛。幭moa，亦覆也。～～囡仔～～gín-á⇨小子。～～人～～lâng⇨小人。

lān **生** 羼lān的俗字。俗通用生字。生字無出頭，大字加一點seng-jī bô chhut-thaû, tāi-jī ke chit-tiám⇨布袋戲準岳婿對罵之詞。前句生lān，後句犬khián也。

lān **爛** 光也。鮮明也。皡光燦～hô-kong-chhàn～⇨同上。皡光hô-kong不知其何自來的夜光。或謂即Aurora。

【爛漫 lān-bān】 天眞～～thian-chin～～⇨形容孩童活潑可愛之詞。

lān **亂** 亂彈lān-thân也。正字應爲南彈，因泉州「南lâm」變調後成lām，不知音者訛成亂彈，眞是亂彈一通。古戲的一種。～～戲大班戲～～hì toā-pan-hì⇨都是古戲名。

## lang

lang **窿** 窟窿khut-lang，空也。穴也。→khut-long。

lang **宭** 空虛也。疏se曰宭lang。稻仔該播直播密，不好播甚～tiū-á ài-pò·-ti̍t, pò·-ba̍t, m̄-hó pò·-siu$^{n}$～⇨稻秧要播直而密，不要播得太稀疎。囡仔較～較好，無做娘嬭的人艱苦gín-á khah～khah-hó, bô chò(chòe)-niû-lé ê lâng kan-khò·⇨孩子(生得)宭好，否則做母親之人太辛苦也。阮是共字寫耳啦，眞～也，無直接關係goán-sī kāng-jī-siá niā-là, chin～ā, bô ti̍t-chiap koan-hē⇨我們是同姓而已，很疏很遠的了，沒有直接(血緣)關係。

【宭宭 lang-lang】 ㊀稀疎hi-so·。人不多。棚脚～～也，無啥人看pê$^{n}$(pî$^{n}$)-kha～～a bô sia$^{n}$-lâng-khoà$^{n}$⇨台下人影稀疏，沒甚人看(戲)。㊁深遠。海水青～～hái-chúi chhe$^{n}$(chhi$^{n}$)～～⇨海水青得不見底。乎人拂一孔烏～～也hō·-lâng hut-chi̍t-khang o·～～ā⇨被人敲了一記相當大的損害也。即孔烏～～也，未好的膏藥也chit-khang o·～～a, bē(bōe)-hó ê kô·-io̍h-ā⇨此一記黑不見底的太大了，無可藥救了。未好的bē(bōe)-hó-ê與賣好的bē(bōe)-hó-e諧音。

láng **籠** 竹器也。盛物之箱籠siu$^{n}$-láng也。芎蕉～kin-chio～⇨同上。柑仔～kam-á～⇨同上。鹹魚～kiâm-hî～⇨同上。土炭～thô·-thoà$^{n}$～⇨同上。戲～hì～⇨戲班的箱籠。扁～pí$^{n}$～⇨喻女陰。臭柑戴～chhàu-kam tò·～⇨謂爛柑傳染於鄰籠。喻近墨者黑。甕～àng-～⇨甕形之籠，難探其底。喻惱怒在心，無可發洩。共～糖的kāng～thn̂g-ê⇨喻大家一樣的糊塗蟲。困～khùn～⇨戲班無人邀演。

【籠仔 láng-á】 小籠。籠類。～～提來貯，一籠送你～～the̍h-lâi-té, chi̍t-láng sàng-lí⇨籠子拿來裝吧，贈送你一籠。

【籠主 láng-chú】 戲班之主。戲籠之主也。

【籠底 láng-té】 鎮箱籠之底部。鎮～～tìn～～⇨空佔用籠底。鎮tìn，鎮鎮相因tìn-tìn-siang-in之鎮tìn。～～貨～～hòe⇨倉底貨chhng-té-hòe。殘貨chân-hòe。

【籠重 láng-tāng】 空籠khang-láng之重量。該扣～～算ài-khàu～～sǹg⇨應該扣除空籠之重量才計算。

【籠簞 láng-po·】 炊蒸食物之器具。籠甑～～

láng-sn̂g～～⇨都是蒸食物的器具。

**láng 朗** 明也。清澈chheng-thiat也。代誌眞明～也tāi-chì chin bêng～â⇨問題非常的清楚了。天清氣～thian-chheng-khì～⇨同上。晴～chêng～⇨同上。

**láng 攏** 合也。理也。合計曰攏lóng，掌持曰攏láng。錢嫂仔～抮，杉哥仔都不敢喘喟chî$^{n}$ só-á～lè, sam-ko-a to m̄-ká$^{n}$ chhoán-khùi⇨錢大嫂把持着，阿杉哥屁都不敢放。褲都無暇～道拼命溜也khò͘ to bô-hâ(khah)～tō pià$^{n}$-miā-liu-a⇨連褲子都無暇理好（穿好），就拼命逃走了，無暇攏bô-hā(khah)-láng。屎放了呀，褲未～呀，稻仔刈了呀，草未總呀sái-pàng-liáu-ā, khò͘-bōe～ā, tiū-á koah-liáu-ā, chháu-bōe-cháng-ā⇨玩童們刣外江的。刣外江的siah-goā-kang-ê，拼命唱北曲也。刣siah刀刣to-siah喻激烈的肉搏戰。拼命唱曰刣siah。

**【攏褲 láng-khò͘】** 理攏褲子不任其下脫。恘也，阮家己會曉～～也呢gâu-à, goán ka-kī(tī) ē(ōe)-hiáu～～à-neh⇨獎勵孩子自理好衣褲之詞。

**【攏賬 láng-siàu】** 掌管財務金錢。猶是佪爸抮～～抮iáu-sī in-pâ teh～～lè⇨還是他爸在管賬的。

**【攏錢 láng-chî$^{n}$】** 掌握金錢。同攏賬láng-siàu。

**【攏權 láng-koân】** 掌權chiáng-koân。寵彼個細姨仔抮～～thióng-hit-ê sè(sòe)-î-á teh～～⇨寵愛那個小老婆在主掌家務事。

**【攏看抮 láng-khoà$^{n}$-lè】** 概算一下。賬該先～～～藉好，不當皮抮到亂了了siàu ài seng～～～chiah-hó, m̄-thang khǹg-leh kā loān-liáu-liáu⇨賬項應該先概算概算才好，不要放置不理以致發生紛亂。

**làng 閬** 空曠khang-khòng也。空虛khang-hi也。間隔kan-keh也。中間跳格曰閬làng。跳時跳日亦曰閬làng。有～時無～日的ū～sî bô～ji̍t-ê⇨有停片刻，沒有停過整天的，亦即每天都繼續不停。頭章仔查甫的～二個藉更查甫的thâu-chiū$^{n}$-á cha-po͘-e～nn̄g-ê chiah-koh cha-po͘-e⇨第一胎生男的，隔兩胎，才又是男的。即類雨講安爾落無～的啦chi̍t-lōe-hō͘ kóng-an-ne(ni) lo̍h-bô～ê lā⇨這種什麼雨，就如此的下不停嗎。

**【閬工 làng-kang】** ㊀隔日keh-ji̍t。閬日làng-ji̍t。㊁空出時間。～～道去看看爾～～tō-khì khoà$^{n}$-khoà$^{n}$-lè⇨有空就去跑跑看看。

**【閬月 làng-go̍eh】** 隔月keh-go̍eh。空一個月。～～閬日也那猶會記得～～làng-ji̍t-à ná iáu-ē(ōe) kì-tit⇨隔月隔日了，太久了，何能還記得。

**【閬日 làng-ji̍t】** 隔日keh-ji̍t。～～輪流的～～lûn-liû-ê⇨同上。

**【閬孔 làng-khang】** 留有孔洞空隙。有～～道未用得ū～～tō bē(bōe)-iōng-tit⇨空隙不密就不行。孔亦作空khang。

**【閬天 làng-thi$^{n}$】** 雨過天晴。看敢會～～的khoà$^{n}$ ká$^{n}$-ē(ōe)～～le⇨看情形，天氣會好的。

**【閬字 làng-jī】** 缺字khoat-jī。這有～～，讀未通嚒che-ū～～, tha̍k-bē(bōe)-thong má⇨此有欠字也，讀不通嚒。

**【閬年 làng-nî】** 隔一年。～～仔抮較未許爾絯～～á-leh khah-bē(bōe) hiah-ni ân⇨隔年(來一下)比較輕鬆khin-sang一點。不那麼緊張。

**【閬淌 làng-thàng】** 中間空虛無阻塞。消息攏相～～抮siau-sit lóng sio(sa$^{n}$)～～leh⇨消息皆彼此相通也。

**【閬晝 làng-tàu】** 中午休息。～～歇困食飯～～hioh-khùn chia̍h-pn̄g⇨中午休息吃飯。

**【閬港 làng-káng】** 逃避tô-pī。逃走tô-cháu。溜赳liu-soan。佪看不是勢道～～也in khoà$^{n}$-

m̄-sī-sè tō～～à⇨他們看情形不對就跑掉了。咱也是～～較直lán ā-sī～～khah-tıt⇨我們也是逃開省事也。

【閬縫 làng-phāng】 空出時間。較～～扲來去行一遭好否khah～～leh laih-khì kiāⁿ-chıt-chōa hó-bō⇨有空時（我們）同去跑一次好不好。

【閬雨脚 làng-hō-kha】 雨季過矣。敢會～～～也哩káⁿ ē(ōe)～～～ā-lè⇨恐怕雨季要過了。

lâng 人 ㊀人jîn。查甫～查某～cha-po～cha-bó～⇨男女。婦人～hū-jîn～⇨女性。老大～囝仔～lāu-toā～gín-á～⇨老幼。做田～生理～chò-chhân～seng-lí～⇨農人商人。好命～歹命～hó-miā～pháiⁿ-miā～⇨同上。讀册～博傲～thak-chheh～poah-kiáu～⇨書生，賭徒。好～歹～hó～pháiⁿ～⇨好人，壞人。掠～放～liah～pàng～⇨捉人，放人。一～主張，不如二～思量chıt～chú-tiuⁿ, put-jî(jû) nn̄g～su-niû⇨自己一人主張，不如有人來商量。㊁我。～都不，伊端仔倈～to-m̄, i than-á-boeh⇨我是說不，他偏偏要。端仔toan-a→than-na，端的toan-tek也。～叫伊不當，伊都不聽～kiò-i m̄-thang, i to m̄-thiaⁿ⇨我叫他不要，他都不聽我。～都講好也，你無聽見是否～to kóng-hó-à, lí bô-thiaⁿ-ì sī-bō⇨我是說可以了，你沒有聽見嗎。㊂他人。無管～安怎bô-koán～an-choáⁿ⇨不管他人如何。有～反對，無～贊成ū～hoán-tùi, bô～chàn-sêng⇨有反對者無贊成者。食～飯，犯～問chiah～pn̄g, hoān～mn̄g⇨食人之祿擔人之憂。看～扲癮khoàⁿ～teh-giàn⇨看別人而羨慕。愁giàn，願也，非病癮。㊃人格。我的～無扲小氣慳goá-ê～bô-teh siáu-khì-gián⇨我爲人不那麼凍霜tàng-sng（吝嗇）。伊的人有慷慨i-ê～ū khóng-khài⇨他爲人十分豪爽hô-sóng。彼的人無規矩hit-ê-lâng bô-kui-kí⇨那個人不本分。㊄助詞。溽～寒～joah～koâⁿ～⇨熱的時候寒的時候。歸～深的水kui～chhim ê chúi⇨水深有一個人的身長之深。十～圍的大樹chap～ûi ê toā-chhiū⇨十人合抱之大木。圓～會扁，扁～會圓îⁿ～ē(ōe)-píⁿ, píⁿ～ē(ōe)-îⁿ⇨圓者會變扁，扁者可能變圓。

【人人 lâng-lâng】 每一個人。～～攏平等～～lóng pêng-téng⇨人皆平等。～～譟～～chhoh⇨每一個人都臭罵。～～講好～～kóng-hó⇨人人說好。人伊都～～好lâng i to～～hó⇨他對人都很平和。

【人工 lâng-kang】 工人kang-jîn。～～有幾個～～ū-kúi-ê⇨工人若干人。欠～～khiàm～～⇨工人不足。

【人干 lâng-koaⁿ】 骨瘦如柴之人。一枝骨晾一重皮的～～chıt-ki-kut nê-chıt-têng-phôe ê～～⇨骨上披皮之人干。晾nê，晒暴也，晾衫nê-saⁿ之晾nê。

【人心 lâng-sim】 心事sim-sū。人面於外～～於內lâng-bīn tī goā,～～tī-lāi⇨人面在外，人心在內。～～狗行～～káu-hêng⇨狼心狗行lông-sim-káu-hêng。

【人血 lâng-hoeh(huih)】 人之血。食～～吸～～chiah～～suh～～⇨皆言心惡手毒，唯利是圖的刻薄之人。

【人名 lâng-miâ】 姓名。企～～khiā～～⇨寫明姓名。有～～於扲，不好共人拍無去ū～～tī-teh, m̄-hó kā-lâng phah-bô-khì(ì)⇨(那是)寫有姓名的，不可漏掉。共人kā-lâng→kâng。

【人色 lâng-sek】 背景或其人物。阿三較有～～a-sam khah-ū～～⇨阿三背景好，支持者多或勢大。

【人材 lâng-châi】 風彩hong-chhái。子婿好～～kiáⁿ-sài hó～～⇨同上。人材jîn-châi指材幹châi-kàn。

【人身 lâng-sin】 人之身。～～小天地～～

sió-thian-tē⇨人之身體可擬爲一個小天地，例如以目喩日月，毛髮喩山林，鼻口喩山河等是。

【人命 lâng-miā】 生命sè$^{n}$(sì$^{n}$)-miā。～～脆脆～～chhè-chhè⇨謂人之死甚簡單。脆chhè，易斷易破曰脆chhè。

【人面 lâng-bīn】 ～～熟～～sek⇨對地方上的人熟悉。～～生疎～～chhe$^{n}$(chhi$^{n}$)-so·⇨人疏地不熟。有～～ū～～⇨熟人多，聲援者多。～～獸心～～siù-sim⇨面善而心毒。看土面不當看～～khoà$^{n}$-thô·-bīn m̄-thang-khoà$^{n}$～～⇨寧可依賴土地生產不可依賴他人援助。土，塗的俗字。

【人客 lâng-kheh】 賓客pin-kheh。款待～～khoán-thāi～～⇨同上。～～來也藉掃地～～轉去也藉煎茶～～lâi-ā chiah sàu-tē,～～tńg-khì(ì)-ā chiah choa$^{n}$-tê⇨客來了才掃地，客回去了才煎茶。㊀不識待客之道。㊁喩事慢半拍何必多此一舉。

【人馬 lâng-bé】 人衆jîn-chiòng。逐家起～～得未拂也tak-ke khí～～tit-boeh-hut-ā⇨雙方都招兵買馬將要開打了。～～衆衆～～chhàng-chhàng⇨喩人多布袋戲白。

【人氣 lâng-khì】 人身所發的氣分熱量。～～旺～～ōng⇨人多有溫暖感。～～烘～～hah$^{n}$⇨人多如火之悶熱感。～～迫～～pek⇨人多擁擠的壓迫感。

【人粑 lâng-pa】 同人干lâng-koa$^{n}$。未輸抾曝～～抾bē(bōe)-su teh phak～～lè⇨喩在烈日之下工作。謂好像在晒人干。

【人[厂豆] lâng-tau】 他人之家。去～～跮蹥未使得濫擅來khì～～thit-thô bē(bōe)-sái-tit lām-sám-lâi⇨在人家玩，不要胡鬧。

【人殼 lâng-khak】 人之外殼。病到存一個～～pē$^{n}$(pī$^{n}$)-kà chhun-chit-ê～～⇨病得只留個外売。肉皆沒有了。売khak，殼khak也。

【人款 lâng-khoán】 風彩。你自己甚麼～～不道小照鏡抾lí ka-kī(tī) sim-mih～～m̄-tō sió-chiò-kià$^{n}$-lè⇨你自己何等的模樣，自己照鏡看看你就知道了。

【人種 lâng-chéng】 人之種子。人。多敢無～～也哩to-ká$^{n}$ bô～～ā-leh⇨恐怕是沒人在。人種jîn-chióng，人之分類，人之種類也。

【人瘟 lâng-un】 相繼而亡之流行病。敢抾著～～也，無看見半人kám-teh tioh～～a,bô-khoà$^{n}$-ì$^{n}$ poà$^{n}$-lâng⇨是不是在著人瘟了，否則，何以看不見人影。

【人影 lâng-iá$^{n}$】 人之影。人。無看見～～bô-khoà$^{n}$-kì$^{n}$～～⇨看不見其人。連～～每無也，曷使追liân～～mā-bô-ā ah-sái-tui⇨連影子都沒有了，何必追。

【人緣 lâng-iân】 人際jîn-chè關係。有～～ū～～⇨凡受歡迎者皆曰有人緣ū-lâng-iân。阮都無～～更臭乞食羶goán to bô～～koh chhàu khit-chiah-hiàn⇨不受歡迎的自怨詞。

【人樣 lâng-iū$^{n}$】 人之模樣。人。安爾較有一個～～啦，無如鬼抾an-ne(ni) khah-ū chit-ê～～là, bô ná-kúi-leh⇨如此就比較像一個人了，否則，鬼一樣嗎。

【人影 lâng-ńg】 lâng-iá$^{n}$。日照之陰影。～～佅歸丈長也～～boeh kui-tn̄g-tn̂g-ā⇨人影子將要整丈長了。謂日將下山了。

【人數 lâng-sò·】 ～～有夠道好也～～ū-kàu tō-hó-ā⇨人員夠了就可以了。

【人頭 lâng-thâu】 ㊀首級siú-kip。未輸抾斲～～抾bē-su teh-tok～～lè⇨宛然像斬首一樣。喩刀利。～～都斲乎人也猶倡講啥～～to tok hō·-lâng-ā iáu-boeh kóng-sah$^{n}$(siah$^{n}$)⇨極言事已早定了，不能再反悔。謂事已答應人了還要說什麼。㊁首領siú-léng。長子tiáng-chú。散人不好做～～sàn-lâng m̄-hó-chò(chòe)～～⇨謂窮家莫生爲長兄。蓋長兄必與父母同吃苦以養活弟妹也。～～未輸屎頭爾～～bē(bōe)-su sái-thâu-leh⇨謂人頭與屎頭一樣，皆必先撞擊於地。

【人講 lâng-kóng】 ㊀別人說。～～東你講西～～tang lí-kóng-sai⇨牛頭不對馬嘴。㊁世上傳說。～～會起價～～ē(ōe)-khí-kè⇨傳說要漲價了。～～番仔反也～～hoan-á hoán-à⇨聽說番族反亂了。㊂古人說。古訓。～～較歹亦是兄弟～～khah-phái$^{n}$ a̍h-sī hia$^{n}$-tī⇨古訓有云，再壞也是兄弟也。

【人縫 lâng-phāng】 ㊀人與人間之空隙。強穿～～過街來的kiâng-chhng～～kòe-ke-lâi-ê⇨強穿越路上之人群中而來的。㊁喻女陰。害～～hāi～～⇨陷人之空隙。

【人額 lâng-gia̍h】 人數jîn-sò͘。造公工算～～chō kong-kang sǹg～～⇨計造公共義務勞動册，只計算人數(不論其能力)。

【人心肝 lâng-sim-koa$^{n}$】 人心lâng-sim。～～～牛腹肚～～～gû-pak-tó͘⇨謂人心大如牛腹。

【人信字 lâng-siàn-jī】 人只相信字據。～～～牛信鼻～～～gû-siàn-phī$^{n}$⇨謂人憑書契以控制信約，牛憑鼻環以控制其行動。

【人脚跡 lâng-kha-jiah】 人所踐踏。～～～會肥～～～ē(ōe)-pûi⇨謂富戶權門之家訪客多。

【人豚仔 lâng-thûn-á】 中童tiong-tông。少年囡仔siàu-liân-gín-á。中豬tiong-ti曰豚thûn。～～～人棵仔～～～lâng-kōe-á⇨中童與矮人ê-lâng。中童還會長大，矮人不再長大。棵kōe，斷木也。

【人棵仔 lâng-kōe-á】 矮人é-lâng。輕視之詞。棵kōe，斷木也。不成～～～m̄-chiâ$^{n}$～～～⇨指其只夠人之一半。

【人爛爛 lâng-noā-noā】 凡事不緊不急不甚關心的性格。伊都～～～無要無緊i to～～～bô-iàu-bô-kín⇨他是性質爛爛不要不緊的人。爛爛noā-noā或作懶懶noā-noa。

【人疊人 lâng-tha̍h-lâng】 人山人海jîn-san-jîn-hái。歸街安爾～～～眞鬧熱呵kui-ke an-ne(ni)～～～chin-lāu-jia̍t-ō͘⇨同上。

【人肉鹹鹹 lâng-bah-kiâm-kiâm】 人肉很鹹。～～～～啦，敢會食得～～～～lâ, kám-ē(ōe)-chia̍h-tit⇨人之肉甚鹹也，能夠吃嗎，還不起錢時的遁詞。亦爲對頑劣不還債者的譏笑詞。謂無錢只存有一身不能吃的鹹臭肉。

【人來客去 lâng-lâi-kheh-khì】 迎賓送客gêng-pin-sòng-kheh。～～～～起人起客咱都眞頇顢～～～～khí-lâng-khí-kheh lán to chin ham-bān⇨賓客來往接送(這些事)我是很拙劣的。意謂不善交際。

【人前不盞 lâng-chêng-put-choá$^{n}$】 在人前小盞杯都不飲。～～～～，人後拂碗～～～～，lâng-āu hut-oá$^{n}$⇨謂人前假裝杯酒不沾，人後却大杯大碗的飲。拂hut，作爲皆曰拂hut。飲，食當然亦曰拂hut。

【人脚狗鼻 lâng-kha-káu-phī$^{n}$】 ～～～～和尙頭～～～～hōe-siū$^{n}$-thâu⇨人之脚，狗之鼻，和尙之頭，此三者，爲最受寒接冷的地方。

【人羣狗黨 lâng-kûn-káu-tóng】 罵成羣結黨出入風化地區者。合許的～～～～扲行，看你有好尾kah(kap)-hiah-ê～～～～teh-kiâ$^{n}$, khoà$^{n}$-lí ū-hó-bóe⇨與那些人羣狗黨在同伴同行，看你有好下場（一定無好下場也)。

【人夥話道夥 lâng-chē-ōe-tō-chē】 夥chē，多也。～～～～～啦，莫管伊道好也～～～～～lâ, mài koán-i tō-hó-à⇨人多閑言就自然多，不管他就無事了。

【人嘴趁家風 lâng-chhùi-thàn-ke-hong】 謂人對食物，隨家風而轉變，入富即求奢擇肥，陷窮即粗菜便飯，不餓足矣。

【人生咱咱生人 lâng-se$^{n}$-lán-lán-se$^{n}$-lâng】 謂人生下了我們，我們又生下人，如此乃能世代相傳。～～～,～～～,一代仔更一代，道是安爾不～～～,～～～,chi̍t-tāi-á koh-chi̍t-tāi, tō-sī an-ne(ni)-m̄⇨人生我們，我們生人，一代了又一代，就是這樣嗎，不是嗎。

**lâng 郎** 郎lông也，男子之稱。凡人lâng都可以作郎lâng，僅舉數例以代表之，餘請參閱人lâng目。①～扲做，天扲調～teh-chò, thiⁿ teh-chhiâu⇨人在作爲，天在調節。調chhiâu，調動tiau-tōng曰調chhiâu。②婦人～hū-jîn～⇨婦女也。做田～chò-chhân～⇨農夫也。做官～chò-koaⁿ～⇨官吏亦即公務人員也。三八～sam-pat～⇨傻哥soâiⁿ-kō也。③賣油～獨佔花魁bē-iû～tok-chiàm hoa-khoe⇨今古奇觀中的一回目。

**lâng 儂** 南俗以儂lâng爲我。我goá也。少女多稱已爲儂lâng。或與阮連稱。～無愛啦～bû-ài là⇨我不要也。～不啦～m̄ là⇨我拒絕。～阮每有～goán mā-ū⇨我亦有之也。～阮阿媽講無要緊～goán a-má kóng bû-iàu-kin⇨我祖母講沒關係。最近有人以儂爲人lâng(郎lâng)例如豐原～hong-goân～，下港～ē-káng～等是。余以爲儂lâng作我goá可，作人lâng則期期以爲不可。有違字之原義也。

**lâng 礱** 土礱thô·-lâng，磨栗除糠之器具也。

**lâng 膿** 爛血noā-hoeh(huih)也。粒仔～liap-á～⇨疔瘡之膿。漲～tiùⁿ～⇨化膿hoà-lông。楦～hùn～⇨漲膿tiùⁿ-lâng。撳～giáuⁿ～⇨刺破膿包使膿流出。出～流～chhut～lâu～⇨同上。

**【膿水 lâng-chúi】** 膿之稀薄者。

**【膿頭 lâng-thâu】** 疔瘡之源。～～無出來未好～～bô-chhut-lâi bē(bōe)-hó⇨膿頭不取出不痊癒。

**【膿漏目 lâng-lāu-bak】** 膿漏眼lâng-lāu-gán的俗稱。又名膿漏性結膜炎lông-lāu-sèng-kiat-mō-iām。因淋病lîm-pēⁿ污染所致，如不早就醫將致失明的險症也。

**lāng 弄** 玩也。戲也。做事曰舞bú，亦曰弄lāng。舞～bú～⇨揮動。做事。經營。運營。舞～大刀bú～toā-to⇨揮動大刀。生理給囡仔扲罔舞罔～seng-lí hō· gín-á teh bóng-bú-bóng～⇨生意給孩子胡亂經營。猴兒～kâu-bián～⇨不必弄猴以玩(表演)。喻無事可爲。許的錢耳開了伊道猴兒～也hia-ê-chîⁿ niā khai-liáu i-tō kâu-bián～ā⇨只是那一筆錢而已開銷完了他就無事可爲了(亦即無作用)。變猴～phìⁿ-kâu～⇨①玩猴戲。②玩弄。惡作劇。囡仔得變猴～的啦gín-á teh pìⁿ-kâu～ê-là⇨孩子們在玩的也。一定是人變猴～的it-tēng sī lâng pìⁿ-kâu～ê⇨一定是有人惡作劇的。火～較猛扲hóe～khah-méⁿ-lè⇨把火力弄大一點。嬉～查某囡仔hi～cha-bó·-gín-á⇨戲弄女孩子。

**【弄刀 lāng-to】** 舞刀bú-to。～～舞劍～～bú-kiàm⇨刀舞to-bú劍舞kiàm-bú。

**【弄牙 lāng-gê】** 對長輩反唇相譏。曷可安爾叭嘴～～ah-hó an-ne(ni) peh-chhùi～～⇨何可對長輩如此無禮。

**【弄空 lāng-khang】** 挑弄thiau-lāng。伊共人～～的i kā-lāng～～ê⇨他給挑弄出來的。罔～～罔眩蠅bóng～～bóng-siâⁿ-sîn⇨挑出食物的存在引誘胡蠅蝟集而來。母親怕兒女食壞肚子，暗將果餅收藏一部分。事後知之者對兄妹們暗示，於是羣向母親強要。母親無奈非與之不可，乃用此詞怨罵弄空者。

**【弄花 lāng-hoe】** bāng-hoe。稻花在風中飄動。稻仔扲～～也tiū-á teh～～a⇨喻不久可收成了。

**【弄恨 lāng-gīn】** 故意挑撥他人羡慕。亦即誇示已有人無。你免扲～～！人阮阿媽亦俫買也lí-bián teh～～！lâng goán a-má ah-boeh-bé(bóe)-ā⇨你莫得意我們祖母也要買回來了。

**【弄風 lāng-hong】** ㊀漏風lāu-hong。甕仔封無密～～道較不好àng-á hong-bô-bat～～tō khah-m̄-hó⇨甕口不密漏風了就不好(例如收藏菜脯chhài-pó·等)。㊁走漏內幕。逐家較莫

～～扲ta̍k-ê khah-māi ～～lè⇨大家切莫走漏風聲。

**【弄翅 lāng-si̍t】** 鳥鼓翼將起飛。鳥仔扲～～也chiáu-á teh～～ā⇨鳥欲起飛了。

**【弄獅 lāng-sai】** 舞獅bú-sai。獅陣～～sai-tīn～～⇨同上。又在抱的嬰兒高興時，跳動得頭髮飛舞如獅。會曉～～了ē(ōe)-hiáu～～lò·⇨(大得)會弄獅了。

**【弄龍 lāng-lêng】** lāng-liông。舞龍bú-liông。去台中，看人～～，烏面的眞忠，紅面的眞勇khì-tāi-teng, khoà$^{n}$-lâng～～,o·-bīn-ê chin-teng, âng-bīn ê chin-éng⇨一種腔口khiu$^{n}$-kháu。中tiong，忠tiong，勇ióng故意誤說成龍lêng韻，以爲笑玩。

**【弄甕 lāng-àng】** 耍甕。弄盤～～lāng-poâ$^{n}$～～⇨都是特技表演。車龜～～chhia-ku～～⇨無端調動家中物件。應爲調厨弄甕chhiâu-tû-lāng-àng之轉訛。謂孩子搜查厨中甕中也。調，調整位置也，亦作撨，移徙位置也。

**【弄鐃 lāng-lâu】** 耍弄鐃鈸等的特技。司功sai-kong的節目之一。僧道所表演的特技。～～撚肚臍花～～lián tō·-châi-hoe⇨同上。撚肚臍花lián tō·-châi-hoe者，爬在直立的竹竿上，以臍抵竹放手以作旋轉之技。

**【弄車鼓 lāng-chhia-kó·】** 迎神賽會中的業餘的戲劇表演。～～～拍採茶～～～phah-chhái-tê⇨同上。弄車鼓lāng-chhia-kó·亦作弄錢鼓lāng-chî$^{n}$-kó·。

**【弄鐵子 lāng-thih-chí】** 耍鐵丸的特技。～～弄鐵環～～～lāng-thih-khoân⇨皆特技也。

**【弄枴仔花 lāng-koái-á-hoe】** 揮舞枴杖。乞食有食道會～～～～khi̍t-chia̍h ū-chia̍h tō-ē～～～～⇨乞食吃飽了就會弄枴杖表示高興。喻飽暖思淫慾。又蕩拐thāng-koái$^{n}$一詞即出此。

**【弄無花字 lāng-bô-hoe-jī】** 拿不出花樣。猴齊天都也～～～～了kâu-chê-thian to-ā～～～～lò·⇨(素稱)孫悟空者還是弄不出花樣了。齊chê，口頭上多訛做tê。

**籠** lāng 較瘦長的竹器。箸～tī～⇨插箸之小竹籠。蝦～hê～⇨捉蝦之小竹器。內裝香餌，籠口lāng-kháu有能入不能出之設備。

## lap

**塌** lap 墮也。地低下也。凹窪au-oa曰塌lap。塡空亦曰塌lap。俗皆作凹lap。天～落來毎不驚伊thī$^{n}$～lo̍h-lâi mā m̄-kia$^{n}$ i⇨天塌下來也不怕他。厝頂～落來也chhù-téng～lo̍h-lâi ā⇨屋蓋塌下來了。伊的目珠孔較～i ê ba̍k-chiu-khang khah～⇨他的眼窩較深。船底～落去了chûn-té～lo̍h-khì(ì) lò⇨船底破了。借錢來～chioh-chî$^{n}$ lâi～⇨借錢來塡空。無錢當～也bô-chî$^{n}$ thang～ā⇨沒錢可坉下去了。大帽～小帽toā-bō～sió-bō⇨小帽凹入大帽中。摸一枝帥來～bong chi̍t-ki kun lâi～⇨摸上一張帥字牌來湊合。塡帥之空位而成帥仕相之組合也。頓～坐tǹg～chē(chōe)⇨向後急激跌坐。大細～toā-sè～⇨大小差異大。

**【塌人 lap-lâng】** ㊀負債hū-chè。即幾年仔～～眞濟chit kúi-nî-á～～chin-chē(chōe)⇨近幾年來負債甚多。㊁設計陷人siat-kè hām-jîn。創孔得倸～～chhòng-khang tit-boeh～～⇨設計將要坑人。

**【塌孔 lap-khang】** ㊀下凹成孔。船底～～了chûn-té～～lo·⇨船底開了洞了。㊁賠本pôe-pún。塌本lap-pún。生理愈做愈～～seng-lí ná-chò(chòe)-ná～～⇨生意越做越賠本。

**【塌本 lap-pún】** thap-pún。賠入資金。生理直直～～seng-lí ti̍t-ti̍t～～⇨生意一直賠本pôe-pún。

**【塌底 lap-té(tóe)】** 脫底thoat-té。水桶～～chúi-tháng～～⇨同上。船～～chûn～～

⇨船底破了。頓即下尻川多敢～～去也tn̄g-chit-ê kha-chhng to-ká$^{n}$～～khì(ì) à⇨頓此一下屁股恐怕破底了。頓tn̄g向後急激跌下(坐姿)曰頓tn̄g。尻川～～也kha-chhng～～ā⇨屁股破了。謂頓塌坐tn̄g-lap-chē之嚴重。

【塌窩 lap-o(u)】 窪地oa-tē。窪處oa-chhì。～～仔～～á⇨同上。亦曰塌窟lap-khut。

【塌績 lap-cheh】 衰敗。其窮相。彼家伙仔今眞～～也了hit ke-hóe-á ta$^{n}$ chin～～à lò⇨那一家現在衰敗了。看身穿道知影拎～～也敢會騙哩khoà$^{n}$-sin-chheng tō-chai-iá$^{n}$ teh～～ à kám-e(ōe)-phiàn-lih(chit)⇨看其身穿就可知其在衰敗了，豈能瞞得人。

【塌鏡 lap-kià$^{n}$】 凹鏡au-kià$^{n}$。

【塌落去 lap-loh-khì(ì)】 鼻管～～～也phī$^{n}$-kóng～～～à⇨鼻腔塌下來了，喻面子掃地了。

lap **垃** 垃圾lap-sap也。攋搔lah-sap的異體字。

lap **蹋** 踐也。履也。脚著地曰蹋lap。未輸拎～死蚼蚷爾bē(bōe)-su teh～sí káu-hiā-leh⇨喻行路之慢，意謂宛如一隻一隻地把螞蟻踏死一樣的(慢)。柴耙～薑芽chhâ-pê～kiu$^{n}$-gê⇨大脚婆踏了縛脚小姐。柴耙chhâ-pê農具的一種。己妻曰柴耙chhâ-pê，亦即大脚婆也。又大脚婆toā-kha-pô爲大脚盤toā-kha-poâ$^{n}$之訛，原指脚大，不指人。薑芽kiu$^{n}$-gê喻纏足小脚。目珠看於粿，脚～於火bak-chiu khoà$^{n}$-tī-kóe, kha～tī-hóe⇨喻只顧食不顧安全。粿kóe→ké，火hóe→hé。脚就是跤，何必皆作跤。

【蹋死 lap-sí】 踏死tah-sí。馬～～人bé～～lâng⇨同上。大脚婆～～蚼蚷toā-kha-pô～～káu-hiā⇨大脚踏死小螞蟻，喻其慢吞吞bān-thun-thun。

【蹋破 lap-phoà】 踏破tah-phoà。～～了了也～～liáu-liáu-à⇨全部踏破了。

【蹋倒 lap-tó】 踏倒tah-tó。人於拎略，～～了了也lâng tī-teh thún,～～ liáu-liáu à⇨人們在睡踏thún-tah，全被踏倒去了。

lap **納** 入也。歸也。藏也。致送也。出～股長chhut-～kó·-tiú$^{n}$⇨同上。繳～學費kiáu～hak-hùi⇨同上。完～錢糧oân～chî$^{n}$-niû⇨同上。

【納利 lap-lāi】 付利息給債主。不～～人曷俫借你m̄～～lâng ah-boeh chioh-lí⇨不付利息誰肯借你。

【納采 lap-chhái】 送聘禮sàng phèng-lé。～～了道該看日也～～liáu, tō-āi khoà$^{n}$-jit à⇨納采之後，就應該擇日(迎娶)了。

【納妾 lap-chhiap】 娶細姨chhoā-sè-î。亦曰納寵lap-thióng。

【納租 lap-cho·】 繳納租佃費，水利費等。～～還仔眞崧重～～oân-à chin-siong-tiōng⇨租稅還是很貴。很重。

【納貢 lap-kòng】 ㈠進貢chìn-kòng。㈡捐納穀物以換取正式監生的古制。監kàm似乎是指官立學校，例如國子監即相當於當今之國立大學。

【納涼 lap-liâng】 nah-liâng。取涼意。於樹仔脚拎～～tī chhiū-á-kha teh～～⇨在大樹下取涼。

【納稅 lap-sòe】 山阮開的，樹阮栽的，對者過，該～～soa$^{n}$-goán-khai-ê, chhiū-goán-chai-ê, tùi-chia-kòe, ài～～⇨歌仔戲白。茲chia；此也，此地也，本作者chia。

【納餉 lap-hiàng(hiòng)】 納稅的古詞。又曰納錢糧lap-chî$^{n}$-niû。

lap **衲** 補紩pó·-thī$^{n}$曰衲lap。又僧衣亦曰衲lap。破衫仔罔～phoà-sa$^{n}$-a bóng～⇨姑且補紩破衣。老～lāu～⇨老和尙自稱。

【衲烏線 lap-o·-sòa$^{n}$】 以黑色線補紩也。功夫乍脬～～～kang-hu lān-pha～～～⇨謂毫無必要之工作也。乍脬lān-pha，腎囊也。脬pha，則膀胱也。

【衲鞋底 lap-ê-té】 lap-ôe-tóe。紩鞋底thī$^{n}$-

ê-tē，鞋底須以多重布含紩之，故屬相當困難的工作。少年人都無人侎～～～也siàu-liân-lâng to bô-lâng-boeh～～～ā⇨少年輩之人，皆沒人要做補鞋底工作了。

**lap 臘** 臘lah也（見lah部）。

**lap 蠟** 油脂之一種，木～bok～，鯨～keng～，蜜～bıt～等是也。爛油如泥曰油蠟蠟 iû-lap-lap或iû-lap-lap。亦即很油很油也。

## lat

**lat 力** 力lek曰力lat，身體所發揮的效能曰力lat。有～無～未騙得ū～bô～bē(bōe)-phiàn-lit(tit)⇨有力或無力不能瞞騙人的。脚痠手軟眞無～kha-sng-chhiú-nńg chin bô～⇨脚痠手軟全身感覺無力。食乳仔～chiah-leng-á～⇨吃奶之力，喻最基本的力氣。食乳仔～都拼出來也chiah-leng-á～to-piàⁿ-chhut-lâi-ā⇨吃奶之力都拼了，謂拼了全部力量了。食～chiah～⇨①即下眞食～chit-ê chin-chiah～⇨此一下很大力。②即斗眞食～chit-táu chin-chiah～⇨此次打擊很大。大～toā～⇨用力重或多。較大～抄khah-toā～lè⇨用力大一點。反之曰較細力khah-sè(sòe)-lat。牛～gû～⇨如牛之力。戇～gōng～⇨傻瓜之力。拼～piàⁿ～⇨傾全力kheng-choân-lek。贔～pì～⇨持久支持之力。贔負pì-hū之力也。贔pì，殿堂大柱下的鼇形怪物，用以支持大柱者也。即每道該贔～也了chit-mái tō-āi pì～ā-lò⇨此次應該勉力支持下去了。使脆～sái-chhè～⇨使用急激的爆炸性之力。戇丁，無～咱道不當gōng-teng, bô～lán tō m̄-thang⇨傻瓜，力不夠就不可勉強也。

【力水 lat-chúi】 力量lek-liāng。力氣lek-khì。～～有夠足～～ū-kàu-chiok⇨力氣十分充足。同力頭lat-thâu。

【力草 lat-chháu】 力lek。力氣lek-khì。即欵的藉有～～chit-khoán-ê chiah-ū～～⇨此一種的（體形）才有力氣。

【力頭 lat-thâu】 力水lat-chúi。力草lat-chháu。力氣lek-khì。～～有夠飽～～ū-kàu-pá⇨力氣十分飽足。

**lat 栗** 樹名。一種高大的喬木kiâu-bok。樹幹可製材，其子可供食用。

【栗子 lat-chí】 栗樹子。一種好食的樹子。除燒熱生食chheⁿ-chiah之外，亦供爲果餅類的材料。例如～～粽～～chàng，～～餅～～piáⁿ等是也。～～若老家己開，石榴若熟家己破～～nā-lāu ka-kī-khui，siak-liû nā-sek ka-kī-phoà⇨謂栗子與石榴成熟了，自然就自己裂開，喻機會一成熟，好運途是會自己來的。～～鷄～～ke(koe)⇨鷄以栗子爲配料的料理。～～干～～koaⁿ⇨乾栗子。燒熟而食之。

【栗鼠 lat-chhí】 動物名。鼠類鼠形而長尾。棲息在大森林中。亦曰松鼠siông-chhí。

**lat 辣** 五味之一。鹹kiâm，酸sng，苦khó，甘kam，辣lat是也。

【辣椒 lat-chio】 胡椒hô·-chio。～～粉～～hún⇨胡椒末hô·-chio-boah，亦曰胡椒辣hô·-chio-loah。

**lat 鯻** 魚名。一種小首細鱗的小魚。鯻仔魚lat-á-hî也。

【鯻仔 lat-á】 鯻魚lat-hî。～～罾～～lêng⇨捕鯻魚的幼網。罾lêng，小魚網也。

**lat 瘰** 瘰瘰lí-lat也。頸部之病。亦一種難症。現代名詞曰淋巴腺結核lim-pa-siàn kiat-hek。生～～seⁿ～～⇨患瘰瘰症。

## lau

**lau 趬** 行輕貌。四處漫步參觀曰趬lau。亦即散步sàn-pō·也。四界～sì-kè～⇨同上。阮去街仔～一輪也goán khì ke-á～chit-liàn ā⇨

我們到街上看一趟了。阿姊娶阿姑出去～a-ché chhoā a-ko͘ chhut-khì ～⇨姊姊偕同姑母出去散散步。

lau **譑** 巧言也。巧言誘人自吐實話曰譑lau。逡仔～ûn-á～⇨慢慢的誘之說話。逡逡仔共伊～ûn-ûn-á kā-i～⇨慢慢的誘導之說實話。未怪得你佼～bē(bōe)-kōe-tit lí gâu～⇨難怪你善作誘導訊問。用話共伊～iōng-oe ka-i～⇨以言詞誘導之。

**【譑話 lau-ōe】** 誘導其說話。誘導訊問。阿姨蓋佼共人～～a-î kài-gâu kā-lâng～～⇨姨母最會誘人說話。佼gâu同㑂gâu，黠也，慧也，亦即賢也，能也。善任事亦曰佼。

láu **老** 年老歲多曰老lāu亦曰老láu。經驗多手腕手段高曰老láu。歷時而疲勞凋萎亦曰老láu。伊敢有十年以上了，算眞～也 i káⁿ-ū chap-nī í-siāng-lò͘, sǹg chin～ā⇨他（在此地）恐怕夠十年有多了，可以說很熟了。即字號相當～了chit-jī-hō siang-tong～lò͘⇨此一嘜頭相當有歷史了。伊的英語不止仔～i ê ieng-gí put-chí-á～⇨他的英語相當的流利。法語每會曉～hoat-gí mā ē(ōe)-hiáu～⇨法語也會說。未曉更要假～bē(bōe)-hiáu koh-boeh ké～⇨不通竟要假通。衫甚～也無換擋未稠也saⁿ siūⁿ～à bô-oāⁿ tòng-bē(bōe)-tiâu ā⇨衣服大髒，非換洗不可了。那買彼款菜許爾～ná bé(bóe) hit-khoán-chhài hiah-ni～⇨爲何買來那一類蔬菜那麼的凋萎了的呢。花亦眞～hoe ah chin～⇨花也萎凋了。彼個查某斬然～也hit-ê cha-bó͘ chám-jiân～à⇨那一個女人相當疲勞了(歷人多了)。

**【老二 láu-jī】** 排行第二者。不論兄或弟。阮～～的goán～～ê⇨我們的二哥jī-ko或二弟jī-tē。老三láu-saⁿ或老四láu-sī等用法亦同。

**【老大 láu-toā】** ㊀排行第一。伊道是阮～～的i tō-sī goán～～ê⇨他就是我的大哥。㊁頭兄thâu-hiaⁿ。該請～～的來ài-chhiáⁿ～～ê laih⇨需要邀請老大一起去。來laih，一起去。來lâi，來此地。來laih，邀往。

**【老手 láu-chhiú】** 老經驗家láu-keng-giām-ka。即類著～～藉有法得啦chit-lōe tioh～～chiah ū-hoat-tì là⇨此種事，必須老經驗之人才有辦法。有法得ū-hoat-tit⇨ū-hoat-tih⇨ū-hoat-tì。

**【老兄 láu-heng】** 同老兄láu-hiaⁿ。

**【老兄 láu-hiaⁿ】** 老大哥láu-toā-ko，對人的尊稱。請問～～chhiáⁿ-mn̄g～～⇨同上。～～不當受氣啦，小弟共你賠禮啦～～m̄-thang siū-khì là, sió-tī kā-lí pôe-lé là⇨老兄不要生氣好不好，小弟對你賠禮了。

**【老犯 láu-hoān】** 長期囚犯。～～食禁子～～chiah kìm-chí⇨老犯吃獄卒。

**【老早 láu-chá】** 甚久了。很久以前。～～人道講也，咱都攏臭耳人～～lâng tō-kóng à, lán to-lóng chhàu-hī"-lâng⇨很久以前人家就在傳說了，我們都皆聾子（聽不進良言）。

**【老老 láu-láu】** 凋萎tiau-úi。枯萎ko͘-úi。菜～～也chhài～～à⇨青菜凋萎了。魚仔～～也，得倈有味也hî-á～～à tit-boeh ū-bī ā⇨魚很老了，快要有臭味了。

**【老到 láu-tàu】** 熟練夠了。十分有經驗。經驗～～keng-giām～～⇨同上。

**【老哥 láu-ko】** 你的敬稱。有經驗的老兄。

**【老將 láu-chiàng】** 身經百戰之大將。～～也那有抸惀伊～～à ná-ū teh-lún-i⇨經驗豐富之人了，怎麼怕他。

**【老鳥 láu-chiáu】** 老於經驗者。含都～～也taⁿ to～～à⇨而今是老經驗者了。

**【老棍 láu-kùn】** 老江湖lāu-kang-ô͘。

**【老練 láu-liān】** 經歷經驗多。即位技師眞～～chit-ūi ki-su chin～～⇨同上。

**【老實 láu-sit】** 經常誠實。忠厚更～～tiong-hō͘ koh～～⇨又忠厚又老實。～～人～～lâng⇨同上。人是～～未興事，你不當想人是無能呢lâng sī ～～ bē(bōe)-hêng-sū, lí m̄-thang siū$^{n}$ lâng sī bô-lêng-neh⇨人家他是老實，不要惹事的，你不可以為他是無能者也。

**【老日本 láu-ji̍t-pún】** 久居日本而熟悉其事物者。一個是～～～一個是老德國，您二人攏是老外國客chi̍t-ê sī ～～～ chi̍t-ê-sī láu-tek-kok, lín-nn̄g-lâng lóng-sī láu-goā-kok-kheh⇨同上。

**【老交陪 láu-kau-pôe】** 久年老友。好啦，看～～～的面啦，自安爾決定啦hó-là, khoà$^{n}$ ～～～ê bīn-là, chū an-ne(ni) koat-tēng-là⇨好吧，看在老友的面子，就照所言條件決定吧。

**【老字號 láu-jī-hō】** 老店lāu-tiàm。有名氣的字號。～～～來講，大興還仔算會著啦～～～lâi-kóng, tāi-hin oan-á sǹg-ē(ōe)-tio̍h-là⇨數老字號嗎，大興行還是在名單之內也。

**【老紅酒 láu-âng-chiú】** 酒名。紅酒âng-chiú。老láu者表示久藏品。

**【老英語 láu-eng-gí】** 操英語的老鳥槌。會曉～～～去做通譯官了ē(ōe)-hiáu(hiáng) ～～～khì-chò(chòe) thong-e̍k-koa$^{n}$-lò͘⇨同上。

**【老前輩 láu-chiân-pòe】** 有經驗的前輩。較講每是該咱～～～ khah-kóng mā-sī ài lán ～～～⇨怎麼說還是我們的老前輩行。

**【老班嫂 láu-pan-só】** 娼老而退為助手或接待人員者。即老葱(蒼)頭也。

**【老細的 láu-sè(sòe)-ê】** 小老弟siáu-láu-tē。老小弟láu-sió-tī。親密的稱呼。

**【老腔口 láu-khiu$^{n}$-kháu】** 老練láu-liān的發音。講～～～人伊安爾老會過抄kóng ～～～ lâng-i an-ne(ni) láu-ē(ōe)-kòe(kè)-lè⇨說到老腔口，人家他，居然說得通的。

**láu 對** 兵奪人物也。半騙半奪曰對láu。設騙～siat-phiàn ～⇨計奪曰設siat，詐奪曰騙phiàn，亦騙亦奪曰對láu。大～食細～toā～chia̍h-sè(sòe)～⇨大騙子吃小騙子。七～食八～，木虱食家蚤chhit～chia̍h peh(poeh)，～ba̍k-sat chia̍h ka-cháu⇨大吃小，等而下之，吃下去。

**【對仔 láu-á】** 對人者。～～假羅漢～～ ké lô-hàn⇨對仔詐稱單身漢。偷物被發見，詐稱是要借用借用而已。傷～～有看見鷄無看見狗 gām-～～ ū-khoà$^{n}$-i-ke bô-khoà$^{n}$-i káu⇨喇掩耳盜鈴者。看見khoà$^{n}$-kì$^{n}$→khoà$^{n}$-i。

**láu 嫪** 婟也，戀惜也。婟～ko͘～ (見婟目)。～毐～ài⇨呂不韋進秦太后之大陰人也。按嫪或謂姓氏也，儒者或作不正當之人解。其實應作嫣頭ian-tâu解。嫪毐即嫣頭仔毐，才有資格入選為太后之客兄也。

**láu 荖** 植物名。曰荖藤láu-tîn。蔓生，其葉大約有童拳大小。俗多以此葉裹檳榔子加石灰，柑仔蜜而嚼之，即食檳榔chia̍h-pin-nn̂g也。

**【荖花 láu-hoe】** 其實不是花而是子，似屬隱花植物。近來食檳榔之法轉變，已不用荖葉，僅以檳榔子切開挾荖花加灰，柑仔蜜，甘草片以嚼之。致荖花忽成天之驕子，荖花農因而致富者不少。

**【荖葉 láu-hio̍h】** 荖藤láu-tîn之葉。用以包檳榔者，但今已不用。………請您三姑三姐仔，出山前，山前也有花，也有檳榔心，～～藤，要食道分個…，…chhiá$^{n}$-lín sa$^{n}$-ko͘ sa$^{n}$-ché-á, chhut-soa$^{n}$-chêng, soa$^{n}$-chêng ā-ū-hoe, ā-ū pin-nn̂g-sim,～～ tîn, boeh-chia̍h tō-pun-in…⇨關三姑仔詞。

**láu 撓** 曲也。筋節扭傷曰撓láu曰撓náu。

**【撓著 láu-tio̍h】** náu-tio̍h。扭傷了。～～筋～～ kin(kun)⇨同上。手骨～～chhiú-kut ～～⇨同上。目珠～～ba̍k-chiu ～～⇨看見了不應看或不宜看之物的戲言。

**láu 譊** 聲高噪獰也，鳴也，語也。俗以言詞流利腔調清楚曰譊láu。或作老láu。英語眞～

eng-gí chin～⇨英語非常流利。日本話每會～幾句仔ji̍t-pún-ōe mā-ē ～ kúi-kù à⇨日語也會說多少。未～假～木虱拂去家蚤bē～kē～bat-sat hut-khì ka-cháu⇨同上。

**lâu 落** 樹葉下墜也。凡脫落脫漏皆曰落lâu。鬆解亦曰落lâu。自言秘事亦曰落lâu。樹葉拎～也chhiū-hio̍h teh～à⇨樹木開始落葉了。該用的物提到～去ài-iōng ê mi̍h the̍h-kà～khì(ì)⇨必需用品準備得脫落了。未見笑，褲也穿到～去bē(bōe) kiàn-siàu, khò· ā chhēng-kà～khì(ì)⇨不怕羞的東西，連褲子都穿得不好。伊家己拎～i ka-kī(tī) teh～⇨他自己在不打自招。～合吐～kah-thò·⇨下瀉hē-sià上吐siāng-thò·。咱人～轉來莫共伊做lán lâng～tńg-lâi mài-kā-i chò(chòe)⇨我們把員工調回來，不為他工作。

**【落丁 lâu-teng】** 印刷用名詞。印刷物的頁數不足曰落丁lâu-teng，亦曰落幀lâu-cheng或落帙lâu-tia̍t。

**【落水 lâu-chúi】** ㊀放水hòng-súi。瀉水sià-chúi。田該～～chhân ài～～⇨水田應該放水。水庫得佅～～了chúi-khò· tit-boeh～～lō·⇨水庫快要放水了。㊁疴。～～耳～～niâ⇨疴的只是水而已。

**【落目 lâu-ba̍k】** ㊀打毛線的術語。為打出花樣必須跳目曰落目lâu-ba̍k。刺花樣該～～chhiah-hoe-iū$^{n}$ ài～～⇨同上。㊁同落答lâu-ham。

**【落句 lâu-kù】** 脫句。落字會講得。～～那會用得lâu-kù ē(ōe)-kóng-tit,～～ná-ē(ōe)-ōng-tit⇨脫字還可以說，脫句怎麼行呀。

**【落字 lâu-jī】** 脫字thoat-jī。即句未通拎，可能有～～chit-kù bē(bōe)-thong-lè, khó-lêng ū～～⇨此句不通順。可能有脫字。

**【落交 lâu-kau】** 脫落。～～一字～～chi̍t-jī⇨同上。人情代不可共人～～去jîn-chêng-tāi m̄-hó kā-lâng～～khì(ì)⇨有關人情交際上的問題，不可把人家脫落掉(例如請帖贈物等)。

**【落走 lâu-cháu】** 逃走tô-cháu。昨暝透暝～～也châ-mê thàu-mê～～à⇨昨夜漏夜一逃而走了。暝mê⇨mî。

**【落車 lâu-chhia】** 摒空車pià$^{n}$-khang-chhia。你要～～轉來接阮否lí boeh～～tńg-lâi chiap-goán-hoh$^{n}$⇨你將空車回頭來接我們是嗎。

**【落肚 lâu-tō·】** 腹太肥大太過腴膆lū-sū者。～～扁的～～pî$^{n}$-ê⇨大肚扁仔toā-tō·-pî$^{n}$-à。扁仔pî$^{n}$-à，人名。

**【落股 lâu-kó·】** 繩索鬆股。索仔～～soh-á～～⇨同上。

**【落空 lâu-khang】** 船車摒空不載貨客。～～車～～chhia⇨同上。～～船～～chûn⇨同上。～～轉來～～tńg-lâi⇨回程無貨客。一遭該～～chi̍t-choā ài～～⇨來回車來或往要空車。

**【落風 lâu-hong】** 洩氣。鐵馬～～thih-bé～～⇨脚踏車kha-ta̍h-chhia的輪胎洩氣。

**【落屎 lâu-sái】** 鬧肚子。不八扱猪屎，去抵著猪～～m̄-bat(pat) khioh-ti-sái, khì-tú-tio̍h ti～～⇨喻倒霉又加上倒霉。扱猪屎khioh-ti-sái者，收集猪屎為肥料也。亦喻最下賤的工作。謂未嘗做過此一工作，(第一次為之)却逢到，猪拉肚子，沒有整塊的可扱。～～星～～chhe$^{n}$(chhi$^{n}$)⇨流星liû-seng。～～症～～chèng⇨①霍亂症的俗稱。②罵人之詞，女人罵人以患此症即將就死之人。～～馬～～bé⇨拉肚子之馬，喻不中用之東西。

**【落胎 lâu-the】** 流產liû-sán。小產sió-sán。倒頓一下硬將要～～去tò-tǹg-chi̍t-ē ngē-chiang boeh～～khì⇨倒頓一跌，幾乎要流產矣。謂此一倒頓如果女的一定流產那麼嚴重。倒頓tò-tǹg，向後倒坐也。幾乎ki-hō·，幾幾乎ki-ki-hō·。險些。險險仔hiám-hiám-mà。

【落烏 lâu-o͘】 ㊀烏魚整批移動。得㑑～～了tit-boeh～～lō͘⇨烏魚移動期快要到了。㊁毒殺烏魚。有人扲偷～～ū-lâng teh thau～～⇨有人偷作毒殺烏魚。

【落陣 lâu-tīn】 落伍lok-ngó͘。阿花個半路道～～也a-hoe-in poàⁿ-lō͘ tō～～ā⇨阿花她們一班，中途就落伍了。

【落脰 lâu-tāu】 自貼金面，自揭臭聞以供笑料皆曰落脰lâu-tāu。同落下頦lâu-ē-hâi(hoâi)。脰tāu者頸kéng也。頦hoâi，頤下î-hē也。譯爲新名詞，亦可作亂蓋loān-kài。伊家己～～的，無，人那會知i ka-kī(tī)～～ê, bô, lâng ná-ē(ōe)-chai⇨他自己說的，否則別人怎麼知道。愛～～道罔～～不ài～～tō bóng～～m̄⇨高興亂蓋(他)就亂蓋了。你聽伊扲烏白～～lí thiaⁿ-i teh o͘-pe̍h～～⇨你(勿)聽他亂蓋一場。

【落喟 lâu-khùi】 洩氣siap-khì。失手招致面上不光彩。即每眞～～chit-mái chin～～⇨此一次太落氣了。你不當乎我～～lí m̄-thang hō͘-goá～～⇨你不要讓我洩氣。你不可共我～～lí m̄ hó kā-goá～～⇨你老兄不可洩我的氣。～～落濁～～lâu-ta̍k⇨落氣到底了。濁ta̍k爲沈底之渣滓cha-chái(tái)。

【落箬 lâu-ham】 竹或甘蔗kam-chià，其節與節之間曰箬ham，其長者曰落箬lâu-ham。亦作落䈄lâu-ham。亦曰落目lâu-ba̍k。～～的甘蔗較破較好食～～ê kam-chià khah-phò khah-hó-chia̍h⇨落箬之甘蔗較脆較好吃。鬆脆sang-chhè曰破phò。

【落落 lâu-lâu】 ㊀鬆。褲仔～～kho͘-á～～⇨褲子穿得不緊(行見脫墜)。結了～～hâ-liáu～～⇨綑束得不緊。㊁失落。搬到～～掉poaⁿ-kà～～tiāu⇨移徙得都遺落掉了。㊂家己～～也講的ka-kī(tī)～～á kóng-ê⇨(他)自己慢慢的說出來的。

【落粽 lâu-chàng】 同落績lâu-chhē。～～生～～seⁿ⇨其性格。

【落箍 lâu-kho͘】 桶箍tháng-kho͘鬆斷。水桶～～chúi-tháng～～⇨同上。

【落褲 lâu-khò͘】 褲自脫墜。亦喻落喟lâu-khùi失面子。同落喟lâu-khùi。～～績～～chhē⇨褲穿得經常落落的樣子。喻不整齊的性格。伊都蓋～～績也i to kài～～chhē-à⇨他是最不注意整齊者也。同落績lâu-chhē。

【落線 lâu-soàⁿ】 走線cháu-soàⁿ。車了跳針～～去chhia-liáu thiàu-chiam～～khì(ì)⇨縫得有跳針而落線的。

【落績 lâu-chhē】 性隨便，不重整齊，常把事物遺漏者。亦曰落褲lâu-khò͘-chhē。你眞～～也你lí chin～～à lí⇨你十分落績了。～～人～～lâng⇨其人。

【落鯁 lâu-kéⁿ】 鯁仔魚kéⁿ-á-hî整批移動。鯁仔kéⁿ-á冬季下海生卵的溪魚。形態畧同虱目魚，鱗較大。阮的魚簾鬮抵着～～goán ê hî-hâng-khau tú-tio̍h～～⇨同上。魚簾hî-hâng者，公設的捕魚設備，將溪流集中，以桂竹編爲簾(以麻竹支持)而受之，魚入簾中，即可活捉之，如逢落鯁，日可獲一兩千斤(年必有一兩次)。

【落籍 lâu-che̍k(chi̍p)】 戶籍脫漏。不知是安怎煞～～去m̄-chai sī an-choáⁿ soah～～khì(ì)⇨不知何故竟沒有登記戶籍。

【落下頦 lâu-ē-hoâi】 lâu-ē-hâi。落脰lâu-tāu。解頤kái-î。說笑料。虛實亂蓋。眞㤉～～～chin-gâu～～～⇨很會說笑話。烏白講曷不驚去～～～o͘-pe̍h-kóng a̍h-m̄-kiaⁿ-i～～～⇨亂蓋一場，何不怕下顎落掉呀。①可笑得下頦脫落。②說壞話被懲罰脫落下頦。又於許扲～～～也iū tī-hia teh～～～ā⇨又在那個地方作亂講亂蓋了。食飽甚盈去，總是～～～耳chia̍h-pá siuⁿ-êng-ì, chóng-sī～～～niâ⇨終日無所事事，總之亂講亂蓋(過日)而已。同落下頦lâu-ē-hai。又同落脰lâu-tāu。

【落天格 làu-thi$^{n}$-keh】 雨後天空出現層雲。被視爲晴天的前兆。早起～～～下晡敢會好天了chá-khí ～～～ ē-po· ká$^{n}$-ē hó-thi$^{n}$-lò·⇨今晨天格出現，下午可能就放晴了。

【落空銃 làu-khang-chhèng】 ㊀射空炮siā-khang-phàu。～～～赫驚人～～～heh$^{n}$-kia$^{n}$-lâng⇨射空炮以赫人。㊁徒勞無功。無法度也。道～～～轉來也無法度也tō ～～～ tńg-lâi-ā bô-hoat-tō·-ā⇨就空手而回了，無辦法了。

【落喟步 làu-khùi-pō·】 亦曰見笑步kiàn-siàu-pō·，不入流之招數也。～～～盡展～～～chīn-tián⇨罵其步數拙劣，已笑死人了。

【落腸頭 làu-tn̂g-thâu】 脫腸之病。脫肛thoat-kong。

**樓** lâu 重屋也。屋之有上層者曰樓lâu。二～jī～⇨同上。頂～téng～⇨同上。五層～gō·-chân～⇨同上。高～大厦ko～tāi-hē(hā)⇨同上。紅～夢âng～bāng⇨古小說名。銀～業gîn～gia̍p⇨金銀飾品的製造販賣業。金收～拆kim-siu～thiah⇨謂事成定局無可反悔。疊～tha̍p～⇨加蓋樓房。

【樓下 lâu-ē】 樓脚lâu-kha。樓上lâu-siāng之對詞。人帶樓上，～～開店lâng toà lâu-siāng～～khui-tiàm⇨人居二樓，樓下開店做生意。

【樓井 lâu-ché$^{n}$(chí$^{n}$)】 商家把二樓的樓枋拆開，留一四角孔，以爲商品的上下口，曰樓井lâu-ché$^{n}$。

【樓仔 lâu-á】 樓。小樓。半～～poa$^{n}$～～⇨同上。疊～～的tha̍p～～ê⇨樓房。～～厝～～chhù⇨樓房。～～頂～～téng⇨樓上。

【樓枋 lâu-pang】 樓房樓梯所用之板料。踐～～chām～～⇨上酒家玩樂。蓋所謂酒家chiú-ka與西式樓房大約同時出現，而酒家即多以樓房充之故也。

【樓房 lâu-pâng】 樓仔厝lâu-á-chhù。樓式建築物。

【樓栱 lâu-kōng】 nâ-kōng。樓上的橫梁。藏庋於～～頂chhàng-khǹg-tī ～～ téng⇨密藏置在橫梁上。

【樓船 lâu-chûn】 lô·-chhoân。大船。有樓之船。秋風起兮白雲飛，草木黃落兮雁南歸，蘭有秀兮菊有芳，懷佳人兮不能忘，泛～～兮濟汾河，橫中流兮揚素波，簫鼓鳴兮發棹歌，歡樂極兮哀情多，少壯幾時兮奈老何chhiu-hong khí-è pe̍k-hûn-hui, chhó-bo̍k hông-lo̍k-è gān-lâm-kui, lân-iú-siù-è kiok-iú-hong, hoâi-ka-jîn-è put-lêng-bōng, hoan ～～ è chê-hun-hô, hêng-tiong-liû-è iâng-sò·-pho, siau-kó· bêng-è hoat-tok-ko, hoân-lo̍k-ke̍k-è ai-chêng-to, siáu-chòng kí-sî-è nāi-ló-hô⇨漢武帝。

【樓脚 lâu-kha】 樓下lâu-ē。樓頂～～lâu-téng～～⇨樓上樓下。

【樓頂 lâu-téng】 樓上lâu-siāng。人客～～坐呀lâng-kheh～～chē(chōe) -ā⇨人客請上樓坐。普通酒家的招待詞。

【樓梯 lâu-thui】 上下樓房間的梯路。代誌安爾都未落～～得tāi-chì an-ne(ni) to bē(bōe) -lo̍h-～～tit⇨事情如此是下不了台階的（謂事不能平息）。～～頭～～thâu⇨～～口～～kháu⇨上下樓梯之處。

【樓閣 lâu-koh】 lô·-kok。光祿池台開錦繡，將軍～～畫神仙kong-lo̍k tî-tâi khai-kím-siù, chiang-kun～～ōe-sîn-sian⇨唐詩。

【樓臺 lâu-tâi】 lô·-tāi。樓房與平台。綠樹陰濃夏日長，～～倒影入池塘，水晶簾動微風起，一架薔薇滿院香lio̍k-sū ìm-lông hā-ji̍t-tiâng, ～～tò-éng ji̍p-tî-tông, súi-cheng-liâm tōng bî-hong-khí, it-kà chhiâng-bî boán-ī$^{n}$-hiang⇨舊詩。

**留** lâu 止也。存也。查某囡仔飼大漢未～得cha-bó·-gín-á chhī-toā-hàn bē(bōe)～tit⇨女孩子養大了是留不得的。叫你不當～，你強要～kiò-lí m̄-thang～lí kiâng-boeh～⇨叫你不可留，你硬要留之。今是要～亦不～taⁿ-sī boeh～ah-m̄～⇨同上。都不知是～較好亦是勿～較好to-m̄-chai sī～khah-hó ah-sī mài～khah-hó。人有～你的額呢lâng ū～lí ê giah neh⇨你的份他們保留著。有髭曷會相怪得人～ū-chhiu ah-ē(ōe) sio-kòe-tit lâng～⇨喩有錢人奢華是怪不得的。留lâu亦作劉hô。

【留孔 lâu-khang】 ㊀開一個洞。～～做猫仔門～～chò(chòe) niau-á-mn̂g⇨開個孔做猫洞。㊁留下日後之禍根。不解決掉，安爾要～～俾別人死不m̄-kái-koat-tiāu, an-ne(ni) boeh～～hō·-pat-lâng-sí-m̄⇨不解決清楚，是不是要留個禍根讓別人去拚生死嗎。

【留任 lâu-jīm】 留在原職。攏換新人，無人～～lóng-oāⁿ sin-jîn, bô-lâng～～⇨同上。

【留相 lâu-siùⁿ】 保留青年青春的風貌。阿菊較有～～，阿花較無～～。你看佪，平歲的人講差許爾妓啦a-kiok khah- ū～～, a-hoe khah-bo～～, lí khoàⁿ-in, pêⁿ-hòe ê lâng kóng chha-hiah-nī-chē-là⇨阿菊有留相——看來還是很年青，阿花無留相——看來很臭老，她們是同年之人，竟會差得那麼多也。

【留梁 lâu-niû】 留樑神的迷信。鄰家上梁祭神，自家亦播圓以供之，以免梁神跑到鄰家去保佑他人。

【留話 lâu-ōe】 留言liû-giân。伊無～～道走也 i bô～～tō cháu-à⇨他沒有留言就走了。

【留種 lâu-chéng】 保留種子。家己無～～該更加人調ka-kī(tī) bô～～ài-koh kā-lâng-chhiâu⇨自已沒有保留種子，需要仰別人分讓。調chhiâu，請有餘者分讓(或贈或價購)也。亦即調頭寸tiâu-thâu-chhùn之調tiâu。文言，白話之別也。

【留髭 lâu-chhiu】 留口邊毛。口上曰髭chhiu，頤下曰鬚su，如今通曰chhiu，多不分上下了。有髭曷會怪得人留ū-chhiu a h-ē-kòe-tit lâng-lâu⇨同上。

【留頭 lâu-thâu】 甘蔗收穫後，留其頭株再收一期以省本省工。我的是～～的頭闖道會敤著也goá-ê sī～～ê thâu-khau tō-ē(ōe) kheh-tioh â⇨我的(蔗)是留頭的，第一批就可能壓榨到了。敤kheh，研治也，擊也。壓榨甘蔗曰敤甘蔗kheh-kam-chià。又留頭lâu-thâu的較新種者成長快。

【留庋抾 lâu-khǹg-lè】 lâu-khǹg-teh。保留之。保存之。～～～做某本～～～chò(chòe)-bó·-pún⇨存積起來爲娶妻之本錢。庋khǹg俗作藏khǹg。

**流** lâu 水行曰流lâu。水抾～chúi-teh～⇨水在流動。目屎抾～bak-sái teh～⇨眼淚在流。血～未止hoeh(huih)～bē(bōe)-chí⇨血不止流。目屎～目屎滴bak-sāi～bak-sái-tih⇨淚汪汪。淸汗猶抾～chhìn-koāⁿ iáu-teh～⇨清汗還在流不停(餘悸猶存)。死猫弔樹頭，死狗放水～sí-niau tiàu chhiū-thâu, sí-káu pàng-chúi～⇨不合衛生的俚言。水～屍chúi～si⇨溺死者。滿～bóan(moá)～⇨潮滿。退～thè～⇨海水在退。過～去也kòe～khì-à⇨魚肉之類太老了，將發臭了。

【流水 lâu-chúi】 流動之水。活水oah-chúi。父母痛囝長～～pē-bó(bú) thiàⁿ-kiáⁿ tn̂g～～⇨父母之愛如水之長流。

【流血 lâu-hoeh(huih)】 liû-hiat。出血chhut-hoeh⇨chhut-hiat。男子漢大丈夫寧可～～不可流目屎lâm-chú-hàn tāi-tiāng-hu, lêng-kó·～～m̄-hó lâu-bak-sái⇨男兒眼淚不輕彈lām-jî gân-lī put-kheng-thân。～～汁仔耳～～chiap-ā-niâ⇨只是流一點小血而已。

【流汗 lâu-koāⁿ】 liû-hân。～～錢～～chîⁿ⇨流汗辛苦所換來之錢。亦即公明正大之錢。

【流流 lâu-lâu】 凡事不問不管，得過且過的性格曰流流lâu-lâu。伊人是眞好，不過～～仔，逐項無要管，藉會變到安爾 i lâng-sī chin-hó, m̄-kú～～ā，ta̍k-hāng bô-boeh-koán，chiah-ē(ōe) pī$^{n}$-kà an-ne(ni)⇨他是好人，只是凡事不管不理，才致使如此地步。

【**流涎** lâu-noā】 又讀作liû-lân。骨力食力，怖憚～～ kut-la̍t chia̍h-la̍t, pān(pīn)-toā$^{n}$～～⇨謂勤勞者自食其力，懶者流口水羨人有食。咱做到流汗，人嫌到～～lán chò-kà lâu-koā$^{n}$, lâng hiâm-kà～～⇨同上。骨kut力努力作也。

【**流偎** lâu-oá】 漂流靠岸邊。水～～仔chúi～～ á⇨山場木料被山洪沖流下山而漂靠水邊者。原歸拾得者，今已歸公處理。

【**流湯** lâu-thng】 流出湯汁lâu-chut-thng-chiap。爛到～～也，未食得也noā-ka～～a，bē(bōe)-chia̍h-tit-à⇨同上。

【**流落** lâu-lo̍h】 流向低處。水～～低chúi～～ kē⇨水流低處。肥水無～～別人坵pûi-chúi bô～～pa̍t-lâng-khu⇨譏笑亂倫之詞。

【**流鼻** lâu-phī$^{n}$】 流鼻涕liû-phī$^{n}$-thè。～～的～～ê⇨流鼻水之人。喻玩童。猶扲～～扲 iáu-teh～～lè⇨還在流鼻的時代(玩童時期)。～～水～～chúi⇨傷風siang-hong。～～血～～hoeh(huih)⇨認親jīn-chhin的戲詞。俗謂水流屍chúi-lâu-si一見血親之人來認屍，鼻孔即流出血水。去合伊扲～～血了khì kap-i teh～～hoeh(huih)-lò͘⇨過去與他認親了。

【**流餈** lâu-chî】 浮肥不結實。生做～～～～仔se$^{n}$-chò～～～～ā⇨形象是肥腫不結實。餈chî，潤糕食也，或宜作胾chî，大臠大肉也。

【**流膿** lâu-lâng】 出膿chhut-lâng。粒仔～～了lia̍p-á～～lò͘⇨同上。

【**流目屎** lâu-ba̍k-sái】 流淚liû-lūi。聽著道～～～也曷使到看著 thia$^{n}$-tio̍h tō～～～à a̍h-sái kàu khoà$^{n}$-tio̍h⇨一聽見了就流淚了，何必看見。

lâu
# 瘤
腫瘤chéng-liû也。贅疣chōe-iû。起～結～khí～kiat～⇨同上。槓一～kòng-chi̍t～⇨打得起一瘤。→liû。

lâu
# 鐃
鐃鈸lâu-poat也。僧道用的小道具。亦應屬樂器類。俗曰鉛仔chhîm-á。弄～lāng～⇨司功sai-kong弄鐃鈢玩曲藝。司功的加演節目。

lāu
# 老
鬚髮變白也。七十曰老lāu。但並不一定。五六十，八九十皆曰老lāu。又表示尊敬之詞。食到七～八～了猶不驚見笑 chia̍h-kā chhit～peh(poeh)～lò iáu-m̄-kia$^{n}$ kiàn-siàu⇨所謂老不修lāu-put-siu亦即老不羞lāu-put-siu也。～罔～且看半暝後～bóng～chhiá$^{n}$-khoà$^{n}$ poà$^{n}$-mê(mî)-āu⇨老是老矣，不過要看看中夜以後(的情形，才可斷言)。人較臭～lâng khah chhàu～⇨人較蒼老chhong-ló。臭老chhàu-lāu者，蒼老chhong-ló也。

【**老人** lāu-lâng】 老人ló-jîn。～～成細囝～～chiâ$^{n}$-sè(sòe)-kiá$^{n}$⇨謂老人性如幼童。～～食麻油～～chia̍h-moâ-iû⇨意謂老熱lāu-jia̍t，亦即鬧熱lāu(nāu)-jia̍t也。蓋俗以麻油性熱，老人食之即老熱也。～～目～～ba̍k⇨老眼ló-gán。～～家～～ke⇨老人的尊稱。～～鏡～～kià$^{n}$⇨老眼鏡ló-gán-kià$^{n}$。～～病～～pē$^{n}$(pī$^{n}$)⇨老人易患之病症。～～茶～～tê⇨色情業者以茶代酒的名堂。根本並無老人茶此一名詞也。

【**老大** lāu-toā】 ㊀長老tiú$^{n}$-ló。父老hū-ló。庄中的～～chng-tiong ê～～⇨同上。無鬚仔～～bô-chhiu-á～～⇨年輕人自告奮勇爲人任仲裁。㊁頭目thâu-ba̍k。咱～～的lán～～ê⇨我們的老大哥。自稱～～chū-chheng～～⇨自任頭目。

【**老牛** lāu-gû】 老牛ló-giû$^{n}$。～～展春草～～ tián chhun-chhó⇨喻老人學青年的模樣。～～食幼菅筍～～chia̍h iù-koa$^{n}$-sún⇨喻老人娶了年歲太懸殊的少女。

【老父 lāu-pē】 父親。半路得認～～poàⁿ-lō·teh-jīn～～⇨怒斥被誤認之詞。～～老母～～lāu-bó(bú)⇨父與母。

【老太 lāu-thài】 官員的老母之尊稱。

【老兄 lāu-hiaⁿ】 好朋友hó-pêng-iú。逐家～～老弟啦，不當計較tak-ke～～lāu-tī-là, m̄-thang kè-kàu⇨大家都是好朋友，不要計較。

【老去 lāu-khì】 喻死。阿久伯仔早道～～了a-kú-peh-á chá-tō～～lō·⇨阿久伯其人很早就沒有了。百歲年～～也pah-hòe-nî～～à⇨死掉了。

【老本 lāu-pún】 養老之資。留扲做～～lâu-lē chò(chòe)～～⇨留着作爲老本。連～～煞蕩落去也liân～～soah thōng-loh-khì(ì)-à⇨最後的本錢也蕩進去了。

【老生 lāu-seng】 扮演忠厚老人的角色。～～老旦～～lāu-toàⁿ⇨男女的老人角色。

【老旦 lāu-toàⁿ】 老娶lāu-phoâ。扮演老婦之角色。彼個～～眞佼做hit-ê～～chin-gâu-chò⇨那個老旦甚會演。

【老奸 lāu-kan】 大奸tāi-kan。～～黨仔～～táng-á⇨老奸巨猾lāu-kan-kī-kut。

【老囝 lāu-kiáⁿ】 晚生之子。到七十外也藉生一個～～kàu chhit-chap-goā-ā chiah seⁿ(siⁿ) chit-ê～～⇨到七十多了才生下一個老人之子。

【老兵 lāu-peng】 老兵士。老軍人。～～不死～～put-sú⇨同上。

【老伴 lāu-phoāⁿ】 老夫妻彼此稱老伴lāu-phoāⁿ。您～～lín～～⇨同上。

【老命 lāu-miā】 將死未死之命。您爸～～藉配你的凊肉凍lín-pē～～chiah-phòe lí-ê chhìn-bah-tàng⇨謂我雖老矣，但我要與你拼命，打架爭吵用詞。

【老叔 lāu-siok】 ló-siok。老先生lāu-sian-seng。即位～～來請教扲chit-ūi～～lâi chhéng-kàu-lē⇨此位老先生請教一下。

【老相 lāu-siùⁿ】 lāu-siòng。老様lāu-iūⁿ。無～～bô～～⇨老而不好看。

【老俀 lāu-thōe】 老而智識衰退。扲～～也teh～～à⇨在老俀了。亦曰老倒俀lāu-tò-thōe，亦即老倒退lāu-tò-thè也。

【老莊 lāu-chhm̄】 老幼ló-iù。～～共款～～kāng-khoán⇨老幼皆一樣。

【老娘 lāu-niû】 老阿娘lāu-a-niû。女主人。

【老娼 lāu-chhang】 年老之娼妓。～～頭～～thâu⇨老鴇母pó-bó(bú)。

【老婊 lāu-piáu】 老妓女lāu-ki-lí。～～頭～～thâu⇨退職而當上妓舘主者。

【老婆 lāu-pô】 老婢女。人伊不是～～呢，是來教咱繡花的呢lâng-i m̄-sī～～neh, sī-lâi kà-lán siù-hoe-ê neh⇨她非老婢女，是將教我們繡花的(老師)呢。～～仔～～á⇨老女人。

【老媌 lāu-bâ】 退職娼妓。老婊頭lāu-piáu-thâu。

【老猴 lāu-kâu】 以老人喻猴。老妻指老夫亦曰老猴lāu-kâu。阮～～goán～～⇨稱自己的丈夫。～～無粉頭～～bô-hún-thâu⇨謂塗粉亦無效之老猴。～～歕洞簫～～pûn-thōng-siau⇨喻老人臥抽阿片。

【老嬈 lāu-hiâu】 ㊀婦老而淫。㊁老而起童心。要去～～也不boeh-khí～～ā-m̄⇨(老人對老友言)要去玩了嗎。俫佗位～～boeh-ta(to)-ūi～～⇨老兄往何處玩呀。來唷，來～～唷laih-ō·, laih～～ō·⇨去吧，一起去玩吧。上列皆爲老人間互相調侃tiâu-khán之詞。

【老媽 lāu-má】 老女人。

【老運 lāu-ūn】 晚年之命運。有夠好～～ū-kàu-hó～～⇨十二分好的老運。

【老漢 lāu-hàn】 老人自稱。

【老壽 lāu-siū】 棺柴koaⁿ-chhâ的異稱。

【老嫺 lāu-kán】 老婢ló-pī。較輸人的～～khah-su lâng-ê～～⇨不如人家之老婢。貧家老母對不孝兒女的自嘆之詞。

【老輩 lāu-pòe】 長者tiáng-chiá。父輩之人

們。即類代誌～～的人藉會知影chi̍t-lōe tāi-chì,～～ê lâng chiah-ē(ōe) chai-iá$^n$⇨此事須老一輩之人才能詳之。

【老樹 lāu-chhiū】 老木ló-bo̍k。～～開花～～khui-hoe⇨老年得意。

【老戲 lāu-hì】 歷史悠久之戲班。老演員。～～做到跤落棚～～chò(chòe)-kà ka-la̍uh-pê$^n$(pî$^n$)⇨老戲演得遺漏了戲文。老演員跌落棚脚。喻老經驗之人做事竟有遺漏或失敗。～～股～～kó͘⇨年紀老邁的演員。

【老贍 lāu-siām】 養老金iáng-ló-kim。～～業～～gia̍p⇨充為養老之財產。

【老叢 lāu-châng】 老果樹lāu-kó-chhiū。～～新叢～～sin-châng⇨同上。

【老大人 lāu-toā-lâng】 老人家lāu-lâng-ka。抽籤卜卦，囝仔人卜八字，～～～卜運氣thiu-chhiam-pok-koà, gín-á-lâng pok-peh(poeh)-jī，～～～pok-ūn-khì⇨賣卜者之招呼詞。

【老公仔 lāu-kong-á】 老翁lāu-ong。老人。～～～咸老婆仔二個人帶於深山林內～～～hām lāu-pô-á nn̄g-ê-lâng toà-tī chhim-soa$^n$-nâ-lāi⇨兒童故事的開頭。

【老不修 lāu-put-siu】 老而好色。未見笑的～～～bē(bōe)-kiàn-siàu ê～～～⇨不知羞恥的老不修。

【老母仔 lāu-bú-á】 母親。阮～～～goán～～～⇨同上。

【老步定 lāu-pō͘-tiā$^n$】 謂老人的方法按步就班穩健不冒險。老的～～～，少年的較蹔踶lāu-ê～～～,siàu-liâu-ê khah-táng-hiá$^n$⇨老的穩定,少年的輕躁。蹔táng同踼thông,跌也,行不正也。踶hiá$^n$，行不正也。

【老孤佬 lāu-ko͘-láu】 老鰥夫lāu-koan-hu。無妻的老人。～～～曷未緊死～～～a̍h-bē(bōe)-kín-sí⇨老孤佬何不早死(女人咒罵詞)。

【老青春 lāu-chheng-chhun】 老而青春猶在。近來自稱他祝，此詞甚流行。其實似乎是老不修lāu-put-siu一詞之新包裝也。阿狗伯仔,祝你～～～，來，乾一杯a-káu-peh-à chiok-lí～～～, lâi, kan-chi̍t-poe⇨同上。

【老祖公 lāu-chó͘-kong】 ㈠老祖父。～～～老祖媽～～～lāu-chó͘-má⇨祖父祖母的敬稱。㈡自大的自稱。對您～～～你敢無禮tùi-lín～～～lí ká$^n$ bû-lé⇨對我是你們的老祖公,你也敢無禮嗎。

【老柝柝 lāu-khok-khok】 甚老的形容詞。柝khok，老木朽爛了，往往有柴心不朽的部份，質甚堅定，曰柴格chhâ-keh。可作柝仔khok-á，一如巡更打柝sūn-ke$^n$-phah-khok之柝也。會使得講～～～也，但是精神猶眞好抾ē(ōe)-sái-tit kóng～～～à, tān-sī cheng-sîn iáu-chin-hó lè⇨可以說是老而又老了，但是精神還是很好的。

【老風騷 lāu-hong-so】 老而喜冶遊iá-iû。一個是～～～一個是老不修，抵好湊一擔chi̍t-ê-lī～～～chi̍t-ê-lī lāu-put-siu, tú-hó tàu-chi̍t-tà$^n$⇨老風騷與老不修，兩個人剛好湊成一擔。

【老根節 lāu-kin-chat】 非常小心注意用意周到。根節kin-chat，是跟踪斟酌kin-chong-chim-chiok的意思。較講每是咱阿修伯仔～～～khah-kóng mā-sī lán a-siu-peh-à～～～⇨怎麼說，還是我們的阿修伯仔用意周到。

【老康健 lāu-khong-kiān】 老而健康如青年。阿和伯仔祝你～～～啦a-hô-peh-à chiok-lí～～～là⇨同上。

【老詠讉 lāu-thian-thō】 老而言行反覆不定。悿懀thian-thō，心惑也。詠讉thian-thō，言惑也，言不正也。男曰～～女曰傎侗，都是三八lâm oa̍t～～lí oa̍t thīn-thōng tō-sī sam-pat⇨同上。傎thīn，顚倒也，侗thōng，無知也，未成器也。

【老短命 lāu-té-miā】 年老的短命人，亦女人罵老不修之詞，已短命矣又何來老，不通之極！

【**老歲仔** lāu-hōe-á】 老人之通稱。～～～人～～～lâng⇨同上。

【**老翻癲** lāu-hoan-tian】 老而反覆無常如神經病者。又抾～～～也逐家較閃爾iū-teh～～～ā, ta̍k-ke khah-siám-leh⇨又在發老神經了，大家遠避一點。

【**老甘蔗頭** lāu-kam-chià-thâu】 甘蔗之根株。～～～～假根節～～～～kē-kin-chat⇨嘲笑過分的用意周到。眞根節chin-kin-chat者竹頭也。意爲甘蔗頭裝竹頭也。

【**老老茈茈** lāu-lāu-chî$^{n}$-chî$^{n}$】 老的幼的。～～～～挨挨陣陣，歸街安爾人山人海～～～～e-e-tīn-tīn, kui-ke an-ne(ni) jîn-san-jîn-hái⇨形容人多鬧熱異常。挨e，人擠人也。

【**老神在在** lāu-sîn-chāi-chāi】 胸有成竹，無所懼怕的風度。看伊安爾～～～～攏無得惀的款khoà$^{n}$-i an-ne(ni)～～～～lóng-bô teh-lún ê khoán⇨看他如此這般的悠然自得，全無懼怕的模樣。

【**老蚌生珠** lāu-pāng-seng-chu】 喻老年得子。

【**老馬展鬃** lāu-bé-tián-chang】 喻老人示其老當益壯lō-tong-ek-chōng。逐家注意，阿久伯仔得未～～～～了ta̍k-ke chù-ì, a-kú-peh-á tit-boeh～～～～lò·⇨大家注意，阿久伯仔將要施展老功夫了。

【**老馬識途** lāu-bé-sek-tô】 ～～～～老鳥庋步～～～～lāu-chiáu-khng-pō·⇨老馬識途，老鳥暗其招數。老鳥lāu-chiáu者老鳥槌lāu-chiáu-thûi，老經驗之人也。庋khǹg，置也。收藏也。

【**老水蛙倒翻箍** lāu-chúi-ke-tò-hoan-kho·】 喻有經驗之人，往往循舊路以成事。人講～～～～～～，果然有影lâng-kóng～～～～～～，～～kó-jiân ū-iá$^{n}$⇨古人言，舊法可成事，果然眞也。箍kho·亦圈khoan也。謂跑一圈圈，重回原穴也。又蛙oa本讀蛙ke。

【**老道扣無土豆** lāu-tō-póe-bô-thô-tāu】 謂老了就無法成事。老兄，人講～～～～～～，你猶不認份lāu-hia$^{n}$, lâng-kong～～～～～～, lí iáu-m̄ jīn-hūn⇨老兄，古人言，老就無用了，你還是不服老嗎。掊póe，以手掌撥開也。古有一種花生，成熟後，去莖犁平園地，以飯匙狀者挖取之，曰掊土豆póe-thô-tāu。

lāu
# 漏
古計時器也。泄也，穿也。遺也。掠～lia̍h～⇨尋出泄水口以修補之。走～風聲cháu～hong-sia$^{n}$⇨秘密泄漏了。砂～soa～⇨漏水器，中有小砂礫一層。油～酒～iû～chiú～⇨酒油用的漏斗。泄～sia̍p～⇨漏洩lāu-sia̍p。泄sia̍p同洩sia̍p。厝～抵著透暝雨chhù～tú-tio̍h thàu-mê$^{n}$(mî$^{n}$)-hō·⇨謂衰上加衰。

【**漏孔** lāu-khang】 漏洞lāu-tōng。有形的～～易塞，無形的～～奧栓iú-hêng ê～～ī-that, bû-hêng ê～～oh-chi$^{n}$⇨同上。栓chi$^{n}$，木釘也，瓶塞pân-that也。作動詞用。

【**漏斗** lāu-táu】 液體換裝用的小道具。略同喇叭形。上口大下口小，中有孔以通液體。～～狀～～chn̄g⇨喇叭形。

【**漏仔** lāu-á】 漏斗lāu-táu。酒～～chiú～～⇨同上。油～～iû～～⇨同上。

【**漏泄** lāu-sia̍p】 天機不可～～thian-ki put-khó～～⇨同上。～～軍機～～kun-ki⇨同上。～～機關～～ki-koan⇨漏泄機密。機關ki-koan俗作機密ki-bi̍t解。泄sia̍p亦作洩sia̍p。

【**漏壺** lāu-ô·】 古代的水時鐘，以漏水的速度計度時刻。亦曰漏刻lāu-khek。

【**漏稅** lāu-sòe】 逃避繳稅。～～走稅～～cháu-sòe⇨同上。

【**漏電** lāu-tiān】 走電cháu-tiān。被～～電死去hō·-～～tiān-sí-khì(ì)⇨同上。

【**漏聲** lāu-seng】 漏刻之聲。金爐香盡～～殘，剪剪輕風陣陣寒，春色惱人眠不得，月移花影上欄杆kim-lô· hiang-chīn～～chân, chián-chián kheng-hong tīn-tīn-hân, chhun-sek náu-jîn bīn-put-tek, goa̍t-î hoa-éng siāng-lân-kan⇨千家詩。

【漏泚泚 lāu-chhè-chhè】 水大漏也。漏得泚泚有聲。厝頂～～～也，無掠漏未用得也chhù-téng～～～à bô lia̍h-lāu bé(bōe)-iōng-tit-ā⇨屋頂漏得泚泚有聲了，非掠漏不可了。

【漏酒甕 lāu-chiú-àng】 破漏之酒甕。鏡鏡人買一個～～～kiàⁿ-kiàⁿ-lâng bé(bóe)-chi̍t-ê～～～⇨利害的人買到了破甕。喻猴也會跋落樹下。

lāu **瘺** 干瘺kan-lāu，梅毒性的皮膚病也。

lāu **鬧** 鬧nāu也（見nau部）。

## le

le **柅** 小根也。根幼如絮曰柅le。小筋亦曰柅le，根仔～kin-á～⇨大根小根。筋仔～kin-á～⇨大筋小筋。根～kin～⇨小根。筋～kin～⇨小筋，肉幼仔bah-iū-á。

【柅仔 le-á】 小根。小筋。根仔～～kin-á～～⇨指植物。筋仔～～kin-á～～⇨指動物。

le **哩** 語尾助詞(推測疑問)。敢不是～káⁿ-m̄-sī～⇨恐怕不對吧。安爾藉著～an-ne(ni) chia̍h-tio̍h-le⇨(似乎)如此才對吧。我看會來～goá-khoàⁿ ē(ōe)-lâi～⇨我看會來吧。人伊不來～lâng-i m̄-lâi-le⇨他(說)不來的，會來嗎。

le **説** 説la也(見la部)。

lé **禮** 事禮致福也。得其體曰禮lé，以禮待人也。贈送他人之物曰禮lé。敬～kèng～⇨同上。優～款待iu～khoán-thāi⇨同上。執弟子～chip-tē-chú～⇨同上。行生分～kiâⁿ-chheⁿ(siⁿ)-hūn～⇨以外人待之。仰酬厚德難從～gióng-siû hō·-tek lān-chiông～⇨西廂。不可無～put-khó bû～⇨同上。非常失～hui-siâng(siông) sit～⇨同上。媒人～moâi(mûi)-lâng～⇨同上。先生～sin-seⁿ～⇨先生～sian-siⁿ～。紅包～âng-pau～⇨同上。開門～khui-mn̂g～⇨同上。見面～kìⁿ-bīn～⇨同上。謝～siā～⇨同上。行君臣～kiâⁿ kun-sîn～⇨謂執意行古禮。行～如儀hêng～jî-gî⇨同上。

【禮生 lé-seng】 贊禮生。

【禮佛 lé-hu̍t】 拜佛pài-put(hu̍t)。誦經～siōng-keng～～⇨同上。

【禮物 lé-bu̍t】 lé-mi̍h。贈送所用的物品。送～～sàng～～⇨同上。

【禮法 lé-hoat】 禮儀與法度。受到～～的限制siū-tò～～ê hān-chè⇨同上。

【禮服 lé-ho̍k】 正規的服式。穿～～chhēng～～⇨穿戴正規的服式。

【禮房 lé-pâng】 往時禮部系統的地方官衙(府縣級)。主司科舉與祭詞。約當於當今的教育科。

【禮帖 lé-thiap】 禮物lé-bu̍t的目錄。完聘oân-phèng的禮帖，男家以紅紙折十二摺，內記品名，上書端肅toan-siok兩字，隨同禮物送女家，女家收之，亦以同式的禮帖，上書肅復siok-ho̍k兩字，隨同回禮物送男家。

【禮者 lé-chiá】 年少而八事bat(pat)-su，待人應對皆不失儀。一粒仔囝耳講，許爾～～啦chi̍t-lia̍p-á-kiáⁿ-niâ-kong hiah-ni～～lā⇨小小年紀而已，竟那麼活潑懂事呢。

【禮拜 lé-pài】 ㊀禮神拜佛lé-sîn-pài-hu̍t。㊁星期。～～一……六～～it……la̍k⇨星期一至六。～～日～～ji̍t⇨星期日。～～堂～～tn̂g⇨同上。

【禮記 lé-kì】 書名。大小戴，註～～，述聖言，禮樂備tāi-siáu-dè, chù～～, su̍t-sèng-giân, lé-ga̍k-pī⇨三字經。

【禮部 lé-pō͘】 皇帝政府的六部之一。約當於當今之教育部。～～侍郎～～sī-lông⇨約當於次官。

【禮單 lé-toa$^{n}$】 同禮帖lé-thiap。

【禮樂 lé-ga̍k】 先進於～～，野人也。後進於～～，君子也sian-chìn î～～iá-jîn-iā, hō͘-chìn î～～kun-chú-iā⇨論語。野人iá-jîn，在野之庶民。君子kun-chú，指官員。

【禮貌 lé-māu】 守禮法的樣子。行禮貌。禮儀lé-gî。～～周到～～chiu-tò⇨同上。

【禮數 lé-sò͘】 禮之等級。禮儀lé-gî。隔壁親家，～～原在keh-piah chhin-ke,～～goân-chāi⇨謂比隣聯婚了，禮數還是不能廢的。安爾有夠～～也了an-ne(ni) ū-kàu～～a-lō͘⇨如此十分周到有禮了。

【禮儀 lé-gî】 禮數lé-sò͘。～～三百，威儀三千～～sam-pek, ui-gî sam-chhian⇨同上。爲人子，方少時，親師友，習～～ûi-jîn-chú, hong-siáu-sî, chhin-su-iú, si̍p～～⇨三字經。

【禮下於人 lé-hē(hā)-î-jîn】 對人故作低姿勢。～～～～必有所求～～～～pit-iú só͘-kiû⇨低姿勢的過份有禮，一定有要求。

【禮多必詐 lé-to-pit-chà】 言多必失，～～～～giân-to pit-sit,～～～～⇨同上。

【禮尙往來 lé-siāng(siōng)-óng-lâi】 禮儀講究，彼此應該有來有往。～～～～道是講，有來無往，非禮也～～～～tō-sī-kóng, iú-lâi-bû-óng hui-lé-iā⇨須彼此相對施禮。

【禮所當然 lé-só͘-tong-jiân】 ～～～～的代誌，不免許爾客氣～～～～ê tāi-chì, m̄-bián hiah-ni kheh-khì⇨也是理所當然。

【禮義廉恥 lé-gī-liâm-thí】 ～～～～，國之四維～～～～，kok-chi-sù-ûi⇨同上。

lé
**詈**
罵mē也。以惡言加人曰詈lé。咒罵chiù-mē曰詈lé。見在伊～kì$^{n}$-chāi-i～⇨任他去咒罵。不斂嘴的查某人，安爾～歸日都扵～put-liâm-chhùi ê cha-bó͘-lâng, an-ne(ni)～kui-ji̍t to-teh～⇨口德不修之女人，如此這般的咒罵整天還在咒罵。

【詈人 lé-làng】 lâng改讀làng。咒罵人。甚恔～～是家己不好的siū$^{n}$-gâu～～sī ka-kī(tī) m̄-hó-ê⇨咒罵人太多是自已不好的。

【詈罵 lé-mē】 lé-mā。女人以惡言惡語加於人也。正斥曰罵mē，旁及曰詈lé。食人的凊飯，受人的～～chia̍h-lâng-e-chhìn-pn̄g siū-lâng-ê～～⇨同上。食凊飯chia̍h-chhìn-pn̄g指下人。

【詈合啄 lé-kah(kap)-tok】 啄tok，鳥食人。啄出陰私也。一個是～～～，一個是訐合詠chi̍t-ê-sī～～～chi̍t-ê-sī kàn-kah(kap)-lok⇨男女相鬥。訐kàn，攻人之陰私。詠lok，譃也。亂口罵人曰詠lok。

lé
**嬭**
母也。乳也。娘～niû～⇨母親。

lè
**扵**
扵teh之轉音。扵teh，於 î 的異體字。語尾助詞也。在動詞之後，表示該動態的繼續。在第一聲之後爲扵le，第五、七聲之後爲扵lē，其他第二，三，四，八聲之後即皆爲扵lè。有人於扵否ū-lâng tī-lē-bô͘⇨ū-lâng tī-teh-bô͘⇨有人在嗎。錶仔猶掛～pió-á iáu koà～⇨錶還掛在身(手)上。心官跨～sim-koa$^{n}$ khoà～⇨心被牽住。掠～不放lia̍h～m̄-pàng⇨捉住不放。上三例皆扵lè。手捧～chhiú-phâng～⇨捧在手中(lē)。騎～khiâ～⇨在馬上(lē)。企～khiā～⇨站立中(lē)。像鬼～chhiū$^{n}$-kúi～⇨似鬼狀。未輸猗狗～bē-su siáu-káu～⇨宛然狂犬之狀。

lè
**礪**
磨石也。磨刀boâ-to曰礪lè。擦拭chhat-chhit曰礪lè。擦洗亦曰礪lè。較出力～扵khah-chhut-la̍t～lè⇨大力拭之。～無清氣～bô-chheng-khì⇨擦得不乾淨。～較大下扵～khah-toā-ē-lè⇨拭得大力一點。拚勢～，～較白扵pià$^{n}$-sì～,～khah-pe̍h-lè⇨爾力磨，磨白

一點。

【礪水桶 lè-chúi-tháng】 擦洗水桶。

【礪椅桌 lè-í-toh】 擦洗椅桌。

lè
**咧** 語尾助詞(肯定的)。好～hó～⇨好也。要～boeh～⇨要也。是～sī～⇨是也。無愛也～bû-ài-à-lè⇨不愛了也。食飽也～chiah-pá à-lè⇨吃飽了也。攏創好也～lóng-chhòng-hó-à-lè⇨皆弄好了也。猶未去～á-bōe(bē)-khì-lè⇨還未去也。

lè
**麗** 麗都lè-táu,美盛也。凡事物之上乘,堂皇,人事之成功皆曰麗都lè-táu。即間別莊眞～～chit-keng piat-chong chin～～⇨此別莊堂皇極矣。今仔日天氣有～～kin-á-jıt thiⁿ-khì ū～～⇨今天天氣十分好。阿三徛～～也啱a-sam taⁿ～～ à-nō⇨阿三現在紅極了也。若～～,皇帝好否,騙猾的goā(joā)～～, hông-tè-hó-bò, phiàn-siáu-ê⇨怎麼麗都法,如皇帝一般的夠了吧,騙狂人而已。卑視之詞。騙猾的phiàn-siáu-ê⇨不相信的極端說法。

lê
**梨** 果樹名。梨仔lâi-á。樊～花hân～hoa⇨小說中的女英雄。

【梨花 lê-hoa】 梨仔花lâi-á-hoe。玉容寂寞淚闌干,～～一枝春帶雨giok-iông chek-bok lūi-lân-kan, ～～ it-ki chhun-tài-í(ú)⇨長恨歌。

【梨園 lê-oân】 lê-hn̂g。唐明皇tông-bêng-ông的私立戲劇學校,以太監,宮女爲學生。校長亦自演小丑的角色kioh-siàu,因此,而今戲班中,小丑的地位爲最高,小丑先下箸,班員才敢食飯云。而今演戲之所皆稱梨園lê-hn̂g。

【梨園弟子 lê-oân-tē-chú】 當時指唐明皇的太監宮女學生。而今成爲演劇人員的代名詞。～～～～白髮新,椒房阿監青娥老～～～～pek-hoat-sin, chiau-pông a-kàm chheng-ngô-ló⇨長恨歌。

lê
**犂** 耕也。耕具名。以犂翻土曰犂lê。牽牛來～khan-gû lâi～⇨牛～耙gû～pē⇨農田三種最重要的道具(牛雖不能即曰道具)。牛～耙無半項會gû～pē bô-poāⁿ-hāng-ē(ōe)⇨農家的不肖子弟。

【犂田 lê-chhân】 耕田keng-tiân。～～歌～～koa⇨同上。

【犂頭 lê-thâu】 犂之鐵器部份。鑄～～的來也chù～～ê lâi-ā⇨鑄造犂頭之人來矣。往時鑄犂頭者,成羣結隊,巡回各庄頭,開設臨時鐵工場,承造犂頭等農具。其來也,在童子們亦爲一大事也。

lê
**釐** 釐抐lê-lā,辦理喜喪家事皆曰釐抐lê-lā,亦即鋪張也。大～～toā～～⇨大釐大抐,大事舖張。要～～皮道該攀抄boeh～～phôe tō ài-peⁿ-lè⇨要大幹一番就要準備皮痛(大散財)。

lê
**黎** 黎明lê-beng,天將明未明之時也。～～即起灑掃庭除～～chek-khí, sá-sò têng-tî⇨朱子家訓。

lê
**螺** 螺旋形的介甲類皆曰螺lê。田～chhân～⇨同上。海～hái～⇨海產的螺類。花～hoe～⇨海產的,種類甚多。花紋極美。露～lō～⇨南洋螺lâm-iuⁿ～。近從南洋熱帶引進的,原謂食用,但今已爲農場之大害。水～chúi～⇨螺殼製的以至汽笛 khì-tık等的鳴號器皆曰水螺chúi-lê。水～咀也chúi～tân-ā⇨號笛鳴矣。時間到了。捲～仔風kńg～á-hong⇨龍捲風liông-kńg-hong。水捲～chúi-kńg～⇨水中旋渦。九～一畚箕káu～chıt-pùn-ki⇨謂指紋中,有九指是螺旋紋,一指是畚箕紋pùn-ki-bûn。未輸狗抄吹狗～抄bē-su káu teh-chhoe-káu-lê-lè⇨宛然似狗在夜鳴。吹狗螺chhoe-káu-lê,狗有時會長鳴如吹螺,夜冷風急,其聲令人生畏。俗說是狗看見了鬼云。肉～bah～⇨賣肉者以吹螺爲號叫客。一粒田～煮九碗湯chıt-liap chhân～chí káu-oáⁿ-thng⇨喩在欠乏中勉強多方應付。

【螺仔 lê-á】 小螺。螺類的通稱。許不知甚

～～眞媠呢he-m̄-chai sia$^{n}$～～ chin-súi-neh ⇨那不知叫何螺，非常可愛的。～～殼～～khak ⇨ ～～匕～～ phí ⇨同上。螺殼蓋lê-khak-koà。

**【螺肉 lê-bah】** 罐頭～～koàn-thâu～～⇨同上。

**【螺狀 lê-chn̄g】** 毛髮之作螺旋狀者。亦曰螺仔狀lê-á-chn̄g。

**【螺鈿 lê-tiān】** 崁入螺殼的裝飾品。入～～jip～～⇨同上。

**【螺旋槳 lê-soân-chiúⁿ】** 船舶或飛機所用螺旋形的推進機。

**【螺絲釘 lê-si-teng】** lô·-si-teng。一種特殊的鐵釘。用～～～絞藉會絯iōng(ēng)，～～～ká chiah-ē(ōe)-ân⇨使用螺絲釘絞緊之，才會堅固。

lê
# 頣
頭垂下貌。反之曰頣ta$^{n}$，面平也。舉頭即面自平。

**【頣頣 lê-lê】** 低頭，失意而低頭。又羞見人而低頭。頭～～無意無意也thâu～～bô-ì-bô-ì-ā⇨垂下頭甚不好意思的樣子。

lê
# 厲
以衣涉水曰厲lê。透雨～thàu-hō·～⇨大雨中強行出門或回家。強～強凴kiâng～kiâng-bā⇨強行冒雨而行。強渡河流曰凴bā。暴虎凴河pok-hó·-pâng-hô之凴pâng曰凴bā，徒涉也。無舟渡河也。凴過溪bā-kòe-khe⇨涉水過溪。亦作凴bā。

lē
# 𠟦
剝也。劃開曰𠟦lē，亦作㔹lē。逡逡仔～藉未～破去ûn-ûn-á～chiah-bē(bōe)～phoà-khì⇨慢慢的切開之，才不致切破了他。好禮仔～hó-lé-á～⇨小心注意切開之。水蛙～做四腿chúi-ke～chò(chòe) sì-thúi⇨水蛙chúi-ke切開爲四塊。

lē
# 例
比也。可以比並pí-phēng之標準事跡曰例。律～lut～⇨同上。法～hoat～⇨同上。前～chêng(chiân)～⇨同上。古～kó·～⇨同上。新～無設，舊～無滅sin～bô-siat，kū～bô-biat⇨新例不可設，舊例不可滅。亦即守古派之作風也。新～每著設，舊～每著滅sin～mā-tioh-siat, kū～mā-tioh-biat⇨ 新例也可以設之，舊例壞的也可以滅之，新派的想法也。照～創chiàu～chhòng⇨依例辦理i-lē-pān-lí。破～phò(phoà)～⇨調非常特別。既是你也無破～那會用得kā-sī-lí-ā bô-phò(phoà)～na-ē(ōe)-iōng(ēng) tit⇨既然是你了，不特別對待怎麼行呢。皇帝來也共款，無破～的hông-tè-lâi-iā-kāng-khoán, bô phò(phoà)～ê⇨絕對絕對不破例。

**【例外 lē-goā】** 在常規之外。無論甚人攏該去，破病合大腹肚的～～bô-lūn siáⁿ-lâng lóng-ài-khì, phoà-pēⁿ(pīⁿ) koh toā-pak-tó·-ê～～⇨任何人都必須去，抱病與大肚有孕者除外可以不去。無～～藉好啦，一個～～逐家每要～～bô～～chiah-hó-lâ，chit-ke～～，tak-ke mā-boeh～～⇨沒有例外才行也，有一個例外了，大家也要例外矣。

**【例年 lē-nî】** 歷年。過去各年。～～攏安爾創～～lóng an-ne(ni)-chhòng⇨年年都是如此辦理。

**【例規 lē-kui】** 老規紀。既～～道免講價也kà～tō bián-kóng-kè-à⇨既然是老規紀就省麻煩了。免講價bián-kóng-kè，不用討價還價，喻省麻煩sêⁿ(séng)-mâ-hoân。

**【例會 lē-hōe】** 依法定期必開之會。定例之會議。各級民意機關之定期大會等皆屬之。

**【例禁 lē-kìm】** 有禁令的。這是～～的，無法度准你che-sī～～ê, bô-hoat-tō·chún-lí⇨例禁也，不能准你。

**【例錢 lē-chîⁿ】** 惡官員定期所收的賄款。過年過節攏有～～kòe-nî-kòe-cheh lóng-ū～～⇨逢年過節hông-liân-kò-chiat，皆有定例賄款(可收)。

**【例行故事 lē-hêng-kò·-sū】** 依例辦理之事。

lē **麗** 美好也。華美也。美～bí～⇨同上。華～hoâ～⇨同上。鮮～sián～⇨同上。明～bêng～⇨同上。

**【麗人 lē-jîn】** 美人。三月三日天氣新，長安水邊多～～sam-goat-sam-jit thian-khī-sin, tiâng-an súi-pian to～～⇨古詩。

**【麗姿 lē-chu】** 美麗的姿勢或姿態。略同麗容lē-iông，亦即美麗的容貌。皆形容美人之詞。

lē **厲** 磨石也。磨也。嚴也。烈也。猛也。又以衣涉水曰厲lê（見lê目）。其言也～ki-giân-iá～⇨同上。不～而威put～jî-ui⇨同上。嚴～取締giâm～chhí(chhú) thê⇨同上。風～雷行hong～lûi-hêng⇨施行政令之急速。

**【厲兵 lē-peng】** 嚴戒軍兵。～～秣馬，嚴陣以待～～boat-má giâm-tīn-í-thāi⇨同上。

**【厲害 lē-hāi】** 俗作利害lī-hāi。不知您祖媽～～m̄-chai lín-chó·-má～～⇨女人展威之詞。

**【厲聲 lē-seng】** 發出大聲。孔明～～而喝曰：尸位匹夫，白髮老賊khóng-bêng～～jî hat-oat, si-ūi-phit-hu, pek-hoat-lāu-chhat⇨三國演義孔明罵死王郎，似乎有類此之描寫。

lē **勵** 勸勉khoàn-bián也。獎～chiáng(chióng)～⇨同上。鼓～kó·～⇨同上。勉～bián～⇨同上。及時當勉～，歲月不待人kip-sî tong bián～, sòe-goat put-thāi-jîn⇨同上。

**【勵行 lē-hêng】** 勉力實踐bián-lek sit-chián。～～不輟～～put-toat⇨同上。

**【勵志 lē-chì】** 鼓起kó·-khí自己的心志。改過遷善，～～讀書 kái-kò-chhian-siān, ～～thok-si(su)⇨同上。

**【勵精圖治 lē-cheng-tô·-tī】** 奮起精神，力求安定進步。

lē **隸** 附屬也。賤者稱隸lē。又字體之一。臣～sîn～⇨同上。早～chō～⇨古之下級官員。僕～pok～⇨賤職人員。司～校尉su～kàu-ùi⇨古官名。原爲捕盜掠賊之官，後來升爲京城之保安官。

**【隸人 lē-jîn】** 罪人chōe-jîn。

**【隸書 lē-si】** 書體之一。古行篆書toān-si，以其書寫不易，乃有隸書lē-si，以便官獄職務者之抄寫。以後才出現楷書kái-si。

**【隸屬 lē-siok】** 附屬hū-siok。～～部隊～～pō·-tūi⇨同上⇨管轄koán-hat下之軍隊。

lē **氂** 氂牛lē-gû之毛也。幼細之毛也。毛箭mo-chì$^{n}$曰氂lē。換羽期之鵝鴨，初發幼毛，但是細心拔出，卻是三、四分長香枝大之毛頭也。曰毛箭mo-chì$^{n}$，甚難拔也。因有俚言曰:刣鷄鷄仔細，刣鴨奧拔～thâi-ke ke-á-sè, thâi-ah oh pah～⇨謂要宰鷄嗎，鷄太小了(不能宰)，要宰鴨嗎，毛箭難拔極矣。據說(余母親口告訴余)是古有一巧婦，拒絕宰牲欵客之詞云。又拔氂pah-lē，今作慢慢地辦理或料理解，例如逡逡仔來拔氂ûn-ûn-á lâi pah-lē⇨慢慢地對付他。這奧拔氂也喏che oh-pah-lē-ā-nò⇨此難纏也。

lē **籭** 飯籭pn̄g-lē也。洘飯hô·-pn̄g之廚房小道具也。籭lē者可以取粗去細之竹器。俗作籬，非也。籬，藩籬也。天對地，鱟杓對飯～，鼎蓋對鼎刷，頭殼碗對五根枷thi$^{n}$-tùi-tē, hāu-hia tùi pn̄g～, tiá$^{n}$-kám tùi tiá$^{n}$-chhè, thâu-khak-oá$^{n}$ tùi gō·-kin-kê⇨童謠。

lē **鑢** 鋸鑢kì-lē，磨鋸仔kì-á的小工具也。無鋸～要安怎磨鋸仔bô·-kì～boeh-an-choá$^{n}$ boâ-kì-á⇨同上。

lē **淚** 淚lūi也(見lui部)。

## leh

leh **咧** 語尾助詞（肯定的）。略同於喇lah。好也～hó-à～⇨可矣了。猶未～á-bōe(bē)～⇨還未(弄好)也。是～sī～⇨是也。來也～lâi-ā～⇨來矣了。

**leh 把** 扲teh。扲lē原爲扲leh。有人於～否ū-lâng tī～bô⇨有人在嗎。於～嘘了tī～sȁ-lȍ͘⇨在呑食中。鴨食曰嘘sȁ，呑食也，粗魯的食法也。於～西牛仔照角咧tī～sai-gû-á chiȍ-kak lȇ⇨正在對送秋波。

**le̍h 笠** 竹帽也。棕簑竹～所以御雨者chang-sui tek～só͘-í gī-í(ú)-chiȁ⇨同上。其實笠le̍h亦御太陽照射者也。穿簑戴～chhēng-sui tȉ～⇨同上。冠～koe～⇨笠。

【笠仔 le̍h-á】 笠類的統稱。冠～～kòe～～⇨同前。紅冠～～âng-kòe～～⇨一種特製的竹笠，笠幹的竹篾全染以朱紅色，上蓋的桂竹籜kùi-tek-ha̍h，用上選的近白色者，相當好看，爲當年的鄉村少女所喜愛，或更於笠邊加以笠綏le̍h-siū, 俗曰笠仔鬚le̍h-á-chhiu，卻也頗有一番風情。草～～chháu～～⇨以笠之外麥桿帽等夏帽類亦通稱戴草笠仔tȉ-chháu-le̍h-á。鱸鰻～～lô͘-moâ～～⇨小竹笠。戴在頭上僅能遮日，最初爲少年輩所歡迎，結果幾乎驅逐了各種古式笠。少年輩者通稱友的iú-ê，友的iú-ê者鱸鰻lô͘-moâ，亦即大小鏢客pio-kheh之候補軍也。

**le̍h 䨫** 雷鳴，大風雨聲，陶瓷器以至玻璃之破裂聲。是甚損破去，無那～一下許爾大聲sī-sah$^{n}$(siah$^{n}$) kòng-phoȁ-khȉ(ȉ), bô-ná～chi̍t-ē hiah-ni-toā-sia$^{n}$⇨何物打爛了，否則䨫一下那麼大的聲響。裂～叫li̍h～kiȍ⇨各種破裂聲。霹䨫霢～phih-li̍h-pheh-le̍h⇨雷急擊聲，大風急雨聲。器物大量破裂聲。

【䨫䨫叫 le̍h-le̍h-kiȍ】 同裂䨫叫lih-le̍h-kiȍ。北風～～～pak-hong～～～⇨寒風吹得䨫䨫有聲。道是損破玻璃矼呵，藉會～～～噢tō-sī kòng-phoȁ po-lê-kan-ō͘, chiah-ē(ōe)～～～ȍ͘⇨就是打爛玻璃瓶，才會䨫䨫有聲。

**le̍h 劣** 弱化曰劣le̍h。較～了khah～lȍ͘⇨弱化多了(財勢等等)。較～也khah～ȁ⇨同前。水～未成尺也chúi～boeh chiâ$^{n}$-chioh-ȁ⇨水退了將近一天了。佅boeh，得佅ti̍t(teh)-boeh的省詞。亦將如何未如何的狀態。佅死也boeh-sí-ȁ⇨將死未死之時刻，快要死了。

# lek

**lek 慄** 懼也。恐懼也。驚惶失措曰慄lek，退縮亦曰慄lek。戰～chiȁn～⇨肢體因驚惶或寒冷而顫動chiȁn-tōng。顫chiȁn通戰chiȁn。

【慄色 lek-sek】 因突然的恐懼而面色大變。失色。聽著耳，面道～～也thia$^{n}$-tio̍h-niâ, bīn-tō～～ȁ⇨只聽到消息而已，臉色就大變了。

【慄流 lek-lâu】 水勢衰退。較～～也khah～～ā⇨水勢衰退了。

【慄紃 lek-sûn】 ㊀起縐紋khí-jiâu-bûn。目尾扲～～了bak-bóe te̍h～～lȍ͘⇨眼尾的臉皮在起條紋了。紃sûn，條紋tiâu-bûn也，線條soȁ$^{n}$-tiâu也。㊁水線退下。水量減少。較～～也khah～～ā⇨同上。

【慄綡 lek-lēng】 寬鬆khoan-song。輕鬆khin-sang。工課都較～～也不來去行一遭khang-khòe to-khah～～ā m̄ laih-khȉ(ȉ) kiâ$^{n}$-chi̍t-choā⇨工作都寬鬆了，(我們)不去跑一遭看看嗎。綡lēng，不緊也，絯ân之反。

【慄短 lek-té】 縮短siok-toán。衫仔裾更～～一下敢較好看sa$^{n}$-á-ki koh～～chi̍t-ē ká$^{n}$ khah-hó-khoȁ$^{n}$⇨衣裾再縮一點恐怕要好看得多。

【慄慄 lek-lek】 戰戰～～汗不敢出chiȁn-chiȁn～～hān-put-kám-chhut⇨三國演義鍾會cheng-hōe的少時故事。

【慄勢 lek-sè】 勢力退縮。有較～～也ū-khah～～ȁ⇨聲勢減退一些了。

【慄膽 lek-tá$^{n}$】 突然感覺恐懼。阿三膽頭較在，伊未～～a-sam tá$^{n}$-thâu khah-chāi, i bē(bōe)～～⇨阿三的膽力較穩定，他不慄膽。

【慄落去 lek-lo̍h-khȉ(ȉ)】 →lek-lȍi(lek-lȍe)。

失神而倒地。拼到許道～～～也pià$^{n}$-kàu-hia tō～～～à⇨拼到那裏就失神了。

**le̍k 栗** 俗多作栗le̍k(見le̍k目)。

**le̍k 力** 氣所任也。人體之效能皆曰力le̍k：氣～筋～腦～體～khì～, kin(kun)～, náu～, thé～。又智～能～効～視～眼～目～tì～, lêng～, hāu～,sī～, gán～, bo̍k～。又事物之效能亦曰力le̍k：兵～，財～，物～，法～，佛～，引～，向心～peng～, châi～, bu̍t～, hoat～, hu̍t～, ín～, hiàng-sim～。政治～，經濟～，總～戰chóng～chiàn。又勤也。勤勞苦鬬曰力le̍k。工作不～kang-chok put～⇨同上。過～kōe～⇨過勞kōe-lô。活要～死oa̍h-boeh～sí⇨幾乎過勞以致死。險仔～死hiám-á～sí⇨差些就過勞致死。猶未用得甚～抄iáu bē(bōe)-iōng-ti̍t siū$^{n}$～leh⇨還不能太過勞的。萬有引～bān-iú-ín～⇨同上。有氣無～iú-khì bû～⇨同上。大～支持，鼎～協助 tāi～chi-chhî, téng～hia̍p-chō͘⇨同上。逐家協～ta̍k-ke hia̍p～⇨同上。獨～難支to̍k～lān-chi⇨同上。衆～成城chiòng～sêng-sêng⇨同上。路遙知馬～，事久見人心lō͘-iâu ti-má～, sū-kiú kiàn-jîn-sim⇨同上。

**【力士 le̍k-sū】** 大力氣之人。

**【力行 le̍k-hêng】** 盡力爲之。身體～～sin-thé～～⇨同上。

**【力爭 le̍k-cheng】** 極力爭取。～～上游～～siāng-iû⇨努力求上進。

**【力量 le̍k-liāng】** 氣力、能力、財力、勢力等等的通稱。～～充足～～chhiong-chiok⇨同上。～～有限～～iú-hān⇨同上。

**【力圖 le̍k-tô͘】** 努力計畫。～～振作～～chín-chok⇨同上。

**【力學 le̍k-ha̍k】** ㊀盡力學習。㊁物理學名詞。研究物體運動的學問。

**【力不從心 le̍k-put-chiông-sim】** 心有餘而力不足sim iú-î jî le̍k-put-chiok⇨同上。

**【力拔山兮 le̍k-poa̍t-san-hê】** ～～～～氣蓋世，時不利兮騅不逝，騅不逝兮可奈何，虞兮虞兮奈若何～～～～khì-kài-sè, sî-put-lī-hê chui-put-sī, chui-put-sī-hê khó-nāi-hô, gî-hê-gî-hê nāi-jia̍k-hô⇨楚霸王。

**【力疾從公 le̍k-chi̍t-chiông-kong】** 身有病而勉力辦公。

**le̍k 勒** 馬頭絡銜也。馬轡má-pì也。亦即御馬索等道具也。又抑制也。強迫也。掣手袂pih-chhiú-ńg，擠出血膿皆曰勒le̍k。馬～抄道走也bé～leh tō cháu-à⇨馬一勒就跑了。手袂～抄得未拂也chhiú-ńg～leh ti̍t-boeh-hut-à⇨袖袂褙起來就要打了。

**【勒令 le̍k-lēng】** 迫令。～～停業～～thêng-gia̍p⇨同上。

**【勒馬 le̍k-má】** 拉緊馬轡。～～索～～sok⇨同上。金～～嘶芳草地，玉樓人醉杏花天kim～～su hong-chhó-tē, gio̍k-lâu-jîn chùi-hēng-hoa-thian⇨古名對。

**【勒索 le̍k-sok】** 欺負khi-hū。凌辱lēng-jio̍k。迫索財物。掠人去～～lia̍h-lâng khì～～⇨同上。～～財物～～châi-bu̍t⇨同上。

**【勒肚 le̍k-tō͘】** 勒緊馬肚帶le̍k-kín-bē-tō͘-toà⇨同上。

**【勒膿 le̍k-lâng】** 擠出膿水。～～勒血～～le̍k-hoeh(huih)⇨同上。

**【勒手袂 le̍k-chhiú-ńg】** 褙手袂pih-chhiú-ńg。捲起手袂。～～～要相打是否～～～boeh sio-phah sī-bô⇨褙手袂要打架嗎。

**【勒褲脚 le̍k-khò͘-kha】** 褙袴脚pih-khò͘-kha。～～～潦水～～～liâu-chúi⇨捲起褲脚以涉水。

**le̍k 綠** 青黃色也。花紅柳～hoe-âng-liú～⇨花是紅的柳是綠的。喻五色繽紛。暗～àm～⇨深綠色。笑～chhiò～⇨淺綠色。烏～肉鷄o͘～bah-ke⇨同上。

【綠卡 lek-khá】 Green card。美國移民局發乎外民的身份證。持有者准予永久居留美國。

【綠米 lek-bí】 青色的染料jiám-liāu。～～紅米～～âng-bí⇨青紅兩種染料。紅米âng-bí亦曰紅花米âng-hoe-bí。

【綠色 lek-sek】 ～～的山林～～ê soaⁿ-nâⁿ⇨同上。

【綠竹 lek-tek】 竹名。童子拳大小的中型竹。其筍爲蔬菜中之佳品。～～開花～～死，放揀大某來娶細姨，細姨娶來人人愛，放揀大某是可憐代～～khui-hoe～～sí, pàng-sak toā-bó· lâi-chhoā-sè(sōe)-î, sè-î chhoā-lâi lâng-lâng-āi, pàng-sak toā-bó· sī kho-lîn-tāi⇨思想起調。～～筍～～sún⇨竹筍中之佳品。

【綠豆 lek-tāu】 食用豆類之一。～～糕～～餅～～湯～～ko～～piáⁿ～～thng⇨綠豆爲主料的食品。～～鬼～～kúi⇨綠豆中有些煮不爛的特小粒。刣～～鬼thâi～～kúi⇨俗謂煮綠豆時，先以菜刀在鍋上一比，可以使綠豆鬼死滅，曰刣綠豆鬼thâi-lek-tāu-kúi。

【綠茶 lek-tê】 茶的一種。～～紅茶～～âng-tê⇨茶葉的種類，由製法不同而分者。

【綠綠 lek-lek】 烏～～o·～～⇨甚烏。烏綠肉鷄o·-lek-bah-ke⇨鷄之黑肉者。

【綠玉樹 lek-gek-chhiū】 綠珊瑚lek-san-hô·(ô·)的異稱。

**lek 錄** 記載kì-chāi也。抄寫chhau-siá也。簿籍phō·-chek也。記～kì～⇨同上。→kì-lok。抄～chhau～⇨同上。世界記～sè-kài kì～⇨世界記錄sè-kài kì-lok。新記～sin-kì～⇨新記錄sin-kì-lok。

【錄音 lek-im】 lok-im。以機器設備錄收聲音。～～機～～ki⇨其機器設備。

【錄影 lek-iáⁿ】 lok-iáⁿ。以機器設備錄收影像。～～機～～ki⇨其機器設備。

【錄賬 lek-siàu】 抄記帳條。從帳簿中分類抄出賬條。

【錄下抾 lek-hē-lè】 記錄之。～～～後每當可查～～～āu-mái thang-hó chhâ⇨記錄以存之備查。

【錄歸條 lek-kui-tiâu】 抄錄在一起。隨項～～～藉好算sûi-hāng～～～chiah-hó-sǹg⇨按類分別抄出來才易計算。

**lek 歷** 過也。越也。經～keng～⇨同上。閱～oat～⇨同上。履～lí～⇨同上。簡～kán～⇨同上。

【歷史 lek-sú】 事實的記載。又其事，其書。～～學家～～hak-ka⇨歷史學的專家。

【歷代 lek-tāi】 各時代。～～史册～～sú-chheh⇨同上。

【歷來 lek-lâi】 古來kó·-lâi。從來chiông-lâi。～～道是安爾了～～tō sī an-ne(ni)-lò·⇨古來就是如此的了。

【歷程 lek-thêng】 過程kòe-thêng。心路～～sim-lō·～～⇨同上。

【歷歷 lek-lek】 分明hun-bêng。指證～～chí-chèng～～⇨同上。

**lek 曆** 象也。定歲時節候之法也。太陽～thài-iâng～⇨以太陽爲中心計算之曆法。新～舊～sin～kū～⇨太陽曆與太陰曆。西～國～se～kok～⇨太陽曆的異稱。日～表月～表jıt～piáu goeh～piáu⇨以日爲單位，以月爲單位的兩種表。

【曆日 lek-jıt】 lah-jıt。山中無～～san-tiong bû～～⇨謂山居悠閑，不計較時日。～～表～～piáu⇨同上。

【曆法 lek-hoat】 根據天象以定歲時節候的方法。精於～～cheng-î～～⇨同上。

【曆書 lek-si(su)】 記載節候，星期，月之大小，月日等等的書。民間～～bîn-kan～～⇨民刊之曆書。

【曆數 lek-sò·】 天道thian-tō。～～盡也～

～chīn-ā⇨謂該滅亡了。

lek **鏖** 鍍金tō·-kim曰鏖lek。銀～金gîn～kim⇨同上。

lek **瀝** 漉也。水下滴也。披～丹心phi～tan-sim⇨喻盡忠。

【瀝青 lek-chheng(chhiⁿ)】 石炭、石油蒸餾後的殘渣。土～～thô·～～⇨天然產的瀝青。

【瀝膽 lek-tám】 披肝～～phi-kan～～⇨喻竭盡忠誠。

lek **溺** 沒也。凡心所貪沈湎不反皆曰溺lek。人～己～jîn～kí～⇨同上。人所貪～不可禁止也jîn só· tham～, put-khó kìm-chí-iā⇨同上。貪～酒色tham～chiú-sek⇨同上。

【溺死 lek-sí】 沒於水中而死。失足～～於淡水河中sit-chiok～～ tī tām-chúi-hô-tiong⇨同上。～～體～～thé⇨水屍。

【溺愛 lek-ài】 盲目之愛。寵愛過甚也。～～者不明～～chiá put-bêng⇨同上。

lek **轢** 車所踐也。輾～tián～⇨輾tián，車輪轉動也。輾～而死tián～jî-sí⇨乎車軼死hō·-chhia kàu-sí。

【轢死 lek-sí】 輾轢而死。～～事件～～sū-kiāⁿ⇨同上。

lek **肋** 脅骨hiap-kut也。俗曰餅仔骨pîn-á-kut。

【肋膜炎 lek-mō-iām】 病名。肋骨膜腫痛之病。

lek **栗** 苗栗biâu-lek。地名。

lek **匿** 隱藏ún-chông也。隱～物資ún～but-chu⇨因某種理由偷藏之物資。隱～事實ún～sū-sit⇨不公開出來之事實。

【匿名投書 lek-bêng-tâu-si】 不具名之投書。～～～～滿天飛～～～～boáⁿ-thiⁿ-poe⇨謂不具名之投書甚多。

lek **陸** 陸liok也(見liok部)。

lek **略** 巡行也。道也。計謀也。攻取也。減省亦曰略lek。方～hong～⇨同上。謀～bô·～⇨同上。戰～chiàn～⇨同上。經～keng～⇨同上。策～chhek～⇨同上。大～tāi～⇨同上。概～khài～⇨同上。粗～chho·～⇨同上。約～iak～⇨同上。省～séng～⇨同上。忽～hut～⇨同上。簡～kán～⇨同上。

【略地 lek-tē】 ㈠巡視境內。㈡攻佔土地。漢兵已～～，四面楚歌聲，大王意氣盡，賤妾何聊生hàn-peng í～～, sù-biān chhó·-ko-seng, tāi-ông ì-khì-chīn, chiān-chhiap hô-liâu-seng⇨虞姬別霸王。

【略誘 lek-iú】 法律名詞。以強暴脅迫詐騙等不正手段引誘未成年男女。

【略圖 lek-tô·】 簡略之圖。設計～～siat-kè～～⇨同上。地形～～tē-hêng～～⇨同上。

【略奪 lek-toat】 搶劫chhiúⁿ-kiap。縱兵～～chhiòng-peng～～⇨放任軍兵搶劫。

【略知一二 lek-ti-it-jī】 稍知一點點。小弟～～～～耳，sió-tī～～～～niā⇨我只知一點點而已。

【略勝一籌 lek-sìn(sèng)-it-tiû】 稍稍勝過一點。論財力嘛，阿三驚做該～～～～呵lūn-châi-lek-mā, a-sam kiaⁿ-chò-ài～～～～o·⇨同上。驚做kiaⁿ-chò，恐怕khióng-phàⁿ。

【略識之無 lek-sek-chi-bû】 粗知之無之類的幾個字。只因家貧，少年失學，而今只能～～～～而已 chí-in ka-pîn, siàu-liân sit-hak, jî-kim chí-lêng～～～～jî-í⇨同上。

## leng

leng **乳** 乳房也。乳汁亦曰乳 leng。二粒～的 nn̄g-liap～ê⇨女人。二粒～仔凸凸nn̄g-liap～á phok-phok⇨兩峰高聳 liáng-hong-ko-sióng。摸～罰三千bong～hoat-saⁿ-chheng⇨頑童的諧音戲言。牛～未輸人～gû～bē(bōe)

-su lâng～⇨牛乳人乳效力差不多。食～囡仔chiah～gín-á⇨乳幼兒。牛～羊～馬～gû～iûⁿ～bē～⇨各種乳。大粒～的細粒～的 toā-liap～ê sè(sòe)-liap～ê⇨大乳人小乳人。大～哄細囝toā～háⁿ(háng)-sè(sòe)-kiáⁿ⇨喩大勢力嚇退小人物。拼食～仔力piàⁿ-chiah～á-lat⇨喩拼出所有的力量。含～kâm～⇨含而不吸。吸～suh～⇨吸而食之。搾～chà～⇨擠出乳汁。擠～chê～⇨同前。捉～tēⁿ(tīⁿ)～⇨①手搾乳汁。②握而玩之。摸～bong～⇨同捉乳。摸～罰三千bong～hoat saⁿ-chheng⇨偷襲玉峯者罰款三千元。③臭～獃chhàu～tai⇨兒腔未除的口音。

【乳母 leng-bó(bú)】 奶媽ni-má。生母～～養母seⁿ-bó～～iáng-bó⇨同上。→siⁿ-bú, ni-bú, ióng-bú⇨同上。

【乳水 leng-chúi】 乳汁leng-chiap。～～眞有～～chin ū⇨乳汁豐富。～～大港～～toā-káng⇨乳汁多。

【乳汁 leng-chiap(chap)】 同乳水leng-chúi。

【乳虎 leng-hó͘】 乳房的惡病。生～～seⁿ(siⁿ)～～⇨同上。

【乳房 leng-pông】 ㈠乳部leng-pō͘。乳leng。㈡乳頭leng-thâu及其周圍的赤色圓圈。

【乳穿 leng-chhng】 出乳的小穴。～～塞去～～that-khì⇨乳穿不通。

【乳臭 leng-chhàu】 乳味重。～～小人～～siáu-jîn⇨罵人乳臭未除，還未長大成人。

【乳珠 leng-chu】 乳頭leng-thâu。美詞也。

【乳陣 leng-chūn】 乳水滿潮。～～來也～～lai-ā⇨同上。

【乳葩 leng-pha】 牛母gû-bó的乳房。

【乳齒 leng-khí】 生理學名詞。孩兒的牙齒。長大了將自脫換永久齒。

【乳頭 leng-thâu】 嬰仔eⁿ-á口含的部份。

【乳癌 leng-gâm】 乳虎leng-hó͘的新名詞。

【乳披仔 leng-phe-á】 乳罩或奶罩。女人遮乳房之物。

**leng 冷** 寒也。寒散也。嚴厲giâm-lē歸於散慢sàn-bān曰冷leng。干涉較～也kan-siap khah～a⇨干涉比較散慢了。頭仔較嚴耳，㑹都～也thâu-ā khah-giâm-niâ, taⁿ-to～a⇨開始時嚴厲一點而已。而今不怎麼樣了。人講下馬威耳，過了道～去了lâng-kóng hā-má-ui-niâ kòe-liáu tō～khì(ì)-lò͘⇨古人言下馬威嘛，過去了也就沒事了。

**léng 冷** 寒也。寒散也。熱之反詞。熱度消逝亦曰冷léng。冰～peng～⇨同上。寒～hân～⇨同上。涼～liâng～⇨微寒也。飯～菜～也pn̄g～chhài～à⇨飯菜皆冷去了。半燒～仔poàⁿ-sio～á⇨半熱半冷。心肝～一半了sim-koaⁿ～chit-poàⁿ-lō⇨熱情淡化了。頭仔興尾仔～thâu-á-hèng bóe(bé)-á～⇨開頭時熱情萬分，末了沒興趣了。

【冷水 léng-chúi】 洗～～浴sé～～ek⇨以冷水洗身。～～摩擦～～mô-chhat⇨以冷水擦身，一種健康法。～～燙蛇～～thǹg-thē⇨喩冷嘲熱譏，亦即俗曰潑～～phoah～～。人抃～～燙蛇也伊都聽不八lâng teh～～thǹg-thē-à i to thiaⁿ-m̄-bat(pat)⇨人家在冷嘲熱譏了，他都聽不懂。蛇thē，海蛇hái-thē，俗曰水母chúi-bó，亦作蛇thē。

【冷汗 léng-koāⁿ】 léng-hān。～～直流～～tit-lâu⇨非常緊張。

【冷冷 léng-léng】 冷léng。甚冷sīm-léng。逐家攏～～也tak-ke lóng～～à⇨大家都心灰意冷了。菜湯攏～～也啦chhài-thng lóng～～à-là⇨菜湯皆冷了。頭毛～～，嘴齒椗椗，尻川未喘氣，嘴更未放屁thâu-mo～～, chhùi-khí tēng-tēng, kha-chhng bē(bōe)-chhoán-khùi, chhùi koh-bē-(bōe)-pàng-phùi⇨頑童戲言人還未死。椗tēng，木理堅密也，硬ngē也。

【冷門 léng-mn̂g】 人所不甚注意的事物。反之曰熱門jia̍t-mn̂g。～～的生理～～ê seng-lí⇨同上。～～的科系～～ê kho-hē⇨學生不甚選讀的科系。

【冷面 léng-bīn】 冷淡之面。～～向人燒尻川～～à$^n$-lâng sio-kha-chhng⇨冷面面對他人的熱屁股，謂我熱情對方却冷淡（有意的反表現）。

【冷笑 léng-chhiò】 暗帶嘲刺的笑。邊仔的人拎～～pi$^n$-a ê lâng teh～～⇨旁邊之人在冷笑。

【冷酒 léng-chiú】 未煖之酒。～～罔去孝，啥人倈共你溫～～bóng-khì-hàu siá$^n$-lâng boeh kā-lí-un⇨冷酒姑且飲之可矣，誰肯爲你溫酒。

【冷氣 léng-khì】 寒冷之氣。清涼之氣。一陣～～chi̍t-chūn～～⇨同上。～～機～～ki⇨送涼去熱的機器。

【冷宮 léng-kiong】 宮中的禁房。拍入～～phah-ji̍p～～⇨皇妃失寵。

【冷凍 léng-tòng】 以冷氣使食物凍結以便久藏。亦冷藏也。～～魚～～hî⇨同上。～～肉類～～bah-lūi⇨同上。

【冷眼 léng-gán】 冷靜旁觀事物。嘗將～～觀螃蟹，看你橫行到幾時siâng-chiang～～koan-pông-hāi, khàn-ní hèng-hêng tō kí-sî⇨謂橫行霸道者終必自食其果。～～旁觀～～pông-koan⇨同上。

【冷淡 léng-tām】 ㊀衰微soe-bî。舊街仔較～～去也kū-ke-á khah～～khì-à⇨舊街衰微很多了。彼家盒都～～落去也hit-ke ta$^n$-to～～lo̍h-khì-à⇨那一家族現在衰退多了。㊁不熱鬧put-jia̍t-nāu。場面眞～～tiû$^n$-bīn chin～～⇨場面很不熱鬧。㊂不關心put-koan-sim。逐家都眞～～端仔我那有法度ta̍k-ê to-chin～～tan-a-goá ná-ū hoat-tō⇨大家都不關心，只有我一個人有何辦法。

【冷桶 léng-tháng】 冷凍桶léng-tòng-tháng。

【冷痢 léng-lī】 慢性腸炎bân-sèng tn̂g-iām。

【冷飯 léng-pn̄g】 殘飯chân-hoān。～～冷菜罔過頓～～léng-chhài bóng-kòe-tǹg⇨殘飯殘菜姑且忍受一餐。～～丸～～oân⇨冷飯團léng-pn̄g-thoân。

【冷暖 léng-loán】 冷熱léng-jia̍t。人情～～心自知jîn-cheng～～sim-chū-ti⇨同上。

【冷落 léng-lo̍k】 衰微soe-bî。門前～～車馬稀bûn-chiân～～ki-má-hi⇨唐詩。

【冷箭 léng-chì$^n$】 暗箭àm-chì$^n$。暗中設計害人。放～～害人無較好pàng～～hāi-lâng bô khah-hó⇨謂暗計害人結果不會有善報。

【冷靜 léng-chēng】 ㊀清涼肅靜chheng-liâng-siok-chēng。後壁廳較～～啦āu-piah-thia$^n$ khah～～lâ⇨同上。㊁平心靜氣pêng-sim-chēng-khì。請你拎～～拎chhiá$^n$-lí khah～～leh⇨請你冷靜些。

【冷戰 léng-chiàn】 不使用火器（武器）的戰爭。個人間的暗中對立爭鬪亦曰冷戰léng-chiàn。美蘇兩大陣營的～～bí-so͘ liáng-tāi-tīn-iâ$^n$ ê～～⇨同上。阿花合阿華的～～a-hoe kah a-hoâ ê～～⇨同上。

【冷瀉 léng-sià】 同冷痢léng-lī。

【冷藏 léng-chông】 冷凍léng-tòng。～～庫～～khò͘⇨同上。

【冷藥 léng-io̍h】 退熱藥。～～熱藥～～jia̍t-io̍h⇨同上。

【冷刀殺人 léng-to-sat-jîn】 暗計殺人。

【冷血動物 léng-hiat-tōng-bu̍t】 例如蛇龜等爬蟲類之動物，其血溫低於外界。喻冷酷無情léng-khok-bû-chêng。彼款未輸～～～～的人，更合伊講亦無採工啦hi̍t-khoán bē(bōe)-su～～～～ê lâng, koh-kah(kap)-i-kóng i a̍h bô-chhái-kang-lâ⇨那種宛如冷血動物之人，再與他多說也沒用也。

léng
**領** 項也。衣之護頸處曰領léng亦曰領niá(見nia部)。統理也。凡統率之人皆曰領léng。又本事 pún-sū 曰本領 pún-léng。目仔統～bak-á thóng～⇨他曾參加打長毛的phah-tn̂g-mô-ê，亦即太平天國，傷一目，有功凱旋地方，甚有勢。首～siú～⇨做頭目之人。總～事chóng～sū⇨公使級的駐外官員。

【領土 léng-thó͘】 國家三要素之一。主權人民～～chú-khoân jîn-bîn～～⇨國家三要素。

【領收 léng-siu】 niá-siu。～～證～～chèng⇨收條siu-tiâu。～～單～～toaⁿ⇨同前。

【領空 léng-khong】 ～～領海領土～～léng-hái léng-thó͘⇨皆國家主權所管，非依條約，不受他國侵犯。

【領事 léng-sū】 駐外官員。～～官～～koaⁿ⇨同上。～～館～～koán⇨同上。～～裁判權～～chhâi-phoàⁿ-koân⇨不平等的國家關係之一，亦即僑民不接受其僑居國主權之管轄，而接受其本國駐在領事之裁判。

【領袖 léng-siù】 頭老的thâu-ló-ê。～～人物～～jîn-but⇨同上。

【領情 léng-chêng】 心領sim-léng。表示謝意之詞。～～就是～～chiū-sī⇨同上。

【領教 léng-kàu】 接受的謙詞。伊的餲步～～過也啦，知知的啦i ê àu-pō͘～～kòe-à-là, chai-chai-lê-là⇨他的臭手段接受過了，有什麼稀奇的(意謂我絕不怕他)。

léng
**伶** 伶俐léng-lī也。言行輕快整潔、賢慧等稱頌女人之詞。賢慧又標緻，精神更～～，hiân-hūi iū phiau-tī, cheng-sîn koh～～⇨稱頌好媳婦之詞。精神cheng-sîn，女人明事理，有警覺曰精神cheng-sîn。～～精神的查某～～cheng-sîn ê cha-bó͘⇨好女人。

léng
**嶺** 嶺niá也(見nia部)。

lèng
**踜** 踜liòng也(見liòng部)。

lêng
**能** 有道藝者曰能lêng。勝任也，有技法爲之皆曰能lêng。萬～的上帝bān～ê siōng-tè⇨同上。無所不～bû-só͘-put～⇨同上。才～不如權～châi～put-jî koân～⇨同上。選賢與～soán-hiân-í～⇨同上。智～犯tì～hoān⇨有計有謀之違法。無～者bû～chiá⇨多指無性能力。性～眞好sèng～chin-hó⇨多指機械類之効能。無～爲力bû～ûi-lek⇨謂無法有爲。尙～勝任siáng～sìn-jīm⇨勉強可以。青盲精啞口～chhe-meⁿ-cheng, é-káu～⇨盲人精，啞者能幹。

【能人 lêng-jîn】 佼人gâu-lâng。～～指點～～chí-tiám⇨同上。

【能力 lêng-lek】 才能力量。論～～帥等的也了lūn～～sut-téng-ê-à-lò͘⇨講能力嗎一等一的了。帥sòe，統帥，帥等sut-téng，頭等。

【能臣 lêng-sîn】 佼的大臣。有作爲之大臣。治世之～～亂世之奸雄tī-sè chi～～loān-sè chi kan-hiông⇨許邵對曹操之考語，三國演義。

【能言 lêng-gân】 lêng-giân。～～善辯～～siān-piān⇨同上。～～善道～～siān-tō⇨同上。

【能源 lêng-goân】 所有作爲之原動力。例如電力、石油等是也。

【能幹 lêng-kàn】 有作爲有機變。像猴齊天抄實在～～chhiūⁿ kâu-tê(chê)-thian-leh sit-chāi～～⇨如孫悟空一樣，實在有辦法。

【能大能小 lêng-tāi-lêng-siáu】 可大可小。紅包仔味是，～～～～有誠意道可也âng-pau-á bī-sī,～～～～ū-sêng-ì tō-hó-â⇨紅包的問題，可大包可小包，有誠意送即可矣。味是bī-sī，有其味即是，亦即有其味道樣子即可矣。

【能屈能伸 lêng-khut-lêng-sin】 能受辱能發展。大丈夫～～～～tāi-tiāng-hu～～～～⇨

同上。

【能者多勞 lêng-chià-to-lô】 能幹者，往往事多勞多。～～～～知者多憂～～～～ti-chià to-iu⇨同上。

【能人所不能 lêng-jîn-só͘-put-lêng】 能爲他人所不能爲者。～～～～～，知難無所難～～～～～，ti-lân bô-só͘-lân⇨同上。

lêng
**伶** 獨行也。聰慧也。優伶iu-lêng。亦即從事音樂演劇人員也。

【伶人 lêng-jîn】 演劇ián-kek人員。演員。

【伶丁 lêng-teng】 獨行也。～～孤苦，惟兄嫂是倚～～ko͘-khó͘, ûi heng-só͘ sī-í⇨李密陳情表。

【伶俐 lêng-lī】 伶俐léng-lī也(見伶俐léng-lī目)。

【伶牙俐齒 lêng(léng)-gê-lī-khí】 會講話，善爭辯。天生一個～～～～的蓮花嘴thian-seng chit-ê～～～～ê liân-hoe-chhùi⇨同上。

lêng
**罟** 小網也。圍劃一個範圍以捕魚的長網。圍～仔ûi～á⇨同上。損～仔kóng～á⇨擊動石頭驚魚入網也。馬鮫～bé-ka～⇨圍捕馬鮫魚之罟。

lêng
**鈴** 一種小鐘也。圓形有裂口，中含有鐵丸，動則有聲。即含鈴hâm-lêng也。鴿～kah～⇨繫於鴿脚之小鈴。含～仔草hâm～á-chháu⇨草名。花如含鈴。

【鈴仔 lêng-á】 小鈴。鈴～～lêng～～⇨小鈴。→liang-liang-á。

lêng
**拎** 懸持也。持動笨重之物曰拎lêng。雙人～siang-lâng～⇨兩人合力持運之。拎lêng指持而稍予移動而言。

【拎轎 lêng-kiō】 兩人共同拎動之。換方向等。

【拎几桌 lêng-kí-toh】 拎動几桌。

【拎米籮 lêng-bí-loâ】 拎移米籮。米籮bí-loâ，裝米之大竹籃tek-nâ。底方上圓之大竹籃曰籮loâ。

lêng
**掕** 止馬也。控制牛馬曰掕lêng。以繩索等縛住鷄鴨之翅亦曰掕lêng。控制人畜皆曰掕lêng，俗亦作拎lêng。牛鼻不～拎～牛尾gû-phīⁿ m̄～teh～gû-bóe(bé)⇨喻緊要的地方不捉，却捉些無關重要的地方。馬索～拎伊道走未去也bé-soh～leh i tō cháu-bē(bōe)-khì-ā⇨馬索捉到了他就跑不掉了。手股頭乎人～著也chhiú-kó͘-thâu hō͘-lâng～tioh-ā⇨上膊被人捉住着。雙手～揹後siang-chhiú～iap-āu⇨雙手被縛在背後。

【掕翅 lêng-sit】 縛翅股頭sit-kó͘-thâu。～～道未喈也啦～～tō bē-(bōe)-kâiⁿ-ā-là⇨縛翅就跑不掉了。喈kâiⁿ，鵝聲。未喈bē-kâiⁿ，鵝不鳴，喻完了，無作爲了。

【掕牛頭 lêng-gû-thâu】 捉住牛鼻。～～～毋當括牛尾～～～m̄-thang lêng-gû-bóe(bé)⇨同上。

【掕馬索 lêng-bé-soh】 控馬韁khòng-bé-kiang。

lêng
**陵** 大阜也。土山曰阜hū。又塚墓thióng-bōng也。山～san～⇨帝王之墓。丘～khiu～⇨高地。山地。番薯～han-chî～⇨番薯須種有陵有溝之陵上。甘蔗～kam-chià～⇨種甘蔗亦同。一區番薯十幾～chit-khu han-chî chap-kúi～⇨一田之番薯分種十多條陵。

lêng
**凌** 戰慄也。犯也。越也。侵犯曰凌lêng，升高曰凌lêng，無次序亦曰凌lêng。

【凌空 lêng-khong】 升上天空。～～而昇天～～jî seng-thian⇨同上。

【凌治 lêng-ti】 侵擾，欺負，作弄曰凌治lêng-ti。小弟仔～～阿兄sió-tī-á～～a-hiaⁿ⇨小弟作弄大哥。乎囡仔～～一世人也敢猶無夠hō͘-gín-á～～chit-sì-lâng-ā kám-iáu bô-kàu⇨被兒女們侵擾麻煩一生了，還不夠嗎。你每毋當～～人許爾姣lí mā m̄-thang～～lâng hiah-ni-chē(chōe)⇨你也不應該欺負人那麼多。～～人未得死呵～～lâng bē(bōe)-tit-síō⇨母親的怨詞。

【凌辱 lêng-jio̍k】 欺負侮辱。乎人～～hō͘-lâng～～⇨同上。

【凌亂 lêng-loān】 亂抄抄loān-chhau-chhau。逐位安爾瞳到～～不堪ta̍k-ūi an-ne(ni) thún-kā～～put-kham⇨各處都瞳踏至如此這般的凌亂不堪。瞳thún，禽獸所踐踏也。

【凌駕 lêng-kè】 超越chhiau-oa̍t。勝過。若安爾，將來的成就，一定～～其父nā-an-ne(ni) chiang-lâi ê sêng-chiū it-tēng～～kî-hū⇨同上。

【凌厲 lêng-lē】 勇往直前。～～的攻擊～～ê kong-kek⇨同上。

【凌遲 lêng-thî】 古代的殘酷死刑。先斷其四肢，再刀割其皮肉。～～至死～～chì-sí⇨同上。今訛作凌治，義亦轉輕矣。

【凌霄寶殿 lêng-siau-pó-tiān】 神仙所居。

**lêng 綾** 有花紋的幼絲布。～羅綢緞～lô-tiû-toān⇨皆絲織的上等布帛。穿是～羅紡絲，食是山珍海味chhēng-lī～lô-pháng-si, chia̍h-lī san-tin-hái-bī⇨喻富豪的家居生活。是sī讀是lī。紡pháng亦絲織布也。

**lêng 菱** 菱角lêng-kak，一種水生植物。其實有角，剖之內有仁，可食。

【菱形 lêng-hêng】 幾何學名詞。俗曰菱角形lêng-kak-hêng。其相對邊及相對角為相等。

**lêng 佞** 才也。奸巧也。不～put～⇨不才(自謙)。奸～kan～⇨奸巧之徒。

**lêng 苓** 茯苓ho̍k-lêng，一種草藥，亦藥材也。茯～糕ho̍k-～ko⇨一種糕品。

**lêng 羚** 羚羊lêng-iâng也。動物名。～～犀角～～sai-kak⇨都是高貴的藥材名。

**lêng 玲** 玉聲。玲瓏lêng-long⇨①玉聲。→lin-long。～～叫～～kiò⇨同上。②彫梁畫棟交錯明麗。樓閣～～五雲起，其中綽約多仙子，lô͘-kok～～ngó͘-hûn-khí, kî-tiong chhiok-iak to-sian-chú⇨長恨歌。

**lêng 翎** 羽也。箭飾，帽飾的鳥毛曰翎lêng。箭～chìⁿ～⇨箭的飾羽。花～hoe～⇨同上。藍～nâ～⇨同上。雙眼花～siang-gán hoe～⇨羽上有雙眼紋的孔雀羽飾。雁～刀gān～to⇨古官造的軍刀。大將南征意氣豪，腰橫秋水雁～刀tāi-chiàng lâm-cheng ì-khì-hô, io-hêng chhiu-súi-gān～to⇨古詩。

【翎頂 lêng-téng】 羽毛類的帽飾。

**lêng 寧** 所願也。安也。女嫁歸省曰寧lêng。亦作甯或寗，皆同。～缺勿濫～khoat-bu̍t-lām⇨同上。歸～父母kui～hū-bó⇨女回外家省親。

【寧可 lêng-khó͘】 lêng-khó。願。～～死較直呵～～sí khah-ti̍t-ō͘⇨不如死了沒麻煩。～～食自己呵～～chia̍h-ka-kī(tī)-ō͘⇨不如吃自己(自己付錢)。～～怠去，轉來去困較贏～～thāi-khì, tńg-lâi-khì(ì)-khùn khah-iâⁿ⇨不如不去，回家睡覺為妙。怠thāi，罷pā也。罷工pā-kang曰怠工thāi-kang或怠業thāi-gia̍p。不要曰怠thāi。社會安～siā-hōe an～⇨同上。

【寧可 lêng-khó】 lêng-khó͘。～～信其有，不可信其無～～sìn-kî-iú, put-khó sìn-kî-bû⇨同上。～～我負人，不可人負我～～gō͘-hū-jîn, put-khó jîn-hū-gō͘⇨寧願我對人背信，不可他人對我背信。三國演義中的奸雄曹操的願望。

【寧寧 lêng-lêng】 安寧an-lêng。安靜an-chēng。天青青，地～～，請您三姑三姐仔到山前，山前亦有花，亦有檳榔心，荖葉藤，俳食就分個……thian-chheng-chheng, tē～～, chhiáⁿ-lín saⁿ-ko͘-saⁿ-ché-á kàu-soaⁿ-chêng, soaⁿ-chêng ia̍h-ū-hoe, ia̍h-ū pin-nn̂g-sim, láu-hio̍h-tîn, boeh-chia̍h chiū pun-in⇨關三姑仔之詞。

【寧願 lêng-goān】 同寧可lêng-khó(khó͘)。～～平安道好，毋敢要添福壽～～pêng-an-tō-hó, m̄-ká$^n$-boeh-thian-hok-siū⇨但願平安無事可矣，不敢多求福壽。

**lêng 靈** 雨神也。天神也。死者曰靈lêng。神之精明曰靈lêng。各種術法有驗亦曰靈lêng。神～sîn～⇨同上。威～ui～⇨同上。亡～bông～⇨同上。安～an～⇨安置靈位。企～khiā～⇨立死者之靈位。見～無哀，不如無來kiàn～bô-ai, put-jî bô-lâi⇨謂弔喪而不哀何必來也。福至心～ho̍k chì sim～⇨同上。

【靈丹 lêng-tan】 靈妙之藥料。不死之丹藥。萬～～bān～～萬能之仙藥。神仙的～～亦無救也sîn-sian ê～～ mā-bô-kiù-à⇨有仙丹sian-tan也救不得了。

【靈芝 lêng-chi】 亦曰靈芝草lêng-chi-chháu。一種深林中的草菰chháu-ko͘。俗說成仙丹仙藥。

【靈妙 lêng-miāu】 神妙。奇妙。～～不可思議～～put-khó-su-gī⇨同上。

【靈位 lêng-ūi】 人死後在靈桌上先立紙靈牌謂安～～an～～⇨同上。有棺柴無～～ū-koa$^n$-chhâ bô～～⇨喻有名無實。

【靈性 lêng-sèng】 靈慧之感性。有～～的物ū～～ê-mi̍h⇨有感性之物。動物亦是也。

【靈敏 lêng-bín】 知覺敏捷。反應～～hoán-èng～～⇨同上。

【靈厝 lêng-chhù】 竹紙糊製之小房屋。做司功chò-sai-kong時的飾品，事畢燒棄之。～～燈～～teng⇨喻無用之人，因其將被燒棄也。

【靈氣 lêng-khì】 看墓地的地理師之名堂。有～～ū～～⇨同上。

【靈柩 lêng-khiū】 有屍的棺柴koa$^n$-chhâ。空棺曰櫬chhìn，有屍曰柩khiū。

【靈桌 lêng-toh】 在對年除靈tùi-nî tî-lêng之前，安置神主牌之桌。靈座lêng-chō。

【靈符 lêng-hû】 神符sîn-hû。手畫～～嘴念咒chhiú-ōe～～ chhùi-liām-chiù⇨手畫符口念咒。

【靈通 lêng-thong】 聰明。通於神靈。人是有～～不藉會進中lâng sī ū～～m̄-chiah-ē(ōe) chìn-tiòng⇨人家他是聰明，才能夠考得上，不是嗎。即隻狗仔囝恰如有～～扲chit-chiah-káu-á-kiá$^n$ kah-ná ū～～leh⇨此一小狗，恰如有靈性的會解人意的樣子。消息～～siau-sit～～⇨能知各方消息。

【靈感 lêng-kám】 感覺kám-kak。預感ī-kám。共你講我早道有～～也，你端仔不信kā-lí-kóng goá-chá-tō-ū～～ à，lí-tan-a m̄-siàn⇨(我對你講過了，我老早就有了預感了，你只是不相信。

【靈聖 lêng-sià$^n$】 靈驗lêng-giām。土地公呀，你著有～～呵thó-lī-kong-à，lí tio̍h ū～～ō⇨土地公，你應該賜予靈驗。

【靈魂 lêng-hûn】 神魂sîn-hûn。～～不滅～～put-bia̍t⇨謂肉體死滅了，神魂永久存在。

【靈廟 lêng-biō】 有靈聖之廟。廟。

【靈藥 lêng-io̍h】 lêng-ia̍k。嫦娥應悔偷～～，碧海青天夜夜心siâng-ngô èng-hōe thau～～, phek-hái chheng-thian iā-iā-sim⇨舊詩。

【靈驗 lêng-giām】 神靈見効。果然有～～kó-jiân ū～～⇨果然有効。

【靈顯 lêng-hián】 同靈聖lêng-sià$^n$。不止仔有～～ put-chí-á ū～～⇨相當的靈聖lêng-sià$^n$。

【靈犀一點通 lêng-sai-it-tiám-thong】 喻兩心相通。心有～～～～～sim-iú～～～～～⇨彼此瞭解盡在一點靈犀。

**lêng 龍** 龍liông也(見liong部)。

【龍眼 lêng-kéng】 lêng-géng。一種果樹。又其果子。

**lêng 檸** 檸檬lêng-mông(bông)也，亦即Lemon，樹名。～～水～～chúi⇨一種飲料。～～油～～iû⇨同上。

**lêng 稜** 轉角曰觚稜ko·-lêng。角kak曰稜lêng。有～角ū～kak⇨有角尖kak-chiam。有尖角chiam-kak。又威也。古御史曰稜官lêng-koa$^n$。御～威gī～ui⇨日文Miizu，謂天皇之威光也。

**lēng 令** 發號也。差遣chhe-khián也。法律也。時令也。善也。又敬詞，尊稱他人之親屬乃冠以令lēng字，例如：～尊～堂～chun～tông⇨貴父母。～姊弟～ché-tē⇨貴姊貴弟。～伯叔～peh-chek⇨貴伯父貴叔父。～表～piáu⇨貴表兄弟姊妹等等難盡枚舉。發號施～hoat-hō-si～⇨同上。急急如律～kip-kip jî lu̍t～⇨同上。時～月～sî～goe̍h～⇨同上。命～bēng～⇨同上。發～hoat～⇨同上。冬行夏～tong-hêng-hē(hā)～⇨冬天而熱如夏天。

**【令正 lēng-chèng】** 同令夫人lēng-hu-jîn。尊稱人妻。

**【令名 lēng-bêng】** 好名聲hó-miâ-sia$^n$。

**【令色 lēng-sek】** 假面色以取寵。巧言～～鮮矣仁khiáu-gân(giân)～～sián-ī-jîn⇨論語。

**【令郎 lēng-lông】** 尊稱他人之兒子。

**【令堂 lēng-tông】** 尊人之母。～～令尊～～lēng-chun⇨貴母親貴父親。

**【令媛 lēng-oān】** 同令愛lēng-ài。

**【令愛 lēng-ài】** 您千金lín-chhian-kim。您～～講做人也是否lín～～kóng chò(chòe)-làng-à sî-bô·⇨您千金聽說訂了親了，對不對。做人chò-lâng爲人，改讀chò-làng即爲訂婚與人。

**【令慈 lēng-chû】** 令堂lēng-tông。

**【令旗 lēng-kî】** 古軍中傳達命令的記號。亦曰令箭lēng-chì$^n$。偷～～過關thau～～kòe-koan⇨舊故事中多有此情節。

**【令箭 lēng-chì$^n$】** 令旗lēng-kî。因旗杆爲箭尖形。亦曰令箭lēng-chì$^n$。

**【令親 lēng-chhin】** 您的親戚。～～若～～抮，一人一家代，公媽隨人傳也，猶抮甚～～，～～ná～～leh, chi̍t-lâng chi̍t-ke-tāi, kong-má sûi-lâng-chhāi-ā, iáu-teh siá$^n$～～⇨令親如令親也，各人有各人的家，祖先各人自立了，還算什麼令親。劃分界線的說法。傳chhai，插物於地曰傳chhāi也，立也。立神佛曰傳chhāi也。

**【令先君 lēng-sian-kun】** 對他人亡父之尊稱。同令先尊lēng-sian-chun。

**【令人髮指 lēng-jîn-hoat-chí】** 使人怒髮冲冠nō·-hoat chhiong-koan。

**【令出如山 lēng-chhut-jî(jû)-san】** 命令一發，如山之重不能更改，必定施行。言出如箭～～～～gân(giân)-chhut jî-chì$^n$～～～～⇨謂皆不可亂發。

**lēng ⿸疒夌** 皮膚腫成蚯蚓條狀曰⿸疒夌lēng。起～khí～⇨發生蚯蚓條狀。打到歸～歸～phah-kà kui-～kui～⇨被打得有一⿸疒夌一⿸疒夌。

**lēng 另** 分居也。割開也。別也。教伊夜夜孤～kiò-i iā-iā ko·～⇨令他每夜獨自孤眠。

**【另工 lēng-kang】** 另日lēng-ji̍t。～～藉來更講～～chiah-lâi koh-kóng⇨另日才來再談。

**【另日 lēng-ji̍t】** 他日tha$^n$-ji̍t。另工lēng-kang。～～伊會來啦～～i ē(ōe)-lâi-là⇨他日他會來的。

**【另外 lēng-goā】** ㊀除此之外。其他。阮的共阮～～算goán-ê kā-goán～～sǹg⇨我們的我們單獨計算。價錢藉更～～講kè-chî$^n$ chiah-koh～～kóng⇨價錢另行參商chham-siông(siâng)。～～猶有代誌抮～～iáu-ū tāi-chì-leh⇨其他還有事情在。㊁特別。會～～共你招待啦ē(ōe)～～kā-lí chiau-thāi-lā⇨你將受到特別招待嘛。我共你～～設法goá kā-lí～～siat-hoat⇨我爲你特別設法。㊂分開。分家。～～企～～食～～khiā～～chia̍h⇨分家自

食。

【另者 lēng-chià】 另外lēng-goā。書信用詞。本文寫完了，末尾加記。

【另家 lēng-ke】 分家分居。～～各食～～kok-sıt⇨分家隨人食pun-ke sûi-lâng-chiah。

【另案辦理 lēng-àn-pān-lí】 另外辦。本案結束，民事賠償～～～～pún-àn kiat-sok, bīn-sū pôe-chhiâng～～～～⇨同上。

【另眼相看 lēng-gán-siang-khàn】 特別看待。略同於刮目相待khoat-bok-siang-thāi。

【另起爐灶 lēng-khí-lô-chàu】 另行設法從新做起。迫之無奈道該隨人～～～～也pek-chi bû-nāi tō-āi～～～～ā⇨同上。

lēng
冗 同冗jiōng，liōng參閱冗部。不緊put-kín，不絯put-ân皆曰冗lēng。放鬆亦曰冗lēng(見jiōng冗目)。錢孔較～也chîⁿ-khang khah～ā⇨錢的問題比較不緊迫了。手頭有較～了chhiú-thâu ū-khah～lō·⇨生計比較不緊迫了。取締略仔較～也chhí-thê lioh-á khah～ā⇨（官方）取締比較不嚴酷了。索仔放較～抣soh-á pàng-khah～leh⇨繩索放鬆一點吧。

【冗冗 lēng-lēng】 冗liōng也。不絯不緊put-ân-put-kín。鬆弛sang-sî。縛～～也道可，不可縛甚絯pak～～ā tō-hó, m̄-hó pak-siūⁿ-ân⇨縛鬆一點就可以了，不可縛得太緊。更十個人每猶～～也koh-chap-ê-lâng mā-iáu～～ā⇨再增加十人也還有餘裕(冗冗liōng-liōng)。

lēng
楝 苦楝khó·-lēng也。樹名。一種喬木kiâu-bok。俗作苦苓，非也。苦苓或即茯苓，藥草名也。

# li

li
鳌 鳌lî也。喻微小，微末之事物。猫～niau～⇨小猫。→niau-ni, niau-ni-á。

【鳌仔 li-á】 同鳌絲li-si。猫～～niau～～⇨小猫兒。→niau-ni-á。風～～hong～～⇨微風bî-hong。

【鳌絲 li-si】 薄或小之甚。薄～～poh～～⇨極薄極薄。存一～～仔水抣滴耳chhun-chit～á chúi teh-tih-niâ⇨尙存一點點的水在滴下來而已。

【鳌鳌 li-li】 薄～～poh～～⇨薄鳌絲poh-li-si。甚薄甚薄。即類布薄～～，未輸紙抣，放一下屁道去也chit-lōe-pò· poh～～,bē(bōe)-su-choá-leh, pàng-chıt-ē-phùi tō-khì-ā⇨此種布太薄了，一如紙一樣，放個屁就破也。～～仔風～～á-hong⇨微微之風。存～～氣抣喘耳chhun～～á-khùi teh chhoán-niâ⇨尙存一絲絲之氣在呼吸而已。

li
哩 擬音詞。哩也波哩也囉li-a-pò-li-a-lō⇨表示不能明說之事。如此如此這般這般。

【哩囉 li-lo】 ～～舌～～siat⇨多言。口齒伶俐。～～叫～～kiō⇨呱呱叫kah-kah-kiō。

【哩喇叫 li-la-kiō】 嘮叨不休。

【哩哩律律 li-li-lut-lut】 ㊀眼睛轉動。目珠～～～～圓棍棍，未輸賊仔目抣bak-chiu～～～～î-kùn-kùn, bē(bōe)-su chhat-á-bak-leh⇨謂眼睛轉動得如賊目的模樣。㊁形容不明瞭的言詞。講到～～～～像抣相罵爾kóng-kà～～～～chhiūⁿ-teh sio-mē-lè⇨說得哩律叫，有似相罵的樣子。

【哩哩囉囉 li-li-lo-lo】 話不清楚。講到～～～～不知抣講啥抣kóng-kà～～～～m̄-chai teh kóng-siahⁿ-leh⇨①謂其所說不知所云。②雜音(批評)多。人講到～～～～足歹聽的lâng kóng-kà～～～～chiok pháiⁿ-thiaⁿ-ê⇨人家說的批評甚多，非常難聽的。

li
屚 鷄膏屚ke-ko-li，鷄屎之近液體者。或作泥li。

lí
李 果樹名。果子名。桃～杏，春風一家thô～hēng, chhun-hong-ıt-ke⇨桃李杏同在春風中開花。桃～不言，下自成蹊thô～put-giân, hē-chū-sêng-khe⇨喻有誠信，自能得人。鹹～

仔kiâm～á⇨李之加塩者。行～hêng～⇨旅客隨帶之物。黃肉～n̂g-bah～⇨同上。

【李仔 lí-á】 各種李果。鹹～～kiâm～～⇨同上。～～鹹～～kiâm⇨同前。～～糖～～thn̂g⇨李之附有糖蜜者。～～串～～chhiám⇨同前。～～膏～～ko⇨李和糖煮熟者。

【李老君 lí-ló-kun】 道教的教祖。老子ló-chú。

【李哪吒 lí-lô-chhia】 哪吒lô-chhia。封神榜中的人物。李靖之子。俗稱：太子爺仔thài-chú-iâ-á。

【李鐵枴 lí-thih-koái】 八仙之一。亦稱李托枴lí-thok-koái。亦即跛足而乞食裝者。

lí
**里** 邑也。村也。五家爲鄰，五鄰爲里lí。村～chhoan～⇨行政區域名。又路程也。三百六十步爲一里lí。今有公里kong-lí之制。又有海里hái-lí。

【里長 lí-tiú$^{n}$】 一里之首長。～～的選舉～～ê soán-kí(kú)⇨今之里長以公職選舉之。

【里程 lí-thêng】 路程之以里計。～～碑～～pi⇨路邊記里程之木石類之碑。

【里斯本 lí-su-pún】 Lisbon。地名。葡萄牙國的首都。

lí
**俚** 鄙也。野人歌曰俚lí。野人者不在官之人也。亦即粗野，粗俗之人也。

【俚歌 lí-koa】 鄙俗之歌謠。

【俚語 lí-gí】 鄙俗之言詞。俚言～～lí-giân～～⇨市井通行之言詞。

lí
**裡** 裏lí之俗字。

lí
**裏** ㊀衣內也。在內皆曰裏lí。又處所也。內～lāi～⇨①衣之內。②內底lāi-té，內面lāi-bīn。㊁宮中。表～一致piáu～it-tì⇨外內一致。

【裏面 lí-bīn】 表面piáu-bīn之對稱。

【裏海 lí-hái】 Caspian Sea。世界最大之湖ô。在歐亞兩大陸分界上。爲鹹水湖kiâm-chúi-ô。海產甚豐富。

lí
**鯉** 魚名。鯉魚lí-hî也。

lí
**理** 治玉也。性也。道義也。公理也。條理也。公～道～倫～論～kong～tō～lûn～lūn～⇨同上。眞～正～歪～chin～chià$^{n}$～oai～⇨同上。事～物～文～學～數～sū～bu̍t～bûn～ha̍k～sò͘～⇨同上。天～對人心thian～tùi jîn-sim⇨謂天理即民心也。情～逐家的chêng～ta̍k-ê-ke⇨謂道理是大家所共有的。一～通萬～徹it～thong bān～thiat⇨能通一理即萬理皆能澈底了解。無講道～的人bô-kóng tō～ê lâng⇨不講理之人。無情～bô-chêng～⇨無理由。無情無～bô-chêng-bô～⇨同前。無～取鬧bô～chhí(chhú)-nāu⇨橫行霸道hoâi$^{n}$-hêng-pà-tō。總～大臣chóng～tāi-sîn⇨首相siú-siàng。總經～chóng-keng～⇨同上。襄～協～siang～hia̍p～⇨銀行等的下級幹部。辦～料～pān～liāu～⇨同上。料～liāu～⇨①辦理。②烹飪(日文)。治～tī～⇨治之理之。修～siu～⇨①修繕補正。②(對壞人加以文或武的)教訓。掠來修～lia̍h-lâi siu～⇨捉來加以教訓。

【理由 lí-iû】 原因goân-in。道理tō-lí。無～～的反對bô～～ê hoán-tùi⇨一味反對。～～充足，賜你無罪～～chhiong-chiok, sù-lí bô-chōe⇨戲玩之詞。

【理性 lí-sèng】 思考辨別是非的能力。感情等的對稱。有～～的決定ū～～ê koat-tēng⇨不意氣用事的決定。

【理事 lí-sū】 ㊀治理事物。㊁公司等的事務執行人。～～會～～hōe⇨同上。

【理科 lí-kho】 自然科學。文科之對稱。阿三希望讀～～的a-sam hi-bāng tha̍k～～ê⇨同上。

【理財 lí-châi】 治理金錢等財務。佼～～gâu～～⇨善於管理財務。佼趁錢gân-thàn-chî$^n$。佼gâu，慧也，黠kia̍t也，善惡之出衆者皆曰佼gâu。俗作勢，健也，強也，略異佼。

【理家 lí-ke】 治家tī-ka。個某眞佼～～in-bó͘ chin-gâu～～⇨他的妻很會治家。

【理氣 lí-khì】 理由lí-iû。道理tō-lí。伊安爾講每有～～i an ne(si)-kóng mā-ū～～⇨他如此說來也有道理。

【理喩 lí-jī(jū)】 以道理加以解說。不可～～put-khó～～⇨同上。不講理put-kóng-lí。

【理會 lí-hōe】 當面解釋。不合人～～m̄-kah-lâng～～⇨同上。不～～人m̄～～lâng⇨不接受他人解釋。應該安怎著合人～～乎淸楚èng-kai an-choá$^n$ tio̍h-kah-lâng～～hō͘ chheng-chhó⇨應該如何必須與人接會使問題清楚明白(例如責任所歸)。

【理解 lí-kái】 ㈠識事理。了解。較想都未～～khah-siū$^n$ to-bē(bōe)～～⇨同上。㈡開明。父母有～～pē-bó(bú) ū～～⇨同上。

【理路 lí-lō͘】 道理之路。理由。頭～～直thâu～～ti̍t⇨直線的道路明白易行。理路直lí-lō͘-ti̍t。或謂:首先講理即路直易行。伊講了較有～～i kóng-liáu khah-ū～～⇨他說得較合理。～～井然～～chéng-jiân⇨有條有理iú-tiâu-iú-lí。

【理想 lí-siáng(sióng)】 想像中的美景。～～的牽手～～的家庭～～ê khan-chhiú～～ê ka-têng⇨同上。

【理髮 lí-hoat】 修剪頭髮。觀光～～廳的～～小姐koan-kong～～thia$^n$ ê～～sió-chiá⇨同上。

【理論 lí-lūn】 ㈠實踐si̍t-chiān的對稱。～～是講會通，實際卻有困難～～sī kóng-ē(ōe)-thong,si̍t-chè khiok-ū khùn-lân⇨同上。㈡議論。爭辯是非。無合伊～～一下未用得bô kah-i～～chi̍t-ē bē(bōe)-iōng(iēng)-tit⇨非與他爭論一場不行。

【理賠 lí-pôe】 辦理賠償。保險金有十足～～也pó-hiám-kim ū si̍p-chiok～～ā⇨保險金已經照保額賠出給投保人了。

【理直氣壯 lí-ti̍t-khì-chòng】 理氣充足即氣勢壯盛。伊都～～～～嚨喉孔道較大不i to～～～～na-âu-khang tō khah-toā-m̄⇨他有理由，所以說話聲就大了，不是嗎。

lí **旅** 軍隊也。其編制單位有旅lí。師～團排su,～,thoân, pâi⇨軍的各級單位。又過客曰旅lí，客居亦曰旅lí。軍～kun～⇨軍隊。逆～ge̍k～⇨客舍kheh-siā。太空之～thài-khong chi～⇨坐太空船旅行於各星之上。

【旅次 lí-chhù】 lú-chhù。旅行中所止宿的地方。～～軍次～～kun-chhù⇨師止曰次，師一宿爲舍sià，再宿爲信sìn，過信爲次chhù。

【旅行 lí-hêng】 lú-hêng。凡出外作客皆曰旅行。修學～～siu-ha̍k～～⇨同上。蜜月～～bi̍t-goa̍t～～⇨同上。觀光～～koan-kong～～⇨同上。週末～～chiu-boa̍t～～⇨同上。～～社～～siā⇨代客辦理有關旅行事務的商社。

【旅居 lí-ki】 lú-ku留居外地。～～地～～tē⇨同上。～～番邦外國～～hoan-pang goā-kok⇨居留外邦外國。

【旅社 lí-siā】 lú-siā。供旅客投宿以取利的地方。觀光～～koan-kong～～⇨專供觀光客投宿的旅社。其設備較豪華些。

【旅長 lí-tiú$^n$】 一旅之長。大約是上校或少將級的軍官擔任之。

【旅客 lí-kheh】 lú-khoeh。旅途上之人。觀光的～～koan-kong ê～～⇨同上。

【旅情 lí-chêng】 lú-chêng。旅行中的感受。～～多是寂寞的～～to-sī che̍k-bo̍k-ê⇨孤獨寂寞是旅途上的常有的感受。

【旅寓 lí-gī】 lú-gū。客居地之住所。

【旅費 lí-hùi】 lú-hùi。旅行所需之交通膳食等等之費用。出差～～chhut-chhe～～⇨官員等奉命出外辦公所支付之款項。

【旅遊 lí-iû】 旅行遊覽。～～設備～～siat-pī⇨有關交通，膳宿以至娛樂等等可以誘致遊客的設備。～～業～～giap⇨以旅遊爲對象之各種各類事業。

【旅館 lí-koán】 lú-koán。同旅社lí-siā。

lí 你 我goá的對詞。～我攏共款～goá lóng kāng-khoán⇨你與我，都是一樣的。～到飯缸，我到碗籃～kàu pn̄g-khaⁿ, goá kàu oáⁿ-nâ⇨喻你我彼此相差不多。謂你到達飯缸，我也到達碗籃了。飯缸pn̄g-khaⁿ，飯桶pn̄g-tháng之陶質者。人插花，～插草，人抱嬰，～抱狗，人到厝，～到橋仔頭，人哈哈笑，～目屎瀧瀧流 lâng-chhah-hoe, ～chhah-chháu, lâng-phō-eⁿ, ～phō-káu, lâng-kàu-chhù, ～kàu kiô-á-thâu, lâng-hah-hah-chhiò,～bak-sái-nih-nih-lâu⇨童謠。

【你請 lí-chhiáⁿ】 再見(客方臨辭退之時對主方說的話)。～～我先走～～goá-seng-cháu⇨同上。你請亦可以重疊。～～～～，我無盈～～～～, goá-bô-êng⇨再見了，我沒閑時間。(或作戲言，亦作拒絕之詞。)

【你兄我弟 lí-hiaⁿ-goá-tī】 見人稱兄道弟的濫交朋友。交的是～～～～，結的是猴羣狗黨，做有啥好代誌kau-ê sī～～～～,kiat-ê sī kâu-kûn-káu-tóng, chò(chòe)-ū siaⁿ-hó-tāi-chì⇨責備之詞。謂其所接觸都是一些不肖之徒，能成何事。

【你看我普普 lí-khoàⁿ-goá-phú-phú】 ～～～～～，我看你霧霧～～～～～goá-khoàⁿ-lí bū-bū⇨謂你看不起我，我也看不起你。普普phú-phú天未明也。霧霧bū-bū，一片蒙霧bông-bū看不見物。

【你鬼我閻羅 lí-kúi-goá-giâm-lô】 謂我絕不比你遜色。～～～～～，興，逐家來試看抾～～～～,hèng，tak-kê lâi-chhì-khoàⁿ-leh⇨如果你是鬼，我就是閻羅王，要嗎，大家試試看。

【你食着蔓桃花不 lí-chiah-tioh-bān-thô-hoe-m̄】 你不是發神經了嗎。俗謂吃了蔓桃花就會起猶khí-siáu，亦即發神經病。

lí 女 婦人人hū-jîn-lâng也。男之對詞。男～lâm～⇨同上。婦～hū～⇨處子chhī(chhū)-chú曰女，適人曰婦hū。處～chhì(chhù)～⇨處子，在室～chāi-sit(sek)～⇨處女。未出嫁之女。→chāi-sek-lí(lú)。少年少～siàu-liân-siàu～⇨年輕的男女。天～散花thian～sàn-hoa⇨同上。仙～下凡sian～hē(hā)-hoân⇨同上。生男育～seng-lâm-iok～⇨同上。養育子～iáng-iok-chú～⇨同上。兒～成羣jî～sêng-kûn⇨同上。遂使天下父母心，不重生男重生～sūi-sú thian-hē(hā) hū-bó-sim, put-tiōng-seng-lâm tiōng-seng～⇨長恨歌。

【女子 lí-chú】 lú-chú。查某囡仔cha-bó·-gín-á。～～無才便是德～～bû-chāi piān-sī-tek⇨女孩子要乖不要才能的古老觀念。

【女工 lí-kang】 ㊀工作之女子。招募～～chiō-bō·～～⇨雇用女工的廣告。㊁婦女之工作。

【女士 lí-sū】 lú-sū。㊀有教養之婦女。㊁對婦女之尊稱。阿花～～a-hoe～～⇨同上。

【女功 lí-kong】 lú-kong。紡紗織布等是也。亦即女工lí-kang也。

【女囚 lí-siû】 lú-siû。女囚犯 lí-siû-hoān。～～監～～kaⁿ⇨監禁女犯人之牢獄。

【女史 lí-sú】 lú-sú。古官名。今用同女士lí-sū。白蘭花～～peh-lân-hoe～～⇨同上。

【女色 lí-sek】 lú-sek。淫慾îm-iok。～～過多～～kòe-to⇨太好色了。

【女巫 lí-bû】 lú-bû。替人求神治病的女祈禱師。

【女伶 lí-lêng】 lú-lêng。女演員lí-ián-oân。男優～～lâm-iu～～⇨男女演員。

【女妖 lí-iau】 lú-iau。女鬼lí-kúi。女妖精lí-iau-chiaⁿ。粧到未輸～～～抾chng-kà bē(bōe)-su～～leh⇨打扮得宛然女妖精也。

【女兒 lí-jî】 女子。女孩lí-hâi。恨咱生做

～～身hīn-lán seⁿ(siⁿ)-chò(chòe)～～sin⇨恨不生爲男兒。

【女郎 lí-lông】 lú-lông。少年女子。神秘～～sîn-pì～～⇨莫測高深，行踪飄忽的少女。

【女家 lí-ke】 lú-ka。新娘方。男家～～lâm-ke～～⇨婚姻之相對兩家。

【女鬼 lí-kúi】 lú-kúi。查某鬼cha-bó·-kúi。攏抾掠後生仔的～～lóng-teh-liah hāu-seⁿ(siⁿ)-á ê～～⇨專在捉少年郎的女鬼。

【女流 lí-liû】 lú-liû。婦道人家hū-tō-jîn-ka。～～之輩～～chi pōe⇨女人們。

【女神 lí-sîn】 lú-sîn。男神～～lâm-sîn～～⇨男女諸神。

【女婢 lí-pī】 lú-pī。豪富家中的女工或女奴。婢女pī-lí。

【女壻 lí-sài】 lú-sài。壻sài同婿sài。招～～chio～～⇨爲女招夫。

【女德 lí-tek】 lú-tek。婦女的操行。好～～hó～～⇨稱讚賢妻良母之詞。

【女丈夫 lí-tiāng-hu】 lú-tiōng-hu。能力高強的婦女。不讓鬚眉的～～～put-jiāng su-bî ê～～～⇨不輸男人的女強人lí-kiâng-jîn。

【女公子 lí-kong-chú】 lú-kong-chú。對他人女兒的敬稱。文家的～～～得倈出嫁也bûn-ka ê～～～ teh-boeh chhut-kè-à⇨文家的女兒快要出嫁了。

【女王蜂 lí-ông-phang】 lú-ông-phang。㊀蜂王phang-ông。㊁經常有多人跟隨的特殊女人。未輸～～～抾bē(bōe)-su～～～leh⇨宛然女王蜂一樣。

【女媧氏 lí-o-sī】 lú-o-sī。傳說中的女皇。伏羲氏 hok-hi-sī 之妹。～～～煉石補天～～～liān-chioh pó·-thiⁿ⇨傳說創造天地的過程。

【女大不當留 lí-toā-put-tong-liû】 謂女孩子長大了，宜及早出嫁，以免惹上麻煩。有人愛也，乎乎人去較著啦，人講～～～～～ 嘛ū-lâng-āi-à, hō·-hō·-lâng-khì khah-ti o h-lā, lâng-kóng～～～～～mà⇨(既然)有人要了，就乾脆給了才是，有道是女大不當留呀。

lí

# 瘰

瘰癧lí-lat也。古病名。今曰淋巴腺結核lîm-pa-soàⁿ-kiat-hek。結粒於頸部。大小粒環生於頸部。小者爲瘰lúi，大者曰癧lek，俗合而曰瘰癧lí-lat。

lí

# 履

鞋ê也。踐也。行也爲也。草～仔鞋chháu-lí-á-ê(ôe)⇨日本式木屐bak-kiah形的草鞋chháu-ê，平底的。→chháu-ní-á-ê，亦簡稱草履仔chháu-ní-á。西裝革～se-chong kek～⇨西裝皮鞋，裝束齊整也。

【履行 lí-hêng】 實行sit-hêng。～～諾言～～lok-giân⇨同上。

【履約 lí-iak】 實行所約定之事項。對方反悔不肯～～tùi-hong hoán-hòe m̄-khéng～～⇨同上。

【履新 lí-sin】 新官上任。携眷～～hê-koàn～～⇨偕同家族上任。

【履歷 lí-lek】 個人的出身及所經歷。無代無誌查人的～～創啥bô-tāi-bô-chì chhâ-lâng-ê～～ chhòng-siahⁿ⇨無因無端查人之履歷何爲。～～表～～piáu⇨同上。

【履薄冰 lí-pok-peng】 喻存心戒愼。以免踏破薄冰而陷身水中。如臨深淵，如～～～jî-lîm chhim-ian, jî～～～⇨存心戒愼，亦省作臨深履薄lîm-chhim-lí-pok。

lì

# 擸

撕su也。拆thiah也。拆開thiah-khui也。物大曰拆thiah，小曰擸lì。剝皮pak-pôe曰擸lì。一張紙～做二張chit-tiuⁿ-choá～chò(chòe) nn̄g-tiuⁿ⇨。一張擸爲兩紙。布道歹～了pò· tō-pháiⁿ～lò·⇨布就難劵了。不用刀割用手～，較加每～～壞m̄-iōng-to-koah iōng-chhiú～, khah-ke-mā～～ hāi⇨不以刀割而以手撕，再多也會撕壞的。壞hāi改讀壞hāi。

【擸紙 lì-choá】 撕開紙張。嬰仔抾～～耍呢eⁿ(iⁿ)-á teh～～sńg-neh⇨嬰兒在劵紙玩呢。

【擸破 lì-phoà】 撕破su-phoà。耍到衫仔～

～了了sńg-kā saⁿ-á～～liáu-liáu⇨玩得衣服都撕破掉了。面皮都～～也猶抄驚啥bīn-phôe(phê) to～～a iáu-teh-kiaⁿ-sahⁿ⇨面皮都撕破了，還在怕什麼。

【摛棕 lî-chang】 剝取棕皮。～～做棕簑～～chō(chōe) chang-sui⇨同上。

【摛開 lî-khui】 撕開。撕破。人～～的不是家己裂開的lâng～～ê m̄-sī ka-kī lih-khui-ê⇨有人加以撕開的，不是自己裂開的。前者是人工的，後者是自裂的。

【摛肉絲 lî-bah-si】 大塊肉撕為肉絲。摛鷄肉絲lî-ke-bah-si⇨將鷄肉撕成絲。

lî
離 出妻曰離lî。～了前妻，絕了後代～liáu chêng-chhe, choat-liáu āu-tē⇨謂妻不可輕易離之。

【離妻 lî-chhe】 lî-bó·。～～更娶後巢～～koh-chhoā āu-siū⇨出妻再娶後妻。

【離書 lî-si(chu)】 離婚書lī-hun-si。出妻證chhut-chhe-chèng。由夫自書離書一紙付妻，即可逐其出門斷絕關係。寫～～siá～～⇨同上。

lî
釐 治理也。小數名也。分～毫忽hun～hô-hut⇨同上。一絲一～都無拍損chit-si chit～to-bô phah-sńg⇨一絲一釐之微亦不損毀之。

【釐末 lî-boat】 微末bî-boat。

【釐止 lî-chí】 微少，同釐絲lî-si。差是～～耳chha sī～～niā⇨有差異也是很小也。

【釐金 lî-kim】 貨物過境稅，亦即過路稅也。於水陸交通要處設卡徵收之。今已廢。

【釐定 lî-tēng】 整理訂定。～～重建方案～～tiông-kiàn-hong-àn⇨同上。

【釐訂 lî-tèng】 同釐定lî-tēng。

【釐絲 lî-si】 微少bî-siáu。贏伊～～仔耳iaⁿ-i～～á niā⇨勝他一點點而已。差一～～仔耳道險仔死了chhâ-chit～～á-niā tō hiám-á-sí-lō·⇨爭差cheng-chha一絲絲而已就幾乎死掉了。

【釐稱 lî-chhìn】 小形的稱仔chhìn-á。戥仔téng-á也。稱貴重物品之小稱sió-chhìn曰戥仔téng-á。

【釐撈 lî-lo】 設法找好處(取利)。～～淡薄仔～～tām-pō-ā⇨撈取若干。淡薄仔tām-poh-á改讀tām-pō-ā。有當～～抑無耶ū-thang～～ah-bô-ā⇨有利可圖否。阿久伯的工課你免想要～～啦a-kú-peh-ā ê khang-khòe lí bián-siūⁿ boeh～～lā⇨阿久伯的工程你休想能賺到厚利。

lî
籬 編木竹以為圍牆曰籬lî。籓～hoân(phoân)～⇨籓hoân即籬lî，亦作藩hoân。攀～迫壁phan～peh-piah⇨謂孩童攀籬迫壁以玩而不知其危險也。穿～之賊chhoan～chi-chhat⇨同上。柴門竹～chhâ-mn̂g-tek～⇨同上。

【籬仔 lî-á】 簡單的籬笆lî-pa。菜園仔著圍～～chhài-hn̂g-á tioh-ûi～～⇨菜園非圍以籬笆以防人畜侵入不可。

【籬笆 lî-pa】 竹或木之圍墻。造竹～～chō-tek～～⇨圍竹籬笆ûi-tek-lî-pa。拆人的～～著舂墻還人thiah-lâng ê～～tioh cheng-chhiûⁿ hêng(hân)-lâng⇨拆破他人之竹籬須舂土墻返他人。暗喻玩人之妻自己妻女必遭人玩。舂墻cheng-chhiûⁿ,圍墻之造模實土加以舂實者。還hêng→hân→hâiⁿ。

lî
簾 簾liâm也。簾lî也。用以遮蔽內外之物也。多以竹削成柳枝形者編成或以薄布代之。門～mn̂g～⇨同上。窗仔～thang-á～⇨同上。

【簾仔 lî-á】 門～～mn̂g～～⇨同上。見笑～～kiàn-siàu～～⇨布袋戲棚上，演者以木偶間之薄布幔。據稱，有此見笑簾仔，演者才敢隨木偶之身分，裝男扮女，或貴或賤，或勇或怯，哭笑怒罵自如而不致自羞云。

lî
閭 星門也。五家為比，五比為～ngó·-ka-ûi-pí, ngó·-pí ûi～⇨同上。比pí亦作鄰lîn。倚～而語í～jî-gí⇨鄰居互相對語。倚～而待í

～jî-thāi⇨母切望子歸。

【閭里 lî-lí】 鄉里hiang-lí。民間bîn-kan。～～皆曰善乃可～～kai-oat-siān-nâi-khó⇨有鄉民贊許才行。

【閭巷 lî-hāng】 里中巷。里中。公道存乎～～kong-tō chûn-hô～～⇨里中自有公道。

**驢** lî 馬的一種，比馬略小，能負載。非～非馬hui～hui-bé⇨不倫不類put-lûn-put-lūi。

【驢馬 lî-bé】 ㊀驢或騾lô。㊁罵亂動亂跑的女人。你即個～～lí-chit-ê～～⇨你這個胡搞的女人。未輸～～抄bē(bōe)-su～～leh⇨宛然驢馬一樣的。

**騾** lî 驢與馬交而生的雜種馬。

【騾馬 lî-bé】 用同驢馬lî-bé。

**孷** lî 孷孖lî-chú，双生兒也。多子果實之子定形曰定孷tēng-lî。菝仔定～了pat-á tēng～lō⇨菝仔子成形了。快可食了。菜頭chhài-thâu或菜瓜chhài-koe等過熟生纖維了曰生孷seⁿ-lî。菜瓜生～未食得也chhài-koe seⁿ(siⁿ)～bē(bōe)-chiah-tit-â⇨絲瓜si-koe有纖維了吃不得了。

**厘** lî 釐lî多省作厘lî。

**利** lī 銛siam也。宜也，順利也。益也。功用也。母銀生子銀曰利lī。兵革堅～peng-kek kian～⇨同上。磨刀恨不～，刀～傷人指mô-to hīn-put～, to～ siang-jîn-chí⇨俚諺。銳～jōe～⇨犀利sai-lī。順～便～sūn～piān～⇨同上。耒耜之～lúi-sū chi～⇨事、農之利。有～無～iú～bû～⇨同上。公～私～kong～su～⇨同上。一本萬～it-pún-bān～⇨同上。求名求～kiû-bêng-kiû～⇨同上。見～忘義kiàn～bông-gī⇨同上。貪圖私～tham-tô-su～⇨同上。蠅頭微～sîn-thâu-bî～⇨同上。母還母～還～bó-hoân-bó～hoân～⇨母利分開計算也。孟子曰，王何必言～bēng-chú oat, ông-hô-pit-giân～⇨同上。良藥苦口～於病，忠言逆耳～於行liâng-iak khó-khâu～î pēng, tiong-giân gek-ní～î hêng⇨同上。

【利子 lī-chú】 利息lī-sit(sek)。借錢那有彼類免～～的chioh-chîⁿ ná-ū hit-lōe bián～～ê⇨借錢何能有那種不要利子的。

【利口 lī-kháu】 宜於口。引起食慾曰利口lī-kháu。序大人嘴較乖，愛食些較～～的sī-toā-lâng chhùi-khah-koai, ài-chiah-chē khah～～ê⇨老人家嘴比較乖戾，喜歡吃些比較利口的東西。

【利己 lī-kí】 但求自己利益。～～主義～～chú-gī⇨只管自己有利不顧到他人的作風。～～損人～～sún-jîn⇨為利己甚至損害及他人。

【利水 lī-súi】 使小便暢通。人講蝲仔眞～～不知有也否lâng-kóng lâ-á chin～～,m̄-chai ū-iáⁿ-bò⇨人言說蛤蜊甚利水，不知是否眞的。

【利市 lī-chhī】 物品暢銷thiòng-siau。交易更～～ka-iah koh～～⇨客來客往，爭相交易kau-ek曰交易ka-iah。交易ka-iah即利市lī-chhī,利市lī-chhī即是交易ka-iah。

【利用 lī-iōng】 ㊀盡了器物之効用。～～厚生～～hō-seng⇨物盡其利使生活豐富。㊁藉機使用。眞恔～～chin-gâu～～lâng⇨很會利用他人(以達到其目的)。

【利便 lī-piān】 便利piān-lī。方便hong-piān。交通～～kau-thong～～⇨同上。逐項都～～tak-hāng to～～⇨同上。口舌～～kháu-siat～～⇨善於說話應對。錢銀敢豈～～chîⁿ-gîn kám-ká～～⇨錢的問題豈是那麼方便的(不是說有就有的)。

【利害 lī-hāi】 ㊀厲害lī-hāi。凡嚴厲giâm-lē，酷烈khok-liat，勇猛ióng-béng，聰慧chhong-hūi者皆曰厲害lī-hāi。俗作利害lī-hāi。個牽手不止仔～～in-khan-chhiú put-chi-á～～⇨他

的妻子很利害。即欵藥眞～～chit-khoán-ioh chin～～⇨此種藥很激烈。即個囝仔有夠～～chit-ê gín-á ū-kàu～～⇨此孩子十分聰明。阿花還仔算～～人a-hoa。ân-ā-sǹg～～lâng⇨阿花可以算是高段之人。伊的手段眞～～i ê chhiú-toāⁿ chin～～⇨同上。㊂利與弊。考慮～～關係khó-lī～～koan-hē⇨同上。逐家攏有～～關係tak-ke lóng-ū～～koan-hē⇨大家都有利害關係關連着。

【利益 lī-ek】 收益。有安爾的～～算未僫也了ū-an-ne(ni) ê～～sǹg-bē(bōe)-bái-ā-lò·⇨有如此的利益算不壞了。

【利息 lī-sit(sek)】 利子lī-chú。日步五仙月計道是加一五的～～也呢jıt-pō· gō-sián goeh-kè tō-sī ka-it-ngó ê～～ā-neh⇨日付五錢以月計之就是加一成五分的利息了(不便宜呀)。日步jıt-pō·，日文，每百元日付利息若干曰日步jıt-pō·。

【利純 lī-sûn】 日文，利潤lī-lūn也。蓋日文純sûn與潤lūn皆讀jun也。～～眞薄～～chin-poh⇨同上。

【利率 lī-lut】 利息的比率。伊共咱提銀行～～耳i kā-lán-theh gîn-hâng～～niâ⇨他按銀行利率拿了我們的利息而已。率之發音：統率thóng-sut，比率pí-lut。

【利鈍 lī-tūn】 喻利害得失。至於成敗～～，非臣之所能逆睹也chì-î sêng-pāi～～,hui-sîn-chi-so·-lêng gek-tō·-iā⇨出師表。

【利路 lī-lō·】 錢財所由來之路。趁錢thàn-chîⁿ之路。財源～～通四海chāi-goân～～thong-sù-hái⇨同上。

【利誘 lī-iú】 以利爲餌而誘人。威脅～～雙管齊來ui-hiap～～siang-koán chê-lâi⇨以力強迫以利誘引，兩種手段一齊運用。

【利潤 lī-lūn】 盈利êng-lī。紅利âng-lī。～～相當好～～siang-tong-hó⇨同上。

【利權 lī-koân】 有利可圖之權利。～～外溢～～goā-ek⇨同上。權利溢出圈外。

【利上利 lī-siāng(siōng)-lī】 利上加利lī-siāng(siōng)-ka-lī。複利hok-lī計算。～～～的眞利害呢～～～ê chin lī-hāi-neh⇨複利計算的非常利害(可怕)也。

【利令智昏 lī-lēng-tì-hun】 利益使理智昏迷而爲不應爲之事。人講～～～～實在有影，見著錢耳道暈落去也 lâng-kóng～～～～, sıt-chāi ū-iáⁿ, kìⁿ-tioh-chîⁿ-niâ to hūn-loh-khì(ì)-â⇨有道是利令智昏，眞的，一看見錢(他)就暈倒了。

【利慾薰心 lī-iok-hun-sim】 略同利令智昏lī-lēng-tì-hun。

lī
**離** 分散也。別也。相去也。了結曰離lī。人生悲慘事就是生～死別jîn-seng pi-chhám-sū chiū-sī seng～sú-piat⇨同上。永不分～éng-put-hun～⇨同上。暫時別～chiām-sî piat～⇨同上。阮厝～都無一百步抄goán-chhù～to-bô chıt-pah-pō·-lè⇨我們的家，相去不到一百步之遙。兩岸的距～大約是一百米liáng-hoāⁿ ê kī～tāi-iak sī chıt-pah-bí⇨同上。米bí公尺俗作米bí, Metre也。要剝都剝未～boeh-pak to pak-bē(bōe)～⇨要剝開都剝不開(剝pak喻辭職)。病母無～藉猶會痛pēⁿ(pīⁿ)-bó(bú) bô～chiah iáu-ē(ōe)-thiàⁿ⇨病根除未盡才還會痛。攦搡去乎～lâ-sâm khì-hō·～⇨污穢ū-ōe之物去除乾淨。攦搡lâ-sâm，攦搡lah-sap骯髒am-cham，都是攦搡lâ-sâm污穢ū-ōe之物。感邪猶未～kám-siâ á-bōe～⇨傷風還未痊癒。債還～藉伻娶某chè-hêng～chiah-boeh chhoā-bó·⇨債還清了才要娶妻。工課做～藉敢歇睏khang-khòe chò(chòe)～chiah-káⁿ hioh-khùn⇨工作辦完了才敢休息。㑞道九八食未～了taⁿ-tō káu-peh(poeh) chiah-bē(bōe)～lò·⇨喻好事接踵而來。骰九的賭博，出九，八之數是吃，亦即勝，反之出十一，十二之數是賠，亦即輸，故

九八吃未離即是連勝。官不～印，商不～稱koaⁿ-put～ìn, siang-put～chhìn⇨同上。三句不～本行saⁿ-kù put～pún-hâng⇨喻人性不易脫離本身環境。出言三句之中必將提到有關本行之事。不即不～put-chek-put～⇨不就近亦不遠離。

【**離心** lī-sim】 向心hiàng-sim之反。衆叛親離chiòng-poān-chhin-lī。～～力，向心力～～lek, hiàng-sim-lek⇨同上。

【**離合** lī-hap】 分離與結合。人有悲歡～～，月有陰晴圓缺jîn-iú pi-hoân～～, goat-iú im-chêng-oân-khoat⇨蘇東坡詞。

【**離宮** lī-kiong】 天子出巡時的行宮hêng-kiong。

【**離別** lī-piat】 分離hun-lī。別離piat-lī。近曰離遠曰別。

【**離身** lī-sin】 脫身thoat-sin。代誌較敍過牛毛都未～～得tāi-chì khah-chē-kòe gû-mo to-bē(bōe)～～tit⇨事情多如牛毛，完全脫不了身也。

【**離奇** lī-kî】 奇怪稀有。～～命案～～miā-àn⇨同上。

【**離乳** lī-leng(lin)】 嬰兒離開母乳開始食普通食物。～～期的食物～～kî ê sit-but⇨適合離乳時的嬰兒食物。

【**離情** lī-chêng】 惜別sek-piat之情。～～依依～～i-i⇨欲別不別不忍別的情形。

【**離婚** lī-hun】 夫妻脫離夫妻關係。～～必然是鬧劇後的悲劇～～pit-jiân sī nāu-kek-āu ê pi-kek⇨同上。

【**離間** lī-kan】 用計破壞他人團結。中了～～計tiòng-liáu～～kè⇨同上。

【**離開** lī-khui】 分開hun-khui。遠離oán-lī。合個伙計仔早道～～也kah-in hóe-kì-á chá-tō～～a⇨和他情婦很早就分手了。～～歹人～～pháiⁿ-lâng⇨遠離坯人。上少該～～一尺藉會用得siāng-chió ài～～chit-chhioh chiah-ē(ōe)-iōng-tit⇨(某物)最少應該遠離一尺才可以。

【**離經** lī-keng】 離譜lī-phó͘。脫離正道。～～叛道～～poān-tō⇨言行逸出常軌正道。

【**離緣** lī-iân】 離婚lī-hun俗曰離緣lī-iân。

【**離縫** lī-phāng】 裂縫lih-phāng。liat-hōng。內部團結有～～也lāi-pō͘ thoân-kiat ū～～ā⇨同上。

【**離離** lī-lī】 完全離開了。頭字讀長音即更加強語氣。斷～～tn̄g～～⇨斷折了。斷到～～也tn̄g-kā～～ā⇨同前而加強語氣。倒到～～也了tó-kā～～ā-lō͘⇨完全倒下去了矣。

【**離譜** lī-phó͘】 離經lī-keng。脫出曲譜。你講安爾有較～～也lí-kóng an-ne(ni) ū-khah～～ā⇨你這樣說，是過分些。你開即類價甚～～喏lí khui-chit-lōe-kè siuⁿ～～nò⇨你開這種價錢太離譜矣。

【**離櫓覭** lī-lok-hián】 lî-ló-hián。搖擺得如搖櫓。覭hián，行不正也。你彼類銅管仔車駛著～～～阮不敢坐lí hit-lōe tâng-kóng-á-chhia sái-tioh～～～goán m̄-káⁿ-chē⇨你那種併湊車一開就搖搖擺擺，我不敢坐也。銅管仔車tâng-kóng-á-chhia，併裝車，謂以大小空罐併合而成也。

【**離鄉背井** lī-hiang-pōe-chéⁿ】 遠離故鄉而赴外地謀生。

【**離脚離手** lī-kha-lī-chhiú】 謂嬰仔大了，五六歲了，已能自己跑動不再終日纏在母親身上。贪快也啦，得未～～～～也，你都快活了了也taⁿ khoài-ā-là, tit-boeh～～～～ā, lí to khùiⁿ-oah-liáu-liáu-ā⇨而今快了，快要離脚離手了，你是完全輕鬆了矣。快活khùiⁿ-oah生活豐富不受精神肉體上的勞苦曰快活khùiⁿ-oah，或作寬活。

【**離囊散甲** lī-lông-siàn-kah】 散siàn，散sàn也。武士戰敗之慘狀也。謂戰囊脫離，戰甲破散也。

【離鄉不離腔 lī-hiang-put-lī-khiang】 lī-hiu$^{n}$-put-lī-khiu$^{n}$。人在他鄉還是不忘鄉音。

lī **呂** 腰脊骨io-chiah-kut也。音律也。姓氏。六～lio̍k～⇨古音律名詞。潤餘成歲，律～調陽lūn-î sêng-sòe, lu̍t～tiau-iâng⇨千字文。

【呂布 lī-pò͘】 三國名將。人中～～，馬中赤兎jîn-tiong～～, má-tiong chhek-thò͘⇨三國演義喻人或馬之佼佼者。

【呂后 lī-hō͘】 漢高祖劉邦之妻。助劉邦取天下，雖善妬，亦女中之能人。韓信亦她所殺。

【呂宋 lī-sòng】 Luzon。菲律賓Philippin的古名。→lū-sòng。～～客～～khek⇨自呂宋發財來歸之人。損～～龜kòng～～ku⇨敲呂宋客之竹槓tek-kǹg。～～煙～～hun⇨呂宋來的卷煙Cigar。～～巴禮講家己道～～pa-lé kóng-ka-kī-tō⇨呂宋神父說自己之道。謂只責他人不求諸已。巴禮pa-lé，神父或傳道人，亦即西班牙語之padre也。

【呂尙 lī-siāng】 周建國的功臣姜子牙kiang-chú-gê也。本姓姜kiang，因封地爲呂lī，故從呂姓。俗有姜太公kiang-thài-kong，太公望thài-kong-bōng等之稱呼。

【呂不韋 lī-put-ûi】 秦代的大政商。他認爲從事政治，才能趁大錢，於是他投資，推行其政治計畫，使爲人質在外，沒沒無名的小王子，爬升太子，進而取得嗣位登上秦王地位，傳始皇帝而吞六國，自已亦封相封侯，積聚了其從商所無法得到的大財富，雖然最後因桃色問題而身敗名裂，但其事績，確可佔有政商始祖之地位而不愧。

【呂洞賓 lī-tōng-pin】 八仙之一，亦稱呂純陽lī-sûn-iâng或呂祖lī-chó͘，或呂仙祖lī-sian-chó͘。狗咬～～～káu-kā～～～⇨意謂①不八m̄-bat(pat)好人hó-lâng。②好人無好報(被狗咬了)。

lī **侶** 徒也。伴也。伴～phoā$^{n}$～⇨同伴之人。情～chêng～⇨相愛的一對。

lī **吏** 治人者也。所謂公務員之總稱。官～koa$^{n}$～⇨公務人員。府～hú～⇨同上。三～sam～⇨所謂三公sam-kong也。天子之～thian-chú chi～⇨爲天子辦事之人。亦即大小官員也。

【吏房 lī-pâng】 古府或縣級的人事機關。

【吏治 lī-tī】 官吏的政績。澄清～～têng-chheng～～⇨古今都高唱入雲的問題，吏治似乎是無法澄清者也。

【吏部 lī-pō͘】 古中央的人事機構，主管全國人事。亦即所謂六部之一。～～尙書～～siāng(siōng)-si(su)⇨吏部大臣。

lī **慮** 謀思也。人無遠～必有近憂jîn bû oán～, pit-iú kīn-iu⇨同上。深謀遠～chhim-bô͘-oán～⇨同上。本官考～考～pún-koa$^{n}$ khó～khó～⇨官員用詞。憂～iu～⇨亦憂亦慮也。我是無憂無～的快樂天使goá sī bô-iu-bô～ê khoài-lo̍k-thian-sài⇨同上。

lī **濾** 去其渣滓也。渣滓cha-chái亦即渣che滓tái皆用餘之廢物。過～kòe～⇨①濾過lī-kòe。②刑警查案，先列關係人爲嫌疑者，然後逐個查其關係亦曰過濾kòe-lī。

【濾桶 lī-tháng】 濾水用之水桶。

【濾水器 lī-chúi-khì】 除去水中渣滓的設備。俗亦曰漏水器lāu-chúi-khì。

lī **痢** 下瀉之病也。下瀉含有粘液性之糞水。有白～pe̍h～，赤～chhiah～，血～hiat～等之名。做～chò(chòe)～，放～pàng～都是指發生其現象。

【痢疾 lī-chi̍t】 亦曰腸炎tn̂g-iām，亦曰痢症lī-chèng或痢病lī-pēng。含血絲者就是赤痢chhiah-lī或曰血痢hiat-lī。

## liah

liah **剠** 同裂lia̍t，分解也。缺口khoat-kháu曰剠liah。硬性物曰剠。軟性物曰裂li̍h。枋～

布裂pang～pō·-li̍h⇨枋板pang-pán有缺口，布匹有裂口。山～一角soa$^{n}$～chi̍t-kak⇨山峯崩了一大塊。掌甲～一～chéng-kah～chi̍t～⇨指甲傷了一個缺口。

**lia̍h 喇** 助詞。同啦lah。亦作喇lià，啦là。安爾～an-ni～⇨安爾啦an-ne-là。

**lia̍h 略** 約iak也。估量也。做計也。手掌虎口展開伸直，母指尖與中指尖之間曰一略chi̍t-lia̍h，一畧長chi̍t-lia̍h-tn̂g⇨一手掌之長度，約六七寸。

【略看 lia̍h-khoà$^{n}$】約看iak(iok)-khoà$^{n}$。估計看看。～～扲～～leh⇨約看扲iak(iok)-khoà$^{n}$-leh,估計看扲kó·-kè-khoà$^{n}$-leh。～～覓扲～～bāi-leh⇨約看覓扲iak(iok)-khoà$^{n}$-bāi-lè，估計看覓扲kó·-kè-khoà$^{n}$-bāi-leh。貨底～～扲hòe-té～～leh⇨殘貨估計一下看看。

【略外長 lia̍h-goā-tn̂g】一略有多之長度。刑～～～敢有的liah～～～ká$^{n}$-ū-lè⇨缺了恐怕有六七寸的缺口。

【略貨底 lia̍h-hòe-té】估計盤點貨底kó·-kè phoân-tiám hòe-té。

**lia̍h 掠** 同搦lia̍h。奪取也。擒捉也。價買家畜曰掠lia̍h。編織草薦曰掠lia̍h。估計亦曰搦lia̍h，通畧lia̍h。亦作搦lia̍h。挽人代勞亦曰掠lia̍h。公仔喝拍，婆仔喝～kong-a hoah-phah, pô-à hoah-～⇨祖父喊打賊，祖母喊捉賊。猪鋪～啥價ti-pho·～siá$^{n}$-kè⇨毛猪買什麼價目。草茲家己～chháu-si$^{n}$ ka-kī(tī)～⇨草氈自己編織。貨底該～看扲hòe-té ài～khoà$^{n}$-lè⇨存貨應該估計一下。乎人～去做便媒人hō·-lâng～khī(ì) chò(chòe)-piān-moâi-lâng⇨被人強挽去充當媒人。

【掠人 lia̍h-lâng】㊀捉人。警察～～kéng-chhat～～⇨警察捉嫌犯。㊁迎娶新娘的戲稱。有夠酷刑，～～更搶物ū-kàu khok-hêng～～koh-chhiú$^{n}$-mi̍h⇨十分酷刑矣，捉人又加上搶物。戲指迎新娘連嫁粧。

【掠叫 lia̍h-kiò】lia̍h-kioh。以爲。誤以爲。同掠做lia̍h-chò(chòe)。我～～你不來goá～～lí m̄-lâi⇨我以爲你不來。

【掠包 lia̍h-pau】挑剔thiau-thek小毛病。品無～～的我藉佅phín-bô～～ê goá chiah-boeh⇨先言明，不捉小毛病我才同意做。逐家無～～的啦ta̍k-ê bô～～ê-là⇨大家彼此不挑剔缺點。鷄胿歕了乎人～～ke-kui pûn-liáu hō·-lâng～～⇨吹牛之後被人捉到毛病。

【掠折 lia̍h-chiat】打折扣phah-chiat-khàu。打折tá$^{n}$-chiat。貨底較有～～啦hòe-té khah-ū～～là⇨貨底每有打折。鷄胿仙的話無～～那會用得ke-kui-sian ê ōe bô～～ná-ē(ōe)-iōng-tit⇨吹牛大王的話，不打折怎麼行。

【掠位 lia̍h-ūi】打牌先決定坐位。

【掠狂 lia̍h-kông】皇張若狂也。略同着狂tio̍h-kông。所謂狷siáu也，發神經 hoat-sîn-keng也。我都無扲～～講góa tō bô-teh～～kong⇨我不在發癲hoat-tian也，我非神經病也。俗作抓狂非，抓jiàu，搔也，如抓癢jiàu-chiu是也。與掠lia̍h有別。

【掠妖 lia̍h-iau】㊀捉妖精。道士～～tō-sū～～⇨同上。㊁吃飯。因妖iau與枵iau諧音，掠妖lia̍h-iau即治妖tī-iau，亦即治枵tī-iau也。逐家先～～較贏也ta̍k-ê seng-～～khah-iâ$^{n}$-ā⇨大家先治枵醫餓爲妙也。

【掠和 lia̍h-hô】說和soeh-hô。勸和khoàn-hô。～～是有的曷煞有人叫打～～sī ū-ê, a̍h-soah-ū-lâng kiò-phah⇨勸和者有之，怎麼可以喊打。

【掠虱 lia̍h-sat】捉虱chiok-sat。虱sat，虱蟲也，同蝨sat。俗曰虱母sat-bó。～～上頭爬～～chiū$^{n}$-thâu-pê⇨喻自取麻煩。～～母相咬～～bó sio-kā⇨謂閑得太無聊了，只好捉虱母來使其打架。

【掠定 lia̍h-tiā$^{n}$】堅定不動搖。心官該～～sim-koa$^{n}$-ài～～⇨心志要堅定。

【掠直 liah-tit】 取直線。～～路藉會近～～lō· chiah ē(ōe)-kīn(kūn)⇨採取直線路程才能較近。

【掠姦 liah-kan】 捉通姦。～～在床，掠賊在贓～～chāi-chhn̂g, liah-chhat chāi-chng⇨捉姦要在床上，捉賊要有贓物。

【掠鬼 liah-kúi】 捉鬼chiok-kúi。鍾馗～～chiong-kûi～～⇨故事。鍾馗chiong-kûi辟鬼之神也。

【掠做 liah-chò(chòe)】 掠叫liah-kiò。～～是無希望也～～sī bô-hi-bāng-ā⇨(我)以為是無希望了。

【掠魚 liah-hî】 捕魚pó·-hî。～～的佅煞，揹簎的不煞～～ê boeh-soah, koāⁿ-khah-ê m̄-soah⇨捕魚人打算不捕了，帶簎人要捕下去。喻當事人不幹了，傍觀者却不罷休。

【掠準 liah-chún】 同掠叫liah-kiò或掠做liah-chò(chòe)。我～～你行去也哩goá～～lí kiâⁿ-khì(ì)-ā-lih⇨我以為你是死蹺蹺sí-khiàu-khiàu了哩(彼此取笑)。行去了kiâⁿ-khì(ì)-ā⇨死掉了。

【掠猴 liah-kâu】 ㊀捉山猴。山裡～～soaⁿ-ni～～⇨山上捉猴。㊁捉人猴。～～割頭鬃～～koah-thâu-chang⇨往時捉姦，先斷其頭髮以使其見不得人。

【掠筋 liah-kin(kun)】 筋肉按摩法。例如腹痛，掠摩某點筋肉，即可治癒之。亦可謂一種土醫法。

【掠童 liah-tâng】 關童乩koan-tâng-ki。由信衆燒香扛抬神像，禱告，乃有專業之童乩tâng-ki發動起跳而傳神旨，曰關童koan-tâng或關童乩koan-tâng-ki。童乩(專業)發動起跳傳某神之神旨，曰掠童liah-tâng。玄天爺～～hān-than-iâ～～⇨玄天上帝掠童。玄天上帝hiân-thian-siōng-tè⇨神名。俗叫玄天爺hān-than-iâ。玄天爺hian-thian-iâ應為邯鄲爺hān-tan-iâ之轉訛。邯鄲古地名。春秋戰國的趙首都。

【掠賊 liah-chhat】 擒賊khîm-chhat。～～未等得到衙門～～bē(bōe)-tán-tit kàu gê-mn̂g⇨喻急得無法再等待。謂捉到賊了，不能等待到衙門交官，就先行予以修理。打虎～～著親兄弟phah-hó·～～tioh chhin-hiaⁿ-tī⇨謂打虎捉賊危險事也，須與兄弟為之，急時才能獲救。

【掠稠 liah-tiâu】 緊捉不放。～～稠掠未稠～～tiâu, liah-bē(bōe)-tiâu⇨捉住不放，無法捉住。稠tiâu密也。稠密也。

【掠着 liah-tioh】 捉到了。～～賊仔～～chhat-á⇨捉到了小賊。～～死鱟～～sí-hāu⇨扱着死鷄khioh-tioh-sí-ke。皆喻得到了意外之財。～～伊的心事～～i ê sim-sū⇨推中了他的心意。

【掠漏 liah-lāu】 尋出屋漏點而修補之。叫人～～kiò-lâng～～⇨請人修補雨漏。

【掠影 liah-iáⁿ】 捉影。捕風～～pó·-hong～～⇨聽到風聲妄加臆測。

【掠賬 liah-siàu】 查賬chha-siàu。結賬kiat-siàu。頂面來～～téng-bīn lâi～～⇨上方來查賬。頂手來～～téng-chhiú lâi～～⇨躉批商來結帳。躉批tún-phe，大賣商。

【掠徼 liah-khiò】 捉徼chiok-khiò。徼khiò，微妙也。俗信畫符念咒ōe-hû-liām-chiù或其他某種作為，則可禍福於人者曰徼khiò。為其法曰做徼chò(chòe)-khiò，請人反擊去除之曰掠徼liah-khiò。

【掠龍 liah-liông(lêng)】 按摩ān-mô。～～的～～ê⇨按摩業之人。

【掠豬 liah-ti】 捉豬，買豬。～～掠牛～～liah-gû⇨①捉豬捉牛。②買豬買牛。～～仔～～仔⇨買小豬。

【掠總 liah-cháng】 捉執端緒。無抄當～～bô-teh thang～～⇨無從尋出端緒。總cháng者聚來也，合也，總草cháng-chháu之總cháng

也。

【掠縫 liah-phāng】 捉人缺點。佼掠孔～～gâu liah-khang～～⇨慣作攻人之短。

【掠僥 liah-kiáu】 捉賭chiok-tó。又抾～～也iu-teh～～à⇨又在捉賭了。～～虱～～sat⇨俗謂僥虱kiáu-sat者，使人痒得不得不賭，捉除僥虱，即止賭也。

【掠大誤 liah-toā-gō͘】 大意失事tāi-ī-sit-sū。道是～～～藉會死啦tō-sī～～～chiah-ē(ōe)-sí-lā⇨就是大意失荊洲才會氣死人也。

【掠水鬼 liah-chúi-kúi】 捉水鬼chiok-chúi-kúi。～～～塞涵孔～～～that-âm-khang⇨喻做事草草塞責。謂捉水鬼塞涵洞，事屬烏有，不足信也。

【掠外長 liah-goā-tn̂g】 大約七八寸長。同略外長liah-goā-tn̂g。

【掠凸碼 liah-phòng-bé】 估計過高。誇大的估計。咱估較實的莫～～～lán kó͘-khah-sit-le, mài～～～⇨我們估計切實些，不作誇大估計。

【掠死訣 liah-sí-koat】 執死訣chip-sí-koat。固執老套。端仔伓～～～耳tan-á boeh～～～niâ⇨只是要固執老套而已。

【掠走稅 liah-cháu-sòe】 捉脫稅行爲。～～～掠眞嚴～～～liah-chin-giâm⇨同上。

【掠坦横 liah-thán-hoâi$^{n}$】 採取橫線。坦直thán-tit之對詞。心肝～～～sim-koa$^{n}$～～～⇨故意把心打橫，亦即不行直，不照理而作逆理之行。

【掠兎仔 liah-thò͘-á】 不勝酒力而嘔吐。兎thò͘與吐thò͘諧音。

【掠草茲 liah-chháu-si$^{n}$】 編織草茲。草茲chháu-si$^{n}$者貧農以稻草編成如薦者爲床墊，用以御寒者也。茲si$^{n}$，薦也，蓐也。

【掠媒人 liah-moâi-lâng】 挽人當媒人。亦即請人擔任形式上之媒人。盒都～～～道可也曷使更安怎ta$^{n}$-to～～～tō-hó-à ah-sái koh an-choá$^{n}$⇨而今是掠媒人就可以迎娶了，還要怎麼樣。

【掠猫仔 liah-niau-á】 ～～～看猫娘～～～khoà$^{n}$ niau-niû⇨捉小猫必看猫母，以斷其好壞。喻娶媳婦要看其父母的品行而定。

【掠番薯 liah-han-chî】 ～～～無做五穀～～～bô-chò(chòe)-ngó͘-kok⇨把番薯不視爲五穀之類。亦即不珍惜番薯。喻蹧躂chau-that有用之物。

【掠過馬 liah-kòe-bé】 ㊀上當。橫遭欺騙。在馬上被活捉過他人馬上。乎人～～～hō͘-lâng～～～⇨同上。㊁估計過高。你～～～去也啦lí～～～khì(ì)-â-lā⇨你估計過高了也。同掠凸碼liah-phòng-bé。

【掠話虱 liah-ōe-sat】 同掠話骨liah-ōe-kut。

【掠話骨 liah-ōe-kut】 捉話病。挑剔話中的小毛病。佼～～～耳有啥用gâu～～～niâ ū-siá$^{n}$-iōng⇨(你只會)捉話病而已，有何用處。

【掠著猴 liah-tioh-kâu】 喻意外之收入。猴喻妻之男朋友，亦即俗曰客兄kheh-hia$^{n}$，古曰遊婿iû-sài者。捉到猴時，亦有從客兄取得若干金錢，以息事者，是則掠著猴之所以爲意外收入也。你毋～～～lí m̄～～～⇨你不是捉到猴了嗎(否則何以如此慷慨)。朋友間的刻薄話。

【掠蝕仔 liah-sih-nah】 捉閃電chiok-siám-tiān。～～～刷白瘖～～～chhē-peh-tiò⇨捉閃電siám-tiān刷白瘖peh-tiò謂可以癒之。喻空言無希望之事。

【掠篙泅 liah-ko-siû】 兩手交拍水面的泳法。略同crawl。即款急流道該～～～藉泅會過chit-khoán kip-liû tō-ài～～～chiah siû-ē(ōe)-kòe⇨此種急流應以掠篙泅的泅法才能泅過去。

【掠譜勢 liah-phó͘-sì】 循譜意而唱也。亦即揣摩原意而行也。～～～仔耳啦～～～á niâ lah⇨量其約仔創創抾耳liāng-ki-iak-á chhòng-chhòng leh nîa⇨馬馬虎虎，大其概仔tāi-ki-khài-á爲之而已。

【掠一尾蟲 liah-chit-bóe-thâng】 捉一條蟲。～～～～於尻川撓～～～～tī kha-chhng-ngiau⇨捉一條蟲在屁股撓。喻自惹麻煩。撓ngiau，抓jiàu也，搔so也，擾jiáu也。腋下等受他人輕擾的一種忍笑不得的感覺曰撓ngiau。亦作ngiau。

【掠天湳湳 liah-thiⁿ-lâm-lâm】 liah-thîⁿ-lōm-lōm。責罵子女懵懂bóng-tóng無受債bô-siū-chē之詞。亦即不明事理，不勤勞負責也。湳lâm(lōm)，泥濘之地。都安爾～～～～不知天地幾斤重不to-an-ne(ni)～～～～m̄-chai thiⁿ-tē kúi-kin-tāng-m̄⇨是如此這般的不知天高地厚的，不是嗎。

【掠長補短 liah-tn̂g-pó͘-té】 將有餘補不足。～～～～還仔無啥差啦～～～～oân-à bô-siáⁿ-chha lā⇨有餘補不足或者是盈利補虧損還是差得不太多。

【掠脚掠手 liah-kha-liah-chhiú】 ㊀捉脚捉手以教之。猶該人～～～～抒iáu-ài-lâng～～～～leh⇨還是需要人捉脚捉手以指導，亦即尚未成熟或未熟練。㊁絆脚絆手的妨害。人抒～～～～抒，代誌眞僫做lâng teh～～～～leh, tāi-chì chin-bái-chō(chōe)⇨他人在絆脚絆手，事情很難辦。

【掠龜走鱉 liah-ku-cháu-pih】 捉到龜了又跑了鱉。喻會齊多人之困難。毋抒～～～～，一個來一個走m̄-teh～～～～, chit-ê-lâi, chit-ê cháu⇨這不是掠龜走鱉嗎，來一個走了一個的。

## liak

**liak**
**礫** 算盤子之敲擊聲。啊～叫lih～kiò⇨打算盤的聲。同礫liak。

**liak**
**礫** 算盤子的聲。～一下算盤道拍落去也～chit-ē sǹg-poaⁿ tō-phah-loh-khì(ì)-à⇨礫地一聲算盤就打下去了。算盤拍到嚦～叫sǹg-poâⁿ phah-kà lih～kiò⇨同上。

【礫礫 liak-liak】 嚦礫叫lih-liak-kiò。～～叫～～kiò⇨算盤聲。袋中之硬幣聲。袋仔底～～叫抒tē-á-té～～kiò-leh⇨袋中錢礫礫有聲。喻錢多。嚦嚦～～lih-lih～～⇨同前。

**liak**
**略** 計謀也。取也。奪也。簡要也。雄才大～hiông-châi-tāi～⇨同上。政～結婚chèng～kiat-hun⇨利用爲政治手段的婚姻。戰～撤退chiàn～thiat-thè⇨假撤退。謀～家bô͘～ka⇨險謀家。攻～要塞kong～iàu-sài⇨同上。侵～鄰國chhîm～lîn-kok⇨同上。大～tāi～⇨大～仔tāi～á⇨大約tāi-iak。大約仔tāi-iok-á。省～séng～⇨免去一部分作爲。概～khài～⇨概要khài-iàu。

【略地 liak-tē】 佔據土地。漢兵已～～，四面楚歌聲，大王意氣盡，賤妾何聊生hàn-peng í～～, sù-biān chhó͘-ko-seng, tāi-ông ì-khì-chīn, chiān-chhiap hô-liâu-seng⇨虞姬gî(gû)-ki。

【略奪 liak-toat】 掠奪liak-toat。散兵遊勇四處強姦～～sàn-peng-iû-ióng sù-chhì kiâng-kan～～⇨同上。

**liak**
**掠** 掠liah也(見liah部)。

## liam

**liam**
**跕** 躡跟而行曰跕liam，亦即以脚尖行路也。纏足娘之行曰跕liam，亦喻行緩也。遂仔～ūn-á～⇨慢步跕行。遂遂仔～ūn-ūn-á～⇨同前。未輸阿娘仔～的bē(bōe)-su a-niû-á～lê⇨宛如小娘子跕行。安爾～要～到當時an-ne(ni)～boeh～kà tang-sî⇨如此跕步法要跕到何時(才可到)。遂ûn或省作云ûn。

**【跕田岸 liam-chhân-hoā$^{n}$】** 播田時，小田岸糊有一層防洩泥土，必跕而過之。未見笑，～～～，跕到跋落田岸脚bē(bōe)-kiàn-siàu, ～～～, liam-kà poa̍h-lo̍h chhân-hoā$^{n}$-kha⇨可笑死也，跕田岸竟跌落岸下了。

**【跕脚行 liam-kha-kiâ$^{n}$】** 跕步以行。使～～～藉會得過sái～～～chiah ē(ōe)-tit-kòe⇨使用跕脚法才能越過去。

**【跕脚沕手 liam-kha-bih-chhiú】** 暗中潛行偷渡。～～～～來偷拂去～～～～lâi thau-hut-khì⇨暗中潛來偷走了。

liam **拈** 指取也。拎ni也。兩指取物也。拎～ni～⇨取小物。喩零用金。俾序大人當可拎～hō· sī-toā-lâng thang-hó ni～⇨讓老父母隨時可以取用。

**【拈香 liam-hiu$^{n}$】** 燒香sio-hiu$^{n}$。以兩指取香抹放入香爐燒之也。去廟裡～～khì biō-lí～～⇨前往某廟燒香。弔喪～～tiàu-song～～⇨同上。

**【拈鬮 liam-khau】** 抽籤thiu-chhiam。照～～的chiàu～～ê⇨按照抽籤法來決定。～～分家伙～～pun ke-hóe(hé)⇨抽籤分產。

**【拈田嬰 liam-chhân-e$^{n}$】** 捉蜻蜓chheng-têng。田嬰chhân-e$^{n}$，蜻蜓chheng-têng的別稱。又頑童偷拉女孩子的辮髮尾以捉弄之亦田拈田嬰liam-chhân-e$^{n}$。嬰e$^{n}$，蛜e$^{n}$的俗字。

**【拈米卦 liam-bí-koà】** 取米以卜吉凶。

**【拈花惹草 liam-hoe-jiá-chháu】** 男的～～～～女的招蜂引蝶lâm-ê～～～～lí-ê chiau-hong-in-tia̍p⇨男敲女人，女誘男人。

liám **吝** 恨惜也。貪tham也。慳khiân也。阿久伯仔慳更～a-kú-peh-à khiân-koh～⇨阿久伯又慳又吝。慳～叫做慦khiân～kiò-chò(chòe)-kho̍k⇨同上。即類錢那會用得～chit-lōe-chî$^{n}$ ná-ē(ōe)-iōng-tit～⇨此種錢怎麼可以節省。毋當更～了m̄-thang koh～lò·⇨不應該再減少了。較～每無法度不開khah～mā-bô-hoat-tō· m̄-khai⇨再儉再省也沒辦法不開銷(此筆錢)。

liám **斂** 收也。減也。檢點也。收斂siu-liám也。收束曰斂liám。會～得的咱道～，未～得的咱不當～ē(ōe)～tit-ê lán-tō～, bē(bōe)～tit-ê lán-m̄-thang～⇨可以節省的我們節省之，不應該省的我們不可省之。

**【斂力 liám-la̍t】** 調節力氣。～～仔行～～á-kiâ$^{n}$⇨節力而行。不急急趕路。

**【斂色 liám-sek】** 節慾。～～顧身命～～kò· sin-miā⇨節慾以保健康。

**【斂省 liám-séng】** 生活檢點儉約。人個生活眞～～lâng-in seng-oa̍h chin～～⇨人家他們日常生活很有分寸。

**【斂跡 liám-chek】** 不多見put-to-kiàn。景氣好，死賊仔道較～～也kéng-khì-hó, sí-chha̍t-á tō khah～～â⇨景氣好了可憎的小賊就不多見了。

**【斂嘴 liám-chhùi】** ㈠儉嘴khiām-chhùi。不貪嘴不枵饞iau-sâi。㈡修嘴siu-chhùi。不亂罵亂說。不～～的put～～ê⇨開口亂說亂罵之人。貪食之人。

**【斂斂仔 liám-liám-á】** ～～～開道有存，拍翸仔開道無夠，當然是安爾了～～～khai tō ū-chhun, phah-phùn-á-khai tō bô-kàu,tong-liân sī an-ne(ni)-lò·⇨撙節用之有餘也，拼命亂用即不足，此當然之理也。拍翸phah-phún，鳥展翅起飛也。

liám **臉** 臉面liám-bīn也。無～～bô～～⇨無面子。失～～sit～～⇨失面子。～～無加我顧～～bô kā-goá-kò·⇨面子不爲我維持照顧。落～lok～⇨失體面也。

liám **膁** 軟膁nńg-liám，獸肉之屬腰部者。～～肉～～bah⇨同上。

**【膁肚 liám-tó·】** 獸魚類的腹壁之肉。～～肉～～bah⇨同上。

liàm **捻** 摘取物也。以兩指夾而取之曰捻liàm。以指甲掐khàng之亦曰捻liàm。橫草無拎，直草無～hoâi$^{n}$-chháu bô-ni，tit-chháu bô～⇨喻不義之物絲毫不取。拎ni或拈ni，取之。捻liàm，摘取之。

【**捻手** liàm-chhiú】 掐手khàng-chhiú。相～～sio～～⇨彼此捻手以爲暗示。串通chhoàn-thong。人～～抣道過板也lâng～～lè tō-kòe-pán-à⇨人家一捻手爲號就成功了(瞞過你，或取了你之物)。過板kòe-pán，音樂轉拍，喻情形轉變，亦即你的變成他人的。

【**捻花** liàm-hoe】 摘取花朵。

【**捻埞** liàm-tè】 捻爲一塊一塊。～～做粿～～chō(chōe)-kóe(ké)⇨同上。

【**捻頭** liàm-thâu】 摘取腦袋。乎人掠去～～hō·-lâng lia̍h-khì(ì)～～⇨被人捉去凌治lêng-tī。喻被人捉去戲弄修理。凌治lêng-tī，爲古之極刑凌遲lêng-thî之訛。

【**捻麻簽** liàm-moâ-chî】 摘取麻簽以食之。麻簽moâ-chî，簽chî也與日文mochi相通。俗作糍chî。

【**捻嘴皶** liàm-chhùi-phé】 拈撚其面頰。講不是話，該～～～kóng-m̄-sī-ōe ài～～～⇨同上。

liâm **廉** 清也。儉也。官之清而不貪不污曰廉liâm。禮儀～恥，國之四維lé-gî～thí, kok-chi-sù-ûi⇨同上。無～無恥bô～bô-thí⇨無廉恥bû-liâm-thí。清～官chheng～koa⇨同上。三年清～官十萬雪花銀sa$^{n}$-nî chheng～koa$^{n}$，cha̍p-bān soat-hoa-gîn⇨同上。又平價曰廉liâm。

【**廉吏** liâm-lī】 清廉的官吏。

【**廉明** liâm-bêng】 官之明察不貪污者。官之～～民之大福koa$^{n}$-chi～～, bîn-chi tāi-hok⇨同上。

【**廉恥** liâm-thí】 明禮儀知～～bêng-lé-gî, ti～～⇨同上。無～～bô～～⇨無恥bû-thí。不知廉恥。

【**廉潔** liâm-kiat】 清廉高潔chheng-liâm-ko-kiat。

【**廉價品** liâm-kè-phín】 便宜貨pân-gî-hòe。

【**廉能政治** liâm-lêng-chèng-tī】 清廉賢能者在位的政治。一種政治宣傳的標語。

liâm **簾** 遮蔽窗戶之竹製物也。竹～tek～⇨同上。門～mn̂g～⇨同上。風～hong～⇨同上。風～展書讀，古道照顏色hong～tián-si-tho̍k, kó·-tō chiàu-gân-sek⇨正氣歌。簾，或原作簷。水晶～動微風起，一架薔薇滿院香súi-cheng～tōng bî-hong-khí, it-kà chhiâng-bî boán-īⁿ-hiang⇨古詩。垂～聽政sûi～thia$^{n}$-chèng⇨后妃等的女流主政。

liâm **帘** 酒家之旗幟也。酒～chiú～⇨同上。或作同簾liam。竹作簾，帕作帘。

liâm **鐮** 鎌liâm的俗字。一種刈草的農刀。刀身作鉤形。鉤～kau～⇨鉤鐮刀kau-liâm-to。

【**鐮仔** liâm-á】 刈草刀。

【**鐮劚仔** liâm-le̍k-á】 刈稻專用的小刀，刀口是鋸齒形的。

liâm **鯰** 魚名。鮎liâm也，俗作鯰liâm，一種無鱗之淡水魚。魚體多粘液。

【**鯰仔** liâm-á】 鮎魚liâm-hî。～～滫～～siû$^{n}$⇨鯰魚體上之滑液。滫siû$^{n}$，粘液，滑液。

liâm **粘** 黏liâm的俗體字。糊物相合曰粘liâm。膠ka糊kô·之性曰粘liâm。密接曰粘liâm。秫米飯較～chu̍t-bí-pn̄g khah～⇨秫米飯粘性多。即款糊仔無～chit-khoán kô·-á bô～⇨此一種糊無粘性(不佳也)。囡仔猶眞～gín-á iáu-chin～⇨孩子還在纏住不離母的(情形中)。彼顆人眞佼～hit-kho·-lâng chin gâu～⇨那家伙很會煩人。彼個查某眞會～hit-ê cha-bó· chin ē(ōe)～⇨那女人懂得迷住人。用灰～iōng-hoe(he)～⇨以石灰粘接。水泥～的chúi-nî～ê⇨水泥粘的。佼～gâu～⇨有持久性。

【粘土 liâm-thô͘】 有粘性之泥土。宜於製陶磁器之土。

【粘灰 liâm-hoe(hê)】 以石灰chio̍h-hoe接合。厝瓦該～～chhù-hiā ài～～⇨瓦以石灰接合。

【粘性 liâm-sèng】 漿糊，水膠等的性質。又俗以持久性的耐力曰粘liâm曰粘性liâm-sèng。阿久兄較有～～a-kú-hiaⁿ khah-ū～～⇨阿久哥有持久的耐力。⇨阿久較佼粘a-kū khah-gâu-liâm⇨阿久善於持久戰。

【粘柴 liâm-chhâ】 一種木材刨薄片浸水即生粘液，用爲整髮料者。今已少見。

【粘涕 liâm-thi】 粘黐liâm-thi也。黐lī，thi爲一種樹膠chhiū-ka，粘性強，可以捕鳥。未輸～～抄bē(bōe)-su～～leh⇨宛如粘涕也，謂孩子纏母不放。

【粘液 liâm-e̍k】 體內所分泌的有粘性之液體，如鰻潲moâ-siûⁿ，鼻涕phīⁿ-thè，嘴涎chhùi-noā等是也。

【粘粘 liâm-liâm】 很粘。有粘性。摸著～～bong-tio̍h～～⇨一摸有粘性感。～～潲潲～～siûⁿ-siûⁿ⇨甚粘甚潲。潲siûⁿ，鰻潲moâ-siûⁿ魚潲hî-siûⁿ等之粘液也。～～漓漓～～leh-leh⇨很粘很粘。

【粘膠 liâm-ka】 以水膠chúi-ka粘之。水膠chúi-ka。

【粘其膠 liâm-kî-ka】 很粘的形容詞。四界～～～sì-kè～～～⇨到處皆泥濘。

【粘泥濘 liâm-nih-noah】 同粘其膠liâm-kî-ka。

【粘鳥仔 liâm-chiáu-á】 以黐捕鳥。囡仔愛～～gín-á ài～～～⇨童子喜愛粘鳥。

【粘着劑 liâm-tio̍k-che】 工業用的強力糊kiâng-le̍k-kô͘。

liâm **襝** 襝衽liâm-jīm也。整肅衣襟爲禮也。今已爲婦女所專用。阿花～～再拜a-hoe～～chāi-pāi⇨婦女信末的套詞。

liâm **連** 合也。聯續liân-sio̍k也。亦粘liâm也。相～sio～⇨相合相聯。褲帶結相～khò͘-toà kat-sio～⇨謂兩人親密行坐出入必相偕。

【連捷 liâm-chia̍p】 敏捷bín-chia̍t。密集快速。脚手～～kha-chhiú～～⇨行動敏捷。

【連鞭 liâm-piⁿ(mi)】 快速khoài-sok。立即。忽然hut-jiân。伊～～會來i～～ē(ōe)-lâi⇨他馬上就會來。你先行，我～～去lí seng-kiâⁿ, goá～～khì⇨你先走一步，我很快就追去。～～哮～～笑～～háu～～chhiò⇨一會兒哭，一會兒笑。忽哭忽笑。～～連時～～liâm-sî⇨立即。臨時。～～連時要那有錢～～liâm-sî boeh, ná-ū-chîⁿ⇨臨時臨曜lîm-sî-lîm-iāu，那來的錢呢。曜，時光也。

liâm **臁** 脛骨也。脚鼻～kha-phīⁿ～⇨脛骨。前曰脹liâm，後曰肚tó͘，脚後肚kha-āu-tó͘。

liâm **臨** 臨時liâm-sî，臨時lîm-sî也。～～臨樣～～liâm-iāuⁿ⇨突然之間。事情到了。～～臨樣倸請仙不～～liâm-iāuⁿ boeh-chhiáⁿ-sian-m̄⇨突然之間，要請仙(來救)嗎。意謂有何辦法。

liām **念** 常思也。誦也。曰念liām。思～su～⇨同上。數～siàu～⇨同上。默～be̍k～⇨念於心而不出聲。暗～àm～⇨背誦pòe-siōng。茹～jî～⇨烏白講。恣意責怪他人而喃喃不休也。留～liû～⇨同上。紀～kí～⇨同上。虬更儉，枵鬼更諿～khiû-koh-khiām, iau-kúi-koh-chap-～⇨吝嗇加儉約，貪食加烏白講。諿cha̍p，多言也。

【念日 liām-ji̍t】 二十日。

【念佛 liām-hu̍t】 口誦佛號。～～禮神～～lé-sîn⇨同上。

【念咒 liām-chiù】 咒chiù者，所以發神通以降禍福於人之言詞。亦曰咒語chiù-gí。畫符～～ōe-hû～～⇨畫者曰符hû，念者曰咒chiù，合稱符咒hû-chiù。

【念念 liām-liām】 經常念之。心心～～sim-

sim～～⇨同上。～～不忘～～put-bōng⇨同上。～～有如臨敵日，心心常似過橋時～～iú-jî (jû) lîm-tek-jit, sim-sim siâng(siông)-sū kōe-kiô-sî ⇨ 如履薄冰，如臨深淵 jî-lí pok-peng, jî-lîm chhim-ian。

【念珠 liām-chu】 數珠sò·-chu。佛珠hut-chu。僧尼所帶的計數之具。全串爲一〇八粒。

【念書 liām-chu(su)】 念册liām-chheh。讀書thak-chu(su)。讀册thak-chhek。～～歌～～koa⇨譏只能讀之而不解其意者。

【念疏 liām-sò·】 口誦祈禱文。司功～～sai-kong～～⇨道士讀疏thak-sò·。

【念著 liām-tioh】 ㈠讀對了。㈡思念到了。有～～朋友情，頂多欠的著提來還ū～～pêng-iú-chêng, téng-tang khiàm-ê tioh-theh-lâi-hêng⇨如果尙顧念到朋友情分，上期欠的錢就應該拿來還我。

【念潲 liām-siâu】 念誦liām-siōng，俗作念精liām-siâu。潲siâu，精液cheng-ek也。～～拍柝～～phah-khok⇨所謂茹念iû-liām，亦即亂言不停之粗語也。

【念誦 liām-siōng】 俗作念潲liām-siâu。心念口誦sim-liām-kháu-siōng佛經也。～～拍柝～～phah-khok⇨①誦佛經打木魚。②俗指喃喃不休之煩言。柝khok，夜巡所擊之木器也。

【念頭 liām-thâu】 心中所思考。不當有彼類～～m̄-thang ū-hit-lūi～～⇨不應該有那一種想法。

【念譜 liām-phó·】 讀譜thok-phó·。練習歌曲koa-khek。

【念套頭 liām-thò-thâu】 故意說出暗示言詞以求取同意或許可。又抡～～～也iū-teh～～～ā⇨同上。

【念歌訣 liām-koa-khoat】 讀歌訣。練習歌訣。歌訣koa-khoat者，以詩歌形式表現某事的要旨，例如漢醫的湯頭歌訣thng-thâu-koa-khoat等是也。

**liām 殮** 殯殮pìn-liām也。殯pìn，屍在棺將出葬。殮 liām 爲屍穿衣也。亦讀 pìn-liâm。入～jip～⇨入棺jip-koan 作入殮 jip-liām (liâm)。

# lian

**lian 蔹** 草名。草木枯萎曰茎lian。捲縮亦曰茎lian。花～去了hoe～khì(ì)-lò·⇨花枯謝了。樹葉攏抡～也chhiū-hioh lóng-teh～a⇨樹葉皆在枯萎了。魷魚烘一下道捲～jiû-hî hang-chit-ē tō kńg～⇨魷魚一烘就捲曲。甲簕見水道～kah-hā kìⁿ-chúi tō～⇨竹皮逢水就捲縮。～到脯去也～kà pó-khì-à⇨簕成脯了。

【蔹蔹 lian-lian】 枯萎的樣子。看著～～多敢種未活也咧khoàⁿ-tioh～～to-káⁿ chèng-bē(bōe)-oah-ā-lè⇨看起了甚枯萎了，恐怕種不活了。

**lián 輦** 輓車也。人步行以輓之行也。又王者之車也。神輿亦曰輦lián。步行曰輦lián。關～koan～⇨問神召童乩也。起～khí～⇨神輿搖動童乩開跳也。扛～kng～⇨扛神轎。步～pō·～⇨步行。變無～piàn-bô～⇨耍不出花樣。伊講要云也～兼運動啦i kóng-boeh ûn-á～kiam ūn-tōng-lā⇨他說要慢慢的步行，運動運動也。

【輦脚 lián-kha】 扛輦轎kng-lián-kiō之人。

【輦槓 lián-kn̄g】 輦轎棒lián-kiō-pāng。所以杠之木或竹棒。

【輦霧 lián-bū】 一種果樹。果實亦曰輦霧lián-bū。

【輦轎 lián-kiō】 神輿sîn-î。神轎sîn-kiō。關～～koan～～⇨求神召童乩。

**lián 輪** 車輪chhia-lûn也。車輪chhia(ki)-lûn曰車輪chhia-lián。三～車saⁿ～chhia⇨同

上。四～車sì～chhia⇨同上。十二～的cha̍p-jī～ê⇨十二個輪之大卡車。牛車～gû-chhia～⇨同上。鐵馬～thih-bé～⇨脚踏車之輪。七條六～八仙chhı̍t-chhiâu la̍k～pat-sian⇨七、六、八各數的異稱，猜拳用詞。樹乳～chhiū-leng～⇨膠輪kau-lián。大～細～toā～sè(sòe)～⇨同上。

**lián 臁** 下腹也。凡畜腰後窊處曰臁窩lián-o，亦即腰左右之虛肉處也。軟～nńg～⇨軟臁。nńg-liám。

**【臁肚 lián-tō͘】** liám-tó͘。～～肉～～bah⇨同上。～～尾～～bóe⇨肚臍tō͘-châi之下。

**lián 臉** 臉面lián-biān也。面子bīn-chú。共您父失～kā-lín-pē sit～⇨丟盡了本大爺體面thé-biān。體面thé-biān，面子bīn-chú也。落～lok～⇨失體面。㑑道落～也ta$^{n}$ tō lok～à⇨而今壞透了。

**lián 撚** 紉lián也。合絲爲繩曰紉lián，俗作撚lián。以指旋轉之亦曰撚lián。詭詐亦曰撚lián。紙～丁choá～teng⇨撚捲的小紙條。蹺脚～嘴鬚khiau-kha～chhùi-chhiu⇨喻安穩的享受。乎～過板去也hō͘～kòe-pán-khì-à⇨乎詐騙去了。

**【撚孔 lián-khang】** ㊀以小錐穿孔。㊁詐騙。佼～～gâu～～⇨善於找對象加以詐騙。

**【撚仔 lián-á】** ㊀裝阿片煙的小道具。阿片煙～～a-phiàn-hun～～⇨同上。㊁清耳孔的消息。耳孔～～hī$^{n}$-khang～～⇨同上。

**【撚骰 lián-tâu】** 一種賭博的道具。六角骰中有心棒如駝轆形。撚旋於碗中而蓋之，賭者押其停旋後上向之數以決勝負。貾～～teh～～⇨作撚骰賭博。貾teh，儌下注曰貾。

**【撚盤 lián-poâ$^{n}$】** ㊀留聲機的旋轉盤。㊁脚踏車的齒輪khí-lûn。㊂賭骰九用的盤皿。

**【撚錢 lián-chî$^{n}$】** ㊀使錢幣旋轉，亦一種賭博。㊁轉轆車。滑車ku̍t-chhia。㊂詐騙金錢。

**【撚寶 lián-pó】** 一種賭博道具。又其賭博。

販～～teh～～⇨參加其賭博。販teh，押也，博也。

**【撚鑽 lián-chǹg】** 轆轤錐。亦即旋轉錐。

**【撚闔笑 lián-khap-chhiò】** 以硬幣一枚撚動之，見其停旋後之表(闔khap)裏(笑chhiò)如何以定勝負之賭博。亦曰販闔笑teh-khap-chhiò。

**lián 攆** 驅逐也。乎人～出來hō͘-lâng～chhut-lâi⇨被驅逐出門。

**liàn 輪** 輪lián的動詞化也。旋轉soân-choán曰輪liàn。一圈曰一輪liàn。打滾亦曰輪liàn。爲生活活動掙扎亦曰輪liàn。躩躩～kho̍k-kho̍k～⇨團團轉thoân-thoân-choán。世界攏去趆一～也sè-kài lóng-khì sē-chı̍t～à⇨世界皆去跑過一周了。趆sē，踰也。行圓周曰趆sē。咱來去行一～好否lán laih-khì kiâ$^{n}$-chit～hó-bò͘⇨我們出去跑一跑好嗎。㑑安爾～一世人也，每是安爾溜溜ta$^{n}$ an-ne(ni)～chı̍t-sī-lâng-ā mā-sī an-ne(ni) liū-liū⇨而今如此這般掙扎一生了，也是如此這般的空空如也。較～都未出脫khah～to-bē(bōe) chhut-thoat⇨如何掙扎都無法出頭天chhut-thâu-thi$^{n}$。

**【輪輪 liàn-liàn】** ㊀圓的形容。圓仔花圓～～î$^{n}$-a-hoe î$^{n}$～～⇨圓仔花很圓很圓。㊁活動活動。出去～～看拎都也好chhut-khì～～khoà$^{n}$-leh to-ā-hó⇨到外面去掙扎掙扎看看如何也是好的。

**【輪落去 liàn-loh-khì(ì)】** 滾下去。注意，～～道迫未起來呵chù-ì,～～tō peh-bē(bōe)-khì-lâi-o͘⇨滾下去了就爬不上來呀。迫peh，登也。

**liân 連** 合也。接也。兼得曰連liân。接～於拎chiap-～tī-teh⇨互相接連着。阮的厝都相～拎goán ê chhù to sio～teh⇨我們的家比鄰而居。惜花～盆，惜子～孫sioh-hoe～phûn, sioh-kiá$^{n}$～sun⇨喻愛屋及烏。佅利～母去boeh-lāi～bó-khì⇨貪利子致使母金也損失了。褲帶結相～khò͘-toà kat-sio～⇨喻無上

的親密，行動必共。～兄弟都不插也更講別人～hia$^{n}$-tī to m̄-chhap-â koh-kóng pat-lâng⇨自己的兄弟都不理了何況他人。～屎合尿～sái-kap-jiō⇨包括無用之物在內的全部。～某都無愛也看到屎桶～bó· to bû-ài-â khoà$^{n}$-kà sái-thàng⇨妻且不要了，那裏要屎桶。

【連日 liân-ji̍t】 日抵日ji̍t-tú-ji̍t。落～～雨，打狗都未出門抄loh～～hō, phah-káu to-bē-chhut-mn̂g-leh⇨日抵日的下雨不停，無法出門，謂狗也打不出門，何況人。

【連回 liân-hôe】 悽慘落魄chhi-chhám-lok-phek，事情麻煩。捨示衆sià-sī-chèng等皆曰連回liân-hôe。疑係輪廻lûn-hôe之轉。彼家伙盦眞～～也了hit-ke-hóe ta$^{n}$ chin～～ā-lò·⇨那一家現在悽慘落魄了。盦道～～也盦ta$^{n}$-tō～～ā-ta$^{n}$⇨而今事情壞了，或麻煩了。一四界去抄～～chi̍t-sì-kè khì-teh～～⇨到處去抄捨示衆sià-sī-chèng。亦即招人恥笑thí-chiò。

【連任 liân-jīm】 繼續任職一期。連選得～～liân-soán tek～～⇨同上。

【連名 liân-miâ】 列名lia̍t-miâ。～～擔保～～tam-pó⇨同上。庄裏～～去告狀chng-lí～～khì kò-chn̄g⇨全庄連名去官府告狀。

【連年 liân-nî】 五穀～～豐登ngó·-kok～～hong-teng⇨同上。

【連姻 liân-in】 二姓合婚。朱陳～～chu-tân～～⇨同上。

【連炮 liân-phàu】 接得甚長的爆竹。放～～pàng～～⇨同上。

【連財 liân-châi】 合資hap-chu。～～做生理，合資湊夥記～～chò(chòe) seng-lí, hap-chu tàu hóe-kì⇨同上。

【連接 liân-chiap】 相接sio-chiap。阮的厝攏～～抄goán ê chhù lóng～～lè⇨我們的家皆比鄰。相連sa$^{n}$-liân。～～發生幾仔件～～hoat-seng kúi-à-kiā$^{n}$⇨接二連三發生好多件。

【連捷 liân-chia̍t】 次第告捷。連續勝利liân-siok sèng-lī。～～昇～～seng⇨連續升級。

【連連 liân-liân】 連續liân-siok。即類雨講～～落得未二個月也了chi̍t-lōe-hō· kóng～～loh-tit-boeh nn̄g-ko·-goeh(geh)-ā-lò·⇨此種雨竟連續下了快要兩月了。十日雨～～高山亦變田si̍p-ji̍t í(ú)～～, ko-san e̍k piān-tiân⇨同上。

【連累 liân-lūi】 禍患波及他人。不當～～朋友m̄-thang～～pêng-iú⇨不可拖累到朋友。放屁相～～pàng-phùi sio～～⇨喻被朋友所拖累。放屁喻小事故。

【連帶 liân-tài】 互相關連。～～關係～～koan-hē⇨同上。～～責任～～chek-jīm⇨同負責任。～～保證～～pó-chèng⇨同負責任的保證。

【連絡 liân-lo̍k】 連繫liân-hē。逐家有得～～tak-ke ū-teh～～⇨大家彼此有連繫。

【連綿 liân-biân】 連續不斷。春雨～～妻獨宿chhun-í(ú)～～chhe-to̍k-siok⇨猜字一。謂春而雨連綿即無日成夫，加以妻獨宿乃夫去也，乃成一。

【連署 liân-sū(sī)】 並列簽名。劉備借荆州，魯肅～～lâu-pī chioh-keng-chiu, ló·-siok～～⇨同上。

【連衡 liân-hêng】 連橫liân-hêng。古說客的主張之一。合縱～～ha̍p-chiòng～～⇨蘇秦主張合縱以抗秦，張儀主張連衡以自保(其實從秦也)。

【連環 liân-khoân】 密切相連。～～圖畫～～tô·-ōe⇨同上。～～車禍～～chhia-hō⇨同上。龐統詐獻～～計bâng-thóng chà-hiàn～～kè⇨三國演義。

【連襟 liân-khīm】 彼此之妻爲姊妹者。兄弟變～～hia$^{n}$-tī pì$^{n}$～～⇨兄弟之妻也是姊妹者。

【連鞭 liân-pi$^{n}$】 liâm-mi。立即，不久。我

～～去goá～～khì⇨我馬上就去。伊～～會來i～～ē(ōe)-lâi⇨他不久就會來。～～道可也～～tō-hó-à⇨馬上就好也。～～每好～～mā-hó⇨很快就好的。

【連鎖 liân-só】 連環。～～商店～～siang-tiàm⇨同上。～～反應～～hoán-èng⇨同上。

【連續 liân-siok】 連接liân-chiap。做代誌該～～不當中斷chò(chòe)-tāi-chì ài～～m̄-thang tiong-toān⇨同上。

【連煞 liân-soà】 連接liân-chiap。～～昇～～seng⇨連昇liân-seng。～～拍～～phah⇨連打liân-táⁿ。～～放～～pàng⇨連放liân-pàng，亦即連續鬧肚子。～～講落去～～kóng-loh-khì⇨接抄講落去。

【連理枝 liân-lí-ki】 兩樹相連或兩枝相接。喩夫妻或兄弟姊妹。在天願爲比翼鳥，在地願爲～～～chāi-thian goān-ûi pí-ek-niáu, chāi-tē goān-ûi～～～⇨長恨歌。

【連蕉花 liân-chiau-hoe】 花名。因其多子，婚禮之日，必有連蕉花在洞房。

【連手合作 liân-chhiú-hap-chok】 提携做事。逐家～～～～較有力啦tak-ke～～～～khah-ū-lat-lā⇨同上。

【連本帶利 liân-pún-tài-lī】 母金與利子全部。安爾都～～～～攏去也an-ne(ni) to～～～～lóng-khì-à⇨如此一來，是母利都沒有了。

【連招結子 liân-chiau-kiat-chí】 結婚時的吉祥詞，連招liân-chiau即連蕉liân-chiau花，以其多子而示吉祥。

【連家合口 liân-ke-kap-kháu】 全家總動員。～～～～攏到了～～～～lóng-kàu-lò⇨全家大小全部來了。

【連記投票 liân-kì-tâu-phiò】 在一張選舉票上可以並列若干名的選舉法。～～～～單記投票～～～～tan-kì-tâu-phiò⇨同上。

【連篇累牘 liân-phian-lúi-tok】 文章又長又臭。～～～～不知所云～～～～put-ti só·-ûn⇨同上。累lúi亦讀lūi。

## liân 蓮

荷花也。荷實曰蓮liân，今荷花皆稱蓮liân。水～chúi～⇨荷生水中。睡～sūi～⇨蓮的一種。葉浮水面，未刻開花傍晚而閉，故曰睡蓮sūi-liân。並蒂～pèng-tè～⇨一蒂開兩花之蓮，喩夫妻。三寸金～sam-chhùn kim～⇨喩纏足tiân-chiok的女人小脚。

【蓮子 liân-chí】 蓮的種子。～～糕～～ko⇨餅名。～～湯～～thng⇨蓮子白糖水。

【蓮步 liân-pō͘】 美人之步。輕移～～kheng-î～～⇨美人之步法。

【蓮花 liân-hoe】 荷花hô-hoa。～～嘴～～chhùi⇨喩烏白講o͘-peh-kóng。～～座～～chō⇨蓮華座liân-hoa-chō。佛座。舌燦～～siat-chhàn～～⇨喩能言善道。蓮花嘴liân-hoe-chhùi。～～舌～～chih⇨舌癌chih-gâm。

【蓮房 liân-pông】 蓮花之雌蕊，每花有二、三十房，蓮子即結在其中。亦作蓮蓬liân-pông。

【蓮臺 liân-tâi】 蓮座liân-chō。佛座hut-chō。

【蓮藕 liân-ngāu】 蓮的根莖，可爲菜蔬可製餅食。

## liân 鰱

魚名。海～hái～⇨海產之鰱魚。大頭～toā-thâu～⇨淡水鰱魚，多屬養殖的。鹹～魚kiâm～hî⇨塩漬鰱魚也。

【鰱魚 liân-hî】 ～～頭草魚尾～～thâu chháu-hî-bóe⇨俗謂兩魚之最佳部位。鹹～～kiâm～～⇨海鰱之塩漬者。

## liân 年

穀熟也。又歲也。年齡也。大有～tāi-iú～⇨五穀大豐收之年。～老歲多～ló-sòe-to⇨同上。幼～少～青～中～老～iù～siàu～chheng～tiong～ló～⇨人生的各階段。豐～凶～hong～hiong～⇨豐收之年，歛收之年。新～sin～⇨同上。

【年少 liân-siàu】 年歲不多。～～初登第，皇都得意回～～chhe-teng-tē, hông-to͘ tek-ī-hôe⇨少年初登高第，得意回故鄉。

【年末 liân-boat】 年尾nî-bóe。～～年初～～liân-chho͘⇨同上。

【年次 liân-chhù】 五十～～的適齡青年gō͘-chap～～ê sek-lêng chheng-liân⇨五十年生年齡相當的征兵青年。差一～～chha-chit～～⇨差征兵年一年。

【年老 liân-ló】 年歲nî-hóe大了。～～心未老，人窮行莫窮～～sim-bī-ló, jîn-kiông hēng bok-kiông⇨同上。

【年年 liân-liân】 每年múi-liân。～～歲歲花相似，歲歲～～人不同～～sòe-sòe hoa-siang-sū, sòe-sòe～～jîn-put-tông⇨唐詩。

【年庚 liân-keng】 生年月日。各敍～～kok-sū～～⇨彼此告知自己的生年月日。

【年金 liân-kim】 退休人員的退休養老金按時給付者。～～制度～～chè-to͘⇨同上。

【年表 liân-piáu】 逐年tiok-liân列記的年代liân-tāi表。

【年長 liân-tiáng】 年紀liân-kí大的。～～者～～chiá⇨同上。

【年紀 liân-kí】 年歲nî-hòe。少女～～slíu-lí～～⇨同上。

【年度 liân-tō͘】 事務上之年。學～～hak～～⇨同上。預算～～ī-soàn～～⇨依國家或團體多有不相同者。例如有七月起至次年六月末者，或四月起至次年三月末者。

【年級 liân-kip】 學校的進昇階段。抵進五～～的，阮道搬去庄脚也tú-chìn gō～～ê，goán tō-poaⁿ-khì(ī) chng-kha-a⇨剛上五年級時我們就搬到鄉下了。

【年終 liân-chiong】 年尾nî-bóe。～～歲暮也～～sòe-bō-ā⇨年尾到了。

【年假 liân-kà】 過年時的假期。你～～有啥打算lí～～ū-siaⁿ táⁿ-sǹg⇨你對今年的年假有何計畫。

【年輕 liân-kheng】 年歲不多。～～力壯的人可以，老人道擋未稠也～～lek-chòng ê lâng khó-í, lāu-lâng tō tòng-bē(bōe)-tiâu-ā⇨少年有力氣之人可以，老人就不行了。

【年貌 liân-māu】 年歲容貌。看～～是三十出頭耳khoàⁿ～～sī saⁿ-chap chhut-thâu-niâ⇨依年貌看來是三十多一點而已。

【年輪 liân-lûn】 樹幹鋸斷，可見有大包小的圈紋甚多，乃樹木成長的軌跡，一個圈紋爲一年，曰年輪liân-lûn。

【年邁 liân-māi】 年老liân-ló。家有～～力衰的老母ka-iú～～lek-soe ê ló-bó⇨同上。

【年薪 liân-sin】 以年計薪。～～月薪～～goat-sin⇨每年或每月領薪一次。

【年關 liân-koan】 年終清理債務，有如通過關隘之難，曰年關。～～抸拼未過～～teh-piàⁿ-bē(bōe)-kōe⇨年終時債務無法清理。

【年釐 liân-lî】 新年幸福平安。恭賀～～kiong-hō～～⇨同上。

【年譜 liân-phó͘】 用編年法記載的個人傳記。糊塗先生～～hô͘-tô͘-sian-seng～～⇨同上。

【年鑑 liân-kàm】 網羅各種大事或記錄統計的書。實業～～sit-giap～～⇨同上。教育～～kàu-iok～～⇨同上。

【年齡 liân-lêng】 年歲nî-hòe。看是廿外外也，確實的～～不知影khoàⁿ sī jiap-goā-goā-ā, khak-sit ê～～m̄-chāi-iáⁿ⇨一看是二十外近三十了，確實的歲數多少即不知也。

【年代久遠 liân-tāi-kiú-oán】 ～～～～的代誌無人知影也～～～～ê tāi-chì bô-lâng chai-iáⁿ-ā⇨很久很久以前之事，沒人知道了。

【年高德劭 liân-ko-tek-siāu】 年紀多，德行高。稱譽之詞。～～～～望重地方～～～～bōng-tiōng tē-hong⇨同上。

【年輕貌美 liân-kheng-māu-bí】 又年輕又美貌。～～～～人看人愛的少女～～～～jîn-khàn-jîn-āi ê siàu-lí⇨同上。

**liân 聯** 同連liân。合也。周人用聯liân字，漢人用連liân字。又對偶也。詩每二句為一聯，講究對偶也。故有門～mn̂g～，柱～thiāu～，對～tùi～弔～liàu～等之詞。珠～璧合chu～phek-ha̍p⇨賀婚的吉祥詞。邦～pang～⇨confederation，多數主權國家聯合，但仍有其獨立主權，各具有國際人格。

【聯句 liân-kù】 人各一句，聯合而成詩。～～共韻～～kiōng-ūn⇨同上。

【聯合 liân-ha̍p】 連合liân-ha̍p。～～辦事處～～pān-sū-chhì(chhù)⇨同上。～～艦隊～～lām-tūi⇨同上。

【聯邦 liân-pang】 Federal Unions or States。複數之國家共同戴一中央政府。各組成國雖仍有內政自主權，却無外務之主權，如美國United States者是也。

【聯軍 liân-kun】 盟邦之聯合軍。～～最高統帥～～chòe-ko-thóng-sòe⇨聯合軍的最高指揮官。

【聯婚 liân-hun】二姓合婚。林李～～lîm-lí～～⇨林李兩家連成親家。

【聯貫 liân-koàn】 自上至下，一氣呵成。～～作業～～chok-gia̍p⇨有關作業，從頭至尾，全部做到完成為止。

【聯軸 liân-te̍k】 弔聯之類。送～～sàng～～⇨贈送以弔喪tiàu-song。俗以橫者為聯，直者為軸te̍k。

【聯單 liân-toa$^{n}$】 複數之同式單據聯在一起。三～～五～～sa$^{n}$～～gō͘～～⇨同上。

【聯盟 liân-bêng】 兩國以上的國家成立同盟條約，一致對抗共同敵人。自由主義陣線～～chū-iû-chú-gī-tīn-soà$^{n}$～～⇨第二次大戰中自由主義各國成立同盟以對抗德日等樞軸國。

【聯想 liân-siū$^{n}$】 由於某事，次第推想到種種有關聯的別事。觸景傷情，一直～～到童年時的青梅竹馬之友chhiok-kéng siang(siong)-chêng it-ti̍t～～kà tông-liân-sî ê chheng-bôe(mûi)-tek-má chi iú⇨同上。

【聯營 liân-iêng】 複數的商業單位聯合經營。～～路線～～lō͘-soà$^{n}$⇨公私營交通公司多有聯合經營之路線。

【聯環 liân-khoân】 連環liân-khoân。兩個以上的環互相鉤連kau-liân。～～鉤～～kau⇨肉店鉤吊肉類的鐵環鉤。～～結～～kiat⇨連帶保證liân-tāi-pó-chèng。～～銃～～chhèng⇨可以連續射擊的銃枝。

【聯繫 liân-hē】 連絡liân-lo̍k。～～密切～～bi̍t-chhiat⇨同上。

【聯合國 liân-ha̍p-kok】 United Nations。第二次大戰後成立以取代有名無實之國際聯盟League of Nations的國際和平機構，總部設在美國紐約New York。

【聯合王國 liân-ha̍p-ông-kok】 United Kingdom。英國聯合蘇克蘭，愛爾蘭，威爾士等而成。簡稱聯合王國。

【聯席會議 liân-se̍k-hōe-gī】 不同任務的機關團體，為同一問題共同開會討論以共襄斯舉。召開～～～～來討論較好勢啦tiàu-khui～～～～lâi thó-lūn khah-hó-sè-lâ⇨同上。

**liân 憐** 哀也。愛也。可～khó͘～⇨值得哀憐。可～代khó͘～tāi⇨可憐之事。娶伙大某人人愛，放揀來細姨仔道～～～，哀唷兮chhoā-boeh toā-bó͘ lâng-lâng-ài, pàng-sak-lâi sè(sòe)-î-á tō～～～，ai-ō-ē⇨思想起歌詞。

**liān 練** 煮練而使潔白也。又使熟之也。反覆學習曰練liān。熟～se̍k～⇨同上。熟～工se̍k～kang⇨同上。又閑談聊天亦曰練liān。怵憚～pān(pīn)-toā$^{n}$～⇨懶作練習。勤～khîn～⇨熱心練習。

【練仙 liān-sian】 閑談hân-tâm。聊天liâu-thian。～～打嘴鼓～～phah-chhùi-kó͘⇨同上。

【練字 liān-jī】 練習書法。～～該耐性～～ài nāi-sèng⇨同上。

【練兵 liān-peng】 訓練兵員。～～養將固江山～～iáng-chiàng kò͘-kang-san ⇨ 同上。～～場～～tiûⁿ⇨練兵的場地。

【練勇 liān-ióng】 練兵liān-peng。勇ióng亦兵peng也。

【練馬 liān-bé】 ㈠訓練馬匹。㈡練習騎馬。

【練習 liān-si̍p】 反覆學習hoán-hok-ha̍k-si̍p。～～算盤～～sǹg-poâⁿ⇨練習打算盤之法。～～生～～seng⇨同上。

【練琴 liān-khîm】 練習彈琴toâⁿ-khîm。

【練達 liān-ta̍t】 有見識，明世故。～～之士～～chi-sū⇨經驗豐富明理識時者。

liān
**鍊** 冶金iá-kim也。煎冶銅鐵使精熟也。金百～而後精，人亦如是kim pek～jî-hō͘(hiō)-cheng, jîn e̍k jî-sī⇨同上。百～成鋼pek～chiâⁿ-kǹg⇨百鍊成鋼pek-liān-sêng-kang。鍛～thoàn～⇨同上。

【鍊丹 liān-tan】 煉製仙丹。修道～～siu-tō～～⇨修仙人之道，煉仙人之丹。

【鍊鐵 liān-thih】 冶鐵iá-thih。製鐵chè-thih。～～工場～～kang-tiûⁿ⇨同上。

【鍊金術 liān-kim-sut】 Alchemy。西方之鍊丹法也，其目的，一，將劣鐵變成黃金，二，煉成長生不老丹，此乃近世化學的基礎。

【鍊石補天 liān-chio̍h-pó͘-thiⁿ】 神話說，三皇之時，天陷西北thian-hām-se-pak，女媧氏鍊五色之石以補之，即女媧補天lí-o-pó͘-thiⁿ之傳說也。

liān
**煉** 冶金也。同鍊liān。

【煉乳 liān-leng】 condensed milk。罐頭牛乳koàn-thâu gû-leng。生乳脫減水分裝罐以便久藏者。

【煉獄 liān-ge̍k】 purgatory。基督舊教謂信仰不堅者，於上天堂之前，必先入地獄tē-ge̍k，鍛煉靈魂，洗滌塵世之罪惡，然後才能進入天堂。

liān
**揀** 槌打物也。或作敺liān。囡仔驚～gín-á kiaⁿ～⇨小孩子怕(父母)打。細的驚～，大的驚電sè(sòe)-ê kiaⁿ～，toā-ê kiaⁿ-tiān⇨小的怕打，大的怕修理。電tiān，電鍍tiān-tō͘曰電tian，喻教訓kàu-hùn。亦修理siu-lí也。電到金金tiān-kà kim-kim⇨①鍍金得金閃閃。②修理得體無完膚。

【揀枷 liān-kéⁿ(kîⁿ)】 打麥脫穀的小道具。末端附有能旋轉的短棒一節。

liān
**鏈** 金屬環相鉤連爲索以繫物者。金～鐵～銅～kim～thih～tâng～⇨各種金屬鏈。錶仔～pió-á～⇨同上。鐵馬～thih-bé～⇨同上。脚～手～kha～chhiú～⇨刑具。金手～金披～kim-chhiú～kim-phoā～⇨女人之裝飾品。狗～káu～⇨繫狗用的鏈。

【鏈仔 liān-á】 鏈類的總稱。～～鏈抒未作怪也啦～～liān-leh bē(bōe)-chok-koài-à-lā⇨鐵鏈縛稠於無法如何了。

## liang

liang
**瓏** 鈴聲曰瓏long，亦曰瓏liang。鈴瓏lîn-long，亦是鈴瓏lîn-liang。鈴～仔lîn～á⇨鈴瓏仔lîn-long-á。鈴～叫(哮)lin～kiò(háu)⇨鈴瓏叫(哮)lîn-long-kiò(háu)。鈴～聲lîn～sia⇨同上。

【瓏仔 liang-á】 鈴lêng。小鈴sió-lêng。～～抒瓏也～～teh liang-a⇨小鈴在鳴了。

【瓏瓏 liang-liang】 鈴聲。瓏仔～～叫liang-á～～kiò⇨鈴聲鳴不停。

liáng
**兩** 雙也。再也。又重量的單位。半斤八兩poàn-kin pat-liáng⇨見兩niú部。

【兩口 liáng-kháu】 lióng-khió。夫妻～～hu-chhe～～⇨同上。

【兩方 liáng-hong】 lióng-hong。双方siang-hong。双旁siang-pêng。～～抒對抗～～teh tùi-khòng⇨同上。

【兩用 liáng-iōng】 lióng-iōng。水陸～～súi-lio̍k～～⇨水上陸上皆可用之器具。

【兩立 liáng-li̍p】 lióng-li̍p。双立siang-li̍p。同立tông-li̍p。勢不～～sè-put～～⇨同上。漢賊不 ～～，王業不偏安 hàn-chha̍t(che̍k) put～～, ông-gia̍p put-phian-an⇨出師表。

【兩全 liáng-choân】 lióng-choân。～～其美～～kî-bí⇨同上。

【兩老 liáng-lāu】 lióng-lāu。父母。～～主婚的～～chú-hun-ê⇨父母主持的婚姻。

【兩兩 liáng-liáng】 双双～～siang-siang～～⇨同上。

【兩旁 liáng-pêng】 lióng-pông。双方siang-hong。～～攏是親成朋友～～lóng-sī chhin-chiâ$^{n}$-pêng-iú⇨同上。

【兩眼 liáng-gán】 lióng-gán。双目siang-ba̍k。～～相對無言～～siang-tùi bû-giân⇨兩人相對無話可說。

【兩意 liáng-ì】 lióng-ì。三心～～sam-sim～～⇨意志不統一。

【兩愿 liáng-goān】 lióng-goān。双方皆心甘情願。許都逐家～～的，無話講也啦he-to ta̍k-ke～～ê, bô-ōe-kóng-à-là⇨那是雙方甘願的，沒話說也。

【兩榜 liáng-póng】 lióng-póng。科舉時代經過鄉試而及格。～～狀元～～chiōng-goân⇨同上。

【兩端 liáng-toan】 lióng-toan。首鼠～～siú-chhú～～⇨多疑者如出穴之鼠，左右觀望，進退不決。

【兩儀 liáng-gî】 lióng-gî。天地。太極生～～thài-ke̍k seng～～⇨同上。

【兩斷 liáng-toān】 lióng-toān。一切為二。一刀～～it-to～～⇨同上。双斷siang-toān。情義～～chêng-gī～～⇨情與義皆斷絕。

【兩難 liáng-lân】 lióng-lân。進退～～chìn-thè～～⇨進也難，退也難。

【兩顧 liáng-kò͘】 lióng-kò͘。兼顧khiam-kò͘。一兼～～，摸蜊仔兼洗褲it-kiam～～, bong-lâ-á kiam-sé(sóe)-khò͘⇨一舉兩得的套語。

【兩交膠 liáng-kau-kâ$^{n}$】 lióng-kau-kâ$^{n}$。双方互相膠粘著。兩邊都互相關係。道是安爾～～～扲未伸脚未出手得tō-sī an-ne(ni)～～～teh bē(bōe)-chhun-kha bē(bōe)-chhut-chhiú-tit⇨就是這樣子對双方都互有關係，才在左也不是右也不是的。

【兩相好 liáng-siang-hâu】 二之數。猜拳用詞。

**liáng 倆** 伎倆ki-liáng也。本領pún-léng也。俗作技倆ki-liáng。又二之數，同兩liáng。

**liáng 輛** 乘也。車數也。一車曰一輛liáng。車～chhia～⇨車類之總稱。

**liâng 涼** 微寒也。心悅氣爽曰涼liâng。逃避亦曰涼liâng (行於青少年層或黑社會)。亦作凉liâng。近者熱，遠者～kīn-chià-jia̍t oán-chià～⇨同上。樹脚較～chhiū-kha khah～⇨樹下較涼。薄荷含著眞～po̍k-hô kâm-tio̍h chin～⇨薄荷含在口中很涼。心～脾土開sim～pî-thó͘-khui⇨謂非常愉快。脾土開pî-thó͘-khui，有食慾也。喝～道～了hoah～tō～lò͘⇨一聲涼就逃脫而去了。逐家～呵ta̍k-ke～ò⇨大家逃吧。彼的所在眞陰～hit-ê só͘-chāi chin im～⇨那個地方冷氣迫人(鬼氣森森)。清～飲料chheng～ím-liāu⇨同上。於許扲納～tī-hia teh-nah～⇨在彼地享受涼爽。

【涼水 liâng-chúi】 汽水khì-chúi。～～較講亦該冰藉好食～～khah-kóng mā-ài-peng chiah-hó-chia̍h⇨汽水怎麼說都是冰冷了才好吃。

【涼月 liâng-goa̍t】 七月之異名。

【涼血 liâng-hiat】 使血熱冷却。即號藥較～～chit-hō-io̍h khah～～⇨此種藥較涼血(中醫方的講法)。

【涼冷 liâng-léng】 寒冷hân-léng。天氣較

~~也thi$^n$-khì khah~~à⇨天氣較寒冷了。

【涼伴 liâng-phoā$^n$】 烹飪用詞。主料淋以奶油的冷食菜。例如:~~蝦仁~~hê-jîn,~~肥鷄~~pûi-ke(koe),~~鮑魚~~pau-hî等等是也。

【涼風 liâng-hong】 爽涼之風。即陣~~較好一個阿公chi̍t-chūn~~ khah-hó chi̍t-ê a-kong⇨謂涼風來得妙，以阿公a-kong形容者，但取其押韻。

【涼亭 liâng-têng】 避暑取涼之亭屋。四脚~~sì-kha~~⇨涼亭多只四柱無壁。

【涼粉 liâng-hún】 以綠豆爲原料而成的一種夏涼食品，伴以糖膏甚妙，加以冷凍更佳。頂頭燒滾滾，下脚抄落~~téng-thâu sio-kún-kún, ē-kha teh lāu~~⇨謂上邊衣穿得太多，下邊袴穿得太少。落涼粉lāu-liâng-hún取其涼意與押韻。

【涼涼 liâng-liâng】 ㊀涼爽liâng-sóng。坐於風口裡~~會使得chē(chōe)-tī hong-kháu-lí~ē(ōe)-sái-tit⇨坐在風口涼爽涼爽的很過得去的。㊁不關心。安爾格~~道會使得也否an-ne(ni) kek~~ tō ē(ōe)-sái-tit-ā-ho·h$^n$⇨(你)如此的裝做心不在焉就行了嗎(不行也)。

【涼腔 liâng-khiang】 戲言。風涼話。講~~的耳啦kóng~~ê niâ là⇨不過是風涼話而已嘛。盒都告贏了豈未~~ta$^n$-to kō-iâ$^n$-lō· ká-bē(bōe)~~⇨而今訴訟獲勝了，當然會說風涼話了。豈未ká-bē⇨豈不，當然會。

【涼棚 liâng-pê$^n$(pî$^n$)】 涼亭的一種。其頂平坦而蓋以竹木或生以蔓草類者。

【涼鞋 liâng-ê(ôe)】 鞋的一種。夏熱天穿用的。~~涼帽~~liâng-bō⇨夏鞋夏帽。

liâng **良** 善也。好也。天~thian~⇨天賦之良心。善~siān~⇨忠厚老實之人。忠~tiong~⇨心忠性善之人。成績優~sêng-chek iu-~⇨同上。賢~之士hiân~chi sū⇨賢人hiân-jîn。

【良人 liâng-jîn】 妻稱夫。何時平胡虜，~~罷遠征hô-sî pêng-ô·-ló·,~~pā-oán-cheng⇨唐詩。

【良久 liâng-kiú】 甚久sīm-kiú。待之~~thāi-chi~~⇨等候甚久。

【良友 liâng-iú】 益友iek-iú。阿三可以講是伊一生的~~a-sam khó-í-kóng sī i it-seng ê~~⇨阿三可以說是他一生之良友也。

【良心 liâng-sim】 天生自然之善心。天地~~thian-tē~~⇨同上。天理對~~thian-lí tùi~~⇨天理即良心。~~的一個死也，一個猶未出世~~ê chi̍t-ê-sí-à, chi̍t-ê á-bōe chhut-sì⇨喻人皆有私心。猶未iáu-bōe, iá-bē, á-bōe，還未也。

【良辰 liâng-sîn】 好時辰hó-sî-sîn。~~吉日締良緣~~kiat-ji̍t thē liâng-iân⇨同上。

【良妻 liâng-chhe】 好家後hó-ke-āu。~~賢母~~hiân-bó·⇨同上。

【良性 liâng-sèng】 惡性ok-sèng之對詞。~~反應~~hoán-èng⇨醫學名詞。

【良相 liâng-siàng】 好宰相hó-chái-siàng。好大臣hó-tāi-sîn。良醫~~liâng-i~~⇨良醫救人，良相救民，其功相等。

【良家 liâng-ka(ke)】 善良人家siān-liâng-jîn-ka。~~女~~lí⇨同上。~~子弟~~chú-tē⇨同上。

【良宵 liâng-siau】 新婚之夜。虛度~~hi-tō·~~⇨錯過了新婚之夜。

【良善 liâng-siān】 善良siān-liâng。欺負~~khi-hū~~⇨欺負善良的百姓。

【良緣 liâng-iân】 美好的婚配。天賜~~thian-sù~~⇨同上。

【良機 liâng-ki】 好機會hó-ki-hōe。~~勿失~~bu̍t-sit⇨同上。

【良醫 liâng-i】 好醫生hó-i-seng。~~功同良相~~kong-tông liâng-siàng⇨同上。

【良藥 liâng-io̍h】 好藥hó-io̍h。忠言逆耳利於行～～苦口利於病tiong-giân ge̍k-ní lī-î-hêng,～～khó͘-kháu lī-î-pēng⇨同上。

【良弓藏 liâng--kiong-chông】 狡兎死，走狗烹，飛鳥盡，～～～，敵國破，謀臣亡kau-thò͘-sí, cháu-káu-pheng, hui-niáu-chīn,～～～, te̍k-kok-phò, bô͘-sîn-bông⇨謂功犬，功臣的下場多慘也。

**梁** liâng 屋梁ok-liâng也。棟梁tòng-liâng也。又古國名。又姓氏梁niû。

【梁山伯 liâng-san-pek】 俗曰梁三伯niû-sam-phek。亦即梁山伯與祝英台悲戀故事的男主角。

【梁惠王 liâng-hūi-ông】 孟子的篇名。亦即孟子講道德說仁義的最精彩的一篇。

【梁上君子 liâng-siāng-kun-chú】 賊也。謂藏在梁上之賊，本性亦未必全惡。只因不自勉，所以致此而已。故亦可稱君子也。

**量** liâng 商量siang-liâng也。→siong-liông。海水不可斗～hái-chúi put-khó táu～⇨海水不可能以斗量niû$^{n}$之，即斗小無法量大海。

**亮** liāng 明也。音聲高朗也。光～kng～⇨同上。明～bêng～⇨同上。聲音響～sia$^{n}$-im hiáng～⇨同上。

【亮相 liāng-siàng】 出現於公衆之前。藝人～～gē-jîn～～⇨同上。

【亮節 liāng-chiat】 清高的節操。高風～～ko-hong～～⇨高尙風格與清白節操。

【亮麗 liāng-lē】 明亮美麗。打扮得十分～～tá$^{n}$-pān-tit si̍p-hun～～⇨同上。

**量** liāng 度也。約度也。又分量也。質～chit～⇨同上。重質無重～tiōng-chit bô-tiōng～⇨品質要緊，分量次要也。功德無～kong-tek bû～⇨功德至大無限際。無～佛bû～hu̍t⇨功德至大無邊之佛。無～的人bô～ê lâng⇨不能容物之人。不肯施捨之人。度～tō͘～⇨胸懷。有度～ū-tō͘～⇨能容物肯施捨。無度～的人bô-tō͘～ê lâng⇨不能容物不肯施捨之人。好～hó～⇨有量iú-liāng。能容物。好～的頭家娘hó～ê thâu-ke-niû⇨仁慈的主婦。酒～chiú～⇨飲酒的分量。好酒～hó-chiú～⇨能飲酒。酒～大chiú～toā⇨能飲也。產～sán～⇨產物之分量。前程不可限～chiân-thêng put-khó hān～⇨前途廣大光明無涯。

【量力 liāng-le̍k】 計算自己力量。～～而爲～～jī-ûi⇨同上。不自～～put-chū～～⇨不自也。

**諒** liāng 寬恕khoan-sī(sū)之詞。又推度thui-to̍k之詞。請賜原～chhiá$^{n}$-sù goân～⇨請寬恕我。曲～khiok～⇨盡量寬恕。

【諒必 liāng-pit】 很可能。即每～～無失誤也chit-mái～～bô-sit-gō͘-ā⇨此次大約沒錯了。

【諒約 liāng-iak】 liōng-iok。大約tāi-iak(iok)。～～有歸千人～～ū kui-chheng-lâng⇨大約有一千多人。～～仔～～á⇨大約tāi-iak。大大概概tāi-tāi-khài-khài。～～仔耳，亦無稱也～～á-niâ,iáh-bô chhìn-à⇨大約而已，也沒有秤量過的。～～仔道可也，不免計較嘛～～á tō-hó-à, m̄-bián kè-kàu-mā⇨大約就可以了，不用計較嘛。

【諒情 liāng-chêng】 liōng-chêng。原諒goân-liāng。寬恕也。

【諒解 liāng-kái】 明白事實而予以寬恕。佳哉會當得到伊的～～ka-chài ē(ōe)-tàng tit-tō i ê～～⇨很榮幸，能夠獲得他的寬恕。

【諒照 liāng-chiàu】 同亮照liāng-chiàu。請原諒之詞。書信用詞。統希～～thóng-hi～～⇨同上。

【諒想 liāng-siáng】 料想liāu-siū$^{n}$。推察thui-chhat。～～敢未安爾藉著～～kā$^{n}$-bē(bōe) an-ne(ni) chiah-tio̍h⇨想他可能不致如此才對。～～無即類代誌～～bô chit-lōe tāi-chì⇨可能沒有此種事情。你端仔～～～～

耳，無看未準啦lí tan-a ～～～～ niâ, bô-khoàⁿ bē(bōe) chún-lâ⇨你只是推想推想而已，不看見不正確也。

【諒察 liāng-chhat】 請求原諒之詞。亦書信用詞。尙祈～～siāng-kî～～⇨同上。

【諒其約 liāng-kî-iak】 liōng-kî-iok。諒約liāng-iak。大概tāi-khài。大約tāi-iak。～～～未錯誤～～～ bē(bōe) chhò·-gō·⇨大約不會錯。～～～有三千人～～～ū saⁿ-chheng-lâng⇨大約夠三千人。～～～仔道會使得，未免詳細～～～á tō-ē(ōe)-sái-tit, m̄-bián siâng-sè⇨大其概仔就好了，不必詳細。

【諒無大礙 liāng-bô-tāi-gāi】 可能不致太厲害。安啦，～～～～啦an-là,～～～～lâ⇨放心吧，可能不會太嚴重也。

## liap

liap
**攝** 佐也。收斂也。兼代也。㈠收縮自在曰攝liap。尻川強俫～未稠了 kha-chhng giōng-boeh ～ bē(bōe)-tiâu-lò·⇨屁股幾乎強禁不住了。上卅道未～chiūⁿ-siap-tō-bē(bōe)～⇨上了，四十歲就無能力(謂不伸縮自在了)。卅siap，四十歲。卅是卅，猶眞會～抄喏siap-sī-siap, iáu-chin-ē～leh-nō⇨四十歲是四十歲了，但是還是很有力呀(還是伸縮自在有力)。會～ē(ōe)～⇨有能力(有伸縮之力)。你會～未lí ē(ōe)～bē⇨你有能力嗎，其實幾乎等於你放臭屁的粗語。未bē(bōe)改讀bē(bōe)。阿三實在眞會～a-sam sıt-chāi chin-ē(ōe)～⇨阿三確實行。㈡起皺紋曰攝liap，亦收縮也。目珠皮～落去也bak-chiu-phôe～loh-ì-à⇨眼皮縐起來了。裙裥共我～較大裥抄kûn-kéng kā-goá ～ khah-toā-kéng-leh⇨裙裥爲我攝大一點。㈢鬼神捉人曰攝liap，亦曰攝siap。乎妖精～去了hō·-iau-chiaⁿ～khī-lò·⇨被妖精捉去了(不知不覺中人消失矣)。㈣恐懼khióng-kī亦曰攝liap。人豈抄～你lâng ká-teh～lí⇨他們豈眞的怕你，不怕你也。即每有～也chit-mái ū～à⇨此次眞的怕了。彼顆我較～耳hit-kho·goá-khah～niâ⇨那家伙我怕他一點而已(其餘者不在眼內)。

【攝生 liap-seng】 保健衛生。～～之道～～chi tō⇨同上。

【攝名 liap-miâ】 隨便冒稱一個名字。～～騙警察 ～～ phiàn-kéng-chhat⇨烏白報一個假名以瞞過警察。

【攝政 liap-chèng】 代君聽政。～～王～～ông⇨代皇聽政之王爺。

【攝鼻 liap-phīⁿ】 聞臭鼻動。鼻著逐家都～～phīⁿ-tioh tak-ke to～～⇨聞到者大家都攝鼻。第一個鼻phīⁿ作動詞用。

【攝養 liap-iáng(ióng)】 自己無俫～～老來你道知代ka-kī(tī) bô-boeh～～lāu-lâi lí tō chai-tāi⇨自己不攝養老了你就會知道錯誤。知代chai-tāi,知事態如何。亦即有病齊發之苦也。

【攝影 liap-éng】 照相chiàu-siàng。～～社～～siā⇨同上。

【攝裥 liap-kéng】 ㈠攝裙裥liap-kûn-kéng。㈡面皮起皺紋。面皮抄～～了bīn-phôe teh～～lò·⇨同上。

【攝去也 liap-khì(ì)-à】 ㈠收縮。球漏風～～kiû-lāu-hong～～～⇨同上。㈡怕而退縮了。聽著錢耳，道～～～thiaⁿ-tioh-chîⁿ-niâ, tō～～～⇨一聽到錢的問題就龜縮而退了。

【攝仔客 liap-á-kheh】 吝嗇鬼līn-sek-kúi。亦曰攝屎客liap-sái-kheh。

【攝偎來 liap-oá-lâi】 收縮起來。開開恰如廊亭，～～～如雨傘裥khui-khūi kah-ná phō·-thêng,～～～ ná hō·-soàⁿ-kéng⇨打開來宛如廊亭之大，收縮起來，卻小如傘。廊亭phō·-thêng在往昔是龐然大物，大約有四五層樓之高，直徑亦有十外丈。裥kéng，裙幅相疊。傘合攏亦成裯。

【攝護腺 liap-hō·-soàⁿ】 男子生殖器官之一部份。

【攝的成萬 liap-ê-chiâⁿ-bān】 吝嗇者致萬金。～～～～大孔的成羼～～～～toā-khang-ê chiâⁿ-lān⇨謂儉約者致富萬金。揮霍hui-hok無度者，將變成生模樣。羼lān，男子生殖器官，俗作生。

【攝氏寒暑表 liap-sī-hân-sí-pió】 溫度計un-tō·-kè的一種。亦即冰點0度沸點百度之寒暑計。

**聶** liap 姓氏。

【聶政姊 liap-chèng-ché】 古人賢姊賢弟之故事。其弟聶政勇武，有人厚禮求之爲刺客，政以老母在而辭之。母歿，卻自仗劍逕殺其人，惟恐禍及姊，乃自去面皮自殺身亡。其姊知之，謂吾弟賢士也，我不可自惜其身而埋沒吾弟之名，遂往抱屍而哭，亦自殺於屍側。

**捏** liap 以指塑造物曰捏liap，俗亦作揑liap。假造虛話亦曰捏liap。烏白～o·-peh～⇨濫擅～lām-sám～⇨亂捏loān-liap事物。亦即烏白造物，烏白造事。眞佼～chin-gâu～⇨很會捏造事物。～土偤仔～thô·-ang-á⇨造土偶。～到有一個影～kà ū-chit-ê-iáⁿ⇨造假話造得如有個影子。

【捏造 liap-chō】 假造ké-chō。虛造hi-chō。～～事實～～sū-sıt⇨同上。

**趑** liap 走也。從後緊迫曰趑liap。工作人員彼此追迫亦曰趑liap。尻川後一直得～來kha-chhng-āu it-tit-teh～lâi⇨後方一直在追上來了。伓安爾～有人會先倒，不信你看抄boeh-an-ne(ni)～ū-lâng ē(ōe)-seng-tó, m̄-siàn lí-khoàⁿ-leh⇨如果這樣的趕法，有人會先倒地，不信你等著看吧。

【趑死 liap-sí】 緊迫而死。追上而踏死之。許的少年的眞未講得，安爾活要共你～～呵hiah-ê siàu-liân-ê chin-bē(bōe)-kóng-tit, an-ne(ni)-oah-boeh kā-lí～～ò·⇨那班年輕人很難說的，如此的幾乎要活活追死你(我)呀。擔屎的～～擔涵缸的taⁿ-sái-ê～～taⁿ-âm-kng-ê⇨擔屎者追死擔涵缸者。涵缸âm-kng，口小腹大的陶甕。大水缸toā-chúi-kng。像彼扮的，兗二輪半道乎人～～死也chhiū-hit-pān-ê bián-nn̄g-liàn-poàⁿ tō hō·-lâng～～à⇨像他那一類形的，不兩三下就被人追迫死了。

【趑鴨仔 liap-ah-á】 追迫鴨羣。未輸抄～～抄bē(bōe)-su-teh～～～leh⇨宛然在追迫鴨陣一樣。鴨陣被迫自然會分開讓路。喻紛紛讓路。

**粒** liap 生米曰粒liap。球形之物皆曰粒liap。又飯硬亦曰粒liap。又詞句曰話粒ōe-liap。聽無話～thiaⁿ-bô ōe～⇨但聽其聲而聽不出詞句。又湯中之物亦曰粒liap。有湯無～ū-thng-bô～⇨但有湯而無實粒。米～bí～⇨同上。飯～pn̄g～⇨同上。圓仔湯圓仔～îⁿ-á-thng îⁿ-á～⇨同上。一～米，二～卵，三～柑仔chit～bí, nn̄g～nn̄g, saⁿ～kam-á⇨同上。萬百～星bān-pah～chheⁿ⇨滿天無數之星。飯煮了有較～pn̄g-chí-liáu ū-khah～⇨白飯炊得硬些。

【粒仔 liap-á】 疔瘡等皮膚面腫起之肉瘤的總稱。生～～seⁿ(siⁿ)～～⇨發生粒仔。～～膿～～lâng⇨粒仔之膿汁。～～抄腫～～teh-chéng⇨粒仔在腫大。～～堅疕也～～kian-phí-à⇨粒仔出膿之後，表面堅成疕了。

【粒粒 liap-liap】 ㊀每一粒。誰知盤中餐，～～皆辛苦sûi-ti phoân-tiong-chhan,～～kai-sin-khó·⇨古詩。㊁飯粒硬一點。糜仔有人愛食～～的moâi-á ū-lâng ài-chiah～～ê⇨粥有人喜歡吃糜粒moâi-liap硬一點的。

【粒飯 liap-pn̄g】 飯粒較硬之白飯。阿公較愛～～a-kong khah-ài～～⇨祖父喜歡較硬之飯。

【粒積 liap-chek】 一粒一粒積蓄之。儉小錢予以貯蓄。三代～～一旦開空sam-tāi～～it-tàn khai-khong⇨三代之久的積蓄，一時盡揮霍無存。喻長期的辛勞結果一旦歸於烏有。

【粒頭 liap-thâu】 每一粒的狀態。即班的卵～～加較媠chit-pang ê nn̄g～～ke-khah-súi⇨此次的蛋，都大粒些。

【粒仔飯 liap-á-pn̄g】 粒飯liap-pn̄g。硬一點之飯。三頓～～～配炕肉，豈伓食sa$^{n}$-tǹg～～～phōe-khòng-bah, ká-boeh-chiah⇨三餐都是粒飯配以炕肉，勿太奢望可也。炕肉khòng-bah，五花猪肉加料乾煮者。豈伓食ká-boeh-chiah，同豈敢食ká-ká$^{n}$-chiah。謂不敢要也。

liap **臘** 臘肉lah-bah亦曰臘肉liap-bah或lap-bah。

liap **獵** 獵犬lah-khián，亦曰獵犬liap-khián或lap-khián。

liap **拉** 拉丁lah-teng (Latin)亦曰拉丁liap-teng。阿伯拉罕a-pek-liap-hán (Abraham)。

## liat

liat **列** 分解也。布陣也。位次也。排～pâi～⇨同上。排一～長龍陣pâi chı̍t～tn̂g-liông-tīn⇨同上。分做三～hun-chò (chòe) sa$^{n}$～⇨同上。

【列土 liat-thó͘】 列名爵分封地。～～分疆～～hun-kiang⇨同上。兄弟姊妹皆～～，可憐光彩生門戶，遂使天下父母心，不重生男重生女heng-tē chí-moāi kái～～, khó-lîn kong-chhái seng-bûn-hō͘, sūi-sú thian-hē (hā) hū-bó-sim, put-tiōng-seng-lâm tiōng-seng-lí⇨長恨歌。

【列名 liat-bêng】 排名。～～榜上～～póng-siāng⇨排名在榜上。榜上有名。

【列車 liat-chhia】 火車hóe-chhia。～～長～～tiú$^{n}$⇨列車的負責人。～～準時到站～～chún-sî tò-chām⇨同上。

【列位 liat-ūi】 各位kok-ūi。～～在座的先生小姐～～chāi-chō ê sian-seng-sió-chiá⇨演講致詞用語。

【列席 liat-sek(sı̍t)】 陪席pôe-sek。出席～～chhut-sek～～⇨同上。

【列強 liat-kiâng(kiông)】 各強國。～～的軍事競爭～～ê kun-sū kèng-cheng⇨同上。

【列國 liat-kok】 各國kok-kok。～～列邦～～liat-pang⇨同上。春秋～～chhun-chhiu～～⇨同上。

【列單 liat-toa$^{n}$】 開單khui-toa$^{n}$。～～報銷～～pò-siau⇨同上。

【列傳 liat-toān】 個人單位的傳記。史記～～sú-kì～～⇨列傳爲史記首先開創者。

【列祖列宗 liat-chó͘-liat-chong】 歷代祖宗。

liat **裂** 裁也。破也。分也。或爲擊賊笏，逆豎頭破～hek-ūi kek-chek-hut, gek-sū thiû-phò～⇨正氣歌。分～的家族hun～ê ka-chok⇨兄弟大了，人多了，自然會分裂。車～ki～⇨古酷刑，人縛於車，拍馬拉開之。四分五～sù-hun-ngó͘～⇨支離破碎chi-lī-phò-chhùi。

【裂帛 liat-pek】 ㊀裁帛作書。㊁聲音之清厲。～～之聲～～chi-seng⇨聲如～～seng jî～～⇨同上。

【裂裂 liat-liat】 形容銃聲等的破裂聲。機關銃～～叫ki-koan-chhèng～～kiò⇨同上。～～叫許不知啥聲～～kiò-he m̄-chai siá$^{n}$-sia$^{n}$⇨裂裂叫那個聲不知是何聲。北風透到～～叫pak-hong thàu-kà～～kiò⇨北風吹得裂裂有聲。

liat **烈** 火猛也。光也。剛正曰烈liat。性～如火sèng～jî-hóe⇨同上。酷～khok～⇨同上。激～kek～⇨同上。強～kiâng～⇨同上。暴～pok～⇨同上。性地眞～sèng-tē chin～⇨同上。忠～tiong～⇨同上。義～gī～⇨同上。節～chiat～⇨同上。或爲出師表，鬼神泣壯～hek-ūi chhut-su-piáu, kúi-sîn khipchòng～⇨正氣歌。

【烈女 liat-lí(lú)】 堅貞節烈之女子。忠臣不扶二主，～～不事兩夫tiong-sîn put-hû jī-chú,～～put-sū liáng-hu⇨同上。

【烈士 liat-sū】 爲義犧牲之人。～～救人的精神～～kiù-jîn ê cheng-sîn⇨同上。

【烈火 liat-hóe(hé)】 猛火mé-hóe。性如～～sèng-jî～～⇨同上。乾柴～～kan-chhâ～～⇨易燃燒。形容少男少女易生事。

【烈日 liat-jit】 強烈的太陽光。～～當空～～tong-khong⇨烈日在空中。

【烈風 liat-hong】 強烈之風。一陣～～帶來莫大的損害chit-chūn～～tài-lâi bok-tāi ê sún-hāi⇨同上。

【烈酒 liat-chiú】 厚酒kāu-chiú。酒精度高之酒類。

【烈烈 liat-liat】 ㊀威武ui-bú。轟轟～～hong-hong～～⇨同上。㊁憂愁iu-chhiû。憂心～～iu-sim～～⇨同上。㊂猛火béng-hóe。其光熊熊，其火～～ki-kong hiông-hiông, ki-hó～～⇨同上。

【烈婦 liat-hū】 同烈女li at-lí。貞女～～cheng-lí(lú)～～⇨同上。女指未嫁，婦指已婚。

**冽** liat 寒氣也。冰～peng～⇨同上。清～的溪流chheng～ê khe-liû⇨同上。寒風冷～hân-hong léng～⇨同上。

## liau

**條** liau 條tiâu之小者曰條liau。肉～bah～⇨箸頭大之小肉條sió-bah-tiâu。肉～炒芹菜bah～chhá-khîn-chhài⇨鄉村欠油脅iû-lo，有機會喜以肥白肉切小條炒芹菜或韮菜以補給營養。紙～仔choá～á⇨小紙條。

**了** liáu 畢也。完畢曰了liáu。對事明瞭曰了liáu。虧損亦曰了liáu。又作動詞用。阿舅食無～，存一個鷄脚爪 a-kū chiah-bô～, chhun-chit-ê ke-kha-jiáu⇨童謠。較講每未～khah kóng mā-bē(bōe)～⇨無法全說完。完～oân～⇨完畢。一～百～it～pek～⇨事已如此，一切算了。還～債，起～家hêng～chè, khí～ke⇨債務還淸了，興家也開始了。見做見～kiàn-chò(chòe) kiàn～⇨每做必虧本。無趁也無～bô-thàn-ā-bô～⇨沒有得到利純也沒有虧本。總～每恰即幾擔耳chóng～mā-kah chit-kúi-tàⁿ-niâ⇨全部虧本了，也不過這裡若干担而已。攏～去也lóng～khì(ì)-à⇨全部損失掉了。食～無夠喟chiah～bô-kàu-khùi⇨吃得不夠滿足。看～有愜意khoàⁿ～ū-kah-ì⇨看了結果中意了。寫～眞媠siá～chin-súi⇨寫得很好看。錢～人無代chîⁿ～lâng bô-tāi⇨損失錢而已，人平安也。死～做聖人也sí～chò(chòe)siàⁿ-lâng-à⇨死得久了。聖人siàⁿ-lâng，有靈驗之人。死人。古人。家伙～秀才無ke-hóe(hé)～siù-châi-bô⇨財產沒有了，秀才又考不上了，喻歹運pháiⁿ-ūn連連。添～夫人又折兵thiam～hu-jîn iū chiat-peng⇨同前。去～無咈無吱khì～bô-phōng-bô-chhih⇨一去無消息連咈phōng吱chhih之聲都沒有。

【了了 liáu-liáu】 ㊀全都沒有了。賣都賣～～也，當～～也，開～～也，去～～也，恬～～也，最後不道死～～也是否taⁿ-to bē(bōe)～～à, tǹg～～à, khai～～à. khì～～à. tiām～～à, chòe-āu m̄-tō sí～～à, sī-bô⇨而今是賣光了，當光了，花光了，都完了，歸於寂靜了，最後不是要死掉算了，對不對。㊁全部虧損了。錢～～抔不道無話講也否chîⁿ～～leh m̄-tō bô-ōe-kóng-à-hoⁿhⁿ⇨錢都落空了，不是沒話說了嗎。㊂甚多。生分人～～，我毋敢去chheⁿ(siⁿ)-hūn-lâng～～goá m̄-káⁿ-khì⇨生人甚多我不敢去。即類米砂仔～～不好食chit-lōe-bí soa-á～～m̄-hó-chiah⇨此

類米(混有)泥砂甚多不好吃。攏是話～～氣死人lóng-sī-ōe ～～ khì-sí-lâng⇨都是閑言爛語hân-giân-lān-gí氣死人也。此項㊂的了了liáu-liáu亦多改讀liàu-liàu。㊃聰明。少時～～，大未必佳siàu-sî～～, tāi-bī-pit-ka⇨同上。

【了工 liáu-kang】 費時工作無報酬。～～更蝕本～～koh si̍h-pún⇨白費工夫又失本(錢)。

【了去 liáu-khì(ì)】 ㊀助詞。食～～也chia̍h～～à⇨吃掉了。賣～～也bē(bōe)～～à⇨賣完了。乎人搶～～也hō·-lâng chhiú～～à⇨被搶光了。㊁虧損khui-sún。家伙～～無打緊，生命煞賠去了ke-hóe(hé)～～bô-tá$^{n}$-kín, sè$^{n}$(sì$^{n}$)-miā soah pôe(pê)-khì(ì)-lò·⇨財產沒有了沒關係，生命也賠進去了。

【了局 liáu-kio̍k】 同了結liáu-kiat。

【了後 liáu-āu】 之後chi-hō·。嗣後sū-hō·。～～攏無更來～～lóng-bô-koh-lâi⇨嗣後都沒有再回來。

【了悟 liáu-gō·】 領會。家己未～～別人那有法得ka-kī(tī) bē(bōe)～～pa̍t-lâng ná-ū-hoat-tit⇨自己不自領會覺悟，傍人有何辦法。

【了捷 liáu-chia̍t】 乾脆kan-chhè(chhòe)。做代誌無～～毋好chò(chòe)-tāi-chì bô～～m̄-hó⇨任事不乾脆利落不宜也。

【了解 liáu-kái】 知道了。諒解。伊的孔頭我眞～～i ê khang-thâu goá chin～～⇨他的問題我知道。伊的心情咱會得～～i ê sim-chêng lán ē(ōe)-tit～～⇨他的心情我們可以體會諒解。

【了結 liáu-kiat】 完結oân-kiat。收尾siu-bóe。看伊若無做乞食會～～未khoà$^{n}$-i nā-bô chò(chòe) khi̍t-chiah ē(ōe)～～bē(bōe)⇨看伊不墮落做乞食能夠完結否，亦即斷定其最後必陷身爲乞食。

【了然 liáu-jiân】 ㊀枉費óng-hùi。無希望。彼個囡仔～～也啦hit-ê gín-á～～ā-là⇨那個孩子沒希望了。用心計較乎伊去學校，家己若毋讀每是～～iōng-sim kè-kàu hō·-i khì ha̍k-hāu, ka-kī nā-m̄-tha̍k mā-sī～～⇨同上。㊁瞭然liâu-jiân。一目～～it-bo̍k～～⇨一看就清楚明白。了liáu與瞭應勿混亂。

【了路 liáu-lō·】 烏有了o·-iú-liàu。衾～～也ta$^{n}$～～ā⇨而今烏有了。當ta$^{n}$，而今也。

【了盡 liáu-chīn】 全部虧損淨盡。都蕩盡了。家伙衾都開盡～～了ke-hóe(hé) ta$^{n}$-to khai-chīn～～lò·⇨家產而今都蕩然無存了。

【了徹 liáu-thiat】 了解liáu-kái。了悟事機無望而放棄之。我無～～毋敢隨便講goá bô～～m̄-ká$^{n}$ sûi-piān-kóng⇨同上。到衾猶拎不～～kàu-ta$^{n}$ iáu-teh m̄～～⇨至今還是看不破。

【了錢 liáu-chî$^{n}$】 蝕本si̍t-pún。賠本pôe-pún。～～過運～～kòe(kè)-ūn⇨賠錢逃過災禍。刣頭生理有人做，～～生理無人做thâi-thâu seng-lí ū-lâng-chò(chòe)～～seng-lí bô-lâng-chò(chòe)⇨謂罪可殺頭之生意也有人冒險，明知賠本的生意沒人願做。

【了離 liáu-lī】 完全脫離。準人講的藕斷絲連，嘴講佅切，都未～～唔chún-lâng-kóng-ê, ngó·-toān-si-liân, chhùi-kóng-boeh-chhiat, to-bē(bōe)～～m̄⇨一如人家所說的，藕斷絲連，嘴說要切斷了，總是脫離不了的。

【了不起 liáu-put-khí】 不尋常put-sîm-siâng。你掠做有幾仙錢仔道～～～也不lí lia̍h-chò(chòe) ū-kúi-sian-chî$^{n}$-á tō～～～ā-m̄⇨你自以爲有些小錢就很偉大了嗎。做一個官仔腱仔道～～～了chò(chòe) chi̍t-ê koa$^{n}$-á-kiān-á tō～～lò·⇨做一個小官小吏就利害了。官仔腱仔koa$^{n}$-á-kiān-á，官與肝諧音。腱kiān，筋也。俗以鷄鴨類之硬胃曰腱kiān，又睪丸亦曰腱kiān，就是輕視官員的意思。

【了不得 liáu-put-tek】 了不起liáu-put-khí。有錢耳，有啥～～～ū-chî$^{n}$-niâ, ū-siá$^{n}$～～～⇨只是有錢而已，有什麼了不起。

【了尾仔 liáu-bóe(bé)-á】 放蕩子hòng-tōng-chú。意謂蕩盡家財之子。～～～子～～～kiá$^{n}$ ⇨同上。子kiá$^{n}$亦作囝kiá$^{n}$。

**liáu 嫋** 餘音嫋嫋ī-im-liáu-liáu，音韻搖曳iô-è繚繞liâu-giâu悅耳oa̍t-ní也。

**liáu 搦** 搦戰 liáu-chiàn，搦戰 le̍k-chiàn，挑戰thiau-chiàn也。

**liáu 嬲** 弄lāng也。戲相擾也。淫亂之事也。

**liáu 嫐** 嬈jiáu也。擾jiáu也。煩hoân也。俗多以代嬈hiâu。

**liàu 了** 了liáu的變音。趁了了開了了thàn-liàu-liàu khai-liàu-liàu ⇨ 趁盡開盡 thàn-chīn-khai-chīn ⇨ 盡趁盡開 chīn-thàn-chīn-khai。意謂不知儉字亦無效也。

**liâu 聊** 且也。姑且也。賴也，依賴也。憑藉也。無～bô～⇨心無所憑藉。無趣味bô-chhù-bī。心不樂。罔～仔罔～bóng～á-bóng～⇨姑且聊聊天。逡仔～啦，免急嘛ûn-á～lā bián-kip-mà⇨慢慢聊吧，何必急。閑～hân～⇨聊天。講弄～的kóng-lāng～ê⇨說來笑的。

【聊人 liâu-lâng】 困擾人。誤人。姑且以困人。食言騙人。不當～～m̄-thang～～⇨不可困擾他人。反之即曰乎人聊去hō͘-lâng-liâu-khì(ì) ⇨被人騙了。

【聊小 liâu-siáu】 小。細。渺小biáu-siáu。做了甚～～啦，未看得啦chò(chòe)-liáu siu$^{n}$～～ià, bē(bōe)-khoà$^{n}$-tit-lā⇨做得太小了，見不得人也(不行也)。

【聊天 liâu-thian】 談天說地tām-thian-soat-te以消耗時間。逐家抵拎～～上抵好，看要講甚ta̍k-kê tú teh～～siāng-tú-hó, khoà$^{n}$-boeh-kóng-siah$^{n}$⇨大家剛好在聊天，最好沒有了，你要說什麼(就說吧)。

【聊仔 liâu-á】 慢慢的。～～是啦，毋免趕啦～～sī-lā, m̄-bián-koá$^{n}$-lā⇨慢慢爲之吧，不必急的。～～行～～想～～kiâ$^{n}$～～siū$^{n}$⇨慢慢的行，慢慢的考慮。

【聊生 liâu-seng】 賴以維生。民不～～bîn-put～～⇨同上。大王意氣盡，賤妾何～～tāi-ông ì-khì-chīn, chiān-chhiap hô～～⇨垓下的虞姬。

【聊邪 liâu-siâ】 無～～bô～～⇨散漫不負責任。彼顆人眞無～～hit-kho͘-lâng chin-bô～～⇨那傢伙非常的不負責。

【聊浪 liâu-lāng】 放蕩hòng-tōng也。放曠hòng-khòng也。生計輕鬆曰聊浪liâu-lāng。即久仔加眞～～了chit-kú-á ke-chin～～lò͘⇨最近以來，(生計)輕鬆很多了。後生大漢也較～～也hāu-se$^{n}$(si$^{n}$) toā-hàn-à khah～～ā⇨兒子長大了，比較輕鬆了。

【聊聊仔 liâu-liâu-ā】 同聊仔liâu-á。～～～來道會赴也～～～ laih tō-ē(ōe)-hù-à ⇨(我們)慢慢的去就趕得上也。

【聊聊看 liâu-liâu-khoà$^{n}$】 niau-niau-khoà$^{n}$(猫猫看)。等候無歸期之人。個老母仔逐日拎～～～ in-lāu-bú-á ta̍k-ji̍t teh～～～⇨老母親每天都在等待着。

【聊備一格 liâu-pī-it-keh】 有其位却無實權者。～～～～的高官，不過是聊勝於無耳～～～～ê ko-koa$^{n}$, put-kò-sī liâu-sìn-î-bû-niâ⇨同上。

【聊勝於無 liâu-sìn-î-bû】 可以將就。比無還好一點。

**liâu 僚** 官也。同官爲僚liâu。同事曰同僚tông-liâu。官～政治koa$^{n}$～chèng-tī⇨同上。文武百～bûn-bú pek～⇨同上。幕～mo̍h(bo̍k)～⇨同上。

【僚友 liâu-iú】 同僚的朋友。同官爲僚，同志曰友tông-koa$^{n}$ ûi liâu, tông-chì oa̍t-iú⇨同上。

【僚屬 liâu-sio̍k】 部下pō͘-hē。所屬之官員。

**liâu 潦** 雨水大也。積水也。涉水曰潦liâu。甚深的不當～siu$^{n}$-chhim-ê m̄-thang～⇨太深的

不可步涉之。

【潦水 liâu-chúi】 踏水而行。毋敢坐縋仔道該～～講m̄-káⁿ-chē lūi-á tō-āi～～kóng⇨不敢坐縋仔就須涉水過溪也。講kóng讀講kong爲助詞，意謂別無選擇。亦爲講安爾不敢坐縋仔的省詞。縋仔lūi-á，以繩索(今以鐵索)懸吊以籠坐以過溪的設施。

【潦草 liâu-chhó】 草率chhó-sut。不精密也。伊的字眞～～i-ê-jī chin～～⇨他(寫的)字很隨便。做工課眞～～chò(chòe)-khang-khòe chin～～⇨工作非常隨便不精密。

【潦倒 liâu-tó】 挫敗chhò-pāi。～～一生～～it-seng⇨同上。

【潦溪 liâu-khe】 步涉溪谷而過。該～～呢，你感敢去āi～～neh, lí kám káⁿ-khì⇨須涉水過溪也，你敢去乎。

liâu
療
治也。止病曰療liâu。治～tī～⇨同上。醫～i～⇨同上。診～chín～⇨同上。

【療治 liâu-tī】 治療tī-liâu。治病tī-pēⁿ。

【療傷 liâu-siang】 治傷tī-siang。養傷iáng-siang。～～止痛～～chí-thiàⁿ⇨同上。

【療養 liâu-iáng(ióng)】 治療調養。～～院～～īⁿ⇨治療調養以恢復健康之設備。

liâu
撩
理也。挑弄thiau-lōng也。

【撩草 liâu-chhó】 潦草liâu-chhó也。

【撩亂 liâu-loān】 互相攪擾hō·-siāng-kiáu-jiáu。百花～～爭紫鬧豔pek-hoa～～cheng-chí-tàu-iām⇨形容春天百花齊開的美麗。

liâu
燎
燎原liâu-goân，火燒原野也。星星之火，可以～～seng-seng chi hóe, khó-í～～⇨星點的小火，亦可以大燒原野。亦喻小事可能釀成大災禍。庭～têng～⇨火把hóe-pé。

liâu
鐐
刑具也。繫足的鐵環也。脚～手～kha～chhiú～⇨脚銬手銬kha-khàu-chhiú-khàu。

【鐐銬 liâu-khàu】 脚鐐手銬kha-liâu-chhiú-khàu。繫足曰鐐liâu，械手曰銬khàu。

liâu
寮
屋之小者也。僧～cheng～⇨同上。娼～chhiang(chhiong)～⇨同上。茶～tê～⇨同上。山～仔soaⁿ～á⇨同上。草～仔chháu～á⇨同上。學～hak～⇨學校附設的學生宿舍(原自日文)。

【寮仔 liâu-á】 小屋。扠無～～門sa-bô～～mn̂g⇨喻不得其門而入。不知從何下手。

liâu
瞭
瞭然liâu-jiân也。一目～～it-bok～～⇨一看皆清楚。同一目了然it-bok-liáu-jiân。

liâu
嘹
樂節也。樂節曰拍phah，曰板pán亦曰嘹liâu。無～無拍bô～bô-phah⇨不成樂節。唱到有板有～chhiùⁿ-kà ū-pán-ū～⇨唱得中板中節，非常好聽。轉～tn̄g～⇨轉拍choán-phah。過～kòe～⇨同前。無板～bô-pán～⇨①不合音節。②不合道理。講無板～的話kóng-bô-pán～ê ōe⇨同上。

【嘹喨 liâu-liāng】 歌聲清遠也。歌聲～～koa-siaⁿ～～⇨同上。

liâu
條
表示長冊形之物的助詞。紙～choá～⇨紙條choá-tiâu。椅～í～⇨椅條í-tiâu。長條tn̂g-tiâu之枋椅pang-í。三～椅條saⁿ～í-tiâu⇨三張長板椅。一～不成園仔chit～m̄-chiâⁿ-hn̂g-á⇨一片長冊形的小園地。

liâu
膋
脝膋phiâⁿ-liâu。多油之肉也。胛心，後坐，～～kah-sim, āu-chē,～～⇨賣猪肉者，以前腿chêng-thúi精肉chiaⁿ-bah多爲上肉曰胛心kah-sim，曰後坐āu-chē，其中間之腹胸壁脂肪肉多之部分爲中肉tiong-bah曰脝膋phiâⁿ-liâu。脝phiaⁿ俗作胼。

liâu
寥
寂寥chek-liâu，寂寞chek-bok也。

liâu
蹘
蹘天liâu-thian，上屋頂也。～～掛桷～～koà-kak⇨上屋頂攀椽仔桷êⁿ-á-kak，亦即飛賊之飛簷走壁hui-iâm-cháu-piah也。本爲賤仔白，但已爲形容玩童的行動之詞。即個囝仔安爾攀籬迫壁，～～掛桷，曷不驚去搦死去

chit-ê gín-á an-ne(ni) pan-lī-peh-piah,～～koà-kak, a̍h-m̄-kia$^n$-i siak-sí-khì ⇨同上。摔死siak-sí，由上跌下而死。

**liâu ⿰尞刂** 理也裁也。以大鋸鋸木爲料材曰⿰尞刂liâu。料猶未～liâu á-bōe～⇨木料還未鋸開。叫人～kìo-lâng～⇨請人來鋸料。俗作剛，非也。

【⿰尞刂柴 liâu-chhâ】 鋸開大木爲料。

【⿰尞刂鋸 liâu-kì(kù)】 ⿰尞刂柴之大鋸。～～斬鋸～～chám-kì⇨兩種鋸。

【⿰尞刂枋仔 liâu-pan-á】 ⿰尞刂鋸薄板。

**liāu 廖** 姓氏。廖化做先鋒liāu-hoà chò(chòe) sian-hong⇨喻三流人物當權。

**liāu 繚** 纏tî$^n$也。繞jiáu也。亦縛pa̍k也。繫繩索以固定之曰繚liāu。用索仔～絃藉好iōng-soh-á～ân chiah-hó⇨以繩索縛絃才可以。用銅線～好也iōng tâng-soā$^n$～hó-à⇨以銅線縛完了。～～於柱仔～tī thiāu-á⇨縛在大柱。

【繚索 liāu-soh】 綑繚khún-liāu用之繩索。

**liāu 料** 量niû也。稱chhìn也。推測曰料liāu。預～無贏也未輸î～bô-iâ$^n$ ā-bē(bōe)-su⇨推測雖不勝也必不敗。自～必死chū～pit-sí⇨自己推測非死不可。不～煞有貴人來救put～soah-ū kùi-jîn lâi-kiù⇨想不到竟有貴人來救助。至於成敗利鈍，非臣所敢逆～也chì-î sêng-pāi-lī-tūn, hui-sîn só·-kám ge̍k～iā⇨提到成功失敗或利弊如何，是我所不敢預先推測者也。牛馬所食曰料liāu。飼～chhī～⇨家畜所食。馬～bé～⇨馬所食。凡可應用之物皆曰料liāu。食～si̍t～⇨同上。飲～ím～⇨同上。芳～phang～⇨同上。燃～jiân～⇨同上。油～iû～⇨同上。木～bo̍k～⇨同上。衣～i～⇨同上。材～châi～⇨同上。染～ní(jiám)～⇨同上。日文費hùi曰料liāu。手續～chhiú-siok～⇨同上。入場～ji̍p-tiû$^n$～⇨同上。有～公路iú～kong-lō·⇨收費公路。茶水無～服務tê-chúi bû～ho̍k-bū⇨同上。玻璃製品曰料liāu。人材亦曰料liāu。好～的hó～ê⇨好東西。不是彼類～m̄ sī hit-lōe～⇨非其材也。

【料的 liāu-ê】 玻璃製品。眞珠，寶玉等之僞造品。

【料杯 liāu-poe】 玻璃杯po-lê-poe。

【料珠 liāu-chu】 假眞珠。～～還仔做到眞媠～～oân-á chò(chòe)-kà chin-súi⇨假眞珠還是製得很美。

【料理 liāu-lí】 ㈠辦理。處理。主持。厝裡的代誌無人～～chhù-lì ê tāi-chì bô-lâng～～⇨家中事沒人辦理。俅～～一個家無許爾快boeh～～chit-ê-ke bô-hiah-ni-khoài⇨要主持一個家庭沒那麼容易。㈡日文烹飪pheng-jīm以及烹飪的成品皆曰料理liāu-lí。西洋～～日本～～se-iû$^n$～～ji̍t-pún～～⇨西洋烹飪法，日本食品。即款～～未偎食chit-khoán～～bē(bōe)-bái-chia̍h⇨此種菜肴甚好食。～～仔～～á⇨娼妓，亦即料理店之女侍。～～店～～tiàm⇨酒家，餐館。

【料絲 liāu-si】 毛髮大小的金屬類或玻璃的切線。～～脚～～kha⇨形容無肉有骨之脚。～～燈～～teng⇨以料絲粧飾之燈火。

【料着 liāu-tio̍h】 猜中了。你不當被人～～lí m̄-thang hō·-lâng～～⇨你不可被人猜中了(希其改過向上之詞)。果然乎我～～kó-jiân hō·-goá～～⇨眞的被我猜中了。

【料單 liāu-toa$^n$】 所需材料的明細表。開～～去款貨khui～～khì khoán-hòe⇨開單購買搜集準備材料。欵khoán準備，購買。

【料想 liāu-sióng】 預料。推測。無人敢～～的bô-lâng-ká$^n$～～ê⇨同上。這實在～～未到的che-si̍t-chāi～～bē(bōe)-kàu-ê⇨同上。

【料膏 liāu-ko】 假冒的阿片煙膏。有參～～ū-chham～～⇨混有僞料。

【料算 liāu-sǹg】 推算chhui-sǹg。我也不是孔明也啦，俅安怎～～goá ā-m̄-sī khóng-bêng-ā-là, boeh-an-choá$^n$～～ ⇨ 我 非 孔 明

也，何能推算未來。

【料器 liāu-khì】 玻璃製品的通稱。近來～～眞發達也kīn-lâi ～～ chin hoat-ta̍t-ā⇨晚近玻璃器具很發達。

【料館 liāu-koán】 木料行bo̍k-chhâi-hâng。

【料事如神 liāu-sū-jî(jû)-sîn】 非常善於猜測。你都講～～～～也，盒不道洞破鷄胙也 lí-to-kóng ～～～～ ā, ta$^n$-m̄-tō tōng phoà ke-kui-ā⇨你是說料事如神的，而今不是牛皮刺破了嗎。

## lih

lih 搋 析也。搋thí也。～桷黠～khok-khiat⇨下賤hē(hā)-chian。狡怪káu-koài亦即狡猾káu-ku̍t。黠khiat，黠kiat之轉，慧也。

li̍h 裂 裁也。破也。山崩地～soa$^n$-pang-tē～⇨同上。骨折肉～kut-chi̍h-bah～⇨同上。唪唪吱，肩頭破一～，無某當補紩，想著喉道淀，唪唪吱唪吱唪唪phōng-phōng-chhih, keng-thâu phoà-chi̍t～, bô-bó· thang-pó·-thī$^n$, siū$^n$-tio̍h âu-tō-tī$^n$, phōng-phōng-chhih-phōng-chhih-phōng-phōng⇨唪管phōng-kóng歌。亦名乞食歌。虎口～三分hó·-kháu～sa$^n$-hun⇨母指與食指之間曰虎口hó·-kháu。

【裂紃 li̍h-sûn】 裂痕li̍h-hûn。紃sûn，線soà$^n$也，條tiâu也。痕hûn包含面積。枋仔有～～pang-á ū～～⇨板有裂線之痕。

【裂破 li̍h-phoà】 破phoà。衫仔～～幾仔位sa$^n$-á～～kúi-ā-ūi⇨衣破了若干個地方。

【裂痕 li̍h-hûn】 ～～猶於扲～～iáu tī-teh⇨裂開之痕蹟還存在。於扲tī-teh→tī-lè，在也，存在也。

【裂開 li̍h-khui】 因破裂phò-lia̍t而有洞口。離開lī-khui，遠離。裂li̍h重音，離lī 輕音。

【裂線遭 li̍h-soà$^n$-chōe】 因縫線斷而縫製品破了。～～～耳，車扲或是紩扲道可也，無要緊～～～niâ, chhia-lè a̍h-sī thī$^n$-lè tō-hó-ā, bô-iàu-kín⇨斷線破而已，縫一縫就好了，沒問題。車扲chhia-lè，以縫衣機縫之曰車chhia。車扲chhia-lè即是車一車。紩扲thī$^n$-leh，紩一紩紩。紩thī$^n$，縫合也。

【裂囊散甲 li̍h-lông-sàn-kah】 ㊀謂衣衫破爛不堪。穿到安爾～～～～恰如乞食扲chhēng-kà an-ne(ni)～～～～kah-ná khi̍t-chia̍h-lè⇨穿得如此的破破爛爛，恰如乞食的模樣。㊁形容支離破碎落魄不堪之狀。乎伊害到～～～～無容身之地也hō·-i hāi-kà ～～～～ bû-iông-sin chi tē-ā⇨被他陷害到支離破碎無家可歸了。編者按；本條，本為形容敗戰慘狀之詞。裂應作離，謂馬囊不見了，戰甲破散了，慘得不再是戰士了。

## lim

lim 飲 咽也。咽湯水曰飲lim。飲酒ím-chiú曰飲lim。無茶無水可～bô-tê bô-chúi hó～⇨同上。有亦～無亦佅～ū-ia̍h～bô-ia̍h-boeh～⇨有錢也飲酒沒錢也是要飲酒。大酴每～，麥仔每～toā-thô· mā～, be̍h-á mā～⇨大酴也飲，麥仔酒也飲。大酴toā-thô·，酒母也。厚酒也。俗曰孩頭仔hài$^n$-thâu-á。無心假有心，柴籃仔擔水乎哥～bô-sim ké ū-sim, chhài-nâ-á ta$^n$-chúi hō·-ko～⇨同上。哥ko，兄hia$^n$也。哥ko，兄hia$^n$，單字時亦指情人。愛～ài～⇨好飲hò·$^n$-ím，亦即好飲酒hò·-ím-chiú。愛～的人ài～ê lâng⇨好酒hò·$^n$-chiú之人。即酒徒也。

【飲水 lim-chúi】 ím-súi。～～不拜水頭～～m̄-pài chúi-thâu⇨飲水不思源im-súi put-su-goân。喻忘恩背義。

【飲酒 lim-chhiú】 飲酒ím-chiú。～～是無要緊，驚去被酒飲去耳～～sī bû-iàu-kín, kia$^n$-i-hō·-chiú-lim-khì-niâ⇨飲酒是不關重要

之事，只怕被酒飲下去而已(只怕醉倒了)。

【飲茶 lim-tê】 飲茶飲水皆曰飲茶lim tê。

【飲乾 lim-ta】 乾杯kan-poe。我先～～了，你無飲那會使得goá seng ～～ lō͘, lí bô-lim ná-ē(ōe)-sái-tit⇨我是先乾杯了，你不飲怎麼行。

【飲食 lim-chiah】 飲與食。人講～～是不能免的lâng-kóng～～sī put-lêng-bián-ê⇨古人言飲食必不可欠者也。

【飲淡薄 lim-tām-poh】 飲一點兒。有趁無趁每著～～～ū-thàn-bô-thàn mā-tioh～～～⇨謂有趁無趁也都要飲一點兒。勞力所換取或經營所得收入皆曰趁thàn。～～～仔～～～à⇨同飲一屑仔。

【飲泔歠飦 lim-ám-chheh-kà】 飲泔飲糜仔lim-ám-lim-moâi-á。泔ám，飯汁，飦kà，稀粥也。歠chhoat, chheh亦飲也，食也。～～～～ 是人的命 ～～～～ sī lâng-ê-miā⇨食泔食糜，都是各人的運命所注定的。

lím
# 忍
忍jím也 (見jim部)。

lím
# 斂
收也。減也。不足些微之數曰斂lím。臨淵近厓際亦曰斂lím。一百較～ chit-pah khah～⇨一百還不足些微之數。亦即欠少數就一百了。較 ～ 十元khah ～ chap-goân⇨欠一點點就十元。較 ～ 一屑仔耳道三萬了khah ～ chit-sut-á niâ tō sa$^{n}$-bān-lō͘⇨欠一點點就三萬了。你企安爾甚 ～ 危險lí khiā-an-ne(ni) siu$^{n}$～ gûi(hûi)-hiám⇨你站得如此太近厓邊危險也。不當企許～m̄-thang khiā-hiah～⇨不要站得那麼靠近厓際。企許爾～跋落去是會死嚇khiā hiah-ni ～ poah-loh-ì sī ē(ōe)-sí-heh⇨站得那麼臨厓，跌下去是會死的呀。

【斂斂 lím-lím】 斂lím。甚斂。～～仔～～à⇨同上。一百～～à⇨同上。企～～仔kiā～～à⇨同上。

lím
# 廩
藏米之所也。倉廩chhong-lím⇨穀藏曰倉，米藏曰廩。又給食曰廩lím。倉～滿而知禮節，衣食足而知榮辱chhong～boán jî ti lé-chiat, i-sit-chiok jî ti êng-jiok⇨管仲之言。

【廩生 lím-seng】 科舉時代的公費生。食公米之學生也。

lím
# 凜
淒淸也。寒也。

【凜然 lím-jiân】 嚴肅。義烈～～gī-liat～～⇨義氣凜烈嚴肅，不可侵犯。

【凜凜 lím-lím】 凜然，煊赫。威風～～，殺氣騰騰ui-hong ～～, sat-khì thêng-thêng⇨形容威武之詞。

lím
# 懍
敬也。畏懼也。通作凜lím字。

lìm
# 眳
視也。眩也。閉目坐睡曰眳lìm。小睡曰眳lìm。有～一下也ū～chit-ē-á⇨小睡了一下子。坐拎～拎耳chē-leh～leh-niâ⇨坐着小睡而已。我～若有五分鐘會用得也goá～nā-ū gō͘-hun-cheng tō ē(ōe)-iōng-tit-à⇨我小睡如果夠五分之久就可以了。

lîm
# 臨
監臨kàm-lîm也。以高視下也。以尊適卑也。摹仿他人字繪亦曰臨lîm。居高 ～ 下ki-ko～hē⇨同上。天孫降～thian-sun kàng～⇨日本皇家的神話故事。謂其先是天照大神(女性)之孫降下凡世爲日本國王者。恭候大駕光～kiong-hāu tāi-kà(kè) kong-～⇨同上。賁～hûi～⇨光臨。

【臨危 lîm-gûi】 危急gûi-kip。～～受命～～siū-bêng⇨同上。國家當拎 ～～ kok-ka tng-teh～～⇨同上。病勢～～pē$^{n}$(pī$^{n}$)-sè～～⇨同上。

【臨身 lîm-sin】 迫近。大難～～tāi-lān～～⇨同上。代誌～～剝未離了tāi-chì～～pak-bē(bōe)-lī-lō͘⇨問題迫在身上逃不了了。

【臨帖 lîm-thiap】 看法帖摹寫。

【臨急 lîm-kip】 瀕臨危急pin-lîm gûi-kip。

【臨盆 lîm-phûn】 嬰兒出生。得併～～也tit-boeh～～ā⇨快將出生了。

【臨時 lîm-sî】 ～～發生的～～hoat-seng-ê⇨突然發生的。～～措施～～chhò·-si⇨緊急的對策。～～法庭～～hoat-têng⇨任務完畢即結束的法廷。～～臨曜～～lîm-iāu⇨臨時。曜iāu，照也，日照也。～～臨曜那有法度～～lîm-iāu ná-ū hoat-tō⇨一時急着何能有辦法。

【臨陣 lîm-tīn】 在戰陣中。～～退縮～～thòe(thè)-siok⇨同上。

【臨終 lîm-chiong】 即將斷氣去世。～～有交代～～ū kau-thài⇨將死之時有話吩咐。

【臨檢 lîm-kiám】 到場檢查。刑警抲～～hêng-kéng teh～～⇨刑警在檢查中。

【臨繪 lîm-ōe】 摹寫圖繪。先學～～seng-o̍h～～⇨同上。

【臨水夫人 lîm-súi-hu-jîn】 神名。司生產之女神。多合祀於城隍廟sêng-hông-biō。

【臨淵羨魚 lîm-ian-siān-gî】 空自貪望。～～～～不如退而結網～～～～put-jî thòe-jî-kiat-bōng⇨同上。

【臨深履薄 lîm-chhim-lí-po̍k】 臨事謹慎預防臨時狀況之發生。如臨深淵，如履薄冰jî-lîm chhim-ian, jî-lí-po̍k-peng⇨同上。

【臨渴掘井 lîm-khat-ku̍t-chéng】 事前不預作準備，事來了才手忙脚亂。

【臨機應變 lîm-ki-èng-piàn】 ～～～～見機而作～～～～kiàn-ki-jî-chok⇨逢到何事，能以妥善的方法，立即應付處理。

【臨時抱佛脚 lîm-sî-phō-hu̍t-kiok】 抱佛脚phō-hu̍t-kha，求佛施救也。同臨渴掘井lîm-khat-ku̍t-chéng。

lîm
林
叢木曰林lîm。山木曰林lîm。竹木亦曰林lîm。凡衆所聚皆曰林lîm。平～pêng～⇨林在平地。山～san～⇨同上。竹～tek～⇨同上。翰～hān～⇨文學侍從官。進士的美稱。綠～英雄lio̍k～eng-hiông⇨山賊。羣鳥投～kûn-niáu tâu～⇨衆鳥回林過夜。歸～kui～⇨官員退休。列於君子之～lia̍t-î kun-chú chi～⇨同上。酒池肉～chiú-tî-jio̍k～⇨桀kia̍t紂tiū之流，以酒爲池集美女群裸體爲淫樂。羽～í(ú)～⇨①星名。②武官。羽～軍í～kun⇨即古帝王之警衛部隊。

【林下 lîm-hē(hā)】 退休隱居之地。相逢盡道休官去，～～何曾見一人siang-hông chīn-tō hiu-koan-khì,～～hô-chêng kiàn-it-jîn⇨唐詩。

【林立 lîm-li̍p】 衆多。工場～～，烏煙滿天kang-tiū$^{n}$～～, o·-ian boán-thian⇨工業發達，遺害亦多。

【林肯 lîm-khéng】 Abraham Lincoln。美國解放黑奴的總統。爲美國人最敬愛的總統之一。

【林業 lîm-gia̍p】 造林製材業。～～合作社～～ha̍p-chok-siā⇨林業同業的組織。

【林檎 lîm-khîm】 apple。俗曰蓬果phōng-kó，或蘋果phōng-kó。

【林林總總 lîm-lîm-chóng-chóng】 繁成。衆多。～～～～逐項都有～～～～ta̍k-hāng tō-ū⇨很多很多各項東西都有。

lîm
淋
淋漓lîm-lī。喩透徹、光盛。～～盡緻～～chīn-tì⇨形容文章寫得精彩透徹。目屎～～垂ba̍k-sái～～sûi⇨淚水汪汪而流。哭到泗淋淚垂khàu-kà sì～(lâm)-lūi-sûi⇨哭得鼻涕眼淚垂滿面。亦作泗淋淚落sì-lâm-lūi-lo̍h。泗sì，自鼻出之液也。

lîm
霖
雨已三月也。雨不止也。久雨謂之霖lîm。～以救旱～í kiù-hān⇨同上。久旱逢甘～kiú-hān hông-kam～⇨同上。

【霖雨 lîm-í(ú)】 久長雨kú-tn̂g-hō·。淫雨îm-í(ú)。

lîm
琳
玉名。琳琅lîm-lông，珠玉類。

lîm **痳** 小便難也。五～便濁ngó～piān-tok⇨所謂痳病lîm-pēⁿ(pīⁿ)也。

【痳病 lîm-pēⁿ(pīⁿ)】 所謂花柳病hoa-liú-pēⁿ或風流病hong-liû-pēⁿ的一種。～～梅毒～～bôe-tok⇨都是花柳病。

【痳疾眼 lîm-chit-gán】 膿漏性結膜炎lông-lō·-sèng-kiat-moh-iām。痳毒性的眼疾。

līm **認** 認jīn也。認jīm也(見jim部)。

## lin

lin **乳** 乳leng也(見leng部)。

lin **玲** 玲瓏lin-long，金玉聲也。又含鈴hâm-lêng也。鈴聲亦曰玲lin。賣雜細的搖～～，您庴做司功bē(bōe)-chap-sè(sòe) ê iô～～, lín-tau chò(chòe)-sai-kong⇨童謠。您庴lin-tau，你們家。司功sai-kong，道士做功德也。

【玲瓏 lin-long】 金玉聲。亦樓閣明美的形容詞。含鈴hâm-leng亦曰玲瓏lin-long。～～仔～～á⇨含鈴hâm-lêng。鈴中含有鐵丸者。～～叫～～kiò⇨同上。

lin **輪** 圓輪輪îⁿ-lin-lin⇨很圓很圓。圓仔花，圓～～, îⁿ-á-hoe îⁿ～～⇨同上。

lín **您** 你的複數。阮goán的對詞。你們。你們的。你的。叫～出去～道出去kiò～chhut-khì～to chhut-khì⇨教你們出去，你們就出去吧。驚～亂來kiaⁿ～loān-lâi⇨怕你們胡鬧。阮還阮，～還～，阮合～，田無溝，水無流goán-hoân-goán,～ hoân～, goán-kap～, chhân-bô-kau, chúi-bô-lâu⇨我們是我們，你們是你們，我們與你們，絲毫沒有瓜葛。

【您父 lín-pē】 ㊀同您爸lín-pâ。㊁本大爺(粗語)。

【您的 lín-ê】 你家的，你們的。恰如～～kah-ná～～⇨好像你家之物或事。有～～也有阮的攏濫抄ū～～iā-ū goán-ê, lóng lām-leh⇨有你們的也有我們的都混在一起。

【您爸 lín-pa】 lín-pâ。令尊lēng-chun。～～有於抄否～～ū-tī-teh-bō·⇨令尊在家嗎。

【您厝 lín-chhù】 你們的家。同您庴lín-tau。～～佗一角～～tó-chit-kak⇨你家在何方向。你家倒了一角。佗tó與倒tó諧音。

【您娘 lín-niâ】 令堂lēng-tông。你媽。但已被化為粗語，例如～～三代～～sam-tāi等，是常人所不上口的。

【您庴 lín-tau】 你們之家。你。許是～～的代誌he-sī～～ê tāi-chì⇨與我何干(那是你們家的問題)。賣雜細的搖玲瓏，～～做司功bē(bōe)-chap-sè-ê iô-lin-long,～～chò(chòe) sai-kong⇨童謠。庴tau，家也。俗作都tau非。

【您大家 lín-tāi-ke】 您逐家lín-tak-ke之轉化。

【您娘嬭 lín-niû-lé】 您母親lín-bó(bú)-chhin。你母。你媽。～～～也得未做生日也否～～～á tit-boeh chò-seⁿ-jit-à-hohⁿ⇨你母親快要祝誕辰了對吧。

【您逐家 lín-tak-ke】 你們各位先生。你們各家。逐家tak-ke者每一個家也。又同逐個tak-ê每一個人諧音。～～～咱逐家～～～lán-tak-ke⇨你們大家，我們大家。咱lán，我們，亦可能包括您lín。亦即您lín阮goán合而為咱lán，而與個in為對詞。

【您做您 lín-chò-lín】 你們管你們自己。～～～去，連等人都無～～～khì, liân tán-lâng to-bô⇨你們都逕自去了，完全不等我同去。人lâng改讀lāng，可指單數(我)亦可解為複數(我們或人們)。～～～阮做阮，逐家較省費氣～～～goán-chò-goán, tak-ke khah-séⁿ hùi-khì⇨你們，我們各自分開行動，彼此省麻煩。

lîn **輪** 旋轉也。圓也。同輪liân(見lian部)。

【輪輪 lîn-lîn】 liân-liân。lin-lin。圓仔花圓

～～，阿戇仔娶著媠某，我不信î$^{n}$-á-hoe, î$^{n}$～～, a-gōng-ā chhoā-tioh súi-bó·, goā m̄-sìn⇨童謠。

**lîn 憐** 哀也。愛也。同病相～ tông-pēng siang～⇨同上。乞愛求～ khit-ài-kiû～⇨同上。顧影自～kò·-éng-chū～⇨自惜嬌容美色。

【憐惜 lîn-sioh】 lîn-sek。哀而憐之愛而惜之。君須～～未經慣，露滴牡丹魂若飛kun si～～bī-kèng-koàn, lō·-tek bó·-tan hûn jiak-hui⇨荔鏡。即陳三五娘故事也。

【憐憫 lîn-bín】 哀憐。懇求上帝～～khún-kiû siōng-tè～～⇨同上。

【憐香惜玉 lîn-hiang-sek-giok】 愛好美色。香hiang玉giok都是形容女子之美。

【憐人憐脚跡 lîn-jîn-lîn-kiok-chek】 ～～～～ 憎他憎九族 ～～～～～, cheng-tha$^{n}$ cheng-kiú-chok⇨俗俚。謂愛憎皆會各走極端。

**lîn 隣** 近也。親也。相接連也。隔壁隔界皆曰隣lîn。又起碼的行政單位曰隣lîn。亦作鄰lîn。左～右舍chó～iū-sià⇨隣居。雖有周親，不如近～，百姓有過，在予一人sûi iú chiu-chhin, put-jî kīn～, pek-sèng iú-kò, chāi-î-it-jîn⇨論語。遠親不如近～oān-chhin put-jî kīn～⇨俗俚。芳～hong～⇨隣居的美稱。古者五家為～五～為里kó·-chià ngó·-ka ûi～, ngó·～ûi-lí⇨同上。德不孤，必有～tek-put-ko·, pit-iú～⇨同上。敦親睦～tūn-chhin-bok～⇨同上。

【隣人 lîn-jîn】 芳隣hong-lîn。隔壁keh-piah的朋友。

【隣右 lîn-iū】 隣居lîn-ki(ku)。厝邊～～chhù-pi$^{n}$～～⇨隣右lîn-iū即是厝邊chhù-pi$^{n}$。

【隣里 lîn-lí】 五家為鄰，五鄰為里，今多已擴大矣。

【隣近 lîn-kīn(kūn)】 近鄰kīn-lîn。厝邊隔壁chhù-pi$^{n}$ keh-piah。厝邊頭尾chhù-pi$^{n}$-thâu-bóe。

【隣舍 lîn-sià】 比鄰pí-lîn。左鄰右舍chó-lîn-iū-sià。

【隣長 lîn-tiú$^{n}$】 一隣之長。起碼的行政官員。～～選舉～～soán-kí(kú)⇨同上。

【隣家 lîn-ka】 lîn-ke。隔壁厝keh-piah-chhù。昨夜～～乞新火，曉窗分與讀書燈chok-iā～～khit-sin-hó·, hiáu-chhong hun-î thok-si(su)-teng⇨千家詩。

【隣國 lîn-kok】 ～～ 隣邦 ～～ lîn-pang⇨同上。

**lîn 燐** 一種化學元素，動物骨骼中多有之，其性在空氣中會迅速氣化終至自然發光如火。

【燐火 lîn-hóe】 俗曰鬼火kúi-hóe(hé)或者鬼仔火kúi-á-hóe(hé)。其實只是燐光而非火也。多出現於墓地。

**lîn 綾** 綾lêng亦曰綾lîn。綾羅綢緞lêng-lô-tiû-toān曰lîn-lô-tiû-toān。紅綾披胛âng～phoa-kah⇨古官府對於被寃枉者或可表揚者，往往賜予紅綾布令其被於肩上回家，以表示其清白或光榮。曰紅綾披胛âng-lîn-phoa-kah。

**lîn 伭** 伭lēng也(見leng部)。奸～之徒kan～chi tô·⇨不正派之人也。

**lîn 認** 認jīn也(見jin部)。

## lio

**lio 劉** 劉liô也。細切也。～一條仔～chit-liau-á⇨割取一小條。

**lio 燒** 燒sio的變音。燒燒抄sio-sio-lè曰sio-lio-li。燒燒去sio-sio-khì曰sio-lio-ì。燒燒掉較未陳位sio-lio-tiāu khah-bē tīn-ūi⇨同上。陳位tīn-ūi，久佔地方也。俗作鎮位tīn-ūi非。

**lió 瞭** 視也。輕輕一過目曰瞭lió。我～是有～著啦，猶都看無清楚goá ～ sī ū ～ tio̍h-là, iáu-to khoáⁿ-bô cheng-chhó͘⇨我看是看見了，然而看不清楚也。連～都無伓～你liân～to bô-boeh～lí⇨只一看都不屑看你。偷～人的答案thau ～ lâng ê tap-àn⇨偷看他人的答案。人～一下道知影也lâng～chi̍t-ē tō-chai-iáⁿ-à⇨人家一看就明白了。十隻鷄仔拍不見九隻，～一下道知也，扲算啥cha̍p-chiah ke-á phah-m̄-kìⁿ káu-chiah, ～ chi̍t-ē tō-chai-à, teh sǹg-siahⁿ⇨十鷄不見九雞，一看便知了，還要算甚麼。

**liò 膋** 身長也。膋lò也(見lo部)。

**lìo 叫** 叫叫kiò-kiò曰kiò-liò，音變也，叫叫一大陣人kiò-liò chi̍t-toā-tīn-lâng⇨同上。

**liô 樓** 樓lô͘也(見lo͘部)。

**liô 劃** 細切也。割長條曰劃liô。～彼條仔耳咯～hit-liâu-á-niâ-lò͘⇨只割那麼一小條而已嗎。

**【劃開 liô-khui】** 剖開。割開。

**【劃肉條仔 liô-bah-liâu-á】** 劃取小肉條。

**liō 路** 路lō͘也(見lo͘部)。

**liō 漏** 漏lāu也(見lau部)。

## lioh

**lioh 來** 狗來káu-lioh，呼狗聲。

**lioh 扱** 扱扱扲khioh-khioh-lè曰khioh-lioh-lè。趕緊扱扱扲，人客得伓到位也koáⁿ-kín khioh-lioh-leh, lâng-kheh tit-boeh kàu-ūi-ā⇨趕快收拾收拾吧，客人快要到了，作爲皆曰扱khioh。扱扱扲khioh-khioh-lè，收拾也。

**lioh 瞭** 瞭lió也。十隻鷄仔拍不見九隻，～一下道知也，得算啥cha̍p-chiah-ke-á phah-m̄-kìⁿ káu-chiah, ～ chi̍t-ē tō-chai-a, teh-sǹg-sahⁿ⇨十隻小鷄，不見了九隻，一看便知了，還要算什麼。

**lio̍h 略** 稍微siau-bî。無惜無～bô-sioh-bô～⇨對物毫不珍惜。都安爾無惜無～，好好物，連鞭道創壞了了也to-an-ne(ni) bô-sioh-bô～, hó-hó-mi̍h, liâm-mi tō-chhòng-hāi-liáu-liáu-à⇨都是如此的些微不知珍惜(使用)，好好的東西，才不久就弄壞掉了。

**【略仔 lio̍h-á】** 稍微siau-bî。～～光也～～kng-a⇨有微光了。～～知，無徹底耳～～chai, bô-thiat-té-niâ⇨略知一點，不十分清楚而已。～～會虛誚得～～ē(ōe) hau-siâu-tit⇨可以略作騙人，亦即勉強過得去。該～～趕扲ài～～koáⁿ-leh⇨需要趕快一點。～～拂扲每該十外桌，更大釐撈扲，犯勢敢超過三十桌每敢～～hut-leh mā-ài cha̍p-goā-toh, koh toā-lê-lā-leh, hoān-sè káⁿ-chhiau-kòe saⁿ-cha̍p-toh mā-káⁿ⇨稍稍一辦(請喜酒)，也需要十來席，再大做大擂了，或者可能超過三十席亦未可知也。辦理喜喪事皆曰釐撈lē-lā，釐lī,lē治理也，撈lā，水中取物也。亦作抐lā。大釐撈toā-lē-lā，大規大模辦理也。犯勢hoān-si，犯了情勢，依照情形之變化。亦或可能逢到的情勢。

**【略略仔 lio̍h-lio̍h-á】** lio̍h-lio̍h-à。～～～敨著耳道哭痛也～～～ kha̍p-tio̍h-niâ tō kàu-thiàⁿ-à⇨稍微一觸而已就哭着喊痛了(仔á)。～～～會看得的道開價要五千了～～～ē(ōe)-khoàⁿ-ti̍t-ê tō-khui-kè-boeh gô͘-chheng-lò͘⇨稍微可看的就開價五千了。～～～犯著道要掠要關，生理眞歹做也～～～hoān-tio̍h tō boeh-li̍a h-boeh-koaiⁿ, seng-lí chin-pháiⁿ-chò (chòe)-à⇨稍微一犯就要捉咯要關咯，生意很難做了。差～～～耳道死也chha ～～～ niâ tō-sí-à⇨差一點點而已就死了。

# liok

**liok 踛** 蹺足khiau-chiok也。跳也。脚蹺而急激伸直曰踛liok。水蛤仔～chúi-kap-á～⇨水蛙在水中泅行。蛙式游泳。水蛤仔chúi-kap-á，水蛙chúi-ke之小者。猶扲～扲iau-teh～leh⇨還在抽動。未踜未～也bē(bōe)-liōng bē(bōe)～â⇨不動了。踜liōng，伸直也。踛liok，亦伸直也。踜直liōng-tit。

**liok 錄** 記載kì-chāi也。記～kì～⇨記錄kì-lek, kì-lok。目～bok～⇨目錄bok-lek, bok-lok。登～teng～⇨登錄teng-lek, teng-lok。紳士～sin-sū～⇨紳士錄sin-sū-lek, sin-sū-lok。備忘～pī-bông～⇨同上。

**liok 陸** 高平廣濶之地皆曰陸liok。新大～sin-tāi～⇨南北美洲的俗稱。海～空三軍hái～khong sam-kun⇨同上。水～並進chúi～pēng-chìn⇨水軍陸軍齊進攻。水～兩棲動物chúi～liáng-chhe tōng-but⇨蛙、龜等是也。

【陸地 liok-tē】 陸。陸上。

【陸軍 liok-kun】 ～～海軍空軍～～hái-kun khong-kun⇨同上。～～部隊～～pō·-tūi⇨同上。～～總司令～～chóng-su-lēng⇨同上。

【陸相 liok-siàng(siòng)】 陸軍大臣。陸軍部長。

【陸路 liok-lō·】 旱路hān-lō·。車行～～船行水路chhia-hêng～～chûn-heng chúi-lō·⇨同上。～～提督～～thê-tok⇨古官名。陸軍司令。

【陸運 liok-ūn】 陸上交通或運送。～～海運空運～～hái-ūn khong-ūn⇨同上。

【陸離 liok-lī】 雜亂。光怪～～kong-koài～～⇨奇奇怪怪。

【陸續 liok-siok】 連續liân-siok。新生～～報到sin-seng～～pò-tò⇨同上。怪事～～發生koài-sū～～hoat-seng⇨同上。

【陸戰隊 liok-chiàn-tūi】 海軍的陸上作戰部隊。

**liok 略** 略lek也(見lek部)。大～仔tāi～á⇨大略tāi-liok。約略lak-liok⇨同上。

**liok 綠** 綠lek也(見lek部)。惟習慣上有讀liok者如次：～陰～im⇨綠樹之下。～蟬～siân⇨一種綠色蟬。～蕚梅～gok-bôe⇨梅的一種。

**liok 戮** 殺也。殺～sat～⇨同上。殺～力強的新武器 sat～lek kiâng ê sin-bú-khì⇨同上。刑～hêng～⇨死罪。就～chiū～⇨受殺死。

【戮力 liok-lek】 合力hap-lek。協力hiap-lek。戮liok通勠liok。並也。～～同德～～tông-tek⇨同上。

【戮尸 liok-si】 殺死屍。殺其生者而戮其死者sat-ki seng-chiá jî liok-ki sú-chiá⇨同上。

**liok 六** 數名。天五地六thian-ngó· tē-liok⇨易詞。正式文書多作陸liok。二八一十～jī-pat it-sip～⇨同上。

【六丁 liok-teng】 神名。～～六甲～～liok-kah⇨俗曰天兵天將。

【六甲 liok-kah】 ㈠神名。㈡甲子kah-chú，甲寅kah-în，甲辰kah-sîn，甲午kah-ngō·，甲申kah-sin，甲戌kah-sut合稱六甲lioh-kah。㈢身懷～～sin-hoâi～～⇨女子懷孕hoâi-īn。

【六合 lioh-hap】 天地四方。～～風光隨氣轉，一門春色自天來～～hong-kong sûi-khì-choán, it-bûn chhun-sek chū-thian-lâi⇨常見的春聯。

【六味 liok-bī】 甜ti$^n$，鹹kiâm，飷chiá$^n$，酸sng，苦khó·，辣loah是也。飷chiá$^n$，味淡bī-tām，食無味也。

【六律 liok-lut】 古音樂用詞。十二律中，黃鐘hong-chiong，大蔟tāi-chhok，姑洗ko·-sián，蕤賓jûi-pin，夷則î-chek，無射bû-iah等的陽聲之律也。

【六神 liok-sîn】 ㈠六臟liok-chōng之神。～～無主～～bû-chú⇨失魂落魄得不知所措。㈡建築之六神。①青龍chhe-liông(東方，甲乙木)，②白虎peh-hó͘(西方，庚辛金)，③朱雀chu-chhiak(chhiok)(南方，丙丁火)，④玄武hiân-bú(北方，壬癸水)，⑤騰蛇thêng-siâ(中央，戊已士)。此爲建築六神，東西南北又各配以春夏秋冬。

【六畜 liok-thiok】 liok-hiok馬bé，牛gû，羊iûⁿ，雞ke，狗káu，猪ti是也。～～興旺～～hin-ōng⇨畜舍的春聯。

【六卿 liok-kheng】 冢宰thióng-chái(天官)，司徒su-tô͘(地官)，宗伯chong-pek(春官)，司馬su-má(夏官)，司寇su-khò͘(秋官)，司空su-khong(冬官)是也。

【六根 liok-kin】 佛家的眼gán，耳ní，鼻phīⁿ，舌chih，身sin，意ì爲六根liok-kin。～～清淨～～chheng-chēng⇨謂修養到家。

【六書 liok-si(su)】 造字的六法，亦即象形chhiūⁿ-hêng，指事chí-sū，會意hōe-ì，諧聲kai-seng，假借ké-chioh，轉註choán-chù是也。

【六情 liok-chêng】 喜hí，怒nō，哀ai，樂lok，愛ài，惡ok之六種感情是也。

【六欲 liok-iok】 佛家以色sek，形貌hêng-māu，威儀姿態ui-gî-chu-thāi，言語聲音giân-gí-siaⁿ-im，細滑sè(sòe)-kut，人想jîn-siáng爲六欲liok-iok，認爲貪欲之心所由起者也。七情～～chhit-chêng～～⇨同上。

【六國 liok-kok】 戰國七雄秦chîn，楚chhó͘，齊chê，燕iàn，韓hân，魏gūi，趙tiō的七國，除秦chîn之外有六國，皆在函谷關hâm-kok-koan之外，當時主張合縱hap-chiòng抗秦的蘇秦so͘-chîn，曾帶六國相印，其同門師弟張儀却主張連衡liân-hêng和秦以破壞之。結局是蘇秦～～封相so͘-chîn～～hong-siàng。之後，乃有秦始皇吞～～chîn-sí-hông thun-～～的兼併天下khiam-pèng-thian-hē。

【六部 liok-pō͘】 古帝制時官分六門曰六部liok-pō͘，即吏部lī-pō͘，戶部hō͘-pō͘，禮部lé-pō͘，兵部peng-pō͘，刑部hêng-pō͘，工部kang-pō͘是也。～～尙書～～siāng-si(su)⇨各部的大臣。

【六婆 liok-pô】 牙婆gê-pô，媒婆mûi-pô，師婆su-pô，虔婆khiân-pô，藥婆ioh-pô，穩婆ún-pô是也。三姑～～sam-ko͘～～⇨謂皆非正途之婦女。三姑sam-ko͘者，尼姑nî-ko͘，道姑tō-ko͘，卦姑koà-ko͘是也。

【六無 liok-bû】 ㈠六親皆無的孤家寡人ko͘-ka-koáⁿ-jîn。㈡單身漢tan-sin-hàn。絕～～cheh～～⇨同前。

【六腑 liok-hú】 膽táⁿ，胃ūi，膀胱pông-kong，三焦sam-chiau，大小腸toā-sió-tn̂g是也。三焦sam-chiau者，水穀之道路，氣之所始終也，指胃分上中下三焦。五臟～～ngó͘-chōng～～⇨內臟各器官。

【六順 liok-sūn】 君義kun-gī，臣行sîn-hêng，父慈hū-chû，子孝chú-hàu，兄愛heng-āi，弟敬tē-kèng是也。

【六朝 liok-tiâu】 以建康今南京爲都的六個朝代:吳gô，東晋tong-chìn，宋sòng，齊chê，梁liâng，陳tân各朝是也。

【六賊 liok-chek】 ㈠佛家以耳鼻眼舌身心之六官，亦即六根liok-kin是劫奪一切善法之媒，故以六賊liok-chek譬之。㈡俗以兇惡之徒，破落戶，無賴之徒等爲六賊liok-chek。未輸～～扲合伊扲捭啥手面bē(bōe)-su～～leh kah-i teh póe-siaⁿ-chhiú-bīn⇨宛然是六賊之輩嘛，與他爭什麼是非。

【六經 liok-keng】 所謂詩、書、易、禮、春秋的五經ngó͘-keng之外，加上周禮chiu-lé或者樂記gak-kì曰六經liok-keng。所謂經keng者，儒徒之聖經sèng-keng，有皇家之支持，統一解釋，連錯字亦不能修改。例如說soat字必須讀成悅oat字，曰勾破kau-phoà是也。

【六德 liok-tek】 知ti，仁jîn，聖sèng，義gī，忠tiong，和hô是也。

【六親 liok-chhin】 父母，兄弟，妻子俗曰六親liok-chhin，其他多說，內容不一。～～不認～～ put-jīn⇨謂無親無戚無仁無義的絕情之人。～～不和有孝慈～～put-hô iú-hàu-chû⇨老子。

【六禮 liok-lé】 婚姻之禮，納采lap-chhái，問名būn-bêng，納吉lap-kiat，納徵lap-tin，請期chhéng-kî，親迎chhin-gêng是也。

【六藝 liok-gē】 孔門門徒的必修科目，一禮lé，二樂gak，三射siā，四御gī，五書si(su)，六數sò͘是也。

【六韜 liok-tho】 姜子牙作的兵書，共分六章，各章皆以韜tho爲名。～～三略～～sam-liok⇨兵書的代名詞，三略者，黃石公於圯上傳給張良者。

【六十甲子 liok-sip-kah-chí】 lak-chap-kah-chí。天干地支相配，自甲子開始到癸亥kùi-hai止恰爲六十年，稱爲六十甲子。

【六六大順 liok-liok-tāi-sūn】 吉祥語，見六即用之，重點在大順。

【六法全書 liok-hoat-choân-si(su)】 集各種法律條文的重要參考書，六法者指憲法hiàn-hoat，民法bîn-hoat，商法siang-hoat，刑法hêng-hoat，民事訴訟法bîn-sū-sò͘-siōng-hoat，刑事訴訟法hêng-sū-sò͘-siōng-hoat。但其他有關法令亦多盡所能的收錄在內。

liok
**樂** 樂暢liok-thiòng，亦即樂天lok-thian，快樂khoài-lok也。～～先～～sian⇨快樂先生。～～仙～～sian⇨同前。快樂的仙人。

## liong

lióng
**兩** 兩抵雙lióng-tú-sióng⇨謂彼此相殺，無利可圖。安爾都～～～去了，我不白摸的an-ne(ni)to～～～khì-lò͘ goá-m̄ peh-bong-ê⇨這樣子相抵相殺都沒有了，我不是徒勞無功的嗎。開開抄抵～～～khai-khai-leh tú～～～⇨開銷此開銷彼結果剛好不多餘亦不短少。又兩liáng也(見liang部)。

liòng
**踜** 蹺足khiau-chiok也。跳thiàu也。水蛤仔～chúi-kap-á～⇨小水蛙sió-chúi-ke泅行。滾～kún～⇨掙扎抗拒爭取逃脫。曁不更滾～看抄taⁿ m̄-koh kún～khoàⁿ-leh⇨而今不再掙扎看看嗎。

【踜走 liòng-cháu】 掙扎cheng-chap逃脫tô-thoat。賊仔煞乎～～去也chhat-á soah-hō͘～～khì-ā⇨小賊被他掙扎逃脫去了。

【踜開 liòng-khui】 掙脫cheng-thoat。索仔乎～～去soh-á hō͘～～khì⇨繩索被他掙脫了。

【踜直 liòng-tit】 激力kek-lat伸直。脚手攏～～看抄kha-chhiú lóng～～khoàⁿ-lē⇨同上。

【踜踜 liòng-liòng】 活～～oah～～⇨活拂拂oah-phut-phut。形容活得元氣十足。

liông
**龍** 鱗蟲之長也。喻君王亦喻高才之人。十二生肖之第五位。蛟～得水kau～tek-súi⇨喻英雄逢時。群～無首kûn～bû-siú⇨喻欠缺首領人物。青～白虎chheⁿ～peh-hó͘⇨堪輿建築用詞。青龍指東方，白虎指西方。～交～，鳳交鳳，隱痀的交侏戇～kau～,hōng-kau-hōng, ún-ku-ê kau-tòng-gōng⇨喻物以類聚，人依賢愚環境而分。人中之～禽中之鳳jîn-tiong-chi～khîm-tiong chi hōng⇨喻傑出之人材。

【龍王 liông-ông】 lêng-ông。海神hái-sîn。東海～～tang-hái～～⇨同上。～～廟～～biō⇨海神廟。海～～辭水hái～～sî-chúi⇨喻好酒者拒飲。

【龍心 liông-sim】 天子之心。果然十分妖嬌美麗，寡人～～大喜，封汝爲西宮之職kó-jiân

sıp-hun iau-kiau bí-lē, koáⁿ-jîn ～～ tāi-hí, hong-lí ûi se-kiong-chi-chit⇨歌仔戲白。

【龍穴 liông-hiat】 龍所居。堪輿師之言。謂最佳之墳墓地。㪆著～～chhōe-tioh～～⇨同上。

【龍年 liông-nî】 辰年sîn-nî。依十二生肖分配之年份。～～生龍囝～～seⁿ(siⁿ)-liông-kiáⁿ⇨龍年出生者相龍siùⁿ-liông曰龍子liông-chú(kiáⁿ)。

【龍車 liông-chhia】 天子的車駕ki-kà。～～鳳輦～～hōng-lián⇨同上。

【龍肝 liông-koaⁿ】 龍之肝臟。～～鳳髓～～hōng-chhóe(chhé)⇨喻稀有珍貴的食物。

【龍門 liông-bûn】 一登～～聲價百倍it-teng ～～ seng-kè pek-pōe⇨同上。登～～teng～～⇨①科舉及格。②名人要人大員的引荐。

【龍虎 liông-hó͘】 龍與虎。喻勢均力敵之兩雄。～～鬪～～tàu⇨同上。龍虎之爭。～～交戰，龜鼈遭殃～～kau-chiàn, ku-pih chô-iang⇨謂大人物相鬪爭，小人物橫遭災害。～～榜～～pńg⇨武榜bú-pńg。首登～～榜 siú-teng ～～ pńg⇨武榜(武考)第一名及格。～～旗～～kî⇨畫龍或虎之旗，祭典用的裝飾旗。

【龍矸 liông-kan】 畫龍之大茶瓶tē-pân。

【龍虱 liông-sat】 水龜chúi-ku的異名，一種稻田水中的小甲虫。

【龍砂 liông-sa】 墓手bōng-chhiú。墓前的左右兩翼。～～串堂，子孫興旺～～chhoàn-tông, kiáⁿ-sun hin-ōng⇨俗俚。

【龍柱 liông-thiāu】 彫龍之大柱。

【龍涎 liông-iân】 liông-siân。～～香～～hiuⁿ⇨一種香料。

【龍宮 liông-kiong】 海龍王hái-liông(lêng)-ông之宮殿。阿富仔起一間別莊，恰如～～扵a-hù-à khí chit-keng piat-chong kah-ná ～～ leh⇨阿富築一家別莊，宛如龍宮一樣的(美麗)。

【龍骨 liông-kut】 ㊀古代動物的化石。㊁船體的中梁。安～～an～～⇨安放船的中梁。㊂～～車～～chhia⇨一種抽水機。以双足踏動者。

【龍脈 liông-meh】 龍穴～～liông-hiat～～⇨皆所謂地理師之名堂。

【龍袍 liông-phâu】 天子之衣。袞～～kún～～⇨刺有龍形的御衣。天子的制服。

【龍船 liông-chûn】 龍形之船。五日節扒～～gō͘-jıt-cheh pê～～⇨端午節toan-ngō͘有龍船競賽。

【龍蛇 liông-siâ】 龍與蛇。亦喻好人與壞人。～～雜處～～chap-chhì⇨龍蛇同居一地。

【龍椅 liông-í】 天子之座椅。

【龍銀 liông-gîn(gûn)】 彫龍於幣面的銀質硬幣。

【龍鳳 liông-hōng】 皆爲吉祥之動物。～～配～～phòe⇨龍鳳匹配爲夫妻。～～配再生緣～～ phòe chài-seng-iân⇨通俗小說有此一篇。

【龍旗 liông-kî】 天子之旗。

【龍蝦 liông-hê】 一種海產的大蝦。彫～～tiau～～⇨將四肢反縛之背後，使其腹部凸出。一種遊戲，也是一種刑罰。掠來彫～～liah-lâi tiau～～⇨同上。

【龍齒 liông-khí】 古獸的牙齒化石。掘著～～kut-tioh～～⇨同上。

【龍頭 liông-thâu】 ㊀龍之頭。喻領導者。盒都楊仔龍扵做～～了taⁿ to iûⁿ-á-liông teh chò(chòe)～～là͘⇨而今是楊龍在當首領了。㊁地理師之言。龍脈liông-meh的起點。～～龍尾～～liông-bóe(bé)⇨同上。

【龍顏 liông-gân】 天子之面。天顏thian-gân。冒犯～～mō͘-hoān～～⇨違背天子之意，使天子發怒。

【龍轟 liông-kòng】 巨炮。無抙海底浮～～抙bô-teh hái-té phû ～～ leh⇨喻不可能之事。

【龍體 liông-thé】 天子之身體。

【龍舌蘭 liông-siat-lân】 一種觀賞植物。

【龍骨車 liông-kut-chhia】 一種灌溉用的古老的抽水機。以多個小木箱連結而成爲脚踏車之轉輪鏈形，以双脚一步一步踏之使其慢慢旋轉以抽水上田。

【龍捲風 liông-kńg-hong】 地球自轉所生的旋螺狀的風。大者即連房屋巨木亦拔起而捲上空中，在海上即捲上海水。亦曰捲螺仔風kńg-lê-á-hong。

【龍絞水 liông-ká-chúi】 龍捲風liông-kńg-hong之發生在海上者。

【龍飛鳳舞 liông-hui-hōng-bú】 書法之佳妙，如龍之飛，鳳之舞。

【龍游淺水 liông-iû-chhián-súi】 ～～～～遭蝦戲，虎落平陽被犬欺～～～～ chō-hê-hì, hó·-lok pêng-iâng pī-khián-khi⇨俗俚。

【龍頭蛇尾 liông-thâu-choâ-bóe(bé)】 喻對事有始無終。開始如龍頭，末了如蛇尾。彼顆無效啦，逐每擺每～～～～ hit-kho· bô-hāu-là, tak-mái lóng-mā ～～～～⇨他沒用的，每次都是龍頭蛇尾。每mái，次chhù也，亦作擺pái。

【龍鍾老態 liông-chiong-ló-thāi】 老人衰頽運步維艱。

【龍蟠虎踞 liông-phoân-hó-kù】 地勢險要。蟠phoân，曲伏於地，踞kù，亦半伏於地。

【龍身借狗腹 liông-sin-chioh-káu-pak】 喻善人却有惡父母。同歹竹出好筍phái$^{n}$-tek chhut-hó-sún。

**liông 隆** 豐大也。盛也。多也。厚也。國家興～ kok-ka hin～⇨同上。生理興～seng-lí hin～⇨同上。

【隆冬 liông-tong】 寒冷的冬天。

【隆重 liông-tiōng】 盛大而鄭重。即款禮數有夠～～了chit-khoán lé-sò· ū-kàu～～lò·⇨此種禮數十分鄭重了。

【隆情 liông-chêng】 盛情sēng-chêng。～～盛意，無任感激～～sēng-ì bû-jīm kám-kek⇨書信用詞。

【隆盛 liông-sēng】 非常茂盛。商業～～siang-giap～～⇨同上。

【隆替 liông-thè】 興與廢。國勢的～～kok-sè ê～～⇨同上。

【隆準 liông-chún】 高鼻。～～而龍顏～～jî liông-gân⇨史記描寫劉邦的容貌。

【隆中對策 liông-tiong-tùi-chhek】 劉備三訪孔明談政治。孔明獻策。

**liông 凉** 凉liâng也，亦作涼liâng(見liang部)。

**liông 良** 良liâng也(見liang部)。

**liông 梁** 梁liâng也(見liang部)。

**liōng 亮** 亮liāng(見liang部)。

**liōng 諒** 諒liāng也(見liang部)。

**liōng 量** ㊀亦量liāng也。度量tō·-liāng(liōng) 也。分量hūn-liāng(liōng)也。好心好～hó-sim-hó～⇨同上。無～的頭家娘bô～ê thâu-ke-niû⇨刻薄的主婦。厝鳥仔～都無chhù-chiáu-á～to-bô⇨如雀鳥仔的小量也沒有。有～有福ū～ū-hok⇨同上。上例亦皆通liāng。㊁不絯put-ân曰量liōng。或應作冗liōng。增留餘地曰量liōng。提早曰量liōng。時間猶眞～抙sî-kan iáu chin～leh⇨時間還很早哩。錢有帶較～chî$^{n}$-ū-toà-khah～⇨錢多帶來一點。錢水眞～也了chî$^{n}$-chúi chin～ā-lò·⇨錢很寬裕的了。你有～些借我lí-ū～chē chioh-goá⇨你有多餘即借給我一點。

【量早 liōng-chá】 提早。提前。～～去等車較贏促車～～khì tán-chhia khah-iâⁿ jiok-chhia⇨提前去等候車，勝過追車。追曰促jiok。查某囡仔～～嫁嫁抔較未生蟲cha-bó͘-gín-á～～kè-kè-leh khah-bē(bōe) seⁿ(siⁿ)-thâng⇨女孩子提早嫁出去比較不會發生糗事。

【量哏 liōng-khùi】 輕鬆khin-sang。囡仔大漢也較～～也gín-á toā-hàn-à khah～～ā⇨孩子長大了，(生計) 比較輕鬆了。穡頭較敍過牛毛都未～～得sit-thâu khah-chē-kōe gû-mo to bē(bōe)～～tit⇨工作多過牛毛是完全輕鬆不了的。手頭眞～～也chhiú-thâu chin～～ā⇨經濟很寬裕了。

【量量 liōng-liōng】 或作宂lēng時間猶～～也sî-kan iáu～～ā⇨時間還不迫。財力等足以勝任皆可用。錢是～～也啦chîⁿ sī～～ā-lā⇨錢是十分有餘的。

【量其約 liōng-ki-iak】 大概tāi-khài性的推度也。亦作量約。量亦作諒。～～～仔道會使得也～～～á tō ē-sái-tit à⇨大概大概就可以了。

## lip

lip 立 立特耳Litre的代字。標準制度的容量名。一立方公寸曰一立特耳Litre，俗作立lip。

li̍p 立 身企直不動也。豎sū也。停chhāi也。成也。設置也。即位chek-ūi曰立li̍p。即時即刻亦曰立li̍p。高樓林～ko-lô͘(lâu)-lîm～⇨同上。亭亭玉～thêng-thêng-giok～⇨同上。三十而～sam-si̍p-jî～⇨同上。樹～sū～⇨豎～sū～⇨建～kiàn～⇨建基立牌。成～sêng～⇨設～siat～⇨創～chhòng～⇨設置事業團體。自～稱王chū～chheng-ông⇨同上。建國獨～kiàn-kok-to̍k～⇨同上。

【立人 li̍p-jîn】 已欲立先～～，已欲達先達人kí-io̍k-li̍p sian～～, kí-io̍k-ta̍t sian-ta̍t-jîn⇨謙讓之德也。

【立功 li̍p-kong】 建立功業。太上立德，其次～～，次立言thài-siāng li̍p-tek,kî-chhù～～, chhù li̍p-giân(gân)⇨同上。

【立冬 li̍p-tang】 進入冬季之日，二十四氣之一，約在陽曆十一月七、八日。～～補冬～～pó͘-tang⇨俗於立冬之日食所謂有補之食物曰補冬pó͘-tang。

【立字 li̍p-jī】 凡合約的書狀皆曰字jī。～～存照～～chûn-chiàu⇨同上。

【立志 li̍p-chì】 立定志向。彼既老，人稱異，爾小生，宜～～ pí-kì-ló, jîn-chheng-ī, ní-siáu-seng, gî～～⇨三字經。

【立言 li̍p-giân】 著書立說以存後世。～～立功～～li̍p-kong⇨同上。

【立君 li̍p-kun】 奸雄掠人來當傀儡天子也。～～廢君～～hùi-kun⇨天子可以立之亦可以廢之。皆所謂奸雄之傑作也。

【立身 li̍p-sin】 建立自己。修身siu-sin。伊的～～處世實在可取i ê～～chhì(chhù)-sè si̍t-chāi khó-chhú⇨同上。

【立刻 li̍p-khek】 即刻chek-khek，即時chek-sî。藥到命除，～～見効io̍h-tò miā-tî，～～kiàn-hāu⇨謂其藥確實有効，譏庸醫殺人之詞。

【立秋 li̍p-chhiu】 二十四氣之一，夏終入秋之日，在陽曆八月八、九日。無雨～～，欠水堪憂bô-hō͘～～, khiàm-chúi kham-iu⇨謂立秋日如無下雨，雨水必少，缺水可憂也。

【立春 li̍p-chhun】 二十四氣之一。冬季終了進入春季之日，在陽曆二月四或五日。～～雨，到清明～～hō͘, kàu-chheng-bêng⇨謂立春日下雨要連續下到清明，清明chheng-bêng亦二十四氣之一，在四月初。

【立約 li̍p-iak(iok)】 寫成契約書狀。～～如～～抔，人講白紙寫烏字，到時伊若講無錢啦，人肉鹹鹹啦，我看你要死乎伊，敢有雙條性命

～～ná～～leh, lâng-kóng peh-choá-siá-o͘-jī, kàu-sî i nā-kóng bô-chîⁿ-là, lâng-bah-kiâm-kiâm-là, goá-khoàⁿ,lí-boeh-sí-hō͘-i, kám-ū siang-tiâu-sèⁿ(sìⁿ)-miā⇨立約如立約也(請立約書本身無作為)，古人說，不過是白紙上寫有黑字而已，到時候，如果他說沒錢也，人肉是鹹的也(不好吃的)，依我看嘛，你想死給他看，有兩條生命(可留一條不死)嗎。

【立案 lıp-àn】 ㊀寫文章或者有所計畫而具體成案。～～人～～jîn⇨同上。㊁向主管官署登記。

【立夏 lıp-hē】 二十四氣之一，春終夏始。在陽曆五月六，七日。～～雨水泚泚，栗仔無地下～～hō͘-chúi chhē-chhē, chhek-á bô-tè-hē⇨謂立夏日，雨水泚泚叫，主是多豐收，將無地可庋栗。泚泚叫chhē-chhē-kiò，水流聲。庋khǹg，置也。

【立國 lıp-kok】 建國。～～精神～～cheng-sîn⇨同上。

【立場 lıp-tiûⁿ】 來自日文的立場tachiba。意謂所站立的地方。處境或立論的根據。～～無共，意見道爭差了～～bô-kāng,ì-kiàn tō cheng-chha-lō͘⇨立場不同，意見就有差異了。無考慮人的～～端仔考慮咱自己每未用得bô-khó-lī lâng-ê ～～ tan-a khó-lī lán-ka-kī mā bē(bōe) iōng-tit⇨不考慮別人的立場，只是考慮我們自己也不行。企於消費者的～～，當然要品質好價錢便宜khiā-tī siau-hùi-chiá ê～～, tong-jiân ài phín-chit-hó kè-chîⁿ piân-gî⇨做消費者來說，當然要求品質好價格便宜。

【立業 lıp-giap】 建立事業。成家～～sêng-ka～～⇨娶妻成家以建立事業。勸人及早結婚之詞。

【立意 lıp-ì】 決意koat-ì。決心koat-sim。～～是未偲，驚人嘴立心無立耳～～sī bē(bōe)-bái, kiaⁿ-lâng chhùi-lıp sim-bô-lıp-niâ⇨立意是不坯呀，恐怕是口立心不立而已。

【立嗣 lıp-sū】 立繼承人lıp-kè-sêng-jîn。～～問題鬧到眞歹看～～bûn-tē nāu-kà chin-phháiⁿ-khoàⁿ⇨同上。

【立論 lıp-lūn】 立場正確，～～公正lıp-tiûⁿ chèng-khak～～kong-chèng⇨同上。

【立錐 lıp-chui】 傳鑽仔chhāi-chǹg-á。貧無～～之地pîn bû～～chi-tē⇨形容極度貧窮之詞。

【立憲 lıp-hiàn】 制定國家基本大法。立有憲法。～～政體～～chèng-thè⇨按照憲法組織的政體。～～君主國～～kun-chú-kok⇨例如英國、日本等是也。其君主只代表國家，不參與實際政治。其權在民，不在國王。

【立體 lıp-thé】 有長度，寬度，高度的物體。～～計畫～～kè-ōe⇨同上。～～戰爭～～chiàn-cheng⇨當今包括地面地下，水面水下，以及太空中的戰爭。

【立地成佛 lıp-tē-sêng-hut】 立即成佛。放下屠刀～～～～hòng-hē(hā) tô͘-to～～～～⇨同上。

lıp **笠** 笠leh或loeh也(見leh部)

lıp **入** 入jıp也(見jip部)。

lıp **粒** 粒liap(見liap部)。

## liu

liu **溜** 簷下滴水也。水急流也。滑kut曰溜liu。滑～kut～⇨①地滑。②話順嘴。身大尾尖曰溜liu。死蛇活尾～sí-choâ oah bóe～⇨喻斬草未除根。眼睛轉動亦曰溜liu。目珠～～看bak-chiu～～khoàⁿ⇨形容期待之詞。又飂liu俗亦作溜liu。伊～轉去也i～tńg-khì-à⇨他不告而自回家去了。

【溜手 liu-chhiú】 物從手中滑走。亦作翌手liū-chhiú，物從手中飛走也。提了～～去theh-liáu～～khì(ì)⇨同上。

【溜冰 liu-peng】 冰上滑走運動，skate。～～鞋～～ê(ôe)⇨鞋底裝有滑輪的特種鞋。

【溜尾 liu-bóe(bé)】 身大末小。尖尾。創了都～～去chhòng-liáu to～～khì(ì)⇨(事)做得終於沒有結果。釣竿越愈～～越愈好tiò-koaⁿ oat-jú～～oat-jú hó⇨同上。

【溜赸 liu-soan】 同飂赸liu-soan。不告而逃脫。蛇鰻之行曰赸soan。脚底抹油道～～也kha-tē boah-iû tō～～a⇨(他)一溜而逃脫去矣。

【溜溜 liu-liu】 ㈠滑～～kut～～⇨滑甚。光～～kug～～⇨光滑甚。尖～～chiam～～⇨尖甚。長～～tn̂g～～長甚。㈡眼睛轉動。人講，人是～～瞅瞅食二蕊目珠耳lâng-kóng, lâng sī～～chhiu-chhiu chiah nn̄g-lúi bak-chiu niâ⇨古人言，人不過是兩眼能否觀察四方而已。

【溜尾仔囝 liu-bóe-á-kiáⁿ】 敗家子。同飂尾仔囝liū-bóe-a-kiáⁿ。

liu
飂 高飛了。通作翏liu。遠走高飛曰飂liu，不告而自去曰翏liu。俗通作溜liu。一個～兩個飆it-kô～liáng-kô piu⇨謂衆人皆前後逃脫而去。看不事勢也逐個每～khoàⁿ m̄ sū-sè à tak-ê mā～⇨眼看事情不對也，大家都一哄而散了。

【飂去 liu-khì】 同飆去piu-khì。逃走。逃脫。一下彷彿耳道～～也chit-ē hóng-hut niâ tō～～ â⇨一不小心就逃脫而去了。又謀事不遂也。我看多敢～～也抄goà-khoàⁿ to-káⁿ～～à leh我看恐怕飛了。

【飂赸 liu-soan】 逃逸。亦作溜趣liu-soan。辿，蛇鰻類之行曰辿sian。～～較着～～khah-tioh⇨走爲上計。辿，緩步也，非赸。

【飂韁 liu-khiang(kiang)】 同飂赸liu-soan。意謂脫韁之馬也。阿三早道～～去也a-sam chá-tō～～khì à⇨阿三很早就逃走無跡了。

【飂飂去 liu-liu-khì】 遠走高飛。做伊～～～chò-i～～～⇨獨自一去不回頭。

【飂飂走 liu-liu-cháu】 小童學步已能自行自走。亦作溜溜走liu-liu-cháu。囝～～～也，猶新娘啥kiáⁿ～～～à, iáu sin-niûⁿ-sahⁿ(si-ahⁿ)⇨孩子自行自走了還算什麼新娘。

liu
六 樂譜用詞。音階之一。工～×～工×kòng～-chhe～kòng chhe⇨音節。

liu
鰡 同鰍也。鰗鰡hô·-liu也。一種無鱗的小魚生息在水田圳溝中。

【鰡公 liu-kong】 蛇的隱語。花柳界中忌言蛇choâ。而單曰鰡liu。

liu
抽 抽thiu或亦曰抽liu，例如抽屜仔thiu-khau-á-曰liu-khau-á。

liú
柳 楊也。楊～iâng～⇨同上。水～仔chúi～á⇨同上。又喻女人。花～界hoa～kāi⇨所謂狹邪之巷酒色之社會。殘花敗～chân-hoa pāi～⇨婦女之喪失童貞者，亦指老娼老妓。蒲～之質pô·～ chi chit⇨喻軟弱的體質。

【柳枝 liú-ki】 柳樹椏liú-chhiū-oe。江南岸上見～～，折送行人無盡時，繫將王孫歸意急，不管楊柳綠萋萋kang-lâm-gān-siāng kiàn～～, chiat-sòng hêng-jîn bû-chīn-sî, hē chiang ông-sun kui-ì-kip, put-koán iâng-liú liok-chhe-chhe⇨古詞。

【柳眉 liú-bî】 柳葉眉liú-hioh-bâi。～～倒豎～～tó-sū⇨美人生氣了。

【柳筆 liú-pit】 童乩tâng-ki傳神意所用之桃枝。

【柳腰 liú-io】 美人腰細如柳枝。～～娉婷～～phēng-thêng⇨腰肢身段美好極了。

【柳劍 liú-kiàm】 橫死者入棺，附柳枝一條曰柳劍，使其到陰府可持劍尋仇人以報仇。

【柳綠 liú-liok】 極綠之色也。七老八老也，亦穿到花紅～～，未見未笑chhit-lāu peh

(poeh)-lāu ā, iah chhēng-kà hoe-âng～～, bē(bōe)-kiàn-bē(bōe)-siàu ⇨ 謂老得可以了，也穿得那麼紅紅綠綠，不知羞之人也。

【柳橙 liú-teng】 一種柑橘類。很好的水果。

【柳巷花街 liú-hāng-hoa-ke】 妓院集中之街巷。亦曰花街柳巷hoa-ke-liú-hāng。

【柳暗花明 liú-àm-hoa-bêng】 春光美景。亦喻絕望中又見曙光。山窮水盡疑無路，～～～～又一村san-kiông súi-chīn gî bû-lō͘, ～～～～iū it-chhoan⇨古詩。

**窌** liú 掘地藏穀也。掘孔kut-khang曰窌liú。挖óe也。以鋤曰掘kut，以戕chhiâng曰窌liú。戕仔chhiâng-á，大鑿toā-chhak也。賊仔偷～蕃薯chhat-á thau～han-chî⇨同上。

【窌孔 liú-khang】 挖穴óe-hiat。窌土孔liú-thô͘-khang，窌炐孔liú-pōng-khang等皆同類詞。炐孔pōng-khang即隧道也。

【窌壁 liú-piah】 穿破墻壁以通行也。月仔光映映，賊仔偷～～goeh-á kng-iahⁿ-iahⁿ,chhat-á thau～～⇨童謠。

【窌轆 liú-lak】 辨理。收拾。轆lak，轆鏇lak-sōan也，旋轉的穿孔機也。奧～～oh～～⇨難辦，難於對付。歹～～pháiⁿ～～⇨同前。未～～得bē(bōe)～～tit(chit)⇨做不得。奈何不了他。

【窌窟仔 liú-khut-á】 開地穴khui-tē-hiat。挖土孔óe-thô͘-khang。

【窌番薯 liú-han-chî】 掘番薯kut-han-chî。有人來偷～～～的款ū-lâng lâi thau～～～ê khoán⇨好像有賊偷過番薯的樣子。

**扭** liú 亦扭giú也。亦扭khiú也。擲sak之對詞。相～相擲sio(saⁿ)～sio(saⁿ)-sak⇨你拉來我推去。相～去見官sio(saⁿ)～khì kìⁿ-koaⁿ⇨拉拉扯扯去請官公斷。相撲～頭鬃sio-phah～thâu-chang⇨（夫妻）打架，拉頭髮，即不能動彈也。二個胸仔～扵道拂也nn̄g-ê heng-á～leh to hut à⇨兩人互扯其胸就開打了。

【扭掠 liú-liah】 身雖嬌小但却結實而行動敏捷者謂之扭掠liú-liah。反之即曰笨傖pūn-chhiâng。～～生～～seⁿ(siⁿ)⇨天生扭掠的樣子。脚手眞～～kha-chhiú chin～～⇨動作非常敏捷。

【扭轆 liú-lak】 辦理。收拾。亦作窌轆liú-lak。未～～得bē(bōe)～～tit⇨拿他沒辦法。

【扭扭搙搙 liú-liú-lak-lak】 彼此拉扯爭執。逐個用講的藉好，不當安爾 ～～～～ tak-ê iōng-kóng-ê chhiah-hó, m̄-thang an-ne(ni) ～～～～⇨大家講理好了，不要如此的拉拉扯扯。扭liú亦可讀khiú或giú都一樣。

**鈕** liú 衣鈕曰鈕liú，衣紐曰鈕khàu。凡物鈕固者皆曰鈕liú。亦通作紐liú。器物之開關亦曰鈕liú。又扣鈕亦曰鈕liú，蓋名詞作動詞用也。衫仔～褲～角～布～銅～saⁿ-á～khò͘～kak～pò͘～tâng～⇨各種各色的衣鈕。電～tiān～⇨電氣開關。褲～無～khò͘～bô～⇨褲鈕沒扣上。

【鈕仔 liú-á】 ㊀衣鈕類。拍～～phah～～⇨打結布紐。紩～～thīⁿ～～⇨縫上衣鈕。鈕～～liú～～⇨扣上衣鈕。㊁形小如鈕者。～～豆～～tāu⇨小粒種之花生。～～眼～～géng(kéng)⇨小粒種之龍眼lêng-géng(kéng)。㊂剪鈕chián-liú(扒手)之別詞。～～步～～pō͘⇨扒手的手法，詐騙。

【鈕釦 liú-khàu】 扣鈕之口。～～扣鈕仔～～khàu liú-á⇨同上。

【鈕襻 liú-phàn】 同鈕扣liú-khàu。襻phàn，衣系也。亦即鈕仔孔liú-á-khang也。

**紐** liú 同鈕liú。

【紐約 liú-iok】 New York。地名。美國臨大西洋岸之世界最大商港。

【紐芬蘭 liú-hun-lân】 Newfoundland，地名。在加拿大東北方。俗稱世界最大的島嶼。與堪察加半島、挪威並稱世界三大漁場。

**liù 翏** 高飛也。遠走高飛也。流浪生涯曰翏liù。老於世故曰翏liù。凡脫離皆曰翏liù（高飛必遠離也）。四界抟～sì-kè teh～⇨在各地流浪討生活。一府四縣～透透也chit-hú-sì-koān～thàu-thàu à⇨全台灣各地皆遊歷過了。自細道～到頭毛嘴鬚白也chū-sè(sòe) tō～kà thâu-mô chhùi-chhiu peh à⇨自少年就流浪生涯到老了。喻經驗多見識廣。即個囡仔有～chit-ê gín-á ū～⇨此孩子夠精靈（老於世故）。做代誌不止仔～chò(chòe) tāi-chì put-chí-á～⇨任事相當老到。帽仔乎人～去也bō-á hō·-lâng～khì à⇨帽被脫掉了（被免職了）。翏liù，俗多作溜liù或流liù。

【翏皮 liù-phôe】 擦破皮。～～耳，無流血，無要緊～～niâ, bô lâu-hoeh(huih), bô iàu-kín⇨破皮而已，沒流血，沒關係。

【翏世 liù-sì】 聰明而老於世故。即個囡仔眞～～chit-ê gín-á chin～～⇨同上。～～囡仔～～gín-á⇨同上。～～囝～～kiáⁿ⇨同上。

【翏吉 liù-khiat】 同翏羼liù-lān。吉khiat指陽物。曰善siān曰吉kiat，豈先人以傳宗接代事屬吉祥而命名者歟。腎亦曰善siān。

【翏疕 liù-phí】 奸黠不馴的小子。黠鬼kiat-kúi。

【翏翏 liù-liù】 ㈠無毛。頭殼～～thâu-khak～～⇨同上。㈡皮破。皮仔～～phôe-á～～⇨同上。㈢脫衣。衫仔褲～～掉saⁿ-á-khò·～～tiāu⇨衣衫全脫光。㈣同飂liu。～～行～～走～～kiâⁿ～～cháu⇨孩童已能自行自走。㈤身無長物。一顆～～chit-kho·～～⇨孑然一身khiat-jiân it-sin。

【翏帽 liù-bō】 脫帽。～～行禮～～kiâⁿ-lé⇨同上。

【翏褲 liù-khò·】 脫褲子。翏衫～～抟跳脫衣舞liù-saⁿ～～teh-thiàu thoat-i-bú⇨同上。

【翏羼 liù-lān】 剝出龜頭。猴～～kâu～～⇨猴自玩。盒不道該去猴～～也taⁿ m̄-tō ài-khì kâu～～ā⇨而今不是該去學猴之自慰了嗎。譏笑不聽忠言把錢弄掉者之詞。

【翏氈 liù-chiⁿ】 氈之部分剝落者。一種毛髮的病態。～～頭～～thâu⇨同上。～～狗～～káu⇨俗曰着癗tioh-lo·。

【翏額 liù-hiah】 禿頂thut-têng。禿頭thut-thâu。

【翏飂 liù-phiù】 浪蕩。～～囝，不受制，有如無抟～～kiáⁿ, m̄ siū-chè, ū-ná-bô-lè⇨浪蕩子，不受教，有如無也。

【翏仔胚 liù-á-phoe】 不肖子弟。你即個～～～侎食索仔較快也lí chit-ê～～～boeh-chiah soh-á khah-khoai à⇨毋責子之詞。謂你此不肖子，（再不向善），官方將逮捕你了。

【翏光光 liù-kng-kng】 全脫光。脫衣舞道是～～～乎人看thoat-i-bú tō-sī～～～hō·-lâng-khoàⁿ⇨同上。

【翏尾仔囝 liù-bóe-é-kiáⁿ】 敗家子。彼家人都存彼個～～～～耳hit-ka-lâng to chhun-hit-ê～～～～niâ⇨彼家只存那敗家子一人而已。

**liù 紐** 以活扣索套捉動物曰紐liù。以法欺人亦曰紐liù。猪鞭索來～藉有法度ti-lak-soh lâi～chiah-ū hoat-tō·⇨同上。猪鞭索ti-lak-soh者，掠猪之專用索，其一端有活扣。攏抟～人lóng teh～lâng⇨專在騙人。阿花許爾劍都還仔乎～去a-hoe hiah-ni-kiàm to oân-ā hō·～khì(ì)⇨阿花那麼精明，還是被騙走了。

【紐仔 liù-á】 套捉動物之小道具。山猪～～soaⁿ-ti～～⇨同上。蝦～～hê～～⇨同上。

【紐紐 liù-liù】 紐liù。以繩系之也。信採～～抟道好chhín-chhái～～leh tō hó⇨隨便一縛就可以。救救～～無救會夭壽抟kiù-kiù～～bô-kiù ē iáu-siū leh⇨叫救人的戲謔詞，謂①不救我我會死，②不救我你就會死。

【紐索 liù-soh】 猪鞭索之類也。捕吏之專用索。～～仔縛抟許，你道知代也～～á pakleh-hia, lí tō chai-tāi ā⇨捕吏用索縛上你的時候，你就知道事態(如何)了。猪～～ti～～⇨猪轆索ti-lak-soh。

【紐束仔 liù-sok-á】 孩童套捉溪蝦等之小紐圈。拍～～～phah～～～⇨製造小紐束。

【紐箍仔 liù-kho·-á】 同紐束仔liù-sok-á。

liù **溜** 滑ku̍t也。光滑也。滑走也。滑～滑～ku̍t～ku̍t～⇨滑溜ku̍t-liu。提～去the̍h～khì⇨溜手liù-chhiú。踏～去ta̍h～khì⇨踏走了脚。

【溜手 liù-chhiú】 失手sit-chhiú。物從手中滑走。提了～～去the̍h-liáu～～⇨同上。刀～～是會傷人嚇，莫拎滾笑to～～sī ē siang-lâng heh, mài teh kún-chhiò⇨刀失手會傷人也，不要開玩笑。

【溜溜 liù-liù】 ㊀光滑。光～～kng～～⇨光翏翏kng-liù-liù。前者指光滑，後者指無皮或無毛。㊁成熟或習熟。熟～～se̍k～～⇨①果子十分成熟了。②事物十分習熟了。逐項每熟～～也ta̍k-hāng mā se̍k～～â⇨各事皆十分熟識了。

liû **流** 水行也。流亡也。派別也。等別也。古五刑之一。又選擇亦曰流liû。河～hô～⇨同上。海～hái～⇨同上。潮～tiâu～⇨同上。阿片食來脚趐趐，某去嫁囝去～a-phiàn chia̍h-lâi kha-khiû-khiû, bó·-khì-kè kiá$^{n}$-khì～⇨謂阿片鬼的末路如此。三教九～sam-kàu kiú～⇨同上。三～的角色sa$^{n}$～ê kioh-siàu⇨同上。一～水it～súi⇨言詞流暢。充軍問～chhiong-kun būn～⇨古刑。參差荇菜，左右～之chham-chhe hēng-chhài chó-iū～chi⇨流以取其美者也。

【流亡 liû-bông】 逃走。～～外鄉～～goā-hiang⇨同上。～～政權～～chèng-khoân⇨因革命或政變被迫逃亡國外所建立之象徵性政府。

【流水 liû-súi】 一～～it～～⇨①言詞流利。②一等一的。～～賬～～siàu⇨按日收支的帳目。落花有意，～～無情lo̍k-hoa iú-ì,～～bû-chêng⇨情意不投合。乎伊變到落花～～hō·-i pì$^{n}$-kà lo̍k-hoa～～⇨被他弄得歪翰跐遭oai-kô-chhī-chhoā。父母痛囝長～～pē-bó thià$^{n}$-kiá$^{n}$ tiâng～～⇨父母之痛愛子女如水之長流不息。

【流民 liû-bîn】 ㊀無家轉徙在外之人。㊁流馬liû-bé。四處閑蕩之人。歸日走拋拋，未輸～～拎kui-ji̍t cháu-pha-pha, bē-su～～leh⇨整天四處閑蕩，宛然流民也。

【流行 liû-hêng】 時行sî-kiâ$^{n}$。行於當時。當今～～的款式tong-kim～～ê khoán-sit⇨同上。～～病～～pē$^{n}$⇨同上。～～性感冒～～sèng kám-mō⇨同上。

【流刑 liû-hêng】 古刑名。充軍等是。

【流血 liû-hiat】 男子漢寧可～～，不可流淚lâm-chú-hàn leng-khó～～，put-khó liû-lūi⇨士受殺不受辱。

【流光 liû-kong】 時光如流。～～易逝～～ī-sī(sè)⇨時間容易消失。

【流年 liû-liân】 運命。一生的運命。造～～chō～～⇨相士應邀造命運册。

【流言 liû-giân】 謠言iâu-giân。～～蜚語～～hui-gí⇨同上。

【流利 liû-lī】 通暢thong-thiòng。靈活lêng-oa̍h。阿花的法語最好最～～a-hoe ê hoat-gí chòe-hó chòe～～⇨同上。

【流亞 liû-a】 同樣的人物。狂信教徒的～～không-sìn kàu-tô· ê～～⇨同上。

【流氓 liû-bâng】 亦稱鱸鰻lô·-moâ或鱸鰻人lô·-moâ-lâng。氓bâng原音民bîn，是被征服被俘或投降歸順之人，非四民之民。原無無賴之義。

【流面 liû-bīn】 商人選取佳者舖於表面。亦曰做面chò-bīn。生理人啥人未～～seng-lí-lâng siá$^{n}$-lâng bē～～⇨商人那一個不舖排貨面。

【流派 liû-phài】 黨流派別。～～無共，家己較輸別人 ～～ bô-kāng, ka-kī khah-su pat-lâng⇨黨派不同即親不如疏矣。

【流星 liû-seng】 小彗星siáu-hūi-seng。俗曰掃帚星sàu-chiú-chhe$^{n}$或長尾星tn̂g-bóe-chhe$^{n}$。或曰落屎星仔lāu-sái-chhe$^{n}$-á。～～槌～～thûi⇨鐵鏈的一端付有鐵球的古武器。

【流俗 liû-siok】 奢華的壞風俗。不從～～put-chiông～～⇨同上。

【流馬 liû-bé】 脫韁thoat-kiang之馬。喻閑蕩無定之人。同流民之㊁。查某囡仔人恰如～～抄cha-bó·-gín-á-lâng kah-ná ～～ leh⇨女孩子宛如流馬一樣的烏白走o·-peh-cháu。

【流涎 liû-iân】 liû-siân。流口水。喻食欲動。～～三尺～～ sa$^{n}$-chhioh⇨口水流三尺長。

【流浪 liû-lōng】 漂泊無定處。漂泊～～的生涯phiau-phek～～ê seng-gâi⇨同上。

【流馬 liû-má】 木牛～～bok-ngiû～～⇨三國演義中孔明所製的運糧機器人。

【流域 liû-ek】 河流所經過的地方。

【流寇 liû-khò·】 出沒無定的盜匪。平定～～pêng-tēng～～⇨同上。

【流連 liû-liân】 依戀î-loân。沈迷tîm-bê。～～忘返～～bông-hoán⇨同上。弄～～lōng～～⇨lōng-liû-liân⇨沈迷貪玩。又去弄～～也iū-khì lōng～～ā⇨同上。

【流產 liû-sán】 死產sí-sán。亦喻半途而廢。懷孕了～～去hoâi-īn-liáu～～khì⇨同上。代誌舞到～～去tāi-chì bú-kà～～khì⇨事情弄得流產了。舞bú同弄lāng, lōng。

【流通 liû-thong】 無所阻碍。空氣該有～～藉好khong-khì ài-ū～～chiah-hó⇨空氣應該有流通才可以。

【流動 liû-tōng】 移動。～～物～～but⇨液體物質，亦曰流質liû-chit。～～戶口～～hō·-kháu⇨同上。

【流賊 liû-chhat】 同流寇liû-khò·。

【流罪 liû-chōe】 流刑liû-hêng。

【流會 liû-hōe】 會議半途而廢。大會舞到～～去tāi-hōe bú-kà～～khì⇨大會弄得流產了。舞bú亦弄lāng也。

【流落 liû-lok】 lâu-loh。淪落lūn-lok。漂泊phiâu-phek。～～煙花～～ian-hoa⇨同上。～～他鄉外里～～tha$^{n}$-hiang-goā-lí⇨同上。

【流傳 liû-thoân】 流行傳布。芳名～～到後代phang-miâ～～kàu aū-tāi⇨同上。萬代～～bān-tāi～～⇨同上。阮祖代～～到盒了goán-chó·-tāi～～kàu-ta$^{n}$-lō·⇨同上。

【流弊 liû-pē】 遺留下來的弊害。～～所及，影響甚大～～só·-kıp, éng-hióng sīm-tāi⇨同上。

【流彈 liû-tân】 無端飛來的銃子chhèng-chí。食着～～chiah-tioh～～⇨中了流彈。喻無端被禍。

【流螢 liû-êng】 飛螢hui-êng。銀燭秋光冷畫屏，輕羅小扇撲～～，夜光月色涼如水，臥看牽牛織女星gîn-chiok chhiu-kong léng-ōe-pîn, kheng-lô siáu-siàn phok～～,iā-kong goat-sek liâng-jî-súi, ngō-khàn khian-ngiû chit-lí-seng⇨唐詩。

【流霞 liû-hê】 命運的一種(相命者的名堂)。帶～～toà～～⇨謂女人將分娩，當其臨盆之時，見水動或見紅即死的命運。起～～khí～～⇨發生其事情。

【流露 liû-lō·】 眞情～～chin-chêng～～⇨眞情自然出現。

【流線型 liû-soà$^{n}$-hêng】 比方是鴨卵拉長若干倍的形體。是飛機或船車等，爲減少摩擦以增加速力，所考案的。最新的～～～chōe-sin ê～～～⇨同上。

【流大粒的 liû-toā-liap-ê】 選取大的。～～～～舖面～～～～pho·-bīn⇨選大的舖上面。

例如蛋類，果子類等等。在小賣店中都是如此做。～～～～來做種～～～～lâi chò(chòe)-chéng⇨選取粒大者爲下期的種子chéng-chí。

【流歹錢仔 liû-pháiⁿ-chîⁿ-á】 淘汰tô-thài歹錢。選除壞錢。往時用銅幣有此一擧。

【流芳萬世 liû-hong-bān-sè】 不能～～～～也就罷了，不當更舞到遺臭萬代也put-lêng～～～～iā-chiū-pā-liâu, m̄-thang koh-bú-kà î-chhàu bān-tāi-ā⇨不能成事也就算了，不要弄到遺臭萬代也。

【流離失所 liû-lî-sit-só】 遷徙離散chhian-soá-lī-sàn不得其所。天災人禍，接踵而至，百姓～～～～無家可歸者不計其數thian-chai-jîn-hō, chiap-chióng-jî-chì, peh-sèⁿ～～～～bû-ka-khó-kui-chiâ put-kè-kî-sò͘⇨同上。

liû
留 止也。滯也。居也。女大不中～lí-tāi put-tiòng～⇨謂女兒大了，可嫁即嫁，不宜留在家中生蠅惹虱 seⁿ-sîn-jiá-sat。寸草不～chhùn-chháu put～⇨同上。久～國外kiú～kok-goā⇨同上。逗～三工tō͘～saⁿ-kang⇨同上。停～無進步thêng～bô-chìn-pō͘⇨同上。保～原型pó～goân-hêng⇨同上。無人挽～你bô-lâng bán～lí⇨同上。遺～的物件ûi～ê mih-kiāⁿ⇨同上。彌～的時刻mî～ê sî-khek⇨同上。兜～伊的行李tau～i ê hêng-lí⇨同上。拘～二九工khu～jī-káu-kang⇨刑警以罪嫌捉人，得監禁二十九日，期滿即非放不可，此制今似已廢矣。

【留心 liû-sim】 小心注意。～～致意～～tì-ì⇨同上。做代誌該～～chò(chòe)-tāi-chì ài～～⇨同上。

【留名 liû-bêng】 人死～～，虎死留皮jîn-sú～～,hó-sú liû-phî⇨同上。→lâng-sí lāu-miâ, hó͘-sí lāu-phôe(phê)。

【留存 liû-chûn】 留庋抙lâu-khǹg-leh。～～爲紀念～～ûi kì-liām⇨庋抙做紀念khǹg-leh chò kì-liām。

【留任 liû-jīm】 三年官滿，再任三年。

【留客 liû-khek】 留人客lâu-lâng-kheh。落雨天～～，天留人不留lok-í thian～～,thian-liû jîn-put-liû⇨句讀點遊戲之詞，亦可讀成，落雨天，～～天，留人不？留！lok-ī-thian, ～～thian, liû-jîn-put? liû!。

【留神 liû-sîn】 小心謹愼sió-sim-kín-sīn。請賜～～chhiáⁿ-sù～～⇨請爲我加以注意。

【留級 liû-kip】 學生成績侵留原級再讀一年。

【留意 liû-ì】 注意chù-ì。同留心liû-sim。

【留難 liû-lān】 故意爲難kò-ì-ûi-lān。不當～～人m̄-thang～～lâng⇨同上。

【留學生 liû-hak-seng】 留居外國讀書之人。～～～多，除表示本國教育水準低之外，並不名譽～～～to, tî piáu-sī pún-kok kàu-iok-chúi-chún-kē-chi-goā, pēng-put-bêng-ī⇨同上。

【留聲機 liû-seng-ki】 再生音樂等的一種器具。

liû
瘤 腫chéng也。瘻lâu也。肉～bah～⇨同上。贅～chòe～⇨同上。頷下生～，抵着也ām-ē seⁿ(siⁿ)～,tú-tioh à⇨謂事到臨頭無可奈何了。抵着tú-tioh就是逢上(問題)。痀的家己謳樂雉，謳樂尻脊結一～ku-e ka-kī o-ló súi, o-ló kha-chiah kiat-chit～⇨曲背者自畫自讚，自讚其背上生有一瘤(liû, lûi)。

liû
搐 抽thiu古作搐。引也，收也。雙手引收絲索等長物曰搐liû。創茹去道歹～chhòng jî-khì(ì) tō pháiⁿ～⇨弄亂了就難抽。

【搐脚 liû-kha】 解放纏足tiân-tiok。～～帛仔～～peh-á⇨解開纏足布。

【搐廊 liû-lông】 飛渡溪谷的簡便設施。俗曰縋仔lūi-á，亦作流廊liû-lông。通常以鋼索通兩岸，掛一小滑車吊一竹籃，籃亦有長繩通兩岸，人坐籃中手拔長繩以自渡者。

【搐腸肚 liû-tn̂g-tō͘】 抽出腸與肚。俗謂胡言亂語害人者，死後在地獄將遭此刑罰。你不驚鬼仔掠去抽舌根～～～否lí m̄-kiaⁿ kúi-á liah-khì(ì) thiu-chih-kin～～～hohⁿ⇨同上。

**liû 琉** 同瑠liû。瑠璃珠liû-lî-chu也。

【琉球 liû-khiû】 ㊀地名，古國名。在台灣東北海上，古爲半獨立國，今屬日本。㊁孩子憍敨khiâu-khi不講理曰琉球liû-khiû。即個囡仔有夠～～chit-ê gín-á ū-kàu～～⇨此孩子十分壞也。略同番儓hoan-thái，蠻不講理也。

【琉璃 liû-lî】 玻璃po-lê。～～燈～～teng⇨玻璃製的油燈，佛壇多用之。～～珠～～chu⇨玻璃珠po-lê-chu。～～頭～～thâu⇨禿頭thut-thâu。無髮的光頭。

【琉琉球球 liû-liû-khiû-khiû】 同琉球之㊁。非常琉球，非常番儓hoan-thái也。

**liû 硫** 化學元素名。硫黃liû-n̂g也。亦即硫磺liû-hông。

**liû 旒** 旌旗之長垂者也。天子十二～thian-chú sip-jī～⇨同上。輓～bán～⇨弔旗的一種。

**liû 榴** 果樹名。俗稱石榴siā-liû，即安石榴an-sek-liû也。

【榴彈 liû-tân】 彈內有炸藥之砲彈。破壞力大。～～炮～～phàu⇨砲身長，使砲彈能自敵兵頭上降落的大砲。

【榴霰彈 liû-sàn-tân】 爆炸即有多數小彈同時飛出的砲彈。

**liû 瀏** 瀏亮liû-liāng，清而明也。歌聲～～koa-siaⁿ～～⇨歌聲清澈嘹亮。

**liū 餾** 炊蒸飯食也。一蒸曰飭būn，再蒸曰餾liū。重提舊事亦曰餾liū，溫故知新亦曰餾liū。重炊舊～têng-chhoe kū～⇨謂一再重提舊臭事。三日無～迫上樹saⁿ-jit bô～peh-chiūⁿ-chhiū⇨謂三天不溫習，(功課)都爬上樹去了(忘記了)。臭餿話也，猶扲扱來～chhàu-sioh-ōe ā, iáu-teh khioh-lâi～⇨謂已有臭味的老話了，還拿來重新複述。更～過藉好食koh～kòe chiah-hó-chiah⇨再加炊蒸一次才可以吃。

【餾粽 liū-chàng】 粽類隔日者須加以重新炊蒸。

【餾粿 liū-kóe】 同餾粽。囡仔人尻川三斗火，也好煎糍也可～～gín-á-lâng kha-chhng saⁿ-táu-hóe, iā-hó chian-chî, iā-hó～～⇨謂青年人屁股有三斗火之熱度，已可煎糙又可以重炊粿食。糍chî，餈chî的俗字。秫米製的軟質粿食也。

## liuh

**liuh 㐬** 同㐬liû。用於強調脫離或脫光。你加您父～lí kā lín-pē～⇨你管老子的鳥。亦即干卿底事kan-kheng tí-sū的粗語。

【㐬去 liuh-ì】 去khì爲助詞時，因音便而變ì。脫也。盦道褲～～頭殼尾也taⁿ tō khò～～thâu-khak-bóe à⇨而今是褲子脫到頭上來了。自覺面子掃地或大失敗時的滑稽說法。

【㐬孑 liuh-khiat】 同㐬吉liû-khiat。

【㐬㐬 liuh-liuh】 同㐬㐬liû-liû。㊀光滑。無物。一顆～～chit-kho～～⇨光棍一條。㊁挺直。尖銳。直～～tit～～⇨同上。尖～～chiam～～⇨同上。

【㐬率 liuh-siuh】 㐬率lut-sut的轉音。非常長而直曰直㐬率tit-lut-sut亦曰直㐬率tit-liuh-siuh。

【㐬癬 liuh-sián】 脫髮性的疥癬。喻錢沒了。因爲癬sián與仙sián（貨幣的起碼單位）諧音。盦不道～～也taⁿ m̄-tō～～à⇨現在不就沒錢了嗎。

**liuh 略** 同或略lioh。略略仔lioh-lioh-á或曰略略仔liuh-liuh-á。不過用者少，似乎出自福州麵店老板的福州口音。

# lo

**lo 烙** 烙lo·，火塵烙hóe-tîn-lo·也(見lo部)。

**lo 撈** 沒入水中取物也。鴨嘴漁食曰撈lo。通叨lo。

**lo 嘮** 叨tho也。貪也。依情要物討食曰嘮lo·。鴨食亦曰嘮lo。鵝食曰嘮lo。鴨母嘴罔～ah-bó-chhùi bóng～⇨①母鴨在水中撈食。②姑且向人要東西。敢～道未餓，慣勢都也好ká$^{n}$～-tō-bē(bōe)-gō, koàn-sì to-ā-hó⇨敢於強顏索食就不致挨餓，習慣了還算不錯也。譏叨客之詞，傲邊～kiáu-pi$^{n}$～⇨賭局邊的嘮仙lo-sian。阿～的a～ê⇨慣叨之人。阿～仙a～sian⇨其屬仙級者。鴨母嘴罔～仔罔～ah-bó-chhùi bóng～á-bóng～⇨姑且如鴨母嘴一樣撈取之，沒有是原在無損，撈得了是全長choân-tiông的，免本免利，百分之百的利得曰全長choân-tiông。

**【嘮仙 lo-sian】** 嘮lo的專家。阿～～a～～⇨同上。

**【嘮先 lo-sian】** 嘮先生lo-sian-seng之省詞。同嘮仙lo-sian。仙高一級吧。

**【嘮食 lo-chia̍h】** 討食物。要餐食。專抙～～的choan-teh～～ê⇨專門在依情誼撈食者。

**【嘮錢 lo-chî$^{n}$】** 討金錢。不是嘮食耳呢，～～伊每敢m̄-sī lo-chia̍h-niâ-neh,～～i mā-ká$^{n}$⇨非但要吃的而已，要錢他也敢要。

**【嘮嘮舌 lo-lo-si̍at】** 多言也。一枝嘴～～～⇨一巴嘴呶呶不停。亦作呶呶舌lo-lo-si̍at。

**lo 囉** 囉唆lo-so也。囉囉唆唆lo-lo-so-so也，又囉哩囉唆lo-lí-lo-so也。又數詞，英文gross,十二打dozen也。譯音作囉lo。針三～chiam-sa$^{n}$～⇨針三十六打tá$^{n}$。

**lo 呶** 呶呶舌lo-lo-si̍at，多言善辯也。哩哩呶呶lí-lí-lo-lo⇨呢呢喃喃不知所云。聽伊安爾～～～～會煩死呵thia$^{n}$-i an-ne(ni)～～～～ē(ōe)-hoân-sí-ò⇨聽他如此這般的哩呶不停，眞煩死人也。哩呶叫lí-lo-kiò⇨哩哩呶呶。

**ló 老** 七十曰老ló。或曰五十以上則曰老。又尊敬之稱也。辭官曰告老kò-ló。長生不～tiâng(tiông)-seng put～⇨人～心未～jîn～sim bī～⇨同上。人怕～債怕討jîn-phà$^{n}$～chè-phà$^{n}$-thó⇨同上。半～不～poàn～put～⇨半老老poà$^{n}$-ló-lāu。三～sam～⇨三公。大～toā～⇨老爹ló-tia。父～文～武～hū～, bûn～, bú～⇨皆相當抙某老先生的尊敬之詞。養兒待～iáng-jî-thāi～⇨同上。養～院iáng～ī$^{n}$⇨同上。～我～以及人之～，～gó～í-ki̍p jîn-chi～⇨同上。

**【老人 ló-jîn】** lāu-lâng。年紀大的人。聖誕～～sèng-tàn～～⇨基督教中傳說，聖誕夜分送禮物給孩子的白髮紅衣老人，即Santa Claus也。受人尊敬的～～家siū-lâng chun-kèng ê～～ka⇨同上。

**【老子 ló-chú】** ㊀人名。李耳lí-jí。世稱老聃ló-tam，亦稱老子ló-chú，俗稱李老君lí-ló-kun，亦即道教尊爲始祖者也。㊁老子ló-chú之書。亦即道德經to-tek-keng。

**【老丈 ló-tiāng】** 老者之尊稱，多用於書簡中，同老先生lāu-sian-seng。

**【老夫 ló-hu】** ㊀老人自稱。㊁～～少妻～～siàu-chhe⇨老丈夫少年妻。

**【老友 ló-iú】** 舊朋友kū-pêng-iú。～～罕得仝時見面，來去簡單一下，來～～hán-li-tâng-sî kì$^{n}$-bīn, laih-khì kan-tan-chi̍t-ē, laih⇨老友難得見面的機會，我們簡單飲一杯去吧。罕得仝時hán-ti̍t-tâng-sî，難得同時。來去laih-khì與末尾之來laih，均爲命令形，意爲我們去吧，相當於英文的Let's go!

**【老少 ló-siàu】** 老人與少年人。～～咸宜～～hâm-gî⇨老少皆適用。皆通用。

**【老兄 ló-heng】** 對初見面者的敬稱。～～

敢是不八來到本地扵～～ká$^{n}$-sī m̄-bat(pat) lâi-kàu pún-tē-leh⇨您想是未曾來過此地了。～～台～～tâi⇨同前。

【老幼 ló-iù】 老老茈茈lān-lāu-chí$^{n}$-chí$^{n}$。男婦～～lâm-hū～～⇨同上。

【老朽 ló-hiú】 老而無用之材。老人的自謙之詞。

【老年 ló-liân】 高齡ko-lêng。～～期～～kî⇨同上。青年中年～～chheng-liân,tiong-liân,～～⇨同上。

【老成 ló-sêng】 經驗豐富,比較其年歲而言的。少年～～siàu-liân～～⇨年紀少而具老練的意見手腕或文章之材。～～持重～～chhî-tiōng⇨同上。

【老君 ló-kun】 李老君lí-ló-kun,即老子ló-chú的省稱。

【老若 ló-jiak(jiok)】 老幼ló-iú。男女～～lâm-lí(lú)～～⇨男婦老幼lâm-hū-ló-iù。

【老弱 ló-jiak(jiok)】 年老體弱liân-ló-thé-jiak。你安爾欺負～～敢未見羞lí an-ne(ni) khī-hū～～kám-bē(bōe)-kiàn-siàu⇨你如此欺負老弱之人不怕羞嗎。

【老耄 ló-mō】 同老邁ló-māi。耄mō,或謂八、九十歲,或謂七十而髮皆白者。

【老病 ló-pēng】 老而多病。～～所需唯藥物,微軀此外復奚求～～só͘-su ûi iak-but, bî-khu chhú-gōe hok-hê-kiû⇨杜甫。

【老衰 ló-soe】 年老而機能衰退。人～～是無法避免的lâng～～sī bô-hoat pī-bián-ê⇨同上。

【老爹 ló-tia】 小官員等的尊稱。㺐～～siáu～～⇨小丑sió-thiú$^{n}$。車鼓戲每有兩小丑,一扮老爹,一扮乞食khit-chiah,兩相對答對㺐,俗叫㺐老爹siáu-ló-tia,㺐乞食siáu-khit-chiah。未輸㺐～～扵bē(bōe)-su siáu～～leh⇨宛然㺐老爹的樣子。～～過渡～～kòe-tō͘⇨歇後語。謂幸矣,亦即佳哉ka-chài(chāi)轉化。蓋官員過渡船,該載kai-chài之,不能拒絕。該載kai-chài與佳哉ka-chài諧音也。塩館～～iâm-koán～～⇨亦爲歇後語。謂吝嗇鬼,慤仔頭līn-sek-kúi, khok-á-thâu。因其又鹹kiâm又澀sap,亦即又鹹kiâm又澁siap也。鹹kiâm澁siap皆喻吝嗇līn-sek。

【老眼 ló-gán】 老而自然衰退了的視力。俗曰老人目lāu-lâng-bak。～～鏡～～kèng⇨老人目鏡lāu-lâng bak-kià$^{n}$。

【老聃 ló-tam】 老子ló-chú的異稱。

【老童 ló-tông】 老童生ló-tông-seng的省詞。年已五十以上而尚未考上秀才的老學生lāu-hak-seng。

【老爺 ló-iâ】 大官員的尊稱。關～～koan～～⇨關公。縣～～koān～～⇨縣長大人。～～呀饒命呀冤枉呀～～à jiâu-miā-à oan-óng-à⇨戲白。

【老境 ló-kéng】 老年期。晚景boán-kéng。人～～好最幸福lâng～～hó chòe-hēng-hok⇨同上。

【老練 ló-liān】 láu-liān。經驗多,閱歷深。

【老邁 ló-māi】 老而力氣皆衰。年紀～～了不中用也了nî-kí～～lò͘, put-tiòng-iōng-ā-lò͘⇨老翁自嘆lāu-ong-chū-thàn。

【老公鬚 ló-kong-su】 藥材名。老榕樹俗稱鳥屎松仔chiáu-sái-chhêng-á的氣根。據說可止肺癆咯血hí-lô-khak-hoeh(huih)。

【老古石 ló-kó͘-chioh】 海邊常見的一種石灰質,似石又不似石的東西。不知是否珊瑚soan-ô͘之未成熟而被風浪打上岸者。

【老來嬌 ló-lâi-kiau】 雁來紅gān-lâi-hông的異稱。一種花也。俗稱雞冠花ke-koan-hoe。不惜金籠飼黃脰,秋風無數～～～put-sek kim-lâng chhī-n̂g-tāu, chhiu-hong bû-sò͘～～～⇨古詩。黃脰hông-tō͘,鳥名,即鵪鶉仔am-chhun-á,俗叫緣投仔iân-tâu-á。性善鬥,故以喻少年人,飼黃脰chhī-n̂g-tāu與飼緣投

chhī-iân-tâu諧音。

【老前輩 ló-chiân-pòe】 lāu-chiân-pòe。請～～～指導chhiá$^{n}$～～～chí-to⇨同上。

【老將軍 ló-chiang-kun】 lāu-chiong-kun。年老歲多之將軍。～～～罔～～～，猶是威風凜凜屎企拎滲呢～～～bóng～～～，iáu-sī ui-hong lím-lím, sái-khiā-leh-thîn-neh⇨戲謔之詞。屎企拎滲sái-khiā-leh-thîn謂落屎馬lāu-sái-bé，亦即駑馬lô·-bé。又與殺氣騰騰sat-khì-thêng-thêng諧音。

【老萊子 ló-lâi-chú】 人名。二十四孝之一。即老萊戲彩ló-lâi-hì-chhái之老萊子也。

【老牛舐犢 ló-giû$^{n}$-chī(sī)-to̍k】 老牛愛小牛以舌舐chn̄g(chī)之。喻父母對子女之愛。亦喻盲目之父母愛。

【老生常談 ló-seng-siâng(siông)-tâm】 平凡無奇的議論。較講每許的～～～～khah-kóng mā hiah-ê～～～～⇨怎麼說還是那些老臭話。

【老奸巨猾 ló-kan-kī-ku̍t】 lāu-kan-ki-ku̍t。彼顆星～～～～乎你未呷得 hit-kho· sī～～～～hō·-lí bē(bōe)-hah-tit⇨他是老奸巨猾，你碰不了他。呷hah，吹喝熱茶也。喻開口向他抗議。

【老蚌生珠 ló-pāng-seng-chu】 喻老境得子。人講～～～～，都未過得伊暢lâng-kóng～～～～to bē(bōe)-kòe-tit i thiòng⇨古人言老蚌生珠，是怪不得他高興的。未過得bē-kòe-tit之過kòe，怪koài之訛也。

【老羞成怒 ló-siu-sêng-nō·】 羞愧極了，無地自容而轉變爲怒。煞不知拎～～～～也soah-m̄-chai teh～～～～ā⇨誰不知(他)是羞極了變成怒氣了。

【老當益壯 ló-tong-ek-chòng】 老而更加健壯。阿久伯仔有辦法，～～～～，可以更娶一個 a-kú-peh-á ū-pān-hoat,～～～～, khó-í-koh-chhoā-chi̍t-ê⇨阿久伯仔你行，老當益壯，加娶一個可也。

【老謀深算 ló-bô·-chhim-soàn】 老而有深謀。計謀已久。你不知本帥～～～～的利害否lí m̄-chai pún-sòe～～～～ê lī-hāi-ho·h$^{n}$⇨你不知我計畫的利害嗎。

ló **腦** 腦náu也(見nau部)。

ló **潦** 潦草ló-chhó也。草率chhó-sut從事曰潦草ló-chhó。字甚～～人看不八jī siu$^{n}$～～lâng khoà$^{n}$-m̄-bat(pat)⇨字寫得太隨便了，人家看不懂。潦潦草草ló-ló-chhó-chhó⇨非常草率。

ló **瑙** 瑪瑙bé-ló，珠玉chu-ge̍k也。眞珠～～chin-chu～～⇨同上。

ló **讄** 即謳樂。謳讄o-ló，稱譽讚美曰謳讄o-ló，亦即褒美po-bí他人也。謳o，歌也。讄ló同誄lúi。誄lúi者，對死者歌功頌德之詞爲主的一種弔祭文。因而歌誦誄詞，非褒美po-bí，亦即謳讄o-ló而何。俗作讚美，阿老，或褒了而強讀爲o-ló，似乎不無勉強之處。

lò **躼** 長身也。身長體高曰躼lò，俗作躴lò。較～過竹篙khah～kòe tek-ko⇨比竹竿還要長要高。脚～手～骨力食体憚做kha～chhiú～kut-la̍t-chia̍h pīn-toā$^{n}$-chò(chòe)⇨脚長手長拼命食懶於工作，骨力kut-la̍t即竭力kia̍t-le̍k也。超～仔chiau～á⇨相當高䠷ko-thiàu。

【躼人 lò-lâng】 高䠷之人。亦可以把躼lò字或脚lò-kha兩字加於姓氏之上以示其人爲高人。例如躼林lò-lîm或躼脚趙lò-kha-tiō即爲高脚林或高脚趙兩先生的代號。

【躼的 lò-ê】 長身之人。高佬ko-ló。～～矮的～～é-ê⇨高人，矮人。

【躼脚 lò-kha】 長足的。同躼的lò-ê。～～的～～ê⇨同前。～～鬼～～kúi⇨長人tiâng-jîn。～～鬼矮脚傀～～kúi é-kha-lo·(lô·)⇨長人短人。～～蚊～～báng⇨長脚之大蚊，又長

脚之瘦人。

**【躼躼 lò-lò】** 長的形容詞。脚手長～～了kha-chhiú tn̂g～～lò·⇒喻孩子很大了。日頭長～～ji̍t-thâu tn̂g～～⇒夏日很長。話講到～～長ōe-kóng-kà～～tn̂g⇒壞話說得很多很長。縣～～koân～～⇒很高。縣koāi$^n$高也。

**【躼掮掮 lò-sia̍k-sia̍k】** 很高很高。～～～像竹篙鬼扲～～～chhiū$^n$-tek-ko-kúi-leh⇒很高很高的，有如竹竿鬼也。掮sia̍k物，挺出也。

lò **了** 語尾助詞。表示詞句已完整亦作lò·。同也à也ā。去～khì(khù)～⇒去也khì(khù)-à⇒往矣óng-ī。食～chia̍h～⇒食也chia̍h-à⇒食矣si̍t-ī。好～hó～⇒好也hó-à⇒已經好了。店攏開門～tiàm lóng khui-mn̂g～⇒店攏開門也tiàm lóng khui-mn̂g-ā⇒店皆開門矣。得倈食～tit-boeh chia̍h～⇒得倈食也tit-boeh-chia̍h-à⇒快要吃飯矣。阮不愛～gún m̄-ài～⇒阮不愛也goán m̄-ài-à⇒我們不要矣。

lò **咯** 語尾詞。同了lò。亦同也à，也ā，或也là。

lò **嘮** 語尾詞。同了lò。亦同也à也ā或也là。

lô **羅** 以絲罟鳥也。鳥罟謂之羅lô。又絲帛也。又列也。門可雀～bûn khó chhiak (chhiok)～⇒無人出入來往，所以可以安鳥罟以捕雀。罟kó·，罔bāng也，魚網hî-bāng也。天～地網thian～tē-bóng⇒大網toā-bāng也。可以羅天地之大網。白～pe̍h～⇒白絲帛。鐵線～thih-soà$^n$～⇒蚊帳布。綾～紡絲lêng～pháng-si⇒同上。輕～小扇撲流螢kheng～siáu-siàn phok-liû-êng⇒唐詩。阿修～地獄a-siu～tē-ge̍k⇒佛家語，很慘的地獄。星～棋布seng～kî-pò·⇒形容事物錯雜多而密，如天上之星如棋盤上之棋子。

**【羅列 lô-lia̍t】** 陳列tîn-lia̍t。排列pâi-lia̍t。～～一寡仔理由啦，講伊安怎乎人欺負耳～～chi̍t-koá-á lí-iû-là, kóng i an-choá$^n$ hō·-lâng khi-hū-niâ⇒列出一些理由，說他是如何的被欺負而已。

**【羅馬 lô-má】** ㊀地名Rome，今義大利首都。㊁古羅馬帝國。條條大路通～～tiâu-tiâu tāi-lō· thong～～⇒西諺，可窺見當年大羅馬帝國威勢之大。～～非一日中所建設的～～hui it-ji̍t-tiong so· kiàn-siat-ê⇒西諺。～～字～～jī⇒基督教會所用，表達語言的標音符號。亦即本書所使用者。

**【羅致 lô-tì】** 招請人材。～～優秀人材～～iu-siù jîn-châi⇒同上。

**【羅裙 lô-kûn】** 女人的圍裙。好意扱繡枕，故意糾～～，我家養二女，豈肯配一君hó-ì khioh-siù-chím, kò·-ì khiú～～, gó· ka iáng (ióng)-jī-lí, khí-khéng phòe-it-kun⇒小姨拒絕姊夫野心題此詩於壁的故事。扱khioh拾取也。謂小姨來掃地，看見姊夫的枕頭在地上，拾起交睡眠中的姊夫也。糾khiú，姊夫伸手拉之也。

**【羅經 lô-ke$^n$(ki$^n$)】** 羅盤lô-poâ$^n$的俗稱。牽～～的khan～～ê⇒地理先仔tē-lí-sian-á。

**【羅網 lô-bāng】** lô-bóng。捕掠鳥獸的網bāng。該死也，你更自投～～kai-sí-à, lí koh chū-tâu～～⇒頑童掠著小鳥的得意之詞。

**【羅漢 lô-hàn】** ㊀佛家詞。修行得果已不爲所思所見所惑的高僧。原曰阿羅漢ā-lô-hàn。十八～～cha̍p-peh(poeh)～～⇒較大佛寺多有之。～～請觀音～～chhiá$^n$ koan-im⇒謂十八人合請一人。喻各人負擔有限。反之曰觀音請～～koan-im chhiá$^n$～～⇒謂一人宴請十八人，喻負擔太重了。㊁俗以三無居士爲羅漢lô-hàn，亦即無某無猴亦無錢bô-bó· bô-kâu ia̍h bô-chî$^n$的單身漢也。無妻無兒bû-chhe-bû-jî曰無某無猴bô-bó·-bô-kâu。雙脚行到娘房中，雙手牽娘來參商，是要是不不好嚷，～～做久扲姑不終siang-kha kiâ$^n$-kàu niû-pâng-tiong, siang-chhiú khan-niû lâi-chham-siông, sī-boeh-sī-m̄ m̄-hó-jiáng,～～ chò(chòe)-kú teh ko·-put-chiong⇨民歌。此羅漢算是相當紳士，謂此舉乃無妻伴眠太久了，無奈何也。～～脚仔 ～～ kha-á⇨同羅漢lô-hàn。～～脚伴～～ kha-phoāⁿ⇨賭徒等遊手好閒者羣。～～脚神～～kha-sîn⇨不長進之人，謂性如羅漢乞食。有～～脚查甫無～～脚查某ū～～kha-cha(ta)-po·, bô ～～ kha-cha-bó·⇨謂男人有無法成家者，女人不論美醜都能有歸宿。日諺有云；女的無廢物。(羅漢脚似另有一說，見羅漢脚仔條。)

【羅敷 lô-hu】 古代的女人名。使君自有婦，～～自有夫sú-kun chū-iú-hū,～～ chū-iú-hu⇨謂您有某阮有翁lín-ū-bó·, goán ū-ang不可濫擅lām-sám也。而今羅敷兩字，已由人名變爲有夫之婦的代名詞。

【羅盤 lô-poâⁿ】 同羅經lô-keⁿ。

【羅織 lô-chit】 無端揑造罪狀誣陷無罪之人。～～學～～hak⇨編造故事罪名，假造證據，收買硬干證，如以拷問迫供，以迫清白之人於死的慘無人道之法也。

【羅織 lô-chè】 lô-chit也。俗作羅債lô-chè，非。寃家～～ oan-ke～～ ⇨相打相罵大吵鬧也。既然寃家下去了，自然多方羅織其罪以圖屈敵也。

【羅曼史 lô-bān-suh】 英文Romance的譯音。男女間的愛情等的故事。少年人愛～～～ siàu-liân-lâng ài ～～～ ⇨年輕之人喜唱此調。

【羅馬尼亞 lô-má-nî-a】 國名。Rumania，東歐的共產陣營國家。

【羅漢脚仔 lô-hàn-kha-a】 早期入台拓荒者，因滿清禁攜妻兒，多爲隨遇而安的單身漢。廟宇，尤其是後殿十八羅漢神像脚下，爲最可安心之落脚處。既無魔神鬼怪搔擾侵害之憂，乃可呼呼一睡到天明。羅漢脚仔乃成光棍之稱呼也。

lô
# 牢

關人之監獄kaⁿ-gak曰牢lô，本爲關牛馬等牲畜待宰之地。監獄關禁人之地皆曰牢lô。天～thian～⇨宮中之牢。地～tē～⇨地穴之牢。水～chúi～⇨浸水chîm-chúi之牢。監～kaⁿ～⇨牢之通稱。枵鬼較慘餓～iau-kúi khah-chhám ngō～⇨貪食之人(鬼)比餓牢中之人枵得還利害。喻枵鬼貪食之不可理諭。今多訛爲枵鬼較濟俄羅iau-kúi khah-chē ngō-lô，謂枵鬼多於俄羅人，致詞意不甚明矣。

【牢獄 lô-gek】 今多曰監獄kaⁿ-gak。～～之災～～chi chai⇨受監禁牢獄的災禍。

【牢騷 lô-so】 不平之鳴。今多作囉唆lô-so或嚕嗦lô-so等矣。

lô
# 鑼

樂器名。銅鑼tâng-lô也。銅質圓盤形。有大小之別。大～大鼓toā～toā-kó·⇨喻大音樂隊阮是大～大鼓過門的，不是逮人走的goán sī toā～toā-kó· kòe-mn̂g-ê, m̄-sī tòe-lâng-cháu-ê⇨謂我們是明媒正娶，以大音樂隊公開迎娶入門的，並不是私奔跟人走的。摃大～擂大鼓kòng-toā ～ lûi-toā-kó·⇨喻非常熱鬧。講到好～好鼓kóng-kà hó ～ hó-kó·⇨謂話說得非常好聽。拍～拍鼓娶新娘phah～phah-kó· chhoā-sin-niû⇨童謠。一下鼓聲二下～仙拍都未和chit-ē kó·-siaⁿ nn̄g-ē～, sian-phah to-bē(bōe)-hô⇨民謠，喻大妻小妻，經常鬧糾紛，絕對無法調和。

【鑼鼓 lô-kó·】 代表音樂。～～聲鏘鏘叫～～siaⁿ chhahⁿ-chhahⁿ-kiò⇨音樂聲吱鏘chhih-chhahⁿ地響不停。鏘chhahⁿ聲也。樂聲也。～～喧天～～soan-thian⇨同前，謂響徹雲霄也。～～陣～～tīn⇨音響隊。

lô
# 勞

勤也。苦也。用力工作曰勞lô。事功曰勞lô。又憂也。勤～khîn～⇨同上。辛～sin～⇨①辛勤工作。②受雇用之店員。苦～khó·～⇨勤苦工作。功～kong～⇨事功。民忘其～bîn-bōng-kî～⇨同上。先～而後祿sian～jî-hō·-lok⇨此酬勞siû-lô也。不～所得put～

só·-tek⇨不～而獲者put～jî hek-chiâ也。無功也有～bô-kong a-ū～⇨庸碌之輩的爭功之詞。竭力好，不可過～kut-lat-hó, m̄-hó kòe～⇨同上。

【勞力 lô-lek】 使用體力工作。㤲人勞心，戇人～～gâu-lâng lô-sim, gōng-lâng～～⇨智者用心，愚者用心。～～過度～～kòe-tō·⇨辛勞超過程度。過勞kòe-lô。

【勞工 lô-lang】 勞動者lô-tōng-chiâ。～～運動～～ūn-tōng⇨爭取勞動大衆利益的運動。

【勞心 lô-sim】 ㊀使用腦智工作。智者～～愚者勞身tī-chiâ ～～ gî-chiâ lô-sin⇨㊁費心神。～～苦戰～～khó·-chiàn⇨謂慘澹chhám-tām經營。～～迫腹～～peh-pak⇨十分操費心神。

【勞作 lô-chok】 學童之工藝科似已改名曰勞作lô-chok。

【勞役 lô-ek】 苦監khó·-kaⁿ。徒刑tô·-hêng。判處～～phoàⁿ-chhù～～⇨判罰坐苦監。

【勞軍 lô-kun】 慰勞征戰中的軍兵。

【勞神 lô-sîn】 勞費精神。共阮～～一下kā-goán～～chit-ē⇨請賜費神一下。

【勞動 lô-tōng】 勤勞工作。～～者～～chiá⇨勞工lô-kang。～～大家了～～tāi-ke-lō⇨大家辛苦了tāi-ke-sin-khó·-liáu⇨感謝之詞。

【勞資 lô-chu】 勞力與資本。～～糾紛～～kiù-hun⇨同上。

【勞業 lô-giap】 又勞又業。業giap者不懈怠也。伊安爾一生～～每無得到啥i an-ne(ni) it-seng～～mā-bô tit-kā-sahⁿ(siahⁿ)⇨他如此的勞業終生也沒獲得到甚麼也。

【勞煩 lô-hoân】 麻煩他人。不好更～～人也m̄-hó koh～～lâng-ā⇨不可再煩他人了。逐家眞～～也tak-ke chin～～ā⇨大家辛苦了。

【勞碌 lô-lok】 勞苦忙碌lô-khó·-bông-lok。～～命～～miā⇨苦命khó·-miā。咱這～～命的都未使得盈lán-che～～miā-ê to-bē(bōe)-sái-tit-êng⇨自嘲之詞。～～債～～chè⇨苦命之債。～～債還未清～～chè hêng(hân)-bē(bōe)-chheng⇨苦命債還不了。

【勞駕 lô-kà】 ㊀請人作事。拜託～～一遭pài-thok～～chit-choā⇨請跑一趟。㊁謝客光臨。今仔日眞～～kin-á-jit chin～～⇨同上。

【勞民傷財 lô-bîn-siang(siong)-châi】 勞動人民，傷損錢財。彼欵的代誌～～～～耳啦，莫創較順啦hit-khoán ê tāi-chì～～～～niâ-lâ, māi-chhòng khah-sūn-lâ⇨那一類事，勞民傷財而已，不幹也吧。較順khah-sūn，比較自然。順情順理。

【勞燕分飛 lô-iàn-hun-hui】 別離。東飛伯勞西飛燕tong-hui pek-lô se-hui iàn⇨同上。

lô **癆** 男性的肺結核hì-kiat-hut也。虛～蠱膈四大症hi～kó·-keh sì-toā-chèng⇨女的肺病，男的肺病，脹滿，胃癌爲四大病症。中醫之說。蠱kó·者惑於女色而生之病也。膈keh者橫膈膜hoâiⁿ-keh-mō也，爲何作胃癌解，我無暇請益於中醫先生。虛hi爲空虛，爲何是女肺病，亦不詳。肺～hì～⇨肺結核。腸～tn̂g～⇨腸結核。

【癆傷 lô-liang (siong)】 肺癆hì-lô。肺結核hì-kiat-hut(het)。肺病hì-pēⁿ(pīⁿ)。

【癆損 lô-sún】 同癆傷lô-siang。

【癆嗽 lô-sàu】 同癆傷。

lô **籮** 米籮bí-lô也。米篩bí-thai的異稱。其實如大篩toā-thai小籮sió-lô的俗語，米篩形大目大，是淘除粟粒及石子的，米籮形較小，目亦小，是米精白後，去糠留米的。又籮lô字似應爲羅lô，如羅雀lô-chiak一樣，是羅米lô-bí亦即米留篩中。而籮lô的卻是籠láng也。

lô **濁** 水不清曰濁lô。溷濁hun-tok曰濁lô。水清魚定，水～魚著驚chúi-chheng hî-tiāⁿ, chúi～hî tioh-kiaⁿ⇨聲音～siaⁿ-im～⇨聲音

不清。水滾～去chúi kún～khì⇨清水弄成髒水。

【濁水 lô-chúi】 泥水nî-súi。髒水。～～溪～～khe⇨河流名。烏魚未堪得～～激o-hî bē(bōe)-kham-tit～～kek⇨烏魚抗不了濁水之冲激。喻忍不了他人之惡罵。

【濁涕 lô-thè】 髒鼻涕，被粘上了討厭。凡多言，多事，麻煩，令人討厭，惟恐避之不及者，皆曰濁涕lô-thè。略同囉唆lo-so。彼個人～～hit-ê-lâng～～⇨他奧纏oh-tîⁿ，麻煩，或者令人生厭。即款代誌蓋～～也chit-khoán tāi-chì kài～～a⇨此種事最難應付最麻煩。伊的話眞～～i-ê-ōe chin～～⇨他的話非常嚕嗦lô-so。～～的人～～ê lâng⇨難應付之人。～～的病～～ê pēⁿ(pīⁿ)⇨難治之病。囉唆lo-so之病。

【濁粘涎 lô-liâm-noā】 有痰之口水。髒口水。厚～～～kāu～～～⇨①痰多。②臭爛話多。煙茶炭換～～～hun-tê-thoàⁿ oāⁿ～～～⇨喻爲人白忙。謂以煙茶炭招待客人只換來客人的口水。

【濁濁涕涕 lô-lô-thè-thè】 非常濁涕lô-thè。～～～～莫管伊～～～～mài-koán-i⇨囉囉唆唆lo-lo-so-so不管他吧。

**lô 哪** 哪吒lô-chhia也。神名。作孩童形，亦稱～～太子～～thāi-chú或太子爺thāi-chú-iâ。

**lô 嫪** 嫪毒lô-ái也。人名。呂不韋lī-put-ûi推荐給秦太后的大客兄也。秦太后者秦始皇之生母，亦爲呂不韋之前妾也(見lou部)。

**lō 絡** 綑包貨物以便擔送曰絡lō。該～乎有稠āi～hō· ū-tiâu⇨須絡得堅固。未曉～，無絃是未用得bē(bōe)-hiáu～,bô-ân sī bē(bōe)-iōng(ēng)-tit⇨不知絡法，絡得不堅固是不行的。八～索peh～soh⇨綑米包等以擔送之麻繩。或謂應是八號之綑(絡)索也。

【絡仔索 lō-á-soh】 綑包用的麻繩。即八絡索peh-lō-soh也。

## lo·

**lo· 僂** 曲背也。矮人ē-jîn也。矮而醜曰僂lo·。矮仔～ē-á～⇨矮脚僂仔ē-kha-lo·-á。

【僂佝 lo·-ku】 極短醜也。佝ku亦作痀ku，駝背也。

**lo· 痀** 疥也。牛狗等的皮膚病也。毛斷而皮白化的現象。牛著～也gû-tio̍h～a⇨牛隻gû-chiah患上了痀lo·矣。著狗～tio̍h-káu～⇨狗著痀káu-tio̍h-lo·。無得著～bô-teh tio̍h～⇨謂不如許之哀也。

**lo· 烙** 灼也。燒也。俗以燃餘未炭化者曰烙lo·。食物燒或炒得鬆脆sang-chhè好食亦曰烙lo·。火塵～hóe-tîn～⇨火煙塵hóe-ian-tîn。火燒～hóe-sio～⇨柴焦chhâ-chiau。木料薪柴之燒得未炭化者。扱火燒～仔khioh-hóe-sio～á⇨拾取柴焦。喻乘人爭鬧而拾取餘利。略同趁火打刼thàn-hóe táⁿ-kiap。臭火～chhàu-hóe～⇨燒出臭焦味。臭火～的補無熟的chhàu-hóe～ê pó· bô-se̍k-ê⇨過火者可補償未熟者。掠長補短lia̍h-tn̂g pó· té的戲謔詞。蓋過火者與未熟者是無法可補的。

【烙烙 lo·-lo·】 ㊀鬆脆sang-chhè適度。抵～～上好食也tú～～siāng-hó-chia̍h-ā⇨剛好又鬆sang又脆chhè了，最好吃的時候了。㊁焦爛過度。烘到攏～～去也啦hang-kà lóng～～khì(ì)-à-là⇨烘得皆焦爛掉了。㊂輕燒或炒。更～～抡較好koh～～leh khah-hó⇨再烙一烙比較好。

**ló· 魯** 鈍tūn也。駑lô·也。粗魯chho·-ló·也。又古國名。傷粗～啦，未孝孤得啦siuⁿ-chho·-ló·-là, bē(bōe) hàu-ko·-tit-lâ⇨太粗魯了，見不得人也。孝孤hàu-ko·，敬神佛之物也。喻神食之，人食亦曰孝孤hàu-ko·。但粗語也。未孝孤得bē-hàu-ko-tit,吃不得，作見不得人解。許爾～不好啦hiah-ni～m̄-hó-là⇨那麼粗魯(或下乘hā-sāng——才技等不高)不行也。

【魯班 ló͘-pan】 古代的名工程師。今之木工界尊爲師祖。～～公～～kong⇨木匠的祖師爺chó͘-su-iâ。～～尺～～chhioh⇨木工所使用之曲尺。

【魯莽 ló͘-bóng】 粗魯冒失chho͘-ló͘-mō-sit。～～的人～～ê lâng⇨同上。

【魯鈍 ló͘-tūn】 ló͘-tun。同駑鈍lô͘-tun，ló͘-tūn。愚昧gî(gû)-māi。

【魯論 ló͘-lūn】 論語的異稱。趙中令，讀～～，彼既仕，學且勤tiō-tiong-lēng, thok～～, pí-kí-sū, hak-chhiáⁿ-khîn⇨三字經。

【魯縞 ló͘-kó】 極薄的絲布。強弩之末，不穿～～kiâng-nô͘ chi boat, put-chhoan～～⇨力量衰微，不能再有效。

【魯仲連 ló͘-tiōng-liân】 ㊀人名。戰國時代的能人，善於排難解紛。㊁而今仲裁之人即直稱魯仲連ló͘-tiōng-liân。你都上佼做～～～也去共個搓圓捏扁一下啦lí to siāng-gâu chò(chòe)～～ā, khì kā-in so-îⁿ-tēⁿ-píⁿ-chit-ē-là⇨你最善於當仲裁之人，你去吧，爲他們調解一下吧。

【魯魚亥豕 ló͘-gî-hāi-sí】 ló͘-hî-hāi-sú。字形相似的一例。～～～～之誤，在所難免～～～～chi gō͘, chāi-so͘ lân-bián⇨因字形相似的多，傳寫致誤，總是有的。

**lô͘ 駑** 最下之馬也。人之才智鈍劣亦曰駑lô͘。凡力氣不多，技藝不精，才智不明者皆曰駑lô͘。亦曰病pēⁿ。亦曰下乘hā-sāng，功夫有夠～kang-hu ū-kàu～⇨功力十分下乘hā-sāng。佗會許爾～thài-ē hiah-ni～⇨何以會那麼下乘那麼病呢。

【駑先 lô͘-sian】 無能先生。無用先生。不行的先生。有影有夠～～ū-iáⁿ ū-kàu～～⇨眞的十分不行。

【駑馬 lô͘-bé】 lô͘-má。慲馬lâm-bé。病馬pēⁿ-bé。下乘馬hā-sāng-bé。喻無用之人。叫到你即隻～～kiò-kà lí-chit-chiah～～⇨派來了你這個病人pēⁿ-lâng。此病人pēⁿ-lâng不指有病之人，而是指無能無用之人。

【駑鈍 lô͘-tūn】 lô͘-tun。魯鈍ló͘-tūn。誓竭～～，掃除奸凶，恢復漢室於舊都sè-kiat～～, sò-tû kan-hiong, hôe-hok-hàn-sit î kiū-to͘⇨後出師表。

**lō͘ 懦** 弱者也。柔弱無力也。善屬文，然～於武siān-siok-bûn, jiân～î-bú⇨同上。

【懦夫 lō͘-hu】 弱者jiak(jiok)-chiá也。～～立志～～lıp-chì⇨同上。

【懦弱 lō͘-jiak(jiok)】 柔弱。～～多病～～to-pēng⇨同上。

**lō͘ 陋** 狹隘hiap-āi也。隘eh也。醜thiú(chhiú)也。貌～心險māu～sim-hiám⇨外貌內心都是壞人。醜～的美國人thiú～ê bí-kok-lâng⇨美國人自己幽默自己之書。譾～chián～⇨同上。譾chián同淺chhián。

【陋巷 lō͘-hāng】 狹隘之小巷。在～～人也不堪其憂，回也不改其樂，賢哉回也chāi～～, jîn-ià put-kham kî-iu, hôe-à put-kái ki-lok,hiân-chāi, hôe-à⇨論語。

【陋室 lō͘-sek】 狹隘之小房間。窮巷～～kiông-hāng～～⇨同上。

【陋規 lō͘-kui】 壞規紀壞慣例hāi-kui-kí hāi-koàn-lē。警界的～～啥人不知kéng-kài ê～～siáⁿ-lâng m̄-chai⇨同上。

【陋習 lō͘-sıp】 壞習慣hāi-sıp-koàn。～～難改～～lân-kái⇨同上。

**lō͘ 鹵** 塩地也。塩澤也。天生曰鹵lō͘，人造曰塩iâm。肉類加醬油等料以文火慢慢煮曰鹵lō͘。燉～tūn～⇨同上。拍～phah～⇨同前。

【鹵肉 lō͘-bah】 燉鹵之肉。～～較三層仔的介一塊～～khah-sam-chân-á ê kah-chıt-tè⇨麵担仔的食客如此要求。三層仔sam-chân-á，五花肉ngó͘-hoe-bah也。介kah；配合也。

食肉也該菜介⇨謂肉也需要蔬菜配合也。介嫁粧。

【**鹵卵** ló·-nn̄g】 食白飯，攪鹵湯，配～～，合新鹹菜仔，安爾罔去也了chiah-peh-pn̄g, kiáu-ló·-thng, phòe～～, kah-sin-kiâm-chhài-á, an-ne(ni) bóng-khì(khù)-à-lò·⇨吃白飯，攪以鹵湯，配以鹵蛋，加以新鹹菜，如此嗎，得過且過也了。

【**鹵湯** ló·-thng】 鹵肉汁ló·-bah-chiap。～～要不～～boeh-m̄⇨主問客要不要攪鹵湯也。

【**鹵麵** ló·-mī】 湯麵刊粉者。雜菜～～chap-chhài～～⇨增加肉丸bah-oân，魷魚jiû-hî，猪肝ti-koa$^{n}$，等等之鹵麵。錦花～～kím-hoe～～⇨同前之美名。

ló·
**櫓** ㊀進船具也。亦即船槳chûn-chiú$^{n}$。大～小槳toā～sió-chiú$^{n}$⇨大者曰櫓ló·小者曰槳chiu$^{n}$。搖～iô～⇨進船。㊁動搖曰搖櫓iô-ló·，謂搖動如櫓也。嘴齒抣搖～也chhùi-khí teh iô～à⇨牙齒在動搖，要脫掉了。大力～toā-lat～⇨大力搖動之。～未振動～bē(bōe)-tín-tāng⇨搖他不動。無法搖動之。

ló·
**腦** 樟腦chiu$^{n}$-ló·，一種香料名。亦爲重要的化學物質，除作香料驅蟲藥劑之外，更可供爲炸藥chà-ioh，賽耳累珞Celluloid的原料。生於樟樹之組織中。俗省稱曰腦ló·。格～kek～⇨從樟樹取腦的過程。亦即製腦chè-ló·也。芳～臭～phang～chhàu～⇨腦ló·有香臭之兩種。芳樟可取芳腦，爲白色結晶，狀如塩。臭樟即取臭腦爲油狀。阿溪仔生理a-khe-á seng-lí⇨謂未蔫bē(bōe)-lô·亦即未偎bē-bái，不壞也。蓋阿溪之生意，是包辦製腦工作，亦即製腦以賣腦bē(bōe)-ló·也。賣腦bē-ló·正與未蔫bē-lô·，亦即不壞諧音。

【**腦丁** ló·-teng】 製腦戶。製腦工。派人去招～～phài-lâng khì-chio～～⇨同上。

【**腦油** ló·-iû】 樟腦油chiu$^{n}$-ló·-iû的省稱。

【**腦寮** ló·-liâu】 製腦的山中小屋。

【**腦館** ló·-koán】 集腦所，亦爲包頭pau-thâu或其代理人之駐在地。～～頭家～～thâu-ke⇨出資承辦製腦工作之資本家。亦簡稱腦頭家ló·-thâu-ke。

ló·
**惱** 有所恨也。懊惱àu-náu也。事物撓心曰惱ló·曰惱náu。兒女憍khiâu訬chhá擾人jiáu-jîn亦曰惱ló·。有囡仔抣～較快老ū-gín-á teh～khah-khoài-lāu⇨有兒女在惱動者易老。

【**惱氣** ló·-khì】 受兒女之氣爲兒女懊惱àu-náu。咱都跋落囝兒坑，一世人～～到半小死，敢有話講咯 lán to poah-loh kiá$^{n}$-jî-khe$^{n}$(khi$^{n}$), chit-sì-lâng～～kà poà$^{n}$-sió-sí, kám-ū-ōe-kóng-lò·⇨我們是兒女多，一生所受的懊惱折磨得幾乎半死，要如何訴說呢。跋落囝兒坑poah-loh-kiá$^{n}$-jî-khe$^{n}$⇨喻兒女太多太多。咱做囝兒的人，第一不好乎父母～～lán-chò(chòe)-kiá$^{n}$-jî-ê-lâng, tē-it m̄-hó-hō·-pē-bó(bú)～～⇨我們爲人之子者，第一不可使父母生氣。～～惱命～～ló·-miā⇨同前。

【**惱身動命** ló·-sin-tāng-miā】 爲兒女而勞力勞心。咱安爾～～～～呵，敢不是爲着囡仔的將來lán an-ne(ni)～～～～ò, kám-m̄-sī ui-tioh gín-á ê chiang(chiong)-lâi⇨我如此的勞力勞心，豈非爲兒女的將來乎。

ló·
**勞** 勞力ló·-lat，勞了你的力。慰勞兼表示謝意之詞。多謝to-siā。逐家眞～～tak-ke chin～～⇨大家辛苦了，多謝。頂日眞～～téng-jit chin～～⇨日前非常多謝。～～你～～lì⇨拒絕其好意。你lí改讀lì。相當於毋免你家婆m̄-bián-lí ke-pô，亦即不必你管。家婆ke-pô者，管家婆koán-ke-pô也，俗誤爲鷄婆ke-pô，只是諧音而已。

ló·
**努** 勉也。用力也。使盡力量也。

【**努力** ló·-lek】 nó·-lek。代誌猶未成功，該更～～tāi-chì iá-bōe(bē) sêng-kong, ài-koh ～～⇨同上。逐家～～拍拼tak-ke～～phah-piā$^{n}$⇨大家盡心盡力奮鬪。

**lô· 了** 語尾詞，表示詞句的完結。俗亦多作囉lô·。同也ià或作也ā。其聲調依站在其前的動詞字之聲調之不同而有所變化。來～lâi～⇨來也lâi-ā。伊去～i-khì～⇨伊去也i-khì-ā。阿翁死眞久～a-gōng sí-chin-kú～⇨阿翁死眞久也。食飽～chiah-pá～⇨ 食飽也chiah-pá-ā。攏出發～lóng chhut-hoat～⇨攏出發也lóng-chhut-hoat-ā。錢收～chî$^{n}$ siu～⇨錢收也chî$^{n}$-siú-ā。領著～niá-tioh～⇨領著也niá-tioh-ā。

**lô· 嘍** 語尾詞。同了lô·。或作咯lô·。

**lô· 奴** 奴婢nô-pī也。奴隸lô·-lē也。無人權，從事下賤工役，可由其主自由買賣者。呼～喚婢hō～hoàn-pī⇨自由使喚奴婢。喻豪富安易的生活。巧者拙之～khiáu-chiā choat-chi～⇨謂有巧思巧藝者反而多爲笨拙者服務。強～欺弱主kiâng～khi-jiak(jiok)-chú⇨同上。老～lāu～⇨老僕人。寧予番邦不予家～lêng-î hoan-pang put-î ka～⇨謂晚淸的心態，江山願給外國，也不給漢奴。某～bó～⇨妻之奴才，亦即驚某大王。

【奴才 lô·-châi】 nô-châi。下賤工役的通稱。～～仔坯～～á-phoe⇨只配當奴才之料。罵人之詞。坯phoe，亦作胚phoe，皆指物之始形。狗～～濫擅來káu～～lām-sám-lâi⇨罵人亂來。提錢買～～來做theh-chî$^{n}$ bé(bóe)～～lâi-chò(chòe)⇨譏名爲競選實爲出錢買來公職美名的所謂大頭病患者。

【奴家 lô·-ka】 nô-ka。㊀古時的女人自稱。㊁戲台上的女性自稱。

【奴婢 lô·-pī】 nô-pī。男女奴僕nô-pok。

【奴僕 lô·-pok】 nô-pok。奴才lô·-châi。使用人。上帝的～～siōng-tè ê～～⇨基督教中的公職者自稱。

【奴隸 lô·-lē】 ㊀古代的戰俘或罪人被充爲奴隸從事苦役者。㊁被統治喪失主權的人亦通稱奴隸。乎人做～～hō·-lâng-teh-chò(chòe)～～⇨被人充當的奴隸。

**lô· 縷** 線也。金～衣kim～i⇨曲調名。勸君莫惜金～衣，勸君須惜少年時 khoàn-kun bok-sek kim～i, khoàn-kun si-sek siàu-liân-sî⇨唐詩。

**lô· 樓** 重屋也。樓lâu也。高～大厦ko～tāi-hē(hā)⇨同上。白玉～粉粧～pek-giok～hún-chong～⇨皆戲劇名。

【樓閣 lô·-kok】 lâu-koh。光祿池臺開錦繡，將軍～～畫神仙kong-lok tî-thâi khai-kím-siù, chiong(chiang) kun～～hoā-sîn-sian⇨唐詩。

**lô· 蘆** 植物名。生於淺水中，形如小竹，約有手指大小。亦名葦úi。

【蘆竹 lô·-tek】 蘆葦lô·-úi俗叫蘆竹lô·-tek。～～筍～～sún⇨同上。

【蘆荻 lô·-tek】 蘆竹lô·-tek的異名。蘆lô·可爲垣hoân，荻tek亦可爲垣hoân，合稱蘆荻lô·-tek。公家養蘆花爲荻kong-ka iáng-lô·-hoa ûi tek⇨同上。

【蘆筍 lô·-sún】 從國外引進的asparagus的譯詞。一種甚不錯的蔬菜類，多製爲罐頭反銷美國等國外。

【蘆葦 lô·-úi】 蘆lô·就是葦。蘆花lô·-hoa，俗稱蘆竹lô·-tek。葦之初生曰葭ka，未秀曰蘆lô·，長成曰葦úi。葦úi，偉大也。

【蘆薈 lô·-ōe】 lô·-hē。植物名。仙人掌sian-jîn-chiáng的一種。俗曰蘆薈 lô·-ōe。熱帶性的植物。有幹有枝而有刺。據研究。枝融合於幹莖，葉已變而爲刺。莖切開，粘液甚多。往時婦女取之爲整髮油。記得余老家亦有此物，亦奉老祖母之命，代爲取用。往事猶依稀也。

【蘆藤 lô·-tîn】 植物名。其藤莖有毒，打碎榨其汁，可以毒魚，故亦名魚藤hî-tîn。本爲野生。

山村間亦有人栽種之，以自用於毒魚。～～水～～chúi⇨含有蘆藤汁之水。誤飲之，輕者如入夢幻之境，重者或可致死。未輸食著～～水扵bē(bōe)-su chiah-tioh～～chúi-leh⇨宛然陷在夢幻之境。深為女色所迷戀，或誤信奸人為良友，多用此詞形容。亦可說較慘過食著～～水扵khah-chhám-kōe chiah-tioh ～～ chúi-leh。

lô· **爐** 俗省作炉lô·。盛火之器也。火～hóe～⇨煮物用者。香～hiuⁿ～⇨盛香敬神者。香～耳hiuⁿ～hīⁿ⇨喻子嗣後嗣。謂其可繼承奉祀祖先也。烘～hang～⇨烘物或烘熱用。新烘～新茶鈷sin-hang～sin-tê-kó·⇨喻新夫新妻，謂其必然熱滾滾jiat-kún-kún也。人心似鐵，官法如～jîn-sim sū thih, koaⁿ-hoat jî(jû)～⇨謂人心兇惡如鐵，法律如火爐能溶化之。金尖木耳，香～神主kim-chiam bok-jí, hiuⁿ-lô· sîn-chí⇨喻記憶力是甚馬虎的。謂小童奉命，上街買金尖木耳，乃一路於口中複誦之，以備不忘，不意中途跳過一水溝却忘了，回憶結果買回來的，却是香爐神主。

【**爐下 lô·-ē(hā)**】 廟寺的信徒。信衆。～～弟子～～tē-chú⇨信衆自稱。

【**爐丹 lô·-tan**】 香爐hiuⁿ-lô·中之殘灰也。他們對神焚香跪拜，博杯poah-poe求而取之，深信其對病患，有仙丹之奇效。乞～～khit～～⇨乞求神明賞賜爐丹也。

【**爐主 lô·-chú**】 主祭人。由信衆輪值，於神前博杯poah-poe決定之。頭家～～ thâu-ke～～⇨是年祭拜的兩個主持人。同樣選出輪值，頭家thâu-ke負責財務雜務，似總幹事的性質，爐主lô·-chú主祭主香，可謂董事長。

【**爐灰 lô·-hu**】 亦即爐丹lô·-tan也。

lô· **鱸** 鱸鰻lô·-moâ，魚名。鰻類之大者，產於溪流中，大者可有十公斤左右，小者亦有三五公斤以上，無鱗而有粘液，不易捉掠。因以市井無賴bû-lāi之徒曰鱸鰻lô·-moâ，蓋取其常人所難纏之意也。阮彼個～～goán-hit-ê～～⇨我們的小流氓。祖母對愛孫的昵稱。指其忽趔東soan-tang忽趔西soan-sai。大～～頭toā～～thâu⇨大流氓tāi-liû-bâng。～～殲～～chhoahⁿ⇨橫行霸道殘忍的無賴。殲chhoahⁿ，殺盡也。～～刺殲～～chì chhoahⁿ⇨責罵孩童言行粗魯兇殘。～～氣～～khùi⇨行如無賴的模樣口氣。格到若～～氣扵kek-kà joā(goā)～～khùi-lè⇨裝成一股無賴的氣派。～～筍仔～～sún-á⇨小無賴。小流氓。

lô· **勞** 勞lô也(見lo部)。

lô· **瓟** 匏而圓者也。竹筍，甘蔗等初生芽之肥而壯者曰瓟lô·。筍～sún～⇨同上。戩較～的做栽chhōe-khah～ê chò(chòe)-chai⇨尋出比較肥壯的為種栽chéng-chai。

【**瓟仔 lô·-á**】 肥壯的幼芽。筍～～sún～～⇨竹筍～～tek-sún～～⇨同上。甘蔗～～kam-chià～～⇨同上。芎蕉～～kin(keng)-chio～～⇨同上。

lô· **鸕** 鸕鷀lô·-chî，鳥名。俗稱烏鴉仔o·-ah-á。屬水禽類，善於泅水，捕魚以食。中亞及日本，有漁人訓養而使捕魚者。日文曰鵜飼Ugai，即飼鵜chhī-thê使其捕魚也。鵜thê，鸕鷀lô·-chî，即鵜thê也。～～箍頷～～kho·-ām⇨喻未伸脚未出手得bē(bōe)-chhun-kha-bē(bōe)-chhut-chiú-tit，亦即受人控制無辦法也。飼鵜者以草繩等束其頸曰箍頷kho·-ām，以防鸕鷀呑食其捕得之魚。～～不知尾後臭～～m̄-chai-bóe(bé)-āu-chhàu⇨喻自鳴得意却不自知背後之惡評。鸕鷀lô·-chî因肉食jiok-sit，其糞pùn奇臭。

lô· **羅** 羅漢lô·-hàn，即羅漢lô-hàn也(見lo部)。

lô· **痨** 痨lô也(見lo部)。

**lō· 路** 道路也。㊀交通路：大～小～toā～sió～⇨同上。旱～水～hān～chúi～⇨同上。海～空～hái～khong～⇨同上。十字～si̍p-jī～⇨同上。交叉～kau-chhe～⇨同上。行～kiâ$^n$～⇨同上。公～私～牛車～kong～su～gû-chhia～⇨同上。進無步退無～chìn-bô～thè-bô～⇨同上。過橋較夠你行～kòe-kiô khah-chē(chōe) lí-kiâ$^n$～⇨喻經驗多於你。窮厝無窮～kêng-chhù bô-keng～⇨家居可以節儉，在外要大方一點。長人不當行短～tn̂g-lâng m̄-thang kiâ$^n$-té～⇨不可貪圖捷徑。條條～通羅馬tiâu-tiâu～thong-lô-má⇨西諺。喻只要努力，都可以達到目的。山窮水盡疑無～，柳暗花明又一村san-kiông-súi-chīn gî-bû～, liú-àm-hoa-bêng iū-it-chhoan⇨同上。㊁路程：有外夠～ū-goā(joā, loā)-chē(chōe)～⇨路程有若干。差不多是五、六里～chha-put-to sī gō·-la̍k-lí～⇨大約五、六里吧。打算該三日～phah-sǹg-āi sa$^n$-ji̍t～⇨可能需要三天之路程。離天七舖外～lī-thi$^n$ chhit-phò·-goā～⇨喻太遠太遠了。㊂表示類別的副詞：做布～chò(chòe)-pò·～⇨經營布匹的生意。油～iû～⇨油脂類。海～hái～⇨海產物類。磁仔～hûi-á～⇨陶磁器類。鹹魚～kiâm-hî～⇨鹹魚類。秫米～chu̍t-bí～⇨秫米製的粿類kóe-lūi。粿～kóe～⇨①同前。②喻女色。餅～piá$^n$～⇨糕餅類。甜～ti$^n$～⇨甜的食品。鹹～kiâm～⇨鹹的食品。軟～nńg～⇨軟飯nńg-pn̄g。㊃表示食趣好的副詞。甜的較有～ti$^n$-ê khah-ū～⇨甜品比較喜歡食之。彼類我無～hit-lōe goá bô～⇨那種(食品)我不喜歡食。有秫米～ū chu̍t-bí～⇨好食粿類。粿kóe多秫米製品也。嘴講無～講拂三碗啦chhùi-kóng bô～kong hut sa$^n$-oá$^n$-lā⇨口說是不興此物竟吃了三碗了。㊄法也：刀～to～⇨刀法。針～chiam～⇨針法。手～chhiú～⇨同上。拳～kûn～⇨同上。符仔～hû-á～⇨畫符念咒之法。活～死～oa̍h～sí～⇨活法死法。手～菜chhiú～chhài⇨精調細理之菜食品。想無～siū$^n$-bô～⇨想不出辦法。較行都死～khah-kiâ$^n$ to sí～⇨每一路都是行不通。門門有～bûn-bûn iú～⇨各門各家各有其秘訣。八拳頭道八拳步，八刣豬道八刀～bat(pat)-kûn-thâu tō bat-kûn-pō·, bat-thâi-ti tō bat(pat)-to～⇨有經驗者就知其法。㊅加強語意的副詞。幼～iù～⇨細小、精巧。幼～貨iù～hòe⇨細而小之物類。手工真幼～chhiú-kang chin iù～⇨手功甚精巧。大～toā～⇨大方tāi-hong。即每阿花更不止仔大～chi̍t-mái a-hoe koh-put-chí-á toā～⇨此次阿花居然相當的大方tāi-hong。古～kó·～⇨古板kó·-pán。古矣kó·-ì。古～溯古的kó·～sò·-kó·-ê⇨大舊大久之事物。愌～lám～⇨懦弱jû(nô)-jia̍k。鴑仙lō·-sian。即類～～仔無効啦chi̍t-lōe lám～á bô-hāu-lā⇨此種鴑仙貨無用也。

【**路人** lō·-jîn】 行人hêng-jîn。～～側目～～chhek-bo̍k⇨同上。

【**路上** lō·-chiū$^n$】 lō·-siāng(siōng)。～～平安～～pêng-an⇨一路平安。～～行人欲斷魂～～hêng-jîn io̍k-toān-hûn⇨同上。

【**路引** lō·-ín】 遊方和尙的牌照。即護照也。

【**路中** lō·-tiong】 途上tô·-siāng。中途tiāng-tô·。錢衽些去，～～若枵，當可買點心chî$^n$-chah-chē-khì, ～～nā-iau, thang-hó bé(bóe)-tiàm-sim⇨錢帶一點去，路中如果餓了，可以買點心。衽chah，物入袋中也。

【**路用** lō·-iōng(iēng)】 效用。用途。無～～的毋愛也，有～～的扱起來道可bô～～ê m̄-ài-à, ū～～ê khioh-khí-lâi tō-hó⇨無用之物不要了，還可用之物收拾起來就好了。有～～的人ū～～ê lâng⇨有用之人材。無～～人bô～～lâng⇨庸碌之人。

【**路使** lō·-sái】 用途。有～～ū～～⇨有用途。無～～bô～～⇨無用的事物。來自福州話者。

【路尾 lō·bóe(bé)】 ㊀道路之終點。路頭～～會相見的lō·thâu～～ē(ōe)-sio(saⁿ)-kìⁿ-ê⇨謂在不定的地方有再逢的機會。路頭～～抵會着lō·thâu～～tú ē(ōe)-tioh⇨謂彼此不必太計較，將來有機會互相補償。㊁末尾boat-bóe。慢了一點。應爲落尾loh-bóe之訛。

【路軌 lō·kúi】 鐵路thih-lō·。鐵道線路thih-tō-soàⁿ-lō·。

【路神 lō·sîn】 守路神。祭～～chè～～⇨婚喪的行列都要祭路神。不知是收買或酬謝的性質。

【路段 lō·toāⁿ】 路程lō·thêng。～～有較遠淡薄仔～～ū-khah-hn̄g tām-poh-á⇨路程遠一些。

【路站 lō·chām】 路段lō·toāⁿ。驛站iah-chām。到～～kàu～～⇨到達宿店(驛站)。毋抵好～～m̄-tú-hó～～⇨誤了行程(無站可宿)。～～牌～～pâi⇨里程牌lí-thêng-pâi。

【路徑 lō·kèng】 路lō·。小路。～～拍對佗位～～phah-tùi tó-ūi⇨採取何一路線。～～不平氣死行人～～put-pêng khì-sí hêng-jîn⇨雙關語。①路不平氣死行人。②路見不平氣死閑人。路徑lō·kèng與路見lō·kiàn，行人hêng-jîn與閑人hân-jîn或êng-jîn諧音。

【路祭 lō·chè】 在路上具牲禮祭拜死者。排～～pâi～～⇨多人並排祭之。

【路途 lō·tô·】 道路。路程lō·thêng。～～遙遠～～iâu-oán⇨同上。千里～～三五步，百萬軍兵六七人chhian-lí～～sam-ngó·-pō·, pek-bān kun-peng liok-chhit-jîn⇨形容演戲的象徵性。

【路費 lō·hùi】 ㊀旅費lí-hùi。～～無夠～～bô-kàu⇨旅費不足。㊁通行費。買路錢bé(bóe)-lō·-chîⁿ。山阮開的，樹阮栽的，對者過，該買～～soaⁿ-goán-khai-ê, chhiū-goán-chai-ê, tùi-chia-kòe, āi bé(bóe)～～⇨戲白。

【路裡 lō·-nih】 路上。路中。～～抾著錢～～khioh-tioh-chîⁿ⇨路上拾到錢。～～做點心～～chò(chòe) tiám-sim⇨路中當點心吃。

【路程 lō·thêng】 路段lō·toāⁿ。里程lí-thêng。此去～～有較僫行chhú-khì～～ū-khah-bái-kiâⁿ⇨此去的路段難行些。～～不知有外𡢃～～m̄-chai ū-joā(goā)-chē(chōe)⇨路程不知有多遠。

【路照 lō·chiò】 護照hō·-chiò。～～委託旅行社辦較省麻煩～～úi-thok lí-hêng-siā-pān khah-séng mâ-hoân⇨同上。

【路隘 lō·eh(oeh)】 狹路kiap-lō·。隘路ài-lō·。小犬無知嫌～～siáu-khián bû-ti hiâm～～⇨喻愚蠢gû-chhùn的小人物偏偏多意見。

【路溝 lō·kau】 路傍之排水路。～～仔糜～～á-moâi⇨路溝中之爛泥。→lō·kô·-á-bôe。

【路煞 lō·soah】 路的邪神。犯著～～hoān-tioh～～⇨同上。

【路箭 lō·chìⁿ】 獵人捕野猪設的自動弓。刊～～khan～～⇨設放路箭。刊khan，斫也，刻也，削也。斫木削製曰刊khan。

【路標 lō·phiau】 道路的指示標。有企～～許道是也ū-khiā～～hia tō-sī-ā⇨立有路標那附近便對了。

【路線 lō·soàⁿ】 道路。即條～～較僫chit-tiâu～～khah-bái⇨㊀此路較難行。㊁此路較薄利(交通業者的立場)。

【路錢 lō·chîⁿ】 通過費。買路費bé-lō·-hùi。

【路頭 lō·thâu】 出發地。路程。～～路尾～～lō·bóe(bé)⇨同上。～～車起抵天～～chhia-khí tú-thiⁿ⇨把路推起直立可抵達天。喻路程之長。車chhia作推動解。～～擔燈心，路尾擔鐵槌～～taⁿ teng-sim, lō·bóe(bé) taⁿ-thih-thûi⇨擔送者開始時覺得輕如燈心，終末了重如鐵槌。喻始易終難。

【路燈 lō·-teng】 街燈ke-teng。～～企耳道鬧熱起來了 ～～ khiā-niā tō nāu-jiat khí-lâi-lō·⇨街燈一立就熱鬧起來了。

【路窾 lō·-kiáu】 路邊的詐欺賭博。窾kiáu，穴hiat也，作賭博解。無抄愁死也講合人博～～ bô-teh-giān-sí-à kóng kah-lâng poah～～⇨謂與人博路邊詐賭，不是想死了嗎。愁死giān-sí，渴望死亡。愁，願也，癮，病也。

【路斷 lō·-tn̄g】 ㊀交絕。朋友～～也，peng-iú～～à⇨朋友絕交了。㊁財路絕。倉後山倒，～～也，毋道食免也taⁿ, āu-soaⁿ-tó,～～ à, m̄-tō chiah-bián-à⇨而今，靠山倒了，財路斷了，不就沒得風光了嗎。食免chiah-bián與食鰛chiah-bián相關。鰛bián者，最上等之魚。俗謂有錢食鰛，無錢免食ū-chîⁿ chiah-bián, bô-chîⁿ bián-chiah，或作無錢食免(鮸)。

【路關 lō·-koan】 關隘koan-ài。關卡koan-kah。探～～ thàm～～⇨查察道路的狀況。～～牌～～pâi⇨神與前面的各種木牌札。書有肅靜，聖旨，官名等等各種字樣。

【路邊 lō·-piⁿ】 路傍lō·-pông。～～店仔～～tiàm-á⇨賣茶水點心的路邊小店。～～花～～hoe⇨喻娼妓。～～尿壺～～jiō-hô·⇨喻不擇對手的淫婦，意謂共同便所。～～尿壺，衆人渲～～jiō-hô·, chèng-lâng-soān⇨共同便所，大家都得以行方便。渲soān，濆撒小水也。～～野花君莫採，帶念閨中一枝梅～～iá-hoa kun-bok-chhái, tāi-liām kûi-tiong it-ki-bôe (mûi)⇨妻吩咐丈夫。

【路權 lō·-khoân】 道路的巴士經營權。原出自自費開鑿而得之，今即公費開鑿而由私人利用權勢關係而得之。

【路旁屍 lō·-pông-si】 路旁之死屍。孱頭短命～～～ chām-thâu-té-miā～～～⇨皆女人詈男人之詞。孱頭chām-thâu者，怯弱無能，俗作塹頭chām-thâu。短命té-miā者快死，路旁屍lō·-pông-si者，喻不搖不動如死人也。

【路痕仔 lō·-hûn-á】 鳥徑小道niáu-kèng-siáu-tō。對即條～～～ 來去道著也tùi-chit-tiâu～～～laih-khì tō-tioh-à⇨循此條小徑前去就對了。來去laih-khì，往也。例如:大家來tāi-ke-laih⇨大家一同去吧，反之大家來tāi-ke-lâi⇨大家都來吧。

【路溝糜 lō·-kô·-bê】 道路邊排水路中的爛泥。路溝糜lō·-kau-moâi(bê)之訛。亦曰路糊仔糜lō·-kô·-á-bê→lō·-kau-á-moâi。

【路擔仔 lō·-tàⁿ-á】 攤販thoaⁿ-hoàn。排～～～pâi～～～⇨以攤販爲業。

【路不拾遺 lō·-put-sip-ûi】 路上的遺落物無人拾之。夜不閉戶，～～～～，雨不毀塊，風不鳴枝 iā-put-pì-hō·,～～～～,í(ú)-put-húi-khoài, hong-put-bêng-ki⇨古代的所謂聖人在位的太平盛世。

【路遙知馬力 lō·-iâu-ti-má-lek】 路途遠才知馬之能力。～～～～～，事久見人心～～～～～，sū-kiú-kiàn-jîn-sim⇨謂人心如何，要長久的考驗，才能見眞章。

**露** lō· 清晨見於草木葉上之美麗的小水珠曰露lō·。古人謂:天之津液，下而滋潤萬物者也。彰也。洩也。表現於外曰露lō·。天降甘～thian-kàng kam-～⇨同上。一枝草一點～chit-ki-chháu chit-tiám～⇨喻天之施惠於人是普遍的，微如一草亦能得之。秘密洩～pì-bit siap～⇨同上。代誌敗～tāi-chì pāi～⇨同上。

【露水 lō·-chúi】 露珠lō·-chu。露點lō·-tiám。～～重～～tāng⇨露下得多。凍～～tàng～～⇨當今的少年，以夜間出外密會曰凍～～tàng～～。～～姻緣～～in-iân⇨臨時的或者不正常的男女關係。食～～的chiah～～ê⇨喻小盜。

【露天 lō·-thian】 無遮無蓋，可以上仰天空的地方。屋外。野外iá-goā。～～茶座～～tê-chō⇨法國巴黎的最有名。～～電影院～～

tiān-iáⁿ-īⁿ⇨美國最流行。～～風呂～～hong-lī⇨日文roten buro。露天浴lō·-thian-ek也。風呂huro者浴桶ek-thàng或浴槽ek-chō也。複合名詞在後時即讀buro。

【露出 lō·-chhut】 表見於外。～～馬脚～～bé-kha⇨喩事物外泄goā-siap。

【露封 lō·-hong】 書信不封口。古時遠征軍勝利，其告捷的報告公文，故意不封口而傳遞曰露布lō·-pò·，蓋欲早令人知也。～～的批信～～ê phe-sìn⇨同上。

【露骨 lō·-kut】 不含蓄hâm-hiok。講了甚～～了kóng-liáu siuⁿ～～lō⇨說得太無含蓄了。原詞來自日語，謂骨可見了。

【露現 lō·-hiān】 事物見知於外。自己無撿貼去～～的要講啥ka-kī bô-iap-thiap khì～～ê boeh-kóng-sahⁿ(siahⁿ)⇨自己不檢點致露現的還要說什麼。

【露宿 lō·-siok】 野宿iá-siok。餐風～～chhan-hong～～⇨喩出外人chhut-goā-lâng的苦楚khó·-chhó·。

【露營 lō·-iâⁿ】 軍隊結幕露宿。同學攏去～～了tông-hak lóng-khì～～lò·⇨同學皆去露營了。今之青少年好此者甚多。

【露體 lō·-thé】 脫盡衣褲。赤身～～chhiah-sin～～⇨全身裸露kó-lō·。當今的查某囡仔講安爾赤身～～拎跳舞，講號做什麼脫衣舞，實在眞未見羞tong-kim ê cha-bó·-gín-á kóng-an-ne(ni) chhiah-sin～～teh thiàu-bú, kóng-hō-chò(chòe) sam-ma thoat-i bú, sit-chāi chin-bē(bōe)-kiàn-siàu⇨老太婆的高論。

【露西亞 lō·-se-a】 俄國Russia日文譯爲露西亞Roshia。

**賂** lō· 賄賂iū(hóe)-lō·，私送財物，使官員枉法，以圖利己也。

**漏** lō· 泄也。古代的漏水計時器曰漏lō·曰漏lāu。屋～偏逢連夜雨ok～phian-hōng liân-iā-í(ú)⇨同上。

【漏泄 lō·-siat】 lāu-siap。～～軍機～～kus-ki⇨同上。

【漏聲 lō·-seng】 漏刻lō·-khek之聲。金爐香盡～～殘kim-lō· hiang-chīn～～chān⇨古詩。謂天快亮了矣。

**鷺** lō· 白鷺pek-lō·也。俗叫白鴒鷥peh-lēng-si者是也。脚極瘦長，能立於水中，捕取蛙蟲等爲食。起飛却多整羣成列。甚美觀。一行～～上青天it-hâng～～siāng-chheng-thian⇨同上。

【鷺鷥 lō·-si】 白鷺亦稱鷺鷥lō·-si，白鴒鷥peh-lēng-si一名之所由來也。～～脚～～kha⇨有骨無肉之長脚者的通稱。亦曰白鴒鷥脚peh-lēng-si-kha。

## loa

**捋** loa 捋loah的轉音。在牌局上攤取紙牌曰捋loa。著到你～tioh-kāu lí～⇨輪到你取牌。你毋，～倈過脚了lí m̄, ～boeh-kòe-kha-lò·⇨你不取牌下家要取了。我拎～也，你青盲是不goá teh～a, lí chheⁿ-mêⁿ sī-m̄⇨我在取牌了，你瞎了眼嗎。

【捋牌 loa-pâi】 賭局上取牌也。

**瀨** loā 水流砂上也。水流湍急之處曰瀨loā。溪～khe～⇨同上。淺～chhián～⇨同上。落～loh～⇨①溪流成瀨處。②順瀨而下。鰈魚戰～kiat-hî chiàn～⇨鰈魚游上瀨。魚逆水而上曰戰chiàn，曰戰水chiàn-chúi。即個～來扱魚箳眞雋chit-ê～lâi-khioh-hî-hâng chin chán⇨此一瀨用來構築魚箳非常的好。雋chán，雋永也，出衆曰雋chán，同俊chùn。才德過人也。

**籮** loâ 大竹籠也。底方上圓曰籮。又多曰籮loâ。米～bí～⇨同上。大～toā～⇨比米籮更大者。大米～toā-bí～⇨同前。白賊話講歸～peh-chhat-ōe kóng-kui～⇨虛假之詞說一大堆。金角銀角庋歸大～kim-kak gîn(gûn)-kak khǹg-kui-toā～⇨金幣銀幣以大籠收藏。收藏siu-chông曰庋khǹg。亦深藏也。

**loā 賴** 誣bû也。無端嫁禍於人曰賴loā。牽拖khan-thoa曰賴loā。誣～bû～⇨指無爲有。乎人～做賊hō·-lâng～chò(chòe)-chhat⇨被人誣爲賊。硬牽拖硬～的ngeh-khan-thoa ngeh～ê⇨硬誣賴的。姓氏也。

**【賴人 loā-lâng】** 誣賴他人。硬要死～～ngeh-boeh sí～～⇨喻強要強求，以死爲要挾。硬ngeh亦可作活oah。～～做賊猶較篤淡薄仔，～～人命，許道不是耍的～～chò(chòe)-chhat, iáu-khah-tok tām-poh-á,～～jîn-bēng, he-tō m̄-sī-sńg-ê⇨誣人爲賊，還算得忠厚些，誣人殺人，那就不是玩的。

**loā 埒** 小垣也。畫界分程曰埒loā。從山下連區到排水溝曰埒loā。石～chioh～⇨石垣。山脚有十幾～的水田soa$^{n}$-kha ū chap-kúi～ê chúi-chhân⇨同上。一～攏有十外區chit～lóng-ū chap-goā-khu⇨同上。頂～téng～⇨近水源者曰頂téng。下～ē～⇨較遠水源者。頂下～téng-ē～⇨比鄰之埒loā。爭田～che$^{n}$(chi$^{n}$)-chhân～⇨爭要頂下埒之田。過～kòe～⇨錦蛇之別名，謂長過田埒也。

**loā 若** 若joa也。若干jiak(jiok)-kan，幾何，多少也。第一問事物之程度，第二，表示事物程度之意外之詞。有～…ū～…型的詞句是問其若干。豈～…型的詞句，即是否定其程度之詞。玆舉四例於次。→若joā，若goā，皆同。

**【若大 loā-toā】** ㊀大小如何。有～～ū～～⇨同上。有u亦可省略。㊁豈～～ká～～⇨豈有那麼大，沒有那麼大也。

**【若好 loā-hó】** ㊀好處若干。噏一下噏一下～～你敢知sip-chit-ē sip-chit-ē～～lí-kám-chai⇨流行歌詞。意謂一口一口小飲是如何之妙，你豈能懂。噏sip，舐飲也。同吸。㊁豈～～ká～～⇨沒有那麼妙也。

**【若佼 loā-gâu】** ㊀賢愚如何。彼款的，有～～hit-khoán ê ū～～⇨那類的，有多利害呢？㊁豈～～ká～～⇨沒有那麼利害了！

**【若仔爾… loā-á-ni…】** 加強語氣。非常的。～～～姻～～～súi⇨如何之美麗。～～～佼～～～gâu⇨如何之聰明。～～～拼勢趁錢要娶妻拎～～～pià$^{n}$-sì thàn-chî$^{n}$ boeh-chhoā-bó·-leh⇨非常非常的拼命趁錢要娶妻。

**【若好孔 loā, hó-khang】** ㊀好處多少。㊁豈～～～ka～～～⇨豈有那麼好！

**【若好額 loā-hó-giah】** ㊀富之程度。人～～呢，許厝攏舖金的呢lâng～～～neh, he chhù lóng-pho·-kim-ê-neh⇨人家他們非常非常富有也，那些家裡皆舖金的也。㊁豈～～～，敢有人的一半，人許橫洋幾仔十隻，有港口道有起別莊的都無拎講也，你許一間小寮仔舖金仔有啥稀罕ká～～～, kám-ū lâng-ê chit-poà$^{n}$, lâng-he hoâi$^{n}$-iû$^{n}$ kúi-na-chap-chiah, ū-káng-kháu tō-ū piat-chong-ê to-bô-teh-kóng-à, lí-he chit-keng sió-liâu-á phō·-kim-á, ū-siá$^{n}$-hi-hán⇨同上。

**【若抵若 loā-tú-loā】** 幾大幾大ki-tāi-ki-tāi。講著該～～～咱曷有法得kóng-tioh ài～～～lán ah-ū-hoat-lī⇨一開口就是若干若干(的天文數字)，我(我們)怎麼能夠碰他呢。

**【若䝿錢 loā-chē-chî$^{n}$】** ㊀金額若干。有～～～ū～～～⇨有多少錢呢。該～～～ài～～～⇨需要多少錢。㊁豈～～～ká～～～⇨區區之數也。豈～～～該道乎伊嗎ká～～～ài-tō hō·-i-mā⇨區區之數也，既然要了，就給他吧。

## loah

**loah 蝲** 螫sek也。蟲螫毒也。蟲～的thâng～ê⇨毛蟲刺毒所致的。

**【蝲蟲 loah-thâng】** 毛蟲mo-thiông。

**loah 捋** 摩也。輕敷鹽末曰捋loah。輕擦曰捋loah。鹽提來～iâm theh-lâi～⇨拿鹽來抹之。

【捋鹽 loah-iâm】 青菜或魚肉等食物略敷鹽末。～～庋一暝道會食得也～～khǹg-chit-mê(mî) tō-ē(ōe) chiah-tit-ā⇨抹少許鹽放置一夜就可以食了。魚仔毋道～～藉煎，攏毋八hî-á m̄-tō～～chiah-chian, lóng-m̄-bat(pat)⇨魚應該捋鹽才煎之，你全不懂事也。肉該～～藉會庋得bah āi～～chiah-ē(ōe)-khǹg-tit⇨肉類須捋鹽才能夠久藏。

【捋一暝 loah-chit-mê(mî)】 捋了(鹽)過一夜。菜頭～～～道眞好食也chhài-thâu～～～tō chin-hó-chiah-à⇨蘿蔔鹽漬一夜就很好吃了。

【捋火柴 loah-hóe-chhâ】 擦點火柴chhat(chhit)-tiám hóe-chhâ。囡仔毋當烏白～～～gín-á m̄-thang o·-peh～～～⇨孩童不應當亂玩點火柴。曷未曉～～～來看ah-bē-hiáu～～～lâi-khoà$^{n}$⇨何以不曉得點火柴來照明。未曉bē-hiáu→bōe-hiáng。

**loah 辣** 辣loah的轉音。薟hiam也。毒tok也。毒～tok～⇨眞殺眞毒。薟～hiam～⇨薟hiam辛味也，亦辣loah也。眞薟眞～chin-hiam chin～⇨很辛很辣。心毒手～sim-tok-chhiú～⇨心毒手殺。傷～也啦siu$^{n}$～ā-là⇨太辣了矣。薟hiam，苦味也。

【辣辣 loah-loah】 薟hiam的形容詞。薟～～hiam～～⇨非常的辣loah，非常薟hiam。

**loah [足寽]** 行不正也。行著脚[足寽][足寽] kiâ$^{n}$-tioh kha-loah-loah⇨行路時脚稍為跛跛pái-pái。

**loah 辣** 辛曰辣loah。即薟hiam也。芥～kài～⇨一種辛味醬料。常見於食桌上。芥kài，一種又辛又苦之菜。俗曰芥菜koà-chhài。胡椒上蓋～hô·-chio siāng(siōng)-kài～⇨胡椒最薟hô·-chio chōe-hiam。上蓋siāng-kài，最chōe也，最上級也。亦可各自獨立用之。

【辣味 loah-bī】 薟味hiam-bī。略仔有～～更未薟lioh-á ū～～ koh bē(bōe)-bái⇨有一些辛味，這個很不錯。

【辣醬 loah-chiù$^{n}$】 薟椒仔醬hiam-chio-á-chiù$^{n}$。

**loah 捋** 手捋也。以手摩之也。摸bong也。從上摸下去曰捋loah。梳頭髮亦曰捋loah。蓋必以手按髮而梳se之也。安撫或仲裁亦曰捋loah。心官頭～一下無驚無嚇，食一千八百八 sim-koa$^{n}$-thâu～chit-ē, bô-kia$^{n}$-bô-heh, chiah-chit-chheng peh-pah-peh⇨吃驚時的安撫語。未～得bē(bōe)～tit⇨安撫不了。人乎你未～得lâng hō·-lí bē(bōe)～tit⇨人家他不會被你扇動。頭毛～到金金thâu-mo(mn̂g)～kà kim-kim⇨頭髮梳得很金亮。

【捋仔 loah-á】 梳髮的小道具。亦即小櫛也。大的曰柴梳，小的曰～～toā-ê oat chhâ-se, sió-ê oat～～⇨大曰柴梳，小曰捋仔。櫛往日多木製，亦有角質者，但不多，故曰柴梳chhâ-se。柴梳～～chhâ-se～～⇨同上。

【捋平 loah-pê$^{n}$(pî$^{n}$)】 ㈠梳平頭髮。㈡擺平糾紛。儒彼件是阿三去共～～的in-hit-kiā$^{n}$ sī a-sam khì-kā～～ê⇨他們那一件問題，是阿三出面給擺平的。

【捋直 loah-tit】 同捋平loah-pê$^{n}$。

【捋落去 loah-loh-khì(ì)】 拉下來。面～～～也bīn～～～ā⇨謂不認人了，決心反面爲敵了。

【捋頭毛 loah-thâu-mo(mn̂g)】 梳理頭髮。

# loan

**loán 軟** 柔也。輭loán俗作軟loán。硬ngeh之對詞。軟nńg也。柔～體操jiû～thé-chhau⇨體育名詞。

【軟化 loán-hoà】 從硬而軟。態度有較～～也thài-tō· ū-khah～～ā⇨態度軟化了。

【軟片 loán-phiàn】 nńg-phì$^{n}$。俗以英文叫

飛林Film。照相用的底片也。

【軟水 loán-súi】 化學名詞。不含礦物質的水。～～硬水～～ngeh-súi⇨同上。

【軟性 loán-sèng】 硬性ngeh-sèng之反面。nńg-sèng。

【軟弱 loán-jiok】 ㊀身體柔弱。婦道人家當然較～～hū-tō-jîn-ka tong-jiân khah～～⇨同上。㊁柔懦無用。丈夫又～～無能tiāng-hu iū～～bû-leng⇨同上。

【軟禁 loán-kìm】 奪取他人的行動自由。被牽手～～pī-khan-chhiú～～⇨此爲一種幽默風景，但是有人被終生～～pī-chiong-seng～～者。却屬當今社會所高唱的所謂人權問題。

【軟玉溫香 loán-giok-un-hiang】 形容女人的柔美風姿。

【軟體工業 loán-thé-kang-giap】 software。化學製品類，如化學纖維，製藥業等是。

【軟體動物 loán-thé-tōng-but】 無骨骼關節的動物，如魷魚jiū-hî，海蛇hái-thē，水母chúi-bó·，海參hái-som等是。

loán
暖 溫也。溫～un～⇨同上。風和日～hong-hô-jit～⇨同上。冷～léng～⇨同上。寒～hân～⇨同上。

【暖色 loán-sek】 warm colour。例如赤黃系統令人有溫暖感覺的色彩。反之即曰寒色hân-sek, cold colour，亦稱冷色léng-sek。

【暖酒 loán-chhiú】 加熱使酒溫升高。同煖酒loán-chiú。林間～～燒紅葉，石上題詩掃綠苔lîm-kan～～siau-hông-iap, sek-siāng tê-si sò-liok-thai⇨李白。

【暖流 loán-liû】 warm current。海流的溫度較周圍之水爲高溫者。赤道～～chhek-tō～～⇨同上。

【暖帶 loán-tài】 地球上氣候比較不冷不熱的地帶。熱帶～～寒帶～～jiat-tài～～hân-tai⇨同上。

【暖壽 loán-siū】 誕生日的前夜預作飲宴歡聚。共阿公～～kā a-kong～～⇨同上。

loán
煖 同暖loán。

loán
捼 摧物也。兩手相切摩也。以手挼jôe皮肉曰捼loán，亦曰捼joán。注射了該隨時～chū-siā-liáu ài sûi-sî～⇨同上。～乎伊散藉未結瘤～hō·-i-soàⁿ chiah-bē(bōe) kiat-liû⇨揉散它才不致結瘤。

loân
戀 思慕也。原爲兄弟相思慕曰戀loân，今似乎已專用於男女互相思慕矣。想思siuⁿ-si曰戀loân。初～chhe(chho·)～⇨初嘗男女相慕滋味。單～tan～⇨片面思慕，對方不知或不理。熱～jiat～⇨同上。苦～khó·～⇨同上。悲～pī～⇨同上。

【戀棧 loân-chàn】 駑馬～～豆lô·-bé～～tāu⇨貪戀祿位。駑馬lô·-bé，懦馬lō·-bé，下等馬也。

【戀愛 loân-ài】 男女互相思慕。～～敢是囡仔戲～～kám-sī gín-á-hì⇨戀愛是兒戲嗎。

【戀姦情熱 loân-kan-chêng-jiat】 形容走私的姦情熱得難分難捨。

【戀戀不捨 loân-loân-put-sià】 形容難別的離情。同依依不捨i-i-put-sià。

loân
鸞 傳說中的瑞鳥。似鳳hōng，或謂即是鳳，雄曰鳳，雌曰凰，合稱鳳凰hōng-hông。又有一種以扶桃枝降神的信仰團體曰鸞loân，執桃枝者在神桌上(鋪有火灰)開始畫龍揮鳳曰附鸞hù-loân，亦即神已附其體矣。當即有人判讀其龍鳳畫的內容，口念之即有人記之，其詞却多爲八律之體，其神却包羅萬像，關帝爺koan-tè-iâ，玄壇爺hiân-tân-iâ，南海觀音lâm-hái-koan-im固勿論矣。據說，居然連耶穌基督ia-so·-ki-tok亦包括在內。究屬何教何派，令人扠無寮仔門sa-bô-liâu-á-mn̂g也。

【鸞生 loân-seng】 參加扶桃枝者似乎皆稱鸞生loân-seng，至於何參加手續則吾不知也。

【鸞堂 loân-tn̂g】 扶桃枝之寺廟廳堂。

【鸞鳳 loân-hōng】 比喻英雄人物，亦比喻夫妻。～～和鳴～～hô-bêng⇨賀新婚常見之套詞。

【鸞旗 loân-kî】 天子之旗幟也。

【鸞壇 loân-toāⁿ】 似乎鸞堂loân-tn̂g亦稱鸞壇loân-toāⁿ。設～～siat～～⇨設立扶桃枝之場所。

loân **鑾** 鈴也。馬鈴bé-lêng也。通鸞loân。金～殿kim～tiān⇨天子聽政堂。聽見吾主宣，緩步上金～thiaⁿ-kìⁿ ngó͘-chú-soan, hoān-pō͘ siāng-kim～⇨戲白。

【鑾駕 loân-kà(kè)】 天子之御用車駕也。

loân **巒** 巒大杉loân-toā-sam⇨杉木的一種，生於巒大山loân-toā-soaⁿ，山在玉山邊。

loân **孿** 孿胎loân-the也。俗曰雙胞胎siang-pau-the。一乳兩子曰孿loân。

loān **亂** 紊būn也。兵變也。不治也。凡事物不理不治皆曰亂loān。天下治～興亡，匹夫有責thian-hē-tī～hin-bông, phit-hu-iú-chek⇨同上。兵荒馬～peng-hong-má～⇨同上。民變兵變，天下大～bīn-piàn-peng-piàn, thian-hē-tāi～⇨同上。反～叛～hoán～poān～⇨同上。惟恐天下不～ûi-khióng thian-hē put～⇨同上。心煩意～sim-hoân-ì～⇨同上。秩序紊～tiat-sū būn～⇨同上。方寸～矣hong-chhùn～ì⇨心官～去也sim-koaⁿ～khì-à⇨同上。局勢蓋～kiok-sè kài～⇨局勢很亂。

【亂世 loān-sè】 戰亂之世。～～之奸雄，治世之能臣，～～chi kan-hiông, tī-sè chi lêng-sîn⇨曹操的考語。

【亂扠 loān-sa】 四處告貸。急到也道四界～～了kip-kàu-à tō sì-kè～～lò͘⇨迫不及待了，就到處告貸了。扠sa，挾取也。

【亂言 loān-giân】 烏白講o͘-peh-kóng。言而無信。君無～～kun-bû～～⇨同上。

【亂邦 loān-pang】 亂國loân-kok。～～不入亂國不居～～put-jip loân-kok put-ki⇨謂亂的地方不要去，不要居住爲妙。

【亂臣 loān-sîn】 擅權亂政之臣。～～賊子，人人可誅～～chek-chú, jîn-jîn-khó-ti(tu)⇨同上。

【亂宗 loān-chong】 同姓的男女關係。同姓不婚是封建時代的鐵則。

【亂來 loān-lâi】 ㊀胡鬧。無禮。對序大人～～tùi-sī-toā-lâng～～⇨斥其對長輩無禮。㊁失信越軌。實在有～～，人的錢隨便共人開了了sit-chāi ū-～～，lâng-ê-chîⁿ sûi-piān kā-lâng khai-liáu-liáu⇨太亂來了，把他人的錢都隨便用光了。

【亂使 loān-sú】 濫擅lām-sám或濫恣lām-sū之轉化。～～來～～lâi⇨濫擅來lām-sám-lâi，亦即亂來loān-lâi也。

【亂神 loān-sîn】 子不語怪力～～chú-put-gí koài-lek～～⇨孔子不談論怪力亂神。

【亂倫 loān-lûn】 不符合五倫的關係。～～案件～～àn-kiāⁿ⇨同上。

【亂揑 loān-liap】 不知爲知而繪聲繪影。不知啥抄，亦抄～～m̄-chai saⁿ(siahⁿ)-leh, ah-teh～～⇨什麼都不知也在亂講。～～亦揑到有影有跡～～iah liap-kà ū-iáⁿ-ū-chiah⇨烏白講也講得好像有形有踪。

【亂經 loān-keng】 月經不順。

【亂搙 loān-lak】 烏白接受。搙lak，以掌握取東西。咱都無相探聽道～～不藉去擂著屎不lán to bô-sio thàm-thiaⁿ tō～～m̄-chiah khì lak-tioh-sái-m̄-⇨謂沒有打聽清楚就胡亂結婚了，才娶了如此討厭的東西。搙著屎lak-tioh-sái，喻取中了最壞之物。

【亂亂 loān-loān】 亂loān。無方法無方針。～～創～～著～～chhòng～～tioh⇨胡亂歪打却皆正著。～～行～～走～～kiâⁿ～～cháu⇨亂跑。

【亂講 loān-kóng】 亂說話loān-soeh-ōe。飯會亂食抔，話未～～得pn̄g-ē(ōe) loān-chiah-leh, ōe-bē(bōe)～～tit⇨飯可以亂吃，話不能亂說。

【亂攝 loān-liap】 亂捏loān-liap也。能縮能放曰攝liap。一枝嘴未輸鷄母尻川抔～～一場chı̍t-ki-chhùi bē(bōe)-su ke-bó-kha-chhng-lē～～chı̍t-tiûⁿ⇨一個宛如母鷄屁股的嘴吧在亂講一場。

【亂大謀 loān-tāi-bô͘】 敲壞大事。小不忍則～～～ siáu-put-jím chek ～～～ ⇨小事不能忍耐以致弄壞了大事。

【亂吵吵 loān-chhau-chhau】 ㊀事亂如麻。空課猶～～～抔khang-khòe iáu～～～ lē⇨工作還雜亂如麻尚未就緒。㊁心亂如麻。囡仔愛年到，大人～～～gín-á ài nî-kàu, toā-lâng～～～⇨孩子們高興新年到了，大人無法過關正心亂如麻。

【亂七八糟 loān-chhit-pat-chau】 同亂吵吵loān-chhau-chhau之㊀。創到安爾～～～～，您是抔創啥chhòng-kà an-ne(ni)～～～～ lí sī-teh chhòng-sahⁿ(siahⁿ)⇨弄到如此亂糟糟loān-chau-chau，你們到底在幹什麼。

【亂了脚步 loān-liáu-kha-pō͘】 弄錯方法。人講食兇撞破碗，咱自己～～～～的猶有話講lâng-kóng chia̍h-hiong lōng-phoà-oáⁿ, lán-ka-kī(tī)～～～～ ê, iáu-ū-ōe-kóng ⇨ 古人言，事急必敗，我們自己弄錯步法壞了事的，有什麼話可說嗎。食兇撞破碗chia̍h-hiong-lōng-phoà-oáⁿ⇨吃得太兇太急把碗撞破了。喻事急必敗。

【亂點鴦鴛譜 loān-tiám-oan-iuⁿ-phó͘】 亂改夫妻的組合。喬太守～～～～～⇨今古奇觀中的故事。謂有人因陰差陽錯，把他人的未婚妻淫了，此桃色糾紛，鬧到喬太守手裏，他基於淫人妻者人亦淫其妻的道理，乾脆承認既成事實，關係人亦不損失的原則，把他的未婚妻改配他人，其他有關男女的組合，亦作改動，使各家保持面子，亦各得嬌妻，皆大歡喜的故事。

## loat

**loat 劣** 弱也。鄙phí也。手工拙～chhiú-kangchoat～⇨手功粗陋cho͘-ló͘。優～立見iu～lı̍p-kiàn⇨同上。品性頑～phín-sèng goân～⇨同上。

【劣敗 loat-pāi】 劣質劣等者敗退。優勝～～iu-sèng～～⇨進化論謂生物受天然淘汰的基本理論。

【劣紳 loat-sin】 卑鄙的假士紳。～～惡棍～～ok-kūn⇨同上。

【劣跡 loat-chek】 惡劣見不得人的事跡。～～無從掩蓋～～bû-chiông iám-kài⇨同上。

【劣根性 loat-kin-sèng】 下流惡質的品性。人的～～～lâng ê～～～⇨人類共通的惡品性。

【劣等生 loat-téng-seng】 backward pupils。學校兒童的智力薄弱，無法與一般兒童並驅齊進的學生。～～～該特別教育～～～ài te̍k-piat-kāu-io̍k⇨教育學者主張如此。

**loat 捋** 五指取物也。捋鹽loah-iâm之捋loah也(見loah捋部)。

**loat 埒** 低墻也。田岸也。田埒chhân-lo̍ah也（見loa部)。大坂～tōd-pan～⇨地名。

**lo̍at 辣** 辛辣sin-lo̍at也。言詞極其～～giân-sû kek-kı̂～～⇨言詞非常的尖銳刺激chiam-jōe chhi-kek。

**lo̍at 埓** 同埒lo̍ah。以埒計。埒chhân-lo̍ah也。

## loe

**lóe 詈** 詈lé也(見le部)。

**lòe 鑢** 鑢lè也(見le部)。

**lôe 犂** 犂lê也(見le部)。

**lōe 內** 內lāi。男主外，女主～lâm-chú-gōe, lí-chú～⇨同上。四海之～皆兄弟也sù-hái chi～kai heng-tē-iā⇨同上(見lai部)。

**lōe 笠** 笠leh也(見leh部)。

**lōe 類** 類lūi也。種類chióng-lūi。同號hō。即～貨chit～hōe⇨即號貨chit-hō-hōe⇨此一品牌的貨品。彼～人hit～lâng⇨彼號人hit-hō-lâng⇨那一種人(含有輕視意)。即～代誌chit～tāi-chì⇨此種問題。類lōe爲口語發音。現代年輕的知識份子鮮有知此者。他們見類必讀lūi，更不知如何分別此兩讀但非互通之字音。然而禮失求諸野，眞正會說台灣話的人仍會說即類chit-lōe或彼類hit-lōe，而不會說即類chit-lūi或彼類hit-lūi也(見lui部)。

## loh

**loh 路** 番次也。次等也。鷄抯啼頭～也ke teh thî thâu～â⇨第一番鷄在啼了。無下～人bô-hē～lâng⇨最不中用之人。呼～kho͘～⇨辛勞sin-lô。家僕。亦即受呼喚之人。頭家呼～thâu-ke kho͘～⇨家主家僕。呼～人kho͘～lâng⇨家僕，長工。

**loh 落** 下也。上chiūⁿ之反也。從上而下。高而卑曰落loh。凡投進，打入，陷入等皆曰落loh。又助詞也。雨猶得～hō͘ iáu-teh～⇨還在下雨。價錢未～了kè-chîⁿ bē(bōe)～lò⇨價錢不跌了。本錢～未少pún-chîⁿ～bē(bōe)-chió⇨本錢投下不少。頭的死～道無人管也thâu-ê sí～tō bô-lâng-koán-à⇨首腦之人一死就誰都不管了。彼款病，病～就奧好也hit-khoán-pēⁿ(pīⁿ), pēⁿ～chiū oh-hó-ā⇨那種病，一病就難治也。博～道不知煞poah～tō m̄-chai-soah⇨一入賭局就不知停困。跋～囝兒坑poah～kiáⁿ-jî-kheⁿ(khiⁿ)⇨跌下多子多女的陷坑。日～西也jit～sai-ā⇨日傾西山了。目屎流～無人知bak-sái lâu～bô-lâng-chai⇨同上。

【落下 loh-kē】 降低kàng-kē。連鞭上峘，連鞭～～liâm-mi chiūⁿ-koân, liâm-mi～～⇨一會兒登上高處，一會兒又降下低處。

【落山 loh-soaⁿ】 下山。日西沈曰落山loh-soaⁿ。～～去買酒～～khì bé(bóe)-chiú⇨同上。日～～了jit～～lò⇨太陽落山西沈了。

【落土 loh-thô͘】 落地loh-tē。出生chhut-seng。～～時～～sî⇨出世的時辰。～～勢～～sì⇨出生時的情況，謂運命所繫者。你不道看人的～～勢lí m̄-tō khoàⁿ lâng-ê～～sì⇨你不看看人家的落土勢(謂你配嗎？)。鷄屎～～亦有三寸煙ke-sái～～iah-ū saⁿ-chhùn-ian⇨喻最下等的人物也有一點自尊心。～～命啦，免怨嘆啦～～miā-lā bián oàn-thàn-lā⇨出世時已註定之命運也，不必怨嘆也。

【落手 loh-chhiú】 下手hē(hā)-chhiú。～～道贏囉～～tō iâⁿ-lò⇨一下手就勝了。～～道共伊款起來也～～tō kā-i khoán-khí-lâi-ā⇨一下手就把他收拾得一光二淨了。不敢～～m̄-káⁿ～～⇨不敢下手(hē [hā] chhiú)。做未～～chò(chòe) -bē(bōe)～～⇨不忍心爲之。

【落水 loh-chúi】 ㊀入水中。～～掠魚～～liah-hî⇨下水捉魚。㊁積船。貨猶未～～hòe(hè) iáu-bōe～～⇨貨還未積船。猶未iáu-bōe→iá-bē。㊂跌下水。～～平平沈～～pêⁿ-pêⁿ-tîm⇨彼此彼此。謂跌下水了一樣會沉下去的。

【落月 loh-goeh(geh)】 進入生產之月份。敢～～也，得俉生也了káⁿ～～ā tit-boeh-seⁿ

(si$^{n}$)-a-lō͘⇨恐怕已到了生產之月份，快要生出來了。

【落公 lo̍h-kong】 充爲公用。攏總拍～～lóng-chhóng phah～～⇨全部皆充爲公有。～～仔米～～á-bí⇨各出米以共同炊煮。亦作落管仔米lo̍h-kóng-á-bí，亦即人各一管kóng之米。

【落心 lo̍h-sim】 心定。心安。讀未～～tha̍k-bē(bōe)～～⇨無法安心讀書。做未～～chò(chòe) bē(bōe)～～⇨不能心平氣和而爲之。

【落目 lo̍h-ba̍k】 入了眼中。看得眞實。看了有～～khoà$^{n}$-liáu ū～～⇨看上眼了。看未～～khoà$^{n}$-bē～～⇨看不上眼。

【落市 lo̍h-chhī】 前往市場。上街～～chiū$^{n}$-ke～～⇨同上。

【落去 lo̍h-khì(ì)】 lo̍h-ì。㊀下去下面。你～～lí～～⇨你下去下面(命令)。逡仔也～～ûn-á～～⇨慢慢地下去。㊁助詞，附於其他動詞之後以確定語意。lo̍h-ì 的 i 甚輕，甚至乾脆變成lo̍h-e。拂～～hut-～～⇨幹下去。創～～chhòng～～⇨弄進去。創未～～chhòng-bē(bōe)～～⇨弄不進去。食～～也chia̍h～～à⇨吃下去了。食未～～了chia̍h-bē(bōe)～～lō͘⇨吃不下去了。功夫展～～kang-hu tián～～⇨功夫施展出來。錢攏吞～～也chî$^{n}$ lóng-thun～～à⇨喻賄賂收去了。米糠仔無煞～～，無効啦bí-khng-á bô soah～～, bô-hāu-là⇨香餌不加進去無効也。煞soah，殺味或加味，例如煞塩soah-iam，煞味素soah-bī-sò͘。

【落凹 lo̍h-lap】 落魄lo̍k-phek。家事～～ke-sū～～⇨同上。

【落本 lo̍h-pún】 投資tâu-chu。逐個～～來拂ta̍k-ê～～lâi-hut⇨大家投資來經營。拂hut凡作爲皆可曰拂but。。～～連財～～liân-châi⇨共同出資共同經營。

【落肉 lo̍h-bah】 瘦退了。看伊病到安爾消瘦更～～呵khoà$^{n}$-i pē$^{n}$(pī$^{n}$)-kà an-ne(ni) siau-sán koh～～ō⇨看看他，病到如此的又瘦又沒肉了。

【落耳 lo̍h-hī$^{n}$】 入耳ji̍p-ní。好話聽未～～hó-ōe thia$^{n}$-bē(bōe)～～⇨好話聽不進其耳。

【落名 lo̍h-miâ】 記名。署名。簽上姓名。伊不肯～～i m̄-khéng～～⇨他不肯簽名(表示贊同)。

【落尾 lo̍h-bóe(bé)】 落後lo̍h-hō͘(hiō)。在後。終局。暢的大先，痛的～～thiòng-ê tāi-seng,thià$^{n}$-ê～～⇨先甘後苦。～～人出世，大先人白生毛～～lâng chhut-sì tāi-seng-lâng pe̍h-lān-mô(mn̂g)⇨罵年輕者出風頭的粗語。～～人伊有還人～～lâng-i ū hêng(hân)-lâng⇨後來他是還清給人了。

【落車 lo̍h-chhia】 下車。～～更成百步耳～～koh chiâ$^{n}$-pah-pō͘-niâ⇨下車了再行整百步就到了。

【落折 lo̍h-chiat】 降價打折kàng-kè-tá$^{n}$-chiat。年關一下迫抄，攏每抄相爭～～nî-koan chi̍t-ē pek-leh, lóng-mā-teh sio-che$^{n}$(chi$^{n}$)～～⇨年關一迫，皆在爭相降價打折了。

【落雨 lo̍h-hō͘】 下雨。看著要～～仔要～～khoà$^{n}$-tio̍h-boeh～～á boeh～～⇨看樣子，好像要下雨了。

【落股 lo̍h-kó͘】 投資佔股。彼當時你都不～～hit-tang-sî lí to-m̄～～⇨(可惜)當初你不投資。

【落來 lo̍h-lâi】 ㊀下來。你～～樓脚lí～～lâu-kha⇨你下來樓下。起去了也，那俅更～～khí-khì-liáu-à, ná-boeh-koh～～⇨上去(山或樓等)了矣何以又再下來。㊁再其次。抄到者爲止，～～免抄chhau-kàu-chia ûi-chí,～～bián-chhau⇨抄到此爲止就可以了，其下面不用抄。咱的界更～～道別人的也lán-ê-kài koh～～tō pa̍t-lâng-ê-ā⇨我們的界線再過來就是別人的了。㊂副詞。有水抄滲～～ū-chúi teh tin ～～⇨有水在垂滴下來。食了存～～的chiah-liáu chhun～～ê⇨沒吃完存下來的。頂面講～～的téng-bīn kóng～～ê上面所說的。

【落肥 loh-pûi】 施肥料。無～～稻仔未大bô～～tiū-á bē(bōe)-toā⇨不施肥水稻就不大。你不～～的無那者爾大顆lí m̄～～ê bô ná chia-ni toā-kho͘⇨你不是食肥了，否則何以成爲這麼肥胖哥(取笑的說法)。

【落底 loh-té】 開始的最低額。三百～～可否saⁿ-pah～～hó-bō͘⇨三百開始可以嗎(賭博語)。

【落南 loh-lâm】 赴南方。未～～道倸食南米也bōe～～tō-boeh-chiah lâm-bí-à⇨未有確實收入，就先行借錢預支了。

【落馬 loh-bé】 ㊀落馬loh-má。跋～～poah～～⇨跌落馬下。㊁洗塵sé(sóe)-tîn。慰謝其勞。搬～～戲poaⁿ～～hì⇨演戲爲其洗塵。上馬金～～銀chiūⁿ-bé-kim,～～gîn(gûn)⇨謂曹操款待關羽是如此之厚。

【落眠 loh-bîn】 睡得入夢。困未～～道慘也khùn-bē(bōe)～～tō-chhám-à⇨睡得不熟就慘了。

【落海 loh-hái】 ㊀出海chhut-hái。上山亦一日～～亦一日chiūⁿ-soaⁿ iah chit-jit,～～iah chit-jit⇨勸止同伴先溜之詞。謂縱使先回家，時間亦差不了多少，辦不成事，何必先走。㊁投入風塵世界。～～陪酒～～pôe-chiú⇨同上。

【落罟 loh-ko͘】 魚入網。喻陷入圈套khoan-thò。早慢耳啦，你還仔會～～啦chá-bān-niâ là,lí oân-á-ē～～là⇨早晚之差而已，你還是會跌入(他人)圈套的。還仔hoân-á→oân-ná，還是也。

【落紐 loh-liù】 陷入紐束仔liù-sok-á。同著吊tioh-tiàu。紐liù，弔tiàu皆以繩索設計捉物。歹路敢行道會～～phái-lō͘ káⁿ-kiâⁿ tō-ē～～⇨壞路敢行就會被捉到。兎仔～～了thò͘-á～～lò͘⇨兎被紐上了。

【落衰 loh-soe】 陷入衰微運。揚氣敢有～～久iâng-khì kám-ū～～kú⇨謂得意驕人不會長久的。人一下～～，種匏仔生金瓜lâng chit-ē～～, chèng-pû-á seⁿ(siⁿ)-kim-koe⇨謂人一入衰運就會事事不如意，好的也變壞的。匏仔pû-á，蔬菜類。金瓜kim koe，南瓜也，幾乎無人要。

【落船 loh-chûn】 乘船。貨積船。行李～～未hêng-lí～～bōe(bē)⇨行李積船了沒有。

【落陰 loh-im】 下冥府。關～～koan～～⇨一種神遊冥府之術。往時鄉間婦女，在元宵或者中秋之夜，多相邀而行之。今似少見矣。

【落崎 loh-kiā】 下坡路。～～該較細膩抾～～ài-khah sè(sòe)-jī-leh⇨下坡要小心一點。

【落軟 loh-nńg】 化軟hoà-nńg。軟化nńg-hoà。人共伊講了有較～～也 lâng kā-i-kóng-liáu ū-khah～～à⇨人家勸告他之後，比較軟化了(態度意見)。

【落喉 loh-âu】 呑下去。食～～去了chiah～～khì-lò͘⇨吃入肚中了。假曲唱未～～ké-khek chhiùⁿ-bē(bōe)～～⇨喻謊話無法說得流暢。

【落插 loh-chhah】 爲一事的看法或意見不同，懸財物以決是非。打賭táⁿ-tó͘。你敢～～否lí káⁿ～～bò͘⇨你敢與我一賭嗎。要～～啥boeh～～sahⁿ(siahⁿ)⇨要賭何物。插一桌酒菜敢否chhah chit-toh chiú-chhài káⁿ-bò͘⇨賭一席酒菜你敢不敢。

【落款 loh-khoán】 在書畫上題識姓名，年月日或詩文。

【落湳 loh-làm】 入泥沼。牽牛～～khan-gû～～⇨引誘戇子弟入花叢。

【落湖 loh-ô͘】 凹成小盆地。～～彼塊道是也～～hit-tè tō-sī-ā⇨小盆地形那一塊地就對了。

【落筆 loh-pit】 lok-pit。～～成章～～sêng-chiang⇨同上。

【落葬 loh-chòng】 落壙loh-khòng。棺入墓穴。

【落葉 loh-hioh】 落葉lok-iap。未覺池塘春草夢，梧桐～～已秋聲bī-kak tî-tông chhun-chhó-bōng, gô·-tông ～～ í-chhiu-seng ⇨同上。

【落鼎 loh-tiáⁿ】 下物鼎中煮之。做伊抛抛走無米當～～亦無抄管，看要啥步chō(chōe) i pha-pha-cháu, bô-bí thang ～～ iah-bô-teh-koán, khoàⁿ-boeh-siaⁿ-pō⇨自己隨便四界去，無米下鼎也不肯一顧，你看(我)如何是好呀。隨人討米隨人～～sûi-lâng thó-bí sûi-lâng～～⇨謂兄弟已各自獨立生計。

【落榫 loh-sún】 榫頭剛好入榫孔。頇顢司父鬥未～～hām-bān-sai-hū tàu-bē(bōe)～～⇨駑仙ló·-sian的木匠，鑿的榫頭湊不合。

【落監 loh-kaⁿ】 入監獄。乎人掠去～～了hō·-lâng liah-khì～～lò⇨被捉去入獄了。坐監chē-kaⁿ。

【落價 loh-kè】 減價kiám-kè。降價kàng-kè。粟仔又抄～～也chhek-á iū-teh～～à⇨米粟又在降價了。

【落慍 loh-ùn】 久而習慣了。慍ùn，依人也。亦即合羣和羣。有較～～也ū-khah～～à⇨習慣多了。

【落薄 loh-pok】 落塌loh-lap。落魄lok-phek。英雄～～eng-hiông～～⇨同上。

【落糞 loh-pùn】 同落肥loh-pûi。施肥料。

【落霜 loh-sng】 下霜。落雪～～ loh-seh～～⇨同上。～～有日照，烏寒死無藥～～ ū-jit-chiò, o·-koâⁿ sí-bô-ioh⇨謂下霜的時候，有太陽光還算可以，萬一暈天了就沒法子了。

【落難 loh-lān】 遭難chô-lān。遭遇逆境。～～更抵著救星～～koh tú-tioh-kiù-chheⁿ(chhiⁿ)⇨同上。

【落籠 loh-láng】 收入籠中。紅面的快～～âng-bīn-ê khoài ～～ ⇨喻性急易怒者亦快息怒。謂戲台上紅面的忠臣，遭奸臣陷害，死了就先一步被收置戲籠中（布袋戲）。

【落塩 loh-iâm】 下塩。加塩。無～～曷會食得bô ～～ ah-ē(ōe)-chiah-tit⇨不加塩怎麼吃得。

【落地府 loh-tē-hú】 童乩～～～tâng-ki～～～⇨童乩忽停蹦跳橫臥地上，謂之落地府謁閻君。

【落地掃 loh-tē-sàu】 ㈠拳法低踞於地，一足作掃敵之狀。㈡人多欠床位時，舖地為床也。

【落灶脚 loh-chàu-kha】 進廚房。～～～洗碗箸，上大廳，拭桌椅 ～～～ sé(sóe)-oáⁿ-tī, chiūⁿ-toā-thiaⁿ chhit-toh-í⇨謂好媳婦也。

【落油鼎 loh-iû-tiáⁿ】 古極刑之一。你都抄叫人～～～的lí to-teh kiò-lâng～～～ê⇨謂你是在強人所難。

【落後月 loh-āu-goeh(geh)】 再次月。亦即本月下月之次一月也。

【落廁池 loh-chhè-tî】 入廁池中。若果是眞醉，何不～～～jiak-kó· sī chin-chùi, hô-put～～～⇨姊夫假醉，戲小姨被拒，事發岳丈大怒，而罵姊夫之詞。

【落樓梯 loh-lâu-thui】 下樓梯。毋當迫人未～～～ 得m̄-thang pek-lâng bē(bōe)～～～tit⇨不可迫人至無路下台階。謂不可迫人太甚。

【落人的嘴 loh-lâng-ê-chhùi】 遭受他人之批評。安爾做驚做會～～～～ an-ne(ni)-chò(chòe) kiaⁿ-chò(chòe) ē(ōe)～～～～ ⇨如此做了，恐怕會遭受批評。

【落磨地獄 loh-boâ-tē-gek】 把罪鬼投入石磨中磨成粉末之地獄，冥王府有此設備云。

# lok

lok **橐** 囊也。盛物之具也。袋也。亦即橐袋lok-tē ⇨lak-tē也。囊～lông～⇨大曰囊lông小曰橐lok。批囊紙橐phe-lông choá-lok⇨信封與紙袋。又物入囊袋中亦曰橐lok，亦即名詞的動詞化也。手～仔chhiú～á⇨手套chhiú-thò。⇨chhiú-lop-á。火柴～仔hóe-chhâ～á⇨番仔火橐hoan-á-hóe-lok。亦即火柴盒hóe-chhâ-ap。

【橐仔 lok-á】 袋仔類的通稱。紙～～choá～～⇨紙袋。批～～phe～～⇨批囊phe-lông亦即信封。麻～～moâ～～⇨麻帽，亦即孝男的喪帽。→moâ-lop-á。

【囊袋 lok-tē】 lak-tē。衣袋也。口袋也。～～仔～～á⇨同上。～～仔飽肚飽肚抮～～á pá-tō·-pá-tō·-leh⇨袋中甚飽滿。

【橐傖 lok-sōm】 lop-sōm。田庄喟chhân-chng-khùi。慢呑呑bān-thun-thun。行著路～～～～仔kiâⁿ-tioh-lō·～～～～à⇨行起路來，又土裏土氣又慢呑呑。傖chhong，鄙賤之稱。

【橐橐 lok-lok】 聲也。袋仔底～～叫tē-á-té～～kiò⇨袋中～～有聲，喻袋中錢多多。

【橐錢筒仔 lok-chîⁿ-tâng-á】 囥仔～～～～gín-á～～～～⇨同上。

lok **轆** 大鑿開孔曰轆lok。又姦kan亦曰轆lok。用戕仔～iōng chhiâng-á～⇨以戕鑿穿之。戕chhiâng，地鑿tē-chhak，大型之鑿也。見人～kìⁿ-lâng～⇨任人淫。佪牽的是詈合啄，伊是訐合～二翁某戰到鬧熱滾滾in-khan-ê lī lé-kah-tok, i-lī kān-kah～, nn̄g-ang-bó· chiàn-kà nāu-jiat-kún-kún⇨夫妻大舌戰也。

【轆孔 lok-khang】 lak-khang。鑿開孔穴。要～～道電鏇來藉會快啦boeh～～tō tiān-soān-lâi chiah-ē-khoài-là⇨同上。

【轆鏇 lok-soān】 lak-soan。穿孔機chhoan-khóng-ki。共人借看有～～否kā-lâng chioh-khoàⁿ-ū～～bō·⇨看看有無轆鏇可借。

lok **漉** 滲也。多水浸淫chîm-îm曰漉lok。霑～霑～tâm～tâm～⇨又霑又漉。霑tâm地濕也。路眞～lō· chin～⇨爛泥滿路。又爛瘡亦曰漉lok。霑tâm亦作澹tâm。

【漉漉 lok-lok】 甚霑sīm-tâm。霑～～tâm～～⇨很濕很多水。歸身霑～～kui-sin tâm～～⇨①全身是水，衣衫皆濕。②全身是債。負債累累。餲～～àu～～⇨臭爛如泥。泔～～ám～～⇨糜粥泔ám太多。

【漉膿 lok-lâng】 血膿如泥。粒仔抮～～liap-á teh～～⇨疔瘡在生膿。

【漉湝湝 lok-koāiⁿ-koāiⁿ】 霑漉漉tâm-lok-lok。泅到安爾歸身～～～猶不緊去換衫siû-kà an-ne(ni) kui-sin～～～iáu-m̄-kín-khì oāⁿ-saⁿ⇨泅到如此的全身濕漉漉，還不快去換衣。湝湝koāiⁿ-koāiⁿ，水流也。泅siû，游泳也。在水中(雨中)遊玩或工作皆曰泅siû。

lok **落** 落臉lok-lián。落魄lok-phek也。又失體面sit-thé-biān也。彼家人當成～～也hit-ke-lâng taⁿ chiâⁿ～～à⇨彼家族而今敗透pāi-thàu了。尫顯弟子道～～ang-hián tē-chú tō～～⇨神顯赫，信徒就慘透chhám-thàu了。蓋因祭拜，奉獻，接客等等，所費不貲só·-hùi-put-chi也。害您父險仔去～～hāi lín-pē hiám-á khì～～⇨令到你們的爸險些就失體面。您父lín-pē意指我goá，自大之詞也。相當於本大爺pún-toā-iâ。

lok **鹿** 獸名。花～水～麋～hoe～chúi～bî～⇨各種鹿。白～peh～⇨同上。指～爲馬chí～ûi-má⇨秦趙高的故事。赤脚的逐～，穿鞋的食肉chhiah-kha-ê jiok～, chhēng-ê(ôe)-ê chiah-bah⇨謂出力者白費其力，利益却歸他人。中原逐～tiong-goân tiok～⇨拼命爭帝位。點老點鹿慇，有人好漢去做～tiám-ló tiám-lok-khok, ū-lâng hó-hàn khì-chò(chòe)～⇨頑童遊戲先選出爲鹿之人。

【鹿仔 lok-á】 ㊀小鹿。～～樹～～chhiū⇨

楮thí也。其葉有乳液，可爲飼料，皮多纖維爲製紙之原料。剝～～樹皮pak～～chhiū-phôe⇨剝取其皮以製紙。㊂喻男色。

【鹿角 lo̍k-kak】 鹿有角。～～膠～～ka⇨鹿角煮成者。亦爲藥材。拔～～po̍eh～～⇨白嫖。～～先～～sian⇨白嫖先生。

【鹿乳 lo̍k-leng(ni)】 即斗都較慘過乞～～也chit-táu to khah-chhám-kōe khit～～ā⇨此一工作難於乞取鹿乳也。謂非常之困難。

【鹿茸 lo̍k-jiông】 鹿角之未角化者。中醫視爲珍貴的補藥。鋸～～kì～～→須於適當的時期鋸斷之。

【鹿銃 lo̍k-chhèng】 單身的窮鬼。伊都一顆如～～抡 i to chi̍t-khó· ná～～leh⇨同上。

【鹿廚 lo̍k-tû】 關鹿之柴廚。喻監禁所。監獄。坐～～chē～～⇨被禁監獄。

【鹿鞭 lo̍k-pian】 藥材名。亦屬珍貴的補藥。係公鹿之鞭所風乾切片者。鞭pian喻男陰。

【鹿肉脯 lo̍k-bah-pó·】 鹹鹿肉干。一種甚佳妙的酒配chiú-phòe。

【鹿肚石 lo̍k-tō·-chio̍h】 藥材名。鹿的腸結石也。

【鹿肚草 lo̍k-tō·-chháu】 藥材名。鹿肚中未消化之草也。

【鹿乳奉親 lo̍k-jí-hōng-chhin】 二十四孝之一。謂母病思飲鹿乳。子乃衣鹿皮參入鹿羣，終於取得鹿乳回奉母親云。

**lo̍k 祿** 福也。食稟也。今之月奉也。福～hok～⇨同上。俸～hōng～⇨同上。食人之～，擔人之憂si̍t-jîn chi～tam-jîn-chi-iu⇨同上。慘遭回～chhám-cho hôe-～⇨逢到火災之惡運。回祿hôe-lo̍k，火神也

【祿位 lo̍k-ūi】 ㊀祿位。㊁爲祈求長壽，生前預設之神主牌。

【祿命 lo̍k-bēng】 ～～有貧富，性命有貴賤～～iú pîn-hù, sèng-bēng iú kùi-chiān⇨同上。

**lo̍k 碌** 多忙曰忙碌bông-lo̍k。辛勤曰勞碌lô-lo̍k。勞～命lô～miā⇨註定辛勤忙祿終身之命。

【碌碌 lo̍k-lo̍k】 庸碌iông-lo̍k無能bû-lêng。庸庸～～iông-iông～～⇨平庸無奇才。忙忙～～bông-bông～～非常忙碌。～～之輩～～chi-pòe⇨無能的一羣。

**lo̍k 錄** 記載也。採取也。抄寫也。簿册也。記～kì～⇨同上。採～chhái～⇨同上。抄～chhau～⇨同上。有聞必～iú-būn-pit～⇨同上，亦錄le̍k也。

【錄用 lo̍k-iōng】 採用chhái-iōng。～～新職員～～sin-chit-oân⇨同上。

【錄取 lo̍k-chhí(chhú)】 採用chhái-iōng。～～新生～～sin-seng⇨採用新學生。

【錄音 lo̍k-im】 收錄聲音。把演講，戲劇，音樂等等所欲保留的聲音，收錄爲音盤或音帶。～～機～～ki⇨錄音的器具。～～帶～～tài⇨同上。

【錄影 lo̍k-iá$^{n}$】 收錄影像。例如電影等是。～～機～～ki⇨同上。

【錄口供 lo̍k-kháu-keng】 記錄犯人的供狀。

**lo̍k 樂** 喜也。喜悅也。快～khoài～⇨同上。安～an～⇨同上。歡～hoan～⇨同上。暢～thiòng～⇨同上。各～其～kok～kî～⇨同上。極～世界ke̍k～sè-kài⇨佛家語。

【樂土 lo̍k-thó·】 樂園lo̍k-hn̂g。極樂世界。倸佗去㩼～～boeh-tá(tó)-khì-chhōe～～⇨何地去尋訪樂土。

【樂暢 lo̍k-thiòng】 愉快。爽快。暢所欲爲。神清氣爽。～～人～～lâng⇨無憂無慮之人。～～先～～sian⇨樂暢先生。～～班～～pan⇨酒色之徒。～～間～～keng⇨妓樓娼館。～～所在～～só·-chāi⇨同前。～～孔～～khang⇨同樂暢間，或指可資淫樂之孔洞也。

【樂觀 lo̍k-koan】 凡事向好的方面看。悲觀pi-koan的對詞。人阿花眞～～，伊未安爾做

lâng a-hoe chin ～～, i-bē(bōe) an-ne(ni)-chō(chōe)⇨阿花性甚樂觀，她不會做此種事。

【樂天知命 lok-thian-ti-bēng】 安分守己an-hūn-siú-kí聽天由命thèng-thian-iû-bēng。樂夫天命復奚疑lok-hu-thian-bēng hok-hê-gî⇨歸去來辭。

【樂不思蜀 lok-put-su-siok】 處境愉快，不想回家。有名的阿斗先生認爲俘虜生活也是非常愉快也，何必想回西蜀去當麻煩的皇帝。

【樂善好施 lok-siān-hò͘-si】 喜爲善事，以及救恤貧苦。～～～～的小姐，欺貧重富的員外～～～～ ê-sió-chiá, khi-pîn-tiōng-hù ê oân-gōe⇨舊故事多有此一情節。

【樂極生悲 lok-kek-seng-pi】 盛者必衰sēng-chiā pít-soe。歡樂極兮哀情多，少壯幾時兮奈老何hoân-lok kek-hè ai-chêng-to, siáu-chòng ki-sî-hè nāi-ló-hô⇨漢武帝。

**落** lok 樹葉下地也。凡物下墜皆曰落lok。衰敗曰落lok。宮室初成祭之曰落lok。人所聚居之地亦曰落lok。梧桐葉～gô͘-tông iap～⇨同上。巨星殞～kī-seng ín(ún)～⇨同上。日出月～jit-chhut-goat～⇨同上。墜～tūi～⇨同上。降～kàng～⇨同上。村～chhoan～⇨同上。部～pō͘～⇨同上。

【落日 lok-jit】 太陽西墜。偉大的～～úi-tāi ê～～⇨形容大人物之臨終。

【落伍 lok-ngó͘】 趕不上隊伍。跟不上流行。阿八嬸婆仔，你～～也啦，逮人未着也啦a-pat-chím-pô-á, lí ～～ à-là, tòe-lâng bē(bōe)-tioh-à-là⇨同上。逮tòe，尾隨也。

【落成 lok-sêng】 建築初成。新居～～sin-ki～～⇨同上。

【落空 lok-khong】 落孔loh-khang。歸於烏有o͘-iú。一切皆～～矣it-chhè kai～～ī⇨逐項攏落孔去也tak-hāng lóng loh-khang-khì-à⇨同上。

【落泊 lok-pok】 飄泊phiau-pok。～～江湖～～kang-hô͘⇨同上。

【落紅 lok-hông】 初夜(女子性交)出血也。

【落英 lok-eng】 萎謝墜地的花片。～～繽紛～～pin-hun⇨同上。欲別不別不忍別，～～沒盡君馬蹄iok-piat put-piat put-jím-piat,～～but-chīn kun-má-thî⇨非常美妙的難離難捨的送別場面也。

【落草 lok-chhó】 入山做強盜。～～爲寇～～ûi-khò͘⇨同上。

【落莫 lok-bok】 寂寞chek-bok。凄涼chhe-liâng。晚景～～令人浩嘆boán-kéng ～～lēng-jîn hō-thàn⇨同上。

【落第 lok-tē】 考不上者，升不上者。又更～～也iū-koh～～ā⇨又不及格了。～～秀才～～siù-châi⇨同上。

【落款 lok-khoán】 在書畫上題誌姓名年月日或詩句。

【落筆 lok-pit】 下筆hē(hā)-pit。～～成章～～sêng-chiang⇨同上。

【落雷 lok-lûi】 雷鳴 lûi-bêng。雷擊 lûi-kek。

【落髮 lok-hoat】 剃髮thì-hoat。～～爲尼～～ûi-nî⇨同上。

【落魄 lok-phek】 敗落pāi-lok。衰落sui-lok。乎伊害到凄慘～～hō͘-i hāi-kà chhi-chhám～～⇨同上。

【落選 lok-soán】 不被錄取。不當選。～～頭當選尾 ～～ thâu tòng-soán-bóe⇨落選之最高票者與當選之最末席者。

【落水狗 lok-súi-káu】 可惡的失敗者。拍～～～phah～～～⇨同上。

【落花生 lok-hoa-seng】 俗稱土豆thô͘-tāu。～～～油～～～iû⇨土豆油thô͘-tāu-iû。亦稱火油hóe-iû，往時油灯iû-teng的主燃料也。

【落湯鷄 lok-thong-ke】 全身淋濕之人。一身恰如～～～抡chit-sin kah-ná～～～lè⇨一身澹濕得好像跌落水中之鷄。

【落井下石 lok-chéng-hē(hā)-sek】 乘人之危而加害之。人都抡惨了，你那好更～～～～lâng to-teh chhám-lō, lí ná-hó koh～～～～⇨他是惨極了，你豈可再乘機加害之。

【落花流水 lok-hoa-liû-súi】 ㊀形容晚春。～～～～春去也，天上人間～～～～chhun-khì-iā, thian-siāng-jîn-kan⇨李後主詞。㊁零亂不堪。舞到～～～～bú-kà～～～～⇨弄得非常零亂。舞bú亦弄lāng也。合而爲舞弄bú-lāng。

【落落大方 lok-lok-tāi-hong】 態度自然不拘泥。人安爾～～～～眞有一個小姐款lâng-an-ne(ni)～～～～chin-ū chit-ê sió-chiá-khoán⇨她如此這般的自自然然，很有一個小姐的樣子。

lok **絡** 網也。網之線路也。以絲繞之曰絡lok。人身的神經血脈系統曰絡lok。籠～lóng～⇨拉籠人，以權術控制人。連～liân～⇨連繫。脈～經～血～miā～keng～hoeh(huih)～⇨人身中的各種系統

【絡繹不絕 lok-ek-put-choat】 形容人馬來往之盛。～～～～於途～～～～î tô⇨路上人來馬往接連不斷。

lok **駱** 駱駝lok-tô。沙漠中的大獸也。

lok **洛** 洛陽lok-iâng，地名。～～紙貴～～chí-kùi⇨形容出版物之暢銷之詞。

lok **諾** 答應tah-èng也。以言許人曰諾。季布無二～，侯嬴重一言kùi-pò· bû-jī～, hô·-êng tiōng-it-giân⇨魏徵。世人結交須黃金，黃金不多交不深，縱令然～暫相許，終是悠悠行路心sè-jîn kiat-kau si-hông-kim, hông-kim put-to kau-put-chhim, chiōng-lēng jiân～chiām-siang-hí, chiong-sī iu-iu hêng-lō·-sim⇨唐詩。承～sîn～⇨同上。

【諾言 lok-giân(gân)】 對人答應之言詞。彼款人～～如～～抡，我看早道食落去煞消掉也咯hit-khoán-lâng～～ná～～lē, goá-khoàn, chá-tō chiah-loh-khì soah-siau-tiāu-ā-lō⇨他那種人，諾言如諾言也(不值半文錢)，我看嘛，早就吃下去順便消化掉了。

【諾亞 lok-a】 Noah。舊約聖經中之名人。人類之始祖。～～的木船～～ê bok-chûn⇨諾亞作木船以避難的故事。

【諾諾 lok-lok】 連聲答應。～～連聲～～liân-seng⇨同上。唯唯～～ûi-ûi～～⇨同上。唯唯～～之人ûi-ûi～～chi-jîn⇨唯命是從的無主見之人。

【諾貝爾獎金 lok-pōe-ní chiang-kim】 Nobel Prizes。瑞典化學家，炸藥發明人諾貝爾所辦的世界最有權威的獎金。每年頒獎一次。

## lom

lom **籠** 隨便披上衣物曰籠lom。以網杓bāng-hia採摘果子以免其墜破亦曰籠lom。信採加～一領道可也chhìn-chhái ke～chit-niá tō-hó-à⇨隨便加披一件(依)就可以了。破裘仔罔～較贏無phoà-hiû-á bóng～khah-iâⁿ-bô⇨破裘姑且披上它，比沒有猶好。未輸～蚊罩抡bē(bōe)-su～báng-tà-lè⇨宛然穿上蚊帳一樣。謂太大也。該～的藉未敍破去āi～ê chiah-bē siak-phoà-khì⇨要籠取之，才不致弄破了。牛嘴～gû-chhùi～⇨封牛口之竹籠。防牛偷食也。

【籠仔 lom-á】 小網杓bāng-hia以籠摘果子者。攑～～來籠樣仔giâ～～lâi lom-soāiⁿ-á⇨取籠子來籠取芒果。牛嘴～～gû-chhùi～～⇨同上。

【籠裘仔 lom-hiû-á】 披裘。者爾寒更～～～較著chia-ni-koâⁿ koh～～～khah-tioh⇨這麼寒冷再加披裘兒才對。

lóm **朠** 軟nńg曰朠lóm，弱jiak(jiok)亦曰朠lóm。又，便宜也。傷～道不可siuⁿ～tō-m̄-

hó⇨太軟者不可也。算安爾有～sǹg-an-ne(ni) ū～⇨算這個價錢便宜也。

【腝的 lóm-ê】 弱者，易與者。便宜貨。抵着～～tú-tio̍h～～⇨逢到了弱者。這～～阿三落去道傷贏去也che～～a-sam lo̍h-khì tō siu$^n$-iâ$^n$-khì-à⇨此弱者也，阿三下場就勝之有餘了。買著～～bé(bóe)-tio̍h～～⇨買得便宜貨。

【腝腝 lóm-lóm】 很軟。～～未偎食～～bē(bōe)-bái-chia̍h⇨很軟很好吃。

lòm **湳** 湳 lâm亦曰湳 lòm。泥濘地nî-lêng-tē也。牽牛落～khan-gû lo̍h～⇨誘引傻子弟進花叢。

【湳田 lòm-chhân】 泥沼。蓋蘇文趕到李世民，落～～，李世民一時全不畏，抵著薛仁貴 khap-so͘-bûn koá$^n$-kà lí-se-bîn, lo̍h～～, lí-sè-bîn chi̍t-sî choân-m̄-ùi, tú-tio̍h sih-jîn-kùi⇨丑仔白。

## long

long **囊** 囊lông的動詞化。手揷入囊lông(衣袋)中曰囊long。棒入穴中曰囊long。菜頭入醬液中漬之亦曰囊long。～手囊～chhiú-lông⇨穿上手橐仔chhiú-lok(lop)-á。手～手袂chhiú～chhiú-ńg⇨手穿手複管。柴～灶孔chhâ～chàu-khang⇨薪柴送入灶中燒。提批去～the̍h-phe(phoe) khì～⇨拏信出去投函。歸枝竹篙～會入去kui-ki tek-ko～ē(ōe)-ji̍p-khì⇨整條竹竿都可以揷進去(謂穴大深或大長了)。新菜頭～一暝道可食了sin-chhài-thâu～chi̍t-mê$^n$(mî$^n$) tō hó-chia̍h-lò͘⇨新出蘿葡浸入醬液中一夜就可以吃了。門～mn̂g～⇨關門之橫木，亦即門閂mn̂g-chhoà$^n$也。牛稠～gû-tiâu～⇨牛舍之門閂。騎馬～khiâ-bé～⇨雙脚展開跨騎馬背上。馬囊bé-lông，馬隻背上之囊也。口在馬背，囊雙垂馬腹。

【囊仔 long-á】 囊來囊去 long-lâi-lông-khì，亦即可以穿過來穿過去的門閂mn̂g-chhoà$^n$。關門之橫木也。門～～mn̂g～～⇨同上。牛稠～～gû-tiâu～～⇨同上。

【囊批 long-phe(phoe)】 信投函sìn-tâu-hâm。阿吉仔逮爸去～～a-kiat-à tòe-pā khì～～⇨小吉跟爸出去投函寄批。

【囊柴 long-chhâ】 送薪柴入灶。

【囊門閂 long-mn̂g-chhoà$^n$】 揷好門閂以關門。

long **瓏** 聲也。鈴聲曰瓏long，曰玲瓏lin-long。賣雜細的搖玲～，您厝做司功bē(bōe) chap-sè(sòe)-ê iô-lin～, lín-tau chò(chòe) sai-kong⇨頑童的順口詞。玲～鼓lín～kó͘⇨手搖鼓。

【瓏瓏叫 long-long-kiò】 玲瓏叫lin-long kiò。叫kiò亦作哮háu。鈴的連續聲。

lóng **朗** 明也。清徹chheng-thiat也。明～bêng～⇨①事已清楚明白。代誌安爾明～也啦tāi-chì an-ne(ni) bêng～à-là⇨事情既然如此，一切明白了。②性格爽朗sóng-lóng。人眞明～lâng chin bêng～⇨同上。天氣晴～thian-khì chêng～⇨同上。

lóng **攏** 合也。括束也。皆也。全部皆曰攏。總chóng曰攏lóng。逐家～每共款ta̍k-ke～mā kāng-khoán⇨大家都是一樣。您～去lín～khì⇨你們全部去。歸日～無看見人kui-ji̍t～bô-khoà$^n$-kì$^n$(ì$^n$)-lâng⇨全日皆看不見人。有的～俾伊ū-ê～hō͘-i⇨所有的全部給他。逐家～免想也ta̍k-ke～bián-siū$^n$-ā⇨大家皆無希望了。

【攏可 lóng-hó】 或攏好。皆可以。隨便都可以。我～～隨在您啦goá～～sûi-chāi-lín là⇨我隨便都行，由你們決定吧。現的～～了，欠的阮無愛hiān-ê～～lò͘,khiàm-ê goán bô-ài⇨現款的話，隨便都可以，賒欠的我們不要。

【攏好 lóng-hó】 皆可以。同攏可。

【攏每 lóng-mā】 皆一樣。全同樣。隨便sûipiān。～～好～～hó⇨皆一樣的好。亦即隨便都可以。～～共欵～～kāng-khoán⇨大家皆一樣。不分彼此或優劣。～～該去～～ài-khì⇨大家都要去。～～轉來也～～tńg-lâi-ā⇨全部回來了。

【攏有 lóng-ū】 皆有。逐項～～tak-hāng～～⇨各物皆有。～～準備扵～～chún-pī-leh⇨皆準備好了。～～食也～～chiah-ā⇨皆吃過了。

【攏伓 lóng-boeh】 皆要，全收。全部參與。看若聀～～啦khoāⁿ goā(joā)-chē～～lā⇨有若干要若干。伊～～去i～～khì⇨他皆要參加(不論條件)。

【攏是 lóng-sī】 皆是，全是。～～青年才俊～～chheng- liân-châi-chùn⇨同上。～～一粒一的～～it-liap-it-ê⇨全是最優秀的。

【攏無 lóng-bô】 皆無，全不。～～道好～～tō-hó⇨皆沒了就算了。～～伓聽人講～～boeh-thiaⁿ lâng-kóng⇨全不聽從勸告或忠告。

【攏統 lóng-thóng】 總括的。通盤的。不分明的。或作籠統lóng-thóng。安爾傷～～較不好嘛，各人各人的創，藉會清楚啦an-ne(ni) siuⁿ～～ khah-m̄-hó mà, koh-lâng-koh-lang-ê-chhòng, chiah-ē(ōe) chheng-chhó-lâ⇨同上。

【攏著 lóng-tioh】 皆對。我十條～～goá chap-tiâu～～⇨我十條（試題）皆答對了。您～～，阮攏毋著lín～～，goán lóng-m̄-tioh⇨你們都對，我們都不對。

【攏總 lóng-chóng】 總共chóng-kiōng。合計hap-kè。全部choân-pō。～～是五十八元九角～～sī gō͘-chap-peh(poeh)-goân-káu-kak⇨同上。～～來～～lâi⇨①全部皆來。②全部合計。～～亦無若聀～～iah-bô goā(joā)-chē(chōe)⇨全部合計也並不多。～～無缺角的～～bô-khih-kak-ê⇨皆屬完整無缺的。～～平價～～pêⁿ(pîⁿ)-kè⇨皆同樣價格。

【攏去了 lóng-khù-lō】 同攏去也lóng-khì-à。

【攏去也 lóng-khì-à】 ㈠皆行矣。逐家～～tak-ke～～～⇨大家都去了。㈡完了。完蛋了。安爾～～～⇨如此完了。壞也，～～～hāi-ā，～～～⇨敗了，完蛋了。

【攏的合總的 lóng-ê-kah(kap)-chóng-ê】 攏總lóng-chóng。～～～～～，每藉三百耳～～～～～, mā-chiah saⁿ-pah-niâ⇨共計只有三百而已。

**lóng 隴** 地名。山西省的簡稱。人苦不自足，得～復望蜀jîn-khó͘ put-chū-chiok, tek～hok-bōng-siok⇨喻人心節節高，漢光武帝言，謂：人不知自足，佔有山西了，又要進攻西蜀。

**lóng 籠** 籠絡 lóng-lok，用權術駕御人，拉攏 la-ló-ng也。

**lóng 壟** 壟斷lóng-toān，操縱控制市場以攫取厚利也。～～市場～～chhī-tiûⁿ⇨同上。

**lóng 聾** 無聞也。耳不聞聲也。耳～目盲jí～bak-bông⇨耳不能聞目不能見。

【聾啞學校 lóng-a-hak-hāu】 專收聾生與啞生的學校。

**lóng 曩** 昔也。不久前也。曩日過我者非子乎lóng-jit kò-gó͘-chiá hui-chú-hō͘⇨目前訪問我的不是你嗎。

**lóng 閬** 門高也。空虛也。空曠khong-khòng也。

【閬閌 lóng-khòng】 門高大也。俗以太大或過寬濶曰閬閌lóng-khòng。傷～～啱siuⁿ～～nō⇨太廣大了。

【閬閬 lóng-lóng】 空虛。曠濶khòng-khoah。濶～～khoah～～⇨非常的曠濶。

**lòng 宧** 宧闒lòng-khòng，空虛廣大也。同閬閌lóng-khòng。皆指宮室空虛曠濶也。

【宧宧 lòng-lòng】 濶khoah，空虛的形容詞。濶～～khoah～～⇨同濶閬閌khoah-lóng-lóng。～～ 闒闒 ～～ khòng-khòng⇨大而無

當。顑唐人起到即類厝安爾～～康康，掃都掃未了呵hàm-tông-lâng, khí-kà chit-lōe-chù, an-ne(ni)～～ khòng-khòng, sàu to sàu-bē(bōe)-liáu-ō⇨荒唐人，蓋得這樣的家，如此的廣大無當，只是清掃都清掃不了也。

【宬康 lòng-khong】 lòng-khòng。同閬閬lóng-khòng。傷～～傷顑唐喏siu$^{n}$～～siu$^{n}$-hàm-tông-nò⇨太大了，太荒唐了。～～濶～～khoah⇨非常之濶大。

**撞** lòng 敲打曰撞lòng。衝進，投入，奔走皆曰撞lòng。二台車相～nn̄g-tâi-chhia sio～⇨兩車相碰。你開手共人～，理有較虧也lí khui-chhiú kā-lâng～, lí ū-khah-khui-ā⇨你起手打人，論理有虧嘛。青盲的～著電火柱chhe$^{n}$(chhi$^{n}$)-mê(mî)-ê～tioh tiān-hóe(hé)-thiāu⇨盲目者撞上了電柱。溪心～過即旁來也khe-sim～kōe chit-pêng-lâi-ā⇨溪流的中心衝過此方過來了。本錢～落去也 pún-chî$^{n}$～loh-khì(ì)-à⇨資本投下去了。即斗～俳歸百萬抾chit-táu～boeh kui-pah-bān-leh⇨此一舉，投進了將近百萬的。較狡～亦是腹肚飽耳khah-gâu～iah-sī pak-tó· pá niâ⇨任你善於奔走也是肚子飽而已，(無法大富大貴)。未輸猪抾四界～bē(bōe)-su-ti-leh sì-kè～⇨宛然猪一樣到處亂撞亂跑。家伙攏～對傲孔落去ke-hóe lóng～tùi kiáu-khang loh-khì(ì)⇨家財皆抛沒賭博穴中了。爲著査某孔亦～未少抾ūi-tioh cha-bó·-khang iah～bē(bōe)-chió-leh⇨爲女人也抛掉了不少金錢。

【撞井 lóng-ché$^{n}$(chí$^{n}$)】 鑿井chhak-ché$^{n}$。有公井抾安怎著家己更～～ū-kong-ché$^{n}$-lè an-choá$^{n}$-tioh ka-kī koh～～⇨有公井在嘛，何必自己更鑿井。

【撞孔 lóng-khang】 ㊀打穴。請人來～～chhiá$^{n}$-lâng lâi～～⇨雇人來開個穴。㊁暗中破壞他人之事。有人抾～～ū-lâng teh～～⇨有人在破坯。亦曰弄孔lōng-khang。

【撞門 lòng-mn̂g】 敲門khau-mn̂g。不知啥人抾～～m̄-chai sí$^{a}$-lâng teh～～⇨不知誰在敲門。

【撞破 lòng-phoà】 敲破了。～～人的飯碗～～lâng ê pn̄g-oá$^{n}$⇨敲破人家的生活之路。～～人的姻緣，猪不哺，狗不吠～～lâng ê in-iân ti-m̄-pō· káu-m̄-pūi⇨敲坯了人家的姻緣者，最下流也。猪不哺，狗不吠ti-m̄-pō· káu-m̄-pūi⇨下流至猪不吃他狗不吠他。～～佪母的金斗甕仔～～in-bú ê kim-táu-àng-á⇨粗語。金斗甕kim-táu-àng,收白骨之特製甕。

【撞球 lóng-kiû】 billiards的譯詞。打石球的遊戲。

【撞開 lóng-khui】 敲開。衝開。～～來看～～lâi-khoà$^{n}$⇨打破來看。

【撞價 lòng-kè】 競抬價格。有人抾～～都講未成ū-lâng teh～～to-kóng-bē(bōe)-sêng⇨有人在抬價以致無法談到成交。

**農** lông 耕種之業也。耕種之人亦曰農lông。士～工商sū～kong-siang⇨四民。吾不如老～gô· put-jî láu～⇨同上。棄劍從～khì-kiàm chiông～⇨不當阿兵哥，改種田。

【農戶 lông-hō·】 農夫的家庭。農家lông-ka。

【農夫 lông-hu】 農人。夏日炎炎似火燒，野田禾稻半枯焦，～～心內如湯沸，王子公孫把扇搖hē(hā)-jit iām-iām sū hóe-sio, iá-chhân hô-tō poàn-ko·-chiau,～～sim-lāi jî thong-hut, ông-chú-kong-sun pá-sì$^{n}$-iô⇨水滸傳。

【農民 lông-bîn】 農夫 lông-hu。

【農村 lông-chhoan】 農夫聚居的村莊。～～社會～～siā-hōe⇨同上。

【農具 lông-kī(kū)】 牛犂耙gû-lê-pē等農夫所需的器具。～～要有改進有進步～～iàu-ū kái-chìn ū-chìn-pō·⇨同上。

【農林 lông-lîm】 農業與山林事業。～～廳～～thia$^{n}$⇨主管農林行政的中級官署。

【農家 lông-ka】 農戶lông-hō͘。～～的生活～～ê seng-oah⇨同上。

【農婦 lông-hū】 農村的婦女。～～農夫～～lông-hu⇨即村夫村婦。

【農場 lông-tiûⁿ】 農事的場地。合作～～hap-chok～～⇨同上。

【農業 lông-giap】 耕種畜牧事業。～～社會～～siā-hōe⇨同上。

【農藝 lông-gē】 農業與園藝。～～研究所～～gián-kiù-só͘⇨同上。

【農曆 lông-lek】 舊曆kū-lek。太陰曆thài-im-lek。當今猶是講～～的人較夠tong-kim iáu-sī kóng～～ê lâng khah-chē(chōe)⇨同上。

【農作物 lông-chok-but】 農夫所種植的植物類。～～～無受害較篤牒仔～～bô-siū-hāi, khah-tok-tiap-á⇨農作無遭損失還算好一點。篤tok，厚hō͘也。牒tiap，小簡也。作量詞，小片或小量也。

【農產物 lông-sán-but】 農家所生產的稻米，果子，蔬菜瓜藷，牲畜等等。～～～的加工眞要緊～～～ê ka-kang chin-iàu-kín⇨同上。

【農閑期 lông-hân-kî】 農事比較不忙碌的時期，大約指秋收之後至春耕開始之前。嘴講是～～～啦，實在敢有當仔盈咯chhùi-kóng sī～～～lā, sit-chāi kám-ū thang-á-êng-lò͘⇨口頭上說是農閑期吧了，事實豈有閑著的時間嗎。

lông **稂** 草名。似莠siù，同爲惡草，生於禾間，害禾之成長者也。故古詩人惡之曰不～不莠put～put-siù,意謂希其莫出現以害禾也。稂莠與浪秀諧音。

【稂不稂莠不莠 lông-put-lông-siù-put-siù】 俗以喩浪子又不似浪子，秀才又不似秀才。責罵浪蕩子弟之詞。

lông **浪** 浪不浪，秀不秀lông-put-lông-siù-put-siù⇨不倫不類put-lûn-put-lūi。亦即做浪子又不似浪子，做秀才又不似秀才。責罵不肖子弟之詞。

【浪人 lông-jîn】 日文ronin。原指失業武士。降而下之，亦變成不法之徒。日本～～jit-pún～～⇨同上。

lông **琅** 琅玕lông-kan，玉名也。似珠。在山爲～～，在水爲珊瑚chāi-san ûi～～, chāi-súi ûi san-ô͘⇨同上。琳～滿目lîm～boán-bok⇨謂美不勝收，所看到的都是美麗珍貴的佳品。

lông **狼** 狀似犬的惡獸，棲山野，肉食，性殘忍。豺～當道chhâi～tong-tō⇨喩暴虐者執政。豺狼chhâi(châi)-lông，都是貪婪tham-lâm殘忍chhân-jím之惡獸。

【狼心 lông-sim】 其心殘chhân如狼。～～狗行～～káu-hēng⇨殘忍暴虐。

【狼狗 lông-káu】 軍用狗kun-iōng-káu也。

【狼狽 lông-pōe】 家道或人格衰敗曰狼狽lông-bōe。蓋以其足前後長短不同，行不能如常也。侏～～較快也boeh～～khah-khoài-ā⇨責罵不肖之詞。謂你如此不肖之行乃衰敗之捷徑也。得侏～～也，藉會安爾不tit-boeh～～ā chiah-ē(ōe) an-ne(ni)-m̄⇨快要衰敗了才會如此(表現)，不對嗎。～～爲奸～～ûi-kan⇨喩互相結托以作惡圖利。

【狼煙 lông-ian】 古代國境守軍報警的烽火hong-hóe。據說係燒狼糞lông-pùn者，謂其煙能直上也。

【狼藉 lông-chek】 散亂不整齊。落花～～lok-hoa～～⇨形容飲燕之後的混亂。

【狼吞虎嚥 lông-thun-hó-ian(iàn)】 形容大食大飲的惡相。安爾抄～～～～，未輸餓牢的an-ne(ni) teh～～～～bē(bōe)-su ngō-lô-ê⇨如此這般在大食大飲之狀，宛然像餓牢之囚也。

lông **莨** 草名。又名天仙子thian-sian-chú。服其子，令人狂浪放蕩。日文作薰草hun-chhâu

解，直讀為莨tabako。

**lông 囊** 橐lok也。袋也。批～phe(phoe)～⇨信封sìn-hong。帖～thiap～⇨禮帖之信封。手～chhiú～⇨手橐仔chhiú-lop-á。亦作動詞用之，而讀囊long。手～於袋仔chhiú～tī tē-á⇨手揷在衣袋中。批未～抍phe(phoe) bōe(bē)～leh⇨①信寫成而未入信封中。②信件尚未投函。嘴像灶孔抍～無煞chhùi chhiū$^{n}$ chàu-khang-teh～bô-soah⇨形容貪食者，謂其口經常吸收食物不停一如灶孔之吸收薪柴不停也。大解慳～tāi-kái kian～⇨謂慤仔頭破例表示慷慨。慤仔頭khok-á-thâu，大吝嗇家也。大肥私～tāi-hûi su～⇨營私舞弊皆入自己袋中。探～取物thàm～chhí(chhú)-but⇨喻容易之甚。手～於米缸，尻川坐於錢筒chhíu～tī bí-aǹg, kha-chhng chhē tī chhî$^{n}$-tōng⇨謂富足無憂無慮也。

【**囊中** lông-tiong】 袋內。囊橐之中。使遂得錐處～～，乃脫穎而出，非得其末也sú-sūi tek chui-chhī～～, nái thoat-éng-jî-chhut, hui-tek kî-boat-iā⇨毛遂自荐之語。～～如洗～～jî-sián⇨謂衣袋中無錢也。～～物～～but⇨謂容易取得如在自已衣袋中之物。

【**囊括** lông-khoat】 包羅pau-lô。包括pau-khoat。包辦 pau-pān。～～十二個金牌～～chap-jī-ê kim-pâi⇨同上。

【**囊螢** lông-êng】 囊裝螢虫以取光讀書。如～～，如映雪，家雖貧，學不輟jî～～,jî iàng-soat, ka-sui-pîn, hak-put-toat⇨三字經。

【**囊空如洗** lông-khong-jî-sián】 窮甚矣。人講～～～盒安爾散到如鬼爾lâng-kóng～～～ta$^{n}$ an-ne sàn-kà ná-kúi-lē⇨古人說窮極矣，而今如此的窮得有如鬼一樣也。

**lông 郎** 古官名。青年男子曰郎lông。丈夫亦曰郎lông。侍中侍～sī-tiong sī～⇨古官員。新～sin～⇨新女壻。蓮花六～liân-hoa-liok～⇨武則天最寵幸的男朋友張昌宗，謂其貌美如蓮花也。夜～自大iā～chū-tāi⇨妄自誇大。四～探母sù～thàm-bó⇨戲齣名。江～才盡kang～châi-chīn⇨文思涸渴矣。

【**郎中** lông-tiong】 古官名。又醫生也。

【**郎君** lông-kun】 富顯子弟。妻稱夫亦曰郎君lông-kun。博傲～～買賣賊poah-kiáu～～bé-bē-chhat⇨謂賭徒尙似有原則尙似郎君，買賣者七呼二萬五，無原則可循有如賊。七呼chhit-ho͘謂烏白叫價。

【**郎才女貌** lông-châi-lí-māu】 稱美新郎新婦的套詞。

**lông 廊** 廡下也。堂下周屋也。廡bú者大屋也。有蓋之通路曰廊lông。長～tiâng～⇨長的通路。外～goā～⇨外面的附屋。

【**廊仔** lông-á】 同館仔koán-á。拘留khu-liû之所也。監獄ka$^{n}$-gak。關於～～內koai$^{n}$-tī～～lāi⇨禁在獄中。囊於～～內long-tī～～lāi⇨同前。坐～～chē～～⇨坐監chē-ka$^{n}$。

**lông 櫳** 檻lām也。圈養禽獸之所也。

【**櫳仔** lông-á】 拘留人犯之所也。俗訛為廊仔lông-á。廊者有蓋之通路也，豈能拘人哉！

**lông 濃** 露多也。深也。厚也。情深意～chêng-chhim-ì～⇨血～於水hiat～î-súi⇨民族主義者的說詞。墨水傷～bak-chúi siu$^{n}$～⇨墨水太濃了。口語似講厚kāu，而不說濃lông。

【**濃抹** lông-boat】 多施脂粉。若把西湖比西子，淡粧～～總相宜jiak-pá se-ô͘ pí se-chú, tām-chong～～chóng-siang-gî⇨蘇東坡。

【**濃度** lông-tō͘】 化學名詞。溶液的密度。～～高即浮力大～～ko chek phû-lek-tāi⇨例如人在海中會自然沈入水中，在死海中卻可浮在水面而不沈。因死海的塩濃度高於外海故也。

【**濃淡** lông-tām】 濃與淡。～～相宜～～siang-gî⇨濃淡適度。不太濃不太淡。

【**濃粧** lông-chong】 脂粉塗得多。～～艷抹

～～iām-boat⇨同上。

【濃濃 lông-lông】 甚濃sīm-lông。情意～～分未離chêng-ì～～pun-bē(bōe)-lī⇨同上。來一杯～～的咖啡lâi-chit-poe～～ê ka-pi⇨同上。泡一盅～～的茶來呷phàu chit-chong～～ê-tê lâi-ha⇨同上。呷ha，吸飲也。

【濃霧 lông-bū】 厚霧hō-bū。山區～～行車注意soaⁿ-khu～～hêng-chhia chù-ì⇨同上。

**lông 朧** 朧lâng也（見lang部）。

**lông 弄** 巷路曰弄lông。同衖lông。

**lōng 弄** 玩也。戲也。舞弄bú-lāng也。亦舞弄bú-lōng也。又巷路曰弄lông。唆使so-sú亦曰弄lōng。有人抮使～ū-lâng teh sái～⇨有人在唆使。佼共人～gâu-kā-lâng～⇨善於唆使。乎你未～得hō-lí bē(bōe)～tit⇨你扇動不了我。彼班人抮作～hit-pan-lâng teh chok～⇨那一羣人在興波作浪。愚～gû～⇨騙人。

【弄姿 lōng-chu】 修飾姿容。搔首～～so-siú～～⇨同上。

【弄鬼 lōng-kúi】 唆使so-sú。攏每伊抮～～lóng-mā i teh～～⇨都是他在唆使。～～弄怪～～lōng-koài⇨多方唆使。弄神～～lōng-sîn～～⇨同前。

【弄揚 lōng-iâng】 把事宣揚。毋好甚～～m̄-hó siuⁿ～～⇨不可太過公開宣揚。

【弄筆 lōng-pit】 舞弄筆墨bú-lōng-pit-bak。

【弄璋 lōng-chiang】 生男兒。弄瓦～～lōng-oá～～⇨生女與生男。

【弄錯 lōng-chhò】 舞錯bú-chhò。創錯chhòng-chò。伊共人～～了了也i kā-lâng～～liáu-liáu-à⇨他把事情都弄錯了。

【弄險 lōng-hiám】 冒險mō-hiám。該～～的頭路莫較順ài～～ê thâu-lō mài-khah-sūn⇨需要冒險的生意（工作、事業）不幹也吧。莫較順mài-khah-sūn。同莫較贏mài-khah-iâⁿ。

順sūn者，平安順序也。

【弄權 lōng-khoân】 濫用權力lām-iōng-koân-lek。小職員仔抮～～sió-chit-oân-á teh～～⇨小官在濫用職權。太后～～thài-hō～～⇨同上。奸臣～～kan-sîn～～⇨同上。

【弄巧成拙 lōng-khiáu-sêng-choat】 賣弄巧計，反而成爲笨計。敢無共你講，毋當～～～～，你都毋聽kám-bô kā-lí-kóng, m̄-thang～～～～，lí to m̄-thiaⁿ⇨豈不對你說過，不可賣弄巧計恐怕反成笨計，你是不聽的嗎。

【弄狗相咬 lōng-káu-sio-kā】 唆使狗去相鬪。喩扇動人相鬪。你安爾～～～～是有罪呢lí an-ne～～～～sī ū-chōe-neh⇨你如此扇動人家相鬪是有罪的呀。

【弄假成眞 lōng-ké-sêng-chin】 虛僞的作爲變成事實。你毋好～～～～，人講賠了夫人又折兵，你道愛哭無目屎呵lí m̄-hó～～～～，lâng-kóng pôe-liáu-hu-jîn iū chiat-peng, lí tō ài-khàu bô-bak-sái-ō⇨同上。

**lōng 挵** 同弄lōng。以棒pāng探穴曰挵lōng。以棒敲落果子亦曰挵。舉柴仔來～giâ-chhâ-á lâi～⇨取小棒來試探（穴中）。～著蛇你道知死～tioh-choâ lí tō chai-sí⇨挵出蛇來你就知道嚴重了。

【挵蛇孔 lōng-choâ-khang】 以棒試探蛇穴。囡仔毋好～～～gín-á m̄-hó～～～⇨小童不可擂蛇穴。

【挵橄欖 lōng-ka-ná】 ～～～乎人扱～～～hō-lâng-khioh⇨敲落橄欖任人拾取之。喩自己出力讓他人收取成果。扱khioh，扱拾khioh-sip，拾取sip-chí也。

**lōng 浪** 波也。水激石遇風而成浪lōng。放也。濫也。又牛奔曰浪lōng，疾走曰浪lōng。風～hong～⇨同上。海～hái～⇨同上。光～kong～⇨光波kong-pho。聲～seng～⇨同上。驚濤駭～keng-thô-hāi～⇨同上。狂風大～kông-hong-tāi～⇨同上。無風不起～bûhong-put-khí～⇨事出必有因。放～形骸hòng～hêng-hâi⇨同上。牛拎～gû-teh～⇨牛在奔走。馬亦逮伊～bé iah tòe-i～⇨馬也跟他直奔。一下聽著道～轉去也chit-ē thiaⁿ-tioh tō～tńg-khì(ì)-â⇨一聽見就疾奔回家了。人的錢共提拎～lâng-ê-chîⁿ kāng-theh-leh～⇨把人家的錢拿著跑掉了。

【浪子 lōng-chú】 放蕩子hòng-tōng-chú。～～回頭金不換～～hôe-thâu kim-put-hoān⇨放蕩子弟能夠改過自新是比黃金還買不到的。

【浪花 lōng-hoa】 波浪之飛沫。滾滾長江東逝水，～～淘盡英雄，是非成敗轉頭空，青山依舊在，幾度夕陽紅，白髮漁樵江渚上，慣看秋月春風，一壺濁酒喜相逢，古今多少事，都付笑談中kún-kún tiâng-kang tong-sì-súi,～～tô-chīn eng-hiông, sī-hui-sêng-pāi choán-thâu-khong; chheng-san i-kiū-chāi, kí-tō sek-iâng-hông, pek-hoat gî-chiau kang-chú-siāng, koàn-khàn chhiu-goat-chhun hong, it-ô tok-chiú hí-siang-hông, kó·-kim to-siáu-sū, to·-hū chhiàu-tâm-tiong⇨三國演義開卷詞。

【浪費 lōng-hùi】 濫費lām-hùi。～～金錢亦～～時間～～kim-chîⁿ iah～～sî-kan⇨金錢，時間均浪費。

【浪蕩 lōng-tōng】 不務正業put-bū-chèng-giap。貪溺酒色tham-lek-chiú-sek。～～子～～chú⇨同上。～～漢～～hàn⇨同上。

## lop

**lop 喙** 狗食也。狗拎～燒泔káu teh～sio-ám⇨狗在吃熱飯汁。未輸狗拎～拎bē(bōe) su káu teh～lè⇨宛然像狗的食法一樣。喻言詞聽不懂。

**lop 凹** 物凹入ip-jip也。土窪曰凹ip曰，凹lop。中央有一～tiong-ng ū-chit～⇨中央有一凹。大小～toā-sió～⇨大凹與小凹，或大的凹小的。

**lop 橐** 橐lok在頭上曰橐lop。創麻橐仔拎乎人～chhòng moâ-lop-á teh hō·-lâng～⇨製造麻煩給人家負責。麻橐仔moâ-lop-á同麻橐仔moâ-lok-á，亦即孝男之麻喪帽也。大細～toā-sè(sòe)～⇨大小套在一起。大的～細的toā-ê～sè(sòe)-ê⇨大的把細的橐入內中。

**lop 踣** 踐也。蹂躪 jiû-lîm也。踐踏而碎之曰踣lop。牛馬踐踏曰踵thún，亦曰踣lop。人拎～較快垃圾lâng teh～khah-khoài lah-sap⇨人在出入踐踏易髒也。乎牛～著hō· gû～tioh⇨被牛踏了一下。牛～著猶會飼得gû～tioh iáu-ē(ōe)-chhī-tit⇨牛踏了還得了。尾掌仔～斷一指bóe-cháiⁿ-á～tn̄g-chit-cháiⁿ⇨小指踏斷了一指。眞失禮，你的脚盤～着我的脚底chin-sit-lé, lí-ê-kha-poâⁿ～tioh goá-ê-kha-té⇨對不起，我踩了你一脚的笑謔說法。

【踣土漿 lop-thô·-chiuⁿ】 踣製泥漿。～～～來抹牆圍～～～lâi boah-chhiûⁿ-ûi⇨製泥漿以塗圍墻。～～～印土墼～～～ìn thô·-kak⇨同上。

【踣土墼 lop-thô·-kak】 踣土漿以製土墼也。墼kak者，甎chng之未燒者也。～～～造牆圍～～～chō chhiûⁿ-ûi⇨製土墼以造圍牆。

【踣平去 lop-pêⁿ-khì】 lap-pîⁿ-khì。踏平了。戶定都硬將倈～～～也hō·-tēng to ngē-chhian boeh～～～â⇨戶限都幾乎要踩平了。亦喻交往親密，往來頻繁。

【踣灶脚 lop(lap)-chàu-kha】 踏平厨房地。未輸拎～～～拎bē(bōe)-su teh～～～lè⇨宛然像在踏平厨房地一樣，喻往來頻繁而親密。

## lu

lu **耬** 犁lê也。雙連犁siang-liân-lê也。以犁犁田曰耬lu。以新髮剪剃髮亦曰耬lu。猶二區未～扵iáu nn̄g-khu bōe～lê⇨還有兩區田未犁好。你牽牛去～掉lī khan-gû khì～tiàu⇨你牽牛去犁了它。明仔載共你～好否bîn-á-chāi kā-lí～hó-bò͘⇨明天為你犁之好不好。頭毛該～也thâu mo(mn̂g) ài～a⇨該理髮了(剪髮)。～的較好嘛，快更未痛～ê khah-hó-mà, khoài-koh bē(bōe)-thià$^{n}$⇨剪仔剪髮比較好，又快又不痛。

【**耬仔** lu-á】 新式的剪髮刀或剪。頭毛剪仔thâu-mo chián-á⇨同上。

【**耬田** lu-chhân】 犁田lê-chhân。大漢也，會用得先學～～也toā-hàn-ā, ē(ōe)-iōng(ēng)-tit(chit) seng-o̍h～～ā⇨長大了，可以先學犁田了。

【**耬峻** lu-lêng】 犁成崚條以種蕃藷等。

【**耬光頭** lu-kng-khâu】 剪光頭chián-kong-thâu。

【**耬頭毛** lu-thâu-mo(mn̂g)】 剪髮 chián-hoat。

【**耬扵** lu-lu-lê】 ㊀田。～～～可播也～～～hó-pò͘-ā⇨同上。㊁頭毛。～～～較未齷齪～～～khah-bē ak-chak⇨同上。

lu **擄** 強也。搖動也。有物在前而推前之曰擄lu。亦即從後推前之也。滑行而下亦曰擄lu。尻川～頭前kha-chhng～thâu-chêng⇨屁股做先鋒。例如穿越叢林時，多須使用此法。眞恔，會曉～阿媽做先鋒chin-gâu, ē(ōe)-hiáu～a-má chò(chòe) sian-hong⇨夠聰明也，懂得推出老祖母打頭陣。強～一塊給伊kiāng～chi̍t-tè hō͘-i⇨硬推一塊(東西)給他。較～伊都不肯收扵khah～i to m̄-khéng-siu-lê⇨如何強推給他，他皆不收也(紅包或財物)。偷～乎伊thau～hō͘-i⇨偷偷地拏給她。查某人番先共伊～一陣cha-bó͘-lâng-hoan seng-kā-i～chi̍t-tīn⇨女人先與他不按牌理的亂抵一陣。查某人番cha-bó͘-lâng-hoan者女蠻也。俗謂女人可以較不講理。

【**擄紅包** lu-âng-pau】 送紅包為禮。看著～～～來耳道嘴笑目笑也khoà$^{n}$-ti̍oh～～～lâi-niâ tō chhùi-chhiò-ba̍k-chhiò-ā⇨一看見送紅包來了，就笑容可掬了。

【**擄蝦仔** lu-hê-á】 捉蝦。用刺箕～～～iōng(ēng) chhiah-ki～～～⇨同上。刺箕chhiah-ki，桂竹篾kùi-tek-bi̍h的畚箕pùn-ki，用來扒米put-bí者。因其質較硬，可插入米中扒之，故曰刺箕chhiah-ki。刺chhiah猶如插chhah也。

【**擄來擄去** lu-lâi-lu-khì】 推過來又推過去。～～～～您兩頭不收，無我中間收好啦～～～～lín-liáng-thâu m̄-siu, bô-goá tiong-kan-siu hó-lā⇨推來又推去，你們雙方都不收，那麼我中間代收可也(對雙方不接受者取笑)。

【**擄落崁脚** lu-lo̍h-khàm-kha】 滑行而下崖下。遂仔～～～～較近un-á～～～～khah-kīn(kūn)⇨慢慢滑行下崖比較近路。

lu **瘤** 瘤liû亦曰瘤lu。摃一～大疕～kòng-chi̍t～toā-bong～⇨打成了一個腫得很大的瘤。

lú **女** 女lí也(見li部)。

lú **你** 你lí也(見li部)。

lú **旅** 旅lí也(見li部)。

lú **僂** 僂lo͘也(見lo͘部)。

lū **鑢** 治銅鐵使其平滑也。磨光擦金皆曰鑢lū。皮鞋～無金phôe-ê～bô-kim⇨皮鞋擦得不夠亮。

【**鑢仔** lū-á】 擦仔chhat-á。用以擦淨之物皆曰鑢仔lū-á。烏枋～～o͘-pang～～⇨擦淨教室黑板之物。樹乳～～chhiū-leng～～⇨樹乳擦仔chhiū-leng-chhat-á。學童用以擦去錯字之膠塊。鼎刷～～tiá$^{n}$-chhè～～⇨洗鍋用之小刷子。

【鑢平 lù-pê$^{n}$(pî$^{n}$)】 磨平boâ-pê$^{n}$(pî$^{n}$)。

【鑢金 lù-kim】 擦金chhat-kim。磨金boâ-kim。

【鑢傷 lù-siang】 擦過傷chhat-kò-siang。擦傷chhat-siang。

【鑢皮鞋 lù-phôe-ê】 擦皮鞋chhat-phôe-ê。

【鑢破皮 lù-phoà-phôe】 擦傷皮膚chhat-siang phôe-hu。

【鑢鑢扣 lù-lù-lè】 鑢之。～～～道可，毋免鑢到外金～～～tō-hó m̄-bián lù-kà joâ-kim⇨擦淨即可也不必擦得太金太亮。

lù **詉** 讙聲也。惡言也。受責罵教訓曰詉lù。亦作呶lù。乎長的叫去～hō·-tiú$^{n}$-ê kiò-khì～⇨乎首長召去教訓。大～一場toā～chi̍t-tiû$^{n}$⇨大大訓斥一場。

【詉詉叫 lù-lù-kiò】 ㊀言不停。外語流利。番仔話～～～hoan-á-ōe～～～⇨番邦語非常的流利。㊁惡言惡語不停。～～～歹死死～～～phái$^{n}$-sí-sí⇨惡言惡語的兇惡之極。

lû **閭** 閭lî也(見li部)。

lû **驢** 驢lî也(見li部)。

lū **呂** 呂lī也(見li部)。

lū **盧** 盧lī也(見li部)。

lū **濾** 濾lī也(見li部)。

## lui

lui **鐳** 銅幣曰鐳lui。銅～tâng～⇨同上。二仙～nn̄g-sián～⇨一枚二仙的銅幣。一只賣三～chi̍t-chí bē(bōe) sa$^{n}$～⇨一個賣三仙。袋仔斷～tē-á tn̄g～⇨袋中一鐳都無。

lui **樏** 木實也。松柏～chheng-peh～⇨松柏的果毬kó-kiû。

lúi **誄** 誄詞lúi-sû，累列前人事跡之弔祭文。

lúi **壘** 軍壘kun-lúi也。累土爲防壁曰壘lúi。又棒球pāng-kiû用詞。戰～chiàn～⇨同上。砲～phàu～⇨砲台。本～pún～⇨棒球的捕手的位置，亦即home或home-base。全～打choân～tá$^{n}$⇨棒球打出有効界外線可以一氣跑回本壘之球，home-run。跑～pháu～⇨打出有効球hit，經一二三壘，跑回本壘不被殺者爲得一分。

【壘球 lúi-kiû】 即棒球baseball也。或稱輭球ńg-kiû，即soft-ball。俗已以球較大，適合女子或孩童玩的棒球稱壘球lúi-kiû，打法，玩法則完全一樣。

lúi **蕊** 或作蘂lúi。花的生殖器官也。亦即花心。花外曰萼go̍k，內曰蕊lúi，俗誤混爲蕾lúi。

lúi **蕾** 花之含苞待放者也。花算蕾lúi，眼亦算蕾lúi。花～hoe～⇨同上。開～khui～⇨開花khui-hoe。含～未放hâm～bī-hòng⇨花蕾還未破開。喻待嫁之少女。一～花chi̍t～hoe⇨一朶花，喻美麗少女。一～好花揷牛屎chi̍t～hó-hoe chhah-gû-sái⇨一朶美麗的花揷在牛糞上。喻美女嫁醜夫，示可惜之意。目珠大細～ba̍k-chiu toā-sè(sòe)～⇨兩目大小不同，喻待人不公平。

lúi **累** 積計曰累lúi。大略估計亦曰累lúi。無～看抡猶不知bô～khoà$^{n}$-lè iáu-m̄-chai⇨不約計看看還不知道。～看抡道知也～khoà$^{n}$-lè tō-chai-a⇨約計看看就知道了。亦讀lūi。

【累計 lúi-kè】 積計chek-kè。歷年～～虧損眞大le̍k-nî～～khui-sún chin-toā⇨歷年堆積下來合計的虧損甚大。～～在百萬以上～～chāi pah-bān í-siāng⇨總計在一百萬之上。

【累積 lúi-chek】 相因相積。安爾抡～～是眞驚人呢an-ne(ni) teh ～～ sī chin kia$^{n}$-lâng-neh⇨如此累積(的結果)將是可怕的(大數字)。

【**累累** lúi-lúi】 累積沈重。負債～～hū-chè～～⇨壓得透不過氣的沈重債荷。

lúi **磊** 衆石也。大也。

【**磊落** lúi-lo̍k】 胸懷坦白。亦曰磊磊落落lúi-lúi-lo̍k-lo̍k。光明～～kong-bêng～～⇨同上。

lúi **儡** 傀儡khúi-lúi，木偶戲也。俗曰傀儡戲ka-lé-hì。俯仰任人操縱者曰傀儡ka-lé，曰傀儡kúi-lúi。～～政權～～chèng-koân⇨同上。(kúi-lúi)。未輸～～ 翁仔抄bē(bōe)-su～～âng-á-leh⇨同上。傀儡khúi-lúi→ka-lé。

lúi **屢** 數也。頻數也。不止於一次曰屢lúi。

【**屢次** lúi-chhù】 數次sò͘-chhù。每次múi-chhù。～～共伊講,伊都無佅聽～～kā-i-kóng, i to bô-boeh(beh)-thia$^{n}$⇨數次對他講過了，他皆不肯聽從。

【**屢屢** lúi-lúi】 屢次lúi-chhù。

lúi **縷** 線也。詳盡細致也。亦爲計算單位也。不絕如～put-choa̍t jî～⇨如線之不斷絕也。～述經過～sut keng-koe⇨詳細報告經過。一～炊烟it～chhoe-ian⇨一小條炊烟。

lùi **兌** 兌thùi亦曰兌lùi，易e̍k也，移易也，以大易小或以好易壞皆曰兌thùi，亦曰兌lùi。歹的～好的phái-ê～hó-ê⇨壞的換取好的。大票～小票toā-phiò～sió-phiò⇨大鈔換取小鈔。乎人偷～去hō͘-lâng thau～khì(ì)⇨被人兌換去了，亦即好的被取走，換來壞的。您若同意，會使得相～嘛lín nā tông-ì, ē(ōe)-sái-chit sio(sa$^{n}$)～mā⇨你們彼此同意，可以互換。

【**兌換** lùi-oā$^{n}$】 thùi-oā$^{n}$。變換piàn-oā$^{n}$(不同質量者互換)。～～支票～～chi-phiò⇨支票換取現款。亦可單說兌支票lùi-chi-phiò。

【**兌錢** lùi-chî$^{n}$】 換大小錢票。阿三去～～a-sam khì～～⇨阿三拿大票出去向人換取小票。

【**兌小的** lùi-sió-ê】 大鈔換取小鈔。

【**兌現的** lùi-hiān-ê】 (支票)換取現款。支票去合人～～～chi-phiò khì kah(kap)-lâng～～～⇨支票與人換取現欵。

【**兌來兌去** lùi-lâi-lùi-khì】 彼此互兌。平平生理人，逐家該～～～～，有道兌乎伊，無要緊pê$^{n}$-pê$^{n}$ seng-lí-lâng, ta̍k-ke-ài～～～～, ū-tō lùi-hō͘-i, bô-iàu-kín⇨同是生理人，彼此需要互相兌換，如果有，就兌換給他，不要緊的。

lùi **褸** 衣壞也。人貧衣物醜陋破裂曰襤褸lām-lùi。篳路襤～啓發山林pit-lō͘-lām～khé-san-lîm⇨台灣通史開卷詞。

【**褸碎** lùi-chhùi】 零星lân-san。雜亂cha̍p-loān。傷～～也，不好也啦siu$^{n}$～～ā, m̄-hó-ā-lā⇨太碎太小了，不要也吧。存許的褸褸碎碎的，無愛也啦chhun-hiah-ê lùi-lùi-chhùi-chhùi-ê bô-ài-ā-lā⇨剩下的那些零零星星lân-lân-san-san的不要了。

【**褸褸** lùi-lùi】 襤襤～～lām-lām～～⇨襤褸lām-lùi多重複用之。穿到襤襤～～曷毋驚人笑chhēng-kà lām-lām～～a̍h-m̄-kia$^{n}$ lâng-chhiò⇨穿得破破爛爛，髒兮兮，何不怕人笑呢。～～碎碎～～chhùi-chhùi⇨縷碎lúi-chhùi。

lûi **雷** 陰陽動而爲雷lûi，而物生矣。古人之說也。其聲曰雷lûi，其光曰電tiān，曰閃電siám-tiān，俗曰蝕仔sih-nah (sit-a→sih-nah)。蝕sit，脫光也，亦即其光忽失也。一下～天下響chi̍t-ē～thi$^{n}$-ē-hiáng⇨一聲雷，天下皆鳴響。謂一旦成名天下知。春～chhun～⇨仲春雷乃發聲(古人言)。萬～齊發bān～chê-hoat⇨喻聲響之大。掌聲如～chiáng-seng jî～⇨叫好者拍掌其聲如雷之大。地～水～tē～chúi～⇨

初期的現代武器。疾風迅～chi̍t-hong-sīn～⇨同上。

【雷公 lûi-kong】 雷lûi的俗稱。～～蝕仔～～sih-nah⇨雷鳴與閃電。～～蝕仔吭吭叫～～sih-nah khe̍h$^{n}$-khe̍h$^{n}$-kiò⇨雷電大作大鳴。吭吭叫khe̍h$^{n}$-khe̍h$^{n}$-kiò，雷聲。叫kiò亦作哮háu。～～仔點心～～á tiám-sim⇨雷公之便當，亦即即將把你吃掉(打死)也。～～仔飯包～～á pn̄g-pau⇨同前。～～戮無着的～～chhōe-bo-tio̍h-ê⇨雷公尋未到之人，謂早晚將被雷公打死之惡人。～～仔貨～～á-hòe⇨同雷公點心。～～面～～bīn⇨兇惡之面相。～～嘴～～chhùi⇨雷之人化圖，經常畫出尖嘴之惡相。

【雷池 lûi-tî】 喻禁地。不能輕越～～put-lêng kheng-oa̍t～～⇨同上。

【雷同 lûi-tông】 雷聲發而萬物同動。附和～～之衆hū-hô～～chi-chiòng⇨同上。

【雷雨 lûi-í(ú)】 雷與雨。～～交加～～kau-ka⇨降雨雷鳴不停。

【雷動 lûi-tōng】 掌聲～～chiáng-seng～～⇨同上。

【雷達 lûi-ta̍t】 radar的音譯詞。俗曰電波探知器tiān-pho-thàm-ti-khì。～～網的保護～～bāng ê pó-hō͘⇨同上。

【雷拍蟄 lûi-phah-ti̍t】 驚蟄ke$^{n}$-ti̍t之日雷鳴。拍phah亦作摃kòng。～～～烏卌九日～～～o͘-siap-káu-ji̍t⇨謂驚蟄ke$^{n}$-ti̍t之日有雷鳴，將有連續四十九日之陰雨。卌siap，四十也。

【雷神廟 lûi-sîn-biō】 雷神之廟。

【雷摃秋 lûi-kòng-chhiu】 立秋之日有雷鳴。摃kòng，打tá$^{n}$也，亦作拍phah。～～～年冬半收～～～nî-tang poà$^{n}$-siu⇨俗諺，謂立秋日有雷鳴，收成將折半。

【雷厲風行 lûi-lē-hong-hêng】 執法威猛嚴峻chip-hoat-ui-béng giâm-chùn。

【雷霆萬鈞 lûi-têng-bān-kin】 喻威勢之重，不可抗拒。～～～～之勢～～～～chi-sè⇨同上。

**累** lûi 累lūi也。拖累thoa-lūi也。

【累堆 lûi-tui】 孩子似哭非哭似吵非吵，只是頑固抗拒，令人無從安撫的態度。即個囡仔實在有夠～～chit-ê gín-á si̍t-chāi ū-kàu～～⇨此孩子十分累堆了。本作⿰月累脽lûi-tui⇨形惡也。

**縲** lûi 起紲lûi-siat，拘繫犯人的繩索。喻監獄ka$^{n}$-ga̍k。雖在～～之中，非其罪也sui chāi～～chi tiong, hui-kî-chōe-iā⇨公冶長kong-iá-tiâng。

**擂** lûi 研物géng-mi̍h也。比武台也。抗拒亦曰擂lûi。會死每合伊～ē-sí mā kah(kap)-i～⇨縱使死亦與他抗戰一番。

【擂死 lûi-sí】 酷使致死。對查某嫺活伓～～tùi cha-bó͘-kán-á oa̍h-boeh～～⇨對侍女幾乎酷使到將致死。

【擂破 lûi-phoà】 研破géng-phoà。～～道可，也毋免幼～～tō-hó-à m̄-bián-iù⇨研破就可以了，不必成粉末。

【擂碎 lûi-chhùi】 同擂破lûi-phoà。

【擂鉢 lûi-poa̍h】 擂物之鉢。

【擂臺 lûi-tâi】 比武台。比武場。企～～khiā～～⇨設立擂台為其主。拍(打)～～phah(tá$^{n}$)～～⇨向擂台挑戰。

【擂槌 lûi-thûi】 擂物用之小木棒。有擂鉢無～～每未用得ū-lûi-poa̍h bô～～mā-bē(bōe) iōng(ēng)-tit(chit)⇨同上。

**鐳** lûi radium。化學元素名。具有放射性。法蘭西女科學家，居禮夫人所發現者。

【鐳錠 lûi-tēng(tiā$^{n}$)】 鐳radium的通稱。

【鐳射線 lûi-siā-soà$^{n}$】 鐳radium的放射有$\alpha$、$\beta$、$\gamma$三種線。其中$\gamma$線對癌gâm的治療有效。

**lūi 淚** 眼水gán-súi也。俗曰目水bak-chúi或目屎bak-sái。如流淚之狀亦曰淚lūi。眼～gán～⇨目屎bak-sái。暗自流～àm-chū-liû～⇨私自流淚悲傷。含羞～，筆寫書，滿懷心事告君知hâm siu～, pit-siá-si, boán-hoâi-sim-sū kò-kun-ti⇨尺牘chhiok-thok範文。一行文字兩行～it-hâng bûn-jī liáng-hâng～⇨舊詩。孔明揮～斬馬謖khóng-bêng hui～chám-má-siok⇨三國演義的故事。目屎淋～垂bak-sái lâm～sûi⇨眼淚流如水。啼淋哭～thî-lâm-khàu～⇨啼哭流淚thî-khok-liû-lūi。好蠟燭未～hó-lah-chek bē(bōe)～⇨好蠟燭(其溶液)不下垂。一枝蠟燭連鞭道～了了也chit-ki lah-chek liâm-mi tō～liáu-liáu-ā⇨一枝蠟燭很快就溶化下垂而盡了。

【淚珠 lūi-chu】 眼淚一滴一滴而落的美詞。亦即淚落如珠lūi-lok jî-chu。

【淚痕 lūi-hûn】 流淚的痕迹。

【淚如泉湧 lūi-jî-choân-ióng】 眼淚如泉水一般的湧出。

**lūi 累** 事相因致損曰累lūi。室家曰累lūi。負欠曰累lūi。疲勞亦曰累lūi。受人牽～siū-jîn-khan～⇨因事受～in-su-siū～⇨同上。家族拖～ka-chok-thoa～⇨同上。生理虧～seng-lí-khui～⇨同上。工作勞～kang-chok lô～⇨同上。家～一大拖ka～chit-toā-thoa⇨家眷ka-koàn很多。一大拖chit-toā-thoa，一大拖車也。

【累人 lūi-lâng】 易使人疲勞。彼款空課眞～～hit-khoán khang-khòe chin～～⇨同上。

【累月 lūi-goeh(geh)】 lúi-goeh。積月chek-goeh。長年～～的藉扲講也，如果一二擺仔耳，那有問題tńg-nî～～ê chiah-teh-kóng-ā,nā-ká chit-nn̄g-pái-á-niâ, ná-ū būn-tê⇨一年中每月要的才說也(沒辦法)，如果一兩次而已，當然是沒問題的。

【累犯 lūi-hoān】 lúi-hoān。常習犯 siâng-sip-hoān。竊盜的～～chhiap-tō ê～～⇨同上。

【累次 lūi-chhù】 lúi-chhù。數次sò͘-chhù。屢次lúi-chhù。

【累卵 lūi-loān】 lúi-loān。危如～～gûi-jî～～⇨險如卵堆，隨時有傾覆破碎的可能性。

【累累 lūi-lūi】 lúi-lúi。堆積如山。負債～～無叫救人未使得了hū-chè～～bō-kiò-kiù-lâng bē(bōe)-sái-tit(chit)-lò͘⇨負債如山，非求救不可了。

【累進稅 lūi-chìn-sòe】 稅率隨納稅人的盈利增加而提高的稅法。

**lūi 縋** 以繩索懸而上下曰縋lūi。夜～而出iā～jî-chhut⇨乘夜縋縣城而出城外也。伄～去三樓boeh～khì(ì)saⁿ-lâu⇨將縋上三樓chiang lūi-siāng saⁿ-lâu。無法度～bô-hoat-tō͘～⇨無辦法縋上(下)去。

【縋仔 lūi-á】 一種橫渡坑谷的古老設備。鋼索固定在坑谷上，以滑車懸一弔籃於鋼索，弔籃有軟索結連兩岸，人坐籃中，自拉軟索可來往渡之。坐～～過溪chē～～kòe-khe⇨乘縋過河。

【縋旗 lūi-kî】 使旗上下於旗杆上。

【縋倒椏 lūi-tó-oe】 形容果子衆多弔在枝上。生到～～～seⁿ(siⁿ)-kā～～～⇨果子結得枝椏幾乎倒斷。

【縋來縋去 lūi-lâi-lūi-khì】 乘縋往來也。

**lūi 擂** 擊鼓也。打大鼓曰擂lūi，俗亦作擂lūi。大吹大～toā-chhui-toā～⇨吹的，打的各種樂器俱作。喻大事宣傳或大作大爲。

【擂鼓 lūi-kó͘】 擊打大鼓。敲鐘～～khau-cheng～～⇨打鐘打鼓。

**lūi 類** 種類chióng-lūi也。相似曰類lūi。各從其～kok-chiông-kî～⇨同上。物以～聚but-í～chū⇨同～相聚tông～siang-chū⇨同上。人～，魚～，哺奶～，昆蟲～，爬蟲～jîn～，hî～, pō͘-leng～, khun-thiông～, pê-thiông

~⇨動物中的若干類。分~hun~⇨同上。分門別~hun-bûn-piat~⇨同上。歸~kui~⇨①同一類。②各歸其類。扱歸~khioh-kui~⇨各歸其類。一~庋一位chıt~khǹg chıt-ūi⇨一類各置一地。共~的庋做堆kāng~ê khǹg-chò(chōe)-tui⇨同類的置成堆。有教無~iú-kàu-bû~⇨孔子教育方針。口語中，在指定代名詞即chit或彼hit之後時，類lūi改讀lōe。如：即類的較貴chit-lōe-ê khah-kùi⇨這種比較貴。彼類的無人愛hit-lōe-ê bô-lâng ài⇨那種沒人要。

【類似 lūi-sū】 大致像樣tāi-tì siāng-iū$^n$。攏共款的道較奧也，~~的不較快lóng kāng-khoán-e tō-khah-oh-ā, ~~ê m̄-khah-khoài⇨全部同樣的就比較困難了，大體相同的，沒問題也。

【類別 lūi-piat】 種類之分別。分門別類hun-bûn-piat-lūi。

【類型 lūi-hêng】 其類其型。共~~的kāng~~ê⇨同上。看~~是差無若濟。khoà$^n$~~sī chha-bô joā-chē(chōe)⇨只看類型是爭差cheng-chha不多。

【類書 lūi-si(su)】 同性質的書籍。羣書。

【類推 lūi-chhui(thui)】 按照已知者推測其他之未知。其異同如此，餘可~~kî-ī-tông-jî-chhú, î-khó~~⇨同上。

【類多如此 lūi-to-jî-chhú】 大概都是安爾的tāi-khài to-sī an-ne(ni)-ê⇨同上。

## lun

**lun 倫** 欲知之貌。畏首畏尾ùi-siú-ùi-bóe曰倫lun。亦即臨事懼怕退縮的性格也。伊的人有較~淡薄仔i-ê-lâng ū-khah~tām-poh-á⇨他的爲人消極一點。

【倫倫 lun-lun】 畏首畏尾。消極。退縮。阿三的人~~a-sam-e-lâng~~⇨阿三爲人無積極性。見着人道~~kì$^n$-tioh-lâng tō~~⇨逢到他人就怕怕地。安爾逐項驚驚~~一世人食水有啦an-ne(ni) tak-hān kia$^n$-kia$^n$ ~~chıt-sì-lâng chiah-chúi-ū-lâ⇨如此的凡事怕怕退縮不敢進取，一生食水可也(否則何以爲生)。

**lún 愞** 怯弱khiap-jiak也。忍jím也。臨事畏縮曰愞lún。人伊不是驚，是~耳lâng-i m̄-sī-kia$^n$, sī~niâ⇨人家他不是怕，只是忍而已。看到未~得也，人藉整聲khoà$^n$-kà bē(bōe)~tit-â lâng chiah chéng-sia$^n$⇨看至不能再忍了，人家才提出警告。整聲chéng-sia$^n$，出聲警告。曷使~ah-sái~⇨何用怕。猶扲~啥iáu-teh~sah$^n$(siah$^n$)⇨還在怕什麼。

【愞手 lún-chhiú】 不敢使盡手力或手腕。你略仔~~扲，人好膽的人道扱去也lí lioh-á~~leh lâng-hó-tá$^n$-ê-lâng tō-sa-khì(ì)-à⇨你稍有躊躇不敢出手，人家好膽者就挾取而去矣。小弟仔較殘，阿兄有較~~sió-tī-á khah-chhân, a-hia$^n$ ū-khah~~⇨小弟弟較狠心，兄哥比較讓手。許都不免~~的he-to m̄-bián~~ê⇨那是不必忍讓不敢出手的。

【愞尿 lún-jiō】 禁尿kìm-jiō。人講查某人較佼~~lâng-kóng cha-bó͘-lâng khah-gâu~~⇨古人傳說，女人比較善於禁尿。

【愞氣 lún-khì】 強自抑制kiâng-chū-ek-chè。~~呑聲~~thun-sia$^n$⇨強自抑制怒氣呑聲不發言。~~求財，激氣相刣~~kiû-châi, kek-khì sio-thâi⇨勸忍的俚諺。

【愞愞 lún-lún】 怕怕phà$^n$-phà$^n$。阮某我不是驚伊，略仔~~耳goán-bó͘ goá m̄-sí-kia$^n$-i, lioh-á~~niâ⇨我愛妻，我可不是怕她，而是有一些輭輭而已。

【愞寒 lún-koâ】 耐寒nāi-hân。~~儉食扲飼子~~khiām-chiah teh-chhī-kiá$^n$⇨節衣節食以養育子女。

【愞痛 lún-thià$^n$】 ㊀忍痛jím-thià$^n$。未~~

得bē(bōe)～～tit(chit)⇨同上。㈡怕痛phàⁿ-thiàⁿ。伊都～～不敢去開刀i-to-～～m̄-káⁿ khì khui-to⇨他是怕痛才不敢去開刀治療。

【惀嘴 lún-chhùi】 控制嘴，不亂食，不亂言。～～忿舌～～khiūⁿ-chih⇨控制口舌。控制食物的種目曰忿khiūⁿ。

【惀膽 lún-táⁿ】 失膽力。懼怕kī-phàⁿ。頭仔講著大孔到未顧得，見眞煞抡～～thâu-ā kóng-tioh toā-khang-kà bē(bōe)-kò·-tit, kìⁿ-chin soah teh ～～⇨開始時是大方得不得了，眞的要做了，竟畏懼不前。

【惀懾 lún-liap】 lún-nehⁿ。懼怕kī-phàⁿ。俗作惀餒lún-nehⁿ。囡仔症耳更全無～～gín-á-phí-niâ koh choân-bô ～～⇨只是一個小童而已，竟完全不懼不怕。

lún
**碖** 石碖chioh-lún⇨碎石機，碾平機皆曰石磁chioh-lún。碎石chhùi-sek，碾平tián-phêng亦皆曰碖lún。

【碖石仔 lún-chioh-á】 碖碎大石爲土木建築工程用的小石子。

lūn
**潤** 物有濕氣曰潤lūn。落安爾有略仔霑～也loh-an-ne(ni) ū-lioh-á tâm～à⇨(雨)下得如此，(地面)有了霑潤tâm-lūn了。有～去也，該更曝較好ū～khì(ì)-à ài-koh-phak khah-hó⇨含有濕氣了，應該再曬過太陽比較好。猶霑～霑～抡iáu tâm～tâm～lè⇨還是霑潤的。

【潤潤 lūn-lūn】 霑潤的tâm-lūn-ê。摸著猶～～抡bong-tioh iáu～～lè⇨一摸還有霑潤感。

lūn
**蠕** 蟲行曰蠕joán，jû，亦曰蠕lūn。小移動亦曰蠕lūn。亦作蜦lūn。娘仔抡～niû-á teh～⇨蠶chhâm在爬行。一尾蟲於許得～chit-bóe-thâng tī-hia teh～⇨一條蟲在彼地蠕動joán-tōng。更～一下koh～chit-ē⇨再移動一點點。

【蠕價錢 lūn-kè-chîⁿ】 長論價錢。抡合伊～～蠕未一下晡也teh-kah(kap)-i～～～lūn-boeh-chit-ē-po·-a⇨與他在討價還價蠕得將近一下午了。

lūn
**蜦** 蟲行也。小移動也。同蠕。

lûn
**綸** 青絲綬也。經～keng～⇨治絲之事。濟世之經～chè-sè chi keng～⇨救世的治國方略。

【綸巾 lûn-kin(kun)】 古代的一種帽式。又名諸葛巾chu-kat-kin，因孔明喜愛之而得名。～～羽扇～～í-sìⁿ⇨諸葛孔明喜愛頭戴綸巾，手執羽扇以指揮軍兵。

lûn
**倫** 輩也。序也。道也。義理也。天有天～，人有人～thian-iú thian～, jîn-iú jîn～⇨俚言。五～ngó·～⇨父子有親，君臣有義，夫婦有別，長幼有序，朋友有信，此五者人之常道，故曰五倫ngó·-lûn。精力絕～cheng-lek choat～⇨同上。不～不類put～put-lūi⇨不三不四put-sam-put sù。

【倫比 lûn-pí】 比較pí-kàu。無以～～bû-í～～⇨無可與之比並pí-phēng。

【倫次 lûn-chhù】 條理，次序。語無～～gí-bû～～⇨亂講亂說loān-kóng-loān-soeh(seh)，毫無次序。

【倫理 lûn-lí】 人類道德之原理。～～道德～～tō-tek⇨同上。～～學～～hak⇨研究倫理的學科。

【倫常 lûn-siâng(siông)】 人倫之常道。違背～～ûi-pōe～～⇨同上。

【倫敦 lûn-tun】 地名London。英國國都。亦爲世界數一數二的大都會。俗亦稱英倫eng-lûn。

lûn
**淪** 水波也。沒也。亡也。沈～於歡樂的世界tîm-～tī hoan-lok ê sè-kài⇨同上。

【淪亡 lûn-bông】 喪亡song-bông。國家～～kok-ka～～⇨同上。

【淪陷 lûn-hām】 土地喪失thó·-tē song-sit。國土～～kok-thó·～～⇨同上。

【淪喪 lûn-song】 喪亡song-bông。道德～～tō-tek～～⇨同上。

lûn
**輪** 車輪chhia-liân也。凡形如車輪chhia-liân者曰輪lûn。又依次更迭，周而復始亦曰輪lûn。大車～tāi-chhia～⇨橫桿運動法之一，雙手握橫桿，使全身伸直旋轉如車輪者。日～月～ji̍t～goa̍t～⇨日與月之異稱。齒～khí～⇨邊緣呈齒狀用以帶動機械之轉動的輪子。飛～hui～⇨同上。轉～choán～⇨同上。骨～kut～⇨脚手之關節koan-chiat(chat)。美～美奐bí～bí-hoàn⇨建築物高大美觀。照～chiàu～⇨按次序輪流。三年二閏好歹照～sa$^n$-ni nn̄g-lūn, hó-phái$^n$ chiàu～⇨俚言。

【輪奐 lûn-hoàn】 建築物高大華美。～～之美～～chi-bí⇨同上。

【輪迴 lûn-hôe】 佛家語。謂人皆依其善惡展轉於六道之中。善者轉生入善道，惡者轉生入惡道。六道者天道thian-tō，人道jîn-tō，阿修羅道a-siu-lô-tō爲三善道。地獄道tē-ga̍k-tō，餓鬼道gō-kúi-tō，畜生道thek-se$^n$-tō爲三惡道。又輪迴lûn-hôe亦喩循環sûn-khoân不息。

【輪胎 lûn-thai】 樹乳製的各種車輪。內空實以空氣使持有彈性者。有內胎與外胎。胎thai者英文tyre or tire的音譯。

【輪姦 lûn-kan】 複數之人合淫一婦女。～～罪～～chōe⇨同上。

【輪流 lûn-liû】 依次交代。逐家～～歇困ta̍k-ke～～hioh-khùn⇨大家輪流休息。～～創～～chhòng⇨輪流爲之。

【輪班 lûn-pan】 輪流交替。學生～～掃地ha̍k-seng～～sàu-tē⇨同上。

【輪值 lûn-ti̍t】 輪流擔任值日或夜工作。～～人員守則～～jîn-oân siú-chek⇨同上。

【輪番 lûn-hoan】 依次替代。～～出戰～～chhut-chiàn⇨同上。

【輪廓 lûn-koh】 lûn-khok。物像。物體的外形。事物的概略khài-lia̍k。大概的～～知也了tāi-khài ê～～chai-a-lò͘⇨同上。

【輪鬮 lûn-khau】 抽鬮以定輪流之序。～～較公道～～khah kong-tō⇨同上。

【輪轉機 lûn-choán-ki】 印報機。高速～～～ko-sok～～～⇨同上。

lūn
**論** 議也。評也。決罪曰論lûn。文體之一曰論lûn。議～gī～⇨同上。評～phêng～⇨同上。理～lí～⇨①實際的對詞。理～派實踐派lí～phài, si̍t-chiān-phài⇨同上。②興師問罪。該去合伊理～ài-khì kah(kap)-i lí～⇨應去問他因何傷害及我方。③計較。買賣算分，相請無～bé-bē sǹg-hun, sio-chhiá$^n$ bô～⇨俚言。阮是無～的goán sī bô～ê⇨我們是彼此不計較的。家己的人得～啥ka-kī(tī)-ê-lâng teh～sah$^n$(siah)$^n$⇨自己人嘛計較什麼呢。

【論文 lūn-bûn】 一種文體。博士～～phok-sū～～⇨修博士學位必通過之長篇理論文章。

【論法 lūn-hoat】 ㊀論理學名詞。三段～～sa$^n$-toā$^n$～～⇨同上。㊁按法。～～該斬～～kai-chám⇨按法令所定應該殺頭。～～無安爾做的～～bô an-ne(ni)-chò(chòe)-ê⇨在道德上或法律上沒有如此做的。

【論定 lūn-tēng】 評論歸一。蓋棺～～kài-koan～～⇨一個人的好壞之論，在其棺柴蓋上了才能決定。

【論眞 lūn-chin】 其實kî-si̍t。事實上sū-si̍t-siāng。～～咱無了～～lán bô-liáu⇨其實我們沒有虧本。～～食頭路上無盤～～chia̍h-thâu-lō͘ siāng-bô-poâ$^n$⇨事實上領薪水生活最不合算。～～莫去較好～～mài-khì khah-hó⇨其實不去還要好(有利)。

【論理 lūn-lí】 ㊀論理學的簡稱。㊁按道理說。若要～～道該買斷的較長nā-boeh～～tō-ài bé(bóe)-tn̄g-ê khah-tn̂g⇨如果要講理嘛，就應該買了他比較有利。

【論罪 lūn-chōe】 評論其罪責。～～可能未到死罪，不拘論情却是可惡的忘恩背義～～

khó-lêng bē(bōe)-kà-sí-chōe, m̄-ku lūn-chêng khiok-sī kó-ò ê bōng-in-pōe-gī⇨同上。

【論語 lūn-gí】 書名。～～者，二十篇，羣弟子，記善言～～chiâ, jī-sıp-pian, kûn-tē-chú, kì-siān-gân(giân)⇨三字經。

【論說 lūn-soat】 論事之說。～～委員～～úi-oân⇨大報社多有此職位，是分擔執筆社論的高級知識人員。

【論調 lūn-tiāu】 所主張的強與弱，所持態度的強硬或穩和的程度。～～也有相當激烈的，但是大體而言，多是著眼於人權問題～～iā-ū siang-tong kek-liat-ê, tàn-sī tāi-thé-jî-gân, to-sī tiok-gán î jîn-koân būn-tê⇨同上。

【論戰 lūn-chiàn】 紙上的理論之爭。亦曰筆戰pit-chiàn。～～不論，講變做人身攻擊啦，實在有夠下流～～m̄-lūn, kóng pìⁿ-chò(chòe) jîn-sin-kong-kek-là, sıt-chāi ū-kàu hā-liû⇨論戰不論，竟論成人身攻擊了，十分下流也。

【論壇 lūn-toâⁿ】 言論界。～～中的佼佼者～～tiong ê kiáu-kiáu-chià⇨言論界的特出人物。

【論點 lūn-tiám】 評論的中心點。主題。～～無明確～～bô-bêng-khak⇨同上。

【論斷 lūn-toàn】 論定lūn-tēng。下決定之語。人的家事，不當共人輕易～～lâng-ê ka-sū m̄-thang kā-lâng keng-ī～～⇨人家的家內事，不應該輕易加以判斷是非。

【論功行賞 lūn-kong-hêng-siúⁿ(siáng)】 評定功勞頒發獎賞。～～～～皆大歡喜～～～～kai-tāi hoaⁿ-hí⇨同上。

lūn
**崙** 小山也。丘陵曰崙lūn。崙仔頂lūn-á-téng⇨山上。三條～saⁿ-tiâu～⇨多有此小地名。

lūn
**閏** 曆法用詞。在陽曆二月二十九日曰閏日lūn-jıt，是年曰閏年lūn-nî。在陰曆有雙月者曰閏月lūn-goeh(geh)，該年曰閏年lūn-nî。五年二～gō·-nî nn̄g～⇨在陰曆每五年之中有兩次閏年。三年二～好僫照輪saⁿ-nî-nn̄g～hó-bái chiàu-lūn⇨俚言。謂好壞的機會是輪流的。僫bái亦作歹pháiⁿ。

【閏餘成歲 lūn-î-sêng-sòe】 ～～～～，律呂調陽～～～～lut-lí-tiau-iâng⇨千字文。

lūn
**潤** 濕也。漬也。雨澤也。潤lūn亦曰潤jūn。濕～sip～⇨潮濕tiau-sip。糕餅類柔軟曰潤lūn。為人溫和而有耐性亦曰潤lūn。雙糕～siang-ko～⇨一種糕餅名。即碼的紅龜粿又軟又～，真好食chıt-má ê âng-ku-kóe iū-nńg-iū～，chin-hó-chiah⇨此次的紅龜粿又軟又潤，很好吃。即碼chit-má，即每chit-mái也。伊的人較軟～，較好做夥i-ê-lâng khah-nńg～khah-hó-chò-hóe⇨他為人比較軟潤，很合羣。軟～nńg～⇨形容食品或性格之詞。

【潤色 lūn-sek】 修飾文字使文章更加生動。倩人～～chhiàⁿ-lâng～～⇨禮聘名家修飾。

【潤身 lūn-sin】 修業進德siu-giap-chìn-tek。富潤屋，德～～hù-lūn-ok, tek～～⇨同上。

【潤例 lūn-lē】 揮毫的謝禮規定。

【潤性 lūn-sèng】 柔軟溫和的性格。比個老父猶較～～pí-in-lāu-pē iáu-khah～～⇨比他(們)老爸還溫和。

【潤肺 lūn-hì】 滋潤肺臟。中醫的名堂。即類藥仔較～～chıt-lōe ioh-á khah～～⇨同上。

【潤喉 lūn-âu】 止渴chí-khat。即類茶真～～chıt-lōe tê chin～～⇨此一種茶很會潤喉。

【潤筆 lūn-pit】 揮毫hui-hô的謝禮。

【潤餅 lūn-piáⁿ】 清明的食品。餗～～kauh～～⇨捲製曰餗kauh。

**lūn 腀** 皮也。韌jūn曰腀lūn。堅柔也。柔而固也。刀鈍不是皮～to-tun m̄-sī phôe～⇨刀不利也，非皮堅靭也。韌jūn亦作靭jūn。

【腀介介 lūn-kâiⁿ-kâiⁿ】 同腀糾糾lūn-kiuh-kiuh。～～～侎死咯～～～boeh-sí-lò⇨太韌了，要他做甚。

【腀糾糾 lūn-kiuh-kiuh】 傷韌siuⁿ-jūn。很靭。～～～哺曷會落去～～～pō·-ah-ē(ōe)-loh-khì(ì)⇨太韌thài-jūn了，咬不下去的。哺pō·，咬kā也，咀嚼chó·-chiak也。

**lūn 靭** 堅柔也。柔而固也。韌jūn也，同靭jūn，同腀lūn。刀鈍皮～to-tun phôe～⇨同上。

## lut

**lut 䍶** 貶下也。脫落thoat-lok曰䍶lut。磨擦以去垢曰䍶lut。丟官去職曰䍶lut。尌騙lâu-phiàn亦曰䍶lut。嘴齒抒～chhùi-khí teh～⇨牙齒在脫落。頭毛抒～也thâu-mo(mn̂g) teh～à⇨頭髮在脫落了。正漆耳道抒～也chiàⁿ-chhat-niâ tō-teh～à⇨剛漆好而已就開始剝落了。～身軀～seng(sin)-khu⇨擦身去垢。臭名洗未～也chhàu-miâ sé(sóe)-bē(bōe)～à⇨臭名洗不清了。官做到帽仔～掉去koaⁿ chò(chòe)-kà bōh-á～tiāu-khì(ì)⇨官做得官帽丟掉了。頭路～去也thâu-lō·～khì(ì)-à⇨職位丟掉了。四界共人～sì-kè kā-lâng～⇨到處尌食騙幹láu-chiah-phiàn-kàn(幹kàn與姦kan諧音)。用銅銀～人iōng(ēng)-tâng-gîn(gûn)～lâng⇨使用假銀幣詐騙。

【䍶手 lut-chhiú】 溜手liū-chhiú。～～去攻破去～～khì-kòng-phoà-khì(ì)⇨失手以打爛了。

【䍶毛 lut-mo(mn̂g)】 ㊀毛髮自脫。㊁宰殺家畜去毛。鴨仔刣了無赶緊～～剖腹會臭屎味ah-á thâi-liáu bô-koáⁿ-kín～～phoà-pak ē(ōe)-chhàu-sái-bī⇨家禽宰了不趕快去毛剖腹會有屎臭。

【䍶仔 lut-á】 詐騙者。做～～四界去抒䍶人chò(chòe)～～sì-kè khì-teh lut-lâng⇨以詐騙爲業到處騙人。～～嘴～～chhùi⇨騙子花言巧語之嘴。

【䍶臼 lut-kū】 脫臼thoat-kū。手骨耍到～～去chhiú-kut sńg-kà～～khì(ì)⇨手骨玩得脫了臼。

【䍶官 lut-koaⁿ】 丟官tiu-koaⁿ。～～䍶頭路～～lut-thâu-lō·⇨丟官丟職。

【䍶乳 lut-leng】 離母乳。阮都食到翏翏走也藉～～goán to chiah-kà liū-liū-cháu-à chiah～～我的孩子是吃乳吃到會走會跳了才離乳。

【䍶殼 lut-khak】 脫皮脫殼。鷄仔囝攏～～也ke-á-kiáⁿ lóng～～à⇨小鷄皆出殼了。

【䍶蒂 lut-tì】 瓜蒂自脫落。

【䍶銑 lut-sian】 去垢。磨擦以去垢。銑sian者鐵衣，油垢iû-káu亦曰銑sian。

【䍶䍶 lut-lut】 將脫離未脫離。略仔～～仔lioh-á～～à⇨有些要脫落的樣子了。

**lut 脂** 肥也。牛羊曰肥pûi，家曰脂lut。肥～肥～pûi～pûi～⇨很肥。肥～肥～仔pûi～pûi～à⇨相當肥的。

【脂脂 lut-lut】 肥。鷄母媛仔飼到肥～～ke-bó-noá-á chhī-kà pûi～～⇨鷄小姐養得很肥很肥。

**lut 律** 音律也。法也。又詩體之一。法～hoat～⇨國家制定之法典。自～神經chū～sin-keng⇨同上。五言～ngó·-gân(giân)～⇨五言八句之律詩。七言～chhit-giân～⇨七言八句之律詩。樂～gak～⇨音樂的韻調。

【律己 lut-kí】 約束自己。嚴以～～，恕以待人giâm-í～～，sī-í-thāi-jîn⇨律己宜嚴，待人宜寬。

【律令 lut-lēng】 法令hoat-lēng。國家的～～kok-ka ê～～⇨同上。急急如～～kip-kip

jî～～⇨喻急切，急迫之事。或謂律令lu̍t-lēng爲快速疾走之鬼。

【律呂 lu̍t-lī】 古代正樂律的器具，以竹筒開小孔爲之。潤餘成歲，～～調陽lūn-î-sêng-sòe,～～tiau-iâng⇨千字文。

【律法 lu̍t-hoat】 法令hoat-lēng。上帝的～～國家的～～siōng-tè ê～～kok-ka ê～～⇨同上。

【律例 lu̍t-lē】 法令。法律與成例。大清～～tāi-chheng～～⇨清代的法律大全。

【律師 lu̍t-su】 受人委託，代人打官司phah-koa$^{n}$-si的專門職業人員。～～考試及格～～khó-chhì ki̍p-keh⇨同上。

【律詩 lu̍t-si】 五言或七言各八句爲一首之詩體。

**lu̍t 鷸** 鷸蚌相持，漁人得利 lu̍t-pāng siang(si-ong)-chhî, gî-jîn-tek-lī⇨喻雙方爭持不下，則得利者屬第三人，彼此皆無益也。鷸lu̍t,u̍t，鳥名。蚌pāng，蛤類。

**lu̍t 𢫦** 拂𢫦摔phut-lu̍t-su̍t。⇨逃脫，逃走之快速。未輸鱸鰻扴，拂～摔道走去也bē(bōe)-su lô͘-moâ-lè, phut～su̍t tō-cháu-khì(ì)-à⇨宛然像鱸鰻一樣，拂𢫦摔就跑掉了。

**lu̍t 㨉** 去滓汁也。以掌握物或扭物曰㨉lu̍t。痲薟手裏～moâ-chî chhiú-lí～⇨喻事權握己手。家己～ka-kī(lī)～⇨自慰。掠來～lia̍h-lâi～⇨捉來加以修理。

【㨉牛乳 lu̍t-gû-leng】 擠取牛乳。

【㨉手袂 lu̍t-chhiú-ńg】 同𧛾手袂pih-chhiú-ńg。隨便𧛾pih曰㨉lu̍t。逐家～～～得未拂也公親藉到位ta̍k-ke～～～tit-boeh-hut-à kong-chhin chia̍h-kàu-ūi⇨大家捲手袂將要動手開打了，公親老大才到達。

【㨉稻穗 lu̍t-tiū-sūi】 㨉取稻米粒。偷～～～thau～～～⇨同上。

【㨉到金金 lu̍t-kà-kim-kim】 修理得非常工夫kang-hu。被人～～～～bō͘-lâng～～～～⇨被修理得十分徹底。金金kim-kim應掠長音。

## m

**ḿ 姆** 亦母bó也。老婦亦曰姆ḿ。伯～嬸～peh～chím～⇨伯母peh-bó與叔母siok-bó。親家～chhin-ke～⇨新郎新娘双方之母親。亦單稱親～chhe$^{n}$(chhi$^{n}$)～。老阿～lāu-a～⇨老阿婆lāu-a-pô。阿～a～⇨①伯母，叔母。②中年夫人。丈人丈～tiū$^{n}$-lâng tiū$^{n}$～⇨岳父岳母ga̍k-hū ga̍k-bó。大～二～三～toā～jī～sa$^{n}$～⇨①大伯母，二伯母，三伯母。②妻稱丈夫之大，二，三嫂，蓋母趁子稱呼也。

【姆仔 ḿ-à】 母親亦稱姆仔ḿ-à。或謂是爲避凶而偏稱者。

**m̀ 不** 疑問詞m̄的變格。你要～lí-boeh～⇨你要不m̄。安爾是～an-ne(ni) sī～⇨如此是不m̄。即條著～chit-tiâu tio̍h～⇨此題對不對。這些要不boeh-m̀，是不sī-m̀，著不tio̍h-m̀都是求人判斷。本格的不m̄，要不boeh-m̄，是不sī-m̄，著不tio̍h-m̄，是求人同意。例如好不hó-m̀是問好或不好。但是好不hó-m̄卻是可以吧的意思。又如要食m̀是問吃不吃。要食m̄却是爲何不吃，要食也。

**m̂ 梅** 梅bôe, mûi或曰梅m̂，如梅仔m̂-á，梅仔干m̂-á-koa$^{n}$，梅仔餅m̂-á-piá$^{n}$等是也。

**m̂ 莓** 花之蓓蕾pōe-lúi俗曰花莓hoe-m̂。結蕾kiat-lúi曰結莓kiat-m̂，或作結蓓kiat-m̂。花得拍～囉hoe teh phah～lò͘⇨花在結花苞hoe-pau了。蕾俗曰花苞hoe-m̂。

**m̄ 不** 否定之詞。又疑問之詞。加強語氣之詞。你要我～lí-boeh goá～⇨你要我不要。此爲一基本語形。例如:你要去，我～去lí-boeh-khì, goá～khì⇨你要去，我不去。你要坐火車我～坐火車lí boeh-chē hóe-chhia, goá～chē hóe-chhia⇨你要用錢買，我～買lí boeh iōng-chî$^{n}$ bé(bóe), goá ～ bé(bóe)⇨蓄始華爲蓓。蓓蕾始華也。你要用錢買，我不(用錢)買。我攏～知góa lóng～chai⇨我皆不知也。我～知你許爾緊道要搬goá～chai lí hiah-nī-kín tō-boeh-poa$^{n}$⇨我不知你那麼快就要搬家。我該去，你都～免去也goá ài-khì，lí to～bián-khì-à⇨我需要去，你是不用去的。不免m̄-bián⇨免bián。只加強語氣。你～道緊去lí～tō kín-khì⇨你宜速去。你～道該緊去lí～tō ài kín-khì⇨你就應該快去。你～著lí～tio̍h⇨你錯了。你～道較有孝抒lí～tō khah-ū hàu-leh⇨你宜有孝一點。你～道該較有孝抒lí～tō-ài-khah-ū hàu-leh⇨你應該孝順一點。是～是，拍家己sī～sī, phah ka-tī(kī)⇨古諺。謂不論對不對，教訓自己人要緊。拍phah，拍序細phah-sī-sè亦即教訓序細也。您爸～眞老也lín-pâ～chin-lāu-ā⇨你父親不是很老了嗎。安爾～倒了an-ne(ni)～tō-liáu⇨如此不是反而虧本嗎。～抒猶也～teh-siáu-ā⇨(你)不是在發神經病了嗎。～抒無誠意～téh-bô-sêng-ì⇨太無誠意了。～抒老不修～teh lāu-put-siu⇨太老不修了。～抒老倒侒～teh lāu-tō-thōe⇨太老倒侒了。老而反不明事理也。～是人偷提去，～敢是妖精洩去了～sī lâng thau the̍h-khì, ～ká$^{n}$-sī iau-chia$^{n}$ siap-khì lò͘⇨(既然)不是人偷去，那麼，恐怕是妖怪化洩去的。即位～道是王大人了chi̍t-ūi～tō-sī ông-tāi-jîn lò͘⇨這位，不就是王大人了嗎。

【不八 m̄-bat(pat)】㊀不知put-ti。不識put-sek。不能辨別。～～事～～sū⇨不懂世故。～～三～～二～～sa$^{n}$～～nn̄g⇨～～三二～～sa$^{n}$-nn̄g⇨完全無知之孩子。～～芳～～臭～～phang～～chhàu⇨～～芳臭～～phang-chhàu⇨不明是非曲直。～～人～～lâng⇨肉眼無珠，不知其爲厲害角色。你抒～～人lí-teh～～lâng⇨不知人。你不知老子厲害。㊁未曾bī-chêng。～～去～～khì⇨未曾去過。～～食～～chia̍h⇨未曾吃過。～～摸著每八看著～～bong-tio̍h mā-bat(pat)-khoà$^{n}$-tio̍h⇨沒有摸過也看過了。～～扱猪屎，抵著猪潦屎～～khioh-ti-sái, tú tio̍h ti lâu-sái⇨沒有扱過猪屎，(第一次開始)却碰到猪疴痢。謂運途最壞最壞的。往日扱猪屎khioh ti-sái是最下賤的工作，而逢到疴痢猪，就無法扱khioh了。扱khioh拾起也。有所作爲皆曰扱khioh。～～剃頭，抵著翫鬚的～～thì-thâu, tú-tio̍h hô͘-chhiu-ê⇨亦喻衰運。第一次就逢到難題。

【不上 m̄-chiū$^{n}$】不足put-chiok。無夠bô-kàu。～～十元啦，不成物啦～～cha̍p-kho͘ lā, m̄-chiâ$^{n}$-mi̍h lā⇨不上十元的不值錢的。共的合總的都～～三十人抒kiōng-ê kah chóng-ê to～～sa$^{n}$-cha̍p-lâng-leh⇨總而共之，全部不上三十個人。看～～目khoà$^{n}$～～ba̍k⇨看不上眼。

【不止 m̄-chí】不止put-chí。還有其他。～～三百元～～sa$^{n}$-pah-oân⇨比三百還要多。～～安爾耳～～an-ne(ni) niâ⇨不止於如此(數目或事態)而已。我看敢～～呵goá-khoà$^{n}$ ká$^{n}$～～ò͘⇨依我看，恐怕不止如此。

【不出 m̄-chhut】㊀未出bē(bōe)-chhut。較想都想～～抒khah-siū$^{n}$ to siū$^{n}$～～leh⇨怎麼想都想不出來。看～～是五十歲khoà$^{n}$～～sī gō͘-cha̍p-hòe⇨外表看來沒有五十歲。聽～～是啥人抒叫thia$^{n}$～～sī siá$^{n}$-lâng teh-kiò⇨從聲音中不能判明是誰在叫門。㊁不出外頭。大丈夫講～～道是～～tāi-tiang(tiōng) -hu kóng～～tō-sī～～⇨丈夫沕於牀下的說詞。沕bih，潛藏chhiâm-chông也。隱藏ún-chhàng曰沕bih。

【不好 m̄-hó】不可put-khó。不宜put-gî。含有禁止之意。～～食～～chia̍h⇨不宜於食。例如有毒或有害等。～～去～～khì⇨不宜去。例如風化場所或危險之地。～～講～～kóng

⇨不宜說。例如害人傷己。～～共人出主意～～kā-lâng chhut chú-ì⇨愼勿亂代人主張。

【不用 m̄-iōng(ēng)】㊀無用。不使用。～～的物陳到滿四界～～ê mi̍h tīn-kā moá sì-kè⇨無用之物，佔滿了地方。陳tīn，廢物佔地方也。㊁不差遣put chhe-khián。不派用put phài-iōng。伊都～～專家較加每失敗i to～～choan-ka khah-ke mā sit-pāi⇨他是不雇用專家，註定要失敗的。

【不甘 m̄-kam】不忍分離之情。珍惜物品之情。好好人安爾無去，想著～～～～hó-hó-lâng an-ne(ni) bô-khì(ì), siū$^n$-tio̍h～～～～⇨沒事的人如此的歿了，一想就不勝難過。一仙錢都～～用chi̍t-sián-chî$^n$ to～～iōng⇨一個錢都不忍使用。一屑仔物都～～給人chi̍t-sut-á-mi̍h to～～hō͘-lâng⇨同上。

【不成 m̄-chiâ$^n$】不成物put-sêng-bu̍t。不成事put-sêng-sū。～～物不愛啦～～mi̍h m̄-ài là⇨太少了，不要算了。～～錢啦，不當計較啦～～chî$^n$ là m̄-thang kè-kàu là⇨些少之錢不宜計較也。～～天～～thi$^n$⇨晴雨不定。～～人～～lâng⇨不夠資格爲人。非紳士也(婦女罵男人)。～～丁～～teng⇨畧同不成人m̄-chiâ$^n$-lâng。丁teng青年人也。～～三二～～sa$^n$-nn̄g⇨不成三m̄-chiâ$^n$-sa$^n$，亦不成二e̍k m̄-chiâ$^n$-nn̄g，謂零零碎碎的東西。～～童生～～銃兵～～tông-seng～～chhèng-peng⇨謂讀書不成打工又無力的無用之輩。

【不好 m̄-hó】不佳put-ka。～～食～～chia̍h⇨不好吃。空氣～～khong-khì～～⇨空氣汚濁。待遇～～thāi-gū～～⇨待遇菲薄。～～的朋友～～ê pêng-iú⇨有害無益之友。想著眞～～siū$^n$-tio̍h chin～～⇨一想起來就不開心。

【不耳 m̄-nā】不止如此。不耳m̄-niâ→m̄-nā。耳niâ，止此而已。～～安爾～～an-ne(ni)⇨不止如此。～～伊耳～～i niâ⇨不獨他一人而已。這咯，我看～～che-lò͘, goá-khoà$^n$～～⇨此事嗎，依我看不止於此。

【不見 m̄-kì$^n$】㊀遺失ûi-si̍t。敢是～～去也ká$^n$-sī～～khì(ì) à⇨可能是遺失掉了。打～～了phah～～lò͘⇨遺失掉了。㊁不見人put kiàn-jîn。伊講～～道是～～無參詳的i kóng～～tō-sī～～bô-chham-siâng(siông)-ê⇨他說不接見就是不接見，無商量餘地。

【不更 m̄-koh】不再put-chài。不再來put chài-lâi。要更否，～～道要梳頭也boeh-koh-bò͘,～～to-boeh se-thâu ā⇨要不要再來(一次)，不再來(我)就要梳頭整髮了。伊會更來，我～～去了i ē(ōe) koh-lâi, goá～～khì lò͘⇨他會再來，我不會再去了。～～一碗了～～chi̍t oá$^n$ lò͘⇨再加一碗如何。

【不扗 m̄-teh】不在於put-chāi-tī。扗teh，於tī的變體字。動詞時作於tī，助詞時作扗teh，語尾詞作扗leh。於扗tī-teh→tī-leh即在家或在場也。你～～猶lí～～siáu⇨你是神經病也。不在神經病中乎。猪母～～猶也ti-bó～～siáu-à⇨母猪在發情了。母猪不在於發情中了嗎。～～看著鬼～～khoà$^n$-tio̍h-kúi⇨豈有此理。不是看見了鬼嗎。你～～戇lí～～gōng⇨你太傻瓜了。你～～無孔無榫的lí～～bô-khang-bô-sún-ê⇨你太客氣了(突然送來大禮物)。無孔無榫bô-khang-bô-sún喩無因無端。～～可笑～～hó-chhiò⇨大可笑了。～～三八～～sam-pat⇨太三八了(唐突，離譜，等等也)。

【不免 m̄-bián】免bián。不用put-iōng。不必要put-pit-iàu。～～去～～khì⇨不必去。～～講，攏知也～～kóng, lóng-chai-a⇨不必說，都知道了。～～錢的抾著食～～chî$^n$-ê, khioh-tio̍h-chia̍h⇨免費的乘機大吃特吃。～～咱費氣～～lán hùi-khì⇨用不著我們(自己)麻煩。逐家～～細膩ta̍k ke～～sè(sōe)-jī⇨大家不必客氣。～～你鷄婆～～lí-ke-pô⇨拒絕幫忙之詞。亦可以說是新名詞。本來的用

詞是～～你著磨～～lí tio̍h-boâ或～～你努力～～lí lô·-la̍t。而今著磨tio̍h-boâ或努力lô·-la̍t退而換上鷄婆ke-pô，似更生動。又鷄婆ke-pô本應作家婆ke-pô，亦即管家婆koán-ke-pô也。但俗多訛作鷄婆。

【不知 m̄-chai】 不知put-ti。知也～～chai-iā～～⇨知或不知。知抑～～chai a̍h～～⇨同上。一句～～人無代chi̍t-kù～～lâng bô-tāi⇨一句不知也就免負責了。～～見笑～～kiàn-siàu⇨不知羞恥。家己～～穲ka-lī～～bái⇨自己不知自己之卑賤。家己抾雖～～ka-tī teh súi～～⇨自畫自贊的賤人。～～你會來～～lí ē(ōe)-lâi⇨不知(想不到)你會來。～～會好天未～～ē(ōe) hó-thi$^{n}$-bē(bōe)⇨不知天氣會不會轉好。七月半鴨仔～～死活chhit-goe̍h-poà$^{n}$ ah-á～～sí-oa̍h⇨七月半(盂蘭盆)的鴨子未卜死活。～～死～～sí⇨不知死期到了。喩危險即將來臨。咱都～～頭不藉會抵著即款人lán to～～thâu m̄-chiah-ē(ōe) tú-tio̍h chit-khoán-lâng⇨我們(單指自己)是不知其底細，才逢到這種人。自嘆遇人不淑之詞。～～孔～～khang⇨不知何地是寶穴。頭直來，尾直去，阮都攏不知呢thâu-ti̍t-lâi, bóe-ti̍t-khì, goán to-lóng～～nè⇨其來龍去脈，我們一概不知也。

【不拘 m̄-ku】 然而jiân-jî。你愛～～人不愛你，你要死，給伊不lí-ài～～lâng m̄-ài-lí, lí boeh sí hō·-i m̄⇨你愛她，然而她不要你，你無法奈何她呀，不是嗎。

【不肯 m̄-khéng】 不答應m̄ tah-èng。拒絕kī-choa̍t。～～去～～khì⇨他不去。～～講～～kóng⇨他不說。～～干休～～kan-hiu⇨不收手白煞m̄-siu-chhiú-pe̍h-soah。～～投降～～tâu-hâng⇨不投降。～～減價～～kiám-kè⇨同上。

【不使 m̄-sái】 無用bû-iōng。不必put-pit。同不免m̄-bián。～～掛意～～koà-ì⇨無用掛念。～～許爾夥錢～～hiah-ni-chē(chōe)-chî$^{n}$⇨不用那麼多的錢。

【不是 m̄-sī】 非也。不對put-tùi。～～我道是你～～goá tō-sī-lí⇨非我即你也。眞～～也咯chin～～ā lò·⇨絕對非也。～～人～～lâng⇨非人也，畜生thek-se$^{n}$也。～～物～～mi̍h⇨非物也，妖精也(罵小女子太過份之詞)。即介查某囡仔眞～～物chit-ê cha-bó·-gín-á chin～～mi̍h⇨責其打扮言詞等過分。～～款～～khoán⇨責罵子女之詞。愈來愈～～款ná-lâi ná～～khoán⇨越來越沒規矩。～～時～～sî⇨非其時。看～～勢，個父道溜了khoà$^{n}$～～sè, in-pē tō-liu lò·⇨一看情勢不妙，本大爺就逃出來了。即款的～～穡啦，不當更做也chit-khoán-ê～～sit lā, m̄-thang koh-chò(chòe)-ā⇨此種非工作(職業)也，不應該再做下去了。彼類人～～脚色啦hit-lōe-lâng～～kha-siàu lā⇨他那一種人，非可靠之人也。肚臍發毛～～孔tō·-châi hoat-mo,～～khang⇨①不是有利可圖之地。②不能輕易應付之事物。

【不持 m̄-tī】 不要put-iàu。不取put-chhí(chhú)。要持也～～boeh-tī iā～～⇨要之或不要之。人～～的也抾稀罕lâng～～ê á-teh hi-hán⇨人家所不要的也在稀罕什麼。

【不畏 m̄-ùi】 不怕put-phà$^{n}$。不諱言put-hùi-giân。囡仔安爾～～人gín á an-ne(ni)～～lâng⇨孩子如此的不怕人（不畏敬人）。講每～～啦，你每傷過分kóng-mā～～lā, lí mā siū$^{n}$-kóe-hūn⇨不諱以言之，你也太過分了。

【不准 m̄-chún】 不許可put-hí-khó。不准put-chún。彼件講～～呢hi̍t-kiā$^{n}$ kóng～～neh⇨同上。

【不値 m̄-ta̍t】 無價値bô-kè-ta̍t。做布値錢做衫道～～錢chò(chòe)-pò· ta̍t-chî$^{n}$, chò(chòe)-sa$^{n}$ tō～～chî$^{n}$⇨謂一塊布是値錢的，但是裁成衣了就不値錢了。講破～～半個錢

kóng-phoà～～poà$^n$-ê-chî$^n$⇨①說穿了就一文不值。打爛了就一文不值。講kóng與槓kòng諧音。共人講，講被人怨，有影大～～kā-lâng kóng, kóng-hō͘-lâng oán, ū-iá$^n$ toā～～⇨告訴了他，反而被他怨恨，眞眞太不值得了。②不如put-jî。安公聖，～～安媽定an-kong-siā$^n$～～an-má-tiā$^n$⇨丈夫聰明，何如妻子穩定。安公an-kong⇨丈夫。安媽an-má⇨妻子。～～著～～tio̍h⇨不及put-kip。孔子公～～著孔方兄khóng-chú-kong～～tio̍h khóng-hong-heng⇨謂孔子公不如阿堵哥。孔方兄khóng-hong-heng，四角孔之阿堵物a-tò͘-bu̍t。

【不得 m̄-chi̍h(ti̍h)】 同不得m̄-tih(chit)。我自己都抮顧～～也，要顧到你goá chū-kī to-teh kò͘～～à, boeh kò͘-kà-lí⇨我自已且都顧不了了，(那裏有辦法)兼顧及你。

【不得 m̄-tih(chit)】 講～～不講～～kóng～～m̄-kóng～～⇨說也不是(得)不說也不是(得)。去～～不去～～khì～～m̄-khì～～⇨去也不是，不去也不是(進退兩難chìn-thè liáng-lân)。

【不無 m̄-bô】 相當於那麼或否則。亦可單獨作不m̄或無bô，只是似須拉長一點點。～～安爾看抮好否～～an-ne(ni) khoà$^n$-leh hó-bò͘⇨那麼，這樣子試一試看看好不好。～～要安怎～～boeh an-choā$^n$⇨否則將如何辦呢。～～來合個妥協好否～～lâi kah-in thò-hia̍p hó-bò͘⇨那麼(我們)和他們來一個妥協，可不可以呀。～～要俾攏了去是否～～boeh-hō͘ lóng-liáu-khì sī-bò͘⇨否則，要讓他全部血本無歸，對不對。

【不插 m̄-chhap】 不揷手put-chhah-chhiú。不干涉put-kan-sia̍p。兄弟仔舞到安爾，你安爾～～人長也～～人短敢著hia$^n$-tī-á bú-kà an-ne(ni), lí an-ne(ni)～～lâng-tn̂g iā～～lâng-tē kám-tio̍h⇨你們兄弟，弄得如此(地步)，你完全不管他，對嗎。攏～～人道著啦lóng～～lâng tō-tio̍h là ⇨ 皆不理睬人就對了。～～誚～～siàu⇨不理不睬。誚siàu責讓也。俗作潲siâu甚至作精，遂成粗語。

【不敢 m̄-ká$^n$】 無膽量bû-tám-liōng。～～去～～khì⇨怕鬼也。～～講～～kóng⇨怕得罪人。～～做～～chò(chòe)⇨怕壞事。～～買～～bé(bóe)⇨怕貴也。～～去摸也～～khì bong-a⇨再不敢碰他了(例如賭敗得太慘了)。輸到叫～～了su-kà kiò～～lò͘⇨敗得說不敢再賭了。打到叫～～也phah-kà kiò～～à⇨孩子被打得叫不敢再壞了。

【不過 m̄-ko】 但是tàn-sī。不過put-kò。好是好，～～該錢抮hó-sī-hó,～～ài-chî$^n$-leh⇨好是好，但是需要錢的。～～伊講不來～～i kóng m̄-lâi⇨但是他說不來。

【不著 m̄-tio̍h】 錯了。不對put-tùi。你～～lí～～⇨你錯了。安爾你道大～～了an-ne(ni) lí tō toā～～lò͘⇨如此一來，你就大錯特錯了。人伊無～～lâng-i bô～～⇨人家他沒有錯誤。安爾～～好也an-ne～～hó-à⇨此語法錯也。不著m̄-tio̍h應作不道m̄-tō才對。此一轉訛由來已久，所謂積非成是，或已難返矣。～～頭～～thâu⇨頭端不對。～～路～～lō͘⇨①行錯了路。②嫖賭之路。

【不道 m̄-tō】 不m，有可無可的衍字，或謂是加強語意者。道tō是聞道長安似奕棋之道tō，是講道家己的人sī-kóng tō ka-kī ê lâng之道tō也。亦釋爲就chiū或就是chiū-sī。安爾～～著也an-ne(ni)～～tio̍h-à⇨如此不就對了嗎。(俗作不著m̄-tio̍h可見不對也)。安爾～～甘愿也an-ne(ni)～～kam-goān-ā⇨如此不就心甘情愿了嗎。～～該較儉抮～～ài khah-khiām-leh⇨不應該儉約一點嗎。～～該較有禮貌抮～～ài khah-ū lé-māu-leh⇨不就應該有禮貌些嗎。道該tō-ài⇨就該chiū-kai⇨著tio̍h。道該儉tō-ài khiām⇨就該儉chiū-kai-khiām⇨著儉tio̍h-khiām。

【不當 m̄-thang】 不應該put-èng-kai。～～更飲了～～koh-lim lò͘⇨不宜再多飲了。～～去藉著～～khì chiah-tio̍h⇨不宜去才對。未講得的，咱道～～講bē(bōe)-kóng-tit-ê, lán tō～～kóng⇨不能(該)講的話，我們就不應該說出來。對序大～～無禮tùi sī-toā～～bô-lé⇨對長輩不可以無禮貌。藥仔～～濫擅食io̍h-á～～lām-sám-chia̍h⇨藥物不應該隨便吃。若有牽手咱道好，～～放蕩想風騷ná-ū khan-chhiú lán tō-hó，～～hòng-tōng siū$^{n}$ hong-so⇨勸善歌。

【不愿 m̄-goān】 心覺不平。不甘心。～～做人的奴才～～chò(chòe) lâng ê-nô(lô͘)-châi⇨同上。～～被人欺負～～hō͘-lâng khi-hū⇨同上。愈想愈～～ná-siū$^{n}$ ná～～⇨同上。

【不管 m̄-koán】 ㊀不干涉m kan-siap。不負責m̄ hū-che̍k。～～伊道是啦～～i tō-sī là⇨不干涉他就對了。個的代誌我～～in ê tāi-chì goá～～⇨他們之事我不負責(干涉)。㊁不論put-lūn。～～你三七二一你都該去道著啦～～lí sa$^{n}$-chhit-jī-it, lí to ài-khì tō-tio̍h là⇨無論如何，你必須去，就對了。～～你東西二七八～～lí tang-se jī-chhit-peh(poeh)⇨無論如何。同不管你三七二一。

【不聽 m̄-thia$^{n}$】 不肯聽從put-khéng-thèng-chiông。囡仔～～嘴gín-á～～chhùi⇨孩子不聽話。～～人苦勸～～lâng khó͘-khǹg⇨不從人忠告。好人的話～～，歹人的話迅速行hó-lâng ê ōe～～, phái$^{n}$-lâng ê ōe sih-soah-kiâ$^{n}$⇨同上。迅速行sih-soah-kiâ$^{n}$，迅速sìn-sok而行也。

【不驚 m̄-kia$^{n}$】 不怕put-phà$^{n}$。～～死的更來也～～sí-ê koh-lâi-ā⇨據說產後不久的妻，深夜又來看丈夫了。～～見笑～～kiàn-siàu⇨①不怕人笑。②不顧廉恥。～～生份～～chhe$^{n}$-hūn⇨不怕不熟之生人。較罵每～～khah-mē(mā) mā～～⇨任罵都不怕(的孩子)。～～人～～lâng⇨赫不倒人。小事一件。彼款囡仔，會好每～～人hit-khoán gín-á, ē(ōe)-hó mā～～lâng⇨那一種孩子，縱使將來成功，也是有限的。嚇不倒人也。

【不了然 m̄-liáu-jiân】 不看破m̄-khoà$^{n}$-phoà。

【不八寶 m̄-bat(pat)-pó】 不知不識不認得寶貝。不知應惜物。都～～～攏毀了了也to～～～lóng húi-liáu-liáu-à⇨皆不知物之可珍惜，全部毀滅掉一物不存了。

【不中意 m̄-tèng-ì】 無愜意bô-kah-ì。無合意bô-kah-ì。既～～～也，掠去刣每無法伊kā～～～à，lia̍h-khì-thâi mā bô-hoat-i⇨既然無愜意了，就捉去殺頭也奈何他不得。

【不甘心 m̄-kam-sim】 心存餘愛。查某囝離開咱，逐家每會～～～～cha-bó͘-kiá$^{n}$ lī-khui-lán, ta̍k-ke mā-ē(ōe)～～～⇨女孩子出嫁了，誰都會於心難過的。

【不甘愿 m̄-kam-goān】 心存餘恨。博輸人講～～～啦，講要共人討啦，敢有即類道理poa̍h-su-lang kóng～～～là, kóng-boeh kā-lâng-thó là, kám-ū chit-lōe tō-lí⇨錢輸給別人了，說是不甘愿，說是要討回來，豈能有此道理呀。前人lâng改讀lang。

【不合式 m̄-ha̍p-sek】 無合式bô-ha̍p-sik。

【不合理 m̄-ha̍p-lí】 無合理bô-ha̍h-lí。

【不成猴 m̄-chiâ$^{n}$-kâu】 不像猴的樣子(有可愛之函意)。猴kâu指猴齊天kâu-chê-tia$^{n}$。哎唷～～～固仔被伊考有著呢āi-iò～～～kò͘-à hō͘-i khò-ū-tio̍h-neh⇨哎唷不成猴，眞的被他考上了。～～～固也掠未歸斤的呢～～～kò͘-à lia̍h boeh kui-kin(kun)-leh neh⇨不成猴居然捉(魚等)得將有整斤的呢。固仔kò͘-à，眞的，居然。固一世之雄也之固kò͘也。

【不成龜 m̄-chiâ$^{n}$-ku】 不像龜的樣子(含有討厭之意)。～～～更扲沓沓叫～～～koh-teh ta-ta-kiò⇨不成龜也在大吹其牛(不認份)。沓沓叫ta-ta-kiò，言多也。沓ta亦作踏ta。

【不妥當 m̄-thò-tòng】 無妥當bô-thò-tòng。

【不知代 m̄-chai-tāi】 不知事情。不知事之嚴重。你猶拎～～～lí iáu-teh～～～⇨你猶在不明瞭事情之嚴重。亦即你還不自覺，還在悠哉悠哉。

【不抵好 m̄-tú-hó】 不巧put-khiáu。人講錢銀三不便啦，～～～是會啦lâng-kóng chîⁿ-gîn(gûn) sam-put-piān là,～～～sī-ē(ōe) lā⇨古人說：錢銀有三不便，手上一時無錢是有可能的。①款未收回，②物未兌現，③錢已放出此爲錢銀三不便也。換言之，亦即手中無錢的美詞。

【不受債 m̄-siū-chè】 不承擔債務。放蕩不務正業曰不受債m̄-siū-chè。哎，講要呢，囡仔都～～～，活氣都要死也aih, kóng-bōe-nī, gín-á to～～～, oah-khì to boeh-sí-ā⇨哎，說有何用呢，孩子不受債，氣都氣死了。講要呢kóng-boeh-nî皆改讀kóng-bōe-nī。

【不知影 m̄-chai-iáⁿ】 不知也m̄-chai-iá之轉化。～～～去抵著也都無法度不～～～khì tú-tioh-ā to bô hoat-tō· m̄⇨不知情碰到了，是沒辦法的，不是嗎(多數用於婚姻不幸)。不知影m̄-chai-iáⁿ亦作不知頭m̄-chai-thâu。又有影，無影，假影之影皆同解。

【不限定 m̄-hān-tiāⁿ】 無限定bô-hān-tiāⁿ。

【不看破 m̄-khoàⁿ-phoà】 不肯承認現實於己不利。到者來也，猶更～～～kàu-chia-lâi-ā iáu-koh～～～⇨到此地步了，還是不肯承認失敗。～～～每著看破了～～～mā-tioh khoàⁿ-phoà lō·⇨不看破也得看破了。

【不是馬 m̄-sī-bé】 輕佻的女人。亦曰不是物m̄-sī-mih。

【不信聖 m̄-siàn-siàⁿ】 不相信put-siong-sìn。不迷信鬼神之靈聖。我道眞～～～也goá tō chin～～～ā⇨我就偏偏不相信也。

【不敢當 m̄-káⁿ-tng】 ㊀不敢擔任務。～～～保正～～～pó-chèng⇨不敢擔任保正之職。保正pó-chèng村里長也。㊁不敢當put-kám-tong。謙讓之詞。你忮佼樂，實在～～～lí gâu o·-ló, sit-chāi～～～⇨同上。

【不過心 m̄-kòe(kè)-sim】 心存歉意。不勝同情。咱自己也～～～，藉送三千去給伊糊藥仔lán ka-kī iā～～～,chiah-sàng saⁿ-chheng-khì hō·-i kô·-ioh-á⇨我自己也覺得於心不忍，才送去三千給他自己敷藥。看了現場眞～～～khoàⁿ-liáu hiān-tiûⁿ chin～～～⇨看過現場了，覺得非常可憐的。

【不吸渫 m̄-suh-siâu】 不識相put-sek-siang所轉訛之粗語。

【不過目 m̄-kòe(kè)-bak】 看不上眼。不能過關。看～～～伊道無愛也khoàⁿ～～～i tō bô-ài-ā⇨看了不中意就不要了。看～～～道溜了khoàⁿ～～～tō-liu lō·⇨看看無法過關就溜越liu-soan了。

【不馱駘 m̄-thah-thāiⁿ】 不如人或者有所缺陷而不自分。安爾猶更～～～，笑死人不an-ne(ni) iáu-koh～～～, chhiò-sí-lâng-m̄⇨如此還不認份，眞是笑死人也。馱駘thah-thāiⁿ馱thah，獸負載也；駘thāiⁿ，駑馬銜脫也。不馱駘m̄-thah-thāiⁿ即不負載之駑馬也，亦即不自認分也。

【不過意 m̄-kòe(kè)-ì】 心存悶氣。咱好心要救伊，伊煞講彼款話，我實在眞～～～lán hó-sim boeh-kiù-i, i-soah-kóng hit-khoán-ōe, goá sit-chāi chin～～～⇨我是好心要協助他，他反而說出那些難聽的話，我實在一肚子悶氣難消。

【不應該 m̄-èng-kai】 無應該bô-èng-kai。

【不藉著 m̄-chiah-tioh】 ㊀藉著chiah-tioh。才對。才是對。安爾～～～an-ne(ni)～～～⇨這樣子才對。㊁因而需要。我～～～共你講goá～～～kā-lí-kóng⇨我因而需要對你說。你～～～被人罵lí～～～hō·-lâng-mē(mā)⇨你因此才會被人責罵。

【**不穩當 m̄-ún-tàng**】 無穩當bô-ún-tàng。

【**不歡喜 m̄-hoa$^n$-hí**】 無歡喜bô-hoa$^n$-hí。

【**不好去也 m̄-hó-khì-à**】 謂嬰仔e$^n$(i$^n$)-á死了。聽見講阿菊的嬰仔～～～～thia$^n$-i-kóng a-kiok ê e$^n$(i$^n$)-á～～～～⇨聽說阿菊的嬰兒歿去了。聽見講thia$^n$-kì$^n$-kóng→thia$^n$-i-kóng。

【**不放伊煞 m̄-pàng-i-soah**】 必向他追究問罪。煞soah，亦作干休kan-hiu。

【**不關鷄母 m̄-koai$^n$-ke-bó**】 謂母鷄不關在柵內加以保護。家己～～～～要打人的鵁鴒ka-kī～～～～boeh-phah lâng-ê lāi-hioh⇨喻自己的兒女不自加管教，出事了就怪人家的孩子不好。多指女孩與人發生桃色問題。又鵁鴒lāi-hioh，類鷹，專襲小鷄之惡鳥也。

**唔** m̄ 同不m̄。～認輸～jīn-su⇨好勝也。～乎伊～hō·-i⇨不給他。或作毋m̄。

**毋** m̄ 禁止之詞。莫也，不可也。

## ma

**麼** ma 疑問助詞。甚～sim～⇨何事，何物，同什麼sa-má(mí)。惟轉音甚多。㊀sa-ma→sam má→sa-mí等。㊁sia$^n$-mí, sam-mí或省作啥(甚)sab$^n$, siah$^n$。

**媽** ma 母也。稱自己母親曰媽ma。對他人指己母即曰阮媽媽goán-mah-mah。或省作阮媽goán ma。

**媽** má 稱祖母曰阿媽a-má。祖公祖～chó·-kong-chó·～⇨歷代祖先chó·-sian。您祖～lín-chó·～⇨我。老女對人戲言自稱。敢道快做～kán$^n$ tō khoài chò～⇨捷足先登的戲謔詞。

【**媽口 má-kháu**】 Macao，地名。澳門ò-mn̂g古稱媽口，亦指葡萄牙pô-tô-gê，Portugal。～～人～～lâng⇨葡萄牙國人。～～船～～chûn⇨同上。～～薰～～hun⇨捲煙條。～～鐵～～thih⇨罐頭所用之特種金屬也，日語曰buriki應由媽口進口傳書而得名。

【**媽祖 má-chó·**】 神名。司航海的女神。亦即天上聖母thian-siāng-sèng-bó的俗稱。～～生～～se$^n$(si$^n$)⇨其生日。～～宮～～keng⇨其廟。～～婆～～pô⇨其異稱。黑面～～o-bīn～～⇨喻公正之人。～～廟～～biō⇨同上。

【**媽姨 má-î**】 女巫lí-bû，亦即紅姨仔âng-î-á。磕著道司功～～khap-tioh tō sai-kong～～⇨喻動不動就大驚小怪。磕khap，凡擊kek皆曰磕khap。小小一觸及曰磕著khap-tioh。

**馬** má 動物名。六畜之一。馬bé也。千里～chian lí～⇨同上。塞翁失～焉知非福sài-ong sit～ian-ti hui-hok⇨同上。單槍匹～tan-chhiu$^n$ phit～⇨單人獨馬tan-jîn-tok-má也。白～非～論pek～hui～lūn⇨詭辯法之一例。五～花gō·～hoe⇨無理取鬧。

【**馬上 má-siāng(siōng)**】 ㊀騎馬khiâ-bé。～～得天下焉能～～治天下～～tek-thian-hē ian-lêng～～tī-thian-hē⇨古名言。～～錦衣回～～kím-i-hôe⇨建立武功回鄉。㊁立刻。即時。～～辦～～pān⇨立即辦理不拖延。～～來～～lâi⇨同上。㊂病名。～～寒～～hân⇨房事中突發的危險的怪症。

【**馬克 má-khek**】 Mark，德國錢的基本單位。

【**馬悀 má-se**】 醉入陶然之境。有扲～～也ū-teh～～ā⇨已在陶然之境了。未眞醉啦，～～～～也耳啦bōe chin-chùi lâ,～～～～a-niâ lâ⇨還未眞醉，只是略有醉意而已。

【**馬達 má-tat**】 Motor，發動機hoat-tōng-ki。

【**馬忲 má-tai**】 體大而心鈍。忲tai者大顆忲toā-kho·-tai也。大顆～～toā-kho·～～⇨同上。忲，俗作獃tai。

【**馬戇 má-gōng**】 ㊀馬忲má-tai。㊁醉態。燒酒拂到～～～～也sio-chiú hut-kā～～～～ā⇨酒飲得甚醉了。

【**馬尼剌 má-nî-lah**】 Manila。菲律賓的首

都。

【馬克思 má-khek-su】 Karl Marx。德籍的猶太人。資本論的作者，共產黨宣言的起草人。～～～主義～～～chú-gī⇨Marxism。社會主義，共產主義，列寧主義等等皆其支派。

【馬里蘭 má-lí-lân】 Maryland。美國的一州。在大西洋岸。

【馬來亞 má-lâi-a】 Malay。馬來半島新加坡等地方的通稱。

【馬德里 má-tek-lí】 Madrid。地名。西班牙的首都。

【馬耳東風 má-ní-tong-hong】 喻良言無反應。父母的話，都像～～～～抄，敢聽有入耳咯 pē-bó ê ōe, to-chiū$^{n}$～～～～leh, kám thia$^{n}$-ū ji̍p-hī$^{n}$-lò͘⇨父母之言，一如馬耳東風，都聽不入耳中。

【馬到成功 má-tò-sêng-kong】 旗開得勝，～～～～kî-khai tek-sèng,～～～～⇨祝福出征之詞。

【馬革裹屍 má-kek-kó-si】 以馬皮包死體。喻戰死沙場。謂大丈夫應該如此。

【馬馬虎虎 má-má-hu-hu】 隨隨便便sûi-sûi-piān-piān。信信採採chhìn-chhìn-chhái-chhái。會使得～～～～的道～～～～，未用得～～～～的，咱道不當～～～～，安爾不藉著ē(ōe)-sái-tit～～～～ê tō～～～～, bē(bōe)-iōng-tit～～～～ê，lán tō m̄-thang～～～～, an-ne(ni) m̄-chiah-tio̍h⇨可以隨便者就隨便處之，不能隨便者，就不應該隨便處之。如此做才對，不是嗎。不道m̄-tō，不藉m̄-chiah的不m̄字，皆屬加強語意。

【馬薩諸塞 má-sat-chu-sek】 Massachusetts。美國獨立十三州之一。其首都波士頓Boston，爲一文化古都。哈佛大學，馬州理工學院等甚多有名學府皆集中此地。

【馬關條約 má-koan-tiâu-iak】 清廷派李鴻章出賣台灣之條約也。馬關má-koan地名，即日本九州北端門司moji隔海相對的下關simonoseki的合詞也。

【馬拉松競走 má-la-sóng-kèng-cháu】 Marathon Race，世界奧林匹克Olympic Games的重要比賽節目之一。要長跑二十多英里。

mâ
# 痲

痲bâ也。痲痺mâ-pì痲醉mâ-chùi（見ba部）。又痲moâ也(見moa部)。

【痲煩 mâ-hoân】 事煩，多，雜，難也。眞～～chin～～⇨同上。

【痲木不仁 mâ-bo̍k-put-jîn】 痲痺bâ-pì。痲痺mâ-pì。

mâ
# 明

明仔min-a之轉音。min(bin)-a→ma。～明早起～á chá-khi⇨明晨也。

【明仔 mâ-a】 ～～日～～ji̍t⇨明天。～～暗～～àm⇨明晚。明夜。～～再～～chài⇨明晨。明天。再chài早起chá-khí(í)之轉化。～～早起～～chá-khí(í)⇨明晨。～～下晡～～ē-pho͘⇨明天下午。

【明年 mâ-nî】 明年mê-nî。

mā
# 罵

罵mē也(見me部)。

mā
# 每

同亦e̍k，常也，各也，凡也，非一定也。我～偎goá～boeh⇨我也要。伊～有i～ū⇨他也有。阿花～富婆a-hoe～hù-pô⇨阿花也是富婆也。阿木～得考a-bo̍k～teh-khó⇨阿木也在投考。～我不的～goá m̄-ê⇨也是我不要也。～有人無去～ū-lâng bô-khì⇨也是有人沒去。～無即類物～bô chit-lōe-mi̍h⇨也是沒有此種東西。

【每可 mā-hó】 也可以。同亦可e̍k-khó。無鷄，鴨～～，無魚，肉～～。bô-ke ah～～，bô-hî bah～～。⇨無鷄，鴨也可以；無魚，肉也可以。無魚，蝦～～bô-hî,hê～～⇨無魚之時，蝦也可以(代替)。安爾～～an-ne(ni)～～⇨如此也可行也。～～食～～賣～～chia̍h,～～bē(bōe)⇨也可以自食也可以出售chhut-siū。

【每有 mā-ū】 也有iā-ū。亦有ek-iú。～～某～～囝～～bó͘～～kiáⁿ⇨有妻有子。～～人～～錢～～lâng～～chîⁿ⇨人有錢有(甚麼都不怕)。～～財～～勢～～châi～～sè⇨財勢都兼而有之。

【每拘 mā-kú】 但是tān-sī。疑不拘m̄-kú或不過put-kò所轉化。～～伊若來道麻煩也～～i nā-lâi tō mâ-hoân-ā⇨同上。～～敢無保險～～káⁿ bô pó-hiám⇨同上。

【每伓 mā-boeh】 ㊀都要。死～～sí～～⇨死也要。較安怎～～khah an-choáⁿ～～⇨無論如何都要。㊁兼而要之。人～～錢～～lâng～～chîⁿ～～⇨人也要錢也要。伓boeh；撫也，愛也，安也。本小書用以代要boeh。

【每是 mā-sī】 也是ā-sī。iā-sī。同是。亦是ek-sī。皇帝～～人，乞食～～人hông-tè～～lâng，khit-chiah～～lâng⇨皇帝也是人，乞食也是人(大家同是人)。一點～～褭，二點～～褭chit-tiám～～niau, nn̄g-tiám～～niau⇨一點也是汚點，兩點也是汚點。褭niau，花布也，俗作猫，似貓之花臉面，汚點也。

【每敢 mā-káⁿ】 ㊀不怕put-phàⁿ。伊都死～～i to sí～～⇨他是死也不怕。逐項～～端仔死不敢耳tak-hāng～～kan-a sí m̄-káⁿ-niâ⇨他什麼都敢，只有死不敢而已。㊁可能kó-lêng。阿花～～有a-hoe～～ū⇨阿花也可能有之。阿三會來～～a-sam ē(ōe)-lâi～～⇨阿三可能會來的。媽肯～～ma-khéng～～⇨媽會答應也說不完。

【每著 mā-tioh】 ㊀也對。也是。安爾～～an-ne(ni)～～⇨如此也對。伊講的～～i kóng-ê～～⇨他說的也對。㊁也需要。錢～～物～～chîⁿ～～mih～～⇨錢，物兩項都需要。～～金粧～～人扛～～kim-chng,～～lâng-kng⇨(神佛)也要金飾之，也要人扛之。你愜意人～～人愜意你，不藉有法度lí kah-ì-lâng～～lâng kah-ì-lí m̄-chiah ū-hoat-tō͘⇨你中意她也要她中意你，才有辦法呀。

**嗎** mā 疑問詞，又哭聲。不當更～也m̄-thang koh～ā⇨不要再哭了。～未煞～bē(bōe)-soah⇨號哭不停。

【嗎嗎叫 mā-mā-kiò】 哭到～～～khàu-kà～～～⇨同上。

【嗎嗎哮 mā-mā-háu】 同嗎嗎叫mā-mā-kiò。

## mah

**麼** mah 語尾助詞。疑問詞。好～hó～⇨可以吧。安爾我白了～an-ne(ni) goá peh-liáu～⇨如此我平白損失了，不是嗎。去～無錢，不去～對不起khì～bô-chîⁿ,m̄-khì～tùi-put-khí⇨要去乎，又沒錢可去，不去乎，又對不起(對方)。

**嘛** mah 語尾詞。肯定詞。可以～khó-í～⇨好的。要錢我出～iàu-chîⁿ goá-chhut～⇨要錢就我付罷。好～共定落去啦hó～kā tiāⁿ-loh-khì(ī)⇨可也，給下定銀好了。

## mai

**哩** mai 英制長度路程的單位Mile也。一哩約等於1.61公里。時速60～sî-sok lak-chap～⇨同上。行路1點鐘3～道算未慢也kiâⁿ-lō͘ chit tiám-cheng saⁿ～to sǹg bē(bōe)-bān-ā⇨同上。

**買** mái 市也。以錢易物曰買mái。購～力kò͘～lek⇨畧同於消費力siau-hùi-lek。收～人心siu～jîn-sim⇨收攬民心siu-lám bîn-sim的較惡意的講法。

【買賣 mái-māi】 買賣bé-bē→bóe-bōe。

【買囑 mái-siok】 使用賄賂hōe-lō͘。～～惡棍殺人～～ok-kùn sat-jîn⇨同上。

【買者不明 mái-chiá-put-bêng】 買者不知情

bé(bóe)-chiá put-ti-chêng。例如買到贓物。～～～～賣者抵當～～～～māi-chiá tí-tong⇨謂買方不知情賣方應負責。

**mái 每** 一次chi̍t-chhū曰一每chi̍t-mái。伊去三～了i khì sa$^{n}$～ lō⇨他去三次了。逐～都是你ta̍k～to-sī lí⇨每一次都是你。彼～我無去hit～goá bô-khì⇨那一次我沒去。即～你道未閃得也chit～-lí tō bē(bōe)-siám-tit à⇨此次你就逃避不了了。按每mái亦訛爲每má，但今似已爲回kái所取代。回kái者回hôe的日文音亦其用法也。

**mài 勿** 無也。不也。莫也。要自己或他人不作爲皆曰勿mài。亦作莫mài。人講～也，咱道不當lâng-kóng～à, lán tō m̄-thang⇨人家說不可了，我們就不應該爲之。～道～驚啥～tō～kia$^{n}$-sah$^{n}$⇨不作爲就不作爲，怕什麼。你講～我端仔要lí-kóng～goá than-a-boeh⇨你說不要，我一定要。

【勿去 mài-khì】 不要去。～～也即類天～～ā chit-lōe-thi$^{n}$⇨不去算了，這種(壞)天氣。

【勿食 mài-chia̍h】 不要食。～～啦，會傷慢也啦～～lā，ē(ōe) siu$^{n}$-bān-ā lā⇨不要吃了，會遲到了。

【勿耍 mài-sńg】 不要玩。～～也，好讀册也～～à, hó tha̍k-chheh-à⇨不玩了，該讀書了。～～便罷，耍落去攏稠扲～～piān-pā, sńg-lo̍h-ì lóng-tiâu-lē⇨(賭博)不玩便罷，一玩就脫不了身了。稠扲tiâu-lē，被粘住脫不去。

【勿講 mài-kóng】 不要開口。～～較未衰～～khah-bē(bōe)-soe⇨不說才不招致倒霉。～～人未講你啞口～～lâng bē(bōe)-kóng lí-e-káu⇨不說話人家不會說你是啞吧。

【勿扲耍 mài-teh-sńg】 勿耍mài-sńg的刁皮語法。客人賣竹筍～～～kheh lâng bē(bōe)-tek-sún～～～⇨客人賣竹筍kheh-lang bē-tek-sún與勿扲耍mài-teh-sńg諧音。亦即客家話與河洛話之同音但不同義者之戲例。

【勿扲歹誠氣 mài-teh-phái$^{n}$-sêng-khì】 不要如此麼。歹誠氣phái$^{n}$-sêng-khì者，對人家的好意不睬不納的尷尬kàm-kài曰歹誠氣phái$^{n}$-sêng-khì。～～～～～啦，人許爾誠意，安爾不好意思麼～～～～～lā, lâng hiah-ni sêng-ì, an-ne(ni) m̄-hó ì-sù-mà⇨不要歹誠氣，人家那麼誠意，如此不好意思麼。

**mài 莫** 同勿mài(見mài勿目)。

**mâi 靡** 靡moâi也(見moai部)。

**māi 昧** 闇àm也。不明也。蔽公爲私曰昧。闇～àm～⇨同上。愚～gî～⇨同上。曖～ài～⇨不明也。見不得人之事曰曖昧ài-māi。

【昧旦 māi-tàn】 天將光未光。女曰鷄鳴士曰～～lí o̍at ke-bêng sū o̍at～～⇨約時間也。昧旦繼而鷄鳴。

**māi 賣** 出物以換錢曰賣māi。買mái之對詞。害人利己曰賣māi。出～大日本chhut～tāi-ji̍t-pún⇨謂日人的橫書市招，其本意爲本日大賣出pún-ji̍t-tāi-māi-chhut，只是作漢字左讀與右讀差異甚大的笑話而已。自己要用不～他人chū-kí iàu-iōng put～tha$^{n}$-jî$^{n}$⇨謂村夫之子學用文言。人家問以令姊安否，他却以此語答之云。

【賣卜 māi-pok】 以相命卜卦維生者。～～者流～～chiá-liû⇨同上。

【賣文 māi-bûn】 出賣文章。～～之士～～chi-sū⇨賣文維持生活之人。此業今昔已大異矣。昔者僅能維生，今之文士，或可輕易成爲百萬千萬富翁矣。

【賣友 māi-iú】 陷害朋友。～～求榮～～kiû-êng⇨同上。

【賣身 māi-sin】 賣身爲奴。～～葬母～～chòng-bó⇨出賣已身得錢以埋葬母親的可憐身世。

【賣姦 māi-kan】 賣淫māi-îm。

【賣笑 māi-chhiàu】 娼妓以色娛人維生也。倚門～～í-bûn～～⇨同上。

【賣國 māi-kok】 背叛自己之國。通敵。～～奴～～nō⇨～～賊～～che̍k⇨同上。

【賣面不賣身 māi-biān-put-māi-sin】 雛妓只陪人唱歌喝酒，不陪客上床之謂也。

māi 妹 妹moāi也(見moai部)。

## mau

mau 凹 凹au亦曰凹mau，低陷也。口向內收縮曰凹mau。幼竹脫水收縮亦曰凹mau。衰老失志亦曰凹mau。竹曝到～落去也tek pha̍k-kà～lo̍h-khì(ì)-à⇨同上。嘴都～也猶未老chhùi to～a á-bōe-lāu⇨唇皮都縮下去了(誰說)還未老。阿三拂即斗，人攏～落去也a-sam hut-chi̍t-táu，lâng lóng～lo̍h-khì(ì)-à⇨阿三吃了此一打擊消沈下去了。

【凹凹 mau-mau】 凹mau的模樣。嘴～～chhùi～～⇨同上。嘴唇～～chhùi-tûn～～⇨同上。

【凹綑 mau-sûn】 縐紋jiâu-bûn。線條soà$^{n}$-tiâu曰紃sûn。

【凹唇 mau-tûn】 瓶壺之類束口者。出入口之邊緣phian-iân亦曰唇tûn。

【凹落去 mau-lo̍h-ì】 mau-lo̍h-khì。人都～～也lâng to～～à⇨人都失魂落魄sit-hûn lo̍k-phek了。

mau 貓 貓niau, biâu, bâ亦曰貓mau，俗作猫mau。烏～白～會咬烏鼠的道是好～o·～pe̍h～ē(ōe)-kā niáu-chhí-ê tō-sī hó～⇨據說是共產區鄧小平先生之名言。

【猫兒 mau-jî】 孟宗竹bēng-chong-tek也。孟宗竹俗稱猫兒仔mau-jî-á，或簡稱猫兒mau-jî。～～筍～～sún⇨孟宗竹之筍。亦即有名之冬筍tang-sún是也。亦曰～～仔筍～～á-sún。

【猫頭鷹 mau-thau-eng】 ㊀梟hiau也。亦即鴟鵂chī-hiu。㊁鵂鶹lāi-hio̍h。

mâu 矛 古兵器名。長～tn̂g～⇨同上。蛇～siâ～⇨蛇形之彎曲矛。張飛使～呂布使戟tiu$^{n}$-hui sái～lí-pò· sái ke̍k⇨同上。以子之～攻子之盾í chú chi～kong-chú chi tún⇨賣矛人不能答。是為矛盾mau-tún。

【矛盾 mau-tún】 一個人之言論前後互相抵觸。事前後不對。愈想愈～～ná-siū$^{n}$-ná～～⇨越想越不對。安爾道眞～～也an-ne(ni) tō chin～～à⇨如此就矛盾多了。咱做人不可自己～～lán chò(chòe)-lâng m̄-hó ka-kī～～⇨同上。

【矛戟 mau-ke̍k】 形體略同之兩種兵器。斷蛇矛與方天畫戟toān-siâ-mâu í hong-thian ōe-ke̍k⇨同上。

mâu 茅 草名。俗稱茅仔草hm̂-á-chháu。山中小屋蓋頂遮風雨者多用此草。草～chháu～⇨①山中小屋。②己家之謙詞。草～奉茶chháu～hōng-tê⇨邀客的套詞。

【茅舍 mâu-sià】 茅草小屋。同寒舍hân-sià，亦為自謙之詞。

【茅屋 mâu-ok】 茅造或蓋以茅草之房屋。茅舍mâu-sià。小～～sió～～⇨同上。

【茅草 mâu-chhó】 茅仔草hm̂-á-chháu。

mâu 鍪 鍋oe之類。又頭盔thâu-khoe也。護頭之盔甲khoe-kah也。兜～tau～⇨頭盔thâu-khoe。穿甲戴～chhēng-kah-tì～⇨全副武裝。甲kah，鐵戰衣。

mâu 茫 不明也。空虛也。得過且過，不斤斤計較曰茫mâu。口語bôugo未使得更～也bē(bōe)-sái-tit-koh～ā⇨不能再馬虎虎下去了。

【茫茫 mâu-mâu】 馬虎má-hu。逐家～～也是啦ta̍k-ke～～á-sī-lā⇨大家馬虎下去吧。人生～～也啦jîn-seng～～á-lā⇨同上。

mâu 毛 毛病mâu-pē$^{n}$(pī$^{n}$)也。毛病mâu-pēng。毛病mo-pē$^{n}$。

māu
**貌** 容儀也。儀表也。容～iông～⇨同上。外～goā～⇨同上。禮～lé～⇨同上。無禮～bô-lé～⇨同上。面～都相似，安知是我姨bīn～to siang-sū, an-ti sī gô·-î⇨糊塗姊夫看中姨仔更美也。以～取人失之子羽í～chhú-jîn, sit-chi chú-ú⇨孔大人自白。郎才女～lông-châi-lí～⇨同上。花容玉～hoa-iông-giok～⇨同上。十分美～sip-hun bí～⇨同上。其～不揚ki～put-iâng⇨同上。

【貌相 māu-siàng(siòng)】 以貌取人。人不可～～，海水不可斗量jiû put-khó～～, hái-chúiput-khó táu-liâng⇨同上。

【貌寢 māu-chhím】 其貌不揚。短小醜惡曰寢chhím。張松～～tiuⁿ-siông～～⇨三國演義。

【貌合神離 māu-hap-sîn-lî】 外示相親內無誠意。勸每無効，人講～～～～各懷鬼胎，要安怎勸khǹg mā bô-hāu, lâng-kóng～～～～kok-hoâi kúi-the, boeh an-choáⁿ khǹg⇨勸解亦無効也。古人言，～～～～心中都有鬼的，要怎麼勸法。

māu
**藐** 小也。輕易貌。說大人則～之soat tāi-jîn chek～chī⇨說服大人物得以輕視之態度才能勸說有效也。

【藐視 māu-sī】 輕視kheng-sī。看不起人。你好大膽，敢～～本姑娘，該當何罪lí hó-toā-táⁿ,káⁿ～～pún-ko·-niû, kai-táng hô-chōe⇨同上。該當何罪kai-táng-hô-chōe，戲白的講法。

【藐藐 māu-māu】 心不在焉sim-put-chāi-ián的樣子。言者諄諄，聽者～～giân-chià sûn-sûn, theng-chiā～～⇨同上。

## mauh

mauh
**皺** 齧骨khē-kut也，亦曰皺ngauh，亦咬kā也。借為無牙嚼物曰皺mauh。無牙唇內凹亦曰mauh。罔～也罔～bóng～a bóng～⇨老人嚼物姑且皺之。云云仔～ûn-ûn-á～⇨慢慢嚼之。

【皺皺 mauh-mauh】 ㊀嘴唇皮～～也chhùi-lûn-phôe～～à⇨唇皮收縮內凹了。㊁無牙而嚼食。～～抄道呑落去～～leh tō thun-lok-khì ⇨ 皺了就呑下去。信採～～抄耳chhìn-chhái～～leh-niâ⇨隨便皺一下而已。→ngauh-ngauh-leh tō thun⇨皺一皺道呑下去。

mauh
**凹** 凹moh也(見moh部)。

## me

me
**咩** 羊鳴也。羊～仔iûⁿ～á⇨羊之愛稱。羊～仔囝iûⁿ～á-kiáⁿ⇨同上。～～～食草嫌臭腥，食粬仔人愛罵～～～chiah-chháu hiâm chhàu-chheⁿ, chiah tiū-á lâng ài-mē⇨童謠。

【咩仔 me-á】 羊之愛稱。～～囝～～kiáⁿ⇨同上。

【咩咩叫 me-me-kiò】 羊在鳴叫。羊仔哮到～～～iûⁿ-á háu-kā～～～⇨同上。

【咩咩咩 me-me-me】 羊鳴之聲。～～～食草嫌臭腥，食粬仔人愛罵～～～chiah-chháu hiâm chhàu-chheⁿ，chiah tiū-á lâng ài-mē⇨童謠。粬亦稻也。

me
**咪** 咩me亦作咪me。又長度米突Meter or Metre譯為咪，或乾脆曰公尺kong-chhioh。

me
**抹** 五指合握曰掟tēⁿ(tīⁿ)曰抹me(mi)。亦作摸me。但掟tēⁿ主握物，掟竹棍tēⁿ-tek-kùn。抹me主取物，抹土豆me-thô·-tāu，抹砂仔me-soa-á是也。掟掟抄做一～tēⁿ-tēⁿ-leh chò(chōe) chit～⇨掟偎來為一握。心肝結歸～sim-koaⁿ-kiat-kui～⇨心中積鬱一大結。亦即事皆積鬱在心。挽～bán～⇨痙攣keng-loân。亦即筋肉突起收縮現像的一種病症。抹me，摸也，手捉也。

【抹米 me-bí】 mi-bí。五指合取米。～～來飼鷄～～lâi-chhī-ke(koe)⇨同上。

【抹土豆 me-thô·-tāu】 抓取花生米。老了，老到未～～～了lāu-lō, lāu-kà be(bōe)～～～lō⇨謂太老了，連花生米都抹不起來了。

【抹鷄屎 me-ke-sái】 mi-koe-sái。喻嬰兒在地上爬。人要娶妻也，你都猶抾～～～抾lâng boeh chhoā-bó·-à, lí to iáu-teh～～～lè⇨人家要娶妻了，你還在地面爬行，亦即還在嬰孩時代。鷄屎ke-sái亦作鷄膏泥ke-ko-li。指糊狀者。

**mé 猛** 嚴也。急也。日照強烈曰猛mé。火勢強烈亦曰猛。日頭眞～ji̍t-thâu chin～⇨太陽照射強烈。火未～hóe-bē(bōe)～⇨火旺不起來。焚較～抾hiâ$^{n}$-khah～leh⇨火勢弄大些。添柴加火勢曰焚hiâ$^{n}$。速～soah～⇨快速khoài-sok。較～khah～⇨迅速sìn-sok。

【猛火 mé-hóe】 烈火liat-hóe。使～～一下道熟也曷使若久sái～～chi̍t-ē tō-se̍k-à a̍h-sái goā-kú⇨使用烈火一下就熟了，何用多久。

【猛日 mé-ji̍t】 烈日lia̍t-ji̍t。即類～～出去做啥，都無要煎死囡仔干講chi̍t-lōe～～chhut-khì chò(chòe)-siah$^{n}$, to-bô-boeh chian-sí-gín-á-koa$^{n}$-kong⇨此種烈日下出外何爲，不是要晒死孩子干吧。日曝ji̍t-pha̍k亦曰煎chian。

【猛快 mé-khoài】 迅速sìn-sok。火速hóe-sok。不道較～～抾，安爾像大蛇得趖抾m̄-tō khah～～leh, an-ne(ni) chhiū$^{n}$ toâ-choâ teh-sô-leh⇨快一點罷，如此一如大蛇之慢慢爬的不行嗎。

【猛猛 mé-mé】 火勢很旺。趁火猶～～抾猶會使得thàn-hóe iáu～～leh, iáu ē(ōe)-sái-tit⇨乘此火力還很旺盛的時候，還可以做。

【猛醒 mé-chhé$^{n}$】 mé-chhè$^{n}$。勤奮工作。人伊若～～抾你知否lâng-i goā～～leh lí-chai-bò·⇨人家他多麼拼命做工你知道嗎。

**mê 暝** 幽也。夜也。夜晚iā-boán曰暝mê。昨～cha̍h～⇨昨夜cho̍h-iā。明仔～bîn-á～⇨明夜bêng-iā。昨日～cho̍h-ji̍t～⇨前天夜。恬恬睏，一～大一寸，嬰仔惜，一～大一尺tiām-tiām-khùn, chi̍t～toā-chi̍t-chhùn, e$^{n}$-á-sioh, chi̍t-～toā-chi̍t-chhioh⇨搖籃歌。一～走天光chi̍t-～cháu-thi$^{n}$-kng⇨整個夜晚跑到天光(才回)。寒天～長，瀉天～短 koâ$^{n}$-thi$^{n}$～tn̂g, joa̍h-thi$^{n}$～té(tóe)⇨同上。分未平，拍到二九～pun-bē-pê$^{n}$, phah-kà jī-káu～⇨謂(分家拆產)分得無法公平，吵到二九過年夜。三更半～sa$^{n}$-ke$^{n}$ poà$^{n}$～⇨中夜。

【暝工 mê-kang】 夜工iā-kang。夜業iā-gia̍p。明仔暗起，阮該做～～bîn-á-àm khí, goán-ài-chò(chòe)～～⇨明夜開始，我們須加夜工。

【暝水 mê-chúi】 夜潮iā-tiâu。

【暝日 mê-ji̍t】 mî-ji̍t。日夜ji̍t-iā。～～思念～～su-liām⇨同上。

【暝市 mê-chhī】 夜市iā-chhī。來去行～～要否？laih-khì kiâ$^{n}$～～boeh-bò·⇨(我們)往夜市散散步，好不好？

【暝半 mê-poàn】 夜半iā-poàn。中夜tiong-iā。道是二介老翁婆仔相意愛，困到三更共～～，脚來蹺，手來幪，幪一下去，伊也歪，絲也樣，伊伊歪歪，絲絲樣樣，藉來會叫歌tō-sī nn̄g-ê lāu-ang-pô-á sa$^{n}$-ì-ài, khùn-kà sa$^{n}$-ke$^{n}$(ki$^{n}$) kāng～～, kha-lâi-khiau, chhiú-lâi-moa$^{n}$, moa$^{n}$-chi̍t-ê-khì, i-à-oaih$^{n}$, si-à-soaih$^{n}$, i-i-oaih$^{n}$-oaih$^{n}$, si-si-soaih$^{n}$-soaih$^{n}$, chiah-lâi ē(ōe)-kiò-koa⇨蚯蚓仔歌tō·-kún(kín)-á-koa。

【暝尾 mê-bóe】 mî-bé。夜將盡了。～～也天俅光也～～à thi$^{n}$-boeh-kng-a⇨同上。

【暝車 mê-chhia】 mî-chhia。夜車。開～～khui～～⇨同上。

【暝昏 mê-hng】 夜晚iā-boán。彼～～hit～～⇨那夜。彼一～～hit-chi̍t～～⇨那一夜

晚。佗一～～tah(toh) chi̍t～～⇨何日晚上。

【暝時 mê-sî】 夜間iā-kan。日時來困～～藉來做獵狗不 ji̍t-sî lâi-khùn～～chiah-lâi chò(chòe) la̍h-káu m̄⇨白天睡覺，夜間才當獵狗四處亂穿。

【暝暝 mê-mê】 mî-mî。夜夜iā-iā。每夜。～～要～～boeh⇨每夜都要。～～都到天要光～～to-kàu thi$^n$-boeh-kng⇨每夜都(做)到天快要光。～～日日～～ji̍t-ji̍t⇨每夜每日。

【暝頭 mê-thâu】 mî-thâu。㊀夜間iā-kan。～～較長也～～khah-tn̂g-ā⇨夜間比較長了。㊁夜間開頭。～～仔耳道困去也～～á-niâ tō khùn-khì(ì) ā⇨初入夜而已，就睡入夢鄉了。

【暝連日 mê-liân-ji̍t】 日以繼夜ji̍t-í-kè-iā。先品扲，到十二點道煞，彼類～～～的我是不否seng phín-leh, kàu cha̍p-jī-tiám tō-soah, hit-lōe～～～ê goá sī-m̄ hoh$^n$⇨先講清楚。玩到十二時爲止，那一種日以繼夜玩不停的，我是不來的。

**mê 鋩** 刃端jīm-toan也。刃利能截物曰有鋩ū-mê，曰眞鋩chin-mê。亦即眞利chin-lāi曰眞鋩chin-mê。刀～to～⇨刀刃to-jīm。扱～khioh～⇨作鋩亦即磨出鋩mê。倒～tó～⇨鋩損毀了。亦即刀不利了。有夠～ū-kàu～⇨①十分銳利。②事物十分整齊。阿花有夠～也了a-hoe ū-kàu～ā-lò͘⇨阿花十全十美的漂亮了(包括容貌、打扮、風度)。本字作芒mê。

【鋩角 mê-kak】 銳角jōe-kak。～～有脜～～ū-chhio⇨同有夠鋩ū-kàu-mê。～～有夠脜～～ū-kàu-chhio⇨十全十美。俏chhio，雄壯貌，亦作銳利解。又有鋩有角ū-mê ū-kak，事物整製得十分完美。

**mê 樠** 松木心也。含有油脂可引火。松柏仔～chhêng-peh-á～⇨多有油脂可起火之松木片。

**mē 罵** 詈lé也。惡言加之曰罵mē。正斥曰罵mē，傍及曰詈lé。相詈相～sio-lé-sio～⇨互相辱罵jio̍k-mē。先生～學生sin-se$^n$～ha̍k-seng⇨同上。先生sin-se$^n$→sian-si$^n$。相～無好嘴，相打無好手sio～bô hó-chùi,sio-phah bô hó-chhiú⇨謂互罵沒好話互打沒好手。是不是～家己sī-m̄-sī～ka-tī(kī)⇨不論對不對，都罵自己人爲先。息事寧人sit-sū-lêng-jîn的良策。尻川後～皇帝kha-chhng-āu～hông-tè⇨喻不敢作正面主張却在背後大言不慚之人。尻川kha-chhng，屁股也。

【罵天罵地 mē-thi$^n$-mē-tē】 謂天也罵地也罵，無所不至罵。～～～～，罵鱟杓罵飯籬，罵鼎簸罵鼎刷，應該賞賜你，一下五根架～～～～, mē hāu-hia, mē pn̄g-lē, mē tiá$^n$-kám, mē tiá$^n$-chhè èng-kai siú$^n$-sù lí, chi̍t-ê gō͘-kin(kun)-kê⇨謂無因無端的亂罵一場，應該打你一拳。

## meh

**meh 蜢** 草蜢chháu-meh，亦即蚱蜢chah-béng也。一種能飛善跳之昆蟲。亦爲農作物的大害蟲也。草～仔弄鷄公chháu～á lāng ke-kang⇨喻以弱小戲強豪。～～～～～～，鷄公一下跳，草～仔死蹺蹺～～～～～～, ke-kang chi̍t-ē-thiàu, cháu～á sí-khiàu-khiàu⇨童謠。鷄見草蜢，必一啄而食之。

**me̍h 脈** 血管也。血管隨心臟收放而跳動曰脈me̍h。有連貫條理者亦曰脈me̍h。希望之線絲亦曰脈me̍h。動～靜～tōng～chēng～⇨血管之兩大類。地～山～葉～文～tē～soa$^n$～hio̍h～bûn～⇨各種有連貫性的事物條理。多敢無～也哩 to-ká$^n$ bô～a lih⇨恐怕沒有希望了。砏～khòng～⇨砏物線。龍～liông(liêng)～⇨地理先仔的名堂。摸～節～bong～chat～⇨醫生察摸患者之脈搏也。講症較好節～kóng-chèng khah-hó chat～⇨謂將症候講出來，勝於節脈。亦即醫生能夠了解病症，可以對症下藥。摸～支支，開藥大約 bong～phia̍k-phia̍k, khui-ioh tāi-iak⇨謂摸脈但覺其卜卜鼓動而已。開藥只好大約爲之。所謂庸醫 iông-i 者也。支phiak小擊也。異於支chi字。

【脈沈 meh-tîm】 脈搏微弱。

【脈浮 meh-phû】 脈搏快。

【脈理 meh-lí】 脈搏的作用。有關脈的學問。彼個醫生，～～有透徹 hit-ê i-seng，～～ū-thàu-thiat⇨那個醫生，對脈理很清楚。

【脈搏 meh-phok】 脈meh。血管的鼓動。標準～～是每分鐘七十二次phiau-chún～～sī múi-hun-cheng chhit-chap-jī-chhù⇨同上。

【脈跳 meh-thiàu】 跳脈thiàu-meh。脈搏不順序，間有停跳者。

【脈管 meh-kóng】 meh-kńg。血管hiat-kńg。

## mi

mi **瞇** 草入目中也。凡物入目皆曰瞇mi。亦即閉目也。物入目眼必自閉！嬰仔目珠～去也 e$^{n}$-á bak-chiu～khì-à⇨小寶寶眼睛閉上了。

【瞇瞇 mi-mi】 閉目的樣子。目珠～～較緊困否bak-chiu～～khah-kín-khùn-hoh$^{n}$⇨閉上目珠快快睡覺吧。一個是目珠～～，一個是目珠眄眄，一個是目珠眵眵，您三個人都攏合青盲的共款也麼chit-ê-lî bak-chiu～～, chit-ê-lî bak-chiu he-he, chit-ê-lî bak-chiu chhuh-chhuh, lín sa$^{n}$-ê-lâng to-lóng kah chhe$^{n}$-mê-ê kāng-khoán-â mà⇨謂三個人皆如盲人。眄眄he-he恨視，視不精也。眵眵chhuh-chhuh目汁凝也，亦即流目屎膏的，視當然也不精也。

mi **抹** 抹me也(見me部)。

mi **咪** 羊鳴之聲也。又咪咪me-me，幼小，或細軟的形容詞。疑爲綿綿mî-mî之讀輕聲音。

【咪咪 mi-mi】 ㊀幼小。留一個嬰仔猶幼～～扲看要啥步lâu chit-ê e$^{n}$-á iáu iù～～leh khoà$^{n}$-boeh siá$^{n}$-pō͘⇨留下一嬰兒還在很幼小，看將如何是好。㊁細軟。一身穿到安爾嬌～～chit-sin chhēng-kà an-ne(ni) kiau～～⇨全身穿得如此這般的又軟又好看。

mî **棉** 木棉bok-mî也。通綿mî，亦即木棉bok-mî，草綿chháu-mî雖有別，文字上却多用綿mî字。

mî **綿** 蠶絮也。粗者曰絮sū。精者曰綿mî，草棉木棉亦皆綿mî也。長不絕也。薄弱曰綿mî，堅持有恒亦曰綿mî。絲～si～⇨同上。鋪～裘pho͘～hiû⇨同上。石～chioh～⇨一種礦物。海～hái～⇨同上。有夠～ū-kàu～⇨十分堅持到底。七排八～九強十駛較chhit-sì$^{n}$, peh～, káu-kiâng, chap-í$^{n}$-chi$^{n}$⇨謂追女朋友的第七到第十個要件。排sì$^{n}$水中取魚，狗想猪肝骨也。強kiâng，力也。駛較í$^{n}$-chi$^{n}$，不顧廉耻的要法。駛í$^{n}$，侮也，改也。較chi$^{n}$，較轂chi$^{n}$-kok，車輪中心受軸之處。

【綿子 mî-chí】 綿花之種子。

【綿弓 mî-kiong(keng)】 彈打綿被的道具。

【綿心 mî-sim】 洋油燈之燈心。

【綿仔 mî-á】 ㊀綿mî，綿絮mî-sū。㊁一種水稻名。即冬要更播～～chit-tang boeh-koh-pò͘～～⇨本期將再次播種綿仔種的稻仔。

【綿布 mî-pò͘】 綿織之布匹。

【綿羊 mî-iû$^{n}$】 羊類的一種。全身長有長毛如綿。飼來剪取羊毛以作布匹原料者。～～山羊～～soa$^{n}$-iû$^{n}$⇨同上。

【綿被 mî-phōe】 綿績被mî-chioh-phōe。重要的防寒寢具。

【綿紗 mî-se】 紗線se-soà$^{n}$。紡～～pháng～～⇨同上。～～紙～～choá⇨加綿製成之紙。～～廠～～chhiáng⇨綿紗工場。

【綿裘 mî-hiû】 鋪綿衫pho͘-mî-sa$^{n}$。略同於綿袍mî-phâu。只差裘短，袍長。

【綿精 mî-chi$^{n}$】 駛較í$^{n}$-chi$^{n}$。不顧廉耻的要法，性質，作風。伊的人眞～～i ê-lang chin～～⇨同上。～～佅～～boeh⇨死要活要。

【綿綿 mî-mî】 ㈠幼軟。幼～～iù～～⇨幼軟如綿。笑到輭～～chiò-kà nńg～～⇨笑得軟如綿。㈡執意強行chip-ì kiâng-hêng。～～要～～boeh⇨一意強要。不准伊去，伊～～去put-chún i khì, i～～khì⇨不讓他去，他偏偏去了。伊～～要道是，都無法伊扲i～～boeh tō-sī, to bô-hoat-i leh⇨他執意強要就對了，奈何他不得麼。共伊講都無錢不當考，囡仔都～～去考kā-i-kóng to-bô-chî$^{n}$ m̄-thang-khó, gín-á to～～khì-khó⇨對他說過了，沒錢嗎不考算了，孩子都不聽，偏偏去考了。

【綿樹 mî-chhiū】 木棉樹bok-mî-chhiū。

【綿績 mî-chioh】 綿被心mî-phōe-sim。～～被～～phōe⇨綿被mî-phōe。綿績mî-chioh加被單phōe-toa$^{n}$亦即布囊phò͘-lông即成綿被mî-phōe。

【綿爛 mî-noā】 堅持到底。～～讀～～thak⇨堅持勤讀。～～做～～chò⇨專心一意工作無停。～～討～～thó⇨執意追討債務。

【綿仔紙 mî-á-choá】 衛生紙ōe-seng-choá。

**mî 彌** 久長也。滿也。益也。仰之～高，鑽之～堅giόng-chi～ko, chhoàn-chi～kian⇨論語。

【彌月 mî-goat】 兒生而滿一月。滿月moá-goeh。

【彌陀 mî-tô͘】 佛名。南無阿～～lâm-bû-o͘～～⇨同上。嘴念阿～～，手舉刺血刀chhùi-liām o͘～～ chhiú-giâ chhih-hoeh(huih)-to⇨喻滿口仁慈心藏殺機。～～佛～～hut⇨同上。

【彌留 mî-liû】 病重臨終。原義是病久留身上而不癒也。～～的時刻也～～ê sî-khek-à⇨到了臨終的時候了。

【彌勒 mî-lek】 菩薩phó͘-sat名。～～佛～～hut⇨同上。

【彌補 mî-pó͘】 補。～～不足～～put-chiok⇨同上。

【彌漫 mî-bān】 ㈠大水。大水～～全庄toā-chúi～～choân-chng⇨大水浸滲全村。水浸曰滲im。㈡普遍。反對的空氣～～全國hoán-tùi ê khong-khì～～choân-kok⇨同上。

【彌撒 mî-sah】 天主教的典禮，紀念耶穌與其門徒的最後晚餐者也。原詞爲Missa或Mass。明仔暗該去參加～～ bîn-á-àm ài-khì chham-ka～～⇨明晚須參加彌撒。

【彌縫 mî-hông】 補合。～～闕失～～khoat-sit⇨把遺漏缺失補合了。

**mî 瞑** 瞑mê也(見me部)。

**mî 芒** 粟芒chhek-mîme也。粟端刺人之小毛。

**mî 鋩** 鋩mê也(見me部)。

**mī 麵** 麪mī俗作麵mī。麪粉mī-hún也。即麵粉。又麵粉製品也。大～toā～⇨大麵條。拍大～phah-toā～⇨製麵條。摵仔～chhek-á～⇨在滾水中摵煮之麵。摵chhek，上下左右搖動也。炒～chhá～⇨熱鼎下油加料乾炒之麵。八寶～pat-pó～⇨加上多種佐料之湯麵。亦曰十錦～sıp-kím～，不過不論十錦sıp-kím或八寶pat-pó，其十或八只表示多種而已。不一定有其數。雜菜～chap-chhài～⇨八寶或十錦麵之俗名，又喩工作不專之人。

【麵干 mī-koa$^{n}$】 干麵條kan-mī-tiâu。

【麵包 mī-pau】 洋人之主食。～～饅頭～～bân-thô⇨同屬粉類食品。只差製法略不相同而已，目的即一。可見人類的智慧是相差不太遠的。人不是單靠～～就能活的lâng m̄-sī tan-khō～～chiū-lêng-oah-ê⇨西諺。謂人類除靠麵包維持生理生活之外，亦需要精神生活來滋潤。

【麵皮 mī-phôe】 水餃chúi-kiáu，扁食pián-sıt等之外皮。亦曰水餃皮chúi-kiáu-phôe或扁食皮pián-sıt-phôe。

【麵芋 mī-ō͘】 芋仔的一種。

【麵杖 mī-tiāng】 麵棒mī-pāng。

【麵炙 mī-chiah】 麵粉製的一種食品，屬醬品類。似乎是麵麭mī-thi的油炸品。

【麵店 mī-tiàm】 賣麵食之店。簡易餐食店之總稱。開～～仔khui～～á⇨開小餐食店。

【麵粉 mī-hún】 小麥粉。～～槌～～枋～～thûi～～pang⇨皆製麵粉食品用具。

【麵茶 mī-tê】 麵粉食品。麵粉加糖炒以猪油，以開水冲食。

【麵桃 mī-thô】 性質皆同麵龜，只上面圖形變桃而已。

【麵線 mī-soà$^n$】 素麵條。用～～弔脰，用豆腐磕頭iōng～～tiàu-tāu, iōng tāu-hū kha̍p-thâu⇨戲言將以此法自殺訴諸君也。弔脰tiàu-tāu，投環自殺。脰tāu，頸kéng也。～～蚵～～ô⇨麵線與蚵為料的小食品。蠔ô，俗作蚵ô。講話像扲牽～～扲kóng-ōe chhiū$^n$-teh khan～～leh⇨喻說話東拉西扯扯不停。

【麵龜 mī-ku】 祝壽用的麵粉食品。上面印有龜形。有餡ā$^n$。

【麵麭 mī-thi】 麵粉食品之一。

## mia

**miâ 名** 物之稱號也。人之名也。名譽也。計人數曰名miâ。品～魚～樹～花～phín～hî～chhiū～hoe～⇨各物皆有其名。人～lâng～⇨人亦皆有名。有～的人物ū～ê jîn-bu̍t⇨名人。有～有姓ū-～ ū-sè$^n$(sì$^n$)⇨有姓名。改～換姓ké(kóe)～ oā$^n$-sè$^n$(sì$^n$)⇨改換姓名去逃生tô-se$^n$。臭～透京城chhàu～thàu-kia$^n$-siâ$^n$⇨惡名通到帝都。芳～家己鼻phang～ka～kī phī$^n$⇨孤芳自賞。鼻phī$^n$，動詞也。以鼻聞之曰鼻phī$^n$。無行未出～bô-kiâ$^n$ bē(bōe)-chhut～⇨謂無所作為無法成名。人驚出～猪驚肥lâng kia$^n$ chhut～ti kia$^n$ pûi⇨名之害人；肥之害猪。阿花考著頭～a-hoe khó-tio̍h thâu-～⇨某某人高中第一。六～一組la̍k～chi̍t-chō͘⇨以六人為一組。

【名片 miâ-phì$^n$】 名刺bêng-chhì。

【名字 miâ-jī】 姓名sèng-bêng。名號bêng-hō。即個～～相當響亮chit-ê～～siang-tong hiáng-liāng⇨此一名號相當有名的。

【名姓 miâ-sè$^n$(sì$^n$)】 姓名sèng-bêng。未記得共伊問～～bē(bōe)-kì-tit kā-i-mn̄g～～⇨忘記問其姓名。

【名帖 miâ-thiap】 名片miâ-phì$^n$。有留～～於扲ū-lâu～～tī-teh⇨留有名片在此。

【名號 miâ-hō】 名稱bêng-chheng。不知叫做甚麼～～否m̄-chai kiò-chò(chòe) sia$^n$-mi～～hoh$^n$⇨不知道名稱是什麼嗎。

【名聲 miâ-sia$^n$】 聲譽seng-ī。～～好～～hó⇨聲譽佳。～～透～～tháu⇨名氣通達四方。頂港有～～，下港有出名téng-káng ū～～, ē-káng ū-chhut-miâ⇨北部曰頂港téng-kang，南部曰下港ē-káng；兩處名聲都很響亮。

【名簿 miâ-phō͘】 人名册jîn-bêng-chheh。工員～～kang-oân～～⇨記載員工姓名的簿子。學生～～ha̍k-seng～～⇨登錄學生姓名的簿子。

**miâ 樠** 松脂siông-chí曰樠miâ，mê。有結～ū-kiat～⇨松脂凝結甚多。松柏～chhêng-peh～⇨松脂多之松柏柴。可作為引火物。松柏～火chhêng-peh～hóe⇨燃松柏樠火以照明。以鐵線小籃盛松柏的小片若干點燃之，柴盡即再添進。在現代照明法出現以前，是一種相當可靠的照明法。癔瘑松柏仔出～thái-ko chhêng-peh-á chhut～⇨奇形怪狀如癔瘑的松柏樹松脂特別多。樠miâ與名miâ諧音。謂不乾不淨之人反而出了大名。

【樠箸 miâ-tī】 以松柏材特製用以贈入學新生之箸，曰樠箸miâ-tī。因名樠兩字諧音，取其吉祥也。俗又加以葱枝，葱chhang即聽chhong，合橵miâ即爲聽橵chhong-miâ亦即聰明chhong-bêng亦諧音以取吉祥也。

miā **命** 道也。天道也。天所定曰命miā。性～sè$^{n}$(sì$^{n}$)～⇨生命seng-bēng。蛇亦愛～鼠亦愛～choâ ah ài～chhí ah-ài～⇨喻生物皆要性命。愛ài也作要boeh。男～無假，女～無眞lâm～bô-ké, lí-～bô-chin⇨謂男人命運天註定，不能假，女人命運隨丈夫的貴賤昇降，不一定的。查某囡仔菜子～cha-bó· gín-á chhāi-chí～⇨謂女孩子的命運如菜子，隨土地之肥瘦而發育不同，亦即隨丈夫之貧富而境遇有異。恨～莫怨天，莫怨太陽偏hīn-～bok-oàn-thian, bok-oàn thāi-iâng phian⇨命定論者之自慰調。好～歹～攏是天註定hó～phái～lóng-sī thi$^{n}$-chù-tiā$^{n}$⇨命運好壞皆屬天定。好狗～hó-káu～⇨該死未死。一條狗～險仔嗚呼哀哉chit-tiâu káu～hiám-á o·-ho·-ai-chāi⇨謂險些就無命bô-miā了。夭壽短～iau-siū té～⇨女人罵人詞。孱頭短～chām-thâu-tē～⇨罵丈夫。意謂懦弱無用之人。孱頭chām-thâu，懦弱無能。俗作斬頭chām-thâu，非也。

【命册 miā-chheh】 命卜bēng-pok之書。命書miā-si (chu)。

【命底 miā-té】 命miā。～～註好好抡～～chù-hó-hó-leh⇨命裏早已註定了。

【命途 miā-tô·】 運命ūn-miā。～～多舛～～to-chhún⇨運命多有錯亂阻撓。

【命債 miā-chè】 運命中所帶債務。～～難還～～lân-hoân⇨命債無法淸償。

【命運 miā-ūn】 運命ūn-miā。攏是～～道著了lóng-sī～～tō-tioh-lā⇨一切都是運命就對了。

【命數 miā-sò·】 定命tēng-bēng。～～該然，每是無法度～～kai-jiân，mā-sī bô-hoat-tō·⇨命裡註定的是絕對無法挽救的。

# miau

miau **猫** 猫niau也(見niau部)。

miáu **秒** 秒bió也(見bio部)。

miâu **描** 描biâu也(見biau部)。

miâu **苗** 苗biâu也(見biau部)。

miāu **妙** 好也。微也。神也。少年曰妙miāu。神也者～也sîn-iā-chiā～iā⇨神妙sîn-miāu。玄～hiân～⇨不可思議。奇～kî～⇨神奇巧妙。巧～khiáu～⇨靈巧神妙。八十大～pat-sip-tāi～⇨八十歲非常好運。絕～好辭choat～hó-sû⇨蔡邕讚曹娥碑之詞。辤sû同辭sû。衆～之門chiòng～chi-bûn⇨老子句。

【妙人 miāu-jîn】 有趣味之人。～～妙事～～miāu-sū⇨有趣味的人物有趣味的故事。

【妙手 miāu-chhiú】 高明神妙之手。～～回春～～hôe-chhun⇨稱頌醫術高明之詞。～～空空～～khang-khang⇨①竊賊。②貧而雙手空空者。

【妙用 miāu-iōng】 神妙的功用。山人自有～～san-jîn chū-iú～～⇨我一定有好辦法，你們窮緊張什麼！

【妙年 miāu-liân】 少年。～～對耆艾～～tùi kî-ngāi⇨少年郎對老郎。耆艾，kî-ngāi五六十歲的老者。

【妙計 miāu-kè】 好計策。周瑜～～安天下，賠了夫人又折兵chiu-jî (jû)～～an-thian-hē, pôe-liáu hu-jîn iū chiat-peng⇨三國演義嘲周瑜之詞。

【妙品 miāu-phín】 精妙的作品或製品。滋肺補脾的～～chu-hì-pó·-pî ê～～⇨賣藥的廣告詞。

【妙算 miāu-sǹg】 miāu-soàn。神機～～sîn-ki～～⇨妙不可言的辦法。屈指～～khut-chí～～⇨仙道中人屈起指來，算出未來過去，以及各種絕招兒來。

【妙齡 miāu-lêng】 妙年miāu-liân。～～的婦女～～ê hū-lí⇨年輕的少女少婦。

【妙不可言 miāu-put-khó-giân】 妙極不可言狀。～～～～不可言妙～～～～put-khó-giân-miāu⇨笑話說，母訓女(將于歸)，妙是不可對人說的。後來女答問，奉母命不能說出妙。

【妙語如珠 miāu-gí-jî-chu】 有趣得如珠如玉的言詞如圓珠一樣的奔流而出。謂話有趣好聽又順利不停頓。～～～～解人頤～～～～kái-jîn-î⇨妙語如珠使人破顏而笑。解人頤kái-jîn-î亦曰解頤kái-î，頤î者，下顎也。

miāu
# 廟

廟biō也。祀神之處皆曰廟miāu。王宮前殿亦曰廟miāu。家～ka～⇨家廟ka-biō祖～chó͘～⇨祖廟chó͘-biō。宗～chong～⇨同上。孔子～khóng-chú～⇨孔子廟khóng-chú-biō。凡屬家庭或一般寺廟sī-biō者多曰廟biō，屬王宮者即多曰廟miāu。

【廟見 miāu-kiàn】 新婚第三日，新婿來女家大廳拜其公媽，晋見岳父母會見女方族親曰廟見miāu-kiàn。～～之禮不可廢～～chi-lé put-khó-hùi⇨謂此禮不能廢止。但事實似不廢止也已簡化省畧了(此詞似乎仍維持讀miāu-kiàn)。

【廟祝 miāu-chiok】 廟中司香火之人。亦曰biō-chiok。俗稱廟公biō-koug。

【廟堂 miāu-tông】 ㊀朝廷也。優游～～之上iu-iû～～chi-siāng⇨在廟堂做官得意。㊁廳堂thiaⁿ-tn̂g。廟堂biō-tn̂g。各家或寺廟的大廳堂也。

## mih

mih
# 乜

猶麼mah, moh也。何故，何事，何物曰乜mih。何～苦hô～khó͘⇨何苦hô-khó͘。講甚～kóng-sím～⇨說什麼。

【乜郎 mih-lâng】 何人。～～豈好膽～～ká hó-táⁿ⇨何人有那麼大膽(沒人也)。～～於許講話～～tī-hia kóng-ōe⇨何人在彼處說話呢。～～敢～～káⁿ⇨何人敢爲之(沒人也)。

【乜仔 mih-á】 甚麼sím-mih。～～所在都會用得去，查某人褲頭，掌櫃後未摸得耳～～só͘-chāi to ē(ōe)-iōng-tit-khì, cha-bó͘-lâng khò͘-thâu, chiáng-kūi āu bē(bōe)-bong-tit-niâ⇨任何地方都可以去，只有女人褲頭與會計的背後兩地摸不得而已。～～較雄的都攏有～～khah-sûi-ê to lóng-ū⇨任何美麗漂亮的都皆齊全。～～把～～pà⇨諸多問題或事情。

【乜代 mih-tāi】 何事。代tāi，代誌tāi-chì，工作，事務問題，事故事件等等都曰代誌tāi-chì。伊來～～i-lâi～～⇨他來此所爲何事。

【乜使 mih-sái】 何必hô-pit。～～插伊～～chhap-i⇨何必理他。～～更講～～koh-kóng⇨何用重述。～～受氣～～siū-khì⇨何必生氣。

mih
# 物

萬物bān-but皆曰物mih。大項～細項～toā-hāng～sè(sòe)-hāng～⇨大的東西，小的東西。活～死～oah～sí～⇨有生命之物無生命之物。好～害～hó～hāi～⇨好東西，壞東西。歹～phái～⇨非善類。不成～m̄-chiâⁿ～⇨不多。不是～m̂-sī～⇨不規紀的小妖精。無若夠～bô goā-chē～⇨不甚多。你若夠～lí goā-chè～⇨你有何能耐。亦即什麼東西。有～逐家用，有飯逐家食，有福逐家享iú～tak-ke iōng, iú-hoān tak-ke chiah, iú-hok tak-ke hiáng⇨梁山的規紀也。

【物仔 mih-á】 物but。可食～～hó-chiah～～⇨可供食用之物。好食～～hó-chiah～～⇨可口好吃之物。細粒～～sè(sòe)-liap～～⇨小家私。小道具。跮蹳～～thit-thô～～⇨

玩物。玩具。

【物件 mi̍h-kiāⁿ】 東東西西tang-tang-sai-sai。該啥～～阿公買給你ài-siáⁿ～～a-kong bé(bóe)-hō·-lí⇨該用何物，祖父(我)買給你。～～無去眞夥～～bô-khí(ì) chin-chē(chōe)⇨東西遺失甚多。欠用的～～趕緊補khiàm-iōng ê～～koáⁿ-kín-pó·⇨必需用品趕快補足。

【物食 mi̍h-chia̍h】 食物si̍t-bu̍t。賣～～bē(bōe)～～⇨販賣食用品(飲食店或行商之類者)。賣～～仔bē(bōe)～～á⇨同上。

【物配 mi̍h-phòe】 副食物hū-si̍t-bu̍t。菜肴chhài-ngâu。無～～道食未落去也bô～～tō-chia̍h-bē(bōe) lo̍h-khì(ì) à⇨沒菜肴(副食)就吃不下去了。食物該～～chiah-mi̍h ài～～⇨吃東西須有他物來配合。吃飯要菜肴。

【物價 mi̍h-kè】 bu̍t-kè。～～直直貴了～～ti̍t-ti̍t kùi-lò·⇨物價一路上漲來了。～～於抨起也～～tī-teh-khí-à⇨物價在上漲了。

## mng

**mng 毛** 幼小曰毛mng。小如牛毛gû-mo。雨～仔hō·～á⇨牛毛小雨gû-mng-sió-hō·。字寫了傷～jī siá-liáu siuⁿ～⇨字畫太過幼小。

【毛毛 mng-mng】 幼小。幼～～iù～～⇨甚幼小或幼軟。雨仔～～hō·-á～～⇨細雨濛濛bông-bông。～～仔雨～～á-hō·⇨濛濛的細雨。雨仔～～仔耳hō·-á～～a niâ⇨雨很小，不必怕。

**mn̂g 毛** 毛mô也(見mo部)。

**mn̂g 門** 人所出入也。凡出入口皆曰門mn̂g。孔竅亦曰門mn̂g。猶家ka也。又計物曰門mn̂g。關～門戶koaiⁿ～chhoàⁿ-hō·⇨關閉門戶。前～後～都關了chêng～āu-mn̂g to koaiⁿ-lò·⇨所有的門都關了。城～未開siâⁿ～bōe-khui⇨城門還沒開。開中～迎人客khui-tiong～giâⁿ-lâng-kheh⇨誇張的迎客詞。校～店～車～水～hāu～tiàm～chhia～chúi～⇨各種門。將～相～侯～豪～chiàng～siàng～hô·～hô～⇨各種貴顯之門。半掩～仔poàⁿ-iám～á⇨暗娼之家。倚～賣笑í～bē(bōe)-chhiàu⇨娼妓倚門待客。倚～而待í～jî-thāi⇨慈母望子回。一～大轟二～墓三～魚釣仔chi̍t～toā-kōng n̄g～bōng saⁿ～hî-tiò-á⇨物之計算單位。上天天無～，落地地無路chiūⁿ-thiⁿ thiⁿ-bô～，lo̍h-tē tē-bô-lō·⇨窮途末路了。南天～岳飛大戰關羽lâm-thian～ga̍k-hui tāi-chiàn koan-ú⇨據稱關公是南天門之守將。謂岳死才在南天門與關相逢也。

【門口 mn̂g-kháu】 門前mn̂g-chêng。大～～toā～～⇨大門外口。～～庭～～tiâⁿ⇨門前之大庭。

【門牙 mn̂g-gê】 門齒mn̂g-khí。嘴口chhùi-kháu之牙齒gê-khí。

【門戶 mn̂g-hō·】 機會均等，～～開放ki-hōe kin-téng,～～khai-hòng⇨清末時代美國的對清主張。大～～toā～～⇨大家巨族。～～相對～～siong-tùi⇨家格同等。

【門斗 mn̂g-táu】 門楣bûn-bî之上。藏於～～頂chhàng-tī～～téng⇨暗中私藏在門斗上。

【門外 mn̂g-goā】 門之外。門內～～mn̂g-lāi～～⇨戒防之所在。～～漢～～hàn⇨外行人。

【門企 mn̂g-khiā】 門柱mn̂g-thiāu。～～枋～～pang⇨門兩邊之木料。～～聯～～liân⇨貼門柱之春聯。

【門臼 mn̂g-khū】 所以使門扇能旋轉的承臼。

【門披 mn̂g-phi】 門楣上的題字。

【門定 mn̂g-tēng】 門上定內外之分的橫木。亦曰戶定hō·-tēng。即門限bûn-hān或門閾bûn-he̍k也。～～踏到毀也～～tā-kà ui-a⇨門定踏得磨滅掉了。

【門前 mn̂g-chêng】 各人自掃～～雪，莫管他人屋上霜kok-jîn chū-sò～～soat, bok-koán thaⁿ-jîn ok-siāng-song⇨非常利己主義的俚言。～～生瑞草，好事不如無～～seng sūi-chhó, ho-sū put-jî-bô⇨俚言。

【門閂 mn̂g-chhoàⁿ】 鎖門之橫閂。

【門風 mn̂g-hong】 家風ka-hong。小～～sió～～⇨貧小人家。大～～toā～～⇨富戶人家。看～～khoàⁿ～～⇨提婚中觀察對方的家庭狀況。探～～thàm～～⇨打探對方家境。

【門神 mn̂g-sîn】 門之守護神。據說李世民夜眠患鬼，乃命其勇將尉遲恭ut-thî-kiong與秦強chîn-kiông兩將守於門外以保護之。今門扇上所繪之兩將即是也。

【門框 mn̂g-kheng】 所以作門窗之橫木框檔也。

【門扇 mn̂g-sìⁿ】 扉hui。～～後博三蓋仔，手手蓋～～āu poah saⁿ-khap-á, chhiú-chhiú-khap⇨在門扇後獨自賭博，每手都是贏。喻背後話多計多，實際上一事不能。三蓋仔saⁿ-khap-á，以三硬幣爲賭具而賭者。幣之表面曰蓋khap或闔khap，反面曰笑chhiò，三蓋爲勝，三笑即敗。

【門牽 mn̂g-khian】 門的把手。多爲金屬製圓環形。～～惡～～ok⇨鎖在門內逞兇。謂只能在自己家中兇惡之人。

【門票 mn̂g-phiò】 入場劵jıp-tiuⁿ-kn̄g。公開免～～kóng-khai bián～～⇨同上。

【門牌 mn̂g-pâi】 房屋的標號。～～號碼～～hō-bé⇨家屋的(姓名)標號。

【門楣 mn̂g-bâi】 門楣bûn-bî。

【門榫 mn̂g-sún】 門臼所承接之部份。

【門樓 mn̂g-lâu】 門而附設望樓。～～破了，更鼓原在～～phoà-liáu, keⁿ(kiⁿ)-kó͘ goân-chāi⇨喻典章永存難破。

【門楝 mn̂g-kōng】 或門栱。門上之橫木。楝khong，借音也。

【門聯 mn̂g-liân】 門窗上的春聯chhun-liân。

【門簾 mn̂g-nî】 門簾bûn-liâm。～～展書讀，古道照顏色～～tián-si-thok, kó͘-tō chiàu-gân-sek⇨正氣歌chèng-khì-ko。原作風簾。

【門外漢 mn̂g-goā-hàn】 外行人goā-hâng-lâng。在某部門之門外，未登堂更未入室之人。

【門窗戶扇 mn̂g-thang-hō͘-sìⁿ】 建築物的重要部份。～～～～是猶好好扲，更油漆過道合新的共款也～～～～sī iáu-hó-hó-leh, koh iû-chhat-kòe tō-kah sin-ê kāng-khoán à⇨門窗戶扇還是很好的，再加油漆就與新的一樣了。

【門當戶對 mn̂g-tong-hō͘-tùi】 門第財富都相等，可以彼此相匹配。是世俗談婚姻最講究的問題。

**問** mn̄g 訊也。有所不知而求人解答曰問mn̄g。訊囚曰問mn̄g。存恤曰問。不八道該～m̄-bat (pat) tō-āi～⇨不知就應該問他人。食人的飯，犯人～chiah-lâng ê pn̄g, hoān-lâng～⇨諺語。謂食人之祿應該受人追問責任。亦即食人之祿，擔人之憂sıt-jîn chi lok, tam-jîn chi iu也。掠來～liah-lâi～⇨捉來追問。知知的啦，不免～chai-chai-lè là, m̄-bián～⇨很清楚嗎，何必再問(他)。一下～龜脚道趖出來也chıt-ē～ku-kha tō sô-chhut-lâi-à⇨一問，馬脚bé-kha就露出來了。當不當～thang-m-thang～⇨應不應該問一問。未使得濫擅～bē (bōe)-sái-tit lām-sám～⇨不可以烏白問o͘-peh-mn̄g。攏免～也lóng-bián～ā⇨皆不必問了。

【問卜 mn̄g-pok】 求教於卜者。求神～～kiû-sîn～～⇨也求助於神，也求教於卜，可見其無奈何之困境。

【問安 mn̄g-an】 問候請安būn-hāu chhéng-an。伯母鈞此～～peh-bó kin-chhú～～⇨信末多見此類之詞。

【問佛 mn̄g-hut(put)】 略同問神mn̄g-sîn。關童乩～～koan-tâng-ki～～⇨使童乩起輦

以問佛吉凶禍福。

【問神 mn̄g-sîn】 求神kiû-sîn。求神賜助。～～託佛～～thok-hu̍t(pu̍t)⇨也求神也問佛。

【問案 mn̄g-àn】 訊問案件。法官～～hoat-koa$^{n}$～～⇨法官審查案件。

【問病 mn̄g-pē$^{n}$(pī$^{n}$)】 經由童乩tâng-ki向神求助。關童～～koan-tâng～～⇨關童乩向神問病。關koan亦煽動siàu-tōng也。使童乩起輦khí-liân曰關koan。

【問路 mn̄g-lō͘】 求人指示路途。未輸扲共青盲的～～呢bē(bōe)-su teh-kā chhe$^{n}$(chhi$^{n}$)-mê(mî)-ê～～neh⇨向盲人問題一樣。

【問伊食飽未 mn̄g-i-chia̍h-pá-bōe(bē)】 興師問罪的套詞。亦即要向他請安的白話。未bōe改讀bōe。佪爸藉來～～～～～in-pē chiah-lâi～～～～～⇨本大爺要追究他管什麼閒事。亦作：看伊食飽也猶未khoà$^{n}$-i chia̍h-pá-à á-bōe(bē)。

## mo

mo 摸 撫觸bú-chhiok曰摸mo，亦摸bong也。慢呑呑曰摸mo。物消失亦曰摸。無～到十八下夠，伊曷要出門bô～kà cha̍p-peh-ē-kàu, i a̍h-boeh chhut-mn̂g⇨不摸足十八下(暗指摸乍葩lān-pha)他何肯出門。喻其出門慢動作之甚。逡仔～逡仔摧ūn-á-～ūn-á-hôe⇨慢慢的做此弄彼的工作。不知啥人～去也m̄-chai siá$^{n}$-lâng～khì-ā⇨不知何人偷去了。多敢是鬼仔～去的哩to-ká$^{n}$ sī kúi-á～khì-ê-leh⇨恐怕是鬼攝去的吧。

【摸飛 mo-hui】 偷偷的逃避偷懶。敢出去～～也喏ká$^{n}$ chhut-khì～～ā-nō⇨恐怕是出去偷懶了。四界去～～sì-kè-khì～～⇨四處逃避遊蕩。

mo 毛 毛髮也。商品的包裝物曰毛mo。猶虛也。算～的或算實的sǹg～ê a̍h sǹg-si̍t-ê⇨算虛利或算實利。

【毛利 mo-lī】 虛利hi-lī。未扣除經雜費之利益。該算實利啦，～～未準啦 ài-sǹg si̍t-lī-lah, ～～bē(bōe)-chún-lah⇨應該算出實利，毛利不做標準。

【毛重 mo-tāng】 虛重hi-tāng。未扣除包裝物等之重量。～～有超過百五斤道無要緊也～～ū-chhiau-kòe pah-gō͘-kin(kun) tō bô-iàu-kín-à⇨虛重夠百五斤以上就沒問題了。

【毛猪 mo-ti】 帶毛未宰之猪隻。即幾日仔～～價數又扲起也chit-kúi-ji̍t-á～～kè-siàu iū-teh khí-à⇨這幾天毛猪市價又在上漲了。

mô 毛 同毛mo。眉髮之類也。獸之皮毛也。羽亦曰毛mô。亦曰mn̂g。頭～目眉～目珠～乍～雌屄～脚～手～嘴鬚～thâu～, ba̍k-bâi～, ba̍k-chiu～, lān～, chi-bai～, kha～, chhiú～, chhùi-chhiu～⇨人體各部份之毛。羊仔～狗～牛～鷄～鵝～鴨～鳥仔～iû$^{n}$ á～, káu～, gû～, ke～, ngô～, ah～, chiáu-á～⇨各獸各禽類之毛。白～烏～紅～黃～pe̍h～o͘～âng～n̂g～⇨各色澤之毛。頭～嘴鬚白了thâu～chhùi-chhiu-pe̍h-lō͘⇨老了。不值着人一支脚～m̄-ta̍t-tio̍h lâng chit-ki kha-～⇨千萬不如人。空課較敍過狗～khang-khòe khah-chē(chōe)-kòe káu～⇨工作太多太多。狗káu亦可作猫niau(ngiau)或牛gû。九牛一～kiú-giû it～⇨甚少甚少。鷄～蒜皮ke～soàn-phôe⇨比喻小小事情。八一個皮～耳bat(pak)-chi̍t-ê phôe～niâ⇨但識皮毛而已。矮仔惡，糾～仔毒é-á-ok，khiû～á-to̍k⇨矮子兇惡，曲毛的心毒。紅～番âng～hoan⇨荷蘭人，洋人。長～的tn̂g～ê⇨太平天國的。拍長～的phah-tn̂g～ê⇨當年不少人過海去戰太平天國。羽～豐矣í(ú)～hong-ì⇨喻長大了，能夠自立了。

【毛巾 mô-kin(kun)】 面巾bīn-kin。

【毛孔 mô-khang】 毛髮之孔。毛髮所生之穴。

【毛衣 mô-i】 毛線衣mô-soàⁿ-i。毛衫mô-saⁿ。更疊一領～～較好koh-thah chit-niá～～khah-hó⇨再加穿一件毛衣爲宜。

【毛刺 mô-chhì】 毛蟲之能刺人之刺。喻可憎之人。不當磕着～～m̄-thang khap-tioh～～⇨不要碰上那種討厭之人。

【毛呼 mô-ho】 mô-hoⁿ。盂蘭盆祭鬼用的一種無餡之粿食。～～龜粿粽，紅包見你送～～ku-kóe-chàng, âng-pau kìⁿ-lí-sàng⇨謂中元食品多的是。紅包由你隨便送多少好了。譏和尚在中元忙着烏亂誦經。龜ku者紅龜粿âng-ku-kóe之省詞。土鬼仔食～～，更要討餡thó·-kúi-á chiah～～,koh-boeh thó-āⁿ⇨不知禮之小鬼，有毛呼食不滿足，還要求餡食。餡āⁿ，粿kóe或肉包中所包之甜鹹品。

【毛虎 mô-hó·】 耳後頸上髮際的疔瘡。生～～seⁿ～～⇨發生其症狀。

【毛草 mô-chháu】 皮革類或有關毛髮的疏密，長短，美否等狀況。即每的皮～～攏未僫chit-moá ê phôe,～～lóng-bē(bōe)-bái⇨此次的皮，毛草皆很不錯。

【毛病 mô-pēⁿ(pīⁿ)】 瑕疵hâ-chhû。弊端pē-toan。這內中有～～che lāi-tiong ū～～⇨此其中有弊端也。

【毛蛇 mô-choâ】 頭髮中之疔瘡。毛囊炎mô-lông-iām。生～～seⁿ～～⇨發生了該症狀。

【毛脚 mô-kha】 頭髮的邊際。挽～～bán～～⇨拔除不整齊者。挽bán亦曰修siu。

【毛筆 mô-pit】 筆pit。～～鉛筆鐵筆～～iân-pit thih-pit⇨各種筆。

【毛毯 mô-thán】 毛布mô-pò·。毛被mô-phōe。

【毛箭 mô-chìⁿ】 鵝鴨等水禽，在生長中換毛，其舊毛未去，新毛未出，但毛末已出皮上者，曰毛箭mô-chìⁿ，亦曰𣯧lî。～～了了，奥拔𣯧～～liáu-liáu, oh-pā-lē⇨毛箭很多很多，很難拔除。拔𣯧pā-lē，拔𣯧poat-lî之轉訛。亦喻事之難辦。

【毛線 mô-soàⁿ】 羊毛線iû-mô-soàⁿ。刺～～chhiah～～⇨打織毛線衣。

【毛蟲 mô-thâng】 有刺毛之蟲。

【毛蟹 mô-hē】 淡水蟹tām-súi-hāi→tām-chúi-hē。～～管～～kóng⇨其有剪之大脚。節足動物之第一對有剪口之大脚曰螯gô。蟹螯hāi-gô，俗曰管kóng。

【毛邊紙 mô-piⁿ-choá】 竹料的幼紙。古式帳簿多用之。

【毛骨悚然 mô-kut-sóng-jiân】 形容驚恐之詞。聽著道～～～～了，曷會堪得看著thiaⁿ-tioh tō～～～～lò· ah-ē(ōe)-kham-tit khoàⁿ-tioh⇨只是聽就怕死人了，何敢再看之。

【毛遂自薦 mô-sūi-chū-chiàn】 自己推薦自己。毛遂mô-sūi戰國一能人。咱都無人推薦，不道～～～～也不lán to bô-lâng chhui-chiàn, m̄-tō～～～～à-m̄⇨我們沒人推薦，只好自己推薦了，否則……。

mô
**嗎** 嗎啡Morphine也。～～中毒～～tiòng-tok⇨嗎啡mô-hui，取自阿片的麻醉藥品，用之過多，中毒了即呈阿片癮a-phiàn-giàn之狀。

mô
**摩** 兩物相切摩也。揣～臆測chhúi～ek-chhek⇨暗中探求推測。按～àn～⇨以手挼搓肌肉筋骨使血流暢通的一種古醫術。西方亦有之，曰摩擦治Massage，亦即被轉化爲色情行業之所謂馬殺鷄má-sat-ke也。

【摩西 mô-se】 Moses，基督教的重要人物，出埃及記，過紅海，登西奈山，十誡等的主角。

【摩登 mô-teng】 Modern的譯音，意爲現代。～～女郎～～lí-lông⇨站在時代尖端的女人。

【摩滅 mô-biat】 消滅siau-biat。亦作磨滅mô-biat。不可～～的功績put-khó～～ê kong-chek⇨偉大的成就。

【摩擦 mô-chhat】 ㊀物理學名詞。一物在他物上運動時，接觸面所受的抵抗。㊁意見等不和協或內訌lāi-kòng內鬪lāi-tàu亦曰摩擦mô-chhat。～～音～～im⇨文法名詞，亦曰～～聲～～sia$^{n}$。～～電～～tiān⇨物理學名詞。摩擦能生熱生火，亦能生電。內部有～～的款lāi-pō ū～～ê khoán⇨內部似乎有內訌。～～到眞厲害～～kà chin lī-hāi⇨內鬪相當激烈。

【摩洛哥 mô-lo̍k-ko】 Morocco，國名，非洲北部地中海邊的沙漠國。原受法國統治(保護國)。今已獨立。

【摩納哥 mô-na-ko】 Monaco，國名。世界最小的國家。在法國東南地中海濱。全國以賭爲業。政府靠賭博稅維持。

【摩擦治 mô-chhat-tī】 Massage的譯音。即按摩àn-mô，摩擦治療法也，頗合Massage的原意。但今被譯成馬殺鷄má-sat-ke，專指藉按摩之名的色情行業。

【摩厲以須 mô-lē-í-su(si)】 磨利武器，以須(等待)殺敵。

mô **磨** 治石也。磨bôa也。受困難曰磨。如琢如～jî-tok jî～⇨好好的琢磨。折～chiat～⇨困難重重，吃盡苦頭。石～se̍k～⇨石磨仔chioh-bô-á也。

【磨杵作鍼 mô-chhú-chok-chiam】 如要工夫深，鐵杵磨成針。

mô **魔** 鬼kúi也。惑人之鬼也。嗜好sī-hò͘入性不能去亦曰魔mô。妖～鬼怪iau～kúi-koài⇨各種可惡之輩。羣～亂舞的世界kûn～loān-bú ê sè-kài⇨邪惡之人爭相假公濟私的社會。走火入～cháu-hóe-ji̍p～⇨嗜好sī-hò͘到了魔境無法脫出。詩～si～⇨酷愛吟詩作詩者。酒～chiú～⇨嗜酒如命者。色～sek～⇨女子色之鬼也。

【魔力 mô-le̍k】 惑人，誘人，媚人之力。同魅力bī-le̍k。魅亦魔也。抵著伊的～～道攏魅去也tú-tioh i ê～～tō lóng bī-khì(ī)-à⇨逢見她的魅力bī-le̍k就皆被魅住了。魅bī或bî，媚而惑人。

【魔女 mô-lí】 魔道之女。魅惑力十足之美女。

【魔公 mô-kong】 嗜好sī-hò͘入魔之人。盒都成～～了ta$^{n}$ to chiâ$^{n}$～～lō͘⇨現在已經成了魔公了。都佅變～～也to-boeh pì$^{n}$～～a⇨快要變成魔公了。

【魔王 mô-ông】 魔道之王。淫慾天子。罪大惡極者。殺人～～sat-jîn～～⇨最可惡可怕的惡人。混世～～hūn-sè～～⇨在亂世裏攪混的大惡人。

【魔法 mô-hoat】 同魔術mô-su̍t。～～罐～～koàn⇨熱水罐jia̍t-chúi-koàn的俗名。

【魔鬼 mô-kúi】 魔與鬼。～～抸牽路～～teh-khan-lō͘⇨魔鬼在帶路。

【魔術 mô-su̍t】 Magic。一種有變無，無中生有的戲法。

【魔道 mô-tō】 佛家語。魔鬼之道，或其世界。不斷婬，必入～～put-toān-îm, pit-ji̍p～～⇨佛家語。

【魔神仔 mô-sîn-á】 童形光頭之小鬼。專掠小童者。乎～～～摸去了hō͘～～～mo-khì(ī)-lò͘⇨被魔神仔捉去了。

【魔𩲸仔 mô-ho͘$^{n}$-á】 同魔神仔mô-sîn-á。許的～～～哩hiah-ê～～～lè⇨謂什麼都沒有嗎。多敢～～～牽去也哩to-ká$^{n}$～～～khan-khì(ī)-à lè⇨恐怕是魔𩲸仔引路去了。𩲸ho͘$^{n}$，鬼所化也。

【魔高一丈 mô-ko-chi̍t-tn̄g】 道高一尺～～～～tō-ko chi̍t-chhioh～～～～⇨謂邪道較正道奸巧。

mō **冒** 犯也。假稱也。假～ké～⇨以假作眞。仿～hóng-～⇨仿造假貨。感～kám～⇨病名。塞鼻sat-phī$^{n}$，流鼻水lâu-phī$^{n}$-chúi，打咳嗆phah-ka-chhiū$^{n}$，發熱hoat-jia̍t等症候是也。又心實不悅而不便發作亦戲曰感冒kàmmō。假～ké～⇨裝假冒充。

【冒火 mō-hóe】 受氣siū-khì。代誌都得～～也，更安爾tāi-chì tō-teh～～ā koh-an-ne (ni)⇨事情已夠可惱了，又復如此(何能忍之)。

【冒失 mō-sit】 冒昧mō-māi。不觀前顧後put-koan-chêng kò·-āu。～～鬼～～kúi⇨非常冒失之人。

【冒名 mō-bêng】 假藉他人姓名。～～頂替～～téng-thè⇨假冒他人姓名而竊佔其權利。

【冒雨 mō-í(ú)】 雨中強行。～～回家～～hôe-ka⇨同上。

【冒昧 mō-māi】 不瞻前顧後put-chiam-chiân-kò·-hō·。鹵莽ló·-bóng。

【冒造 mō-chō】 仿製hóng-chè(chōe)。～～品～～phín⇨同上。

【冒牌 mō-pâi】 假牌ké-pâi。假藉名義ké-chiah bêng-gī。～～記者～～kì-chiá⇨假記者。～～小姐～～sió-chiá⇨同上。～～教授～～kàu-siū⇨假教授。

【冒煙 mō-ian】 出煙chhut-ian。煙筒抲～～也ian-tâng teh～～a⇨煙通在出煙了。

【冒稱 mō-chheng】 公開言明虛假之事。～～大富何百萬之子～～tāi-hù hô-pek-bān chi chú⇨公開言明他是大富翁何百萬之子。

【冒認 mō-jīn】 妄認bōng-jīm。亂認loān-jīn。半路抲～～老爸poàⁿ-lō· teh～～lāu-pē⇨路上亂認他人爲父。

【冒險 mō-hiám】 犯危險hoān-gûi-hiám。～～犯難～～hoān-lān⇨冒犯危險困難。彼類代誌莫～～較好hit-lōe tāi-chì mài～～khah-hó⇨那種事情不冒險爲宜。

【冒瀆 mō-tok】 冒犯污辱。～～神聖～～sîn-sèng⇨冒犯污辱神靈聖人。

【冒籍 mō-chek】 假冒籍貫。～～一定是有目的～～it-tēng sī ū bok-tek⇨假冒籍貫一定有原因。

【冒冒失失 mō-mō-sit-sit】 非常冒失。～～鬼鬼祟祟抲變啥仔鬼～～～～kúi-kúi-sùi-sūi teh pìⁿ siáⁿ-á-kúi⇨又冒失又鬼祟，在弄何玄虛。

**耄** mō 年老者也。八十九十曰耄mō。又說七十以上皆曰耄mō。年紀老～了，無用了nî-kí ló～liàu, bô-iōng-liàu⇨老兄自嘆。

**帽** mō 帽bō也。

# moa

**幪** moa 衣布也。覆也。蓋衣也。覆蓋用之衣也。亦作幭moa或蒙moa。手置他人肩上亦曰幪moa。雨～hō·～⇨雨衣。草～chháu～⇨草的雨衣。番仔～hoan-á～⇨斗篷Mantle或Cape。又山地同胞之遮身巾也。更～些裘仔較好啦koh～chē hiû-á khah-hó-lā⇨更幪上裘仔比較好。手～於伊的肩頭 chhiú～tī i ê keng-thâu⇨手加在她的肩上。脚來蹺，手來～，～一下去，伊也歪，絲也㨻，伊伊歪歪，絲絲㨻㨻，則來會叫歌kha lâi-khiau, chhiú lâi～, ～chit-ê-khì, i-ā-oaihⁿ, si-a-soaihⁿ, i-i-oaihⁿ-oaihⁿ, si-si-soaihⁿ-soaihⁿ, chiah-lâi ē(ōe) kiō-koa⇨蚯蚓仔歌。伊i，絲si，歪oai，㨻soāiⁿ擬音。叫歌kiō-koa，唱歌chhiùⁿ-koa也。

【幪巾 moa-kin(kun)】 披肩phi-kian。

【幪帲 moa-phiaⁿ】 ㊀田間工作用之防雨具。龜帲ku-phiaⁿ即爲其典型者。㊁在原牆壁外加蓋的小房屋。更搭一個～～仔koh-tah chit-ê～～á⇨同上。㊂同麻帲moâ-phiaⁿ，亦即漢字的一部首，麻字之外帲goá-phiaⁿ也。帲phiaⁿ亦覆也。

【幪債權 moa-chè-khoan】 不動產之提供抵押帶有債務未清者。～～～共佃買的～～～kā-in-bé(bóe)-ê⇨連帶債務買過來的，亦即其債務須代爲清還。

**moá 滿** 盈êng也。溢ek也。驕盈自足也。限期已足曰滿moá。全choân亦曰滿moá。心～意足sim～ì-chiok⇨十分滿足boán-chiok。水扲～了chúi teh ～ lō·⇨水將滿了。期限未～也kî-hān boeh～â⇨期限將告滿了。三年官二年～sa$^{n}$-nî-koa$^{n}$, nn̄g-nî～⇨謂三年一任（古代）的官員，兩年過去了，就（差不多）滿任了。亦即一到任，一年兩年，馬上過去，第三年就要準備高就或回鄉了。

【滿口 moá-kháu】 全嘴choân-chhùi。～～答應～～tah-èng⇨聲聲都是說好，可以。

【滿山 moá-soa$^{n}$】 全山choân-soa$^{n}$。～～是～～sī⇨全山皆一樣。堆滿全山。喻物多或盛。雪落～～了seh-lo̍h～～lō·⇨白雪下滿全山了。

【滿月 moá-go̍eh】 嬰仔出生第一個月告滿。做～～ chò(chòe)～～ ⇨辦理滿月的慶祝事宜。尼姑做～～nî-ko· chò(chòe)～～⇨喻事之稀奇罕見。～～圓 ～～î$^{n}$⇨祝滿月做紅圓âng-î$^{n}$。食～～酒chia̍h ～～chiú⇨祝滿月設酒席請客。

【滿心 moá-sim】 全心choân-sim。～～歡喜～～hoa$^{n}$-hí⇨同上。

【滿斗 moá-táu】 滿一斗。過斗槩平面斗道是～～kòe táu-kài pê$^{n}$-bīn-táu tō-sī～～⇨同上。斗槩táu-kài，平斗棒pêng-táu-pāng，大約長尺許，徑二寸的制棒也。

【滿天 moá-thi$^{n}$】 全天空choân-thian-khong。～～星～～chhe$^{n}$(chhi$^{n}$)⇨同上。～～下的人攏扲看～～ē ê lâng lóng-teh-khoà$^{n}$⇨民俱爾瞻bîn-kī(kū)-ní-chiam。

【滿任 moá-jīm】 任期告滿。三年～～有夠快sa$^{n}$-nî ～～ū-kàu-khoài⇨三年一任期太快了。

【滿地 moá-tē】 堆滿地面。～～黃金～～n̂g-kim⇨到處都是黃金。～～滿土脚～～moá-thô·-kha⇨同上。

【滿足 moá-chiok】 boán-chio̍k。人心肝未得～～啦lâng-sim-koa$^{n}$ bē(bōe)-tit～～lâ⇨人心無法滿足。

【滿孝 moá-hà】 服喪期滿了。～～褟孝～～thǹg-hà⇨喪期滿脫換平服。褟thǹg或褪thǹg，脫衣也。

【滿身 moá-sin】 全身choân-sin。～～珠光寶氣～～chu-kong-pó-khì⇨有錢婦女的滿艦飾moá-lām-sek。～～軀耍到攏是路溝仔糜～～khu sńg-kà lóng-sī lō-ko-á-moâi⇨全身弄得全都是爛泥。路溝仔糜lō·-kau-á-moâi→lō-ko-á-moâi，路溝中之爛泥。

【滿面 moá-bīn】 全部的臉上。～～春風～～chhun-hong⇨面上充滿喜色。

【滿限 moá-hān】 限期到了。～～無還未用得也～～bô-hêng bē(bōe)-iōng tit-â⇨期限到了，不還不行了。

【滿城 moá-siâ$^{n}$】 全市choân-chhī。～～揣社兄～～chhōe siā-hia$^{n}$⇨在全市中探訪村中的朋友。喻希望甚少。社兄siā-hia$^{n}$或說成契兄kè-hia$^{n}$，亦即情夫。揣chhoe找尋也。

【滿座 moá-chō】 滿員boán-oân。高朋～～ko-pêng～～⇨家中充塞著高級朋友。

【滿海 moá-hái】 全海面。～～攏是燈光～～lóng-sī teng-kong⇨大港口的美麗夜景。

【滿期 moá-kî】 同滿限moá-hān。～～得未退伍也～～tit-boeh thè-ngó·-â⇨兵役服滿快要退伍回家了。

【滿場 moá-tiû$^{n}$】 全場choân-tiû$^{n}$。～～一致贊成通過～～it-tì chàn-sêng thong-kòe⇨同上。

【滿腹 moá-pak】 boán-ho̍k全肚choân-tō·。～～辛酸～～sin-sng⇨滿肚委屈moá-tō· úi-khut。～～文章～～bûn-chiu$^{n}$⇨很有學問。

【滿嘴 moá-chhùi】 滿口moá-kháu。～～講好～～kóng-hó⇨滿口說可以。

【滿盤 moá-poâ$^{n}$】 全盤choân-poâ$^{n}$。全局choân-kio̍k。一步錯，～～輸chi̍t-pō·-chhò,

～～su⇨棋諺。一著錯子，造成全局輸棋。喻一小錯將鑄成大失敗。

【滿四界 moá-sì-kè】 到處皆有。～～～抒也抒稀罕 ～～～ leh a-teh hi-hán⇨到處皆有的(東西)稀罕甚麼。

【滿斅庫 moá-siak-khò͘】 斅庫siak-khò͘同斅桶siak-tháng。刈稻用之道具，亦大桶也。謂物有滿大桶之多也。～～～抒啦，免煩惱無啦～～～leh-lā, bián-hoân-ló͘-bô-lā⇨整個大桶之多的，不必怕沒有的。

【滿艦飾 moá-lām-sek】 戰艦的制式裝飾。喻婦女的珠光寶氣全身戰備的模樣。粧到安爾未輸～～～抒chng-kā an-ne(ni) bē(bōe)-su ～～～leh⇨同上。

【滿廳紅 moá-thiaⁿ-âng】 喜慶時，廳堂上都是紅色的喜聯以及紅燈紅燭âng-chek，充滿喜氣洋洋。

【滿千滿萬 moá-chheng-moá-bān】 非常之多。～～～～人道是人～～～～lâng tō-sī lâng⇨非常之多，全是人的人山人海。

moâ
鰻 蛇形之魚類也。海～hái～⇨同上。溪～khe～⇨溪流中之所謂淡水鰻tām-chúi-moâ，俗所珍重者，亦即鱸鰻lô͘-moâ也。白～peh～⇨溪鰻之一種，形體較鱸鰻小，最大者亦不過童子腕大小，皮色灰白，俗認爲最有補者也。養殖～iáng-sit～⇨人工培養者，大多屬白鰻之類。今坊間餐廳飯館所供應者多屬養殖鰻。

【鰻絲 moâ-si】 鰻苗moâ-biâu。鰻種moâ-chéng。養殖鰻所用者。

【鰻溲 moâ-siûⁿ】 鰻皮上之粘液liâm-ek。

【鰻根仔 moâ-kin(kun)-á】 大約手指大小之小鰻。

moâ
瞞 欺也。匿情lek-chêng相欺曰瞞moâ，古作謾moâ，今通用瞞moâ。事不相～sū-put-sio～⇨謂不相瞞騙moâ-phiàn。翁騙某～ang-phiàn-bó͘～⇨狐狸夫妻。未～未勘得bē(bōe)～bē(bōe)-khàm-tit⇨不能騙不能掩蓋。

【瞞騙 moâ-phiàn】 掩蓋眞相曰瞞，將假亂眞曰騙。不好更～～也m̄-hó koh ～～ â⇨不要再欺騙了。

【瞞天過海 moâ-thiⁿ-kòe-hái】 巧詐逃渡之計。人伊敢安爾～～～～乾乾乎過面去lâng-i káⁿ an-ne(ni) ～～～～ kian-kian hō͘ kòe-bīn-khì⇨人家他如此這般的敢於瞞天過海，居然被他成功了。過面kòe-bīn，過板kòe-pán，過手kòe-chhiú，皆用於詐騙或魔術的手法成功。

【瞞父騙母 moâ-pē-phiàn-bó͘】 謂子女不當～～～～m̄-thang～～～～也。

【瞞生人目 moâ-seⁿ(siⁿ)-lâng-bak】 詐騙世人耳目。～～～～ 答死人恩 ～～～～ tap-sí-lâng-in⇨謂騙世人之目以謝死者之恩。平生不孝父母，父母一死，乃欲示其有孝，也有辦法，訃音滿天飛，僧尼誦經，司功超渡，大吹大擂，甚至在墳場表演脫衣舞者是也。

【瞞官騙壻 moâ-koaⁿ-phiàn-sài】 謂妻不規紀，騙家公騙夫壻以走私也。

【瞞者瞞不識 moâ-chià-moâ-put-sek】 謂欺騙只能欺不識之人。～～～～～，識者不可瞞～～～～～，sek-chiá put-khó-moâ⇨同上。

moâ
麻 黃麻iûⁿ(ûiⁿ)-moâ等纖維植物之總稱。苧～thí～⇨thú-moâ。俗曰苧仔tē-á→tōe-á。亦曰苧仔絲tē-á-si→tōe-á-si。穿～戴～chhēng～tì～⇨穿麻衣戴麻帽表示爲父母服喪。拖～揹索thoa～koāⁿ-soh⇨喻與喪家無端弄成關係。結～kat～⇨結上麻的喪草。

【麻刀 moâ-to】 剝制麻絲的道具。

【麻仔 moâ-á】 麻子moâ-chí的俗稱。麻子搾油就是麻油moâ-iû。

【麻布 moâ-pò͘】 麻絲布。～～衫～～saⁿ⇨麻衫moâ-saⁿ。～～裙～～kûn⇨女用喪衣裙。～～燈～～teng⇨加上麻布之燈。

【麻竹 moâ-tek】 竹名。最高大之竹類。竹筏tek-pâi或建築(竹屋)等多用之，其筍即廣供食用。～～筍～～sún⇨同上。

【麻油 moâ-iû】 麻子油moâ-chí-iû。～～酒～～chiú⇨鷄酒ke-chiú。鷄肉炒麻油加米酒之食品，爲產婦必食之一個月。更擂～～過koh-so～～kòe⇨喻再度出世爲人。更擂～～過看有法度否koh-so ～～ kòe khoà$^{n}$-ū hoat-tō·-bō·⇨謂(今生今世無効了)再度出世看看行不行(有無其福份)。

【麻衫 moâ-sa$^{n}$】 麻衣moâ-i。喪服。穿～～許你道知代chhēng～～hia lí-tō chai-tāi⇨穿麻衫的時候你就能知事態重大。亦即父母死了就自然能知主事之困難。

【麻索 moâ-soh】 麻之大繩toā-chîn。大索toā-soh。

【麻袋 moâ-tē】 麻布大囊lông。出口的米糖，多以此包裝。

【麻絲 moâ-si】 麻之纖維。油～～苧仔絲iû～～tē-á-si⇨麻苧之絲。黃麻n̂g(ûi$^{n}$)-moâ轉爲油麻iû-moâ。提些～～來縛the̍h-chē～～lâi-pa̍k⇨拿些麻來綑縛。

【麻糍 moâ-chî】 台日野合語。本單曰餈chî亦曰秫米餈chu̍t-bí-chî。日文曰mochi，乃杜撰成麻糍也。～～手裏㨃～～chhiú-lí(ní)-lu̍t⇨喻事之決定權在我手中。㨃lu̍t聚捻麻糍於手中曰㨃lu̍t。軟到如～～拎nńg-kà ná～～leh⇨柔軟得如麻糍一樣。體態柔美，失氣無力皆用之。～～旦～～toà$^{n}$⇨能演最纖細科介khoe-hâi之小旦。～～糊～～kô·⇨粘力較強之糊仔kô·-á，亦即粘接劑。

【麻虱目 moâ-sat-ba̍k】 魚名。魚塭hî-un的養殖魚。

【麻橐仔 moâ-lop-á】 moâ-lok-á。孝男hàu-lâm之麻帽。亦喻麻煩之事物。橐lok亦囊lông也，皆爲袋tē類之物。例如紙橐choá-lok⇨紙袋，批囊phe-lông⇨信封是也。創一頂～～～拎乎人戴chhòng-chhi̍t-têng～～～teh hō·-lâng-tī⇨弄出一件麻煩事在擾人。同創一個枷拎乎人擧chhòng-chhi̍t-ê-kê teh hō·-lâng-giâ。

【麻粩米粩 moâ-láu-bí-láu】 糖菓名。以麥芽糖加料油炸，然後粘付凸麻或凸米者。

**moâ 痲** 病名。出～chhut～⇨發痲疹moâ-chín。俗曰出癖chhut-phia̍h。痲moâ與痳lîm別。

【痲疹 moâ-chín】 ma$^{n}$-chín。出癖仔chhut-phia̍h-á。亦即出痲仔chhut-moâ-á。

【痲瘋 moâ-hong】 mâ-hong。癩病nāi-pē$^{n}$，俗曰癔⿸疒高thái-ko。

**moā 冒** 覆也。犯也。冒犯也。

【冒露水 moā-lō·-chúi】 清晨下田或上山冒犯草木上的露水或披露水。人於被底睏到燒燒，咱道該出去～～～，咱要合人比啥lân-tī phōe-tè khùn-kà-sio-sio, lán to-ài chhut-khì～～～, lán boeh kah-lâng pí-sah$^{n}$⇨人家在被窩中睡得溫溫暖暖，我們就必須出門去冒犯露水，我們能與人家作何比較法呢。

## moai

**moái 妹** 細妹sè-moái，少女，小姐也。客家話。

**moâi 糜** 粥chiok也。米飯之有泔ám者曰糜moâi。泔ám者飯汁也。糜狀者亦曰糜moâi。早餐食～晝暗食飯chá-chhan chia̍h～tàu-àm chia̍h-pn̄g⇨早食吃粥，午晚餐吃飯。清～chheng～⇨飯不甚爛汁多之糜。鹹～kiâm～⇨加魚肉等佐料之糜。肉～bah～⇨以肉爲主料之糜。甜～ti$^{n}$～⇨加糖龍眼干肉等之糜。糲頭～ki̍t-thâu～⇨飯爛泔少之糜。糲ki̍t同麴ki̍t，堅kian也。清～小菜chheng～sió-chhài⇨消夜之佳品。何不食肉～hô-put-chia̍h bah～⇨(沒飯吃)怎麼不吃肉粥呢。古帝王之名言。路溝仔～lō·-ko·-á～⇨路溝lō·-kau中之爛泥。

moâi
**梅** 梅bôe, mûi也(見boe部)。

moâi
**媒** 媒人moâi-lâng也(見boe部)。

moāi
**妹** 女弟也。先生曰兄hiaⁿ曰姐ché，後生曰弟tē，曰妹moāi。兄弟姊～hiaⁿ-tī-chí(chiá)～⇨哥哥弟弟姊姊妹妹。姊～chí(chiá)～⇨姊姊與妹妹。兄～hiaⁿ～⇨同上。弟～tē～⇨弟與妹。表～piáu～⇨姑表或姨表之妹。小～sió～⇨妹之通稱。

【妹夫 moāi-hu】 妹壻moāi-sài。妹之丈夫。

【妹妹 moāi-moāi】 小妹sió-moāi。～～我愛你，哥哥你錯了～～goá ài-lí, ko-ko lí chhò-liâu⇨謂塾師在一個糊塗學生的作文上，有此批語。

【妹喜 moāi-hí】 夏桀王之妻。妲己～～tak-kí～～⇨皆所謂敗國之名女人也。

【妹壻 moāi-sài】 妹之丈夫。壻sài同婿sài。

## moh

moh
**揖** 抵也。手扶之也。抱phō之曰揖moh。貼在壁上(例如守宮或蝴蝶等)曰揖moh。亦作𢴇moh。相～sio～⇨相抱sio-phō。互相抱擁hō-siang phō-ióng。相咕更相～sio-chim koh sio～⇨相吻又相抱。咕chim，嘗siâng也，口味也，吻也。蟺翁仔～於壁裡siān-áng-á～tī piah-ni⇨守宮貼在壁上。蟺翁仔siān-thâng-á→siān-ang-á，守宮之俗稱也。有人～於壁裡抄偷看ū-lâng～tī piah-nì teh thau-khoàⁿ⇨有人貼在壁邊在偷窺。阮琴仔～於我的肩頭，安爾強馮過溪轉來goán-khîm-á～tī goá-ê keng-thâu, an-ne(ni) kiâng-bā-kòe-khe tńg-lâi⇨我的阿琴抱在我肩上，兩個人如此強行徒手涉河回來。馮bā，強行徒手涉水也。石頭太大厖抄我～未贏chioh-thâu thāi-toā-bong-leh goá～bē(bōe)-iâⁿ⇨石太大的我抱不起。

【揖石頭 moh-chioh-thâu】 双手搬動大石。食飽甚盈，曷未去～～～chiah-pá siūⁿ-êng, ah-bē(bōe)-khì～～～⇨無所事事bû-só-sū-sū何不去搬動大石。～～～頓路～～～tǹg-lō⇨誓不再踏此地。頓tǹg頓挫tùn-chhò也。頓路tǹg-lō頓阻tǹg-chó交通也。

【揖未贏 moh-bē(bōe)-iâⁿ】 抐不動moh-put-tōng。家己一個～～～啦ka-tī(kī)-chit-ê～～～lā⇨自己一個人搬不動的。

【揖綿被 moh-mî-phōe】 抱搬綿被。～～～乎人客蓋～～～ho-lâng-kheh kah⇨抱運綿被給賓客蓋。

【揖磚仔 moh-chng-á】 抱搬磚塊。

【揖來揖去 moh-lâi-moh-khì】 ㊀揖運過來又揖運過去。叫人安爾～～～～未輸猶的抄kiò-lâng an-ne(ni)～～～～bē(bōe)-su siáu-ê leh⇨要人家如此揖過來又揖回去，簡直像神經病的。㊁彼此互相擁抱ióng-phō。二個安爾～～～～若好抄你敢知nñg-ê an-ne(ni)～～～～goā-hó-leh lí-kám-chai⇨兩個人如此這般的你擁我抱，多麼好的，你能知道否。

moh
**耗** 或凹moh。枯萎ko-úi曰耗moh,mauh。老而皮鬆亦曰耗moh, mauh，事業衰落亦曰moh, mauh。竹管～去也tek-kóng～khì(ì)-à⇨竹管(材)凹下去了。嘴皮抄～也chhùi-phôe teh～à⇨嘴皮開始有皺紋了。生理緊慢耳，未～我藉輸你seng-lí kín-bān-niā, bē(bōe)～goá chiah su-lí⇨生意快慢之差而已，如果不衰敗我向你認輸。

【耗耗 moh-moh】 mauh-mauh。腹肚～～也，未喈也pat-tó～～à, bē(bōe)-kâiⁿ-à⇨肚子餓了，無能爲力了。喈kâiⁿ，鵝鳴聲。未喈也bē-kâiⁿ ā，不能作喈聲了。嘴攏～～也chhùi lóng～～à⇨嘴(皮)皆內縮了(無牙)。拂到綿綿～～歪鞠支斜也hut-kā mî-mî～～oai-ko-chhī-chhoā-à⇨弄得破的破，凹的凹，歪的歪，

斜的斜，都支離破碎了。

**mo̍h 膜** 肌肉，內臟器官各有膜mo̍h，亦即其保護作用之外皮也。又薄如膜者皆曰膜mo̍h。腹～腸～肝～ho̍k～tn̂g～koa$^n$～⇨同上。筋仔～kin-á～⇨人體內的各種外皮也。土豆～thô·-tāu～⇨同上。竹～tek～⇨竹類之內膜。笵仔～phín-á～⇨亦竹膜tek-mo̍h也。耳孔～hī$^n$-khang～⇨耳中鼓膜kó·-mo̍h。眼～炎gán～iām⇨眼疾名。

## mui

**mui 毛** 雨毛仔hō·-mui-á，毛毛雨mo-mo-í(ú)也。→hō·-mn̂g-á→hō·-mô-á。

**múi 每** 各也。逐一也。逐介ta̍k-ê曰每人múi-lâng。入太廟～事問ji̍p thài-miāu,～sū-būn⇨論語。每múi→mái。

【**每人 múi-lâng**】 各人kok-lâng。逐人ta̍k-lâng。～～有～～的想法，但是最好是有一個共同目標～～ū～～ê siū$^n$-hoat, tān-sī chòe-hó sī ū-chi̍t-ê kiōng-tông bo̍k-phiau⇨想法雖各異，目標須統一。

【**每月 múi-goe̍h**】 各月kok-goat。逐月ta̍k-goe̍h。～～薪水照付無誤～～sin-súi chiàu-hū bô-gō·⇨逐月薪水按時按額如數付清無錯誤。

【**每日 múi-ji̍t**】 各日kok-ji̍t。逐日ta̍k-ji̍t。～～三餐人款便便～～sam-chhan lâng-khoán-piān-piān⇨日食三餐皆有人準備妥當。

【**每次 múi-chhù**】 各次kok-chhù。逐次ta̍k-chhù。～～講無共款話～～kóng-bô kāng-khoán-ōe⇨每次說不相同之話(此種人似不可信)。

【**每回 múi-hôe**】 逐回ta̍k-hôe。～～都得分～～to tek-hun⇨例如棒球pāng-kiû比賽。

【**每年 múi-nî**】 各年kok-liân。逐年ta̍k-nî。～～七七一相會～～chhit-chhit it-siang-hōe⇨牛郎織女gû-nn̂g-chit-lí的故事。

【**每每 múi-múi**】 mái-mái。每múi亦讀mái。每次múi-chhù。常常siâng-siâng。～～都是你扲發生問題～～to-sī lí teh hoat-seng būn-tê⇨你就是問題人物。～～伊都有參加～～i to-ū chham-ka⇨他每次都參加。

【**每家 múi-ke**】 各家庭kok-ka-têng。逐戶ta̍k-hō·。～～每戶～～múi-hō·⇨各家各戶，所有的家庭。

【**每晚 múi-boán**】 逐暝ta̍k-mê(mî)。

【**每過 múi-kòe(kè)**】 逐次ta̍k-chhù。

【**每擺 múi-pái**】 逐擺ta̍k-pái。擺pái亦次chhù，回hôe也。～～去～～有～～khì～～ū⇨去了就有，一定錯不了。

【**每下愈況 múi-hē-jī-hóng**】 俗作情形愈來愈壞解。

**mûi 梅** 梅bôe也。鹹梅kiâm-mûi。話梅oā-mûi。梅花mûi-hoe(見boe部)。

**mûi 玫** 玫瑰花mûi-kùi-hoe也。

**mûi 枚** 枚bôe也。樹幹也。枝曰條，幹曰枚。馬銜～人御甲má-hâm～jîn-gī-kah⇨古軍陣的夜戰準備。枚bôe者形如箸，橫銜於馬口以繫繮繩。又物一箇曰一枚bôe, mûi。

【**枚舉 mûi-kú**】 bôe-kí。逐一歷舉也。無遑一一～～bû-hông it-it～～⇨無閑暇以逐條舉例。

**mûi 媒** 媒bôe也，媒moâi也(見boe部)。

**mûi 門** 門mn̂g也(見mng部)。

**mūi 問** 或mûi$^n$。問mn̄g也(見mng部)。

## na

ná
拿 挐ná的俗字。通用拿ná。掠人lia̍h-lâng也。捉犯人chiok-hoān-jîn也。又取也。～若敍算若敍～goā-chē sǹg goā-chē⇨取多少算多少。不敢～伊m̄-ká$^{n}$～i⇨碰不得。

【拿手 ná-chhiú】 熟手se̍k-chhiú。最得意的手法。你～～的好戲不道展出來lí～～ê hó-hì m̄-tō tián-chhut-lâi⇨你最得意的那一套手法，不表演一下嗎。

【拿捉 ná-chiok】 擒掠khîm-lia̍h。～～歹人～～phái$^{n}$-lâng⇨擒捉壞人。

【拿波倫 ná-pho-lûn】 人名。Napoleon。法國的大英雄。拿波倫一世。～～～法典～～～hoat-tián⇨拿波倫所欽定的法律。當今歐美文明各國的民法等的基礎法。此法首先承認貴族與平民在法律上是平等的。

ná
那 何也。疑問之詞也。豈也。無也～有bô-à～ū⇨沒有呀，那裏有。

【那不 ná-m̄】 何以不呢。伊～～i～～⇨他何以不要呢。你～～娶某lí～～chhoā-bó͘⇨你何爲不娶妻呢。

【那未 ná bē(bōe)】 爲何不會。～～曉～～hiáu⇨何以不會，一定會嗎。～～轉來～～tńg-lâi⇨何以不回來。

【那可 ná-hó】 何可。～～拒絕～～kī-choat⇨何可拒絕。亦同那好ná-hó。～～妨害人的姻緣呢～～hong-hāi lâng ê in-iân né⇨豈可妨害人家的姻緣呢。

【那有 ná-ū】 何有，豈有。～～影～～iá$^{n}$⇨豈是眞的，不眞也。～～問題～～būn-tê⇨何有問題，無問題也。

【那肯 ná-khéng】 豈肯khí-khéng。無講好勢伊～～答應bô kóng-hó-sè i～～tah-èng⇨不講妥當他豈肯答應。無講錢伊～～干休bô kóng-chî$^{n}$ i～～kan-hiu⇨不講好賠他若干錢他豈肯罷手不追究。

【那使 ná-sái】 何必。何用。那着ná-tio̍h。娶某～～若敍錢 chhoā-bó͘ ～～ goā-chē(chōe)-chî$^{n}$⇨娶妻何必太多錢呢。去許～～半點鐘khì-hia～～poà$^{n}$-tiám-cheng⇨到彼地何需半小時。

【那要 ná-boeh】 何以要呢。你～～講lí～～kóng⇨你何爲告訴(他們)呢。你～～食酒lí～～chia̍h-chiú⇨你何以要喝酒呢。

【那着 ná-tio̍h】 同那該ná-âi。何必。～～去～～khì⇨何必去呢。家己～～紅包ka-tī(kī)～～âng-pau⇨自己人何用大禮。

【那該 ná-âi】 何必。何以需要。彼款錢～～呢hit-khoán-chî$^{n}$～～neh⇨那一種錢何必用之呢。～～給伊～～hō͘-î⇨何必給他。

【那會 ná-ē(ōe)】 何以可能呢。～～好勢～～hó-sè⇨何能順序呢。～～相拍～～sio-phah⇨爲何打架呢。～～看得～～khoà$^{n}$-ti̍t⇨見不得人吧。

【那裏 ná-lí】 何處hō-chhī(chhù)。你共您父走～～去lí kā lín-pē cháu～～khì⇨你要逃往何方(你能脫開老爸的手逃走嗎)。～～來道該～～去～～lâi tō-âi～～khì⇨何處來就應歸往何處。

【那當 ná-thang】 豈可。～～安爾～～an-ne⇨豈可如此。

ná
若 如也。恰如kah-ná也。好像也。伊昨暝～無來的款i cha-mê～bô-lâi ê khoán⇨他昨晚好像沒來過的樣子。恰～無來都着kah～bô-lâi to-tio̍h⇨好像沒來過。也～有也～無a～ū a～bô⇨好像有好像沒有。恰～金的呢kah～kim-ê nih⇨恰如金的。恰～無代誌也kah～bô-tāi-chì à⇨好像沒問題了。～觀音～ko-an-im⇨恰～觀音kah～koan-im⇨如觀音之美貌。有翁～無查甫人抄ū-ang～bô cha-po͘-lâng-leh⇨有丈夫好像沒有男人呢。謂丈夫是有，但是經常夜不歸營，結果是沒有男人一樣的。璇石～璇石哩soān-chio̍h～soān-chio̍h-lè⇨謂璇石只是像璇石而已，有什麼了不起。頭家～頭家哩thâu-ke～thâu-ke-lè⇨頭家不過是頭家而已有什麼了不起。

**【若準 ná-chún】** 如準ná-chún。好像。伊都～～外人呢 i to ～～ goā-lâng-nih⇨他(雖然是自己人)却是像外人一樣(全不關心此事)。～～ 猶有幾粒仔 ～～ iáu-ū kúi-lia̍p-á⇨好像還有一點點。～～ 食了了也 ～～ chia̍h-liáu-liáu-à⇨好像都吃光了。

**【若狷的 ná-siáu-ê】** 一如瘋癲hong-tian。規日～～～kui-ji̍t～～～⇨整天如神經病的。

**【若傀儡 ná-ka-lé】** 一如傀儡ka-lé，要抽線才能動。傳抙～～～～呢chhāi-leh～～～ni̍h⇨坐着不動如傀儡一般。罵懶惰者之詞。傳chhāi立物於地也。

**【若觀音 ná-koan-im】** 一如觀音之美貌。新娘媠到～～～呢sin-niû súi-kà ～～～ lê⇨新娘美得貌若觀音。

**【若有若無 ná-ū-ná-bô】** 好像有也好像沒有。有不如無。彼類翁都～～～～哩hit-lōe-ang to ～～～～lè⇨那一種的丈夫是雖有不如無也。

**【若要若不 ná-boeh-ná-m̄】** 又似要又似不要。游移不決。又工作不認眞。～～～～抙不緊決定～～～～leh m̄-kín koat-tēng⇨催其早下決心。做着～～～～抙不正經做chò-tio̍h～～～～ leh m̄-chèng-keng-chò⇨工作得又似要工作又似不要工作，何不正經工作呢。

**【若神經的 ná-sîn-keng-ê】** 若狷的ná-siáu-ê。格到～～～～ 抙kek-kà ～～～～ leh⇨裝得一如神經病者。

**【若猴齊天 ná-kâu-chê-thian】** 一如猴子一樣。～～～～ 抙 ～～～～ leh⇨你如猴子一樣(的出脚出手)。打情罵俏謂他毛手毛脚也。猴齊天kâu-chê-thian孫悟空sun-ngō͘-khong。俗訛爲kâu-tê-thian。

**【若誅西魯 ná-tu-se-ló͘】** 一如征伐西魯番的困難。即款的空課～～～～抙chi̍t-khoán ê khang-khòe～～～～leh⇨此種工作困難得一如征討西魯番——今之俄羅斯。

**【若石裡鑿字 ná-chio̍h-nī-chha̍k-jī】** 一如在石上刻字。喩最確實可靠。阿三伯仔的話，～～～～～抙，安啦a-sam-peh-á ê ōe, ～～～～～leh, an-lā⇨阿三伯所說的話，一如在石上刻字，絕對確實可靠，安心好啦。安an，凡平安無事，確實可靠，皆曰安an。亦可謂新名詞。

**【若死了未埋 ná-sí-liáu-bōe(bē)-tâi】** 一如死而未埋者。罵懶惰者。一顆～～～～～的呢chi̍t-kho͘～～～～～ ê neh⇨謂其徒有大顆頭而不肯工作有如未埋葬之死屍。

**【若狗見着虎 ná-káu-kì$^{n}$-tio̍h-hó͘】** 怕得動都不敢動。喩見人畏首畏尾。見人～～～～～呢kì$^{n}$-lâng ～～～～～ ni̍h⇨與人交際如狗見虎一動都不敢動。

**ná 如** 通若ná。恰如kah-ná。～觀音～koan-im⇨若觀音ná-koan-im⇨恰如觀音kah-ná-koan-im⇨一如觀音菩薩那麼漂亮。

**ná 挪** 或nâ。移動也。

**【挪用 ná-iōng】** ㊀移用。變更目的而使用之。～～ 海軍預算去做圓明園 ～～ hái-kun î-soàn khì-chò oân-bêng-oân⇨西太后的有名傑作。㊁偷用。利用職權 ～～ 公款lī-iōng chit-khoân ～～ kong-khoán⇨乘著自己所有的地位與權勢，偷用公家的錢。

**【挪威 ná-ui】** 國名。Norway。在北歐斯干的納威亞半島的立憲王國。

**ná 娜** 娜娜ná-ná，長而柔弱的樣子。婀～多姿a～to-chu⇨柔弱美麗的樣子。形容美人。

**ná 愈** 更加也。越oa̍t也。～來～寒～lâi～koâ$^{n}$⇨越來越寒冷。～大漢～媠～toā-hàn～súi⇨越大越美貌oa̍t-toā oa̍t-bí-māu。～大漢～成老爸～toā-hàn～sêng-lāu-pē⇨越大越像老爸oa̍t-toā oa̍t-chhiū$^{n}$ lāu-pa。～醫～大枝～i～toā-ki⇨謂病態愈醫治愈加嚴重。越醫越嵩重oa̍t-i-oa̍t-siong-tiōng。～講～挑持～kóng～thiau-tî⇨越加糾正越加故意犯之。～

看～愜意～khoà$^{n}$～kah-ì⇨越看越中意oa̍t-khoà$^{n}$-oa̍t-tiòng-ì。伊～罵我，我～反對伊i～mē-goá, goá～hoán-tùi-i⇨同上。伊～好咱煞～不過心i～hó, lán-soah～m̄-kòe-sim⇨他越好，我們竟越覺得過意不去。～行～講話～kiâ$^{n}$～kóng-ōe⇨一面行路一面講話。～做工～讀冊～chò-kang～tha̍k-chheh⇨一方面打工一方面讀書。～有食道～搖尾～ū-chia̍h tō～iô-bóe⇨謂狗越得食物越搖其尾巴以示高興。喻賜惠越多奉承者越勤心奉承。亦可讀愈jú。

【愈好款 ná-hó-khoán】 同愈有款 ná-ū-khoán。

【愈有款 ná-ū-khoán】 愈盛愈有款ná-sēng ná-ū-khoán的省詞。謂兒女愈加寵愛，即愈加不聽話。有款ū-khoán指壞之款，亦即壞之模樣。

nà **納** 入也。致也。收也。取也。曬日曰納nà。烘火亦曰納nà。曬日以取暖曰納nà。避熱以取涼亦曰納nà。日頭仔小～抄ji̍t-thâu-á sió～leh→小日光略予一曬。烘爐小～抄hang-lô· sió～leh⇨以烘爐火輕輕烘一下。～一下道可～chi̍t-ē tō-hó⇨輕輕一曬。輕輕一烘就可以(或應讀納nah)。

【納火 nà-hóe】 烘火hang-hóe。柔魚小～～抄道可食也jiû-hî sió～～leh tō-hó-chia̍h-ā⇨柔魚干畧烘一烘就可以吃了。

【納日 nà-ji̍t】 曬日以取暖。老人抄～～lāu-lâng teh～～⇨老人在曬太陽。九月狗～～頇顢查某領未直káu-goe̍h káu～～hâm-bān cha-bó· niá bē(bōe)-ti̍t⇨謂入九月了，狗也在曬太陽(白日短了)；無能的女人應做的工作做不完(太陽就下山了)。頇顢hâm-bān，糊塗也。無能也。領niá，承擔工作也。

【納涼 nà-liâng】 避熱取涼。人抄曝日流汗你於樹脚抄～～，你較黠lâng teh pha̍k-ji̍t-lâu-koā$^{n}$, lí tī chhiū-kha teh～～lí khah-kia̍t⇨人家在太陽下拼命流汗你却在樹蔭乘涼，你較聰明(奸巧)也。

【納日花仔 nà-ji̍t-hoe-á】 曬小陽光。即個所在～～～～未偲chi̍t-ê só·-chāi～～～～bē(bōe)-bái⇨這個地方曬太陽不壞。

nà **爛** 或爁nà。光也。鮮明也。燦爛chhàn-lān也。金光閃鑠曰爛nà。

【爛爛 nà-nà】 粧到歸身金～～chng-kà kui-sin kim-～～⇨化粧得全身金光閃閃。賊仔小刀免講每金～～更利劍劍chha̍t-á-sió-to bián-kóng mā kim～～koh lāi-kiàm-kiàm⇨賊子的小刀當然是很亮很利的。

nâ **藍** 藍lâm也。植物名。青出於～而青於～chheng-chhut-î～jî chheng-î～⇨學生賽過老師。

【藍色 nâ-sek】 青色。青天之色。～～的多瑙河～～ê to-náu-hô⇨西洋古名曲。

nâ **籃** 盛物之小竹器皆曰籃。竹～tek～⇨竹製之籃。藤～tîn～⇨藤皮之籃。菜～chhài～⇨挽菜用之籃。謝～siā～⇨來往交際盛禮物之小籃。應作棍籃siā$^{n}$-nâ。童生～tông-seng～⇨童生用的書籃。搖～iô～⇨嬰兒之睡籃。

【籃斗 nâ-táu】 無耳無柄之小籃

【籃仔 nâ-á】 籃之總稱。謝～～siā～～⇨小檻籃sió-siā$^{n}$-nâ。童生～～tông-seng～～⇨同上。無心假有心，菜～～宁水乎哥飲bô-sim ké-ū-sim chhài～～té-chúi hō·-ko-lim⇨謂將以菜籃盛水給情郎喝也。

【籃格 nâ-keh】 籃層之各層曰格keh，曰籃格nâ-keh。

【籃球 nâ-kiû】 球類運動的一種。以球投入規定的網籃中，投入多者爲勝。

【籃層 nâ-chân】 籃中有分層者。

nâ **磟** 磟lio̍k也。磟碡nâ-ta̍k，犁田之後拍平以便挿秧之農具也。亦作碌碡或磠碡。潑田水拍～～phoah-chhân-chúi, phah～～⇨同上。

**nâ 林** 林lîm也。樹～chhiū～⇨有很多樹的地方。竹仔～tek-á～⇨竹林tek-lîm。山～soa$^{n}$～⇨山林san-lîm。芎蕉～kiong(kin)-chio～⇨芹蕉園kin-chio-hn̂g。芹蕉山kin-chio-soa$^{n}$。

【**林投** nâ-tâu】 植物名。～～帽～～bō⇨以林投的纖維編織的夏帽。～～笠仔～～le̍h-á⇨林投帽的別名。～～刺～～chhì⇨林投葉之刺。～～葉拭尻川去倒裂～～hio̍h chhit-kha-chhng khì-tō-li̍h⇨謂以林投葉擦屁股,反而使裂縫更擴大。喻欲事更完美，弄得反見糟糕châu-ko。～～姊仔～～ché-à⇨千里尋夫被棄在林投下投環自盡的可憐故事。

【**林拔** nâ-pu̍t】 林仔拔nâ-á-pu̍t。俗曰拔仔pa̍t-á亦曰蕃石榴hoan-sek-liû。～～未上桌得～～bē-chiū$^{n}$-toh-ti̍t⇨謂蕃石榴不能上宴席之桌。喻野人出不了貴人面前。

【**林苞** nâ-pô͘】 多草之林。不成鳥仔噪～～m̄-chiâ$^{n}$chiáu-á chhò～～⇨謂小鳥羣在林中亂鳴亂叫。喻小人物在公堂大衆前說大話。

**nâ 攔** 遮jia也。阻止也。未～得bē(bōe)～ti̍t⇨勸止不得(雙方打架)。無人敢～bô-lâng kán$^{n}$～⇨無人敢予以阻止。掗～食â$^{n}$～chia̍h⇨孩子霸佔食物自己吃。

【**攔路** nâ-lō͘】 阻路chó͘-lō͘。～～搶刧～～chhiú$^{n}$-kiap⇨強盜行爲。

【**攔截** nâ-cha̍h】 阻斷chó͘-toān。佳哉無人～～ka-chāi bô-lâng～～⇨幸矣，無人阻止。

【**攔攔截截** nâ-nâ-cha̍h-cha̍h】 對打架者多方掩護阻止。有人扲～～～～無道該拂生死也ū-lâng teh～～～～bô tō-ài hut-se$^{n}$-sí à⇨有人在多方阻止掩護，否則就要拼出生死命案來了。

**nâ 鐃** 鐃鈸nâ-poa̍h，亦曰鑱仔chhîm-á。弄～～lāng～～⇨做司功sai-kong的一種曲藝。

**nâ 嚨** 嚨喉nâ-âu。咽喉ian-âu也。

【**嚨喉** nâ-âu】 大～～孔toā～～khang⇨講話聲大。～～蒂仔～～tì-á⇨扁桃腺pí$^{n}$-thô-soā$^{n}$的俗名。嘴八開，～～蒂仔，人道看見也chhùi peh-khui，～～tì-á，lâng tō khoà$^{n}$-ī-à⇨口一開，人家就看見你的喉頭了。謂你要說何事，口一開人家就明白了，不必說出來。亦即你的私心人皆明白。～～頭扲擾也～～thâu teh ngiau a⇨①想吃東西。②羨慕人家所爲或所有之物。同咽喉。

**nā 如** 假設之詞。假使ké-sú。設使siat-sú。若果nā-ká。如果nā-ká。～落雨道不去～lo̍h-hō͘ tō-m̄-khì⇨如果下雨就不去。彼日～會好天道謝天謝地hit-ji̍t～ē(ōe)-hó-thi$^{n}$ to siā-thi$^{n}$-siā-tē⇨那一天設使能夠好天氣就謝天謝地。～有道還，～無道限～ū tō hêng,～bô tō ān⇨有則還無則限iú-chek-hoân, bû-chek-ān。～可道來，～不道煞～hó tō lâi,～m̄ tō soah⇨如果可以就進行，如果不可以就算了。～您爸去伊道不敢～lim-pē-khì i tō m̄-ká$^{n}$⇨設使是本老爺去,他就不敢如此。～你去敢行去也～lí-khì ká$^{n}$-kiâ$^{n}$-ī-à⇨假若是你去的，恐怕完了。～阿公有影來道安啦～a-kong ū-iá$^{n}$-lâi tō ān-là⇨假使祖父眞的來了，這就一切OK了。～安爾道害也～an-ne tō hāi-ā⇨若果如此就完了。～有錢道俅開～ū-chî$^{n}$ tō boeh-khai⇨一有錢就要玩樂。～無錢道要死乎人～bô-chî$^{n}$-tō boeh sí-hō͘-lang⇨一沒錢就要鬧自殺。死乎人sí-hō͘-lâng亦作死賴人sí-loā-lang。

【**如好** nā-hó】 如果是可以。食～～道相報chia̍h～～tō sio-pò⇨如果好吃需要告知大家。道tō；就也。俗多訛作著。

【**如果** nā-ká】 若果nā-ká。～～逐個有相體貼曷使鬧離婚～～ta̍k-ê ū sio(sa$^{n}$)-thé-thiap a̍h-sái nāu-lî-hun⇨若果大家有彼此體貼，何致鬧婚變。～～考有稠曷着給人罵～～khó-ū-tiâu a̍h-tio̍h hō͘-lâng-mē⇨如果考上了，何致

受父母責罵。～～愛某早道娶也～～ āi-bó͘ chá-tō-chhoā-ā⇨如果要老婆，老早就娶回來了。

【如是 nā-sī】 若是nā-sī。如果是nā-ká-sī。若果是nā-ká-sī。～～安爾都行去也～～an-ne (ni) tō kiâ$^{n}$-ī-à⇨果如此一切完了。～～要道愛去登記～～boeh tō-āi-khì teng-kì⇨如果伓就要去登記。～～不毎愛賠人手續費～～m̄ a-āi pôe-lâng chhiú-sio̍k-hùi⇨如果不要，也要負擔手續費。

【如無 nā-bô】 如果是沒有。錢～～人道懶趖chî$^{n}$～～lâng tō lán-sô⇨如果沒錢了，人就意氣消沈了。

【如安爾 nā-an-ne(ni)】 若果如此。～～～道天下太平了～～～tō thian-hā(hē)-thài-pêng-lò͘⇨若果眞如此，那就天下太平了。你～～～講，我不道是賊仔囉lí～～～kóng, goá m̄ tō-sī chha̍t-á-lò͘⇨你如果這麼說，我不就是賊了嗎。

nā **若** 同如nā。假設之詞。若果nā-ká。⇨如果nā-ká。

【若定 nā-tiā】 而已jî-í的意思。亦曰niā-tiā，亦曰niā-niā，俗多以而已兩字表之。實即皆耳ní，耳也ní-iâ之轉化。約法三章耳iak-hoat sam-chiang-ní⇨約法三章耳iak-hoat sam-chiang-ní，亦則約法三章而已也iak-hoak sam-chiang ji-í。單作耳niâ就可以，不必作耳也ní-iâ也。

nā **䈎** 舐chī也。以舌取物也。舌伸長曰舐nā，舐物chī-bu̍t, chī$^{n}$-mi̍h亦曰舐nā。嬰仔舌得～e$^{n}$-á chi̍h teh～⇨嬰仔的舌在動。火舌～着也hóe-chi̍h～tio̍h-ā⇨被火炎燒着了。

## nah

nah **仔** 語尾的仔a在N音之後的轉化。㊀疹仔chhìn-nah⇨疹仔chín-á⇨chín-ná⇨chhìn-nah。甚至喧賓奪主，仔nah已昇爲主體曰一仔nah，眞大仔nah矣。疹chín是發炎性的皮膚病（一時性的），外皮隆起大約有指甲大小之丘粒。癢不可當者。曰起疹仔khí-chín-á轉化而爲khí-chhìn-nah。㊁雷電之電tiān曰sih-na俗作閃電siám-tiān而讀作sih-nah。疑閃電的原名叫蝕仔si̍t-á而轉化si̍t-á→si̍t-lá→sih-nah。蝕si̍t有脫光之義。故閃電之曰蝕仔似不無可能。否則閃電siám-tiān當不會平白讀閃電sih-nah。

nah **塌** 塌thap，lap也。地低下曰塌thap，曰lap，白話曰nah, neh，亦曰naih亦即物平而凹下au-hē也。鼻～落去phī$^{n}$～lo̍h-khì(ì)⇨鼻子凹下去。喻臨時開消的打擊大。

【塌腰 nah-io】 neh-io, naih-io。㊀腰細。束腰sok-io。查某囡仔愛～～cha-bó͘-gín-á ài～～⇨女孩子喜歡細腰。㊁肚凹。肚子餓。～～扴等～～teh tán⇨餓著肚子在等待。

【塌塌 nah-nah】 neh-neh, naih-naih。很凹。鼻仔～～phī$^{n}$-á～～⇨鼻子倒凹。鼻子平平。鼻子不高即曰塌naih。

【塌窩 nah-o】 lap-o, naih-o。凹下去。彼位較～～hit-ūi khah～～⇨彼地比較低窪te-oa地。～～塌窩～～nah-o⇨顯然很低窪。

【塌鼻 nah-phī$^{n}$】 neh-phī$^{n}$, naih-phī$^{n}$。凹鼻。～～的～～ê⇨其人。

【塌落去 nah-lo̍h-khì】 neh-lo̍h-ì, naih-lo̍h-ì。凹下去。鼻管～～～也phī$^{n}$-kóng～～～à⇨鼻子凹下去了。謂此筆開銷使他的鼻子支持不了了。鼻代表驕傲。凹下去即不能驕傲了。

nah **哪** 助詞。用於語尾。人不是～lâng m̄-sī～⇨人家不是這樣嘛。伊講不～i kóng-m̄～⇨他說不要哩。

## nai

**nai 唻** 擬音。小鑼聲。～台吱台亢～thaiⁿ-chhih-thaiⁿ-khòng⇨鬧台的樂器聲。

**nai 痆** 病也。疾也。瘦也。衰弱曰痆nai。枯萎亦曰痆nai。伊近來～落去了i kīn-lâi～loh-khì(ì)-lò⇨他最近衰老多了。樹葉仔扲～也chhiū-hioh-á teh～ ā⇨樹葉在枯萎了。又轉訛爲lian。

【痆痆 nai-nai】 瘦弱。即個人軟～～也chit-ê-lâng nńg～～ā⇨此人很瘦弱了。樹葉攏～～了chhiū-hioh lóng～～lò⇨樹葉皆枯萎了。→lian-lian。

**nai 奶** 乳leng也。母乳也。饞～sâi～⇨嬰兒求乳。因而兒女對父母示乖求愛亦曰饞奶sâi-nai。

【奶奶 nai-nai】 母親叫嬰兒吃奶。來～～乖也lâi～～koai-à⇨來吃乳吧乖也。哭要～～也khàu boeh～～ā⇨哭要喝乳了。→ne-ne。

**nái 奶** 婦人也。夫人也。大～二～toā～jī～⇨大夫人與如夫人。阿～a～⇨媽媽。母親。阿～娘a～niû⇨主母夫人。

**nái 乃** 是也。上接下之詞。又汝也。匏土革，木石金，絲與竹，乃八音pau-thó·-kek, bok-sek-kim, si-í-tiok,～ pak-im⇨三字經。俺～孫悟空是也am～sun-ngō-khong-sī-iā⇨戲白。～看做及～khoàⁿ-chò kip⇨乃看錯爲及。

【乃公 nái-kong】 ㊀父對子自稱。㊁自稱的傲慢之詞。

【乃是 nái-sī】 就是。即是。～～祖先的功勞。～～chó·-sian ê kong-lô⇨就是祖先之功也。本港～～本國第一大港pún-káng～～pún-kok tē-it toā-káng⇨同上。孔明～～三國的佼人khóng-bêng～～sam-kok ê gâu-lâng⇨孔明乃是三國之能人也。

【乃哥 nái-kô】 同乃公nai-kong之㊁你唔八～～仔，目珠共您父扒較金扲lí m̄-bat(pat)～～ā, bak-chiu kā-lín-pē peh-khah-kim-lè⇨你不認識我嗎，眼睛要放大看清楚一點。疑爲客家話的我ngâi轉化者。

【乃翁 nái-ong】 父之自稱。王師北定中原日，家祭勿忘告～～ông-su pak-tēng tiong-goân-jit, ka-chè but-bōng kò～～⇨陸放翁詩。

【乃爾 nái-ní】 這個樣子。如此。轉化爲安爾an-ni(ne)。

【乃祖乃父 nái-chó·-nái-hū】 爾祖爾父ní-chó·-ní-hū。

**nāi 荔** 果名。荔枝nāi-chi也。亦曰lāi-chi。日啖～～三百顆，不妨永作嶺南人⇨蘇東坡。

**nāi 耐** 忍也。力能持久不衰曰耐nāi，物能持久不壞曰耐nāi。忍～jím～⇨持久容忍。腹肚枵枵着罔～，扁擔舉起着罔揹 pak-tó· iau-iau tioh-bóng～, pín-taⁿ giâ-khí tioh-bóng-khaiⁿ⇨山歌。謂肚子餓了要忍耐，扁担担起來要再跑路。即双草鞋眞有～chit-siang chháu-ê chin-ū～⇨此双草鞋夠耐穿。看伊～有若久khoàⁿ-i～ū-goā-kú⇨看他能夠持續多久。

【耐力 nāi-lek】 忍耐之力。持久之力。看你有～～否耳khoàⁿ-lí ū～～bò· niâ⇨看看你有無耐力而已。

【耐久 nāi-kiú】 可以長期使用。～～實用～～sit-iōng⇨經久耐用，有實際的用途。

【耐心 nāi-sim】 持續忍耐之心。有恒iú-hêng之心。無～～讀無册bô～～thak-bô-chheh⇨沒有有恒忍耐之心，書讀不成。

【耐用 nāi-iōng】 ㊀可以長期使用。㊁不易破廢。彼款物眞～～hit-khoán-mih chin～～⇨那一種東西可以用得很久。

【耐性 nāi-sèng】 忍耐性。持久力。伊太有～～扲無道呼未成 i thāi-ū～～lè bô-tō kho·-bē(bōe)-sêng⇨他太有耐性也，否則人不到事不成。呼kho·，號召也。

【耐勞 nāi-lô】 經得起勞苦。克苦～～khek-khó·～～⇨同上。

【耐硞 nāi-khok】 有得硞也，有久硞之耐力也。含斛磁～～hâm-sau-hûi～～⇨有破裂璺之陶磁器有久碚不破之耐力。

【耐攑 nāi-khia̍t】 有攑u-khia̍t也。難兄難弟也。彼二個逐個不認輸，我看～～也hit-n̄g-ê ta̍k-êm̄-jīn-su, góa khòa$^n$～～ a⇨那兩個彼此不認輸，依我看，難決勝負也。

【耐火磚 nāi-hóe-chng】 防火磚hông-hóe-chng。抗火磚khòng-hóe-chng。

【耐人尋味 nāi-jîn-sîm-bī】 值得探求其內容。其內幕如何，實在～～～～kî lāi-bō jî-hô si̍t-chāi ～～～～⇨個中眞相如何，值得叫人探求。

nāi **奈** 無可如何也。歡樂極兮哀情多，少壯幾時兮～老何hoân-lo̍k ke̍k-hê ai-chêng-to, siáu-chòng kí-sî-hê～ló-hô⇨漢武帝詩。三聲無～sa$^n$-sia$^n$ bô～⇨謂最無奈何。今日如此，亦是迫之無～kim-ji̍t jî-chhú a̍h-sī pek-chi bû～⇨弄到今天這個地步是百分之百的無可奈何。

【奈何 nāi-hô】 亦作柰何nāi-hô。如何jî-hô。無可～～bû-khó～～⇨無可如何。上山採茶無～～chiū$^n$-soa$^n$ chhái-chhâ bô～～⇨採茶歌。

【奈良 nāi-liâng】 Nara。日本古都名。～～古都鎌倉舊府～～kó͘-to͘ khiam-chhong(Kamakura)kiū-hú⇨奈良近京都Kyoto，鎌倉近東京Tokyo，爲古幕府之地。

【奈河橋 nāi-hô-kiô】 奈河上之橋。地府路上必經之橋，謂過此橋才能自覺己身已在鬼域，故奈河亦曰忘魂河bōng-hûn-hô云。又稱，奈河之水，源出地府，其水皆血，腥臭不可近云。河hô俗作何hô，非也。

【奈及利亞 nāi-kip-lī-a】 Nigeria。國名，在非洲西部。

nāi **柰** ㊀果名。或說即荔枝nāi-chi，或說似李之大者。又說是屬蘋果pîn-kó類。不知孰是。果珍李～，菜重芥薑kó-tin lí～, chhài-tiōng kài-kiang⇨千字文。㊁柰通奈。

nāi **賴** 恃也。偎靠oá-khò曰賴nāi。誣陷他人亦曰賴nāi，亦曰loā（見loa部）。又不認賬亦曰賴nāi。依～î～⇨依靠。信～sìn～⇨信任而加以依靠。誣～bû～(loā)⇨誣陷他人。囝不靠要～甚人kiá$^n$ m̄-khò boeh～sia$^n$-lâng⇨自己的兒子不依賴要依賴何人(生活)呢。

【賴婚 nāi-hun】 不承認已成的婚約。崔夫人～～chhui-hu-jîn～～⇨崔夫人不承認曾答應將其女鶯鶯嫁給張君瑞，西廂記的故事。

【賴賬 nāi-siàu】 到尾也煞～～不還kàu-bóe-à soah～～m̄-hêng⇨至後來結局是不承認欠賬而不還錢。

nāi **癩** 惡疾ok-chi̍t也。所謂痲瘋mâ-hong也。

## nau

náu **腦** 頭髓thâu-chhóe也。動物的神經智慧的主宰也。頭～thâu～⇨頭thâu。喻重要，主宰。首～人物siú～jîn-bu̍t⇨主要的角色。無頭無～bô-thâu-bô～⇨無人做主bô-lâng-chò(chòe)-chú。

【腦力 náu-le̍k】 記憶kì-ek，思考su-khó，思想su-siáng等的能力的總稱。

【腦炎 náu-iām】 腦膜炎náu-mo̍h-iām的俗名。聽講是着着～～thia$^n$-kóng sī tio̍h-tio̍h～～⇨聽說是患了腦炎。

【腦筋 náu-kin(kun)】 頭腦thâu-náu。～～無清楚～～bô-chheng-chhó⇨頭腦不明晳。不聰明。

【腦出血 náu-chhut-hiat】 náu-chhut-hoeh(huih)。俗曰中風tiòng-hong。腦血管破裂所引起的病症。

【腦神經 náu-sîn-keng】 神經的生理學名詞。

【腦貧血 náu-pîn-hiat】 腦部的血液過少之病。俗單稱貧血pîn-hiat。

【腦溢血 náu-ek-hiat】 náu-ek-hoeh(huih) 腦出血的俗名。

【腦膜炎 náu-mo̍h-iām】 腦的皮膜發炎。種類甚多。俗皆統稱腦炎náu-iām。

【腦漲腸肥 náu-tiàng-chhiâng-hûi】 頭大肚大。罵人之詞。謂其生活富裕徒具壯盛的外貌而欠少內涵。

**惱** náu 恨hīn也。受氣也。懊恨àu-hīn也。畜生可～也thek-se$^{n}$ khó ～ à⇨你這不是人的東西眞是氣死人了。可～可恨khó ～ khó-hīn⇨叫人又惱怒又怨恨。懊～àu～⇨怨懟惱怒。

【惱恨 náu-hīn】 怨恨oàn-hīn。～～於心～～î sim⇨怨恨在心內。

【惱怒 náu-nō】 因恨而怒。～～了觀衆～～liáu koan-chiòng⇨氣死了觀衆。

**撓** náu 曲也。屈服也。不折不～的精神put-chiat put～ê cheng-sîn⇨奮戰到底不屈服的精神。

**鬧** nāu 不靜也。喧嚷soan-jiáng曰吵鬧chháu-nāu，曰絞鬧ká-nāu。打架亂來曰胡鬧ô·-nāu。無理取～bû-lí chhí(chhú)～⇨故意惹事kò·-ì-jiá-sū。不當共人～m̄-thang kā-lâng～⇨不可妨碍他人。～到未賺食得～kà bē(bōe)-choán-chia̍h-ti̍t⇨被吵得生意做不得。～得眞無款～li chin-bô-khoán⇨鬧得太不像樣子。大鼓～toā-kó·～⇨有大鼓的樂隊，喜慶等所用者。

【鬧市 nāu-chhī】 殷盛的市區。貧居～～無人問，富在深山有遠親pîn ki～～bû-jîn-būn, hù chāi chhim-san iú-oán-chhin⇨俚詞。

【鬧房 nāu-pâng】 新婚之夜，親朋好友羣聚洞房戲謔新人的風俗。亦曰鬧洞房nāu-tōng-pông。

【鬧事 nāu-sū】 惹事jiá-sū。鬧出問題nāu-chhut būn-tê。共你講會～～你都不信kā-lí-kóng ē～～lí to m̄-siàn⇨對你說過了，會惹出問題，你偏偏不信。亦曰鬧代誌nāu-tāi-chì。

【鬧臺 nāu-tâi】 演戲開始之前先來空鑼鼓一陣，表示已在準備登台了。

【鬧熱 nāu-jia̍t】 熱鬧jia̍t-nāu。繁盛人多等。娶新娘眞～～chhoā-sin-niû chin～～⇨娶新娘的情況熱鬧非凡。市仔眞～～chhī-á chin～～⇨市上很熱鬧。～～無做餜～～bô-chò-kóe⇨鬧熱對，但是沒做餜。意謂並非喜慶而如此，他人事也。

【鬧廳 nāu-thia$^{n}$】 喜慶之時在廳堂吹奏大鼓鬧也。

【鬧天宮 nāu-thian-kiong】 孫悟空大～～～sun-ngō· khong tāi～～～⇨西遊記。

【鬧宋朝 nāu-sòng-tiâu】 貓鼠精，～～～，包文拯，擋未稠，上天借玉猫，收來收去收未着，劉秀敗國站瓦窰……niau-chhí-chia$^{n}$, ～～～,pau-bûn-chín,tòng-bē-tiâu, chiū$^{n}$-thi$^{n}$ chioh-gio̍k-niau, siu-lâi-siu-khì-siu-bē-tio̍h, lâu-siù pāi-kok tiàm-hiā-iô……⇨丑仔白。

【鬧花燈 nāu-hoe-teng】 攪亂花燈之夜(元宵)。薛江～～～sih-kang～～～⇨薛仁貴征西的故事。

# nauh

**譊** nauh 言不恭謹也。同詉nauh。言不甚明曰譊nauh。通呶nauh。烏白～o·-pe̍h～⇨亂講話。茲～許～chia～hia～⇨在此說說又在彼說說。～一下耳都講無清楚～chi̍t-ē niâ to kóng bô chheng-chhó⇨略提一提而已，都沒有說清楚。

【譊東譊西 nauh-tang-nauh-sai】 胡亂吹牛。烏白譊o·-pe̍h-nauh。～～～～譊無一隻加令～～～～nauh-bô chit-chiah ka-lēng⇨烏白說說不出一件具體的。加令ka-lēng，鳥名。

【譊這譊許 nauh-che-nauh-he】 烏白講東講西。一會兒說此一會兒話彼。

nauh
**咬** 哺pō͘也。嚼食chia̍k-si̍t也。含味也。通齩ngauh，亦通誵nauh。或謂無牙者曰咬nauh，有牙者曰齩ngauh。總之嚼而食之也。罔～也罔～bóng～ā bóng～⇨姑妄哺之。

【咬咬扲 nauh-nauh-leh】 哺之哺之。～～～不藉吞會落去～～～ m̄-chiah thun-ē-lo̍h-khì ①⇨需要加以咀嚼，才能吞下去，不是嗎。②信採～～～耳，都咬無清楚chhín-chhái～～～niâ to nauh bô chheng-chhó⇨隨便講講而已皆講無明白。

## ne

ne
**爾** 助詞。亦讀ni(見ni部)。安～不可(好)an-ne～m̄ hó⇨如此不可(好)。許～(不)好hiah～(m̄)hó⇨那麼(不)好。許～夠(少)hiah～chē(chōe)(chió)⇨那麼多(少)。許～快(慢)hiah～khoài(bán)⇨那麼快(慢)。許～歡喜(傷心)hiah～hoaⁿ-hí(siong-sin)⇨那麼高興(傷心)。

ne
**乳** 乳leng也。奶ni也。嬰仔乖食～來eⁿ-á-koai chia̍h～lâi⇨媽抱嬰仔吃乳。

【乳乳 ne-ne】 乳。要嬰仔吃乳。乖仔來～～koai à lâi～～⇨媽媽要嬰仔吃乳。

ne
**拎** 拎ni也。揑取也。以指挾取也。無攬無～bô-lám bô～⇨有氣無力的樣子。懶洋洋。

nè
**躡** 或neh。躡nih也。以脚尖站立曰躡neh。更～一下koh～chi̍t è⇨再伸高一下。強～kiâng～⇨勉力企高。

【躡峘 nè-koân】 ～～看較會著～～khoàⁿ-khah-ē-tio̍h⇨脚尖立高一點看得較清楚。大山峘kôan，小山岌keh。

【躡起來 nè-khí-lâi】 躡neh。～～～看～～khoàⁿ⇨企高以看。

【躡脚尾 nè-kha-bóe】 躡neh。～～～道有看見～～～tō-ū-khoàⁿ-kìⁿ(ìⁿ)⇨企高就看得見。

nê
**晾** 晒曝也。晒曝sài-pha̍k衣物也。

【晾衫 nê-saⁿ】 共媽湊～～kā ma tàu～～⇨助母晒衣。

## neh

neh
**塌** 塌thap也。同塌nah，naih又lap也。凹下也。地凹下曰neh, nih, naih, nah等，因人因事因地而異。總之，凹入也。壁～一窩piah～chi̍t-o⇨壁凹一個孔。目珠窟仔～落去也bak-chiu-khut-á～lo̍h-khì(ì)-à⇨眼窩凹下去了。又苟延殘喘kò͘-iân-chân-chhoán亦曰塌neh。存一個喟絲仔扲～耳chhun-chi̍t-ē khùi-si á teh～niâ⇨還有一點點氣絲在維持着而已。猶扲～一下～一下耳 iâu-teh～chi̍t-ē～chi̍t ē niâ⇨還在一凹一凸地喘著氣而已。你看咱阿花，胸仔突出去，腰～倒入來，這不正是現代女性的身裁 lí khòaⁿ lán a-hoe, heng-á thut-chhut-khì, io～tò-ji̍p-lâi, chē m̄-chiàⁿ-sī hiān-tāi-lú-sèng ê sin-chhâi⇨你看我們的阿花，胸部凸出去，腰又凹進來，此不正是現代女性的身裁嗎。

【塌肚 neh-tō͘】 餓肚gō-tō͘。儉腸～～扲栽培囝兒khiām-tn̂g～～teh chhâi pôe kiáⁿ-jî⇨用餓腸餓肚的拼命方法，以教養子女(使上學校)。

【塌腰 neh-io】 細腰sè(sòe)-io。

【塌塌 neh-neh】 凹入。收縮。亦內中無物。中央許～～tiong ng-hia～～⇨中央的部分較凹入。腹肚～～pat-tó͘～～⇨腹部凹入。肚皮凹入(腹中無物)。面皮攏～～也bīn-phôe lóng～～à⇨面皮皆收縮而凹入了。

【塌窩 neh-o】 塌成一個窩。即旁有～～的可能較好chit-pêng ū～～ê khó-lêng khah-hó⇨此方有塌窩的地方可能比較好。

neh
**懾** 失氣也。服也。怖也。無活力感曰懾neh。伊的人有較～i-ê lâng ū khah～⇨他爲人死趖死趖sí-sô-sí-sô。

【懾懾仔 neh-neh-á】 懾一點。伊是～～耳啦，好做伙啦i sī～～niâ là, hó-chò-hòe-lâ⇨他只是不好動而已，甚好相處也。

## ni

ni
**乳** 乳leng也。乳房也。乳汁也。哺乳也。母～bó(bú)～⇨同上。食～chiah～⇨同上。飼～chhī～⇨食以乳汁。脝～hàng～⇨乳兒肥大而健康。溢～ek～⇨乳兒吃乳太飽而溢出口外。吐～thò͘～⇨乳兒吐出所食之乳汁(可能是病)。牛～gû～⇨同上。鹿～lok～⇨同上。羊仔～iûⁿ-á～⇨同上。豬母～ti-bó(bú)～⇨①豬之乳。②一種可供作豬飼料之野草名。

【乳牙 ni-gê】 乳齒leng-khí。～～扐換也～～teh oāⁿ-ā⇨乳齒在脫換了。

【乳仔 ni-á】 leng-á。乳。乳汁。給嬰仔食～～hō͘ eⁿ-á chiah～～⇨餵嬰兒奶。

【乳母 ni-bú】 leng-bó。倩～～來育chhiàⁿ～～lâi-io⇨雇乳娘來哺乳(養育)。

ni
**奶** 奶nai也。亦以奶作乳ni, ne，亦即乳同奶，ni, ne, leng皆同也。細囝想～也會哮，阿娘想君目屎流sè-kiáⁿ siūⁿ～iā-ē-háu a-niû siūⁿ-kun bak-sái-lâu⇨民歌。

ni
**拎** 以手持物也。拿也。以指取物曰拎 ni，亦作拈 ni，亦曰拈liam。桌頂～柑toh-téng～kam⇨桌上取柑，喻極容易。猶～於手裡iáu～tī chhiú-nih⇨還拿在手中。未～未提得bē～bē-theh-tit⇨謂手一觸及就壞。偷～偷捻thau～thâu-liām⇨偷偷摸摸。愛～道有ài～tō-u⇨謂老人要零用錢馬上就有之。

【拎拈 ni-liam】 時而取之。有踏些給老人～～ū-tah-chē hō͘ lāu-lâng～～⇨曾經留取一部份給老人(父母)不時之需要。踏tah，分產時特別按下一部份爲特殊之用曰踏tah，又估計亦曰踏tah。

【拎捻 ni-liàm】 竊取。彼個囡仔會～～人，手蹄仔眞賤hit-ê gín-á ē～～ lâng, chhiú-tê-á chin chiān⇨那個孩子會偷摸人家的東西，手很下賤。人lâng改讀làng。

【拎拎掉 ni-ni-tiàuh】 小曰拎，大曰提。丟掉。棄之。不～～～要度扐做寶咯m̄-～～～boeh khǹg-leh chò-pó-lò͘⇨不丟掉要收藏起來當寶貝嗎。

【拎東拎西 ni-tang-ni-sai】 取此取彼。拿東拿西。～～～～拎到一大捾～～～～ni-kà chit-toā-koāⁿ⇨取此取彼，取得一大堆。

【拎拎勒勒 ni-ni-lè-lè】 拎捻ni-liàm。拎拎捻捻ni-ni-liàm-liàm。愛共人～～～～ài kā-lâng～～～～⇨喜歡偷摸人家的東西。共人kā-lâng→kâng。

【拎餌拎鹹 ni-chiáⁿ-ni-kiâm】 餌的也摸而食之，鹹的也摸而食之。不論鹹餌kiâm-chiáⁿ都喜歡食之。～～～～不，老人都原本較不廉嘴～～～～ m̄, lāu-lâng to goân-pún khah put-liâm-chhùi⇨是呀，拎餌拎鹹是不錯，不過，老人家本來都是比較高興亂吃東西。不廉嘴put-liâm-chhùi，不管制嘴孔，亂食物，亂說是非。

ni
**爾** 助詞(見ne部及jî部)。安爾an-ni(ne)⇨如此。這樣子。乃爾之轉化。許～hiah～⇨如彼。

ní
**耳** 同耳jí。五官之一，主聽thiaⁿ的器官。俗曰耳仔hīⁿ-á。又猶而已jî-í。充～不聞chhiong～put-bûn⇨塞住耳孔不要聽。外～中～內～goā～tiong～lāi～⇨耳的三部分。木耳bok～⇨一種菌類可作食物者。鹿～門lok～bûn⇨地名。鄭國姓在此地登陸台灣。前言戲之～chiân-giân hì-chi～⇨前言是玩玩而已⇨前言要笑耳也chiân-giân sńg-chhiò ní-iā。約法三章～iak-hoat sam-chiang～⇨約法三章而已⇨約法三章耳也iak-hoat sam-chiang ní-iā。

【耳也 ní-iâ】 ní-ià, ní-iā。而已。轉而爲niâ⇨niā-niā，亦作niā，近而多謂有音無字。在本小册中作耳niâ，耳耳niâ-niâ(見nia部)。

【耳目 ní-bok】 ní-bak。～～淺現～～chhián-hiān⇨容易爲人所見所聞。亦即秘密容易洩漏。掩人的～～iám-lâng ê～～⇨掩勘am-khām人家的耳與目。亦即嚴守秘密。

【耳順 ní-sūn】 六十歲。六十而～～，七十而從心所欲，不逾矩liok-sip jî～～，chhit-sip jî chiōng-sim só·-iok，put-jû-kí⇨孔子言。

【耳鼓 ní-kó·】 耳孔膜hī$^{n}$-khang-moh。～～要暴破去也～～boeh piak-phoà-khì(ì)-à⇨鼓膜快要炸破了。俗曰鼓膜kó·-mō·。

【耳聞 ní-bûn】 聽說thia$^{n}$-sòe。～～不如目見～～put-jî(jû) bok-kiàn⇨聽到的不如看到的清楚。

【耳字旁 ní-jī-pêng】 部首，阿a除tî隊tūi等即爲耳字旁ní-jī-pêng之字也。

【耳邊風 ní-pi$^{n}$-hong】 漠不關心bok-put-ko-an-sim。共您父當做～～～kā lín-pē tòng-chò～～～⇨把你們老爸(指我，亦即說話之人)的話當做耳邊風，絲毫都不關心。

【耳提面命 ní-thê-biān-bēng】 謂親切敎誨指導。～～～～，懇切敎誨，毫無倦容～～～～khún-chhiat kàu-hōe, hô-bû-koān-iông⇨當面親自諄諄敎導，一點兒也沒有疲倦的樣子。

ní **爾** 汝ní也，亦即你lí也。又助詞。出～反～chhut～hoán～⇨沒有信用，毫不可靠。許～好hiah～hó⇨那麼好。許～快hiah～khoài⇨那麼快。許～佼hiah～gâu⇨那麼能幹等等。似爲乃爾之轉化，亦即依次是好乃爾，佼乃爾，佼(能幹)乃爾等是也。

【爾我 ní-ngó·】 汝與我。無分～～bô-hun～～⇨不分汝我，甚親密。

ní **染** 染jiám也。白布加色曰染ní。快～快退khoài-～khoài-thè⇨易染者易走色。喻容易記憶者亦容易忘記。白白布～到烏去peh-peh-pò·～kà o·-ì⇨純白之布被染成黑的。喻無罪者被誣成有罪。

【染工 ní-kang】 染色工jiám-sek-kang。

【染布 ní-pò·】 染色於布。～～的攏不八看去也～～ê lóng m̄-bak(pak)-khoà$^{n}$-ì-à⇨染布的(行商)而今都看不見了。

【染色 ní-sek】 ㈠染色jiám-sek。布～～pò·～～⇨布染上顏色。㈡繪畫加色彩。阮～～染猶未好goán～～ní iá-bōe-hó⇨我的畫還沒有加好色彩。

【染紅 ní-âng】 染紅色。要～～染烏隨在你boeh～～ní-o· sûi-chāi-lí⇨要染紅染黑由你自己打算。

【染郊 ní-kau】 大染布商。染布同業。古同業公會曰郊。

【染缸 ní-kng】 染布的大容器。木者曰桶tháng，瓦者曰缸kng。～～染桶攏共款，料差耳～～ní-tháng lóng kāng-khoán, liāu-chha niâ⇨染缸染桶都一樣，只是染料不同而已。

【染料 ní-liāu】 染料jiám-liāu。化學～～hoà-hak～～⇨人造染料jîn-chō ní-liāu。

nì **躡** 舉踵望也。以脚尖立曰躡neh, nih。～脚尾～kha-bóe(bé)。～脚尾看～kha-bóe-khoà$^{n}$⇨提起脚跟以望。～較高抮～khah-koân-leh⇨脚跟提高一點。

nì **呢** 語尾助詞。亦呢nè也。表示疑問。有～ū～⇨有否。無～bô～⇨無否。

nî **年** 年liân也。歲sòe也。穀熟曰年nî。大有～tāi-iú～⇨五穀大熟ngó·-kok-tāi-sek。夏曰歲周曰～hē-oat-sòe, chiu-oat～⇨夏代曰歲，周代曰年。一～更一～chit～koh chit～⇨一年又一年。新～舊～sin～kū～⇨同上。新～頭舊～尾sin～thâu, kū～bóe(bé)⇨謂

皆吉慶之時髒話不可上口。囡仔愛～到，大人亂吵吵gíN-á ài～kàu, toā-lâng loān-chhau-chhau⇨同上。偎～oá～⇨接近年關。

【年內 nî-lāi】 年底nî-té。新年之前。會抵好～～娶娶抾省費氣ē(ōe)-tú-hó～～chhoā-chhoā-leh séⁿ(séng)-hùi-khì⇨如果諸事無碍，在過年以前，迎娶進來，較無麻煩。

【年外 nî-goā】 一歲以上。該～～藉會好āi～～chiah ē(ōe) hó⇨要一年以上才能完成。

【年冬 nî-tang】 收穫siu-hek。好～～hó～～⇨豐收之年。歹～～pháiⁿ～～⇨凶荒之年。～～好收，查某人發嘴鬚～～hó-siu, cha-bó-lâng hoat-chhùi-chhiu⇨謂豐年收成好，工作忙，女人忙得無暇整容，致臉上污染得有如生鬚一樣。

【年份 nî-hūn】 年。一年。今～～合舊～～並起來差不多kin～～kah kū～～phēng-khí-lâi chha-put-to⇨今年的部分與去年的部分，比較起來，差不多。

【年老 nî-lāu】 ㊀年多。年高。人老。～～了較無記智～～lō· khah-bô khì-tì⇨人老了，記憶力較不好。～～道食無土豆～～tō chhiah-bô thô·-tāu⇨人老了就沒花生吃了(因失牙)。㊁死。百歲～～pah-hòe～～⇨老而死。伊呀，早道～～去也了i-à, chá-tō～～khì-à-lò·⇨他嗎，早就死掉了。

【年年 nî-nî】 每年múi-nî。～～攏共款～～lóng kāng-khoán⇨每年皆一樣。～～有進步～～ū chìn-pō·⇨每一年都進步。

【年尾 nî-bóe(bé)】 年末liân-boat。新年頭sin-nî-thâu舊ku～～⇨年初年末liân-chho·-liân-boat⇨皆宜謹言慎行。

【年金 nî-kim】 liân-kim。按年支付的酬勞。退休～～thè-hiu～～⇨每年可領之退休金。

【年庚 nî-kō】 ㊀干支八字也。㊁年代。時代。不知什麼～～的代誌了m̄-chai sam-ma～～ê tāi-chì-lō·⇨不知甚麼時代之事了。

【年底 nî-té(tóe)】 同年內nî-lāi。～～可能拼未出來～～khó-lêng piàⁿ-bē(bōe)-chhut-lâi⇨年底可能趕不出來(事做不完，物拿不出)。

【年限 nî-ān】 約定之年。～～未滿～～bōe(bē)-moá⇨限期未到。過～～了kòe(kè)～～lō·⇨過期了。

【年柑 nî-kam】 桶柑thán-kam。

【年紀 nî-kí】 年歲nî-hòe。～～老邁了～～ló-māi-lō·⇨老了。不中用了。～～猶較少～～iáu-khah-chió⇨年紀還少。

【年度 nî-tō·】 特別計算之年。會計～～kòe-kè～～⇨其起訖與普通之年自一月至十二月者不同，依其實際需要而定。有自四月開始者(日本)，亦有自七月開始者(美國)。

【年級 nî-kip】 學年。您後生幾～～的也lín hāu-seⁿ kúi～～ê-à⇨你的兒子幾年級的了。二～～的耳jī～～ê niâ⇨二年級而已。

【年息 nî-sit】 按年計利息。～～加一二～～ka-it-jī⇨年利率 0.12%。

【年亱 nî-tau】 年終歲暮之際。歲末。冬節於月頭，要寒於～～tang-cheh tī goeh-thâu, boeh-koāⁿ tī～～⇨冬至如在月之上旬，年底開始就寒冷了。亱tau聚也，居也，亦即家也，俗作兜tau。

【年間 nî-kan】 ㊀一年之中。彼～～上有趁hit～～siāng-ū-thàn⇨彼年一年中獲利最多。㊁年代liân-tāi。這於康熙～～道有也che-tī khong-hi～～tō-ū-ā⇨此事在康熙時代就有了。

【年景 nî-kéng】 年始年末的景氣。～～無好～～bô-hó⇨年關的景氣不佳。

【年結 nî-kiat】 年度結算nî-tō·-kiat-soàn。

【年節 nî-cheh】 逢年過節hông-nî kòe-cheh之時。做～～chò(chòe)～～⇨辦理逢年過節的祭事。有年有節ū-nî-ū-cheh⇨逢年過節，必照規矩過。

【年號 nî-hō】 帝王紀元之名號。古代一帝數號，近代(清代)一帝一號，今用民國或西式耶穌紀元。

【年歲 nî-hòe(hè)】 歲數。年齡liân-lêng。講許～～要泥，敢會食得kóng-he～～boeh-nî, kám ē(ōe)-chia̍h-tı̍t⇨說那些年歲之數何用呢，不能當飯吃罷。泥nî，無用之物也。

【年頭 nî-thâu】 新年sin-nî。～～接年尾，佗一旁大先 ～～ chiap nî-bóe(bé), to-chı̍t-pêng tāi-seng⇨年頭接續在年尾之後，何方爲先呢。

【年關 nî-koan】 商人慣例，年終一結算曰年關nî-koan。～～眞紡～～chin ân⇨年關很緊很難過。～～過會去道無要緊也～～kòe-ē khì tō bû-iàu-kín-à⇨年末應付得過就沒關係了。

【年月日 nî-goe̍h-ji̍t】 有企～～～ū-khiā～～～⇨有記上時間。

【年抵年 nî-tú-nî】 ㊀一個周年。亦即今年生產的米維持到明年的米出現爲止是也。作穡人糧食是～～～有夠耳chò(chòe) sit-lâng niû-si̍t sī～～～ū-kàu-niâ⇨耕農人家糧食米是一個周年夠支持而已。㊁很久很久的時間，以年計算的時間。講着道該～～～月抵月的那有法度kóng-tio̍h tō-āi～～～goe̍h-tú-goe̍h-ê ná-ū hoat-tō͘⇨一開口就是需要整年整月的久長的時間，那裏有辦法呢。

【年久月深 nî-kú-goe̍h-chhim】 久遠的過去。久長的時間。～～～～了，曷猶會記得～～～～lō a̍h-iáu ē(ōe)-kì-tit⇨久遠的過去了，何能還記得。雖然眞少，～～～～積久道驚人sui-jiân chin-chió,～～～～chek-kú tō kia$^{n}$-lâng⇨雖然是小數目，長久積起來，(數字)就是可怕的(大)。

【年功加俸 nî-kong-ka-hōng】 公務人員服務多年亦算有功，因而有加俸的制度。明年道有～～～～也mê-nî tō-ū ～～～～ā⇨(我)來年就可以領到年功加俸了。

nî **呢** ㊀呢喃小語也，呢喃燕語也。又今多作問語用。哭要～khàu-boeh～⇨你哭何所求呢。提許要～the̍h-he boeh～⇨拿着那樣的東西何用呢。無代無誌來要～bô-tāi-bô-chì lāi-boeh～⇨無因無端bô-in-bô-toa$^{n}$來此何爲。㊁(借音字)。較幼細的一種毛織品。呢絨綢緞nî-jiông-tiû-toān⇨各種毛絲織的上等布料。

【呢仔 nî-á】 毛織品。毛質布料。～～帽～～bō⇨毛質帽仔。

【呢絨 nî-jiông】 細幼的毛質布料。

nî **泥** 水土和合曰泥 nî。泥狀的食物曰泥 nî。水～chúi～⇨土木，建築所需的重要材料cement的譯名。芋～ō͘h～⇨芋頭磨爛如泥的宜蘭名菜。豆～tāu～⇨。豆仔磨爛成泥

【泥土 nî-thô͘】 泥狀之土。泥狀之地。爛土noā-thô͘。

【泥炭 nî-thoà$^{n}$】 石炭之最下等者。

【泥濘 nî-lêng】 水土相合的爛土noā-thô͘。～～路～～lō͘⇨爛土之路。

【泥鰍 nî-chhiu】 俗稱鰗鰍hô͘-liu。魚名。水田中所產。鰍liu，亦讀chhiu，亦作鰌chiu。

【泥菩薩 nî-phô͘-sat】 泥佛nî-put。土佛像thô͘-hu̍t-siōng。～～～過江，自身難保～～～kòe-kang, chū-sin lân-pó⇨謂土佛仔過河，自己難保了，何能救人。

nî **妮** 小女子也。又婢女也。這小～子是相公討來壓子息的chē sió～chú sī siàng-kong thó-lâi ap chú-sit-ê⇨戲白(西廂記)。

nî **尼** 女僧也。僧～cheng～⇨男和尚與女和尚。比丘～pí-khu～⇨女子之出家受戒者。禿～thu̍t～⇨對僧尼之不敬之詞。官人不做做禿～koan-jîn put-chò chò-thu̍t～⇨謂官不做而去當和尚。

【尼采 nî-chhái】 Nietzsche的譯音。德國哲學家。

【尼姑 nî-kó͘】 尼僧nî-cheng。女和尚。～～

做滿月～～chō (chōe) -moá-goeh⇨尼姑祝賀生子滿一個月。喻事屬稀奇罕見。

【尼祿 nî-lo̍k】 Nero的譯音。古羅馬的皇帝。以暴君～～po̍k-kun～～而有名。

【尼龍 nî-liông】 nylon的譯音。合成纖維。

【尼古丁 nî-kó͘-teng】 nicotine的譯名。亦即有名的煙草中之毒素。

【尼泊爾 nî-phek-ní】 Nepal或Nepaul的譯音。在中印間喜馬拉雅山上之小國。

【尼羅河 nî-lô-hô】 Nile River的譯名。非洲第一大河。在埃及的首都開羅出口注入地中海。

【尼布楚條約 nî-pò͘-chhó͘-tiâu-iak】 清初康熙帝與俄帝國間所建立的中俄初期條約。據稱因在康熙最盛時期，內容尚稱公道云。因在尼布楚Nerbchinsk所訂而得名。該地今已屬蘇俄。

nî **晾** 晾nê也。晒曝也。衫猶未～抔saⁿ á-bōe (bē)～leh⇨衣物還未晒曝sāi-pha̍k。無所在當～bô-só͘-chāi thang～⇨沒地方可以披晒衣物。

【晾衫 nî-saⁿ】 nê-saⁿ。牽索仔～～khan-soh-á～～⇨拉繩子晒衣。竹篙～～tek-ko～～⇨以竹篙晾晒衣服。

【晾布帆 nî-pò͘-phâng】 nê-pò͘-phâng。張布帆。搭布帆tah-pò͘-phâng。

nî **廉** 廉lî也。轎～kiō～⇨轎窗～kiō-thang～⇨轎窗廉kiō-thang-lî。

## nia

niá **領** 項hāng也。受枕之處也。衣之頸部曰領niá。又理也。統也。受也。承受工作亦曰領niá。又衣之計算單位曰領niá。頷～ām～⇨衣之頸部。統領thóng-léng (見leng部)。不敢～伊m̄-káⁿ～ī⇨不敢承受之。一～衫二～褲chi̍t～saⁿ nn̄g～khò⇨喻穿著簡樸；或喻極窮。

【領人 niá-lâng】 接人chiap-jîn。去監獄～～khì kaⁿ-ga̍k～～⇨去領刑滿出獄之人。

【領巾 niá-kin(kun)】 圍巾ûi-kin。

【領令 niá-lēng】 武將～～出征bú-chiàng～～chhut-cheng⇨將軍受命征討外敵。

【領旨 niá-chí】 拜受聖旨。愚臣～～gû-sîn～～⇨皇帝時代臣子接受聖旨時的言詞。

【領收 niá-siu】 收取siu-chhí。～～證～～chèng⇨收條的日文。

【領尾 niá-bóe(bé)】 殿後。～～押後～～ah-āu⇨倒數第一。

【領兵 niá-peng】 統兵thóng-peng。帶兵toà-peng。～～出戰～～chhut-chiàn⇨同上。

【領狀 niá-chn̄g】 保釋書pó-sek-si (su)。

【領卷 niá-kǹg】 受考試卷。考生～～khó-seng～～⇨待考學生拿考卷。

【領受 niá-siū】 接納chiap-la̍p。指神收受牲禮。神明有來～～去sîn-bêng ū-lâi～～khì⇨謂神明來接納了牲禮。拜神者相信如此。

【領帶 niá-toà】 necktie。～～結許肚，要去做舅仔是否～～kat hiah-chhio, boeh-khì chò-kū-á sī-bò͘⇨結上了那麼漂亮的領帶，要去當舅仔是嗎？舅仔kū-á⇨妻之弟。小舅仔。

【領清 niá-chheng】 ㊀全部提領完畢。錢攏～～也chîⁿ lóng～～a⇨錢全部提領完畢了。㊁承辦單一工作。你彼項～～道好也lí hit-hāng～～ tō-hó-à⇨你那一件事做完就可以了。㊂不扣除。品～～的phín～～ê⇨品phín，講明白也。

【領照 niá-chiò】 領牌niá-pâi。請領牌照。請領護照hō͘-chiò。

【領牌 niá-pâi】 申請許可書狀。這是有～～的呢che-sī ū～～ê neh⇨此事是申請許可的，意謂你不能妨害我。

【領餉 niá-hiàng(hiòng)】 領取薪俸。猶未

～～á-bōe～～⇨還未領到薪俸。

【領頭 niá-thâu】 ㊀衣領。～～破去了～～phoà-khì(ì)-lò͘⇨衣領破了。㊁帶頭tài-thâu。做首領chò-siú-léng。攏你扲～～造反不lóng-lí teh～～chō-hoán-m̄⇨都是你在帶頭做壞事，不對嗎。

【領憑 niá-pîn】 ㊀領牌niá-pâi。㊁地府領轉生證。你囉，你更～～重出世較快lí-lò͘,lí koh～～têng-chhut-sì khah-khoài⇨你嗎，你再領取轉生證再出世一次比較快，謂你是絕對不可能的。

【領一字 niá-chi̍t-jī】 要學道該覺悟，孤貧夭該～～～boeh-o̍h tō-ài kak-ngō͘, ko͘-pîn-iau ài～～～⇨謂要學習符咒hû-chiù之術，必須覺悟，在孤一孤獨，貧一貧窮，夭一夭折的三項之中必須接受一樣。

【領未直 niá-bē-ti̍t】 所受的工作做不完。九月狗納日，頇顢查某～～～ káu-goe̍h káu nā-ji̍t, hâm-bān cha-bó͘～～～⇨謂九月日短狗也就日取暖了。無能的女人，工作做不完，就入夜了。頇顢hâm-bān，遲鈍thî-tun也。下乘hā-sāng也。應爲hā-sāng。

【領便孔 niá-piān-khang】 加令～～～ka-lēng～～～⇨喻不勞而承受已成事物。加令ka-lēng，鳥名。

niá
**嶺** 山可通路之處。山～soaⁿ～⇨山。高山峻～ko-san-chùn～(léng)⇨盤山過～poâⁿ-soaⁿ-kòe～⇨攀山越嶺。前～未是崎後～更較崎chêng～bōe-sī kiā, āu～koh-khah kiā⇨喻前者未算壞，後者才是夠壞。崎kiā，山路急斜難行也。亦喻嚴峻。

【嶺仔 niá-á】 小山頂。於～～許歇睏tī～～hia hioh-khùn⇨在小山頂附近休息。～～過去道較好行也～～kòe-khì tō khah hó-kiâⁿ-ā⇨小山頂過了就較易行了。～～路～～lō͘⇨經過山嶺之路。

【嶺脚 niá-kha】 山下。～～許有凉亭好歇脚～～hia ū-liâng-têng hó hioh-kha⇨山下那邊有凉亭可以休息休息。

【嶺頂 niá-téng】 嶺上。山上。～～彼站未歹行～～hit-chām bē(bōe)-pháiⁿ-kiâⁿ⇨山上那一段路不難行。

【嶺路 niá-lō͘】 山路soaⁿ-lō͘。上坡路siāng-pho-lō͘。～～是～～未眞僫行～～sī～～bē(bōe)-chin-bái-kiâⁿ⇨山路雖然是山路，但是不甚難行。

【嶺頭嶺尾 niá-thâu-niá-bóe(bé)】 山前山後soaⁿ-chêng-soaⁿ-āu。亦即山上的各地方。

niâ
**耳** 助詞。耳ní也。而已jî-í的意思。約法三章耳iak-hoat sam-chiang niâ⇨漢高祖入關只約法三章而已，其他無所限。想做皇帝耳siūⁿ-chò hông-tè-niâ⇨漢高祖責問彭越爲何造反，彭越答曰，想做做皇帝而已。原似作耳也ní-iá→ní-iâ。此兩字以反切法切之即成niá或niâ，幾經演變而成niâ或niā。

【耳耳 niâ-niâ】 niā-niā→niâ-tiā→nā-tiā，俗皆以而已jî-í兩字表之。於義固可，於音實差太多。～～的時陣～～ê-sî-chūn⇨有人在談話上常夾有此一詞，稱曰話母oā-bó,只是一種口頭禪而已並無特殊意義。亦作的時陣～～ê-sî-chūn～～。一個人～～chi̍t-ê-lâng～～⇨一個人耳chi̍t-ê-lâng niâ⇨一個人而已it-kô-jîn jî-í。又台灣語典卷二作惹定，謂：猶而已也。此係方言，有音無義。應屬賢者之小失。

niâ
**娘** 母親也。阿～a～⇨母親。媽媽mah-mah。亦曰阿娘an-niâ。阿a,an，美詞。阮～goán(gún)～⇨我母。您～lín～⇨您母親。

niā
**陵** 陵lêng也，通稜niā。山之高處也。分水嶺曰陵niā。山～soaⁿ～⇨山之高處。於許起～tī-hia khí～⇨在彼處開始高起來。湧～éng～⇨波浪的最高處。牛～gû～⇨牛背脊gû-pōe-chiah。魚～hî～⇨魚背鰭hî-pōe-kî。

【陵鬃 niā-chang】 背陵上之毛。馬～～獅～～bé～～sai～～⇨馬與獅皆有陵鬃niāchang。

## niau

**niau 猫** 貓的俗字。通用貓niau。家畜類。亦即可愛的捕鼠專家也。貓niau亦曰貓bâ，亦即貓mau也。又貓niau亦喻女人，亦喻男色。山～soaⁿ～⇒野貓iá-mau。黑～白～花～o·～peh～hoe～⇒各色貓。三脚～四目狗saⁿ-kha～sì-bak-káu⇒謂珍奇怪異之物。畫虎未成變成～ōe-hó· bē(bōe)-sêng piàn-chiâⁿ～⇒謂不可妄學他人的作風。好～管八家hó～koán-peh-ke⇒謂好猫一隻鄰右八家的貓鼠niau-chhí消聲匿跡。枵～想水魚，枵狗想肉骨iau～siūⁿ chúi-hî, iau-káu siūⁿ-bah-kut⇒枵狗數想天鵝肉iau-káu siàu-siūⁿ thian-gô-bah。黑～白肚値銀二千五o·～peh-tō· tat-gîn jī-chheng-gō·⇒喻其可愛。黑～黑狗o·～o·-káu⇒新潮派的少女少男。太妹太保。黑～追黑狗o·～tui-o·-káu⇒太妹追太保。去做～好耳不，穿到安爾khì-chò～hó-niā-m̄, chhēng kà an-ne(ni)⇒謂你只好去當男色罷了，這樣子的打扮法。臭羶～chhàu-hiàn～⇒男色。

**【猫公 niau-kang】** 公貓。雄貓。又大貓。

**【猫仔 niau-á】** 小貓。掠～～看貓娘liah～～khoàⁿ niau-niû⇒謂要小猫要看看母猫的好壞來決定。喻父母好子女必好。掠liah，要來養。

**【猫母 niau-bó(bú)】** 母貓。～～猫公～～niau-kang⇒同上。

**【猫妮 niau-nî】** 猫的愛稱。亦作猫咪niau-mî。～～仔～～á⇒同上。

**【猫神 niau-sîn】** 女性化。看着眞～～khoàⁿ-tioh chin～～⇒一看很女性化。看着～～～koàⁿ-tioh～～～～⇒同上。

**【猫猫 niau-niau】** 衷衷niau-niau之訛。

**【猫精 niau-chiaⁿ(chiⁿ)】** 猫之精靈cheng-lêng。粧到像～～呢chng-kà chhiūⁿ～～nì⇒打扮得好像男色。

**【猫徙巢 niau-soá-siū】** 猫遷居。喻頻頻遷徙。恰如～～～呢kah-ná～～～nè⇒好像猫之遷巢哩。猫生子，其巢一被打擾，例如掠起小猫看看，就立即遷巢。

**【猫猫仔 niau-niau á】** 不急不忙的樣子。～～～是道好也～～～sī tō-hó-à⇒漫漫的爲之就可以了。～～～行，免到晝，道到位～～～kiâⁿ, bián-kà-tàu, tō kàu-ūi⇒漫漫的行，不到中午，就到達了。疑是寥寥也行liau-liau-á-kiâⁿ之轉化。

**【猫猫看 niau-niau-khoàⁿ】** 用心注視(期待親人之突然回家)。個老母仔安爾～～～呵in-lāu-bú-á an-ne(ni)～～～ô⇒他母親如此的倚門而待其子回歸。疑是瞭瞭看 liâu-liâu-khoàⁿ之轉化。

**【猫車倒泔 niau-chhia-tó-ám】** 猫誤撞翻泔坩ám-khaⁿ。～～～～共狗幹光景～～～～kā-káu kàn-kong-kéng⇒謂猫誤飜了泔坩，爲狗帶來一場好世界。喻局外者突逢天降之利。泔ám，飯湯也。潘泔phun-ám。坩khaⁿ，盛物之瓦器，亦作甄khaⁿ。飯坩泔坩pn̄g-khaⁿ-ám-khaⁿ。

**niau 裹** 以組帶馬也。良馬也。組cho·者有花紋之美麗絲絛，良馬才以美麗之花紋絲絛加以粧飾也。痘皮面tāu-phôe-bin曰裹niau曰裹面niau-bīn，凡花紋汚點皆曰裹niau，俗皆作猫niau。

**【裹的 niau-ê】** 裹面者。～～奸臣。鬍的不仁～～kan-sîn,hô·-ê put-jîn⇒痘皮面者，奸臣，鬍鬚者不仁。

**【裹面 niau-bīn】** 痘皮面tāu-phôe-bīn。面上染有汚漬。～～的～～ê⇒同上。花～～hoe～～⇒花臉。花臉的角色。

**【裹斑 niau-pan】** 黑紋。黑點。面有～～bīn ū～～⇒臉有黑紋。

【裹裹 niau-niau】 花～～hoe～～⇨痘皮甚嚴重。歸個面花～～kui-ê-bīn hoe～～⇨整個臉滿是裹。烏～～o͘～～⇨很黑。很暗(夜無光線)。烏～～花漉漉o͘～～hoe-lok-lok⇨很裹很複雜。烏～～暗朔朔o͘～～am-sô-sô⇨很黑很暗。朔sô明消更生曰朔sok。～～糾糾～～kiū-kiū⇨形容臉面不好看。糾kiū合也。斂也。縮也。

【裹巴巴 niau-pà-pà】 臉很痘皮。巴pà俗讀豹pà。或應作斑pà。面～～～bīn～～～⇨同上。

【裹疕巴 niau-pī-pà】 同裹巴巴niau-pà-pà。一個面～～～看著每厭死chit-ê-bīn～～～khoàⁿ-tioh mā giám-sí⇨整個面都是痘皮，一看就討厭死了(顯然是現代大小姐相親後的考語)。亦說成niau-phī-phā。

niáu
**鳥** 鳥chiáu類的總稱（見chiau部)。

niáu
**裊** 美也。餘音～～î-im～～⇨好的聲音留在耳中。

niáu
**老** ～鼠～chhí⇨鼠的俗稱。老niáu，疑鼬liú亦即竹鼬tek-liú之轉化，即鼬鼠liú-chhí也。

【老鼠 niáu-chhí】 鼠chhí也。飼～～咬破布袋chhī～～kā-phoà pò͘-tē⇨謂養錯了人；亦似恩將仇報in-chiang-siû-pò，但其害較小。～～跋落灰間～～poah-loh-hoe(he)-keng⇨老鼠跌下石灰倉庫，嘲笑醜女人艷粧濃抹iām-chong-lông-boat。～～仔食油眼前光～～á chiah-iû gán-chiân-kng⇨謂老鼠偷吃油，但見眼前一片油光，而忘了背後有敵人。亦即只看眼前忘了顧後。～～仔入牛角～～á jıp gû-kak⇨謂老鼠闖入牛角之中，得入不得出，喻自找死路。家裡無猫，～～道蹺脚ka-lih bô-bâ，～～tō khiau-kha⇨謂家中沒猫了，老鼠就安心享福了。猫bâ亦猫niau也。蹺脚khiau-kha，曲肱而坐，喻享受清福。報～～仔冤pò～～á oan⇨乘機報報小恨。～～孔變成圓拱門～～khang pìⁿ-chiâⁿ oân-kóng-mn̂g⇨老鼠出入的小穴弄成圓拱車馬出入的大門，喻小事變成了大事。蛇孔透～～巢choâ-khang thàu～～siū⇨蛇穴通老鼠巢，謂壞人與壞人皆有一脈相連。～～砂仔～～tak-á⇨捉鼠的小道具。砂tak，擊也。猴頭～～耳kâu-thâu～～hīⁿ⇨鳥喙鼠頸niáu-chhùi-chhí-kéng，謂非屬福相。

## nih

nih
**戻** 至也，曲也，虛也。婋～～hiâu～～⇨謂婋之甚也。女人嬌俏多挑撥性曰婋hiâu。

nih
**矚** 瞬sùn也。眨chhiap也。目動也。眼一開一閉曰攝nih。目～久bak～kú⇨一瞬間。一目～久chıt-bak～kú⇨一瞬眼之間。手比目～道過板去也chhiú-pí-bak～tō kòe-pán-khì-à⇨手一比目一攝(作暗號)就(詐騙)完畢了。目珠眨眨～bak-chiu chhiap-chhiap～⇨頻頻眨眼。眨chhiap俗曰chhop,目數開閉也。眨眨～chhiauh-chhiauh～⇨眼睛一眨一眨的。

【矚目 nih-bak】 一眨眼。暗號。～～抄道去也～～leh tō-khì-à⇨一眨眼之間就完蛋了。～～抄道過板也～～leh tō kòe-pán-à⇨義同。

【矚眨 nih-chhiauh】 頻頻攝目。目珠～～～～bak-chiu～～～～⇨茫然不知所爲。呆然自失貌。

【矚一下 nih-chıt-ê】 一攝 it-nih。一下攝chit-ê-nih。人～～～目道過板去也lâng～～～bak tō kòe-pán-khì-à⇨人家一眨眼爲號就拿過手去了。

nih
**㧙** 拗áu也。小偷小竊也。偷取父母的小錢或偷摸取左鄰右舍的小東西曰㧙nıh。偷拎thau-ni曰偷㧙nih。

【㧙摵 nih-sihⁿ】 偷拎偷捻thau-ni-thau-liàm也。彼個囡仔眞～～hit-ê gín-á chin～～⇨

那個孩子很會偷竊東西。

【搌搌擱擱 nih-nih-sih$^{n}$-sih$^{n}$】 很搌擱。囡仔道安爾～～～～都不好，人講細漢偷挽匏，大漢偷牽牛，不改，將來道扱栫gíⁿ-á tō an-ne ～～～～ to m̄-hó, lâng-kóng sè(sòe)-hàn thau-bián-pû, toā-hàn thau-khan-gû, m̄-kái, chiang-lâi tō khioh-kak⇨小孩子就如此的偷東西很不好，古人言，少時偷摘匏，大了偷大牛，不改過自新，將來就是廢物。

nih
**裡** 語尾助詞。以表示其內或其中。山～有猴soa$^{n}$～ū-kâu⇨山中有猴。去山～扱柴khì soa$^{n}$～ khioh-chhâ⇨上山去拾薪。海～無魚hái～bô-hî⇨海中無魚。街～有可買ke～ū-hó-bé(bóe)⇨街上可以買到。厝～無米了chhù～bô-bí-lō⇨家中無米了。厝～有錢抙驚甚chhù～ū-chîⁿ teh-kia$^{n}$ sah$^{n}$⇨家中有錢怕什麼。手～空空chhiú～khang-khang⇨手上空空如也。權拎於手～khoân lak-tī chhiú～⇨權力緊握在手中。心～無邪不怕鬼sim～bô-siâ put-phàⁿ-kúi⇨家己心～有鬼那有法度ka-tī (kī) sim～ū-kúi ná-ū hoat-tō⇨自己心中有問題那裡有辦法呢。

nih
**呢** 語尾助詞。加強其語意。有～ū～⇨有嗎。是否有。無～bô～⇨無嗎。是不是眞的沒有。著傷～tioh-siang～⇨受傷了嗎。不還～m̄-hêng～⇨不還錢嗎。

nih
**捏** 以手掌緊握也。同掟tē$^{n}$（見te$^{n}$部）。～驚死放驚飛～kia$^{n}$-sí pàng-kia$^{n}$-poe⇨緊握之怕握死了，放輕些又怕被飛逃走了。

## niu

niú
**兩** 衡名。又喻微細。一斤十六～chit-kin (kun) chap-lak～⇨十六兩爲一斤。斤鷄～鼈kin-ke～pih⇨謂一斤左右的鷄一兩左右的鼈，是最好吃的東西。十七～翹翹也chap-chhit～khiàu-khiàu-à⇨謂死了。十六兩已足夠一斤，今有十七兩而多一兩，稱桿必然反翹，翹khiàu尾舉也，翹翹喩死。四～盎仔無除sì～ńg-á bô-tî⇨謂不知自己身分。盎仔ńg-á，商人用以盛物以便稱量之小竹籃，大約是四兩重。稱量之後，扣除之，然後才計算貨款，無除bô-tî，即不扣除，乃欺人也。斤究～，～究斤kin-kiù～，～kiù-kin⇨以十六兩爲十，求出各兩的等值的方法。有其口訣kháu-koat。例如一兩即唸一空(khòng)六二五，意爲一兩等於十進法之 0.625 也。依次爲二一二五亦即二兩等於 1.25，三一八七五，三兩等於 1.875，四二五，四兩等於 2.5 等是也。餘類推。五斤蕃薯臭八十一～gō͘-kin han-chî(chû) chhàu peh(poeh)-chap-it～⇨謂惡評之聲壓倒讚美之聲。五斤合計八十兩而已。無～無相bô～bô-siuh$^{n}$⇨謂很小，很輕或很不夠看或不夠吃。

【兩仔 niú-á】 同兩兩niú-niú。魚～～尾hî～～bóe⇨魚很小鷄仔猶～～隻也耳，要安怎請人客ke-á iáu～～ chiah-á niâ, boeh an-choáⁿ chhiáⁿ-lâng-kheh⇨鷄還是這麼小，要如何請客。

【兩兩 niú-niú】 小。可愛的小型的東西。可在名詞(東西之前或後加仔a以加強詞意)。魚仔～～尾hî-á～～bóe⇨魚很小。亦可作～～仔尾～～á-bóe或～～尾仔～～bóe-á。嘴～～個chhùi～～ê⇨櫻桃小嘴。～～個仔～～ê-á⇨小小的。耳鉤～～對仔hī$^{n}$-kau～～tùi-á⇨一對很小可愛的耳鉤。～～枝～～ki⇨棒狀的東西。～～枝仔～～ki-á⇨細細枝的。

【兩相 niú-siuh$^{n}$】 小也。輕也。食了無～～chiah-liáu bô～～⇨吃得不覺得怎麼樣(因少而無反應)。擔著無～～ta$^{n}$-tioh bô～～⇨擔得覺得太輕了。亦可分爲無兩無相bô-niú-bô-siuh$^{n}$，意思完全一樣。

【兩兩仔 niú-niú-á】 同兩兩niú-niú，兩仔niú-á。

【兩絲脚 niú-si-kha】 小而長的脚。或曰應作柳絲脚 liú-si-kha。亦曰白鷺脚peh-lō͘-kha。～～～ 更竹筒肚，一枝如竹篙抄 ～～～ koh teh-kóng-tō͘, chit-ki ná tek-ko-leh⇨脚如柳枝，腹如竹筒，其人一看好像一枝竹竿。

niû **梁** 梁liâng也。水橋也。屋梁也。車梁也。橫梁也。或作樑niû，俗通用樑niû。又姓氏。

**【梁山 niû-soaⁿ】** 小說水滸傳的賊巢chhat-siū。亦即～～泊～～phek。迫上～～pek-chiūⁿ～～⇨謂惡官迫民作賊也。水滸傳中的英雄好漢，都有一段被官所迫的故事。

**【梁山伯 niû-san-pek】** 所謂梁祝艷史niû-chiok-iām-sú亦即梁山伯與祝英台chiok-eng-tāi的故事的男主角。

**【梁紅玉 niû-hông-giok】** 宋代人。有名的抗元女英雄。戲劇中常見之。

**【梁皇懺 niû-hông-chhàm】** 梁武帝弔祭其后的懺悔宿業chhàm-hòe siok-giap的文章。今為佛界的重要經典。

**【梁上君子 niû-siōng kun-chú】** liâng-siāng-kun-chú。古人感化賊仔改邪歸正的故事。

niû **樑** 梁niû也。梁形者亦曰樑niû。上～chiūⁿ～⇨上屋之中樑tiong-niû。橋～kiô～⇨水橋陸橋。橋的總稱。桶～tháng～⇨桶之橫木。鼻～phīⁿ～⇨鼻柱phīⁿ-thiāu。棟～(liâng)⇨支持房屋之大樑；也喻為國任重的人才。

**【樑神 niû-sîn】** 棟樑之神。

**【樑柱 niû-thiāu】** 橫樑的支柱。大柱toā-thiāu。橫為樑niû，立為柱thiāu，皆房屋的骨幹也。

niû **娘** 母也。貴夫人曰娘niû，女神亦曰娘niû。阿～a～⇨母，主母。先生～sin-seⁿ(sian-siⁿ)～⇨對人之妻的尊稱，例如教師，醫師等等。頭家～thâu-ke～⇨對主婦的尊稱。牧師～bok-su～⇨牧師的太太。姑～ko͘～⇨小姐sió chiá。新～sin～⇨新婦sin-hū。月～goeh(geh)～⇨月亮。小～囝sió～kiáⁿ⇨小姑娘。少夫人。

**【娘仔 niû-á】** ㊀小姐sió-chiá。少婦siáu-hū。～～生緣無生好，生好無緣上克虧～～seⁿ(siⁿ)-iân bô-seⁿ(siⁿ)-súi, seⁿ-súi bô-iân siāng(siong) khek-khui⇨戲白。美姿曰好súi。㊁蠶chhâm曰娘仔niû-á。飼～～chhī～～⇨養蠶iáng-chhâm。～～吐絲～～thò͘-si⇨蠶吐絲。～～絲～～si⇨蠶絲chhâm-si。～～樹～～chhiū⇨桑樹song-chhiū。～～繭～～kéng⇨蠶繭chhâm-kéng。古帝后養蠶示範所由來也。

**【娘爸 niû-pē】** 父親。老爸lāu-pē。～～娘嬭～～niû-lé⇨父與母。

**【娘娘 niû-niû】** ㊀王后。正宮～～chiàⁿ-kiong～～⇨皇后～～hông-hō(hiō)～～。㊁女神。～～過境～～kòe-kéng⇨某女神出巡。註生～～chù-seⁿ～～⇨主生之女神。～～廟～～biō⇨女神廟。觀音～～koan-im～～⇨觀音菩薩。

**【娘傘 niû-soàⁿ】** 古高官或寺廟的神傘。或應作凉傘liâng-sòaⁿ。

**【娘嬭 niû-lé】** 母親。嬭lé亦作妳lé或奶lé。老～～仔lāu～～á⇨老母ló͘-bó。lāu-bú。諸姆囝教～～仔斷臍cha-bó͘-kiáⁿ kà～～á tn̄g-châi⇨女兒教母親做事。喻對釋迦sek-kia說佛法。

**【娘快做 niû-khoài-chò(chòe)】** 主婦(貴婦人)容易為之。～～～嫺奧學～～～kán oh-oh⇨主易為，婢難學。

niû **凉** 凉liâng的轉音。凉娘兩字同音liâng。

**【凉傘 niû-soàⁿ】** 古高官用之大傘，今寺廟存有神像用者。戇丁舉～～倒落gōng-teng giâ～～tò-lak⇨戇丁掌持凉傘，退步。凉傘者在迎神行列中一進一退。退曰倒落tò-lak。又謂戇丁者為其侄掌傘，此亦謂倒落tò-lak，蓋論輩不該如此。

niû **糧** 穀食也。田賦tiân-hù曰糧niû。糧liâng也亦作粮liâng。軍～kun～⇨軍食。米～bí～⇨米穀bí-kok。雜～cha̍p～⇨米之外的豆，薯等可代米者。錢～chî$^{n}$～⇨古田賦。收～siu～⇨收稅。積草囤～chek-chháu tūn～⇨準備作戰。完～oân～⇨完繳稅項。好天著積雨來～hó-thi$^{n}$ tio̍h-chek hō·-lâi～⇨晴天須預備雨天之食。乞食亦有四日的存～khi̍t-chia̍h a̍h-ū sì-ji̍t ê chhûn～⇨叫化子也有四天糧食的準備。喻人必須經常有所準備，有所積蓄以備意外。

【糧政 niû-chèng】 糧食政策或有關糧食的行政措施。～～機關～～ki-koan⇨管理糧食問題的政府機構。

【糧食 niû-si̍t】 穀食kok-si̍t。～～局～～kio̍k⇨主管糧政的機關。

【糧草 niû-chháu】 兵粮馬草。前無救兵後無～～chêng bô kiù-peng āu bô～～⇨進退維谷chìn-thè ûi-kok。

niû **量** 度長短曰量niû,以斗計容積曰量niû,以稱chhìn秤輕重曰量niū。斗～米táu～bí⇨以斗量米之多少。尺～布chhioh～pò·⇨以尺度布之長短。稱～重⇨以稱量物之輕重。用手掠，用脚～iōng-chhiú-lia̍h, iōng-kha～⇨以手約之，以脚步度之。人心不能尺度，海水不可斗～jîn-sim put-lêng chhioh-to̍k, hái-chúi put-khó táu～⇨人心不能以尺度其長短深淺，海水不能以斗量其多少。車載斗～ki-chāi táu～⇨喻人材之多。

【量米 niû-bí】 ㈠度米之數量sò·-liāng。㈡買米。去街仔～～khì-ke-á～～⇨上街去買米。

【量土地 niû-thó·-tē】 測量chhek-liâng地積。

【量熱無量寒 niû-joa̍h-bô-niû-koâ$^{n}$】 謂孩子的衣著i-tio̍k熱天可少穿一點，寒天即不怕穿多一些。

niū **量** 以桿稱度輕重曰量niū。以斗度多少曰量niū。衡金曰戥téng,衡大豬曰量niū,衡青菜曰稱chhìn。小稱chhìn曰戥仔téng-á，中稱chhìn曰稱仔chhìn-á,大稱chhìn曰量仔niū-á。大稱chhìn之上曰磅仔pōng-á。大～toā～⇨大量仔toā-niū-á。通常有百六量pah-la̍k-niū⇨一百六十斤尾及二仔伍量jī-á-gō·-nīu⇨二百伍十斤尾的兩種。

【量仔 niū-á】 大量tōa-nīu。有百六尾pah-la̍k-bóe最高量一百六十斤者，二仔五尾jī-á gō·-bóe最高二百五十斤者的兩種，再上去就須用磅仔pōng-á。～～未量得也～～bē(bōe)-niū-ti̍t-ā⇨量仔量不得了。二百五十斤以上了。

【量底 niū-té】 量仔niū-á的起點。大小量～～無共款toā-sió-niū～～bô-kāng-khoán⇨大量小量的起點斤量不相同。

【量桿 niū-koái$^{n}$】 量仔niū-á之主棒。稱桿chhìn-koái$^{n}$之大型者。

【量鈎 niū-kau】 量仔niū-á的鈎子，以鈎物者。

【量頭 niū-thâu】 同量聲niū-sia$^{n}$。衡量結果所唱出的數字。似乎並無實質而只是感覺上的作用。重物較有～～tāng-mi̍h khah-ū～～⇨質量chit-liāng重的東西斤聲更多。拗～～áu～～⇨詐騙所量的斤量。同軋稱頭at-chhìn-thâu。

【量錘 niū-thûi】 大量錘toā-niū-thûi。稱錘chhìn-thûi之大者。

niū **讓** 捨己所欲而予人曰讓niū。相～食，有存，相爭食，無夠siō(sa$^{n}$)～chia̍h-ū-chhun, sio(sa$^{n}$)-che$^{n}$(chi$^{n}$) chia̍h,bô-kàu⇨謂彼此互讓即共食之而有餘，反之彼此相爭取爭食即再多亦將告不足。應該～的道該～èng-kai～ê tō-āi～⇨當然讓者就必須讓之。

【讓人 niū-lāng】 讓予他人。人lâng改讀lāng。我～～去也呢goá～～khì-ā-neh⇨我的讓給別人了。

【讓手 niū-chhiū】 大讓少tāi-niū-siàu。巧者讓拙者khiáu-chià niū chhoat-chià。請你較～～抾chhiàⁿ-lí khah ～～ leh⇨請您讓一點(比賽時的客套)。大漢的不道較～～抾toā-hàn-ê m̄-tō khah ～～ leh⇨大的不是要讓一讓弟弟嗎。相罵無讓嘴，相拍無～～sio-mē bô niū-chhùi, sio-phah bô～～⇨吵嘴者口不擇言，打架者不擇手段，謂吵嘴打架者，皆互不相讓。

【讓步 niū-pō】 ㊀讓招數。不發全力。讓手niū-chhiú。阿三有較～～的款a-sam ū-khah ～～ê khoán⇨阿三似乎比較讓一點。㊁調整主張以利妥協。個都不～～in to m̄～～⇨他們全不退讓。

【讓位 niū-ūi】 讓坐席。～～給人客坐～～hō· lâng-kheh chē⇨讓位給客人坐。讓職位。宣統～～soan-thóng～～⇨退位也。

【讓你去也 niū-lí khì-à】 由他去好了。你lí亦作伊i。～～～～不管你也～～～～m̄-koán-lí-à⇨由他去好了，不管他了。

## nng

**nng 傻** 通越也。穿chhoan也。穿小孔曰穿chhng，穿穴曰傻nng。手傻過手袂chhiú nng-kòe chhiú-ńg。又傻nng亦曰囊long，手入囊lông中也。

【傻篙 nng-ko】 晾衫nêⁿ-saⁿ的方法。以竹傻之以免被風捲掉。有風該～～藉好ū-hong ài～～chiah-hó⇨(而今)有風須晾傻篙nêⁿ-nng-ko才可以。

【傻狗孔 nng-káu-khang】 穿狗洞。未輸抾～～～呢bē-su teh ～～～ nī⇨好像在穿狗洞一樣。

**nńg 軟** 柔也。弱也。懦 ló也。價賤亦曰軟 nńg。硬ngē之反也。麻餐挨了眞～moâ-chî e-liáu chin～⇨麻餐做了很柔很軟很好吃。挨e，磨mô也，以石磨磨之也。囡仔骨猶較～gín-á-kut iáu khah～⇨孩子的骨還比較不強硬。性地～sèng-tē～⇨品性柔和。嘴硬心官～chhùi-ngē sim-koaⁿ～⇨口硬心柔和。嘴硬尻川～chhùi-ngē kha-chhng～⇨同上的粗話。食硬無食～chiah-ngē bô-chiah～⇨謂只怕對方柔和不怕對方強硬。亦即你強我還要比你強蠻。脚瘆手～kha-sng chhiú～⇨脚手都似有病的無氣力。硬～的工夫件件皆能ngē～ê kang-hu kiāⁿ-kiāⁿ kai-lêng⇨硬派軟派的工夫普遍皆會。算安爾有～也啦sǹg an-ne(ni) ū～à-lā⇨如此價錢十分便宜了。要更較～無法度也啦boeh-koh-khah～ bô-hoat-tō·-ā-lā⇨要再便宜沒辦法了。伊有較落～也i ū-khah loh～à⇨他(的態度)較弱小了。火舌即陣較～了hóe(hé)-chih chit-chūn khah～lò⇨火勢此刻較弱小了。即位的水較～chit-ui ê chúi khah～⇨此處的水流較弱。物價攏有較～也but-kè lóng-ū khah～à⇨物價皆畧告下跌了。

【軟人 nńg-lâng】 欠乏勢力之人。～～不當企硬地～～m̄-thang khiā ngē-tē⇨無勢力之人不可以站在重要的地位。

【軟仔 nńg-á】 不勞而獲put-lô-jî-hek或勞少而利多者之總稱。趁～～thàn～～⇨以軟仔爲生計。亦曰軟路的nńg-lô-ê。～～錢～～chîⁿ⇨易得之錢財。～～孔～～khang⇨有軟的可獲之門路。

【軟水 nńg-chúi】 化學名詞。不含礦物質之水。～～硬水～～ngē-chúi⇨硬水ngē-chúi含有礦物質者。

【軟手 nńg-chhiú】 心和而手軟。出不了強手段。伊較～～道是不敢哩i khah ～～ tō-sī m̄-káⁿ-lih⇨他比較溫和就是不敢做哩。

【軟牙 nńg-gê】 敗牙pāi-gê。搖搖欲墜之牙。～～未哺～～bē(bōe)-pō·⇨壞牙沒辦法咀嚼。

【軟化 nńg-hoà】 化軟hoà-nńg。變軟弱。態度～～去也thāi-tō·～～khì-à⇨態度變軟弱

了。

【軟片 nńg-phìⁿ】 照相用的弗林film。俗亦曰底片té-phìⁿ或曰相底siàng(siòng)-té。

【軟心 nńg-sim】 易受感動之心。～～未堪得人哭～～bē kham-tit lâng-khàu⇨心軟者抵抗不了人家的眼淚戰術。

【軟主 nńg-chú】 溫和之人。柔弱之對手。阿三～～是～～伊更硬鼻哩a-sam～～sī～～i koh ngē-phīⁿ-lih⇨阿三不錯是溫和之人，但是他本性強烈，必論是是非非。

【軟皮 nńg-phôe(phê)】 柔軟之皮。該更貼一重～～āi-koh thiap-chit-têng～～⇨同上。

【軟地 nńg-tē】 地盤不固之地。厝起於～～較加萬每倒chhù khí-tī～～khah-ke-bān mā tó⇨房屋蓋在軟地上，蓋幾多都要倒。

【軟角 nńg-kak】 無抵抗力者。無勢力者。彼頭較～～hit-thâu khah～～⇨對方軟的，無作用的。伊無扲～～i bô-teh～～⇨他並非軟角(不受你平白欺負)。按：此角字應該是讀kioh，角色hioh-siàu之角kioh也。

【軟法 nńg-hoat】 溫和的方法。阿九姐仔道該用～～合伊參商a-káu-ché-á tō-āi-iōng～～kah-i chham-siông⇨阿九姐仔這個人需以和善的方法與她商量才有辦法。

【軟枝 nńg-ki】 如蔓的樹枝。～～楊桃～～iûⁿ-thô⇨經改良的楊桃新品種。～～秫仔～～chut-á⇨秫米chut-bí的一種。

【軟房 nńg-pâng】 無力之房頭pâng-thâu。強房食～～kiâng(kiông)-pâng chiah～～⇨有力量之房欺負無力量之房。房pâng與房，或各房，本源起自兄弟。

【軟肥 nńg-pûi】 脂肪性的肥胖chi-hong-sèng ê hûi-phâng。～～～～仔～～～～ā⇨相當肥胖siang-tong hûi-phàng。亦曰肥軟pûi-nńg。肥軟肥軟仔未偲pûi-nńg-pûi-nńg-á bē(bōe)-bái⇨讚美肥美人。

【軟性 nńg-sèng】 性溫和。有耐性。阿三心官較～～a-sam sim-koaⁿ khah～～⇨阿三心地較善良。李四即個人眞～～lí-sì chit-ê-lâng chin～～⇨李四這個人很溫柔有耐心(不輕言放棄)。

【軟垂 nńg-sôe(sê)】 因失望而頭下垂。頭都～～落去也thâu to～～loh-khì-ā⇨頭也低垂下去了。想着道～～siūⁿ-tioh tō～～⇨一想到就沒氣力了。

【軟限 nńg-ān】 以溫和的態度言詞要求債務之展緩。～～較贏硬挽～～khah-iâⁿ ngeh-bán⇨軟限勝過強拖不還。

【軟派 nńg-phài】 硬派ngē-phài之對稱。

【軟骨 nńg-kut】 深海的～～魚較好食chhim-hái ê～～hî khah-hó-chiah⇨同上。

【軟桌 nńg-toh】 鳥獸魚肉以及蔬爲主的普通燕食。辦～～耳pān～～niâ⇨以普通宴席請客而已。硬桌都未曉做ngeh-toh to bē-hiáu-chò⇨要手路的高級宴席都做不來。

【軟脚 nńg-kha】 脚無力。水浸～～去chúi-chìm～～khì⇨被水漬了脚無力。食了～～去chiah-liáu～～khì⇨吃得太多致脚無力。喩酒色過多。～～蝦～～hê⇨①脚力弱不能遠行者。②無勞動力者。～～蝦未做道該倩人也不～～hê bē(bōe)-chò(chòe) tō-āi chhiàⁿ-lâng-ā-m̄⇨軟脚蝦無法勞動就需要雇用別人了，不是嗎。

【軟略 nńg-lioh】 柔軟jiû-nńg。較講每是查某囡仔較～～khah-kóng mā-sī cha-bó͘-gín-á khah～～⇨怎麼說都是女孩子較柔軟。

【軟軟 nńg-nńg】 很軟。查某人肉白綿綿幼～～cha-bó͘-lâng-bah peh-mî-mî, iù～～⇨女人的肉又白又軟。

【軟晡 nńg-po͘】 太陽西斜陽光轉弱的時候。大約指下午四五時。～～仔藉來去較涼～～á chiah lâi-khì khah-liâng⇨日頭西斜了才去比較不熱。

【軟梯 nńg-thui】 繩索梯。有～～道好偪也

ū～～tō hó peh-â⇨如果有繩梯就容易爬上去了。

【軟孱 nńg-chiá$^{n}$】 軟弱。孱chiá$^{n}$，虛弱也。～～查某～～cha-bó·⇨無力的女人。箍絡囝更抾假～～kho·-loh-kiá$^{n}$ koh-teh-ké～～⇨粗工之子竟在假裝斯文。箍絡kho·-loh，長工也。

【軟猴 nńg-kâu】 ㊀有錢而又善良的嫖客。掠著～～liah-tioh～～⇨逮著～～tòe-tioh～～⇨抓到好客兄。㊁好生意。即孔都蓋～～也，要更佗尋chit-khang to kài～～ā，boeh-koh tah-chhōe⇨此門(生意)是最好的最有利的，要何方去再找尋呢。

【軟殼 nńg-khak】 ㊀脫殼了之蝦蟹。～～蝦～～hê⇨喻無抵抗力者。不是～～蝦給你會食得m̄-sī～～hê hō·-lí ē-chiah-tit⇨(他或此方)非你可隨便食的軟壳之蝦也。謂你欺負不了我也。㊁勞小利多之事。即孔較～～chit-khang khah～～⇨此事較易做易得利。趁～～錢thàn～～chîⁿ⇨找輕鬆的財路。敢定定有～～的kám tiā$^{n}$-tiā$^{n}$-ū～～ê⇨豈能經常有輕鬆的財路。

【軟飯 nńg-pn̄g】 女人提供之飯。食～～chiah～～⇨受女人扶養。靠女人吃飯。食～～仔chiah～～á⇨靠妻生活者(含輕侮之意)。

【軟禁 nńg-kìm】 監禁ka$^{n}$-kìm。禁監kìm-ka$^{n}$。給牽手仔～～抾hō·-khan-chhiú-à～～leh⇨被他老婆軟禁在家。在政治上運用甚多。

【軟勢 nńg-sè】 動作柔和細膩。粗暴之反。較～～庋抾，不好許爾粗殘khah～～khǹg-leh m̄-hó hiah-nī chho·-chhân⇨較慢慢地放下去不要那麼粗暴。庋khǹg，置也，俗作藏khǹg。

【軟紡 nńg-kún】 以繩索代釣竿tiò-koa$^{n}$的釣法。～～釣～～tiò⇨放紡仔pâng-kún-á。以長繩爲母線，一定間隔結有釣鉤，付餌放流水中的釣魚法。

【軟膏 nńg-ko】 加油調製之膏藥kō-ioh。～～萬百種～～bān-pah-chióng⇨軟膏的種類有很多很多。

【軟蜞 nńg-khî】 蛞蝓khoat-jî(jû)，亦即鼻涕蟲phī$^{n}$-thè-thâng。多見於陰濕之處。

【軟膁 nńg-liám】 腰左右無骨之處。撞著～～lòng-tioh～～⇨冲擊chhiong-kek軟腰。～～肉割二斤～～bah koah nn̄g-kin(kun)⇨腰肉割取兩斤。買兩斤的軟腰肉。

【軟韌 nńg-lūn】 ㊀物軟而有彈力。麻餈有～～moâ-chî ū～～⇨麻餐又軟又韌很好吃。㊁性質。伊的人蓋～～i ê lâng kài～～⇨他爲人最有耐性。韌jūn，lūn，軟而有彈力也。

【軟鼻 nńg-phī$^{n}$】 ㊀柔順的牛。牛貫～～gû-kǹg～～⇨同上。㊁硬鼻ngē-phī$^{n}$之對稱。性質sèng-chit溫和。個阿兄顚倒較～～in a-hia$^{n}$ tian-tò khah～～⇨他哥哥反而沒有他那麼激烈。

【軟酸 nńg-sng】 亦作軟痠nńg-sng。感覺眞～～kám-kak chin～～⇨覺得骨節又軟又痠，身體甚疲倦。～～柝～～khok⇨漫性的敲竹梈khau-tek-kán。柝khok亦作酷khok，亦可說成～～仔酷～～á-khok或～～仔敲～～á-khau(khā)。

【軟嘴 nńg-chhùi】 不說硬話。有較～～也ū-khah～～â⇨話比較軟化了。

【軟錢 nńg-chîⁿ】 同軟仔nńg-á。軟仔錢nńg-á-chîⁿ。

【軟叢 nńg-châng】 蔓生的果菜。～～的較好種～～ê khah-hó-chèng⇨蔓生的較易栽培。

【軟轎 nńg-kiō】 軟床nńg-chhn̂g。擔架ta$^{n}$-kè。病院的～～pē$^{n}$-ī$^{n}$ ê～～⇨同上。

【軟紡紡 nńg-pháng-pháng】 全身絲羅的打扮。歸身軀穿到～～～kui-sin-khu chhēng-kà～～～⇨全身絲羅裝束。

【軟悄悄 nńg-siô-siô】 有氣無力的樣子。失望的樣子。看著道～～～也khoà$^{n}$-tioh tō～～～ā⇨一看就全身軟了，沒氣力了。

【軟綿綿 nńg-mî-mî】 軟如綿。格到～～～如無骨的kek-kā ～～～ ná-bô-kut-ê⇨弄成好像沒有骨那樣軟軟的。

【軟趖趖 nńg-sô-sô】 有氣無力。同軟悄悄nńg-siô-siô。熱一下耳，講安爾～～～也jiat-chit-ē nia, kóng-an-ne ～～～ ā⇨發一下熱而已，竟感覺到如此的全身有氣無力了。

【軟糊糊 nńg-kô͘-kô͘】 略同軟膠膠nńg-kā-kā。軟如水糊。安爾～～～未用得啦an-ne～～bē-iōng-tit lā⇨如此軟如水糊不行也。

【軟膠膠 nńg-kā-kā】 軟如膠。～～～ 提都未提得 ～～～ theh to bē(bōe)-theh-tit⇨軟如膠液拿都拿不得。

【軟翗翗 nńg-kô-kô】 同軟膠膠nńg-kā-kā。軟如泥如糊如麻餈的樣子。

【軟土深掘 nńg-thô͘-chhim-kut】 喻欺負老實人。你不當扲～～～～lí m̄-thang teh～～～～⇨你不能對老實人太過分。

【軟索牽豬 nńg-soh-khan-ti】 以柔軟的繩子牽引豬。喻以巧妙的方法加以籠絡lóng-lok或懷柔hoâi-jiû。豬ti亦作豬哥ti-ko。你眞佼，原來是扲～～～～呵lí chin-khiàng, goân-lâi sī-teh～～～～ō͘⇨你很高明，原來是在使用懷柔法了。

nńg
嫩 物未老而弱也。幼芽也。人曰幼iù，物曰嫩nńg。未成熟亦曰嫩nńg，通作軟nńg。

【嫩芽 nńg-gê】 幼芽iù-gê。作軟芽nńg-gê。

【嫩茈 nńg-chíⁿ】 幼也。茈chíⁿ亦幼iú。茈薑chíⁿ-kiuⁿ⇨嫩薑nńg-kiuⁿ。

【嫩屚 nńg-chiáⁿ】 幼而弱也。亦作軟屚nńg-chiáⁿ。

【嫩葉 nńg-hioh】 幼葉iù-hioh。挽茶的～～做茶米bán-tê ê～～ chò(chòe) tê-bí⇨採摘茶樹之幼葉作茶。茶米tê-bí即茶葉tê-hioh也，亦即所謂茶tê也。

nńg
輭 柔jiû也。俗作軟nńg，通行軟nńg。

nn̂g
趤 越也。穿越也。穿穴而過曰趤nn̂g。鑽營謀利亦曰趤nn̂g。眞佼～chin gâu～⇨很會鑽營謀利。蛇～石孔choâ～chioh-khang⇨蛇穿越石穴。

【趤孔 nn̂g-khang】 蛇 ～～ choâ ～～⇨同上。佼～～gâu～～⇨會鑽營謀利。～～超縫～～nn̂g-phāng⇨鑽孔鑽隙。孔也趤，縫也趤，無所不趤。

【趤走 nn̂g-cháu】 穿越而逃。乾乾給～～去kan-kan hō͘～～khì⇨居然給穿逃了。

【趤鑽 nn̂g-chǹg】 趤之鑽之。佼～～gâu～～⇨很會多方鑽營。～～不値著抵頓～～m̄-tat-tioh-tú-tǹg⇨善於鑽營不如逢到機會。

【趤火箍 nn̂g-hóe(hé)-kho͘】 馬戲班之類的招式之一。以草圈點火，美女飛穿而過火箍。也有刀箍。～～～超刀箍～～～nn̂g-to-kho͘。

【趤錢孔 nn̂g-chîⁿ-khang】 專在錢字上打滾。專門～～～的人choan-bûn～～～ê lâng⇨提到錢字就鑽進去的人。

【趤趤鑽鑽 nn̂g-nn̂g-chǹg-chǹg】 又趤又鑽非常趤鑽。安爾～～～～無孔無縫伊都必強趤過an-ne(ni)～～～～bô-khang-bô-phāng i to boeh-kiâng(kiông)-nn̂g-kòe⇨如此～～～～連縫隙都沒有的地方他也要強硬穿越過去。

nn̂g
郎 郎lông之轉化。牛郎織女gô-nn̂g-chit-lí→gû-lông-chit-lí。

nn̂g
榔 檳榔pin-nn̂g也。

nn̂g
瓤 瓤jiông也。瓜實也。瓜之中實也。又柑橘類之分房也。皮下之肉層曰瓤nn̂g。篾～bih～⇨白竹篾，亦即青皮底下之篾 bih也。藤～tîn～⇨白藤篾peh-tîn-bih。二～jī～⇨篾瓤bih-nn̂g藤瓤tîn-nn̂g皆屬二瓤jī-nn̂g。肉～bah～⇨豬皮與精肉間的脂肪層。

nn̂g
二 貳jī也。二nō也。一還一，～還～chit-hoân-chit，～hoân～⇨一就是一，二就是二。謂應按序而行。有一道有～ū-chit tō-ū

～⇨有一就有二。有一必有二。有一道有～，有～道有三，無三不成禮ū-chit tō-ū～, ū～tō-ū-saⁿ, bô-saⁿ put-sêng-lé⇨俗語。

【二巴掌 nn̄g-pa-chiúⁿ】 雙掌，雙手。～～～大～～～toā⇨雙掌之大小。一顆人～～～去，無幾年講趁許妓錢轉來chit-kho·-lâng～～～khì，bô-kúi-nî kóng-thàn hiah-chē-chîⁿ tńg-lâi⇨一個人兩手空空去不多年竟賺那麼多錢回來。

【二步半 nn̄g-pō·-poàⁿ】 ㊀甚近。～～～道夠也亦要坐車咯～～～tō-kàu-à a-boeh chē-chhia lō·⇨兩步半就到了，也要坐車子嗎。㊁甚簡單。～～～道清氣溜溜了～～～tō chheng-khì liu-liu-lō·⇨一下子就通通乾淨了。

【二重孝 nn̄g-têng-hà】 雙重孝siang-têng-hà。帶兩個人之孝。

【二個仔 nn̄g-ē-á】 ㊀人數少。阮～～～耳不愛買許爾妓goán～～～niâ, bû-ài-bé(bóe) hiah-nī-chē(chōe)⇨我們人口少，不要買那麼多。㊁物少量。拂～～～給伊好啦put～～～hō·-i hó-lâ⇨拂兩下子給他好了。拂put，以畚箕pùn-ki取物也。

【二稱半 nn̄g-chhìn-poàⁿ】 謂沒問題。～～～廿五斤道好了～～～jī-gō·-kin tō hó lō·⇨謂說好就好了。

【二樣心 nn̄g-iūⁿ-sim】 貳心 jī-sim。異心 ī-sim。不忠之心。父母合囝敢有～～～咯 pē-bó· kah-kiáⁿ kám-ū～～～lō·⇨父母對於子女，能有兩個心嗎。

【二點水 nn̄g-tiám-chúi】 冰字旁peng-jī-pêng。～～～的字～～～ê jī⇨冰，冷，冶等的字。

【二脚查某 nn̄g-kha-cha-bó·】 無親無戚之女人。不當看人～～～～道要欺負人m̄-thang khoàⁿ-lâng～～～～tō-boeh khi-hū-lâng⇨不可以人家是無親無戚的女人就要加以欺負。

【二撇鬚仔 nn̄g-phiat-chhiu-á】 八字鬚pat-jī-chhiu。彼個～～～～道是彈三絃的hit-ê～～～～tō-sī toâⁿ-sam-hiân-ê⇨那個八字鬚者就是彈三絃的。彈三絃的toâⁿ-sam-hiân-ê，亦喻中醫師之摸脉。

【二瓣尻川 nn̄g-pān-kha-chhng】 兩片屁股。了到存～～～～liáu-kà chhun～～～～⇨虧本，虧得只存兩片屁股。亦即完全虧光了，一無所存。

**卵** nn̄g 蛋類皆曰卵nn̄g。又外腎goā-sīn也。鷄～鴨～鳥仔～ke～ah～chiáu-á～⇨各禽類之卵。魚～hî～⇨魚蛋。魚子hî-chí。生～的seⁿ(siⁿ)～ê⇨卵生動物。喻脚手行動慢。未輸抾生～抾bē-su teh seⁿ～lè⇨不輸在生蛋，亦即生蛋一樣的慢。烏鴉仔曷有隔暝～o·-a-á ah-ū keh-mê～⇨烏鴉焉有隔夜之蛋，喻不知保存儲蓄。鹹～kiâm～⇨豉鹹sīⁿ-kiâm的蛋。鹵～ló·～⇨鹵湯ló·-thng，鹵鹹之蛋。俗作魯卵ló·-nn̄g，非也。以～擊石í～ kek-chio̍h⇨必敗無疑。

【卵仁 nn̄g-jîn】 卵的黃仁。鷄～～ke～～⇨蛋黃。

【卵包 nn̄g-pau】 卵白包卵仁的煎蛋。～～較有營養～～khah-ū êng-iáng⇨通俗營養觀。

【卵白 nn̄g-pe̍h】 蛋白質tàn-pe̍k-chit的部分。～～質～～chit⇨蛋白質。

【卵清 nn̄g-chheng】 卵白nn̄g-pe̍h亦即蛋白質tàn-pe̍k-chit的部分。囡仔愛食卵仁不食～～gín-á-ài-chia̍h nn̄g-jîn m̄-chia̍h～～⇨小孩子愛吃蛋黃。

【卵殼 nn̄g-khak】 卵的外殼。～～破去也～～phoà-khì(ì)-à⇨蛋打破了。～～較密每有縫～～khah-ba̍t mā-ū phāng⇨卵殼之密還是有小隙。喻不可能絕對秘密。

【卵絲 nn̄g-si】 蛋煎薄切絲。

【卵屁仔 nn̄g-phùi-á】 發育不全的小卵。

【卵生動物 nn̄g-seⁿ-tōng-bu̍t】 飛禽，魚類，

爬蟲類等是也。

## no·

nó· **努** 盡力而爲也。目突出以示盛怒，努目nó·-bak，曰怒目nō·-bak。

【努力 nó·-lek】 用盡所有之力。～～創造未來～～chhóng-chō bī-lâi⇨盡一切力量，製造個人的將來。努力亦讀ló·-lak，但其意爲多謝，謝他人爲己盡力相助也。

nò· **喏** 語尾助詞，加強肯定或否定之感嘆語氣。傷𫝛康，傷顣唐～siuⁿ lóng-khóng，siuⁿ hàm-tông～⇨無可諱言的，那是太空蕩，太荒唐了。

nô· **奴** 舊時富人家中以供役使之僕役也。舊時女子謙稱自己爲奴nô·或奴家nô·-ka。～爲恣意憐～uî chu-í-liân⇨李後主詞，意爲我這小女子讓你(君主)任情任性地憐香惜玉吧！待之如奴僕差隸而加以役使也。古代中國北方之一強悍民族，即匈奴hiong-nô·也。此字於台語中，除奴家或奴nô·(女子自稱)外，似均讀lô·，參見lô·部。

## noa

noá **攞** 摧物也。以手推搡曰攞noá。兩手相切摩曰攞noá。跋～poah～⇨爲生計而遷移轉變，奮鬥。洗衫無～那會用得sé(sóe)-saⁿ bô～ná-ē-iōng-tit⇨洗衣不攞怎麼行。芥菜～無忝koà-chhài～bô-thiám⇨芥菜攞得不夠。麵粉該更～些mı̍h-hún ài-koh～chè⇨麵粉要再攞一些。該～有功夫藉好ài～ū-kang-hu chiah-hó⇨要攞得十分夠勁才行。來鬥～嘛lâi-tàu～mà⇨幫忙攞罷。

【攞衫 noá-saⁿ】 攞洗衣服。

【攞掇 noá-chhoá】 撩草liâu-chhó·。不經意。逐項眞～～ta̍k-hāng chin～～⇨做事皆馬馬虎虎。

【攞攞 noá-noá】 攞noá。信採～～抄道可也chhìn-chhái～～leh to-hó-à⇨隨便攞一下就可以了。

【攞餜 noá-kóe】 攞餜糭kóe-chhè以做餜。

【攞麵粉 noá-mı̍h-hún】 ～～～煎油炙檜～～～chìⁿ iû-chià-kóe⇨攞麵粉以煎油條。

【攞鹹菜 noá-kiâm-chhài】 攞芥菜以製鹹菜。～～～攞菜頭～～～noá-chhài-thâu⇨攞菜頭noá-chhài-thâu以製菜脯chhài-pó·也。

noà **渜** 掙扎曰渜noà。爲生計掙扎亦曰cheng noà。倒抄～tó-teh～⇨倒在地上掙扎cheng-chat。扒床～蓆pê-chhn̂g～chhio̍h⇨病倒在床上掙扎。狗～沙káu～soa⇨狗在沙上翻來覆去hoan-lâi-ho̍k-khì。於許～未夠五冬tī-hia～boeh-kà-gō·-tang⇨在彼處討生活幾乎有五年之久。～無食～bô-chia̍h⇨討不到生活。毋當更～落去也m̄-thang koh～lo̍h-khì (ì) à⇨不可再呆下去了。合個安爾～安爾鞠kah-in an-ne(ni)～an-ne(ni)-kô⇨和他們一起，一樣的掙扎討生活。

【渜死 noà-sí】 狗相帶，～～蒜仔股káu sio-toà，～～soàn-á-kó·⇨喻無妄之災bû-bōng chi chai。狗相帶，狗交合也。

【渜生渜死 noà-seⁿ(siⁿ)-noà-sí】 拼生拼死piàⁿ-seⁿ-piàⁿ-sí。一世人～～～～，攏是爲著囝兒耳chı̍t-sì-lâng～～～～，lóng-sī ūi-tio̍h kiáⁿ-jî-niâ⇨一生拼生拼死，皆是爲了兒女而已。

【渜來渜去 noà-lâi-noà-khì】 東渜西渜tang-noà-sai-noà。爲生活奔波。～～～～都也是安爾耳～～～～to-ā-sī an-ne(ni)-niâ⇨東奔西走拼生拼死，還是如此而已。

noà **媠** 美女也。少女曰媠noà。雞～ke～⇨少女雞。雞角ke-kak之對稱。肥鷄母～仔肥腑腑pûi-ke-bó～á pûi-lut-lut⇨肥母鷄很肥。喻秀色可餐siù-sek-khó-chhan。

**noâ 讕** 誣言也。不忠之詞也。以巧詞詐騙熟人曰讕noâ。免～biân～⇨用不著騙人。免拎～biân-teh～⇨同前。人乎你～未去lâng hō·-lí～bē(bōe)-khì⇨你騙不了人家。乾乾乎～去kan-kan hō·～khì⇨居然被騙走了。

【讕頭 noâ-thâu】 讕noâ，讕之套詞。又拎起～～也，人曷絵不知iū-teh-khí～～ā, lâng ah-soah m̄-chai⇨又在說(騙人的)套詞了，誰不知道。免拎～～biân-teh～～⇨不必想騙人了。

**noā 爛** 食物過熟曰爛noā，臭腐曰爛noā，生活放縱無度曰爛noā。臭桃～李chàu-thô～lí⇨過度成熟腐壞的桃李。豬脚炊有～ti-kha kûn-ū～⇨豬脚炊得夠爛了。該炖到～藉好食ài-tūn-kàu～chiah-hó-chiah⇨要炖到爛了才好吃。無～未食得bô～bē(bōe)-chiah-tit⇨不爛吃不得。死人～到存一個骨sí-lâng～kà chhun-chit-ê-kut⇨死人腐爛得只存骨頭。臭粒仔拎～也chhàu-liap-á teh～ā⇨臭瘡在腐爛了。柑仔毋食度到～去kam-á m̄-chiah khǹg-kà～khì(ì)⇨柑仔不吃放到腐爛了。暝做日的～生活mê-chò(chòe)-jit-ê～seng-oah⇨以夜爲日的不規則生活。臭～貨要現錢chhàu～hòe iàu-hiān-chîⁿ⇨謂妓女都是現金交易。

【爛土 noā-thô·】 泥。泥土。～～無刺～～bô-chhì⇨喻無抵抗的廢物。欺負～～無刺khi-hū～～bô-chhì⇨欺負無抵抗的弱者。～～糊未上壁～～kô·-bē(bōe)-chiūⁿ-piah⇨喻不長進者助之亦無效。

【爛心 noā-sim】 竹爛心芽。木爛樹心。竹拎～～也tek teh～～a⇨竹在爛心芽了。～～木～～bok⇨中心已爛的樹木。

【爛去 noā-khì】 noā-ì。存的攏～～也chhun-ê lóng～～à⇨存下來的都爛掉了。

【爛冬 noā-tang】 收穫期逢上連續陰雨。抵著～～眞艱苦tú-tioh～～chin kan-khó·⇨逢到爛冬很苦。

【爛肉 noā-bah】 ㈠煮得爛熟之肉。阿公仔愛食～～a-kong-a ài-chiah～～⇨老公公喜歡吃爛肉。㈡腐爛之肉。～～該割掉～～ài-koah-tiāu⇨爛肉須割除之。

【爛哈 noā-hè】 缺少粘性。有較～～ū-khah～～⇨較沒有粘性。食著～～～～chiah-tioh～～～～⇨食之覺得缺少粘性。

【爛柴 noā-chhâ】 朽木hiú-bok。枯木ko·-bok。

【爛疥 noā-kè(kòe)】 潰瘍性khùi-iông-sèng的疥癬。

【爛痳 noā-thiāu】 潰瘍性的面皰。瘔瘺的生～～人上暢thái-ko-ê seⁿ(siⁿ)～～lâng-siāng(siōng)-thiòng⇨嘲生爛痳的朋友。

【爛孵 noā-pū】 孵空巢pū khang-siū也。鷄母拎～～ke-bó(bú) teh～～⇨江山已失猶不知。或喻徒勞無獲。

【爛癬 noā-sián】 同爛疥noā-kè(kòe)。

【爛土糜 noā-thô·-moâi(bôe)】 爛泥noā-nî。歸身軀覇到攏～～～也kui-sin-khu kô·-kā-lóng～～～ā⇨全身覇得都是爛泥了。

【爛朽朽 noā-hiú-hiú】 爛極矣。册拆到～～～了chheh thiah-kā～～～lò·⇨書本拆得散亂不堪了。

【爛溝糜 noā-kau-moâi(bôe)】 爛水溝之爛泥。同爛土糜noā-thô·-moâi。似應作路溝糜lō·-kau-moâi,或路溝仔糜lō·-kau-á-moâi。

【爛漉漉 noā-lok-lok】 略同爛糊糊。嬰仔流涎，流到～～～也eⁿ-á lâu-noā，lâu-kā～～～à⇨嬰仔流口水，流得又霑又濕了。

【爛糊糊 noā-kô·-kô·】 爛如糊，爛如泥。飯～～～曷好食pn̄g～～～ah-hó-chiah⇨飯爛如泥怎麼吃呢。

【爛喉疳痧 noā-âu-tan-soa】 病名，即diphtheria，嬰兒的傳染病。

**noā 涎** 唾也。口液也。小兒唾曰涎noā。流～lâu～⇨流口水。呸嘴～phùi-chhùi～⇨吐口水。豬哥～ti ko～⇨豬哥之口液，喻好色的口水。做到流汗，乎人嫌到流～chò(chòe) kà lân-koā$^{n}$, hō͘-lâng hiâm kà lâu～⇨謂拼命工作得全身是汗，被人家說不好。嫌到流涎hiâm-kà lâu-noā，吐口水以嫌棄，極端的嫌棄也。嘴～共咱呸到面，咱每家己拭chhùi～kā-lán phùi-kà-bīn, lán mā ka-tī(kī)-chhi̍t⇨口水向我唾到臉上，我也是自己拂拭之，謂極度的忍耐自制。

【**涎垂 noā-sê**】 防涎之圍巾。亦曰頷垂ām-sê。圍～～仔ûi～～á⇨圍上防涎圍巾。

【**涎鬚 noā-chhiu**】 唾沫。講到熱嘴，～～四界噴kóng-kà jia̍t-chhùi，～～ sì-kè-phùn⇨說得口熱，口涎四濺。

**懶** noā 怠也。懈也。懈怠hāi-tāi成性曰懶noā，應做不做，應理不理，應急不急皆曰懶noā。你的人有夠～lí-ê-lâng ū-kàu～⇨你這個人，眞是十分懶。

【**懶性 noā-sèng**】 性情懈怠成性。伊的人～～～～也 i-ê-lâng～～～～ā⇨他的爲人，性地懶懶的。

【**懶濺 noā-choā$^{n}$**】 爲人馬虎。用錢無節制。做事眞～～chò(chòe)-su chin～～⇨做事馬虎。用錢眞～～iōng-chîⁿ chin～～⇨用錢很沒節制。

【**懶懶 noā-noā**】 性質很懶。～～也無甚性地～～ā bô-sia$^{n}$-sèng-tē⇨懶懶的毫無脾氣。

## ng

**央** ng 中也。中央也。中央tiong-iang曰中央tiong-ng。中心也。天～～thi$^{n}$～～⇨天中。日頭於天～～也了ji̍t-thâu tī thi$^{n}$～～ā-lò͘⇨太陽在中天了。飯缸～～pn̄g-kha$^{n}$～～⇨瓦質飯桶pn̄g-tháng。食飯缸中～的人chia̍h-pn̄g-kha$^{n}$ tiong～ê lâng⇨吃飯桶中心之人。不爲生計煩勞之人。亦即兒女輩。田中～chhân tiong～⇨同上。困中～khùn tiong～⇨睡於中間。企～～khiā～～⇨站在中央。

**秧** ng 稻苗tiū-biâu也。歕～iā～⇨下種於秧田。挑～thio～⇨以秧刀取秧。～扱，牛借，有割，無煞～ khioh, gû-chioh, ū-koah, bô-soah⇨謂秧是拾得的，牛是借來的(因而將來)有則收割之，無(可收成)則算了。喻免本錢之事，何妨費點力氣爲之。

【**秧刀 ng-to**】 秧仔刀ng-á-to。挑秧之特殊農具，形似鑿而大，口可有三寸闊。亦曰秧挑ng-thio。

【**秧仔 ng-á**】 稻苗tiū-biâu。歕～～iā～～⇨秧仔下種子。歕iā，以手散之也。播～～pò͘～～⇨播田pò͘-chhân。挑～～thio～～⇨以秧刀取秧。

【**秧披 ng-phi**】 盛秧之竹籃tek-nâ。無耳平底闊而淺之竹披仔tek-phi-á也。

【**秧眺 ng-chioh**】 稻苗圃tiū-biâu-phó͘曰秧略ng-chioh。略chioh者界也。

【**秧割 ng-koah**】 割棄秧尾之臨時刀。多以割稻刀縛於四五尺長之竹棒的中央充之。

**掩** ng 以手蓋目曰掩ng。以手掩iam之曰掩ng。掩iam而取之曰掩ng。偷情thau-chêng亦曰掩ng。目珠～抆耳孔每～抆上著耳ba̍k-chiu～leh hī$^{n}$-khang mā～lè siāng-tio̍h-niâ⇨掩目也掩耳iam-bo̍k iā iam-hī爲最上策也。臭尻川驚人～chhàu-kha-chhng kia$^{n}$-lâng～⇨不光明之事(弱點)怕人提及(知道)。囡仔蓋愛～紅蝦仔也gín-á kài-ài～âng-hê-á-à⇨小孩子最喜歡掩捉紅蝦的。人抆～合你値大代lâng-teh～kah-lí tī-toā-tāi⇨人家在偷情干你屁事。値大代tī-toā-tāi，値你大驚小怪的事情。合你値大代kah(kap)-lí tī-toā-tāi⇨於你是何種程度的大事。亦即不是絲毫無干嗎。有偷～無偷～個底的代誌，我不知ū-thau～bô-thâu～in-tau ê tāi-chì, goá-m̄-chai⇨有私通無私通他們家之事也，我不知道。

【**掩面 ng-bīn**】 ～～抆哭～～teh-khàu⇨

掩面而哭。

【掩揜 ng-iap】 手掩之曰掩ng，暗持於背後曰揜iap。避人耳目行私曰掩揜ng-iap。會～～人的物ē(ōe)～～ lâng-ê-mi̍h⇨會偷摸人家的東西。個二個不知抮～～甚in-n̄g-ê m̄-chai teh～～sah$^n$(siah$^n$)⇨他們兩個人偷偷摸摸不知在幹些什麼。

【掩蓋 ng-khàm】 am-khàm。㊀覆蓋ho̍k-kài。用蓆仔先～～抮iōng chhio̍h-á seng～～leh⇨用草蓆先行覆蓋吧。㊁隱瞞ún-moâ。代誌猶～～抮tāi-chì ài～～leh⇨事還遮瞞不露現。驚做～～未稠kia$^n$-chò(chòe)～～bē(bōe)-tiâu⇨恐怕掩瞞不了。

【掩鼻 ng-phī$^n$】 臭到逐家都～～chhàu-kà ta̍k-ke to～～⇨臭得大家都掩鼻。

【掩咯鷄 ng-ko̍k-ke】 孩童遊戲名。亦曰沕相覷bih-sio-chhōe。一人掩目爲鬼，各人各沕適當場所，位定後，鬼即去巾開眼尋人，被尋出者代替爲鬼，再沕再尋人之戲法。沕bih，潛藏也。～～～，走白卵，一粒提去食，一粒提去舐，出鷄囝，孵鷄卵，吱咯嗜～～～，cháu-pe̍h-n̄g, chi̍t-lia̍p the̍h-i-chia̍h, chi̍t-lia̍p the̍h-i-chn̄g, chhut-ke-kiá$^n$, pū-ke-n̄ng, kih ko̍k-koaih⇨遊戲開始決定鬼時的眞言咒語也。其法一人手掌伸出向下，衆人集合各以右指指托其掌心，至嗜koa̍ih聲時各迅速縮退，被捉之人即先爲鬼。

【掩人的嘴 ng-lâng-ê-chhùi】 防杜世人悠悠之口。人講鴨卵密密也有縫，你要安怎去～～～～lâng-kong, a̍h-n̄ng ba̍t ba̍t ā-ū phāng, lí boeh an-choá$^n$ khì～～～～⇨古人言，鴨蛋至密也，還是有縫隙也。你將如何去防杜世人之口呢。

【掩死鯉魚 ng-sí-lí-hî】 掩咯鷄ng-ko̍k-ke的異名。亦稱掩死魚ng-sí-hî或掩水魚ng-chúi-hî。

ńg **影** 影iá$^n$曰影ńg。人～lâng～⇨同上。樹～chhiū～⇨樹蔭chhiū-ìm。樹大～道大chhiū-toā～tō toā⇨樹大影就大。前人種樹，後人站～chêng-lâng chèng-chhiū āu-lâng tiàm～⇨前人種樹，後人乘凉chêng-lâng chèng-chhiū, āu-lâng sēng-liâng。烏牛大～o·-gû toā～⇨喩豪富之家，負擔亦大。

ńg **盎** 鈎稱kau-chhìn的補助道具。亦即盛物以便鈎而稱之的小道具。盎ńg者，盛水盛物之器。商家所用者，大體有一定的形式，都是平盤的竹器付有吊耳。其重公稱爲四兩，稱貨給消費者後，應即扣除四兩盎仔sì-niú-ńg-á之虛重。餲鮭無除～àu-kê(kôe) bô-tî(tû)～⇨臭鹹魚而竟不除盎仔之重量。喩自己的缺點不提卻專責他人。四兩～仔無除sì-niú～á bô-tî⇨同前。

ńg **袂** 袖也。衣端也。衣之雙手曰手袂chhiú-ńg。褕手～pih-chhiú～⇨捲起衣袖。頷～ām～⇨衣之頸部。

【袂口 ńg-kháu】 手袂口chhiú-ńg-kháu。～～較隘～～khah e̍h⇨袂口隘小一點。

【袂尾 ńg-bóe(bé)】 手袂尾chhiú-ńg-bóe。～～有較長～～ū-khah-tn̂g⇨袂尾眞的太長的。

ńg **抗** 動也。抱物於腋下曰扎ńg。許的柴去湊～入來hiah-ê chhâ khì tàu～ji̍p-laih⇨那堆薪柴去幫忙扎進來。來la̍ih，命令形也。書包～於胳腋閬脚si(su)-pau～tī koh-e̍h-lang-kha⇨書包抱在腋下。胳腋ko̍k-iek→koh e̍h。

【抗衫 ńg-sa$^n$】 挾衣於胳腋閬脚koh-ē-lang-kha。

【抗柴 ńg-chhâ】 抗運薪柴。～～來焚～～lâi-hiâ$^n$⇨抗薪木來燃燒。

ǹg **仰** 舉首望也。心慕也。心所期望曰仰ǹg。彼類囝兒兗～也hit-lōe kiá$^n$-jî bián～ā⇨那類的壞孩子不必期待了。你做你兗～lí-chò(chòe)-lí bián～⇨①你安心不用掛念。②你沒希望了。當盡～每是彼個查某囝耳ta$^n$ chīn ～ mā-sī hit-ê cha-bó·-kiá$^n$-niâ⇨現在，全部所希望的還是那個女兒而已了。

【**仰望** ǹg-bāng】 祈望kî-bōng。～～囝兒會親像人 ～～ kiá$^n$-jî ē(ōe) chhin-chhiū$^n$-lâng ⇨祈望兒女長成得不遜任何人。逐個父母每是～～自已的囝兒會成物tak-ê pē-bó(bú) mā-sī～～ka-kī-ê kiá-jî ē(ōe)-chiâ$^n$-mih⇨每一個父母都希望自己的兒子會成爲大人物。

ǹg **向** 對也。面對曰向ǹg。傾仰kheng-gióng亦曰向ǹg。坐～chē～⇨坐向何方。

【**向東** ǹg-tang】 面向東方。表示方向的用詞，其他西南北亦同樣的用法。坐西～～chē-sai～～⇨正面向東。用於住宅，墳墓等。

【**向邊仔** ǹg-pi$^n$-a】 面轉向旁邊。面一下道～～～去bīn chit-ē tō ～～～ khì⇨(他)臉一下子就偏向旁邊去了。亦即他生氣變面pì$^n$-bīn了。

【**向前向後** ǹg-chêng-ǹg-āu】 顧前顧後kò·-chêng-kò·-āu。不過向ǹg重在面向，顧kò·則兼及顧慮。

ǹg **咉** 咉頓ǹg-tǹg。形容孩子頑劣之詞。累堆更～～lûi-tui koh～～⇨此兩詞的意義大略相同。～～囡仔～～gín-á⇨同上。咉ǹg，咽悲也。頓tǹg,頓挫tùn-chhò，皆有木然不聲響之義。

ǹg **映** 映山紅ǹg-soa$^n$-âng，菊花名。一種的變種piàn-chéng。

n̂g **黃** 色名。金也。又喻糞pùn，亦喻色情。青～黑白chhe$^n$(chhi$^n$)～ o·-peh⇨同上。果子熟sek曰黃n̂g。植物衰敗亦曰黃n̂g。芎蕉～也kin-chio～ā⇨香蕉黃熟了。樣仔～也soāi$^n$-á～ā⇨同上。即叢柚仔扲企～chit-châng iū-á teh khiā～⇨此柚木在衰敗。其根敗葉黃落而枯死。

【**黃幻** nĝ-hóa$^n$】 同黃含色n̂g-kâm-sek。

【**黃瓜** n̂g-koe】 胡瓜ô·-koe。重要的蔬菜類之一。

【**黃肉** n̂g-bah】 肉黃色。質黃色。～～李～～lí⇨李有果肉黃色者。～～仔～～á⇨樹名。可製材。

【**黃色** n̂g-sek】 黃金色n̂g-kim-sek。～～紙～～choá⇨同上。黃色又喻色情。取締～～chhí(chhú)-thê～～⇨取締色情有關的營業。

【**黃尾** n̂g-bóe(bé)】 ㊀企黃khiā-n̂g。枯萎。葉先黃化曰黃尾n̂g-bóe。唉，無雨，攏扲～～也aih, bô-hō·, lóng-teh～～ā⇨唉，久不雨，皆在枯萎了。㊁陷入窘境。未輸土匪扲，共您父舞到要～～去也bē(bōe)-su thó·-húi-leh,kā-lín-pē bú-kà-boeh ～～ khì(ì)-à ⇨宛然是土匪也，把我弄得快要枯萎而死了。

【**黃含** n̂g-kâm】 淡黃色。～～色～～sek⇨同上。略仔～～～～lioh-á～～～～⇨略帶淡黃之色。

【**黃杞** n̂g-kí】 植物名。樹幹可製材，皮有毒頑童取來在溪流毒魚之用。

【**黃豆** n̂g-tāu】 大豆toā-tāu。重要的食料飼料之一。

【**黃金** n̂g-kim】 金kim也。～～白銀～～peh-gîn(gûn)⇨同上。書中自有～～屋si(su)-tiong chū-iú～～ok⇨古時的勸學詞。世人結交須～～，～～不多交不深，縱令然諾暫相許，終是悠悠行路心sè-jîn kiat-kau si ～～,～～put-to kau-put-chhim, chiòng-lēng jiân-lok chiām-siang-hí, chiong-sī iu-iu hêng-lō·-sim⇨唐詩。

【**黃柏** n̂g-peh】 黃蘗n̂g-phek。樹名。亦爲一種苦的藥材。～～樹頂彈琴～～chhiū-téng toâ$^n$-khîm⇨喻苦中作樂。蓋黃蘗n̂g-phek者苦藥也。

【**黃帝** n̂g-tè】 hông-tè。傳說中的古代帝王。自羲農，至～～，號三皇，居上世chū-hi-lông, chì～～, hō sam-hông, ki-siāng-sè⇨三字經。

【**黃耆** n̂g-kî】 藥材名。據說是專治疔瘡的特効藥。

【黃梔 n̂g-ki$^{n}$】 花名。花可爲茶加香氣之用。～～仔花～～á-hoe⇨同上。

【黃疸 n̂g-tháng】 病名。黃痠疸 n̂g-sng-tháng。脹豬肥，脹狗瘦，脹人成～～tiù$^{n}$-ti-pûi, tiù$^{n}$-káu-sán, tiù$^{n}$-lâng chiâ$^{n}$～～⇨大食之豬肥，大食之狗瘦，大食之人將致黃疸病。脹tiù$^{n}$者非但大食，是十分飽了還貪心的強食也。

【黃梨 n̂g-lâi】 鳳梨hōng-lâi的異名。

【黃麻 n̂g-moâ】 ûi$^{n}$-moâ。重要的纖維植物。大小繩索，麻袋，布匹等的材料。～～園～～hn̂g⇨同上。～～索～～soh⇨繩索。～～刀～～to⇨去表皮之刀。～～箸～～tī⇨剝麻皮之竹木小棒，約食指大尺來長，是代替人指的小道具。

【黃連 n̂g-nî】 n̂g-liân。有名的苦藥材。啞口的食～～ē-káu-ê chia̍h～～⇨謂有苦說不出。～～依舊苦，甘草自來甜～～i-kū-khó͘, kam-chhó͘ chū-lâi-ti$^{n}$⇨喻本性是自然而然的。

【黃痠 n̂g-sng】 發育不全或病弱致面黃肌瘦bīn-n̂g-ki-sán者。～～疸～～tháng⇨面黃肌瘦之人。又病名。～～囡仔～～gín-á⇨同前的孩童。～～蚼蚷～～káu-hiā⇨一種黃色小蟻名。喻黃痠之人或孩童。

【黃禍 n̂g-hō】 ㊀糞pùn的處理問題。㊁偏激的白種人，排斥黃種人的藉口。謂黃種人將是人類之禍。

【黃蜂 n̂g-phang】 蜂phang。～～出巢～～chhut-siū⇨謂地形地勢如此，其中必結佳穴。牽羅經lô-ke$^{n}$者，亦即看地理者之言。

【黃種 n̂g-chéng】 黃種人n̂g-chéng-lâng。黃皮膚，烏頭髮，烏目珠爲特色。～～，白種，黑種，紅種～～，pe̍h-chéng, o͘-chéng, âng-chéng⇨人類的大別。

【黃榜 n̂g-pńg】 天子的文告。

【黃鶯 n̂g-eng】 hông-eng。鳥名。打起～～兒，莫教枝上啼，啼時驚妾夢，不得到遼西tá$^{n}$-khí～～jî, bo̍k-kàu ki-siāng-thî, thî-sî kia$^{n}$-chhiap-bāng, put-tit kàu-liâu-si⇨古詩。讀白更順口。

【黃鸝 n̂g-lê】 hông-lê。鳥名。兩個～～鳴細柳，一行白鷺上青天，窗含西嶺千秋雪，門泊東吳萬里船liáng-kô ～～ bêng-sè-liú, it-hâng pe̍k-lō͘ siāng-chheng-thian, chhong-hâm se-léng chhian-chhiu-soat, bûn-po̍k tong-gô͘ bān-lí-chhoân⇨古詩。

【黃木子 n̂g-bo̍k-chí(jí)】 大木名。亦作黃目子n̂g-ba̍k-chí,即無患子bû-hoān-chí也。其子十足似龍眼lêng-kéng(géng)，核hu̍t亦同樣大小，亦漆黑色。果皮可作肥皂之代用品。往昔甚被珍視，余兒時，每隨長輩上山採之。

【黃吟吟 n̂g-gîm-gîm】 同黃錦錦 n̂g-gìm-gìm。

【黃涹水 n̂g-sōe(sē)-chúi】 傷口久久不癒而有些微似膿非膿之汁自泄而出者曰黃汝水 n̂g-sōe-chúi。食許的鹹魚頭道該流許的～～～chia̍h hiah-ê kiâm-hî-thâu tō-ài-lâu hiah-ê～～～⇨喻做了多少罪孽，就應該忍受多少的報應。俗謂傷口不癒是食了鹹魚等物所致。

【黃腫頷 n̂g-chéng-hàm】 一種病態。腫chéng者膚肉浮滿，頷hàm者面容虛浮。曷未～～～a̍h-bē(bōe)～～～⇨何不患上黃腫顛之病。女人罵人用詞。

【黃錦錦 n̂g-gîm-gîm】 形容黃得潔淨好看。芎蕉～～～⇨香蕉黃熟得很好看。檨仔歸叢攏～～～也soāi$^{n}$-á kui-châng lóng ～～～ ā⇨檨仔全樹皆黃熟了。

**吁** n̂g 感嘆詞，表示懷疑之意。～，敢安爾～，kám an-ne(ni)⇨吁，是如此嗎。～，你抄講甚～lí teh kóng-sah$^{n}$(siah$^{n}$)⇨吁，你講什麼。～，人無愛嘛～，lâng bû-ài-mà⇨吁，人(我)不要嘛。

**眃** n̄g 眩眃iân-n̄g，視不明也。眩hiân,目無常主也。亂也。目珠眞～ba̍k-chiu chin～⇨

眼睛很看不清楚。你是目珠眃～去是否lí sī ba̍k-chiu iân～khì(ì) sī-bò·⇨你不是眼睛盲暈了嗎。責其看得不實之詞。按眃，視不明也，從目。從月作眃者，非。

【眃眃 n̄g-n̄g】 視甚不明。目珠感覺著安爾～～ba̍k-chiu kám-kak-tio̍h an-ne(ni)～～⇨眼睛覺得看得很不清楚。看著攏～～也khoà$^{n}$-tio̍h lóng～～à⇨看東西都如一重霧所遮的不清楚。

## nga

**nga 訝** 驚疑也。同訝ngā，訝訝nga-nga⇨訝訝ngā-ngā。

**ngá 雅** 雅ngé也。附庸風～hū-iông hong～⇨附庸風雅hū-iông hong-ngé。

**ngā 訝** 驚疑也。疑怪也。恍～gông～⇨驚疑恍惚kia$^{n}$-gî hóng-hut。聽一下攏恍～去thia$^{n}$-chi̍t-ē lóng gông～khì(ì)⇨乍聽之下驚疑不知所措。

【訝訝 ngā-ngā】 疑惑不知所措的樣子。人都～～也lâng to～～ā⇨人變成傻傻的甚麼都不知道。

## ngau

**ngâu 爻** 易卦爻也。亦即八卦pat-koà用詞。

**ngâu 肴** 肉類之熟者曰肴ngâu。菜食(副食)類曰肴ngâu，同餚ngâu。酒～chiú～⇨酒菜chiú-chhài。美酒佳～bí-chiú-ka～⇨好魚好菜好酒好肉hó-hî-hó-chhài-hó-chiú-hó-bah。

**ngâu 餚** 同肴ngâu。

**ngâu 淆** 混雜hūn-cha̍p也。亂也。混～視聽hūn～sī-theng⇨同上。

**ngâu 殽** 相雜亂也。通淆ngâu。

**ngâu 熬** 字書曰乾煎也。我們認爲煎chian必乾，煮chí才加以湯汁。又曰少汁熬之siáu-chiap gô-chi，此似乎對了。我們以少汁文火云仔熬siáu-chiap bûn-hóe ûn-ná-gô曰熬ngâu。

【熬膠 ngâu-ka】 慢慢地煮膠。膠ka者有鹿角膠之類的藥材，又有粘著劑的膠ka。

【熬膏藥 ngâu-ko-io̍h】 煮膏藥chí-kô·-io̍h。膏ko已轉了糊kô·音。

【熬藥仔 ngâu-io̍h-á】 煎藥仔choa$^{n}$-io̍h-á。

**ngāu 藕** 蓮藕liân-ngāu，亦即蓮花又名荷花的地下莖也。肉白有空隙，斷之有絲，亦可供爲蔬菜，或製爲其他食品。

【藕粉 ngāu-hún】 從藕所取之食品粉。

【藕斷絲連 ngāu-toān-si-liân】 喻關係斷了，情意却仍在牽掛。～～～～情絲難斷～～～～chêng-si lân-toān⇨同上。

**ngāu 唷** 聲也。口中喃喃有詞却聽不清楚曰唷ngāu，同唷ngau̍h。不知伊抾～甚m̄-chai i-teh～sah$^{n}$⇨不知他在唸何事。看伊嘴抾～～唸khoà$^{n}$ i chhùi teh～～liām⇨看他口中唸唸有詞。

**ngāu 樂** 愛好也。知者～水，仁者～山，知者動，仁者靜，知者樂，仁者壽tì-chià～súi, jîn-chià～san, tì-chià-tōng, jîn-chià-chēng, tì-chià-lo̍k, jîn-chià-siū⇨論語。知ti同智tì。

## ngauh

**ngauh 耦** 兩人並耕也。配偶phòe-ngó·也。佳～天成ka～thian-sêng⇨讚美新婚之詞。一～chi̍t～⇨一對。一組。喻野合。合做一～kap-chò(chòe) chi̍t～⇨合爲一組。一～鱟chi̍t～hāu⇨一對鱟hāu之夫妻。雙頭無一～siang-thâu bô chi̍t～⇨相當於日諺所謂：追二兔者得不到一兔tui jī-thò·-chià tek-put-tò it-thō·。

ngauh **齩** 齧骨khē-kut也。缺齒的老兄嚼食曰齩ngauh。無肉之骨頭苟且嚼之曰齩ngauh。無嘴齒每罔～也罔～不，無都免食也bô-chhùi-khí mā bóng～a bóng～m̄, bô-to bián-chiah-ā⇨無牙也苟且齩之，不對嗎，否則沒得吃了。閑嘴不，鷄骨仔每罔～也罔～êng-chhùi-m̄, ke-kut-á mā bóng～a bóng～⇨嘴閑着嗎，鷄骨頭也(可以)苟且嚼之嗎。愈～道愈有味呢ná～tō ná-ū-bī-neh⇨越齩就越有味道了。你要～看覓抔否lí boeh～khoàⁿ-bāi-leh-bō·⇨你要不要齩一下看看。

ngauh **咬** 同齩ngauh。齧骨khē-kut也。狗咬kāu-kā亦曰咬ngauh。手被狗～著chhiú hō·-káu～tioh⇨手被狗咬一口。

ngauh **嗃** 聲也。小狗聲曰嗃ngāu。不成狗仔～～哮m̄-chiâⁿ-káu-á～～háu⇨不成物之小狗～～叫。

ngauh **嗃** 聲也。口中喃喃有詞曰嗃ngauh。同哈ngāu。嘴抔～～唸，不知得唸甚chhùi teh～～liām, m̄-chai teh liām sahⁿ(siahⁿ)⇨口中唸唸有詞，不知在唸什麼。

## nge

ngé **雅** 同雅ngá。不庸俗也。善也。讚頌對方的字眼。高～ko～，文～bûn～都是優美之詞。風～hong～⇨同上。大～tāi～⇨地名。附庸風～hū-iông hong～⇨強學風雅的表現。

【雅言 ngé-giân】 正言。陛下亦宜自謀，咨諏善道，察納～～pē-hā ek-gî chū-bô·, chu-cho· siān-tō, chhat-lap～～⇨出師表。

【雅事 ngé-sū】 好事。風雅之事。

【雅典 ngé-tián】 Athens。地名。希臘文明的故都。

【雅客 ngé-kheh】 風流的賓客。

【雅俗 ngé-siok】 文雅與粗俗。～～共賞～～kiōng-siúⁿ⇨文雅的人與庸俗的人都皆大歡喜。

【雅氣 ngé-khì】 稱頌事物的優美文靜。身穿打扮都眞～～sin-chheng táⁿ-pān to chin～～⇨服裝化裝都很文雅好看。

【雅致 ngé-tì】 雅氣。別致。

【雅教 ngé-kàu】 您的教訓。

【雅景 ngé-kéng】 美景。

【雅量 ngé-liōng】 ngá-liōng。寬洪大量khoan-hông-tāi-liāng。該看人有彼類～～否ài-khoàⁿ lâng ū hit-lōe～～bō·⇨同上。

【雅愛 ngé-ài】 您的愛。

【雅號 ngé-hō】 ㊀尊號。㊁自名風雅之名字。

【雅意 ngé-ì】 您的好意。

【雅頌 ngé-siōng】 曰國風，曰～～，號四詩，當諷詠oat-kok-hong, oat～～, hō-sù-si, tong-hong-ēng⇨三字經。

【雅墨 ngé-bek】 風雅的筆墨。稱頌對方的書信。書函中最常用之。凡雅字用法多屬此類。

【雅興 ngé-hèng】 風雅的嗜好。

【雅懷 ngé-hoâi】 風雅的心情。

【雅爾達會議 ngé-ní-tat-hōe-gī】 第二次世界大戰末期，美羅斯福，英邱吉爾，蘇史達林，在克里米亞半島的雅爾達港開會，商討對樞軸國(即軸心國)的最高戰畧。

## ngeh

ngeh **夾** 以鉗夾物曰夾ngeh，以箸取物亦曰夾ngeh。火～hóe～⇨火鉗。用箸～iōng-tī～⇨以箸取菜肴。蟳管～chîm-kóng～⇨蟹螯hāi-gô。

【夾仔 ngeh-á】 鉗類之通稱。耳孔～～hīⁿ-khang～～⇨取耳垢之小鉗。猪屎～～ti-sái～～⇨扱猪用之竹夾。

【夾肉 ngeh-bah】 亦屬夾菜ngeh-chhāi。別

人的桌頂～～飼大家pat-lâng ê toh-téng～～chhī-toā-ke⇨慷他人之慨。大家toā-ke，夫之母也，亦曰大家ta-ke。

【夾菜 ngeh-chhài】 夾取菜肴。

【夾去配 ngeh-ì-phòe】 ngeh-khì-phòe。㊀請客取菜。盒不～～～講taⁿ m̄～～～kong⇨何不夾食呢。㊁撒野逞強之詞。～～～較好～～～khah-hó⇨謂你能把我吃掉嗎。

**莢** ngeh 豆莢tāu-ngeh也。豆仔～tāu-á～⇨同上。土豆～thô·-tāu～⇨花生莢。一～土豆四粒仁chit～thô·-tāu sì-liap-jîn⇨一莢花生中有四粒花生米(較少見的)。

**硬** ngeh 堅也。強也。軟nńg之對詞。由軟轉定tēng曰硬ngeh。身強力壯曰硬ngē。抆～也teh～à⇨在硬化了。脚～手～kha～chhiú～⇨身強力壯。態度強～thāi-tō· kiâng～⇨同上。這該踏～che-āi tah～⇨此事須採強硬態度。死～派sí～phài⇨不可以理喻的強硬派。心官較～過鐵sim-koaⁿ khah～kòe thih⇨心比鐵還硬。嘴～尻川軟chhùi～kha-chhng nńg⇨謂表面裝強，背後却軟弱者。

【硬手 ngeh-chhiú】 殺手sat-chhiú。都也眞～～否，安爾做會落去to-à chin～～hohⁿ, an-ne chò-ē-loh-khì(ì)⇨可算狠殺也，不是嗎，如此的竟能夠下手。

【硬水 ngeh-chúi】 ㊀化學名詞。礦物質含有量過多之水。肥皂不起泡。非煮沸過不宜飲用。㊁事難辦。即斗眞～～chit-táu chin～～⇨此次事難辦也。

【硬牙 ngeh-gê】 死不承認。好強辯。彼件所都上～～也hit-khiáⁿ-só· to siāng～～ā⇨那家伙是最硬牙的了。

【硬化 ngeh-hoà】 由軟轉硬。態度突然～～thāi-tō· tut-jiân～～⇨同上。

【硬心 ngeh-sim】 忍心jím-sim。無情bû-chêng。～～腸～～tn̂g⇨～～官～～koaⁿ⇨鐵石心腸。

【硬斗 ngeh-táu】 略同硬水ngeh-chúi。即斗較～～chit-táu khah～～⇨這次較難弄。

【硬主 ngeh-chú】 強硬的對手。看著～～道拼抆浪也khoàⁿ-tioh～～tō piàⁿ-leh-lōng-ā⇨一看是硬主就跑掉了。浪lōng，牛奔也。

【硬成 ngeh-chiâⁿ】 結實kiat-sıt。即款的較～～chit-khoán-ê khah～～⇨此種較結實。

【硬板 ngeh-pán】 死板sí-pán。一定的。不變的。許都～～的曷使更講he-to～～ê ah-sái koh-kóng⇨那是死板的也，不用再說的了。

【硬直 ngeh-tıt】 鯁直kéng-tıt。伊的人較～～，未鬼鬼祟祟i-ê-lâng khah～～，bē(bōe) kúi-kúi-sūi-sūi⇨他爲人較正直，不會鬼鬼祟祟。

【硬要 ngeh-boeh】 ㊀強要kiâng-iàu。都不是猶公子仔講，親成曷有人～～的to-m̄-sī siáu-kong-chú-á-kong, chhin-chiâⁿ ah-ū-lâng～～ê⇨並非(戲台上之)猶公子也，婚姻那裏有人強要的。伊都～～道是～～，別人伊都不哩i to～～tō-sī～～pat-lâng i to-m̄-lih⇨他就是非得之不可，別人他皆不要也。㊁同硬將。～～斷喟也～～tn̄g-khùi-à⇨差不多要斷氣了。

【硬氣 ngeh-khì】 鯁直kéng-tıt。忠直更～～tiong-tıt koh～～⇨又忠又直。

【硬將 ngeh-chhiān】 幾乎。幾幾乎。險仔hiám-á。險險仔hiám-hiám-á。險些。～～要死也～～boeh sí-à⇨幾乎要斷喟tn̄g-khùi了。～～要無法得也～～boeh bô-hoat-tit-à⇨幾乎不能動彈了。～～無命也～～bô-miā-ā⇨險些就沒命矣。～～成功也～～sêng-kong-à⇨幾乎成功了。～～乎過板去也～～hō· kòe-pán-khì-à⇨險險仔被過板去。偷騙詐等成功曰過板kòe-pán。

【硬皺 ngeh-hauh】 煮而不爛的食物。例如有些芋仔會如此。較焄都猶～～～～khah-kûn to-iáu～～～～⇨任焄都是不爛的。

【硬軟 ngeh-nńg】 剛柔。貼人的～～仔thiap lâng-ê～～á⇨代人承担粗雜的工作。～～的功夫～～ê kang-hu⇨剛柔兩道的功夫。

【硬猴 ngeh-kâu】 知所節制不化寃枉錢的嫖客。反之即是軟猴nńg-kâu，亦曰戇猴gōng-kâu。

【硬漢 ngeh-hàn】 鯁直之人。多敢是麵粉做的哩～～to-káⁿ sī mī-hún-chò-ê-lè～～⇨恐怕是麵粉做的假硬漢吧。

【硬管 ngeh-kńg】 氣管khì-kńg。～～軟管～～nńg-kńg⇨氣管食道。

【硬鼻 ngeh-phīⁿ】 頑固。彼顆眞～～呵，歹扭轆呵hit-kho͘ chin～～ō͘，pháiⁿ liù-lak-ō͘⇨那家伙甚頑固也，難於就範也。扭轆liù-lak，捉猪者以猪轆索把猪扭倒，然後加以綑縛也。

【硬槌 ngeh-thui】 自己苦練。家己～～的ka-kī～～ê⇨自己土法練鋼硬搞。～～的無拜師父～～ê bô-pài sai-hū⇨同上。

【硬嘴 ngeh-chhùi】 同硬牙ngeh-gê。道理該排出來俾人看，端仔～～那有效tō-lí ài-pâi-chhut-lâi hō͘-lâng-khoàⁿ, kan-a～～ná-ū-hāu⇨你有道理必須講出來讓人評論，只是嘴硬有何用呀。

【硬頭 ngeh-thâu】 利薄。即款貨眞～～chit-khoán-hòe chin～～⇨同上。～～貨都知知抡曷著更講價～～hòe to chai-chai-leh ah-sái koh kóng-kè⇨此種硬頭貨(利薄的大衆用品)大家都知道也，何用再討價還價。

【硬額 ngeh-giah】 一定的。略同硬板ngeh-pán。～～該的，俾你未閃得～～ài-ê hō͘-lí bē-siám-tit⇨一定需要的，你是閃避不了的。

【硬癖 ngeh-phiah】 強項。阿三眞～～，無人講會聽a-sam chin～～bô-lâng kóng-ē-thiaⁿ⇨剛愎的阿三誰的話都不聽。

【硬抵硬 ngeh-tú-ngeh】 ㊀非常硬。強頂的。～～～的工課～～～ê khang-khòe⇨非常艱難利薄的工作。～～～的生理～～～ê seng-lí⇨利甚微薄勉強爲之。㊁兩強相抵。二旁都～～～，不肯和解nn̄g-pêng to～～～，m̄-khéng hô-kái⇨兩硬相抵，誰都不願和解。

【硬脚耕 ngeh-kha-keng】 無資財者各以自己勞力合作開耕土地共享其成。咱幾個人～～～來拂lán kúi-ê-lâng～～～lâi-hut⇨我們幾個人合力拼吧。

【硬掼硬刼 ngeh-kòng-ngeh-kiap】 強盜。喻死硬的強要法。抵著阿三敢共伊～～～～伊道趖出來也tú-tioh a-sam káⁿ-kā-i～～～～i tō sô-chhut-lâi-à⇨逢上阿三敢向他死硬強要，他就勉強掏錢出來了。

**ngeh 挾** 夾kiap也。在中間曰挾ngeh。三間伊是～於中央彼間saⁿ-keng i sī～tī tiong-ng hit-keng⇨有三家他是挾在中央那一家。被人～於中央未得出來hō͘-lâng～tī tiong-ng bē-tit chhut-lâi⇨被挾在中央無法脫出。～於胳下宇裡～tī koh-ē-lang-nì⇨挾在脅下。宇lang，空虛處也。

【挾死 ngeh-sí】 活活被二台車～～oah-oah hō͘ nn̄g-tâi-chhia～～⇨活生生的被兩車挾死了。

【挾抡 ngeh-le】 挾住kiap-chū。羼脬被椅仔～～lān-pha hō͘-í-á～～⇨喻進退兩難。謂腎囊挾在椅縫中，坐也痛，企也痛chē-á-thiàⁿ, khiā-á-thiàⁿ也。

## ngia

**ngiâ 迎** 逢也。請神曰迎ngiâ。奉承曰迎ngiâ。請請迎迎chhiáⁿ-chhiáⁿ-ngiâ-ngiâ⇨接待奉承。

【迎尪 ngiâ-ang】 亦作迎翁ngiâ-ang。迎請神像繞境。六月十五人～～lak-goeh chap-gō͘ lâng～～⇨同上。

【迎春 ngiâ-chhun】 立春日迎神。～～花～～hoe⇨花名。

【迎香 ngiâ-hiuⁿ】 接神。迎請神輿。～～的～～ê⇨迎請神輿的人。

【迎神 ngiâ-sîn】 接神。～～接佛～～chiap put⇨迎請神佛。

【迎接 ngiâ-chiap】 出迎。迎際ngiâ-chih也。

【迎際 ngiâ-chih】 應接èng-chiap。應對èng-tùi。主客相接曰際chih。俗作接chih。～～人客～～lâng-kheh⇨迎接客人。

【迎請 ngiâ-chhiáⁿ】 恭迎邀請。有人共咱～～道眞夠禮也ū-lâng kā-lán～～tō chin kàu-lé-à⇨有人接待我們就很有意思了。

【迎燈 ngiâ-teng】 提燈遊行。

【迎神明 ngiâ-sîn-bêng】 迎請神明繞境，以求合境平安。迎媽祖ngiâ-má-chó͘亦同。

【迎暗燈 ngiâ-àm-teng】 同迎燈ngiâ-teng。特別的喜慶慶祝行事。講要～～～呢kóng-boeh～～～neh⇨據說，要迎暗燈慶祝也。

【迎鬧熱 ngiâ-nāu-jiat】 迎神明ngiâ-sîn-bêng等迎神賽會的通稱。來去看～～～啦laih-khì khoàⁿ～～～là⇨(到我們那邊)來觀看迎鬧熱吧。

【迎藝閣 ngiâ-gē-koh】 迎神賽會中有藝閣出現。亦即藝閣參加遊行。

【迎迎請請 ngiâ-ngiâ-chhiáⁿ-chhiáⁿ】 親切恭敬接待。人安爾～～～～若爾親切的你敢知lâng án-ne(ni)～～～～goā-ni chhin-chhiat-lê lí kám-chai⇨他們是熱烈招待多麼親切你知道嗎。

【迎新棄舊 ngiâ-sin-khì-kū】 歡迎新的丟棄舊的。喜新厭舊hí-sin-iàm-kū。你這～～～～的人無較差啦lí che～～～～ê lâng bô-khah-chha-là⇨你這種喜新厭舊者無效也。

**忤** ngiā 恍忙gông-ngiā，疑怪也。彷佛也。煞～～去soah～～khì⇨突驚疑彷佛去了。

## ngiau

**擾** ngiau 擾也。撩也。一種似癢非癢，忍俊不住的感覺曰擾ngiau。或作撓ngiau。是名詞，亦可爲動詞。驚～kiaⁿ～⇨怕擾。畏～ùi～⇨同前。不驚～m̄-kiaⁿ～⇨不怕擾。不畏～m̄-ùi～⇨同前。畏～的驚某ùi～ê kiaⁿ-bó͘⇨驚擾kiaⁿ-ngiau者怕老婆。手抮～也chhiú teh～ā⇨手在擾了，喻賭徒又想賭一場了。嚨喉頭抮～也nâ-âu-thâu teh～a⇨想有所食。看人放屎嚨喉頭道～khoàⁿ-lâng pàng-sái nâ-âu-thâu tō～⇨罵看人成功即眼紅之人的粗語。我無抮掠一尾虫滯尻川～goá bô-teh liah chit-bóe-thâng toà kha-chhng～⇨喻我不會自找麻煩。尻川得～也kha-chhng teh～ā⇨喻要自找麻煩了。俗作蟯，非。蟯，蟯蟲，即所謂面虫也。

【擾人 ngiau-lâng】 逗弄他人。阿花蓋愛～～a-hoe kài-ài～～⇨阿花最喜歡逗弄他人。以指輕觸他人腋下或側腹等逗其擾也。

【擾恥 ngiau-ti】 撩逗其腋下等恥部。所謂胳肢也。～～未嘸恥恥恥～～bī-bū ti-ti-ti⇨撩逗嬰孩之詞。口念而手撥己唇並指其腋下等恥部以逗之笑。未嘸bī-bū，聲也。或單作嘸恥bū-ti或嘸嘸嘸恥bū-bū-bū-ti。

**撓** ngiáu 以小棒挑弄曰撓ngiáu。耳孔無～hīⁿ-khang bô～⇨沒有清掃耳孔取除耳垢。剔除thek-tî亦曰撓ngiáu。

【撓火 ngiáu-hóe(hé)】 挑火。舉柴仔來～～giâ chhâ-á lâi～～⇨拿小木棒來挑火。～～路～～lō͘⇨挑開防火路。

【撓利 ngiáu-lāi】 清耳使其利於聽。耳孔無～～hīⁿ-khang bô～～⇨不清耳垢。

【撓掉 ngiáu-tiāu】 剔除thek-tî。棄之。被人～～也hō͘-lâng～～à⇨被人剔除了。死蛇不緊～～sí-choâ m̄-kín～～⇨死蛇何不快快撓棄

之。

【撓開 ngiáu-khui】 挑開。～～看眼爾～～khoàⁿ-bāi-leh⇨撓開看看。

【撓耳孔 ngiáu-hīⁿ-khang】 淘耳垢。撓耳屎ngiáu-hīⁿ-sái。

【撓死蛇 ngiáu-sí-choâ】 撓掉死蛇。

## ngiauh

**ngiauh 譊** 譊舌ngiáu-chih也。多言也。言而不明亦曰譊ngiauh。我有聽伊抄～goá ū-thiaⁿ i teh～⇨我曾聽見他在說。不知伊抄～甚m̄-chai i teh～ sahⁿ(siahⁿ)⇨不知他在說什麼。不好定定安爾共伊～～叫m̄-hó tiāⁿ-tiāⁿ án-ne(ni) kā-i～～kiò⇨不宜經常如此對他(子女)言東斥西。

【譊譊叫 ngiauh-ngiauh-kiò】 指東斥西不休。定定每安爾～～～tiāⁿ-tiāⁿ mā án-ne(ni)～～～⇨常常如此的指東斥西。

【譊譊哮 ngiauh-ngiauh-háu】 小狗吠聲。不成狗仔抄～～～m̄-chiâⁿ-káu-á teh～～～⇨同上。

【譊譊唸 ngiauh-ngiauh-liām】 同曉曉叫ngiauh-ngiauh-kiò。

**ngiauh 翹** 死曰翹khiau，所謂翹辮子khiàu-piān-chú也。亦曰翹ngiauh。昨暝～去也châ-mê～khì-à⇨昨夜死掉了。

【翹歹 ngiauh-tháiⁿ】 同翹去ngiauh-khì。

【翹去 ngiauh-khì】 死。有不甘食～～道免食ū m̄-kam-chiah～～tō bián-chiah⇨有的時候捨不得吃，死掉了就沒得吃。

**ngiauh 蠕** 蟲動貌。蛇行曰赻sô，蟲動曰蠕ngiauh。蛇尾猶抄～choâ-bóe iáu-teh～⇨蛇被打死了，其尾還在動。多敢連～都未也抄to-káⁿ liân～to-bē(bōe) ā-leh⇨戲老人之詞。

【蠕吱喳 ngiauh-chih-chhah】 多人同睡，或輾轉反側，或竊竊私語。者爾暗也，猶抄～～～是抄創甚chiā-ni àm-ā, iáu-teh～～～sī-teh chhòng-sahⁿ(siahⁿ)⇨這麼晚了，還在吱吱喳喳，是在弄什麼鬼。

【蠕蠕動 ngiauh-ngiauh-tāng】 蟲動。如蟲之動。要嫁翁要嫁翁，嫁着一個老大人，嘴鬚長長好拌蚊，哮痀咳嗽氣死人，歸暝不睏～～～，叫人著攲伊弄玎瑲，要知嫁翁者爾艱苦，阮每不敢嫁翁boeh-kè-ang boeh-kè-ang, kè-tioh chit-ê lāu-toā-lâng, chhùi-chhiu tn̂g-tn̂g hó-poāⁿ-báng, hê-ku khām-sàu khì-sí-lâng, kui-mêⁿ m̄-khùn～～～, kiò-lâng tioh kā-i lāng-tin-tang, boeh-chai kè-ang chiâ-ni kan-khó͘, gún-mā m̄-káⁿ kè-ang⇨笑謔歌(以魂斷藍橋曲唱之)。

【蠕蠕赻 ngiauh-ngiauh-sô】 如蟲如蛇的烏白行。猪哥照路行，猪仔囝～～～ti-ko chiàu-lō͘-kiâⁿ，ti-á-kiáⁿ～～～⇨千金譜。

## ngiu

**ngiú 扭** 扭動腰身也。彼個花旦眞佼～hit-ê hoe-toàⁿ chin gâu～⇨那個花旦很會扭。～着眞有款～tioh chin-ū-khoán⇨扭得很像樣子。

【扭尻川花 ngiú-kha-chhng-hoe】 擺動屁股作態。

【扭來扭去 ngiú-lâi-ngiú-khì】 扭過來扭過去。

【扭頭挼脰 ngiú-thâu-chūn-tāu】 小孩蹦蹦跳跳撒嬌作態以取悅於人。脰，項也。查某囡仔許大漢也，猶安爾～～～～，敢不驚人笑cha-bó͘-gín-á hiah-toā-hàn-à, iáu án-ne～～～～, kám m̄-kiaⁿ-lāng-chhiò⇨女孩子那麼大了，還如此的～～～～不怕人家笑話嗎。

**ngiû 牛** 六畜之一也。性溫馴的大獸，出力供乳獻肉，於人類貢獻莫大之動物。有赤牛chhiah-gû，水牛chúi-gû等之種類（見gu部）。

臥看牽～織女星ngō·-khàn khian～chit-lí seng⇨唐詩。

【牛七 ngiû-chhit】 漢藥名。又作牛膝ngiû-chhip。

【牛女 ngiû-lí】 牽牛與織女二星。

【牛疫 ngiû-ek】 牛病。

【牛後 ngiû-hō·】 牛尾也。服從於人也。寧爲雞口，勿爲～～lêng-ûi ke-kháu，but-ûi～～⇨寧可作小國之君，不可爲大國之臣。

【牛郎 ngiû-lông】 ㈠牧牛童。㈡牽牛星。俗叫gô-nn̂g。

【牛酒 ngiû-chiú】 古時勞軍用品。賜～～sù～～⇨賞賜牛與酒。

【牛黃 ngiû-hông】 漢藥名。病牛胆汁所凝固者。或謂牛腹中之結石。據說於解熱消痰解毒等有特效。

【牛痘 ngiû-tāu】 種～～以免天花之感染。

## ngo·

ngó· **偶** 像人也。配偶也。雙數也。佳～天成ka～thian-sêng⇨賀婚的美辭。木～bok～⇨木製人像。

【偶人 ngó·-jîn】 以土木等製成人形者。俗稱翁仔ang-á。筆者認爲應以俑ióng作俑ang。

【偶然 ngó·-jiân】 意外的機會。～～論～～lūn⇨同上。

【偶感 ngó·-kám】 偶然產生的感想。病中～～pēng-tiong～～⇨病時偶然產生的感覺。

【偶語 ngó·-gí】 對話。有敢～～者棄市iú kám～～chiá khì-chhī⇨謂壓制言論之甚也。

【偶像 ngó·-siōng】 神佛的形像。拜～～pài～～⇨耶教徒指儒道佛之禮拜諸神佛之像。

【偶數 ngó·-sò·】 雙數。奇數之對稱。

ngó· **五** 數名。或作伍。十有～而志於學sip-iú～jî chì-î-hak⇨同上。

【五子 ngó·-chú】 ㈠五個兒子。～～登科～～teng-kho⇨古代考試制度，一家有五子在考場春風得意。㈡五個名氣並大的人。春秋～～chhun-chhiu～～⇨春秋時代的五個大師。

【五大 ngó·-tāi】 ㈠五個大的東西。～～洲～～chiu⇨同上。㈡佛家以地水火風空爲五大。～～皆空～～kai-khong⇨一切是空。

【五方 ngó·-hong】 五方之民。又指各地。～～雜厝～～chap-chhù⇨厝亦作處。

【五內 ngó·-lāi】 同五中。銘感～～bêng-kám～～⇨由衷感激。

【五中 ngó·-tiong】 五臟。或謂五內。銘感～～bêng-kám～～⇨銘感五內。

【五民 ngó·-bîn】 士農工商賈爲五民。又五方之民。

【五加 ngó·-ka】 樹名。又酒名。～～皮～～phî⇨台灣名酒。

【五古 ngó·-kó·】 五言古詩。

【五皮 ngó·-phî】 ㈠醫生，看地理的，及相命的──八卦師，占者，看相的等五種行業。㈡吝嗇鬼。

【五行 ngó·-hêng】 金木水火土爲五行。

【五刑 ngó·-hêng】 劓，墨，剕，宮，大辟爲五刑。劓gē，截鼻也；墨bek，刺字也；剕húi，去足也；宮kiong，去勢也；大辟tāi-phek，殺頭或腰斬也；然各代定義及類別均有異。

【五色 ngó·-sek】 青黃白赤黑爲五色。

【五材 ngó·-chhâi】 或謂金木水（皮）火土爲五材。智仁勇信忠亦謂之五材。

【五尖 ngó·-chiam】 家禽的嘴，兩足與兩翼。去～～khì～～⇨殺家禽時斬掉五尖。

【五言 ngó·-giân】 一句五字的詩。～～絕句～～choat-kù⇨五絕。～～律詩～～lut-si⇨五律。

【五形 ngó·-hêng】 身體。脫～～thoat～～⇨失神，神色皆變的情形。

【五車 ngó·-ki】 學富～～hak-hù～～⇨學問豐富之極。

【五戒 ngó·kài】 佛家五戒：不殺生，不偷盜，不邪淫，不妄語，不飲酒。道家五戒同。

【五辛 ngó·sin】 五葷。大蒜、小蒜、韭、芸香、胡荽。辛sin俗曰䭳hiam，亦辣loah也。

【五味 ngó·bī】 辛酸鹹苦甘爲五味。

【五宗 ngó·chong】 五服內之親人。

【五法 ngó·hoat】 仁義禮智信爲五法。

【五服 ngó·hok】 喪制。

【五金 ngó·kim】 金銀銅鐵錫爲五金。～～行～～hâng⇨買賣五金的商店。

【五官 ngó·koan】 ㊀天子之五官。指司徒、司馬、司空、司寇、司土。㊁凡指百官。㊂耳目鼻口心爲五官。～～端正～～toan-chèng⇨相貌端正優美。

【五事 ngó·sū】 貌言視聽思爲五事。

【五典 ngó·tián】 古書名。三墳～～八索九丘sam-phûn ～～ pat-sok kiú-khiu⇨皆古書名。

【五政 ngó·chèng】 五常之政。治民富國之政。政治。

【五指 ngó·chí】 巨指，食指，將指，無名指，小指。伸手不見～～ chhun-chhiú put-kiàn ～～⇨形容黑暗的程度。

【五香 ngó·hiang】 香木名。

【五恨 ngó·hīn】 一恨鰣魚多骨，二恨金橘太酸，三恨蓴茶性冷，四恨海棠無香，五恨曾子不能詩。

【五侯 ngó·hô】 公侯伯子男各爵爲五侯。

【五音 ngó·im】 宮商角徵羽爲五音。

【五苦 ngó·khó·】 佛家謂：生老病死苦，愛別離苦，怨憎會苦，求不得苦，五盛陰苦爲五苦。

【五律 ngó·lut】 五言律詩。

【五星 ngó·seng】 五行星。～～上將～～siāng-chiāng⇨將官之最高級者。

【五牲 ngó·seng】 牛羊豕鷄犬。猪頭～～ti-thâu～～⇨俗以猪頭代表五牲。

【五帝 ngó·tè】 三皇～～sam-hông～～⇨古帝王。所指有多說。

【五毒 ngó·tok】 古以石膽、丹砂、雄黃、礬石、慈石爲五毒。

【五逆 ngó·gek】 逆天，逆地，逆君，逆親，逆師。

【五院 ngó·ī】 孫中山所創包括行政、立法、司法、監察及考試之五院制度。

【五貢 ngó·kòng】 歲貢、恩貢、優貢、拔貢、副貢之五種貢生。

【五鬼 ngó·kúi】 黃赤青白黑五色鬼。

【五倫 ngó·lûn】 人倫。敗壞～～ pāi-hoāi ～～⇨破壞倫常的行爲。

【五馬 ngó·má】 ～～分屍～～hun-si⇨古刑名。又喻事物之破碎分裂。

【五情 ngó·chêng】 喜怒哀樂怨爲五情。～～六慾～～liok-iok⇨人的各種感情與欲望。

【五彩 ngó·chhái】 五色。～～雲～～hûn⇨五色之雲，日出或日沒時的美雲。～～繽紛～～pin-hun⇨同上。

【五族 ngó·chok】 ～～共和～～kiōng-hô⇨包容漢、滿、蒙、回、藏五大民族之共和國，即中國。

【五常 ngó·siâng(siông)】 仁義禮智信爲五常。或謂父義、母慈、兄友、弟恭、子孝爲五常。人之常道。

【五術 ngó·sut】 醫師、地理師、八卦師、卜占者、相命的。

【五絕 ngó·choat】 五言絕句的詩。

【五勞 ngó·lô】 心勞、肝勞、脾勞、肺勞、腎勞。～～七傷～～chhit-siang(siong)⇨五勞外加七種傷殘之諸多病害也。

【五雲 ngó·ûn】 五色之雲，祥瑞之雲。

【五義 ngó·gī】 父義、母慈、兄友、弟恭、子孝爲五義。同五常。七俠～～chhit-kiap～～⇨古小說名。

【五福 ngó·-hok】 長壽、富貴、康寧、攸好德、考終命，是爲五福。

【五經 ngó·-keng】 書、詩、易、禮、春秋。四書～～sù-si～～⇨大學、中庸、論語、孟子加五經。

【五禁 ngó·-kìm】 ㊀宮禁、官禁、國禁、野禁、軍禁。㊁佛家以禁殺、禁盜、禁奸淫、禁妄語、禁飲酒爲五禁。

【五路 ngó·-lō·】 東西南北中央各路。～～英雄齊到～～eng-hiông chê-kàu⇨天下英雄好漢都來參加此盛會。

【五雷 ngó·-lûi】 東西南北中央之雷。請～～chhiáⁿ～～⇨同上。

【五障 ngó·-chiàng】 佛家語。女人～～lí-jîn～～⇨同上。

【五穀 ngó·-kok】 大麥、小麥、稻米、小豆、胡麻。但有多說並不一致。

【五濁 ngó·-tok】 佛家語。濁，毒也。謂世有五種濁惡。一衆生濁，二見濁，三煩惱濁，四命濁，五劫濁。

【五嶽 ngó·-gak】 三山～～sam-san～～⇨中國名山：三山或指古神話中的三神山：方壺、蓬壺及瀛壺，或指其他三個山。五嶽則爲：東嶽泰山、西嶽華山、南嶽衡山、北嶽恒山、中嶽嵩山。

【五聲 ngó·-seng】 宮商角徵羽。同五音。

【五竅 ngó·-khiàu】 耳目口鼻心。

【五臟 ngó·-chōng】 心肝脾肺腎。～～六腑～～lok-hú⇨人體各種器官。

【五文昌 ngó·-bûn-chhiang】 司文章的五神。文昌帝君、關聖帝君、朱衣神君、大魁星君、孚佑帝君。

【五仁餅 ngó·-jîn-piáⁿ】 五仁做配料的餅。

【五虎利 ngó·-hó·-lāi】 重利。放～～～pàng～～～⇨放重利。

【五花馬 ngó·-hoa-má】 ～～～千金裘，呼兒將出換美酒，與爾同銷萬古愁～～～chhian-kim-kiû, hō·-jî chiàng-chhut oāⁿ-bí-chiú, í-kní tông-siau bān-kó·-chhiû⇨李白詩句。

【五柳枝 ngó·-liú-ki】 魚爲主料的菜色。枝疑爲羹kiⁿ(keⁿ)之訛。此道菜以五柳爲名，疑與五柳先生有關。

【五部鬚 ngó·-pō·-chhiu】 五股鬚。

【五風十雨 ngó·-hong-sip-ú(í)】 五日一風十日一雨。謂風調雨順。亦喻太平盛世。

【五龍獻爪 ngó·-liông-hiàn-jiáu】 以掌抓取食物。自喻爲：我是～～～～goá-sī～～～～⇨我以五指抓取而食之也。

**伍** ngó· 隊伍也。番仔兵無照隊～hoan-á-peng bô-chiàu tūi～⇨同上。

**魰** ngó· 魚名。一～二鯉三加鯨it～jī-bián saⁿ-ka-lah⇨第一好食是鮮魚，第二鯉魚，第三加鯨魚。

【魰仔 ngó·-á】 鮮魚的俗稱。

**忤** ngó· 逆也。不孝也。

【忤物 ngó·-but】 與人不合。

【忤逆 ngó·-gek】 違逆。不孝父母。

**仵** ngó· 對敵也。

【仵作 ngó·-choh】 古時的檢屍官。古法醫。死人未走得～～手sí-lâng bōe(bē)-cháu-tit～～chhiú⇨死人逃不過仵作之手。喻事之逃避不得。

**俄** ngô· 俄gô·也。白～peh～⇨同上。蘇～so·～⇨俄國。

**娥** ngô· 美貌也。嫦～siâng～⇨月中嫦娥。

【娥眉 ngô·-bî】 亦作蛾眉。形容眉之美。～～豆～～tāu⇨肉豆bah-tāu。

【娥皇 ngô·-hông】 唐堯之女。與妹女英同嫁舜。

**午** ngō· 日中也。中～tiong～(此處之午或讀ngó·)⇨日中十二點。食中午chiah-tiong-ngó·⇨

食中飯。又十二生肖以午屬馬。端～toan～⇨俗曰五日節。午亦作五。

【午夜 ngō·-iā】 夜半。

【午門 ngō·-mn̂g】 皇城的正門。～～外～～goā⇨午門之外。

【午後 ngō·-āu】 下午。

【午前 ngō·-chiân】 上午。

【午食 ngō·-sit】 午飯。

【午時 ngō·-sî】 日中十一、十二點。～～正～～chiàⁿ⇨正十二點(日中)。～～水～～chúi⇨謂端午午時的水有藥効。～～砲～～phàu⇨午砲。～～尾未時頭～～bóe bī-sî thâu⇨午時未時相交之時。

【午節 ngō·-chiat】 五日節。端午。

【午線 ngō·-soàⁿ】 子午線。～～掠無定～～liah-bô-tiāⁿ⇨謂方針拿不穩定。

【午餐 ngō·-chhan】 午飯。較豐盛的午飯。～～設於國賓飯店～～siat tī kok-pin pn̄g-tiàm⇨在名大飯店請人吃中飯。

【午夜牛郎 ngō·-iā giû-lông】 當今新興的男娼也。

ngō·
**悟** 覺也。覺～kak～⇨突然明白了。

【悟空 ngō·-khong】 孫悟空。

【悟性 ngō·-sèng】 認識事物的性能。明辨事理的能力。～～眞好～～chin-hó⇨領悟力極高。

【悟道 ngō·-tō】 ～～成佛～～sêng-hut⇨領悟佛的道理，成了佛。

ngō·
**餓** 飢也。飢～ki～⇨又飢又餓。亦餓gō也。

【餓肚 ngō·-tō·】 餓腸餓肚ngō·-tn̂g ngō·-tō·⇨飢餓。～～親姆～～chheⁿ-ḿ⇨貪食大食之人。

【餓虎 ngō·-hó·】 喻極貪食者。～～撲羊～～phok-iûⁿ⇨形容貪食者餓極的情態。

【餓鬼 ngō·-kúi】 無食之鬼。色中～～sek-tiong～～⇨極好色之徒。～～道～～tō⇨佛家語。鬼中最衆多者。

【餓莩 ngō·-piáu】 餓死者。莩亦作殍。

ngō·
**臥** 休也。橫陳也。坐～兩用chō～liáng-iōng⇨也可以臥也可以坐。

【臥龍 ngō·-liông】 在野之大人物。諸葛亮之別號。

【臥蠶眉 ngō·-chhâm-bî】 丹鳳眼～～～tan-hōng-gán～～～⇨三國演義形容關羽之眉與眼。

【臥薪嘗膽 ngō·-sin-siâng-tám】 喻克苦自勵以期報仇。

## O

o
**阿** 阿彌陀佛o-mí-tō·-hut也。

【阿堵物 o(a)-tó·-but】 錢的異稱。謂古人以言錢爲賤物而稱爲阿堵物也。

o
**啊** 聲也。咿～叫i～kiò⇨羣呼聲。咿～是唆i～sī-sō⇨呼羣喚黨而爲不善。

【啊喇 o-lah】 ～～唉喇～～e-lah⇨共同工作者的呼應聲。

o
**苛** 小草也。刻薄khek-pok也。政煩也。

【苛政 o-chèng】 煩擾苛刻之政治。～～猛於虎～～béng î hó·⇨惡政比虎還可怕。

【苛憎 o-cho】 心中煩悶。心肝眞～～sim-koaⁿ chin～～⇨心裏煩極了。

【苛性加里 o-sèng-ka-lí】 化學名詞。化學藥品名。

【苛捐雜稅 o-koan-chap-sòe】 煩苛複雜，巧立名目的各種大小稅捐。

**蝸** 蝸牛o-ngiû也。一種露螺lō·-lê名。～～角上爭何事，石火光中寄此身，隨富隨貧且歡喜，不開口笑是癡人～～kak-siāng cheng-hô-sū, sek-hó·-kong-tiong kì-chhú-sin, sûihū-sûi-pîn chhiáⁿ hoan-hí, put-khai-kháu-chhiàu sī chhî-jîn⇨李白。

**o 窩** 窟khut也。穴居也。田螺～chhân-lê～(u)⇨田螺穴。鼎臍～tiáⁿ-châi～⇨圓鼎之中心，亦喻低窪地之中心。

【窩家 o-ka】 賊巢chhat-siū。專收賊贓之家。～～罪～～chōe⇨今曰贓物罪chōng-but-chōe。

**o 荷** 蓮liân也。荷花o-hoe⇨蓮花liân-hoe。又以肩承物也，擔任也，受惠也。負～之重hū～chi tiong⇨負擔太重。

【荷月 o-goat】 六月（陰曆）之異稱。

【荷包 o-pau】 錢包chîⁿ-pau。

【荷葉蓮 o-hioh-liân】 一種觀賞用的花草。

**o 謳** 謳誄o-ló，讚美chàn-bí，褒揚po-iâng，稱頌chheng-siōng今作謳咾o-ló。謳o，歌ko也，誄，纍述功德也，亦即歌功頌德之詞也。誄ló亦作謳ló。細的愛褒咬，大的愛～～sè-ê ài po-so toā-ê ài～～⇨年少的喜歡受褒咬，年大的喜歡人家讚美。人人～～lâng-lâng～～⇨同上。誄是弔詞，對死者多歌功頌德之詞。

【謳西 o-se】 ㊀歲末贈物。㊁奉承，巴結。佼～～gâu～～⇨善於奉承巴結。按此詞來自日文御歲暮oseibo(歲末之贈物)的前節御歲osei，爲最不文不類之詞也。

**o 疴** 沈疴tîm-o，重病tāng-pēⁿ也。～～難起～～lân-khí⇨重病難癒。

**o 媧** 女媧氏lí-o-sī，古女帝名。～～補天～～pó·-thian⇨神話故事。

**o 燠** 溫也，煨也。熱冷菜曰燠o。雜～羹chap～keⁿ(kiⁿ)⇨各種殘菜混合爲一者，又稱雜和羹。俗作炣，非。炣kéng，光也，光明也。與燠無干。

**ó 襖** 袍襖phâu-ó也。紅～âng～⇨同上。破～請來紩phoà～chhiá-lâi-thīⁿ⇨同上。新娘穿紅～sin-niû chhēng âng～⇨同上。

**ò 奧** 室內深處。宮內的密地。含義深～hâm-gī chhim～⇨意思精深。

【奧妙 ò-miāu】 神奇精妙。人生的～～jîn-seng ê～～⇨同上。

【奧援 ò-oān】 內援。大力的背後援助。人伊有～～於抄，別人合伊曷有拼lâng i ū～～tī-teh, pat-lâng kah-i ah-ū-piàⁿ⇨人家他有大力內援也，他人何能與他競爭。

【奧義 ò-gī】 深藏難知的道理。窮究人生的～～kiông-kiù jîn-seng ê～～⇨同上。

【奧地利 ò-tē-lī】 國名Austria，在歐洲德國之南。

【奧林匹克 ò-lîm-phit-khek】 國際競技大會Olympic。

**ò 澳** 水邊彎曲可停舟的地方。海船停泊之處。港～káng～⇨香港與澳門的簡稱。

【澳門 ò-mn̂g】 在香港之西，隔海相對。被葡萄牙人佔爲永久居留地。

【澳底 ò-té】 北海岸的一小漁港。日軍曾從此登陸入侵我國。

【澳洲 ò-chiu】 澳大利亞洲Australia的簡稱。

**ô 蠔** 牡蠣bó·-lē也。海產的軟體動物。極佳的食品之一。破～phoà～⇨打開蚵殼取蠔。麵線～mī-soàⁿ～⇨蚵加麵線的食品。

【蠔干 ô-koaⁿ】 蚵之乾干。曝～～phak～～⇨同上。

【蠔仔 ô-á】 蠔的通稱。～～湯～～thng⇨同上。～～煎～～chian⇨同上。～～殼～～khak⇨同上。～～麵線～～mī-soàⁿ⇨同上。

【蠔杙 ô-khıt】 使蠔繁殖的杙仔khıt-á。通常以竹爲之。

【蠔埕 ô-tiâⁿ】 蚵仔田ô-á-chhân。蠔養殖場。蠔俗多作蚵ô。

【蠔餅 ô-te】 油炸生蠔的食品。南投～～lâm-tâu～～⇨通常蚵飼都在冬季上市，南投却一年四季不停鼎。又飼te者，板狀(或盤狀)食物也。飼飼thn̂g-te就是古式糖片，蚵飼ô-te是圓盤形也。飼thn̂g同糖thn̂g。

【餅醢 ô-kê】 蚵的鹹醢kiâm-kê。

ô **蚵** 蠔ô俗多作蚵ô。

ô **胡** 胡仔ô-á，呼猪食潘kho·-ti chia̍h-phun之聲。～～咿呀呃～～ih$^{n}$-â-eh⇨呼猪聲。據說胡仔ô-á乃以猪影射滿淸者云。陳修曰，此附會之說，其實乃豪仔hô-á之訛，豪即猪也。

ō **曰** 發語詞也。曰oat也。～你不要食我～lí m̄ boeh chia̍h-goá⇨曰你非將食我乎。～安爾我都死也～án-ne goá to sí-â⇨曰如此我乃死路一條矣。～都講過也～to kóng-kòe-â⇨曰皆說明了矣。

## o·

o· **烏** 鳥名。即烏鴉仔o·-a-á也。俗曰義鳥gī-niáu。黑色hek-sek曰烏o·。陰險曰烏o·。天做～來也thi$^{n}$ chò(chòe)～lâi-â⇨天空黑起來了。心官有夠～sim-koa$^{n}$ ū-kàu～⇨心地十分陰險。無～亦普葱bô～ia̍h phú-chhang⇨不黑也灰葱色也。謂雖不中亦不遠矣。回頭～hôe-thâu～⇨烏魚季末之烏魚。

【烏巾 o·-kin(kun)】 黑頭帕。～～花～～hoe⇨女人的頭帕仔thâu-phè-á。繡有花紋。

【烏土 o·-thô·】 黑色的土壤。～～較肥～～khah-pûi⇨同上。又阿片煙（即是鴉片）也。

【烏毛 o·-mo】 o·-mô·，(mn̂g)。黑毛。～～仔惡，絨毛仔毒～～á ok khiû-mo-á to̍k⇨黑毛者兇，絨毛者陰險。

【烏心 o·-sim】 俗喻心地不良性陰險。～～的人～～ê lâng⇨同上。

【烏幼 o·-iù】 ㊀蔬菜飼料等幼嫩青粹。猶眞～～抄iáu chin～～leh⇨還很新鮮的。㊁在室女。無姻每一步～～bô-súi mā chi̍t-pō·～～⇨不漂亮也有一個新芽的特色。姻súi，美姿色也。

【烏白 o·-pe̍h】 ㊀黑白hek-pe̍k。是非sī-hui。～～，是非，香臭做人道該八～～，sī-hui, phang-chhàu, chò(chòe)-lâng tō ài-bat(pat)⇨同上。㊁胡，濫擅lām-sám等的代詞。～～來～～lâi⇨亂來。～～講～～kóng⇨濫擅講lām-sám-kóng。～～啊～～sà⇨濫擅飲食lām-sám-ím-si̍t。～～創～～chhòng⇨胡做亂爲。飯會～～食得，話未用得～～講pn̄g ē(ōe)～～chia̍h-tit, ōe bē(bōe) ēng-tit～～kóng⇨飯可以亂吃，話不能亂講。

【烏合 o·-ha̍p】 倉卒集合無規無律。～～之衆～～chi chiòng⇨臨時聚合沒有組織沒有紀律的群衆。據說，烏鴉之性聚散無常。

【烏有 o·-iú】 無。虛無。何事何物之有，烏亦反語也。一切攏～～去也it-chhè lóng～～khì(ì)-à⇨一切皆落空了；歸空了。

【烏況 o·-hoá$^{n}$】 微黑。～～色～～sek⇨同上。看著較～～，一下每知khoá$^{n}$-tio̍h khah～～, chi̍t-ē mā-chai⇨一看較黑，一下子就可以看出。

【烏豆 o·-tāu】 黑大豆。人都無食～～，要叫人放～～屎lâng to-bô-chia̍h～～，boeh kiò-lâng pàng～～ sái⇨我是沒做賊，(何以)要我吐出贓物(豈有此理)。

【烏青 o·-chhe$^{n}$(chhi$^{n}$)】 皮下淤血phî-hā-ī-hiat。拍到～～激血phah-kà～～kek-hoeh(huih)⇨同上。

【烏的 o·-ê】 黑hek。喻所謂烏道人物或作風。做～～chò(chòe)～～⇨經營偷偷摸摸式的，例如暗帶色情經營法等是。

【烏狗 o·-káu】 ㊀黑犬hek-khián。～～偷食，白狗受罪～～thau-chia̍h, pe̍h-káu siū-chōe⇨謂確實無寃受屈。～～拖上，白狗拖落～～thoa-chiū$^{n}$, pe̍h-káu thoa-lo̍h⇨女人咒罵臭男人死了必被狗拖來拖去。㊁喻猛跟女人屁股的靑年。又去抄做～～也iū khì teh chò (chōe)～～â⇨又出去追女人了。～～烏猫～～o·-niau⇨同類的少年男女。

**【烏金 o·-kim】** 黑得發亮。純金sûn-kim。吞～～thun～～⇨據說可致死(自殺)。～～紙～～choá⇨同上。

**【烏枋 o·-pang】** 黑板hek-páng。企～～脚的khiā～～kha-ê⇨教員。

**【烏紅 o·-âng】** 黑紅兩色。～～teh～～⇨一種賭博。下注俗曰貼teh。

**【烏面 o·-bīn】** 黑臉hek-liám。～～的～～ê⇨黑臉人。喻坦率之人。～～賊～～chha̍t⇨價值不明，例如珠寶類或市面罕見之物品。

**【烏秋 o·-chhiu】** 鳥名。亦作烏鶖o·-chhiu。形似烏鴉而較小。一種益鳥。常見於田間牛背上。除啄食農作物害蟲之外，一見烏鴉出現卻會羣起而攻之。鷄公啼了著煮飯，～～啼了天要光，雙手開門乎君轉，手劃門閂心頭酸ke-kang thî-liáu tio̍h chí-pn̄g,～～thî-liáu thi$^{n}$-boeh-kng, siang-chhiú khui-mn̂g hō·-kun-tńg, chhiú-hoā mn̂g-chhoà sim-thâu-sng⇨情歌。

**【烏馬 o·-bé】** black horse。黑馬hek-má。受注意之馬或者問題之馬。從black-list烏名單o·-miâ-toa$^{n}$派生的名詞。伊是即次的～～i sī chit-chhù ê～～⇨他是此次(某事件)的問題人物，有可能意外突破。

**【烏鬼 o·-kúi】** 黑人hek-jîn。你看抡，要到未輸～～哩 lí khoà$^{n}$-leh, sńg-kà bē(bōe)-su～～lih⇨看吧，玩髒得宛如黑人。～～洞～～tōng⇨和蘭(即荷蘭)時代與黑人有關的舊跡。

**【烏魚 o·-hî】** 鯔魚chi-hî俗叫烏魚o·-hî或烏仔o·-á。～～子～～chí⇨鹹烏魚卵干kiâm-o·-hî-nn̄g-koa$^{n}$～～鰾～～piō⇨雄烏之卵囊nn̄g-lông。～～腱～～kiān⇨同上。

**【烏陰 o·-im】** 曇天thâm-thian。亦即烏雲布滿天也。有時～～有時落雨ū-sî～～ū-sî lo̍h-hō·⇨同上。～～天～～thi$^{n}$⇨曇天。

**【烏寒 o·-koâ$^{n}$】** 不風不雨只是寒冷。冬節於月尾，～～正二月tang-cheh tī go̍eh-bóe,～～chia$^{n}$-jī-go̍eh⇨冬至日如在月末，即正月二月將是最寒冷的。

**【烏猫 o·-niau】** ㊀黑猫hek-biâu。～～白肚，值銀二千五 ～～ pe̍h-tō·, ta̍t-gîn(gûn) jī-chheng-gō·⇨謂其罕見。㊁女太保。～～烏狗～～o·-káu⇨男女太保。

**【烏斑 o·-pan】** 黑斑點。上～～chhiū$^{n}$～～⇨發生黑斑點。

**【烏暗 o·-àm】** 黑暗hek-àm。微明bî-bêng。～～摸～～bong⇨連夜工作或趕路。～～摧～～hôe⇨在黑暗之中摸索。～～天～～thi$^{n}$⇨曇天。陰天。～～暈～～hîn⇨頭暈thâu-hîn。脚目較～～kha-ba̍k khah～～⇨地方事情較生疏。我心～～耶穌近偎goá-sim～～iā-so· kīn-oá⇨讚美歌。～～路敢行，罵未聽，拍未痛～～lō· ká$^{n}$-kiâ, mē(mā)-bē(bōe)-thia$^{n}$, phah-bē(bōe)-thià$^{n}$⇨妓女拜水手爺之詞。水手爺chúi-chhiú-iâ者俗曰客兄公kheh-hia$^{n}$-kong者也。

**【烏賊 o·-chha̍t】** 墨魚be̍k-hî。俗曰墨賊仔ba̍k-chha̍t-á，訛成ba̍t-cha̍t-á，作木賊仔ba̍k-cha̍t-á。

**【烏道 o·-tō】** 黑道hek-tō黑派hek-phāi。即所謂幫派組織或烏社會o·-siā-hōe也。又關於烏的o·-ê，烏道o·-tō或烏社會o·-siā-hōe，似多用黑字作黑的o·-ê，黑道o·-tō黑社會o·-siā-hōe。

**【烏漚 o·-áu】** 蔬菜類等經久脫水退色不新鮮。～～也不好也～～ā m̄-hó-ā⇨不新鮮了不要了。

**【烏褐 o·-ha̍t】** 黑褐色hek-ha̍t-sek。多指面色。人～～～～仔lâng～～～～à⇨其人面呈烏褐色。

**【烏鴉 o·-a】** 烏o·亦曰烏鴉仔o·-a-á。～～仔度無隔暝卵～～á khn̄g-bô keh-mê(mî)-nn̄g⇨罵孩子有物當即吃掉，不肯留置明天之詞。

俚言如此，但烏鴉爲何不庋隔暝卵恕不知也。未輸～～仔扲黔黔烏bē(bōe)-su～～á-leh khâm-khâm-o·⇨喻人聚得非常之多。亦作烏黔黔o·-khâm-khâm。

**【烏頭 o·-thâu】** ～～司功～～sai-kong⇨戴烏帽的道士。另一派有紅頭司功âng-thâu-sai-kong。所謂司功sai-kong者弔葬的道士戲也，俗作司公sai-kong非。

**【烏糖 o·-thn̂g】** 粗糖chho·-thn̂g。亦曰赤糖chhiah-thn̂g。

**【烏龜 o·-ku】** 龜ku。喻牛糞gû-pùn。～～鎮路～～tìn-lō·⇨轎夫的隱語。謂路上有牛糞。～～濫～～lām⇨十月三日下雨（陰曆）。～～～濫到二九暗～～～lām-kàu jī-káu-àm⇨謂十月三日下雨，將一直下到除夕夜。

**【烏龜 o·-kui】** ㈠妓館娼寮主。㈡妻或女逾規脫線者。㈢公認妻女賣淫坐收其利者。～～性地～～sèng-tē⇨好好先生。～～假大爺～～kē-toā-iâ⇨烏龜丈夫假扮官差的威風。～～宰相量～～chái-siàng-liāng⇨要妻女賣淫須具有宰相包含天地的大度量。～～量～～liāng⇨同前。

**【烏心石 o·-sim-chioh】** 木名。其材質堅，多供爲上等家具之料。

**【烏白子 o·-peh-jí】** 黑白子hek-pek-chú。圍棋ûi-kî的棋子kî-jí。

**【烏名單 o·-miâ-toa$^{n}$】** Black-list。預定芟除的注意人物的名册。黑名單hek-bêng-tan。

**【烏紗帽 o·-se-bō】** 古時的官帽。

**【烏麻油 o·-moâ-iû】** 麻油moâ-iû色近黑者。

**【烏乾瘤 o·-ta-sán】** 形容瘦而皮黑之人。瘤sán即瘦só也。

**【烏脚蚊 o·-kha-báng】** 一種大形蚊。

**【烏漉心 o·-lok-sim】** 膿濁臭爛之最壞之心。歹心phái-sim。～～～仔～～～á⇨同上。

**【烏綠肉 o·-lek-bah】** 鷄肉之黑色者。～～～鷄～～～ke⇨同上。白鷄，紅冠，蠟脚～～～peh-ke, âng-kōe, lah-kha,～～～⇨面抹白粉，頭戴紅笠，裸足而皮膚又黑。頑童嘲鄉村少女之詞。

**【烏漉肚 o·-lok-tō·】** 極壞心腸。歹心～～～，要死初一十五，要埋風合雨phái-sim～～～,boeh-sí chhe-it chap-gō·, boeh-tâi hong-kah-hō·⇨咒罵歹心之人。

**【烏影耽 o·-iá$^{n}$-tā$^{n}$】** 蒙蔽bông-pè。乘黑作弊。敢會～～～得咯kám ē(ōe)～～～tit-lò·⇨能夠蒙蔽嗎(不能也)。未～～～得啦bē(bōe)～～～tit-là⇨馬虎不了的也。

**【烏龍茶 o·-liông-tê】** 烏龍種之茶。

**【烏黔黔 o·-khâm-khâm】** 一團黑。人多。人～～～lâng～～～⇨人多。

**【烏牛大影 o·-gû-toā-iá$^{n}$】** 牛大其影亦大。喻大戶人家，負擔亦大。只是外表好看而已。人講～～～～耳，內底都知知扲lâng-kóng～～～～niâ, lāi-té to chai-chai-leh⇨如古人所說的烏牛大影而已，內裏(有無錢)都很清楚也。

**【烏天暗地 o·-thi$^{n}$-àm-tē】** 天烏地暗thi$^{n}$-o·-tē-âm。大雨前兆。安爾～～～～講強要厲去啦an-ne(ni)～～～～kóng kiâng-boeh lê-khì(ì)-là⇨如此的大雨將來了，竟欲強行而去也。厲lê，和衣強行水中曰厲lê。

**【烏魯木製 o·-ló-bok-chè】** 粗魯chho·-ló·，撩草liâu-chó，隨便sûi-piān或馬虎má-hu等的自謙之詞。或謂與新疆sin-kiang的首都烏魯木齊o·-ló-bok-chê有關。余疑爲粗魯妄製chho·-ló·-mō-chè之轉。

**【烏鴉仔嘴 o·-a-á-chhùi】** 報壞不報喜之不祥之嘴。～～～～共人講壞了了～～～～kā-lâng kóng-hāi-liáu-liáu⇨不祥之嘴把人家的事都說壞了矣。

**【烏嘴嗶仔 o·-chhùi-pit-á】** 一種黃腹的小鳥俗名。

**o·**
**黑** 黑色雖多用烏o·，但有關黑社會o·-siā-hōe的名詞似多用黑o·。黑的o·-ê，黑道o·-tō，黑社會o·-siā-hōe等是。

【**黑奴 o·-nô·(lô·)**】 黑種人之當奴隸者。

【**黑炭 o·-thoà$^{n}$**】 black coal。黑煤o·-bôe。

【**黑海 o·-hái**】 Black sea。歐亞兩洲界上的大內海。

【**黑潮 o·-tiâu**】 海流名。自菲律賓沿大陸外海而至日本的西太平洋大海流。

【**黑死病 o·-sí-pe$^{n}$(pi$^{n}$)**】 pest。鼠疫chhí-e̍k也。

【**黑龍江 o·-liông-kang**】 河流名。又地名、省名。

【**黑暗時代 o·-àm-sî-tāi**】 Dark ages。歷史學名詞。指羅馬帝國滅亡，爭戰相繼，文化低落，民生痛苦的時代。

**o·**
**塢** 船塢chūn-o·，dock，艦船建造修護的建築物也。

**ó·**
**挖** 以手探穴也。開穿穴洞曰挖ó·e。挖ó·e，亦穿liú也。掘地穴曰挖ó·。挖而取之曰挖ó·，私之曰偷挖thau-ó·。草草畢飯亦曰挖ó·。或以搗作挖，非。搗，以手壓蒙也，並無以手開穿或挖掘之意。

【**挖孔 ó·-khang**】 掘穴ku̍t-hia̍t。穿孔chhoan-khang。同穿孔liú-khang。被人挖一孔去hō·-lâng ó·-chi̍t-khang-khì⇨被人偷弄走一大筆。

【**挖飯 ó·-pn̄g**】 草草食飯。等伊啦，等伊～～抄啦tán-i-lā, tán-i～～leh-lā⇨等他吧，等他吃飽飯吧。

【**挖壁 ó·-piah**】 穿壁liú-piah。賊仔偷～～chha̍t-á thau～～⇨同上。

【**挖目珠 ó·-ba̍k-chiu**】 剔出眼睛。看的～～～khoà$^{n}$-ê～～～⇨偷看者剔出其眼珠。

【**挖豆醬 ó·-tāu-chiù$^{n}$**】 買豆醬。去～～～轉來焄湯khì～～～tńg-lâi kûn-thng⇨去(豆醬店)挖取豆醬回來焄湯吧。

【**挖著金礦 ó·-tio̍h-kim-khòng**】 即斗未飼得也，未輸～～～～也chi̍t-táu bē(bōe)-chhī-tit-ā, bē(bōe)-su～～～～ā⇨此一舉不得了也，宛如掘中了金穴也。

**ò·**
**惡** 憎也。恥也。羞～之心人皆有之siu～chi sim jîn kai iú chi⇨同上。可～khó(khó·)～⇨可憎恨的。可恨可～khó-hīn-khó～⇨同上。可～的小賊仔khó～ê sió-chha̍t-á⇨同上。齷～chhek～⇨泥汚chhek-ò·，骯髒am-cham。可恥。多指淫猥事。齷～代chhek～tāi⇨可恥之事。齷～話chhek～ōe⇨粗話。猥褻話。

【**惡妒 ò·-tò·**】 嫉妒chi̍t-tò·。～～心～～sim⇨同上。

【**惡人窮 ò·-lâng-kêng**】 ～～～恨人富～～hīn-lâng-pù⇨謂皆無謂之事也。

**ò·**
**汚** 穢也。不潔也。齪～chhek～⇨汚穢。不潔，不倫不類。

**ò·**
**啊** 感歎詞。有～猶有～ū～iáu-ū～⇨同上。眞的～，壞了了也～chin-ê～hāi-liáu-liáu-ā～⇨事實也，麻煩了也。緊去～kín-khì～⇨快去吧。眞好看～chin hó-khoà$^{n}$～⇨甚好看也。

**ô·**
**壺** 盛酒器也。酒～chiú～⇨同上。水～chúi～⇨同上。金魚～kim-hî～⇨同上。筒～kám～⇨篩米用的大竹篾盤。蓬～hông～⇨海中之仙山，即蓬萊hông-lâi。下海執～hē-hái chip～⇨落煙花陪酒lo̍h-ian-hoa pôe-chiú。懸～濟世hiân～chè-sè⇨掛牌做醫生。

**ô·**
**胡** 賭博用詞。食～chia̍h～⇨同上。清～chheng～⇨同上。天～thian～⇨同上。逞～théng～⇨連勝。坐～chhē～⇨手氣不佳。又古匈奴之異名。何也，謬妄也。北～來寇pak～lâi-khò·⇨同上。～不歸～put-kui⇨同上。～塗～tô·⇨馬虎。～亂～loān⇨同上。

**ô·**
**湖** 大陂也。池也。澤也。大澤蓄水謂之湖ô·。窪地oa-tē曰湖ô·。落～lo̍h～⇨下陷成窪地。湖形之物曰湖ô·。西～se～⇨同上。月桃

～goeh-thô～⇨同上。硯～hiān～⇨墨盤蓄水處。

【湖光 ô·-kong】 ～～水色～～súi-sek⇨形容湖沼的風景。

【湖南 ô·-lâm】 地名。～～湖北～～ô·-pak⇨都是省名。

ô·
**糊** 將就曰糊ô·，亦曰糊kô·。將伊的墻～伊的壁chiang(chiong) i ê chhiû～i ê piah⇨以他之墻補他的壁。事實並無所補，只將就過去而已。會～得就罔～ē(ōe)～tit chiū bóng～⇨能夠維持就姑且維持之。能夠將就即姑且將就。

ō·
**芋** 植物名。蔬菜類。主要食其地下莖。麵～mī～⇨芋種之一，肉較粉。狗蹄～káu-tê～⇨多有小球莖之芋。檳榔心～pin-nn̂g-sim～⇨肉有紅絲花斑，肉鬆，最受歡迎的芋種。雙冬～siang-tang～⇨雙冬地方生產的檳榔心芋。姑婆～ko·-pô～⇨一種野生芋，不能食。

【芋仔 ō·-á】 芋類之通稱。人八你～～抑番薯lâng bat(pat)-lí～～ah han-chî⇨誰認識你是阿猫抑係阿狗。老～～lāu～～⇨當今在台的退伍外省老兵。

【芋泥 ō·-nî】 一種以芋爲主料的宜蘭名菜。亦屬於羹類ki$^{n}$-lūi。

【芋莖 ō·-hoâi$^{n}$】 芋莖ō·-keng。水蛤仔攬～～chúi-kap-á lám～～⇨歇後語。答案是盪稈thāng-koái$^{n}$。意謂過份挑剔也。按盪稈thāng-koái$^{n}$與盪枴thāng-koái諧音。盪枴thāng-koái者使枴杖取平衡也。亦即弄枴仔花lāng-koái-á-hoe也，即又與乞食有食道弄枴仔花khit-chiah ū-chiah tō lāng-koái-á-hoe一詞相關連矣。盪同蕩thāng，動也。動作也。

【芋餜 ō·-kóe】 以芋爲主料之餜食。

## o·$^{n}$

o·$^{n}$
**捂** 亦揞ng也。藏也，手覆也。以手掩am, om也。目珠無～bak-chiu bô～⇨眼睛不掩蓋。又以雙手掩捉亦曰捂o·$^{n}$。一孔～幾仔隻chit-khang～kúi-á-chiah⇨一穴掩捉好多隻。自己的尻川～乎密較要緊ka-kī ê kha-chhng～hō·-bat khah-iàu-kín⇨自己的屁股遮蓋周密爲第一。謂自己檢點爲第一。

【捂目珠 o·$^{n}$-bak-chiu】 掩蓋眼睛。自己～～～做青盲的ka-kī～～～chò(chòe) chhe$^{n}$-mê-ê⇨自己掩眼爲盲人。

【捂人的嘴 o·$^{n}$-lâng-ê-chhùi】 杜塞悠悠之口。你有法度～～～～否lí ū-hoat-tō·～～～～bò·⇨你能夠杜塞盡悠悠之口嗎。

【捂人耳目 o·$^{n}$-lâng ní-bak】 ng-lâng ní-bak⇨同上。

【捂死鯉魚 o·$^{n}$-sí-lí-hî】 掩死鯉魚ng-sí-lí-hî。一種小孩的遊戲。

o·$^{n}$
**摀** 用捂o·$^{n}$或揞ng。用被～稠扲iōng-phōe～tiâu-leh⇨用棉被緊緊罩住。

ò·$^{n}$
**哦** 感歎詞。～眞好～chin-hó⇨同上。～安爾咯～an-ne(ni)-lò·⇨同上。～好啦～hó-là⇨同上。

ò·$^{n}$
**噁** 鳥聲也。怒聲也。喑噁ì$^{n}$-ò·$^{n}$⇨口鼻有缺陷言詞不明。喑～仔ì$^{n}$～á⇨其人。

【噁噁 ò·$^{n}$-ò·$^{n}$】 ㊀語音不淸。～～叫～～kiò⇨同上。㊁怒聲。～～嚷～～jiáng⇨同上。大細聲合伊～～嚷toā-sè(sòe)-sia$^{n}$ kah-i～～jiáng⇨大小聲與他相嚷不休。

## oa

oa
**娃** 美女也。鐵漢嬌～thih-hān-kiau～⇨似曾有此名之西部影片。

oa
**哇** 哇哇叫oa-oa-kiò⇨嬰兒聲也。

oa
**窪** 下陷的凹形地。低～地te～tē⇨同上。

oa
**蛙** 蝦蟆hâ-bô͘之類也。水蛙chúi-ke，水蛤仔chúi-kap-á，青蚼仔chheⁿ-ioh-á等皆屬之。青～chheng～⇨青蚼仔chheⁿ-ioh-á。田～tiân～⇨水鷄chúi-ke。井底～chéng-té～⇨井底水鷄chéⁿ-té chúi-ke，坐井觀天chē-chéⁿ koan-thian。

【蛙人 oa-jîn】 特殊訓練的潛水作戰人員。俗叫水鬼仔chúi-kúi-á。～～部隊～～pō͘-tūi⇨潛水部隊。

oa
**媧** 女媧氏lí-o-sī亦叫女媧氏lú-oa-sī。即傳說中所謂鍊石補天的古代女帝也。

oá
**瓦** 已燒之土器也。未燒曰坏phoe，已燒曰瓦oá。蓋房屋用瓦oá。又公分單位Gramme作瓦oá。敗垣殘～pāi-hoân-chân～⇨廢墟之地的景像。

【瓦全 oá-choân】 苟且求全。寧爲玉碎不爲～～lêng ûi- giok-chhùi put-ûi～～⇨同上。

【瓦特 oá-tek】 Watt。物理學名詞。功率的單位。

【瓦解 oá-kái】 組織團體的破裂分散。土崩～～thó͘-pang～～⇨同上。

【瓦斯 oá-su】 Gas。氣體。又煤氣。毒～～tok～～⇨同上。～～燈～～teng⇨同上。～～爐～～lô͘⇨同上。～～管～～kóng⇨同上。

【瓦窯 oá-iô】 hiā-iô。燒瓦的地方。

【瓦礫 oá-lek】 破瓦碎石。～～場～～tiûⁿ⇨殘破殆盡的地方。

oá
**倚** 倚í也。依i也。無倚無偎bô-í-bô-oá⇨同上。

oá
**偎** 昵近也。親近也。凭phēng也。依几曰凭phēng，俗作凴phēng。接近曰偎oá。投靠亦曰偎。無倚無～bô-í-bô～⇨無所投靠。蹌傷近策傷～chhiāng siuⁿ-kīn, chhek siuⁿ～⇨頑童讀三字經將性相近，習相遠，讀成如此。蹌chhiāng單足行也。蹌脚鷄chhiāng-kha-ke⇨單脚行也。

【偎人 oá-lâng】 倚靠別人。～～食～～chiah⇨三餐貼別人代辦。～～門戶～～mn̂g-hō͘⇨寄寓別人家。依人籬下也。

【偎行 oá-hâng】 ㈠貨品寄託於船頭行發賣。㈡妓女投靠娼家。㈢個人自營的計程車繳費投入公司行號之下營業，因禁止個人自營。

【偎年 oá-nî】 近於年，亦即年尾。較～～抡藉來講khah～～lè chiah lâi-kóng⇨再近年底了，才來談。

【偎岸 oá-hoāⁿ】 船靠碼頭。

【偎門 oá-mn̂g】 偎於門。依門而待i-bûn-jî-thāi⇨慈母待子。～～提督～～theh-tok⇨戲稱叫化子。偎門提，倚門取物也。

【偎旺 oá-ōng】 投靠強勢。～～無偎衰～～bô oá-soe⇨依強不依弱也。古來人情如此。

【偎凭 oá-phēng】 倚而以身倒靠之。～～於大柱～～tī-toā-thiāu⇨倚靠在大柱，安如泰山。

【偎意 oá-ì】 意思或意見相近。若有～～我藉共您做媒人nā-ū～～goá-chiah-kā-lín chò-mûi-lâng⇨意思若相近，我才給你們作冰人。

【偎賴 oá-loā】 依賴。歸顆人要～～人kui-kho͘-lâng-boeh～～lâng⇨整個人都要依賴於人。

【偎壁 oá-piah】 倚靠於壁。～～穿褲～～chhēng-khò͘⇨依人成事。

【偎韻 oá-ūn】 和於別人的韻。附和。～～講話～～kóng-ōe⇨同上。

【偎大邊 oá-toā-pêng】 同偎旺oá-ōng。西瓜～～～si-koe～～～⇨大邊toā-pêng，喻大勢力。

【偎母食母 oá-bó(bú)-chiah-bó】 偎父食父～～～～oá-pē chiah-pē～～～～⇨喻雙脚踏雙船siang-kha tah-siang-chûn的雙面刀鬼siang-bīn-to-kúi。

【偎籬偎壁 oá-lî-oá-piah】 依靠籬壁以支持。

oà
**洿** 掘也。染也。㈠依樣仿製曰洿oà。照樣～那未曉chiàu-iūⁿ～ná-bē(bōe)-hiáu⇨按

樣本製之怎麼不會。㊁一種捉魚法曰洿oâ。亦即涸澤而漁的變法，乃涸小溪流而漁的辦法也。要戽或要～boeh-hō· ah-boeh～⇨戽hō·者以戽斗hō·-táu去水以涸之，洿oâ者在兩流分歧點杜一流以使溪床自涸也。

【洿抽 oâ-thiu】 裁縫加布於邊曰洿抽oâ-thiu，目的在加強布質也。

【洿港 oâ-káng】 溪流亦曰港káng。杜塞一溪流使流向他處以便捉魚也。

【洿樣 oâ-iū$^{n}$】 照樣仿製。～～做到攏共欵～～ chò(chòe)-kà lóng-kāng-khoán⇨仿做得完全一樣。

【洿魚仔 oâ-hî-á】 洿港oâ-kang以捉魚。囡仔歸陣抸～～～gín-á kui-tīn teh～～～⇨小童們成羣在杜溪流捉魚。

oâ
**何** 奈何tāi-oâ。奈何nāi-hô→lāi-hô→tāi-oâ。無奈何bô-tāi-oâ。無奈得～bô-tāi-tit～⇨無奈何。無法人奈～bô-hoat-lâng tāi～⇨(同無奈何)奈何他不了。無奈～降米籮bô tāi～kāng-bí-loâ⇨無奈何而打米籮。喻無奈何而隨便找人出氣。降kāng，創治chhòng-tī也。凌治lêng-tī或作弄人也。大的降細的toā-ê kāng-sè(sòe)-ê⇨大童創治小童。

oā
**話** 言也。語也。謂也。追思往日漫繁華，到而今已成夢～tui-su óng-jıt bān-hoân-hoa, tò-jî-kim, í-sêng bōng～⇨蔡京(宋)。

【話劇 oā-kek】 純以對話表現的戲劇hì-kek。歌劇koa-kek之對詞。～～的公演～～ê kong-ián⇨同上。

【話不投機 oā-put-tâu-ki】 各抱心事各說各話。～～～～半句多～～～～poàn-kù-to⇨不投機的話半句也太多了。

oā
**畫** 繪ōe也。～龍～虎難～骨，知人知面不知心～liōng～hó· lân～kut, ti-jîn ti-biān put-ti-sim⇨人心與畫意都最難捕捉。

【畫龍點睛 oā-liông-tiám-cheng】 ōe-lêng-tiám-cheng。喻發揮最大功能的最後一舉。

# oa$^{n}$

oa$^{n}$
**安** 地名。南～lâm～⇨地名。同～tâng～⇨地名。同～寮tâng～liâu⇨地名。

oa$^{n}$
**鞍** 馬鞍bé-oa$^{n}$也。馬掛～bé-koà～⇨馬掛上鞍。一馬掛兩～chıt-bé koà liáng～⇨①身兼兩職務。②一對二的三角關係。金～kim～⇨金飾之馬鞍。白馬掛金～，騎出萬人看，借問誰家子，讀册人做官peh-bé koà-kim～, khiâ-chhut bān-jîn-khoà$^{n}$, chioh-mn̄g sûi-ka-chú, thak-chheh-lâng chò-koa$^{n}$⇨古勸學詞。

oá$^{n}$
**椀** 小盂也。盛飲食之器也。同盌oá$^{n}$，俗作碗oá$^{n}$。大～細～toā～sè(sòe)～⇨大的小的各種椀。

oá$^{n}$
**碗** 盌oá$^{n}$同椀oá$^{n}$，俗作碗oá$^{n}$。盛飲食之器也。又同形之物亦曰碗oá$^{n}$。飯～pn̄g～⇨①盛飯之小碗。②喻生計。飯～該顧pn̄g～ài-kò·⇨生計須維護。捧人的飯～phâng-lâng ê pn̄g～⇨喻女子出嫁。金飯～kim-pn̄g～⇨收入多而安定的職位。頭殼～thâu-khak～⇨頭。脚頭窩～kha-thâu-u～⇨膝蓋。食三～chiah sa$^{n}$～⇨吃三碗飯。

【碗公 oá$^{n}$-kong】 ㊀大的碗用以盛湯。㊁作一種形容詞。作無解。(問) 買有否？bé-ū-bò·?⇨買到了嗎？(答) ～～咧～～lè⇨沒有也。曰或以碗糕代之說oá$^{n}$-ko-lè。義同。創啥～～chhòng-sia$^{n}$～～⇨做什麼事？恬恬嗛三～～半tiām-tiām khiàn sa$^{n}$～～poà$^{n}$⇨譏假正經之詞。謂其默默地偷吃三大碗半。嗛khiàn，猴食也，又指其頰內貯食處。

【碗內 oá$^{n}$-lāi】 食～～說碗外chiah～～soeh oá$^{n}$-goā⇨吃此家之飯而說此家之壞話。

【碗斗 oá$^{n}$-táu】 洗碗盤的木桶。或謂碗桶oá$^{n}$-tháng。

【碗花 oá$^{n}$-hoe】 弄～～lāng～～⇨以碗做

主題的曲藝。

【**碗帽 oá$^{n}$-bō**】 碗形的帽。

【**碗路 oá$^{n}$-lō·**】 作烹飪術解。恔煮！～～好gâu-chí!～～hó⇨煮得好，煮術好。

【**碗額 oá$^{n}$-giah**】 碗之數。鬥～～tàu～～⇨湊足碗數。在商場以下貨充數解。

【**碗櫥 oá$^{n}$-tû**】 收放碗盤的櫥。亦謂菜櫥chhài-tû。

**oà$^{n}$ 案** 香案hiu$^{n}$-oà$^{n}$，祭壇也。排香～pâi-hiu$^{n}$～⇨設香案，準備祭祀。

**oà$^{n}$ 晏** 晚。早晏chá-oà$^{n}$⇨早與慢。眞～藉來chin～chiah-lâi⇨很慢才來。早困～精神chá-khùn～cheng-sîn⇨早睡慢起。喻生活懶怠。早早困，晏晏起chá-chá-khùn, oà$^{n}$-oà$^{n}$-khí⇨早眠慢起。花～開hoe～khui⇨花慢開。不當～m̄-thang～⇨不該遲到。

【**晏行早宿 oà$^{n}$-kiâ$^{n}$-chá-siok**】 晨慢出發晚早宿店。旅行者之戒。

**oà$^{n}$ 垵** 小港灣。北風～pok-hong～⇨可以避北風的小港灣。

**oā$^{n}$ 換** 易ek。變～piàn～⇨同上。交～kau～⇨同上。替～thè～⇨同上。

【**換手 oā$^{n}$-chhiú**】 ㊀左右手相換。㊁換人。換主。～～落去做也～～loh-khì-chò-à⇨換人做了。換人經營了。

【**換斗 oā$^{n}$-táu**】 王祿仙的名堂。栽花～～chai-hoe～～⇨謂多女者可改生男，以詐取金錢，且多變成色情案。

【**換肚 oā$^{n}$-tō·**】 臨時請客食飯的客套語。便飯便菜啦，換肚耳啦piān-pn̄g-piān-chhài-là, oā$^{n}$-tō·-niâ-là⇨把食必佳餚的肚子換淡茶粗飯的肚子。

【**換花 oā$^{n}$-hoe**】 ㊀新娘與新娘在路上相逢，必以頭上的花交換以避兇就吉。㊁新婚三日新娘之弟帶花去訪新娘，謂探房thàm-pâng，亦曰換花oā$^{n}$-hoe。

【**換帖 oā$^{n}$-thiap**】 結義兄弟。～～的～～ê⇨他們彼此稱呼同結拜的kiat-pài-ê。～～兄弟～～hia$^{n}$-tī⇨結拜爲兄弟。

【**換紅 oā$^{n}$-âng**】 服喪期滿。脫孝衣換平衣。

【**換食 oā$^{n}$-chiah**】 以工換食。或謂換嘴oā$^{n}$-chhùi，或換嘴食，oā$^{n}$-chhùi-chiah。～～耳～～niâ⇨不過以工換食而已。

【**換做 oā$^{n}$-chò(chòe)**】 假使ká-sú。～～別人伊道慘～～pat-lâng i tō-chhám⇨設使是另一個人，他就慘了。～～我，我不敢講～～goá, goá m̄-kán-kóng⇨如果是我，我不敢說也。

【**換單 oā$^{n}$-toa$^{n}$**】 交換（或新買）車票chhia-phiò。～～轉車到阿緱～～choán-chhia kàu a-kâu⇨到屏東去，得轉車換車票。阿緱a-kâu，屏東原名。

【**換準 oā$^{n}$-chún**】 同換做oā$^{n}$-chò。

【**換樣 oā$^{n}$-iū$^{n}$**】 換花樣，換方式。亦謂換款oā$^{n}$-khoán。

【**換嘴 oā$^{n}$-chhùi**】 ㊀換嘴食。㊁換食別的物件。㊂請客自謙詞。㊃姻戚關係變更時改換稱呼。

【**換新衫 oā$^{n}$-sin-sa$^{n}$**】 換穿新衣。死某～～死翁割韮菜sí-bó·～～sí-ang koah-kú-chhài⇨刻薄的調侃詞。

**oā$^{n}$ 旱** 不雨也。炕～khòng～⇨愆陽曰炕旱khòng-oā$^{n}$。愆陽khian-iâng，太陽過熱也。大～toā～⇨久不雨也。大落大～，小落小～toā-loh toā～，sió-loh sió～⇨謂八月八日，大雨即大旱，小雨即小旱。大～逢甘雨，他鄉遇故知toā～hông kam-ú，tha$^{n}$-hiang gī kō·-ti⇨謂最值得高興事也。不過大旱多讀文音tāi-hān。

## oah

**oah 活** 生也。死之對詞。又作強或硬幾乎的形容詞。七月半鴨仔不知死～chhit-goeh(geh)-

poâⁿ ah-á m̄-chai sí～⇨七月爲鬼月，祭鬼拜神不休。鴨在七月中每一刻都有被供爲牲禮之可能性。囡仔～要齪死gín-á～boeh chak-sí⇨孩兒纏吵母親曰齪chak。會死會～ē(ōe)-sí-ē～⇨要死要～boeh-sí boeh～⇨迫切或緊張的意思。不成死～m̄-chiâⁿ sí～⇨半生不死。

【活人 oah-lâng】 ㊀未死之人。～～扲合死人激氣～～teh-kah sí-lâng kek-khì⇨活人與死人生氣。㊁救人。～～無算～～bû-soàn⇨同上。應該是hoat-jîn bû-soàn。

【活水 oah-chúi】 長流不息的水。喻可靠的收入。～～扲驚人，死水連鞭了～～teh-kiaⁿ-lâng, sí-chúi liâm-mi-liáu⇨活水般的收入才利害，死水一下子就完了。

【活穴 oah-hiat】 謂隨葬隨發跡的好墓地。

【活用 oah-iōng(ēng)】 類推應用。未曉～～道較差也bē(bōe)-hiáu～～tō khah-chha-a⇨(知而)不知如何活用就差多了。

【活字 oah-jī】 ㊀通用之字。死字之對詞。㊁當今印刷用的鉛字。～～版～～pán⇨鉛印的。

【活佛 oah-put】 ㊀稱譽宅心仁慈的人。㊁嘲坐食不做事的人。

【活物 oah-mih】 動物tōng-but。人講蛇亦要命鼠亦要命，無代無誌，不可恣治～～lâng-kóng choâ iah-boeh-miā, chhí-iah-boeh-miā, bô-tāi-bô-chì, m̄-hó chhih-tī～～⇨古人言，蛇也要命鼠也要命，無因無端不可虐待動物。恣治chhih-tī，創治chhòng-tī皆曰凌遲lêng-tī。凌遲lêng-thî者，古刑罰名。

【活版 oah-pán】 活字印刷法。

【活要…… oah-boeh……】 差一點。幾乎。～～急死～～kip-sí⇨差一點要急死了。～～寒死～～koâⁿ-sí⇨差一點就寒死了。～～拍死～～phah-sí⇨差一點沒打死。～～氣死～～khì-sí⇨差些就氣死。

【活泉 oah-choâⁿ】 水泉。活水，皆喻財源滾流。

【活契 oah-khè】 活的合約。亦即未作廢者。

【活鬼 oah-kúi】 有發條的小機關。張～～仔tiuⁿ～～á⇨同上。

【活埋 oah-tâi】 未死先埋。咸～～hâm～～⇨活而埋之。咸hâm，皆也。

【活祭 oah-chè】 ㊀在死囚前獻酒食。㊁在墓前殺兇手。

【活鈕 oah-khàu】 可以隨時解開的結頭。縛～～pak～～⇨索仔結活結。話有留一個～～ōe-ū-lâu-chit-ê～～⇨話中留有轉扭的餘地。拍～～phah～～⇨打活的結頭。亦可說活結oah-kat。

【活動 oah-tōng】 ㊀自動。㊁鑽營。～～的人眞敍～～ê-lâng-chin chē⇨敍chē，多to也。

【活景 oah-kéng】 ㊀自然的風景。㊁自動(可以移動)的布景。張～～tiuⁿ～～⇨設活景。

【活會 oah-hōe】 未標死的標會。喻婚事未定之狀態。

【活路 oah-lō】 可行之路。生活之路。～～不行要歘死路也不～～m̄-kiâⁿ boeh-chhōe-sí-lō·-ā-m̄⇨責罵不肖之詞。

【活潑 oah-phoah】 又天眞又～～的小學生iū thian-chin iū～～ê sió-hak-seng⇨同上。

【活錢 oah-chîⁿ】 死錢sí-chîⁿ之對詞。平平錢會曉用道是～～未曉用道是死錢，pêⁿ-pêⁿ-chîⁿ ē(ōe)-hiáu-iōng tō-sī～～bē(bōe)-hiáu-iōng tō-sī sí-chîⁿ⇨同是錢能夠運用之(生利)就是活錢，反之就是死錢也。

【活躍 oah-iak】 生氣勃勃。～～份子～～hūn-chú⇨有活動力有影響力之人。又受注意人物的代名詞。當今黑名單之人。

【活火山 oah-hóe-san】 噴火或噴煙中之火山。

【活跳跳 oah-thiàu-thiàu】 形容活力充沛。猶～～～扲，甚人講伊死也iáu～～～leh, siáⁿ-lâng kóng-i sí-â⇨還是活龍一條也，誰說他死掉了。

【活踜踜 oah-liòng-liòng】 oah-lèng-lèng。同活跳跳oah-thiàu-thiàu。

【活閻羅 oah-giâm-lô】 賢明的法官。

【活觀音 oah-koan-im】 形容美人。嫗到如～～～抾súi-kà ná ～～～ leh⇨美如活的觀音。

【活期存款 oah-kî-chûn-khoáⁿ】 不打限期的存款。

## oai

oai **歪** 不正。邪。上不正，則下歪。siāng-put-chèng, chek-hē-oai⇨同上。

【歪人 oai-lâng】 不正經的人。～～道是～～,～～tō-sī～～⇨同上。

【歪人 oai-lang】 lâng改讀lang。不正經於他人。～～眞敆錢～～chin-chē-chîⁿ⇨以不正經的手段，貪取他人的很多錢。

【歪邪 oai-siâ】 不正經。心裡～～ sim-ni～～⇨心中不正。

【歪哥 oai-ko】 貪污舞弊的俗稱，歪翺oai-kô也。哥koh即兄，與翺kô諧音。

【歪斜 oai-siâ】 傾斜。柱仔有～～thiāu-á-ū～～⇨柱企無直。

【歪瘋 oai-hong】 面部因某種原因而歪斜不正常。曷不驚講了會～～ ah-m̄-kiaⁿ kóng-liáu-ē～～⇨何不怕亂講了嘴歪去。

【歪嘴 oai-chùi】 嘴唇有毛病。～～鷄嗟好米～～ ke-chiah-hó-bí⇨謂人雖窮，物卻要挑好的。

【歪翺欹衺 oai-ko-chhī-chhoā】 歪也。大歪也。合人 ～～～～ kah-lâng ～～～～ ⇨與人亂來。

oái **踒** 足跌也。一步一跛曰踒oái。行一步～一下kiâⁿ-chit-pō～chit-ē⇨一步一跛pái。安爾～,要～到當時an-ne(ni)～boeh～kà tang-sî⇨如此跛行，要跛到何時(才可到達)。逡仔～，～久道會到ûn-á～,～kú tō-ē(ōe)-kàu⇨慢慢的踒，踒久就會到達(目的地)。

oái **跩** 同踒oái。

## oaiⁿ

oaiⁿ **歪** 不正也。歪oai也。曲也。歪斜oai-siâ也。強要～ kiâng-boeh～ ⇨意欲強要。硬被～去ngē-hō～ khì⇨被強奪而去(以不正方法手段)。圓～參îⁿ～som⇨一種棋，喻横直都要之。

【歪來歪去 oaiⁿ-lâi-oaiⁿ-khì】 此歪彼騙。諸多騙取歪奪。被伊～～～～歪未少hō-i～～～～ oaiⁿ-bē(bōe)-chió⇨被他三騙四歪歪得不少。

【歪翺欹衺 oaiⁿ-ko-chhi-chhoā】 歪oaiⁿ同歪oai也。大歪也。合人～～～～kah(kap)-lâng～～～～⇨與人亂來，對人不明不白。與人同作不明不白之事。欹衺khi-sîa→chhi-chhōa。

oaiⁿ **彎** 曲也。不直也。彎oan曰彎oaiⁿ。路眞～lō chin～⇨路線很不直。九～十八折káu～chap-peh(poeh)-chiat⇨喻道路彎曲甚多。

【彎路 oaiⁿ-lō】 oan-lō。～～該較小心抾～～ài khah sió-sim-leh⇨彎路須小心些。

【彎蹺 oaiⁿ-khiau】 oan-khiau。彎曲oan-khiok也。喻性不直。伊的人眞 ～～ i-ê-lâng chin～～⇨他之為人甚不爽直。人較～～較歹款待lâng khah ～～ khah-pháiⁿ khoán-thāi⇨其為人性彎曲難於伺候。

【彎來癶去 oaiⁿ-lâi-poat-khì】 同彎來彎去oan-lâi oan-khì。癶poat，兩人相背也。

oaiⁿ **轟** 轟heng俗作轟oaiⁿ，羣車聲也。車得～chhia teh～⇨車行在出轟聲。新門會～sin-mn̂g ē(ōe)～⇨新門扇關開時有轟聲。

【轟轟叫 oaiⁿ-oaiⁿ-kiò】 轟轟有聲。

**oai$^{n}$ 泱** 泱泱oai$^{n}$-oai$^{n}$，水深廣也。又宏大也。水清～～chúi chheng～～⇨水甚清澄。爽～～sóng～～⇨爽得氣揚揚。

【泱泱流 oai$^{n}$-oai$^{n}$-lâu】 形容水流豐富。一港水～～～chi̍t-káng-chúi～～～⇨一股水泱泱而流著。

**oái$^{n}$ 踠** 踒oái也。亦曰oái$^{n}$。跛行也。沿路～iân-lō͘～⇨一路跛行。

【距來距去 oái$^{n}$-lâi-oái$^{n}$-khì】 跛行而來跛行而去。

**oâi$^{n}$ 圍** 圍ûi曰圍oâi$^{n}$。趕牲畜曰圍oâi$^{n}$。二個去鬥～nn̄g-ê khì tàu～⇨同上。伊講自己會曉～i kóng ka-kī ē(ōe)-hiáu～⇨同上。～入稠～ji̍t-tiâu⇨趕進畜舍。云云也～ûn-ûn-á～⇨慢慢趕。

【圍鴨 oâi$^{n}$-ah】 鴨圍入鴨舍中。

## oan

**oan 冤** 寃oan俗作冤oan。屈也。怨也。枉屈óng-khut也。怨恨oàn-hīn亦曰冤oan，吵架打鬧亦曰冤oan。有～報～有仇報仇iú～pò～iú siû pò-siû⇨同上。有～莫伸iú～bo̍k-sin⇨有冤而無由報復。翁姥不時～ang-bó͘ put-sî～⇨兩夫妻經常在吵吵鬧鬧。擊鼓鳴～kek-kó͘ bêng～⇨擊公堂前之鼓，正式提出控訴。有恩必報眞君子，有～不報非丈夫iú-in pit-pò chin-kun-chú, iú～put-pò hui-tiāng-hu⇨俚言。

【冤仇 oan-siû】 報～～pò～～⇨雪清恩怨。～～人～～lâng⇨有怨有恨之人。一不作二不休三不做，結～～it put-chò,jī put-hiu, sa$^{n}$ put-chò, kiat～～⇨謂事屬非幹不可。

【冤枉 oan-óng】 ㊀徒勞無功tô͘-lô-bû-kong。走～～路cháu～～lō͘⇨白跑一次路。或跑了不必跑之路。開～～錢khai～～chî$^{n}$⇨略同前。～～不敢講～～m̄-ká$^{n}$-kóng⇨受冤枉但不敢申冤。㊁無冤受屈bû-oan-siū-khut。大人呀，～～也tāi-jîn-à～～à⇨衙門喊冤。～～觀音媽偷拎蝦仔醃～～koan-im-má thau-ni hê-á-kê⇨喻大冤大枉。～～好人～～hó-lâng⇨同上。

【冤家 oan-ke】 ㊀有冤仇之人。對頭～～主tùi-thâu～～chú⇨彼此誓死對立者。㊁吵打鬧皆曰冤家oan-ke。囡仔～～gín-á～～⇨孩子打架。翁仔某無講未～～的ang-á-bó͘ bô-kóng bē(bōe)～～ê⇨夫妻之間，無有不吵鬧的。～～撈債～～lô-chè⇨吵鬧不休。撈債lô-chè應爲羅織lô-chit之訛。～～變親家～～piàn(pì$^{n}$) chhin-ke⇨因吵鬧而促成姻親關係。～～道可不當相打～～tō-hó m̄-thang sio-phah⇨動嘴可也不可動手。

【冤鬼 oan-kúi】 含冤而死之鬼。～～討命～～thó-miā⇨冤鬼索命。～～拜正～～pài-chia$^{n}$⇨不受歡迎的不速之客。正chia$^{n}$，新正也，亦即新年。

【冤魂 oan-hûn】 含冤不白之遊魂。～～不散～～put-sàn⇨受冤枉而死的人，死後魂魄仍不散。

【冤孽 oan-gia̍t】 前生前世的孽緣。前世的～～chêng-sì ê～～⇨同上。

【冤可解 oan-khó-kái】 恩冤宜解消。～～～不可結～～～put-khó-kiat⇨謂冤宜解消不宜再刺激加深。

【冤有頭 oan-iú-thâu】 冤必有其對頭。～～～債有主～～～chè-iú-chú⇨謂冤債都不能亂報亂討。

【冤來冤去 oan-lâi-oan-khì】 吵來吵去。囡仔～～～～那會講未gín-á～～～～ná-ē(ōe)-kóng-bē(bōe)⇨小孩子打打鬧鬧是難免的。

【冤冤相報 oan-oan-siang-pò】 有冤必有報。因果報應。謂其必反擊來反擊去。

**oan 彎** 引弓也。形曲曰彎oan。九～十八折的路káu～cha̍p-peh(poeh)-chat ê lō͘⇨喻山

路彎曲之多。

【彎刀 oan-to】 刀口彎曲之刀。一種特殊刀。箍桶kho·-tháng者所用。

【彎刨 oan-khau】 特殊的彎曲形刨刀khau-to。～～倒削～～tò-siah⇨喻宛轉巧妙的譏嘲法。

【彎蹺 oan-khiau】 事物不直。伊的人眞～～i ê lâng chin～～⇨他的爲人不爽直。多蹺欹khiau-khi。

【彎彎 oan-oan】 有曲。略仔～～lio̍h-á～～⇨有些彎曲。很曲。人要彎道～～要直道直直lâng boeh oan tō～～boeh-ti̍t tō ti̍t-ti̍t⇨謂爲人要不直要蹺欹，何事不可蹺欹，要直要遵從道理，何事不可直。

【彎弓門 oan-kong-mn̂g】 圓拱門oan-kóng-mn̂g。

oan **灣** 水曲也。海邊凹入可停泊船隻之處曰灣oan。海～hái～⇨同上。港～káng～⇨同上。入鄉隨俗入港隨～ji̍p-hiang sûi-siok ji̍p-káng sûi～⇨同上。

oán **宛** 狀貌如見曰宛oán。相似也。親像chhin-chhiūⁿ也。大～tāi～⇨古西域國名。

【宛在 oán-chāi】 依然存在。音容～～im-iông～～⇨弔祭常用的套詞。

【宛然 oán-jiân】 相似siang-sū。親像chhin-chhiūⁿ。無～～bô～～⇨簡直相同。謂超越宛然也。父仔囝道成到無～～pē-á-kiáⁿ tō sêng-kā bô～～⇨父與子就相似得簡直相同。

【宛轉 oán-choán】 委婉úi-oán。話該講較～～ 扲ōe ài kóng-khah～～leh⇨話須說得委婉些。又轉環。請共我～～一下chhiaⁿ-kā-goá～～chhit-ē⇨請爲我轉環一下。～～娥眉能幾時，須臾鶴髮亂如絲～～ngô͘-bî lêng-kí-sî, su-jî ho̍h-hoat loān-jî-si⇨唐詩。

oán **婉** 柔順也。委～曲折úi～khiok-chiat⇨同上。

【婉言 oán-giân】 委婉的言詞。～～共伊苦勸～～kā-i khó͘-khǹg⇨好言好語苦苦勸她。

【婉詞 oán-sû】 同婉言oán-giân。～～拒絕～～kī-choa̍t⇨好言好語加以拒絕。

【婉謝 oán-siā】 婉言加以辭謝。～～伊的好意～～i ê hó-ì⇨好言好語謝謝她的好意。

【婉勸 oán-khoàn】 宛轉加以勸告。聽朋友的～～回心轉意也thiaⁿ pêng-iú ê～～hôe-sim tńg-ì-à⇨聽從朋友的好言好語相勸，改變主意。

oán **畹** 古面積單位也。三十畝也。或曰十二畝爲畹oán，或曰三十步爲畹oán。諸說紛紛。

oán **遠** 不近也。久長也。又離也。疏也。永～éng～⇨永久。長～tiâng～⇨同上。疏～so͘～⇨同上。萬年久～bān-nî kiú～⇨同上。無～弗屆bû～hut-kài⇨無論多遠都能達到。路途遙～lō͘-tô͘ iâu～⇨同上。安爾藉有綿～an-ne(ni) chiah-ū biân～⇨如此才能持久。用意深～iōng-ì chhim～⇨同上。

【遠方 oán-hong】 外地。遠地。有朋自～～來，不亦悅乎iú-pêng chū～～lâi, put-e̍k-oa̍t-hô͘⇨論語。

【遠水 oán-súi】 遠方之水。～～難救近火～～lân-kiù-kīn-hóⁿ⇨受距離限制，幫不了忙。

【遠行 oán-hêng】 長途的出外。

【遠因 oán-in】 近因kīn-in的對詞。

【遠足 oán-chiok】 日文曰遠足Ensoku。今曰郊遊kau-iû。

【遠征 oán-cheng】 ㊀長途戰爭。何時平胡虜，良人罷～～hô-sî pêng-ô͘-ló͘, liâng-jîn pā～～⇨唐詩。㊁到外地比賽。球隊～～kiû-tūi～～⇨同上。

【遠望 oán-bōng】 眺望thiàu-bōng。

【遠視 oán-sī】 ㊀一種眼疾。㊁好高騖遠。

【遠遊 oán-iû】 遠行oán-hêng。父母在不～～，遊必有方hū-bó-chāi, put～～,iû pit-iú-hong⇨論語。

【遠慮 oán-lī】 對將來的考慮。人無～～必有近憂jîn bû-～～ pit-iú kīn-iu⇨做人是免不了煩惱憂慮的。

【遠親 oán-chhin】 遠地的親戚。～～不如近隣～～put-jî kīn-lîn⇨鄰居勝過遠親。

【遠離 oán-lī】 遠去oán-khì。遠行oán-hêng。今當～～臨表涕泣，不知所云kim-tong ～～ lîm-piáu thè-khip, put-ti só͘-ûn⇨前出師表。

【遠距離 oán-kī-lī】 里程長。～～～作戰～～～chok-chiàn⇨同上。～～～競走～～～kèng-cháu⇨例如萬米或馬拉松等是也。

oán **腕** 手腕chhiú-oán也。好～～hó～～⇨好手段hó-chhiú-toāⁿ。

oán **苑** 所以養禽獸也。又林木茂盛也。上林～siāng-lîm～⇨宮中植物園。

oàn **怨** 恨也。仇恨也。不平不滿曰怨oàn。以德報～í-tek pò～⇨無～無恨bô～bô-hīn⇨有～報～，有恩報恩iú～pò～，iú-in-pò-in⇨恩怨分明，欲報須及時。～到入骨髓也～kà ji̍p kut-chhóe-à⇨即恨之入骨。

【怨人 oàn-lâng】 恨他人。家己無肉拴～～大尻川ka-kī bô-bah teh～～ toā-kha-chhng⇨自己瘦小無肉而在抱怨他人屁股大。

【怨女 oàn-lí】 應嫁而未嫁的少女。曠男～～khòng-lâm～～⇨男未取女未嫁。

【怨言 oàn-giân】 怨恨之話。死無～～ sú bû～～⇨死了也沒有怨恨。

【怨妬 oàn-tò͘】 嫉妬chi̍t-tò͘。眞恔～～別人chin gâu～～pa̍t-lâng⇨性好嫉妬。

【怨恨 oàn-hīn】 仇恨。人講自作孽不可爲，你要～～甚人lâng-kóng chū-chok-gia̍t put-khó-ûi,lí boeh～～ siáⁿ-lâng⇨古人言，自作孽不可爲，你要怨恨何人乎（怨自己吧）。

【怨氣 oàn-khì】 怨恨之氣。一腹肚～～無拴消chi̍t pat-tó͘～～bô-teh-siau⇨滿腔怨恨，無處發洩。

【怨偶 oàn-ngó͘】 不和睦的夫妻。

【怨歎 oàn-thàn】 自怨自艾chū-oàn-chū-ngāi。～～家己耳，要～～甚人～～ka-kī-niā boeh～～siáⁿ-lâng⇨同上。

【怨懟 oàn-tūi】 怨恨oàn-hīn。

【怨人窮 oàn-lâng-kêng】 ～～～，怨人富，怨人無端起大厝～～～oàn-lâng-pū,oàn-lâng bû-toan khí-toā-chhù⇨怨天咎人。

【怨天咎人 oàn-thian-kiū-jîn】 怨天不公平，恨友不幫助。家己不努力，～～～～何用呢ka-kī m̄-nô-le̍k,～～～～ hô-iōng-neh⇨自己的命運要自己掌握。

【怨身慼命 oàn-sin-chheh-miā】 恨命運不濟。慼chheh，憂恨在心也。

【怨聲載道 oàn-seng-chài-tō】 到處都是埋怨bâi-oàn之聲。

【怨生莫怨死 oàn-seⁿ-bo̍k-oàn-sí】 在世者或可以恨他，死者就無須再恨他了。

oân **完** 全也。畢其事也。交租納稅曰完oân。了結曰完oân。空課做無～khang-khòe chò (chòe)-bô～⇨工作沒有了結。稅金繳～也sòe-kim kiáu～ā⇨納完了稅。註册費交～也chù-chheh-hùi kau～ā⇨繳上了註册費了。

【完人 oân-jîn】 十全十美之人。一代～～it-tāi～～⇨一代的十全十美的人物。

【完工 oân-kang】 竣工chùn-kang。得未～～也tit-boeh～～a⇨快要竣工了。

【完全 oân-choân】 完美無缺。猶未～～á-bōe(bē)～～⇨還未完整。～～成功了～～sêng-kong-lò͘⇨十分完美的成功了。～～靠家己～～khò-ka-kī⇨全都自力爲之。～～看別人～～khoàⁿ-pa̍t-lâng⇨百分之百仰仗他人。

【完成 oân-sêng】 全都成功。～～任務要緊～～ jīm-bū iàu-kín⇨最重要的把交待下來的工作做完。

【完畢 oân-pit】 了結liáu-kiat。報告～～pò-kò～～⇨軍隊用詞。

【完清 oân-chheng】 繳納(還)清楚。攏～～也啦lóng～～ā-lā⇨皆交清了。

【完婚 oân-hun】 完成婚事。結婚。爲子女～～ûi chú-lí～～⇨同上。

【完結 oân-kiat】 完滿結束。彼旁的代誌～～也hit-pêng ê tāi-chì～～ā⇨彼地之事情完滿結束了。～～篇～～phian⇨最後一篇。

【完善 oân-siān】 又完備又美好。設備～～siat pī～～⇨設備又齊全又美善。

【完稅 oân-sòe】 繳交稅款。～～完糧，完餉～～oân-niû, oân-hiàng⇨戰爭時期，人民的沈重負擔。

【完聘 oân-phèng】 婚姻進行中的一個程序。交聘禮給女方，女方亦回禮。～～了也得未娶也～～liáu-à tit-boeh chhoā-ā⇨完聘已畢了，快要迎娶了。

【完滿 oân-boán】 完全美滿。家庭～～ka-têng～～⇨同上。～～結束～～kiat-sok⇨同上。

【完膚 oân-hu】 皮膚無傷。體無～～thé bû～～⇨謂全身各部皆有傷痕。

【完賬 oân-siàu】 清結欠人人欠。合伊攏～～也kah(kap)-i lóng～～ā⇨與他的賬項皆清結了。

【完整 oân-chéng】 完美如故未受破損。

【完全變態 oân-choân-piàn-thài】 昆虫類由卵而幼蟲，而蛹，而蛾的過程。

【完璧歸趙 oân-phek-kui-tiō】 藺相如使秦完成外交任務而至保全和氏璧完整返回趙國的故事。亦作原璧goân-phek。

**丸** oân 圓也。子彈也。物圓如彈者曰丸oân。亦即圓而成立態者也。彈～tân～⇨①銃砲子。②喻地方狹小。彈～之地tân～chi tē⇨小如彈丸的地方。魚～肉～hî～bah～⇨肉類斲醬而製成丸粒者。斲tok，砍khám也，斬chám也。藥～io̍h～⇨粒形之藥。

【丸藥 oân-io̍h】 藥丸io̍h-oân類之總稱。～丹藥～～tan-io̍h⇨藥丸類，藥餅類。

**圓** oân 圓也。全也。貨幣名。完滿也。同圜oân。立體作丸，平面作圓。方hong之對稱。方～之器hong～chi khì⇨器物皆非方即圓也。渾～hû～⇨圓得很。平～phêng～⇨同心～tông-sim～。銀～gîn(gûn)～⇨貨幣。肉～bah～⇨月餅形包肉炙油加料而食的食品。與肉丸bah-oân有別。自～其說chū～ki-soat⇨牽強附會以證明自己的理論正確無缺。好夢難～hó-bāng lân～⇨夢想難得實現。花好月～hoa-hó-goa̍t～⇨人生圓滿之境，特別是浪漫蒂克的時期。大團～tāi-thoân～⇨圓滿的大結局。

【圓心 oân-sim】 圓之中心。自～～至圓周都是同距離chū～～chì oân-chiu to-sī tông-kī-lī⇨數學的一定理。

【圓周 oân-chiu】 圓的外周線。～～率～～lu̍t⇨數學名詞。所謂 3.1416 之數字。

【圓柱 oân-thiāu】 圓形柱î$^{n}$-hêng-thiāu。方柱～～hong-thiāu～～⇨四角柱與圓形柱。

【圓缺 oân-khoat】 月之圓滿與缺蝕。人有悲歡離合，月有陰晴～～jîn iú pi-hoân-lī-ha̍p, goa̍t iú im-chêng～～⇨蘇東坡詞。

【圓寂 oân-che̍k】 佛家語。死也。命終也。原意是歸眞返本kui-chin-hoán-pún。

【圓通 oân-thong】 性通達無礙。伊的人講好聽扲是～～，其實是狡獪i-ê- lâng kóng-hó-thia$^{n}$-leh sī～～ki-si̍t sī káu-koài⇨他之爲人，說好聽一點是圓通，其實是狡猾。

【圓滑 oân-ku̍t】 ㊀光潔平順。做了無～～chò(chòe)-liáu bô～～⇨辦得不能圓滿通順。㊁狡猾逃責任。彼顆人眞～～，該較注意扲hit-kho͘-lâng chin～～ āi-khah chù-ì-leh⇨那個家伙很狡猾，須留意一點。

【圓夢 oân-bāng】 解夢以決吉凶

【圓滿 oân-boán】 同完滿oân-boán。家庭～～ka-têng～～⇨沒有欠缺遺憾的家庭。

～～結束～～kiat-sok⇨十全十美地完結。

【圓錐 oân-chui】 頂端成點，下部爲圓形之物體。～～形～～hêng⇨成圓錐的形狀。

oân
還 還仔oân-á(ná)，猶原iû-goân也。～～共款～～kāng-khoán⇨還是一樣。～～不肯～～m̄-khéng⇨還是不肯。～～笑笑～～chhiò-chhiò⇨還是帶著笑容（並無生氣）。～～猶於扗～～iáu tī-teh⇨還是仍然存在活著。

【還猶 oân-iáu】 hoân-iáu。～～有～～ū⇨還有。～～要～～boeh⇨還要。～～扗哭～～teh-khàu⇨還在哭。～～無滿足～～bô boán-chiok⇨還是不滿足。

oân
園 種植果蔬之地而有圍墻者。農地曰園oân。田～tiân～⇨農地田莊。果～kó～⇨栽種果樹的園子。庭～têng～⇨房屋前後的庭院及花園。

【園丁 oân-teng】 庭園之工人。公園的～～kong-hn̂g ê～～⇨公園管理員。

【園地 oân-tē】 ㊀種植作物的農地。㊁活動的場地。多指刊物文字方面。青年人的～～chheng-liân-lâng ê～～⇨可供青年人發揮的地方。

【園亭 oân-têng】 園中之小屋。遊憩所。

【園藝 oân-gē】 種植花草果菜類的農事。～～系～～hē⇨大學中有其科系。～～家～～ka⇨園藝之專家。

oân
員 官數也。官～吏～科～課～koaⁿ～lī～kho～khò～⇨統稱公務員kong-bū-oân。銀行～教～學～公司職～gîn-hâng～kàu～hak～kong-si chit～⇨各種人員。大～要～tāi～iàu～⇨同上。冗～備～jióng～pī～⇨官員之待機者。勸誘～khoàn-iú～⇨同上。業務～giap-bū～⇨同上。事務～sū-bū～⇨同上。辦事～pān-sū～⇨同上。研究～gián-kiù～⇨同上。工～kang～⇨同上。兵～peng～⇨同上。人～jîn～⇨同上。幅～廣大hok～kóng-tāi⇨面積甚廣甚大。

【員工 oân-kang】 職員與工人。本公司的～～pún-kong-si ê～～⇨同上。～～福利社～～hok-lī-siā⇨同上。

【員外 oân-gōe】 富戶的稱號。原爲額外之官員，多依權勢或納賄而得之，也有財勢雄者冒稱。當都好嘴鬚捻起來做～～也taⁿ to hó chhùi-chhiu lián-khí-lâi chò(chòe)～～ā⇨而今可以捻嘴鬚做員外了。

oân
灣 台灣tâi-oân也。台灣命名之由來，衆說紛紜，見【台灣tâi-oân】條。

oân
元 元寶oân-pó重五十兩的銀塊。即元寶goân-pó也。

oân
援 牽引也。助也。聲～seng～⇨出聲鼓勵。孤軍無～ko·-kun bû～⇨同上。美～的bí～ê⇨美國援助的。軍～kun～⇨軍事援助之省詞。

【援手 oān-chhiú】 救助。朋友伸出～～pêng-iú chhun-chhut～～⇨有朋友救助。

【援引 oān-ín】 ㊀引證。引例。～～舊例～～kū-lē⇨引用舊例辦理。㊁牽引。因權勢的～～得進身官衙in koân sè ê～～tek chìn-sin koaⁿ-gê⇨因權勢之引拔進入官衙任事。

【援助 oān-chō·】 救援幫助。經濟～～keng-chè～～⇨同上。軍事～～kun-sū～～⇨同上。

【援例 oān-lē】 引用成例。～～辦理～～pān-lí⇨同上。

【援軍 oān-kun】 救援軍。～～到也～～kàu-à⇨同上。

oān
緩 遲也。寬也。柔也。拖延時間曰緩oān。未～得也bē(bōe)～tit-à⇨不能再慢了。不當更～也m̄-thang koh～ā⇨不可以再慢了。更～二三日可否koh～nn̄g-saⁿ-jit hó-bō·⇨再慢二三天可以否。吩咐雁，急銜去，直到君前莫遲～hun-hù-gān, kip-hâm-khì, tit-tò kun-chiān bok-thî～⇨古劇詞。展～tián～⇨時

間移後。

【緩日 oān-ji̍t】 日期移後。人結婚較無愛～～lâng kiat-hun khah-bû-ài～～⇨依俗結婚比較忌嫌改換期日。

【緩召 oān-tiāu】 役男因事改期應召。請求～～chhéng-kiû～～⇨同上。

【緩刑 oān-hêng】 從緩執行刑罰。～～三年～～saⁿ-nî⇨三年中如不再犯，即赦免其刑罰。

【緩和 oān-hô】 舒開緊張。空氣較～～也khong-khì khah～～ā⇨緊張的氣氛緩和下來了。

【緩急 oān-kip】 緊急kín-kip。家己該有病本，一旦～～當好應付ka-kī ài-ū pēⁿ-pún, it-tàn～～thang-hó èng-hù⇨自己應該有多少貯蓄，一旦緊急，才可以應付。

【緩兵之計 oān-peng-chi-kè】 拖引時間之計。中著人的～～～～tiòng-tio̍h lâng-ê～～～～⇨中了敵方之拖延戰略。

【緩衝地帶 oān-chhiong-tē-tāi】 爲緩和敵對兩方之衝突，双方同意在彼此之間所劃出的地區，在該地區內禁止双方人員出入，以免直接衝突。

## oat

**oat 斡** 轉也，旋也。去而復返曰斡oat。左右轉彎曰斡oat。亦作匝oat。遶樹三～，無枝可依jiâu-sī sam～bû ki khó-i⇨曹操短歌行。左彎右～chó-oan iū～⇨彎左斡右。正彎倒～chiàⁿ-oan tò～⇨右彎左斡。彎來～去oan-lâi～khì⇨九彎十八斡káu-oan cha̍p-peh (poeh)-oat。

【斡角 oat-kak】 轉左或右彎。～～的所在～～ê só͘-chāi⇨轉角的地方。

【斡掇 oat-choat】 奇性怪癖。掇choat採也。意謂不正採而彎斡採也。伊的人較～～i-ê-lâng khah～～⇨他之爲人有些怪癖。

【斡倒 oat-tò】 oat-chó，斡左。左手曰倒手tò-chhiú。～～邊～～pêng⇨左彎chó-oan。～～手邊～～chhiú-pêng⇨同前。邊pêng或作旁pêng。

【斡旋 oat-soân】 at-soan，爲人周旋調解攝合也。

【斡斡 oat-oat】 多彎也。彎彎～～oan-oan～～⇨①路多彎不直。②事多曲折。講到彎彎～～咱都聽無kóng-kà oan-oan～～lán to thiaⁿ-bô⇨講得曲折離奇，我皆聽不懂。

【斡正旁 oat-chiàⁿ-pêng】 右轉iū-choán。右手曰正手chiàⁿ-chhiú。～～～更去道到位也～～～koh-khì tō kàu-ūi-ā⇨右轉再去就到了。

【斡倒去 oat-tò-khì】 轉回頭。是安怎～～～又更斡倒來呢sī an-choáⁿ～～～iū-koh oat-tò-lâi-nê⇨爲何回去又回來了。

【斡倒轉 oat-tò-tńg】 翻頭hoan-thâu。～～～去厝裡睏也～～～khì chhù-ni khùn-ā⇨返回去家裡睡覺了。伊連鞭會～～～來i liâm-mi ē(ōe)～～～lâi⇨他馬上會返回來。

【斡正手旁 oat-chiàⁿ-chhiú-pêng】 同斡正旁oat-chhiàⁿ-pêng。

**oat 挖** 探穴也。開土孔曰挖oat。同空oat。抉liú也。

【挖土機 oat-thô͘-ki】 一種開地穴水溝的機器。

**oat 曰** 語首助詞。言也。～南北，～西東，此四方也～lâm-pak,～se-tong, chhú sù-hong-iā⇨同上。

**oat 越** 度也。踰也。迂也。更甚曰越oat。不當踰～m̄-thang jî(jû)～⇨不應脫出常規。優～的條件iu～ê tiâu-kiāⁿ⇨同上。超～群英chhiau～kûn-eng⇨同上。

【越小 oat-sió】 官～～車越大koaⁿ～～chhia oat-toā⇨謂小官坐巴士大官有包車也。

【越大 oat-toā】 愈大jú-toā。即個囡仔～～越愈無款chit-ê gín-á～～oat-jú bô-khoán⇨此孩子愈大愈無規紀。無款bô-khoán，不像樣。

【越老 oat-lāu】 年歲愈高。～～越倒倭～～oat tò-thōe⇨愈老愈倒俀。俀thóe，弱也。

【越來 oat-lâi】 愈來jú-lâi。阿花仔～～越姻a-hoe-a～～oat-súi⇨阿花愈來愈漂亮。

【越念 oat-liām】 背誦pōe-siōng。亦暗誦àm-siōng也。未曉～～的罰企壁bē(bōe)-hiáu～～ê hoat-khiā-piah⇨同上。企壁，壁邊立正也。

【越界 oat-kài】 越境oat-kéng。番兵～～來也了，逐家合伊拂呵hoan-peng～～lâi-ā-lò, tak-ke kah-i hut-ō⇨外國兵越過我國界了，大家與他拚吧。

【越級 oat-kip】 跳級。不按級。～～報告～～pò-kò⇨同上。

【越規 oat-kui】 犯規hoān-kui。～～行爲～～hêng-ûi⇨犯規的行爲。

【越過 oat-kòe】 超過。～～38度線～～sa$^{n}$-chap-peh-tō·-soà$^{n}$⇨踰越jî(jû)-oat。38度線sa$^{n}$-chap-peh-tō·-soà$^{n}$⇨北緯38度，亦即南北韓分界線也。

【越境 oat-kéng】 同越界oat-kài。～～事件～～sū-kiā$^{n}$⇨一國人民過境進入別國所引起的事件。

【越愈 oat-jú】 更甚。～～姍也～～súi-à⇨更漂亮了。～～愜意～～kah-ì⇨更加中了意。～～嵩重～～siong-tiōng⇨①病加重。②費加多。咱～～客氣伊煞～～無禮lán～～kheh-khì i soah～～bû-lé⇨此方愈客氣了對方竟愈無禮起來。

【越頭 oat-thâu】 回頭hôe-thâu。～～轉來看，孤單人無伴～～tńg-lâi-khoà$^{n}$, ko·-toa$^{n}$-lâng bô-phoā$^{n}$⇨歌詞。

【越權 oat-koân】 超越職權行事。小～～會變大問題sió～～ē(ōe)-pī$^{n}$ toā-būn-tê(tôe)⇨小小的越權可能造成大問題。

【越輾轉 oat-liàn(lìn)-tńg】 一轉身。～～～道無看見人也～～～tō bô-khoà$^{n}$-khì$^{n}$(ì$^{n}$)-lâng-ā⇨一轉身就看不見人了。

【越奸越巧 oat-kan-oat-khiáu】 ～～～～越貧窮，奸奸巧巧天不容～～～～oat-pîn-kiông, kan-kan-khiáu-khiáu thian put-iông⇨勸善語。

【越來越去 oat-lâi-oat-khì】 東顧西望。～～～～看無人～～～～khoà$^{n}$-bô-lâng⇨東顧西望都無人。

【越想越氣 oat-siū$^{n}$-oat-khì】 愈想愈氣，jú-siū$^{n}$-jú-khì。無想無氣，～～～～bô-siū$^{n}$-bô-khì～～～～⇨不想不氣，愈想愈氣。

**oat 閱** 簡軍實也。察也。數也。經歷也。觀覽也。大～tāi～⇨簡車馬也。簡軍實也。大檢～tāi-kiám～⇨由總統或三軍總司令所主持的檢閱軍隊。披～phi～⇨看書卷。閥～hoat～⇨世家大族。

【閱世 oat-sè】 經歷世事。～～不深～～put-chhim⇨同上。

【閱兵 oat-peng】 檢閱軍隊。即簡軍實也。～～式～～sit(sek)⇨檢閱軍隊時排列的隊式。

【閱歷 oat-lek】 經歷經驗。～～多矣～～to-ì⇨經驗多了，爲人甚老到了。

【閱覽 oat-lám】 查看。～～地籍～～tē-chek⇨同上。

【閱報室 oat-pò-sek】 專供看報讀雜誌的房間。

**oat 悅** 樂也。喜也。服也。心～而誠服sim～jî sêng-hok⇨同上。萬姓大～bān-sèng tāi～⇨同上。歡～hoan～⇨高興快樂。喜～hí～⇨同上。學而時習之，不亦～乎hak-jî sî-sip-chi, put-ek～hō⇨論語悅oat作說oat，據說當時尚未有悅oat字。

【悅目 oat-bok】 令人看得舒服。賞心～～ siúⁿ-sim～～⇨令人看著愉快，也叫人心情愉快。

【悅服 oat-hok】 衷心佩服。心悅而誠服的省詞。

【悅人耳目 oat-jîn-ní-bok】 令人聽到的看到的，都覺得十分快樂。

## oe

oe
**椏** 枝也。樹枝chhiū-ki曰樹椏chhiū-oe。柑仔生到縋倒～kam-á seⁿ(siⁿ)-kà lūi-tó～⇨枝上柑仔生太多了，要把椏縋倒了。縋lūi亦弔tiau也。樹～斷去，敕落來，敕死的chhiū～tn̄g-khì, siak-loh-lâi, siak-sí-ê⇨枝斷了，跌下來，敕死的。敕siak，篠擊也。斷～tn̄g～⇨斷枝。

oe
**鍋** 炊具的一種。圓筒形的口略小。有大的有小的。質料即有陶的，金屬類的等。茶～tê～⇨同上。藥～ioh～⇨同上。銑～seⁿ(siⁿ)～⇨較大型的。人一下衰，煮水會夾～lâng chit-ē-soe, chí-chúi ē(ōe) kiap～⇨謂倒霉極了。夾kiap，合也。粘合也。

【鍋仔 oe-á】 鍋類之總稱。猪肉～～ti-bah～～⇨同上。炕肉～～khòng-bah～～⇨同上。炕khòng者乾煮也。藥～～ioh～～⇨同上。

oe
**空** 或窐oe。挖oat曰空oe，亦曰窢ui，穿穴也。以小刀開小穴曰空oe。有別於鑿chhak也。又乘寵索錢亦曰空oe, ui。又背後被人偷弄手段曰被人空hō·-lâng-oe。無錢道共阿媽～bô-chîⁿ tō kā a-má～⇨無錢就向老祖母要。被人～一孔烏宦宦也hō·-lâng～chit-khang o·-lang-lang-a⇨被人偷弄了一筆很大很大，烏宦宦o·-lang-lang，黑不見底。

【空孔 oe-khang】 穿小穴chhoan-sió-hiat。

【空耳孔 oe-hīⁿ-khang】 清掃耳孔。

oe
**挨** 挨e也。人多曰挨挨陣陣e-e-tīn-tīn，亦曰挨挨陣陣oe-oe-tīn-tīn。

óe
**矮** 矮ê也。矮人é-lâng亦曰矮人óe-lâng。

óe
**挖** 空oe之大形者曰挖óe。抝liú也。開穴也。掘取亦曰挖óe。

【挖壁 óe-piah】 小賊穿壁。月仔光映映，賊仔偷～～goeh-á kng-iàⁿ-iàⁿ, chhat-á thau～～⇨月色溶溶夜，小賊偷抑壁goat-sek iông-iông-iā, sió-chhat thau-liú-piah。

òe
**穢** 蕪也。田中雜草也。惡也。糞穢pùn-òe也。垃圾lah-sap曰穢òe，污染曰穢òe。傳染亦曰穢òe。污～u～⇨攋捶lah-sap⇨垃圾lah-sap，亦即lâ-sam或la-sâm也。門口庭不當～mn̂g-kháu-tiâⁿ m̄-thang～⇨前庭不可以弄髒。～到像糞溲堆～kà chiūⁿ pùn-sò-tui⇨弄髒得宛如糞溲堆pùn-sò-tui。山林眞～soaⁿ-nâ chin～⇨山林內草木茂盛很不乾淨。有蛇蝎或鬼魅的地方亦曰穢òe。內面眞～，無盈好掃lāi-bīn chin～，bô-êng hó-sàu⇨家中很髒，沒時間可以清掃。胡蠅酖人未死，～人腹腸hô·-sîn thāu-lâng bē(bōe)-sí～lâng pak-tn̂g⇨謂胡蠅雖無大碍，但却擾人甚矣。彼款病講會～hit-khoán-pēⁿ kóng ē(ōe)～⇨彼種病據說會傳染。

【穢仔 òe-á】 雜草，灌木或藤葛叢生之處。～～傷穢道不當賭強入去～～siūⁿ-òe tō-m̄-thang tó·-kiâng jit-khì⇨穢仔太穢太茂盛了，就不可以逞強進入。～～路～～lō·⇨小路。

【穢褻 òe-sòe】 污穢u-òe。不名譽。彼款代誌，插著每～～hit-khoán tāi-chì, chhap-tioh mā～～⇨那一種事情一染手就衰了。

òe
**穭** 禾去皮也。通穢。

ôe
**鞋** 鞋ê也。草鞋chháu-ê皮鞋phôe-ê亦曰草鞋chháu-ôe皮鞋phôe-ôe。

**ôe 唯** 答人之詞。～你龜生癬～lí ku se$^{n}$-thôe⇨頑童的順口詞。龜ku者亦屁股。癬thôe，陰病。

**ōe 衛** 防護也。宿～siok～⇨宮禁之值宿護衛。保～國家pó～kok-ka⇨同上。守～地方síu～tē-hng⇨同上。防～部隊hông～pō͘-tūi⇨同上。親～隊chhin～tūi⇨獨裁的先生多有之。

【**衛生** ōe-seng】 保持清潔，增進健康。誠無～～chiâ$^{n}$-bô～～⇨非常的不潔淨。無～～的話bô～～ê ōe⇨猥褻úi-siat之話。髒話。～～兵～～peng⇨兵種之一。～～學～～ha̍k⇨同上。

【**衛戍** ōe-sū】 駐守chū-siú。～～部隊～～pō͘-tūi⇨同上。戍sū，守邊也。

【**衛兵** ōe-peng】 守衛營舍之兵丁。企～～khiā～～⇨輪值爲衛兵。

【**衛青** ōe-chheng】 西漢時代的名將。～～霍去病～～hok-khì-pēng⇨同時齊名的名將。

【**衛星** ōe-seng】 行星hêng-seng的子星。例如月就是地球的衛星ōe-seng。～～國～～kok⇨在大國周圍而被其控制的國家。～～都市～～to͘-chhī⇨大都市周圍的小城鎮。

【**衛隊** ōe-tūi】 保衛強人的部隊。親～～chhin～～⇨保護領袖的衛隊。自～～chū～～⇨地方自衛組織。

**ōe 話** 語言。講話。講～kóng～⇨說話。～較夥猫毛～khah-chē niau-mo⇨批評的話非常多。一句～三十六角，角角都會傷人chi̍t-kū-ōe sa$^{n}$-cha̍p-la̍k-kak, kak-kak to-ē siang-lâng⇨喻話易傷人，故講話應該十分注意。講～掛骨kóng～koà-kut⇨講話帶骨，喻其話另有所指。酒逢知己千杯少，～不投機半句多chiú-hōng ti-kí chhian-poe siáu,～put-tâu-ki poàn-kù to⇨喝酒說話都要有知己朋友才有意思。

【**話仁** ōe-jîn】 話之精萃。滑稽風刺的話。謂～～tè$^{n}$～～⇨格話仁。亦謂話仔仁ōe-á-jîn。謂tè$^{n}$，誑kòng也。欺也，惑也。故作大言曰謂tè$^{n}$。

【**話母** ōe-bó】 不必要的口頭禪。

【**話尾** ōe-bóe】 話的末段。紅姨仔循～～âng-î-á-sûn～～⇨巫婆掠取話尾的意思加以詮述。喻並無稀奇不值得深信。

【**話門** ōe-mn̂g】 未曉關～～bōe-hiáu-koai$^{n}$～～⇨講話不曉得收束。

【**話虱** ōe-sat】 語病。掠～～lia̍h～～⇨捉住話中的把柄。

【**話星** ōe-chhe$^{n}$】 因話惹禍。起～～khí～～⇨饒舌致生意外。

【**話柄** ōe-pè$^{n}$(pì$^{n}$)】 話的中心。拍斷～～phah-tn̄g～～⇨打斷人家講話。

【**話屎** ōe-sái】 多餘的話。厚～～kāu～～⇨不講也可以的話過多。

【**話根** ōe-kin】 談話的材料。

【**話骨** ōe-kut】 話中不順之處。駁～～pak～～⇨刺其矛盾。

【**話粒** ōe-lia̍p】 語句，言詞giân-sû。聲都聽有，唔過聽無～～sia$^{n}$ to thia$^{n}$-ū，m̄-kú thia$^{n}$-bô～～⇨聲音是聽得到，但是聽不出其詞句語意（亦即聽不懂其所言何事）。

【**話粕** ōe-phoh】 話的殘粕。抾人的～～khioh-lâng-ê～～⇨把人家講的話當做自己的話。

【**話款** ōe-khoán】 話的形式。講無～～kóng-bô～～⇨講得不像話。

【**話意** ōe-ì】 講話的大意。口氣。聽伊的～～thia$^{n}$ i-ê ōe-ì⇨推察他的口氣。

【**話頭** ōe-thâu】 講話的開頭。～～先踏死～～seng-ta̍h-sí⇨開頭先講明某些限制。～～話尾總是會礙着人～～ōe-bóe chóng-sī ē gāi-tio̍h-lâng⇨講話中難免會刺傷他人。講～～人道知話尾也kóng～～lâng tō chai ōe-bóe à⇨舉一反三的聰明。

【話縫 ōe-phāng】 話中的缺點。專穿人的～～choan-chhng lâng-ê～～⇨專找別人話中的缺點。穿chhng亦曰鑿chhak。

【話關 ōe-koan】 話中的要點。轉～～tńg～～⇨轉換話題。

【話鬚 ōe-chhiu】 說者之口沫。話之小節。罔承～～bóng-sîn～～⇨姑罔聽人說話。不去跮踱抾承～～m̄-khì thit-thô teh sîn～～⇨不去玩而在此承口沫何用。

【話𤆬話 ōe-chhoā-ōe】 甲話引出乙話。順嘴 sūn-chhùi。～～～講的～～～kóng-ê⇨無意中順嘴講的。

ōe
**畫** ㊀繪。～俑仔的～ang-á-ê⇨畫家。㊁詐也。誑騙。俾你未～得hō·-lí-bē～tit⇨你誑不倒我。俑ang，本讀ióng，古隨葬的偶人也。

【畫工 ōe-kang】 畫俑仔的人。畫家。

【畫符 ōe-hû】 畫神符。～～念咒～～liām-chiù⇨同上。

【畫虎生 ōe-hó·-lān】 設詞誑騙。同畫山畫水ōe-san-ōe-súi。

【畫山畫水 ōe-san-ōe-súi】 畫得有山也有水，如眞實一般，同設計他人。你不免～～～～lí m̄-bián～～～～⇨你不必騙我入港。畫天畫地，ōe-thian-ōe-tē，畫龍畫鳳ōe-liông-ōe-hōng等皆同義。

ōe
**會** 會ē也。會使得ē-sái-tit亦曰會使得ōe-sái-tit。會曉ē-hiáu曰會曉ōe-hiáu。

## oh

oh
**奧** 不易也。困難khùn-lân也。俗作惡oh或難oh。比上天猶較～pí-chiū$^{n}$-thi$^{n}$ iáu-khah～⇨難於上青天。比死較～pí-sí khah～⇨比死還困難，眞～啦chi$^{n}$～lā⇨不容易也。～是～，咱會用得云仔來～sī～lán ē(ōe)-iōng-tit ûn-á-lâi⇨困難固困難矣，我們可以慢慢爲之。娘快做，嫺～學niû-khoài-chò(chòe), kán～oh⇨夫人易爲之，女婢即難學矣。

【奧生 oh-se$^{n}$(si$^{n}$)】 難於生育。喩不易出現。生理子～～seng-lí-kiá$^{n}$～～⇨會做生意的人很少。

【奧做 oh-chò(chòe)】 不易爲。清官～～chheng-koa$^{n}$～～⇨清官難爲。

【奧會 oh-ē(ōe)】 不容易懂。難學通。無基礎較～～bô-ki-chhó· khah～～⇨無基礎(智識)者難於學得通。

【奧學 oh-oh】 不容易學習。娘快做，嫺～～niû-khoài-chò(chòe), kán～～⇨同上。嫺kán，女婢也。

【奧講 oh-kóng】 ㊀不易啓口。立場上眞～～lip-tiû$^{n}$-siāng chin～～⇨同上。㊁道不盡。公道二字～～啦kong-tō nn̄g-jī～～lā⇨同上。

【奧紐轆 oh-liú-lak】 難於對付。以猪轆索扭猪而捉之曰紐轆liú-lak。亦即不易把猪捉住也。彼類～～～莫較順hit-lōe～～～mài-khah-sūn⇨那種的難纏，不來也吧。莫較順mài-khah-sūn⇨不幹比較順理成章。

【奧拔氂 oh-pah-leh】 不易對付。氂leh者幼毛亦即毛箭mô-chì$^{n}$。謂毛箭不易拔除也。刣雞雞仔細，刣鴨～～～thâi-ke ke-á-sè(sòe), thâi-ah～～～⇨古俚。意謂，要殺鷄嗎，鷄太小了，要殺鴨嗎，毛箭太多難拔除，要待拔乾淨了，時間來不及了。據說是一巧婦拒絕請客之詞。

【奧過日 oh-kòe-jit】 日食難度。

oh
**噢** 感歎詞。～，安爾囉～，án-ne(ni)-lō·⇨同上。～，你不去也？～，lí-m̄-khì-à?⇨呵，你不去了？～，伊肯也是不～i khéng à-sī m̄⇨呵，他答應了嗎。

oh
**呵** 同噢oh。

oh
**惡** 同奧oh。困難也。惡死⇨難死⇨痛苦而死。

**oh 學** 悟所未知，效其不能乃曰學oh。又教學kàu-hak之所曰學oh。大漢道會也，不免～toā-hàn tō-ē(ōe)-ā，m̄-bián～⇨長大成人就自然會了，不必學習。小～中～大～sió～tiong～toā～⇨大中小各級學校。

【學人 oh-lâng】 仿效他人。～～的無侅，無稀罕啦～～ê bô-gâu，bô-hi-hán-là⇨仿效他人的非聰明，不稀奇也。你～～要死咯lí～～boeh-sí-lō͘⇨女孩子罵人學她的怪模怪樣。

【學乖 oh-koai】 學習規紀。猶細漢抃，～～耳啦iáu sè(sòe)-hàn-leh，～～niâ-lâ⇨還小也，不過學學乖而已。～～，莫學戇～～，bok oh-gâi⇨學乖莫學癡獃chhi-gâi。獃gâi者，無分別之小犬。

【學堂 oh-tn̂g】 學堂hak-tông。學校hak-hāu。俾阮～～去讀書，讀來讀去五六年，返倒來，更道不八半介字hō͘-goán(gún)～～khì thak-chu, thak-lâi-thak-khì gō͘-lak-nî,hoán-tō-lâi, koh-tō m̄-bat(pat) poà$^{n}$-kài-chī⇨丑仔白。

【學話 oh-ōe】 ㊀學講話oh-kóng-ōe。㊁搬話，搬弄是非，亦即把甲所言搬給乙，使乙激怒，反咬甲等是也。囡仔人不當～～gín-á-lâng m̄-thang～～⇨小孩子不可搬弄是非。

【學功夫 oh-kang-hu】 學習技藝。學習武藝。

【學嘴學舌 oh-chhùi-oh-chih】 搬話。搬弄是非。安爾～～～～都不好an-ne(ni)～～～～to m̄-hó⇨如此這般的搬弄是非是不宜的。

## ok

**ok 堊** 白土也。塗爲白色也。未加塗飾曰堊。以白灰土抹壁也。白～舘peh～koán⇨日文指美國總統官邸之稱也。俗多讀如亞a。又堊ok同墡siān，同埴tit，皆軟土也。吾家還有住墡份仔其地，有白色軟土，日文有埴 ハニ，有軟土之地，又有埴輪ハニワ，埴所製成之土偶土馬等。

**ok 惡** 不善也。醜陋垢穢皆曰惡ok。兇猛曰惡ok，兇言兇相對人亦曰惡。是非善～該分明sī-hui siān～ ài hun-bêng⇨同上。揚善遏～iâng-siān a$^{t}$～⇨同上。罪～邪～chōe～siâ～⇨同上。萬～淫爲首bān～îm-iû-siú⇨謂淫是罪惡榜的榜首。狗～káu～⇨狗兇猛。蚊仔眞～bán-á chin～⇨蚊子成羣逞兇。彼款酒眞～hit-khoán chiú chin～⇨那一牌號之酒酒性甚強烈。作～作毒，騎馬碌硞chō(chōe)～chō(chōe)-tok, khiâ-bé lok-khok⇨似乎喻惡人面皮特厚，不怕羞反而敢騎馬出來，躍武揚威。碌硞lok-khok，馬蹄聲。碌硞馬lok-khok-bé却是指劣馬。碌硞原作轆轂lok-khok。老師眞～，會乎罵lāu-su chin～ē-hō͘-mē⇨老師甚嚴，怕會挨罵。你抃～啥lí teh～siah$^{n}$⇨你在兇什麼。人不當傷～lâng m̄-thang siu$^{n}$～⇨爲人不該太兇太毒。

【惡人 ok-lâng】 ㊀兇猛之人。～～無膽～～bô-tá$^{n}$⇨同上。騙人不八看見～～phiàn-lâng m̄-bat(pat) khoà$^{n}$-kì$^{n}$(î$^{n}$) ～～⇨謂你這種惡人惡不倒人也。㊁行不善之人。～～戴紗帽，好人倒抃餓～～tì-se-bō,hó-lâng tó-lé-gō⇨謂惡人得勢，好人反而落魄。

【惡化 ok-hoà】 情形轉壞。一日一日～～去chit-jit-chit-jit～～khì⇨日漸惡化。

【惡行 ok-hēng】 不良的行爲。惡心～～ok-sim～～⇨心地不良行爲惡毒。

【惡形 ok-hêng】 相貌醜陋可怕。人是生做有較～～啦，不過心官是未偲lâng sī se$^{n}$-chò ū-khah～～lâ, put-kò sim-koa$^{n}$ sī bē(bōe)-bái⇨他外表確實難看一點，但是心事是不壞的。生做se-chò→si$^{n}$-chòe。面較～～bīn khah～～⇨外表看起來比較惡劣。

【惡佃 ok-tiān】 不良的田佃。～～覇耕～～pà-ken⇨不繳出佃租，不退還耕地，是爲惡佃。

【惡妻 ok-chhe】 為不善之妻。～～孽子，無法可治～～gia̍t-chú, bô-hoat khó͘-tī⇨人生逢到惡妻與逆子，是無可奈何的。

【惡例 ok-lē】 不良的先例。～～不可開～～put-khó-khui⇨不能創立不良的先例。

【惡性 ok-sèng】 惡的本性。～～重大～～tiōng-tāi⇨惡性甚大。

【惡客 ok-kheh】 用意不善的賓客。

【惡俗 ok-sio̍k】 不良的風俗。～～難移～～lân-î⇨壞風俗很難改掉。

【惡毒 ok-to̍k】 極惡。心事～～sim-sū～～⇨心太壞了。

【惡馬 ok-bé】 兇猛的馬。～～惡人騎，臙脂馬抵着關老爺～～ok-lâng khiâ, ian-chi-bé tú-tio̍h koan-ló-iâ⇨喻一物有一物克制之。

【惡症 ok-chèng】 極壞的病症。難治的病症。

【惡疾 ok-chi̍t】 醫治困難的病症。惡症ok-chèng。

【惡鬼 ok-kúi】 厲鬼。

【惡徒 ok-tô͘】 為不善之徒衆。

【惡蛇 ok-choâ】 兇猛的毒蛇。～～一日病三過～～chi̍t-ji̍t pē$^{n}$ sa$^{n}$-kòe⇨喻人難保常平安。

【惡婦 ok-hū】 心地不善的女人。不守婦道的女人。

【惡報 ok-pò】 不好的報應。惡有～～ok-iú～～⇨同上。

【惡賊 ok-chha̍t】 亦即賊。世上似無善賊。

【惡意 ok-ì】 違反道義觀念的主意。～～中傷～～tiòng-siang⇨同上。

【惡感 ok-kám】 不良的感情。對某人有～～tùi bó͘-lâng ū～～⇨同上。

【惡棍 ok-kùn】 慣行壞事的惡漢。

【惡煞 ok-soah】 惡神ok-sîn。煞神soah-sîn。兇兇狂狂未輸～～抮hiong-hiong kông-kông bē(bōe)-su～～leh⇨兇兇狂狂狀如惡煞一樣。

【惡夢 ok-bāng】 ㈠暗示惡事的夢。㈡夢中陷在苦境的夢。

【惡語 ok-gí】 惡言。相罵用的言詞。惡言～～ok-gân～～⇨說出難聽的話。

【惡漢 ok-hàn】 惡人。兇猛的壞人。

【惡霸 ok-pà】 獨霸一方的惡棍。地方的～～tē-hng ê～～⇨地頭蛇。

【惡黨 ok-tóng】 惡人的集團。

【惡勢力 ok-sè-le̍k】 存心不良而有權勢的集團。形成一個～～～hêng-sêng chi̍t-ê～～～⇨同上。

【惡貫滿盈 ok-koàn-boán-êng】 謂其積惡已經夠多了，滿盈了。～～～～的老奸～～～～ê lāu-kan⇨該死的老奸董。

【惡戰苦鬭 ok-chiàn-khó͘-tàu】 為生活辛苦經營之詞。咱安爾～～～～，所為何故lán an-ne(ni)～～～～，só͘-ūi hô-kò͘⇨我如此這般的辛苦打拼，目的是什麼呢。

【惡事傳千里 ok-sū-thoân-chhian-lí】 謂不名譽之事傳佈甚快。好事不出門，～～～～～hó-sū put-chhut-mn̂g,～～～～～⇨謂好事傳佈慢，惡事却甚快。

**屋** ok 居也。舍也。有覆蓋者皆曰屋ok。木～bo̍k～⇨木造房屋。竹～tek～⇨竹造房屋。茅～mâu～⇨茅草蓋的房屋。房～pâng～⇨大小屋舍之總稱。古～kó͘～⇨古早時代的房屋。新～sin～⇨新建築的房屋。廢～hùi～⇨已經沒有住的房屋。大車小～tāi-ki siáu～⇨喻小官員。小車大～siáu-ki tāi～⇨大官員。麥仔酒～bē-á-chiú～⇨當今流行的啤酒店。

【屋鳥 ok-niáu】 推愛。愛及～～ài ki̍p～～⇨同上。～～之愛～～chi ài⇨愛屋及烏之愛也。

【屋漏 ok-lāu】 屋頂破漏。～～偏遭連夜雨，船破又逢對頭風～～phian-cho liân-iā-í,

chûn-phoā iū-hông tùi-thâu-hong⇨禍不單行。

【屋上霜 ok-siāng-song】 各人自掃門前雪，莫管他人～～～kok-jîn chū-sò bûn-chiân-soat, bok-koán thaⁿ-jîn～～～⇨利己主義的心態。

【屋外運動 ok-goā-ūn-tōng】 登山，郊遊，釣魚等當今所流行者體育。

**ok 渥** 霑tâm也。優厚也。既優且～kì-iu chhiáⁿ～⇨又優又厚也。

**ok 幄** 帷幄ûi-ok，軍帳也。運籌～～中，決勝千里外，我不如子房ūn-tiû～～tiong, koat-sèng chhian-lí-goā, gō· put-jî chú-pâng⇨劉邦稱讚張良詞。

**ok 握** 捲手執持也。把～pá～⇨①緊握不放。～～無稠～～bô-tiâu⇨掌握得不緊密。②預計可得成功。有～～好，無道不當ū～～hó, bô-tō m̄-thang⇨有自信成功乃可，否則不可以也。阿花去較有～～a-hoe khì khah-ū～～⇨同上。掌～於伊手中裡chiáng～tī i chhiú-tiong-nī⇨掌握在他手中。

【握手 ok-chhiú】 ～～爲禮～～ûi-lé⇨行握手禮。

【握別 ok-piat】 握手而別。～～以來，倏已三載～～í-lâi, siok-í sam-chài⇨書函用詞。

【握力計 ok-lek-kè】 試手掌力的儀器。

**ok 喔** 鷄聲也。鷄鳴也。亦蛙聲也。鷄鳴～～ke-bêng～～⇨公鷄喔喔地叫起來了。

【喔喔叫 ok-ok-kiò】 咯咯叫kok-kok-kìo。母鷄聲。鷄母～～～扲呼鷄仔囝也ke-bó～～～teh kho· ke-á-kiáⁿ-ā⇨同上。水蛙哮到～～～chúi-ke háu-kà～～～⇨水中青蛙喔喔喔地叫個不停。

【喔喔啼 ok-ok-thî】 咯咯啼kok-kok-thî。雄鷄叫晨聲。

# ong

**ong 翁** 父的尊稱。富～hù～⇨富人。漁～gî～⇨同上。白頭～pek-thâu～⇨白髮皤皤的老人。

【翁仲 ong-tiōng】 墓前的石人。～～不叫叫仲翁，判你蘇州做判通～～put-kiò kiòtiōng-ong, phoàn-lí so-chiu chò phoàn-thong⇨據稱蘇東坡做主考，考卷中有將翁仲誤寫爲仲翁者，蘇舉筆作批如上。通判官名。蘇亦倒置之。

**óng 枉** 不直，違法，屈就，徒勞。冤～oan～⇨無冤受屈。寃～觀音媽偷拎蝦仔醢oán～koan-im-má thau-ni hê-á-kê⇨寃枉人之極致。

【枉死 óng-sí】 不應該死而死。～～城～～siâⁿ⇨枉死鬼寄居地。

【枉屈 óng-khut】 不白之寃。～～人偷舉古井～～lâng thau-giâ-kó· chéⁿ⇨明明不實不合理。～～你讀册～～lí thak-chheh⇨你讀書竟不知此理，畧同枉費。猥自～～，三顧臣於草廬之中úi-chū～～，sam-kò· sîn î chhó-lô·-chi-tiong⇨出師表。

【枉費 óng-hùi】 白費。徒費。毋免～～心機m̄-bián～～sin-ki⇨不必白費精神。

【枉駕 óng-kà】 枉屈尊駕。～～光臨～～kong-lîm⇨謂交際應該有來有往。

**óng 往** 去。古早。來～lâi～⇨來去。往復。有來無～非禮也iú-lâi-bû-～ hui-lé-iā⇨謂交際應該有來有往。

【往日 óng-jit】 同往時，過去。

【往古 óng-kó·】 古早。同往昔。

【往事 óng-sū】 過去的事蹟。～～如煙～～jî-ian⇨往事如煙不堪回首。

【往還 óng-hoân】 去與來，來與去。同往回。書信～～si-sìn～～⇨彼此寫信交流。

ông
王 君主。一國之主。國～kok～⇨同上。閻羅～giâm-lô～⇨地獄裏的將官。自稱三叉～chū-chheng sam-chhe～⇨喻自尊自大。三叉、三齊之化。來自韓信故事。

【王公 ông-kong】 天子與諸侯。坐而論道者爲王公。

【王台 ông-tâi】 蜜蜂箱中蜂王所在之處。

【王板 ông-pang】 蜜蜂巢中的隔界板。

【王侯 ông-hô͘】 天子與諸侯。～～將相寧有種～～chiàng-siàng lêng iú-chéng⇨王侯將相並非有特別種傳chéng-thn̂g，也是與普遍人共欸的。

【王威 ông-ui】 王之威風，大威風，不免抡～～m̄-bián teh～～⇨不必施展威風。罵人裝大之詞。

【王爺 ông-iâ】 ㊀神的稱號。㊁王親國戚的稱號。㊂橫行霸道的人。未輸～～抡bē(bōe)-su～～leh⇨王爺一樣。

【王見王 ông-kiàn-ông】 拼生死。象棋規則。兩王不能相對，兩王既然見王了，就要拼生死。王不見王。

【王見現 ông-kiàn-hiān】 王見合而爲現。謂惡事已露現了。

【王宮起 ông-kiong-khí】 彷王宮式的建築。

【王爺馬 ông-iâ-bé】 王爺的馬。騎～～～khiâ～～～⇨將他人錢當做自己的錢開消無誤。

【王爺船 ông-iâ-chûn】 送厄神出海的紙船。你不驚～～～共你載去lí-m̄-kiaⁿ～～～kā-lí-chài-khì⇨你不怕死嗎？

【王兄柳弟 ông-hiaⁿ-liú-tī】 不三不四的朋友。

【王哥柳哥 ông-kò-liú-kò】 同王兄柳弟。

【王祿先生 ông-lok-sian-seng】 王祿仔先。江湖郎中。

ông
茔 芒萊ông-lâi。鳳梨ông-lâi的簡寫。

ōng
旺 發展。興～hin～⇨盛大。興盛。六畜興～liok-thiok hin～⇨同上。

【旺手 ōng-chhiú】 賭徒贏時的手氣叫～～。又叫旺盆ōng-phûn。

【旺火 ōng-hóe】 熱火，猛火(me-hóe)，拍～～phah～～⇨燃起猛火。

【旺稠 ōng-tiâu】 家畜生殖興旺。稠tiâu，密也，畜舍也。生畜羣居之所也。俗作椆，非。

## pa

pa
爸 父也。稱父曰爸pa，或爸爸pa-pa。阿～a～⇨皆子女呼父式也。

pa
巴 地名。手掌曰巴pa，以手掌打人面頰亦曰巴pa。您父～一下給你lín-pē～chit-ē hō͘-lí⇨我要打你一巴掌。話講不出口曰講話結～結～kóng-ōe kiat～kiat～。～蜀～siok⇨今四川省的地方。歐羅～au-lô～⇨歐洲Europe，五大洲之一。古～kó～⇨國名Cuba，在北美洲西印度群島，以產糖而有名。加蚋～ka-la～⇨爪哇jiáu-a的古名。

【巴士 pa-suh】 公共汽車bus。～～站～～chām⇨公共汽車的乘降站。

【巴西 pa-se】 國名Brazil，南美洲第一大國。

【巴豆 pa-tāu】 豆名。有毒的中藥名，產自巴蜀而得名。

【巴哈 pa-hah】 人名Bach，德國古音樂家。

【巴掌 pa-chiáng】 手掌chhiú-chiáng。您父一～～給你lín-pē chit～～hō͘ lí⇨我要打你一嘴巴。你lí改讀lī。

【巴結 pa-kiat】 ㊀奉承。俗曰捀𡳞葩phô͘-lān-pha。彼顆蓋姣～～人hit-kho͘ kài-gâu～～lâng⇨那個家伙最善於捀𡳞葩(奉承人)。㊁努力。自強。阿丁有夠～～a-teng ū-kàu～～⇨阿丁十分堅強(能夠忍受食虧)。

【巴黎 pa-lê】 法國首都Paris。

【巴比倫 pa-pí-lûn】 古國名Babylon。在中東幼發拉底河Euphrates River沿岸一帶。西元二千年前的文明大國。

【巴拿馬 pa-ná-má】 國名Panama。在南北美兩洲間的地峽上。～～～運河～～～ūn-hô·⇨太平，大西兩大洋間的船舶交通的要道。

【巴格達 pa-kek-tat】 地名Bagdad，或作Baghdad，中東的要地。～～～的大盜～～～ê tāi-tō⇨一千零一夜故事之一。

【巴圖魯 pa-tô-lú】 士兵。軍兵。滿洲語。意爲勇敢，勇士也。

【巴力斯坦 pa-le-su-tán】 國名Palestine，在中東敍利亞之鄰國。

【巴士海峽 pa-su-hái-kiap】 Bashee Channel，我台與呂宋(菲律賓)島間之海峽。

【巴基斯坦 pa-ki-su-tán】 國名Pakistan。在印度北方，國土分東西兩部。

【巴禮講道 pa-lé kóng-tō】 有巴禮其人說教。～～～～，家己攏着～～～～，ka-kī lóng-tio̍h⇨謂巴禮說教，自己全都對。喩自己皆對，別人不對。據稱巴禮者，西班牙的傳教士。

pa 羓 乾肉也。肉干之類曰羓pa。鴨～ah～⇨板鴨pán-ah。鳥仔～chiáu-á～⇨燒鳥。人～lâng～⇨①有皮無肉之瘦人sán-lâng。未輸人～呢bē-su lâng～nī⇨宛然似人羓。②木乃伊mirra。粒仔乾～也lia̍p-á kian-～a⇨爛瘡在癒合了。瘦卑～sán-pi～⇨瘦的形容詞。

【羓羓 pa-pa】 瘦如乾肉。人～～lâng～～⇨人如乾肉狀。瘦～～sán～～⇨瘦如乾肉。

pa 芭 芭蕉pa-chiau也。俗亦曰芹蕉kin-chio，芎蕉keng-chio，香蕉hiang-chio等。

【芭蕉 pa-chiau】 植物名。俗曰芹蕉kin-chio。～～扇～～sì$^{n}$⇨①以蕉葉爲扇。②西遊記中鐵扇公主的寶器，與孫悟空之間有一段的～～扇～～sì$^{n}$爭奪戰。

pá 飽 足也。不飢也。充實曰飽pá，豐富曰飽pá，討厭亦曰飽pá。腹肚～也pak-tó·～ā⇨肚子飽了。食～也chia̍h～ā⇨吃飽了。～道無巧～tō bô-khá⇨謂肚子飽了，再有好的東西也不稀奇。嘴～目不～chhùi～ba̍k m̄～⇨形容貪食之人。即角，戲眞～chit-kioh，hì chin～⇨此人對戲劇很有智識。角kioh，角色kioh-siàu，亦作個人解。今仔日攏創好，明仔早給你跮蹽到～kin-á-ji̍t lóng-chhòng-hó, bīn-á-châi hō·-lí thit-thô-kà～⇨今天全部做完了，明天給你玩到不要再玩。

【飽力 pá-la̍t】 力氣大。比看啥人較～～pí-khoà$^{n}$ siá$^{n}$-lâng khah～～⇨比一比，看誰有力氣。

【飽水 pá-chúi】 ㈠作物成熟得差不多。粙仔～～也tiū-á～～ā⇨稻穀成熟了。芹蕉眞～～了kin-chio chin～～lō·⇨香蕉夠成熟了。㈡錢多。橐袋仔，如～～，行路道有風lak-tē-á, nā-～～, kiâ$^{n}$-lō· tō ū-hong⇨衣袋裡如果錢多多，行路就有威風。錢～～～～扲，扲驚啥chî$^{n}$～～～～leh，teh-kia$^{n}$-sah$^{n}$⇨錢多多的，還在怕什麼。㈢青春力壯。少年家仔當～～siàu-liân-ke-á tng～～⇨少年人正在青春力壯之時。力頭～～la̍t-thâu～～⇨很有力氣。

【飽仁 pá-jîn】 土豆等豆類夠成熟。土豆～～也thô·-tāu～～ā⇨花生成熟了。

【飽米 pá-bí】 穀類成熟。番麥猶未～～扲道扲扎hoan-bē iá-bōe～～leh tō-teh-at⇨玉米還未成熟的就在摘採。採番麥曰扎番麥at-hoan-bē。

【飽足 pá-chiok】 夠多。錢水～～chî$^{n}$-chúi～～⇨手上有充分的周轉金。

【飽肚 pá-tō·】 ㈠吃得夠了。孝歸日也，猶未～～，啥人信hàu-kui-ji̍t-ā，iáu-bōe～～，siá$^{n}$-lâng-siàn⇨吃了整天了，還說未飽，誰相信。孝hàu，給死人食曰孝hàu。孝～～也hàu～～ā⇨吃得夠滿腹了。㈡囊中多金。阿財上～～啦a-châi siāng(siōng)～～lā⇨阿財最有錢。㈢受賄。無～～要放人干休bô～～boeh pàng-lâng kan-hiu⇨如非有賄款了，豈肯放你平安無事。我看～～也啦goá-khoà$^n$～～ā lā⇨我看是收得夠多的了。

【飽眠 pá-bîn】 睡得足。睏無～～khùn-bô～～⇨睡得未夠足。

【飽氣 pá-khì】 秫米路較～～chu̍t-bí-lō· khah～～⇨秫米製的食品的飽滿感較持久。

【飽嘳 pá-khùi】 自覺肚子漲。食了煞～～～～chia̍h-liáu soah～～～～⇨食之之後，結果竟覺得肚子漲漲的樣子。

【飽脹 pá-tiù$^n$】 飽了又吃。～～未消化～～bē(bōe) siau-hoà⇨吃得過飽，消化不了。

【飽飽 pá-pá】 飽了。很飽。腹肚～～pak-tó·～～⇨①吃得很夠飽。②囊中錢多。袋仔～～tē-á～～⇨口袋裏的錢，充足極了。

【飽膏 pá-ko】 ㊀蟹腹膏脂多。蟳有～～chîm ū～～⇨同上。㊁有學問。阿德伯較～～耳a-tek-peh khah～～niâ⇨阿德伯較有學問而已(其他沒人)。

【飽滿 pá-moá】 充滿chhiong-moá。精神～～cheng-sîn～～⇨同上。

【飽漿 pá-chiu$^n$】 同飽穗pá-sūi。釉仔未～～tiū-á bōe～～⇨稻子的穗還沒飽熟。

【飽學 pá-ha̍k】 夠多的學問。阿文眞～～a-bûn chin～～⇨同上。～～才子～～châi-chú⇨同上。

【飽穗 pá-sūi】 穀物成熟。釉仔～～也得要可刈也tiū-á～～ā tit-boeh hó-koah à⇨稻穀成熟了，快要收成了。

【飽櫃 pá-kūi】 同飽穗pá-sūi。

【飽合醉 pá-kah-chùi】 又飽又醉。即頓～～也chi̍t-tǹg～～～à⇨此一餐(被整得)又飽又醉了。謂因事被責罵或被譏刺得甚利害。

pá **把** 握也。柄也。猶將也。約束也。

【把守 pá-siú】 守也。～～三關～～sam-koan⇨同上。～～大門～～toā-mn̂g⇨看守大門。

【把持 pá-chhî】 專攬其事，不許他人干與。彼班人～～抾，別人都未偎得hi̍t-pan-lâng～～leh, pa̍t-lâng to bē(bōe) oá-tit⇨那一班人佔住着，別人插不上手。

【把柄 pá-pè$^n$】 話柄ōe-pè$^n$。到當人猶抾做～～kàu-ta$^n$ lâng iáu-teh-chò～～⇨到今人還在批評。

【把握 pá-ak】 掌持在手中。無～～我不敢講bô～～goá-m̄-ká$^n$-kóng⇨沒有把握我就不敢說了。即類問題老林較有～～啦chi̍t-lōe būn-tê(tôe) láu-lîm khah-ū～～là⇨此種問題老林較有經驗，較會應付。

【把總 pá-chóng】 pé-chóng。古官名。下級武官。千總～～百總chhian-chóng～～pek-chóng⇨皆古武官名。

【把戲 pá-hì】 魔術。做戲chò-hì。花樣hoe-iū$^n$。變～～piàn～～⇨魔術表演。不知抾變啥～～m̄-chai teh pì$^n$-siá$^n$～～⇨不知其在弄什麼玄虛。做～～給人看都好不chò(chòe)～～hō·-lâng-khoà$^n$ to hó m̄⇨表演把戲給人家看也好嗎(謂貽笑於大方)。

pà **豹** 動物名。狀似虎之猛獸。虎狼～彪hó·-lông～piu⇨皆食肉之猛獸。人死留名，～死留皮jîn-sú liû-bêng,～sú liû-phî⇨同上。

【豹仔 pà-á】 小豹。豹子。

【豹皮 pà-phôe(phê)】 豹之毛皮，甚珍貴。

【豹變 pà-piàn】 君子～～kun-chú～～⇨同上。

pà **霸** 覇pà是俗体。諸侯之長曰霸pà。無理逞強亦曰霸pà。伊的性地較～i ê sèng-tē khah～⇨他的性質比較蠻横。強～人的某囝kiâng～lâng ê bó·-kiá$^n$⇨強佔人家之妻兒。七雄五～chhit-hiông ngó·～⇨戰國時代的羣雄。

【霸王 pà-ông】 強霸之王。項羽自立爲西楚～～hāng-ú chū-li̍p ûi se-chhó·～～⇨同上。

俗稱楚～～chhó·～～。草～～chháu～～⇨土皇帝thó·-hông-tè。草，楚之轉。古楚國爲南方新開地，被視爲草地。故楚地人即草地人也。食～～酒chia̍h～～chiú⇨吃酒不付值。取物不付值皆曰霸王pà-ông。

【**霸佔** pà-chiàm】 強奪強取。～～人的田園厝宅～～lâng ê chhân-hn̂g chhù-the̍h⇨把別人的田園住宅強力佔爲己有。

【**霸性** pà-sèng】 性蠻橫。即個囡仔有較～～淡薄仔chi̍t-ê gín-á ū-khah～～tām-po̍h-á⇨此孩子的確橫蠻一點。淡薄仔tām-po̍h-á皆改讀第三聲tàm-pō-à。

【**霸耕** pà-keng】 強佔他人農地，付租太少，甚至不付佃租者。惡佃～～ok-tiān～～⇨佔了人家田來耕種。

【**霸業** pà-gia̍p】 霸王之事業。陰陵失道豈天亡，～～已隨煙塵滅im-lêng sit-tō kí-thian-bông,～～í-sûi ian-tîn-bia̍t⇨古詩評楚霸王。

【**霸道** pà-tō】 ㊀霸王之道。王道～～ông-tō～～⇨同上。㊁不講理。佃兄弟仔伊上橫行～～耳in-hia$^{n}$-tī-á i siāng(siōng) hoâi$^{n}$-hêng～～niâ⇨他們兄弟之中，就是他最不講理而已。

【**霸霸** pà-pà】 橫～～hoâi$^{n}$～～⇨蠻橫不講理。惡～～ok～～⇨同前。～～叫～～kiò⇨聲聲句句無理取鬧。

【**霸權** pà-koân】 ㊀霸王之權力。㊁俗以比賽勝利或在某方面得勢，亦多曰霸權。爭取～～cheng-chhí(chhú)～～⇨爭取稱霸的權力。

pà **壩** 堰ián也。溪邊亦曰壩pà。石～chio̍h～⇨石堤。溪～khe～⇨河邊多石之地。壩pà，俗省作垻pà。

pâ **爸** 父親也。爸pa也。阮～goán(gún)～⇨我的爸（我們的父親）。您～lín～⇨你（們）的父親。

pâ **琶** 琵琶pî-pâ也。→pî-pê。千呼萬喚始出來，猶抱琵～半遮面chhian-hō·-bān-hoàn sí-chhut-lâi, iû-phāu pî～poàn-jiâ-biān⇨琵琶行。

pâ **杷** 枇杷pî-pâ也。俗曰pî-pê或gî-pê。一種果子。

pâ **拔** 拔poa̍t也。北語拔po之轉訛。

【**拔氂** pâ-lē】 拔毛箭也。喻耐心料理，或耐心工作。慢慢的做。氂lē，水禽類換毛期之幼毛，俗曰毛箭mo-chì$^{n}$。刣鷄鷄仔細，刣鴨奧～～thâi-ke ke-á sè(sòe), thâi-ah oh～～⇨殺鷄嗎，鷄太小了，殺鴨嗎，太難拔毛箭了。謂殺鷄也不是，殺鴨也不是。只有粗便飯，請換肚吧。云云仔～～ûn-ûn-á～～⇨慢慢地耐心爲之。寬仔～～若久抮藉創好勢khoa$^{n}$-á～～goā-kú leh chiah chhòng-hó-sè⇨慢慢的弄了許久了，才把他弄好了。見在佃小弟共伊～～伊都無要緊kì$^{n}$-chāi in-sió-tī kā-i～～i to bô-iàu-kín⇨任由他小弟怎麼舞怎麼弄，他都無所謂。

pā **罷** 止息也。免職也。欲～不能io̍k～put-lêng⇨停不得，不作不行。伊答應便～否則…i tah-èng piān～hó·-chek…⇨他答應就算了，否則…。不來就～m̄-lâi chiū～⇨不來就算了。好也～，不好也～，攏要道着hó iā～，m̄-hó-iā～，lóng-boeh tō-tio̍h⇨同上。

【**罷了** pā liáu】 了liáu改讀第三聲。算了。不肯道～～m̄-khéng tō～～⇨不答應就算了。

【**罷工** pā-kang】 停工。不工作。同盟～～tông-bêng～～⇨同上。

【**罷市** pā-chhī】 商店商人聯合同時暫停營業以求某種意見之實現。～～抗議～～khòng-gī⇨停止市場活動來抗議。

【**罷休** pā-hiu】 停止。干休kan-hiu。

【**罷官** pā-koa$^{n}$】 官被免職。海瑞～～hái-sūi～～⇨海瑞的官職被革除。海瑞爲明代的好官。

【罷課 pā-khò】 同罷學pā-oh。

【罷論 pā-lūn】 不予議(討)論。不說下去。即個問題暫且做～～，咱先來講開路的問題chit-ê būn-tê chiām-chhiáⁿ chò(chòe)～～, lán seng lâi-kóng khui-lō· ê būn-tê⇨同上。

【罷學 pā-oh】 學生不上課。册不讀，講扲～～啦chheh m̄-thak kóng-teh～～lā⇨書不讀竟在會同不上課。

【罷免權 pā-bián-koân】 人民罷惡官之權。創制權～～～chhòng-chè-koân～～～⇨人民的基本權。

## pah

**百** pah 通佰pah。數也。十個十曰百pah。又多也。三～人saⁿ～lâng⇨同上。五～年gō͘～nî⇨同上。八～載peh～chāi⇨八百年。

【百一 pah-it】 一百一十。依次至百九pah-káu爲一百九十。～～斤～～kin(kun)⇨同上。百三人pah-saⁿ-lâng⇨一百三十個人。百八元pah-peh-kho͘⇨一百八十元。

【百二 pah-jī】 一百又二十。壽元食～～siū-goân chiah～～⇨壽命可以活到百二歲(一百二十歲)，看命者之言。

【百厄 pah-eh】 百難pek-lān。～～齊到～～chê-kàu⇨所有的災難都降臨了。

【百日 pah-jit】 一百天。做～～chò(chòe)～～⇨第一個百日之忌。～～紅～～âng⇨花名。亦曰圓仔花îⁿ-á-hoe。～～關～～koan⇨嬰仔生後一百日內或第一百日爲有神鬼之厄eh，故不可出屋外。～～嗽～～sàu⇨病名。

【百外 pah-goā】 在一百之上。～～歲～～hòe⇨同上。～～人～～lâng⇨同上。～～元～～kho͘⇨一百多塊錢。

【百年 pah-nî】 一百年。～～以後～～í-āu⇨死了之後。～～年老～～nî-lāu⇨活到一百歲。

【百花 pah-hoe】 各種花。～～攏齊開了～～lóng-chiâu-khui lō͘⇨百花皆開了。

【百官 pah-koaⁿ】 多官。文武～～bûn-bú～～⇨朝廷所有文武兩班的官。

【百症 pah-chèng】 各種病患。萬應治～～bān-èng tī～～⇨曾有萬應散或萬應膏之販藥。

【百貨 pah-hòe】 各種貨。雜貨。～～店～～tiàm⇨銷售各種貨品的店。～～公司～～kong-si⇨百貨店之較大者。

【百項 pah-hāng】 各項。～～症頭～～chèng-thâu⇨各種病症。～～代誌～～tāi-chì⇨各種事情、事務、問題。

【百萬 pah-bān】 一百萬。～～富翁～～hù-ong⇨同上。～～家財～～ka-châi⇨同上。千里路途三五步，～～軍兵六七人chhian-lí lō͘-tô͘ sam-ngó͘-pō͘, ～～kun-peng liok-chhit-jîn⇨庄脚演戲常見的對聯。

【百葉 pah-iap】 多葉。～～花～～hoe⇨同上。共款花也有開～～的kāng-khoán-hoe iā-ū-khui～～ê⇨一種花有單葉的也有百葉的。

【百樣 pah-iūⁿ】 多樣。多種。一樣生～～死chit-iūⁿ-seⁿ(siⁿ)～～sí⇨謂人之出生皆同樣，死法却千奇百怪chhian-kî-pek-koài。一樣米飼～～人chit-iūⁿ-bí chhī～～lâng⇨謂人所吃的是同樣的白米，性情面貌卻各不相同。

【百六仔 pah-lak-á】 大量toā-niū(桿稱)之一種。稱花打到一百六十斤。該～～～藉會量得āi～～～chiah-ē niū tit⇨需要百六的大量toā-niū才量得。

【百百孔 pah-pah-khang】 很多很多問題。米粉筒～～～bí-hún-tâng～～～⇨謂問題如米粉筒的孔之多，孔孔都要錢(無法應付)。米粉筒bí-hún-tâng，製米粉之道具。全筒都是小孔，以抽出米粉。

【百裥裙 pah-kéng-kûn】 女裙之有很多裥者。～～～較嵩重布～～～khah siong-tiōng-pō͘⇨百裥裙用布料較多。

【百巧百了 pah-khiáu-pah-liáu】 一百道的巧計，一百道落空。喻巧計奸計再多也沒用。人講～～～～嘛，還仔是實實仔做較有底置 lâng-kóng～～～～mà, oân-à-sī si̍t-si̍t-á-chò(chòe) khah-ū té-tì⇨古人言，百巧百了，還是老老實實做才是正經。

pah **把** 把pá也。把總pá-chóng。

【把爺 pah-iâ】 把總pá-chóng的尊稱。

## pai

pai **班** 衒班hia-pai。自矜誇於衆曰衒班hia-pai。愛衒班ài-hia-pai⇨欲自矜誇於人。有衒班也ū-hia-pai-a⇨十分榮耀了。衒班死死hia-pai-sí-sí⇨矜誇什麼(有什麼了不起)。若衒班抮，行著路有風呢goā-hia-pai-leh, kiâ$^n$-tio̍h-lō͘ u-hong neh⇨太揚氣了，行路有風呢。

pái **擺** 開也。搖也。陳列也。身動曰搖iô，亦曰擺pái。搖一下曰一擺chi̍t-pái。一搖一擺it-iô-it-pái曰搖搖擺擺iô-iô-pái-pái，就是大模大樣在路上行進的情形。又一次或一度皆曰一擺chi̍t pái，亦即一動也，俗作回pái。

【擺布 pái-pò͘】 安排an-pâi。設謀siat-bô͘。隨在人～～ sûi-chāi-lâng～～⇨任人設計陷害。

【擺尾 pái-bóe】 搖尾iô-bóe。搖頭～～ iô-thâu～～⇨同上。

【擺弄 pái-lōng】 煽動siàn-tōng。～～是非～～sī-hui⇨搬弄是非。

【擺脫 pái-thoat】 設法脫離。～～人的糾纏～～lâng ê kiu-tiân⇨同上。

【擺動 pái-tōng】 一左一右而動。

【擺替 pái-thè(thòe)】 代替tāi-thè。交替kau-thè。～～用～～iōng(ēng)⇨①一物由兩人交替使用。②一物兩件由一人交替使用。相～～sio(sa$^n$)～～⇨互相交替。水鬼掠人去～～chúi-kúi lia̍h-lâng khì～～⇨水鬼抓人去代替。據說，水死或上吊而死之鬼，必須抓人去投水或上吊以代替自己，然後自己才能正式到陰間報到，以求轉世。其代替者即曰替死鬼thè-sí-kúi。

【擺撥 pái-poah】 消災解厄siau-chai kái-eh。求神明～～kiû-sîn-bêng～～⇨祈求神消炎解厄。

pái **回** 擺pái之代字。回數hôe-sò͘也。一回hôe一度tō͘一次chhù等皆曰一擺pái，俗作回pái。一回更一回chi̍t-hôe koh chi̍t-hôe曰chi̍t-pái-koh chi̍t-pái。或曰回kái，日文之影響也。

pái **跛** 足偏廢曰跛pái。脚～都無差kha～to-bô-chha⇨跛足沒什麼影響。

【跛的 pái ê】 跛子。

【跛脚 pái-kha】 廢一足。～～的～～ê⇨跛的pái ê。～～的會行，青暝的會看，臭耳的會聽～～ê ē-kiâ$^n$, chhe$^n$-mê-ê ē-khoà$^n$, chhàu-hī$^n$-ê ē-thia$^n$⇨跛者能行，盲者能看，聾者能聽。

【跛鼈走千里 pái-pih cháu-chhian-lí】 喻成事者不半途而廢，鼈而又跛足，其速度之遲可知，繼續努力爬行不懈，終亦可致千里。

pài **拜** 行禮也。授官也。頭低至手曰拜pài。信神亦曰拜pài。有求於人亦曰拜。三跪九～sam-kūi kiú～⇨同上。～我無效啦～goá bô-hāu-là⇨拜我(有求於我)無效也。禮～lé～⇨以禮敬神。禮～日lé～ji̍t⇨星期天seng-kî-thian，敬神之日。

【拜一 pài-it】 禮拜一 lé-pài-it 之省詞。星期一。依次至拜六pài-la̍k而禮拜日 lé-pài-ji̍t，合計七日爲一禮拜 chi̍t-lé-pài，亦即一星期 it-seng-kî。

【拜正 pài-chia$^n$】 同拜年pài-nî。寃鬼～～oan-kúi～～，謂好的時候逢到壞人來。

【拜印 pài-ìn】 新官接印視事。新官～～sin-koa$^n$～～⇨同上。

【**拜年** pài-nî】 祝新年。逐家有～～ta̍k-ke ū～～⇨大家都有拜年。

【**拜佛** pài-hu̍t(pu̍t)】 禮佛lé-hu̍t。上廟寺～～chiū$^{n}$-biō-sī～～⇨同上。

【**拜見** pài-kiàn(kì$^{n}$)】 見面kì$^{n}$-bīn。訪問hóng-būn。

【**拜帖** pài-thiap】 同拜單pài-toa$^{n}$。

【**拜客** pài-kheh】 禮貌式的訪問。出去～～chhut-khì～～⇨同上。

【**拜相** pài-siàng】 受命爲宰相。金殿五曾～～，玉堂十度宣麻，追思往日慢繁華，到今成夢話kim-tiān ngó͘-chêng～～, gio̍k-tông si̍p-tō͘ soan-mô, tui-su óng-ji̍t bān-hoân-hoâ, tò-kim sêng-bōng-oā⇨古詞(秦檜)。

【**拜神** pài-sîn】 敬神。～～禮佛～～lé-hu̍t⇨敬神敬佛。

【**拜候** pài-hāu】 訪問。問候。猶未去～～你á-bōe-khì～～lí⇨還未訪問您。

【**拜託** pài-thok】 有求於人。～～人湊脚手～～lâng tàu-kha-chhiú⇨求人協助。～～律師～～lu̍t-su⇨聘請律師phèng-chhiá$^{n}$ lu̍t-su。

【**拜堂** pài-tn̂g】 ㊀禮拜堂。㊁夫妻成婚。～～合婚～～ha̍p-hun⇨新郎新婦在廳堂交拜成婚。

【**拜單** pài-toa$^{n}$】 送名刺致候。

【**拜壽** pài-siū】 祝壽chiok-siū。

【**拜謁** pài-ia̍t】 進謁 chìn-ia̍t。晉見 chìn-kiàn。

【**拜謝** pài-siā】 ～～天地～～ thi$^{n}$-tē(tōe)⇨謝天謝地siā-thi$^{n}$-siā-tē(tōe)。

【**拜辭** pài-sî(sû)】 拜別pài-pia̍t。

【**拜懺** pài-chhàm】 做司功chò-sai-kong時爲死者誦經siōng-keng。

【**拜靈** pài-lêng】 對靈桌lêng-toh拜死者之牌位。

【**拜上帝** pài-siōng-tè】 基督敎徒拜神。

【**拜火教** pài-hóe-kàu】 西方傳入唐朝之宗教。亦稱祆教hian-kàu(Zoroaster也)。

【**拜公媽** pài-kong-má】 敬拜祖先。

【**拜天地** pài-thi$^{n}$-tē(tōe)】 拜敬天地。同～～tâng～～～⇨兩人共同敬拜天地。

【**拜金教** pài-kim-kàu】 金錢第一主義的戲詞。倣拜火教所杜撰的名詞。

【**拜神明** pài-sîn-bêng】 拜神pài-sîn。

pâi **牌** 盾也。符信之具也。執照類皆曰牌pâi。賭博用具亦曰牌pâi。塩～薰～酒～車～iâm～hun～chiú～chhia～⇨皆屬執照之類。紙～麻雀～四色～choá～mâ-chhiok～sù-sek～⇨皆屬賭博用具。金～銀～銅～kim～gîn～tâng～⇨各種金屬做的牌。招～店～廣告～chiau～tiàm～kóng-kò～⇨皆生意用具。門～戶口～mn̂g～hō͘-kháu～⇨戶籍用具。藤～免戰～功勞～tîn～bián-chiàn～kong-lô～⇨皆戰爭有關者。神主～sîn-chí～⇨供奉祖先的牌子。雜～cha̍p～⇨①各種各色的嘜頭。②無名的次等貨。

【**牌仔** pâi-á】 ㊀紙牌，骨牌等賭博用具的總稱。博～～poa̍h～～⇨博牌。㊁牌札類的總稱。釘戶口～～tèng hō͘-kháu～～⇨同上。結紙～～kat choá～～⇨①結刊仔khan-á也②貨品貼或結貨牌或價牌。

【**牌序** pâi-sū】 墓牌上所刻之年月日。～～寫到明明，曷使諍～～siá-kà bêng-bêng，a̍h-sái-chè$^{n}$⇨墓牌上月日寫得很清楚，何必爭論。

【**牌屎** pâi-sái】 和局後的殘牌。側猪犁～～kiáu-ti lê～～⇨輸側su-kiáu者，翻殘牌看其所要之牌，雖已無濟於事，但多有如此者。側猪kiáu-ti亦即博戇窾poa̍h-gōng-kiáu之人。

【**牌匾** pâi-pián】 招牌chiau-pâi。有掛～～的ū-koà～～ê⇨掛牌做的。非私做偷做的。

【**牌照** pâi-chiò】 許可書證。領～～niá～～⇨請領許可書。

【牌仔鈕 pâi-á-liú】 洋鈕。現在～～～，人較愛hiān-chāi～～～，lâng-khah-āi⇨而今人家較喜歡洋鈕。

**pâi 排** 列也。擯斥也。情理恔～chêng-lí gâu～⇨說話有條理。安～an～⇨排順序。舖～pho͘～⇨①安排。②奉承。前～後～chêng～āu～⇨前列後列。頭～尾仔thâu～bóe-á～⇨第一列的末尾。

【排比 pâi-pí】 ㊀安排，料理。隨在你～～sûi-chāi-lí～～⇨由你自由安排。㊁比較。合人未～～得kah-lâng bē(bōe)～～tit⇨與他人比較不得。

【排仙 pâi-sian】 排八仙。演戲的序幕。有大仙小仙之別。前者八仙齊出。後者一仙獨演。亦曰辦仙pān-sian。

【排斥 pâi-thek】 不相容。互相～～hō-siāng(siōng)～～⇨互不相容。～～日貨～～ji̍t-hòe⇨拒絕日本貨。

【排印 pâi-ìn】 排字排版付印。

【排字 pâi-jī】 印刷的一個階級。依原稿排鉛字成行以便排版。

【排列 pâi-lia̍t】 排隊pâi-tūi。～～整隊～～chéng-tūi⇨把隊伍整齊地排列起來。

【排戕 pâi-chhiâng】 熱鬧。大場面。愛～～，錢又打死結āi～～，chîⁿ iū phah-sí-kat⇨高興大場面的熱鬧，錢又拿不出來。即回有～～也chi̍t-pái ū～～ā⇨此次夠熱鬧夠好看了。戕chhiâng，殺害也。以戕仔chhiâng-á開地穴曰戕chhiâng。又俗以做下去，弄下去，幹下去曰戕chhiâng。戕落去chhiâng lo̍h-khì，做罷，幹下去罷，大家幹下去罷。

【排骨 pâi-kut】 胸前之橫骨。亦喻瘦而無肉。～～的～～ê⇨瘦到極點的形容詞。

【排班 pâi-pan】 官員排列。～～接上司～～chiap-siāng-si⇨按等級班次排好隊迎接上司；又編學生之班級。

【排陣 pâi-tīn】 排隊pâi-tūi。

【排球 pâi-kiû】 一種球類的團體運動。

【排開 pâi-khui】 展開tián-khui。～～陣勢～～tīn-sè⇨同上。

【排場 pâi-tiûⁿ】 音樂演奏清唱。明仔暗弟子得未於公廳～～bîn-á-àm tē-chú ti̍t-boeh tī kong-thiaⁿ～～⇨明晚弟子班將在公廟演奏。

【排隊 pâi-tūi】 列隊。整隊。～～歡迎～～hoân-gêng⇨同上。

【排解 pâi-kái】 排難解紛。～～無成～～bô-sêng⇨和解沒成功。你較恔～～lí khah-gâu～～⇨你較善於調解tiâu-kái。

【排疊 pâi-thia̍p】 整頓整理。按序安排。你眞恔～～逐項安爾次次序序lí chin-gâu～～，ta̍k-hāng an-ne(ni) sù-sù-sī-sī⇨你眞是善於整理，各方面(事物)都是如此的有條不紊。店頭～～扲眞好看tiàm-thâu～～li chin-hó-khoàⁿ⇨店面安排得很好看。得tit⇨li。

【排八字 pâi-peh(poeh)-jī】 ㊀以生辰的干支占卜的方法。談婚時男女的生辰應寫成八個字，故八字peh(poeh) jī亦指命運。㊁品評。你免扲共人～～～lí bián teh kā-lâng～～～⇨你不要批評別人。

【排水量 pâi-chúi-liāng】 計算船隻容積用詞。～～～十萬噸～～～cha̍p-bān-tùn⇨船隻的容積有十萬噸之重之大。

【排水溝 pâi-chúi-kau】 臭水路chhàu-chúi-lō͘。～～～不當倒垃圾～～～m̄-thang tò-lah-sap⇨似乎沒有遵守的規矩。

【排民壯 pâi-bîn-chōng】 企民壯khiā-bîn-chōng。民壯bîn-chōng，民兵，壯丁也。你安爾未輸扲～～～扲lí an-ne(ni) bē(bōe)-su-teh～～～leh⇨你這樣子，好像在企民壯的，一點點動作作用都沒有。

【排地攤 pâi-tē-thoaⁿ】 物排在固定的路邊求售。～～～未較輸開店～～～bē(bōe)-khah-su khui-tiàm⇨排地攤比開店並不遜色。

【排油機 pâi-iû-ki】 厨房用具，排出油煙氣的道具。

【排架子 pâi-kè-chú】 裝偉大的模樣。你免抡～～～，若夠物都知知抡lī bián-teh～～～goā-chē(chōe)-mih to chai-chai leh⇨你不必故裝偉大，有若干底子，大家很清楚也。

【排架仔 pâi-kè-á】 市場內的固定攤位。於市場抡～～～賣魚仔tī chhī-tiûⁿ teh～～～bē(bōe) hî-á⇨在市場排架仔賣魚。

【排棋局 pâi-kî-kiok】 ㊀排殘局以研究棋步。㊁設詐局。您免抡～～～要食人lín bián-teh～～～boeh-chiah lâng⇨你們休想設騙局要吃我。人lâng改讀lāng。指一般或我。

【排獅象 pâi-sai-chhiūⁿ】 被當作廟前的石獅石象。我無要合人～～～goá bô-boeh kah-lâng～～～⇨我不與人被視爲石獅石象。謂無作用之物也。

【排頭來 pâi-thâu-lâi】 按照順序進行。逐個～～～啦，不好爭啦tak-ê～～～là, m̄-hó-cheⁿ là⇨大家按照先後順序進行，好嗎，不要爭好嗎。

【排頭爹 pâi-thâu-tia】 城隍爺sêng-hông-iâ的隨員。頭戴圓柱狀之帽者。據稱，失物禱之，則可原璧歸趙。頗有靈顯云。

【排山倒海 pâi-san tó-hái】 來勢兇猛lâi-sè hiong-béng。～～～～之勢～～～～chi sè⇨同上。

【排空馭氣 pâi-khong gī-khì】 喻飛上天空。～～～～奔如電，升天入地求之徧，上窮碧落下黃泉，兩處茫茫皆不見～～～～phùn-jî-tiān, seng-thian jip-tē kiû-chi-phiàn, siāng-kiông phek-lok hā hông-choân, liáng-chhì bông-bông kai-put-kiàn⇨長恨歌。

【排泄器官 pâi-siat-khì-koan】 生理學名詞。有關糞，尿，汗，精水等的器官。

【排難解紛 pâi-lān kái-hun】 爲人解決困難。～～～～魯仲連～～～～ló·-tiōng-liân⇨魯仲連戰國時代的人。一言退秦軍，以解趙之困難。

**徘** pâi 不進曰徘徊pâi-hoâi。徬徨pông-hông不進也。不思離去也。

【徘徊 pâi-hoâi】 徬徨往來。携手上河梁，游子暮何之，～～蹊路側，悢悢不得辭hê-chhiú siāng-hô-liâng, iû-chú bō·-hô-chi,～～ khe-lō·-chhek，hīn-hīn put-tek-sî⇨李陵的河梁別。

**俳** pâi 俳句pâi-kù，日文的一種詩體haiku。以五七五音爲一首，每一首中必須包含有季題，亦即表示四季之事物。否則不及格。另一種五七五體的詩不拘季題者曰川柳senliu。以滑稽風世爲主。

**箄** pâi 箄筏hoat。渡也。渡水之具也。以木或竹平排爲之。竹～tek～⇨同上。亦作棑pâi。俗多作筏pâi。

【箄仔 pâi-á】 竹筏。坐～～chē～～⇨以筏過河。～～頭～～thâu⇨渡筏所。渡船場。箄渡pâi-tō·⇨木箄pâi如筏hoat也。

【箄渡 pâi-to·】 以筏渡水之處。箄仔頭pâi-á-thâu。

**棑** pâi 竹曰筏hoat，木曰排pâi，皆箄pâi。渡水具也。俗作筏pâi。

**敗** pāi 毀húi也。壞hāi也。戰不勝，事不成，皆曰敗pāi。臭爛chhàu-noā亦曰敗pāi。成爲君，～爲賊sêng ûi-kun,～ ûi-chhat⇨勝者官軍，敗者賊寇(日諺)。莫以成～論英雄bok-í sêng～lūn eng-hiông⇨不可以成或敗而決定是否英雄。失～爲成功之母sit～ûi sêng-kong chi-bó⇨同上。樹頭～也chhiū-thâu～ā⇨樹頭在腐爛了。嘴齒抡～也chhùi khí teh～ā⇨牙齒在開始脫落了。風水被人～去hong-súi hō·-lâng～khì(ì)⇨好地理(墓地，厝宅)被人破壞了。家運較～囉ke-ūn khah～lò·⇨家運在走下坡了。成也蕭何，～也蕭何sêng ā siau-hô,～ ā siau-hô⇨謂成事敗事皆出自一人。荐韓信，捉韓信皆蕭何所獻計。兵～若山崩peng～ná soaⁿ-pang⇨兵敗如山崩。

【敗了 pāi-liáu】 謂家財已蕩盡了。早道～～也chá tō～～ā⇨很早很早就蕩盡了。敗了了也pai-liáu-liáu ā⇨一敗塗地。

【敗亡 pāi-bông】 滅亡bia̍t-bông。明朝到萬曆的手道開始～～也bêng-tiâu kàu bān-le̍k ê chhiú tō khai-sí～～ā⇨明朝傳至萬歷帝的時代，就開始滅亡之路了。

【敗手 pāi-chhiú】 工夫失常。刻了～～去khek-liáu～～khì⇨雕刻得不如平常好。即搭也有～～chi̍t-tah-á ū～～⇨此地方不正常。

【敗市 pāi-chhī】 貨品突然頓銷或價格慘跌。抵著～～都無法度，該了也tú-tio̍h～～to bô-hoat-tō͘, āi-liáu ā⇨逢上敗市沒法子嘛。看破虧本定了。

【敗北 pāi-pak】 敗走，北pak亦走也。

【敗名 pāi-bêng】 ～～失節～～sit-chiat⇨名譽破壞了，氣節也失去了。

【敗兵 pāi-peng】 敗散之兵。敗軍pāi-kun。～～之將不言勇～～chi-chiàng put-giân-ióng⇨同上。

【敗板 pāi-pán】 失手。失事。車駛了～～去chhia sái-liáu～～khì(ì)⇨車子開得失事了。指車脫軌墜崖，翻出路外等。撞車似乎多直指相碰sio-pōng或相撞sio-lòng而不曰敗板。

【敗俗 pāi-sio̍k】 破壞風俗。傷風～～siang (siong) hong～～⇨同上。

【敗馬 pāi-bé】 車脫軌。於轉彎的所在～～tī tńg-oan ê só͘-chāi～～⇨在轉彎的地方脫軌翻車。火車～～hóe-chhia～～⇨火車脫線。

【敗害 pāi-hāi】 損害sún-hāi。食無～～的物chia̍h bô～～ê-mi̍h⇨吃也不損害身體的東西。無～～啦，食無要緊bô～～là, chia̍h bô-iàu-kín⇨不損身體，吃罷，沒關係的。

【敗家 pāi-ke】 破家phò-ka。～～散宅～～soà$^{n}$-the̍h⇨家破人亡ka-phò-jîn-bông。～～卸四代～～sià-sì-tē⇨敗家辱及四世代。

【敗根 pāi-kin(kun)】 樹根爛掉。～～的眞夥～～ê chin-chē⇨同上。彼欉大樣每扲～～的款hi̍t-châng toā-soāi$^{n}$ mā-teh～～ê-khoán⇨那一棵大樣樹也在敗根的樣子(無端根葉開始黃化)。

【敗國 pāi-kok】 失國。劉秀～～站瓦窰，王莽趕到道要燒，劉秀是眞命天子無相干，蓋蘇文，趕到李世民，落滴田，李世民一時眞不畏，抵著薛仁貴……lâu-siù～～tiàm hiā-iô, ông-bóng koá$^{n}$-kàu tō boeh-sio, lâu-siù sī chin-bēng-thian-chú bô-siang-kan, khap-so͘-bûn, koá$^{n}$-kà lí-sì-bîn, lo̍h-lòm-chhân, lí-sì-bîn, chi̍t-sî chin m̄-ùi, tú-tio̍h sì-jîn-kùi……⇨丑仔白。

【敗部 pāi-pō͘】 比賽的一種方式。參賽者分爲勝敗兩部，先由勝部進行，輸者退入敗部再比。再輸者失格。然後由勝部敗部的兩冠軍決戰定總冠軍。～～復活～～ho̍k-oa̍h⇨被打入敗部，但在敗部連戰連勝者也。

【敗筆 pāi-pit】 ㈠惡筆。～～假老手～～ké láu-chhiú⇨同上。㈡弄巧成拙lōng-khiáu-sêng-choat。要移罪給東吳，這是賊仔的～～boeh î-chōe hō͘ tong-gô͘, che sī chha̍t-á ê～～⇨要移罪給他人，乃成爲賊被捕的線索，是賊之敗筆。

【敗訴 pāi-sò͘】 訴訟的輸家。告輸去kò-su-khì(ì)-à⇨告訴輸掉了。

【敗勢 pāi-sè】 敗色pāi-sek。較輸面khah-su-bīn紅軍看見較～～âng-kun khoà$^{n}$-i$^{n}$ khah～～⇨紅軍看來有敗色。

【敗腎 pāi-sīn】 腎臟失調。神經衰弱sîn-keng-soe-jia̍k，但中醫所言，是否不敢保證。

【敗壞 pāi-hoāi】 破壞phò-hoāi。～～人的名節～～lâng ê bêng-chiat⇨破壞別人的名譽及氣節操守。～～良風美俗～～liâng-hong bí-sio̍k⇨破壞優美善良的風俗。

【敗類 pāi-lūi】 敗壞同類的壞人。社會的～～siā-hōe ê～～⇨社會上的惡劣份子。國家的～～kok-ka ê～～⇨一國中的惡劣份子。

【敗露 pāi-lō͘】 惡事被發現。代誌～～走未去也 tāi-chì～～cháu-bē-khì à⇨事情暴露逃不了了。

【敗血症 pāi-hiat-chèng】 病名。著著～～～，多敢無醫也抔tio̍h-tio̍h～～～，to-ká$^{n}$ bô-i-a-leh⇨患上了敗血症，恐怕難治了。

【敗事有餘 pāi-sū-iú-î】 足以敗事。成事不足，～～～～sêng-sū put-chiok,～～～～⇨最沒有用的傢伙。

【敗興而退 pāi-hèng jî-thè】 清興破滅而回頭。乘興而來，～～～～sēng-hèng jî-lâi,～～～～⇨興緻勃勃地來了，却垂頭喪氣地走了。

## pak

pak 北 方位名。又軍敗曰北pak。東西南～tang-sai-lâm～⇨四個方位。敗～pāi～⇨軍敗而逃。上～落南chiū$^{n}$～lo̍h-lâm⇨往北曰上chiū$^{n}$，往南曰落lo̍h。春南夏～，無水磨墨chhun-lâm hē～，bô-chúi boâ-ba̍k⇨謂春之南風，夏之北風，如果繼續不停，即將欠雨，連磨墨之水都沒有。

【北方 pak-hng】 方位。南方之對。～～南方～～lâm-hong⇨南北兩方。

【北斗 pak-táu】 星名。～～七星～～chhit-chhe$^{n}$⇨同上。～～註死，南斗註生～～chù-sí lâm-táu chù-se$^{n}$(si$^{n}$)⇨謂北斗星君司死事，南斗星君司生事。

【北仔 pak-á】 北方之人。～～客～～khek⇨來自北方的人士。

【北瓜 pak-koe】 金瓜kim-koe。俗謂其實人間已無北瓜，因被劉全進瓜，已進去陰間的閻羅王了，金瓜kim-koe，實乃南瓜lâm-koe云。

【北門 pak-mn̂g】 城之北門。～～南門～～lâm-mn̂g⇨南北兩個門。

【北風 pak-hong】 朔風sok-hong。寒風hân-hong。～～起兮白雲飛，草木黃落兮雁南歸～～khí-ê pe̍k-hûn hui, chhó-bo̍k hông-lo̍k-è gān-lâm-kui⇨漢武帝。

【北音 pak-im】 北方之口音。

【北洋 pak-iû$^{n}$】 北方。～～軍閥～～kun-hoa̍t⇨民初的軍閥。

【北郊 pak-kau】 往時對上海、天津方面進行貿易的商行。南郊lâm-kau即對厦門、香港、廣東方面者而言。

【北部 pak-pō͘】 北方pak-hong。北旁pak-pêng。靠北的方面。

【北帶 pak-tài】 夏至線hē-chì-soà$^{n}$。亦即北回歸線。

【北琶 pak-pê】 北管所用的琵琶。～～共阮攑來彈～～kāng-gún kia̍-lâi toâ$^{n}$⇨民歌。

【北朝 pak-tiâu】 歷史名詞。所謂南北朝的北方朝廷。

【北極 pak-ke̍k】 地球的北端。～～洋～～iâng⇨北極的大海。～～星～～chhe$^{n}$(chhi$^{n}$)⇨同上。

【北勢 pak-sì】 北方pak-hong。～～的綢緞～～ê tiû-toān⇨北方產的綢緞(多指上海方面)。

【北管 pak-koán】 戲歌曲的派名。以西秦王爺se-chîn-ông-iâ為守護神的戲歌劇團屬之。與南管lâm-koán之奉田都元帥tiân-to͘-goân-sòe者對稱。

【北半球 pak-poà$^{n}$-kiû】 地球的赤道以北。南半球lâm-poà$^{n}$-kiû之對稱。

【北美洲 pak-bí-chiu】 五大洲之一。北亞美利加洲pak-a-bí-lī-ka-chiu的縮稱。

【北風垵 pak-hong-oà$^{n}$】 可以避北風的小港灣。

【北港媽祖 pak-káng-má-chó͘】 北港廟的媽祖。～～～～應外鄉～～～～èng-goā-hiong

(hiu$^n$)⇨謂北港媽祖保佑外鄉。

【北路觀音 pak-lō͘-koan-im】 北方的觀音。～～～～收羅漢～～～～siu-lô-hàn⇨同上。收siu，收治，收用。

pak **駁** 馬色不純也。雜也。執意不同曰駁pak。議論曰駁pak。所請不許亦曰駁pak。辯～piān～⇨同上。反～hoán～⇨同上。批～phe～⇨同上。有理～到伊無理ū-lí～kà i bô-lí⇨有道理反論到他無道理可說。逐家於許～ta̍k-ke tī-hia～⇨大家在彼處議論反駁。

【駁斥 pak-thek】 辯駁指斥piān-pak-chí-thek。

【駁回 pak-hôe】 上級拒絕下級所請。公文被～～也kong-bûn pī～～ā⇨公事被駁下來了。

【駁船 pak-chûn】 駁運用船。往來於大船與岸上之間運送貨物轉接之船。

【駁運 pak-ūn】 轉接運輸。

【駁話骨 pak-ōe-kut】 在人家對話中，指出矛盾而加以譏笑。亦曰掠話骨lia̍h-ōe-kut。

pak **剝** 裂也。解離皮肉也。脫離亦曰剝pak，奪人之物亦曰剝pak。

【剝皮 pak-phôe(phê)】 去皮khì-phôe。你傷狡獪道掠來～～袋粗糠lí siū$^n$ káu-koāi tō lia̍h-lâi～～tē(tōe)-chho͘-khng⇨你過分狡猾了，就抓來剝皮以盛粗糠。粗糠chho͘-khng，粟殼chhek-khak也。

【剝衫 pak-sa$^n$】 強奪其衣。自脫其衣。未輸強盜共人～～bē-su kiâng-tō kā-lâng～～⇨與強盜強脫人之衣一樣。家己講熱，道拎～～也ka-lī kóng-joa̍h，tō-teh～～a̍⇨自己說很熱，就在脫衣了。

【剝削 pak-siah】 苛斂誅求ko-liám-thu-kiû。～～民膏民脂～～bîn-ko-bîn-chí⇨搾取chà-chhú百姓人的膏脂。

【剝骨 pak-kut】 去骨khì-kut。肉該～～bah āi～～⇨肉要把骨除掉。

【剝殼 pak-khak】 去殼khì-khak。去皮。蛇拎～～choâ teh～～⇨蛇在脫皮。又德製五響連發手槍之別名。

【剝奪 pak-to̍at】 奪to̍at。～～百姓的權利～～peh-sè$^n$ ê koân-lī⇨同上。

【剝地皮 pak-tē-phôe】 惡官澈底搾取人民。地皮起三寸tē-phôe khí-sa$^n$-chhùn⇨極言其搾取之澈底。

【剝光光 pak-kng-kng】 脫光。歸身軀～～kui-sin-khu～～～⇨全身皆脫光。

【剝樹皮 pak-chhiū-phôe】 削取或剝取樹皮。或為利用之，或為充飢。官剝地皮，民～～～koa$^n$ pak tē-phôe，bîn～～～⇨地皮官剝去了，民只好剝樹皮充飢。

pak **幅** 布帛之廣度也。計算字畫等作品曰幅pak。一～字chi̍t～jī⇨一幅(名家的)字。三～西洋畫sa$^n$～se-iû$^n$-ōe⇨同上。五～翁仔圖gō͘～ang-á-tô⇨五幅有人物之圖畫。一～中堂chi̍t～tiong-tông⇨同上。

pak **腹** 肚也。在中間的部位曰腹pak。管亦曰腹pak。頂～téng～⇨腹之上部。下～ē～⇨腹之下部。山～soa$^n$～⇨山坡之中部。樹～chhiū～⇨樹身。空～khang～⇨腹中空虛。實～cha̍t～⇨物之非中空者。大～乳toā～leng(lin)⇨出乳很多。大～銃toā～chhèng⇨口徑大的銃。鼓吹歕了不止仔大～kó͘-chhoe(chhe) pûn-liáu put-chí-á toā～⇨喇叭吹得夠力。拆食落～thiah-chia̍h lo̍h～⇨分解食入腹中。

【腹內 pak-lāi】 腹中ho̍k-tiong。內臟。～～空虛～～khang-hi⇨①空肚子。②無實學。～～無膏～～bô-ko⇨①蟹無蟹紅。②無實學。～～會翻車得～～ē-hoan-chhia tit⇨肚裏可以翻車。喻有機變。有通融性。猪～～ti～～⇨猪的內臟。炒～～chhá～～⇨家禽類之內臟的食品。

【腹肚 pak-tó͘】 大～～toā～～⇨懷孕。大

～～桶仔toā ～～ tháng-á⇨病態的大腹者。～～痛～～thiàⁿ⇨肚子痛。～～枵～～iau⇨肚子餓。～～脹脹～～tiùⁿ-tiùⁿ⇨肚子有脹滿感。～～貯牛肉，嘴誦阿彌陀～～té(tóe)-gû-bah, chhùi siōng o͘-mí-tō͘⇨口是心非kháu-sī-sim-hui。～～內無半點墨水～～lāi bô-poàⁿ-tiám bak-chúi⇨無學問。～～內抡紡車輪～～lāi teh pháng-chhia-lûn⇨肚裏有紡車在廻轉。喻心中十分紛亂着急。～～枵枵道罔耐，扁擔舉起道罔揹～～iau-iau tō-bóng-nāi, pin-taⁿ giâ-khí tō-bóng-khaiⁿ⇨民歌。揹khaiⁿ亦擔taⁿ也。擔半頭曰揹khaiⁿ。

【腹腸 pak-tn̂g】 ㊀腹。共～～生出來的kāng ～～ seⁿ(siⁿ) chhut-lâi-ê⇨同腹的兄弟姊妹。胡蠅毒人未死，穢人～～hô͘-sîn thāu-lâng bē(bōe)-sí òe-lâng ～～ ⇨謂蒼蠅毒人不死，却會汚染人家的肚子。喻討厭的成事不足，敗事有餘者。㊁智慧tì-hūi。～～未偲～～bē-bái⇨腦根不壞。～～眞淺～～chin-chhián⇨度量不大。不能容物。

**pak 縛** 束也。以繩纏繞之也。又以繩索製器具曰縛pak，物一束或一綑曰一縛pak。拘捕犯人曰縛pak。犯人～無絃會偷走hoān-lang～bô-ân ē-thau-cháu⇨同上。會曉～藉～會絯ē-hiáu～chiah～ē-ân⇨懂得縛才能夠縛得緊。被某囝～爾hō͘-bó͘-kiáⁿ～leh⇨被妻兒束縛著。碗一～箸二～oáⁿ chit～tī nn̄g～⇨碗一組箸二組。此組皆以十計。二～柴做一擔 nn̄g～chhâ chò(chòe) chit tàⁿ⇨兩綑薪柴做一擔。被人～去了hō͘-lâng～khì(ì) lò͘⇨被拘捕去了。

【縛人 pak-lâng】 捕人。濫擅～～lâm-sám～～⇨恣意拘捕人民。

【縛身 pak-sin】 衣服束身。穿著眞～～chhēng-tioh chin～～⇨穿上來就很束緊身體。

【縛虎 pak-hó͘】 ～～容易縱虎難～～iōng-ī chhiòng hó͘ lân⇨同上。

【縛柴 pak-chhâ】 綑柴 khún-chhâ。小者曰縛pak，大者曰綑khún。縛鷄綑猪pak-ke khún-ti。

【縛絃 pak-ân】 縛得緊，結實。絃ân，俗作緊kín而讀緊ân。固然絃ân可謂緊kín，緊亦可謂絃，但是絃ân，並不即是緊kín，緊kín亦並不即是絃ân。

【縛脚 pak-kha】 纏足chhiân-chiok。以布裹脚使小也。要上轎也藉要～～ boeh(beh)-chiūⁿ-kiō á chiah boeh(beh) ～～⇨要上新娘轎了，才要纏足；賊來了才找繩子。～～布～～pò͘⇨纏足布，簡稱脚布kha-pò͘。

【縛粽 pak-chàng】 包粽pau-chàng。五月初五人～～，少年死某厚眠夢，gō͘-goeh-chhe-gō͘ lâng ～～ siàu-liân sí-bó͘ kāu-bîn-bāng⇨民歌。

【縛頭 pak-thâu】 戲子梳女角頭。

【縛犯人 pak-hoān-lâng】 拘捕犯人。

【縛死死 pak-sí-sí】 束縛得很絃很死。錢是老父仔～～～，未伸脚未出手得chīⁿ-sī lāu-pē-á ～～～ bē-chhun-kha bē-chhut-chhiú lih⇨錢嗎，老父親約束得手脚都動不得。是si改讀是lī，得tit亦改讀得lī。

【縛枝骨 pak-ki-kut】 先做基礎骨幹。逐項都該先～～～tak-hāng to-āi seng ～～～⇨各種事皆須先做基幹工作。

【縛棕蓑 pak-chang-sui】 製棕蓑。棕蓑chang-sui，棕chang製的雨衣。

【縛稠稠 pak-tiâu-tiâu】 緊縛不解。同縛死死pak-sí-sí。人～～～都未出門得lâng～～～to bē(bōe)-chhut-mn̂g lī⇨人(父母)束縛得緊，都出不了門。得tit→lī。

【縛籠甑 pak-lâng-sn̄g】 製炊甑chhoe-sn̄g。籠甑lâng sn̄g以特種的薄板爲材料，以藤篾tîn-bih縫合之。

**pak 贌** 租地耕作等曰贌pak，租人使喚亦曰贌pak。共人～的kā-lâng～ê⇨向人家租借的。～人去也～lâng khì á⇨出租給人了。被人～去也hō͘-lâng～khì-à⇨被人租借去了(台語特製字也)。

【贌人 pa̍k-lâng】 出租。人lâng改讀人lâng。～～較直～～khah-ti̍t⇨出租給人較單純。

【贌田 pa̍k-chhân】 租借水田。～～來飼魚～～lâi chhī-hî⇨租田以養魚。

【贌佃 pa̍k-tiān】 出租給佃農。

【贌耕 pa̍k-keng】 租地爲農牧等之用。～～字～～jī⇨贌耕契約書。～～權～～koân⇨同上。

【贌戲 pa̍k-hì】 租戲班演戲以謀利益。～～的～～ê⇨其人。

【贌查某 pa̍k-cha-bó͘】 租女人。例如妓館等，贌爲娼者。

【贌馬仔 pa̍k-bé-á】 以做娼妓爲目的包租少女。雖亦有年期，但究屬人身買賣也。

## pan

**pan 班** 分也。列也。一～chi̍t～⇨一隊，一組。大～小～⇨toā～sió～⇨同上。看牛～升學～khoà$^{n}$-gû～seng-ha̍k～⇨能力分～lêng-le̍k-hun～⇨同上。插～chhah～⇨學生插班。吵～chhá～⇨攪局kiáu-kio̍k。戲～hì～⇨同上。換～oā$^{n}$～⇨同上。按部就～àn-pō͘ chiū～⇨官員各就自己位置。一切按步而行。車～chhia～⇨行車班次。

【班車 pan-chhia】 定期車次。～～來也～～lâi ā⇨當班的車來到了。

【班兵 pan-peng】 班師pan-su。回軍。凱旋khai-soân。班亦還也。旋也。

【班長 pan-tiú$^{n}$】 學生的班級之長。軍隊的下士亦曰班長。

【班師 pan-su】 班兵pan-peng。祭瀘水漢相～～chè-lō͘-súi hàn-siàng～～⇨三國演義。

【班頭 pan-thâu】 古之員警。衙役gê-ia̍h。～～仔～～á⇨員警的頭子。～～假老爹～～ké ló-tia⇨小警察仔假大官。

【班主任 pan-chú-jīm】 某某訓練班的主任。

【班門弄斧 pan-bûn-lōng-hú】 在專家面前賣弄本事。喻不知自重。

**pan 斑** 雜色曰斑pan。污點曰斑。花紋hoe-bun曰斑pan。虎～hó͘～⇨虎皮紋。烏～o͘～⇨黑點，黑紋。上烏～chhiū$^{n}$-o͘～⇨發生污點污紋。花～裒hoe～niau⇨雜色花紋。雀～chiak～⇨面斑。

【斑白 pan-pe̍h】 頭髮黑白相間。頭毛攏～～也thâu-mô͘(mn̂g) lóng～～à⇨頭髮皆斑白了。

【斑芝 pan-chi】 木棉樹bo̍k-mî-chhiū。木棉花bo̍k-mî-hoe。～～樹～～chhiū⇨木棉花樹。～～綿～～mî⇨木棉bo̍k-mî。芝chi或作枝chi。

【斑痧 pan-soa】 病名。俗曰天狗熱thian-káu-jia̍t。

【斑馬 pan-bé】 非洲產的花紋馬。～～線～～soà$^{n}$⇨街道上畫有斑馬紋的人行穿越路段。

【斑鳩 pan-khiu】 鳥名。亦曰斑鴿pan-kah。

【斑蝶 pan-ia̍h】 花蝶仔hoe-ia̍h-á。

【斑鴿 pan-kah】 斑鳩pan-khiu。

【斑點 pan-tiám】 斑紋。黑點。

【斑節蝦 pan-chiat-hê】 龍蝦liông-hê。

**pan 瘢** 傷口已癒有痕曰瘢pan。又病名，皮膚磨擦即出現青點亦曰瘢pan。出～chhut～⇨皮膚出現青斑之病。～忌甜～kī-ti$^{n}$⇨出瘢不可食甜食。

**pan 頒** 布也。分也。公布曰頒pan，分發亦曰頒pan。令～lēng～⇨命令公布。

【頒布 pan-pò͘】 政府按照法定程序公布法律。～～施行～～si-hêng⇨把政令法規公佈實行起來。

【頒行 pan-hêng】 頒布施行。

【頒發 pan-hoat】 分發。校長～～畢業證書

hāu-tiú$^{n}$～～pit-gia̍p-chèng-si (su)⇨同上。

pan **攀** 引也。挽也。向上爬登曰攀pan。挽扯他人曰攀pan。高～ko～⇨以下交陪於上。強～kiâng～⇨強挽而上。雙手～siang-chhiú～⇨以雙手挽之。未～得bē-～ti̍t⇨未攀得bē-pe$^{n}$ ti̍t⇨依託不得。

【攀弓 pan-kiong】 挽弓。～～射箭～～siā-chì$^{n}$⇨挽弓射箭。

【攀附 pan-hū】 依附他物而上升。

【攀留 pan-liû】 挽留bán-liû。我不敢強～～你goá m̄-ká$^{n}$ kiâng～～lí⇨同上。

【攀偎 pan-oá】 拉近之。～～來～～lâi⇨向（我）這邊靠近來了。

【攀登 pan-teng】 依附他物而上。～～大山～～tāi-san⇨爬上高山。

【攀價 pan-kà】 堅持高價。恔～～gâu～～⇨很能抬高價錢。

【攀龍附鳳 pan-liông-hū-hōng】 依附大人物以求名利。

【攀藤附葛 pan-tîn-hū-kat】 依附藤葛而上。～～～～強爬起去～～～～kiâng-pê-khí-khì⇨利用藤葛勉強爬上去。

pán **板** 木片也。物之薄皆曰板pán。笏也。歌曲之節奏曰板pán。固執不通融亦曰板pán。棺柴亦曰板pán，亦曰柴～chhâ～⇨棺材。銅～tâng～⇨同上。鐵～thih～⇨同上。奏～chàu～⇨笏hut。拍～phah～⇨音樂的節奏。古～kó͘～⇨守舊。老古～lāu-kó͘～⇨守舊不改。呆～ngâi～⇨同上。死～sí～⇨同上。薄～仔pō～á⇨薄棺木。有～ū～⇨合節奏；有本事。眞有～chin-ū～⇨很能幹。無～bô～⇨不合節奏。傷無～siu$^{n}$-bô～⇨很離譜。講了傷無～去kóng-liáu siu$^{n}$-bô～⇨說得太離譜了。有～有眼ū～ū gán⇨板眼具備。緊～慢～kín～bān～⇨音曲之調的快慢。

【板仔 pán-á】 pán-ná，即棺柴koa$^{n}$-chhâ。棺木。放～～pàng～～⇨從棺柴店運出棺木。扛～～kng～～⇨抬送棺木。～～店～～tiàm⇨棺材店。

【板金 pán-kim】 鐵板的安裝工作。做～～的chò～～ê⇨同上。

【板眼 pán-gán】 音曲的節奏。好～～hó～～⇨節奏很好。有板有眼iú-pán-iú-gán。

【板條 pán-liâu】 板眼pán-gán俗曰板條pán-liâu。有板有條ū-pán-ū-liâu。

【板椅 pán-í】 棺木的墊台。墊椅。

【板瘡 pán-chhng】 屁股生瘡曰板瘡pán-chhng。

【板鴨 pán-ah】 鹹鴨干。

pán **鉼** 餅piá$^{n}$也。

【鉼食 pán-si̍t】 麵粉爲皮，菜肉等爲餡的一種食品。亦曰餛飩hûn-thun。～～湯～～thng⇨同上。

pán **版** 木片曰版pán，今用板pán字。版pán即用在印刷方面。木～bo̍k～⇨同上。鉛～iân～⇨同上。新～sin～⇨新印者。舊～kū～⇨前印者。宋～sòng～⇨宋代所印刷者。翻～hoan～⇨翻印hoan-ìn。印～ìn～⇨印刷ìn-soat。出～chhut～⇨印賣書册類。製～chè～⇨製做印刷底版。

【版本 pán-pún】 印刷成書。～～無共～～bô-kāng⇨書不相同。出書者不相同。

【版稅 pán-sòe】 出版者對著作者所付的稅金。亦即著作者的原稿以外的一種收入。

【版圖 pán-tô͘】 戶籍與地圖。國家的領土。

【版權 pán-koân】 出版的權利。～～所有，翻印必究～～só͘-iú, hoan-ìn pit-kiù⇨書本附頁常見的保護版權之文句。

pàn **攀** 強挽之曰攀pàn。強～來湊脚手kiâng～lâi tàu-kha-chhiú⇨強邀來協助。老李都～未來lāu-lí to～bē(bōe)-lâi⇨老李強邀不來。

**pân 瓶** 汲水之器也。同缾pân。口小頸長腹大之器曰瓶pân。花～hoe～⇨放花兒的瓶子。酒～chiú～⇨放酒的瓶子。茶～tê～⇨放茶的瓶子。一～花chıt～hoe⇨同上。

**pān 便** 便piān也。廉價liâm-kè曰便宜pān-gî。

**【便宜 pān-gî】** 價廉曰便宜pān-gî，亦曰俗siok。貪～～tham～～⇨以其便宜而貪買無要無用之物。佔人的～～chiàm-lâng-ê～～⇨對別人侵佔其不當之惠。～～不八飽～～m̄-bat(pat)-pá⇨喻逢到好事不知足。貪而無厭。～～食破家～～chiah-phoà-ke⇨以便宜而貪食，致破產破家，同貪小～～食大虧tham-sió～～chiah-toā-khui。

**pān 辨** 判別也。治理曰辨pān，亦作辦pān。形態亦曰辨。準備曰辨pān。蓄貨hak-hōe曰辨pān。眞假難～chin-ké lân～⇨眞僞難予分明。攏叫人～lóng-kiò-lâng～⇨皆委人包辦。布～pò͘～⇨布的樣本。貨～hōe～⇨貨品的樣本。中～的道可tiong～ê tō-hó⇨中等程度的就可以。備～pī～⇨準備。做人該有一個～chò(chōe)-lâng āi-ū chıt-ê～⇨做人要有個樣子。彼～人未靠得hit～lâng bē(bōe)-khò-tit⇨那個樣子的人靠不住。我即～的敢無夠囝墹才goá-chit～ê kám-bô-kàu kiáⁿ-sài-châi⇨本帥這個樣子做個女壻不夠格嗎。你彼～的咯，大～乞食有啦，囝壻～猶眞拼扲lí-hit～ê lō͘, toā～khit-chiah ū-lâ, kiáⁿ-sài～iáu-chin-piāⁿ leh⇨你那個尊容嗎，大型(上等)叫化子夠資格了，女壻的樣子嗎，還差得多也。眞拼chin-piāⁿ，謂須拼命。

**【辨仔 pān-á】** pān-ná。圳溝等分水的設備。亦曰分水辨pun-chúi-pān或水～～chúi～～。看～～khoàⁿ～～⇨看看水辨是否如常。巡～～sûn～～⇨同上。

**【辨皮 pān-phôe】** 預期，預料（預想來者可能不妙）。～～了也，更免了～～liáu â，koh-bián-liáu⇨預定虧本了，幸而不虧本。即遭～～害也chit-cho～～hāi ā⇨此一遭遇，打算必敗了。咱看一下～～行去了lán-khoàⁿ-chıt-ē～～kiâⁿ-khì(ī) â⇨我(們)一看是斷定完蛋了。

**【辨胚 pān-phoe】** 辨皮pān-phôe或作辨胚pān-phoe。

**【辨勢 pān-sè】** ㊀水辨仔chúi-pān-á的情形。看～～都無安怎，水都有夠khoàⁿ～～to-bô an-choáⁿ, chúi to-ū-kàu⇨看得水辨的情形，皆如常，水量是足夠的。㊁情勢chêng-sè。情形chêng-hêng。安爾看，～～無好的款an-ne(ni) khoàⁿ，～～bô-hó ê khoán⇨據觀察，情形的變化，似乎不妙的樣子。看～～藉決定khoàⁿ～～ chiah koat-tēng⇨看情形如何才作決定。

**【辨盤 pān-poâⁿ】** 準備娶親所需的禮物筵席等事宜。你家己劃～～，若落交去，你道害lí-ka-tī hoā～～，nā làu-kau khì(ī)，lí-tō-hāi⇨你自已主辦婚事的準備，萬一有遺漏，你就完了。

**pān 辦** 辨pān也。治理也。治事治獄皆曰辦pān。你較怓～給你～lí khah-gâu～hō͘-lí～⇨你較會辦，給你辦。有錢～生，無錢～死ū-chîⁿ～seⁿ, bô-chîⁿ～sí⇨生死完全由錢決定。公事公～kong-sū-kong～⇨同上。承～sîn～⇨把事情承擔下來辦理。

**【辦公 pān-kong】** 辦理公事。～～廳～～thiaⁿ⇨同上。～～時間～～sî-kan⇨同上。

**【辦法 pān-hoat】** 處理的方法。無～～bô～～⇨同上。阿三上有～～a-sam siāng-ū～～⇨阿三最有辦法。方法最多。花招最多。

**【辦事 pān-sū】** 處理事務。～～能力強～～lêng-lek kiâng⇨同上。

**【辦案 pān-àn】** 處理案件。～～該公道～～āi kong-tō⇨同上。

**【辦酒 pān-chiú】** 準備酒席請客。～～請人

～～chhiá$^{n}$-lâng⇨設筵請客siat-iân-chhiá$^{n}$-kheh。

【辦差 pān-chhe】 承辦專案的差事。例如首長到任，上級視察等之專案。～～藉有油水～～chiah-ū iû-chúi⇨同上。

【辦桌 pān-toh】 略同辦酒pān-chiú。大～～toā～～⇨大請客。

【辦貨 pān-hòe(hè)】 採購chhái-kò͘。上台北～～chiū$^{n}$ tāi-pak～～⇨到台北採購去了。

【辦理 pān-lí】 處理。安怎～～較好an-choá$^{n}$～～khah-hó⇨如何辦理比較好。～～國事～～kok-sū⇨同上。～～囝兒的代誌～～kiá$^{n}$-jî ê tāi-chì⇨辦理有關兒女的事情。

【辦罪 pān-chōe】 處罪chhì(chhù)-chōe。處罰chhù-hoat。掠去～～了lia̍h-khì(ì)～～lò͘⇨捉去處罰了。

【辦代誌 pān-tāi-chì】 料理事情。解決問題，等等。

【辦喜事 pān-hí-sū】 辦理婚慶壽慶。

【辦喪事 pān-song-sū】 辦理喪葬事宜。花家扵～～～hoa ka teh～～～⇨花家在辦喪事。

【辦嫁粧 pān-kè-chng】 準備採購出嫁所需物品。共查某囝～～～kā cha-bó͘-kiá$^{n}$～～～⇨爲女兒準備嫁粧。亦曰劃嫁粧hak-kè-chng。

【辦傢伙仔 pān-ke-hóe-á】 孩子們學家事的遊戲。即類代誌不是～～～～呢chit-lōe tāi-chì m̄-sī～～～～neh⇨此種事非兒戲也。

pān **扮** 裝飾chong-sek也。化粧hoà-chong也。梳粧打～se-chng tá$^{n}$～⇨女人梳頭，化粧，着美衣。女～男裝lí(lú)～lâm-chong⇨女的僞扮男的。

【扮仙 pān-sian】 ㈠舊戲的序幕。開場戲。㈡開頭戲曰扮仙pān-sian。要～～未boeh～～bōe(bē)⇨要不要開始了。

【扮相 pān-siàng】 打扮後的外觀容貌。好～～hó～～⇨妝扮起來就很好看的模樣。～～眞好看～～chin-hó-khoà$^{n}$⇨打扮得很好看。

【扮脚 pān-kioh】 扮演某一角色。亦作扮角pān-kioh。例如扮生pān-seng，扮丑pan-thiú扮大花pān-toā-hoe等是。

【扮演 pān-ián】 表演piáu-ián。～～甚麼角色～～sim-mi kioh-siàu⇨表演何一角色。

【扮笑面 pān-chhiò-bīn】 裝笑臉 chong-chhiàu-liám。

pān **体** 懶lán也。懶惰lán-tō也。

【体憚 pān-toā$^{n}$】 懶惰lán-tō。骱力食力～～吞涎kut-la̍t chia̍h-la̍t,～～thun-noā⇨謂勸勉者自食其力，懶惰者空吞其口水。体pān亦讀体pūn。

pān **瓣** 果中實也。又花片曰瓣pān。果～kó～⇨果實之分房。柑仔～kam-á～⇨柑實中之分房。柚仔～iū-á～⇨柚實中之分房。柑柚實之一房曰一瓣pān。花～hoe～⇨花之散片。

## pang

pang **邦** 國也。天下萬～thian-hā(hē) bān～⇨同上。外～goā～⇨同上。番～hoan～⇨外國。番夷之國。危～不入，亂～不居gûi～put-li̍p, loān～put-ki(ku)⇨同上。

【邦交 pang-kau】 國交kok-kau。敦睦～～tun-bo̍k～～⇨做好外交工作。

【邦家 pang-ka】 國家kok-ka。～～百年之計～～pek-liân chi-kè⇨同上。

【邦浦 pang-po͘】 pomp，即喞筒，亦即吸水器也。

【邦國 pang-kok】 同邦家pang-ka。

【邦聯 pang-liân】 國際法名詞。多國聯合之國家。但其聯合分子仍具有國際人格。聯邦亦爲多國聯合之國家，但其構成分子却不具國際人格，如美國南北戰爭前之制度是也。

pang **枋** 板pán也。薄板曰枋pang。薄～仔pō～á⇨薄板。。杉仔～sam-á～⇨杉木之薄板。

**【枋寮 pang-liâu】** ㊀薄板的小屋。工寮kang-liâu。㊁地名。今台北市郊的中和，前曰枋寮pang-liâu。原當屬出木料之地，余疑改名中和有何意義。

**pang 板** 木片也。枋pang也，俗以板pán作枋pang。眠床～bîn-chn̂g～⇨床板。床底。棚～pe$^{n}$～⇨棚枋pê$^{n}$-pang，臨時演戲台的底板。箱皮～siu$^{n}$-phôe～⇨製釘柴箱之板。柴箱拆開之散枋soà$^{n}$-pang。橋～kiô～⇨橋面之木板。烏～o͘～⇨教學用之黑色木板。樓杠～lâu-kong～⇨樓上之地板。

**【板仔 pang-á】** ㊀木材之總稱。舉～～giâ～～⇨肩負木材。造～～chō～～⇨做～～chò～～⇨鋸木材。㊁木板bo̍k-pán。～～厝～～chhù⇨木板小屋。～～皮～～phôe⇨木材的廢料。亦曰板頭板尾pang-thâu pang-bóe。～～架～～kè⇨木架bo̍k-kè。

**【板料 pang-liāu】** 木板材料。～～取較好的～～chhú khah-hó-ê⇨木料選取較好的。

**【板棚 pang-pê$^{n}$(pî$^{n}$)】** 舖板的平台。頭前後壁攏有～～thâu-chêng āu-piah lóng-ū～～⇨前方後方皆有禾板平台。

**【板堵 pang-tó͘】** 板壁pang-piah。釘～～tèng～～⇨裝上板壁。

**【板模 pang-bô͘】** 灌水泥柱，水泥壁等所需的外模。扲釘～～也teh-tèng～～ā⇨在釘裝板模，要灌水泥了。拆～～thiah～～⇨水泥灌了，經過若干時間，板模須拆掉。

**pang 幫** 協助，資助皆曰幫pang。又團隊亦曰幫pang，或省作帮pang。逐個相～贊ta̍k-ê sio(sa$^{n}$)～chān⇨大家互相協助。茶～tê～⇨茶業行。絲～si～⇨蠶絲業者。北門～pak-mn̂g～⇨同上。竹聯～tek-liân～⇨同上。又火車一列曰一～車chi̍t～chhia。頭～車thâu～chhia⇨某日的第一班車。尾～車bóe～chhia⇨某日的末班車。又車次皆曰車～chhia～。此等車幫應皆屬班之訛。

**【幫手 pang-chhiú】** 協助hia̍p-chō͘。助手chō͘-chhiú。眞夠人共伊～～chin-chē(chōe)-lâng kā-i～～⇨很多人協助他。叫一個來做～～較好kiò-chi̍t-ê lâi-chò(chòe)～～khah-hó⇨找一個人來當助手比較好。

**【幫忙 pang-bâng】** 協助。忙中相助。好佳哉，阮大的來共我～～hó-ka-chài，goán-toā ê lâi kā-goá～～⇨非常萬幸，我大哥來協助了我。～～一下耳，道未扳得～～chi̍t-ē niâ，tō bē(bōe)-pe$^{n}$ tit⇨助我一下子就可以了，你就不肯伸手。未扳得bē-pe$^{n}$ tit，攀不上交情，亦即對我請求不予理睬。是被拒絕者的用詞。

**【幫助 pang-chō͘】** 協助。補助。逐個～～來～～去ta̍k-ê～～lâi～～khì⇨大家互相幫助。

**【幫派 pang-phài】** 黨派tóng-phài。～～眞夠～～chin-chē(chōe)⇨同上。

**【幫差 pang-chhe】** 衙役gê-ia̍h之助手。

**【幫貼 pang-thiap】** 資助。有人扲～～伊，無伊豈戀ū-lâng teh～～i, bô i ká-khiàng⇨有人在資助他，否則他豈能如此(豈有那麼能幹)。

**【幫辦 pang-pān】** 助理chō͘-lí。海關～～hái-koan～～⇨海關的助理人員。於家己的厝裡，～～店頭，都未輸食頭路tī ka-kī ê chhù-lì，～～tiàm-thâu，to-bē-su chia̍h-thâu-lō͘⇨在自己家中協助店面的工作，不比薪水生活差。

**【幫贊 pang-chān】** 幫助。資助。～～學費～～ha̍k-hùi⇨資助學資金。

**pang 崩** 山裂墜曰崩pang。婦女血妄行亦曰崩pang。天子死曰崩pang。山～地裂soa$^{n}$～tē-li̍h⇨同上。血～山hoeh(huih)～soa$^{n}$⇨婦女出血過多。皇帝～御hông-tè～gī⇨天子死矣。

**【崩山 pang-soa$^{n}$】** 山峰裂墜。水～～chúi～～⇨水流使山崩墜。要敗若水～～，要成若龜迫壁boeh-pāi ná chúi～～, boeh-sêng ná-ku peh-piah⇨敗如水崩山之快之利害，成

如龜上壁之慢之困難。兵敗如～～peng-pāi jî (jû)～～⇨同上。血～～hoeh(huih)～～⇨婦女的子宮出血。

【崩去 pang khì】 裂壞。田岸～～一缺chhân-hoāⁿ～～chı̍t-khiah⇨田岸崩裂一缺口。

【崩崁 pang-khàm】 斷崖toān-gâi。跳落～～自殺thiàu-lo̍h～～chū-sat⇨同上。～～未迫得～～bē(bōe)-peh tı̍t⇨斷崖攀登不得。

【崩陷 pang-hām】 崩裂。崩壞。公路～～去也kong-lō·～～khì(ì)-ā⇨公路崩壞了。

【崩敗 pang-pāi】 失敗。得未～～較快也tit-boeh～～khah-khoài ā⇨要家崩壞，不久就來了。你這鍋手，見乎你墨著見～～lí-che àu-chhiú, kiàn hō·-lí bak-tio̍h kiàn～～⇨你是臭手，每次被你沾上的都失敗了。～～爺～～iâ⇨見墨見失敗者。染手曰墨bak或沐bak。

【崩壞 pang-hoāi】 崩陷pang-hām。崩裂pang-lia̍t。道路～～五十米tō-lō·～～gō·-cha̍p-bí⇨同上。

**綁** páng 縛也。

【綁票 páng-phiò】 盜匪掠人勒贖也。綁票之惡徒曰綁匪páng-húi。被綁之人曰肉票bah-phiò。

**繃** páng 束也。包嬰兒之衣也。

【繃帶 páng-tài】 裹傷布。包紮傷口之長布帶。歸顆人攏用～～包於扲kui-kho·-lâng lóng-iōng～～pau-tī-teh⇨整個人皆以繃帶包紮著。

**放** pàng 解開曰放pàng。發出曰放pàng。排泄曰放pàng。貸款取利曰放pàng。置之不理曰放pàng。擴大曰放pàng。遺留曰放pàng。大索無～toā-soh bô～⇨大索沒解開。手不敢～chhiú m̄-káⁿ～⇨同上。～去逃生～khì tô-seⁿ⇨放他活命。～請帖～chhiáⁿ-thiap⇨發請柬hoat-chhéng-kán。食拔仔～銃子，食柚仔～蝦米，食龍眼仔～木耳chia̍h pat-á～chhèng-chí, chia̍h iū-á～hê-bí, chia̍h lêng-kéng-á～bo̍k-jí⇨吃芭樂放銃子彈，吃柚子放蝦米，吃龍眼放木耳。此處三放pàng皆排泄。～彼類五虎利～hit-lōe ngó·-hó·-lāi⇨貸出那一種殺人的重利。伊都～外外i to～goā-goā⇨他皆不理不睬。相要～較大siāng boeh～khah-toā⇨照片要放大。父母～三分地乎伊pē-bó～saⁿ-hun-tē hō·-i⇨父母遺下三分地給他。心肝～較開扲sim-koaⁿ～khah-khui-leh⇨心地放開一點。～無看見道好也～bô-khoàⁿ kìⁿ(ìⁿ) tō-hó ā⇨僞裝沒看見就算了。

【放人 pàng-lâng】 ㊀釋放犯人。期間到道～～也kî-kan kàu tō～～ā⇨期間滿了就放人了。㊁喻解決。完成義務。安爾不愛更提錢來～～an-ne(ni) m̄ ài-koh the̍h-chîⁿ lâi～～⇨如此不是要再拿錢來放人(解決，返債)嗎。看破，緊提錢來～～較贏khoàⁿ-phoàⁿ, kín-the̍h-chîⁿ lâi～～khah-iâⁿ⇨算了(沒法子了)，快快拿錢來解決較好。

【放刁 pàng-tiau】 聲言要對某人如何加害。阿呆仔～～俅斲你的後蹄根a-pháiⁿ ā～～boeh-to̍k-lí-ê āu-têⁿ-kin⇨阿呆聲言要砍斷你的脚後筋。

【放下 pàng-hē】 放置hòng-tì。放棄hòng-khì。～～某囝四界去流～～bó·-kiáⁿ，sì-kè-khì-liû⇨放棄妻兒不顧，四處去作流浪的生活。

【放工 pàng-kang】 ㊀下工，收工。工場五點～～kang-tiûⁿ gō·-tiám～～⇨同上。㊁挑工thiau-kang。特地。～～來食喜酒～～lâi-chia̍h hí-chiú⇨放下工作特地來賀喜吃酒。～～去探病～～khì thàm-pēⁿ(pīⁿ)⇨特地去看友或親人之病。

【放水 pàng-chúi】 ㊀作假。例如比賽中，個人或團隊故意表演不正常，以影響結果。安爾看，有～～的款an-ne(ni) khoà$^n$，ū～～ê khoán⇨看來,似乎有放水的樣子。㊁棄水或灌溉工作。放田水pàng-chhân-chúi⇨同上。

【放手 pàng-chhiú】 抽手thiu-chhiú。放置不理。嬰仔會～～了，會家己行了e$^n$-á ē(ōe)～～lō, ē(ōe) ka-kī-kiâ$^n$ lō⇨嬰兒學會自己跑了。厝裡猶未會～～得chhù lì á-bōe-ē～～tit⇨家中還是不可以放任不管(而作他行)。

【放火 pàng-hóe(hé)】 縱火chhiòng-hóe(hé)。～～燒山～～sio-soa$^n$⇨同上。～～罪～～chōe⇨同上。

【放孔 pàng-khang】 同放刁pàng-tiau。曷使～～，隨在伊來嘛a̍h-sái～～sûi-chāi i-lâi mà⇨何必放孔，由他要如何隨便來呀。

【放綡 pàng-lēng】 放寬hòng-khoan。規矩有～～去也kui-kí ū～～khì à⇨規矩放寬了。索仔糾絯，莫～～soh-á giú-ân，mài～～⇨繩子拉緊，不要放鬆。

【放心 pàng-sim】 放心hòng-sim。不必勞心。

【放白 pàng-pe̍h】 ㊀下白糞。鷄母扲～～，ke-bó teh～～⇨母鷄在下白糞(一種鷄病)。㊁從官話改口說白話。

【放生 pàng-se$^n$(si$^n$)】 放生hòng-seng。不殺而放之。

【放血 pàng-hoeh(huih)】 下血。～～該注意藉好，驚做胃有不抵好～～ài chù-ì chiah-hó，kia$^n$-chò ūi ū m̄-tú-hó⇨下血應該留意，恐怕是胃有問題。

【放囝 páng-kiá$^n$】 母鷄不再帶成羣的小鷄。小鷄大了，母鷄將再下蛋了。鷄母～～ke-bó(bú)～～⇨同上。

【放尿 pàng-jiō】 小便siáu-piān。～～渲未上壁的人～～soān-bē(bōe) chiū$^n$-piah ê lâng⇨謂女的。轎不扛，扲管新娘～～kiō m̄-kng teh-koán sin niû～～⇨轎不好好扛，反而在管新娘小便。謂放棄自己正業去多管閑事。～～相招，無放的軟脚腰～～sio-chio bô-pàng ê nńg-kha-io⇨童謠。

【放利 pàng-lāi】 貸款取利息。

【放卵 pàng-nn̄g】 魚蟲類下蛋。娘仔扲～～也niû-á teh～～ā⇨蠶在下蛋了。

【放把 pàng-pé】 練習射擊。～～仔～～á⇨同上。

【放伴 pàng-phoā$^n$】 彼此協助。彼此交替，完成一個工作，或先完成你的工作，然後完成我的工作，皆曰相～～sio(sa$^n$)～～，或～～做～～chò(chòe)。例如～～擔～～ta$^n$⇨交替擔送之，～～犁～～lê⇨共同先後犁之，～～刈稻仔～～koah-tiū-á⇨共同先後收刈之等等是也。

【放屁 pàng-phùi】 喻吹牛，或廢話。你扲～～lí teh～～⇨你在講廢話。～～安狗心～～an-káu-sim⇨喻說假話以安撫之。敢～～，不敢做屁主ká$^n$～～，m̄-ká$^n$ chò(chòe)-phùi-chú⇨喻只管說大話，卻不敢負責。你莫扲～～相連累lí-māi-teh～～sio(sa$^n$)-liân-lūi⇨你不可亂說以連累他人。站於尻川後～～tiām-tī kha-chhng-āu～～⇨在背後才吹大牛。

【放空 pàng-khang】 放空營pàng-khang-iâ$^n$。空城計。

【放板 pàng-pán】 購買棺柴並取之回家。

【放直 pàng-ti̍t】 直下去。自安爾～～落去道可也chū an-ne(ni)～～lo̍h-khì tō-hó-à⇨就如此一路直下去就可以了。

【放帖 pàng-thiap】 分發請帖。

【放紅 pàng-âng】 ㊀放血 pàng-hoeh。㊁赤痢症chhiah-lī-chèng。

【放風 pàng-hong】 放屁pàng-phùi。都無食風，那會～～to-bô-chia̍h-hong ná-ē～～⇨沒吃風，何以放風。

【放飛 pàng-poe(pe)】 ㊀小鳥大了，獨自離巢。㊁少年初次獨上妓樓。鳥仔～～也chiáu-á～～a⇨同上。

【放屎 pàng-sái】 下糞，出恭chhut-kiong。

～～號礐～～hō-hak⇨喻僞借名義，佔據位置。新屎礐好～～sin-sái-hak hó～～⇨喻好新者常情也。～～苦力～～ku-lí⇨不中用的傢伙。

【放毒 pàng-tok】 下毒hē-tok。白蛇～～peh-choâ～～⇨雷峯塔故事，白蛇下毒，製造病患，以使其愛人趁錢。

【放砲 pàng-phàu】 ㊀燃爆竹。新年～～sin-nî～～⇨同上。㊁放銃pàng-chhèng。

【放符 pàng-hû】 施符作法。～～念咒～～liām-chiù⇨同上。～～傷人～～siang(siong)-lâng⇨放符以加害於人。

【放假 pàng-kè】 放假hòng-ká。

【放掉 pàng-tiāu】 放棄hòng-khì。～～某囝～～bó·-kiáⁿ⇨放棄妻兒。～～權利～～koân-lī⇨同上。別人的代誌道共人～～pat-lâng ê tāi-chì tō-kā-lâng～～⇨別人的事情(問題)就把他忘記了。亦曰放扣pàng sak。

【放港 pàng-káng】 ㊀引船進港的。領水的niá-chúi-ê。㊁秘密爲男女之間舖路者。啥人不知影是你～～的síaⁿ-lâng m̄-chai-iáⁿ sī-lí～～ê⇨誰不知是你牽路的。

【放觚 pàng-ko·】 散布觚於通路以防偷防敵。觚ko·者木竹或金屬製，有尖角以刺行人之脚者。

【放開 pàng-khui】 放開hòng-khai。手～～chhiú～～⇨同上。

【放債 pàng-chè】 ㊀放款取利。高利貸扲～～ko-lī-tāi teh～～⇨同上。㊁遺留的債務。序大人～～乎子還每是有sī-toā-lâng～～hō·-kiáⁿ-hêng mā-sī-ū⇨父母留下債務讓兒子還債的也是有的。

【放飼 pàng-chhī】 家畜等不造圍稠，亦曰放稠pàng-tiâu。

【放煞 páng-soah】 放棄不追究。即個代誌伊一定未安爾～～去chit-ê tāi-chì i it-tēng bē(bōe) an-ne(ni)～～khì⇨此一問題他一定不肯如此放棄而不追究。

【放牒 pàng-tiap】 ㊀對神佛燒獻祈禱文。㊁父母怒中聲言要修理子女。個老父仔正扲～～哩in-lāu-pē-á chiàⁿ-teh～～lih⇨他老父剛剛怒斥要加以修理。

【放銃 pàng-chhèng】 ㊀發砲hoat-phàu。㊁無謂的開銷。無外久道～～了了也bô-goā-kú tō～～liáu-liáu à⇨不久就開銷淨盡了。

【放價 pàng-kè】 自動降價。無～～無人敢買bô～～bô-lâng káⁿ-bē(bóe)⇨不降價沒人買得起。

【放賬 pàng-siàu】 掛帳koà-tiàng。賒賬sia-siàu。～～師仔收賬師父～～sai-á siu-siàu sai-hū⇨謂掛帳出去是小徒弟(也會做的)，收賬回來的才是大師父(的資格)。

【放線 pàng-soàⁿ】 手術了五日道～～也chhiú-sut-liáu gō·-jit tō～～à⇨開刀後五工就放線了。

【放學 pàng-oh】 下課。～～了～～lò·⇨下課了。

【放聲 pàng-siaⁿ】 ㊀出聲chhut-siaⁿ。～～哭～～khàu⇨出聲大哭。㊁放出恐喝性的言詞。人扲～～也，講要乎你好看lâng teh～～ā, kóng-boeh hō·-lí hó-khoàⁿ⇨人家在公開說出來了，說一定讓你好看hó-khoàⁿ(出醜chhut-thiú)。

【放鬆 pàng-sang】 放寬hòng-khoan。心事無法度～～sim-sū bô-hoat-tō·～～⇨同上。

【放水鉈 pàng-chúi-tô】 測量水深。～～～，量水深～～～，niû-chúi-chhim⇨同上。

【放水燈 pàng-chúi-teng】 七月普度，糊燈籠，放水流以祭水鬼。～～～仔行～～～á-kiâⁿ⇨一個一個斷斷續續而行。

【放目仔 páng-bak-á】 僞裝視而不見。～～～乎伊去～～～hō·-i-khì⇨裝做沒看見讓他通過。

【放外外 pàng-goā-goā】 裝作事不干己。家己的代誌講～～～ka-kī ê tāi-chì kóng～～～⇨自己的事情居然不理不管，毫不關心。

**【放枋仔 pàng-pang-á】** 水運木材。利用河流運木材。於內山～～～tī-lāi-soa$^{n}$～～～⇨在內山主持木材之水運。

**【放狗屁 pàng-káu-phùi】** 放臭屁pàng-chhàu-phùi。聽你扲～～～thia$^{n}$-lí-teh～～～⇨聽你胡說八道。～～～，狗放屁，放屁狗～～～káu pàng-phùi, pàng-phùi-káu⇨謂一塾師以此三句批改學生作品。放狗屁謂人放狗屁尙屬人，尙可。狗放屁已經不是人而是狗了，太壞了。放屁狗即狗而且是只能放屁之狗，太壞太壞極了。

**【放空營 pàng-khang-iâ$^{n}$】** 無人駐守。厝裡～～～無人顧chhù lì～～～bô-lâng-kò͘⇨家中無人在無人守。辦公廳～～～未用得pān-kong-thia$^{n}$～～～bē(bōe)-iōng-tı̍t⇨辦公的時候，怎麼可以大家一起開小差呢！。

**【放風吹 pàng-hong-chhoe】** 放風箏。

**【放重利 pàng-tāng-lāi】** 收重利。高利貸道是～～～的ko-lī-tāi tō-sī～～～ê⇨同上。

**【放罾仔 pàng-lêng-á】** 以罾仔圍魚。罾仔lêng-á，一種長網。

**【放臭屁 pàng-chhàu-phùi】** 吹大牛。你免扲～～～lí bián-teh～～～⇨你不用臭彈chhàu-tōa$^{n}$。

**【放紙虎 pàng-choá-hó͘】** 寫字白貼壁報或暗中投書中傷他人的行爲。～～～，共人中傷～～～，kā-lâng tiòng-siang⇨同上。

**【放粉鳥 pàng-hún-chiáu】** ㊀訓練傳書鴿。㊁同隊出外，却被遺下，須自己設法回家。

**【放紙錢 pàng-choá-chî$^{n}$】** 在葬列前面，先行投置金銀紙，以示對鬼神買路。亦單稱放紙pàng-choá。

**【放婚仔 pàng-hun-á】** 放親成pàng-chhin-chiâ$^{n}$。放媒人pàng-moâi-lâng。開始爲子女提親。

**【放媒人 pàng-moâi-lâng】** pàng-mûi-lâng。託媒人找適當之對象。好～～～也啦hó～～～ā-là⇨可以放媒人了。應該叫媒人提親了。

**【放開開 pàng-khui-khui】** 愛理不理。心不在焉sim-put-chāi-iàn。厝內你都攏～～～chhù-lāi lí-to-lóng～～～⇨家中之事，你皆心不在此，不理也不睬。

**【放較高 pàng-khah-koân】** 放高一點。反之曰放較低pàng-khah-kē。

**【放較軟 pàng-khah-nńg】** 放輕或軟一點。價數有～～～也kè-siàu ū～～～à⇨價格放便宜一點了。

**【放盡磅 pàng-chīn-pōng】** 開盡最高最大馬力。

**【放緄仔 páng-kùn-á】** 以緄仔釣魚。緄仔kùn-á，長索縛附很多釣鈎放入水中，若干時間以後收之。

**【放日仔錢 pàng-ji̍t-á-chî$^{n}$】** 隔一夜必收回之貸款。其重利不言可想。

**【放五虎利 pàng-ngó͘-hó͘-lāi】** 放重利pàng-tāng-lāi。

**【放雨白仔 pàng-hō͘-pe̍h-á】** 風一陣一陣而伴有毛毛細雨，俗以爲颱風之前兆。扲～～～也teh～～～à⇨在放雨白了，謂風颱要來了。

**【放鼎箃浮 pàng-tiá$^{n}$-kám-phû】** 放高利貸。鼎箃浮tiá$^{n}$-kám-phû，一日收三次利，一如鼎箃tiá$^{n}$-kám之一天使用三次。

pâng **房** 居室也。家族分支曰房pâng。官衙之分部曰房pâng。新娘～sin-niû～⇨洞房夜新郎新娘睡覺的地方。人客～lâng-kheh～⇨客房。書～si(chu)～⇨讀書作硏究的房間。藥～io̍h～⇨藥鋪。棧～chàn～⇨古早時代的鄉村小旅館。大～toā～⇨長男。本～pún～⇨①大房。②本業pún-gia̍p。三～sa$^{n}$～⇨三男所出的支族。強～kiâng(kiông)～⇨有錢有勢之房。弱～jia̍k(jio̍k)～⇨同上。正～偏～

chiâ$^{n}$～phian～⇨大某細姨toā-bó·-sè-î。刑～hêng～⇨司法單位。在縣即由刑名師爺所主持者，或可曰司法科。兵～peng～⇨軍事單位。禮～lé～⇨文教單位。

【房中 pâng-tiong】 居室之中。閨房之中。雙脚行到娘～～，雙手牽娘來參詳，是俫是毋毋當嚷，羅漢做久姑不終siang-kha kiâ$^{n}$-kàu niû～～, siang-chhiú khan-niû lâi-chham-siông,sī-boeh-sī-m̄ m̄-thang-jióng, lô-hàn chò(chòe)-kú ko·-put-chiong⇨民歌。姑不終ko·-put-chiong，姑終無奈ko·-chiong-bû-nāi也。

【房仔 pâng-á】 小房間。

【房門 pâng-mn̂g】 知人月內，拍人～～chai-lâng go̍eh-lāi,phah-lâng～～⇨喻強人所難加上討人厭惡。

【房東 pâng-tong】 房屋之主人。二～～jī～～⇨租戶再租人。

【房科 pâng-kho(khe)】 衙門內之各單位。六～～la̍k～～⇨古衙門有：吏房lī-pâng，戶房hō·-pâng，禮房lé-pâng，兵房peng-pâng，刑房hêng-pâng，工房kong-pâng等六單位。

【房屋 pâng-ok】 家屋ka-ok。建築物汎稱房屋。～～稅～～sòe⇨房捐pâng-koan。

【房租 pâng-cho·】 租借房屋的代金。～～一個月四千～～chi̍t-kó·-go̍eh sì-chheng⇨同上。

【房間 pâng-keng】 居室。～～內拍不見褲，不是翁道是某～～lāi phah-m̄-kì$^{n}$-khò·, m̄-sī-ang tō-sī-bó·⇨居室之內褲子不見了，非夫就是妻偷的。決非外人所偷。

【房稅 pâng-sòe】 房屋稅pâng-ok-sòe。房捐pâng-koan。

【房頭 pâng-thâu】 家族的分房各系。亦單稱房pâng。共～～仔內kāng～～á-lāi⇨同一房系之人。

【房地產 pâng-tē-sán】 土地與房屋的業產。做～～～的chò(chòe)～～～ê⇨經營房地產買賣業之人。

【房柱內 pâng-thiāu-lāi】 房頭內pâng-thâu-lāi。或謂柱thiāu應作祧thiāu。

pâng **縫** 紩衫thī$^{n}$-sa$^{n}$也。以針紩衫曰縫pâng。衣破解破孔曰縫phāng，補縫pó·-phāng曰縫pâng。～衫～sa$^{n}$⇨紩衫thī$^{n}$-sa$^{n}$。

pāng **棒** 杖也。大杖曰棒pāng。五色～ngó·-sek～⇨同上。拍拳賣～phah-kûn-bē(bōe)～⇨打拳賣膏藥phah-kûn-bē-ko·-io̍h。猴齊天的金剛～kâu-chê-thian ê kim-kong～⇨孫悟空之武器。棍～kùn～⇨棒pāng。棍仔kùn-ná。

【棒球 pāng-kiû】 Baseball。美國盛行的球類運動。

pāng **蚌** 有殼的軟體動物。能產眞珠。或叫蛤蚌kap-pāng。鷸～相持，漁翁得利u̍t～siāng-chhî, gî-ong tek-lī⇨喻兩方相爭互不相讓，結果得利者，必屬他人。

## pat

pat **八** ㊀bat別也，象分別相背之形。㊁bat數名。六七～lio̍k-chhit～⇨同上。又八bat，識別也。俗作識pat(bat)。又曾經也，俗又作曾pat。講到有一字～kóng-kà ū-chi̍t-jī～⇨說得成一八字，亦即有形有影，有條有段。擅八sám～⇨黑白講，亂說是非。俗作三八sam-pat，今已誤爲專罵女人之詞。例如三八雌sam-pat-chi，三八查某sam-pat-cha-bó·等是。不～假～m̄～ké～⇨不知假裝爲知。

【八人 pat-jîn】 八人poeh-lâng，peh-lâng。八個人pat-kô-jîn。

【八人 pat-lâng】 認識人。知其人。知其人之底細。反之曰不～～m̄～～。不～～好僫m̄～～hó-bái⇨不知其人之好壞。該～～的人情ài～～ê jîn-chêng⇨應認識人之好意。不可忘記人家的好意。→bat-lâng。

【八分 pat-hun】 ㊀書體名。～～字～～jī

⇨～～書～～si(su)⇨同上。㈡十分之八。七分茶～～酒chhit-hun-tê～～chiú⇨謂茶酒都不可斟滿杯，應以七，八分的程度爲禮。

**【八比 pat-pí】** 八股文pat-kó·-bûn亦曰八比。

**【八去 pat-khì(khù)】** 去過了。毋～～m̄～～⇨未曾去bī-chêng-khì。未嘗去bī-siâng-khì。沒有去過。我～～也goá～～à⇨我去過了。我曾經去過。反之曰八來pat-lâi。→bat-khì。

**【八仙 pat-sian】** ㈠酒中～～chiú-tiong～～⇨李白等八酒仙。㈡俗以漢鍾離hàn-chiong-lī，張果老tiu$^{n}$-kó-ló，韓湘子hân-siang-chú，李鐵拐lí-thih-koái，曹國舅chô-kok-kū，呂洞賓lī-tōng-pin，藍采和nâ-chhái-hô，何仙姑hô-sian-ko·等七男一女爲八仙。～～過海，各顯神通～～kòe-hái kok-hián sîn-thong⇨八仙人渡海，各神有各樣的方法。亦喻各人自想辦法。隨人拍拚sûi-lâng phah-pià$^{n}$。～～桌～～toh⇨八個座位的四角大桌。各家大廳神座前之大桌。～～彩～～chhái⇨①八仙桌的桌裙toh-kûn。②繡有八仙像的裝飾用幔。

**【八字 pat-jī】** ㈠八個字poeh-jī, peh-jī。生辰日月。因談婚時要交換男女方的生辰，都要湊成八個字。好～～hó～～⇨好～～命hó～～miā⇨好命hó-miā。㈡八字之形。行路～～跤kiâ$^{n}$-lō·～～kha⇨行路時脚尖向外。跤，脛也，同脚。衙門～～開無錢不免來gê-m̂ng～～khai, bô-chî$^{n}$ m̄-bián-lâi⇨同上。㈢知書識字。毋～～的人m̄～～ê lâng⇨不識字者put-sek-jī-chiâ。不～～道較輸m̄～～tō khah-su⇨不識字就略遜一籌。

**【八戒 pat-kài】** 佛家～～hu̍t-ka～～⇨㈠不殺生put-sat-seng；㈡不偷盜put-thau-tō；㈢不淫put-îm；㈣不妄語put-bōng-gí；㈤不飲酒put-ímchiú；㈥不塗飾香鬘歌舞及觀聽put-tô·-sek hiag-bān ko-bú kip koan-theng；㈦不眠坐高廣大牀put-bîn-chō ko-kōng tāi-chhông；㈧不食非時食put-si̍t hui-sî-si̍t。猪～～朱悟能ti～～chu-ngō·-lêng⇨西遊記。猪～～照鏡，內外攏無親像人ti～～chiò-kià$^{n}$, lāi-goā lóng-bô chhin-chhiū$^{n}$-lâng⇨同上。

**【八法 pat-hoat】** ㈠直橫點啄拖等八種楷書kai-si(su)的筆法。永字～～éng-jī～～⇨謂永字包含楷書的八種筆法。㈡醫家～～i-ka～～⇨醫生看病的八種方法。其法爲按，摩，掐，揉，推，運，搓，搖是也。

**【八卦 pat-koà】** 包犧氏pau-hi-sī所作，謂象徵天地萬物鬼神。包犧氏即伏羲ho̍k-hi也。～～衣～～i⇨前後綉有八卦圖樣的戲服hì-ho̍k，戲台上的孔明或軍師之類所穿者。～～會～～hōe⇨古時的地下組織。～～樓～～lâu⇨俗以八角堂pat-kak-tông爲八卦樓。～～路～～lō·⇨迷路bê-lō·。～～丹～～tan⇨俗藥名。

**【八食 pat-chia̍h】** 吃過了。有吃過其物之經驗。不～～，每八看見m̄～～mā-pat-khoà$^{n}$-kì$^{n}$(ì$^{n}$)⇨沒吃過也看過。

**【八音 pat-im】** ㈠匏土革，木石金，絲與竹，乃～～pâu-thó·-kek, bo̍k-se̍k-kim, si-í-tiok, nái～～⇨三字經。㈡音調。八聲pat-seng。平仄～～該分明pê$^{n}$-cheh～～ài-hun-bêng⇨同上。㈢樂隊的一種。～～大鼓鬧～～toā-kó·-nāu⇨八音隊與大鼓鬧隊。～～吹～～chhoe⇨八音隊的喇叭。～～琴～～khîm⇨自動琴orgel。有彈簧的自動琴。

**【八珍 pat-tin】** ㈠八項珍奇之味，有：龍膽，鳳髓，豹胎，鯉尾，鴞炙，猩唇，熊掌，酥酪蟬是也，但另有多說。㈡俗以三八查某sam-pat cha-bó·曰八珍。

**【八座 pat-chō】** ～～大轎～～toā-kiō⇨八名轎夫之大轎。

**【八哥 pat-ko】** 鸜鵒kù-kok的俗名。亦曰鴳鴒ka-lēng，鳴禽類，善學人語。

**【八脚 pat-kiok】** 毛虱mô·-sat。一種寄生於

人獸毛髮中之小昆虫。～～生猫耳～～seⁿ(siⁿ) niau-hīⁿ⇨同上(hīⁿ)。

【八爽 pat-sóng】 懂得爽快，懂得享受。你眞～～lí chin～～⇨你會享福；你很會偷懶。

【八景 pat-kéng】 一個地區的八個最佳的風景。似乎起自瀟湘～～siau-siang～～⇨宋迪sòng-tek所畫的八幅山水圖。後來各地多有效尤，各選出其八景者。

【八節 pat-chiat】 立春 lip-chhun，春分chhun-hun，立夏lip-hā(hē)，夏至hā(hē)-chì，立秋lip-chhiu，秋分chhiu-hun，立冬lip-tang，冬至tong-chì(冬節tang-cheh)等是也。一年四季，～～二十四氣chit-nī sì(sù)-kùi～～jī-chap-sì-khì⇨同上。

【八想 pat-siūⁿ】 bat-siūⁿ。知是非進退曰八pat或bat,曰八想pat(bat)-siūⁿ。成十歲囡仔耳道安爾～～也chiâⁿ-chap-hòe(hè) gín-á-niā tō-an-ne(ni)～～ā⇨剛十歲上下的孩子而已，就如此的八想了。

【八錢 pat-chîⁿ】 認識錢。重視錢。吝嗇。許爾～～的人，伊敢肯hiah-nī～～ê-lâng i-kám-khéng⇨那麼吝嗇之人他肯嗎。八銀pat-gûn⇨八錢pat-chîⁿ。

【八講 pat-kóng】 說過了。～～的不免更講～～ê m̄-bián koh～⇨說過的不用再說。

【八禮 pat-lé】 懂得禮儀作法。～～無囝婿做～～bô kiáⁿ-sài chò(chòe)⇨懂得禮法的人沒有當女壻的機會。

【八聲 pat-seng】 聲調siaⁿ-tiāu。平仄～～pêⁿ-cheh～～⇨同上。

【八寶 pat-pó】 俗以多種的烹飪配料曰八寶pat-pó。～～菜～～chhài⇨雜菜。～～麵～～mī⇨雜菜麵。～～飯～～pn̄g⇨雜菜炒飯。

【八刀路 pat-to-lō͘】 懂得用刀之法。八刣猪道～～～ pat-thâi-ti tō～～～ ⇨殺過猪者知道如何使用猪刀。喻有經驗之人，才識途徑。

【八未了 pat-bē(bōe)-liáu】 無法全部皆懂。萬底深坑～～～啦bān-té(tóe) chhim-kheⁿ(khiⁿ)～～～ lā⇨(世間事有如)無底之深坑，沒法子全都認識的。

【八無夠 pat-bô-kàu】 所知不足。學問不足。咱家己～～～那有話講lán ka-kī～～～ná-ū-ōe-kóng⇨我(們)自己學問不夠的，沒有話說了(還有話說嗎)。

【八透透 pat-thàu-thàu】 全部知之。四書～～～，不八黿鼇龜鼈竈sù-si～～～，m̄-pat goân-gô-ku-pih-chàu⇨謂四書皆懂了，通了，却不知黿鼇龜鼈竈的五個字。黿goân，鼇gô皆大鼈也。龜ku俗曰甲魚kah-hî，竈chàu炊飲食之所。俗作灶chàu。

【八稗無田作 pat-phē(phōe)-bô-chhân-choh】 能夠分別出稗草與稻禾，却沒有田地可耕作。夠農夫之資格了，却無水田可耕作。亦即英雄無用武之地eng-hiông bû-iōng-bú chi-tē。

**pat 識** 識sek也。俗作八pat, bat用（見bat, pat各部）。

**pat 曾** 曾經chêng-keng也。俗作八pat(bat)用。例如我八去goá-pat-khì作我曾去goá-pat-khì，雖亦可通，但是未八講bōe-pat(bat)-kóng如果作未曾講即①可讀bōe-chêng-kóng⇨還未說出。②bōe-pat(bat)-kóng⇨未曾說過，亦即還沒人說過的兩種不同意義。難免混淆。

**pat 腹** 腹pak也。腹肚pak-tó͘訛腹肚pat-tó͘。

**pat 柭** 番石榴hoan-sek-liû曰林柭nâ-pat，或單曰柭pat。原爲野生，今有改良種，且多專業栽培。

【柭仔 pat-á】 pat-lá。番石榴hoan-sek-liû。阿娘仔生姻不免乘，親像路邊的～～欉，～～未好人道揀，揀到若好百百孔a-niû-á seⁿ-súi m̄-bián-sáng, chhin-chhiūⁿ lō͘-piⁿ ê～～ châng,～～ bōe-hó lâng tō-tàng, tàng-kà nā-hó pah-pah-khang⇨民歌。謂小姐不必以漂亮自驕，女人有如拔仔，未成熟人家就以指甲掐之以試其成熟否，到成熟了就試成百孔千瘡了。～～汁～～chiap⇨拔仔果汁。～～屎～～sái⇨喻吝嗇。因拔仔難消化，尤其子，致多食，糞必難出口，故云。～～屎的～～sái-ê⇨吝嗇之人。

**pa̍t 別** 別pia̍t也。

【別人 pa̍t-lâng】 他人tha$^{n}$-jîn。非親非故之人。～～的囝死未了～～ê kiá$^{n}$ sí-bē(bōe)-liáu⇨別人之子死不盡。喻浪費他人之財物。～～的某較媠～～ê-bó͘ khah súi⇨隣家的太太比自己太太漂亮多了。～～的某不過五更～～ê-bó͘ m̄-kòe gō͘-ke$^{n}$⇨他人的老婆同睡，不能超過五更。謂還是自己的才能放心睡。用～～的尻川做面皮iōng～～ê kha-chhng chò(chòe)-bīn-phôe(phê)⇨利用他人之力誇爲自己的成功。用～～的拳頭母揨石獅iōng～～ê kûn-thâu-bó cheng-chio̍h-sai⇨利用他人之力以免本獲利。～～的桌頂夾肉飼大家～～ê toh-téng ngeh-bah chhī-ta-ke⇨慷他人之慨。大家ta-ke，夫之母也。～～中進士，你拔死羊母～～tiòng-chìn-sū lí-pūi-sí iû$^{n}$-bó⇨人家考中進士(於你何干)，你竟高興得把羊母弄死了。謂實在莫名其妙。有嘴講～～，無嘴講家己ū-chhùi kóng～～，bô-chhùi-kóng ka-kī⇨只管責備他人，不責備自己。管待～～去死了了，於我何干koán-thāi～～khì sí-liáu-liáu,î-goá hô-kan⇨管他人家都死掉好了，於我何干。

【別日 pa̍t-ji̍t】 他日。將來。～～若好孔，不當未記得人～～nā-hó-khang, m̄-thang bē-kì-tit-lâng⇨日後有成，幸勿相忘。～～仔藉大大下踏一下給你～～á chiah-toā-toā-ē ta̍h-chi̍t-ē hō͘ lī⇨將來一定大大的踩你一脚(算一大筆報答你)双關語。

【別孔 pa̍t-khang】 另外之財路。ū～～的收入ū～～ê siu-ji̍p⇨有別途來源的收入。未用得道該轉～～也bē(bōe)-iōng(ēng)-tit tō-ài tńg～～ā⇨(此路)行不通就應該轉向別的方法了。

【別位 pa̍t-ūi】 他方。外地。其他地方。～～也人～～á-lâng⇨外地之人。他鄉之人。去～～討食khì～～thó-chia̍h⇨到外地方去討生活。

【別的 pa̍t-ê】 另外的一個(人，物)。～～每會用得～～mā-ē iōng(ēng)-tit⇨他人(物)也可以。

【別派 pa̍t-phài】 阿義屬於～～，合阮無共派a-gī sio̍k-tī～～kah-goán bô-kāng-phài⇨同上。

【別途 pa̍t-tô͘】 別路pa̍t-lō͘。別門pa̍t-mn̂g。別的pa̍t-ê。愛更尋～～的ài-koh-chhōe～～ê⇨需要再找別的。～～收入～～siu-ji̍p⇨同上。～～會計～～kòe-kè⇨特別會計。

【別項 pa̍t-hāng】 別種pa̍t-chióng。～～代誌～～tāi-chì⇨別的事情。～～生理～～seng-lí⇨別種生意。～～的我不知，即項的未䆀～～ê goá m̄-chai, chit-hāng-ê bē(bōe)-bái⇨別的事我不知道，此事是不壞的。

【別間 pa̍t-keng】 別房pa̍t-pâng。別家pa̍t-ke。伊於～～i tī～～⇨他在另一個房。老陳距於～～lāu-tân toà-tī～～⇨老陳投宿另外一家旅館。

【別款 pa̍t-khoán】 別的形體。有～～的無ū～～ê bô⇨別的形體的有沒有。～～愛較貴～～ài-khah-kùi⇨別式樣的要較高的價錢。

【別號 pa̍t-hō】 別的種類，款式，等等不相同的。～～的較無保險～～ê khah-bô pó-hiám⇨同上。

【別字姓 pa̍t-jī-sè$^{n}$(sì$^{n}$)】 他姓。異姓。～～～共字寫～～～kāng-jī-siá⇨他姓與同姓。

【別所在 pa̍t-só͘-chāi】 他處。別的地方。～～～敢道較好趁食～～～kám-tō khah-hó

thàn-chiah⇨別的地方豈就較好討生活嗎。

【別字脚的 pat-jī-kha-ê】 他姓的人。別人。要～～～～半暝道走也，曷有當到天光boeh～～～～poàⁿ-mê tō cháu-à, ah-ū-thang kàu thiⁿ-kng⇨要是別人嗎，午夜就跑了，那裏會等到天光才走。

pat
腹 腹pak也。腹肚pat-tó·。

## pau

pau
包 裹也。容納也。總攬其事曰包pau，保證其結果亦曰包pau。綑～khún～⇨綑貨包貨。總～chóng～⇨①包攬事物。②保證結果。有人敢～ū-lâng káⁿ～⇨有人承攬。有人担保。掠～liah～⇨捉掠遊戲等之違規違約而加以處罰。品無掠～的phín-bô-liah～ê⇨講明不抓違規違約。書～si(su)～⇨同上。糖～thn̂g～⇨同上。米～bí～⇨同上。薰～hun～⇨同上。票～仔phiò～á⇨紙幣的荷包。錢～chîⁿ～⇨同上。紅～âng～⇨同上。双頭～siang-thâu～⇨由兩方包圍。肉～bah～⇨同上。菜～chhài～⇨同上。無半～bô-poàⁿ～⇨一包也沒有。總～葱chóng～chhang⇨總攬的俗語，總包攬也。

【包工 pau-kang】 承包工作，供給工人。老李扲做～～lau-lí teh-chò(chòe)～～⇨老李在做包工業。

【包巾 pau-kin(kun)】 ㊀包頭之巾。㊁包袱巾。

【包仔 pau-á】 麵粉皮包餡之食品。肉包，菜包之類皆是。賣～～bē(bōe)～～⇨同上。～～鞋～～ê⇨布鞋。～～乳～～leng(lin)⇨小而堅實的乳房。布袋乳pò·-tē-leng之對稱。

【包用 pau-iōng(ēng)】 擔保合用。～～三年～～saⁿ-nî⇨擔保可用三年之久。

【包生 pau-seⁿ(siⁿ)】 擔保生子。做媒人敢有人～～的chò(chòe)-moâi(mûi)-lâng káⁿ-ū-lâng～～ê⇨媒人有擔保新娘必生子的嗎。

【包車 pau-chhia】 租用專車。公家～～較省kong-ke～～khah-séⁿ(séng)⇨由公家租用專車比較省錢。

【包含 pau-hâm】 ㊀包括pau-khoat。～～眞夠意思～～chin-chē ì-sù⇨含義甚多。㊁含糊。伊的話～～～～i-ê-ōe～～～～⇨他的話，很含糊。

【包庇 pau-pì】 庇護pì-hō·。～～私娼～～su-chhiang⇨庇護無照娼舘。

【包金 pau-kim】 包以金或金色的外皮。～～的耳～～ê niâ⇨只是金外皮而已。

【包括 pau-khoat】 包含pau-hâm。～～費用膳宿～～hùi-iōng siān-siok⇨包括食住在內的一切費用。

【包保 pau-pó】 擔保tam-pó。你敢～～我出錢無要緊lí-káⁿ～～goá-chhut-chîⁿ bô-iàu-kín⇨你敢擔保了，我出資本可以，對吧。

【包案 pau-àn】 訟棍共人～～siōng-kùn kā-lâng～～⇨訟棍保證官司必勝以承包案件。

【包紮 pau-chat】 以布條裹傷。學習～～法hak-sip～～hoat⇨學習以布條包裹創傷的辦法。

【包涵 pau-hâm】 包容pau-iông。容人。請～～chhiáⁿ～～⇨請賜～～chhiáⁿ-sù～～⇨社交套語。

【包粧 pau-chng】 同包裝pau-chong。～～工～～kang⇨包裝工人。

【包飯 pau-pn̄g】 包伙食pau-hóe-sit。給人～～hō·-lâng～～⇨把伙食交給人辦理。

【包廂 pau-siuⁿ】 包房pau-pâng。戲院的特別座。買～～bé(bóe)～～⇨把戲院的特別座全訂下來。

【包圍 pau-ûi】 四面攏山～～扲sì-bīn lóng soaⁿ～～lè⇨四面皆有山包圍着。～～作戰chok-chiàn⇨把敵人圍着打。

【包裝 pau-chong】 裝包。茶葉該～～過tê-hioh ài～～kòe⇨茶葉需要裝包。～～工～～kang⇨負責包裝的工人。

【包銀 pau-gîn】 ㊀同包金pau-kim。㊁承包的代價。～～五兩～～gō͘-niú⇨例如房租等。㊂金～～kim～～⇨傷口表面好了，裏邊還有爛膿者。

【包管 pau-koán】 擔保。～～你無代誌～～lí bô-tāi-chì⇨擔保你一定無問題。安啦，～～你上少食到五十，an lā～～lí siāng-chió chiah-kà-gō͘-chap⇨安心好啦，保證你最少活到五十歲(說笑)。

【包領 pau-niá】 保證。擔保。～～你趁錢～～lí thàn-chîⁿ⇨保證趁錢。～～未了的～～bē-liáu-ê⇨擔保不虧本。

【包裹 pau-kó】 打包的東西。寄～～kià～～⇨郵送包裹。

【包銷 pau-siau】 責任販賣。～～制～～chè⇨負責販賣不退貨的制度。

【包嘴 pau-chhùi】 包莖pau-keng。男陰的龜頭不脫銳而出，亦爲一種病態。

【包餡 pau-āⁿ】 食物中包入特別的配料。例如包仔包肉。有～～較好食 ū～～khah-hó-chiah⇨有餡子比較好吃。

【包錢 pau-chîⁿ】 包紅包爲禮。～～共伊賀道會用得也～～kā-i-hō tō-ē-iōng-tit-ā⇨送紅包祝賀就可以了。

【包辦 pau-pān】 承辦。伙食叫人～～hóe-sit kiò-lâng～～⇨同上。攏老林抡～～lóng láu-lîm teh～～⇨①皆由老林承辦。②老林一個人全部佔有了。

【包頭 pau-thâu】 ㊀包辦業主。做～～chò (chòe)～～⇨營包辦業。㊁包袋。～～店～～tiàm⇨定量裝包賣的乾物店。

【包醫 pau-i】 王祿仔共人～～ông-lok-á kā-lâng～～⇨王祿仔保證病必痊癒而承醫病人。

【包贌 pau-pak】 包辦贌耕。我攏共伊～～也goá lóng kā-i～～ā⇨我全部向他贌耕下來了。

【包穩 pau-ún】 一定安全。一定。～～有的～～ū-ê⇨鐵定會有的。～～會來～～ē-lâi⇨一定會來。

【包贏 pau-iâⁿ】 擔保必勝。～～的啥人敢～～ê siáⁿ-lâng-káⁿ⇨担保必勝誰敢呢。

【包攬 pau-lám】 ㊀全包。～～詞訟～～sû-siōng⇨訟棍siōng-kùn的行爲。㊁招呼。～～生理～～seng-lí⇨招呼生意。

【包文拯 pau-bûn-chín】 古清官。包拯。亦即俗稱包青天也。

【包心菜 pau-sim-chhài】 菜心內捲成球體的菜。有包心白菜，高麗菜等各種。

【包死的 pau-sí-ê】 死定了。安爾～～～an-ne(ni)～～～⇨這樣子一定敗(輸，不利)了。許～～～，啥人要he～～～，síaⁿ-lâng-boeh⇨那種死定的誰要。

【包袱仔 pau-hok-á】 行李包。～～～背抡道行也～～～phāiⁿ-lè tō-kiâⁿ-ā⇨包袱背上就走了。

【包種茶 pau-chióng-tê】 茶名。烏龍茶～～～o͘-liông-tê～～～⇨烏龍茶就是包種茶。

【包君滿意 pau-kun-moá-ì】 一定使你滿足。～～～～的招待～～～～ê chiau-thāi⇨一定叫你滿意的招待。

【包退包換 pau-thè-pau-oāⁿ】 商人謂貨不滿意時可退可換。貨眞價實，～～～～hòe-chin-kè-sit～～～～⇨商人的口號。

【包藏禍心 pau-chông-hō-sim】 心中有有害於社會之心。

【包羅萬象 pau-lô-bān-siōng】 包含一切。確實有影～～～～，隨在你講，逐項都有khak-sit ū-iáⁿ～～～～sûi-chāi-lí-kóng, tak-hāng to-ū⇨千眞萬確，甚麼都有。你要甚麼就有甚麼。

pau **胞** 同父母所生者謂之胞pau。同～tông～⇨①親兄弟姊妹chhin-hia$^{n}$-tī chí-moāi。②同國之人。細～sè～⇨生物的基本組織。

【胞兄 pau-heng】 親哥哥chhin-ko-ko。～～胞妹～～pau-moāi⇨親兄妹。

【胞衣 pau-i】 胎盤。亦簡稱衣i。

【胞姊 pau-ché(chí)】 親阿姊chhin-a-ché。～～親弟～～chhin-tē⇨親姊弟。

【胞兄弟 pau-heng-tē】 親兄弟chhin-hia$^{n}$-tī。

【胞姊妹 pau-chí-moāi】 同胞姊妹。

pau **鮑** 鮑魚pau-hî也。姓氏。

páu **飽** 飽pá也。饜iàm也。足也。不飢put-ki也。滿足也。君子食無求～，居無求安kun-chú si̍t bû-kiû～，ki bû-kiû-an⇨論語。

【飽和 páu-hô】 理化名詞。～～狀態～～chōng-thāi⇨不能增亦不能減的狀態。

【飽食終日 páu-si̍t-chiong-ji̍t】 你安爾～～～～，無所事事，敢不驚人笑lí an-ne(ni)～～～～，bû-só͘-sū-sū，kám-m̄-kia$^{n}$-lâng-chhiò⇨你這樣子，每天吃飽了飯就無事可做，豈不怕人家笑話。

pâu **苞** 草也。茂也。竹～tek～⇨竹苞tek-pô͘。竹茂。竹～松茂tek～siông-bō͘⇨竹成苞松茂盛。

pâu **鮑** 姓氏。管～之交koán～chi-kau⇨管仲與鮑叔牙之交朋友。

【鮑叔牙 pāu-siok-gê】 春秋時代之賢人。管仲之友。荐管仲於齊桓公，使齊成霸。

pâu **包** 姓氏。假～眞～ké～chin～⇨眞假包公。眞假的東西。

pāu **勹** 菢pāu或作勹pāu，亦作抱pāu，鳥伏卵也。

## pauh

pauh **暴** 機密暴露曰暴pauh，花蕾破而放花曰暴pauh。牙齒生出列外亦曰暴pauh。代誌～了tāi-chì～lō͘⇨事機被發覺了。花扴～也hoe teh～ā⇨花蕾在開放了。嘴齒～一齒chhùi-khí～chi̍t-khí⇨牙齒生一齒(在列外)。

【暴了 pauh-lō͘】 同暴也pauh ā。亦曰暴孔pauh-khang。

【暴也 pauh-ā】 敗露了。暴發了。事破了。代誌～～tāi-chì～～⇨事機洩漏了。即次～～，敢無許好下了chit-chhù～～，ká$^{n}$-bô hiah-hó-ē-lō͘⇨此次發覺了恐怕沒有那麼平安了。

【暴芽 pauh-gê】 ㊀草木茁芽puh-gê。草木發芽。甘蔗扴～～也kam-chià teh～～ā⇨甘蔗在發蘖hoat-í$^{n}$了。昨日沈子耳，今仔日道～～也cho̍h-ji̍t tiām-chí-niâ，kin-á-ji̍t tō～～ā⇨昨天才下種子而已，今天就茁蘖puh-í$^{n}$了。沈tiām，將種子埋入土中也。㊁牙出列外。～～仔～～á⇨牙齒爆露出來了。

【暴齒 pauh-khí】 牙齒發出牙列外。牙齒無規列gê-khí bô-kui-lia̍t。無彩許媠的查某囡仔講～～，眞可惜bô-chhái hiah-súi ê cha-bó͘-gín-á kóng～～，chin-khó-sioh⇨可惜那麼漂亮的女孩子竟～～實在可惜。

【暴暴 pauh-pauh】 牙齒出在列外。嘴齒仔～～chhùi-khí-á～～⇨牙齒爆露在外的樣子。

pa̍uh **爆** 爆爆叫pa̍uh-pa̍uh-kiò，猛火燃燒之聲。

## pe

pe **⿰巴支** 以箸送飯入口曰⿰巴支pe。佼也，阮家己會曉～也呢gâu-á, goán-ka-kī ē-hiáu～a-neh⇨讚孩子家己學會食飯之詞。大嘴～toā-chhùi～⇨大口⿰巴支飯。較緊～khah-kín～⇨快快吃飯。緊～緊食佼大漢kín～kín-chia̍h gâu-toā-hān⇨快快㰷飯快快吃，快快長大。

【㰷飯 pe-pn̄g】 送飯入口。家己會曉～～也ka-kī ē-hiáu～～ā⇨家己學會㰷飯了。

**pe 篦** 竹片也。又篦形之物亦曰篦pe。亦作箆pe。破竹～phoà-tek～⇨剖製竹篦。屎～sái～⇨大便善後具。鴨嘴～ah-chhùi～⇨鴨之嘴巴。火～hóe～⇨取火之小道具。

**pe 貝** 蟯貝giô-pe也。文蛤bûn-kap的俗稱。亦即粉蟯hún-giô也。一種海產的介殼類。

**pe 飛** 飛poe也 (見poe部)。

**pé 把** 握也。物一握曰一把pé，束亦曰把pé。防守曰把pé，掌握金錢亦曰把pé。箭銃的射的亦曰把pé。草二～柴三～chháu nn̄g～chhâ saⁿ～⇨薪柴合計五把pé。大顆～toā-kho·～⇨人高馬大。柴～chhâ～⇨薪柴之綑成束者。火～hóe(hé)～⇨竹筒火。大～錢toā～chîⁿ⇨大束之鈔票。有兵仔扲～ū-peng-á teh～⇨有兵在防守。派兵去～phài-peng khì～⇨遣兵去防守。錢貫頭老的扲～chîⁿ-kǹg-thâu lāu-ê teh～⇨錢子老頭在掌握。序大人錢猶～真絯sī-toā-lâng chîⁿ-iáu～chin-ân⇨老父親錢關還掌握得甚緊。銃～chhèng～⇨銃的射擊目標。箭～chìⁿ～⇨射箭的目標。考～khó～⇨射擊練習。

【把守 pé-siú】 防守。～～三關～～sam-koan⇨同上。～～要塞～～iàu-sài⇨同上。

【把門 pé-mn̂g】 pé-mûi。守門siú-mn̂g。～～將軍～～chiang(chiong)-kun⇨門神。

【把縛 pé-pak】 束縛sok-pak。序大人猶～～真絯扲sī-toā-lâng iáu～～chin-ân-lè⇨父母還是管束得很緊。

【把關 pé-koan】 把守關隘。～～守隘之將，非運籌帷幄之材也～～siú-ài chi-chiàng, hui ūn-tiû ûi-ok-chi-châi-iā⇨同上。

【把三關 pé-sam-koan】 防守重要關隘。阿三哥扲～～～啦，安啦a-sam-ko teh～～～là, an-lâ⇨阿三在外面看守着，安心好了。

【把錢關 pé-chîⁿ-koan】 掌握金錢。佪某扲～～～，伊都不敢喘氣in-bó· teh～～～，i to m̄-káⁿ chhoán-khùi⇨他太座在掌握金錢，他喘氣都不敢也。

**pé 掊** 掊póe也(見poe部)。俗以扣為掊poe，非也。扣，音khàu，扣除也，並無披撥之。

**pé 抔** 抔póe也(見poe部)。

**pè 背** 背pòe也(見poe部)。

**pè 褙** 褙pòe也(見poe部)。

**pè 敝** 壞也。敗也。破衣也。又自謙之詞。衣～縕袍，與衣狐貉者立，而不恥者，其由也與i～un-pâu, î i-hô·-hok-chiā-lı̍p, jî put-thí chiā, kî iû iā-î⇨論語。

【敝邑 pè-ip】 本邑pún-ip。我們的鄉里。

【敝舍 pè-sià】 寒舍hân-sià。自己居家的謙詞。其他如敝居pè-ki，敝友pè-iú，敝寓pè-gū等等無法一一列舉。

【敝校 pè-hāu】 本校pún-hāu。他如敝會pè-hōe，敝公司pè-kong-si等皆謙詞。

【敝號 pè-hō】 我的行號。他如敝店pè-tiàm敝行pè-hâng等皆謙詞。

**pè 蔽** 掩護也。覆蓋也。詩三百，一言以～之，曰思無邪si sam-pek, it-giân í～chi, oat su-bû-siâ⇨論語。遮～jia～⇨同上。掩～iám～⇨同上。

【蔽心 pè-sim】 痰火～～thâm-hóe(hé)～～⇨中醫的術語。

【蔽空 pè-khong】 遮蔽天空。方其破荊州，下江陵，順流而東也，舳艫千里，旌旗～～，釃酒臨江，橫槊賦詩，固一世之雄也hong-kî phò keng-chiu, hē kang-lêng, sūn-liû jî-tong iā, tio̍k-lô· chhian-lí, seng-kî～～, su-chiú lîm-kang, hêng-sok hù-si, kò· it-sè-chi-hiông ià⇨前赤壁賦。

【蔽氣 pè-khì】 氣塞心悶khì-sat sim-būn。芋仔食傷夠會～～ō·-á chiah siū$^{n}$-chē(chōe) ē(ōe)～～⇨芋頭吃太多了會蔽氣。

【蔽蔽 pè-pè】 不開朗。心肝頭～～sim-koa$^{n}$-thâu～～⇨心中鬱悶。

**pè 幣** 貨幣hòe-pè也。通貨thong-hòe也。錢chî$^{n}$也。台～tāi～⇨台灣的貨幣。冠以國號的簡稱即可表示其貨幣，例如：日～jit～⇨日本錢。港～káng～⇨香港錢。金～kim～⇨金鑄之錢。銀～gîn～⇨同上。銅～tâng～⇨同上。硬～ngē～⇨同上。紙～choá～⇨同上。錢～司chî$^{n}$～su⇨主司貨幣的機關。造～局～chō～kiok⇨鑄造貨幣之機關。

【幣制 pè-chè】 貨幣制度。～～改革～～kái-kek⇨同上。

【幣值 pè-tit】 貨幣對外幣的相關價值。～～會升降～～ē seng-kàng⇨同上。

**pè 弊** 敗也。壞也。奸僞之事曰弊pè。時下之通～sî-hē chi thong～⇨目前普通的毛病。通同作～thong-tông chok～⇨大家一起做壞事。貪污舞～tham-u bú～⇨官員的最大毛病。內中有私～lāi-tiong ū su～⇨暗中有毛病存在。

【弊政 pè-chèng】 惡政。欲爲聖明除～～，肯將衰朽惜殘年iok-ûi sèng-bêng tî～～, khéng-chiang sui-hiú sek-chân-liân⇨韓愈。

【弊害 pè-hāi】 弊病pè-pē$^{n}$。毛病mô·-pē$^{n}$。

【弊病 pè-pē$^{n}$(pī$^{n}$)】 毛病mo·-pē$^{n}$。～～無除，代誌未成功～～bô-tî，tāi-chì bē sêng-kong⇨同上。

【弊端 pè-toan】 弊病pè-pē$^{n}$。

【弊竇 pè-tō·】 病巢pē$^{n}$-siū。竇tō·，孔穴也。

**pè 垻** 垻pà也。亦作壩pà(見pa部)。

**pê 爬** 搔也。抓jiàu也。搔癢也。又俗以手爬行曰爬pê。癢的不～，痛的掐到血流chiū$^{n}$-ê m̄～，thiàn-ê khàng-kà hoeh(huih)-lâu⇨癢處不抓jiàu，痛處却掐到流血。謂做事太離譜。掐khàng，用指甲扒。七坐八～九發牙chhit-chē(chōe) peh(poeh)～káu-hoat-gê⇨謂嬰仔七個月能起坐，八個月能學爬行，九個月開始發牙。四脚～sì-kha～⇨四脚行。揲到你做狗～tiap-kàu lí chò-káu～⇨修理你到做狗爬行爲止。揲tiap，修理也，教訓也，打也。

【爬痒 pê-chiū$^{n}$】 抓痒jiàu-chiū$^{n}$。搔癢so(jiàu)-chiū$^{n}$。戇到未～～去gōng-kà bē(bōe)～～khì(ì)⇨太傻了，連爬痒都不會。痒chiū$^{n}$同癢chiū$^{n}$。俗以瘴chiang作癢chiū$^{n}$，非也。瘴，瘴厲之氣也，與痛癢無關。

【爬蟲類 pê-thâng-lūi】 動物學名詞。龜，蛇，鱷魚gok-hî，蜥蜴sek-ek等等皆屬之。

**pê 扒** 拔也。俗以爬行作扒pê。又以短槳行舟亦曰扒pê。惹虱上頭～jiá-sat chiū$^{n}$-thâu～⇨謂自惹麻煩。

【扒手 pê-chhiú】 剪紐chián-liú也。乘人潮而竊人袋中物曰剪紐chián-liú，亦作扒手pê-chhiú。剪紐chián-liú俗曰三枝手sa$^{n}$-ki-chhiú，即本於扒手pê-chhiú之手chhiú也。

【扒灰 pê-hoe】 淫污媳婦。

【扒龍船 pê-liông(lêng)-chûn】 划船比賽，古來在端午節(陰曆五月五日)前後各地盛行。

**pê 杷** 收麥器。有齒曰杷pê，無齒曰柫put。杷柫pê-put。集穀的小道具也。鐵～thih～⇨杷齒之鐵製者。竹～tek～⇨杷齒之竹製者。粟～chhek～⇨收粟之杷。

【杷柫 pê-put】 粟杷chhek-pê。拖～～thoa～～⇨杷柫之大者，一人劃柄hoā-pè$^{n}$，兩人拖行。

【杷粟 pê-chhek】 收粟。集粟。粟杷～～chhek-pê～～⇨同上。

【杷糞 pê-pùn】 清除糞污。

**pê 培** 培pôe也(見poe部)。

pê
賠 賠pôe也(見poe部)。

pē
耙 平田器也。牛犁～逐項會gû-lê～tak-hāng-ē⇨使牛，犁田lê-chhân，平田各事都會做，亦即一個合格的農夫。割～koah～⇨平田的器具。鐵～thih～⇨其齒之鐵製者。

pē
父 父親hū-chhin曰父pē。食～偎～，食母偎母chiah～oá～chiah-bó(bú)-oá-bó(bú)⇨喻見利忘義。偎oá，依偎î-oá也。絯囝餓死～chē(chōe)-kiáⁿ gō-sí～⇨喻人多反而無人負責。半路抾認老～poàⁿ-lō· teh jīn-lāu～⇨在路上認人爲父。喻把責任無端推給他人。親生～chhin-seⁿ(siⁿ)～⇨生身之父。養～iúⁿ～⇨養育之父，亦稱養父iáng-hū。契～khè～⇨乾爹kan-tia。哭～khàu～⇨①哭亡父。②大聲抗議或鳴不平(粗語)。眞哭父也chin-khàu～ā⇨事情很壞，很麻煩的粗語。不免哭～m̄-biáu khàu～⇨不要亂說話的粗談。

【父囝 pē-kiáⁿ(káⁿ)】 父子hū-chú。人講～～人情是天生成的lâng-kóng～～lâng-chêng sī thi-seⁿ(siⁿ)-sêng-ê⇨古人言，父子之情是天生自然的。

【父公 pē-kong】 祖公仔chó·-kong-á。先人sian-jîn。祖先chó·-sian。～～致蔭～～tì-ìm⇨先人的遺澤。～～業～～giap⇨先人遺下的產業，遺產。

【父仔 pē-á】 父。～～囝～～kiáⁿ⇨父子pē-kiáⁿ(káⁿ)。～～接母仔～～chiap-bó(bú)-á⇨父子(女)組與母女(子)組結成兩代夫妻。

【父母 pē-bó(bú)】 父母hū-bó。雙親siang-chhin。父親母親hū-chhin bó(bú)-chhin。～～生成的～～seⁿ(siⁿ)-chiâⁿ-ê⇨父母所生的。生而承自父母的習癖或者模樣。～～痛細子，公媽惜大孫～～thiàⁿ-sè(sōe)-kiáⁿ, kong-má sioh-toā-sun⇨父母痛愛最幼小之子，祖父祖母痛惜最大的孫子。～～痛囝長流水，囝愛父母樹尾風～～thiàⁿ-kiáⁿ tn̂g-lâu-chúi, kiáⁿ ài～～chhiū-bóe(bé)-hong⇨父母對子女之愛，如水之長流不斷，子女之孝敬父母，如樹尾之風一吹即逝。～～官～～koaⁿ⇨古以知縣ti-koān亦即今之縣長爲父母官，亦即民之父母也。～～厝～～chhù⇨父母之家。外家goā-ke。轉去～～厝tńg-khì～～chhù⇨回去外家。～～脚亱～～kha-tau⇨父母之脚下，亦即故鄉。亱tau聚也，居也，亦即是家。～～力～～lat⇨父母所賦與之力，所有的最大力氣。亦曰食乳仔力chiah-leng-á-lat。～～力總拚，都拚伊未倒～～lat chóng-piàⁿ，to piàⁿ-i bē(bōe) tó⇨所有的力氣(量)總付出，也拼他不倒。

【父老囝幼 pē-lāu-kiáⁿ-iù】 父老而子幼。父已無力養子，子亦無力養父。安爾～～～～，看伓啥步an-ne(ni)～～～～，khoàⁿ-boeh siaⁿ-pō·⇨如此的父老子幼，看他們將如何是好。

【父頭母骨 pē-thâu-bó(bú)-kut】 父母之骨骸。連～～～～都煞挖挖出來liân～～～～to-soah iah-iah chhut-lâi⇨就是父母先人的骨骸也皆罵進去了。謂吵架鬪嘴，口不擇言，連歷代的醜事也搬出來指罵。

pē
倍 倍pōe也(見poe部)。

pē
焙 焙pōe也(見poe部)。

pē
背 背pōe也(見poe部)。

pē
佩 佩pōe(見poe部)。

## peⁿ

peⁿ
攀 攀pan曰攀peⁿ。引也。挽也。以手挽之曰攀peⁿ。攀附pan-hū曰攀peⁿ，援引iân-ín亦曰攀peⁿ。許未用得～hia bē(bōe)-iōng-tit～

⇨那個地方攀不得。阿狗嫂仔未～得a-káu-só-á bē(bōe)～tit⇨阿狗嫂其人依賴(依附)她不得。叫你等我道未～得kiò-lí tán-goá tō bē(bōe)～tit⇨請你等候我你就是不肯。尻川皮該～較絃抄kha-chhng-phôe ài～khah-ân-leh⇨屁股的皮要拉緊一點。謂我將鞭打你的屁股(母親警告孩子)。皮～爾也phôe～le-ā⇨準備要食鞭打了。

【攀破 pe$^{n}$-phoà】 強拉而破了。帆布亦～～了了也phâng-pò͘ a̍h～～liáu-liáu-à⇨帆布也皆拉破了。

【攀規 pe$^{n}$-kui】 刺繡chhì-siù用以固定布張的外框。

【攀絃 pe$^{n}$-ân】 拉緊la-kín。尻川皮該～～kha-chhng-phôe ài～～⇨屁股皮要拉緊以等候鞭打。

【攀開 pe$^{n}$-khui】 強拉開之。～～籬仔門～～lî-á-mn̂g⇨挽開竹籬門。

【攀鼓 pe$^{n}$-kó͘】 張皮製鼓。～～的～～ê⇨製鼓者。

【攀手尾 pe$^{n}$-chhiú-bóe(bé)】 角手尾力。阿七仔合阿八仔抄～～～a-chhit-á kah a-peh-á teh～～～⇨阿七與阿八兩個人在鬪手尾力。

【攀面皮 pe$^{n}$-bīn-phôe】 強做面子。逐個相爭抄～～～ta̍k-ê siō(sa$^{n}$)-che$^{n}$(chi$^{n}$) teh～～～⇨同上。

【攀偎來 pe$^{n}$-oá-lâi】 拉近於身。攏～～～了lóng～～～lò͘⇨皆拉近來了。

【攀體面 pe$^{n}$-thé-biān】 同攀面皮pe$^{n}$-bīn-phôe。

【攀一重皮 pe$^{n}$-chi̍t-têng-phôe】 張一重皮爲外表。～～～～耳～～～～niâ⇨只有張一重外皮而已。喻只有皮沒有肉的瘦皮猴。一重換一領chi̍t-niá$^{n}$即喻只外表好看沒內容的假富戶。

【攀弓射箭 pe$^{n}$-kiong-siā-chì$^{n}$】 跑馬射箭pháu-bé-siā-chì$^{n}$。

【攀籬迫壁 pe$^{n}$-lî-peh-piah】 攀越籬笆，迫上墻壁。即個囡仔安爾～～～～亦不驚跋斷脚chit-ê gín-á an-ne(ni)～～～～ā-m̄-kia$^{n}$ poa̍h tn̄g-kha⇨此孩子這樣子上籬上壁也不怕跌斷脚。

pè$^{n}$ **柄** 器物的把柄也。或特製或以他物接長之。言談的資料亦曰柄pè$^{n}$。刀～to～⇨同上。斧頭～pó͘-thâu～⇨同上。鋤頭～ti-thâu～⇨同上。雨傘～hō͘-soà$^{n}$～⇨同上。乎人做話～hō͘-lâng chò(chòe) ōe～⇨乎人當作談資。問到有一枝～mn̄g-kà ū-chi̍t-ki～⇨問到有一柄可拿。講到有一枝～kóng-kà ū-chi̍t-ki～⇨說得如有柄可拿的千眞萬確。湊鋤頭～tàu-ti-thâu～⇨同上。湊～tàu～⇨加柄。

pê$^{n}$ **棚** 棧chàn也。架kè也。上以蔽下者曰棚pê$^{n}$。菜瓜～chhài-koe～⇨同上。戲～hì～⇨臨時戲台。涼～liâng～⇨爲取涼而設者。搭～tah～⇨架設各種棚。搭戰～tah-chiàn～⇨雙方長期對罵。瓜仔上～了koe-á chiū$^{n}$～lò͘⇨瓜蔓爬上棚了。上～戲落籠猪chiū$^{n}$～hì lo̍h-láng-ti⇨謂戲子在棚上，小猪在猪籠中，都是很漂亮很好看的。

【棚仔 pê$^{n}$-á】 棚之通稱。搭～～tah～～⇨同上。

【棚板 pê$^{n}$-pang】 戲棚的木板。～～未使得借人～～bē(bōe)-sái-tit chioh-lâng⇨棚板例不外借(以免急時討不回)。

【棚脚 pê$^{n}$-kha】 戲台之下。～～企久人的～～khiā-kú-lâng-ê⇨戲台之下，將歸站得久的人所有。喻好事必須有持久之耐力才能得之。熟熟戲跋落～～se̍k-se̍k-hì poa̍h-lo̍h～～⇨熟練的演員跌下戲台下。同猴跋落樹kâu poa̍h-lo̍h-chhiū。亦曰老戲做到跤落棚lāu-hì chò-kà kā-lāu-pê$^{n}$。

【棚頂 pê$^{n}$-téng】 戲台上。～～有彼類人棚脚道有彼類人～～ū-hit-lōe-lâng pê$^{n}$-kha tō-ū hit-lōe-lâng⇨戲台上有那一種人(壞人)，台下

就有那一種人(壞人)。

【棚椅 pê$^{n}$-í】 搭戲棚的道具。預製的戲棚脚。或曰脚馬kha-bé。有～～較快搭ū～～khah-khoài-tah⇨同上。

【棚前油 pê$^{n}$-chêng-iû】 棚上所需之燈油。古無電燈，演戲須點油燈也。例應由頭家爐主(演戲主持人)供給。

**平** pê$^{n}$ 平坦pêng-thán曰平pê$^{n}$。公平kong-pêng曰平pê$^{n}$，相等亦曰平pê$^{n}$。路～，海面～，山路～，講話～lō·～, hái-bīn～, soa$^{n}$-lō·～, kóng-ōe～⇨同上。拍～過phah～kòe⇨彼此相等(收支等)。

【平大 pê$^{n}$-toā】 雙方一樣大。平高，更～～pê$^{n}$-koân koh～～⇨一樣高，又一樣大。鷄卵鴨卵無～～ke-nn̄g ah-nng bô～～⇨鷄蛋鴨蛋不是一樣大。

【平分 pê$^{n}$-pun】 對等分割。春分秋分，暝日～～chhun-hun, chhiu-hun mê-ji̍t～～⇨春分秋分此兩天，夜與日對等分割。亦即日夜的時間一樣長。

【平匀 pê$^{n}$-ûn】 同一輩分。～～的人～～ê lâng⇨同上。

【平正 pê$^{n}$-chià$^{n}$】 公正kong-chèng。公平kong-pêng。心肝無～～sim-koa$^{n}$ bô～～⇨心中有偏心偏愛。阿久伯仔做人蓋～～a-kú-peh-á chò(chòe)-lâng kài～～⇨阿久伯爲人最公正。無～～心，那有～～話bô～～sim，ná-ū～～ōe⇨心不正即話不公。

【平平 pê$^{n}$-pê$^{n}$】 ㊀雙方一樣。大家一樣。～～人～～lâng⇨一樣是人。～～十個月出世的～～cha̍p-koh-goe̍h chhut-sì-ê⇨一樣是十月懷胎才出生的。～～有錢～～ū-chî$^{n}$⇨大家一樣有錢。～～是學生～～sī ha̍k-seng⇨大家一樣都是學生。㊁平坦pêng-thán。地基～～也tē-ki～～ā⇨地基相當平坦。胸前～～彼個heng-chêng～～hit-ê⇨胸前很平坦的那個(女人)。路～～，眞好行lō·～～chin hó-kiâ$^{n}$⇨路很平坦，很易行。

【平企 pê$^{n}$-khiā】 一樣的站立。平行～～pê$^{n}$-kiâ$^{n}$～～⇨同行同坐tâng-kiâ$^{n}$-tâng-chē。身分待遇皆同等。

【平地 pê$^{n}$-tē】 平坦之地。山地之對稱。～～山地～～soa$^{n}$-tē⇨同上。～～人山地人～～lâng soa$^{n}$-tē-lâng⇨居住平地之人，居住山地之人。～～抔起風波～～teh khí-hong-pho⇨無事而惹出大事。

【平板 pê$^{n}$-pán】 歌曲名。唱～～chhiù$^{n}$～～⇨同上。

【平坦 pê$^{n}$-thá$^{n}$】 平坦pêng-thán。山路是山路，近來整理了眞～～也soa$^{n}$-lō· sī-soa$^{n}$-lō·, kīn-lâi chéng-lí-liáu chin～～ā⇨儘管是山路，最近整理的結果，而今很平坦了。

【平洋 pê$^{n}$-iû$^{n}$】 平地pê$^{n}$-tē。平原pêng-goân。～～曠土～～khòng-thó·⇨平原地方。龍游淺水遭蝦戲，虎落～～被狗欺liông-iû chhián-chúi cho hê-hì, hó·-lo̍h～～pī-káu-khi⇨俗語。

【平埔 pê$^{n}$-po·】 平坦之地。原野地。～～仔～～á⇨居住平地之蕃族。～～蕃～～hoan⇨同上。

【平棒 pê$^{n}$-pāng】 平穩pêng-ún。四平八穩sù-pêng-pat-ún。阿德講了有～～a-tek kóng-liáu ū～～⇨阿德兄說得甚公允。伊做人不止仔～～i chò(chòe)-lâng put-chí-á～～⇨他爲人相當四正。伊許演講若爾～～抔你敢知i-he-ián-káng goā-ni～～lè lí-kám-chai⇨他那演講是多麼四平八穩呢，你知道嗎。

【平歲 pê$^{n}$-hòe】 同歲。～～無平輩～～bô-pê$^{n}$-pòe⇨年歲相同。輩分不同。

【平抵平 pê$^{n}$-tú-pê$^{n}$】 ㊀平坦pêng-thán。路是～～～，直抵直的lō· sī～～～，ti̍t-tú-ti̍t-ê⇨路是又平又直的。㊁相殺siāng-sat。逐個安爾不～～～，無輸贏也ta̍k-ê an-ne(ni) m̄～～～, bô-su-iâ$^{n}$-ā⇨大家如此不是彼此相殺

了，不分勝負了嗎。～～～無相欠也～～～bô-sio(sa$^{n}$)-khiàm-ā⇨相殺了彼此都不欠人了。

【平坡坡 pê$^{n}$-pho-pho】 地平路平。大路～～～小路好跮踱toā-lō͘～～～sió-lō͘ hó-thit-thô⇨大路很平很平，小路可以遊玩(童謠)。

【平抵過 pê$^{n}$-tú-kòe】 同平抵平pê$^{n}$-tú-pê$^{n}$之㊁。

【平面圖 pê$^{n}$-bīn-tô͘】 平面的圖形。～～～透視圖,鳥瞰圖～～～,thàu-sī-tô͘, niáu-khàm-tô͘⇨各種不同的圖。

【平面鏡 pê$^{n}$-bīn-kià$^{n}$】 物理學名詞。球面鏡kiû-bīn-kià$^{n}$的對稱。

**坪** pê$^{n}$ 地平tē-pê$^{n}$也。又面積單位。六尺四方爲一坪pê$^{n}$(採用日制)。建～kiàn～⇨建築所佔有的坪數。地～tē～⇨地平tē-pê$^{n}$。建築用空地。

【坪數 pê$^{n}$-sò͘】 水田講甲數建築講～～chúi-chhân kóng kah-sò͘ kiàn-tiok kóng～～⇨同上。

**病** pē$^{n}$ 疾患也。染上病苦曰病pē$^{n}$。所短亦曰病pē$^{n}$。有～ū～⇨染病了。破～phoà～⇨病了，抱病phō-pē$^{n}$之轉。胃～ūi～肺～hì～心～sim～腸仔～tn̂g-á～⇨各種病。相思～siu$^{n}$-si～⇨因爲思念情人而產生的病態。大頭～toā$^{n}$-thâu～⇨近代的新病。無錢～bô-chî$^{n}$～⇨古今的通病。你每眞～lí-mā-chin～⇨你也太無能了。您爸豈～lín-pē ká～⇨大爺不那麼不中用也。無抆著大～bô-teh tioh-toā～⇨俺非怕死者也。你道成～lí-tō chiâ$^{n}$～⇨你就太不中用了。阿花蓋～a-hoe kài～⇨阿花最不中用。人阿菊豈～lâng a-kiok ká～⇨人家阿菊沒有那麼不中用。

【病人 pē$^{n}$-lâng】 ㊀患病之人。～～拖節氣～～thoa-cheh-khì⇨病人不死而拖越節氣。俗謂重病之人如能拖越節氣，即暫時可保無事。喻事正遭難局，能越過可暫保平安。㊁不中用之人。你即顆～～lí-chit-kho͘～～⇨你這個不中用的。

【病丁 pē$^{n}$-teng】 不中用的東西。你即個～～害死人lí-chit-ê～～hāi-sí-lâng⇨你這個不中用的東西拖累了別人。

【病厄 pē$^{n}$-eh】 遭遇患病之災難。～～，車厄,水厄等,都是命卜者的名堂～～,chhia-eh, chúi-eh-téng, to-sī bēng-pok-chiá ê bêng-tông⇨同上。

【病牛 pē$^{n}$-gû】 ㊀有病之牛。不中用之牛。擧刀探～～giâ-to thàm-～～⇨携刀爲病牛探病。喻不懷好意的問候。㊁喻體大而行動遲鈍之人。一顆未輸～～抆chit-kho͘ bē(bōe)-su～～leh⇨大塊頭的人有如病牛一樣的慢呑呑。

【病母 pē$^{n}$-bó(bú)】 病根pē$^{n}$-kin(kun)。宿疾siok-chit。久病。～～醫未好～～i-bē(bōe)-hó⇨同上。～～未斷根～～bē(bōe)-tn̄g-kin(kun)⇨同上。

【病本 pē$^{n}$-pún】 ㊀治病之錢。醫療費i-liâu-hùi。散鄉人要講啥～～sàn-hiong-lâng boeh-kóng-sia$^{n}$～～⇨窮人(吃都難保了)要談什麼醫療費。㊁抗病力khòng-pēng-lek。咱這瘦香更薄扁，無～～，不當合人展瘋神lán-che sán-hiu$^{n}$-koh-pō-pí$^{n}$, bô～～, m̄-thang kah-lâng tián-hong-sîn⇨我們(我自己)骨瘦如柴沒抗病力，不要與人競逞豪氣。

【病囝 pē$^{n}$-kiá$^{n}$】 在懷孕中。阿花抆～～也a-hoe teh～～â⇨阿花在懷孕中。～～人飫嘴～～lâng ùi-chhùi⇨懷孕中之人食慾減退。正月呀算來桃花開，娘盒～～無人知，君盒問娘要食乜,要食唐山香水梨chia$^{n}$-goeh-â sǹg-lâi thô hoa-khai, niû-ta$^{n}$～～ bô-lâng-chai, kun-ta$^{n}$ mn̄g-niû boeh-chiâh-mih, boeh-chiâh tn̂g-soa$^{n}$ hiang-chúi-lâi⇨病囝歌pē$^{n}$-kiá$^{n}$-koa。

【病床 pē$^{n}$-chhn̂g】 病患所臥之床。～～生

活～～seng-oa̍h⇨療病之生活。病院的～～pē$^{n}$-ī$^{n}$ ê～～⇨同上。

**【病室 pē$^{n}$-sek】** 病房pē$^{n}$-pâng。～～設備無當好～～siat-pī bô-thang-hó⇨病室的設備不大好。

**【病症 pē$^{n}$-chèng】** 病。病名。醫生看～～i-seng khoà$^{n}$～～⇨同上。

**【病院 pē$^{n}$-ī$^{n}$】** 醫院i-ī$^{n}$。公立，私立的～～眞夠kong-li̍p su-li̍p ê～～chin-chē(chōe)⇨同上。

**【病根 pē$^{n}$-kin(kun)】** 病源pē$^{n}$-goân。～～醫未斷～～i-bē(bōe)-tn̄g⇨同上。

**【病病 pē$^{n}$-pē$^{n}$】** 不中用put-tiòng-iōng，無路用bô-lō͘-iōng之人。凡臨事不知如何措置或應付皆曰病病pē$^{n}$-pē$^{n}$。經常以：～～亦未曉……，～～a̍h-bē-hiáu……⇨不中用，怎麼不會……的句法，或亦未曉……～～a̍h-bē-hiáu……～～的句法出現，亦未曉……a̍h-bē-hiáu……亦可單作亦未……a̍h-bē……。

**【病情 pē$^{n}$-chêng】** 病的情況。～～反反覆覆～～hoán-hoán-hok-hok⇨病頗不安定。

**【病痛 pē$^{n}$-thià$^{n}$】** 疾病之苦。厚～～kāu～～⇨疾病多，常患病。身苦～～sin-khó͘～～⇨疾苦病痛。

**【病債 pē$^{n}$-chè】** 因果報應之病。不知是～～未滿抑不是，藥仔較食都無効m̄-chai sī～～bōe(bē) moá a̍h-m̄-sī, io̍h-á khah-chia̍h to-bô-hāu⇨不知是否病債還未屆滿，藥餌怎麼吃都沒効。

**【病源 pē$^{n}$-goân】** 病根pē$^{n}$-kin(kun)。歟無～～chhōe-bô～～⇨同上。

**【病勢 pē$^{n}$-sè】** 病情pē$^{n}$-chêng。～～較崇重～～khah-siong-tiōng⇨同上。

**【病瘋 pē$^{n}$-hong】** 半身不遂之病。你不著～～也lí-m̄ tio̍h～～ā⇨你不是患了半身不遂了嗎(否則何以那麼不中用)。

**【病體 pē$^{n}$-thé】** 病人。病人之身體。病勢pē$^{n}$-sè。～～有較衰弱～～ū-khah soe-jia̍k (jio̍k)⇨同上。

**【病相思 pē$^{n}$-siu$^{n}$-si】** 相思病siu$^{n}$-si-pē$^{n}$。乞食行到大門邊，千金小姐捧目箭，目箭捧落唪管底，唪管拍破～～～khit-chia̍h kiâ$^{n}$-kàu toā-mn̂g-pi$^{n}$, chhian-kim-sió-chiá sut-ba̍k-chhì$^{n}$, ba̍k-chhì$^{n}$ sut-lo̍h phōng-kóng-té, phōng-kóng phah-phoà～～～⇨乞食調。唪管phōng-kóng，乞食的竹鼓也。

## peh

**peh 八** 象分別相背之形。又數名。七加一或九減一之數曰八peh。七～九chhit～káu⇨同上。剖開曰八peh，例如：剖開柑仔，柚仔，口開，眼開，脚分開等皆八peh或八開peh-khui，但今已用擘peh代八peh。

**【八字 peh-jī】** 將生時月日以干支予以加減，必寫成八個字曰排八字pâi-peh-jī，談婚時必用之。婚家雙方以此請人卜之，以決成否，曰看～～khoà$^{n}$～～。～～命～～miā⇨八字所象徵的命運。好～～hó～～⇨好運命，可得良緣。

**【八角 peh-kak】** ㊀八個角隅。～～樓～～lâu⇨樓宇築成八角形。㊁藥名。小梅～～sió-bôe～～⇨藥名。㊂八毛錢peh-mo͘-chî$^{n}$。～～銀～～gîn(gûn)⇨八毛錢。

**【八步 peh-pō͘】** 花樣hoe-iū$^{n}$。小計謀siáu-kè-bō͘。亦曰撇步phiat-pō͘。烏狗的～～蓋夠也o͘-káu ê～～kài-chē(chōe)-ā⇨黑狗的花樣最多的嘛。

**peh 擘** 剖phò也。裂li̍h也。以雙手開之剖之曰擘peh，口眼自開亦曰擘peh，果子剝皮皆曰擘peh。原皆可作八peh。食柑仔，家己～chia̍h kam-á, ka-kī～⇨吃柑自己剖之。荔枝提去～lāi-chi the̍h-khì(ī)～⇨荔枝拿去剝食好了。囡仔猶未會曉～gín-á á-bōe ē(ōe)-hiáu～⇨孩子還不曉得擘法。用手～iōng-chhiú～⇨以手剝皮。

【擘皮 peh-phôe】 剝皮pak-phōe。去皮khī-phôe。柑仔芹蕉攏該～～kam-á kin-chio lóng ài～～⇨柑子、香蕉皆須去皮食之。

【擘金 peh-kim】 目珠擘開曰擘金ba̍k-chiu peh-khui o̍at peh-kim⇨眼打開曰擘金peh-kim。擘未金peh-bē(bōe)-kim⇨眼睛打不開。

【擘破 peh-phoà】 拉破la-phoà。拆破thiah-phoà。～～人的面～～lâng-ê-bīn⇨把人家的面子撕破，亦即使人受辱，暴露眞相使人受辱。～～面～～bīn⇨受辱，失面子。於衆人面前～～面tī-chèng-lâng-bīn-chêng～～bīn⇨在公衆之前被破壞面子。～～面扵牽牛車～～bīn teh khan-gû-chhia⇨不顧面子在牽牛車討生活。喻忍辱負重jím-ji̍ok hū-tiōng。

【擘開 peh-khui】 開。打開。嘴～～chhùi～～⇨口孔開之。目珠～～ba̍k-chiu～～⇨目珠擘金ba̍k-chiu peh-kim。跤～～kha～～⇨雙脚打開。袋仔～～tē-á～～⇨袋口拉開。柑仔～～kam-á～～⇨柑子剝皮。嘴～～，嚨喉蒂仔，人道看見也chhùi～～，nâ-âu-tì-á，lâng tō-khoà$^{n}$-kì$^{n}$(ì$^{n}$) à⇨口一開，咽喉中的扁桃腺人家便看見了。喻你一開口說話，人家就知道你要說什麼了。

**peh 迫** 近也。窘也。急也。強求曰迫peh。無而設法致之曰迫peh。登山亦曰迫peh，亦作𧼮。無每該～bô mā-ài～⇨無亦要設法致之。人總是罔～仔罔～lâng chóng-sī bóng～a bóng～⇨人生總而言之，是姑且致力致力的。罔～bóng～⇨無確切目標而努力爲之。

【迫山 peh-soa$^{n}$】 亦作𧼮山。登山teng-san也。上山chiū$^{n}$-soa$^{n}$也。

【迫迫 peh-peh】 急迫。橫～～hoâi$^{n}$～～⇨謂非常的兇殘hiong-chhân。刺～～chhiah～～⇨女人兇殘。

【迫腹 peh-pak】 勞心lô-sim或操心chhau-sim亦曰迫腹。逐個亦是爲子兒孫仔扵操心～～ta̍k-ê a̍h-sī ūi kiá$^{n}$-jî-sun-á teh chhau-sim～～⇨大家都是爲兒孫們在千辛萬苦設法經營。

【迫壁 peh-piah】 攀上墻壁。扳籬～～pe$^{n}$-lî～～⇨謂孩子們活力充沛，或攀上籬笆或爬上墻壁等等，作孽chok-gia̍t多端。囡仔安爾成作孽，歸日安爾扳籬～～，亦不驚去跋死，較講都未聽gín-á an-ne(ni) chiâ$^{n}$-chok-gia̍t, kui-ji̍t an-ne(ni) pe$^{n}$-lî～～, a̍h-m̄-kia$^{n}$ khì-poa̍h-sí, khah-kóng to-bē(bōe)-thia$^{n}$⇨孩子們如此的作孽，如此的扳籬笆上墻壁，也不怕跌死，怎麼罵都不聽話。盤籬～～poa$^{n}$-lî～～⇨同前。

【迫上天 peh-chiū$^{n}$-thi$^{n}$】 攀上天pan-siāng-thian。人是該仔來，豈好，一下道有當～～～喏 lâng-sī-ài ûn-ûn-á-lâi, ká-hó, chi̍t-ē-tō-ū-thang～～～nō⇨人(一般常例)是要一步一步，慢慢來，沒有那麼容易，一下子就可以爬上天了。豈好ká-hó，豈有那麼好的。

【迫樓梯 peh-lâu-thui】 上樓梯chiū$^{n}$-lâu-thui。鬮鷄相撲嘴抵嘴，鳥鼠仔相撲～～～，阿娘仔生緣無生媠，生媠無緣上克虧iam-ke(koe) siō-phah chhùi-tú-chhùi, niáu-chhí-á siō-phah～～～, a-niû-á se$^{n}$(si$^{n}$)-iân bô-se$^{n}$(si$^{n}$)-súi, se$^{n}$(si$^{n}$)-súi bô-iân siāng(siōng)-khek-khui⇨歌仔戲丑仔白。

**peh 百** 百姓peh-sè$^{n}$(sì$^{n}$)也。老～～lāu～～⇨庶民sì-bîn。～～人～～lâng⇨同上。

【百姓 peh-sè$^{n}$(sì$^{n}$)】 庶民。～～人～～lâng⇨同上。

**peh 伯** 父之兄也。又父輩之人的尊稱。阿～a～⇨伯父peh-hū。大～三～toā～sa$^{n}$～⇨大伯父與三伯父。又夫之兄亦稱伯peh。妻對夫家之人的稱呼，多小一輩，或謂其地位低之故，或謂非也，是按照已生子女的稱謂，是出於教育上之需要也。阿久～阿修～a-kú～a-siu～

⇨對阿久阿修兩父輩的尊稱。

【伯公 peh-kong】 父之伯父。～～叔公～～chek-kong⇨父之伯父與叔父。～～祖～～chó͘⇨又加上一輩。

【伯母 peh-bó(bú)】 伯父之妻。亦稱伯姆peh-ḿ或伯婆peh-pô。

【伯爺 peh-iâ】 伯父的尊稱。通用於官吏之間。今已無分別。～～叔爺～～chek-iâ⇨同上。

peh
**栢** 松類的樹木。松～仔chhêng～á⇨松樹之類。扁～pín～⇨亦松樹之一種。栢peh同柏peh。

peh
**帛** 繒也。綢也。布類也。頭～thâu～⇨喪禮中孝男的白布帽。戴頭～仔tī-thâu～á⇨同上。脚～kha～⇨縛脚的長布。纏足布tiân-chiok-pò͘。脚～仔水去等看有否kha～á-chúi khì-tán-khoàⁿ-ū-bô⇨洗脚帛之水去等候看看有沒有(以解相如之渴)。譏嘲想吃天鵝肉的枵狗之詞。綵～仔chhái～á⇨布匹店。葬具店。

peh
**白** 素色也。五色之一。潔淨曰白peh。表明曰白peh。臺詞曰白peh。空無所有曰白peh。徒費無所得曰白peh。淺顯曰白peh。嘴驕(食不合口)曰白peh。青黃紅黑～chheⁿ-n̂g-âng-o͘～⇨五色。畫烏漆～ōe-o͘-chhat～⇨亂畫亂塗。銀～心官烏gîn～sim-koaⁿ-o͘⇨銀是白色，心因白銀而變烏（亦即壞)。略同小人無罪，懷璧其罪siáu-jîn bû-chōe, hoâi-phek-kî-chōe。洗眞～sé(sóe)-chin～⇨洗得甚潔淨。表～piáu～⇨表明。口～kháu～⇨臺詞。丑仔～thiúⁿ-á～⇨小丑的台詞。司功～sai-kong～⇨演功德戲的道士之隱語。賊仔～chhat-á～⇨衆賊兄弟間的隱語。空～的時期khang～ê sî-kî⇨一無作爲的期間。空～支票khang～chi-phiò⇨可自塡金額的支票。路～行，工～做lō͘～kiâⁿ, kang～chò(chòe)⇨路跑了無目的，工做了無報酬。代誌眞淺～tāi-chì chin chhián～⇨事情甚顯明。話講眞～ōe kóng-chin～⇨話說得甚坦白。病後嘴有較～pēⁿ-āu chhùi-ū khah～⇨病後嘴是較驕的，不胡亂接受食物的。

【白了 peh-liáu】 無補貼或報酬的損失。叫我～～的，我無啦kiò-goá～～ê goá-bô-là⇨要我平白損失，我不爲也。

【白丁 peh-teng】 無官無職之白身人peh-sin-lâng。往來無～～óng-lâi bô～～⇨交往之人皆是大小官員。

【白子 peh-jí】 棋子kî-jí之白色者。白棋子peh-kî-jí。

【白土 peh-thô͘】 燒瓷sio-hûi之原料土。

【白文 peh-bûn】 無打句讀kù-tāu，無註釋之文章。四書～～sù-si～～⇨同上。

【白手 peh-chhiú】 雙手siang-chhiú。～～成家～～sêng-ka⇨以自己的雙手創立的大事業。

【白火 peh-hóe(hé)】 烽火hong-hóe。烽煙hong-ian。放～～pàng～～⇨告急的信號。

【白仁 peh-jîn】 目珠bak-chiu之白色部份。又卵淸nn̄g-chheng曰白仁peh-jîn。～～烏仁～～o͘-jîn⇨目珠之白色與黑色部份。～～卵仁～～nn̄g-jîn⇨卵之白色與黃色兩部份。

【白毛 peh-mô(m̂g)】 pek-mo。白髮peh-hoat。烏毛企到～～去也o͘-mo khiā-kà～～khì-à⇨烏毛居住(此處)直至白毛了，少年時就居住於此，今已老了。

【白玉 peh-gek(giok)】 白寶石。白璧pek-phek。～～毋驚瑕痕～～m̄-kiaⁿ hâ-hûn⇨同大行不顧細瑾tāi-hêng put-kó͘ sè-kín。

【白白 peh-peh】 ㈠白色的。潔淨的。～～布共人染到污去～～pò͘ kā-lâng ní-kà-o͘-khì⇨純白色之布被人強染成了黑色。喻無寃受屈bû-oan-siū-khut。㈡枉費。徒費。～～了的～～liáu-ê⇨無端的損失。～～死的～～sí-ê⇨寃枉死的。～～乎人騙去～～hō͘-lâng phiàn-khì

⇨無緣無故而被騙了。伊～～了二仟i～～liáu nn̄g-chheng⇨他平白損失兩千元。

**【白皮 peh-phôe】** ㊀白色之皮革。～～箱～～siu$^n$⇨同上。～～鞋～～ê⇨同上。～～帶～～toà⇨同上。㊁白色之表紙。～～書～～si⇨美國等公開的外交檔案，因其表紙是白色。

**【白肉 peh-bah】** ㊀皮膚白。～～底的～～té-ê⇨自然白的皮膚。㊁肥猪肉pûi-ti-bah。請人食～～chhiá$^n$-lâng chiah～～⇨請會葬者吃飯。

**【白米 peh-bí】** 精白之米。～～煮清水的～～chí(chú) chheng-chúi-ê⇨喻透底純潔。～～煮成飯～～chí(chú)-chiâ$^n$-pn̄g⇨喻無法恢復原狀的既成事實。

**【白色 peh-sek】** 五色之一。喜事人較不愛～～的hí-sū lâng khah-bô-ài～～ê⇨喜慶時人家較不喜歡白色的東西。

**【白身 peh-sin】** 白色。即款的較～～的好啦chit-khoán ê khah～～ê hó-là⇨此種比較素色的可以嘛。～～人～～lâng⇨平民。老百姓。

**【白沙 peh-soa】** pek-sa。～～翠竹江村暮，相送柴門月色新～～chhùi-tiok kang-chhoan-bō͘, siang-sòng chhâ-bûn goat-sek-sin⇨杜甫句。

**【白呑 peh-thun】** ㊀貪沒他人之物。～～人的家伙～～lâng-ê ke-hóe⇨橫領hoâi$^n$-niá他人之財產物業。人寄的錢講共人～～去lâng-kià ê chî$^n$ kóng-kā-lâng～～khì⇨他人寄託之錢，竟把它貪沒了。㊁吃藥不配食他物。較苦亦會用得～～，過嚨喉道未苦也khah-khó͘-ah-ē-iōng-tit～～, kòe nâ-âu tō-bē-khó͘-ā⇨如何苦(的藥)也可以不配他物而呑之，過了咽喉就不苦的了。

**【白沛 peh-chhī】** 死白死白sí-peh-sí-peh，亦即缺少光澤感者。看著～～～～無啥好khoà$^n$-tioh～～～～bô-siá$^n$-hó⇨一看著死白死白，不很好。沛chhī，醨酒也。

**【白虎 peh-hó͘】** ㊀白斑虎。㊁方向。左青龍右～～chó-chhe$^n$-liông iū～～⇨同上。㊂女之無陰毛者。～～眉～～chi⇨同上。～～神～～sîn⇨邪神。

**【白金 peh-kim】** Platinum。～～黃金～～n̂g-kim⇨同上。

**【白底 peh-té】** 底層白色。～～加紅花～～ka âng-hoe⇨例如白布上繡紅花之類也。

**【白帖 peh-thiap】** 死亡報告書狀。紅帖～～âng-thiap～～⇨喜慶喪葬的兩種帖。

**【白食 peh-chiah】** 免費而食。不勞而食。即頓～～的，食無討的chit-tǹg～～ê, chiah-bô-thó-ê⇨此一餐可免費而食之，(將來)也不必還的。咱無～～伊，若無當動値伊，伊抾要抾lán bô～～i, nā-bô-thang tōng-tat-i, i-teh-boeh-leh⇨我們並不是白吃了他，如果沒有令他覺得值得，他怎麼肯(供給我們吃)呢。動値tōng-tat，令人感覺到有價值。

**【白柚 peh-iū】** 柚肉之純白色者。紅柚～～âng-iū～～⇨紅白兩種柚仔。

**【白契 peh-khè(khòe)】** 官文書之無公印者。未完手續的所有權狀。～～那有効～～ná-ū-hāu⇨白契無効也。

**【白馬 peh-bé】** ㊀紙牌名。食～～chiah～～⇨同上。㊁白色之馬。～～不是馬～～m̄-sī-bé⇨白馬非馬論pek-má hui-má-lūn。～～掛金鞍，騎出萬人看，借問誰家子，讀書人做官～～koà-kim-oa$^n$, khiâ-chhut bān-jîn-khoà$^n$, chioh-mn̄g sûi-ka-chú, thak-su(chu)-lâng chō(chōe)-koa$^n$⇨古勸學詞。

**【白紙 peh-choá】** 未有字畫之紙。～～寫黑字～～siá-o͘-jī⇨①謂合約書之類，只不過白紙上有黑字而已，如不履行亦屬枉然。②不識其字也枉費。

**【白粉 peh-hún】** 面抹～～嘴點臙脂bīn-boah

～～chhùi-tiám ian-chi⇨同上。

【白桐 peh-tông】 梧桐gô·-tông的一種。肉白質輕宜於衣櫥等家具類之材料。

【白鳥 peh-chiáu】 ㊀白毛鳥。㊁新銀元，尤其是外國的。

【白魚 peh-hî】 白帶魚peh-toà-hî簡稱白魚peh-hî。

【白胲 peh-kâi$^n$】 pek-kai。目中白仁出現。胲kai，目大貌。目珠～～～～bak-chiu～～～～⇨失望的樣子。目珠～～～～也否bak-chiu～～～～ā-ho·h$^n$⇨失望了吧。目珠扲反～～也bak-chiu teh-péng～～ā⇨眼睛在反白了，快要死了。

【白麻 peh-moâ】 黑麻～～o·-moâ～～⇨黑白兩種麻。～～油～～iû⇨同上。

【白帶 peh-tài】 pek-tài。病名。婦人名。

【白喉 peh-âu】 Diphtheria，病名，兒童的傳染病。俗曰咽喉症nâ-âu-chèng。

【白菜 peh-chhài】 蔬菜名。種類甚多。山東～～soa$^n$-tang～～⇨同上。結球～～kiat-kiû～～⇨同上。

【白蚷 peh-hiā】 白蟻pek-gī也。～～巢～～siū⇨同上。上～～chiū$^n$～～⇨白螺吃上了。未輸～～食去bē-su～～chiah-khì(ì)⇨罵瘦皮猴之詞，謂肉似被白蚷吃掉了，只留皮與骨。

【白雲 peh-hûn】 ～～烏雲～～o·-hûn⇨同上。

【白菰 peh-ko·】 孩童口中的一種病。嘴內起～～chhùi-lāi khí～～⇨口中生白菰。

【白普 peh-phú】 灰色hoe-sek。鼠色chhí-sek。～～色～～sek⇨同上。天～～～～也thi$^n$～～～～ā⇨天色微明了。

【白飷 peh-chiá$^n$】 味覺太清淡。～～無味～～bô-bī⇨①食物清淡無味，不好吃。②事無情調。飷chiá$^n$，食無味也。

【白賊 peh-chhat】 謊言。假話。莫～～mài～～⇨不可說假話。莫扲～～mài-teh～～⇨同上(現在形之詞)。～～話講歸擔～～ōe kóng-kui-tà$^n$⇨謊話說得成擔可以擔之，亦即謊言說太多了。～～七仔～～chhit-à⇨說假話之人。似乎古有專說虛話的阿七其人。你都蓋～～七仔也lí to kài～～chhit-à-a⇨你是最會說假話的阿七了。

【白話 peh-ōe】 ㊀口語。文言～～bûn-giân～～⇨古體文，白話文。～～字～～jī⇨英文字母而用爲標音符號者，即所謂羅馬字母也。～～文～～bûn⇨語體的文章。㊁虛言hi-giân。空嘴講～～khang-chhùi kóng～～⇨滿口謊言。

【白腹 peh-pak】 魚名。鯨魚chheng-hî。

【白瘄 peh-tiò】 一種皮膚病，先而點點白化，有終至全身皆及者。生～～se$^n$(si$^n$)～～⇨同上。掠蝕仔刷～～liah-sih-nah chhè(chhōe)～～⇨①據說掠雷電光以在白瘄處摩擦之即可痊癒。②喻事之不可捉摸。蝕仔sıt-lá sıt-á，亦作sih-nah，脫光也。俗作閃電。

【白裼 peh-theh】 白肉底的漂亮的皮膚。～～更好骨格，狗公腰更佼相埪～～koh hó-kut-keh, káu-kang-io koh gâu-sio-teh⇨稱讚好體格的粗語。埪teh，積塵也。

【白銀 peh-gîn(gûn)】 銀。金錢。阮是眞珠～～買的呢，不是偷提的呢，goán sī chin-chu～～bé(bōe)-ê-neh, m̄-sī thau-theh-ê-neh⇨我們是用眞銀眞錢買的，不是偷的呀。

【白旗 peh-kî】 投降信號。舉～～也否giâ～～ā-ho·h$^n$⇨投降了嗎。

【白墨 peh-bak】 粉筆hún-pit。黑板～～o·-pang～～⇨同上。

【白膠 peh-ka】 鹿骨膠lok-kut-ka。

【白錢 peh-chî$^n$】 金銀紙(祭拜用的)的一種。掃墓等用的。

【白糖 peh-thn̂g】 精製糖，色地較白。～～紅糖～～âng-thn̂g⇨粗製糖色紅曰紅糖âng-thn̂g，亦曰烏糖o·-thn̂g。～～糕～～ko⇨一

種餅食名。秫米加糖者。～～葱～～chhang ⇨一種餅食名。蔗糖加麥芽糖製之。

【白穗 peh-sūi】 租粟phāⁿ-chhek之穗。由於暴風或蟲害，稻穗無入米而呈白色之空穗者。

【白鯧 peh-chhiuⁿ】 魚名。烏鯧～～o-chhiuⁿ～～⇨兩種魚名。皆屬上等魚。

【白藥 peh-ioh】 藥名，即quinine。亦即金鷄納粉kim-ke-la̍p-hún。俗曰規那粉ki-na-hún。瘧疾的特效藥是也。

【白麴 peh-khak】 釀酒用料。紅酒參～～，無食不知驚，食了吐漉漉âng-chiú chham～～, bô-chiah m̄-chai-kiaⁿ, chiah-liáu thò·-lak-lak⇨童謠。紅酒應該參的是紅麴âng-khak。

【白鶴 peh-hoh】 鳥名。～～拳～～kûn⇨拳派名。～～展翅～～thián-sı̍t⇨拳技名。

【白鐵 peh-thih】 馬口鐵bé-kháu-thih。～～仔～～á⇨同上。

【白鬚 peh-chhiu】 人講～～孫，土脚叔，論輩無論歲道是安爾不lâng-kóng～～sun, thô·-kha-chek, lūn-pòe bô-lūn-hòe tō-sī an-ne(ni)-m̄⇨古人言，白鬚者是孫，地上爬者是叔，所謂論輩不論歲，就是這個道理嘛。

【白鰻 peh-moâ】 鰻之一種。鰻身無斑點者。～～燉當歸未偎食～～tīm tong-kui bē(bōe)-bái-chiah⇨白鰻加當歸燉之，很好吃。

【白癬 peh-sián】 皮膚病名。紅癬～～âng-sián～～⇨同上。

【白木耳 peh-bok-jí(ní)】 木耳之白色者。也可作藥用。

【白片鷄 peh-phìⁿ-ke】 鷄煤熟而斬片者。白斬鷄peh-chám-ke→peh-phiàn-ke。

【白目眉 peh-bak-bâi】 紅絳司，～～～，無人請，家己來âng-kòng-sai,～～～, bô-lâng-chhiáⁿ, ka-kī-lâi⇨童謠。謂紅衣白眉者，何以不請自來(不知恥也)。

【白裡雪 peh-lē-seh】 白雪雪peh-sut-sut。

水錦開花～～～娘仔生媠愛過家chúi-gím khui-hoe～～～ niû-á seⁿ-súi ài-kòe-ke⇨相褒歌sio-po-koa。

【白死皚 peh-sí-ngâi】 白色之無光澤者。面色白到～～～去都顛倒不好看也bīn-sek peh kā～～～ khì to tian-tó m̄-hó-khoàⁿ-à⇨面色白得無血氣無光澤了，反而不好看也。

【白牡丹 peh-bó·-tan】 ～～～紅芍藥～～～âng-chiak iak⇨兩種花名。

【白妜妜 peh-koat-koat】 白得美麗。水粉仔抹到～～～要去嬈花也不chúi-hún-á boah-kā～～～ boeh-khì hiâu-hoe-a-m̄⇨水粉抹得那麼白那麼漂亮，要去挑發男人了嗎（阿姨笑隣家的少女)。妜koat，美貌。

【白波波 peh-pho-pho】 一面都是白色。水湧～～～chúi-éng～～～⇨水波一面都是白色。水錦開花～～～小娘仔跤豆好跮踱chúi-gím khui-hoe～～～ sió-niû-á kha-tau hó-thit-thô⇨民歌。跤豆kha-tau，家也。

【白面仔 peh-bīn-á】 娼婦chhiang-hū。亦曰白面娼peh-bīn-bâ。其營業場所曰白面厝peh-bīn-chhù。

【白胡椒 peh-hô·-chio】 胡椒hô·-chio之白色者。

【白茫茫 peh-bông-bông】 略同白波波peh-pho-pho。嘴點臙脂一點紅，面抹水粉～～～，二粒乳仔連連對，十月懷胎暗幢幢chhùi-tiám ian-chi it-tiám hông, bīn-boah chúi-hún～～～, nn̄g-liap-leng-á liân-liân-tùi, sı̍p-goat hôe-thai àm-chông-chông⇨滑稽詩。謂自描其牽手也。

【白閃閃 peh-siám-siám】 白得閃閃發光。彼枝刀安爾～～～更利劍劍噢hit-ki-to an-ne(ni)～～～ koh lāi-kiām-kiām-ō⇨謂那一口刀又白又利。

【白雪雪 peh-sut-sut】 白得如雪。阿雪仔皮膚～～～雄瑠瑠，人講查某囡仔十八變，實在有影a-soat à phôe-hu～～～, súi-tang-tang, lâng-kóng cha-bó·-gín-á chap-peh-piàn, sit-chāi ū-iáⁿ⇨阿雪的皮膚白如雪，太漂亮了。古人言，女孩子十八變，果然是眞的。

【白帶魚 peh-toà-hî】 魚名。長如帶。簡稱白魚peh-hî。日文曰大刀魚tachiuo。

【白莧菜 peh-hēng-chhài】 葉、莖皆白之莧菜。～～～紅莧菜～～～âng-hēng-chhài⇨白紅的兩種莧菜。莧菜hēng-chhài多紅者，白者較罕見。

【白菊花 peh-kiok-hoe】 ㊀白色的菊花。㊁古布袋戲中的一個採花賊。

【白鼓仔 peh-kó·-á】 金銀紙的一種。～～～紙～～～choá⇨同上。

【白葱葱 peh-chhang-chhang】 甚白。一陣鴨仔～～～，二枝柴仔趕入孔，是啥，俾你約chit-tīn ah-á～～～, nn̄g-ki chhâ-á koáⁿ-jip-khang, sī-siah hō·-lí-ioh⇨孩子們做謎猜也。

【白鯉仔 peh-but-á】 魚名。一種小如火柴枝之小魚。～～～脯～～～pó·⇨其魚干。

【白嘴齒 peh-chhùi-khí】 牙潔白。(蘇州婆仔)眞文理，十七廿二少年時，紅嘴唇，～～～，穿戴有排止，金手環，玉手指，也乖巧，也伶俐…一身白如麵，兩乳軟如綿(so·-chiu-pô-a) chin-bûn-lí, chap-chhit jiap-jī siàu-liân-sî, âng-chhùi-tûn～～～, chhēng-tài ū-pâi-chí, kim-chhiú-khoân, gek-chhiú-chí, iā-koai-khá, iā-léng-lī,…chit-sin peh-jî-mih, lióng (liáng)-ni(leng) nn̄g-jî(jû)-mî⇨千金譜。

【白頭鵠 peh-thâu-khok】 鳥名。一種小鳥頭上有白斑。～～～仔～～～á⇨①鳥名。②頭髮全白者。③頭生白癬者。

【白鷄卵 peh-ke(koe)-nn̄g】 烏鷄母生～～～o·-ke(koe)-bó(bú) seⁿ(siⁿ)～～～⇨謂何奇之有。

【白鑠鑠 peh-siak-siak】 白光閃閃。猪刀磨到～～～講道要去刣伊也ti-to boâ-kà～～～kóng-tō-boeh-khì(ī) thâi-i-ā⇨殺猪刀磨得閃閃發光，說就要去殺他了。錢銀～～～還仔會動人心呢chîⁿ-gîn(gûn)～～～oân-à-ē(ōe) tōng-jîn-sim-neh⇨錢銀很白很多還是能夠動人心的。

# pek

**pek 迫** 近也。窘急也。窄狹也。催也。壓～ap～⇨同上。強～kiâng～⇨同上。被～pī～⇨同上。急～kip～⇨同上。相～siō(saⁿ)～⇨同上。催～chhui～⇨同上。日子～也jit-chí～ā⇨日期近了。錢關較～chîⁿ-koan khah～⇨同上。事～到抄，道無管伊也sū～kàu teh, tō-bô-koán-i-ā⇨事情迫得急來，就不管他了。到抄kàu-teh→kàu-lē。叫人來抄～kiò-lâng lâi-teh～⇨派人來在催促。

【迫切 pek-chhiat】 ㊀急。代誌眞～～也tāi-chì chin～～ā⇨事情很急了。㊁懇切。詳細。本人來講到眞～～pún-lâng lâi-kóng-kà chin～～⇨他親身來說明得很懇切。伊眞～～研究過i chin～～gián-kiù kòe⇨他很仔細檢討了。

【迫死 pek-sí】 嚴厲追進。硬要～～ngeh-boeh～～⇨幾乎要迫死人。

【迫近 pek-kīn(kūn)】 近。很近。接近。結婚的日期～～來了kiat-hun ê jit-kî～～lâi-lò·⇨同上。營業額～～十億大關也êng-giap-giah～～chap-ek tāi-koan-a⇨同上。

【迫促 pek-chhiok】 催促chhui-chhiok。

【迫迫 pek-pek】 很迫。很近。時間每～～也sî-kan mā～～ā⇨時間也很近了。

【迫眞 pek-chin】 近於眞，如眞。演了眞～～ián-liáu chin～～⇨同上。

【迫討 pek-thó】 嚴加催討。～～舊欠～～kū-khiàm⇨同上。

【迫婚 pek-hun】 依財權等勢的強迫婚姻。

【**迫逐 pek-tio̍k**】 強力驅逐。～～出庄～～chhut-chng⇨驅逐出境。例如色情犯的罪狀較輕者。

【**迫絯 pek-ân**】 迫緊pek-kín。絯ân，指壓力。緊kín，指時間。

【**迫債 pek-chè**】 嚴迫債務。你～～安爾迫，會迫出人命lí～～an-ne-pek, ē(ōe)-pek-chhut-jîn-bēng⇨你追討債務，這樣的迫法，可能追死人。

【**迫賬 pek-siàu**】 同迫債pek-chè。賬siàu亦作數，是賒物掛帳，債chè是現款借貸。同須還錢解消。

【**迫出來 pek chhut-lâi**】 被迫才產生的。～～～的高材生～～～ê ko-châi-seng⇨同上。

【**迫到得 pek-kàu-teh**】 pek-kàu-lē。一迫，太迫了。～～～道不管伊三七二一也～～～tō m̄-koán-i sa$^{n}$-chhit-jī-it à⇨事一迫就不顧一切了。

【**迫偎來 pek-oá lâi**】 迫近。迫來。接近。你更～～～我是敢lí-koh～～～goá-sī-ká$^{n}$⇨你再接近我是敢(反抗)。

【**迫上梁山 kek-chiū$^{n}$-niû-soa$^{n}$**】 喻惡官迫民爲賊。梁山，水滸傳的大賊寨也。

【**迫良爲娼 pek-liâng-ûi-chhiang**】 強制良家婦女當娼妓。

【**迫虎傷人 pek-hó· siang(siong)-jîn**】 謂欺人不可太甚，否則後果嚴重。你莫～～～～較好，我共你講lí-mài～～～～khah-hó, goá-kā-lí-kóng⇨你不要迫虎傷人才好，我告訴你。

**伯** pek 長也。父之兄曰伯pek。婦稱夫兄亦曰伯pek。五等爵之第三等曰伯pek。公侯～子男kong-hô·～chú-lâm⇨五等爵之名。

【**伯父 pek-hū**】 父之兄。～～伯母～～pek-bó(bú)⇨同上。

【**伯叔 pek-siok**】 父之兄曰伯pek，父之弟曰叔siok。諸姑～～猶子比兒chu-ko·～～iû-chú-pí-jî⇨千字文

【**伯勞 pek-lô**】 鳥名。或謂即百舌鳥pek-sia̍t-niáu。

【**伯樂 pek-lo̍k**】 古之善相馬者。不得～～安得千里之馬put-tek～～, an-tek chhian-lí-chi-má⇨同上。

【**伯爵 pek-chiak**】 五等爵之第三等。～～夫人～～hu-jîn⇨同上。

【**伯仲之間 pek-tiōng-chi-kan**】 謂人材相差不多。～～～～見伊呂，指揮若定失蕭曹～～～～kiàn i-lī, chí-hui jia̍k-tēng sit-siau-chô⇨杜甫。

【**伯夷叔齊 pek-î-siok-chê**】 古賢人。不食周粟，餓死首陽山。

**百** pek 數名。十之十倍也。又衆多也。食前方丈，從者數～sı̍t-chiân hong-tiāng, chiông-chià sò·～⇨西廂記。一而十，十而～，～而千，千而萬it-jî-sı̍p,sı̍p-jî～,～jî-chhian, chhian-jî-bān⇨三字經。

【**百子 pek-chú**】 一百個兒子。～～千孫～～chhian-sun⇨同上。

【**百合 pek-ha̍p**】 百合花之簡稱。～～花～～hoe⇨同上。

【**百行 pek-hêng**】 人之行爲。～～孝爲先～～hàu ûi-sian⇨孝父母第一。

【**百年 pek-liân**】 聞道長安似奕棋，～～世事不勝悲bûn-tō tiâng-an sū-e̍k-kî,～～sè-sū put-sìn-pi⇨杜詩。

【**百里 pek-lí**】 百里之路程。行～～者半九十里hêng～～chiá poàn kiú-sı̍p-lí⇨西諺。謂一百里之路程，九十里才可以算一半。喻凡事難在最後階段。

【**百和 pek-hô**】 一唱～～it-chhiàng～～⇨主張一提出就有許多人附和。

【**百姓 pek-sèng**】 peh-sè$^{n}$(sī$^{n}$)。飛入尋常～～家hui-ji̍p sîm-siâng～～ka⇨古詩。

【**百家 pek-ka**】 ㊀諸子～～chu-chú～～⇨

儒以外的各派各系。㈢一家有事～～忙it-ka iú-sū～～bông⇨人人生死與共，有事大家互相幫忙。～～姓～～sè$^{n}$(sì$^{n}$)⇨姓氏表。

【百萬 pek-bān】 千里路途三五步，～～軍兵六七人chhian-lí lō·-tô· sam-ngó·-pō·,～～kun-peng liok-chhit-jîn⇨謂戲台上的表演如此。～～富婆～～hù-pô⇨同上。

【百歲 pek-sòe】 山中多有千年樹，世上難逢～～人san-tiong to-iú chhian-liân-chhiū, sè-siāng lân-hōng～～jîn⇨俗語。

【百日嗽 pek-jit-sàu】 病名。

【百舌鳥 pek-siat-niáu】 小鳥名。據稱，很會學他鳥的鳴聲。或謂即伯勞pek-lô。

【百里奚 pek-lí-hê】 古名人。顯達而換妻者。男人莫學～～～，女人莫學買臣妻lâm-jîn bok-hak～～～, lí-jîn bok-hak mái-sîn-chhe⇨謂不可富而換妻，也不可因貧而棄夫。

【百步蛇 pek-pō·-siâ】 pah-pō·-choâ。毒蛇名。謂人被咬百步即毒發必死。

【百足蟲 pek-chiok-thiông】 蟲名。俗曰蜈蚣giâ-kang。

【百壽圖 pek-siū-tô·】 書有百個壽字之圖。你自己寫一幅～～～去祝壽道眞有誠意了lí-chū-kí siá-chit-pak～～～khì chiok-siū tō chin-ū sêng-ì-lô⇨同上。

【百孔千瘡 pek-khóng-chhian-chhong】 破壞甚多。～～～～百廢待舉～～～～pek-hùi thāi-kí⇨同上。

【百巧百了 pek-khiáu-pek-liáu】 謂多方巧計悉告失敗。人講～～～～運既不做主，你每無法度lâng-kóng～～～～,ūn-kà-m̄-chò-chú, lí mā bô-hoat-tō·⇨古人說，百巧百了，運命既然不做主，你也是沒辦法的。

【百年偕老 pek-liân-kai-ló】 恩愛夫妻百年同壽。

【百折不撓 pek-chiat-put-nâu】 折chiat，失敗。撓nâu，屈服。～～～～的奮鬥精神～～～～ê hùn-tàu cheng-sîn⇨同上。

【百科全書 pek-kho-choân-si(su)】 智識的雜陳倉庫。

【百聞不如一見 pek-bûn-put-jî-it-kiàn】 謂聽人說百次不若親眼看一次。

pek **柏** 柏peh也。木名。扁柏pí$^{n}$-peh等種類甚多。檜木之類也。

【柏油 pek-iû】 瀝青lek-chheng。～～路～～lō·⇨同上。

【柏林 pek-lîm】 Berlin，地名，歐洲德國首都。～～圍墻～～ûi-chhiâng⇨柏林市街上民主與共產之界墻，二次大戰後共方築之。近已拆矣。

【柏拉圖 pek-lá-tô·】 Plato，古希臘哲學家。其書共和國Republic最有名。

【柏舟之歌 pek-chiu-chi-ko】 表示夫亡誓死守寡。

pek **白** 素色也。潔也。光明也。表明也。告語也。空無所有也。桃花紅，李花～thô-hoa-hông,lí-hoa～⇨同上。雪～soat～⇨白如雪。乳～色jú～sek⇨同上。梅須遜雪三分～bôe-si sūn-soat sam-hun～⇨同上。清～chheng～⇨同上。明～bêng～⇨同上。道～tō～⇨同上。對～tùi～⇨同上。口～kháu～⇨同上。表～piáu～⇨同上。告～kò～⇨同上。稟～pín～⇨同上。東方發～tong-hong hoat～⇨天光了。空～支票khong～chi-phiò⇨同上。

【白丁 pek-teng】 無讀書不識字者。座上客常滿，往來無～～chō-siāng khek-siāng-boán, óng-lâi bû～～⇨同上。

【白刄 pek-jīm】 利劍劍之刀。～～相向～～siāng(siōng)-hiàng(hiòng)⇨以利刀相對要動武了。

【白日 pek-jit】 白天。青天～～chheng-thian～～⇨大白天。～～夢～～bōng⇨同上。

【白手 pek-siú】 空手khang-chhiú。～～成家～～sêng-ka⇨空手成家立業。

【白天 pek-thian】 日時jit-sî。日間jit-kan。～～黑夜～～hek-iā⇨同上。

【白朮 pek-chut】 藥材名。

【白衣 pek-i】 ～～天使～～thian-sài⇨護士小姐。～～秀士～～siù-sū⇨水滸一好漢的綽號。

【白芍 peh-chiak】 花名。白芍藥pek-chiak-iak。

【白虎 pek-hó͘】 ～～青龍朱雀玄武～～chheng-liông chu-chhiak hiân-bú⇨東西南北門名。白虎pek-hó͘東也。青龍chheng-liông西也，朱雀chu-chhiak南也，玄武hiân-bú北也。～～湯～～thong⇨藥名。若是他人母，可用～～湯jiak-sī thaⁿ-jîn-bó, khó-iōng～～thong⇨謂如果是他人之母，可使用白虎湯試之，有效即活，無效即死。

【白卷 pek-koàn】 無答案之考卷。交～～kau～～⇨凡事無法應付曰交白卷kau-pek(peh)-koàn。

【白兔 pek-thò͘】 月的異名。

【白眉 pek-bî】 在羣中最優秀者。馬氏五常～～最良má sī gó͘-siâng,～～chôe-liâng⇨馬氏五兄弟，白眉者最優秀。三國馬良五兄弟皆以常字爲號。良眉中有白毛。又失街亭的馬稷má-chek亦其中之一。

【白面 pek-biān】 白面peh-bīn。～～書生～～si(su)-seng⇨顏面清秀的讀書人。

【白俄 pek-ngô͘】 White Russians，白俄羅斯。赤俄之對稱。

【白宮 pek-kiong】 White House，美國總統的居邸。美國政府的代稱。

【白眼 pek-gán】 輕視的態度。遭人～～cho-jîn～～⇨被人看不起。

【白帶 pek-tài】 婦女的病。～～下～～hā⇨患上白帶的病。

【白晝 pek-tiûⁿ】 大白天。～～宣淫～～soan-îm⇨光天化日下做出姦淫的事情。

【白喉 pek-âu】 病名。亦曰喉痧âu-soa。是一種危險的小兒傳染病。

【白費 pek-hùi】 勞而無功lô-jî-bû-kong。你免抮～～心機lí bián-teh～～sim-ki⇨同上。

【白駒 pek-khu】 日。歲月如～～過隙sòe-goat jî～～kò-kek⇨日月運行得很快。

【白癡 pek-chhî】 反應遲鈍的一種精神病。你都未輸～～呢，無半項會lí to bē-su～～nì, bô-poàⁿ-hāng-ē⇨你完全與白癡一樣，什麼事都不會做。

【白蟻 pek-gí】 白蚼蚼peh-káu-hiā。

【白露 pek-lō͘】 二十四氣之一。在處暑chhì-sí之後，秋分chhiu-hun之前。約在太陽曆九月八，九日。

【白內障 pek-lāi-chiàng】 水晶體溷濁hūn-tok的眼病。

【白皮書 pek-phôe-si(su)】 美國政府等公布的外交文件。因以白紙爲封面而得名。美國公布～～～bí-kok kong-pò͘～～～⇨美國政府公開外交文件。

【白血球 pek-hiat-kiû】 血液中的一種組織。～～～紅血球～～～hông-hiat-kiû⇨同上。

【白居易 pek-ki-ī】 唐大詩人。即白樂天pek-lok-thian。有長恨歌，琵琶行等的名篇膾炙人口kòe-chià-jîn-kháu。

【白帝城 pek-tè-sêng】 三國演義劉備臨死託孤之地。寒衣處處催刀尺，～～～高急暮砧hân-i chhì-chhì chhui-to-chhiok,～～～ko kip-bō͘-tiam⇨杜甫。

【白熱化 pek-jiat-hoà】 物體燃燒到達最高熱度。喻事物演變進入最高潮。兩派的對立進入～～～的階段liáng-phài ê tùi-lip chhìn-jip～～～ê kai-toāⁿ⇨兩派的爭執到達了高潮的階段。

【白蘭地 pek-lân-tē】 Brandy，洋酒名。

【白令海峽 pek-lēng-hái-kiap】 Bering Strait。亞洲與北美洲之間近北極的海峽。亦即美國與蘇聯的疆土直接對面的海峽。

**【白色人種 pek-sek-jîn-chióng】** ～～～～黑色人種都是人～～～～hek-sek-jîn-chióng to-sī lâng⇨白色人黑色人皆人也。

**【白璧無瑕 pak-phek-bû-hâ】** 喻少女完全清純未受侵犯染污。瑕hâ，玉病，瑕疵hâ-chhû也。

## peng

**peng 兵** 械也。戰士也。戰事曰兵peng。當～tng～⇨同上。軍～kun～⇨同上。步～馬～騎～水～pō·～bé～khî～chúi～⇨各兵種。操～練～chhau～liān～⇨同上。征～徵～招～募～傭～cheng～tin～chiau～bō·～iông～⇨兵的來源。亂～賊～私～官～民～loān～chhat～su～koa$^n$～bîn～⇨兵的所屬。散～遊勇sàn～iû-ióng⇨脫離軍律的兵勇。逃～tô～⇨脫離隊伍的散兵游勇。

**【兵力 peng-lek】** ～～無夠～～bô-kàu⇨兵力不足。

**【兵丁 peng-teng】** 兵卒peng-chut。。我是耶穌的～～，著好膽進前goá sī iâ-so· ê～～, tioh-hó-tá$^n$ chìn-chêng⇨基督教的讚美詩。

**【兵士 peng-sū】** 兵。士兵sū-peng。

**【兵仔 peng-á】** 兵。小兵。～～衫～～sa$^n$⇨兵衣。～～鞋～～ê⇨軍靴kun-hia。

**【兵衣 peng-i】** 軍衣kun-i。戰衣chiàn-i。

**【兵役 peng-iah】** ㊀當兵守邊也。～～是國民義務之一～～sī kok-bîn gī-bū-chi-it⇨同上。㊁戰事。經過～～，百業荒廢keng-kòe～～, pek-giap hong-hùi⇨一旦徵兵拉夫，各行各業都荒廢掉了。

**【兵卒 peng-chut】** 兵。士兵。象棋的紅兵âng-peng和烏卒o·-chut。

**【兵法 peng-hoat】** 戰事之法則。陣前換將～～所忌tīn-chiân-ōa$^n$-chiàng～～só·-kī⇨根據兵法，臨場換指揮官是最要不得的。

**【兵房 peng-pâng】** ㊀古之兵役課。㊁營房。

**【兵勇 peng-ióng】** 兵卒。軍隊。

**【兵站 peng-chām】** 軍隊的補給機關。

**【兵家 peng-ka】** 研究用兵的學者。古屬上九流。

**【兵庫 peng-khò·】** 武庫。軍械的倉庫。

**【兵書 peng-si(su)】** 討論兵法之書。孫子吳子是有名的～～sun-chú gô·-chú sī iú-bêng ê～～⇨同上。

**【兵符 peng-hû】** 兵書。古行軍的符信。掌～～chiáng～～⇨握兵權。

**【兵部 peng-pō·】** 古之六部之一。今之陸軍部或國防部。～～尚書～～siāng-si⇨同上。

**【兵餉 peng-hiàng】** 軍餉kun-hiàng。軍糧的現金部份。

**【兵端 peng-toan】** 戰端chiàn-toan。啓～～khé～～⇨軍隊衝突等。

**【兵諫 peng-kàn】** 將兵等利用兵力對其主子進諫。

**【兵器 peng-khì】** 武器。軍械。

**【兵營 peng-iâ$^n$】** 軍營kun-iâ$^n$。

**【兵糧 peng-niû】** 兵食軍糧。

**【兵權 peng-khoân】** 用兵之權。掌～～chiáng～～⇨同上。～～捏於伊的手～～tē$^n$-tī-i-ê-chhiú⇨兵權握在他手中。

**【兵變 peng-piàn】** 軍隊將兵的叛亂。

**【兵工廠 peng-kang-chhiáng(chhiú$^n$)】** 製造軍用武器用品兵艦等的工場。

**【兵備道 peng-pī-tō】** 古官名。

**【兵不血刃 peng-put-hiat-jīm】** 仁義之師不殺戰而使敵投降。

**【兵不厭詐 peng-put-iàm-chà】** 用兵不嫌行詐術以制勝。

**【兵式體操 peng-sek-thé-chhau】** 以軍隊的方法推行的學校體操。

**peng 冰** 凍也。水凍而成冰peng。又冷清不俗曰冰peng。冷凍léng-tòng曰冰peng。落雪堅～loh-seh-kian～⇨雪結成冰peng。枝仔～ki-á～⇨冰棒peng-pāng。王梨～ông-lâi～⇨鳳梨加冰。芋仔～ō·h-á～⇨芋泥結成冰。薄荷～pō·-hô～⇨薄荷。

【冰人 peng-jîn】 婚姻之媒人。

【冰山 peng-san】 海中漂浮的大冰塊浮出海面者。不過是～～的一個小角耳put-kò sī～～ê chit-ê sió-kak-niâ⇨謂表面上的問題只是事實的極小部分而已，大的問題還未出現。

【冰水 peng-chúi】 冰冷之水。氷溶化成水。

【冰片 peng-phiàn】 藥材名。

【冰心 peng-sim】 玉潔～～giok-kiat～～⇨清純不俗。

【冰冰 peng-peng】 冷涼的感覺。食著～～涼涼chiah-tioh～～liâng-liâng⇨例如加薄荷的各種食品。

【冰角 peng-kak】 碎冰chhùi-peng。參～～較冷較好食chham～～khah-léng khah-hó-chiah⇨加碎冰較冷較好吃。

【冰冷 peng-léng】 ㊀冷如氷。寒到手攏～～去也koâⁿ-kà chhiúⁿ lóng～～khì(ì) à⇨寒得手都冷如冰了。㊁入冰箱中冷之。西瓜～～較好食si-koe～～khah-hó-chiah⇨同上。

【冰河 peng-hô】 ～～時代～～sî-tāi⇨歷史地理學名詞。

【冰袋 peng-tē(tōe)】 冰囊peng-lông。盛碎冰以退熱之膠袋。

【冰棒 peng-pāng】 枝仔冰ki-á-peng。

【冰箱 peng-siuⁿ】 冷藏庫léng-chông-khò·。電～～tiān～～⇨同上。

【冰糖 peng-thn̂g】 冰形之糖。透明之結晶糖。～～嘴麥芽膏手～～chhùi beh-gê-ko-chhiú⇨口甜如冰糖手粘如麥芽。謂口很會說話手却暗中盜東西。

【冰霜 peng-song】 性質堅固凜然不可侵犯。艷如桃花，冷若～～iām-jî thô-hoa, léng-jiak～～⇨美如桃花，冷如冰，令人難以親近。

【冰點 peng-tiám】 水結冰的溫度。溫度計的～～un-tō·-kè ê～～⇨同上。

【冰釋 peng-sek】 如冰之溶化不留痕跡。雙方的誤會盒都～～也siang-hong ê gō·-hōe taⁿ-to～～à⇨双方的誤會現在解消掉了。

【冰淇淋 peng-kî-lîn】 ice cream。一種冰凍食品。有冰仔水好食道該笑也更要食～～～ū-peng-á-chúi hó-chiah tō-ài-chhiò-à koh-boeh-chiah～～～⇨有冰水可喝就應該高興了，竟敢想吃冰淇淋(不要奢望)。

【冰消玉殞 peng-siau-giok-ūn】 嘆美人之消逝。一代佳人安爾道～～～～去也it-tāi-ka-jîn an-ne(ni) tō～～～～khì(ì) à⇨一代佳人如此這般就消失去了。

**peng 崩** 山壞也。物毀皆曰崩peng。天子死曰崩peng。血～病hiat～pēⁿ⇨婦女血液妄行也。

**péng 炳** 明也。文采彪～bûn-chhái-piu～⇨文采煥然bûn-chhái-hoàn-jiân。

**péng 扳** 挽也。引也。援也。亦攀也。凡人畜翻身，船車翻覆，紙張換面等皆曰扳péng。在箱橱中調chhiâu敥chhōe物件曰扳péng。立場突變亦曰扳péng。努力支持生計曰扳péng。一冥到天光無～旁chit-mê kàu-thiⁿ-kng bô～pêng⇨一睡至天明沒翻過身。車～於坑底chhia～tī kheⁿ-té⇨車子翻落在坑谷中。猶彼面更～乎人看iáu-hit-bīn koh～hō·-lâng-khoàⁿ⇨還有那一面再翻來給人家看。眞奇怪，個父藏較佗位，都乎～去哩chin-kî-koài, in-pē chhàng-khah-ta-ūi, to hō·～khì(ì)-leh⇨奇怪得很，老子如何私藏於再隱密的地方，都給(她)搜去了呢。人眞暢，我～著一本阮阿公手裡的古書lâng-chin-thiòng, goá～tioh chit-pún goán-a-kong chhiú-nī ê kó·-si⇨太高興了，我調著chhiau-tioh一本我祖父的古書。

老情書被個某～著扵起革命了lāu-chêng-si hō͘-in-bó͘～tioh teh-khí kek-bēng-lō͘⇨舊情書被他老婆翻出來，在起革命了。做鷄道該筅，做人道該～chò(chòe)-ke tō-āi-chhéng, chò(chòe)-lâng tō-āi～⇨身爲鷄就該筅，身爲人就該拼命找生活。筅chhéng，筅帚，鷄以足爪地找食物曰筅chhéng。道該tō-āi⇨著tioh⇨應該。一聲～道攏～了了也chit-siaⁿ～tō-lóng～liáu-liáu-à⇨說一聲不支持了，就皆違背而去了(選舉的群衆)。天下顛倒～，暗藍刣紅頂，並無起官戴，殺死縣堂頂thiⁿ-ē tian-tò～, àm-lâm thâi-âng-téng, pēng-bô khí-koan-tài, sat-sí koān-tn̂g-téng⇨清末彰化縣發生的故事。謂洪林都是平長毛有功的武將而有私怨，暗藍級的洪員在縣堂上刺死紅頂級(較暗藍高級)的林姓官員，事件後街上發現此一告白。據稱林姓者即霧峯的統領thóng-léng林有理，我未予證實。但是此事件確屬實事。

【扳仆 péng-phak】 翻身作伏臥。～～更困去也～～koh-khùn-khì(ì)-à⇨翻身伏臥又再入睡了。

【扳車 péng-chhia】 車輛翻覆。交通事故。昨冥講於佗位～～你知否cha-mê kóng-tī tah(toh)-ūi～～lí-chai-bō͘⇨昨夜據說在什麼地方發生車禍，你聽到了沒有。

【扳肚 péng-tō͘】 ㊀腹朝天。魚仔～～也hî-á～～ā⇨魚肚朝天了(死了)。㊁胃倒翻tò-hoān。～～是會死咻～～sī ē-sí-heh⇨肚倒翻了是會致死的。謂激烈的翻轉運動可能扳肚致死。據稱可能不是扳肚而是脾臟破裂。

【扳旁 péng-pêng】 翻身。翻出另一面。煎魚仔無～～較加每臭火烙去chian-hî-á bô～～khah-ke mā chhàu-hóe-lo-khì(ì)⇨煎魚不翻面，一定會燒焦去。

【扳倒 péng-tó】 推倒。打倒。個彼派早就被人～～也in-hit-phài chá-chiū hō͘-lâng～～à⇨他們一派老早就被打倒了。

【扳桌 péng-toh】 翻食桌表示反抗。人客～～lâng-kheh～～⇨同上。

【扳船 péng-chûn】 船隻翻了。～～是不是要的嚇～～sī m̄-sī-sńg-ê-heh⇨船翻了就不是玩的了(警告玩船的孩子)。

【扳腹 péng-pak】 食物中毒而反吐。食了～～chiah-liáu～～⇨吃後(中毒而)嘔吐。

【扳變 péng-pìⁿ】 努力工作經營生計。伊做人的翁壻也既不～～啥人每無法伊i-chò(chòe)-lâng-ê ang-sài-à kà-m̄～～siáⁿ-lâng mā bô-hoat-i⇨他身爲人之丈夫了，既然不認眞維持家計，誰也拿他沒辦法的。無法伊bô-hoat-i⇨無伊法bô-i-hoat⇨無奈何他。阿花你有好八字噢，您翁許恔～～a-hoe lí-ū hó-peh(poeh)-jī-ō, lín-ang hiah-gâu～～⇨阿花你命運好，你丈夫那麼拼命工作賺錢維持生活。

【扳七寸 péng-chhit-chhùn】 同扳手心péng-chhiú-sim。七寸chhit-chhùn所指，有人說即指脚底kha-té,有人卻不同意，謂係不雅之物。

【扳手心 péng-chhiú-sim】 翻開手掌。翻底牌hoan-té-pâi。準人講的，家醜不外揚，～～～俾人看每不好chún-lâng-kóng-ê, ka-thiú put-goā-iâng,～～～hō͘-lâng-khoàⁿ mā-m̄-hó⇨如古人所說，家醜不外揚，自翻底牌給外人看，也是不好的(和事老的勸和詞)。家醜ka-thiú⇨家醜ka-chhiú。

【扳內閣 péng-lāi-koh】 倒閣tó-koh。反對黨要～～～hoán-tùi-tóng boeh～～～⇨反對黨要打倒內閣。

【扳白睚 péng-peh-kâiⁿ】 白眼出現。謂失望之相，或死相。俾你去目珠～～～hō͘-lí-khì bak-chiu～～～⇨讓你去失望。目珠扵～～～也bak-chiu teh～～～ā⇨眼睛全白了，快要死了。

【扳坦仆 péng-thán-phak】 翻身伏臥。仆phak亦作蓋khap。反之曰扳坦笑péng-thán-chhiò，正面朝天也。

【扳脚底 péng-kha-té】 同扳手心péng-chhiú-sim。

【扳軥車 péng-kha-chhia】 再次糾纏kiū-tiân以脫責任。您父去合縣長～～～lim-pē khì-kah koān-tiú$^{n}$～～～⇨我往找縣長再次評理。亦作剝軥車pak-kha-chhia，指牛脫去其肩上繫犂或車之道具，俗指牛擔gû-ta$^{n}$等物。

【扳裘仔 péng-hiû-á】 ㊀找出裘。～～～來穿～～～lâi-chhēng⇨同上。㊁換其裏。寒來也，該～～～也koâ$^{n}$-lâi-ā ài～～～ā⇨寒冷期來了，需把裘裏換新了。

【扳過旁 péng-kòe-pêng】 扳旁péng-pêng。翻面hoan-bīn。

【扳蓋笑 péng-khap-chhiò】 一種以硬幣等爲道具的賭博。硬幣有人頭之面爲笑chhiò，其反面爲蓋。投之落地看何面在上，押中爲勝。

【扳輪轉 péng-liàn-tńg】 翻過來hoan-kòe-lâi。～～～看是否～～～khoà$^{n}$-sī-bō·⇨翻過來看看是不是。歸車攏～～～kui-chhia lóng～～～⇨整個車都翻覆了。

【扳生換熟 péng chhe$^{n}$(chhi$^{n}$)-oā$^{n}$-sek】 做事多變換。找出生的(不內行的)來換棄熟(熟手的)。安爾～～～～噢，敢是做事業的人an-ne(ni)～～～～ò, kám-sī chò(chòe)-sū-giap ê lâng⇨如此頻頻改變門路，像一個做事業的人嗎(不像也)。眞恔～～～～做無頭路啦chin gâu～～～～chò(chòe)-bô thâu-lō·-là⇨同上。

【扳來扳去 péng-lâi-péng-khì】 翻來覆去hoan-lâi-hok-khì。老倒俀也唔，講話安爾～～～～lāu-tò-thōe-à-m̄, kóng-ōe an-ne(ni)～～～～⇨老倒俀了，不對嗎，說話如此的翻來覆去。老倒俀lāu-tò-thōe罵老人衰老。俀thōe，弱也。

pèng **柄** 斧柯亦即斧頭柄pó·-thâu-pè$^{n}$也。又本也，權也。德之～tek chi～⇨同上。把～pá～⇨同上。話～oā～⇨ōe-pè$^{n}$。權～koân～⇨同上。

pèng **秉** 禾束也。刈稻盈握爲秉pèng。執也。亦柄也。又古量名。十六斛爲一秉。

【秉公 pèng-kong】 持公平。～～處理～～chhú-lí⇨同上。

【秉性 pèng-sèng】 稟性。～～忠厚～～tiong-hō·⇨同上。

【秉權 pèng-khoân】 執政權。

【秉持公道 pèng-chhī-kong-tō】 按照公平之道行之。

【秉燭夜遊 pèng-chek-iā-iû】 喩及時行樂。夜間點燭火以作遊樂之會也。

pêng **平** 治也。定也。和也。均等也。不高不低曰平pêng。無稀無奇bô-hi-bô-kî亦曰平pêng。天下太～thian-hē thài～⇨同上。番仔拍～也hoan-á phah～ā⇨番亂打平了。寧爲太～狗，莫作亂世民 lêng-ûi thài～káu, bok-chok loān-sè-bîn⇨喩民心思平不思亂。心～氣和sim～khì-hô⇨同上。雲行雨施天下～hûn-hêng-í-si thian-hē～⇨同上。風浪較～也hong-lōng khah～ā⇨風浪較小了。國無～那會進步kok-bô～ná-ē chìn-pō·⇨同上。

【平人 pêng-jîn】 普通之人。無病之人。伊抡食呀，有～～的三人份i-teh-chiah â ū～～ê sa$^{n}$-lâng-hūn⇨他的吃法嘛，夠平人的三人份。

【平凡 pêng-hoân】 平常pêng-siâng。～～無奇～～bû-kî⇨同上。

【平反 pêng-hoán】 脫去冤枉恢復清白。冤獄～～也oan-gak～～ā⇨同上。

【平方 pêng-hong】 平面的正方形。一數的自乘。六尺～～爲一坪，亦即六六三十六～～尺lak-chhioh～～ûi chit-pê$^{n}$(pî$^{n}$), ek-chek lak-lak sa$^{n}$-chap-lak～～chhioh⇨面積一坪的大小。

【平分 pêng-hun】 pê$^{n}$-pun。均分kin-hun。平等分配。您二人去～～好啦lín-nn̄g-lâng khì～～hó lā⇨你們兩個人平分好了。～～秋色～～

chhiu-sek⇨不相上下。

【平日 pêng-ji̍t】 平時pêng-sî。～～都無安怎，曷知那會一下道安爾～～to-bô-an-choá$^{n}$, a̍h-chai ná-ē chi̍t-ē tō an-ne⇨平時皆沒什麼異樣，那知會一下子就如此(死了)。

【平民 pêng-bîn】 庶民sī-bîn。一般的老百姓。～～階級～～kai-kip⇨同上。～～的身分～～ê sin-hūn⇨同上。

【平平 pêng-pêng】 平淡無奇。多以平平也pêng-pêng-ā 的形態用之。做人～～也 chò(chòe)-lâng～～ā⇨評人品。物價～～仔bu̍t-kè～～ā⇨評物價。生活～～仔seng-oa̍h～～ā⇨評生活。成績～～仔sêng-chek～～ā⇨評成績。生理～～仔seng-lí～～ā⇨評生意。謂利不多虧不深，可以維持。

【平生 pêng-seng】 平時。生平seng-pêng。大丈夫處世兮立功名，立功名兮慰～～，慰～～兮我將醉，我將醉兮發狂吟tāi-tiāng-hu chhí-sè-hê li̍p-kong-bêng, li̍p-kong-bêng-hê ùi～～, ùi～～hê gō͘-chiang-chùi, gō͘-chiang-chùi-hê hoat-khong-gîm⇨三國演義(群英會)。

【平安 pêng-an】 無事。～～即是福～～chek-sī-hok⇨同上。一日～～一日仙it-ji̍t～～it-ji̍t-sian⇨一日無事其樂如仙。家內～～報汝知，田園收入有餘資，絲毫不用南中物，好做清官答聖時ke-lāi～～pò-ní-ti, chhân-hn̂g-siu-ji̍p iú-î-chu, si-hô put-iōng lâm-tiong-mi̍h, hó-chò(chòe) chheng-koa$^{n}$ tap-sèng-sî⇨徐母寄子(其子在南中做官)。賢母也。

【平行 pêng-hêng】 ㊀平等。～～文～～bûn⇨同等機關彼此間的來往公文。其文體。～～機關～～ki-koan⇨同上。㊁數學名詞。～～的直線不相交～～ê ti̍t-soà$^{n}$ put-siāng-kau⇨同上。

【平年 pêng-nî】 閏年lūn-nî的對稱。～～三百六十五日～～sa$^{n}$-pah-la̍k-cha̍p-gō͘-ji̍t⇨同上。

【平地 pêng-tē】 pê$^{n}$-tē。～～起風波～～khí-hong-pho⇨無事而生事。

【平均 pêng-kin(kun)】 彼此相等。～～分配～～hun-phòe⇨同上。～～成績～～sêng-chek⇨同上。國民～～收入kok-bîn～～siu-ji̍p⇨同上。每人～～負擔múi-jîn～～hū-tam⇨同上。每月～～開銷múi-goe̍h～～khai-siau⇨同上。每年～～營業額múi-nî～～êng-gia̍p-gia̍h⇨同上。～～地權～～tē-khoân⇨同上。

【平和 pêng-hô】 和平。安定無事。世界～～sè-kài～～⇨同上。～～主義～～chú-gī⇨愛和平的主義。

【平果 pêng-kó】 同苹果phêng-kó。林檎lîm-khîm的異名。

【平定 pêng-tēng】 ㊀亂事歸靜。治安有較～～也tī-an ū-khah～～ā⇨治安較平定較好了。㊁平亂。番仔反，講～～也hoan-á-hoán, kóng～～ā⇨番子亂，據說平定了。

【平原 pêng-goân】 平洋pê$^{n}$-iû$^{n}$。虎落～～被犬欺hó͘-lo̍k～～pī-khián-khi⇨同上。

【平時 pêng-sî】 平生pêng-seng。常時siâng-sî。～～不燒香，急時抱佛脚～～put-sio-hiu$^{n}$, kip-sî phō-hu̍t-kiok⇨同上。～～的生活較利害也，一半擺仔那有要緊～～ê seng-oa̍h khah-lī-hāi ā, chi̍t-poà$^{n}$-pái-á ná-ū-iàu-kín⇨日常生活問題才嚴重了，偶爾一兩次(的意外支出)那裏有問題。

【平素 pêng-sò͘】 平時。～～無往來～～bô-óng-lâi⇨平時沒有彼此問聞。平常時沒有交往。

【平常 pêng-siâng(siông)】 ㊀平生，常時。～～有扲用的物～～ū-teh-iōng ê mi̍h⇨日常在使用的物品。㊁不稀奇。三四十藉嫁眞～～嘛sa$^{n}$-sì-cha̍p chiah-kè chin～～mā⇨三十四十歲才出嫁，那裏有稀奇。不孝子拍老父每眞～～put-hàu-chú phah-lāu-pē mā-chin ～～⇨不孝子打老父也並不稀奇（人倫變了之歎）。

【平等 pêng-téng】 同等。不分上下。自由～～chū-iû～～⇨同上。男女～～lâm-lí～～⇨同上。

【平亂 pêng-loān】 鎮壓叛亂。派兵～～phài-peng～～⇨同上。

【平輩 pêng-pòe】 pê$^{n}$-pòe。輩份相等。逐家～～啦，免更稽考也ta̍k-ke～～là, bián-koh khe-khó-â⇨大家都是平輩，不必再計較了。

【平靜 pêng-chēng】 ㊀環境幽靜。即個所在眞～～chit-ê só·-chāi chin～～⇨此地方很靜。㊁心安。食洿食洨總是該求一個～～chia̍h-khó-chia̍h-kā chóng-sī-ài-kiû-chi̍t-ê～～⇨不論吃得洿或吃得洨，總要求個心安。謂妄求不義之財，終難心安。洿khó，水乾，飯水少者。洨kā，飯水多者。

【平穩 pêng-ún】 平安。安定。生活眞～～seng-oa̍h chin～～⇨同上。

【平權 pêng-khoân】 權利相等。男女～～lâm-lí～～⇨同上。

【平交道 pêng-kau-tō】 鐵路與公路相交之處。

【平糶米 pêng-thiò-bí】 爲平抑米價而出售的政府保有之米。糶～～～tia̍h～～～⇨買入平糶米。

【平上去入 pêng-siāng-khì-ji̍p】 漢字的基本聲調。四聲sù-seng。

【平淡無奇 pêng-tām-bû-kî】 事物平常不稀奇。～～～～的人生，事實是最幸福～～～～ê jîn-seng, sū-si̍t sī chòe-hēng-hok⇨同上。

**朋** pêng 朋友pêng-iú也。黨也。羣也。比也。碩大無～se̍k-tāi-bû～⇨無可比擬之大。

【朋友 pêng-iú】 非親非戚的相交之人。同門曰朋，同志曰友。好～～hó～～⇨同上。逐家攏是～～ta̍k-ke lóng-sī～～⇨大家都是朋友。男～～女～～lâm～～lí(lú)～～⇨同上。

【朋黨 pêng-tóng】 同類之人相結合。政治性的團體。～～論～～lūn⇨論朋黨的文章。應以宋歐陽修爲鼻祖。

【朋比爲奸 pêng-pí-ûi-kan】 互相結託串通爲壞事。

**旁** pêng 在邊曰旁pêng。物兩分之一方曰旁pêng。合成字之右方曰旁pêng。雙～攏是高樓大廈siang～lóng-sī ko-lâu-tāi-hē⇨同上。分做二～pun-chò (chòe) nn̄g～⇨同上。破做雙～phoà-chò (chòe) siang～⇨同上。西瓜偎大～si-koe oá-toā～⇨西瓜破開，人人爭取較大的一方。喻人多趨炎附勢。字～jī～⇨字之一半。左曰偏pian右曰旁pêng。企人～khiā-jîn～⇨漢字之一部首，亦即人。抱心～phō-sim～⇨漢字之一部首，亦即忄，俗曰企心khiā-sim。

**病** pēng 疾也。疾甚曰病pēng。瑕疵hâ-chhû亦曰病pēng。疾～chi̍t～⇨同上。語～gí～⇨同上。

【病入膏肓 pēng-ji̍p-ko-hong】 疾病無法可治。在肓之上，在膏之下，攻之不可，達之不及，藥不至焉，不可爲也。肓hong體中之部位。

【病從口入 pēng-chiông-kháu-ji̍p】 貪飲食爲致病之由。～～～～禍從口出～～～～hō-chiông-kháu-chhut⇨不愼於飲食必致病，不愼言語必招禍。

**並** pēng 倂也。副詞。表示實在或完全，全然的意思。

【並毋 pēng-m̄】 我～～知哩goá～～chai leh⇨我全不知。

【並不 pēng-put】 ～～簡單～～kán-tan⇨～～容易～～iông-ī⇨實在不容易

【並且 pēng-chhiá$^{n}$】 倂且pēng-chhiá$^{n}$。而且。不但共人搶，～～更共人刣死put-tān kā-lâng-chhiú$^{n}$,～～koh kā-lâng thâi-sí⇨不但搶物，而且更殺死了人。

【並立 pēng-li̍p】 同立。三雄～～sam-hiông

～～⇨同上。

【並非 pēng-hui】 ～～咱的人較僫，爭差咱的錢較僫人耳～～lán-ê-lâng khah-bái, cheng-chha lán-ê-chí$^{n}$ khah-bái lâng niâ⇨完全不是我們的人材不夠美貌，差異是在我們的財富較不如人家而已。較僫人khah-bái lâng，人lâng改讀lāng。～～無人買，爭差貨甚慢到位～～bô-lâng-bē(bóe), cheng-chha hòe-siu$^{n}$-bān-kàu-ūi⇨完全不是沒人要(買)，差異在貨品到得太遲。

【並無 pēng-bô】 ～～起官戴，殺死縣堂頂～～khí-koan-tài, sat-sí koān-tn̂g-téng⇨全無奪脫其官帽，就在縣公堂上加以殺死。阿花～～講無愜意，驚做是邊仔人講的亦無的確a-hoe～～kóng bô-kah-ì, kia$^{n}$-chò pi$^{n}$-á-lâng-kóng-ê a̍h-bô-tek-khak⇨阿花她完全沒說她不中意，恐怕是旁邊的人說的也說不定。

【並蒂 pēng-tī】 ～～蓮～～liân⇨同上。花開～～枝生連理hoa-khai～～ki-seng-liân-lí⇨同上。

【並頌大安 pēng-siōng-tāi-an】 信札的祝頌詞。並頌pēng-siōng同併頌pēng-siōng。又頌siōng亦可作祝chiok，祈kî，候hāu等，視對方身分而定。

【並駕齊驅 pēng-kà-chê-khu】 彼此併排同進。亦即力量不相上下。但與翼德～～～～不若髯公之絕倫也tān-í io̍k-tek～～～～put-jia̍k jiám-kong chi choa̍t-lûn-ià⇨三國演義孔明蓋關公之詞(大意如此)。

pēng **併** 合也。並也。相合爲并pēng，相對爲拼pēng。今已混合不分。棄并而單用拼pēng，省作併。合～ha̍p～⇨複數合爲單數。兩國～～liáng-kok～～⇨同上。～～辦理～～pān-lí⇨同上。

【併合 pēng-ha̍p】 合併ha̍p-pēng。～～辦理～～pān-lí⇨同上。～～犯～～hoān⇨法律用詞。數罪合判。

【併吞 pēng-thun】 兼吞kiam-thun。

【併湊 pēng-tàu】 合組。烏白～～的機器o·-pe̍h～～ê ke-khì⇨胡亂集合湊成的機器。

【併科罰金 pēng-kho-hoa̍t-kim】 法律名詞。徒刑或拘役之外，加以罰金。

【併案辦理 pēng-àn-pān-lí】 公務人員用詞，兩案以上的案件合併爲一案同時辦理之。

## pi

pi **卑** 賤也。低也。衰微也。登高必自～，行遠必自邇teng-ko pit chū～, hêng-oán pit chū-ní⇨同上。自～感chū～kám⇨自以爲事事不如人的感覺。

【卑鄙 pi-phí】 卑賤鄙陋pi-chiān-phí-lō·。～～小人～～siáu-jîn⇨同上。先帝不以臣～～，猥自枉屈，三顧臣於草廬之中，諮臣以當世之事，由是感激，遂許先帝以驅馳sian-tè put-í sin～～, úi-chū óng-khut, sam-kò· sîn î chhó-lô·(lû)-chi-tiong, chu-sin í tong-sè-chi-su, iû-sī kám-ke̍k, sūi-hí sian-tè í khi-tî⇨出師表。

【卑賤 pi-chiān】 低微。下賤。出身～～chhut-sin～～⇨身分背景很低賤。

【卑職 pi-chit】 官員對上級自稱。～～不敢～～put-kám⇨下級官對上級主管的說詞，充份表現卑躬的情態。

pi **陂** 阪也。澤障也。沼澤，池塘，防堤等皆曰陂pi。俗作埤pi。乾～ta～⇨乾涸池。洞～khó～⇨洞魚池khó-hî-tî。蓮花～liân-hoe～⇨蓮花池。

【陂仔 pi-á】 池塘的通稱。～～崩幾仔位～～pang kui-a-ūi⇨池塘有若干處崩毀。同埤仔pi-á。

【陂池 pi-tî】 蓄水之處。蓄水池。

【陂烏 pi-o·】 池塘養的烏魚。埤烏pi-o·。

【陂頭 pi-thâu】 用水路的上游。埤頭pi-thâu。～～崩一缺～～pang-chıt-khiah⇨埤頭崩一缺口khoat-kháu。

pi
# 埤
增也。低墻也。俗用同陂pi。

【埤圳 pi-chùn】 農田的灌溉用水路。圳chùn，甽khián(chùn)之俗字。甽khián同畎khián，田中溝也。

pi
# 裨
接益也。補也。

【裨益 pi-ek】 助益。有益。～～於社會～～î siā-hōe⇨於社會有益。

【裨補 pi-pó͘】 有所補益。宮中之事，事無大小，悉以咨之，然後施行，必能～～闕漏，有所廣益也kiong-tiong-chi-sū, sū-bû tāi-siáu, sek-í chu-chi, jiân-hō͘ si-hêng, pit-lêng～～khoat-lō͘, iú-só͘ kóng-ek-iā⇨出師表。虎人都無～～hó͘-lâng to bô～～⇨吃人也無効(無助益)。虎hó͘，大欺小也。無～～bô～～⇨無效bô-hāu，無採工bô-chhái-kang。

pi
# 碑
豎石也。豎～sū～⇨立～lıp～⇨企～khiā～⇨建立碑石。李陵～lí-lêng～⇨李陵紀念碑。曹蛾～chô-ngô͘～⇨同上。紀念～kī-liām～⇨同上。都是石～to-sī chioh～⇨皆石碑也。有口皆～iú-kháu-kai～⇨同上。刻～khek～⇨同上。

【碑文 pi-bûn】 碑上所刻之文字。

【碑亭 pi-têng】 有石碑之享。

pi
# 悲
痛也。思念也。心傷～sim-siong～⇨同上。苦傷～khó͘-siong～⇨同上。樂極生～lok-kek-seng～⇨同上。兔死孤～thò͘-sí-hô͘～⇨同類相憐。聞道長安似奕棋，百年世事不勝～bûn-tō tiāng-ang sū ek-kî, pek-liân sè-sū put-sìn～⇨杜甫。浮雲日千里，安知我心～phû-hûn jıt-chhian-lí, an-ti gó͘-sim～⇨李陵。

【悲泣 pi-khip】 哀傷而哭泣。臨表～～lîm-piáu～～⇨同上。

【悲哀 pi-ai】 悲傷而哀痛。散人的～～sàn-lâng ê～～⇨窮人的悲哀。

【悲痛 pi-thòng】 又可悲又痛心。～～的經驗～～ê keng-giām⇨同上。

【悲傷 pi-siang(siong)】 傷心siong-sin。人講人死不能復生，～～是難免的lâng-kóng jîn-sú put-lêng hok-seng, ～～sī lân-bián-ê⇨同上。

【悲慘 pi-chhám】 又悽慘chhi-chhám又可悲。太～～了thài～～lō͘⇨同上。

【悲劇 pi-kek】 ㊀悲慘的戲劇hì-kek。㊁悲慘的事件。～～都發生也，亦無法度挽回也～～to hoat-seng-ā, ah bô-hoat-tō͘ bán-hôe-ā⇨悲劇已經發生了，也沒法子挽回了。

【悲歎 pi-thàn】 悲哀而歎息。曷使得～～ah-sái teh～～⇨何必悲歎。

【悲歡 pi-hoan】 悲傷歡樂的。人生的～～離合jîn-seng ê～～lī-hap⇨同上。

【悲觀 pi-koan】 ㊀失望sit-bōng。不免～～啦m̄-bián～～lā⇨不要失望。㊁以人生不快樂。～～派的～～phāi-ê⇨同上。樂觀lok-koan的對稱。著啦，道是樂觀的先到，～～的猶於尻川後不tioh-lā, tō-sī lok-koan ê seng-kāu, ～～ê iáu-tī kha-chhng-āu m̄⇨對呀，就是樂觀先來了，悲觀還在後頭嘛，不對嗎。

【悲天憫人 pi-thian-bín-jîn】 傷時憂世siang-sî-iu-sè。～～～～的心情～～～～ê sim-chêng⇨同上。

【悲喜交集 pi-hí-kau-chip】 可悲可喜的情景先後而來。

【悲歡離合 pi-hoan-lī-hap】 人生的悲哀、歡樂、別離、會合。人有～～～～，月有陰晴圓缺jîn-iú～～～～, goat-iú im-chêng-oân-khoat⇨同上。

pi
# 蓖
蓖麻pi-moâ也。一種植物。其子可取油曰蓖麻油pi-moâ-iû。據說是很好的潤滑油。

**pi 啡** 小笛聲。小笛亦曰啡仔pi-á或啡啡仔pi-pi-á。咖～ka～⇨coffee。

**pí 匕** 取飯者即飯匙pn̄g-sî也。匕出左爲七hoà，在內爲匕pí。

【匕首 pí-siú】 短劍。其首如匕，便於使用也。

**pí 比** 比擬也。兩相較量曰比pí。近也。密列亦曰比pí。無以倫～bû-í-lûn～⇨同上。三年一大～sam-liân it-tāi～⇨三年有一次大考。舊知隣～kiū-ti-lîn～⇨隣居的老友。大廈高樓齒列櫛～tāi-hā-ko-lâu kí-liat-chiat～⇨同上。阮合您未～得goán-kah-lín bē(bōe)～tit⇨我家和你家比不得。咱合個無～lán-kah-in bô～⇨我們(我家)和他們(他家)無法比擬(千萬比不上)。曷會～得ah-ē～tit⇨何能比較呢。無～的感激bû～ê kám-kek⇨無上的感激。將心～心chiāng-sim～sim⇨同上。將天～地chiāng-thiⁿ～tē⇨同上。卵鳥～鷄腿lān-chiáu～ke-thúi⇨陽物比擬於鷄之大股肉。比擬不倫不類put-lûn-put-lūi的粗語。

【比干 pí-kan】 古忠臣。龍逢～～liông-hông～～⇨皆古名臣。

【比止 pí-chí】 比方之所止。比不盡pí-put-chīn⇨無法可比。媠僫無～～愜意較慘死súi-bái bô～～kah-ì khah-chhám-sí⇨美醜無法比較，只要中意了較死還嚴重。謂男女之間不在美醜而在中意不中意也。

【比手 pí-chhiú】 以手勢傳話。手語。端仔看伊扲～～耳kan-nā khoàⁿ-i teh～～niâ⇨只是看見他在比手作勢而已(不聞其聲不明其意)。～～畫刀～～ōe-to⇨手語。～～瞬目～～nih-bak⇨以手與目示意。

【比方 pí-hng】 譬喻phì-jū。假設ké-siat。～～我是您老爸～～goá sī lín-lāu-pē⇨同上。～～你是賊仔你要講否～～lí sī chhat-á lí-boeh-kóng-bò⇨設使賊就是你，你要說出來嗎。

【比比 pí-pí】 ㈠每每múi-múi。處處chhì-chhì。～～皆是～～kái-sī⇨到處都有。很多很多。㈡相比。～～看扲～～khoàⁿ-leh⇨比較看看。

【比如 pí-jî(jû)】 比方pí-hng。比喻phí-jû。～～人啦，無食敢會用得～～lâng-lā, bô-chiah kám-ē-iōng-tit⇨譬喻人類，不吃飯可以嗎。～～你嘛，借錢無還，你歡迎嗎～～lí mā, chioh-chîⁿ bô-hêng, lí hoan-gêng-mā⇨比方是你，借錢不還給你，你歡迎他嗎。

【比武 pí-bú】 武術比賽。鬪武tàu-bú。你敢合伊～～否lí-káⁿ kah-i～～bò⇨你有膽量和他鬪武力嗎。

【比肩 pí-kian】 並肩pēng-kian。～～夫妻～～hu-chhe⇨相偕相愛的夫妻。亦曰～～人～～jîn。

【比例 pí-lē】 ㈠舉出前例。用～～來講較快iōng～～lâi-kóng khah-khoài⇨以例來說明較容易。㈡數學名詞。～～算～～soàn⇨比例的算法。～～代表制～～tāi-piáu-chè⇨同上。～～尺～～chhioh⇨製圖用的尺。

【比並 pí-phēng】 ㈠比較pí-kàu。並立。做人合人無～～chò(chòe)-lâng kah-lâng bô～～⇨爲人與他人無法相比較(樣樣不如人)。像你即款的要安怎合人～～chhiūⁿ-lí chit-khoán-ê boeh-an-choáⁿ kah-lâng～～⇨如你這樣子的何以與他人相比並立呢。㈡譬喻phì-jû。你共您爸～～做狗了lí kā lín-pē～～chò(chòe)-káu-lò⇨你把我譬喻爲犬了。相～～siō(saⁿ)～～⇨互相比較。

【比重 pí-tiōng】 物理學名詞。物體與水的重量比數。黃金的～～是19.3，松樹的～～是0.5n̂g-kim ê～～sī chap-káu tiám saⁿ，siông-chhiū ê～～sī khòng tiám gō⇨同上。

【比差 pí-chhe】 懲罰受差人員。古時的捕吏(今之刑警)如果限期拘捕疑犯不著，即遭受打屁股之罰。大人～～眞嚴tāi-jîn～～chin-giâm⇨同上。

【比追 pí-tui】 官府迫打差人以追回賊贓。

官府～～眞嚴koaⁿ-hú～～chin-giâm⇨同上。

【比接 pí-chiap】 交涉kau-siap。接頭chiap-thâu。有抬～～也ū-teh～～à⇨在交涉中了。

【比掠 pí-liah】 以指伸直約之。～～看抬道知也～～khoàⁿ-leh tō-chai-ā⇨以手約之就可知(長短)了。掠liah或應作略liah，以手指約之也。

【比連 pí-liân】 相連siō(sāⁿ)-liân。個的厝攏相～～抬in-ê-chhù lóng siō(sāⁿ)～～leh⇨他們的住家皆彼此爲隣的。

【比率 pí-lut】 數學名詞。兩數相比所得之値。用百分法表記。

【比得 pí-tit】 可以比。未～～bē(bōe)～～⇨比不得。一時未～～一時chit-sî bē(bōe)～～chit-sî⇨此時比不得那時(時過境遷sî-kò-kéng-chhian了)。

【比喻 pí-jū】 以事物爲喻。以行路～～人生í kiâⁿ-lō～～jîn-seng⇨同上。以猛虎～～惡政í béng-hó～～ok-chèng⇨同上。

【比照 pí-chiàu】 ㊀對照。～～看抬道知影～～khoàⁿ leh tō chai-iáⁿ⇨對照一下道知導。㊁按照。別人還仔會使得～～辦理pat-lâng oân-à ē-sái-tit～～pān-lí⇨他人還是可以按照(同法)辦理。還也oân-à→oân-nā，還是。也是。

【比試 pí-chhì】 比pí。較高低強弱。你興道來～～一下lí hèng tō-lâi～～chit-ē⇨你如果那麼興事(好惹事)就來試一試(鬪一鬪)罷。

【比較 pí-kàu】 彼此對比。相比。稍微。～～合算～～hap-sǹg⇨較合算。安爾～～較有利an-ne(ni)～～khah iú-lī⇨如此較有利。損害～～較輕sún-hāi～～khah-khin⇨損失稍爲輕微。個後生～～較有量in-hāu-seⁿ(siⁿ)～～khah ū-liāng(liōng)⇨他兒子反而稍微有度量。～～研究～～gián-kiù⇨做學問的一種方法。～～心理學～～sim-lí-hak⇨同上。

【比勢 pí-sè】 作架勢chok-kè-sè。～～要拍人～～boeh-phah-lâng⇨做架勢要打人。

【比對 pí-tùi】 比較pí-kàu。無抬～～bô-teh～～⇨不作比較。不在比較。

【比樣 pí-iūⁿ】 決定樣本。亦曰比辨pí-pān。～～藉做的～～chiah-chò-ê⇨同上。

【比隣 pí-lîn】 隣右。信知生男惡，反是生女好，生女猶得嫁～～，生男埋沒隨百草sìn-ti seng-lâm-ok, hoán sī seng-lí(lú)-hó, seng-lí iû-tek-kè～～, seng-lâm bâi-but sûi-pek-chhó⇨杜甫。

【比薩 pí-sat】 Pisa。意大利的名古蹟。～～斜塔～～siâ-thah⇨同上。

【比臟 pí-chng】 官府以追打追回賊贓。未過得～～太嚴抬，臟物一件一件都趖出來也bē-kōe-tit～～thài-giâm-leh chōng-but chit-kiāⁿ-chit-kiāⁿ to sô-chhut-lâi-à⇨怪不得追拷太嚴了，贓物一件又一件地都追出來了。趖sô，蛇行曰趖sô。

【比丘尼 pí-khu-nî】 女尼。出家受戒曰比丘pí-khu。乞食以修道或資身的意思。

【比目魚 pí-bak-hî】 魚名。枋仔魚pang-á-hî。

【比未盡 pí-bē-chīn】 無法盡比。人講人比人，氣死人，實在是～～～的lâng-kóng lâng-pí-lâng, khì-sí-lâng, sit-chāi sī～～～ê⇨同上。

【比利時 pí-lī-sî】 Belgium，國名。在歐洲德國之西法國之北。爲一永久中立國。

【比上不足 pí-siāng-put-chiok】 ～～～～比下有餘～～～～pí-hā-iú-î⇨謂上有更上者，下有更下者，事物無法相比。

【比長論短 pí-tn̂g-lūn-té(tóe)】 好言是非。歸日～～～～評四講三，攏每抬講人的是非kui-jit～～～～phêng-sì-kóng-saⁿ, lóng māteh-kóng lâng-ê sī-hui⇨整日比長論短評三講四，皆在說別人的是非。

pí **彼** 他也。此之對也。在己不在～chāi-kí-put-chāi～⇨同上。～丈夫也，我丈夫也，我何畏～哉～tiāng-hu-ià, gó͘-tiāng-hu-ià, gó͘-hô-ūi～chāi⇨同上。在～不在此chāi-～put-chāi-chhú⇨同上。

【**彼方** pí-hong】 他們。他們那一方。～～的責任～～ê chek-jīm⇨同上。

【**彼我** pí-gó͘】 敵我，他與我。～～雙方～～siang-hong⇨同上。～～對立～～tùi-li̍p⇨同上。

【**彼岸** pí-gān】 梵語波羅po-lô的譯詞。亦即正果chèng-kó的世界。佛家以人活在塵世生死之界。渡過中流的煩惱惑業之苦，而證正果，謂之彼岸pí-gān。亦即進入正果之極樂世界也。

【**彼得** pí-tek】 Peter，西方人名。聖～～St. Peter⇨①耶穌iâ-so͘的十二門徒之一。②俄帝之名。

【**彼蒼** pí-chhong】 ～～者天也～～chià thian-ià⇨同上。～～者天，曷其有極～～chià thian, ha̍t-kî iú-ke̍k⇨同上。

【**彼得格勒** pí-tek-kek-le̍k】 Petrograd。蘇聯古地名。今叫列寧格勒Leninggrad。

pì **庇** 蔭ìm也。神佛之保護曰保～pó～。有食道有行氣，有燒香道有保～ū-chia̍h tō-ū-kiâ$^{n}$-khì, ū-sio-hiu$^{n}$ tō ū-pó～⇨食則有效，拜必有功。食chia̍h，官員收取賄賂曰食chia̍h，曰食錢chia̍h-chî$^{n}$。

【**庇佑** pì-iū】 神佛的保護賜惠。求神明～～kiû-sîn-bêng～～⇨同上。

【**庇蔭** pì-ìm】 加護賜惠。望你～～bāng-lí～～⇨同上。

pì **贔** 贔屓pì-hù也。作力之貌。巨靈～～kī-lêng～～⇨龍生九子，各有所好，一曰贔屓pì-hù，好負重，今碑下趺是也。亦作贔屭pì-hù。或曰應作奰眉pì-kù。皆怒而作氣之貌。

【**贔力** pì-la̍t】 出盡大力強忍支持。亦即贔屓作力pì-hù-chok-le̍k之義也。亦即拼命拼力勉力支持也。俗作秘力pì-la̍t非也。您逐個呀，該～～了，無～～是會倒噢lín ta̍k-ê-à, ài～～lò͘, bô～～sī ē(ōe)-tó-o͘⇨諸位呀，要拼命拼力了，否則會倒閉了。無～～是會行去bô～～sī ē(ōe)-kiâ$^{n}$-khì⇨不拼命拼力支持是可能，完蛋的。行去kiâ$^{n}$-khì，完蛋，行去也kiâ$^{n}$-khì-à，完了，完蛋了。

pì **屓** 屓贔pì-pì，龜屬。有力貌，今碑趺象之，與贔屓pì-pì，屓屭並同。屓力 pì-la̍t亦作贔力pì-lat。總之石碑下或大柱下所見之似龜非龜，似獸非獸之怪物是也。

pì **賁** 賁臨pì-lîm，尊貴者的來臨也。→hùi-lîm。

pì **秘** 祕pì俗作秘pì。神也。不可測知也。密也。不宜露也。神～sîn～⇨同上。人有隱～之權jîn-iú ún-～ chi koân⇨同上。軍～kun～⇨軍事秘密之省詞。極～ke̍k～⇨極度秘密的省詞。

【**秘方** pì-hng】 秘密的藥方。祖傳的～～chó͘-thoân ê～～⇨同上。

【**秘書** pì-si(su)】 辦理文書人員。三不等字號的～～sam-put-téng-jī-hō ê～～⇨很多很多貨色的秘書人員。機要～～ki-iàu～～⇨承辦主管之私人事務。大多屬紅人。主任～～chú-jīm～～⇨同上。～～長～～tiú$^{n}$⇨同上。～～室～～sek⇨民意機關的事務員。～～官～～koa$^{n}$⇨秘書多有官階。

【**秘密** pì-bi̍t】 隱秘不露。～～會議～～hōe-gī⇨同上。～～連絡～～liân-lo̍k⇨同上。～～計畫～～kè-ōe⇨同上。～～暴露～～po̍k-lō͘⇨同上。～～武器～～bú-khì⇨同上。

【**秘訣** pì-koat】 ㊀無人知的方法。秘密的方法。讀册無～～啦，拼一字耳啦tha̍k-chheh bô～～lâ, pià$^{n}$ chi̍t-jī-niā-lâ⇨讀書沒秘訣，只有拼一字而已。㊁性反常情頑固。阿竹彼個人眞～～a-tek hi̍t-ê-lâng chin～～⇨阿竹那家貨很頑固。

【秘羞 pì-sû】 畏人ùi-lâng。性內向怕見人也。阿金仔較～～，阿花仔道較佻a-kim-a khah ～～a-hoe-a tō khah-chhiáu⇨阿金較內向，阿花就較活潑。佻chhiáu，輕佻浮薄kheng-thiau-phû-pok也。

【秘結 pì-kiat】 便秘piān-pì。便結粒不下。不知是安怎煞～～扲m̄-chai sī an-choáⁿ soah ～～lè⇨不知何故竟秘結了。

【秘傳 pì-thoân】 秘密傳授。～～的功夫～～ê kang-hu⇨同上。～～的弟子～～ê tē-chú⇨同上。

【秘魯 pì-ló͘】 Peru，國名，在南美洲西部。

【秘藏 pì-chông】 隱藏ún-chông。阿公～～的珍書古物a-kong～～ê tin-si-kó͘-but⇨祖父秘藏的珍書古物。

【秘戲圖 pì-hì-tô͘】 淫褻îm-siat之圖。春宮chhun-kiong。春册chhun-chheh。

pì
閉 合門也。關門也。事之終止曰閉pì。關～koaiⁿ～⇨閉門。休業。停業。

【閉門 pì-bûn】 關門koaiⁿ-mn̂g。～～推出窗前月，拋石擊破水中天～～chhui-chhut chhong-chiân-goat, phau-sek kek-phò súi-tiong-thian⇨今古奇觀，蘇小妹難新郎。～～造車～～chō-chhia⇨同上。

【閉會 pì-hōe】 會之終止。六點～～lak-tiám～～⇨同上。

【閉幕 pì-mō͘】 會等之終止。～～典禮～～tián-lé⇨同上。

【閉路電視 pì-lō͘-tiān-sī】 一種特殊的有線電視。

pì
痺 麻bâ也。麻痺bâ-pì也。神經系統之病也。四肢或部份麻木不仁，失去感覺之病。脚～kha～⇨同上。手～chhiú～⇨同上。小兒麻～症sió-jî bâ-～chèng⇨①小兒病名。②喻陽不舉。坐歸日尻川攏～也chē-kui-jit kha-chhng lóng～ā⇨靜坐整天，屁股都麻木了。

【痺痺 pì-pì】 痺pì。麻木mâ-bok。感覺著～～kám-kak-tioh～～⇨有痺痺的感覺。

pì
嬖 愛幸也。褻近女色也。大王～之tāi-ông～chi⇨大王(見美女而)愛幸之。→phì。

【嬖妾 pì-chhiap】 寵幸之小老婆。愛妾ài-chhiap。

【嬖幸 pì-hēng】 大王愛美女。獲大王的～～hek-tāi-ông ê～～⇨得到大王的褻近寵愛。

pì
臂 自肩以下，掌以上曰臂pì。人～jîn～⇨同上。猿～oân～⇨同上。一～之力it～chi-lek⇨謂以一手之力助人。

【臂力 pì-lek】 手臂之力。～～眞大～～chin-toā⇨同上。

【臂助 pì-chō͘】 助人chō͘-jîn。幫助幫忙pang-chō͘-pang-bâng。助以一臂之力。

【臂膊 pì-phok】 手肢。上肢之近肩胛部分曰上膊siāng-phok，近掌部分曰下膊hē-phok。俗即統稱爲臂膊pì-phok。膊phok，肩頭keng-thâu，亦即肩胛頭keng-kah-thâu也。

pì
泌 泉流貌。泉水也。流質物由細孔滲透而出曰泌pì。強迫出汁亦曰泌pì。分～hun～⇨生理學名詞。指人體內各腺排出液汁。有內分～lāi-hun～與外分～goā-hun～之兩種。

【泌泔 pì-ám】 強取粥汁。～～飮看會落去否～～lim-khoàⁿ-ē-loh-khì-bō͘⇨取泔飮看看能否喝下去。泔ám，飯汁粥汁也。

【泌尿器官 pì-jiō-khì-koan】 生理學名詞。分泌尿水之各器官。有腎臟 sīn-chōng，膀胱phōng-kong，輸尿管su-jiō-kńg，尿道jiō-tō等是也。

pì
轡 御馬gī-má之索也。

pì
媲 配phòe也。猶並phēng也。比也。

【媲美 pì-bí】 比美pí-bí。並美pēng-bí。同樣的美麗。

pî
脾 內分泌腺之一。脾臟pî-chōng也。開～khui～⇨增進食慾。暢～thiòng～⇨非常的歡喜。大笑～toā-chhiò～⇨大笑特笑不停。利水更開～lī-súi koh khui～⇨又利通小便又增進食慾。即味眞合着我的～chit-bī chin-hah-tioh goá-ê～⇨此味(食物)很符合我的脾口。

【脾土 pî-thó】 胃ūi。食慾sit-iok。～～好～～hó⇨胃好，有食慾。～～勇～～ióng⇨胃強壯，食慾強，消化快。～～未開～～bē(bōe)-khui⇨食慾不振。心涼～～開sim-liâng～～khui⇨心情爽快，食慾大振。

【脾胃 pî-ūi】 脾與胃。消化器官。～～猶未開～～á-bōe-khui⇨食慾還未回復。開～～khui～～⇨增進食慾。

【脾疳 pî-kam】 病名。疳之生於脾者。亦即脾臟腫大之症，或謂即腹膜結核。

【脾痛 pî-thiàn】 腹部痛。或曰即胃痙攣ūi-keng-loân。

【脾臟 pî-chōng】 生理學名詞。內分泌腺之一。其分泌物能促進骨髓造血等，作用尚未十分清楚。

**枇** pî 枇杷pî-pê也。果樹。又香蕉一樹結一果俗曰一弓chit-kiong。一弓有若干枇pî，一枇有若干子jí，俗作只jí。亦即若干只jí成一枇pî，若干枇pî成一弓kiong。

**琵** pî 琵琶pî-pê也。樂器名。千呼萬喚始出來，猶抱～～半遮面chhian-hō bān-hoàn sí-chhut-lâi, iû-phō～～poàn-jia-biān⇨長恨歌。好～～吊上壁hó～～tiàu-chiūn-piah⇨好的琵琶吊於壁上。喻優秀人材被閑置而不用。

**被** pī 介詞。用以表示被動。又覆也，蓋也。帝德廣～tè-tek kóng～⇨同上。～奸所害～kan só-hāi⇨爲奸臣所陷害。人善～人欺，馬善～人騎jîn-siān～jîn-khi, má-siān～jîn-khî⇨同上。～賊偷～chhat-thau⇨著賊偷tioh-chhat-thau。被賊徒侵入家中偷物也。原差～差來人不差goân-chha～chha lâi-jîn put-chha⇨謂你們原告有差錯，或者被告有差錯你們自理，我們辦差chhe的人沒有差錯(所以應受禮遇，酒肉鴉片等等，欠一不可)。古衙役gê-iah對訴訟兩造的態度也。

【被告 pī-kò】 法律名詞。～～在逃～～chāi-tô⇨被告在逃走中。

【被迫 pī-pek】 受到強力壓迫。～～無奈～～bû-nāi⇨同上。

【被害 pī-hāi】 ㊀被人所殺。在任上～～chāi-jīm-siāng～～⇨在任職中被殺死。㊁所受損害。～～的程度輕微～～ê thêng-tō kheng-bî⇨同上。

【被貶 pī-pián】 官位遭到降謫kàng-tek。誤把翁仲作仲翁，～～蘇州作判通gō-pá ong-tiōng chok tiōng-ong, ～～so-chiu chok phoàn-thong⇨同上。

【被擒 pī-khîm】 被捕pī-pó。被官府捕獲pī-koan-hú pó-hek。

**避** pī 廻避也。隱遁ún-tūn也。閃開siám-khui曰避pī。退而讓之亦曰避pī。伊歹做伊歹，咱較～扴道可也i-pháin-chò-i-pháin, lán khah～leh tō-hó-à⇨他兇由他去兇，我們廻避廻避一點，就可以了。人是～你，不是怕你，你該知衰呀lâng-sī～lí, m̄-sī phàn-lí, lí-ài chai-soe-a⇨大家是閃開你的，並不是怕你的，你應該自知倒霉呀。不當更～伊也，愈～伊愈好款m̄-thang koh～i-à, ná～i-ná hó-khoán⇨不可再避讓他了，越避，他越壞。好款hó-khoán，原義爲好的樣子。但是多以驕生慣養而胡爲亂來的樣子爲好款hó-khoán。

【避世 pī-sè】 隱遁ún-tūn。～～山林～～san-lîm⇨同上。

【避風 pī-hong】 閃風siám-hong。入港～～jip-káng～～⇨同上。～～港～～káng⇨同上。

【避秦 pī-chîn】 逃避秦的暴政。～～桃源～～thô-goân⇨同上。

【避嫌 pī-hiâm】 君子防未然，不處嫌疑間，瓜田不納履，李下不整冠kun-chú hong bī-jiân,

put-chhī hiâm-gî-kan, koa-tiân put-la̍p-lí, lí-hē put-chéng-koan⇨避嫌也。

【**避亂** pī-loān】 避難pī-lān。走難cháu-lān。

【**避暑** pī-sí(sú)】 閃避夏熱的天氣。～～山莊～～san-chong⇨同上。

【**避諱** pī-hùi】 古代之禮法，爲尊者諱，爲親者諱，爲賢者諱也。亦即不使用其名，不言其名也。貴抵貴犯聖諱kùi túkùi hoān sèng-hùi⇨謂兩貴相逢，下貴應改名～～也。

【**避難** pī-lān】 逃離災難。扶老携幼，相偕～～hû-ló-hê-iù, siāng-kai～～⇨同上。

【**避雷針** pī-lûi-chiam】 防止落雷損害房屋的一種設備。

**俾** pī 使也。～知～ti⇨使其知之。～得～tek⇨使其得之。此義已爲俗字乎所取代矣。

**婢** pī 女之卑者也。從事操作爲人服務的女人。男奴女～lâm-nô-lí～⇨男曰奴女曰婢。嫺～kán～⇨女婢lí-pī。呼奴喚～的生活hō͘-lô͘-hoàn～ê seng-oa̍h⇨同上。

【**婢美妾嬌** pī-bí-chhiap-kiau】 美婢嬌妾bí-pī-kiau-chhiap。～～～～非閨門之福～～～～hui kui-bûn chi hok⇨謂女婢美麗，小妾嬌艷並不是人生的福氣(可能因而致禍)。

【**婢學夫人** pī-ha̍k-hu-jîn】 婢學作夫人，不十分逼真。

**備** pī 愼也。預也。完具曰備pī。有～無患iú～bû-hoān⇨同上。預～乃謹愼也î～nái kín-sīn-iā⇨同上。準～chún～⇨同上。設～siat～⇨同上。常～兵siâng～peng⇨同上。後～軍人hō͘(hiō)～kun-jîn。萬事齊～，只欠東風bān-sū chê～, chí-khiàm tong-hong⇨三國演義的故事。

【**備文** pī-bûn】 ㊀準備文件。～～呈請～～thêng-chhéng⇨同上。㊁空條文。不過～～而已put-kò～～jî-í⇨只是空條文而已(沒有執行)。

【**備考** pī-khó】 預備作參考。～～欄～～lân⇨表格中的特別欄。

【**備查** pī-cha(chhâ)】 公文書用詞。備查的文件即可歸檔。

【**備案** pī-àn】 登記備查的案件。於官廳有～～也tī koa$^{n}$-thia$^{n}$ ū～～â⇨於政府機關中備案了。

【**備辦** pī-pān】 準備。預爲辦理。～～酒席款待人客～～chiú-se̍k khoán-thāi lâng-kheh⇨同上。請逐家～～心來祈禱chhiá$^{n}$-ta̍k-ke～～sim lâi kî-tó⇨牧師請信徒們誠心禱告。

【**備忘錄** pī-bōng-lo̍k】 記載言語行事以免忘却的簿册。

【**備取生** pī-chhí(chhú)-seng】 補行錄取的學生(未必能獲錄取)。以～～～考入外文系道算佼也呢í～～～khó-ji̍p goā-bûn-hē tō-sǹg gâu-ā-neh⇨以備取生進入外文系就算是優秀的了。

## pi$^{n}$

**邊** pi$^{n}$ 畔也。地之境界，物之四周皆曰邊pi$^{n}$。天～海角thi$^{n}$～hái-kak⇨同上。海～山～hái～soa$^{n}$～⇨同上。溪～河～khe～hô～江～kang～⇨同上。田～園～chhân～hn̂g～⇨同上。耳～hī$^{n}$～⇨同上。路～野花君莫採，帶念家中一枝梅lō͘～iá-hoa kun-bo̍k-chhái, tài-liām ka-tiong it-ki-bôe(mûi)⇨歌謠。千金買厝宅，萬金買厝～chhian-kim bé(bóe)-chhù-the̍h,bān-kim bé(bóe) chhù～⇨俗語。生的且一～，飼的較大天se$^{n}$-ê chhiá$^{n}$-chi̍t～, chhī-ê khah-toā-thi$^{n}$⇨俗語，謂生身父母暫且不提，養育的父母其恩大如天。飼的chhī-ê，養育iáng-io̍k。亦曰養的iú$^{n}$ ê。佝囡仔～thīn-gín-á～⇨①助子爲虐。②大人與孩童做對頭。

【**邊仔** pi$^{n}$-á】 旁邊pâng-pian。囡仔人企～

～gín-á-lâng khiā～～⇨小孩子站依旁邊(勿開口)。～～人抄講～～lâng teh kóng⇨旁邊之人在批評。彼旁～～hit-pêng～～⇨彼邊。即旁～～chit-pêng～～⇨此邊。雙旁～～siang-pêng～～⇨兩側。旁亦作並pêng。一分爲二曰並pêng。兩方同樣亦曰並pêng。～～角～～kak⇨偏隅phian-gî(gû)。～～頭～～thâu⇨旁邊pâng-pian。罔去了，該去～～頭偷笑了bóng-khì(khù)-lò͘, ài-khì(khù)～～thâu thau-chhiò-lò͘⇨過得去了，(你)應該到旁邊去笑一笑了，亦即你應該滿足了。

**pi$^n$ 鞭** 馬箠bé-chhôe也。趕馬之箠chhôe也。以鞭狀物打之亦曰鞭pi$^n$。馬～bé～⇨同上。連～liân(liâm)～⇨連箠趕馬。喻快，立即。連～來liân～lâi⇨很快或立刻就來。馬～～馬bé～～bé⇨馬鞭打馬。用煙吹頭～頭殼iōng-hun-chhoe-thâu～thâu-khak⇨以煙吹打人之頭。一下道～來chi̍t-ē tō～lâi⇨一下子就(以鞭狀物)打下來。～一下給你好耳～chi̍t-ē hō͘-lí hó niâ⇨最好是鞭打你一下，你罪該打一下。

**pi$^n$ 攀** 攀pe$^n$也(見pe$^n$部)。

**pí$^n$ 扁** 不正圓之形也。物濶而薄曰扁。不知圓也～m̄-chai î$^n$-à～⇨不知其圓形或扁平。不知事之眞相。嘴～chhùi～⇨嘴硬chhùi-nge̍h之反。嘴軟chhùi-nńg。不敢再說話。圓人會～，～人會圓î$^n$-lâng ē(ōe)～,～lâng ē(ōe)-î$^n$⇨圓者可以成扁，扁者可以成圓。喻富者會貧，貧者亦會富。搔圓掟～so-î$^n$ tē$^n$～⇨喻擔當仲裁者。掟tē$^n$，揑liap也。

【**扁豆** pí$^n$-tāu】 蔓形的植物。其果實亦曰扁豆pí$^n$-tāu，蔬菜類之一。

【**扁柏** pí$^n$-peh】 植物名。松柏科的喬木。重要的木材，可供爲建築或家具的材料。亦即俗所謂檜木kōe-bo̍k或紅檜âng-kōe之類。

【**扁扁** pí$^n$-pí$^n$】 扁平。嘴仔～～也chhùi-á～～à⇨嘴扁平化了。無話可講了。頭仔嘴仔圓圓，到尾仔道嘴仔～～也thâu à chhùi-á î$^n$-î$^n$, kàu-bóe-à tō chhùi-á～～à⇨開頭時喋喋不休，到了最後就啞口無言了。

【**扁魚** pí$^n$-hî】 魚名。比目魚pí-ba̍k-hî亦即鰈魚tia̍p-hî的俗名。～～干～～koa$^n$⇨同上。～～白菜～～pe̍h-chhài⇨同上。～～冬筍～～tang-sún⇨同上。

【**扁鉢** pí$^n$-po̍ah】 扁平如鉢。面形仔～～～bīn-hêng-á～～～～⇨面形扁如鉢。

【**扁嘴** pí$^n$-chhùi】 ㊀扁平之口形。鴨母粧金每是～～ah-bó(bú) chng-kim mā-sī～～⇨鴨母以金飾之還是掩不了扁平之嘴。喻本性之無法掩蓋。㊁啞口無言á-kháu-bû-giân。盦不道～～也了ta$^n$-m̄-tō～～à-lò͘⇨而今不就啞口無言了嗎。

【**扁環** pí$^n$-khoân】 手環索之扁平者。

【**扁籃** pí$^n$-nâ】 扁平之籃。

【**扁籠** pí$^n$-láng】 ㊀形態扁平之竹籠tek-láng。㊁喻女陰。

【**扁鑽** pí$^n$-chǹg】 一種尖端極利的兇器。

【**扁枋仔** pí$^n$-pang-á】 貧者自貶其公媽牌kong-má-pâi。咱的～～～都無聖lán-ê～～～to-bô-sià$^n$⇨我們的祖先都無靈聖bô-lêng-sià$^n$。

**pì$^n$ 變** 改也。移易也。故弄幻虛亦曰變pì$^n$。教未～kà-bē(bōe)～⇨訓教無法遷善之。酒～醋較允啦chiú～chhò͘ khah-ún-là⇨酒變醋較沒失誤。譏守寡chiú-koá$^n$不清。因酒chiú與守chiú諧音。亦即守而變質了。查某囡仔十八～cha-bó͘-gín-á cha̍p-peh(poeh)～⇨謂女孩子在成長中愈長大愈加美麗。十八變cha̍p-peh-pì$^n$謂有意想不到的變化。庋到眞珠～鳥鼠屎khǹg-kà chin-chu～niáu-chhí(chhú)-sái⇨收藏到眞珠變成鼠糞。喻有價値的東西不知利用只管收而藏之，結果變成廢物。七～八～～壞了了chhi̍t～peh(poeh)～～hāi-liáu-liáu⇨七弄八弄弄得都壞了。看伊安怎～khoà$^n$-i an-choá$^{n}$～⇨看他如何變法(弄何幻虛)。

【變孔 pī$^{n}$-khang】 變鬼pī$^{n}$-kúi。變景pī$^{n}$-kéng。伊～～的無不著啦i～～ê bô-m̄-tio̍h-là⇨他變鬼的沒錯。

【變歹 pī$^{n}$-phái$^{n}$】 變壞人。變好較奧～～較快pī$^{n}$-hó khah-oh,～～ khah-khoài⇨學好難學壞易。

【變成 pī$^{n}$-chiâ$^{n}$】 變成piàn-sêng。眞珠～～鳥鼠屎chin-chu～～niáu-chhí-sái⇨眞珠變鼠屎。喩有用物變無用之廢物。

【變好 pī$^{n}$-hó】 ㊀變好人。希望會漸漸～～hi-bāng ē(ōe) chiām-chiām～～⇨希望其能夠一步一步變好人。㊁弄好了。～～也～～à⇨弄好了。

【變弄 pī$^{n}$-lāng】 撫弄bú-lōng。經營keng-êng。玩弄goán-lōng。一個好好的錶仔～～到壞了了chi̍t-ê hó-hó ê pió-á～～kà hāi-liáu-liáu⇨一個很好的錶,弄得都壞了。工場當都乎少年的抾～～kang-tiû$^{n}$ ta$^{n}$-to-hō͘ siàu-liân-ê teh～～⇨工廠而今給少年輩者在經營。阿三較㤉～～a-sam khah-gâu～～⇨阿三較會做事(謀事)。見在人～～kī$^{n}$(kū)-chāi-lâng～～⇨任由人玩弄。被人～～眞忝hō͘-lâng～～chin-thiám⇨被人玩弄得很悽慘。

【變虎 pī$^{n}$-hó͘】 變化成虎。～～要咬人～～boeh kā-lâng⇨化虎要咬人。喩阿片癮a-phiàn-giàn發作大欠伸,其狀如惡虎,將咬人。

【變面 pī$^{n}$-bīn】 面色變bīn-sek-piàn。反怒hoán-nō͘。阿林㤉～～不當合伊講笑a-lîm gâu～～m̄-thang kah-i kóng-chhiò⇨阿林善反面不可與他開玩笑。連鞭道～～liâm-pi$^{n}$ tō～～⇨一下子就反面無常。天敢要～～也抾thi$^{n}$-ká$^{n}$ boeh～～ā-leh⇨天氣好像要變壞了。

【變相 pī$^{n}$-siàng(siù$^{n}$)】 性癖轉變。俗謂變相pī$^{n}$-siàng是死朝近的前兆。抾～～也,敢是得未死也teh～～à,ká$^{n}$-sī tit-boeh-sí-à⇨在變相了,恐怕他快死了。人講五十入花叢是～～lâng-kóng gō͘-cha̍p ji̍p-hoa-châng sī～～⇨人言說五十歲才遊煙花是變相(死期近了)。

【變鬼 pī$^{n}$-kúi】 弄玄虛。作弄chok-lōng。你～～的否lí～～ê ho͘h⇨是你作怪chok-koāi的,沒錯罷。～～變怪～～pī$^{n}$-koāi⇨作鬼作怪chok-kúi-chok-koāi→chò(chòe)-kúi-chò(chòe)-koāi。

【變做 pī$^{n}$-chò(chòe)】 變成piàn-sêng。鷄嘴～～鴨嘴ke-chhùi～～ah-chhùi⇨喩理屈語窮lí-khut-gí-kiông。

【變景 pī$^{n}$-kéng】 變鬼pī$^{n}$-kúi。攏是老羅～～的lóng-sī láu-lô～～ê⇨皆是老羅變鬼的。

【變款 pī$^{n}$-khoán】 改變樣子。性質有變。娶某了人較～～也chhoā-bó͘-liáu lâng-khah～～à⇨娶妻之後,人(性質)有變化了。

【變魍 pī$^{n}$-báng】 弄玄虛lōng-hiân-hi。不知啥人抾～～m̄-chai sia$^{n}$-lâng teh～～⇨不知誰人在設鬼計。敢是阿竹～～的ká$^{n}$-sī a-tek～～ê⇨恐怕是阿德弄的鬼計。伊都上㤉～～也不i-to siāng(siōng)-gâu～～à-m̄⇨他是最會弄鬼計的不是嗎。變魍pī$^{n}$-báng即北京話之搞鬼。

【變變 pī$^{n}$-pī$^{n}$】 有變。帶怒容。面仔～～bīn-á～～⇨面有怒容。

【變雪雪 pī$^{n}$-soat-soat】 變得冷如雪。面仔～～～bīn-á～～～⇨面容怒變得冰冷如雪。

【變猴弄 pī$^{n}$-kâu-lāng】 ㊀演猴戲。街仔抾～～～,眞鬧熱ke-á teh～～～, chin lāu-jia̍t⇨同上。㊁玩弄。見在人～～～,實在好性地kī$^{n}$(kū)-chāi-lâng～～～, si̍t-chāi hó-sèng-tē⇨任由別人來玩弄,實在有耐性。㊂惡作劇。歸陣囡仔抾共伊～～～,伊都無要緊kui-tīn gín-á teh kā-i～～～,i to bô-iàu-kín⇨一大羣小孩在對他惡作劇他都不以爲意。

【變無輦 pī$^{n}$-bô-lián】 弄不出花樣。～～～,伊道鼻仔摸抾也～～～, i tō phī$^{n}$-á bong-leh-à

⇨弄不出花樣他就沒辦法了。鼻仔摸抄phī$^{n}$ á-bong-leh⇨看破而放棄的樣子。輦lián，輓而行之車，王之車。又運也。伊較變亦～～～i khah-pī$^{n}$ a̍h～～～⇨他怎麼弄都弄不出花樣。

**【變無魍 pī$^{n}$-bô-báng】** 變不出花樣。同變無輦piàn-bô-lián。

**【變飽戲 pī$^{n}$-pá-hì】** 玄戲hiân-hì俗曰魔術mô͘-su̍t或飽戲pá-hì，意謂飽食無事乃作之以戲。亦作把戲pá-hì。表演把戲曰變飽戲。

**【變食變穿 pī$^{n}$-chia̍h-pī$^{n}$-chhēng】** 弄吃的弄穿的。查某人空課總是～～～～耳不cha-bó͘-lâng khang-khòe chóng-sī～～～～niâ-m̄⇨家庭婦女的工作，總而言之，只是弄吃的弄穿的而已，不是嗎。

**【變鬼變怪 pī$^{n}$-kúi-pī$^{n}$-koài】** ㈠變成非善類。㈡作不屬正常之事。～～～～會耳，見眞無半項～～～～ē(ōe)-niâ, kī$^{n}$(kū)-chin bô-poà$^{n}$-hāng⇨(你)只會作那些無路用之事而已，逢到正當的就半項都不會做。

**【變熊變虎 pī$^{n}$-hîm-pī$^{n}$-hó͘】** 變成非善類。既未教得道見在伊去也，看伊要～～～～，由在伊也不ká-bē-kà-tit-à tō kī$^{n}$(kū)-chāi-i khì(khù)-à, khoà$^{n}$-i boeh～～～～ iû-chāi-i ā-m̄⇨既然不受教，就任由他去了，看看他要變熊變虎，由他自己去決定好了，你有其他辦法嗎。

**【變龜變鼈 pī$^{n}$-ku-pī$^{n}$-pih】** 同變鬼變怪pī$^{n}$-kúi-pī$^{n}$-koài。總是～～～～，變許的無孔無榫的耳，不你會曉創啥chóng-sī～～～～pī$^{n}$ hiah-ê bô-khang-bô-sún-ê-niâ, m̄-lí ē(ōe)-hiáu-chhòng-siah$^{n}$⇨總之，不是變龜就是變鼈，都是弄那些無孔穴無榫頭的無意義的工作而已，否則你會做什麼呢。

pī$^{n}$ **柄** 柄pè$^{n}$也(見pe$^{n}$部)。

pī$^{n}$ **平** 平pê$^{n}$也(見pe$^{n}$部)。

pī$^{n}$ **坪** 坪pê$^{n}$也(見pe$^{n}$部)。

pī$^{n}$ **棚** 棚pê$^{n}$也(見pe$^{n}$部)。

pī$^{n}$ **病** 病pē$^{n}$也(見pe$^{n}$部)。

pī$^{n}$ **辮** 交也。交織也。織繩曰辮pī$^{n}$，交髮亦曰辮pī$^{n}$。頭鬃逐日～thâu-chang ta̍k-ji̍t～⇨同上。三股～sa$^{n}$-kó͘～⇨繩或髮以三股交織。四股～sì-kó͘～⇨同上。

**【辮仔 pī$^{n}$-á】** 繩索類。～～機～～ki⇨辮繩索的器具。～～索～～soh⇨索仔soh-á。～～帶～～toà⇨同上。

**【辮糸 pī$^{n}$-si】** pī-si。漢字部首之一，亦曰～～旁～～pêng。紃sûn紋bûn組cho͘等字屬之。

**【辮髮 pī$^{n}$-hoa̍t】** piān-hoa̍t。剃頭～～thì-thâu～～⇨同上。頭髮剃掉一部份，留一部份辮之。原爲金蕃之制，滿蕃襲之，順治入關乃通令施行，是爲剃頭辮髮之令。雷厲風行。至清滅乃廢。

**【辮頭鬃 pī$^{n}$-thâu-chang】** 即辮髮。但女人則不剃。查某囝仔嬰～～～cha-bó͘-gín-á-e$^{n}$～～～⇨小女孩辮著頭髮。

## pia$^{n}$

pia$^{n}$ **抨** 彈也。彈箭也。丟tiu也。棄也。置而不理亦曰抨pia$^{n}$。疾走亦曰抨pia$^{n}$。物不整理亂～mi̍h m̄-chéng-lí loān～⇨東西不加以整理而亂丟。濫擅～lām-sám～⇨亂放亂丟。好禮仔～過來hó-lé-á～kòe-lâi⇨小心投過來。一下道～轉去chi̍t-ē tō～tńg-khì⇨一下子就跑回家去。奔如彈丸。骨頭好～狗kut-thâu hó～kau⇨謂瘦得其骨宜於投給狗。

**【抨於 pia$^{n}$-tī】** 丟在…。棄在…。～～糞掃堆～～pùn-sò-tui⇨棄在垃圾堆。人～～路裡過路人扱去也lâng～～lō͘-nī kòe-lō͘-lâng khioh khì (ì) -à⇨有人丟在路上，過路人拾之而去了。

【抨掉 pia$^{n}$-tiāu】 丟掉tiu-tiāu。棄之。無路用的攏～～bô-lō·-iōng ê lóng～～⇨不中用之物皆棄之可也。同撣掉tàn-tiāu。

【抨扲 pia$^{n}$-lè】 pia$^{n}$-teh。物置而不用。猶～～攏未用扲iáu～～lóng-bōe-iōng-lè⇨還是放在那邊，皆未使用。物置而不理。亦是～～猶未整理a̍h-sī～～iá-bōe chéng-lí⇨還是放置着還未加以整理。～～乎爛～～hō·-noā⇨①任其腐爛。②任事愈加紛亂。

【抨扻桷 pia$^{n}$-hiat-ka̍k】 pia$^{n}$-hah-ka̍k。同撣扻捔tàn-hah-ka̍k。抨核捒pia$^{n}$-hì$^{n}$-sak。又抨掉pia$^{n}$-tiāu撣掉tàn-tiāu撣捒tàn-sak，核捒hì$^{n}$-sak，扻掉hiat-tiāu等亦皆同。皆把不要無用之物丟棄的意思。

【抨核捒 pia$^{n}$-hì$^{n}$-sak】 抨掉pia$^{n}$-tiāu。不愛，～～～道可也m̄-ài，～～～tō-hó-à⇨不要，丟掉算了。

【抨碗撽箸 pia$^{n}$-oá$^{n}$-siak-tī】 飯中摔碗摔箸sut-oá$^{n}$-sut-tī大怒。成戇，碗抨抨破敢不免更買chiâ$^{n}$-gōng, oá$^{n}$ pia$^{n}$-pia$^{n}$-phoà kám-m̄-bián koh-bé(bóe)⇨眞是傻瓜，碗摔破了，不是要再新買嗎。

piá$^{n}$ **丙** 十干之第三位。甲乙～丁kah-it～teng⇨同上。甲乙木，～丁火，戊己土，庚辛金，壬癸水kah-it-bo̍k,～teng-hóe, bō·-kí-thó·, ke$^{n}$-sin-kim, jîm-kúi-súi⇨十干與五行的配合。

piá$^{n}$ **餅** 麵粉爲主料的食品類也。有火煎者，有炊蒸者。糕仔～ko-á～⇨餅類食品的總稱。煎～chian～⇨油煎的餅。燒～sio～⇨燒烤的餅。加定做細～ka-tiā$^{n}$ chò(chòe)-sè(sòe)～⇨謂送訂銀了所做的餅較小。亦即商人心理，雖小你亦非要不可。夠話食臭焦～chē-ōe chia̍h chhàu-ta～⇨謂話多了要吃燒焦之臭餅。亦即禍從多嘴來。畫～充飢ōe～chhiong-ki⇨空話騙人。略同放屁安狗心pàng-phùi an-káu-sim。湯～會thng～hōe⇨兒出世三朝請客。

【餅干 piá$^{n}$-koa$^{n}$】 餅食類的通稱。

【餅幼 piá$^{n}$-iù】 碎餅chhùi-piá$^{n}$。扱～～仔khioh～～á⇨拾取食餘之碎餅。

【餅店 piá$^{n}$-tiàm】 賣餅食之店。開～～khui～～⇨開設製餅賣餅之店。

【餅屑 piá$^{n}$-sut】 同餅幼piá$^{n}$-iù。

【餅盒 piá$^{n}$-a̍p】 盒裝之餅。送～～sàng～～⇨贈送餅盒爲禮。

【餅路 piá$^{n}$-lō·】 餅食類的總稱。做～～chò(chòe)～～⇨從事糖菓業(製造販賣)。賣～～bē(bōe)～～⇨餅店。

【餅爐 piá$^{n}$-lô·】 煎餅之爐。

pià$^{n}$ **拚** 拊手也。兩手相擊也。兩人相搏也。相對抗曰拚pià$^{n}$，竭力亦曰拚pià$^{n}$。比鬧曰拚pià$^{n}$。郊～kau～⇨商業別之爭鬧對抗。郊kau，同業團，例如今之同業公會。漳泉～chiang(chiong)-choân～⇨漳州人與泉州人之爭雄對鬧。仙～仙，～死猴齊天sian～sian～sí kâu-chê-thian⇨仙人互鬧，孫大聖遭受連累。透雨～thàu-hō·～⇨冒雨強行(爲)。眞肯～chin-khéng～⇨很能自發努力。無較～扲是無希望呢bô-khah～leh sī-bô hi-bāng-neh⇨不加倍努力是沒希望的。您父要合伊～lín-pē boeh-kah-i～⇨大爺要跟他拚。要～道逐家來～boeh～tō ta̍k-ke lâi～⇨要拚大家拚罷(拚高低貴俗)。該～藉會贏āi～chiah ē iâ$^{n}$⇨應該拚命才能得到勝利。

【拚力 pià$^{n}$-la̍t】 竭力kia̍t-le̍k。出盡力氣。不道～～搥m̄-tō～～tûi⇨要出大力搥呀(老祖母鼓勵小孫爲己搥肩)。～～掘～～ku̍t⇨出大力掘地。～～創～～chhòng⇨出大力爲之。

【拚卜 pià$^{n}$-pok】 決勝負。冒險一戰。猶扲～～扲iáu-teh～～leh⇨還在拚鬧決勝之中。亦即勝敗尙在爭鬧中。

【拚命 pià$^{n}$-miā】 賭命tó·-miā。竭力kia̍t-le̍k。您父要合伊～～lîn-pē boeh-kah-i～～⇨大

爺要與他拚命。～～趁食～～thàn-chiah⇨竭力謀生。～～做工～～趁錢～～chò(chòe)-kang～～thàn-chî$^{n}$⇨努力工作以換取金錢。有錢道～～開ū-chî$^{n}$ tō～～khai⇨一有錢就拚命用錢。

【拚門 pià$^{n}$-mn̂g】 奪門toat-mn̂g。未輸強轟扲～～扲bē(bōe)-su kiâng-kòng teh～～leh⇨眞是強盜要搶門逃走一樣。罵人行動粗暴。

【拚房 pià$^{n}$-pâng】 本家與分家互爭。兄弟爭產。自來～～的都無好尾chū-lâi～～ê to-bô-hó-bóe⇨自古以來本家分家互爭者皆無好的結局。

【拚俗 pià$^{n}$-siok】 比賽便宜。自動殺價。一下敗市道相爭～～也chit-ē pāi-chhī tō sio-che$^{n}$～～ā⇨一聲敗市就相爭殺價了。

【拚勢 pià$^{n}$-sì(sè)】 努力nō·-lek。傾全力kheng-choân-lek。拚命pià$^{n}$-miā。眞～～讀册chin～～thak-chheh⇨非常努力讀書。～～作穡～～chò-sit⇨～～做工～～chò-kang⇨努力工作。

【拚價 pià$^{n}$-kè】 相爭抑低價錢。同拚俗pià$^{n}$-siok。

【拚生死 pià$^{n}$-se$^{n}$-sí】 pià$^{n}$-si$^{n}$-sí。賭以生死。賭性命tó·-sè$^{n}$-miā。拚性命pià$^{n}$-sè$^{n}$-miā。

【拚性命 pià$^{n}$-sè$^{n}$-miā】 拚生死pià$^{n}$-se$^{n}$-sí。這不是要的，是扲～～～的che-m̄-sī-sńg-ê, sī-teh～～～ê⇨此事不是玩的，是在賭生命的。

【拚空鬮 pià$^{n}$-khang-khau】 決定無資格分惠之人。抽籤以定有無。～～～道該逐個甘愿藉當～～～tō-ài tak-ê kam-goān chiah-thang⇨要抽籤以定有無就須大家甘愿才行。

【拚輸贏 pià$^{n}$-su-iâ$^{n}$】 決勝敗。不免相諍，去外口～～～拂一下道知也m̄-bián siō-chè$^{n}$, khì goā-kháu～～～hut-chit-ē tō-chai-a⇨不必爭論，到外邊去決勝負，拚一下就知道了。

【拚歸脚 pià$^{n}$-kui-kha】 三國歸一統。一人得之其他多人落空。彼屑仔物耳～～～較省費氣啦hit-sut-á-mih-niâ～～～khah-sé$^{n}$ hùi-khì-lā⇨只有那麼一點點東西而已，全歸一個人較無麻煩啦。

【拚生拚死 pià$^{n}$-se$^{n}$-pià$^{n}$-sí】 賭生命困苦奮鬪努力。一世人～～～～都拚未出頭天chit-sì-lâng～～～～to pià$^{n}$-bē(bōe)-chhut-thâu-thi$^{n}$⇨一生拚生拚死都拚不出個好世界。出頭天chhut-thâu-thî$^{n}$，脫出被壓迫艱難的環境而見天日。

【拚白虎湯 pià$^{n}$-peh-hó·-thng】 拚尾帖藥pià$^{n}$-bóe-thiap-ioh。白虎湯有效即生，無效即死，謂中藥最利害的藥方。

**摒** pià$^{n}$ 除也。除物也。收拾料理曰摒pià$^{n}$。傾器以出物曰摒pià$^{n}$。清理曰摒pià$^{n}$。商品傾銷曰摒pià$^{n}$。歸罪於人亦曰摒pià$^{n}$。酒～下舂臼，酒甕借別人chiú～hē cheng-khū, chiú-àng chioh-pat-lâng⇨把酒倒入臼中，酒缸借給別人使用。謂方法錯誤。厝該～乎人也chhù ài～hō·-lâng-ā⇨房屋要清理交給他人了。飯碗乎人～去pn̄g-oá$^{n}$ hō·-lâng～khì⇨生計(職業)被人奪走(去)。～竹圍～tek-ûi⇨清除(廢除)竹圍。～蕃薯～han-chî⇨清理蕃薯。蕃薯例需多少，掘多少，但改作他作物時必須把蕃薯全部掘掉清園以便改作。厝～無清氣chhù～bô-chheng-khì⇨家清掃得不夠乾淨。厝～三棟來返債chhù～sa$^{n}$-tòng lâi-hêng-chè⇨房子賣掉三棟以清還債務。財產～來相告曷會和châi-sán～lâi siō-kò ah-ē-hô⇨賣財產來與人興訟那裏能合算。～貨底～hòe-té⇨清理存貨。

【摒水 pià$^{n}$-chúi】 ㊀倒水tò-chúi。棄水khì-chúi。㊁疴水o-chúi。早起到當攏～～摒未停chá-khí kàu-ta$^{n}$ lóng～～pià$^{n}$-bē-thêng⇨今晨到現在，疴水都疴不停。

【摒本 pià$^{n}$-pún】 清理本錢。整合資本。～～來返賬～～lâi hêng-siàu⇨回收本錢以還債務。

【摒房 piaⁿ-pâng】 清理房子。掃除房子。～～間稅人～～keng sōe-lâng⇨清理房間出租。

【摒清 piaⁿ-chheng】 ㊀除掃清潔。～～厝內～～chhù-lāi⇨淸掃住宅內。㊁淸還債務。～～舊賬～～kū-siàu⇨還淸老債務。

【摒掃 piaⁿ sàu】 淸掃chheng-sàu。摒除汚穢piaⁿ-tî ù-ōe。大淸潔大～～tāi-chheng-kiat tāi～～⇨同上。

【摒掉 piaⁿ-tiauh】 廢除。竹圍～～來造牆圍較有衛生tek-ûi～～lâi-chō chhiûⁿ-ûi khah-ū ōe-seng⇨將竹圍除掉改造牆圍衛生上較好。

【摒屎桶 piaⁿ-sái-tháng】 淸掃屎桶。共人～～～摒尿壺，人都嫌衰kā-lâng～～～piaⁿ-jiō-ô·, lâng to-hiâm-soe⇨爲人淸掃屎尿之桶，人家都討厭你倒霉。

【摒眠床 piaⁿ-bîn-chhn̂g】 淸理眠床。～～～迎人客～～～ngiâ-lâng-kheh⇨同上。

【摒貨底 piaⁿ-hòe-té】 淸理存貨。年終歲暮也，該～～也liân-chiong-sòe-bō·-ā, ài～～～à⇨年終了，需要淸倉了。

**平** piâⁿ 平pêⁿ(pîⁿ)也。～上去入～siāng-khì-jip⇨漢字的基本聲調。

【平仄 piâⁿ-cheh】 平聲pêⁿ(pîⁿ)-siaⁿ與仄聲cheh-siaⁿ。做詩講～～chò(chòe)-si kóng～～⇨作詩講究平仄之聲調。

【平聲 piâⁿ-siaⁿ】 四聲之一。在台灣話爲八聲之一。

**謄** piâⁿ 謄寫thêng-siá曰謄piâⁿ。照樣移書也。或作盤piâⁿ。更共我～一張koh kā-goá～chit-tiuⁿ⇨再爲我謄寫一張。按謄piâⁿ，當爲盤poâⁿ之轉訛。或亦可以摒代之。

【謄字 piâⁿ-jī】 謄寫字契之類。校～～gâu～～⇨同上。

# piah

**壁** piah 垣hoân也。牆chhiû也。山崖san-gâi亦曰壁piah。磚仔～chng-á～⇨同上。土墼～thô·-kat～⇨土磚之壁。墼kat，磚之未燒者。水泥～chúi-nî～⇨同上。枋仔～pang-á～⇨同上。竹管～tek-kóng～⇨同上。粉～hún～⇨塗粉之壁。碰～pōng～⇨㊀行不通。㊁喩無半文錢。伸手抵著～chhun-chhiú tú-tioh～⇨四方碰壁借不到錢。青盲的怨～chheⁿ-mê ê oàn～⇨盲人怨壁阻其路。像龜扲迫～chhiūⁿ-ku teh peh～⇨如龜在爬上壁。喩焦急萬分。查某人放尿渲未上～cha-bó·-lâng pàng-jiō soān-bē(bōe)-chiūⁿ～⇨罵女人無用之話。

【壁刀 piah-to】 抹壁刀boah-piah-to。抹壁的小工具。

【壁孔 piah-khang】 壁穴piah-hiat。～～底有微老鼠～～té ū-bih niáu-chhí(chhú)⇨壁穴中藏有老鼠。微bih，微行，亦藏也。

【壁角 piah-kak】 壁的內角。睏～～仔khùn～～á⇨睡在壁角。喩待遇冷淡。

【壁虎 piah-hó·】 守宮siú-kiong。俗名蟮尪仔siān-ang-á。俗傳守宮食之以丹砂，養至重七斤，點之女身即終生不滅，但行房即消失，可防其私淫云。

【壁魚 piah-hî】 食紙食衣類的害蟲。

【壁脚 piah-kha】 壁之下。枵鷄筅～～iau-ke chhéng～～⇨喩貧者在無甚希望的地方也得拚命討生活。

【壁路 piah-lō·】 壁的基底。掘～～kut～～⇨同上。

【壁厨 piah-tû】 壁兼厨者。～～較未鎭位～～khah-bē(bōe) tìn-ūi⇨壁厨較不佔地方。

【壁邊 piah-piⁿ】 壁脚piah-kha。行路偎～～做事較大天kiaⁿ-lō· oá～～chò(chòe)-sū khah-toā-thiⁿ⇨行路時依壁而行不張揚，做起

事來却大如天。謂能幹之人平時深藏不露。

【壁鐘 piah-cheng】 掛壁鐘koā-piah-cheng。

**piah 僻** 邊也。邪也。乘機佔人之物曰僻piah。暗中據爲己有亦曰僻piah。乎人～去hō͘-lâng～khì(ì)⇨被人摸走了。愛～人ài～lâng⇨喜歡騙人。您父乎你未～得lín-pē hō͘-lí bē(bōe)～tit⇨您們的爸(亦即我)你們騙不了的。

【僻人 piah lâng】 偷據爲己有。騙人。彼顆攏抄～～hit-kho͘ lóng-teh～～⇨那家伙專在騙人。

## piak

**piak 煏** 以火乾肉也。用猛火～iōng mé-hóe～⇨同上。用文火云云仔～iōng bûn-hóe ûn-ûn-á～⇨以文火慢慢煏乾之。～做羓～chò-pa⇨燒成羓。羓pa，臘也，乾肉也。

【煏羓 piak-pa】 以火乾之成羓。被人掠去～～人都嫌墨手hō͘-lâng lia̍h-khì～～lâng to hiâm-bak chhiú⇨被抓去煏羓人家也不要你(只是弄髒手而已沒價值)。

【煏鳥仔羓 piak-chiáu-á-pa】 燒小鳥干。

**piak ⿰暴殳** 事破曰⿰暴殳piak。物破亦曰⿰暴殳piak。又物破之聲也。代誌～也tāi-chì～à⇨事情暴露了。敢無共你講緊慢會～kám-bô kā-lí-kóng kín-bān ē～⇨不是早已說過了，早晚會破的。桶箍～也tháng-kho͘～à⇨桶箍斷了(桶破了)。栗子烘抄道～也la̍t-chí hang leh tō～à⇨栗子一烘就裂開。

【⿰暴殳孔 piak-khang】 惡事發覺。早晚會～～的，火敢包會稠chá-bān ē～～ê, hóe kám pau-ē-tiâu⇨早晚一定會暴露的，火豈可以包得住嗎。

【⿰暴殳破 piak phoà】 暴裂。頭殼硬要～～也thâu-khak nge̍h-boeh～～à⇨腦袋快要爆炸了(因痛或因事煩)。

【⿰暴殳開 piak khui】 裂開。水槽仔煞～～去chúi-chô-á soah～～khì⇨水槽竟裂破了。

【⿰暴殳鼓 piak-kó͘】 俗曰的鼓tak-kó͘，因其作的的tak-tak聲也。拍～～的phah～～ê⇨同上。

【⿰暴殳箍 piak-kho͘】 桶箍tháng-kho͘裂斷。水桶擔到～～去chúi-tháng ta$^{n}$-kà～～khì⇨同上。

【⿰暴殳⿰暴殳叫 piak-piak-kiò】 敧敧作聲。炮仔放到～～～phàu-á pàng-kà～～～⇨爆竹聲連續響。火炭火猛到～～～hóe-thoà$^{n}$-hóe mé-kà～～～⇨炭火旺得敧敧作聲。

**pia̍k 爆** 爆爆叫pia̍k-pia̍k-kiò⇨爆竹聲。嗶爆叫pi̍h-pia̍k-kiò⇨大小爆竹聲。火燒山，嗶爆彈，查某囡仔嬰，走走出來看，目眉毛，燒一半hóe-sio-soa$^{n}$, pi̍h-pia̍k-toā$^{n}$, cha-bó͘-gín-á-e$^{n}$, cháu-cháu chhut-lâi-khoà$^{n}$ ba̍k-bâi-mo͘ sio-chi̍t-poà$^{n}$⇨童謠。

## pian

**pian 篇** 書也。書～⇨書卷。書於簡册爲篇pian，書於帛爲卷koàn。書積若干章曰篇pian。詩三百～si-sam-pek～⇨詩經之篇數。論語二十～lūn-gí jī-si̍p～⇨同上。孟子七～bēng-chú chhit～⇨同上。孫子兵法十三～sun-chú-peng-hoat si̍p-sam～⇨同上。

【篇幅 pian-hok】 ～～有限，說明省畧～～iú-hān, soeh-bêng séng-lio̍k⇨謂紙面不夠多，無法併刊說明。

**pian 鞭** 趕馬箠koá$^{n}$-bé-chhôe。多爲皮革製品。獸類陰莖之乾物曰鞭pian。鹿～虎～黑狗～lo̍k～hó͘～o͘-káu～⇨各種鞭，均爲補品。食～補陽chia̍h～pó͘-iâng⇨謂吃鞭可以增強男性精力。

【鞭尸 pian-si】 鞭打死尸以洩恨。罵死人亦曰鞭尸。死都死也，每無必要更～～也sí to sí

à，mā-bô pit-iàu koh～～ā⇨死也死掉了，也沒必要再罵死人了。

【鞭仔 pian-á】 補鞭類的總稱。三不等字號～～sam-put-téng-jī-hō～～⇨謂品質價格等級的差距甚大的各種鞭子。蔣介石後代所畏。

【鞭打 pian-tá$^{n}$】 以鞭打之。

【鞭炮 pian-phàu】 連串如鞭之小爆竹。放～～pàng～～⇨同上。

【鞭笞 pian-thî】 以鞭打之古刑名。

【鞭策 pian-chhek】 督促tok-chhiok。～～之功～～chi-kong⇨同上。

【鞭撻 pian-that】 鞭打鼓勵。指導～～chí-tō～～⇨同上。

【鞭長莫及 pian-tiâng-bo̍k-ki̍p】 勢力管不到。鞭長不及馬腹pian-tiâng put-ki̍p má-hok⇨鞭雖長打不到馬腹。

pian **邊** 地之界，物之四周皆曰邊pian。近也。接壤也。方也。一方曰一邊 pian。數學名詞。佛法無～hu̍t-hoat bû～⇨佛法之力無窮無盡。有～即讀～，無～即讀意iú～chek-tho̍k～，bû～chek-tho̍k-ī⇨謂漢字不知其讀音時，可按其字並jī-pêng讀之。字並jī-pêng俗作字旁jī-pêng。三角形之二～長於另一～sa$^{n}$-kak-hêng ê nn̄g～tn̂g-î-lēng-it～⇨幾何的定義。

【邊界 pian-kài】 疆界。地界。國界。駐守～～chū-siú～～⇨駐屯國界。

【邊幅 pian-ho̍k】 服飾儀容。不修～～put-siu～～⇨不注重服飾儀容。

【邊陲 pian-sûi】 邊疆pian-kiang。～～無事～～bû-sū⇨同上。

【邊塞 pian-sài】 邊境的要地。邊境。番兵來犯～～hoan-peng lâi-hoān～～⇨同上。

【邊緣 pian-iân】 旁邊附近。老了，近於死亡的～～了lāu-lō͘, kīn-tī sí-bông ê～～lō͘⇨老了，快死了。

【邊疆 pian-kiang】 邊境pian-kéng。邊界。番兵侵入～～hoan-peng chhim-ji̍p～～⇨番邦的軍隊已入境了。

【邊關 pian-koan】 邊界上的關隘koan-ài。把守～～pé-siú～～⇨守住邊境關卡。

pian **籩** 竹製的禮器。上盤形，底盤倒伏形中一柱支之，有如工字形。祭典盛水果等禮物之用。

pian **攀** 攀pan也(見pan部)。

pian **編** 編phian也(見phian部)。

pián **匾** 署門戶之文，亦即匾額pián-gia̍h也。俗單曰匾pián。本作扁pián。通常橫懸之，所以亦稱橫～hoâi$^{n}$～或橫額hoâi$^{n}$-gia̍h。賜～贈～送～sù～chēng～sàng～⇨匾之來源。掛～koà～⇨把匾懸掛上去。寫～siá～⇨筆寫匾文。題～tê～⇨題寫匾文。

pián **諞** 便巧言也。辯佞piān-lêng之言也。巧言騙取財物曰諞pián。亦騙phiàn也。不過諞pián似乎不甚可憎，騙phiàn即人皆恨之。眞狡～chin-gâu～⇨善於騙取財物。四界～sì-kè～⇨到處騙人。乎人～去也hō͘-lâng～khì(ì) à⇨被人騙去了。

【諞仔 pián-á】 pián-ná。慣常騙人者。

【諞仙 pián-sian】 善騙之人。亦曰諞仔仙pián-á-sian。例如說懷中的乳嬰兒是諞仔仙pián-á-sian，但是其心中並無恨意，反而有可愛感。此之所以諞pián與騙phiàn之差異也。

pián **貶** 損也。墜也。官員被降調曰貶pián，亦即左遷chó-chhian也。褒～po～⇨同上。詩已亡，春秋作，寓褒～，別善惡si í bông, chhun-chhiu-chok, gī-po～, pia̍t-siān-ok⇨三字經。一封朝奏九重天，夕～潮陽路八千it-hong tiau chàu kiú-tiông-thian, se̍k～tiâu-iâng lō͘-pat-chhian⇨韓愈。翁仲何以叫仲翁，～汝蘇州作判通ong-tiōng hô-í-kiò tiōng-ong, ～lí so͘-chiu chok-phoàn-thong⇨翁仲ong-tiōng，墓前石人。通判thong-phoàn，官

名。安爾是～抑是升an-ne(ni) sī～a̍h-sī seng ⇨這樣子是降級或升級呢。

**pián 扁** 不正圓之形也。薄平之物曰扁pián，亦即扁pián。

【**扁舟** pián-chiu】 phian-chiu。小舟。孤舟。宰相有權能割地，孤臣無力可回天，～～去作鴟夷子，回首河山音諳然chái-siàng iú-koân lêng-kat-tē, ko·-sîn bû-le̍k khó-hôe-thian, ～～ khì-chok chí-î-chú, hôe-siú hô-san im àm-jiân⇨丘滄海(念台)離台之作。

【**扁食** pián-si̍t】 一種食品。以麵粉作薄皮，包以肉菜爲餡ā$^{n}$，煮而食之。毋當看眈去，這是～～底的，毋是豆菜底的呢m̄-thang khoà$^{n}$-tā$^{n}$-khì(ì), che sī ～～ té(tóe) ê, m̄-sī tāu-chhài-té(tóe) ê neh⇨不要看錯了，此乃貨眞價實的高貴人物非假冒者也。一般餐食，品質較高者，多以豆芽埋底以假冒。～～皮～～phôe⇨同上。～～餡～～ā$^{n}$⇨同上。

【**扁平足** pián-pêng-chiok】 俗曰鴨母蹄ah-bó(bú)-tê。或鴨母脚蹄。

**piàn 變** 改也。權也。災異也。死喪禍亂皆曰變piàn。成事不～sêng-sū put～⇨同上。通權達～thong-koân-ta̍t～⇨同上。曹操有機～chô-chhò iú ki～⇨同上。天災地～thian-chai-tē～⇨同上。兵～民～皆曰事～peng～bîn～kái-oa̍t sū～⇨同上。一～二～翻身不見it～jī～hoan-sin put-kiàn⇨童戲用詞。臨機應～lîm-ki-èng～⇨同上。查某囡仔十八～cha-bó·-gín-á cha̍p-peh(poeh)～⇨謂女孩子的容貌愈大愈變愈漂亮。猴齊天七十二～kâu-tê-thian chhit-cha̍p-jī～⇨同上。猴齊天kâu-chê-thian→kâu-tê-thian。千～萬化chhian～bān-hoà⇨無窮的變化。

【**變化** piàn-hoà】 後改前謂之變，忽然改易謂之化。～～無窮～～bû-kiông⇨同上。狐狸講會～～做查某囡仔迷人hô·-lî kóng-ē(ōe)～～chò(chòe)-cha-bó·-gín-á bê-lâng⇨狐狸據說會變成小女孩子迷惑男人。

【**變心** piàn-sim】 改變心意。中途～～上懵懂，人面獸心薄情郎，柴空米盡實難當，幼兒哭枵雙親亡tiong-tô·～～siāng(siōng) bóng-tóng, jîn-biān-siù-sim po̍k-chêng-lông, chhâ-khang-bí-chīn si̍t lân-tong, iù-jî khàu-iau siang-chhin-bông⇨雪梅思君歌。

【**變好** piàn-hó】 壞化爲好。變壞的較快，～～的喏，免想piàn-hāi ê khah-khoài,～～ ê noh, bián-siū$^{n}$⇨學壞容易，學好嗎，不用希望好了。

【**變色** piàn-sek】 換色。面～～bīn～～⇨同上。又變白piàn-pe̍h，變青piàn-chhe$^{n}$，變紅piàn-âng，變烏piàn-o·等等，皆變色piàn-sek也。～～狐狸～～hô·-lî⇨善變的狐狸精。

【**變成** piàn-sêng】 變piàn。化hoà。pì$^{n}$-chiâ$^{n}$。今道眞珠～～鳥鼠屎了ta$^{n}$ tō chin-chu～～niáu-chhí(niáu-chhú)-sái lō·⇨而今寶貝pó-pòe變廢物hòe-bu̍t了。

【**變改** piàn-ké(kóe)】 改變kái-piàn。攏未～～得了lóng-bē(bōe)～～tit lō⇨皆不能移易了。

【**變更** piàn-keng】 更換keng-oā$^{n}$。改易kái-e̍k。住址～～chū-chí～～⇨同上。～～路線～～lō·-soà$^{n}$⇨①預定之路改易了。②計畫中之新路改線了。

【**變局** piàn-kio̍k】 ㊀計畫方法改了。㊁事態變化了。時局突變。即類～～實在是料想未到chit-lōe～～si̍t-chāi sī liāu-siū$^{n}$ bē(bōe)-kàu⇨此種突變實在意料之外。

【**變步** piàn-pō·】 換手法。改新招數。看你有～～否khoà$^{n}$ lí ū～～bò·⇨看你有新招（來救助）否。無～～也bô～～ā⇨沒法子了。

【**變服** piàn-ho̍k】 改衣喪服。

【**變性** piàn-sèng】 ㊀變性別。講有人查某的～～做查甫的kóng-ū-lâng cha-bó· ê～～chò(chòe) cha-po· ê⇨聽說有女的變性成男的。

㊁變性癖。老也藉抆～～多敢得未死了哩lāu ā chiah-teh ～～ to-ká$^n$ tit-boeh-sí à lè⇨老人才在變性癖，恐怕快將死了。

**【變音 piàn-im】** 發音的自然變動。凊粒是疹仔～～來的chhìn-nah sī chín-á ～～ lâi ê⇨疹仔chhìn-nah是皮膚臨時起白粒(如蚊蟲咬跡)奇癢的一種急症。

**【變相 piàn-siàng(siòng)】** ㊀改換樣子。改變方法或名義。～～的津貼～～ê tin-thiap⇨例如不加班而發加班費，出差二天實報領五天等皆是。㊁變性癖。抆～～也敢抆侍死也teh ～～ à ká$^n$ tit-boeh-sí à⇨在變相了，恐怕是快要死了。

**【變景 piàn-kéng】** 戲台的布景變換。～～傷慢都合拖棚共款也～～ siu$^n$-bān to-kah thoa-pê$^n$ kāng-khoán à⇨換布景太慢的完全和拖棚一樣了。拖棚thoa-pê$^n$，演戲進行慢。

**【變款 piàn-khoán】** ㊀改方法，或換內容。菜色小可仔～～也抆，道較俫食也chhài-sek sió-khoa-á～～á-leh，tō khah-boeh-chia̍h à⇨菜的種類略加變換一下，就較肯吃了(孩子們)。㊁變相piàn-siàng。抆～～也，得未死也teh～～à tit-boeh-sí à⇨臨死前之種種變態。

**【變換 piàn-oā$^n$】** ㊀改換。姓名歹～～sè$^n$-miâ phái$^n$～～⇨姓名難於改變。㊁物換錢。擔柴去～～一寡仔錢來糴米ta$^n$-chhâ khì～～chi̍t-koa-á-chî$^n$ lâi tia̍h-bí⇨擔柴去換些錢以買米。

**【變節 piàn-chiat】** ㊀守寡chiú-koá$^n$再婚失節。守成十年也，藉抆～～ chiú-chiâ$^n$-cha̍p-nî-ā, chiah-teh～～⇨守了十年的節，却一旦改變，失去了一切操守。㊁失節失信。～～賣主～～māi-chú⇨出賣主人的行爲。

**【變新 piàn-sin】** 化爲新的。舊的～～的kū ê～～ê⇨新陳代謝也。

**【變賣 piàn-bē(bōe)】** 出賣田園等祖業。連一埒仔厝宅每攏～～了了去也liân chi̍t-tē-á chhù-the̍h mā-lóng～～liáu-liáu khì(ì) à⇨就連一小塊的厝地也皆出賣乾淨了。

**【變遷 piàn-chhian】** 變化piàn-hoà。變換piàn-oā$^n$。世事～～眞緊sè-sū～～chin-kín⇨同上。時局～～sî-kio̍k～～⇨時代局面的變化遷移。

**【變樣 piàn-iū$^n$】** 樣子或形體變了。三年耳道攏～～了了也sa$^n$-nî niâ tō-lóng～～liáu-liáu à⇨僅三年而已，就皆變得完全不同了。

**【變輪 piàn-liàn】** 爲生活而奔波。創一～～趟chhòng chi̍t～～thàng⇨(爲生活而)什麼都做過了。趟thàng，穿過也。

**【變𤻲 piàn-sūi】** 𤻲sūi，風𤻲病。中風。半身不遂。亦曰半𤻲poàn-sūi。～～的會行，臭耳聾的會聽～～ê ē(ōe)-kiâ$^n$, chhàu-hī$^n$-lāng-ê ē(ōe)-thia$^n$⇨奇蹟也。

**【變把戲 piàn-pá-hì】** 變魔術piàn-mô͘-su̍t。～～～的實在有聰～～～ê si̍t-chāi ū-khiàng⇨變魔術者實在行。

**【變無輦 piàn-bô-lián】** 才盡矣。弄不出任何手段了。猴齊天都也會～～～否kâu-tê-thian to-ā-ē(ōe)～～～ho͘h$^n$⇨齊天大聖還是會沒辦法了，不是嗎。～～～也～～～à⇨江郎才盡矣。輦lián，神輿也。神輿動童乩tâng-ki跳曰起輦khí-lián，此時童乩破邪捉鬼開藥方，什麼都會，亦即神在也。反之不動不跳了，曰無起輦bô-khí-lián或未起輦bē-khí-lián，此時神不在，童乩失効了，變無輦piàn-bô-lián了。

**【變電所 piàn-tiān-só͘】** 電力變更電壓 tiān-ap的所在及其設備。～～～一定有變壓機的～～～it-tēng-ū piàn-ap-ki ê⇨變電所必有的設備。

**piān 便** 安利也。事已備曰便piān，即也。即是也。溲só͘也。大小便也。交通利～kau-thong lī～⇨同上。出入方～chhut-ji̍p hong～⇨進進出出方便的很。錢銀三不～chî$^n$-gîn(gûn) sam-put～⇨錢字上有所欠缺。人有做～抆賣

lâng ū chò (chòe) ~ teh-bē (bōe) ⇨人家有製成成品在販賣。買 ~ 的較未費氣bé (bóe) ~ ê khah-bē (bōe) hūi-khì ⇨買成品較省麻煩。小 ~ 大 ~ 做一下來siáu ~ tāi ~ chò (chòe) -chi̍t-ē-lâi ⇨小便大便一齊到。錢無~chî$^{n}$ bô~ ⇨錢不在手上。順~去外國觀光sūn~khì goā-kok koan-kong ⇨同上。隨~sûi~⇨信採好chhìn-chhái-hó。無條件的bô-tiâu-kiā$^{n}$ ê。無拘束的bô-khu-sok ê。無禁忌的bô-kìm-kī ê。請自~chhiá$^{n}$-chū~⇨請逐家自由行動。看著影~開槍khoà$^{n}$-tio̍h-iá$^{n}$~khui-chhèng ⇨一看見人影立即射擊。食~穿~領~chia̍h ~chhēng~niá~⇨有食有穿有錢可領。

**【便衣 piān-i】** 日常所穿之衣服。穿~~道可啦，不免禮服chhēng~~tō-hó lâ, m̄-bián lé-ho̍k ⇨同上。~~隊~~tūi ⇨不穿制服的團隊。

**【便印 piān-ìn】** 常用之印。非印鑑之印。蓋一個~~仔耳khap-chi̍t-ê~~á niâ ⇨押一個便印而已。

**【便有 piān-ū】** 即有chek-iú。有人 ~~ 錢ū-lâng~~chî$^{n}$ ⇨有人即有錢。有落種~~收成ū-lo̍h-chéng~~siu-sêng ⇨有下種即有收穫。有燒香~~保庇ū-sio-hiu$^{n}$~~pó-pì ⇨同上。

**【便車 piān-chhia】** 順路適時免費借搭之車。搭~~tah~~⇨搭乘方便之車。

**【便利 piān-lī】** 隨便可以利用。逐項眞~~ta̍k-hāng chin~~⇨一切很方便。

**【便的 piān ê】** 現成的。有~~道免更買也ū~~tō-bián-koh-bé (bóe) à ⇨有現成的就不要再買了。食~~穿~~做~~領~~chia̍h ~~, chhēng ~~, chò (chòe) ~~, niá ~~ ⇨吃是現成的，穿也是現成的，工作也是現成的，工錢也是人家準備好，算好的。

**【便宜 piān-gî】** 價低。物俗mi̍h-sio̍k。~~貴俗耳稱採去每有 ~~ kùi-sio̍k niâ, chhìn-chhái-khì mā-ū ⇨只是價之貴與俗的問題而已，隨便什麼地方都可以買到。~~ 食破家~~ chia̍h-phoà-ke ⇨謂以物便宜而拚命吃，致使破產。~~ 無好貨，好貨無 ~~，~~ bô-hó-hòe, hó-hòe bô~~ ⇨價俗者沒有好的東西，好的東西不會太便宜。貪~~有當仔會食姨tham ~~ū-tang-á ē (ōe) -chia̍h-ki$^{n}$ ⇨貪便宜有時候會吃大虧。

**【便服 piān-ho̍k】** 便衫piān-sa$^{n}$。多指西式服。

**【便物 piān-mi̍h】** 現成之食物。看有 ~~ 否，食食抄道好行了khoà$^{n}$-ū~~bò͘，chia̍h-chia̍h leh tō-hó-kiâ$^{n}$-lò͘ ⇨看看有無可食之物。吃完了就要出發了。

**【便衫 piān-sa$^{n}$】** 家居的衣著。便衣piān-i。

**【便所 piān-só͘】** 厠chhè。厠所chhè-só͘。

**【便店 piān-tiàm】** 空店屋。可出租者。~~出租 ~~ chhut-cho͘ ⇨有空店屋可出租。亦作招租chio-cho͘。

**【便毒 piān-to̍k】** 橫痃~~hoâi$^{n}$-hiân~~ ⇨同上。

**【便看 piān-khoà$^{n}$】** 臨時看情形才決定。車~~啦，該藉叫道可也chhia~~lā, ài chiah-kiò tō-hó à ⇨謂車的問題不必決定，需要時才叫就可以了。侎毋 ~~，藉更講boeh m̄ ~~ chiah-koh-kóng ⇨要否看情形，才再商量。

**【便便 piān-piān】** 現成的。已準備完成的。逐項共你款 ~~，猶更嫌毋好ta̍k-hāng kā-lí khoán ~~，iáu-koh-hiâm-m̄-hó ⇨每項事物都爲你準備妥當了，還在說不好。款khoán亦準備也。取齊所需各物曰款khoán。錢~~也，看你侎外敍chî$^{n}$~~ā，khoà$^{n}$-lí iàu joā-chē (chōe) ⇨現款在此，看你要多少。食 ~~ 穿~~睏~~chia̍h ~~chhēng~~khùn~~ ⇨生活起居皆有人照顧妥當。

**【便是 piān-sī】** 即是chek-sī。就是chiū-sī。中主人意~~好功夫tèng-chú-lâng ì~~hó-kang-hu ⇨謂能使主人合意高興的就是好功

夫。中意tèng-ì是又滿意又高興。爸入門～～佅茶pa jip-mn̂g～～iàu-tê⇨父親一回家就要茶。私入人的房間，不姦～～偷su-jip lâng-ê-pâng-keng, put-kan～～thau⇨私入人家，非姦即偷。

**【便套 piān-thò】** 既成的方式。～～耳，無啥於抄嗎～～niâ，bô-siaⁿ tī teh mā⇨便套而已，沒什麼。～～話～～ōe⇨一定方式的話。～～藥～～ioh⇨一定處方的藥。～～代逐家每會曉創～～tāi tak-ke mā-ē-hiáu-chhòng⇨一定的事情誰都會辦。

**【便桶 piān-tháng】** 便器piān-khì。

**【便銀 piān-gîn(gûn)】** 現銀。現金，現款。

**【便罷 piān-pā】** 則已。就算了。莫講著～～，講著道哭mài-kóng tioh～～kóng-tioh tō-khàu⇨不提到則已，一提到就哭了(思親)。無飲～～，飲道佅透天的bô-lim～～，lim tō-boeh thàu-thiⁿ ê⇨不飲就算了，一飲就要飲透天的。透天的thàu-thiⁿ ê，謂通天的，亦即無限量的。莫來～～，若來您父道共伊大洗面抄mài-lâi～～，nā-lâi lím-pē tō kā-i toā-sé-bīn leh⇨不來就算了，如果來了，我就大大剝其假面皮。

**【便老父 piān-lāu-pē】** 現成之父親。做～～～未僫也chò(chòe)～～～bē(bōe)-bái ā⇨做現成之父不壞嗎。新娘夾櫃仔或拖油瓶的皆曰做便老父。夾櫃仔kah-kūi-á指腹中有物。夾kah，附帶也。

**【便媒人 piān-moâi-lâng】** piān-mûi-lâng。名義上之媒人。做～～～chò(chòe)～～～⇨同上。掠～～～liah～～～⇨抓人（請人）擔當形式上之媒人。

**【便菜飯 piān-chhài-pn̄g】** 現成的飯食。日常的飯食。～～～耳啦，免細膩～～～niâ-là, bián-sè(sòe)-jī⇨便菜飯而已嘛，不必客氣。

**【便菜便飯 piān-chhài-piān-pn̄g】** 同便菜飯piān-chhài-pn̄g。

**piān 卞** 姓氏。

**【卞和獻寶 piān-hô-hiàn-pó】** ～～～～，楚王刖之～～～～chhó·-ông goat-chi⇨卞和獻寶石於楚王，而楚王砍斷其足。以其假也。刖goat，砍斷脚之刑。此寶即是和氏璧hô-sī-phek，成爲將來藺相如līn-siang-jî完璧歸趙故事的名玉。

**piān 辨** 判別也。不疑惑也。雌雄莫～chhī-hiông bok～⇨難分公母lân-hun kang-bó(bú)。眞假難～chin-ké lân～⇨同上。

**【辨別 piān-piat】** 分別hun-piat。判別phoāⁿ-piat。識別sek-piat。無法度～～bô-hoat-tō·～～⇨無從～～bû-chiông～～⇨同上。

**【辨當 piān-tong】** 日文作便當bento。亦即飯菜包的外食。～～盒～～ap⇨盛飯菜以便携往外食之小盒。袪～～chah～～⇨携帶便當。袪chah，隨身携帶也。

**piān 辯** 爭論是非曰辯piān。巧言曰辯piān。能言善～lêng-giân-siān～⇨很會辯論。予豈好～哉，予不得已也î-khí-hò·～chāi, î put-tek-í iā⇨孟子。雄～hiông～⇨辯論專家。詭～學派kúi～hak-phāi⇨哲學名詞。弄詭～lōng-kúi～⇨講歪理。強～kiâng～⇨強詞奪正理kiâng-sû-toat-chèng-lí。

**【辯白 piān-pek】** 洗清sé(sóe)-chheng。講出自己清白。洗清～～sé(sóe)-chheng～～⇨以雄辯之力洗刷一切罪名。

**【辯明 piān-bêng】** 講清楚以自護。～～眞相～～chin siàng(siōng)⇨把眞假弄清楚了。

**【辯駁 piān-pak】** 提出反對意見。一一加以～～it-it ka-í～～⇨逐條予以反駁。

**【辯論 piān-lūn】** 辯白討論。調查庭～～庭tiau-cha-têng～～têng⇨法院的程序。

**【辯證法 piān-chèng-hoat】** 哲學論理名詞。唯物～～～ûi-but～～～⇨哲學論理學名詞。

【辯護士 piān-hō·-sū】 律師lut-su的日文bengoshi。

## piat

**piat 蹩** 跛pái也。踢tê也。牛展足謂之踢tê。跛者行路的樣子曰蹩piat。行著路～一下～一下kiâⁿ-tioh-lō·～chit-è～chit-è⇨走起路來，一拐一拐的。

【蹩脚鷄仔 piat-kha-ke-á】 跛足之鷄，長不大之鷄。鵁鴞挾抡，人無盈抡，都飼未起來，藉飼二三隻～～～～耳lāi-hioh-giap leh, lâng bô-êng leh, to chhī-bē(bōe)-khí lâi, chiah chhī-nn̄g-saⁿ-chiah～～～～niâ⇨被鵁鴞挾去呀，人沒時間呀，所以養不起來，只養了兩三隻養不大的小鷄而已。

**piat 別** 分離也。判明也。辨別也。另外也。生離死～seng-lī-sú～⇨人生的悲歡離合。切割分～chhiat-koah-hun～⇨分得一清二楚。男女有～lâm-lí-iú～⇨男女之間有很清楚的分別。辨～是非piān～sī-hui⇨是就是，非就非，非常清楚。鑑～眞僞kām～chin-gūi⇨同上。分～計算hun～kè-sǹg⇨同上。個～負擔kô～hū-tam⇨同上。選～品種soán～phín-chéng⇨同上。離～翁婿lī～ang-sài⇨同上。與世長～í-sè-tiâng～⇨同上。永～éng～⇨同上。

【別世 piat-sè】 死。老人於昨冥～～lāu-lâng tī châ-mê～～⇨老人昨夜死亡。

【別名 piat-miâ】 代名tāi-miâ。不同之名。阿貴道是阿貴，伊無～～a-kūi tō-sī a-kūi, i bô～～⇨阿貴就是阿貴，他沒有另外之名字。

【別途 piat-tô·】 另外不同之職業。做未起色，想要換～～的chò-bē-khí-sek, siūⁿ-boeh-oāⁿ～～ê⇨(生理)做得不發展，心想要換個別的(生意)。

【別莊 piat-chong】 本家以外避暑避寒用的遊息地方。去於～～抡享福也啦khì-tī～～teh hiáng-hok à là⇨往別莊去享福了。

【別號 piat-hō】 本名之外，別有號。古人的姓名，有名，有字又有號。還有外號、自號或自稱等，複雜而有趣。例如蘇東坡的父親是：姓蘇名洵，字明允，號老泉是也。此號當即別號也。又如諸葛亮是姓名，字孔明，因住臥龍崗，故自號臥龍先生。大約姓名是受之父母，字與號即屬自取，亦即別號。

【別墅 piat-sú】 同別莊piat-chong。

【別圖 piat-tô·】 另外的世界，計畫，生意，職業等。別途piat-tô·。即圖未用得道該欶～～的，人講東港無魚，道該西港抛不chit-tô· bē(bōe)-iōng tit tō ài-chhōe～～ê, lâng-kóng tang-káng bô-hî，tō-ài sai-káng pha m̄⇨此路不通就該找別的職業，古人言，東港沒魚，就該轉到西港去投網，不是嗎。

【別緻 piat-tì】 特別或新奇而好看有趣。

【別離 piat-lī】 分離hun-lī。結髮夫妻今～～，相逢不知在何時kiat-hoat hu-chhe kim～～, siang-hông put-ti chāi-hô-sî⇨同上。

【別有天 piat-iú-thian】 別有天地。另有一個佳妙的仙境桃源。～～～地非人間～～～tē hui-jîn-kan⇨同上。

【別出心裁 piat-chhut-sim-chhâi】 另外用心想出的新花樣。

【別無他號 piat-bû-thaⁿ-hō】 沒有另外的字號。獨此一家，～～～～tok-chhú-it-ka，～～～～⇨同上。

## piau

**piau 標** 俗多讀標phiau(見phiau部)。

**piáu 表** 外面部分通稱曰表piáu。章奏之文曰表piáu。分類排列的記載曰表piáu。外姻親曰表piáu。宣布於外曰表piáu。海～hái～⇨同上。外～goā～⇨同上。出師～chhut-su～

⇨同上。陳情～tîn-chêng～⇨同上。時間～sî-kan～⇨同上。日程～ji̍t-thêng～⇨同上。統計～thóng-kè～⇨同上。收支平衡～siu-chi-pêng-hêng～⇨同上。一覽～it-lám～⇨同上。行事～hêng-sū～⇨同上。姑～ko͘～⇨同上。姨～î～⇨同上。公～kong～⇨同上。發～hoat～⇨同上。

【**表土** piáu-thô͘】 土壤thô͘-jiáng的表層。～～肥更深～～pûi-koh-chhim⇨表土又肥又深。

【**表文** piáu-bûn】 章奏的文章。

【**表兄** piáu-hia$^{n}$】 piáu-heng。～～表小弟～～piáu-sió-tī⇨同上。

【**表白** piáu-pe̍k】 表明piáu-bêng。心事無法度～～出來sim-sū bô-hoat-tō͘～～chhut-lâi⇨同上。

【**表皮** piáu-phôe】 外皮goā-phôe。～～猶好好抮，講內底爛了了～～iáu hó-hó-lè, kóng lāi-té noā-liáu-liáu⇨外表還是很好的，但是內裏竟都爛掉了。

【**表示** piáu-sī】 出示。明示。佅毋，該～～boeh m̄, āi～～⇨要不要，需要表明。阿三～～同意a-sam～～tông-ì⇨同上。阿六仔～～拒絕a-la̍k-á～～kī-choa̍t⇨同上。你攏無～～～～抮lí lóng-bô～～～～lè⇨你皆未表示如何(答謝人)。

【**表名** piáu-miâ】 取名chhú-bêng。命名bēng-bêng。～～叫世民～～kiò sè-bîn⇨名字叫世民。

【**表姊** piáu-ché】 piáu-chí。～～表妹～～piáu-moāi⇨表姊妹。

【**表決** piáu-koat】 會議決定可否的民主方法。原則以過半數爲勝。

【**表弟** piáu-tē】 表小弟piáu-sió-tī。～～表妹～～piáu-moāi⇨同上。

【**表明** piáu-bêng】 表示明白。～～態度～～thāi-tō͘⇨把態度明明白白地表示出來。～～身分～～sin-hūn⇨把身分表示出來。

【**表的** piáu ê】 表兄弟。老林道是阮～～，你不知咯láu-lîm tō-sī goán～～lí-m̄-chai lò͘⇨老林就是我的表兄弟，你不知道嗎。

【**表面** piáu-bīn】 外面goā-bīn。公開的。～～安爾，內面咱更不知影抮～～an-ne(ni), lāi-bīn lán koh m̄-chai-iá$^{n}$ lè⇨外面是如此，但是內面我們不知道也。佼做～～工夫gâu-chò(chòe)～～kang-hu⇨善於粧扮外表(以瞞人)。

【**表格** piáu-keh】 表。有格之表。書中眞夠～～si(chu)-tiong chin-chē～～⇨書中表格甚多。

【**表記** piáu-kì】 ㊀表示婚約之信物。送金釵做～～sàng-kim-the(thoe) chò(chòe)～～⇨奉金釵爲信物。㊁外面的標記。內容合～～有一致lāi-iông kah～～ū-it-tì⇨表裏合一。

【**表情** piáu-chêng】 身體動作所表示的情況。阿花眞有～～a-hoe chin-ū～～⇨阿花表情很多。伊的～～未輸做戲的i ê～～bē(bōe)-su chò(chòe)-hì ê⇨他的表情與演戲的一樣。

【**表章** piáu-chiu$^{n}$】 上奏文。上～～siāng(siōng)～～⇨同上。

【**表現** piáu-hiān】 展露出來的成績。工作～～眞優秀kang-chok～～chin iu-siù⇨工作成績很好。

【**表揚** piáu-iâng】 表彰piáu-chiang。受政府～～siū-chèng-hú～～⇨同上。

【**表裏** piáu-lí】 內外。～～一致～～it-tì⇨同上。

【**表達** piáu-ta̍t】 表明。～～心意～～sim-ì⇨同上。

【**表彰** piáu-chiang(chiong)】 表揚piáu-iâng。好學生受了～～hó-ha̍k-seng siū-liáu～～⇨同上。

【**表演** piáu-ián】 演出。扮演。搬戲poa$^{n}$-hì。眞佼～～chin-gâu～～⇨善於做戲。

【表親 piáu-chhin】 姑表姨表關係的親戚。阮老母彼旁的～～goán-lāu-bú hit-pêng ê～～⇨我母親那邊的親戚。

【表大兄 piáu-toā-hiaⁿ】 表大哥piáu-toā-ko。～～～表小弟～～～piáu-sió-tī⇨同上。

【表大姊 piáu-toā-ché(chí)】 ～～～表小妹～～～piáu-sió-moāi⇨同上。

【表兄弟 piáu-hiaⁿ-tī】 父母的兄弟姊妹的兒子。～～～每像親兄弟共款～～～mā-chhiūⁿ chhin-hiaⁿ-tī kāng-khoán⇨表兄弟也同親兄弟一樣。

【表同情 piáu-tông-chêng】 表示同情。對即件事，伊還仔眞～～～tùi-chit-kiāⁿ-sū, i oân-â chin～～～⇨對此事，他還是表示很同情。

【表姊妹 piáu-chí-moāi】 父母的兄弟姊妹之女兒。阮～～～合阮都未輸親姊妹仔抾goán～～～kah-goán to-bē-su chhin-chí-moāi-á leh⇨同上。

【表敬意 piáu-kèng-ì】 表示尊重之意。來，我～～～乾一杯lâi, goá～～～kan chit-poe⇨同上。

**婊** piáu 娼妓chhiang(chhiong)-ki也。賣淫爲生之婦女也。做～chō(chòe)～⇨投身爲娼妓。破～phoà～⇨罵女人之詞。餲～àu～⇨不新鮮之娼妓，罵女人之詞。娶～做某有，娶某做～無chhoā～chò-bó͘ ū, chhoā-bó͘ chò～bô⇨謂娶娼爲妻者世間多有，可以也，娶妻爲娼者世間所無，不可以也。

【婊子 piáu-chú】 娼妓。～～較興契兄～～khah-hèng kheh-hiaⁿ⇨謂婊比嫖客還要熱情喜愛之，只是不作表示而已。喻心事不外洩。～～囝～～kiáⁿ⇨婊之子。～～間～～keng⇨娼寮。～～屌～～chi⇨婊子之陰。

【婊囝 piáu-kiáⁿ】 婊之子。不知父爲何人之子。罵人之詞。你即個～～lí chit-ê～～⇨你這個私生子。

【婊間 piáu-keng】 娼寮。行～～kiâⁿ～～⇨出入娼寮。

【婊撐 piáu-thèⁿ(thìⁿ)】 鴇母所收養的少女。亦即候補之少女婊。

【婊頭 piáu-thâu】 娼寮之主。娼頭chhiang(chhiong)-thâu。鴇母pó-bó，亦即所謂老葱頭lāu-chhang-thâu也。

**裱** piáu 裱褙piáu-pōe也。字畫之裝潢業。做～褙的chō(chòe)～pōe ê⇨裱褙工，裱褙師。

## pih

**屓** pih 屓屭pih-bu。石牌下或大柱下之趺力，即怪物形動物也。～～作力～～chok-lek或巨靈～～ki-lêng～～⇨作力之貌。

【屓力 pih-lat】 出盡力氣，強忍支持。

**鼊** pih 動物名。形態似龜ku，被視爲餐桌上的珍品，甚至有當爲補品者。掠龜走～liah-ku cháu～⇨欲捉無用之龜，讓有用的鼊走脫了，喻計畫錯誤，或目標錯誤。龜笑～無尾ku-chhiò～bô-bóe⇨同類者相譏，喻彼此彼此pí-chhú-pí-chhú，大家一樣嘛。菜籃仔貯～chhài-nâ-á té(tóe)～⇨以菜籃裝鼊。謂龜脚趆出來也ku-kha sô chhut-lâi-ā，亦即事情暴露了。龜脚ku-kha，喻鼊脚pih-kha。菜籃通常用的是多孔的竹籃。

【鼊甲 pih-kah】 ㊀鼊背殼。㊁一種大海龜的背殼可作裝飾品者。～～框的目鏡～～kheng ê bak-kiàⁿ⇨鼊甲框的眼鏡。

【鼊卵 pih-nn̄g】 鼊是卵生動物。

【鼊窩 pih-u】 鼊的居穴。

【鼊生 pih-lān】 公鼊之陽物。喻小。都無～～大抾to-bô～～toā leh⇨粗語。

【鼊掣龜落湳 pih-chhoā-ku loh-lâm】 鼊引龜陷入泥濘地。喻惡友引誘傻瓜入花叢。

**襣** pih 俗作撇或掣，標袖袂hiau-siū-biat也。裨hiau，卷kńg也。袂biat亦袖siū也。手袂～起來道倸拂也chhiú-ńg～khí-lâi tō-boeh-hut â⇨衣袖卷起來就要開打了。拂hut，作爲皆曰拂hut。

【襒紃 pih-sûn】 由卷褌所留之線條。

【襒袚 pih-chah】 衣着合身，該襒者襒之，該衽者衽之，使身無贅物，行動輕快自由。袚chah，物入衣袋曰袚chah。阿龍穿安爾有～～a-liông chhēng an-ne(ni) ū～～⇨阿龍穿著如此有夠輕快。明仔早郊遊，逐個該穿較～～抮bin-á-chài kau-iû，tak-ê-āi chhēng-khah～～leh⇨明晨郊遊，大家都要穿得輕快一點。

【襒手袂 pih-chhiú-ńg】 卷起衣袖。～～～抮佅拂也～～～tit-boeh-hut â⇨卷起手管將要開打了。

【襒褲脚 pih-khò·-kha】 卷起褲管。～～～潦水～～～liâu-chúi⇨卷起褲管涉水。

## pin

**pin 豳** 古國名。同邠pin。

**pin 斌** 文質備貌。同彬pin。

**pin 彬** 文質備也。文雅bûn-ngá。不粗魯put-chho·-ló·。斯文而有禮。

【彬彬 pin-pin】 內涵外表皆完美。文質～～，然後君子bûn-chit～～jiân-hō· kun-chú⇨論語。～～有禮～～iú-lé⇨同上。

**pin 賓** 客也。服也。相敬如～siang-kèng-jî～⇨同上。大～小客tāi～siáu-kheh⇨賓即客，客即賓。但是要分，即賓高客低也。嘉～滿座ka～boán-chō⇨同上。貴～kùi～⇨同上。來～lâi～⇨同上。上～siāng～⇨天子之死也。亦曰～天～thian。客來主不顧，自是非良～，良～主不顧，應恐是痴人khek-lâi chú-put-kò·, chū-sī húi-liâng～, liâng～chú-put-kò·, èng-khióng sī chhī-jîn⇨俗語。

【賓士 pin-sū】 Benz。車牌名。

【賓服 pin-ho̍k】 諸侯晋見天子。臣服 sîn-ho̍k。諸侯～～chū-hô·～～⇨同上。

【賓客 pin-kheh】 pin-khek。人客lâng-kheh。在家不會迎～～，出外方知少主人chāi-ka put-hōe gêng～～, chhut-goā hong-ti siáu-chú-lâng⇨俗俚。

**pin 濱** 涯gâi也。水邊也。迫近也。海～hái～⇨同上。率土之～，莫非王土sut-thó· chi～, bo̍k-hui ông-thó·⇨同上。～於生死之界～tī seⁿ-sí chi-kài⇨正接近生死之交界。

【濱海地區 pin-hái-tē-khu】 臨海地區lîm-hái-tē-khu。～～公路～～kong-lō⇨近海邊之公路。

**pin 檳** 檳榔pin-nn̂g也。植物名。狀似椰子樹，其子如母指大，包以荖葉láu-hio̍h，參以柑仔蜜kam-á-bi̍t，石灰等配料，即曰檳榔pin-nn̂g，嚼之有赤汁如血，甚不雅觀，但好之者甚多。謂可提神解鬱。嚼風愈盛。俗作梹榔pin-nn̂g。

【檳榔心 pin-nn̂g-sim】 芋仔ō·h-á的一種，其肉白而有檳榔赤之斑點，故得名，爲最佳的芋仔ō·h-á。～～～的～～～ê⇨同上。亦曰檳榔芋pin-nn̂g-ō·h。

【檳榔嶼 pin-nn̂g-sū】 Penang。地名。在馬來半島西部的一小島。亦作俾南pī-lâm或庇能pī-lêng。

**pin 繽** 繽紛pin-hun也。盛也。亂也。旌旗～～seng-kî～～⇨同上。五彩～～ngó·-chhái～～⇨同上。

**pín 稟** 稟pín俗作禀pín。受也。下對上之公文曰稟pín。民對官或子女對父母皆曰稟pín。做～chò(chòe)～⇨作成告狀kò-chn̄g。公～kong～⇨大衆連名的告狀。入～ji̍p～⇨提出告狀。入公～ji̍p-kong～⇨連名提出告狀。大人用～tāi-jîn iōng～⇨戲白。大王聽～tāi-ông thiaⁿ～⇨戲白。

【稟式 pín-sek】 對官文件的格式。毋八～～m̄-bat(pat)～～⇨不知稟的格式。

【稟見 pín-kiàn】 提出名片或書狀求見。～～父母官～～pē-bó-koaⁿ⇨對父母官求見。父母官pē-bó-koaⁿ，知縣，知府ti-koān, ti-hú今之縣長也。

【稟告 pín-kò】 申告sin-kò。陳情tîn-cheng。

【稟明 pín-bêng】 明白上告。

【稟官 pín-koaⁿ】 報告官府。

【稟性 pín-sèng】 天性thian-sèng。受之於天之性。

【稟紙 pín-choá】 俗曰格仔紙keh-á-choá。亦作罫紙keh-choá。罫，四角目的賭具。

【稟報 pín-pò】 報官pò-koaⁿ。

【稟路 pín-lō͘】 對官府的書式。～～伊有內行～～i-ū lāi-hâng⇨稟路他是內行人。

**pín 箯** 竹輿也。編竹木以為輿。凡以竹片所編以載物者皆曰箯pín。竹片以籐皮縛而連之者也。竹～tek～⇨竹箯之類。猪～ti～⇨載猪的擔架。重病人亦用之。眠床～bîn-chhn̂g～⇨木者曰眠床板bîn-chhn̂g-pang，竹者曰箯pín。米粉～bí-hún～⇨晒米粉用之箯pín。

【箯仔 pín-á】 竹箯tek-pín之類。

【箯輿 pín-î】 竹轎tek-kiō。

**pín 鈊** 箭也。以針繫物曰針pín。用衫仔針～iōng-saⁿ-á-chiam～⇨以縫衣針刺定之。且～抒道可也chhiáⁿ～leh tō-hó â⇨暫時針定一下就可以了。胸前～heng-chêng～⇨一種飾物。領帶～léng-tài～⇨領帶的飾物。

【鈊衫 pín-saⁿ】 衫試穿時要以鈊針臨時固定之。

【鈊針 pín-chiam】 亦叫大頭針。繫物用之針。因其為鈊pín，亦即箭形故云。鈊pín亦為名詞轉為動詞矣。

**pín 牝** 畜母也。畜父曰牡bó͘。但禽類亦用之。畜曰～牡，禽曰雌雄hiok oat～bó͘, khîm oat chhí-hiông⇨原則如此，但已亂矣。

【牝鷄司晨 pín-ke-su-sîn】 喻女人出主意。婦女掌權如西太后者是也。

**pìn 篦** 竹器也。去髮垢曰篦pìn，其櫛具亦曰篦pìn。俗曰虱篦sat-pìn。

【篦頭鬃 pìn-thâu-chang】 以篦去髮垢。

**pìn 鬢** 頰髮kiap-hoat也。髮之在面旁者曰鬢pìn。美～長大者賢bí～tiâng-tāi-chiā hiân⇨古人說。兩～霜liáng～song⇨兩鬢比霜白，謂已老矣。

【鬢角 pìn-kak】 明角。太陽穴 thài-iâng-hiat。耳上口動即動的地方。

【鬢脚 pìn-kha】 鬢毛之邊界。修～～siu～～⇨修剪鬢脚。

【鬢邊 pìn-piang】 鬢邊pìn-piⁿ之訛。臭～～，無好貨，十八庄，無講話chhàu～～, bô-hó-hòe, chap-peh-chng, bô-kóng-ōe⇨童謠。

【鬢邊 pìn-piⁿ】 鬢頰pìn-kiap。～～膏～～ko⇨專貼鬢邊止頭痛的膏藥。

【鬢垂 pìn-sui】 鬢之下邊部分。留～～仔lâu～～á⇨鬢下邊的毛髮不剪短。

**pìn 殯** 死在棺待葬如賓也。又埋葬也。出～chhut～⇨送棺上山頭。

【殯葬 pìn-chòng】 埋葬bâi-chòng。

**pìn 箯** 作箯pín曰箯pìn。亦即名詞作動詞用也。以小竹木圍籬笆曰箯pìn。

【箯箯仔 pìn-pín-á】 以籐皮縛箯仔。

【箯籬仔 pìn-lî-á】 圍籬笆ûi-lî-pa。

**pîn 貧** 缺乏財物曰貧pîn。凡不足皆曰貧pîn。又自謙之詞。子不嫌母醜，犬不厭家～chú put-hiâm-bó-thiú(chhiú), khián put-iàm ka～⇨俗諺。欺～重富khi～tiōng-hù⇨同上。劫富助～kiap-hù chō͘～⇨同上。孤～病三不幸ko͘～pēng sam-put-hēng⇨孤獨、貧窮、病患之三事為人生的最不幸。貪字～字殼tham-jī～jī-khak⇨貪字的外殼似貧字，謂貪心必反而招貧。

【貧人 pîn-jîn】 散鄉人sàn-hiong-lâng。富

人思來年，～～思眼前hù-jîn su-lâi-liân～～su-gán-chiân⇨同上。

【貧民 pîn-bîn】 窮百姓kêng-peh-sè$^{n}$(sì$^{n}$)。～～窟～～khut⇨貧民居住區。～～階級～～kai-kip⇨同上。

【貧血 pîn-hiat】 病名。俗曰欠血khiàm-hoeh(huih)。～～症～～chèng⇨同上。

【貧困 pîn-khùn】 窮苦困乏kiông-khó͘ khùn-hoat。

【貧者 pîn-chiá】 貧人pîn-jîn。～～一燈，富者千燈～～it-teng，hù-chiá chhian-teng⇨應身分之捐獻，或謂貧者一燈難於富者千燈。

【貧苦 pîn-khó͘】 貧窮之苦。～～家庭～～ka-têng⇨同上。

【貧家 pîn-ka】 貧人之家。～～子弟較認分～～chú-tē khah jīn-hūn⇨貧人子弟較自重。

【貧寒 pîn-hân】 貧窮pîn-kiông。

【貧富 pîn-hù】 貧與富。～～差太敥～～chha-thài-chē⇨貧富差多。敥chē，多也。

【貧道 pîn-tō】 僧道自稱。貧僧pîn-cheng亦同。

【貧賤 pîn-chiān】 貧苦pîn-khó͘。素富貴行乎富貴，素～～行乎～～sò͘ hù-kùi hêng-hō͘ hù-kùi, sò͘～～hêng-hō͘～～⇨同上。～～夫妻百事哀～～hu-chhe pek-sū-ai⇨同上。

【貧窮 pîn-kiông】 貧賤pîn-chiān。～～起盜心～～khí-tō-sim⇨同上。～～自在，富貴多憂～～chū-chāi, hù-kùi to-iu⇨謂貧較富好，你信嗎？

【貧時交 pîn-sî-kau】 窮苦時代的朋友。翻手作雲覆手雨，紛紛輕薄何須數，君不見管鮑～～～，此道今人棄如土hoan-chhiú chok-ûn hok-chhiú-ú, hun-hun kheng-pok hô-si-sò͘, kun-put-kiàn koán-pâu～～～, chhú-tō kim-jîn khì-jî-thó͘⇨唐詩貧交行pîn-kau-hêng。

pîn **頻** 數也。屢次lúi-chhù也。又急也。暴～pō͘～⇨突然。

【頻仍 pîn-jêng】 重疊連續。連年天災人禍，～～而至liân-liân thian-chai-jîn-hō，～～jî-chì⇨同上。

【頻繁 pîn-hoân】 數次。屢次。三顧～～天下計，兩朝開濟老臣心，出師未捷身先死，長使英雄淚滿襟sam-kò͘～～thian-hē-kè, liáng-tiâu khai-chè ló-sîn-sim, chhut-su bī-chiat sin-sian-sú, tiâng-sú eng-hiông lī-boán-khîm⇨杜詩。

【頻頻 pîn-pîn】 屢次。連續。盜案～～發生tō-àn～～hoat-seng⇨同上。

pîn **顰** 眉蹙bî-chhek也。東施效～tong-si-hāu～⇨東施學西施蹙眉，本已醜而顯得更醜。喻醜者學美，顯得自己更醜。

【顰蹙 pîn-chhek】 憂愁不樂的表示。表示討厭。見者～～kiàn-chiá～～⇨見者蹙眉，表示討厭。

pîn **屏** 蔽也。以薄板遮蔽也。格～keh～⇨以薄板格開。圍～ûi～⇨以板圍一小區。拆～thiah～⇨撤去屏板。企～khiā～⇨立屏風。

【屏枋 pîn-pang】 格開用之木板。

【屏房 pîn-pâng】 ㈠以木板遮開之房間。㈡簡易之小客店。帶～～toà～～⇨宿小客店。空～～khang～～⇨不附餐食之宿店費。～～稅～～sòe(sè)⇨宿店的代金。

【屏東 pîn-tong】 地名。古名阿緱a-kâu。以在群山如屏之東而取名。

【屏風 pîn-hong】 室內遮蔽之物。亦可遮風亦可遮視線。

【屏氣 pîn-khì】 謹慎畏懼的樣子。調整呼吸。靜心～～chēng-sim～～⇨保持冷靜。

【屏牌 pîn-pâi】 一種防衛武器。盾tún。藤牌tîn-pâi。使～～合伊堵sái～～kah-i-tu⇨使用屏牌與他抵抗。堵tu，圍墻也。擋之曰堵tu。

**pîn 憑** 證據也。字據文件曰憑pîn。文～bûn～⇨有證明力之文件。字～jī～⇨同上。領～niá～⇨謂鬼魂在陰間，奉命轉世人間，須領取閻王之命令或證明書，該書分男女，領男者生爲男，領女者即轉生爲女云。領不著～niá-m̄-tioh～⇨謂冒失鬼註定爲男者，却領錯了女憑而不自知，主辦者喚他，他卻一跑而已無踪，主辦人嘆曰，管待你去乎人共你幹尻川koán-thāi-lí-khì-hō· lâng kā-lí kàn-kha-chhng。因此，他遂轉生爲半男不女者云。

【憑文 pîn-bûn】 命令，許可等的官府文件。

【憑信 pîn-sìn】 可信。安爾有～～道可啦an-ne(ni) ū～～ tō-hó lâ⇨如此有證可信就可以了。

【憑準 pîn-chún】 有根據。可靠。端仔講耳，無～～嘛tan-a-kóng niâ bô～～ mà⇨只是口頭說說而已，無證據的。伊講的未～～得i-kóng ê bē(bōe)～～ tit⇨他所說的做不得證據。

【憑據 pîn-kì(kù)】 證據。～～清清楚楚也，驚伊啥～～ chheng-chheng-chhó-chhó à，kiaⁿ-i-siahⁿ⇨憑據清清楚楚了，怕他什麼。

**pīn 凴** 依託也。依賴也。作根據也。同凭phēng，依几也。倚也。

【凴甚 pīn-sìm】 根據何事。你～～講即類話lí～～ kóng chit-lōe-ōe⇨你以何爲根據說出此種話。～～要共我提錢～～boeh kā-goá theh-chîⁿ⇨依據何條要向我取錢。

【凴單 pīn-toaⁿ】 按單。～～換貨～～oāⁿ-hòe⇨按單換出貨物。～～入席～～jip-sek⇨按單入席。

【凴錢 pīn-chîⁿ】 依靠金錢。～～就有法度也不～～chiū-ū-hoat-tō· ā m̄⇨靠金錢之力就有辦法了嗎。

【凴頭 pīn-thâu】 按前面。～～來～～lâi⇨依前面者依次而來。～～行～～kiâⁿ⇨同上。

【凴良心 pīn-liâng-sim】 根據良心。～～～講～～～kóng⇨根據良心說話。～～～拎做～～～teh-chò(chòe)⇨依據良心在做事。

【凴運命 pīn-ūn-miā】 靠運命決定。～～～的啦，見在伊去啦～～～ê là, kìⁿ(kù)-chāi-i-khì là⇨一任運命罷了，由他去好了。

## pio

**pio 鑣** 馬銜也。勒馬口之道具，俗稱馬咬轠bé-kā-kiuⁿ，繫馬口以禁其出聲之鎖也。

**pio 鏢** 鑣俗作鏢，暗器名。鋼製，三角銳形爲原則。通常長約三寸半，重約六兩左右。以四指之力發射，用以擊人。陽手～iâng-chhiú～⇨仰手射出者。陰手～im-chhiú～⇨覆手射出者。回手～hôe-chhiú～⇨回身由肘下射出者。接～還～chiap～hêng～⇨接收敵人之鏢，反射敵人。毒藥～tok-ioh～⇨鏢身塗抹毒藥者。保～pó～⇨①取費保護行旅之安全者。②受雇而保護個人之安全者。放～pàng～⇨射鏢。

【鏢仔 pio-á】 鏢pio。練～～liān～～⇨同上。

【鏢衣 pio-i】 鏢之裝飾物，繫於鏢尾。多以紅綢爲之。

【鏢局 pio-kiok】 承接保鏢事物之機構。亦即鏢師鏢客之根據地。

【鏢客 pio-kheh】 做保鏢之武士。亦稱鏢師pio-su。黃昏大～～hông-hun tāi～～⇨美國的所謂西部片名。

【鏢魚射雁 pio-hî-siā-gān】 以鏢射魚，以弓射雁。薛丁山～～～～sì-teng-san～～～～⇨汾河灣戲中的一小齣。

**pio 標** 程限也。俗以競賽曰標pio。投～tâu～⇨投入所估價之票帖以爭取土木建築工程或大宗買賣。走～cháu～⇨賽跑。搶～chhiúⁿ～⇨龍船爭搶決勝點之鏢旗。中～tiòng～⇨得了標，亦喻染上花柳病。

【標會 pio-hōe】 金錢互助會。又競取其會錢。

【標槍 pio-chhiuⁿ】 運動項目。所謂三鐵sam-thih之一。～～的世界冠軍～～ê sè-kài koan-kun⇨同上。

【標穡 pio-sit】 投標以競接工程。～～來做～～lâi-chō(chōe)⇨同上。

pio **僄** 同嫖。輕也。凡相輕薄謂之僄pio。人性輕薄為僄pio。姿容輕妙亦曰僄pio。

【僄笑 pio-chhiò】 滾笑戲謔。講～～kóng～～⇨彼此戲謔玩笑。

pió **表** 章奏之類也，同表piáu。標著事序易明者也。列覽者亦曰表pió。晷景也。今計時器曰表pió。俗作錶pió。前後出師～chiân-hō·(hiō)-chhut-su～⇨同上。陳情～tîn-chêng～⇨同上。三代世～sam-tāi-sè～⇨史記。統計～thóng-kè～⇨同上。預算～ī-soàn～⇨同上。收支對照～siu-chi tùi-chiàu～⇨同上。定價～tēng-kè～⇨同上。時間～sî-kan～⇨同上。

【表章 pió-chiuⁿ】 表章piáu-chiang。

pió **錶** 計時器曰表pió，俗作錶pió。時～sî～⇨同上。手～chhiú⇨同上。金～kim～⇨金製的錶。

【錶仔 pió-á】 錶類的總稱。～～店～～tiàm⇨同上。

piō **鰾** 魚浮曰鰾piō。雄魚子亦曰鰾piō。魚～hî～⇨魚的浮袋。烏魚～o·-hî～⇨雄烏魚子。

## pit

pit **畢** 終也。皆也。完～oân～⇨事結束。

【畢生 pit-seng】 一生。終身。～～的努力～～ê nô-lek⇨一輩子的努力。

【畢命 pit-bêng】 死亡。絕命choat-bêng。

【畢竟 pit-kéng】 究竟kiù-kéng。終極chiong-kek。到底tàu-té。～～你有得着啥～～lí-ū-tit tioh-siahⁿ⇨到底你得到了何物何事。

【畢業 pit-giap】 卒業chut-giap。完成學校的年限課程。～～生～～seng⇨快畢業的學生。

pit **篳** 籬落lī-lok也。以竹，樹枝之類所編成。

【篳路藍縷 pit-lō·-lâm-lúi(lú)】 始創事業，艱苦締造的意思。篳路 pit-lō·，柴車，亦謂荊竹之車。藍縷 lâm-lúi，破衣。～～～～以啓山林～～～í-khé-san- lîm⇨架柴或竹車，穿破衣以開闢山林。

pit **筆** 寫字用具。亦即文房四寶bûn-pông-sù-pó之一。書寫曰筆pit。毛～mô·～⇨中國古代用獸毛所做的筆。鉛～iân～⇨同上。鋼～kǹg～⇨現代鋼製筆尖的筆，亦稱自來水筆。原子～goân-chú～⇨同上。萬年～bān-liân～⇨自來水～chū-lâi-chúi～。起～khí～⇨提筆開始寫字。潤～lūn～⇨揮毫hui-hô之禮。擱～koh～⇨放下筆不再著作。投～從軍tâu～chiông-kun⇨棄文就武khì-bûn-chiū-bú。新春開一～，萬事如意皆大吉sin-chhun khai-it～,bān-sū jî(jû)-ì kai-tāi-kit(kiat)。刀～吏to～lī⇨①辦理案牘之官吏。②謂其筆如刀能生死人。破～phoà～⇨幼童初就學。

【筆力 pit-lek】 作文章的力量。行文的氣勢。～～萬鈞～～bān-kin⇨重量級的筆力。

【筆心 pit-sim】 筆尖pit-chiam。～～無尖～～bô-chiam⇨筆心已磨損。

【筆尖 pit-chiam】 同筆尾pit-bóe。

【筆名 pit-miâ】 發表文章所使用之姓名或字號。用X. Y. Z的～～所發表的論文iōng X. Y. Z ê～～so· hoat-piáu ê lūn-bûn⇨同上。

【筆舌 pit-siat】 發表意見意志的工具。筆以寫文章，舌以發言語。～～難以形容～～lân-í hêng-iông⇨謂事屬筆舌都難以形容的嚴重。

【筆尾 pit-bóe(bé)】 筆尖pit-chiam。～～利～～lāi⇨能文。很會寫文章。食～～仔chia̍h～～á⇨靠筆討生活。汎指文職工作人員。

【筆法 pit-hoat】 運筆寫字的方法。看～～道知影是老李亂畫的啦khoà$^{n}$～～ tō-chai-iá$^{n}$ sī lāu-lí loān-ōe ê là⇨看筆法就知道是老李亂寫的。

【筆架 pit-kè】 架筆之具。～～山～～soa$^{n}$⇨筆架形之山陵。

【筆耕 pit-keng】 靠文墨被雇用以維持生計。大丈夫安能久事～～乎tāi-tiāng-hu an-lêng kiú-sū～～hò·⇨班超的慨嘆。

【筆記 pit-kì】 隨筆記錄不拘體例的文章。～～文～～bûn⇨筆記體裁的文章。～～簿～～phō·⇨作筆記的簿子。

【筆順 pit-sūn】 運筆的順序。

【筆跡 pit-chek】 手作的字畫。古人的～～kó·-jîn ê～～⇨同上。跡chek同迹chek。

【筆資 pit-chu】 潤筆lūn-pit。筆耕pit-keng的報酬。

【筆會 pit-hōe】 Pen Club。國際性的文藝團體。不問政治的一種友誼組織。

【筆管 pit-kóng】 保護筆尾的筆套。毛筆無～～，連鞭乾道僫寫也mo·-pit bô～～ liân-pi$^{n}$-ta to-bái-siá à⇨毛筆沒筆管馬上乾涸去就不好寫了。

【筆數 pit-sò·】 房地等不動產的計算，不拘大小，一件曰一筆。算～～未少，算面積都無人的便所大拎sǹg～～ bē(bōe)-chió, sǹg-biān-chek to-bô-lâng ê piān-só·-toā leh⇨計算筆數不少，計算面積，全部合起來不及人家的廁所那麼大。

【筆算 pit-sǹg】 以筆運算。洋算iû$^{n}$-sǹg。含口算，算盤，～～逐項會hâm kháu-sǹg, sǹg-poâ$^{n}$,～～ta̍k-hāng-ē(ōe)⇨同上。

【筆墨 pit-ba̍k】 筆與墨。～～官司～～koa$^{n}$ si⇨主要以文書來往的官司。～～未假～～bē(bōe) bái⇨字文都寫得不錯。

【筆鋒 pit-hong】 筆毛之尖鋒。～～犀利～～sai-lī⇨謂文章的論點尖銳利害。

【筆談 pit-tām】 互相以筆寫出意見來交談。阿兄合小弟無講話，講扲用～～啦，你看會笑死人未a-hia$^{n}$ kah sió-tī bô-kóng-ōe, kóng-teh iōng～～là, lí-khoà$^{n}$ ē(ōe)-chhiò-sí-lâng bē⇨兄與弟不通話，竟在使用筆談，你看會不會笑死人。

【筆戰 pit-chhiàn】 以文章爭論。精彩的～～cheng-chhái ê～～⇨同上。

**pit 必** 決定詞。專執也。未～bī～⇨不一定。未～然bī～jiân⇨不一定如何如何。何～hô～⇨爲何一定要。不～put～⇨不用，不要。大可不～tāi-khó-put～⇨很可以不一定如何如何。阿花未～肯a-hoe bī～khéng⇨阿花不一定答應。何～勉強替伊去hô～bián-kiáng thè-i-khì⇨(既然不願意了)爲何又要勉強代他去。不～麻煩put～mâ-hoân⇨不用麻煩。大可不～更講了tāi-khó-put～koh-kóng lò·⇨很沒需要再說了。

【必死 pit-sí】 一定死。決心死。安爾都～～無疑也an-ne(ni) to～～bû-gî ā⇨如此，那麼一定死逃不掉了。下定～～的決心hā-tēng～～ê koat-sim⇨下了必死決心。

【必定 pit-tiā$^{n}$】 pit-tēng。一定。伊～～肯的i～～khéng ê⇨他一定是答應的。

【必要 pit-iàu】 非有(如此)不可。～～的物件該袵去～～ê mi̍h-kiā$^{n}$ ài chah-khì⇨需要的東西應該隨帶而去。

【必是 pit-sī】 必定pit-tēng。～～安爾無不着～～an-ne(ni) bô-m̄-tio̍h⇨一定如此，沒有錯。

【必然 pit-jiân】 一定的結果。～～是安爾～～sī an-ne(ni)⇨(結果)一定是如此的。阿金未～～會來a-kim bī～～ē(ōe)-lâi⇨阿金

不一定會來。

【必勝 pit-sèng(sìn)】 戰～～，攻必取，無敵於天下也chiàn～～，kong-pit-chhí(chhú), bû-tek î thian-hā iā⇨同上。

【必須 pit-si(su)】 一定要如何如何。～～努力向前～～nô·-lek hiàng(hiòng) chiân⇨同上。～～依照遺言執行～～î-chiàu ûi-giân chip-hêng⇨同上。

【必需 pit-su】 生活～～品seng-oah～～phín⇨同上。軍需～～物資kun-su～～but-chu⇨同上。

【必信必忠 pit-sìn-pit-tiong】 矢勤矢勇，～～～～，一心一德，貫徹始終sí-khîn-sí-ióng, ～～～～,it-sim it-tek, koàn-thiat-sí-chiong⇨同上。

【必恭必敬 pit-kiong-pit-kèng】 恭恭敬敬kiong-kiong-kèng-kèng。

**玻** pit 裂也。器破未離曰玻pit。罅hà也。罅燒hà-sau曰玻pit。罅燒hà-sau者陶磁燒了有裂縫也。凡裂縫，皆曰玻pit。柴曝～去chhâ phak～khì⇨木料被日晒彼裂了。敲風每會～khau-hong mā-ē～⇨風打也會裂彼。手～脚～面每～chhiú～kha～bīn mā～⇨手彼脚彼面也彼了。

【玻孔 pit-khang】 裂隙。中央有～～tiong-ng ū～～⇨同上。

【玻穿 pit-chhng】 玻孔pit-khang。下跤每有～～ē-kha mā-ū～～⇨下面也有裂隙。

【玻開 pit-khui】 裂開。彼粒大粒桃不甘挽，講～～也hit-liap toā-liap-thô m̄-kam-bán，kóng～～à⇨那一隻大桃不忍摘取之，竟至於自己裂開了。

【玻嘴 pit-chhùi】 ㊀口唇彼。㊁裂口。～～都無甚看見，我看敢無要緊～～to bô-siaⁿ khoàⁿ-īⁿ,goá-khoàⁿ káⁿ-bô-iàu-kín⇨裂口都幾乎看不見的，我看大概沒有關係。

【玻縫 pit-phāng】 裂縫liat-hōng。事物皆曰玻縫pit-phāng。雙旁的～～無法度補siang-pêng ê～～bô hoat-tō·-pó·⇨雙方的裂縫沒辦法彌補。

【玻璺 pit-hûn】 pit-bûn。器破而未離謂之璺。花瓶有～～hoe-pân ū～～⇨花瓶有裂紃liat-sûn。

**伯** pit 伯勞pit-lô也。鳥名。百舌鳥。飼雞成～～chhī-ke(koe) chiâⁿ～～⇨養雞不大。小如伯勞鳥。龜桃～～專代誌了了ku-thô～～choan-tāi-chì liàu-liāu⇨謂莫名其妙的事情非常之多，忙得不得開招。了liáu改讀了liàu。龜ku，紅龜粿âng-ku-kóe，桃thô，壽桃粿siū-thô-kóe，都是喜慶用物。

**鼻** pit 鼻pī也。鼻phīⁿ也。

## piu

**彪** piu 虎文也。小虎也。虎狼豹～hó·-lông-pà～⇨四種猛獸。喩兇惡之輩。又逃去曰彪piu，謂快逃如彪也。給～去也hō·～khì(ì) à⇨給溜走了。仙～每無路sian～mā-bô-lō·⇨怎麼跑都跑不掉。

【彪炳 piu-péng】 光彩煥發kong-chhái-hoàn-hoat，功勳顯赫kong-hun-hián-hek的形容詞。

【彪形大漢 piu-hêng-tāi-hàn】 粗大的男子。彪作虎解。

**髟** piu 髮垂曰髟piu。長髮髟髟tiâng-hoat-piu-piu也。

**猋** piu 犬走貌。引伸爲凡走皆曰猋piu。俗作彪piu。一個溜二個～，三下道攏～去也chit-ê-liu, nn̄g-ê～saⁿ-ê tō-lóng～khì(ì) à⇨一個偷溜，兩個偷猋，三下就會都跑光了。緊～緊著kín～kín-tioh⇨逃脫第一。有憩，安爾還仔乎伊～過手去ū-khiāng, an-ne(ni) oân-á hō·-i～kōe-chhiú khì(ì)⇨有辦法，如此（緊張中）還是被他逃脫去了。一聲道～去也chit

-siaⁿ tō～khì(ì) à⇨一下子就溜掉了。

【猋猋叫 piu-piu-kiò】 風聲。風吹到～～～hong-chhoe kà～～～⇨風吹得猋猋聲。

# png

png 方 姓氏。方世玉打雷臺png-sè-giok táⁿ-lûi-tâi⇨歌仔戲的戲目。

png 楓 楓樹也。樹名。金縷梅kim-lúi-bôe。庭園樹，俗謂紅葉âng-hioh者也。

【楓仔 png-á】 楓樹hong-chhiū也。～～林～～nâ⇨楓樹林。又地名。～～樹～～chhiū⇨楓樹hong chhiū。～～葉～～hioh⇨秋天變成紅葉âng-hioh。

png 幫 治履邊也。亦即修整鞋履之傍邊也。凡事物傍所皆曰幫png。結合之團體亦曰幫png。店面乎人～tiàm-bīn hō·lâng～⇨店面一小部份分租給人。厝乎人～chhù hō·lâng～⇨房子分租給人。～些油仔轉來乎囡仔食～chē iû-á tńg-lâi hō·gín-á chiah⇨買一點點肉類，回家給孩子們吃。幫png，買肉之謙詞，亦示只買一小片。～些肉油仔～chē bah-iû-á⇨分些小肉。茶～tê～⇨茶商之團體。糖～thn̂g～⇨糖商團體。青～chheⁿ(chhiⁿ)～⇨同上。頂城～têng-siâⁿ～⇨同上。竹聯～tek-liân～⇨同上。十三太保～chap-saⁿ-thài-pó～⇨同上。

【幫派 png-phài】 幫png也。派phài也。當今～～眞夠tong-kim～～chin-chē⇨現代幫派很多。

【幫厝 png-chhù】 ㊀分租房子。㊁加大房子。～～帶～～toà⇨分租房子以居住。阮拎～～goán-teh～～⇨我們在擴大房子。

【幫補 png-pó·】 裨補piⁿ-pó·。安爾來，多少有～～an-ne(ni)-lâi to-siáu ū～～⇨如此一來,多少有補益。

【幫生理 png-seng-lí】 參與人家的生意。合人～～～罔度kah-lâng～～～bóng-tō·⇨參與人家的生意姑且維持生計。

pńg 榜 告示kò-sī。金～kim～⇨科舉的錄取名單。金～題名kim～tê-bêng⇨榜上寫有姓名，亦即錄取了，及格了。黃～n̂g～⇨黃紙榜，亦即上諭的告示。醮～chiò～⇨做醮chò-chiò告示。龍虎～liông(liêng)-hó·～⇨金榜kim-pńg。拆～thiah～⇨撕下告示，以表示能符榜上所要求。黑～o·～⇨黑名單。亦即壞人名字。

【榜文 pńg-bûn】 榜上之文字。榜pńg。出～～chhut～～⇨出榜chhut-pńg。

【榜首 pńg-siú】 榜頭pńg-thâu。及格第一名。

【榜上有名 pńg-siāng-iú-bêng】 ㊀及格了。恭喜你～～～～kiong-hí-lí～～～～⇨同上。㊁讀pńg-chiūⁿ ū-miâ。黑名單有份了。你該死也。～～～～也lí-kai-sí à～～～～ā⇨你該死了，黑名單上有你的名字了。

pn̄g 飯 白米加水煮熟曰飯pn̄g。餐食chhan-sit曰飯pn̄g。白米煮成～了peh-bí chí(chú)-chiâⁿ～lò·⇨喻事已成爲事實了。煮～chí(chú)～⇨炊米飯。食～chiah～⇨吃飯。白米peh-bí～⇨同上。三頓～saⁿ-tǹg～⇨日食三餐。食人～犯人問chiah-lâng～hoān-lâng-mn̄g⇨食人家之飯，自應受人家之譴責，食人之祿，擔人之憂sit-jîn chi-lok, tam-jîn chi iu。～會亂食得，話未亂講得～ē(ōe) loān chiah tit, ōe bē(bōe) loān-kóng tit⇨飯可以亂吃，話不能亂講。亂loān亦可改說濫擅lām-sám。囡仔人食～配話gín-á-lâng chiah～phòe ōe⇨責罵孩子們不可以邊吃邊說話。食～皇帝大chiah～hông-tè-toā⇨吃飯時其大如皇帝，謂人家在吃飯時，不可加阻撓。

【飯丸 pn̄g-oân】 球形之飯團。一粒如～～仔呢chit-liap ná～～á nè⇨謂孩子小，但是活潑。

【飯斗 pn̄g-táu】 飯桶pn̄g-tháng。

【飯包 pn̄g-pau】 帶出外面充飢之飯盒等之類。袛～～chah～～⇨帶同袪chah。

【飯耒 pn̄g-lē】 起飯去汁之小道具。天對地，黌杓對～～，鼎蓋對鼎刷，頭殼碗對五根枷thi$^{n}$-tùi-tē, hāu-hia tùi～～,tiá$^{n}$-khàm tùi tiá$^{n}$-chhè, thâu-khak-oá$^{n}$ tùi gō͘-kin-kê⇨童謠，對仔謠tùi-á-iô。

【飯缸 pn̄g-kha$^{n}$】 陶質飯桶。～～衫仔架～～sa$^{n}$- á-kè⇨喻不中用之人，謂只可盛飯與掛衫。食～～中央的人chia̍h～～tiong-ng ê lâng⇨喻生活富裕，大小家事皆有長輩頂住之幸運兒。

【飯後 pn̄g-āu】 吃飽之後。飯前～～pn̄g-chêng～～⇨西藥包上的指示用語。

【飯盒 pn̄g-a̍p】 盛飯菜爲飯包之盒。亦曰飯包盒仔pn̄g-pau-a̍p-á。

【飯匙 pn̄g-sî】 飯匕pn̄g-pí。取飯入碗之小道具。～～銃～～chhèng⇨毒蛇名，其頭展威即成飯匙形，又其毒猛，故以銃chhèng名之。據稱蒙其毒，行百步，即死，故亦名百步蛇pah-pō͘-choâ或pek-pō͘-siâ。

【飯桶 pn̄g-tháng】 飯斗pn̄g-táu。又同飯缸pn̄g-kha$^{n}$。木質者曰桶tháng，曰斗táu，陶質者曰缸kha$^{n}$。飯桶pn̄g-tháng，喻飯量大而工作無效率者。

【飯菜 pn̄g-chhài】 飯食，主食副食。備辦～～pī-pān～～⇨準備飯食。

【飯碗 pn̄g-oá$^{n}$】 食飯用之碗。～～咬到缺去也～～kā-kà-khih-khì(ì) â⇨喻經常出入其家。亦即太熟太熟之人了。以碗缺khih喻多次。亦即無數次的食飯，致碗亦缺khih，磨滅了。拍破～～phah phoà～～⇨喻弄丟職業。拍破人的～～phah phoà-lâng ê～～⇨弄丟人家的生計之路。捧人的～～phâng-lâng ê～～⇨喻嫁人爲婦。

【飯糒 pn̄g-phí】 飯干pn̄g-koa$^{n}$也。食～～過頓chia̍h～～kòe-tǹg⇨吃飯干過一餐。

pn̄g
憑 依託也。依賴也。脚踏馬屎～官氣kha-ta̍h bé-sái～koa$^{n}$-khì⇨馬童之流也依賴官的一點氣息而自鳴得意。～人的字運啦，好僫每不免怨嘆～lâng ê jī-ūn lā, hó-bái mā-m̄-bián oàn-thàn⇨依託各人的字運之事嘛，好歹也無須怨嘆也。～人的福氣～lâng ê hok-khì⇨依託在他人的福份之上。～神福祿～sîn hok-lo̍k⇨①依託神威而得福得祿。②喻因人成事。

## po

po
褒 揚美也。獎飾也。愛人～ài-lâng～⇨喜歡受稱讚。食～chia̍h～⇨極言喜褒厭貶。食～豬仔chia̍h～ti-á⇨一褒即拼命之傻瓜。免扲相～bián teh sio～⇨不必互相①稱揚②揭短。看命無～，食水都無khoà$^{n}$-miā bô～, chia̍h- chúi to-bô⇨謂看命業者不多用褒詞稱揚求卜者，即連喝水都沒有水可喝。相～歌sio～koa⇨男女對唱情歌。

【褒姒 po-sū】 古王妃。即以烽火召兵爲戲，終致敗國之名女人也。

【褒唆 po-so】 以褒煽動之。囡仔略仔～～扲，尾道翹起來也gín-á lio̍h-á～～leh, bóe tō khiàu-khí-lâi-ā⇨孩子稍予一褒，他就高興得不得了了。尾翹起來bóe-khiàu-khí-lâi高興而開始作爲。

【褒貶 po-pián】 詩既亡，春秋作，寓～～，別善惡 si-kí-bông, chhun-chhiu-chok, gī～～,pia̍t-siān-ok⇨三字經。

【褒揚 po-iâng】 褒獎宣揚。

【褒歌 po-koa】 對唱情歌。查甫查某愈挽茶愈唱～～cha-po͘-cha-bó͘ ná-bán-tê-ná-chhiù$^{n}$～～⇨男男女女，一面挽茶一面唱相褒之歌。

【褒獎 po-chiáng(chióng)】 ～～有功～～

iú-kong⇨同上。

【褒賞 po-siú$^{n}$】 褒揚而獎賞之。

【褒咯搔 po-lo-so】 褒而撫愛之。褒褒搔搔po-po-so-so之轉化。囡仔若共伊～～～一下，道歡喜到未顧得也gín-á ná-kā-i～～～chi̍t-ē, tō hoa$^{n}$-hí-kà bē(bōe)-kò·-tit à⇨孩子們若稍予褒一褒，搔一搔，就高興得不得了也。

【褒褒搔搔 po-po-so-so】 同褒咯搔po-lo-so。

**po 玻** 玻璃po-lê也。～～杯～～poe⇨同上。～～窗～～thang⇨同上。～～絲襪～～si-bo̍eh⇨同上。目珠都不是～～龍眼核講，看毋八ba̍k-chiu to m̄-sī～～lêng-kêng-hu̍t kóng, khoà$^{n}$-m̄-bat(pat)⇨眼睛不是玻璃龍眼核也，豈能看不懂。

**po 艀** 小船也。艀面po-bīn⇨小船上。

**pó 保** 養也。養其身體曰保pó。任也。任其責曰保pó。守也。佑也。三～六認sa$^{n}$～la̍k-jīn⇨非常確實可靠之保證。無擔～物 bô-tam～bu̍t⇨同上。性命難～sè$^{n}$-miā lân～⇨同上。勉強自～bián-kiáng chū～⇨同上。家伙無才調～ke-hóe bô-châi-tiāu～⇨家產無才能加以保存。太師太傅太～thài-su thài-hù thài～⇨古之所謂三公。十三太～cha̍p-sa$^{n}$-thài～⇨唐末李克用收有義子十三，皆封太保。三～的sa$^{n}$～ê⇨三流的貨色。

【保正 pó-chèng】 約當於今之村里長。文官做到～～，武官做到壯丁 bûn-koa$^{n}$ chò(chòe)-kàu～～，bú-koa$^{n}$ chò(chòe)-kàu chòng-teng⇨日據時的俚言。謂番薯仔han-chî-á最高只能如此。

【保安 pó-an】 保護社會安寧。～～警察～～kéng-chhat⇨同上。～～林～～nâ(lîm)⇨同上。～～處分～～chhì(chhù)-hun⇨法院的一種特別權限，例如十四歲以下之犯人得不收監而移付感化機關感化等是也。

【保存 pó-chûn】 保護以便長存。～～古物～～kó·-bu̍t⇨同上。

【保字 pó-jī】 保證書狀。有～～於人的手裏ū～～tī lâng ê chhiú-li̍h⇨有擔保書在他手中。

【保守 pó-siú】 維持現狀不多作改進。性格內向亦曰保守pó-siú。～～派的～～phài ê⇨同上。伊的人較～～有影啦i ê lâng khah～～ū-iá$^{n}$ lâ⇨他之爲人較保守是眞的。～～黨～～tóng⇨英國的大政黨，歷代多出名相，邱吉爾khiu-kiat-ní即其一。

【保庇 pó-pì】 鬼神保佑。有燒香有～～，有食道有行氣ū-sio-hiu$^{n}$ ū～～, ū-chia̍h tō ū kiâ$^{n}$-khì⇨謂路打通了，送禮見效了(行賄有效)。

【保狀 pó-chn̄g】 保證憑證。咱有～～扲驚甚lán ū～～leh kia$^{n}$-sah$^{n}$⇨我們有保證書嘛，怕什麼。

【保重 pó-tiōng】 自己珍重。你也該自己～～lí ā-ài chū-kí～～⇨同上。

【保家 pó-ke】 ㊀保護家庭。保國～～pó-kok～～⇨同上。㊁保證人pó-chèng-jîn。～～聲明脫保～～seng-bêng thoat-pó⇨保人聲明不再作保人。

【保密 pó-bi̍t】 保持秘密。～～人員～～jîn-oân⇨同上。

【保國 pó-kok】 報國pò-kok。盡忠～～chīn-tiong～～⇨同上。

【保惜 pó-sioh】 珍惜tin-sioh。新的未來，不知舊的好～～sin ê bōe-lâi, m̄-chai kū ê hó～～⇨新物(人)未到達，不能察知舊物(人)之值得珍惜珍重。喻不可一味喜新厭舊。

【保結 pó-kiat】 保證身分。有朋友共伊～～ū pêng-iú kā-i～～⇨同上。～～書～～si(su)⇨同上。

【保溫 pó-un】 保持一定的溫度。～～罐～～koàn⇨同上。

【保認 pó-jīn】 保證pó-chèng是新名詞。保

認pó-jīn是古名詞。你既敢～～了，我那不敢借伊lí kà-ká$^{n}$～～lò·, goá ná m̄-ká$^{n}$ chioh-i⇨你既然敢保證了，我有什麼不敢借（錢給）他。～～人是阿久伯仔，哎，安爾安啦！～～lâng sī a-kú-peh à, aih an-ne(ni) an lā!⇨保證人是阿久伯，哎,如此無問題也！（意指阿久伯絕對可靠)。

【保領 pó-niá】 保證pó-chèng。擔保tam-pó。做媒人那有～～人生囝chò(chòe)-moâi(mûi)-lâng ná-ū～～lâng se$^{n}$(si$^{n}$)-kiá$^{n}$⇨當媒婆豈有保證新娘必生貴子的。我～～，你包死的goá～～，lí pau-sí ê⇨我擔保，你一定因此而死。

【保壽 pó-siū】 人壽保險。～～保火～～pó-hóe⇨壽險siū-hiám火險hóe-hiám。

【保養 pó-iáng】 身體該家己～～sin-thé āi ka-kī～～⇨同上。

【保駕 pó-kà】 保護車駕。～～有功～～iú-kong⇨同上。

【保險 pó-hiám】 ㈠保證pó-chèng。不一定的。坦白講，這是無～～的呢，敢藉當來thán-pe̍k-kóng, che sī bô～～ê neh, ká$^{n}$ chiah-thang-lâi⇨坦白說，此事結果有危險性不一定成功，敢冒險才可以參加。這無掛～～呢che bô-koà～～neh⇨此事不保證成功也。㈡保險業務。招～～的chio～～ê⇨保險勸誘員。參加～～chham-ka～～⇨與保險公司成立保險契約。～～公司～～kong-si⇨同上。

【保薦 pó-chiàn】 保舉 pó-kí(kú)。推薦chhui(thui)-chiàn。

【保舉 pó-kí(kú)】 推薦chhûi-chiàn。～～你一官半職去做亦未穩嘛～～lí chi̍t-koa$^{n}$-poa$^{n}$-chit khì-chò(chòe) ia̍h-bē(bōe)-bái mà⇨推薦你去做小小的職位，也算不壞呀。地方～～的tē-hng～～ê⇨地方官(知縣)推薦的。

【保證 pó-chèng】 保認pó-jīn。～～人～～jîn～～⇨同上。

【保鏢 pó-pio】 亦作保鑣pó-pio。㈠古之武力保送業務者。人物錢財均接受保送。㈡今之護駕人員。人帶～～拎出入拎，敢小可仔人物咯lâng toà～～teh chhut-ji̍p leh kám sió-khoá-á jîn-bu̍t lò·⇨人家出入都是帶有保鏢的，豈是小人物哉。

【保釋 pó-sek】 法院依法放人在外候審。～～金～～kim⇨保釋的保證金。～～在外～～chāi-goā⇨同上。

【保護 pó-hō·】 衛護ōe-hō·。～～你安全過關～～lí an-choân kòe-koan⇨同上。有人拎收～～費ū-lâng teh siu～～hùi⇨有人在收取保護費。～～鳥～～chiáu⇨依法禁止擒捉以免其滅種之鳥類。～～國～～kok⇨附庸hū-iông之國。

【保身符 pó-sin-hû】 保證平安之神符。扱著彼張名片耳，伊道當做～～～也 khioh-tio̍h hit-tiu$^{n}$ bêng-phiàn niâ, i tō thong-chò(chòe)～～～ā⇨撿到了那一張名片而已，他就視同保身符了。

【保性命 pó-sè$^{n}$(sì$^{n}$)-miā】 顧生命kò·-seng-bēng。～～～要緊也，看到許的什麼家私～～～iàu-kín à，khoà$^{n}$-kà hiah ê sa-ma ke-si⇨保全生命第一了，管得了那些什麼家私嗎？日頭赤炎炎，隨人～～～ji̍t-thâu chhiah-ia$^{n}$-ia$^{n}$, sûi -lâng～～～⇨炎日當天，自顧生存。保pó亦作顧kò·。

【保護色 pó-hō·-sek】 動物學名詞。保護自己生存的色彩。多數與其生活環境相關。

【保生大帝 pó-seng-tāi-tè】 神名。俗稱大道公tāi-tō-kong。

【保境安民 pó-kéng-an-bîn】 城隍廟中，多有此字句。亦其職務也。

**pó 堡** 小城也。碉堡tiau-pó,築土如城，以屯兵防敵者也。城～siâ$^{n}$～⇨同上。

【堡壘 pó-lúi】 戰守用之小城堡。亦喻戰守上之要地。東方之～～tong-hong chi～～⇨同上。

pó
**寶** 珍也。玉物也。凡物之可貴者皆曰寶pó。愛重之物曰寶pó。尊人亦曰寶pó。又撚寶lián-pó簡稱曰寶pó。不八～m̄-bat(pat)～⇨不知其可貴。手不動三～chhiú put-tāng sam～⇨謂高貴得完全不必工作。三寶sam-pó者指金寶，銀寶，錢寶，謂對此三寶且無須自己動手也。拍～做～phah～chò(chòe)～⇨操作撚寶以行賭博。

【寶刀 pó-to】 截鐵如截泥之刀。～～未老～～bī-ló⇨喻某種能人雖年多了，還是甚厲害。

【寶斗 pó-táu】 撚寶的附屬道具。～～殼～～khak⇨寶斗的保護盒。

【寶石 pó-chioh】 玉石。藍～～nâ～～⇨藍色寶石。～～藍～～lâm⇨藍寶石之色。

【寶玉 pó-gek】 pó-giok。貴重的玉石類。又女人以此爲名者甚多。～～仔～～á⇨寶玉之愛稱。

【寶字 pó-jī】 ㈠貴字號kùi-jī-hō。㈡撚寶主的專司收支賭款之助手。

【寶吏 pó-lī】 掌撚寶之人。亦曰撚寶官lián-pó-koaⁿ。

【寶貝 pó-pòe】 ㈠珍貴的物品。㈡自己的子女。我的～～心肝仔囝goá ê～～sim-koaⁿ-á-kiáⁿ⇨同上。㈢他人的不肖子女。總是個彼個～～後生仔，猶有誰chóng-sī in-hit-ê～～hāu-seⁿ(siⁿ) a iáu-ū-chiâ⇨就是他們那個兒子嘛，還有誰。

【寶位 pó-ūi】 天子位。皇帝位。

【寶昌 pó-chhiang(chhiong)】 一種粗紙名。大約是尺來長七八寸闊的粗紙。寶昌可能就是其出品商之店號。

【寶珠 pó-chu】 珍珠tin-chu。眞珠chin-chu。又女子名。

【寶庫 pó-khò͘】 寶藏pó-chông。

【寶莊 pó-chng】 貴莊kùi-chng。

【寶號 pó-hō】 貴號kùi-hō。對他人行號的尊稱。

【寶塔 pó-thah】 佛寺之塔。

【寶墨 pó-bek】 對他人的書牘文字的敬稱。

【寶劍 pó-kiàm】 亦寶刀pó-to也。萬金～～藏秋水，滿馬春愁壓繡鞍bān-kim～～chông-chhiu-súi,boán-má chhun-chhiû ap-siù-an⇨西廂記。

【寶鏡 pó-kiàⁿ】 無影無跡的亦畫到蓮花成～～bô-iáⁿ-bô-chiah ê iah ōe-kà liân-hoe chiâⁿ～～⇨虛假之事，亦說得如蓮花變成寶鏡一樣，好像眞實了。

pò
**報** 告也。白也。酬答也。電～tiān～⇨同上。新聞～sin-bûn～⇨同上。至急～chì-kip～⇨同上。特～tek～⇨同上。密～bit～⇨同上。冤冤相～oan-oan-siang～⇨同上。又低氣壓的兆候曰報pò。起～頭了khí～thâu lò͘⇨低氣壓在發生了。媽祖～má-chó͘～⇨媽祖生之日的低氣壓。春～頭，冬～尾chhun～thâu,tang～bóe⇨春風在雨前強烈，多風在雨尾強烈化。一～還一～it～hoân it～⇨一事必還一報，亦即因果相報。善有善～，惡有惡～siān ū siān～, ok ū ok～⇨因果應報之說也。

【報仇 pò-siû】 申張仇恨。伊一定會～～的i it-tēng ē(ōe)～～ê⇨同上。仇siû同讐siû。

【報考 pò-khó】 報名投考。無去～～軍校讀免錢的上不著bô-khì～～kun-hāu thak-bián-chîⁿ ê siāng m̄-tioh⇨不去投考軍校讀免費的是第一錯誤。

【報名 pò-miâ】 宣報己名。～～受死～～siū-sí⇨戲白。～～考軍校～～khó kun-hāu⇨同上。～～單～～toaⁿ⇨同上。～～費～～hùi⇨同上。

【報知 pò-ti】 報告。～～主人頭的～～chú-lâng-thâu ê⇨向做主負責之人報告。

【報到 pò-tò】 會員～～hōe-oân～～⇨同上。參加人員～～chham-ka-jîn-oân～～⇨同上。新生～～sin-seng～～⇨同上。

【報怨 pò-oàn】 君子以德～～kun-chú í tek～～⇨同上。

【報信 pò-sìn】 通風～～thong-hong～～⇨傳達消息。

【報馬 pò-bé】 探馬thàm-bé。～～仔～～á⇨有事不問黑白爭先走報之人。又迎神接佛之時在陣頭鳴鑼開道者。

【報紙 pò-choá】 新聞。買～～來看bé(bóe)～～lâi-khoàⁿ⇨同上。賣舊～～bē(bōe)-kū～～⇨同上。

【報喜 pò-hí】 報知可喜之事。～～無報憂～～bô-pò-iu⇨喜報，憂不報。新聞政策如此，即屬欺騙政治也。

【報復 pò-hok】 報仇pò-siû。等待機會～～tán-thāi ki-hōe～～⇨同上。

【報冤 pò-oan】 報仇pò-siû。小人～～三日，君子～～三年siáu-jîn～～saⁿ-jit, kun-chú～～saⁿ-nî⇨同上。

【報稅 pò-sòe】 申報稅務事。～～繳稅～～kiáu-sòe⇨同上。

【報答 pò-tap】 酬謝siû-siā。～～人的人情～～lâng ê jîn-chêng⇨酬謝別人對我之人情。

【報館 pò-koán】 報社pò-siā。新聞社sin-bûn-siā。

【報頭 pò-thâu】 ㊀低氣壓。風颱。起～～khí～～⇨同上。～～風～～hong⇨風颱的第一陣風。㊁喻快生氣了。抣起～～也teh-khí～～ā⇨快要生氣了。

【報關 pò-koan】 向海關申報。～～行～～hâng⇨代客辦理貨物進出口的報關事務者。

【報歲蘭 pò-sòe-lân】 蘭花的一種。以新正開花而被歡迎。

【報田螺仔冤 pò-chhân-lê-á-oan】 乘機報小恨。許抣共伊～～～～～的啦he teh kā-i～～～～～ê là⇨那是對他洩了一口小恨的了。田螺chhân-lê亦可代以老鼠niáu-chhí，作老鼠仔冤niáu-chhí-á-oan。

pò **播** 播pò͘也(見po͘部)。

pô **葡** 葡萄pô-tô也。

pô **婆** 老女通稱曰婆pô。老～仔lāu～á⇨老阿婆lāu-a-pô。伯～嬸～peh～chím～⇨父之伯母叔母。姑～姨～ko͘～î～⇨祖父之姐妹，祖母之姊妹。妗～kīm～⇨舅公kū-kong之妻。公～kong～⇨夫妻。花～hoe～⇨同上。媒人～moâi-lâng～⇨不拘男女老少，均如此稱呼。乞食～khit-chiah～⇨乞食的太太。賊～chhat～⇨女賊。老番～lāu-hoan～⇨外族之老女。全全三姑六～了了choân-choân saⁿ-ko͘-lak～liàu-liàu⇨都是三姑六婆之流。了了liáu-liáu改讀liàu-liàu。

【婆心 pô-sim】 慈愛之心。老～～切lāu～～chhiat⇨同上。

【婆仔 pô ā】 老婦。祖母(公仔kong-a之對稱)。公仔喝拂，～～喝掠kong-a hoah-hut,～～hoah-liah⇨老公公喊打，老婆婆喊掠。掠liah，捉人也。拂hut，打也。

【婆仔 pô-á】 女。少女。美國～～bí-kok～～⇨美國少女。日本～～jit-pún～～⇨日本少女。番～～hoan～～⇨外族的少女。

【婆姐 pô-chiá】 產神sán-sîn。授兒授女之神。～～公～～kong⇨據說婆姐亦有男的。～～做記號的～～chò(chòe)-kì-hō ê⇨嬰兒身上有青斑等都是婆姐所作之記號。～～抣創治人～～teh chhòng-tī lâng⇨婆姐在戲弄人。例如要的不生，不要的却生了一大羣，又該生的不生，不該生的偏偏肚子漲起來了，都屬婆姐創治人chhòng-tī lâng也。

【婆羅 pô-lô】 鳳梨ông-lâi的異名。～～廡

～～moâ⇨鳳梨樹絲。

【婆羅洲 pô-lô-chiu】 Borneo,地名。世界第三大島。位置在菲律賓之南，印尼之北。

【婆羅門教 pô-lô-bûn-kàu】 印度的古宗教。在佛教之前已有之，現在仍甚盛。

pō **暴** 暴pok也。暴poh也(參見poh及pok各部)。

【暴虐 pō-gek】 poh-gek。暴君～～無度poh-kun～～bû-tō·⇨同上。

【暴辱 pō-jiok】 poh-jiok。侮辱(強姦)。被人～～hō·-lâng～～⇨同上。

【暴雷 pō-lûi】 poh-lûi。迅風～～必變sìn-hong～～pit-piàn⇨三國煮酒論英雄的故事。

【暴憑 pō-pîn】 暴憑poh-pîn。突然thut-jiân。

【暴其然 pō-kî-jiân】 暴其然poh-kî-jiân。～～～，講要許爾麩錢，那有法得～～～，kóng-boeh hiah-ni-chē-chîⁿ，ná-ū hoat tit ⇨ 同上。

pō **薄** 薄poh也，薄pok也(見poh，pok兩部)。

## po·

po· **埔** 平曠之地曰埔po·。平～pêⁿ(pîⁿ)～⇨平曠之地。草～chháu～⇨草生地。荒～hong～⇨荒廢之地。海～hái～⇨海邊曠地。溪～khe(khoe)～⇨江邊曠地。沙～soa～⇨沙地。石頭～chioh-thâu～⇨多石之地。牛～gû～⇨放牛地。塚仔～thióng-á～⇨墓仔～bōng-á～⇨墓地。又地名。我們台灣以埔po·爲地名者特別多，例如：大～新～內～外～toā～sin～lāi～goā～等是以位置分者；東～南～北～中～tang～lâm～pak～tiong～等是以方向分者。又有～里，～心，內茅～，大港～，～lí, ～sim, lāi-hîm～, toā-káng～ 等等不勝枚舉。

【埔心 po·-sim】 ㊀地名。㊁茶樹的品種。

【埔占 po·-chiam】 陸稻liok-tiū的總稱。

【埔姜 po·-kiuⁿ】 一種灌木。常見於平埔。青～～chheⁿ～～，埔姜之一種。綠色較重，具有一種成份可使魚類麻醉而捕之，一定的時間過了，又會醒過來游走。筆者兒時曾玩之。～～崙～～lūn⇨地名。

po· **埠** 水濱泊船之所。商販集散之地。商～siang～⇨商業都市或港口。

【埠頭 po·-thâu】 ㊀碼頭bé-thâu。繫船之所。船貨客起落之地。基隆～～ke-lâng～～⇨基隆碼頭，即基隆港。㊁地方。角頭。勢力圈。即～～是姓白的，彼～～屬姓洪的chit～～sī sèⁿ(sìⁿ)-peh ê, hit～～siok sèⁿ(sìⁿ)-âng-ê⇨此一角頭是姓白的，彼一角頭是姓洪的(勢力範圍)。阮即～～的人較少出外goán-chit～～ê lâng khah-chió chhut-goā⇨我們此地之人比較少出外討生活。

po· **晡** 申時即下午三四時也。日至悲谷，是謂晡時。又半日曰晡po·。頂～下～téng～ē～⇨上午，下午。等歸～tán-kui～⇨等候了整半天。一～道好也chit～tō-hó à⇨一個半天就弄好了。軟～nńg～⇨日光軟化的時候。未～～也敢會到位boeh～～á kám-ē kàu-ūi？⇨將黃昏了能不能到達。敢kám，敢káⁿ同爲預料，不過敢kám表示懷疑，敢káⁿ表示相信。敢會kám-ē⇨可能嗎，敢會káⁿ-ē⇨相信可能。

po· **甫** 諸甫cha-po·，即男人也。俗作查甫cha-po·。

po· **䩚** 烹飪pheng-jím之器也。又量名。炊～chhui(chhoe)～⇨蒸炊器俗叫籠～láng～⇨炊一～甜粿，一～菜頭粿chhoe chit～tiⁿ-kóe，chit～chhài-thâu-kóe⇨同上。chit-po·猶如一鼎chit-tiáⁿ，亦即一釜chit-hú也。只是俗叫一䩚粿chit-po·-kóe，不叫一鼎粿chit-tiáⁿ-kóe，反之，只叫一鼎飯chit-tiáⁿ-pn̄g而不叫一䩚飯chit-po·-pn̄g也。

**po· 槀** 枯也。生物枯萎腐朽皆曰槀po·，同槁po·。楹仔無～那會折ê$^{n}$(î$^{n}$)-á bô～ná-ē(ōe)-chi̍h⇨同上。甚慢扱，骨骸攏～去也siu$^{n}$-bān-khioh, kut-hâi lóng～khì(ì) à⇨太遲的收骨，致骨頭皆朽化了。樹葉～了了也chhiū-hio̍h～liáu-liáu à⇨樹葉皆枯萎了。

**pó· 補** 修治故衣，使之完整可穿曰補pó·。凡破損而修治之，欠缺而充滿之，皆曰補pó·。有所裨益曰補pó·。紩新衫～破褸thī$^{n}$-sin-sa$^{n}$～phoà-láu⇨破褸phoà-láu(náu)破衣破裘也。天破亦該～thi$^{n}$ phoà a̍h-āi～⇨天破了也必須修補之。無夠，～你到夠bô-kāu，～lí kā-kàu⇨不足就再補給你到足。無裨～bô-pi～⇨無所裨益，亦即無實惠。安爾每是於事無～an-ne(ni) mā-sī î-sū bô～⇨同上。遺缺待～ûi-khoat thāi～⇨同上。無夠，更追～bô-kāu，koh tui～⇨同上。食～較輸睏～chia̍h～khah-su khùn～⇨吃補藥不如困足眠。火燒的～無熟的hóe-sio ê～bô-se̍k ê⇨於事無～也î-sū bû～iā。形式上的補貼也。塡～tiân～⇨同上。彌～mî(nî)～⇨同上。十全大～sip-choân-tāi～⇨補藥名。前～後～chêng～āu～⇨清代的官服。

【補水 pó·-chúi】往時以繳納稅捐，須加一成以補貼錢幣改鑄的損失。名曰補水pó·-chúi。

【補天 pó·-thi$^{n}$】古神話故事。女媧氏鍊石～～lí-o-sī liān-chio̍h～～⇨同上。

【補冬 pó·-tang】立冬之日，特別製食有延年益壽之效的食品。

【補血 pó·-hoeh(huih)】補強血液。強精～～丹kiâng-cheng～～tan⇨所謂仙藥也。

【補助 pó·-chō·】協助。資助。有人～～ū-lâng～～⇨同上。～～金～～kim⇨同上。～～機～～ki⇨副機。～～官～～koa$^{n}$⇨協助的官員。

【補牢 pó·-lô】亡羊～～猶爲未晚bông-iâng～～iû-ûi bī-boán⇨同上。

【補兌 pó·-thùi】修補換入新零件。無當～～，更用舊的bô-thang～～, koh-iōng-kū-ê⇨無新物可換，再用舊物。

【補物 pó·-bu̍t】強身補氣之物品。

【補衫 pó·-sa$^{n}$】修補衣服。哈唏哈，娶某來～～hā$^{n}$-hi$^{n}$-hā$^{n}$, chhoā-bó· lâi～～⇨童謠。

【補所 pó·-só·】有所補。有所裨補。人講有孝有～～lâng-kóng ū-hàu ū～～⇨人言有孝者有善報。食了無～～chia̍h-liáu bô～～⇨吃了沒裨益。

【補胃 pó·-ūi】補強胃能增加消化力。～～藥品～～io̍h-phín⇨同上。

【補缺 pó·-khoat】補充缺額。選人遞補。奉命～～hōng-bēng～～⇨同上。

【補習 pó·-si̍p】～～教育～～kàu-io̍k⇨同上。～～班～～pan⇨同上。～～學校～～ha̍k-hāu⇨同上。

【補添 pó·-thi$^{n}$】補足pó·-chiok。無夠，～～到夠bô-kāu，～～kā-kàu⇨不足者，補至十足。

【補陽 pó·-iâng】補強男勢。滋陰～～chu-im～～⇨好藥也。

【補脾 pó·-pî】補強脾胃。～～利水～～lī-súi⇨同上。

【補腎 pó·-sīn】補強腎之效能。多數暗示強精強壯之力。山豬～～丸soa$^{n}$-ti～～oân⇨亦屬仙丹也。

【補罪 pó·-chōe】贖罪sio̍k-chōe。將功～～chiang-kong～～⇨同上。

【補碗 pó·-oá$^{n}$】修補破碗。今已無此業矣。

【補鼎 pó·-tiá$^{n}$】修補破鼎鍋。一如補碗，此業亦已不見矣。～～續火～～soà-hóe⇨補鼎須乘火未息。乘便順手做同一事的口頭禪kháu-thâu-siân。續火soà-hóe亦可作趁火thàn-hóe。

【補運 pó·-ūn】補強去衰。果眞有此妙方，豈不早已天下太平矣。～～錢～～chî$^{n}$⇨求神補運的紙錢。

【補漏 pó·-lāu】 補漏水點。亦曰掠漏liah-lāu。

【補紩 pó·-thīⁿ】 修補衣衫。嗪嗪吱，肩頭破一裂，無某當～～，想著喉道淀phōng-phong-chhí, keng-thâu phoà-chit-lih, bô-bó· thang ～～, siūⁿ-tioh āu-tō-tīⁿ⇨乞食歌。喉道淀āu-tō-tīⁿ，欲哭未出聲也。

【補藥 pó·-ioh】 使身強力壯，延年益壽之仙藥。食～～chiah～～⇨吃補藥。名堂甚多。

【補充兵 pó·-chhiong-peng】 備補正規兵缺額的額外兵員。

【補雨傘 pó·-hō-soàⁿ】 修補雨傘。牽翁仔～～～ khan-ang-á ～～～⇨謂閒話hân-ōe東拉西扯扯不停。

【補破網 pó·-phoà-bāng】 修補魚網。

【補嘴齒 pó·-chhùi-khí】 治牙鑲牙 tī-gê-jiāng-gê。

【補補搭搭 pó·-pó·-tah-tah】 補了又補，搭了又搭。違章建築也。搭tah亦可作貼tah，粘合也。

**pó· 斧** 斧頭pó·-thâu也→pú-thâu。程咬金三下～～ 法thiāⁿ-káu-kim saⁿ-ē ～～ hoat⇨瓦江寨的故事。

**pó· 脯** 乾肉也。凡鹽乾之物皆曰脯pó·。又錢財盡矣亦曰脯pó·。蓋取其錢源乾涸之義。鹿肉～lok-bah～⇨我台灣古多鹿。其脯確屬珍味。魚～hî～⇨魚干hî-koaⁿ。鉏～chiáⁿ～⇨輕鹽之魚干，反之曰鹹～kiâm～。菜～chhài～⇨蘿蔔lô-pok干，蘿蔔lô-pok俗名菜頭chhài-thâu，意謂蔬菜之王也。老乳～lāu-leng～⇨乳汁已盡之乳，老婦的乳房。開到盒亦得未～也khai-kàu-taⁿ ah-tit-boeh～à⇨浪費到現在也快要乾涸了。

【脯脯 pó·-pó·】 乾涸。喻袋中或腹中空虛。袋仔底～～也tē-á-té～～à⇨囊中無物了。至今飯無來，免講逐個腹肚底每 ～～ 也chī-kim pn̄g bô-lâi bián-kóng tak-ê pak-tó·-té mā ～～ à⇨至今飯都沒來，當然大家肚中都空空如也了。

**pò· 布** 絲綿麻類的織布也。敷也，茨chhu也。陳設也。綿～麻～mî～moâ～⇨同上。分～hun～⇨同上。散～sàn～⇨同上。公～kong～⇨同上。宣～soan～⇨同上。油～iû～⇨防水布。面～bīn～⇨面巾。帆～phâng～⇨船帆用之粗布。水流破～chúi-lâu phoà～⇨喻行無定址，住無定所。

【布匹 pò·-phit】 布類。布以匹phit計算。布長四丈為一匹。俗作一疋chit-phit。亦作布疋pò·-phit。

【布目 pò·-bak】 線與線之間。～～較疎～～khah-se⇨布粗隙縫大。有錢出，有～～ū-chîⁿ chhut, ū～～⇨謂出錢了，自有其效果。

【布布 pò·-pò·】 食物如食布。亦即一無滋味。即款魚食著～～chit-khoán-hi chiah-tioh～～⇨此種魚，食其肉如食布，非常不好吃。

【布行 pò·-hâng】 布店。銀行～～ 雜貨行gîn-hâng～～chap-hòe-hâng⇨同上。

【布衣 pò·-i】 庶人。臣本～～，躬耕於南陽，苟全性命於亂世，不求聞達於諸侯 sîn-pún～～，kiong-keng î lâm-iâng, kó-choân sèng-bēng î loān-sè, put-kiû būn-tat î chu-hô·⇨前出師表。

【布帆 pò·-phâng】 帳幕tiàng-bok。分內外或避風雨等之用者。搭～～tah～～⇨搭建帆幕。晾～～nê(nî)～～⇨同前。但搭在上以遮日者曰晾nê。茨～～chhu～～以布帆為蓆也。

【布局 pò·-kiok】 ㊀布置棋局。㊁設計，計畫。佼～～gâu～～⇨善於設計。

【布告 pò·-kò】 宣布告知大衆。～～周知～～chiu-ti⇨同上。布，俗亦作佈。

【布身 pò·-sin】 質地。～～肥更結～～pûi-koh-kiat⇨布身又厚又結實。即塊～～，幼是有較幼，毋過，驚做傷短chit-tè～～, iù si-ū-khah-iû，m̄-ku, kiaⁿ-chò siuⁿ té⇨此一塊布，質地幼是幼一點，但是恐怕太短了。

【布房 pò·-pâng】 染房jiám-pâng→ní-pâng。染布ní-pò·之家。

【布枋 pò·-pang】 布之枋。紙枋～～choá-pang～～⇨同上。俗以棺木曰板pán，一般用材曰板pang，作枋pang。

【布帛 pò·-pek】 布類的總稱。

【布衫 pò·-saⁿ】 做工仔人，粗～～仔罔去噢chò(chòe) kang-á-lâng, chho·～～á bóng-khì-ò·⇨做工之人，有粗布衫可穿，就該知足了(輕視的語法)。

【布底 pò·-té(tóe)】 ㊀同布身pò·-sin。㊁布的質地。當然是正～～的，不是人造的tong-jiân sī chiàⁿ～～ê，m̄-sī jîn-chō ê⇨同上。

【布店 pò·-tiàm】 布行pò·-hâng。店tiàm是較小者，行hâng似乎指較大者。

【布郊 pò·-kau】 布匹商。郊kau俱有今日之同業俱樂部或同業公會之性質。糖郊茶郊～～thn̂g-kau tê-kau～～⇨糖茶布各類的同業。

【布施 pò·-si】 施放財物以濟窮困。

【布料 pò·-liāu】 布的材料。上好的～～siāng(siōng)-hó ê～～⇨品質最佳之布。

【布紐 pò·-liú】 布質之紐扣。

【布條 pò·-tiâu】 pò·-liâu。布剪成長條。～～仔～～á⇨小布條。

【布陣 pò·-tīn】 布置戰陣。

【布袋 pò·-tē】 麻布之大袋。米糖等用之。飼鳥鼠咬破～～chhī-niáu-chhí kā-phoà～～⇨喻施惠於人反受其害。～～乳～～leng(ni)⇨乳大如布袋。～～裝～～chong⇨四角形之衣服。服裝設計師的名堂。～～戲～～hì⇨以手撐演之木偶戲。～～戲俑仔～～hì ang-á⇨其木偶。俑仔ang-á，土俑thô·-ióng，陶俑tô-ióng之類，皆曰俑仔ang-á。俗作尪仔。尪ong者跛足曲脛，或廢疾之人，並無偶人之義。人人所愛之各種美麗偶人，何必取此跛脚之字以代表之。

【布景 pò·-kéng】 ㊀布置風景。造園～～有一套chō-hn̂g～～ū-chit-thò⇨對造園布景有些把握。㊁畫有風景之戲台用布幕。校畫～～gâu-ōe～～⇨善畫製布景。

【布裏 pò·-lí】 布質的內裏。皮衣～～phôe-i～～⇨同上。

【布置 pò·-tì】 安排an-pâi。設計siat-kè。配置phòe-tì。～～得眞好看～～li chin-hó-khoàⁿ⇨布置得很好看。～～了眞臭族～～lliáu chin chhàu-chok⇨布置得很俗氣。人個早道～～好也lâng-i chá tō～～hó à⇨人家他很早就安排配置妥當了。人個請專家扵～～lâng-in chhiáⁿ choan-ka teh～～⇨人家他們雇請專家在布置中。

【布鞋 pò·-ê(ôe)】 百姓人有粗衣～～道眞好也了peh-sèⁿ(sìⁿ)-lâng ū chho·-i～～tō chin hó-à lò·⇨百姓人家有粗衣布鞋(可穿)就很好了。

【布碎仔 pò·-chhùi-á】 碎布。不成物之布片。

【布頭布尾 pò·-thâu-pò·-bóe】 布碎仔pò·-chhùi-á。

## 佈 pò·

通布pò·。布告pò·-kò作佈告pò·-kò。

## 播 pò·

種也。種植也。布也。揚也。傳報曰播pò·。廣～電台kóng～tiān-tâi⇨同上。傳～公司thoân～kong-si⇨同上。

【播田 pò·-chhân】 種稻chèng-tiū。～～刈稻～～koah tiū⇨農家最忙的時刻。

【播放 pò·-hòng】 電台施放音樂電影電視等節目皆曰播放pò·-hòng。

【播音 pò·-im】 電台放出音樂等有聲的電波皆曰播音pò·-im。

【播稻 pò·-tiū】 播種稻秧pò·-chèng-tiū-ng。亦曰播秧pò·-ng。皆同播田pò·-chhân。

【播佳音 pò·-ka-im】 聖誕夜，愛好音樂的青年在街頭巷尾行奏聖誕歌曰播佳音pò·-ka-im。意謂報告耶穌降世了的好消息也。

pò͘ **傅** 姓氏也。古官名有太子太傅thài-chú thài-hù或少傅siàu-hù，亦即師傅su-hū之傅hū，在姓氏即曰傅pò͘(見hu部)。

pò͘ **報** 報pò也(見po部)。

pô͘ **苞** 豐也。茂也。草木叢生曰苞。竹～tek～⇨竹叢tek-châng。叢châng，聚也。聚木曰叢。樹林～chhiū-nâ～⇨叢林chông-lîm。刺林～chhì-nâ～⇨荊棘keng-kek叢生之處。

pô͘ **房** 室也。小室之密聚者曰房pô͘。蜜～bi̍t～⇨蜜蜂巢。蓮花～liân-hoe～⇨花子房hoe-chí-pô͘。乳～leng～⇨乳房。蓮～liân～⇨蓮花房。

pô͘ **餢** 溲稻粉使發酵輕高浮起曰餢pô͘，亦曰粿粞kóe-chhè。可以軟潤化以便做成粿塊者也。豆～tāu～⇨豉sī$^n$醬菜之醬母chiù$^n$-bó也。酒～chiú～⇨製酒之酒母也。溲so͘，沃也，水調粉也。

pô͘ **蒲** 水草也。水楊也。菖～chhiang～⇨花名，多生於池澤水邊，葉如劍形，端午懸於門上以辟邪。

【**蒲月 pô͘-goa̍t**】 陰曆五月之異名。因端午以菖蒲辟邪而得名。

【**蒲團 pô͘-thoân**】 寺廟中的一種小備品。置在神桌前跪拜墊膝用者。

【**蒲鹽 pô͘-iâm**】 樹名。其子如釉穗tiū-sūi。有鹽分。或應作埔鹽pô͘-iâm。

【**蒲柳之質 pô͘-liú-chi-chit**】 謂體弱如水柳之隨風搖動。

pô͘ **裒** 多也。減也。又聚也。縫衣時，將布邊拗回縫合之曰拗裒áu-pô͘。加布而拗曰搧裒siàn-pô͘。莫拗傷大～較好看mài-áu siu$^n$-toā～khah-hó-khoà$^n$⇨不拗太大裒比較好看。

【**裒多益寡 pô͘-to-ek-koá$^n$**】 減有餘而補不足也。拗裒搧裒áu-pô͘ siàn-pô͘當取此意。

pô͘ **葡** 葡萄pô͘-tô也。蔓生的青果。→pô͘-tô。

pô͘ **婆** 姑婆芋ko͘-pô͘-ō͘，植物名，一種山芋。葉可供包裝用。

pō͘ **步** 行也。跬hoa̍h也。一舉足曰跬hoa̍h，再舉足乃步pō͘矣。方法手段，術數皆曰步pō͘。一～行二～走chit～kiâ$^n$ nn̄g～cháu⇨同上。三～做二～sa$^n$～chò(chòe) nn̄g～⇨同上。無變～bô-piàn～⇨沒有新點子。變無～piàn-bô～⇨弄不出新花樣。垃圾～lah-sap～⇨髒點子。惡～ok～⇨毒～to̍k～⇨利害～lī-hāi～⇨害人的辦法。生死～se$^n$-sí～⇨關鍵手段。趁食～thàn-chia̍h～⇨討生活的方法。寸～難行chhùn～lân-hêng⇨動彈不得。國～艱難kok～kan-lân⇨國事維艱。天～有常thian～iú-siâng⇨天道是一定的。進無～退無路的地～⇨chìn-bô～thè-bô-lō͘ ê tē～⇨同上。進～退～chìn～thè～⇨同上。快～慢～khoài～bān⇨同上。脚～輕快kha～khin-khoài⇨同上。行棋有棋～，刣豬有刀路kiâ$^n$-kî ū kî～，thâi-ti ū to-lō͘⇨謂各有其方各有其法。嘴講猴齊天，見眞無半～chhùi-kóng kâu-tê-thian, kì$^n$chin bô-poà$^n$-～⇨口頭上說得有如孫大聖，逢到實際了，半個法子都沒有。按～當車àn～tong-ki⇨步行。暗～àm～⇨暗中使用之辦法。死～sí～⇨無變巧。偷食～thau-chia̍h～⇨偷襲之法。騙～phiàn～⇨詐騙之法。餲～臭～落屎～àu～chhàu～lāu-sái～⇨皆下下之步。好～撇～功夫～hó～phiat～kang-hu～⇨皆上上之步。玉～gio̍k～⇨女人步伐。蓮～liân～⇨女人步伐。二～策仔jī～chhit-à⇨同國語的兩把刷子。

【**步月 pō͘-goa̍t**】 徐步賞月chhî-pō͘ siú$^n$-goa̍t。

【**步行 pō͘-hêng**】 行路kiâ$^n$-lō͘。～～三百里～～sa$^n$-pah-lí⇨同上。

【**步兵 pō͘-peng**】 基本兵種。～～水兵馬兵

～～ chúi-peng　bé-peng ⇨ 同上。步卒 pō·-chut。

【步步 pō·-pō·】 ㊀事事。每事。～～ 著我～～ tioh goá⇨凡事都需要我一個人負責。～～ 該錢，曷有法得 ～～ ài-chîⁿ，ah-ū-hoat tit⇨每事都要錢，那裏有辦法(負擔)。～～看人，毋當較贏～～khoàⁿ lâng，m̄-thang khah-iâⁿ⇨事事依賴他人，這種事不要(幹)也吧。㊁每一著。一步一步。～～爲營～～ûi êng⇨每一步，都小心對付。～～ 高昇 ～～ko-seng⇨同上。

【步道 pō·-tō·】 人行道jîn-hêng-tō·。

【步輦 pō·-lián】 安步當車an-pō·-tong-ki。步行的美詞。輦lián，以人引行之天子車也。～～ 較快啦 ～～ khah-khoài lā⇨謂我以天子車去，較快也。

【步數 pō·-sò·】 辦法。手段chhiú-toāⁿ。你講著～～ 了了，今呢？lí-kóng-tioh ～～ liàu-liàu, taⁿ nè⇨你一開口全部都是步數，現在怎麼辦(沒辦法了吧)。了liáu改讀liàu。來！看本帥的 ～～ lâi! khoàⁿ pún-sò ê ～～ ⇨來吧！看我的方法。阮阿花仔的～～ 得未展去也 goán-a-hoe a ê～～tit-boeh tián khì à⇨我們的阿花的手段快要施展出去了。

【步戰 pō·-chiàn】 步兵之戰。陸戰 liok-chiàn。

【步韻 pō·-ūn】 次韻chhù-ūn。和韻hô-ūn。

【步山虎 pō·-san-hó·】 穿山甲chhoan-san-kah之異名。一種全身有鱗甲的動物。俗稱鯪鯉 lâ-lí。

【步光踏斗 pō·-kong-tah-táu】 道士舞劍作法於燈光中。喻高深莫測ko-chhim-bok-chhek。人伊會 ～～～～ 也lâng-i ē(ōe)～～～～ à⇨人家他是會步光踏斗之人也。

**捕** pō· 取也。捉也。掠人liah-lâng曰捕pō·。巡～sûn～⇨警察之一種。逮～thāi～ ⇨追而捉之。追～tui～⇨追上去捉。拒～kī～⇨拒不就逮。按捕pō·，今人多已讀pó·。

【捕役 pō·-iah】 刑警人員的古名。亦即緝捕盜賊之役。

【捕快 pō·-khoài】 捕役pō·-iah的俗稱。～～總～～chóng⇨刑事隊長或警察局長。

【捕捉 pō·-chhiok】 擒掠khîm-liah。～～逃犯～～tô-hoān⇨同上。

【捕獲 pō·-hek】 漁業或狩獵所得。漁業總～～量增加三成hî(gî)-giap chóng～～liāng cheng-ka saⁿ-siâⁿ⇨同上。

【捕鯨船 pō·-keng-chûn】 專掠大鯨之船。

【捕風捉影 pō·-hong-chhiok-éng】 捉風掠影 chiok(chhok)-hong-liah-iáⁿ。喻所言皆無根據。

**哺** pō· 嚼食chiak-sit曰哺pō·。食在口曰哺。周公吐～，天下歸心chiu-kong tò·～, thian-hā　kui-sim⇨曹操短歌行。無牙兔 ～ bô-gê bián ～ ⇨同上。無嘴齒未 ～ bô-chhùi-khí bē(bōe) ～ ⇨同上。嘴齒痛，不敢 ～ chhùi-khí-thiàⁿ，m̄-káⁿ～⇨同上。羊有跪乳之恩，鴉有反 ～ 之義iâng iú kūi-jí-chi-in, a-iú hoán～chi-gī⇨同上。鴉a，烏o·也，或稱烏鴉。

【哺乳類 pō·-jí-lūi】 動物學名詞。幼兒期必賴母乳生存之動物。亦曰哺乳動物pō·-jí-tōng-but。

**部** pō· 凡類別皆曰部。官衙曰部pō·。古有六～，今有內閣各～kó·-iú liok～，kim-iú lāi-koh kok～⇨同上。軍隊曰部pō·，如：司令～su-lēng～，團～thoân～，隊～tūi～。地方區域曰部pō·：東～南～北～tang～lâm～pak～。書籍曰部pō·，古有：經～史～子～的分類法keng～sú～chú～ê hun-lūi hoat。其他亦多有曰部pō·。例如：內～外～lāi～goā～，頂～下～téng～ē～，全～局～choân～kiok～，本～分～pún～hun～。總～支～chóng～chi～。六～尙書liok～siāng-si(su)⇨古朝廷政府有：吏lī戶hō·禮lé兵peng刑hêng工

kang之六部，其長官曰尙書siāng-si (su)。按～就班àn～chiū-pan⇨有層次秩序也，古官員按六部上衙，各就其所屬班制，不致紛亂。

【部下 pō·-ē】 pō·-hē(hā)。下部之人。下屬。從衆。大王的～～tāi-ông ê～～⇨同上。

【部文 pō·-bûn】 出自六部之公文。

【部分 pō·-hūn】 全體之一部。先還一～～seng-hêng(hâi$^{n}$) chi̍t～～⇨先退還一部分。～～～～耳～～～～niâ⇨彼一部分，此一部分而已，並非全部。

【部札 pō·-chap】 古六部之公文或命令書。

【部位 pō·-ūi】 身上致命之要點。拍著～～phah-tio̍h～～⇨打中了致命之處。

【部官 pō·-koa$^{n}$】 古六部所屬官員。

【部長 pō·-tiú$^{n}$】 長官。巡查～～sûn-cha～～⇨同上。會計～～kōe-kè～～⇨同上。內政～～lāi-chèng～～⇨同上。

【部隊 pō·-tūi】 軍隊或其分隊。特種～～te̍k-chióng～～⇨同上。～～長～～tiú$^{n}$⇨同上。

【部照 pō·-chiò】 古六部所發之許可或命令書。

【部會 pō·-hōe】 ㊀內閣的各部各特別委員會。㊁基督教的中會之委員會。

【部署 pō·-sū】 佈置pò·-tì。猶未～～半項抡iá-bōe～～poà$^{n}$-hāng lè⇨一點佈置都還未做。

【部落 pō·-lo̍k】 村落chhoan-lo̍k。原始～～goân-sí～～⇨原始社會分部而居。

【部屬 pō·-sio̍k】 部下pō·-hē(hā)。下屬hē(hā)-sio̍k。

pō· **晡** 晡po·之轉化。現晡hiān-pō·⇨現在hiān-chāi。當今tong-kim。即晡chit-pō·⇨此刻。

pō· **荹** 收斂siu-liām也。收亂草也。細物收繩打結曰縛荹pa̍k-pō·或拍荹phah pō·。得以打結縛物者曰荹pō·。索仔～soh-á～⇨其繩索。藤～tîn～⇨縫合糖包之藤蔑tîn bi̍h。粽～chàng～⇨縛粽之草或索或麻絲。草～chháu～⇨稻草荹tiū-chháu-pō·。

pō· **暴** 虐亂也。粗暴也。暴po̍h之轉也。耗損也。以～易～í～e̍k～⇨以暴虐之政換來暴虐之政。→暴po̍k。

【暴風 pō·-hong】 颱風thai-hong。～～半徑～～poàn-kèng⇨同上。

【暴辱 pō·-jio̍k】 侮辱bú-jio̍k。強辱女性也。

【暴憑 pō·-pîn】 突然thut-jiân。突如其來。～～叫我佅佗生錢～～kiò-goá boeh-tah se$^{n}$(si$^{n}$)-chî$^{n}$⇨突然教我那裏去湊錢來。生錢se$^{n}$-chî$^{n}$的生se$^{n}$，生產孩子之生se$^{n}$也。～～毋八摸的，我那會曉～～m̄-bat-bong ê，goá-ná ē(ōe)-hiáu(hiáng)⇨素來未曾摸過的，突然要我做，我何能爲之。

【暴其然 pō·-kî-jiân】 突然thut-jiân。～～～叫我去和番，我都毋是痟的講～～～kiò-goá-khì hô-hoan, goá to-m̄-sī siáu-ê kong⇨突然要去當和番使，我不是神經病的也。講kóng改讀kong。

【暴虎憑河 pō·-hó-pîn-hô】 空手打虎，無舟渡河。喻無謀之勇。

【暴殄天物 pō·-chín-thian-bu̍t】 不知珍惜，任意浪擲成物。安爾～～～～，會被雷公攻死an-ne(ni)～～～～ē(ōe) hō· lûi-kong kòng-sí⇨同上。

## poa

poà **簸** 揚米去糠也。揚也。搖動也。船車激烈搖動亦曰簸poà。比手示抗議亦曰簸poà。會曉篩未曉～ē(ōe)-hiáu-thai bē(bōe)-hiáu～⇨能篩不能簸。車眞～chhia chin～⇨車行顚簸甚烈。彼條路眞～hit-tiâu-lō· chin～⇨那條路(崎嶇不乎使車輛)顚簸大。險仔乎～出去hiám-á hō·～chhut-khì⇨險仔被簸出車外。顚～tian～⇨搖動。顚tian亦搖動也。嘴嘼手～

chhùi-lé-chhiú～⇨比手畫刀而詈罵。

【簸米 poà-bí】 篩米thai-bí。簸poà亦篩thai也。簸poà是篩thai的一種特別技術，能篩者才能簸。

【簸箕 poà-ki】 篩簸thai-poà之竹具。有米篩bí-thai與米羅bí-lô兩種。篩thai目幼，羅lô目較粗。米精白後先以米篩bí-thai去米糠bí-khng,然後以米羅bí-lô篩之，白米下漏取食，羅上留有粟頭簸出去之。粟頭chhek-thâu者，粟粒，石粒，以及若干較大粒之米粒，因其粒較大，不下漏而留在羅上，可供爲家禽飼料，在篩簸時，有粗糠等輕者上浮，即先予簸去之。此往時的人工古法，今已機械化，米篩米羅之類，在農村似乎亦少見矣。又䄂米tiū-bí曬乾曰粟chhek，粟去外殼曰糙米chhò-bí，糙米去內皮曰白米pe̍h-bí，即日常所食者也。內皮曰米糠bí-khng，爲家畜類之飼料。外殼曰粗糠chho͘-khng，亦作鵝鴨之飼料，但主要供爲燃料，然今亦改用瓦斯，而成廢物矣。

【簸箕甲 poà-ki-kah】 毒蛇名。蛇身有黑白之斑文。亦曰牛角花gû-kak-hoe。

**poà 鉢** 抽菸一口曰一鉢poà。鉢poa̍h之轉也。來一～lâi chi̍t～⇨抽一口吧。無錢薰大～呑bô-chîⁿ-hun toā～thun⇨謂免費之香烟，大口大口抽之。

## poa$^{n}$

**poa$^{n}$ 般** 樣iūⁿ也。一～社會的反應好it～siā-hōe ê hoán-èng hó⇨同上。百～起頭難pah-～khí-thâu lân⇨萬事起頭難bān-sū-khí-thâu-lân。萬～皆下品，唯有讀書高bān～kai hā(hā)-phín, ûi-iú tho̍k-si(su)-ko⇨古勸學詩。十八～武藝件件皆能cha̍p-peh(poeh)～bú-gē kiāⁿ-kiāⁿ kai-lêng⇨同上。如此如此這～這～jî-chhú-jî-chhú che～che～⇨同上。

【般若 poaⁿ-jia̍k】 梵語hoān-gí。本應讀poa̍t-jiá，意爲智慧tì-hūi。～～湯～～thng⇨破戒和尚以爲酒的隱詞而私飲之。

**poa$^{n}$ 搬** 移也。運也。運物移遷曰搬poaⁿ。扮演亦曰搬poaⁿ。當時得未～tang-sî tit-boeh～⇨何時將要遷過去。幾時要～tī-sî boeh～⇨何時要遷去。人七點道佅～也lâng chhit-tiám tō-boeh～ā⇨他們七時就將開演了。猴齊天你去～上好，免拍面kâu-tê-thian lí-khì～siāng hó, bián-phah-bīn⇨孫悟空你去演最妙，可以省掉畫臉粧面的麻煩。譏人面貌如猴齊天。

【搬去 poaⁿ khì】 ㊀伊～～花蓮港了i～～hoe-lêng-káng lò͘⇨他(早已)搬往花蓮港了(poaⁿ-i)。㊁你～～用好啦lí～～iōng hó là⇨你搬過去使用好了(poaⁿ-khì)。

【搬走 poaⁿ-cháu】 ㊀偷走thau-cháu。物件被人～～去也mi̍h-kiāⁿ hō͘-lâng～～khì ā⇨東西被賊偷去了。㊁搬開poaⁿ-khui。物件該～～藉未鎮位mi̍h-kiāⁿ ài-～～chiah-bē(bōe)-tìn-ūi⇨東西須搬開才不佔地方。

【搬剌 poaⁿ-chhia】 挑剔thiau-thek。搬弄poan-lōng。～～人的是非～～lâng-ê sī-hui⇨搬弄人家是非。～～許的新册仔舊曆日耳～～hiah-ê sin-chheh-á kū-lā-ji̍t niâ⇨不過是搬弄那些舊怨新仇而已。亦即吵嘴者彼此搬出有的無的新的舊的，互相加以譬相phí-siùⁿ挑剔。

【搬空 poaⁿ-khang】 搬開全部東西。先～～,更掃一次，藉共伊交seng～～koh-sàu chi̍t-chhù, chiah kā-i-kau⇨先(把東西)搬出來，再清掃一次，然後才接受移交。

【搬厝 poaⁿ-chhù】 應作搬庩poaⁿ-chhù。遷徙住所。阿三～～叫我共伊湊脚手a-sam～～kiò-goá kā-i tàu-kha-chhiú⇨阿三搬家，要我爲他幫忙。湊tàu，會合也。厝，運屍曰厝，庩，舍也。

【搬家 poaⁿ-ke】 同搬庄poaⁿ-chhù。

【搬徙 poaⁿ-soá】 遷徙chhian-soá。搬家

poa$^n$-ke。徙厝soá-chhù。～～眞費氣，我眞無愛～～chin-hùi-khì,goá-chin bû-āi⇨遷徙很麻煩，我很討厭。

【搬運 poa$^n$-ūn】 運搬ūn-poa$^n$。～～公司～～kong-si⇨同上。

【搬請 poa$^n$-chhiá$^n$】 邀請iau(hiau)-chhéng。～～孔明下山～～khóng-bêng hā-san⇨同上。～～父母來同住～～pē-bó lâi tông-chū⇨同上。你就是～～大羅神仙來，亦是無救也啦 lí chiū-sī～～tāi-lô-sîn-sian lâi, ia̍h-sī bô-kiù à là⇨同上。

【搬鋪 poa$^n$-pho͘】 病人斷氣確定死亡，移鋪大廳，開始辦理喪事，曰搬鋪poa$^n$-pho͘。佃阿公講～～也呢in-a-kong kóng～～ā neh⇨聽說他祖父搬鋪了。

【搬戲 poa$^n$-hì】 演戲ián-hì。～～的人～～ê lâng⇨演戲人員。

【搬傀儡 poa$^n$-ka-lé】 演傀儡戲。傀儡戲ka-lé-hì者布袋戲pò͘-tē-hì之一種，但非手撐chhiú-the$^n$，而是以絲線吊演者。有的愛～～～，有人愛看布袋戲ū-ê ài～～～，ū-lâng ài-khoà$^n$ pò͘-tē-hì⇨各有所好，各得其所。

poá$^n$ **魬** 鯛tiau亦即赤鬃chhiah-chang或紅鰱ang-tāi，俗曰魬魚poá$^n$ hî。

【魬仔 poá$^n$-á】 紅鰱ang-tāi。紅赤鬃ang-chhiah-chang。鹹～～kiâm～～⇨鹽漬之魬魚。餲～～假加鯏àu～～ké ka-la̍k⇨臭魬魚假裝爲加鯏魚。喻臭婊假藝妲。加鯏ka-la̍k者，魬魚之大者，俗與鯧chhiu$^n$，鮸bian同列爲好魚。

【魬魚 poá$^n$-hî】 紅鰱ang-tāi。紅赤鬃ang-chhiah-chang。

poà$^n$ **半** 物中分也。一～一～chi̍t～chi̍t～⇨各得其一。無夠～～bô-kāu chi̍t～⇨不足一半。～～欠的，～～賒的chi̍t～khiàm ê, chit～sia ê⇨口約曰欠khiàm，記帳曰賒sia。

【半人 poà$^n$-lâng】 斷～～tn̄g～～⇨連個人影都沒有。無～～敢bô～～ká$^n$⇨大家都不敢。

【半丁 poà$^n$-teng】 女的。男曰丁teng，女曰口khấu。古時題捐tê-iân募捐bō͘-koan,兩口算一丁。～～的啦，免合伊講～～ê là, bián kah-i-kóng⇨女的嘛(做不得主)，不用與她說了。

【半工 poà$^n$-kang】 半日之工作。半日。今仔日～～穡耳kin-ná-ji̍t～～sit niâ⇨今天只有半天工作而已。～～半讀～～poà$^n$-tha̍k⇨同上。

【半山 poà$^n$-soa$^n$】 ～～的～～ê⇨第二次大戰後，從大陸復員回台之台人。意謂有一半唐山tn̂g-soa$^n$嘈口khùi-khấu之人。

【半文 poà$^n$-bûn】 半錢poà$^n$-î$^n$。半文錢poà$^n$-bûn-chî$^n$。錢chî$^n$→î$^n$。

【半月 poà$^n$-goe̍h】 一月之半。一月～～是眞快道過chi̍t-goe̍h～～sī chin-khoài tō-kòe⇨一月或半月的時間是很短暫的，馬上就會過去的。

【半日 poà$^n$-ji̍t】 半工poà$^n$-kang。歇～～hioh～～⇨休息半天。

【半斤 poà$^n$-kin(kun)】 八兩也。一個～～，一個八兩，相拍無過田岸，要拂道去拂chi̍t-ê～～，chi̍t-ê peh(poeh)-niú, sio-phah bô-kòe chhân-hoā$^n$, boeh-hut tō-khì-hut⇨一個是半斤，一個是八兩，彼此難兄難弟，要打要殺就去殺好了。拂hut，打也，作爲皆曰拂hut。～～蝦仔四兩稽～～hê-á sì-niú-òe⇨蝦半斤，蝦殼廢物佔四兩。喻壞貨佔一半以上。稽òe，糠khng也，禾去皮也。通穢òe。～～八兩平平重，若無棄嫌也是當～～peh-niú pê$^n$-pê$^n$-tāng，nā-bô khì-hiâm iā-sī-thang⇨戲白。

【半句 poà$^n$-kù】 不成一句。無～～話bô～～ōe⇨無不平之詞。不敢講～～m̄-ká$^n$-kóng～～⇨半句不平都不敢說。酒逢知己千杯少，話不投機～～多chiú-hông ti-kí chian-poe-siáu, oā-put-tâu-ki～～to⇨俗俚。

【半打 poà$^{n}$-ta$^{n}$】 六個東西。十二個爲一打(dozen)。一下飲道要～～chi̍t-ē-lim tō-boeh～～⇨一飲就要半打(酒)。

【半份 poà$^{n}$-hūn】 一份的一半。伊有～～niâ⇨他只佔半分而已。

【半年 poà$^{n}$-nî】 六個月la̍k-koh-goe̍h。～～一千日～～chi̍t-chheng-ji̍t⇨謂傻瓜以爲半年就是一千日。～～圓～～î$^{n}$⇨六月十五搓圓仔。～～清～～chheng⇨半年決算一次。

【半百 poà$^{n}$-pah】 五十。歲頭～～也，猶像囡仔呢hòe thâu～～ā iáu-chhiū$^{n}$ gín-á nì⇨五十歲了還是像小孩子。

【半身 poà$^{n}$-sin】 頂～～下～～téng～～ē～～⇨上體下體。～～不遂～～put-sūi⇨同上。

【半刻 poà$^{n}$-khek】 片刻phiàn-khek。～～久耳～～kú niâ⇨不過片刻而已。

【半胛 poà$^{n}$-kah】 半肩poàn-kian。胛kah亦肩kian也。肩胛頭keng-kah-thâu⇨肩頭keng-thâu。袒～～thn̄g～～⇨半胛之衣脫掉。袒thn̄g，去衣見體，亦即脫衣thoat-i也。俗以脫thoat作脫thn̄g，脫thoat者，肉去其骨也。

【半信 poà$^{n}$-sìn】 ～～半疑～～poà$^{n}$-gî⇨同上。～～哥～～ko⇨不可靠之人的戲稱。～～哥不當靠～～ko m̄-thang-khò⇨不應該信賴不可靠之人。

【半站 poà$^{n}$-chām】 中途tiong-tô͘。文章，歌曲，談話等皆通用。歌唱～～koa chhiū$^{n}$～～⇨同上。講古講～～kóng-kó͘ kóng～～⇨同上。

【半個 poà$^{n}$-ê】 一個之半。連～～魔神仔都無看見影也liân～～mô͘-sîn-á to-bô khoà$^{n}$-ī-iá$^{n}$ à⇨極言一個人都看不見了。看見影khoà$^{n}$-ī-ia$^{n}$→khoà$^{n}$-kì$^{n}$-iá$^{n}$。一～～錢仔無要緊，迭要道未用得chi̍t～～chî$^{n}$-á bô-iàu-kín，tiā$^{n}$-boeh tō bē-iōng tit⇨一兩個小錢是(給他)沒關係的，但是常常來要就不行。迭tiā$^{n}$，迭次也，常常也，經常也。

【半徑 poà$^{n}$-kèng】 直徑ti̍t-kèng的一半。風颱～～四百公里hong-thai～～sì-pah-kong-lí⇨同上。

【半桌 poà$^{n}$-toh】 半席poà$^{n}$-se̍k。半筵poàn-iân。全桌chn̂g-toh的一半。三人耳～～道可也sa$^{n}$-lâng niâ～～tō-hó à⇨只三人而已半桌夠了。

【半晡 poà$^{n}$-po͘】 半日。頂～～下～～téng～～ē～～⇨上午、下午。～～仔～～á⇨上午九時下午三時前後。頂～～仔téng～～á⇨上午九時許。

【半晝 poà$^{n}$-tàu】 ㊀近中午。都～～也to～～à⇨已近中午了。㊁半天。拂要～～去了hut-boeh～～khì-lò͘⇨弄掉將近半天的工夫了。

【半棵 poà$^{n}$-koe̍h】 半截poàn-chhiat。棵koe̍h，斷木也。～～甘蔗～～kam-chià⇨同上。話講～～ōe-kóng～～⇨話說一半而止。

【半裡 poà$^{n}$-lí】 半內裡。夏天衫做～～道可hā-thi$^{n}$-sa$^{n}$ chò(chòe)～～tō-hó⇨夏衣半裡就可以了。

【半裡 poà$^{n}$-nih】 月之中旬。初裡～～尾裡chhe-nih～～bóe-nih⇨上旬中旬下旬。

【半腰 poà$^{n}$-io】 腰部io-pō͘。雙手插～～siang-chhí chhah～～⇨雙手插在腰部。攬～～lám～～⇨抱腰phō-io。山～～soa$^{n}$～～⇨山腰。

【半路 poà$^{n}$-lō͘】 中途tiong-tô͘。～～出家的～～chut-ke ê⇨中途改爲和尚。喻半途改業。～～抾認老父～～teh jīn-lāu-pē⇨喻認錯人。～～店仔～～tiàm-á⇨中途小店，點心店。～～折扁擔～～chi̍h-pin-ta$^{n}$⇨喻中途失掉重要人物。多用於夫妻間。

【半暝 poà$^{n}$-mê(mî)】 夜半iā-poàn。三更～～sa$^{n}$-ke$^{n}$～～⇨中夜。～～過～～kòe半夜之後。老罔老，攏於～～後lāu bóng-lāu,lóng-tī

～～āu⇨謂老是老了，但是事都在半夜後發生的(行房事)。

【半價 poà$^{n}$-kè】 ～～優待～～iu-thāi⇨同上。

【半醒 poà$^{n}$-chhé$^{n}$(chhí$^{n}$)】 未全醒。～～半睏～～poà$^{n}$-khùn⇨同上。半醉～～poà$^{n}$-chùi～～⇨未全醉。

【半小死 poà$^{n}$-sió-sí】 半死poà$^{n}$-sí。拍一下道～～～也phah chı̍t-ē to～～～à⇨打一下就半死了。

【半月日 poà$^{n}$-goe̍h-ji̍t】 半月poà$^{n}$-goe̍h。半個月poà$^{n}$-koh-goe̍h。

【半中央 poà$^{n}$-tiong-ng】 中央tiong-ng。約一半。到～～～來也，藉講毋kàu～～～lâi ā chiah-kóng-m̄⇨到了中途了，才講不要。

【半中段 poà$^{n}$-tiong-toā$^{n}$】 半中央poà$^{n}$-tiong-ng。

【半中站 poà$^{n}$-tiong-chām】 半中央poà$^{n}$-tiong-ng。

【半世人 poà$^{n}$-sì-lâng】 半生poàn-seng。安爾一度都食～～～了an-ne(ni) chı̍t-táu to-chia̍h～～～lō͘⇨如此的一次，就夠吃半生了。

【半目仔 poà$^{n}$-ba̍k-á】 閉一眼睜一眼。人是放～～～的呢，你掠做人不知咯？lâng sī pàng～～～ê neh, lí lia̍h-chò(chòe)-lâng-m̄-chai lò͘？⇨他(他們)是故意放行的，你以爲他們不知嗎？

【半生熟 poà$^{n}$-chhe$^{n}$-se̍k】 半生不熟。許～～～耳，未食得啦he～～～niâ bē(bōe)-chia̍h tit-lâ⇨那東西半熟而已，吃不得的。

【半奸忠 poà$^{n}$-kan-tiong】 亦奸亦忠。內奸外忠。你煞不知彼顆是～～～的lí soah-m̄ chai hit-kho͘ sī～～～ê⇨你何以不知那家伙是內奸外忠的，亦即假冒忠臣。

【半老佬 poà$^{n}$-ló-lāu】 半老未佬poà$^{n}$-ló-bī-lāu。阿三更娶一個～～～仔，更未偲噢a-sam koh-chhoā chı̍t-ê～～～á, koh-bē(bōe)-bái ò͘⇨阿三再娶一個中年新娘，還是蠻漂亮的呀。

【半交賒 poà$^{n}$-kau-sia】 一半現款一半記帳的交易。熟儕人生理攏每～～～了了sek-sāi-lâng-seng-lí lóng-mā～～～liâu-liâu⇨熟人爲對象的生意，多是半現半欠的多。了了liáu-liáu亦可改讀liâu-liâu。

【半空中 poà$^{n}$-khong-tiong】 空中。中天。乎人掠去吊於～～～哩hō͘-lâng lia̍h-khì(ì) tiàu-tī～～～nì⇨被人捉去吊在空中哩。

【半招娶 poà$^{n}$-chio-chhoā】 新娘先娶入門，然後却到女家同居。生兒須繼承女家的結婚方式。新娘多屬單生獨女。

【半紀年 poà$^{n}$-khí-nî】 poà$^{n}$-kí-nî。六年。十二支爲一紀年。

【半食餓 poà$^{n}$-chia̍h-gō】 半食半餓poà$^{n}$-chia̍h poà$^{n}$-gō。吃不飽。曷可乎人～～～ah-hó hō͘-lâng～～～⇨怎麼可以讓人食得不飽呢。

【半倣仔 poà$^{n}$-hóng-á】 混血種。人講～～～較恔大，不知有影否lâng-kóng～～～khah-gâu-toā, m̄ chai ū-iá$^{n}$ bò͘⇨聽說混血種的成長較快不知是否眞的。

【半條命 poà$^{n}$-tiâu-miā】 一半命沒了。即斗揲一下無死亦～～～也chit-táu tia̍p-chı̍t-ē bô-sí ia̍h～～～ā⇨此次的一擊，不死也只留半條命而已。教訓，打擊皆曰揲tia̍p。

【半草楷 poà$^{n}$-chhó-khái】 行書體。伊～～～仔寫得眞好i～～～á siá-tit chin-hó⇨他的行書寫得很好。

【半桶水 poà$^{n}$-tháng-chúi】 水未滿桶。喻半通未通。桶tháng，通thong諧音。～～～仔的人～～～á ê lâng⇨半通未成熟之人。～～～仔耳，亦扲歕雞胿～～～á niá a̍h-teh pûn-ke-kui⇨不過是半桶水而已，吹什麼牛。

【半掩門 poà$^{n}$-iám-mn̂g】 門半開。～～～也～～～á⇨私娼館su-chhiang-koán。

【半桶屎 poà$^{n}$-tháng-sái】 半桶水poà$^{n}$-tháng-chúi之粗語。～～～道擔扲搖～～～tō ta$^{n}$-

teh-iô⇨半桶屎就在搖搖擺擺。

【半陰陽 poàⁿ-iam-iûⁿ】 poàn-im-iâng。㊀具有男女兩性的人。㊁雌雄不辨。格到如～～～的呢kek-kà ná ～～～ ê neh⇨打扮得非男非女的。

【半狂戇 poàⁿ-khong-gōng】 狂戇各佔半。起猾的khí-siáu ê。神經病的sîn-keng-pēⁿ(pīⁿ) ê。～～～的莫插伊較贏～～～ê mài-chhap i khah-iâⁿ⇨神經病的，不理他爲妙。

【半硬軟 poàⁿ-ngē-nńg】 亦硬亦軟，非硬非軟。～～～仔討～～～á-thó⇨硬軟兼施的索回法。

【半跮踱 poàⁿ-thit-thô】 一半是玩遊。半做～～～都不認眞poàⁿ-chò(chòe)～～～to-m̄-jīn-chin⇨半工作半玩耍不認眞工作。咱～～～仔藝色來去共伊看仔好否？lán ～～～ á gē-siàu laih-khì-kā-i khoàⁿ leh hó bò·？⇨我們就當做是遊玩前去爲他看一看情形，好不好？跮踱仔藝色thit-thô-á-gē-siàu⇨本有目標而行，不成了，就當做跮踱玩耍了一番之謂。

【半精肥 poàⁿ-chiaⁿ-pûi】 有精肉有肥肉。～～～的較有銷～～～ê khah-ū-siau⇨半精肥的肉比較暢銷。

【半樓仔 poàⁿ-lâu-á】 小樓。要更加一個～～～boeh-koh ke-chit-ê～～～⇨同上。

【半頭青 poàⁿ-thâu-chheⁿ(chhiⁿ)】 責罵女人粗暴之詞，意謂未成熟。青chheⁿ者熟sek之反也。～～～的唔～～～ê m̄⇨未成熟者也(否則何以至此)。

【半舊路 poàⁿ-kū-lō·】 半舊的貨色。亦作半舊落poà-kū-loh。即類～～～仔的來用猶眞嶄扵諾chit-lōe～～～ á ê lâi-iōng iáu-chin-chán-leh noh⇨此種半舊的東西，使用起來，還是頂好的呀。～～～仔～～～ á⇨半新不舊的東西。

【半攬綰 poàⁿ-lám-hāⁿ(hâ)】 半途而廢poàn-tô·-jî-hùi。中間停頓。雙手合抱日攬lám，以繩索綑縛曰綰haⁿ(hâ)。安爾～～～放扵，合人侍安怎講呢？an-ne(ni)～～～ pàng-leh, kah-lâng boeh an-choaⁿ-kóng neh？⇨如此中途而放下不幹，對人家要怎麼說呢？

【半上路下 poàⁿ-chiūⁿ-lō·-ē】 半途poàn-tô·。半路poàⁿ-lō·。中間tiong-kan。讀册讀到～～～～，講不讀也，侎去學戲啦，你看會氣死去未thak-chheh thak-kà ～～～～，kóng-m̄-thak ā, boeh-khì oh-hì là, lí-khoàⁿ ē(ōe)-khì-sí khì(ì) bē(bōe)⇨讀書讀到中途，說是不讀了，要去學戲了，你看會不會氣死我也。講到～～～～當熱場，那會使得講不講也kóng-kà ～～～～ tng-jiat-tiûⁿ, ná-ē(ōe)-sái-tit kóng-m̄-kóng à⇨說到半途正在熱場之時，怎麼可以說不講了就不講呢。

【半枵半飽 poàⁿ-iau-poàⁿ-pá】 亦枵亦飽。枵iau，空中虛也。～～～～歹轉泄～～～～phái ⁿ tńg-sē⇨不餓不飽的時候，難下決定(吃飯好還是不吃好)。

【半面相識 poàⁿ-bīn-siang-sek】 一面之緣it-bian-chi-iân。我合伊是～～～～耳，無眞熟哩goá-kah-i sī ～～～～ niâ, bô-chin-sek lih⇨我和他不過是認識而已，沒有深交的。

【半陰半晴 poàⁿ-im-poàⁿ-chêⁿ(chîⁿ)】 亦陰亦晴。～～～～都不成天～～～～to m̄-chiâⁿ-thiⁿ⇨亦陰亦晴皆不成好天氣。

【半點半滴 poàⁿ-tiám-poàⁿ-tih】 很少很少。慤道是慤，～～～～都無當漏出來乎人khok-tō-sī-khok, ～～～～to-bô-thang lāu-chhut-lâi hō·-lâng⇨大吝嗇līn-sek家就是大吝嗇家，一點點都不可能漏出來給人家。

**盤** poâⁿ 承物之器曰盤poâⁿ。碗～oáⁿ～⇨同上。茶～薰～tê～hun～⇨同上。銅～柴～tâng～chhâ～⇨同上。盤形之物曰盤poâⁿ。石～chioh～⇨同上。墨～bak～⇨同上。曲～khek～⇨同上。營～地～iâⁿ～tē～⇨同上。手～脚～chhiú～kha～⇨同上。買賣的

價格或計算等曰盤poâ$^{n}$。開～收～khui～siu～⇨同上。無～bô～⇨①無市。②無利可圖。未和～bē(bōe)-hô～⇨收支不合，無利可圖。辦～pān～⇨備辦男家送嫁之禮物。轎前～kiō-chêng～⇨迎娶前送女家的食品等禮物。鬪嘴相罵亦曰盤poâ$^{n}$。彼二人又扵～也hit-nn̄g-lâng iū-teh～ā⇨他們兩個又在鬪嘴了。移動搬物亦曰盤poâ$^{n}$。客鳥～過椏kheh-chiáu～kòe-oe⇨客鳥移過別枝。水搬過碗chúi～kòe-oá$^{n}$⇨水搬移過另外的一個碗。究明底細亦曰盤poâ$^{n}$。縫布邊亦曰盤poâ$^{n}$。提棋～來行一～仔棋the̍h-kî～lâi-kiâ$^{n}$ chi̍t～á-kî⇨拿棋盤來下一盤棋。做幾～仔菜來請人客chò(chòe)-kúi～á chhài-lâi chhiá$^{n}$-lâng-kheh⇨做幾盤菜來請客。食頭路眞無～chia̍h-thâu-lō͘ chin-bô～⇨薪水生涯很不合算(沒出息)。外～生理goā～seng-lí⇨門市生意。大～toā～⇨女人架子大。大～戹toā～chi⇨罵架子大的女人。奓～chhia～⇨①交際交陪。恔奓～人gâu chhia～lâng⇨善於舖張交際。②鬪嘴tàu-chhùi。我不合你奓～也goá m̄-kah-lí chhia～ā⇨我不與你作無謂的鬪嘴了。亦即不與你交陪之意。奓chhia或作車。

【**盤口 poâ$^{n}$-kháu**】 價目kè-ba̍k。開～～khui～～⇨開出價格的數目。～～禮～～lé⇨開盤禮khui-poâ$^{n}$-lé。買空賣空者之間，由開盤者收取若干爲開盤禮，盤口開後，應由對方選擇估買或估賣。

【**盤山 poâ$^{n}$-soa$^{n}$**】 爬越山稜。咱的先人是～～過海，千辛萬苦來台灣的lán-ê-sian-jîn sī～～kòe-hái, chhian-sin-bān-khó͘ lâi-tâi-oân ê⇨同上。～～過嶺～～kòe-niá⇨同上。

【**盤曲 poâ$^{n}$-khek**】 練習歌譜。

【**盤車 poâ$^{n}$-chhia**】 換車oā$^{n}$-chhia。～～更盤船～～koh poâ$^{n}$-chûn⇨換車再換船。

【**盤栽 poâ$^{n}$-chai**】 移植樹栽。徙栽soá-chai。～～過，大著道較快也～～kòe，toā-tio̍h tō kh-ah khoài ā⇨徙栽之後，成長就快些了。

【**盤徙 poâ$^{n}$-soá**】 遷居。～～眞費氣～～chin-hùi-khì⇨同上。

【**盤費 poâ$^{n}$-hùi**】 盤纏phoân-tiân。旅費lí-hùi。～～無足也，道不好去～～bô-chiok ā，tō-m̄-hó-khì⇨老母的關心。謂旅費已不充裕了就不要去。

【**盤過 poâ$^{n}$-kòe**】 越過了。搬動了。～～山嶺彼旁道較少人去～～soa$^{n}$-niá hit-pêng tō khah-chió-lâng-khì⇨越過山稜那一邊就較少有人到。人攏去了也，物更～～去道攏好勢也lâng lóng khì-liáu ā, mi̍h-koh～～khì tō-lóng hó-sè ā⇨人皆過去那邊了，東西再搬過去就遷徙完成了。水～～碗每會消蝕chúi～～oá$^{n}$ mā-ē(ōe) siau-si̍h⇨喻移動皆多少要損失。

【**盤話 poâ$^{n}$-ōe**】 鬪嘴tàu-chhùi。相罵sio-mē。

【**盤賬 poâ$^{n}$-siàu**】 抄賬目過新賬簿(換年度等)。即類生理端仔扵做～～奴才耳chit-lōe seng-lí kan-a teh-chò(chòe)～～nô-chài-niâ⇨此種生意不過是～～奴才而已(利簿賬多)。田莊小店主的嘆聲。

【**盤擔 poâ$^{n}$-tà$^{n}$**】 迎娶之時男家送女家的禮物。有猪脚麵線，以及酒糖爆竹等計有十二品。

【**盤頭 poâ$^{n}$-thâu**】 利益。有～～ū～～⇨有利益。上算。合算。無～～bô～～⇨同上。亦省爲無盤bô-poâ$^{n}$。～～帖～～thiap⇨盤擔之目錄。～～裙～～kûn⇨在盤擔十二品中的新娘禮服。

【**盤點 poâ$^{n}$-tiám**】 清點chheng-tiám。～～貨底～～hòe-té⇨同上。

【**盤牆 poâ$^{n}$-chhiû$^{n}$**】 張生越牆oa̍t-chhiâng。講是～～過去的kóng-sī～～kòe-khì(ì) ê⇨同上。

【**盤馬齒 poâ$^{n}$-bé-khí**】 縫布邊縫出馬齒模樣。阮想倈～～～都未曉盤goán siū$^{n}$-boeh

～～～to bē(bōe)-hiáu-poâ$^{n}$⇨同上。

【盤嘴錦 poâ$^{n}$-chhùi-gím】馬拉松式的吵嘴chhá-chhúi。～～～搭戰棚上憩耳～～～tah-chiàn-pê$^{n}$ siāng-khiàng niâ⇨亦屬責罵之詞。責其只能與人相罵相詈而已。嘴錦chhùi-gím⇨嘴花chhùi-hoe。

【盤屎過礐 poâ$^{n}$-sái-kòe-ha̍k】移糞換厠。喻徒勞無功之事。那著安爾～～～～ná-ti̍oh an-ne(ni)～～～～⇨何必多此一舉。礐ha̍k，厠所，假借字。

poā$^{n}$ **拌** 輕彈衣裾的砂塵曰poā$^{n}$。以蚊摔仔báng-sut-á趕蚊曰拌蚊poā$^{n}$-báng。搖頭～耳iô-thâu～hī$^{n}$⇨狗搖頭搖耳以示高興。共你～土粉kā-lí～thô͘-hún⇨爲你彈除土粉。

【拌蚊 poā$^{n}$-báng】摔蚊sut-báng。趕蚊koá$^{n}$-báng。手舉蚊摔仔佅～～，目尾看見三個人，中央彼個上撇樣，可惜不是阮親翁chhiú giâ báng-sut-á boeh～～, ba̍k-bóe khoà$^{n}$-kì$^{n}$ sa$^{n}$-ê-lâng, tong-ng hit-ê siāng-phiat-sàn, khó-sioh m̄-sī goán-chhin-ang⇨煙花歎ian-hoa-thàn。撇樣phiat-sàn即緣投先生iân-tâu-sian-seng與日文的雜種仔詞。樣sàn，日文先生也。撇phiat，漂撇phiau-phiat也。

【拌土粉 poā$^{n}$-thô͘-hún】彈除土粉。

【拌大廳 poā$^{n}$-toā-thia$^{n}$】簡畧整理客廳以迎賓客。～～～拭桌椅～～～chhit-toh-í⇨同上。

【拌桌頂 poā$^{n}$-toh-téng】拂去桌上之塵埃。

## poah

poah **撥** 治也。發也。推拂曰撥poah。付款曰撥poah。暫時通融亦曰撥poah。分與亦曰撥poah。災厄果會～得，天下太平了chai-eh ká-ē(ōe)～tit, thian-hē(hā) thài-pêng lò͘⇨災禍如果可以推拂之，天下太平了。即桶底未了，～些過彼桶chit-tháng té(tóe)-bē(bōe)-liáu, ～chē-kòe(kè)-hi̍t-tháng⇨此桶容不了，分些過彼桶。路～未開lō͘～bē(bōe)-khui⇨路人推趕不開。強～入人縫kiâng～ji̍p lâng-phāng⇨強推入人羣中。緊遭晚耳，會～啦kín-choā-bān niâ, ē(ōe)～là⇨早晚之差而已，是會付款的。今仔日無～我道弔鼎也kin-á-ji̍t bô～goá tō tiàu-tiá$^{n}$-à⇨今天不付款我就弔鼎了。無米下鼎曰弔鼎tiàu-tiá$^{n}$。共隔壁～來糴米kā-keh-piah～lâi tia̍h-bí⇨與鄰家暫借來買米。先～些做所費seng～chē chò(chòe) só͘-hùi⇨同上。食未了～些乎隔壁每好chia̍h-bē(bōe)-liáu～chē hō͘ keh-piah mā-hó⇨吃不完分與些給鄰家也好呀。

【撥人 poah làng】通融給人家。人lâng改讀làng。有是有，～～去也呢ū sī-ū,～～ khì à neh⇨有是有的，(不過)先通融借給人家了。

【撥工 poah-kang】㊀調動工時。～～來共我做一下～～lâi kā-goá-chò(chòe) chi̍t-ē⇨同上。㊁專工choan kang。特別休工。～～去看鬧熱～～khì-khoà$^{n}$ nāu-jia̍t⇨專工去趁熱鬧。鬧熱nāu-jia̍t→lāu-jia̍t。

【撥出 poah-chhut】我去拜託我的朋友～～十萬共伊救急的goá-khì pài-thok goá-ê pêng-iú～～cha̍p-bān kā-i kiù-kip-ê⇨(是)我去請求我的朋友暫借出十萬來與他救急的。

【撥開 poah-khui】推開chhui-khui。～～衆人～～chèng-lâng⇨推開人羣。抄相拍，要共～～都撥未開teh-sio-phah, boeh-kā～～to poah-bē(bōe)-khui⇨(他們)在打架，要拉開他們都拉不開。

【撥駕 poah-kà】命駕bēng-kà。請你有影～～光臨否chhiá$^{n}$-lí ū-iá$^{n}$～～kong-lîm ho͘$^{n}$⇨請你眞的來吧，不要缺席。

【撥錢 poah-chî$^{n}$】暫借現款。先～～來還人seng～～lâi hêng(hâi$^{n}$) lâng⇨先行調借現金還他人。

**po̍ah 跋** 跋tian也。行不穩也。失足倒地曰跋po̍ah。足失據曰跋po̍ah。跌倒tiat-tó也。較細膩抄，不可更～也khah-sè(sòe)-jī-lè，m̄-hó koh～à⇒小心一點，不要再跌倒了。～幾仔倒～kúi-nā-tó⇒跌了好幾下。

【跋死 po̍ah-sí】 跌倒而死。彼所在～～幾仔個也hit, só·-chāi～～kúi-nā-ê ā⇒那個地方跌死了好多人。～～無賠的，敢藉來～～bô-pôe-ê, káⁿ chia̍h-lâi⇒跌死不賠命的，不怕死者來吧。

【跋馬 po̍ah-bé】 ㊀跌落馬下。㊁車輛脫軌。火車～～佳哉無死人hóe-chhia～～ka-chāi bô-sí-lâng⇒火車脫軌幸哉沒傷亡。

【跋倒 po̍ah-tó】 跌倒tiat-tó。老歲仔人該小心～～lāu-hōe-a-lâng ài sió-sim～～⇒老人家應該對跌倒要小心。更～～道較不好也koh～～tō khah m̄-hó à⇒再跌一次就很壞了。

【跋落來 po̍ah-lo̍h-lâi】 跌下來。樹頂一隻猴，樹下一隻狗，猴～～～，狗走猴也走，不知是狗驚猴，或是猴驚狗chhiū-téng chi̍t-chiah kâu, chhiū-ē chi̍t-chiah-káu, kâu～～～, káu cháu kâu ā cháu, m̄-chai sī káu kiaⁿ kâu ah sī kâu-kiaⁿ-káu⇒繞口令。

**po̍ah 拔** 拔桶po̍ah-tháng，捾桶koāⁿ-tháng，手提桶chhiú-the̍h-tháng也。

**po̍ah 鉢** 僧家之食器也。淺碗形之陶器也。鉢形之物曰鉢po̍ah。法海祭～hoat-hái chè～⇒法海和尚祭鉢以收白蛇。一～薰chi̍t～hun⇒抽煙絲者以煙絲塡於煙吹嘴，塡一次上火抽一次，然後再塡再抽，如此，塡一次抽一次曰一鉢，或一鉢煙，蓋煙吹口形如鉢po̍ah也。缸仔～khaⁿ-á～⇒陶器類。擂～lûi～⇒研物鉢。和尙托～hôe-siūⁿ thuh～⇒和尙弄鉢與托鉢thok-poat不同。無錢薰大～呑 bô-chiⁿ hun, toā～thun⇒謂免費的煙即大抽特抽。

**po̍ah 博** 作賭博之事曰博po̍ah。卜卦pok-koà之類亦曰博po̍ah。興～hèng～⇒好徼hò· kiáu。恔～gâu～⇒善博。愛～ài～⇒好博hò·-phok。食～踜三字全chia̍h～thit, saⁿ-jī-chn̂g⇒酒賭色三字皆全。東掛～，死較快活tong-koà～, sí khah-khài-oah⇒謂做莊家又自己下場與博，那麼，是死路一條也。

【博卦 po̍ah-koà】 問卦būn-koà。問運命於盲卦師。亦曰卜卦pok-koà。

【博杯 po̍ah-poe】 擲筒問吉凶於神也。杯poe者一物剖開爲二，合而爲一，擲地於神前，以決吉凶者。

【博徼 po̍ah-kiáu】 賭博之總稱。博徼徺也。～～人～～lâng⇒同上。～～錢欠三年～～chîⁿ khiàm-saⁿ-nî⇒同上。嫁著～～翁，無褲可穿慘丁東kè-tio̍h～～ang, bô-khò· hó-chhēng chhám tin-tang⇒謂丈夫把妻的褲子也騙去輸掉也。～～浪蕩～～lōng-tōng⇒賭博放蕩不務正業。～～郎君買賣賊～～lông-kun bé-bē-chha̍t⇒謂賭徒還有少爺氣概，商人簡直賊也。～～蚶殼起，做賊偷滅米～～ham-khak-khí, chò(chòe) chha̍t thau-meⁿ-bí⇒謂賭博由賭貝殼開始，做賊由滅米，皆從小惡始。～～人，三更窮，四更富，五更起大厝～～lâng, saⁿ-keⁿ-kêng sì-keⁿ-pù, gō·-keⁿ-khí-toā-chhù⇒形容賭博輸贏起伏之快速。～～三分拎，開查某無彩錢，食阿片死了年～～saⁿ-hun-khîⁿ, khai-cha-bó· bô-chhái-chîⁿ, chia̍h a-phiàn sí-liáu-nî⇒謂賭博有三分希望，買女色一去不回頭，吃阿片死了一樣。

【博米徼 po̍ah-bí-kiáu】 米穀的買空賣空bé-khang-bē-khang。

【博麻雀 po̍ah-mâ-chhiok】 以打麻雀牌爲賭。

【博牌仔 po̍ah-pâi-á】 賭紙牌，骨牌，麻將牌等等皆是。

【博大肚山 po̍ah-toā-tō-soaⁿ】 喻賭得太大。

您父無拎合你～～～～lín-pē bô-teh kah-lí ～～～～⇨汝父(我)不和你玩大肚山那麼大的賭博。

**po̍ah 卜** 博po̍ah亦作卜po̍ah。卜幸運⇨博幸運。

**po̍ah 鈸** 鐃鈸nâ-po̍ah，樂器名。銅製，同形兩個，雙手各持其一以擊出聲。有大小兩種。俗叫鑱仔chhîm-á。大鑱toā-chhîm小鑱sió-chhîm。

## poan

**poan 搬** 搬弄poan-lōng也。挑撥thiau-phoat離間lī-kan。～～是非～～sī-hui⇨同上。

**poàn 半** 物之二分之一曰半poàn。過去一大～囉kòe-khì it-tāi ～ lò͘⇨過去一半以上了kòe-khì chi̍t-poà$^{n}$ í-siāng liàu。

【半子 poàn-chú】 俗以女壻爲半子。人講子壻是～～嘛lâng-kóng kiá$^{n}$-sài sī ～～ mà⇨同上。

【半生 poàn-seng】 人生之一半。～～功名盡枉費～～kong-bêng chīn-óng-hùi⇨同上。

【半仙 poàn-sian】 亦仙e̍k-sian。如仙jî-sian。算命卜卦者流之自稱他稱半仙poàn-sian者甚多。未輸～～拎bē(bōe)-su ～～ leh⇨宛然半仙的款。

【半折 poàn-chiat】 折半chiat-poàn。一半chi̍t-poà$^{n}$。收你～～錢耳siu-lí～～chî$^{n}$-niâ⇨只收你半價而已。你的話無～～啦lí-ê-ōe bô ～～lâ⇨你的話沒有一半的可靠性。

【半夏 poàn-hā】 藥材名。

【半病 poàn-pī$^{n}$(pē$^{n}$)】 有病。不中用。～～的脚色～～ê kioh-siàu⇨不中用之人。

【半島 poàn-tó】 島之一端與他大陸連接者。

【半球 poàn-kiû】 東～～西～～tang～～sai～～⇨合而爲地球。

【半途 poàn-tô͘】 中途tiong-tô͘。～～而廢～～jî-hùi⇨同上。

【半截 poàn-chiat】 半粿poà$^{n}$-ko̍eh。倭人～～爾ê-lâng～～leh⇨比他人矮一半。

【半點 poàn-tiám】 萬事由天定，～～不由人bān-sū iû-thian-tēng,～～put-iû-jîn⇨命運決定一切，人是一點辦法也沒有。

【半㾶 poàn-sūi】 半身不遂poàn-sin-put-sûi者。你毋拎～～，一個物耳，提到槓槓破lí-m̄-teh～～chi̍t-ê-mi̍h niâ, the̍h-kà kòng-kòng-phoà⇨你寧非半身不遂嗎，一些東西而已，也拿得打爛掉了。

【半月形 poàn-goa̍t-hêng】 新月形sin-goa̍t-hêng。

【半老人 poàn-ló-jîn】 初入老境之人。你算什麼老人，～～～都猶早拎啦lí-sǹg-sa-ma ló-jîn, ～～～to-iá-chá leh lâ⇨同上。

【半空中 poàn-khong-tiong】 天空thian-khong。個某咯，猶於～～～拎飛拎啦in-bó͘-lò͘, iáu-tī～～～teh-poe leh lâ⇨他老婆嗎，(她)還在天空飛翔中哩(意謂老婆還是在天空飛揚的夢)。

【半身不遂 poàn-sin-put-sûi】 半㾶 poàn-sūi。

**poân 盤** 盤phoân也(見phoan部)。

**poān 拌** 調和曰拌poān。塗汚亦曰拌poān。烹飪有涼～熱～之法pheng-jīm iú liâng～jia̍t～chi-hoat⇨同上。歸身軀～到土了了kui-sin-khu ～ kà thô͘-liàu-liàu⇨全身弄得都是泥土。

【拌粉 poān-hún】 食物塗麵粉。～～來炙道好食也～～lâi-chì$^{n}$ tō-hó-chiah à⇨塗粉來油炸就可以吃了。

【拌鹵 poān-ló͘】 塗鹵汁。鹵汁ló͘-chiap者鹵肉汁也。

【拌田土 poān-chhân-thô͘】 從事農夫工作。～～～的～～～ê⇨農夫。

**poān 叛** 離去也。反背也。衆～親離chiòng～chhin-lî⇨大勢去矣tāi-sè-khì-ī。反～hoán～⇨同上。

【叛心 poān-sim】 二心jī-sim。思變之心。

【叛軍 poān-kun】 離主自立或附敵之軍隊。

【叛骨 poān-kut】 反叛之性格。據說魏延(三國)有叛骨，故終於背蜀投魏。～～仔生～～á seⁿ⇨有叛骨之性格。

【叛徒 poān-tô】 反叛諸人。如成集團即爲叛黨poān-tóng。

【叛將 poān-chiàng】 叛軍之將。

【叛產田 poān-sán-chhân】 因叛亂罪而入公之土地。亦曰抄封田chhau-hong-chhân，或簡稱抄封chhau-hong。

【叛亂罪 poān-loān-chōe】 有叛亂行爲者有罪。久受政治壓迫，我台人犯此者特多，一歎。

**poān 畔** 俗多讀畔phoān(見phoan部)。

## poat

**poat 癶** 兩足相背不順曰癶poat。俗直以發poat作癶poat。雙脚八字～siang-kha peh(poeh)-jī～⇨兩足背八字形。小可也～耳較無要緊sió-khó-á～niâ khah-bô-iàu-kín⇨只是小癶而已沒關係。

【癶癶 poat-poat】 雙足相背不順。脚仔～～kha-á～～⇨同上。行著路～～kiâⁿ-tioh-lō～～⇨一走路脚就彆扭piat-niú。或以彆piat作癶。彆piat，拗反不順曰彆piat，似可通。

**poat 撥** 撥poah也(見poah部)。反撥hoán-poat。撥亂反正poat-loān hoán-chèng⇨治亂世恢復太平之世。

**poat 拔** 擢也。抽也。擇取也，敗城邑而取之曰拔poat。選～soán～⇨同上。甄～chin～⇨亦選拔也。連根總～liân-kin chóng～⇨同上。薦～chiàn～⇨同上。提～theh～⇨同上。一毛不～的慼仔頭it-mô-put～ê khok-á-thâu⇨同上。海～hái～⇨～海～hái超出海平面，爲計算陸地高度用詞。

【拔山 poat-san】 喻力大氣猛。力～～兮氣蓋世，時不利兮騅不逝，騅不逝兮可奈何，虞兮虞兮奈若何lek～～hê khì kài-sè, sî put-lī-hê chui-put-sì, chui-put-sì-hê khó-nāi-hô, gû-hê gû-hê nāi-jiak-hô⇨霸王別姬。

【拔仔 poat-á】 果子名亦作林仔poat-á。通作pat-la或put-la。食～～放銃子，食柚仔放蝦米，食龍眼放木耳。chiah～～pàng-chhèng-chí, chiah-iū ā pàng-hê-bí, chiah lêng-géng pàng-bok-jí⇨童歌，言食各種青果的結果。

【拔河 poat-hô】 ～～賽～～sài⇨扭大索giú-toā-soh。

【拔貢 poat-kòng】 往時十二年一選在縣學之優秀學生拔送京師複試，是爲貢生kòng-seng。被拔一二等者可任七品之小京官。七品官等於當今之縣長級也。

【拔除 poat-tî(tû)】 拔而棄之。眼中釘該～～gán tiong-teng ài～～⇨同上。

【拔都 poat-to】 人名。成吉思汗之孫。曾率軍攻取歐洲各地。全歐震動。後以其祖亡而中途班師。

【拔萃 poat-chhūi】 才具出色。出類～～chhut-lūi～～⇨同上。

【拔群 poat-kûn】 才幹出衆châi-kàn-chhut-chiòng。以～～的成績，畢業第一名í～～ê sêng-chek，pit-giap tē-it-miâ⇨同上。

【拔擢 poat-tok】 超級擢用chhiau-kip tok-iōng。

**poat 跋** 踐也。草行曰跋poat，水行曰涉siap。又書後之文曰跋poat。足後爲跋，書後曰跋poat。

【跋文 poat-bûn】 書後之文。彼篇～～眞重要hit-phiⁿ～～chin-tiōng-iàu⇨同上。

【跋涉 poat-siap】 旅途奔波lí-tô-phun-pho。跋poat，陸行；涉siap，水行。～～山川～～san-chhoan⇨同上。

【跋扈 poat-hō͘】 橫行無狀hêng-hêng-bû-chōng。傷過～～去siuⁿ-kòe～～khì⇨太過跋扈了。

poat **鈸** 樂器也(見poah鈸部)。硬幣ngeh-phè曰鈸poat。金～銀～銅～kim～gîn～tâng～⇨硬幣類，通稱鈸仔poat-á⇨poat-lá。

poat **鉢** 鉢poah也(見poah部)。托鉢thok-poat。

poat **魃** 旱神hān-sîn也。旱魃hān-poat⇨無雨欠水，田園乾涸的情形。

poat **柭** 水菓名。俗作拔仔pat-lá, put-lá。

poat **般** 般若poat-jiak。梵語。意爲智慧。～～湯～～thng⇨破戒僧偷飲酒，美其名曰此～～湯乃智慧之湯也。

## poe

poe **飛** 鳥翥也。翥chú，飛上天也。隨風而飄曰飛poe。無根之事曰飛poe。速度快亦曰飛poe。未學行先學～bōe oh kiâⁿ seng-oh～⇨同上。鳥仔颺颺～chiáu-á iāⁿ-iāⁿ～⇨鳥翩翩而飛。四界去抄颺颺～sì-kè khì-teh iāⁿ-iāⁿ～⇨身在外到處飄蕩。中午起飛，去世界一周tiong-ngó͘ khí～，khì sè-kài it-chiu⇨中午起飛，作世界一周旅行。十六七歲道出去抄～也chap-lak-chhit-hòe tō chhut-khì teh～a⇨十六七歲就在外面飄蕩生活了。嘴～chhùi～⇨(病後)亂開口。脚～kha～⇨(病後)行不自在。颺颺～iāⁿ-iāⁿ～⇨①多鳥在飛舞。②四處飄蕩。③多人到處出沒(例如，抓耙仔)。田園死鳥～未過耳，外好額chhân-hn̂g sí-chiáu～bē(bōe)-kòe-niâ goā(joā) hó-giah⇨田地死鳥飛不過去而已，什麼富戶。死sí與四sì諧音。

【飛刀 poe-to】 使～～刣人sái～～thâi-lâng⇨使用飛刀之法殺人。

【飛天 poe-thiⁿ】 飛上天hui-siāng-thian。會走做你走，看你會～～，抑會藏地ē-cháu chò-lí-cháu, khoàⁿ-lí ē～～, ah-ē-chhàng-tē à⇨能跑你隨便跑好了，除非你能飛上天或潛入地下(否則休想走)。

【飛星 poe-chheⁿ】 poe-chhiⁿ。流星 liû-seng。俗曰瘖屎星làu-sái-chheⁿ。

【飛飛 poe-poe】 脚～～kha～～⇨行踏不穩定。嘴～～chhùi～～⇨言詞無法控制。耳孔～～hīⁿ-khang～～⇨耳鳴不斷。以上皆熱病後或有的現象。

【飛砂 poe-soa】 砂塵飄揚。風～～hong～⇨同上。～～走石～～cháu-chioh⇨傳說中的仙術或法術有此法。→hui-soa-cháu-chioh。

【飛烏 poe-o͘】 飛魚曰～～poe-hî oat～～⇨同上。～～罟～～lêng⇨捕飛烏之網。

【飛鳥 poe-chiáu】 hui-niáu。戇狗追～～gōng-káu tui～～⇨傻狗追逐飛鳥。喻明知不可能而爲之。

【飛蛇 poe-choâ】 一種急性的皮膚病名。起～～khí～～⇨同上。

【飛船 poe-chûn】 飛行船hui-hêng-chûn。

【飛魚 poe-hî】 飛烏poe-o͘。～～罟～～lêng⇨同上

【飛絲 poe-si】 在空中飄浮之蜘蛛絲。著～～tioh～～⇨飛絲入目因而眼發炎。

【飛鼠 poe-chhí】 ㈠鼯鼠ngô͘-chhí。能夠飛越他樹。㈡扒手。白天之小偷。

【飛煞 poe-soah】 邪神惡鬼的災禍。要不看著鬼，未輸著～～呢iàu-m̄ khoàⁿ-tioh-kúi, bē-su tioh～～ni⇨不是活見鬼嗎，一如中了邪鬼之禍嘛。

【飛箭 poe-chìⁿ】 流矢liû-sí。果抵好～～會射著孱葩ká-tú-hó～～ē(ōe) siā-tioh lān-pha

⇨豈有此理，有那麼巧，飛箭會射中睪丸kau-oân。

【飛蚯 poe-hiā】 有翅之螞蟻。亦曰大水蚯toā-chúi-hiā。

【飛禽走獸 poe-khîm-cháu-siù】 禽獸類。山林曠野道是～～～～生活的所在san-lîm-khòng-iá tō-si ～～～～ seng-oah ê só·-chāi ⇨同上。

【飛簷走壁 poe-liâm-cháu-piah】 傳說中的一種武功。～～～～的功夫～～～～ê kang-hu⇨同上。

poe **菠** 菠薐仔菜poe-lêng-á-chhài也。

poe **杯** ㊀飲器也。亦作盃poe。茶～tê～⇨同上。酒～chiú～⇨同上。玉～giok～⇨同上。玻璃～po-lê～⇨同上。大～中～小～toā～tiong～sió～⇨同上。三～落肚saⁿ～loh-tō·⇨酒飲三杯入腹中。清茶一～chheng-tê chit～⇨同上。㊁求神用具。形似胡瓜一剖爲二者，大約都在長五六寸上下。寺廟神桌前均有之。求神者取之於手，向神拜表其所求，投之空中，見其落地後之形態以決之，曰博～poah～。現出同面者曰陰～im～曰陽～iâng～，皆不算，一陰一陽曰聖～sīⁿ～乃可。聖杯sīn-poe三次即決矣。亦即神已批准也。

【杯仔 poe-á】 杯的通稱。酒～～chiú～～⇨同上。茶～～tê～～⇨同上。

【杯中物 poe-tiong-but】 喻酒。天運苟如此，且進～～～thian-ūn kō· jî-chhú, chhiáⁿ-chìn～～～⇨古詩。

【杯弓蛇影 poe-kiong-siâ-iáⁿ】 事之虛幻或疑假作眞皆曰杯弓蛇影poe-kiong-siâ-iáⁿ。

【杯水車薪 poe-súi-chhia-sin】 效量太小無濟於事。一杯之水，不能救滅一車薪之火也。

【杯葛運動 poe-kat-ūn-tōng】 boycott，抵制買賣等的經濟行動。或曰非買同盟hui-bé-tông-bêng。

póe **抔** 以手掬物也。以手推開曰抔póe。撥開曰抔póe。拂去曰抔póe。趁取特別的錢財亦曰抔póe。手～chhiú～⇨以手拂開之，或拂拭之。逡逡仔～ûn-ûn-á～⇨慢慢的推之。逡仔也～ûn-á～⇨同前。老道～無土豆lāu tō～bô·-thô·-tāu⇨老了就採集不了花生。喻老人無法工作。未～得bē～tit⇨趁不得或有險性或不道德。彼類錢阮不敢～hit-lōe-chiⁿ goán m̄-káⁿ～⇨同前。

【抔手 póe-chhiú】 觸推他人之手。～～道知也 ～～ tō-chai a⇨觸一觸手(爲號)就知道了。

【抔草 póe-chháu】 撥開墓地草叢。～～敤親～～chhōe-chhin⇨千方百計訪尋親人。

【抔開 póe-khui】 撥開poat-khai。分開hun-khui。～～頭毛掠虱母～～thâu-mo· liah-sat-bó(bú)⇨同上。

【抔會 póe-hōe】 解釋誤會。小事啦，過去道可也，毋可更～～也sió-sū là, kōe(kè)-khì tō-hó à, m̄-hó koh～～ā⇨小事情也，過去就算了，不可再作釋明。彼顆人都未～～得hit-khò·-lâng to-bē(bōe)～～tit⇨那家伙都沒法子解釋(不能了解所釋明)。亦即不可理會之人。愈～～是愈壞耳ju～～sī ju-hāi-niâ⇨越解釋是越壞而已。

【抔錢 póe-chîⁿ】 趁錢thàn-chîⁿ。無～～共人安搭，人佅掠去剝皮也bô～～kā-lâng an-tah, lâng-boeh liah-khì pak-phôe ā⇨若不趁錢來安搭他們，要被捉去剝皮了。

【抔土豆 póe-thô·-tāu】 抔開土以尋取花生。古有此種花生，先去莖，犂起打碎整平，才抔開土尋取花生粒。～～～是囡仔查某人工～～～ sī gín-á cha-bó·-lâng-kang⇨抔土豆者，孩子女人之工作也。

【抔手面 póe-chhiú-bīn】 即款的咱不愛，較省合人抡～～～chit-khoán ê lán-m̄-āi, khah-séⁿ kah-lâng teh～～～⇨此種事我們不要好

了，免得與他人吵吵鬧鬧。合乞食～～～kah-khıt-chiah～～～⇨與乞食之類爭長論短(不值也)。合即類人講，未輸合生鳥～～～扲kah-chit-lōe-lâng-kóng, bē(bōe)-su kah lān-chiáu～～～leh⇨同上粗語。

【抔軟路仔 póe-nńg-lō·-á】 趁軟錢。趁取色情中之錢。若目珠紅，你曷未還仔去～～～～nā-bak-chiu âng, lí-ah-bē(bōe)-oân-à-khì～～～～⇨如果眼紅，你何不也去抔軟錢。

**pòe 貝** 介殼類的軟體動物皆曰貝pòe。寶～pó～⇨至珍至貴之物。干～kan～⇨貝柱pòe-thiāu之乾物，一種上等的料理材料。

【貝柱 pòe-thiāu】 貝殼開閉的器官。其乾物就是干貝kan-pòe。

【貝殼 pòe-khak】 貝類動物的外殼。古代以此爲貨幣，故有關財物之字，多屬貝字部。如：貨hòe，貿bō·，財châi，賈ké，賠pôe等是也。

【貝多芬 pòe-to-hun】 Beethoven，古音樂家，德國人。世稱樂聖。

【貝魯特 pòe-ló·-tek】 Beyrout or Beirut。地名。中東的重要城市。黎巴嫩之首都。

【貝加爾湖 pòe-ka-ní-ô·】 Baikal Lake。亞洲第一淡水湖。在西伯利亞東南部。

**pòe 輩** 列車也。同列同等者謂之輩。一般而言，有先～後～sian～hō·(hiō)～⇨論先後者例如同學等。就宗族而言，有祖～父～子～孫～等等之別chó·～hū～chú～ sun～téng-téng chi piat⇨論尊卑也。論～無論歲lūn～bô-lūn-hòe⇨宗族內的規紀，故有白毛孫仔土脚叔公之現象。老～lāu～⇨年老者。平～pêⁿ(pîⁿ)～⇨大約同年歲之人。少年～siàu-liân～⇨年青之一輩。此三詞皆就社會一般而言。大先～tāi-sian～⇨同上。後生小～hāu-seⁿ-sió～⇨同上。伊合阮阿叔共～i kah goán(gún)-a-chek kāng～⇨同上。高我一～就是阮老父彼～koân(koâiⁿ)-goá chit～chiū-sī goán(gún)-lāu-pē hit～⇨同上。

【輩出 pòe-chhut】 一批跟一批出現。人材～～jîn-châi～～⇨同上。

【輩份 pòe-hūn】 尊卑先後之分。你該知，當今的世界講的是錢，不是～～lí-ài-chai, tong-kim ê sè-kài, káng ê sī chîⁿ, m̄-sī～～⇨同上。講káng，講究káng-kiù也。

**pòe 背** 脊chiah也。後也。體之後也。腹～受敵hok～siū-tek⇨前後同受攻擊。看透紙～khoàⁿ-thàu choá～⇨謂眼光利害，看到紙張之反面。

【背後 pòe-hō·】 後面āu-bīn。英雄～～有英雄eng-hiông～～iú eng-hiông⇨高高在上ko-ko chāi-siāng。

**pòe 褙** 裝潢chong-hông曰裱褙piáu-pòe。以糊粘物曰褙pòe。

【褙紙 pòe-choá】 糊紙kô·-choá。～～糊壁～～kô·-piah⇨以紙貼於壁。

【褙漆仔 pòe-chhat-á】 裱褙piáu-pòe。漆仔chhat á，山水、花鳥、字繪等之類的總稱。

【褙膏藥 pòe-ko-ioh】 ～～～糊粒仔～～～kô·-liap á⇨以膏藥糊瘡。

【褙糊仔 pòe-kô·-á】 塗漿糊。不免釘，～～～道會用得也m̄-bián-tèng，～～～tō ē-iōng tit à⇨不用釘，糊之就行了。

**pòe 唄** 梵音之歌詠也。梵～hoān～⇨釋教之讚頌chàn siōng之歌。

**pôe 賠** 以財物補償曰賠 pôe。賭博贏 iâⁿ 曰食chiah，輸su曰賠pôe。請罪亦曰賠pôe。有功無賞，拍破著～ū-kong bô-siúⁿ, phah-phoàⁿ tioh～⇨同上。天脚下曷有彼類有食無～的儌thiⁿ-kha-ē ah-ū hit-lōe ū-chiah bô～ê kiáu⇨天底下豈有那種但吃不賠之賭博。～了夫人又折兵～liáu hu-jîn iū chiat-peng⇨笑周喻討荆州之失敗。

【賠人 pôe lāng】 賠償他人。人lâng改讀lāng。該～～也，無～～未煞得也ài～～ā, bô～～bē(bōe) soah tit à⇨必須賠補人家

了，不賠不能干休了。

【賠人 pôe-lâng】 以人爲賠償。講許的無仁的，侎佗去～～kóng hiah-ê bô-jîn ê, boeh-tah(toh)-khì～～⇨廢話，那裏有人可賠。

【賠命 pôe-miā】 賠償人命pôe-chhiâng-jîn-bēng。即款～～的生理未做得chit-khoán～～ê seng-lí bē(bōe) chò(chōe) tit⇨此種要命的生意做不得。

【賠補 pôe-pó͘】 ㈠再賠再補。無夠的會更～～啦bô kàu ê ē(ōe)-koh～～lā⇨不足的部份，將再補足。㈡裨補pi-pó͘。加一個囡仔湊脚手，多少每是有～～嗎，敢無ke-chit-ê gín-á tàu-kha-chhiú, to-siáu mā-sī-ū～～mà, kám bô⇨多一個孩子爲助手，多少還是有益的，你沒有嗎。

【賠罪 pôe-chōe】 謝罪 siā-chōe。請罪chhéng-chōe。該去共人～～一下藉著āi-khì kā-lâng～～chit-ē chiah-tioh⇨應該去向人請一請罪才對。

【賠錢 pôe-chîⁿ】 以錢賠補。～～不較篤荅仔～～m̄ khah-tok tap-á⇨賠錢還算差不多。較篤荅仔khah-tok-tap-á，比較和些，荅tap，小米豆類之最小者，喻小。～～貨～～hòe⇨謂女兒送人爲妻，還要嫁粧，是了錢，是賠錢之貨也。

【賠償 pôe-chhiâng】 pôe-siông。補償。酬報。～～好，應該的，看該若敥，做你講～～hó, èng-kai-e khoàⁿ-āi goā-chē, chò(chòe)-lí-kóng⇨賠償可以，應該的，要多少，請你儘管說吧。外敥goā-chē, joā-chōe。

【賠禮 pôe-lé】 同賠罪pôe-chōe。人有來～～道可也lâng-ū-lâi～～tō-hó à⇨人家來賠了禮就算了。

【賠人命 pôe-jîn-bēng】 償還生命。著人命道該～～～不tioh-jîn-bēng tō-āi～～～m̄⇨犯上殺人案，就應該償還人命，不對嗎。

【賠羞禮 pôe-siu-lé】 婚約改除之賠償金。盒都無奈何也，人心都於別人亶也，收些～～～乎煞去好否taⁿ-to bô-nāi-hô ā, lâng sim-to tī pat-lâng-tau a，siu-chē～～～hō͘ soah khì hó-bò͘⇨而今都無奈何了，人家他(她)心已在他人之家了，收點賠償金算了，可不可以。

**pôe 陪** 重也。伴也。副貳也。接待賓客曰陪pôe。伴隨亦曰陪pôe。食酒著酒配，每該人～chiah-chiú tioh chiú-phòe, mā-āi-lâng～⇨同上。阿公該有人～a-kong āi ū-lâng～⇨老祖父需要有人陪伴。敬～未座kèng～boat-chō⇨同上。

【陪臣 pôe-sîn】 諸侯之臣屬對天子稱陪臣pôe-sîn。

【陪伴 pôe-phoāⁿ】 爲賓客之伴。接待客人。～～人客～～lâng-kheh⇨同上。

【陪客 pôe-kheh】 ㈠副賓。主客～～chú-kheh～～⇨同上。㈡接待賓客。該～～無時間可去āi～～bô-sî-kan hó khì⇨需要陪伴賓客，沒時間去。

【陪拜 pôe-pài】 逮拜tōe-pài。人拜亦拜。

【陪酒 pôe-chiú】 伴酒phoāⁿ-chiú。召花～～tiàu-hoe～～⇨叫來藝妓伴酒。～～查某～～cha-bó͘⇨侍酒之女人。今俗所謂酒家女侍等是也。

【陪祭 pôe-chè】 副祭。主祭～～chú-chè～～⇨同上。

【陪逮 pôe-tōe(tè)】 人情世事的來往應酬。無～～人未使得bô～～lâng bē(bōe)-sái tit⇨不作交際應酬不行。人情世事～～到夠，驚做你會無鼎共無灶jîn-chêng-sè-sū～～kà-kàu, kiaⁿ-chò(choā)-lí ē(ōe) bô-tiáⁿ kāng bô-chàu⇨謂交際應酬一切對外完美無缺，恐怕家中要斷炊了。喻居家人情世事來往應酬所需宏大。

【陪賓 pôe-pin】 副賓。主賓～～chú-pin～～⇨同上。

【陪審 pôe-sím】 人民陪同法官審案。～～

制度～～chè-tō͘⇨英美法等先進諸國早已行之，日本亦已追隨施行。

【**陪絲旁 pôe-si-pêng**】 部首之一，絲字旁si-jī-pêng。紅âng，糾kiù，純sûn等字是也。

pôe **培** 益也。養也。栽種花木曰培pôe，養育人材亦曰培pôe。栽～chai～⇨種植，養育。

【**培根 pôe-kin(kun)**】 Francis Bacon，人名。英國人，近世大哲學家。

【**培植 pôe-si̍t**】 栽種花木。養育人材。～～蘭花～～lân-hoe⇨同上。～～後進～～hō͘-chìn⇨同上。

【**培養 pôe-iáng(ióng)**】 同培育pôe-io̍k。～～新品種～～sin-phín-chéng⇨同上。～～人材～～jîn-châi⇨同上。～～感情～～kám-chêng⇨同上。

pôe **裴** 衣長也。姓氏。

pōe **背** 以背向之也。棄之而去也。違也。反叛hoán-poān曰背pōe。以背pōe載物曰背pōe。默念亦曰背pōe。違～良心ûi～liâng-sim⇨同上。生六月而慈父見～seng li̍ok-goa̍t jî chû-hū kiàn～⇨生下來才六個月爸就死了。

【**背心 pōe-sim**】 ㊀違心。～～之論～～chi lūn⇨違心之言論。㊁無袖之衣。俗曰馬褂bé-koà或馬甲bé-kah。

【**背包 pōe-pau**】 背在肩上之包裹pau-kó。學生～～ha̍k-seng～～⇨同上。士兵～～sū-peng～～⇨同上。～～袱～～ho̍k⇨背負包袱。

【**背面 pōe-bīn**】 後面āu-bīn。反面hoán-bīn(正面chià$^{n}$-bīn之對詞)。

【**背約 pōe-iak(iok)**】 違約ûi-iak(iok)。失信～～sit-sìn～～⇨同上。

【**背叛 pōe-poān**】 反叛hoán-poān。親軍～～chhin-kun～～⇨同上。

【**背骨 pōe-kut**】 叛骨poān-kut。～～仔生～～á-se$^{n}$⇨罵人之詞。責其反覆無常。

【**背倫 pōe-lûn**】 ～～事件～～sū-kiā$^{n}$⇨同亂倫事件。

【**背條 pōe-tiâu**】 小駝背。小可仔～～～～sió-khó-á～～～～⇨同上。

【**背景 pōe-kéng**】 ㊀主物背後之情景。阮厝抵好一支山做～～goán-chhù tú-hó chi̍t-ki-soa$^{n}$ chò(chòe)～～⇨指風景。伊的～～眞好i ê～～chin-hó⇨指人，財勢。～～繪了失敗去～～ōe-liáu sit-pāi khì⇨指圖繪。㊁戲劇之布景。㊂～～調查～～tiau-cha⇨調查某人的背後人事等環境。

【**背義 pōe-gī**】 違背義道。忘恩～～的人bông-in～～ê lâng⇨同上。

【**背水陣 pōe-súi-tīn**】 韓信背水爲陣而戰勝趙軍。喩事作有進無退之決心。當道該背水合伊拂一下ta$^{n}$ tō-ài pōe-súi kah-i hut chi̍t-ē à⇨現在就該決心一拼了。

【**背信罪 pōe-sìn-chōe**】 法律名詞。受委託辦理事務而違反委託之意損害委託人之利益者。

【**背山面水 pōe-san-bián-súi**】 後山前水。謂佔地佳風光好。安爾～～～～風景太好了an-ne(ni)～～～～hong-kéng thài-hó lò͘⇨同上。

【**背城一戰 pōe-siâ$^{n}$-it-chiàn**】 背城借一pōe-sêng-chek-it。謂作最後之死戰。

【**背親向疎 pōe-chhin-hiàng-so͘**】 反背親人附庸外人。安爾～～～～人講什麼手挖出，人會講呢an-ne(ni)～～～～lâng kóng sam-ma-chhiú oat-chhut, lâng-ē(ōe) kóng neh⇨這樣子反親就疎，古人言什麼手挖向外方，會招人批評嘛。

pōe **悖** 亂也。逆也。我國體之精華，通之古今而不謬，施之東西而不～gô͘-kok-thé chi cheng-hoâ, thong-chi kó͘-kim jî put-biū, si-chi tong-se jî put～⇨日皇明治之教育詔書。

【悖逆 pōe-gek】 犯上作亂。～～重罪～～tiōng-chōe⇨同上。

【悖理 pōe-lí】 逆乎常理。反德～～hoán-tek～～⇨同上。

【悖德 pōe-tek】 違亂道德。～～行爲～～hêng-ûi⇨同上。

【悖謬 pōe-biū】 事理反常。言行～～giân-hēng～～⇨同上。

pōe
**焙** 火乾也。以火烘乾曰焙pōe。薰仔該～了hun-á ài～lò·⇨菸葉須焙了。茶該更～tê ài-koh～⇨茶葉須再烘乾之。再煎亦曰焙pōe。

【焙茶 pōe-tê】 烏龍茶須以火焙之。

【焙菸仔 pōe-hun-á】 烘乾菸葉。

【焙焙抾 pōe-pōe leh】 再焙。肉更～～～煏煏抾道可食也bah koh～～～piak-piak leh tō-hó-chiah à⇨肉再焙煏一下就可以吃飯了。

pōe
**培** 增土曰培pōe。增土以肥番藷或甘蔗陵曰培pōe。番藷該～也han-chî ài～ā⇨同上。

【培墓 pōe-bōng】 掃墓sàu-bōng。清明～～chheng-bêng～～⇨同上。

【培甘蔗 pōe-kam-chià】 甘蔗出芽，就要於甘蔗稜kam chià-lêng增土以肥大之，以促進其成長。

【培番藷 pōe-han-chî(chû)】 義同培甘蔗pōe-kam-chià。

pōe
**倍** 益也。加也。利市三～li-chhī saⁿ～⇨同上。勇氣萬～ióng-khì bān～⇨勇氣充滿得非常之大。加～ka～⇨一加一也。二～nn̄g～⇨同前。十～chap～⇨十之，亦即十倍。人一之我十之之十也。

【倍加 pōe-ka】 加倍ka-pōe。～～勇氣～～ióng-khì⇨汎言勇氣增加甚多。

【倍數 pōe-sò·】 數學名詞。例如10, 15, 25皆爲5之倍數。最小公～～chòe-sió kong～～⇨例如21爲3與7之最小公倍數。

pōe
**佩** 繫物於帶曰佩pōe。識之於心亦曰佩pōe。～以金玦～í kim-khoat⇨同上。感～kám～⇨心服之。

【佩刀 pōe-to】 帶刀tài-to。古早的武士攏～～佩劍kó·-chá ê bú-sū lóng～～pōe-kiàm⇨同上。

【佩服 pōe-hok】 感服kám-hok。心悅誠服sim-oat-sēng-hok。實在～～～～sit-chāi～～～～⇨眞的太感服了。

pōe
**拔** 拔取也。拔出也。餲釘仔～道斷；～道斷，未～得也āu-teng-á～tō-tn̄g，～tō-tn̄g，bē(bōe)～tit-à⇨爛釘子拔poat就斷；拔就斷，不能拔也。

【拔泉 poē-choâⁿ】 開井～～khui-chéⁿ～～⇨開新井而引吸鄰近之泉水也。

【拔釘仔 pōe-teng-á】 拔出鐵釘。～～～逐家每會曉，曷使司阜～～～tak-ê mā ē(ōe)-hiáu, ah-sái sai-hū⇨拔釘子大家都會的，何必請司阜呢。阜借音爲父。

【拔鹿角 pōe-lok-kak】 宿娼不付錢也。

## poh

poh
**卜** 龜卜ku-pok也。預測未來曰卜poh。未定局曰卜poh。安爾無～an-ne(ni) bô～⇨如此可能危險，或無希望。無定著有～bô-tiāⁿ-tioh ū～⇨或可能有希望。猶抾～抾iáu-teh～leh⇨還在未定之中。合伊拍～kah-i phah～⇨與他拼拼看。愈看愈無～ná-khoàⁿ ná-bô～⇨越看越危險(無希望)。

【卜定 poh-tiāⁿ】 不一定。～～是～～sī⇨恐怕是的。

【卜面 poh-bīn】 希望之成分。有～～無～～ū～～bô～～⇨有希望，無希望。較有～～khah-ū～～⇨有希望的成分高。

【卜是 poh-sī】 同卜敢是poh-káⁿ-sī。

【卜敢 poh-káⁿ】 恐怕khióng-pāⁿ。～～是

～～sī⇨恐怕是對的。～～是阿花～～sī a-hoe⇨可能是阿花。～～無也～～bô ā⇨恐怕沒有了。～～不來也～～m̄-lâi ā⇨可能不來了。

**poh 薄** 厚kāu之反。少亦曰薄poh。利息～lī-sit(sek)～⇨利少。錢～chîⁿ～⇨錢之效用少。即領較～chit-niá khah～⇨此件(衣)比較不厚。大酌上厚，麥仔酒上～toā-thô· siāng-kāu, beh-á-chiú siāng～⇨大酌濃，麥酒最薄(酒精分)。面皮～bīn-phôe～⇨同上。

【薄皮 poh-phôe(phê)】 柚仔該～～的iū-á ài～～ê⇨柚子薄皮的好。

【薄利 poh-lī】 ～～多賣～～to-bē(bōe)⇨同上。

【薄板 poh-pán】 便宜棺柴。～～仔～～á⇨薄枋之棺木。

【薄枋 poh-pang】 薄的木板。釘～～仔耳tèng～～á niâ⇨只是釘薄枋的。

【薄紙 poh-choá】 ～～厚紙～～kāu-choá⇨同上。

【薄茶 poh-tê】 淡茶。還仔是～～罔呷較順oân-á-sī～～bóng-ha khah-sūn⇨還是姑且呷呷薄茶平安也。呷ha，吸而飲也，今多作食chiah字用，非。

【薄荷 poh-hô】 植物名。～～油～～iû⇨從薄荷葉蒸溜而取的藥材。～～冰～～peng⇨薄荷油之凝結成固形者。

【薄扁 poh-píⁿ】 甚薄甚扁。阮這瘖香更～～不敢合您並goán che sán-hiuⁿ koh～～, m̄-káⁿ kah-lín-phēng⇨我此排骨鬼不敢與你們比較也。瘖香sán-hiuⁿ，瘦如香脚hiuⁿ-kha。

【薄福 poh-hok】 福份不多。阮阿姊都較～～未曾未道行去也goán-a-ché to khah～～bōe-chêng-bōe tō-kiâⁿ khì(ì) à⇨家姊總而言之，福薄也。很早很早就撒手歸天去了。

【薄餅 poh-piáⁿ】 燒餅sio-piáⁿ。～～飲～～kauh⇨薄餅之夾有葱肉爲餡者。

【薄壁 poh-piah】 淺籬～～chhián-lî～～⇨牆壁簡陋，防護不周密。窮人之家。

【薄薄 poh-poh】 甚薄。甚少。～～仔耳啦，未講無啦～～à niâ là, bē(bōe)-kóng bô-là⇨不多而已，不會沒有的。～～酒每食會醉呢～～chiú mā-chiah-ē(ōe)-chùi neh⇨薄酒也是喝得醉的呀。

【薄禮 poh-lé】 不厚之禮。～～毋～～無論的啦，總講有紅一下道可也～～m̄～～bô-lūn ê là, chóng-kóng u-âng chit-ē tō-hó à⇨禮不論厚薄也，有紅包一包就行了。

【薄釐絲 poh-lî-si】 甚薄，甚少的形容詞。釐絲lî-si是分釐絲毫忽之釐絲也。都是極微小的意思。亦作薄釐釐poh-li-li或薄絲絲poh-si-si。絲絲si-si或讀重音作閃閃sih-sih者，皆同解。

**poh 箔** 金屬類之薄片也。其薄如紙，所謂安金an-kim亦則飾佛像等之用者。有金～，銀～，錫～kim～gîn(gûn)～, siah～等甚多。俗謂安金的an-kim ê就是貼金箔tah-kim-poh者也。

## pok

**pok 卜** 灼龜以決吉凶也。預測未來曰卜pok。龜～命～ku～miā～⇨指算命。未～先知bī～sian-ti⇨同上。山醫命～相san-i-bēng～siòng⇨地理師，醫師，算命的，卜卦的，看相貌的五種特殊職業。賣～者bē(bōe)～chià⇨同上。

【卜卜 pok-pok】 卜卜之聲。～～叫～～kiò⇨同上。心官頭～～跳sim-koaⁿ-thâu～～thiàu⇨因驚惶等而心臟跳動不已。跳thiàu亦作窕chhéng。～～窕～～chhéng⇨同上。

【卜居 pok-ki(ku)】 選擇居住之所。～～卜宅～～pok-theh⇨同上。

【卜卦 pok-koà】 抽籤～～查某囡仔人卜八字，後生囡仔卜造化thiu-chhiam～～cha-bó·-gín-á-lâng pok-peh jī, hāu-seⁿ(siⁿ)-gín-á pok chō-hoà⇨賣卜者之詞。～～先仔～～

sian-á⇨卜卦先生。

【卜姓 pok-sèⁿ(sìⁿ)】 棄兒不知其姓名，故依卜以定其姓名。

【卜筮 pok-sē】 卜卦pok-koà。卜用龜甲，筮用蓍草，皆所以占休咎也。

pok **北** 四方之一。曰南～，曰西東，此四方，應乎中oat-lâm～, oat-se-tong, chhú-sù-hong, èng-hō· tiong⇨三字經。

pok **𤆬** 竹火聲也，爆𤆬phih-pok聲也。抽煙曰𤆬pok。又油炸肉亦曰𤆬pok。火燒山，爆～彈，查某囡仔嬰，走走出來看，目眉毛，燒一半hóe-sio-soaⁿ, phih～toāⁿ, cha-bó·-gín-á-eⁿ,cháu-cháu chhut-lâi-khoàⁿ, bak-bâi-mo·, sio-chit-poàⁿ⇨童謠。一砵薰都～未過抄chit-poah-hun to～bōe-kòe-leh⇨一口煙吹還未抽完。豬肉我未曉～ti-bah goá bē(bōe)-hiáu～⇨豬肉我不會炸。

【𤆬肉 pok-bah】 一種加麵粉衣炸的豬肉。

【𤆬薰 pok-hun】 抽煙吹煙。抽煙。先～～抄藉更拂啦seng～～leh chiah-koh-hut lā⇨先抽煙，然後再繼續做吧。

【𤆬肉皮 pok-bah-phôe】 炸胖皮chà-phòng-phôe。胖phòng，膨脹phòng-tiàng也。

【𤆬𤆬叫 pok-pok-kiò】 炒豆聲。油炸聲。

【𤆬𤆬跳 pok-pok-thiàu】 蛙，魚，人跳躍。親姆氣到～～～chheⁿ-m̄ khì-kà～～～⇨岳母娘生氣得跳起來了。

pok **暴** 突發曰暴pok。意外的出現曰暴pok。草木之幼芽萌出曰暴pok。那會更～即條賬來ná-ē(ōe) koh～chit-tiâu-siàu lâi⇨爲何又突然有此一賬目來呢。更～即孔，頭道大也koh～chit-khang，thâu-tō-toā ā⇨又突發此事(或此筆賬)，頭就痛死了。

【暴牙 pok-gê】 pauh-gê。齒列外之牙齒。～～仔～～á⇨其人暴牙。→pauh-gê-á。

【暴孔 pok-khang】 暗賬出現。秘事暴露。那更～～⇨何以又有此賬。代誌～～了tāi-chì～～lò·⇨秘事暴露了。

【暴卒 pok-chut】 急死kip-sú。突然死亡thut-jiân sí-bông。

【暴芽 pok-gê】 萌芽bêng-gê。落即陣雨耳，道攏～～也loh chit chūn-hō· nīa tō-lóng～～ā⇨下了這一陣雨而已，就全部出芽了。⇨puh-gê。

【暴風 pok-hong】 pok-hong。大風。颱風thai-hong。～～暴雨～～pok-í(ú)⇨同上。～～急雨～～kip-í(ú)⇨同上。

【暴病 pok-pēng】 急病。突然生病。～～暴卒～～pok-chut⇨同上。

【暴發 pok-hoat】 pok-hoat。突發thut-hoat。戰爭～～了chiàn-cheng～～lò·⇨戰爭突然發生了。山洪～～san-hông～～⇨洪水突漲。

【暴富 pok-hù】 驟然而富有。～～的暴發戶～～ê pok-hoat-hō·⇨同上。

【暴櫱 pok-íⁿ】 暴櫱pok-giat。櫱giat，幼芽也。→puh-íⁿ。

【暴露 pok-lō·】 展露於外。～～戰術～～chiàn-sut⇨揭露秘密的戰術。

【暴風雨 pok-hong-í(ú)】 大風大雨。風颱雨hong-thai-hō·。

【暴發戶 pok-hoat-hō·】 暴發的富戶。～～仔～～á⇨亦省爲暴發仔pok-hoat-á。

pok **駁** 駁正他人之議論也。辨正是非也。不允其議曰駁 pok。反～hoán～⇨同上。辯～piān～⇨同上。批～phe～⇨同上。合伊～到俫大舌猴去kah-i～kà boeh toā-chih-kâu ì⇨與他爭論得面紅耳赤biān-hông-ní-chhek。大舌猴toā-chih-kâu，口吃曰大舌toā-chih，猴急kâu-kip也。現～伊驚甚hiān～i kiaⁿ-sahⁿ⇨當面反駁他，怕什麼。

【駁孑 pok-kiat】 性癖怪異(令人覺得有趣)。阿火仔即個囡仔眞～～a-hóe à chit-ê gín-á chin～～⇨阿火這個孩子，很怪也。

【駁仔 pok-á】 駁船pok-chûn。

【駁回 pok-hôe】 法律名詞。法院對於案件裁定不受理曰駁回pok-hôe。上訴～～siāng-sò·～～⇨同上。

pok **暴** 惡也。兇殘hiong-chhân也。粗～chho·～⇨同上。横～hoâiⁿ～⇨同上。殘～chhân～⇨同上。強～kiâng～⇨同上。以～易～～ek～⇨暴君換暴君。

【暴力 pok-lek】 行使武力。以拳脚刀劍對人曰暴力pok-lek。～～犯罪～～hoān-chōe⇨以暴力爲手段之犯罪。

【暴行 pok-hêng】 暴力行爲pok-lek-hêng-ûi。

【暴君 pok-kun】 暴虐pok-gek之王。無道昏君bû-tō-hun-kun。

【暴政 pok-chèng】 暴君之政。～～猛於虎～～béng î-hó·⇨同上。

【暴虐 pok-gek】 兇惡殘酷hiong-ok-chhân-khok。

【暴徒 pok-tô·】 暴力案之被告。～～猶未歸案～～iáu-bōe kui-àn⇨犯案之人尚未逮捕到。

【暴動 pok-tōng】 集體反抗chip-thé-hoán-khòng。農民～～lông-bîn～～⇨同上。

【暴躁 pok-chhò】 又粗暴又猴急。性質有較～～sèng chit ū-khah～～⇨同上。

【暴虎馮河 pok-hó·-pâng-hô】 徒手打虎。無舟渡河。喻無知無謀之勇。

【暴跳如雷 pok-thiàu-jî(jû)-lûi】 形容激怒無法遏止的情形。見伊抣～～～～都無人倈捙伊kìⁿ-i teh～～～～to bô-lâng boeh-chhap i⇨任由他在暴怒pok-nō·亂跳，皆無人理也。

【暴歛横征 pok-liám-hêng-cheng】 苛歛誅求kho-liâm thi-kiû。皆曰征稅苛酷迫使民不聊生。

pok **僕** 供人差遣chhe-khián使喚sái-hoàn之人。又主也。自謙曰僕pok。奴～歡迎，稚子候門nô～hoan-gêng, tī-chú hāu-bûn⇨歸去來辭。家～ka～⇨家丁ke-teng。

【僕役 pok-iah】 Boy的譯詞。公衆場所的雜役之通稱。於飯店抣做～～tī-pn̄g-tiàm teh-chò(chòe)～～⇨同上。

【僕射 pok-iā】 古官名。原武官演變成爲文官。～～宰相之職～～chái-siàng chi chit⇨同上。尙書～～siāng-si～～⇨同上。

【僕從 pok-chiông】 跟隨的僕人。～～數十人～～sò·-chap-lâng⇨同上。

【僕僕風塵 pok-pok-hong-tîn】 奔走來往忙碌無停。

pok **幕** 幕bō·(bo·h), mō(mo·h)也(見bo·, mo各部)。入～之賓jıp～chi-pin⇨同上。

【幕府 pok-hú】 將軍府chiang-kun-hú。

pok **濮** 濮陽遇呂布，華容遇關羽，童關遇馬超，此皆公之無敵於天下也pok-iâng gī lī-pō·, hoâ-iông gī koan-í, tông-koan gî má-chhiau, chhú-kai kong-chi bû-tek î thian-hā iā⇨三國演義，張松頂曹操。

pok **薄** 厚hō之反。願盡綿～goān-chīn biân～⇨同上。劉邦罵曰，寡人待你不～，何以反？彭越曰，欲爲皇帝耳！lâu-pang mē(mā)-oat, koáⁿ-jîn thāi-ní put～, hô-í-hoán? phêⁿ-oat oat, iok-ûi hông-tè niâ⇨史記(大意如此)。不宜妄自菲～，引喻失義，以塞忠諫之路也put-gî bōng-chū húi～, ín-jī sit-gī, í-sek tiong-kàn chi lō· iā⇨前出師表。

【薄利 pok-lī】 利益不多。～～多賣～～to-māi(bē)⇨同上。

【薄命 pok-bēng】 福運不佳。佳人～～ka-jîn～～⇨同上。

【薄倖 pok-hēng】 負心。贏得青樓～～名êng-tek chheng-lâu～～bêng⇨袁枚

【薄弱 pok-jiak(jiok)】 無力。意志～～ì-chì～～⇨同上。

【薄情 pok-chêng】 寡情koáⁿ-chêng。～～郎～～lông⇨無情無義的漢子。

【薄暮 pok-bō͘】 日薄西山近黃昏 jit-pok se-san kīn-hông-hun。

【薄海歡騰 pok-hái-hoân-thêng】 海內外皆歡喜慶祝。薄海pok-hái自國都而至海邊。

pok **爆** 猛火炒豆曰爆pok，其聲亦曰爆pok。炸彈chah-tân暴發pok-hoat曰爆炸pok-chah。熚～叫phih～kiō͘⇨熚爆連聲響。

【爆米 pok-bí】 燒胖米phòng-bí。～～乎囡仔食～～hō͘ gín-á chiah⇨燒胖米給孩子們吃。胖米phòng-bí者亦曰米香bí-phang。亦即胖米加麥芽糖之食品也。

【爆炸 pok-chah】 暴然pok-jiân發火。炸彈～～chah-tân～～⇨同上。

## pong

póng **榜** 公開收支決算單曰榜póng。金～題名kim～tê-bêng⇨考試及格。金榜kim-póng亦決算書也。

【榜首 póng-siú】 金榜的第一名。～～聽講是姓林～～thia$^{n}$-kóng sī sè$^{n}$(sì$^{n}$)-lîm⇨第一名據說是姓林之人。

【榜眼 póng-gán】 古科舉的殿試第二名。狀元～～探花chiōng-goân～～thàm-hoe⇨一二三名之異稱。

【榜單 póng-toa$^{n}$】 ㊀收支決算書。㊁考試及格名單。～～貼出來也～～tah chhut-lâi-ā⇨同上。

【榜賬 póng-siàu】 或榜數。榜出收支賬目。眾人抄要求～～chèng-lâng teh iàu-kiû～～⇨大家在要求公開帳目。

póng **傍** 加長或加寬少許曰傍póng。亦即傍pông之動詞化也。柱仔更～一尺thiāu-á koh～chit～chhioh⇨柱再加長一尺。衫仔裾更～寸半sa$^{n}$-á-ki koh～chhùn-poà$^{n}$⇨衣裾再加寬寸半。店面更～三尺出去藉有夠長tiàm-bīn koh～sa$^{n}$-chhioh chhut-khi chiah-ū kàu-tn̂g⇨店面再加寬三尺出去才夠長。

【傍枋 póng-pang】 以板加寬。有更～～也ū-koh～～ā⇨同上。

pòng **謗** 誹謗hui-pòng也。誇張其事曰謗pòng。繳風拳頭～kiáu-hong kûn-thâu～⇨賭博與拳術之事都是誇大其事的。亦即勝負之數字，術之奧妙，皆屬誇大也。你都一支針每～到像鐵棍lí to chit-ki-chiam mā～kà-chhiū$^{n}$ thih-kùn⇨你是一支小針也會誇大到如鐵棒。四界抄～sì-kè teh～⇨到處在誇大宣傳。

【謗影 pòng-iá$^{n}$】 黑白誇大宣傳。風聲～～hong-sia$^{n}$～～⇨同上。

【謗番仔反 pòng-hoan-á-hoán】 製造番仔反亂之謠言。

pòng **嗙** 大聲也。銃炮等之聲音也。有聽一聲～恰如像銃聲抄ū-thia$^{n}$ chit-sia$^{n}$～, kah-ná chhiū$^{n}$ chhèng-sia$^{n}$ leh⇨同上。

【嗙嗙叫 pòng-pòng-kiò͘】 銃炮連續聲。歸日安爾～～～噪人耳到會死去kui-jit an-ne(ni)～～～chhò-lâng-hī$^{n}$ kà ē-sí khì⇨整天如此的嗙嗙聲不停，吵死人也。

pông **傍** 近也。側也。路～lō͘～⇨大路邊toā-lō͘-pi$^{n}$。路～屍lō͘～si⇨婦女詈罵lé-mē$^{n}$用詞。路～屍，脚骨大細枝lō͘～si, kha-kut toā-sè(sòe)-ki⇨頑童戲學詈罵的口氣。

【傍邊 pông-pian】 近側。左鄰右舍。～～的人會講是非～～ê lâng ē(ōe)-kóng sī-hui⇨人們會說閒話。

【傍聽 pông-thèng】 來去法院～～要去否laih-ì hoat-ī$^{n}$～～, boeh-khì bō͘⇨到法院去傍聽吧，去不去。

【傍觀 pông-koan】 人講～～者清啦，我看你該更斟酌較著啦lâng-kóng～～chiá-chheng là, goá-khoà$^{n}$ lí ài-koh chîm-chiok khah-tioh là⇨古人言，傍觀者看得清楚，我看，你應該再斟酌一下才對。

【傍系尊族 pông-hē-chun-chok】 法律名詞。

伯叔父，姑姨母以上的輩份之人。

【傍若無人 pông-jia̍k-bû-jîn】 言動傲慢無視他人。伊安爾洋洋得意～～～～，個阿叔於許，活要乎氣死不 i an-ne(ni) iâng-iâng-tek-ì～～～～in-a-chek tī-hia, o̍ah-boeh hō͘ khì-sí m̄ ⇨他是如此這般的洋洋得意傍若無人，他叔父在場，幾乎要活被氣死也。

**pông 膀** 膀胱pông-kong也。俗曰尿袋jiō-tē。～～石淋～～chio̍h-lîm⇨膀胱結石pông-kong kiat-se̍k。～～無力～～bô-la̍t⇨所謂漢醫生仔的名堂。

**pông 房** 房舍pông-sià。棲息之處也。文～四寶bûn～sù-pó⇨紙筆墨硯也。姓氏。

【房事 pông-sū】 房中之事。～～過多～～kōe-to⇨同上。

【房中術 pông-tiong-su̍t】 ㊀古有其書，今已無矣。㊁今所行者，多屬所謂淫書之類也。

【房玄齡 pông-hiân-lêng】 唐代名相，與杜如晦tō͘-jî-hōe並稱。

**pōng 炐** 火聲也。完物遇火張起也。火藥爆炸po̍k-chah曰炐pōng，以火藥炸開之工作曰炐pōng。機器類起火始動曰發炐hoat-pōng，亦曰起炐khí-pōng。凡始動皆曰起炐khí-pōng。車先發～等個chhia seng-hoat～tán in⇨車子先加以始動而等候他們。飲未起～lim-bē(bōe) khí～⇨喝得不起勁。阿九得未起～了a-káu tit-boeh khí～lò͘⇨阿九將要開始醉了。

【炐子 pōng-chí】 炸彈chah-tân。炸藥chah-io̍h。⇨沒錢了。袋仔底袋～～扲tē-á-té tē～～leh⇨喻囊中無錢。亦即袋中空空如也。蓋炐子pōng-chí者炸炐孔chah-pōng-khang者也。孔khang空khang諧音。炸chah又與袪chah諧音。袪chah者，袋中有物。袪空chah-khang即袋中空無物也。

【炐孔 pōng-khang】 隧道sūi-tō。炐開之孔道也。火車行到～～內，～～泉水滴落來hóe-chhia kiâ$^{n}$ kàu～～lāi, ～～choâ$^{n}$-chúi tih-lo̍h-lâi⇨民謠。

【炐皮 pōng-phôe】 豬皮之乾干以猛火熱油炸成之菜料。

【炐線 pōng-soà$^{n}$】 火藥的引線ín-soà$^{n}$。～～不好創霑去～～m̄-hó chhòng-tâm khì(ì)⇨引線不可弄濕了。

【炐壁 pōng-piah】 炸岩壁。同碰壁pōng-piah。喻無錢，行不通。阿里山苦力～～a-lí-san ku-lí～～⇨①阿里山之工人專司炸石壁。②喻無錢bô-chî$^{n}$。

【炐炐叫 pōng-pōng-kiò】 爆炸po̍k-chah之聲。銃聲～～～chhèng-sia$^{n}$～～～⇨同上。歸暝～～～唔敢扲相刣也kui-mê(mî)～～～m̄ kám teh sio-thâi ā⇨整夜炐炐之聲不絕，難道是開戰了嗎。

**pōng 碰** 碰pōng亦相逢siāng-hōng。卒然相遇曰碰pōng。兩物相衝撞亦曰碰pōng。撞球相～lòng-kiû sio～⇨同上。火車相～hóe-chhia sio～⇨同上。於車頭相～tī chhia-thâu sio～⇨在車站相逢見。蹌仔～著䟕仔chhiāng-á～tio̍h khōng-á⇨阿蹌逢見了阿䟕，喻機會難得。蹌chhiāng，䟕khōng皆行不正也。

【碰著 pōng tio̍h】 逢見了。碰上了。

【碰壁 pōng-piah】 沒錢。阿里山苦力～～a-lí-san ku-lí～～⇨沒錢。碰壁pōng-piah，炐壁pōng-piah諧音。

**pōng 磅** 計量也。又英美的衡量單位曰磅pōng。英～eng～⇨英國的幣制單位pound。重量則 12 或 16 盎司ounce為一磅pound。點～的tiám～ê⇨電火以度計費。

【磅子 pōng-chí】 磅錘子pōng-tûi-chí。

【磅仔 pōng-á】 計重量之道具。棒形者曰稱chhìn，臺形者曰磅pōng。

【磅表 pōng-pió】 計量器。電表tiān-pió水表chúi-pió等是也。

【磅重 pōng-tāng】 稱重chhìn-tāng。計重

量。

pōng **滂** 注也。水多流貌。拍～泅phah～siû⇨一種泳法，雙手交互打水而進者。泅siû，浮行水上曰泅siû。

**【滂沛 pōng-phài】** 形容大雨。大雨～～tāi-í(ú)～～⇨同上。

**【滂沱 pōng-tô】** ㊀多雨。大雨～～tāi-í(ú)～～⇨同上。㊁涕泗流。淚～～lūi～～⇨同上。

**【滂滂 pōng-pōng】** phōng-phōng。水多貌。大水淹～～講安爾敢馮轉來啦toā-chúi im～～ kóng an-ne(ni) ká$^{n}$-bā-tńg-lâi là⇨大水全面淹浸著，竟敢如此的強涉水回家了。馮bā，涉水強行也。

## pu

pu **哱** 吹氣聲也。肉螺聲曰啊pu。～，肉螺來了，賣豬肉的來了～，bah-lê lâi lò͘, bē(bōe)-ti-bah ê lâi lò͘。～豬肉換火灰～ti-bah oā$^{n}$-hóe(hé)-hu⇨童謠。

**【哱哱叫 pu-pu-kiò】** 吹氣聲，肉螺聲。賣豬肉的～～～了bē(bōe)-ti-bah ê～～～lò͘⇨賣豬肉的(肉螺聲)哱哱叫了。

pú **斧** 伐木之具也。亦兵器也。

**【斧頭 pú-thâu】** pó͘-thâu。鋸仔損椎～～鑿kì-á, kōng-thûi, ～～chha̍k⇨木工的主要工具。程咬金三下～～法thiâ$^{n}$-káu-kim sa$^{n}$-ē～～hoat⇨謂程咬金只有斧頭砍三下之法，不靈即完了。

pù **富** 財多物豐曰富pù。大～由天，小～由勤儉toā～iû-thi$^{n}$, sió～iû-khîn-khiām⇨小富勤儉可致之，大富即必由天安排。～的～上天，窮的窮寸鐵～ê～chiū$^{n}$-thi$^{n}$, kêng ê kêng chhùn-thih⇨富者財富齊天，貧者苦無寸鐵。家欲～子強父ka-io̍k～chú-kiâng-hū⇨謂將發達致富之家，其子必比其父還要優秀出色。豬來窮，狗來～，貓來起大厝ti-lâi-kêng, káu-lâi～niau-lâi khí-toā-chhù⇨看似荒唐，卻含有愛護動物之精神。謂狗猫必無主，宜予照顧。

**【富人 pù-lâng】** hù-jîn。～～會窮，窮人會富～～ē(ōe)-kêng, kêng-lâng ē(ōe)-pù⇨富人可能變爲窮人，窮人可能變成富人。

**【富死去也 pù-sí-ī-à】** 有錢起來了。得到便宜了，太好了。即斗～～～～chit-táu～～～～⇨同上。阿花仔～～～～a-hoe a～～～～⇨同上。安爾～～～～an-ne(ni)～～～～⇨同上。

pû **匏** 通作瓠pû。一種蔓生的蔬菜類，果實供食用，果皮乾可作容器。即葫蘆匏hô͘-lô͘-pû是也。細漢偷挽～大漢偷牽牛sè(sòe)-hàn thau-bán～, toā-hàn thau-khan-gû⇨少時做小賊，大了做大賊。謂孩子少時就應調督，不該放任。大麵～toā-mı̍h～⇨大麵煮匏最合味。

**【匏仔 pû-á】** 匏pû的通稱。～～干～～koa$^{n}$⇨乾瓠kan-pû。不當五馬花，～～講金瓜m̄-thang gō͘-má-hoe～～kóng kim-koe⇨順口語。叫人別胡亂指鹿爲馬。

**【匏杓 pû-hia】** 匏杜pû-táu。舀水的器具。杓phiô料柄也，料chú酌水器。敢做～～驚滾泔ká$^{n}$-chò(chòe)～～kia$^{n}$-kún-ám⇨喻敢做即敢擔當。又要做匏杓又怕滾泔，謂豈有此理。敢做匏杓道不驚滾水ká$^{n}$-chò(chòe)～～tō m̄-kia$^{n}$ kún-chúi⇨敢做匏杓了，就不怕熱水也。杓piau，俗作杓hia，杜chú俗作杜táu，皆舀水器也。

pû **峬** 物之凸出者曰峬pû。草峬chháu-pû⇨稻草tiū-chháu之積成大圓筒形，而頂端作笠形者。火～hóe～⇨柴火疊成堆tui以取暖者。火～仔hóe～á⇨同上。一～土chi̍t～thô͘⇨土一堆thô͘-chi̍t-tui。

pû **垺** 同峬pû。郭也，內城外郭。

**pû 泡** 屎尿的次數曰泡pû。一～屎chi̍t～sái⇨糞一堆，下糞一次。一～尿chi̍t～jiō⇨放尿一次。

**pû 炰** 同烰pû。裹燒kó-sio之曰炰pû，亦即包而燒之也。埋於灰中燒煮亦曰炰pû。炰亦庖也。家己～ka-tī～⇨自己炊食。各人～也koh-lâng～ā⇨各人自炊也，分家了。～的較芳～ê khah-phang⇨炰者較香。

【炰土豆 pû-thô·-tāu】 裹燒土豆。

【炰芋仔 pû-ō·-á】 裹燒芋頭。

【炰栗子 pû-la̍t-chi】 裹燒栗子。

【炰番薯 pû-han-chî】 裹燒地瓜。

【炰糜仔 pû-moâi-á】 pû-bê-á。炊煮稀飯。

**pû 烰** 同炰pû。

**pū 孵** 卵化也。鳥伏卵而化雛曰孵pū。押鷄不成～ah-ke m̄-chiâ$^{n}$～⇨強制鷄母伏卵是伏不成的。一～鷄仔十八隻chi̍t～ke-á cha̍p-peh (poeh)-chiah⇨一巢孵化十八隻小鷄。

【孵卵 pū-nn̄g】 鳥伏卵加以孵化。喻時間久。你是抾～～是否lí-sī-teh～～sī bò·⇨你是在孵卵嗎？否則何以至今還未……。

**pū 膇** 體腫也。疔瘡發膿曰膇膿pū-lâng。俗作府，俛病也，非。

## puh

**puh 茁** 出也。草初生出地貌。出芽chhut-gê曰茁puh。事敗露亦曰茁puh。花子得未～了hoe-chí tit-boeh～lò·⇨花的種子快要出芽了。無疑誤更～一個後生bô-gî-gō koh～chit-ê hāu-se$^{n}$⇨想不到又要生下一男兒。

【茁孔 puh-khang】 秘事敗露。你眞好膽，～～你道壞lí chin hó-tá$^{n}$,～～lí tō-hāi⇨你好大膽，一敗露了，你就有問題(可能是警告其桃花案)。驚～～咱道不當kia$^{n}$～～lán tō-m̄-thang⇨怕敗露你就不該(做)呀。茁孔puh-khang亦作窋孔puh-khang，亦通。

【茁芽 puh-gê】 草木發出幼芽。花攏得～～也hoe lóng-teh～～ā⇨各花皆在發芽了。

【茁粒仔 puh-lia̍p-á】 生瘡。亦作窋粒仔puh-lia̍p-á。

**puh 勃** 通作茁puh。物在穴中貌。將出穴貌。事物冒出曰勃puh。那會～即類代誌ná-ē(ōe)～chit-loe-tāi-chì⇨爲何冒出此種事情。～一孔黑㝠㝠～chi̍t-khang o·-lang-lang⇨冒出一個問題很大很大。安怎更～彼條賬an-choá$^{n}$ koh～hit-tiâu-siàu⇨爲何又冒出那一條帳項。

**puh 哱** 同哮phū。吹氣也，吹氣聲也。

【哱波 puh-pho】 冒出泡沫。麥仔酒抾～～be̍h-á-chiú teh～～⇨啤酒在冒泡沫。～～的～～ê⇨指啤酒。阿三愛～～的藉會過愁a-sam ài～～ê chiah-ē(ōe) kòe-giàn⇨阿三須啤酒才能過癮。

【哱涎 puh-noā】 phū-noā。嬰兒～～e$^{n}$-á～～⇨同上。蝦看倒彈，毛蟹看～～hê-khoà$^{n}$ tò-toā$^{n}$, mô·-hē khoà$^{n}$～～⇨①看其倒彈與哱涎，可知其新鮮度(人看蝦)。②喻人人討厭。(蝦看khoà$^{n}$作看著khoà$^{n}$-tio̍h較明瞭，亦即蝦看見倒退表示討厭，蟹吐涎表示討厭也。)

## pui

**pùi 痱** 汗疹也。夏月煩溽，汗出見濕乃生痱也。俗作痱hûi，風病也，非。

【痱仔 pùi-á】 痱pùi的通稱。～～粉～～hún⇨爽身粉sóng-sin-hún。～～結～～kat⇨小童頭上因痱而生之小瘡。亦曰痱結仔pùi-kat-á。

**pûi 肥** 多肉曰肥pûi。油脂厚曰肥pûi。布質厚實曰肥pûi。土地腴美曰肥pûi，肥料亦曰pûi。錢多亦曰肥pûi。人驚老豬驚～lâng-kia$^{n}$-lāu, ti-kiaⁿ～⇒人怕老，豬怕肥。～的嫌～，瘖的嫌瘖～ê hiâm～sán ê hiâm-sán⇒肥的嫌太肥了，瘦的又嫌太瘦了，喻挑三揀四。垃圾～lah-sap～⇒肥得難看。即匹布有～chit-phit pò· ū～⇒此匹布很厚實。彼筆地是眞～hit-pit-tē sī chin～⇒彼筆土地是很腴美的。落～loh～⇒施肥料。大～toā～⇒①人糞的肥料。②肥滿之人。大顆～toā-kho·～⇒肥人。肥而大者。腴膆～lū-sū～⇒大肚肥toā-tō·～。腴lū，腹下肥，膆sū，肥也。擔～的不知臭taⁿ～ê m̄-chai-chhàu⇒擔糞者不自知其臭。

【肥土 pûi-thô·】 肥沃之地。土肉腴美。

【肥水 pûi-chúi】 含肥之水。～～無流過別人坵～～bô-lâu-kòe(kè) pat-lâng-khu⇒肥水不流入他人之田中。謂利益不可外溢，本為勸兄弟勿爭之詞。但是亦用於嘲笑亂倫之詞。

【肥丹 pûi-tan】 化學肥料名。過磷酸石灰kōe-lîn-sng-chioh-hoe。

【肥田 pûi-chhân】 ～～省肥料～～séⁿ-pûi-liāu⇒同上。

【肥白 pûi-peh】 又肥又白。生做～～～～仔seⁿ-chò(chòe)～～～～à⇒生得很肥很白的。

【肥肉 pûi-bah】 喻有利可圖之物。看做一塊～～相爭搶khoàⁿ-chò(chòe) chit-tè～～sio-cheⁿ-chhiúⁿ⇒同上。相爭sio-cheⁿ→相爭saⁿ-chiⁿ。

【肥身 pûi-sin】 ㊀身肥。阿花有較～～，不過人伊肥了未僫看a-hoe ū-khah～～, put-kò· lâng-i pûi-liáu bē(bōe)-bái-khoàⁿ⇒阿花是肥一點。不過她肥得並不難看。㊁布質厚實。～～是～～啦，不知會驚洗未～～sī～～là, m̄-chai ē(ōe)-kiaⁿ-sé bē(bōe)⇒布身厚實是厚實的，(但是)不知道怕不怕洗濯呢。

【肥肥 pûi-pûi】 很肥。～～也未僫啦～～ā bē(bōe)-bái là⇒很肥的並不難看。

【肥胖 pûi-phàng】 肥胖hûi-phoàn。肥更胖pûi-koh-phàng。又肥又胖。胖phàng，脹tiàng也。

【肥料 pûi-liāu】 肥田料。該落～～也 ài-loh～～ā⇒應該施肥了。

【肥軟 pûi-nńg】 又肥又軟。生做～～～～彼個seⁿ-chò～～～～hit-ê⇒生得又肥又軟那一個。生做seⁿ-chò→siⁿ-chòe。

【肥桶 pûi-tháng】 舀肥iúⁿ-pûi之木桶。

【肥豬 pûi-ti】 罵肥大之人。大～～仔toā～～⇒同上。

【肥糞 pûi-pùn】 肥料。上無每可以做～～siāng(siōng)-bô mā-khó-í-chò(chòe)～～⇒最壞來說，也可以當肥料。

【肥朒朒 pûi-lut-lut】 肥而有肉。天飼人，～～～人飼人，一枝骨thiⁿ-chhī-lâng,～～～, lâng-chhī-lâng，chit-ki-kut⇒天養人，又肥又有肉，人養人，淨一骨。喻人力不能勝天。

【肥勒爺 pûi-lek-iâ】 彌勒菩薩mî-lek-phô·-sat。彌mî改作肥pûi以喻肥佬。孝啥安爾孝到像～～～呢hàu-siahⁿ an-ne(ni) hàu-kà chhiūⁿ～～～nī⇒所吃何物，吃得如此的肥似彌勒佛。孝hàu，以牲禮敬亡親也。轉而為食之粗語。

pûi
# 骩
中脊tiong-chit的末端(雙頭)曰骩pûi。曰骩頭pûi-thâu。或閬頭kui-thâu。

【骩壁 pûi piah】 閬頭下之壁。～～頭～～thâu⇒閬壁附近。

【骩頭 pûi-thâu】 中脊的兩末端。～～是翹脊的～～sī khiàu-chit ê⇒同上。

pūi
# 吠
犬鳴也。狗叫也。猜狗亂～siáu-káu loān～⇒狂犬亂叫。喻狂徒亂罵。飼狗～家己chhī-káu～ka-kī⇒養犬咬自己。黑白～o·-peh～⇒犬亂叫。濫擅～lām-sám～⇒亂叫(不擇對象)。

pūi
# 拔
拔pōe也(見poe部)。

# pun

**pun 分** 別也。離也。分開hun-khai曰分pun，分配hun-phòe曰分pun，收養子女亦曰分pun。乞食討食亦曰分pun。平～pê$^n$(pî$^n$)～⇨平分pêng-hun。對～tùi～⇨對半分tùi-poà$^n$-pun。各佔一半。公～kong～⇨大家分。三份～sa$^n$-hūn～⇨三等分san-téng-hun。一分爲三。即個是我～的chit-ê sī goá～ê⇨此一個是我收養的。

【**分水 pun-chúi**】 ㊀討水。～～煮飯～～chí(chú)-pn̄g⇨討水以煮飯。㊁分用灌溉用水。造水辨～～chō-chúi-pān～～⇨設分水辨以分灌溉用水。～～路～～lō͘⇨同上。～～嶺～～niá⇨山稜之最高線。

【**分平 pun-pê$^n$(pî$^n$)**】 平均分配。～～去一人無若荍～～khì chi̍t-lâng bô-goā-chē⇨平均分配了就一個人沒有多少(不會太多)。

【**分的 pun ê**】 收養的。討來的物。共人～～kā-lâng～～⇨①向別家收來養的。②向人家討來之物。我～～⇨①我所收養的。②我所討來之物。

【**分股 pun-kó͘**】 拆股thiah-kó͘。

【**分並 pun-pêng**】 一分爲二。分開爲對立的雙方。西瓜～～si-koe～～⇨西瓜切開爲兩片。～～來對抗～～lâi tùi-khòng⇨分雙方以對抗(例如遊戲等)。你我企頭，～～來撠敢否lí-goá khiā-thâu,～～lâi-kiat ká$^n$ bō͘⇨你與我分立爲主，分雙方來對戰，敢來嗎。撠kiat，相搏撠siang-phok-kiat，亦即相搏擊siang-phok-ke̍k也。

【**分拆 pun-thiah**】 分開拆股pun-khui-thiah-kó͘。家伙～～了也ke-hóe～～liáu à⇨家產分割清楚了。生理得未～～也seng-lí tit-boeh～～à⇨(共同)生意將要拆股了。

【**分食 pun-chia̍h**】 ㊀乞食khit-si̍t。㊁兄弟分家別居。早道～～了chá tō～～lō͘⇨很早就分家各自爲食了。

【**分家 pun-ke**】 pun-ka。分家伙pun-ke-hóe。

【**分旁 pun-pêng**】 同分並pun-pêng。一分爲兩。

【**分張 pun-tiu$^n$**】 小孩慷慨分食予他人。阮即個眞～～goán-chit-ê chin～～⇨我們這個(孩子)很慷慨。安爾道無～～呢an-ne(ni) tō-bô～～neh⇨如此就不算慷慨了。

【**分開 pun-khui**】 分家pun-ke(ka)。～～食～～chia̍h⇨分家而食。分居自食。

【**分椏 pun-oe**】 分枝pun-ki。人講樹大～～人大分家，不過吵起來道穤聽了lâng-kóng; chhiū-toā～～lâng-toā pun-ke, put-kō chhá khí-lâi tō bái-thia$^n$ lō͘⇨古人言，樹大分枝，人大分家是自然之理，但是吵吵鬧鬧就難聽了。椏oe亦枝ki也。

【**分散 pun-soà$^n$**】 hun-sàn。㊀分開。阮五房頭～～於五個所在goán gō͘-pâng-thâu～～tī gō͘-ê-só͘-chāi⇨我們一家五兄弟，分開在五個地方。㊁解散。會煞道攏～～去了hōe soah tō lóng～～khì lō͘⇨會(議)完畢就皆各自解散去了。～～了了也～～liáu-liáu à⇨各自西東而去了。

【**分單 pun-toa$^n$**】 分發書狀。叫人去～～kiò-lâng-khì～～⇨派人出去發書狀。

【**分路 pun-lō͘**】 各取各人之路。於車頭～～tī chhia-thâu～～⇨在車站分開不同行。

【**分道 pun-tō**】 鐵軌路分路口曰分道pun-tō或分道嘴pun-tō-chhùi。或說是point的譯詞。～～口～～kháu⇨同上。

【**分餅 pun-piá$^n$**】 中秋日書房的老師分餅給學生。中秋～～tiong-chhiu～～⇨同上。

【**分錢 pun-chî$^n$**】 ㊀爲乞討錢。講要～～耳，食講不啦kóng-boeh～～niā, chia̍h kóng -m̄ là⇨(乞食)說要討錢而已，吃的東西不要。

㈢依人得利。俔索～～oá-sò·～～⇨幫助人家拉網索以分微利。

**【分贓 pun-chng】** 賊仔分配贓物。都不是賊仔～～講量約道可to-m̄-sī chha̍t-á～～kóng liāng-iak tō-hó⇨也不是賊分贓物，怎麼可以大約就算了。

**【分未平 pun-bē(bōe)-pê$^n$(pî$^n$)】** 分得不公平。不能分得公平。～～拍到二九暝～～～phah-kà jī-káu-mê(mî)⇨謂分產不能公平，打鬧到大年夜。

**【分家伙 pun-ke-hóe】** 分家分產。細的吵得未～～～sè(sòe) ê chhá-tit-boeh～～～⇨小弟吵鬧要分家獨立。

**【分財產 pun-châi-sán】** 分割產業。

pun **檳** 檳榔pin-nn̂g亦曰檳榔pun-nn̂g。

pun **頒** 布也。賜也。分也。阿公扲～鎮年錢也 a-kong teh～teh-nî-chî$^n$ ā⇨祖父在分發壓歲錢了。

pún **本** 木下曰本pún。草木之根皆曰本pún。樹幹曰本pún。初也。始也。母金曰本pún。奏議文曰本pún。書籍碑帖字畫曰本pún。自稱之詞也。根～kin(kun)～⇨同上。草～木～chhó～bo̍k～⇨植物學的分類。元～goân～⇨同上。資～chu～⇨同上。老～lāu～⇨同上。某～bó·～⇨同上。某bó·，妻也。無～生理bô～seng-lí⇨同上。省～多利sé$^n$～to-lī⇨同上。一～萬利chi̍t～bān-lī⇨同上。大～種的toā～chéng ê⇨大型的動植物。大～乞食toā～khit-chia̍h⇨假文化人。託文化之名而強要私利者。奏～chàu～⇨同上。手～chhiú～⇨同上。拜～pài～⇨同上。刻～khek～⇨同上。臨～lîm～⇨同上。紙～choá～⇨同上。絹～koàn～⇨同上。版～pán～⇨同上。鉛字～iân-jī～⇨同上。大字～toā-jī～⇨同上。單行～tan-hêng～⇨同上。合訂～ha̍p-tèng～⇨同上。縮印～siok-ìn～⇨同上。梅花三千～bôe-hoa sam-chhian～⇨同上。

**【本人 pún-jîn】** 我自稱。～～較僭越～～khah-chhiàm-oa̍t⇨同上。～～反對～～hoán-tùi⇨同上。～～贊成～～chàn-sêng⇨同上。～～財多學淺，請多多指教～～châi-to-ha̍k-chhián, chhiá$^n$-to-to chí-kàu⇨某金牛(以金錢獲提名之候選人)的致詞。

**【本人 pún-lâng】** 同本人pún-jîn。～～敢保證；有出錢道有戲看～～ká$^n$-pó-chèng; ū-chhut-chî$^n$ tō-ū-hì-khoà$^n$⇨同上

**【本文 pún-bûn】** 原文goân-bûn。看～～藉會知khoà$^n$～～chiah-ē-chai⇨看原文才能知道。

**【本分 pún-hūn】** 身分sin-hūn。無惜～～bô-sioh～～⇨不知自愛。會曉惜～～的人未安爾ē(ōe)-hiáu-sioh～～ê-lâng bē(bōe)-an ne(ni)⇨懂得愛惜自己，不致這樣子(亂來)。

**【本元 pún-goân】** 根本kin(kun)-pún。源頭goân-thâu。亦作本源pún-goân。

**【本月 pún-goe̍h(ge̍h)】** 此月。～～生理較淡～～seng-lí khah-tām⇨此月生意較清淡。

**【本日 pún-ji̍t】** 今天。～～休業～～hiu-gia̍p⇨同上。

**【本心 pún-sim】** 實心si̍t-sim。人扲講，伊～～是愛阿花，猶都愛著錢到也，道去娶阿貓也不。lâng-teh-kóng，i～～sī ài-a-hoe, iáu-to ài-tio̍h-chî$^n$ kàu à, tō-khì chhoā a-niau-ā m̄⇨人家在說：他本心是喜歡阿花小姐，但是看在錢的上面，就去娶了阿貓小姐了。

**【本末 pún-boa̍t】** 本與末。頭thâu與尾bóe。～～顛倒扳～～tian-tò-péng⇨頭尾弄錯了。物有～～，事有終始bu̍t-iú～～, sū-iú chiong-sí⇨同上。

**【本成 pún-chiâ$^n$】** 本來pún-lâi。～～道有錢不是新發仔～～tō ū-chî$^n$ m̄-sī sin-hoa̍t-á⇨本來就是富家，不是暴發戶。

**【本名 pún-miâ】** 原名goân-miâ。舊名kūmiâ。～～叫林阿九，自己改名叫林國華～～kiō lîm-a-kiú, chū-kí kái-miâ-kiò lîm-kok-hoâ⇨同上。

【本年 pún-nî】 今年kin-nî。～～希望是平安年～～hi-bāng sī pêng-an-nî⇨同上

【本色 pún-sek】 原來之色調。本來的風度。～～是黃的～～sī n̂g ê⇨同上。書生～～si(su)-seng～～⇨同上。

【本地 pún-tē】 外地goā-tē或外來goā-lâi的對詞。～～話～～ōe⇨同上。～～的土產～～ê thó· sán⇨同上。～～香末芳～～hiu$^{n}$ bōe-phang⇨本地的香不芳。喻本地之人不被重視。也是遠離政權者的悲哀。～～意識～～ì-sek⇨對所生長土地的感覺認識。

【本身 pún-sin】 自己。本人。你～～敢不去lí～～kám-m̄-khì⇨你自己不去嗎。～～人～～lâng⇨本人。～～湯～～thng⇨純粹的，不雜他物的湯。

【本位 pún-ūi】 ㊀基本單位。金～～kim～～⇨幣制以黃金爲計算基礎。㊁主體。～～主義～～chú-gī⇨罵機關團體只以自己單位爲中心而辦事的作風之詞。

【本官 pún-koa$^{n}$】 官員自稱。你大膽，敢邈視～～無能，可惱也lí toā-tá$^{n}$, ká$^{n}$ biáu-sī～～bû-lêng, khó-náu á⇨同上。

【本來 pún-lâi】 本是pún-sī。本底pún-té。原本goân-pún。～～就是安爾嘛～～chiū-sī an-ne(ni) mà⇨同上。～～伊不肯～～i m̄-khéng⇨本底他不答應。～～是有錢人底的呢～～sī ū-chî$^{n}$-lâng-té ê neh⇨從前是有錢人呢。

【本命 pún-miā】 自己的生辰八字所決定的運命。人講～～註定的，敢會恔得咯lâng-kóng～～chù tiā$^{n}$-ê, kám-ē-gâu-tit-lō·⇨人家說，運命所定的，豈能加以轉變乎。會恔得ē-gâu-tit，可以表示聰明加以轉換。

【本房 pún-pâng】 ㊀本家pún-ke。本宗pún-chong。㊁最得意的事物。寫字都你的～～不道揮一下siá-jī to lí ê～～m̄-tō hui chit-ē⇨寫字乃是你拿手的，來罷，揮毫一下罷。阿三的～～，天天醉耳啦啥a-sam ê～～，thian-thian chùi niâ là siah$^{n}$⇨阿三的本房，只是每日醉疕疕而已，還會什麼。醉瘋瘋chùi-bâng-bâng，瘋bâng酒病。

【本姓 pún-sè$^{n}$】 父姓。～～文，傳外家藉改姓李～～bûn, thn̂g-goā-ke chiah-kái sè$^{n}$(sì$^{n}$) lí⇨原姓文，傳祧母家才改姓李。

【本性 pún-sèng】 原來的性質。與生俱來的原性。江山易改～～難移kang-san-ī-kái,～～lân-î⇨同上。

【本事 pún-sū】 才幹chāi-kàn。才能chāi-lêng。功夫kang-hu。實在有～～sit-chāi ū～～⇨確實有辦法。抄展～～了teh-tián～～lō·⇨在施展功夫了。一薦二運三～～it-chiàn jī-ūn sa$^{n}$～～⇨第一可靠要人推荐，第二要運氣好，第三自己要有能力，成功的三要訣是也。

【本底 pún-té】 本來pún-lâi。從前chiông-chiân。～～安爾～～an-ne(ni)⇨本來就如此。我～～無想要參加，結果還仔參加也goá～～bô-siūⁿ-boeh chham-ka, kiat-kó oân-a chham-ka a⇨我元來無意參加，後來還是參加了。

【本店 pún-tiàm】 ㊀店戶自稱。㊁分店的對詞。

【本是 pún-sī】 本來則是pún-lâi-chek-sī。～～安爾～～an-ne(ni)⇨本來就是如此。～～跮蹺人～～thit-thô-lâng⇨元本是遊手好閒之人。～～同根生，相煮何太急～～tông-kin-seng, siāng-chí hô-thài-kip⇨七步成章句。

【本相 pún-siàng(siòng)】 本體。現出～～了hiàn-chhut～～lō·⇨本體出現了(多用於醜態出現)。

【本案 pún-àn】 本件pún-kiā$^{n}$。此案。～～不起訴put-khí-sò·⇨同上。

【本草 pún-chhó】 植物。～～學～～hak⇨植物學。

【本家 pún-ke(ka)】 宗家。阮～～眞旺goán～～chin-ōng⇨我們的宗家很旺盛。

【本能 pún-lêng】 天生的能力性能。人講食色道是人的～～lâng-kóng sit-sek tō-sī lâng ê～～⇨同上。

【本族 pún-chok】 自己的宗族。～～的人～～ê lâng⇨同上。

【本票 pún-phiò】 一種記明日期付現的支票。銀行～～gîn-hâng～～⇨銀行所簽發的本票。

【本然 pún-jiân】 原本的情形。還其～～hoân-kî～～⇨回復到原本的情形。

【本等 pún-téng】 ㈠略同本事pún-sū。有實力。有辦法。實在有～～，高考安爾一次道過sit-chāi-ū～～ko-khó an-ne(ni) chit-chhū tō-kòe⇨實在有𢢾ū-khiàng, 高等考試，如此這般地一次就通過(及格了)。有～～，一枝手骨耳，飼一家十幾人，大大細細，也要讀册，也要陪逮人，有夠𢢾ū～～，chit-ki-chhiú-kut-niâ, chhī-chit-ke chap-kúi-lâng, toā-toā-, sè-sè, ā-boeh-thak-chheh, ā-boeh pôe-tòe-lâng, ū-kàu-khiàng⇨有本事，一隻手而已，養活一家十幾人，大的小的，也要讀書，也要交際交陪，十分能幹。一枝手骨耳chit-ki-chhiú-kut niâ意謂無產無業只一個人在爭生計。㈡自己負責或心甘情愿。趁是趁我～～，了每是了我～～的thàn sī-thàn-goá～～，liáu-mā-sī liáu-goá～～ê⇨趁的歸我，了也是歸我，都是我自己事。散是散我～～的，你曷共我管sàn sī sàn-goá～～ê，lí ah kā-goá-koán⇨貧窮是我的事，與你何干。

【本業 pún-giap】 主要的職業。對副業而言。～～比副業都較無孔哩～～pí hù-giap to-khah bô-khang lih⇨本業比較副業，收入很不好。

【本意 pún-ī】 眞的心意。不管你～～如何，事實排値眼前，你敢猶有話put-koán lí～～jî(jû)-hô, sū-sit pâi-tī gán-chiân, lí-kám iáu-ū-ōe⇨不論你的眞意如何，而今事實在此，你還有話說嗎。

【本銀 pún-gîn(gûn)】 母金bó-kim。～～有還道好也，家己的人～～ū-hêng tō-hó à，ka-tī(kī)-ê lâng⇨母金還就可以了。自己人嗎。

【本領 pún-léng】 才能，技能，功夫。～～高強～～ko-kiâng⇨同上。學了一身好～～oh liáu chit-sin hó～～⇨學得一身好功夫。有～～道來試一下ū～～tō-lâi-chhì chit-ē⇨有本事來一試罷。

【本質 pún-chit】 原質。物質的本體。～～未偲～～bē(bōe)-bái⇨本質不壞。

【本錢 pún-chîⁿ】 資本金。母金。～～該大啦～～ài-toā lā⇨資本需要很大。我共你出～～goá kā lí chhut～～⇨我替你出資本。～～都煞乎咬去也～～to-soah hō· kā khì à⇨連母金都全被吃掉了。阿肥仔～～太粗抄a-pûi ā～～thài-chho· leh⇨阿肥本錢很多很多。～～咸利息，合起來如山呢～～hâm-lī-sek, hap khí-lâi ná-soaⁿ nî⇨母金連利子，合計起來如山之大呢。

【本頭 pún-thâu】 女婢出嫁稱元主家曰本頭pún-thâu。伊的～～眞好，夾眞𡢃物乎伊i ê～～chin-hó，kah-chin-chē-mih hō· i⇨她的原主很好，送很多東西給她隨嫁。

【本職 pún-chit】 本來的職業。本行pún-hâng。～～是做土水的～～sī chò(chòe)-thô·-chúi ê⇨本行是水泥工。

【本籍 pún-chek】 父祖所來。～～無共，生活習慣道無相同～～bô-kāng, seng-oah-sip-koàn tō bô-saⁿ-tâng⇨同上。

pún **扁** 扁擔pián-taⁿ曰扁擔pún-taⁿ→pín-taⁿ。亦即擔物之棒也。通常以竹剖開削製之。腹肚枵枵著囥捱，～～舉起著囥揹pak-tó· iau-iau tioh bóng-ngāi, ～～giâ-khí tioh bóng-khai$^{n}$ ⇨民歌。揹khai$^{n}$亦擔ta$^{n}$也。扁擔兩端有物曰擔ta$^{n}$，空一端曰揹khai$^{n}$。

**pùn 畚** 竹器也，盛物之器具。盛土器也。→pún畚。俗作糞pùn。

【畚斗 pùn-táu】 亦畚箕pùn-ki之類也。竹製曰畚箕pùn-ki，柴製曰畚斗pùn-táu。同爲盛物掃地受塵土之器也。

【畚箕 pùn-ki】 竹篾製之器具，用以扒土put-thô·。刺竹篾製曰畚箕pùn-ki，桂竹篾製曰刺箕chhiah-ki，工較幼，可刺入米穀中扒米put-bí。頂司管下司，鋤頭管～～téng-si koán-ē-si, ti-thâu koán～～⇨謂一物管一物。

**pùn 糞** 動物之肛門所排出之廢物也。俗曰大便tāi-piān，或曰屎sái。又肥料pûi-liāu也。夥牛踏無～chē(chōe)-gû tah-bô～⇨牛多踏散了牛糞，可取爲肥料之牛糞卻反而減少了。喻人多工作反而進度慢。落～loh～⇨施肥料。燒～sio～⇨燒製堆肥tui-pûi。大～toā～⇨大肥toā-pûi⇨人糞肥料。

【糞口 pùn-kháu】 肛門kang-mn̂g。亦曰糞門pùn-mn̂g。

【糞土 pùn-thô·】 糞與土。卑賤不淨之物。～～之牆不可杇也～～chi chhiâng put-khó-u ià⇨孔子罵其學生語。杇u同圬，塗飾牆壁之工具，即俗稱抹子者。此句中杇字爲動詞，意爲塗抹粉刷也。

【糞杓 pùn-hia】 大肥專用之尿杓jiō-hia。

【糞掃 pùn-sò】 垃圾仔lah-sap-á。塵芥tîn-kài。～～車～～chhia⇨晨夕集運垃圾之公用車。～～堆～～tui⇨糞堆pùn-tui。～～籠～～láng⇨糞掃桶pùn-sò-tháng之竹製者。～～桶～～tháng⇨積集糞掃待運之箱籠。亦喻最下級之妓女。開～～桶的khai～～tháng ê⇨專買下級妓女者。

【糞堆 pùn-tui】 庭邊堆積塵土垃圾之所。～～仔石頭扱掬～～á chioh-thâu, khioh-kak⇨喻一無所用只好丟掉之髒物。

**pûn 歕** 氣分也。吹chhui曰歕pûn。吹鳴樂器曰歕pûn。誇大其言曰歕pûn。會～未～ē～bē～⇨①會吹鳴樂器，不會吹鳴樂器。②會吹牛，不會吹牛。不免～m̄-bián～⇨不用吹①樂器②牛。恔～gâu～⇨善吹樂器。善吹牛。四界～人的歹話sì-kè～lâng-ê phái$^{n}$-ōe⇨四處虛張人家壞話。火～未化hóe～bē-hoa⇨燈吹不息火。歕俗作欿。

【歕化 pûn-hoa】 吹息火。燈火～～teng-hóe～～⇨息燈罷。

【歕火 pûn-hóe(hé)】 ㊀吹風息火。會呼鷄未～～ē(ōe)-kho·-ke(koe) bē(bōe)～～⇨謂喘息太急。㊁吐火thò·-hóe。王祿仔先扲呑火合～～ông-lok-á-sian teh-thun-hóe kah～～⇨同上。

【歕吹 pûn-chhoe】 歕喇叭pûn-lat-pa。吹chhoe，鼓吹kó·-chhoe之略。拍鼓的要煞，～～的不煞phah kó· ê boeh-soah，～～ê m̄-soah⇨喻意見不一致。煞soah，息，停止，休息。

【歕春 pûn-chhun】 新正或元宵，音樂隊，大約是八音，到各戶門口去吹奏以慶春喜。～～的該紅包呢～～ê ài âng-pau neh⇨(小孩子坦白說了)。

【歕風 pûn-hong】 吹氣。提鷄肝仔扲～～耍theh-ke-kui-á teh～～sńg⇨拿著鷄肝在吹氣玩。鷄肝ke-kui,鷄之胃袋。肝kui，大腹也。不未輸～～的呢m̄-bē(bōe)-su～～ê neh⇨不是一如歕風的一樣嗎，讚美孩子長得快之詞。

【歕肉螺 pûn-bah-lê】 賣豬肉的～～～bē(bōe)-ti-bah ê～～～⇨同上。

【歕啦叭 pûn-la-pa】 pûn-lat-pa。吹西洋鼓吹。

【歕鷄胿 pûn-ke-kui】 pûn-koe-kui。㊀吹風球。㊁吹牛chhui-giû，鷄胿ke-kui者，鷄之胃囊。胿kui，大腹。

【歕番仔鼓吹 pûn-hoan-á-kó·-chhoe】㊀吹啦叭。㊁同歕鷄胿pûn-ke-kui。吹大牛。吹牛屄chhui-gû-pi。臭彈chhàu-toāⁿ。

pūn
**笨** 不精也。粗魯不慧皆曰笨pūn。即顆有夠～chit-kho· ū kàu～⇨此家伙十分遲鈍或粗魯。牛～馬走跳gû～bé cháu-thiàu⇨牛慢吞吞，馬活潑。

【笨人 pūn-lâng】遲鈍粗魯之人。笨手笨脚pūn-chhiú pūn-kha之人。

【笨傖 pūn-chhiâng】行動笨重做事不利落。大顆人免講每較～～toā-kho·-lâng biān-kóng mā khah～～⇨肥胖之人，當然是脚手比較不敏捷⇨笨笨傖傖pūn-pūn-chhiâng-chhiâng。

【笨豬 pūn-ti】罵笨人之詞。

【笨豬母 pūn-ti-bó】同笨豬。平平路，跋死～～～pêⁿ-pêⁿ-lō· poah-sí～～～⇨謂笨人在平坦路上跌倒了。

【笨脚笨手 pūn-kha-pūn-chhiú】脚手不敏捷。阮～～～～逮您曷會著góan～～～～tòe-lín ah-ē-tioh⇨我們笨脚笨手跟你們不上也(女人自謙)。

pūn
**畚** 草器也。所以盛糧之器也。亦盛土器也。囤粟之大竹籠曰畚pūn。粟～chhek～⇨竹畚tek-pūn。大～流，細～淀toā～lâu，sè～tīⁿ⇨形容大豐收大細粟畚皆滿了。溢出畚外曰流lâu，滿畚moá-pún曰淀tīⁿ。畚箕，畚斗pún-ki, pún-táu⇨皆盛土器。竹者曰箕，木者曰斗。pún畚。

【畚仔 pūn-á】粟畚chhek-pún。→pún畚。～～攏滿了～～lóng moá lò·⇨同上。～～裙～～kûn⇨敆桶siak-thàng之麻布圍裙，以防止粟粒之外散者。～～篙～～ko⇨畚仔裙pún-á-kûn之竹骨。敆桶siak-tháng者，古式的打穀機tāⁿ-kok-ki。

pūn
**体** ㊀粗魯，不慧也。通作笨pūn。㊁懶惰lān-tô曰体懟pūn-toaⁿ或体懟pīn-toāⁿ。勩力食力～～吞瀾kut-lat chiah-lat～～thun-noā⇨努力者自食其力，懶惰者只好自吞其口水。

pūn
**泍** 水急也。泉湧也。水流沖激而反流曰泊pūn。風亦同。倒～流tō～lâu⇨海水捲回海中。倒～風tō～hong⇨反捲風。砂仔～孔soa-á～khang⇨海邊砂被海沖成孔穴。

# put

put
**不** 非也。弗也。無也。勿也。未也。降漢～降曹hâng-hàn～hâng-chô⇨屯土山關公約三事的第一件。漢女～入宮，文官無乎番仔中hàn-lí～jip-kiong, bûn-koaⁿ bô-hō· hoan-á-tiòng⇨據稱順治入關有此約。三～主義sam～chú-gī⇨有甚多種，例如不嫖不賭不飲酒亦其一也。

【不一 put-it】不同。形狀～～hêng-chōng～～⇨形狀不相同。～～而足～～jî-chiok⇨非一次即足矣。議論紛紛～～gī-lūn hun-hun～～⇨議論說法很多，都不一致。

【不力 put-lek】不盡力。工作～～kang-chok～～⇨同上。

【不了 put-liáu】～～了之～～liáu-chi⇨馬馬虎虎算了。講三冥每講～～kòng-saⁿ-mê mā-kóng～～⇨談三夜也談不完。～～每著了～～mā-tioh-liáu⇨不解決也得解決。

【不才 put-châi】我的自謙詞。～～小弟較頇顢～～sió tī khah hām-bān⇨很多人有此種的重複語法而不自知。

【不久 put-kiú】快了。快要死了。伊果然～～就轉來也i kó-jiân～～chiū-tńg lâi a⇨他眞的很快就回家來了。～～於人世～～î jîn-sè⇨快要死。阿九伯仔，我看你敢～～也了a-kiú-peh à, goá-khoàⁿ lí-káⁿ～～à lò⇨阿九伯，依我看，你恐怕快要死了(講笑話)。

【不止 put-chí】㊀還要多。～～五千～～gō·-chheng⇨五千以上。比五千還要多。㊁相當的。非常的。～～有錢～～ū-chî$^{n}$⇨非常有錢。～～開脾～～khui-pî⇨很可增進食欲。亦可作不止仔put-chí-á。還仔～～～有良心oân-á～～～ū-liâng-sim⇨還算相當的有良心。價賬～～～好kè-siàu～～～hó⇨價格非常的不錯。

【不仁 put-jîn】 不忠不孝～～不義put-tiong put-hàu～～put-gī⇨同上。貓的奸臣，鬍的～～niau ê kan-sîn，hô· ê～～⇨豆皮面的是奸臣，鬍鬚的不仁。

【不日 put-jit】 不久。近日中。近幾日內。～～阿林會來提錢～～a-lîm ē(ōe)-lâi theh-chî$^{n}$⇨幾日中阿林將來取錢。

【不及 put-kip】 輸若干。講年歲阿牛～～阿金，若講力頭嗎，阿金～～阿牛多多咯kóng-nî-hōe a-gû～～a-kim, nā-kóng lat-thâu, mā, a-kim～～a-gû to-to lò·⇨同上。桃花潭水深千尺，～～王倫送我情thô-hoa-thâm-súi chhim-chhian-chhioh,～～ông-lûn sòng-gô·-chêng⇨唐詩。

【不比 put-pí】 不能彼此比較。即時～～彼時chit-sî～～hit-sî⇨此時比不得彼時。時過景遷。人伊～～你十一哥仔lâng-i～～lí-chap-it-ko-a⇨人家他不能與你單身漢相比較。

【不少 put-siáu】 不是少數字。不是小事。錢銀用去～～chî$^{n}$-gîn(gûn) iōng-khì(ì)～～⇨同上。安爾干係就～～了 an-ne(ni) kan-hē chiū～～lò·⇨如此責任就不輕了。

【不中 put-tiòng】 不中的put-tiòng-tek。即科～～後科藉更來chit-kho～～āu-kho chiah-koh-lâi⇨此科考不上榜，後科再來罷。一言～～千言無用it-giân～～chhian-giân bû-iōng⇨謂既然說了無効，再多說也無用。～～的～～tek⇨沒射中目標。～～聽～～theng⇨同上。～～用～～iōng⇨無路用bô-lō·-iōng。

【不正 put-chèng】 上～～則下歪siāng(siōng)～～chek hē(hā) oai⇨上梁不正下梁歪siāng-niû put-chèng hē-niû-oai。

【不用 put-iōng】 不使用。不中用。～～之物～～chi but⇨同上。

【不可 put-khó】 制止。有勢～～使盡ū-sè～～sái-chīn⇨勢力不宜行使到極端。有何～～呢iú-hô～～nè⇨爲什麼不行。

【不平 put-pêng】 不公道。愈想愈～～ná-siū$^{n}$ ná～～⇨越想越覺得不公道。逐家每替伊～～tak-ke mā thè-i～～⇨大家都替他感義憤填胸。我道眞～～也曷使講啥人goá tō chin～～ā ah-sái-kóng siá$^{n}$-lâng⇨我就很覺得不公道了。何必提到其他之人。路見～～拔刀相助lō·-kiàn～～poat-to siāng-chō·⇨同上。拍～～phah～～⇨同上。道理～～氣死盈人tō·-lí～～khì-sí êng-lâng⇨同上。

【不必 put-pit】 不一定要。不要。～～講到許爾絕～～kóng-kàu hiah-ni-choat⇨用不着說得那麼極端。～～客氣～～kheh-khì⇨用不着客氣。～～多疑～～to-gî⇨同上。～～麻煩～～mâ-hoân⇨同上。

【不打 put-tá$^{n}$】 ～～自招～～chū-chiau⇨同上。～～不成親家～～put-sêng chhin-ke⇨同上。鼓～～不響，人～～不招kó·～～put-hiáng jîn～～put-chiau⇨古今刑警大人先生的信條。

【不安 put-an】 不靜put-chēng。心～～sim～～⇨同上。心官～～sim-koa$^{n}$～～⇨同上。

【不在 put-chāi】 ㊀在外。～～此限～～chhú-hān⇨同上。～～眼內～～gán-lāi⇨同上。～～地主～～tē-chú⇨同上。～～證明～～chèng-bêng⇨Alibi,不在犯罪現場的證明。～～其位，不謀其政～～kî-ūi, put-bô·-kî-chèng⇨同上。㊁未必。不一定。較趕每～～今仔日khah-koá$^{n}$ mā～～kin-á-jit⇨如何急也不一定要在今天(做)。

【不全 put-choân】 破相phoà-siù$^{n}$。五～～

更不認分ngó͘～～ koh m̄-jīn-hūn⇨破相之人又不惜本分。

【不合 put-ha̍p】 ㊀不該put-kai。～～都合人講著也，不那會使得～～to kah lâng-kóng tio̍h à, m̄ ná-ē(ōe)-sái tit⇨千不該萬不該，就是與人說定了(不照辦)怎麼可以呢。～～都允人也，敢好更反悔～～to ín lâng à, kám-hó-koh hoán-hóe⇨千不該萬不該就是答應人家了，可以說不嗎。㊁不符。～～式～～sek⇨同上。～～時～～sî⇨同上。～～時宜～～sî-gî⇨同上。～～理～～lí⇨同上。～～法～～hoat⇨同上。

【不朽 put-hiú】 不腐不滅put-hú-put-bia̍t。精神～～cheng-sîn～～⇨同上。萬古～～bān-kó͘～～⇨同上。

【不如 put-jî(jû)】 ㊀不及。百聞～～一見pek-bûn～～it-kiàn⇨同上。一人智～～兩人議it-jîn-tì～～liáng(lióng)-jîn-gī⇨一人主張～～二人思量chi̍t-lâng chú-tiang,～～nn̄g-lâng su-niû。口說～～身逢，耳聞～～眼見kháu-soat～～sin-hông，ní-bûn～～gán-kiàn⇨同上。一千賒～～八百現chi̍t-chheng-sia～～peh-pah-hiān⇨謂生意忌賒欠。㊂索性。～～還伊較直～～hêng i khah-ti̍t⇨同上。～～食飽藉去安怎～～chiah-pá chiah-khì an-choá⇨索性吃飽了才去如何。～～家己買省借～～ka-tī(kī)-bé(bóe) sé$^{n}$-chioh⇨索性自己買不必向人調借。

【不吉 put-kiat】 不祥不瑞。日子～～ji̍t-chí～～⇨日選得不佳。一～～調it～～tiāu⇨出言不吉，禍必隨生。

【不成 put-sêng】 不成功，不成事。學業～～ha̍k-gia̍p～～⇨同上。畫虎～～反類犬oā-hó͘～～hoán-lūi-khián⇨喻學習不可好高騖遠。～～器～～khì⇨不成器物。囡仔～～器gín-á～～khì⇨孩子不長進。玉不琢～～器gio̍k-put-to̍k～～khì⇨喻人不磨練不能有用。

【不同 put-tông】 彼此有異。今～～古了kim～～kó͘ lò͘⇨現今與古昔人情不相同了。品質～～phín-chit～～⇨同上。

【不死 put-sú】 ～～丹～～tan⇨同上。老而～～是賊ló-jî～～sī chha̍t⇨罵老人之詞。

【不足 put-chiok】 無夠bô-kàu。成事～～，敗事有餘sêng-sū～～，pāi-sū iú-î⇨同上。心有餘而力～～sim-iú-î jî le̍k～～⇨同上。

【不孝 put-hàu】 不孝順父母。～～有三，無後爲大～～iú-sam, bû-hō͘ ûi-tāi⇨不孝有三種，無後嗣爲第一。～～怨父母，欠債怨財主～～oàn-hū-bó，khiàm-chè oàn-châi-chú⇨同上。

【不妨 put-hông】 無妨bû-hông。講亦～～kóng ia̍h～～⇨說出來也沒有關係。

【不忍 put-jím】 不忍於心。於心～～î-sim～～⇨同上。想了也～～siū$^{n}$-liáu ā～～⇨想之也覺得怪可同情。看著實在～～心khoà$^{n}$-tio̍h si̍t-chāi～～sim⇨同上。～～給囝去受苦～～hō͘-kiá$^{n}$ khì-siū-khò͘⇨不忍讓孩子去吃苦。

【不見 put-kiàn】 ～～自明～～chū-bêng⇨不看亦可知。久久～～了kiú-kiú～～lò͘⇨久違了。一變二變翻身～～it-piàn jī-piàn hoan-sin～～⇨孩子玩魔術的套詞。人講眼～～爲清靜，囡仔代莫看道好了了也lâng-kóng gán～～ûi chheng-chēng, gín-á-tāi mài-khoà$^{n}$ tō hó-liáu-liáu à⇨古人言，眼不見心清靜，孩子們的事情，不看就好了，何必爲之操心呢(勸老人之詞)。

【不良 put-liâng】 不佳put-ka。品質～～phín-chit～～⇨同上。存心～～chûn-sim～～⇨同上。有～～的企圖iú～～ê khì-tô͘⇨同上。～～少年～～siáu-liân⇨品行不甚好的少年人。而今亦有：～～老人～～ló-jîn⇨同上。

【不肖 put-siàu】 不孝。愚蠢gû-thún。～～子～～chú⇨同上。子孫～～chú-sun～～⇨

子孫不賢不慧。

【不但 put-tàn】 ～～了錢猶更有罪 ～～ liáu-chī$^{n}$, iáu-koh ū-chōe ⇨不止於了錢虧本，還要負罪責。猶更iáu-koh亦可作尙且 siāng-chhiiá$^{n}$→siōng-chhiá$^{n}$。

【不明 put-bêng】 ㊀不明白是非。溺愛～～ le̍k-āi ～～ ⇨因溺愛兒女而不明是非。㊁不清楚。不知理由。下落～～hē(hā)-lo̍h～～⇨不知去向put-ti-khī-hiàng。原因 ～～ goân-in ～～⇨同上。會趁來了，道眞～～ē-thàn lâi-liáu, tō-chin～～⇨趁錢的生意，弄得虧本了，實在莫明其妙。～～不白 ～～ put-pe̍k⇨曖昧 ài-māi。彼層代誌到當每猶 ～～ 不白抄hit-chân tāi-chì kàu-ta$^{n}$ mā-iáu ～～ put-pe̍k leh⇨那一件問題，到現在，還是在五里霧中。

【不易 put-e̍k】 不換m̄-oā$^{n}$。作中庸，乃孔伋，中不偏，庸～～ chok-tiong-iông nái-khóng-kip, tiong-put-phian, iông ～～ ⇨三字經。

【不宜 put-gî】 不很好。深夜～～單行 chhim-iā～～tan-hêng⇨同上。公衆之地～～喧鬧kong-chèng chi tē ～～ soan-nāu ⇨ 同上。

【不幸 put-hēng】 遭遇險惡。人生有幸有～～jîn-seng iú-hēng iú～～⇨人生的遭遇，有幸運的，有不幸的各不相同。～～短命死矣～～toán-bēng sú ì⇨同上。

【不和 put-hô】 將相～～chiàng-siàng～～ ⇨同上。翁某 ～～ ang-bó͘ ～～ 夫妻不和 hu-chhe put-hô。家 ～～ 萬世窮ka ～～ bān-sè-kêng⇨家不和萬世不能超生。

【不法 put-hoat】 不守法。違法。～～之徒～～chi tô͘⇨同上。～～行爲 ～～hêng-ûi⇨同上。

【不服 put-ho̍k】 不認輸put-jīn-su。蜈蚣，蛤仔，蛇，三～～giâ-kang,kap-á, choâ，sam～～⇨謂蜈蚣怕蛤仔撒尿，蛤仔怕被蛇吞食，蛇怕蜈蚣鬆穿鼻孔(致死)。蛤仔kap-á，蛙也。通常甲勝乙，乙勝丙，丙又勝甲的關係曰三～～sam～～。

【不肯 put-khéng】 不首肯put-siú-khéng。～～干休～～kan-hiu⇨同上。～～投降～～tâu-hâng⇨同上。

【不拘 put-khu】 大行 ～～ 小節 tāi-hêng ～～siáu-chiat⇨同上。年限 ～～ nî-hān ～～⇨年限不論。～～時攏會使得 ～～ sî, lóng-ē (ōe)-sái-tit⇨同上。

【不怕 put-phà$^{n}$】 不懼怕put-kī-phà$^{n}$。心裏無邪 ～～ 鬼sim-lih bô-siâ ～～ kúi⇨謂無邪心，無邪事自然無鬼。心裡sim-lí亦作心裏sim-lih。～～ 官只怕管 ～～ koan chí-phà$^{n}$-koán⇨謂官府無可怕，其干涉才是可怕的。～～兒女晚，只怕壽數短 ～～ jî-lí-boán, chí-phà$^{n}$ siū-sò͘-toán⇨謂兒女晚來(晚生)沒關係，壽數短才是問題。

【不定 put-tēng】 未定，不確定。～～ 性～～sèng⇨性不穩定。～～時～～sî⇨時間不定。～～ 期航線 ～～ kî hâng-soà$^{n}$⇨自由航線。時間不拘束。

【不知 put-ti】 ～～ 足～～chiok ⇨ 太貪心。～～去向～～khì-hiàng(hiòng)⇨下落不明。～～不罪～～put-chōe⇨不知者不罰。法不以～～而免責hoat put-í ～～ jî bián-chek ⇨法律諺語。～～天高地厚 ～～ thian-ko-tē-hō͘⇨罵人懵懂bóng-tóng。～～春 ～～chhun ⇨茶樹的品種名之一。～～不覺 ～～ put-kak ⇨無我。忘。不自意識。

【不治 put-tī】 無法醫治。～～之症～～chi chèng⇨同上。

【不忠 put-tiong】 爲臣的 ～～ 殺頭，爲丈夫的～～敗德，爲妻子的～～敗家ûi-sin ê～～ sat-thâu, ûi-tiāng(tiōng)-hu ê ～～ pāi-tek, ûi-chhe-chú ê～～pāi-ke⇨不忠後果可畏。

【不負 put-hū】 ～～所託～～só͘-thok⇨同

上。～～責～～chek⇨同上。

【不要 put-iàu】 ㊀不用。不需求。～～人只要錢～～lâng chí-iàu-chîⁿ⇨同上。～～名～～利～～miâ～～lī⇨名利皆不要。㊁用不著。～～你管～～lí-koán⇨同上。人～～你也了lâng～～lí à lò⇨人家不要你了。

【不便 put-piān】 ㊀不方便。面辭～～biān-sû～～⇨當面拒絕不方便。～～直接講～～tit-chiap-kóng⇨同上。㊁不利便。交通～～kau-thong～～⇨同上。

【不是 put-sī】 ㊀過kòe錯。安爾你就～～了an-ne(ni) lí chiū～～lò⇨如此你就不對了。自己有～～更不認份chū-kí ū～～koh-m̄-jīn-hūn⇨自己有不對却不肯承認是有錯失之身。該去共人會～～一下藉可ài-khì kā-lâng hōe(hē)～～chit-ē chiah-hó⇨需要去向人家承認一聲不對才可以。㊁否定之詞。坐抒亦～～企抒亦～～chē-lē iah～～khiā-lē iah～～⇨坐也不對，站也不對，亦即坐立都不安。～～我得歕雞胿～～goá teh-pûn-ke-kui⇨並非我在吹大牛。～～無講，是伊不聽～～bô-kóng，sī i m̄-thiaⁿ⇨並非沒有說明，是他不肯聽。

【不俗 put-siok】 高尚ko-siāng(siōng)。有雅氣。出口～～chhut-kháu～～⇨說話甚雅。

【不容 put-iông】 不赦罪put-sià-chōe。越奸越巧越貧窮，奸奸巧巧天～～oat-kan oat-khiáu oat-pîn-kiông, kan-kan khiáu-khiáu thian～～⇨謂奸曲不正，天不容允。

【不能 put-lêng】 不可能。使不得。萬萬～～bān-bān～～⇨千萬不可以，或不可能或不行。～～治家焉能治國～～tī-ka ian-lêng tī-kok⇨同上。

【不料 put-liāu】 不曾預料。～～伊會許快成功～～i ē hiah-khoài sêng-kong⇨不曾預料他會那麼快就成功。

【不時 put-sî】 不論時put-lūn-sî。經常有的東西。～～來，～～赴你～～lâi，～～hù-lí⇨不論時來，不論時立即交你應用。～～來來去去～～lâi-lâi-khì-khì⇨經常來來往往。

【不致 put-tī】 不至於。我看阿福的成績～～考未著goá khoàⁿ a-hok ê sêng-chek～～khó-bē(bōe)-tioh⇨依我看，阿福的成績是不會考不上的。阿富仔絕對～～破產啦a-hù à choat-tùi～～phò-sán là⇨同上。

【不情 put-chêng】 非情húi-chêng。違情ûi-chêng。～～之請～～chi chhéng⇨合情誼的請求。

【不淺 put-chhián】 不少。害人～～hāi-jîn～～⇨損人非少。

【不符 put-hû】 賬目～～siàu-bak～～⇨同上。錢額～～chîⁿ-giah～～⇨同上。

【不副 put-hù】 ～～民望～～bîn-bōng⇨同上。

【不移 put-î】 不易put-ek。君子一諾，千金～～kun-chú-it-lok, chhian-kim～～⇨同上。

【不欲 put-iok】 不要。己所～～，勿施於人kí so～～，but-si-î-jîn⇨不給人自己不要的。

【不祥 put-siâng(siông)】 不吉祥put-kiat-siâng。～～的前兆～～ê chiân-tiāu⇨同上。

【不第 put-tē】 落第lok-tē。～～舉子～～kí-chú⇨考試(進士)不及格者。蘇秦假～～so-chîn ké～～⇨蘇秦假託考試失敗，喻能者假裝笨手笨脚。

【不通 put-thong】 ㊀不通曉put-thong-hiáu。言語～～giân-gí(gú)～～⇨同上。㊁不通行put-thong-hêng。中段～～tiong-toāⁿ～～⇨路的中段不通行。電話～～tiān-ōe～～⇨同上。㊂不通關節put-thong koan-chiat。有錢潤宦宦，無錢說～～ū-chîⁿ khoà-lòng-lòng, bô-chîⁿ soat～～⇨有錢天空地潤，通行無阻，無錢說話都無効力。

【不測 put-chhek】 不能預料。天有～～風雲，人有旦夕禍福thian-iú～～hong-hûn, jîn-iú tàn-se̍k hō-hok⇨同上。～～的代誌～～ê tāi-chì⇨預料不到的事情。

【不然 put-jiân】 不是put-sī。非也hui-iā。再～～chāi～～⇨最後。再～～道該拍官司也chāi ～～ tō-āi phah-koa$^{n}$-si-ā⇨如果又不行了，最後就須打官司了。再～～每有土地擔保chāi～～mā-ū thó·-tē tam-pó⇨同上。

【不堪 put-kham】 無法支持。無法忍耐。小舟～～重載siáu-chiu～～tiōng-chāi⇨同上。～～重刑～～tiōng-hêng⇨同上。

【不雅 put-ngá】 不美。不好看。不斯文。不好聽。言辭～～giân-sû～～⇨同上。代誌弄揚出去每是～～tāi-chì lōng-iâng chhut-khì mā-sī～～⇨事情傳揚出去也是不好看。

【不善 put-siān】 不是善良之輩。來意～～lâi-ì～～⇨同上。來者～～，善者不來lâi chià ～～，siān chià put-lâi⇨同上。

【不順 put-sūn】 不循序而進。天氣～～thi$^{n}$ khì～～⇨同上。月經～～goe̍h-keng～～⇨同上。

【不等 put-téng】 不相同。三～～字號sam～～jī-hō⇨字號商牌非常之多，各不相同。

【不睦 put-bo̍k】 不和協。兄弟仔拍～～hia$^{n}$-tī-á phah-～～⇨兄弟間弄得不和協。

【不義 put-gī】 不仁 ～～ put-jîn ～～ ⇨同上。～～之財～～chi-châi⇨同上。

【不虞 put-gî(gû)】 不料put-liāu。～～有詐～～iú-chà⇨未想到其中有詐。

【不遇 put-gū】 生不逢時。～～的一生～～ê it-seng⇨同上。

【不意 put-ì】 意想不到。出其～～攻其無備chhut-kî～～kong-kî bû-pī⇨兵法的要訣。

【不該 put-kai】 不應該put-èng-kai。～～食～～chia̍h⇨同上。大人～～插囡仔事toā-lâng～～chhap-gín-á-sū⇨謂孩子們的事情，例如打架爭吵，大人不應該插手。葵扇頭拍人未痛，情意～～耳khôe-sì$^{n}$-thâu phah-lâng bē(bōe)-thià$^{n}$, chêng-ì～～niâ⇨葵扇打人是不痛的，只是情意上不應該以葵扇頭打人而已。

【不解 put-kái】 不能了解。其意 ～～ kî-ì ～～⇨同上。百思～～pek-su～～⇨同上。

【不過 put-kò】 ㊀僅是。～～一頭半擔錢耳，你那無法得～～ chı̍t-thâu-poà$^{n}$-tà$^{n}$-chî$^{n}$ niâ, lí ná bô-hoat tit⇨僅是一千八百的小錢而已，你何以無法負擔。一頭半擔錢chı̍t-thâu-poà$^{n}$-tà$^{n}$-chî$^{n}$，一擔或半擔的錢。一千或五百兩銀。古以一千兩銀爲一擔錢chı̍t-tà$^{n}$-chî$^{n}$。～～是度飽的耳啦～～sī tō·-pá ê niá lā⇨僅僅夠吃飽而已。㊁總之。～～ 你來就是 ～～ lí-lâi chiū-sī⇨總之，你來就對了。～～我是共你過一下嘴耳，要不，是無擔保的～～goá sī kā-lín kōe-chı̍t-ē-chhùi niâ, boeh-m̄, sī bô-tam-pó ê⇨總之我是爲你們轉達轉達而已，答應不答應我不擔保。

【不詳 put-siâng(siông)】 不清楚 put-chheng-chhó。不詳細put-siâng-sè。動機～～tōng-ki ～～ ⇨(犯案的)動機未明白。父～～hū～～⇨生父不知何人。

【不滿 put-boán】 ㊀未滿bī-boán。～～十七歲未使得嫁～～cha̍p-chhit-hōe bē(bōe)-sái-tit-kè⇨未足十七歲者不能結婚。㊁不平put-pêng。心裡有～～sim-ní ū～～⇨同上。

【不齊 put-chê】 不整齊put-chéng-chê。五官～～gō·-koan～～⇨謂其貌不俊美。

【不稱 put-chhèng】 不合身分。～～職～～chit⇨能力不合職位。名 ～～ 實bêng～～ si̍t⇨名不符合其實。

【不盡 put-chīn】 話講～～ōe kóng～～⇨同上。食亦食～～chia̍h ia̍h-chia̍h ～～⇨吃也吃不完。㤺也㤺 ～～ gâu iā-gâu ～～ ⇨謂聰明也不能是最高的聰明。人上有人。比也比～～pí iā pí～～⇨比較不了。無法與全部比較。食穿～～猶抄嫌chia̍h-chhēng～～iáu teh-hiâm⇨食穿皆無限制了還在說不足。

【不愿 put-goān】 不甘心put-kam-sim。被告～～更再控告也pī-kō ～～ koh-chāi khòng-kò-â⇨同上。實在～～白白乎提去sit-chāi～～peh peh hō͘ theh-khì⇨實在不甘心白白被拿走了。

【不管 put-koán】 ㊀不論不拘。～～甚麼人～～sím-mih-lâng⇨同上。～～甚貨～～sia$^{n}$-hòe(hè)⇨同上。～～熊或虎，烏龜刺查某～～hîm-ah-hó͘, o͘-kui chhiah-cha-bó͘⇨熊虎烏龜刺查某，都不管(皆可以，皆一樣)。～～時～～sî⇨任何時刻。～～時攏有於抔～～sî lóng-ū-tī teh⇨任何時刻皆在家。～～伊～～i⇨不管他。

【不端 put-toan】 無端正bô-toan-chià$^{n}$。做～～的事chò(chòe)～～ê sū⇨同上。行踏～～kiâ$^{n}$-tah～～⇨行爲不端。

【不賢 put-hiân】 不賢會put-hiân-hōe。查某人～～cha-bó͘-lâng～～⇨女人(我的女人)三八。

【不潔 put-kiat】 無清氣bô-chheng-khì。～～更無衛生～～koh bô-ōe-seng⇨同上。

【不論 put-lūn】 不拘put-khu。～～多少，有道好～～to-siáu,ū tō-hó⇨不管多或少，有就可以了。～～啥人攏好～～sia$^{n}$-lâng lóng-hó⇨不問何人都可以。～～啥貨都無要緊～～sia$^{n}$-hòe(hè) to bô-iàu-kín⇨不問何事皆沒關係。～～男女皆平等～～lâm-lí kai pêng-téng⇨同上。

【不諳 put-am】 不悉put-sek。不通曉put-thong-hiáu。～～世務～～sè-bū⇨不識時務put-sek-sî-bū⇨同上。

【不懂 put-tóng】 ㊀不明白，不了解。你講我～～lí-kóng goá～～⇨你說什麼我聽不明白。㊁愚鈍。你道眞～～lí tō chin～～⇨你就很是愚很鈍。

【不黠 put-kiat】 黠kiat，黠kiat也。慧也。狡獪也。㊀怪koāi。人～～～～仔lâng～～～～â⇨其人有點怪怪的。㊁小而可愛。即粒李仔生做眞～～chit-liap-lí-á se$^{n}$-chò chin～～⇨此李子生得奇小怪可愛。生做se$^{n}$-chò→si$^{n}$-chòe。

【不離 put-lī】 不離開。不即～～put-chek～～⇨若即若離jiak-chek jiak-lī。～～匙～～sî⇨一種鎖名。三頓～～酒sa$^{n}$-tǹg～～chiú⇨每食必飲酒。三句～～本行sa$^{n}$-kù～～pún-hâng⇨謂在三句話之中必然涉及本身職業問題。

【不斷 put-toān】 不絕put-choat。不斷絕put-toān-choat。剪～～，理還亂，是離愁，別是一般滋味在心頭chián～～, lí-hoân-loān, sī-lī-chhiû, piat-sī it-pan chu-bī chāi-sim-thô͘⇨李後主詞。～～努力～～nô͘-lek⇨繼續努力。

【不識 put-sek】 不知put-ti。不能識別。～～輕重～～kheng-tiōng⇨同上。～～時務～～sî-bū⇨同上。

【不穩 put-ún】 不平穩put-pêng-ún。不放心put-hòng-sim。愈想愈～～ná-siū$^{n}$ ná～～⇨越想越不能放心oat-siū$^{n}$ oat-put-lêng hòng-sim。⇨bô-ún。

【不覺 put-kak】 不覺知put-kak-ti。不知～～put-ti～～⇨同上。

【不變 put-piàn】 無變動。條件～～tiâu-kiā$^{n}$～～⇨同上。以～～應萬變í～～èng bān-piàn⇨同上。

【不二價 put-jī-kè】 ㊀按照實價買賣，童叟無欺。㊁一定要的。阿九哥仔無酒勿用得，～～～的a-káu-ko-a bô-chiú bē(bōe)-iōng tit,～～～ê⇨阿九兄非酒不行，此不二價也。

【不上算 put-sēng-soàn】 上siāng訛sēng。㊀不能計算之微少。渺小。做彼類～～～生理chò(chòe)-hit-lōe～～～ seng-li⇨做那一種不算生意的小生意。柑仔生二粒仔耳～～～也

kam-á se$^n$(si$^n$)-nn̄g-lia̍p-á niâ ～～～ â⇨柑仔嗎，只生兩三個而已，不成體統也。㊂不合體統，不合禮教。～～～人做彼類～～～代～～～lâng chò(chòe)-hit-lōe～～～tāi⇨沒體統的人做出那一種見不得人的事情。囡仔人～～～gín á-lâng～～～⇨小孩子沒規紀。

【不中用 put-tiòng-iōng】 無路用bô-lō·-iōng。～～～的人～～～ê lâng⇨無用之人。

【不自由 put-chū-iû】 被拘束。行動～～～hêng-tōng～～～⇨同上。

【不死鬼 put-sú-kúi】 不成物。渺小。厚面皮kāu-bīn-phôe。起到彼類～～～厝khí-kà hit-lōe ～～～ chhù⇨蓋得那麼不成個樣子的屋子。阿狗伯仔上～～～a-káu-peh à siāng～～～⇨阿狗伯最厚面皮。

【不死國 put-sú-kok】 不死之國。做你上佼走啦，你道該走到～～～，無，你亦是死chò(chòe)-lí siāng-gâu-cháu là, lí tō-ài-cháu-kà～～～，bô，lí ia̍h-sī-sí⇨算你最會跑好了，你就應該跑到不死國去，否則你還是死路一條。

【不自然 put-chū-jiân】 有些地方反常。講話～～～kóng-ōe～～～⇨同上。行動～～～hêng-tōng～～～⇨同上。

【不而過 put-jî-kò·】 總之。～～～安爾亦是好，了幾個錢仔換一個解決唔～～～an-ne(ni) ia̍h-sī-hó, liáu-kúi-ê chî$^n$-á oā$^n$-chi̍t-ê kái-koat m̄⇨總而言之，如此也好，提出若干金錢，換來一個解決，不是嗎。

【不求人 put-kiû-jîn】 ㊀自己來。一種老人抓癢的用具。亦曰阿孫手a-sun-chhiú或孫仔手sun-á-chhiú。意謂爲阿公阿婆抓癢一如阿孫之手。㊁賭博用詞。牌局不吃牌，皆自摸而來者。～～～加面前清～～～ka bīn-chêng-chheng⇨滿貫之牌。

【不兩立 put-liáng-li̍p】 不共戴天put-kiōng-tāi-thian。您爸合伊誓～～～lín-pē kah i sè ～～～⇨我與他決不共戴天。漢賊～～～，王業不偏安hàn-che̍k～～～,ông-gia̍p put-phian-an⇨後出師表。

【不長在 put-chhêng-chāi】 put-chhiâng-chāi。不是永久性的，引伸爲時時可變，變如何即如何。亦即不論如何都可以。公私～～～，分明第一要緊kong-su ～～～，hun-bêng tē-it-iàu-kín⇨公私不論，分明清楚第一。輸贏～～～，逐家男子漢大丈夫，莫屁面藉好su-iâ$^n$～～～ta̍k-ke lâm-chú-hàn tāi-tiāng-hu,mài-phùi-bīn chiah-hó⇨勝負不管他，大家要男子漢大丈夫，不反悔才好。

【不長進 put-tiáng-chìn】 不上進put-siāng-chìn。不中用put-tiòng-iōng。無能bû-lêng。～～～的人如扲乎人拍寸哩～～～ê lâng ná-teh hō·-lâng phah-chhùn lih⇨不長進之人，任由人指使而動。拍寸phah-chhùn,一種遊戲。以兩竹片(大約各尺來長)兩片，執一打一，使其在空中飛舞。

【不附體 put-hù-thé】 魂～～～hûn～～～⇨謂怕得靈魂都脫走了。

【不相干 put-siang-kan】 put-siong-kan。沒有關連。亂，做佪亂，合咱～～～loān，chò-in-loān,kah-lán～～～⇨爭由他們去爭，與我們沒有關聯。

【不相同 put-siang(siong)-tông】 各有各樣。風俗習慣～～～hong-sio̍k-si̍p-koàn～～～⇨同上。作風～～～chok-hong～～～⇨同上。

【不待言 put-thāi-giân】 無庸言明bû-iōng-giân-bêng。當然之事。

【不接一 put-chiap-it】 不接一線。沒有連續。錢是有扲寄，較～～～耳chî$^n$-sī-ū-teh-kià, khah～～～niâ⇨錢是在寄回來，不過沒有連續，時寄時斷而已。藥仔有扲食，無錢～～～耳io̍h-á teh chia̍h,bô-chî$^n$～～～ niâ⇨藥是在吃的，只是沒錢不能繼續食而已。靠日仔工～～～ 啦，不好啦，做生理較贏啦khò-ji̍t-á-kang ～～～ là, m̄-hó là, chò(chòe)-seng-lí khah-iâⁿ lā⇨打零工時斷時續不可靠嗎，不好啦，做生意好得多啦。

【不得了 put-tek-liáu】 無法了結。莫去粘著，被粘著道～～～mài-khì liâm tio̍h, hō·-liâm tio̍h tō～～～⇨不要被他粘上，一被粘上了，就沒完沒了。粘liâm略同於纏tīⁿ。

【不得已 put-tek-í】 被迫無奈。我亦是～～～的，不是家己興的goá ia̍h-sī～～～ê, m̄-sī ka-tī(kī)-hèng ê⇨我也是被迫不得不如此的，並非自已高興做的。

【不得不 put-tek-put】 無法避免。事到而今～～～也sū tò·jî-kim～～～ā⇨事情如此，沒辦法了。～～～道該講也～～～tō-āi-kóng ā⇨不得已就非說出不可了。～～～每該去～～～mā āi-khì⇨不得已也非去不可。

【不羞愧 put-siu-khùi】 或謂不死鬼put-sú-kúi，或作不羞鬼put-siū-kúi，亦通。不羞之鬼，其面皮必厚。

【不夠本 put-kàu-pún】 不達到本錢。安爾～～～未賣得an-ne(ni)～～～bē-bē tit⇨如此未到成本不能出售。未賣bē-bē→bōe-bōe。

【不動產 put-tōng-sán】 房地產等。做～～～買賣chò(chòe)～～～bé-bē⇨經營房地產生意。買賣bé-bē→bóe-bōe。

【不景氣 put-kéng-khì】 景氣不佳。～～～道歹趁食～～～tō phái ⁿ-thàn-chia̍h⇨不景氣就難謀事維持生計。

【不貳過 put-jī-kò】 不犯第二次的錯失。不遷怒～～～put-chhian-nō～～～⇨孔子稱讚顏回之詞。

【不敢當 put-kám-tong】 貴人親自勞駕，～～～，～～～kūi-jîn chhin-chū lô-kà, ～～～，～～～⇨客套語。

【不憚煩 put-tan-hoân】 不怕麻煩put-phàⁿ-mâ-hoân。事事～～～攏扲家己做sū-sū～～～lóng-teh ka-tī(kī)-chò(chòe)⇨同上。

【不濟事 put-chè-sū】 沒用。於事無補。烏合之衆～～～o·-ha̍p chi chiòng～～～⇨同上。

【不斂嘴 put-liâm-chhùi】 口德不修。亂說不停，或亂食不止。長輩口上不斷責罵晚輩。序大人元本較～～～sī-toā-lâng goân-pún khah～～～⇨長輩的老人，較多言多嘴(勸晚輩忍受)。囡仔人～～～gín-á-lâng～～～⇨孩子亂要東西吃。

【不入虎穴 put-ji̍p-hó·-hia̍t】 ～～～～焉得虎子～～～～ian-tek hó·-chú⇨別想不勞而穫。

【不三不四 put-sam-put-sù】 同不三似兩put-sam-sū-lióng。存許的都～～～～的chhûn-hiah-ê to～～～～ê⇨淨下來的都是不完全的。講到～～～～kóng-kā～～～～⇨說得零零碎碎。

【不三似兩 put-sam-sū-liáng(lióng)】 不似三也不似二，不似完整的東西。買到～～～～無一項會用得 bé(bóe)-kā～～～～bô-chi̍t-hāng ē(ōe)-iōng ti̍t⇨買得那些爛東西，無一物可用。～～～～的話不免講許夠～～～～ê-oe m̄-bián-kóng hiah-chē(chōe)⇨廢話不用說那麼多。

【不毛之地 put-mô-chi-tē】 草木不生之土地。

【不可思議 put-khó-su-gī】 想像所不能到。～～～～的現象～～～～ê hiān-siōng⇨同上。

【不死不鬼 put-sú-put-kúi】 同不死鬼put-sú-kúi。

【不男不女 put-lâm-put-lí】 奇裝異服的少年少女。㊀輕佻的少女。～～～～的查某囡仔～～～～ê cha-bó·-gín-á⇨同上。㊁當今的少年人攏穿到安爾～～～～tong-kim ê siàu-liân-lâng lóng chhēng-kā an-ne(ni)～～

～～⇨當今的少年人皆打扮得如此這般的男不似男，女不似女。

【不求聞達 put-kiû-būn-ta̍t】 不求知名富貴榮達。苟全性命於亂世，～～～～於諸侯kó͘-choân sèng-bēng î loān-sè, ～～～～î chu-hô͘⇨出師表。

【不近人情 put-kīn(kūn)-jîn-chêng】 愛囝毋愛某，安爾未免較～～～～呢ài-kiáⁿ m̄-ài-bó͘, an-ne(ni) bī-bián khah～～～～neh⇨只要兒女不要老婆，這樣子實在太不近人情了。

【不省人事 put-séng-jîn-sū】 失去知覺。

【不約而同 put-iak-jî-tông】 不約而一致。行動偶然一致。

【不鬼不怪 put-kúi-put-koài】 非鬼非怪。粧到～～～～chng-kà～～～～⇨打扮得不像個樣子。寫到～～～～siá-kà～～～～⇨寫得不似字不似畫。很難看。見創甚每安爾～～～～kiàn-chhòng siàⁿ mā-an-ne(ni)～～～～⇨每做事都是如此的非驢非馬。

【不動三寶 put-tāng-sam-pó】 手～～～～chhiú～～～～⇨喻不必勞動的富家之人。三寶sam-pó者指金銀珠寶。謂此等物也有人代勞不必親自動手。手～～～～的人道該出來共人做工，藉知死chhiú～～～～ê-lâng tō-ài chhut-lâi kā-lâng chò(chòe) kang，chiah-chai-sí⇨手不動三寶之人就需要出外為傭工，才知道這死定了。

【不得不失 put-tek-put-sit】 持中庸之態度。咱～～～～道可也，不免傷客氣lán～～～～tō-hó à, m̄-bián siuⁿ-kheh-khì⇨我們不奉承不失禮就可以了，用不着太客氣。彼顆人攏每～～～～無採工啦hit-kho͘-lâng lóng mā～～～～bô-chhái-kang lā⇨那個家伙，都是不得不失的態度，(要他助你嗎)，沒用的。

【不稂不莠 put-lông-put-siù】 根不根，莠不莠lông-put-lông, siù-put-siù⇨根又不似根，莠亦不成莠。用同不三不四或不橐不束put-lo̍k-put-sok。稂lông，莠siù皆狀如稻之惡草。俗作莨lông，非也。

【不答不七 put-tap-put-chhit】 不得要領。一團糟，或同不倫不類。講到～～～～kóng-kà～～～～⇨說得不得要領。生理每做到～～～～seng-lí mā-chò(chòe)-kà～～～～⇨生意也做得一場胡塗。

【不慌不亂 put-hong-put-loān】 不忙不亂put-bông-put-loān。從容不迫chiông-iông-put-pek,一絲不紊it-si-put-būn。你看彼個囡仔，講安抡～～～～恰如大人抡lí-khoàⁿ hit-ê gín-á, kóng-an-ne(ni)～～～～kah-ná toā-lâng leh⇨你看那一個孩子，如此這般的不忙不亂，好像大人一樣呢。

【不漳不泉 put-chiang-put-choân】 非漳腔chiang-khiuⁿ亦非泉腔choân-khiuⁿ。漳音與泉音彼此影響，而今成立了一種特殊的台灣話。

【不輸上下 put-su-siāng-hē】 不分優劣。難兄難弟lān-heng-lān-tē。阿花合阿華二個，會使得講是～～～～，平平媠a-hoe kah a-hoâ nn̄g-ê ē sái-tit-kóng sī～～～～, pêⁿ-pêⁿ-súi⇨阿花和阿華兩個人，可以說是不分上下，一樣的美麗。

【不橐不束 put-lo̍k-put-sok】 ㊀不袋裝不成縛。散漫sàn-bān放任。伊的囡仔都～～～～i ê gín-á to～～～～⇨他的孩子皆不管教。㊁不三不四put-sam-put-sù。莫創許的～～～～的啦mài-chhòng hiah-ê～～～～ê lā⇨不要弄那些不三不四的罷。

## put 杌

無齒耙也。耙物入器曰杌put。以糞斗pùn-táu取物曰杌put。把人體摔掉亦曰杌put。耙～pê～⇨一種集穀的小道具。乎囡仔～倒hō͘-gín-á～tò⇨被孩子摔倒了。亦作柭put。

【杌米 put-bí】 ㊀以杌取米。㊁取米。～～還人～～hêng-lâng⇨同上。

【杌倒 put-tó】 摔倒地。一下道～～chi̍t-ē tō～～⇨一下子就摔倒了。

【扒粟 put-chhek】 取粟。凡取五穀類皆曰扒put。～～去挨～～khì-e⇨取粟去碾製。糞斗～～pùn-táu～～⇨以畚斗取粟。

【扒糞 put-pùn】 集取污物。～～掃～～sò⇨扒取污物，垃圾lah-sap等。

【扒垃圾仔 put-lah-sap-á】 扒取污物以棄之。

put
**佛** 佛hut也。拜神拜～pài-sîn-pài～⇨同上。求神求～kiû-sîn-kiû～⇨同上。迎神迎～ngiâ-sîn ngiâ～⇨同上。賬～做餜siàu～chò(chòe)-kóe(ké)⇨計算佛若干，做若干餜。謂先立計畫，然後行之。戇～想食鷄gōng～siūⁿ-chiah-ke(koe)⇨笑傻瓜羨望人家美食。

【佛公 put-kong】 佛像。安～～an～～⇨安置佛祖。

【佛仔 put-á】 偶人的統稱。佛hut曰佛仔put-á。～～頭～～thâu⇨佛頭hut-thâu，偶人頭。三文～～栽四文鬚saⁿ-bûn～～chai-sì-bûn-chhiu⇨喩附屬物與本身不相稱。拜～～食齋pài～～chiah-chai⇨同上。～～土～～thô⇨製偶人之泥土。～～報～～pò⇨佛誕(四月八日)前後的暴風雨。

【佛生 put-seⁿ(siⁿ)】 神佛之誕辰。食～～chiah～～⇨吃神佛生日的宴席。～～會～～hōe⇨神佛誕的祭拜。

【佛字 put-jī】 ㊀梵字hoân-jī。㊁傳達佛旨的書狀。㊂佛讖的文句。看～～khoàⁿ～～⇨解讀佛讖put-chhàm。

【佛咒 put-chiù】 佛的咒語。念～～liām～～⇨同上。

【佛事 put-sū】 誦經禮拜等。法會hoat-hōe。做～～chò(chòe)～～⇨同上。

【佛祖 put-chó͘】 佛祖hut-chó͘。觀音佛koan-im-hut。

【佛骨 put-kut】 ㊀舍利sià-lī。迎～～ngiâ～～⇨同上。㊁謂具有成佛之骨格。

【佛帳 put-tiòng】 佛前的帳幔。

【佛堂 put-tn̂g】 佛殿put-tiān。

【佛塔 put-thah】 佛寺之高塔。起～～khí～～⇨同上。

【佛殿 put-tiān】 佛像坐鎮之殿堂。

【佛像 put-siāng(siōng)】 佛的紙圖木土像等。

【佛廟 put-biō】 寺廟sī-biō。

【佛輦 put-lián】 佛轎hut-kiō。神輿sîn-î。

【佛壇 put-toâⁿ】 佛像所坐之壇。

【佛轎 put-kiō】 佛壇hut-toâⁿ。龕kham，安置佛像之所也。

【佛讖 put-chhàm】 佛教徒的有關前定徵兆之言的文字也。例如梁王讖等是。

put
**勃** 盛也。猝也。突然也。旺盛也。勃but也。工商業十分蓬～kang-siang-giap sıp-hun hông～⇨同上。

【勃勃 put-put】 but-but。興隆旺盛hin-liông-ōng-sēng。生氣～～seng-khì～～⇨同上。氣～～khì～～⇨大怒。同氣怫怫khì-phut-phut。

【勃然 put-jiân】 but-jiân。面色突變。～～大怒～～tāi-nō⇨同上。同khì-phut-phut。

【勃興 put-hin】 but-hin。有力的興起。百業～～pek-giap～～⇨同上。

【勃勃趒 put-put-tiô】 ㊀喜而躍起。㊁怒而躍起。趒tiô,雀行也。歡喜到～～～hoaⁿ-hí-kà～～～⇨同上。氣到～～～khì-kà～～～⇨同上。新娘著火燒，囝婿跋落橋，親家親姆～～sin-niû tioh-hóe-sio, kiáⁿ-sài poah-loh-kiô, chhin-ke-chheⁿ-ḿ～～～⇨童謠。同怫怫趒phut-phut-tiô。

# pha

pha
**抛** 棄也。擲也。投放也。停船曰pha,不定向的行動亦曰抛pha。四界～一輾sì-kè～chıt-liàn⇨四處走一趟。去英國，藉更～對日本轉來khì eng-kok, chiah-koh～tùi jıt-pún tńg-

lāi⇨同上。來lâi改讀第三聲。船～於港口chûn～tī káng-kháu⇨同上。一下～道三千里chi̍t-ē～tō sa$^{n}$-chheng-lí⇨一轉三千里。～未出觀音媽的手掌～bē(bōe)-chhut koan-im-má ê chhiú-chiú$^{n}$⇨跳不出觀音之掌中(孫悟空)。溪也不是您的，叫人毋當～khe iā-m̄-sī lín-ê kiò-lâng m̄-thang～⇨溪流並不是你們的(所有物，怎麼可以)叫人不要拋(網取魚)呢。

**【拋抸 pha-sa】** 拋pha，行動，抸sa，取物。喻找生活。佼～～gâu～～⇨善於趁錢。

**【拋定 pha-tiā$^{n}$】** 落定lo̍h-tiā$^{n}$。下定金。先共伊～～seng-kā-i～～⇨先予以定銀。

**【拋荒 pha-hng】** 耕地棄耕。狀元田庋拎～～chiōng-goân-chhân khǹg-teh～～⇨最好的水田棄而不耕。

**【拋船 pha-chûn】** 停船。繫船。～～於碼頭～～tī bé-thâu⇨同上。

**【拋魚 pha-hî】** 投網取魚。海邊～～hái-pi$^{n}$～～⇨～～度日～～tō-ji̍t⇨拋魚以維生計。

**【拋碇 pha-tiā$^{n}$】** 同拋船pha-chûn。

**【拋網 pha-bāng】** 投網取魚。

**【拋拋走 pha-pha-cháu】** 四處行走不定。歸日～～～，感有看見人kui-ji̍t～～～，kám-ū-khoà$^{n}$-ì$^{n}$-lâng⇨整天跑東跑西，人都看不見。看見人khoà$^{n}$-kì$^{n}$-lâng→khoà-ì$^{n}$-lâng。

**【拋車輪 pha-chhia-lin】** 翻筋斗hoan-kin-táu。翁親某親老翁婆仔～～～ang-chhin-bó͘-chhin láu-ang-pô-á～～～⇨謂夫妻親親蜜蜜，把老父老母都忘記了，任其急得要翻筋斗了。

**【拋麒麟 pha-kî-lîn】** 打橫的翻筋斗。

**葩** pha 花也。華麗也。紛葩多也。一枝數花曰葩pha。一小枝有數果實亦曰葩pha。燈光明亮亦曰葩pha。一～花chi̍t～hoe⇨同上。二～龍眼nn̄g～lêng-kéng(géng)⇨同上。三～葡萄sa$^{n}$～pô-tô⇨同上。四～荔枝sì～lāi-chi⇨同上。五～燈火gō͘～teng-hóe⇨同上。講到一～大道理kóng-kà chi̍t～toā-tō-lí⇨說得一派大道理。唱一～歌chhiū$^{n}$-chi̍t～koa⇨唱一枝歌。羼～lān～⇨腎囊。蓋腎亦複數也。俗作泡phā。大～尾toā～bóe⇨尾大。又後嗣非常發展。又將來將有大麻煩。

**脬** pha 同葩。膀光亦即膀胱phōng-kong也。生～lān～⇨腎囊也。大生～toā-lān～⇨即墮賜tūi-tn̂g，hernia也。

**爆** phā 火忽明曰爆phā。火柴擦光曰爆phā。火柴～一下道爆也hóe-chhâ～chi̍t-e to-to̍h-ā火柴爆一聲就上火了。著火to̍h-hóe。

**【爆爆 phā-phā】** 火力盛。火光明。火～～㸐hóe～～to̍h⇨火力甚旺。火光甚明。～～叫～～kiò⇨火在燃燒中。

**泡** phā 泡沫也。泡沫狀者曰泡phā。水～chúi～⇨表皮包水如球者。起水～khí-chúi～⇨生出水泡。燒一下煞胮～sio-chi̍t-ē soah phòng～⇨被火灼一下竟胖泡了。燙到胮～thǹg-kà phòng～⇨燙得發泡。燒幾仔～sio-kúi-ā～⇨同上。燙三～thǹg-sa$^{n}$～⇨同上。

**抱** phā 有抱ū-phā⇨能幹。多才能。阿土仔實在有～a-thó͘-á- si̍t-chāi ū～⇨阿土眞的能幹極了(另讀見phoa部)。

## pha$^{n}$

**怕** phà$^{n}$ 懼kī也。啥人懼～你siá$^{n}$-lâng kī～lí⇨誰人怕你。神不驚鬼不～sîn-put-kia$^{n}$ kúi-put-～⇨不～神不～鬼put～sîn put～kúi。不～你有錢有勢put～lí ū-chî$^{n}$-ū-sè⇨同上。恐～khióng～⇨料想，驚做kia$^{n}$-chò。

**【怕死 phà$^{n}$-sí】** 忠臣不～～，～～非忠臣tiong-sîn put～～，～～hui tiong-sîn⇨同上。

**【怕啥 phà$^{n}$-sah$^{n}$】** 怕什麼。者䪨人於拎～～chiā-chē lâng tī-teh～～⇨這麼多人在此，怕

何事！

【怕鬼 phàⁿ-kúi】 ㊀懼鬼。㊁什麼都不怕。我抄～～咧goá teh～～leh⇨謂我所怕何事(不怕也)。

【怕三分 phàⁿ-saⁿ-hun】 有點怕。天良講，我對阮柴耙～～～thian-liâng-kóng, goá-tùi goán(gún) chhâ-pê～～～⇨說實話，我對我的柴耙，怕她三分。柴耙chhâ-pê,自己老婆的戲稱。亦曰老柴耙lāu-chhâ-pê。柴耙chhâ-pê者耙粟用的小道具。

【怕老婆 phàⁿ-lāu-pô】 驚某kiaⁿ-bó。怕太太phàⁿ-thài thài。我毋是～～～，是阮某不怕我goá m̄-si～～～，sī goán(gún)-bó put-phàⁿ-goá⇨同上。

【怕魔神仔 pháⁿ-mô-sîn-á】 同怕鬼 phaⁿ-kúi。我抄～～～～咧goá teh～～～～leh⇨謂我不怕也。

phàⁿ
# 秙
禾不實也。俗作冇phàⁿ。

phàⁿ
# 冇
秙phàⁿ的俗字。粟不實曰冇粟phàⁿ-chhek。木石等不堅實曰冇phàⁿ。空虛不實曰冇phàⁿ。用錢大方不吝嗇曰冇phàⁿ。事歸烏有亦曰冇phàⁿ。落箸的較～lāu-ham-ê khah～⇨竹或甘蔗節間長曰落箸lāu-ham。手頭～chhiú-thâu～⇨用錢較不吝嗇。驚做會～去kiaⁿ-chò ē～khì(ì)⇨(事)恐怕會流產。

【冇手 phàⁿ-chhiú】 大方，不吝嗇。阿久伯仔用錢較～～a-kú-peh-á iōng-chîⁿ khah～～⇨阿久伯用錢比較大方。

【冇冇 phàⁿ-phàⁿ】 不結實。不堅實。粟仔～～chhek-á～～⇨米穀不結實。石頭～～chioh-thâu～～⇨石不堅定。彼款柴～～hit khoán-chhâ～～⇨那一種木料不堅實。

【冇心 phàⁿ-sim】 心虛。中央鬆化。菜頭～～chhài-thâu～～⇨蘿蔔內部鬆化。

【冇石 phàⁿ-chioh】 石質鬆軟之石。～～仔無啥路用～～á bô-siaⁿ lō·-iōng⇨有石子沒什麼用途。

【冇古 phàⁿ-kó·】 荒唐故事。講～～kóng～～⇨說荒唐無稽之故事。說不可信憑的話。

【冇地 phàⁿ-tē】 土質之地。地下無岩石或砂石之地。

【冇卵 phàⁿ-nn̄g】 無雄卵bô-hêng-nn̄g，亦即孵不化之蛋。～～卵仁無散道猶會食得～～nn̄g-jîn bô-soàⁿ tō iáu-ē-chiah-tit⇨有卵如果蛋黃未散就還可以吃。

【冇計 phàⁿ-kè】 靠不住的妙計。用彼類～～都無要笑死人講iōng-hit-lōe～～to-bô-boeh chhiò-sí-lâng-kong⇨使用那類的靠不住的方法，不是要笑死人嗎。講kóng改讀kong。

【冇炭 phàⁿ-thoàⁿ】 軟質的木炭。冇柴燒～～phaⁿ-chhâ sio～～⇨同上。

【冇柴 phàⁿ-chhâ】 軟質之木料。要用一冬耳，用～～道好也boeh-iōng chit-tang-niâ，iōng～～tō-hó-à⇨預定使用一年而已。料，用冇柴就可以。

【冇粟 phàⁿ-chhek】 不堅實之穀米。～～收於好米籮～～siu-tī hó-bí-loâ⇨壞粟收藏在好的米籮。喻無能者佔住好地位。大風吹～～toā-hong chhoe～～⇨喻體質體力不佳者易患病。盈人挨～～êng-lâng e～～⇨喻閑人說爛言。

【冇話 phàⁿ-ōe】 虛話hi-ōe。空談khong-tām。錢無排出來，較講每是～～chîⁿ-bô-pâi-chut-lâi，khah-kóng mā-sī～～⇨錢沒說清楚，如何說都是虛的。

【冇蟳 phàⁿ-chîm】 無膏脂之蟳。～～無膏～～bô-ko⇨有蟳無膏脂。喻虛有外表無實學。～～佼舉籠～～gâu-giâ-lâng⇨瘦蟳反而多舉動蟳籠。喻無實力者每每多說話多惹事端。

【冇骨硝 phàⁿ-kut-siau】 植物名。可作藥材。

【冇箬竹 phàⁿ-ham-tek】 竹的一種。叢生的。亦曰冇箬仔phàⁿ-ham-á。

**phā$^{n}$ 奅** 大也。虛張也。現代化曰夸phā$^{n}$。趁時流曰夸phā$^{n}$。阿花眞～a-hoe chin～⇨阿花很現代化。阿水仔扲～a-chúi-à teh～⇨阿水在流行的先端。阿香姊要出去～也a-hiong-ché boeh-chhut-kkī (ī)～ā⇨阿香姊要出去玩(找男朋友)了。凡玩現代化的東西，交男女朋友，跳舞坐咖啡店等等皆曰夸phā$^{n}$。咱每該合人～一下lán mā-ài kah-lâng～chi̍t-ē⇨我們亦該學學人們現代式的玩一玩。

**【夸七仔 phā$^{n}$-chhit-á】** 找女朋友跮踱thi̍b-thô也。七仔chhit-á指少女，女朋友。蓋七者女字少一撇也。

## phah

**phah 拍** ㊀擊也。～鑼～鼓～lô～kó͘⇨同上。～尻川～kha-chhng⇨打屁股。～官司～koa$^{n}$-si⇨訴訟sò͘-siōng。～土匪～thó͘-húi⇨同上。～西仔番～se-á-hoan⇨打西班牙。㊁製造也。～刀～to⇨打造刀。～稿～kó⇨擬草稿。～金仔～kim-á⇨打造金器。～草鞋～chháu-ê⇨同上。～索仔～soh-á⇨打繩子。～眠床～bîn-chhn̂g⇨同上。～基礎～ki-chhó͘⇨打造根基。㊂取也。課稅也。～水～chúi⇨取水。～稅～sòe⇨課稅。～租～cho͘⇨收租谷。～頭子～thâu-chí⇨抽頭thiu thâu。㊃買曰拍phah。～單～toa$^{n}$⇨購買船車等單票。～票～phiò⇨同拍單phah-toa$^{n}$。～戲票～hì-phiò⇨買戲票。～中午～tiong-ngó͘⇨食中午飯。～猪肉～ti-bah⇨買猪肉。㊄操作，遊戲亦曰拍phah。～銃～chhèng⇨射擊。～秈～kè$^{n}$(kì$^{n}$)⇨以打穀器打穀。～球～kiû⇨戲球。㊅助動詞。～破去～phoà-ì⇨打破了。～壞去～hāi-ì⇨弄壞了。～烏去～o͘-ì⇨弄髒了。～缺角～khih-kak⇨弄破了缺口。～跤落去～ka-la̍uh-ì⇨弄得跌下地。遺失了。～電話～tiān-ōe⇨同上。～電報～tiān-pò⇨同上。～暗號～àm-hō⇨同上。～歸人～kui-lâng⇨弄歸一個人。～無份去～bô-hūn-ì弄得沒份。～落公～lo̍h-kong⇨全部作爲共有。

**【拍人 phah-lâng】** 毆打他人。～～更叫救人～～koh kiò-kiù-lâng⇨打人者反而高呼救命。

**【拍卜 phah-pok】** 賭運氣。冒險。猶扲～～爾iáu-teh～～leh⇨還在賭運氣之中。亦即成敗未卜。合伊～～看扲kah-i～～khoà$^{n}$-leh⇨(與他)賭一賭看看。

**【拍刀 phah-to】** 打造刀劍。

**【拍叉 phah-chhe】** 打個×字。～～仔～～á⇨打個×做記號，或表示錯誤。有～～的所在該更換過ū～～ê só͘-chāi ài-koh oā$^{n}$-kòe⇨有打×的地方需要更換。

**【拍寸 phah-chhùn】** 一種遊戲。地上掘一淺溝，有兩三寸長之小竹節放置溝邊，一端臨溝上，然後以另一竹擊之，使高飛，再加一擊以測其距離。飛較遠者爲贏。未輸～～呢bē(bōe)-su～～nî⇨打寸一樣。喩角力而使對方一敗塗地者。

**【拍工 phah-kang】** ㊀打石或金飾的工人。好脚色的～～hó-kha-siàu ê～～⇨技術好的石工等。㊁石匠等的工資。拍一脚手指該外夠～～chi̍t-kha chhiú-chí ài goā-chē～～⇨一個手指需若干工資。

**【拍大 phah-toā】** 賭博用詞。拍莊家phah-chong-ka。拍大位phah-toā-ūi。定莊家。定位置。

**【拍手 phah-chhiú】** ㊀鼓掌kó͘-chiáng。我～～共你贊成goá～～kā-lí chān-sêng⇨同上。㊁保鏢pó-pio。當～～tng～～⇨擔當打手之任。

**【拍火 phah-hóe(hé)】** 撲滅火災。消火siau-hóe。

**【拍孔 phah-khang】** 穿孔。開穴。

**【拍歹 phah-phái$^{n}$】** 弄壞了。～～身命～～

sin-miā⇨損害了健康。～～名聲～～miâ-siâ$^{n}$⇨損害聲威。損害名譽。～～感情～～kám-chêng⇨感情弄破裂了。

【拍匀 phah-ûn】 平均。～～落去算較公平～～lo̍h-ī-sǹg khah kong-phêng⇨全部平均下去計算較公道。

【拍目 phah-ba̍k】 削除竹目使平滑。

【拍生 phah-chhe$^{n}$(chhi$^{n}$)】 生食chhe$^{n}$-chia̍h。豆腐～～食上蓋滋養tāu-hū～～chia̍h siāng-kài chu-iáng(ióng)⇨吃生豆腐最有滋養。魚仔侎～～hî-á boeh～～⇨魚是要做沙西美sa-si-mih生食chhe$^{n}$-chia̍h。沙西美sa-si-mih，日文作刺身sashimi。

【拍石 phah-chio̍h】 切石造器具。～～司阜～～sai-hū⇨石匠。有心～～石成穿ū-sim～～chio̍h-chiâ$^{n}$-chhng⇨有心打石石也會穿孔。喻專心做事可克服困難。

【拍包 phah-pau】 包裝pau-chong。貨無緊～～未用得hòe bô-kín～～be-iōng-tit⇨同上。

【拍印 phah-ìn】 押印ah-ìn。蓋印kài-ìn。海關～～hái-koan～～⇨出入口貨要海關打印。猪刣了該～～ti thâi-liáu ài～～⇨猪隻宰好了要打印以示完稅。

【拍刎 phah-phún】 偶爾作反常的揮霍曰打刎phah-phún。亦作拍翸phah-phún。刎phún，以大刀割草也。翸phún，展翅而飛也。似皆通。今仔日是啥風，甘安爾～～kin-á-ji̍t sī siá$^{n}$-hong, kam-an-ne(ni)～～⇨今天何事，願吃得如此的豐盛。今仔日kim-á-ji̍t⇨kim-má-ji̍t→kin-ná-jit⇨ki-nā-jit。來共阿公～～一下啦，八十也不lâi kā-a-kong～～chi̍t ē-lā, peh(poeh)-cha̍p-à-m̄⇨我們爲祖父大大的慶祝一番吧，已經八十歲了，不對嗎。

【拍死 phah-sí】 擊斃kek-pē。～～人着賠人命～～lâng tio̍h-pôe jîn-bēng⇨打死了人需要償命。～～乞食，好人賠命～～khit-chia̍h, hó-lâng pôe-miā⇨謂打死了乞食，常人要賠命。喻用壞了人家的舊東西，要以新貨賠還。

【拍走 phah-cháu】 弄走。～～主顧～～chú-kò͘⇨把主顧弄走了。

【拍折 phah-chih】 同打斷phah-tn̄g。～～手骨起倒勇～～chhiú-kut khí tó-ió͘ng⇨弄斷手腕骨治癒了反而強硬。

【拍卵 phah-nn̄g】 昆虫或飛禽類生蛋。金魚抮～～也kim-hî teh～～ā⇨金魚在下蛋了。

【拍虎 phah-hó͘】 打虎tá$^{n}$-hó͘。武松～～bú-siông～～⇨水滸故事。～～掠賊著親兄弟～～lia̍h-chha̍t tio̍h-chhin-hia$^{n}$-tī⇨打虎捉賊須與親兄弟協力爲之。謂萬一有危險時才靠得住。

【拍狗 phah-káu】 打狗。～～每毋出門～～mā m̄-chhut-mn̂g⇨狗也打趕不出門去。雨大或奇寒的形容詞。～～無帶着主人～～bô toà-tio̍h chú-lâng⇨打狗不看狗主的面子。

【拍劫 phah-kiap】 作賊強劫。衆夭嘍呀，下山～～chiòng iau-lô-à, hā-san～～⇨大王下令。夭嘍iau-lô，嘍囉lô-lô,亦即山大王之部下也。→tá$^{n}$-kiap。

【拍板 phah-pán】 拍擘phah-phek。

【拍擘 phah-phek】 打樂節tá$^{n}$-ga̍k-chiat。曲館邊的猪母，未吹簫亦會～～khek-koán-pi$^{n}$ ê ti-bó, bē(bōe)-chhui-siau ia̍h-ē(ōe)～～⇨謂曲館邊的猪母，不會吹洞簫也會打拍板。略同於近朱者赤，近墨者黑kīn-chu-chiā-chhek, kīn-be̍k-chiā-hek。

【拍底 phah-té(tóe)】 做基礎。先～～較未醉seng～～khah-bē(bōe)-chùi⇨謂喝酒之前，先吃些東西做底，比較不易醉。

【拍直 phah-ti̍t】 ㊀取直chhú-ti̍t。新路要～～sin-lō͘ boeh～～⇨新開路要取直線。㊁放直hòng-ti̍t。頭毛～～thâu-mô(mn̂g)～～⇨頭髮放直不梳。眠床～～不可拍橫bîn-chhn̂g

～～m̄-hó phah-hoâi$^{n}$⇨牀要放直不要放橫。㊂解決。官司若～～道輕鬆也koa$^{n}$-si nā～～tō khin-sang-a⇨訴訟問題解決了，就沒事了。工錢抵～～耳，煞無趁kang-chî$^{n}$ tú～～niâ，soah bô-thàn⇨工錢剛好收支相抵而已，終於沒有利純。

【拍面 phah-bīn】塗面tô͘-bīn。畫面ōe-bīn。做猴齊天不免～～chò(chòe) kâu-chê-thian m̄-bián～～⇨扮演孫悟空無須打面，就可以上台了。謂其太醜太難看了。

【拍客 phah-kheh】使用客家話。～～話合伊講～～ōe kah-i-kóng⇨以客家話與他講話。

【拍柝 phah-khok】夜間擊木告時。守更～～chiú-ke$^{n}$(ki$^{n}$)～～⇨同上。唸誦～～liām-siōng～～⇨僧尼唸經誦經打木魚。謂不知其所誦何意。喻喋喋不休。唸誦liām-siōng已訛爲唸溲liām-siâu。

【拍炮 phah-phàu】㊀發射大炮。㊁謂找女人發洩。

【拍派 phah-phài】指揮。分配工作。佼～～gâu～～⇨善於指揮別人。～～會耳，見眞無半項～～ē(ōe) niâ，kì$^{n}$-chin bô-poà$^{n}$-hāng⇨會空口指揮叫別人做而已，實際逢上了却一件事都做不來。

【拍胚 phah-phoe】同拍模phah-bô͘。

【拍拚 phah-pià$^{n}$】奮力從事。認眞～～jīn-chin～～⇨專心努力工作。做人着～～chò(chòe)-lâng tio̍h～～⇨爲人應該努力工作。～～米本～～bí-pún⇨奮力維持基本生計。～～錢孔～～chî$^{n}$-khang⇨找尋財路。不～～是娶無某m̄～～sī chhoā-bô-bó͘⇨不努力奮鬥是討不到老婆的。無～～會落第bô～～ē(ōe) lo̍h-tē⇨不努力讀書可能被留級。勸人少年著～～，不當放蕩做歹团khǹg-lâng siàu-liân tio̍h～～,m̄-thang hòng-tōng chò(chòe)-phái$^{n}$-kiá$^{n}$⇨勸世歌。

【拍租 phah-cho͘】收租谷。頭家來～～thâu-ke lâi～～⇨同上。

【拍粉 phah-hún】抹粉boah-hún。～～佸胭脂～～koa̍t-ian-chí⇨打粉抹胭脂。佸koa̍t亦抹boah，大量塗抹也。

【拍起 phah-khí】開始khai-sí。起算khí-sǹg。對即個～～tùi chit-ê～～⇨從這一個開始。逐家重～～ta̍k-ke têng～～⇨大家重新開始。

【拍缺 phah-khih】弄損或壞了。同拍缺角phah-khih-kak。～～角～～kak⇨缺損khoat-sún(物)。茶甌仔～～角去tê-au-á～～kak-khì(ì)⇨茶杯弄缺一角。一錢一厘每無～～角去chi̍t-siân-chi̍t-lî mā-bô～～kak-khì(ì)⇨雖一錢一厘也沒有損掉。謂非常節儉。

【拍拳 phah-kûn】行拳術。～～賣棒～～bē-pāng⇨～～賣膏藥～～bē-ko-io̍h⇨走江湖的賣藥者。～～頭～～thâu⇨演練拳術。

【拍烏 phah-o͘】弄髒。衫仔褲毋可～～去sa$^{n}$-á-khò͘ m̄-hó～～khì(ì)⇨衣服不要弄髒它。

【拍破 phah-phoà】弄壞了。弄破了。有功無賞～～著賠ū-kong bô-siú$^{n}$～～tio̍h-pôe⇨有功不賞，弄壞了要賠償。謂事甚不公平。～～人的姻緣七代窮～～lâng ê in-iân chhit-tāi-kêng⇨弄壞人家的姻緣者，要窮七代。～～人的飯碗～～lâng ê pn̄g-oá$^{n}$⇨打斷人家的生活之路。

【拍桌 phah-toh】準備宴席。～～請人客～～chhiá$^{n}$ lâng-kheh⇨同上。

【拍鳥 phah-chiáu】射鳥。～～仔～～á⇨射小鳥。～～的～～ê⇨①射鳥人。②眇一目者。～～帽仔～～bō-á⇨鴨舌帽ah-chi̍h-bō。

【拍球 phah-kiû】打球的運動或遊戲。網球bāng-kiû，野球iá-kiû(即棒球)，排球pâi-kiû等球類運動皆曰拍球phah-kiû。

【拍票 phah-phiò】買票bé(bóe)-phiò。凡

購買車票，船票，機票，戲院等之門票等之類皆曰拍票phah-phiò,亦曰拍單phah-toaⁿ。你(有)～～未lí(ū)～～bōe(bē)⇨你買了票沒有。

【拍無 phah-bô】 無之。遺失了。有功～～勞ū-kong～～lô⇨謂有功者反而沒有酬勞。有人情～～，狗肝ū-jîn-chêng～～,káu-koaⁿ⇨謂把人家之恩情遺忘了，是狗心官也。～～去～～khì(ì)⇨弄丟了。遺失了。～～份～～hūn⇨有份者弄成沒有份。

【拍菁 phah-chheⁿ(chhiⁿ)】 菁chheⁿ，加石灰chioh-hoe入菁桶中攪拌。菁chheⁿ即藍lâm也。

【拍粟 phah-chhek】 收租谷。同拍租phah-cho·。

【拍雄 phah-hêng】 同拍種phah-chéng。使家畜交尾繁殖。鴨仔扲～～也ah-á teh～～ā⇨鴨子在交尾了。雞公扲～～ke-kang teh～～⇨公雞在交尾。

【拍結 phah-kat】 taⁿ-kiat。逐個錢都～～tak-ê chîⁿ to～～⇨每一個錢都打結。喻節儉，吝嗇līn-sek。

【拍單 phah-toaⁿ】 同拍票phah-phiò。台南～～到打狗，打狗轉車到阿緱tâi-lâm～～kàu táⁿ-káu, táⁿ-káu choán chhia kàu-a-kâu⇨民歌。阿緱a-kâu即今屏東pîn-tong。

【拍鼓 phah-kó·】 擊鼓kek-kó·。拍鑼～～娶新娘phah-lô～～chhoā-sin-niû⇨同上。骨頭好～～也kut-thâu hó～～â⇨謂死後甚久了。其骨可以當鼓打了。仙人～～有時錯，脚步踏差啥人無sian-lâng～～ū-sî-chhò, khà-pō· tah-chha siáⁿ-lâng-bô⇨謂仙擊鼓有時候也會打錯，凡人做錯是難免的。～～邊～～piⁿ⇨喻暗示。

【拍過 phah-kòe(kè)】 戰過去了。闖過去了。～～五關～～ngó·-koan⇨同上。您父一個～～十幾人lín-pē chit-ê～～chap-kúi-lâng⇨我一個人鬧過十數人。您父 lín-pē, 我 goá的粗語。～～十八銅人～～chap-peh (poeh) tâng-lâng⇨喻歷盡滄桑。

【拍傷 phah-siang(siong)】 傷人，被傷。～～人～～lâng⇨打傷他人。被人～～hō·-lâng～～⇨同上。

【拍損 phah-sńg】 ㊀徒費tô·-hùi。即類錢加開都無～～chit-lōe-chîⁿ ke-khai to-bô～～⇨此種錢多開支也不算枉費。您爸無扲～～嘴lín-pē bô-teh～～chhùi⇨我不徒費口舌(以說人家不聽的話)。㊁可惜。好人藉來死，眞～～hó-lâng chiah-lâi-sí,chin～～⇨好人才死(壞人偏不死)，眞眞可惜。即欵戲無看亦～～chit-khoán-hì bô-khoàⁿ ah～～⇨此種好戲不看也可惜。㊂小兒夭折。～～一個去，猶存即個耳～～chit-ê-khì(ì)，iáu-chhun chit-ê-niâ⇨夭折一個了。還存這一個而已。生出來道～～去也seⁿ(siⁿ) chhut-lâi to～～khì(ì)-â⇨生下來就死掉了。

【拍餉 phah-hiàng(hiòng)】 課稅khò-sòe。海關～～hái-koan～～⇨海關課稅。

【拍算 phah-sǹg】 ㊀預料。～～會落雨～～ē(ōe) loh-hō·⇨預料會下雨。～～伊未來也～～i bē(bōe) lâi-ā⇨他可能不來了。㊁料想。伊最近～～敢未穤i chōe-kīn～～káⁿ bē(bōe)-bái⇨他的最近情形料想不很壞。跮踱了～～敢不止仔心適thit-thô-liáu～～káⁿ put-chí-á sim-sek⇨遊玩了料想可能相當的愉快。㊂主意計畫。我有～～goá ū～～⇨我有準備。～～不著去～～m̄-tioh-khì(ì)⇨計畫錯了。先食藉更～～seng-chiah chiah-koh～～⇨先吃然後再想辦法。～～一枝若轆鏇～～chit-ki ná-lak-soān⇨打算也者，狀如轆鏇也。謂主意計畫皆無効也。因拍算phah-sǹg與拍栓phah-chǹg諧音。拍栓phah-chǹg者，穿孔也。穿孔的道具即是轆鏇lak-soān。

【拍榫 phah-sún】 俗曰鑿榫頭chhak-sún-thâu。

【拍模 phah-bô͘】 造模型以塑物。猶未～～á-bōe(bē)～～⇨還未打模。

【拍噎 phah-eh】 逆氣。噎eh，氣窒也。囡仔～～講較校大gín-á～～kóng khah-gâu-toā⇨據說，小孩打噎者大得快。～～仔～～á⇨同上。

【拍價 phah-kè】 定價錢。未～～抾要安怎賣bōe～～leh boeh an-choá$^{n}$-bē(bōe)⇨未定價錢的要如何賣法呢。

【拍箍 phah-kho͘】 ㈠作竹篾箍tek-bi̍h-kho͘。㈡打圈圈。拍叉仔都較夥～～的phah-chhe-á to khah-chē～～ê⇨打×的多於打圈的。謂成績大壞了。老師打的×多於圈。～～仔～～á⇨同上。

【拍稿 phah-kó】 起稿khí-kó。擬稿gí-kó。契約書攏有～～也khè-iak(iok)-si(su) lóng ū～～à⇨契約書的稿子都草擬好了。

【拍調 phah-la】 笑話以娛樂。調la，言不正也。以言相戲曰調la。食飽傷盈～～好耳chia̍h-pá siu$^{n}$-êng,～～hó-niâ⇨吃飽了又沒事做，只好相戲謔。～～涼～～liâng⇨拍說。

【拍醒 phah-chhé$^{n}$(chhí$^{n}$)】 弄醒。～～人的眠～～lâng ê bîn⇨妨害人家的睡眠。

【拍罵 phah-mē(mā)】 打與罵。食無～～有chio̍h-bō～～ū⇨吃的沒有，打與罵難免(所謂嫺婢kán-pi的可憐身份)。

【拍輸 phah-su】 打敗。～～人更敢講～～lâng koh-ká$^{n}$-kóng⇨打敗還敢說。拍贏無～～的phah-iâ$^{n}$ bô～～ê⇨拍贏家不打輸家。例如猜拳喝酒或其他比賽。大家可向贏家挑戰，不對輸家挑戰。

【拍莓 phah-m̂】 結蕾kiat-lúi。花抾～～也hoe teh～～ā⇨同上。花之含苞未放曰蕾lúi,放了曰花hoe。

【拍獵 phah-la̍h】 狩獵siù-la̍h。上山～～落海討魚chiū$^{n}$-soa$^{n}$～～lo̍h-hái thó-hî⇨同上。

【拍斷 phah-tn̄g】 打斷tá$^{n}$-toān。同拍折phah-chi̍h～～手骨去倒勇～～chhiú-kut khì-tō-ióng⇨打斷了手骨，癒合了，反而強有力。喻因禍得福。

【拍贏 poah-iâ$^{n}$】 打勝仗。～～拍輸攏共欵，無損兵亦該失將～～phah-su lóng-kāng-khoán, bô sún-peng a̍h-āi sit-chiàng⇨打勝打敗都一樣，不損兵也要折將。

【拍鐵 phah-thih】 鍛鐵thoàn-thih。～～司阜～～sai-hu⇨鐵匠。～～該趁熱～～āi thàn-jia̍t⇨打鐵必須乘鐵熱之時打之，謂事必乘時易辦，失時即難矣。

【拍鱗 phah-lân】 打掉魚鱗。魚仔無～～那會食得hî-á bô～～ná-ē(ōe)-chia̍h-tit⇨魚鱗沒打掉怎麼吃得呢。

【拍十企 phah-cha̍p-khiā】 做雜色生理。亦即沒有一定門路的生理。～～～趁無食～～～thàn-bô-chia̍h⇨謂不論何種生意都做，結果將無法維持生活。

【拍三菊 phah-sam-kiok】 一種骨牌的賭博名。

【拍山豬 phah-soa$^{n}$-ti】 獵取山猪。人講～～～一日剗九猪，九日無猪剗，每是無安定lâng-kóng～～～chi̍t-ji̍t chân-káu-ti, káu-ji̍t bô-ti-chân, mā-sī bô-an-tēng⇨古人言，打山猪，有時一天打得九隻猪，有時却九日不能打到一猪，也是不安定的生活。

【拍乾轆 phah-kan-lo̍k】 玩陀螺oán-tô-lê。即久仔無盈到未輸抾～～～哩chit-kú-á bô-êng-kah bē(bōe)-su teh～～～lì⇨最近忙得不得了。拍乾轆phah kan-lo̍k⇨喻一下子摔東一下子摔西。

【拍大麵 phah-toā-mī】 以麵粉製成麵條。

【拍手刀 phah-chhiú-to】 雙手合打。鼓掌。～～～剪銅鑼，剪剪二一哥～～～chián-tâng-lô, chian-chián jī-it-ko⇨古童謠。不知有何義。

【拍中午 phah-tiong-ngó͘】 食中晝(tiong-tàu)飯。準備中晝飯。佅佗位～～～boeh-tó-ūi～～～⇨豫定何處取午餐(準備於何地)。

【拍斗四 phah-táu-sì】 多人共同享受而由抽籤決定負擔額。逐家～～～仔藝賬無論的啦ta̍k-ke～～～á gē-siàu bô-lūn-ê-lâ⇨大家當做拍斗四就好了，不必計較。

【拍不見 phah-m̄-kì$^n$】 弄丟了。錶仔～～～去pió-á～～～khì(ì)⇨手錶遺失了。乞食～～～粿khi̍t-chia̍h～～～kóe(ké)⇨花子丟了乞來的粿。謂豈有此理khí-iú-chhú-lí。

【拍公家 phah-kong-ke】 同拍落公phah-lo̍h-kong。

【拍不睦 phah-put-bo̍k】 弄得不和協。兄弟～～～去hia$^n$ tī～～～khì(ì)⇨兄弟之間弄得不和睦了。

【拍尻川 phah-kha-chhng】 打屁股。古有笞刑thi-hêng之罪。掠來～～～lia̍h-lâi～～～⇨捉來打他屁股。

【拍生理 phah-seng-lí】 承頂生意。～～～來做～～～lâi-chò(chòe)⇨承頂人家的商店來繼續經營。生理拍乎別人seng-lí phah-hō͘ pa̍t-lâng⇨商店出頂給人了。

【拍平過 phah-pê$^n$(pî$^n$)-kòe】 收支相抵。有當～～～道算造化是咯ū-thang～～～tō-sǹg chō-hoà-sī-lò͘⇨能夠收支相抵(不虧損)就算萬幸了。

【拍死人 phah-sí-lâng】 ㊀把人家打死了。～～～該賠人命～～～ài-pôe jîn-bēng⇨同上。㊁非常或大等的形容詞。～～～大～～～toā⇨非常之大。～～～貴～～～kùi⇨非常之貴。～～～瞻～～～tá$^n$⇨非常的大瞻。

【拍死主 phah-sí-chú】 攻擊溫和之人。死主sí-chú，喪家也。喻溫和不好事。無～～～的bô～～～ê⇨不使溫和者吃虧。→無拍你死主bô-phah lí sí-chú⇨不使你吃虧。

【拍地基 phah-tē-ki】 ㊀整理基地以便建築。猶未～～～扲，豈許快á-bōe～～～leh ká-hiah-khoài⇨地基還未整理呢，沒那麼快也。㊁同拍底phah-té。

【拍地舖 phah-tē-pho͘】 以地爲床。人一下夥道～～～睏也lâng chi̍t-ē-chē tō～～～khùn-à⇨人一多就舖地爲床而睡了。

【拍字機 phah-jī-ki】 打字機tá$^n$-jī-ki。

【拍弄聊 phah-lāng-liâu】 說笑。合伊扲～～～kah-i teh～～～⇨與他在說話聊天。

【拍金仔 phah-kim-á】 打製金飾品。～～～司阜～～～sai-hū⇨同上。～～～店～～～tiàm⇨同上。

【拍官司 phah-koa$^n$-si】 訴訟。合人扲～～～kah-lâng teh～～～⇨與人家在訴訟中。

【拍長的 phah-tn̂g-ê】 作長期的。阮攏～～～於扲交關goán(gún) lóng～～～tī-teh kau-koan⇨我們皆是長期的在此交易買賣。合伊扲～～～kah-i teh～～～⇨與他長期的同居。

【拍抽風 phah-thiu-hong】 抽thiu亦作秋chhiu。依關係或勢力，乘機要錢。色情場所攏每有彼類歹狗扲～～～sek-chêng-tiû$^n$-só͘ lóng-mā-ū hit-lōe pháí$^n$-káu teh～～～⇨色情場所通常皆有那一班的壞人在要錢。高等乞食來扲～～～也ko-téng khit-chia̍h lâi-teh～～～a⇨同上。

【拍店面 phah-tiàm-bīn】 承頂空店舖(貨底不在內)。～～～耳～～～niâ⇨頂店面而已。

【拍定頭 phah-tiā$^n$-thâu】 下定。人有～～～也lâng ū～～～ā⇨人家他們提出定銀了。

【拍觔斗 phah-kin(kun)-táu】 翻觔斗hoan-kin-táu。亦曰反車輦péng-chhia-liàn。囡仔扲～～～gín-á teh～～～⇨孩童們在打觔斗。

【拍相參 phah-siō(sa$^n$)-chham】 合在一起。未使得～～～去bē(bōe)-sái-tit～～～khì(ì)⇨不能合在一起。

【拍咯啫 phah-ko̍k-ke】 母雞下蛋後的叫鳴聲。～～～，走白卵，放雞囝，生雞卵～～～cháu-pe̍h nn̄g, pàng-ke-kiá$^{n}$,se$^{n}$-ke-n̄ng⇨童謠。

【拍咳唫 phah-ka-chhiŭ$^{n}$】 打噴嚏。喻小事情。免一下～～～抮都無去也bián-chi̍t-ē～～～leh to bô-khì-ā⇨用不著一個噴嚏就全完了。

【拍索仔 phah-soh-á】 拍繩子。

【拍草蓆 phah-chháu-chhio̍h】 打織草蓆。織蓆chit-chhio̍h。

【拍草鞋 phah-chháu-ê】 以稻草編織草鞋。

【拍臭臊 phah-chhàu-chho】 吃腥物。喻接近酒色。少年的敢是未八～～～siàu-liân-ê ká$^{n}$-sī bōe-bat～～～⇨此青年似乎未曾試過女色。

【拍第一 phah-tē-it】 算第一。～～～頇顢～～～ham bān⇨笨拙第一。～～～恔～～～gâu⇨聰明第一。

【拍貨底 phah-hòe-té】 承頂貨底。～～～耳，無打店面～～～niâ，bô-phah-tiàm-bīn⇨只承頂其貨品而已，店舖不承頂。

【拍通透 phah-thong-thàu】 彼此有密謀。人講蛇孔透老鼠巢，彼款人攏每是～～～抮 lâng-kóng choâ-khang thàu niáu-chhí-siū, hit-khóan-lâng lóng-mā-sī～～～leh⇨古人言：蛇穴，老鼠穴是彼此相通的。那一種人，都是彼此預先有連絡的。

【拍普光 phah-phú-kng】 天將明未明曰打普光phah-phú-kng。天抵～～～耳，道爬起來也thi$^{n}$-tú～～～niâ tō pê-khí-lâi-ā⇨天剛剛要明未明的時候，就馬上爬起來了。

【拍菜股 phah-chhài-kó͘】 造菜股種菜。菜園種菜之地較高，曰菜股chhài-kó͘,股與股之間曰菜溝chhài-kau,亦通路也。種菜該先～～～chèng-chhài ài-seng～～～⇨同上。

【拍單飛 phah-toa$^{n}$-poe(pe)】 單獨上酒樓娼館。阿林攏每是～～～a-lîm lóng-mā-sī～～～⇨阿林都是自己上酒家。

【拍結綵 phah-kat-khiŭ】 線條紛亂解不開。絲線～～～去si-soà$^{n}$～～～khì(ì)⇨絲線紛亂了。心官～～～sim-koa$^{n}$～～～⇨心裡想不開。心中有結解不開。心亂如麻sim-loān-jî(jû)-mâ。

【拍菜脚 phah-chhài-kha】 除掉菜下部的無用之小葉。亦簡稱拍脚phah-kha。菜無拍脚未大叢，人無調督未成人chhài bô-phah-kha bē-toā-châng, lâng bô-tiau-tok bē-chiâ$^{n}$-lâng⇨謂蔬菜必須打菜脚，人必須接受教育。

【拍寒熱 phah-koâ$^{n}$-jia̍t】 拍寒打熱phah-koâ$^{n}$-phah-jia̍t⇨麻剌利亞malaria症。俗曰寒熱症koâ$^{n}$-jia̍t-chèng。

【拍椅轎 phah-í-kiō】 兒童遊戲，兩人相對合手爲轎給另一人坐。亦曰拍手轎phah-chhiú-kiō。

【拍落公 phah-lo̍h-kong】 作爲彼此共同所有。充公。逐家收入攏～～～啦，轉來藉來結算，安爾可否ta̍k-ke siu-ji̍p lóng～～～là, tńg-lâi chiah-lâi kiat-sǹg, an-ne(ni) hó-bò͘⇨大家各項收入都作爲共同收入，回家之後才來結算。這樣子好不好。

【拍滂泅 phah-pōng-siŭ】 頭浮水面，雙手交互打水以進的初步泳法。～～～都未曉，也抮合人講游泳～～～to-bē-hiáu ā-teh kah-lâng-kóng iû-éng⇨同上。

【拍跤砂 phah-ka-soa】 弄散了。散失了。一文錢都無當～～～chi̍t-bûn-chî$^{n}$ to-bô-thang～～～⇨一文錢都不浪費。砂soa同沙soa，物鬆散亦謂之沙soa。又拍跤沙 phah-ka-soa是打跤落沙phah-ka-la̍uh-soa之省詞。

【拍跤落 phah-ka-la̍uh】 弄丟。遺失。錢該收乎好，不當～～～去chî$^{n}$-ài-siu-hō͘-hó, m̄-thang～～～khì⇨錢需好好的收起來，不要給丟也。媽媽提醒孩子之詞。敢是於路裡～～～

去ká$^n$-sī tī-lō nī～～～khì⇨恐怕是在路上遺失了。～～～沙～～～soa⇨弄丟而散失。同打跤沙phah-ka-soa。

【拍暗摸 phah-àm-bong】 趕夜路。～～～去請醫生～～～khì chhiá$^n$-i-seng⇨在黑夜裡去請醫生來。

【拍頭子 phah-thâu-chí】 抽頭錢。明品抙，無～～～人藉要呵bêng-phín-leh, bô ～～～ lâng chiah-boeh-o·⇨(豫先)明白說清楚，不抽頭錢他們才肯呀。

【拍嘴古 phah-chhùi-kó·】 說笑話。聊天liâu-thian。談天說地tām-thi$^n$-soat-tē。鍊仙～～～liān-sian～～～⇨談天說地。鍊仙liān-sian,練習爲仙人,亦拍嘴古phah-chùi-kó·也。

【拍攏統 phah-lóng-thóng】 全部合而爲一。攏～～～去啦lóng～～～khì-là⇨全部合而爲一，不計優劣不計大小好了。

【拍觸衰 phah-chhek-soe】 觸霉頭。人是喜事，你毋當共人～～～lâng sī hí-sū, lí m̄-thang kā-lang～～～⇨人家是喜事，你不可(說話不愼)以觸發人家的霉運。

【拍出籠外 phah-chhut-láng-goā】 次貨不合格的放還籠外。喻不中用之人。你這早道被人～～～～也lí-che, chá-to hō·-lâng～～～～ā⇨你這(樣貨色)，人家早就不要你了。被人～～～～也猶不認分hō·-lâng～～～～ā iáu-m̄-jīn-hūn⇨被人家打出籠外了,還不承認自己身分。

【拍馬後砲 phah-bé-āu-phàu】 象棋的棋步,馬在前砲在後相當有力的步數。喻事後的妙計。到今藉抙～～～～那有効kàu-ta$^n$ chiah-teh～～～～ná-ū-hāu⇨事到而今，才提出妙計，何用呢。

【拍草驚蛇 phah-chháu-kia$^n$-choâ】 草動驚跑了蛇。不當～～～～m̄-thang～～～～⇨謂須愼重不可輕擧妄動以失大局。囡仔代～～～～抙道可也啦，不當拍gín-á-tāi ～～～～ leh tō-hó-ā-lā, m̄-thang-phah⇨孩子還小嗎，嚇一嚇他就算了，不要打他吧。

【拍某猪狗牛 phah-bó·-ti-káu-gû】 打老婆者如禽獸。驚某大丈夫～～～～～kia$^n$-bó· tāi-tiāng-hu,～～～～～⇨極言不可打老婆。

【拍一枝乎伊到 phah-chit-ki-hō·-i-kàu】 打一張牌給他和。謂將弄一樁大事讓他去叫苦連天。好，您爸藉～～～～～～hó, lín-pēchiah～～～～～～⇨好，我必弄一件事給他好看。

## phai

**phai 拍** 拍phah網球或桌球所使用之拍仔phai-á也。球～kiû～⇨球拍。racket。網球～bāng kiû～⇨racket (異讀見phah部)。球拍kiû-phai也者似僅爲國語語詞之台語化。台語本身似缺乏此語詞。

**phái 歹** 好之反。歹phái$^n$也(見phai$^n$部)。

**phái 呆** 歹phái$^n$。俗作呆phái, phái$^n$(見phai$^n$部)。

**phài 派** 別水也。事之系統流別曰派phài。分配曰派phài。差遣chhe-khián曰派phài。態度亦曰派phài。流～liû～⇨①水之支流。②學術之支派。學～hak～⇨同上。黨～tóng～⇨同上。左～chó～⇨左傾之黨派。右～iū～⇨右傾之黨派。少年～siàu-liân～⇨同上。老人～lāu-lâng～⇨同上。遣～khián～⇨差遣。輪～lûn～⇨輪番差遣。使～sái～⇨使性也。頂撞téng-tōng。分～hun～⇨同上。攤～thoa$^n$～⇨平均負擔。硬～ngēh～⇨強收錢。大～toā～⇨①大黨。②大模大樣。時～sî～⇨當今流行。

【派人 phài-lâng】 差派。指派。～～去交涉～～khì kau-siap⇨同上。～～保護～～pó-hō·⇨同上。

【派下 phài-ē】 後裔hō·-è。黨徒。三房的～～sa$^n$-pâng ê ～～⇨第三子之後裔。共彼黨的

～～ kāng-hit-tóng ê ～～ ⇨同爲那一黨之黨徒。

【派司 phài-su】 pass。關卡出入許可證件。

【派系 phài-hē】 黨派。～～無仝～～ bô-kâng⇨派系不同。

【派兵 phài-peng】 ～～守國界～～ siú-kok-kài⇨同上。

【派軍 phài-kun】 同派兵phài-peng。～～駐守～～chū-siú⇨同上。

【派員 phài-oân】 派人。差員工。～～出國進修～～chhut-kok chìn-siu⇨同上。～～調查～～tiau-cha⇨同上。

【派飯 phài-pn̄g】 分發飯食。～～給難民～～hō· lân-bîn⇨同上。～～派錢～～phài-chî$^{n}$⇨分發伙食及用錢。

【派遣 phài-khián】 差遣chhe-khián。上帝～～耶穌來救世siōng-tè～～iâ-so· lâi-kiù-sè⇨基督教中如此說。

【派頭 phài-thâu】 風度。態度。樣子。眞～～也chin～～ā⇨夠威風了。～～眞粗～～chin-chho·⇨非常的大模大樣toā-bô·-toā-iū$^{n}$。架子很大。

【派額 phài-gia̍h】 分配數。～～有夠可好～～ū-kàu tō-hó⇨分配數夠了就好了。

【派藥 phài-io̍h】 童乩tâng-ki畫藥方，企桌頭者依童乩所畫判出藥名。

【派公工 phài-kong-kang】 指派義務工。～～～開路～～～khui-lō·⇨同上。

【派出所 phài-chhut-só·】 警察的最下層單位。

phài
沛 水行也。盛大也。雨大也。豐～phong～⇨雨盛貌。氣盛貌。引伸爲物盛貌。亦即桌上食物豐盛曰豐沛phong-phài。

【沛公 phài-kong】 劉邦起兵時的稱呼。

【沛然 phài-jiân】 大雨～～tāi-í～～⇨雨下得很大。

phài
湃 澎湃phēng-phài，水波相擊也。水大也。亦作彭湃。

## phai$^{n}$

phái$^{n}$
歹 好之反。不好，不善皆曰歹phái$^{n}$。事難爲曰歹phái$^{n}$。物敗毀曰歹phái$^{n}$。兇惡亦曰歹phái$^{n}$。不乖亦曰歹phái$^{n}$。三年二閏，好～照輪sa$^{n}$-nî nn̄g-lūn, hó～chiàu-lûn⇨謂曆法三年有兩個閏年，好運歹運也是輪流的。好～人hó～lâng⇨同上。好～運hó～ūn⇨同上。話講～去ōe-kóng～khì⇨話說壞了。說錯了。創～去也chhòng～khì-à⇨弄壞了。魚仔庋～去也hî-á khǹg～khì-à⇨魚放置久了以致壞(腐敗)了。彼個人夭壽～hit-ê-lâng iáu-siū～⇨那個人很兇很兇。夭壽iáu-siu原義未五十歲而死，當做非常解(粗語)。你俿～，我俿共媽講lí boeh～，goá boeh kā-ma-kóng⇨你要不乖，我要告訴媽。

【歹九 phái$^{n}$-káu】 俗以逢九之歲爲壞歲，有壞運。亦即九歲，十九，廿九，卅九，四十九歲等是也。

【歹人 phái$^{n}$-lâng】 壞人hāi-lâng，惡煞ok-soah，奸人kan-jîn等等皆曰歹人phái$^{n}$-lâng。～～黨～～tóng⇨壞人之徒。合好人行，有布經，與～～行，有囝生kah-hó-lâng-kiâ$^{n}$ ū-pò·-ke$^{n}$(ki$^{n}$), kah～～kiâ$^{n}$, ū-kiá$^{n}$ se$^{n}$(si$^{n}$)⇨謂女孩子與好人交往，學會織布。與壞人交往就有私生子了。～～囝兒，好人成持～～kiá$^{n}$-jî, hó-lâng chhiâ$^{n}$-chhî⇨謂壞人的兒子，如果由好人養育之，也會成好人。～～較無好尾～～khah-bô hó-bóe⇨壞人難有完美的結局。好人上天堂，～～落地獄hó-lâng chiū$^{n}$-thian-tông, ～～lo̍h-tē-gie̍k⇨宗教界的勸世語。

【歹下 phái$^{n}$-ē】 壞運hoāi-ūn。即下～～chi̍t-ē～～⇨此一下壞運氣。

【歹囝 phái$^{n}$-kiá$^{n}$】 ㊀放蕩子 hòng-tōng-chú。不良少年。㊁嫖妓。十六七仔道敢去～～chap-lak-chhit-á tō-ká$^{n}$-khì～～⇒十六七歲的小小年紀就上妓館了。

【歹翁 phái$^{n}$-ang】 壞丈夫。～～累某，歹旗累鼓～～lūi-bó͘, phái$^{n}$-kî lūi-kó͘⇒壞丈夫連累妻子吃苦，壞旗影響進軍的鼓聲。

【歹手 phái$^{n}$-chhiú】 ㊀左手。～～仔～～á⇒左手人。㊁壞。～～爪～～jiáu⇒有偷癖。～～蹄仔～～tê-á⇒同前。～～勢～～sè(sì)⇒工作上的手的位置不佳。

【歹日 phái$^{n}$-jit】 不吉之辰。～～子～～chí⇒同上。

【歹空 phái$^{n}$-khang】 壞的。危險的。賠本的。彼位眞～～hit-ūi chin～～⇒那個地方①很危險。②有鬼。即下甘～～也chit-ē ká$^{n}$～～a⇒此次恐怕很難應付了(例如大病難醫，大錢須賠)。好空的不來，～～的相爭報hó-khang-ê m̄-lâi,～～ê sio-che$^{n}$-pò⇒好的不來講，壞的才爭相通報。空khang，空課也。

【歹歹 phái$^{n}$-phái$^{n}$】 ㊀很壞。壞人。爸爸～～pa-pa～～⇒爸壞壞(嬰兒學語)。㊁壞。品質差。～～亦是狀元底～～ah-sī chiōng-goân-té⇒壞是壞，也是狀元的底子。狀元底chiōng-goân-té，同進士骨chìn-sū-kut。

【歹心 phái$^{n}$-sim】 心地不良。～～乎雷揕～～hō͘-lûi-chim⇒心不良者被雷擊。～～毒行～～tok-hēng⇒心惡行毒。～～烏漉肚，侎死初一十五，侎埋風合雨～～o͘-lok-tō͘, boeh-sí chhe-it-chap-gō͘, boeh-tâi hong-kah-hō͘⇒童謠。謂心壞肚黑者，將在初一十五死。葬時將遭大風大雨。～～官～～koa$^{n}$⇒同上。～～行～～hēng⇒同上。

【歹天 phái$^{n}$-thi$^{n}$】 壞天氣。～～落雨～～loh-hō͘⇒下雨的壞天氣。～～年～～nî⇒凶年。歹收成之年。

【歹目 phái$^{n}$-bak】 非禮亦視之的不規矩的眼睛。

【歹市 phái$^{n}$-chhī】 市況不佳。～～草～～chháu⇒同上。

【歹用 phái$^{n}$-iōng(ēng)】 難於使用，不便於使用。彼款的較～～hit-khoán-ê khah～～⇒那一種的較不宜於使用。

【歹去 phái$^{n}$-khì】 ㊀物破損。椅仔～～í-á～～⇒椅子壞了。錶仔～～pió-á～～⇒手錶壞了。肉～～bah～～⇒肉食類壞了，吃不得了。目珠～～bak-chiu～～⇒眼睛壞了，看不見了。㊁難往(因有難爲情之處)。想要去都眞～～siū$^{n}$ boeh-khì to chin～～⇒很想去，但是很難去。有較～～有影啦，不過人講見面三分情，抵著道好也啦ū-khah～～ū-iá$^{n}$-là, put-kò, lâng-kóng kì$^{n}$-bin sa$^{n}$-hun-chêng, tú-tioh tō-hó-à-lā⇒有些難去也是眞的，不過，古人言，見面三分情，逢見了也就算了嘛，沒關係嘛。

【歹拍 phái$^{n}$-phah】 難打lân-tá$^{n}$。蚊仔釘羼脬～～báng-á tèng lān-pha～～⇒蚊子刺腎囊。喻難辦。亦即歹拍phái$^{n}$-phah。

【歹皮 phái$^{n}$-phôe(phê)】 ㊀質地不佳的皮革。㊁抵抗力不強的皮膚。～～肉～～bah⇒傷或瘡都不易癒之皮肉。

【歹代 phái$^{n}$-tāi】 代tāi，代誌 tāi-chì，事情，問題，工作等等。㊀惡事。即次～～咯chit-chhù～～lò͘⇒此次壞事到了。你～～也lí～～à⇒你敗了(惡事到了)。㊁不吉祥之事。好代不通知，～～來相纏hó-tāi m̄-thong ti,～～lâi sio(sa$^{n}$)-tî$^{n}$⇒好事不通知，壞事才來相麻煩。

【歹冬 phái-tang】 凶年。抵著～～道無法度也tú-tioh～～tō bô͘-hoat-tō͘-ā⇒逢到凶年就沒辦法了。歹年冬phái$^{n}$-nî-tang⇒同上。

【歹企 phái$^{n}$-khiā】 不宜於居住。即佗厝～～，賊仔夠chit-tah chhù～～，chhat-á-chē⇒此地的家屋不宜於居住，小偷甚多。～～起～～khí⇒同上。

【歹行 phái$^n$-kiâ$^n$】 難行。路～～lō͘～～⇨同上。

【歹死 phái$^n$-sí】 ㊀惡死。臨終遭受痛苦。㊁兇。兇惡。彼顆眞～～hit-kho͘ chin～～⇨那家貨很兇。若～～抮你敢知joā(loā)～～leh lí-kám-chai⇨如何的又兇又可惡你不知罷。

【歹局 phái$^n$-kio̍k】 ㊀局面或局勢不佳。有較～～ū-khah～～⇨局面壞一點。㊁難爲情。你也會感覺～～喏lí-ā-ē kám-kak～～nò⇨你也會覺得難爲情嗎。

【歹味 phái$^n$-bī】 ㊀物腐。有～～也ū～～á⇨腐敗了，有惡味了。㊁謂有惡之氣。可疑。愈講愈～～jú-kóng-jú～～⇨越說越可疑。

【歹花 phái$^n$-hoe】 不香或有臭氣的花。～～厚子，歹人厚言語～～kāu-chí, phái$^n$-lâng kāu-giân-gí⇨壞花子多，壞人話多。歹花phái$^n$-hoe，亦作歹瓜phái$^n$-koe，義同。

【歹狗 phái$^n$-káu】 ㊀壞狗。㊁壞人。～～不當合伊做陣～～m̄-thang kah-i chò(chòe)-tīn⇨壞人不要與他同羣。～～未交得～～bē(bōe)-kau-tit⇨壞人做不得朋友。

【歹官 phái$^n$-koa$^n$】 惡官吏。

【歹命 phái$^n$-miā】 壞命運。～～人～～lâng⇨貧苦之人。～～查某～～cha-bó͘⇨不幸運的女人，或指煙花界的婦女。～～人未堪得享福～～lâng bē-kham-tit-hiáng-hok⇨貧苦之人無福享受。

【歹物 phái$^n$-mi̍h】 ㊀妖怪。壞貨。～～仔～～á⇨同上。～～賣未出去～～bē-bē-chhut-khì⇨壞貨賣不出門。㊁惡疾。生～～仔se$^n$(si$^n$)～～á⇨生惡病惡瘡。㊂女人超出婦道亦曰歹物phái$^n$-mi̍h。許～～不當合伊做伙he～～m̄-thang kah-i chò(chòe)-hóe(hé)⇨她是壞人不可與她在一起。

【歹底 phái$^n$-té(tóe)】 有前科者。者的人敢抮～～chiá-ê-lâng kám-teh～～⇨我豈是歹底之人。所謂友的iú-ê之流的用詞。者的人chiá-ê-lâng，可作複數，我們，亦可作單數我。亦多出於友的之口。

【歹面 phái$^n$-bīn】 ㊀怒，變面pì$^n$-bīn。起～～khí～～⇨發怒。生氣。㊁面相不佳。壞人之相。看著～～～～khoà$^n$-tio̍h～～～～⇨一看好像壞人。～～好交關～～hó-kau-koan⇨面相雖不善，卻是順利的交易。喻外貌不佳，內心卻良善。～～相見～～sio(sa$^n$)-kì$^n$⇨臭面逢臭面。～～色～～sek⇨顏色不佳(似有病)。～～像～～chhiū$^n$⇨面相不佳(壞人相)。

【歹某 phái$^n$-bó͘】 惡妻ok-chhe。做著歹田望後冬，娶著～～一世人chò-tio̍h phái$^n$-chhân bāng-āu-tang, chhoā-tio̍h～～chi̍t-sì-lâng⇨謂耕了壞田地，希望下冬有好收成，娶了壞老婆就要受苦一世一生了。

【歹星 phái$^n$-chhe$^n$(chhi$^n$)】 ㊀彗星hūi-seng。俗曰掃箒星sàu-chiú-chhe$^n$(chhi$^n$)。㊁壞人。～～入境～～ji̍p-kéng⇨壞人來了。

【歹食 phái$^n$-chia̍h】 不好食m̄-hó-chia̍h。不好吃。～～罔～～，較贏無～～bóng～～，khah-iâ$^n$-bô⇨不好吃雖然是眞的不好吃，但是聊勝於無。

【歹客 phái$^n$-kheh】 惡客ok-khek。不受歡迎之客。彼款的～～亦無稀罕hit-khoán ê～～a̍h-bô-hi-hám⇨那種說三嫌四的客人，不來也罷。歹人客phái-lâng-kheh。

【歹看 phái$^n$-khoà$^n$】 難看。醜。粧安爾眞～～chng-an-ne(ni)-chin～～⇨這樣子的打扮，很不好看。穩痀的拋車輪，著力更～～ún-ku-ê pha-chhia-lin, tio̍h-la̍t koh～～⇨傴僂者翻觔斗，又吃力又難看。喻作爲與己身不相稱則必遭無謂之損失。拋車輪pha-chhia-lin亦作車畚斗chhia-pùn-táu。皆翻觔斗也。

【歹症 phái$^n$-chèng】 惡疾ok-chi̍t。

【歹鬼 phái$^n$-kúi】 ㊀惡鬼。妨害者。抵著～～tú-tio̍h～～⇨逢見惡鬼。逢到妨害。㊁壞友。～～仔招去也～～á-chio-khì(ì)-à⇨壞友

引誘去了。

【歹紡 pháiⁿ-pháng】 ㊀難紡lân-pháng。㊁難應付。即下敢～～了chit-ē káⁿ～～lō͘⇨這一次恐怕無法應付了。

【歹船 pháiⁿ-chûn】 壞船。～～抵著好港路～～tú-tioh hó-káng-lō͘⇨壞船逢到好港口。喻惡運中逢見救星。

【歹媌 pháiⁿ-bâ】 ㊀壞女人。㊁壞媌。

【歹粟 pháiⁿ-chhek】 粕粟phàⁿ-chhek。～～皮於好米籠～～khǹg-tī hó-bí-loâ⇨稠粟收藏在好籠中。喻素質差者佔據好地位。稀粟phàⁿ-chhek俗作有粟phàⁿ-chhek。

【歹款 pháiⁿ-khoán】 不乖。沒禮貌。看人食道要討，成～～khoàⁿ lâng-chiah tō-boeh-thó, chiâⁿ～～⇨看見人家吃東西，就要之，很不乖。食更掠有夠～～也chiah-koh-liah, u-kàu～～â⇨又吃又抓，十分沒禮貌了。掠liah，捉chiok也。指捉鷄捉鴨，亦即謂肉已經吃下肚子了，活的又要捉回家。

【歹睏 pháiⁿ-khùn】 ㊀難於入眠。昨暝成～～抒châ-mê(mî), chiâⁿ～～leh⇨昨夜睡得不好。㊁睡相不佳。囡仔～～更恔躂被gí-á～～koh gâu-that-pōe(pē)⇨孩子睡相不佳又會踢掉棉被。

【歹飼 pháiⁿ-chhī】 擇肥以食。老人較～～lāu-lâng khah～～⇨老人家較選擇食物。即陣豬仔足～～的chit-chūn-ti-á chiok～～ê⇨此次的豬羣十分擇物而食。

【歹意 pháiⁿ-ì】 惡意ok-ì。伊無～～啦，不當誤會伊i-bô～～là, m̄-thang-gō hōe-i⇨他心不存惡意，不要誤會他。

【歹脚 pháiⁿ-kha】 ㊀跛脚phái-kha。～～的～～ê⇨同上。㊁輸了付錢不痛快的賭徒。彼顆眞～～hit-kho͘ chin～～⇨那家貨很歹脚。同歹僥脚pháiⁿ-kiáu-kha或曰～～色～～siàu。

【歹話 pháiⁿ-ōe】 壞話。傷人之話。不吉祥之語。髒話。好話不學學～～hó-ōe m̄-oh oh～～⇨同上。人抒做好事～～不當講lâng teh-chò(chòe)-hó-sū～～m̄-thang-kóng⇨人家在辦喜事，不吉祥之語不要說。安怎用彼類～～罵人an-choáⁿ iōng-hit-lōe～～mē-lâng⇨何以使用那種髒話罵人。

【歹勢 pháiⁿ-sè】 難爲。難爲情。～～創～～chhòng⇨難作爲。～～講～～kóng⇨難開口。～～轉倒～～tńg-tó⇨①搬運移徙不便。②難於轉圈。～～開嘴～～khui-chhùi⇨難於開口(要錢)。無去～～bô-khì～～⇨不參加不好意思。

【歹運 pháiⁿ-ūn】 壞運命。～～抵著鬼～～tú-tioh-kúi⇨壞運逢到鬼。～～途～～tô͘⇨同上。

【歹夢 pháiⁿ-bāng】 惡夢。～～出賣～～chhut-bē(bōe)⇨謂把惡夢書之於札，使人讀之，即可避免夢中所見之惡運云。

【歹價 pháiⁿ-kè】 價錢太低(就賣方言)。近來愈～～去kīn-lâi jú～～khì⇨最近，價錢愈降低。

【歹錢 pháiⁿ-chîⁿ】 壞錢。質量不佳的銅錢。～～插百～～chhah-pah⇨壞錢混在多錢之中。在好東西之中，雜有壞東西。～～痞炎的～～sán-iām-ê⇨謂壞錢一定是痞尖的。痞炎sán-iām人名。據稱他最會使用歹錢phái-chîⁿ。喻常習犯有事難免被嫌疑。

【歹嘴 pháiⁿ-chhùi】 口出惡言語罵人。～～罵人～～mē-lâng⇨惡言罵人。～～歹舌～～pháiⁿ-chih⇨惡言惡語。～～摒斗～～lak-táu⇨句句惡言。或謂摒lak應作六lak，意謂惡言很多。有六斗之多。～～斗～～táu⇨①開口就罵人。②歹飼phái-chhī，擇物而食。抱病了較～～斗phoā-peⁿ(piⁿ)-liáu khah～～táu⇨病後較多擇物而食。

【歹辦 pháiⁿ-pān】 難辦。代誌～～也tāi-chì～～ā⇨事情難辦了。

**【歹講 phái$^n$-kóng】** 難言。當面較～～tng-bīn khah～～⇨面對面較難開口。～～嗚～～o·⇨未必罷(否定對方所說)。

**【歹戲 phái$^n$-hì】** 壞戲。演得不好的戲。～～恔拖棚～～gâu thoa-pê$^n$(pî$^n$)⇨壞戲偏偏善於拖延時間。開演慢，出場慢，進度慢曰拖棚thoā-pê$^n$。

**【歹癖 phái$^n$-phiah】** 歹性地phái$^n$-sèng-tē。動即大怒。阿火仔眞～～a-hóe-à chin～～⇨同上。～～鼻～～phī$^n$⇨同上。

**【歹蟲 phái$^n$-thâng】** 蟲thâng俗作虫thâng。㊀害蟲。～～不掠掉講～～m̄ liah-tiāu-kong⇨害蟲爲何不抓掉呢。講kóng改讀kong。㊁壞人。無賴等的壞人。你不當惹著彼尾～～lí-m̄-thang jiá-tioh hit-bóe～～⇨你(要當心)不可惹上那個惡霸。

**【歹聽 phái$^n$-thia$^n$】** 難聽。安爾講道～～an-ne(ni) kóng tō～～⇨這麼說就難聽了。唱了眞～～chhiù$^n$-liáu chin～～⇨唱得很不好聽。傳出去道～～了thoân-chhut-khì tō～～lō⇨傳開了就難聽於人了(我們就難爲情了)。

**【歹市草 phái$^n$-chī-chháu】** 市況不暢旺。～～貨道較頓流～～hòe tō-khah tùn-lâu⇨市況不佳貨就較不暢銷。

**【歹吉兆 phái$^n$-kiat-tiāu】** 凶兆。不佳的信號。共你講，轉來到門口跋落去，道是～～也，你都不信，盒呢kā-lí-kóng, tńg-lâi kàu mn̂g-kháu poah-loh-ì, tō-sī～～ā, lí-to-m̄-siàn, ta$^n$-nē⇨(我)對你說過，回家到了門口才跌一跤，這就是凶徵了，你偏不相信，而今如何呢(相信了嗎)。

**【歹字運 phái$^n$-jī-ūn】** 不幸的命運。行著～～kiâ$^n$-tioh～～⇨人生路跑在壞運上。

**【歹因緣 phái$^n$-in-iân】** 惡緣ok-iân。

**【歹收成 phái$^n$-siu-sêng】** 歹年冬phái$^n$-nî-tang。

**【歹性地 phái$^n$-sèng-tē】** 歹癖鼻phái$^n$-phiah-phī$^n$。

**【歹承氣 phái$^n$-sêng-khì】** 難於交代。不好意思。一句話耳道安爾每～～～chit-kù-ōe-niâ tō-an-ne(ni) mā～～～⇨一句話(不得體)而已就這樣子(反常，拒絕)，亦是不好交代。逐家莫安爾啦，～～～嘛tak-ê mài-an-ne(ni)-là, ～～～mà⇨大家不可如此(彼此堅持)好嗎，不好意思嗎。

**【歹育飼 phái$^n$-io-chhī】** 孩兒多病多事。即個囡仔眞～～～chit-ê gín-á～～～⇨此孩子多病多事故。

**【歹品行 phái$^n$-phín-hēng】** 品行不佳。行爲不檢點。做人不當～～～chò(chōe)-lâng m̄-thang～～～⇨爲人行爲不可不檢點。

**【歹看相 phái$^n$-khoà$^n$-siù$^n$】** ㊀樣子難看。失儀。查某人蹺脚，蓋～～～cha-bó·-lâng khiau-kha, kài～～～⇨女人蹺脚，很難看。㊁失面子。你加講話您父道給你～～～lí-ke-kóng-ōe lín-pē tō-hō·-lí～～～⇨你再多嘴我修理你(使你沒面子)。

**【歹剃頭 phái$^n$-thì-thâu】** ㊀理髮不容易。㊁麻煩。難纏。彼個人眞～～～hit-ê-lâng chin～～～⇨那個人很難對付。即個代誌道～～～了chit è tāi-chì tō～～～lò·⇨此事就難辦了。

**【歹彩頭 phái$^n$-chhái-thâu】** 同歹吉兆phái$^n$-kiat-tiāu。人講烏鴉哮是～～～，不知有影無lâng-kóng o·-á-hàu sī～～～, m̄-chai ū iá$^n$-bô⇨人家說烏鴉啼鳴是歹信號，不曉得是眞的嗎。

**【歹脾氣 phái$^n$-pî-khì】** 歹性地phái$^n$-sèng-tē。老林有較～～～耳，人還仔眞老實láu-lîm-ū-khah～～～niâ, lâng oan-á chin-láu-sit⇨老林是脾氣壞一點而已，他還是很老實。

**【歹掣頭 phái$^n$-chhoā-thâu】** 壞事的帶頭人。壞模範。攏是你扲～～～lóng-sī-lí teh～～～⇨皆是你在帶頭去(壞地方)做壞事。掣chhoā

俗作乑chhoā。

【歹腹肚 phái$^{n}$-pak-tó·】 肚子壞了。痢疾了。烏白食了～～～去o·-pe̍h-chia̍h-liáu ～～～ khì ⇨亂吃東西致弄壞肚子。

【歹心行 phái$^{n}$-sim-hēng】 心地惡毒。～～～的人無好報～～～ ê-lâng bô-hó-pò⇨心地不良者沒有好報應。

【歹積德 phái$^{n}$-chek-tek】 前世積惡因。～～～抒累囝孫不～～～ teh lūi-kiá$^{n}$-sun-m̄⇨前世的惡德在連累子孫，不是嗎。

【歹聲嗽 phái-sia$^{n}$-sàu】 激烈的聲調。表示心中不悅。講話毋當～～～kóng-ōe m̄-thang ～～～⇨說話不可大聲無禮貌。聽伊的口氣，斬然～～～的款thia$^{n}$-i ê kháu-khì chám, jiân ～～～ ê-khoán⇨聽他的口氣，好像相當不高興的樣子。

【歹瓜厚子 phái$^{n}$-koe-kāu-chí】 ～～～～，歹人厚言語～～～～，phái$^{n}$-lâng kāu-giân-gí⇨壞瓜子多，壞人話多。歹瓜phái$^{n}$-koe亦作歹花，phái$^{n}$-hoe，義同。

【歹油厚滓 phái$^{n}$-iû-kāu-tái】 壞油多油滓。～～～～，歹查某厚目屎～～～～，phái$^{n}$-cha-bó· kāu-ba̍k-sái⇨壞油多油滓，壞女人多眼淚。亦即壞女人善哭。

【歹竹出好筍 phái$^{n}$-tek-chhut-hó-sún】 壞竹生好竹筍。喻壞人出好子弟，不可思議。

【歹貓校鼻毇 phái$^{n}$-niau-gâu-phī$^{n}$-chhōe】 壞貓善尋東西。～～～～～，歹查某厚姊妹～～～～～phái$^{n}$-cha-bó· kāu-chí-bōe⇨壞貓善尋物，壞女人多結交姊妹。喻臭味多相投。

phái$^{n}$ **呆** 歹phái$^{n}$的俗字。很多人以此字爲其子之乳名叫阿呆的a-phái$^{n}$-ê。其反面就是阿好的a-hó-ê，謂可以避凶就吉。

phāi$^{n}$ **背** 背pōe也。以背承物曰背phāi$^{n}$。用肩頭～iōng-keng-thâu～⇨以肩負物。不是搖道是～m-sī-iô· tō-sī～⇨謂養育子女之苦。非手抱而搖，就是肩負而搖。

【背囝 phāi$^{n}$-kiá$^{n}$】 負子。養育子女。～～是無叫苦的～～ sī bô-kiò-khó·-ê⇨養育子女沒人喊苦的。叫苦也沒用的。

【背半胛 phāi$^{n}$-poà$^{n}$-kah】 由肩吊下。～～～克苦行～～～ khat-khó·-kiâ$^{n}$⇨吊半肩忍苦而行。

【背包袱 phā$^{n}$-pau-ho̍k】 肩背行旅。

【背茭薦 phāi$^{n}$-ka-chì】 背負茭荐。做乞食不願～～～chō (chōe) -khit-chia̍h m̄-goān～～～⇨做乞食而不願意帶其生財道具。謂不認份。茭薦ka-chì者，以茭荐草做之乞食袋。嫁鷄趁鷄飛，嫁狗逮狗走，嫁乞食～～～斗kè-ke thàn-ke-poe, kè-káu tòe-káu-cháu, kè-khit-chia̍h ～～～ táu⇨謂一個女人嫁給鷄爲妻就如鷄飛一樣的飛，嫁給狗了，就隨着狗跑，嫁給乞食了，就如乞食的背茭荐斗了。謂妻必依夫之生活方式生活的。古法如此。

## phak

phak **仆** 前覆也。向前跌倒曰仆phak。通伏phak。向前彎身曰伏phak。行到～落去kiâ$^{n}$-kà～lo̍h-khì (ì)⇨行得跌倒了。～到直直～kàu-ti̍t-ti̍t⇨仆得很直(與地平行)。店開到～去tiàm khui-kà～khì (ì)⇨店經營得倒閉。

【仆白虎 phak-pe̍h-hó·】 跌倒於前而四肢伸直。

phak **伏** 依物俯伏hú-ho̍k曰伏phak。通仆phak。～抒睏～ teh-khùn→phak-lē-khun⇨伏身而眠。～於椅仔道睏也～ tī í-á tō-khùn-à⇨伏在小椅就睡著了。讀册讀到～於桌頂睏thak-chheh tha̍k kà～tī toh-téng-khùn⇨讀書讀得伏在案上睡了。

【伏笑 phak-chhiò】 正面向地曰伏phak，亦曰蓋khap，反之曰笑chhiò。亦曰蓋笑khap-chhiò。預～～ī～～⇨博匼笑 poa̍h-khap-chhiò⇨一種最單純的賭博以一圓形物(多以硬幣)爲賭具而押其一面，押中者爲勝。

【伏腰 phak-io】 伸不直的老人腰。看伊直直～～去khoàⁿ-i tı̍t-tı̍t ～～ khì(ì)⇨看他的腰一直在彎下去。

【伏碗 phak-oáⁿ】 把碗反蓋以乾之。伏鼎phak-tiáⁿ，伏鍋仔phak-oe-á等皆同解。

【伏模 phak-bô͘】 漢字部首之一。宀字頭biân-jī-thâu。似應作覆模phak-bô͘，因其蓋在上面也。

phak **曝** 曬也。使日光照射曰曝phak。以日光乾物曰曝phak。風吹日～hong-chhoe-jı̍t～⇨同上。日頭～尻川了jı̍t-thâu～kha-chhng-lō⇨⇨謂陽光射到屁股上了，喻時間不早(早晨)。宋人獻～sōng-jîn hiàn～⇨宋一農夫，以冬日晒太陽很好，要去建議國王以得賞。喻送禮甚微，爲自謙詞。

【曝干 phak-koaⁿ】 食物晒干以久藏。生食道無夠也,更要～～chheⁿ(chhiⁿ)-chia̍h tō-bô-kāu-ā，koh-boeh～～⇨謂不加料理即食之就不足了，還要晒什麼干。

【曝日 phak-jı̍t】 晒太陽。人扲閃涼伊扲～～，戇人唔lâng teh siám-liâng i teh～～,gōng-lâng-m̄⇨人家在樹下等乘涼，他在晒太陽，傻瓜，不是嗎。

【曝衫 phak-saⁿ】 曬衣。洗衫～～⇨ sé(s-óe)-saⁿ～～⇨同上。

【曝書 phak-si(chu)】 晒書。曝册phak-chheh。

【曝粟 phak-chhek】 晒穀。

【曝鹽 phak-iâm】 晒海水取鹽。

【曝人羓 phak-lâng-pa】 晒人干。即類天出門都無要～～～不chit lō-thiⁿ chhut-mn̂g, to-bô-boeh～～～m̄⇨此種天氣出門，不是要晒人干了嗎。

【曝尻川 phok-kha-chhng】 即晒屁股也。謂太陽升天太久了，可以晒射你的屁股了。催人起床之詞。日頭～～～也呢，人先去七舖外路也咯jı̍t-thâu～～～a neh, lâng seng-khì chhit-phò͘-goā-lō͘ ā lo̍h⇨謂睡得太晏了，先行者已跑七舖外之路程了。

【曝老的 phak-lāu-ê】 日晒致老者。日～～～jı̍t～～～⇨罵老不修lāu-put-siu之詞。謂其日晒致老者，非年高望重者。

【曝龍袍 phak-liông(lêng)-phâu】 夏天晒冬衣以殺蟲。龍袍liông-phâu，帝衣，自高身分也。

## phan

phan **攀** 攀pan也(見pan部)。

phàn **盼** 美目也。黑白分明的美目。又顧待kò͘-thāi也。期望曰盼phàn。無任企～bû-jîm-khì～⇨不勝期望。書信用詞。

【盼兮 phàn-ê】 眼睛美。巧笑倩兮美目～～khiáu chhiàu chhiàn-ê bí-bo̍k～～⇨同上。

【盼望 phàn-bōng】 希望hi-bāng。日夜～～媽媽會平安回家jı̍t-iā～～ma-ma ē(ōe)-pêng-an hôe ka⇨同上。

【盼禱 phàn-tó】 希望與祈禱。不勝～～之至put-sìn～～chi-chì⇨同上。書信用詞。

phàn **僠** 笨pūn也。不慧也。遲鈍thî-tūn也。傻兮兮曰phàn。或作忭phàn。倯～sông～⇨傻瓜。戇倯～gōng-sông～⇨傻人傻瓜。

【僠仔 phàn-á】 phàn-ná。田莊人chhân-chng-lâng，不夠精明者，不通世故者，皆曰僠仔phàn-ná，亦曰～～脚～～kha。～～脚入港也～～kha jı̍p-káng-à⇨傻瓜來了。

phàn **襻** 系衣也。俗曰鼻phīⁿ，亦曰耳hīⁿ。鈕仔～liú-a～⇨鈕仔鼻liú-á-phīⁿ。鞋～ē(ôe)～⇨鞋ē-hīⁿ。柴屐～chhâ-kiah～⇨柴屐鼻chhâ-kiah phīⁿ，亦即脚指所挾的東西也。

# phang

**phang 芳** 草香也。凡香hiang(hiong)皆曰芳phang。俗作香phang。道德聲名之美亦曰芳phang。蘭花眞～lân-hoe chin～⇨蘭花很香。名聲眞～miâ-sia$^n$ chin～⇨名聲很好。(芳hong草香也，香hiang，物香也。但俗已多以香hiang爲芳phang，芳phang即專用於芳名hong-mêng，芳澤hong-tek等之字眼。)凡香物統稱曰芳phang。穀酒之臭曰芳phang。臭chhàu氣通於鼻曰臭chhàu。不八～不八臭m̄-bat(pat)～m̄ bat(pat)-chhàu⇨不知善不知惡。八bat，識別也。俗作識bat。賣醯說醯～，賣花說花紅bē-kê soeh-kê～, bē-hoe soeh-hoe-âng⇨謂稱讚自己美，乃人之常情也。土豆較～thô·-tāu khah～⇨同上。回潤去道無～也hôe-lūn-khì(ī) tō bô～ā⇨回潤了就不香了。炒熟了放久再吸收水氣曰回潤hôe-lūn(lùn)。

【芳水 phang-chúi】 水加香料的化粧品。

【芳名 phang-miâ】 好名譽hó-bêng-ī。～～透京城～～thàu kia$^n$-siâ$^n$⇨名譽通達帝都。但俗以芳名作臭名chhàu-miâ解。

【芳味 phang-bī】 芬芳之味道。

【芳花 phang-hoe】 紅花不香，～～不紅âng-hoe m̄-phang,～～m̄-âng⇨同上。

【芳油 phang-iû】 有香氣之油。

【芳香 phang-hiu$^n$】 香hiu$^n$。銀紙～～gîn-choá～～⇨皆拜神用品。

【芳派 phang-phài】 見豐沛phang-phài。食席豐盛。

【芳芳 phang-phang】 很香。

【芳草 phang-chháu】 有香氣之草。～～花～～hoe⇨同上。

【芳臭 phang-chhàu】 香與臭。亦喻善與惡。不八～～m̄-bat(pat)～～⇨不明是非善惡。

【芳粉 phang-hún】 化粧用的白粉。～～紙～～choá⇨同上。

【芳嘳 phang-khùi】 芬芳之氣。鼻著一陣的～～phī$^n$-tioh chit-chūn ê～～⇨同上。

【芳鼠 phang-chhí(chhú)】 麝香鼠siā-hiu$^n$-chhí(chhú)。

【芳頭 phang-thâu】 食物的香氣。較講都是正港的，人伊的～～無共款khah-kóng to-sī chiâ$^n$-káng-ê, lâng-i-ê～～bô-kāng-khoán⇨怎麼說都是正牌正宗貨，人家他的香氣與衆不同。

【芳蒸蒸 phang-chhèng-chhèng】 食物很香。抄煮啥，安爾～～～teh-chí-sah$^n$, an-ne(ni)～～～⇨你在煮什麼東西，如此的香。

【芳貢貢 phang-kòng-kòng】 物很香。香水～～～phang-chúi～～～⇨同上。名聲～～～miâ-sia$^n$～～～⇨同上。

**phang 蜂** 昆蟲名。膜翅類。蜜～bit～⇨同上。土～thô·～⇨同上。虎頭～hó·-thâu～⇨同上。啞口的乎～釘著ê-káu-ê hō·～tèng-tioh⇨謂有苦說不出。喩遭受損害而難於對人言。同啞巴吃黃蓮。

【蜂王 phang-ông】 蜜蜂之王。女王蜂 lí-ông-phang。～～乳～～leng⇨據稱是一種較高層次的蜂蜜。

【蜂胰 phang-î】 取清蜜之空蜂巢。

【蜂巢 phang-siū】 ㈠蜂之巢。㈡傘的轆轤lok-lô·亦曰蜂巢phang-siū。㈢狀如蜂巢者。～～瘫～～eng⇨一種惡瘡，膿頭甚多。～～瘫百百頭～～eng, pah-pah-thâu⇨謂公家大衆事，多人多嘴多意見難辦。

【蜂蜜 phang-bit】 取自蜜蜂巢之糖。

【蜂蝦 phang-hê】 尙在巢中的蜂之幼虫。

**pháng 紡** 將棉麻等絞抽成紗線也。緊～無好紗，緊嫁無好大家kín～bô-hó-se, kí-kè bô-hó ta-ke⇨急急而紡之，即紡不了上等紗線，急急而出嫁，即嫁不上好母親，謂凡事須愼重從事，不可急，急將壞事。大家ta-ke，丈夫之母也。

【紡車 pháng-chhia】 紡紗機pháng-se-ki。

【紡紡 pháng-pháng】 軟～～nńg～～⇨很軟很軟。軟～～幼綿綿nńg～～iù mî-mî⇨同上。

【紡絲 pháng-si】 將蠶繭chhâm-kéng抽絲。

【紡綢 pháng-tiû】 幼的絲織布。

【紡織 pháng-chit】 紡紗織布。～～廠～～chhiáng (chhiúⁿ) ⇨～～工場～～kang-tiûⁿ⇨同上。～～業～～giap⇨同上。

phàng
# 胖
大也。肥～pûi～⇨肥大。肥胖pûi-phàng。此亦國語之爲台語所用也。

【胖胖 phàng-phàng】 肥肥pûi-pûi。面～～bīn～～⇨面肥肥bīn-pûi-pûi。

phâng
# 帆
舟上之幔也。船～chûn～⇨舟帆。車～chhia～⇨捲～kńg～⇨收帆siu-phâng。虹半～水流人kheng poàⁿ～chúi-lâu-lâng⇨謂虹出半邊是洪水之前兆。一時風駛一時～chit-sî-hong sái-chit-sî～⇨①機會不可失。謂帆必乘風勢，失之即去矣。②機會主義。同見風轉舵kiàn-hong choán-tō。有風不當駛盡～ū-hong m̄-thang sái chīn～⇨謂凡事有個程度，有勢有錢，切勿使盡用盡。

【帆布 phâng-pò͘】 可作船帆之布。厚布。～～鞋～～ê⇨運動鞋ūn-tōng-ê。～～椅～～í⇨可以折摺之椅子。

【帆車 phâng-chhia】 捲帆機 kńg-phâng-ki。

【帆架 phâng-kè】 捲帆棚 kńg-phâng-peⁿ (piⁿ)。

【帆索 phâng-soh】 船帆所附帶的繩索。

【帆船 phâng-chûn】 以帆行走之船。

phâng
# 捧
雙手承之曰捧phâng。但單手承之似亦曰捧phâng。手～即杯是燒酒，無人做伴解憂愁chhiú～chit-poe sī sio-chiú, bô-lâng chò (chòe) -phoāⁿ kái iu-chiû⇨民歌。共人～面桶水kā-lâng～bīn-tháng-chúi⇨做人家之奴婢。歸手～kui-chhiú～⇨一手承之。一人包辦。事業等歸一人獨掌獨享皆曰歸手捧。寵愛在一身亦曰歸手捧。

【捧斗 phâng-táu】 孝男～～hàu-lâm～～⇨同上。

【捧酒 phâng-chiú】 略同捧茶phâng-tê。

【捧茶 phâng-tê】 拿茶杯。～～來飲～～lâi-lim⇨自己飲茶。～～請人客～～chhiáⁿ-lâng-kheh⇨奉茶請客。

【捧飯 phâng-pn̄g】 ㊀～～食飯～～chiah-pn̄g。㊁早暗～～chá-àm～～⇨死後百日內的喪期中，晨晚必以飯菜祭於靈桌之前。

【捧人的飯碗 phâng-lâng-ê-pn̄g-oáⁿ】 謂當人家的媳婦。～～～～～無許快～～～～～bô-hiah-khoài⇨做人家的媳婦不是那麼容易。

phâng
# 篷
織竹覆舟也。通作帆phâng。

【篷蓋 phâng-koà】 竹織的蓋物者。～～厝～～chhù⇨草竹的小屋。

phâng
# 滂
沛phài也。或作霶phâng。注也。水多流貌。亦沛也。光盛曰沛phài。

【滂沛 phâng-phài】 雨盛貌，氣盛貌。俗以食物豐盛曰滂沛phâng-phài或作芳派phang-phài，亦曰phông-phài。

phāng
# 縫
縫合之處也。罅隙曰縫phāng。缺點亦曰縫phāng。無孔無～bô khang-bô～⇨間隙皆沒有。孔仔～khang-á～⇨間隙。小問題。脚～下kha～ē⇨兩股之間，跨下。越栫仔～nn̄g-kak-á～⇨趁法律～nn̄g-hoat-lut～⇨謂穿越法律之間隙以取利。鴨卵較密也有～ah-nn̄g khah-bat a-ū～⇨謂壞事終必敗露。孔孔～～了了khang-khang～～liáu liáu⇨麻煩的大小問題很多很多。

## phau

**phau 拋** 投也。棄也。亂投也。綉球～落茭荐底siù-kiû～lo̍h ka-chī-tē⇨小姐將綉球誤投於乞食的茭荐之中。

【拋空 phau-khong】 phau-khang。商業用詞。無貨而賣貨也。～～買空～～bé(bóe)-khang⇨同上。

【拋荒 phau-hong】 pha-hng。放棄田地而任其荒廢。

【拋棄 phau-khì】 法律名詞。有權利者放棄其權利而不行使之。俗作拋去phau-khì。放棄。不要。結髮夫妻你～～kiat-hoat hu-chhe lí～～⇨謂你將結髮的妻子放棄而不要。

【拋物線 phau-bu̍t-soà$^{n}$】 數學名詞。一種圓錐形的曲線。

【拋綉球 phau-siù-kiû】 ～～～招親～～～chio-chhin⇨古時的富家小姐擇壻的方法。

【拋妻離子 phau-chhe-lī-chú】 放棄妻兒家庭而離家出外。

【拋磚引玉 phau-chng-ín-gio̍k】 以自己粗陋的作品引來美如玉的佳作。

**phau 泡** 泡沫phau-boa̍t水波球。大者曰泡phau，小者曰沫boa̍t（見phāu，及pauh各部）。

**pháu 跑** 疾趨曰跑pháu。偷錢而逃亦曰跑pháu。拼命～pià$^{n}$-miā～⇨拼命一直走。頭家每乎～眞夠thâu-ke mā-hō·～chin-chē⇨頭家也被偷跑了很多錢。

【跑人 pháu-lâng】 人lâng改讀lāng。拿人財物而逃走。四界抔～～sì-kè teh～～⇨各處都拿人家的財物逃走。

【跑走 pháu-cháu】 ㊀奔波。四界抔～～sì-kè teh～～⇨四處奔波趁錢。㊁跑人pháu-lâng。～～人的錢～～lâng-ê-chî$^{n}$⇨同上

【跑馬 pháu-bé】 騎馬khiâ-bé。練習騎馬。賽馬。～～射箭～～siā-chì$^{n}$⇨練習騎射之術。～～場～～tiû$^{n}$⇨賽馬sài-bé的場地。行船～～無三分命kiâ$^{n}$ chûn～～bô-sa$^{n}$-hun-miā⇨古人謂行船出海騎馬都非常危險。

【跑路 pháu-lō】 在路上往來行走。～～慣勢也～～koàn-sì-à⇨跑路慣了。

【跑錢 pháu-chî$^{n}$】 偷走財物。

【跑王爺馬 pháu-ông-iâ-bé】 偷騎走王爺之馬。偷拿走財物。眞好膽，亦敢～～～～chin-hó-tá$^{n}$, a̍h-ká$^{n}$～～～～⇨夠大膽了，大人物的(東西)也拿走了。

**pháu 炰** 同炮phâu。炙肉也。以熱油煮曰炰phâu。～一下道會用得～chi̍t-ē tō-ē-iōng(ēng)-tit⇨熱油中煮一煮就使得。或作爆pháu。

【炰肉皮 pháu-bah-phôe】 炙胖皮chì$^{n}$-phòng-phôe。

【炰魚鰾 pháu-hî-piō】 炙魚鰾chì$^{n}$-hî-piō。魚的浮囊曰魚鰾hî-piō，雄魚之精囊亦曰魚鰾hî-piō，亦曰魚膏hî-ko。烏魚鰾o·-hî-piō是也。

**phàu 礮** 機石也。亦即發石擊敵之古戰具。或作砲phàu，通用砲pàu字。

**phàu 砲** 礮phàu也。又爆竹亦曰砲phàu。大～toā～⇨㊀巨砲。開花～khai-hoa～⇨榴彈砲liû-tân-phàu。迫擊～pek-kek～⇨同上。高射～ko-siā～⇨同上。放～pàng～⇨燃放爆竹。松膠～siōng-ka～⇨使用松膠之爆竹。㊁喻吹牛。

【砲子 phàu-chí】 砲彈phàu-tân。

【砲火 phàu-hóe(hé)】 ㊀槍砲的火花。㊁射出的砲彈。

【砲手 phàu-chhiú】 發射大砲者。砲兵phàu-peng。

【砲仔 phàu-á】 爆竹po̍k-tek。放～～開新正pàng～～khui-sin-chia$^{n}$⇨放爆竹祝福新年的開始～～心～～sim⇨爆竹之火線。

【砲車 phàu-chhia】 載砲車chài-phàu-chhia。

【砲兵 phàu-peng】 兵種之一。步兵～～pō·-peng～～⇨同上。

【砲身 phàu-sin】 砲管phàu-kóng。打到～～紅去phah-kà～～âng-khì⇨打得砲身燒紅了。喻打得多，戰況激烈。

【砲架 phàu-kè】 墊砲之道具。

【砲城 phàu-siâ$^{n}$】 結婚時的一種飾品。以竹紙製之，外畫花，並有美麗裝飾，內藏烟火，以爆竹投之以引發爆炸，即出現美麗的飾物。一如煙火ian-hóe。

【砲陣 phàu-tīn】 大砲列陣。

【砲船 phàu-chûn】 ㊀軍艦kun-lām。戰艦chiàn-lām。㊁海防艦hái-hong-lām。砲艦phàu-lām。

【砲隊 phàu-tūi】 砲兵隊。

【砲臺 phàu-tâi】 有大砲之防禦設備。

phâu
**袍** 長衣也。有表裏兩重，中入綿績mî-chioh者。長～tn̂g～⇨長衣。外衣。綿～mî～⇨同上。戰～chiàn～⇨戰衣。旗～kî～⇨女長衣。滾龍～kún-liông～⇨皇帝衣。綉有金龍。蟒～báng～⇨綉有大蛇之衣。

【袍褂 phâu-koà】 長袍與馬褂。靴帽～～hia-bō～～⇨古時的衣飾。

phàu
**泡** 以滾水沖茶曰泡phàu。以滾水沖之皆曰泡phàu。一～茶久chi̍t～tê-kú⇨不甚久（異讀見phau及phau̍h各部）。

【泡茶 phàu-tê】 沖茶chhiong-tê。人客來藉掃地，人客走藉～～lâng-kheh-lâi chiah sàu-tè, lâng-kheh-cháu chiah～～⇨謂事事慢一步，不能成事。

【泡湯 phàu-thng】 沖成湯水。謂無用化了。攏～～去也lóng～～khì-à⇨皆成湯水了，全部烏有了。

【泡滾水 phàu-kún-chúi】 以滾水沖之。～～～食～～～chia̍h⇨謂藥沖滾水而飲之。

phāu
**抱** 抱phō。懷也。攬入懷曰抱phō, phāu。擁～ióng～⇨攬抱lám-pho。

【抱恨 phāu-hīn】 怨恨。～～終生～～chiong-seng⇨深恨至死不忘。

【抱負 phāu-hū】 在心中的平生志願。～～非凡～～hui-hoān⇨同上。

【抱怨 phāu-oàn】 怨恨oàn-hīn。

【抱歉 phāu-khiám】 對不起人家。向人家表示對不起。眞～～chin～～⇨很對不起。

【抱養 phāu-ióng】 收養子。

【抱不平 phāu-put-pêng】 怨恨事不公道。愛～～～ài～～～⇨同上。打～～～tá$^{n}$～～～⇨同上。

【抱佛脚 phāu-hu̍t-kiok】 攬佛脚lám-hu̍t-kha。求佛保佑。平時不燒香，急時～～～pēng-sî m̄-sio-hiu$^{n}$, kip-sî～～～⇨謂平時不好好準備急時才求神求佛是無效的。

【抱頭鼠竄 phāu-thâu-chhí(chhú)-chhoàn】 狼狽lông-pōe逃避的形容。

## phau̍h

phau̍h
**胖** 脹也。孩子發育情形甚佳曰胖phau̍h，草木的幼芽成長快，看來漂亮亦曰胖phau̍h。嬰兒飼了眞～e$^{n}$-á chhī-liáu chin～⇨嬰兒養得很大很好看。十歲耳有安爾算眞～眞佼大也cha̍p-hòe-niā ū-an-ne(ni) sǹg-chin～chin-gâu-toā-ā⇨僅十歲而已就有如此(體形)可以算是很胖大得很快的了。即水弓蕉栽眞～chit-chúi kin-chio-chai chin～⇨此次的香蕉栽成長很好。釉仔不止～tiū-á put-chí～⇨稻子的成長情形相當好。白～pe̍h～⇨白胖胖。

【胖胖 phau̍h-phau̍h】 很胖，很胖。白～～pe̍h～～⇨很白很胖。白～～更幼麵麵噢，安怎許爾佼飼pe̍h～～koh iù-mi̍h-mi̍h-ō, an-choá$^{n}$ hiah-ni-gâu-chhī⇨白胖胖又幼綿綿，何以如此的善於養育。

phau̍h
**雹** 雹phāu也。雨結冰而下者。落～lo̍h～⇨同上。無因無端那抄落～bô-in-bô-toa$^{n}$ ná-teh lo̍h～⇨無因無故何以下雹。

phau̍h
**疱** 腫病也。通作皰phau̍h。熱～jia̍t～⇨一種水疱chúi-phā。

phau̍h
**泡** 水沫也。泡沫phau̍h-boa̍t，大曰泡phau̍h，小曰沫boa̍t，水波也。

# phe

**phe 批** ㊀手擊也。削也。㊁相次而來曰批phe。邊仔～一埲給我pi$^{n}$-a～chit-tè hō· goá⇨傍邊的地方削取一小片給我。即屑仔耳，更被你～去都無也chit-sut-á-niâ, koh-hō·-lí～khì to-bô-ā⇨只這一點點而已，再被你削取去都沒有了(拒絕)。個人分做三～來in-lâng pun-chò(chòe) sa$^{n}$～lâi⇨他們分開爲三批陸續而來。一～一～得來chit～chit～teh-lâi⇨一批一批的在到達。㊂決公文曰批。頂面猶未～téng-bīn á-bōe～⇨上頭還未批示。㊃信札也寫～寄～siá～kià～⇨寫信，寄發信。遞～的tē～ê⇨郵差iu-chhe。㊄通信設施。銅線～tâng-soà$^{n}$～⇨電話。銅線～柱tâng-soà$^{n}$～thiāu⇨電柱。

【**批文 phe-bûn**】 官廳的公文。信札。～～未，抆不敢做～～bōe-lâi，teh-m̄-kán$^{n}$-chò(chòe)⇨公文未到，在躊躇不敢著手。有～～轉來也ū～～tńg-lâi-ā⇨有信札回來了。

【**批札 phe-chat**】 信札sìn-chat。書簡si-kán。有～～抆往來ū～～teh-óng-lâi⇨有書信在互相來往。

【**批皮 phe-phôe**】 信封sìn-hong。～～是別人寫的～～sī pat-lâng-siá-ê⇨信封上是另一個人寫的。

【**批示 phe-sī**】 批明指示。頂頭有～～也téng-thâu ū～～ā⇨上面批下來了。

【**批明 phe-bêng**】 ㊀批示。租期～～是三年cho·-kî～～sī sa$^{n}$-nî⇨同上。㊁註明。條件該～～藉未花tiâu-kiā$^{n}$ ài～～chiah-bē(bōe) hoe⇨條件應該註明(將來)才不致糾紛。花hoe，紛亂也。

【**批信 phe-sìn**】 書信si-sìn。猶有～～抆往來iáu-ū～～teh óng-lâi⇨還有書信在來來往往。

【**批案 phe-àn**】 辦案pān-àn。辦公。猶抆～～iáu-teh～～⇨還在辦公。

【**批紙 phe-choá**】 信紙sìn-choá。信箋sìn-chian。

【**批准 phe-chún**】 國際法用詞。條約～～也tiâu-iak～～ā⇨同上。國會拒絕～～kok-hōe kī-choat～～⇨同上。

【**批殼 phe-khak**】 批之外殼。批皮phe-phôe，亦即信封也。

【**批評 phe-phêng**】 指出好壞善惡。愛～～人ài～～lâng⇨喜歡說人家是非。會被人～～ē(ōe) hó·-lâng～～⇨會遭受人家批評。不當濫擅～～人m̄-thang lām-sám～～lâng⇨不可胡亂批評他人的是非。

【**批筒 phe-tâng**】 郵筒iû-tâng。橐落去～～了到當lok-loh-khì～～lō· kà-ta$^{n}$⇨早就投入郵筒了。橐lok亦囊lông，都是布袋pò·-tē。橐lok即是囊long，亦即袋tē也，皆名詞而作動詞用。

【**批橐 phe-lok**】 信封。同批囊phe-lông。～～仔～～á⇨同上。～～仔橐批～～á lok-phe⇨以信封裝信。前橐lok名詞。後橐lok爲動詞。

【**批囊 phe-lông**】 信封。～～囊批～～long-phe⇨把信紙袋入信封中。前囊lông名詞，後囊long動詞。

**phe 胚** 胚phoe也(見phoe部)。

**phe 坯** 坯phoe也(見phoe部)。

**phé 䫌** 面頰bīn-kiap也。如面頰者亦曰䫌phé。嘴～chhùi～⇨面頰。雙頰。嘴～頦仔chhùi～koâi-á⇨可愛的小雙頰。頦koâi，下頦ē-koâi也。食魚嘴～較快做娘嬭chiah hî-chhùi～khah-khoài chò(chòe) niû-lé⇨新婚家宴，媒婆勸食，每一品必有一句吉祥詞。此其一也。尻川～肥肥kha chhng～hûi-hûi⇨屁股大大的。圓形肥滿曰肥hûi。不尖曰肥hûi，曰肥肥hûi-hûi。

**phè 帕** 以巾束物曰帕phè，以巾受物亦曰帕phè。亦作帕phè或袙phè。手～仔chhiú～á⇨手巾chhiú-kin(kun)。花～hoe～⇨彩色的包袱巾pau-hok-kin。羼脬～lān-pha～⇨掩包股間的長巾。衫仔裾～sa$^{n}$-á-ki(ku)～⇨以衣裾爲帕以帕物。手巾仔～chhiú-kin(kun)-á～⇨以手巾作帕。

**【帕土 phè-thô·】** 埋葬之日，把墓土以衣裾帕之回家，裝入香爐，至除靈之日乃傾出棄之。

**【帕仔 phè-á】** 帕仔巾phè-á-kin(kun)。紅頂四轎扛不行，藉罩～～逮人走âng-téng-sì-kiō kng-m̄-kiâ$^{n}$,chiah tā ～～ tòe-lâng-cháu⇨四人扛的大花轎來迎娶(你)不肯去，終局是罩頭巾草草跟人私奔。謂正式邀請你不去，後來還是私自追去了。亦即體體面面的不做，偏要做出見不得人的事。

**【帕尾 phè-bóe(bé)】** 負責結束。亦曰攬尾lám-bóe(bé)。阿九兄要～～啦，更拂無要緊嘛a-káu-hia$^{n}$ boeh ～～ là, koh-hut bô-iàu-kín mà⇨阿九兄要負責結賬，再繼續下去沒關係。

**【帕潲 phè-siâu】** 粗話。潲siau，粘液也。空尻川～～ khang-kha-chhng ～～ ⇨責人空口說白話的粗語。

**【帕骨頭 phè-kut-thâu】** 以包袱巾包骨，喻在外被殺。更來你道該～～～轉去koh-lâi lí-tō āi～～～tńg-khì(ì)⇨(膽敢)再來我就打死你。

**phè 袹** 同帕phè。

**phê 皮** 皮phôe也(見phoe部)。

**phē 被** 被phōe也(見phoe部)。

**phē 稗** 植物名。草名。水～仔chúi～á⇨生長於水田中的植物。

# phe$^{n}$

**phe$^{n}$ 伻** 使也。從也。分出曰伻phe$^{n}$。平分亦曰分pun。輸者討回一部份亦曰伻phe$^{n}$。～做二平～chò(chòe) nn̄g-pêng⇨分爲同樣者兩方。～做三份～chò(chòe) sa$^{n}$-hūn⇨三等分。～一屑仔給人～chit-sut-á hō·-lâng⇨分出一點點給別人。照～chiàu～⇨按比例分配。～俾伊平夠～hō·-i pê$^{n}$-chē(chōe)⇨平均分配之。～些還人～chē hêng(hāng)-lâng⇨分出一部分還別人。～些倒轉來～chē tò-tńg-lâi⇨分取一部分回來(所輸給人者攀回一些)。你想要～，我看會倒輸lí-siūn-boeh～goá-khoà$^{n}$ ē(ōe) tò-su⇨你想要挽回，我恐怕你還會輸。

**【伻一半 phe$^{n}$-chit-poà$^{n}$】** 分出一半。～～～出來買，一半家己食～～～chhut-lâi-bē(bōe), chit-poà$^{n}$ ka-lí(tī)-chiah⇨分出一半買給人，一半自己吃。

**【伻返人 phe$^{n}$-hêng-lâng】** 分出一些還債。猶都～～～抒，囡仔註册抒，安爾道散去也不iáu-to ～～～leh, gín-á chù-chheh-leh, an-ne(ni) tō soà$^{n}$-khì(ì)-à-m̄⇨再來嗎分出來還債啦，孩子註册啦，這樣子就散完了，不是嗎。

**【伻較輕 phe$^{n}$-khah-khin】** 減少分量。～～～抒，無，我曷有法得～～～leh，bô，goá ah-ū-hoat-tit⇨減輕一點否則我何能擔得起呢。

**【伻頭嘴 phe$^{n}$-thâu-chhùi】** ㊀減少食口。囡仔去共人看牛，準呢講的，～～～抒，你負擔每較輕gín-á khì-kā-lâng khoà$^{n}$-gû, chún-ní-kóng-ê,～～～leh, lí hū-tam mā-khah-khin⇨孩子到人家去看牛，如人家說的減輕食口，你的負擔也輕一點。㊁減少食量。安爾～～～抒飼人，都不是欠個的債講an-ne(ni)～～～teh chhī-lâng, to-m̄-sī khiàm-in ê chèkong⇨如此的大家分出食物來養活他，難道欠他債嗎。講kóng改第一聲kong。

**phêⁿ 彭** 姓氏。老～lāu～⇨①姓彭之人。②彭祖phêⁿ-chó͘。該死老～kai-sí lāu～⇨該死kai-sí。謂老彭祖壽八百，八百到了還是非死不可。

【彭祖 phêⁿ-chó͘】 老彭祖lāu-phêⁿ-chó͘。傳說中的神仙人物。壽八百歲。或謂即老子ló-chú。

**phêⁿ 澎** 地名。澎湖phêⁿ-ô͘也。在台南外海。有群島大小五六十島。澎湖本島、白沙、漁翁三島較大。爲台灣海峽中的重地。

【澎湖溝 phêⁿ-ô͘-kau】 澎湖與台灣本島間的海溝。據稱海深流急，爲船行的難地。

## phek

**phek 碧** 石之清美者。青綠之色也。蜀江水～蜀山青sio̍k-kang súi～sio̍k-san-chheng⇨長恨歌。

【碧玉 phek-giok】 美石。小家～～大家閨秀sió-ka ～～ tāi-ka kui-siù⇨同上。～～年華～～liân-hoâ⇨少女時代。

【碧落 phek-lo̍k】 天界。上窮～～下黃泉，兩處茫茫皆不見siāng-kiông～～hē hông-choân, liáng-chhī bông-bông kai put-kiàn⇨長恨歌。

【碧血丹心 phek-hiat-tan-sim】 義烈之心。

**phek 璧** 玉也。白～無瑕pe̍k～bû-hâ⇨白玉無瑕疵。喻少女之清純。完～歸趙oân～kui-tiō⇨謂藺相如līn-siang-jî能與強秦交涉，而將和氏璧帶歸趙國。

【璧還 phek-hoân】 不受贈物將原件歸還贈主。原件～～goân-kiāⁿ～～⇨同上。亦即原璧歸趙goân-phek kui-tiō。

**phek 辟** ㊀帝位也。宣統的復～劇soan-thóng ê ho̍k～ke̍k⇨民初宣統退位又鬧復位。大～tāi～⇨古時的死刑。㊁法也。明也。比曰辟phek。比較高下長短也。個二人更～in-nn̄g-lâng koh～⇨他們兩人再比一比。～看拎～khoàⁿ lè⇨比比看看。～拎道知也～lè tō chaia⇨一比就明白了。

【辟邪 phek-siâ】 去邪。避邪。去除邪惡。驅鬼～～khu-kúi～～⇨同上。～～符～～hû⇨同上。

【辟易 phek-e̍k】 同避易。如此再寒暑，百厲自～～jî-chhú chāi hân-sú, pek-lē chū～～⇨正氣歌。

【辟毒 phek-to̍k】 去毒避毒。食雄黃～～chia̍h hiông-hông～～⇨同上。

**phek 闢** 開也。駁斥也。開天～地khai-thian～tē⇨同上。開疆～土khai-kiang～thó͘⇨同上。開～荒地khai～hong-tē⇨同上。開～新天地khai～sin-thian-tē⇨同上。

【闢邪 phek-siâ】 駁斥邪說pok-thek siâ-soat。避去惡鬼邪神。同辟邪。

【闢謠 phek-iâu】 對謠言加以駁斥糾正。

**phek 拍** 樂節也。當衆較量亦曰拍phek。胡笳十八～ô͘-ka si̍p-pat～⇨琴曲名，蔡文姬chhoà-bûn-ki所作。歌曲有二～nn̄g～，三～saⁿ～四～sì～等的分別。曲館邊的豬母，未曉吹簫亦會拍～khek-koán-piⁿ ê ti-bó, bē-hiáu chhui siau a̍h-ē phah～⇨謂最笨之人在專家旁邊久了也能夠學會若干功夫。二個更～nn̄g-ē koh～⇨兩人再拼。敢～道來～ká～tō-lâi～⇨敢較量就來較量一下罷。通辟phek。

【拍板 phek-pán】 樂器名。以堅木片數枚串以皮筋，擊之以取節奏者。

【拍賣 phek-māi】 俗曰拍賣phah-bē(bōe)。

【拍手尾 phek-chhiú-bóe】 鬥手之力。你敢合阿西～～～否lí káⁿ kah a-se～～～bò͘⇨你敢不敢與阿西鬥手尾力chhiú-bóe-la̍t。

**phek 僻** 邊也。邊～的所在phian～ê só͘-chāi⇨村庄的地方。又人較少或較不注意的角落

kak-lo̍h。

**【僻陬之地 phek-cho·-chi-tē】** 邊僻的的所在phian-phiah-ê-só·-chāi。

**phek 魄** 魂魄hûn-phek也。精神或靈魂也。月未盛明之光也。俗以月之神曰月魄goa̍t-phek。三魂七～sam-hûn-chhit～⇒俗謂人有三魂七魄。喪魂失～song hûn-sit～⇒喪膽大驚。凄慘落～chhi-chhám-lo̍k～⇒貧家多難失志。氣～khì～⇒人所持之精神氣勢。悠悠生死別經年，魂～不曾來入夢iu-iu seng-sú-pia̍t keng-liân, hûn～put-chêng lâi-ji̍p-bōng⇒長恨歌。

**【魄力 phek-le̍k】** 精神之力。決斷之力。做代誌眞有～～chò(chòe)-tāi-chì chin-ū～～⇒做事或辦事很有決斷。不拖泥帶水。有～～的人ū～～ê lâng⇒有決斷之人。

**phek 劈** 破也。割也。以手分開曰劈phek。東西裂開曰劈phek。天打雷～thian-tá$^{n}$-lûi～⇒謂該死。

**【劈刀 phek-to】** 割開用之刀。～～術～～su̍t⇒軍事教練的科目之一。亦曰劈刺術phek-chhì-su̍t,或刺槍術chhì-chhiu$^{n}$-su̍t。衝鋒chh-iong-hōng時刺殺敵人的技術。

**【劈柴 phek-chhâ】** 破柴phoà-chha。劈薪柴phek-sin-chhâ。

**【劈開 phek-khai】** 破開phoà-khui。雙手～～生死路，一刀割去是非根siang-chhiú～～se$^{n}$(si$^{n}$)-sí-lō·, it-to koat-khì sī-hui-kin⇒據說是臭頭洪武君chhàu-thâu-hông-hú-kun爲閹豬的寫的春聯。臭頭洪武君chhàu-thâu-hông-bú-kun明太祖朱元璋的俗稱。

**【劈頭 phek-thâu】** 開頭khai-thâu。開始khai-sí。～～道諠也～～tō soān-ā⇒開口就大罵了。諠soān，男人大聲惡罵。

**phek 擘** 巨擘kī-phek也。巨～kī～⇒㊀大母指。㊁最出衆者。大家tāi-ka。畫壇的巨～ōe-toâ$^{n}$ ê kī-～⇒繪畫界的大家。

**phek 癖** 嗜好的習慣。與常人不同的習慣或性癖。酒～chiú～⇒酒癖chiú-phiah。阿芙蓉～a-hû-iông～⇒嗜好阿片之癖（見phiah部)。

**phek 霹** 霹靂phek-le̍k也。雷之急擊者曰霹靂phek-le̍k。～～車～～chhia⇒古戰車。～～彈～～tân⇒炸彈cha-tân之一種。

**phek 泊** 止也。舟付岸曰泊phek。棲止也。湖澤也。漂～phiau～⇒流寓不定。停～thêng～⇒停航靠岸。宿～siok～⇒同上。楓橋夜～hong-kiâu-iā～⇒夜宿楓橋(詩題)。梁山～niû-soa$^{n}$～⇒水滸傳的一〇八英雄之避難地。→liâng(liông)-san-po̍k。

## pheng

**pheng 烹** 煮也。以文火乾煎曰烹pheng。治大國若～小鮮tī-tāi-kok jia̍k～siáu-sian⇒同上。小鮮siáu-sian，小魚也。

**【烹飪 pheng-jīm】** 煎煮以熟物。～～公會～～kong-hōe⇒烹飪業者的組織。

**【烹調 pheng-tiâu】** 烹煮調理食物。大嫂較佼～～toā-só khah-gâu～～⇒大嫂善於烹煮調理。

**pheng 亨** 烹pheng本作亨pheng。

**pheng 崩** 崩peng也(見peng部)。

**phèng 聘** 訪問也。諸侯遣使互相問候曰聘phèng。具幣帛招賢登用之曰聘phèng。娶妻納徵曰聘phèng。出國報～chhut-kok pò～⇒到外國作禮貌上的訪問。禮～lé～⇒重禮請人。納～la̍p～⇒致送聘金。完～oân～⇒致送全部聘金完成迎娶之準備。

**【聘金 phèng-kim】** 娶妻的禮物之一(現金部份)。安爾講都媒人禮較大～～也an-ne-kóng to moâi-lâng-lé khah-toā～～a⇒如此說來，媒人禮大過聘金了。謂事不合常理。

【聘定 phèng-tiā$^{n}$】 婚談成立。～～銀～～gîn(gûn)⇨聘金的一部份，作爲婚姻成立之證。共人收～～也，未反悔得了kā-lâng siu～～ā bē(bōe)-hoán-hóe-tit-lō⇨收了人家的聘金了，反悔不得了。

【聘請 phèng-chhiá$^{n}$】 phèng-chhéng。招請chiau-chhéng。～～醫生來看病～～i-seng lâi khoà$^{n}$-pe,$^{n}$(pī$^{n}$)⇨同上。盒侎佗去～～一個猴齊天來救救紐紐拎ta$^{n}$ boeh-ta(to)-khì～～chi̍t-ê kâu-chê-thian lâi kiù-kiù-liù-liù-leh⇨而今要到那裏去招請一個孫悟空(喻能幹之人)來大力救助呢。

【聘儀 phèng-gî】 附隨聘金之禮物。～～款未齊拎～～khoán-bōe(bē)-chiâu-leh⇨禮物準備還未齊全。

【聘禮 phèng-lé】 訂婚禮物。送～～sàng～～⇨同上。

**phèng 娉** 問也。通聘phèng。古皆用娉phèng。

【娉婷 phèng-têng】 美麗bí-lē。

**phèng 騁** 直馳也。馳～tî～⇨馳馬也。跑馬pháu-bé。

**phèng 秉** 秉péng也(見peng部)。

**phêng 評** 平也。議也。凡對事物的是非美惡有所議論皆曰評phêng。批～phe～⇨談人長說人短。月旦～goa̍t-tàn～⇨按月批評鄉黨的人物。好～hó～⇨聲譽不壞。

【評估 phêng-kó͘】 批評估價。大學院校的～～tāi-ha̍k ī$^{n}$-hāu ê～～⇨對大學院校的教學成績的檢討。

【評理 phêng-lí】 講理káng-lí。衆人～～chèng-lâng～～⇨同上。俾人～～hō·-lâng～～⇨由第三者評理。～～了，伊都較無理，伊都不認輸～～liáu，i-to-khah-bô-lí，i-to-m̄-jīn-su⇨評理結果，他是較沒道理，但是他不承認輸的。

【評價 phêng-kè】 評定物價。物價～～委員會bu̍t-kè～～úi-oân-hōe⇨同上。

【評論 phêng-lūn】 批評議論。～～家～～ka⇨同上。文學～～bûn-ha̍k～～⇨同上。政治～～chèng-tī～～⇨同上。時事～～sî-sū～～⇨同上。

**phêng 秤** 稱chhìn也。正輕重之器也。

【秤子 phêng-chí】 稱錘chhìn-thûi。

【秤重 phêng-tāng】 稱物之重量。

**phêng 坪** 坪pê$^{n}$也(見pe$^{n}$部)。

**phêng 平** 平pê$^{n}$也(見pe$^{n}$部)。

**phēng 凭** 依几也。倚í也。偎oá也。俗作凴phēng。戎馬關山北，～軒涕泗流jiông-má koan-san-pok,～hian thè-sù-liû⇨杜詩。大山母拎～toā-soa$^{n}$-bó teh～⇨依靠在大山母。喻財勢的大背景。身軀～於壁sin-khu～tī-piah⇨身體倚偎在壁。有後山好～ū-āu-soa$^{n}$ hó～⇨有可靠之(財勢)背景可依賴。有椅仔好～藉無倒落去ū-í-á hó～chiah-bô tó-lo̍h-khì(ì)⇨有椅子可凭才沒倒下去。有物好～藉會自在ū-mi̍h hó～chiah-ē chū-chāi⇨有物可倚之，才能夠安全。不動搖曰自在chū-chāi。相～siō～⇨互相倚傍。

【凭軒 phēng-hian】 身倚於軒。軒hian，車前高也。又窗也，門也。長廊也。～～涕泗流～～thè-sù-liû⇨同上。

【凭偎 phēng-oá】 靠近khō-kin。～～來～～lâi⇨同上。～～於後山～～tī āu-soa$^{n}$⇨偎靠oá-khō在後山(大財大勢)。～～於大山母～～tī toā-soa$^{n}$-bó⇨同前。

【凭壁 phēng-piah】 倚偎在壁。

**phēng 凴** 凭phēng的俗字。

phēng
**並** 比也。比較曰並phēng。比～pí～⇨比較pí-kàu。合人無比～kah-lâng bô-pí～⇨與人家沒有比較。比不上人家。亦即一切不如人。貨怕～hōe-phàⁿ～⇨物品怕比較。一下～道知好僫也chı̍t-ē～tō-chai hó-bái-à⇨一比較就可知好壞了。提出來～道知影眞的亦是假的the̍h-chhut-lâi～tō-chai-iáⁿ chin-ê a̍h-sī ké-ê⇨拿出來比較一下就可知其眞或假了。阿花～阿華較大顆a-hoe～a-hoâ khah-toā-kho͘⇨阿花較阿華更高頭大馬。未～得bē(bōe)～tit⇨比不得。阮合您未～得goán kah-lín bē～tit⇨我們比不上你們。

【並力 phēng-la̍t】 較力氣。都無扲合嬰兒～～扲to-bô teh kah eⁿ-á～～leh⇨並不是和嬰兒比力氣也。

【並媠 phēng-súi】 比較美醜。佅安怎～～，要用啥量boeh an-choá～～, boeh-iōng-siahⁿ-niû⇨要如何比美醜呢，要以何物量度之呢。

【並衰旺 phēng-soe-ōng】 看運之衰或旺。贏輸該～～～的iâⁿ-su ài～～～ê⇨勝負須看誰衰誰旺來決定。

【並造化 phēng-chō-hoà】 由命運決定。趁了是～～～的thàn-liáu sī～～～ê⇨盈虧是看命運如何的。

【並勢頭 phēng-sè-thâu】 許～～～的，阮無法得he～～～ê，goán bô-hoat-tit⇨那是比較財勢的，我們沒法子(去與他們比)。

【並拳頭母 phēng-kûn-thâu-bó】 比較拳頭之大小。凡事是該並道理的，無人～～～～的hoān-sū sī-ài phēng tō-lí-ê, bô-lâng～～～～ê⇨凡事都須湤道理，沒人比較拳子之大小者。

## phi

phi
**丕** 大也。～天之大律～thian chi tāi-lu̍t⇨奉天之大法。又曹操之子曰曹丕chô-phi。

phi
**砒** 砒霜phi-sng也。一種劇毒之藥物。

phi
**披** 開也。搌開thián-khui曰披phi。舊衣曰披。又淺平之竹器曰披仔phi-á。投石於水面亦曰披phi。舉竹篙來～giâ-tek-ko lâi～⇨拿竹篙來晾衫nêⁿ-saⁿ。晾nêⁿ，晒暴sài-po̍k，亦即曝日pha̍k-ji̍t, 披而晒之曰晾nêⁿ。～於竹篙～tī tek-ko⇨搌開在竹篙上晒日。竹～tek～⇨竹製扁平之籃。麵～mī～⇨披麵之竹籃。水～chúi～⇨投物起水皮。

【披巾 phi-kin(kun)】 一種防寒或粧飾物，可披於肩上，或卷於頸。似乎是披肩phi-kian所簡化的。

【披仔 phi-á】 扁平的竹籃類。

【披甲 phi-kah】 穿上戰衣。古戰衣曰甲kah。～～帶堅之士～～tài-kian-chi-sū⇨武裝的軍隊。

【披風 phi-hong】 婦女的披肩phi-kian。

【披身 phi-sin】 伸脚展手chhun-kha-tián-chhiu。～～扲睏～～teh-khùn⇨伸脚展手作大字形的臥睡。鵃鶚～～lāi-hiō～～⇨老鷹展翅在空中悠然而飛翔。

【披肩 phi-kian】 古時大小文武官員之衣飾。加在禮服之上。繡以花紋，甚美觀，婦女亦同之。所謂外套goā-thò，出門時加之，入門即脫之。

【披衫 phi-saⁿ】 晾衫nêⁿ-saⁿ。晒衣服sài-i-ho̍k。阿姊於庭裡～～a-ché tī tiâⁿ-lì～～⇨姊姊在庭院裡晒衣服。

【披靡 phi-bí】 ㊀草木隨風而倒。㊁軍兵潰散。所向～～só͘-hiàng～～⇨同上。

【披露 phi-lō͘】 宣布soan-pò͘。公開kong-khai。

【披水披 phi-chúi-phi】 投物於水面使其滑走。錢都不是蚶仔殼講像扲～～～扲chîⁿ to-m̄-sī lâ-á-khak kóng chhiūⁿ-teh～～～leh⇨金錢並不是蛤蜊殼竟浪費得宛如披水披一樣，隨便投入水中。

【披肝瀝膽 phi-kan-lek-tám】 表示眞心話。把肝與膽都拿出來給人看。

【披星戴月 phi-seng-tái-goat】 披星而出，戴月而歸，形容農夫早出晚息，終年日夜工作辛勞。

【披荊斬棘 phi-keng-chám-kek】 開荒拓地的情形，荊keng叢木，棘kek，刺藤chhì-tîn,亦即除開叢木，斬開刺藤，以拓爲可用之土地。

【披麻帶孝 phi-moâ-tài-hàu】 人子服父母之喪，披麻布帶孝服。

phí
否 卦名。惡也。又否hó͘也(見ho部)。

【否極泰來 phí-kek-thài-lâi】 惡運去而福運來。亦作否極反泰phí-kek-hoán-thài，意思同。

phí
鄙 五百家也。四里爲酇choán，五酇爲鄙phí。鄉村地區也。朴野phok-iá固陋kò͘-lō͘也。輕視亦曰鄙phí。又自謙之詞也。村～的所在chhoan～ê só͘ chāi⇨村庄地方。卑～的行爲pi～ê hêng-ûi⇨下賤hā-chiān的行爲。

【鄙人 phí-jîn】 ㈠鄉鄙之人。田庄人chhân-chng-lâng。㈡自稱的謙詞。～～的管見～～ê koán-kiàn⇨同上。

【鄙夫 phí-hu】 同鄙人。

【鄙見 phí-kiàn】 謙詞。淺近的意見。～～所及～～só͘-kıp⇨我所能想到看到的。

【鄙吝 phí-līn】 吝嗇līn-sek。～～之心～～chi sim⇨同上。

【鄙俗 phí-siok】 村俗chhoan-siok。下賤hē(hā)-chiān。

【鄙賤 phí-chiān】 同卑賤pi-chiān。下賤hā(hē)-chiān。

【鄙臉 phí-gián】 phí-lián。厚面皮kāu-bīn-phôe。鐵面皮thih-bīn-phôe。小～～siáu～～⇨厚面皮kāu-bīn-phôe。貪小利tham-siáu-lī。俗多說成siáu-khí-gián而作小氣慳。

【鄙薄 phí-pok】 鄙之薄之。乎人～～hō͘-lâng～～⇨受人輕視。

phí
疕 痂也。乾瘍也。瘡瘉皮乾曰疕phí。粒仔～liap-á～⇨瘡痂。乾～也kian～à⇨收～了siu～lō⇨結～也kiat～à⇨統指瘡口收乾了。

【疕仔 phí-á】 粒仔疕liap-á-phí⇨極小之瘡疤。亦喻極小也。

phí
痞 痛也。作惡多端之無賴曰痞。流氓地～liû-bâng-tē～⇨同上。地～流～惡～tē～liu～ok～⇨同上。

phí
糒 乾飯也。飯干曰糒phí。飯～pn̄g～⇨飯干。鼎～tiáⁿ～⇨釜底之焦飯。

phí
匕 用以取飯者，一名柶sì。即今之飯匙pn̄g-sî。又短劍曰匕首pí-siú，其頭類匕，短而便用故云。凡短小之薄片皆曰匕phí。俗作痞phí，非也。長不大之孩子亦曰匕phí。碎柴曰柴～chhâ～。破柴鏨柴皆有柴～phoà-chhâ, chām-chhâ kai-iú chhâ～⇨同上。田螺～chhân-lê～⇨田螺之門扉也。草～chháu～⇨鋪地或移植用的土草皮。囡仔～gín-á～⇨小孩。查某囡仔～cha-bó͘-gín-á～⇨小小女孩。

phì
譬 諭也。以比擬諭之也。對酒當歌，人生幾何，～如朝露，去日苦多tùi-chiú tong-ko, jîn-seng-kí-hô,～jî(jû) tiau-lō͘, khì-jıt-khó͘-to⇨曹操短歌行。

【譬相 phì-siùⁿ】 以比喻暗中罵人。亦曰誚體siàu-thé,亦曰供體keng-thé。佼～～人gâu～～lâng⇨很會以比喻法罵人。共人～～到無一塊仔好kā-lâng～～kà bô-chıt-tè-á-hó⇨把人家罵得一小塊乾淨的都沒有。

【譬喻 phì-jū】 比喻pí-jū。～～講～～kóng⇨～～說～～sè(sōe)⇨拿物事來比喻。講家己道好也曷使～～別人kóng ka-kī(tī) tō-hó-à ah-sái～～pat-lâng⇨說說自己就夠了，何必拿別人來設喻。

phì
睥 斜目以視也。睨gē也。左～右睨chó～iū-gē⇨左視之又右視之。

【睥睨 phī-gē】 邪視。～～天地之間～～thian-tē-chi-kan⇨同上。

phî **皮** 動植物之外層皆曰皮phî。俗曰皮phôe。～之不存，毛將焉附～chi put-chûn, mo-chiang-ian-hû⇨皮沒有了，那裏有毛。陳～tîn～⇨藥材名，即柑仔皮干kam-á-phôe-koa$^{n}$。人死留名，虎死留～jîn-sú liû-bêng, hó·-sú liû～⇨同上。五加～gó·-ka～⇨酒名。

【皮毛 phî-mô】 皮與毛。喻甚小甚淺。八一個～～耳bat(pat)-chi̍t-ê～～niâ⇨只識得其皮與毛而已。喻知識淺薄。皮毛之見識。八bat(pat)，識sek也，知ti也。

【皮黃 phî-hông】 音樂曲調名。西皮se-phî二黃jī-hông的合稱。～～戲～～hì⇨唱皮黃的戲。

【皮蛋 phî-tân】 蛋類之醃製品。鷄鴨蛋漬於石灰，粘土，食鹽等之中而醃成者。亦曰松花蛋siông-hoa-tân。

【皮下注射 phî-hā-chù-siā】 醫學用詞。藥液注入皮下的針。有別於靜脈注射chēng-me̍h-chù-siā。

【皮相之見 phî-siàng-chi-kiàn】 但看外表不察內實的淺見。

【皮裏春秋 phî-lí-chhun-chhiu】 口頭上不作批評，但在心中卻有褒貶。

【皮膚組織 phî-hu-cho·-chit】 生理學名詞。

phî **詖** 辯論也。不正也。偏頗phian-pho也。厚面皮kāu-bīn-phôe曰詖phî。不怕羞曰詖phî。不知恥亦曰詖phî。俗作皮phî。阿七有夠～a-chhit ū-kàu～⇨阿七十足的厚面皮kāu-bīn-phôe。阿八仔猶較～a-pat-à iáu-khah～⇨阿八更加無恥。阿三道真～也a-sam tō chin～ā⇨阿三就很不怕羞了。

【詖面 phî-bīn】 厚面皮kāu-bīn-phôe。～～假光眼～～ké-kong-gán⇨面皮厚厚的裝成很有智識的樣子。

【詖詖 phî-phî】 很詖。不顧體面。～～要～～boeh⇨不顧體面而強要。人較誚體，伊每是格～～lâng khah siàu-thé，i mā-sī kek～～⇨人家如何的譏誚，他都不管，還是裝著一副厚面皮的樣子。人不敢講的，伊亦是～～仔講lâng-m̄-ká$^{n}$-kóng ê，i ia̍h-sī～～á-kóng⇨別人不敢說的，他還是無恥地說出來。～～食補脾～～chia̍h-pó·-pî⇨謂不請自到，食乃有益，何羞之有。譏詖者之詞。

phî **疲** 勞也。倦koān也。勞累lô-lūi曰疲。樂此不～lo̍k-chhú-put～⇨同上

【疲乏 phî-hoa̍t】 疲勞phî-lô。～～已甚～í-sīm⇨同上。

【疲倦 phî-koān】 疲勞phî-lô。勞累lô-lūi。氣力殆盡了。

【疲勞 phî-lô】 勞累lô-lūi。～～轟炸～～hong-chà⇨長時間的空襲，使敵方疲勞的一種神經戰術。～～審問～～sím-būn⇨刑警對付被告的疲勞戰術。今已取代拷打迫供的老法。

【疲弊 phî-pè】 民疲物破。今天下三分，益州～～，此誠危急存亡之秋也kim thian-hē sam-hun, ek-chiu～～，chhú-sêng gûi-kip-chûn-bông-chi-chhiu-iā⇨出師表。

## phi$^{n}$

phi$^{n}$ **篇** 文章的單位。一～文章chi̍t～bûn-chiu$^{n}$⇨同上。全～有三萬字chn̂g～ū sa$^{n}$-bān-jī⇨同上。你都上恔排大～文章也不lí to siāng(siōng)-gâu-pâi toā～bûn-chiu$^{n}$-ā-m̄⇨你是最會排出長篇大道理的，不是嗎。

phi$^{n}$ **偏** 佔便宜也。利己損人曰偏phi$^{n}$。有利於己曰偏phi$^{n}$。無～無捻，無賒無欠bô～bô-liàm，bô-sia bô-khiàm⇨不利己不偷人，不掛帳不欠人。乎你～無要緊hō·-lí～bô-iàu-kín⇨你佔便宜可也。安爾抵好，無相～an-ne(ni) tú-hó, bô siō(sā$^{n}$)～⇨如此剛好，彼此不相損。往回票有較～一屑仔óng-hôe-phiò ū-khah ～ chit-sut-á⇨來回票較有利一點點。被人～會食會睏得hō·-lâng～ē(ōe) chiah-ē(ōe)-khùn-tit⇨被人討便宜的場合能夠安心吃安心睡覺。(亦即沒關係)。強～弱kiâng(kiông)～jiak(jiok)⇨弱肉強食jiak-jiok kiâng-sit。見在人～，見在人欺負，kìⁿ(kù)-chāi-lâng～，kìⁿ(kù)-chāi-lâng khi-hū⇨任人討便宜任人欺詐。加減～ke-kiám～⇨或多或少盡檢便宜。

【偏人 phiⁿ-lâng】 討人之便宜。愛～～āi～～⇨喜歡佔便宜。毋是～～道是虎人，彼個人眞霸m̄-sī～～tō-sī hó·-lâng, hit-ê-lâng chin pà⇨不偏人就是虎人，那個人很壞。虎hó·，大欺小強偏弱曰虎hó·。

【偏猫 phiⁿ-bâ】 ～～毋偏鼠～～m̄ phiⁿ chhí(chhú)⇨任由猫吃，不准鼠食。喻被他人騙了心甘情願，但決不吃你這一套。

【偏蓋 phiⁿ-khàm】 恃勢凌人。壓制他人。安爾～～人亦無好尾an-ne(ni)～～lâng iah-bô-hó-bóe⇨如此這般的欺壓人也沒有好報應。

【偏頭 phiⁿ-thâu】 比較有利。現金買賣有較～～hiān-kim bé-bē ū-khah～～⇨現款交易比較有利。

【偏稱頭 phiⁿ-chhìn-thâu】 在秤上佔便宜。～～～耳，差無若敍～～～niâ chha-bô-goā-chē⇨秤上偏一點點而已，差得不多。

**phiⁿ 伻** 伻pheⁿ也(見pheⁿ部)。

**phìⁿ 片** 扁平的物件曰片phìⁿ。三～枋saⁿ～pang⇨三張木板。一～門chit～mn̂g⇨一張門扉。

**phîⁿ 彭** phêⁿ也(見phêⁿ部)。

**phîⁿ 澎** phêⁿ也(見phêⁿ部)。

**phīⁿ 伻** 伻pheⁿ(見pheⁿ部)。

**phīⁿ 鼻** 五官之一。呼吸器之一。又嗅覺hiū-kak的衙門。又針孔chiam-khang曰針～chiam～。屐履之繫紐曰脚屐～kha-kiah～。象～chhiūⁿ～⇨象之長鼻。象～蟲chhiūⁿ～thâng⇨香蕉的大害蟲。斲～仔tok～á⇨長得可削掉之鼻。斲tok，削siah也。洋人俗曰斲鼻仔tok-phīⁿ-á，即出於此。鷹～eng～⇨鷹喙鼻eng-chhùi-phīⁿ。亦曰鷹仔～eng-á～。鵝鑾～gô-loân～⇨地名，在台灣南端，有燈塔。人脚，狗～，和尙頭lâng-kha, káu～, hôe-siūⁿ-thâu⇨謂人在脚，狗在鼻，和尙在頭，此三者最能感覺到寒冷。人信字牛信～lâng-siàn-jī, gû-siàn～⇨謂人憑文件可以信用，牛藉其鼻可以控制之。柴屐～chhâ-kiah～⇨木屐bak-kiah之繫紐。草鞋～chháu-ê～⇨草鞋之繫紐。拎牛～不當拎牛尾lêng-gû～m̄-thang lêng-gû-bóe⇨謂事須控制其要點。

【鼻刀 phīⁿ-to】 鼻樑。～～眞劍～～chin-kiàm⇨鼻刀如劍，謂鼻甚尖。

【鼻水 phīⁿ-chúi】 如水之鼻涕phīⁿ-thì。拎流～～也，敢是寒著teh-lâu～～à káⁿ-sī koâⁿ-tioh⇨在流鼻水了，恐怕是感冒了。～～雙港倒～～siang-káng-tò⇨鼻水大流。

【鼻孔 phīⁿ-khang】 鼻之穴。～～向落無一個好人～～àⁿ-loh bô-chit-ê hó-lâng⇨鼻穴向下者無一好人，謂世上無一善人。～～口上靑苔～～kháu chhiūⁿ chheⁿ-thî⇨鼻下生苔，謂孩子流鼻涕而硬不理之。

【鼻血 phīⁿ-hoeh(huih)】 流～～lâu～～⇨①鼻出血。②喻攀親 pan-chhin。俗謂水流屍逢到骨肉親人其鼻將會出血水。要去流～～是不 boeh-khì lâu～～sī-m̄ ⇨要去攀親嗎。

【鼻穿 phīⁿ-chhng】 鼻孔phīⁿ-khang。賣火炭的個某烏～～bé(bōe)-hóe(hé)-thoàⁿ-ê in-bó· o·～～⇨賣炭人的妻子烏鼻孔(當笑談說)，同賣豬肉的佪某大尻川bē(bōe)-ti-bah-ê in-bó· toā-kha-chhng⇨賣豬肉人的妻大屁股。烏～～仔o$^n$～～á⇨工人，做工之人。

【**鼻風 phī$^n$-hong**】 喻架子。～～會摒到人～～ē(ōe) sak-tó-lâng⇨鼻風大得可以吹倒人。

【**鼻音 phī$^n$-im**】 有人～～較重ū-lâng～～khah-tāng⇨同上。

【**鼻香 phī$^n$-phang**】 嗅芳味。逐家來～～抣tak-ke-lâi～～leh⇨請大家嗅一嗅香氣罷。謂物少不夠吃，只可嗅其香而已。

【**鼻屎 phī$^n$-sái**】 ～～鹹鹹人肉鹽鹽～～kiâm-kiâm, lâng-bah iâm-iâm⇨喻吝嗇鬼。鹽鹽iâm iâm亦鹹鹹kiâm-kiâm。

【**鼻茸 phī$^n$-jiông**】 鼻中生贅肉。生～～se$^n$(si$^n$)～～⇨俗作鼻龍。

【**鼻根 phī$^n$-kin(kun)**】 兩眼之間的鼻。～～糾去也～～kīu-khì(ì)-â⇨皺鼻頭jiâu-phī$^n$-thâu。表示討厭或不願意。講著錢，～～道糾去也kóng tioh-chî$^n$，～～tō-kiū-khì(ì)-â⇨說到錢，鼻根就糾去了。

【**鼻涕 phī$^n$-thi**】 鼻膿。囡仔流～～gín-á lâu～～⇨同上。

【**鼻煙 phī$^n$-hun**】 一種嗅的煙。～～壺～～ô·⇨鼻煙的器具。

【**鼻獅 phī$^n$-sai**】 鼻phī$^n$。好～～hó～～⇨好嗅覺之人。有好味道即可嗅到。

【**鼻瘍 phī$^n$-iâng**】 鼻內潰瘍。生～～se$^n$(si$^n$)～～⇨據說多屬梅毒性的。

【**鼻鼻 phī$^n$-phī$^n$**】 鼻涕狀。有粘性。～～仔～～ā⇨如鼻涕狀粘粘的。

【**鼻龍 phī$^n$-liông(lêng)**】 鼻茸phī$^n$-jiông。生～～se$^n$(si$^n$)～～⇨同上。

【**鼻頭 phī$^n$-thâu**】 鼻尖phī$^n$-chiam。～～斲斲～～tok-tok⇨鼻長得可砍掉。斲tok亦作斬tok，削也，斫也。斲鼻tok-phī$^n$俗作督鼻tok-phī$^n$。鷹鼻eng-phī$^n$也。

【**鼻縫 phī$^n$-phāng**】 針鼻孔。小孔。㪗無～～可入chōe bô～～hó jip⇨找不到小孔可進入。喻事找不到線索可下手。

【**鼻目嘴 phī$^n$-bak-chhùi**】 臉上的主要造作物。顏容gān-iông。容貌iông-māu。～～～生做眞整齊～～～se$^n$-chò chin chéng-chê⇨容貌生得很好。有一個～～～來，不道較快ū-chit-ê～～～lâi，m̄-tō khah-khoài⇨有個端睨來，不就更快嗎。

【**鼻橐管 phī$^n$-lok-kóng**】 鼻孔phī$^n$-khang。～～～長起來也～～～tn̄g-khì-lâi-ā⇨鼻子高起來了。喻得意起來了。

## phia$^n$

phia$^n$ **兵** 神兵sîn-peng也。犯著天～hoān-tioh thian～⇨同上。雷～lûi～⇨同上。地～tē～⇨同上。

phia$^n$ **骿** 肋骨連合爲一也。背部曰骿phia$^n$。尻脊～kha-chiah～⇨背部。硬將悏消～去ngeh-chhian-boeh siau～khì⇨背部幾乎要消失了，謂不勝負荷之重已甚。青年層將消骿siau-phia$^n$改說歪腰oai-io，硬將要歪腰去也ngeh-chhian-boeh oai-io-khì-â⇨幾乎要歪腰去了。

【**骿條 phia$^n$-liâu**】 附有肋骨之肉條。肉條曰條liâu，亦曰條liau。～～胛心～～kah-sim⇨骿條附有肋骨油脂較多價較便宜。胛心多精肉，無肋骨，油脂較少，價較貴。

phia$^n$ **髆** 同骿。

phia$^n$ **箳** 以草或竹箬tek-hah等製成如蓆，用來防雨遮塵者。草～chháu～⇨同上。竹箬～tek-hah～⇨同上。蔗箬～chià-hah～⇨同上。龜～ku～⇨龜形之箳。古農家必備的防雨具。幪～moa～⇨披肩形之箳。亦防雨具。

有蓋草～略仔會用得也ū-khàm chháu～lio̍h-á ē(ōe)-iōng-tit-à⇨蓋了草篩差堪應付了。

**片** phiá$^n$ 薄板形之物曰片phiá$^n$。計算此類之物亦曰片phiá$^n$。亞鉛～a-iân～⇨同上。銅～tâng～⇨同上。草～chháu～⇨同上。三～亞鉛～sa$^n$～a-iân～⇨三張亞鉛板。

**坡** phiâ$^n$ 阪也。山之斜上者也。山坡san-pho曰山坡soa$^n$-phiâ$^n$。俗以坪pheng作坪phiâ$^n$。海～hái～⇨海邊的斜坡siâ-pho，亦即斜坡siâ-phiâ$^n$。石頭～chio̍h thâu～⇨多石之山坡soa$^n$-phiâ$^n$。厝～chhù～⇨屋頂蓋(斜斜之厝頂)。芎蕉～kin-chio～⇨種遍香蕉之山扲地san-pho-tē。亦即芎蕉園kin-chio-hn̂g或芎蕉山kin-chio-soa$^n$。開一～山扲種早仔khui-chi̍t～soa$^n$ teh-chèng-chá-á⇨開墾一片山坡種植陸稻。

**怦** phiâ$^n$ 心急也。忠直貌。頑固不聽話曰怦phia$^n$。偏執曰怦phia$^n$。即個囡仔眞～chit-ê gín-á chin～⇨此孩子很頑固不聽話。

【怦怦 phiâ$^n$-phiâ$^n$】 怦phiâ$^n$。很頑固。叫伊不當去伊～～仔去kiò-i m̄-thang-khì, i～～á-khì⇨教他不要去，他悍然而去。講著，～～毋聽呢kóng-tio̍h，～～m̄-thia$^n$-neh⇨叫他，他無動於衷，不聽話呢。

**坪** phiâ$^n$ 坡phiâ$^n$之俗字。

## phiah

**辟** phiah 辟phek也。

**僻** phiah 邊遠也。不常見曰僻phiah。較邊～的所在khah-phian～ê só͘-chāi⇨㊀較邊遠之地方。㊁同閃僻siám phiah。較閃～的所在khah-siám～ê só͘-chāi⇨比較無人看見或注意到的地方。講～kóng～⇨使用隱語。賊仔～chha̍t-á～⇨賊仔白chha̍t-á-pe̍h⇨賊徒的隱語。

【僻走 phiah-cháu】 逃走tô-cháu。偷～～去也thau～～khì(ì)～à⇨逃走去了。

【僻巷 phiah-hāng】 小巷。邊街～～phian-ke～～⇨同上。彎街～～oan-ke～～⇨同上。

【僻症 phiah-chèng】 稀奇罕見hi-kî-hán-kiàn之病症。～～無藥可醫～～bô io̍h hó-i⇨同上。

【僻話 phiah-ōe】 同業間之隱語。講無人聽八的～～kóng-bô-lâng-thia$^n$-bat ê～～⇨同上。

【僻語 phiah-gí(gú)】 僻話phiah-ōe。罕用之詞。

【僻靜 phiah-chēng】 閃僻肅靜siám-phiah-siok-chēng。即個所在有夠～～chit-ê só͘-chāi ū-kàu～～⇨這個地方十分肅靜。

【僻避 phiah-pī】 閃開siám-khui。～～路邊～～lō͘-pi$^n$⇨閃開在路傍 siám-khui tī lō͘-pông。

【僻去站窩 phiah-khì-tiàm-o】 或僻去店窩。逃開去藏在其窩居之處。

**癖** phiah 性偏也。嗜好sī-hò͘。偏也。脾氣phî-khì。怪性koài-sèng。囡仔～gín-á～⇨孩子氣。性～sèng～⇨同上。使～sái～⇨使性地sái-sèng-tē。酒～chiú～⇨飲酒之性。歹～phái$^n$～⇨性偏激。無的也有七～bô-ê iā-ū chhit～⇨沒有癖性的人還是有七個癖(日諺)，謂人不能無各種怪性。無～的人閣有怪～bô～ê lâng chhoān-ū koài～⇨同上。戇～gōng～⇨傻瓜氣。起～khí～⇨怪性發作。性～sèng～⇨同上。

【癖性 phiah-sèng】 脾氣phî-khì。

【癖鼻 phiah-phī$^n$】 癖性phiah-sèng。脾氣phî-khì。歹～～phái$^n$～～⇨同上。～～眞穤～～chin-bái⇨脾氣很壞。或作癖片phiah-phī$^n$。

**phia̍h 癖** 痲疹moâ-chín曰癖仔phia̍h-á，亦曰痲仔moâ-á。一種小兒的流行病。

【**癖仔 phia̍h-á**】 痲仔 moâ-á。痲疹 moâ-chín。出～～chhut～～⇨出痲仔chhut-moâ-á⇨同上。

## phiak

**phiak 謈** 嘀暴大呼也，或作譈phiak。怒斥曰謈phiak。暴言亦曰譈phiak。開嘴道～來khui-chhùi tō～lâi⇨開口就怒斥。伊～，伵父亦合伊～i～，in-pē a̍h kah-i～⇨他暴言本大爺亦與他暴言。烏白～o·-pe̍h～⇨同上。

【**謈人 phiak-lâng**】 phiak-lâng。怒斥。暴言罵人。～～亦該有坎站～～a̍h-āi ū khám-chām⇨怒罵人也要有分寸。坎站khám-chām,亦作節站chat-chām,程度或分寸也。

【**謈合撠 phiak-kah-giak**】 大怒大斥。攑kek通戟kek,亦擊kek也。改讀giak，以取和韻。

【**謈謈叫 phiak-phiak-kiò**】 暴言連篇。講著話～～～倯勢死死kóng-tio̍h-ōe～～～sáng-sè sí-sí⇨開口暴言粗語連篇，驕橫極了。倯sáng,懼也。倯勢sáng-sè,仗勢凌人也。

【**謈來謈去 phiak-lâi-phiak-khì**】 彼此暴言對罵。既扲～～～～的，那有好話，人講相打無好手，相罵無好嘴嘛，逐家煞煞去吧kà-teh～～～～ê，ná-ū hó-ōe, lâng-kóng sio-phah bô-hó-chhiú, sio-mē bô-hó-chhùi-mā, ta̍k-ke soah-soah-khì-pà⇨既然在彼此對謈的，豈能有好話，故古人言，打殺無好招手，吵罵不擇言詞，大家算了吧。

**phia̍k 攴** 小擊也。又小擊之聲也。或作㩧phiak。脈搏鼓動亦曰攴phia̍k。

【**攴攴 phia̍k-phia̍k**】 ㊀脈搏鼓動。摸脈～～開藥大約bong-me̍h～～khui-io̍h tāi-iak⇨謂庸醫誤人，大致如此，不懂脈理，却亂開藥方。頭殼～～叫thâu-khak～～kiò⇨頭痛頭大。㊁鞭炮聲。炮仔放到～～叫phàu-a pàng-kà～～kiò⇨同上。

【**攴仔 phia̍k-á**】 小彈弓，彈放石子擊鳥的小道具。囡仔攑～～去攴鳥仔gín-á giâ～～khì phia̍k chiáu-á⇨同上。

【**攴鳥仔 phia̍k-chiáu-á**】 彈擊小鳥。囡仔愛～～～gín-á ài～～～⇨小童喜歡彈打小鳥。

**phia̍k 㩧** 擊也。擊聲也。通作攴或擗phia̍k。

## phian

**phian 編** 次簡也。按序排比曰編phian。以物交織曰編phian。作歌作曲亦曰編phian。揑造liap-chō故事亦曰編phian。濫擅～的lām-sám～ê⇨烏白揑的o·-pe̍h-liap-ê。

【**編古 phian-kó·**】 編故事。家己～～家己講ka-lī～～ka-lī-kóng⇨自己作故事自己說給人聽。

【**編曲 phian-khek**】 作歌曲。作歌作曲。

【**編制 phian-chè**】 機關，學校，軍隊等的組織。～～表～～piáu⇨同上。～～員額～～oân-gia̍h⇨人數。

【**編組 phian-cho·**】 分組hun-cho·。新生的～～sin-seng ê～～⇨同上。

【**編排 phian-pâi**】 按序排列。佼～～gâu～～⇨善於編排。

【**編號 phian-hō**】 依次加上號碼。

【**編著 phian-tì(tù)**】 編輯著作。～～者～～chiá⇨同上。

【**編歌 phian-koa**】 作歌。～～來唱～～lâi-chhiùⁿ⇨同上。

【**編練 phian-liān**】 組織訓練。～～使～～sài⇨古官名。

【**編審 phian-sím**】 編輯審查。

【**編輯 phian-chip**】 集資料作書作報或雜誌的工作。～～人～～jîn⇨同上。～～者～～

chiá⇨同上。大～～tāi～～⇨好的編輯人。～～部～～pō͘⇨執行編輯工作之單位。～～委員會～～úi-oân-hōe⇨委員制的編輯人。

【編纂 phian-choán】 編輯。

【編譯 phian-ek】 編輯書籍與翻譯外文書。～～館～～koán⇨同上。

【編毛衫 phian-mo-saⁿ】 刺毛衣chhiah-mo-i。毛衣mo-i同毛衫mo-saⁿ。

【編大甲帽 phian-tāi-kah-bō】 以大甲草編帽。

【編竹籬笆 phian-tek-lî-pa】 以竹作籬笆。

**偏** phian 不正不平曰偏phian。私心曰偏phian。自恨枝無葉，莫怨太陽～chū-hīn ki-bû-iap, bok-oàn thài-iâng～⇨俗語。想～sīuⁿ～⇨私自為己打算。不～不移put～put-î⇨謂中正。

【偏仔 phian-á】 偏偏phian-phian。一定。強硬。叫伊毋當，伊～～毋聽kiò-i m̄-thang，i～～m̄-thiaⁿ⇨叫他不可如此，伊強硬不從。

【偏心 phian-sim】 私心。心依單方。不公平。伊都有～～，人那肯聽伊i to-ū～～，lâng ná-khéng-thiaⁿ-i⇨他是有私心的，人們何肯聽從他。

【偏左 phian-chó】 偏向左方，左派。中間～～的路線tiong-kan～～ê lō-soàⁿ⇨一種政治路線。

【偏叫 phian-kiò】 為迷信忌諱而稱父為叔，母為嬸等是也。

【偏安 phian-an】 漢賊不兩立，王業不～～hàn-chhat put-liáng-lip，ông-giap put～～⇨出師表。

【偏妃 phian-hui】 皇帝的細姨。同偏宮phian-kiong,皆指皇帝的小老婆。

【偏名 phian-miâ】 綽號chhiok-hō。阿猴道是金木的～～，你不知是否a-kâu tō-sī kim-bok ê～～,lí-m̄ chai sī-bō⇨阿猴就是金木的綽號，你不曉得嗎。

【偏見 phian-kiàn】 不正不平之見解。彼顆人～～眞深hit-kho͘-lâng～～chin-chhim⇨那家伙偏見很深。

【偏門 phian-mn̂g】 旁門。副門。家己攏對～～出入ka-kī(tī) lóng-tùi～～chhut-jip⇨自己人皆從偏門出入。

【偏房 phian-pâng】 小妾sió-chhiap。細姨sè(sòe)-î。娶～～chhoā～～⇨同上。

【偏私 phian-su】 偏頗phian-pho。先品抄，無～～藉可否seng-phín-leh,bô～～chiah-hó-ho͘hⁿ⇨先講清楚，沒偏私才行，好嗎。

【偏重 phian-tiōng】 重視。阿金較～～做生理a-kim khah～～chò(chòe)-seng-lí⇨阿金較重視生意。

【偏財 phian-châi】 相命者之言。似乎是指橫財，亦即意外之財。帶～～toà～～⇨謂有偏財之運。

【偏旁 phian-pêng】 字偏jī-phian與字旁jī-pêng。左曰偏phian，右曰旁pêng。

【偏袒 phian-thán】 露出一肩。表示庇護。亦謂不公平。有較～～ū-khah～～⇨庇護單方。漢初呂氏亂政，宰相陳平等為恢復劉氏，要群臣表示立場，請扶呂者右袒，扶劉者左袒，終皆左袒。

【偏祧 phian-thiāu】 家族的分支系統。阮阿龍個是本祧，阮算是～～goán-ā-liông-in sī pún-thiāu, goán sǹg-sī～～⇨同上。

【偏偏 phian-phian】 故意反對。亦曰～～仔～～á。叫伊擔豬仔，伊～～佅掠貓仔kiò-i taⁿ-ti-á，i～～boeh liah-niau-á⇨同上。都不當去,伊～～仔去to-m̄-thang-khì, i～～á-khì⇨實在不應該去,他却一定要去。

【偏途 phian-tô͘】 不正當之業，不正當之場所。不當做～～的m̄-thang chò(chòe)～～ê⇨不可從事不正當的職業。不當行～～m̄-thang-kiâⁿ～～⇨不可出入色情場所。

【偏路 phian-lō͘】 ㊀小路。近路。有～～好行較快ū～～hó-kiâⁿ khah-khoài⇨有偏路可

行較便捷。㊂不正之路，亦即陜斜之巷。會行～～也ē(ōe) kiâ$^{n}$～～ā⇨會出入於色情場所了。

【偏頗 phian-pho】 不正平。老李的話，講了有略仔～～láu-lí-ê-ōe，kóng-liáu ū-lio̍h-á～～⇨老李之話說得有些不公平。頗pho亦作陂pho。

【偏蝕 phian-si̍t】 日月蝕一部份。昨冥有月～～chā-mê ū-goe̍h～～⇨同上。

【偏鋒 phian-hong】 書法用詞。謂偏側取勢。旁敲側擊的言論文章曰走～～cháu～～。

【偏竅 phian-khiàu】 歪才oai-châi也。阿狗即個壞囡仔不止仔有～～a-káu chit-ê hāi-gín-á put-chí-á ū ～～⇨阿狗這個壞孩子很有歪才。

phián **揙** 搏phok也。攫搏kiok-phok⇨鳥獸取物也，亦即揙 phián也。以脚取之曰攫kiok，以翼擊之曰搏phok。鳥取物曰搏phok，曰揙phián也。取出秘藏曰揙phián，搜求財物亦曰揙phián。無到也道該～也bô-kàu-à tō-ài～à⇨澈底沒有了，就需要取出(秘藏財物)了。無～敢會用得，無錢敢會庋得金耳鈎bô～kám-ē-iōng-tit, bô-chî$^{n}$ kám ē-khǹg-tit kim-hī$^{n}$-kàu⇨不取出來行嗎，沒錢還收藏得金耳環嗎。它位～的ta-ūi～ê⇨從何而來的。

【揙孔 phián-khang】 尋求財路。佼～～gâu～～⇨善於尋求財路。傷佼～～，你道會落湳siu$^{n}$-gâu～～，lí tō-ē lo̍h-lòm⇨太過鑽營了，你就會跌落泥田。

【揙食 phián-chiah】 枵鷄～～iau-ke～～⇨餓鷄尋食物。

【揙翅 phián-si̍t】 展翼。鵖鴉～～lāi-hioh～～⇨同上。

phiàn **片** 判木也。木破開為二,左曰爿chhiâng右曰片phiàn。隻也。單也。物之平薄者曰片phiàn。電影Film曰影片éng-phiàn(iá$^{n}$-phì$^{n}$)。薄～po̍k～⇨同上。切～chhiat～⇨同上。名～bêng～⇨名刺bêng-chhì。紅～âng～⇨紅名刺。膠～kau～⇨Film。俗曰底片té-phì$^{n}$。一～誠意it～sêng-ì⇨同上。樹頭樹底覓殘紅，一～西飛一～東，自是桃花貪結子，錯教人恨五更風 chhiū-thâu-chhiū-té be̍k-chân-hông, it～se-hui it～tong, chū-sī thô-hoa tham-kiat-chí, chhò-kàu jîn-hīn ngó͘-keng-hong⇨唐詩。鴉～薰a～hun⇨阿片煙。

【片刻 phiàn-khek】 短時間。稍候～～siau-hāu～～⇨同上。

【片面 phiàn-biān】 一方面，單方面。～～之詞～～chi sû⇨單方面的自吹自擂之詞。

【片商 phiàn-siang(siong)】 電影商人。

【片酬 phiàn-siû】 拍片phah-phì$^{n}$的報酬。

【片栗粉 phiàn-le̍k-hún】 片栗花根之粉。重要食品類。

【片假名 phiàn-ké-bêng】 katakana。日本字的一種。另一種曰平假名hiragana，同由簡化漢字而來，前者仿楷書，後者採草書的筆法。

【片甲不留 phiàn-kah-put-liû】 形容慘敗狀。成病，去乎囡仔班拍到～～～～chiâ$^{n}$-pe$^{n}$，khì-hō͘ gín-á-pan phah-kà～～～～⇨眞是不中用，被那孩子班打得落花流水，片甲不留。

【片言折獄 phiàn-giân-chiat-ga̍k】 一句話斷決訴訟之是非。片言可以折獄者，其由也與phiàn-giân khó-í chiat-ga̍k-chiá, kî-iû-ià-î⇨論語。謂子由是好判官。

phiàn **遍** 盡也。用也。徧phiàn也。到處盡同曰遍phiàn。排空馭氣奔如電，升天入地求之～pâi-khong gī-khì phun-jī-tiān, seng-thian-ji̍p-tē kiû-chi～⇨長恨歌。普～phó͘～⇨到處皆有。四處都一樣。普斯～phó͘-su～⇨不值得大驚小怪。意謂到處見之甚平常。似乎由普遍phó͘-phiàn演變出來的，也似乎在得意中的一種自謙詞。

【遍身 phiàn-sin】 全身。昨日到城郭，歸來淚滿巾，～～綺羅者，不是養蠶人。chok-jıt tō-sêng-kok，kui-lai lī-boán-kin,～～ khí-lô-chiâ, put-sī iáng-chhâm-jîn⇨古詩。～～鱗傷～～lîn-siang(siong)⇨身上全是傷。身sin亦作體thé。

【遍遍 phiàn-phiàn】 全遍choân-phiàn。歸遍kui-phiàn。整遍chéng-phiàn。全面choân-biān。～～攏是田～～lóng-sī-chhân⇨全面皆田地。看得到的都是水田。

【遍地黃金 phiàn-tē-n̂g-kim】 地上都是黃金。講佗位～～～～我看顛顛啦，無趁還仔無可食啦 kóng-to-ūi～～～～, goá-khoàⁿ hàm-hàm-lâ, bô-thàn oân-á bô-hó-chiah lā⇨說何處遍地黃金，我看算了罷，不工作還是沒得吃呀。還仔oân-á→oân-nā還仔hoân-sī。

【遍遊世界 phiàn-iû-sè-kài】 周遊世界chiu-iû-sè-kài

**phiàn 騙** 誆也。欺詐也。瞞moâ也。虛言也。詐～chà～⇨同上。誆～kóng～⇨同上。瞞～moâ～同上。瞞父～母moâ-pē～bó⇨同上。熟似～厝內sek-sāi～chhù-lāi⇨熟人騙熟人。熟儕人無相～sek-sāi-lâng bô-siō～⇨熟人不可相欺。～一下囡仔都未曉～chıt-ē gín-á tō-bē(bōe)-hiáu(hiáng)⇨誆誆孩子都不會。夥食～姦láu-chiah～kàn⇨罵騙子的粗語。七歲的俫～八歲的chhit-hòe-ê boeh～peh(poeh)-hòe-ê⇨謂你騙不了我(我高你一級)。

【騙仙 phiàn-sian】 騙子phiàn-chú。彼個～～又來了hit-ê～～iū-lâi-lō⇨同上。

【騙局 phiàn-kok】 設計詐騙。明明是～～，你敢看毋八bêng-bêng sī～～，lí-kám khoàⁿ-m̄-bat(pat)⇨此顯然是騙局，你看不出嗎。

【騙鬼 phiàn-kúi】 斥其謊言，謂只可騙鬼騙不了人。～～毋八食水～～m̄-bat(pat)-chiah-chúi⇨順口語。

【騙術 phiàn-sut】 詐騙手段。你即款的～～猶早抄lí chit-khoán-ê～～iáu-chá-leh⇨你這種騙術還早哩(謂騙不了人)。

【騙騙 phiàn-phiàn】 騙phiàn。七騙八騙都乎人～～去也chhit-phiàn-peh(poeh)-phiàn to hō·-lâng～～khì-à⇨騙此騙彼，全部被騙走了。

**phiân 蹁** 足不正也。行步欹危曰蹁phiân。行一步～一下，都未倒落去，正奇怪唔kiàⁿ-chıt-pō·～chıt-ē，iàu-to bē(bōe)-tó-loh-khì(ì)，chiaⁿ kî-koài m̄⇨(看他醉了)行一步就欹一下，但是總之沒倒下去，才奇怪嘛，不是嗎。跳跳行，跳跳～khōng-khōng-kiâⁿ, khōng-khōng～⇨一路行一路搖跛。一下～道跌落橋脚去了chıt-ē～tō tiat-loh kiô-kha khì-lò⇨一欹就跌下橋了。脚～一下耳道落去也kha～chıt-ē-niā tō-loh-khì(ì)-à⇨脚欹一下而已，就跌下去了。沿路行沿路～iân-lō·-kiaⁿ iân-lō·～⇨俗作跟，非。跟kin，足踵也。

## phiat

**phiat 砏** 小碟sió-tiap俗曰砏phiat。一～小菜chıt～sió-chhài⇨同上。四～一碗湯sì～chıt-oáⁿ-thng⇨四小碟的四種菜與一大碗湯。亦曰和菜hô-chhài。

【砏仔 phiat-á】 碟tiap。小盤sió-poâⁿ。～～，宔仔，盤仔～～，tī-á, poâⁿ-á⇨同上。宔仔tī-á，小砏sió-phiat也。

**phiat 撇** 亦作擎phiat。別也。擊也。拂也。書法有撇phiat，亦即丿，由拂hut所引伸。漂亮亦曰影撇 phiau-phiat。大～細～toā～sè(sòe)～⇨同上。長～短～tn̂g～té(tóe)～⇨同上。一點一橫長，一～到西門，佳字作中央，心字作眠床 chıt-tiám chıt-hoâiⁿ-tn̂g, chıt～kàu-sai-mn̂g, ka-jī chò(chòe) tiong-ng, sim-jī chò(chòe)-bîn-chhn̂g⇨打應字的字謎。飄～phiau～⇨瀟灑 siau-sá。脫俗 thoat-siok。無半～bô-poàⁿ～⇨何事都不會做。代誌

做了有夠～tāi-chì chō(chōe)-liáu ū-kàu～⇨事情辦得十分漂亮。二～髭nn̄g～chhiu⇨兩撇髭。嘴髭大細～chhùi-chhiu toā-sè(sòe)～⇨嘴髭一大一小。

【撇步 phiat-pō͘】 高招好手法。漂亮的手段。你也有這～～咯lí ā-ū-che～～lò͘⇨你也有如此漂亮的招數嗎(意外)。有～～做你盡展來ū～～chò͘-lí chīn-tián-lâi⇨你有何高招任由你全數施展出來。見著大兵屎道落了，𪜶你有啥～～kì$^{n}$-tio̍h toā-peng sài-to-lâu-lò͘, ta$^{n}$-lí ū-sá$^{n}$～～⇨逢到大軍就落屎(喻垂頭喪氣)了，現在你的高招在那裏呢。

【撇傸 phiat-sáng】 春風得意，傸sáng，傸勢sáng-sè亦即裝腔作勢也。老高𪜶～也了láu-ko ta$^{n}$～～ā-lò͘⇨老高而今春風得意了。～～食芋粿,要食透冥炊～～chia̍h-ō͘-kóe, boeh-chia̍h thàu-mê$^{n}$-chhoe⇨童謠。或謂傸sàng，是日文樣sàng，即先生的意思，亦即台日的野合語。

phia̍t
**𦑣** 飛也。禽類鼓翼曰𦑣phia̍t。魚類掙扎亦曰𦑣phia̍t。翅～一下道飛去也si̍t～chi̍t-ē-tō-poe-khì-à⇨翼鼓一下就飛去了。嘴酺乎魚尾～一下chhùi-phé hō͘ hî-bóe～chi̍t-ē⇨面頰被魚尾打一下。

【𦑣尾 phia̍t-bóe】 魚鼓動尾鰭。鰻～～眞有力，你知否moâ～～chin-ū-la̍t, lí-chai-bò͘⇨鰻尾𦑣得很有力，你懂嗎。

【𦑣翅 phia̍t-si̍t】 鼓翼。鷄公拎～～得未拍鷄母的款ke-kang teh～～tit-boeh-phah ke-bó(bú) ê khoán⇨公鷄在鼓翼好像要交尾的樣子。

【𦑣𦑣叫 phia̍t-phia̍t-kiò】 𦑣𦑣有聲。魚仔於魚籠底～～～hî-á tī hî-láng-té～～～⇨魚兒在魚籠中𦑣𦑣作聲。

## phiau

phiau
**標** 木末也。治～兼治本tī～kiam tī-pún⇨同上。表識也。商～siang(siong)～⇨同上。浮～phû～⇨海中指示牌。目的物曰標phiau。目～bo̍k～⇨同上。投～tâu～⇨同上。又古軍隊名。清軍三營爲一標phiau，約相當於今之一團thoân。獅仔～的齒粉sai-á～ê khí-hún⇨同上。翁仔～的雨傘ang-á～ê hō͘-soà$^{n}$⇨同上。老公仔～的鐵馬lāu-kong-á～ê thih-bé⇨同上。清～chheng～⇨男子英俊。女兒即曰標致phiau-tì。

【標本 phiau-pún】 教學用的動植物等的式樣。上山去採～～chiū$^{n}$ soa$^{n}$ khì chhái～～⇨同上。

【標的 phiau-tek】 目的物。目的。訴訟的～～sò͘-siōng ê～～⇨訴訟的目標目的。射擊的～～siā-kek ê～～⇨射擊的目標。

【標高 phiau-ko】 海水面以上的高度。山的高度。～～一萬三千尺～～chit-bān-sa$^{n}$-chheng-chhioh⇨玉山的高度。

【標致 phiau-tì】 丰姿美麗hong-chu-bí-lē。女的是～～，男的也清標，抵好天生的一對lí(lú)-ê lī～～，lâm-ê ā chheng-phiau, tú-hó-thian-seng ê chi̍t-tùi⇨同上。是sī→lī。致tì或作緻tì。

【標註 phiau-chù】 附說明。該～～藉好ài～～chiah-hó⇨需要註記才可以。

【標準 phiau-chún】 所根據的式樣或程度。你用彼類美國～～，您父曷有法得lí iōng hit-lōe bí-kok～～，lín-pē a̍h-ū-hoat-tit⇨你採取那一種的大標準，我怎麼能夠呢。中央～～局tiong-iang～～kio̍k⇨主管度量衡制度的機構。

【標語 phiau-gí(gú)】 宣傳用的重心語句。貼～～tah～～⇨同上。

【標榜 phiau-póng】 互相稱揚。互相～～hō͘-siōng～～⇨同上。

【標頭 phiau-thâu】 嘜頭ba̍k-thâu。商標

siang-phiau。即號～～目前算未穩也chit-hō ～～ bak-chêng sǹg bē(bōe)-bái-ā⇨此種嘜頭現在可以說是不壞的了。

【標題 phiau-tê】 報刊上的題目。新聞用大～～ 抾共伊捧場sin-bûn iōng toā ～～ teh kā-i phâng-tiûⁿ⇨報刊使用大標題在爲他捧場。

【標新立異 phiau-sin-li̍p-ī】 設新的，立不相同的。講到商理人的～～～～，爭奇鬥勝，實在有夠五花十色，無奇不有kóng-kà seng-lí-lâng ê～～～～, cheng-kî-tàu-sèng, si̍t-chāi ū-kàu ngó͘-hōe-cha̍p-sek, bû-kî-put-iú⇨同上。

phiau
飄
回風也。風吹動也。亦作飃phiau。風～～而吹衣hong～～jî chhui-i⇨歸去來辭。

【飄忽 phiau-hut】 輕疾也。～～如神～～jî-sîn⇨同上。精神～～cheng-sîn～～⇨精神動搖不定。

【飄泊 phiau-phek】 流離失所的生活。～～半生垂垂老矣～～poàn-seng, sûi-sûi ló-ī⇨同上。

【飄零 phiau-lêng】 墜落。身世～～sin-sè ～～⇨同上。

【飄飄 phiau-phiau】 輕飛。雨雪～～í-soat ～～⇨同上。風～～而吹衣hong～～jî chhui-i ⇨同上。

phiau
縹
彷彿hóng-hut有無曰縹緲phiau-biáu。忽聞海上有仙山，山在虛無～～間hut-bûn hái-siāng iú-sian-san. san chāi hi-bû ～～kan⇨長恨歌。

phiau
漂
浮也。動也。高遠貌。血流～杵hiat-liû ～chhí(chhú)⇨春杵cheng-chhí在血中浮游。喻死傷之慘重。

【漂撇 phiau-phiat】 瀟灑siau-sà(sá)。脫俗thoat-sio̍k。彯撇phiau-phiat之訛。～～的跮蹉人～～ê thit-thô-lâng⇨瀟灑的流浪漢。阿本仔做人眞～～a-pún-à chò(chòe)-lâng chin ～～⇨阿本爲人瀟灑大方。～～人～～lâng⇨經常衣着入時出手大方之人。

【漂泊 phiau-phek】 流離失所居無定處。同飄泊phiau-phek。

【漂亮 phiau-liāng】 容貌美秀，衣服都麗合時，風度大方等皆曰漂亮。阿花愈看愈～～a-hoe nā-khoàⁿ-ná ～～⇨阿花越看越美麗。阿猴開錢眞～～a-kâu khai-chîⁿ chin～～⇨阿猴出手很大方。

【漂流 phiau-liû】 隨風而漂浮流動。喻生活不安定。一生～～不定it-seng～～put-tēng⇨一生遷東徙西。～～木～～bo̍k⇨隨水流來的木材。山中砍木製材被山洪沖流而來者。

【漂絮 phiau-sī】 漂浮的綿花。亦喻人生的坎坷浮沈。山河破碎水～～，身世浮沈風打萍san-hô phò-chhùi súi ～～, sin-sè phû-tîm hong-táⁿ-phêng⇨文天祥。

【漂積土 phiau-chek-thó͘】 流水運來堆積而成之泥土。～～～壤～～～jiāng⇨同上。

phiau
彯
畫也。飾也。～撇～ phiat⇨飛騰hui-thêng貌(見漂撇phiau-phiat條)。

phiau
剽
刦也。強取也。

【剽竊 phiau-chhiap】 強取。偷取。偷抄文章據爲己作。亦曰剽襲phiau-si̍p。～～人的文章～～ lâng ê bûn-chiuⁿ⇨同上。亦即俗曰文抄公bûn-chhau-kong。

phiâu
漂
以水澄物也。漂phiō也(見phio部)。

【漂白劑 phiâu-pe̍k-che̍】 漂白粉phiō-pe̍h-hún類的總稱。

phiâu
嫖
邪淫也。狎妓ha̍p-ki曰嫖phiâu。彼顆蓋興～hit kho͘ kāi-hèng～⇨那家貨最興狎妓。偷去抾～thau-khī-teh～⇨私自去狎妓中。

【嫖客 phiâu-kheh】 娼寮之常客。

【嫖賭飲 phiâu-tó·-ím】 嫖妓，賭博，飲酒。～～～三路全 ～～～ sa$^{n}$-lō·-chn̂g⇨嫖賭飲三件事皆齊全，樣樣都行。本人～～～之外，無甚麼歹習慣pún-jîn ～～～ chi-goā, bô-sīm-mi-phái$^{n}$-si̍p-koàn⇨謂一個好用之外一詞者的自己介紹詞。

## phih

phih **嬖** 愛幸也。親近褻御之曰嬖phih。乎人～hō·-lâng～⇨給人褻親，謂其當男色（粗語）。

【嬖幸 phih-hēng】 便幸左右近習也。

【嬖尻川 phih-kha-chhng】 粗語。尻川kha-chhng，屁股。

phih **嗶** 聲。劈裂之聲。噴出之聲。

【嗶朴叫 phih-phok-kiò】 物墜地之聲。李仔落到～～～ lí-á lāu-kà ～～～⇨李子連續墮地。朴phok亦作爆pho̍k。皆擬音字。

【嗶朴跳 phih-phok-thiàu】 活潑的形容。厝鳥仔～～～chhù-chiáu-á～～～⇨同上。囡仔～～～gín á～～～⇨同上。

【嗶朴彈 phih-phok-toā$^{n}$】 火燒山林之勢。火燒山，～～～，查某囡仔嬰，走走出來看，目眉毛，燒一半hóe-sio-soa$^{n}$，～～～,cha-bó·-gín-á-e$^{n}$, cháu-cháu-chhut-lâi-khoà$^{n}$, ba̍k bâi-mo, sio chi̍t-poà$^{n}$⇨童謠。

【嗶帕叫 phih-phe̍h-kiò】 雨聲等。外口～～～是扲落雨也不是goā-kháu～～～sī-teh lo̍h-hō· a-m̄-sī⇨外面嗶帕作聲，是不是在下雨。

【嗶呼叫 phih-phuh-kiò】 風等聲。早起時北風～～～chá-khí (í) -sî pak-hong～～～⇨同上。風櫃牽到～～～也，你敢無聽見hong-kūi khan-kà～～～à, lí-kám bô-thia$^{n}$-kìn (ì$^{n}$)⇨同上。鼓動風櫃曰牽khan。放臭屁更 ～～～ pàng-chhàu-phùi koh～～～⇨放臭屁而至嗶帕有聲。

【嗶撇叫 phih-phia̍t-kiò】 魚躍水聲。魚仔跳到～～～hî-á thiàu-kà～～～⇨同上。

【嗶爆叫 phih-phia̍k-kiò】 爆竹聲。炮仔聲～～～扲鬧熱也啦phàu-á-sia$^{n}$～～～teh lāu-jia̍t-à-là⇨爆竹聲嗶爆叫，熱鬧開始了。

【嗶哩噗樂 phih-lí-phok-lo̍k】 嗶嗶噗噗phih-phih-phok-phok之轉。噗亦作朴。

【嗶哩帕裂 phih-lí-phe̍h-le̍h】 嗶嗶帕帕之轉。落到～～～～也了，lo̍h-kà～～～～à-lò·⇨同上。

【嗶哩呼嘍 phih-lí-phuh-lu̍h】 嗶嗶呼呼phih-phih-phuh-phuh之轉。

【嗶哩撇裂 phih-lí-phia̍t-lia̍t】 嗶嗶撇撇phih-phih-phia̍t-phia̍t之轉。

【嗶哩爆略 phih-lí-phia̍k-lia̍k】 嗶嗶爆爆phih-phih-phia̍k-phia̍k之轉。

【嗶嗶朴朴 phih-phih-phok-phok】 嗶噗叫phih-phok-kiò。雨聲等落地聲。兩點仔落到～～～～也，你敢無聽見hō·-tiám-á lo̍h-kà～～～～à, lí-kám bô-thia$^{n}$-kì$^{n}$ (ì$^{n}$)⇨雨下得嗶嗶朴朴聲了，你沒聽見嗎。李仔落到～～～～lí-á lāu-kà～～～～⇨同上。

【嗶嗶帕帕 phih-phih-phe̍h-phe̍h】 哼，更～～～～，愈落更愈有款呢he$^{n}$h, koh ～～～～, ná-lo̍h koh ná-ū-khoán-neh⇨哼，竟嗶嗶帕帕有聲，越下越有個樣子呢。

【嗶嗶呼呼 phih-phih-phuh-phuh】 嗶呼叫phih-phuh kiò。共你講毋當安爾漲，你都佅爾，去扲～～～～也否kā-lí-kóng m̄-thang an-ne-tiù$^{n}$ lí-to-boeh-leh, khì-teh ～～～～ à-hoh$^{n}$⇨對你說過了，不要如此硬吃強吃，你偏要吃，到(厠所)去～～～～了，不對嗎。

【嗶嗶撇撇 phih-phih-phia̍t-phia̍t】 嗶撇叫phih-phia̍t-kiò。猶於魚籠底扲～～～～啦iáu-tī hî-láng-té teh ～～～～ là⇨還在魚籠中嗶撇叫也。

【嗶嗶爆爆 phih-phih-phiak-phiak】 嗶爆叫phih-phiak-kiò。炮仔抙～～～～也phàu-á teh～～～～à⇨爆竹在～～～～作聲了。

## phin

phin
**潾** 水擊有聲也。擊水之聲也。物落水之聲也。

【潾滂 phin-phông】 物落水之聲。聽著一聲～～，恰如人跳落水抙thia$^n$-tioh chit-sia～～kah ná lâng-thiàu-loh-chùi-leh⇨聽到了一聲～～好像是人跳入水的樣子。

【潾潾烹烹 phin-phin-phiang-phiang】 弦樂聲。

【潾潾嗙嗙 phin-phin-phōng-phōng】 爆竹聲，砲火聲。

【潾潾滂滂 phin-phin-phông-phông】 大水奔激之聲。

phín
**品** 物也。等級也。古官階級曰品phín。操行也。宣明條件曰品phín。食～sit～⇨同上。商～siang～⇨同上。物～but～⇨同上。農產～lông-sán～⇨同上。藝術～gē-sut～⇨同上。新作～sin-chok～⇨同上。上～下～siāng～hā～⇨同上。一～夫人it～hu-jîn⇨同上。四～官sì～koa$^n$⇨同上。人～不俗jîn～put-siok⇨同上。萬般皆下～，唯有讀書高bān-poan kai hā～,ûi-iú thok-si-ko⇨同上。若伕拂，道該先～nā-boeh-hut tō-ài seng～⇨如果要幹一下子就應該宣明條件。愛相拍，毋道～無哭的ài-siō-phah, m̄-tō～bô-khàu-ê⇨喜歡打架，不就大家言明不哭的才可以嗎。

【品打 phín-tá$^n$】 pint。英美容量名。亦作品脫phín-thoat。汽油八～～是一加倫khì-iû peh～～si chit ka-lûn⇨同上。

【品行 phín-hēng】 阿搭的～～率等的，你毋知咯a-tah ê～～sut-téng-ê lí-m̄-chai-lò⇨本老爺的品行是最好的，你不曉得嗎。阿搭的a-tah ê⇨①自稱。②相好的。率sut，統率thóng-sut，帶頭tài-thâu,喩領先，最好的。

【品明 phín-bêng】 明品bêng-phín。明約條件。～～拍輸的該叫人阿爸～～phah-su-ê ài kiò-lâng a-pā⇨明白互約打輸者，必須喊人家爲爸爸。

【品性 phín-sèng】 禀性pín-sèng。天成的性質。阿逵的～～不止仔未僫a-kûi ê～～put-chí-á bē(bōe)-bái⇨阿逵的品性相當的不壞。

【品格 phín-keh】 人的品位。人格。家己的～～亦着小顧抙 ka-tī(kī)ê～～ah-tioh sió-kò·-leh⇨自己的品位也應該稍加顧及嘛（不可太亂來）。

【品氣 phín-khì】 禀氣pín-khì。元氣goân-khì。你愈看愈無～～也呢lí jú-khoà$^n$-jú-bô～～à-neh⇨你越看越沒元氣了(快要死了)。

【品級 phín-kip】 等級téng-kip。伊盒論～～相當未細也i ta$^n$ lūn～～，siang-tong bē-sè(bōe-sòe)-à⇨他現在講品級嗎，相當的不低了。

【品捧 phín-phóng】 好作豪遊衒露財富。一寡仔田園無外久道～～了了也chit-koa-á chhân-hn̂g bo-goā-kú to～～liáu-liáu-à⇨一些土地財產，不很久就豪遊開銷淨盡了。有的不講，無的～～ū-ê m̄-kóng, bô-ê～～⇨有的人不開口，沒的人故裝大方。

【品評 phín-phêng】 分其品級評其優劣。農產物～～會lông-sán-but～～hōe⇨同上。

【品管 phín-koán】 品質管制phín-chit-koán-chè。阮的～～未嫌得也goán-ê～～bē(bōe)-hiâm-tit-à⇨我們的品管無可挑剔。

【品嘗 phín-siâng】 一品一品試嘗其味道。試食chhì sit。

【品質 phín-chit】 質地chit-tē·。～～相當，價賬普通～～siang-tong, kè-siàu phó·-thong⇨品質嘛，相當不錯，價錢嘛，普通價錢不貴也不便宜。

【品題 phín-tê(tôe)】 評其高下，定其名目。

一經～～，聲價百倍it-keng ～～，seng-kè pek-pōe⇨同上。

【品文品武 phín-bûn-phín-bú】 訴訟可也，武力可也，任由選擇。彼顆人講著道要～～～～，不好合伊交插hit-kho-lâng kóng-tio̍h tō-boeh ～～～～，m̄-hó kah-i kau-chhap⇨那家貨開口就是訴訟打架，不要和他來往。

**phín 篙** 樂器名。箎thî俗曰篙phín，橫笛hoâiⁿ-te̍k也。年簫月～nî-siau-goe̍h～⇨謂簫一年，篋一月可以習得。

【篙仔囝 phín-á-kiáⁿ】 phín-ná-kiáⁿ。小篙。彼枝洞簫～～～每是竹來剉，竹來做，做絯絯，做死死，不過伊有孔眞姣，歕一下嘪，五六上工×，藉來會叫歌hit-ki thōng-siau～～～, mā-sī tek-lâi-chhò, te̍k-lâi-chò, chò-ân-ân, chò-sí-sí, m̄-ku i-ū-khang chin-chē, pûn-chi̍t-ē-khùi, u-liū-siāng-kong chhe, chiah-lâi ē-kiò-koa⇨童謠，土蚓仔歌tō͘-kín-a koa。

**phìn 拚** 拚piàⁿ也(見piaⁿ部)。

**phìn 砰** 爆竹聲。槍砲聲。

【砰磅 phìn-phōng】 爆竹等之聲。～～叫～～kiò⇨同上。又槍炮聲。

【砰砰磅磅 phìn-phìn-phōng-phōng】 連續爆炸聲。

**phîn 蚲** 小飛虫。形體恰似蠅而較小，大約香脚hiuⁿ-kha 大小的程度，赤黃色。多見於醬缸邊，食淨的果盤等，如不早收拾，立即見其飛舞。

【蚲仔 phîn-á】 phîn-ná。生～～ seⁿ(siⁿ)～～⇨生出小飛蟲。

**phîn 蹁** 蹁phiân也(見phian部)。

**phīn 凴** 凴pīn也。同凴phēng（見pin及pheng各部）。

# phio

**phiò 票** 信券sì-kǹg曰票phiò。銀行有銀～gîn (gûn)～，鈔～chhau～，支～chi～。紙～choá～⇨紙幣。當店tǹg-tiàm有當～tǹg～。法院有傳～thoân～，拘～khu～。選舉有選～soán～，投～tâu～，廢～hùi～，有效～iú-hāu～。勒贖(索)le̍k-sok者有綁～páng～，肉～bah～。交通有船～chûn～，車～chhia～。買～bé～曰拍～phah～。娛樂有門～mn̂g～，戲～hì～等等。

【票包 phiò-pau】 錢包chîⁿ-pau，錢袋chîⁿ-tē。荷包hô͘-pau。～～仔～～á⇨同上。

【票房 phiò-pâng】 戲劇等賣票的地方。～～價値～～kè-ta̍t⇨估計戲劇，影片或演員的身價的一種標準。有～～～～的演員ū～～～～ê ián-oân⇨同上。

【票面 phiò-bīn】 有價證券表面所記的金額。～～三萬元～～saⁿ-bān-goân⇨同上。照～～收chiàu～～siu⇨同上。

【票據 phiò-kì】 滙票hōe-phiò，支票chi-phiò等之有價證券。～～交換所～～kau-oāⁿ-só͘⇨金融機關交換票據的機關。

**phiò 漂** 以水澄物也。以藥物使衣物潔白曰漂phiò。用臭酸泔～iōng chhàu-sng-ám～⇨古以臭酸泔漂白衣物。

【漂白 phiò-pe̍h】 油麻該更～～iû-moâ ài-koh～～⇨同上。～～粉～～hún⇨同上。

【漂布 phiò-pò͘】 使布潔白。

【漂洋 phiò-iûⁿ】 白洋布。

【漂藥 phiò-io̍h】 漂白的藥料。

**phiô 萍** 水草。水～chúi～⇨同上。浮～phû～⇨同上。鴨母撈～ah-bó lo～⇨鴨母以鴨嘴撿食水中之萍。

**phiô 瓢** 挹水漿之具也。一簞食一～飲it-tan-sū，it～ím⇨論語。孔子言顏回家貧如此。→

phiâu。

phiô
**藻** 浮於水面之水草，同萍phiô。

## phit

phit
**匹** 四丈也。布帛廣二尺二，長四丈爲匹phit。俗作疋phit配也。偶也。敵也。計馬曰匹phit，計牛曰隻chiah。布～pò͘～⇨布帛pò͘-pek也。～未過～bē(bōe)-kòe(kè)⇨配不上。牛隻馬～gû-chiah-bé-～⇨同上。

【匹夫 phit-hu】 一夫it-hu。一個男人。～～之勇～～chi-ióng⇨小勇。只能敵一人。又無謀之蠻勇。～～無罪，懷壁其罪～～bû-chōe, hoâi-phek kī-chōe⇨一個人本來無罪的，只因身上懷有美玉就是他的罪。亦即持有身分不相稱的財寶會引來問題。～～匹婦～～phit-hū⇨庶人，亦即普通人。因無妾侍只有一夫匹一婦而已。國家興亡，～～有責kok-ka hin-bông，～～iú-chek⇨同上。

【匹配 phit-phòe】 hun-phòe。阿花合阿三來～～上抵好a-hoe kah a-sam lâi～～siāng(siōng) tú-hó⇨阿花與阿三（兩人）來婚配最合式。咱～～個未過lán～～in bē(bōe)-kòe⇨我們配不上他們。門不當戶不對。阿九嫂仔個後生得未～～阿久伯仔個查某囝呢a-káu-só-à in-hāu-seⁿ(siⁿ) tit-boeh～～a-kú-peh-â-in cha-bó͘-kiáⁿ-neh⇨阿九嫂的孩子將要婚配給阿久伯之女孩子呢。

【匹偶 phit-gó͘】 配偶phòe-gó͘。

phit
**疋** 疋si，足也，俗用同匹phit，尤其是布帛方面。

## phiu

phiu
**彪** 飄也。又走曰彪phiu，疾走也。同猋piu。一聲道～轉去chit-siaⁿ tō～tńg-khì(ì)⇨一下子就跑回家去。家己～過唐山去弄流連ka-tī(ki)～kòe tn̄g-soaⁿ-khì lōng-liu-lian⇨單身一個人跑到唐山去流浪不回。又乎～去也iū-hō͘～khì(ì)-â⇨又被逃脫了。看你安怎～，較～亦於觀音媽的手掌裏khoàⁿ-lí an-choáⁿ～，khah～iah-tī koan-im-má ê chhiú-chiúⁿ-nì⇨看你如何跑法。怎麼跑都是在觀音媽的掌中嘛。

phiù
**嘌** 疾也，無節度也。不中的曰嘌phiù。脚踏～去kha-tah～khì(ì)⇨脚踏得不中的。老目鏡敢看～去了lāu-bak-kiàⁿ káⁿ-khoàⁿ～khì(i) lò⇨老經驗恐怕是看走了眼了。目標掠～去bok-phiau liah～khì(ì)⇨目標看錯了。頭路食到～去thâu-lō͘ chiah-kà～khì(ì)⇨職業做得失業了。入札入到～去jıp-chat jıp-kà～khì(ì)⇨參加競標失敗了。娶某娶到～去，不笑死擔屎的chhoā-bó͘ chhoā-kà～khì(ì), m̄-chhiò-sí taⁿ-sái-ê⇨娶老婆娶得跑掉了，不笑死擔屎的嗎。

## pho

pho
**波** 水湧流也。水面起伏曰波pho。水沫曰波pho，口沫亦曰波pho。又目光亦曰波pho。清風徐來，水～不興chheng-hong chhî-lâi, súi～put-hin⇨前赤壁賦。横中流兮揚素～hêng-tiong-liû-hê iâng-sò͘～⇨秋風賦(漢武帝)。頻送秋～pin-sòng chhiu～⇨佳人連送目波給你。雪文未起～soat-bûn bē(bōe) khí～⇨香皀不起沫。即款的較起～chit-khoán-ê khah-khí～⇨此一類的(皀)較會起沫。嘴～涓涓滴唷，未輸豬哥瀾抔chhùi～chhop-chop-tıh-ō, bē(bōe)-su ti-ko-noā-leh⇨口沫涓涓滴落地，十分像豬哥涎的模樣。電～音～微～tiān～im～bî～⇨科技的新名詞。你莫抔平地起風～lí māi-teh pêng-tē khí-hong～⇨你不要無事而惹出是非。

【波及 pho-ki̍p】 傳開四方。受拖累。～～全國～～choân-kok⇨同上。 受人～～siū-lâng～～⇨遭他人(之事)所施累。

【波折 pho-chiat】 世事變動。中間眞夠～～tiong-kan chin-chē(chōe)～～⇨中間所遭曲折甚多。

【波長 pho-tn̂g】 物理學名詞。有長波、中波，短波的三大別。

【波浪 pho-lōng】 波濤pho-tô。江間～～兼天湧，塞上風雲接地陰kang-kan～～khiam-thian-ióng, sài-siāng hong-hûn chiap-tē-im⇨杜甫。

【波動 pho-tōng】 ㊀物理學名詞。㊁起伏。動搖。物價～～bu̍t-kè～～⇨同上。人心～～jîn-sim～～⇨同上。

【波瀾 pho-lān】 大波浪。～～萬丈～～bān-tn̄g⇨比譬人生的變化曲折多。

【波蘭 pho-lân】 Poland。國名。在中歐。今爲蘇聯之附庸。

【波士頓 pho-sū-tùn】 Boston，地名。在美國東岸紐約之北。爲美國自殖民地時代以來的文化政治商業之有名古市鎭。

【波斯國 pho-su-kok】 Persia。中東古國名。即今之伊朗Iran國也。

pho
**坡** 陂也。山腹之平斜者曰坡pho，俗曰坪phiâ$^{n}$。山～地san～tē⇨山坪soa$^{n}$-phiâ$^{n}$之地。開山～地khai-san～tē⇨開山坪(地)khui-soa$^{n}$-phiâ$^{n}$(-tē)。

【坡坡 pho-pho】 平坦pêng-thán也。平～～pe$^{n}$(pi$^{n}$)～～⇨同上。大路大～～，小路可跮蹉toā-lō· toā～～sió-lō· hó-thit-tô⇨童謠。謂大路又大又平坦，小路可以遊玩。

phó
**普** 普通phó·-thong或曰普通phó-thong。

phò
**破** 剖也。析也。解開法術或對抵招數皆曰破phò。耗費錢財曰破phò。又某種果子由成熟而鬆軟可口亦曰破phò。一術一～it-sut-i̍t～⇨一種法術必有一種破解之法。伊彼步敢成實無～i-hit-pō· kám chiâ$^{n}$-si̍t bô～⇨他那一招豈眞的沒有破解之法了。家～人亡ka～jîn-bông⇨家財耗盡了人死了。柭仔猶未～抮道抮挽，無彩人的物pa̍t-á iáu-bōe～leh tō-teh-bán,bô-chhái lâng-ê-mi̍h⇨柭仔還未鬆軟的(不能吃)就在摘取，暴殄天物也。連定鼇道猶未抮佅～對抮去liân tēng-lî tō iá-bē-leh boeh～tùi toh-khì⇨謂猶未定孷怎麼會破一鬆軟呢。孷仔由花而漸成很硬之果粒並其小果子粒亦皆成形曰定孷tēng-lî，之後又須一段時間才能破phò，至破phò才能入口。又破phò爲鬆軟一詞，似乎是菝仔的專用詞。其他食物的鬆軟可口，似乎都是用脆chhè或粕phà$^{n}$，而不用破phò。

【破血 phò-hiat】 打散惡血。食藥～～chia̍h-i̍oh～～⇨同上。

【破戒 phò-kài】 僧尼破壞戒律。～～僧～～cheng⇨同上。

【破金 phò-kim】 聲音壞了。據說聲在五行是屬金。唱歌的～～道無效也chhiù$^{n}$-koa-ê～～tō bô-hāu-ā⇨同上。

【破約 phò-iak(iok)】 解約kái-iak(iok)。

【破財 phò-châi】 散財。安爾乎你～～了an-ne(ni) hō·-lí～～lò·⇨這樣子就讓你多耗費了。

【破破 phò-phò】 甚鬆軟。柭仔～～也未僫食也pa̍t-á～～ā bē(bōe)-bái-chia̍h-ā⇨柭仔很鬆脆了，不很難吃了。～～眞好食～～chin hó-chia̍h⇨鬆脆得很好吃。柭仔俗作芭樂。

【破產 phò-sán】 法律名詞。宣告～～soan-kò～～⇨法院宣布你破產，然後依法清算。子房未虎嘯，～～不爲家chú-pông bī-hó·-siau，～～put-ûi-ka⇨古詩。子房，張良也。

【破脰 phò-tāu】 亦聊天liâu-thian也。亦烏白講o·-pe̍h kóng也。略同解頤kái-î。另一詞曰落肥lâu-tāu⇨自吹其隱私也。來呷燒茶罔～～

較贏啦lâi ha-sio-tê bóng ～～ khah-iāⁿ-lā⇨來吧大家呷呷茶聊聊天好吧。呷ha，吸而飲之也，俗作呷飯chiah-pn̄g，非。

【破費 phò-hùi】 同破財phò-châi。

【破關 phò-koan】 攻破關隘。

【破天荒 phò-thian-hong】 前所未有。第一次出現。慤仔三請客，哎，這～～～的khok-á-sam chhiáⁿ-kheh, aih, che～～～ê吝嗇鬼阿三請客，哎，此破天荒也。慤khok，謹愿也，質實也。謹於破費，亦即小氣也。吝嗇鬼曰慤khok，曰慤仔頭khok-á-thâu。

【破傷風 phò-siang-hong】 一種病名。病菌由生傷進入的相當嚴重的病症。著傷該預防～～～ tioh-siang ài ī-hông ～～～ ⇨中了生傷流血應該作破傷風之預防。

phò
# 剖
中分爲剖phò。人體解～jîn-thé kái～⇨解開人體各部。解～學kái～hak⇨同上。

【剖拆 phò-thiah】 分辨是非善惡。人伊～～到眞清楚lâng-i ～～ kà chin chheng-chhó⇨人家他剖拆得有條不紊iú-tiâu-put-būn。

【剖驗 phò-giām】 解剖檢驗。該更～～一次ài-koh～～chıt-chhū⇨同上。

【剖面圖 phò-bīn-tô·】 內部的示意圖。亦曰斷面圖toān-biān-tô·。

phō
# 部
書一套曰一部chıt-phō。一～十二卷的册chit～chap-jī-koàn ê chheh⇨一套分爲十二本之書。成套故事亦曰部phō。伊的古，見講攏歸～的i-ê-kó·, kiàn-kóng lóng kui～ê⇨他說的故事，每次講的，都是整套的故事。一～廿四史，叫我從何說起呢chıt～jiap-sì-sú kiò-goá chiông-hô soeh-khí-neh⇨這麼多的問題要我如何講呢。古謂全部歷史曰廿四史jiap-sì-sú。

phō
# 抱
擁iông也。攬lám也。擁之入懷曰抱 phō，歛置手中曰攬 lám，亦即抱 phō。心中所思亦曰抱phō。手裏～chhiú-lí(ní)～⇨懷抱中之小嬰兒。雙手～雙孫siang-chhiú～siang-sun⇨一手各抱一孫。喻子女成家孫輩陸續出現中，充滿幸福感的祖父母。投懷送～tâu-hoâi sòng～⇨喻自願送上門來。相擁相～siang-iông-siang～⇨彼此擁抱。相siang亦相saⁿ。又擁iông亦作攬lám。

【抱心 phō-sim】 ㊀漢字部首。～～旁～～pêng⇨同上。亦曰企心khiā-sim。如快，忱，恢等字是也。㊁血包心。血～～hoeh(huih)～～⇨心臟麻痺症。亦曰血攻心 hoeh (huih)-kong-sim。～～痧～～soa⇨腦貧血 náu-pîn-hiat。

【抱告 phō-kò】 家人代理主人訴訟。家丁～～ke-teng～～⇨同上。

【抱定 phō-tiaⁿ】 ～～心志 ～～ sim-chì⇨堅定心志。

【抱恨 phō-hīn】 餘恨在心。～～終生 ～～chiong-seng⇨同上。

【抱負 phō-hū】 心中之遠大志趣。～～不凡～～put-hoân⇨同上。

【抱怨 phō-oàn】 心存怨望sim-chûn-oàn-bōng。

【抱病 phō-pēng】 破病phoà-pēⁿ(pīⁿ)應作抱病phoà-pēⁿ。

【抱當 phō-tǹg】 保證。負責擔保。我～～啦，你提三千借伊，無，藉對我討goá～～là, lí theh saⁿ-chheng chioh-i, bô, chiah tùi-goá-thó⇨我負責，你拿出三千借給他，他不還了，對我拿。

【抱歉 phō-khiám】 心中有對不起人家之意。

【抱嬰 phō-eⁿ(iⁿ)】 懷抱乳兒。……，人～～，你抱狗，人到厝，你到橋仔頭，人哈哈笑，你目屎矖矖流……，lâng ～～, lí-phō-káu, lâng-kàu-chhù, lí-kàu-kiô-á-thâu, lâng-hah-hah-chhiò, lí-bak-sái nih-nih-lâu⇨童謠。

【抱不平 phō-put-pêng】 恨事情不公道，出頭替人討公道。愛～～～的人ài～～～ê lâng⇨同上。

【抱狗仔過戶定 phō-káu-á-kòe-hō·-tēng】抱小狗越過門限。喻舉手可成的小事。講安爾～～～～～～亦要錢啦kóng an-ne(ni)～～～～～～a̍h-boeh chî$^{n}$-lā⇨謂你看他，如此些少的事情也要錢的（討厭不討厭）。

pho· **䊇** 穀皮也。豆～tāu～⇨飼料用的豆皮屑。麥～be̍h～⇨麥皮屑的飼料。頭～thâu～⇨頭皮屑。亦曰頭皮仔thâu-phôe-á。

pho· **鋪** 布也。陳也。陳設曰鋪pho·。裝飾表面曰鋪pho·。毛豬市價曰豬鋪ti-pho·。有花磚來～較好看ū-hoe-chng lâi～khah-hó-khoà$^{n}$⇨同上。蚊罩被～báng-tà-phōe～⇨夜眠用具類的總稱。拍地～phah-tē～⇨人多設床於地面而眠。拍總～phah-chóng～⇨鋪設多人用之大床。豬～有較起也ti～ū-khah-khí-ā⇨毛豬市價漲上來了。

【鋪仔 pho·-á】鋪枋的小床位。困仔睏～～gín-á khùn～～⇨同上。睏khùn，眠bîn也。本作困khùn。為分別字義，造「睏」字通用。

【鋪石 pho·-chio̍h】路是～～的耳，猶未鋪柏油抲lō·-sī～～ê-niâ, á-bōe(iá-bē) pho·-pek-iû-leh⇨公路是石子路，還未鋪裝柏油路。

【鋪枋 pho·-pang】總鋪不～～伓鋪啥？chóng-pho· m̄～～boeh pho·-sah$^{n}$？⇨大床不鋪以木板要鋪以何物？

【鋪面 pho·-bīn】商人選較佳者置於表面。我這絕對無～～的，透底清的goá che choa̍t-tùi bô～～ê, thàu-té-chheng-ê⇨我此貨絕對沒有特別鋪表面，是從上到底全部一樣的。知知抲啦，人講～～蟶浸水蠔，曷有生理人無小扱抲 chai-chai-leh-lā, lâng-kóng～～than-chìm-chúi-ô, a̍h-ū seng-lí-lâng bô-sió-khioh-leh⇨何必吹牛，古人言，賣蟶者鋪面，賣蠔者浸水，那裏有商人不小做手脚的。扱khioh，整理亦曰扱khioh。作為皆曰扱khioh。鋪面pho·-bīn即同扱面khioh-bīn。

【鋪排 pho·-pâi】㊀交際（含有諂佞成分）。佼～～人gâu～～lâng⇨善於交際之道。准人講的咱都未曉～～人chún-lâng-kóng-ê, lán to bē(bōe)-hiáu～～lâng⇨一如古人言，我是不懂交際之道者（所以吃了虧）。㊁分惠給人。盒每些來～～抲ta$^{n}$-mā chē-lâi～～leh⇨現在亦多少分惠給我如何。

【鋪磚 pho·-chng】人有錢你曷管人要～～或要安金lâng ū-chî$^{n}$ lí-a̍h-koán-lâng boeh～～a̍h-boeh an-kim⇨人家有錢，你管得著人家要鋪磚或要以黃金鋪飾嗎。

【鋪地毯 pho·-tē-thán】鋪裝毛席。更～～落去道眞好也koh～～～lo̍h-khì(ì) tō chin-hó-ā⇨更再鋪毛毯下去就很好了。

【鋪綿裘 pho·-mî-hiû】綿裘mî-hiû。

【鋪橋造路 pho·-kiō-chō-lō·】架設橋梁開闢道路。～～～～功德不少～～～～kong-tek-put-siáu⇨同上。

phó· **酺** 王德廣布，大飲酒也。春秋祭酺亦如之。獻鬼神之食曰酺phó·，俗作普phó·。提去～the̍h-khì～⇨提去食的粗語。市場～chhī-tiû$^{n}$～⇨市場商人七月公祭。船頭～chûn-thâu～⇨七月公祭水鬼。七月～，初一起，～到月尾止chhit-go̍eh～，chhe-it-khí，～kàu go̍eh-bóe-chí⇨七月公祭遊魂餓鬼，是初一開始，酺到月尾為止。食亦曰～亦曰孝孤chia̍h e̍k o̍at～e̍k o̍at hàu-ko·⇨同上。不知佗一個死人提去～肚也m̄-chai toh-chi̍t-ê sí-lâng the̍h-khì(ì)～tō·-ā⇨不知誰拿去吃了（粗語）。酺肚phó·-tō·，食也，與普度phó·-tō·諧音。意為祭餓腹。又孝孤hàu-ko·亦食也。意謂孝敬孤魂也。

phó· **普** 大也。博也。遍也。～天之下，率土之濱，莫非王臣～thian chi hē(hā), sut-thó· chi pin, bo̍k-hui ông-sîn⇨無藥可救的誇大妄想觀念也。

【普及 phó·-ki̍p】普遍及之。遍及各地或各人。～～版～～pán⇨裝釘較簡陋之書。意謂價錢便宜人人有力買之也。

【普施 phó·-si】 廣爲施捨。亦即祭酺chhè-phó·也。～～餓鬼，普度衆生～～ngō-kúi，phó·-tō·-chiòng-seng⇨同上。

【普度 phó·-tō·】 佛家語。㊀廣行剃度。～～僧尼～～cheng-nî⇨同上。㊁廣行法力以救濟衆生。～～衆生～～chiòng-seng⇨廣救大衆度往西天佛士。㊂俗作酺phó·解。亦即以爲七月十五日的盂蘭盆u lân-phûn即是普度phó·-tō·。盂蘭盆u-lân-phûn者，梵語。意爲倒懸，苦之甚。佛家弟子，年年於七月十五日，思念七世父母之苦，乃作盂蘭盆，施佛及僧以報養育之恩，亦即以爲是日施佛及僧，功德無量，可救七世父母倒懸之苦也。

【普通 phó·-thong】 尋常的。平常的。一般性的。～～人～～lâng⇨尋常百姓人家。～～車～～chhia⇨一般民衆所乘之車。～～文官～～bûn-koaⁿ⇨沒有長字號的下級官員。

【普遍 phó·-phiàn】 ㊀各地或各人皆有之，或皆一樣。逐位攏眞～～tak-ūi lóng chin～～⇨各地都有之，都一樣。㊁不稀奇。具有自負感的自謙詞。例如對已的稱讚之話，答以一句普遍phó·-phiàn或重複一次，即是不稀奇或無稀罕bô-hi-hán的意思。

【普天下 phó·-thian-hē(hā)】 滿天下moá-thîⁿ-ē。～～～啥人無父母～～～siaⁿ-lâng bô-pē-bó⇨同上。

【普斯遍 phó·-su-phián】 遍phiàn特別改讀遍phián。同普遍phó·-phiàn之㊁，爲一新名詞。愚意此詞，造得有學問而又文雅。以普斯遍矣phó·-su-phiàn-ī四字來解釋亦甚適當也。

【普天同慶 phó·-thian-tông-khèng】 滿天下同感喜悅。

phó·
**譜** 籍錄也。表也。歌謠之音節曰譜phó·。族～chok～⇨家族之系統表。畫～ōe～⇨畫之範本。曲～khek～⇨樂～gak～⇨音樂的音節表。又成規曰譜。話傷離～ōe-siuⁿ-lī～⇨話太離事實(成規)了。講了較無～kóng-liáu khah-bô～⇨說得不近標準。

【譜脈 phó·-meh】 概略khài-liak。大約的脈路。知影～～仔耳chai-iáⁿ～～á niâ⇨只知其概畧而已。

phó·
**頗** 少也。甚也。

【頗略仔 phó·-liok-á】 頗頗仔phó·-phó·-à。伊每～～～耳i mā～～～niâ⇨他也不過略知皮毛而已。

【頗頗仔 phó·-phó·-à】 大約tāi-iak。大概tāi-khài。～～～八～～～bat(pat)⇨略識其一二。～～～知耳～～～chai-niâ⇨略知其一二而已。我～～～啦，無眞詳細啦goá～～～lâ, bô chin siâng(siông)-sè-lâ⇨我略知皮毛，不很詳細。

【頗其略仔 pho·-kî-liok-á】 大概，大約。～～～～知影道好也～～～～chai-iáⁿ tō-hó-à⇨只知其概略就夠了。講功夫是～～～～耳啦kóng kang-hu sī～～～～niâ-lâ⇨提到功夫嗎，大約畧通一二而已。

phó·
**浦** 水濱也。珠還合～chu-hoân hap～⇨喻物失而復得。合浦產珍珠，因惡吏苛歛誅求，迫令珠市消失，循吏來後，珠市又告復興。亦可見官之良否與地方繁榮，有重大關係。

phò·
**鋪** 店也。或謂路店曰鋪phò·。又路程也。千步爲里，十里爲鋪phò·。店～tiàm～⇨置貨賣物之處也。老～lāu～⇨老店lāu-tiàm。離天七～外路lī-thîⁿ chhit～goā-lō·⇨謂相差遠矣。

【鋪戶 phò·-hō·】 商家。

【鋪路 phò·-lō·】 路程lō·-thêng。鋪數phò·-sò·。者去猶有幾～～chia-khì iáu-ū kui～～⇨此去還有若干鋪之路程。

phò·
**柨** 柨烏仔phò·-o·-á，一種樹名。其子曰柨子phò·-chí，較花生粒略粗大。醬豉之，可爲佐飯之佳品。亦曰柨烏仔子phò·-o·-á-chí。俗曰破布子phoà-pò·-chí，蓋柨烏仔子phò·-o·-á-chí

之訛也。

phô͘
捙 捫持也。按而持之也。從下面掌支之曰捙phô͘。凡奉承巴結皆曰捙phô͘。俗作扶phô͘。但捙phô͘雖亦可曰扶hû，其差異甚大。例如孔明扶hû阿斗，關公扶hû劉備，皆不是捙phô͘而是出於公義之輔也。又曹操捙phô͘關公，或當今的官員捙phô͘議員，亦不是扶hû，而是出自私意私利之打算。故不宜用扶hû字而宜用捙phô͘字也。即顆柴～未振動chit-kho͘ chhâ ～bē(bōe) tín-tāng⇨此大木扶不動。即枝竹～起來頂面chit-ki tek ～ khí-lâi téng-bīn⇨此枝竹捙到上面來。阿三都佼～耳，伊會曉啥a-sam to gâu ～ niâ i ē(ōe)-hiáu-siah$^{n}$⇨阿三只是善於奉承而已，之外他能幹何事。伊都會曉～耳i to ē(ōe)-hiáu～niâ⇨他只是會奉承而已。捙phô͘，俗作抔phō͘。惟抔，手掬物也，非捫持。

【捙仙 phô͘-sian】 捙羼脬phô͘-lān-pha專家。亦作捙先phô͘-sian。

【捙撐 phô͘-thá$^{n}$】 奉承hōng-sîn。巴結pa-kiat。佼～～gâu～～⇨同上。

【捙後脚 phô͘-āu-kha】 扯後腿 chhé-āu-thúi。暗中妨害。要笑曷好～～～ sńg-chhiò a̍h-hó～～～⇨開玩笑何可扯後腿。扯chhé，撦chhé的俗字，裂也。亦即拉開的意思。

【捙徙位 phô͘-soá-ūi】 捙而移動其位置。同調徙位chhiâu-soá-ūi。捙phô͘與調chhiâu，約略相同。不過嚴密講即捙phô͘是上下動，調chhiau是左右或前後動。捙振動phô͘-tín-tāng是捙而上下動之，調振動chhiâu-tín-tāng乃調換其位置。至捙徙位 phô͘-soá-ūi 與調徙位chhiâu-soá-ūi即完全相同也。又調chhiâu即是調tiâu，調振動chhiâu-tín-tāng即是調動tiâu-tōng，所謂白話，文讀之差而已。共我～～～扲道好kā goá ～～～ leh tō-hó⇨爲我動一動其位置就好了。

【捙羼脬 phô͘-lān-pha】 羼脬，俗作生葩，巧諂善佞 khiáu-thiám-siān-lēng。刻意奉承khek-ì-hōng-sîn。掌甲修尖尖，扲～～～耳chéng-kah siu-chiam-chiam, teh ～～～ niâ⇨只是指甲修得尖尖在捙羼脬而已。修尖siu-chiam才能煞痒soah-chiū$^{n}$。又羼脬lān-pha陰囊im-lông也。捙羼脬即拍馬屁也。

【捙起捙落 phô͘-khí-phô͘-lo̍h】 扶而上之又扶而下之。許爾重的物，安爾叫人～～～～未輸猶的hiah-ni-tāng ê mi̍h, an-ne(ni) kiò-lâng ～～～～ bē(bōe)-su siáu-ê⇨那麼重的東西，要人如此搬上又搬下，好像是神經病的。

phō͘
簿 記事之册也。賬～siàu～⇨帳簿tiàng-phō͘。帳tiàng(tiòng)俗曰賬siàu。日記～ji̍t-kì～⇨按日記事册。日清～ji̍t-chheng～⇨按日記出入賬目之册。登記～teng-kì～⇨同上。出席～chhut-se̍k～⇨同上。成績～sêng-chek～⇨同上。功勞～kong-lô～⇨同上。手指～仔chhiú-chí～á⇨小記事册。閻羅～giâm-lô～⇨閻羅王之簿册。據稱是記每個世人之善惡生死者。交～官kau～koa$^{n}$⇨主管閻羅簿者。

【簿仔 phō͘-á】 簿册。小册。無～～好記，賬攏直要花去也bô～～hó-kì, siàu lóng ti̍t-boeh hoe-khì(ì) â⇨無賬簿好記，致使賬目都快要亂了。

【簿記 phō͘-kì】 新式的記帳法。商業～～siang-gia̍p～～⇨同上。銀行～～gîn-hâng～～⇨同上。家計～～ko-kè～～⇨同上。

phō͘
廍 製糖所曰廍phō͘。糖～thn̂g～⇨同上。蔗～chià～⇨以甘蔗爲原料之製糖所。機器～ke-khì～⇨使用新式機器之糖廍。

【廍亭 phō͘-thêng】 糖廍的壓榨機房。大約高有五六丈，頂尖底圓之圓錐形建築物。你都開道如～～，揑道如雨傘裥爾lí to khui-tō ná ～～，liap-tō ná-hō͘-soà$^{n}$-kéng-leh⇨謂其鷄胖ke-kui，一吹大如廍亭，一縮小如雨傘收合狀。

【廍脚 phō-kha】 糖廍區域內之蔗農。亦曰鬮仔旁khau-á-pêng。意謂抽鬮之一方。抽鬮以決定搾蔗先後也。

phō·
**菩** 菩提phō·-thê也。佛家語。意謂道或正覺。

【菩薩 phō·-sat】 佛皆曰菩薩phō·-sat。觀世音～～koan-sè-im～～⇨同上。普賢～～phó·-hiân～～⇨同上。

【菩提樹 phō·-thê-chhiū】 樹名。似乎是佛家的聖樹。據說，佛坐其樹下歸正果。又其樹子，可製爲念珠云。

## phoa

phoà
**剖** 判也。中分爲剖phoà。剖柴phoà-chhâ剖西瓜phoà si-koe等是也。但除解剖kái-phò之外，俗皆用破phoà字。

phoà
**破** 壞也。散也。軍敗城陷皆曰破phoà。剖phoà也，拆thiah也。凡事敗露皆曰破phoà。指摘其非或提示奧妙，亦曰破phoà。加物以改其性亦曰破phoà。不吉祥亦曰破phoà。碗盤攏～也，花瓶每～也oá$^n$-poâ$^n$ lóng～à，hoe-pân mā～à⇨同上。衫～褲亦～也sa$^n$～khò· ah～à⇨同上。周瑜大～曹操chiu-jî tāi～chô-chhò⇨同上。南城～也lâm-siâ$^n$～à⇨南城被攻陷了。船～海坐底chûn～hái chhē-té⇨船破了海負責（最後的責任）。有功無賞拍～著賠ū-kong bô-siú$^n$ phah～tioh pôe⇨同上。代誌～了tāi-chì～lō⇨大事敗露了。陰謀～也im-bô·～à⇨同上。開～khui～⇨說明是非。點～tiám～⇨指出。講～不值半個錢kóng～m̄-tat poà ê-chî$^n$(î$^n$)⇨說穿了不值半文錢。縛粽不免～pak-chàng m̄-bián～⇨縛粽不必加硬米。略仔～扲敢較好食lioh-á～leh ká$^n$-khah-hó-chiah⇨加一點硬米恐怕會更好吃的。今年査某的講～七月kin-nî cha-po·-ê kóng～chhit-goeh⇨今年男的據說是七月不祥。鷄胿～了ke-kui～lò·⇨牛吹破了。看眞～khoà$^n$-chin～⇨事情看得很徹底。看～世情khoà～sè-chêng⇨看透塵世俗事。豈扲看不～ká-teh khoà$^n$-m̄-～⇨豈扲不看破。敢撞～人的金斗甕仔kám-lòng～lâng-ê kim-táu-àng-á⇨敢是犯了撞破別人骨壺之罪了。拍～人的姻緣，猪不食狗不哺phah-～lâng ê in-iân ti-m̄-chiah káu-m̄-pō·⇨打破人家的婚姻，豬狗都不食其肉。極言其不應該破壞婚姻關係。

【破土 phoà-thó·】 工程在開工之時祭拜土神以避凶就吉。後月初一要～～興工也āu-goeh-chhe-it boeh～～hin-kang-a⇨下月一日將興工了。

【破孔 phoà-khang】 ㈠穿洞。新衫道～～也sin-sa$^n$ tō～～a⇨新衣就穿洞了。㈡秘事敗露。早晚會～～嘛chá-bān ē(ōe)～～mā⇨一定會敗露的。

【破仔 phoà-á】 古八股文開頭之句，須點破試題之含意，曰破題phò·-tê。俗曰破仔phoà-á。～～做得誠好～～chò(chòe)-tit chiâ$^n$-hó⇨破題的起句起得非常之好。

【破皮 phoà-phôe(phê)】 皮膚破了。～～耳，無流血～～niâ，bô-lâu-hoeh(huih)⇨皮破而已，沒出血。喻小事而已，未弄出大問題。

【破布 phoà-pò·】 水流～～四界抔chúi-lâu～～sì-kè-khê⇨喻行無定址。盒都若水流～～扲ta$^n$-to-ná chúi-lâu～～leh⇨現在很像水流破布一樣行無定址也。～～烏～～o·⇨一種樹俗叫柨糊仔phò·-o·-á或柨糊仔樹phò·-o·-á-chhiū，俗曰破布烏phoà-pò·-o·。～～子～～chí⇨柨糊仔子phò·-o·-á-chí。鹽漬加工即成一種很好的佐食品。俗稱柨子phò·-chí。

【破帆 phoà-phâng】 彩虹出現雙重的。出～～，水流人chhut～～，chúi lâu-lâng⇨雙重虹出現，將有流人之大水。

【破戒 phoà-kài】 不守戒律。～～和尙～～hôe-siū$^n$⇨同上。

【破肚 phoà-tō͘】 臭事敗露。食錢案～～也chiah-chîⁿ-àn～～ā⇨貪污案敗露了。

【破拍 phoà-phah】 缺點khoat-tiám。瑕疵hâ-chhû。毋知有啥～～，無那要杏爾俗m̄-chai-ū-siáⁿ～～, bô ná-boeh chia-ni-siok⇨不知有何缺點，否則何以肯這麼便宜。

【破衫 phoà-saⁿ】 破衣裳。～～罔堵風～～bóng-tú-hong⇨破衣姑且禦風寒。

【破事 phoà-sū】 秘事敗露。你共看抄，連鞭會～～，不信你藉看lí kā-khoàⁿ-leh, liân-piⁿ ē(ōe)～～, m-siàn lí-chiah-khoàⁿ⇨你瞧著吧，不久會敗露的，不信你看著吧。

【破約 phoà-iak(iok)】 不守所約。自己先～～，更抄講別人chū-kí seng～～, koh-teh-kóng pat-lâng⇨自己先行不守約，竟在數說別人不守信。

【破城 phoà-siâⁿ】 ㊀廢城hùi-siâⁿ。㊁攻陷城池。

【破相 phoà-siùⁿ】 五官或四肢有所欠損。畸脚～～khôe-kha～～⇨跛足破相。畸khôe，脚手病也，五官或四肢不全亦曰畸khôe。

【破財 phoà-châi】 失財的命運。相命卜卦者的名堂。～～命～～miā⇨同上。無～～亦會破病bô～～iah-ē(ōe) phoà-pēⁿ⇨不損財也要損身。

【破柴 phoà-chhâ】 剖木爲薪。～～連砧破～～liân-tiam-phoà⇨剖木連其墊砧亦一併剖開掉。謂責備或抗議之時，連對你密告者的姓名亦一併提出抗議。不予掩蓋。看人食肉，毋看人～～khoàⁿ-lâng chiah-bah, m̄-khoàⁿ-lâng～～⇨謂甯可冒看人食肉的失儀，不冒看人破柴之危險。

【破脆 phoà-chhè】 聲欠清脆。～～聲耳，侍無，人未穲～～siaⁿ-niâ, boeh-bô lâng-bē(bōe)-bái⇨聲有吵啞聲而已，否則人却生得不甚醜。～～鷄母～～ke-bó⇨火鷄母hóe-ke-bó͘，謂其嘴上經常鷄鷄叫ke-ke-kiō。

【破厝 phoà-chhù】 同破康。破屋phoà-ok。～～桶仔tháng-á⇨破爛小屋。～～漏鼎苦死某囝～～lāu tiáⁿ khó͘-sí-bó͘-kiáⁿ⇨喻貧家妻兒苦。

【破家 phoà-ke】 敗家pāi-ke。破產phò-sán。便宜食～～pân(piân)-gî chiah～～⇨貪便宜貪食，將招致破產。

【破格 phoà-keh】 瑕疵hâ-chhû。缺點。愛開道眞～～也ài-khai to chin～～ā⇨喜歡浪費就是很大的缺點了。開khai，浪費，亦指冶遊iá-iû。～～鷄母～～ke-bó⇨亂叫之母鷄。喻厚話kāu-ōe而又聲音高昂之女人。

【破病 phoà-pēⁿ(pīⁿ)】 身患病。伊～～於抄，未得去啦i～～tī-teh, bē(bōe)-tit-khì-là⇨他有病在身，不能去了。或謂抱病phoà-pēⁿ之轉化。

【破扇 phoà-sìⁿ】 ～～引淸風，拍死一隻蚊仔王～～iń-chheng-hong, phah-sí chit-chiah báng-á-ông⇨同上。

【破婊 phoà-piáu】 臭女人。

【破蛋 phòa-toaⁿ】 鷄嫒仔ke-noá-á初生蛋。鷄嫒仔ke-noá-á⇨生蛋前之鷄小姐。喻新娘初產。

【破猫 phoà-bâ】 罵女人之詞。歹查某pháiⁿ-cha-bó͘。彼隻～～hit-chiah～～⇨那一隻破婊。那個壞女人。

【破費 phoà-hùi】 應說phò-hùi。增加開銷。浪費。見來見乎你～～，眞歹勢kiàn-lâi kiàn-hō͘-lí～～ chin-pháiⁿ-sè⇨每次來每次讓你破費，很對不起。

【破棺 phoà-koan】 開棺khai-koan。～～驗屍～～giām-si⇨同上。

【破牌 phoà-pâi】 同破婊phoà-piáu。或謂應作破排phoà-pâi。

【破筆 phoà-pit】 小童初上學。七歲道～～了chhit-hòe(hè) tō～～lò͘⇨七歲就上學了。～～仔～～á⇨小學新生。

【破童 phoà-tâng】 童乩自傷其身。

【破裘 phoà-hiû】 破衣。裘hiû，雙重衣。食酒亦穿～～，無食酒亦穿～～chiah-chiú iah-chhēng～～，bô-chiah chiú iah-chhēng～～⇒飲酒者亦穿破衣，不飲者亦穿破衣。謂飲不飲酒不是問題，能否設法有無打算才是問題。否則酒錢何來。

【破鼓 phoà-kó͘】 壞鼓hāi-kó͘。～～救月～～kiù-goeh⇒喻平時無用之物，有時亦可以大用。俗以月蝕時應鳴鑼鳴鼓，甚至破廢者亦可，總之要以鬧聲大鳴以求回之曰救月。

【破腹 phoà-pak】 ㊀動刀剖腹。～～驗屍～～giām-si⇒同上。㊁講實話。盒都～～俾你看也taⁿ-to～～hō͘-lí-khoàⁿ-à⇒今已提出眞心話你聽見了。

【破損 phoà-sún】 破而損失。講若有～～要賠啦kóng nā-ū～～boeh-pôe-là⇒說是如果有破損將負責賠補損失。

【破鼎 phoà-tiáⁿ】 ㊀～～罔炒菜～～bóng-chhá-chhài⇒未漏無要緊bē(bōe)-lāu bô-iàu-kín。漏lāu與老lāu諧音。㊁經期來了。～～塞袩布～～that-chah-pò͘⇒月經來潮，杜以袩布。袩布chah-pò͘，女人身上的應急布巾類。㊂講被人強姦到～～也kóng hō͘-lâng kiâng-kan-kà～～à⇒聽說被強姦得破裂了。

【破監 phoà-kaⁿ】 囚犯逃出監外。集體～～chip-thé～～⇒結隊逃獄。

【破粿 phoà-kóe(ké)】 ㊀爛粿。～～揕乞食～～tìm khit-chiah⇒爛粿投給乞食。㊁粿kóe亦喻女陰。

【破頭 phoà-thâu】 童乩tâng-ki以劍自傷其頭。童乩～～tâng-ki～～⇒同上。

【破篾 phoà-bih】 剖竹為篾。～～仔做菜籃仔～～á chò(chòe)-chhài-nâ-á⇒同上。

【破縫 phoà-phāng】 同破孔phoà-khang。圓曰孔khang，長曰縫phāng。

【破膽 phoà-táⁿ】 膽臟破裂。喻大驚之極。干仔驚道～～也kan-a-kiaⁿ tō～～à⇒只是怕就破膽了。

【破額 phoà-hiah】 ㊀童乩自傷其頭額。㊁額中有凹溝之相，為大凶之相。生十個缺嘴的，不生一個～～的seⁿ(siⁿ)-chap-ê khih-chhùi-ê, m̄-seⁿ(siⁿ) chit-ê～～ê⇒謂甯可生下十個缺唇的，不可生一個破額的。

【破題 phoà-tê】 古八股文之開頭起句。同破仔phoà-á。

【破爛 phoà-noā】 phoà-lān。～～貨，要現錢～～hòe(hè), boeh hiān-chîⁿ⇒破爛貨，要現款交易。謂娼妓無賒欠也。

【破鬖 phoà-sàm】 破亂，破爛曰破鬖phòa-sàm。鬖sàm，毛長也。作毛髮不整解。亦作毿sàm，亦毛長也。散卑卑的一家人穿的是～～衫，食的是番薯顆糜sàn-phí-phí ê chit-ke-lâng, chhēng-ê-sī～～saⁿ, chiah-ê-sī han-chî-kho͘-moâi⇒同上。恰如～～鷄母抄，敢有像人kah-ná～～ke-bó-leh, kám-ū-chhiūⁿ-lâng⇒宛然像破衫鷄母一樣，那裏像個人樣。門戶～～，豬狗亂鑽mn̂g hō͘～～, ti-káu loān-chǹg⇒鑽chǹg，穿梭chhoan-so於其間也。謂家門衰落，各路龍蛇都在出入。

【破一裂 phoà-chit-lih】 破一縫phoà-chit-phāng。唪唪吱，肩頭～～～，無某當補紩，想著喉道滇phōng-phōng-chhi; keng-thâu～～～, bô-bó͘ thang-pó͘-thīⁿ, siūⁿ-tioh âu-tō-tīⁿ⇒乞食唪管歌。滇tīⁿ，滿boán也，moá也。

【破甘蔗 phoà-kam-chià】 以蔗刀剖開甘蔗的遊戲。隨便一枝蔗，以單手操刀持蔗，看你能以若干刀由蔗尾剖開到蔗頭的遊戲，也是賭博。不是約柑仔道是～～～啦，做店仔撐好耳不m̄-sī ioh-kam-á tō-sī～～～là, chò(chòe)-tiàm-á-thèⁿ hó-niā-m̄⇒不是約柑就是破蔗，做小店的支柱可以而已，不對嗎。終日在小店飲茶閑聊曰店仔撐tiàm-á-thèⁿ，亦即支持其不倒之柱。約柑仔ioh-kam-á，猜想柑中有幾小瓣的遊戲。贏者得其柑。

【破冰船 phoà-peng-chûn】 碎冰船chhùi-peng-chûn。冲碎港中結冰以開啓航路之特種船隻。

【破雨傘 phoà-hō͘-soàⁿ】 ～～～更興展～～～koh-hèng-tián⇨謂庸才反而興出風頭。

【破雌屄 phoà-chi-bai】 臭女人。雌屄chi-bai，女陰也。雌或作屌。

【破鷄筅 phoà-ke-chhéng】 鷄筅ke-chhéng者，趕鷄的小道具。以鴨卵大的桂竹，長約四尺許，其一端剖開爲六或八片，持未破之一端擊地作查查聲以趕去鷄群者也。喩大聲者，一枝嘴未輸～～～抖chit-ki-chhùi be(bōe)-su～～～leh⇨你的嘴比破鷄筅還要擾人耳孔。

【破鬢梳 phoà-pìn-se】 頭髮由中央兩分的梳法。亦曰對破梳tùi-phoà-se。

【破綿績假氈 phoà-mî-chioh-ké-chiⁿ】 破綿績假成毛毯mo-thán。亦喩庸才興逞能。氈chiⁿ，精chiⁿ諧音。

【破鏡難重圓 phoà-kiàⁿ-lân-têng-îⁿ】 離別的夫妻難再合。～～～～～覆水難歸盆～～～～hok-súi-lân-kui-phûn⇨同上。

**phoà 抱** 抱病phoà-pēⁿ(pīⁿ)，破病phoà-peⁿ也(見pha部)。

**phoâ 嫳** 老家嫳lāu-ke-phoâ也。老女的脚色kioh-siâu也。

**phoā 絆** 繫馬足也。繫首曰羈kī，繫足曰絆phoā，皆繫馬使不亂跑也。索形或長布等物暫置亦曰絆phoā。薰吹～於頷頸仔hun-chhoe～tī ām-kún-á⇨同上。手～於伊的肩胛頭chhiú～tī i ê keng-kah-thâu⇨手放在他(她)的肩上。

【絆巾 phoā-kin】 披肩phi-kian。

【絆於 phoā-tī】 披掛在……。衫仔～～遮風saⁿ-á～～jia-hong⇨衣掛在床架上。頭布～～牛車thâu-pō͘～～gû-chhia⇨同上。毛巾～～浴間內mo-kin～～ek-keng-lāi⇨同上。

【絆胛 phoā-kah】 披掛在肩上。紅綾～～âng-lêng～～⇨紅綾布披掛肩上。古時有不白寃洗淸了，縣老爺賜以紅綾絆胛回家，算是很體面的。

【絆鏈 phoā-liān】 項練hān-liān。

【絆馬索 phoā-bé-soh】 軍用捉馬之繩索。～～～來耳，一下道掠著也～～～lâi-niâ, chit-ē tō liah-tioh-â⇨絆馬索一來，一下子就捉到了。

## phoaⁿ

**phoaⁿ 潘** 姓氏。潘金蓮通姦害夫phoaⁿ-kim-liân thong-kan hāi-hu⇨水滸傳的故事。

**phoàⁿ 判** 分也，裁決也。公～kong～⇨公開審判。審～sím～⇨審問分出是非。裁～chhâi～⇨裁決；其事其人。研～gián～⇨研究案情。通～thong～⇨古官名。→tong-phoàn

【判合 phoàⁿ-hap】 合其半以成夫妻hap-kî-poàn í sêng hu-chhe。～～無判離～～bô-phoàⁿ-lī⇨謂夫妻糾紛案件都是判定和合，不判定分離的。往時如此今似非矣。

【判行 phoàⁿ-hêng】 機關首長裁定書類案件的處理方法。長的～～了也，會用得也tiúⁿ-ê～～liáu-â, ē(ōe)-iōng-tit-â⇨長官判行過了，行了。

【判刑 phoàⁿ-hêng】 判決phoàⁿ-koat的俗稱。亦曰判罪phoàⁿ-chōe。意謂判了徒刑或判定有罪。

【判決 phoàⁿ-koat】 法院裁決。～～死刑～～sí-hêng⇨同上。～～書～～si(su)⇨同上。

【判官 phoàⁿ-koaⁿ】 ㊀裁判之官員。㊁城隍sêng-hông的隨員。有文判bûn-phoàⁿ與武判bú-phoàⁿ的兩員。

【判例 phoàⁿ-lē】 法律名詞。法院對訴訟事件判決的先例。

【判定 phoàⁿ-tēng】 認定jīm-tēng。～～贏

～～iâ$^{n}$⇨拳擊比賽等，有此辦法。

**【判斷 phoà$^{n}$-toàn】** 斷定或認定曰判斷。我的～～有正確否goá ê～～ū chèng-khak-hoh$^{n}$⇨我的判斷很正確吧。～～錯誤煞輸去～～chhò-gō· soah-su-khì(ì)⇨判斷錯誤以致輸敗了。

**phoā$^{n}$ 伴** 侶也。相依曰伴phoā$^{n}$。同羣曰伴phoā$^{n}$。良～liâng～⇨同上。陪～pôe～⇨同上。做～chò(chòe)～⇨同上。結～kiat～⇨同上。囡仔～gín-á～⇨同上。博儌～po̍ah-kiáu～⇨儌友 kiáu-iú，賭友 tō·-iú。食酒～chia̍h-chiú～⇨酒友。有～較鬧熱ū～khah nāu-jia̍t⇨同上。伊講無～不敢去i-kóng bô～m̄-ká$^{n}$-khì⇨同上。獨夜無～守燈下，清風對面吹to̍k-iā bô～chiú-teng-hē, chheng-hong tùi-bīn-chhoe⇨台灣歌。

**【伴手 phoā$^{n}$-chhiú】** 訪問友朋親戚之家，順帶的小禮物。主要以兒童爲對象者。亦曰等路tán-lō·或手信仔chhiú-sìn-á。無帶～～都歹勢去咧bô-toà～～to pháí$^{n}$-sè-khì-leh⇨不帶禮物不好意思去呢。

**【伴坐 phoā$^{n}$-chē】** 陪坐pôe-chē。你先於者～～，我連鞭來lí seng tī-chia～～，goá liâm-pi$^{n}$-lâi⇨你先在此陪坐，我馬上就回來。陪乘車。阿花小姐～～去行香也a-hoe-sió-chiá～～ khì hêng-hiu$^{n}$-a⇨阿花小姐陪乘去行香了。

**【伴房 phoā$^{n}$-pâng】** 伴嫁到男家照顧新娘的老婦。

**【伴奏 phoā$^{n}$-chàu】** 音樂的表演形式。獨奏或獨唱者，由別人以別種樂器奏和。朱阿肥小姐小提琴獨奏，陳排骨先生鋼琴～～chu-a-pûi-sió-chiá sió-the̍h-khîm to̍k-chàu, tân-pâi-kut-sian-seng kǹg-khîm～～⇨⇨同上。

**【伴侶 phoā$^{n}$-lī】** 良伴liâng-phoā$^{n}$。朋友pêng-iú。最佳的～～chòe-ka ê～～⇨同上。

**【伴嫁 phoā$^{n}$-kè】** 隨新娘到男家去皆曰伴嫁。～～的眞大陣來～～ê chin-toā-tīn-lâi⇨伴嫁者很多人來到了。

**【伴駕 phoā$^{n}$-kà】** 隨駕sûi-kà。陪伴人員。

**【伴壇 phoā$^{n}$-toâ$^{n}$】** 逮拜的tòe-pài-ê。陪祭的pôe-chè-ê。阮是否，阮都不是～～的，道是逮拜的，無道是湊鬧熱的，攏是無效的啦goán-sī-bò·, goán-to m̄-sī～～ê, tō-sī tòe-pài-ê, bô-tō-sī tàu-lāu-jia̍t-ê, lóng-sī bô-hāu-ê-là⇨我們嗎，我們是非伴壇就是逮拜的，否則就是湊熱鬧的，都是無作用者也。

**【伴膽 phoā$^{n}$-tá$^{n}$】** 做膽chò(chòe)-tá$^{n}$。你驚鬼都叫阿花去～～道好也lí kia$^{n}$-kúi tō-kiò-a-hoe-khì～～tō-hó-à⇨你怕死就叫阿花去做伴就可以了。又助聲勢也。無要緊，拂伊，我共你～～bô-iàu-kín, hut-ì, goá-kā-lí～～⇨沒關係，拼好了，我伴著你助膽。

**【伴讀 phoā$^{n}$-tha̍k】** 讀書有人爲伴。美人～～蓋好也bí-jîn～～kài-hó-à⇨美人伴讀最好不過了。

**【伴食大臣 phoā$^{n}$-chia̍h-tāi-sîn】** 喻平庸作不得主之人。我咯，～～～～耳啦goà-lò·,～～～～niā-là⇨我嗎，只不過是～～～～而已了(算是謙詞)。原出伴食宰相phoān-sit-chái-siàng，亦即唐名相姚崇的故事。

**【伴君如伴虎 phoā$^{n}$-kun-jî-phoā$^{n}$-hó·】** 喻侍奉暴君之危險性，生命旦夕難保。～～～～～，生命在旦夕～～～～～，sè$^{n}$-miā chāi-tàn-se̍k⇨同上。

**phoā$^{n}$ 絆** 繫馬足也⇨絆phoā也。牛索尾～於脚裡，共我透開咧gû-soh-bóe～tī kha-nī, kā-goá tháu-khui-leh⇨牛索尾纏在我足，爲我解開kái-khui吧。透thàu，舒暢也，引伸爲解kái，亦即透tháu。

**【絆倒 phoā$^{n}$-tó】** 繩索纏足而倒。被索仔～～去hō· soh-á～～khì(ì)⇨被繩子絆倒了。

**【絆鏈 phoā$^{n}$-liān】** 飾物名，項鍊hāng-liān。

【絆馬索 phoā$^{n}$-bé-soh】 妨害馬匹前進的大索。多爲軍用者。

## phoah

**phoah 潑** 灑也。澆也。以脆力使器中之液體飛散落地曰潑phoah。雨水飛打亦曰潑phoah。海湧抙～hái-éng teh～⇒海浪飛潑。雨水抙～hō͘-chúi teh～⇒雨水在飛潑。水～落地難得收chúi～lo̍h-tē lân-tit-siu⇒覆水難歸盆ho̍k-súi lân-kui-phûn。

【潑水 phoah-chúi】 打水。散水。～～較涼～～khah-liâng⇒散水了會較涼爽。～～車～～chhia⇒散水車sàn-súi-chhia。

【潑雨 phoah-hō͘】 風吹雨打。抙～～連鞭壞teh～～liâm-pi$^{n}$-hāi⇒風吹雨打的很快就會壞。

【潑屎 phoah-sái】 潑以屎尿。講人的閑話乎人～～都應該的kóng-lâng-ê êng-ōe hō͘-lâng～～to èng-kai-ê⇒說人家閒話hân-ōe，被人潑屎當然也。乎人～～也否，知衰未hō͘-lâng～～à-hoh$^{n}$, chai soe-bōe⇒被人家潑屎了吧，知不知羞恥呀。

【潑肥料 phoah-pûi-liāu】 施放肥田料。即坵猶未～～～的道較穲也chi̍t-khu iá-bōe～～～ê tō khah-bái-à⇒此坵未施肥的(發育)就較差了。

【潑落地 phoah-lo̍h-tē】 水～～～也chúi～～～ā⇒謂已決定了。水～～～也，敢會使得更講不了chúi～～～ā kám-ē(ōe)-sái-tit koh-kóng-m̄-lō͘⇒已經答應了的豈能再說個不字。

【潑消毒水 phoah-siau-to̍k-chúi】 灑放消毒藥水。

## phoan

**phoan 藩** 籬也。籬笆也。古封建時代的地方長官。很多名字叫國藩kok-phoan→kok-phoa$^{n}$者，即爲保衛國家的意思。

【藩鎮 phoan-tìn】 唐代設置節度使的地方。

【藩籬 phoan-lî】 ㊀竹木之籬笆。㊁衛國之屏障。自毀～～chū-húi～～⇒同上。

**phoàn 判** 裁判chhâi-phoàn也。審判sím-phoàn也。公判 kong-phoàn 也。亦皆讀判phoà$^{n}$。

【判通 phoàn-thong】 古官名通判thong-phoàn的倒吊。翁仲豈可稱仲翁，貶你蘇州作～～ong-tiōng khí-khó chheng-tiōng-ong, pián-lí so͘-chiu chok～～⇒同上。翁仲ong-tiōng者，墓前之銅石等像也。

【判斷 phoàn-toàn】 phoà$^{n}$-toàn。據我～～kī(kū)-goá～～⇒同上。

**phoàn 泮** 泮宮phoàn-kiong也。古諸侯之學校。俗指孔子廟。

**phoân 盤** 杯盤poe-phoân也。疊腿thia̍p-thúi曰盤phoân，通蟠phoân。娼妓款客曰盤phoân，宿娼亦曰盤phoân。似乎都是蟠phoân之訛。

【盤古 phoân-kó͘】 漢族創世神話中之首任天子。亦即天地萬物之祖也。～～開天～～khai-thian⇒同上。

【盤拔 phoân-phoah】 ㊀妓女款待顧客。恔～～人客gâu～～lâng-kheh⇒(妓女)善於款待人客。㊁宿娼(抱女而眠)。～～藝姐～～gē-toà$^{n}$⇒同上。

【盤問 phoân-mn̄g】 詰問khiat-būn。詳細追問。寬仔～～過都問無啥抙khoa$^{n}$-á～～kòe to mn̄g bô-siah$^{n}$-leh⇒慢慢的詳細追問過了，也問不出什麼也。

【盤旋 phoân-sôan】 周旋chiu-sôan。同盤拔phoân phoah。蓋由周旋所引伸者歟。

【盤詰 phoân-khiat】 盤問phoân-mn̄g。追問tui-būn。

【盤腿 phoân-thúi】 重腿têng-thúi。～～扲坐～～teh-chē⇨蹺脚坐khiau-kha-chē。

【盤中餐 phoân-tiong-chhan】 盤中之白飯。鋤草日當午，汗滴禾下土，誰知～～～，粒粒皆辛苦tî-chhó jıt-tong-ngó͘, hān-tek hô-hē-thó͘, sûi-ti～～～, liap-liap kai-sin-khó͘⇨古詩。

phoân **蟠** 大也。伏也。龍～虎踞liông～hó͘-kì(kū)⇨同上。

【蟠桃 phoân-thô】 仙桃sian-thô。～～園～～oân, ～～會～～hōe，皆仙人種桃或祝壽之仙話也。～～宴～～iàn亦同類也。

phoān **胖** 安舒an-sī也。心廣體～sim-kóng-thé～⇨同上。

phoān **畔** 田界也。水邊也。邊曰畔。湖～之戀ô͘～chi loân⇨同上。枕～人chím～jîn⇨枕邊之人。

## phoat

phoat **潑** 灑也。澆也。症惡khiap-ok曰潑phoat。兇猛曰潑。有生氣活力亦曰活潑hoat-phoat。水在器中因搖動而飛濺器外亦曰潑phoat。天眞活～thian-chin-hoat～⇨形容孩子可愛之詞。

【潑婦 phoat-hū】 兇悍hiong-hān的婦女。即刺查某chhiah cha-bó͘也。～～悍妻～～hān-chhe⇨同上。～～罵街～～mē-ke⇨同刺查某烏白嚷。

【潑猴 phoat-kâu】 西遊記中衆魔罵猴齊天kâu-chê-thian之詞。亦即兇猛的惡猴。

【潑賤人 phoat-chiān-jîn】 罵女人之詞。亦即兇惡的女人或嬈花hiâu-hoe的賤人。

phoat **撥** 撥poat也(見poat部)。

## phoe

phoe **肧** 孕一月也。胎thai始也。生物發生之始皆曰肧phoe。器物未成者亦曰肧phoe。人～lâng～⇨十四五，十七八歲的少年。掠猪～liah-ti～⇨搜(買)取十五六家二三十斤重的小猪。查某囡仔～chā-bó͘-gín-á～⇨青少女。張一個死身～tiuⁿ-chıt-ê sí-sin～⇨罵其如死人之不動彈。亦即責其懶惰也。死身～sí-sin～者死人的模型。乞食～khit-chiah～⇨當乞食之材料。了鳥～liáu-chiáu～⇨浪蕩子。謂必將蕩盡家財的料子。拳頭砧～kûn-thâu-tiam～⇨放蕩打架吃人拳頭之材料。都是不成材之人。籠甑～lâng-sńg～⇨蒸籠的材料。脚屐～kha-kiah～⇨木屐bak-kiah之材料。棺柴～koaⁿ chhâ～⇨棺木之材料。鞋～ê(ôe)～⇨鞋模ê(ôe)-bô͘。紙～choá～⇨粘貼東西之紙模。辨～pān～⇨預料。準備。想必。～～死也～～sí-à⇨想必死無疑了。～～該了也～～ài-liáu-à⇨準備必虧本了。～～會轉來也～～ē(ōe)-tńg-lâi-à⇨預料一定回家了。以上三例皆反結果，亦即預估錯誤。白～peh～⇨白切猪肉也。

【肧死 phoe-sí】 準備死。拚命piàⁿ-miā。想要娶婎某，道～～趁，～～儉也siūⁿ-boeh-chhoā súi-bó͘, tō～～thàn, ～～khiām-ā⇨夢想要娶個美妻，(他)就拼命趁錢，拚命節儉了。～～讀～～考，果有影被考到去留學～～thak～～khó, kó-ū-iáⁿ hō͘-khó-kà-khì liû-hak⇨拚命讀書拚命考試，居然眞的被他考得到國外去留學。～～拍倒一百人～～phah-tó chıt-pah-lâng⇨謂只要你決心死，就能夠打倒一百個人。喻決心拼命做事之重要。

【肧命 phoe-miā】 同肧死phoe-sí。～～走～～cháu⇨拚命跑(逃走)。

【肧模 phoe-bô͘】 模型bô͘-hêng。正扲做～～耳，道扲喊chiàⁿ-teh-chò(chòe)～～niâ tō-teh-hán⇨才開始作模型而已就在大事宣傳。謂事過早。

**phoe 坯** 土器未燒之總名。俗曰土坯thô·-phoe。碗～oáⁿ～⇨同上。盤～pôaⁿ～⇨同上。花瓶～hōe-pân～⇨同上。瓦～hiā～⇨同上。磚仔～chng-á～⇨同上。

**phoe 批** 批phe也(見phe部)。

**phoe 衃** 凝血gêng-hoeh (huih)也。

【衃血 phoe-hiat】 烏青格血o·-chheⁿ-kek-hoeh。

**phóe 呸** 爭而唾之之聲。咳呸khak-phóe (phúi)⇨吐痰之聲。您父無㑑咳～你lín-pē bô-boeh khak～lí⇨我絕不理睬你。

**phòe 配** 匹也。成夫婦曰配phòe。副食曰配phòe。副記曰配phòe。分發亦曰配phòe。匹～phit～⇨夫妻配對。酒～菜～chiú～chhài～⇨酒飯時的副食品。支～chi～⇨指揮指使。⇨分～hun～分發。發～充軍hoat～chhiong-kun⇨古刑罰的一種。當今的綠島、火燒島行,不知可否比之。食蛇～虎血chiah choâ～hó·-hoeh (huih)⇨喻貪婪tham-lâm殘忍chhân jím之極。食銅～鐵chiah-tâng～thih⇨喻貪婪無厭tham-lâm-bû-iàm。不～put～⇨不夠資格。物～mih～⇨副食物。

【配天 phòe-thian】 與天合德。天子～～thian-chú～～⇨古封建思想。

【配合 phòe-hap】 相合saⁿ-hap。互相～～hō·-siāng (siōng)～～⇨同上。

【配件 phòe-kiāⁿ】 附屬品hū-siok-phín。～～有無夠的～～ū-bô-kàu-ê⇨附屬品有不足額者。

【配色 phòe-sek】 使色地相配合。佼～～gâu～～⇨善作配色。

【配角 phòe-kak】 phòe-kioh。戲劇中的次要脚色kioh-siâu。主角～～chú-kak (kioh)～～⇨同上。

【配祀 phòe-sū】 副祀hū-sū。兼祀kiam-sū。

【配音 phòe-im】 加上音響。最佳～～chòe-ka～～⇨同上。

【配酒 phòe-chiú】 送酒入肚。阿三有土豆～～道拂到彼旁去也a-sam ū-thô·-tāu～～tō hut-kà hit-pêng-khì-à⇨阿三只要有花生送酒,就可以喝得翻天覆地了。

【配貨 phòe-hòe】 ㊀商店選購商品。㊁發送商品給買主。佼～～gâu～～⇨①商品選購得適當。②物品發送順利。

【配偶 phòe-ngó·】 夫妻hu-chhe。

【配給 phòe-kip】 分配。～～制度～～chè-tō·⇨計口授糧(物)的制度。

【配備 phòe-pī】 裝備。～～周全～～chiu-choân⇨同上。

【配話 phòe-ōe】 食飯中多嘴多話。食飯不當～～chiah-pn̄g m̄-thang～～⇨飯中不要說話。

【配達 phòe-tat】 日語haitatsu。派報或派物。～～夫～～hu⇨派報員。郵差。

【配置 phòe-tì】 分發於各地必要的地方。人員的～～無抵好jîn-oân ê～～bô-tú-hó⇨人員布置不適當。

【配當 phòe-tong】 日語haitoo。紅利的分配。本期～～金pún-kî～～kim⇨本期各株(股)分配的紅利。

【配製 phòe-chè】 調製tiâu-chè。特別～～的家私tek-piat～～ê ke-si⇨同上。

【配藥 phòe-ioh】 照藥方合藥。上街～～chiūⁿ-ke～～⇨到街上藥店去合藥。合藥kap-ioh。

【配天地的 phòe-thiⁿ-tē-ê】 ㊀與天地同久。人都不是～～～～講lâng to-m̄-sī～～～～kong⇨人類不是可以與天地同久的。總是要死一次。㊁拖延太久了。無時間觀念的。您父無要合你扲～～～～lín-pē bô-boeh kah-lí-teh～～～～⇨我不與你這慢吞吞的(同在)。亦即我要先走了。

**phôe 皮** 肌膚表也。生曰皮，理之曰革。又有毛爲皮，去毛曰革。披也。覆體者曰皮phôe。包～pau～⇨同上。封～hong～⇨同上。地～tē～⇨同上。物之薄者曰皮phôe。豆～tāu～⇨同上。鐵～thih～⇨同上。竹～tek～⇨同上。藤～tîn～⇨同上。牛～紙gû～choá⇨同上。面底～bīn-té～⇨面皮bīn-phoe,面子bīn-chú。蠻～bân～⇨任打不痛的頑劣孩子。土～thô͘～⇨地皮tē-phôe。人死留名，虎死留～lâng sí lâu-miâ, hó͘ sí lâu～⇨同上。

【皮工 phôe-kang】 製皮工。皮革商。

【皮尺 phôe-chhioh】 軟尺nńg-chhioh。可以捲曲之工作尺。

【皮仔 phôe-á】 ㊀皮革類。～～裘～～hiû⇨有裏亦即雙重之皮衣。～～衫～～saⁿ⇨單重之皮衣。㊁外表。人是一領～～耳lâng sī chı̍t-niá～～niâ⇨謂人總是外表勉強支持而已，內裡都是有苦難言的。

【皮包 phôe-pau】 ㊀手提包。辦公用的，旅行用的都曰皮包phôe-pau。㊁錢包chîⁿ-pau亦曰皮包phôe-pau。

【皮肉 phôe-bah】 肌肉ki-jio̍k。皮膚phôe-hu。好～～hó～～⇨健康的皮膚。歹～～pháiⁿ～～⇨不健康之皮膚，亦即多有疔瘡等等之毛病，或一傷即難癒者。

【皮革 phôe-kek】 皮類的總稱。生曰皮，理之曰革，有毛曰皮，去毛曰革。～～製造業～～chè-chō-gia̍p⇨同上。

【皮草 phôe-chháu】 皮的樣子，情況。即領羊羔～～未穤chit-niá iûⁿ-ko ～～ bē(bōe)-bái⇨此件羊羔裘，毛草mô-chháu很漂亮。羔ko，小羊也。

【皮帶 phôe-toà】 皮製之帶。縖～～hâ～～⇨束以皮帶。縖hâ，束物也。

【皮猴 phôe-kâu】 皮猴戲phôe-kâu-hì。皮剪人形，以燈光照影爲戲。托～～thuh～～⇨作皮猴戲之演出。

【皮靴 phôe-hia】 長筒的皮鞋。

【皮鞋 phôe-ê】 革履kek-lí。俠勢穿～～sáng-sè chhēng～～⇨足履皮鞋而作得意狀。

【皮膚 phôe-hu】 皮。肌膚ki-hu。～～病～～pēⁿ⇨同上。

【皮膜 phôe-mo̍h】 皮毛 phôe-mo。表皮piáu-phôe。八一個～～仔耳bat(pa) chı̍t-ê～～á-niâ⇨知道一個皮毛而已。亦即只知表面而已，不知其內容。

【皮箱 phôe-siuⁿ】 皮製之箱籠siuⁿ-lâng。行李袋。大曰皮箱，小曰皮包。

【皮皮仔 phôe-phôe-ā】 甚薄。甚淺。～～～講耳～～～kóng-niâ⇨輕輕的說說而已(沒有深究)。

【皮拖仔 phôe-thoa-á】 皮的拖鞋thoa-ê。穿～～～chhēng～～～⇨同上。

【皮袋仔 phôe-tē-á】 ㊀皮囊phôe-lông。㊁皮的錢包。～～～乎人剪去～～～hō͘-lâng-chián-khì(ì)⇨皮荷包被扒走了。

【皮攀絃 phôe-peⁿ-ân】 皮拉緊。意謂準備受責備鞭打。盒都安爾也，道該～～～等候人修理也不taⁿ-to-a-ne(ni)-a tō-āi ～～～ tán-hāu-lâng siu-lí-à-m̄⇨事到而今了，就應該皮拉緊等候被責打了，不是嗎。

【皮癢骨癢 phôe-chiūⁿ-kut-chiūⁿ】 自惹麻煩。盒它～～～～去惹即孔來taⁿ-thài ～～～～ khì-jiá chit-kha lâi⇨而今爲什麼自惹麻煩地去招來此一問題。它thài，何以也，亦作它thà。

**phōe 被** 寢具之一。蓋身以禦寒者也。綿～mî～⇨同上。綿績～mî-chioh～⇨同上。絲仔～si-á～⇨同上。袷～kah～⇨蒙被bōng-phōe。掀～hian～⇨掀開他人之被。踺～that～⇨自己踢開被。姻緣註定著，一個擋～一個捲薦in-iân chū-tiāⁿ-tio̍h, chı̍t-ê-hiahⁿ～ chı̍t-ê kńg-chhio̍h⇨姻緣in-ian註定是夫妻了，自然一個找被一個找蓆(合起來就成家了)。謂男女之間，有緣份者是無法阻止的。

【被單 phōe-toaⁿ】 被之衣。車～～chhia～～⇨車縫被單。紩～～thīⁿ～～⇨手縫被單。

【被褥 phōe-jiok】 衵被 kah-phōe 與茨被 chhu-phōe。衵kah，上覆也。茨chhu，下墊，即床巾之類也。

【被舖 phōe-pho͘】 寢具的總稱。蚊罩～～báng-tà～～⇨同。

【被頭 phōe-thâu】 被之正面。即埲～～眞婎chit-tè～～chin-súi⇨同上。

## phoh

**phoh 粕** 渣滓che-tái也。糟粕chau-phoh也。精華已去，所存之廢料曰糟chau(酒)，曰渣che(藥)，亦曰粕phoh(甘蔗)。蔗～chià～⇨甘蔗取汁後之殘渣。茶～tê～⇨茶葉之殘渣。藥～ioh～⇨藥材之殘渣。麥～beh～⇨當飼料之麥皮。豆～tāu～⇨同麥粕。

【粕粕 phoh-phoh】 果子類乾涸少汁不好食。即款柑仔～～佅死chit-khoán kam-á～～boeh-sí⇨此種柑仔不好吃也。要死boeh-sí⇨不佳，不要，等的粗語。多出於村婦之口。彼類梨仔～～穤食啦hit-lōe lâi-á～～bái-chiah-lâ⇨同上。食梹榔的看著上慼，梹榔汁囉，梹榔粕囉，吐到滿四界chiah-pin-nn̂g-ê khoàⁿ-tioh siāng(siōng)-chheh, pin-nn̂g-chiap-lò͘, pin-nn̂g-phoh-lò͘ thò͘-kà moá-sì-kè⇨吃梹榔者一看最噁心，汁呀，粕呀，吐得滿地都是。

**phoh 朴** 同樸phoh。質而不華也。民敦而俗～bîn-tun jî siok-～⇨同上。生活淡～seng-oah tām～⇨生活清淡不虛華。

【朴實 phoh-sit】 誠實不浮誇。～～人～～lâng⇨誠實之人。未講得～～bē(bōe)-kóng-tit～～⇨無法說明的誠實。人該～～藉有底lâng ài～～chiah-ū-té⇨爲人須朴實才有根基。

**phoh 迫** 迫就phoh-chiū,靠近khò-kīn,親近chhin-kīn也。無人佅～～你bô-lâng-boeh～～lí⇨沒人與你親近。

## phok

**phok 博** 大也。通也。較優劣之戲曰賭tó͘，曰博phok，曰賭博tó͘-phok。攫取亦曰博phok。廣～kóng～⇨同上。淵～ian～⇨同上。眞～chin～⇨眞的博古通今。假～ké～⇨毋八假八m̄-bat(pat)-ké-bat(bat)。古～kó͘～⇨①廣識古事。②言詞怪怪的。古～古～仔kó͘～kó͘～à⇨同上。

【博士 phok-sū】 學位。學士，碩士～～hak-sū, sek-sū～～⇨大學之三級學位。

【博土 phok-thó͘】 譏博士之詞。～～較允啦博士～～khah-ún-lâ phok-sū⇨恐怕是博土吧。

【博物 phok-but】 動物，植物，礦物，生理等各科的總稱。～～學～～hak⇨同上。～～館～～koán⇨同上。

【博取 phok-chhí(chhú)】 攫取khiok-chhí。～～伊的歡心～～i ê hoan-sim⇨獲得她高興之心。～～一官半職～～chit-koaⁿ-poàⁿ-chit⇨尋得小小的官職。

【博徒 phok-tô͘】 賭博之人。俗曰博傲人poah-kiáu-lâng。

【博愛 phok-ài】 無所不至之愛。仁慈～～jîn-chû～～⇨同上。

【博聞 phok-būn】 ～～強記～～kiâng-kì⇨聞多記多。

【博學 phok-hak】 ～～多才～～to-chāi⇨同上。

【博覽 phok-lám】 ～～群書～～kûn-si(su)⇨同上。世界～～會sè-kài～～hōe⇨同上。

phok **搏** 擊也。以手擊物也。肉～戰jiok～chiàn⇨肉體對肉體的激烈戰鬬。脈～meh～⇨動脈的鼓動。

【搏手 phok-chhiú】 兩掌相擊。～～望來秋～～bōng lâi-chhiu⇨搔手望後冬so-chhiú bāng-āu-tang⇨稻麥收成壞，無計可施，只好搔手望後冬了。

【搏鬬 phok-tò͘】 肉搏激鬬jiok-phop-kek-tò͘。～～精神可嘉～～cheng-sîn khó-ka⇨同上。

【搏擊 phok-kek】 徒手相打的技擊運動。

phok **膊** 肩胛keng-kah亦曰膊phok，亦作髆phok。

phok **髆** 同膊phok。

phok **朴** 大樹名。通樸phok。民俗敦～bîn-siok tun～⇨同上。生活儉～seng-oah khiām～⇨同上。

【朴素 phok-sò͘】 實而不華。阿花仔穿插較～～a-hoe-a chhēng-chhah khah～～⇨阿花的衣著比較不浮華。

【朴硝 phok-siau】 藥品名，製皮革的重要藥品。亦曰皮消phôe-siau。

【朴實 phok-sıt】 忠厚老實tiong-hō͘-láu-sıt。

phok **樸** 木材未成器者。質素也。俗皆作朴phok。

phok **璞** 玉之未彫琢tiau-tok者。璞玉phok-giok。

phok **凸** 凸tut也，出貌。高地。俗多曰凸phok。高起者皆曰凸phok。一個～一個塌密抵塞chit-ê～chit-ê lap,bā-tú-sā⇨一個突出一個拗入，剛好相抵也。凹au，俗作凹lap。

【凸凸 phok-phok】 突出。二粒奶仔～～nn̄g-liap-leng-á～～⇨兩乳突出。雙峰高聳siang-hong ko-sióng。

【凸版 phok-pán】 線條浮起之鋅版。～～印刷～～ìn-soat⇨同上。

【凸管 phok-kóng】 凸起而內包空氣。壁抹了～～piah boah-liáu～～⇨土水匠技術差所致。

【凸鏡 phok-kiàⁿ】 物理學家名詞。鏡面高起之鏡。俗曰散光鏡sàn-kong-kiàⁿ或凸面鏡phok-bīn-kiàⁿ。～～凹鏡～～au-kiàⁿ⇨同上。

phok **凸** 硬泡ngeh-phā曰凸phok。內實曰凸phok，內空曰泡phā，內有水即曰水泡chúi-phā。疹仔起～chhìn-nah khí～曰疹仔起仔chhìn-nah khí-nah。此仔nah爲仔a→na→nah也，本爲助詞，都已搖身一變而爲名詞，或可勉強作粒。又疹仔chhìn-nah者，疹仔chín-á之訛。是一種急性的皮膚病，皮外浮起小指甲大之白斑粒。全身奇癢難堪。麻糍烘了起～moâ-chî hang-liáu khí～⇨麻糍一烘就起泡。

phok **矇** 秘密搜索監視他人行動曰矇phok。有派人抙～ū-phài-lâng teh～⇨有派人在搜索監視（對男女幽會者）。註死乎個翁～著chù-sí hō-in-ang～tioh⇨該死被丈夫逮著了。不知個某叫人抙～m̄-chai in-bó kiò-lâng teh～⇨不知老婆差人在監視。

phok **噗** 噗然phok-jiân有聲也。開罐聲也。～一聲眞大聲～chit-siaⁿ chin-toā-siaⁿ⇨同上。

## phong

phong **豐** 豐沛phong-phài，山珍海味滿陳席上曰豐沛phong-phài。

phóng **捧** 雙手承也。掬也。同捧phâng。用手～到若夥iōng-chhiú～kà goā-chē (chōe)⇨以手掌能掬取多少呢。一～金仔chit～kim-á⇨一捧黃金。

【捧水 phóng-chúi】 合掌掬水。～～洗面～～sé (sóe) -bīn⇨同上。

【捧屎抹面 phóng-sái-boah-bin】 双手掬糞塗於面上，喻自取其辱。家己抙～～～～的猶抙合人講啥ka-kī teh～～～～ê iáu-teh kah-lâng kóng-siahⁿ⇨自己自取其辱的，還要與人爭辯什麼呢。

**phóng 乓** 乒乓phín-phóng，拍乒乓球phah-phín-phóng-kiû也。

**phòng 脖** 腫也。脹tiàng也。腹飽滿曰脖phòng，同膨phòng。俗作凸phòng。腹肚～一下餒一下pat-tó͘～chı̍t-ē naih-chı̍t-ē⇨肚子一脹一收縮。

【脖大 phòng-toā】 脹大tiàng-tāi。膨脹phòng-tiàng(tiòng)。

【脖皮 phòng-phôe】 肥pûi。肥胖pûi-phoān。您那許恔飼，也脖奶也～～lín na hiah-gâu-chhī, iā hàng-leng iā～～⇨你們何以那麼善養小嬰兒，養得又肥又胖。

【脖肚 phòng-tō͘】 肚子脹大。～～短命～～té-miā⇨婦女罵男人的口頭禪。～～短命夭壽短命～～té-miā iáu-siū-té-miā⇨同上。

【脖泡 phòng-phā】 起水泡khí-chúi-phā。火燙～～的hóe thǹg～～ê⇨火燒起的水泡。

【脖床 phòng-chhn̂g】 梳化床。～～胖椅～～phòng-í⇨沙發的床椅。

【脖風 phòng-hong】 亦作膨風phòng-hong。㊀腹鼓張。食番薯食到～～chia̍h-han-chî chia̍h-kà～～⇨吃番薯吃得肚子鼓張。～～飽脹配冷茶，若是要買照定價，一罐五角免傷加～～pá-tiùⁿ phòe-léng-tê, ná-sī boeh-bé chiàu-tēng-kè, chı̍t-koàn gō͘-kak bián-siuⁿ-ke⇨賣胃藥的廣告詞。脹tiùⁿ，飽食了；又強食。㊁吹牛曰脖風phòng-hong。自吹自擂chu-chhūi-chū-lūi也。不是我扲講～～話，伊若傷逞，個父用錢道共坨死m̄-sī goá teh-kóng～～ōe, i na siuⁿ-chhèng, in-pē iōng-chîⁿ tō-kā teh-sí⇨不是我說吹牛話，如果他太出鋒頭了，本大爺就用錢把他壓死。逞chhèng，上升。出鋒頭。堆積曰坨teh，如頂坤下téng teh-ē。～～龜～～ku⇨吹牛龜。吹牛的小子。

【脖柑 phòng-kam】 柑橘類的一種。亦為最佳果子之一。俗作椪柑。

【脖粉 phòng-hún】 化粧品名。圓形的白粉塊。

【脖紗 phòng-se】 毛線mo-soàⁿ。刺～～chhiah～～⇨打毛衣。

【脖唱 phòng-chhiàng】 誇大khoa-tāi。人較～～lâng khah～～⇨為人比較浮誇。

【脖餅 phòng-piáⁿ】 結婚用禮餅的一種。食～～chia̍h～～⇨喻吃了尊輩不高興的喝責。

【脖碼 phòng-bé】 較實際寬鬆之數字。開較～～khui khah～～⇨開出高一些的價碼。有掠較～～ū-lia̍h khah～～⇨(估計或預算)列得寬厚一點。

【脖價 phòng-kè】 可以討價還價的價格。實價不是～～si̍t-kè m̄-sī～～⇨同上。

【脖蹄 phòng-tê】 以豬前脚小腿肉為主料的菜名。

【脖頭 phòng-thâu】 髮式名。前頭略高之髮式。梳～～仔se～～á⇨同上。

【脖鏡 phòng-kiàⁿ】 擴大鏡khok-toā-kiàⁿ。顯微鏡hián-bî-kiàⁿ。

【脖大海 phòng-tāi-hái】 藥材名。狀如小樹子。浸水即膨脹。是解熱藥。

【脖脖攝攝 phòng-phòng-liap-liap】 凸與凹。攝liap亦餒naih。形容高低不平。→phòng-phòng-naih-naih。

**phòng 碰** 猝然相遇曰碰phong (pong)。又麻雀牌等賭博用詞，有對者叫食曰碰phòng。路上相逢曰抵著tú-tio̍h，亦曰碰著phòng(pōng)-tio̍h。應為逢之訛。

【碰釘 phòng-teng】 ㊀事遇阻碍。㊁食脖餅。食～～chia̍h～～⇨同上。

【碰著 phòng(pōng)-tio̍h】 撞到了，撞見了。註死被伊～～chù-sí hō͘-i～～⇨①他碰上好運。②他碰見了他人之秘密。

**【碰字運 phòng-jī-ūn】** 試運命。無每合伊～～～抡bô mā-kah-i～～～leh⇨最少限度，也與他賭一賭運命嘛。

**【碰造化 phòng-chō-hoà】** 任憑天命。當道該～～～也啦ta$^n$-tō-āi～～～à-là⇨現在就只好任憑造化安排了。

**【碰碰和 phòng-phòng-ô͘】** 賭博術語。亦曰對碰夠tùi-phòng-kàu。人夠～～～了lâng-kàu～～～lò͘⇨同上。

**【碰運氣 phòng-ūn-khì】** 抱著抵著好運的心情去做代誌。原為北京語的講法，但似已被台語化，而變做台語的說詞也。

**phòng 逢** 相見相遇曰逢phòng，俗作碰。

**phông 泙** 聲音。物落水中之聲。～一下一聲道沈落去也～chi̍t-ē chi̍t-sia$^n$ tō tîm-lo̍h-khi(i)-à⇨泙的一聲就沈入水中了。

**【泙泙 phông-phông】** 同滂滂phōng-phōng。淹～～im～～⇨水多。淀～～tī$^n$～～⇨水十分滿缸。

**phōng 滂** 亦滂pōng也。淹滂滂im-pōng-pōng→im-phōng-phōng。

**phōng 膨** 肥也。鬆大如綿者曰膨鬆phōng-song。膨phōng亦膨phòng也。亦作肨phòng。俗作凸phòng(見phòng凸目)。

**【膨脝 phōng-hong】** phòng-hong。腹漲也。俗作凸風phòng-hong亦作吹牛解。

**【膨鬆 phōng-song】** 或蓬鬆。如綿花等鬆大而佔面積者。～～的物該綑較絃抡～～ê mih āi-khún khah-ân-leh⇨同上。絃ân，束也。束緊曰絃ân。

**【膨膨鬆鬆 phōng-phōng-song-song】** 或蓬蓬鬆鬆。非常膨鬆。～～～～費氣啦，無愛啦～～～～hùi-khùi-là bû-ài-là⇨太膨鬆的，麻煩也，不要也。

**phōng 唪** 聲音也。鼓聲，物倒地聲。～一聲耳道無聽見啥也～chi̍t-sia$^n$-niā to-bô-thia$^n$-i-sah$^n$-à⇨唪的一聲而已，就聽不見什麼了。亦作咮phōng。

**【唪唪 phōng-phōng】** 唪管聲。鼓聲。～～仔吱唪吱～～，～～á-chhih-phōng chhih～～⇨乞食調。

**【唪管 phōng-kóng】** 乞食的小道具，或可謂是一種樂器。以竹管 tek-kóng 半棵 poà$^n$-ko̍eh, 一端封以皮如鼓者也。乞食行到大門邊，千金小姐摔目箭，目箭摔落～～底，～～拍破病相思khit-chia̍h kiâ$^n$-kàu toā-mn̂g-pi$^n$，chhian-kim-sió-chiá sut-ba̍k-chì$^n$, ba̍k-chì$^n$ sut-lo̍h～～té,～～ phah-phoà pē$^n$-siu$^n$-si⇨唪管歌。

**【唪唪叫 phōng-phōng-kiò】** 大炮放到～～～了，敢是新娘到了toā-phàu pàng-kà～～～lò͘, ká$^n$-sī sin-niû-kàu-lò͘⇨爆竹聲也。家己心肝槌到～～～ka-tī sim-koa$^n$ tûi-kà～～～⇨槌胸聲也。大鼓～～～了toā-kó͘～～～lò͘⇨鼓聲也。

**【唪唪吱 phōng-phōng-chhih】** 唪管聲。～～肩頭破一裂，無某當補紩，想著喉道滇～～～keng-thâu phoà-chi̍t-li̍h, bô-bó͘ thang-pó͘-thī$^n$，siū$^n$-tio̍h âu-tō-tī$^n$⇨乞食歌。

**phōng 埲** 塵也。塵埃tin-ai飛揚的樣子。火燻hóe-hun飛揚亦曰埲phōng。

**【埲埲坱 phōng-phōng-eng】** 塵埃飛揚。坱eng亦塵埃也。又霧昧貌。亦即塵埃如霧也。坱～～eng～～⇨同～～塲。又坱eng，俗作揚。不通也。

**【埲埲燻 phōng-phōng-hun】** 火燻hóe-hun飛揚。燻～～hun～～⇨同上。

**phōng 炐** 火聲也。火盛的樣子。

**【炐炐叫 phōng-phōng-kiò】** 火聲。火燒到～～～也hóe sio-kà～～～à⇨火燒到炐炐有聲了。～～燃～～to̍h⇨火燃燒曰燵to̍h。

phōng **呠** 鼓聲也。同嗙phōng。

## phu

phú **醭** 醋生白也。酒上白chiú chiūⁿ-peh曰醭phú。凡物生黴菌皆曰醭phú。生～seⁿ(siⁿ)～⇨同上。上～chiūⁿ～⇨同上。臭～chhàu～⇨有醭味。～去也不好也～khì à m̄-hó-à⇨發黴了不要了。

phú **普** 日無色也。日無光曰普phú。日無光則遠近皆同曰普phú。灰色曰普phú。一片茫茫在可見不可見之間曰普phú。天抵拍～光thiⁿ tú-phah～kng⇨天剛薄明。

【普光 phú-kng】 薄明。天抵～～thiⁿ tú～～⇨天剛薄明了。拍～～也phah～～a⇨天將亮了。

【普色 phú-sek】 火灰色hóe-hu-sek。鼠色chhí(chhú)-sek。～～較未映目～～khah-bē(bōe) iáⁿ-bak⇨灰色比較不引人注目。

【普普 phú-phú】 灰色的。模糊不明的。月仔～～goeh-á～～⇨月色微明。色緻～～，老人穿好啦sek tī～～，lāu-lâng-chhēng hó-là⇨色地灰暗的，老人家穿之可也。你看我～～，我看你霧霧lí-khoàⁿ-goá～～，goá-khoàⁿ-lí bū-bū⇨你看不起我，我也看不起你。霧霧bū-bū同普普phú-phú。

【普蒼 phú-chhang】 模糊不清。黑灰暗的。色地有較～～sek-tē ū-khah～～⇨色澤較黑暗。無烏亦～～bô-o· iah～～⇨不黑亦暗灰色的。

phû **浮** 不沉曰浮phû。漂在水上或空中都曰浮phû。不實曰浮phû。臨時短暫的掛帳亦曰浮phû。未～亦未沈bē(bōe)～iah-bē(bōe)-tîm⇨不浮不沈。擔未～taⁿ-bē(bōe)～⇨擔不上肩。猶扲～iáu-teh～⇨還在浮動。猶扲空中扲～iáu-tī khong-tiong teh～⇨還在空中漂浮。喩事尙未有把握。即條賬先～扲chit-tiâu-siàu seng～leh⇨此一賬目暫且掛帳(很快將清還)。

【浮水 phû-chúi】 ㊀浮上水面。會～～的道是粕粟ē(ōe)～～ê tō-sī phàⁿ-chhek⇨會浮上水面者就是粕粟phàⁿ-chhek。㊁非現款現貨之交易。～～貨～～hòe⇨同上。～～單～～toaⁿ⇨先期交易之單據。

【浮生 phû-seng】 虛浮不定的人生。偷得～～半日閒thau tek～～poàn-jit-hân⇨同上。

【浮名 phû-miâ】 空名khang-miâ。～～耳啦也無啥也～～niâ-là ā-bô-sahⁿ-à⇨空名而已，也沒什麼的。

【浮沈 phû-tîm】 人生的～～jîn-seng ê～～⇨同上。辛苦遭逢起一經，干戈落落四周星，山河破碎水漂絮，身世～～風打萍，皇恐灘頭說皇恐，零丁洋裏嘆零丁，人生自古誰無死，留取丹心照汗青sin-khó· cho-hông khí-it-keng, kan-ko lok-lok sù-chiu-seng, san-hô phò-chhùi súi-phiâu-sī, sin-sè～～hong-táⁿ-phêng, hông-khióng-than-thâu soat-hông-khióng, lêng-teng-iâng-lí thàn-lêng-teng, jîn-seng chū-kó· sûi-bû-sú, liû-chhú tan-sim chiàu-hān-chheng⇨文天祥。

【浮花 phû-hoe】 浮雕之花繪。雕～～tiau～～⇨同上。

【浮面 phû-bīn】 露出表面。～～石～～chioh⇨浮出土面之石頭。生理有較～～也seng-lí ū-khah～～ā⇨生意較好一點了。

【浮砂 phû-soa】 流砂liû-soa。

【浮財 phû-châi】 不安定的財產。生理錢是～～啦，那會按算得seng-lí-chîⁿ sī～～là，ná-ē(ōe) àn-sǹg-tit⇨生意錢是浮動的，算不得是財產。

【浮彫 phû-tiau】 在平面上彫刻半立體繪。其線條曰浮線phû-soàⁿ，字曰浮字phû-jī，花曰浮花phû-hoe。

【浮動 phû-tōng】 漂動phiau-tōng。流動liû-tōng。～～滙率～～hōe-lu̍t⇨同上。人心～～jîn-sim～～⇨人心動蕩不安。

【浮華 phû-hoâ】 虛華hi-hoa。較愛～～khah-ài～～⇨同上。

【浮報 phû-pò】 假報賬。以少報多。～～賬項～～siàu-hāng⇨同上。

【浮屠 phû-tô͘】 佛塔bu̍t-thah。佛陀hu̍t-tô͘(thô͘)。

【浮誇 phû-khoa】 虛浮誇大。阿貴人較～～a-kùi lâng khah～～⇨阿貴為人較虛浮誇大。

【浮筩 phû-tāng】 釣魚的浮子。～～扲振動，來扲咬也～～teh tín-tāng, lâi-teh-kā-ā⇨浮筩在動，魚來咬了。亦作浮動phû-tāng。

【浮扲 phû-leh】. phû-teh。暫且掛帳。且～～chhiá$^{n}$～～⇨暫且掛帳(很快就退還)。我共你～～goá kā-lí～～⇨我暫時為你記之。

【浮漂 phû-phiò】 輕佻浮薄。有較～～無夠穩重ū-khah～～bô-kàu ún-tiōng⇨同上。

【浮標 phû-phiau】 港中的行船標誌。

【浮賬 phû-siàu】 ㊀浮扲phû-leh的賬項。㊁不一定能收回的賬項。～～每著罔討～～mā-tio̍h bóng-thó⇨浮賬也要試行追討。

【浮橋 phû-kiô】 多舟連續為橋。～～連鞭會過得～～liân-pi$^{n}$ ē(ōe)-kòe-tit⇨浮橋很快就可以通行了。

【浮頭 phû-thâu】 出頭chhut-thâu。向榮。萬世未～～bān-sì bē(bōe)～～⇨萬世不能超生。生理有較～～也seng-lí ū-khah～～ā⇨生意較繁盛了。

【浮嶼 phû-sū】 河中的小砂島。浮砂所積成的。

【浮萍 phû-phiô】 水草。水中之浮草。生活像～～seng oa̍h chhiū$^{n}$～～⇨生活浮動不安定。

【浮浪者 phû-lōng-chiá】 流浪漢liû-lōng-hàn。無家可歸者。～～～收容所～～～siu-iông-só͘⇨同上。

【浮㝗倯 phû-lòng-sòng】 物甚多漂浮在水面。歸溪的柴安爾流到～～～kui-khe ê chhâ an-ne(ni) lâu-kà～～～⇨整條溪都是木料在浮流。㝗lòng，㝗㝩lòng-khòng，屋空虛也。大而無當曰㝗㝩lòng-khòng。㝗倯lòng-sòng疑係㝗㝩lòng-khòng所轉化。

【浮復地 phû-ho̍k-tē】 海邊或江中因浮砂所積成之土地。

【浮簿仔 phû-phō͘-á】 備忘的臨時帳簿。記於～～～kì-tī～～～⇨記在浮簿上。

phû **烰** 油炙也。油炸iû-chà曰烰phû。大蝦較講亦是～toā-hê khah-kóng mā-sī～⇨大蝦怎麼說都是烰的(好吃)。～油～iû⇨以油炸煮食物。

【烰大蝦 phû-toā-hê】 油炸大蝦。

【烰油炙檜 phû-iû-chià-kóe】 油炸油條。油炙檜iû-chià-kóe亦作油食粿iû-chia̍h-kóe，即油條iû-tiâu也。檜kòe即所謂宋朝大奸臣秦檜chîn-kòe，亦即害死岳飛ga̍k-hui者也。

【烰顆仔䬾 phû-kho̍k-á-te】 油炸顆仔䬾kho̍k-á-te。油炸的食品。顆kho̍k，顆kho͘之訛，䬾te，糖䬾thn̂g-te，糖條thn̂g-tiâu或糖䬾thn̂g-piá$^{n}$。由此推之，䬾te者，成形之食品也。顆kho͘，圓形體也，故顆仔䬾khok-á-te即顆仔䬾kho͘-á-te也，即圓顆形之食品也。

phû **芙** 芙蓉phû-iông(hû-iông)也。花名。歸來池苑皆依舊，太液～～未央柳，～～如面柳如眉，對此如何不淚垂kui-lâi tî oán kai-î-kiū, thài-e̍k～～bī-iang-liú, ～～jî-biān liú-jî-bî, tùi-chhú jî-hô put-lūi-sûi⇨長恨歌。

【芙蓉帳 phû-iông-tiàng】 以芙蓉花染繒帛為帳。雲鬢花鈿金步搖，～～～暖度春宵，春宵苦短日高起，從此君王不早朝hûn-pìn hoa-tiān kim-pō͘-iâu，～～～loán tō͘-chhun-siau, chhun-siau khó͘-toán ji̍t-ko khí, chiông-chhú kun-ông put-chó͘-tiâu⇨長恨歌。

**phû 葡** 葡萄phû-tô(pô-tô)也。蔓生的果樹，果實可食用，亦可釀酒，栽培甚廣，變種甚多。可能是經濟價值最高，世界上栽培面積最廣的蔓生果樹。

【葡萄牙 phû-tô-gê】 Portugal，國名，在歐洲西班牙西鄰，臨大西洋的古國。面積不大，但曾在海上稱霸。

【葡萄酒 phû-tô-chiú】 pô-tô-chiú。以葡萄釀製之酒類。種類甚多。所謂洋酒iûⁿ-chiú者多屬之。～～美酒～～bí-chiú⇨唐代以前已傳入東土。～～～～夜光杯，欲飲琵琶馬上催，醉臥沙場君莫笑，古來征戰幾人回～～～～iā-kong-poe, io̍k-ím pî-pê má-siāng-chhui, chùi-ngō· sa-chhiâng kun-bo̍k-chhiàu, kó·-lâi cheng-chiàn ki-jîn-hôe(hûi)⇨唐詩。

【葡萄糖 phû-tô-thn̂g】 化學名詞。一種特別糖。甘味大約僅普通蔗糖的一半。～～～的注射～～～ê chù-siā⇨打葡萄糖針。

**phū 颱** 暴風也。又風聲也。衆多貌。

【颱颱叫 phū-phū-kiò】 風聲。風也透到～～～也hong-à thàu-kà～～～ā⇨風吹得颱颱作聲。

【颱颱來 phū-phū-lâi】 紛紛而至。九月風颱～～～，無被蓋米篩，瓜子蓋目眉，芋仔葉蓋脚尾，柑仔皮蓋肚臍，歸身蓋到密稠稠，因何者寒佗位來káu-go̍eh hong-thai～～～，bô-phōe kah-bí-thai，koe-chí kah-bâk-bâi, ō·-á-hio̍h kah-kha-bóe, kam-á-phôe kah-tō·-châi, kui-sin kah-kà ba̍t-chiuh-chiuh in-hô chiā-koâⁿ to-ui-lâi⇨童謠。

【颱颱飛 phū-phū-poe】 紛紛而飛。黃昏時密婆～～～hông-hun-sî bi̍t-pô～～～⇨黃昏時候，蝙蝠就紛紛亂飛。

【颱颱哮 phū-phū-háu】 同颱颱叫phū-phū-kiò。風聲～～～，你敢無聽見hong-siaⁿ～～～，lí kám bô-thiaⁿ-īⁿ⇨同上。聽見thiaⁿ-kìⁿ→thiaⁿ-īⁿ。

**phū 呼** 吹氣也。吹氣聲。吹氣而有聲曰哈phū。噴水phùn-chúi曰哈水phū-chúi。麥仔酒悃～be̍h-á-chiú gâu～⇨啤酒pî-chiú大噴其泡沫。泔拎～也ám teh～ā⇨米水在噴出來了。亦即水滾了，飯快熟了。鍋仔拎～了，要滾也oe-á teh～lō，boeh-kún-ā⇨鍋在噴氣了，快滾了。

【呼水 phū-chúi】 噴水phùn-chúi。～～演習～～ián-si̍p⇨消防隊放水演習。

【呼泔 phū-ám】 飯鍋滾而噴出米水。拎～～道不當掀蓋teh～～tō m̄-thang hian-koā⇨在噴米水了，就不可揭開鍋蓋。泔ám，米汁，即飯汁，俗作湆，非，湆音泣，幽濕也，並無泔ám或潘phun之義。

【呼波 phū-pho】 puh-pho。噴泡沫。～～的～～ê⇨指麥仔酒be̍h-á-chiú，亦曰啤酒pî-chiú。毛蟹拎～～mo-hē teh～～⇨毛蟹在噴泡沫。

【呼涎 phū-noā】 嬰仔流涎eⁿ-á lâu-noā。嬰仔拎～～了eⁿ-á teh～～lō·⇨同上。

【呼呼滕 phū-phū-chhèng】 ㊀水噴出不停。泉水～～～choâⁿ-chúi～～～⇨泉水滾滾而出。㊁躍躍欲試。囡仔拎～～～gín-á teh～～～⇨孩子在躍躍欲試。伊都～～～也，乎伊去試看覓拎i to～～～ā hō·-i khì-chhì-khoāⁿ-bāi-leh⇨他既然躍躍欲試了，讓他去一試好了。

## phuh

**phuh 哱** 吹緊氣也。同呼phū，puh。

【哱化 phuh-hoa】 吹息燈火。燈火緊～～teng-hóe(hē) kin～～⇨燈火快吹息掉。

【哱火 phuh-hóe(hé)】 吹息燈火。

【哱風 phuh-hong】 phū-hong。人有三戇：

第一戇，撞球相逢，第二戇，吸燻～～，第三戇無酒食罔誂狂jîn-iú sam-gōng; tē-it-gōng lōng-kiû-sio-pong, tē-jî-gōng suh-hun～～, tē-sa$^{n}$-gōng, bô-chiú-chia̍h bóng-tè$^{n}$-khong⇨人有三樂的仿冒品。

【哹滕 phuh-chhèng】 浮誇phū-khoa。誇張khoa-tiang。裝大方chong-tāi-hong。猶少年有較～～淡薄仔iáu-siàu-lian ū-khah～～tàm-po̍h-á⇨還年輕所以比較浮誇一點(年歲多了會改的)。淡薄仔tām po̍h-á改讀tàm-pō-à。一寡仔錢攏～～了了也chi̍t-ko-a-chî$^{n}$ lóng～～liáu-liáu-à⇨一些錢都胡亂開銷掉了。

【哹㧡捒 phuh-hī$^{n}$-sak】 吐出。吹吐而棄之。煙屎不～～～要扱寶是否hun-sái m̄～～～boeh-khioh-pó sī-bò͘⇨煙屎不吹掉是否要存爲寶貝。扱寶khioh-pó，留存爲寶。扱khioh，拾也，收也。

【哹哹叫 phuh-phuh-kiò】 呼呼有聲。乎我騎著攏每～～～hō͘-goá khiâ-tio̍h lóng-mā～～～⇨我一騎都會呼呼作聲而跑(機車等)。

【哹目藥粉 phuh-ba̍k-io̍h-hún】 吹目藥粉入眼。

**phu̍h 薄** 薄po̍h也。不厚實也。味輕也。

【薄薄 phu̍h-phu̍h】 飷～～chiá$^{n}$～～⇨味太淡。瘖～～sán～～⇨甚瘦，即瘦香更薄扁sán-hiu$^{n}$ koh po̍h-pí$^{n}$。

**phu̍h 浡** 或浮phu̍h。脝浡hâm-phu̍h⇨事虛，話不實，奇怪等等皆曰脝浡hâm-phu̍h。是一種感嘆詞或發語詞。一如孤老ko͘-láu或夭壽iáu-siū，兩詞，其本身確各有其詞義，但是多用爲一種感嘆詞或發話詞。例如眞脝浡chin-hâm-phuh，眞夭壽chin-iáu-siū，眞孤老chin-ko-láu，然後才說如何如何。只是一種發話詞而已，並不關其詞意本義。而女人似乎較多用脝浡hâm-phu̍h，男人即多用孤老kó-lāu。夭壽iáu-siū 似男女皆用。眞脝浡，正講要去耳，道無看見人啦chin hàm-phu̍h, chià$^{n}$-kóng-boeh-khì-niâ, tō-bô-khoà$^{n}$-ì$^{n}$ lâng-lâ ⇨眞是，才說要去而已，就看不見人了。眞孤老，抵抄講耳，道去乎飆去也chin ko͘-láu, tú-teh-kóng-niâ, tō-khì-hō͘-phiu khì-à⇨眞是，正在說說而已，就給他跑掉了。眞夭壽，阮阿公煞講不去啦chin iáu-siū, goán a-kong soah-kóng m̄-khì-lâ⇨眞是，我們祖父終於說不去了。

# phui

**phúi 呸** 大力唾之之聲。喀～khak～⇨吐唾於對方。我抄喀～你goá teh khak～lí⇨我吐唾給你。最極端的侮辱對方。

**phùi 呸** 吐唾thò͘-thò曰呸phùi。唾thò，口水也。口吐物皆曰呸phùi。痰瀾thâm-noā不好亂～m̄-hó loān～⇨痰瀾thâm-noā不可亂吐。

【呸血 phùi-hoeh(huih)】 吐血thò͘-hiat。喀血khak-hiat。想到硬將要～～去siū$^{n}$-kà nge̍h-chhiàn boeh～～khì⇨苦思得幾乎要吐血出來。硬將要nge̍h-chiang-iàu⇨nge̍h-chhiàn-boeh，幾幾乎。

【呸掉 phùi-tiāu】 吐出而棄之。同呸捒phùi-sak。甘蔗粕仔不～～要吞落去是否kam-chià phoh-á m̄～～boeh-thun-lo̍h-khì sī-bò͘⇨甘蔗粕不吐掉要吞下去嗎。

【呸瀾 phùi-noā】 吐瀾thò͘-noā。瀾noā俗作涎noā，唾thò是普遍的瀾noā亦即口液kháu-e̍k或口水kháu-chúi，涎iân雖亦作瀾noā，卻是有粘性的口水。乎人～～hō͘-lâng～～⇨被人唾罵thò-mē(mā) (唾棄)。

【呸痰 phùi-thâm】 吐痰thò͘-thâm。～～呸瀾～～phùi noā⇨吐痰吐涎。乎人～～呸瀾hō͘-lâng～～phùi noā⇨喻被人背後唾罵thò-mē(mā)。

【呸嘴瀾 phùi-chhùi-noā】 乎人～～～hō͘-

lâng～～～⇨被人家唾棄。～～～格死鋤頭柄～～～ kek-sí tî-thâu-pèⁿ(pìⁿ)⇨吐口水於掌上握緊鋤柄。謂土百姓他事不能，只好握緊鋤柄拼命工作也。

**phùi 屁** 氣下泄也。放～pàng～⇨罵其言如屁。吹牛，無作用。放臭～phàng-chhàu～⇨前詞加強。脫褲放～thǹg-khò· pàng～⇨脫褲子以放屁，謂何必多此一舉。放～安狗心pàng～an-káu-sim⇨喻空口哄騙傻瓜。響～未臭，臭～未響hiáng(hióng)～bē(bōe)-chhàu, chhàu～bē(bōe)-hiáng(hióng)⇨聲大的屁不臭，臭屁沒有聲。謂利害之人，有作爲之人是默默爲之不聲張。放狗～，狗放～，放～狗pàng-káu～, káu-pàng～, pàng～káu⇨謂一塾師批作文，分此三級，放狗屁者，雖臭還有人氣。狗放屁者，雖臭偶爾放之還可忍。放屁狗者，只能放屁之狗，其臭已忍無可忍了。

【屁主 phùi-chú】 屁之主，放屁之人。敢放屁不敢做～～ káⁿ pàng-phùi m̄-káⁿ chò (chòe)～～⇨喻說了話而不肯承認。

【屁面 phùi-bīn】 反覆無常。無丈夫氣。反悔hoán-hóe。先品抄，逐個無～～的seng-phín-leh, ta̍k-ê bô～～ê⇨先約明白，大家不反悔。你安爾～～，後下無人要也lí an-ne(ni)～～, āu-ē bô-lâng-boeh-à⇨你如此反面不履約，後次沒人肯了。愛要不道不當～～ ài-sńg m̄-tō m̄-thang～～⇨要玩就不可以反面無常呀，不是嗎。

## phun

**phun 奔** 走也。逃亡曰奔phun。婚娶不由媒曰奔phun。出～chhut～⇨逃亡。私～su～⇨女人私逃就人。

【奔月 phun-goa̍t】 逃亡去月世界。嫦娥～～siâng-ngô～～⇨西王母以不死丹贈后羿hō-gē，其妻嫦娥竊食之，羿怒追殺之，嫦娥乃逃亡月世界。妻也枵饞iau-chhâm，夫亦絕情也。后羿hō-gē，射神，亦帝王，時天有九日，民苦熱，羿射殺其八留一日，民乃得安云。

【奔走 phun-cháu】 疾走。來來往往辛苦工作。爲私爲公皆通用。～～江湖～～kang-hô·⇨同上。

【奔放 phun-hòng】 無拘束。～～自在的作風～～chū-chāi ê chok-hong⇨同上。

【奔波 phun-pho】 略同奔走phun-cháu。替朋友～～thè pêng-iú～～⇨同上。於社會上抄～～tī-siā-hōe-siāng(siōng) teh～～⇨在社會上奔波。

【奔流 phun-liû】 君不見黃河之水天上來，～～到海不復回kun-put-kiàn hông-hô chi súi thian-siāng-lâi，～～tò-hái put-ho̍k-hôe⇨李白。

【奔喪 phun-song】 在他鄉聞父母喪奔走而歸。

**phun 潘** 淅米汁也。淅sek汰米也。汰tāi，洗也。潘泔phun-ám等作爲豬飼料曰潘phun。洗米～sé(sóe)-bí～⇨淅米汁。酸～sng～⇨潘酸化了。豬仔不食～ti-á m̄-chia̍h～⇨豬不吃潘。

【潘泔 phun-ám】 豬的飼料。泔ám亦淅米汁。飯汁曰泔ám。泔糜ám-moâi(bê)。扱khioh～～⇨收集米汁飯汁爲豬飼料。

【潘缸 phun-kng】 陶製的潘桶 phun-tháng。

【潘桶 phun-tháng】 盛潘之木桶。甚麼死人每囊落去～～sam-má-sí-lâng mā lok-lo̍h-khì (ì)～～⇨什麼東西都丟入潘桶。村婦粗語，謂不知惜物，不分好壞皆棄之。甚麼sam-má⇨sim-mí。

**phún 犇** 牛驚也。牛觸物曰犇phún。浪擲金錢曰犇phún。牛抄相～gû teh siō～⇨牛在相觸siō-tak。見著道～kìⁿ-tio̍h tō～⇨①一見就相觸。②一看到東西就亂買。拍～phah～⇨揮霍hui-hok。大散財。彼款所在安爾～，不是要的hit-khoán só·-chāi an-ne(ni)～, m̄-sī sńg-ê⇨在那種地方如此揮霍不是玩的。較大的家伙亦未堪得安爾～khah-toā ê ke-hóe a̍h-bē-kham-tit an-ne(ni)～⇨再大的家財也支持不了如此的揮霍散財。

**phùn 僨** 僵也。仆也。又覆敗也。所謀不遂曰僨phùn，亦作噴phùn，作飛散解亦通。多敢～去也抡to-ká$^n$～khì-à leh⇨恐怕不行了罷。會更～去未ē(ōe)-koh～khì bē(bōe)⇨會不會又落空。～走去～cháu-khì⇨飛散了。～對邊仔去～tui pi$^n$-a khì⇨不中的。飯碗～去也pn̄g-oá$^n$～khì-à⇨生計落空了。

【僨事 phùn-sū】 敗事。一言～～it-giân～～⇨一句話而敗了全局。

**phùn 噴** 吐氣也。鼓鼻也。吒tà也。怒也。飛散曰噴phùn。雨點仔又抡～也hō·-tiám-á iū-teh～à⇨小雨又開始飛散了。雨仔猶抡落抡hō·-á iáu-teh-lo̍h-leh⇨小雨還在下著。火星抡～hóe-chhe$^n$(chhi$^n$) teh～⇨火花在飛散。站許會～著油tiàm hia ē(ōe)～tio̍h-iû⇨站在彼地會承著油花。

【噴口 phùn-kháu】 火山口hóe-soa$^n$-kháu。火山的～～hóe-soa$^n$(san) ê～～⇨噴火口phùn-hóe-kháu。

【噴水 phùn-chúi】 水飛噴而出。～～池～～tî⇨同上。～～花～～hoe⇨水沫飛散。～～鬚～～chhiu⇨同前。

【噴火 phùn-hóe(hé)】 ㊀火山～～hóe(hé)-soa$^n$(san)～～⇨同上。～～口～～kháu⇨同上。㊁形容發怒。看著目珠道～～khoà$^n$-tio̍h ba̍k-chiu tō～～⇨一看眼睛就發火。㊂形容美女。～～女郎～～lí-lông⇨同上。

【噴油 phùn-iû】 ㊀油沸騰而油花飛散。油滾抡～～也iû-kún teh～～ā⇨油沸騰在噴油花了。㊁噴油漆phùn-iû-chhat。

【噴漆 phùn-chhat】 噴油漆 phùn-iû-chhat。以噴霧機作油漆。該更～～二次āi-koh～～nn̄g-chhù⇨需要再加油漆兩次。

【噴點 phùn-tiám】 污點。衫仔有～～sa$^n$-á ū～～⇨衣上有污點。～～～～仔～～～～á⇨有點點的污跡。

【噴農藥 phùn-lông-io̍h】 撒布農藥。去園裡～～～khì-hn̂g-nī～～～⇨同上。

【噴霧機 phùn-bū-ki】 噴水，噴油，噴藥等的小道具。用～～～渥水iōng～～～ak-chúi⇨使用噴霧機灌水。

**phûn 墳** 墓也。土之高者曰墳phûn。土不加高不種樹者曰墓bōng。祖～chhó·～⇨祖先的墳墓。薛剛祭鐵球～sih-kang chè thi̍h-kiû～⇨戲齣名。三～五典sam～ngó·-tián⇨傳說中之古典名。書籍si-che̍k。古～kó·～⇨古墓。

【墳墓地 phûn-bōng-tē】 墳墓之地。故鄉。少年立志出鄉關，學若不成死不還，埋骨豈期～～，人間到處有青山siàu-liân li̍p-chì chhut-hiang-koan, ha̍k-jia̍k-put-sêng sú-put-hoân, bâi-kut kí-kî～～～, jîn-kan tò-chhì iú-chheng-san⇨勸世勵志詩。

**phûn 盆** 盎iòng也。盎大腹小口，盆小底大口。賭博的盛衰曰盆phûn，又輪番亦曰盆phûn。花～hoe～⇨種花插花之盆。金魚～kim-hî～⇨飼金魚之大肚盆。審鳥～sím-o·～⇨戲齣名。旺～ōng～⇨優勢之局。衰～soe～⇨敗勢之局。閃～siām～⇨①衰盆時避賭。②溜赴liu-soan。閃～較直siám～khah-ti̍t⇨三十六計走為先sa$^n$-cha̍p-la̍k-kè cháu-ûi-sian。輪著你的～了lûn-tio̍h lí-ê～lò·⇨輪到你上場了。傾～大雨kheng～tāi-í(ú)⇨雨下得大如翻盆倒水也。

【盆口 phûn-kháu】 賭徒用詞。～～未穲～～bē(bōe)-bāi⇨手勢chhiú-sè(局勢kio̍k-sè)不壞。

【盆地 phûn-tē】 地理學名詞。周圍有山丘之平地。其形如大平盆。埔里～～po·-lí～～⇨以埔里為中心的盆地。

【盆栽 phûn-chai】 花木之栽植於盆中者。亦可謂一種園藝的藝術。以各種花木，竹松等等，在盆中種出一種美感。有直，斜，單雙，垂吊等等形態甚多。其傑出者，每有盆以數萬甚至以百萬計者，已與美術作品無異。

【盆景 phûn-kéng】 同盆栽phûn-chai。栽chai重種植技術，景即重其成果。

## phut

**phut 怫** 盛怒也。氣～～khi～～⇨大生其氣也。

**phut 刜** 擊也。砍也。斷也。伐木曰剉chhò,曰剉柴chhò-chhâ，斬草曰刜phut，曰刜草phut-chháu。斜斬曰刜phut。亂～一場loān～chit-tiûⁿ⇨亂揮亂砍loān-hui-loān-khám。～來燒～lâ-sio⇨斬草然後燒之。～未斷該～到斷～bē(bōe)-tn̄g ài～kà-tn̄g⇨非砍斷不可。

【刜刜 phut-phut】 斬刜。草先～～倒道可也chháu seng～～tó tō-hó-à⇨草先刜而倒之就好了。弓蕉被撫墾仔～～死也kin-chio hō·-bú-khún á～～sí-à⇨香蕉被撫墾官員砍死掉了。民闢山林種植香蕉，被撫墾發現，刎鍥一揮，香蕉叢châng叢腰斷。撫墾bú-khún者，山林巡視員也，其官階相當高，俗曰金紃的kim-sûn-ê，即今之委任級以上，有金紃官服穿者也。其權力亦相當大，保管林邊緣或河川地，面積不太大者，有權處分之。

【刜林 phut-nâ】 開林khui-nâ。開闢山林khai-phek-san-lîm。～～來種作～～lâi-chèng-choh⇨開闢山林以種植作物。

【刜草 phut-chháu】 斬草chám-chhau。新造林地該～～也sin-chō lîm-tē ài～～à⇨新造林地應該刜除雜草了。～～工～～kang⇨①斬草之人。②斬草之工資。

【刜開 phut-khui】 斬開。斬除。斬倒。草先～～，燒了藉剉樹仔chháu seng～～, sio-liáu, chiah chhò-chhiū-á⇨草樹藤先斬除，(晒乾後)燒之，然後才伐木。此爲開闢山林的普通步驟。

【刜樹椏 phut-chhiū-oe】 斬下樹上小枝小椏。～～～斬樹藤～～～chám-chhiū-tîn⇨同上。

【刜樟仔草 phut-chiuⁿ-á-chháu】 斬除樟木造林地之雜草以促進樟木之成長。

**phut 踄** 跳thiàu也。急行貌。輕躍曰踄phut。～一下道溜去也～chit-ē tō liu-khì-à⇨一躍就溜走了。眞佼踄chin-gâu phut⇨很會跳動。

【踄一下 phut-chit-ē】 一躍it-iak。～～～就趨去也～～～chiū soan-khì-à⇨一躍就跑掉了。～～～道溜赴去～～～tō liu-soan-khì⇨一躍而溜走了。眞佼踄chin-gâu phut⇨很會滾動。

【踄踄跳 phut-phut-thiàu】 跳躍thiàu-iak。㈠示喜。囡仔～～～gín-á～～～⇨孩子們喜極而跳。㈡示怒。氣到～～～khì-kà～～～⇨同勃勃跳phut-phut-thiàu。㈢充滿生氣。猶得～～～爾iáu-teh～～～leh⇨還在跳躍(動)不已呢（例如魚蝦等）。

【踄踄越 phut-phut-tiô】 同勃勃趒 phut-phut-tiô。趒tiô，雀行也。

【踄踔趚 phut-lut-sut】 一躍。一滾動。～～～道走去也～～～tō-cháu-khì-à⇨一下子就跑掉了。～～～道無看見也～～～tō bô-khoàⁿ-khìⁿ(ìⁿ)-à⇨一動就看不見了。～～～道赴去了～～～tō soan-khì-lò⇨一下子就跑掉了。赴soan，蛇行也。溜赴liu-soan，疾逃。

## sa

**sa 砂** 土砂thô·-soa也。通沙sa。

【砂仁 sa-jîn】 縮砂蜜之仁。一種藥材。似杏仁hēng-jîn。

**sa 沙** 水邊之幼石也。水邊之地也。通砂sa。浪淘～lōng tô～⇨詞牌名。流～河liû～hô⇨西遊記地名。飛～走石 hui～cháu-se̍k⇨風之強大，把砂石都吹起來了。平～萬里 peng～bān-lí⇨沙漠 sa-bo̍k(mō)。

【沙門 sa-bûn】 和尚hôe-siū$^{n}$。出家修道之人。在家修道即曰居士ki-sū。

【沙皇 sa-hông】 帝制時代的俄國王。Czar, Tsar or Tzar的譯音。

【沙眼 sa-gán】 眼疾名，即trachoma，俗稱砂粒soa-lia̍p。眼皮內側發生米粒大的粒子，有傳染性。

【沙場 sa-chhiâng】 平沙曠野peng-sa-khòng-iá。戰場chiàn-tiû$^{n}$。醉臥～～君莫笑，古來征戰幾人回 chùi-ngō～～kun bo̍k-chhiàu, kó-lâi cheng-chiàn kí-jîn-hôe(hâi)⇨唐詩。

【沙發 sa-hoah】 sofa的譯音。彈簧椅類。亦即洋式的坐椅類。

【沙漠 sa-bo̍k】 草木不生，遍地黃沙的不毛之地。～～地帶～～tē-tāi⇨同上。～～的駱駝～～ê lo̍k-tô⇨喻堅苦耐勞的德性。

【沙龍 sa-lông】 法語salon的譯名。原義客廳kheh-thia$^{n}$。十八世紀，巴黎的文人學者多集於權貴或美婦之客廳，談論文化，探討藝術，縱談時事，成爲文化社會的中心。當今美術等的展覽，亦稱沙龍sa-lông，甚至街坊中三教九流所出入之酒吧茶肆，亦多以沙龍爲名。

【沙彌 sa-mí】 少年僧。和尚僂仔hôe-siū$^{n}$-lô·-á。小～～sió～～⇨小和尚。

【沙囊 sa-lông】 以囊袋盛沙，用以防彈者。

【沙灘 sa-than】 水邊的砂地。砂灘soa-thoa$^{n}$。

【沙汀魚 sa-teng-hî】 鰮魚的異名。長一尺程度的小魚，味甚美。多產於太平洋中。往時多以鹽漬鹹魚入口，俗叫花旗鰮hoe-kî-un，與鹹鰱魚並爲農家的主要副食物。花旗hoe-kî者美國旗也。

**sa 柵** 木桓也。木～ba̍k～⇨地名。在台北近郊。有呂洞賓lī-tōng-pin廟，名曰指南宮chí-lâm-kiong。

**sa 扠** 挾取也。以五指摒la̍k之曰扠sa。籌款調現曰扠sa，捉人亦曰扠sa。好壞～hó-lám～⇨好的壞的皆取之。信採～chhìn-chhái～⇨信手取之。烏白～o·-pe̍h～⇨濫擅～lām-sám～⇨胡亂取之。

【扠人 sa-lâng】 捉人。掠人lia̍h-lâng。亦戲指助人迎親娘。警察扲～～kéng-chhat teh～～⇨警察在捉人。～～我上強～～goá siāng-khiàng⇨掠人lia̍h-lâng我最拿手 (助人迎親)。

【扠去 sa-khì】 ㊀調借。朋友～～用也pêng-iú～～iōng-á⇨朋友調借去了。㊁捉去。被人～～坐館仔也hō·-lâng～～chē koán-á à⇨被捉去坐監了。館仔koán-á指洋樓。

【扠來 sa-lâi】 調借。無錢～～先用bô-chî$^{n}$～～seng-iōng⇨同上。逐家有扲～～扠去ta̍k-ke ū-teh～～sa-khì⇨大家(彼此)之間經常有調借來往。

【扠錢 sa-chî$^{n}$】 調借tiàu-chioh現款。阿花蓋校～～a-hoe kài-gâu～～⇨阿花最善於調借現金。講要～～道有當扠也不kóng-boeh～～tō ū-tàng sa-a m̄⇨說要調借就有地方可以調借了嗎(恐怕不容易吧)。

【扠倀來 sa-oá-lâi】 歸集之。～～～做伙～～chò-hóe⇨同上。亦曰扠做堆sa-chò-tui。

【扠扲開 sa-leh-khai】 取到手即開鎖出去。個寶貝後生安爾～～～較加每破產in pó-pòe hāu-se$^{n}$(si$^{n}$) an-ne(ni)～～～khah-ke mā phò-sám⇨他的寶貝兒子如此這般的入手就開掉，再多再富也會破產也。

【扠扲貼 sa-lè-tah】 扠到手道貼 sa kàu-chhiū to tah。人講道～～～lâng-kóng tō～～～⇨一聽到人家說好的就拿來貼用。膏藥也。

**【扠無貓仔門 sa-bô niau-á-mn̂g】** 不得其門而入。貓仔門niau-á-mn̂g，貓孔niau-khang，亦即貓之出入口。亦作寮仔門liâu-á-mn̂g。不過，用貓是滑稽化的。意思一樣。老師的講義，佪父攏～～～～～ lāu-su ê káng-gī in-pē lóng～～～～～⇨老師的講義，老子皆聽不懂。

**【扠一個布袋尾 sa-chi̍t-ê-pò·-tē-bóe】** 抓著布袋邊。～～～～～～道講到如乾坤袋～～～～～tō kóng-kà ná khiân-khun-tē⇨喻好作小針卻似大棒的吹牛。

**sá 甚** 何事，何物。許～he～⇨那是什麼(物，事)。你扌創～lí teh chhòng～⇨你在幹何事。猶有～iáu-ū～⇨還有什麼。→sá$^{n}$。

**【甚人 sá-lâng】** 何人。誰。～～講～～kóng⇨是誰說的。

**【甚麼 sá-má】** sà-mí, sím-mí。～～代誌～～tāi-chì⇨何事。創～～chhòng～～⇨作何事。

**【甚代誌 sá-tāi-chì】** 什麼事。同甚麼代誌sá-má-tāi-chì。

**sá 洒** 瀟洒siau-sá，風度或打扮超俗也。

**sà 唓** 鴨食也。水鳥食魚也。大食曰唓sà。草草吞食曰唓sà。龍吞虎嚥liông-thun hó·-iàn曰唓。有佼～ū gâu～⇨眞的能吃。虎～母hó·～bó(bú)⇨大食婆toā-chia̍h-pô。刺查某chhiah-cha-bó·。做一下道～落去也曷有夠chò chi̍t ē tō～lo̍h-khì-à a̍h-ū-kāu⇨一下子就吞下去了。曷有夠a̍h-ū-kàu，哪裏有餘。一頓～七八碗飯你要驚否chi̍t-tǹg～chhit-peh(poeh)-oáⁿ-pn̄g li-boeh-kiaⁿ-bò·⇨一餐唓七八碗飯，你覺得可怕不可怕。

**【唓血 sà-hiat】** 古代締結同盟者多飮血爲信。～～爲盟～～ûi-bêng⇨同上。所唓之血有階級之分，天子用牛馬血，諸侯用犬血，大夫以下用鷄血。今之所謂：城隍廟斬鷄咒詛chiù-choā者，蓋彷此。

**【唓蚊 sà-báng】** 未輸蟾蜍扌～～扌bē-su chiuⁿ-chî teh～～lē⇨形容大口吃小物。

**【唓唓 sà-sà】** 枵～～iau～～⇨飢餓狀。～～叫～～kiò⇨餓鬼吞食狀。餓鬼喊枵。

**【唓無討的 sà-bô-thó-ê】** 白唓的pe̍h-sà-ê。

**【唓三碗公半 sà-saⁿ-oáⁿ-kong-poàⁿ】** 恬恬～～～～～tiām-tiām～～～～～⇨罵假正經或假斯文。謂外表恬靜作斯文狀，卻偷吃三大碗半。

**sà 嗄** 聲破也。聲變也。哭極致無聲也。亂叫也。亂也。

**【嗄嗄 sà-sà】** 嗄啞之聲。蕪～～bû～～⇨亂訬訬loān-chhau-chhau。亦形容忙亂。蕪bû，雜草盛也，穢òe也。拂到蕪～～hut-kà bû～～⇨拼得亂訬訬矣(忙甚)。～～叫～～kiò⇨嗄啞之聲。講著話～～kiò⇨說起話來，聲都嗄啞了。茹～～jî～～⇨同蕪嗄嗄bû-sà-sà。

**sā 塞** 密抵塞bā-tú-sā, 凡大小相稱，程度相配皆曰密抵塞ba-tú-sā。彼孔來抵塞即孔，上～～～也 hit-khang-lâi tú sat-chi̍t-khang, siāng～～～ā⇨那筆錢來剛好塞此一穴，最好不過了。

## sa$^{n}$

**saⁿ 三** 數名。二加一爲三。無～不成禮bô～put-sêng-lé⇨同上。

**【三人 saⁿ-lâng】** ～～共晤目，後下不好有長短脚話～～kāng gō·-ba̍k, āu-ē m̄-hó ū tn̂g-té-khā ōe⇨媒人撮合跛男眇女的笑話。三人指男女雙方與媒人。晤目與五目諧音，即三人合共只五目，長短脚話指閒話與跛足，都是雙關話。後下指將來。

**【三二 saⁿ-nn̄g】** 三與二。毋八～～m-bat～～⇨不懂三與二的分別。謂極幼小或闇愚。不成～～m̄-chiâⁿ～～⇨謂物太少不成數。

【三叉 sa$^{n}$-chhe】 ～～路～～lō·⇨同上。又棒之一端分三股者。

【三文 sa$^{n}$-bûn】 三文錢，喻極小數。值無～～錢tat bô～～chî$^{n}$⇨值不到三文錢。

【三分 sa$^{n}$-hun】 ㊀十分之三。～～天下～～thian-hē⇨天下三分。㊁百分之三。～～利～～lāi⇨三分的利息。例如百元日息三錢是三分利。又～～人四分粧～～lâng sì-hun chng⇨喻化粧的重要。～～病謗做死症～～pē$^{n}$ pòng-chò sí-chèng⇨小病說成死病。喻小事而大事宣染。

【三日 sa$^{n}$-jit】 ～～無餾迫上樹～～bô-liū peh chiū$^{n}$ chhiū⇨謂讀書三日沒複習，記憶就消逝無踪了。～～討海，四日曝網～～thó-hái, sì-jit phak-bāng⇨出漁三日，晒網四日。謂討海生活甚艱難。～～往東，四日往西～～óng-tang, sì jit óng-sai⇨謂做事沒定性。因往東又往西而吃掉了時間。

【三句 sa$^{n}$-kù】 三句話。～～做一句講～～chò chit-kù kóng⇨不轉彎抹角直接講眞話。～～定二句柏～～tēng nn̄g-kù phà$^{n}$⇨以虛虛實實的話譏刺。柏phà$^{n}$，禾不實也。

【三布 sa$^{n}$-pò·】 三布針sa$^{n}$-pò·-chiam⇨細針。綢緞用的針。

【三生 sa$^{n}$-si$^{n}$(se$^{n}$)】 一胎三兒。生～～仔si$^{n}$(se$^{n}$)～～á⇨一胎生三兒。

【三代 sa$^{n}$-tāi】 祖父子三代。～～人～～lâng⇨祖父子。～～無烘爐，四代無茶砧～～bô hang-lô·, sì-tāi bô tê-kó·⇨娶得惡妻的結果是如此之慘。

【三耳 sa$^{n}$-hī$^{n}$】 三個耳。～～鍋仔～～oe-á⇨有三個耳的鍋子。

【三年 sa$^{n}$-nî$^{n}$】 三個年頭。～～官二年滿～～koa$^{n}$ nn̄g-nî$^{n}$ moá⇨謂一任三年的官員，做二年就任期屆滿了。滿或作幌hoá$^{n}$，一幌就過的意思。

【三旬 sa$^{n}$-sûn】 人死二十一日。亦曰三七sa$^{n}$-chhit。做～～chò～～⇨做三七。一旬七日。按一旬原爲十日，惟死人的旬較短只有七日。

【三角 sa$^{n}$-kak】 ㊀三十錢。～～銀～～gîn⇨三十錢。㊁數學名詞。～～法～～hoat⇨三角法或三角學。～～肩～～keng⇨肩一高一低，行起路來一搖一擺曰行路三角肩，kiâ$^{n}$-lō· sa$^{n}$-kak-keng。激～～肩眞俠勢keh～～keng chin-sáng-sè⇨謂一搖一擺極驕傲的樣子。～～解～～ko·⇨防盜的小道具。分三叉，叉端可刺脚趾使難行進。～～姑仔～～ko·-á⇨魚名。形似鯰而體小有角。～～窗～～thang⇨面臨十字路口的店舖，店面較一般店面加倍大。～～目～～bak⇨怒目。～～肉～～bah⇨喪家的封肉。～～形～～hêng⇨三角形的形狀。～～鑢～～lē⇨三角形的鋸鑢kì-lē。～～褲～～khò·⇨三角形之內褲，原爲女用，今男人亦用之。

【三更 sa$^{n}$-ke$^{n}$】 中夜。閻王註定～～死，決不留人過五更giâm-ông chù-tiā$^{n}$～～sí,koat put-liû-jîn kòe gō·-ke$^{n}$⇨戲白。刺客要下手時多說之。～～半暝～～poà$^{n}$-mê⇨中夜。～～暝半～～mê-poà$^{n}$⇨同上。

【三伯 sa$^{n}$-peh】 三伯父。父的三兄。

【三叔 sa$^{n}$-chek】 三叔父。父的三弟。

【三花 sa$^{n}$-hoe】 小丑。

【三兩 sa$^{n}$-niú】 三兩重。～～人講四兩話～～lâng kóng sì-niú ōe⇨喻小人物講大話。

【三品 sa$^{n}$-phín】 ～～官～～koa$^{n}$⇨官階三品的官。約當於現在的次長司長之流。點～～菜tiám～～chhài⇨叫三種菜食。

【三脚 sa$^{n}$-kha】 三條腿。三人。～～生理～～seng-lí⇨三人合股的生理。～～豬無刣～～ti bô-thâi⇨謂三人合股的商理如三條腿的豬，難於運營自在，亦即無良好的結果。～～鼎～～tiá$^{n}$⇨三足鼎。～～馬～～bē⇨三脚的馬架。～～虎～～hó·⇨①丁字形的兇器。②以兩手與一足爬行。做～～虎爬chò～～hó pê⇨同上。坐～～抵仔chē～～tú-á⇨三人鼎足坐。～～貓笑一目狗～～niau chhiò chi̍t-ba̍k-káu⇨以五十步笑百步。～～砧～～tiam⇨三脚的砧。～～褲～～khò·⇨三脚的褲。做～～褲乎人穿chò～～khò· hō-lâng-chhēng⇨敲出難纏的問題給人麻煩。

**【三笨 sa$^{n}$-pūn】** 船艦的第三層。第三甲板。

**【三歲 sa$^{n}$-hè(hòe)】** 三歲大。～～囡仔～～gín-á⇨三歲大的小孩。

**【三落 sa$^{n}$-lo̍h】** 前落chêng-lo̍h，中落tiong-lo̍h，後落āu-lo̍h⇨屋三棟的總稱。

**【三夥 sa$^{n}$-hé(hóe)】** 船的二等運轉士。

**【三藍 sa$^{n}$-lâm】** 淺藍色。

**【三二十 sa$^{n}$-jī-cha̍p】** 三十二十間的不定數。～～～人～～～lâng⇨二三十人。～～～元～～～kho·⇨三二十元。

**【三六九 sa$^{n}$-la̍k-káu】** 月之見三六九日。食菜食～～～chia̍h chhài chia̍h～～～⇨見三六九日食菜。～～～開市～～～khui-chhī⇨見三六九日開的墟市，例如牛墟等。

**【三月節 sa$^{n}$-goe̍h-cheh】** 三月上巳之日。

**【三名夫 sa$^{n}$-miâ-hu】** 三個轎夫。拍～～～phah～～～⇨一轎三夫。

**【三字全 sa$^{n}$-jī-chn̂g】** ㊀福祿壽hok-lo̍k-siū三字全有，喻人生夠福氣。㊁嫖賭飲phiâu-tó·-ím⇨三壞習皆齊，喻做人壞透了。

**【三交破 sa$^{n}$-kau-phoà】** 做粿秫米與粘仔的比率二比一。合為三。秫米粘仔照～～～道好也chu̍t-bí chiam-á chiàu～～～tō-hó-à⇨同上。

**【三股索 sa$^{n}$-kó·-soh】** 三股的索子。～～～無一股俾人透～～～bô chi̍t-kó·-hō-lâng-tháu⇨喻迫人迫得無路可通。透tháu，通也，亦解也。

**【三注透 sa$^{n}$-chù-thàu】** 璉骰的一種賭法。食伊～～～chia̍h-i～～～⇨他全不夠看也。

**【三指落 sa$^{n}$-cháiⁿ-lo̍h】** ㊀謂醫生以三指按脈，因而直指醫生。㊁婦女以三指試鷄母是否下蛋。

**【三個錢 sa$^{n}$-ê-chî$^{n}$】** 三文錢。喻甚少數。買～～～豆頭亦開城門bé(bóe)～～～tāu-thâu a̍h khui-siâ$^{n}$-mn̂g⇨喻事小而牽涉大，極其麻煩。

**【三脚繚 sa$^{n}$-kha-liâu】** 船帆受橫風。駛～～～抮等候sái～～～teh tán-hāu⇨謂船已滿帆受風在等待命令出發。

**【三頓飯 sa$^{n}$-tǹg-pn̄g】** 三餐。亦簡稱三頓sa$^{n}$-tǹg。～～著顧～～tio̍h kò·⇨三餐須保持。日食～～該親像人ji̍t-si̍t～～ài chhin-chhiū$^{n}$ lâng⇨日食三餐必須維持得像別人的樣子。

**【三節橈 sa$^{n}$-chat-khiau】** 橈成三節。㊀坐～～～chē～～～⇨身體曲成三曲的不規律坐法。橈，曲木也。㊁心官～～～的人sim-koa$^{n}$～～～ê lâng⇨心術極不正的人。㊂～～～的路～～～ê lō·⇨謂路多彎不直。

**【三廳官 sa$^{n}$-thia$^{n}$-koa$^{n}$】** 三任官。很多的官。～～～未斷得家內事～～～bē(bōe)-toàn-lī ke-lāi-sū⇨三任的官員都斷不了家內事。喻家內事之複雜。

**【三十六角 sa$^{n}$-cha̍p-la̍k-kak】** 三十六個尖角。一句話～～～～，角角都會傷人chit-kù-ōe～～～～kak-kak to ē siang-lâng⇨喻說話要愼重以免傷害別人。

**【三十六計 sa$^{n}$-cha̍p-la̍k-kè】** ～～～～走為上計～～～～cháu ûi siāng(siōng)-kè⇨同上。～～～～走者為先～～～～cháu chià ûi sian⇨同上。

**【三十天單 sa$^{n}$-cha̍p-thian-toa$^{n}$】** 三十日期的支票。

**【三寸金蓮 sa$^{n}$-chhùn-kim-liân】** 形容女人纏足之美麗。～～～～四寸腰～～～～sì-chhùn io⇨脚三寸長腰四寸徑。形容古美人的美麗。

**【三心二意 sa$^{n}$-sim-jī-ì】** 三心兩liáng意。意

志動搖。同意馬心猿ī-má-sim-oan。

【**三百六絲** sa$^{n}$-pah-la̍k-sī】 一刀三百六十張的極薄的上等紙。

【**三言二語** sa$^{n}$-giân-nn̄g-gí】 冷嘲熱諷。若俾人～～～～道不值錢nā hō·-lâng ～～～～ tō m̄-ta̍t chî$^{n}$⇒若遭人彼此批諷就無價值。

【**三長二短** sa$^{n}$-tn̂g-nn̄g-té】 意外的不幸——死亡。若有～～～～看阮要怎樣nā-ū～～～～koà$^{n}$ goán boeh choá$^{n}$-iū$^{n}$⇒若有不幸，看我們要怎麼辦。

【**三枝五骨** sa$^{n}$-ki-gō·-kut】 身體消瘦無肉。～～～～瘖香更薄扁～～～～sán-hiu$^{n}$ koh po̍h-pí$^{n}$⇒同上。

【**三保六認** sa$^{n}$-pó-la̍k-jīn】 三人保證六人承認。很確實穩當的保認。鷄母相踏，亦該～～～～ ke-bó sio-ta̍h ia̍h-āi ～～～～ ⇒芝麻小事也須保認保證。

【**三哈四哈** sa$^{n}$-hap-sì-hap】 聊天。～～～～煞哈有一個款～～～～ soah hap-ū chi̍t-ê-khoán⇒三聊四聊竟聊出一個樣子。

【**三個半人** sa$^{n}$-ê-poà$^{n}$-lâng】 喻人數很少。總的合共的道無～～～～抸chóng-ê kah kiōng-ê tō-bô～～～～leh⇒總共也沒幾個人。

【**三除四扣** sa$^{n}$-tî-sì-khàu】 扣除的項目多。～～～～扣了了～～～～ khàu-liáu-liáu⇒扣扣除除都扣除完了。

【**三烏四暗** sa$^{n}$-o-sì-àm】 ㊀指時間性。逐日該到～～～～藉有轉來ta̍k-ji̍t ài kàu(kà)～～～～chiah ū tńg-lâi⇒每天須很黑很暗才回家。㊁指舞弊。俾伊～～～～騙了了也hō·-i～～～～ phiàn-liáu-liáu à⇒給他糊里糊塗都騙走了。

【**三做四歇** sa$^{n}$-chò-sì-hioh】 三做四休。例如做生意三日開店四日關門。～～～～那會起色～～～～ ná-ē khí-sek⇒三做四休何能發展。

【**三遷四延** sa$^{n}$-chhian-sì-iân】 一再遷延。

【**三頭二面** sa$^{n}$-thâu-jī-bīn】 問題須由當事者雙方以及關係人會面解決。二面或晤面之訛。～～～～講講抸藉可～～～～kóng-kóng-leh chiah-hó⇒同上。

【**三頭六臂** sa$^{n}$-thâu-la̍k-pì】 三個頭六隻手。喻很能幹。

【**三聲無奈** sa$^{n}$-sia$^{n}$-bô-nāi】 連發三聲無奈何。極度的無奈何。怙終無奈ko·-chiong-bû-nāi。

【**三彎二越** sa$^{n}$-oan-nn̄g-oat】 喻相距很近。常見面。～～～～道來破膜～～～～tō lâi phò-tāu⇒時常跑來聊天。～～～～道去查某間～～～～tō khì cha-bó-keng⇒時常跑去娼樓。越oat，轉彎也。又破膜phò-tāu⇒解頤聊天。膜tāu，頸也，亦落膜lāu-tāu也。

【**三讀四歇** sa$^{n}$-tha̍k-sì-hioh】 讀三日，休四日。謂讀書之不起勁。

【**三十六天罡** sa$^{n}$-cha̍p-la̍k thian-kong】 ～～～～～七十二地煞神～～～～～chhit-cha̍p-jī tē-soah⇒三十六位天神，七十二個地煞神，合爲水滸傳一〇八英雄之數。

【**三抵四毋着** sa$^{n}$-tú-sì-m̄-tio̍h】 逢見三次而有四次的錯誤。謂運途不好所做皆失敗。運一下鄙都～～～～～ūn chi̍t-ē bái to～～～～～⇒同上。

【**三做四毋著** sa$^{n}$-chò-sì-m̄-tio̍h】 做三件事有四件錯誤。謂所做無不失敗。運途行於卯，～～～～～ ūn-tô· kiâ$^{n}$-tī-báu,～～～～～⇒謂運命行在壞字上，所以皆失敗。卯báu與穲bái諧音秤。

【**三講四毋著** sa$^{n}$-kóng-sì-m̄-tio̍h】 所言皆錯誤。狂到～～～～～kông-kàu(kà)～～～～～⇒慌得全部說錯了。

【**三下咬未見餡** sa$^{n}$-ē-kā-bōe-kì$^{n}$-ā$^{n}$】 喻事正開始，還未有頭緒。

【**三時風二時雨** sa$^{n}$-sî-hong nn̄g-sî-hō】 謂事無定時。人講～～～～～～逐家要見面每有

時陣lâng-kóng ～～～～～～，tāk-ke boeh-kī$^{n}$-bīn mā-ū sî-chūn⇨人言說，三時風二時雨，大家要見面，也是要有機會才能夠見面，不是要見就能見的。

**【三脚趒四脚跳 sa$^{n}$-kha-tiô-sì-kha-thiàu】** 欣喜雀躍之狀。趒tiô，雀躍也。

**【三碗飯二碗湯 sá$^{n}$-oá$^{n}$-pn̄g nn̄g-oá$^{n}$-thng】** 謂夫妻應該相依相賴，和好生活。三碗飯sa$^{n}$-oá$^{n}$-pn̄g與相偎憑sa$^{n}$-oá-phēng是諧音，又三與相諧音，碗oá$^{n}$與偎oá諧音。皆謂相依相偎也。

**【三脚落四著跋 sa$^{n}$-ka-lauh sì-tioh-poah】** 三次失落四次跌倒。謂事之失敗連連。

**【三鋤頭二糞箕 sa$^{n}$-tî-thâu nn̄g-pùn-ki】** 三下鋤頭掘起來的裝做二個糞箕。喻做田人講話率直無遮蓋。或謂講話無禮貌。

**【三禮拜六點鐘 sa$^{n}$-lé-pài-lak tiám-cheng】** 謂嗺醋chiah-chhò。妬也。三禮拜爲廿一日，六點鐘是酉時。酉合廿一日爲醋字。

**【三雙來六埢去 sa$^{n}$-siang-lâi lak-tè-khì】** 禮尚往來。無損無益。三雙等於六塊。

**【三代粒積一代開空 sa$^{n}$-tāi liap-chek it-tāi khai-khong】** 上三代的祖先勤儉積蓄的財富，到這一代全部開銷清楚。一代it-tāi或作一旦it-tàn。

sa$^{n}$ **衫** 衣也。長～罩馬褂tn̂g～thah bé-koà⇨①長衫加馬褂，古時的服飾。②謂衣衫不整齊，下衣露出上衣之外。囡仔～gín-á～⇨孩兒衣。作布值錢作～毋值錢chò-pò· tat-chî$^{n}$ chò～m̄-tat-chî$^{n}$⇨布料值錢裁剪成衣即不值錢。

**【衫仔 sa$^{n}$-á】** 衫。衣服～～裾～～ki⇨衣裾。牽～～裾khan～～ki⇨附扲有福人赴筵席。～～帕～～phè⇨以衣裾包物也。～～櫥～～tû⇨衣櫥。～～架～～kè⇨衣架。～～褲～～khò·⇨上衣與下褲。汎言衣服。～～箱～～siu$^{n}$⇨衣箱。～～籠～～láng⇨衣籠。～～樣～～iū$^{n}$⇨衣服的樣本。～～槌～～thûi⇨洗衣用的小木棒。～～身～～sin⇨衣身。除去領，手的部分。～～裙～～kûn⇨上衣與下裙。～～砧～～tiam⇨洗衣砧。～～料～～liāu⇨衣料。～～丈～～tn̄g⇨足以做一件衫的布料。

sa$^{n}$ **相** 共也。雙方同感應也。亦相sio也。

**【相八 sa$^{n}$-bat】** sio-bat。互相認識。有～～ū～～⇨認識過的人。無～～bô～～⇨未曾認識。～～是有，無深交～～sī ū, bô chhim-kau⇨認識是認識過的，不過沒深交。

**【相央 sa$^{n}$-iong】** sio-iang。依賴。託事。

**【相凹 sa$^{n}$-thap】** 或相塌sio-thap。凹形物件相疊。帽仔～～bō-á～～⇨同上。～～縫～～phāng⇨中間各挾入另外的東西。～～鉸～～ka⇨截衣時相凹鉸以省布。

**【相共 sa$^{n}$-kâng】** 或相仝sio-tâng。相同。外面～～，內面有爭差goā-bīn～～lāi-bīn ū cheng-chha⇨同上。

**【相共 sa$^{n}$-kāng】** 互相幫手。湊～～taù～～⇨互相幫忙。協助。該叫人來～～ài kiò-lâng lâi～～⇨需要叫人來協助。

**【相合 sa$^{n}$-kap】** sio-kap。～～水也～～chúi-á⇨兩溪流會合之處。～～吟詩～～gîm-si⇨一起吟詩。～～做工～～chò-kang⇨同在一處工作。共同工作。～～米煮有飯～～bí chú (chí) ū pn̄g⇨共同煮出來的飯，分量較分開煮的多。喻共同做事經費省，效率高。

**【相交 sa$^{n}$-kau】** sio-kau。㊀交友。朋友～～pêng-iú～～⇨同上。㊁虎等動物相交。虎～～一次定hó～～chit-chhù tiā$^{n}$⇨據說虎一生只相交一次就怕痛不敢再相交。因其有倒鈎刺云。

**【相同 sa$^{n}$-tâng】** 相共sio-kāng。一樣。羼神無～～悾譀隨在人lān-sin bô～～khong-khám sûi-chāi-lâng⇨謂人各有志趣，不能互相干涉。

【相伨 sa$^{n}$-thīn】 sio-thīn。對偶。對等。姨表～～î piáu～～⇨姨表兄妹的配對。彼款人未～～得hi̍t-khoán-lâng bōe(be)～～tit⇨他那種人理會不得——不足以爲對手。

【相助 sa$^{n}$-chō͘】 sio-chō͘。拔刀～～poa̍t-to～～⇨同上。

【相扯 sa$^{n}$-chhé】 sio-chhé。相鉤合。瓦該～～藉未漏hiā ài～～chiah bōe(bē)-lāu⇨屋瓦要相鉤合才不漏雨。

【相㑳 sa$^{n}$-chhē】 sio-chhē。數目長短該～～siàu-ba̍k tn̂g-té ài～～⇨賬目長短彼此應該相殺。

【相夾 sa$^{n}$-giap】 sio-giap。雙方對夾。二塊枋～～nn̄g-tè pang～～⇨兩面板對夾。

【相忌 sa$^{n}$-kī】 sio-kī。彼此有所顧忌。謂某些食物，其性會互相抵消。例如：參忌豆，當歸忌鹽菜是也som kī tāu，tong-kui ki kiâm-chhài sī iā。

【相見 sa$^{n}$-kī$^{n}$】 sio-kī$^{n}$。相逢面。面會。～～面～～bīn⇨彼此相逢面。父子～～pē-kiá$^{n}$～～⇨同上。天上人間會～～thian-siāng(siōng) jîn-kan ē～～⇨同上。

【相告 sa$^{n}$-kò】 sio-kò。打官司。～～到高等法院去也～～kà(kàu) ko-têng-hoat-ī$^{n}$ khì à⇨官司打到高等法院去了。

【相剾 sa$^{n}$-khau】 sio-khau。互相譏刺。暗諷。講話～～著kóng-ōe～～tio̍h⇨言詞間暗諷著對方。

【相扭 sa$^{n}$-khiú】 sio-khiú。你拉我我拉你。～～相搦～～sa$^{n}$(sio)-la̍k⇨義同。

【相角 sa$^{n}$-tak】 sio-tak。角或作觸。但角爲正。衝突相鬬。牛～～gû～～⇨牛相鬬。企高山看牛～～khiā koân-soa$^{n}$ khoà gu～～⇨謂在局外看別人生死鬬。～～嘴～～chhùi⇨吵嘴。

【相刣 sa$^{n}$-thâi】 sio-thâi。相殺。戰爭。

【相兌 sa$^{n}$-thùi】 sio-thùi。兌換thùi-oā$^{n}$。以下物換上物。

【相知 sa$^{n}$-chai】 sio-chai。相知影sa$^{n}$-chai-iá$^{n}$。彼此相知也。共稠牛～～氣力kāng-tiâu-gû～～khùi-la̍t⇨喻彼此相處久了都互相知透對方的實力。

【相爭 sa$^{n}$-chi$^{n}$】 sio-che$^{n}$。互相爭奪。～～財產～～châi-sán⇨同上。～～地位～～tē-ūi⇨同上。～～扒抐醢～～peh-lā-kê⇨相爭奪得很激烈。扒抐醢peh-lā-kê一詞形容相爭之烈，語源未詳。亦曰peh-lā-kiā。

【相招 sa$^{n}$-chio】 sio-chio。相邀。放尿～～無放的軟脚腰pàng-jiō～～bô-pàng-ê nńg kha-io⇨謂相邀放水，不放的脚腰軟了不會跑路，集體跑路時常有如此情形。有好孔的該～～ū hó-khang-ê ài～～⇨有好事須相邀共享不可獨佔。

【相供 sa$^{n}$-keng】 sio-keng。互相指認。

【相近 sa$^{n}$-kīn】 近。互相接近。

【相抵 sa$^{n}$(sio)-tú】 ㈠相逢。海許大船每會～～hai-hiah toā chûn mā-ē～～⇨海那麼大船也會逢面。～～會得著～～ē-tit-tio̍h⇨將來必有相見的機會。喻有機會可回報。㈡相殺。相扣除。賒賬合工錢～～sia-siàu kah kang-chî$^{n}$～～⇨欠帳和工錢相殺。

【相挖 sa$^{n}$-iah】 sio-iah。互揭瘡疤。～～到眞徹底～～kàu chin thiat-té⇨同上。

【相約 sa$^{n}$-iok】 sio-iak。～～後年此時此地再會～～āu-nî chhú-sî chhú-tē chài-hōe⇨同上。

【相咬 sa$^{n}$-kā】 sio-kā。諷狗～～hōng-káu～～⇨唆使狗相鬬。田蜓～～尾chhân-e$^{n}$～～bóe⇨蜻蜓交尾。白魚～～尾pe̍h-hî～～bóe⇨據說釣白魚一尾上鈎即其尾必有同伴一尾一尾互銜其尾而上。白魚pe̍h-hî即白帶魚pe̍h-toā-hî。

【相姦 sa$^{n}$-kàn】 sio-kàn。交合。

【相降 sa$^{n}$-kāng】 sio-kāng。相創治siochhòng-tī。互相惡作劇。囡仔性愛～～人gín-á-sèng ài ～～ lâng⇨孩子氣喜歡互相戲弄惡作劇。

【**相拱 sa$^n$-kēng**】 sio-kēng。互相支持。支撐。二隻桌仔～～扲nn̄g-chiah toh-á～～leh⇨兩桌相支撐着。逐家～～醵出一可仔錢ta̍k-ke～～khioh-chhut chi̍t-koá-á-chîⁿ⇨大家相支持捐出若干金錢。～～脚～～kha⇨互相支持。團結。尻川～～偎kha-chhng～～oá⇨同前。

【**相看 sa$^n$-khoàⁿ**】 sio-khoàⁿ。對看。互換看。老師講考試未使得～～lāu-su kong khó-chhì bōe(bē)-sái-tit ～～⇨老師說考試不能相看。目珠金金扲～～ba̍k-chiu kim-kim teh ～～⇨喻眼見無法可施。

【**相相 sa$^n$-siòng**】 sio-siòng。目對目。愛人扲～～ āi-jîn teh～～⇨同上。仇人扲～～siû-jîn teh～～⇨仇人在怒目相視。

【**相爲 sa$^n$-ūi**】 sio-ūi。兄弟該～～hiaⁿ-tī ài～～⇨兄弟應該互相保護，共同抵敵別人。

【**相借 sa$^n$-chioh**】 sio-chioh。互借。借。

【**相害 sa$^n$-hāi**】 sio-kāi。互相損害。多用於笑謔。莫～～mài～～⇨譬如大家要你競選什麼，你說莫～～，即是表示你謙卑或無意於此。

【**相格 sa$^n$-ke̍h**】 sio-ke̍h。互相對抗。不和洽。夫妻～～hu-chhe～～⇨夫妻對抗。夫妻不和洽。

【**相揢 sa$^n$-khoeh(kheh)**】 sio-kheh。人羣擁擠。看鬧熱的人相挨～～khoàⁿ nāu-ji̍at ê lâng sa$^n$-oe (sio-e)～～⇨看鬧熱的人很擁擠。

【**相挨 sa$^n$-oe**】 sio-e。～～相揢～～sa$^n$-khoeh(sio-kheh)⇨多人相擠。

【**相送 sa$^n$-sàng**】 sio-sàng。互相贈答。贈送。做～～亦不驚人chò～～a̍h m̄-kiaⁿ-lâng⇨就是當作贈送亦不多。買賣差額爭持不下時的圓場語。

【**相閃 sa$^n$-siám**】 sio-siám。相遇而過之。～～身～～sin⇨人相過。～～車～～chhia⇨車相過。

【**相趟 sa$^n$-thàng**】 sio-thong。有路或有孔透過對方。

【**相掙 sa$^n$-cheng**】 sio-cheng。打架。以拳頭互打。～～不好相拍～～m̄-hó sio-phah⇨笑詞。

【**相接 sa$^n$-chiap**】 sio-chiap。連接。連續。頭仔尾～～thâu-á-bóe～～⇨頭尾相連。

【**相參 sa$^n$-chham**】 sio-chham。混合。相添sa$^n$-thiⁿ。放尿亦不合你～～pàng-jiō a̍h m̄-kah-lí～～⇨尿亦不與你的混合。喻憎恨之甚。

【**相掇 sa$^n$-chhoah**】 sio-chhoah。掇chhoah，取也，短付也。商理賬目來往的遷延。賬目總是會～～的siàu-ba̍k-chóng-sī ē～～ê⇨謂賬目可能遷延也可能短付。

【**相偃 sa$^n$-ián**】 sio-ián。角力的一種。兩人相對力爭，先倒地爲輸家。

【**相救 sa$^n$-kiù**】 sio-kiù。相救助。救活。貴人來～～kùi-jîn lâi～～⇨同上。

【**相牽 sa$^n$-khan**】 sio-khan。手拉手。～～相拖～～sa$^n$(sio)-thoa⇨大家手拉着手。～～連～～liân⇨被捲入案中。

【**相偎 sa$^n$-oá**】 相近。相依。相依～～sa$^n$-î～～⇨相依偎。

【**相捨 sa$^n$-sià**】 sio-sià。捨或作卸。相損害。可恥的行爲。～～代～～tāi⇨有辱家門之事。

【**相帶 sa$^n$-toà**】 sio-toà。禽獸交合。狗～～淖死蒜仔股káu～～noà-sí soàn-á-kó⇨謂小事連累到他人。

【**相探 sa$^n$-thàm**】 sio-thàm。互相訪問。～～問～～mn̄g⇨彼此探望。

【**相偷 sa$^n$-thau**】 sio-thau。相騙。買賣未使得～～bóe(bé)-bōe(bē) bōe(bē)-sái-tit～～⇨做生意不能相瞞騙。

【**相推 sa$^n$-the**】 sio-the。推諉thui-úi。～

～使死牛～～sái-sí-gû⇨推諉不出手工作等於使死牛——犁不了田。

【相添 sa$^n$-thi$^n$】 sio-thi$^n$。湊數。趁錢來～～做生活費thàn-chî$^n$ lâi～～chò seng-oah-hùi⇨賺錢補貼生活費用。

【相通 sa$^n$-thong】 sio-thong。㊀連絡。共謀。㊁通姦。

【相焉 sa$^n$-chhoā】 sio-chhoā。同伴偕行。～～走～～cháu⇨男女私奔。～～去渡蜜月～～khì tō bit-goat⇨相偕去渡蜜月。

【相欺 sa$^n$-khi】 sio-khi。互相輕蔑。文人～～，同行相忌bûn-jîn～～tông-hâng sa$^n$(sio)-kī⇨自古已然，於今爲烈。

【相敧 sa$^n$-khia】 sio-khia。互相藉口攻擊。～～來～～去～～lâi～～khì⇨你說我惡意我說你來意不善。～～孔～～khang⇨義同。

【相換 sa$^n$-oā$^n$】 sio-oā$^n$。交換。

【相詃 sa$^n$-siâ$^n$】 sio-siâ$^n$。以美餌引人入勝。故意誘人。不免抸～～m̄-bián-teh～～⇨不要誘人。詃siâ$^n$，誘也，詐也。

【相𢯾 sa$^n$-siâm】 sio-siâm。手～～chhiú～～⇨雙手自抱。二人～～nn̄g lâng～～⇨兩人互抱下腰。

【相等 sa$^n$-tán】 sieo-tán。等候tán-hāu。逐家於車頭～～tak-ke tī chhia-thâu～～⇨大家在車站等齊。～～候～～hāu⇨彼此等候。～～齊～～chê⇨等到人員齊到。

【相湊 sa$^n$-tàu】 sio-tàu。相助。～～做穡～～chò-sit⇨幫助做工作。

【相趁 sa$^n$-thàn】 sio-thàn。照樣仿傚。～～相樣都是學學許的無規矩的～～sio-iū$^n$ to-sī oh-oh hiah-ê bô kui-kí-ē⇨大家相看樣都是學學那些沒規紀的。～～相喊～～sa$^n$-hán⇨一窩蜂的追求時尚。

【相透 sa$^n$-thàu】 sio-thàu。互通。有連絡。有一條路～～ū chit-tiâu-lō͘～～⇨有路可通。暗中有～～àm-tiong ū～～⇨私下有連絡。

【相愛 sa$^n$-ài】 sio-ài。二人抸～～nn̄g-lâng teh～～⇨同上。相親～～sa$^n$-chhin～～⇨同上。

【相搶 sa$^n$-chhiú$^n$】 sio-chhiú$^n$。爭奪。

【相過 sa$^n$-kè】 sio-kòe。㊀傳病過別人。即類病會～～chit-lūi pī$^n$(pē$^n$) ōe(ē)～～⇨這種病會傳染。㊁互相怪責koài-chek。起頭是逐家興的，而今未～～得咯khí-thâu sī tak-ê hèng-ê, jû(jî)-kim-bē(bōe)～～tit lō⇨起頭是大家都高興做的，而今不能互相怪責了。

【相敬 sa$^n$-kèng】 sio-kèng。～～如賓～～jû(jî)-pin⇨同上。

【相經 sa$^n$-ki$^n$】 sio-ke$^n$。交合。貓仔～～niau-á～～⇨貓兒打泡。蛇～～choâ～～⇨同上。

【相誤 sa$^n$-gō͘】 sio-gō͘。相耽誤sa$^n$-tam-gō͘。不當～～人m̄-thang～～lâng⇨不可耽誤別人。

【相認 sa$^n$-jīn】 sio-jīn。互相承認。翁某～～ang-bó～～⇨(離散多年的)夫妻相認。

【相敲 sa$^n$-khok】 sio-khok。相擊。頭壳～～thâu-khak～～⇨頭對頭相擊。敲khok，擊也，擊頭也。

【相捽 sa$^n$-sut】 sio-sut。～～目～～bak⇨以目互相暗示。相點～～sa$^n$(sio)-tiám～～⇨彼此指點以通消息。～～路～～lō͘⇨相訪不相見。

【相諍 sa$^n$-chì$^n$】 sio-chì$^n$。爭論。

【相請 sa$^n$-chhiá$^n$】 sio-chhiá$^n$。互相招待。招待飲食。買賣算分～～無論bé-bē(bóe-bōe) sǹg-hun,～～bô-lūn⇨買賣時必須分毫必算，相請時可不論多少錢。

【相遷 sa$^n$-chhiân】 sio-chhiân。遷延。不當更～～也m̄-thang koh～～ā⇨不可再遷延了。

【相衝 sa$^n$-chhiong】 sio-chhiong。衝突。重

複。時間～～sî-kan～～⇨時間上彼此衝突不合。

【相撥 sa$^{n}$-poah】 sio-poah。彼此調借。互相通融。～～來也～～去～～lâi-á～～khì⇨彼此借來借去。

【相踏 sa$^{n}$-ta̍h】 sio-ta̍h。鳥類交尾。鷄仔～～ke-á～～⇨鷄交尾，喻芝麻綠豆之小事。

【相篡 sa$^{n}$-chhoàn】 sio-chhoàn。爭奪。～～皇帝位～～hông-tè-ūi⇨同上。

【相激 sa$^{n}$-kek】 sio-kek。互相競爭。相挑戰。互爭英雄。二個～～抸拼大肚山nn̄g-ê～～teh pià$^{n}$ toā-tō͘-soa$^{n}$⇨兩個人互相爭英雄在作天大地大的賭博。

【相罵 sa$^{n}$-mā】 sio-mē。打口架。～～無好嘴，相拍無好手～～bô hó-chhùi, sa$^{n}$(sio)-phah bô hó-chhiú⇨罵人不擇言，打人不讓手。

【相瞞 sa$^{n}$-moâ】 sio-moâ。掩蓋不宣。事不～～sū put～～⇨將坦白說出時的套詞。

【相輸 sa$^{n}$-su】 sio-su。打賭。～～無食～～bô-chia̍h⇨打賭是無聊的。

【相隨 sa$^{n}$-sûi】 sio-sûi。夫妻～～hu-chhe～～⇨夫唱婦隨。

【相賽 sa$^{n}$-sè】 sio-sòe。～～走～～cháu⇨拼命逃走。

【相穢 sa$^{n}$-è】 sio-òe。散布污穢。傳染病菌。

【相騎 sa$^{n}$-khiâ】 sio-khiâ。交合。牛～～gû～～⇨同上。火車抵火車～～hóe-chhia tú hóe-chhia～～⇨火車相撞。

【相贊 sa$^{n}$-chàn】 sio-chàn。相贊成。相助。

【相辭 sa$^{n}$-sî】 sio-sî。爲別離致意。有來～～ū-lâi～～⇨曾來辭別。

【相勸 sa$^{n}$-khǹg】 sio-khǹg。互相忠告。好朋友～～hó peng-iú～～⇨好友彼此勸誘。

【相顧 sa$^{n}$-kò͘】 sio-kò͘。互相照顧。朋友該～～pêng-iú aì～～⇨朋友之間，應當互相照顧。

【相續 sa$^{n}$-soà】 sio-soà。陸續。三年～～生三個sa$^{n}$-nî～～si$^{n}$(se$^{n}$) sa$^{n}$-ê⇨三年間連續生三個孩子。

【相疊 sa$^{n}$-tha̍h】 sio-tha̍h。互相上下。三本册～～sa$^{n}$-pún-chheh～～⇨三本書疊在一起。

【相攬 sa$^{n}$-lám】 sio-lam。相攬。二個人～～nn̄g-ê lâng～～⇨兩人相擁抱。～～跤仔～～kau-á⇨一種角力遊戲。二人相擁然後各自奮力，摔倒對方爲勝。

【相中聽 sa$^{n}$(sio)-tèng-thia$^{n}$】 中聽。聽來悅耳。講話～～～kóng-ōe～～～⇨同上。

【相拍鷄 sa$^{n}$(sio)-phah-ke】 軍鷄。善鬪的鷄。轉喻善鬪之人。好鬪之人。一隻恰如～～～chi̍t-chiah kah-ná～～～⇨恰如一隻軍鷄。

【相抵嘴 sa$^{n}$(sio)-tú-chhùi】 相互口角。

【相食向 sa$^{n}$(sio)-chia̍h-à$^{n}$】 方向不相逆。厝瓦蓋了有～～～藉未漏雨chhù-hiā khàm-liau ū～～～chiah bē(bōe) lāu-hō͘⇨同上。

【相借問 sa$^{n}$(sio)-chioh-mn̄g】 ㊀借問。請教。㊁同相借嘴。抵著頭亦無～～～tú-tio̍h-thâu a̍h bô～～～⇨逢着面也沒有寒喧。

【相借嘴 sa$^{n}$(sio)-chioh-chhùi】 寒喧。互相稱呼。只在口頭上說說並無實心。看著阮連～～～亦無khoà$^{n}$-tio̍h goán liān～～～a̍h-bô⇨逢見我們連叫一聲都沒有。借或作叫kiò。

【相棄嫌 sa$^{n}$(sio)-khì-hiâm】 嫌棄。無～～～藉來交關bô～～～chiah lâi kau-koan⇨不相嫌棄才來買賣。

【相帶着 sa$^{n}$(sio)-toà-tio̍h】 因情誼等而加以包含或赦免或同情。眞有～～～chin ū～～～⇨很有同情。阿修伯若無～～～你敢閃會離a-siu-peh nā bô～～～lí kám siám -ē-lī⇨阿修伯若不同情，你跑得了嗎。

【相對面 sa$^{n}$(sio)-tùi-bīn】 對面。厝帶～～～chhù-toà～～～⇨家住對面。

【相親像 sa$^{n}$(sio)-chhin-chhiū$^{n}$】 ㊀面貌相似。㊁行爲或生活相似。合人無～～～ kah-lâng bô～～～⇨與別人不相似。生活等等比不得人。

【相點督 sa$^{n}$(sio)-tiám-tuh】 相指點。暗示。有代誌該～～～ū tāi-chì ài～～～⇨有事應相指點。

【相擺替 sa$^{n}$(sio)-pái-thè】 輪流替換。有人～～～藉堪會去ū-lâng～～～chiah kham-ē-khì⇨有人替換才頂得住。

sá$^{n}$ **甚** 疑問詞。何事也。何物也。亦讀sia$^{n}$。或作什或啥，亦讀sá$^{n}$或siá$^{n}$。做～chò～⇨做什麼。創～chhòng～⇨同做～。

【甚人 sá$^{n}$(siá$^{n}$)-lâng】 何人。什麼人。～～肯～～khéng⇨誰肯。①無人肯。②我不肯。

【甚代 sá$^{n}$(siá$^{n}$)-tāi】 何事。什麼代誌。什麼事。

【甚步 sa$^{n}$(sia$^{n}$)-pō͘】 胡爲。何用。你死做你去，留阮未～～lí-sí chò-lí-khì, lâu-goán boeh～～⇨謂你逝矣，當下我們母子如何是好？妻哭夫。

【甚物 sá$^{n}$(siá$^{n}$)-mih】 同甚貨。創～～chhòng～～⇨同上。

【甚貨 sá$^{n}$(siá$^{n}$)-hòe(hè)】 ㊀何種貨品。㊁做什麼事。創～～chhòng～～⇨做什麼事。

【甚款 sá$^{n}$(siá$^{n}$)-khoán】 何種款式。什麼款式。要做～～的boeh(beh)-chò～～ê⇨要做何種款式的。

【甚話 sá$^{n}$(siá$^{n}$)-ōe】 何話。講～～kóng～～⇨說什麼話。指其所言不對。

【甚麼 sá$^{n}$(siá$^{n}$)-má(mó͘)】 什麼。～～代誌～～tāi-chì⇨什麼事情。

【甚樣 sá$^{n}$(siá$^{n}$)-iū$^{n}$】 何種樣子或花樣。

sá$^{n}$ **啥** 用同甚sá$^{n}$。

【啥貨 sá$^{n}$-hòe】 何物，何事。

sá$^{n}$ **什** 用同甚sá$^{n}$。

【什麼代誌 sá$^{n}$-má-tāi-chì】 何事。

## sah

sa̍h **煠** 以食物下熱湯中一沸即起之曰煠sa̍h。～青菜～chhe$^{n}$ chhài⇨煠韮菜，煠應菜煠猪肉等等。卵～熟道可食nn̄g～se̍k tō hó chiah⇨同上。又騙人或修理人落入圈套亦曰煠sa̍h。俾人搦去鼎底～都不知影hō-lâng lia̍h-khì tiá$^{n}$-té～tō m̄-chai-iá$^{n}$⇨被人抓去釜中煠都不知道。喻爲人極不聽明。～去食較好～i-chia̍h khah hó⇨煮而食之可也，喻不可欺人太甚或事無那麼容易。又金銀類的舊飾物的翻新亦曰煠。金器用藥仔先～過藉更用藥水洗過道合新的共款kim-khì iōng io̍h-á seng～kōe，chia̍h koh iōng io̍h-chúi sé-kòe tō kap sin-ê kāng-khoán⇨同上。

【煠肉粽 sa̍h-bah-chàng】 水煮肉粽。

【煠韮菜 sa̍h-kú-chhài】 燙韮菜thǹg-kú-chhài。

【煠鴨卵 sa̍h-ah-nn̄g】 水煮鴨蛋。

【煠猪菜 sa̍h-ti-chhài】 水煮豬飼料。

## sah$^{n}$

sah$^{n}$ **甚** 同甚sá$^{n}$，在語尾加強語氣曰甚sah$^{n}$。許是～he sī～⇨那是何物。創～chhòng～⇨何事。俫創～boeh-chhòng～⇨要我作何事。

sah$^{n}$ **哂** 鴨食也。鳥呑魚也。生呑活食也。打動心意曰捙sah$^{n}$。

【哂心 sah$^{n}$-sim】 非常中意。非常有興趣。看了眞～～khoà$^{n}$-liáu chin～～⇨一見深深動了情。趁着眞～～thàn-tio̍h chin～～⇨趁著很合意。逐個每會～～ta̍k-ke ma̍h ē～～⇨誰都會動心。

【哂喟 sah$^{n}$-khùi】 同捙心。看着錢道～～

khoa$^n$-tio̍h chî$^n$ tō ～～⇨見錢眼明。見着查某道～～kì$^n$-tio̍h cha-bó͘ tō～～⇨看見女郎就着迷。

【喢着 sah$^n$-tio̍h】 乎婎查某囡仔～～hō͘ súi-cha-bó͘-gín-á～～⇨被美女子迷着心。

## sai

**sai 西** 方位名。日落的方向。亦西se也(見se部)。日落～ji̍t-lo̍h～⇨下午四五點。近黃昏。東東西西tang-tang-sai-sai⇨汎指諸多事物。～～～～ 較敍過牛毛 ～～～～ khah-chē-kòe gû-mo͘⇨諸多事物多於牛毛。喻忙不了。東～南北tang～lâm-pak⇨四方。創東創～chhòng-tang-chhòng～⇨做很多事情。想東想～siū$^n$-tang-siū$^n$～⇨烏思亂想。食東食～chia̍h-tang-chia̍h～⇨烏亂吃東西。叫東叫～kiò-tang-kiò～⇨雜差cha̍p-chhe。…東…西的用例甚多。

【西風 sai-hong】 透～～ thàu ～～ ⇨吹西風。

【西南 sai-lâm】 西南方。烏脚～～ o͘-kha～～⇨西北雨的別名。謂西南角黑雲一現雨就到。

【西旁 sai-pêng】 西方。西側。西端。西邊。～～巷～～hāng⇨西側的巷路。

【西港 sai-káng】 東港無魚～～抛tang-káng bô-hî～～pha⇨喻生活之路甚多，不能一成不變。

【西北雨 sai-pak-hō͘】 陣雨tīn-hō͘。謂如隊伍，一跑而過。俗作瞬雨chūn-hō͘，非。蓋陣tīn是隊伍，瞬chūn指時間性的回次。

【西照日 sai-chiò-ji̍t】 夕陽。厝起～～～的較熱chhù khí～～～è khah-joa̍h⇨夕陽照得到的房屋比較熱。向西的屋子比較熱。

【西豬舌 sai-ti-chi̍h】 西施舌se-si-chi̍h之俗稱，是一種介殼類的名海產也。

**sai 犀** 犀牛也。

【犀牛 sai-gû】 ～～仔照角～～á chiò-kak⇨男女互送秋波。亦指仇人相照面。～～仔望月～～á bāng-go̍eh⇨喻虛懸的希望。一月望過一月。～～角～～kak⇨犀角，藥材名。

【犀角 sai-kak】 犀牛之角。中藥名。羚羊～～lêng-iāng～～⇨皆高貴藥材。

【犀象 sai-chhiū$^n$】 象。排～～pâi～～⇨喻徒佔其位而無作用。好像排在廟口的石獅石象。無侎去合人排～～bô beh khì kah-lâng pâi～～⇨不去與人排獅象。

【犀齒 sai-khí】 童乩用的大魚牙。

**sai 私** 私敧sai-khia,暗積私錢也。敧khia，傾敧也，不正也。

【私敧 sai-khia】 別人不知的私財。積～～chek～～⇨暗聚私財。做～～chò～～⇨做同積。又父母暗中給錢與將嫁或已嫁的女兒謂乎查某囝做～～hō cha-bó-kiá$^n$ chò～～⇨同上。～～錢～～chî$^n$⇨同上。～～話～～ōe⇨與人無干的私語。

**sai 司** ㊀接尾詞。付在職業之下表示該職類的工匠。木匠～ba̍k-chhiū$^n$～⇨木工。木工之頭。土水～thô͘-chúi～⇨土水匠。土水的頭領。㊁稱其業之頭領或老師。土水～父tô͘-chúi～hū⇨做土水的頭領或老師。木匠～父 ba̍k-chhiū$^n$～hū⇨木工的頭領或老師。㊂僧道爲死者做法會曰做司chò-sai或做司功chò-sai-kong。㊃付於工匠名下表示尊敬。阿保～a-pó～⇨阿保先生。其才～kî-châi～⇨其才先生。未學～先學術bōe o̍h～seng o̍h su̍t⇨未學正法先學邪法。

【司仔 sai-á】 工匠的徒弟。收幾仔個～～siu-kúi-á-ê～～⇨收容若干個徒弟。～～工～～kang⇨徒弟程度的工作者。

【司功 sai-kong】 古官名，掌官園祭祀禮樂等，初設自西漢，後歷代均有更改，今即專主喪葬法會。且有紅烏之分。曰：紅頭～～âng-thâu～～⇨道士爲之；曰：烏頭～～o·-thâu～～⇨和尚爲之。～～哄鬼～～há$^{n}$-kùi⇨司功嚇退鬼。喻有效無効不見得。～～較恔和尚～～khah gâu hōe-siū$^{n}$⇨謂司功並不強過和尚。此司功指道士。～～三齣趕～～sa$^{n}$-chhut-koá$^{n}$⇨喻人之現實。謂做司功的三餐時到就特別加緊唸經表演。～～食，和尚睏～～chia̍h，hōe-siū$^{n}$ khùn⇨謂司功顧吃和尚顧睏。～～仔聖桮～～á siū$^{n}$-poe⇨喻不可分離。因聖桮是司功常用之道具也。～～不怕鬼～～put-phà$^{n}$-kúi⇨喻可怕的東西看慣了也就不怕了。

**【司阜 sai-hū】** 阜或父之代字。工匠。師匠。技藝出衆者之稱。～～工～～kang⇨熟練工。～～娘～～niû⇨司阜之妻的尊稱。～～講～～kóng⇨講話有技巧。～～頭～～thâu⇨工匠之頭領。～～步～～pō·⇨巧妙的手法。～～脚～～kha⇨司阜們。司阜的同事們。

**【司孫 sai-sun】** 司功的蔑稱。蓋功kong與公kong諧音也。

**【司功白 sai-kong-pe̍h】** 司功所使用的隱語。

**【司兄弟 sai-hia$^{n}$-tī】** 徒兄徒弟。

**【司功衫 sai-kong-sa$^{n}$】** 司功的制服。穿～～～chhēng～～～⇨同上。

**【司功店 sai-kong-tiàm】** 司功之家。

**【司功姨 sai-kong-î】** 巫女。踢一下道敹～～ that-chi̍t-ē tō chhōe～～～⇨踢一下亦即一些小的病患就找司功姨。喻小題大做。

**【司功脚 sai-kong-kha】** 行路～～～kiâ$^{n}$-lō·～～～⇨足尖外向兩膝彎開的的步姿。

**【司功婆 sai-kong-pô】** 司功之妻。

**【司功鉼 sai-kong-giang】** 司功用的長形小鐘。～～～仔花～～～á hoe⇨喇叭花。

**【司功髻 sai-kong-kè】** 司功的頭巾。

**【司功壇 sai-kong-toâ$^{n}$】** 做司功的祭壇。又司功之家。

**【司功禮 sai-kong-lé】** 司功的酬金。

**【司姊妹 sai-chí-moāi】** 徒姊徒妹。

**【司功仔聖桮 sai-kong-á-siū$^{n}$-poe】** ㊀司功的桮。㊁喻形影相伴永不分離的好友。

## sai 獅

猛獸名。

**【獅仔 sai-á】** 獅子。小獅子。～～鼻～～phī$^{n}$⇨鼻形矮濶者。

**【獅母 sai-bó】** 母獅。

**【獅鬼 sai-kúi】** 獅陣中面戴鬼売，手執團扇使獅跳躍舞動者。又稱～～仔～～á⇨同上。

**【獅陣 sai-tīn】** 弄獅的團體。弄獅陣。

**【獅壺 sai-ô·】** 獅形壺。

**【獅獅 sai-sai】** 嘴口廣大的形容。濶～～khoah～～⇨很濶。

**【獅燈 sai-teng】** 獅形的燈籠。

**【獅頭 sai-thâu】** 獅之頭。又赤肉做的大肉丸。

**【獅刀魚 sai-to-hî】** 魚身細長的魚。或稱秋刀魚。

**【獅仔囝 sai-á-kiá$^{n}$】** 小獅子。

**【獅咬球 sai-kā-kiû】** 獅陣試作咬圓球的表演。

## sái 駛

操縱車船。駕～kè～⇨同上。

**【駛牛 sái-gû】** 驅牛。～～駛馬～～sai-bé⇨同上。～～犂田～～lê-chhân⇨驅牛耕田。

**【駛風 sái-hong】** 利用風力行船。

**【駛馬 sái-bé】** 御馬。無牛～～bô-gû～～⇨無牛可耕田以馬代之。喻臨時以次等的人選代理職務。

**【駛船 sái-chûn】** 行船。未曉～～嫌溪彎bē(bōe)-hiáu～～hiâm khe oan⇨不會辦事者嫌事難辦。

**【駛犂 sái-lê】** 操縱犂。～～歌～～koa⇨同上。

**【駛無頭船 sái-bô-thâu-chûn】** 喻冒險從事。

**sái 使** 用也。操縱也。通駛。

【使人 sái-lâng】 驅使人。～～做牛做馬～～chō-gû chò bé⇨用人如用牛用馬，喻虐待。

【使田 sái-chhân】 犁田。耕田。

【使用 sái-iōng(ēng)】 ㊀用。㊁花費。逐日的～～ta̍k-ji̍t ê～～⇨每日的花費。

【使弄 sái-lōng】 唆使。煽動。～～人冤家～～lâng oan-ke⇨唆使人家吵架。

【使性 sái-sèng】 發沒有道理的脾氣。～～不聽人講～～m̄-thia$^{n}$-lâng kóng⇨發傻皮氣不聽人忠告。～～地～～tē⇨同上。

【使派 sái-phài】 裝空架子，激喟kek-khùi。

【使鬼 sái-kúi】 驅鬼。～～弄怪～～lōng-koài⇨諸多設法唆使煽動。弄怪或作弄蛇lōng-choâ，義同。有錢～～會挨磨ū-chî$^{n}$～～ê e-bō⇨有錢能使鬼推磨。

【使唆 sái-so】 唆使。～～人相怨恨～～lâng sa$^{n}$(sio)-oàn-hīn⇨同上。

【使硬 sái-ngē(ngī)】 用強。～～法～～hoat⇨用強硬的手段。

【使賂 sái-lō͘】 使用賄賂。

【使勢 sái-sè(sì)】 使用勢力或權力。～～壓死人～～ap-sí-lâng⇨以勢力壓死人。使錢同用法。～～頭～～thâu⇨同上。

【使銃 sái-chhèng】 使用槍。

【使嘴 sái-chhùi】 亦作使喙。用嘴。發命令。會人～～未人使身ē-lâng～～bē-lâng sái-sin⇨能者發號施令，愚者勞身。～～水～～chúi⇨只用嘴講大話却不動手者。

【使錢 sái-chî$^{n}$】 使用金錢，銀彈攻勢。

【使講 sái-kóng】 不用講。曷使講a̍h-sái-kóng之省詞。

【使癖 sái-phiah】 使皮氣。同使性。

【使櫓 sái-ló͘】 使用櫓。無風～～bô-hong～～⇨船無風時要使櫓以行。

【使驚 sái-kia$^{n}$】 不用怕。曷使驚a̍h-sái-kia$^{n}$之省詞。

【使目角 sái-ba̍k-kak】 怒目以視。～～～看人～～～khoà$^{n}$-lâng⇨怒目視人。同使企目sái-khiā-ba̍k。

【使目箭 sái-ba̍k-chì$^{n}$】 送秋波。乞食行到大門邊，千金小姐～～～kit-chiah kiâ$^{n}$-kàu toā-mn̂g pi$^{n}$, chhian-kim-sió-chiá～～～⇨乞食歌。使目尾sái-ba̍k-bé⇨義同。

【使法術 sái-hoat-su̍t】 使用魔術或邪術。

【使直喉 sái-ti̍t-âu】 一下子吞下去。～～～灌三杯麥仔酒～～～koàn sa$^{n}$-poe be̍h-á-chiú⇨一下子喝三杯麥酒。

【使毒步 sái-to̍k-pō͘】 用奸計。

【使活鬼 sái-oa̍h-kúi】 ㊀設彈簧。㊁用現款。～～～去運動也～～～khì ūn-tōng-ā⇨使用現款在活動了，喻買票去了。

【使飛脚 sái-poe-kha】 脚亦作跤。飛躍而以快脚踢人。

【使您娘 sái-lín-niâ】 惡語。意謂姦你的母親。

【使暗步 sái-àm-pō͘】 使用秘密手段。暗步同暗行àm-hēng。

【使暗毒 sái-àm-to̍k】 使用陰險的手法。畧同使暗箭。

【使會過 sái-ē(ōe)-kòe(kè)】 (所駛之車)能夠通過。

【使暗賂 sái-àm-lō͘】 秘密使用賄賂。

【使過碼 sái-kòe-bé】 超出範圍。生理做了煞～～～seng-lí chò-liáu soah～～～⇨生意做了超出力量的範圍。

【使暗箭 sái-àm-chì$^{n}$】 使用暗箭以傷人。～～～害死人～～～hāi-sí-lâng⇨用密計謀殺人。

【使激條 sái-kek-tiâu】 用理由鼓勵。使激將法。伊道是～～～來，咱那敢更講i tō-sī～～～lâi, lán ná ká$^{n}$ koh-kóng⇨他就是用理來鼓勵的，我何敢再說什麼。

【使倒頭槌 sái-tó-thâu-thûi】 做反間hoán-kan。做雙頭蛇siang-thâu-choâ。亦曰：牽倒頭仔khan-tó-thâu-á。

**sái 屎** 糞也。垢也。形容零星或不長進。放～pàng～⇨出恭。癆～lâu～⇨痾痢。目～ba̍k～⇨眼淚。耳～hī$^{n}$～⇨耳垢。餲～àu～⇨不長進的東西。癆～馬lâu～bé⇨不中用的東西。

【屎水 sái-chúi】 流體糞。放～～pàng～～⇨痾痢。

【屎布 sái-pò͘】 尿布jiō-pò͘。

【屎色 sái-sek】 糞之色。餲～～àu～～⇨陳舊的色彩。放無～～pàng bô～～⇨弄不出花樣。

【屎尾 sái-bóe】 喻未了之事情或人之餘惠。扱人的～～仔，亦得洋洋得意khioh lâng ê～～á a̍h teh iâng iâng tek-ì⇨拾人餘惠也在洋洋得意。

【屎尿 sái-jiō】 糞與尿。癆～～lâu～～⇨大痾痢。

【屎壳 sái-khak】 糞干。

【屎面 sái-bīn】 餲～～àu～～⇨臭面。難看的臉色。

【屎桶 sái-tháng】 ㈠糞桶。馬桶。㈡排架子的人。狐假虎威的人。～～仔氣眞重～～á-khùi chin tāng⇨好排架子的性質很重。～～仔枋～～á-pang⇨～～板。臭人。～～仔蓋～～á-koà⇨①馬桶蓋。②古時小兒的一種髮型。～～開花～～khui-hoe⇨屎桶破裂了，喻萬事完了。事已不可收拾。

【屎壺 sái-ô͘】 糞壺。

【屎篦 sái-pè】 一片竹仔掠外長，中央一點糖，約會着舉去嚐，約未着舉去問chi̍t-phì$^{n}$ tek-á lia̍h-goā-tn̂g, tiong-ng chi̍t-tiam thn̂g, ioh-ē-tio̍h giâ-khì chn̄g, ioh-bē(bōe)-tio̍h giâ-khì mn̄g⇨答案就是屎篦。古時多用此作善後。

【屎甕 sái-àng】 糞缸。又喻屁股。

【屎礐 sái-ha̍k】 礐亦作嚳。糞坑。厠所。新～～好放屎sin～～hó pàng-sái⇨喻人皆喜新厭舊。～～仔無勘蓋～～á bô khàm-koà⇨罵人不中用。意謂～～無蓋何不去投礐自殺。～～無三日新～～bô sa$^{n}$-ji̍t sin⇨喻物易污損。～～仔枋未做得神主牌～～á-pang bē(bōe)-chò-tit sîn-chú-pâi⇨謂厠所的木板做不得神主牌。喻朽木不可彫。

**sài 壻** 女之夫也。通婿。囝～kiá$^{n}$～⇨女婿。招～chio～⇨女招入之夫。翁～ang～⇨夫。游～iû～⇨古妓女之客兄也。乘龍快～sēng-liông khòai～⇨女婿的美名。

【壻養子 sài-iáng-chú】 女壻而兼養子。

**sài 塞** 邊地也。四～sù～⇨四方之邊地。要～iàu～⇨武裝的戰略要地。要～地帶iàu～tē-tài⇨①要塞地區。②戲喻人體的某部。

【塞翁之馬 sài-ong-chi-má】 喻禍福不定。塞翁失馬焉知非福sài-ong sit-má, ian-ti hui hok⇨同上。

**sài 賽** 比較勝負也。比～pí～⇨比高下。競～kēng～⇨同上。田徑～tiân-keng～⇨跑，跳，投等各種運動的比賽。

【賽馬 sài-bé】 比跑馬之快慢。～～場～～tiû$^{n}$⇨跑馬場。

【賽跑 sài-pháu】 競走運動。

【賽西施 sà-se-si】 比美西施的美人。

**sài 使** 奉有使命之人也。如外交官之大～tāi～，公～kong～等是也（見sái條）。

【使臣 sài-sîn】 外交官。

【使君 sài-kun】 ㈠奉有使命之官。㈡古州郡的長官。～～自有婦，羅敷自有夫～～chū iú hū, lô-hû chū iú hu⇨同上。

【使官 sài-koa$^{n}$】 外交官。

**sâi 饞** 貪食也。枵～囡仔iau～gín-á⇨貪食的孩子。

【饞奶 sâi-nai】 貪食母乳。轉而因貪財物或愛情而故作諸多嬌態以期取得歡心亦謂sâinai。佼～～gâu～～⇨很會矯情取寵。～～無食～～bô-chiah⇨～～亦得不到好處。

sāi
**侍** 承養也。在尊者之側曰侍(見si部)。服～父母hok-～hū-bó⇨侍候父母。承養父母。

sāi
**撒** 散之也。放也（見sat部）。

【撒態 sāi-thài】 矯情。故作拗態。鬧情緒。～～開～～食～～khai～～chiah⇨故作毫無吝嗇的用錢，同時也大吃大喝。

【撒潑 sāi-phoat】 蠻橫拗氣。撒潑厲害sāi-phoat-lī-hāi→sa-pa-lī-hāi⇨超級的蠻橫。指刺查某chhiah-cha-bó·。

sāi
**姒** 同～tâng～⇨妯娌。兄弟之妻相謂皆曰姒。俗用同儕，非。

sāi
**儕** 輩也，輩類也。晉鄭同～chìn-tē$^{n}$ tông～⇨晉國，鄭國同輩之國也。同～tâng～⇨同事也。俗作同姒tâng-sāi，妯娌也，與儕同音，不同義也。

## sak

sak
**捒** 扶也。推而進之曰批sak。更再～偎來koh-chāi～oá-lâi⇨再推進來。揮～tân～⇨投而棄之。亦推而棄之也。

【捒去 sak-khì】 推過去。批來～～sak-lâi～～⇨推過來推過去。挨來～～e-lâi～～⇨調度錢財。會曉挨來～～ē-hiáu e-lâi～～⇨善於調度運用。

【捒車 sak-chhia】 推駕輕便車kheng-piān-chhia。～～的～～ê⇨同上。

【捒門 sak-mn̂g】 推門。敲門。有人抡～～ū-lâng teh～～⇨同上。

【捒出去 sak-chhut-khì】 推出門外。

【捒倒牆 sak-tó-chhiû$^{n}$】 押倒牆壁。順風～～～sūn-hong～～～⇨喻趁火打劫或乘勢落井下石。

【捒做堆 sak-chò-tui】 童養媳長大了，讓她與兒子開始夫妻生活，亦曰送做堆sàng-chò-tui。

【捒偎壁 sak-oá-piah】 押靠壁面。使物與壁面相接續。

【捒上捒落 sak-chiū$^{n}$-sak-loh】 押上去又押下來。

【捒來捒去 sak-lâi-sak-khì】 推過來又推過去。

【捒起捒倒 sak-khí-sak-tó】 推而立之又推而倒之。

## sam

sam
**杉** 樹種名。台灣～tâi-oan～⇨同上。福～hok～⇨福州杉。

【杉仔 sam-á】 杉木。杉材。～～箸～～tī⇨衛生箸。

【杉皮 sam-phôe】 杉樹之皮。

【杉行 sam-hâng】 木材商。亦稱杉仔行sam-á-hâng。

【杉枋 sam-pang】 杉之板。

【杉柴 sam-chhâ】 杉材。

【杉料 sam-liāu】 起厝用～～khí-chhù iōng～～⇨建築房屋使用杉木。

【杉菰 sam-ko·】 生於杉根之菰。有毒。

【杉寮 sam-liâu】 木材小屋。木工住的小屋。

sam
**參** 同三sam。亦讀som（見som部）。

sam
**三** 數名。同參。亦三sa$^{n}$也。賊仔～chhat-á～⇨據稱有個名賊名叫阿三。不孝有～無後爲大put-hàu iú～bû-hō· ûi-tāi⇨同上。

【三八 sam-pat】 傻瓜。烏白講的傻瓜。應作擅八sám-pat。見該條。

【三才 sam-châi】 ～～者，天地人～～chià, thian tē jîn⇨三字經。

【三叉 sam-chhe】 ～～路～～lō·⇨同上。～～河～～hô⇨河分三叉。地名。

【三山 sam-san】 ㊀～～國王～～kok-ông⇨神名。㊁～～六海一分田～～lio̍k-hái chi̍t-hūn-chhân⇨謂地球面的構成是三分山，六分海，一分田的比例。㊂海上有三山曰，方丈hong-tiāng，蓬萊hông-lâi，瀛洲êng-chiu，都是想像中的仙島。又稱爲方壺hong-ô͘，蓬壺hông-ô͘，瀛壺êng-ô͘。

【三尸 sam-si】 道教謂人體中有～～神～～sîn,上尸siān-si曰清姑chheng-ko͘，伐人眼，中尸tiong-si曰白姑pe̍k-ko͘，伐人五臟，下尸hē-si曰血姑hiat-ko͘，伐人胃命。～～神～～sîn⇨同上。

【三元 sam-goân】 ㊀第一，二，三甲子曰三元。㊁正月，七月，十月各月之十五日曰三元。㊂陰曆正月初一日爲年月日之始曰三元。㊃秀才，舉人，進士三大考的榜首曰三元。～～及第～～kip-tē⇨同上。㊄道家以天地人爲三元。

【三父 sam-hū】 指父，伯父，叔父。

【三分 sam-hun】 ～～之一～～chi-it⇨$\frac{1}{3}$。天下～～thian-hē～～⇨三國。

【三友 sam-iú】 松竹梅歲寒～～siông-tek-bôe sòe-hân～～⇨同上。對句是桃李杏春風一家thô-lí-hēng chhun-hong it-ke。

【三日 sam-ji̍t】 ～～大五日小～～tāi ngó-ji̍t siáu⇨三日大宴五日小宴。謂曹操款待關公之故事如此。

【三公 sam-kong】 一國～～it-kok～～⇨喻權力分散事權不能統一。

【三王 sam-ông】 夏禹，商湯，周武爲三王。

【三心 sam-sim】 至誠心chì-sêng-sim，深心chhim-sim，發願心hoat-goan-sim。佛家謂有此三心可歸淨土chēng-thó͘成佛。

【三白 sam-pek】 ㊀酒名。㊁茉莉花。

【三世 sam-sè】 三代。

【三生 sam-seng】 過去現在未來的人生。～～有幸，十世有修～～iú-hēng, si̍p-sè iú-siu⇨同上。

【三司 sam-si】 古以刑部，都察院，大理寺爲三司。～～官未管得家內事～～koa$^n$ bē(bōe)-koán-tit ke-lāi-sū⇨謂家庭問題糾紛三司管也管不了。或謂大司馬，司空，司徒爲三司。亦稱三公。

【三代 sam-tāi】 指歷史上夏殷周hā in chiu之三代。

【三冬 sam-tong】 孟冬bēng-tong仲冬tiōng-tong季冬kùi-tong爲三冬。

【三合 sam-ha̍p】 ㊀陰氣陽氣天氣相合。㊁生年月日與干支五行相合。

【三伏 sam-ho̍k】 初伏chhe-ho̍k，中伏tiong-ho̍k，終伏chiong-ho̍k爲三伏，在夏至起至秋分之間，爲一年中最熱的時候。

【三光 sam-kong】 ～～者，日月星～～chià, ji̍t goa̍t seng⇨三字經。

【三年 sam-liân】 ～～無改於父之道～～bô-kái î hū-chi-tō⇨父喪三年不改父行。孔子稱之曰孝。～～耕必有一年食～～keng pit-iú it-liân si̍t⇨耕三年，必能積存一年之食。～～報本～～pò-pún⇨服三年喪以報父母恩。

【三旬 sam-sûn】 一旬爲十日。一個月。

【三多 sam-to】 多福，多壽，多男子。～～九如～～kiú-jî⇨同上。

【三災 sam-chai】 風災，水災，火災。

【三育 sam-io̍k】 教育學以德，智，體爲三育。～～並重～～pēng-tiōng⇨同上。

【三戒 sam-kài】 孔子說，少年人戒之在色，壯年人戒之在鬪，老年人戒之在得。

【三兵 sam-peng】 雷，天魔，地魔爲三兵。

【三奇 sam-kî】 ㊀算命的謂生年月日的干支三項皆相合爲三奇。命帶～～miā-tài～～⇨謂很好的命。㊁據稱奇門遁甲法中以十干中之乙丙丁爲三奇。

【三官 sam-koan】 天官，地官，水官爲三官，稱～～大帝～～tāi-tè，亦即三界公sam-kài-kong。～～首～～siú⇨主持三界公的祭祀者。～～廳～～thiaⁿ⇨三官大帝的廟。

【三始 sam-sí】 一月一日爲三始，謂年月日皆自本日開始。亦稱三元。

【三舍 sam-sià】 退避～～thè-pī～～⇨喻退離得很遠。一舍爲三十里也。

【三祝 sam-chiok】 富貴男子的三幸運。

【三秋 sam-chhiu】 孟仲季三秋。一日不見如～～，～～不見目屎流it-jit put-kiàn jî～～，～～put-kiàn bak-sái liû⇨喻思慕相見之切。

【三春 sam-chhun】 孟仲季之三春。

【三風 sam-hong】 巫，淫，亂之三種壞風氣。

【三皇 sam-hông】 ～～五帝～～ngó͘-tè⇨同上。

【三界 sam-kài】 佛家語。凡夫俗子的世界。分之爲三，一曰欲界iok-kài，二曰色界sek-kài，三曰無色界bû-sek-kài。～～公～～kong⇨天官，地官，水官三種曰三界公。契兄公較大過～～公khè-hiaⁿ-kong khah-toā kòe～～kong⇨戲謔語。謂情夫比三界公還大。～～娘仔～～niû-á⇨一種極小的魚。海裡無魚～～娘仔稱王hái-lí bô-hî～～niû-á chheng-ông⇨海裏無魚三界娘仔就可自稱魚王。與蜀中無大將，廖化爲先鋒相同。

【三軍 sam-kun】 ㈠陸海空三軍。㈡古稱前軍後軍，中軍爲三軍。大小～～聽令tāi-sió～～thiaⁿ-lēng⇨同上。～～易得一將難求～～ī-tek, it-chiàng lân-kiû⇨同上。

【三思 sam-su】 ～～而後行～～jî-hō͘ hêng⇨論語。

【三夏 sam-hē(hā)】 夏季三個月。

【三徑 sam-kèng】 小路。隱居生活。～～就荒，松菊猶存～～chiū-hong, siông-kiok iû chûn⇨歸去來兮辭。

【三班 sam-pan】 古地方官廳的小吏。分壯，卑，快三班。又喻小人物。～～會～～hōe⇨指街坊鄰舍的小人物的聊天。～～六房～～liok-pâng⇨古時地方政府公務員的總稱。三班之外，六房爲吏，戶，禮，兵，刑，工之六房。古縣府的編製多如此。

【三師 sam-su】 太師thài-su，太傅thài-hù，太保thài-pó爲三師。

【三島 sam-tó】 三個島嶼。英倫～～eng-lûn～～⇨英格蘭，愛爾蘭，蘇格蘭，亦即英本國。日本～～jit-pún～～⇨本州，四國，九州的日本三大島。

【三從 sam-chiông】 在家從父，出嫁從夫，夫死從子。～～四德～～sù-tek⇨同上。

【三族 sam-chok】 父族，母族，妻族。剿～～châu～～⇨同上。

【三清 sam-chheng】 李老君lí-ló-kun，通天教主thong-thian-kàu-chú，元始天尊goân-sí-thian-chun爲道教的三祖神，稱三清。

【三絃 sam-hiân】 樂器名。彈～～toâⁿ～～⇨①奏彈三絃。②暗指中醫師。伵老父是彈～～的in-lāu-pē sī toâⁿ～～ē⇨他父親是中醫師。謂中醫師以三指按脈故也。

【三欲 sam-iok】 飲食，睡眠，男女爲人之三欲。

【三教 sam-kàu】 儒教、佛教、道教是爲三教。～～九流～～kiú-liû⇨同上。

【三國 sam-kok】 蜀魏吳。講～～花漉漉kóng～～hoe-lok-lok⇨謂講到三國的故事，複雜極了。～～歸司馬懿～～kui su-má-ī⇨同上。～～歸一統～～kui it-thóng⇨同上。

【三陽 sam-iâng】 ～～開泰～～khai-thài⇨同上。

【三傑 sam-kiat】 ㈠三位傑出人物。㈡指蕭何，張良與韓信，助劉邦成帝業。

【三喪 sam-song】 卜者謂：～～日不可出～～jit put-khó chhut⇨謂其日出葬即將連死三人。

【三朝 sam-tiâu】 ㈠三個朝代。～～元老

～～goân-ló͘⇨同上。㊂俗以三日爲三朝sam-tiau。生～～也seⁿ(siⁿ)～～a⇨生了三天了。

【三都 sam-to͘】 三個府城。

【三跪 sam-kūi】 三跪拜。～～九叩頭～～kiú-khàu-thâu⇨行大禮。一跪各叩頭三次。淸制對臣屬的輕視如此。

【三煞 sam-soah】 三種邪神。犯～～hoān～～⇨冒犯著三種邪神。喩事行不通。

【三傳 sam-toān】 左氏傳chó-sī-toān，公羊傳kong-iâng-toān，穀梁傳kok-liâng-toān爲春秋～～chhun-chhiu～～⇨春秋這本書的三種註釋書。

【三魂 sam-hûn】 俗謂人有三魂，一曰胎光thai-kong，二曰爽靈sóng-lêng，三曰幽精iu-cheng。～～七魄～～chhit-phek⇨七魄者一曰尸狗si-káu，二曰伏矢hok-sí，三曰雀陰chhiak-îm，四曰呑賊thun-chhat，五曰非毒hui-tok，六曰除穢tî-òe，七曰臭肺chhàu-hì。皆道家之名堂。

【三綱 sam-kong】 ～～者，君臣義，父子親，夫婦順～～chiâ, kun-sîn gī, hū chú chhin, hu-hū sūn⇨三字經。

【三壽 sam-siū】 上壽一百，中壽八十，下壽六十。

【三層 sam-chân】 ～～的～～ē⇨三層肉sam-chân-bah，肥肉赤肉相間的五花肉。～～崎～～kiā⇨路成高低三段的崎。

【三緘 sam-kâm(khiâm)】 金人～～其口kim-jîn～～kî kháu⇨同上。

【三餘 sam-î】 冬爲歲之餘，夜爲日之餘，雨爲時之餘，皆可讀書之時刻。

【三德 sam-tek】 智仁勇tì, jîn, ióng，天下之達德tat-tek。

【三餐 sam-chhan】 三頓飯saⁿ-tǹg-pn̄g⇨每日三次飯食。日食～～jit-sit～～⇨日常每日的三餐。日食～～著該顧jit-sit～～tioh-ài kò͘⇨每日三頓飯要維持要保護。

【三親 sam-chhin】 夫妻，父子，兄弟。

【三藏 sam-chōng】 佛家語。謂經律論爲三藏。通三藏的高僧稱之爲三藏。例如唐～～tông～～⇨西遊記的和尙唐僧tông-cheng是也。

【三獻 sam-hiàn】 做～～chò～～⇨平安祭的一種形式。

【三寶 sam-pó】 ㊀金，銀，錢幣爲三寶。手不動～～chhiú put-tāng～～⇨謂凡事不必自己動手的富貴生活。㊁道士所事的神佛名。～～殿～～tiān⇨三寶神殿。無事不入～～殿bû-sū put-jip～～tiān⇨有事才來的反語。常爲意外訪人時的口頭禪。

【三蘇 sam-so͘】 宋代蘇氏三父子，皆大政治家大文學家。蘇東坡(軾)so͘-tong-pho(sek)及其父蘇洵so͘-sûn，其弟蘇轍so͘-tiat。

【三黨 sam-tóng】 父黨，母黨，妻黨。

【三顧 sam-kò͘】 三請sam-chhiáⁿ。～～孔明～～khóng-bêng⇨劉備三請孔明。～～之禮～～chi-lé⇨謂請賢人之優厚之禮。

【三讀 sam-thok】 立法機關的第三讀會或三次讀會。～～通過～～thong-kòe⇨同上。

【三八節 sam-pat-chiat】 三月八日國際婦女紀念日。

【三人稱 sam-jîn-chheng】 第三人稱。

【三三制 sam-sam-chè】 教育小學三年高小三年，中學三年高中三年的制度。

【三K黨 sam-k-tóng】 美國南部的秘密組織。專門與黑人對立，甚至加以虐殺。行動皆白袍蒙面。

【三不去 sam-put-khì】 婦有三不去，一有所取無所歸不去，二與更三年喪不去，三前貧後富不去。

【三不朽 sam-put-hiú】 立德 lip-tek，立功lip-kong，立言lip-giân。

【三不服 sam-put-hok】 ㊀三事不服。據稱滿淸入關與漢約三事，一曰生服死不服 sengho̍k sú-put-ho̍k，二曰，男服女不服lâm-ho̍k lí(lú)-put-ho̍k，三曰，官服吏不服koa$^{n}$-ho̍k lī-put-ho̍k。或說其三事是一，漢女不入宮hàn-lí(lú) put-ji̍p-kiong，文官無俾番仔中bûn-koa$^{n}$ bô hō͘-hoan-a tiòng及其他一件什麼事。

**【三文魚 sam-bûn-hî】** 鮭魚罐頭。來自英文salmon。

**【三不管 sam-put-koán】** 謂懶惰者衣食住皆不管。又地界相交處，有事時各方面都不管。～～～地帶～～～tē-tāi⇨三不管的地方。

**【三字經 sam-jī-keng】** 古時的啓蒙教科書，開頭第一句是：人之初，性本善jîn chi chhe, sèng pún siān。

**【三字獄 sam-jī-ga̍k】** 宋岳飛以莫須有三字成獄致死。

**【三砲台 sam-phàu-tâi】** 英紙煙名。Three Castle的譯名。

**【三原色 sam-goân-sek】** 藍赤黃三原色。

**【三鞭酒 sam-pian-chiú】** 洋酒。香檳酒。

**【三十不豪 sam-si̍p-put-hô】** 三十歲而無賢名。～～～～，四十不富，五十道該㪅囝助～～～～，sù-si̍p put-hù, ngó-si̍p tō-ài chhōe-kiá$^{n}$-chō͘⇨三十無賢聲，四十無積蓄，到五十歲了，得找兒子幫助了。

**【三十而立 sam-si̍p-jî-li̍p】** ～～～～，四十而不惑，五十而耳順，六十而知天命，七十而從心所欲不踰矩 ～～～～sù-si̍p-jī put-he̍k, ngó-si̍p-jī jí-sūn, lio̍k-si̍p jī ti thian-bēng, chhit-si̍p jī chiông-sim só͘-io̍k put-jî-kī⇨孔子言人生成長階段。

**【三人同行 sam-jîn-tông-hêng】** ～～～～必有吾師～～～～pit-iú gô͘-su⇨孔子言。

**【三三五五 sam-sam-ngó-ngó】** 或三人或五人，喻人甚多。

**【三大發明 sam-tāi-hoat-bêng】** 羅盤，火藥，活字版。

**【三不五時 sam-put-gō͘-sî】** 不定時。常常。～～～～有批轉來～～～～ū phe(phoe) tńg-lâi⇨常常寄信回來。

**【三心兩意 sam-sim-liáng-ì】** 意馬心猿ì-má-sim-oân。

**【三分姝娘 sam-hun-chu-niû】** ～～～～，四分打扮～～～～ sì-hun tá$^{n}$-pān⇨喻人靠衣裳i-chiû$^{n}$ 佛靠金裝kim-chng。

**【三令五申 sam-lēng-ngó-sin】** 申亦作伸。謂政令下達，再三再四，皆無效果。

**【三年之艾 sam-liân-chi-ngāi】** 七年之病求～～～～chhit-liân-chi-pēng kiû～～～～⇨喻凡事應先爲籌備以待用。

**【三位一體 sam-ūi-i̍t-thé】** 基督教謂聖神sèng-sîn，父pē、天父與子kiá$^{n}$、耶穌是名三而實一，爲三位一體。

**【三姑六婆 sam-ko͘-lio̍k-pô】** 三姑者尼姑nî-ko͘，道姑tō-ko͘，卦姑koà-ko͘；六婆者牙婆gê-pô，媒婆bôe-pô，師婆sū-pô，虔婆khiân-pô，藥婆io̍h-pô，穩婆ún-pô是也。

**【三保太監 sam-pó-thài-kàm】** ～～～～下南洋～～～～hē lâm-iû$^{n}$⇨明永樂君éng-lo̍k-kun派三保太監鄭和出使南洋。

**【三段論法 sam-toā$^{n}$-lūn-hoat】** 論理學名詞。

**【三推六問 sam-chhui-lio̍k-būn】** 屢次審問。

**【三等二號 sam-téng-jī-hō】** 各色各樣。三等或說成三不等sam-put-téng，義同。

**【三進三退 sam-chìn-sam-thè】** 喻猶餘不決的情形。口頭多拆開講成sam chìn-na-sam-thè，亦即中間加一仔字。

**【三歲孩兒 sam-sòe-hâi-jî】** 喻完全未知事。看人恰如～～～～khoà-lāng kah-ná～～～～⇨看人恰如三歲的小孩子，喻極度輕視人。

**【三頭六臂 sam-thâu-lio̍k-pì】** 喻有多方面的活動力。

**【三七講四六聽 sam-chhit-kóng-sù-lio̍k-thia$^{n}$】** 謂對方已講假，此方也當做虛話。喻大家相對不誠實。亦可在講聽兩字之前各加一仔字。

**sám 擅** 自專也，胡爲也。亦濫lām也。⇨濫～lām～⇨超出範圍違背常規。～～來～～lâi，～～行～～kiâⁿ，～～做～～chò，～～講～～kóng等數例皆爲脫軌自專恣意胡爲之意。

【擅八 sám-pat】 傻瓜。即三八也。烏白講話的人。俗作三八並且專作十三點的女人解。實非也。按八字象分別相背之形。除用爲數詞之外，兼有pat, bat亦即辨別，認識，懂事，論是非識世故的含義。例如八pat, bat亦知chai也，但八pat, bat是辨別是非善惡，知chai卻只是知之而已，其間大有分別，八字bat-jī是音義用法皆清楚才是八字bat-jī，知字chai-jī卻只表示知有某字。八人bat-lâng是認識人的底細，亦即與古文的知人ti-jîn同義。要之，八pat, bat是常用爲論是非之代詞。例如毋成猴，更八到有一個款！m̄-chiâⁿ-kâu, koh pat-kà ū chi̍t-ê-khoán⇨你這個小東西，竟說得有個樣子。上佼八siāng-gâu-pat⇨最會胡說八道。總之，擅八sám-pat一詞本來並無男女之分，～～查某～～cha-bó͘固可，～～郎～～lâng也是通行無阻的。惟三十年來經一部分自認台灣通的人士渲染，竟成爲專指十三點女人的專用詞。加以三八婦女節的成立，更加強其歪說力矣。

【擅行 sám-kiâⁿ】 恣意胡行。～～擅做～～sám-chò⇨同上。

【擅食 sám-chia̍h】 烏白食o͘-peh-chia̍h⇨亂吃東西。

【擅䶑 sám-phún】 烏白開錢khai-chîⁿ，浪費也。按䶑phùn，牛驚而疾走，逢物便角tak之曰䶑phún。喻見東西就買之。

【擅想 sám-siūⁿ】 胡思亂想。

【擅講 sám-kóng】 胡說八道。濫擅講lām-sám-kóng。烏白講o͘-peh-kóng。

【擅八氣 sám-pat-khì】 擅八的氣質。～～～眞厚～～～chin kāu⇨～～～很濃。

【擅八猴 sám-pat-kâu】 亂來的傻瓜（女人罵男人）。

【擅八話 sám-pat-ōe】 不合道理的話。可笑的話。

【擅開擅䶑 sám-khai-sám-phún】 亂用錢亂浪費。

**sám 撒** 同糝sám散布粉類等東西也。路面該～一層砂石仔lō͘-bīn ài～chi̍t-chân soa-chio̍h-á⇨同上。

【撒砂石 sám-soa-chio̍h】 加舖一重砂石。路滑該～～～藉未跋死人lō͘-ku̍t ài～～～chiah bē(bōe) poa̍h-sí-lâng⇨同上。

【撒胡椒 sám-hô͘-chio】 ㊀加胡椒粉。炒麵～～～較芳chhá-mī～～～khah phang⇨同上。㊁喻所施予者極少。未輸抾～～～抾bē(bōe)-su teh～～～lè⇨恰如在撒胡椒的樣子。

**sám 糝** 同撒sám。

**sàm 毿** 毛長也。毛髮散亂曰毿sàm。

【毿毛 sàm-mô͘(mn̂g)】 毛髮散亂。～～仔～～á⇨番族的一支族。據傳說其老嫗多能作符呪以禍福於人，曾居住埔里烏牛欄一帶。～～鬼～～kúi⇨一般想像中的鬼的形狀都是毛髮散亂的。～～狗～～káu⇨一種小狗。

【毿毿 sàm-sàm】 毛髮散亂。頭毛～～thâu-mô͘(mn̂g)～～⇨同上。

**sàm 謲** 怒使也。怒責也。臭罵也。又網球運動，突出其不意的強球亦曰謲 sàm。食～chia̍h～⇨受責罵。

【謲球 sàm-kiû】 強有力的突擊球(網球用詞)。

【謲誚 sàm-siâu】 誚俗作潲。潲siâu，滑液也，亦作精siâu，精液也。好意共伊通知，顚倒乎伊～～hó-ì kā-i thong-ti，tian-tó hō͘-i～～⇨好意告訴他，反而受他臭罵。

【謲有入 sàm-ū-ji̍p】 謲得成功（網球用

詞)。

【謲耍的 sàm-sńg-ê】 啥人伿乎人～～～siáⁿ-lâng boeh-hō͘-lâng～～～⇨誰肯被人臭罵著玩。受謲者反擊用詞。

【謲前營 sàm-chiân-iâⁿ】 突擊前衛(網球用詞)。

【謲來謲去 sàm-lâi-sàm-khì】 對謲(網球用詞)。

# san

san 山 大～小～tāi-san siáu-san。千～萬水chhian～bān-súi⇨喻路途遙遠。猴～仔kâu～a⇨猴的愛稱。高～ko～⇨很高的山。登～teng～⇨爬山。

【山人 san-jîn】 古林官。隱居山林之士。俗戲稱自己爲山人。～～自有妙計～～chū iú miāu-kè⇨我一定有好法子，你們不必窮著急。

【山川 san-chhoan】 ～～草木～～chhó-bok⇨我一定有好法子，你們不必窮著急。

【山水 san-súi】 ㊀山與水。風景。～～甲天下～～kah thian-hē⇨同上。㊁～～畫～～ōe⇨山水畫。㊂講好聽的話。以取悅，或蒙騙。你不免扲～～lí m̄-bián teh～～⇨你休想騙人。講到好山好水kóng kà hó-san-hó-súi⇨說得蠻好聽。講亦可作畫ōe。你更較佼～～每無食lí koh-khah-gâu～～mā bô-chiah⇨你再會山水也無效。講到山山水水kóng kà san-san súi-súi⇨說很多的廢話。

【山仔 san-a】 猴山仔kâu-san-a之略。猴的愛稱。～～挽面～～bán-bīn⇨猿亦愛雄也。

【山寺 san-sī】 山中的寺廟。

【山地 san-tē】 多山的地方。～～住民～～chū-bîn⇨同上。

【山谷 san-kok】 高山與陝谷。

【山君 san-kun】 ㊀山神。㊁虎。

【山妻 san-chhe】 自稱己妻。荊妻。柴杷chhâ-pê。

【山河 san-hô】 泛指國土。～～破碎～～phò-chhùi⇨喻國家破敗。

【山居 san-ki(ku)】 居住山中。

【山林 san-lîm】 ～～管理所～～koán-lí-só⇨同上。

【山長 san-tióng】 古書院的長官。校長。

【山海 san-hái】 山與海。水陸。

【山荊 san-keng】 山妻。妻。

【山高 san-ko】 ～～水深，地瘦人貧～～súi-chhim, tē-só jîn-pîn⇨同上。～～不必有神，大販不必有錢～～put-pit iú-sîn, tāi-hoàn put-pit iú chhiân⇨唯大主義。～～皇帝遠～～hông-tè oán⇨遠離俗塵無拘無束的自由之地。山高亦作天高。

【山莊 san-chong】 山中之住屋。

【山野 san-iá】 ～～小民～～sió-bîn⇨民間的小百姓人。

【山間 san-kan】 ～～野外～～iá-goā⇨同上。

【山僧 san-cheng】 山寺的和尙。

【山歌 san-ko】 唱～～chhiùⁿ～～⇨唱民歌。百姓在山野間自唱自娛的歌。

【山嶽 san-gak】 ～～地帶～～tē-tài⇨高山地區。

【山珍海味 san-tin-hái-bī】 食的是～～～～，穿的是綾羅紡絲chiah-ê sī～～～～，chhēng-ê sī lîn-lô pháng-si⇨喻食得好穿得好的豪華生活。

【山崩地裂 san-peng-tē-liat】 山崩地裂。soaⁿ-pang tē-lih。

【山禽野獸 san-khîm-iá-siù】 山野的天然動物。

【山窮水盡 san-kiông súi-chīn】 ～～～～疑無路，柳暗花明又一村～～～～gî bû-lō͘, liú-àm hoa-bêng iū it-chhoan⇨千家詩。

san **刪** 削也。削除也。孔子～詩經khóng-chú～si-keng⇨同上。

【**刪改** san-kái】 ～～學生作文～～hak-seng chok-bûn⇨同上。

【**刪削** san-siah】 刪改削除。

【**刪除** san-tî(tû)】 削除。～～無用的字句～～bô-iōng ê jī-kù⇨同上。

san **珊** 珊瑚。海中珊瑚蟲凝結而成，樹枝狀，色澤極美麗，爲名貴之裝飾賞玩之物。

【**珊珊** san-san】 玉器之聲。

【**珊瑚粉** san-ô·-hún】 珊瑚研成粉末。中藥用。

【**珊瑚樹** san-ô·-chhiū】 植物名。一種觀賞植物，其實動物也。

【**珊瑚礁** san-ô·-chiau】 珊瑚所形成的小島嶼。

sán **產** 生也。製造物品亦曰產。生～seng～⇨①生子。②製造物品。土～thó·～⇨地方特產品。祖～chó·～⇨先人遺留下來的業產。特～tek～⇨特殊的產物。公～kong～⇨公家的產業。共有的產業。私～su～⇨私有產業。婦～科hū～kho⇨醫療的分科之一。

【**產地** sán-tē】 ～～證明～～chèng-bêng⇨同上。

【**產物** sán-but】 ㈠所出產或製造的貨物。㈡結果。兩派激烈鬥爭的～～liáng-phài kek-liat tàu-cheng ê～～⇨同上。

【**產門** sán-mn̂g】 ～～未開～～bōe-khui⇨還生不出孩子來。

【**產後** sán-āu】 生產之後。～～調養～～tiâu-iáng⇨生了孩子以後調理療養。

【**產前** sán-chêng】 生產之前。～～檢查～～kiám-cha⇨生產(孩子)以前的檢查。

【**產科** sán-kho】 ～～醫生～～i-seng⇨專管接生助產的醫生。

【**產品** sán-phín】 ～～管制～～koán-chè⇨同上。

【**產婦** sán-hū】 臨盆的婦女。

【**產婆** sán-pô】 助產的女人。

【**產業** sán-giap】 父母建置的～～pē-bó kiàn-tì ê～～⇨同上。

【**產銷** sán-siau】 生產與運銷。～～合作～～hap-chok⇨同上。

【**產卵期** sán-n̄ng-kî】 產卵的時期。

【**產褥熱** sán-jiok-jiat】 產褥期間發熱的病症。

【**產兒制限** sán-jî-chè-hān】 限制每人生若干個兒女。

【**產業革命** sán-giap-kek-bēng】 生產手段的進步所帶來的產業組織變化，視同一種革命曰產業革命。

sán **瘦** 亦作瘠，肌肉不豐也。消瘦siau-só也。消～落肉siau～loh-bah⇨形容病後衰弱。～罔～更有牽挽～bóng～koh ū khan-bán⇨謂瘦雖瘦，卻很有抵抗力。

【**瘦人** sán-lâng】 亦作疔，肌肉不豐的人。～～厚火～～kāu-hóe⇨瘦人火氣旺。

【**瘦土** sán-thô·】 不肥沃的土壤。瘦地sán-tē。

【**瘦田** sán-chhân】 ～～恔嗽水，瘦人恔食飯～～gâu soh-chúi, sán-lâng gâu chiah-pn̄g⇨瘦田須多水，瘦人大食。

【**瘦肉** sán-bah】 豬肉的赤肉。精肉chia$^{n}$-bah也。

【**瘦地** sán-tē】 不肥沃的土地。

【**瘦狗** sán-káu】 ～～卸主人～～sià chú-lâng⇨瘦狗使人誤會主人無肉可養也。故此卸損主人的面子。

【**瘦抽** sán-thiu】 身瘦而高。～～～～仔～～～～a⇨瘦而高。

【**瘦酒** sán-chiú】 ～～罔飲～～bóng-lim⇨沒佳餚做酒配的酒且妄飲之。

【**瘦鬼** sán-kúi】 很瘦的人。瘦得像鬼。

【**瘦猴** sán-kâu】 瘦得像猴。

**【瘦飲 sán-lim】** 飲瘦酒。

**【瘦瘦 sán-sán】** 很瘦之人。人～～仔lâng～～á⇨人相當瘦。

**【瘦牛相挨 sán-gû-sio-e】** 喻貧人互相支援亦無濟於事。

**【瘦身薄扁 sán-sin-poh-pī$^{n}$】** 形容極瘦的人。身或作香hiu$^{n}$，謂如香hiu$^{n}$之細身。

**【瘦枝薄葉 sán-ki-poh-hioh】** 同上。

**sán 瘄** 瘦sán，本作瘄sán。

**sán 散** 粉藥也。胃～ūi～⇨胃藥粉。龍角～liông(lêng)-kak-～⇨一種粉藥。武功～bú-kong～⇨粉藥。

**sàn 散** 分離也。放開也。四散也。亦貧也。解～kai～⇨議會解散gī-hōe kái-sàn。分～hun～⇨分散。離～lî～⇨離別分散。又貧pîn曰散sàn，窮kêng曰散sàn，無財無產曰散sàn。

**【散人 sàn-jîn】** 散漫無用之人。

**【散人 sàn-lâng】** 貧人pîn-jîn。窮人kêng-lâng。

**【散心 sàn-sim】** 閑遊遣悶曰散心。

**【散赤 sàn-chhiah】** 貧窮pîn-kiông。～～人～～lâng⇨同上。

**【散步 sàn-pō͘】** 亦遊步也。行街～～kiâ$^{n}$-ke～～⇨在街上散步。

**【散的 sàn-ê】** 富的pù-ê的對調。～～散落地，富的富上天～～sàn-loh-tē, pù-ê pù-chiū$^{n}$-thi$^{n}$⇨貧富懸殊之大。

**【散財 sàn-châi】** 破財。～～童子～～tông-chú⇨生下來浪費家產的兒子。～～做功課～～chò kong-kò⇨散財爲亡父母做功德以酬其恩。

**【散鬼 nán-kúi】** 極貧如鬼之人。

**【散鄉 sàn-hiong】** 貧窮pin-kiông。～～人仔～～lâng-á⇨貧人。

**【散會 sàn-hōe】** 會畢而解散。五點～～gō͘-tiám～～⇨在五點鐘解散。

**【散亂 sàn-loān】** 精神～～cheng-sîn～～⇨精神不能集中。

**【散髮 sàn-hoat】** ㊀不做官而歸隱山林。㊁～～文身～～bûn-sin⇨未開化的形狀。

**【散童生 sàn-tông-sêng】** 窮書生kêng-si-seng。

**【散兵游勇 sàn-peng-iu-ióng】** 因戰敗或逃亡等在軍隊之外游蕩的軍人。勇兵卒也。

**【散花天女 sàn-hoa-thian-lí(lú)】** 天女散花。

## sang

**sang 鬆** 不緊也。虛而不實或寬而不急皆曰鬆sang。精神不緊張曰輕～khin～。追迫不急曰放～pàng～。銀根不緊曰銀根～。土壤不實曰土～thô͘～或地～tē～。水氣退了曰乾～ta～。子女長大已可離脚離手不必再操襁褓之勞亦曰乾～ta～。手頭～也chhiú-thâu～ā⇨生計優裕起來輕鬆多了。

**【鬆土 sang-thô͘】** 地質不堅實。

**【鬆地 sang-tē】** 地質不堅實的土地。～～未起得厝～～bē(bōe)-khí-tit chhù⇨鬆地蓋不得房子。

**【鬆鬆 sang-sang】** 鬆。芋仔食著～～oh-á chiah-tioh～～⇨芋頭入口鬆鬆很可口。

**sáng 傸** 恶也。驕惡也。傲世傲人曰傸sáng。眞～chin～⇨非常驕傲。娘仔生媠毋免～，親像路邊的枤仔叢，枤仔未好人道掐，掐到如好百百孔niû-á se$^{n}$-súi m̄-bián～，chhin-chhiū$^{n}$ lō͘-pi$^{n}$ ê pat-á-châng, pat-á bōe-hó lâng tō tàng,tàng-kà nā-hó pah-pah-khang⇨相褒歌。枤仔pat-lá，擬音曰巴樂pa-la,poat-á，一種青果。本屬野生，今市面多見者其改良種。

**【傸勢 sáng-sè】** 仗勢傲人。眞～～chin～～⇨同上。看你～～到若久khoà$^{n}$-lí～～kàu goā-kú⇨你能仗勢傲人多久，我們看著吧！

**sàng 送** 遣送也。贈送也。送行也。奉～，不用，該～hōng～，put-iōng，kai～⇨戲白。贈～cheng～⇨免費送人。

【送山 sàng-soaⁿ】 送葬sàng-chòng。

【送火 sàng-hóe】 道士的名堂。有重病認爲是邪魔作祟乃招道士於夜中燒金銀紙念呪以驅逐之。祟sui，神鬼爲害也。

【送王 sàng-ông】 亦爲道士之名堂。先以紙製的船迎接王爺來驅邪，然後再燒送之的一種儀式。～～起身～～khí-sin⇨同送王。謂邪魔已隨之而去。又喩有麻煩的人物已走開了。

【送行 sàng-hêng】 送人出外遠行。餞別。chiān-piat。

【送年 sàng-nî】 ㊀送年過去。㊁送年禮。

【送灶 sàng-chàu】 十二月二十四送灶君chàu-kun上天奏玉帝以凡間事，亦爲歲序的一節日。

【送庚 sàng-keⁿ(kiⁿ)】 在月內——產後一個月，親友贈送鷄，酒，麵等的物品以賀之。

【送物 sàng-mih】 贈送物品。寄送物品。

【送定 sàng-tiāⁿ】 ㊀交易送定銀。㊁婚姻下聘禮。～～親成～～chhin chiâⁿ⇨送定就是姻親關係的成立。

【送風 sàng-hong】 送順風，餞別也。

【送神 sàng-sîn】 十二月二十四日送神上天轉奏玉皇giok-hông。

【送終 sàng-chiong】 父母的喪事。做兒子者應親臨其斷氣，親辦其喪事，才算有孝。古禮所定也。

【送飯 sàng-pn̄g】 送飯給獄中人。

【送節 sàng-cheh】 送節禮。

【送葬 sàng-chòng】 會葬。弔喪。～～的人～～ê-lâng⇨同上。

【送親 sàng-chhin】 送出嫁。有兄弟～～較成人ū hiaⁿ tī～～khah chiâⁿ-lâng⇨有親兄弟伴同出嫁較有體面。

【送禮 sàng-lé】 贈送禮物。搬送禮物。

【送靈 sàng-lêng】 除靈時，將靈桌搬出戶外叫做～～。

【送上山 sàng-chiūⁿ-soaⁿ】 送到墓穴地。山亦作山頭soaⁿ-thâu。

【送小心 sàng-sió-sim】 假裝的善意。毋免抄～～～m̄-bián teh～～～⇨用不著假慈悲。

【送月雨 sàng-goeh-hō͘】 月尾下的雨。～～～，後月無乾土～～～，āu-goeh bô ta-thô͘⇨謂月尾下雨，下個月還是會繼續下雨。

【送水飯 sàng-chúi-pn̄g】 送飯入獄中囚人。

【送日頭 sàng-jit-thâu】 男家送日頭單jit-thâu-toaⁿ——迎娶日程表給女家。

【送性命 sàng-sèⁿ-miā】 賠性命。彼款的代誌啥人要～～～hit-khoán ê tāi-chì siáⁿ-lâng boeh～～～⇨誰會爲那種事情犧牲呢？

【送客兄 sàng-khè-hiaⁿ】 歕鼓吹～～～pûn-ko͘-chhoe～～～⇨謂古有一盲，歕鼓吹爲業，其妻卻不守婦道，一日回家，姦夫恰好在房中不敢動彈，妻乃對其盲夫萬般親暱，謂過門以來未嘗親聽其鼓吹，要其今日在外所奏再奏一番，使妻有聽聽夫婿親奏鼓吹之光榮，盲夫大樂，於是照奏一番，姦夫乃乘機揚長而去云。

【送順風 sàng-sūn-hong】 送財物餞別遠行人。

【送肉上砧 sàng-bah-chiūⁿ-tiam】 兒女出外打架回家，父母責以此語。意謂自上砧受宰割，何不乖乖在家讀書做事。

【送肉飼虎 sàng-bah-chhī-hó】 喩必一去無回。錢借彼款人，我無俫～～～～chīⁿ chioh hit-khoán-lâng, goá bô boeh～～～～⇨借錢給他那種人，我不作送肉飼虎之愚也。

【送狗斷路 sàng-káu-tn̄g-lō͘】 送貓親成～～～～sàng-niau chhin-chiâⁿ～～～～⇨俗謂姻親間送貓可以，送狗即不可。但不知其所以然。

【送館仔飯 sàng-koán-á-pn̄g】 同送水飯。館仔指洋館，蓋監獄也。

sāng **乘** 下乘hā-sāng，下駟也。壞馬lám-bé，駑馬lō͘-bé，亦即弱馬jiak-má也。凡對事物不精，工效不高，皆曰下乘hā-sāng。笨pūn也。亦曰頇顢ham-bān。～～人～～lâng⇨同上。有夠～～，十歲也，猶未曉籠褲ū-kàu～～, chap-hòe-à, iáu-bē-hiáu láng-khò͘⇨夠笨的，十歲了，還不懂得自己理好褲子。籠láng，作動詞用。

## sap

sap **屑** 亦屑sut也。碎也。碎末也。茶～tê～⇨茶葉末。炭～thoàⁿ～⇨炭粉。砂～soa～⇨喻細瑣之麻煩。海口雌厚砂～hái-kháu-chi kāu-soa～⇨討厭問題多的粗語。雌chi，即㞗chi，女陰也。

【屑仔 sap-á】 廢人hùi-jîn。不長進之人。刑事～～hêng-sū～～⇨刑事的小走狗。憲兵～～hiàn-peng～～⇨同上。～～圾仔了了～～lap-á liāu-liāu⇨都是無出息之輩。圾仔sap-á，同屑仔sap-á，因音變而讀lap-á。

【屑屑 sap-sap】 碎末chhùi-boat。碎～～chhùi～～零零碎碎。幼～～iù～～⇨極小極零碎之物。

【屑塞 sap-seh】 ㊀小氣。貪小。～～人～～lâng⇨同上。～～一枝煙亦好～～chit-ki hun ah-hó⇨貪一枝香煙也好。㊁討厭的。～～的代誌～～ê tāi-chì⇨屑小麻煩之事。彼類代誌夭壽～～hit-lūi tāi-chì iáu-siū～～⇨那種事情非常麻煩。夭壽iáu-siū作非常解。

sap **搔** 攋搔lap-sap也。省筆作垃圾lah-sap，亦即塵砂廢物等的所謂糞掃pùn-sò也。

sap **圾** 垃圾lap-sap也。擸㨘lah-sap的省筆者。

sap **颯** 風聲也。雨聲也。蕭～siau～⇨衰落sui-lo̍k。

【颯颯 sap-sap】 寒風～～hân-hong～～⇨同上。雨仔～～滴hō͘-á～～tih⇨小雨毛毛而下。

sap **濕** 物著水也。物含水亦曰濕sap。雨淋～的hō͘ lâm～ê⇨同上。衫攏～也saⁿ lóng～à⇨衣皆湆濕tâm-sap矣。湆tâm，地濕也。

【濕季 sap-kùi】 雨水多的季節。～～既無雨，我看敢會壞哩～～kā bô-hō͘, goá khoàⁿ káⁿ-ē-hāi-leh⇨雨季而不雨，恐怕不妙也。

【濕度 sap-tō͘】 濕氣的程度。～～計～～kè⇨量度空氣濕度的儀器。

【濕氣 sap-khì】 空氣中的水氣。～～較重～～khah-tāng⇨同上。

sap **雪** 雪文sap-bûn，茶箍tê-kho͘，亦即今曰肥皀hûi-chô者也。來自西班牙文Jabon。

sap **虱** 虱sat也。虱母sat-bó曰虱母sap-bó。惹～上頭爬jiá～chiūⁿ-thâu-pê⇨自找麻煩。

sap **呏** 魚食也。啖也。呑食曰呏sap。呑沒公金曰呏sap。眞敢～chin-káⁿ～⇨呑沒得好大膽。嘴開開等要～chhùi khui-khui tán-boeh～⇨口開得大大的在等候賄款。

【呏呏叫 sap-sap-kiò】 口嚼物聲。又求食貌。同食食叫chiah-chiah-kiò，聲聲叫食也。

## sat

sat **薩** 菩薩也。又姓氏。觀音菩～koan-im-phô͘～⇨同上。

sat **撒** 放也。散也。

【撒手 sat-chhiú】 放手。～～擔當～～tam-tng⇨放手全心擔當下去。俗用爲丟手的意思。～～西歸～～se-kui⇨謂丟手死了往西方歸佛。

【撒旦 sat-tàn】 基督教的魔鬼satan的譯音。

【撒野 sat-iá】 舉動野蠻言語粗魯，以逞威風。

【撒潑 sat-phoah】 蠻橫無賴。～～利害。～～lí-hāi⇨sa-pa-lí-hāi。

sat **虱** 同蝨。寄生於人畜毛髮中。有衣～i-sat，頭～thâu-～，狗～káu～等類。惹～上頭爬jiá～chiū$^{n}$-thâu-pê⇨惹虱爬上頭。喻自惹麻煩。

【虱母 sat-bó】 虱也。～～卵～～nn̄g⇨虱之卵。掠～～相咬lia̍h～～siō-kā⇨喻無所事事。

【虱篦 sat-pìn】 細密的櫛。應作櫛篦sat-pìn。

【虱目魚 sat-ba̍k-hî】 魚塭生產的養殖魚。麻虱目ma-sat-ba̍k。

sat **塞** 窒礙不通也。同塞that。水管～去也chúi-kńg～khì-á⇨水管不通了。錢路俾人～去也chî$^{n}$-lō͘ hō͘-lâng～(that)-khì-ā⇨財源被人杜絕了。掠貓仔～汴孔lia̍h-niau-á～(that) pān-khang⇨抓貓來杜漏洞。意爲權擋一陣子。又吃多生厭亦曰塞that。食了抮～也chia̍h liáu teh～à⇨吃得再吃不下了。食傷敆每會～chia̍h-siu$^{n}$-chē mā-ē～⇨吃得過多也會討厭。

【塞車 sat-chhia】 that-chhia。交通因車輛太多以致受阻也。

【塞塞 sat-sat】 ㊀不通。鼻～～phī$^{n}$～～⇨同上。㊁黑雲密布。天～～thi$^{n}$～～⇨天氣不開朗。

【塞鼻 sat-phī$^{n}$】 鼻孔不通不能呼吸。

【塞嘴 sat-chhùi】 吃東西。封嘴。人無物～～未活lâng bô-mi̍h～～bē(bōe)-oa̍h⇨人無物可食不能生存。無物共伊～～較加萬每講bô-mi̍h kā-i～～khah-ke-bān mā kóng⇨無物爲他封嘴，他當然會講。～～孔～～khang⇨同義。亦讀that-chhùi-khang。

【塞死死 sat-sí-sí】 塞得水洩不通。that-sí-sí。

【塞後路 sat-āu-lō͘】 秘密用賄賂。that-āu lō͘。路賂諧音。

【塞密密 sat-ba̍t-ba̍t】 塞得極密。that-ba̍t-ba̍t。

【塞核核 sat-ân-ân】 塞得緊。～～～塞死死，將軍級～～～sat-sí-sí⇨塞得極緊極死。

【塞滿街 sat-moá-ke】 塞滿街道。西瓜～～～si-koe～～～⇨西瓜盛產滿街都是西瓜。同塞倒街that-tó-ke。

sat **殺** 戮也。以刀刃等致人於死也。又敢作敢爲亦曰殺sat。㊀斬～chám～⇨斬首而殺。謀～bô͘～⇨以計殺人。暗～àm～⇨暗中殺人。虐～ge̍k～⇨暴虐的殺人。㊁做代誌該較～抮chò tāi-chì ài khah～leh⇨做事須較大膽做。阿貴姊仔有～，一下道敢出三萬a-kùi-ché-à ū～, chi̍t-ē tō ká$^{n}$ chhut-sa$^{n}$-bān⇨阿貴姊實在夠敢，一下子就敢於出價三萬元。

【殺人 sat-jîn】 ～～犯～～hoān⇨同上。～～案～～àn⇨同上。～～放火～～hòng-hóe⇨同上。～～償命～～siông(chhiâng)-bēng⇨殺人者賠返生命。

【殺手 sat-chhiú】 ㊀下手殺人者。㊁敢死敢活。毒辣。做生理眞～～chò seng-lí chin～～⇨營商敢死敢活手段毒辣。拍人眞～～phah-lâng chin～～⇨打人手段很毒辣。

【殺心 sat-sim】 忍心。某亦放囝亦放，講走道走，實在有～～bó a̍h pàng kiá$^{n}$ a̍h pàng, kóng cháu tō cháu si̍t-chāi ū～～⇨同上。放pàng，放開或拋棄的意思。

【殺生 sat-seng】 殺死生物。～～害命～～hāi-bēng⇨同上。～～的人無好尾～～ê lâng bô hó-bóe(bé)⇨殺生之人無好子孫。

【殺死 sat-sí】 天地顛倒反，暗藍刣紅頂，並無起官戴，～～縣堂頂thi$^{n}$-tē tian-tó-péng, àm-lâm thâi âng-téng, pēng-bô khí koan-tài，～～koān-tn̂g-téng⇨據稱清末林洪二姓因打長毛phah-tn̂g-mô͘ (太平天國) 而結怨，洪姓軍官(暗藍頂的官階)乘新年團拜之時，在彰化縣堂之上，將林姓將官林有理(阿罩霧林獻堂之先人，將軍級紅頂的官階)加以殺死的故事，次日彰化城內曾出現前述字白。

**【殺戒 sat-kài】** 禁殺生。大開～～tāi-khai～～⇨同上。

**【殺青 sat-chhe$^{n}$】** 原爲去竹簡之青色以爲定稿，今凡定稿皆曰～～。例如什麼電影片何時可～～。

**【殺害 sat-hāi】** ～～善良～～siān-liâng⇨同上。

**【殺氣 sat-khì】** ～～騰騰～～thêng-thêng⇨同上。面帶～～bīn tài～～⇨同上。亦指軍隊殺伐之氣。

**【殺殺 sat-sat】** 下大決心。殘殘chhân-chhân。～～豆干縛二埥～～tāu-koa$^{n}$ pak nn̄g-tè⇨據謂有一吝翁怒其子不肖開支無度，決心要把財產自己開掉而下街，結果買回來的是豆干兩埥云。殺殺亦曰殘殘chhân-chhân。

**【殺頭 sat-thâu】** 斬首chám-siú。～～罪～～chōe⇨同上。

**【殺人罪 sat-jîn-chōe】** ～～～無一定是死刑～～～bô it-tēng sī sí-hêng⇨殺人不一定死刑。

**【殺風景 sat-hong-kéng】** 破壞風雅使人敗興之舉。古人曾舉焚琴煮鶴，花下晒衣等等爲殺風景之例。

**【殺菌劑 sat-khún-che】** 殺細菌類的藥劑。

**【殺蟲藥 sat-thiông-io̍h】** 殺蟲的藥劑。

**【殺一警百 sat-it-kéng-pek】** 殺一人警告一百人。

**【殺身成仁 sat-sin-sêng-jîn】** 君子～～～～無求生以害仁kun-chú～～～～bû kiû-sin i hāi-jîn⇨同上。

**【殺妻求將 sat-chhe-kiû-chiàng】** 兵家吳起的故事。

**【殺鷄取卵 sat-ke-chhí-nn̄g】** 喻做事無遠見。

# sau

sau **蛸** 海產的軟體動物。佾魚也。章魚也。

sau **誚** 諷刺也。嘲笑也。不免～m̄-bián～⇨不要恥笑好了。見伊去～kì$^{n}$-i-khì～⇨由他譏笑好了。

**【誚人 sau-lâng】** 譏刺別人。羞辱人。

**【誚笑 sau-chhiò】** 譏刺加嘲笑。

**【誚譬 sau-phì】** 譏刺而且舉物以喻之。極佼～～人kek gâu～～lâng⇨最會以比喻嘲笑人家。

sau **梢** ㊀樹枝末也。㊁船尾也。船～chûn～⇨船尾。樹～chhiū～⇨樹枝尾。月上柳～頭，人約黃昏後，goa̍t-siāng liú～thâu, jîn-iak hông-hun-aū⇨同上。㊂撐篙掌舵或其人。

**【梢子 sau-chú】** 掌篙行船之人。

**【梢公 sau-kong】** 在船尾掌舵之人。轉稱行小船之人。

**【梢婆 sau-pô͘】** 梢公之妻。又行船的女人。

sau **嗄** 嗄sa也。聲破，聲變也。亦讀hê (見he部)。

**【嗄聲 sau-sia$^{n}$】** 嘶啞之聲。哭到～～去也khàu-kà～～khì-à⇨哭得聲都嘶啞了。

sàu **哨** 設兵防盜也。古軍制也。巡～sûn～⇨巡邏。放～hòng～⇨派人巡哨。一～兵chi̍t～peng⇨一隊兵，兵員若干，依時代而有不同。

**【哨刀 sàu-to】** 軍官之佩刀。指揮刀。

**【哨仔 sàu-á】** 哨子。警笛。噴～～pûn～～⇨吹笛子。

**【哨角 sàu-kak】** 角製的笛子。喇叭。大鑼～～toā-lô～～⇨古時縣官(縣長)以上的大官出門，必打大鑼吹哨角以警閑人閃避。

**【哨兵 sàu-peng】** 守望兵。巡邏兵。派出～～phài-chhut～～⇨派去斥候兵。

**【哨官 sàu-koa$^{n}$】** 哨長。

【哨船 sàu-chûn】 巡邏船。

【哨探 sàu-thàm】 打探敵情。

【哨廳 sàu-thia$^{n}$】 監視逃稅的關卡。收稅的關卡。

sàu **嗽** 咳嗽ka-sàu也。人扲～lâng-teh～⇨人在咳嗽。嗄痀～hê-ku～⇨哮喘病。～到要斷喟～kà boeh tn̄g-khùi⇨咳嗽得幾乎要斷氣。墆～teh～⇨①止嗽chí-sàu。②過癮kòe-giàn。墆teh，貯也，止也。俗作鎮teh。無酒未～～bô-chiú bē～～⇨無酒不過癮。

sàu **掃** 刷除也。拂滅也。清除汙穢物也。亦掃sò也(見so部)。又買盡某種貨品亦曰掃sàu。一～而空i̍t～jî(jû)-khong⇨一買而盡。又拒絕亦曰掃sàu。你共您爸～掉去，您爸道叫人共你修理lí-kā lín-pē～tiāu-í, lín-pē tō kiò-lâng kā lí siu-lí⇨你拒絕了老子，老子就叫人修理你。

【掃北 sàu-pak】 掃平北方。羅通～～剪銅人lô-thong～～chián tâng-lâng⇨唐代故事。

【掃平 sàu-pêng】 討平。～～匪穴～～húi-hia̍t⇨討平了匪巢。

【掃厝 sàu-chhù】 掃除。～～掃壁孔，洗面洗耳孔～～sàu-piah-khang, sé-bīn sé hī$^{n}$-khang⇨喻工作必做到要點。

【掃倒 sàu-tó】 一枝竹篙～～一船載chit-ki tek-ko～～chit-chûn-chāi⇨喻事不可以偏概全。用飛脚～～人iōng poe-kha～～lâng⇨同上。

【掃掃 sàu-sàu】 掃。者每～～，許每～～，食乃卡chia mā～～，hia mā～～，chia̍h-nái-ka⇨當年頑童學日警取締街路命令街衆掃路的口氣。意謂此處亦非掃不可，彼處亦非掃不可，不懂嗎。者chia，此處也；許hia，彼所。

【掃梳 sàu-se】 以桂竹尾縛的竹掃箒。～～梵仔～～gím-á⇨可縛掃梳之細桂竹仔枝。

【掃箒 sàu-chiú】 掃除汙穢塵埃之具。箒亦作帚。該損～～頭āi-kòng～～thâu⇨須以掃箒打頭。意謂犯太座之禁，該受太座責打。～～星～～chhe$^{n}$⇨彗星。亦喻壞人。～～草～～chháu⇨一種藥草，莖可縛掃箒。命中帶鉸刀平鐵～～miā-tiong toà ka-to-pêng tih～～⇨女人極壞的命格。謂鉸刀平將剪死丈夫，鐵掃箒將掃掉丈夫的財產。王祿命相者之流，以此邪說恐嚇婦女，謂他能改運，因而騙取財色者時有所聞。

【掃內面 sàu-lāi-bīn】 打掃房內。

【掃便所 sàu-piān-só͘】 罰～～～hoat～～～⇨臭罰。

【掃魚鱗 sàu-hî-lân】 剝除魚鱗。

【掃街路 sàu-ke-lō͘】 ㊀掃馬路。㊁意謂失業只好掃街路做衛生苦力。又說數街路石siàu-ke-lō͘-chio̍h⇨失業無事做只好每天下街算算街路上的石頭有若干個。掃sàu與數siàu諧音。

【掃來掃去 sàu-lâi-sàu-khì】 掃除。

【掃東掃西 sàu-tang-sàn-sai】 掃此掃彼。

## se

se **西** 方向名。東～南北tong～lâm-pok。又俗以歐美為西洋se-iû$^{n}$。凡歐美事物多冠以西。例如西人se-jîn⇨西洋人。西法se-hoat⇨歐美的方法，法律。西學se-ha̍k⇨歐美的學問。

【西人 se-jîn】 西洋人se-iû$^{n}$-lâng之簡稱。

【西子 se-chú】 古美人西施se-si。若把西湖比～～淡粧濃抹也相宜jio̍k(jia̍k)-pá se-ô͘ pí～～, tām-chong lông-boa̍t iā siāng(siōng)-gî⇨蘇東坡稱美西湖之詞。

【西山 se-san】 山名。凡指日落之處。日落～～ji̍t-lo̍h～～⇨喻死亡。

【西方 se-hong】 佛地，淨土。～～是印度～～sī ìn-tō͘⇨同上。

【西天 se-thian】 古人以佛土為西方淨土。上～～chiū$^{n}$～～⇨上西方淨土，意即死了。

其實～～是印度în-tō͘，並非什麼淨土不淨土也。

【西仔 se-á】 指法國。～～反～～hoán⇨法國人之亂。1884年法軍曾封鎖我台灣並企圖於鷄籠ke-lâng——今之基隆登陸。遭我反擊而敗退。

【西皮 se-phî】 北管pak-koán的曲名。～～福路～～hok-lō͘⇨北管的西皮與南管lâm-koán的福路。福路或作福祿hok-lo̍k。

【西安 se-an】 地名。～～事變。～～sū-piàn⇨同上。

【西式 se-sek】 歐美的方式。～～的食法～～ê chia̍h-hoat ⇨同上。～～教育～～kàu-io̍k⇨同上。

【西法 se-hoat】 歐美的方法，法律。

【西風 se-hong】 歐美的方式。～～東漸～～tong-chiām⇨西方逐漸侵進東方(亞洲)的社會。

【西洋 se-iû$^{n}$】 歐美。～～人～～lâng⇨洋人。

【西宮 se-kiong(keng)】 后妃hō͘-hui。～～娘娘～～niû-niû⇨皇妃的稱呼。～～弄權～～lōng-koân⇨皇妃行皇權而亂政。

【西貢 se-kòng】 越南地名。～～政府～～chèng-hú⇨越戰期間，在西貢成立之政府，與在河內成立之共產政府相對稱。

【西席 se-sek】 教師。東家tong-ka的對稱。

【西裝 se-chong】 西洋式的服裝。～～較無流行也～～khah-bô liû-hêng-ā⇨西裝較不流行了。

【西蜀 se-sio̍k】 古四川。～～後主～～hō͘-chú⇨劉備之嗣主劉禪lâu-siân，亦即阿斗a-táu。

【西語 se-gí(gú)】 歐美的語言。學講～～o̍h-kóng～～⇨學說西方國家的語言。

【西漢 se-hàn】 劉邦創立的大漢帝國。亦稱前漢，與劉秀的後漢(東漢)相對稱。

【西僑 se-kiâu】 洋居民。～～未少～～bē (bōe) chió⇨洋居民不少。

【西樂 se-ga̍k】 洋音樂。～～多變化～～to-piàn-hoà⇨同上。

【西學 se-ha̍k】 洋學iû$^{n}$-ha̍k。～～較有科學性～～khah-ū kho-ha̍k-sèng⇨同上。

【西曆 se-le̍k】 太陽曆thài-iâng-le̍k，亦稱新曆。

【西嶽 se-ga̍k】 山名，亦曰華山hoâ-san。

【西藏 se-chōng】 地名。～～多山～～to-san⇨同上。

【西醫 se-i】 洋法的醫生。醫法。有人愛中醫，有人信～～ū-lâng ài tiong-i, ū-lâng sìn (siàn) ～～⇨同上。

【西歸 se-kui】 死亡之美稱。～～淨土～～chēng-thó͘⇨同上。

【西藥 se-io̍h】 西醫所用的藥劑io̍h-che。～～較快行氣～～khah-khoài kiâ$^{n}$ khì⇨西藥較快生效。

【西王母 se-ông-bó(bú)】 仙女名。其在西遊記等小說中的地位，似乎極崇高。

【西半球 se-poà$^{n}$-kiû】 地球的西半部，包括南北美洲。～～～的面積，大約是東半球的一半～～～ê biān-chek, tāi-iak(iok) sī tang-poà$^{n}$-kiû ê chi̍t-poà$^{n}$⇨同上。

【西字頭 se-jī-thâu】 西字的部首。～～～的字並不多～～～ê jī pēng-put-to⇨同上。

【西施舌 se-si-chi̍h】 sai-ti-chi̍h。魚蚧類之名。俗訛稱獅豬舌sai-ti-chi̍h。海鮮名菜之一。

【西班牙 se-pan-gê】 spain。國名。在法國之西南。～～～舞～～～bú⇨同上。

【西廂記 se-siu$^{n}$-kì】 古名劇本。才子書之一。記張君瑞與鶯鶯的戀愛故事。在平劇中卻以鶯鶯的婢女紅娘âng-niû爲戲牌。

【西遊記 se-iû-kì】 古小說名。所謂才子書之一。俗稱三藏取經sam-chōng chhú-keng。亦即孫悟空sun-ngō͘-khong的故事。

【西學堂 se-o̍h-tn̂g】 洋學校iû$^n$-ha̍k-hāu。～～～差不多都是教會起的～～～chha-put-to to-sī kāu-hōe khí-ê⇨洋學校幾乎皆教會蓋建的。

【西伯利亞 se-pek-lī-a】 Siberia。地名。古鮮卑sian-pi之地。今爲俄國領土。～～～～鐵路～～～～thih-lō͘⇨同上。

【西秦王爺 se-chîn-ông-iâ】 戲班的主神。

**se 紗** 薄絲布也。紡絲而織之。紡～pháng～⇨同上。綢～jiâu～⇨同上。棉絲亦曰紗se。棉～mî～⇨同上。布～pò͘～⇨同上。緊紡無好～，緊嫁無好大家kín-pháng bô hó～,kín-kè bô hó-tā-ke⇨好事寬辦hó-sū khoa$^n$-pān。喻做事不要急。

【紗心 se-sim】 油燈心iû-teng-sim。

【紗球 se-kiû】 手球。古以布或紙製之，孩童們於元宵玩之。逐家來耍～～ta̍k-ê lâi-sńg～～⇨大家來玩紗球。

【紗帽 se-bō】 貴人所戴的帽子。愛戴大頂～～ài-tì toā-téng～～⇨愛出風頭ài-chhut hong-thâu。創一頂大～～俾伊戴道可也chhòng chi̍t-téng toā～～hō͘-î tì tō-hó â⇨找一個大紗帽給他戴上了就好了，喻有個重責任給他責就可以。

【紗窗 se-thang】 紗簾的窗。～～拍開藉會涼～～phah-khui chiah-ē(ōe)-liâng⇨同上。

【紗鞅 se-iang】 捲線的小道具。用～～鞅線iōng(ēng)～～iang-soà$^n$⇨同上。

【紗廠 se-chhiú$^n$】 紡織工場 pháng-chi̍t kang-tiû$^n$。～～一下好趁道相爭起～～chit-ē hó-thàn tō sio-che$^n$(chi$^n$) khí⇨同上。

【紗線 se-soà$^n$】 綿線，縫衣線。

【紗羅 se-lô】 紗布。食的是山珍海味，穿的是～～紡絲chia̍h-ê sī(lī) san-tin-hái-bī, chhēng-ê sī(lī)～～pháng-si⇨喻豪富的生活。紗羅或作絲羅si-lô或作綾羅lêng-lô→lîn-lô，皆同。

**se 裟** 袈～ka～⇨僧衣。亦曰緇衣chu-i。幪袈～moa ka-se⇨和尙hoe-siū$^n$披袈裟。

**se 疏** 通也。分也。遠也。俗作疎so͘。～罔～亦是共祖的～bóng～a̍h-sī kāng-chó͘-ê⇨說不親是不甚親，不過還是同一祖先的。該種較～扲，未使得傷密ài chèng-khah～leh,bē(bōe) sái-tit siu$^n$ ba̍t⇨需要種疏一點，不能種過密。立苗欲～li̍p-biâu io̍k～⇨同上。眞～的親成chin～ê chhin-chiâ$^n$⇨同上。

【疏疏 se-se】 很疏。～～仔～～a⇨很疏。

**se 蔬** 草菜類的總稱。菜～chhài～⇨蔬菜類，又食桌上的副食品。亦讀so͘（見so͘部）。

**se 梳** 理頭髮也。頭無～面無洗，鴨仔出世無娘嬭thâu bô～bīn bô-sé, ah-á chhut-sì bô niû-lé⇨童謠。意爲沒梳頭，沒洗臉，像鴨仔，一出世就沒娘所致的。柴～chhâ～⇨同上。角～kak～⇨同上。

【梳粧 se-chng】 化粧hoà-chong。～～打扮～～tá$^n$-pān⇨整理頭面打扮身穿。～～台～～tâi⇨化粧台。～～盒～～a̍p⇨化粧箱。～～樓～～lâu⇨同上。

【梳齒 se-khí】 柴～～chhâ～～⇨同上。

【梳頭 se-thâu】 理頭髮。～～洗面抹粉點臙脂～～sé(sóe) bīn boah-hún tiám iân-chi⇨同上。

**se 恓** 煩惱也。我無妻時猶閒好，你無男時好孤～goá bû-chhe-sī iû hân-hó, lí bû-lâm-sî hó ko͘～⇨水滸傳。

**se 栖** 鳥居也。鷄～鳳凰食ke～hōng-hông si̍t⇨文天祥正氣歌。謂鳳凰被迫居在鷄稠中。

**sé 洗** 潔也。滌也。同洒sé。倩人～chhià$^n$-lâng～⇨同上。頭無梳面無～thâu bô-se, bīn bô～⇨喻家事忙。該～也ài～â⇨應該洗了。～無清氣～bô chheng-khì⇨洗得不乾淨。～未清～bē(bōe)-chheng⇨洗不掉。又月信來潮亦曰洗sé(sóe)。有來～ū-lâi～⇨有月信。有

來抡～ū-lâi teh-～⇨月信中。

【洗手 sé-chhiú】 ㊀潔手。～～面～～bīn⇨同上。㊁不再幹壞事。早道收脚～～也chá tō siu-kha～～ à⇨早就不幹了。

【洗米 sé-bí】 該～～煮飯也咯ài～～chí-pn̄g-ā lō͘⇨應該洗米煮飯了。隨人～～隨人落鼎sûi-lâng～～sûi-lâng lo̍h-tiá$^{n}$⇨各自立門戶，互不相涉。

【洗佛 sé-pu̍t】 浴佛。佛誕之日清洗佛像也。

【洗洗 sé-sé】 ～～掉～～tiāu⇨洗掉。～～抡道像新的也～～leh tō chhiū$^{n}$-sin-ê ā⇨洗淨了就像新的一樣了。

【洗浴 sé-e̍k】 ～～了藉睏較好睏～～liáu chiah khùn khah-hó-khùn⇨洗澡之後才睡較好睡。～～間～～keng⇨洗澡房。

【洗骨 sé-kut】 抾骨khioh-kut。先人葬後經過適當時機開墓將骨骸收起清洗之後重新改葬之，謂之洗骨sé-kut，或抾骨khioh-kut或抾金khioh-kim。抾khioh，收也。俗以拾sip作拾khioh。

【洗除 sé-tî】 ～～壞習慣～～hāi si̍p-koàn⇨同上。

【洗清 sé-chheng】 辯解。伊盒無法度～～也i ta$^{n}$ bô- hoat-tō͘～～ a⇨他而今沒辦法辯解了。

【洗嘴 sé-chhùi】 漱口～～sóa-kháu～～⇨同上。會曉偷食，未曉～～ē-hiáu thau-chia̍h, bē-hiáu～～⇨謂偷食了，卻不會掩蓋。

【洗褲 sé-khò͘】 摸蜊仔兼～～bong lâ-á kiam～～⇨喻一兼兩顧it-kiam liáng-kò͘。

【洗鋸 sé-kì】 磨利鋸齒。～～仔無許爾簡單～～á bô hiah-ní kán-tan⇨磨鋸之工作沒那麼簡單。

【洗頭 sé-thâu】 ～～兼修面～～kiam siu-bīn⇨同上。

【洗禮 sé-lé】 基督徒該受～～ki-tok-tô͘ ài siū～～⇨同上。

【洗盪 sé-tn̄g】 洗滌。身軀該～～sin-khu ài～～⇨身體必須常洗滌sián-te̍k。

【洗身軀 sé-sin-khu】 洗澡。查某人～～～止癢的藥草 cha-bó͘-lâng～～～chi-chiū$^{n}$ ê io̍h-chháu⇨四十外年前，有一狀如乞食的老人肩挑著石油箱，沿街如此叫賣。chi-chiū$^{n}$是雙關語。止chi與尼chi諧音。

【洗金仔 sé-kim-á】 採洗砂金。

【洗清氣 sé-chheng-khì】 ～～～也～～～ à⇨洗乾淨了。

**sé 洒** 同洗sé。但本來似有分別，例如洗指洗足sián-chiok。據稱左宗棠笑曾國藩，爲如夫人洗脚ûi-jî-hu-jîn sián-kiok，曾反擊他是賜同進士出身sù-tông-chīn-sū chhut-sin。洒指一般，朱子家訓中有洒掃庭除sé-sàu têng-tî等的用法。不過，今已混同，且多捨洒而用洗。又洒又同灑sé, sai(見sai部)。

**sé 所** 處所也。關係詞也。亦所só͘也。又官衙也。公共場～kong-kiōng tiû$^{n}$ só͘⇨同上。獲罪於天，無～禱也hek-chōe î-thian, bû～tó-iā⇨同上。場地官衙曰所só͘，關係詞曰所so͘，似乎多如此。

**sè 世** 一生也。時代也。世界的簡稱也。代代有交誼曰世 sè (見sì部)。人生在～jîn-seng chāi～⇨同上。人間～jîn-kan～⇨同上。入～出～ji̍p～chhut～⇨同上。萬萬～bān-bān～⇨同上。萬～代bān～tāi⇨同上。一～配你二～久，肥水無流別人區chi̍t～phòe-lí nn̄g～kú, pûi-chui bô-lâu pa̍t-lâng-khu⇨俚歌。

【世人 sè-jîn】 ～～結交須黃金，黃金不多交不深～～kiat-kau si n̂g-kim, n̂g-kim put-to kau-put-chhim⇨唐詩。

【世子 sè-chú】 王侯的嗣子。

【世上 sè-siāng(siōng)】 ～～無難事，只怕有心人～～bû lân-sū, chí-phà$^{n}$ iú-sim-jîn⇨同上。

【世兄 sè-heng】 世交朋友輩的子息。

【世代 sè-tāi】 ～～相傳～～siang(sio ng)-thoân ⇨同上。要好額該後～～也 boeh hó-giah ài āu～～ā⇨要大富需等到將來了。

【世交 sè-kau】 ～～的老朋友～～ê lāu-pêng-iú⇨同上。

【世系 sè-hē】 果無才幹，～～較好，亦無較差ká-bô chāi-kàn，～～khah-hó ah-bô，khah-chha(choā)⇨如果沒有才幹，世系再好也沒分別。

【世叔 sè-siok】 世交的父輩，較老者稱世伯sè-peh，較年輕者稱～～。

【世事 sè-sū】 人情～～禮尚往來jîn-chêng～～lé-siōng óng-lâi⇨同上。人情～～逮到夠，道該無鼎共無灶jîn-chêng～～tōe-kà-kàu, tō-ài bô-tiáⁿ kāng bô-chàu⇨謂人情世事皆陪逮pôe-tōe而應酬到充分的話，就要破產了。人生有酒杯杯醉，～～如棋局局新jîn-seng iú-chiú poe-poe-chùi, ～～jî-kî kiok-kiok sin⇨較新派的春聯。

【世界 sè-kài】 通～～每叡無你即扮的肨風龜thong～～mā chhōe-bô lí-chit-pān ê phòng-hong-ku⇨全世界也找不到你這樣的吹牛鬼。

【世紀 sè-kí】 二十～～的世界也jī-chap～～ê sè-kài à⇨二十世紀的世界了。

【世故 sè-kò】 人情～～jîn-chêng～～⇨社會生活上的人情習慣義理。

【世家 sè-ka】 ～～的婦人郎～～ê hū-jîn-lâng⇨同上。

【世務 sè-bū】 世間上的俗事。～～眞紛雜～～chin-hun-chap⇨俗事很多很紛亂。

【世情 sè-chêng】 看破～～khoàⁿ-phoà～～⇨同上。～～看冷暖，人心逐高低～～khoàⁿ léng-loán, jîn-sim tiok ko-te⇨謂世間的冷暖無定，人心卻皆在追逐勢利。

【世間 sè-kan】 社會，人生。～～是苦海～～sī khó-hái⇨人生似苦海。

【世景 sè-kéng】 ～～眞穲無當趁食～～chin-bái bô-tàng thàn-chiah⇨景氣很不好，沒法子討生活。

【世評 sè-phêng】 ～～對伊眞無好～～tùi-i chin-bô hó⇨世評對他非常不好。

【世路 sè-lō͘】 人生之路。～～坎碣無好行～～khàm-khiat bô-hó-kiâⁿ⇨世路崎嶇難行sè-lō͘ kî-khu lān-hêng。

【世道 sè-tō】 ～～人心～～jîn-sim⇨同上。

【世態 sè-thāi】 ～～炎涼～～iām-liâng⇨同上。

【世誼 sè-gī】 ～～之交～～chi kau⇨代代交誼。

【世襲 sè-sip】 ～～制度～～chè-tō͘ ⇨同上。

【世間人 sè-kan-lâng】 世人。

【世間事 sè-kan-sū(tāi)】 世務事。～～～，大其概仔大其概～～～tāi-kî-khài à tāi-kî-khài⇨謂世間事不必太認眞。

【世傳世 sè-thoân-sè】 一代傳過另一代。～～～也～～～á⇨同上。

**勢** sè 權力盛大也。氣焰khì-iām也。又外腎goā-sīn曰勢sè。形～hêng～⇨同上。財～châi～⇨同上。割～做太監koat～chò thài-kàm⇨同上。有～ū～⇨同上。靠～khò～⇨①依靠。②過信。來～洶湧lâi～hiong-ióng⇨同上。好～hó～⇨同上。歹～pháiⁿ～⇨同上。穲～面bái～bīn⇨①情勢不對。②工作手向不佳。地～tē～⇨同上。山～soaⁿ～⇨同上。水～chúi～⇨同上。身～浮沈sin～phû-tîm⇨同上。策馬～chhek-bé～⇨作應付事態的姿勢chu-sè。攻～kong～⇨同上。

【勢力 sè-lek】 ～～範圍～～hoān-ûi⇨同上。或讀sè-lat，非。

【勢利 sè-lī】 ～～眼～～gán⇨同上。

【勢面 sè-bīn】 形勢，樣子。看～～是老李較好khoà$^n$～～ sī láu-lí khah-hó⇨看樣子是老李較好。老陳恰如較有～～lāu-tân kah-ná khah-ū～～⇨老陳似乎較有勝面。

【勢頭 sè-thâu】 勢力。威權。講～～無人敢比並kóng～～ bô-lâng ká$^n$ pí-phēng⇨講勢頭沒人敢於比較。舉～～giâ～～⇨招出勢頭來壓制。品～～ 道品～～ 啥人抯驚你phín～～tō-phín～～siá$^n$-lâng teh-kia$^n$ lí⇨要依仗勢頭(來決雌雄)就依仗勢頭(來解決)誰人在懼怕你。

【勢不兩立 sè-put-liáng-li̍p】 形勢不兩立。勢sè或作誓sè。你死我活之爭也。

sè **誓** 約束也。共約以爲信也。信～旦旦sìn～tàn-tàn⇨同上。海～山盟hái～san-bêng⇨同上。宣～soan～⇨同上。

【誓文 sè-bûn】 共立～～kiōng-li̍p～～⇨同上。

【誓死 sè-sú】 決死。～～要報父仇～～iàu-pò hū-siû⇨同上。～～不從～～put-chiông⇨同上。

【誓詞 sè-sû】 恭讀～～kiong-tho̍k～～⇨同上。

【誓盟 sè-bêng】 立～～字li̍p～～jī⇨立誓盟書狀。

【誓願 sè-goān】 佛家發願立誓以防悔也。

【誓不兩立 sè-put-liáng-lip】 同勢不兩立。我合伊～～～～goá-kah-i～～～～⇨同上。

【誓不爲人 sè-put-ûi-jîn】 此仇不報，我～～～～chhú-siû put-pò, goá～～～～⇨同上。

sè **細** 小也。微也。粗chho͘的反語。亦細sòe也。無大無～bô-toā bô～⇨不大不小，責頑童不知長幼之序。大toā指序大sī-toā，亦即長輩tiáng-pòe，細sè指序細sī-sè，亦即幼輩。大～攏來toā～lóng-lâi⇨大小皆來。大～塌toā～lap⇨大的大，小的小，不平均。大～心toā～sim⇨偏心。膽大心～tá$^n$ toā sim～⇨同上。詳細siâng～⇨同上。仔～chú～⇨同上。

【細下 sè-ē】 sòe-ē大下～～toā-ē～～⇨打得重打得輕。拍超～～仔phah chiau～～á⇨打得很輕。

【細丈 sè-tiū$^n$】 sòe-tiū$^n$。大丈～～同齊到toā-tiū$^n$～～tâng-chê-kàu⇨同上。大丈，大姊的丈夫，細丈，小妹的丈夫。

【細心 sè-sim】 sòe-sim。同小心sió-sim。凡事都該～～ 該注意hoân-sū to-ài～～ ài chù-ì⇨什麼事情都應該小心注意。

【細目 sè-ba̍k】 sòe-ba̍k。大綱先定～～後次藉來檢討tāi-kang seng-tēng～～ āu-chhù chiah-lâi kiám-thó⇨同上。

【細本 sè-pún】 sòe-pún。㊀小資本。～～商理～～ seng-lí⇨同上。㊁小型的書或簿冊。～～簿仔～～phō͘-á⇨小册子。

【細囝 sè-kiá$^n$】 小兒。～～想乳也會哮，阿娘仔想君目屎流～～siū$^n$-ni iā-ē-háu, a-niû-á siū$^n$-kun ba̍k-sái-lâu⇨民歌。

【細尾 sè-bóe】 魚類之較小者。人事亦同。大尾的毋咬釣～～的踋踋趒toā-bóe-ê m̄-kā-tiò～～ê phut-phut-tiô⇨謂大魚不上鈎，小魚卻躍躍欲試。喻有力量者不肯挺身而出，無作用的小輩都躍躍欲試。

【細作 sè-chok】 sòe-choh。間細kan-sè(sòe)。掠著～～lia̍h-tio̍h～～⇨同上。

【細妗 sè-kīm】 母之弟妻。娶～～仔chhoā～～á⇨迎娶弟妻(在姊之立場)。

【細君 sè-kun】 牽手khan-chhiú也。妻之愛稱。漢代的幽默大師東方朔tong-hong-sok在御宴中，私藏美食於衣袖，帝覺之，笑責以自己論罪。朔曰：歸遺細君，又何仁也。蓋王爲君。細君乃小王也。此詞較諸當今流行的太太或太座等詞，實在既尊貴，亦雅甚矣。

【細辛 sè-sin】 sòe-sin。植物名。

【細叔 sè-chek】 sè-chek。夫之弟。兄嫂～～hia$^n$-só～～⇨同上。

【細按 sè-àn】 詳細檢討。～～事件的經過～～sū-kiā$^n$ ê keng-kòe(kè)⇨同上。

【細査 sè-cha】 sòe-chhâ。～～內幕～～lāi-bō·⇨同上。

【細則 sè-chek】 sòe-chek。辦事～～pān-sū～～⇨同上。

【細食 sè-chia̍h】 小食。愈老愈～～jú-lāu jú～～⇨越老食量越少o̍at lāu si̍t-liāng (liōng) o̍at chió⇨同上。

【細姨 sè-î】 sòe-î。小阿姨。～～母～～bó⇨同前。～～仔～～á⇨妾侍。娶～～chhoā～～⇨娶小妾。

【細格 sè-keh】 sòe-koeh。大格種～～種 toā-keh(koeh) chéng～～chéng⇨體型大的種類與小的種類。

【細軟 sè-nńg】 sòe-nńg。衣物或小件的用品。～～該大先款款抮～～ài-tāi-seng khoán-khoán-leh⇨衣物小東西要先行整理妥當。

【細菌 sè-khún】 sòe-khún。病攏是～～抮作怪的pē$^n$(pī$^n$) lóng-sī～～teh chok-koài-ê⇨病皆是細菌在作怪的。

【細腰 sè-io】 sòe-io。楚王愛～～宮中多餓鬼chhó·-ông ài～～，kiong-tiong to gō-kúi⇨同上。

【細詳 sè-siâng】 sòe-siông。詳細。

【細察 sè-chhat】 sòe-chhat。～～原因～～goân-in⇨同上。

【細膩 sè-jī】 sòe-jī。做人眞～～chò(chòe)-lâng chin～～⇨做人很客氣(有禮)。做事逐項該～～chò(chòe)-sū ta̍k-hāng ài～～⇨做事每一事都要小心謹愼。對彼款人免～～tùi hit-khoán-lâng bián～～⇨對他那種東西不用客氣。

【細嬰 sè-e$^n$】 sòe-i$^n$。小孩兒。又孩兒氣。猶眞～～抮iáu chin～～leh⇨還是很孩兒氣也。

【細聲 sè-sia$^n$】 sòe-sia$^n$。講話該較～～抮kóng-ōe ài khah～～leh⇨說話要小聲些。

**sè 逝** 亡也。去也。亦逝sī也。仙～sian～⇨死亡的美辭。

**sè 貰** 貸也。賖sia也。

**sè 撕** 掃投曰撕sè，打亦曰撕sè，鬪技亦曰撕sè。～落地～lo̍h-tē⇨掃落地。～破玻璃～phoà po-lê⇨打破玻璃。～象棋～chhiū$^n$-kî⇨賽象棋。～看抮藉會知～khoà$^n$-leh chiah ē(ōe) chai⇨比鬥一下看看才能夠知道。用棍仔～落去iōng-kùn-á～lo̍h-khì⇨以棍棒打下去。

**sè 賽** 比也。爭也。相～說sa$^n$～seh⇨爭相說明。～十點半～cha̍p-tiám-poà$^n$⇨一種賭博。～六猴～la̍k-kâu⇨賭博名。～價～kè⇨爭喊高價。

**sè 筮** 決也。用龜決曰卜pok，用蓍決曰筮sè。卜～pok～⇨同上。龜～ku～⇨同上。蓍si，草名，卜筮所用也。

**sè 噬** 齧giat也。啗tām也。～臍之悔～chê chi hóe⇨無可補救之悔。～臍何及～chê hô-kip⇨後悔已遲。

**sê 垂** 物下縋tūi曰垂sè，亦垂sôe也。頷～ām～⇨孩兒的頸圍巾，以防口水汚胸前者。

**sē 迣** 超也。踰也。周行曰迣sē, sōe，旋轉亦曰迣sē, sōe。玲瑯～lin-long～⇨旋轉得如玲瑯一樣。玲瑯lin-long爲一種孩童玩具，亦稱玲瑯鼓lin-long-kó·。～一輪該十分鐘～chi̍t-liàn ài cha̍p-hun-cheng⇨周行一輪需十分鐘。翺翺～gô-gô～⇨連續旋轉。

【迣街 sē(sōe)-ke(koe)】 逛街。遊街。逐日都～～迣了每懶ta̍k-ji̍t to～～se(sōe)-liáu māh lán⇨每天都逛街，逛得也討厭了。媽祖婆～～má-chó·-pô～～⇨媽祖神像隊的遊行。

【迣金龜 sē(sōe)-kim-ku】 金龜一種甲蟲，頑童捉之，以線繫其足，執另一端而任其飛翔，曰sē-kim-ku。喩徒勞而無功。未輸抮～～～呢

bē(bōe)-su teh ～～～ nī⇨好像在sē-kim-ku，喻忙得不得了而無功效。

【迣輪轉 sē(sōe)-lián-tńg】 轉向。轉回頭。等待尖山來～～～，則合我君來睏共床tán-thāi chiam-soa$^{n}$ lâi～～～, chiah kah goá-kun lâi khùn-kāng-chhn̂g⇨恒春調。

【迣獅尾螺 sē(sōe)-sai-bóe-lê】 喻太慘了。被伊變到～～～～hō·-i pì$^{n}$-kà～～～～⇨被他弄到叫苦連天kiò-khó· liân-thian。或謂應作：事獅尾螺sū-sai-bóe-lê，義同。

sē
涚 水下縋曰流sē，亦曰sōe(見soe部)。水一滴一滴泄出不停也。昨暝～到㑑也cha-mê～kàu ta$^{n}$ a⇨昨夜說至今了。食許的鰔魚頭道該流許的黃～水chiah hiah-ê kiâm-hî-thâu tō-āi lâu hiah-ê n̂g～chúi⇨喻因果相報。黃涚水n̂g-sōe-chúi，膿水也。

## se$^{n}$

se$^{n}$
生 產生也。死之對，活也。產出也。發出也。～不如死～put-jî(jû)-sì⇨同上。有～道有死ū～to-ū-sí⇨同上。有～有死，無～無死，免～免死ū～ū-sí, bô～bô-sí, bián～bián-sí⇨同上。～較贏死～khah-iâ$^{n}$-sí⇨活著比死好。人～咱，咱～人lâng～lán lán～lâng⇨別人生我們，我們生別人。～的且一邊，養的較大天～ê chhiá$^{n}$-chıt-pi$^{n}$, iú$^{n}$-ê khah-toā-thi$^{n}$⇨謂親生的父母先退在一邊，養育的父母恩大如天。養的iú$^{n}$-ê同飼的chhī-ê。貪～怕死tham～phā$^{n}$-sí⇨同上。～鷄卵的無，放鷄屎的了了～ke-nn̄g-ê bô, pàng-ke-sái-ê liáu-liáu⇨喻成事者少敗事者多。

【生日 se$^{n}$-jıt】 做～～chò～～⇨慶祝誕辰khèng-chiok tān-sîn。

【生父 se$^{n}$-hū(pē)】 到大人也，～～藉來贖身轉去kà toā-lâng-á, ～～chiah-lâi siok-sin tńg-khì⇨到長大了，親生父才來買她回去。

【生母 se$^{n}$-bó】 si$^{n}$-bú。～～再嫁，阿媽飼大的～～chài-kè, a-má chhī-toā-ê⇨生母再嫁人，由祖母養育成人。

【生肉 se$^{n}$-bah】 老傷口逐漸癒合。扲～～也，敢得未好也teh～～à, ká$^{n}$ tit-beh-hó-à⇨在增新肉了，恐怕快要好了。又指肥壯。較食都未～～khah-chiah to bē(bōe)～～⇨怎麼吃都肥不起來。

【生成 se$^{n}$-chiâ$^{n}$】 同生成sen-sêng。

【生囝 se$^{n}$-kiá$^{n}$】 生子。偷～～thau～～⇨未婚而生子。

【生成 se$^{n}$-sêng】 ～～安爾～～an-ne(ni)⇨本來就如此。

【生死 se$^{n}$-sí】 拚～～piàn～～⇨同上。

【生尾 se$^{n}$-bóe】 後遺症hō·-ûi-chèng。無緊解決會～～bô-kín-kái-koat ē～～⇨同上。

【生門 se$^{n}$-mn̂g】 ～～猶未開～～á-bōe(bē)-khui⇨謂孩兒出生的時候還未到。

【生疥 se$^{n}$-kè】 疥kè是傳染性的皮膚病。未輸～～的癢到當未稠bē-sū～～ê chiū$^{n}$-kà tòng-bē-tiâu⇨恰如生疥的一樣，痒得不得了。

【生相 se$^{n}$-siù$^{n}$】 十二～～chap-jī～～⇨同上。

【生根 se$^{n}$-kin】 發根。頭～～，尾落釘，大人囡仔興thâu～～, bóe loh-tèng, toā-lâng gín-á hèng⇨猜謎題，謎底是土豆thô·-tāu，又名落花生lok-hoa-seng。

【生涎 se$^{n}$-siân】 知長輩藏有某東西(多指食的)而故示親蜜要之曰生涎se$^{n}$-siân，長輩無奈罵聲罔㑑～～bóng-gâu～～而予之。

【生菰 se$^{n}$-ko·】 發黴。～～臭醴也～～chhàu-phú-à⇨物腐敗了。又久別的朋友重逢時的戲謔詞。㑑多敢～～也ta$^{n}$ to-ká$^{n}$～～a⇨現在恐怕生菰了。喻時逾太久了。

【生痛 se$^{n}$-thià$^{n}$】 內外的病苦。～～是難免的～～sī lân-bián-ê⇨同上。

【生話 se$^n$-ōe】 造謠。烏白～～會害死人o·-pe̍h～～ē(ōe)-hāi-sí-lâng⇨亂造謠言會害死人。

【生湠 se$^n$-thoà$^n$】 繁殖。放伊去～～pàng-i-khì～～⇨放生。老鼠仔上恔～～niáu-chhí-á siāng(siōng)-gâu～～⇨老鼠最會繁殖。

【生銑 se$^n$-sian】 拭無焦煞～～去chhit bô-ta soah～～khì⇨拭得不乾終致生銹了。

【生甕 se$^n$-àng】 腹鼓漲病。腹肚大到如～～的pak-tó· toā-kà-ná～～ê⇨肚子大得像生甕的。

【生蟲 se$^n$-thâng】 ㊀生物腐爛而生小蟲。死狗～～也sí-káu～～ā⇨死狗生蟲了。㊁同生涎se$^n$-siân。莫抄～～mài teh～～⇨勿多事,勿嚕囌。

【生癬 se$^n$-sián】 垃圾鬼不藉會～～lah-sap-kúi m̄-chiah ē～～⇨同上。

【生未過 se$^n$-bē-kòe】 謂年歲太接近做不了父母輩。～～～喏,差無幾歲嘛～～～nò·,chha-bô-kúi-hòe mà⇨同上。

【生死門 se$^n$-sí-mn̂g】 ㊀秘訣pì-koat,訣竅koat-khiàu。～～～都學無著～～～to o̍h-bô-tio̍h⇨訣竅皆沒有學到。㊁要害的所在。性命根的所在道是～～～sè$^n$-miā-kin ê só·-chāi tō-sī～～～⇨同上。

【生死路 se$^n$-sí-lō】 雙手闢開～～～,一刀割斷是非根siang-chhiú phek-khui～～～,it-to koat-toān sī-hui-kin⇨據說:朱洪武chu-hông-bú曾爲閹豬的作此春聯。

【生樣仔 se$^n$-soāi$^n$-á】 喻生橫痃 hoâi$^n$-hiân。樣仔soāi$^n$-á就是芒果mông-kó或作檬果mông-kó。

【生孔生縫 se$^n$-khang-se$^n$-phāng】 枝節多。～～～～連鞭安爾,連鞭安爾,要安怎創都不知影～～～～liâm-pi$^n$ an-ne(ni), liâm-pi$^n$ án-nè(nì), boeh an-choá$^n$-chhòng to m̄-chai-iá$^n$⇨一會兒這樣子,一會兒又那樣子,枝節很多,到底該如何辦理都弄不清楚。後安爾改讀án-nè。

【生毛帶角 se$^n$-mo-tài-kak】 喻非善類。見交攏每許的～～～～的kiàn-kau lóng-mā hiah-ê～～～～ê⇨所有交往(之人)都是那些不三不四的。

【生言造語 se$^n$-giân-chō-gí(gú)】 揑造謠言。～～～～害死人免用刀～～～～hāi-sí-lâng bián-iōng-to⇨謂謠言害人較刀殺人更厲害。

【生枝造葉 se$^n$-ki-chō-hio̍h】 同生言造語。～～～～無影無跡的亦講到有一枝柄～～～～bô-iá$^n$-bô-chiah-ê a̍h-kóng-kà ū chi̍t-ki-pè$^n$⇨生枝造葉,無事實的也講到有形有象。

**銑** se$^n$ 初鍊之鐵。亦即銑鐵se$^n$-thi̍h,亦曰生鐵si$^n$-thi̍h。鑄～chù～⇨鑄造銑鐵器具。⇨銑si$^n$。

【銑鍋 se$^n$-oe】 用～～炕較快熟iōng～～khòng khah-khoài-se̍k⇨同上。

【銑爐 se$^n$-lô·】 煮鐵爐chí-thih-lô。坩堝kham-ko也。

**省** sé$^n$ 約也。減少也。節～chiat～⇨同上。儉～khiām～⇨同上。有較～ū khah～⇨同上。每日會得～百外元múi-ji̍t ē(ōe)-tit～pah-goā-oân(kho·)⇨每天能夠省上一百塊以上。會～從～,未～得的不當～ē(ōe)～chiông～,bē(bōe)～tit-ê m̄-thang～⇨能夠省的就省下來,不能免的就不可省。又行政單位名稱。古有尚書～siāng(siong)-si(su)～,中書～tiong-si(su)～等,今有四川～sù-chhoan～,山東～soa$^n$-tang(san-tong)～等等。日本亦用爲內閣各部名稱,例如內務～lōe(lāi)-bū～⇨內政部,外務～goā-bū～⇨外交部等等。

【省力 sé$^n$-la̍t】 不費力。愛～～道該無惜工ài～～tō-ài bô-sioh-kang⇨不高興用力就必需多用時間。

【省工 sé$^n$-kang】 減工,偷工。曷當～～a̍hthang～～⇨不可以省工。

【省方 sé$^{n}$-hong】 省方面——省府。～～正抄研究～～chià$^{n}$-teh gián-kiù⇨省方正在研究中。

【省分 se$^{n}$-hūn】 省的區域。不知流浪到甚麼～～去也m̄-chai liû-lōng-kā sa-ma ～～khì-ā⇨不知流浪到什麼省去了。

【省令 sé$^{n}$-lēng】 省行政命令。～～不能抵觸法律～～put-lêng tí-chhiok hoat-lu̍t⇨同上。

【省立 sé$^{n}$-li̍p】 ～～的較有本～～ê khah-ū-pún⇨省立的(機關學校)比較有經費。

【省府 sé$^{n}$-hú】 省政府之省詞。～～的大小官員～～ê toā-sió koa$^{n}$-oân⇨同上。

【省事 sé$^{n}$-sū】 減少麻煩。～～事省～～sū-sé$^{n}$⇨減少麻煩就沒有麻煩。

【省長 sé$^{n}$-tiú$^{n}$】 ～～應該是民選正是民主～～èng-kai sī bîn-soán chià$^{n}$-sī bîn-chú⇨此政見已於一九九四年成為事實。

【省政 sé$^{n}$-chèng】 省的政務。～～上軌道官員道較不敢貪汚～～chiū$^{n}$-kúi-tō koa$^{n}$-oân tō-khah-m̄-ká$^{n}$ tham-u⇨同上。

【省料 sé$^{n}$-liāu】 ～～結果道是省錢～～kiat-kó to-sī sé$^{n}$-chî$^{n}$⇨同上。

【省賬 sé$^{n}$-siàu】 畧同省事。安爾較～～an-ne(ní) khah～～⇨如此較免麻煩。

【省錢 sé$^{n}$-chî$^{n}$】 減少金錢。～～無較好～～bô khah hó⇨省錢並不較好。

【省政府 sé$^{n}$-chèng-hú】 ～～～管理省政～～～koán-lí sé$^{n}$-chèng⇨同上。

【省議員 sé$^{n}$-gī-oân】 ～～～組織省議會～～～cho·-chit sé$^{n}$-gī-hōe⇨同上。

【省議會 sé$^{n}$-gī-hōe】 省預算該～～～通過藉會用得實施sé$^{n}$ ī-soàn ài ～～～ thong-kòe chiàh ē(ōe)-iōng-tit si̍t-si⇨同上。

**sè$^{n}$ 性** 自然之性sèng也(見seng部)。無記～bô-kì～⇨記憶力差。熨死～ut-sí～⇨熨得平的平，該糾的有糾，熨得十分成功。熨無死～ut-bô-sí～⇨熨得不好。

【性命 sè$^{n}$-miā】 生命seng-bēng。咱人的～～是暫時的lán-lâng ê～～sī chiām-sî-ê⇨我們人類的生命是暫時的。咱人～～無定著，一寸光陰著寶惜lán-lâng～～bô-tiā$^{n}$-tio̍h, chi̍t-chhùn kong-im tio̍h pó-sioh⇨基督教讚美詩句。謂人類的生命長短不定，所以一寸的小光陰也應該珍惜之。

**sè$^{n}$ 姓** 人所生也。字姓也。生以賜～seng í sù～⇨謂古代人出世即由天子賜予姓氏。大～小～toā～sió～⇨族大人多為大姓toā-sè$^{n}$，反之為小姓sió-sè$^{n}$。雜～仔cha̍p～á⇨不屬大姓的其他小姓。又同雜種仔chap-chéng-á，舊雜姓仔亦即不同姓氏之子。百家～pah-ke～⇨一本姓氏大全的書。共名無共～kāng-miâ bô-kāng～⇨同名不同姓。共～無共宗kāng～bô-kāng-chong⇨同姓不同宗。

## seh

**seh 雪** 風雪hong-seh的雪。雪soat也。落～lo̍h～⇨同上。霜～sng～⇨同上。亦雪soeh也(見soat部)。

【雪片 seh-phì$^{n}$】 soat-phiàn。

【雪花 seh-hoe】 落～～lo̍h～～⇨同上。

【雪柑 seh-kam】 soat-kam。

【雪帽 seh-bō】 冬帽。戴～～較燒tì～～khah sio⇨同上。

【雪鞋 seh-ê(ôe)】 穿～～戴雪帽chhēng～～tì seh-bō⇨同上。

**seh 屑** 細微者曰屑seh，被遺棄的小物亦曰屑seh。扱～khioh～⇨拾遺。扱䄀～khioh tiū～⇨拾遺穗。䄀tiū，同稻tiū。

**seh 說** 講也。亦說soeh也。黑白～o·-peh～⇨黑白講。亂～一場loān～chi̍t-tiû$^{n}$⇨同上。

【說明 seh-bêng】 soeh-bêng。聽伊～～也

是有道理thia$^{n}$-i～～ia̍h-sī ū tō-lí⇨同上。

【說笑 seh-chhiò】 soeh-chhiò。講笑話。

【說破 seh-phoà】 soeh-phoà。～～不值半個錢～～m̄ tat poà$^{n}$-ê-chî$^{n}$⇨同上。

【說情 seh-chêng】 soeh-chêng。請寬恕。認錯。替人～～thè-lâng～～⇨同上。說無情seh-bô-chêng⇨得不到人情。

【說教 soat-kàu】 soat-kàu。㊀宣布宗教教義。㊁訓斥。被個老父～～hō· in-lāu-pē～～⇨被他老爸訓斥。⇨soat-kàu。

【說話 seh-ōe】 soeh-ōe。～～該負責～～ài hū-chek⇨同上。

【說說 seh-seh】 soeh-soeh。口裡講。伊是～～耳i sī～～niâ⇨他只是說說而已。

【說耽 seh-tā$^{n}$】 soeh-tā$^{n}$。講錯。～～去藉會誤會～～khì chiah ē gō-hōe⇨說錯了才致誤會。

【說錯 seh-chhò】 soeh-chhò。同說耽seh-ta$^{n}$。

【說謝 seh-siā】 soeh-siā。該共人～～ài kā-lâng～～⇨要與人說謝。共人ka-lâng或連為kâng。

【說多謝 seh-to-siā】 soeh-to-siā。表明感謝。攏有去～～～也lóng-ū-khì～～～ā⇨皆去謝謝過了。

**seh 黍** 穀類之一。～仔米～a-bí⇨同上。番～hoan～⇨同上。角～kak～⇨投江以祭屈原者，今曰粽chàng。

**se̍h 迣** 通⿺走世se̍h。

**se̍h ⿺走世** 超逾也。跳也。周遊曰⿺走世se̍h，同迣，趄，踊sē。四界～sì-kè～⇨四處遊。正～chià$^{n}$～⇨循錶針的方向也。反之曰倒～tò～⇨同上。做街～chò-ke～⇨當街上的流浪人。俗或以踅作⿺走世或迣seh，非踅音theh或soa̍t，一足行或旋倒也。

【⿺走世街 se̍h-ke】 逛街kóng-ke。伴阿姑去～～phoā$^{n}$ a-ko· khì～～⇨陪伴姑母逛街。

【⿺走世金龜 se̍h-kim-ku】 喻相摔路sio(sa$^{n}$)-sut-lō·。未輸得～～～爾bē-su teh～～～leh⇨宛然似趫金龜一樣（逢不到）。

【⿺走世輾轉 se̍h-liàn-tńg】 se̍h-lìn-tńg。一迴轉。等待尖山仔～～～，藉合我君仔睏共床tán-thāi chiam-soa$^{n}$-á～～～，chiah kah goá-kun-á khùn-kāng-chhn̂g⇨恒春調。

**se̍h 跇** 通⿺走世se̍h。

## sek

**sek 色** 五彩也。女色也。氣現於眉間曰色。金銀之成分曰色。物之種類亦曰色。英雄本～eng-hiông pún～⇨同上。食～性也si̍t～sèng-iá⇨同上。面有菜～biān iú chhài～⇨同上。成～sêng～⇨金銀的成分。雜～貨cha̍p～hōe⇨各種貨色。非名牌貨。

【色水 sek-chúi】 色澤。～～做了眞嬌～～chò-liáu chin kiau⇨色澤配得很嬌艷。～～有較暗～～ū khah àm⇨色彩比較不夠明艷。～～較淺～～khah chhián⇨色過薄。～～該較深哩～～ài khah chhim lih⇨色水要深些。

【色目 sek-bak】 色迷迷的眼光。你的～～所看，逐個查某都未輸抄脫衣舞抄lí ê～～só·-khoà$^{n}$, ta̍k-ê cha-bó· to bē-su teh thoat-i-bú leh⇨你那色目看起來每一個女的都恰如在跳脫衣舞一樣嗎。又洋人的眼。～～人～～jîn⇨古時洋人在中國者。

【色地 sek-tē】 顏色。即類～～較罕抄看見chit-lōe～～khah hán-leh khoà$^{n}$-ì$^{n}$⇨這種色地比較少見。

【色身 sek-sin】 佛家語。指充滿着所謂七情六慾的肉體。

【色盲 sek-bông】 一種眼病。不能辨別色彩。

～～的人駛車較危險 ～～ê lâng sái-chhia khah ûi-hiám⇨同上。

【色風 sek-hong】 房事中的一種突發病症，即所謂上馬風chiūⁿ bé -hong也。

【色相 sek-siàng】 佛家語。指有形有體的凡塵世界的一切。～～無邊 ～～ bû-pian⇨佛家語。

【色迷 sek-bê】 迷戀於女色。

【色紙 sek-choá】 染色紙。

【色鬼 sek-kúi】 色中餓鬼sek-tiong-ngō-kúi。亦曰色魔sek-mô。

【色狼 sek-lông】 色鬼之更蠻強者。

【色素 sek-sò͘】 色料。食品加～～的無啥好 sit-phín ka～～ê bô-siáⁿ-hó⇨同上。

【色情 sek-chêng】 ～～小說～～siáu-soat⇨以黃色爲主的小說。

【色慾 sek-iok】 ～～過多 ～～ kòe-to⇨同上。

【色澤 sek-tek】 顏色。光澤。

【色緻 sek-tī】 色彩。即副魚子眞雋，～～有夠蠟chit hù hî-chí chin chán, ～～ū-kàu lah⇨這付烏魚子很好，色緻十分像蠟。

【色膽 sek-táⁿ】 ～～包天～～pau-thian⇨喻好色者的膽大妄爲。

【色藝 sek-gē】 ～～俱佳～～kī-ka⇨謂演員的容貌與演技都甚好。

sek **式** 法也。模範也。法～hoat～⇨同上。儀～gī～⇨禮儀範式。母儀足～bó-gī-chiok～⇨母親的風儀，足以爲模範也。

sek **錫** 金屬的一種。俗曰siah。與也，通賜。和尚所用的錫杖省稱曰錫sek。駐～chū～⇨僧人停留。

【錫杖 sek-tiāng】 僧人所持之手杖。亦謂禪杖siân-tiāng。

sek **室** 屋也。家也。在～女chāi～lí⇨在家未出嫁之少女。→chāi-chit-lí。

sek **釋** 說明也。赦也。消散也。釋迦的省稱。解～kái～⇨同上。誤解冰～也gō͘-kái peng～à⇨同上。儒道～三教jû tō～sam-kàu⇨中國之三大宗教。

【釋氏 sek-sī】 佛。佛教。歸依～～kui-i～～⇨歸依佛教。

【釋放 sek-hòng】 免罪～～bián-chōe～～⇨因被判無免而獲得釋放。

【釋典 sek-tián】 佛教的經典。

【釋迦 sek-ka】 ～～牟尼 ～～ mo-nî的省稱。佛教的始祖。亦叫sek-kia，sek-kia-mo-nî。～～佛～～hut⇨同上。～～果～～kó⇨番荔枝。～～梨～～lâi⇨釋迦果。

【釋家 sek-ka】 佛門，佛家，釋氏。

【釋奠 sek-tiān】 祭拜先聖先祖的儀式。

【釋義 sek-gī】 解說意義。

【釋疑 sek-gî】 疑問冰消。

sek **飾** 增加美華也。虛假也。裝～chong～⇨同上。服～hok～⇨同上。文～bûn～⇨同上。

sek **昔** 古也。以往也。今～kim～⇨今與古。往～óng～⇨同上。

【昔人 sek-jîn】 往者之人。古人。

【昔日 sek-jit】 ～～舊遊～～kiū-iû⇨往日曾遊之地。往日舊交之友。

【昔時賢文 sek-sī-hiân-bûn】 書名。一種教育性的佳言集。往日多見於鄉村。

sek **惜** 痛也。憐也。悋也(見sioh部)。憐～lîn～⇨同上。痛～thòng～⇨同上。敬～kèng～⇨同上。

【惜字 sek-jī】 敬惜字紙。古人以字爲孔子所創，應加尊敬，而字寫在紙上，故紙亦應敬惜之，孔學思想的具體表現。～～亭～～têng⇨惜字人氏焚燒字紙的小亭。

【惜別 sek-piat】 不忍分離。～～宴～～iàn⇨惜別離的聚會。餞別會chiān-piat-hōe。

【惜春 sek-chhun】 紅樓夢中的美麗小姐名。

**sek 悉** 盡也。詳也。知也。大函敬～tāi-hâm kèng～⇨書信常用語。知～ti～⇨皆知道了。未～貴意如何bī～kùi-ī jî(jû)-hô⇨同上。

【悉心 sek-sim】 盡心。～～栽培～～chhai-pôe⇨同上。

【悉數 sek-sò͘】 一一。全部。～～歸公～～kui-kong⇨同上。

**sek 蟋** 蟋蟀sek-sut。昆虫名。亦名促織chhiok-chit。俗名杜猴tō͘-kâu或杜伯也tō͘-peh-á。其較小型翅較黑善鬪者曰烏龍也o͘-liông-á，鬪蟋蟀者即此類。

**sek 識** 知也。別是非也。智～tì～⇨同上。常～siâng～⇨同上。良～liâng～⇨同上。認～jīm～⇨同上。見～kiàn～⇨同上。

【識見不凡 sek-kiàn-put-hoân】 見識高超。

**sek 息** 亦讀sit（見sit部）。兒子也。利子也。休止也。呼吸也。子～chú～⇨同上。利～lī～⇨同上。休～hiu～⇨同上。喘～chhoán～⇨同上。瞬～萬變sùn～bān-piàn⇨同上。消～siau～⇨同上。

【息影 sek(set)-éng】 閑居。～～林下～～lîm-hē(hā)⇨同上。

【息事寧人 set-sū-lêng-jîn】 息爭端而平安相處。

**sek 媳** 子之妻也。兒～jî～⇨同上。媳婦sı̍t-hū→sim-pū。

**sek 塞** 窒礙也。抵補也。頓開茅～tūn-khai mâu～⇨同上。道路阻～tō-lō͘ chó͘～⇨道路不通。抵～責任tí～chek-jīm⇨抵補責任。

**sek 穡** 稼穡kē-sek也，農事也。

**sek 熟** 果實已成熟sêng-sek。技藝夠圓熟，老成。火候已十足等皆曰熟sek,是第四聲，與第八聲的se̍k有別。俗語曰夠水kàu-chúi。果實夠水了曰有夠～也ū kàu～à⇨夠sek的果子採食，十分好吃。又少女十分夠資格出嫁了，曰眞sek也，該嫁也chin～à, āi kè à⇨夠大了，應該快出嫁了。又師兄弟較量，師兄畧佔優勢曰工夫有較～kang-hu ū khah～。又磁器燒得夠火候曰燒了眞～sio-liáu chin～。

【熟水 sek-chúi】 亦即俗曰夠水kàu-chúi。眞～～也chin～～à⇨同上。

【熟鬼 sek-kúi】 鬼靈精。～～行暗路～～kiâⁿ àm-lō͘⇨喻可以得心應手。

【熟骨 sek-kut】 老成。有較少年，不過眞～～也ū khah siàu-liân, put-kò chin～～à⇨比較年少是眞的，不過很老成了。又作熟鬼sek-kúi解。伊是眞～～也，乎你未騙得也i sī chin～～à, hō͘ lí bē-phiàn tit à⇨他是很老練的，你騙不了他了。

【熟猴 sek-kâu】 老江湖，老狐狸，老嫖客。彼隻～～乎你食曷會去hit-chiah～～hō͘ lí chia̍h-a̍h-ē-khì⇨那只老熟猴，你那裡吃得了他。

【熟熟人 sek-sek-lâng】 精明之人。～～～買着一個漏酒甕～～～bé(bóe)-tio̍h chı̍t-ê lāu-chiú-àng⇨精明人竟買得一個漏酒的破酒甕。喻精明人亦難免時有失察。

【熟皮戇餡 sek-phôe-gōng-āⁿ】 外表好看內裡是壞的。亦說熟皮包戇餡sek-phôe pau gōng-āⁿ。

【熟牛沕犂後 sek-gū-bih-lê-āu】 老練的牛匿於犂後以免於拖犂。喻狡猾者藉機會逃避責任。沕bih，潛藏也。

【熟的食戇的 sek-ê-chia̍h-gōng-ē】 老江湖吃老實人。～～～～～，戇的食天食地～～～～～gōng-ē chia̍h-thiⁿ-chia̍h-tē⇨謂賢者食於愚者，愚者却仰食於天地。喻愚者亦自有其生存之路。

**sek 瑟** 古樂器名。琴～和鳴khîm～hô-bêng⇨喻夫妻之和協

【瑟瑟 sek-sek】 風聲。

**sek 析** 破木也，分也。分開也。解釋事理也。分解也。分～hun～⇨分離。分～化學hun

～hoâ-hak⇨同上。解～幾何學kái～kî-hô-hak⇨同上。

**sek 拭** 以巾去垢也。時時勤拂～以免積塵埃sî-sî khîn hut～í bián chek tîn-ai⇨同上。

【拭目 sek-bok】 喻期待，先拭其目以觀看清楚。～～傾耳～～kheng-ní(jī)⇨同上。～～以待～～í-thāi⇨同上。

【拭淚 sek-lī(lē)】 同抆淚。近來訃告上，多親者用抆，疏者用拭，則亦似有別。

**sek 軾** 車前的橫木也，遇賢者可憑以行禮。蘇～so͘～⇨蘇東坡的正名。

**sek 嗇** 貪也。有餘而不肯用曰吝～līn～⇨同上。按女人積私家錢曰seh-sai-khia或seh-chō-sai-khia的seh疑即嗇sek的變音。例如嗇於褲頭seh tī-khò͘-thâu。嗇於腰肚seh tī io-tó͘等是。私錢曰私敧sai-khia,貪而私嗇者也。

【嗇夫 sek-hu】 田夫。又古代主幣之官。

**sek 適** 往也。偶然也。當然也。時事法等互相吻合曰適sek。女子出嫁曰適sek。胡～ô͘～⇨名人。提唱新語文新文學而有名。有不肖者戲譯其名爲新語文曰，往那裡去。蓋胡適又稱胡適之ô͘-sek-chi也。

【適人 sek-jîn】 女子出嫁。古禮嫁給大夫以上曰嫁。嫁給庶人(一般大衆)曰適人。

【適用 sek-iōng】 法律名詞。～～刑法第幾條之規定～～hêng-hoat tē-kúi-tiâu-chi kui-tēng⇨同上。

【適合 sek-hap】 合。即台鐵馬眞～～我用chit-tâi thih-bé chin ～～ goá-iōng⇨這輛自行車很適合我用。

【適當 sek-tòng】 恰如其事也。～～的處分～～ê chhì-hun⇨同上。～～的時間～～ê sî-kan⇨同上。～～的報酬～～ê pò-siû⇨同上。～～的對手～～ê tùi-chhiú⇨同上。

【適應 sek-èng】 相合。生活環境未～～seng-oah khoân-kéng bē(bōe)～～⇨同上。生物該～～其生活環境藉會生存seng-but āi ～～ kî seng-oah khoân-kéng chiah ē seng-chûn⇨同上。

**sek 熟** 煮沸過的曰熟sek,加工過的曰熟sek，交久矣曰熟sek，久慣亦曰sek，第八聲席，與第四聲色不同。飯煮～也pn̄g chī ～ à⇨飯熟了。卵煎半生～nn̄g chian poàⁿ-chheⁿ～⇨蛋煎半熟。～藥～ioh⇨調劑了的藥，對生藥chheⁿ-ioh而言。生鹽～鹽chheⁿ-iâm～iâm⇨同上。眞～的人chin～ê lâng⇨認識得很久的人。讀無～thak bô～⇨同上。～到如內行人也～kà ná lāi-hâng-lâng ā⇨熟得如內行的了。扳生換～péng-chheⁿ-oāⁿ-～⇨謂多所變換。尤指在職業上。

【熟人 sek-lâng】 互相認識的人。有抵着～～ū tú-tioh～～⇨逢見了熟人。

【熟手 sek-chhiú】 熟練的人，熟練工。愈做愈～～ná-chò ná～～⇨越做越熟。

【熟行 sek-hâng】 內行。通曉。對生理眞～～tùi seng-lī chin ～～⇨對生意很內行。逐項伊都～～tak-hâng i to～～⇨各事都通達。

【熟字 sek-jī】 生字～～攏該寫十行chheⁿ-jī～～lóng-âi siá chap-hâng⇨同上。

【熟花 sek-hoe】 人造花。～～比生花無較便宜～～ pí chheⁿ-hoe bô-khah-pân-gī⇨熟花比生花並不便宜。

【熟柿 sek-khī】 生柿～～chheⁿ-khī～～⇨同上。

【熟柴 sek-chhâ】 年久質堅的木材。

【熟梗 sek-kéng】 最上等的宣紙。

【熟脚 sek-kha】 同熟手。有～～藉有變步ū ～～ chiah ū piàn-pō͘⇨熟脚的人才能夠變通。

【熟脯 sek-pó͘】 熟魚脯。大～～toā～～⇨大尾的熟脯。亦曰四剖脯sì-phoà-pó͘，可剖開爲四整片也。

【熟番 sek-hoan】 歸化了的番仔。～～有的亦會講漢語也～～ū ê iah ē kóng hàn-gí à

⇨熟番之中有的也會說漢話了。

【熟絲 sek-si】 生絲～～chheⁿ-si～～⇨同上。

【熟童 sek-tâng】 熟練的童乩。～～快關～～khoài-koan⇨熟練的乩童容易起童。喩懂事的人容易說話。

【熟園 sek-hn̂g】 既成耕地。代着生埔去了～～ it-tioh chheⁿ-po-khì-liáu～～⇨貪圖了草埔地倒賠出了好田地。代it,(爲利)心動也。

【熟煙 sek-hun】 絲煙的便宜貨。～～ 罔卜仔罔卜～～bóng-pok-a-bóng-pok⇨便宜煙姑妄抽之。抽煙曰卜pok,蓋吐煙時啓唇聲也。熟煙sek-hun亦作熟薫sek-hun。

【熟路 sek-lō͘】 輕車～～ kheng-ki～～⇨同上。伊眞～～i chin～⇨他很清楚。～～逐人每敢行～～tak lâng mā káⁿ-kiâⁿ⇨熟路大家都敢跑。

【熟漆 sek-chhat】 再製漆。生漆～～chheⁿ-chhat～～⇨同上。

【熟嘴 sek-chhùi】 說慣了。罵了～～去亦無效mē-liáu～～ khì ah bô-hāu⇨罵得成習慣了。

【熟儕 sek-sāi】 所謂相識。～～人～～lâng⇨相知之人，知友。彼個所在我眞～～hit-ê só͘-chāi goá chin～～⇨那個地方我很熟。～～騙厝內～～ phiàn chhù-lāi⇨熟人騙熟人。儕作姒，即指妯娌。

【熟糖 sek-thn̂g】 再製糖。又舊糖廍thn̂g-phō͘(製糖所)製糖程序，自蔗水開始在糖鼎加熱至製成爲糖的過程亦曰～～。～～師父～～sai-hū⇨同上。此熟糖似應作煮糖解。

【熟藥 sek-ioh】 成藥。食～～，貪便宜，有時會着觸chiah～～，tham-pân-gī，ū-sî ē tioh-tak⇨食成藥貪便宜者有時候會吃大虧。～～舖～～phó͘⇨成藥店。觸tak，踢中障碍物。

【熟鐵 sek-thih】 生鐵～～chheⁿ-thih～～⇨同上。

【熟鹽 sek-iâm】 燒鹽。再製鹽。

【熟溜溜 sek-liū-liū】 熟得幾乎滑了。到佮攏～～～也kàu-taⁿ lóng～～～à⇨至今已經很熟很熟了(對地方，對人等)。又讀成seh-liu-liu，義同。

**石** sek 堅硬之土塊曰石sek, chioh(見chioh部)。岩～gâm～⇨同上。又喩堅定不渝，亦喩愚頑。又量名。十斗爲一石。頑～goán～⇨同上。藥～iak～⇨藥。番～榴hoan～liû⇨果子名。俗稱槓仔pat-á。

【石班仔 sek-pan-á】 石班魚。

【石敢當 sek-kám-tong】 袪邪鎮惡的小石牌，碑面刻有石敢當三字，古時常見於橋頭，巷路口等處。

【石榴裙 sek-liû-kûn】 紅裙。拜倒～～～下pài-tó～～～hē(hā)⇨同上。

【石頭記 sek-thâu-kì】 古小說紅樓夢的異名。

【石破天驚 sek-phò-thian-keng】 言論激越出奇驚人之謂。

**夕** sek 暮也。夜也。朝發～至tiau-hoat～chì⇨同上。朝不保～tiau put-pó～⇨同上。晨～定省無缺sîn～tēng-séng bû-khoat⇨同上。一封朝奏九重天，～貶潮陽路八千it-hong tiâu-chàu kiú-tiōng-thian,～ pián tiâu-iâng lō͘ pat-chhian⇨唐詩。前～chiân～⇨同上。七～chhit～⇨七月七日。牛郎織女會。

【夕陽 sek-iâng】 日將暮的太陽。～～無限好，只是近黃昏～～bû-hān hó, chí-sī kīn hông-hun⇨同上。

【夕照 sek-chiàu】 夕陽。晚照。青山依舊在，幾度～～紅chheng-san i-kiū chāi, kí-tō͘～～hông⇨同上。

**碩** sek 頭大也。凡大者皆曰碩sek。又充實也。

【碩士 sek-sū】 品德卓著學問淵博之人。大學者。又今爲學位之名。介在學士之上博士之下。阿華猶於研究所修～～a-hoâ iáu-tī-gián-kiù-só· siu～～⇨同上。

【碩果 sek-kó】 一只大果實。喻物之僅存者。～～僅存～～kín-chûn⇨同上。

【碩學 sek-hak】 鴻儒。大學者。

【碩儒 sek-jî(jû)】 鴻儒。大儒。

【碩大無朋 sek-tāi-bû-pêng】 謂大得無可比並者。

sek **席** 坐臥之道具也。坐次也。職位也。坐～chō～⇨坐位。群臣就～kūn-sîn chiū～⇨羣臣就位。夫妻共枕～hu-chhe kiōng chím～⇨同上。力爭一～之地lek-cheng it～chi tē⇨同上。藁秸曰薦，莞蒲曰～kó·-khiat oat chiàn，oân-pô· oat～⇨同上。坐不安～chō put an～⇨同上。刑～hêng～⇨刑名師爺。錢～chîⁿ～⇨錢穀師爺。

【席次 sek-chhù】 坐次。名次。～～眞尾也～～chin bóe à⇨席次排在相當末尾。～～排了也～～pâi-liáu à⇨同上。

【席位 sek-ūi】 猶有～～iáu ū～～⇨還有席位。

【席卷 sek-koàn】 佔領土地。～～千里～～chhian-lí⇨同上。偷取物件。～～一空～～it-khong⇨同上。

【席地而坐 sek-tē-jî-chō】 坐臥於地面。

sek **蓆** 草竹等所編之席。通席sek。

sek **汐** 海潮也。晚潮也。朝曰潮，夕曰汐。潮汐tiâu-sek⇨海水的定時漲落。

【汐止 sek-chi】 地名，台北市的北路咽喉。

## seng

seng **先** 首也。第一事也（見sian部）。～講～贏～kóng～iâⁿ⇨互相爭先講話。～食藉更講～chiah chiah koh kóng⇨先吃飯之後才再作打算。～上車藉買票～chiūⁿ chhia chiah bé-phiò⇨首先上車然後才買車票。～提～好～theh～hó⇨首先拿到手最好。～生～死，～死～生～seⁿ(siⁿ)～sí,～sí～seⁿ(siⁿ)⇨先生的先死，先死的先生。大～tāi～⇨首先。上大～siāng tāi～⇨第一。大～落尾tāi～loh-bóe⇨在先落後。～交錢藉交貨～kau chîⁿ chiah kan hóe⇨首先付了錢然後才付貨。～講抵好也～kóng tú-hó-à⇨已經預先講妥當了。～下手爲強，慢下手遭殃～hē(hā) chhiú ûi kiâng, bān hē(hā) chhiú cho-iang⇨同上。是阿貴～起手共人拍的sī a-kùi～khí-chhiú kā-lâng-phah ê⇨是阿貴先開手打人的。我有～共個約抵好也goá ū～kā-in iak(iok) tú-hó à⇨我曾預先跟他們約定好了。

seng **甥** 姊妹的子女也。俗曰外～goeh～或外～仔goeh～á。

【甥女 seng-lí(lú)】 俗曰外～～goeh～～或外～～仔goeh～～á。

【甥婦 seng-hū】 俗曰外～～goeh～～或外甥新婦仔goeh-seng-sim-pū á。

【甥婿 seng-sài】 俗曰外～～goeh～～。或外～～仔goeh～～á。

seng **生** 死之對也。產出也。生財也。戲劇的角色之一。死～有命，富貴在天sú～iú bēng，hù-kùi chāi thian⇨同上。～不帶來，死不帶去～put tài-lâi, sú put tài-khì⇨同上。惹是～非jiá-sī～hui⇨惹出是非。忍氣～財lún-khì～châi⇨忍能生財。～旦淨末～toàⁿ chēng boat⇨戲劇上的各種角色kioh-siàu。小～sió～⇨秀才，書生等斯文風格的青年角色。學小～無～材，學小且未曉畫目眉，學小丑未曉格科介oh sió～bô～châi, oh sió-toàⁿ bē-hiáu ōe bak-bâi, oh sió-thiúⁿ bē-hiáu kek khoe-hâi⇨丑仔白的一節。

【生巾 seng-kin(kun)】 讀書人的頭巾。

【生仁 seng-jîn】 花生伴白糖皮的過年特別食品，間有一部分染紅色者以示吉慶。又婚禮時亦用之。

【生民 seng-bîn】 人民。百姓人。～～塗炭之苦～～thô·-thàn chi khó·⇨同上。

【生平 seng-phêng】 平生。介紹故人～～kài-siāu kò·-jîn～～⇨同上。

【生旦 seng-toà$^{n}$】 戲台上的小生與小旦，亦即男女主角。～～淨末～～chēng boa̍t⇨各種角色。

【生存 seng-chûn】 ～～競爭～～kèng-cheng⇨同上。

【生死 seng-sú】 生與死。人講～～死生攏是天數lâng kóng ～～ sú-seng lóng-sī thian-sò·⇨人家說，生也死也都是天數所定的，也無法預料，也無可奈何。

【生地 seng-tē】 漢藥材名。

【生利 seng-lī】 利益。收入的利純。一年有若夠～～都定着拎chi̍t-nî ū goā-chē ～～ to tiā$^{n}$-tio̍h leh⇨一年有若干收益都是一定的。

【生命 seng-bēng】 ～～保險～～pó-hiám⇨同上。

【生物 seng-bu̍t】 有生命的東西。～～學～～ha̍k⇨研究有生命之物的學問。

【生事 seng-sū】 暴出問題。見若食酒道合人～～kiàn nā chia̍h-chiú tō kah-lâng～～每次喝酒就跟別人發生問題。

【生妬 seng-tò·】 因愛～～in ài ～～⇨同上。

【生計 seng-kè】 生活方法。生活計畫。全家的～～靠伊一人choân-ka ê～～khò i chi̍t-lâng⇨同上。

【生活 seng-oa̍h】 日常～～ji̍t-siâng(siông)～～⇨同上。～～起居～～khí-ki⇨同上。～～程度眞高～～thêng-tō· chin koân⇨同上。～～計～～kè⇨生活的方法，即通指職業。

【生根 seng-kun】 性情。性質。性癖。疑是星君seng-kun之訛，見星君條。

【生氣 seng-khì】 活潑有力的氣色或氣氛。即幅字寫得眞好，眞有～～chit-pak jī siá-tit chin hó, chin ū～～⇨同上。感是發財也否，面色看來，做一下有～～起來也ká$^{n}$-sī hoat-châi ā ho·h$^{n}$, bīn-sek khoà$^{n}$-lâi, chò-chi̍t-ē ū ～～ khí-lâi ā⇨不是發財了嗎，面色一下子都生氣勃勃起來了。～～勃勃～～pu̍t-pu̍t⇨充滿生氣的樣子。又發怒的意思。不免合伊拎～～m̄-biān kah i teh ～～⇨不用跟他在生氣。不過發怒多數是用受氣siū-khì。

【生員 seng-oân】 古時縣學中的學生。秀才。

【生息 seng-sit(sek)】 產生利息。庋於銀行～～khǹg tī gîn-hâng～～⇨同上。

【生涯 seng-gâi】 生存中的遭遇。亦指所以維生的職業。所過是無親像人的～～só·-kòe sī bô chhin-chhiū$^{n}$-lâng ê～～⇨所過的是不像人家的生活。拍獵的～～，逐個所知，一日剢九猪，九日無猪剢，那有當到若富裕phah-la̍h ê ～～, ta̍k-ê só·-chai, chi̍t-ji̍t chân káu-ti, káu-ji̍t bô ti chân, ná-ū-thang kà goā hù-jū⇨獵人生涯，大家所知道，有時一天獵得九猪，有時連續九日無一猪的時多時少的收入，何能太富裕。

【生理 seng-lí】 ㊀～～學～～ha̍k⇨同上。～～衛生～～ōe-seng⇨同上。㊁商理。商賈買賣的行爲。～～脚～～kha⇨好商才。～～人～～lâng⇨商人。但求有利不講人情的人。～～嘴～～chhùi⇨商人的口才。～～嘴糊累累～～chhùi hô·-lùi-lùi⇨商人的口才，畫山畫水黑白講。～～場～～tiû$^{n}$⇨交易之地。市場。～～場乎你未鬧得～～tiû$^{n}$ hō·-lí bē-nāu-tit⇨交易之地你胡爲不得。～～虎～～hó·⇨很會做生意的人。喻能吃人敢吃人如虎。～～脚色～～kioh-siàu⇨適合從商的人材。做～～恰如針拎削鐵chò～～kah-ná chiam teh siah-thi̍h⇨做生意一如從針上削取鐵皮，喻在困難中求微利。～～如輪轉水車～～jî lûn choán chúi-chhia⇨謂生意如水車輪之轉。～～子奧生～～kiáⁿ oh-seⁿ⇨喻有商才之人甚難出現。

**【生產 seng-sán】** ㊀～～事業～～sū-giap⇨同上。㊁生子。新娘連鞭道抄倈～～也，實在眞快sin-niû liâm-piⁿ tō teh-boeh～～ā, sit-chāi chin khoài⇨新娘很快就要生孩子了，實在很快。

**【生帽 seng-bō】** 戲台上小生戴的帽子。

**【生童 seng-tông】** 學生。童生tông-seng。

**【生湠 seng-thoàⁿ】** 見seⁿ(siⁿ)-thoàⁿ。無～～bô～～⇨無生子女。

**【生業 seng-giap】** 生財之方法。生計。家業。

**【生路 seng-lō͘】** 血路，活路。同seⁿ(siⁿ)-lō͘。

**【生傳 seng-thoân】** 生子傳宗。

**【生端 seng-toan】** 同生事。惹事～～jiá-sū～～⇨弄出問題。

**【生靈 seng-lêng】** 生物。活的東西。害死～～無萬數hāi-sí～～bû-bān-sò͘⇨害死的生靈難以數計。

**【生暗怪 seng-àm-koài】** 疑心～～～gî-sim～～～⇨同上。

**【生髮油 seng-hoat-iû】** 一種商品名。

**【生不帶來 seng-put-tài-lâi】** ～～～～，死不帶去～～～～，sú-put-tài-khì⇨謂人生而空手來人間，死則空手回老家。

**【生不認魂 seng-put-jīn-hûn】** 謂活着的時候，不知自己靈魂在那裡。反之則死不認屍sú-put-jīn-si⇨同上。

**【生生世世 seng-seng-sè-sè】** 每生每世，永遠。願～～～～結爲夫妻goān～～～～kiat ûi hu-chhe⇨同上。

**【生老病死 seng-ló-pēng-sú】** 佛家的人生四苦。

**【生死骨肉 seng-sú-kut-jiok】** 至親的關係，父母子女的關係。

**【生者必滅 seng-chiá-pit-biat】** ～～～～，會者定離～～～～，hōe-chiá tēng-lī⇨佛教的教理。

**【生殺予奪 seng-sat-í-toat】** ～～～～之大權～～～～chi tāi-koân⇨同上。～～～～由一人～～～～iû chit-lâng⇨生殺予奪由一個人決定。獨裁也。

**【生寄死歸 seng-kì-sú-kui】** 活着是寄宿人間，死才是返回老家。

**【生殖機能 seng-sit-ki-lêng】** 生物繁殖的機能。

**【生榮死哀 seng-êng-sú-ai】** 謂尊崇愛戴不以生死而分。其生也榮，其死也哀kì-seng-iā êng,kì-sú-iā ai⇨同上。

**【生齒日繁 seng-chhí-jit-hoân】** 人口日多。子孫日多。繁亦作衆chiòng。

**【生離死別 seng-lī-sú-piat】** 人類最感悲傷的代誌。

seng **星** 天空的星辰也（見chheⁿ部）。三光者，日月～sam-kong chiá, jit goat～⇨同上。月明～稀goat-bêng～hi⇨月明星少。

**【星士 seng-sū】** 一種依天星運數卜算人生祿運吉凶的人。

**【星光 seng-kong】** 是夜～～滿天sī-iā～～boán-thian⇨同上。

**【星君 seng-kun】** 性質，性情，性癖。據稱，人都是由星君所轉世的。文曲星轉世爲狀元。掃箒星轉世的做大賊，黃巢是也。什麼星就轉世爲怎麼樣的人，性癖各不相同。水滸英雄一百零八名，都是星君轉世，性格各異，特別突出。明其知影伊的～～道是安爾，你那毋讓伊bêng-kì-chai-iáⁿ i ê～～tō-sī an-ne,lí ná m̄ niū-i⇨明知他的性癖就是如此，你何不讓一讓他(比如勸夫妻的一方)。彼類～～未管得hit-lōe～～bē-koán-tit⇨那種性情管不得。俗作生根seng-kun。

【**星辰** seng-sîn】 星。日月～～jit-goa̍t～～⇨同上。

【**星命** seng-bēng】 天星的運數。星士依此卜吉凶。卜生時月日的吉凶。

【**星夜** seng-iā】 滿天星之夜。

【**星期** seng-kî】 一星期為一個禮拜。～～日～～ji̍t⇨禮拜日。

seng **牲** 家畜類之供食用者也。養之曰畜，用之曰牲seng。祭拜用的家畜。三～sam～⇨三種供祭的家畜。五～ngó͘～⇨同上。犧～hi～⇨祭祀用的牛羊猪。

【**牲口** seng-kháu】 家畜類。亦作生口。

【**牲禮** seng-lé】 祭拜用品。禮或作醴lé。

seng **升** 上也。進也。登也。又量名。十升chin為一斗táu。又十合kap為一升。同陞seng。

【**升平** seng-pêng】 太平。朗朗乾坤，～～世界，曷有即類事lóng-lóng khiân-khun,～～sè-kài a̍h-ū chi̍t-lōe sū⇨天下如此太平。何能有此事，不可能也。

【**升沈** seng-tîm】 官海～～koa$^{n}$-hái～～⇨官界的進退。～～不定如夢～～put-tēng jî-bōng⇨同上。

【**升官** seng-koa$^{n}$】 官員由小進大，由下升上。～～發財～～hoat-châi⇨同上。

【**升降** seng-kàn】 升沈。～～機～～ki⇨同上。～～口～～kháu⇨升降機的出入口。

【**升座** seng-chō】 進入坐位。推事～～chhui-sū～～⇨推事入座。

【**升級** seng-kip】 官員進級。

【**升高** seng-ko】 增加高度。～～入雲～～ji̍p-hûn⇨高得潛入雲中。

【**升等** seng-téng】 同升級。～～考試～～khó-chhì⇨同上。

【**升堂** seng-tn̂g】 法官～～審案hoat-koa$^{n}$～～sím-àn⇨開廷審問。升堂入室seng-tông-ji̍p-sek⇨喻學問次第而進而至最高境界。

【**升遐** seng-hâ】 天子崩御。登遐teng-hâ。

【**升學** seng-ha̍k】 進學。爬上高級學校。～～主義～～chú-gī⇨以升學為重點之教學觀及措施。

seng **昇** 日上也。上進也。同升。旭日～天hiok-ji̍t～thian⇨同上。日照東～ji̍t-chiàu tong～⇨同上。

【**昇天** seng-thian】 得道而昇天。一人得道，鷄犬～～it-jîn tek-tō，ke-khián～～⇨喻官場得意，即牽親挽戚，整個機關都是其裙帶有關之人。阿貓阿狗也隨之耀武揚威。又仙逝也。耶穌～～ia-so͘～～⇨耶穌仙逝。

【**昇平** seng-pêng】 同升平。見升平條。～～世界～～sè-kài⇨同上。

【**昇汞** seng-hóng】 化學藥名。～～水～～chúi⇨消毒水。

seng **陞** 同升。上也。登也。加高，提高皆曰陞seng亦作升。～薪水～sin-súi⇨薪水提高。脚～一寸kha～chi̍t-chhùn⇨脚加高一寸。～厝稅～chhù-sòe⇨提高房租。

【**陞官圖** seng-koa$^{n}$-tô͘】 一種遊戲，將初進官場，經歷升升降降直到官場最高峰的經歷表繪在圖上，戲者以骰子決定進退。

seng **笙** 樂器名。鼓瑟吹～kó͘-sek chhui～⇨同上。～歌不輟～ko put-toat⇨音樂歌唱之聲不絕，喻天下升平之象。

seng **聲** 音也（見sia$^{n}$部）。音樂也。名譽也。風～雨～讀書～hong～í～tho̍k-si～⇨同上。金～玉振kim～gio̍k chín⇨同上。哭～笑～khok～chhiàu～⇨同上。歌～鑼鼓～ko～lô-kó͘～⇨同上。

【**聲色** seng-sek】 歌舞華麗之遊。～～犬馬～～khián-má⇨歌舞玩樂鬪犬跑馬等玩樂遊戲，意非正事。不動～～put-tōng～～⇨謂不作預告。

【**聲明** seng-bêng】 公開表明。阿丹～～退出合股關係a-tan～～thè-chhut ha̍p-kó͘ koan-hē⇨同上。～～書～～si(su)⇨登載聲明內容

的字紙。

【聲音 seng-im】 sia$^n$-im。～～太大～～thāi toā⇨同上。不知是甚麼～～m̄-chai sī sím-mi～～⇨同上。～～眞噪人耳～～chin chhò-lâng-hī$^n$⇨同上。聽彼類～～恰如抾哭thia$^n$ hit-lōe～～kah-ná teh khàu⇨同上。不八聽著的～～m̄-bat thia$^n$-tio̍h ê～～⇨同上。

【聲氣 seng-khì】 ～～相投～～siang(siong)-tâu⇨志同道合的朋友。互通～～hō͘-thong～～⇨交換消息，暗中互相援助。

【聲討 seng-thó】 公開攻擊。

【聲望 seng-bōng】 ～～日隆～～ji̍t-liông⇨同上。

【聲問 seng-būn】 音信。音問。

【聲帶 seng-tài】 發聲器官。男的聲帶長音低，女的即反之。

【聲援 seng-oān】 以言語表示援助。懇賜大力～～khún-sù tāi-le̍k～～⇨同上。

【聲勢 seng-sè】 sia$^n$-sè。聲威。～～蓋倒全國～～kài-tó choân-kok⇨同上。

【聲聞 seng-būn】 名譽。～～甚高～～sīm-ko⇨同上。

【聲樂 seng-ga̍k】 音樂的一種表現形式。主要以口頭演唱者。～～家～～ka⇨同上。

【聲價 seng-kè】 名譽身價。一登龍門～～十倍it-teng liông-bûn,～～si̍p-pōe⇨同上。

【聲調 seng-tiāu】 聲音的高低，長短，強弱，快慢等的不同，謂之聲調。漢字有四聲，台語則有八聲。

【聲聲句句 seng-seng-kù-kù】 sia$^n$-sia$^n$-kù-kù。每聲每句。

seng **猩** 獸名。俗名猩猩seng-seng。形體大似人類，雖不能直立步行，但能折斷樹枝爲杖傴僂而行。棲森林中，食果實新芽或鳥類之卵。

【猩紅熱 seng-hông-jia̍t】 病名。三五歲的少童最易患之，會發攝氏四十度以上的高熱，不及早醫治即死。

seng **腥** 肉味，亦臊也。猫仔興～niau-á hèng～⇨猫愛食臊。～臊～chho⇨腥臊chhe$^n$-chhau也。意指腥臊具陳也。

seng **惺** 省悟也。智慧也。寂靜也。

【惺忪 seng-chiong】 蕩動不安。

【惺惺 seng-seng】 機警。伶俐聰慧之人。～～自古惜～～,～～chū-kó͘ sek～～⇨表面上的意思是聰明人珍重聰明人，亦含有老鼠哭貓之意。

seng **身** 身軀seng-khu也（見sin部）。

【身軀 seng-khu】 身體。洗～～sé～～⇨澡洗身體。按身讀seng，僅限於身軀一詞。～～斷銅～～tn̄g-tâng⇨身上斷了銅氣，意謂一文莫鳴。～～毋抵好抾～～m̄-tú-hó-leh⇨身體有不舒服的感覺。拍歹家己的～～phah-phái$^n$ ka-ki ê～～⇨弄壞自己的身體。

seng **旌** 旗也。旗上付有彩羽者曰旌。靈～lêng～⇨書明死者名號的紅旒。實即銘旌bêng-seng之訛也。

【旌表 seng-piáu】 建牌坊賜匾額以表揚忠孝節義之人。義夫節婦～～於門閭gī-hu chiat-hū～～î bûn-lî⇨同上。

【旌銘 seng-bêng】 識明死者之旗。今作銘旌bêng-seng。俗曰靈旌lêng-seng。

【旌旗 seng-kî】 旗的總稱。～～蔽空～～pè-khong⇨旗幟遮蓋天空。

séng **省** 節約也。減少也。亦曰sé$^n$(見se$^n$部)。又視察也。官衙也。地方行政區也。會～從～ē～chiông～⇨可以節省就節省之。節～chiat～⇨節約而減少費用。所費眞～sò͘-hùi chin～⇨經費很不大。～事事～～sū sū～⇨少做少錯，不做不錯。

【省力 séng-la̍t】 減少力氣(人力，財力，氣力)。少費力量。有人來咱道較～～也ū-lâng-lâi lán tō khah～～à⇨有人來我們就可以少費力氣了。

【省工 séng-kang】 減少工數，減少手續。減少麻煩。安爾藉會～～an-ne(ni) chiah ē～～⇨如此才可以減少麻煩(工)。

【省分 séng-hūn】 一省所管轄的區域。佗一～～ta(to) chit～～⇨何一省(的區域)。過別～～道驚做無共款kòe pat～～tō kiaⁿ-chò bô-kāng-khoán⇨過了別一省就恐怕不同了。

【省用 séng-iōng(iēng)】 ㊀不必使用，不必開支。㊁節而用之。節約。平常時道愛較～～抔pêng-siâng(siông)-sî tō-ài khah～～leh⇨平時就應該較節省開支。

【省令 séng-lēng】 省政府行政命令。

【省本 séng-pún】 ～～多利～～to-lī⇨同上。

【省事 séng-sū】 息爭。息事。～事事～～sū sū～⇨息事即是無事。做一下做較～～chò chit-ē chò khah～～⇨做一次做較省事。

【省長 séng-tiúⁿ】 省的行政首長。

【省省 séng-séng】 ㊀很省。不用多。～～仔免若夥費用，～～à bián goā-chē hùi-iōng(ēng)⇨很省的，不用多大的費用。㊁全都省。～～起來都免錢也～～khí-lâi to bián chîⁿ a⇨全省起來是不用錢的了。

【省城 séng-siâⁿ】 省都。省會。

【省悟 séng-gō͘】 覺醒。到盒猶未～～kàu-taⁿ á-bōe～～⇨至今還未省悟。

【省會 séng-hōe】 省政府所在地。

【省察 séng-chhat】 反省。～～家己的所做～～ka-kī ê sō͘-chò⇨反省自己所做所爲。

【省賬 séng-siàu】 seⁿ-siàu。省麻煩，省麻煩。乎人包辦去做較～～hō͘-lâng pau-pān khì chò khah～～⇨給人家包工去做較省麻煩。做性坐飛機去較～～chò-siàn chē hui-ki khì khah～～⇨索性坐飛機去較省麻煩。

【省親 séng-chhin】 回家探望父母。回國～～hôe-kok～～⇨同上。

【省政府 séng-chèng-hú】 一省的最高行政機關。

【省議會 séng-gi-hōe】 一省的最高議決機關。

séng **醒** 酒解也。夢覺也。由迷而悟也。睡覺亦曰醒chhéⁿ(見chheⁿ部)。

【醒悟 séng-gō͘】 由迷中省覺。

sèng **姓** 宗族的記號。百家姓pek-ka-sèⁿ(見seⁿ部)。～陳～tân⇨陳的宗族。～林～lîm⇨林的宗族。～李～lí⇨李的宗族。～蔡～chhoà⇨蔡的宗族。亦讀sìⁿ (見siⁿ部)。

【姓氏 sèng-sī】 姓。

【姓名 sèng-bêng】 姓與名。

sèng **性** 天生自然之資也。生命也。理氣也。得之於天生而不能改曰性。男女之別也。天～thian～⇨同上。本～pún～⇨同上。原～goân～⇨同上。藥～ioh～⇨同上。慣～koàn～⇨同上。男～lâm～⇨同上。女～lí(lú)～⇨同上。雷公～lûi-kong～⇨性烈而急如雷公。慢～bān～⇨同上。惡～ok～⇨同上。良～liâng～⇨同上。詐欺～chà-khi～⇨同上。強制～kiâng-chè～⇨同上。

【性向 sèng-hiàng】 性癖的趨勢。～～恰如較消極～～kah-ná khah-siau-kek⇨同上。

【性交 sèng-kau】 兩性的交合。雌雄配合。

【性地 sèng-tē】 性質。性情。好～～hó～～⇨仁慈，溫柔，不亂發脾氣。歹～～pháiⁿ～～⇨烈性，動即發脾氣。有～～ū～～⇨很會發脾氣。

【性別 sèng-piat】 男女兩性之差別。能力合～～有關係否lêng-lek kah(kap)～～ū koan-hē bō͘⇨能力與性別有無關係。

【性命 sèng-bēng】 生命。苟全～～於亂世，不求聞達於諸侯kó͘ choân～～î loān-sè, put-kiû būn-tat î chu-hô͘⇨出師表。

【性急 sèng-kip】 急性。毋當～～m̄-thang

～～⇨不可急。

【性格 sèng-keh】 氣質。有個性的特質表現。眞～～chin～～⇨同上。～～明星～～bêng-seng⇨有性格的明星。

【性情 sèng-chêng】 氣性。性質。～～眞好～～chin hó⇨氣質很好。

【性質 sèng-chit】 本質。～～眞溫馴～～chin ūn-sûn⇨同上。

【性慾 sèng-io̍k】 對異性的慾望。～～是人人有的～～sī lâng-lâng ū-ē⇨同上。

【性癖 sèng-phiah】 性質。另外一個～～合人無共款lēng-goā chi̍t-ê～～kah lâng bô kāng-khoán⇨另外一種怪性質與人家不相同。

【性善說 sèng-siān-soat】 孟子主張人性本然是善的學說。人之初，性本善，性相近，習相遠jîn chi chho͘, sèng pún siān, sèng siāng kin, si̍p siāng oán⇨三字經。反之，荀子有性惡論。

**sèng 勝** 贏也。克也，制也。柔～剛jiû～kang⇨老子之說法，至柔勝剛強。人定～天jîn-tēng～thian⇨人有定力亦能克制自然。亡者不～計bông-chiá put～kè⇨逃亡者不計其數。～者君，敗者賊～chiá kun, pāi chiá che̍k⇨同上。～不驕敗不餒～put-kiau pāi put-lóe⇨同上。戰～chiàn～⇨同上。

【勝地 sèng-tē】 風景優美之地。

【勝利 sèng-lī】 戰勝。～～歸來～～kui-lâi⇨同上。～～還鄉～～hoân-hiang⇨同上。

【勝負 sèng-hū】 勝敗。～～兵家不可期～～peng-ka put-khó-kî⇨同上。

【勝家 sèng-ka】 得勝那邊。得勝者。又有名的縫衣機的牌名singer的譯音。

【勝敗 sèng-pāi】 勝利與失敗。成敗。～～兵家之常～～peng-ka chi siâng(siông)⇨同上。勿以～～論英雄bu̍t í～～lūn eng-hiông⇨同上。十年～～知誰是si̍p-liân～～ti sûi-sī⇨十年間有人勝有人敗，到頭來誰是勝，誰是敗，無法確定。

【勝景 sèng-kéng】 幽美之風景。～～當前，何能無酒～～tong-chiân, hō-lêng bû-chiú⇨好杯中物者之另一好藉口。

【勝訴 sèng-sò͘】 打贏法院官司。

【勝算 sèng-soàn】 ～～在握～～chāi-ok⇨同上。

**sèng 聖** 事無不通也（見siaⁿ部）。德業登峰造極者也。通達一事者。帝王之尊稱也。宗教中自稱其教主亦曰聖sèng。齊天大～chê-thian-tāi～⇨孫悟空自稱。神～羅馬帝國sîn～lô-má tè-kok⇨中古時代歐洲的基督教政教合一的國家。亞～a～⇨尊稱孟子。詩～si～⇨杜甫。酒～chiú～⇨或稱李白。情～chêng～⇨多稱小說中多情的人物，例如林黛玉或羅密歐與朱麗葉等者。～～觀音抵著悾諏弟子～～koan-im tú-ti̍oh khong-khám tē-chú⇨聖潔的觀音逢到瘋瘋癲癲的弟子。謂拿他沒辦法。亦即眞眞無法度chin-chin bô-hoat-tō͘。

【聖人 sèng-jîn】 世稱孔子，耶穌，釋迦諸人。假～～ké～～⇨僞善者。莫扲假～～māi teh kè-～～⇨不要假正經。

【聖上 sèng-siāng(siōng)】 皇帝。

【聖心 sèng-sim】 帝王之心，自稱曰龍心liông-sim。

【聖母 sèng-bó(bú)】 天上～～thian-siāng～～⇨世尊稱媽祖。又清帝稱其生母爲～～皇太后～～hông-thài-hō͘。又指耶穌之母馬利亞。

【聖主 sèng-chú】 天子。帝王。

【聖世 sèng-sè】 同聖代。

【聖代 sèng-tāi】 聖主在位的時代。亦曰聖世sèng-sè。聖時sèng-sî。

【聖旨 sèng-chí】 聖上的旨意。～～嘴～～chhùi⇨強辯自己所說是事實或眞理者。你感～～嘴lī kám～～chhùi⇨你是聖旨嘴嗎，不能改變嗎。

【聖君 sèng-kun】 聖主。帝王。

【聖明 sèng-bêng】 天子神聖英明。欲爲～～除弊政，肯將衰朽惜殘年 iok-ūi～～tî pè-chèng, khéng chiang sui-hiú sek chân-liân⇨韓愈詩。

【聖門 sèng-bûn】 ～～弟子～～tē-chú⇨聖人的學生。

【聖卦 sèng-koà】 顯赫之卦。敬請孔子周公文王～～kèng-chhéng khong-chú chiu-kong bûn-ong～～⇨賣卜者開卜的口頭禪。

【聖典 sèng-tián】 聖人的經典。

【聖神 sèng-sîn】 神聖的聖靈。～～降臨～～kàng-lîm⇨同上。

【聖訓 sèng-hùn】 同聖諭。

【聖恩 sèng-in(un)】 天恩。天子之恩。謝～～siā～～⇨感謝聖主之恩。又恩將仇報亦曰謝聖恩。被你抾共我謝～～hō·-lí teh kā-goá siā～～⇨被你對我感謝天子之恩，卻不對我謝恩。

【聖躬 sèng-kiong】 皇帝的身體。～～安泰～～an-thài⇨皇帝身體健康平安。

【聖書 sèng-si(su)】 聖人之書。基督教指Bible。亦稱聖經sèng-keng。

【聖徒 sèng-tô·】 基督教徒的自稱。

【聖教 sèng-kàu】 孔子之教。基督教亦稱聖教。

【聖詔 sèng-chiàu】 詔書。聖旨。

【聖裁 sèng-chhâi】 聖主親裁。伏乞～～hok-khit～～⇨同上。

【聖意 sèng-ì】 帝王的意思。聖旨sèng-chí。

【聖經 sèng-keng】 聖人之書。Bible亦稱聖經。

【聖詩 sèng-si】 基督教的讚美歌。

【聖歌 sèng-koa】 同聖詩。～～隊～～tūi⇨唱聖詩聖歌之班隊。

【聖像 sèng-siōng】 天子之像。聖人之像。

【聖壽 sèng-siū】 ～～無疆～～bû-kiong⇨同上。

【聖廟 sèng-biō】 孔子廟。

【聖誕 sèng-tàn】 耶穌～～iâ-so·～～⇨耶穌生日。在台灣，近亦頗有稱四月的佛誕爲聖誕者。～～樹～～chhiū⇨同上。～～夜～～jā⇨同上。

【聖諱 sèng-hùi】 忌避與天子或聖人同名。犯～～hoān～～⇨名與天子或聖人名同字或諧音，即必須改換之。貴抵貴犯，～～kùi-tú-kùi，hoān～～⇨薛仁貴故事，與張士貴同有貴字，謂不可也。

【聖諭 sèng-jū】 聖主諭示。神示。講～～kóng～～⇨宗教性的說教。以勸善懲惡的故事爲主。

【聖蹟 sèng-chek(jiah)】 有靈顯之地。又有關聖人之古蹟。

**成** sêng 就也。終畢也。定也(見chiaⁿ部)。總計也。相似曰成sêng。佳偶天～ka-ngó· thian～⇨祝結婚之美辭。一事無～it-sū bû～⇨同上。家和萬事～ka-hô bān-sū～⇨同上。大事既～tāi-sū kì～⇨同上。促～chhiok～⇨同上。一蹴即～it-chhiok chek～⇨同上。安爾去無講未～的an-ne(ni)-khì bô-kóng bē(bōe)～ê⇨如此進行，沒有不成功的。交關無～朋友原在kau-koan bô～pêng-iú goân-chāi⇨買賣不成立朋友還是朋友。大功告～tāi-kong kò～⇨同上。禮～lé～⇨同上。彼個人眞～豬八戒hit-ê lâng chin～ti-pat-kài⇨那個人很像豬八戒。即座山蓋～一隻牛抾睏chit-chō soaⁿ kài～chit-chiah gû teh khùn⇨這座山很像一條牛在睡著。年終考～liân-chiong khó～⇨年終總考。集大～chip-tāi～⇨同上。

【成人 sêng-jîn】 長大～～tiáng-tāi～～⇨已經不是小兒童。(見成人chiâⁿ-lâng，意思略不同。)

【成丁 sêng-teng】 同成人。以二十一～～í jī-sıp-it～～⇨以二十一歲爲成人。但亦有謂二十或十六歲者。

【成分 sêng-hun】 原為化學名詞，今已應用及各種事物。～～眞複雜～～chin hok-chap⇨構成分子多種名類。情殺的～～較姲chêng-sat ê～～khah-chē⇨同上。

【成仁 sêng-jîn】 死於義舉。殺身以～～sat-sin í～～⇨同上。

【成功 sêng-kong】 革命尙未～～kek-bēng siāng-bī～～⇨同上。

【成句 sêng-kù】 連講話都不～～liân kóng-ōe to put～～⇨話都講不淸楚。

【成立 sêng-lip】 成事。創設。驚做未～～kiaⁿ-chò bē～～⇨恐怕不能實現。～～新公司～～sin kong-si⇨設立新公司。

【成本 sêng-pún】 商品製造所需的各種資金。～～該眞高～～āi chin koân⇨同上。～～會計～～kōe-kè⇨同上。

【成仙 sêng-sian】 做仙去了。又喩死亡。阿淸早道～～也a-chheng chá tō～～a⇨阿淸很早就死掉了。

【成名 sêng-bêng】 形成名聲。出名。～～的作家～～ê chok-ka⇨有名氣的作家。

【成全 sêng-choân】 助成其事。你拎愛死我道～～你lí teh ài-sí goá tō～～lí⇨你在求死我就讓你死。

【成衣 sêng-i】 市販之衣。～～店～～tiàm⇨同上。

【成交 sêng-kau】 買賣成立。願者～～不願者回頭goān-chià～～put-goān-chià hôe-thâu⇨姜太公釣魚。

【成年 sêng-liân】 滿二十歲為～～，未滿二十歲就是未～～moá jī-chap-hòe ûi～～，bī-moá jī-chap hòe chiū-sī bī～～⇨同上。

【成色 sêng-sek】 金銀所含的純成分。～～無好～～bô-hó⇨純成分不高。

【成佛 sêng-hut】 成正果。逝去。頂勻的人都攏～～也téng-ûn ê lâng tō lóng～～â⇨頂輩的人們都皆死去了。

【成見 sêng-kiàn】 既成的見解。看人毋當有～～khoàⁿ-lâng m̄-thang ū～～⇨觀察人不該有成見。

【成命 sêng-bēng】 既發布的命令。收回～～siu-hôe～～⇨同上。

【成効 sêng-hāu】 顯著的効益。滅鼠計畫收到眞大的～～biat-chhí kè-ōe siu-tò chin-toā ê～～⇨同上。

【成服 sêng-hok】 遵禮～～chun-lé～～⇨同上。

【成事 sêng-sū】 謀事在人，～～在天bô·-sū chāi-jîn，～～chāi-thian⇨同上。

【成長 sêng-tiáng】 囡仔亦～～做大人也gín-á ah～～chò toā-lâng ā⇨孩子也長大成人了。

【成祖 sêng-chó·】 開基之祖。安民立命曰成。

【成俗 sêng-siok】 成風俗。成習慣。積非成是，約定～～chek-hui sêng-sī, iak-tēng～～⇨相約者定形而成習慣。謂大家同樣做了，就是違理的事也會變成合理。

【成案 sêng-àn】 成立案件。既成的案件。新校的設立正式～～sin-hāu ê siat-lip chèng-sek～～⇨同上。證據不足不～～chèng-kì put-chiok put～～⇨證據不足不起訴。

【成家 sêng-ke(ka)】 ～～立業～～lip-giap⇨同上。白手～～pek-siú～～⇨徒手興家致富。

【成婚 sêng-hun】 結婚。抵抵仔～～耳tú-tú-á～～niâ⇨剛剛結婚不久而已。

【成敗 sêng-pāi】 勝敗。～～攏每是你即個蕭何～～lóng-mā-sī-lí chit-ê siau-hô⇨成敗都是你這個傢伙所致的。

【成就 sêng-chiū】 功成名就。有所建樹。猶未有啥～～iáu-bōe ū siáⁿ～～⇨還未有什麼建樹。

【成語 sêng-gí(gú)】 既成的詞句。～～的意思掠錯去也～～ ê ī-sù liah-chhò-khì â⇨成語的意思解錯了。

【成對 sêng-tùi】 成一對。成雙～～sêng-siang～～⇨同上。

【成親 sêng-chhin】 結婚。公子合小姐～～也kong-chú kap sió-chiá ～～ a⇨公子與小姐結婚了。

【成器 sêng-khì】 有用之材。會～～未～～細漢道有差也ē～～bē～～sè-hàn tō ū-chha a⇨會出人頭地不會出人頭地，少時候就有差異了。

【成績 sêng-chek】 麥仔種了～～無外好beh-á chèng-liáu ～～ bô-goā-hó⇨麥仔種了成績不大好。

【成雙 sêng-siang(siong)】 ～～成對～～sêng-tùi⇨同上。掠姦～～liah-kan～～⇨捉通姦的要雙方都捉出來。雙的簡體作双。

【成蟲 sêng-thiông】 幼蟲而～～而飛蝶iù-thiông jī ～～ jī hui-tiap⇨昆蟲類的生長過程。

【成文法 sêng-bûn-hoat】 ～～～亦好，不～～～亦好，要緊的是公平嚴格的執行～～～ah-hó, put ～～～ah-hó, iàu-kín-ê sī kong-pêng giâm-keh ê chip-hêng⇨同上。

【成層圈 sêng-chêng-khoân】日人用詞。即同雲層，在地球周圍最高雲層之外。～～～飛行～～～hui-hêng⇨同上。

【成人之美 sêng-jîn-chi-bí】 君子～～～～，不成人之惡kun-chú ～～～～，put sêng jîn-chi-ò⇨同上。

【成羣結黨 sêng-kûn-kiat-tóng】 謂糾集很多人。～～～～恰如抄造反，於彼亂歸日也～～～～ kah-ná teh chhō-hoán, tī-hia loān kui-jit â⇨謂頑童們成班好像造反一樣，在那裡吵個整天了。或曰成羣結隊sêng-kûn-kiat-tūi，義同。

sêng **承** 受也。接受也。引繼也（見sin部）。子必～父業，臣應報君恩chú pit～hū-giap, sîn èng-pò kun-in⇨同上。遺產繼～人î-sám kè～jîn⇨同上。

【承平 sêng-pêng】 治平相承。天下～～之世thian-hē～～chi sè⇨同上。

【承受 sêng-siū】 引受。較大的責任每該～～ khah-toā ê chek-jīm mā-āi ～～⇨同上。我～～未起goá～～bē-khí⇨①我擔不了這個責任（推辭語）。②我承受不起這個榮譽（謙詞）。

【承接 sêng-chiap】 引接。無條件～～對方的負債bô tiâu-kiāⁿ～～tùi-hong ê hū-chè⇨同上。養一個來～～後嗣iúⁿ chit-ê lâi ～～hō-sū⇨養個養子來接傳後嗣。

【承業 sêng-giap】 ～～子孫～～chú-sun⇨同上。

【承嗣 sêng-sū】 接嗣。繼承。無人可～～bô-lâng hó～～⇨同上。

【承認 sêng-jīn】 安爾刑，毋～～亦著～～an-ne(ni) hêng, m̄～～ah-tioh～～⇨如此的刑求迫供，不承認也得承認。

【承盤 sêng-poâⁿ】 接頂店舖繼續營業。結局由債權人～～去做也kiat-kiok iû chè-koân-jîn ～～ khì chò â⇨結局債權人承頂去做了。

【承諾 sêng-lok】 答應。有條件的～～ū tiâu-kiaⁿ ê～～⇨同上。

【承辦 sêng-pān】 奉命辦理。～～人是阿吉仔～～jîn sī a-kiat-á⇨同上。

【承擔 sêng-tam】 即類責任啥人敢～～chit-lōe chek-jīm siáⁿ-lâng káⁿ～～⇨這種責任誰敢承擔。

【承繼 sêng-kè】 相續。繼嗣。～～人～～jîn⇨同上。

【承歡 sêng-hoan】 ～～侍宴無閑暇，春從春遊夜專夜～～ sī-iàn bû hân-hê, chhun

chiông chhun-iû iā choan-iā⇨長恨歌。

【承重孫 sêng-tiōng-sun】 直接繼承祖父的長孫。祖死該依父例服喪三年。

**sêng 誠** 眞實也。與僞相對。忠～tiong～⇨同上。至～chī～⇨同上。熱～jia̍t～⇨同上。

【誠心 sêng-sim】 心誠。～～誠意～～sêng-ì⇨同上。無虛僞。敬神該～～kèng-sîn ài～～⇨同上。

【誠意 sêng-ì】 意誠。無～～bô～～⇨意不誠。～～好，食水甜～～hó, chia̍h-chúi ti$^{n}$⇨誠意好喝水也覺得甜甜的。亦作情意。

【誠實 sêng-si̍t】 做人該～～chō-lâng ài～～⇨同上。～～藉較有底置～～chiah khah-ū té-tī⇨誠實才是基本。

【誠懇 sêng-khún】 ～～的請求～～ê chhéng-kiû⇨同上。

**sêng 城** 城郭也。都邑之地築以爲保障者也（見sia$^{n}$部）。

【城隍 sêng-hông】 原義爲城池，後來變爲守城神之名。俗稱～～爺～～iâ。各城市均有之，或謂即是陰間的縣市長。迎～～ngiâ～～⇨五六月間各城市必作迎城隍的祭典，並作大規模的迎神遊行。

**sēng 盛** 多也。豐滿也。又器承物以祀也。增高也。又溺愛也。茂～bō～⇨林木茂盛。昌～chhiang～⇨文物昌盛。殷～in～⇨市況殷盛。豐～hong～⇨產物豐盛。有～有衰iú～iú soe⇨同上。地基該～較高抄tē-ki ài～khah-koân-leh⇨地基該增高一點。更～三寸koh～sa$^{n}$-chhùn⇨再增高三寸。囡仔未～得gín-á bē～tit⇨孩子溺愛不得。傷～會好款siu$^{n}$～ē hó-khoán⇨過於溺愛會不聽話。

【盛子 sēng-chú】 溺愛子女。子亦作囝kiá$^{n}$。盛豬擧灶，～～不孝sēng-ti giâ-chàu，～～put-hàu⇨溺愛豬會夯破灶，溺愛子女會是不孝子。

【盛大 sēng-tāi】 ～～的場面～～ê tiû$^{n}$-bīn⇨同上。

【盛年 sēng-liân】 力壯年青的時代。一日難再晨，～～不重來，及時當勉勵，歲月不待人it-ji̍t lân chài-sîn, ～～put tiōng-lâi, ki̍p-sî tong bián-lē, sòe-goa̍t put thāi-jîn⇨同上。

【盛況 sēng-hóng】 ～～空前～～khong-chiân⇨同上。

【盛府 sēng-hú】 貴府。問姓氏的高貴用詞。請問～～是……林chhiá$^{n}$-mn̄g～～sī……lîm?⇨請問貴府是姓林否。如果是，林府的人一定姓林。亦即是間接問法。

【盛典 sēng-tián】 盛大隆重的典禮。

【盛怒 sēng-nō】 大怒。

【盛衰 sēng-soe】 有盛道有衰，～～是輪流轉的ū-sēng to ū-soe, ～～sī lûn-liû-tńg ê⇨同上。

【盛情 sēng-chêng】 厚情。～～厚意～～hō·-ì⇨同上。

【盛會 sēng-hōe】 盛大的集會。

【盛意 sēng-ì】 厚意。～～難推辭～～lân the-sî(sû)⇨同上。

【盛筵 sēng-iân】 盛大豐盛的宴會。

【盛德 sēng-tek】 大德。厚德。～～未報答～～bōe pò-tap⇨同上。

【盛擧 sēng-kí(kú)】 大手筆的擧動。

**sēng 乘** 駕也。因也。算法之一。千～之國chhian～chi kok⇨大國。諸侯之國。萬～之尊bān～chi chun⇨天子。亦有～車亦有坐船a̍h-ū～chhia a̍h-ū chē-chûn⇨同上。加減～除ke kiám～tî(tû)⇨算學的四法。上～之選siāng～chi soán⇨上等的馬。最佳的人選，最好的東西。相～相成siāng～siāng-sêng⇨相因相成。

【乘法 sēng-hoat】 ～～歸除～～kui-tî⇨乘與除。

【乘客 sēng-kheh】 搭車船的旅客。請各位

～～準備驗票chhiā$^{n}$ kok-ūi～～chún-pī giām-phiò⇨同上。

【乘便 sēng-piān】 順便。

【乘勢 sēng-sè】 順勢。

【乘興 sēng-hèng】 ～～而來，敗興而退～～jî-lâi, pāi-hèng jī-thè⇨謂抱著很大希望而來，卻很失望而退回去。

【乘機 sēng-ki】 藉機會。趁機會。

【乘風破浪 sēng-hong-phò-lōng】 船行海上，亦稱人志趣之遠大。

【乘龍快壻 sēng-liông-khoài-sài】 好女壻。意謂嫁得佳壻是乘龍之貴人也。

## si

si 詩 可以歌唱的文章。吟～作對gîm～chò tùi⇨同上。唱～班chhiù$^{n}$～pan⇨聖詩合唱班隊。～向會人吟～hiàng hōe-jîn gîm⇨酒逢知己飲的對句。～詞琴畫～sû khîm ōe⇨古代文人必備之才能也。

【詩人 si-jîn】 ～～墨客～～be̍k-khek⇨會作詩的與會寫字的。喻文雅之士。

【詩文 si-bûn】 詩與文。～～俱佳～～kī ka⇨同上。

【詩友 si-iú】 作詩的人們。～～組織詩社～～cho͘-chit si-siā⇨同上。

【詩伯 si-pek】 詩人的尊稱。

【詩社 si-siā】 詩人作詩的組織。

【詩酒 si-chiú】 ～～雅會～～ngá-hōe⇨同上。

【詩家 si-ka】 詩人。～～清景在新春～～chheng-kéng chāi sin-chhun⇨同上。

【詩翁 si-ong】 作詩的大家。大詩人。

【詩書 si-si(su)】 詩經與書經，都是五經之一。～～易禮春秋～～e̍k lé chhun-chhiu⇨五經的簡稱。

【詩猜 si-chhai】 詩謎。

【詩集 si-chi̍p】 集多詩爲一書曰詩集。

【詩評 si-phêng】 詩的批評。

【詩會 si-hōe】 有關詩的集會。詩人之會。

【詩意 si-ì】 詩的氣氛。即座藝閣粧了眞有～～chit-chō gē-koh chng-liáu chin ū～～⇨同上。～～閣～～koh⇨藝閣gē-koh。

【詩經 si-keng】 五經之一。

【詩箋 si-chian】 題詩的色紙。

【詩歌 si-koa】 詩與歌。

【詩賦 si-hù】 詩詞歌賦。

【詩稿 si-kó】 詩的底稿。

【詩論 si-lūn】 論詩的文章。

【詩篇 si-phian】 聖書中有一篇詩篇。

【詩調 si-tiāu】 唱詩的聲調。

【詩興 si-hèng】 作詩的興趣。

【詩韻 si-ūn】 連～～都不八抄曷敢合人講詩liân si-ūn to m̄-bat-leh ah-ká$^{n}$ kah-lâng kóng-si⇨連詩韻都不懂也何敢與人談論詩。

【詩鐘 si-cheng】 詩人的作詩遊戲之一種。其法取絕不相關的兩詞限時吟成對句，但彼此必須相稱，湊合天然爲妙。

【詩體 si-thé】 詩的形式。古體有風雅頌賦比興，律詩絕句等，今體有現代詩。

si 書 書籍也。寫字也。信函也。讀～寫字tho̍k～siá-jī⇨同上。無巧不成～bû-khiáu put-sêng～⇨同上。盡信～不如無～chīn sìn～put-jî(jû) bû～⇨同上。

【書生 si-seng】 讀書之人。百無一用是～～pek-bû-it-iōng sī～～⇨讀書最無用。

【書局 si-kio̍k】 ㊀古宮中修書之所。㊁賣書的店舖。

【書法 si-hoat】 寫字之法。～～家～～ka⇨同上。

【書城 si-siâ$^{n}$】 藏書甚多之所。今書商聯合在一廣大場所賣書亦曰書城。

【書信 si-sìn】 函札hâm-chat。

【書院 si-ī$^{n}$】 古學校的名稱。藍田～～lâm-tiân

～～⇨同上。

【書記 si-kì】 担任文書抄寫之人。於市府做～～tī chhī-hú chò～～⇨同上。

【書經 si-keng】 五經之一。

【書獃子 si-tai-chú】 不解人情世故的傻子。

si **絲** 蠶所吐之絲也。蠶絲所織者皆曰絲。與蠶絲相類者亦曰絲。娘仔～niû-á～⇨蠶絲。蜘蛛～tī-tu～⇨同上。藕～ngāu～⇨同上。藕斷～連ngó͘-toān～liân⇨同上。紅～線âng～soà$^{n}$⇨同上。

【絲仔 si-á】 蠶絲。～～襪～～boe̍h⇨同上。～～貨～～hòe⇨絲質的布匹類。切～chhiat～⇨菜料切細絲。切薑～chhiat kiu$^{n}$～⇨薑切細絲。

【絲瓜 si-koe】 瓜類的一種。俗稱菜瓜chhài-koe。

【絲布 si-pò】 絲與綿混合的布匹。

【絲扣 si-khàu】 生蕃背物用的網袋。亦即斗韆táu-kán也。

【絲竹 si-tek】 音樂。絲是絃樂器。竹是管樂器。

【絲被 si-phōe】 絲質的被。絲綿被si-mî-phōe。

【絲毫 si-hô】 細微。～～無損～～bô-sún⇨同上。～～不用南中物，好作清官答聖時～～put-iōng lâm-tiong-bu̍t, hó chok chheng-koa$^{n}$ tap sèng-sî⇨古賢母示子的家書。

【絲條 si-tiâu】 絲。抽～～thiu～～⇨同上。

【絲帶 si-toà】 絲織的帶。

【絲通 si-thong】 一種絲質的夏綾。

【絲綿 si-mî】 ～～被～～phōe⇨同上。

【絲線 si-soà$^{n}$】 蠶絲線。～～吊銅鐘～～tiàu tâng-cheng⇨以細絲線吊銅鐘。喻極危險。

【絲頭 si-thâu】 不中用的蠶絲。～～絲尾～～si-bóe⇨同上。

【絲字旁 si-jī-pêng】 絲字部首。經，組，紗等字是也。

【絲絲仔 si-si-a】 極微細，極微薄。猶有～～～喟iáu ū～～～kùi⇨還有微細的氣息。喻人未死。差一～～～耳chha chi̍t～～～niâ⇨所差極細微而已。

si **司** 主持也。亦司su也。又物件也，官署也。公衆～無人醫kong-chèng～bô-lâng i⇨公衆的物件無人管理。

【司官 si-koa$^{n}$】 城隍爺sêng-hông-iâ的隨神。

【司秤 si-chhèng】 官設的銀秤。

【司單 si-toa$^{n}$】 田園第宅 chhân-hn̂g tē-the̍h買賣的官據。

si **施** 行也。設也。布也。姓也。布～pò～⇨同上。普～餓鬼phó͘～ngō-kúi⇨同上。設～siat～⇨同上。

【施主 si-chú】 行布施的人。和尙食～～hôe-siū$^{n}$ chia̍h～～⇨同上。

【施行 si-hêng】 使法令發生效力。公布～～kong-pò͘～～⇨同上。

【施政 si-chèng】 ～～方針～～hong-chiam⇨同上。

【施食 si-si̍t】 供食與僧侶或廣施餓鬼。

【施恩 si-in】 ～～愼勿念，受惠愼勿忘～～sīn bu̍t-liām, siū-hūi sīn bu̍t-bōng⇨同上。

【施琅 si-lông】 本爲鄭成功之部將，後反鄭投清，獻攻佔台灣之策而自領兵攻佔台灣，終滅鄭氏者。

【施捨 si-sià】 捨亦作舍。布施恩德。～～棺木～～koan-bo̍k⇨同上。不還，～～你好否m̄-hêng，～～lí hó-bò͘⇨你不還我，那麼，就施捨你可否——催討欠債的不客氣話。

【施設 si-siat】 逐項～～都有齊備ta̍k-hāng～～to ū chê-pī⇨各項設施都全齊了。

【施濟 si-chè】 布施。賑濟。救濟。～～貧民～～pîn bîn⇨救恤貧民。

【施耐庵 si-nāi-am】 水滸傳的作者。

si **屍** 死人的軀體也。通作尸。在床曰屍。身～sin～⇨屍的口語。無身～也bô sin～a⇨喻物件不見了。

【屍主 si-chú】 屍首的負責人。～～猶未出面～～á-bōe(bē) chhut-bīn⇨屍主還未出面來認領屍體。

【屍床 si-chhn̂g】 屍首所臥之床。

【屍首 si-siú】 屍體。～～猶未收埋～～iáu-bōe(bē) siu-bâi⇨死人還未埋葬。

【屍毒 si-tok】 腐毒。中着～～tiòng-tioh～～⇨同上。

【屍骨 si-kut】 ～～未寒～～bī-hân⇨喻死後不久。

【屍親 si-chhin】 死者的眷屬。～～認屍～～jīn si⇨同上。

【屍骸 si-hâi】 屍體。

【屍體 si-thé】 ～～該解剖藉知死因～～ài kái-phò chiah chai sí-in⇨同上。

【屍位素餐 si-ūi-sò-chhan】 喻佔職位食俸祿不做事的官員。

si **噓** 吹也。出氣急曰吹，緩曰噓。～爲雨露～ûi í-lō⇨大自然緩緩呼氣而成雨露。

【噓仔 si-á】 口哨。呼～～kho～～⇨吹口哨。亦曰噓噓也si-si-á。

【噓尿 si-jiō】 促使小兒小便也。同抒尿si-jiō。

si **抒** 挹也，引而泄之也。取出也，猶洩也。發～意見hoat～ì-kiàn⇨同上。

【抒尿 si-jiō】 使小兒小便。共嬰仔～～kā eⁿ-á～～⇨給嬰兒小便。抒屎～～si-sái～～⇨促使嬰兒大便小便。

【抒情詩 si-chêng-si】 發抒情感的詩作。

si **胥** 蟹醢也。又侍役也。伍子胥ngó-chú-sī⇨以過韶關的戲而有名的伍員ngó-oân。

【胥仔 si-á】 茱蝺。俗轉音爲chhī-á。

【胥吏 si-lī】 古時在官衙中辦理文書的小官員。當時不算是官，甚至所謂師爺su-iâ亦不算官，蓋皆由知縣—縣長雇用者也。知縣—縣長以上才是朝廷所派用的官。所謂命官bēng-koan者也。

sí **死** ㊀生命之終也。生老病～seng ló pēng～⇨同上。病～pēⁿ～⇨同上。枯～ko～⇨同上。餓～gō～⇨同上。燒～sio～⇨同上。，殺～sat～⇨同上。刺～chhì～⇨同上。毒～tok～⇨同上。㊁做助詞表示極端的意思。氣～khì～⇨生氣之極。氣～人khì～-lâng⇨同上。暢～thiòng～⇨高興極矣。個阿公會暢～去in a-kong ē thiòng-～ khì(ì)⇨他的祖父要高興死了。衰～soe～⇨倒霉之極。無趁無打緊煞倒了，會衰～去bô-thàn bô táⁿ-kín soah tò-liáu, ē soe-～khì(ì)⇨沒利無所謂，竟蝕本了，會倒霉死了。憖～去giàn～khì(ì)⇨願之極了。會憖～去ē giàn-sí-khì(ì)⇨同上。㊂示不動不易的助詞。釘～的tèng～è⇨釘死的。話是講～的ōe sí kóng-～-è⇨所約是定死不能移易。拍～結phah～kat⇨打死結。定～價tēng～kè⇨不講價不打折。執～訣chip～koat⇨固執不通融。契約拍～的khè-iak phah～è⇨契約打死的不能變更。㊃示無効等的助詞。食～飯 chiah～pn̄g ⇨只吃而不做工。讀～册thak～chheh⇨讀死書。庌～錢 khǹg～chîⁿ⇨只積錢不活用。㊄示不活潑的助詞。～痠～sng⇨無活動力之貌。伊的人眞～痠i-ê-lâng chin ～-sng⇨他做人很沒有活動力。～丁丁si-teng-teng⇨孤立沒有發展性。面色～白bīn-sek～peh⇨面無血色。～色～sek⇨色彩不鮮明。㊅感嘆的助詞。今道～也 taⁿ tò～à⇨而今事情壞了。㊆示極度的助詞。驚～ kiaⁿ～⇨怕死異常。急～人 kip-sí-lâng⇨非常着急。歹～pháiⁿ～⇨氣勢凌人曰歹死 pháiⁿ-sí，極度不講理亦曰歹死，斤斤計較亦曰歹死。這些人一反其態度，事事好商量，即曰好～hó～。

好～囡仔 hó～gín-á⇨義同。

【死人 sí-lâng】 ㊀已死之人。～～直～～ti̍t⇨愚直。～～戇～～gōng⇨忠如死人。～～望功德～～bāng kong-tek⇨死人希望人家來祭拜。喻希望甚少。～～拖節氣～～thoa cheh-khì⇨將死之人拖到過節了。喻壞事能拖一時不能拖永久。～～未走得仵作手～～bē cháu-tit ngō͘-choh chhiú⇨死人逃不了檢屍人之手。喻壞事早晚會露現的。～～醫會活，活人醫會死～～i ē oa̍h, oa̍h-lâng i ē sí⇨喻凡事結果如何，皆憑手段方法是否巧妙而定。～～拎桃枝～～gīm thô-ki⇨死人拿着桃枝，不搖也不動。喻做事不靈活或不通融。～～活虎～～oa̍h-hó͘⇨謂此兩物爲人所最怕者。㊁咒罵語。一顆恰如～～chi̍t-kho͘ kah-ná～～⇨恰似青仔欉kah-ná chhe-á-châng。～～金無人金～～kim bô-lâng kim⇨呪罵阿金其人。格彼類～～款kek hit-lōe～～khoán⇨扮得那麼討厭的樣子。欠您的～～債khiàm lín ê～～chè⇨同上。

【死力 sí-la̍t】 所有的力量，拼命。出～～強扶起來chhut～～kiāng-hû khí-lâi⇨拼命勉強扶起來。

【死了 si-liáu】 死矣。～～也～～à⇨死矣，死絕了。～～了也～～liáu à⇨死絕了。～～做聖人也～～chō sià$^{n}$-lâng-ā⇨死了做神了。喻人死了不會說話了。聖人sià$^{n}$-lâng指神。

【死也 sí-à】 死掉了。又作感嘆詞用，如：佅～～是否boeh～～sī-bō⇨罵人荒唐或唐突。知～～否chai～～hoh$^{n}$⇨知道嚴重性了罷。貪道～～ta$^{n}$ tō～～⇨而今壞了。～～不死～～m̄-sí⇨該不該死表示壞透了的感嘆詞。

【死亡 sí-bông】 死。～～診斷書～～chín-toàn-si⇨同上。

【死子 si-jí】 圍棋用語。無眼可活的死石，被吃掉的石子。

【死水 sí-chúi】 無來源無出口的水。

【死日 sí-ji̍t】 死之日。死期sí-kî。～～到也，猶不知死～～kàu-à, iáu-m̄-chai sí⇨死日到了還不知道。

【死孔 sí-khang】 死路。明其知影是～～你偏偏要去bēng-kì chai-iá$^{n}$ sī～～lí phian-phian boeh-khì⇨明知是死路你偏要去。

【死心 si-sim】 堅定的決心。～～佅合伊透尾～～boeh kah-i thàu-bóe⇨决心要伴他一生。什麼守寡，毋道看人會～～否sa-ma chiú-koá$^{n}$, m̄-tō khoà$^{n}$-lâng ē～～bō⇨說什麼要守寡，也該看她會不會死心呀。

【死目 sí-ba̍k】 ㊀死人之目。～～不愿契～～m̄-goān-kheh⇨死目不愿合攏。喻死也不甘心。㊁柴目chhâ-ba̍k。眼力差。你眞～～，現現於彼你亦無看見lí chin～～, hiān-hiān tī-hia li a̍h-bô khoà$^{n}$-ì⇨你柴目也。明明白白在那裡，你也看不見。阮～～看不八goán～～khoà$^{n}$ m̄-bat⇨我眼力差看不懂。㊂木材有～～活目oa̍h-ba̍k。立木枯枝腐爛，成材則成死目，反之則是活目。

【死主 si-chú】 喪家之主。喻認份凡事聽人安排不計較。阿三講起來亦眞～～a-sam kóng-khí-lâi a̍h chin～～⇨阿三說起來也很認本份。該較～～扲ài khah～～leh⇨應該認份或讓步一點。

【死册 sí-chheh】 死書。讀～～tha̍k～～⇨讀書而無用。

【死犯 sí-hoān】 ㊀死囚。㊁喻大胆不怕死的人。阿錦扲拍橄欖球，若～～扲你敢知a-kím teh phah ka-ná-kiû, goā～～leh lí kám chai⇨阿錦在踢橄欖球時，多麼大膽你曉得嗎。

【死白 sí-pe̍h】 面色～～bīn-sek～～⇨面無血色。

【死皮 sí-phôe】 無感覺的皮膚。有一重～～未落ū chi̍t-têng～～bōe-lak⇨還有一重死皮未脫落。

【死失 sí-sit】 死亡。～～慘重～～chhám-tiōng⇨同上。

【死肉 sí-bah】 失去感覺的肉。都不是～～講拍未痛to m̄-sī ～～ kóng phah-bē-thià$^{n}$⇨我這並不是死肉呀，何能打不痛。

【死米 sí-bí】 同死飯。食～～的chia̍h～～ê⇨只食飯不工作的人。

【死刑 sí-hêng】 判處～～phoà$^{n}$-chhī(chhū)～～⇨同上。

【死灰 sí-hoe(hui)】 冷灰。～～復燃～～ho̍k-jiân⇨同上。

【死血 sí-hoeh(huih)】 黑血。因外傷而變色的血。凝～～gêng～～⇨凝血gêng-hoeh(huih)。

【死囝 sí-kiá$^{n}$】 死了兒子。死的兒子。～～絕孫～～chē-sun⇨呪罵話。

【死扣 sí-khàu】 解不開的扣扭。死結sí-kat。

【死色 sí-sek】 不耀眼的色澤。即塊布看來是有較～～chit-tè pò· koà$^{n}$-lâi sī ū khah ～～⇨同上。

【死死 sí-sí】 ㊀同死。～～掉較贏～～tiàu khah iâ$^{n}$⇨死掉了較好。～～扲較省扲惱氣～～leh khah sé$^{n}$ teh ló·-khì⇨死了較免得惱怒。(上兩句都是對不肖子女的呪罵話)。㊁助詞。格～～kek～～⇨粧得無作爲。驚～～kia$^{n}$～～⇨畏首畏尾，沒有胆子。掟～～tē$^{n}$～～⇨手握得甚緊。喻掌握得極緊(金錢)。歹～～phái$^{n}$～～⇨罵對人態度蠻橫者。赹～～khiû～～⇨甚吝嗇。儉～～khiām～～⇨甚儉。刺～～chhiah～～⇨形容女態兇悍。刺巴巴chhiah-pê-pê。乘～～sáng～～⇨氣勢凌人。乘凌也。貴～～kùi～～⇨甚貴(物價)。稀罕～～hi-hán～～⇨極度珍惜。㊂喻不動，或無活動力。蓋釘～～koà-tèng～～⇨蓋釘得很緊。阿三彼顆人～～無効啦a-sam hit-kho·-lâng～～bô-hāu là⇨阿三他那家伙畏首畏尾無活動力不中用也。

【死守 sí-siú】 拼命防衛。又sí-chiú，無目的的守候。死守彼塊放屎地si-chiú hit-tè pàng-sái-tē⇨死守着那塊小小的不中用的土地。

【死物 sí-bu̍t】 無生命的東西。不能動的東西。

【死狗 sí-káu】 死之狗。～～爛羊～～noā-iû$^{n}$⇨罵長久寄食人家不知進退的食客之詞。

【死物 sí-mi̍h】 動物tōng-bu̍t的死屍。～～亦未咬人也扲驚甚～～a̍h bē kā-lâng-ā teh kia$^{n}$ sah$^{n}$⇨死物不咬人了怕什麼。

【死門 sí-mn̂g】 死地。險也。明明講彼是～～，你強俅入去bêng-bêng-kóng he sī～～，lí kiâng boeh jip-khì⇨明白說了那是死地，你硬要進去。

【死板 sí-pán】 呆板。一成不變的。不通融的。～～的空課～～ê khang-khòe⇨一定的工作。阿德做人眞～～a-tek chò-lâng chin～～⇨阿德做人很呆板。不知通融。按～～的àn～～ê⇨按照成例不能變更的。

【死性 sí-sè$^{n}$】 成性。竹該烘火熨藉熨會～～tek ài hang-hóe ut chiah ut-ē～～⇨同上。

【死直 sí-tit】 愚直。傻老實。人傷～～亦未用得lâng siu$^{n}$～～a̍h bē-iōng-tit⇨做人太過愚直也使不得。

【死後 sí-āu】 死之後。～～事尾藉長扲～～sū-bóe chiah tn̂g leh⇨死後問題才拖得長呢。

【死泉 sí-choâ$^{n}$】 已無水湧出的水泉。喻錢(財產)是有，但無其他收入。～～連鞭焦～～liâm-pi$^{n}$ ta⇨死泉不久必乾涸。喻無收入可補充的財產不久必盪盡。

【死活 sí-oa̍h】 死與活。七月半鴨仔，毋知～～chhit-goe̍h-poà$^{n}$ ah-á, m̄-chai～～⇨七月中旬的鴨子不知自己會死或會活。七月半普度，家家戶戶殺鷄殺鴨辦牲禮拜神，故七月半未過，是否被殺，鴨子本身是無法知道的。喩在重要關頭不知進退。～～的關頭～～ê koan-thâu⇨同上。

【死屍 sí-si】 死骸。～～無人來認～～bô lâng lâi jīn⇨同上。

【死神 sí-sîn】 ㈠死之神。㈡心志不爽快。感覺眞～～，攏無元氣kám-kak chin～～lóng bô goân-khì⇨同上。

【死紃 sí-sûn】 不輕易消失的線條。紙拗～～choá áu～～⇨同上。熨斗熨藉會～～ut-táu ut chiah ē～～⇨盪斗盪才會死紃。

【死案 sí-àn】 死罪的案件。即類～～仙亦無法度可移易chit lōe～～sian ah bô-hoat-tō hó î-ek⇨這種死罪的案件仙人亦沒辦法變更。

【死症 sí-chèng】 不治之病。少少年年安怎會着即類～～siáu-siáu liân-liân an-choá$^n$ ē-tioh chit-lōe～～⇨那麼年輕的人怎麼會患這種不治之病。

【死租 sí-cho͘】 定額與豐歉無干的租穀。

【死書 sí-chu】 同死册。讀～～⇨thak～～⇨同上。書chu, su,si也。

【死氣 sí-khùi】 ㈠氣不流通。炊粿～～道炊未熟chhoe-kóe～～tō chhoe bē(bōe) sek⇨炊粿之時蒸氣不通就炊不熟。㈡金融不圓滑。抵着銀根較～～道無法度週轉也tú-tioh gîn-kin khah～～to bô-hoat-tō͘ chiu-choán à⇨逢到銀根比較緊就無法週轉了。

【死骨 sí-kut】 喩懶怠的人。生性懶怠的人。～～端仔伓食不做耳，～～kan-a boeh-chiah-m̄-chò niâ⇨只是要食不做而已。

【死脈 sí-meh】 死時之脈。

【死蛇 sí-choâ】 ～～活尾溜～～oah bóe-liu⇨蛇被打死尾端還在旋動。喩事雖解決，事後可能會再發展。～～較貴烏魚鰻～～khah-kùi o͘-hî-moâ⇨死蛇比烏魚溪鰻khe-moâ還貴，喩賤貨貴賣。～～食到畚箕甲～～chiah kà pùn-ki-kah⇨死蛇開始一直升到畚箕甲(毒蛇名)都當藥吃過了。喩病不擇藥的無可奈何。～～都伓食也，鱔魚曷走會去～～to boeh-chiah à siān-hî ah cháu-ē-khì⇨連死蛇都要吃了，鱔魚何能跑得了。喩在貪婪者之前大小皆遭殃。

【死訣 sí-koat】 老法術。草地商理照～～抄做，逐個每會曉chhāu-tē seng-lí chiàu～～teh chò, tak-ê mā ē-hiáu⇨鄉村的生意按老方法在做，誰都會做。亦喩固執。執一個～～不聽人講chip chit-ê～～m̄ thia$^n$-lâng-kóng⇨死守一個老法不聽從人家的話。

【死產 sí-sán】 頭胎～～去thâu-the～～khì⇨第一胎死產掉了。

【死絕 sí-chē】 死盡。歸家攏～～了了也kui-ke lóng～～liáu liáu-à⇨全家皆死絕了。

【死結 sí-kat】 同死扣。扣指硬性的，如金屬類；結指軟的，如繩，絲等。拍～～phah～～⇨同上。

【死硬 sí-ngeh】 強硬。～～愛(伓)～～ài (boeh)⇨強硬要。～～直～～tit⇨愚直。～～派對抗溫和派～～phài tùi-khòng un-hô-phài⇨同上。

【死寃 sí-oan】 不解之寃仇。結～～kiat～～⇨同上。

【死飯 sí-pn̄g】 同死米。食～～的chiah～～ê⇨幼童，老人，失業者等，不事生產者。囝仔攏免食～～也gín-á lóng bián chiah～～ā⇨兒女皆不必吃死飯了。意謂兒女皆長大可從事工作自食其力了。

【死節 sí-chiat】 死於節義。

【死罪 sí-chōe】 死刑。～～可赦，活罪難免～～khó sià, oah-chōe lân-bián⇨同上。～～無餓罪重～～bô gō-chōe tāng⇨死罪沒有餓罪那麼重。謂餓比死還難受。

【死會 sí-hōe】 ㈠已標了的標會。㈡已婚(或已訂婚)的男女亦曰死會sí-hōe。阿花！你是

～～，無資格合人諳諳叫也a-hoe！lí sī～～，bô chu-keh kah lâng ta-ta kiō-à⇨阿花！你是有夫(或訂了婚)之人，無資格與人講大聲話了。

【死路 sí-lō͘】 死之路。覕～～chhōe～～⇨求死。行～～kiâⁿ～～⇨自殺。

【死落 sí-lo̍h】 死下去。死了。一下～～講無人行脚到chi̍t-ē～～kóng bô-lâng kiâⁿ-kha-kàu⇨一死下去竟沒人來探問。人～～敢不是雙手空空lâng～～kám m̄-sī siang-chhiú khang-khang⇨人死了還不是雙手空空如也，喩死不帶去。

【死傷 sí-siang】 死的傷的。即次的地動無人～～chit-chhù ê tē-tāng bô-lâng～～⇨此次的地震沒有人死傷。

【死煞 sí-soah】 人死事亦完了。人講～～也～～，既死了也，就無法度也唔lâng kóng～～a～～, kà sí-liáu ià, chiū bô-hoat-tō ā m̄⇨人言死就罷了，既然死了也就沒辦法了，不是嗎。

【死運 sí-ūn】 死之運。喩惡運，不幸。安怎會抵着即類～～an-choáⁿ ē tú-ti̍oh-chit-lōe～～⇨何以會逢到這種壞運。

【死綿 sí-mî】 極度熱中也。讀册眞～～tha̍k-chheh chin～～⇨讀書非常熱心。～～扲纏阿花～～teh tîⁿ a-hoe⇨極熱中於追阿花小姐。～～死纏～～sí-tîⁿ⇨拼命追求。

【死酸 sí-sng】 無活力。彼個囡仔眞～～hit ê gín-á chin～～⇨那個小孩很不活潑。

【死趖 sí-sô】 不活潑。彼個人～～～～hit ê lâng～～～～⇨那個人慢呑呑的。眞～～chin～～⇨同上。

【死樹 sí-chhiū】 枯木。～～開花～～khui-hoe⇨起死回生。

【死嘴 sí-chhùi】 禁口。未～～bē(bōe)～～⇨不認輸。乎人提出證據來反駁藉～～hō͘-lâng thê-chhut chèng-kì lâi hoán-pak chiah～～⇨同上。

【死錢 sí-chîⁿ】 死藏而不加活用的錢。查某人上佼庋～～cha-bó͘-lâng sián-gâu khǹg～～⇨女人最會藏死錢。

【死貓 sí-niau】 ～～吊樹頭，死狗放水流～～tiàu chhiū-thâu, sí-káu pàng-chúi-lâu⇨古老的死貓死狗處理法，極不合當今的衛生觀念。

【死猪 sí-ti】 ～～仔陳砧～～á tìn-tiam⇨小死猪佔肉砧位。喩小人物杜塞重要的職位。

【死體 sí-thé】 屍。屍體。～～檢驗～～kiám-giām⇨同上。

【死丁丁 sí-teng-teng】 無發展性。愚鈍不通融。～～～的所在～～～ê só͘-chāi⇨無發展性的地方。一顆人～～～chi̍t-kho͘-lâng～～～⇨一個大男人愚直不通變，或不求上進或發展。

【死乞食 sí-khit-chiah】 該死的乞食。你即個～～～lí chit-ê～～～⇨你這個該死的乞食。

【死囡仔 sí-gín-á】 ㊀已死的孩童。㊁對孩童的罵詞。～～～囝～～～kiáⁿ，～～～鬼～～～kúi，～～～胚～～～phoe，～～～栽～～～chai，皆罵孩童之詞。夭壽～～～iáu-siū～～～⇨天殺的死童。～～～撐～～～theⁿ⇨背泳。～～～墓～～～bōng⇨無向bô-n̄g，即無希望也，向n̄g即方向，與映望n̄g-bāng的映諧音。蓋死童隨便埋葬，不看方向，即無向也。又謂死童不做墓bô-bāng，與無望bô-bōng諧音。

【死身胚 sí-sin-phoe】 死身的材料。不理不管，打罵由人的態度。張一個～～～tiuⁿ chi̍t-ê～～～⇨故意粧成一個死身胚。

【死乎人 sí-hō-lâng】 同死賴人。端仔俫～～～kan-aboeh～～～⇨只是要死賴人。

【死偶拮 sí-ngō-khiat】 彼此拼命對抗。彼二個道～～～無煞的hit-n̄ng-ê tō～～～bô-soah ê⇨他們兩人就是彼此對抗如仇人無休的。

【死硬硬 sí-giān-giān】 死得硬直了。完全死了。～～～也～～～ā⇨同上。貪都～～～也ta$^{n}$ to～～～ā⇨而今沒辦法了。

【死窟水 sí-khut-chúi】 無水源無出路的水。喻有限度的錢財。～～～有若敥可舀～～～ū goā-chē hó iú$^{n}$⇨死窟水有多少可舀取，謂有限的錢財能用多久。

【死賴人 sí-loā-lâng】 強要人承担。以死要人承担。較慘伓～～～khah chhám boeh～～～⇨恰如要死賴人一樣。

【死翹翹 sí-khiàu-khiàu】 同死硬硬。～～～也～～～ā⇨同上。

【死子絕孫 sí-kiá$^{n}$-chē-sun】 子孫皆死絕。曷未～～～～ah bē～～～～⇨何不子孫都死絕。

【死五絕六 sí-gō·-chē-lak】 生意人謂五月六月為最淡的月份。五月六月顧客都死絕。

【死去活來 sí-khì-oah-lâi】 病到～～～～pē$^{n}$ kà～～～～⇨病得要死要活。

【死坐活食 sí-chē-oah-chiah】 坐食。徒食。～～～～無要振動～～～～bô boeh tín-tāng⇨只是坐食不肯勞動工作。

【死來活去 sí-lâi-oah-khì】 同死去活來。磨到～～～～boâ kà～～～～⇨同上。磨boâ，喻辛勤操勞。

【死某換新衫 sí-bó-oā$^{n}$-sin-sa$^{n}$】 謂妻死娶個新妻如舊衣換新衣。妻俗曰某bó·。

【死翁刈韮菜 sí-ang-koah-kú-chhài】 謂夫死換個新夫，一如韮菜刈了又發新芽。

【死鴨硬嘴巴 sí-ah-ngeh-chhùi-pe】 喻極度嘴硬。死鴨亦可說成死鴨仔sí-ah-á。

【死虎做活虎拍 sí-hó·-chò-oah-hó·-phah】 喻盡力設法醫治。總是～～～～～～也chóng sī～～～～～～à⇨結局是要盡量醫治而已。

【死馬做活馬醫 sí-bé-chò-oah-bé-i】 同死虎作活虎打。

【死龜諍到活鱉 sí-ku-chè$^{n}$(chì$^{n}$) kà-oah-pih】 將死龜強辯為活鱉。喻作極度的強辯。

sí **始** 初也。本也。開～khai～⇨同上。元～goân～⇨同上。

【始末 sí-boat】 本末。自始至終。二二八事變的～～jī-jī-pat sū-piàn-ê～～⇨同上。

【始祖 sí-chó·】 元祖。開基之人。

【始創 sí-chhòng】 開始創業。～～人～～jîn⇨同上。

【始業 sí-giap】 開課。學校的～～式hak-hāu ê～～sek⇨學校的開學典禮。

sì **四** 數名也。重要文件多作肆，以免錯誤（見su部）。不三不～的查某put-sam put～ê cha-bó⇨越軌的女人。對少女即作查某囡仔cha-bó-gín-á。不成三不成～m̄-chiâ$^{n}$ sa$^{n}$ m̄-chiâ$^{n}$～⇨三有多四不足sam iú to sì put-chiok。喻不成禮或不成體。三做～不着sa$^{n}$-chò～m̄-tioh⇨謂運途不佳，所做皆不對勁。三講～不着sa$^{n}$-kóng～m̄ tioh⇨所說皆錯。三除～扣都攏無去也sa$^{n}$ tî～khàu to lóng bô-khì-à⇨三件除外四件扣抵，結果都沒有了。

【四月 sì-goeh】 ～～芒種雨，五月無焟土，六月火燒埔～～bông-chéng-hō·, gō·-goeh bô ta-thô·, lak-goeh hóe sio-po·⇨農諺。謂四月芒種那天如果下雨，五月就會連續下雨，六月就會亢旱khòng-oā$^{n}$至於草埔着火。～～晴，稻稿較大楹～～chê$^{n}$, tiū-kó khah toā ê$^{n}$⇨農諺。謂四月初一至初四的四天，如果連續晴天，即稻的成長會很好，會大到如楹之大。～～初八雨，稻稿曝到死～～chhe-peh í, tiū-kó phak-kà-sí⇨農諺。謂四月初八如果下雨，稻稿就會晒死。～～初一落雨空歡喜，初二落雨有花結無子，初三落雨有粟做無米，初四落雨漉輪里～～chhe-it loh-hō· khang-hoa$^{n}$-hí, chhe-jī loh-hō· ū-hoe kiat-bô-chí, chhē-sa$^{n}$ loh-hō· ū-chhek chò-bô-bí, chhe-sì loh-hō· lok-liān-lí⇨農諺。謂四月，如果初一下雨，將是空

歡喜無實効。初二下雨即空開花不結子，初三下雨，即有粟但不結實，初四下雨，即將陷入困難的地步。亦即謂四月頭四天下雨於農家是極度不妙的。

【四方 sì-hng】 東西南北。濶嘴查甫食～～，濶嘴查某食田園khoah-chhùi cha-po· chia̍h ～～,khoah-chhùi cha-bó· chia̍h chhân-hn̂g⇨謂口大的男人可以有發展性；口大的女人不佳，將吃倒家產。

【四正 sì-chià$^{n}$】 端正。坐無～～未用得chē bô～～bē-iōng(iēng)-tit⇨坐不端正不行。坐乎四四正正chē hō· sì-sì-chià$^{n}$-chià$^{n}$⇨宜坐得端端正正（帶有命令性）。

【四仙 sì-sian】 四客的小方桌。～～桌～～toh⇨同上。

【四旬 sì-sûn】 死者的第四個七日。死者七日爲一旬。

【四角 sì-kak】 ㊀四毛錢。㊁四隅。㊂方形。爭差～～銀耳,不當相諍cheng-chha～～gîn niâ m̄-thang sio-chè$^{n}$⇨相差只是四毛錢而已，不可爭論。～～頭～～thâu⇨四隅。～～磚～～chng⇨方形磚。～～ 磚踏無一角着 ～～ chng ta̍h-bô-chi̍t-kak tio̍h⇨喻於事完全沒相干。～～形～～hêng⇨同上。～～箍仔～～kho·-á⇨方形的環。食～～ 肉chia̍h ～～ bah⇨幫忙喪家。據稱喪家以方形肉獻祭後饗客。

【四更 sì-ke$^{n}$(ki$^{n}$)】 夜半二時許。鼓打～～kó· tá$^{n}$～～⇨同上。～～天～～thi$^{n}$⇨四更的時候。

【四周 sì-chiu】 sù-chiu。㊀四周圍㊁將圓形物四等分。西瓜切做 ～～ si-koe chhiat-chò ～～⇨西瓜切成四片。竹仔破做～～也tek-á-phoà-chò～～a⇨竹筒裂開爲四片了。

【四季 sì-kùi】 春夏秋冬。～～春～～chhun⇨四季皆春。～～春仔～～chhun-á⇨民歌名。

【四刻 sì-khek】 一小時。一刻十五分。

【四兩 sì-niú】 一斤的四分之一。～～ 人講半斤話～～lâng kóng poà$^{n}$-kin ōe⇨喻說話不按本份，吹牛也。～～ 盎仔無除 ～～ n̂g-á bô-tî⇨喻不自知缺點却專挑人不是。千斤力不值著～～ 命chhian-kin la̍t m̄-tat-tio̍h ～～ miā⇨有舉千斤的力量也不如有四兩命的人。喻力量大不如運命好。～～ 破千斤 ～～ phoà chhian-kin⇨喻只要運用得當，小能勝大。～～仔甘甘 ～～ á kam-kam⇨喻不知本份的自私自利。例如兄弟大家出錢做某事，他却不問不聞，而一毛不拔。

【四面 sì-bīn】 四周。四方。～～包圍～～pau-ûi⇨同上。～～楚歌～～chhó·-ko⇨喻孤立無援的情形。項羽下場。

【四界 sì-kè】 四處，各地。～～走～～cháu⇨跑各地。～～行，～～坐～～kiâ$^{n}$～～chē⇨隨便散步，隨便坐下來聊天。滿 ～～ boa$^{n}$ ～～⇨喻甚多，到處攏有。八道理的人滿～～bat-tō-lí ê lâng boá$^{n}$～～ ⇨懂得道理的人多得是。愛錢乎，滿～～也，驚你無才調去提耳ài-chî$^{n}$ hō·,boa$^{n}$～～ à, kia$^{n}$-lí bô châi-tiāu khì the̍h niâ⇨要錢嗎，多得很，怕你沒能耐去要而已。～～討食 ～～ thó-chia̍h⇨到處求生活。～～欠人的錢 ～～ khiàm-lâng ê chî$^{n}$⇨到處欠人家的債。～～穢～～òe⇨到處弄得髒兮兮。

【四柱 sì-thiāu】 生年月日時爲四柱，婚姻要看男女雙方的四柱合不合。～～未相剋～～bē(bōe) siang-khek⇨四柱沒有相剋。可以論婚。

【四破 sì-phoà】 一物裂開爲四。一枝竹仔做～～chi̍t-ki tek-á chò～～⇨一竹裂爲四片。～～脯 ～～ pó·⇨一種鹹魚脯名。魚身可裂爲四片。

【四展 sì-tián】 睡成大字形。查某人睏～～無體統cha-bó·-lâng khùn ～～ bô thé-thóng⇨女人睡大字形沒規矩。

【四脚 sì-kha】 ～～的 ～～ e⇨獸類。當年

指日本人。～～砧～～tiam⇨有四脚之砧。～～爬～～pê⇨指人如狗爬。～～虎～～hó͘⇨同四脚爬。～～亭仔～～têng-á⇨四柱的小亭。～～翹上天～～khiàu chiū$^{n}$-thi$^{n}$⇨四脚朝天。～～蛇～～choā⇨蜥蜴，或曰～～跳仔～～thiàu-á。

**【四棒 sì-pāng】** 又端正，又均匀。面馬生做眞～～bīn-bé se$^{n}$-chò chin～～⇨面貌天生很端正。～～厚重～～hō͘-tiōng⇨端正豐滿。

**【四散 sì-soà$^{n}$】** 分散。～～去也～～khì-à⇨分散去了。～～人～～lâng⇨各方面的人。～～人攏來也～～lâng lóng lâi-à⇨各方面的人皆來了。

**【四圍 sì-ûi】** 四周。～～攏是人家～～lóng sī jîn-ke⇨四周皆住家。

**【四砸 sì-phiat】** 四小盤。～～一碗湯～～chi̍t-oá$^{n}$ thng⇨四小盤菜蔬加一碗湯的飯食。喩相當不錯的日常餐食。

**【四腿 sì-thúi】** 四股。拆做～～thiah chò～～⇨裂成四股。拆做～～食落腹thiah chò～～chia̍h-lo̍h-pak⇨妖精或猛獸將人裂成四股呑入腹中。

**【四齒 sì-khí】** 一種四叉的農具。～～仔～～á⇨同上。

**【四轎 sì-kiō】** 四人扛的大轎。迎新娘的花轎。紅燈～～âng-teng～～⇨以紅燈四轎迎新娘。紅燈～～扛不去，藉貼帛仔來促âng-teng～～kng-m̄-khì, chiah tah phe̍h-á lâi-jiok⇨謂姑娘擇偶，有門當戶對，明媒正娶的人家可矣，否則千挑萬選到頭來要跟人私奔，那就慘了。貼帛仔，以帛束髮，喩草草理裝。

**【四邊 sì-pi$^{n}$】** 周邊。附近。～～無一倎～～bô chi̍t-oá⇨謂附近無人可依靠。亦喩孤立無援。

**【四冬透 sì-tang-thàu】** 一年稻穀兩種兩收合計曰四冬，謂種田刈稻等各種工作件件皆能。阿吉是～～～的，你不好看衷的無點a-kiat sī～～～è, lí m̄-hó khoà$^{n}$ niau-ê bô-tiám⇨謂阿吉耕田工作件件皆能你不可看他不起。衷niau，飾馬的花布帶。

**【四名伕 sì-miâ-hu】** 四伕的大轎。

**【四壯生 sì-chàng-se$^{n}$(si$^{n}$)】** 長得很強壯。生做眞～～～se$^{n}$-chò chin～～～⇨生得身體很健壯。亦單說四壯sì-chàng。

**【四剖脯 sì-phoà-pó͘】** 大尾的熟脯，可剖開爲四整片，故名。

**【四淋垂 sì-lâm-sûi】** 汪汪而流。目屎～～～ba̍k-sái～～～⇨眼淚汪汪而流。

**【四桶齊 sì-tháng-chê】** 四面皆平匀。

**【四捨五入 sì-sià-gō-ji̍p】** 一種計算法，四以下捨掉五以上入賬。

**【四十九日烏 siap-káu-ji̍t-o͘】** 連續雨陰天四十九日。四十連讀爲siap，亦作卌siap。

## sì 勢

方向也。力量所動曰勢sì，亦勢sè也。角～kak～⇨方向。地區。佗一角～的人to-chi̍t kak～ê lâng⇨何方神聖。彼角～的人hit-kak～ê lâng⇨那方面的人。東～角tang～kak⇨地名。扮～pān～⇨情形。～～無當好～～bô-thang-hó⇨情形不妙。風～hong～⇨風的方向。放屎未曉看風～pàng-sái bē(bōe)-hiáu khoà$^{n}$ hong～⇨喩智不能見風轉舵。

**【勢力 sì-le̍k】** 同sè-le̍k。～～家～～ka⇨有勢之人。

**【勢面 sì-bīn】** 情勢。～～無好～～bô-hó⇨情形不佳。較有～～khah ū～～⇨比較優勢。

**【勢出無奈 sì-chhut-bû-nāi】** 見sè部。

## sì 世

人間也。人之一生曰世sì，亦世sè也。一～人chi̍t～lâng⇨人自生至死。一～人到外久chi̍t～lâng kà goā-kú⇨人一生究有若干時間。出～chhut～⇨出生。降生。

**【世代 sì-tāi】** 一世一代（見se部）。

**sî 弒** 下殺上也。臣殺君也。

【弒君 sî-kun】 臣殺君。

【弒逆 sî-ge̍k】 ～～篡位～～chhoàn-ūi⇨殺其王奪其位以自代。

**sî 時** 四季也。年月日也。時辰也。時間也。因～制宜in～chè-gî⇨同上。無～閑bô～êng⇨無閑時。不～都有put～to ū⇨任何時皆有。～也命也運也～iā bēng-iā ūn-iā⇨怨嘆時運不濟的口頭禪。一～不比一時chi̍t-sî put-pí chi̍t-sî⇨此時不能與那時比較。喻時勢已不相同。看～看日khoà$^{n}$～khoà$^{n}$-ji̍t⇨慎重選擇時日。

【時人 sî-jîn】 當今的人。～～不識余心樂～～put-sek î sim lo̍k⇨同上。

【時文 sî-bûn】 當今的文章或文體。寫～～siá～～⇨同上。

【時日 sî-ji̍t】 時間與期日。照～～行chiàu～～kiâ$^{n}$⇨按照既定的日程進行。

【時令 sî-lēng】 時節。～～行入冬也～～kiâ$^{n}$ ji̍p tang a⇨時令進入冬季了。

【時世 sî-sè】 時代。～～的變遷～～ê piàn-chhian⇨時代的變化。

【時代 sî-tāi】 時世。時期。世代。～～不同也～～put-tông ā⇨時代不同了。～～無共款也～～bô kāng-khoán à⇨義同。文明～～bûn-bêng～～⇨同上。

【時行 sî-hêng】 流行。最～～的服式chòe～～ê ho̍k-sek⇨最流行的服式。

【時行 sî-kiâ$^{n}$】 流行。慣行。未～～也bē～～ā⇨不流行了。行不通了。你都上～～也lí to siāng～～ā⇨你就是最慣行此事的（罵人有壞習慣的用詞，例如用物不歸原處等等）。～～要安爾～～boeh an-ne⇨慣於要如此做(亦罵人詞)。

【時式 sî-sek(sit)】 當今的作風。流行的樣式。

【時局 sî-kio̍k】 ～～眞緊張～～chin kín-tiu$^{n}$⇨同上。～～未安定～～bē an-tēng⇨同上。

【時辰 sî-sîn】 時刻。～～儀～～gī⇨計時器。甚麼～～出世的sa-ma～～chhut-sì ê⇨何時何刻出生。

【時宜 sî-gî】 不合～～的事情做了會上人的嘴put-ha̍p～～ê sū chêng chò-liáu ē chiū$^{n}$-lâng-ê chhùi⇨不合時宜的事情做了會遭人議論。

【時雨 sî-í(ú)】 陣雨tīn-hō·。有時好天有時～～ū-sî hó-thi$^{n}$ ū-sî～～⇨同上。

【時到 sî-kàu】 時候到了。～～你道知～～lí tō chai⇨時候到了你就知道結果如何(多用爲警告，結果必嚴重的)。～～花便開～～hoa piān khai⇨時候到了自然會開花。時候到了，自然見結果。

【時刻 sî-khek】 時間。時限。～～猶未到～～iáu-bōe kàu⇨時間還未到。

【時事 sî-sû】 當今的問題或事件。～～報道～～pò-tō⇨同上。

【時限 sî-hān】 期限。～～得必到也～～tit boeh kàu à⇨期限將要到了。得未tit-boeh, teh-beh, tih-boeh。

【時疫 sî-e̍k】 流行病。

【時派 sî-phài】 當今流行式。穿插眞～～chhēng-chhah chin～～⇨衣着很流行。

【時俗 sî-sio̍k】 當今的風俗。～～愛趁流行～～ài thàn liû-hêng⇨時俗喜歡跟着流行走。

【時症 sî-chèng】 流行病。

【時陣 sî-chūn】 同時節或時候。時刻。於即～～忽然間天黑地暗tī chit～～hut-jiân-kan thi$^{n}$-o· tē-àm⇨在此刻突然天黑地暗了。耳耳的～～niā-niā ê～～⇨話母ōe-bó。無特別意義。有人好用之。

【時候 sî-hāu】 時，時機。～～感到也～～

kám kàu à⇨時間到了嗎。是～～猶未到，不是善惡都無報sí～～iáu-bōe kàu, m̄-sī siān-ok to bô-pò⇨是時間還未到，不是善惡都沒報應。

【時氣 sî-khì】 氣候性。～～感～～kám⇨氣候性的感冒。～～嗽～～sàu⇨氣候變換的咳嗽。～～病～～pēⁿ⇨流行病。

【時時 sî-sî】 時常。每時。～～都於厝裡～～to tī chhù-lì⇨經常在家。～～刻刻～～khek-khek⇨每時每刻。

【時值 sî-tıt(tat)】 時價。～～數萬～～sò·-bān⇨同上。

【時務 sî-bū】 時勢。時流。不識～～是書生put-sek～～sī si-seng⇨同上。識～～者爲豪傑sek～～chiá ûi hô-kiat⇨同上。

【時常 sî-siông(siâng)】 經常。屢屢。～～會發生的事情～～ē hoat-seng ê sū-chêng⇨經常會發生的事情。

【時羞 sî-siù】 時鮮的食品。轉而指點心tiám-sim。遠具～～之奠，祭爾十二郎之靈oán kī～～chi tiān, chè ní sıp-jī-lông chi lêng⇨同上。～～仔～～á⇨點心。～～仔食傷敍會損害身體～～á chiah siuⁿ chē ē sún-hāi sin-thé⇨點心等東西吃太多會損壞身體。囡仔愛食～～仔gín-á ài chiah～～á⇨小童喜歡吃點心。

【時間 sî-kan】 ～～是金錢～～sī kim-chîⁿ⇨同上。我無彼類美國～～goá bô hit-lōe bí-kok～～⇨我沒有那麼多的時間。美國bí-kok，多的形容詞。

【時期 sî-kî】 一定的日期。～～猶未到～～á-bōe kàu⇨日期還未到。

【時款 sî-khoán】 當今的流行。逐家都愛促～～tak-ê to-ài jiok～～⇨每個人都高興追隨流行。促jiok，追tui也。

【時畫 sî-ōe】 流行的繪畫。

【時節 sî-cheh】 ㊀時候。清明～～雨紛紛chheng-bêng～～í hun-hun⇨同上。㊁又當助詞用，以示愼重。彼條的～～都解決了也，曷使更講hit-tiâu ê～～to kái-koat-liáu à, ah-sái koh-kóng⇨那一件事都解決了了，何必再說。你的～～講話無一擺有信用 lí ê～～kóng-ōe bô-chıt-pái ū sìn-iōng⇨你這家貨，講話沒一次可信。又有人話中常挾用耳耳的～～niâ-niâ ê～～，其實可有可無，並無重大意義。所謂話母ōe-bó者也。耳耳niâ-niâ，耳niâ，而已的重複之詞。

【時裝 sî-chong】 當今的服裝。現代裝。～～表演～～piáu-ián⇨同上。

【時勢 sî-sè】 時代的形勢。～～造英雄～～chō eng-hiông⇨同上。

【時煞 sî-soah】 時辰的煞神，據稱時辰不合，煞神即出現爲禍。犯～～未使得hoān～～bē-sái-tit⇨謂時辰不對會冲犯煞神使不得。

【時運 sî-ūn】 運氣。抵着好～～tú-tioh hó～～⇨逢到好運氣。～～不濟～～put-chè⇨同上。

【時際 sî-chè】 時。際會。時局極度緊張的～～sî-kiok kek-tō· kín-tiuⁿ ê～～⇨同上。

【時樣 sî-iūⁿ】 流行的樣式。

【時價 sî-kè】 市價。

【時機 sî-ki】 時候。時運。等候～～tán-hāu～～⇨等待機會。

【時錶 sî-pió】 金～～kim～～⇨同上。

【時頭 sî-thâu】 一個時辰的開始。未～～午時尾bī～～ngó·-sî-bóe⇨午時未時相接之時。～～時中，時尾～～sî-tiong, sî-bóe⇨同上。

【時醫 sî-i】 雖非實力，但運氣好，每每著手生春的醫生。

【時鐘 sî-cheng】 ～～該較有準～～ài kah-ū-chún⇨時鐘應該較得準確。

【時抵時 sî-tú-sî】 數時辰。論時辰。一下去道該～～～藉有回頭chıt-ē-khì, tō ài～～～chiah ū hôe-thâu⇨一去就要幾個時辰才能回來。與日抵日jit-tú-jīt⇨(好多天)，千抵千chheng-tú-chheng(好多千)等同一語法。

【時到時當 sî-kàu-sî-tng】 當亦作担當tam-tng。時候到了另作打算。謂爲今之計無可奈何，只好做下去。～～～～，無米藉食蕃薯湯～～～～～，bô-bí chiah chiah han-chî-thng⇨同上。

sî
**匙** 湯匙也。鎖匙也。湯～thng～⇨同上。茶～tê～⇨同上。飯～pn̄g～⇨同上。藥～ioh～⇨同上。鎖～só～⇨同上。

【匙仔 sî-á】 匙類之總稱。湯～～thng～～同上。～～簪～～chiam⇨匙形的簪。

sî
**辭** 文章也。別去也。退去也。推～chhui～⇨同上。推～the～⇨推辭。請合～chhiáⁿ-kah～⇨極度不歡迎。

【辭世 sî-sè】 死亡的雅詞。

【辭生 sî-seⁿ(siⁿ)】 入棺時的祭拜。

【辭行 sî-hêng】 臨行辭別。

【辭任 sî-jīm】 退任。

【辭年 sî-nî】 除夕拜神。

【辭別 sî-piat】 作別。同辭行。

【辭官 sî-koan】 相逢盡道～～去，林下何曾見一人siang-hông chīn tō～～khì, lîm-hē hô-chêng kiàn it-jîn⇨唐詩。

【辭表 sî-pió】 辭職書。辭呈sî-thêng,辭帖sî-thiap等皆同義。

【辭神 sî-sîn】 ㊀祭畢撤去祭物。㊁死前取消對神所繫諸願。

【辭職 sî-chit】 辭退職務。～～ 退官～～thē-koan⇨同上。

【辭公媽 sî-kong-má】 辭祖先牌位。喻將赴死。～～～來的～～～lâi ē⇨決死才來的。

【辭辛勞 sî-sin-lô】 辭退使用中的店員，不繼續雇用。頭家～～～thâu-ke～～～⇨老板辭退店員。

【辭頭路 sî-thâu-lō】 辭退職業(被雇用)。～～～食家己～～～chiah-ka-kī⇨辭退薪水職務，自食其力。

【辭還人 sî-hêng-lâng】 退物還人。

sī
**視** 瞻也。看也。審察也。近～kīn～⇨同上。輕～khin～⇨看輕別人。遠～oán～⇨同上。斜～siâ～⇨同上。虎～hó～⇨同上。坐～chō～⇨同上。監～kàm～⇨同上。透～thàu～⇨同上。

【視力 sī-lek】 ～～有較差～～ū khah chha⇨同上。～～表～～piáu⇨檢驗視力的小工具。

【視角 sī-kak】 自眼球至物體的兩端所構成的角度。物體的遠近與視角的大小，成反比例。

【視界 sī-kài】 看得見的範圍。霧眞大，～～未開bū chin toā～～，bē-khui⇨同上。

【視野 sī-iá】 眼力所及的範圍。視界。

【視察 sī-chhat】 交通情形的～～kau-thong chêng-hêng ê～～⇨同上。

【視線 sī-soàⁿ】 目與物之間假定有視力之線條之存在。

【視學 sī-hak】 教育官員。亦督學tok-hak之類。

【視覺 sī-kak】 看東西的感覺。～～神經～～sîn-keng⇨視神經sī-sîn-keng。

【視死如歸 sī-sí-jî-kui】 認爲得死如同得到歸宿之所，喻樂意効命。三軍之士，皆～～～～sam-kun chi sū, kai～～～～⇨同上。

sī
**是** 直也。此也。肯定之詞。正～chiàⁿ～⇨同上。不～m̄～⇨不是。多敢～to-káⁿ～⇨驚做～kiaⁿ-chō～⇨卜敢～pok-káⁿ～⇨打算～phah-sǹg～⇨皆推測之詞。慢且～bān-chhiáⁿ～⇨少等一下。慢慢仔～bān-bān-á～⇨慢慢來。滿滿～boáⁿ-boá～⇨多得很。國～kok～⇨同上。公～公非kong～kong-hui⇨同上。逡仔～ûn-á～⇨慢慢來。

【是毋 sī-m̄】 毋m̄亦作唔m̄(原第七聲變第三聲)。同是否sī-bō。無抵好～～bô-tú-hó～～⇨不舒服嗎(身體)。未抵好～～bē-tú-hó

～～⇨不方便嗎(例如錢)。安爾～～an-ne(ni)～～⇨如此嗎。想通也～～siūⁿ-thong a～～⇨想通了嗎。按亦皆付在句末。

【是否 sī-bò͘】 對不對。無錢～～bô-chîⁿ～～⇨沒錢嗎。不肯～～m̄-khéng～～⇨不肯嗎。不着～～m̄-tio̍h～～⇨不對嗎。猶有問題～～iáu-ū būn-tê～～⇨還有問題嗎。按如上例，在句末者讀sī-bò͘，但在句首或挾在句中者，即改讀sī-hó͘。例如：～～無錢也～～bô-chîⁿ-ā⇨沒錢了嗎。～～反對我～～hoán-tùi goá⇨是不是反對我。～～猶有疑問～～iáu-ū gî-būn⇨是不是還有疑問等是。

【是非 sī-hui】 不當講人的～～m̄-thang kóng lâng ê～～⇨不應該說人家的是或非。～～曲直～～khiok-ti̍t⇨同上。～～之地莫去較好～～chi tē mài-khì khah-hó⇨是非之地不去爲妙。最好莫惹～～chòe-hó mài-jiá～～⇨最好是不生事端。鬧出～～nāu-chhut～～⇨惹起爭端。

【是誰 sī-chiâ(chûi, sûi)】 何人。chiâ疑爲誰也chûi-ià之變音。

【是脹 sī-siàu】 最後的決定。講贏的～～，是否kóng-iâⁿ-ē～～，sī-bò͘⇨講話講贏了，就算贏定了，是嗎。搶贏的～～chhiúⁿ-iâⁿ-ê～～⇨搶到就算數。

【是不是 sī-m̄-sī】 對否。對與不對。不論如何。～～～拍(罵)家己～～～phah(mē)-ka-kī(ka-tī)⇨喻不論如何，應該先責備自己再說。～～～彼條錢該白了也～～～hit-tiâu-chîⁿ ài pe̍h-liáu à⇨無論如何，那筆錢非白白損失不可了。

【是安爾 sī-an-ne(ni)】 是如此。原來如此。伊講的～～～i kóng-ê～～～⇨他說的是這樣。～～～着～～～tioh⇨是這樣，對。

【是非根 sī-hui-kin】 生命根。雙手闢開生死路，一刀割斷～～～siang-chhiú phek-khai seⁿ-sí-lō͘, it-to koat-toān～～～⇨據稱是臭頭洪武chhàu-thâu hông-bú朱元璋爲一個閹猪的御撰的春聯。

【是都着 sī-to-tio̍h】 對。又忽想起某事時的助詞。～～～，彼條錢煞猶未合你算～～～，hit tiâu-chîⁿ soah á-bōe kah-lí-sǹg⇨噫，對了，那條錢竟還未同你算清楚。

【是年是節 sī-nî-sī-cheh】 逢年節。～～～～每該趁人～～～～mā-ài thàn-lâng⇨逢年逢節也須照別人的樣子去做。

【是是非非 sī-sī-hui-hui】 有說是有說非。～～～～，話講未了～～～～，ōe kóng bē-liáu⇨是非的話很多很多。

【是晝是暗 sī-tàu-sī-àm】 午飯夜飯。喻每日三餐。～～～～亦不知當轉來食～～～～a̍h m̄-chai thang tńg-lâi chia̍h⇨吃飯的時候也不知道應該回來吃飯。

【是親不是親 sī-chhin-put-sī-chhin】 親人如外人。～～～～～，非親却是親～～～～～，hui-chhin khiok-sī chhin⇨親人如外人，外人却如親人。嘲親兄弟竟不睦，對妻族却如親兄弟者。

**示** sī 指導也。提出以示人也。明～bêng～⇨同上。暗～àm～⇨同上。指～chí～⇨同上。啓～khé～⇨同上。默～be̍k～⇨同上。

【示知 sī-ti】 告知。

【示威 sī-ui】 ～～運動～～ūn-tōng⇨結群集衆以示威力的抗議行動。

【示弱 sī-jia̍k】 不肯～～put-khéng～～⇨不肯表示無力。

【示衆 sī-chiòng(chèng)】 斬首～～chám-siú～～⇨中國古代刑法之一。舉枷～～giâ-kê～～⇨同上。

【示範 sī-hoān】 ～～教育～～kàu-io̍k⇨同上。

【示諭 sī-jū】 諭告。

**寺** sī 官舍曰寺sī。僧尼所居曰寺sī。大理～tāi-lí～⇨古官衙名。佛～hu̍t～⇨同上。

【寺門 sī-mn̂g】 佛寺之門。遁入～～tūn-jıp～～⇨棄塵世入佛門。

【寺院 sī-īⁿ】 寺。僧尼所居。精舍。

【寺廟 sī-biō】 寺與廟。道士所居。～～管理法～～koán-lí-hoat⇨同上。

【寺觀 sī-koàn】 佛寺與道觀。

sī **序** 順序也。次序也。小學。庠～之教siâng～chi kàu⇨古時的學校教育。秩～tiat～⇨同上。順～sūn～⇨同上。長幼有～tiáng-iù iú～⇨同上。

【序大 sī-toā】 長輩，尊輩。～～無好樣，序細討和尚～～bô hó-iūⁿ，sī-sè thó hôe-siūⁿ⇨長輩者不示好的榜樣，下輩的可能搭上和尚。搭和尚爲最不名譽。無好～～bô-hó～～⇨不好的長輩。

【序細 sī-sè】 晚輩者。序大無好話，～～無好聲sī-toā bô hó-ōe，～～bô hó-siaⁿ⇨長輩者說不像樣的話，下輩者回答的聲調就不客氣。

【序大人 sī-toā-lâng】 長輩者。格一個～～嘢kek chit-ê～～khùi⇨故作長輩的威風。

sī **迅** 快也。速也。急也。較～抄khah～lè⇨快一點（見sin部）。

【迅迅 sī-sī】 快。趕快。同迅速。較～～抄藉會赴khah～～leh chiah ē hù⇨趕快些才來得及。

【迅速 sī-soah】 快。急。～～行～～走～～kiâⁿ～～cháu⇨快行快走。～～促～～jiok⇨快追。要道該～～boeh tō ài～～⇨要就應該快一點。

【迅緊 sī-kín】 趕快。～～逐，猶逐會着～～jiok, iáu jiok ē tioh⇨快追還追得上。～～講～～kóng⇨快說。

sī **蝕** 減退也（見sit部）。水～落去也chúi～loh-khì à⇨水減退矣。

【蝕本 sī-pún】 虧損。損失。～～頭家（財主），無～～辛勞（轎伕）～～thâu-ke(châi-chú), bô～～sin-lô(kiō-hu)⇨有本可蝕者是主人，不是雇用人員。～～商理無人做，刣頭商理有人做～～seng-lí bô lâng chò, thâi-thâu seng-lí ū lâng chò⇨殺頭的生意有人做，虧本的生意沒人做。喻人多肯冒險爭利。

【蝕紃 sī-sûn】 液體逐漸減少。水有～～也chúi ū～～ā⇨水已減退了。連有～～亦無liân ū～～ah bô⇨完全無減少。幾日無落雨耳，溪水道～～，蝕眞夠也kúi-jit bô loh-hō· niâ, khe-chúi to～～，sī chin chē-à⇨幾天沒下雨而已，溪水就減退很多了。飲無～～lim bô～～⇨渴得很少。

sī **侍** 陪伴也。服務也。女～lí(lú)～⇨女服務生。近～kīn～⇨⇨同上。扶～hû～⇨同上。隨～在側sûi～chāi-chhek⇨訃音中常見語。

【侍女 sī-lí(lú)】 婢女。女婢。

【侍中 sī-tiong】 古官名。～～侍郎～～sī-lông⇨同上。

【侍臣 sī-sîn】 侍從之臣。

【侍妾 sī-chhiap】 妾。細姨sè-î。

【侍兒 sī-jî】 侍女。～～扶起嬌無力～～hû-khí kiau bû-lek⇨長恨歌。

【侍者 sī-chiá】 侍從之人。

【侍郎 sī-lông】 侍中～～郭攸之費褘sī-tiong～～kok-iu-chi hùi-úi⇨出師表。

【侍婢 sī-pī】 女婢。

【侍童 sī-tông】 小價。童僕。

【侍講 sī-káng】 古宮中官名。

【侍讀 sī-thok】 宮中官名。

【侍衛長 sī-ōe-tiúⁿ】 官名。由武官擔任之。

【侍從武官 sī-chiông-bú-koaⁿ】 官名。隨從元首的武官。

sī **恕** 寬容也。仁～jîn～⇨同上。寬～khoan～⇨寬容饒恕。忠～之道tiong～chi tō⇨忠厚寬容道理。

【恕免 sī-bián】 請免。套語～～thò-gí～～⇨書信中常見之詞。

【恕罪 sī-chōe】 免罪。請您～～chhiá$^{n}$-lín～～⇨請原諒我的罪過。

sī
**曙** 曉也。天明也。未～bī～(sū)⇨天未明。

【曙光 sī(sū)-kong】 晨曦。一道的～～chi̍t-tō ê～～⇨一條光明之路。

## sī$^{n}$

sī$^{n}$
**生** 生se$^{n}$也。畜生thek-se$^{n}$⇨畜生thek-si$^{n}$。

sī$^{n}$
**銑** 生鐵也。銑se$^{n}$也。

sì$^{n}$
**扇** 戶扉也。煽風取涼之小道具。門～mn̂g～⇨門扉。葵～khôe～⇨葵製之風扇。電～tiān～⇨電風扇。門～窗～戶～mn̂g～thang～hō～⇨各種不同功用的扇。牛魔王的芭蕉～gû-mâ-ông ê pa-chiau～⇨小說中魔王所持鉅大無比且俱魔力的扇子。團～thoân～⇨圓形扇，古時宮中多用之，故又稱宮～kiong～。破～引清風，拍死蚊仔王phoà～ín chheng-hong, phah-sí báng-á-ông⇨扇雖破，却不但能扇來清風，且能打死再大的蚊子的解嘲詩句。

【扇形 sì$^{n}$-hêng】 扇的形態。指摺扇chih-sì$^{n}$展開者。～～的地形～～ê tē-hêng⇨同上。

【扇面 sì$^{n}$-bīn】 ～～有畫山水～～ū ōe san-súi⇨扇袋子用以放扇子。

【扇柄 sì$^{n}$-pè$^{n}$(pì$^{n}$)】 扇把。

【扇眼 sì$^{n}$-gán】 ～～穿線縛扇墜～～chhng soà$^{n}$ pa̍k sì$^{n}$-tūi⇨同上。

【扇袋 sì$^{n}$-tē】 ～～袋扇～～tē-sì$^{n}$⇨扇袋子用以放扇子。

【扇葉 sì$^{n}$-hio̍h】 扇面用的紙。入～～ji̍p～～⇨糊扇面。亦謂扇肉sì$^{n}$-bah。

【扇墜 sì$^{n}$-tūi】 以絲線連結在扇頭的珠玉寶石類。

【扇燈 sì$^{n}$-teng】 扇形的燈籠。

【扇頭 sì$^{n}$-thâu】 扇柄sì$^{n}$-pè$^{n}$。～～拍人未痛意思偲～～phah-lâng bē(bōe)-thià$^{n}$ ì-sù bái⇨以扇頭打人雖然不痛痒，但是不應該。

sî$^{n}$
**揟** 取魚也。七～八綿九強十翄較chhit～, peh-mî, káu-kiâng, cha̍p î$^{n}$-chi$^{n}$⇨謂追女友十法中之末四法。雄狗之追母狗曰揟sî$^{n}$。俗以抬作揟，非也。抬音chhī，讀如答chhì，擊也，並無取魚或翄較之義。

sī$^{n}$
**䜴** 同扣sî$^{n}$，同豉sī$^{n}$，其製品曰豌sî$^{n}$。桃仔～thô-á～⇨同上。李仔～lí-a～⇨同上。

sī$^{n}$
**豉** 豆加鹽置幽暗處也。凡食物加鹽防腐以久藏皆曰豉sī$^{n}$。或作豌。又藥物刺目亦曰豉sī$^{n}$。豉成的食品曰豉sî$^{n}$(第五聲)，桃仔～thô-a～，橄欖～kan-á～，李仔～lí-a～等是。

【豉目 sī$^{n}$-ba̍k】 刺目。目藥會～～ba̍k-io̍h ē～～⇨同上。

【豉肉 sī$^{n}$-bah】 刺激肉。即類藥水抹了會～～chit-lōe io̍h-chúi boah-liáu ē～～⇨同上。

【豉菜 sī$^{n}$-chhài】 鹽漬青菜。

【豉醢 sī$^{n}$-kê】 豉肉醢sī$^{n}$-bah-kê, 豉蝦仔醢sī$^{n}$-hê-á-kê，豉珠螺醢sī$^{n}$-chu-lê-kê。又喻食太多。不是要～～講愛許㩼m̄-sī boeh～～kóng ài hiah-chē⇨不是要豉醢，竟要那麼多做什麼。醢，鹹肉醬也。

【豉鹹 sī$^{n}$-kiâm】 以鹽豉之以加鹹味。～～菜～～chhài⇨同上。～～魚～～hî⇨同上。～～豬肉～～ti-bah⇨同上。

【豉鹽 sī$^{n}$-iâm】 以鹽豉之。要～～也了boeh～～ā lò⇨(罵頑童)壞東西。意謂要被人以鹽豉之了。～～的短命～～ê té-miā⇨女的罵男的。或罵成～～的臭短命～～ê chhàu té-miâ同上。

【豉人醢 sī$^{n}$-lâng-kê】 喻人太擠太多。道無得要～～～也tō bô-tit-boeh～～～ā⇨這不是

快要豉人醃了嗎。

【豉酒糟 sī$^{n}$-chiú-chau】 以酒糟豉肉魚等。

## sia

sia 賒 貰買siā-bē也。今曰掛帳koà-siàu。一千～不值八百現chi̍t-chheng～m̄-ta̍t peh-pah hiān⇨謂做生意賣掛帳的一千元不如八百元的現款。無～不成店～了店不成bô～put-sêng tiàm，～liáu tiàm put-sêng⇨謂不賣掛帳又不成個店的樣子，掛帳了店卻開不成了。貪～貰買萬世窮tham～kùi-bé bān-sì kêng⇨謂切不可貪賒貰買。

【賒人 sia-lâng】 口頭上，人lâng應改第一聲人lang。讓人掛帳。阮較短本無法度～～goán khah té-pún bô-hoat-tō·～～⇨本店本錢薄沒辦法掛帳。

【賒欠 sia-khiàm】 賒不收現，欠亦不付現。一半賒的一半欠的chi̍t-poà$^{n}$ sia-ê chi̍t-poà$^{n}$ khiàm-ê⇨掛帳的戲言。～～免言～～bián-giân⇨商店怕賒欠，常見有此木牌。

【賒借 sia-chioh】 賒貨借現sia-hòe chioh-hiān。

【賒貨 sia-hòe】 掛帳買物。

【賒賬 sia-siàu】 賒欠。掛帳。彼間店仔～～傷夥，煞倒店也hit-keng tiàm-á～～siu$^{n}$ chē, soah tó-tiàm à⇨那家小店掛帳的過多，結果倒閉了。

【賒杉起厝 sia-sam-khí-chhù】 ～～～～賣現錢～～～～bē hiān-chî$^{n}$⇨喻因人成事。

siá 寫 書也。正～草～chià$^{n}$～chhó～⇨楷書草書。

【寫正 siá-chià$^{n}$】 淸書。寫正體字。

【寫生 siá-seng】 去郊外～～khì kau-goā～～⇨同上。

【寫字 siá-jī】 ～～仔～～á⇨書記人員。文書人員。～～桌～～toh⇨讀書桌。辦公桌。

【寫名 siá-miâ】 書姓名。簽名chhiam-miâ。

【寫作 siá-chok】 ～～協會～～hia̍p-hōe⇨同上。

【寫批 siá-phe】 寫信。信曰批。

【寫法 siá-hoat】 書法。～～無仝～～bô kâng⇨寫法不同。

【寫帖 siá-thiap】 ～～請人客～～chhiá$^{n}$ lâng-kheh⇨寫請帖請客。

【寫眞 siá-chin】 照相的日文。～～班～～pan⇨照相班。～～館～～koán⇨同上。

【寫稟 siá-pín】 寫告狀。寫申請書類。

【寫錯 siá-chhò】 ～～字～～jī⇨同上。

【寫了了 siá-liáu-liáu】 全部寫完了。～～～也～～～à⇨同上。

【寫落去 siá-lo̍h khì】 寫上去。～～～也～～～à⇨同上。

【寫漏去 siá-lāu-khì】 你的大名煞～～～lí ê toā-miâ soah～～～⇨寫漏了你的大名。

siá 捨 棄也。捐也。喜～hí～⇨樂捐。依依不～i i put-～⇨喻離情之難割。欲別不別不忍別的情形。

【捨心 siá-sim】 揚棄思念之心。著該～～不當俾伊繫於心官內tio̍h-ài～～m̄-thang hō·i khē tī sim-koa$^{n}$-lāi⇨應該忘記了，不可讓他纏在心中。

【捨身 siá-sin】 ～～取義～～chhí-gī⇨同上。

【捨命 siá-miā】 拼命。捨身～～siá-sin～～⇨同上。～～食河豚si̍t hô-tûn⇨拼命吃河豚，河豚爲魚名，肉極美味但有猛毒，烹飪不當即會致命。

【捨施 siá-sì】 siá-si。施捨。若無才調還，你坦白講一句，我～～你nā bô châi-tiāu hêng，lí thán-pe̍k kóng-chi̍t-kù，goá～～lì⇨若果沒能力還錢，你坦白講一句，我施捨予你。又同情。看著實在眞無～～khoà$^{n}$-tioh si̍t-chāi chin bô～～⇨看見此情此景，實在很不

忍於心。

【捨本逐末 siá-pūn-tiok-boat】 放棄根本追求細節。

【捨藥施茶 siá-ioh-si-tê】 好人好事。

sià
舍 客館也。居室也。客～kheh～⇨客店。寒～hân～⇨同上。官～koaⁿ～⇨同上。宿～siok～⇨同上。又軍行三十里爲一舍。退避三～thōe-pī sam～⇨退避九十里。又謙稱自己親屬之低輩份者。如舍弟妹等。又貴顯子弟的尊稱。如，錦～kím～⇨錦少爺。邱罔～khu bōng～⇨姓邱的荒唐胡塗少爺。

【舍人 sià-jîn】 古官名。宮中的事務官，近侍之官。貴顯子弟之尊稱。後單稱舍。二～jī～⇨二少爺。目仔～bak-á～⇨獨眼少爺。

【舍下 sià-hē】 舘舍。對人謙稱自己居處。

【舍弟 sià-tē】 謙稱己弟。其他如妹moāi，侄tit，甥seng等等皆同斷。

【舍監 sià-kam】 共同宿舍的監督人員。

【舍親 sià-chhin】 謙稱自己的親屬。

sià
卸 車解馬也。事物解除也。職任的交～chit-jím ê kau～⇨同上。又揭露不名譽亦曰卸sià。卸世衆sià sì-chèng⇨貽笑大方。推～責任thui～chek-jīm⇨同上。

【卸印 sià-ìn】 辭官。去官。去官～～khì-koaⁿ～～⇨同上。

【卸任 sià-jīm】 解除任務。同卸職sià-chit。又放棄責成或責任。

【卸帆 sià-phâng】 落帆loh-phâng。風直直大也，趕緊～～hong tit-tit toā ā, koaⁿ-kín～～⇨風一直大了，快快下帆罷。

【卸肩 sià-kian】 從肩上卸下重擔。喻脫離或盡了重任。又肩頭下垂，同斜肩siâ-keng。

【卸貨 sià-hòe】 廉價推銷。又卸下貨物。

【卸敗 sià-pāi】 毀損。～～家己～～ka-kī⇨毀損自己。～～祖公～～chó͘-kong⇨同上。亦單用卸sià。

【卸掉 sià-tiāu】 放棄。～～責任～～chek-jīm⇨脫離責任。又廉賣。信採道好～～，曷好留拎chhìn-chhái tō-hó～～ ah-hó lâu-leh⇨隨便（的價錢）就要賣掉了，豈可留著。

【卸載 sià-chài】 卸下所載貨物以減重量。

【卸碇 sià-tiāⁿ】 下碇。入港道～～也jip-káng tō～～ā⇨入港即下碇了。

【卸銃 sià-chhèng】 洗銃。試放。試放以確定銃中有無子彈，以免危險。無～～眞危險bô～～chin hûi-hiám⇨同上。

【卸賣 sià-bē】 廉價推銷。

【卸半胛 sià-poàⁿ-kah】 脫半衣。

【卸世衆 sià-sì-chèng】 貽笑世上。貽笑大方。代誌變到安爾，實在～～～tāi-chì piàn-kà an-ne, sit-chāi～～～⇨事情變成如此，實在貽笑於人。

【卸身離 sià-sin-lī】 關係脫得乾淨。你想家己～～～就好也，別人安怎你攏不免管是否lí siūⁿ ka-tī～～～chiū hó à, pat-lâng an-choáⁿ lí lóng m̄-bián koán sī-bō͘⇨你是打算自己脫得了就好了，別人的死活如何都不管他嗎。

【卸祖公 sià-chó͘-kong】 使祖公蒙羞。我道無係～～～也goá tō bô boeh～～～a⇨拒絕作無理之承諾。我不要使祖公蒙羞。

sià
赦 免罪也。免罰也。大～tāi～⇨大赦之權。特～tek～⇨特赦權，均屬國元首。三～者一曰幼弱，二曰老邁，三曰愚蠢也sam～chià, it-oat iū-jiak, jī-oat lō-māi, sam-oat gî(gû) chhún-iā⇨同上。

【赦免 sià-bián】 免追究。恕罪。饒恕。

【赦宥 sià-iū】 赦免。

【赦馬 sià-bé】 走～～cháu～～⇨法事的一種節目。一人扮猶老爹siáu-lō-tia，手執赦書作跑馬狀。意謂使臣爲死者送赦書。

【赦書 sià-chu(si)】 ㈠特赦的詔書。㈡做功德chò-kong-tek時讀而燒之，以祈赦掉死者之罪的文章。

【赦詔 sià-chiàu】 特赦的詔書。

【赦罪 sià-chōe】 免罪。～～放人～～pàng-lâng⇨不加罪而釋人。

**瀉** sià 瀉水也。吐瀉也。上吐下～siāng-thò· hē～⇨同上。一～千里it～chhian-lí⇨水流急湍。喻事態之進行極快速。

【瀉水 sià-chúi】 ㊀放水。抽水。卸水。㊁痾水。

【瀉腹 sià-pak】 急性痢症。或謂走腹cháu-pak。

【瀉藥 sià-io̍h】 促進通便的藥劑。無彼類尻川要食彼類～～bô-hit-lōe kha-chhng boeh chia̍h hit-lōe～～⇨喻無力量不該任大事。

【瀉鹽 sià-iâm】 瀉利鹽。洋朴銷。

**邪** siâ 不正也。姦思也。去～歸正khì～kui-chèng⇨同上。～不鬪正～put-tàu-chèng⇨邪門戰不過正路。奸～kan～⇨同上。淫～îm～⇨同上。感～kám～⇨感冒。

【邪火 siâ-hóe】 邪氣。發熱。腹內有～～pak-lāi ū～～⇨腹中有惡熱。

【邪心 siâ-sim】 不正之心。起～～khí～～⇨發生邪念。看著查某道起～～khoà$^n$-tio̍h cha-bó· tō khí～～⇨看見美人就起邪念。

【邪正 siâ-chèng】 邪與正。～～不兩立～～put-liáng-li̍p⇨忠奸不兩立。

【邪巧 siâ-khiáu】 惹人注意。精巧。～～的人～～ê lâng⇨引人注目的人。～～的物～～ê mi̍h⇨精巧的東西。引人喜愛的東西。做了眞～～chò-liáu chin～～⇨做得很精巧。

【邪的 siâ-ê】 色情方面。攏抄想～～lóng teh siū$^n$～～⇨皆在夢想色情方面。

【邪法 siâ-hoat】 妖法，魔法。

【邪念 siâ-liām】 邪心。

【邪事 siâ-sū】 邪惡之事。邪淫之事。～～不當揷～～m̄-thang-chhap⇨邪惡之事不可參與。～～未濫得～～bē lām-tit⇨邪淫不能胡來，不可過分。

【邪神 siâ-sîn】 ㊀邪道之神。㊁好色相。嬈hiâu。彼個查某看著眞～～hit-ê cha-bó· khoà$^n$-tio̍h chin～～⇨那個女人看來很妖嬌，吸引人。

【邪症 siâ-chèng】 中邪tiòng-siâ。被邪所乘。

【邪鬼 siâ-kúi】 妖魔。妖神。犯著～～hoān-tio̍h～～⇨冒犯了妖邪。

【邪氣 siâ-khì】 妖嬌。看著～～～～仔khoà$^n$ tio̍h～～～～á⇨一見很妖嬌嫵媚。

【邪淫 siâ-îm】 淫邪。色情的勾當。

【邪教 siâ-kàu】 異端。不正道的宗教。

【邪術 siâ-su̍t】 妖術。不正的方法。～～仔～～á⇨同上。

【邪惡 siâ-ok】 奸惡。

【邪路 siâ-lō·】 不正之路。

【邪道 siâ-tō】 不正之路，不正之事。

【邪說 siâ-soat】 ～～濫調～～lām-tiāu⇨同上。

【邪戲 siâ-hì】 色情爲主的戲。較講每～～較有人氣khah-kóng mā～～khah ū jîn-khì⇨怎麼講都是邪戲的人氣比較好。

【邪齣 siâ-chhut】 色情爲主的戲劇。做～～也chò～～á⇨做其動作。

**斜** siâ 歪也。不正也。歪～oai～⇨不正。傾～kheng～⇨歪斜。陜～之遊kiap～chi-iû⇨冶遊。炎日西～iām-ji̍t se～⇨炎陽西斜。日近黃昏。

【斜面 siâ-bīn】 傾斜的一邊。山坪的～～soa$^n$-phiâ$^n$ ê～～⇨山的傾斜面。

【斜紋 siâ-bûn】 布的一種。～～布～～pò·⇨同上。

【斜視 siâ-sī】 眼病的一種。

【斜斜 siâ-siâ】 立不正。企～～khiā～～⇨立斜斜。畫～～ōe～～⇨畫斜的。

【斜陽 siâ-iâng】 西斜之太陽。黃昏。～～族～～cho̍k⇨日人謂沒落的貴族爲斜陽或斜陽族。

【斜線 siâ-soàn】 數學名詞。其他斜角siâ-kak，斜邊siâ-pian，斜高siâ-ko等皆同爲數學名詞。

siâ
**蛇** 爬行類的動物。俗謂choâ(見choâ部)。

【蛇矛 siâ-mâu】 張飛用丈八～～做武器tiuⁿ-hui iōng tn̄g-peh～～chō bú-khì⇨重量級的武藝用重量級的武器。

【蛇行 siâ-hêng】 走曲線。機車的～～看著會驚ki-chhia ê～～khoàⁿ-tio̍h ē kiaⁿ-⇨機車歪歪斜斜地跑，令人人觸目驚心。

【蛇蛻 siâ-thòe】 蛇脫掉的皮。亦爲中藥材。

siā
**謝** 辭去也。衰退也。拜辭也。感恩也。多～to～⇨同上。感～kám～⇨同上。說～soeh～⇨同上。免～bián～⇨同上。老成凋～ló-sêng-tiau～⇨年老有成者一個一個的走了。

【謝土 siā-thó͘】 建築落成或埋葬完畢時的祭謝土地公。安龍～～an-lêng～～⇨居家落成拜土地公。

【謝江 siā-kang】 划龍船的最末日，設祭演戲以祉江神，與謝土畧同。佗一日～～to-chi̍t-ji̍t～～⇨賽船佗日結束？

【謝步 siā-pō͘】 孝男於送葬中，跪於路邊，拜請會葬賓客止步免送。

【謝疕 siā-phí】 乾疕kian-phí。皮膚乾皮結疕快好了。粒仔～～也lia̍p-á～～à⇨瘡或疔乾疕了。

【謝金 siā-kim】 謝禮。送～～六百sàng～～la̍k-pah⇨致送六百元，作爲謝禮。

【謝帖 siā-thiap】 表示謝禮的書札。

【謝香 siā-hiuⁿ】 還願的參拜寺廟。去媽祖廟～～khì má-chó͘-biō～～⇨往媽祖廟參拜以還願。

【謝拜 siā-pài】 拜而謝之，葬禮等須謝拜。

【謝神 siā-sîn】 酬神。同謝願。刣豬～～thâi-ti～～⇨同上。做戲～～chò-hì～～⇨演戲還願。

【謝恩 siā-in】 感謝恩愛。三年乳哺兒報本，十月懷胎女～～sam-liân jí-pō͘ jî pò͘-pún, si̍p-goa̍t hoâi-thai lí～～⇨司功壇前常見的對聯。

【謝絕 siā-choa̍t】 ～～參觀～～chham-koan⇨以禮拒絕參觀。

【謝單 siā-toaⁿ】 禮札。

【謝罪 siā-chōe】 請罪。登門～～teng-mn̂g～～⇨親到居處請罪。～～廣告～～kóng-kò⇨以廣告謝罪。

【謝賞 siā-siúⁿ】 感謝賞賜。

【謝燈 siā-teng】 ㊀謝神之後，再演戲，撤去所懸掛的謝神燈。㊁演戲以酬謝知己親戚的好意，因其懸掛燈明來祝自己的生日。

【謝壇 siā-toâⁿ】 做醮chò-chiò的最末日，設謝壇以收祭。

【謝願 siā-goān】 還願，酬神。刣豬倒羊抾～～thâi-ti-tó-iûⁿ teh～～⇨殺豬宰羊在酬神。屠羊tô͘-iûⁿ作倒羊tó-iûⁿ。

【謝外方 siā-goā-hng】 祭謝四方的神鬼。

【謝册仔 siā-chheh-á】 同謝外方。～～～紙～～～choá⇨同義。

【謝平安 siā-pêng-an】 年終祭拜天公答謝一年平安。

【謝必安 siā-pit-an】 神前的大爺。另一二爺爲范無咎hoān bû-kiū。

【謝聖恩 siā-sèng-in】 ㊀感謝聖恩。㊁因將仇報。含意不善的答謝。我出錢乎伊讀到大學，今仔日講安爾抾共我～～～goá chhut-chîⁿ hō͘ i tha̍k-kà tāi-ha̍k, kin-á-jit kóng an-ne teh kā goá～～～⇨我出錢給他讀到大學，今天竟如此恩將仇報。

siā
**社** 村。公司。隊伍或團體。鄉～hiuⁿ～⇨同上。庄～chng～⇨同上。詩～si～⇨同上。會～hōe～⇨同上。結～kiat～⇨組織社團。番～hoan～⇨生番的部落。

【社口 siā-kháu】 村社的出入口。

【社兄 siā-hiaⁿ】 同鄉之人。鄉友。

【社長 siā-tiúⁿ】 各種社之長。

【社神 siā-sîn】 村社的共同神。

【社倉 siā-chhng】 村社的公倉。

【社員 siā-oân】 社團的成員。

【社會 siā-hōe】 ㊀社之聚會。㊁～～主義～～chú-gī⇨同上。～～風氣～～hong-khì⇨同上。

【社稷 siā-chek】 天子所拜的天神地祇。國家。江山。～～平安～～pêng-an⇨同上。～～之臣～～chi sîn⇨國家安危所繫的大臣。

【社學 siā-ha̍k】 村社的學校。小學。

【社頭 siā-thâu】 社。村社。頭爲按尾詞。

【社鵠 siā-kok】 村社的頭老。村社民所敬畏的強人。

siā **麝** 有香的小鹿。香氣。有～自然香，何必東風立iú～chū-jiân hiang，hô-pit tong-hong li̍p⇨同上。

【麝狗 siā-káu】 麝鹿。

【麝香 siā-hiuⁿ】 麝鹿的香氣。中藥材。～～鹿～～lo̍k⇨麝香鹿。

siā **射** 引弓發矢也。六藝之一。禮樂～御書數lé, ga̍k, ～, gī, si, sò⇨六藝。影～iáⁿ～⇨暗中比譬。日～病ji̍t～pēⁿ⇨烈日晒成的病症。

【射中 siā-tiòng】 ～～紅心～～âng-sim⇨同上。

【射法 siā-hoat】 射箭之法。

【射殺 siā-sat】 射死。無端被人～～的事件bû-toan hō͘-lâng～～ê sū-kiāⁿ⇨同上。

【射術 siā-sut】 射箭之技術。射擊之術。

【射雁 siā-gān】 標魚～～pio-hî～～⇨同上。

【射著 siā-tio̍h】 射中。中的。

【射箭 siā-chìⁿ】 射矢。跑馬～～pháu-bé～～⇨同上。

【射擊 siā-kek】 打靶。～～場～～tiûⁿ⇨同上。

## siaⁿ

siaⁿ **聲** 音也。聲音也。歌～koa～⇨同上。鑼鼓～lô-kó͘～⇨同上。笑罵～chhiò-mē～⇨同上。敍～sau～⇨聲破也。嘶啞～su-a～⇨同前。大細～toā-sè～⇨爭吵也。有～無影ū～bô-iáⁿ⇨有名無實。三～無奈saⁿ～bô-nāi⇨怙終無奈ko͘-chiong bû-nāi，即千萬不得已也。馬～乞食喉bé～khit-chia̍h-âu⇨聲音粗魯，不堪入耳。無尾～bô-bóe～⇨言詞不明。斤～有夠kin～ū-kàu⇨斤量足矣。銀～gîn～⇨銀的成色。名～透京城miâ～thàu kiaⁿ-siâ⇨惡聲昭彰，遠達京城。

【聲母 siaⁿ-bó(bú)】 標音符號。聲符siaⁿ-hû。

【聲尾 siaⁿ-bóe】 尾聲。更會牽～～koh-ē khan～～⇨居然會拉長聲尾。

【聲音 siaⁿ-im】 聲。～～響亮～～hiáng-liāng⇨同上。

【聲浪 siaⁿ-lōng】 民聲如浪。～～眞大～～chin-toā⇨同上。

【聲帶 siaⁿ-toàⁿ】 seng-tài。發聲的器官。～～模寫～～bô͘-siá⇨模倣他人聲音加以表演。

【聲勢 siaⁿ-sè】 聲威氣勢。～～抵抄擴大～～tú-teh khòng(khok)-toā⇨聲勢正在壯大。

【聲嗽 siaⁿ-sàu】 口氣kháu-khì。歹～～pháiⁿ～～⇨口氣兇。毋是～～m̄-sī～～⇨口氣不妙。～～眞僫～～chin-bái⇨口氣甚壞。

【聲說 siaⁿ-seh】 同聲嗽siaⁿ-sàu。

【聲調 siaⁿ-tiāu】 音調im-tiāu。～～無合～～bô-ha̍h⇨音調不合。～～攏無差～～lóng

bô chha⇨聲調皆相同。

【聲東擊西 siaⁿ-tang-kek-sai】 佯動作戰iâng-tōng chok-chiàn。被你彼類～～～～的戰術舞到都攏卬去也hō·-lí hit-lōe～～～～ê chiàn-sut bú-kà to-lóng gông-khì-à⇨同上。舞bú，弄lōng也。卬gông，頭暈thâu-hîn也，亦戇gōng也。

【聲聲句句 siaⁿ-siaⁿ-kù-kù】 每聲每句。每有講話。～～～～都扲思念～～～～to-teh su-liām⇨同上。

**甚** síaⁿ 何也。何物也，何事也。創～chhòng～⇨創甚chhòng-sahⁿ(siahⁿ)⇨所爲何事。講～kóng～⇨講甚kóng-sahⁿ(siahⁿ)⇨說什麼。無閑～bô-êng～⇨忙甚bông-sahⁿ(siahⁿ)⇨所忙何事。上例可見，甚siáⁿ，甚sahⁿ,siahⁿ相同。但甚siáⁿ似乎未安定，尙可接以他詞，例如甚人siáⁿ-lâng，甚代siáⁿ-tāi，甚孔siáⁿ-khang等，甚sahⁿ，siahⁿ卻是已安定成句矣。

【甚人 siáⁿ-lâng】 何人。～～講的～～kóng ê⇨何人說的。～～有才調～～ū châi-tiāu⇨何人有才幹或能力。～～肯～～khéng⇨何人答應。～～不驚死～～m̄-kiaⁿ-sí⇨誰不怕死。～～有本事～～ū pún-sū⇨誰有才能(功夫)。

【甚空 siáⁿ-khang】 略同甚代siáⁿ-tāi。是～～sī～～⇨是何問題乎。要有～～，不是相拍道是相罵耳不boeh ū～～,m̄-sī sio-phah tō-sī sio-mē niâ-m̄⇨能有什麼問題，吵吵鬧鬧而已嘛，不是嗎。空，空課khang-khòe之空也。

【甚代 siáⁿ-tāi】 何事。什麼問題。創這敢有～～chhòng che kám-ū～～⇨做此種事豈有問題。無～～否bô～～hohⁿ⇨沒事吧。～～許無閑～～hiah bô-êng⇨何事那麼倉皇。代tāi,代誌tāi-chì也。

【甚步 siáⁿ-pō·】 何法。如何設法。看要～～道好khoàⁿ boeh～～tō hó⇨看要怎麼辦呢。

【甚物 siáⁿ-mih】 何物。

【甚事 siáⁿ-sū】 同甚代siáⁿ-tāi。何事。何種事情。甚代誌siáⁿ-tāi chì⇨何事。何種事情。

【甚貨 siáⁿ-hòe】 何物。何事。買～～bé～～⇨買何物。創～～chhòng～～⇨作何事。

【甚款 siáⁿ-khoán】 創～～的chhòng～～ê⇨作何款式的。

【甚路 siáⁿ-lō·】 何一街路。何種方法。～～會用得行～～ē iōng tit kiâⁿ⇨何路可通。

【甚話 siáⁿ-ōe】 講～～kóng～～⇨說什麼話。

【甚麼 siáⁿ-má】 siáⁿ-mí, sa-ma。何事。如何。～～人～～lâng⇨誰。何人。～～日～～jit⇨何日。何種名堂的日子。～～代誌～～tāi-chì⇨何種事情。買～～bé～～⇨買何種東西。

【甚樣 siáⁿ-iūⁿ】 如何樣式。如何內容。～～的條件～～ê tiâu-kiāⁿ⇨如何的條件。

【甚客兄 siáⁿ-kheh-hiaⁿ】 何事何物的粗語。許大陣扲變～～～hiah toā-tīn teh pìⁿ～～～⇨那麼多人在弄什麼鬼。創～～～chhòng～～～⇨搞甚麼鬼。

**啥** siáⁿ 用同甚siáⁿ。

**聖** siàⁿ 神佛有靈顯曰聖siàⁿ。料事如神亦曰聖siàⁿ。破脰聊天亦曰聖siàⁿ。城隍爺有～sêng-hông-iâ ū～⇨同上。有靈～ū-lêng～⇨有靈驗iú-lêng-giām。甚貨～錢上～耳猶有甚siáⁿ-hòe～chîⁿ siāng～niâ iáu-ū-siahⁿ⇨何物靈驗，錢最靈驗而已，還有什麼(靈驗的)。當都阿三上～也taⁿ to a-sam siāng～à⇨而今是阿三最聖siàⁿ，最會破脰格話仔仁了。人講翁～較輸某定lâng-kóng ang～khah-su bó·-tiāⁿ⇨古人言，丈夫能幹，不如妻穩重。不信～m̄-siàn～⇨不信邪put-sìn-siâ。激～kek～⇨講話逗笑。

【聖人 siàⁿ-lâng】 鬼神。阿金侌都死了做～～也a-kim taⁿ to sí-liáu chò(chòe)～～ā⇨阿金而今是死了爲神爲鬼了。

【聖公 sià$^n$-kong】 無主的鬼魂。～～仔嘴～～á chhùi⇨嘲饒舌者。

【聖佛 sià$^n$-put】 有靈顯的佛。尾省出～～bóe-séng chhut～～⇨喻小地方出大人物。～～鼻芳香～～phī$^n$ phang-hiu$^n$⇨喻有價者得好地位。

【聖姐 sià$^n$-chiá】 巫女。巫婆。

【聖媽 sià$^n$-má】 ㊀無主的女鬼魂。㊁巫婆。

【聖聖 sià$^n$-sià$^n$】 ㊀聖潔。～～觀音去抵著悾譀弟子～～koan-im khì tú-tioh khong-khám tē-chū⇨謂正正經經的觀音逢到悾譀弟子，喻無法可施。㊁眞的。～～更有影生查某的～～koh ū-iá$^n$ se$^n$ cha-bó è⇨眞的生的竟是女的。～～果被伊料着～～kó hō·-i liāu-tioh⇨眞的，果然被他料中了。

【聖夢 sià$^n$-bāng】 正夢。有靈驗的夢。

【聖嘴 sià$^n$-chhùi】 言事皆中的人。眞～～chin～～⇨同上。

【聖譎 sià$^n$-khiat】 言語聰慧危秘。講話眞～～kóng-ōe chin～～⇨同上。即個囡仔眞～～chit-ê-gín-á chin～～⇨同上。～～人～～lâng⇨同上。～～囡仔～～gín-á⇨同上。

【聖抵聖 sià$^n$-tú-sià$^n$】 巧或不巧極了。果然。～～講咱不去，伊不來，咱一下去，講伊於許也～～kóng lán m̄-khì, i m̄-lâi, lán chit-ē-khì, kóng i tī hia a⇨湊巧極了，我不去，他不來，我一去，他在那裡了。

siâ$^n$ **城** 天子諸侯所居也(見sêng部)。市邑亦曰城siâ$^n$。京～kia$^n$～⇨天子所居。府～hú～⇨府都。內～lāi～⇨外城之內。金～kim～⇨日人稱其天皇所居。金～鐵壁kim～tih-piah⇨喻要塞或陣地之堅固。

【城孔 siâ$^n$-khang】 城垣上凹字形之處。

【城仔 siâ$^n$-á】 小城。小市鎭。下～～é～～⇨多有此小地名。

【城市 siâ$^n$-chhī】 城脚siâ$^n$-kha。都會。～～的人較虛華～～ê lâng khah hi-hoa⇨同上。

【城外 siâ$^n$-goā】 郊外。野外。城內siâ$^n$-lāi之對稱。

【城門 siâ$^n$-mn̂g】 城的出入口。～～失火，池魚遭殃～～sit-hóe, tî-hî chô-iang⇨無端受禍。

【城隙 siâ$^n$-khiah】 同城孔。城壁上的凹方形。

【城郭 siâ$^n$-koeh(kok)】 城。外城。昨日到～～，歸來淚滿巾，遍身綺羅者，不是養蠶人chok-jit tō～～, kui-lâi lī boán-kin, phian-sin khí-lô chià, put-sī iáng-chhân-jîn⇨哀農婦的古詩。謂昨天到城裡去玩，回來都哭成淚人，因爲她看見，周身穿綺穿羅的高貴的婦女，都不是像她終年勞苦養蠶的人。

【城脚 siâ$^n$-kha】 城下。城市。～～人～～lâng⇨住在城市的人。～～㡯～～tau⇨城下。城裡面。㡯tau 廚房也，祭所也，亦即家也。俗作兜tau非。帶於～～㡯的囡仔較巧toà tī～～tau ê gín-á khan khiáu⇨住在城裡的孩子較聰明。

【城都 siâ$^n$-to·】 城市。都市。

【城寨 siâ$^n$-chē】 城砦siâ$^n$-chē。

【城樓 siâ$^n$-lâu】 城壁上之望樓。

【城墻 siâ$^n$-chhiû$^n$】 城壁。圍～～ûi～～⇨同上。

【城壁 siâ$^n$-piah】 城牆。

【城尾頂 siâ$^n$-bóe-téng】 城上。城壁上。

【城坑子 siâ$^n$-tó-chí】 城壁上的凸字形。

siâ$^n$ **成** 比數。(見seng部)。抽一～thiu chit～⇨抽取十分之一。全部爲十成chap siâ$^n$。十分之一爲一成chit siâ$^n$。進度有七～也chìn-tō· ū chhit～ā⇨進度已十分之七了。

【成數 siâ$^n$-sò·】 比率。比數。～～眞高～～chin koân⇨同上。

siâ$^n$ **誸** 或作譝。誘也。詐也。餌引也。引動其慾望曰譝siâ$^n$。～未起輦～bè khì-lián⇨引誘不動。臭臊～胡蠅chhàu-chho～hô·-sîn⇨

腥味引胡蠅。糖花攏會～蜜蜂thn̂g hoe lóng ē～bıt-phang⇨糖與花皆會引誘蜜蜂。粧扮恰如藝妲扮，狗鯊～歸堆chng-leh kah-ná gē-toàⁿ leh, káu-soa ～ kui-tui⇨打扮得恰如藝妲一般，登徒子被引來整大羣。

【詃人 siāⁿ-lâng】 誘動人之慾望。～～慭～～giàn⇨誘發人家乾慭。亦即看有食無端仔慭khoàⁿ-ū chiah-bô kan-a giàn。～～入笱～～jip kô⇨引人落入圈套。笱爲捕魚的器具。入笱亦作落笱 loh-kó。用璇石扲～～iōng soān-chioh teh～～⇨以鑽石在引誘人家。～～未倒～～bē tó⇨引不動人。～～未起輦～～bē khí-lián⇨誘引人不動。慭，願也，癮，病也。

【詃蠅 siāⁿ-sîn】 臭臊引胡蠅。凡詃人皆曰詃蠅。免扲～～bián teh～～⇨不要引動別人也發生興趣。

【詃魚仔 siāⁿ-hî-á】 餌引魚。～～～入笱～～～jip-kó⇨餌魚入捕魚器。

【詃鳥仔 siāⁿ-chiáu-á】 餌引鳥。～～～落網～～～loh-bāng⇨引鳥入網。

【詃査甫 siāⁿ-cha-po͘】 女人引誘男人。

【詃査某 siāⁿ-cha-bó】 男人引誘女人。

siāⁿ **檻** 結婚或祝壽時載運禮物的竹或木籃。一槓～該雙人扛chit-kn̄g～āi siang-lâng kng⇨同上。十二槓～來訂婚chap-jī kn̄g～lâi tēng-hun⇨備十二槓檻的禮物來定婚。曷有人空～倒轉去的ah-ū-lâng khang～tò-tńg-khì ê⇨那裡有人空檻不載回禮之物回去的。謂受禮人必須付回禮之物。檻亦可去木旁作盛。

【檻殼 siāⁿ-khak】 空檻。

【檻槓 siāⁿ-kn̄g】 扛檻的竹棒。

【檻籃 siāⁿ-nâ】 裝運禮物的竹籃。有大的小的。大的一人可擔兩籃。小的專盛貴重禮物。俗作謝籃siā-nâ，似非。～～擔～～tāⁿ⇨一擔盛籃。

## siah

siah **錫** 金屬類之一。金銀銅～kim-gîn-tâng～⇨四種常見的金屬。歹銅舊～pháiⁿ-tâng-kū～⇨同上。

【錫杖 siah-tiāng】 和尙的枴杖。

【錫箔 siah-poh】 塗有薄錫之紙。

siah **削** 批也。批刮phe-koah曰削siah。又爭鬪競賽亦曰削siah。蓋喩其有如白刃相削之激烈也。刀批刀～to-phe to～⇨以刀批削。阿三阿六個二個要～a-sam a-lak in-nn̄g-ê boeh～⇨阿三與阿六兩個將試作一拼。阿三驚做合伊無～a-sam kiaⁿ-chò kah-i bô～⇨阿三恐怕拼不過他。

【削皮 siah-phôe】 刀去其皮。曷著～～，豈工夫ah-tioh～～，ká kang-hu⇨何必去皮，何必那麼麻煩。

【削除 siah-tî】 刪掉san-tiāu。第三項全部～～tē-saⁿ-hāng choân-pō͘～～⇨審查預算用詞。

【削減 siah-kiám】 刪除一部份。第五項～～50萬tē-gō͘-hāng～～gō͘-chap bān⇨同上。

【削甘蔗 siah-kam-chià】 賣甘蔗節仔。例須去皮以賣之。

【削光頭 siah-kng-thâu】 剃光頭thì-kong-thâu。

【削預算 siah-ī-soàn】 削減預算數字。

siah **夕** 七夕chhit-sek曰七夕chhit-siah。

siah **杓** 抒挹之器具也。油～iû～⇨挹油類者。泔～âm～⇨挹泔者。糖～thn̂g～⇨製糖用者。鐵～thih～⇨鐵製之杓。

siah **石** 石榴siah-liû，一種果子名。

siah **席** 酒席chiú-sek曰酒席chiú-siah。一～酒菜chit～chiú-chhài⇨酒菜一席。

## siak

siak **敊** 撲也。奪取物也。摔擊sut-kek也，俗作摔siak。失足倒地亦曰敊siak。

【敊死 siak-sí】 跋死po̍ah-sí。樓頂跋落樓脚～～去也lâu-téng po̍ah lo̍h lâu-khk ～～ khì-à⇨樓上跌落樓下敊死了。於溪崁～～tī khe-khàm～～⇨在溪崁跋死chāi khe-khàm po̍ah-sí。

【敊庫 siak-khò͘】 同敊桶。

【敊破 siak-phoà】 摔擊而破。～～碗更買無要緊～～ oá$^{n}$ koh-bé bô-iàu-kín⇨打爛碗再買可以，沒關係。～～不值半個錢～～m̄-ta̍t poà$^{n}$-ê-chî$^{n}$(î$^{n}$)⇨打破了就一文不值也。

【敊桶 siak-tháng】 脫穀用的大木桶。

【敊落 siak-lo̍h】 跋落 po̍ah-lo̍h。大人大種也，講睏到～～眠床脚，笑死擔屎的toā-lâng toā-chéng-à kóng khùn-kà ～～ bîn-chhn̂g-kha chhiò-sí ta$^{n}$-sái-ê⇨堂堂的男子漢，竟跌下床，眞眞無聊也。最無聊之事曰笑死擔屎的。～～橋脚，較加每無命也。～～kiô-kha khah-ke mā bô-miā-à⇨跋落橋下，不論如何是沒命的。

【敊鹽米 siak-iâm-bí】 散鹽與米於門口，表示㊀去邪。㊁與惡友絕交。阿花早起寬仔～～～也a-hoe cha-khí khoa$^{n}$-á～～～à⇨阿花今晨鄭重地摔鹽米表示絕交了。

【敊死敊活 siak-sí-siak-oa̍h】 大哭大鬧。阿花早起無代無誌，講安爾～～～～，不知是安怎a-hoe cha-khí bô-tāi-bô-chì, kóng an-ne ～～～～，m̄-chai sī an-choá$^{n}$⇨阿花今晨無因無端竟如此這般的大哭大鬧，不知何故。

【敊椅敊桌 siak-í-siak-toh】 摔椅摔桌sut-í-sut-toh。或抨椅抨桌péng-í-péng-toh。亦即敊碗敊箸siak-oá$^{n}$-siak-tī的場面較大者。

【敊碗敊箸 siak-oá$^{n}$-siak-tī】 摔碗摔箸sut-oá$^{n}$-sut-tī。飯中的突然變故。亦所謂家庭糾紛的一景也。

siak **爍** 光也。通鑠siak。

【爍爍 siak-siak】 光也。白～～pe̍h～～⇨白得光潔。金～～ kim ～～ ⇨金光閃爍kim-kong siám-lek。

siak **鑠** 美也。矍鑠kiak-siak⇨勇貌。～～哉是翁也～～chai sī-ong-iā⇨稱讚老當益壯之詞。

sia̍k **瘠** 病也。頭中抽痛thiu-thià$^{n}$曰瘠siak。

【瘠瘠叫 sia̍k-sia̍k-kiò】 頭痛的形容。頭殼痛到～～～thâu-khak thià$^{n}$-kà～～～⇨腦袋瘠瘠而痛。

## siam

siam **刪** 削除也。削取曰刪siam。從大者割取一小者曰刪siam。～一塊仔食看抡～chi̍t-tè-á chia̍h khoà$^{n}$-leh⇨割取一小片來試食。更～一條猶會用得koh ～ chi̍t-liâu iáu ē-iōng-tit⇨更削取一條(肉)還可以。你～伊也～，我都免也lí ～ i à ～ goá to bián-à⇨你削取他也削取，我都沒有了。不當更～也啦m̄-thang koh ～a-là⇨不要再割取了。想要～一塊仔共阮嬰仔做袷仔siū$^{n}$-boeh～chi̍t-tè-á kā goán e$^{n}$-á chò kah-á⇨打算割取一小布為我們的寶寶做一件袷仔。無手袂管之衣曰袷kah。更～一條仔乎我湊牲禮好否koh ～ chi̍t-liâu-á hō͘-goá tàu-seng-lé hó-bò͘⇨更削取一小條給我湊牲禮可不可以。

【刪詩 siam-si】 san-si。孔子～～⇨同上。

siam **瞻** 視也。仰視也。偷視thau-sī亦曰瞻siam。民俱爾 ～ bîn kī(kū)-ní ～ ⇨百姓都在仰望汝(施行善政)。偷 ～ thau ～ ⇨暗中偷看。偷～人的房間會被人掠去撲目珠thau～lâng ê pâng-keng ē hō· lâng liah-khì phok-bak-chiu⇨偷看他人寢房者，可能被捉去挖眼睛。

【瞻仰 siam-gióng】 瞻視景仰。萬民～～bān-bîn～～⇨同上。

【瞻前顧後 siam-chiân-kò·-hō·】 同觀前顧後koan-chêng-kò·-āu。

**閃** siám 避開也。光線搖動亦曰閃siám。未～得be～tit⇨避開不了。仙～亦～未離sian～ah～bē-lī⇨如何逃避都逃不開，或逃不了。你看彼旁溪不知甚麼光扴～一下～一下lí khoàn hit-pêng-khe m̄-chai sa-ma-kng teh～chıt è～chıt-ē⇨你看溪那邊不知什麼光在閃爍著。相～sio～⇨相避過。相～身sio～sin⇨相遇而過。相～車sio～chhia⇨兩車相遇而過。

【閃日 siám-jit】 避太陽取涼。於樹脚～～tī chhiū-kha～～⇨在樹下取涼。同閃涼siám-liâng。

【閃光 siám-kng】 閃爍的光線。～～燈～～teng⇨同上。

【閃沕 siám-bih】 避去隱匿。沕bih，潛藏chhiâm-chông也。

【閃角 siám-kak】 ㈠避開於一隅。㈡邊鄙的地方。～～的所在較無人行脚到～～ê só·-chāi khah bô-lâng kiân kha-kàu⇨邊鄙的地方比較沒人來往。

【閃雨 siám-hō·】 避雨。於廟仔～～tī biō-á～～⇨在廟避雨。

【閃風 siám-hong】 避風。漁船扴入港～～也hî-chûn teh jıp-káng～～a⇨漁船在入港避風了。

【閃盆 siám-phûn】 逃避。講著錢道～～去也kóng-tioh chîn tō～～khì à⇨說到錢就走開去了。

【閃閃 siám-siám】 光亮搖動。金～～kim～～⇨同上。金光～～kim-kong～～⇨同上。

【閃開 siám-khui】 走開。囡仔～～，大人展威gín-á～～，toā-lâng tián-ui⇨自己要讓座時的自謔詞。

【閃電 siám-tiān】 雷電。蝕仔sih-nah。又喻迅速。～～戰～～chiàn⇨閃電作戰，快速進軍。

【閃著 siám-tioh】 腰扭傷。腰脊骨去～～io-chiah-kut khì～～⇨腰骨扭傷了。

【閃影 siám-ńg】 避開日曝。避入於蔭影中。同閃日，閃涼。熱天於樹脚～～上涼joah-thiⁿ tī chhiū-kha～～siāng liâng⇨熱天在樹下避日曬最涼爽。

【閃龜 siám-ku】 知妻有不貞之行而裝不知者。

【閃避 siám-pī】 逃避。～～責任～～chek-jīm⇨同上

【閃西方 siám-sai-hng】 閃開於西方。西方即佛地，亦即樂園。謂人家在工作，而他卻逃避去樂園不工作也。食飯大碗公作穡～～～chiah-png toā oaⁿ-kong- chò-sit～～～⇨講吃飯就向前以大碗吃。講工作就走去西方。嘲善於偷懶者。

【閃債戲 siám-chè-hì】 據稱古有此種逃債法，謂除夕無法還債得演戲以避之，債權人不能來場追討也。

【閃法律縫 siám-hoat-lut-phāng】 避開法律責任而作壞事。亦曰閃角仔縫siam-kak-á-phāng。

**陝** siám 地名。～西～sai⇨陝西。～甘～kam⇨陝西與甘肅兩省。

**甚** siám 甚麼siám-má(mí)。～～貨～～hòe⇨何物。～～人～～lâng⇨誰sûi, chiâ。何人hô-jîn。

**瀸** siàm 液體徐徐而滲透曰瀸siàm。徐徐而出曰瀸siàm。泉水一見一否謂之瀸siàm。又暗中步步侵佔亦曰瀸。安爾扴～不是耍的呢an-ne(ni)teh～m̄-sī sńg-ê neh⇨如此這般的侵佔法非玩的也。泉出曰瀸，入地作滲。

【瀸尿 siàm-jiō】 自洩尿水。

【瀸屎 siàm-sái】 自泄糞。忝尿的換～～的chhoā-jiō ē oā$^{n}$～～ē⇨喻愈換愈壞。

【瀸了了 siàm-liáu-liáu】 徐徐地拿精光了。一寡仔錢攏乎個後生～～～也chi̍t-koá-á-chî$^{n}$ lóng hō· in hāu-se$^{n}$～～～ā⇨一些錢都被她兒子一點一點地拿光了。

siâm
**尋** 雙手合抱也。攬lám也。長度也。八尺長曰一尋。樹仔有一～大chhiū-á ū chi̍t～toā⇨樹身有雙手合抱那麼大。索仔有三～長soh-á ū sa$^{n}$～tn̂g⇨繩子有雙手伸直展開三次那麼長。～下腰～ē-io⇨抱人家的腰。二人相～nn̄g-lâng sio～⇨兩人互抱。君子～kun-chú～⇨兩人互抱然後開始角力的遊戲。手～巢chhiú～siū⇨雙手互抱於胸前取暖。喻悠閑，不必工作。相～抄睏sio～leh khùn⇨相擁而睡。～抄睏～leh khùn⇨同上。睏，困的俗字。

siâm
**蟾** 蟾蜍siâm-sû(î)一種兩棲動物，形似蛙。俗呼chiu$^{n}$-chî。俗稱月中有蟾蜍。故稱月為蟾，為蟾宮。

【蟾光 siâm-kong】 月光。

【蟾宮 siâm-kiong】 月宮。

【蟾酥 siâm-so·】 蟾蜍皮瘤內的毒汁，據稱可治惡疾。

siām
**暹** 地名。國名。今泰國。

【暹羅 siām-lô】 古泰國名。～～綢～～tiû⇨布名。

siām
**贍** 給也。助也。安也。

【贍老 siām-ló】 養老。～～銀～～gîn⇨養老金。

【贍養 siām-iáng】 給養。～～費～～hùi⇨養活的費用。生活費。

## sian

sian
**仙** ㊀老而不死曰仙sian。㊁奇行奇癖或破相者亦曰仙sian。㊂作無論如何的助詞。～都無～to bô⇨不論如何都沒有。～都不(肯，答應)～to m̄(khéng, tah-èng)⇨怎麼樣都不要(不肯，不答應)。～都無法度～to bô hoat-tō·⇨無論如何都沒辦法。神～sîn～⇨同上。八～過海pat～kòe-hái⇨同上。歪哥～oai ko～⇨專跑歪路的家伙。垃圾～la-sap～⇨對女色不作選擇的人物。亦指無衛生觀念的人。酒～chiú～⇨李白自稱臣是酒中仙chū-chheng sîn sī chiú-tiong-sian。跛脚～pái-kha～⇨跛脚的。又指八仙之一的李鐵拐lí-thih-koái。目仔～ba̍k-á～⇨獨眼龍。

【仙人 siam-jîn】 仙。神仙。～～掌～～chiáng⇨熱帶植物名。亦稱～～草～～chhó。

【仙人 sian-lâng】 仙，神仙。～～拍鼓有時錯，脚步踏差啥人無～～phah-kó· ū-sî-chhò, kha-pō· ta̍h-chha siá$^{n}$-lâng bô⇨謂神仙有時也會打錯鼓，凡人行為難免有錯誤。喻人難免有錯，不宜深究。要佗去敥彼類～～頭髓來俾你食boeh to(ta)-khì chhōe hit-lōe～～thâu-chhóe lâi hō·-lí-chia̍h⇨要我到那裡去找那仙人的腦髓來給你呢。喻人間所無的高貴品。

【仙女 sian-lí(lú)】 天女。天上的美女。～～下凡～～hē(hā)-hoân⇨天女降落人間。仙女轉生為凡人。實在，恰如～～共款si̍t-chāi kah-ná～～kāng-khoán⇨眞的，恰如仙女一樣。

【仙山 sian-san】 仙人所居之山。仙鄉。聞道海外有～～，山在虛無漂渺間bûn-tō hái-gōa iú～～, san chāi hi-bû phiau-biáu-kan⇨唐詩。

【仙公 sian-kong】 指八仙之一的呂洞賓lī-tōng-pin。～～廟～～biō⇨以呂洞賓為主神的寺廟。～～夢～～bāng⇨據稱到仙公廟去睡覺，仙公呂仙就會託夢於你，指示迷津。

【仙丹 sian-tan】 仙人所賜的藥丸。不死藥。喻高貴食品。那有～～好食ná ū～～hó-chia̍h⇨那裡得仙丹來吃。

【仙古 sian-kó͘】 仙人故事。無根無據的話。講～～kóng～～⇨說謊，聊天。

【仙仙 sian-sian】 似仙。閑～～êng～～⇨閑得如仙人。一日清閑一日仙it-ji̍t chheng-hân it-ji̍t sian⇨同上。

【仙乩 sian-ki】 童乩的一種。

【仙命 sian-bēng】 死者的生時月日。

【仙法 sian-hoat】 仙術。最佳的方法。上山去學～～chiū$^n$-soa$^n$ khì ha̍k～～⇨同上。有啥～～好救ū-siá$^n$～～hó-kiù⇨有何妙法可施。

【仙居 sian-ki】 仙人之居處。請問～～何處chhiá$^n$-mn̄g～～hô-chhì⇨請問貴住址。

【仙姑 sian-ko͘】 仙女。何～～hô～～⇨八仙中的女仙。

【仙果 sian-kó】 仙桃。

【仙祖 sian-chó͘】 各行業的開基祖。賣卜者拜鬼谷先生kúi-kok sian-seng，理髮業拜呂純陽lī-sûn-iâng亦即呂洞賓lī-tōng-pin，乞食則拜九天玄女kiú-thian-hiân-lí爲仙祖。

【仙界 sian-kài】 仙人所居。迷入～～bê-ji̍p～～⇨同上。

【仙客 sian-kheh】 仙人之客。貴賓。～～駕到～～kà tò⇨貴賓來到了。

【仙屎 sian-sái】 食～～chia̍h～～⇨輕視學仙法。更食三年的～～亦無法度koh-chia̍h sa$^n$-nî ê～～ah bô hoat-tō͘⇨再學三年仙術也沒辦法的。

【仙洞 sian-tōng】 仙人之居處。基隆有一個～～孔ke-lâng ū chi̍t-ê～～khang⇨同上。

【仙草 sian-chháu】 植物名。可製清涼飲料。～～冰～～peng⇨仙草加糖與冰的清涼飲料。又仙家藥草。白蛇偷～～pe̍h-choâ thau～～⇨白蛇傳的故事。

【仙家 sian-ka】 仙人之家。仙人。～～門徒～～bûn-tô͘⇨同上。

【仙骨 sian-kut】 有～～將來必定成仙ū～～chiang-lâi pit-tēng sêng-sian⇨同上。仙風道骨sian-hong tō-kut⇨同上。

【仙翁 sian-ong】 老仙人。南極～～lâm-ke̍k～～⇨同上。

【仙桃 sian-thô】 仙果，食之則可長生不老。

【仙逝 sian-sì(sè)】 死去。死了。

【仙術 sian-su̍t】 仙之術。仙法。學～～ha̍k～～⇨同上。

【仙童 sian-tông】 仙人的小价。

【仙鼠 sian-chhú(chhí)】 蝙蝠pian-hok的異稱。俗曰密婆bi̍t-pô。

【仙禽 sian-khîm】 鶴的異稱。

【仙窟 sian-khut】 仙人之居處。仙境。

【仙夢 sian-bōng】 夜宿仙公廟以受呂仙託夢指示迷津。完～～oân～～⇨同上。

【仙境 sian-kéng】 仙人所居。好到如～～也hó kà-ná～～à⇨完美得直如仙境了。

【仙藥 sian-io̍h】 仙人之藥方。

【仙鶴 sian-hō】 仙人所騎乘的鶴。

【仙人跳 sian-jîn-thiàu】 以女色設局敲詐男的。亦曰美人局bí-jîn-kio̍k。

【仙拚仙 sian-pià$^n$-sian】 仙戰仙。喻能者對能者的爭鬪。～～～，害死猴齊天～～～hāi-sí kâu-chê-thian⇨謂西遊記都是仙佛妖的爭鬪，孫大聖卻是夾在中間賣命者。

sian **身** 計算神佛木偶以及娘仔(蠶)的單位(見sin部)。一～觀音十～羅漢chi̍t～koan-im cha̍p～lô-hàn⇨同上。三～老公仔sa$^n$～lāu-kong-á⇨三具老翁像。飼歸十萬～的娘仔chhī kui cha̍p-bān～ê niû-á⇨養幾十萬隻蠶。

sian **銑** 鐵皮酸化曰生銑sian，體垢亦曰銑sian。菜刀生～去也chhài-to se$^n$(si$^n$)～khì à⇨菜刀生銑了。身軀全～了了sin-khu choân～liàu-liàu⇨身體全部都是汗垢了。生～面的se$^n$

～ bīn ē ⇨面貌可憎的人。賊仔小刀～都無chhat-á sió-to～to bô⇨謂賊的小刀沒有銑，銑卻與仙諧音，故變成仙都無，亦即千萬沒有的雙關語。銑sian亦作鉙sian。

**sian 先** 後之對也。～得～後得後～tit～hō·-tit hō·⇨同上。～得者爲君，後到者爲臣～tit chià ûi kun, hō· tò chià ûi sîn⇨同上。祖先也。行莫醜於辱～hêng bok-chhiú î jiok～⇨行爲沒有比侮辱祖先更醜惡的。自稱其已死的親人，如～父～hū，～夫～hu，～母～bó，～妻～chhe等是。又首也，第一也，國家民族生存爲～，黨派爲次kok-ka bîn-chok seng-chûn ûi～, tóng-phài ûi chhù⇨同上。又先生的省詞。講古～kóng(káng)-kó·～⇨講古先生。看命～khoà$^{n}$-miā～⇨相命先生，赤脚～chhiah-kha～⇨土醫先生。按先與仙，用法畧同，卻似亦有分別。先用於職業別，含有尊重之意，仙則用於性癖或外貌，不無蔑視之感覺。例如：藥店先ioh-tiàm-sian，教學仔先kà-oh-á-sian以及鷄胿仙ke-kui-sian，阿片仙a-phiàn-sian等的用例中可以窺見一斑。

**【先人 sian-jîn】** 古人。～～所設的～～só·-siat è⇨同上。～～種樹，後人乘涼～～chèng-chhiū, hō·-jîn sêng-liâng⇨同上。

**【先夫 sian-hu】** 亡夫。

**【先父 sian-hū】** 亡父。先考。

**【先王 sian-ông】** 亡王。古代之王。

**【先天 sian-thian】** 與生俱來的。～～不足，後天失調～～put-chiok, hō·-thian sit-tiâu⇨同上。

**【先母 sian-bó(bió)】** 亡母。先妣。

**【先主 sian-chú】** 亡主人或主公。

**【先世 sian-sè(sì)】** 祖先。

**【先生 sian-seng】** sian-si$^{n}$, sin-se$^{n}$。先生，老師，師父，醫師等的尊稱。曲館～～khek-koán～～⇨音樂先生。校長～～hāu-tiú$^{n}$～～⇨同上。起厝～～khí-chhù～～⇨建築的先生。請～～來看病chhiá$^{n}$～～lâi khoà$^{n}$-pē$^{n}$(pī$^{n}$)⇨請醫師來看病。～～食，拍土壟的挫賬～～chiah, phah-thô·-lâng ê chhē-siàu⇨謂先生吃的算入打土壟的工人的賬。意謂先生是高級人士，風度高貴食量必少，打土壟的是粗工粗人，食量必大，兩人同席，先生大模大樣大吃特吃，工人卻客客氣氣不敢大嚼，結果東西是先生吃掉了，人家卻認爲必是粗工吃的。～～無於館，學生搬海反～～bô tī koán, hak-seng poa$^{n}$ hái-hoán⇨老師不在家，學生搬演海賊造反。～～公～～kong⇨老師之父。～～媽～～má⇨老師之母。～～娘～～niû⇨①老師之妻，②女醫生或醫生之妻。～～禮～～lé⇨對老師或醫生的謝禮金。

**【先考 sian-khó】** 先父，亡父。～～先妣～～sian-pí⇨亡父亡母。

**【先年 sian-nî】** 往年。前年。

**【先見 sian-kiàn】** 有～～之明iú～～chi bêng⇨在事件發生以前能有的見識。

**【先君 sian-kun】** 先父。

**【先妣 sian-pí】** 亡母。先考～～sian-khó～～⇨亡父亡母。

**【先知 sian-ti】** ～～先覺～～sian-kak⇨同上。未卜～～bī-pok～～⇨同上。～～以賽亞～～i-sài-a⇨預言者以賽亞。

**【先祖 sian-chó·】** ～～父～～母～～hū～～bó(bió)⇨已逝的祖父祖母。

**【先室 sian-sit】** 對人謂自己的亡妻。

**【先帝 sian-tè】** ～～創業未半而中道崩殂～～chhòng-giap bī-poàn jî tiong-tō pang-chó·⇨前出師表。

**【先哲 sian-tiat】** ～～先聖～～sian-sèng⇨從前的哲人聖人賢人。

**【先務 sian-bū】** 急須努力解決的問題。

**【先進 sian-chìn】** ～～國家～～kok-ka⇨比我國早先進步的國家。先賢～～sian-hiân～～⇨在我們之前的賢明進步的人。

【先尊 sian-chun】 先嚴。

【先慈 sian-chû】 亡母。先嚴～～sian-giâm～～⇨已故的父母。

【先賢 sian-hiân】 先哲～～先聖sian-tia̍t～～sian-sèng⇨過去的哲人賢人聖人。

【先鋒 sian-hong】 ～～官～～koa$^{n}$⇨打先鋒的將官。蜀中無大將，廖化做～～sio̍k-tiong bô tāi-chiàng, liāu-hoà chò～～⇨在人才缺乏的地方或時代，次等人物就升等作一級人物使用。

【先輩 sian-pòe】 先進的人。

【先儒 sian-jû(jî)】 先賢。

【先嚴 sian-giâm】 先父。亡父。

【先覺 sian-kak】 先知～～sian-ti～～⇨比一般人能夠早覺悟的人物。～～者～～chiá⇨同上。

【先驅 sian-khu】 先行。～～作家～～chok-ka⇨站在時代尖端打前鋒的作家。

【先入爲主 sian-ji̍p ûi-chú】 ～～～～的觀念～～～～ê koan-liām⇨同上。

【先甘後苦 sian-kam-hō·-khó·】 ～～～～是戀愛路～～～～sī loân-āi-lō·⇨流行歌詞。

【先決條件 sian-koat-tiâu-kiā$^{n}$】 結婚的～～～～是男女攏愛同意kiat-hun ê～～～～sī lâm-lí(lú) lóng ài tông-ì⇨同上。

【先到爲君 sian-tò-ûi-kun】 ～～～～，後到爲臣～～～～hō·-tò ûi-sîn⇨喻遲速先後之重要性。

【先姦後娶 sian-kan-hō·-chhí】 所謂先上車後補票者是也，然則先兵後禮矣。

【先斬後奏 sian-chám-hō·-chàu】 ～～～～之大權～～～～chi tāi-koân⇨同上。

【先憂後樂 sian-iu-hō·-lo̍k】 國士的胸懷。

【先禮後兵 sian-lé-hō·-peng】 先講是非行不通才動用武力以遂目的。所謂君子作風。

【先下手爲強 sian-hē-chhiú ûi-kiâng】 ～～～～～，慢一步遭殃～～～～～，bān-chi̍t-pō· cho-iang⇨警世慢動作之害。

【先小人後君子 sian-siáu-jîn-hō·-kun-chú】 凡事須先以小人的態度斤斤計較明白，才能避免事後的糾紛以傷君子的風度。

sian **鮮** 生魚也。野獸也。禽獸魚鼈之新殺曰鮮sian。又明好也。新且華也。又味美亦曰鮮sian(以上第一聲sian)。又少也，乏也，盡也(第二聲sián，見次條)。

【鮮肉 sian-bah】 新殺之肉。

【鮮血 sian-hiat】 清潔的血。

【鮮明 sian-bêng】 旗號～～kî-hō～～⇨同上。

【鮮乳 sian-leng(lin)】 新搾出的乳汁。

【鮮卑 sian-pi】 古種族，東胡的一支族。居今之西伯利亞地。或謂西伯利亞的譯名，本應爲鮮卑利亞。

【鮮魚 sian-hî】 生魚。

【鮮艷 sian-iām】 衣飾～～i-sek～～⇨同上。

sián **鮮** 少也。缺乏也。盡也(第二聲sián)。～廉寡恥～liâm koá$^{n}$-thí⇨同上。巧言令色～矣仁khiáu-gân lēng-sek～ì jîn⇨同上。～有不悅者～iú put-oa̍t chià⇨很少有不喜悅的人。

sián **洗** 滌也。除垢令潔曰洗sián，亦曰sé(見se部)。

【洗心 sián-sim】 改過。～～革面～～kek-biān⇨同上。

【洗雪 sián-soat】 ～～前恥～～chiân-thí⇨將以前的耻辱洗掉。

【洗塵 sián-tîn】 接風。

sián **跣** 足不著履也。

【跣足 sián-chiok】 俗曰赤脚chhiah-kha。～～文身～～bûn-sin⇨不穿鞋，身刺字，未開化野人的形狀。

siáⁿn **尟** 尠的俗字。同鮮，少也。君子之道～矣kun-chú chi tō～ì⇨同上。

siáⁿn **癬** 皮膚病也。有白～peh～⇨同上。紅～âng～⇨同上。頑～goán～⇨難醫治之癬疥。生～seⁿ(siⁿ)～⇨同上。

【**癬疥 siáⁿn-kài**】 輕微的小病。又喻為患未深。～～之疾～～chi chit⇨同上。

siàn **扇** 鼓動空氣以取涼之具。俗曰sìⁿ (見siⁿ部)。秋～之見棄chhiu～chi kiàn-khì⇨典出漢班婕妤怨歌行。

【**扇形 siàn-hêng**】 半圓形。

【**扇動 siàn-tōng**】 慫恿別人生事。～～羣衆～～kûn-chiòng⇨同上。扇通作煽siàn。

【**扇惑 siàn-hek**】 扇動迷惑。百姓人受了～～peh-sèⁿ-lâng siū-liáu～～⇨同上。扇通作煽siàn。

【**扇枕溫席 siàn-chím-un-sek**】 謂事父母之孝。

siàn **煽** 以言惑人也。火氣旺也。

【**煽動 siàn-tōng**】 同扇動。

【**煽惑 siàn-hek**】 蠱惑kó-hek。同扇惑。～～反動派～～hoán-tōng-phài⇨同上。

siàn **搧** 手打面頰也。批也。通作扇。吹揚也。鼓動也。～無痛～bô-thiàⁿ⇨批得不痛。～到流目屎～kà lâu-bak-sái⇨批打得哭了。

【**搧風 siàn-hong**】 受風。烘爐捧去外口～～，火較會猛hang-lô phâng-khì goā-kháu～～hóe khah ē mé⇨同上。

【**搧大耳 siàn-toā-hīⁿ**】 以違常例的事物騙人去上當也。被人～～～搧不知去也hō-lâng～～～siàn m̄-chai khì à⇨被人搧大耳，搧得上當了也不自知了。

【**搧冬風 siàn-tang-hong**】 面頰吃盡冬天的冷風。青年男女約人不到會曰～～～。我無要去～～～goá bô-boeh-khì～～～⇨我不去那沒希望的約會。

【**搧嘴䩄 siàn-chhùi-phé**】 打嘴巴。

siàn **信** 不疑不惑也 (見sìn部)。你～抑不～lí～ah m̄～⇨你信或不信。我毋～goá m̄～⇨我不相信。既不～道無話講也kà m̄～tō bô-ōe kóng à⇨既然不信就沒話說了。按信siàn一詞似已漸為相信siang(siong)-sìn一詞所取代。

【**信佛 siàn-put**】 拜佛。～～的～～ê⇨拜佛的人。佛教徒。

【**信神 siàn-sîn**】 信仰神明。～～的～～ê⇨拜神明的。

【**信上帝 siàn-siōng-tè**】 拜上帝。耶穌教徒。

siàn **線** 同綫(見soaⁿ部)。慈母手中～chû-bó chhiú-tiong～⇨唐孟郊詩句。

siâⁿn **蟬** 昆蟲名。善鳴。秋～chhiu～⇨各種大小蟬都出現於夏秋之間。金～脫殼kim～thoat-khak⇨①蟬脫殼。②三十六計之一。

【**蟬蛻 siâⁿn-thòe**】 蟬脫皮。金蟬脫殼。

【**蟬聯 siâⁿn-liân**】 相繼不絕。聯亦作連liân。會長是～～的hōe-tiúⁿ sī～～ê⇨會長是連任的。議員～～的較夠gī-oân～～ê khah-chē⇨同上。

siâⁿn **禪** 祭也。傳位也。佛的一個派系。坐～chō～⇨佛教禪宗的修道法之一。受～siu～⇨受讓帝位。

【**禪床 siâⁿn-chhn̂g**】 僧侶的寢床。

【**禪位 siâⁿn-ūi**】 讓位。讓帝位。賢者傳位給賢者。例如堯傳舜，舜讓禹等是。

【**禪宗 siâⁿn-chong**】 佛教的一個宗派。

【**禪房 siâⁿn-pâng**】 坐禪的修道場。

【**禪室 siâⁿn-sit**】 僧的居處。

【**禪師 siâⁿn-su**】 有德和尚的稱號。法本～～hoat-pún～～⇨西廂記中的和尚。

【**禪學 siâⁿn-hak**】 禪宗的學問。

【**禪讓放伐 siâⁿn-jiāng-hòng-hoat**】 政治革命或稱政權交代的四種形式。堯傳舜舜又傳禹為禪，賢傳賢也；禹傳子為讓，不論賢愚也。湯王驅逐夏桀而自王，放也。周武殺殷紂而自王，伐也。換言之，自禹開家天下之自私世界，以後便是能奪愚，強殺弱的反覆而已。

siân **嬋** 美也。體態美好也。

【嬋妍 siân-gian】 美好。美麗。

【嬋娟 siân-koan】 色態美好。婦女色美。但願人長久，千里共～～tàn-goān jîn tiāng-kiú, chhian-lí kiōng～～⇨蘇東坡詠月的佳句。

siân **涎** 口液也（見iân, noā各部）。生～seⁿ(siⁿ)～⇨捏造是非。無中生有。細漢囡仔憒討吃的物件。佼生～gâu seⁿ～⇨媽罵討東西吃的兒女詞。龍～liông(lêng)～⇨一種香料。龍涎香。據稱是鯨魚口液所凝結者。

siān **孱** 呻吟也，劣也，柔弱也，疲倦也，。死亦曰孱siān。端仔行道～也，曷使講啥tan-a kiâⁿ tō～ā ah-sái kóng siahⁿ⇨只是跑路就討厭死了，何用說其他。愈做愈～ná-chò ná～⇨越做越沒興趣。感覺著～～kám-kak tioh～～⇨感覺得精神不大振作。逐家都～也tak-ke to～ā⇨大家都疲勞了。

【孱雨 siān-hō͘】 連綿不停的久雨。落到都變～～去也loh-kà-to-pìⁿ～～khì â⇨下得都變孱雨了。

【孱孱 siān-siān】 疲勞。討厭。～～躺後殿～～siàng āu-tiān⇨因疲勞而退臥在後堂休息。喻失業而無所事事。躺siàng，舒體橫臥也。

【孱頭 siān-thâu】 疲勞。懈怠。少年人逐項每熱一水仔過道～～也siáu-liân-lâng tak-hāng mā jiat-chit-chúi-á kòe tō～～ā⇨少年人對什麼事都會熱中一下子，過了就開始沒興趣了。又訛為斬頭chām-thau，阮彼個斬頭，指我的他(男人)。～～短命亦同。意謂無夠力的東西。

siān **善** 吉也。良也。能也。親也。惡之對稱也。擇～固執tek～kò͘-chip⇨同上。勿以～小而不為but í～siáu jî put-ûi⇨同上。～畫山水～ōe san-súi⇨同上。～惡終有報～ok chiong iú pò͘⇨同上。友～iú～⇨同上。親～chhin～⇨同上。

【善人 siān-jîn】 好人。～～也，信人也～～iā, sìn-jîn iā⇨同上。

【善心 siān-sim】 好心。～～倒抾餓，惡心戴紗帽～～tó teh gō ok-sim tì se-bō⇨謂好人沒飯吃，壞人有官做。

【善行 siān-hêng】 ～～該有報應～～ài ū pò-èng⇨同上。

【善言 siān-giân】 好話。～～半句重如千鈞～～poàⁿ-kù tiōng jî chhian-kin⇨同上。

【善良 siān-liâng(liông)】 心地～～的老百姓sin-tē～～ê lāu-peh-sèⁿ(sìⁿ)⇨同上。

【善果 siān-kó】 有善因有～～iú siān-in iú～～⇨同上。

【善事 siān-sū】 ～～著罔做～～tioh bóng-chò～～⇨善事宜為之。

【善政 siān-chèng】 民無怨言可謂近於～～矣bîn bû oàn-giân khó-ūi kīn î～～ì⇨同上。

【善後 siān-hō͘】 ～～的工作做無周到～～ê kang-chok chò-bô-chiu-tò⇨同上。

【善財 siān-châi】 觀音面前的弟子。～～童子～～tông-chú⇨同上。

【善根 siān-kin(kun)】 佛家語。能致善果之根源。積德也。

【善書 siān-si(su, chu)】 勸善之書籍。出版～～chhut-pán～～⇨同上。

【善終 siān-chiong】 不夭折，不遭橫禍而死。即款的匪類曷有好～～chit-khoán ê húi lūi ah-ū-hó～～⇨這種匪類何能有善終。

【善棍 siān-kùn】 藉行善以肥私囊的惡棍。

【善款 siān-khoán】 救濟金。

【善惡 siān-ok】 善與惡。～～到頭終有報，只差來早與來遲～～tò-thâu chiong iú-pò, chí-chha lâi chá í lâi tî⇨同上。

【善意 siān-ì】 ～～的攻擊較好惡意的讚詞～～ê kong-kek khah-hó ok-ì e chhàn-sû⇨同上。

【善壇 siān-toâⁿ】 勸善的講壇，其場所。

【善願 siān-goān】 人有～～天必從之jîn iú～～thian pit chiông-chi⇨同上。

【善男信女 siān-lâm-sìn-lí(lú)】 佛門的弟子，信徒。

【善討善食 siān-thó-siān-chiah】 誠誠實實做正當的事業，過安分守己的生活。

siān **墡** 白墡也，亦黏土也。可以製陶。亦同堊ok，又同埴sit，參見各部。白～份peh～hūn⇨地名，有墡之地方。又日文中有：埴生honibu是有黏土的地方，埴輪haniwa是黏土所製成的人馬車駕類之物。

siān **膳** 具食也。進食也。供宿不供～kióng-siok-put-kiong～⇨同上。

【膳夫 siān-hu】 古時辦理王之飲食的人伕。

【膳食 siān-sit】 日食三餐的飲食。伙食。

【膳宰 siān-cháiⁿ】 古時掌理王之飲食的官員。

【膳宿 siān-siok】 伙食與居住。～～費～～hùi⇨同上。

【膳費 siān-hùi】 伙食費。

siān **繕** 補也。修理也。修～siu～⇨修補。又淨書也。

【繕修 siān-siu】 修補。修理。

【繕補 siān-pó】 同繕修。

【繕寫 siān-siá】 淨書。清書。核稿了後藉～～hek-kó liáu-āu chiah～～⇨同上。

siān **鱔** 魚名。俗曰～魚～hî。外觀似鰻moâ。亦稱黃～n̂g～。本作鱓字。

【鱔絲 siān-si】 鱔魚肉切絲。炒～～chhá～～⇨同上。

【鱔魚骨 siān-hî-kut】 繩索的一種特別打法。～～～的鏈仔～～～ê liān-á⇨同上。

siān **腎** 腎臟也。俗曰腰子io-chí（見sin部）。亦指睪丸。未糾～也bē kiù～ā⇨不伸不縮了；沒法子了。大細～toā-sè～⇨俗指娶姊與妹爲妻之關係。

【腎子 siān-chí】 睪丸。

siān **蟮** 寄生在房屋內的小動物也。俗稱～翁仔～ang-á，亦稱壁虎piah-hó͘。

siān **擅** 專也。濫也。濫擅lām-siān曰濫擅lām-sám，胡爲也。濫擅做lām-siān-chò⇨濫擅做lām-sám-chò(chòe)。

【擅政 siān-chèng】 權臣～～koân-sîn～～⇨同上。

【擅權 siān-koân】 專權choan-koân。太后～～thài-hō͘～～⇨太后弄權lōng-koân。

## siang

siang **相** 交相也。凡彼此交接曰相siang，亦曰相siong。互～照顧hō͘～chiàu-kò͘⇨同上。交～爭利kau～cheng-lī⇨同上。

【相干 siang-kan】 關涉、干涉。你無～～lí bô～～⇨沒有你的事。意謂不牽連在案中。

【相切 siang-chhiat】 兩圓～～liáng-oân～～⇨同上。

【相互 siang-hō͘】 互相。～～保險～～pó-hiám⇨同上。

【相反 siang-hoán】 ～～的意見～～ê ì-kiàn⇨同上。

【相生 siang-seng】 相成。相尅～～siang-khek～～⇨同上。

【相好 siang-hó】 彼此相親愛。朋友也，所相歡者也。老～～lāu～～⇨老情人。

【相仿 siang-hóng】 大致相同。相似。

【相同 siang-tâng】 一樣。相共sio-kâng。

【相同 siang-tông】 筆蹟～～pit-chek～～⇨同上。

【相助 siang-chō͘】 路見不平，拔刀～～lō͘

kiàn put-pêng，poa̍t-to～～⇨同上。

【相見 siang-kiàn】～～恨晚～～hīn-boán⇨同上。天上人間會～～thian-siāng jîn-kan è～～⇨同上。

【相似 siang-sū】面貌都～～，安知是吾姨 bīn-māu to～～, an-ti sī gô· î⇨姊夫打小姨子的主意被拒，以此詞自辯。

【相依 siang-i】～～爲生～～ûi-seng⇨同上。～～維命～～ûi-bēng⇨同上。

【相近 siang-kīn】互相接近。性～～習相遠 sèng～～si̍p siang-oán⇨三字經。

【相承 siang-sîn】相傳承。一脈～～it-be̍k～～⇨同上。

【相知 siang-ti】好朋友。～～己～～kí⇨同上。～～心～～sim⇨同上。

【相持 siang-chhī】相對抗。～～不讓～～put-jiāng⇨同上。～～不下～～put-hē(hā)⇨同上。

【相信 siang-sìn】互信。朋友逐家該～～pêng-iú ta̍k-ke ài～～⇨朋友都要互信。又確信。我～～伊未違背我goá～～i bē(boē) ûi-pōe goá⇨我確信他不會違背我。

【相尅 siang-khek】互相牽制。互相破壞。水火～～chúi-hóe～～⇨同上。

【相望 siang-bōng】對望。隔河～～keh-hô～～⇨同上。

【相逢 siang-hōng】相遇。～～何必曾相識～～hô-pit chêng siang-sek⇨同上。

【相煩 siang-hoân】相麻煩。相託。

【相會 siang-hōe】有緣千里來～～iú-iân chhian-lí lâi～～⇨同上。

【相當 siang-tong】㊀對等。旗鼓～～kî-kó·～～⇨同上。㊁很好。很大。很多。～～的派頭～～ê phài-thâu⇨同上。每日有～～的利益múi-ji̍t ū～～ê lī-ek⇨每天有很多的利益。地位～～人材普通tē-ūi～～jîn-châi phó·-thong⇨地位很高，人材過得去，媒婆的口頭禪。

【相傳 siang-thoân】民間～～的講法bîn-kan～～ê kóng-hoat⇨同上。

【相違 siang-ûi】相離別。～～不覺數年～～put-kak sò·-liân⇨離別以來早已數年。暫時相賞莫～～chiām-sî siang-siáng bo̍k～～⇨同上。

【相稱 siang-chheng】相配，相對。人體是左右～～的jîn-thé sī chó-iū～～ê⇨同上。

【相對 siang-tùi】有對比的。～～基金～～ki-kim⇨同上。～～論～～lūn⇨相對性原理 siang-tùi-sèng goân-lí。

【相熟 siang-se̍k】早已互相認識。逐家攏有～～不免更介紹ta̍k-ke lóng-ū～～m̄-bián koh kài-siāu⇨大家都認識的不必重新介紹。

【相應 siang-èng】公文用詞。～～函請查照～～hâm-chhéng chhâ-chiàu⇨同上。～～不理～～put-lí⇨同上。

【相識 siang-sek】互相認識。略同相熟，但識只是知之，熟即是早已熟知之。似曾～～燕歸來sū-chêng～～iàn kui-lâi⇨同上。

【相續 siang-sio̍k】繼承。～～稅～～sòe⇨或曰繼承稅。～～權～～koân⇨同上。

【相匹配 siang(sio)-phit-phòe】一男一女結爲夫妻曰匹配。彼此結合爲夫妻。

【相彷彿 siang(sio)-hóng-hut】互相彷彿。彼此失注意。傷趕緊，煞～～～去siu$^{n}$ koa$^{n}$-kín soah～～～khì⇨過於趕快竟失去注意。

【相怨妒 siang(sio)-oàn-tò·】互相怨恨。同行攏會～～～tông-hāng lóng-ē～～～⇨同業者每會彼此相妒恨。

【相看顧 siang(sio)-khoà$^{n}$-kò·】同照顧。

【相勉勵 siang(sio)-bián-lē】互勉互勵。朋友該～～～藉著pêng-iú ài～～～chiah ti̍oh⇨朋友應該互相勉勵才對。sio-bián-lē。

【相照顧 siang(sio)-chiàu-kò·】逐家在外趁食道該～～～毋藉著ta̍k-ke chāi goā thàn-chiah tō ài ～～～ m̄-chiah-tioh⇨大家在外面討生活，應該彼此照應才對嗎。

【相幫忙 siang(sio)-pang-bâng】 彼此相助。

【相幫助 siang(sio)-pang-chō͘】 互相幫忙。

【相體貼 siang(sio)-thé-thiap】 翁某該和好該～～～家庭藉會圓满ang-bó͘ ài hô-hó ài～～～ka-têng chiah ē oân-boán⇨同上。sio-thé-thiap。

【相親相近 siang-chhin-siang-kīn】 互相親近。～～～～水中鷗～～～～súi-tiong-au⇨同上。

【相親相愛 siang-chhin-siang-ài】 彼此相親愛。～～～～的夫妻～～～～ê hu-chhe⇨同上。

siang **商** 生理 seng-lí 也。販賣貨物營利者曰商siang。亦曰商siong。商，參詳也，亦即交易也。米～bí～⇨賣米的人。雜貨～chap-hòe～⇨賣什貨的人。糧～niû～⇨賣五穀的人。情～chêng～⇨憑人情商量。富～hù～⇨有錢的商人。棄筆從～khì-pit chiông～⇨讀書人改途做商理。

【商人 siang-jîn】 販賣貨物爲生的人。～～魂～～hûn⇨公平買賣的精神。毫厘必爭的精神。

【商行 siang-hâng】 商店，商號。

【商君 siang-kun】 商鞅siang-iong。戰國時代主張富國強兵而爲秦相。～～書～～si(su)⇨商君的著作。亦稱商子siang-chú。史記評爲刻薄人者也。

【商法 siang-hoat】 ㈠買賣的方法。㈡法律名稱。

【商事 siang-sū】 有關商業事務。

【商店 siang-tiàm】 商行，商號。一般印像，店似指規模較小者。

【商品 siang-phín】 商人手中的貨物。～～檢驗局～～kiám-giām-kiok⇨同上。

【商船 siang-chûn】 ～～戰船～～chiàn-chûn⇨同上。

【商理 siang-lí】 seng-lí，生意也。曾見村庄什貨店有打油詩，一律頗有趣，詩云：日出霧散望雲遮jit-chhut bū-sàn bāng hûn jia,～～如輪轉水車～～ji-lûn choán chúi-chhia，石上栽花眞本少chioh-siāng chhâi-hoe chin-pún sió，此時求現不堪賒chhú-sî kiû-hiān put-kham sia，來賒蒙正接綉球lâi-sia bông-chèng chiap siù-kiû，賒去劉備借荆州sia-khì lâu-pī chioh keng-chiu，去討三請諸葛亮khì-thó sam-chhiā$^{n}$ chu-kat-liāng，討來鳳凰伴子遊thó͘-lâi hōng-hông phoā$^{n}$ chú iû⇨末句意雖不甚明，從前七句可見其中甘苦。

【商量 siang-liâng】 參詳chham-siâng。斟酌chîm-chiok。若有愜意，條件可以～～nā-ū kah-ì tiâu-kiā$^{n}$ khó-í～～⇨如果中意的話，條件可以再談。

【商業 siang-giap】 ～～團體～～thoân-thé⇨同上。

【商會 siang-hōe】 商業團體。市～～chhī～～⇨同上。

【商賈 siang-ké】 商人的統稱。行曰商，處曰賈。

【商榷 siang-kak(khok)】 商略，檢討。榷或作搉。

【商標 siang-phiau】 牌子。嘜頭。登錄～～teng-lok～～⇨同上。～～法～～hoat⇨同上。

【商戰 siang-chiàn】 商界競爭之烈有如戰爭。

【商議 siang-gī】 互相討論。

【商行爲 siang-hêng-ûi】 法律名詞。有關商業的行爲。

siang **雙** 對也。兩也。簡作双siang。國士無～kok-sū-bû～⇨同上。不是敧道是～m̄-sī khia tō-sī～⇨不是單數就是偶數。鞋，箸等的計算單。位一～鞋 chit ～ ê ⇨鞋一雙。十～象牙箸

cha̍p～chhiū$^{n}$-gê-tī⇨同上。

【雙人 siang-lâng】 二人。兩方。大家。～～甘愿～～kam-goan⇨二人或兩方皆同意。銅銀買紙靴～～暢tâng-gîn(gûn) bé(bóe) choá-hia ～～ thiòng⇨用假銀買到紙靴，謂賣的滿足，買的也滿足，大家高興。喩大家不誠實，結果大家空歡喜。

【雙十 siang-sip】 兩個十字。十月十日。～～節～～cheh⇨同上。

【雙刀 siang-to】 使～～sái～～⇨用雙刀做武器。

【雙叉 siang-chhe】 ～～路～～lō͘⇨同上。～～河～～hô⇨同上。

【雙手 siang-chhiú】 ～～二片薑～～nn̄g-phì$^{n}$ kiu$^{n}$⇨雙手掌伸直如兩片薑蹄。謂手中無物，身無長物，喩極度的貧窮。～～抱雙孫～～phō siang-sun⇨喩幸福的祖父母。～～抱孩兒，方知父母時～～phō hâi-jî, hong-ti hū-bó sî⇨謂自己雙手抱子，才能體會父母之恩。

【雙方 siang-hong】 兩邊，兩方，兩面。～～都有利益～～to ū lī-ek⇨兩邊皆有利。

【雙日 siang-ji̍t】 兩日。偶數之日。敧日khia-ji̍t之對稱。

【雙孔 siang-khang】 兩穴。查某人屎筂，捭～～cha-bó͘-lâng sái-pe，póe～～⇨一物作兩用之粗語。

【雙包 siang-pau】 重複。～～案～～àn⇨鬧～～的案件。～～記～～kì⇨雙重賬薄。一賬記兩條。

【雙冬 siang-tang】 兩季。～～田～～chhân⇨一年可種稻兩次的良田。又地名，以檳榔名。

【雙生 siang-se$^{n}$(si$^{n}$)】 雙胞胎。～～仔囝～～á kiá$^{n}$⇨雙生兒。

【雙拗 siang-áu】 ㊀一物折爲兩折。㊁雙倍。～～趁～～thàn⇨得利加倍。～～商理～～seng-lí⇨利益雙倍的買賣。

【雙股 siang-kó͘】 兩股。～～劍～～kiàm⇨同上。

【雙姓 siang-sì$^{n}$】 雙字姓。父姓加母姓。複姓。

【雙面 siang-bīn】 兩面。～～破～～phoà⇨謂公平，對糾紛雙方都加以直接指責。～～刀鬼～～to-kúi⇨居中破壞者。一面抹壁～～光chi̍t-bīn boah-piah～～kng⇨喩處事狡猾。

【雙春 siang-chhun】 一年之中有兩次的立春。陰曆法多有此機會。

【雙城 siang-siâ$^{n}$】 ㊀兩個城或城市。㊁一種特別的鎖。～～鎖～～só͘⇨現代美國式的城市人情，往往兩個城締結成姊妹市，彼此互換鎖匙以爲憑。

【雙宣 siang-soan】 宣紙的一種。一紙可剝開爲兩紙。

【雙重 siang-têng】 兩重。一隻牛起～～皮chi̍t-chiah gû khí～～phôe⇨一牛剝兩皮。～～的負擔～～ê hū-tam⇨同上。～～親～～chhin⇨親上加親。～～孝～～hà⇨長孫服祖父喪，爲子及孫的雙重身分的喪。～～門～～mn̂g⇨兩個門。～～國籍～～kok-che̍k⇨一人同時擁有兩國國民的身份。

【雙胎 siang-the】 兩次胎。生～～也se$^{n}$(si$^{n}$)～～a⇨生過兩次了。一胎兩兒。懷～～hoâi～～⇨懷著雙胞胎。

【雙笑 siang-chhiò】 賭博用語。

【雙料 siang-liāu】 兩種原料。～～酒～～chiú⇨同上。又雙重。～～的銅鼎～～ê tâng-tiá$^{n}$⇨同上。

【雙班 siang-pan】 兩班。拍～～扴拚phah～～teh pià$^{n}$⇨分兩組在拼命推進。～～制～～chè⇨同上。

【雙旁 siang-pêng】 兩方。兩面。旁或作平。～～倚～～oá⇨周旋於雙方。喩奸巧。～～趁～～thàn⇨兩頭得利。～～刨～～khau⇨兩面都刨平。又對雙方都加以譏刺。

【雙倍 siang-pōe】 兩倍。～～的收入～～

ê siu-jip⇨收入加一倍。

【雙扇 siang-sìⁿ】 兩扇。～～門～～mn̂g⇨同上。

【雙祧 siang-thiāu】 兼祧kiam-thiāu。

【雙副 siang-hù】 兩組。～～家私～～ke-si⇨同上。～～牲禮～～seng-lé⇨同上。

【雙脚 siang-kha】 兩足。～～踏雙船～～tah siang-chûn⇨喻左右難定。亦指騎牆派khiâ-chhiâng-phài。

【雙連 siang-liân】 互相連接。同一排列。～～灶～～chàu⇨兩灶相連接。大家族用～～灶toā-ka-chok iōng～～chàu⇨同上。

【雙喜 siang-hí】 ～～臨門～～lîm-bûn⇨同上。

【雙敧 siang-khia】 偶數與單數。喻若干，不定數。～～人～～lâng⇨若干人。

【雙款 siang-khoán】 落～～loh～～⇨記上執筆人與委託人的名。

【雙蛾 siang-ngô͘】 一種喉病。喉蛾âu-ngô͘。

【雙管 siang-koán】 ～～齊下～～chê-hē⇨兩法並進。

【雙管 siang-kóng】 兩管。～～仔～～á⇨雙管銃siang-kóng-chhèng。

【雙對 siang-tùi】 兩對。

【雙腿 siang-thúi】 兩腿。

【雙箍 siang-kho͘】 雙重圈箍。拍～～phah～～⇨圈兩圈。

【雙糕 siang-ko】 秫米末加糖的一種食品。～～潤～～lūn⇨餅品名。

【雙蕊 siang-lúi】 ～～花～～hoe⇨兩朵花。～～目珠～～bak-chiu⇨一對眼睛。

【雙頭 siang-thâu】 兩頭，兩端。雙方。～～了～～liáu⇨高價買入便宜賣出，又貨品失量，價款減少。來往皆失利。～～黑～～o͘⇨謂早出晚歸，工作辛勞。黑或作烏。～～無一耦～～bô chit-ngauh⇨兩頭皆空。～～蛇～～choâ⇨雙面刀鬼。～～出～～chhut⇨上吐下瀉。霍亂症。

【雙環 siang-khoân】 兩個環。

【雙壙 siang-khòng】 雙墓穴。

【雙雙 siang-siang】 倆倆liáng-liáng。一對一對。吾友一舉雙胎皆女，大喜，乃名之曰雙雙與倆倆。

【雙關 siang-koan】 ～～話～～ōe⇨有兩種意思的話。講彼類～～話，曷煞扠有寮仔門kóng hit-lōe～～ōe ah-soah sa-ū liâu-á-mn̂g⇨講那種兩個意思的話，何能理解之。

【雙鍧 siang-gán】 一種古武器。

【雙人床 siang-jîn-chhn̂g】 可睡兩人的大床。

【雙企人 siang-khiā-jîn】 字的部首之一。彳字旁thek-jī-pêng也。

【雙倒水 siang-tò-chúi】 兩面斜的屋頂。起～～～的khí～～～ê⇨蓋屋頂兩面斜的房屋。

【雙砲台 siang-phàu-tâi】 英國紙菸三砲台Three Castle之訛。

【雙掛號 siang-koà-hō】 郵遞的一種制度。收信人的收條再送還發信人。

【雙鈎耳 siang-kau-hīⁿ】 漢字的邑ip及阜hū兩部首。

【雙槳仔 siang-chiúⁿ-á】 小船。舢舨。

【雙疊車 siang-thiap-ki】 象棋的一種著法。～～～殺連環馬～～～sat liân-khoân-bé⇨象棋的戰法。

【雙龍抱珠 siang-liông-phō-chu】 一種雕刻：兩龍之間挾一珠的圖樣。又喻兩人橫陳床上對吸鴉片，中間置一鴉片煙燈的情景。抱或作搶chhiúⁿ。亦麻雀牌番號。

【雙雙對對 siang-siang-tùi-tùi】 雙雙倆倆。

**siang 双** 雙siang之簡體字，頗爲流行。地名雙冬，平常均寫成双冬。

**siang 襄** 成也。佐治也。贊～王大臣chàn～ông tāi-sîn⇨清朝官名。

【襄理 siang-lí】 銀行等的中級幹部。～～協理～～hiap-lí⇨同上。

**siang 傷** 損害也。妨害也。憂思也。亦傷siong也。創～chhong～⇨創之淺者曰傷。毀～húi～⇨同上。損～sún～⇨同上。拍～phah～⇨同上。殺～sat～⇨同上。刺～chhì～⇨同上。刀～to～⇨同上。生～chhe$^{n}$(chhi$^{n}$)～⇨受傷siū-siang不久的傷。假～ké～⇨同上。粧～chng～⇨無傷打扮成有傷的模樣(見 siu$^{n}$部)。

【傷口 siang-kháu】～～三寸，深抵骨～～sa$^{n}$-chhun, chhim tú kut⇨驗傷giām-siang單所寫。

【傷心 siang-sim】甚深悲痛。人死是不能復生的，更較～～亦是害家己的身體耳lâng-sí sī put-lêng ho̍k-seng-ê，koh-khah～～a̍h-sī hāi ka-ki ê sin-thé niâ⇨人死不能復生，再傷心也是損害自己的身體而已。

【傷風 siang-hong】感冒。

【傷財 siang-châi】損財。勞民～～lô-bîn～～⇨同上。

【傷害 siang-hāi】～～罪～～chōe⇨傷人或打人致傷的罪。重～～是公訴罪tiōng～～sī kong-sò·-chōe⇨同上。

【傷情 siang-chêng】負傷的情形。～～嚴重～～giâm-tiōng⇨同上。

【傷痕 siang-hûn】～～猶未過皮～～a-bōe kòe-phôe⇨傷口還未癒合。

【傷寒 siang-hân】傳染病名。～～論～～lūn⇨古醫書名。

【傷悲 siang-pi】悲傷。

【傷人命 siang-jîn-bēng】傷害人命。

【傷感情 siang-kám-chêng】左右爲難的感覺。即類代誌實在～～～，答應不得，不答應不得chit-lōe tāi-chì si̍t-chāi～～～, tah-èng m̄-tit, m̄-tah-èng m̄-tit⇨此類事情眞的難爲人，令你答應不得，拒絕也不得。

【傷腦筋 siang-náu-kin】頭痛。～～～的問題～～～ê būn-tê⇨頭痛難應付的問題。

【傷天害理 siang-thian-hāi-lí】～～～～的代誌無人敢～～～～ê tāi-chì bô-lâng-ká$^{n}$⇨沒有人敢做。

【傷風敗俗 siang-hong-pāi-sio̍k】敗壞善良風俗。

**siang 觴** 酒杯也。濫～lām～⇨事物的起源。舉杯稱～kí-poe-chheng～⇨祝賀。

**siáng 賞** 賜有功也。玩也。識也（見siú$^{n}$部）。褒～po～⇨同上。欣～him～⇨同上。授～siū～⇨同上。

【賞狀 siáng-chn̄g】siú$^{n}$-chn̄g。獎賞之證狀。

【賞品 siáng-phín】siú$^{n}$-phín。賞給之物品。

【賞格 siáng-keh】siú$^{n}$-keh。獎賞之規格。

【賞賜 siáng-sù】siú$^{n}$-sù。最高主宰者給予臣民之獎贈。

**siáng 想** 思也。望也。心內打算也（見siu$^{n}$部）。思～su～⇨同上。料～liāu～⇨估計，預料。諒～liāng～⇨同料想。理～lí～⇨最佳的。合乎心目中最高標準者。

【想像 siáng-siāng】心中所想。～～中的將來的嬌妻～～tiong ê chiang-lâi ê kiau-chhe⇨同上。～～未到的代誌～～bē-kàu ê tāi-chì⇨料想不到之事。

**siàng 揀** 投也。倒亦曰揀siàng。看～會過溪否khoà$^{n}$～ē kòe-khe bò·⇨試投看能夠越過溪那邊否。轉來道～扲睏也tńg-lâi tō～leh khùn à⇨回來就倒下去睡覺了。

【揀大眠 siàng-toā-bîn】倒臥著大睡。開懷大睡。

【揀大調 siàng-toā-tiāu】開懷高歌一曲。

【揀石頭 siàng-chio̍h-thâu】投石。

【揀檨仔 siàng-soāi$^{n}$-á】投石擊芒果。

【揀倒落去 siàng-tó-lo̍h khì(ì)】意外的滑倒地下。路一下滑煞俾～～～～⇨lō chi̍t-ē-ku̍t soah-hō·～～～～⇨路一滑竟滑倒了。

**siàng 躺** 似爲揀siàng之本字。義爲身體向一面倒下也。

siàng **相** 視也。占卜也。輔助也。狀貌也。官名也。斟酌～chim-chiok～⇨仔細看。卜卦命～pok-koà-bēng～⇨同上。乞食～khit-chiah～⇨叫化子模樣。福～hok～⇨有福的樣子。有錢人～ū-chîⁿ-lâng～⇨富豪的樣子。丞～sîn～⇨同上。首～siú～⇨同上。宰～cháiⁿ～⇨同上。翕～hip～⇨照相chiàu～。論～lūn～⇨看相。

【**相士** siàng-sū】 算命賣卜之人。

【**相命** siàng-miā】 相士推算命運。

【**相國** siàng-kok】 國之宰相。

【**相爺** siàng-iâ】 宰相爺。大臣。

【**相貌** siàng-māu】 人材的外貌。～～堂堂～～tông-tông⇨同上。

【**相親** siàng-chhin】 看親。男女互看對方相貌以定婚嫁的對手。快寬活也，後生亦到～～的年歲也khoài khoàⁿ-oah à, hāu-seⁿ(sıⁿ) ah kàu～～ê nî-hòe à⇨快享福了，兒子也到相親的年紀了。

【**相夫教子** siàng-hu-kàu-chú】 輔助丈夫教育女兒。

siâng **詳** 審也。悉也。知也。古時下司官對上司提出報告曰詳。父不～hū put～⇨父不知是誰。亦即所謂私生子。端～toan～⇨仔細看。

【**詳文** siâng-bûn】 古時下司對上司的報告書狀。

【**詳細** siâng-sè】 仔細。周到。做人眞～～chò-lâng chin～～⇨做人很細心周意周到。愛～～調查ài～～tiau-cha⇨應該仔細查查。

siâng **常** 普通也。不變也。平庸無奇也。平～pêng～⇨平時。無事之時。經～keng～⇨常時。尋～sîm～⇨普通。飛入尋～百姓家hui-jip sîm～pek-sèng-ka⇨唐詩。

【**常人** siâng-jîn】 普通人。一般的百姓。～～所不可及～～so· put-khó kip⇨常人所做不到。

【**常見** siâng-kiàn】 常有。～～的代誌～～ê tāi-chì⇨同上。

【**常事** siâng-sū】 經常所可常見的普通事。普通說成siâng-sù(台語發音受所謂國語之影響之一例)。查某囡仔大腹肚是～～嘛，曷使大驚小怪cha-bó·-gín-á toā-pak-tó· sī～～mà, ah-sái toā-kiaⁿ-sió-koài⇨女孩子大了肚皮是常事嘛，何用大驚小怪。

【**常時** siâng-sî】 平時。平常時pêng-siâng-sî。

【**常常** siâng-siâng】 經常。～～有的問題～～ū ê būn-tê⇨常有的問題。～～抄來～～teh lâi⇨經常來此。

【**常態** siâng-thài】 不變的狀態。

【**常識** siâng-sit(sek)】 普通知識。眞無～～chin bô～～⇨很沒有常識。非～～hui～～⇨同上。彼個人眞非～～hit-ê-lâng chin hui～～⇨伊眞無常識。

siâng **嘗** 口味之也。試也。曾經也。經歷也。備～艱辛pī～kan-sin⇨歷盡艱苦。未～失信bī～sit-sìn⇨同上。

【**嘗試** siâng-chhì】 試作新事物曰嘗試。

【**嘗新** siâng-sin】 試食時新之物。古代時新之物新出，天子先供之太廟曰嘗新。日本有新嘗祭ninamesai，即其遺風。

【**嘗膽** siâng-tám】 喻自苦以自勵。越王勾踐的故事。臥薪～～ngō·-sin～～⇨皆示自勵報仇之決心。

siâng **像** 同也。似也。泉曰像siâng，漳曰共kâng，皆一樣的意思。～款～khoán⇨共款kâng-khoán。相～的，毋免揀sio～ê m̄-bián kéng⇨相同的無須選擇。有～ū～⇨相同，一樣。無～bô～⇨不相同，不一樣。眞～chin～⇨很是相似。無啥～bô-siáⁿ～⇨不甚相似。

【**像人** siâng-lâng】 同一人。手法眞相像，看是～～做的案chhiú-hoat chin sio-siâng, khoàⁿ sī～～chò ê àn⇨手法很相似，一看似

乎是同一個人做的案子。

**【像空 siâng-khang】** 同穴。同業。同事情。～～超出來的～～nn̄g-chhut-lâi-ē⇨同穴穿出來的。喻同胞的兄弟。做～～的chò～～ē⇨做同一職業。走～～的cháu～～e⇨走同路或做同業。我每是～～的goá mā-sī～～ê⇨我亦是同一事情。

**【像父 siâng-pē】** 同父。～～各母～～koh-bó(bú)⇨同父不同母。

**【像母 siâng-bó(bú)】** 同母。～～各父的兄弟姊妹～～koh-pē ê hia$^{n}$-tī chí-moāi⇨同母異父的兄弟姊妹。

**【像庄 siâng-chng】** 同庄。～～人～～lâng⇨同上。

**【像名 siâng-miâ】** 同一名字。二個人～～叫做偶的nn̄g-ê-lâng～～kiò-chò giô-ê⇨同上。

**【像年 siâng-nî】** 同年。～～像月像日～～siâng-go̍eh siâng-ji̍t⇨同年同月同日。

**【像伴 siâng-phoā$^{n}$】** 同伴。同行。～～去觀光～～khì koan-kong⇨同上。

**【像位 siâng-ūi】** 同一地方。同一位置。每是～～更再發生搶案mā-sī～～koh-chāi hoat-seng chhiú$^{n}$-àn⇨亦是同一地方再度發生搶案。

**【像症 siâng-chèng】** 同樣的病症。～～頭～～thâu⇨同樣的病症。

**【像厝 siâng-chhù】** 同一家宅。～～內的人亦扲相爭～～lāi ê lâng a̍h teh sio-che$^{n}$⇨住在同一宅內的人亦在彼此爭奪。

**【像班 siâng-pan】** 同班。～～車～～chhia⇨同上。班通常說成pang。

**【像時 siâng-sî】** 同一時候或期間或時日。眞抵好，二個人講～～結婚～～生囝chintú-hó, nn̄g-ê-lâng kóng～～kiat-hun～～si$^{n}$-kiá$^{n}$⇨很巧合，兩個人竟同時結婚同時生子。

**【像陣 siâng-tīn】** 同陣，同行，同伴。～～來的人～～lâi ê lâng⇨同來的人。

**【像祧 siâng-thiāu】** 同一血族。～～內的人～～lāi ê lâng⇨同血族的人。

**【像族 siâng-chok】** 同族。同一血族。～～的人敢會不支持你～～ê lâng kám ē m̄ chi-chhî lí⇨同族的人會不支持你嗎。

**【像途 siâng-tô͘】** 途亦作圖。同一職業。較做亦是～～的khah-chò a̍h-sī～～ê⇨怎麼做都是做同一種的職業(生理)。

**【像款 siâng-khoán】** 同樣。一樣。有無攏～～ū-bô lóng～～⇨有無皆一樣。～～貨色～～hòe-sek⇨同上。

**【像腹 siâng-pak】** 同腹生的。～～的親兄弟～～ê chhin-hia$^{n}$-tī⇨同胞親兄弟。

**【像韵 siâng-ūn】** 同輩份。兄弟輩。像族～～的道是兄弟siâng-cho̍k～～ê tō-sī hia$^{n}$-tī⇨同族內同字韻的人就是兄弟。

**【像種 siâng-chéng】** 同一種的種子。～～的花～～ê hoe⇨同上。

**【像榜 siâng-pńg】** 同榜。同時及弟。～～的進士～～ê chìn-sū⇨同上。

**【像價 siâng-kè】** 同價格。平價pê$^{n}$(pî$^{n}$)-kè。

**【像輩 siâng-pòe】** 同輩份。～～該兄弟稱呼～～ài hia$^{n}$-tī chheng-ho͘⇨同輩應該以兄弟稱呼。

**【像學 siâng-o̍h】** 同一學校。～～讀書(册)～～tha̍k-chu(chheh)⇨同一學校讀書。

**【像頭 siâng-thâu】** 同方面。睏～～khùn～～⇨睡並頭。

**【像類 siâng-lūi】** 同類。～～的收做伙～～ê siu-chò hóe⇨同類者集在一起。

**【像黨 siâng-tóng】** 同黨。～～的賊徒～～ê chha̍t-tô͘⇨同上。

**【像一人 siâng-chi̍t-lâng】** 同一個人。按一chi̍t亦似喻像，連用足以加強語意。此處所舉各詞例，皆可加一chi̍t字，說成像一年，像一班，像一款，像一榜，像一輩等等是也。

【像手筆 siāng-chhiú-pit】同一個人寫的，或做的。

【像兄弟 siāng-hiā$^n$-tī】同父母的兄弟。無人知個是～～～仔bô lâng chai in sī～～～á⇨無人知道他們是親兄弟。

【像企起 siāng-khiā-khí】同住一屋。～～～的大家族～～～ê toā-ka-chok⇨同上。

【像師父 siāng-su-hū】同師。拜～～～pài～～～⇨同上。

【像字寫 siāng-jī-siá$^n$】同姓。～～～的人～～～ê lâng⇨同姓氏之人。意即有別於他姓之人。

【像機關 siāng-ki-koan】同一機關。～～～的同事～～～ê tông-sū⇨同上。

【像天各樣月 siāng-thi$^n$-koh-iū$^n$-goeh】天一樣而月不同，謂豈有此理。

siâng **嫦** 同姮hêng。月宮嫦娥也。

【嫦娥 siâng-ngô】古美女名。后羿hō·-gē之妻。本為姮(hêng)娥，因漢文帝之名恆，乃避姮為嫦，而成嫦娥。～～奔月～～phun-goat⇨西王母賜后羿以不死丹，嫦娥偷食之，后羿大怒，欲殺之，嫦娥無奈，乃奔飛月宮。妻也太枵饞iau-sâi了，丈夫亦太無度量bô-tō·-liāng了。～～應悔偷靈藥，碧海青天夜夜心～～èng-hóe thau-lêng-iak, phek-hái chheng-thian iā-iā-sim⇨文妄度嫦娥在月宮的寂寞芳心chek-bok-hong-sim。后羿為古代傳說中射藝超群的名人，時天有十日，民苦其熱，羿射殺九日，留一日，即今之太陽也云。

siâng **償** 還也。退還也。賠～pôe～⇨同上。請求損害～～chhéng-kiû sún-hāi pôe～⇨同上。→chhiâng。

【償命 siâng-bēng】賠還生命。殺人者～～sat-jîn-chiá～～⇨同上。

【償還 siâng-hoân】賠還。退還。十年～～chap-nî～～⇨同上。

siâng **裳** 裙kûn也。上衣下～siâng-i-hē～⇨上曰衣下曰裳。人該衣～，佛該金粧lâng-āi i～, put āi kim-chng⇨俗語。霓～雨衣gê～ú-i⇨仙女的衣裳。

siâng **庠** 古鄉學名。在周曰庠siâng，在殷曰序sī。

【庠序 siâng-sī】學校之古名。所謂教化之宮也。

siâng **祥** 吉利之先見者也。吉～kiat～⇨同上。瑞～sūi～⇨同上。慈～chû～⇨和善。慈～的母親chû～ê bó-chhin⇨同上。

【祥雲 siâng-hûn】含有吉祥之兆的瑞雲sūi-hûn。

【祥瑞 siâng-sūi】吉祥的徵兆。

siâng **翔** 鳥飛也。回旋而飛也。翶翔gô-siâng⇨鳥在空中盤旋而飛也。敖遊也，逍遙自在的樣子。飛～hui～⇨同上。

siāng **尚** 久遠也。願望也。加之也。尊貴也。人格高～jîn-kek ko～⇨同上。和～hô～⇨和上hô-siāng，從印度土語烏社所轉化的。意為教師，亦即佛徒的教師也。俗已又化為和尚hôe-siū$^n$。原如耶教之牧師，應有受人尊敬的修養與地位，但當今的和尚hôe-siū$^n$先生們的一般水準，似乎尚差一段。

【尚方 siāng-hong】主辦天子御物的官署。～～劍～～kiàm⇨天子之劍。御劍。俗說巡按等官員持有尚方劍，其權威與天子同。賜～～寶劍sù～～pó-kiàm⇨天子將賜上方劍。有先斬後奏之權。

【尚未 siāng-bī】猶未iáu-bōe。革命～～成功kek-bēng～～sêng-kong⇨同上。

【尚且 siāng-chhiá$^n$】㊀而且jī-chhiá$^n$。加之。無賠不是無打緊，～～更得加講話bô pôe-put-sī bô-tá$^n$-kín，～～koh teh ke-kóng-ōe⇨不賠話無所謂，而且更在講閑話。bô-tá$^n$-kín皆改讀第三聲作bò-tà$^n$-kìn。㊁不但……尚且……。不但好食，～～有補put-tān hó-chiah

～～ū-pó͘⇨同上。不但待遇好，～～對將來有保障put-tàn thāi-gū hó, ～～ tùi chiang-lâi ū pó- chiàng⇨同上。

【尙武 siāng-bú】 向武。尊崇武事。～～精神～～cheng-sîn⇨同上。

【尙書 siāng-si(su)】 古書名。俗稱書經si-keng。又古官名，相當於今之部長或大臣。六部～～liok-pō͘～～⇨吏戶禮兵工刑各部大臣。

【尙饗 siāng-hiáng】 祭弔用詞。意即希望來接受。伏維～～hok-ûi～～⇨同上。

siāng
上 高也。升也。進也。最也。聖～sèng～⇨同上。天～thian～⇨同上。一人之下，萬人之～it-jîn chi hē, bān-jîn chi～⇨喻一國之宰相的地位。捱得苦中苦，方爲人～人gâi-tek khó͘-tiong-khó͘, hong ûi jîn～jîn⇨同上。～不正則下歪～put-chèng chek hē oai⇨同上。～吐下瀉～thò͘ hē-sià⇨同上。

【上人 siāng-jîn】 上等德行之人。高僧的尊稱。法顯～～hoat-hián～～⇨同上。

【上巳 siāng-chī】 三月上旬的巳日，古時爲修禊之辰。

【上下 siāng-hē】 高處與低處。權貴與賤民。官與民。～～一心～～it-sim⇨全國官民一心。～～其手～～kî-chhiú⇨顚倒輕重玩法舞弊。

【上久 siāng-kú】 最久。做你活～～亦是一百歲耳，曷使計較chò lí oah～～ah-sī chit-pah-hòe niâ, ah-sái kè-kàu⇨縱使你活最久也是一百多歲而已，何用計較呢。

【上士 siāng-sū】 軍人的階級名。～～中士下士～～tiong-su hā-sū⇨同上。

【上大 siāng-toā】 最大。對稱語是上細siāng-sè。～～的五歲，上細的猶於手裡抱～～ê gō͘-hòe, siāng-sè-ê iáu tī chhiú-lí-phō⇨最大的五歲，最小的猶在抱。～～的卵～～ê nn̄g⇨同上。～～的船～～ê chûn⇨同上。～～的囡仔～～ê gín-á⇨最大的孩子。～～筆的支出～～pit ê chi-chhut⇨同上。～～隻的豬～～chiah ê ti⇨同上。～～出手是豆干縛三塊～～chhut-chhiú sī tāu-koaⁿ pak saⁿ-tè⇨最慷慨的是豆干買三片。～～孔～～khang⇨最慷慨，或最慘重。

【上手 siāng-chhiú】 俗謂在前者爲上手。

【上元 siāng-goân】 陰曆正月十五日。同十五夜曰元夜goân-iā或元宵goân-siau。

【上戶 siāng-hō͘】 ㊀大家族大富戶。㊁日語謂好飲者曰上戶jōgo，不飲者曰下戶geko。

【上午 siāng-ngó͘】 中午之前。～～下午～～hā-ngó͘⇨一日中的兩個時段。

【上天 siāng-thian】 天的總稱。～～保祐～～pó-iū⇨同上帝保佑。

【上古 siāng-kó͘】 天地開闢。最舊。最古老。歸庄～～的大厝kui-chng～～ê toā-chhù⇨全庄最古老的大第宅。

【上司 siāng-si】 上級的官員，長官。要做～～狗，不做下司官boeh-chò～～káu, m̄-chò ē-si-koaⁿ⇨寧作上級官之狗，莫作下級官吏。喻下級官吏之苦，之不値錢。

【上世 siāng-sì】 太古。前世。～～好積德～～hó chek-tek⇨前世代的人的好積德。

【上代 siāng-tāi】 上世代。～～人所定的規矩～～lâng só͘-tēng ê kui-kí⇨同上。

【上台 siāng-tâi】 出任官職。～～容易下台難～～iông-ī hē-tâi lân⇨做官者上任容易辭官困難。

【上刑 siāng-hêng】 重刑。

【上好 siāng-hó】 最好。最佳。～～的朋友～～ê pêng-iú⇨同上。～～的烏龍茶～～ê o͘-liông-tê⇨同上。～～的辦法～～ê pān-hoat⇨同上。

【上衣 siāng-i】 外衣。～～該穿較有禮數抡～～ài chhēng khah ū leh-sò͘-leh⇨同上。

【上旬 siāng-sûn】 月之初一到初十爲上旬。三月～～該祭祖saⁿ-goeh～～ài chè-chó͘⇨同上。

【上弦 siāng-hiân】 弦在上的月。每月初八夜前後的月曰～～月～～goe̍h。

【上供 siāng-kióng】 用祭物供於神佛。

【上官 siāng-koa$^{n}$】 長官。又姓氏。

【上春 siāng-chhun】 孟春。

【上皇 siāng-hông】 天帝。天子之父。太～～thài～～⇨同上。

【上勇 siāng-ióng】 最善戰，最善鬪。三國是毋是趙子龍～～sam-kok sī-m̄-sī tiō-chú-liông～～⇨蜀將趙雲勇冠三國吧。少棒的投手道是阿木～～siáu-pāng ê tâu-chhiú tō-sī a-bo̍k～～⇨同上。

【上計 siāng-kè】 最妙的計策。走爲～～cháu ûi～～⇨三十六計中之最佳者。

【上客 siāng-kheh】 尊客。～～帶上房～～toà siāng-pâng⇨好客人住好的客房。

【上品 siāng-phín】 官階品類之上級者。～～無寒門，下品無世族～～bô hân-mn̂g hā-phín bô sè-cho̍k⇨謂上品之大官皆屬權門世族之人。

【上俗 siāng-sio̍k】 最便宜。世界～～的聘金，合無送共款sè-kài～～ê phèng-kim, kah bô-sàng kāng-khoán⇨世上最便宜的聘金，與不送一樣。

【上帝 siāng-tè】 ㊀天帝。～～公～～kong⇨同上。㊁基督教的最高神。～～創造天地～～chhòng-chō thi$^{n}$-tē⇨同上。

【上峯 siāng-hong】 上級長官，長級機關。等候～～批准téng-hāu～～phe-chún⇨同上。

【上校 siāng-kàu】 軍人的階級名。～～更昇道是少將也～～koh-seng tō-sī siáu-chiàng à⇨上校再升就是少將了。

【上級 siāng-kip】 上司。上峯。～～官廳～～koa$^{n}$-thia$^{n}$⇨同上。

【上流 siāng-liû】 ㊀河流之上游。㊁同上品或上等。～～社會～～siā-hōe⇨同上。

【上乘 siāng-sēng】 ㊀四頭馬車。㊁佛家語。最好最優秀的。喻第一。～～之選～～chi soán⇨第一好的。

【上將 siāng-chiàng】 軍人的階級。海軍～～hái-kun～～⇨同上。

【上梓 siāng-chú】 書出版。

【上國 siāng-kok】 古指中國。又他國的尊稱。～～人物～～jîn-bu̍t⇨同上。～～衣冠～～i-koan⇨同上。

【上部 siāng-pō͘】 上面的部分。～～有損傷～～ū sún-siang⇨同上。

【上婎 siāng-súi】 最美麗。～～的新娘～～ê sin-niû⇨同上。～～的玫瑰花～～ê mûi-kùi-hoe⇨同上。～～的安排～～ê an-pâi⇨十全十美的安排。

【上堂 siāng-tn̂g】 升堂。大人～～tāi-jîn～～⇨同上。

【上尉 siāng-ùi】 軍人的階級名。陸軍～～lio̍k-kun～～⇨同上。

【上尊 siāng-chun】 位列最高的神佛。～～的神位～～ê sî$^{n}$-ūi⇨同上。

【上閒 siāng-êng】 最不忙碌。做乞食～～免做工chò khit-chia̍h～～bián chò-kang⇨做花子最不忙碌，不必工作。罵懶者語。

【上恔 siāng-gâu】 最聰明。最能幹。最會……。啥人～～？sia$^{n}$-lâng～～？⇨誰最聰明？～～讀册～～tha̍k-chheh⇨最會讀書。～～算～～sǹg⇨最會算計。最吝嗇。～～畫山畫水～～ōe-san-ōe-súi⇨最會吹牛。～～怵後砲～～sut āu-phàu⇨最會偷撈便宜。～～講白賊～～kóng pe̍h-chha̍t⇨最會說謊。怵sut，利誘也。

【上游 siāng-iû】 河川的上流。～～地區的土地眞肥～～tē-khu ê thó͘-tē chin-pûi⇨同上。

【上敢 siāng-ká$^{n}$】 最敢作爲，最不怕死，最不怕羞。不畏人。阿花仔～～耳a-hoe-a～～niâ⇨獨阿花最不畏人。～～死～～sí⇨加強語意。

【上貴 siāng-kùi】 最高價。～～的物無一定上好的～～ê mih bô-it-tēng siāng-hó ē⇨同上。

【上訴 siāng-sò͘】 ～～於高等法院～～ î ko-têng hoat-īⁿ⇨同上。

【上等 siāng-téng】 超級的。特佳的。～～人～～lâng⇨同上。～～貨～～hòe⇨同上。

【上達 siāng-tat】 下情～～hē-chêng～～⇨下民之情上達於最高當局。

【上聞 siāng-būn】 同上達。

【上緊 siāng-kín】 最快。～～也該到年尾藉會完成～～ā ài kàu nî-bóe chiah ē oân-sêng⇨最快也要到年底才會完成。

【上壽 siāng-siū】 年老歲多。～～百歲～～pek-sòe⇨同上。

【上暢 siāng-thiòng】 最高興。通街無米人～～thong-ke bô-bí lâng～～⇨全街沒有米我最高興。古童謠。語意如此，不知是否另有所指。

【上課 siāng-khò】 ～～的時間到也～～ê sî-kan kàu-ā⇨上課時間到了。

【上輩 siāng-pòe】 尊輩。～～講的話該聽～～kóng ê ōe ài-thiaⁿ⇨尊輩所講的話應該聽從之。

【上聲 siāng-seng】 四聲之一。平上去入的上聲。

【上鏡 siāng-kiàⁿ】 最精明。～～的人鏡到去乎人過板去～～ê lâng kiàⁿ-kà khì-hō͘-lâng kòe-pán-khì⇨最精明的人精明到被人騙走了。

【上九流 siāng-kiú-liû】 據稱，古社會有上九流與下九流的階級分別。士農工商等屬上九流，倡，優，伶等即屬下九流。上九流可參加科舉，及第者可當官，下九流者則不可。然而乞食即居上九流之末，故亦可參加科舉，中選亦可做官云。

【上大人 siāng-tāi-jîn】 ～～～，孔乙己，化三千，七十士，爾小生，八九子，佳作仁，可知禮也～～～khóng-it-kí, hoà-sam-chhian, chhit-sip-sū, ní-siáu-seng, pat-kiú-chú, ka-chok-jîn, khó-ti-lé-iā⇨古時老師教童子開始練寫字的文句。

【上水船 siāng-chúi-chûn】 逆水而上的船。喻文思不進。

【上行文 siāng-hêng-bûn】 下級官署提出上級官署的文體。

【上海貨 siāng-hái-hòe】 上海產製或經由上海運銷而來的貨品。而今～～～無稀罕也jî-kim～～～bô hi-hán à⇨而今上海貨不稀奇了。

【上蓋好 siāng-kài-hó】 上爲最，蓋是蓋世的蓋，亦喻最，合而加強語意。亦可各獨立作比較語使用。上蓋好即上好，亦可曰蓋好。上蓋暢siāng-kài-thiòng⇨上暢⇨蓋暢。上大⇨蓋大⇨上蓋大。上好看⇨蓋好看⇨上蓋好看。上公道⇨蓋公道⇨上蓋公道。他可類推。

## siap

**siap 卅** 四十也。四十的切音。～外歲～goā-hòe⇨四十餘歲。猶有～零元iau-ū～lân kho͘⇨還有四十多元。上～道未攝chiūⁿ～tō bē-liap⇨上了四十歲就不中用了。伸縮自如曰攝liap。

【卅九日烏 siap-káu-jit-o͘】 春季連雨不晴。所謂梅雨期。

**siap 澁** 不滑溜也。味澹於口也。又薄利也。又吝嗇也。同澹siap。鹹合～kiâm kah～⇨謂又鹹又澁不能入口也。喻極吝嗇。柿子該浸石灰水去～khī-á ài chìm chioh-hoe-chúi khì～⇨柿須浸於石灰水中以去其澁味。粗～chho͘～⇨工作粗重難做。工事貿了眞～kang-sū bauh-liáu chin～⇨工程包得很薄利難做。

一千～～仔chi̍t-chheng～～à⇨一千略不足。

【澁柹 siap-khī】 未去澁之紅柹。

【澁嘴 siap-chhùi】 澁於口。猶較～～淡薄仔iáu khah ～～ tām-po̍h-á⇨還是很澁(不可口)。

【澁澁 siap-siap】 澁於口。又稍不足。五百～～gō·-pah～～⇨五百稍不足。～～仔時機穲穲仔，罔趁也罔趁～～à sî-ki bái-bái-à, bóng thàn á bóng thàn⇨利不多嗎，不過在此時機不好的時候，姑妄賺之。

【澁幾乖 siap-ki-koāi$^n$】 很澁。

【澁幾枯 siap-ki-koah】 很澁。

siap **霎** 小雨也。短暫曰霎siap。～時間～sî-kan⇨同瞬間。～時仔久～sî-á-kú⇨很短的時間。

siap **塞** 墊穩也。填密也。暗中行賄亦曰塞siap(見sat, that各部)。用銀票～桌脚iōng gîn-phiò～toh-kha⇨據說有敗家子上酒樓，看桌脚不平穩，即以銀票(紙幣)墊之，以誇其富有。無夠人～嘴齒縫bô-kàu lâng～chhùi-khí-phāng⇨不足以填密牙齒縫。喩錢或物之太少。大約是有去～也，無，曷有許好孔tāi-iak sī ū khì～à, bô, a̍h ū hiah-hó-khang⇨大概是做過手脚了，否則何能那麼平安。有漏孔該～乎密ū lāu-khang ài～hō· ba̍t⇨有漏洞應該填到，密而不漏。

【塞仔 siap-á】 偵探的部屬。刑警的爪牙。走狗。意謂潛在挾縫中的小人。亦曰屑仔sap-á，意謂人之碎末，極示輕視。憲兵～～hiàn-peng～～⇨憲兵的走狗。

【塞手縫 siap-chhiú-phāng】 亦喩些微之數。共總果幾個錢。乎您～～～都無夠抍kāng-chóng ká kúi-ê-chî$^n$, hō· lín～～～to bô-kàu leh⇨總共有幾個小錢呢，少得給你們塞手指縫都不夠嘛。同塞齒縫。

【塞後手 siap-āu-chhiú】 行賄賂。聽見講攏每該～～～，無咯，攏每掠去摃到死thia$^n$-ì$^n$-kóng, lóng-mā-ài～～～，bô-lò，lóng-mā-lia̍h-i kòng kà-sí⇨聽說，皆要送賄賂，否則，皆抓去打到死。

【塞齒縫 siap-khí-phāng】 喩些微之數。乎人～～～都無夠hō· lâng～～～ to bô-kàu⇨給人家塡牙齒縫都不夠。

siap **摺** 敗也。折也。

【摺疊 siap-tia̍p(thia̍p)】 整齊得體。房屋及物件不過大亦不太小，樣樣收集得極爲整齊謂之摺疊siap-tia̍p。逐項整理到眞～～tak-hāng chéng-lí kà chin～～⇨各事物整理得很整齊得體。

sia̍p **涉** 徒步渡水也。牽連曰涉siap。交～kau～⇨同上。干～kan～⇨同上。與我無～í gô· bû～⇨與我無關。

【涉外 sia̍p-goā】 ～～事項～～sū-hāng⇨牽連到外國的事務。～～課～～khò⇨主辦涉外事項的單。

【涉世 siap-sè】 經歷世事。～～不深～～put-chhim⇨謂世事的經驗不多。

【涉訟 siap-siōng】 牽連到訴訟問題。

sia̍p **洩** 同泄。漏也。漏～秘密lāu～pì-bit⇨同上。泉水抍～出來choâ$^n$-chúi teh～chhut-lâi⇨泉水在湧出來。夢～bōng～⇨夢中遺精。

【洩水 sia̍p-chúi】 漏水。粗瓷會～～chho-hûi ē～～⇨同上。

【洩精 sia̍p-cheng】 俗指淋病lîm-pē$^n$。

【洩漏 sia̍p-lāu】 漏洩。～～秘密～～pì-bi̍t⇨同上。

siap **攝** 人忽不見曰被鬼仔或妖精攝去sia̍p-khì。靈魂乎妖精～去也lêng-hûn hō· iau-chia$^n$～khì à⇨同上。鬼仔會～人kúi-á ē～lâng⇨鬼會迷人。三藏被牛魔王～去sam-chōng hō· gû-mō-ông～khì⇨同上。魔音mô(見liap部)。

# siat

siat **設** 開辦也。建立也。布置也。開～電信khai ～ tiān-sìn⇨同上。創 ～ 工場chhòng ～ kang-tiû$^{n}$⇨設立工廠。又戲弄人亦曰設siat。我俾你未～得goá hō͘ lí-bē～tit⇨我被你騙不了。敢 ～ 敢倒ká$^{n}$～ká$^{n}$ tó⇨敢提出條件就該敢接受那個條件，才是公道。新例亦該～，舊例亦該滅sin-lē a̍h-āi ～，kū-le a̍h-āi bia̍t⇨相當開明的諺語。

【設立 siat-li̍p】 上帝～～教會siōng-tè～～ kàu-hōe⇨基督教徒用詞。政府 ～～ 學校chèng-hú～～ha̍k-hāu⇨同上。

【設仙 siat-sian】 設法騙人玩樂以消永日。～～搬猴齊天～～poa$^{n}$ kâu-chê-thian⇨假設搬演如孫悟空那麼善變的戲法來玩。

【設局 siat-kio̍k】 ～～ 詐賭 ～～ chà-tó͘⇨同上。～～ 騙財色 ～～ phiàn châi-sek⇨同上。

【設法 siat-hoat】 ～～ 開一間百貨店 ～～ khui chi̍t-keng pah-hòe-tiàm⇨同上。～～救傷亡～～kiù siang-bông⇨設法救負傷的死亡的。

【設使 siat-sú】 假定。～～ 中了獎券一百萬，你拍算創甚 ～～ tiòng liáu chiáng-kǹg chi̍t-pah-bān, lí phah-sǹg chhòng-sím⇨假定中了一百萬的獎券你打算做什麼。

【設計 siat-kè】 計畫。建築～～ kiàn-tio̍k ～～⇨同上。又計騙亦曰設計。你免扴～～lí bián teh～～⇨你休想要騙人(戲弄)。

【設施 siat-si】 設備。施設。機構。公共～～ kong-kiōng～～⇨為公衆所施設的東西。

【設教 siat-kàu】 設立宗教。～～勸世～～ khoàn-sè⇨同上。

【設帳 siat-tiàng(tiòng)】 老師 ～～ 授徒 lāu-su～～siū-tô͘⇨同上。

【設景 siat-kéng】 畧同設仙。去俾伊～～去也khì hō͘ i～～khì à⇨被他戲弄去了。

【設備 siat-pī】 ～～ 周全 ～～ chiu-choân ⇨同上。

【設想 siat-sióng】 想像。預立計畫。不堪～～ put-kham ～～ ⇨無法想像(一定壞的)。為將來～～ūi chiang-lâi～～⇨為將來計畫。

【設筵 siat-iân】 準備筵席。～～請人客～～chhiá$^{n}$ lâng-kheh⇨同上。

【設靈 siat-lêng】 人死設靈壇立靈位以祭拜。又稱企壇khiā-toa$^{n}$。

【設嫣頭 siat-ian-tâu】 女人倒貼也。嫣頭ian-tâu為美少年。或謂飼黃脰chhī-n̂g-tâu。黃脰，鳥名。據稱性善鬪。有詩曰：不惜金籠飼黃脰，秋風無數老來嬌put-sek kim-lâng chhī-n̂g-tâu, chhiu-hong bû-sò͘ ló-lâi-kiau ⇨ 指年老不安扵室而私蓄少年。老來嬌，花名，即雁來紅。喻老而猶嬌之女人。

siat **褻** 私居之服。內衣也。又穢也。猥～行為úi～hêng-ûi⇨合法以外的黃色行為。

【褻衣 siat-i】 內衣。

【褻器 siat-khì】 指男女污穢之器。

【褻瀆 siat-to̍k】 污穢。冒犯。

siat **屑** ㊀動作切切也。～～叫～～kiò⇨利刄切物聲，動作敏捷的形容。似應作削削叫siah-siah-kiò。㊁又碎末也(見sap部)。

siat **削** 刨也。以刀批削也。削鉛筆siah-iân-pit (見siah部)。

【削削叫 siat-siat-kiò】 形容刀利，切物聲。又喻動作敏捷，衝勁十足。

siat **泄** 除去也。散也。同洩siat。漏也。排～pâi～⇨動物排出屎尿，汗，廢氣於體外皆曰排泄。

siat **絏** 繫也。縛也。同紲siat。縲～lûi～⇨拘繫罪人的繩索。雖在縲～之中，非其罪也sui chāi lûi～chi tiong, hui kī-chōe iā⇨同上。

siat **赤** 赤chhek也。～身露體～sin-lō·-thé⇨一絲不掛。

siat **舌** 在口中主味運物以消化者。嘴舌chhùi-chih也(見chih部)。口～利便kháu～lī-piān⇨同上。口～之禍kháu～chi hō⇨講話所惹的禍端。呶呶～lô-lô～⇨說話不停，一枝嘴呶呶舌chit-ki-chhùi lô-lô-siat⇨一個呶呶不停的嘴。

【舌人 siat-jîn】 古代通譯之稱。

【舌音 siat-im】 舌頭音。

【舌耕 siat-keng】 教師以口授徒以維生活曰舌耕。農夫以力為生則曰力耕lek-keng。～～力耕～～lek-keng⇨同上。

【舌根 siat-kin】 ㊀舌的最後部分。㊁佛家所謂六根清淨中的一根。

【舌禍 siat-hō】 因說話而起的禍端。

【舌戰 siat-chiàn】 辯論。諸葛亮～～羣儒chu-kat-liāng～～kûn-jû⇨孔明與東吳謀士羣的大辯論。

## siau

siau **蕭** 香草名。寂靜也。姓也。

【蕭何 siau-hô】 漢朝名相。助劉邦開國。成亦～～，敗亦～～sêng ah～～pāi ah～～⇨謂成敗都出於一人的主意。因蕭何荐韓信，又設計殺韓信故也。

【蕭索 siau-sok】 蕭條衰颯也。

【蕭曹 siau-chô】 蕭何與曹參，同為漢名相。

【蕭條 siau-tiâu】 寂寥也。草木凋零也。～～孤屋一燈微～～ko·-ok it-teng bî⇨古詩句。

【蕭森 siau-sim】 幽寂衰颯也。玉露凋傷楓樹林，巫山巫峽氣～～giok-lō· tiau-siang hong-sī-lîm, bû-san bû-kiap khì～～⇨唐詩。

【蕭瑟 siau-sek】 竹林風聲。秋風。

【蕭颯 siau-sap】 風聲。

【蕭蕭 siau-siau】 寒風之聲。樹林因風而搖動。風～～兮易水寒hong～～hê ek-súi hân⇨刺客荊軻的易水歌。

【蕭灑 siau-sá】 清逸的模樣。灑亦作洒。風流～～hong-liû～～⇨同上。

【蕭規曹隨 siau-kui-chô-sûi】 喻後任者皆循前任舊例辦事，不作新創。隨或作循sûn。蕭指蕭何，曹指曹參，同為漢名相。

【蕭牆之禍 siau-chhiâng-chi-hō】 禍端發生於內者。蕭墻為君臣見面處的屏風。

siau **簫** 樂器名。吹～chhui～⇨同上。洞～tōng～⇨一種管樂器。曲館邊的豬母，未吹～亦會拍擘khek-koán-pi$^{n}$ ê ti-bó, bē(bōe) chhui～ah-ē phah-phek⇨喻近水樓台，或者近朱者赤。

【簫鼓 siau-kó·】 簫與鼓。音樂。～～鳴兮發棹歌，少壯幾時兮奈老何～～bêng hê hoat tok-ko, siàu-chòng kí-sî-hê nāi-ló-hô⇨漢武帝秋風歌。

【簫聲 siau-sia$^{n}$】 簫的聲音。洞簫聲。

siau **宵** 夜也。元～goân～⇨元月十五夜。春～chhun～⇨春之夜。良～liâng～⇨華燭良宵。通～達旦thong～tat-tàn⇨連日連夜。

【宵行 siau-hêng】 趕夜路。

【宵禁 siau-kìm】 禁人夜行。

siau **銷** 鑠金lek-kim也。鎔化金屬也。收天下兵，聚之咸陽，銷以為鐘鐻siu thian-hē peng, chū chi hâm-iâng,～í ûi chiong-kī⇨鐻kī，鐘鼓之柎足也。又通消。運～ūn～⇨同上。推～chhui～⇨同上。競～kèng～⇨同上。

【銷售 siau-siū】 販賣hoàn-bē也。同消售siau-siū。

【銷金窟 siau-kim-khut】 金銀買娛樂的地方。

siau **梢** 樹枝也。枝末也。船尾也。柳～liú～⇨柳枝。月出柳～頭，人約黃昏後goat chhut liú～thâu, jîn iak hông-hun hō·⇨唐詩。船～chûn～⇨船尾。

【梢公 siau-kong】 掌船的人。

【梢楠 siau-lâm】 一種木材。其樹名。～～木～～bo̍k⇨同上。

siau
逍 逍遙siau-iâu，猶翶翔gô-siâng也。通消搖。逍遙自在siau-iâu chū-chāi⇨無憂無慮，自得其樂。

siau
硝 藥名。硝石也。

【硝石 siau-chio̍h】 硝酸鉀的原石。

【硝酸 siau-sng】 藥名。

【硝磺 siau-hông】 硝石與硫磺。

【硝藥 siau-io̍h】 火藥。

【硝強水 siau-kiông-chúi】 硝酸。俗曰消毒水。

【硝強酸 siau-kiông-sng】 硝強水。

siau
霄 雲氣也。雨氣也。天際也。九～雲外kiú～hûn-goā⇨喻甚高甚高之處。

【霄漢 siau-hàn】 天際。

【霄壤 siau-jiáng】 天與地。～～之差～～chi chha⇨猶如天淵之別。

siau
瀟 水清也。水名。～～雨歇～～ú-hia̍p⇨暴風疾雨已停，岳飛滿江紅。

【瀟湘 siau-siang】 瀟水與湘水。～～夜雨～～iā-í⇨詞調名，即滿庭芳。～～八景～～pat-kéng⇨瀟湘兩河附近八大勝景。

【瀟灑 siau-sá】 豁脫無拘束也。風流～～hong-liû～～⇨同上。

siau
消 盡也。散也。滅也。商販亦曰消siau。打～tá$^{n}$～⇨同上。取～chhí～⇨同上。抹～boah～⇨同上。註～chù～⇨同上。推～chhui～⇨同上。運～ūn～⇨同上。雲～霧散hûn～bū-sàn⇨同上。

【消水 siau-chúi】 通水。～～溝～～kau⇨同上。又息事寧人亦曰～～。無安搭一下都未～～得bô an-tah chi̍t-ē to bē～～tit⇨不設法安排一下都不能收場。該俾彼旁會～～得ài hō͘ hit-pêng ē～～tit⇨須給那邊能夠下台。亦說消人的水場siau lâng ê chúi-tiû$^{n}$。

【消化 siau-hoà】 口胃腸叫做～～器官kháu ūi tn̂g kiò-chò～～khì-koan⇨同上。肉類較無容易～～bah-lūi khah bô iông-ī～～⇨同上。

【消火 siau-hóe】 滅火。～～器～～khì⇨同上。

【消去 siau-khì】 消滅。消退。賣出去了。合約～～也ha̍p-iak～～à⇨合約消滅了。癀～～也hông～～à⇨癀消退了。貨底亦～～也hòe-té a̍h～～à⇨貨底也賣出去了。

【消印 siau-ìn】 ㊀消了印。㊁戲言女人已有主，追亦無效矣。俾人～～去也hō͘ lâng～～khì à⇨與人定婚了，護花有主了。

【消災 siau-chai】 消去災難。～～解厄～～kái-eh⇨同義。提人錢財，着該替人～～the̍h-lâng chî$^{n}$-châi, tio̍h-ài tè-lâng～～⇨拿人錢財替人消災。

【消防 siau-hông】 消火與防火。～～隊～～tūi⇨同上。

【消炎 siau-iām】 退癀。～～劑～～che⇨消炎藥。

【消受 siau-siū】 接納chiap-la̍k。享受。最難～～美人恩chòe-lân～～bí-jîn-in⇨同上。

【消定 siau-tiā$^{n}$】 取消訂約，定金被沒收。乎人～～去也hō͘ lâng～～khì à⇨被人破約沒收定金了。

【消風 siau-hong】 漏氣。車胎～～去也chhia-thai～～khì à⇨同上。

【消重 siau-tāng】 減重。

【消毒 siau-to̍k】 殺菌～～sat-khún～～⇨同上。～～水～～chúi⇨同上。

【消案 siau-àn】 結案。撤消訴訟。雙旁攏無更提起，道自然～～也siang-pêng lóng-bô koh thê-khí, tō chū-jiân～～à⇨同上。

【消納 siau-la̍p】 消化。消化是新名詞。消納是舊名詞。食了攏未～～chiah-liáu lóng bē

～～⇨吃了都不消化。

【消閃 siau-siám】 逃避。即欵責任敢會～～得chit-khoán chek jīm kám-ē～～tit⇨這種責任能夠逃避嗎，又退讓。乎你未～～得hō· lí bē～～lī⇨讓人退讓不了。

【消息 siau-sit】 ㊀信息。新聞。您老父有～～無lín lāu-pē ū～～bô·⇨你父親有音信沒有。㊁以鵝的幼毛縛成小球狀以淸耳孔的小道具。

【消除 siau-tî】 淸除。～～髒亂～～chang-loān⇨同上。～～民族觀念～～bîn-chok koan-liām⇨同上。

【消假 siau-ká】 假期滿了恢復辦公。

【消售 siau-siū】 批發。賣出。銷售siau-siū。販賣hoàn-bē。

【消費 siau-hùi】 使用，食用。開支。～～大～～toā⇨同上。～～者～～chiá⇨商人的顧客。社會大衆。～～稅～～sòe⇨屠宰稅，宴席稅等等都是消費稅。

【消散 siau-soàⁿ】 散失。攏～～去也lóng～～khì à⇨皆散失了。

【消脹 siau-tiùⁿ】 退腹中的脹滿感。食胃散～～chiah ūi-sán～～⇨同上。

【消透 siau-thàu】 加以疏通。水溝未～～chúi-kau bē～～⇨水溝不通。空氣該會～～藉好khong-khì ài ē～～chiah hó⇨空氣應該會流通才好。又大小便解手亦曰消透。又上娼樓嫖娼亦曰消透。

【消滅 siau-biat】 掃滅。～～鼠害～～chhí-hāi⇨同上。～～叛黨～～poān-tóng⇨同上。

【消腫 siau-chéng】 退腫。～～也，無要緊也～～à，bô iàu-kín à⇨退腫了，沒關係了。

【消罪 siau-chōe】 抵罪。未～～得bē～～tit⇨不能抵罪。

【消愁 siau-chhiû】 散愁。消憂。～～解鬱～～kái-ut⇨消散憂愁解開鬱悶。

【消極 siau-kek】 不積極。伊愈來煞愈～～i ná-lâi soah ná～～⇨他越來竟越不爭氣了。

【消腱 siau-kiān】 亦指消化。腱者禽類的胃。轉喩變化。未～～也bē～～ā⇨沒辦法了。

【消路 siau-lō·】 商品的流通。同銷路siau-lō·。～～眞大～～chin toā⇨同上。擴大～～khok-tāi～～⇨同上。

【消當 siau-tǹg】 當單過期失効。乎當店～～去也hō· tǹg-tiàm～～khì à⇨同上。

【消膏 siau-ko】 消炎藥膏。

【消蝕 siau-sih】 逐漸減少或消失siau-sit。消逝。眞佼～～chin gâu～～⇨很會消失。

【消瘖 siau-sán】 瘦了。～～落肉～～loh-bah⇨謂很瘦。

【消頭 siau-thâu】 商品的銷路。銷售的情形。即款貨眞有～～chit-khoán hòe chin ū～～⇨此種貨品銷路很好。～～眞大～～chin-toā⇨同上。

【消髆 siau-phiaⁿ】 壞了半體。喩負擔重，支持不住。硬將伓～～去也ngeh-chhiàn boeh～～khì à⇨幾乎要支持不住了。

【消贓 siau-chong】 故買賊貨。

【消肌落肉 siau-ki-loh-bah】 喩病後的身體衰弱。謂肌肉皆瘦落了。

【消枝落葉 siau-ki-loh-hioh】 消肌落肉之訛。

【消痰化氣 siau-thâm-hoà-khì】 中藥廣告慣用之詞。

**小** siáu 微細也。不大也。卑鄙也。謙詞也（見sió部）。事無大～sū bû tāi～⇨同上。大事化～事，～事化無事tāi-sū hoà～sū,～sū hoà bû-sū⇨同上。～不忍則亂大謀～put-jím chek loān tāi-bô⇨同上。～富由勤儉，大富由天～hù iû khîn-khiām, tāi-hù iû thian⇨同上。

【小七 siáu-chit】 戲台上的小丑。往往是扮小賊。～～哥仔～～ko-a⇨小七兄。

【小人 siáu-jîn】 不肖之人。卑鄙之人。短小之人。～～閑居爲不善～～hân-ki ûi put-siān

⇨此指不肖之人。～～講的話未憑準哩～～kóng ê ōe bē pîn-chún lih⇨此指卑鄙之人。～～得志，鷄犬昇天～～tek-chì, ke-khián seng-thian⇨謂小人得志連其鷄犬亦在耀武揚威。逐家品無用～～步ta̍k-ke phín bô-iōng～～pō͘⇨大家講清楚，不用卑鄙的手段。見利忘義是～～kiàn-lī bông-gī sī～～⇨同上。～～輩～～pōe⇨小人之流。～～國～～kok⇨據稱有身材短小之人的國度。

【小女 siáu-lí(lú)】 謙指自己的女兒。

【小引 siáu-ín】 文體的一種。介紹文。

【小犬 siáu-khián】 謙稱自己的兒子。～～無知嫌路隘～～bû-ti hiâm lō͘-e̍h⇨謂做事能力差的人偏多自辯之詞。

【小水 siáu-súi】 ㊀小便。～～無通～～bô-thong⇨沒小便(對醫生說明症狀)。㊁小社會。小機構。～～不容大舟～～put-iông tāi-chiu⇨小社會容不了大人物(拒人之詞)。

【小丑 siáu-thiú】 戲台上的丑角。做～～仔chò～～á⇨扮演小丑的角色。

【小民 siáu-bîn】 細民。老百姓。東海～～tang-hái～～⇨台灣的老百姓。

【小功 siáu-kong】 小小的功勞。記～～kì～～⇨同上。

【小生 siáu-seng】 少年人自稱，老年人即自稱老夫ló-hu。

【小字 siáu-jī】 謙稱自己的名。

【小吉 siáu-kiat】 小小的吉利。～～課～～khò⇨卜卦的一種名堂。

【小作 siáu-chok】 謙稱自己的作品。

【小妖 siáu-iau】 小鬼。部下。～～羅～～lô⇨同上。

【小見 siáu-kiàn】 管見。小意見。

【小局 siáu-kio̍k】 小局面。小場面。看～～，做那有大頭路khoà$^{n}$～～，chò-ná-ū toā thâu-lō͘⇨只看小局面，何能做大事業。

【小利 siáu-lī】 小利益。貪～～tham～～⇨同上。見～～而誤大事kiàn～～jî gō͘ tāi-sū⇨同上。

【小卒 siáu-chut】 卒子。無名～～bû-bêng～～⇨同上。～～仔～～á⇨同上。咱這～～仔曷共人排有生肖lán-che～～á a̍h kah-lâng pâi ū se$^{n}$-siù$^{n}$⇨我這小卒何能與別人較量。

【小妾 siáu-chhiap】 謙稱自己的妾侍。細姨sè-î⇨妾。

【小兒 siáu-jî】 小孩子。豚兒。～～科～～kho⇨同上。～～科的～～kho ê⇨喻吝嗇。

【小官 siáu-koa$^{n}$】 小官員。

【小姓 siáu-sèng】 ㊀謙稱自己的姓氏。㊁在區域中人少勢孤的姓氏。

【小使 siáu-sú】 日文kotsukai的譯名。小价，今稱工友。

【小事 siáu-sū】 小事情。

【小孩 siáu-hâi】 小兒，小童。～～兒～～jî⇨紅嬰仔âng-e$^{n}$-á。

【小故 siáu-kò͘】 小事情。因爲～～來拍不睦亦眞毋值in-ūi～～lâi phah-put-bo̍k a̍h chin m̄-ta̍t⇨因爲小事情以致弄成不愉快，也很不值得。

【小星 siáu-seng】 妾侍。更加幾個仔～～敢會過份koh ke kúi-ê-á～～kám ē kòe-hūn⇨便多幾個吳姬越女也何過份(趙子昂戲妻，你儂我儂故事的前段)。

【小酌 siáu-chiak(chiok)】 小飲。

【小宴 siáu-iàn】 較小的宴集。三日一～～，五日一大宴sam-ji̍t it～～，ngó͘-ji̍t it tāi-iàn⇨三國演義言曹操如此優待關羽。

【小鬼 siáu-kúi】 小心眼者。～～毋八看着大豬頭～～m̄-bat khoà$^{n}$-tio̍h toā-ti-thâu⇨謂小鬼不曾看見大豬頭，大牲禮。喻小戶人家不曾逢見大場面。咱這～～仔不敢望要大豬頭lán che～～á m̄-ká$^{n}$ bāng boeh toā-ti-thâu⇨我們這小人物不敢希望太大的東西——報酬。～～仔～～á⇨小人物。～～殼～～khak

⇨鬼面具。你毋道叫我該戴～～殼lí m̄-tō kiō-goá ài-tī ～～ khak⇨你不是叫我做這小人事將來須戴鬼面具才見得人嗎。

【小氣 siáu-khì】 吝嗇。～～鬼～～kúi⇨同上。

【小時 siáu-sî】 幼小的時候。～～偷挽匏，大漢偷牽牛～～thau-bán pû, toā-hàn thau-kan gû⇨喻少時做小偷，不加訓戒，大了就會變成大偷。

【小孫 siáu-sun】 謙稱自己的孫兒。～～女～～lí(lú)⇨同上。～～媳～～si̍t(sek)⇨同上。

【小康 siáu-khong】 不貧亦不大富。家道～～kā-tō～～⇨同上。

【小產 siáu-sán】 流產。

【小雪 siáu-soat】 二十四氣之一。～～大雪～～tāi-soat⇨同上。

【小飲 siáu-ím】 小酌。～～小人參，大飲誤了身～～siáu jîn-sim, tāi-ím gō·-liáu-sin⇨謂小飲於身有益，大飲即有害。

【小婿 siáu-sài】 對人謙稱自己的女婿。

【小試 siáu-chhì】 小考。秀才的考試。小小的考驗。牛刀～～ngiû-to～～⇨同上。

【小腸 siáu-chhiông】 ～～炎～～iām⇨病名。

【小解 siáu-kái】 小便。

【小楷 siáu-khái】 字體之一。

【小過 siáu-kò】 小小的過失。

【小媳 siáu-si̍t(sek)】 謙稱兒子的妻。

【小暑 siáu-sú】 二十四氣之一。～～大暑～～tāi-sú⇨同上。～～青粟無青米～～chhe$^{n}$-chhek bô chhe$^{n}$-bí⇨謂小暑一到了，粟皮還青青，但米已經成熟了，應該早早收刈掉，以免遭受颱風之害。

【小僧 siáu-cheng】 和尚謙稱。

【小說 siáu-soat】 戀愛～～loân-ài～～⇨同上。

【小廝 siáu-su】 童僕。賤役。

【小影 siáu-éng】 肖像。畫像。抾～～khioh～～⇨畫工手畫人像。小siáu當爲肖siàu之訛。

【小數 siáu-sò】 數字不大，額數不多。～～點～～tiám⇨數學名詞。

【小學 siáu-ha̍k】 初等教育。鄉校。

【小器 siáu-khì】 度量小。非大才。

【小所見 siáu-só·-kiàn】 所見者小，小或作少。～～～，多所怪～～～，to-só·-koài⇨少見多怪。

【小陽春 siáu-iâng(iông)-chhun】 陰曆十月。小春。

【小節目 siáu-chiat-bo̍k】 小事件。小事情。

【小鄙慳 siáu-phí-gián】 貪小利。小器。小氣。鄙或作氣khì。→siáu-khì-gián。

siáu
狷 狂kông也。狂病也。瘋癲hong-tian曰狷siáu。熱狂於某事曰狷siáu。笑謔曰狷siáu，所謂神經病曰狷siáu，春情發動亦曰狷siáu。起～khí～⇨發癲，瘋了。昧～māi～⇨不要胡鬧。猪母抸～也ti-bó teh～à⇨母猪發情了。你毋抸～lí m̄ teh～⇨你不是瘋了嗎。歸日～未定kui-ji̍t～bē-tiā$^{n}$⇨整天胡鬧不停。曼桃花～bān-thô-hoe～⇨季節性的精神病。曼桃花bān thô-hoe，俗名月桃ge̍h-thô。

【狷入 siáu-ji̍p】 同戇入gōng-ji̍p。胡里胡塗予以收入。～～無狷出～～bô siáu-chhut⇨收入隨便，支出不馬虎。

【狷人 siáu-lâng】 瘋癲的人。～～！無愛共你講～～！bô-ài kā-lí kóng⇨瘋人！不同你說。

【狷心 siáu-sim】 瘋癲hong-tian。

【狷尾 siáu-bóe】 風箏尾因風動搖。風吹～～hong-chhoe～～⇨同上。

【狷的 siáu-ê】 瘋人。～～騙戇的～～phiàn gōng-ē⇨喻所言完全離譜。

【狷狗 siáu-káu】 瘋狗。～～公～～母～～

kang～～bó⇨發情的公狗與母狗。亦喻人。

【猾神 siáu-sîn】 ㊀瘋癲。㊁不正常的事。例如賭博或冶遊。～～一半擺仔逐人亦會～～chit-poà$^{n}$-pái à tak-lâng ah ē⇨不正常的事偶爾來一兩次是誰都會的。～～仔代～～á tāi⇨玩玩而已。

【猾氣 siáu-khì】 有發瘋的樣子。看着有～～khoà$^{n}$-tioh ū～～看來有發瘋的樣子。

【猾猾 siáu-siáu】 瘋瘋癲癲。不嚴肅，易相處。笑謔。彼個人～～hit-ê-lâng～～⇨那個人瘋瘋癲癲。伊做人～～好做夥i chò-lâng～～hó chò-hóe⇨他爲人不甚嚴肅一輕易近人易扲相處。莫～～mài～～⇨不要笑謔。

【猾貪 siáu-tham】 貪而無厭。貪婪。～～就會戴鷄籃～～chiū ē tì ke-lam⇨喻不可過份貪婪。鷄籃ke-lam爲囚人所戴蒙面的草帽。

【猾貓 siáu-bâ】 ㊀發情的野貍。㊁粗野無度的女人。一個恰如～～chit-ê kah-ná～～⇨恰如一隻狂野貓。㊂戲稱太座。阮彼隻～～goán hit-chiah～～⇨同上。㛹bâ，美女也，又妓女也。

【猾貓 siáu-niau】 瘋貓發情的貓。追女人者。～～面～～bīn⇨色鬼面。共伊～～一下無啥關係kā i～～chit-ē bô siá$^{n}$ koan-hē⇨跟她調戲一下沒多大關係。

【猾齣 siáu-chhut】 笑劇。笑鬧劇。做～仔也chò～～á⇨做笑科chhiàu-khoe戲。喻男女相玩。

【猾老爹 siáu-ló-tia】 瘋癲大人。～～～猾乞食～～～siáu-khit-chiah⇨祭禮行列中常有猾老爹與猾乞食相調戲的齣頭。

【猾玎瑲 siáu-tin-tang】 形容女人的輕佻態。

【猾定也 siáu-tiā$^{n}$-ā】 不瘋了。

【猾股票 siáu-kó͘-phiò】 熱狂於股票的買賣。

【猾退也 siáu-thè-à】 瘋已退了。恢復常態了。

【猾扐扐 siáu-lak-lak】 笑謔態。看你安爾～～～khoà$^{n}$-lí an-ne～～～⇨看你這樣瘋瘋癲癲。

【猾時鐘 siáu-sî-cheng】 不準時的時鐘。

【猾飼鰻 siáu-chhī-moâ】 熱狂於養鰻。當扲～～～tng-teh～～～⇨正在熱狂於養鰻之中。

【猾查某 siáu-cha-bó͘】 瘋女。輕佻的女人。

【猾鑼鼓 siáu-lô-kó͘】 瘋鑼狂鼓。不得其時而亂敲者。恰如～～～kah-ná～～～⇨謂不得其時的濫放厥詞。

【猾到無尾去 siáu-kà-bô-bóe-khì】 謂極度的笑鬧瘋得沒程度。

siàu

**少** 不多也。多～to～⇨或多或少。若干。家常便飯不可～ka-siâng piān-pn̄g put-khó～⇨同上。花落知多少hoa-lok ti to～⇨同上。幼也。年輕資淺也。

【少數 siàu-sò͘】 不多。很少。～～人～～lâng⇨同上。

【少女 siàu-lí(lú)】 女童。少年～～siàu-liân～～⇨同上。

【少艾 siàu-gāi$^{n}$】 美麗的少婦女。

【少年 siàu-liân】 ～～易老學難成～～ī-ló hak lân-sêng⇨同上。～～人～～lâng⇨同上。～～嗗～～khùi⇨少年的氣慨。七莊八～～chhit-chí$^{n}$ peh(poeh)～～⇨謂非常年青。～～家～～ke⇨少年人。～～家仔～～ke á⇨少年人。孌童。～～不八想，食老毋成樣～～m̄-bat-siū$^{n}$，chiah-lāu m̄-chiâ$^{n}$-iū$^{n}$⇨少年時不懂得打算，到老了就不成樣子。

【少壯 siàu-chòng】 年青勇健。～～幾時兮奈老何～～kí-sî hê nāi-ló-hô⇨同上。～～派～～phài⇨同上。

【少保 siàu-pó】 古官名。太子～～thài-chú～～⇨同上。

【少帥 siàu-sòe】 大帥之子。

【少校 siàu-kàu】 軍官的階級。校官。

【少將 siàu-chiàng】 軍官的階級。將官。

【少頃 siàu-khéng】 須臾之間。

【少尉 siàu-ùi】 軍官的階級。尉官。

【少傅 siàu-hù】 古官名。太子～～thāi-chú～～⇨同上。

【少爺 siàu-iâ】 顯貴人家的子弟。～～看做戲旦～～khoàⁿ-chò hì-toàⁿ⇨同上。

【少年亡 siàu-liân-bông】 短命鬼。夭折。白虎穿堂，子孫～～～peh-hó chhoan-tông, chú-sun～～～⇨命相者的名堂。謂白虎沖着房屋或墓的方向，子孫將皆短命。

siàu
數 計算也。算sǹg也。俗稱賬目siàu-bak也。屢屢也。頻也。責罪也(見sò部)。算～sǹg～⇨算帳。記～kì～⇨記帳。豆油～tāu-iû～⇨豆油帳。簳仔店～kám-á-tiàm～⇨什貨店的帳。此等數siàu亦即帳，已為賬字所取代。賬為帳之俗字。

【數念 siàu-liām】 懷念。阿九嫂眞扲～～你a-káu-só chin teh～～lí⇨阿九嫂很在懷念你(的恩或仇)。與單純屬親情或愛情的的懷念hoâi-liām或思念su-liām有別。

【數想 siàu-siūⁿ】 偒想。夢想。免扲～～bián-teh～～⇨不用着在夢想。你免扲～～要娶阿金小姐，人伊早道俾人消印去也lí bián teh～～boeh choā a-kim sió-chiá, lâng-i chá tō hō-lâng siau-ìn-khì â⇨你不用在妄想要娶阿金小姐，人家她早就被人消印訂婚去了。枵狗～～猪肝骨iau-káu～～ti-koaⁿ-kut⇨餓狗戇想吃猪肝骨(猪肝無骨也)。癩蛤蟆～～天鵝肉nāi-hah-mô～～thiⁿ-gô-bah⇨同上。枵狗與癩蝦蟆兩條，義意完全相同，均喻非份之想，根本無希望。

【數佛做粿 siàu-put-chò-kóe】 計算佛若干個做粿若干個。喻做事先作安排。

【數時念日 siàu-sî-liām-jit】 計算時間計算日期，喻迫切等候好事之來臨。～～～～扲聽候娶某～～～～teh thèng-hāu choā-bó⇨計時計日在等待娶妻。

【數時念路 siàu-sî-liām-lō】 計算日期計算路程，喻迫切等待歸人。

【數街路石 siàu-ke-lō-chioh】 喻閑人，失業者。謂無所事事，每日在街路上來來往往，狀如計算街路上的石頭數。亦謂數銅線批柱siàu-tâng-soàⁿ-phe-thiāu,即計算電話柱也。銅線批tâng-soàⁿ-phe即電話。

siàu
賬 帳之俗字。用做數siàu字的意思。狗肉～káu-bah～⇨吃狗肉的帳目。喻糊塗帳。豆油～tāu-iû～⇨所使用的醬油數目。亦喻糊塗賬。謂一富翁壽筵，其子主持，結賬差額幾千兩，查無用途，其子列出賬項，列豆油一項幾千兩以完賬，富翁言，好，你也有賬目交代了。由此乃有豆油賬之詞。算～sǹg～⇨同上。記～kì～⇨記帳。對～tùi～⇨同上。查～chhâ～⇨同上。入～jip～⇨同上。收～siu～⇨同上。賒～sia～⇨同上。

【賬目 siàu-bak】 ～～該詳細～～ài siâng-sè⇨同上。

【賬尾 siàu-bóe】 結餘。來往相抵後的差額。～～攏抵清楚也～～lóng tú chheng-chhó à⇨來往相抵皆清楚了。

【賬法 siàu-hoat】 算賬或記帳的方法。

【賬房 siàu-pâng】 ㈠舊官衙的財政主計部門。㈡有關金錢出入帳簿管理的房間。㈢主管財務的人員。做德興的～～chò tek-hin ê～～⇨担當德興號的賬務工作。

【賬底 siàu-té】 賬簿裡面。～～猶扵扲～～iáu tī-teh⇨帳簿裡面還存在着。未清之賬目還留在賬簿中。

【賬條 siàu-tiâu】 賬單。賬項。賬目。

【賬項 siàu-hāng】 來往的～～愛明白lâi-óng ê～～ài bêng-pek⇨同上。

【賬單 siàu-toaⁿ】 開列賬目的單據。賬條。

【賬頭 siàu-thâu】 帳簿的目錄。有企～～ū khiā～～⇨有立一個帳目。

【賬額 siàu-gia̍h】 數目的大小。出入的～～眞大chhut-ji̍p ê～～chin-toā⇨來往的數字很大。

【賬櫃 siàu-kūi】 記帳，金錢出入的大櫃。査某人褲頭～～後cha-bó-lâng khò·-thâu～～āu⇨謂此兩個地方都碰不得。～～重地閑人免進～～tiōng-tē hân-jîn bián-chìn⇨同上。～～桌～～toh⇨同上。～～房～～pâng⇨同上。

【賬簿 siàu-phō·】 會計簿册。～～橱～～tû⇨同上。～～皮～～phôe⇨帳簿的表紙。

**siâu 滫** 精水cheng-súi曰滫siâu，作爲助詞，附於語尾，成立若干粗語。創啥～chhòng-siá$^{n}$～⇨敲什麼鬼。講啥～kóng-siá$^{n}$～⇨說什麼鳥。衰～soe～⇨衰鳥，倒霉。孽～gia̍t～⇨淘氣，惡作劇。謲～sàm～⇨怒斥，謲sàm,怒也，譏也。毋成～m̄ chiâ$^{n}$～⇨不成物。乞食～khit-chia̍h～⇨吝嗇鬼。不八些～m̄-bat (pat) chē～⇨什麼鳥都不懂。

**siâu 韶** 嚚韶hau-siâu，胡說hô·-soat也。佼講～～gâu-kóng～～⇨善說謊。

**siâu 紹** 繼也。述也。克～箕裘khek～ki-kiû⇨同上。介～kài～⇨同上。

【紹介 siāu-kài】 介紹。作媒。客至使介(儐人)傳話，是爲介紹。居間引進。我共您～～goá kā (kāng)-lín～～⇨我給你們介紹。請您～～本地的概況chhiá$^{n}$ lín～～pún-tē ê khài-hóng⇨請你介紹本地的概況。免人～～阮早道相八也bián lâng～～goán chá tō sio-bat ā⇨不用人介紹，我們早就彼此認識了。

【紹興 siāu-hin】 地名。～～酒～～chiú⇨酒名，紹興地方出產的。公賣局出品的。

**siâu 揱** 撲也。棒打曰揱siâu。用棍仔～iōng kùn-á～⇨以木棒撲打。乎佪老父～抙浪hō· in lāu-pē～leh-lōng⇨被他老父棒打得奔走了。安爾～不是滾笑的呢an-ne～m̄-sī kún-chhiò-ê-neh⇨如此的捧打法，非玩的也。浪lōng，牛奔也。謂牛奔狀如波浪也。

## sim

**sim 心** 五臟之一。心臟sim-chōng。思也。本也。精神也。中央曰心sim。牛～猪～gû～ti～⇨同上。他人有～予忖度之tha$^{n}$-jîn iú～î chhún-to̍k chì⇨同上。狼～狗行lông～káu-hēng⇨非人應有之行徑。花～hoe～⇨同上。樹～chhiū～⇨同上。水～chúi～⇨水流之中央。月到天～go̍eh tò thian～⇨月在天空之中央。仁～jîn～⇨仁之精神。正～chèng～⇨同上。邪～siâ～⇨同上。偏～phian～⇨不正。信～sìn～⇨同上。疑～gî～⇨同上。忠～tiong～⇨同上。梟～hiau～⇨奸惡之心。軸～tio̍k～⇨車～chhia～⇨同上。路～lō·～⇨同上。市～chhī～⇨同上。街～ke～⇨同上。有～人iú～jîn⇨同上。言者無～，聽者有意giân-chià bû～，thèng-chià iú-ì⇨同上。～有餘而力不足～iú-î jī le̍k put-chiok⇨同上。三～兩意sam～liáng-ī⇨同上。意馬～猿ì-má～oân⇨同上。

【心力 sim-le̍k】 用心竭力。～～盡也～～chīn-a⇨心力盡矣。

【心火 sim-hóe(hé)】 心中之煩惱，心頭之怒氣。亦曰心肝火sim-koa$^{n}$-hóe。～～正抙熠抙～～chiâ$^{n}$ teh to̍h-lè⇨心火正在燃燒中。～～正抙熱抙～～chiâ$^{n}$ teh jia̍t-lè⇨心火正在熱騰着。又～～激的～～kek-ê⇨謂心火激成之病。

【心內 sim-lāi】 ～～眞(無)歡喜～～chin (bô) hoa$^{n}$-hí⇨內心很(不)高興。～～事～～sū⇨心事。心意。

【心中 sim-tiong】 心內。內心。～～艱苦無人知～～kan-khó bô-lâng-chai⇨心裡之苦沒人知。

【心田 sim-tiân】 心。胸部。～～無力～～

bô-la̍t⇨心臟無力氣。

【心成 sim-chiâ$^{n}$】 情緒。做事之心。盒曷有～～可去看戲ta$^{n}$ a̍h-ū ～～ hó-khì khoà$^{n}$-hì⇨而今何能有閑情去看戲。無～～讀册也bô ～～tha̍k-chheh ā⇨沒意志去讀書了。

【心行 sim-hēng】 居心ki-sim。好(歹)～～hó(phái$^{n}$)～～⇨居心很好(壞)。臭～～chhàu ～～⇨同上。～～惡毒～～ok-to̍k⇨同上。

【心向 sim-hiàng(hiòng)】 意向。意思。該問伊的～～藉會用得決定āi mn̄g i ê～～chiah ē-iōng(iēng)-tit koat-tēng⇨應該問他的意思才可以決定。

【心血 sim-hiat(huih)】 嘔～～áu～～⇨吐心血，喻極盡努力。～～來潮～～lâi-tiâu⇨喻預感，突然高興。

【心交 sim-kau】 知己，親友。～～的人～～ê lâng⇨同上。

【心地 sim-tē(tōe)】 本性。～～善良～～siān-liâng⇨本性很好。

【心志 sim-chì】 ～～眞堅～～chin-kian⇨意志很堅定。

【心官 sim-koa$^{n}$】 心臟。精神。～～較硬鐵～～khá-nge̍h thi̍h⇨心堅如鐵，喻殘忍。～～軟～～nńg⇨心地溫柔。～～烏～～o͘⇨心黑。～～紅的～～âng-ê⇨忠心之人。～～渥促～～ak-chak⇨心裡不舒服。～～淸也～～chheng ā⇨心情開朗了。～～攏攏～～ngiau-ngiau⇨心裡癢癢，喻意有所欲動。～～熱滾滾～～jia̍t-kún-kún⇨心正熱中扲某事。～～內煎甜粿～～lāi chian ti$^{n}$-kóe⇨喻心裡焦急萬分。～～五個十個～～gō͘-ê cha̍p-ê⇨喻心裡紛亂或焦急。～～幾仔葉～～kúi-nā-ia̍p⇨喻心裡所思多歧，難下決心。～～頭定定扲～～thâu tiā$^{n}$-tiā$^{n}$-lê⇨謂主意拿得很穩定。～～較大過牛肺～～khah toā-kōe gû-hì⇨喻欲望太大。～～破出來，狗不鼻，猪不哺～～phoá-chhut-lâi káu-m̄-phī$^{n}$ ti-m̄-pō͘⇨極喻心地之惡毒，謂拿出來，臭得狗不嗅之，猪不食之。恰如無～～的kah-ná bô ～～ê⇨謂無記憶力，把事情忘了，一如沒心臟者。～～蘖仔～～ī$^{n}$-á⇨心臟之小芽，喻愛兒。～～蘖仔痛惜惜～～ī$^{n}$-á thià$^{n}$-tiuh-tiuh⇨爲兒子而心痛。～～仔子～～á kiá$^{n}$⇨心所痛愛的兒子。子亦作囝。～～窟仔～～khut-á⇨前胸中央之下凹處。～～窟仔痛～～khut á thià$^{n}$⇨心臟痛。～～頭眞艱苦～～thâu chin kan-khó͘⇨心裡很難過。～～仔肉～～á-bah⇨喻心愛兒子。痛到如像～～仔肉thià$^{n}$-kà-ná-chhiū$^{n}$～～á bah⇨痛愛得如心肝肉。

【心花 sim-hoe】 心之花。～～開也～～khui-a⇨心情極愉快。有錢～～逐個亦會開ū-chî$^{n}$～～ta̍k-ê mā-e-khui⇨有錢每一個人都會心情愉快。～～怒放～～nō͘-hòng⇨喻極愉快得意。

【心服 sim-ho̍k】 ～～口服～～kháu-ho̍k⇨同上。

【心念 sim-jiām】 懷念。～～故鄉～～kó͘-hiang(hiong)⇨同上。～～舊恩～～kiū-in⇨同上。

【心房 sim-pâng】 心臟的內部。～～發炎～～hoat-iām⇨心臟內膜炎。

【心性 sim-sèng(sì$^{n}$)】 性質。～～眞溫柔～～chi̍n un-jiû⇨同上。

【心事 sim-sū】 心有所思。恰如有～～的欵kah-ná ū～～ê khoán⇨好像是心有所思的樣子。

【心底 sim-té】 心中。收於～～siu tī～～⇨收在心中。

【心苦 sim-khó͘】 痛心。～～病痛～～pē$^{n}$(pī$^{n}$)-thià$^{n}$⇨患病。或應作身苦病痛sin-khó͘-pē$^{n}$-thià$^{n}$。

【心神 sim-sîn】 心力。精神。該用～～āi-iōng(iēng)～～⇨須盡心力。枉費～～óng-hùi ～～⇨徒勞無功tô͘-lô-bû-kong。恰如～～無

定的kah-ná～～bô-tiā$^n$ ê⇨恰如神經病的。未輸～～迷亂的bē(bōe)-su～～bê-loān-ê⇨一如神經病的樣子。～～恍惚～～hóng-hut⇨同上。

【心思 sim-su】 心機sim-ki。計謀。伊人眞有～～i lâng chin-ū～～⇨他這個人很有頭腦。

【心胸 sim-hiong】 心計。眞有～～chin-ū～～⇨很有心計。～～無好～～bô-hó⇨心地不善。

【心荒 sim-hong】 心不專一。～～道讀無册～～tō tha̍k-bô-chheh⇨心不專就讀不成書。

【心鬼 sim-kúi】 想像之鬼。同心肝鬼sim-koa$^n$-kúi。～～較有影啦～～khah-ū-iá$^n$ lā⇨心鬼才是眞的(意謂事實無鬼)。

【心氣 sim-khùi】 氣息。大～～toā～～⇨大喘其息(在困境中，不服氣者)。免抄大～～bián teh toā～～⇨不必嘆息。

【心病 sim-pē$^n$(pī$^n$)】 心臟之病。又喻心中有秘密。敢是有啥～～抄驚人知kā$^n$-sī ū sia$^n$～～teh kia$^n$-lâng-chai⇨恐怕是有什麼秘密在怕人知之。

【心情 sim-chêng】 情緒。～～眞仙～～chin-bái⇨情緒很壞。

【心虛 sim-hi】 做賊～～chò-chha̍t～～⇨同上。

【心理 sim-lí】 ～～學～～ha̍k⇨同上。～～作用～～chok-iōng⇨同上。

【心悶 sim-būn】 憂愁。有啥當～～ū sia$^n$ thang～～⇨何事值得憂愁。食酒解～～chia̍h-chiú kái～～⇨喝酒解憂愁。

【心裡 sim-lí(ni)】 心內。～～無邪不怕鬼～～bô-siâ put-phà$^n$-kúi⇨喻立身正不怕人掀底牌。～～無邪雨傘要借人舉～～bô-siâ, hō·-soà$^n$ boeh(beh) chioh-lâng giâ⇨許仙白蛇借傘，喻有所圖才答應借出的。

【心痛 sim-thià$^n$】 心臟痛，胃痛。又心所愛。～～的孫仔～～ê sun-á⇨心所痛愛的小孫。

【心腹 sim-ho̍k】 ～～之交～～chi kau⇨斷金之交toān-kim chi kau。～～大患～～tāi-hoān⇨牽涉到生死之大禍患。

【心慌 sim-hông】 着急。驚心。～～意亂～～ì-loān⇨同上。

【心意 sim-ì】 心志。各人有各人的～～koh-lâng ū koh lâng ê～～⇨各人各有其想法。

【心經 sim-keng】 心。～～肺經～～hì-keng⇨心肺。～～火大～～hóe toā⇨精神緊張。～～火歸下𤏸～～hóe kui-ē-to̍h⇨怒氣一下子皆發作。～～舉起來也唔～～giâ-khí-lâi ā m̄⇨發神經了嗎。按心經sim-keng，多與神經sîn-keng混用。

【心腹 sim-pak】 親信。～～人～～lâng⇨同上。～～腸肚～～tn̂g-tō·⇨臟腑chōng-hú。

【心腸 sim-tn̂g】 喻本性。彼類～～不知生做安怎咱都不知hit-lōe～～m̄-chai se$^n$(si$^n$)-chò(chòe) an-choá$^n$ lán to m̄-chai⇨他那一種心腸不知是怎麼個樣子我們是不知道的，意謂其本性莫測才做這種極端的事情。～～是鐵拍的亦會軟～～sī thi̍h-phah-ê a̍h-ē-nńg⇨鐵打的心腸也會軟化，意謂鐵石心腸者也會同情。

【心窩 sim-o】 胸前的凹處。鑿對～～chha̍k-tùi～～⇨刺中胸心。

【心酸 sim-sng】 悲從中來。聽着亦～～thia$^n$-tio̍h ia̍h～～⇨聽到了也心酸。心酸酸sim sng-sng⇨同上。

【心算 sim-sǹg】 ～～筆算～～pit-sǹg⇨同上。亦說sim-soàn。

【心槽 sim-chô】 胸前中央部。～～痛～～thià$^n$⇨同上。

【心適 sim-sek】 有趣。有～～無～～在人看的ū～～bô～～chāi-lâng-khoà$^n$ ê⇨有趣無趣由人而定。六月天講抄落大雪實在亦～～la̍k-go̍eh(ge̍h)-thi$^n$ kóng-teh lo̍h toā-seh sit-chāi ā～～⇨六月的大熱天竟在下大雪，實在也有趣(不可思議)。做～～的chò～～ê⇨做着玩的。～～興～～hèng⇨高興。

【心機 sim-ki】 有頭腦ū thâu-náu,會計謀。有～～ū～～⇨城府深沈，攻計算之輩。

【心頭 sim-thâu】 心。心中。掛於～～的恨未消koà tī～～ê hīn bē(bōe)-siau⇨心頭之恨不能去。～～火熁～～hóe(hé) toh⇨怒火中燒。酒醉～～定chiú-chùi～～tiāⁿ⇨謂酒醉心不醉。～～酸～～sng⇨心酸。

【心竅 sim-khiàu】 心路。～～猶未通抡～～a-bōe(be)-thong-lê⇨還未開竅。智識之窗未開。～～未通的人～～bē(bōe)-thong ê lâng⇨講理講不通之人。

【心願 sim-goān】 心甘情願sim-kam-chêng-goān。了錢亦是～～liáu-chîⁿ iah-sī～～⇨虧本也是情願。又心中所希望。了一個～～liáu chit-ê～～⇨完成一個希望(還人情債)。

【心蘖 sim-ĩⁿ】 心芽。～～不當挽掉～～m̄-thang bán-tiāu⇨心芽不可摘取。

【心臟 sim-chōng】 ～～眞強～～chin-kiâng⇨喻很大胆。不怕羞。～～發毛～～hoat-mo͘⇨亦喻大胆。謂心大得發毛了。

【心不在焉 sim-put-chāi-iàn】 喻另有所思。～～～～，視而不見，聽而不聞，食而不知其味～～～～sī jî put-kiàn, thèng jî put-būn, sit jî put-ti ki-bī⇨大學。伊都～～～～，那知影人抡講啥i to～～～～,ná chai-iáⁿ lâng teh kóng-saⁿ⇨他是心不在此的，怎麼知道人家在說什麼。

【心心念念 sim-sim-liām-liām】 經常心想口說的思慕。～～～～都是該轉去故鄉～～～～to-sī ài tńg-khì kò͘-hiang(hiong)⇨聲聲句句皆說應該回故鄉。

【心心相印 sim-sim-siang(siong)-ìn】 口不言而心相通。～～～～，舉案齊眉～～～～，kí(kú)-àn-chê(chôe)-bî⇨皆言夫妻和合的美辭。

【心平氣和 sim-pêng-khì-hô】 平心靜氣pêng-sim-chēng-khì。

【心如止水 sim-jî (jû) chí-súi】 喻心態平靜，不為世事而動搖。日本有鐵道大臣小川某者，因貪污案入獄，刑滿出獄，對記者會寫此四字述志。

【心安理得 sim-an-lí-tek】 做人會得～～～～道算眞好也chò-lâng ē-tit～～～～tō-sǹg chin-hó à⇨做人能夠心安理得，就算很好了。

【心灰意冷 sim-hoe-ì-léng】 失意之極。暴其然家破人亡，較加亦～～～～，啥人每安爾pok-ki-jiân ka-phò-jîn-bông,khah-ke ah～～～～，siaⁿ-lâng mā an-ne(ni)⇨突然間遭到家破人亡，怎麼說都會～～～～，誰都如此。

【心狂火熱 sim-kông-hóe-jiat】 極度着急。輸道抡～～～～也，伕更共伊討錢，免講每會相拍su tō-teh～～～～ā, boeh(beh)-koh kā-i thó-chîⁿ, bián-kóng mā-ē sió-phah⇨輸錢就在着急了，又再向他要債，當然會打架。

【心直口快 sim-tit-kháu-khoài】 ～～～～講話像抡破柴抡～～～～kóng-ōe chhiūⁿ-teh phoà-chhâ lê⇨心直口快，講話如在劈柴。口kháu亦可作嘴chhùi。

【心堅意切 sim-kian-ì-chhiat】 心意堅定迫切。～～～～得而後已～～～～tek jî-hō͘ í⇨意志堅定，非得而不休也。

【心勞日拙 sim-lô-jit-choat】 喻心力已盡。而今人講～～～～，無路用了jî-kim, lâng kóng，～～～～，bô lō͘-iōng-liāu⇨到現在，如人家所說，～～～～，沒用了。

【心照不宣 sim-chiàu-put-soan】 逐家～～～～tak-ke～～～～⇨大家心裡明白。

【心猿意馬 sim-oan-ì-má】 黑白想o͘-peh-siūⁿ。不當猶抡～～～～也m̄-thang iáu-teh～～～～à⇨不可還在思東想西了。

【心滿意足 sim-boán-ì-chiok】 十分滿足。本

錢討會轉來道～～～～也，曷敢想利息pún-chîⁿ thó-ē-tńg-lâi tō～～～～à, ah-káⁿ siūⁿ lī-sek⇨本錢能討回就滿足了，何敢想利息。

**【心驚肉跳 sim-kiaⁿ-bah-thiàu】** 形容恐懼。我聽一聲道～～～～也，曷敢去看goá thiaⁿ chit-siaⁿ tō～～～～à, ah-káⁿ khì-khoàⁿ⇨我聽一聲就怕死了，怎敢去看看。

**【心有餘力不足 sim-iú-î lek-put-chiok】** 實在是～～～～～～喇，無那有白白看伊去死呢sit-chāi sī～～～～～～ là,bô ná-ū peh-peh khoàⁿ-i khì-sí nî⇨實在說是心欲救之力不足以救之的，否則豈有眼睜睜看他去送死呀。

sim
**參** 人～jîn～⇨一種植物名，俗視爲珍貴之補藥。或以朝鮮產者最佳，因有高麗～ko-lê～之名。巴～pa～⇨洋參iûⁿ-som(sim)。又喩價錢之高。貴到如～抔kùi kà ná～lè⇨價貴如人參一般。貴～～kùi～～⇨非常的貴。

**【參仔 sim(som)-á】** 人參。～～茶～～tê⇨人參泡茶。～～鷄～～ke⇨以人參爲佐料的鷄料理。～～鬚～～chhiu⇨人參之細根。～～販～～hoàn⇨走賣人形的商人。

**【參苓朮草 sim(som)-lêng-chut-chhó】** 指人參jîn-sim，茯苓hok-lêng，白朮pek-chut，甘草kam-chhó等的四種代表性的藥草名。

sim
**森** 木多爲森，二木爲林bok-to ûi～, jī-bok ûi lîm⇨同上。又衆多茂盛也。陰～im～⇨同上。

**【森林 sim(som)-lîm】** 大樹羣生成林。～～學系～～hak-hē⇨同上。～～法～～hoat⇨同上。

**【森森 sim-sim】** 茂密也。錦州城外柏～～kím-chiu sêng-gōe phek～～⇨杜甫。

**【森嚴 sim(som)-giâm】** 戒備～～kài-pī～～⇨同上。

**【森羅萬象 sim-lô-bān-siōng】** 宇宙間所有的現象。～～～～攏是上帝創造的～～～～lóng-sī siōng-tè chhòng-chō ê⇨森羅萬象皆是上帝創造的。

sím
**沈** 姓氏。古國名。

sím
**審** 知悉也。推求也。愼重也。未～貴意如何bī～kùi-ì jî(jû)-hô⇨不知貴意如何。再～chài～⇨第二審。公～kong～⇨同上。

**【審犯 sím-hoān】** 推事依法～～chhui-sū i-hoat～～⇨同上。

**【審判 sím-phoàⁿ】** 最後的～～chòe-aū ê～～⇨同上。～～官～～koaⁿ⇨同上。

**【審定 sím-tēng】** 教育部～～的教科書kàu-iok-pō·～～ê kàu-kho-si(su)⇨同上。

**【審美 sím-bí】** 分別美醜。～～眼～～gán⇨審美的眼力。

**【審查 sím-cha】** ～～提案～～thē-àn⇨同上。～～委員會～～úi-oân-hōe⇨同上。

**【審案 sím-àn】** 法官～～hoat-koaⁿ～～⇨同上。

**【審問 sím-mn̄g】** 問案mn̄g-àn。誘導～～iú-tō～～⇨同上。～～犯人～～hoān-lâng⇨同上。

**【審堂 sím-tn̂g】** 法廷hoat-têng。有開～～否ū-khui～～bò·⇨有無開廷審問。

**【審愼 sím-sīn】** 謹愼。該較～～抔藉好ài-khah～～lè chiah-hó⇨同上。

**【審察 sím-chhat】** 仔細觀察。～～實情～～sit-chêng⇨同上。

**【審實 sím-sit】** 審察實情。～～定罪也～～tēng-chōe ā⇨審出眞相判刑了。

**【審斷 sím-toàn】** ～～明白也曷使更諍～～bêng-pek à ah-sái koh-chèⁿ⇨裁判清楚了，何須再爭論。

**【審議 sím-gī】** 公開～～kong-khai～～⇨同上。議案猶抔～～抔gī-àn iáu-teh～～lè⇨議案還在審議中。

sìm
**揕** 擬擊也。左手把秦王袖，右手持匕首揕之。上下動曰揕sìm。吊橋會～tiàu-kiô ē～

⇨吊橋會上下搖。扛轎的行一步～一下kng-kiō ê kiā$^{n}$-chit-pō·～chit-ē⇨抬轎一步，上下一搖。軟～～nńg～～⇨很軟。～大轎來也～toā-kiō～lâi-á⇨謂坐大轎來了。大轎～來也～去tōa-kiô～lâi-a～khì⇨大轎來大轎去。喻大模大樣。

**sìm 黕** 黑貌。烏～～o·～～⇨很黑。黑得發亮。頭毛黑～～thâu-mô·(mn̂g) o·～～⇨頭髮黑如漆。

**sìm 斟** 審也。忖度也。以手掌約度重量曰斟sìm。又心中暗中盤算曰斟sìm，正對目的物曰相siòng。正扲～扲chiā$^{n}$-teh～lè⇨正在心中盤算。～看覓扲～khoà$^{n}$-bāi-lè⇨斟酌看看。～行情～hâng-chêng⇨看行情，等待行情。～着斬然重～ti̍oh chiam-biân tāng⇨以手約得相當重。

**sīm 甚** 過也。極也。猶何也。欺人太～khi-jîn thài～⇨欺負人太過程度。影響～大éng-hiáng (hióng)～tāi⇨影響很大。

【甚且 sīm-chhiá$^{n}$】 同甚至。不但無損，～～有利put-tàn bô-sún～～iú-lī⇨同上。不但成績壞，～～品行都有問題put-tàn sêng-chek bái～～phín-hēng to ū būn-tê⇨同上。

【甚至 sīm-chì】 同甚且。不但無錢～～三餐都有問題put-tàn bô-chî$^{n}$～～sam-chhan to-ū būn-tê⇨同上。錢銀搶去無要緊，～～連性命都要配去chî$^{n}$-gîn(gûn) chhiú$^{n}$-khì bô-iàu-kín ～～liân sè$^{n}$(sì$^{n}$)-miā to-ài phòe-ì⇨銀錢搶走了沒關係，甚至連生命都要賠之。

【甚然 sim-jiân】 ～～好看～～hó-khòa$^{n}$⇨很好看。～～有趣～～iú-chhù⇨非常有趣。

【甚麼 sīm-mí】 何事，何物，何爲。創～～chhòng～～⇨作何事。食～～chia̍h～～⇨食何物。是～～sī～～⇨何事，何物。～～款(樣)～～khoán⇨什麼樣子。～～貨～～hòe(hè) (hoài$^{n}$)⇨何事。變～～蚊pì$^{n}$ (piàn)～～báng⇨作何把戲。蚊或謂應作謀。變～～孔pì$^{n}$～～khang⇨作何事，作何把戲。有～～好孔的否ū～～hó-khang ê bò·⇨有何妙事嗎。又用於問時間。～～時候也～～sî-hāu ā⇨什麼時間了。～～日(年，月)～～ji̍t (nî,go̍eh)⇨何日(年，月)。又用扲問人名。～～姊(小姐，嫂，嬸，兄，伯，叔) ～～ché(sio-chiá, só, chím, hia$^{n}$, peh, chek)。講～～有咯無咯，講到一大拖kóng～～ū-lò· bô-lò·, kóng kà chi̍t-toā-thoa⇨說什麼有呀沒呀，說得一大堆。～～號(款)人 ～～hō(khoán) lâng⇨何種(等級)的人物。

**sīm 尋** 求也。探求也。丞相祠堂何處～sîn-si̍àng (siòng) sû-tông hô-chhì(chhù)～⇨杜甫。又兩手合抱曰尋siâm，其長度曰一尋chit-siâm。

【尋求 sīm-kiû】 ～～合理的解決～～hap-lí ê kái-koat⇨同上。

【尋芳 sīm-hong】 勝日～～泗水邊sìn-ji̍t～～sù-súi-pian⇨千家詩。～～客～～kheh⇨風流客。

【尋根 sīm-kin(kun)】 追溯血統。黑人當時扲～～o·-lâng tng-sî teh～～⇨黑人正在(流行)追尋祖先的來源。

【尋常 sīm-siâng(siông)】 平庸也。普通也。舊時王謝堂前燕，飛入～～百姓家kiū-sî ông-siā tông-chiân àn, hui-jip～～pek-sèng-ka⇨唐詩。酒債～～行處有chiù-chè～～hêng-chhì(chhù) iú⇨杜甫。～～小學校～～siáu-ha̍k-hāu⇨日本昭和初年以前的初級小學。

【尋死路 sīm(chhōe)-sí-lō·】 侍～～～也不boeh～～～ā m̄⇨要找死路了嗎。

【尋花問柳 sim-hoa-būn-liú】 喻作陝斜巷之常客。～～～～的人無當算～～～～ê lâng bô-tàng-sǹg⇨尋花問柳之人算不了。

**sīm 偡** 整齊貌。平穩曰偡sīm。快速旋轉因而立定曰企～khiā～。企偡khiā-sīm亦喻不進不退。不行講扲企偡啦m̄-kià$^{n}$ kóng-teh khiā-～

lā⇨不前進而在站着不動呢。猶更扴企～iáu koh-teh khiā～⇨還在站着(何不快採取行動)。干轆扴企～kan-lo̍k teh khiā～⇨獨樂子在旋轉着不動。水蛙佼跳，～的久chúi-ke gâu-thiàu，～ê kú⇨謂田蛙很會跳，但是停着不動的時間長。喻會賺錢者如不繼續即同未賺着也。

## sin

**sin 身** 軀體也，生命也。裝金～chng kim～⇨神佛像貼金箔。單～漢tan$^{n}$～hàn⇨光棍。洗～軀sé～khu⇨澡身。賣～葬母bē(bōe)～chòng-bó(bú)⇨同上。十～每死無夠cha̍p～mā sí bô kàu⇨十條生命來拼，也拼不了，喻極度危險。～於厝裡心於外～tī chhù-lì sim tī goā⇨人在家裡，心在外邊。賣面無賣～bē(bōe)bīn bô (bōe)～⇨謂苦命的妓女只伴飲不伴宿以保貞操。頭過～道過thâu kòe～tō kòe⇨謂上曰可則下有反對亦不碍於事。頭較大～thâu khah toā～⇨謂附帶的小事較主題更麻煩或需費更多。軀幹也。樹～chhiū～⇨同上。刀～to～⇨同上。車～chhia～⇨同上。船～chûn～⇨同上。機～ki～⇨同上。又質料也，布～pò·～⇨布質。柴～chhâ～⇨木質。又品德也。修～siu～⇨同上。失～sit～⇨喪失貞操。又身世也。出～chhut～⇨同上。前～chiân～⇨同上。又計算神佛像亦曰～(或作仙sian)。一～土地公chi̍t～thó·-tī-kong⇨同上。三～老公仔sa$^{n}$～lāu-kong-á⇨三個老翁像。十八～羅漢 cha̍p-peh(poeh)～lô-hàn ⇨同上。十～娘仔cha̍p～niû-á⇨十條蠶蟲，因蠶曰娘仔niû-á，蓋往時皇后親自養蠶示範故也。又通娠。有～ū～⇨娠孕了。

**【身亡 sin-bông】** 死亡。想要救人，顛倒家己來～～siū$^{n}$ boeh kiù-lâng, tian-tó ka-kī lâi～～⇨要救人反而自己死了。

**【身上 sin-chiū$^{n}$(siōng)】** 攏對我～～出水，曷會用得lóng tùi-goá～～chhut-chúi, a̍h-e (ōe) iōng(iēng)-tit⇨皆由我一人負責(出錢或賠錢)怎麼可以(不可也)。

**【身手 sin-chhiú】** 本領，本事。好～～hó～～⇨好本領。大顯～～tāi hián～～⇨同上。

**【身世 sin-sè】** ～～足可憐～～chiok khó·-liân⇨出身的環境十分可憐。山河破碎水飄絮，～～浮沉風打萍san-hô phò-chhùi súi-piau-sī, ～～phû-tîm hong-tá$^{n}$-phêng⇨文天祥詩。

**【身死 sin-sí】** 身亡。～～兼絕種～～kā$^{n}$ chē-chéng⇨身亡而絕嗣。

**【身材 sin-chhâi】** ～～生做眞好～～se$^{n}$-chò chin-hó⇨身體各部份生得很好。

**【身命 sin-miā】** 健康的情形。毛病。大顆壞～～toā-kho· lám～～⇨肥大而竟毛病多。拼～～pià$^{n}$～～⇨死拼硬拼。亦可說成拼身拼命pià$^{n}$-sin pià$^{n}$-miā。

**【身底 sin-té(tóe)】** 身體之訛。～～著該照顧～～tio̍h ài chiàu-kò·⇨身體須保重。～～無錢，話講未大聲～～bô-chî$^{n}$, ōe kóng-bē (bōe) toā-sia$^{n}$⇨身裡沒錢，說話沒權威。～～激起來的症頭～～kek-khí-lâi ê chèng-thâu⇨身之內部激發出來的病症。～～衫～～sa$^{n}$⇨內衣類。亦曰私底衫su-té-sa$^{n}$。

**【身長 sin-tn̂g】** 身高。～～八尺～～peh(poeh)-chhioh⇨身高八尺。～～命短～～miā-té⇨與父老子幼pē-lāu kiá$^{n}$-iù同爲無福待養的嘆詞。

**【身後 sin-āu】** 死歿之後。～～之事你曷管會著～～chi sū lí a̍h koán-ē-tio̍h⇨死後之事情你那裡管得著。等我～～，藉隨在您去拍算tán goá～～chiah sûi-chāi-lín khì phah-sǹg⇨等到我死了，才任由你們(兄弟)去打算。～～蕭條～～siau-tiâu⇨同上。

**【身穿 sin-chhēng】** 衣著，服飾。有人激～～

有，人激食祿ū-lâng kek～～ū-lâng kek sit-lok⇨同上。

【身故 sin-kò͘】 死。亡故。父母～～pē-bó～～⇨同上。

【身屍 sin-si】 屍。～～無人收埋～～bô lâng siu-bâi⇨死體沒人認領，又痕跡也。公衆司，無人醫，貪都無～～去也kong-chèng-si, bô-lâng-i, ta$^{n}$ to bô～～khì à⇨公共的東西，沒人管理，而今是連形影都不見了。

【身高 sin-koân】 同身長。～～無人一半～～bô lâng chit-poà$^{n}$⇨身長不及人之一半。

【身健 sin-kiā$^{n}$】 身體健康。老罔老，猶更眞～～抄lāu-bóng-lāu iáu-koh chin～～leh⇨老是老矣，還是很健康。

【身爽 sin-sóng】 心身輕鬆。愉快。今仔日人不止～～kin-na-jit lâng put-chí～～⇨今天很愉快。

【身張 sin-tiu$^{n}$】 體形，衣著。即個囡仔的～～蓋成個老爸chit-ê gin-á ê～～kài sêng in lāu-pē⇨此童之體形很像他父親。做田人有做田人的～～，讀册人有讀册人的～～chò (chòe)-chhân-lâng ū chò (chòe)-chhân-lâng ê～～，thak-chheh (chhoeh)-lâng ū thak-chhè (chhoeh)-lâng ê～～⇨耕田的有耕田的衣著打扮，讀書人有讀書人的服飾。

【身裡 sin-lí(nì)】 身上。～～無邪不怕鬼～～bô-siâ put-phà$^{n}$ kúi⇨同上。身裡亦作心裡sim-lí (nì)。～～無衣被人欺，腹裡無膏無人疑～～bô-i pī-jîn-khi, pak-lí (nì) bô-ko bô-lâng gî⇨同上。無膏bô-ko謂蟹無仁，喩無學問或無錢財。

【身矮 sin-é(óe)】 不高，矮。～～脚短～～kha té (tóe)⇨身矮必定脚短。

【身腰 sin-io】 腰部，亦曰腰身io-sin。～～較粗～～khah chho͘⇨腰較大。

【身勢 sin-sè】 姿勢。張～～tiu$^{n}$～～⇨擺架子，裝模作樣。大～～toā～～⇨大勢力。大財產。

【身價 sin-kè】 身份sin-hūn。有～～的人ū～～ê lâng⇨同上。拍歹家己的～～phah-phái$^{n}$ ka-ki ê～～⇨自損自己的身份。～～銀～～gîn (gûn)⇨賣身的代金。～～百倍～～pah-pōe⇨同上。

【身軀 sin-khu】 身體sin-thé。洗～～sé (sóe)～～⇨澡身。

【身軀 sin-khu】 身體。～～未做主得～～bē (bōe)-chò-chú-tit⇨謂身體虛弱承受不了藥物或食物。～～都不是鐵拍的～～to m̄-sī thih phah ê⇨身體並非鐵打的。洗～～sé～～⇨澡身。～～身～～sin⇨身軀。

【身體 sin-thé】 老罔老，～～猶眞康健lāu-bóng-lāu～～iáu chin khong-kiān⇨老是老了，但是身體還是很健康。～～髮膚受之父母，不敢毀傷，孝之初也～～hoat-hu, siū chi hū bó, put-kám húi-siāng (siōng), hàu chi chhe (chho͘) iā⇨同上。

【身不由主 sin-put-iû-chú】 身體失去自主權。～～～～，道隨在人也～～～～，tō sûi-chāi-lâng ā⇨身體失了自主權，就任人擺佈了。這裡的人lâng口頭上應改讀lāng。

【身外之物 sin-goā chi but】 生不帶來死不帶去seng put-tài-lâi sú put-tài-khì的東西。

【身首異處 sin-siú-ī-chhì(chhù)】 突遭橫禍～～～～thut-cho hêng-hō～～～～⇨同上。

【身家性命 sin-ka-sè$^{n}$(sì$^{n}$)-miā】 一家一身的存亡生死。～～～～攏於人的手也，猶抄講啥～～～～lóng tī lâng ê chhiú ā iáu teh kóng sah$^{n}$ (siah$^{n}$)⇨身家性命皆在人之手中了還在說什麼。

【身家清白 sin-ka-chheng-pek】 普通百姓家出身。古時以倡優隸卒爲賤業，其子弟被視爲身家不清，禁止其參加科擧或任官吏。

【身敗名裂 sin-pāi-bêng-liat】 因作惡致身家名譽皆一敗塗地。想未到伊亦有～～～～的今天siū$^n$ bē(bōe)-kāu i iah ū～～～～ê kim-thian⇨同上。

【身無長物 sin-bû-tióng-but】 身邊無值錢的東西。今仔日會落魄到～～～～，實在亦可憐kin-ná-jit ē(ōe)lok-phek kà～～～～，sit-chāi iah khó͘-liân⇨同上。

【身懷六甲 sin-hoâi-liok-kah】 女子懷孕。人講～～～～，敢猶會見衆得lâng-kóng～～～～，kám iáu ē kì$^n$-chèng tit⇨人家說，懷孕了，還見得人嗎。

【身體力行 sin-thé-leh-hêng】 各人都該～～～～kok-lâng to ài～～～～⇨每人都要體會而實踐之。

【身長命短 sin-tn̂g-miā-té】 迫切怨嘆之詞。長夜橫枕意心歪，斜月三更門半開，短命倒今無口信，～～～～無人來tiâng-iā hoâi$^n$-chím ì-sim-oai, sîa-goat sa$^n$-ke$^n$ mn̂g poàn-khai, té-miā tò-kim bô-kháu-sìn～～～～bô-lâng-lâi⇨閨怨。

**sin 先** 先生sin-se$^n$(sian-si$^n$)⇨對老師，醫師，或長者等的稱呼。教學仔～～kà-oh-á～～⇨教學先生。藥店～～ioh-tiàm～～⇨專稱中藥醫生，對一般西醫似乎皆單稱先生。即位～～chit-ūi～～⇨這個不知姓名的人。

**sin 辛** 十干的第八位。辣也，苦也。痛苦也。庚～壬癸ke$^n$(ki$^n$)～jîm-kúi⇨十干的尾四位。艱～kan～⇨艱苦。苦～khó͘～⇨苦勞。千～萬苦chhian～bān-khó͘⇨同上。

【辛水 sin-súi】 每月的酬勞金。亦作薪水。食～～仔chiah～～á⇨領月俸以生活者。

【辛金 sin-kim】 同辛水。亦作薪金。

【辛苦 sin-khó͘】 艱難苦勞。父母的～～pē-bó(bú) ê～～⇨同上。～～病痛～～pe$^n$(pi$^n$)-thiā$^n$⇨困難與疾病。

【辛俸 sin-hōng】 同辛水。亦作薪俸。

【辛勞 sin-lô】 店員。頭家～～thâu-ke～～⇨店主與店員。亦作薪勞sin-lô。

【辛亥革命 sin-hāi-kek-bēng】 革命黨人武昌起事。

**sin 仙** 仙sian之訛音。～草～chháu⇨草名，可煮成一種清涼飲料。～草冰～chháu-peng⇨仙草加冰的飲料。仙草亦叫sian-chháu，亦有人叫chhian-chháu，亦有人叫田草chhân-chháu。

**sin 申** 十二支的第九位，俗以猴kâu代表之。又十二時辰之一，約值下午三、四時。上告也，陳明也。同伸。～酉戌亥～iú sut hāi⇨十二支的末四支，即生肖之猴鷄狗豬。

【申告 sin-kò】 呈報。遷居亦該～～chhian-ki iah-ài～～⇨遷居亦要呈報。

【申明 sin-bêng】 申告。所～～的內容無具體só͘～～ê lāi-iông bô kī(kū)-thé⇨同上。

【申述 sin-sut】 陳述。在場目擊者的～～chāi-tiû$^n$ bok-kek-chiá ê～～⇨同上。

【申時 sin-sî】 午後三、四時。～～出世的～～chhut-sì-ê⇨下午三、四時生的。

【申寃 sin-oan】 申訴寃枉。亦作伸寃。無抄～～bô-teh～～⇨無法申寃。

【申訴 sin-sò͘】 上告。對上級～～tùi siāng(siōng)-kip～～⇨同上。

【申請 sin-chhéng】 請求。～～救濟～～kiù-chè⇨同上。～～書～～si(su)⇨同上。

【申謝 sin-siā】 陳謝。亦作伸謝。攏有共人～～lóng-ū kā-lâng～～⇨皆有向人陳謝。

**sin 伸** 展也。延也。直也。延～iân～⇨延長。展～tián～⇨擴大。大丈夫能屈能～tāi-tiāng(tiong)-hu lêng-khut-lêng～⇨同上。

【伸長 sin-tiâng(tiông)】 延長。堤防該更～～三丈出去藉會安全thê-hông ài-koh～～sa$^n$-tn̄g chhut-khì chiah ē an-choân⇨同上。

【伸寃 sin-oan】 申寃。報仇。替個～～thè in～～⇨代理他們報仇。

【伸謝 sin-siā】 同申謝。該共人～～藉好ài

kā-lâng～～chiah-hó⇨應向人答謝才對。

【伸縮 sin-siok】 伸長縮短。～～性～～sèng⇨能長能短的性質。可大可小的性質。

sin **紳** 帶也。士～sū～⇨紳士。紳士階級。

【紳士 sin-sū】 服飾合規的男人。君子。古以秀才以上的讀書人爲紳士。英文gentleman的譯詞。較～～扲khah～～lē⇨君子自重。眞～～chin～～⇨很斯文有禮。

【紳土 sin-thó͘】 嘲似是而非的紳士。～～耳，甚麼紳士～～niâ sa-ma(si-mi) sin-sū⇨紳土可矣，何謂紳士。耳niâ，而已jî-í。

【紳商 sin-siang(siong)】 地方～～tē-hng～～⇨紳士與商人的代表。

sin **娠** 女懷孕也。有～也ū～a⇨有身也iú-sin-iâ⇨女人懷孕了。

【娠孕 sin-īn】 懷孕。有～～ū～～⇨帶～～toà～～⇨懷胎中hôe-thai-tiong。

sin **新** 初也。去舊也。去舊換～khì-kū-oā$^n$～⇨同上。煥然一～hoàn-jiân it～⇨⇨同上。喜～厭舊hí～iàm-kū⇨同上。迎～去舊ngiâ～khì-kū⇨同上。維～政治î～chèng-tī⇨同上。革～政黨kek～chèng-tóng⇨同上。一對～人物，二件舊東西chi̍t-tùi～jîn-bu̍t, nn̄g-kiā$^n$ ku tang-sai⇨對新郎新婦皆再醮者的戲謔之聯。改過自～kái-kò chū～⇨同上。～屎壆好放屎～sái-ha̍k hó pàng-sái⇨謂新設的厠池大家喜歡使用。喻人皆喜愛新事物。～烘爐～茶砧～hang-lô͘～tê-kó͘⇨喻新婚的夫妻熱騰騰地粘在一起。

【新人 sin-jîn】 俗亦讀sin-lâng。新人物。續絃之妻。老的老，死的死，～～未出頭lāu-ê-lāu, sí-ê-sí, ～～bōe chhut-thâu⇨同上。前某死了更娶～～也chêng-bó͘ sí-liáu koh-choā～～ā⇨同上。

【新月 sin-goa̍t】 陰曆月之初三，四之弓形月。～～半輪空～～poàn-lûn khong⇨古詩句。

【新正 sin-chia$^n$】 新年。正月。～～年頭舊年尾～～nî-thâu kū-nî-bóe⇨謂年初與年末皆是佳辰，不可粗言亂語。

【新刊 sin-khan】 新出版。～～雜誌～～cha̍p-chì⇨同上。

【新囚 sin-siû】 舊囚食～～kū-siû chia̍h～～⇨舊囚欺負新囚人。

【新任 sin-jīm】 ～～的官員～～ê koa$^n$-oân⇨同上。

【新年 sin-nî】 ～～恭喜～～kiong-hí⇨同上。

【新色 sin-sek】 新花樣。少年人愛較～～的siàu-liân-lâng ài khah～～ê⇨同上。

【新式 sin-sit(sek)】 ～～的婚姻～～ê hun-in⇨西方不依媒妁之言父母之命，由於自由戀愛的婚姻。

【新竹 sin-tek】 地名。～～米粉～～bí-hún⇨新竹出產的米粉。

【新佃 sin-tiān】 換過～～也oā$^n$-kòe～～ā⇨換過新的承耕人了。

【新味 sin-bī】 新口味sin-kháu-bī。貪～～tham～～⇨貪食新的口味。

【新妻 sin-chhe】 再娶的妻子。大丈夫何患無妻，他日姻緣重締，莫對～～談死婦tāi-tiāng(tiōng)-hu hô-hoān bû-chhe, tha$^n$-ji̍t in-iân tiōng-thè, bo̍k-tùi～～tām sí(sú)-hū⇨有一妻自輓之詞。

【新的 sin-ê】 新事物。～～規定～～kui-tēng⇨同上。～～未來，毋知舊的好寶惜～～bōe-lâi m̄-chai kū-ê hó-pó-sioh⇨謂新東西(人)未到，不知道舊東西(人)之可珍惜。喻新的未必較舊的好。

【新法 sin-hoat】 ～～修正舊法～～siu-chèng kū-hoat⇨法諺。

【新居 sin-ki(ku)】 新住所，新家宅。～～落成～～lo̍k-sêng⇨新宅竣工。

【新奇 sin-kî】～～的物件～～ê mi̍h-kiā$^{n}$⇨新奇的東西。

【新例 sin-lē】 新的慣例。～～無設，舊例無滅 ～～ bô-siat kū-lē bô-bia̍t⇨新例不可新設，古例不可削滅。～～每著設，舊例每著滅 ～～mā-tio̍h siat kū-lē mā-tio̍h bia̍t⇨新例也應設，古例也應該消滅。人個都攏照～～也 lâng-in to-lóng chiàu ～～ ā⇨人家他們悉皆照新例行事矣。

【新知 sin-ti】 新朋友。～～舊雨～～kiū-í(ú)⇨新朋友與老朋友。

【新春 sin-chhun】 新年。初春。～～ 恭喜～～kiong-hí⇨互祝新年之詞。

【新約 sin-iak(iok)】 ㊀新合約。該重更立～～ài têng-koh li̍p～～⇨須重新立約。㊁基督教的聖經新約全書。

【新郎 sin-lông】 ～～新娘～～sin-niû⇨同上。

【新派 sin-phài】 ～～的作風 ～～ ê chok-hong⇨同上。～～與舊派的對立～～kah(kap) kū-phài ê tùi-li̍p⇨同上。

【新訂 sin-tēng】 ～～的標準較寬 ～～ ê phiau-chún khah-khoan⇨同上。

【新娘 sin-niû】 ～～毋食，婆仔額～～m̄-chia̍h, pô-ā gia̍h⇨謂新娘不吃的東西是老婢女的份額(負責處理之，當然亦可吃之)，喻你不要，我要。～～花～～hoe⇨新娘抱在手的花。～～房～～pâng⇨洞房。～～轎～～kiō⇨新娘的花轎。～～燈～～teng⇨六角形的花燈隨送壻家。～～酒～～chiú⇨婚家的喜酒。食～～茶 chia̍h～～tê⇨新娘入門，喜筵後或次晨，新娘捧茶出大廳敬客，家人全部以及戚友之較親近者皆在席，媒婆先導，並一個一個介紹客方的地位與稱呼，客方接茶應同時講好話一祝詞，一輪之後再捧新娘自製的小禮物分送各客，最後一輪是收茶杯，客方應於杯中放紅包，謂之鎮茶甌teh-tê-au。～～公～～ kang⇨新郎。新郎官sin-lông-koa$^{n}$的戲謔。

【新株 sin-tu】 ㊀新的樹欉。抄發 ～～ 也 teh-hoat～～ā⇨同上。㊁日語新股。招募～～ chio-bō·～～⇨招募新股。

【新婚 sin-hun】 小別勝 ～～ sió-pia̍t sèng ～～⇨短期離別可促進夫妻之愛，猶勝於新婚也。

【新款 sin-khoán】 新形。新花樣。～～的帽仔～～ê bō-á⇨同上。～～的詐欺～～ê chà-khi⇨同上。

【新菜 sin-chhài】 新品種的蔬菜。新花樣的菜色。外國進口的～～goā-kok chìn-kháu ê ～～⇨外國運來的新品種。名厨師的～～bêng tû-su ê～～⇨同上。

【新進 sin-chìn】 新人物。～～仔出頭也～～á chhut-thâu ā⇨年輕的新人物出現了。

【新脚 sin-kha】 新參加而不熟悉於工作者。攏 ～～ 了了，做無空課 lóng ～～ liáu-liáu chò-bô khang-khòe⇨都是新參加的人，工作做得沒效率。

【新開 sin-khui】 ～～的店～～ê tiàm⇨新開業之店戶。～～ 的所在 ～～ ê só·-chāi⇨新開拓的地方。～～ 井恔拔泉 ～～ chéⁿ(chíⁿ) gâu po̍eh choâⁿ⇨新鑿的井善吸引泉水，喻新開業的店戶，很能誘集顧客。

【新報 sin-pò】 同新聞。～～ 社 ～～ siā⇨新聞社。

【新雷 sin-lûi】 新年的第一雷。～～ 猶不知，舊雷我熟似 ～～ iáu-m̄-chai, kū-lûi goá se̍k-sāi⇨新雷還不知(我壞)，舊雷是我的老朋友，所以我壞也沒關係。惡少自謔語。

【新著 sin-tī(tù)】 新作品。～～的小說～～ê siáu soat⇨同上。

【新聞 sin-bûn】 ㊀news。消息。大～～toā ～～ ⇨同上。㊁報紙。～～ 刊到真歹聽 ～～ khan kā chin phái$^{n}$-thia$^{n}$⇨報紙上登得很難聽。～～ 社 ～～ siā ⇨同上。～～記者～～

kì-chiá⇨同上。～～報紙～～pò-choá⇨舊報紙。

【**新嫣** sin-ian】 鮮艷的樣子或感覺。無～～也bô～～a⇨不鮮新了。搶～～chhiú$^{n}$～～⇨奪取初嘗之味。

【**新樣** sin-iū$^{n}$】 新模樣。新型。該添些～～的貨來挽人客ài thiam-chē～～ê hòe(hè) lâi bán lâng-kheh⇨應該增購一些新式的貨品來吸引顧客。

【**新劇** sin-ke̍k(kio̍k)】 新形式的戲。話劇。青年人較愛看～～chheng-liân-lâng khah-ài khoà$^{n}$～～⇨同上。

【**新編** sin-pian】 ～～的相褒歌～～ê sio-po-koa⇨同上。

【**新興** sin-heng】 ～～的城市～～ê sia$^{n}$-chhī⇨同上。～～的國家～～ê kok-ka⇨同上。～～宗教～～chong-kàu⇨同上。～～仔～～á⇨新發達的，暴發戶。

【**新禧** sin-hí】 新年之喜。恭賀～～kiong-hō～～⇨同上。

【**新曆** sin-le̍k】 太陽曆。～～舊曆平平用～～kū-le̍k pê$^{n}$-pê$^{n}$(pî$^{n}$-pî$^{n}$) iōng(ēng)⇨新舊曆都平等使用。

【**新鮮** sin-sian】 ～～的空氣～～ê khong-khì⇨同上。

【**新舊** sin-kū】 ～～不接～～put-chiap⇨青黃不接。

【**新人物** sin-jîn-bu̍t】 一對～～～，二件舊東西chit-tùi～～～，nn̄g-kiā$^{n}$ kū tang-sai⇨對男女均再婚者的戲謔。

【**新大陸** sin-tāi-lio̍k】 ㈠亞美利加洲。㈡新天地。敹著～～～chhōe-tio̍h～～～⇨找到新天地，新環境以遂私慾。

【**新生代** sin-seng-tāi】 地質學名詞。亦稱新的世代。

【**新角色** sin-kioh-siàu】 同新脚色。～～～仔做著有較猛腥～～～á chò-tio̍h ū-khah mé-chhé$^{n}$⇨新人們做得比較有勁。

【**新金山** sin-kim-soa$^{n}$】 產金之地，指澳洲。對舊金山kū-kim-soa$^{n}$(San Francisco)而言。

【**新思想** sin-su-siáng(sióng)】 ～～～抵著舊頭腦～～～tú-tio̍h kū-thâu-náu⇨新思想逢到舊頭腦。秀才抵著兵siù-châi tú-tio̍h peng。

【**新鳥仔** sin-chiau-á】 新出洞的青年人。～～～較敢死～～～khah ká$^{n}$-sí⇨新出洞的青年比較大膽。反之即曰老鳥槌lāu-chiáu-thûi⇨老經驗。

【**新埠頭** sin-po͘-thâu】 新開拓的地方。～～～十色人～～～cha̍p-sek-lâng⇨謂新開拓新發展的地方，各種各色人都有。十用同雜cha̍p。

【**新脚色** sin-kha(kioh)-siàu】 新參加的，無經驗的。～～～較大部份～～～khah toā-pō-hūn⇨新脚色比較多。

【**新發財** sin-hoat-châi】 暴發戶。～～～仔的目珠端仔看著錢耳了～～～á ê ba̍k-chiu kan-a khoà$^{n}$-tio̍h chî$^{n}$ niâ-lâ⇨暴發戶的眼中只有看見錢而已。端仔toan-a→kan-a，端也toan-tek也。

【**新落山** sin-lo̍h-sa$^{n}$】 初出洞門，同新鳥仔sin-chiáu-á。～～～仔扲共人講啥～～～á teh kā-lâng kóng sah$^{n}$(siah$^{n}$)⇨新下山之人也夠資格對人說話嗎。

【**新新婦** sin-sim(sin)-pū】 ～～～洗灶額，新長工洗犁壁～～～sé(sóe) châu-hia̍h sin-tn̂g-kang sé(sóe) lê(lôe)-piah⇨新媳婦勤洗灶，新長工勤洗犁。灶額châu-hia̍h亦曰灶頭ch-âu-thâu，指整個灶，犁壁lê-piah指犁的擋土處。喻新人或認份或有所表現，總之較認眞。

【**新嘉坡** sin-ka-pho】 地名，即Singapore。

【**新頭腦** sin-thâu-náu】 抱有新思想者。老古董大戰～～～lāu-kó͘-tóng tāi-chiàn～～～⇨同上。

【**新陳代謝** sin-tîn-tāi-siā】 ㈠生物學名詞。

㈡事物的遞變，以舊易新皆曰～～～～。人事的～～～～亦眞快，免幾年，人道攏未認得也 jîn-sū ê ～～～～ ia̍h chin-khoài, bián kúi-nî, lâng tō lóng bē(bōe)-jīn-tit à⇨人事的變易也很快，不幾年，人就皆認不得了。

**薪** sin 燃料也。伐木爲～hoa̍t-bo̍k ûi～⇨同上。揚湯止沸，不如去～息火iâng-thong chí-hùi, put-jî(jû) khì～sit-hóe(hé)⇨同上。

【**薪水** sin-súi】㈠採薪汲水chhái-sin khip-súi。㈡俸給也。食～～仔chia̍h～～á⇨以俸給維生之人。～～階級～～kai-kip⇨靠薪水生活的人們。

【**薪金** sin-kim】薪水。～～有限～～iú-hān⇨薪水不多。

【**薪炭** sin-thoà$^{n}$】燃料。～～材～～châi⇨可作燃料的木料。

【**薪津** sin-tin】薪水與津貼。～～合計亦算未少～～ha̍p-kè a̍h-sǹg bē(bōe)-chió⇨薪津合計也算不少。

【**薪柴** sin-chhâ】燃料木。柴。燃料。

【**薪俸** sin-hōng】薪水。領～～生活，漲未肥餓未死耳，較單純niá～～seng-oa̍h, tiù$^{n}$-bē(bōe)-pûi gō-bē(bōe)-sí niâ, khah tan-sûn⇨領薪水來生活，缺點只是不大富不大貧而已，不過比較單純。

**呻** sin 吟也。痛苦而呼也。

【**呻吟** sin-gîm】㈠吟詩。無病的～～bô-pē$^{n}$(pī$^{n}$) ê～～⇨嘲詩人者流的苦吟。㈡病痛之聲。在病中～～chāi pē$^{n}$(pī$^{n}$)-tiong～～⇨同上。

**信** sìn 誠也。不疑也。言必有～giân pi̍t iú-～⇨所說皆可靠。相～siang(siong)～⇨不疑。迷～邪神bê～siâ-sîn⇨同上。誤～謠言gō·～iâu-giân⇨同上。深～不疑chhim～put-gî⇨同上。～不～由你～put～iû lí⇨同上。又書札也。書～si～⇨同上。批～往來phe～óng-lâi⇨書信來往。又隨便也，隨意也。東望都門～馬歸tong bōng to·-bûn～má kui⇨任由馬快慢隨意跑回都門。

【**信女** sìn-lí(lú)】信神佛的女子。善男～～siān-lâm～～⇨信士信女。

【**信士** sìn-sū】信奉神佛的男子。虔誠的～～khiân-sêng ê～～⇨同上。

【**信手** sìn-chhiú】隨手。任由手去動作不加心思。～～拈來～～ni(liam)-lâi⇨隨手取來，喻行文敏捷不用思索。低頭～～續續彈te-thâu(thiô)～～sio̍k-sio̍k tân⇨琵琶行。

【**信片** sìn-phiàn】明信片。～～道會使得也，較省錢～～tō ē(ōe)-sái-tit à, khah sé$^{n}$(séng)-chî$^{n}$⇨明信片就可以了，較省錢(郵票)。

【**信心** sìn-sim】自信之心。既無～～，做曷有頭路kà-bô～～，chò(chòe)-a̍h-ū thâu-lō·⇨既然沒有信心，能幹出什麼事業呢。

【**信天** sìn-thi$^{n}$】相信天命。～～過日～～kòe-ji̍t⇨相信天之安排而生活。

【**信札** sìn-chat】信件(內容)。親筆的～～chhin-pit ê～～⇨同上。

【**信用** sìn-iōng】無～～的人bô～～ê lâng⇨其人靠不住。無守～～bô-siú～～⇨不守信用。無講～～bô-kóng～～⇨不講求信用，亦可棄而不顧。無顧～～bô-kò·～～⇨不珍惜信用。～～貸款～～tāi-khoán⇨抵押tí-ah貸款的對稱。～～組合～～cho·-ha̍p⇨信用合作社ha̍p-chok-siā的日式名稱。又作賒欠解。會～～得未ē～～tit bē⇨可以賒欠不？去～～些麥仔露來過癮抄快khì～～chē be̍h-ā-lō· lâi kòe-giàn-leh khaih⇨去賒些麥酒來過癮。快khaih⇨快去khoài-khì切。

【**信仰** sìn-gióng】～～自由～～chū-iû⇨同上。～～就是信神之心～～chiū-sī siàn-sîn chi sim⇨同上。

【**信任** sìn-jīm】信而託之。頭家該～～辛勞

thâu-ke ài ～～ sin-lô⇨老板應該信委職員辦事。當攏～～你安排了ta$^{n}$ lóng～～lí an-pâi lò·⇨現在全部靠你安排了。～～狀～～chn̄g⇨信任書。

【信件 sìn-kiā$^{n}$】 函件。～～的來往～～ê lâi-óng⇨同上。

【信局 sìn-kio̍k】 郵局，日語曰郵便局iû-piān-kio̍k。

【信步 sìn-pō·】 隨在脚的步向。～～而行～～jî-hêng⇨～～而至～～jî-chì⇨沒目的隨便行⇨聽着脚步走。

【信佛 sìn-pu̍t】 崇信佛教。信神也好，～～也好，總是毋當迷信道好sìn-sîn iā-hó～～iā-hó, chóng-sī m̄-thang bê-sìn tō-hó⇨信神也好信佛也好，總而言之，不要迷信就好。

【信函 sìn-hâm】 信件。私～～su～～⇨民間普通的書信。

【信服 sìn-ho̍k】 心服。乎辛勞會～～得，家長藉做會起hō· sin-lô ē～～tit ke-tiú$^{n}$ chiah chò-ē-khí⇨讓所雇用的人能夠心服，管家才站得住。家長ke-tiú$^{n}$，總管家。

【信念 sìn-liām】 主意。想法。～～眞堅定～～chin kian-tēng⇨同上。

【信命 sìn-miā】 相信運命。～～果會用得，人曷使扲拼生拼死～～ká ē(ōe)-iōng(iēng)-tit, lâng a̍h-sái teh pià$^{n}$-se$^{n}$(si$^{n}$)-pià$^{n}$-sí⇨相信運命如果使得，人何必拼生拼死。

【信者 sìn-chiá】 宗教的信徒。盲從的～～bông-chiông ê～～⇨同上。

【信封 sìn-hong】 航空～～hâng-khong～～⇨同上。

【信神 sìn-sîn】 崇信神明。～～的人～～ê lâng⇨同上。

【信重 sìn-tiōng】 信而重用之。果會～～得，七枝鎖匙早道交給伊也ká-ē～～tit, chhit-ki só·-sî chá tō kau-hō·-i ā⇨如果靠得住，七把鎖匙早就交給她了。

【信差 sìn-chhe】 郵差iû-chhe。近來～～的待遇講未穤kīn-lâi～～ê thāi-gū kóng bē(bōe)-bái⇨最近郵差的待遇據說很不壞。

【信借 sìn-chioh】 同信貸sìn-tāi。無抵押物的借款。～～的利息較高～～ê lī-sit(sek) khan-koân⇨同上。

【信紙 sìn-choá】 寫信用紙。薄到如～～po̍h-kà ná～～⇨薄得如信紙。～～家伙著愛～～捍～～ke-hóe tio̍h-ài～～hoā$^{n}$⇨微薄的家財就應該像理薄信紙一樣，細心運營。意即薄產應節儉使用。捍hoā$^{n}$，作事也。

【信託 sìn-thok】 ～～公司～～kong-si⇨同上。

【信徒 sìn-tô·】 信者。虔誠的～～khiân-sêng ê～～⇨熱心的信徒。

【信採 sìn-chhái】 隨便，馬馬虎虎。在口頭上已訛爲chhìn-chhái。～～每可～～mā-hó⇨隨便就可以。～～道可～～tō-hó⇨馬馬虎虎就好了。信採chhìn-chhái一詞，或作親裁chhin-chhâi，謂詞甚雅。惟雅固雅矣，其實似非也。親裁之謂須求當事者親自裁奪，倒不如信採之聽其(任何人)自決也。二個頭嘴耳，～～每有當食nn̄g-ê thâu-chhùi niâ，～～mā ū-thang chia̍h⇨兩小口而已，隨便可以生活下去。阿久伯仔上～～也a-kú-peh-à siāng(siōng)～～à⇨阿久伯這個人最隨和不固執。

【信魚 sìn-hî】 魚名。亦曰烏魚o·-hî或烏仔魚o·-á-hî，每年必於冬至前後上市。

【信教 sìn-kàu】 信奉宗教。～～自由～～chū-iû⇨同上。

【信宿 sìn-siok】 字書多作兩宿解，但如信手，信步等之用法，似乎解爲隨便宿，不預定宿而宿，亦無不可。例如～～漁人～～gî-jîn，似不必一定要在江邊過兩夜，而是在江邊隨便過夜——不預定過夜而過了夜，較近漁人生活的實情。

【信條 sìn-tiâu】 做人做事的方針。伊的～

～道是金錢第一，自己爲先i ê～～tō-sī kim-chî$^{n}$ tē-it, chū-kí ûi-sian⇨他的做人就是極端的金錢第一的利己主義。

【信筒 sìn-tōng(tâng)】 郵筒iû-tōng(tâng)。庄裡有一個～～卻也眞利便chng-lī ū chi̍t-ê～～khiok(khiak) à chin lī-piān⇨庄內有個郵筒實在很便利。

【信號 sìn-hō】 ～～旗～～kî⇨同上。人抾做～～也lâng teh chò～～ā⇨人家在做暗號了。

【信聖 sìn-sià$^{n}$】 siàn-sia$^{n}$。相信靈顯或邪術。你毋～～藉來看lí m̄～～chiah-lâi khoà$^{n}$⇨你不信神(或邪)，等著瞧吧。毋～～更試一下亦是共款m̄～～ko-chhì-chi̍t-ē ia̍h-sī kāng-khoán⇨不相信再試一下也是一樣，意謂很不可思議。

【信箋 sìn-chian】 信紙。航空～～hâng-khong～～⇨航空信的用紙。

【信認 sìn-jīn】 承認sêng-jīn之訛。

【信靠 sìn-khò】 ～～上帝～～siāng(siōng)-tè⇨同上。頭家辛勞該互相～～thâu-ke sin-lô ài hō-siāng(siōng)～～⇨老板與店員應該彼此相信任。

【信實 sìn-si̍t】 誠實，可靠。做人第一該有～～chò-lâng tē-it ài-ū～～⇨同上。

【信憑 sìn-pîn】 信實。合人講話該有～～kah(kap) lâng kóng-ōe ài-ū～～⇨同上。

【信馬歸 sìn-má-kui】 騎馬而信步而歸。東望都門～～～tong bōng to·bûn～～～⇨長恨歌。

【信口開河 sìn-kháu-khai-hô】 隨便吹牛。烏白講o·-pe̍h-kóng。你曷聽伊抾～～～～lí a̍h thia$^{n}$ i teh～～～～⇨你何必聽他在亂吹大牛。

【信口雌雄 sìn-kháu-chhî-hiông】 亂講歪曲事實之話。你毋免抾～～～～lí m̄-bián teh～～～～⇨你用不著在亂講亂歪曲事實。

【信賞必罰 sìn-siú$^{n}$-pit-hoa̍t】 賞罰皆必行。其治軍令出必行，～～～～kî tī-kun lēng-chhut pit-hêng，～～～～⇨同上。

sìn **囟** 俗作顖。孩童頭上跳動之處也。亦曰腦蓋náu-koà或頭殼蓋thâu-khak-koà。

【囟毛 sìn-mô(mn̂g)】 囟上之毛髮。～～猶未乾～～iá-bōe(be)-ta⇨乳臭未乾leng-chhàu bōe-ta。

【囟仔 sìn-á】 囟。～～未使得傷著～～bē(bōe)-sái-tit siang(siong)-tio̍h⇨囟不能傷之。

【囟帽 sìn-bō】 帽頂開孔之童帽。囡仔戴～～gín-á tì～～⇨小童戴著囟帽。

【囟鬃 sìn-chang】 小童的髮形。留～～lâu～～⇨同上。

sìn **汛** 灑也。假借爲信。潮～tiâu～⇨同上。又軍之駐地。設～siat～⇨設防。企～khiā～⇨設訊。

【汛地 sìn-tē(tōe)】 營區。千總的～～chhian-chóng ê～～⇨千總(武官名)的駐防區。

【汛防 sìn-hōng】 營地。分屯所。港口有～～káng-kháu ū～～⇨港口有屯兵。

sìn **訊** 問也。問明也。以書相通也。通～處thong～chhì⇨通信的地址。

【訊問 sìn-būn】 審問。被告證人都～～過也pī-kò chèng-jîn to～～kòe à⇨被告與證人皆審問過了。

【訊斷 sìn-toàn】 審斷。法院的～～hoat-ī$^{n}$ ê～～⇨同上。

sìn **迅** 疾也。快也。

【迅速 sìn-sok】 sī-soa̍h。快。無較～～抾，會未赴也bô khah～～leh, ē bē-hù à⇨不快一些，會來不及了。

【迅雷 sìn-lûi】 疾雷。～～不及掩耳～～put-ki̍p iám-jí(ní)⇨來得太快而措手無策。

**sîn 神** 不可知者也。天～thian～⇨同上。鬼～kúi～⇨同上。請～chhiá$^{n}$～⇨同上。迎～ngiâ～⇨同上。送～sàng～⇨同上。山～土地soa$^{n}$～thó-tī⇨同上。疑～疑鬼gî～gî-kúi⇨謂多疑。驚～驚鬼kia$^{n}$～kia$^{n}$-kúi⇨謂極怕事。粧～成～，粧鬼成鬼chng～chiâ$^{n}$～chng-kúi chiâ$^{n}$-kúi⇨扮什麼像什麼。祭如在，祭～如～在chè jî(jû)-chāi, chè～jî(jû)～chāi⇨孔子語。又精神，氣力也。心～無定sim～bô-tiā$^{n}$⇨精神不統一，決心不堅定。損～失精sún～sit-cheng⇨消耗精神損失精力。聚精會～chū-cheng hōe～⇨集中注意力。恰如失～的款kah-ná sit～ê khoán⇨好像失去知覺的樣子。眼～好gán～hó⇨好眼光。目～活ba̍k～o̍ah⇨眼睛活潑。喻聰明美麗。欶～gīn～⇨生氣。粗人即曰欶𡳞gīn-lān。大面～toā-bīn～⇨厚臉皮，不知羞恥，不怕羞辱，在公衆之前敢講話，敢行動者。多指女人。好笑～hó chhiò～⇨遇事即笑，面上常春風。戇～gōng～⇨傻氣(不精明)。戇～戇～gōng～gōng～⇨傻兮兮。譀～khám～⇨傻氣(狂狷)。𡳞～lān～⇨傻氣(不計成敗，粗語)。猶～siáu～⇨傻氣(多用於帶有色情氣味者,例如莫抾猶神mài teh siáu-sîn⇨休想吃豆腐)。猶siáu，狂病。𡳞lān俗多作生lān。

【**神力** sîn-le̍k】 廣大無邊的～～kóng-tāi bû-pian ê～～⇨同上。

【**神木** sîn-bo̍k】 千年大樹。阿里山的～～a-lí-san ê～～⇨同上。

【**神父** sîn-hū】 天主教的～～thian-chú-kàu-ê～～⇨同上。

【**神主** sîn-chí(chú)(jí)】 死者的牌位。企～～仔khiā～～á⇨立死者之牌位。～～牌～～pâi⇨同上。～～頭仔～～thâu-á⇨神主。有～～無靈位ū～～bô lêng-ūi⇨喻有名無實

【**神去** sîn-khì】 茫然。入神ji̍p-sîn。看(想)到～～也khoà$^{n}$(siū$^{n}$)-kà～～â⇨同上。

【**神仙** sîn-sian】 ～～未醫得無命人～～bē(bōe)-i-tit bô-miā-lâng⇨神仙也醫不了無命之人。大羅～～tāi-lô～～⇨最偉大的神仙。

【**神色** sîn-sek】 面色bīn-sek。～～無變～～bô-piàn⇨面色不改。

【**神助** sîn-chō】 恰如有～～抾ká-ná ū～～leh⇨好像有神助那麼樣。

【**神佛** sîn-hu̍t(pu̍t)】 神與佛。～～攏每是神明～～lóng-mā-sī sîn-bêng⇨神佛皆神也。

【**神妙** sîn-miāu】 不可思議的奧妙。～～的變化～～ê piàn-hoà⇨同上。

【**神兵** sîn-peng】 ～～神將～～sîn-chiàng⇨同上。

【**神位** sîn-ūi】 ～～免講每該安於廳頭～～bián-kóng mā-āi an tī thia$^{n}$-thâu⇨神位不用說也要安置在大廳上。

【**神明** sîn-bêng】 神佛。舉頭三尺有～～giâ-thâu sa$^{n}$ chhioh ū～～⇨戒人不能背人作惡。～～會成人，亦會敗人～～ē(ōe) chhiâ$^{n}$-lâng, ia̍h-ē(ōe) pāi-lâng⇨神能助好人也能敗壞人。～～興，弟子窮～～heng, tē-chú kêng⇨神靈顯赫，即信徒必貧窮。世上滔滔之信女善男胡不稍思及此。

【**神姐** sîn-chiá】 巫女。抾做～～teh-chò～～⇨在做巫女。

【**神効** sîn-hāu】 効果甚好(藥物)。有～～的藥仔ū～～ê io̍h-á⇨有奇効的藥物。

【**神奇** sîn-kî】 不可思議的事物。～～怪異～～koài-ī⇨同上。

【**神神** sîn-sîn】 同神去。煩惱到～～像戇人hoân-ló kà～～chhiū$^{n}$ gōng-lâng⇨同上。

【**神威** sîn-ui】 ～～顯赫～～hián-hek⇨同上。

【**神鬼** sîn-kúi】 ～～都不知～～to m̄-chai⇨神不知鬼不覺sîn put-ti kúi put-kak。

【**神秘** sîn-pì】 不可思議。怪異。行動眞～～hêng-tōng chin～～⇨行動很怪異。～～人物

~~jîn-but⇨同上。

【**神桌** sîn-toh】亦曰神明桌sîn-bêng-toh。

【**神彩** sîn-chhái】顏色。氣色。紅光滿面~~未講得好hông-kong boá$^n$-bīn ~~ bē (bōe)-kóng-tit hó⇨紅光滿面神彩非常的好看。

【**神蛇** sîn-choâ】出沒於寺廟中而不加害於人的大蛇。~~無非是迷信~~ bû-hui sī bê-sìn⇨同上。

【**神速** sîn-sok】極快捷。進行~~chìn-hêng~~⇨進度極快。

【**神通** sîn-thong】通神之能力。展~~tián ~~⇨發揮其神通力。~~廣大~~kóng-tāi⇨神通力大。往往用於善能鑽營門路者。

【**神智** sîn-tì】聰明的智慧。知覺。~~猶清楚扲~~iáu chheng-chhó-lè⇨知覺還是清醒的。

【**神童** sîn-tông】天才兒童。權貴的子弟攏每~~koân- kùi ê chú-tē lóng-mā ~~⇨權貴之子弟皆稱神童。

【**神跡** sîn-jiah】奇蹟。耶穌行~~iâ-so͘ kiâ$^n$~~⇨同上。

【**神經** sîn-keng】~~系統~~hē-thóng⇨同上。~~感覺~~kám-kak⇨同上。~~病~~pē$^n$(pī$^n$)⇨神經系統的疾病。精神病。~~的~~ê⇨精神不正常的，精神病。都不是發~~講to m̄-sī hoat ~~ kong⇨(我)不是發神經病呀。扲未發~~也teh-boeh(beh) hoat~~a⇨快要發神經病了。~~衰弱~~soe-jiak(jiok)⇨同上。

【**神棍** sîn-kùn】藉神之名以圖私利之徒。~~，善棍，訟棍黨棍是社會的三大惡棍~~, siān-kùn, siōng-kùn, tóng-kùn sī siā-hōe ê sam-tāi-ok-kùn⇨同上。

【**神話** sîn-oā】超古代的故事。古代的~~kó͘-tāi ê~~⇨同上。又無稽之談。你扲講~~⇨你在說無稽之談。

【**神聖** sîn-sèng】~~不可侵犯~~put-khó chhìm-hoān⇨同上。

【**神煞** sîn-soah】邪神作禍於人。冲著~~chhiong-tioh~~⇨誤逢邪神。

【**神漆** sîn-chhat】神像的掛圖。~~吊大廳~~tiàu toā-thia$^n$⇨同上。

【**神魂** sîn-hûn】魂。靈魂lêng-hûn。十二條~~châp-jī tiâu ~~⇨謂人有十二條的神魂。撐渡伯仔食飽船底睏，水鬼糾去無~~the$^n$-tō͘-peh-á chiah-pá chûn-té khùn, chúi-kúi giú-khì bô~~⇨桃花過渡歌。驚一下十二條~~去一半也 kia$^n$-chit-ē chap-jī tiâu~~khì chit-poà$^n$ à⇨赫一下驚得半死了。

【**神旗** sîn-kî】祭祀用的旗幟。~~飄揚~~phiau-iâng⇨同上。

【**神像** sîn-siāng(siōng)】彫~~tiau~~⇨彫刻神像。

【**神算** sîn-soàn】料事如神。軍師的~~kun-su ê~~⇨同上。

【**神廟** sîn-biō】廟寺。~~愈來愈夥~~ná-lâi ná-chē⇨寺廟越來越夥oat-lâi oat-chē。夥，多也，俗作濟。

【**神影** sîn-iá$^n$】形影，形跡。連一個~~每無liân chit-ê~~mā bô⇨形影都沒有。疑應作身影。

【**神學** sîn-hak】宗教學。~~的權威~~ê koân-ui⇨同上。

【**神機** sîn-ki】天機。奧妙。~~妙算~~miāu-soàn⇨同上。~~軍師~~kun-su→水滸傳的七十二地煞頭。

【**神龍** sîn-liông(lêng)】~~見首不見尾~~ kiàn-siú put-kiàn-bóe(bé)⇨喻神秘人物出沒不定。

【**神燈** sîn-teng】亦稱神明燈sîn-bêng-teng。阿拉丁的~~a-la-teng ê~~⇨一千零一夜，即天方夜譚之故事。

【**神麴** sîn-khak】藥名。~~茶~~tê⇨同

上。

【神醫 sîn-i】 ～～華陀～～hoâ-tô⇨同上。

【神藥 sîn-io̍h】 良藥。～～每無許好～～mā-bô hiah-hó⇨神藥也沒有那麼好。

【神轎 sin-kiō】 神輿sîn-î(û)。扛～～ kng～～⇨同上。

【神靈 sîn-lêng】 ～～無聖無保庇～～bô-sia$^{n}$ bô-pó-pì⇨同上。

【神銃手 sîn-chhèng-chhiú】 射擊的高手。～～～的對決～～～ê tùi-koat⇨同上。

【神工鬼斧 sîn-kang-kúi-hú】 技術高超絕妙。～～～～的傑作～～～～ê kia̍t-chok⇨同上。

【神乎其技 sîn-hô·-kî-ki】 本領高妙得很。

【神乎其神 sîn-hô·-kî-sîn】 手段高妙得出神入化。

【神出鬼沒 sîn-chhut-kùi-bu̍t】 出沒無常無法捉摸。～～～～的怪偷～～～～ê koài-thau⇨同上。

【神魂顛倒 sîn-hûn-tian-tó】 因戀愛思慕而到神智失常。想到～～～～去也siū$^{n}$-kà～～～～khì à⇨空想得神魂顛倒了。

**sîn 臣** 君之對稱。朝～tiâu～⇨在朝奉事之臣。大～tāi～⇨皇朝高官。小～siáu～⇨同上。羣～kûn～⇨同上。忠～tiong～⇨同上。奸～kan～⇨同上。佞～lêng～⇨同上。寵～thióng～⇨同上。貳～jī～⇨扶二主之不忠之臣。曷著行彼類君～禮ah-tio̍h kiâ$^{n}$ hit-lōe kun～lé⇨何必行那樣古老的禮法。

【臣工 sîn-kang】 羣臣百僚。百職～～pek-chit～～⇨各部門的官僚。

【臣民 sîn-bîn】 官民。國民。百姓。～～一條心～～chit-tiâu sim⇨同上。

【臣妾 sîn-chhiap】 男臣女妾。又女的對君自稱。～～啓奏大王～～khé-chàu tāi-ông⇨同上。

【臣屬 sîn-sio̍k】 部下，又投降。小國～～於大國sió-kok～～î toā-kok⇨同上。

**sîn 蠅** 蒼蠅。胡～hô·～⇨蒼蠅。金～kim～⇨金翅的大蠅。胡～貪甜hô·～tham-ti$^{n}$⇨貪吃甜物。

【蠅仔 sîn-á】 小蠅。毋成～～齪死人m̄-chiâ$^{n}$～～chak-sí-lâng⇨小蠅煩死人。

【蠅虎 sîn-hó·】 食蒼蠅的蜘蛛。～～抾經網～～teh ke$^{n}$(ki$^{n}$)-bāng⇨蠅虎在結網。

**sîn 辰** 十二支之第五，即龍liông(lêng)。又時也，日也，統稱爲時～sî～。古時以十二支記年月日故也。一日十二時辰chi̍t-ji̍t cha̍p-jī sî-sîn⇨古早一小時爲今之兩點鐘。上午七、八時爲～時siāng(siōng)-ngó· chhit, peh(poeh) sî ûi～sî⇨同上。

【辰正 sîn-chià$^{n}$】 正辰時。新娘～～上轎sin-niû～～chiū$^{n}$-kiō⇨新娘辰時正上轎。

【辰戌 sîn-sut】 龍與狗。～～冲～～chhiong⇨謂辰與戌是相剋的，亦即兩性不合。～～丑未生，毋大細目亦高低耳～～thiú$^{n}$ bī si$^{n}$, m̄ toā-sè(sòe)-ba̍k ia̍h koân-kē-hī$^{n}$⇨謂辰戌丑未四個時辰生的孩子，如非眼睛有大小，就是耳朵有高低。都是迷信之亂言。

【辰砂 sîn-se】 藥名，亦曰丹砂tan-se。～～亦可以做安胎藥～～ia̍h khó-í chò an-thai-io̍h⇨同上。

**sîn 晨** 早也。清早也。早～不落池，黃昏不殺鷄chá～put-lo̍h-tî, hông-hun put-sat-ke⇨謂清早不下池網魚，黃昏不殺鷄以請客。吝嗇的主人慢客之詞。雄鷄報～hiông-ke pò～⇨牡鷄啼曉。

【晨昏 sîn-hûn】 朝夕。～～定省～～tēng-séng⇨朝夕省視父母問安。今也省視似已作省署séng-lio̍k解，似已無人爲之。

【晨光熹微 sîn-kong-hi-bî】 太陽正上山，未盡放亮的天空中有微弱的陽光。恨～～之～～hīn～～chi～～⇨歸去來辭。

【晨鐘暮鼓 sîn-cheng-bō·-kó·】 警世的言語。

～～～～逐家愛警惕～～～～ ta̍k-ke ài kéng thek⇨警世之言大家要注意。

**sîn 宸** 屋宇也。內室也。尊天子之專用詞，例如宸居sîn-ki(ku)，宸念sîn-liām，宸章sîn-chiang，宸筆sîn-pit等等都是天子的專詞，分別是天子之居，天子思念，天子的文章，天子親筆等的意思。

**sîn 承** 接也。受也。起～轉結khí～choán kiat⇨舊詩作法的四字眞言。繼～祖業kè～chó·-gia̍p⇨同上。～雨漏水～hō·-lāu-chúi⇨以盆等接雨漏。一個投一個～chi̍t-ê tâu chi̍t-ê～⇨一人投物一人接之。～一間雜貨仔來做～chi̍t-keng cha̍p-hòe(hè)-á lâi chò⇨買受一家雜貨店來經營。～著雷公尾～ti̍oh lûi-kong bóe⇨吃了雷公尾，喻受了連累。～著拳頭屁～ti̍oh kûn-thâu-phùi⇨吃了人家打架的連累。

**【承水 sîn-chúi】** 受水。～～來食～～lâi chia̍h⇨承水來作日常生活之用。承雨水sîn-hō·-chúi，承自來水sîn chū-lâi-chúi，承水筧仔水sîn chúi-kéng-á-chúi等等皆同義。

**【承命 sîn-bēng】** ～～於天～～î thian⇨奉天之命，天子自讚之詞。

**【承受 sîn-siū】** 接受。食虧亦是該～～chia̍h-khui ia̍h-sī ài～～⇨吃虧也是應該接受。

**【承著 sîn-ti̍oh】** ～～雷公尾(拳頭屁)～～lûi-kong-bóe(kûn-thâu-phùi)⇨見承字釋義。

**【承業 sîn-gia̍p】** 產業繼承。～～人～～jîn⇨繼承父(祖)業之人。

**【承攬 sîn-lám】** 承包。～～搬運的工作～～poa$^{n}$-ūn ê kang-chok⇨同上。

**【承話尾 sîn-ōe-bóe】** 人言亦言。鵁鴒～～～ka-lēng～～～⇨鵁鴒善學人語，人言亦言。嘲人言亦言不加思考分別是非者。

**【承嘴瀾 sîn-chhùi-noā】** 太接近於信口開河之人。你坐於許爾近，佅～～～是否lí chē(chōe)-tī-hiah-ni-kīn, boeh(beh)～～～sī-bô·⇨你坐得那麼近，要吃人家口水嗎。亦作嘴瀾水chhùi-noā-chúi。瀾nōa即涎iân也。

**sīn 慎** 敬謹也。謹～kín～⇨細心任事。受施～勿忘siū-si～bu̍t-bōng⇨受人施惠勿忘施惠人之恩。反之曰施人～勿念。

**【慎重 sīn-tiōng】** 細心從事。珍重tin-tiōng。出外逐項都該較～～扲chhut-goā ta̍k-hāng to-ài khah～～leh⇨在外邊每事皆要更加細心應付才好。講好聽是～～，講僫聽就是驚死嘛kóng hó-thia$^{n}$ sī～～kóng bái-thia$^{n}$ chiū-sī kia$^{n}$-sí mà⇨說好聽是慎重，說難聽就是怕死呀。～～其事～～kî-sū⇨特別鄭重從事。

**【慎終追遠 sīn-chiong-tui-oán】** ～～～～，民德歸厚矣～～～～，bîn-tek kui-hō· ì⇨論語。

**sīn 剩** (sēng)有餘額也。有～留起來做衫ū～lâu-khí-lâi chò-sa$^{n}$⇨有多餘的留下來縫衣。有～道是有存ū～tō-sī ū-chhun⇨有剩就是有存，兩詞義同。淨～額chēng～gia̍h⇨實存數量。

**【剩銀 sīn-gîn(gûn)】** 餘存銀。多餘出來的錢。～～三千～～sa$^{n}$-chheng⇨同上。

**【剩餘 sīn-î】** 多餘。結存。預算～～額若干ī-soàn～～gia̍h jia̍k(jio̍k)-kan⇨預算多出來的數字多少多少。

**sīn 腎** 內腎lāi-sīn⇨俗稱腰子io-chí。外腎goā-sīn⇨俗稱作生葩lān-pha，亦即腎囊sīn-lông或陰囊im-lông，亦即睪丸ko-oân，亦作羼脬lān-pha。敗～pāi～⇨腎的功力衰退。補～pó·～⇨腎力衰退，須以藥方，加以滋養補強。

**【腎水 sīn-súi】** 精液。～～足～～chiok⇨謂力氣旺盛。反之即曰～～空～～khang。

**【腎虛 sīn-hi】** 腎臟虛弱或虛空。～～著該食補腎的藥仔～～ti̍oh-ài chia̍h pó·-sīn ê io̍h-á⇨腎虛應該吃補腎藥。

**【腎經 sīn-keng】** 腎臟。～～有無抵好扲～

～ū bô-tú-hó leh⇨腎臟有不妥的地方。

【腎囊 sīn-lông】 陰囊im-lông，外腎。俗稱子孫袋kiá$^{n}$-sun-tē(tōe)，亦即乍葩lān-pha。

【腎臟 sīn-chōng】 俗稱腰子io-chí。內腎。

sīn
**賰** 離別時所贈的財物。

【賰儀 sīn-gî】 送～～sàng～～⇨贈餞別之禮。

## sio

sio
**燒** 溫暖曰燒sio。灼熱曰燒sio。以火焚物曰燒sio。放火曰sio。睏會～道可也khùn ē ～ tō hó â⇨睡得會溫暖就夠了。滾水眞～kún-chúi chin～⇨開水很熱。火～山累着猴hóe～soa$^{n}$ lūi-tioh kâu⇨謂火燒山猴遭到連累。喻無妄之災。火～紅蓮寺hóe～âng-liân-sī⇨同上。火 ～厝hóe ～chhù ⇨房屋火災。着～尿tioh～jiō⇨空着急。

【燒刀 sio-to】 一種烈酒的名稱。

【燒山 sio-soa$^{n}$】 放火～～pàng-hóe～～⇨同上。火～～hóe～～⇨山林火災。

【燒水 sio-chúi】 溫水。熱水。～～燒燙燙也～～sio-thǹg-thǹg â⇨熱水熱騰騰了。～～燙着～～thǹg tioh⇨熱水燙傷。用～～洗身軀iōng～～sé sin-khu⇨用溫水洗澡。

【燒火 sio-hóe】 焚火。～～該小心，除防湠去別位～～ài sió-sim, tî-hông thoà$^{n}$-khì pat-ūi⇨燒火要小心預防延燒到別的地方。

【燒心 sio-sim】 火～～hóe～～⇨心中過熱。行熱路行到火～～kiâ$^{n}$-jiat-lō· kiâ$^{n}$-kà hóe～～⇨同上。又車心過熱也。車輦攏火～～去也chhia-lián lóng hóe～～khì â⇨同上。

【燒天 sio-thian】 ～～求雨～～kiû-hō·⇨同上。

【燒去 sio-khì】 燒了。厝乎火～～也chhù hō·-hóe～～â⇨家遭火災燒掉了。

【燒肉 sio-bah】 燒法料理的肉。～～包～～pau⇨以燒肉做主餡的麵包。～～丸～～oân⇨炸肉丸。～～粽～～chàng⇨經常保持熱騰騰的肉粽。

【燒死 sio-sí】 走未出來活活～～去cháu bē-chhut-lâi oah-oah～～khì⇨跑不出來，活燒而死了。

【燒灶 sio-chàu】 燒鷄燒鴨用的特別灶。

【燒金 sio-kim】 焚燒金銀紙以祭拜。亦曰燒紙sio-choá。去媽祖宮～～khì má-chó-keng～～⇨同上。

【燒迌 sio-choā】 野獸剛剛通過的新獸徑。狗鼻着～～káu phī$^{n}$-tioh～～⇨狗找到了新獸徑。迌應作組，按組choā，紃sûn皆爲條，薄濶者爲組，似繩者爲紃sûn。

【燒香 sio-hiu$^{n}$】 焚香。轉而指拜神拜佛，又指到寺廟去膜拜。去～～也khì～～a⇨燒香去了。有食道有行氣，有～～道有保庇ū-chiah tō ū kia$^{n}$-khì, ū～～tō ū pó-pì⇨謂藥吃了(喻行賄)就有行氣(有效果)，有燒香了，神佛就會保佑。揀佛～～kéng hut～～⇨選擇神佛，中意的才燒香。喻逢事見人而異其態度。～～點火(燭)～～tiám-hóe(chek)⇨家人對死者的款待。意即祭祀。無人～～點火bô-lâng～～tiám-hóe⇨無人祭祀。

【燒風 sio-hong】 有熱感的南風。透～～較不好thàu～～khah m̄-hó⇨吹燒風較不妙。

【燒酒 sio-chiú】 酒。食～～chiah～～⇨喝酒。加熱的酒亦曰燒酒。

【燒薰 sio-hun】 抽鴉片烟。

【燒氣 sio-khì】 溫暖氣。身屍猶有～～sin-si iáu-ū～～⇨屍體還有體溫。意即死後不久。先閃一下～～藉更走seng siám chit-ē～～chiah koh-cháu⇨先閃風取一取溫暖氣然後再走。

【燒嘳 sio-khùi】 溫暖的感覺。無滾亦該有一下～～藉好食bô-kún ah-ài ū chit-ē～～

chiah hó-chiah⇨沒滾開也要熱熱才好吃。今仔日有較～～也kin-á-jit ū-khah～～à⇨今天已經比較溫暖了。

【燒烙 sio-loh】 溫暖的感受。風較細有較～～也hong khah-sè(sōe) ū khah ～～ à⇨風較小了，較好受了。人亦轉來也，錢亦有也，心肝不～～亦着～～也lâng ah tńg-lâi à, chî$^{n}$ ah ū ā，sim-koa$^{n}$ m̄～～iah-tioh～～ā⇨人也回來了，錢也有了，心裡不好受也要好受了。食飽會較～～chiah-pá ē khah～～⇨同上。

【燒魚 sio-hî】 油炸魚。紅～～âng～～⇨同上。

【燒湯 sio-thng】 熱湯。

【燒着 sio-tioh】 着火。火若～～尻川伊道知死了hóe nā～～kha-chhng i tō chai-sí à⇨屁股若着火了，他就知道死活了。被火～～hō·-hóe～～⇨火傷。

【燒話 sio-ōe】 中傷的話。講的攏是害死人的～～kóng ē lóng-sī hāi-sí-lâng ê～～⇨說的都是害死人的中傷話。

【燒牒 sio-tiap】 焚燒通牒紙。對神繫願，將其願事書寫於黃稿仔紙n̂g-kó·-á-choá，這就是牒，也就是對神的通牒了，以火燒之，算是已呈上神之手。祂——神就必須照書行事了。所謂善男信女之輩，大凡如此。

【燒磁 sio-hûi】 ～～的食缺，織蓆的睏椅～～ê chiah khih, chit-chhioh ê khùn-í⇨謂燒磁的人用缺碗，織蓆的人沒蓆睡而睡長椅。喻敬業精神，自己生產的好東西皆賣給顧客，自己只好用有缺點的貨色。

【燒餅 sio-piá$^{n}$】 煎餅。～～爐～～lô·⇨特製的爐。

【燒熱 sio-jiat】 頭暈腦脹的感受。心官愈～～起來～～sim-koa$^{n}$ ná～～khí-lâi⇨愈輸愈燒熱ná-su ná sio-jiat。心愈焦熱chiau-jiat也。

【燒熱 sio-joah】 ㈠天氣熱了。天氣較～～也thî$^{n}$-khī khah～～ā⇨同上。㈡同燒烙sio-loh。

【燒賣 sio-māi】 一種點心食品。

【燒燒 sio-sio】 ㈠熱，溫，暖。㈡焚燒。～～掉較省扲費氣～～tiāu khah-sé$^{n}$ teh-hùi-khì⇨燒掉算了，省於麻煩。～～面向人凊尻川～～bīn ǹg lâng chhìn-kha-chhng⇨謂熱熱的面向着人家的冷屁股，喻有事求人逢到無情拒絕的無奈何。

【燒豬 sio-ti】 食～～肉chiah～～bah⇨同上。

【燒糜 sio-moâi(bê)】 熱粥。賣～～bē (bóe)～～⇨同上。～～重菜，媠某損婿～～tāng-chhài, súi-bó sún-sài⇨謂熱粥菜要較多，漂亮的太太，女婿會損害身體。

【燒鷄 sio-ke(koe)】 ～～燒鴨燒鵝～～sio-ah sio-gô⇨都是整隻燒的。～～管～～kńg⇨一種油炸的菜色。

【燒罐 sio-koàn】 溫水瓶。熱水瓶。

【燒好香 sio-hó-hiu$^{n}$】 燒上等的香。前世～～，後世娶好某chêng-sì～～～，āu-sì chhoā hó-bó⇨喻善有善報。

## 相

sio 互相 (見sa$^{n}$部)。

【相犯 sio-hoān】 相冒犯。逐家無～～tak-ke bô～～⇨同上。

【相央 sio-iang】 互相依賴。互託。隔壁親家～～一下也煞未用得keh-piah chhin-ke～～chit-ê-á soah bē iōng-tit⇨彼此芳鄰，幫忙一下子也不可以嗎。

【相比 sio-pí】 咱合人曷有～～lán kah-lâng ah-ū～～⇨我們(我)與人家比較不得，意即自己不夠格。～～並～～phēng⇨互相比較。

【相向 sio-à$^{n}$】 相對面。二個坐～～nn̄g-ê chē～～⇨兩個人坐對面。

【相存 sio-chhûn】 相尊重。對父母若有～～

一下，伊那會計較tùi pē-bó nā-ū～～chit-ê, i ná ē kē-kàu⇨對父母若果尊重一下，他怎麼會計較。

【相合 sio-hah】 條件有～～tiâu-kiā$^{n}$ ū～～⇨條件相符合。

【相向 sio-hiàng(hiòng)】 相對面。厝帶～～chhù toà～～⇨家住彼此對面。

【相共 sio-kâng】 即相同sio-tâng，亦相像sio-siâng。手路無～～chhiú-lō· bô～～⇨手藝不一樣。

【相合 sio-kap】 合在一起。會合。～～米煮有飯～～bí chí ū pn̄g⇨多人的合起來一起煮，煮出來的飯較多。喻合作之好處。二條水來到許～～nn̄g-tiâu-chúi lâi kàu hia～～⇨兩條河流來到那裡會合。

【相交 sio-kau】 老虎～～一擺過lāu-hó·～～chit-pái kòe⇨據說老虎一生只相交一次。

【相見 sio-kì$^{n}$】 無當～～也bô-thang～～à⇨沒再見的機會了。

【相忌 sio-kī】 ～～相克～～sio-khek⇨同上。參忌豆，當歸忌鹹菜 som kī-tāu, tong-kui kī-kiâm-chhài⇨人參與豆類或當歸與塩菜是相忌的東西，同食即失藥效。

【相告 sio-kò】 打官司。相拍毋當～～sio-phah m̄-thang～～⇨打架可以，不要打官司。

【相角 sio-tak】 牛、羊、鹿等有角獸打架。牛～～gû～～⇨①牛打架。②地名。～～嘴～～chhùi⇨口角。說話間起衝突。

【相刣 sio-thâi】 打杖。番仔～～hoan-á～～⇨野蠻人的戰爭。

【相知 sio-chai】 互知。逐家～～免相瞞tak-ke～～bián sio-moâ⇨大家彼此都清楚不必吹牛相騙。

【相爭 sio-che$^{n}$(chi$^{n}$)】 互相爭奪。～～食～～chiah⇨同上。～～走～～cháu⇨大家逃避。～～要～～boeh(ài)⇨互相爭奪。

【相招 sio-chio】 放尿～～，無放的軟脚腰，放尿相謕無放的未行pàng-jiō～～bô-pàng-ê nn̄g-kha-io，pàng-jiō sio-siâ$^{n}$ bô-pàng-ê bē-kiâ$^{n}$⇨頑童們的戲謔詞。意即大家跟我一起尿尿罷。

【相抱 sio-phō】 相擁。～～耳～～niâ⇨抱抱而已，不及其他。

【相卸 sio-sià】 互示恥辱。一個無人知，二個～～代chit-ê bô-lâng chai, nn̄g-ê～～tāi⇨一個做出不光榮事還沒人知，連續兩個就掩不住了。

【相姤 sio-tò】 同行～～tông-hâng～～⇨同上。

【相抵 sio-tú】 相遇，相碰頭。一頓久久，二頓～～chit-tǹg kú-kú, nn̄g-tǹg～～⇨謂三餐不按時。～～會得着～～ē tit tioh⇨謂必有再相見的機會。譬如有長短，大家不計較，將來相見，會有彌補的機會。～～嘴～～chhùi⇨話語相冒犯。

【相孩 sio-āi$^{n}$】 ～～毋是相背～～m̄-sī sio-phāi$^{n}$⇨相孩不是相背而何也。喻交合。孩āi$^{n}$，擔也，背擔曰孩āi$^{n}$。

【相約 sio-iok】 彼此約定。有～～於扲，曷會使得無去ū～～tī teh ah-ē-sái-tit bô-khì⇨有互約在先，何可不去。

【相咬 sio-kā】 弄狗～～lōng káu～～⇨唆使狗打架。

【相姦 sio-kàn】 交合。

【相降 sio-kāng】 小童打架。毋當～～m̄-thang～～⇨不可打架。

【相拱 sio-kēng】 互助，團結。尻川～～偎來kha-chhug～～oá-lâi⇨屁股拉在一起。

【相剋 sio-khek】 占卜者流的名堂。剋亦作克，作鬪解，謂某種干支與某種干支命相剋。甚至會剋死對方。

【相看 sio-khoà$^{n}$】 互看。～～相樣～～sio-iū$^{n}$⇨大家互相仿效。

【相挖 sio-óe (iah)】 互相暴露對方秘密或缺點。～～到無一埩仔好～～kà bô chit-tè-á hó⇨相挖得連一塊好地方都沒有了。

【相配 sio-phòe】 相對稱。門當戶對有～～mn̂g-tong hō͘-tùi ū～～⇨同上。無～～的親事講較未傴bô～～ê chhin-sū kóng khah be-oá不相稱的親事比較難於說合。

【相爲 sio-ūi】 互相袒護。平平共陣人，攏無～～pêⁿ-pêⁿ kāng-tīn-lâng, lóng bô～～⇨一様是同輩之人，皆不互相袒護。

【相挨 sio-e(oe)】 互擠。～～相捨～～sio-kheh⇨人多擠在一起。

【相送 sio-sàng】 贈送。～～的禮物～～ê lé-but⇨贈送的禮物。

【相閃 sio-siám】 ～～身～～sin⇨彼此錯過。～～車～～chhia⇨同上。

【相掙 sio-cheng】 打架。拳頭對拳頭。相拍毋當～～sio-phah m̄-thang～～⇨相拍可以，不要相掙。一種笑謔話，因爲相拍就是相掙。

【相接 sio-chiap】 二條線車班有～～nn̄g-tiâu-soàⁿ chhia-pang ū～～⇨兩路線，車班有連路，意即可不必多費時間以等車。

【相偃 sio-ián】 角力。囡仔該～～gín-á ài～～⇨孩子喜歡角力。

【相牽 sio-khan】 雙手～～siang-chhiú～～⇨同上。

【相救 sio-kiù】 互助。

【相粘 sio-liâm】 互相粘合即相連。褲帶結～～khò-toà kat～～⇨喻相好之甚。同入同出。

【相連 sio-liân】 相連接。相粘。厝起到攏～～去也chhù khí-kà lóng～～khì à⇨房子蓋得都相連接了。

【相偎 sio-oá】 俗作相倚。相親近。相依～～sio-i～～⇨同上。

【相偷 sio-thau】 不公平。安爾有～～不好an-ne ū～～m̄ hó⇨如此有出入，不可也。

【相推 sio-the】 相推諉。～～使死牛～～sái-sí-gû⇨謂互相推諉而磨死老實人。

【相焘 sio-chhoā】 作伴。同行。～～相招～～sio-chio⇨互相請爲同行作伴。

【相貺 sio-hēng】 相贈送。～～來也～～去～～lâi á～～khì⇨禮尚往來。

【相欺 sio-khi】 相看輕。逐家～～未做伙得tak-ke～～bē chò-hóe tit⇨大家相輕合作不了。～～負～～hū⇨同上。

【相敧 sio-khia】 找毛病曰敧khia。互相指責。～～孔～～khang⇨互找毛病相指責。敧khia，傾敧易覆之器也。

【相象 sio-siāng】 相同。無一項無～～的bô chit-hāng bô～～ê⇨沒一件不相同的。件件都相同。

【相尋 sio-siâm】 互抱。双手～～siang chhiú～～⇨同上。

【相等 sio-tán】 三點於車站～～saⁿ-tiám tī chhia-chām～～⇨三點在車站候齊。等即等候tán-hāu。

【相趁 sio-thàn】 互相仿傚。～～相様～～sio-iūⁿ⇨大家如法泡製。～～相喊～～sio-hán⇨互相附和。與前句略同。

【相透 sio-thàu】 相通。後尾門仔開～～āu-bóe-mn̂g-á khui～～⇨後門相通。喻暗中有連繫。或戲續以，新娘家已到，隱指暗中有通路，易於相勾搭也。

【相逮 sio-tòe】 相隨，相追。行～～kiâⁿ～～⇨一前一後同行。

【相搶 sio-chhiúⁿ】 爭奪。相爭更～～sio-cheⁿ koh～～⇨爭奪加搶奪。

【相會 sio-hōe】 斷橋～～toān-kiô～～⇨在斷橋處相見⇨白蛇傳。

【相經 sio-keⁿ(kiⁿ)】 相牽連。亦指交合。

【相敬 sio-kèng】 相敬重sio-kèng-tiōng。

【相過 sio-kòe】 相過責。未～～得bē～～tit⇨不能相怪罪。

【相剾 sio-khau】互相暴露。～～相削～～sio-siah⇨互相暴露互相譏刺。剾，去皮，削，刈肉。

【相塌 sio-thap】意謂補不足，或物事有出入。提來～～the̍h-lâi～～⇨拿來補足。恰如有～～kah-nà ū～～⇨似乎有出入。～～相納～～sio-la̍p⇨取長補短。亦作相凹sio-la̍p，但義同而音異。凹本音坳au。～～脚～～kha⇨湊足人數。

【相認 sio-jīn】互認。頭一下毋敢～～thâu chi̍t-ē m̄-ká$^{n}$～～⇨最初不敢相認。

【相添 sio-thi$^{n}$】原有若干數之上，再增加之。借來～～做生理chioh-lâi～～chò(chòe) seng-lí⇨借來增加做生理的本錢。

【相諍 sio-chè$^{n}$(chì$^{n}$)】爭論。免～～，看道知也bián～～，khoà$^{n}$ tō chai a⇨不必爭論，看看就會明白了。～～到天紅，亦諍未了～～kā thi$^{n}$ âng a̍h chè$^{n}$ bē liáu⇨爭論到天紅了也爭不完。

【相請 sio-chhiá$^{n}$】互邀飲宴。買賣算分～，～無論bé-bē sǹg hun,～～bô-lūn⇨謂朋友之間，事關買賣必須計較分毫之微，但是事關飲宴即不計較多少。盡多盡可照付。

【相衝 sio-chhiong】相衝突。日期～～較毋好 ji̍t-kî～～khah m̄-hó⇨日期相衝突較不妙。

【相蔭 sio-ìm】逐家～～來仔～～去無計較的ta̍k-ê～～lâi á～～khì, bô kè-kāu ê⇨大家互相庇蔭不必計較。

【相褒 sio-po】相褒揚，亦喻相罵。免扲～～也bián teh～～a⇨不要再相鬥嘴了。～～歌～～koa⇨男女對唱對罵的山歌san-ko。

【相踏 sio-ta̍h】鷄鴨之類的交合。喻小事情，不稀奇也。鷄母～～亦該叫人做公親咯ke-bó～～a̍h-ài kiò-lâng chò kong-chhin lō⇨那麼小事情也要人家做公道人嗎。

【相唚 sio-chim】親吻。～～毋當相咬～～m̄-thang sio-kā⇨相親不可相咬。

【相罵 sio-mē】～～無相拍～～bô sio-phah⇨君子動嘴不動手。

【相瞞 sio-moâ】相掩蓋。事不～～sū put～～⇨問題不能掩蓋，要告實情時的套語。

【相輸 sio-su】打賭。你若不信，逐家來～～，看你著抑我着lí nā m̄-siàn, ta̍k-ke lâi～～, khoà$^{n}$ lí tio̍h a̍h goá tio̍h⇨你如不相信，大家賭一賭，看你對或我對。～～無一擺成～～bô chi̍t-pái sêng⇨相輸不易成立。

【相騎 sio-khiâ】大獸交合。牛～～gû～～⇨同上。

【相濫 sio-lām】相混入。藥仔未使得～～io̍h-á bē-sái-tit～～⇨藥不能互相混合。

【相穢 sio-òe】地方的污染，風俗的污染。病的傳染。緊走緊好，較未更留扲～～kín-cháu kín-hó khah bē lâu-leh～～⇨快走快好，才不留着污染風俗。彼款病會～～hit-khoán pē$^{n}$(pī$^{n}$) ē～～⇨那種病會傳染。

【相礙 sio-gāi】相阻碍。未～～，無要緊bē～～，bô iàu-kín⇨不致阻碍，沒關係。

【相離 sio-lī】相隔sio-keh。～～歸十里～～kui-cha̍p lí⇨相去整十里。

【相辭 sio-sî】辭行。連合個翁～～亦無，道走也liân kap in ang～～a̍h bô, tō cháu à⇨連與她丈夫辭行也沒有，就跑了。

【相誸 sio-siâ$^{n}$】引誘。免～～，乎你該未倒bián～～，hō lí siâ$^{n}$-bē-tó⇨不必引誘，你引誘不了(我)。誸或作誗。

【相續 sio-soà】連接。毋道攏毋生，一下生講～～生啦m̄ tō lóng m̄-se$^{n}$, chi̍t-ē-se$^{n}$ kóng～～se$^{n}$-là⇨不生就皆不生，一下子說生，竟一個接一個生出來了。～～來～～lâi⇨同上。～～發生幾仔件的命案～～hoat-seng kúi-á-kiā$^{n}$ ê miā-àn⇨同上。

【相攬 sio-lám】相抱。

【相欠債 sio-khiàm-chè】彼此債務不清。翁仔姐是～～～的ang-á-chiá sī～～～ê⇨夫妻是相欠債的，才會結合。

【相中聽 sio-tèng-thiaⁿ】 中聽。我講的，你如～～～，你道聽，如無～～～，道準我無講 goá kóng-ê, lí nā～～～，lí tō thiaⁿ, nā bô～～～，tō chún goá bô kóng⇨我所說的，你如果中聽你就聽我的，如果不中聽，就算我沒說好了。

【相食向 sio-chiah àⁿ】 方向或彎度相同。庋了無～～～khǹg-liáu bô～～～⇨放得方向或彎度不相吻合。

【相苦勸 sio-khó-khǹg】 互提忠言。好朋友正會～～～hó pêng-iú chiâⁿ ē～～～⇨同上。

【相勉強 sio-bián-kiáng】 相強制。既伊毋肯退步，咱做朋友每毋當～～～kà i m̄-khéng thè-pō͘，lán chò pêng-iú mā m̄-thang～～～⇨既然他不肯退讓，我們做朋友的也不可加以強迫。

【相借問 sio-chioh-mn̄g】 借問。假問候。連有～～～每無liân ū～～～mā bô⇨連假問候一聲都沒有。

【相帶着 sio-toà-tio̍h】 相關顧，相同情。既無～～～，我早道不放伊煞也。kà bô～～～，goá chá tō m̄-pàng i soah à⇨如果沒相關顧，我早就不讓他干休了。

【相耽誤 sio-tāⁿ-gō͘】 彼此估計錯誤。問題是逐家～～～，盒愛看有法度補救否būn-tê sī ta̍k-ê～～～taⁿ ài-khoàⁿ ū hoat-tō͘ pó͘ kiù bò͘⇨問題是大家都估計錯了，而今，要看看有無辦法補救。

【相借嘴 sio-chioh-chhùi】 同相借問。～～～叫一聲某人都無也，更有啥款待～～～ kiò chi̍t-siaⁿ bó͘-lâng to-bô-ā, koh ū siáⁿ khoán-thāi⇨借其嘴尊一聲某人都沒有了，還有什麼款待可言。

【相捻手 sio-liàm-chhiú】 暗中指點。未扐得，毋敢～～～一下 bē-peⁿ-tit m̄-káⁿ～～～chi̍t-ê⇨交不得的朋友，不肯相指點一下，此處的不敢作不肯解。

【相棄嫌 sio-khì-hiâm】 討厭。不滿意。敢是～～～，無曷煞無行脚到káⁿ-sī～～～，bô a̍h-soah bô kiâⁿ-kha-kàu⇨恐怕是有不滿意的地方，否則，何以沒有來探問過。

【相捙會 sio-pôe-hōe】 互相解釋以解誤會。該～～～，將來藉未扱恨ài～～～chiang-lâi chiah bē khioh hīn⇨應該解說清楚，將來才不留下遺恨。

【相探聽 sio-thàm-thiaⁿ】 行情不道～～～抄hâng-chêng m̄-tō～～～leh⇨黑道們欺負善良的口氣。

【相創治 sio-chhòng-tī】 開玩笑。床母抄～～～chhn̂g-bó teh～～～⇨床母在開玩笑。據說床母是主宰生子的神明，而該生的不生，而今不該生的——處女却有孕了，這就是床母於相創治。

【相替換 sio-thè-oāⁿ】 三個月久的，無帶些衫仔褲去～～～未用得saⁿ-koh-goe̍h kú-ê, bô toà-chē saⁿ-á-khò͘ khì～～～bē iōng-tit⇨時間有三月之久，不帶點衣服去替換不行。

【相照顧 sio-chiàu-kò͘】 彼此照顧。同齊去，亦有伴，亦有～～～tâng-chē-khì a̍h-ū phoāⁿ a̍h-ū～～～⇨同上。

【相捽路 sio-sut-lō͘】 相左路。或曰相出路 sio-chhut-lō͘。就是～～～去，不藉會拖到即瞬chiū-sī～～～khì m̄ chiah thoa-kà chit-chūn⇨就是路上相左了，才會拖延到此刻。

【相對頭 sio-tùi-thâu】 一對一。咱二人～～～來共伊總擔起來lán n̄g-lâng～～～lâi kā-i chóng-taⁿ-khí-lâi⇨我們兩個人，一對一來把他全部買過來。相對頭亦曰孤對頭 ko-tùi-thâu。

【相親像 sio-chhin-chhiūⁿ】 合人無～～～kah lâng bô～～～⇨與人家不相同，意謂不

像人家那麼好。

【相點孜 sio-tiám-tuh】 暗中相通知或相提醒。若有來該～～～抆nā-ū-lâi，ài～～～leh⇨如果來了，要提醒我。

【相幫助 sio-pang-chō͘】 協助。有人～～～定着較好的ū-lâng～～～tiā$^n$-tio̍h khah-hó ê⇨有人協助一定較好的。

sió 小 微細也。少也。自謙之詞。輕視之詞（見siau部)。～不忍即亂大謀～(siáu) put-jím chek loān tāi-bô͘⇨同上。

【小人 sió-lâng】 民對官的謙稱。lâng改第三聲lāng。～～寃枉～～oan-óng⇨同上。

【小刀 sió-to】 賊仔～～chha̍t-á～～⇨賊子的小刀，一定磨得又利又光，亦即銑都無sian-tō-bô⇨沒有銹，而銑與仙諧音，變成仙都無sian tō-bô⇨怎麼說都沒有。

【小才 sió-châi】 ～～大用～～tāi-iōng⇨同上。～～子～～chú⇨小聰明的孩子。

【小工 sió-kang】 做～～度日chò～～tō͘-ji̍t⇨做小工以維持生活。

【小口 sió-kháu】 ㊀孩子，飯量少。逐家眞～～，食是眞省ta̍k-ê chin～～，chia̍h sī chin sé$^n$⇨大家食量不大，食的開支是很少。㊁小戶。小錢。～～的交易較兟～～ê kau-e̍k khah chē(chōe)⇨同上。

【小囝 sió-kiá$^n$】 侮蔑之詞。～～！您父乎你好看～～！lín-pē hō͘-lí hó-khoà$^n$⇨小子！你們之父(本爺)讓你好看！

【小木 sió-ba̍k】 做家具類的木匠。做～～chò～～⇨同上。大木toā-ba̍k是做建築的木工。

【小水 sió-chúi】 小潮。靠～～khò～～⇨潮退船靠定。

【小牙 sió-gê】 每月初二十六爲小牙(十二月十六尾牙除外)。

【小月 sió-goe̍h(ge̍h)】 ㊀大月三十日，小月二十九日。㊁生意清淡的月份。三九五六月算做～～sa$^n$-káu-gō-la̍k goe̍h sǹg chò～～⇨同上。

【小公 sió-kong】 全宗族爲大公toā-kong，全家族爲小公。大公大先，～～落尾toā-kong tāi-seng，～～lo̍h-bóe⇨大公爲先，小公爲後。

【小心 sió-sim】 凡事該～～，不當大意hoān-sū ài～～，m̄-thang tāi-ì⇨凡事需要小心，不可大意。送～～ sàng ～～ ⇨假意的關懷。免抆送～～，菜籃仔擔水俾哥飲bián teh sàng ～～, chhài-nâ-á ta$^n$-chúi hō͘-ko-lim⇨意謂用不着虛情假意了。

【小丑 sió-thiú】 扮演壞人的角色。俗曰鳥屎面的chiáu-sái-bīn-ê。做～～未曉格科介chò～～bē-hiáu kek-khoe-hāi⇨做小丑演不出各種需要的動作與口白。

【小包 sió-pau】 小包裹。寄～～kià～～⇨同上。

【小半 sió-poà$^n$】 約一半。近一半。又四分之一。一下手道食～～去也chi̍t-ē-chhiú tō chia̍h～～khì-à⇨一下子就吃了將近一半了。～～年～～nî⇨約三四個月。～～斤～～kin⇨約三四兩重。～～晡～～po͘⇨將近半日的工夫。又將近中午或日已西斜亦曰小半晡。

【小本 sió-pún】 小資本。做～～生理仔chò～～seng-lí-á⇨小商人。

【小生 sió-seng】 扮演青年人的角色。做～～該有～～材chò～～ài ū ～～châi⇨做小生要有小生的材料。

【小打 sió-tá$^n$】 人死納棺後，不立即埋葬曰打桶tá$^n$-tháng，長期間曰大打toā-tá$^n$，短期間曰小打 sió-tá$^n$。

【小旦 sió-toà$^n$】 扮演美人的角色。你行路蟹股體仔蟹股體，我看去做～～會使得lí kiâ$^n$-lō͘ hāi-kó͘-thé á hāi-kó͘-thé, goá-khoà$^n$ khì-chò～～ē-sái-tit⇨你走路很像女人的姿勢，我看可以去當小旦。

【小行 sió-hâng】 小商號。～～做大生理

～～chò toā seng-lí⇨小店做大交易。

【小名 sió-miâ】 己名的謙稱。

【小吹 sió-chhoe】 樂器名。小喇叭。大吹～～toā-chhoe～～⇨大喇叭小喇叭。

【小妖 sió-iau】 小妖怪。又指黑道中的小人物。小爪牙。～～精～～chia$^n$⇨小妖怪。

【小妗 sió-kīm】 妻弟之妻。姊對弟之妻。亦曰細妗仔sè-kīm-á。

【小局 sió-kio̍k】 小規模，小局面。厝起了眞～～chhù khí-liáu chin～～⇨房子蓋得很狹小，不夠氣派。伊的人眞～～i ê lâng chin～～⇨他做人很小氣。

【小私 sió-su】 店員背店主秘密做的小生意。也許可說是小走私。有時偷做些～～趁些所費仔ū-sî thau-chò-chē～～thàn-chē-só͘-hùi-á⇨同上。

【小弟 sió-tī】 弟弟。您～～敢不是拎未結婚也lín～～kám m̄-sī teh-boeh kiat-hun a⇨您弟弟不是要結婚了嗎。～～害阿兄～～hāi a-hia$^n$⇨弟弟連累哥哥。～～仔精～～a chia$^n$⇨嘲笑衣食於父兄遊手好閑的青年。

【小肚 sió-tō͘】 膀胱。踼着～～that-tio̍h～～踢中膀胱。～～生～～se$^n$⇨小畜生。

【小位 sió-ūi】 卑位。阿公坐大位，孫仔該坐～～a-kong chē toā-ūi sun-á ài chē～～⇨同上。

【小叔 sió-chek】 夫之弟。亦曰細叔仔sè-chek-á。

【小炒 sió-chhá】 用小料炒的小菜。來～～小飲一杯lâi～～sió-lim chi̍t-poe⇨意謂我們小飲一杯罷。

【小姐 sió-chiá】 姑娘ko͘-niû。千金～～摔目箭chhian-kim～～sut ba̍k-chī$^n$⇨乞食歌。謂富家的姑娘向他送秋波。

【小花 sió-hoe】 同小丑。～～大花～～toā-hoe⇨小丑與大花面的。

【小姑 sió-ko͘】 夫之妹。亦曰細姑仔sè-ko͘-á。

【小官 sió-koa$^n$】 小官員。官員自稱。做一個～～仔，更格到如王爺chò chi̍t-ê～～á, koh kek-kà ná-ông-iâ⇨做一個小官員，竟擺起王爺的氣勢。

【小妹 sió-moāi(bē)】 妹妹。阮～～的後生goán～～ê hāu-se$^n$(si$^n$)⇨我的妹妹的兒子。

【小姓 sió-sè$^n$(sì$^n$)】 人衆勢大的姓氏曰大姓toā-sè$^n$，其他的各姓氏都曰小姓sió-sè$^n$，或小字姓sió-jī-sè$^n$，亦稱雜姓cha̍p-sè$^n$或雜姓仔cha̍p-sè$^n$-á。小姓者事事都要聽從大姓之安排，尤其是有關祭拜等的公衆事宜。

【小事 sió-sū】 小事情。小問題。即類鷄母相踏的～～亦鬧到保正來，實在笑死人chit-lōe ke-bó sio-ta̍h ê～～a̍h nāu-kà pó-chèng lâi, si̍t-chāi chhiò-sí-lâng⇨這麼小事也鬧到保正(辦公所)來，實在可笑死也。～～不醫，道會變大事～～m̄-i, to ê piàn toā-sū⇨小事不醫治就會變大事。

【小注 sió-tù】 博～～poah～～⇨賭小錢。

【小食 sió-chia̍h】 ㊀食量少。小姐較～～sió-chiá khah～～⇨同上。㊁剾刀剾得深或淺曰食chia̍h，食深chia̍h chhim即剾得深，曰大食toā-chia̍h，食淺chia̍h-chhián即剾得淺曰小食sió-chia̍h。這種深淺是出於剾刀嘴的角度的差異。又犁亦有同樣的說法。

【小巷 sió-hāng】 巷路。大街～～行透透toā-ke～～kiâ$^n$ thàu-thàu⇨大街小巷都跑過了。

【小故 sió-kò͘】 小事故。小事。

【小眠 sió-bîn】 小睡。～～一醒～～chi̍t-chhé$^n$(chhí$^n$)⇨小睡一刻。

【小彩 sió-chhái】 小服務費。～～在內～～chāi-lāi⇨小彩在總帳之內，不必另付。反之即～～在外～～chāi-goā⇨須另付小彩也。

【小酌 sió-chiak】 小飲。大宴～～toā-iàn～～⇨同上。

【小租 sió-cho͘】 贌耕租。～～交業主～～kau giap-chú⇨小租交繳給地主。～～戶～～hō⇨佃人，佃戶。～～權～～koân⇨①賦耕權。②收取小租的權利。

【小海 sió-hái】 內陸湖。～～仔～～á⇨同上。

【小格 sió-keh】 體格的大小。～～雞大格雞～～ke toā-keh-ke⇨同上。生做較～～seⁿ-chò khah～～⇨天生體格較小。

【小流 sió-lâu】 小潮。

【小旁 sió-pêng】 右邊。左邊是大旁tō-pêng sī toā-pêng⇨同上。

【小麥 sió-beh】 ～～大麥～～toā-beh⇨同上。

【小娶 sió-chhoā】 簡單的結婚方式。小家人～～道會用得也，毋當大娶浪費sió-ke-lâng～～tō ē iōng-tit-à m̄-thang toā-chhoā lōng-hùi⇨小家人小娶就可以了，不可大娶浪費。

【小船 sió-chûn】 大船～～toā-chûn～～⇨同上。

【小票 sió-phiò】 小額面的紙幣。～～大票～～toā-phiò⇨同上。

【小晝 sió-tàu】 近中午的時刻。都～～也，安怎猶未轉來to～～à, an-choáⁿ á-bōe(bē) tńg-lâi⇨快要近午刻了何以還不回來。

【小停 sió-thêng】 ㊀停止片刻。阮於車站～～之後，繼續走goán tī chhia-chām～～chi hō͘, kè-siok cháu⇨我們在車站休息片刻之後，繼續跑路。㊁慢一慢不久。伊～～仔會更來i～～á ē koh-lâi⇨他不久會再來。

【小菜 sió-chhài】 精製的家常菜食。清糜～～chheng-moâi(bôe)～～⇨同上。糜亦作粥chiok。義同音異。

【小涌 sió-éng】 小波浪sió-pho-lōng。扲起～～也teh khí-～～à⇨在起小波浪了。

【小港 sió-káng】 ㊀小港埠。㊁小流。於～～仔掠蝦仔tī～～à liah-hê-à⇨在小河流抓蝦。

【小量 sió-liāng】 度量小。可惜較～～淡薄仔khó-sioh khah～～tām-poh-à⇨可惜度量較小一點。

【小飲 sió-lim】 小集宴。飲少量的酒。～～小人參～～sió-jîn-sim⇨謂小飲同於吃人參的效果。

【小隊 sió-tūi】 小隊伍。軍隊的單位。三～～saⁿ～～⇨同上。

【小試 sió-chhì】 ㊀小考。秀才考試。㊁小規模的試用。初次試用。牛刀～～gû(giûⁿ)-to～～⇨大材小用，大材初試用。

【小歇 sió-hioh】 小息。～～一睏藉更行～～chit-khùn chiah koh-kiâⁿ⇨稍息一下再走。～～睏～～khùn⇨同義。

【小溝 sió-kau】 小水路。小圳路。～～仔塞去～～á that-khì⇨小圳路杜塞了。

【小溪 sió-khe】 小河流。～～仔曷有大魚～～á ah-u- toā-hî⇨小河那裡有大魚。喻小地方無大人物。

【小路 sió-lō͘】 小徑。～～彎，大路直～～oan, toā-lō͘ tıt⇨小路多曲折，大路較平直。

【小落 sió-loh】 房子的規模小。～～厝～～chhù⇨小房屋。

【小傷 sió-siang(siong)】 輕傷khin-siang。～～糊牛屎～～kō͘ gû-sái⇨小傷敷牛糞就可以了。意謂小傷要自己負責，人家不賠償。糊牛屎意謂可免費得之。

【小腸 sió-tn̂g】 大腸扲告～～也toā-tn̂g teh kō～～ā⇨大腸在控告小腸了。喻餓得很利害。

【小傳 sió-toān】 小傳記。

【小銃 sió-chhèng】 短銃。賊仔有祛～～chhat-á ū chah～～⇨賊帶着短銃。

【小夥 sió-hóe (hé)】 大行號的小傭人。做～～chò～～⇨同上。夥亦作伙。

【小滿 sió-moá】 廿四氣之一。約在舊曆三月末四月初。立夏～～，雨水相趕lip-hē(hā)～～，hō·-chúi sio-koá$^n$⇨謂立夏與小滿之交，雨水最多。

【小碼 sió-bé】 一二三等的普通數字。不是壹貳叁等的大碼字，又指少數。

【小賣 sió-bē】 薰酒～～商hun-chiú～～siong(siang)⇨同上。

【小蝦 sió-hê】 ～～大蝦～～toā-hê⇨同上。

【小樣 sió-iū$^n$】 ㊀小形的。～～的較食工～～ê khah chiah-kang⇨小形的要多費工夫。㊁小版樣。印刷工場依原稿將鉛字排成小版，先打小樣送校對，然後再合排大版，再打大樣toā-iū$^n$送校對，然後付印。

【小盤 sió-pôa$^n$】 ㊀～～大盤～～toā-poâ$^n$⇨大小盤具。㊁小賣生意。阮做～～較薄利goán chō～～khah poh-lī⇨我們做小賣的比較薄利純。大盤的較厚利toā-poâ$^n$ ê khah hō-lī⇨同上。

【小數 sió-sò】 為數不大。～～錢，毋免計較～～chî$^n$ m̄-bián kè-kàu⇨錢額不大不用計較，亦即付了算了。～～點～～tiám⇨數學名詞。表示整數位以下的小點。

【小調 sió-tiāu】 小曲。唱～～chhiù$^n$～～⇨同上。

【小戰 sió-chiàn】 小戰鬥。～～歸十陣～～kui-chap-tīn⇨同上。

【小器 sió-khì】 度量小。小量。做人有較～～chò-lâng ū khah～～⇨做人度量眞的較小。器，俗作氣。

【小學 sió-oh】 讀～～也thak～～ā⇨上小學了。～～堂～～tn̂g⇨小學校。

【小燭 sió-chek】 小蠟燭。點～～tiám～～⇨同上。

【小膽 sió-tá$^n$】 膽量小。怕神怕鬼。脹死大膽的，餓死～～的tiù$^n$-sí toā-tá$^n$ ê gō-sí～～ê⇨謂世間事，大膽者——敢違法悿情者趁大錢，小膽者——疑神怕法者沒錢趁而餓死了。

【小嬸 sió-chím】 小叔之妻。亦曰細嬸仔sè-chím-á。

【小齣 sió-chhut】 小戲。短劇。做～～仔chò～～á⇨演小戲。喻做不正經事。～～頭～～thâu⇨～～戲～～hì⇨小戲。

【小三牲 sió-sam-seng】 用豬肉，豆干等代用品的三牲。

【小可仔 sió-kó-á】 亦作小可sió-koá。～～～振動～～～tín-tāng⇨稍微振動。～～～着傷～～～tioh-siong(siang)⇨輕傷。～～～歇睏一下～～～hioh-khùn chit-ē⇨稍息一下。～～～有彼款的意思～～～ū hit-khoán ê ì-sù⇨畧有那麼樣的意思。有～～～扲行氣也ū～～～teh kiâ$^n$-khì à⇨有些許在生效了。

【小沙彌 sió-sa-mi】 小和尚。～～～扲學誦經～～～teh oh siōng-keng⇨小沙彌在學習誦經。

【小門風 sió-mn̂g-hong】 小康之家。中產階級。～～～的人大部份較保守～～～ê lâng toā-pō·-hūn khah pó-siú⇨同上。

【小面神 sió-bīn-sîn】 怕羞。亦曰畏小人ùi siáu-jîn。亦即怕人衆，怕生人的意思。反之即為大面神toā bīn-sîn。～～～的人較驚見笑～～～ê lâng khah kia$^n$-kiàn-siàu⇨同上。

【小娘囝 sió-niû-kiá$^n$】 小妹妹。

【小乘教 sió-sēng-kàu】 佛教的教派名。

【小家當 sió-ka-tāng】 小家事。貧窮之家。嘴講～～～，孔頭亦眞夥chhùi-kóng～～～，khang-thâu ah chin chē⇨雖說是小家庭，問題也很多。

【小家數 sió-ka-sò·】 小家庭。人很少。～～～的生活較快發落～～～ê seng-oah khah-khòai hoat-loh⇨小家庭的生活較易打發。

【小粒子 sió-liap-chí】 袖珍形的體態。～～～的人較未臭老～～～ê lâng khah-bē(bōe) chhàu-lāu⇨人未老外表先老曰臭老chhàulāu。

【小脚色 sió-kioh-siàu】 俗作小角色sió-kak-sek。所謂抣演旗軍的脚色kioh-siàu。喻小人物。其實角色kak-sek，正是脚色kioh-siàu也。脚kioh即角kioh也。

【小陽春 sió-iông(iâng) chhun】 十月的好天氣。

【小賊仔 sió-chha̍t-á】 鷄鳴狗盜的小輩ke-bêng káu tō ê sió-pōe。

【小意思 sió-ì-sù】 微意。表示一個～～～piáu-sī chi̍t-ê(kê)～～～⇨表示一下微意所在。

【小學生 sió-ha̍k-seng】 ～～～大學生～～～tāi-ha̍k-seng⇨同上。

**siô 鞘** 刀室也，亦即刀鞘to-siô。又私收私家錢亦曰鞘siô。～起來做私家～khí-lâi chò sai-khia⇨私收起來做私家錢。～未少也～bē(bōe) chió-à⇨私自積聚不少了。伊道眞恔～i tō chin-gâu～⇨她就是很會私自積聚。～入腰肚～ji̍p io-tó͘⇨私入其腰袋。～眞飽也～chin-pá à⇨私聚得滿懷了。飽或作飽肚pá-tō͘。

**siô 悄** 無生氣也。疲勞亦曰悄siô，心灰意冷亦曰悄siô。軟～～nńg～～⇨軟綿綿，沒氣力。～去也～khì à⇨沒氣力了。沒興頭了。攏～去也lóng～khì à⇨全部沒興頭了。大家都沒興趣了。俗有以蓿做悄，非也。蓿音chhiâu或siâu，草名也，並無無生氣之義也。

【悄悄 siô-siô】 軟～～nńg～～⇨沒生氣了，很疲勞了。格到軟～～kek-kà nńg～～⇨裝得軟綿綿。裝得沒氣力。～～仔來～～á lâi⇨慢慢地來，不可急。徐徐而來。

**siô 溲** 沃也。水調粉麵也。因而成粘液狀物曰溲siû$^{n}$。又溺也，即小便也。排泄物曰溲siâu。俗以精cheng作精siâu。余以爲應作溲siâu，溲siâu亦曰溲siô，蓋避免直言溲siâu也。侏食～也咯boeh chia̍h～ā lò͘⇨同上。

# sioh

**sioh 惜** 痛也。憐愛也。悋也（見sek部）。可～khó～⇨同上。寶～pó～⇨愛之如寶。愛～ài～⇨同上。枵鷄無～嘴，枵人無～面底皮iau-ke bô-～ chhùi, iau-lâng bô-～ bīn-té-phôe⇨謂餓鷄顧不得嘴亂啄亂找食，餓人顧不得廉恥，什麼事都做得出來。

【惜工 sioh-kang】 珍惜時間。無～～bô～～⇨謝人犧牲時間爲己服務。

【惜皮 sioh-phôe】 珍惜皮膚。怕打怕病。小兒未打先哭亦曰惜皮sioh-phôe。阮即個外～～抣，你敢知goán chit-ê goā～～leh lí-kám-chai⇨我們這一個，多麼惜皮，你知道嗎。

【惜囝 sioh-kiá$^{n}$】 愛護子女。誰家父母無～～sûi-ka pē-bó(bú) bô～～⇨誰家父母不疼愛子女。

【惜略 sioh-lio̍h】 珍惜。對衣服等的珍視。穿衫仔褲道該較～～抣chhēng sa$^{n}$-á-khò͘ tō-ài khah～～le⇨穿衣服應該十分注意珍視。按即惜惜之轉訛。

【惜脚 sioh-kha】 不肯跑路。無～～bô～～⇨謝人爲己跑腿。

【惜錢 sioh-chî$^{n}$】 珍惜金錢。～～毋甘用～～m̄-kam-iōng⇨同上。

【惜福 sioh-hok】 儉樸的生活。未曉當～～bē(bōe) hiáu thang～～⇨不知應該儉樸。依然在作無謂的浪費。

【惜字亭 sioh-jī-têng】 焚燒字紙的小亭。亦謂字紙亭jī-choá-têng。

【惜命命 sioh-miā-miā】 惜之如生命。十分珍惜。命命作脈脈mia̍h-mia̍h可能更生動。生一個查某囝仔疕道～～～也，曷使講生啥se$^{n}$(si$^{n}$) chi̍t-ê cha-bó-gín-á-phí tō～～～ā，a̍h-sái kóng se$^{n}$(si$^{n}$) sah$^{n}$(siah$^{n}$)⇨生了一個小小女孩就十分疼愛得了不起了，何必問生什

麼。意謂何用說生男孩的喜悅。

【惜性命 sioh-sèⁿ-miā】 啥人敢講無～～～siáⁿ-lâng káⁿ-kóng bô～～～⇨誰敢說不惜生命。

【惜喟力 sioh-khùi-la̍t】 不努力。無論家己或是別人的空課，都該無～～～落去做bô-lūn ka-kī a̍h-sī pā-lâng ê khang-khōe, to-ài bô～～～lo̍h-khì-chò⇨不論自己或者是別人的工作，都應該全力以赴。

sio̍h
**餿** 飯壞也。食物久而變味也。汗臭亦曰餿sio̍h。有臭～味也ū chhàu～bī ā⇨有餲味了。臭～也chhàu～ā⇨同上。肉～去也bah～khì à⇨肉壞了。手～chhiú～⇨手汗。脚～kha～⇨脚汗。一日無餾道有～味也chi̍t-ji̍t bô-liū tō ū～bī ā⇨一日不餾就有餲味了。又作晚或遲解。開～花khui～hoe⇨開了過時的花。晚開的花。

【餿味 sio̍h-bī】 餲味àu-bī。餲臭味àu-chhàu-bī。即塊肉有～～也chit-tè bah ū～～ā⇨這塊肉有餲味了。

【餿花 sio̍h-hoe】 晚開的花。過時開的花。～～未結子～～bē(bōe) kiat-chí⇨餿花不結子。

## siok

siok
**叔** 父之弟也。夫之弟亦曰叔siok(見chek部)。

【叔父 siok-hū】 俗稱阿叔a-chek。

【叔母 siok-bó】 俗稱阿嬸a-chím。

【叔伯 siok-pek】 俗稱叔伯chek-peh。叔與伯。～～兄弟～～heng-tē⇨同上。

【叔姪 siok-ti̍t】 ～～關係～～koan-hē⇨叔父與姪子的關係。

【叔齊 siok-chê】 伯夷～～pek-î～～⇨商王子，兄弟互讓帝位而先後逃亡，及恥食周粟而餓死首陽山。

【叔孫通 siok-sun thong】 漢儒。本為秦臣，降漢拜博士，說高祖定朝儀制朝禮，歷仕至太子太傅。使權力兼備儀禮之大功臣也。

siok
**淑** 善也。清靜也。稱美女子之詞。賢～hiân～⇨同上。貞～cheng～⇨同上。私～su～⇨宗仰其學而從學。遇人不～gī-jîn put～⇨嫁夫不善。

【淑人 siok-jîn】 ㈠善人。～～君子～～kun-chú⇨同上。㈡古貴夫人的封號。明定三品官之妻為～～，清依明制。～～恭人～～kiong-jîn⇨皆古封號。

【淑女 siok-lí(lú)】 窈窕～～，君子好逑iáu-thiáu～～，kun-chú hó·-kiû⇨詩經。紳士～～sin-sū～～⇨同上。

siok
**宿** 止也。可住之處也。先前也。投～客店tâu～kheh-tiàm⇨同上。信～漁人sìn～gî-jîn⇨同上。夜也。兩～三工的日程liáng～saⁿ-kang ê ji̍t-thêng⇨二夜三日的日程。膳～siān～⇨同上。寄～kià～⇨同上。

【宿分 siok-hūn】 前定的緣分。同宿緣siok-iân。會做翁某亦是～～所定的ē-chò ang-bó a̍h-sī～～só· tēng ê⇨同上。

【宿心 siok-sim】 早已有之的本心。同宿志siok-chì。

【宿世 siok-sè(sì)】 前代。～～因緣～～in-iân⇨前世所定的因緣。

【宿志 siok-chì】 平時的志願。～～未遂～～bi-sūi⇨平生志氣未能實現。

【宿命 siok-bēng】 前生的運命。～～論～～lūn⇨同命定論。

【宿昔 siok-sek】 風簷展書讀，典型在～～hong iâm tián-si tho̍k, tián-hêng chāi～～⇨正氣歌。

【宿舍 siok-sià】 帶的是公家～～，食的是配給米toà ê sī kong-ka～～, chia̍h ê sī phòe-kip-bí⇨同上。

【宿直 siok-ti̍t】 輪流值夜班。～～員～～oân⇨同上。

【宿怨siok-oàn】 舊怨。～～猶未報～～iáu (á) bōe pò⇨舊怨還未報。

【宿疾 siok-chit】 舊病。～～復發～～hok-hoat⇨同上。

【宿根 siok-kin】 ㊀莖葉每年枯萎，其根却春來又發新芽的花草。㊁前世所具的根性。修行的根基。

【宿望 siok-bōng】 同宿願。

【宿將 siok-chiàng】 老將軍。

【宿醉 siok-chùi】 隔夜的醉意。～～猶未消～～á-bōe siau⇨昨夜來的酒氣還未消。

【宿緣 siok-iân】 前生之緣。莫非是～～bok-hui sī～～⇨同上。

【宿儒 siok-jû】 老學者。

【宿營 siok-iaⁿ】 軍隊在本地～～kun-tūi chāi pún-tē～～⇨同上。

【宿題 siok-tê】 學生逐日該做～～hak-seng tak-jit ài chò～～⇨同上。

【宿願 siok-goān】 往日的願望。猶有一個～～未實現iáu-ū chit-ê～～bōe sit-hiān⇨還有一個願望未見實現。

siok
夙 早也。舊也。通宿。

【夙夜 siok-iā】 朝夕日夜。～～憂嘆～～iu-thàn⇨日夜憂慮。～～匪懈～～húi-hāi⇨日夜勤勉不敢懈怠。

【夙昔 siok-sek】 同宿昔。

【夙怨 siok-oàn】 同宿怨。

【夙望 siok-bōng】 同宿望。

【夙儒 siok-jû】 同宿儒。

【夙願 siok-goān】 同宿願。

【夙興夜寐 siok-hin-iā-bī】 早作晚息。喻勤以繼勞。

siok
縮 退也。收斂也。收～siu～⇨同上。退～thè～⇨同上。短～toán～⇨同上。伸～chhun～⇨同上。畏～ùi～⇨同上。緊～kín～⇨同上。

【縮小 siok-siáu】 規模該～～kui-bô· ài～～⇨同上。

【縮尺 siok-chhioh】 比例尺，地圖上表示，例如縮尺 1/50,000，即是該地圖爲實地之五萬分之一。亦即實地五萬尺在圖上是一尺。

【縮印 siok-ìn】 ～～版～～pán⇨同上。

【縮版 siok-pán】 縮小的版本。

【縮圖 siok-tô】 縮版的圖。

【縮寫 siok-siá】 寫得較小。

【縮地術 siok-tē-sut】 據稱，費長房能～～，千里在目前。

siok
肅 敬也。請也。嚴也。嚴～giâm～⇨同上。整～吏治chéng～lī-tī⇨清理污染的官僚界。靜～chēng～⇨同上。

【肅立 siok-lip】 全體～～choân-thé～～⇨同上。

【肅拜 siok-pài】 敬禮。

【肅容 siok-iông】 整容以示尊重。～～拜～～pài⇨女名函牘套詞。

【肅殺 siok-sat】 形容秋氣嚴酷。～～的秋氣～～ê chhiu-khì⇨同上。

【肅清 siok-chheng】 剷平匪亂。

【肅然 siok-jiân】 ～～起敬～～khí-kèng⇨同上。

【肅靜 siok-chēng】 靜肅。地方眞～～tē-hong chin～～⇨同上。

siok
蜀 地名，國名。今四川也。東吳連西～抗北魏tong-gô· liân se～khòng pak-gūi⇨三國某一時期的故事。

【蜀米 siok-bí】 俗名玉～～giok～～，又稱蕃麥hoan-beh。

【蜀葵 siok-kûi】 花草名。俗稱一丈紅it-tiāng-hông。

【蜀錦 siok-kím(gím)】 布名。四川出產的。

【蜀道難 siok-tō-lân】 蜀路難行。喻人生路途亦崎嶇難行。～～～，難於上青天～～～，lân î siāng-chheng-thian⇨同上。

**【蜀犬吠日 siok-khián-hūi-jit】** 蜀中多霧，太陽少見，一見即群犬疑而吠之。喻少見多怪。

**siok 續** 連也。繼也。後嗣也（見soa部）。連～liân～⇨同上。相～siang～⇨同上。繼～kè～⇨同上。陸～liok～⇨同上。陸陸～～liok-liok～～⇨同上。斷～toān～⇨同上。斷斷～～toān-toān～～⇨同上。狗尾～貂káu-bóe～tiau⇨喻首尾不相稱。接～chiap～⇨同上。

**【續絃 siok-hiân】** 妻死謂斷絃toān-hiân，因而再娶新妻曰～～。～～再娶～～chài-chhoā⇨同上。

**【續集 siok-chip】** 影片的本集～～iá$^{n}$-phì$^{n}$ ê pún-chip～～⇨同上。

**【續編 siok-phian】** 字典的本編～～jī-tián ê pún-phian～～⇨同上。

**【續辦 siok-pān】** 繼續辦理。門市部是不是要～～mn̂g-chhī-pō͘ sī-m̄-sī boeh～～⇨同上。

**【續而後 siok-jî-hō͘】** 續其後。以後。後來。～～～都無更發生也～～～to-bô koh hoat-seng a⇨以後都沒有再發生了。

**siok 贖** 以財抵罪也。以財取回原物也。以身～父刑î sin～hū hêng⇨古時孝女以身入為官婢以換回父親免受肉刑。原價～倒轉來goân-kè～tò-tńg-lâi⇨以原價換回原物。

**【贖刑 siok-hêng】** 古以財帛抵罪。其制有三，一曰納贖，二曰收贖，三曰贖罪。均依身分，別其名稱，定其贖銀數。軍民或生員以上曰納贖，婦女或殘障者曰收贖，命婦即曰贖罪。

**【贖回 siok-hôe】** ～～賣身字～～bē-sin-jī⇨換回賣身契約書。

**【贖身 siok-sin】** 以財帛使奴婢妓女脫籍也。小文個父親來～～去也sió-bûn in-hū-chhin lâi～～khì à⇨小文她父親備錢來換回去了（脫籍了）。～～轉去更嫁人也～～tńg-khì koh-kè lâng ā⇨脫籍回家再嫁去了。無錢當～～bô-chî$^{n}$ thang～～⇨無錢可脫籍。

**【贖罪 siok-chōe】** 古法的贖刑之一。又基督教以人類有原罪，耶穌釘死十字架乃為人類～～也。

**siok 屬** 官僚也。家族也。附也。綴輯也。官～koa$^{n}$～⇨官僚。眷～koàn～⇨家族。部～pō͘～⇨部下。下～hā(hē)～⇨部下。無所～bû-só͘～⇨無所歸類。歸～kui～⇨歸類。有做記號的～於我，無記號的道是～公的ū chò-kì-hō ê～tī goá，bô kì-hō ê tō sī～kong ê⇨同上。責任～甚麼人該查清楚chek-jīm～sim-mi-lâng ài chhâ-chheng-chhó⇨同上。

**【屬下 siok-hā(hē)】** 部下。下級職員。看是佗一機關的～～khoà$^{n}$ sī to-chit-ki-koan ê～～⇨看看是那一機關的職員。

**【屬文 siok-bûn】** 作文，寫文章。

**【屬目 siok-bok】** 注目。重視。伊的才能逐家都眞～～i ê châi-lêng tak-ke to chin～～⇨他的才能大家都很注意。

**【屬吏 siok-lī】** 屬官。屬下。

**【屬地 siok-tē】** 主權所屬之地。我國的～～gó͘-kok ê～～⇨同上。英國的～～eng-kok ê～～⇨英國的領土。

**【屬官 siok-koa$^{n}$】** 隸屬於其下的諸吏。內政部的～～lāi-chèng-pō͘ ê～～⇨同上，同屬吏。

**【屬員 siok-oân】** 隸屬的官員。同屬官。

**【屬託 siok-thok】** 委託。貴人所～～，曷敢無照辦kùi-jîn so͘～～，ah-kā$^{n}$ bô chiàu-pān⇨同上。

**【屬國 siok-kok】** 主權被他國所奪之小國。

**【屬僚 siok-liâu】** 同屬吏。

**siok 孰** 誰也。何也。女與回也，～愈jí í hôe à，～jú⇨你和顏回，誰較好。～是～非～sī～hui⇨何對何不對，誰對誰不對。人非木石，～能無情jîn hui bok-sek, sûi lêng bû-chêng⇨凡人一定有感情。

**siok 熟** 慣也。識也（見sek部)。詳之曰熟siok。時機成～sî-ki sêng～⇨同上。慣～koàn～⇨同上。

【熟地 siok-tē】 藥材名。生地seng-tē 加工再製者。

【熟思 siok-su】 愼重考慮。～～ 遠慮 ～～oán-lī⇨同上。

【熟悉 siok-sek】 知悉。悉知之。內行。地方人情都眞～～也tē-hng jîn-chêng to chin～～ â⇨地方人情都很詳細明白了。做生理愛有～～正當做chò seng-lí ài ū～～chiâ$^{n}$ thang chò⇨做生意需要內行才可以做。

【熟慮 siok-lī(lū)】 同熟思。

**siok 塾** 門邊的堂也。家庭學校也。慶應義～khèng-èng-gī～⇨日本有名的私立慶應大學創立時的名稱。

【塾師 siok-su】 家庭教師。

**siok 俗** 習也。粗卑曰俗siok，卑微常見曰俗siok，物價卑賤曰俗siok，宗教外的世界亦曰俗siok。風～hong～⇨上所化曰風，下所習曰俗。慣～koàn～⇨習慣風俗。習～sip～⇨同慣俗。粗～chho͘～⇨凡製作不精巧，價錢不昂貴，日常所常見者皆曰粗俗chho͘-siok-。無論便宜貴～，物未使得愛道愛，無愛道丟掉bô-lūn pân-gî kùi～，mih bē-sái-tit ài-tō-ài bû-ài tō tiu-tiāu⇨謂不論便宜抑貴，各種東西都不能要就要，不要就丟棄之。意即不可暴殄天物。世～人sè～lâng⇨基督教以其教圈外的人爲世俗人。

【俗人 siok-jîn】 普通人。非仙非佛的一般人。自稱風流或風雅人以外的人。

【俗子 siok-chú】 俗人。粗夫～～chho͘-hu～～⇨塵世的凡人。

【俗士 siok-sū】 俗人或俗子的文言詞。尋常之人。

【俗文 siok-bûn】 通俗的文章。不雅之文章。

【俗心 siok-sim】 通俗的心。卑賤的心。～～想俗事～～siū$^{n}$ siok-sū⇨同上。

【俗世 siok-sè】 塵世。人間世界。

【俗字 siok-jī】 通俗字。白字。

【俗曲 siok-khek】 俗歌～～siok-koa～～⇨粗俗的歌曲。

【俗吏 siok-lī】 普通的官員。不解風雅的官員。

【俗名 siok-miâ】 普通名。未歸佛前的名字。

【俗言 siok-giân】 ～～俗語～～siok-gí(gú)⇨粗俗的話。

【俗例 siok-lē】 慣例。無趁～～亦未使得bô thàn～～ah bē(bōe)-sái-tit⇨不從俗也不行。

【俗物 siok-mih】 便宜的東西。～～食破家～～chiah-phoà ke⇨喻貪便宜將反遭損失(因往往會買得過多)。

【俗卸 siok-sià】 以虧本價拼命出售。卸，捨也。～～較贏寄～～khah-iâ$^{n}$ kià⇨便宜賣掉了比較寄存人家還好。

【俗事 siok-sū】 塵世～～ tîn-sè ～～ ⇨同上。～～纏身～～tî$^{n}$-sin⇨俗事羈身。

【俗客 siok-khek】 不會做詩的粗客。座上無～～chō-siāng(siōng) bû～～⇨同上。

【俗家 siok-ka】 僧尼的生家。

【俗氣 siok-khì】 不雅氣。～～～～⇨粗俗粗俗。

【俗骨 siok-kut】 庸才。不是仙的底子。～～未穿得仙衫～～bē-chhēng-tit sian-sa$^{n}$⇨喻庸人過不慣豪華的生活。

【俗流 siok-liû】 庸俗之人。～～之輩～～chi pòe⇨同上。

【俗務 siok-bū】 ～～所羈，無由抽身～～so͘-ki，bû-iû thiu-sin⇨信札常用詞。謂工作甚忙，抽不了身，亦即沒有時間。

【俗情 siok-chêng】 世情。不諳～～put-àm～～⇨不通達於世情。

【俗眼 siok-gán】 俗人之眼，不精明。～～

不識泰山～～put-sek thài-san⇨同上。亦作肉眼jiok-gán。

【俗貨 siok-hòe】 便宜貨。～～於高州～～tī ko-chiu⇨高州指原產地。意謂便宜貨要到產地去才買得到。

【俗買 siok-bé(bóe)】 買便宜的東西。買得便宜。

【俗脚 siok-kioh】 粗脚色chho·-kioh-siàu，工資低的粗工。～～較贏共人借～～khah-iâ$^{n}$ kā-lâng chioh⇨低工資也勝過向人借錢。kā-lâng→kâng。

【俗僧 siok-cheng】 臭和尚。

【俗語 siok-gí(gú)】 俗言。俚諺。～～扲講，虎死留皮，人死留名～～teh kóng, hó·-sí lâu-phôe lâng-sí lâu-miâ⇨俚諺說，虎死留皮，人死留名。

【俗歌 siok-koa】 民歌。民謠。

【俗賣 siok-bē(bōe)】 賣得便宜。俗買～～siok-bé～～⇨買得便宜，賣得便宜。

【俗價 siok-kè】 廉價。～～罔賣較未蝕本～～bóng-bē khah bē sih-pún⇨價不好，但姑且賣出去，比較不會虧老本。

【俗論 siok-lūn】 一般論。非高見。

【俗塵 siok-tîn】 人間。塵世。不染～～put-jiám～～⇨同上。

【俗儒 siok-jû】 ～～俗論～～siok-lūn⇨臭儒講臭話。

【俗醫 siok-i】 庸醫。

【俗不可耐 siok-put-khó-nāi】 庸俗不堪。

## siong

siong **嵩** 高也。山名，五嶽之一。重也。同崇。本錢較～pún-chî$^{n}$ khah～⇨本錢較重。成本該較～sêng-pún ài knah～⇨成本要較高。傷～負擔未起siu$^{n}$～hū tam bē(bōe)-khí⇨本錢過重，負擔不起。許爾～，曷有法度hiah-ní～ah-ū hoat-tō·⇨那麼多錢怎麼能有辦法。

【嵩本 siong-pún】 高本。多本錢。需要多錢。大本錢。傷～～無法度做siu$^{n}$～～bô hoat-tō· chò⇨要太多本錢，沒辦法做。該眞～～正會用得ài chin～～chià$^{n}$ ē ēng(iōng)-tit⇨需要很大本錢才行。

【嵩重 siong-tiōng】 ㊀要錢多。負擔重。本錢眞～～pún-chî$^{n}$ chin～～⇨本錢很大。較～～每算會和khah～～mā sǹg ē hô⇨怎麼多本錢也能合算。㊁病情沈重。病到眞～～pē$^{n}$-kà chin～～⇨病得很沈重。今仔日乎你眞～～kin-á-jit hō·-lí chin～～⇨戲謔話，同災情慘重，例如請客食後，對東主(須極親密的)可以說此話。亦讓你開費多了，讓你病體沈重的雙關話。～～伊，亦無～～你，你管啥～～i, ah-bô～～lí, lí koán siah$^{n}$⇨負擔重的是他，不是你，你急什麼(亦作雙關語解)。

siong **襄** 解衣而耕也。佐助亦曰襄siong，亦曰siang。清官制有贊～王大臣chàn-siang-ông tāi-sîn。

【襄理 siong-lí】 siang-lí。今金融行庫有：協理，～～hiap-lí,～～等之職位。

【襄贊 siong-chàn】 siang-chàn。佐助。～～軍務～～kun-bū⇨助理軍務。

siong **商** 販賣貨物的行爲也。其人亦曰商siong。亦商siang也。行曰～，處曰賈hêng oat～chhì(chhù) oat ké(ká)⇨走販曰商，店販曰賈。在～言～chāi～giân～⇨在商的立場上說商業上的話。～不離稱～put-lī chhìn⇨做商理不能無稱chhìn。米～布～鹽～肉～雜貨～bí～pò·～iâm～bah～chap-hòe～⇨各種商業。殷～in～⇨富商。中間～人tiong-kan～jîn⇨居間得利的商人。工～業kan～giap⇨同上。

【商人 siong-jîn】 生意人。商界的人。～～重利忘義～～tiōng-lī bōng-gī⇨同上。中間～～tiōng-kan～～⇨經紀人。～～團體～～

thoân-thé⇨商業團體。

【商子 siong-chú】 書名。商鞅的著作。即商君書。

【商行 siong-hâng】 商店siang-tiàm，商號siang-hō等皆大略相同，隨人自稱某某商店，某某商行或某某商號。

【商法 siong-hoat】 ㊀有關商事的法規。㊁做生意的方法。～～是隨人變的～～sī sûi-lâng piàn ê⇨商法是各人去設計的。

【商事 siong-sū】 有關商業上的事務。～～法～～hoat⇨商法。

【商約 siong-iak】 商業條約的簡稱。

【商界 siong-kài】 商業社會。～～的競爭愈來愈激烈～～ê kēng-cheng ná-lâi ná-kēk-liat⇨同上。

【商品 siong-phín】 凡以販賣爲目的的東西皆稱商品。～～展示場～～tián-sī-tiûⁿ⇨同上。～～陳列館～～tîn-liat-koán⇨同上。

【商城 siong-sêng】 ㊀地名，在河南省。㊁當今商人敲的名堂，大約是因爲商業區域的意思，稱某某～～之類的廣告觸目皆是。

【商紂 siong-tiū】 商朝的紂王。妲己敗紂王tàn-kí pāi tiū-ông⇨同上。

【商家 siong-ka】 生意人。做生意的人家。

【商旅 siong-lí】 行商。行商的旅人。今多解爲旅客。～～來往不絕～～lâi-óng put-choat⇨做商意的以及來往旅客甚多。

【商務 siong-bū】 商事，商業事務。

【商情 siong-chêng】 商業情況。～～調查～～tiau-cha⇨同上。

【商船 siong-chûn】 ～～公司～～kong-si⇨同上。

【商略 siong-liok】 商業戰略。

【商港 siong-káng】 以商爲主的港口。大～～toā～～⇨同上。

【商量 siong-liông】 siang-liâng。双手牽娘來～～，是伓是毋毋當嚷，羅漢做久姑不終siang-chhiú khan-niû lâi～～, sī-boeh sī-m̄ m̄-thangjióng, lô-hàn chòe-kú ko·-put-chiong⇨民歌。姑不終ko·-put-chiong，怙終無奈ko·-chiong-bû-nāi之訛，即無可奈何。

【商業 siong-giap】 ～～學校～～hak-hāu⇨同上。～～機關～～ki-koau⇨同上。～～機構～～ki-kò·⇨同上。～～團體～～thoân-thé⇨同上。～～銀行～～gîn-hâng⇨同上。～～行爲～～hêng-ûi⇨同上。～～道德～～tō-tek⇨同上。～～算術～～soàn-sut⇨同上。～～帳簿～～tiàng-phō·⇨同上。～～地理～～tē-lí⇨同上。～～政策～～chèng-chhek⇨同上。

【商會 siong-hōe】 市～～chhī～～⇨同上。

【商賈 siong-ká】 商人。販賣貨物爲業者。行曰商，處曰賈，今即以商包括了商賈一切。

【商場 siong-tiûⁿ】 ～～如戰場～～ná chiàn-tiûⁿ⇨同上。

【商標 siong-phiau】 登錄～～teng-lok～～⇨同上。註册～～chù-chheh～～⇨同上。

【商戰 siong-chiàn】 商業戰爭的簡稱。

【商議 siong-gī】 商談。參商chham-siang。商量。

【商行爲 siong-hêng-ûi】 法律名詞。有關商品的運銷媒介等的一切行爲。

siong **傷** 身體毀傷也。妨害也。冒犯也。憂思也。亦傷siang也。着～tioh～⇨同上。中～tiòng～⇨①着傷。②暗中設事以傷人名譽。毀～húi～⇨損傷sún-siang。殺～刺～拍～擊～撞～擦～sat～chhì～phah～kek～lōng～chhat～⇨各種傷法。暗～àm～⇨看不見的傷，亦稱內傷lāi-siang。生～chheⁿ～⇨新傷sin-siang。舊～kū～⇨老傷lāu-siang。憂～iu～⇨憂愁悲傷。悲～pi～⇨悲哀傷心。

【傷人 siong-jîn】 損傷別人。出口～～chhut-kháu～～⇨以言傷人。口是～～斧，言是催命刀kháu sī～～hú, giān sī chhui-miā-to⇨喻人須愼口舌。

【傷口 siong-kháu】 傷嘴siong-chhùi。中傷的地方。～～長三寸，深及骨～～tn̂g sa$^{n}$-chhùn, chhim ki̍p-kut⇨傷口的大小是長三寸，深及骨。～～猶未合偎去～～iáu-bōe ha̍p-oá-khì⇨傷口還未癒合。

【傷心 siong-sim】 傷於心。悲痛之甚。生離死別是人生最～～的seng-lī sú-pia̍t sī jîn-seng chōe～～ê⇨同上。

【傷命 siong-bēng】 致命。許是會～～，未濫擅得he sī ē～～, bē lām-sám tit⇨那是會致命的，胡搞不得。

【傷風 siong-hong】 感冒kám-mō͘。～～敗俗～～pāi-sio̍k⇨破壞風俗。

【傷神 siong-sîn】 損傷元神。傷元氣。通霄麻雀眞～～，你毋知thong-siau mâ-chhiok chin～～，lí m̄-chai⇨打通霄的麻將很損元氣，你不曉得。

【傷食 siong-si̍t】 病名。俗曰胃加答兒catarrh of stomach。

【傷胃 siong-ūi】 傷害於胃。食傷餃會～～chia̍h siu$^{n}$ chē ē～～⇨吃得太多會傷胃。

【傷症 siong-chèng】 肺癆。肺病的俗稱。

【傷害 siong-hāi】 傷人。損害。講話不好～～人的心kóng-ōe m̄-hó～～lâng ê sim⇨說話不可傷及人之心。～～罪～～chōe⇨法律上的罪名。

【傷情 siong-chêng】 見景～～kiàn-kéng～～⇨同上。

【傷痕 siong-hûn】 傷口癒合之後，留有傷迹siong-jiah，亦叫做傷痕siong-hûn。看～～道會知影傷的輕重khoà$^{n}$～～tō-ē-chāi-iá$^{n}$ siong ê khin-tāng⇨同上。

【傷寒 siong-hân】 病名。日人叫腸窒扶斯chochibusu。傳染病之一。～～論～～lūn⇨書名，有名的古醫書。

【傷悲 siong-pi】 悲傷。

【傷着 siong-ti̍oh】 中了傷。有～～ū～～⇨中了傷。無～～bô～～⇨沒中傷。～～大腿～～toā-thúi⇨傷在大腿。

【傷碍 siong-gāi】 損害，妨碍。講話去～～着個kóng-ōe khì～～ti̍oh in⇨講話中損害及他們。～～着伊的風水～～ti̍oh i ê hong-súi⇨妨害了他的墓地的靈氣。

【傷暑 siong-sú】 中了暑氣。中暑tiòng-sú。

【傷天理 siong-thi$^{n}$-lí】 違背天理。較～～～的都敢做khah～～～ê to ká$^{n}$ chò⇨任何傷天害理的事情都敢做。

【傷弓之鳥 siong-kiong-chi-niáu】 謂驚惶之心猶在。喻曾經禍害，遇事則驚惶失措。～～～～，漏網之魚～～～～lāu bāng chi gî⇨被蛇咬一次，看到繩子也心跳。

【傷天害理 siong-thian-hāi-lí】 同傷天理。～～～～，仙不當～～～～，sian m̄-thang⇨傷天害理千萬不可為。

siong **殤** 未成人而夭折也。亦殤siang也。國～kok～⇨死於國事者。

siong **箱** 車箱也。盒也。亦箱siang也。

siong **廂** 廊也。廊側之房也。亦廂siang也。西廂記se-siu$^{n}$-kì⇨記張君瑞與崔鶯鶯戀愛故事的有名的脚本。金聖嘆的所謂才子書之一。

siong **湘** 水名。湖南省的別稱。亦湘siang也。瀟～夜雨siau～iā-í(ú)⇨古曲名。

siong **相** 亦相siang。彼此互相牽連皆曰相siong或siang。互～互～hō͘～hō͘～⇨彼此彼此。

【相干 siong-kan】 關涉。牽連。無～～bô～～⇨沒關係。沒事。合我無～～kah-goá bô～～⇨於我沒牽連。合你有甚麼～～kah-lí ū sim-mí～～⇨於你有何關係。

【相安 siong-an】 ～～無事～～bû-sū⇨同上。

【相好 siong-hó】 親密，彼此互相意愛。情人。老～～lāu～～⇨舊情人。老年情人。您～～的lín～～ê⇨你的情人。阮～～的goán～～ê⇨我的愛人。二人～～無人知nn̄g-lâng～～bô-lâng chai⇨我們相好沒人知道。

【相同 siong-tông】 ～～的條件，曷使更抡想～～ê tiâu-kiā$^{n}$ a̍h-sái koh-teh-siū$^{n}$⇨條件相同的，何必再作考慮。

【相助 siong-chō͘】 路見不平，拔刀lō͘ kiàn put-pêng，～～poa̍t-to～～⇨同上。

【相扶 siong-hû】 夫妻愛～～相助，正會圓滿hu-chhe ài～～siong-chō͘ chià$^{n}$ ē oân-boán⇨密切合作是婚姻幸福的基石。

【相見 siong-kiàn】 逢面。會面。～～恨晚～～hīn-boán⇨同上。眞久無～～也chin-kú bô～～à⇨很久不見面了。～～易得好，久住難爲人～～ī-tit-hó, kiú-chū lān-ûi-jîn⇨初逢見時很容易親蜜，久住做客人了，就很難做人。喻雖是親友之家，也不宜做長客。所謂但看三五日，～～不如初tàn-khàn sam-gó͘-ji̍t,～～put-jî(jû) chho͘者也。

【相別 siong-pia̍t】 離別。故鄉～～到盒亦有十幾年也kò͘-hiong～～kàu-ta$^{n}$ a̍h-ū cha̍p-kúi-nî ā⇨同命鳥。

【相似 siong-sū】 面貌都～～，安知是我姨bīn-māu to～～, an-ti sī ngó͘-î⇨姊夫想吃小姨子的天鵝肉，被拒後的辯解。

【相依 siong-î】 ～～相偎～～siong-oá⇨同上。～～爲命～～ûi-bēng⇨同命鳥。

【相近 siong-kīn】 性～～，習相遠sèng～～，si̍p siong-oán⇨三字經。

【相知 siong-ti】 知己。舊友。

【相妬 siong-tò͘】 同行～～tông-hâng～～⇨同業互妒。

【相抵 siong-tú】 相碰到。於車頭～～tī chhia-thâu～～⇨在車站碰見。免傷計較，人也～～會得着bián siu$^{n}$ kè-kàu, lâng ā～～ē-tit-tio̍h⇨不用太作計較，人有朝一日是會再相逢再較長短的。亦作相對抗解。伊定定佅合我～～i tiā$^{n}$-tiā$^{n}$ boeh kah goá～～⇨他時常要與我相對抗。此抵似係抵臍tú-châi之略。

【相信 siong-sìn】 朋友該逐家～～來仔～～去，正做會久peng-iú ài ta̍k-ê～～lâi-ā～～khì, chià$^{n}$ chò ē kú⇨朋友應該彼此相信才做得久。又深信。我～～伊不敢無來goá～～i m̄-ka$^{n}$ bô-lâi⇨我深信，他不敢不來。

【相剋 siong-khek】 藥性～～io̍h-sèng～～⇨不可同時吃。八字～～poeh(peh)-jī～～⇨合不成婚。

【相配 siong-phòe】 彼對夫妻實在有～～hit-tùi hu-chhe si̍t-chai ū～～⇨那對夫妻很是相稱的一對。

【相逢 siong-hōng】 相抵。初～～的朋友chho͘～～ê pêng-iú⇨同上。～～何必曾相識～～hô-pit chêng siong-sek⇨一見鍾情。

【相符 siong-hû】 符合。收支數字攏～～siu-chi sò͘-jī lóng～～⇨收支數字皆符合。

【相連 siong-liân】 不時都褲帶結～～put-sî to khò͘-toà kat～～⇨常時都是褲帶結相連。喻相親近同進同出之甚。

【相通 siong-thong】 有無～～iú-bû～～⇨同上。有小路～～，毋免更彎路入去市內ū sió-lō͘～～m̄-bián koh oan-lō͘ ji̍p-khì chhī-lāi⇨有小路相通不必再彎路入市內就可以到。

【相就 siong-chūi】 妥協。屈脚～～khut-kha～～⇨勉強妥協。疑爲將就chiong-chiū之訛。

【相愛 siong-ài】 相親～～siong-chhin～～⇨同上。

【相遇 siong-gū】 ㈠相逢。㈡互相待遇。～～以上賓～～í siōng-pin⇨待以上賓。

【相會 siong-hōe】 斷橋～～toān-kiô～～⇨白蛇傳故事。盒佅～～道該去天國也ta$^{n}$ boeh～～tō-ài khì thian-kok à⇨而今要相

見，就須到天國去了。

【相敬 siong-kèng】 ～～如賓～～jî(jû)-pin⇨同上。

【相傳 siong-thoân】 歷代～～的故事lek-tāi～～ê kò͘-sū⇨同上。祖先～～落來的家寶chó͘-sian～～loh-lâi ê ka-pó⇨同上。

【相當 siong-tong】 ～～好～～hó⇨很好。～～可憐～～khó-lîn⇨很可憐。可憐多已訛音爲khó͘-liân。～～有氣魄～～ū khì-phek⇨很有氣魄。

【相違 siong-ûi】 互相違誤。暫時相賞莫～～chiām-sî siong-sióng bok～～⇨舊詩。

【相對 siong-tùi】 ㊀相對面。～～不相識～～put siong-sek⇨同上。㊁雙方一樣。～～性～～sèng⇨同上。～～論～～lūn⇨物理學的理論，亦稱～～性原理～～sèng goân-lí。

【相憐 siong-lîn】 同病～～tông-pēng～～⇨同上。

【相罵 siong-mā】 sio-mē。～～無讓嘴，相拍無讓手～～bô niū-chhùi, siong-phah bô niū-chhiú⇨相罵不讓口，相打不讓手。

【相隨 siong-sûi】 追隨。要人出入攏有人～～iàu-jîn chhut-jip lóng ū-lâng～～⇨要人出入皆有人跟隨。

【相幫 siong-pang】 相助。逐家湊～～tak-ê tàu～～⇨大家一起幫忙。

【相兼顧 siong-kiam-kò͘】 照顧兩頭。～～～會着～～～ē tioh⇨能夠兼顧雙方。

**sióng 想** 亦讀siáng。有所希望而思之也（見siuⁿ部）。思～su～⇨同上。理～lí～⇨同上。空思夢～khong-su-bōng～⇨同上。思～起su～khí⇨民歌名，亦即恒春調，已訛爲思想枝su-siang-ki。

【想望 sióng-bāng】 思慕。日夜～～jıt-iā～～⇨同上。

【想像 sióng-siōng(siāng)】 原爲心理學名詞。俗作沒有事實計畫或根據的空想解。端仔你的～～耳，不是事實tan-á lí ê～～niâ m̄-si sū-sıt⇨只是你的空想而已，不是事實。

【想入非非 sióng-jip-hui-hui】 不合情理或非分的空想。

【想當然耳 sióng-tong-jiân-niâ】 只是想應該如此而已，並非實有其事。是你扲～～～～，個早道分居也sī lí teh～～～～, in chá tō hun-ki a⇨是你在認爲應該如此而已，他(她)們早就分居了。

**sióng 賞** 賜有功也。玩也（見siuⁿ部）。欣～him～⇨同上。鑑～kàm～⇨同上。褒～po～⇨同上。歎～tàn～⇨同上。論功行～lūn-kong hêng～⇨同上。

【賞揚 sióng-iâng】 稱揚以嘉之。

**siōng 相** 視也。占視也。狀貌也(見siuⁿ部)。官名也。二人對～nn̄g-lâng tùi～⇨兩人對視。丞～sîn～⇨首相siú siòng。亦稱sîn-siàng。眞～chin～⇨眞狀貌或事實。

【相士 siòng-sū】 鑑別人材。又視人相貌而談命運之人，俗曰看命先仔khoàⁿ-miā-sian-á。siàng-sū。

【相手 siòng-chhiú】 看手相。相掌法siòng-chhiúⁿ-hoat⇨同上。

【相孔 siòng-khang】 乘虛。～～摔後砲～～sut-āu-phàu⇨乘虛抄後路。

【相公 siòng-kong】 原爲宰相的尊稱，後降爲一般士紳的尊稱。在台語中除舊戲詞及麻雀用詞之外，已成廢語。做～～chò～～⇨因多取或少取一子而無法胡牌者。

【相皮 siòng-phôe(phê)】 占看外表。～～無相骨～～bô siōng kut⇨只看外表不看眞相。

【相法 siòng-hoat】 同相學。

【相命 siòng-miā】 觀相。～～的～～ê⇨以相命爲業者。～～先～～sian⇨～～師～～su⇨相命的。

【相眞 siòng-chin】 看明白。枵鬼假細膩，～～挾大塊iau-kúi ké-sè-jī～～ngeh toā-tè

⇨謂餓鬼却假裝客氣，相得眞，選得準而挾取了最大塊肉。相眞眞siòng-chin-chin⇨同上。

【相國 siòng-kok】 相爺。蕭～～siau～～⇨蕭何。siàng-kok。

【相爺 siòng-iâ】 丞相的尊稱。siàng-iâ。

【相貌 siòng-māu】 體態。體格。～～堂堂～～tông-tông⇨同上。～～非凡～～hui-hoân⇨同上。

【相學 siòng-ha̍k】 觀察狀貌，手相，骨相以論命運的學問。

【相體 siòng-thé】 狀貌。體格。～～生做普通～～seⁿ chò phó͘-thong⇨狀貌長得平常。歹～～pháiⁿ～～⇨狀貌或性質的表現很壞。

【相厝宅 siòng-chhù-the̍h】 看家相。

【相者相許 siòng-chia-siòng-hia】 左看右顧。～～～～，是抄相啥客柝～～～～sī teh siòng siaⁿ kheh-khok⇨左顧右盼是在盼望什麼東西。siàng-chia-siàng-hia。

siông

**嘗** 試味也。食也。試也。亦嘗siâng也。有物逐家～，有福逐家享ū-mi̍h ta̍k-ê～，ū-hok ta̍k-ê hiáng⇨有東西大家同吃，有福大家同享。

【嘗試 siông-chhì】 試作之。試爲之。～～集～～chip⇨試作的作品集。

【嘗新 siông-sin】 吃新出的東西。試食新東西(例如果子等)。

【嘗膽 siông-táⁿ(tám)】 刻苦自勵的意思。臥薪～～ngō-sin～～⇨越王勾踐的故事。

【嘗藥 siông-io̍h】 古時吃藥由部下或幼輩者先試之而後進。親有疾，飲藥，子先嘗之chhin iú-chi̍t, ím-ia̍k, chú sian siâng chi⇨同上。

siông

**詳** 審也。悉也。周至也。古下級官對上司行文曰詳siông或siâng。內容不～lāi iông put～⇨內容不清楚。考慮周～khó-lī chiu～⇨考慮周到。

【詳文 siông-bûn】 古下司官對上司官行文的意思。呈報，呈文。～～去頂頭也～～khì téng-thâu ā⇨行文報告上司去了。

【詳情 siông-chêng】 ～～正於警方調查中～～chiàⁿ tī kéng-hong tiau-cha-tiong⇨同上。～～道該問佪某正會知～～tō-āi mn̄g in-bó chiàⁿ ē chai⇨事件的詳細內容需要問他老婆才能知道。按詳情與詳細，有時幾乎並無分別。

【詳細 siông-sè】 仔細。審愼。明白。溫柔～～的性質un-jiû～～ê sèng-chit⇨態度溫柔審愼的性地。～～看(聽，講)～～khoàⁿ(thiaⁿ, kóng)⇨仔細看(聽，講)。伊的～～無人知i ê～～bô-lâng-chai⇨關於他的事情，沒人知道。～～調查～～tiau-cha⇨仔細調查。事實是安怎我無～～sū-si̍t sī an-choáⁿ goá bô～～⇨事實是如何我不明白。

【詳解 siông-kái】 詳細解說。詳細註解。尙書～～siāng-su～～⇨書名。

【詳報 siông-pò】 詳細的報導。詳情的報告。～～猶未到～～iáu-bōe(á-bē) kàu⇨詳報還未到。～～乎警方押抄毋發表～～hō͘ kéng-hong ah-leh m̄ hoat-piáu⇨詳報警方壓著不發表。

【詳詳細細 siông-siông-sè-sè】 全部。大大小小的內容。一五一十it-gō͘-it-cha̍p⇨全體的自始至終。～～～～都自己落脰出來的～～～～ to chū-kí làu-tāu chhut-lâi-ê⇨一五一十都全部自己暴露出來的。落脰lâu-tāu，自吐其臭史爲笑料也。同落下頦lâu-ē-hâi (hoâi)，落下頷lâu-ē-hām。脰tāu，頸kéng也。攏調查到～～～～也lóng tiau-cha kà～～～～à⇨皆調查到很詳細了。

siông

**祥** 福也。善也。吉凶之先兆也。亦祥siâng也。福～瑞～hok～sūi～⇨皆喜事也。不～put～⇨凡不佳的表現或徵兆皆曰不祥put-siâng(siông)。吉～kiat～⇨福祿喜慶之事。安～an～⇨同上。慈～chû～⇨同上。禎～

cheng～⇨以禎祥作人名者甚多。無非取其吉祥。

**【祥雲 siông-hûn】** 瑞祥之雲。觀音駕著～～出現koan-im kā(kè)-tio̍h～～chhut-hiān⇨同上。

**【祥瑞 siông-sūi】** 好吉兆。～～的星～～ê chhe$^{n}$(chhi$^{n}$)⇨瑞星。

**【祥麟 siông-lîn】** 古代以麟爲瑞祥之物。

**siông 翔** 回飛也。亦翔siâng也。飛～hui～⇨飛舞。翺～gô～⇨鳥在天空盤旋飛舞。又作遊樂解，遨遊。

**【翔實 siông-si̍t】** 詳細確實。內容～～lāi-iông～～⇨同上。～～的報道～～ê pò-tō⇨同上。

**siông 庠** 古代的學校。亦庠siâng也。

**【庠序 siông-sī(sū)】** 學校。庠，序，校hāu在古代皆指學校，因時代不同而名稱不同而已。而今則校獨得勢。

**siông 裳** 裙也。衣也。上曰衣，下曰裳。亦裳siâng也。衣～i～(i-chiû$^{n}$)⇨衣服。霓～羽衣gê～ú-i⇨仙女的服裝。

**siông 徜** 徜徉siông-iông(siâng-iâng)。戲蕩或遊戲的意思。聊逍遙以～～liâu siau-iâu í～～⇨同上。

**siông 常** 恆也。法也。平庸無奇也。亦常siâng也。一旦無～萬事休it-tàn bû～bān-sū hiu⇨無常指死也。國～kok～⇨國法。平～pêng～⇨普普通通。反～hoán～⇨變調，與平時不相同。日～的工作jit～ê kang-chok⇨同上。有非～之人，然後有非～之事iú hui～chi jîn, jiân-hō͘ iú hui～chi sū⇨非常之人材才能做偉大的事業。經～費keng～hùi⇨日常的費用，預算用詞。

**【常川 siông-chhoan】** 經常，日常。～～駐會～～chū-hōe⇨每日駐在會內辦公。

**【常用 siông-iōng(iēng)】** ～～的家私～～ê ke-si⇨常用的道具。～～的成語～～ê sêng-gí(gú)⇨常用成語。

**【常在 siông-chāi】** 青春～～chheng-chhun～～⇨青春永駐。

**【常任 siông-jīm】** ～～監事～～kàm-sū⇨同上。

**【常年 siông-liân】** ～～顧問～～kò͘-būn⇨全年制的顧問。又siâng-nî，非特別年。例年。亦謂永常年éng-siâng-nî。

**【常例 siông-lē】** 該照～～做，不，你感敢講不aì chiàu～～chò, m̄, lí kám-kā$^{n}$-kóng m̄⇨必須按照常例去做，否則你敢說個不字。

**【常事 siông-sū】** 勝敗乃是兵家～～sèng-pāi nái-sī peng-ka～～⇨同上。

**【常務 siông-bū】** ～～理(董)事～～lí(táng)-sū⇨同上。

**【常規 siông-kui】** 憲政的～～hiàn-chèng ê～～⇨同上。

**【常常 siông-siông】** 時常。～～來的人～～lâi ê lâng⇨同上。～～用的物件～～iōng(ēng) ê mi̍h-kiā$^{n}$⇨常用的東西。～～發生的問題～～hoat-seng ê būn-tê⇨同上。

**【常費 siông-hùi】** 經常費keng-siâng-hùi。

**【常備 siông-pī】** ～～兵～～peng⇨同上。

**【常識 siông-sek】** 一般所應有所應理解的智識。你即個人眞無～～lí chit-ê-lâng chin bô～～⇨你這個人很沒常識。～～眞豐富～～chin hong-hù⇨同上。

**【常綠樹 siông-lio̍k-chhiū】** 全年有綠葉的樹木。

**【常勝將軍 siông-sèng-chiong-kun】** 常打勝仗的將軍。

**siông 償** 還也。酬報也。賠也。亦償chhiâng也。損害賠～sún-hāi pôe～⇨同上。殺人～命sat-jîn～bēng⇨同上。

**【償命 siông-bēng】** chhiâng-bēng。殺人～～sat-jîn～～⇨同上。

【償還 siông-hoân】 賠還。十年～～的公債chap-nî～～ê kong-chè⇨同上。

siông 松 樹名。俗曰chhêng。黑～o͘-siông⇨同上。

【松香 siông-hiong】 即松脂。

【松脂 siông-chí】 即松膠。松樹之油所凝結者。

【松茸 siông-jiông】 一種菌類食物。～～肚～～tō͘⇨松茸與豬肚爲主料的菜色。

【松膠 siông-ka】 松脂。亦曰松香 siông-hiong。

【松蕈 siông-sīm】 即松茸siông-jiông。

【松蘿 siông-lô】 檜木的木材。攏起～～料的lóng khí～～liāu ê⇨皆用檜材蓋的。

【松竹梅 siông-tek-bôe】 松竹梅的三種花木。～～～歲寒三友，桃李杏春風一家～～～sôe-hân sam-iú, thô lí hēng chhun-hong it-ka⇨常見的春聯。

siông 嫦 嫦娥siông-ngô也。傳說中的月宮美女。亦作姮娥。～～奔月～～phun-goat⇨嫦娥是后羿hō-gē的太太，羿得不死藥於西王母。却被嫦娥偷食了，羿大怒要射殺之，嫦娥乃奔走月宮以避之。后羿是射技名人。～～應悔偷靈藥，碧海青天夜夜心～～èng hóe thau lêng-iak, phek-hái chheng-thian iā-iā-sim⇨謂嫦娥在反悔當初如果不偷食不死之藥，也不致於而今孤家寡女，孤冷冷的獨居月宮守活寡。嫦娥亦讀siâng-ngô。

siōng 尙 亦尙siāng也(見siang部)。和～hô～⇨亦作和上，俗曰hôe-siūⁿ。僧也。從印度話轉訛而來者，原義爲親教師。

【尙且 siōng-chhiáⁿ】 加上。不但免費看戲，～～有一頓午餐好食put-tàn bián-hùi khoàⁿ-hì～～ū chit-tǹg ngó-chhan hó-chiah⇨謂免費看戲之外又加上一頓午餐。眞厚利，～～更無賒無欠chin hō͘-lī，～～koh bô-sia-bô-khiàm⇨很厚的利益，加之又皆現款交易。我有口頭共伊通知也，～～伊亦當面答應了也goá ū kháu-thâu kā-i thong-ti ā,～～i ah tng-bīn tah-èng-liáu à⇨同上。

【尙齒 siōng-chhí】 敬老。尊重老人chun-tiōng lāu-lâng。～～會～～hōe⇨尊重老人的組織。

siōng 象 獸名。俗曰chhiūⁿ(見chhiuⁿ部)。形狀也。通作像siōng。畫～ōe～⇨同上。圖～tô͘～⇨同上。翕～hip～⇨照相chiàu-siōng⇨翕相hip-siōng⇨照像chiàu-siōng。通相。又同也。相～sio～⇨相同。亦曰sio-siōng或sio-siāng。印～ìn～⇨同上。抽～thiu～⇨同上。氣～khì～⇨同上。險～環生hiám～khoân-seng⇨同上。銅～tâng～⇨銅像。壽～siū～⇨未死先立像。

【象牙 siōng-gê】 chhiūⁿ-gê (見chhiūⁿ部)。～～之塔～～chi thah⇨象牙彫琢之塔。

【象形 siōng-hêng】 ㊀六書之一。～～字～～jī⇨象形文字。㊁同形。～～的厝頂～～ê chhù-téng⇨同形態的屋頂。

【象事 siōng-sū】 六書之一，指事。又六書中象意siōng-ì即會意，象聲siōng-seng即指形聲。

【象教 siōng-kàu】 指佛教。

【象款 siōng-khoán】 同樣。同形態。～～的故事～～ê kò͘-sū⇨同樣的故事。元來是～～的goân-lâi sī～～ê⇨元來是一樣。

【象棋 siōng-kî】 見chhiūⁿ部chhiūⁿ-kî。

【象管 siōng-koán】 筆的別名，以筆管爲象牙所做。

【象徵 siōng-teng】 ～～性的存在～～sèng ê chûn-chāi⇨只存在而少實效。～～主義～～chú-gī⇨同上。

【象齒焚身 siōng-chhí-hûn-sin】 喻因財得禍，如象之因牙喪身。

siōng 像 似也。通象。通相。眞～chin～⇨眞相。畫～ōe～⇨畫像。照～chiàu～⇨照相。

想～siáng～⇨腦裡想(見chhiu$^{n}$部)。

siōng **誦** 詩體之一。讀也。出聲讀也。暗～àm～⇨背讀。背～pōe～⇨暗誦。

【誦文 siōng-bûn】 高聲誦讀文章。～～如誦經～～ná siōng-keng⇨讀文章如在誦經。

【誦悉 siōng-sek】 讀而知悉。大函～～tāi-hâm～～⇨大函拜誦而知道了。復函常用語。

【誦經 siōng-keng】 讀佛經。嘴～～手摸奶chhùi～～chhiú bong-leng⇨喻言行不一致(尤其在品德方面)。又喻不絕如縷的責罵或嚕嗦。恰如抾～～抾kah ná teh～～leh⇨罵得如在誦經。未輸抾～～抾bē-su teh～～leh⇨同義。歸日～～誦未煞kui-ji̍t～～siōng-bē-soah⇨整日價罵(嚕嗦)不停。

【誦讀 siōng-tho̍k】 唱誦的讀法。細心～～奴言語sè-sim～～nô gân-gí⇨妻致夫。

siōng **頌** 唱也。讚揚也。稱～chheng～⇨美譽之。讚～chhàn～⇨同稱頌。歌～ko～⇨作詩美譽之。唱詩美譽之。風雅～hong ngá～⇨與賦hù比pí興hin並稱爲六義，詩體也。

【頌揚 siōng-iâng】 讚揚。

【頌歌 siōng-ko】 或對神或對人，歌功頌德ko-kong-siōng-tek的歌。略同於讚美詩。

【頌聲 siōng-seng】 歌頌贊美之聲。

siōng **訟** 爭是非曲直也。辯論是非亦曰訟siōng。訴～sò·～⇨同上。興～hin～⇨同上。

【訟師 siōng-su】 訴訟之師。律師lut-su。

【訟費 siōng-hùi】 訴訟費用之簡稱。

【訟棍 siōng-kùn】 煽動人家興訟以圖不義之財者。你不恰如～～lí m̄ kah-ná～～⇨你不恰如訟棍嗎。未輸～～bē-su～～⇨宛如訟棍(之可惡)，非律師而以煽動人家興訟圖利者。

siōng **上** 高也。君也。尊長也。升也。進也。到也。表面也。最也。第一也。(siāng, chiū$^{n}$，見各部)。～中下～tiong-hē(hā)⇨同上。～幸西山～hēng se-san⇨皇帝往西山。～不正則下歪～put-chèng chek hē oai⇨長輩不正則下輩不會好。～窮碧落下黃泉～kiông phek-lo̍k hē hông-choân⇨長恨歌。肯～進的囡仔khéng～chìn ê gín-á⇨同上。新官～任三把火sin-koa$^{n}$～jīm sa$^{n}$-pé-hóe⇨同上。船行水～chûn kiâ$^{n}$ chúi～⇨同上。掃～清氣的所在sàu～chheng-khì ê só·-chāi⇨同上。走～快的選手cháu～khoài ê soán-chhiú⇨同上。又與蓋kài連用以加強語氣，蓋取蓋世之義。亦可獨用，例如上好siāng-hó⇨蓋好kài-hó⇨上蓋好siōng-kài-hó⇨最好。上貴siōng-kùi⇨蓋貴kài-kùi⇨上蓋貴siōng-kài-kùi。上本等siâng-pún-téng⇨蓋本等kài-pún-téng⇨最有辦法。其他可推而知之。又(上……亦……)形成一個語法。例如：上快亦著三工siāng-khoài a̍h-tio̍h sa$^{n}$-kang⇨最快也要三天。上便宜亦該五元一粒siōng pân-gî a̍h-āi gō·-kho· chi̍t-lia̍p⇨最便宜也須五元一粒。上無路用亦有一步唱哭調也siāng-bô-lō·-iōng a̍h-ū chi̍t-pō· chhiù$^{n}$ khàu-tiāu-á⇨最不中用也有一手眼淚戰術。其他可推而知之(詞目見siang部)。

【上人 siōng-jîn】 佛教語。有德有道之人。高僧的尊稱。不過當今已貶值pián-ti̍t，毫厘不值a-lí-put-ta̍t的和尚仔hôe-siū$^{n}$-á亦自稱上人。

【上巳 siōng-chi̍h】 舊曆三月上旬的巳日，古爲修禊之辰。

【上下 siōng-hā】 siāng-hē。～～一心～～it-sim⇨官民一心。～～無共色～～bô kāng-sek⇨上與下，色彩不相同。～～未和～～bē(bōe)-hô⇨上下不和。

【上天 siōng-thian】 天。天在上，故云。上蒼siāng-chhong。

【上弔 siōng-tiàu】 自殺的一法。一哭二鬧三～～it-khàu jī-nāu sa$^{n}$～～⇨謂太座與丈夫吵鬧的三部曲。

# sip

**sip 濕** 含水也。含水氣也。霑tâm也。雨淋～的hō· lâm ～ ê⇨給雨淋濕的。地氣眞～tē-khì chin ～ ⇨地方水分多。霑～霑～tâm～tâm～⇨含著水份。

【濕汗 sip-koā$^{n}$】 內衫～～去也lāi-sa$^{n}$～～khì à⇨內衣因汗而濕了。

【濕地 sip-tē】 ～～不好起厝～～m̄-hó khí-chhù⇨不乾燥之地不宜拎建房屋。

【濕氣 sip-khì】 ～～重～～tāng⇨濕氣多。

【濕冇 sip-phà$^{n}$】 未乾與空殼之粟粒。經風鼓淨，不敢～～keng-hong kó·-chēng, put-kám～～⇨謂租谷經過風鼓鼓得很乾淨了，未乾的空殼的不敢雜在租谷中。古時地主壓迫佃農，贌耕契中必批明如此。冇pha$^{n}$，粨的俗字。

【濕透 sip-thàu】 全濕了。歸身～～去也kui-sin～～khì à⇨全身皆濕了。

【濕潤 sip-lùn(lūn)】 ㊀sip-lùn。薰～～去也hun～～khì à⇨香煙濕壞了。㊁sip-lūn。田皮有～～較好犁chhân-phôe ū ～～ khah-hó lê⇨田土濕潤了比較易犁。潤亦曰jūn。

【濕霑 sip-tâm】 霑濕tâm-sip。～～了了也～～liáu-liáu à⇨全濕了。

【濕濕 sip-sip】 霑潤tâm-lūn。洞中泉～～，岸上草萋萋tōng-tiong choân～～，gān-siāng(siōng) chhó chhe-chhe⇨影射人體一部位。

【濕瀉 sip-sià】 慢性腸炎。

【濕一下 sip-chi̍t-ē】 小飲一下。意謂：使喉或唇濕一下也。～～～，～～～，外好你敢知～～～，～～～，goā-hó lí-kám-chai⇨流行歌詞。俳來～～～否boeh-lâi～～～bò·⇨不來一杯嗎。

**sip 湒** 雨下也。雨聲也。不成雨仔耳，猶拎～拎m̄-chiâ$^{n}$ hō·-á niâ, iáu-teh～lê⇨雨是不大，但是還在下個不停。雨毛仔 ～～ 仔來hō·mn̂g-á ～～ á lâi⇨毛毛雨下不停。～～仔雨～～ á hō·⇨毛毛雨。～～ 仔落 ～～ á lo̍h⇨慢慢地下著雨。～～仔水～～á chúi⇨不太多的水。

**si̍p 十** 十之數，九加一也。一五一～it-ngó· it～⇨同上。人生五～七～古來稀jîn-seng ngó·～chhit～kó·-lâi-hi⇨同上。一而～，十而百，百而千，千而萬it jî～,si̍p jî pek, pek jî chhian,chhian jî bān⇨十進法si̍p-chìn-hoat。人一之，我～之jîn it-chì,gô·～chì⇨別人學一次能之，我學十次亦當能之。

【十干 si̍p-kan】 甲kah乙it丙piá$^{n}$ 丁teng戊bō·己kí庚ke$^{n}$辛sin壬jîm癸kúi是也。亦即天干thian-kan。

【十分 si̍p-hun】 充足，完滿。～～美貌～～bí-māu⇨同上。～～成功sêng-kong⇨同上。～～厲害～～lī-hāi⇨同上。～～無奈～～bû-lāi⇨完全無辦法。

【十世 si̍p-sè】 三生有幸，～～有修sam-seng iú-hēng，～～iú-siu⇨喻非常好的幸運。

【十全 si̍p-choân】 ～～大補～～tāi-pó·⇨中醫的名堂，合多種謂之十全，爲最上之補藥。

【十年 si̍p-liân】 ～～如一日～～jî(jû)-it-ji̍t⇨同上。～～樹木，百年樹人～～sī-bo̍k, pek-liân sī-jîn⇨同上。～～風水輪流轉～～bong-súi lûn-liû-choán⇨謂人生有起伏浮沈，莫笑人家窮，莫怨人富。～～成敗許多人～～sêng-pāi hí(hú)-to-jîn⇨謂十年之間成功者很多，失敗者亦不少，慰人自慰之詞。～～寒窗無人問，一舉成名天下知～～hân-chhong bû-jîn-būn, it-kí(kú)sêng-bêng thian-hē(hā)ti⇨同上。～～生聚，～～教訓～～sêng-chū，～～kàu-hùn⇨培養實力以圖恢復河山。

【十戒 si̍p-kài】 佛教的十誡。菩薩～～phô·-sat～～⇨同上。

【十惡 si̍p-ok】 十條大惡必死之罪，一是謀反bō͘-hoán，二是謀大逆bō͘-tāi gek，三是謀叛bō͘-poān，四是惡逆ok-gek，五是不道put-tō，六是大不敬tāi-put-kèng，七是不孝put-hāu，八是不睦put-bok，九是不義put-gī，十是內亂lāi-loān等是。佛家亦有十惡，第一，殺生sat-seng，第二，偷盜thau-tō，第三，邪淫siâ-îm，第四，妄言bōng-giân，第五，兩舌liáng-siat，第六，惡口ok-kháu，第七，綺語khí-gí，第八，貪欲tham-iok，第九，嗔恚chhin-hūi，第十，邪見等是。～～不赦～～put-sià⇨同上。

【十義 sıp-gī】 君仁kun-jîn,臣忠sîn-tiong，父慈hū-chû，子孝chú-hāu，兄友heng-iū,弟恭tē-kiong，夫言hu-giân，婦聽hū-thèng，長惠tiáng-hūi，幼順iù-sūn，是爲十義。

【十誡 sip-kài】 十條戒律，基督教相傳是上帝口授給摩西者。摩西～～mô͘-se～～⇨同上。

【十錦 sıp-kím(gím)】 含多種料而成的料理。俗曰雜菜 chap-chhài，或作什菜 chap-chhài。～～麵(米粉)～～mī(bí-hún)⇨同上。～～火鍋～～hóe(hé)-ko⇨同上。

【十二支 sıp-jī-chi】 十二地支，子chú,丑thiú，寅în，卯báu，辰sîn，巳sū，午ngó͘，未bī，申sin，酉iú，戌sut，亥hāi，亦即俗稱，鼠，牛，虎，兎，龍，蛇，馬，羊，猴，鷄，狗，豬，所謂十二生肖者是也chhí(chhú)，gû，hó͘，thò; liông(lêng)，choâ，bé，iûⁿ，kâu-ke(koe)，káu ti，só͘-ūi chap-jī-seⁿ(siⁿ)-siùⁿ chià sī-ià⇨同上。

【十八仔 sıp-pat-á】 使用四骰或六骰決勝負的一種賭博。博～～～poah～～～⇨同上。

【十五音 sıp-ngó͘-im】 一種切音法。以柳L，邊P，求K，去Kh，地T，波Ph，他Th，曾Ch入J，時S，英I，文B，語G，出Chh，喜H之十五音爲聲母。

【十字互 sıp-jī-hō】 十字形的綑縛法。縛～～～道會使得也pak～～～tō ē-sái-tit à⇨縛十字形就可以了。互hō指縱橫相交錯也。

【十字火 sıp-jī-hóe(hé)】 交叉射擊。亦曰十字砲火sıp-jī-phàu-hóe(hé)。

【十字架 sıp-jī-kè】 西洋的古刑具。耶穌釘死於～～～上iâ-so͘ tèng-sí tī ～～～ siāng(siōng)⇨同上。因而十字架後來變成基督教的教徽。

【十字軍 sıp-jī-kun】 中世基督教對回教徒保衛耶路撒冷聖城之戰爭。～～～運動～～～ūn-tōng⇨同上。

【十字路 sıp-jī-lō͘】 亦曰十字街sıp-jī-ke，兩路(街)相交成十字形者。～～～口交通眞亂～～～kháu kau-thong chin loān⇨同上。站在人生的～～～口 chām-chāi jîn-seng ê ～～～ kháu⇨走佗即條路，無法度決定。～～～頭～～～thâu⇨同上。

【十里亭 sıp-lí-têng】 ～～～送別 ～～～sàng-piat⇨同上。

【十進法 sıp-chìn-hoat】 十爲單位而行的算法。一而十，十而百，百而千，千而萬it-jî-sıp，sıp-jî-pek，pek-jî-chhian，chhian-jî-bān的算法是也。

【十人九痔 sıp-jîn-kiú-tī】 謂人幾乎皆有痔瘡之苦，尤其男人如此。

【十千沽酒 sıp-chhian-kó͘-chiú】 以萬文錢買酒來飲。～～～～莫辭貧 ～～～～bok-sû-pîn⇨喩好酒。

【十分無奈 sıp-hun-bû-nāi】 實在亦是～～～～，藉敢講即款話sıt-chāi iah-sī ～～～～，chiah káⁿ-kóng chit-khoán ōe⇨同上。

【十目所視 sıp-bok-sé(só͘)-sī】 視亦作覩tò͘。～～～～，十手所指～～～～，sıp-chhiú sé(só͘)-chí⇨謂衆口雖不言，惟其所視所指，善惡是無可遁形的。

【十全十美 sıp-choân-sıp-bí】 完整無缺。會用得講是～～～～也ē-iōng(ēng)-tit-kóng sí ～～～～à⇨可以說是完美十分了。

【十居八九 sıp-ki(ku)-pat-kiú】 十份佔八九份。喻可能性大。居亦作之chi。看來～～～～是情殺較大部份khoàⁿ-lâi～～～～sī chêng-sat khah toā-pō·-hūn⇨看來是情殺可能性較大。

【十肥九忲 sıp-hûi-kiú-tai】 忲tai指胖傻瓜。忳忳仔，不分明之貌。謂十個肥佬有九個是胖傻瓜。～～～～，無忲總兵材～～～～，bô-tai chóng-peng-châi⇨謂十肥九忲，不忲便是大將的好材料。

【十室九空 sıp-sek-kiú-khong】 喻亂世家散人亡的慘狀。

【十風五雨 sıp-hong-ngó·-í(ú)】 喻風調雨順。～～～～，五穀豐登～～～～，ngó·-kok hong-teng⇨同上。

【十婦九妒 sıp-hū-kiú-tò·】 謂女人多妒。人講～～～～嘛，莫怪伊得食醋lâng-kóng～～～～ mà, bok-koài i teh chiah-chhò·⇨人家說，女人多妒嘛，怪不得她吃醋嘛。

【十萬火急 sıp-bān-hóe-kip】 事情萬份迫切緊急。騙鬼，有甚麼～～～～，人猶抡行棋抡嘛phiàn-kúi，ū sa-ma～～～～，lâng iáu-teh kiâⁿ-kî-leh mà⇨胡說，有什麼緊急，他人還在下棋嘛。

【十瘦九貧 sıp-sò·-kiú-pîn】 十個排骨佬九個是窮人。反之曰：十肥九富sıp-hûi-kiú-hù，皆順口詞，似乎並無決定性的意義。

【十做九不成 sıp-chò-kiú-put-sêng】 謂每事必敗。道是不受債，～～～～～，個老父氣身惱命tō-sī m̄-siū-chè，～～～～～，in-lāu-pē khī-sin-ló·-miā⇨就是荒荒唐唐，每事必敗，他父親都氣惱得不得了。

**sıp 拾** 取也。舉也。收也。大寫的十。收～siu～⇨整頓。扱～khioh～⇨珍惜東西。

【拾芥 sıp-kài】 拾取草芥，喻事物之易得。視之如～～sī-chì jî(jû)～～⇨認為易如拾草芥。

【拾金 sıp-kim】 拾取他人遺失之財物。～～不昧～～put-māi⇨拾金而不私之。

【拾遺 sıp-ûi】 拾取他人所遺漏。古有～～之官。左～～chó～～⇨古官名。

【拾級而上 sıp-kip-jî-siāng(siōng)】 步階梯而上。

**sıp 習** 數飛也。反復學習也，習慣也。學而時～之hak-jî sî～chi⇨同上。～以為常～í ûi-siâng(siông)⇨同上。學～hak～⇨同上。誦～siōng～⇨同上。溫～un～⇨同上。補～pó·～⇨同上。複～hok～⇨同上。練～liān～⇨同上。教～kàu～⇨同上。傳～thoân～⇨同上。演～ián～⇨同上。實～sıt～⇨同上。風～hong～⇨同上。

【習字 sıp-jī】 學習寫字。～～帖～～thiap⇨字帖。

【習性 sıp-sèng】 鳥仔的～～chiáu-á ê～～⇨同上。各有～～kok-iú～～⇨同上。

【習俗 sıp-siok】 一所在一所在～～無共款chıt só· chāi chıt só·-chāi～～bô kāng-khoán⇨一地一地習慣風俗不相同。

【習氣 sıp-khì】 皮氣。怪～～koài～～⇨同上。好額人的～～hó· giah-lâng ê～～⇨富人的脾氣。

【習慣 sıp-koàn】 久年的～～該死藉會改也kú-nî ê～～ài-sí chiah-ē-kái à⇨久年的習慣要死才能改也。～～成自然～～sêng chū-jiân⇨同上。

**sıp 熠** 明也。星光～～seng-kong～～⇨星光閃耀。今多用於男女演藝人員盛裝或盛名之形容詞。

**sıp 什** 十人一隊曰什sıp，五人一隊曰伍ngó·。又多也，雜也，通雜chap。雜貨chap-hòe⇨什貨chap-hòe⇨同上。

**sıp 襲** 衣一套也。衣双重也。又攻其不備也。賜衣一～sù-i it～⇨同上。偷～thau～⇨同上。侵～chhim～⇨同上。空～khong～⇨同上。

【襲人 sıp-jîn】 紅樓夢中的婢女名。香氣～～hiang(hiong)-khì～～⇨同上。

【襲封 sıp-hong】 嗣承封爵。由其子～～iû kî-chú～～⇨同上。

【襲擊 sıp-kek】 急攻其不備。遣奇兵～～大破之khián kî-peng～～tāi-phò chì⇨同上。

sıp
慴 懼也。～伏～hok⇨懼而屈伏。

【慴服 sıp-hok】 同慴伏。衆皆～～chiòng kai～～⇨大家都怕的屈伏了。

## sit

sit
失 喪其所有也。亂也。錯也。減也。喪～song～⇨同上。損～sún～⇨同上。得～tek～⇨同上。缺～khoat～⇨同上。遺～ûi～⇨同上。～而復得～jî hok-tek⇨失之而又得回來。患得患～hoān-tek hoān～⇨又怕失又怕得。萬無一～bān bô it ～⇨同上。言多必～giân to pit～⇨同上。

【失力 sit-lat】 減力。老機器有較～～也lāu ke-khì ū khah～～à⇨同上。

【失工 sit-kang】 工人缺班。即個月無人～～chit-koh·goeh bô-lâng～～⇨本月沒人缺班。

【失土 sit-thó·】 失去土地。收復～～siu-hok～～⇨同上。

【失手 sit-chhiú】 溜手。～～拍破玻璃～～phah-phoà po-lê⇨～同上。～～拍死人～～phah-sí-lâng⇨同上。賊仔～～乎人掠着chhat-á～～hō·-lâng liah-tioh⇨小賊溜了手被人抓着。

【失水 sit-chúi】 水不足。水田攏抣～～chúi-chhân lóng-teh～～⇨水田皆在缺水。

【失火 sit-hóe(hé)】 火災。城門～～,殃及池魚siâⁿ-mn̂g～～,iang(iong) kıp tî-gî⇨同上。

【失心 sit-sim】 沒心肝。未輸～～的bē-su～～ê⇨恰如失心的。謂凡事糊塗。

【失主 sit-chú】 失物之主。猶未有～～來認領á-bōe ū ～～ lâi jīn-niá⇨還沒有失主來認領。

【失去 sit-khì】 丟了。講一句話耳～～千外兩銀,看有衰抑無衰kóng-chıt-kù-ōe niâ～～chheng-goā niú-gîn, khoàⁿ ū-soe ah bô-soe⇨只說了一句話就丟掉千多兩銀子,你看倒霉不倒霉。

【失本 sit-pún】 虧本。蝕本sıt-pún (失四聲,蝕八聲)。

【失血 sit-hoeh (huih)】 貧血。損失血。～～過多～～kōe-to⇨流血過多。

【失色 sit-sek】 聽着消息耳,面道～～也thiaⁿ-tioh siau-sit niâ, bīn tō～～à⇨聽到消息而已,面色就變了。

【失收 sit-siu】 收穫量減少。年冬～～nî-tang～～⇨不是豐收之年。

【失守 sit-siú】 防守失敗。失陷於敵人。重要城市連續～～tiōng-iàu siâⁿ-chhī liân-siok～～⇨同上。

【失志 sit-chì】 喪失志趣。人果一旦～～落去,道無法度當救也lâng ká it-tàn～～loh-khì, tō bô hoat-tō· thang kiù à⇨人如果一旦失志下去,就沒法子挽救了。

【失足 sit-chiok】 行爲不檢而墮落。一～～成千古恨it～～sêng chhian-kó-hīn⇨同上。

【失言 sit-giân】 說錯話。言多必失giân to pit sit⇨同上。

【失身 sit-sin】 婦女喪失貞節。男怕失節,女怕～～lâm phàⁿ sit-chiat lí(lú) phàⁿ～～⇨同上。

【失明 sit-bêng】 目珠～～也bak-chiu～～ā⇨眼睛看不見了。

【失味 sit-bī】 失去原味。庋久攏～～去也khǹg-kú lóng～～khì à⇨藏久皆失味了。

【失迎 sit-gêng】 有失歡迎。～～，～～⇨、重複之作客來未親自歡迎的抱歉詞。

【失效 sit-hāu】 喪失效力。逾期～～jû-kî～～⇨過期失效力。

【失和 sit-hô】 夫妻～～上不幸hu-chhe～～siāng(siōng) put-hēng⇨同上。

【失事 sit-sū】 出事。突發事故遭殃。萬一若～～看俇啥步bān-it nā～～khoàⁿ boeh siáⁿ-pō͘⇨若出事而遭殃要怎麼辦呢。

【失政 sit-chèng】 亂政。失敗的政治。政府～～chèng-hú～～⇨同上。

【失約 sit-iak】 違約。逐家無～～的tak-ke bô～～ê⇨大家互約不失約。

【失音 sit-im】 聲音變壞或變小。彼個老生有較～～也hit-ê lāu-seng ū- khah ～～ā⇨那個老生的歌聲變壞了。

【失信 sit-sìn】 喪失信用。逐家不當～～tak-ke m̄ thang～～⇨同上。

【失神 sit-sîn】 喪失知覺。樓頂跋落樓脚道～～也lâu-téng poah-loh lâu-kha tō～～ā⇨樓上跌落樓下就失神了。

【失重 sit-tāng】 減少重量。如有～～該補乎人nā-ū～～ài pó͘-hō͘-lâng⇨如有失重的應該補足給人。

【失迷 sit-bê】 迷失。熟路曷會～～sek-lō͘ ah-ē～～⇨熟路何能迷失。

【失眠 sit-bîn】 睡不着。～～症～～chèng⇨同上。

【失笑 sit-chhiò】 禁不住而笑出聲。逐家聽了都～～tak-ê thiaⁿ-liáu to～～⇨同上。

【失氣 sit-khì】 氣力減弱。病了人較～～pēⁿ(pīⁿ)-liáu lâng khah～～⇨病後比較沒氣力。麥仔酒庋久有較～～beh-a-chiú khǹg-kú ū khah～～⇨麥酒放久了氣力較弱。

【失時 sit-sî】 不逢時。衰運之時。～～的人見做見了錢～～ê lâng kiàn-chò kiàn-liáu chîⁿ⇨失意之人，每做每虧本。免抾揚氣，人講得時是無～～久biān teh iâng-khì, lâng-kóng tek-sî sī bô～～kú⇨不用神氣，人家說，得時是沒失時那麼久的。

【失望 sit-bōng】 囡仔不讀册，父母道～～gín-á m̄-thak-chheh，pē-bó(bū) tō～～⇨孩子不讀書父母就失望。

【失敗 sit-pāi】 ～～爲成功之母～～ûi seng-kong chi bó⇨青年守則之一。

【失陪 sit-pôe】 不陪伴。～～，我先走～～，goá seng-cháu⇨恕不陪伴，我先走了。

【失常 sit-siâng(siông)】 有異於常態。選手的表現～～soán-chhiú ê piáu-hiān～～⇨選手的成績不及平常。精神～～cheng-sîn～～⇨精神有異。

【失策 sit-chhek】 失計。同意蘇俄打日本是聯合國的～～tông-ì so͘-ngô phah jit-pún sī liân-hap-kok ê ～～⇨同上。

【失脚 sit-kha】 踏錯步。～～去跋一下～～khì poah-chit-ē⇨失脚摔了一跤。

【失筆 sit-pit】 寫錯字。～～亦是難免的～～ah-sī lân-bián-ê⇨同上。

【失節 sit-chiat】 餓死事小，～～事大gō-sí sū sió，～～su toā⇨同上。

【失業 sit-giap】 無事可做，或主動或被動離職而無事可做者皆曰失業sit-giap或失業者sit-giap-chiá。～～抾數街路石～～teh siàu ke-lō-chioh⇨無職業而在計算街路上的小石子。意謂無業可做而在街上閑盪。數siàu，算也。

【失意 sit-ì】 不得如意。～～政客～～chèng-kheh⇨同上。

【失敬 sit-kèng】 欠缺敬意。對老輩不好～～tùi lāu-pòe m̄-hó～～⇨對老輩不可失敬。

【失嗔 sit-khùi】 損傷了面子。侮辱。共伊～～kā-i～～⇨侮辱他。你抾共我～～lí teh kā-goá～～⇨你在對我加以侮辱。毋當加人～～m̄-thang kā-lâng～～⇨不可損害他人的體面。

【失路 sit-lō͘】 迷了路。於深山林內～～去tī chhim-soa$^{n}$-lâ$^{n}$-lâi～～khì⇨在深山林內迷失了路。

【失落 sit-lo̍h】 損失。遺失。被偷。重要的物件無啥～～，無要緊tiōng-iàu ê mi̍h-kiā$^{n}$ bô-siá$^{n}$～～，bô iàu-kín⇨重要的東西沒什麼遺失(被偷)不要緊。

【失勢 sit-sè】 喪失權勢。～～道會漸漸落衰～～tō ē chiām-chiām lo̍h-soe⇨失勢了就會逐步衰微下去。

【失電 sit-tiān】 停電。昨冥咱正要開夜車耳，講共你～～啦cha̍h-mê lán chiā$^{n}$-boeh khui-iā-chhia niâ, kong kā-lí～～là⇨昨夜我正要開夜車的時刻，竟給你停電了。

【失誤 sit-gō͘】 做錯。未使得～～bē-sái-tit～～⇨不能錯誤。

【失算 sit-soàn】 計算錯誤。估計不對。咱家己的～～要怪啥人lán-ka-kī ê ～～ boeh koài siá$^{n}$-lâng⇨我們自己估計錯誤要怪責何人。

【失踪 sit-chong】 所謂行方不明。～～宣告～～soan-kò⇨法律名詞，失踪若干年後申請法院宣告其失踪，亦即宣告其死亡。踪亦作蹤。

【失儀 sit-gî】 缺欠禮儀。失禮。

【失數 sit-siàu】 漏數lāu-siàu。漏記的賬。帳目曰數siàu，俗作賬。

【失嘴 sit-chhùi】 無意中說出不該說的。亦曰走嘴cháu-chhùi或溜嘴liu-chhùi。～～煞講出來～～soah kóng-chhut-lâi⇨無意中竟說出來了。

【失學 sit-ha̍k】 ～～兒童～～jî-tông⇨同上。

【失禮 sit-lé】 欠禮。對不起。得罪。眞～～無去食你的喜酒chin ～～ bô-khì chia̍h-lí ê hí-chiú⇨很對不起，沒去吃你的喜酒。

【失臉 sit-lián】 失體面sit-thé-biān。丟臉。

【失聲 sit-sia$^{n}$】 聲音沙啞。又笑得再笑不出聲。

【失膽 sit-tá$^{n}$】 謂極度懼怕。驚到～～kia$^{n}$ kà～～⇨同上。攏無～～lóng-bô～～⇨全不懼怕。

【失叢 sit-châng】 死株。釉仔～～眞夥tiū-á～～chin chē⇨稻死株很多。樹苗～～眞夥chhiū-biâu～～chin-chē⇨造林的樹苗死株很多。樹木一木曰一株tu，亦曰一叢châng。稻仔同釉仔tiū-á一株曰一稠pô͘。失叢亦可曰失稠sit-pô͘。

【失職 sit-chit】 有虧職守。官員～～該受處分koa$^{n}$-oân～～ài siū chhì-hun⇨同上。

【失額 sit-gia̍h】 數額不足。我看有淡薄仔～～goá-khoà$^{n}$ ū tām-po̍h-á～～⇨我看有若干不足。

【失人禮 sit-lâng-lé】 對人失禮。安爾做大概未～～～也an-ne(ni)-chò tāi-khài bē (bōe)～～～ā⇨如此做法大概不會失禮了。未～～～bē～～～⇨過得去。

【失精神 sit-cheng-sîn】 精神氣力衰弱。年老歲多有較～～～也liân-ló-sòe-to ū-khah～～～ā⇨年紀大了，眞的比較不精明了。

【失德了 sit-tek-liáu】 因失德而賠錢。圓拱來，～～～，走脚趁，博輸徼oân-kong lâi, ～～～,cháu kha thàn, poah-su kiáu⇨謂不正當途徑而來的財富，將由不正當的途徑賠出去，喻財富應該取之有道，妄貪不正當的也是沒有用。圓拱或作寃枉oan-óng。又徼kiáu，徼倖也，求分外之財也。

【失機會 sit-ki-hōe】 實在眞可惜，已經～～～也si̍t-chāi chin khó-sioh, i-keng～～～ā⇨眞的很可惜，已經失去機會了。

【失檢點 sit-kiám-tiám】 疏忽。子女會安爾父母有較～～～chú-lí ē an-ne(ni) pē-bó(bú) ū khah ～～～⇨子女會這樣(不肖)做父母的有疏忽之責任。

【失覺察 sit-kak-chhat】 疏漏。認眞講起來，的確亦有～～～的所在jīn-chin kóng-khī-lâi, tek-kak ah-ū～～～ê só·-chāi⇨說正經的，的確也有疏漏注意不到之處。

【失體面 sit-thé-biān】 喪失面子。今仔日實在眞～～～kin-á-jit sit-chāi chin～～～⇨今天眞的很沒面子。

sit **穡** 耕田也。勞動也。有工可做皆曰穡sit，亦曰sek。做～chò～⇨耕田。做～人chò～lâng⇨耕田的人。食飯做～chiah-pn̄g chò～⇨同上。即久仔無～做chit-kú-á bô～chò⇨最近沒工作。半日～poàⁿ-jit～⇨半日的工作。囡仔抄管大人～gín-á teh koán toā-lâng～⇨小孩子在干涉大人的工作。

【穡底 sit-té】 基業。土地。耕地。有～～的人ū～～ê lâng⇨有土地基業的人。有土地做基本的人。有可仔～～抄家己作ū kó-á～～teh ka-kī choh⇨有些少的土地在自己耕作。有～～的人較講都贏三分ū～～ê lâng khah-kóng tō iâⁿ saⁿ-hun⇨有土地的人怎麼說都勝三分。

【穡場 sit-tiûⁿ】 工作場。工場。～～眞無容～～chin bô-êng⇨工廠甚忙碌。

【穡頭 sit-thâu】 工作。勞動。～～眞緊～～chin kín⇨工作甚忙。無～～好做bô～～hó chò⇨沒工作可做。

sit **息** 出入氣也。喘也。止也，休也。兒子也。利子也。喟～khùi～⇨呼吸。俗曰khùi-si而作喟絲。喘～chhoán～⇨作休息解。連喘～的時間都無liân chhoán～ê sî-kan to bô⇨連呼吸透氣的時間都沒有。休～hiu～⇨同上。憩～khè～⇨休息。子～chú～⇨兒子。利～lī～⇨同上。無休無～bô-hiu-bô～⇨連續不休息。消～走漏去siau～cháu-lāu-khì⇨情報洩漏了。三年無通信～也saⁿ-nî bô-thong sìn～ā⇨三年間沒通信沒消息了。

【息女 sit-lí(lú)】 自己所生之女兒。

【息男 sit-lâm】 自己所生之兒子。

【息婦 sit-hū】 sim-pū。兒子之妻。俗曰新婦sim-pū。

【息影 sit-éng】 閑居。退休。～～林下～～lîm-hē(hā)⇨同上。

sit **熄** 火滅也。電火～去也tiān-hóe～khì à⇨電燈滅了。電燈～了也tiān-teng～liáu à⇨消燈了。火～掉hóe～tiāu⇨消燈罷(命令語)。

【熄火 sit-hóe】 滅火。消火。揚湯止沸何如去薪～～iâng-thong chí-hut, hô-jî(jû) khì-sin～～⇨謂去薪滅火才是揚湯止沸的根本辦法。

sit **室** 屋也。房間也。夫以妻爲室。內～lāi～⇨裡面的房間。寢～chhím～⇨睡房。浴～ek～⇨同上。家～ka～⇨妻。在～女chāi～lí⇨處女。chāi-chit-lí。近又有作店名者。冰果～peng-kó～⇨賣冰與水果之店。咖啡～ka-pi～⇨咖啡店。又官署名。秘書～pì-si(su)～⇨同上。主計～chú-kè～⇨同上。安全～an-choân～⇨同上。娛樂～gō·-lok～⇨同上。圖書～tô·-si(su)～⇨同上。博傲～poah-kiáu～⇨賭博房。密～殺人bit～sat-jîn⇨在場者只兇手與被害者兩人的無頭公案。

【室家 sit-ka】 夫妻。男有室女有家lâm iú-sit lí(lú) iú-ka。又室指夫妻所居，家指大門以內。

【室內樂 sit-lāi-gak】 家庭音樂。小人數的音樂。

【室主任 sit-chú-jīm】 官名。上舉秘書室等各官署的長官。

sit **式** 法也，模範也。儀節也。式樣也。數學名詞。母儀足～bó-gî chiok～⇨同上。儀～gî～⇨同上。款～khoán～⇨同上。數～sò·～⇨同上。方程～hong-thêng～⇨同上。形～hêng～⇨同上。

【式序 sit-sū】 迎賓的次序。

【式微 sit-bî】 衰微。唐室的～～tông-sit ê ～～⇨唐朝的衰弱。

【式樣 sit-iūⁿ】 款式。模樣。照前的～～做就好chiàu chêng ê～～ chò chiū hó⇨按照以前的款式做就可以。

sit 食 啗也。吃也。祿也。受納也。日常飲～jit-siông(siâng) ím～⇨同上。日～難度jit～lân-tō⇨日常生活困難。錦衣玉～kím-i giok～⇨同上。衣～父母i～hū-bó⇨同上。坐～山崩chō～san-peng⇨同上。伴～大臣phoān～tāi-sîn⇨同上。絕～抗議choat～khòng-gī⇨同上。寢～難安chhím～lân-an⇨同上。蠶～鄰國chhâm～lîn-kok⇨同上。大～無藝tāi～bû-gē⇨只能大食却無才藝。不～人間煙火put～jîn-kan ian-hóe⇨仙人生活。肉～動物jiok～tōng-but⇨同上。酒～之友chiú～chi-iú⇨非益友也。糧～充足niû～chhiong-chiok⇨同上。

【食力 sit-lek】 自食其力。謂自己勞作討生活。

【食用 sit-iōng】 供於飲食之物。～～油～～iû⇨同上。～～品～～phín⇨飲食用的東西。

【食色 sit-sek】 食慾與色慾。～～性也～～sèng iā⇨同上。

【食言 sit-giân】 所言不實踐。～～無信憑～～bô sìn-pîn⇨同上。

【食物 sit-but】 食用之東西。～～該保持新鮮第一～～ài pó-chhî sin-sian tē-it⇨同上。

【食指 sit-chí】 ㈠第二指。㈡喻人口。～～日繁～～jit-hoân⇨仰食之人口日日增加。

【食客 sit-khek】 寄食門下之人。～～三千～～sam-chhian⇨同上。

【食品 sit-phín】 食用之東西。～～公司～～kong-si⇨同上。

【食費 sit-hùi】 伙食之支出。～～該增加～～ài cheng-ka⇨同上。

【食祿 sit-lok】 亦曰食福chiah-hok。帶～～tài～～⇨謂命中帶有食福。

【食塩 sit-iâm】 食用之塩。

【食少事多 sit-siáu-sū-to】 司馬懿料孔明。～～～～，不久於人世矣～～～～ put-kiú î jîn-sè î⇨食少事多，死日近了。事多或作事繁sū-hoân或事煩sū-hoân。

【食古不化 sit-kó-put-hoà】 盲從古學而拒絕新學如吃東西不消化。

【食肉寢皮 sit-jiok-chhím-phî】 喻憎恨之極。臣恨不食其肉而寢其皮sîn-hīⁿ put-sit kî-jiot jî chhím kî-phî⇨同上。

【食君之祿 sit-kun chi lok】 接受主人之俸祿。～～～～，擔君之憂～～～～，tam-kun chi iu⇨領人家的薪水，就該擔當人家的憂患。食人之祿，忠人之事sit-jîn chi lok, tiong-jîn chi sū⇨義同。

【食指大動 sit-chí-tāi-tōng】 形容眼見美味，意欲得之。喻對某事物有野心。

【食前方丈 sit-chiân-hong-tiāng】 食時面前排滿食物，有一丈四方那麼多，謂生活之極度富裕。～～～～，從者數百～～～～ chiông-chià sò-pah⇨佳餚美食豐盛，待從者數百人，喻生活極度豐富。

sit 實 眞也。誠也。充滿也。果子也。眞～的故事chin～ê kò-sū⇨事實的故事。事～如此sū～jî-chhú⇨同上。誠～的老人sêng～ê lāu-lâng⇨同上。充～內容chhiong～lāi-iông⇨同上。果～充飢kó～chhiong-ki⇨果子kóe-chí當飯吃。老～láu～⇨同上。虛～hi～⇨同上。

【實人 sit-lâng】 實在的人，老實的人。～～講實話～～kóng sit-ōe⇨老實人說老實話。實在的人說實在的話。

【實力 sit-lek】 實在的力量。學問好，財富多，技藝高等等皆曰有～～ū～～。伊對數學眞有～～i tùi sò-hak chin ū～～⇨他的數學很好。～～派～～phāi⇨擁有實力的黨派。金錢社會是講～～的，啥人財多，啥人勢大 kim-chîⁿ siā-hōe sī kóng～～ê, siáⁿ-lâng châi-to, siáⁿ-lâng sè-toā⇨同上。～～懸殊～～hiân-sû⇨實力相差甚大(如比賽)。無～～的人無話講bô～～ê lâng bô-ōe-kóng⇨沒實力的人沒話說。

**【實內 sıt-lāi】** 內面空間的實在數字。亦曰內法lāi-hoat。～～三丈～～saⁿ-tn̄g⇨內法三丈。

**【實心 sıt-sim】** 眞情實意。你若有～～，飲我即杯酒lí nā-ū～～，lim goá chit-poe chiú⇨有誠意，就喝這杯酒。

**【實用 sıt-iōng】** 實際生活所用。不是玩弄或觀賞用。～～品～～phín⇨實用的東西。經濟～～keng-chè～～⇨又經濟又實用。

**【實在 sıt-chāi】** 眞實。不虛假。～～講，阿三抄罵你～～kóng，a-sam teh mē-lí⇨說實話，阿三在罵你。～～的故事～～ê kò·-sū⇨眞人實事。～～是眞痛，不敢講耳～～sī chin-thiàⁿ m̄-káⁿ-kóng niâ⇨事實是很痛的，只是不敢講出來而已。～～冤枉～～oan-óng⇨①喊冤枉。②一種感嘆詞。～～冤枉加行即遭路～～oan-óng ke-kiâⁿ chit-choā-lō·⇨謂平白多跑了冤枉路。～～無許好～～bô hiah-hó⇨事實沒那麼好。～～有本事～～ū pún-sū⇨眞的了不起。～～無法度～～bô hoat-tō·⇨眞的沒辦法。

**【實行 sıt-hêng】** ～～三民主義對抗共產主義～～sam-bîn chú-gī tùi-khòng kiōng-sán chú-gī⇨同上。

**【實收 sıt-siu】** 實際上的收入。每月～～有三萬múi-goeh～～ū saⁿ-bān⇨同上。

**【實地 sıt-tē】** ㊀地盤堅固之地。㊁問題之地。現場。派人去～～調查phài-lâng khì～～tiau-cha⇨同上。

**【實效 sıt-hāu】** 實利～～實益sıt-lī～～sıt-ek⇨同上。

**【實事 sıt-sū】** 眞人～～chin-jîn～～⇨事實的故事。伊講無錢亦是～～i kóng bô-chîⁿ ah-sī～～⇨他說沒錢也是事實。

**【實施 sıt-si】** 法律該公布～～藉有效hoat-lut āi kong-pò·～～chiah ū-hāu⇨法律需要公布實施才能生效。

**【實重 sıt-tāng】** ～～三斤，毛重三斤四～～saⁿ-kin, mô-tāng saⁿ-kin-sì⇨淨重三斤，虛重三斤四。

**【實益 sıt-ek】** 實利。有～～當撈，曷有不肯的道理ū～～thang-lo, ah-ū m̄-khéng ê tō-lí⇨有實利可得，豈有不肯的道理。

**【實缺 sıt-khoeh】** 實際上的缺額。

**【實料 sıt-liāu】** 眞材～～做的chin-châi～～chò-ê⇨眞正的好材料做的。

**【實情 sıt-chêng】** ～～無人知～～bô-lâng chai⇨實情沒人知之。

**【實習 sıt-sıp】** ～～醫生～～i-seng⇨同上。～～護士～～hō·-sū⇨同上。

**【實着 sıt-tioh】** 重實質不浮誇。阿德較～～a-tek khá～～⇨同上。家伙眞～～ke-hóe chin～～⇨財產很確實可靠。

**【實費 sıt-hùi】** ～～服務～～hok-bū⇨只收成本的服務。

**【實惠 sıt-hūi】** 實益。食便當較～～chiah piān-tong khah～～⇨吃便當實益多。

**【實景 sıt-kéng】** 眞實的風景。不是布景。

**【實話 sıt-ōe】** ～～實說～～sıt-soeh⇨同上。實人講～～sıt-lâng kóng～～⇨同上。

**【實報 sıt-pò】** 據實報告。～～實消～～sıt-siau⇨同上。

**【實業 sıt-giap】** 農鑛工商業等各業的通稱。～～界～～kài⇨實業界的社會。～～家～～ka⇨從事於實業者，普通含有大實業家的意思。

**【實意 sıt-ì】** 眞情～～chin-chêng～～⇨

同上。

【實碗 sıt-oáⁿ】 做純料～～無菜底的chò sûn-liāu～～bô-chhài-té-ê⇨謂(佳肴)專用實料不用菜做底以假冒。

【實際 sıt-chè】 我講的是～～，不是理論goá kóng ê sī～～，m̄-sī lí-lūn⇨我說的是實際不是理論。

【實歲 sıt-hòe】 實在的歲數。～～正十八耳～～chiàⁿ chap-peh(poeh) niâ⇨實歲才十八而已。

【實說 sıt-soeh】 實講。實話～～sıt-ōe～～⇨同上。～～無妨～～bô-hông⇨說實話沒關係。

【實態 sıt-thài】 實際的情況。～～調查～～tiau-cha⇨同上。

【實踐 sıt-chián】 ～～諾言～～lok-giân⇨同上。～～哲學～～thiat-hak⇨同上。

【實質 sıt-chit】 本質。

【實價 sıt-kè】 開～～好買賣khui～～hó bē-bē (bōe-bōe)⇨開價公道，交易容易成立。

【實數 sıt-siàu】 ～～實記～～sıt-kì⇨同上。數siàu俗作賬。

【實實 sıt-sıt】 老實。伊的人～～仔i ê lâng～～ā⇨他這個人很老實。～～虛虛～～hi-hi⇨虛虛實實。

【實錢 sıt-chîⁿ】 純益金。扣扣落落～～不成物khàu-khàu lāu-lāu～～m̄-chiâⁿ-mıh⇨扣扣除除之後純利益金很有限。

【實學 sıt-hak】 眞才～～chin-châi～～⇨同上。

【實據 sıt-kì(kù)】 眞憑～～chin-pîn～～⇨同上。咱有～～於手裏，不驚伊翻lán ū～～tī chhiú-lì m̄-kiaⁿ i hoan⇨我們有實據握在手裡，不怕他反悔。

【實績 sıt-chek】 今年的～～比舊年較好kin-nî ê～～pí kū-nî khah-hó⇨同上。

【實濶 sıt-khoah】 內部的實際面積。實內。～～上少有十坪～～siāng-chió ū chap-pêⁿ(pîⁿ)⇨同上。

【實證 sıt-chèng】 眞實證據。可惜無～～khó-sioh bô～～⇨同上。

【實權 sıt-koân】 掌～～的人藉眞正是主人chiáng～～ê lâng chiah chin-chiàⁿ sī chú-lâng⇨同上。

【實驗 sıt-giām】 實地試驗。～～劇團～～kek-thoân⇨同上。～～室～～sit(sek)⇨同上。

【實體 sıt-thé】 實際形狀。本體。～～未變～～bē-piàn⇨本體不變。

**翅** sıt 飛鳥飛蛾之翼也。六脚共四～lak-khā kāng sì～⇨謂昆蟲有六脚四翅。縛～pak～⇨縛兩翼使不能飛，亦曰凌～lêng～。抆拍～也teh phah～ā⇨在鼓翼將起飛了。

【翅股 sıt-kó】 上翼。亦曰～～頭～～thâu。～～頭乾也～～thâu ta ā⇨羽毛乾矣。意謂已成人了。

**蝕** sıt 蟲食之傷也。侵～chhim～蠶～chhâm～⇨同上。日～jit～月～goeh～⇨蝕日蝕月。即日食月食也。

【蝕水 sıt-chúi】 水分退了。有～～的柚仔較好食ū～～ê iū-á khah-hó chiah⇨水分退了的柚子較好吃。

【蝕日，蝕月 sıt-jit, sıt-goeh】 蝕爲第八聲sıt，但多已說成第四聲失sit。

【蝕仔 sıt-á】 sih-nah。閃電siám-tiān。sıt-lá→sih-nah。蝕sıt，爲虫所食而失去部份也。

【蝕本 sıt-pún】 虧本。無趁道是～～也bô-thàn tō-sī～～ā⇨沒趁錢就是蝕本了。

**殖** sıt 種也。蕃息也。貨～hòe～⇨積貨生財。墾～khún～⇨同上。

【殖民 sıt-bîn】 ～～地～～tē⇨同上。～～政策～～chèng-chhek⇨同上。

si̍t
**植** 根生者也，即植物。又種也。

**【植物 si̍t-bu̍t】** 生根落地的生物。～～學～～ha̍k⇨研究植物之學問。

si̍t
**襲** 衣一件曰一襲。又攻其不備曰襲。因～in～⇨承受。夜～iā～⇨夜間的突然攻擊。

**【襲封 si̍t-hong】** 繼承父祖的爵祿。

**【襲擊 si̍t-kek】** 出其不意的攻擊。

si̍t
**埴** 粘土也。土黃而細密者曰埴。我善治～gô$^{n}$ siān-ti～⇨埴可以製陶，而我善於此道也。參見堊ok，墡siān各字。日文有：埴生hani-hu有埴土之地，埴輪haniwa埴土所製成之人馬車駕類。

## siu

siu
**修** 飾也。治也。葺理也。通脩。束～sok～⇨先生禮。學費。自～chū～⇨自己讀。編～phian～⇨同上。履～lí～⇨同上。監～kàm～⇨同上。搶～chhiú$^{n}$～⇨同上。補～pó͘～⇨同上。明～棧道，暗渡陳倉bêng～chān-tō àm-tō͘ tîn-chhong⇨三國故事，三十六計之一。老不～lāu put-～⇨老而猶不知恥者。

**【修心 siu-sim】** ～～養性～～iáng-sèng⇨精神性的修養。

**【修正 siu-chèng】** 條文該～～tiâu-bûn ài～～⇨同上。

**【修史 siu-sú】** 編修史書。

**【修行 siu-hēng】** 入山練道，入佛學法皆曰修行。

**【修改 siu-kái】** 修正或改正。～～學生作文～～ha̍k-seng chò-bûn⇨同上。

**【修面 siu-bīn】** 剃嘴鬚。修嘴鬚。

**【修削 siu-siah】** 預算有～～î-soàn ū～～⇨預算有削減若干。

**【修理 siu-lí】** 補修物品皆曰修理。又整人亦曰修理siu-lí。蓋物壞補修之恢復原型可再用，人壞亦可補修之使恢復其好人。對人之補修即打罵也。乎個老父～～hō͘ in-lāu-pē～～⇨受他父親打罵。可惡！掠來～～kó-ò͘! lia̍h-lâi～～⇨可惡！抓來打。此即太保之流的口吻。按此詞原爲日文。

**【修補 siu-pó͘】** 剪修補缺。～～破魚網～～phoà hî-bāng⇨同上。

**【修善 siu-siān】** 改過自新。恰如抆～～也kah-ná teh～～ā⇨似乎在～～了。近來有較～～也kīn-lâi ū khah～～á⇨最近比較老實了。

**【修業 siu-gia̍p】** ～～滿了會發～～證明書～～boá$^{n}$-liáu ē-hoat～～chèng-bêng-si(su)⇨同上。

**【修煉 siu-liān】** ～～工夫～～kang-hu⇨同上。

**【修路 siu-lō͘】** 造橋～～chō-kiô～～⇨舖橋造路pho͘-kiô chō-lō͘。

**【修飾 siu-sek】** 文字更～～一下道可也bûn-jī koh～～chi̍t-ē tō-hó à⇨文字再修飾一下就可以了。

**【修道 siu-tō】** ～～學法做仙～～ha̍k-hoat chò sian⇨同上。

**【修誌 siu-chì】** 纂修地方誌之類者。

**【修塚 siu-thióng】** 同修墓或修墳。

**【修養 siu-iáng】** 有～～的人ū～～ê lâng⇨同上。彼顆人眞無～～hit-kho͘-lâng chin bô～～⇨他那個家貨，很沒修養。

**【修墳 siu-hûn】** 整修墳墓。

**【修整 siu-chéng】** 補修整頓。～～門面～～mn̂g-bīn⇨同上。～～厝內面～～chhù-lāi-bīn⇨整頓家屋之內。身軀著愛家己會曉～～sin-khu tio̍h-āi ka-kī ē-hiáu～～⇨自己的身體應該自己曉得照顧。

**【修譜 siu-phó͘】** 編修家譜。

**【修平之道 siu-pêng-chi-tō】** 儒教的道理，

亦即修身siu-sin，齊家chê-ke(ka)，治國tī-kok，平天下pêng-thian-hē(hā)的道理。

【**修學旅行** siu-ha̍k-lí-hêng】 學習旅行。

**siu 收** 捕人也。取物也。聚財也。結束曰收siu。稅～sōe～⇨同上。歲～sōe～⇨同上。征～cheng～⇨同上。驗～giām～⇨同上。無～成的bô～sêng ē⇨不長進的奴才。原～出存goân～chhut chûn⇨賬簿的記法。拒～紅包kī～âng-pau⇨拒絕收受禮數。

【**收入** siu-ji̍p】 ～～甚多～～sīm-to⇨同上。～～有限～～iú-hān⇨同上。～～不敷所出～～put-hu sé(só͘) chhut⇨所入不足應付所出。

【**收工** siu-kang】 工作完了。每日六點～～múi-jit la̍k-tiám～～⇨同上。

【**收山** siu-soa$^{n}$】 同結束。～～去也～～khì à⇨結束掉了。

【**收水** siu-chùi】 去除水分。吸收水氣。柑仔庋較～～抮較好食kam-á khǹg-khah～～leh khah-hó chia̍h柑子藏得較收水了比較好吃。

【**收刈** siu-koah】 刈取稻麥。趁好天較早～～thàn hó-thi$^{n}$ khah-chá～～⇨乘晴天趕快收刈。～～車～～chhia⇨收刈機。

【**收心** siu-sim】 即擺教示，我看會～～也chit-pái kà-sī, goá khoà$^{n}$ ē～～ a⇨此次教訓，我看(他)不會再意馬心猿了。

【**收去** siu-khì】 收了。禮數亦～～也，看是無問題也lé-sò͘ ia̍h～～ā, khoà$^{n}$ sī bô-būn-tê ā⇨禮數(賄物)也收去了，看來是沒問題了。

【**收皮** siu-phôe】 傷口的皮合攏了。眞快道～～也chin-khài tō～～ā⇨很快就收皮了。

【**收仙** siu-sian】 我看，你都差不多要～～也，安怎goá khoà$^{n}$, lí to chha-put-to boeh～～a, an-choà$^{n}$⇨我看，你嗎，差不多快死了，是不？(調侃)。

【**收冬** siu-tang】 收刈稻麥等的農作物。十月算來人～～cha̍p-goe̍h sǹg-lâi lâng～～⇨於陰曆六月與十月，一年收冬兩次。

【**收存** siu-chûn】 收藏。某先生～～bó-sian-seng～～⇨收受而存之。

【**收回** siu-hôe】 取回。借人的錢奧～～chioh-lâng ê chî$^{n}$ oh～～⇨貸出去的錢困難收回。

【**收成** siu-sêng】 收獲。今年的～～較好kin-nî ê～～khah-hó⇨同上。

【**收尾** siu-bóe】 終止、結束。善後。彼件事亦是著伊～～hit kiā$^{n}$-sū a̍h-sī tio̍h i～～⇨那件事情還是要他去收拾(善後)。

【**收妖** siu-iau】 收治妖怪。觀音媽～～koan-im-má～～⇨觀音媽收治妖精iau-chia$^{n}$。

【**收庋** siu-khǹg】 同收藏siu-chông。

【**收兵** siu-peng】 收軍。休戰。罷戰。～～散陣～～soà$^{n}$-tīn⇨同上。

【**收束** siu-sok】 縮小，縮減。生理該～～也seng-lí āi～～ā⇨生意應該縮小了。

【**收押** siu-ah】 被檢察官～～去也hō kiám-chhat-koa$^{n}$～～khì à⇨同上。

【**收狀** siu-chn̄g】 受理狀紙。

【**收板** siu-pán】 入棺。入木ji̍p-bo̍k。

【**收事** siu-sū】 息事寧人。緊～～逐家有較好kín～～ta̍k-ê ū khah-hó⇨早息事大家都好。

【**收定** siu-tiā$^{n}$】 ～～金也～～kim a⇨收定金了。～～了也，曷好更梟人～～liáu à, a̍h-hó koh hiau-kâng⇨收定了的，何可再違背人家。梟hiau，梟雄，亦奸雄也。

【**收看** siu-khoà$^{n}$】 看電視。感謝～～kám-siā～～⇨電視播告員用詞。

【**收軍** siu-kun】 收兵。休戰。罷戰。鳴金～～bêng-kim～～⇨打鳴鉦聲以收兵休戰。

【**收拾** siu-si̍p】 整頓。～～舊河山～～kiū hô-san⇨整頓老國土。厝內～～到眞清幽chhù-lāi～～kà chin chheng-iu⇨家裡整理得很乾淨。又收攬。～～人心～～jîn-sim⇨收

攬民心。

【收毒 siu-to̍k】 吸收毒氣。即種膏藥會～～chit-chióng ko-io̍h ē～～⇨同上。

【收埋 siu-bâi】 埋葬。死了無人～～sí-liáu bô lâng～～⇨死後無人埋葬他。

【收租 siu-cho͘】 租穀的收取。～～食租的生活～～chia̍h-cho͘ ê seng-oa̍h⇨有恒產的安樂生活。

【收訖 siu-git(gut)】 收畢siu-pit。收完了。

【收容 siu-iông】 略同收留。孤兒～～所ko͘-jî～～só͘⇨收養孤兒的機關。

【收捐 siu-iân】 收集樂捐金。

【收骨 siu-kut】 收骨頭。好收我骨漳江邊hó siu gô͘-kut chiang-kang-pian⇨韓愈詩。

【收留 siu-liû】 收養去而復回或無依靠者。看伊有反悔也藉更～～伊khoà$^{n}$ i ū hoán-hóe-á chiah koh～～ī⇨看她反悔了才再收留她。～～來做囝～～lâi chò-kiá$^{n}$⇨(孤兒)收留來做養子。無人肯～～bô lâng khéng～～⇨沒人願意收留。

【收瀾 siu-noā】 嬰兒出世滿四個月，外婆家送贈收涎餅以止嬰兒的流涎。涎iân俗曰瀾noā。

【收烏 siu-o͘】 入棺的儀禮。由道士行之。

【收息 siu-soah】 結束。同收煞siu-soah。事勢未～～得sū-sè bē～～lih⇨事的形勢上收息不了。險險仔道未～～得hiám-hiám á tō bē～～tit(lih)⇨險些就不能收拾了。歹～～phái$^{n}$～～⇨難收息。奧～～oh～～⇨收息困難。

【收茶 siu-tê】 收葉製茶，收買茶。

【收陣 siu-tīn】 同收兵。

【收脚 siu-kha】 洗手sé-chhiú。若無趕緊～～，煞尾是死路一條nā-bô koá$^{n}$-kín～～soah-bóe sī sí-lō͘ chi̍t-tiâu⇨若不早日收脚洗手，改過自新，最後只有一條死路。近來看是有～～也的款kīn-lâi khoà$^{n}$ sī ū～～a ê khoán⇨最近看他，似乎是收脚了的樣子。

【收細 siu-sè(sòe)】 縮小。對中央開始～～到尾仔變做尖的tùi tiong-ng khai-sí～～kà bóe-á pì$^{n}$-chò chiam e⇨從中央開始縮小，縮到末端變成尖的。

【收條 siu-tiâu】 收據也。有～～藉未錯誤ū～～chiah bē(bōe)-chhò-gō͘⇨同上。

【收買 siu-bé(bóe)】 收購。用假民主來～～民心iōng ké bîn-chú lâi～～bîn-sim⇨同上。～～歹銅害錫～～phái$^{n}$-tâng-hāi-siah⇨同上。

【收堅 siu-kian】 同收皮。傷口癒合。孔嘴～～也khang-chhùi～～a⇨同上。又餜面乾了。餜乎風吹較快～～kóe hō͘ hong-chhoe khah-khoài～～⇨同上。拎～～也teh～～a⇨在收皮中。

【收棺 siu-koan】 入殮。

【收稅 siu-sòe】 收取稅捐。～～單～～toa$^{n}$⇨同上。～～員～～oân⇨同上。

【收場 siu-tiû$^{n}$】 劇終。落幕。人生的～～jîn-seng ê～～⇨人生的終站。彼款人有即款～～，算是天公有目珠也hit-khoán-lâng ū chit-khoán～～，sǹg-sī thi$^{n}$-kong ū-ba̍k-chiu a⇨那一種人有這一種的下場，算是老天有眼了，公道報應了。

【收單 siu-toan】 收條。收據。

【收隊 siu-tūi】 ～～解散～～kái-sàn⇨同上。

【收賄 siu-hòe】 收取賄賂。～～罪～～chōe⇨同上。

【收過 siu-kòe】 收過手了。錢～～也，未使得更反悔chî$^{n}$～～à, bē-sái-tit koh hoán-hóe⇨錢已經收過手了，不能反悔。

【收煞 siu-soah】 ㊀同收息siu-soah。㊁鎮壓或驅除邪鬼邪神。紅頭的拎～～âng-thâu ê teh～～⇨紅頭的道士在收邪神。

【收餉 siu-hiàng(hiòng)】 收稅。

【收魂 siu-hûn】 收回著邪或受驚脫去的靈魂，由道士巫婆等作法（見收驚sin-kia$^{n}$）。

【收領 siu-niá】 收取。～～錢項～～chî$^{n}$-hāng⇨同上。

【收監 siu-ka$^{n}$】 收入監。坐牢。

【收盤 siu-poâ$^{n}$】 商場中止買賣。開盤khui-poâ$^{n}$的對稱。～～價～～kè⇨收盤時的價格。

【收賬 siu-siàu】 ～～的被賬收去也～～ê hō͘ siàu siu-khī-ā⇨收賬的人爲賬項沒命了。

【收積 siu-chek】 囤積。～～糧草～～niû-chháu⇨積聚糧食。

【收嘴 siu-chhùi】 收口。傷抾～～也siang teh～～ā傷在收口了，亦即傷快好了。

【收錢 siu-chî$^{n}$】 ～～該有司父～～āi-ū sai-hū⇨收錢要如司父那樣具有要領。

【收舘 siu-koán】 ㊀同收監。舘，舘仔koán-á就是監獄。㊁洋商結束。茶行～～也tê-hâng～～ā⇨同上。

【收據 siu-kì(kù)】 收物的證明。同收條siu-tiâu。

【收殮 siu-liām】 入棺。

【收斂 siu-liám】 ㊀收聚。～～苛捐雜稅～～kó-koan-cha̍p-sōe⇨同上。㊁檢束行爲。檢點。大人也，行踏該較～～抾toā-lâng-a, kiâ$^{n}$-ta̍h āi khah～～lè⇨已經成人了，行爲應該檢點檢點。

【收濕 siu-sip】 收水氣。石灰眞會～～chio̍h-hoe chin ē～～⇨石灰很會吸收濕氣。

【收縮 siu-siok】 霑的木料乾啦自然會～～tâm-e ba̍k-liāu ta-là chū-jiân ē～～⇨未乾的木材乾了，自然會收縮。

【收藏 siu-chông】 收而保存之。美術品～～家bí-sut-phín～～ka⇨同上。

【收殯 siu-pìn】 入棺。

【收驚 siu-kia$^{n}$】 一種民間的大迷信。小兒女有病，謂係靈魂被邪神所驚走，因而請道士巫婆之流作法，爲之驅邪挽回靈魂的名堂。

【收足額 siu-chiok-gia̍h】 收全額siu-choân-gia̍h。不作打折。

【收契囝 siu-khè-kiá$^{n}$】 收乾兒女。反之爲拜契父pài-khè-pē。收亦可作認jīn。

【收音機 siu-im-ki】 radio。

【收夠額 siu-kàu-gia̍h】 收滿額sin-moá-gia̍h⇨已經全部收了。

【收霑乾 siu-tâm-ta】 喻垃圾堆。我不是～～的goá m̄-sī～～～ê⇨我不是胡亂接受物品的人。我都無抾共人～～～goá to bô-teh kā-lâng～～～⇨同前。

【收支決算 siu-chi-koat-sòan】 ～～～～一年一次～～～～chi̍t-nî chi̍t-chhū⇨同上。

siú 首 頭也。君也。始也。篇也。元～goân～⇨一國之領導人。斬～chām～⇨砍頭。匪～húi～⇨同上。義～gī～⇨起義者之首領。一～詩chi̍t～si⇨同上。屍～si～⇨同上。自～chū～⇨自陳。出～chhut～⇨告人。搔～弄姿so～lōng-chu⇨同上。

【首尾 siú-bí】 ～～相應～～siang-èng⇨同上。

【首府 siú-hú】 首都。國都。

【首肯 siú-khéng】 點首表示同意。阮是大先得着首領的～～藉敢決定的goán sī tāi-seng ti̍t-tioh siú-léng ê～～chiah ká$^{n}$ koat-tēng ê⇨同上。

【首事 siú-sū】 普渡等祭奠的主事之人。～～該擔責任～～āi ta$^{n}$ chek-jīm⇨主事人要負責。

【首春 siú-chhun】 一月的異稱。又四，七，十月分別稱首夏siú-hē(hā)，首秋siú-chhiu，首冬siú-tong，因春夏秋冬爲四時，而該各月爲時之首。

【首要 siú-iàu】 主要。～～人物～～jîn-bu̍t⇨同上。

【首相 siú-siàng(siōng)】 總理大臣的簡稱。

【首級 siú-kip】 斬斷的頭。古以頭數論功，一首進一級。

【首席 siú-sek】 第一把交椅。～～檢察官～～kiám-chhat-koa$^{n}$⇨同上。

【首飾 siú-sek】 將個某的～～提去鬱掉也chiang(chiong) in-bó ê ～～theh khì ut-tiāu à⇨把他老婆的首飾拿去當走了。

【首輔 siú-hú】 首席大臣。首相。

【首領 siú-léng】 爲首的人。做頭的人。

【首謀 siú-bô͘】 主謀。

【首鼠兩端 siú-chhú-láng-toan】 喻性多疑，臨事不果決，如鼠之在穴口，一進又一退也。

**siú 守** 防衛也。堅持也。保守也。操～chho～⇨有爲，有不爲也。有爲有～iú-ûi-iú～⇨有爲，有不爲。堅～陣地kian～tīn-tē⇨同上。保～黨pó～tóng⇨同上。伊有較～i ū khah～⇨他比較保守。

【守己 siú-kí】 安分～～an-hūn～～⇨同上。

【守成 siú-sêng】 創業難或是～～難chhòng-giap lân ah-sī～～lân⇨創業與守成孰難。

【守孝 siú-hàu】 服喪。～～三年～～sam-liân⇨同上。亦讀chiú-hà(見chiu部)。

【守兵 siú-peng】 守軍，防守軍的士兵。

【守制 siú-chè】 服喪。～～不知春～～put-ti-chhun⇨喪中不知春。

【守夜 siú-iā】 犬～～，鷄司晨khián～～，ke su sîn⇨三字經。

【守約 siú-iak】 信守所約。

【守城 siú-siâ$^{n}$】 防守城寨。脚球(即足球)員守球門。

【守信 siú-sìn】 ～～的人～～ê lâng⇨～～用的人～～iōng ê lâng。我不是無～～用的人goá m̄ sī bô～～iōng ê lâng⇨同上。

【守宮 siú-kiong(keng)】 蜥蜴。～～硝～～siau⇨藥名。據稱：能在處女身上留紅痕直到其結婚才消失。

【守時 siú-sī】 逐家該～～tak-ê-âi～～⇨大家應該守時間。～～運動～～ūn-tōng⇨同上。

【守備 siú-pī】 ㊀古武官名。㊁鎭守的軍隊。鎭守以備變。日據時設有～～隊～～tūi，隊有～～兵～～peng。有童謠戲之曰，～～兵，會食未相爭～～peng, ē-chiah bē sio-cheng⇨守備兵，只會吃，不會戰爭。

【守節 siú-chiat】 誓死～～sè-sú～～⇨同上。

【守寡 siú-koá$^{n}$】 chiú-koá$^{n}$。夫歿不再嫁(見chiu部)。

【守衛 siú-ōe】 阿木去做工場的～～也a-bok khì chò kang-tiû$^{n}$ ê～～ā⇨阿木做工廠的守衛去了。

【守鋪 siú-pho͘】 入棺前，家人通霄守在死者旁邊，亦曰chiú-pho͘(見chiu部)。

【守禦 siú-gī(gū)】 防衛。

【守職 siú-chit】 堅守職務。

【守舊 siú-kū】 阿久婆仔有夠～～a-kú-pô-á ū kàu～～⇨阿久婆十足守舊。眞～～chin～～⇨頭腦太古板thâu-náu thài kó͘-pán⇨同上。～～派～～phài⇨同上。

【守關 siú-koan】 把守關隘。

【守邊 siú-pian】 防守邊疆。

【守本分 siú-pún-hūn】 做人道該～～～chò lâng tō ài～～～⇨做人應該守本分。

【守孤單 siú-ko͘-toa$^{n}$】 chiú-ko͘-toa$^{n}$⇨獨身生活。

【守財奴 siú-châi-nô͘(lô͘)】 錢奴才chî$^{n}$-lô͘(nô͘)-châi。一毛不拔的吝嗇鬼。

【守時間 siú-sî-kan】 守時。

【守規矩 siú-kui-kí】 守本分的人敢有無～～～的siú-pún-hūn ê lâng kám-ū bô～～～ê⇨同上。

【守株待兔 siú-tu-thāi-thò͘】 喻墨守成規。

**siù 秀** 禾吐花也。亦指各種草華。特異曰秀siù。優～iu～⇨同上。文～武～bûn～bú～⇨

文秀才武秀才。越～山oa̍t～san⇨山名，在廣東。逸～i̍t～⇨同上。俊～chùn～⇨同上。清～chheng～⇨同上。

【秀才 siù-châi】 古時鄉試及格者。通指讀書人。～～娘仔～～niû-á⇨秀才之妻，少婦人。～～人情～～jîn-chêng⇨一張紙。喻很薄很薄的禮數。～～抵着兵，有理講未清～～tú-ti̍oh peng, ū-lí kóng bē(bōe) chheng⇨秀才逢到兵，有理說不清。

【秀氣 siù-khì】 清秀。彼個查某囡仔生做眞～～hit-ê cha-bó·-gín-á se$^{n}$(si$^{n}$)-chò chin～～⇨那個女孩子生得很淸秀。

【秀雅 siù-ngá(ngé)】 清秀而且有雅氣。

【秀逸 siú-i̍t】 逸秀。

【秀麗 siù-lē】 清秀美麗。

【秀梳仔 siù-se-á】 桂竹的小枝，在田莊隨手折來笞打孩童。因小枝軟勢，有彈性，受打只覺皮肉之痛而不致大傷，故教訓子弟多用此。亦曰秀梳棽仔siù-se-gîm-á。棽gîm，樹枝也，亦竹枝也。想俫食～～～～仔，是否，無，安怎講未聽siu$^{n}$ boeh chia̍h～～～～á, sī-bō·，bô，an-choá$^{n}$ kóng bē-thia$^{n}$⇨想吃吃秀梳棽仔了，是不，否則，何不聽話(母對兒女說)。

siù **繡** 五彩備也。以絲刺五彩曰繡siù，俗作綉。錦～江山kím～kang-san⇨同上。句句錦～，字字珠璣kù-kù kím～，jī-jī-chu-ki⇨稱讚好文章的套語。

【繡衣 siù-i】 繡花的衣裳。

【繡枕 siù-chím】 繡花的枕頭。好意扱～～，故意糾羅裙，吾家養二女，豈肯配一君，可惡可惡hó-ì khioh～～，kò-ì khiù lô-kûn, gô·-ka iáng jī-lí, khí-khéng phòe it-kun, khó-ò· khó-ò·⇨據稱姊夫逢見小姨子，見其更加美貌，一日伺機強拉之，小姨子堅拒不肯，並且題詩於壁，表示抗議如此。

【繡花 siù-hoe】 ㊀刺繡花鳥。㊁刺繡的工作。小姐拎～～sió-chiá teh～～⇨小姐在刺繡工作。～～鞋～～ê(ôe)⇨繡有花鳥的鞋。

【繡房 siù-pâng】 閨房。二更更鼓月照窗，雙手牽君入～～jī-ke$^{n}$ ke$^{n}$-kó· goe̍h chiò thang, siang-chhiú khan-kun ji̍p～～⇨民歌。

【繡針 siù-chiam(cham)】 刺繡用的針。

【繡被 siù-phōe】 繡有花鳥的被舖。

【繡剪 siù-chián】 刺繡用的剪刀。

【繡毬 siù-kiû】 繡花球。抛～～phau～～⇨選擇新郎。古小說中，小姐長大即抛～～招親。小姐站在彩樓上，將其親繡而成之繡花毬抛給樓下之所看中的男子，得毬即爲雀屏中選chhiak-pîn tiòng-soán，招爲乘龍快婿sêng-liông-khoài-sài。不知事實是否如此荒唐。～～親手抛～～chhin-chhiú phau⇨喻婿是自己選的，不容後悔。～～丸～～oân⇨絲線球。～～燈～～teng⇨一種元宵的花燈。～～花～～hoe⇨花名，金合歡kim-ha̍p-hoan。

【繡裙 siù-kûn】 女裙。繡有花鳥的女袴。

【繡裘 siù-hiû】 繡有花樣的裘仔hiû-á。

【繡像 siù-siāng(siōng)】 刺繡的人像。～～小說～～siáu-soat⇨舊小說加畫故事中的主角人物等者稱繡像小說。

【繡線 siù-soà$^{n}$】 刺繡用的絲線。

【繡燈 siù-teng】 繡有花鳥之花燈。亦稱繡宮燈siù-kiong(keng) teng。

【繡襖 siù-ō】 繡有花鳥的新娘衣。

siù **羞** 熟食也，又辱也。時～sî～⇨適時的食品。點心食品。時～仔sî～á⇨同上。包恥忍～是男兒pau-thí jím～sī lâm-jî⇨同上。

【羞花 siù-hoa】 比美人。沈魚落雁之姿，閉月～～之貌tîm-gî-lo̍k-gān chi chu, pì-goa̍t～～chi-māu⇨古小說中形容美人之詞。

siù **獸** 四脚的動物也。兩足曰禽，四足曰獸。禽～khîm～⇨①兩足與四足的動物總稱。②罵不知廉恥者亦曰khîm-siù。猛～béng～⇨

虎，獅等曰猛獸。野～iá～⇨同上。怪～koài～⇨同上。珍～tin～⇨同上。

【獸心 siù-sim】 人面～～jîn-biān～～⇨同上。

【獸疫 siù-e̍k】 動物的疾病。

【獸炭 siù-thoà$^{n}$】 獸骨燒成的炭。骨炭。

【獸殼 siù-khak】 剝皮製成的動物標本。又演戲或遊行用的紙糊獸頭。

【獸慾 siù-io̍k】 色情的慾念。天生的色慾。逸軌的色慾。滿足～～之後，又強奪伊的手環boán-chiok～～chi āu，iū kiâng-toat i ê chhiú-khoân⇨姦而又奪之。

【獸頭 siù-thâu】 各種獸頭的面具。

【獸環 siù-khoân】 門環。古時多製用猛獸形者。

【獸醫 siù-i】 專治動物的醫生。

【獸類 siù-lūi】 四足的動物類。

**siù 宿** 星辰之所舍也。星舍曰宿siù，人舍曰宿siok(見siok部)。據說星有二十八宿siù。漢光武封功臣二十八人，亦稱爲二十八宿siù。

【星宿 seng-siù】 行星群曰星宿。亦曰星座seng-chō。

**siû 讎** 至怨也。亦作讐或仇。敵對曰仇siû。結怨～kiat-oàn～⇨同上。寃～毋當結oan～m̄-thang-kiat⇨寃仇不可結，愈結愈深ná-kiat ná-chhim。冤～人oan～lâng⇨同上。

【讎人 siû-jîn】 仇人。至怨之人。情敵亦曰～～或曰冤仇人oan-siû-lâng。

【讎敵 siû-tek】 不共戴天的～～put-kiōng-tāi-thian ê～～⇨同上。

**siû 仇** 同讎siû，亦作讐siû。

**siû 售** 賣出也。出～chhut～⇨出賣。奸計不～kan-kè put～⇨奸計失效。發～hoat～⇨發行。販賣。

【售貨員 siû-hòe-oân】 賣貨的。招考～～～chiau-khó～～～⇨招考賣貨的職員。

【售票員 siû-phiò-oân】 賣票的。

**siû 囚** 拘禁也。罪人也。監～ka$^{n}$～⇨監內之囚人。恰如監～的kah-ná ka$^{n}$～ē⇨恰如監內之囚，喻飢餓搶食者。

【囚人 siû-jîn】 罪人。犯人。被囚之人。

【囚犯 siû-hoān】 被囚的犯人。

【囚車 siû-chhia】 護送囚犯的專車。

【囚徒 siû-tô】 同囚犯。

【囚禁 siû-kìm】 監禁。～～犯人～～hoān-lâng⇨同上。

【囚監 siû-ka$^{n}$】 應作收監siu-ka$^{n}$。

【囚檻 siû-lām】 古拘留所。以木柵圍之，曰木檻bo̍k-lām，亦曰囚籠siû-lâng。蓋擬於鳥籠chiáu-lâng也。

【囚籠 siû-lâng】 古囚檻siû-lām的別稱。喻住所甚狹小。帶到奚，恰如～～抔toā-ka he, kah-ná～～leh⇨住得那些家，恰如囚籠嘛。

**siû 泅** 浮行於水也。即游泳也。企～khiā～⇨立泳。水蛤仔～chúi-kap-á～⇨蛙泳。拍滂～phah-pōng～⇨雙手交打，雙脚交踢的泳法。漠漠～bo̍k-bo̍k～⇨沈在水中掙扎。喻事急無助，獨自掙扎。

【泅水 siû-chúi】 游泳。佼～～藉會做水鬼gâu～～chiah ē chò chúi-kúi⇨謂善泳者才會溺死做水鬼。喻不可盡信自己的力量。

【泅霑泅焟 siû-tâm-siû-ta】 作拚命工作解，霑，雨天也。謂不論晴雨而拚命工作以維生活。

**siû 酬** 報答也，應對也。應～èng～⇨應對，交際。報～pò～⇨答謝，謝禮。

【酬金 siû-kim】 報酬的金錢，謝禮。

【酬神 siû-sîn】 謝神。下願了該～～，答謝其保祐hē-goān-liáu ài～～，tap-siā kî pó-iū⇨同上。

【酬勞 siû-lô】 對勞力的報酬。對店員的～～，過頭刻薄tùi tiàm-oân ê～～，kòe-thâu khek-po̍k⇨對店員的待遇，過於刻薄。～～金～～kim⇨同上。

【酬報 siû-pò】 答謝。～～平安～～pêng-an⇨對神佛謝平安。

siū
**授** 付予也。天～thian～⇨天所賦予。傳～技藝thoân～ki-gē⇨同上。大學教～tāi-hak kàu～⇨同上。

【授予 siū-î】 付予。～～博士學位～～phok-sū hak-ūi⇨發給博士學位。

【授冊 siū-chheh】 授書。老師在書本上加以句讀kù-tāu並教以讀法。

【授受 siū-siū】 一方交付，一方接受。夫婦～～hu-hū～～⇨夫婦之間的一予一受是當然的。男女～～不親lâm-lí(lú)～～put-chhin⇨一般男女之間，一予一受則不能親自爲之，亦即必須經第三者之手以免誤會。以上兩句都是古禮。私相～～su-siang～～⇨財物的不正當之交付與接受。

【授業 siū-giap】 ㊀付予產業。㊁授以學問。

【授權 siū-koân】 付予權利。～～地方機關辦理～～tē-hng ki-koan pān-lí⇨同上。

siū
**受** 承也。接受也。收取也。接～chiap～⇨同上。享～hiáng(hióng)～⇨享福。～人的錢財，替人消災～lâng ê chîⁿ-châi thè-lâng siau-chai⇨取了人家的錢財，就該替人家消災。

【受用 siū-iōng】 享用。～～未了～～bē liáu⇨受用不盡。

【受刑 siū-hêng】 受拷問之刑。未堪得～～不藉共伊承認bē-kham-tit～～，m̄-chiah kā-i sêng-jīn⇨還不是忍不了拷刑，才予以承認了嗎。～～罰～～hoat⇨接受拷問與處罰。若更被您掠着甘愿～～～nā-koh-hō-lín liah-tioh kam-goān～～～⇨若再給你們抓到了，情願受刑受罰。

【受任 siū-jīm】 接受任用。

【受死 siū-sí】 接受死亡。報名～～pò-miâ～～⇨戲台上兩將軍交鋒時的口頭禪。

【受災 siū-chai】 遭受災禍。～～地區～～tē-khu⇨同上。龍虎相刣，龜鱉～～liông hó͘ sio-thâi，ku-pih～～⇨龍虎相爭，龜鱉遭殃。喻大必影響小。

【受函 siū-hâm】 接受信札。

【受屈 siū-khut】 受冤枉。吃虧。無端～～bû-toan～～⇨同上。

【受苦 siū-khó͘】 遭受痛苦或困難。吃苦。囡仔未曉想，害序大人拎～～gín-á bē-hiáu siūⁿ，hāi si-toā-lâng teh～～⇨孩子不懂事，連累到父母在遭受困難。

【受室 siū-sit(sek)】 娶妻。食到三十外也，猶未～～chiah kā saⁿ-chap-goā ā, iá-bōe(bē)～～⇨活到三十以上了，還未結婚。

【受毒 siū-tok】 中毒tiòng-tok。～～起致的～～khí-tì ê⇨因中毒而發生的。

【受害 siū-hāi】 遭到損害。被害。～～的人～～ê lâng⇨同上。

【受辱 siū-jiok】 受侮辱。大丈夫受死不～tāi-tiāng-hu siū-sí put～～⇨同上。

【受氣 siū-khì】 怒。發脾氣。老父大～～lāu-pē toā～～⇨父親大怒。不免～～也，囡仔事嘛m̄-bián～～à, gín-á-sū(tāi) mà⇨不用生氣了，小孩子的小問題嘛。～～受掇～～siū-toah⇨盛怒不已。

【受託 siū-thok】 受人之託。～～採貨～～chhái-hòe⇨同上。

【受理 siū-lí】 官廳不～～koaⁿ-thiaⁿ m̄～～⇨官廳不受理。

【受雄 siū-hêng】 鷄鴨類之受精曰受雄。即隻鷄媛仔～～也chit-chiah ke-noā-á～～ā⇨這隻鷄小姐受精了。無～～的卵孵未出bô～～ê nn̄g pū-bē-chut⇨同上。

【受惠 siū-hūi】 受人施惠。～～的人無萬數～～ê lâng bû-bān-sò͘⇨受惠之人不計其數。

【受債 siū-chè】 勤勉老實聽從父母的孩子。不～～m̄～～⇨不孝的放蕩兒。眞～～chin～～⇨很孝順的兒子。

【受罪 siū-chōe】 受法律處罰。甘愿～～kam-goân～～⇨同上。活～～oa̍h～～⇨喩無可奈何。例如兒女多而生活窮。

【受業 siū-gia̍p】 接受學業。～～的先生～～ê sin-se$^{n}$⇨老師。～～弟子～～tē-chú⇨學生。

【受賄 siū-hóe】 收賄賂。～～藉革職的～～chiah kek-chi̍t ê⇨因收賄才免職的。賄hóe，賄賂hóe-lō͘。

【受禁 siū-kìm】 被禁。～～於冷宮～～tī lēng-kiong⇨被禁在冷宮。

【受傷 siū-siang】 有傷。～～耳，較無要緊～～niâ, khah bô iàu-kín⇨受傷而已，沒要緊。

【受敵 siū-te̍k】 四面～～sù-biān～～⇨四面皆敵。

【受磨 siū-boâ】 勞動。做重勞動。人軟怚未～～得lâng nńg-chiá$^{n}$ bē(bōe)～～tit⇨人輭弱，折磨不得。食老藉扲～～chia̍h-lāu chiah teh～～⇨年老了才在受折磨。

【受虧 siū-khui】 吃虧。受損害，受冤枉。較～～淡薄仔，無要緊khah～～tām-po̍h-á, bô iàu-kín⇨較吃虧一些，沒關係。實在是～～的si̍t-chāi sī～～ê⇨事實是冤枉的。

【受未起 siū-bē(bōe)-khí】 不敢當。對不起。老大人請薰，實在～～～lāu-toā-lâng chhiá$^{n}$-hun, si̍t-chāi～～～⇨老人家請煙，實在不敢當。

siū **巢** 鳥居也。鳥在木曰巢châu (見chau部)。又壞人所聚處亦曰巢siū。鳥仔～chiáu-á～⇨同上。賊～chha̍t-～⇨賊窩。賊徒聚合處⇨同上。賊仔～chha̍t-á～⇨同上。豬～毋値着狗～穩ti～m̄-ta̍t-tio̍h káu～ún⇨謂豬稠不及犬屋安穩。喩別人的家不如自己的家。一隻鳥仔哮啁啁，三更半暝揫無～chi̍t-chiah chiáu-á háu kiu-kiu，sa$^{n}$-ke$^{n}$(ki$^{n}$) poā$^{n}$-mê(mî) chhōe bô～⇨民謠。

siū **壽** 年歲久長也。生日也。上壽百二，中壽一百，下壽八十。長～tiâng～⇨同上。祝～chiok～⇨同上。長歲～tn̂g-hōe～⇨同上。夭～iáu～⇨①年幼而亡。夭折。②用做非常的意思。例如夭壽快⇨非常快，夭壽無良心⇨很沒良心。眞夭壽⇨一種感嘆之詞。夭壽也，煞未記得iáu-siū-ā，soah be-kì-tit⇨慘了，竟忘記了。企～khiā～⇨未死先預備的棺材。

【壽元 siū-goân】 壽。壽命。～～眞長～～chin-tn̂g⇨很長命。～～食百二～～chia̍h pah-jī⇨活得一百二十歲。

【壽穴 siū-hia̍t】 同壽域siu-he̍k(e̍k)。

【壽衣 siū-i】 預先縫好等候入棺時穿的衣服。

【壽辰 siū-sîn】 生日。阿媽的～～a-má ê～～⇨祖母的生日。

【壽命 siū-miā】 生命。～～該終也～～kai chiong a⇨該死的了。

【壽金 siū-kim】 印有壽字的金錢。～～四方金～～sù-hong-kim⇨金銀紙的種類。

【壽板 siū-pán】 棺材。～～去出了也～～khì chhut-liáu à⇨棺材去買好了。

【壽眉 siū-bâi】 中年以後才新添的眉毛。人講會發～～的人較長歲壽lâng-kóng ē-hoat～～ê lâng khah-tn̂g hōe-siū⇨人家說會發壽眉的比較長命。

【壽星 siū-chhe$^{n}$】 ㊀星的名。㊁受祝誕辰的人。阿仁仔，你是～～，你知否a-jîn-ā，lí sī～～，lí chai bō͘⇨同上。

【壽酒 siū-chiú】 生日的喜筵。食～～chia̍h～～⇨參加生日的慶祝筵席。

【壽桃 siū-thô】 桃形的餜。阿公生日孫女該送～～a-kong se$^{n}$(si$^{n}$)-ji̍t sun-lí ài sàng～～⇨同上。

【壽域 siū-he̍k(e̍k)】 未死先做的墓。生墳se$^{n}$(si$^{n}$)-hûn。

【壽像 siū-siāng(siōng)】 祝壽的造像或畫

像。有人扲共伊造～～也ū-lâng teh kā i chō～～ā⇨有人在開始歌功頌德了。

**【壽誕 siū-tān】** 生日的雅稱。

**【壽圖 siū-tô͘】** 紅紙上貼一大壽字的中堂。

**【壽數 siū-sò͘】** 壽命。～～難移也～～lân-î ā⇨天註定的壽命無法移易了。

**【壽險 siū-hiám】** 人壽保險的簡稱。～～公司～～kong-si⇨同上。

**【壽龜 siū-ku】** 龜形的紅粿。女兒爲父母祝壽用的。

**【壽麵 siū-mī】** 祝壽用的特製麵線。牽～～khan～～⇨壽筵席上箸挾壽麵，應拉得越長越好，不可加以剪斷。雖曰迷信，毋寧說是一種笑料以增加喜氣。

**【壽終正寢 siū-chiong-chèng-chhím】** 訃音常見的字句。意謂死在正規的寢室。亦即表示不是橫死或枉死。

siū **袖** 衣之通手的部分也。俗曰手袂chhiú-ńg。疑爲袖袘siū-i所變化。袘同袂。領～léng～⇨領與袖，皆衣之重要部分。喻重要人物，領導人物。

**【袖手 siū-chhiú】** 手納袖中。喻不過問其事。～～傍觀～～pông-koan⇨同上。

**【袖珍 siū-tin】** 形容物之小形者，謂可藏入袖中。～～本～～pún⇨書之小型者。～～艦隊～～lām-tūi⇨希特勒曾建小型戰艦，組織小型艦隊，稱爲袖珍艦隊，威嚇列強。

## siuⁿ

siuⁿ **箱** 篋也。藏物之具也。大曰箱siuⁿ，小曰篋kiap。有底有蓋之藏物具。以料分有皮～phôe～，柴～chhâ～，鐵～thih～，紙～choá～等，以用途分有衣～i～，餅～piáⁿ～，油～iû～，水～chúi～，冰～peng～等。空～khang～⇨同上。

**【箱仔 siuⁿ-á】** 箱類，小箱。

**【箱殼 siuⁿ-khak】** 空箱。搬了了，搬到存一個～～仔poaⁿ-liáu-liáu poaⁿ kà chhun chi̍t-ê～～à⇨搬得一乾二淨只淨一個空箱了。

**【箱籠 siuⁿ-láng】** 淺者爲箱，深者爲籠。箱類之總稱。

**【箱仔底 siuⁿ-á-té】** 猶幾粒仔於～～～iáu kúi-lia̍p-á tī～～～⇨還有少許留在箱裡。

**【箱仔蓋 siuⁿ-á-koà】** 箱蓋。～～～掀開開～～～hian-khui-khui⇨箱蓋沒蓋上。

siuⁿ **傷** 缺陷。缺點。過份。傷大siuⁿ-toā⇨缺點在大，亦即過大，太大。反之爲傷小siuⁿ-sió⇨太小。傷早siuⁿ-chá⇨缺點在早，亦即過早，太早，反之爲傷晏siuⁿ-oàⁿ。傷長siuⁿ-tn̂g⇨過長，太長，反之爲傷短siuⁿ-té⇨過短，太短。傷重siuⁿ-tāng⇨太重，反之爲傷輕siuⁿ-khin⇨太輕。又傷加過作傷過siuⁿ-kòe，義亦同。傷過貴siuⁿ-kòe-kùi⇨過份的貴，反之爲傷過俗siuⁿ-kòe-sio̍k或便宜pân-gî。傷過佼siuⁿ-kòe-gâu⇨太過聰明，反之爲傷過戇siuⁿ-kòe-gōng⇨太傻。依上舉各例，可知凡有比較性的詞句，均可以應用之。

**【傷歹勢 siuⁿ-pháiⁿ-sè】** 太難爲情。傷過歹勢siuⁿ-kòe-pháiⁿ-sè⇨同上。

**【傷敢死 siuⁿ-káⁿ-sí】** 太大膽。～～～，緊慢會着鈞～～～，kín-bān ē tio̍h-tiâu⇨太大膽，早晚會鬧事。傷過敢死siuⁿ-kòe-kaⁿ-sí⇨同上。

**【傷囉唆 siuⁿ-lo-so】** ～～～乎人討厭～～～hō͘-lâng thó-ià⇨同上。傷過囉唆siuⁿ-kòe-lo-so⇨同上。

**【傷毋是款 siuⁿ-m̄-sī-khoán】** 太放恣。傷過毋是款siuⁿ-kòe-m̄-sī-khán⇨同上。

**【傷無良心 siuⁿ-bô-liâng-sim】** ～～～～敢未乎雷摃死～～～～kám bē hō͘ lûi kòng-sí⇨太沒良心不會被雷擊斃嗎。傷過無良心siuⁿ-kòe bô liâng-sim⇨同上。

**【傷無體統 siu-bô-thé-thóng】** ～～～～人

道會抗議～～～～lâng tō ē khòng-gī⇨同上。傷過無體統siuⁿ-kòe-bô-thé-thóng⇨同上。

【傷看人無點 siuⁿ-khoàⁿ-lâng bô-tiám】 太看不起人家。傷過看人無點siuⁿ-kòe-khoàⁿ-lâng bô-tiám⇨同上。

siuⁿ
**甚** 過也。太過曰甚siuⁿ。俗多作傷siuⁿ。～有錢～ū-chîⁿ⇨傷有錢siuⁿ-ū-chîⁿ⇨太過有錢。富有，富裕，皆曰有錢。

siuⁿ
**鑲** 湊合tàu-hap，湊偎tàu-oá或修補的意思。亦嵌也。鑲嵌jiāng-khiam也(見jiang部)。～金的～kim-ê⇨鑲金的。

【鑲金 siuⁿ-kim】 嵌金的。薰吹頭更～～的hun-chhoe-thâu koh～～ê⇨煙筒頭竟是嵌金的。～～嘴齒～～chhùi-khí⇨鑲金牙。

【鑲銀 siuⁿ-gîn】 嵌銀的。柺仔頭～～更未歹看koái-á-thâu～～koh bē-pháiⁿ-khoàⁿ⇨柺杖頭嵌銀竟不甚難看。

【鑲嘴齒 siuⁿ-chhùi-khí】 鑲牙。亦曰補嘴齒pó·-chhùi-khí。湊嘴齒tàu-chhùi-khí。

siúⁿ
**賞** 賜有功也。玩遊也。有功無～，拍破着賠ū-kong bô～，phah-phoà tioh-pôe⇨同上。奇文共～kî-bûn kiōng～⇨美文同欣賞him-siúⁿ。

【賞月 siúⁿ-goeh】 歸陣結伴去公園～～kui-tīn kiat-phoāⁿ khì kong-hn̂g～～⇨整班相偕到公園去觀月。

【賞心 siúⁿ-sim】 知心，心所喜悅。良辰美景～～樂事，四者難並存liâng-sîn bí-kéng～～lok-sū，sì-chiá lân-pēng-chûn⇨同上。～～人～～jîn⇨心所愛的人。

【賞狀 siúⁿ-chn̄g】 ～～一張～～chit-tiuⁿ⇨同上。

【賞花 siúⁿ-hoe】 伴小姐去後花園～～phoāⁿ sió-chiá khì āu-hoe-hn̂g～～⇨同上。

【賞金 siúⁿ-kim】 賞以金錢以表功或慰勞。奬金chiáng-kim。食頭路的攏有年終～～chiah thâu-lō·-e lóng-ū liân-chiong～～⇨薪水生活者皆有年終奬金。

【賞面 siúⁿ-bīn】 收養女時先看看是否中意時。該送紅包～～āi sàng âng-pau～～⇨同上。

【賞品 siúⁿ-phín】 賞賜之物。～～傷㥘氣～～siuⁿ iàn-khì⇨賞品太小大吝。

【賞格 siúⁿ-keh】 奬金。出～～掠人chhut～～liah-lâng⇨懸紅擒人。

【賞銀 siúⁿ-gîn(gûn)】 賞金。放臭屁～～一對pàng chhàu-phùi～～chit-tùi⇨放屁者賞銀二兩。意即要放屁者承認之。

【賞罰 siúⁿ-hoat】 ～～分明～～hun-bêng⇨同上。

【賞賜 siúⁿ-sù】 上帝～～人類的生活，應該是有苦，亦有樂的siōng(siāng)-tè～～jîn-lūi ê seng-oah，èng-kai sī ū-khó·，ā ū-lok ê⇨同上。類有兩個發音。人類，類別等之類發lūi；彼類，即類等發lōe後者為口語；前者為文讀之音也。

【賞錢 siúⁿ-chîⁿ】 賞金。

【賞燈 siúⁿ-teng】 元霄夜～～goân-siau-iā～～⇨同上。

【賞勳局 siúⁿ-hun-kiok】 主管國家賞與的機關。

siúⁿ
**鮝** 乾魚脯也。本作鯗。據說吳王入海遇風浪糧絕，王禱之，果見金色魚迎面而來，君臣爭取食之，及歸，王追思其美味，有司云，暴乾矣，索食之甚美，因書美下魚作鯗字。亦曰sióng。鴨鮝 ah-siúⁿ⇨鴨干，板鴨。宜蘭的～～上有名gî-lân ê～～siāng(siōng)-ū-miâ⇨宜蘭的板鴨最有名。

siùⁿ
**相** ㊀樣相。性癖。破～phoà～⇨身體有缺陷者。清氣～chheng-khì～⇨外表整潔，性好整潔。垃圾～lah-sap～⇨看來很髒，性不厭骯髒。歹看～pháiⁿ-khoàⁿ～⇨難看的樣子，難堪的地步。你要狡獪，我道俾你歹看～lí boeh káu-koài, goá tō hō·-lí pháiⁿ-khoàⁿ

～⇨你要狡賴，我就讓你難堪。乞食～khit-chia̍h～⇨乞食的樣子，乞食的性格。㊁星屬。星相chhe$^{n}$-siū$^{n}$。生相se$^{n}$ (si$^{n}$)-siū$^{n}$。所謂十干(甲乙丙……壬癸)十二支(子丑寅卯……戌亥)依次相配以紀年。自甲子一直到癸亥一輪剛好六十年，叫做一甲子chi̍t-kah-chí。十二支又有十二種動物爲象徵，亦即子-鼠，丑-牛，寅-虎，卯-兎，辰-龍，巳-蛇，午-馬，未-羊，申-猴，酉-雞，戌-狗，亥-豬。等是也。換言之，每年有一種動物爲象徵，即生相se$^{n}$-siū$^{n}$。十二支十二種動物周而復始，以十干相配得以紀年。因而凡子年出生者皆相鼠siū$^{n}$-chhí，申年所生者皆相猴siū$^{n}$-kâu。其他可依次類推。又1912(民元)，1924, 1936, 1948, 1960, 1972, 1984皆屬鼠年，他類推。

**siû$^{n}$ 滫** 滑也。魚類身上的滑液也。魚～hî～⇨魚鱗上的滑液。鰻～moâ～⇨鰻身上的滑液，又霑tâm也。亦溲siū$^{n}$也。

【**滫滫** siû$^{n}$-siû$^{n}$】 霑而粘。桌頂猶～～toh-téng iáu～～⇨食桌上沾滿油湯汁而還未清理。雨落到路滫～～hō͘ lo̍h-kà lō͘ siû$^{n}$～～⇨雨下得路上全泥濘滑得緊。

【**滫糊糊** siû$^{n}$-kô͘-kô͘】 滫得如漿糊，同滫漉漉。被雨渥到歸身～～～hō͘-hō͘ ak-kà kui-sin～～～⇨被雨淋得全身濕得如漿糊。

【**滫漉漉** siû$^{n}$-lok-lok】 全身被水，亦曰澹漉漉tâm-lok-lok。

**siū$^{n}$ 想** 思考也。心內打算曰想siū$^{n}$。希望也，心裡～sim-lí～⇨同上。思～su～⇨思考，希望。日思夜～ji̍t-su-iā～⇨日夜思想。空思夢～khang-su-bāng～⇨空想夢想。免～bián～⇨不必想，沒希望。毋敢～m̄-káⁿ～⇨不敢希望。罔～仔罔～bóng～á bóng～⇨姑妄想之。～久都亦有～kú to ia̍h ū⇨懸望久了，還是會想到手的。戇～gōng～⇨傻傻地希望。諴想gām～⇨亂想，過分的希望。未曾～贏先～輸bōe-chêng～iâ$^{n}$ seng～su⇨未計畫勝利先計畫失敗。喻做事過分消極。諴亦作傔gām。

【**想出** siū$^{n}$-chhut】 到尾仔藉～～主意kà bóe à chia̍h～～chú-ì⇨到最後了，才想到主意。最後才下決心。

【**想到** siū$^{n}$-kàu】 ～～做到～～chò-kàu⇨想到那裡做到那裡。

【**想定** siū$^{n}$-tiā$^{n}$】 考慮成熟。～～藉當～～chiah thang⇨考慮成熟才可以。你該～～藉當做lí ài～～chiah thang chò⇨你應該冷靜想了，才可以做。

【**想倈** siū$^{n}$-boeh(beh)】 到你～～，道無也kà lí～～，tō bô-ā⇨等到你想要，就沒有了。我～～去goá～～khì⇨我希望去。伊扲～～娶某i teh～～chhoā-bó͘⇨他在希望娶老婆。(輸傲)～～平如攀楹(su-kiáu)～～phê$^{n}$(phî$^{n}$) ná-giâ-ê$^{n}$(î$^{n}$)⇨(博輸了)想要攀回，難如負梁木。

【**想差** siū$^{n}$-chha】 想錯siū$^{n}$-chhò。～～錯～～chhò⇨同上。

【**想眞** siū$^{n}$-chin】 詳細思量。愈～～藉愈驚ná～～chiah ná kia$^{n}$⇨越詳細思量才越害怕。～～，伊亦恰如無歹意～～i ia̍h kah-ná bô phái$^{n}$-ì⇨仔細一想，他亦似乎沒有惡意。～～都未用得～～to bē-iōng-tit⇨仔細考慮結果，是行不通的。

【**想倖** siū$^{n}$-hēng】 希徼倖。想貪便宜。莫～～罔趁仔罔趁，積久道成多mài～～bóng thàn-á-bóng thàn，chek-kú to sêng-to⇨不想徼倖，姑且繼續工作，積久就會少變多。

【**想偏** siū$^{n}$-phian】 想歪。想邪。聽話毋當共人～～，一下～～道差了了thia$^{n}$-ōe m̄-thang kā-lâng～～，chi̍t-ē～～tō chha-liáu-liáu⇨聽人家講話，不可想歪，一下子想歪就全部差了。共人～～道歹意思去kā-lâng～～tō phái$^{n}$-ì-sù khì⇨把人家的話想邪了就不好意思。

【**想通** siū$^{n}$-thong】 看通。看通了。～～也

～～ā⇨想通了，看破一切了。

【想孱 siū$^{n}$-siān】 做了拎～～也chò-liáu teh～～ā⇨做了已討厭在想不幹了。毋當～～，着罔更牽，等候囡仔大漢藉更拍算m̄-thang～～，tioh bóng-koh-khan，théng-hāu gín-á toā-hàn chiah koh phah-sǹg⇨不要灰心，應該姑且做下去，維持到孩子長大了，才重新打算。孱siān，懦弱也，疲倦也。

【想着 siū$^{n}$-tioh】 想到了。你講我藉～～lí kóng goá chiah～～⇨你說我才想起來了。

【想憚 siū$^{n}$-toā$^{n}$】 想偷懶。～～道免食～～tō bián-chiah⇨想懶siū$^{n}$-lán就沒得吃。

【想厭 siū$^{n}$-ià】 討厭了。較好的物定定食亦會～～kháh-hó ê mih tiā$^{n}$-tiā$^{n}$-chiah ah ē～～⇨最好的東西常常吃還是會討厭。

【想錯 siū$^{n}$-chhò】 同想差。反悔。毋當～～去m̄-thang～～khì⇨不可算計錯了。等到～～是傷慢也tán kà～～sī siu$^{n}$-bān ā⇨等到反悔，是太遲了。

【想興 siū$^{n}$-hèng】 興頭來了。～～道家已飲一杯，生活都也悠哉悠哉～～tō ka-kī lim-chit-pōe，seng-oah to-ā iu-chai iu-chai⇨興頭來了，就自己喝他一杯，這種生活，却也很是悠閑。

【想心肝 siū$^{n}$-sim-koa$^{n}$】 鬪心事，心懷異志。逐家都拎～～～，看來彼家人更做伙亦無若久也tak-ê to teh～～～，khoà$^{n}$-lâi hit-ke-lâng koh-chò-hóe ah bô-goā-kú à⇨大家都在鬪心事，看來他們那家人，再做伙也不甚久了。不久將分散了。

【想孔縫 siū$^{n}$-khang-phāng】 同想孔想縫siū$^{n}$-khang siū$^{n}$-phāng⇨孔縫皆指不甚光明的途徑，謂想了許多路線以遂其目的。

【想未出 siū$^{n}$-bē(bōe)-chhut】 意想不到。同想未夠。～～～猶有即條數猶未清楚～～～iáu-ū chit-tiâu siàu á-bōe chheng-chhó⇨追憶不出還有這條賬還未算清。～～～阿全會狼狽到即類地步，～～～a-choân ē lông-pōekàu chit-lōe tē-pō͘⇨阿全會落魄到這種地步，是始料所不及的。

【想未伸 siū$^{n}$-bē-chhun】 想不出明白的原因。阿金安怎會去自殺，較想亦～～～a-kim an-choá$^{n}$ ē khì chū-sat, khah-siū$^{n}$ ah～～～⇨阿金小姐爲何會去自殺，怎麼想都想不明白。

【想計智 siū$^{n}$-kè-tì】 想策略。

【想倒轉 siū$^{n}$-tó-tńg】 回頭而想。反省。更～～～來，實在愈想愈不願koh～～～lâi，sit-chāi ná-siū$^{n}$ ná-m̄-goān⇨再回頭而想，實在越想越不甘心。

【想無步 siū$^{n}$-bô-pō͘】 想不出法子。～～～數～～～sò͘⇨同上。

【想進退 siū$^{n}$-chìn-thè】 考慮立場，應進抑應退。

【想無夠 siū$^{n}$-bô-kàu】 ㈠意料不到。㈡想不周到。你會收脚，較失禮，我是～～～的lí ē siu-kha, khah sit-lé，goá sī～～～ê⇨你會收脚，對不起，我是料想不到的。小事一件，二三句話道解決也，曷有什麼～～～的sio-sū chit-kia$^{n}$，nn̄g-sa-kù ōe tō kái-koat à, ah-ū sa-mi～～～ê⇨小事情，兩三句話就解決了，那裡有什麼想不周到的。

【想無路 siū$^{n}$-bô-lō͘】 想不出可行之路。

【想短路 siū$^{n}$-té-lō͘】 計畫要行短路。短路喻自殺。長人行短路tn̂g-lâng kiâ$^{n}$-té-lō͘⇨謂長長的人生胡爲竟跑了短路，對自殺者的一種惌情。

【想心想肝 siū$^{n}$-sim-siū$^{n}$-koa$^{n}$】 同想心肝。

【想孔想榫 siū$^{n}$-khang-siū$^{n}$-sún】 義同上。

【想來去倒 siū$^{n}$-lâi-khì-tò】 想來者，扣除去者。檢討得失。～～～～都亦是賣掉，較省拎費氣～～～～to-ah-sī bē(bōe)-tiāu, khah-sé$^{n}$ teh hùi-khì⇨檢討得失，還是賣掉他，省得爲之麻煩。

【想來想去 siū$^{n}$-lâi-siū$^{n}$-khì】 詳加考慮檢討。

～～～～都無法度去兩全其美～～～～to bô-hoat-tō· khì liân-choân-kî-bí⇨千想萬想都沒法子去兩全其美。

【**想東想西** siū$^{n}$-tang-siū$^{n}$-sai】 想此思彼。～～～～，歸冥無睏～～～～kui-mê bô-khùn⇨胡思亂想整夜睡不得。

【**想到頭暴破** siū$^{n}$-kà thâu-piak-phoà】 想到腦袋暴裂，喻思考得厲害。

【**想貪戴鷄籃** siū$^{n}$-tham-tī-ke-lam】 貪人家一隻鷄終必將鷄籠戴在頭上，喻貪心做賊終必坐監。

**尙** siū$^{n}$ 和尙hôe-siū$^{n}$。

## sng

**霜** sng 水蒸氣因冷而凝結的微細冰粒也。霜song也。落雪落～lo̍h-seh lo̍h～⇨同上。結～kiat～⇨同上。滿天～moá-thi～⇨霜滿天song-boán-thian。透～風thàu～hong⇨下霜天的風。凍～tàng～⇨①受霜吹打。②吝嗇。

【**霜水** sng-chúi】 加糖的冰水。亦曰霜仔水sng-á-chúi。熱天道有人賣～～jo̍ah-thi$^{n}$ tō-ū-lâng bē(bōe)～～⇨夏天就有人賣冰水。

【**霜風** sng-hong】 冬風，北風、寒風。～～颯颯哮～～sap-sap-háu⇨寒風吹得颯颯作聲。

【**霜害** sng-hāi】 因下霜所造成的災害。即次的～～不止仔嵩重chit-chhù ê～～put-chí-á siong-tiōng⇨此次的霜害很嚴重。

【**霜雪** sng-seh】 ～～天～～thi$^{n}$⇨下霜雪的天氣。有經～～有逢春ū keng～～ū hông-chhun⇨經過霜雪的洗禮才有春天。喻有苦然後有樂。

**桑** sng 樹名。俗曰娘仔葉niû-á-hio̍h或娘仔樹niû-á chhiū。亦曰桑材。

【**桑材** sng-châi】 桑樹sng-chhiū。～～葉～～hio̍h⇨桑葉。～～樹～～chhiū⇨桑樹。～～園～～hn̂g⇨桑園。～～子～～chí⇨桑子。

**栓** sng 木釘也。柴～chhâ～⇨木釘。拍～仔phah～á⇨打木釘以固定之。凡塞小孔以防透漏皆曰拍栓仔phah-sng-á。拍藥～phah io̍h～⇨開刀口塞以藥布。血～症hoeh(huih)～chèng⇨一種血液病。用鐵釘～扲iōng thih-teng～leh⇨以鐵釘栓着。

【**栓仔** sng-á】 塞孔that(sat)-khang以防透漏。拍～～phah～～⇨安裝栓塞。

【**栓門** sng-mn̂g】 門入栓，亦即鎖門só-mn̂g。～～也未～～à-bōe⇨栓門了嗎。

**痠** sng 痛的一種。通作酸。會～會痛ē～ē-thià$^{n}$⇨同上。脚～手軟kha～chhiú nńg⇨謂疲弊之甚。骨節～kut-chat～⇨同上。心～sim～⇨心頭～sim-thâu～⇨愁情在心。

【**痠軟** sng-nńg】 疲而無力。脚手～～kha-chhiú～～⇨同上。骨節～～kut-chat～～⇨同上。～～痛～～thià$^{n}$⇨又痠又痛。

【**痠痛** sng-thià$^{n}$】 骨頭～～kut-thâu～～⇨同上。

**酸** sng 醋味也。通作痠sng,但酸是口上的味覺，痠是肉體上的感覺。又悲愁在心亦曰酸(痠)sng,以酸泔sng-ám漂白亦曰酸sng。貧寒亦曰酸sng。砒～phi～⇨藥名，有毒性(但正名似應爲砒霜)。臭～chhàu～⇨酸變壞。臭～話chhàu～ōe⇨老話。寒～hân～⇨貧素。鹼～甜kiâm～ti$^{n}$⇨以梅李加糖鹽等製成的小飲物。鹹～苦餌kiâm～khó·-chiá$^{n}$⇨①鹹酸苦餌四種皆不好受的味道。②喻人生道上的辛酸苦勞。～鹹餌無嫌～kiâm chiá$^{n}$ bô-hiâm⇨嘲貪食之詞。酸或改說甜ti$^{n}$。臭～去chhàu～khì⇨酸化變餲àu。臭～味chhàu～bī⇨酸餲味。臭～飯chhàu～pn̄g⇨有酸餲味的飯。刺～呃chhiah～eh⇨臭酸呃chhàu-sng-eh。

【**酸水** sng-chúi】 呃～～eh(ek)～～⇨吐

酸水。

【酸濫 sng-lām】 ㊀也酸也甘。～～～～未穤食～～～～bē(bōe)-bái-chiah⇒謂酸酸甘甘的味道好吃。酸濫sng-lām俗訛作酸甘sng-ham。㊁反語。謂其所說好聽到令人反胃。聽着更～～也～～thia$^{n}$-tioh koh～～á～～⇒乍聽之下更蠻好聽（但不勝其反胃）。講着更～～到 kóng-tioh koh～～ká⇒說得好聽到（反胃）。按濫lām，漬果也，以諸和水也，乾桃乾梅皆曰諸，桃濫水漬而藏之，其味濫濫然酢矣。

【酸去 sng-khì(ì)】 酸化。發生酸味。～～的物毋好食～～ê mih m̄-hó-chiah⇒酸去的東西不可吃。

【酸呃 sng-eh】 拍刺～～phah chhiah～～⇒打臭酸呃phah-chhàu-sng-eh。

【酸泔 sng-ám】 臭酸泔。用～～來酸衫iōng(ēng)～～lâi sng-sa$^{n}$⇒衣物漬置酸泔中有漂白作用。

【酸味 sng-bī】 ～～眞重也～～chin-tāng-ā⇒酸味很重了。

【酸衫 sng-sa$^{n}$】 衣物漬酸泔中以漂白之。

【酸素 sng-sò·】 氧的日文名sanso。

【酸喟 sng-khùi】 有～～也，毋好食ū～～ā m̄-hó-chiah⇒有酸氣了，不可吃也。

【酸筍 sng-sún】 ～～湯較利口～～thng khah lī-kháu⇒酸筍湯很好吃。

【酸膏 sng-ko】 同酸氣sng-khùi。有～～喟也，毋愛好啦ū～～khùi-á m̄-ài hó-lā⇒有酸氣了，不要它了。

【酸酸 sng-sng】 酸。悲愁。食着～～chiah-tioh～～⇒吃來覺得很酸。想着心～～siū$^{n}$-tioh sim～～⇒想起來心裡很悲傷。

【酸潘 sng-phun】 臭酸潘chhàu-sng-phun。

【酸醋 sng-chhò·】 醋。主顧摻～～chú-kò· chham～～⇒瞞騙熟人moâ-phiàn sek-lâng。騙自己的人，謂客嫌有酸味是酸敗的，店主答謂是好主顧才特別加醋的笑話。

【酸濫甜 sng-lām-ti$^{n}$】 見酸濫sng-lām。

**sng 孀** 喪夫之妻也。孀song也。孤～ko·～⇒孤獨的孀婦。喻孤癖性ko·-phiah-sèng。孤～囝仔ko·～gín-á⇒孤獨ko·-tok的孩子。例如其私有物任人一摸一觸都不肯。

**sńg 耍** 嬉戲也。玩也。囝仔人愛～gí-á-lâng ài～⇒孩子們好玩。毋當～m̄-thang～⇒不可玩樂。莫扲～mài-teh～⇒不要開玩笑。無扲～bō-teh～⇒不是玩笑(事嚴重)。又損傷，衰弱，或野獸偷食農作物皆曰sńg，或作損sńg(見損sńg條)。練工夫亦曰耍síng。有～一屑仔ū～chit-sut-à⇒經過一些兒(工夫)。八～過bat～kòe(kè)⇒曾經練過(工夫)。

【耍水 sńg-chúi】 戲水，游水，囝仔愛～～gín-á ài～～⇒孩子喜歡嬉遊於水。

【耍笑 sńg-chhiò】 玩樂，笑話，惡作劇。一半擺～～仔爾無要緊chit-poà$^{n}$-pái～～á-leh bô-iàu-kín⇒偶爾玩玩一兩次沒關係(意指酒色之遊)。愛～～ài～～⇒喜歡玩笑。喜歡惡作劇。講～～kóng～～⇒說來玩笑。毋是～～的m̄-sī～～ê⇒不是玩笑。

**sńg 損** 損傷也，衰弱也，損sún也。又野獸等偷食農作物亦曰損sńg。未好食道～掉了了也bōe-hó-chiah tō～tiāu liáu-liáu-à⇒(青果)未成熟就偷食得乾乾淨淨了。石頭仔路～靴底chioh-thâu-á-lo·～ê-té(tóe)⇒石子路面損傷靴底。無眠～神bô-bîn～sîn⇒睡不飽損精神。山裡的果子有猴來扲～也soa$^{n}$-nì ê kóe-chí ū kâu lâi-teh～à⇒山上的青果，有猴世來在偷食了。鳥仔～粟歸年也～未少chiáu-á～chhek kui-nî à～bē(bōe)-chió⇒鳥類偷食粟，整年算起來也不少。

【損角 sńg-kak】 出頭～～chhut-thâu～～⇒謂凡事做首者多少都要作犧牲。同落角loh-kak。

【損身 sńg-sin】 損害健康。無眠～～，無錢損神bô-bîn～～, bô-chiⁿ sńg-sîn⇨同上。

【損物 sńg-mih】 毀壞東西。囡仔～～無話講，大人大種也講亦彼類死人款gín-á～～bô-ōe-kóng, toā-lâng-toā-chéng-ā kóng iah hit-lūi sí-lâng-khoán⇨兒童毀壞東西沒話說，你這大模大樣的大人竟還是那個死樣子(怒罵)。

【損神 sńg-sîn】 損害精神。無了錢每該～～bô liáu-chîⁿ mā āi～～⇨不損失金錢也要損勞精神。

【損錢 sńg-chîⁿ】 ～～過運～～kòe-ūn⇨同上。

【損斷 sńg-tn̄g】 ㊀家畜破壞農作物。㊁孩童毀家具類，囡仔恔～～gín-á-gâu～～⇨孩子往往打破家具。

【損債囝 sńg-chè-kiáⁿ】 浪費無度的子弟。～～～生着都生着也，併啥步～～～seⁿ(siⁿ)-tioh-to-seⁿ(siⁿ)tioh-āboeh-siáⁿ-po⇨浪蕩子生也生下來了，有什麼辦法嗎(無可奈何)。

【損丁失財 sńg-teng-sit-châi】 損sńg，同損sún。

**算** sǹg 數也。計數也。計謀也。大食毋八～toā-chiah m̄-bat～⇨大食而不懂算法。有～無貫ū～bô kǹg⇨有時算沒得貫。喻有收入而無實益。貫kǹg是貫錢kǹg-chîⁿ。打～táⁿ～⇨預定。計畫。恔～gâu～⇨很會算。斤斤計較。會曉～未曉除，糶米換番薯ē-hiáu～bē(bōe)-hiáu tî(tû), thiò bí oāⁿ han-chî⇨謂只知計算收入，不知扣除支出，因而把米賣掉換買番薯回來吃。無～本的bô～pún-ê⇨不計成本的。很慷慨的。敢會～耽去kám-ē～tāⁿ-khì⇨會不會計算錯誤。心～sim～⇨以心力計算。含口～hâm-kháu～⇨心算。未～得也bē(bōe)～tit-à⇨不得了了(數目大)。算不清也(事複雜)。～我的～goá-ê⇨～帶我的～tài goá-ê⇨～做我的。～chō goá-ê⇨當做我的賬計算，由我負責。造公工～人額chō-kong-kang～lâng-giah⇨義務服務登記只計算人數(不分男女老幼)。亦當作與人共事的自謙之詞。造公工，做公工chō-kong-kang的登記。

【算日 sǹg-jit】 算日數。很近。抄～～也，快也teh～～ā, khoài à⇨在計算日數了，快了。

【算法 sǹg-hoat】 ～～相共～～siō(sāⁿ) kâng⇨算法相同。

【算命 sǹg-miā】 戇人毋藉信～～的gōng-lâng m̄-chiah siàn～～ê⇨傻瓜才相信算命的，不是嗎。～～師～～su⇨～～先生～～sian-seng(siⁿ)⇨同上。

【算是 sǹg-sī】 算對。承認。究竟。有～～抑無～～ū～～ah-bô～～⇨算或不算。承認或不承認。無～～，毋抄豫要的bô～～m̄-teh ī-sńg-ê⇨不算，那不是在做玩耍的嗎。若安爾，～～你有較不着，該賠人藉好nā-an-ne(ni)，～～lí ū khah-m̄-tioh, āi pôe-lâng chiah-hó⇨若果如此，究竟是你不對，應該賠還人家才對。

【算耽 sǹg-tāⁿ】 同算錯。～～碼子也～～bé-chí à⇨算錯數字了。

【算帶 sǹg-tài】 同算做。帶疑是在chāi之訛。～～我的賬～～goá ê siàu⇨算做我的賬(由我負責)。

【算做 sǹg-chò(chòe)】 囡仔十五歲道～～大人也gín-á chap-ngō·-hòe(hè) tō～～toā-lâng ā⇨孩童十五歲就看做大人了。

【算術 sǹg-sut】 ～～是數學的基礎～～sī sò-hak ê ki-chhó⇨同上。

【算盤 sǹg-poâⁿ】 拍～～phah～～⇨同上。恔打～～gâu-phah～～⇨很會打算盤。喻吝嗇。～～吊於頷頸仔～～tiàu tī ām-kún-á⇨精於斤斤計較，大吝嗇。

【算數 sǹg-siàu】 計數目。亦喻追責任。兄弟每愛～～hiaⁿ-tī mā-ài～～⇨同上。伊必傷狡獪我則來尋伊～～i boeh siuⁿ káu-koài goá chiah lâi-chhōe-i～～⇨他要太過份了我

就將找他算賬。

【算錯 sǹg-chhò】 ～～去煞合伊得噁噁嚷～～khì soah kah-i teh ò$^{n}$-ò$^{n}$-jiáng⇨給算錯了才與他在大聲爭吵。

【算額 sǹg-gia̍h】 算數。破的無～～phoà-ê bô～～⇨破的不算數。

【算人額 sǹg-lâng-gia̍h】 計人頭數。造公工～～～chō͘-kong-kang～～～⇨義務勞動登記只點人數。阮是造公工～～～，湊鬧熱耳goán sī chō͘-kong-kang～～～tàu-lāu-jia̍t niâ⇨同上。阮goán是我goá的複數，但亦作單數用(自謙之詞)。

【算日子 sǹg-ji̍t-chí】 翻日子，選良時吉日。叫人～～～kiò-lâng～～～⇨請人選良時吉日。

【算無字 sǹg-bô-jī】 同想無步siū$^{n}$-bô-pō͘。較算都～～～khah-sǹg to～～～⇨怎麼想都想不出好辦法。

【算無盤 sǹg-bô-poâ$^{n}$】 不合成本。既～～～道毋當做也kā～～～tō m̄-thang-chò à⇨既然不合成本就不可做了。

【算時算日 sǹg-sî-sǹg-ji̍t】 卜定的良時吉日。這是～～～～該用的，毋當誤我che-sī～～～～ài-iōng(ēng) ê, m̄-thang gō͘-goá⇨此乃卜定的時日所需要的東西，不可誤我。

sǹg **繏** 繩索也。束而緊之曰繏sǹg，亦作繐sǹg。～乎絲～hō͘-ân⇨縛緊之。～無絲藉落去～bô-ân chiah lâu-khì⇨束不緊才脫落了。未輸得～頷呢bē(bōe)-su teh～ām nì⇨恰如在勒頸。～倚來做伙～oá-lâi chò-hóe⇨束緊過來做一塊兒。

【繏死 sǹg-sí】 ～～人愛賠人命～～lâng ài-pôe jîn-bēng⇨同上。

【繏絲 sǹg-ân】 ～～藉未落去～～chiah-bē(bōe) lak-khì⇨同上。

【繏腰 sǹg-io】 束腰。～～束到許爾絯敢未艱苦～～sǹg-kà hiah-ní-ân kám-bē(bōe) kan-khó͘⇨束腰束得那麼緊，豈不痛苦呢。

【繏頸 sǹg-ām】 束頸。～～繏死去～～sǹg-sí-khì⇨勒頸束到死了。

【繏死死 sǹg-sí-sí】 束緊得不能動。繏絲絲～～～sǹg-ân-ân～～～⇨同上。

sǹg **甑** 炊器也。黃帝所作，底有小孔，加木其上，炊chhoe之蒸cheng之。通稱曰炊～chhoe～，有籠～lâng～，有柴～chhâ～等，炊一～甜粿。炊chhoe即蒸cheng，蒸cheng即炊chhoe也。炊粿chhoe-kóe，蒸魚cheng-hî。炊一～甜粿chhoe chi̍t～ti$^{n}$-kóe⇨蒸製一甑甜粿。

## SO

so **梭** 織布具也。左右來往傳遞緯線之具也。織～chit～⇨同上。日月如～ji̍t-goa̍t jî～⇨喻日月之行快如梭。網～bāng～⇨結網針。穿～不息chhoan～put-sit⇨來來往往不停。

【梭仔 so-á】 織梭。梭子。

so **騷** 擾jiáu也。亂也。又臭味也。又淫蕩輕浮的舉止曰騷so。風雅亦曰騷so。牢～lô～⇨訴說胸中不平不休，俗作嚕囌。離～lī～⇨屈原所作的文體。訴說遭遇憂患之苦。狐～hô͘～⇨體臭。風～hong～⇨①風流，貪玩。②淫蕩。風～戴破帽hong～tì phoà-bō⇨①愛風騷就要戴破帽。②戴破帽也趁人風流。

【騷人 so-jîn】 詩人。～～墨客～～be̍k-khek⇨風雅的文人。梅雪爭春不肯降，～～墨客弄評章，梅須遜雪三分白，雪却輸梅一陣香bôe-soat cheng-chhun put-khéng-hâng，～～be̍k-khek lōng-phêng-chiang，bôe si sùn-soat sam-hun-pe̍k，soat khiok su-bôe it-tīn-hiang⇨同上。

【騷動 so-tōng】 擾亂。內外～～lāi-goā～～⇨同上。

【騷然 so-jiân】 紛亂。輿論～～î-lūn～～

⇨同上。

【騷擾 so-jiáu】 攪擾。～～ 地方安寧 ～～ tē-hng an-lêng⇨同上。

so
# 搔
撫摸也。以掌或双掌合磨曰搔so，又賭骨牌類亦曰搔so。～頭殼～thâu-khak⇨撫摸腦袋。～大粒圓～toā-liap-îⁿ⇨做圓子。～索仔～soh-á⇨搓索子。來～一莊lâi～chit-chong⇨來賭一莊吧。會～會捋ē～ē loā⇨很會安撫勸和。捋loā，加力以搔so也。

【搔手 so-chhiú】 ㊀自摸己手。㊁輸光了。博無三斗道～～也poah-bô-saⁿ-táu tō ～～ à⇨沒博三注道輸光了。

【搔油 so-iû】 抹油boah-iû。～～較滑溜～～khah kut-liu⇨同上。

【搔草 so-chháu】 除水稻之雜草。～～破水巡田岸正是大空課～～phoà-chúi sûn-chhân-hoāⁿ chiàⁿ-sī toā khang-khòe⇨除草灌溉巡視田疇是眞正的(農家)工作。水田中水量的加減曰破phoà。

【搔粉 so-hún】 抹粉boah-hún。洗面 ～～點胭脂sé-bīn～～tiám-ian-chi⇨同上。

【搔捋 so-loa】 so-loā安撫。加力搔之曰捋loa。你都上恔～～也lí to siong-gâu～～à⇨你最會安撫。

【搔圓 so-îⁿ】 ㊀做糰子。冬節是冬天，家家厝厝人 ～～ tang-cheh sī tang-thiⁿ，ke-ke chhù-chhù lâng～～⇨同上。㊁勸和。～～捖扁你攏每會～～tēⁿ-píⁿ lí lóng-mā-ē(ōe)⇨勸和勸打你皆能之。

【搔線 so-soàⁿ】 撚線。～～撚絲～～lián-si⇨同上。

【搔癢 so-chiūⁿ】 抓癢jiáu-chiūⁿ。未輸扲共伊～～扲bē-su teh kā-i～～leh⇨宛如在爲他抓癢呢，意謂如此攻擊，對他只是抓癢，不但不痛，反而覺得開心。搔無着癢so-bô-tioh-chiūⁿ⇨抓不到癢處。

【搔索仔 so-soh-á】 做繩子。賊來藉～～～chhat lâi chiah～～～⇨謂事缺準備，臨時慌張。

【搔烏面 so-o·-bīn】 面塗黑。喩故意惹事圖利。過不去。合人 ～～～ kah-lâng ～～～ ⇨在算賬中惹事以圖利。佪二個扲～～～也in nn̄g-ê teh～～～ā⇨他們兩個要發生衝突了。

【搔麻油 so-moâ-iû】 嬰兒出生食雞酒(麻油酒)。喩出生。該等候更 ～～～ ài théng-hāu koh～～～⇨謂你(要富貴)等候來生罷。

【搔首弄姿 so-siú-lōng-chu】 作態媚人。傅粉飾面，～～～～hū-hún sek-bīn～～～～⇨古時男人亦抹粉。

so
# 唆
嗾使也。教～罪kàu～chōe⇨嗾使人犯法之罪。

【唆使 so-sú】 彼的人眞愛～～人東～～人西hit-ê lâng chin-ài～～lâng tang～～lâng sai⇨那個人很喜歡教唆人家做此做彼。

só
# 嫂
兄之妻也。既婚女人的通稱。兄～細叔hiaⁿ～sè-chek⇨兄嫂與其夫弟。姑換～ko·-oāⁿ～⇨一對兄妹和一對姊弟彼此婚對。大～toā～⇨①大哥之妻。②對已婚的少婦的尊稱。阿林～阿竹～a-lîm～a-tek～⇨阿林哥之妻阿竹哥之妻。阿～a～⇨己兄之妻。毋八你阿狗～仔m̄-bat-lí a-káu～à⇨①什麼東西。②事不關我。

【嫂夫人 só-hu-jîn】 大嫂的尊稱。～～～均此致意 ～～～ kin-chhú tì-ì⇨大嫂也在此請安。致友函末順筆問候詞。

só
# 瘦
瘖sán也(見san部)。身上肉少也。人比黃花～jîn pí hông-hoa～⇨古詞名句。環肥燕～khoân hûi-iàn～⇨肥美人與瘦美人，環指楊貴妃玉環，燕指漢成帝后趙飛燕。汎指大羣少婦。

【瘦馬 só-má】 ～～骨多也～～kut-to-iā⇨同上(見san部sán-bé)。

só
# 瑣
細也，小也，細碎之事物曰瑣só。煩～hoân～⇨同上。

【瑣屑 só-sap】 煩細的。～～的問題了了～～ê būn-tê liáu-liáu⇨皆是小問題而已。

【瑣碎 só-chhùi】 零碎細微。即類～～的代誌您去解決道可也，不免來chit-lōe～～ê tāi-chì lín-khì kái-koat tō-hó-à m̄-bián-lâi ⇨此類小小問題你們自己去解決就可以了，不必來(麻煩我)。似乎是什麼長官的口氣。

só **鎖** 鍵也，鑰也。關閉之曰鎖só。鐵～金～thih～kim～⇨同上。經濟封～keng-chè hong～⇨同上。連～反應liân～hoán-èng⇨同上。～於監牢內～tī kaⁿ-lô-lāi⇨拘禁在監牢中。門攏～抡mn̂g lóng～leh⇨門皆上鎖。君子～kun-chú～⇨有鎖名無鎖實的鎖só。

【鎖門 só-mn̂g】 閉門上鎖。等一下我來～～tán chit-ē goá-lâi～～⇨同上。

【鎖骨 só-kut】 肩骨之一。俗曰琵琶骨pî-pê-kut。

【鎖牽 só-khian】 門扇上的拉環的俗稱。牽之以上鎖也。

【鎖匙 só-sî】 七枝～～都交你，柴米油鹽糖與茶chhit-ki～～to kau-lí，chhâ bí iû iâm thn̂g í tê⇨謂夫納妾，妻口言交出七枝鎖匙給妾，却只交出六枝(留下醋一枝以自用)。

【鎖國令 só-kok-lēng】 自閉門戶不對外國交易來往的命令。日本德川幕府第三代將軍曾下此令，直到明治維新才再開國。前後約近三百年之久。

【鎖陰病 só-im-pēⁿ】 病名。俗稱石女，不能人道亦不能生育。

【鎖喉症 só-âu-chèng】 病名。亦曰鎖喉蛾só-âu-ngô，或白喉peh-âu。蛾ngô痾ô也，亦稱喉癬âu-ngô。

sò **掃** 拂除汚穢也。清除也 (見sau部)。清～chheng～⇨同上。灑～庭除sá～têng-tî⇨同上。一～而空it～jî kong⇨同上。斯文～地su-bûn～tē⇨同上。

【掃射 só-siā】 sáu-siā。機關銃～～ki-koan-chhèng～～⇨同上。

【掃興 só-hèng】 敗興pāi-hèng。抵着彼款人，實在眞～～tú-tioh hit-khoán-lâng，sit-chāi chin～～⇨逢到那一種東西眞的敗壞了興頭。

sò **燥** 乾也。吸收水分曰燥sò，心急曰燥sò。又中醫以藥性有燥sò，熱jiat，冷léng等之分。乾～機kan～ki⇨同上。空氣眞乾～khong-khì chin kan(ta)～⇨同上。即款藥仔眞～chit-khoán ioh-á chin～⇨此種藥很熱性。嘴～chhùi～⇨口乾。急～kip～⇨性急。

【燥水 sò-chúi】 吸收水。瘖田饺～～sán-chhân gâu～～⇨瘦田多吸收水。喻瘦漢大食。

【燥心 sò-sim】 深合於心而急欲得之。伊對阿花的親事也是眞～～i tùi a-hoe ê chhin-sū ā-sī chin～～⇨他對阿花的親事也是非常愜意kah-ì，非常着急。

【燥汗 sò-koāⁿ】 收汗siu-koāⁿ。

【燥性 sò-sèng】 彼款藥較～～hit-khoán ioh khah～～⇨那種藥較燥性。

【燥補 sò-pó】 烈性的補品。

【燥暴 sò-pō】 急性而暴烈。伊人眞～～i lâng chin～～⇨同上。

【燥藥 sò-ioh】 燥性高的藥品。有～～，有冷藥ū～～，ū léng-ioh⇨同上。

【燥燥甜 sò-sò-tiⁿ】 認爲很好而急欲得之。伊看着耳道～～～也i khoàⁿ-tioh niā tō～～～a⇨一看見就急欲得之了。

sô **趖** 趚趖chek-sô，側行也。蛇行曰趖sô，行慢亦曰趖sô。俗作趖sô。又徘徊pâi-hoâi亦曰趖sô，疲勞曰趖sô，魯鈍亦曰趖sô。蛇～入孔choâ～jip-khang⇨蛇爬入穴。大蛇～過田岸toā-choâ～kòe chhân-hoāⁿ⇨大蛇爬行越田畦。喻慢吞吞。安爾云云仔～要～到當時an-ne (ni) ûn-ûn-á～boeh～kā tang-sî⇨如此慢慢地跑，要跑到什麼時候(才到達)。云云仔ûnûn-á⇨ûn-ûn-ná⇨一步一步，慢行。歸日於街仔抮～kui-ji̍t tī ke-á teh～⇨整天在街上遊蕩(徘徊)。人眞～lâng chin～⇨我覺得很疲勞，無力氣。伊人有較～i lâng ū-khah～⇨他性較遲鈍。

**sô 趖** 走疾也。俗作趍sô字用。

## so·

**so· 疏** 通也，分也，粗也。親之對稱，又不周密也。人地兩～jîn-tē liáng～⇨人～地不熟jîn～tē-put-se̍k。逐項眞生～ta̍k-hāng chin chhe$^{n}$～⇨各事物皆不熟悉。有較～去也ū khah～khì-á⇨比較疏遠去了。禮有親～lé iú chhin～⇨禮法有親疏之別。～不間親～put-kan-chhin⇨疏遠者不能離間親密者。才～學淺châi～ha̍k chhián⇨同上。愈近山，人口愈稀～jú-kīn-soa$^{n}$ jîn-kháu jú hi～⇨同上。

【疏忽 so·-hut】 一時～～煞乎騙去chi̍t-sî～～soah hō· phiàn-khì(ì)⇨一時不細心，竟被騙了。

【疏通 so·-thong】 ㊀～～水路～～chúi-lō·⇨同上。㊁～～感情～～kám-chêng⇨同上。

【疏散 so·-sàn】 人口，集中較快，～～較奧jîn-kháu, chi̍p-tiong khah-khoài，～～khah-oh⇨同上。

【疏遠 so·-oán】 人一下失敗，親成朋友每攏～～了了去也lâng chi̍t-ē sit-pāi, chhin-chiâ$^{n}$ pêng-iú māh-lóng～～liáu-liáu-khì-à⇨人一失敗親戚朋友都皆不來往了。

【疏導 so·-tō】 ㊀～～河流～～hô-liû⇨同上。㊁青少年的～～chheng-siàu-liân ê～～⇨同上。

【疏懶 so·-lán】 即久仔人較～～chi̍t-kú-á lâng khah～～⇨最近比較懶散。

【疏財仗義 so·-châi-tiāng-gī】 ～～～～的好漢～～～～ê hó-hàn⇨同上。

**so· 疎** 疏的俗字。～不間親～put-kan chhin⇨古兵法之詞。

**so· 蔬** 亦蔬se也(見se部)。菜～chhài～⇨蔬菜類。

【蔬菜 so·-chhài】 ～～食較嫒抮較好～～chia̍h khah-chē(chōe)-leh khah-hó⇨蔬菜多吃較好。

**so· 甦** 死而復活也，通蘇so·。

【甦醒 so·-séng】 同蘇醒so·-séng。

**so· 穌** 耶穌iâ-so·⇨耶穌基督Jesus Christ的省詞。

**so· 蘇** 草名，死而更生也，通甦so·。困境得救也。又地名也，姓氏也。又雅致曰蘇so·，奢華曰蘇so·，臉皮厚亦曰蘇so·。紫蘇chí-so·。復～ho̍k～⇨復活ho̍k-oa̍h。生民何計樂樵～seng-bîn hô-kè lo̍k chiâu～⇨謂人民無計可生活。昭～chiau～⇨困境得救。三～sam～⇨蘇東坡父子兄弟三人。姑～城外寒山寺，夜半鐘聲到客船ko·～sêng-gōa hân-san-sī iā-pòan cheng-seng tò· khe̍k-chûn⇨唐張繼夜舶松江詩。房間佈置了眞～pâng-keng pò·-tì-liáu chin～⇨房子佈置得很雅緻。穿插不止仔～chhēng-chhah put-chí-a～⇨衣裳穿着打扮很雅氣。有錢道～，無錢道酴ū-chî$^{n}$ tō～bô-chî$^{n}$ to thô·⇨謂有錢就表現得奢華，無錢就土裡土氣。酴thô·，厚酒也，俗稱大酴toā-thô·，通土thô·。嚇道眞～也嚇heh tō chin～a heh⇨嚇，這就眞的厚臉皮了，嚇。

【蘇丹 so·-tan】 國名。Sudan。在非洲北部紅海邊。

【蘇州 so·-chiu】 地名。在江蘇省。～～目鏡～～ba̍k-kià$^{n}$⇨謂各人合用就可以，不用外人干涉。去～～賣鴨卵也khì～～bē(bōe) ah-nn̄g-ā⇨到蘇州去賣鴨蛋去了，謂已經死去了。蘇州so·-chiu可能是土州thô·-chiu，亦即土中

thô·-tiong之訛。

【蘇杭 so·-hâng】 蘇州與杭州。天上天堂，地上～～thian-siāng thian-tông, tē-siāng～～⇒謂蘇杭兩地美如天堂。

【蘇俄 so·-ngô·】 蘇維埃俄羅斯so·-ûi-ai ngô·-lô-su的簡稱。

【蘇氣 so·-khì】 雅緻ngē-tì。打扮到眞～～tā$^{n}$-pān kà chin～～⇒打扮得很雅緻。

【蘇堵 so·-tó·】 雕龍繪鳳的牆壁。即堵～～做得眞好chi̍t-tó·～～chò-le chin-hó⇒此堵蘇州式的花牆作得很美。

【蘇脚 so·-kha】 ㊀懶跑路。㊁奢侈，會曉～～ē-hiáu～～⇒懂得奢侈。

【蘇醒 so·-séng】 同甦醒so·-séng。死而復生。

【蘇聯 so·-liân】 蘇維埃社會主義聯邦共和國so·-ûi-ai siā-hōe-chú-gī liân-pang kiōng-hô-kok的簡稱。亦即蘇俄，最近已瓦解。

【蘇東坡 so·-tong-pho】 蘇洵之子，蘇轍之兄，合稱三蘇sam-so·，同在唐宋八大家之列。

【蘇格蘭 so·-kek-lân】 地名，Scotland。在英國北部。元自爲一王國，後與英格蘭合併。今仍如此。

【蘇維埃 so·-ûi-ai】 俄語Soviet的譯音。爲現代俄國之政治組織。其意爲委員會或評議會。今已解體。

【蘇三起解 so·-sam-khí-kái】 戲牌名。故事謂，蘇三小姐從洪羊縣被解送太原府受三司會審，得以邂逅hāi-hō·舊情人王金龍，並爲之洗雪寃情。

【蘇武牧羊 so·-bú-bo̍k-iâng】 漢蘇武出使匈奴，被囚牧羊十八年，終得全節而歸的故事。

【蘇格拉底 so·-kek-lah-tí】 古希臘的名哲學家Socrates的譯音。

so· **酥** 酪lo̍k的一種。潔澤鬆膩曰酥so·。天街小雨潤如～thian-ke siáu-í lūn-jî～⇒雨美也。雙頰美如～siang-kiap bí-jî～⇒美頰也。越女手如～oa̍t-lí chhiú jî～⇒美手也。新枝放花如點～sin-ki hông-hoa jî tiám～⇒美花也。由以上各例，可見酥so·爲潔麗鬆軟之美詞。又食品鬆脆可口亦曰酥so·。又手脚疲勞亦曰酥so·。骨頭強佅～去也kut-thâu giông-boeh～khì (ì) -à⇒謂骨頭快要鬆解了。土豆～thô·-tāu～⇒同上。綠豆～le̍k-tāu～⇒同上。

【酥脆 so·-chhè(chhòe)】 又鬆又脆。

【酥胸 so·-hiōng(heng)】 美女胸部的幼膩美麗。春意滿～～chhun-ì boán～～⇒同上。

【酥腰 so·-io】 腰因疲勞而鬆解。行到硬將佅～～去也kiā$^{n}$-kah nge̍h-chhiān-boeh～～khì (ì) -à⇒跑得幾乎腰骨侍鬆解了。

【酥餅 so·-piá$^{n}$】 酥脆so·-chhè的餅。

【酥糖 so·-thn̂g】 愛食～～，食到蛀齒ài-chia̍h～～chia̍h-kà chiū-khí⇒喜歡吃酥糖，吃到牙齒都蛀了。

só· **搜** 查問也。查察也。探～thàm～⇒找尋。博～phok～⇒廣範圍的追尋。搜so也。

【搜求 so·-kiû】 ～～古物～～kó·-bu̍t⇒同上。

【搜查 so·-cha】 刑事扲～～hêng-sū teh～～⇒刑事在查尋。

【搜家 so·-ka】 搜查家中。刑事來～～hêng-sū lâi～～⇒同上。

【搜索 so·-sok】 ～～敵情～～te̍k-chêng⇒同上。

【搜檢 só·-kiám】 ～～身體～～sin-thé⇒同上。

【搜羅 so·-lô】 搜尋收集。～～古董～～kó·-tóng⇒搜集古董。

só· **蒐** 草名，茜草也。聚也。春獵秋獵皆曰蒐só·。獵取也。

【蒐集 só·-chi̍p】 獵而集之。收集。～～資料～～chu-liāu⇒收集資料。

só· **所** 場地也。場～tiû$^{n}$～⇒同上。處～chhì～⇒同上。公～kong～⇒同上。事務～sū-bū～⇒同上。又助詞也，使動詞的作用明確化。

～食的物～chiah ê mih⇨同上。～趁的錢～thàn ê chîⁿ⇨同上。～敬愛的人～kèng-āi ê lâng⇨同上。～栽培的果子～chai-pôe ê kóe-chí⇨同上。又作人解。即～chit～⇨這個家貨。彼～hit～⇨那個東西（皆下流語）。彼堅～hit-khian-～⇨那家伙。

**【所天 só·-thian】** 妻以夫爲天。不幸～～早亡put-hēng～～chá-bông⇨同上。

**【所以 só·-í】** ㊀原因。根本。觀其～～，察其所由koan kî～～，chhat kî só·-iû⇨觀其原因，察其方法。㊁承上接下之詞，多與因爲相連用。因爲貪心，～～失財in-ūi tham-sim～～sit-châi⇨同上。因爲無食飯，～～腹肚枵in-ūi bô chiah-pn̄g，～～pak-tó iau⇨同上。枵iau，空腹也。

**【所生 só·-seng】** 父母。無辱汝～～bû-jiok jí(ní)～～⇨不可使父母受辱。

**【所在 só·-chāi】** 地方。別人的～～不可亂來pat-lâng ê～～put-khó loān-lâi⇨別人的地方，不可無禮。

**【所好 só·-hò·ⁿ】** 上有～～，下必效之siāng iú～～，hē pit hāu-chi⇨同上。

**【所有 só·-iú】** 歸屬。～～權～～koân⇨同上。

**【所行 só·-kiâⁿ】** 品行phín-hēng。～～無眞端正～～bô chin toan-chèng⇨品行不十分端正。

**【所有 só·-ū】** 存在。～～的錢都開了也～～ê chîⁿ to khai-liáu-à⇨謂錢全部報銷掉了。海內～～的魚鼈，都是上帝創的物hái-lāi～～ê hî-pih，to-sī siōng-tè chhòng ê mih⇨基督教謂天地萬物皆上帝所創造的。

**【所見 só·-kiàn】** 所聞～～都有筆記só·-būn～～to-ū pit-kì⇨所見聞的皆作筆記。

**【所知 só·-chai】** 見聞。我～～的都講了也goá～～ê to kóng-liáu-à⇨我所知道的全部講出來了。

**【所知 só·-ti】** 學問道理。行其～～hêng kî～～⇨同上。

**【所長 só·-tióng】** ㊀多餘出來。利益金。～～的錢愛攤還人藉着～～ê chîⁿ ài thoaⁿ-hêng-lâng chiah-tioh⇨多餘的錢應該攤還人家才對。㊁特長，特色。有～～，有所短iú～～，iú só·-toán⇨有長處有短處。

**【所長 só·-tiúⁿ】** 一所之主管。新～～來也sin～～lâi-ā⇨新所長到任了。又其人出現了。

**【所穿 só·-chhēng】** 衣着。～～是綾羅紡絲，所食是山珍海味～～sī lîn(lêng)-lô-pháng-si，só·-chiah sī san-tin-hái-bī⇨謂生活富裕。

**【所看 só·-khoàⁿ】** 所聽的合～～的無共款só·-thiaⁿ-ê kah(kap)～～ê bô-kāng-khoán⇨聽的和看的不相同。

**【所思 só·-su】** 思念。日有～～，夜有所夢jit iú～～，iā iú só·-bāng⇨同上。

**【所致 só·-tì】** 結果。無錢～～的bô-chîⁿ～～ê⇨沒有錢所造成的。

**【所望 só·-bāng】** 希望。有～～ū～～⇨有希望，有所希望iú só· hi-bāng。

**【所得 só·-tek】** 收入。一年～～it-liân～～⇨同上。～～稅～～sòe⇨同上。

**【所費 só·-hùi】** 金錢。經費，生活費，零用錢。～～用了也～～iōng-liáu-à⇨錢用完了。提些乎做～～theh-chē hō· chò～～⇨拿些(錢)給他做所要的費用。～～免外皴～～bián goā-chē(chōe)⇨費用不必很多。該淡薄仔～～ài tām-poh-á～～⇨需要若干費用。

**【所會 só·-ē(ōe)】** ～～的功夫～～ê kang-hu⇨同上。

**【所想 só·-siūⁿ】** 想法。各人～～都無共款kok-lâng～～to-bô kāng-khoán⇨各人想法都不一樣。

**【所靠 só·-khò】** 倚靠oá-khò。終身有～～chiong-sin ū～～⇨終生有可依賴。

**【所謂 só·-ūi】** 衆所常說。～～君子坦蕩蕩

～～kun-chú thàn-tōng-tōng⇨同上。無～～bô～～⇨沒話說，沒問題，沒關係。

【所願 só·-goān】 願意，希望。心～～sim～～⇨心中所願望。

【所屬 só·-siok】 屬從。～～人員～～jîn-oân⇨屬下的人員。無～～bû～～⇨不屬於任何派系。

【所歡 só·-hoan】 心所親愛的人。懷念其～～hoâi-liām kî～～⇨同上。

【所以然 só·-í-jiân】 原因，緣由。知其然，不知其～～～ti-kî-jiân, put-ti-kî～～～⇨知其如此，不知其何以如此。

【所當然 só·-tong-jiân】 應該。禮～～～lé～～～⇨論禮應該如此。理～～～lí～～～⇨同上。

【所向披靡 só·-hiàng-phi-bî】 形容軍力強盛。大軍～～～～tāi-kun～～～～⇨同上。

【所向無敵 só·-hiàng-bû-tek】 同所向披靡。

【所羅門王 só·-lô-bûn-ông】 古以色列國王，入老失政，招致國家分裂，有如唐明皇李隆基式的人物。

**素** sò· 無色也。儉樸也。本也。昔也。化學原素皆以某素為名。縞～ko～⇨白色，喪服。樸～phok～⇨樸實無華。食穿都不止仔～chiah-chhēng to put-chí-á～⇨生活皆很平實。元～goân～⇨同上。水～chúi～⇨同上。酸～sng～⇨同上。味～bī～⇨同上。

【素手 sò·-chhiú】 空手。空拳～～khang-kûn～～⇨身無寸鐵。喻無錢無力的光棍一條。

【素行 sò·-hēng】 品行phín-hēng。～～無真好～～bô chin-hó⇨素行不大好。

【素衣 sò·-i】 便衣piān-i。

【素交 sò·-kau】 平時有交際。双旁都是～～的朋友siang-pêng to-sī～～ê pêng-iú⇨同上。

【素色 sò·-sek】 白色。淺色。～～的布料～～ê pò·-liāu⇨同上。

【素志 sò·-chì】 意願。～～未得實現～～bē (bōe) tit sit-hiān⇨同上。

【素來 sò·-lâi】 從來。你～～都毋八者爾慷慨，今仔日是安怎lí～～to m-bat chiah-ní khong-khài, kin-á-jit sī an-choáⁿ⇨你一向都未嘗這麼慷慨，今天是怎麼樣了。

【素面 sò·-bīn】 沒有顏色。～～的衫～～ê saⁿ⇨同上。

【素食 sò·-sit】 食素。～～道是無食臊～～tō-sī bô chiah-chho⇨素食就是不吃腥。

【素時 sò·-sî】 平時。～～都無來往～～to bô lâi-óng⇨平時沒有交往。

【素常 sò·-siâng (siông)】 平常。平時。～～無交陪，時到藉要求人，較歹勢～～bô kau-pôe, sî-kàu chiah-boeh kiû-lâng, khah pháiⁿ-sè⇨平時沒交際，時急了才要求人，不好意思。

【素描 sò·-biâu】 未著色的底畫。～～該先學好～～ài seng-oh-hó⇨同上。

【素質 sò·-chít】 本質。～～眞差～～chin chha⇨同上。

【素養 sò·-iáng】 平日的修養。有～～的人ū～～ê lâng⇨同上。

【素餐 sò·-chhan】 ㊀同素食sò·-sit。㊁吃飯而不會做事。屍位～～si-ūi～～⇨佔官位而不會辦事的官員。

【素願 sò·-goān】 素志。～～該實現～～ài sit-hiān⇨同上。

【素心蘭 sò·-sim-lân】 蘭花名。花白心。

【素封家 sò·-hong-ka】 不仕官而富曰素封sò·-hong。～～～的子弟出身～～～ê chú-tē chhut-sin⇨同上。

【素素仔 sò·-sò·-à】 不誇張。雅氣。安爾～～～若好看抡an-ne(ni)～～～goā(joā)-hó-khoàⁿ-lē⇨如此素素的多麼好看。

【素馨花 sò·-hiang-hoe】 花名。

【素不識面 sò·-put-sek-biān】 完全未見過面。

同素昧平生。

【**素車白馬** sò·-ki(ku)-pek-má】 弔喪儀仗。～～～～，號哭而至～～～～，hô-khok jî chì⇨同上。

【**素昧平生** sò·-bī-phêng-seng】 完全不相識。～～～～的人那有啥交情～～～～ê lâng ná -ū siá$^{n}$ kau-chêng⇨同上。

sò·
**數** 計也。算也。幾也。古六藝之一。禮樂射御書～lé gak siā gī si～⇨六藝。不計其～put-kè kî～⇨不可計算之多也。天～thian～⇨天運。無萬～bû-bān～⇨極多極多。有步～ū-pō·～⇨有方法。心內有～sim-lāi iú～⇨心中知之。倒～時刻tó～sî-khek⇨同上。劫～難逃kiap～lân-tô⇨所謂該死也。未知之～bī-ti chi～⇨將來之事。十～人chap～lâng⇨十多人。～十人～chap-lâng⇨幾十人。

【**數次** sò·-chhù】 若干次。我共伊講～～也，都不聽goá kā-i kóng～～à, to m̄-thia$^{n}$⇨我對他忠告多次了，都不從。

【**數字** sò·-jī】 0,1,2,3……9的阿拉伯數字。俗稱算用～～soàn-iōng～～⇨同上。

【**數奇** sò·-kî】 命運不佳。李廣～～lí-kòng～～⇨漢李廣雖勇而有將才，但多戰多敗，終身不得封侯。

【**數珠** sò·-chu】 亦稱念珠liām-chu或佛珠hut-chu。僧尼掛之胸前，爲念經記數之具。

【**數量** sò·-liāng】 ～～有限～～iú-hān⇨數額不多。

【**數學** sò·-hak】 ～～較差～～khah-chha⇨數學比較學不好。

【**數一數二** sò·-it-sò·-jī】 非第一亦第二。喻難得的事物。～～～～的人物～～～～ê jîn-but⇨同上。

【**數米而炊** sò·-bí-jî-chhui】 喻多勞而無益。

【**數見不鮮** sò·-kiàn-put-sián】 多見不稀奇。

【**數典忘祖** sò·-tián-bōng-chó·】 罵人忘本之詞。喻做事脫離本源。做人道不當～～～～chò (chōe)-lâng tō m̄-thang～～～～⇨同上。

sò·
**訴** 告也。訟也。告訴冤枉也。告～kò～⇨向司法機關要求公道。投～tâu～⇨報告受害或被冤。陳～tîn～⇨同上。哭～khok～⇨同上。

【**訴狀** sò·-chn̄g】 告訴書。去法院提出～～也khì hoat-ī$^{n}$ theh-chhut～～à⇨向法院提出訴狀了。

【**訴苦** sò·-khó·】 叫苦kiò-khó·。未曾未道扵～～也bōe-chêng-bōe tō-teh～～à⇨剛剛開頭就在喊苦了。我看得未來～～也goá-khoà$^{n}$ tit-bē-lâi～～à⇨我看快要來叫苦了。

【**訴訟** sò·-siōng】 請求法院判斷是非。～～有一定的程序～～ū it-tēng-ê thêng-sū(sī)⇨同上。

【**訴冤** sò·-oan】 陳述自己受冤枉。端仔～～每無彩工tan-á～～mā bô-chhái-kang⇨只是訴冤也沒用。端仔toan-á→tan-ná→kan-ná⇨端的。

【**訴願** sò·-goān】 官員執法不當，受害人向上級機關請求補救。～～委員會～～úi-oân-hōe⇨同上。

【**訴之武力** sò·-chi-bú-lek】 以武力解決。～～～～不是好辦法～～～～m̄-sī hó pān-hoat⇨同上。

【**訴諸公論** sò·-chu-kong-lūn】 要求社會公論是非。諸chu⇨之於chi-î。～～～～比用武力總是較好～～～～pí iōng bú-lek chóng-sī khah hó⇨請公論定是非，比用武力決勝負，不論如何都是比較好的方法。

sô·
**摖** 暗取物也。暗中據物爲己有曰扎sô·。佗共～的ta(to) kâng～ê⇨從何弄來的。烏白講，伓佗～o·-peh-kóng，boeh ta(to)～⇨亂講，何處可弄來呀，(否定非扎的)。乎人～去也了hō·-lâng～khì(ì)-à-là⇨被人弄走了。

sô·
**所** 巧所kháu-sô·⇨女陰也。

# soa

**soa 沙** 俗作砂soa。水邊散碎的小石也。水邊亦曰沙soa。又果熟果肉鬆散成微粒狀曰沙soa。西瓜該～藉好食si-koe āi～chiah hó-chiah⇨西瓜要沙，才好吃。又鬆散的東西散落亦曰沙soa。米～了了也bí～liáu-liáu à⇨米散失很多了。土～thô͘～⇨泥土(不含水)。土～粉仔thô͘～hún-á⇨塵埃tîn-ai。風飛～hong-poe～⇨飛塵。飛～走石hui～cháu-chioh⇨喻風大。一盤散～chit-poâⁿ soàⁿ～⇨喻不能團結。金～kim～⇨同上。銀～gîn～⇨同上。赤～chhiah～⇨淡赤色的砂糖。

【沙土 soa-thô͘】 砂土。土，砂與土。～～質的地皮～～chit ê tē-phôe⇨有沙，有土的地質。土亦作塗。

【沙目 soa-bak】 同沙粒soa-liap。～～重的道該手術～～tāng-ê tō-āi chhiú-sut⇨沙眼患得重了，就需要開刀治療。

【沙母 soa-bú】 大粒砂。～～來掙都有油～～lâi-chīⁿ to-ū-iû⇨砂母也可以榨出油來。喻最貧者如加以壓迫，也可以榨出錢來。

【沙石 soa-chioh】 砂與小石。～～仔～～á⇨同上。採～～仔來起厝chhái～～á lâi khí-chhù⇨採運砂石爲建築房屋之用。

【沙包 soa-pau】 泥砂的袋裝。水大道該用～～來抵藉抵會稠chúi-toā tō-āi iōng(iēng)～～lâi-tú chiah tú-ē(ōe)-tiâu⇨水大就該用沙包來擋之，才擋得住。

【沙布 soa-pò͘】 砂布。sand paper。亦即砂紙soa-choá。用～～磨桌面iōng(ēng)～～boâ toh-bīn⇨同上。

【沙沙 soa-soa】 粒狀物很鬆散。水泥路～～chúi-nî-lō͘～～⇨水泥不足致路面鬆散。食着～～chiah-tioh～～⇨吃入口中有砂的感覺。西瓜～～眞好食si-koe～～chin-hó-chiah⇨西瓜沙沙很好吃。

【沙金 soa-kim】 砂金。洗～～sé(sóe)～～⇨同上。

【沙疥 soa-kè(kòe)】 乾性的疥癬。～～卵看做眞珠小刀柄～～lān khoàⁿ-chò(chòe) chin-chu sió-to-pèⁿ⇨喻大錯特錯。卵lān即卵鳥lâng-chiáu，俗作乍鳥的省詞，本字作羼lān，陽物也。

【沙挑 soa-thio】 鏟砂的小工具。沙鏟子。

【沙紙 soa-choá】 沙布。sand paper。

【沙耙 soa-pê】 耙砂的小工具。該用～～耙藉會快āi-iōng(iēng)～～pê chiah-ē(ōe) khoài⇨應該使用砂耙來耙才會快。

【沙埔 soa-po͘】 砂地soa-tē。溪～～khe～～⇨河流邊較平坦的砂地。

【沙屑 soa-sap】 ㊀幼砂。㊁囉嗦。海口雎厚～～hái-kháu-chi kāu～～⇨意謂非常囉嗦(粗語)。层chi，女陰也。厚kāu，多也。

【沙粒 soa-liap】 ㊀砂子。目珠內如有一粒～～道擋未稠也bak-chiu-lāi nā-ū chit-liap～～tō tòng-bē(bōe) tiâu-ā⇨眼中有粒砂子，就不得了了。㊁眼疾名。着～～tioh～～⇨患沙眼。

【沙崙 soa-lūn】 砂丘soa-khiu。

【沙漠 soa-bok(bō͘)】 大～～toā～～⇨同上。～～中的綠洲～～tiong ê liok-chiu⇨同上。

【沙漏 soa-lāu】 沙濾。過～～的清氣水kòe～～ê chheng-khì-chúi⇨同上。

【沙線 soa-soàⁿ】 沙洲soa-chiu。

【沙磨 soa-bō】 新式的碎穀機。

【沙篩 soa-thai】 篩砂的小工具。

【沙糖 soa-thn̂g】 糖，因新式機器製的糖，其狀如砂。

**soa 砂** 沙的俗字(見沙soa字部)。

**soa 痧** 病名。嘔吐，腹病，痾痢等的急性症候。着～tio̍h～⇨急性病。我無得着～goá bô-teh tio̍h～⇨謂我不在患急病，亦即我沒有那麼不中用。

【**痧症 soa-chèng**】 痧的病。若是～～道該細膩nā-sī ～～ tō-ài sè(sòe)-jī⇨如果痧症就該注意。

【**痧藥 soa-io̍h**】 治痧症的藥品。～～丸～～oân⇨同上。

**soa 沙** 名詞的動詞化。散失也。米有～去bí ū～khì⇨米曾散失。～掉～tiāu⇨散失。拍跤落～phah-ka-la̍h～⇨給散失。跤落kau-lau̍h→ka-la̍h⇨失落。曷有當乎～去a̍h-ū-thang hō͘～khì⇨豈可給散失。人～掉的亦較贅你收成的lâng～tiāu-ê ia̍h khah-chē(chōe) lí siu-sêng-ê⇨人家散落掉的也多過你所收穫的。～於路裏，人扱了了也～tī lō͘-lī, lâng khioh-liáu-liáu à⇨散失在路上，人家全都拾取去了。又散失的沙soa是名詞沙soa的動詞化。俗或作零leng，強讀soa。

**soa 鯊** 魚名。～魚～hî⇨俗作沙魚soa-hî。

**soá 徙** 遷也。移也。遷～chhian～⇨遷移。搬～poa$^{n}$～⇨搬遷。～去邊仔～khì pi$^{n}$-a⇨移去旁邊。未輸貓～巢呢bē(bōe)-su niau～siū-nì⇨謂宛然貓一般的頻頻移巢。

【**徙步 soá-pō͘**】 ㊀移步。㊁學步。嬰仔會曉～～也e$^{n}$-á ē(ōe)-hiáu～～ā⇨嬰兒曉得移徙脚步了。

【**徙位 soá-ūi**】 變換位置。變換場所。搬徙住家。坐歸日無～～chē kui-jit bô～～⇨坐整天沒變位子。搭落去道未～～得tah-lo̍h-khì tō bē～～ tit⇨蓋下去，場所就變換不了。阿久叔仔早道搬～～也a-kiú-chek-à chá-tō poa$^{n}$～～ā⇨阿久叔很早就搬家去別地方了。

【**徙店 soá-tiàm**】 遷移店舖。～～敢道較好～～kám-tō khah-hó⇨遷店豈就比較好。

【**徙栽 soá-chai**】 苗木的移植。一年～～，三年企黃chi̍t-nî～～，sa$^{n}$-nî khiā-n̂g⇨一次移植，三年樹葉黃黃不茂盛。喻見異思遷之不宜。

【**徙厝 soá-chhù**】 搬家。～～該播紅圓～～ài-so âng-î$^{n}$⇨搬家要做紅湯圓(來表示喜慶)。

【**徙巢 soá-siū**】 鳥獸搬家。貓～～niau～～⇨貓搬家。道是愛安爾貓～～tō-sī-ài an-ne(ni) niau～～⇨就是高興如此像貓一般的搬來搬去。

【**徙徙 soá-soá**】 遷移。愛安爾搬搬～～ài an-ne(ni) poa$^{n}$-poa$^{n}$～～⇨喜歡這樣子屢屢搬徙。

【**徙脚 soá-kha**】 移步。同徙步soá-pō͘。無～～拎，成艱苦bô～～leh, chiâ$^{n}$ kan-khó͘⇨不署移步移步，就很苦了。掙到，未～～得chi$^{n}$-kà，bē(bōe)～～tit⇨擠得動彈不得。

【**徙舖 soá-pho͘**】 ㊀搬舖poa$^{n}$-pho͘。臨終的病人從病床移往大廳。㊁變換睡所。我眞歹相，～～道未睏得goá chin phái$^{n}$-siàng～～tō-bē(bōe)-khùn-tit⇨我很壞脾氣，變床位就睡不得。

【**徙錠 soá-tiā$^{n}$**】 變動船的位置。

**soà 續** 連也。繼也。接也。連～來連～去liân～lâi，liân～khì⇨繼續而來，繼續而去。接～chiap～⇨連續liân-soà。安爾來都未接～也an-ne(ni)-lâi to bē(bōe)-chiap～à⇨如此下來都連續不上了。順～sūn～⇨順手，乘勢。順～攻彰化sūn～kong chiong-hoà⇨順勢攻佔了彰化城，台語有名順口溜。

【**續股 soà-kó͘**】 爲維持繩索之延長而增強繩股。拍草索該會曉～～藉會好看phah chháu-soh ài ē(ōe)-hiáu～～ chiah-ē(ōe)-hó-khoà$^{n}$⇨拍草繩需要曉得續股才會好看。

【**續鬃 soà-chang**】 略同續股soà-kó͘。無～～，辮了有較穤看bô～～，pī$^{n}$-liáu ū-khah-bái khoà$^{n}$⇨沒續髮而辮，結果眞的比較不好看。

**soà 煞** 極也。甚也。極加死～，驚啥kek-ke sí～kiaⁿ-sahⁿ⇨大不了死嘛，怕什麼。上衰賠錢～siāng-soe pôe-chîⁿ～⇨最壞賠錢不是算了嗎。上貴五千～siāng(siōng)-kùi gō·-chheng～⇨再貴五千元夠了吧。不肯，莫做～m̄-khéng mài-chò～⇨(他)不答應，就不做算了吧。→soah。

**【煞好 soà-hó】** 很不好。曷～～意思ah～～ì-sù⇨很不好意思。

**【煞有 soà-ū】** 極可能沒有。曷～～ah～～⇨同。曷～～才調ah～～châi-tiāu⇨很可能沒能力做。才調，才能也，才幹也。

**【煞肯 soà-khéng】** 極可能不肯。伊～～承認i～～sîn-jīm⇨他怎麼肯承認呢。曷～～嫁彼類人ah～～kè hit-lōe-lâng⇨怎麼肯下嫁給那種人呢。

**【煞着 soà-tioh】** 不必。彼款數～～還hit-khoán-siàu～～hêng⇨那一種賬何必還呢。曷～～安爾ah～～an-ne(ni)⇨何必如此呢。

**【煞敢 soà-káⁿ】** 何敢。伊～～反抗i～～hoán-khòng⇨他何敢反抗。你曷～～去lí ah～～khì⇨你(這怕死的)何敢去呢。。

**【煞該 soà-ài】** 同煞着soà-tioh。咱曷～～去lán ah～～khì⇨我們何必去。

**【煞會 soà-ē(ōe)】** 極可能不致於…。～～安爾～～an-ne(ni)⇨很可能不致拎此。曷～～曉ah～～hiáu⇨很可能不會。

**【煞當 soà-thang】** 不當m̄-thang。安爾～～創an-ne(ni)～～chhòng⇨這樣子不該做吧。伊既毋，曷～～去i kā-m̄，ah～～khì⇨他既然不要了，就不可去了吧。

**soā 速** 快也。迅～去，迅～來sī～khì sī～lâi⇨快去快回。人講蛇你道～lâng kóng choâ lí tō～⇨諧音，譏慣作附和者。迅～行，迅～走，走到大街口sī～kiâⁿ，sī～cháu，cháu-kà toā-ke-kháu⇨同上。同速soah。

# soaⁿ

**soaⁿ 山** 丘岳也。陸地也。淺～仔chhián～á⇨距村莊不遠的山。深～林內chhim～nâ-lāi⇨同上。內～lāi～⇨海口hái-kháu的對稱。大～母toā～bó⇨大山。上～chiūⁿ～⇨①上山。②上陸地。日頭落～jit-thâu loh～⇨日下山。起～khí～⇨登陸。出～chhut～⇨出葬。入～看～勢，入門看人意jip～khoàⁿ～sì，jip-mn̂g khoàⁿ lâng-ì⇨喻處世須注意環境。～高水牛大～koân chúi-gû-toā⇨喻數目太大。上～也一日，落海也一日chiūⁿ～iā chit-jit，loh-hái iā chit-jit⇨喻來則安之，勿急。

**【山內 soaⁿ-lāi】** 山中。～～人～～lâng⇨山區的人。田莊人chhân-chng-lâng。～～猴食樹子～～kâu chiah chhiū-chí⇨嘲田莊人。

**【山仔 soaⁿ-á】** 小山。小～～曷有大樹sió～～ah-ū toā-chhiū⇨小山那能有大樹。喻小地方出不了大人物。

**【山母 soaⁿ-bó(bú)】** 大山。大～～toā～～⇨大山。喻大富翁。大人物。有大～～靠拎拎，驚啥ū-toā～～khò-leh teh, kiaⁿ-sahⁿ⇨同上。

**【山羊 soaⁿ-iûⁿ】** 羊的一種。

**【山寺 soaⁿ-sī】** 山中寺院。

**【山地 soaⁿ-tē】** 山區地方。～～人～～lâng⇨蕃族hoan-chok的代稱。

**【山尖 soaⁿ-chiam】** 山岳之尖峰。大～～toā～～⇨同上。

**【山坑 soaⁿ-kheⁿ】** 山谷。～～仔縫～～á-phāng⇨山谷之間。

**【山芋 soaⁿ-ō】** 芋的一種。但吃不得。亦名姑婆芋ko·-pô-ō·。

**【山味 soaⁿ-bī】** 山珍san-tin。食些～～亦未僫chiah-chē～～ah bē-bái⇨吃些山味也不錯。

**【山花 soaⁿ-hoe】** ㊀遊～～iû～～⇨在山上

遊覽看光景。㊁地理師的用詞，指山容，山形、山勢。大～～toā～～⇨偉大的地穴。～～眞好～～chin-hó⇨好山穴。

【**山林** soa$^{n}$-nâ】 ～～未使得開，樹木未用得剉～～bē-sái-tit-khui，chhiū-ba̍k bē-iōng-tit chhò⇨山林不准開墾，林木不准砍伐。

【**山坡** soa$^{n}$-pho】 山坡地san-pho-tē。～～，人攏開了了也～～，lâng-lóngkhui-liáu-liáu-à⇨山坡地皆被開墾得一乾二淨了。坡亦作岅，同阪。阪與坡互訓。皆指山埔。阪又同坂。

【**山坪** soa$^{n}$-phiâ$^{n}$】 山麓較平坦的可耕地。～～地～～tē⇨平坡耕地。

【**山面** soa$^{n}$-bīn】 ～～看會着的攏種樹仔～～khoà$^{n}$-ē-tio̍h-ê lóng-chèng chhiū-á⇨山上看得見的全部造林。

【**山神** soa$^{n}$-sîn】 ～～土地～～thó·-tī⇨山之神與土地公(亦神)。

【**山洞** soa$^{n}$-tōng】 巖穴gâm-hia̍t。山賊結巢於～～soa$^{n}$-chha̍t-kiat-siū tī～～⇨山賊以山洞爲巢穴。

【**山烟** soa$^{n}$-ian】 田莊喟chân-chng-khùi。草地人chháu-tē-lâng。～～氣眞重～～khì chin tāng⇨草地氣分很濃厚。臭～～chhàu～～⇨戇田莊人的氣分。

【**山崁** soa$^{n}$-khàm】 崖。更爬一個～～道到山頂也koh-peh chi̍t-ê～～tō-kāu soa$^{n}$-téng-à⇨再爬一個崖就到山上了。

【**山缺** soa$^{n}$-khiah】 或作山隙soa$^{n}$-khiah。山稜的缺口。

【**山鬼** soa$^{n}$-kúi】 ～～水怪～～chúi-koài⇨同上。

【**山脈** soa$^{n}$-me̍h】 中央～～tiong-iong～～⇨同上。

【**山砲** soa$^{n}$-phàu】 野砲的一種。

【**山埔** soa$^{n}$-po·】 山坡地soa$^{n}$-pho-tē。山坪soa$^{n}$-phiâ$^{n}$～～亦開了了也～～a̍h khui-liáu-liáu-à⇨同上。

【**山崎** soa$^{n}$-kiā】 山路。～～路較歹行～～lō· khah-phái-kiâ$^{n}$⇨山路崎嶇較難行。

【**山脚** soa$^{n}$-kha】 山麓。～～厝仔～～chhù-á⇨山下的小住家。

【**山頂** soa$^{n}$-téng】 山上，山中。～～人落街～～lâng lo̍h-ke⇨山上人上街。喩放尿。～～一蕊花，毋值平洋一枝草～～chi̍t-lúi-hoe，m̄-ta̍t pê$^{n}$-iû$^{n}$ chi̍t-ki-chháu⇨謂山上的花也不及平地的草有價值。喩賢才之不逢時。～～無好叫，山下無好應～～bô-hó-kiò，soa$^{n}$-ē bô-hó-ìn⇨謂長輩(山頂)對下輩(山下)之間，也是必須節度相待，否則你以惡語指喚，回來的也是惡語相報。

【**山間** soa$^{n}$-kan】 ～～野外～～iá-goā⇨同上。

【**山禽** soa$^{n}$-khîm】 山鳥。～～走獸～～cháu-siù⇨同上。

【**山稅** soa$^{n}$-sōe】 山租。田該田稅，山該～～chhân ài chhân-sōe soa$^{n}$ ài～～⇨同上。

【**山場** soa$^{n}$-tiû$^{n}$】 山上的農地。經營～～也未偲keng-êng～～ā-bē-bái⇨經營山地農場也不壞。

【**山賊** soa$^{n}$-chha̍t】 ～～結巢～～kiat-siū⇨山賊作基地。

【**山腰** soa$^{n}$-io】 山腹。起厝於～～khí-chhù tī～～⇨蓋屋在山腹。

【**山路** soa$^{n}$-lō·】 ～～坎坎硈硈眞歹行～～khām-khām khia̍t-khia̍t-chin phái$^{n}$-kiâ$^{n}$⇨山路崎嶇坎坷很難行。

【**山稜** soa$^{n}$-niā】 山峯。分水嶺。過～～彼旁，道是後山也kòe～～hi̍t-pêng, tō-sī āu～a越過山稜那邊就是後山一東台灣了。

【**山勢** soa$^{n}$-sì(sè)】 山的形勢。入山看～～，入門看人意ji̍p-soa$^{n}$ khoà$^{n}$～～，ji̍p-mn̂g khoà$^{n}$ lâng-ì⇨喩處世要注意環境的變化。

【**山寨** soa$^{n}$-chē】 賊巢也。～～大王～～tāi-ông⇨同上。

【山貓 soa$^n$-niau】野貓。～～數想海魚～～siàu-siū$^n$ hái-hî⇨喻份外的僥想gām-siū$^n$。

【山豬 soa$^n$-ti】野豬。掠猴拍～～lia̍h-kâu phah～～⇨獵猴打山豬。喻打狗。～～耳～～hī$^n$⇨一種植物。葉形如劍，可作粽皮。

【山戰 soa$^n$-chiàn】陸戰。俫～～水戰做你來iàu～～chúi-chiàn chō-lí-lâi⇨山戰水戰都可以，任你選擇。

【山頭 soa$^n$-thâu】㊀山上。～～嶺尾～～niá-bóe⇨山上極高之地。㊁墳墓。送上～～sàng-chiū$^n$～～⇨送去墓地埋葬。

【山嶽 soa$^n$-ga̍k】險峻的山嶺。

【山嶺 soa$^n$-niá$^n$】山的高處。盤過～～poâ$^n$-kōe～～⇨攀越山嶺。

【山嶼 soa$^n$-sū】嶼小島。摸無～～bong-bô～～⇨找不到線索。

【山麓 soa$^n$-lo̍k】山脚soa$^n$-kha。麓lo̍k，山足也。

【山大人 soa$^n$-toā-lâng】棕櫚的一種。亦名筆筒樹pit-tâng-chhiū。

【山牛犺 soa$^n$-gû-káng】一種約有脚姆指大的甲蟲。

【山古鼈 soa$^n$-kó͘-pih】一種毒蛇名。亦即百步蛇pek-pō͘-siâ→pah-pō͘-choâ。

【山尾溜 soa$^n$-bóe(bé)-liu】山上盡處。山的最高處。較～～～都有人爬起去khah～～～to ū-lâng peh-khí-khì⇨怎麼樣的高山都有人攀登上去。

【山東白 soa$^n$-tong-pe̍h】山東白菜的省稱。

【山茶花 soa$^n$-tê-hoe】野椿。亦名椿仔花chhun-á-hoe。

【山楊麻 soa$^n$-iû$^n$-moâ】一種喬木。材極輕，可作家具材。

【山內斗底 soa$^n$-lāi-táu-té】山中的最深處。較～～～～都有人得企起khah～～～～to ū-lâng teh khiā-khí⇨最內山裏都有人在居住。

【山窮海竭 soa$^n$-kêng-hái-kia̍t】極窮貧至如海水盡。人講～～～～，無拍拚是無當仔食lâng-kóng～～～～，bô-phah-pià$^n$ sī bô-thang-á-chia̍h⇨古人說，世路窮竭，不努力是沒有飯吃。

soà$^n$ **線** 縫衣的針～chiam～⇨同上。絲～si～⇨同上。紅絲～âng-si～⇨同上。車仔～chhia-á～⇨機械製的線。無針不引～bô chiam put-ín～⇨喻事必有居中指引者。細而長者亦曰線soà$^n$。銅～tâng～⇨同上。鉛～iân～⇨同上。鐵～thih～⇨同上。路亦曰線soà$^n$。路～lō͘～⇨同上。航～hâng～⇨同上。海岸～hái-hoā$^n$～⇨沿海岸而行之鐵路。山～soa$^n$～⇨沿山而行之火車路。脫～thoat～⇨車脫軌。喻言行脫離常規。無～電bû～tiān⇨同上。接～生chiap～seng⇨接通電話之工作人員。又淺沙，亦曰線soà$^n$。石～chio̍h～⇨暗礁àm-chiau。娑～khò͘～⇨船坐礁不能行。又緝偷犯的端緒曰～索～soh。又幾何學的名詞。點合～tiám kap～⇨同上。直～ti̍t～⇨同上。曲～khiok～⇨同上。放長～釣大魚pàng tn̂g～tiò toā-hî⇨同上。離～綴lī～chōe⇨因縫線斷致縫口裂開。離lī或應作裂li̍h。

【線民 soà$^n$-bîn】為刑警等包打聽的小民。經常打小報告或提供線索。俗語曰抓扒仔jiàu-pê-á。

【線香 soà$^n$-hiu$^n$】普通香。用～～道會使得也iōng(iēng)～～tō-ē(ōe)-sái-tit-à⇨用普通香就可以了。

【線索 soà$^n$-soh】㊀解明問題或案件的端緒。無人要提供～～bô-lâng-boeh thê-kiong～～⇨沒人肯於提供線索。㊁居中周全。道是有人牽～～，唔藉會好勢tō-sī ū-lâng-khan～～，m̄-chiah ē(ōe)-hó-sè⇨就是有人居中斡旋才能夠順利成功。㊂賂賄hóe-lō͘。聽講有去下～～thia$^n$-kóng ū-khì-hē～～⇨聽說是使用了賂賄。

【線條 soà$^n$-tiâu】線。～～眞明～～chinbêng⇨曲線，直線都很清楚(讚美裸體美)。

**【線路 soàⁿ-lō͘】** ㊀道路，鐵路。～～未通～～bê(bōe)-thong⇨交通中斷。㊁絃樂器的奏法。伊的～～較好i ê～～khah-hó⇨他的奏法比較好。

**【線綴 soàⁿ-chōe(chē)】** 縫線所通過之處。縫口。裂～～lih～～⇨縫口裂開。

**【線頭 soàⁿ-thâu】** 端緒。㧣無～～chhōe-bô～～⇨找不到端緒。～～線尾～～soàⁿ-bóe⇨線類的廢物。

**soàⁿ 傘** 禦雨遮日之小道具也。可以卷舒之。亦作繖soàⁿ，蓋kài也。雨～hō͘～⇨同上。心裡無邪，雨～佅借人攑sim-lí bô-siâ, hō͘～boeh chioh-lâng-giâ⇨謂心邪才將雨傘借給白娘娘(白蛇傳)。吊～tiàu～⇨降落傘kàng-lok-soàⁿ。跳～thiàu～⇨靠吊傘逃命。娘～niû～⇨古時貴人出外用的遮日傘jia-ji̍t-soàⁿ，今神輿sîn-î仍用之。疑或涼～liâng～所轉訛，因娘有niû，liâng兩音。戇丁攑娘～gōng-teng giâ niû～⇨歇後語，倒落tò-lak。謂戇丁的侄輩做了高官，他叔爺不做反而降級爲侄掌娘傘，在身分上是倒落。雨～店hō͘～tiàm⇨時開時關的店戶，喻不可靠。

**soàⁿ 散** 聚之反。分離也。～去也～khì-à⇨各走各路去了。消失了。學生～也ha̍k-seng～à⇨學生散了——學校放學了。消退亦曰散soàⁿ。拍～的藥仔phah～ê io̍h-á⇨有消炎退病之效的藥料。撈乎～lā hō͘～⇨攪動使液中的東西溶解。又心不在焉的性格亦曰散soàⁿ。阿木仔眞～a-bo̍k-à chin～⇨阿木很散慢。

**【散工 soàⁿ-kang】** ㊀工人下工。～～是六點～～sī la̍k-tiám⇨下工的時間是六時。㊁不定主不定時的工人。做～～還仔未較偲chò(chòe)～～oân-á bē(bōe)-khah-bái⇨做散工還是不很壞，還仔oân-á→oân-ná。

**【散敥 soàⁿ-iā】** 敥iā以手散物也。錢銀安爾～～佅破產較快也chîⁿ-gîn an-ne(ni)～～boeh-phò-sán khah-khoài-à⇨錢財如此的亂開亂付給人，要破產很快了。

**【散市 soàⁿ-chhī】** 與煞市soah-chhī畧同。但散soàⁿ以人爲主，煞soah指機能。人散了，市自然停止，市停了人是自然會散的。早道～～也chá tō～～à⇨很早就散市了。

**【散去 soàⁿ-khì】** 分道揚鑣hun-tō-iâng-pio。分離。消逝siau-sè。盒攏～～也taⁿ lóng～～à⇨同上。

**【散仙 soàⁿ-sian】** 脫離了仙境的仙人。喻極度散慢的人。你叫阿貴許大～～那有效lí kiò a-kùi he toā～～ná-ū-hāu⇨你叫阿貴那個大散仙怎麼有效呢。

**【散交 soàⁿ-kau】** ㊀斷絕來往。㊁不擇友的交陪。一粒一的朋友，爲着錢道～～實在眞奥講i̍t-lia̍p-i̍t ê pêng-iú，ūi-tio̍h-chîⁿ tō～～si̍t-chāi chin oh-kóng⇨最要好的朋友爲了金錢問題就絕交了，實在很難說。

**【散兵 soàⁿ-peng】** 脫隊的兵。～～遊勇～～iû-ióng⇨脫隊在四處遊蕩的兵。

**【散沙 soàⁿ-soa】** 沙。喻不團結。一盤～～chi̍t-poâⁿ～～⇨喻不能團結。

**【散狗 soàⁿ-káu】** 野狗。鴆～～thāu～～⇨毒殺野狗。

**【散洞 soàⁿ-tōng】** 解散合作。果未做伙得～～煞kah bē(bōe)-chò-hóe(hé)-tit～～soà⇨如果合作不得，頂多解散算了罷。。

**【散陣 soàⁿ-tīn】** 衆人分散。攏～～去也lóng～～khì-à⇨皆分散去了。

**【散雄 soàⁿ-hêng】** 孵不出子的蛋。即粒鴨卵是～～的chit-lia̍p ah-n̄ng sī～～ê⇨此鴨蛋是孵不出鴨子的。亦喻做不出事的家貨。阿木有影眞～～a-bo̍k ū-iáⁿ chin～～⇨同上。～～的～～ê⇨同上。

**【散發 soàⁿ-hoat】** 野生的iá-seng-ê。無人下種而自生的。～～的蕃薯～～ê han-chî(chû)⇨同上。

【散散 soàⁿ-soàⁿ】 ㊀分散。有是有扲，不過～～啦，無歸主ū-sī-ū-leh, put-kò ～～ là, bô-kui-chú⇨(收買某物)有是有的，不過分散於各主，沒有歸集在一個人。㊁畧同放放hòng-hòng。與散soàⁿ，散雄soàⁿ-hêng，散仙soàⁿ-sian畧同。阿木的人你都知，～～嘛，敢會用得a-bok ê lâng lí to chai，～～ mà kám-ē(ōe)-iōng(ēng)-tit⇨阿木的爲人你都清楚，就是散散嘛，可以派用嗎。

【散趁 soàⁿ-thàn】 臨時接臨時做的工作(收入)。～～較無擔保～～khah-bô tam-pó⇨散趁比較不安定。

【散會 soàⁿ-hōe】 閉會pì-hōe。五點道會～～gō·-tiám tō-ē～～⇨同上。

【散賣 soàⁿ-bē(bōe)】 零賣lêng-bē。存的無要緊，藉留爾～～chhun-ê bô-iàu-kín，chiah lâu-leh ～～ ⇨剩下來的沒關係可以留下來零賣。

【散貓 soàⁿ-niau】 野貓iá-niau。無主貓bô-chú-niau。

【散學 soàⁿ-oh】 放學。學生～～也hak-seng ～～à⇨同上。

【散敥敥 soàⁿ-iā-iā】 soàⁿ-iāⁿ-iāⁿ。雜亂無章chap-loān-bû-chiang。疃到～～～thún-kà～～～⇨弄得亂紛紛。疃thún，鹿場也。鹿迹也。鹿踐踏之地也。疃踏thún-tah⇨多人起居棲息也。人扲疃踏lâng teh thún-tah⇨同上。

【散飵飵 soàⁿ-iâm-iâm】 陶磁或玻璃等物打破粉碎的情形。破到～～～phoà-kà～～～⇨同上。飵iâm，鳥啄物也。

【散翸翸 soàⁿ-phún-phún】 意謂凌亂。畧同散敥敥soàⁿ-iā-iā。但散敥敥用於小物體之四散紛亂。散翸翸即用於較大場合。

## soah

**soah 煞** 殺也。凶神也。極也，甚也(soà)。收束也。死貓講會～死人，歹某亦會～死翁sí-niau kóng-ē(ōe)～sí-lâng，pháiⁿ-bó· ah-ē(ōe)～sí ang⇨死貓聽說會致人扲死，惡妻也會致其夫扲死。八點起做到十二點 ～ peh-tiám-khí chò(chòe)-kà chap-jī-tiám ～ ⇨八時開始工作到十二時收工。雨落未～hō· loh-bē(bōe)～⇨雨下不停。掠魚的叫～，揹簹的不～liah-hî-ê kiò～koāⁿ-khah-ê m̄-～ ⇨捉魚的叫停。拿着裝魚籠者不肯停。喻合作關係因工作勞逸不同而致不協調。扲講笑～變面teh kóng-chhiò～pìⁿ-bīn⇨在說笑話竟致翻臉。錢借人 ～ 無討chîⁿ chioh-lâng ～ bô-thó⇨錢借給人家終於討不回來。較慘抵着三～khah-chhám tú-tioh sam ～ ⇨慘得如逢到三殺鬼。伊 ～ 無來i ～ bô-lâi⇨他終於沒來。我 ～ 顚倒了錢goá ～ tian-tó liáu-chîⁿ⇨我竟反而賠了錢。結果～着食胖餅kiat-kó～tioh chiah phōng-piáⁿ⇨結果却要遭受訓斥。人講死道～lâng-kóng sí tō ～⇨古人說死就是結束。死～也死～sí～ā sí ～⇨死就萬事休矣；死就是萬事皆休也。

【煞人 soah-lâng】 致人於病或死。人講死貓會 ～～ lâng-kóng sí-niau ē(ōe)～～ ⇨據說死貓會害人。

【煞也 soah-à】 完畢了。工程攏～～kang-thêng lóng～～ ⇨工程皆做完了。雨 ～～ hō· ～～⇨雨停了。

【煞手 soah-chhiú】 趁熱。意謂做得手路已熟，乃乘機做下去。存無外夥空課道～～做做扲較省費氣chhun-bô goā-chē khang-khòe tō ～～ chò-chò-leh khah-séⁿ hùi-khì⇨所殘留未做的工作不甚多，就棄手熱之時趕快做完了較省事。做扲眞 ～～ chò-lè chin ～～ ⇨做得很順手，喻生意好。工作順手。

【煞死 soah-sí】 凶神惡鬼所致死。犯著煞神～～ 的hoān-tioh soah-sîn ～～ ê⇨冒犯了煞神被其致死的。

【煞尾 soah-bóe(bé)】 收束。終止。～～免講每知影三國歸司馬懿～～bián-kóng mā chai-iáⁿ sam-kok kui su-má-ī⇨最後不用說也知道是三國歸晉。喻事之必然的結局。

【煞局 soah-kiok】 收束。團圓。都安爾講未～～唔to an-ne(ni) kóng-bē(bōe)～～m̄⇨是這樣子的談不出結果來哩。

【煞拍 soah-phah】 表現認眞合式順利。不止仔～～put-chí-á～～⇨非常順利愉快。

【煞神 soah-sîn】 凶神。未輸～～抡，安爾凶介介bē(bōe)-su～～leh an-ne(ni) hiong-kāi-kāi⇨恰如煞神一樣的兇猛。

【煞氣 soah-khì】 凶神惡鬼的威力。～～眞重～～chiⁿ tāng⇨同上。

【煞鼓 soah-kó͘】 劇終。十一點道～～也chap-it-tiám tō～～à⇨十一點就劇終散場了。

【煞嘴 soah-chhùi】 ㊀好吃。食着眞～～chiah-tioh chin～～⇨同上。㊁順口。講着不止也～～kóng-tioh put-chí-á～～⇨(你說謊言)說得相當順口。

【煞戲 soah-hì】 同煞鼓soah-kó͘。～～眞久也～～chin-kú-à⇨同上。

【煞癢 soah-chiūⁿ】 止癢止得痛快。殺癢。扒着足～～的pê-tioh chiok～～ê⇨搔得十分痛快。

【煞尾仔 soah-bóe-á】 末子。更一個～～～猶抡抱koh chit-ê～～～iáu-teh-phō⇨再有一個末子猶在抱。～～～子～～～kiáⁿ⇨義同。子kiáⁿ亦作囝kiáⁿ。

**soah 撒** 散也。放也。加調味料於菜淆上曰撒soah。胡椒不當～傷重hô͘-chio m̄-thang～siuⁿ-tāng⇨胡椒粉不要撒太多。飼豬該～些米糠藉較會肥chhī-ti ài～chē bí-khng chiah khah-ē-pûi⇨養豬(料)要撒些米糠才能夠肥大。

【撒油 soah-iûⁿ】 看人～～khoàⁿ-lâng～～⇨喻差別待遇。

【撒鹹 soah-kiâm】 加鹹料。菜無～～那會食得chhài bô～～ná ē-chiah tit⇨同上。

【撒胡椒 soah-hô͘-chio】 更～～～較芳koh～～～khah-phang⇨再加些胡椒比較香。

【撒配頭 soah-phòe-thâu】 配合香辛料。饺～～～gâu～～～⇨很會配合香辛等附帶材料。喻說話加料加油加醋。

**soah 速** 疾也。快速khoài-sok也。迅～sī～⇨快速。迅～叫sī～kiò⇨快速。

【速猛 soah-mé】 趕快賣力。～～行～～kiâⁿ⇨快走。行較～～抡，過晝仔道會到位也kiâⁿ-khah～～leh, kòe-tàu-á tō-ē(ōe) kàu-ūi ā⇨走快一點，中午時候就可以到達了。

【速速叫 soah-soah-kiò】 快速的形容詞。或讀sut-sut-kiò。鐵馬～～～，連鞭道到也thih-bé～～～，liâm-mi tō kàu-à⇨自行車風馳電掣，一會兒就到了。

## soai$^{n}$

**soâiⁿ 傻** 輕慧也。不甚聰明也。土裡土氣曰傻soâiⁿ。有夠～ū-kàu～⇨十分不夠聰明。阿～a～⇨傻子。眞～chin～⇨很傻。大～toā～⇨大傻子。

【傻哥 soâiⁿ-kò】 哥ko改讀kò。傻瓜。～～道是～～，一點仔變巧都未曉～～tō-sī～～，chit-tiám-á piàn-khiàu to bē(bōe)-hiáu⇨傻瓜就是傻瓜，一點點臨機應變都不會。巧khiáu改讀khiàu。

【傻傻 soâiⁿ-soâiⁿ】 傻裏傻氣。土裏土氣。不懂事。不知機變。格安爾～～道賺有食也唔kek an-ne(ni)～～，tō choán-ū-chiah-à m̄⇨粧著如此傻頭傻腦，就能夠賺得錢了嗎。假～～ké～～⇨假粧傻瓜的模樣。格～～kek～～⇨使出傻瓜的態度。

**soāiⁿ 檨** 果樹名。喬木。即芒果也。有柴檨肉檨之兩種，果實即前者纖維較多之外，皆大同小異，今又有所謂南洋～lâm-iû$^{n}$～的外來種甚多。

【檨仔 soāi$^{n}$-á】 芒果bông-kó。其樹及果實的通稱。又喻橫痃hoâi$^{n}$-hiân。生～～se$^{n}$～～⇒腫出橫痃症。

【檨仔青 soāi$^{n}$-á-chhe$^{n}$】 芒果實之未定孳者切片佐以特製配料，很有特別滋味。

【檨仔痧 soāi$^{n}$-á-soa】 檨仔食太多所引起的一種中毒現象。除嘔吐之外，甚或陷入昏迷狀態，據稱柿仔樹子phō-á-chhiū-chí，俗稱破布子phoà-pò-chí即爲其特效藥。柿子phō·-chí，柿樹子，有乳汁，可食。今其罐頭甚多。

【檨仔欉 soāi$^{n}$-á-châng】 芒果樹。喻大而無用，蓋其材雖大，但是材質鬆脆不堅也。亦引伸爲不通人情。迨至二次大戰末期，百元大票出現，票面有菁樹，因而菁仔欉chhe$^{n}$-á-châng一詞遂取代了檨仔欉soāi$^{n}$-á-châng——因其直抵直ti̍t-tú-ti̍t，而成爲不解風情的代名詞。

## soan

soan **宣** 布散也。公開發表也。傳達君命也。聽見吾主～，望步上金鑾thia$^{n}$-kì$^{n}$ gô·-chú～，bāng-pō· siāng kim-loân⇒歌仔戲口白。心照不～sim-chiàu put～⇒心裏明白，不必說出。

【宣化 soan-hoà】 宣布德化。承流而～～sîn-liû jī～～⇒地方官之任務。

【宣布 soan-pò·】 公告於大衆。～～於天下～～î thian-hē⇒同上。

【宣示 soan-sī】 明示於人。～～判決～～phoà$^{n}$-koat⇒同上。

【宣言 soan-giân】 公表意見。發表～～hoat-piáu～～⇒同上。人權～～jîn-koân～～⇒同上。

【宣告 soan-kò】 公告。～～破產～～phò-sán⇒同上。

【宣泄 soan-sia̍p】 洩漏秘密。疏通水流。疏通情感。滿肚的火氣無當～～moá-tō· ê hóe khì bô-thang～～⇒滿腹的火氣沒法子發洩。

【宣紙 soan-choá】 書道，中國書畫所用的一種特製紙張。原爲宣州所產而得名。

【宣淫 soan-îm】 公然的淫亂。白晝～～，論罪該斬pe̍k-tiū～～，lūn-chōe kai-chám⇒一則笑話，謂老師想吃鷄肉，指鷄母相踏爲白天宣淫，論罪應該殺給老師嘗嘗。

【宣麻 soan-mô·】 詔封大臣。其詔書以麻布書之，宣布於朝庭。金殿五曾拜相，玉堂十度～～kim-tiān ngó·-chêng pài-siàng, gio̍k-tông si̍p-tō·～～⇒秦檜八十歲時的追悔詞句。

【宣揚 soan-iâng】 ～～正義～～chèng-gī⇒同上。

【宣勞 soan-lô】 ㊀效勞。爲國～～ūi-kok～～⇒同上。㊁傳令慰勞。遣使～～khián-sài～～⇒同上。

【宣道 soan-tō】 傳道thoân-tō。～～會～～hōe⇒同上。

【宣誓 soan-sī】 作忠誠之誓約。～～就職～～chiū-chi̍t⇒同上。

【宣傳 soan-thoân】 推銷自己的廣告。烏白～～o·-pe̍h～～⇒不實的廣告。～～術～～su̍t⇒同上。～～隊～～tūi⇒同上。

【宣撫 soan-hú】 古官名。設～～司siat～～si⇒同上。

【宣戰 soan-chiàn】 開戰之宣言。無～～道拂落去也bô～～tō hut-lo̍h-khì-à⇒沒有宣戰就攻擊下去了。

【宣導 soan-tō】 疏通。～～政令～～chèng-lēng⇒同上。

【宣爐 soan-lô】 宣德爐的略稱。香爐hiu$^{n}$-lô·。手捧～～等待翁chhiú phâng～～tán-thāi ang⇒桃花過渡歌。～～几～～kí⇒宣爐架。～～篆～～toān⇒宣爐上的字體。～～耳～～hī$^{n}$⇒香爐耳。

【宣讀 soan-tho̍k】 當衆朗讀。～～調查筆錄～～tiau-cha pi̍t-lo̍k⇨同上。

【宣德爐 soan-tek-lô͘】 明宣德時代所鑄製之香爐。俗稱宣爐soan-lô͘。

soan **萱** 草名。俗稱忘憂草bōng-iu-chháu。花叫金針花kim-chiam-hoe，可食用。椿～chhun～⇨椿父萱母，即父母。

【萱草 soan-chháu】 亦叫忘憂草bōng-iu-chháu。～～花～～hoe⇨曬干就是金針，上等的菜蔬。～～忘憂～～bōng-iu⇨喻子能慰母。

【萱堂 soan-tông】 母親。～～白髮～～pe̍k-hoat⇨謂母親已年老力衰。

soan **喧** 聲大也。嘈雜的聲響也。

【喧天 soan-thian】 鑼鼓～～lô-kó͘～～⇨同上。

【喧嘩 soan-hoa】 大聲嚷鬧。

【喧鬧 soan-nāu】 大聲吵鬧。

【喧嚷 soan-jiáng】 大聲叫喊。

【喧賓奪主 soan-pin-to̍at-chú】 反客爲主，喻非份的侵佔。

soan **旋** 蛇行曰旋soan，逃走曰旋soan，反轉打滾曰旋。蔓草生長亦曰旋soan。(鰻)都掠著也，藉更乎～去(boâ$^{n}$) to lia̍h-tio̍h-ā, chiah koh hō͘～khì⇨(鰻)都抓到了，才給溜走了。～來～去～lâi～khì⇨來往蛇行。溜～去也liu～khì à⇨逃脫去了。囡仔於土脚～gín-á tī thô͘-kha～⇨孩子在地上打滾哭鬧。隔壁的菜瓜講～到咱即旁來keh-piah-ê chhài-koe kong～kà lán-chit-pêng lâi⇨他們的絲瓜竟旋到我們這邊來了。～上棚～chiū$^{n}$-pê$^{n}$(pî$^{n}$)⇨蔓莖上棚。乎～去也hō͘～khì-à⇨給逃脫了。佼～的囡仔gâu～ê gín-á⇨每每在地上打滾哭鬧的孩子。

【旋根 soan-kin】 根伸長。生根。即種樹仔眞佼～～chit-chióng chhiū-á chin-gâu～～⇨謂樹根深伸入地也。

【旋藤 soan-tîn】 ㊀蔓莖生長。喇叭花上佼～～la-pa-hoe siāng(siōng)-gâu～～⇨牽牛花最會旋藤。㊁逃走。聽著警察道～～也thia$^{n}$-tio̍h kéng-chhat tō～～ā⇨一聽到警察就逃走了。

soan **珊** 海產的樹枝狀美玉。其實動物也。其色或青或紅，甚美麗，質堅，可刻琢爲器。

【珊瑚 soan-ô͘】 soan-hô͘, san-ô͘, san-hô͘。海產的樹枝狀美麗粧飾品。古人認爲寶玉之類，或一種植物。其實是一種動物。

【珊瑚礁 soan-ô͘-chiau】 san-ô͘-chiau。珊瑚羣所造成的暗礁。

soán **選** 擇te̍k也。入～的佳作ji̍p～ê ka-chok⇨同上。人～未定jîn～bōe(bī)-tēng⇨同上。大～tāi～⇨重要的選舉，先進民主國的國會議員改選皆曰大選tāi-soán。普～phó͘～⇨普通選舉，亦即人民不分男女貧富皆有投票權的選舉。賄～hóe～⇨買選票的不正當選舉。精～特製cheng～te̍k-chè⇨商品廣告用詞。

【選人 soán-lâng】 安爾都扲選錢不是扲～～an-ne(ni) to-teh soán-chî$^{n}$ m̄-sī-teh～～⇨如此來是在選錢不是在選人。謂有錢買票者當選。

【選翁 soán-ang】 ～～選壻～～soán-sài⇨選丈夫選女婿。

【選手 soán-chhiú】 代表各地各隊的優秀運動員。英國的～～eng-kok ê～～⇨同上。各校的～～kok-hāu e～～⇨同上。

【選日 soán-ji̍t】 選擇soán-te̍k良時吉日。～～嫁娶～～kè-chhoā⇨擇日結婚。

【選民 soán-bîn】 ㊀有選舉權的人民。～～無擁護～～bô ióng-hō͘⇨同上。㊁優秀的民族。上帝的～～siōng-tè ê～～⇨上帝所選取賜予統治世界的民族。古猶太族自稱。

【選出 soán-chhut】 ～～理事十五人～～lí-sū cha̍p-gō͘-lâng⇨同上。

【選任 soán-jīm】 名講～～，事實攏每特任

miâ kóng～～，sū-si̍t lóng-mā te̍k-jīm⇨名義上說是選任，事實上都是特別任用。

【選拔 soán-poa̍t】 公開～～kong-khai～～⇨同上。

【選定 soán-tēng】 日子該先～～了藉好拍算ji̍t-chí ài seng ～～ liáu chiah hó-phah-sǹg⇨日期需要預先決定了才容易安排。

【選科 soán-kho】 必修科以外猶有～～pit-siu-kho í-goā iáu-ū～～⇨必修科目之外還有選修科目。

【選派 soán-phài】 ～～留學生～～liû-ha̍k-seng⇨同上。

【選票 soán-phiò】 ～～有人抮買賣～～ū-lâng teh bé-bē(bóe-bōe)⇨同上。

【選棍 soán-kùn】 利用選舉圖利者。彼類～～那會信用得hit-lōe～～ná-ē(ōe) sìn-iōng-tit⇨那種利用選舉圖利者何可信用。

【選種 soán-chéng】 經營農場，～～眞重要keng-êng lông-tiû$^{n}$，～～chin tiōng-iàu⇨同上。

【選擇 soán-te̍k】 伊都無～～的餘地也i to-bô～～ê î-tē ā⇨他皆無選擇的餘地了。

【選購 soán-kò͘】 選擇好貨品而買之。～～日用品～～ji̍t-iōng-phín⇨同上。

【選舉 soán-kí(kú)】 代議士的～～ tāi-gī-sū ê～～⇨同上。～～權～～koân⇨同上。

【選囝婿 soán-kiá$^{n}$-sài】 選壻。

【選賢任能 soán-hiân-jīm-lêng】 選拔賢人，任用能人。講也罔講，伓到眞正的～～～～，無許快kóng-ā-bóng-kóng, boeh-kàu chin-chià$^{n}$ ê～～～～，bô-hiah-khoài⇨說說歸說說，要到眞的選賢任能，沒有那麼快。

soán **撰** 杜撰tō͘-soán，無根無據黑白寫文章。

soàn **算** 數也。計數曰算soàn, sǹg(見sng部)。死者無～sú-chià bû～⇨死者甚多。筆～pit～⇨用筆計數。千～萬～，毋值著天一～chhian～bān～m̄-ta̍t-tio̍h thi$^{n}$ chi̍t～⇨謂萬事皆由天意。

【算了 soàn-lá】 不必再提，不必較較。～～，莫更講也～～，mài koh-kóng-à⇨好了，不必再提了。

【算式 soàn-sek】 計算的方程式。～～看來都無不著～～ khoà$^{n}$-lâi to bô-m̄-tio̍h⇨計算式看來都沒有錯。

【算命 soàn-bēng】 同算命sǹg-miā。

【算法 soàn-hoat】 計算方法。～～不相同～～put-siang-tông⇨同上。

【算術 soàn-su̍t】 數學的一科。代數幾何～～tāi-sò͘ kí-hô～～⇨同上。

【算學 soàn-ha̍k】 數學sò͘-ha̍k。～～是科學的基礎～～sī kho-ha̍k ê ki-chhó͘⇨同上。

【算眞人貧 soàn-chin-jîn-pîn】 謂善於計算的人多貧窮。人講～～～～，看阿財的一生，實在也有影免傷計較lâng-kóng～～～～，khoà$^{n}$ a-châi ê it-seng, si̍t-chāi ā ū-iá$^{n}$ bián-siu$^{n}$-kè-kàu⇨古人說算眞人貧，看阿財的一生(果然如此)，眞的不必太過分計較。

soàn **蒜** 蔬菜類之一。重要的辛味料。冬筍柔魚～tang-sún jiû-hî～⇨冬筍的最佳食法之一。

【蒜仔 soàn-á】 蒜。～～白～～pe̍h⇨蒜莖切薄片作佐料。有～～白來道較雋ū～～pe̍h lâi tō khah-chán⇨有蒜仔白來做佐料就更加好吃。食～～吐蕗蕎chia̍h～～ thò͘ lō͘-kiō⇨謂取人之物終須以相類似的東西償還。

【蒜茸 soàn-jiông】 蒜頭之打碎者。～～豆油～～tāu-iû⇨同上。

【蒜種 soàn-chéng】 做種子的蒜頭。有留些做～～ū lâu-chē chò～～⇨同上。

【蒜頭 soàn-thâu】 蒜之根莖。指曬乾的。～～瓣～～pân(bân)⇨一個蒜頭有若干個小粒，一個小粒曰一瓣chi̍t-pân(bân)。

**soân 旋** 反轉也。繞也。小便也。凱～khái～⇨勝利還軍。周～chiu～⇨追逐應酬。斡～oat～⇨挽回事勢而彌縫之。螺～槳lê(lô)～chiúⁿ⇨螺旋形的推進機。

【旋風 soân-hong】 俗稱捲螺仔風kńg-lê-á-hong。

【旋律 soân-lu̍t】 音樂名詞。美妙的～～bí-miāu ê～～⇨同上。

【旋渦 soân-o】 水流深處，捲成螺旋紋。喻糾紛複雜。家己煞乎捲入去～～中ka-kī soah-hō· kńg-ji̍p-khì～～tiong⇨自己終被捲進糾紛之中。

【旋盤 soân-poâⁿ】 ～～工～～kang⇨同上。

【旋踵 soân-chióng】 轉脚跟。頃刻之間。～～即逝～～chek-sī⇨同上。

【旋轉 soân-choán】 ～～乾坤～～khiân-khun⇨反轉天地。喻巨大無比的力量。

**soān 訕** 謗也。毀語也。罵mē也。諫讁～kàn-tóng～⇨訓戒的三種方式，謂盡各種方法規勸。可惜諫與姦諧音，遂被誤爲髒話。佃老父仔～到牙酥去in lāu-pē-á～kah gê-so·-khì(ì)⇨謂他父親大加訓斥，連牙齒都鬆化了。

**soān 璇** 美石也。

【璇石 soān-chio̍h】 鑽石。金剛石。～～手指～～chhiú-chí⇨鑽石戒子。～～嘴～～chhùi⇨喻很會說話的嘴。

【璇筆 soān-pit】 俗稱玻璃刀po-lê-to。用～～割玻璃iōng～～koah po-lê⇨同上

**soān 鏇** 轉軸穿孔也。轆～lak～⇨穿孔器。

**soān 漩** 從小管口灑水曰漩soān。查某人放尿～未上壁cha-bó·-lâng pàng-jiō～bē(boē)-chiūⁿ-pia̍h⇨謂女的放尿灑不上牆，古人輕視女性的話。亂～loān～⇨①亂灑水。②亂說話。烏白～o·-pe̍h～⇨同亂漩。～到霑漉漉～kā tâm-lok-lok⇨謂小孩尿床致衣褲都沾尿了。水龍一下～，道到厝頂也 chúi-liông chi̍t-ē～tō kàu chhù-téng-à⇨水龍一漩，就漩上屋頂了。水龍chúi-liông即唧筒 pump。菜園仔～無霑 chhài-hn̂g-á～bô-tâm⇨菜園水灑得不夠多。

【漩水 soān-chúi】 灑水。～～沃菜～～ak-chhài⇨灑水於菜園。

【漩尿 soān-jiō】 小便。狗都無愛共你～～káu to bô-ài kā-lí～～⇨狗都不高興小便於你，喻誰都不理你。

【漩桶 soān-tháng】 灑水桶。擔～～去沃菜taⁿ～～khì ak-chhài⇨同上。

【漩管 soān-kóng】 灑水管。

## soat

**soat 雪** 水的一種形態，俗曰雪seh(見seh部)。又洗也，拭也。氷天～地peng-thian～tē⇨形容極寒冷。風花～月hong-hoa～goa̍t⇨風流風騷的事。湔～前恥chián～chiân-thí⇨洗去過去的恥辱。

【雪文 soat-bûn】 法文savon的譯音，亦即今之肥皂hûi-chô。用～～洗較會清氣iōng(ēng)～～sé(sóe) khah-ē(ōe) chheng-khì⇨用肥皂洗比較會乾淨。～～球～～kiû⇨雪文水以小管吹之，即有大小球飛舞空中。

【雪月 soat-goa̍t】 風花～～hong-hoa～～⇨同上。

【雪片 soat-phiàn】 形容多。函電飛如～～hâm-tiān hui-jî～～⇨謂函電來者甚多。

【雪衣 soat-i】 無手袂的外套。幪～～戴風帽moaⁿ～～tì hong-bō⇨同上。

【雪青 soat-chheⁿ(chhiⁿ)】 淡紫色。～～色～～sek⇨同上。

【雪花 soat-hoa】 雪下如花。～～銀～～gîn⇨白銀的美辭。三年清廉官，十萬～～銀

sa$^{n}$-nî chheng-liâm-koa$^{n}$，cha̍p-bān～～gîn ⇨謂做了三年的清官，自然會有十萬美如雪花的白銀。古今官場的神奇之處。

**【雪恨 soat-hīn】** ～～復仇～～ho̍k-siû⇨同上。

**【雪茄 soat-ka】** cigar的譯音。俗稱呂宋薰lī-sòng-hun。

**【雪恥 soat-thí】** 報仇～～pò-siû～～⇨同上。

**【雪雪 soat-soat】** ㊀白～～pe̍h～～⇨pe̍h-sut-sut⇨很白。㊁面色安爾變～～bīn-sek an-ne(ni) pì$^{n}$～～⇨臉色如此的怒得甚蒼白。

**【雪橇 soat-khiau】** 雪中的交通工具。泥行乘橇khiau。

**【雪中送炭 soat-tiong-sàng-thoà$^{n}$】** 濟人之困急。反之即是錦上添花kím-siāng(siōng)-thiam-hoa。

**【雪白木耳 soat-pe̍k-bo̍k-ní】** 古名菜名。以川產的白木耳加美國產的白木耳爲料的名湯。

**【雪白宮燕 soat-pe̍k-kiong-iàn】** 古名菜名。以上等的燕窩爲料的名湯。

**【雪泥鴻爪 soat-nî-hông-jiáu】** 事情經過所留下的迹像。例如畢業紀念册中常見此句。

soat **說** 言論也，講道也。學～ha̍k～⇨同上。演 ián～⇨同上。傳～thoân～⇨同上。異端邪～ī-toan-siâ～⇨同上。談天～地tâm-thian～tē⇨同上。談情～愛tâm-chêng～āi⇨同上。

**【說明 soat-bêng】** 詳細～～反對立場siâng-sè～～hoán-tùi li̍p-tiû$^{n}$⇨同上。內容～～書lāi-iông～～si(su)⇨同上。

**【說法 soat-hoat】** ～～講道～～káng-tō⇨同上。

**【說教 soat-kàu】** ㊀宣明教義。傳道～～thoân-tō～～⇨同上。㊁訓戒。去校長室聽～～khì hāu-tiú$^{n}$-sek thia$^{n}$～～⇨到校長室去聽說教。受訓斥。

**【說諭 soat-jū】** 訓戒。掠去警察局食～～lia̍h-khì kéng-chhat-kio̍k chia̍h～～⇨抓到警察局去受訓戒。在違法邊緣者，加以說諭即放人。

**【說文解字 soat-bûn-kái-jī】** 文字學的古書。

soat **刷** 清除也，塗抹也。振～chín～⇨振興。清～chheng～⇨清洗。印～ìn～⇨印行書刊圖畫。

**【刷子 soat-chú】** 俗曰刷仔chhè-á。

**【刷新 soat-sin】** 除弊創新。～～庶政～～sì-chèng⇨政治革新。

soa̍t **剸** 切聲也。切物聲也。

**【剸剸叫 soa̍t-soa̍t-kiò】** 利刀切物之聲。

## soe

soe **疏** 疏se也。

soe **蔬** 蔬se也。

soe **梳** 梳se也。

soe **衰** 弱也。不強健也，由盛轉弱也，倒霉曰衰soe，不知羞恥亦曰衰soe。揚氣無落～久iâng-khì bô lo̍h～kú⇨得意不會衰落那麼久。有夠～ū-kàu～⇨十分倒霉。～到落頭毛～kah lak-thâu-mn̂g(mô͘)⇨大倒霉。眞～，未輸抵着鬼chin～，bē(bōe) su tú-tio̍h kúi⇨眞倒霉，一如逢到鬼。較～亦是了錢耳khah～a̍h-sī liáu-chî$^{n}$ niâ⇨最慘也是賠錢而已。偎着道～oá-tio̍h tō～⇨接觸到了就倒霉。

**【衰人 soe-lâng】** 倒霉之人。～～見插見未成～～kiàn-chhap kiàn-bē-sêng⇨倒霉的人，每參加每不成立。

**【衰手 soe-chhiú】** 倒運之手。～～，見摸見輸～～，kiàn-bong kiàn-su⇨倒運，每博每

敗。

【衰旺 soe-ōng】 盛衰榮枯。賭～～tó͘～～⇨賭以興亡，勝敗。憑人的～～pīn lâng-ê～～⇨各按其運命。圓仔湯～～挹íⁿ-á-thng～～iúⁿ(ió)⇨謂憑運氣，運好圓仔粒挹得多，運不佳即湯多。～～兆～～tiāu⇨吉凶的前兆。亦曰好穤兆hó-bái-tiāu。

【衰盆 soe-phûn】 賭運不佳。抵着～～，仙都無救tú-tioh～～，sian to bô-kiù⇨逢到輸運，仙來也救不得。

【衰弱 soe-jiak(jiok)】 身體有較～～也sin-thé ū khàh～～à⇨身體比較衰弱了。神經～～sin-keng～～⇨同上。

【衰脚 soe-kha】 不吉利的角色。不吉利的任務。胡蠅惹～～hō͘-sîn jiá～～⇨胡蠅專找衰脚的麻煩。喻多有意外的麻煩。

【衰敗 soe-pāi】 家運漸漸～～ke-ūn chiām-chiām～～⇨同上。

【衰喟 soe-khùi】 衰的氣運。～～端仔脫未過～～ kan-na thoat-bē-kōe⇨衰氣端的脫不了。端仔toan-á，俗作干也(仔)。

【衰微 soe-bī】 佃老父無了後，家運都也無較～～in-lāu-pē bô-liáu-āu, ke-ūn to-ā bô-khah～～⇨他老父歿了之後，家運却沒有衰微下去。

【衰運 soe-ūn】 既行着～～，見做見無好結果kā kiâⁿ-tioh～～，kiàn-chò kiàn-bô-hó kiat-kó⇨既然行着壞運氣，每做事每沒有好結果。

【衰偲 soe-bái】 又落魄又不美。人無扲～～扲lâng bô-teh～～leh⇨同上。較～～也無嫁伊khah～～ā-bô kè-i⇨怎麼貧怎麼醜，也不嫁給他。

【衰颯 soe-sap】 落魄。較～～也無做乞食去共你分khah～～ā-bô chò-khit-chiah khì ka-lí-pun⇨如何落魄做乞食也不會到你家去討飯。

【衰誚 soe-siâu】 倒霉運。眞～～，做公親，講做到去食官司chin～～,chò kong-chhin, kong cho kā khì chiah koaⁿ-si⇨眞倒霉，做仲裁人，竟做到去吃官司。

【衰頹 soe-tôe】 衰微。地方愈來愈～～tē-hng ná-lâi ná～～⇨地方愈見衰微。

【衰鷄毛 soe-ke-mo͘(no͘)】 愛好彩頭，煞去抵著～～～ài hó-chhái-thâu, soah-khì tú-tioh～～～⇨希望有好兆頭，竟碰到了壞收尾。鷄毛ke-mo͘(no͘)，鷄尾ke-bóe也。

【衰尾道人 soe-bóe-tō-jîn】 不吉利的人。你即個～～～～來帶衰的lí chit-ê～～～～lâi tài-soe ê⇨你這個不吉利者來了才墮落衰運的。布袋戲中有～～～～其角色。扮得甚滑稽。

sóe 涗 油涗涗iû-sóe-sóe⇨油膩。食到油涗涗chiah-kā iû-sóe-sóe⇨喻油水貪得涗涗而流之多。

sóe 洗 洗sé也(見se部)。

sòe 帥 主將也。元～goân～⇨同上。大元～tāi-goân～⇨同上。大～tāi～⇨同上。將～chiàng～⇨同上。

sòe 歲 年也。年齡liân-lêng也(見hoe部)。年老～多liāu-ló～to⇨年齡高。千秋萬～chhian-chhiu-bān～⇨同上。萬～爺bān～iâ⇨皇帝hông-tè。年終～暮liân chiong～bō͘⇨同上。年年～～liân-liân～～⇨每年。每歲。

【歲入 sòe-jip】 會計年度中的總收入。～～預算～～ī-soàn⇨同上。

【歲月 sòe-goat】 年月，時間。天增～～人增壽，春滿乾坤福滿堂thian cheng～～jîn-cheng-siū, chhun boán khiân-khun hok-boán-tông⇨春聯。

【歲出 sòe-chhut】 歲入之對稱。～～決算～～koat-soàn⇨同上。

【歲次 sòe-chhù】 年次。～～壬子～～jîmchú⇨壬子年。

**【歲考 sòe-khó】** 古時的秀才siù-châi考試。依例是三年二考。

**【歲時 sòe-sî】** 時序。～～祭祀～～chè-sû⇨同上。～～朝覲～～tiâu -kīn⇨諸侯按時覲見天子。

**【歲敬 sòe-kèng】** 歲暮之禮。送～～sàng～～⇨同上。

**【歲暮 sòe-bō͘】** 歲末。年終～～開第二張錦囊 liân-chiong～～ khui tē-jī-tiuⁿ kím-lông⇨三國故事，孔明交代保護劉備過江招親的趙子龍。

**【歲寒三友 sòe-hân-sam-iú】** 松竹梅～～～，桃李杏春風一家siông-tek-bôe～～～～，thô-lí-hēng chhun-hong-it-ka⇨春聯。

**sòe 涚** 物沐着水bak-tio̍h-chúi也。灰汁也。穢～òe～⇨骯髒化。胡蠅毒人未死，穢～人的腹腸hô͘-sîn thāu-lâng bē-sí, òe～lâng-ê pak-tn̂g⇨喻雖然爲害不大，但却煩人至極。

**sòe 細** 細sè也(見se部)。

**sòe 稅** 租也。暫借物曰稅sòe。繳納租～kiáu-la̍p chò͘～⇨同上。國～kok～⇨同上。地方～tē-hng～⇨同上。所得～só͘-tek～⇨同上。店面是～的tiàm-bīn sī～ê⇨鋪面是租用的。即間不～人chi̍t-keng m̄～lâng⇨此間(鋪面)不出租。

**【稅目 sòe-ba̍k】** 稅名。～～繁多～～hoân-to⇨同上。

**【稅吏 sòe-lī】** 稅務官員。天脚下的～～攏每共款，是冷血動物thiⁿ-kha-ē ê～～lóng-mā kāng-khoán, sī léng-hiat-tōng-bu̍t⇨天下的稅吏皆一樣，是冷血動物。

**【稅法 sòe-hoat】** 照～～課稅chiàu～～khò-sòe⇨同上。

**【稅金 sòe-kim】** ～～眞重～～chin-tāng⇨稅負很重。

**【稅則 sòe-chek】** 稅法。～～定了無公平～～tēng-liáu bô kong-pêⁿ⇨稅則訂得不公平。

**【稅負 sòe-hū】** 稅捐的負擔。～～眞沈重～～chin tîm-tāng⇨同上。

**【稅契 sòe-khè(khòe)】** 有完稅官印之不動產買賣契約書，相當於今之所有權狀。

**【稅務 sòe-bū】** ～～人員～～jîn-oân⇨同上。

**【稅厝 sòe-chhù】** 租借住家。～～來帶～～lâi-toà⇨租賃房屋來居住。

**【稅捐 sòe-koan】** ～～稽征處～～khe-cheng-chhì(chhù)⇨征收稅捐的機關。

**【稅款 sòe-khoán】** 繳稅kiáu-sòe的錢。做～～多敢無夠扵chò～～to-káⁿ bô-kàu-leh⇨當做稅款恐怕不夠罷。

**【稅率 sòe-lu̍t】** ～～太高～～thāi-koân⇨同上。

**【稅源 sòe-goân】** ～～充足～～chhiong-chiok⇨同上。

**【稅關 sòe-koan】** 俗曰海關hái-koan。～～更敲一下都頭較大身也～～koh-khà-chi̍t-ê to thâu-khah-toā-sin-à⇨海關再課一下稅，就要頭大於身了(諸費較成本高)。

**sôe 垂** 縄下縋曰垂sôe。一頭低亦曰垂sôe。失意低頭亦曰垂sôe。亦垂sê也。～落來樓脚～lo̍h-lâi lâu-kha⇨樓上垂下來樓下。無起～bô khí～⇨不上不下。激未起～kek bē khí～⇨激勵他不動。頕～tàm～⇨垂頭喪氣也。頕tàm，垂頭貌。行著路頕～頕～kiâⁿ-tio̍h-lō͘ tàm～tàm～⇨行路垂頭喪氣。頭毛～到尻川落來thâu-mô͘(m̂g)～kàu kha-chhng lo̍h-lâi⇨頭髮長垂到屁股之下。目尾～ba̍k-bóe～⇨喻不知羞恥。

**sōe 浽** 微小雨也。水沿壁下洩曰浽sōe。沙狀物散失亦曰浽sōe。散布言論亦曰浽sōe。雨水～到房間霑了了也hō͘-chúi～kà pâng-keng tâm-liáu-liáu-ā⇨雨水下洩得房間都霑濕。米～到滿土脚bí～kà moá-thô·-kha⇨米散落滿地。伊都街仔頭～到街仔尾，通街仔都知影了了也 i to ke-á- thâu～kà ke-á-bóe, thong-ke-á to chai-iáⁿ-liáu-liáu-ā⇨他麼，從街頭散言到街尾，全街都知道了。四界去～sì-kè khì (ì)～⇨四處去散布。

【涹水 sōe-chúi】 洩水，漏水。猶拎～～iáu-teh～～⇨還在洩水。猶會～～iáu-ē(ōe)～～⇨還會洩水。黃～～涹未了n̂g～～sōe bē(bōe)-liáu⇨膿水洩流不了，謂久病不癒。食許的鹹魚頭，道流許的黃～～chiah hiah ê kiâm-hî-thâu tō lâu hiah-ê n̂g～～⇨吃那麼多的鹹魚頭，就流那麼多的膿水。喻做了若干壞事，就有若干報應。

## soeh

**soeh 說** 講話也。解釋也。勸服也。長話短～tn̂g-ōe té～⇨同上。有話該明～ū-ōe ài bêng～⇨有話應該明白講出來。有～有笑ū～ū-chhiò⇨同上。遊～之士iû～chi sū⇨說客。我～伊未倒goá～i bē(bōe)-tó⇨我說服不了他。果肯聽人～，曷會安爾ká-khéng thiaⁿ-lâng～，ah-ē an-ne(ni)⇨如果肯於從人家勸告，何致如此。

【說明 soeh-bêng】 講明。～～無清楚～～bô chheng-chhó⇨解釋得不清楚。

【說客 soeh-kheh】 遊說之士。叫人去做～～都乎人戽出來kiò-lâng khì-chò～～to hō·-lâng hò·-chhut-lâi⇨請人去作說客都被人家轟出來。

【說笑 soeh-chhiò】 講來玩。～～不當變面～～m̄-thang pìⁿ-bīn⇨說玩的不可反面。

【說破 soeh-phoà】 講開。～～不值半箇錢～～m̄-tat poàⁿ-ê-chîⁿ⇨謂秘事講明了，就不值錢。

【說情 soeh-chêng】 講人情。拜託人～～pài-thok lâng～～⇨同上。

【說話 soeh-ōe】 講話。～～該有分寸～～ài-ū hun-chhùn⇨講話應該有個程度。

【說謝 soeh-siā】 言謝。專工來～～choan-kang lâi～～⇨專誠來言謝。

【說多謝 soeh-to-siā】 同說謝。

**soeh 塞** 擠入曰塞soeh,seh，填入亦曰塞seh, soeh。又防杜亦曰塞seh, soeh。人夥～未入去lâng chē(chōe)～bē(bōe)-jip-khì(ì)⇨人多擠不進去。無夠～嘴齒縫bô-kàu～chhùi-khí-phāng⇨不足以塞牙縫。喻量太少。寬仔～都～未密khoaⁿ-á～to～bē(bōe)-bat⇨慢慢地仔細地杜塞都杜不密。～未斷水～bē(bōe) tn̄g-chúi⇨塞不斷水。

【塞三碗 soeh(seh) saⁿ-oáⁿ】 填入(食)三碗。一下～～～chit-ē～～～⇨一下子吃三碗。

【塞後手 soeh(seh)-āu-chhiú】 行賄賂hêng-hóe-lō·。許一定有～～～he it tēng ū～～～⇨那一定有行賄賂。

【塞暗烏 soeh(seh)-àm-o·】 小偷乘黃昏侵入宅。最近彼類～～～講眞利害chōe-kín hit lōe～～～ kóng chin-lī-hāi⇨最近那種乘黃昏侵入的小偷聽說很利害。

【塞齒縫 soeh(seh)-khí-phāng】 ㈠物挾入牙縫。㈡喻物量太少。乎人～～～都無夠 hō·-lâng～～～to bô-kàu⇨少得給人家塡牙縫都不足。

## sok

**sok 束** 縛pak也。約也。結～kiat～⇨同上。收～siu～⇨同上。約～iak(iok)～⇨同上。～眞絯～chin-ân⇨縛得緊。更～較絯拎koh～khah-ân-leh⇨再束緊一點。較～都～未偎khah～to～bē(bōe)-oá⇨怎麼縛都縛不攏。又烘去舊茶葉的濕氣亦曰束sok。茶該更～過

tê āi-koh～kōe⇨茶葉需要再黐烘。

【束手 sok-chhiú】 ～～無策～～bû-chhek⇨毫無辦法。～～就縛～～chiū-pak⇨同上。～～待斃～～thāi-pē⇨同上。

【束金 sok-kim】 束修。～～有送去也～～ū sàng-khì-à⇨束修送去了。

【束柴 sok-chhâ】 香木片。淨香～～chēng-hiuⁿ～～⇨同上。

【束修 sok-siu】 先生禮。～～送眞厚～～sàng chin kāu⇨束修送很多。

【束茶 sok-tê】 舊茶黐製。即包茶該更束束抔chit-pau-tê āi-koh sok-sok-lè⇨此包茶應該黐烘。

【束結 sok-kiat】 不虛大而且結實好看。即間房間起了眞～～chit-keng pâng-keng khí-liáu chin～～⇨此一房間蓋得很好，不大不小佈置又好。

【束腰 sok-io】 更較～～抔較好看koh-khah～～leh khah-hó-khoàⁿ⇨再束一點較好看。傷過～～亦不好siuⁿ-kòe～～ah m̄-hó⇨太過束緊腰也不好。

【束褲 sok-khò】 緊身褲。穿～～chhēng～～⇨同上。

【束絯絯 sok-ân-ân】 束得很緊。～～～束緊緊～～～sok-kín-kín⇨同上。

【束之高閣 sok-chi-ko-koh】 收藏於高樓中。喻不用。

sok 朔 陰曆每月初一曰朔sok。又北方也。桂月～kùi-goat～⇨陰曆八月初一日。東方～tong-hong～⇨古滑稽家。

【朔方 sok-hong】 北方。

【朔日 sok-jit】 每月之初一日。

【朔風 sok-hong】 北風，塞風。

【朔望 sok-bōng】 每月之初一日與十五日。月滿曰望bōng。

sok 速 疾也。快也。迅～sìn～⇨同上。快～khoài～⇨同上。神～sîn～⇨同上。又邀請也。不～之客put～chi kheh⇨不請自來的客人。拙～choat～⇨不巧但甚快。新～實簡sin～sit kán⇨同上。高～公路ko～kong-lō⇨同上。欲～則不達iok～chek put-tat⇨要快返而達不到。

【速力 sok-lek】 最高～～chòe-ko～～⇨同上。～～無夠～～bô-kàu⇨不夠快。

【速成 sok-sêng】 迅速成就。縮短一定期間的課程。～～班～～pan⇨同上。

【速度 sok-tō】 速力的程度。提高～～thê-ko～～⇨增加速度。

【速記 sok-kì】 快記。會議的～～錄hōe-gī ê～～lok⇨同上。

【速射 sok-siā】 ～～砲～～phàu⇨同上。

【速速 sok-sok】 很快。～～去辦～～khì pān⇨快去辦理。

【速達 sok-tat】 欲速即不達iok-sok chek put-tat⇨同上。

【速戰速決 sok-chiàn-sok-koat】 立即戰立即定勝負。

sok 塑 捏土爲人形也。亦塑sò也。彫～tiau～⇨同上。

【塑造 sok-chō】 ～～一個英雄的性格～～chit-ê eng-hiông ê sèng-keh⇨謂小說家等寫成一個英雄性人物的特性。

【塑像 sok-siōng】 彫塑而成的人神像。

【塑膠 sok-kau】 plastics。可塑性的材料通稱塑膠sok-kau→sok-ka。～～時代～～sî-tāi⇨銅鐵時代，塑膠時代。

sok 索 繩也。求取也。繩～chîn～⇨大索toā-soh。探～thàm～⇨同上。搜～隊só～tūi⇨搜查隊。

【索引 sok-ín】 index。內容～～lāi-iông～～⇨同上。

【索取 sok-chhí】 討取。～～報酬～～pò-siû⇨同上。

【索性 sok-sèng】 作信chò-siàn，乾脆。～

～送他好啦～～sàng-thaⁿ hó-là⇨作信送伊好嘛chò-siàn sàng-i hó-mā。

【索然無味 sok-jiân-bû-bī】 即類場面亦莫怪你扵～～～～chit-lōe tiûⁿ-bīn ah bok-koài-lí teh～～～～⇨同上。

sok **宿** 宿舍sok-sià, siok-sià也(見siok部)。

sok **縮** 縮小sok-sió, siok-sió(見siok部)。

sok **肅** 肅靜sok-chēng, siok-cheng(見siok部)。

## som

som **參** 藥名。亦叫參sim(見sim部)。人～jîn～⇨同上。高麗～ko-lê～⇨同上。海～hái～⇨同上。又喻珍貴食物。飯不食要食～咯pn̄g m̄-chiah boeh-chiah～lò͘⇨⇨飯不吃要吃參嗎。

【參仔 som-á】 參。～～茶～～tê⇨同上。～～片～～phìⁿ⇨人參切片。～～根～～kin⇨～～絲～～si。～～鷄～～ke⇨菜名。

【參苓朮草 som-lêng-chut-chhó】 人參，茯苓hok-lêng，白朮pek-chut，甘草kam-chhó的四種中藥。

sōm **跚** 行不進也。無目的的慢行曰跚sōm。逡仔～ûn-á～⇨慢慢地走路。安爾～，要～到當時an-ne(ni)～boeh～kā tang-sî⇨如此的慢行，要慢行到何時(才能到達)。逮～tòe～⇨隨他人行止而行止。逮tòe，追也，追隨也。

## song

song **桑** 植物名。葉養蠶，皮造紙，極具經濟價值的植物。採～chhái～⇨同上。扶～hû～⇨日本的另一古名。滄～之變chhong～chi piàn⇨桑田變滄海。喻世事多變。

【桑白 song-pek】 中藥名。亦即桑白皮song-pek-phî，桑皮之去外皮者。

【桑田滄海 song-tiân-chhong-hái】 已見松柏摧爲薪，更聞桑田變滄海í-kiàn siông-pek chhui-ûi-sin, kèng-būn song-tiân piàn chhong-hái⇨唐詩。

【桑間濮上 song-kan-phok-siāng】 喻男女野合。～～～～之音，亡國之音也～～～～chi im， bông-kok-chi-im-iā⇨同上。

【桑楡晚景 song-jî(jû)-boán-kéng】 日已沒矣，殘照留在桑楡樹上。喻老人的晚年。

song **喪** 死亡之事也。又失也。國～kok～⇨同上。大～tāi～⇨同上。居～ki(ku)～⇨服～hok～⇨在喪中。死母衆家～，死妻割人腸 sú-bó chiòng-ka～，sú-chhe koat-jîn-chhiông⇨衆家謂兄弟各家，嘆世俗多以妻重於母也。

【喪心 song-sim】 ～～失德～～sit-tek⇨同上。

【喪主 song-chú】 人講較惨死老父，～～攏該擔起責任lâng-kóng khah-chhám sí-lāu-pē，～～lóng-āi taⁿ-khí chek-jīm⇨同上。

【喪失 song-sit】 ～～主權的民族道該受人宰割～～chú-koân ê bîn-chok tō-āi siū-lâng chháiⁿ-koah⇨同上。

【喪志 song-chì】 失志。人不當～～lâng m̄-thang～～⇨人不可失志。

【喪事 song-sū】 ～～較該，喜事較信採～～khah-āi, hí-sū khah chhìn-chhái⇨喪事較需要(講古禮)，喜事較隨便。

【喪家 song-ka】 ～～之犬～～chi khián⇨喻無所歸屬。

【喪膽 song-táⁿ】 破膽phoà-táⁿ。聽著聲道～～也，曷使安怎thiaⁿ-tioh-siaⁿ tō～～à ah-sái an-choáⁿ⇨聽見聲音就破膽了，何必再如何。

【喪不見喪 song-put-kiàn-song】 服喪中者彼此不相訪問，不相貼贈禮物。～～～～，王不見王～～～～ông put-kiàn-ông⇨同上。

【**喪明之痛** song-beng-chi-thòng】 失子。

【**喪盡天良** song-chīn-thian-liâng】 天地良心都失去了。

【**喪權辱國** song-koân-jiok-kok】 ～～～～的條約～～～～ê tiâu-iak(iok)⇨喻老矣。

**song 孀** 妻喪夫曰孀song。某某的遺～bó·-bó·-ê ûi～⇨某氏未亡人bī-bông-jîn。

【**孀居** song-ki】 寡婦koá$^{n}$-hū生活。

【**孀婦** song-hū】 寡婦。未亡人bī-bông-jîn。

**song 霜** 露水之結冰者也。細末或色白者皆曰霜song。風～hong～⇨喻在外勞苦奔波。兩鬢～liáng-pìn～⇨喻老矣。

【**霜葉** song-iap】 紅葉hông-iap。～～紅於二月花～～hông î jī-goat-hoa⇨古句。

**sóng 爽** 明也。清快也。差失也。舒適恰當曰爽sóng，享樂享受曰爽sóng，愉快曰爽sóng。掠人之惠亦曰爽sóng。昧～bī～⇨早晨。清～chheng～⇨同上。豪～hô～⇨同上。新厝起了眞～sin-chhù khí-liáu chin～⇨新屋蓋得很好。即個所在有夠～chit-ê só·-chāi ū-kàu～⇨這個地方十分舒適。佅～逐個都會曉boeh～tak-ê to ē-hiáu⇨要享樂誰都會。我感覺恰如無啥～goá kám-kak kah-ná bô-siá$^{n}$～⇨我感覺得身體好像有些不對。即久仔有去～否chit-kú-á ū-khì～ho·h⇨最近去玩過了，不是嗎。哼，道眞～也，哼hé$^{n}$-tō-chin～à hé$^{n}$⇨哼，你太過份了，哼，例如座位無端被佔等等的責問詞。

【**爽口** sóng-kháu】 可口，好吃。～～物多易成病，快心事過必爲殃～～but-to ī sêng-pēng，khoài-sim-sū kò pit-ûi-iang(iong)⇨謂可口的東西吃多了將變成病，愉快事過份了，也會有害處。謂食、玩都應適可而止。

【**爽心** sóng-sim】 安心。快心。～～睏～～khùn⇨放心睡覺。你做你～～仔用，無要緊lí-chō-lí～～á-iōng, bô-iàu-kín⇨你盡管安心地使用，沒關係。

【**爽快** sóng-khoài】 愉快。人無～～lâng bô～～⇨氣氛不佳(身體上)。眞無～～chin bô～～⇨對外所受感覺。

【**爽約** sóng-iak(iok)】 失約。違約。不可～～put-khó～～⇨同上。

【**爽脚** sóng-kha】 享福。清閒。阿久伯仔Ａ外～～也了a-kú-peh-á ta$^{n}$ goā～～a lō⇨阿久伯而今非常清閒了。

**sóng 揔** 推也。柴歸顆～入去灶孔chhâ kui-kho·～jip-khì(ì) chàu-khang⇨薪材整根推入灶孔內。呑食曰揔sóng。連鞭耳，芹蕉講～三只liâm-pi$^{n}$ niâ kin-chio kóng～sa$^{n}$-jí⇨只是一會兒而已，香蕉竟吃了三只。又行賄曰揔sóng。我看是有去～錢藉會無代誌goá-khoà$^{n}$ sī ū-khì～chî$^{n}$ chiah-ē bô-tāi-chì⇨我看是去行過賄賂才得了平安。～落去也喏，曷有夠～loh-khì(ì)-à no·, ah-ū-kàu⇨收下(賄)了，再多也照收不誤的。

【**揔錢** sóng-chî$^{n}$】 行賄。一個～～一個食錢chit-ê～～chit-ê chiah-chî$^{n}$⇨一個行賄一個受賄。

**sòng 宋** 姓氏。～朝姓趙，毋是姓～，～tiâu sè$^{n}$-tiō，m̄-sī sè$^{n}$～⇨同上。朝代名。漢唐～hàn tông～⇨同上。烏龜唐，乞食～，不長進漢o·-kui-tông，khit-chiah～put-tiáng-chìn-hàn⇨謂唐朝后妃多淫行，宋朝國母淪爲乞食，漢朝贈送女人以討好番邦。又呂宋 lī-sòng 的簡稱。

【**宋米** sòng-bí】 小蝦干，因呂宋產而得名。唐蝦～～tông-hê～～⇨大蝦干小蝦干。

【**宋江** sòng-kang】 水滸傳的主角，梁山的賊王。～～陣～～tīn⇨獅陣sai-tīn。

【**宋朝** sòng-tiâu】 宋朝代，宋政府。老鼠精鬧～～，包文拯擋未稠niáu-chhí-chia$^{n}$ nāu～～pau-bûn-chín, tòng-bē-tiâu⇨丑仔白。

【**宋體** sòng-thé】 字體的一種。～～字～～

jī⇨同上。

sòng **侏** 癡也。愚也。貪～tham～⇨癡也。戇～gōng～⇨愚也。戇～戇～gōng～gōng～⇨愚直。又不合時尙曰侏sông，亦即指外貌癡愚，侏sòng即指性格（見sông侏目）。

【**侏侏** sòng-sòng】阿義仔的人都～～a-gī-a ê lâng to～～⇨阿義爲人癡愚癡愚。

【**侏儑** sòng-phàn】傻瓜。被人拼～～去hō·-lâng pià$^{n}$～～khì⇨被人瞞騙去了。

sòng **送** 遣行也(見sang部)。傳～thoân～⇨同上。遞～thē～⇨同上。轉～choán～⇨同上。輸～su～⇨同上。～君千里終須一別～kun chhian-lí chiong-su it-pia̍t⇨同上。

【**送行** sòng-hêng】餞行。眞夥人共伊～～chin chē(chōe) lâng kā-i～～⇨很多人爲他送行。歡～hoan～⇨同上。

【**送別** sòng-pia̍t】共朋友～～kā pêng-iú～～⇨同上。

【**送秋波** sòng-chhiu-pho】情人扲互～～～chêng-jîn teh hō·～～～⇨情人們在互送秋波。

【**送往迎來** sòng-óng-gêng-lâi】㊀招待遠方的客人。㊁～～～～的生涯～～～～ê seng-gâi⇨喻妓女的生活。

【**送舊迎新** sòng-kiū-gêng-sin】送舊年迎新歲sàng-kū-nî giâ$^{n}$ sin-sòe⇨同上。送舊官迎新官。

sông **倯** 癡態也。風度外表愚直曰倯sông，性質癡愚曰侏sòng。內山～海口戇lāi-soa$^{n}$～hái-kháu gōng⇨內山人在海口是內山倯lāi-soa$^{n}$-sông，海口人在內山是海口戇hái-kháu-gōng。因各不諳彼地情形也。阿九嫂仔實在眞～a-káu-só-à si̍t-chāi chin～⇨阿九嫂很田莊態。田莊～chhân-chng～⇨內山～lāi-soa$^{n}$～⇨鄉巴佬。

【**倯倯** sông-sông】外表不精明。看着～～khoà$^{n}$-tio̍h～～⇨同上。恰如～～也恰如戇戇kah-ná～～，a̍h kah-ná gōng-gōng⇨好像倯倯，也好像愚愚。

## sop

sop **𠯗** 魚食也。啖也。大口呑食曰𠯗sop，sap。又收取賄賂亦曰𠯗so̍p，sa̍p。一嘴道～落去chit-chhúi tō～lo̍h-khì(ì)⇨一口就呑食下去。嘴開道侏～chhùi-khui tō-boeh～⇨口一開就要哈(呑食錢財也)。較夥每～去khah-chē mā～khì(ì)⇨再多都全收無誤。端仔彼件人命道～歸十萬tan-a(kan-na) hi̍t-kiā$^{n}$ jîn-bēng tō～kui-cha̍p-bān⇨只是那一件命案就收賄達整個十萬。聽見講，伊是雙頭～的，正是夭壽thia$^{n}$-ki$^{n}$(ì$^{n}$)-kóng, i sī siang-thâu～ê, chià$^{n}$-sī iáu-siū⇨聽說，他是雙頭(原被雙方)都收，眞眞是可惡之極。～未落肚，道破孔也～bōe(bē) lo̍h-tō·. tō phoà-khang-a⇨受賄未到手就破案了。

【**𠯗錢** sop-chî$^{n}$】食錢。收賄。～～𠯗了會慣勢～～so̍p-liáu ē(ōe) koàn-sì⇨收賄收了會成習慣。

【**𠯗𠯗叫** sop-sop-kiò】呑食聲。好吃的樣子。逐家講毋好，食都也食到～～～tâk-ke-kóng m̄-hó-chia̍h to-ā chia̍h-kà～～～⇨大家說不好吃還是吃得𠯗𠯗有聲。豬母豬仔囝仔食到～～～ti-bó(bú) ti-á-kiá$^{n}$-á chia̍h-kà～～～⇨大豬小豬吃得𠯗𠯗有聲。

## su

su **思** 慮也。計慮也。三～而後行sam～jî-hō· hêng⇨論語。學而不～則罔ha̍k-jî put～chek bóng⇨論語。愼～力行sīn～le̍k-hêng⇨謹愼思考，努力實行。深～chhim～⇨同上。苦～khó·～⇨同上。

【**思考** su-khó】～～的能力～～ê lêng-le̍k

⇨同上。

【思君 su-kun】 雪梅～～soat-bôe～～⇨雪梅思慕丈夫。

【思念 su-liām】 懷念。逐家不止～～你tak-ke put-chí～～lí⇨大家很懷念你。

【思乳 su-ni】 想喝母乳。細囝～～亦會哮，阿娘思君目屎流sè(sòe)-kiáⁿ～～ah-ē-háu，a-niû su-kun bak-sái-lâu⇨民歌。

【思春 su-chhun】 ～～期～～kî⇨少年少女初解人事的時期。～～期亦是危險期～～kî ah-sī gûi-hiám-kî⇨同上。

【思量 su-niû】 計慮。一人主張，不如二人～～chit-lâng chú-tiuⁿ，put-jî(jû) nn̄g-lâng～～⇨獨自主張不如兩個人計慮。

【思想 su-sióng (siáng)】 ～～家～～ka⇨同上。～～有問題～～ū būn-tê(tôe)⇨同上。～～的對立～～ê tùi-lip⇨同上 新～～sin～～⇨新的想法。舊～～kū～～⇨同上。開嘴道主義，合嘴道～～khui-chhùi tō chú-gī，hap-chhùi-tō～～⇨開口主義，合口思想。

【思想 su-siūⁿ】 想。希望。～～要娶媠某～～boeh chhoā súi-bó⇨希望要娶個漂亮老婆。～～起來～～khí-lâi⇨想起。追想，細想。所謂恒春調——思想枝su-siang-ki即是思想起su-siūⁿ-khí之訛。

【思慕 su-bō】 囡仔拎～～父母gín-á teh～～pē-bó(bú)⇨孩子在思慕父母。

【思慮 su-lī】 考慮。無～～的人bô～～ê lâng⇨不會臨事詳細考慮之人。

【思潮 su-tiâu】 ～～起伏～～khí-hok⇨同上。新～～sin～～⇨同上。

【思古幽情 su-kó-iu-chêng】 猶有甚麼～～～～iáu-ū sim-mo(sa-ma)～～～～⇨還有什麼思古幽情。

**師** su ㊀人衆也。天子所居曰京～kiaⁿ～，衆大也。軍～旅kun～lí⇨依次爲大，中小之軍團名。軍團，師團，旅團是也。㊁範也，教人以道者也，效也，法也，長也。作之父，作之～chok-chi-hū，chok-chi～⇨爲父爲師。養不教，父之過，教不嚴，～之惰iáng put-kàu，hū-chi kò，kàu put-giâm，～chi tō⇨三字經。經～，人～keng～，jîn～⇨讀書之師，做人之師。軍～kun～⇨今之首相兼參謀總長兼總司令，例如諸葛孔明或姜太公等。狗頭軍～káu-thâu-kun～⇨教人學壞者。法～hoat～⇨憑神作威作福之人，衆愚信其會符術以禍福於人。律～lut～⇨辯護士(日語)。

【師友 su-iú】 親～～，習禮儀chin～～，sip lé-gî⇨三字經。

【師父 su-hū】 師之尊稱。～～師母～～su-bó(bió)⇨老師與其妻。

【師公 su-kong】 僧尼道衆稱其師之師曰su-kong。

【師兄 su-hiaⁿ】 ～～師弟～～su-tē⇨同門之人互稱兄弟。師姊師妹su-ché su-moāi(bōe)亦同。

【師生 su-seng】 同師徒su-tô。～～一行十外人～～it-hêng chap-goā-lâng⇨同上。一行it-hêng，當今的傳播機關皆講chit-kiâⁿ，非也。一行白鷺上青天it-hêng pek-lō siang(siōng) chheng-thian⇨同上。

【師叔 su-chek】 ～～師伯～～su-peh⇨同上。

【師表 su-piáu】 萬世～～bān-sè(sì)～～⇨孔子的尊稱。

【師承 su-sêng】 承受老師傳授。有～～的ū～～ê⇨有老師傳授過的。反之即曰無～～的bô～～ê或曰青槌的chheⁿ-thui-ê。

【師長 su-tióng】 師輩及長輩。該尊敬～～ài chun-kèng～～⇨同上。

【師長 su-tiúⁿ】 師團的長官。陳～～tân～～⇨同上。

【師祖 su-chó】 ～～師孫～～su-sun⇨同上。

【師資 su-chu】 ～～眞優秀～～chin iu-siù⇨同上。

【師爺 su-iâ】 古官員的幕賓，約當今之秘書或科室主任。刑名～～hêng-bêng～～⇨辦理司法案件的師爺。或相當於今之警察局長。

【師範 su-hoān】 ～～學校～～ha̍k-hāu⇨同上。

su **斯** 此也。又助詞。～文～道～bûn～tō⇨此文此道，儒家自稱其學問曰斯文或斯道，亦即仁義之道。

【斯文 su-bûn】 孔孟之道。～～掃地～～sàu-tē⇨文人失德無行。～～人～～lâng⇨讀書人，穿靴吊襪的人，不從事笨重工作之人。

【斯道 su-tō】 孔孟之道。～～衰矣～～soe-ì⇨此道衰微了。

【斯文唄 su-bûn-khùi】 斯文之狀。格一個～～～kek chi̍t-ê～～～⇨裝成斯文之狀。

【斯人斯疾 su-jîn-su-chi̍t】 嘆好人患惡病。

su **需** 給用也。有必要也。軍～工業kun～kang-gia̍p⇨同上。民～物品bîn～bu̍t-phín⇨同上。生活必～品seng-oah pit～phín⇨生活上不可缺的東西。

【需用 su-iōng(iēng)】 要用。～～孔急～～khóng-ki̍p⇨緊急要用很多。

【需求 su-kiû】 要求。有所～～，無不有求必應iú-sé(só͘)～～，bû-put iú-kiû pit-èng⇨同上。

【需要 su-iàu】 ～～與供給是相對的經濟行爲～～í kióng-kip sī siang(siong)-tùi ê keng-chè hêng-ûi⇨同上。

su **司** 主也。掌管也。官署也。若有作姦犯科，及爲忠善者，宜付有～，論其刑賞jia̍k(jio̍k)-iú chok-kan hoān-kho, kip ûi tiong-siān chià, gî-hū iú～, lūn-kî hêng-siáng(sióng)⇨前出師表。三～官未管得家內事sam～(si)-koa$^{n}$ bē(bōe)-koán-tit ke(ka)-lāi-sū⇨三個官廳也管不了家庭問題。三～會審sam～(si) hōe-sím⇨三官會審。公衆～無人醫kong chèng～(si) bô-lâng-i⇨公共的東西沒人修理。醫，治也，管理也，修理也。頂～管下～，鋤頭管畚箕téng～(si) koán ē～(si), tî-thâu koán pùn-ki⇨上司官管下司官，鋤頭管畚箕。着做頂～狗，不做下～官tio̍h-chò(chòe) téng～(si)-káu, m̄-chò(chòe) e-～(si)-koa$^{n}$⇨寧當上司官之狗，不做下級官吏。

【司令 su-lēng】 發號司令，其人。衞兵～～ōe-peng～～⇨同上。警備～～kéng-pī～～⇨同上。～～長官～～tiú$^{n}$-koa$^{n}$⇨同上。總～～chóng～～⇨最高發號司令者。

【司牧 su-bo̍k】 臨民之官。地方～～tē-hng～～⇨地方官員。

【司法 su-hoat】 立法～～行政的三權分立制度li̍p-hoat～～hêng-chèng ê sam-koân hun-li̍p chè-tō͘⇨同上。～～院～～ī$^{n}$⇨同上。

【司空 su-khong】 古官名。空穴也。穿土爲穴以居民，亦即土木之官。後以掌邦事者爲司空su-khong，似乎是內政部長。

【司事 su-sū】 庶務會計工作及其人員。商會的～～siang(siong)-hōe ê～～⇨同上。

【司直 su-ti̍t】 司法機關。～～抄直接調査～～teh ti̍t-chiap tiau-cha⇨同上。

【司長 su-tiú$^{n}$】 一司之長，各部分司治事，其各司之長。曾任～～chêng-jīm～～⇨做過司長。

【司務 su-bū】 庶務也叫～～sì-bū a̍h-kiò～～⇨同上。

【司馬 su-má】 古官名，掌軍政。大～～可以講是當今的國防部長tāi～～khó-í-kóng sī tong-kim ê kok-hông-pō͘-tiú$^{n}$⇨同上。

【司書 su-si】 於軍隊內，錄事叫～～tī kun-tūi-lāi, lo̍k-sū kiò～～⇨同上。

【司徒 su-tô͘】 古官名。清朝稱呼戶部尙書爲大～～chhen-tiâu chheng-ho͘ hō͘-pō͘ siāng(siōng)-si ûi tāi～～⇨同上。

【司寇 su-khò͘】 古官名，掌刑獄。清朝刑部尙書叫大～～chheng-tiâu hêng-pō͘ siāng(siōng)-si kiò tāi～～⇨同上。

【司晨 su-sîn】 犬守夜，鷄～～khián siú-iā， ke～～⇨三字經。

【司會 su-hōe】 主持會議。～～人是縣長～～jîn sī koān(koāi$^{n}$)-tiú$^{n}$⇨同上。

【司農 su-lông】 古官名，掌錢穀。亦叫戶部尙書爲大～～e̍k-kiò hō͘-pō͘ siāng(siōng)-si ûi tāi～～⇨也叫戶部尙書做大司農。

【司儀 su-gî】 典禮主持人，只唱其程序。～～逐人都會曉做～～ta̍k-lâng to-ē-hiáu chò(chòe)⇨司儀大家都會做。

【司鐸 su-to̍k】 文教之官。天主敎敎士也叫～～thian-chú-kàu kàu-sū ā-kiò～～⇨同上。

【司馬光 su-má-kong】 宋名臣。破缸救童的故事道是講～～～phò-kong kiù-tông ê kò͘-sū tō-sī kóng～～～⇨同上。

【司馬昭 su-má-chiau】 簒魏而立晉。司馬懿之子。～～～之心路人皆知～～～chi sim lō͘-jîn kai-tī⇨司馬昭心存簒主自代，表面上僞裝忠心於魏室，大家都明白他心中如此。

【司馬遷 su-má-chhian】 漢名史家。寫史記的太史公道是～～～siá sú-kì ê thài-sú-kong tō-sī～～～⇨同上。

**私** su 非公也，隱秘也。姦通曰私su。男女陰皆曰私su。凡奸邪利益偏愛亦皆曰私su。假公濟～ké-kong chè～⇨同上。以～害公í～hāi-kong⇨同上。大公無～tāi-kong-bû～⇨同上。

【私人 su-jîn】 個人，民間。～～企業～～khī-gia̍p⇨民間經營的事業。～～問題～～būn-tê⇨個人的私事，非公家或公衆之事。

【私下 su-hē(hā)】 兩人之間，彼此之間。不公開。～～去講道會解決也～～khī-kóng tō-ē kái-koat-â⇨双方自已去談就會解決了。～～有粒積～～ū liap-chek⇨秘密裡有存錢。

【私孔 su-khang】 捭～～的póe～～ê⇨私自鑽營秘密之財路。有～～好捭，攏無小報扲ū～～hó-póe，lóng-bô sió-pò-leh⇨有秘密的財路可鑽取，却皆不稍予告知。捭póe，聚斂也。以手拂開曰捭póe。孔khang應作空khang，空課也，空頭也。

【私心 su-sim】 別具用心。早道有～～也chá tō-ū～～ā⇨早就有私心了。

【私仇 su-siû】 擧公刀報～～giâ kong-to pò～～⇨假公以報私怨。

【私印 su-ìn】 私章。偷用～～thau-iōng(ēng)～～⇨同上。

【私用 su-iōng(ēng)】 公物～～kong-bu̍t～～⇨同上。

【私立 su-li̍p】 ㊀～～學校～～ha̍k-hāu⇨同上(合法)。㊁～～公堂～～kong-tn̂g⇨私設法庭(不合法)。

【私休 su-hiu】 公休愛送官府，～～可以私下講條件kong-hiu ài-sàng koa$^{n}$-hú，～～khó-í su-hā kóng tiâu-kiā$^{n}$⇨同上。

【私有 su-iú】 ～～公有～～kong-iú⇨同上。～～財產制度～～châi-sán chè-tō͘⇨同上。

【私交 su-kau】 私人間的交際。～～不止仔好～～put-chí-á hó⇨私交很好。

【私佔 su-chiàm】 ～～公地～～kong-tē⇨公家土地佔爲私有。

【私見 su-kiàn】 依我的～～，即類代誌毋當做i-goá ê～～chit-lōe tāi-chì m̄-thang chò(chòe)⇨依我個人的看法，這種事情不可做。

【私利 su-lī】 ～～私慾之徒～～su-io̍k chi tô͘⇨同上。

【私和 su-hô】 私休。定着該～～的，敢敢公開出來tiā$^{n}$-tio̍h ài～～ê，kám-kā$^{n}$ kong-khai chhut-lâi⇨一定要私自和解的，那裏敢於公開出來。

【私股 su-kó͘】 私人股份。～～佔大部份～

～chiàm toā-pō·-hūn⇨同上。

【私事 su-sū】 私人之事。～～公事濫濫扐～～ kong-sū lām-lām-leh⇨公私混淆，公私不分。

【私恨 su-hīn】 ～～眞深～～chin-chhim⇨同上。

【私約 su-iak(iok)】 密約。幽會。双平恰如有～～扐siang-pêng kah-ná ū～～leh⇨双方好像有密約存在。許大漢也耳，道敢合人～～也 hiah toā-hàn-á niâ, tō-ká$^{n}$ kah-lâng～～á⇨那麼少少年紀而已，就敢與人幽會了。

【私怨 su-oàn】 報～～pò～～⇨同上。

【私財 su-châi】 自己之財產。～～如山扐，開曷會了～～ná-soa$^{n}$-leh，khai ah-ē(ōe)-liáu⇨私產大如山開也開不完。

【私情 su-chêng】 私人間的交情。～～較贏過才能～～khah-iâ$^{n}$-kòe châi-lêng⇨私情勝才能。

【私處 su-chhì】 偷摸～～thau-bong～～⇨同上。

【私娼 su-chhiang(chhiong)】 暗娼。～～也有眞可憐的～～ā-ū chin khó-lîn(liân)-ê⇨同上。

【私貨 su-hòe(hè)】 走私貨。～～滿街是～～boā$^{n}$-ke-sī⇨全街都是私貨。

【私偏 su-phian】 偏持單方，不公平。乎人講一句～～不值半個錢hō·-lâng-kóng chit-kù～～m̄-tat poà$^{n}$-ê-chî$^{n}$⇨被人家說一句不公平，就很不值得了。

【私產 su-sán】 私人產業。～～全部判充公～～ choân-pō· phoà$^{n}$ chhiong-kong⇨私產全部判決入公。

【私通 su-thong】 姦通。牽手呢，佮人～～，查某囝呢，逮人走khan-chhiú-lih, kah-lâng～～，cha-bó·-kiá$^{n}$-lih, tòe-lâng-cháu⇨妻子是與人姦通，女兒又跟人私奔。

【私費 su-hù】 ～～公費～～kong-hùi⇨同上。

【私敧 su-khia】 亦即sai-khia。私自積存的錢。～～錢～～chî$^{n}$⇨同上。偷積～～thau chek～～⇨同上。儉去做～～khiām-ì chò(chòe)～～⇨同上。節省起來做私錢。敧khia，易覆之器，又不平也。

【私貼 su-thiap】 暗中補貼。～～學費～～hak-hùi⇨同上。～～個外家～～in goā-ke⇨暗中補助她外家。

【私暗 su-àm】 舞弊。～～公款～～kong-khoán⇨暗中偷佔公款入私。

【私語 su-gí】 七月七日長生殿，夜半無人～～時chhit-goat chhit-jit tiâng-seng-tiān，iā-poàn bû-jîn～～sî⇨長恨歌。

【私慾 su-iok】 私利～～的世界su-lī～～ê sè-kài⇨同上。起～～khí～～⇨同上。趁～～thàn～～⇨從私慾。

【私積 su-chek】 私自積蓄。兄弟既會～～，免若久道會分家伙也hia$^{n}$-tī kā-ē～～ bián-goā-kú tō-ē pun-ke-hóe à⇨兄弟既然會私自積財，那麼不必很久就會分家了。

【私願 su-goān】 開公金了～～khai kong-kim liáu～～⇨同上。

【私權 su-koân】 ～～被侵害～～pī-chhim-hāi⇨同上。

【私囊 su-lông】 自己的荷包。袋落～～tē-loh～～⇨袋入自己荷包。私肥su-hûi。

【私鹽 su-iâm】 走私之鹽。掠着～～liah-tioh～～⇨抓到了私鹽。

【私相授受 su-siang(siong)-siū-siū】 ～～～～是違法的～～～～sī ûi-hoat ê⇨私授私受是不合法的。

**su 書** 亦書si也。文字著於竹帛曰書。亦即册chheh也。凡書籍su-chek皆曰書su(si)亦曰册chheh。四～五輕sù～ngó·-keng⇨孔孟之道的基本教科書kāu-kho-su(si)。六～liok

～⇨文字學的象形chhiū$^n$-hêng，指事chí-sū，形聲hêng-seng，會意hōe-ì，轉註choán-chù，假借ké-chioh，等是也。～有未曾經我讀，事無不可對人言～iú bī-chêng keng-ngó͘-tho̍k, sū bû put-khó tùi-jîn-giân⇨同上。讀死～，死讀～，讀～死tha̍k sí～，sí tha̍k～，tha̍k～sí⇨tho̍k sú～，sú-tho̍k～，tho̍k～sú⇨同上。著～立說tù～li̍p-soat⇨同上。又書信也。含羞淚，筆寫～，滿懷心事告君知hâm siù-lūi，pit siá-～(si), boán-hoâi sim-sū kò-kun-ti⇨同上。告民衆～kò bîn-chiòng～⇨同上。聲明～seng-bêng～⇨同上。

【書札 su(si)-chat】 書信，書函，書簡。

【書包 su(si)-pau】 學生背～～ha̍k-seng phāi$^n$～～⇨同上。

【書生 su(si)-seng】 學生，讀書人。百無一用是～～pek-bû it-iōng sī～～⇨同上。～～人情～～jîn-chêng⇨秀才人情siù-chāi jîn-chêng。

【書式 su(si)-sit(sek)】 格式(書類的)。～～無共款～～bô kāng-khoán⇨書式不一樣。

【書局 su(si)-kio̍k】 書店su(si)-tiàm⇨册店chheh-tiàm。

【書函 su(si)-hâm】 同書信。

【書房 su(si)-pâng】 ㈠私塾。㈡讀書室。起居室。

【書香 su(si)-hiang(hiong)】 謂讀書人有書之香氣。世代～～sè-tāi～～⇨代代讀書人的家庭。～～世家～～sè-ka(ke)⇨同前。

【書柬 su(si)-kán】 書札。

【書信 su(si)-sìn】 四常有～～扲來往 sū-siông(siâng) ū～～teh lâi-óng⇨經常有書函在來往。

【書院 su(si)-ī$^n$】 古之大學。白鹿洞～～pe̍h-lo̍k-tōng～～⇨同上。今之私立學院。基督～～ki-tok～～⇨同上。

【書庫 su(si)-khò͘】 藏書的處所。文庫bûn-khò͘。

【書記 su(si)-kì】 小事務員。商會的～～siang(siong)-hōe ê～～⇨同上。

【書啓 su(si)-khé】 文書類。～～師爺～～su-iâ⇨主辦文書的師爺。

【書畫 su(si)-ōe】 琴棋～～無有不能者khîm-kî～～bû-iú put-lêng-chiá⇨同上。

【書童 su(si)-tông】 小价，僕人。童或作僮。

【書經 su(si)-keng】 五經之一。

【書肆 su(si)-sù(sì)】 同書店或書局su(si)-kio̍k。

【書齋 su(si)-chai】 讀書室。

【書簡 su(si)-kán】 書札，書信。～～文～～bûn⇨書信體的文章。

【書類 su(si)-lūi】 各種文件。重要～～tiōng-iàu～～⇨同上。～～橱～～tû⇨同上。

su **輸** 運送也。負敗也。致也。運～公司ūn～kong-si⇨同上。贏～iâ$^n$～⇨勝敗。穩～的ún～ê⇨一定敗的。無～無贏bô～bô-iâ$^n$⇨沒有勝負。有較～ū-khah～⇨比較劣貨，略遜一籌。～得眞忝～tit(le) chin-thiám⇨敗得很慘。遜色太多。相～sio(sa$^n$)～⇨打賭。一步錯滿盤～chi̍t-pō͘ chhò, boâ$^n$-poâ$^n$～⇨棋走錯一着就全局皆敗。

【輸入 su-ji̍p】 進口。～～輸出～～su-chhut⇨進口出口。～～稅～～sòe⇨同上。

【輸人 su-lâng】 不如人。～～不輸陣，輸陣歹看面～～m̄ su-tīn, su-tīn phái$^n$-khoà$^n$-bīn⇨敗給一個人可以，不敗於一羣人，亦即拿不到第一名無所謂，但是不可輸給全班而排在第末名。粗人多將歹看面phái$^n$-khoà$^n$-bīn改說卵鳥面lān-chiáu-bīn。

【輸血 su-hoeh(huih)】 出血過多該～～chhut-hoeh(huih) kòe-to ài～～⇨同上。

【輸面 su-bīn】 敗的成份。看是紅軍較～～khoà$^n$ sī âng-kun khah～～⇨據觀察是紅軍

似乎敗的成份較多。反之曰贏面iāⁿ-bīn。

【輸送 su-sàng】 運送也。～～旅客～～lí-kheh⇨同上。

【輸勢 su-sè】 略同輸面su-bīn。亦曰輸分su-hūn。

【輸誠 su-sêng】 致其誠心。

【輸運 su-ūn】 運輸。輸送。

【輸贏 su-iâⁿ】 敗與勝。無～～bô～～⇨沒有勝負。講無～～的kóng-bô～～ê⇨說不負責的，說出來玩的。擔～～tam～～⇨擔當勝負之責任。有擔～～ū-tam～～⇨很負責，男子漢lâm-chú-hàn敢做敢當。反之為：無擔～～bô tam-～～。⇨同上。又打賭也。不信，看敢～～否m̄-siàn, khoàⁿ-káⁿ～～bò⇨你如不相信，敢不敢打賭看看。有～～的ū～～ê⇨打賭者。～～趣味扲～～chhù-bī-leh⇨小賭一賭以增加趣味。

【輸了了 su-liáu-liáu】 輸光了。佪老父歸千萬的財產都給～～～也in-lāu-pē kui-chheng-bān ê châi-sán to-hō～～～ā⇨他父親整個千萬的財產都給輸光了。

【輸尿管 su-jiō-kńg】 俗曰尿道jiō-tō。

【輸卵管 su-nn̄g-kńg】 生殖器官的一部份。

su
# 須

㊀面上毛也。通用鬚su，chhiu字。㊁資也，用也，通需字。坐車～買車票chē-chhia～bé(bóe) chhia-phiò⇨搭車應該買車票。病了必～食藥pēⁿ(pīⁿ)-liáu pit～chiah-ioh⇨病則必服藥。

【須臾 su-jû】 短時間，很快。宛轉蛾眉能幾時，～～鶴髮亂如絲oán-choán ngô-bî lêng kí-sî，～～hoh-hoat loān jî(jû)-si⇨唐詩。

【須知 su-ti】 應該知之。～～人亦有好的～～lâng ah-ū hó-ê⇨同上。又一種列舉注意事項的畫面。家長～～ka-tiúⁿ～～⇨同上。

【須要 su-iàu】 通需要。看有～～幾個人khoàⁿ-ū～～kúi-ê-lâng⇨看看要多少人。

【須當 su-tong】 應該。人生有酒～～醉，一滴何曾到九泉jîn-seng ıú-chiú～～chùi，it-tek hô-chêng tò kiú-choân⇨舊詩。謂人生應該及時享受，死後的祭祀是烏有的。

【須彌山 su-bî(mî)-san】 佛家所說的大海中的極高之山。其義為妙高之山。

su
# 伺

察也，偵候也。

【伺候 su-hāu】 偵候，多用作侍候sī-hāu。～～長輩～～tiáng(tióng)-pòe⇨侍奉長輩。～～貴人～～kùi-jîn⇨侍候尊貴之人。好～～的人hó～～ê lâng⇨容易款待khoán-thāi的人。歹～～的人pháiⁿ～～ê lâng⇨難於侍候的人。～～伊恰如阿公扲～～i ká-ná a-kong-leh⇨侍奉他宛若祖父一般。

【伺隙 su-kek】 ～～反攻～～hoán-kong⇨偵出敵人的孔隙而反擊之。

su
# 嘘

吹也。口出氣也，其聲也。呼～仔kho～(sut)-ā⇨吹口哨。

【嘘仔 su-á】 亦作㖃仔sut-á。口哨。呼～～做信號kho～～chò(chòe)-sìn-hō⇨同上。又口哨kháu-sàu。除su-á，sut-á之外，亦曰呼嘘嘘仔khó-si-si-á。

【嘘尿 su-jiō】 抒尿si-jiō，促嬰孩放尿。共嬰仔～～kā eⁿ-á～～⇨同上。抒屎尿si-sái-jiō。抒si，sī，引而洩之也。

【嘘聲 su-seng】 si-seng。口出～～kháu-chhut～～⇨口出嘘嘘之聲，表示反對之聲，俗稱開汽水khui-khì-chúi。

sú
# 史

記事者也，記事書也。國～kok～⇨一國之歷史，國粹主義者稱本國史曰國史。二十四～jī-chap-sì～⇨史記以下的二十四部歷史，概稱明代以前的歷史。教育～kàu-iok～⇨同上。社會運動～siā-hōe ūn-tōng～⇨同上。

【史官 sú-koaⁿ】 記事之官，歷史官。自古代真早道有～～也chū kó-tāi chin-chá tō-ū～～ā⇨同上。

【史記 sú-kì】 司馬遷寫的歷史書，自上古至漢初間的歷史。

【史書 sú-si(su)】 有關歷史的書籍。

【史實 sú-sit】 歷史上的事實。無～～當來證明bô～～thang-lâi chèng-bêng⇨沒史實可以證明。

**使** sú 令也。役也。受歹人指～siū pháiⁿ-lâng chi～⇨受壞人指使。唆～so～⇨煽動。亦曰使弄sái-lōng。量才器～liâng(liông)-chāi khì～⇨秤量才能分別加以錄用。頤指氣～î-chí khì～⇨看不起人的用人態度。小～仔siáu～á⇨工友，來自日語。

【使用 sú-iōng】 ～～價值～～kè-tat⇨同上。～～期間～～kî-kan⇨同上。～～方法～～hong-hoat⇨同上。

【使君 sú-kun】 持節出使者的尊稱。尊稱。～～自有婦，羅敷自有夫～～chū-iú-hū，lô-hu chū-iú-hu⇨桑園會的故事。

【使臣 sú-sîn】 奉派的臣屬。～～的來往不絕～～ê lâi-óng-put-choat⇨同上。

【使命 sú-bēng】 差使chhe-sāi。任務。重大～～tiōng-tāi～～⇨同上。～～無達成～～bô-tat-sêng⇨同上。

【使者 sú-chiá】 被派的人。該等～～的消息āi-tán～～ê siau-sit⇨同上。

【使徒 sú-tô】 耶穌的學生。十二～～chap-jī～～⇨同上。～～行傳～～hêng-toān⇨聖經中的一章。

【使節 sú-chiat】 使臣。法王的～～hoat-ông ê～～⇨同上。

**死** sú 生物失其生命也。亡也。不活動亦曰死sú，sí(見si部)。人爲財～，鳥爲食亡jîn ûi-châi～，niáu ûi-sit-bông⇨同上。哀莫大於心～ai bok-tāi î sim～⇨同上。～生有命，富貴在天～seng iú-bēng, hù-kùi chāi-thian⇨同上。～有餘辜～iú-î-ko⇨死也償不了其罪。

【死別 sú-piat】 生離～～seng-lī～～⇨同上。

【死節 sú-chiat】 有～～之義iú～～chi gī⇨同上。

【死中求活 sú-tiong-kiû-oah】 ～～～～拚生命～～～～piàⁿ-sèⁿ-miā⇨同上。

【死裏逃生 sú-lí-tô-seng】 ～～～～，扱着一條命～～～～，khioh-tioh chit-tiâu-miā⇨同上。扱khioh亦拾sip也。

**署** sú 公廨kong-kài也。官衙koaⁿ-gê也。有關官～iú-koan koaⁿ～⇨同上。南～北～lâm～pak～⇨台北市的警察原分南北兩署。

【署名 sū-bêng】 ～～押印～～ah-ìn⇨簽名加上印章。

【署長 sú-tiúⁿ】 新～～到任也sin～～tò-jīm ā⇨同上。

**暑** sú 夏季也，夏熱也。亦暑sí也。寒～hân～⇨寒與暑，喻一年。如此再寒～，百厲自僻易jî-chhú chāi hân～，pek-lē chū-phek-ek⇨文天祥正氣歌。小～大～siáu～tāi～⇨二十四氣中的兩氣，在夏至之後立秋之前。寒來～往，秋收冬藏hân-lâi～óng，chhiu-siu tong-chông⇨千字文。

【暑氣 sú-khì】 夏熱。六月天的～～lak-goeh-thiⁿ ê～～⇨同上。

【暑假 sú-ká】 寒假～～hân-ká～～⇨同上。

【暑期 sú-kî】 夏季hā(hē)-kùi。～～雨水較敍～～hō·-chúi khah-chē(chōe)⇨同上。

**賜** sù 予也。恩惠也。賞～siúⁿ～⇨同上。恩～in～⇨同上。天官～福thian-koan～hok⇨同上。天～良緣thian～liâng(liông)-iân⇨同上。

【賜諡 sù-sē】 賜予名稱。古法死後立號曰諡sē，其法曰諡法sē-hoat。

【賜你無罪 sù-lí-bô-chōe】 饒人的戲謔之詞。寡人龍心大喜，～～～～koáⁿ-jîn liông-sim

tāi-hí，～～～～⇨同上。

**sù 恣** 縱也。任也。濫～講(來)lām～kóng(lâi)⇨濫擅講(來)lām-sám-kóng(lâi)⇨烏白講(來) o͘-pe̍h-kóng(lâi)。亂(濫)～想 loān(lām)～siū$^{n}$⇨同上。

【**恣侮 sù-bú**】 橫加侮辱。～～人眞忝～～lâng chin-thiám⇨侮辱得很嚴重。

【**恣舞 sù-bú**】 亂搞。見在伊扲～～kī$^{n}$-chāi-i teh～～⇨任由他在胡搞。舞bú，弄lāng也。舞弄bú-lāng。

**sù 肆** 極也。恣也。又四的大寫。放～hòng～⇨大膽胡爲無禮。市～chhī～⇨市街，市場，店舖。陳列貨品之處曰肆sù，sì。

【**肆無忌憚 sù-bû-kī-tān**】 無所顧忌的無禮胡爲。～～～～的行爲～～～～ê hêng-ûi⇨同上。

**sù 四** 數名也。一二三～it-jī-sam～⇨同上。二二而～jī-jī-jî～⇨二乘二得四。不三不～put-sam put～⇨無像樣bô-chhiū$^{n}$-iū$^{n}$。～世三公～sè sam-kong⇨代代貴顯。

【**四大 sù-tāi**】 道大，天大，地大，王大(道教)。又佛家以地，水，火，風爲四大。～～皆空～～kai-khong⇨佛家語。～～金剛～～kim-kong⇨俗作四個得力的大將或助手解。

【**四方 sù-hong**】 東西南北。男子漢志在～～lâm-chú-hàn chì-chāi～～⇨同上。～～形～～hêng⇨正方形。

【**四六 sù-lio̍k**】 ㊀十中之四與六。二八三七～～來jī-pat sam-chhit～～lâi⇨民歌，情人約會的日期，謂逢二逢八逢三逢七逢四逢六之日都要來相會。～～分～～pun⇨一個佔四一個佔六的分割法。㊁駢文。喻俏皮話。講～～仔kóng～～á⇨格話仔仁kek-ōe-á jîn⇨說俏皮話。又喻好聽而不實的話。伊扲～～仔講，咱道～～仔聽i-teh～～á-kóng，lán-tō～～á thia$^{n}$⇨他在說掩飾不實的話，我們就姑妄聽之好了。

【**四民 sù-bîn**】 士農工商。～～同欣～～tông-him⇨同上。

【**四正 sù-chèng**】 sì-chià$^{n}$。端正。做人有～～chò(chòe)-lâng ū～～⇨做人很端正。又亦讀sì-chià$^{n}$，義同，但是sù-chèng似乎偏重於品德，sì-chia$^{n}$則偏重於形態。樹頭企扲四正，不驚樹尾搖風chhiū-thâu khiā-le sì-chià$^{n}$，m̄-kia$^{n}$ chhiū-bóe(bé) iô-hong⇨同上。

【**四可 sù-khó**】 行言命天。可勉者行，可信者言，可委者命，可託者天khó-bián-chià hêng，khó-sìn-chià giân，khó-úi-chià bēng，khó-thok-chià thian⇨同上。

【**四平 sù-phêng**】 ㊀八面玲瓏。～～山～～san⇨其人。～～八穩～～pat-un⇨同上。㊁戲班名，曲調名。做～～的chò～～ê⇨演四平戲sù-phêng-hì。唱～～的chhiù$^{n}$～～ê⇨唱四平調的曲。

【**四生 sù-seng**】 胎生，卵生，溼生，化生曰～～thai-seng, loān-seng, un-seng, hoà-seng oa̍t～～⇨動物之四種生產途徑。

【**四色 sù-sek**】 賭博用具，～～牌～～pâi的簡稱。

【**四君 sù-kun**】 人參，茯苓、白朮、甘草的四種藥草合爲一劑曰四君。

【**四物 sù-bu̍t**】 當歸tong-kui，川芎chhoan-kiong，芍藥chiak-ia̍k，熟地se̍k-tē等四藥合爲一劑。～～四君～～sù-kun⇨同上。

【**四肢 sù-ki**】 ～～無力～～bô-la̍t⇨脚酸手軟。

【**四果 sù-kó**】 四種青果類。普通以紅棗âng-chó，桂圓，蓮子，白果的四種爲四果。～～湯～～thng⇨同上。～～冰～～peng⇨同上。

【**四季 sù-kùi**】 春夏秋冬。～～流行，萬物化生～～liû-hêng，bān-bu̍t hoà-seng⇨同上。～～花～～hoe⇨同上。～～春～～chhun⇨同上。

【**四知 sù-ti**】 天知地知你知我知。楊震以

～～斥退賄賂iâng(iû$^{n}$)-chín í～～thek-thè hōe-lō͘⇨同上。～～堂～～tông⇨楊姓的堂號。

【四苦 sù-khó͘】 生老病死。人生～～是閃未去的jîn-seng～～sī siám-bē(bōe)-khì-ê⇨人生脫不了四苦。

【四神 sù-sîn】 茯苓，淮山hoâi-san，芡實khiàm-si̍t，蓮子的四種藥草合爲一劑曰四神。

【四海 sù-hái】 五湖～～ngó͘-ô͘～～⇨同上。～～爲家～～ûi-ka⇨漂泊無定居。～～之內皆兄弟也～～chi lōe(lāi) kai heng-tē-iā⇨天下一家的意思，本爲儒家的理想，今多用爲豪爽自負之詞。人眞～～lâng chin～～⇨其人慷慨大方。

【四配 sù-phòe】 相稱。彼對姻緣有～～hit-tùi in-iân ū～～⇨亦即門當戶對也。

【四書 sù-si】 大學，中庸，論語，孟子等的儒家基本經典。～～五經～～ngó͘-keng⇨四書與詩，書，易，禮記，春秋等的五經。～～讀透透，毋八黿鼇龜鼈竈～～tha̍k-thàu-thàu, m̄-bat goân, gô,ku, pih, chàu⇨謂四書全讀過了，却還不知道這五個字的寫法。～～熟事事，十句九句不～～se̍k-lut-lut，cha̍p-kù káu-kù-put⇨謂讀四書而不知其所以，只得不字甚多之印象。所謂十句九句不，乃指名不正，則言不順，言不順，則事不成，事不成，則禮樂不興，禮樂不興，則刑罰不中，刑罰不中，則民無所措手足bêng-put-chèng, chek-giân-put-sūn, giân-put-sūn，chek-sū-put-sêng，sū-put-sêng, chek-lé-ga̍k put-hin, lé-gak put hin，chek-hêng-hoa̍t put-tiòng, hêng hoa̍t put-tiòng, chek-bîn-bû-só͘-chhò͘ siú-chiok⇨論語論正名。

【四時 sù-sî】 四季。～～八節二十四氣～～pak-chiat jī-cha̍p-sì-khì⇨同上。

【四常 sù-siông】 經常。電影～～扲看扲，那有稀罕tiān-iá$^{n}$～～teh-khoà$^{n}$-leh, ná-ū hi-hán⇨電影經常在看的，何有稀奇。較～～kha̍h～～⇨同上。眞～～chin～～⇨同上。

【四象 sù-siōng】 日月星辰曰～～ji̍t-goa̍t-seng-sîn oa̍t～～⇨同上。

【四管 sù-koán】 絃，笛，三絃，琵琶等的四種樂器。

【四端 sù-toan】 惻隱之心chhek-ún chi sim，是非之心sī-hui chi sim，羞惡之心siù-ok chi sim，辭讓之心sû-jiāng(jiōng) chi sim。是也。

【四維 sù-ûi(î)】 禮義廉恥，國之～～lé-gī liâm-thí, kok-chi～～⇨同上。

【四德 sù-tek】 婦德，婦言，婦工，婦容。三從～～sam-chiông～～⇨古婦女的人生規範。

【四器 sù-khì】 規kui，矩kí(kú)，準chún，繩chîn等的四種基本工具。

【四聲 sù-seng】 平上去入曰～～pêng siāng(siōng) khì ji̍p oa̍t～～⇨同上。

【四分五裂 sù-hun-ngó͘-lia̍t】 ～～～～的局面～～～～ê kiok-bīn⇨同上。

【四面受敵 sù-biān-siū-te̍k】 前後左右皆敵人。

【四面楚歌 sù-biān-chhó͘-ko】 同四面受敵，喩多遭反對壓迫，原出項羽敗軍的故事。

【四海爲家 sù-hái-ûi-ka】 飄泊無定居的生活。

【四通八達 sù-thong-pat-ta̍t】 ～～～～之地～～～～chi tē⇨交通極便利的地方，或指地點重要，可向四方發展。

【四望無際 sù-bōng-bû-chè】 一望無際it-bōng-bû-chè。謂平坦廣大到望不到其邊際。

【四壁蕭然 sù-pek-siau-jiân】 家中無物，喩極貧窮。

**庶** sù 多也，近也。妾腹所出亦曰庶sù，亦庶sì也。衆～chiòng～⇨黎～lê～⇨百姓，平民。

【庶人 sù-jîn】 平民。廢爲～～hùi-ûi～～⇨遞奪其官爵改爲平民。～～曰死，童子曰殤～～oat sù, tông-chú oat siong(siang)⇨平民(大人)之死曰死sù，未成年人之死曰殤siong(siang)。

【庶子 sù-chú】 妾生子。～～嫡子～～tek-chú⇨妾生子妻生子。

【庶民 sù-bîn】 百姓人。～～階級～～kai-kip⇨同上。天子犯法與～～同罪thian-chú hoān-hoat í～～tông-chōe⇨了不起的法家思想，但從未實現過。

【庶母 sù-bó(bió)】 父之妾。～～嫡母～～tek-bó(bió)⇨同上。

【庶出 sù-chhut】 妾腹所生。～～總是較輸嫡出～～chóng-sī khah-su tek-chhut⇨庶子的地位總是較嫡子差。

【庶務 sù-bū】 雜務。～～課～～khō⇨辦理庶務的單位。

【庶羞 sù-siù】 衆味也，衆多山珍海味也。→sī-sìu。略同時羞sî-siû。枵鬼嘴愛食～～仔iau-kúi-chhùi ài-chiah～～á⇨謂枵饞iau-sâi之人喜愛食東食西也。

sù
**恕** 仁慈也，寬容也。寬～khoan～⇨同上。饒～giâu～⇨同上。

【恕催 sù-chhui】 請客帖上的客套語。意謂請準時光臨，原諒我不再去催請了。

【恕罪 sù-chōe】 原諒。～～，～～，小弟較慢來～～，～～，sió-tī khah-bān lâi⇨遲到的客套語。

sù
**絮** 破舊的緜也。敗～殘柳pāi～chân-liú⇨喻女人的淪落老衰。柳～liú～⇨飛舞的柳花。顛狂柳～隨風舞，輕薄桃花逐水流tian-kông liú～sûi-hong-bú，kheng-pok thô-hoa tiok-súi-liû⇨千家詩。

sû
**辭** 言詞也。文章也。言～giân～⇨同上。文～bûn～⇨同上。又却而不受曰辭sû。推～the(thui)～⇨同上(見si部)。致～tì～⇨同上。訓～hùn～⇨同上。祝～chiok～⇨同上。謝～siā～⇨同上。遊～iû～⇨同上。浮～phû～⇨同上。堅～kian～⇨同上。婉～oán～⇨同上。告別亦曰辭sû。告～kò～⇨同上。朝～白帝彩雲間，千里江陵一日還，兩岸猿聲啼不住，輕舟已過萬重山tiau～pek-tè chhái-hûn-kan, chhian-lí kang-lêng it-jıt hoân, hiáng-gān oân-seng thê-put-chū, kheng-ehiu í-kò bān-têng-san⇨李白。

【辭令 sû-lēng】 應對的言語。外交～～goā-kau～～⇨交際間所說的話。

【辭世 sû-sè】 死別。

【辭行 sû-hêng】 告別。無～～道去也bô～～tō khì-à⇨沒辭行就走了。

【辭別 sû-piat】 告別。辭行～～攏共意思sû-hêng～～lóng-kāng-ì-sù⇨同上。

【辭典 sû-tián】 詞典，字典。好～～hó～～⇨同上。

【辭書 sû-si(su)】 字典類之書。

【辭職 sû-chıt】 眞久道～～轉去也chin-kú tō～～tńg-khì-à⇨很久以前就辭職回家去了。

sû
**詞** 說也，言也，文也，通辭。又一種詩體。說～soeh～⇨同上。言～giân～⇨同上。文～bûn～⇨同上。塡～tián～⇨作詩。虛～hi～⇨謊言，即hau-siâu的原詞。強～奪理kiâng～toat-lí⇨強辯。名～bêng～，代名～tāi-bêng～，動～tōng～，助～chō～，介～kài～，數～sò，感嘆～kám-thàn～等皆文法上的用詞。

【詞句 sû-kù】 文句，語句。字句。～～用了無眞好～～iōng-liáu bô-chin-hó⇨詞句用得不甚好。

【詞宗 sû-chong】 文詞的宗師。詞會之主。左～～右～～chó～～iū～～⇨唐詩。

【詞林 sû-lîm】 辭林。字典詞典之類。

【詞典 sû-tián】 同詞林。

【詞根 sû-kin】 語根。

【詞訟 sû-siōng】 訴訟。包攬～～pau-lám～～⇨訟棍的行爲。

【詞飾 sû-sek】 以文字讚美。忝承～～thiám-sîn～～⇨同上。

【詞藻 sû-chó】 詞章的美詞。～～豐富～～hong-hù⇨同上。

sû **祠** 祭也。春祭也。又廟也。祭～chè～⇨同上。生～seng～⇨紀念生人之廟。淫～îm～⇨同上。邪～siâ～⇨同上。宗～chong～⇨宗廟。家～ka～⇨同上。

【祠堂 sû-tông】 丞相～～何處尋，錦官城外柏森森 sîn-siàng～～hô-chhì-sîm，kím-koan sêng-goā pek sim-sim⇨唐詩。

sû **嗣** 繼也。續也。子～chú～⇨子孫。無～的 bô～ê⇨無子嗣之人。孤佬的勸無～的 ko·-láu-ê khǹg bô～ê⇨同病相憐。孤佬ko·-láu或作孤老ko·-ló(láu)，亦即無子嗣者。孤癖者。喻於事無補。

【嗣子 sû-chú】 繼承之子。承業之子。～～不肖，無外久道攏無去也～～put-siàu，bô-goā-kú tō lóng-bô-khì-à⇨嗣子不肖，不久就皆沒有了(破滅)。

sû **豎** 立也。又小也。未冠之童僕曰豎sû。俗作竪sû。小～siáu～⇨小童，小使，工友。

【豎子 sû-chú】 ～～可教～～khó-kàu⇨黃石公讚張良之言。

【豎儒 sû-sû】 小儒。臭學者。～～敗我大事～～pāi-gó· tāi-sū⇨同上。

sû **殊** 死也，絕也，又別也，異也。特～tek～⇨特別。

【殊不知 sû-put-ti】 眞眞想不到，非常意外。～～～，伊更平安回來～～～，i koh pêng-an hôe-lâi⇨想不到，他竟平安回來。

【殊死戰 sû-sú-chiàn】 決死戰。軍皆～～～kun kai～～～⇨全軍皆誓死作戰。

sū **士** 讀書人。四民～爲首sū-bîn～ûi siú⇨同上。～農工商爲四民～lông kong siong (siang) ûi sū-bîn⇨同上。～君子～kun-chú⇨同上。～可殺不可辱～khó-sat put-khó-jiok⇨同上。紳～sin～⇨同上。高～ko～⇨同上。居～ki～⇨同上。文～bûn～⇨同上。武～bú～⇨同上。俠～kiap～⇨同上。義～gī～⇨同上。勇～ióng～⇨有勇之人。博～phok～⇨大學最高學位。碩～sek～⇨介於博士學士之間的學位。學～hak～⇨大學畢業之起碼學位。道～tō～⇨道教工作者。男～女～lâm～lí(lú)～⇨同上。上～中～下～siōng(siāng)～tiong～hē(hā)～⇨軍階。

【士子 sū-chú】 讀書人。學生，考生。天下～～thian-hē(hā)～～⇨同上。

【士兵 sū-peng】 軍士與軍兵。士卒。

【士卒 sū-chut】 士兵。身先～～sin-sian～～⇨英勇不怕死之將官。

【士官 sū-koaⁿ】 下士官。～～學校～～hak-hāu⇨同上。

【士氣 sū-khì】 ～～如虹～～jî(jû)-hông⇨同上。

【士大夫 sū-tāi-hu】 ～～～階級～～～kai-kip⇨同上。

【士象全 sū-chhiūⁿ-chn̂g】 單車不破～～～tan-ki put-phoà～～～⇨棋諺。意謂一方只有一車，另一方有士象齊全的殘局是和局。

sū **仕** 宦也，做官也。學優而～hak-iu jî～⇨同上。～於公曰臣，～於家曰僕～î kong oat sîn, ～î ka oat pok⇨同上。出～chhut～⇨做官，有成就。較有(無)出～khah-ū(bô) chhut～⇨較有(沒)成就，意即較多(少)人做官。

【仕宦 sū-hoān】 作官。～～而至將相，富貴而歸故鄉～～jî-chì chiàng-siàng(chiòng-siòng)，hù-kùi jî-kui kò·-hiang(hiong)⇨昇官發財之理想境界。

【仕商 sū-siang(siong)】 做官的與做生意的。～～行旅～～hêng-lí(lú)⇨同上。

**sū 嶼** 海中之山也。小島也。山～soaⁿ～⇨島嶼tó-sū。摸無山～bong-bô soaⁿ～⇨喻無法可施。無山無～bô-soaⁿ bô～⇨同前。疑皆爲線緒soāⁿ-sī(sū)所訛。前無山後無～chêng bô-soaⁿ，āu bô～⇨喻孤掌難鳴ko·-chiáng(chióng) lân-bêng或孤苦零丁ko·-khó· lēng-teng。鼓浪～kó-lông～⇨廈門市內的小島名。蘭～lân～⇨台東東南海中的小島。俗多讀爲lân-î，非也。

**sū 事** 社會現象也。大曰政，小曰事。國～人～天下～kok～jîn～thian-hē～⇨同上。生～死～seng～sí～⇨同上。大～小～toā～sió～⇨同上。大～化小～，小～化無～⇨toā～hoà sió～, sió～hoà bô～⇨同上。興合人惹～hèng kah-lâng jiá～⇨謂常惹來禍端。無～不入三寶殿bô～put-jı̍p sam-pó-tiān⇨有事求人的套語。好歹～hó-pháiⁿ(bái)～⇨慶弔事宜。查某人～cha-bó·-lâng～⇨女人的私事。公～kong～⇨公家之事，共同之事。盈仔～êng-á～⇨閑事。愛管盈～ài-koán êng～⇨好管閑事。謀～在人，成～在天bô～chāi-jîn，sêng～chāi-thian⇨孔明臨終時之怨歎詞云。多一～，不如省一～to it～, put-jî(jû) séng it～⇨謂事少，則麻煩少。省～～省séng～～séng⇨同上。好～不出門，壞～傳千里hó～put-chhut-mn̂g, hāi(pháiⁿ)～thoân chhian-lí⇨同上。

【**事主 sū-chú**】 當事人。公親變～～kong-chhin piⁿ～～⇨和事佬變成當事人。

【**事由 sū-iû**】 事之所由。

【**事件 sū-kiāⁿ**】 問題，案件。重大～～tiōng-tāi～～⇨重大案件。～～發生了也～～hoat-seng-liáu-à⇨問題已經發生矣。

【**事尾 sū-bóe**】 後遺症。～～大了，有戲可看了～～toā lò·, ū-hì hó-khoàⁿ lò·⇨喻事得不到眞的解決，問題將激烈化。安爾～～長也an-ne(ni)～～tn̂g ā⇨同前。

【**事物 sū-bu̍t**】 無形曰事，有形曰物。

【**事宜 sū-gî**】 事務。負責招待～～hū-che̍k chiau-thāi～～⇨同上。

【**事使 sū-sái**】 用處。無～～bô～～⇨無路使mo·-lō-sâi(福州腔)。無用或無價値之事物。

【**事事 sū-sū**】 每事。～～該仔細～～ài chú-sè⇨同上。

【**事後 sū-āu(hiō)**】 ～～承諾～～sîn-lo̍k⇨同上。～～未補救得也～～bē(bōe) pó·-kiù-tit à⇨同上。

【**事前 sū-chêng**】 ～～有來講～～ū-lâi kóng⇨事態發生之前，曾經來說過。喻曾經求過諒解。

【**事故 sū-kò·**】 故障。中途發生～～tiong-tô·ⁿ hoat-seng～～⇨同上。

【**事務 sū-bū**】 ～～主任～～chú-jím⇨同上。法律～～hoat-lu̍t～～⇨同上。～～所～～só·⇨同上。

【**事破 sū-phoà**】 所謀發覺。無膽漢，～～抾叫救人bô-tám-hàn，～～teh kiò-kiù lâng⇨不中用的東西，所謀失敗而在喊救人。

【**事情 sū-chêng**】 ～～無簡單～～bô kán-tan⇨問題很複雜。～～眞敥～～chin-chē(chōe)⇨同上。

【**事理 sū-lí**】 問題的來由。公道。～～不平，氣死盈人～～put-pêng, khì-sí iêng-lâng⇨事理不公道，氣死旁觀者。事理亦作道理tō-lí，義同。

【**事項 sū-hāng**】 注意～～chù-ì～～⇨同上。

【**事業 sū-gia̍p**】 ～～機構～～ki-kò·⇨同上。～～既抾做，道該無惜本也～～kà-teh-chò(chòe), tō-ài bô-sioh-pún à⇨事業既然在經營了，就應該不可吝嗇本錢了。

【**事勢 sū-sè**】 事情。～～無好～～bô-hó⇨事情不大妙。～～緊迫～～kín-pek⇨同上。

【事端 sū-toan】 事故。惹～～jiá～～⇨鬧出問題。

【事實 sū-si̍t】 眞實，眞相。～～是安爾～～sī an-ne(ni)⇨眞實是如此。～～道未見衆得～～tō bē(bōe)-kī$^{n}$-chèng-tit⇨事實就是見不得人也。

【事變 sū-piàn】 七七～～chhit-chhit～～⇨觸發抗日戰爭之蘆溝橋事件。

【事體 sū-thé】 ～～重大～～tiōng-tāi⇨同上。

【事出有因 sū-chhut-iú-in】 ～～～～，查無實據～～～～chhâ-bû si̍t-khì⇨同上。

【事在人爲 sū-chāi-jîn-ûi】 ～～～～，人定勝天～～～～jîn-tēng sìn-thian⇨人爲能勝天定之信念。

【事在理在 sū-chāi-lí-chāi】 事理俱在，亦曰事理顯明。人講～～～～，不免驚伊扲惡覇lâng-kóng～～～～m̄-bián kia$^{n}$-i teh ah-pà⇨謂人言事在理在，不必怕他在逞兇。

【事過境遷 sū-kò-kéng-chhian】 人講～～～～，情形完全變了也lâng-kóng～～～～，chêng-hêng-oân-choân piàn-liáu à⇨同上。

sū **食** 米糧也，食物也（見si̍t部）。有酒～，先生饌iú chiú～, sian-seng choān⇨論語。

sū **緒** 絲條之端也。頭～thâu～⇨着手處，開端。摸無頭～bong-bô thâu～⇨不知如何下手。

【緒言 sū(sī)-giân】 開頭話(每見於書籍之頭頁)。同序sī(sū)-giân。

【緒論 sū-lūn】 書中頭一篇論文。

sū **序** 分別也。等次也。亦序si也。長幼有～tiáng(tióng)-iù iú～⇨同上。又通緒sū。宴桃園～iàn thô-oân～⇨宴桃園一文的序文。秩～tia̍t～⇨同上。順～sūn～⇨同上。次～chhù～⇨同上。

【序文 sū(sī)-bûn】 同緒言。

【序列 sū(sī)-lia̍t】 品級～～phín-kip～～⇨同上。

sū **祀** 祭也。祭～chè～⇨同上。祭～公業chè～kong-giap⇨同上。郊～kau～⇨同上。

## suh

suh **吸** 入氣也。吸氣khip-khì曰吸suh, soh。嬰兒食奶曰吸suh(soh)。凡物滲收khip-siu水分皆曰吸suh(soh)。罔～過癮的bóng～kòe-giàn-ê⇨姑且空吸之，以殺癮也。

【吸水 suh(soh)-chúi】 吸收水分。瘖田恔～～sán-chhân gâu～～⇨喩瘦人之大食。

【吸血 suh(soh)-hoeh(huih)】 牛蜱是～～蟲gû-pí sī～～thâng⇨牛蜱，牛的寄生蟲也。

【吸奶 suh(soh)-ni(leng)】 嬰兒食乳。嬰仔扲～～i$^{n}$(e$^{n}$)-á teh～～⇨乳兒在食乳。

【吸血鬼 suh(soh)-hoeh(huih)-kúi】 ㊀神話中的鬼。㊁喩魚肉百姓者。未輸～～～扲bē(bōe)-su～～～leh⇨宛然是吸血鬼。

【吸東風 suh(soh)-tang-hong】 呼吸東風，喩無物可食。～～～較允～～～khah-ún⇨嘲無力自食者。

【吸鴉片 suh-a-phiàn】 吸食鴉片煙。猶扲～～～扲iáu teh～～～lè⇨還在吸食阿片也。

suh **速** 急速kip-sok也。快速khoài-sok也。迅速sī-soa̍h也。

【速速叫 suh-suh-kiò】 形容快速。車正會快，～～～，連鞭道到chhia chià$^{n}$-ē-khoài, ～～～，liâm-pi$^{n}$ tō-kàu⇨車才能快，速速叫，一會兒就到的。空課做著～～～，眞緊khang-khòe chò-tio̍h～～～，chin-kín⇨工作進行得速速叫，非常快。

suh **颯** 翔風也。又風聲也。

【颯颯叫 suh-suh-kiò】 急風之聲。北風～～～pak-hong～～～⇨同上。

# sui

**sui 喙** 口也。器具尖端如口狀之物，亦喙chhùi也。茶罐口曰喙sui。如茶罐口狀者亦曰喙sui。茶罐～tê-koàn～⇨同上。羼～lān～⇨小兒的陽物。好出～hó-chhut～⇨茶水出得順利。包～pau～⇨包莖。工夫乍葩～kang-hu-lān pau-～⇨喻不必要的事物。

**sui 餕** 飼也。食也。飲酒曰餕sui。～一下～chi̍t-ē⇨小飲。逐日每扲～ta̍k-ji̍t mā teh～⇨每天都在喝酒。揞酒來～koā$^{n}$-chiú lāi～⇨買酒來喝。～醉也～chùi-ā⇨喝得醉了。

【**餕酒** sui-chiú】 喝酒。空課未做道～～khang-khōe bōe chò tō～～⇨工作未做就喝酒。

**sui 蓑** 蓑。防雨的草衣也。棕～chang～⇨棕毛的蓑衣。鬢～pìn～⇨鬢毛。又作動詞用，示物破損如蓑毛狀。布邊～去pò͘-pi$^{n}$～khì⇨布邊破如蓑毛。手袂穿到～去也chhiú-ńg chhēng-kà～khì à⇨衣袖穿得如蓑毛了。褲脚攏～～也khò͘-kha lóng～～ā⇨褲洞口皆破如蓑毛了。

**sui 荽** 莞～iân～⇨一種菜名，很好的香辛料。莞～蒜仔白iân～soàn-á-pe̍h⇨同上。

**sui 雖** 推托之詞，縱使；即使也。長安～好，不是久居之地tiâng an～hó, put-sī kiú-ki(ku) chi tē⇨謂帝都即使很好，還是家鄉才適合居住。驚某～好，亦該講理嘛kia$^{n}$-bó͘～hó a̍h-āi kóng-lí mà⇨怕老婆縱使不是壞事，也要講理呀。

【**雖是** sui-sī】 ～～逐日見面，但是無深交～～ta̍k-ji̍t kì$^{n}$-bīn, tàn-sī bô chhim-kau⇨同上。

【**雖然** sui-jiân】 同雖是。上面～～答應也，下面的脚仔若無先講好勢，每是有麻煩siāng(siōng)-bīn～～tah-èng à, hē-bīn ê kha-á nā-bô seng-kóng hó-sè mā-sī ū mâ-hoân⇨上層縱使答應了，下層的小角色若不預先打通關節，也是有麻煩的。

**sui 綏** 車上把也。執～以安chip～í an⇨執把以求穩定。又安也。

【**綏靖** sui-chēng】 安民。～～工作～～kang-chok⇨同上。

**sui 祟** 神禍也。禍者人所自招，祟sui者神所出也。神即鬼神也。鬼鬼～～kúi-kúi～～⇨略同變鬼變怪pì$^{n}$-kúi-pì$^{n}$-kòai。亦謂言行怪異也。

**súi 婎** 姿也。姿婎也。美也。美麗也。漂亮也。眞～chin～⇨很漂亮。有夠～ū-kàu～⇨十足美麗。～到如仙女～kà ná sian-lí⇨美如天仙。阿娘仔生緣無生～，生～無緣上克虧a-niû-á se$^{n}$(si$^{n}$) iân bô-se$^{n}$～，se$^{n}$～bô-iân siāng(siōng) khek-khui⇨小姑娘要生得有人緣，不必生得美麗，生得美麗而沒人緣最冤枉，謂人緣較美貌還重要。～穤無比止，愜意較慘死～bái bô pí-chí, kah-ì khah-chhám sí⇨美醜比較不了，中意了比較死還慘(嚴重)。謂中意與否更重要。

【**婎人** súi-lâng】 美人。漂亮的女人。～～無粹命～～bô súi-miā⇨～～怯世命～～khiap-sì-miā⇨佳人薄命。怯世khiap-sì者不驚畏kia$^{n}$-ùi，不安也。或又時運不濟也。

【**婎色** súi-sek】 鮮艷的色彩。該揀較～～的藉好āi-kéng khah～～ê chiah-hó⇨應選比較鮮艷的才可以。

【**婎底** súi-té】 好的經歷。眞～～扲，曷使得展chin～～leh, a̍h-sái teh tián⇨底牌很好的嗎，何必自吹牛。意謂底多好，誰不知，何必吹牛(反語)。

【**婎某** súi-bó͘】 嬌妻。嫁好翁娶～～kè hó-ang chhoā～～⇨謂人皆希望如此。

【**婎嘳** súi-khùi】 高明，好看。做了有～～chò(chòe)-liáu ū～～⇨做得很高明。

【雖精 súi-chiaⁿ】 神氣。免拎～～bián teh ～～⇨用不着神氣。

【雖潲 súi-siâu】 雖精súi-chiaⁿ，即國語臭美。潲siâu或作溲siâu。生一個查某囡仔耳，道拎～～ seⁿ (siⁿ) chit-ê cha-bó·-gín-á niâ tō-teh ～～ ⇨不過一個女孩子而已也在神氣什麼。家己～～拎亦拎笑別人ka-kī～～leh, ah teh chhiò-pat-lâng⇨自己是怎麼個樣子的，也在笑別人。

【雖雖 súi-súi】 很美貌。生做～～也seⁿ (siⁿ) -chò (chòe) ～～â⇨面貌相當漂亮。

【雖璫璫 súi-tang-tang】 璫璫tang-tang，美麗的形容詞。粧到～～～chng kà～～～⇨打扮得很美。

súi
帥
俗以帥sòe作雖súi。

súi
水
水，chúi也。洪～hông～⇨大水。山～san～⇨山與溪流。喻風景。風～hong～⇨墓地。所謂地理。壬癸～jîm-kùi～⇨西方。～生木～seng bo̍k⇨五行說的講法。

【水牛 súi-gû】 牛的一種。較大過～～公khah-toā kòe～～káng⇨比牛公較大。

【水族 súi-cho̍k】 魚類。～～館～～koán⇨同上。

【水蛙 súi-ke】 田蛙。～～泅～～siû⇨蛙式泳法。～～皮～～phôe⇨水蛙之皮。獨獨一領～～皮to̍k-to̍k chi̍t-niá～～phôe⇨謂只有一件衣服在應付。

【水源 súi-goân】 ～～地～～tē⇨水源之地。木本～～bo̍k-pún～～⇨喻父母祖先之應尊敬。

【水火無情 súi-hóe(hé)-bû-chêng】 謂水與火皆甚危險。斷水火toān-súi-hóe(hé)⇨止飲食。

sûi
隋
唐前的短命朝代，楊堅開國，及次子楊廣，不過一代即亡。

【隋煬帝 sûi-iâng-tè】 文帝楊堅次子，弑父自立，好大喜功，修長城造運河，窮奢極侈，遂亡。

sûi
隨
從也。循也。陪伴也。又各別也。跟～kin～⇨同上。追～tui～⇨同上。夫唱婦～hu-chhiàng-hū～⇨同上。嫁鷄～鷄飛，嫁狗～狗走，嫁乞食背茭簾斗kè-ke～ke poe, kè-káu～káu cháu，kè khi̍t-chiah phāiⁿ ka-chī-táu⇨謂女人的命運是隨夫而定的。工資～米價kang-chû～bí-kè⇨工人的工錢隨米價的起落而起落。

【隨人 sûi-lâng】 各人。～～行～～走～～kiâⁿ～～cháu⇨各人各自行動。～～的～～好，別人的生虱母～～ê～～hó, pa̍t-lâng-ê seⁿ(siⁿ) sat-bó⇨各人的東西各自寶惜，別人的東西生虱母。生虱母意爲生有虱母，要了會有麻煩。～～討米，～～落鼎～～thó-bí，～～lo̍h-tiáⁿ⇨各自討米各自下鍋，亦即各自討生活(爲兄弟主持分產分居的長老常用詞)。日頭赤炎炎，～～顧生命ji̍t-thâu chhiah-iāⁿ-iāⁿ，～～kò· sèⁿ(sìⁿ)-miā⇨太陽赤炎炎，各人各自照顧自己的生命。一人一家代，公媽～～傳chi̍t-lâng chi̍t-ke-tāi, kong-má～～chhāi⇨各家各自獨立了，兩不相干了。

【隨下 sûi-ē(hē)】 每一批。～～算～～sǹg⇨逐次計算。～～賬～～siàu⇨賬同算。

【隨手 sûi-chhiú】 順手。～～關門～～koaiⁿ-mn̂g⇨同上。

【隨戶 sûi-hō·】 逐戶。～～仔去問～～á khì-mn̄g⇨逐戶去探問。

【隨在 sui-chāi】 任由，聽從。亦曰由在iû-chāi。～～人⇨任由人自己打算。～～你～～lí⇨由你自己打算。～～伊～～i⇨由他自己打算。～～個～～in⇨由他們自己去打算。蘇州目鏡，～～人愜意so·-chiu ba̍k-kiàⁿ，～～lâng kah-ì⇨蘇州銀鏡由人愛怎麼樣的，就怎麼樣的，你管不着。

【隨行 sûi-hêng】 陪行。～～人員～～jîn-oân⇨同上。～～的有十外人 ～～ ê ū chap-goā-lâng⇨同上。

**【隨行 sûi-kiâ$^{n}$】** 隨後而行。立即行。你先去，我～～lí seng-khì, goá～～⇨你先去，我馬上就出發(請比較 sûi-hêng條)。當今電視台語，kiâ$^{n}$, hêng不分，逢行必讀kiâ$^{n}$，例如院長一行hêng爲一行kiâ$^{n}$，一行hêng十多人爲一行kiâ$^{n}$十多人，據說有很多田庄人喊聽不懂，難怪也。此一行之應讀hêng，可見於一行白鷺上青天之古詩句。此句如讀kiâ$^{n}$，看你聽得懂乎。

**【隨件 sûi-kiā$^{n}$】** 每一件。～～講～～kóng⇨逐件講。～～檢查～～kiám-cha⇨同上。

**【隨身 sûi-sin】** ～～錢～～chî$^{n}$⇨身上的錢。～～荷包～～hô-pau⇨身上的錢包。喻跟班。～～行李～～hêng-lí⇨同上。

**【隨後 sûi-āu(hiō)】** 跟在後面。少時。～～就到～～chiū-kàu⇨馬上就到達。

**【隨星 sûi-chhe$^{n}$(chhi$^{n}$)】** 衛星。月是地球的～～goeh sī tē-kiû ê～～⇨同上。

**【隨香 sûi-hiu$^{n}$】** 手持香枝而跟神輿遊行。～～的～～ê⇨其人。～～客～～kheh⇨香客hiu$^{n}$-kheh。參拜寺廟的人。

**【隨便 sûi-piān】** 從簡。～～看看抒～～khoà$^{n}$-khoà$^{n}$ leh⇨看一看。～～嘛，有道可也～～mà, ū-tō hó-à⇨隨便好了，有就行了。無許抒～～bô hiah-ni～～⇨沒那麼容易。～～了(嘛)～～lō͘(mà)⇨請客的套語，謂沒有特別準備。

**【隨個 sûi-ê】** 每一個人(物)。～～死人皮都該加您父綳較絯抒～～sí-lâng-phôe(phê) to-ài kā lin-pē pe$^{n}$(pi$^{n}$) khah-ân-leh⇨每一個的皮都要爲我拉得緊緊(我將痛痛地打你們一頓)，潑婦怒責其兒女詞。～～若不認分，～～食北風免驚無～～nā m̄-jīn-hūn,～～chiah pak-hong bián-kia$^{n}$-bô⇨各人不各自認分，只好各自吃北風去也。

**【隨員 sûi-oân】** 有～～隨行抒ū～～sûi-hêng-leh⇨有隨員陪行著。

**【隨時 sûi-sî】** 立即，馬上。任何時候。～～愛～～有～～ài～～ū⇨什麼時候要，什麼時候有。～～都可以～～to khó-í⇨任何時間都行。～～做～～好～～chò(chòe)～～hó⇨馬上製造馬上好。～～講～～有～～kóng～～ū⇨馬上說要馬上給你。

**【隨處 sûi-chhì(chhù)】** 到處。各地。～～有的物，亦抒稀罕～～ū ê mih, ah-teh hi-hán⇨到處有的東西，稀罕什麼。

**【隨喜 sûi-hí】** 見人爲善而生歡喜之心(佛家語)。又遊覽寺院亦曰隨喜。～～了佛殿，又來看僧院～～liáu hut-tiān，iū lâi-khoà$^{n}$ cheng-ī$^{n}$⇨同上。

**【隨意 sûi-ì】** 逐家～～，不好勉強tak-ke～～m̄-hó bián-kiáng⇨大家任意爲之，不要勉強。

**【隨嫁 sûi-kè】** 隨新娘過壻家的人或物。～～嫺～～kán⇨新娘帶來之女婢。～～田～～chhân⇨嫁粧中的田地。

**【隨駕 sûi-kè(kà)】** 伴駕。～～北行～～pak-hêng⇨跟皇帝到北方去。

**【隨緣 sûi-iân】** 佛家語。一般作從緣分不加勉強解。人講～～仔～～，有緣道是咱的人，無緣都無緣也lâng-kóng～～á～～， ū-iân tō-sī lán-ê- lâng, bô-iân to bô-iân ā⇨人家說，隨緣份嗎，有緣就是我們的人(自然會來或病會好)，無緣就是無緣了(何必勉強)。

**【隨夫貴 sûi-hu-kùi】** ～～～隨夫賤～～～sûi-hu-chiān⇨謂妻子的貴賤是隨其夫的環境而浮沈的。

**【隨身寶 sûi-sin-pó】** 字是～～～，財是國家珍jī sī～～～，châi sī kok-ka-tin⇨同上。

**【隨奩田 sûi-liâm-chhân】** 同隨嫁田sûi-kè-chhan。

**【隨心所欲 sûi-sim-só͘-io̍k】** ～～～～不踰矩～～～～ put-jî(jû)-kí⇨孔子自述七十歲時的

心境。

【隨去隨來 sûi-khì-sûi-lâi】 立即去立即回來。我～～～～goá～～～～⇨我去馬上回來。隨應為隨時sûi-sî之省詞。

【隨問隨答 sûi-būn-sûi-tap】 現在問現在答。

【隨趁隨食 sûi-thàn-sûi-chiah】 現趁現食hiān-thàn hiān-chiah，無可貯蓄。閹鷄拖木屐，～～～～iam-ke(koe) thoa-bak-kiah，～～～～⇨一種命格，一種鳥卜有閹鷄拉著木屐的圖樣。

【隨機應變 sûi-ki-èng-piàn】 未曉～～～～藉死毋bē(bōe)-hiáu～～～～chiah-sí m̄⇨不曉得臨機應變才麻煩。毋m̄是否定，但多作肯定解，亦即不是嗎的意思也。

sûi
垂 邊也。由先及後也。將及也。又物下縋曰垂sûi。功名～於竹帛kong-bêng～î tiok-pek⇨功名記上史册，傳於後世。胃下～ūi-hē(hā)～⇨胃病名。名～百世bêng～pek-sè⇨聲名留傳百代。

【垂老 sûi-ló】 將及於老。～～之人～～chi jîn⇨同上。

【垂青 sûi-chheng】 以青眼相看。看重，優待。得著主任的～～tit-tioh chú-jīm ê～～⇨同上。

【垂直 sûi-tit】 數學名詞。自上直下。～～線～～soàⁿ⇨同上。～～角～～kak⇨90°之角，即直角tit-kak。

【垂柳 sûi-liú】 木名。亦曰垂楊sûi-iâng⇨魚池邊的～～hî-tî-piⁿ ê～～⇨同上。

【垂涎 sûi-iân】 涎下垂。喻欣羨。～～三丈～～saⁿ-tn̄g⇨喻極欲得而食之。

【垂暮 sûi-bō͘】 同垂老。～～之年～～chi liân⇨晚年也。

【垂手可得 sûi-chhiú-khó-tek】 喻得之易易。在你來講是～～～～的，曷使煩惱chāi-lí lâi-kóng sī～～～～ê ah-sái hoân-ló⇨同上。

【垂簾聽政 sûi-liâm-thiaⁿ-chèng】 后妃執政。慈禧太后～～～～chû-hi thài-hō͘～～～～⇨清代末年政體。

sûi
誰 不知其姓名也。何人也。啥人siáⁿ-lâng。人非聖賢～能無過jîn-hui sèng-hiân～lêng bû-kò⇨同上。

【誰知 sûi-chai】 何人知之。～～伊會變安爾～～i ē-piàn an-ne(ni)⇨何料他會變成這個樣子。

【誰家 sûi-ka(ke)】 那一家。花落～～hoa-lok～～⇨同上。～～父母不惜子～～hū-bó(bió) put-sioh-kiáⁿ⇨那一家父母不痛愛子女。白馬掛金鞍，騎出萬人看，借問～～子，讀册人做官peh-bé koà kim-oaⁿ, khiâ-chhut bān-jîn-khoàⁿ，chioh-mn̄g～～chú, thak-chheh-lâng chò-koaⁿ⇨古勸學詩。～～人子弟～～lâng chú-tē⇨那一家的子弟。有名的民謠望春風歌詞中的一句。當今的男女大歌星都唱成sia-ka，聽來甚覺刺耳，按本歌詞中的獨夜tok-iā與誰家sui-ka兩詞，當年亦曾引起議論，結果多主張在白話歌詞中，為字數或者押韻的需要偶爾有一兩句文言是可以的。

sūi
睡 寐bī也。眠也。午～ngó͘～⇨同上。鼾～han(hoaⁿ)～⇨睡而發有鼾聲。酣～ham～⇨大睡tāi-sūi。

【睡眠 sūi-bîn】 睡覺。～～病～～pēⁿ(pīⁿ)⇨病名。～～不足～～put-chioh⇨同上。

【睡袋 sūi-tē(tōe)】 登山該帶～～teng-san ài-toà～～⇨同上。

【睡鄉 sūi-hiang(hiong)】 猶於～～抄iáu-tī～～leh⇨還在睡覺呢。

【睡意 sūi-ì】 二點也，猶無～～n̄g-tiám-à iáu-bô～～⇨兩點了，還沒想睡。

【睡夢 sūi-bōng】 猶於～～中iáu-tī～～tiong⇨還在睡夢中。

sūi
遂 達成也。因也。終也。何日得～男兒願hô-jit tek～lâm-jî-goān⇨同上。未～既～bī～kì～⇨未達成與已達成。強姦未～罪

kiâng-kan bī～chōe⇨罪名。殺人未～sat-jîn bī～⇨殺人未至於死。

sūi
燧 古代的取火具。

【燧石 sūi-chioh】 古代的取火具，俗曰火石hóe(hé)-chioh。古早人用～～取火kó·-chá-lâng iōng(ēng)～～chhí-hóe(hé)⇨同上。

【燧人氏 sūi-jîn-sī】 神話中的帝王。人講～～～藉教人食物該煮熟來食lâng-kóng～～～chiah kā-lâng chiah-mih ài chí-sek lâi-chiah⇨據說燧人氏才教人對食物應該煮熟才食。

sūi
瑞 祥瑞也。古人以異物出現爲嘉瑞ka-sui。龍鳳麒麟等皆爲祥瑞。

【瑞香 sūi-hiuⁿ】 植物名。

【瑞草 sūi-chhó (chháu)】 靈芝。庭前生～～，好事不如無têng-chiân seng～～，hó-sū put-jî(jû)-bô⇨謂庭前生靈芝之類的所謂祥瑞不可信，這種好事有不如無。

sūi
穗 稻麥開花結實也。出～也chhut～ā⇨開花結實了。稻～麥～tiū～beh～⇨同上。龍眼結歸～lêng-kéng(géng) kiat-kui～⇨龍眼生得很多很多如稻穗。一～稻～二～麥～chit-～tiū～nn̄g～beh～⇨穗做單位。

## sun

sun
孫 子之子也。又姓氏。百子千～pek-chú chhian～⇨同上。子～chú～⇨囝～kiáⁿ～⇨同上。王子公～ông-chú kong～⇨同上。猴囝猴～kâu-kiáⁿ kâu～⇨諸子諸孫的戲稱。大～toā～⇨長孫tiáng-sun。乾仔～kan-á～⇨曾孫。外～goā～⇨女之子女。天～thian～⇨天帝之子女，指織女星。戇外媽痛外～gōng-goā-má thiàⁿ goā～⇨外婆疼外孫的戲謔語。絕子絕～chē-chú chē-sun⇨惡語。

【孫子 sun-chú】 古兵家孫武sun-bú，又其兵書之名。～～十三篇～～sip-sam-phian(chap-saⁿ-phiⁿ)⇨同上。

【孫女 sun-lí(lú)】 ～～每是惜到如命抾～～mā-sī sioh-kà ná-miā-leh⇨孫女也痛愛得如命。

【孫文 sun-bûn】 孫中山。

【孫山 sun-san】 古滑稽名人。偕友赴舉試，先回報友父曰：解名盡處是～～，賢郎更在～～外kái-bêng chīn chhì sī～～，hiân-lông kèng-chāi ～～ goā⇨因而乃有考不及格曰名落～～bêng-lok～～之詞。

【孫仔 sun-á】 sun-ná。孫仔，又侄仔。～～歸大陣了～～ kui-toā-tīn lò⇨孫兒整個大隊了。

【孫壻 sun-sài】 孫女之夫。個～～乖更有孝in～～koai koh ū-hàu⇨孫壻又乖又有孝。

【孫大砲 sun-toā-phàu】 孫中山先生的綽號。

【孫仔螺 sun-á-lê】 孫兒輩。含有賤視之意。～～～毋佅歸畚箕也～～～m̄-boeh kui-pùn-ki ā⇨孫兒輩不是有整畚箕多了嗎。佅boeh，俗作卜boeh。

【孫行者 sun-hêng-chiá】 孫悟空歸佛後的尊稱。行者意爲歸佛而行脚乞食之僧人。

【孫眞人 sun-chin-jîn】 藥神。據稱姓孫。俗稱大道公tāi-tō-kong。

【孫悟空 sun-ngō-khong】 西遊記的主角。自稱齊天大聖chê-thian-tāi-sèng，俗稱猴齊天kâu-chê-thian(kâu-tê-thian)。

【孫媳婦 sun-sim-pū】 孫之妻。

sún
榫 剡木入竅曰榫sún，受榫之孔曰卯眼báu-gán。無孔無～bô-khang bô～⇨無道理，無根據。鑿～的較勇過釘釘的chhak～ê khah-ióng kòe tèng-teng ê⇨鑿榫的東西，較打釘的東西更堅固。鑿孔鬥～chhak-khang tàu～⇨鑿榫孔入榫頭。

【榫孔 sún-khang】 卯眼。～～該鑿有密～～ài-chhak-ū-bā⇨卯眼應該鑿得很密合。

【榫頭 sún-thâu】 ～～無密～～bô-bā⇨同

上。

**sún 筍** 初生之竹也。同作笋。竹～tek～⇨同上。冬～tang～⇨同上。茭白～khau-pe̍h～⇨同上。綠竹仔～le̍k-tek-á～⇨同上。麻竹～moâ-tek～⇨同上。歹竹出好～phái$^{n}$-tek chhut hó～⇨喻窮家出優秀的子弟。醬～chiù$^{n}$～⇨同上。酸～sng～⇨同上。

【筍干 sún-koa$^{n}$】 竹筍之晒乾者。曝～～pha̍k～～⇨同上。

【筍片 sún-phì$^{n}$】 竹筍破平的筍干的一種。

【筍絲 sún-si】 竹筍切絲者。

【筍籜 sún-ha̍h】 筍的外皮。

【筍龜 sún-ku】 一種害蟲，專吃壞竹筍。亦叫大象鼻蟲。

【筍蟲 sún-thâng】 蛀竹筍的害蟲。

【筍目仔 sún-ba̍k-á】 筍之未抽浪thiu-lōng（伸長），如拳頭大者。有人較愛～～～ū-lâng-khah-ài～～～⇨有的人比較喜歡筍目仔。

**sún 損** 減也。失也。傷也。元神大～goân-sîn tāi～⇨同上。有～陰德iú～im-tek⇨同上。害己～人hāi-kí～jîn⇨同上。

【損友 sún-iú】 惡友。～～莫交～～bo̍k-kau⇨同上。

【損失 sún-sit】 ～～莫大～～bo̍k-tāi⇨同上。

【損身 sún-sin】 傷害健康。無眠上蓋～～bô-bîn-siāng(siōng)-kài～～⇨睡眠不足最會傷害健康。

【損命 sún-bēng】 死。無～～亦該損財bô～～a̍h-āi sún-châi⇨同上。

【損胃 sún-ūi】 該食酸食澀較會～～āi chia̍h sng chia̍h-siap khah-ē～～⇨喜歡吃酸澀的東西，比較容易傷害胃的功能。

【損害 sún-hāi】 ～～人的自尊心～～lâng ê chū-chun-sim⇨傷害人家的自尊心。～～猶算輕輕也，實在真萬幸～～iáu-sǹg khin-khin-a, si̍t-chāi chin bān-hēng⇨損害還算是很輕，真的很萬幸。～～賠償～～pôe-chhiâng⇨同上。

【損益 sún-ek】 ～～計算表～～kè-sǹg-piáu⇨同上。

【損眼 sún-gán】 看電視真～～khoà$^{n}$ tiān-sī chin～～⇨同上。

【損傷 sún-siang(siong)】 佳哉無人～～ka-chāi bô-lâng～～⇨幸哉沒人損傷。

【損壞 sún-hoāi】 房屋流失十一間，～～二十八間pâng-ok liû-sit cha̍p-it-keng，～～jī-cha̍p-peh-keng⇨水災報告。

【損元神 sún-goân-sîn】 插彼款代誌真～～～chhap hit-khoán tāi-chì chin～～～⇨參與那種事情，很損精神。

【損陰德 sún-im-tek】 ～～～的代誌不當做～～～ê tāi-chì m̄-thang-chò⇨損陰德的事情不應該做。

【損丁折財 sún-teng-chiat-châi】 嘲冶遊的戲謔語。

【損兵折將 sún-peng chiat-chiàng】 ～～～～，大敗而回～～～～，tāi-pāi jî hôe⇨同上。

**sùn 巽** 八卦名。～卦～koà⇨同上。～方～hong⇨辰的方向，東南方。

**sùn 舜** 古帝名。堯～giâu～⇨堯舜二帝。堯天～日giâu-thian～ji̍t⇨風調雨順國泰民安的世界。

**sùn 瞬** 目自動也。一～間it～kan⇨一剎那sat-ná之間。同一目躡仔chit-bak-nih-á。

**sùn 遜** 謙讓也。順也。謙～khiam～⇨同上。相揖～，稱盛世siang ip～，chheng sēng-sè⇨三字經稱讚堯舜時代的禪讓制度。梅須～雪三分白，雪却輸梅一陣香bôe si～soat sam hun-pe̍k，soat khiok su-bôe it-tīn-hiang⇨古詩。

【遜色 sùn-sek】 較差。事實上真敎國產貨比較進口貨都無～～sū-si̍t-siāng chin-chē kok-sán-hòe pí-kàu chìn-kháu-hòe to-bô

～～⇨同上。

【遜位 sùn-ūi】 去位讓人。宣統～～soan-thóng～～⇨宣統去位，民國成立。

【遜讓 sùn-jiāng(jiōng)】 讓渡。～～字～～jī⇨讓渡書。

sûn **純** 精也。不雜也。正也。余也。單～tan～⇨同上。～粹不雜～chhùi put-cha̍p⇨同上。清～少女chheng～siàu-lí(lú)⇨同上。

【純金 sûn-kim】 全金，正金。百分之百的～～是無可能的pah-hun-chi-pah ê～～sī bô khó-lêng-ê⇨同上。

【純美 sûn-bí】 ～～主義～～chú-gī⇨同上。

【純益 sûn-ek】 眞正的利益。扣除所費，～～無外鋏khâu-tî só·-hùi～～bô-goā-chē(chōe)⇨同上。

【純情 sûn-chêng】 ～～的少女～～ê siàu-lí(lú)⇨同上。

【純然 sûn-jiân】 純粹，單一，簡直。伊會成功，～～是個阿姊的功勞i ē sêng-kong，～～sī in-a-ché ê kong-lô⇨同上。阿三娶即個某，～～是抾着的a-sam chhoā chit-ê-bó·，～～sī khioh-tio̍h-ê⇨阿三娶到這一個老婆，簡直是拾得的一樣。

【純種 sûn-chéng】 ～～的牧羊狗～～ê bo̍k-iû$^{n}$-káu⇨同上。

【純粹 sûn-chhùi】 ～～不雜～～put-cha̍p⇨同上。

【純銀 sûn-gîn】 正銀。～～的碗箸～～ê oá$^{n}$-tī⇨同上。

【純綿 sûn-mî】 ～～製品正會使得，人造的會連鞭破～～chè-phín chià$^{n}$ ē-sái-tit,jîn-chō-ê ē liâm-pi$^{n}$ phoà⇨人造絲初出現的時候人們都有此觀念。

sûn **紃** 條也，線也，紃sûn與線soà$^{n}$雖有分別，但俗皆以線siàn,soà$^{n}$爲紃sûn。薄濶爲組，似繩者爲～po̍k-khoat ûi cho·,sū-sîn-chiá ûi～⇨薄薄濶濶的是組cho·——亦即是choā，似繩索之細長的是紃sûn。但俗皆以行hâng爲組choā，以線siàn或soà$^{n}$爲紃sûn。直～ti̍t～⇨直線ti̍t-soà$^{n}$。畫～ōe～⇨界～kài～⇨製圖畫線。一粒二～chit-lia̍p nn̄g～⇨一顆星加兩線，警察人員的階級表示，約爲警長。熨～ut～⇨燙出直線條來。倒～tó～⇨服貼。

sûn **巡** 視行也。縣長出～koān-tiú$^{n}$ chhut～⇨同上。一更你去～，二更我來睏it-ke$^{n}$ lí khì～,jī-ke$^{n}$ goá lâi khùn⇨謂兩更夫分配值巡時間的笑話。有～過也ū～kòe-à⇨再看過了。該更～一擺āi koh～chit-pái⇨需要再看一次。

【巡山 sûn-soa$^{n}$】 ㊀巡視山林。～～的逐日都該盤山過嶺～～ê-ta̍k-ji̍t to-āi poâ$^{n}$-soa$^{n}$-kòe-niá⇨巡視山林的每天都要爬山越嶺。㊁埋葬的次日等往墓前致祭。

【巡水 sûn-chúi】 巡視水路。早暗都該去～～chá-àm to-āi-khì～～⇨朝夕皆需去巡視水路。

【巡圳 sûn-chùn】 巡視圳路。食～～的頭路chia̍h～～ê thâu-lō·⇨從事於巡圳的工作以維生。

【巡灰 sûn-hoe(he)】 同巡山之㊁。～～於第二日，第七日或者第三日攏會使得～～tī tē-jī-ji̍t,tē-chhit-ji̍t he̍k-chiá tē-sa$^{n}$-ji̍t lóng-ē-sái-tit⇨巡灰在第二日，第七日或者第三日行之皆可以。

【巡守 sûn-siù】 天子巡諸候也。守siù同狩siù。天子五年一～～thian-chú ngó·-liân it～～⇨同上。

【巡佐 sûn-chó】 警察官階之一。萬年～～bān-nî～～⇨永不升官的巡佐。

【巡更 sûn-ke$^{n}$】 做賊的一更，～～的一暝chò-chha̍t-ê chi̍t-ke$^{n}$(ki$^{n}$)，～～ê chi̍t-mê(mî)⇨賊只需一更的時間，巡更的却需一夜的時間，喻長時間工作者敵不過短時間者，亦或喻善惡長短異勢。

【巡幸 sûn-hēng】 帝王巡歷各地。

【巡夜 sûn-iā】 值夜巡。我未走得，該～～goá bē(bōe)-cháu-tit, ài～～⇨我不能脫身，我值夜巡勤務。

【巡孤 sûn-ko͘】 同巡緣。孤即孤棚ko͘-pêⁿ(ko͘-pîⁿ)，一種供奉祭物之架棚。

【巡官 sûn-koaⁿ】 警察官階之一，巡佐升～～sûn-chó seng～～⇨同上。

【巡按 sûn-àn】 古官名。～～大人～～tāi-jîn⇨同上。

【巡迴 sûn-hôe】 ～～文庫～～bûn-khò͘⇨同上。

【巡狩 sûn-siù】 同巡守。

【巡捕 sûn-pó͘】 刑警古早講～～hêng-kéng kó͘-chá kóng～～⇨刑警昔時叫巡捕。～～房～～pâng⇨警察局。

【巡哨 sûn-sàu】 巡視哨戒。～～隊～～tūi⇨同上。

【巡視 sûn-sī】 ～～工地～～kang-tē⇨同上。

【巡境 sûn-kéng】 媽祖～～má-chó͘～～⇨媽祖出巡各庄。

【巡撫 sûn-bú】 古官名。～～大人～～tāi-jîn⇨同上。

【巡緣 sûn-iân】 僧道巡視祭拜情形。～～了後，藉會用得收壇～～liáu-āu chiah ē-iōng-tit siu-toâⁿ⇨僧道巡緣之後，才可以收壇。

【巡檢 sûn-kiám】 古官名。～～所管的是巡邏地方，擒掠盜賊，差不多像今天的警察～～so͘-koán-ê sī sûn-lô tē-hng khîm-liah tō chhat, chha-put-to chhiūⁿ kim-thian ê kéng-chhat⇨同上。

【巡邏 sûn-lô】 ～～表～～piáu⇨巡邏工作的紀錄表札。

sûn **旬** 十日爲旬sûn。上～siāng(siōng)～⇨月初之十日。中～tiong～⇨月中之十日。下～hē(hā)～⇨月末之十日。頭～thâu～⇨死後的第一個第七日。依次每個第七日曰二旬jī-sûn，三旬saⁿ-sûn，直至七旬chhit-sûn爲止，每個旬都須供祭，曰做～chò～。

【旬日 sûn-jit】 十日。～～可成～～khó-sêng⇨十日即可以成功。

【旬刊 sûn-khan】 十日一出版的刊物。正義～～chèng-gī～～⇨出版物之名稱。

【旬報 sûn-pò】 同旬刊。但旬刊可能取雜誌形態，旬報即取報紙形態。明星～～bêng-seng～～⇨出版物的名稱。

sûn **詢** 謀也。咨也。大舜～于四岳tāi-sùn～î sù-gak⇨同上。質～chit～⇨責問。

【詢問 sûn-būn】 商問。有權者可以質詢，無權者只能～～iú-koân-chiâ khó-í chit-sûn, bô-koân-chiâ chí-lêng～～⇨同上。

sûn **殉** 從也。以身從葬也。

【殉死 sûn-sú】 殉難而死。當今的世界無人講～～的也tong-kim ê sè-kài bô-lâng-kóng～～ ê ā⇨當今的世界沒有人講究殉死的了。

【殉教 sûn-kàu】 爲宗教信仰而死。～～精神～～cheng-sîn⇨同上。

【殉職 sûn-chit】 因公務而死。出差中因車禍而死亡者得以～～論chhut-chhe-tiong in chhia-hō jî sí-bông-chiâ tek-í～～lūn⇨同上。

【殉難 sûn-lān】 死於國事。～～的義士五百外人～～ê gī-sū gō͘-pah-goā lâng⇨同上。

sûn **荀** 一種草名。姓氏。三國有～彧～iok，～攸～iu兩叔侄，均爲名謀士，同仕曹操。

sûn **洵** 水名。洵水出洵陽縣。又信也。洵美且異～bí chhiáⁿ-ì⇨實在眞美好，而且特異。又達也。

sûn **淳** 厚也。姓氏。

【淳風 sûn-hong】 淳朴的風氣。唐有李～

～，助李世民成帝業。

【淳于髡 sûn-î-khun】 戰國時代的滑稽家，淳于是複姓。

sûn **醇** 不加水之酒也。無雜物也。厚也。性地眞溫～sèng-tē chin un～⇨謂做人很忠厚，溫和。溫醇un-sûn亦作溫馴un-sûn。酒～人也～chiú～lâng iā～⇨酒好人也好。

【醇化 sûn-hoà】 理想化。俗作純化。社會風氣的～～siā-hōe-hong khì ê～～⇨同上。

【醇良 sûn-liâng(liông)】 忠厚善良。做人眞～～chò-lâng chin～～⇨同上。

【醇酒 sûn-chiú】 不加水的酒，厚酒kāu-chiú。～～美人～～bí-jîn⇨荒淫的生活。

【醇粹 sûn-sùi(chhùi)】 俗作純粹。～～的封建作風～～ê hong-kiàn chok-hong⇨同上。

sûn **循** 依也，順也，巡也。紅姨仔～話尾âng-î-á～ōe-bóe⇨紅姨依人語意胡扯以斷吉凶。～人的脚跡踏去道着也～lâng ê kha-jiah tah-khì tō-tioh-ā⇨依照人的脚跡一步一步踏進去就對了。又描字biô-jī，拓摹碑記亦皆曰循sûn。～上大人～siāng-tāi-jîn⇨依上大人的字帖練習寫字。～墓碑～bōng-pi⇨拓印墓碑。

【循吏 sûn-lī】 秉法講理的好官。～～列傳～～liat-toān⇨同上。

【循環 sûn-khoân】 旋回不絕，周而復始。血液～～hiat-ek～～⇨同上。～～小數～～siáu-sò⇨同上。

【循規蹈矩 sûn-kui-toh-kí】 ～～～～的好青年～～～～ê hó-chheng-liân⇨同上。

【循循善誘 sûn-sûn-siān-iú】 依理逐步勸道引人向善。～～～～的好老師～～～～ê hó-lāu-su⇨同上。

sūn **順** 從也，和順也，從理也。較～阿兄khah～a-hiaⁿ⇨比較聽其兄。莫，較～mài, khah～⇨不要或不爲比較妥當。雨水無～hō·-chúi bô～⇨雨不按時而降。風調雨～hong-tiâu-í～⇨同上。土匪來歸～也thó·-húi lâi-kui～ā⇨土匪來投降了。辦了有～pān-liáu ū～⇨辦得很順利。～龍～水～人意，得福得祿得財利～liông～chúi～lâng-ì, tek-hok tek-lok tek-chāi-lī⇨土地公廟的對聯。

【順手 sūn-chhiú】 ～～牽羊～～khan-iûⁿ⇨同上。～～加寫一張～～ke-siá chit-tiuⁿ⇨同上。

【順月 sūn-goeh(geh)】 懷孕已十月快生產了。快也，～～也khoài-à，～～à⇨快了，順月了。

【順心 sūn-sim】 事事未～～，較加亦餒志sū-sū bē(bōe)～～khah-ke ah lóe-chì⇨每事不從心，當然會失志。

【順天 sūn-thian】 ～～者生，逆天者亡～～chià seng, gek-thian-chià bông⇨同上。

【順民 sūn-bîn】 甘心做滿蕃的～～kam-sim chò boán-hoan ê～～⇨同上。

【順行 sūn-kiâⁿ】 送客詞。慢行。

【順守 sūn-siú】 逆來～～gek-lâi～～⇨同上。

【順延 sūn-iân】 若落雨道～～nā loh-hō· tō～～⇨若是下雨就順延。

【順序 sūn-sī(sū)】 ㈠依次。照～～來chiàu～～lâi⇨依先後而進行。㈡順利。商理做了眞～～眞趁錢seng-lí chò(chòe)-liáu chin～～chin thàn-chîⁿ⇨生意做得很順利很賺錢。甕肚扁仔討客兄，照～～àng-tō·-pīⁿ-á thó-kheh-hiaⁿ，chiàu～～⇨照順序的戲謔。甕肚扁àng-tō·-pīⁿ者，女人名。謂她客兄多，要依次而來云。

【順風 sūn-hong】 送～～sàng～～⇨餞行。

【順便 sūn-piān】 趁便。略同順續sūn-soà。若有～～道該去阿姑許看看抄nā-ū～～tō-ài khì a-ko· hia khoàⁿ-khoàⁿ-leh⇨同上。

【順時 sūn-sî】 合時機。～～順勢，曷有未成功之理～～sūn-sè(sì)，ah-ū bē(bōe)-sêng-kong-chi-lí⇨同上。

【順從 sūn-chiông】 服從。～～序大人～～sī-toā-lâng⇨同上。

【順眼 sūn-gán】 道是會順心不藉會～～tō-sī ē(ōe) sūn-sim m̄-chiah-ē(ōe)～～⇨就是會順心，才能夠順眼，不是嗎。

【順順 sūn-sūn】 很順。外表看都～～，內底安怎不知影goā-piáu khoàⁿ to～～，lāi-té an-choáⁿ m̄-chai-iáⁿ⇨外表看，是很順利，內情如何即不知也。

【順趁 sūn-thàn】 順從。～～命運的安排～～miā-ūn-ê an-pâi⇨同上。～～父母的意思～～pē-bó(bú) ê ì-sù⇨同上。

【順路 sūn-lō͘】 辦目的以外的事。～～去看阿叔～～khì-khoàⁿ a-chek⇨順路去問候叔父。～～拈菜鹹～～ni-chhài-kiâm⇨喻順便辦理目的以外的事情。

【順勢 sūn-sè(sì)】 乘機。順自然的形勢。釘鐵釘該～～釘藉未蹺去tèng thih-teng ài～～tèng chiah bē(bōe) khiau-khì⇨打鐵釘要順釘的自然打，才不致打蹺曲。

【順境 sūn-kéng】 逐漸進步的好景況。～～對逆境～～tùi gek-kéng⇨同上。

【順應 sūn-èng】 ～～環境～～khoân-kéng⇨同上。

【順嘴 sūn-chhùi】 ㊀合口味。還仔是白米飯較～～oân-á sī peh-bí-pn̄g khah～～⇨還是白米飯吃來比較合口味。㊁～～共個講～～kā-in-kóng⇨順便給他們通知。

【順辦 sūn-pān】 照樣本辦理。～～道可也～～tō-hó-à⇨同上。照辦就可以了。

【順續 sūn-soà】 sīn-soà。兼辦。同時辦。娶媳婦～～做生日chhoā-sim-pū～～chò-seⁿ-jit⇨同上。～～攻彰化～～kong chiang(chiong)-hoà⇨贊成順便幹掉的慣用詞。據稱，某次義兵進展異常迅速，不覺已進攻到彰化城外，於是大喊，順續共拂入去sīn-soà kā hut-jip-ì！⇨順便攻進去！即日奪取了彰化城云。

【順變 sūn-piàn】 節哀～～chiat-ai～～⇨同上。

【順孝娶 sūn-hàu-chhoā】 喪服中(百日內)將未婚妻迎娶成婚以便同列參加喪禮。亦稱就孝娶chiū-hàu-chhoā。～～～禮數亦是該款到夠～～～lé-sò͘ ah-sī-ài khoán-kà-kàu⇨順孝娶禮數也要備辦到完整。

【順風耳 sūn-hong-hīⁿ(nī)】 千里眼～～～chhian-lí-gán～～～⇨①能見千里能聞千里。②媽祖的隨身神。

【順風旗 sūn-hong-kî】 隨風而飄的旗，喻盲從，騎牆派。～～～，逐人亦會曉學～～～，tak-lâng ah-ē-hiáu giâ⇨順風旗，每一個人都會拿(反譏語)。

【順順仔 sūn-sūn-a】 慢，逐步。～～～來～～～lâi⇨同上。～～～行～～～kiâⁿ⇨同上。

【順水行舟 sūn-súi-hêng-chiu】 同順風行船。

【順天應人 sūn-thian-èng-jîn】 上合天理，下合人心。

【順風行船 sūn-hong-kiâⁿ-chûn】 喻乘時勢行事，則事半功倍。～～～～，速速叫～～～～sut-sut-kiò⇨速速叫謂順利快速。行船kiâⁿ-chûn亦曰駛船sái-chûn。

【順理成章 sūn-lí-sêng-chiang(chiong)】 合情合理的結果。大的無去也，細的來執掌，亦是～～～～，不免更議論toā-ê bô-khì-à，sè(soè)-ê lâi chip-chiáng(chióng)，iah-sī～～～～m̄-bián koh gī-lūn⇨同上。

【順頭理路 sūn-thâu-lí-lō͘】 按順序辦事。安爾～～～～不做，藉變到花了了an-neⁿ(niⁿ)～～～～m̄-chò, chiah pìⁿ-kā hoe-liáu-liáu⇨如此做即順順序序你不做，才會弄得亂七八糟。

【順風揀倒墻 sūn-hong-sak-tó-chhiûⁿ】 喻乘機打擊別人。

# sut

**sut 率** 網小而柄長的捕鳥網也。又收集也。～師百萬～su pek-bān⇨同上。循遵也。～由舊章～iû-kiū-chiang⇨同上。表的也。一鄉的表～it-hiang ê piáu～⇨同上。輕佻也。草～成家毋好chháu ～ sêng-ka m̄-hó⇨不愼重而結婚不佳也。最高統 ～ 權chòe-ko thóng ～ koân⇨同上。

【率先 sut-sian】 ～～做模範～～chò bô-hoān⇨同上。

【率同 sut-tông】 ～～全班人馬～～choân-pan jîn-má⇨同上。

【率性 sut-sèng】 本來的性質。～～之謂道～～chi ūi tō⇨同上。

【率直 sut-tit】 伊人眞～～i lâng chin～～⇨他做人很爽直。

【率眞 sut-chin】 率直而天眞。爽快。～～的囡仔～～ē gín-á⇨天眞的孩子。

【率領 sut-léng】 ～～民軍抵抗～～bîn-kun tí-khòng⇨同上。

【率土之濱 sut-thó· chi pin】 普天之下，莫非王土，～～～～，莫非王臣phó·-thian-chi-hā (hē), bok-hui ông-thó·，～～～～，bok-hui ông sîn⇨古封建時代，以爲天下一切，連地帶人，都是皇帝的私有物。

【率由舊章 sut-iū-kiū-chiang】 守舊不變。～～～～，其命維新～～～～，kî-bēng ûi-sin⇨同上。

【率爾操觚 sut-ní chho-ko·】 隨便執筆就寫文章。

【率獸食人 sut-siù sit-jîn】 喩虐政害民。廐有肥馬，庖有肥肉，民有飢色，野有餓莩，此～～～～也kì iú hûi-má，pâu iú hûi-jiok, bîn iú ki-sek, iá iú ngō·-hû, chhú ～～～～iā⇨典型暴政。

**sut 摔** 棄於地也。抛也，投也，打也。用馬鞭～馬iōng bé-piⁿ～ bé⇨同上。用牛 ～ 仔 ～ 牛iōng gû～á～gû⇨同上。用蚊～仔拍蚊iōng báng～-á phah-báng⇨同上。目尾～抾道知也bak-bóe～leh tō chai-ā⇨眼一眨就知道了。相 ～ 路siō ～ lō·⇨一來一往而在路上沒有逢見。又平賣亦曰摔sut。便宜貴俗～～掉，省費氣pân-gî-kùi-siok ～～ tiāu，séⁿ(séng)-hùi-khì⇨很壞的價錢也都賣賣出去，以免麻煩。目珠～一下道過板也bak-chiu～chit-ē tō kòe-pán ā⇨一眨眼就完了(詐騙)。

【摔仔 sut-á】 蚊～～báng～～⇨同上。牛～～gû～～⇨同上。胡蠅～～hô·-sîn～～⇨同上。

【摔角 sut-kak】 運動的一種，亦曰摔跤sut-kau，日語曰相撲Sumo。於日本，～～運動規模非常大tī jit-pún，～～ūn-tōng kui-bô· hui-siāng(siōng)-toā⇨同上。

【摔目尾 sut-bak-bóe】 同摔目箭sut-bak-chìⁿ。

【摔目箭 sut-bak-chìⁿ】 送秋波。乞食行到大門邊，千金小姐～～～，目箭摔落咔管底，吁管拍破病相思khit-chiah kiâⁿ-kàu toā-mn̂g-piⁿ, chhian-kim sió-chiá ～～～，bak-chìⁿ sut-loh phōng-kóng-té, phōng-kóng phah-phoà pēⁿ(pīⁿ)-siuⁿ-si⇨乞食歌。咔管phōng-kóng，竹鼓也。

【摔後砲 sut-āu-phàu】 暗中搶先。乘人不備。去乎伊～～～去khì hō·-i～～～khì⇨給他暗中搶先去了。曷知伊會～～～ah-chai i ē～～～⇨安知他會乘人不備(而弄鬼)。

【摔柝戞 sut-khok-khiak】 ㊀毆打，同修理。狡獪，共掠來～～～káu-koāi，kā-liah-lâi～～～⇨狡猾，給抓來修理(打)。㊁施行詐騙方法。豬公，乎人騙去～～～都毋知影ti-kong, ho·-lâng-phiàn-khì～～～to m̄-chai-iáⁿ⇨大傻瓜，被騙了(財物)都不知道。

sut **恤** 憂也，救也，救賑也。憐愍也。撫～bú～⇨同上。救～kiù～⇨同上。同卹sut。

【恤貧 sut-pîn】 救濟無財無業者。～～憐幼～～lîn-iù⇨同上。

sut **屑** 細小而近於粉末狀者也。又小也，些微也。鋸～灰kì～hu⇨柴～chhâ～⇨鋸木所成的小木屑。餅～piá$^n$～⇨餅幼也piá$^n$-iù-a。幼～～iù～～⇨①物細小。②嬰兒幼小。一～仔chi̍t～á⇨一～～仔chi̍t～～á⇨很小很細。一點點。

sut **戌** 地支之第十一位。犬也。狗也。與戍sū(守邊)字不同，sut(地支戌)內一橫，sū(守邊戍)內一點，bō͘戊(天干第五位)即內空，此三字極易混同。戊～年bō͘～nî⇨同上。甲～年kah～nî⇨同上。

sut **蟀** 蟲名，就是蟋蟀sek-sut。俗名叫土蛇仔tō͘-peh-á。

sut **雪** 雪soat或seh的變音。白雪雪pe̍h-sut-sut⇨很白的形容詞。

sut **訹** 誘也，拐騙也。伊乎你未～得i-hō͘-lí bē(bōe)～tit⇨你誘騙不了他。乎人～去食屎都不知影hō͘-lâng～khì chia̍h-sái to m̄-chai-iá$^n$⇨謂至愚至糊塗之人。～人的錢財～lâng ê chî$^n$-châi⇨拐騙錢財。不是騙的道是～的，見做敢有好步，m̄-sī phiàn-ê，tō-sī～ê，kiàn-chò(chòe) kám-ū hó-pō͘⇨謂所行所做，不是騙就是拐，皆無善良的行徑。

sut **怵** 利所誘。

【怵後砲 sut-a̍u-phàu】 長於偷揀便宜。

su̍t **術** 技藝也。法則也。步數pō͘-sò͘也。戰～chiàn～⇨同上。算～soàn(sǹg)～⇨同上。技～ki～⇨同上。手～chhiú～⇨開刀的日語用詞。魔～mô～⇨俗語曰變把戲piàn-pá-hì。邪～也siâ～á⇨利用神鬼的不正方法。未曾學師，先學～bē(bōe)-chêng o̍h-sai，seng o̍h～⇨未學正法，先學邪法，嘲好抄近路者。美～也是學～的一種bí～ā-sī ha̍k～ê chi̍t-chióng⇨同上。仁～仁心jîn～jîn-sim⇨好醫德的美言。心～不正sim～put-chèng⇨同上。

【術士 su̍t-sū】 儒生，行方技之士。焚詩書，坑～～hûn si-si, kheng～～⇨焚書坑儒hûn-si-kheng-sû(jû)。

【術科 su̍t-kho】 技術科目。該更加考～～ài-koh ka-khó～～⇨需要加考術科。

【術語 su̍t-gí】 學術專用詞。歸篇攏是～～抄無寮仔門kui-phi$^n$ lóng-sī～～sa-bô liâu-á-mn̂g⇨全篇都是術語不得其門而入。

【術數 su̍t-sò͘】 以陰陽五行推算吉凶的方法。權謀～～無所不至道着koân-bô͘～～bû-só͘ put-chì tō-tio̍h⇨謂用盡所有的奸計就是了。

su̍t **啐** 吹口貌，使犬聲也。互以指決勝負曰啐su̍t，又催嬰兒放尿亦曰啐su̍t。呼～仔kho͘～á⇨吹口哨。

【啐仔 su̍t-á】 口哨。呼～～kho͘～～⇨吹口哨。亦呼犬號也。

【啐尿 su̍t-jiō】 使嬰仔放尿。同抒尿si-jiō。該～～也ài～～ā⇨需要抒尿(的時候)了。

【啐土地 su̍t-thó͘-tī】 兒童遊戲的一種。五指依次，分別爲土地公thó͘-tī-kong，小賊sió-chha̍t，老虎lāu-hó͘，鷄公ke-kang，白蟻pe̍h-hiā（白蟻pe̍k-gī）。而土地公勝於老虎與鷄公而輸於小賊與白蛇，老虎勝於小賊與鷄公而輸於土地公與白蛇，小賊勝於土地公與鷄公而輸於老虎與白蛇，鷄公勝白蛇而輸於土地公，小賊與老虎，白蟻即勝土地公，小賊，老虎而輸鷄公。對戲者在此設定下，各出一指以決勝負。

【啐啐叫 su̍t-su̍t-kiò】 遇極痛或冷熱時的驚痛聲。痛到～～～thiàn-kà～～～⇨同上。燙一下～～～道走也thǹg-chi̍t-ē～～～tō cháu-ā⇨燙一下～～～就跑掉了。

su̍t
**述** 循也，陳也。著作也。申明也。陳～tîn～⇨說明。著～tù～⇨寫書siá-sí(su)。祖～chó·～⇨效法或繼續先人的行爲。父作之，子～之hū chok-chi, chú～chi⇨同上。大小戴，註禮記，～聖賢，禮樂備tāi-siáu tè, chù lé-kì,～sèng-hiân,lé-ga̍k pī⇨三字經。

**【述而 su̍t-jî】** 論語篇名。～～不作，信而好古～～put-chok, sìn-jî hò·-kó·⇨孔子語。

**【述作 su̍t-chok】** 記述kì-su̍t與寫作。

**【述聖 su̍t-sèng】** 元朝加封子思爲～～goân-tiâu ka-hong chú-su ûi～～⇨同上。

**【述語 su̍t-gí(gú)】** 述詞su̍t-sû。每句話有主語與～～的二部份múi-kù-ōe ū chú-gí í～～ê nn̄g-pō·-hūn⇨同上。

**【述職 su̍t-chit】** 諸侯chu-hô·朝天子報告自己所職守。地方官或在外使臣返中央報告。某某大使返國～～bó·-bó· tāi-sài hoán-kok～～⇨同上。

**【述懷 su̍t-hoâi】** 言志。伊寫一篇～～寄乎個老師i siá-chi̍t-phī$^{n}$～～kià-hō· in lāu-su⇨同上。

## ta

ta
**諸** 妄語也。語多也。吹牛也。語多沓沓若水之流也gí-to ta ta jia̍k súi-chi-liû ià⇨同上。亦即呱呱叫也。不免～m̄-bián～⇨免抄～bián teh～⇨不用呱呱叫。大舌又更興～toā-chi̍h iū-koh hèng～⇨口吃又愛講大話。免～bián⇨無須吹牛。

**【諸諸叫 ta-ta-kiò】** 呱呱叫。亂吹牛。吹大牛。免抄～～～共稠牛相知㖞力抄bián teh～～～kâng-tiâu gû sio-chai khùi-lat-leh⇨無須吹牛，同稠的牛，有多大的力量，彼此互知也。

ta
**咤** 怒聲也。叱～風雲thek～hong-hûn⇨喻大英雄的氣概。

ta
**乾** 無水也。水或水分退曰乾ta，或曰kian(見kian部)。霑～tâm～⇨濕潤與乾涸。喻雨天晴天。嘴～chhùi～⇨口渴。喉～嘴渴âu～chhùi-khoah⇨謂口渴之極。喻需款孔急。大條路快～，大嘴查某快脚toā-tiâu-lō· khoâi～toā-chhùi cha-bó· khoâi-kha⇨大嘴toā-chhùi喻說謊。快脚khoâi-kha喻迅速換對象。曝～pha̍k～⇨晒干。食未～chia̍h bē(bōe)～⇨吃不消。脚～手～的生理kha～chhiú～ê seng-lí⇨脚手皆不沾水的生意。喻很好的生意。翅股頭～也si̍t-kó·-thâu～a⇨謂兒女已長大了，用不着父母照顧了。父母怒責兒女長大而不聽話的口頭禪。

**【乾水 ta-chhúi】** 水分退了。乾涸。田攏～～也chhân lóng～～à⇨水田皆乾涸了。柚仔～～較好食iū-á～～khá hó-chia̍h⇨柚子水分退了比較好吃。

**【乾片 ta-phī$^{n}$】** 照相用的底片。～～無路用也～～bô-lō·-iōng(ēng) ā⇨底片沒用了。

**【乾心 ta-sim】** 輪軸心缺油。走到車輪～～去也cháu kà chhia-lián～～khì à⇨車子跑得輪軸都乾涸了。又心至急。喘到硬要～～去chhoán kà ngēh boeh～～khì⇨心臟喘急得快要乾涸了。樹～～chhiū～～⇨樹心腐爛。

**【乾去 ta-khì】** 乾涸了。魚池仔～～也hî-tî-á～～à⇨池塘乾涸了。心肝都～～也sim-koa$^{n}$ to～～à⇨喻希望失盡。

**【乾耳 ta-hī$^{n}$】** 耳中乾涸無油分。亦曰粗糠耳chho·-khng-hī$^{n}$。反之者即曰油耳iû-hī$^{n}$。

**【乾尾 ta-bóe】** 枯尾。甘蔗～～去kam-chià～～khì⇨甘蔗枯尾了。指其心葉也許因蟲害而告枯死。～～也～～á⇨一種蛇名。青竹絲而尾如乾草者。

**【乾身 ta-sin】** 乾燥。做櫃仔的柴該用較～～的chò kūi-á ê chhâ ài-iōng(ēng) khah～～ê⇨做橱仔的木料應該使用較乾的。又無拖累。囡仔一下大漢都攏～～了了也gín-á chi̍t-ē toā-hàn to-lóng ～～ liáu-liáu à⇨孩子們一下子長大了，皆沒拖累了。十五六歲囡仔耳，家己顧，若會～～道算眞佼也chap-gō͘-lak-hòe gí n-á niâ，ka-kī kò͘，nā-ē～～tō sṅg chin gâu ā⇨十五六歲的孩子而已，自己如能照顧自己，不拖累別人，就算很不錯了。

【乾肘 ta-tiû】 沒有孩子氣。老成。彼個囡仔眞～～也hit-ê gín-à chin～～ā⇨那個孩子很老成了。

【乾枝 ta-ki】 ～～扎來做柴～～at-lâi chò chhâ⇨枯枝折下來當燃料。

【乾陂 ta-pi】 無水之池塘。陂或作埤。～～無魚～～bô-hî⇨同上。

【乾疥 ta-kè(kòe)】 乾性的疥。生～～sen ～～⇨生了乾性疥。

【乾柴 ta-chhâ】 ～～烈火～～liat-hóe⇨謂乾柴易燃燒成猛火。喻年輕力壯的男女易引起不正常關係。

【乾草 ta-chháu】 枯死的草。乾了的草。～～牛每佅食～～gû mā-boeh-chiah⇨枯草牛也肯吃。

【乾臭 ta-chhàu】 蕃薯庋久會～～han-chî khǹg-kú ē(ōe)～～⇨蕃薯藏久了會腐爛。

【乾料 ta-liāu】 乾燥食品。～～店～～tiàm⇨販賣例如柔魚，筍干，香菰，木耳等乾燥食品的店戶。

【乾莖 ta-keng】 略同乾尾。稻仔～～去tiū-á～～khì⇨同上。

【乾乾 ta-ta】 乾，很乾。土面看是～～，土底掘起來看猶霑霑thô͘-bīn khoàn sī～～，thô͘-té kut-khí-lâi khoàn iáu tâm-tâm⇨地面看似乾涸，地下掘起來看還是有水分。

【乾椏 ta-oe】 同乾枝。枯枝。椏oe即枝ki也。

【乾焙 ta-pōe】 烘焙。煙葉該～～hun-hioh ài～～⇨同上。

【乾湯 ta-thng】 煮得沒湯的菜。做一個什麼～～來配酒道可chò chit-ê sa-ma～～lâi phòe-chín tō-hó⇨做一樣什麼乾湯的菜來配酒就好了。

【乾煤 ta-bôe(mûi)】 焦炭。

【乾葉 ta-hioh】 枯葉。秋來～～會落也chhiu-lâi～～ē lāu à⇨秋來枯葉會落下來了。

【乾經 ta-keng】 月經閉止。彼類年歲也，毋～～要笑死人咯hit-lōe nî-hòe à，m̄～～，boeh chhiò-sí lâng-lō⇨那麼大的年紀了，不乾經，要笑死人嗎。

【乾落 ta-loh】 沒濕氣的地方。彼旁較～～hit-pêng khah～～⇨那一邊比較沒濕(水)氣。

【乾電 ta-tiān】 乾電池kan-tiān-tî。～～實在眞利便～～sit-chāi chin lī-piān⇨同上。

【乾樹 ta-chhiū】 枯木。～～更會開花～～koh ē khui-hoe⇨枯木竟會開花。

【乾餲 ta-àu】 較沒水氣的朽爛。枋仔～～去也pang-á～～khì à⇨板朽爛掉了。

【乾燥 ta-sò】 無落雨土地眞～～bô loh-hō͘ thó͘-tē chi～～⇨同上。嘴內～～chhùi-lâi ～～⇨口中發燒。人感覺眞～～lâng kám-kak chin～～⇨氣氛覺得很乾燥。火氣上升。

【乾薦 ta-chiàn】 乾料的祭品。反之曰霑薦tâm-chiàn。

【乾離 ta-lī】 未好天，未～～，逐項都未做得bē(bōe) hó-thin bē(bōe)～～tak-hāng to bē(bōe) chò-tit⇨天不放晴地不乾燥，什麼事都做不得。

【乾鬆 ta-sang】 地方無水氣。情緒輕鬆。沒負債。即個所在眞～～chit-ê só͘-chāi chin ～～⇨同上。錢還了人道～～也chîn hêng-liáu lâng tō～～a⇨錢債還清了，心情就輕鬆了。無欠無債乾乾鬆鬆較贏做神仙bô-khiàm bô-chè ta-ta-sang-sang khah iân chò-sîn-sian ⇨沒欠人沒負債，乾乾淨淨的生活較好於做神做仙。

**【乾癬 ta-sián】** 乾性的癬疥。～～眞奧好～～chin oh-hó⇨乾癬很難治好。

ta **焦** 燒得過火曰焦ta。飯煮到臭火～pn̄g chi-kà chhàu hóe～⇨飯煮得焦了。枯～ko͘～⇨受日晒死。稻仔枯～去也tiū-á ko͘～khì à⇨稻田受日晒死了。

ta **礁** 水中的暗石也。暗礁àm-chiau，亦稱àm-ta。船靠～chûn khò(khoà)～⇨船馳上暗礁（見chiau部）。

**【礁溪 ta-khe】** 地名。～～溫泉～～un-choâ$^{n}$⇨同上。

tà **罩** 捕魚器也。籠蓋於外者皆曰罩tà。口～kháu～⇨嘴～chhùi～。奶～leng～⇨同上。被～phōe～⇨同上。蚊～bāng～⇨同上。燈～teng～⇨同上。鷄～ke(koe)～⇨同上。阿拉伯的查某人戴面～a-la-pek ê cha-bó͘-lâng tì bīn～⇨同上。又四脚落地亦曰罩tà。～於土脚做狗爬～tī thô͘-kha chò(chòe) káu pê⇨伏在地上爬如狗。嬰仔～乎人抱e$^{n}$-á～hō͘ lâng phō⇨嬰兒爬給人抱。

**【罩來(去) tà-lâi(khì)】** 狗～～要咬我（人客）káu～～boeh kā-goá(lâng-kheh)⇨狗奔來(去)要咬我(客人)。

**【罩面 tà-bīn】** 面罩～～bīn-tà～～⇨同上。

**【罩扴 tà-lè】** 伏地。猶～～爬未起來iáu～～pê-bē khí-lâi⇨還伏地爬不上來。

**【罩雲 tà-hûn】** 山頂～～罩霧，或者是罩矇霧，乎人看着，會較有神秘感soa$^{n}$-téng～～tà-bū, hek-chiá-sī tà-bông-bū, hō͘-lâng khoà$^{n}$-tioh，ē khah-ū sîn-pì-kám⇨同上。

## ta$^{n}$

ta$^{n}$ **貪** 現在。而今jī-kim（見kim部）。又而今現在的情況。～去也～khì-ā⇨而今，完了。～壞也～hāi-ā⇨而今麻煩了。～死也～sí-ā⇨而今完蛋了。～道壞也～tō hāi-ā⇨而今麻煩了。～道死也～tō sí-ā⇨而今完蛋也。～道歪碗也～tō oai-oá$^{n}$-ā⇨而今糟糕了。同壞也。～道去魯也～tō khì-ló͘-a⇨打壞了東西。～道去魯八仙祖也～tō khì-ló͘ pat-sian-chó͘-á⇨同前。～道賣好的膏藥也～tō bē-hó ê kò͘-ioh ā⇨而今壞了，完了。賣好bē-hó與未好bē-hó——不癒或不佳諧音。～道好也～tō hó ā⇨而今不妙了（反語）。～更去噢～koh khì ò͘⇨而今不成了罷。有責人或自悔之意。～毋道叫救人也～m̄-tō kiò-kiù-lâng ā⇨而今不是要喊救命了罷。亦責人或自悔。到～你正知kà～lí chià$^{n}$-chai⇨至今你才知之乎（太遲也）。～扴創啥～teh chhòng sah$^{n}$(siah$^{n}$) ⇨現在在做何事。～於佗～tī tah⇨現在在何處。～有錢否～ū-chî bò͘⇨現在有錢沒有。～佗安爾～tha an ne(ni)⇨現在何以如此。安爾～要甚步an-ne(ni)～boeh sia$^{n}$-pō͘⇨如此，而今該怎麼辦。～道双頭無一爻也～tō siang-thâu bô chit- ngauh à⇨現在就兩頭皆落空了。俗或仍以今作貪ta$^{n}$，似不通。今音kim，今日也，現在也，義雖與貪ta$^{n}$合，然於音則不合也。亦有以當作貪者，亦不通。當之字多音多義，不宜用於表貪ta$^{n}$之音與義也。貪，今與旦相結合而成，可從旦tān借音爲ta$^{n}$；今旦於字義可得即刻之現在也。

ta$^{n}$ **頭** 視近而志遠也。即仰視也。頭～～thâu～～⇨仰頭看天的形狀。亦喻失望。有父有母道初二三，無父無母道頭～～ū-pē ū-bó(bú) tō chhe-jī-sa$^{n}$，bô-pē bô-bó(bú) tō thâu ta$^{n}$-ta$^{n}$⇨有父母的出嫁娘年初二初三即被接回娘家高高興興過新年，無父母的即只好徒望天一方自嚐失望的滋味。

**【頭頭 ta$^{n}$-thâu】** 舉頭。～～看星～～khoà$^{n}$-chhe$^{n}$⇨同上。

ta$^{n}$ **擔** 負物也。雙人曰扛 kng，一人曰擔ta$^{n}$（見tam部）。扁～pín～⇨擔物之特製棒，多竹製。扦～chhiam～⇨双頭尖之長竹棒，兩頭可刺物而擔之。扦擔鉤仔索chhiam-$ta^n$ kau-á-soh⇨扦擔，鉤仔，索，相隨不離之物。路頭～燈心，路尾～鐵槌lō·-thâu～teng-sim, lō·-bóe～thih-thûi⇨開始時輕如擔燈心，最後時重如擔鐵槌，喻擔運工作之苦。誰肯替人～chiâ khéng thè lâng～⇨誰肯替人擔(此責任)。

**【擔工 $ta^n$-kang】** 擔伕。～～的～～ê⇨①擔伕。②以日數計費的擔運方式。發～～hoat-～～⇨發放擔工之酬勞。

**【擔水 $ta^n$-chúi】** 無心假有心，菜籃仔～～俾哥飲bô-sim ké ū-sim, chhài-nâ-á～～hō ko lim⇨同上。菜籃多竹製不能盛水也。

**【擔沓 $ta^n$-teh】** 擔必坔，都是沈重吃力的勞力工作。擔必受坔。無呾力當～～bô-khùi-lat thang～～⇨沒力氣可擔坔。坔同地。地者底也，底載萬物者也。作負重解。俗以壓ap強讀作teh，似非是。

**【擔肥 $ta^n$-pûi】** 擔肥料。～～的不知尾後臭～～ê m̄ chai bóe(bé) āu-chhàu⇨擔肥之人不知後面臭，謂不自知自己聲譽掃地。

**【擔屎 $ta^n$-sái】** 同擔肥。～～沃人的榕仔～～ak lâng ê chhêng-á⇨榕仔即榕樹iông-chhiū，大樹也，能不肥自大，以肥施於人家之榕樹，喻爲富人增富，亦即何必多此一舉。

**【擔販 $ta^n$-hoàn】** 擔工兼販商。清末民初，埔里地方初開，人口擁至，需物孔急，皆須由鹿港擔運進口，於是較聰明的擔工，乃自兼商人，從鹿港採貨自己擔運到埔里——原名埔社販之，以收蠅頭微利，自誇爲擔鹿港走埔社$ta^n$ lok-kang cháu po·-siā，意謂把鹿港擔着跑到埔社去販賣也。

**【擔經 $ta^n$-keng】** 道士做司功chò-sai-kong的一個節目，道士扮擔經狀，一面行路一面唸歌，算是送靈上西天，詞多譏誚良家婦女，謂多獻錢可補前衍，喪家婦女爭相獻出私家錢，前衍是否已補不得而知，但錢皆歸道士貪囊矣，却是事實。

**【擔擔 $ta^n$-$tà^n$】** 挑擔子。前擔動詞，挑物的動作，第一聲。後擔名詞，所謂擔子，第三聲。有人赤脚～～有人穿鞋釣喔ū-lâng chhiah-kha～～, ū-lâng chhēng-ê(ôe) tiò-boeh⇨謂環境各不相同，喻不平等的社會。

**【擔尾擔 $ta^n$-bóe-$tà^n$】** 娶親行列，最後一擔$tà^n$曰尾擔bóe-$tá^n$，內有便溺等用器，必選一年歲較高者擔之，以示吉祥，謂之擔尾擔。依例必送大紅包。

**【擔籠的 $ta^n$-láng-ê】** 爲戲班挑擔戲籠的工人。喻微不足道的局外人。做戲的要煞，～～～不煞chò-hì-ê boeh-soah，～～～m̄-soah⇨演戲者不幹了，擔籠的却要幹下去。謂微不足道的局外者作無理的干涉。亦曰掠魚的要煞，揹篧的不煞liah-hî-ê boeh-soah koā$^n$-khah-ê m̄-soah，義同。篧khah，魚籠。

**【擔葱賣菜 $ta^n$-chhang-bē-chhài】** 挑擔青菜以販之。喻正當的小生意小職業。～～～～隨人該認路～～～～sûi-lâng ài jīn-lō·⇨喻人須認眞做自己的職業。

## 打 $tá^n$

揍人曰打$tá^n$。不～自招put～chū-chiau⇨同上。以錢代物亦曰打$tá^n$。粗家私～五萬chho·-ke-si～gō·-bān⇨嫁粧中的椅桌等曰粗家私，付五萬給男方自買或自製。死後暫不埋葬亦曰打$tá^n$，打桶$tá^n$-tháng。十二之數爲打$tá^n$(dozen的譯語)(見phah部)。

**【打扎 $tá^n$-chah】** 照顧，支援。老人出外該人～～lāu-lâng chhut-goā ài lâng～～⇨老人家出外需要人照顧。有個阿姑彼個富婆抲～～，較加萬每贏ū in-a-ko· hit-ê hù-pô teh～～，khah-ke-bān mā iâ$^n$⇨有他姑母那個富婆在支援着，當然是勝家了。扎通紮。

**【打件 $tá^n$-kiā$^n$】** 論件計資。車衫做～～的較好趁chhia-sa$^n$ chò～～ê khah hó-thàn⇨車衣論件計資較有利。做～～的較好，隨咱做

若敎道若敎chō ～～ ê khah-hó sûi-lán chō goā-chē tō goā-chē⇨論件計資的比較好，由我們做多少，算多少。

【打岔 tá$^n$-chha】 妨碍，擾亂。一定有人抾～～it-tēng ū-lâng teh～～⇨必有人在妨碍。有囝仔～～做較無空課ū gín-á ～～chō khah-bô khang-khōe⇨有孩子在打擾，工作比較慢。你莫來～～lí mài-lâi～～⇨你莫來妨碍。

【打角 tá$^n$-kak】 方形的角對角。拗紙拗～～áu-choá áu～～⇨折紙折對角。鉸～～ka～～⇨同上。縛～～pak～～⇨同上。開～～khui ～～ ⇨同上。象行田道是行～～chhiū$^n$ kiâ$^n$ tiân tō sī kiâ$^n$～～⇨象棋的象行田就是行田字的對角。

【打扮 tá$^n$-pān】 梳粧～～se-chng～～⇨同上。三分人四分～～sa$^n$-hun lâng sì-hun～～⇨謂化粧相當重要。恔～～gâu～～⇨善於粧身。又作待遇解。做奴才抾～～chō nô·-châi teh～～⇨以奴才待遇之。

【打狗 tá$^n$-káu】 高雄古名。

【打破 tá$^n$-phoà】 ～～紀錄～～kì-lok⇨同上。

【打掃 tá$^n$-sàu】 掃。逐位逐日每該～～tak-ūi tak-jit mā ài～～⇨各處每天都要掃。～～花園～～hoe-hn̂g⇨同上。

【打動 tá$^n$-tōng】 ～～人心～～jîn-sim⇨同上。

【打探 tá$^n$-thàm】 試探。奉了大王命，～～軍事情hōng-liáu tāi-ông bēng，～～kun-sū-chêng⇨戲台上探馬thàm-bé的口白khāu-peh。～～消息～～siau-sit⇨同上。～～民情～～bîn-chêng⇨同上。

【打桶 tá$^n$-tháng】 殯殮pìn-liām。入棺後停置而不葬也。～～抾等候個後生轉來藉要出葬～～teh tán-hāu in hāu-sē(si$^n$) tńg-lâi chiah boeh chhut-chòng⇨停柩而在等待他孩子回家才下葬。

【打診 tá$^n$-chín】 診斷，轉喻打聽或打探。叫人去～～看有意思否kiò-lâng khì～～khoà$^n$ ū-ì-sù bò·⇨遣人去試探看是否有意思。

【打發 tá$^n$-hoat】 差遣chhe-khián。指派。～～人去討救兵～～lâng khì thó kiù-peng⇨差人去討救兵。

【打揲 tá$^n$-tiap】 打罵以訓戒子女。整人亦曰打揲。俗曰修理siu-lí。亦曰高等修理ko-téng siu-lí。個老父叫轉去～～in-lāu-pē kiò-tńg-khì～～⇨他父親叫回去訓戒。個父道加伊～～也in-pē tō kā-i～～à⇨我就把他加以高等修理了。

【打傷 tá$^n$-siang(siong)】 ～～藥～～ioh⇨同上。phah-siang。

【打緊 tá$^n$-kín】 要緊。但此詞多不獨立用而與無連結。無～～bô～～⇨不計較。不要緊。阿德伯做人眞無～～a-tek-peh chò-lâng chin-bô～～⇨阿德伯爲人很不計較。無利息無～～，連母煞不還bô-lī-sit(sek) bô～～，liân bó soah m̄-hêng⇨沒利息沒要緊，連母金也竟不還。這裡的無打緊bô-tá$^n$-kín慣例上都說成第三聲，作bò-tà$^n$-kìn。

【打算 tá$^n$-sǹg(sùi$^n$)】 思考，設計。～～不着去～～m̄-tioh-khì⇨計劃錯了。～～該怎樣～～ài choá$^n$(chái$^n$)-iū$^n$⇨打算要怎麼辦。無打無算的人bô tá$^n$ bô-sǹg ê lâng⇨沒有生活計算的人。上恔～～的人siāng(siōng) gâu～～ê lâng⇨最善於人生設計的人。

【打整 tá$^n$-chéng】 打掃整頓。～～厝內～～chhù-lâi⇨打掃整理家中。

【打錢 tá$^n$-chî$^n$】 以現款代物。折付現款。～～俾伊亦會使得～～hō-i ah ē-sái-tit⇨折付現款也可以。

【打賭 tá$^n$-tó·】 博勝負。二個抾～～nn̄g-ê teh～～⇨兩個人在博勝負。你敢～～否lí ká$^n$～～bò·⇨你敢於賭一下否。以特定事爲的以一次論輸贏，與普通賭博有異。

【打擊 tá$^n$-kek】 即次失敗對伊～～眞大chit-chhù sit-pāi tùi-i～～chin toā⇨此次失敗對他打擊甚大。

【打點 tá$^n$-tiám】 注意。檢點。你該共我～～～lí ài kā-goá～～～～⇨你必須十分注意我(我將修理你也)。

【打擾 tá$^n$-jiáu】 擾人安寧。不當～～人m̄-thang～～ lâng⇨不可妨碍別人。人lâng改第三聲。～～打擾～～tá$^n$-jiáu⇨客套語。

【打饘 tá$^n$-chian】 路上或宿店或休息飲食也。今作打尖tá$^n$-chiam。

【打聽 tá$^n$-thia$^n$】 同打探。～～消息～～siau-sit⇨同上。

【打花鼓 tá$^n$-hoe-kó͘】 戲牌名。

【打馬火 tá$^n$-má-hóe(hé)】 火把。點～～～照光tiám～～～chiò-kng⇨同上。

【打馬膠 tá$^n$-má-ka】 瀝青。舖～～～路pho͘～～～lō͘⇨或稱默仔膠tám-á-ka。

【打撲傷 tá$^n$-phok-siang】 亦有～～～，亦有刀傷ah-ū～～～ah-ū to-siang ～～～⇨同上。

【打擂台 tá$^n$-lûi-tâi】 有人企擂台道有人～～～ū lâng khiā-lûi-tâi tō ū lâng～～～⇨同上。

【打邊鼓 tá$^n$-pian-kó͘】 轉彎抹角的攻擊法。從旁扇動。有人扲～～～ū lâng teh～～～⇨有人在背後喊打。

【打小報告 tá$^n$-sió-pò-kò】 密告。阿木不是會～～～～彼類小人a-bok m̄ sī ē～～～～hit-lōe siáu-jîn⇨阿木不是會作密告那一類的小人。

【打草驚蛇 tá$^n$-chháu-kia$^n$-choâ】 或tá$^n$-chhó-keng-siâ。不當～～～～m̄-thang～～～～⇨不可以小動作嚇跑大獵物。

【打不着算盤 tá$^n$-m̄-tioh-sǹg-poâ$^n$】 打錯算盤tá$^n$-chhò sǹg-poâ$^n$。估計錯誤。

tá$^n$ **膽** 膽囊。膽量也。有～好～大～ū～hó～toā～⇨皆爲不怕鬼邪，有力量，有勇氣，敢作敢爲的形容。驚到破～去也kia$^n$ kà phoà～khì à⇨形容極度懼怕。眞在～chin chāi～⇨謂不怕驚險或鬼邪而極鎭定。共賊仔借～kā chhat-lá chioh～⇨謂甚小膽。總講是食一個～耳chóng-kóng sī chiah chit-ê～niâ⇨總之就是單靠膽量足夠而已。

【膽汁 tá$^n$-chiap】 膽液。

【膽頭 tá$^n$-thâu】 膽力tám-lek。膽量tám-liōng。～～在～～chāi⇨膽力鎭定不搖動。好～～hó～～⇨同上。

【膽大包天 tá$^n$-toā pau-thi$^n$】 謂極大膽。

【膽小如鼠 tá$^n$-sió-jî-chhí】 謂膽子小得像老鼠。

tà$^n$ **擔** 擔挑之物。其單位。一～米chit～bí⇨兩籮或兩包米。二～柴nn̄g～chhâ⇨二人擔的柴。一般一擔爲一百斤。又錢銀的單位。一～錢chit～chî$^n$⇨一千兩銀。存五六～錢的好額人chhûn gō͘-lak～chî$^n$ ê hó-giah-lâng⇨積存五六千兩銀的富翁。欠人幾仔～錢khiàm-lâng kúi-nā～chî$^n$⇨負債數千兩銀。

【擔柙 tà$^n$-kah】 擔柴chhâ(燃料木)用的小道具。合～～kah～～⇨賣柴連擔柙，暗喩賣柴連賣淫。據稱某地一帶在日據不景氣時代，甚多山村婦女擔柴赴市出售以求糊口，在交易時言明合擔柙，即除柴之外，亦送一次身云。

【擔頭 tà$^n$-thâu】 ㊀所擔運的東西。㊁家族的係累。責任。負擔hū-tam。～～未輕也～～bē khin a⇨家累不輕了。

tâ$^n$ **耽** 同耽tā$^n$，錯誤也。看有～否khoà$^n$ ū～bò͘⇨看看有無錯。

tā$^n$ **耽** 差錯曰耽tā$^n$。烏影～o͘-iá$^n$～⇨彷彿之錯。彷彿以騙人。乎你未烏影～得hō-lí bē o͘-iá$^n$～tit⇨謂不能乘人彷彿以騙人。數目有～正會安爾siàu-bak ū～chiâ$^n$ ē an-ne(ni)⇨數目有錯才會如此。算～數sǹg～siàu⇨算走了數字。講～話kòng～ōe⇨說溜了嘴。看～目khoàⁿ～bak⇨看走了眼。聽～去thiaⁿ～khì⇨聽錯了。生理人有～買無～賣seng-lí-lâng ū～bé(bóe) bô～bē(bōe)⇨生意人買錯貨是難免的，但是不會賣錯錢。看～稱花khoàⁿ～chhìn-hoe⇨看錯稱上花點(斤兩)。

【耽日 tāⁿ-jit】 期相錯誤。講了～～去kóng-liáu～～khì⇨說錯了日期。

【耽目 tāⁿ-bak】 看走了眼。看了～～去khoàⁿ-liáu～～khì⇨同上。

【耽耳 tāⁿ-hīⁿ】 聽錯話。聽了～～去thiaⁿ-liáu～～khì⇨同上。

【耽筆 tāⁿ-pit】 錯筆。寫了有～～siá-liáu ū～～⇨寫得有筆誤。

【耽路 tāⁿ-lō͘】 多敢行～～去也to-káⁿ kiâⁿ～～khì à⇨恐怕是跑錯路了。

【耽誤 tāⁿ-gō͘】 錯過。～～人的青春～～lâng ê chheng-chhun⇨延誤了人家的青春。

【耽算 tāⁿ-sǹg】 計算錯。～～一條賬～～chit-tiâu siàu⇨算錯一條脹。

## tah

**它** tah 作何處或何往解。亦即toh或tah。去～位khì～-ūi⇨往何處。→khì-toh-ūi, khì-tah-ūi。

【它去 tah-khì】 亦toh-khì。何往，那裡去。要～～boeh～～⇨欲何之。要到那裡去。tah-khì依切音法成ta-i→taih，因此boeh-tah-khì又訛成boeh taih，義却不變。

【它有 tah-ū】 ㈠問何處有之。㈡責那裡有之。

【它位 tah-ūi】 亦toh-ūi。何處。去～～khì～～⇨往何地。要～～仔風騷boeh～～á hong-so⇨要到那裡去玩。

【它落 tah-loh】 亦toh-loh。～～去～～khì⇨往何處。

【它一個 tah-chit-ê】 亦toh-chit-ê。㈠那一位。㈡那一件。

**查** tah ～甫人～某人～po͘(po͘) lâng～bó-lâng⇨男人女人（見cha部）。此爲查甫查某之查的異讀，不必另造別字以代之也。

**答** tah ～應～èng⇨允諾。伊有答應抑無 i ū tah-èng à bô⇨他答應了沒有。未使得濫擅答應bē(bōe) sái-tit lām-sám tah-èng⇨不得胡亂承諾（見tap部）。

**搭** tah 輕拍也。～肩頭～keng-thâu⇨輕打肩上。～胸保證～heng pó-chèng⇨同上。舀取也。～酒～chiú⇨購酒。～豆油～tāu-iû⇨買豆油。參與也。～線～soàⁿ⇨拉關係。～無線～bô-soàⁿ⇨拉不上關係。架設也。～戲棚～hì-pêⁿ(pîⁿ)⇨架設演戲場台。～菜瓜棚～chhài-koe-pêⁿ(pîⁿ)⇨架瓜架。～工寮～kang-liâu⇨架設工作房，或者工人房。乘船車也。～飛機～hui-ki⇨同上。～便車～piān-chhia⇨同上。烏白～o͘-peh～⇨胡亂湊合人家的話。又亂搞性關係。行到地～到地kiâⁿ kàu-tè～kàu-tè⇨到處亂搞性關係。地tè，疑爲它位toh-ūi之訛。

【搭手 tah-chhiú】 拍掌。～～刀，剪銅鑼～～to, chián tâng-lô⇨童謠句。搭，拍phah也。

【搭車 tah-chhia】 乘車。～～該買車票～～āi bé(bóe) chhia-phiò⇨同上。

【搭批 tah-phe(phoe)】 託送信件。有～～去通知也ū～～khì thong-ti a⇨已託送信函通知去了。

【搭岸 tah-hoāⁿ】 依靠於岸邊。船～～chûn～～⇨船靠岸。無～～bô～～⇨喻沒有可以依靠之人。

【搭油 tah-iû】 舀油iúⁿ(ió)-iû。買油。～～點火～～tiám-hóe(hé)⇨買油點火。

【搭架 tah-kè】 ～～來疊脚～～lâi thiap-kha⇨同上。

【搭客 tah-kheh】 車船的乘客。又載乘自然人。搭貨無～～tah-hòe bô～～⇨只載貨不載人。

【搭酒 tah-chiú】 舀酒，買酒。～～請人客～～chhiáⁿ lâng-kheh⇨同上。

【搭桌 tah-toh】 擊桌。搭椅～～tah-í～～⇨喻激怒。

【搭船 tah-chûn】 ～～去歐洲～～khì au-chiu⇨同上。

【搭貨 tah-hòe(hè)】 託送貨物。～～去香港～～khì hiang-káng⇨託送貨物到香港去。

【搭粒 tah-liap】 親密。彼二個眞～～hit-nn̄g-ê chin～～⇨那兩個人很親密。～～的親生囝～～ê chhin-seⁿ-kiáⁿ⇨最愛的親生兒子。

【搭鉤 tah-kau】 集木材用的特別道具。該用～～藉有法度ài iōng(ēng)～～chiah ū hoat-tō͘⇨須使用搭鉤才有辦法。

【搭棚 tah-pêⁿ(pîⁿ)】 搭建演戲台或搭架瓜果棚。搭戲棚tah-hì-pêⁿ，搭瓜棚tah-koe-pêⁿ。

【搭渡 tah-tō͘】 坐渡船。～～過河～～kòe-hô⇨坐渡船過河。

【搭搭 tah-tah】 十足。徹底。二個人一日～～nn̄g-ê-lâng chit-jit～～⇨兩個人做了十足的一長日。輸～～su～～⇨敗得極徹底。

【搭箭 tah-chìⁿ】 搭箭於弦上待發。

【搭橋 tah-kiô】 架橋。～～造路～～chō-lō͘⇨架橋造路以利交通。

【搭褳 tah-liân】 旅行袋。兩端裝物雙折掛在肩上以便行動的古旅行袋。負～～起行也phāiⁿ～～khí kiâⁿ ā⇨負旅行袋登程了。

【搭壁 tah-piah】 緊依於壁。桌仔庋無～～正未自在toh-á khǹg-bô～～chiàⁿ bē-chū-chāi⇨桌子放得未緊靠着壁才不安定。～～蝪～～iah⇨指多淫的女人，謂如飛蝶在壁上，此停彼停，皆停得不久。蝪iah，蝴蝶也。

【搭頭 tah-thâu】 姘頭。佪～～仔來也in～～á lâi ā⇨他的姘頭來了。同擔頭tàⁿ-thâu，蓋一對曰一擔也。

【搭營 tah-iâⁿ】 駐守。～～於三叉路～～tī saⁿ-chhe-lō͘⇨駐守在三叉路口。

【搭題 tah-tê】 文章，詩詞，合題目。做了有～～chò-liáu ū～～⇨同上。

【搭草寮 tah-chháu-liâu】 蓋小小草屋。～～仔當閃雨～～～á thang siám-hō͘⇨蓋草寮爲避雨之用。

【搭戰棚 tah-chiàn-pêⁿ(pîⁿ)】 互相罵戰。彼二個不時扲～～～hit-nn̄g-ê put-sî teh～～～⇨那兩個經常在互相對罵。未輸扲～～～bē(bōe) su teh～～～lê⇨宛然是相罵擂台。

**tah 貼** 粘合曰貼tah或曰thiap(見thiap部)。用糊仔～iōng kô͘-á～⇨以漿糊粘合之。廣告烏白～kóng-kò o͘-peh～⇨亂貼廣告。阿～的a～ê⇨親蜜的人，愛人。您阿～的，阮阿～的lín a～ê, goán a～ê⇨你的愛人，我的愛人。烏白～o͘-peh～⇨①亂貼東西。②濫作苟且行爲。

【貼心 tah-sim】 情投意合。親蜜。愛人。～～的人～～ê lâng⇨情投意合之人，愛人。親信的人。人可省略。～～仔囝～～á kiá⇨痛愛的兒子。～～的朋友～～ê pêng-iú⇨親蜜的朋友。

【貼肉 tah-bah】 親蜜。二個～～的朋友nn̄g-ê～～ê pêng-iú⇨兩個很親蜜的朋友。

【貼軀 tah-su】 母女或主婢之間言從意順的關係。～～的養女～～ê iáng-lí(ióng-lú)⇨同上。有一個～～的囝兒於身邊好叫嘴，眞利便ū chit-ê～～ê kiáⁿ-jî tī sin-piⁿ hó kiò-chhùi，chin lī-piān⇨有個好孩子在身邊可使喚，很利便。

【貼金 tah-kim】 自褒chū-po。曷使扲家己～～貼銀ah-sái teh ka-ki～～tah-gîn⇨何必自己褒三褒四。

【貼底 tah-té(tóe)】 到底kàu-té。一物無存。輸得眞～～su-le chin～～⇨輸得非常澈

底。了得眞～～liáu-le chin～～⇨損失得非常澈底。或作抵底tú-té。知到～～也chai kà～～â⇨知道得澈底了。

【**貼密** tah-bā】 ㊀同貼肉tah-bah。親密。㊁湊合得甚密。榫頭鑿得眞～～sún-thâu chha̍k-le chin～～⇨同上。

【**貼貼** tah-tah】 十足，完全。了到～～liáu kà～～⇨完全損失去了。該行一日～～âi-kiâ$^n$ chi̍t-ji̍t～～⇨需要步行一日十足。所費開一千箍～～só-hùi khai chi̍t-chheng-kho～～⇨費用開支了十足一千元。亦作搭搭tah-tah。

【**貼榜** tah-pńg】 貼出榜單。

【**貼聯** tah-liân】 貼門聯。

【**貼印花** tah-ìn-hoe】 收據該～～～siu-kì âi～～～⇨同上。

【**貼告白** tah-kò-pe̍h】 貼出告白。有人～～～扲罵貪官汚吏ū-lâng～～～teh-mē tham-koa$^n$ u-lī⇨有人貼出告白在罵貪官汚吏。

【**貼郵票** tah-iû-phiò】 寄批該～～～kià-phe âi～～～⇨同上。

【**貼廣告** tah-kóng-kò】 ～～～招生理～～～chio seng-lí⇨貼出廣告招攬生意。

**佗** tah 同它tah。何處也。何解也。佗位tah-ūi⇨何處。佗來的tah-lâi-ê⇨從何處而來。佗有tah-ū⇨何地有之。

**踏** ta̍h 足著地也。勘查也。鷄母相～ke-bó sio～⇨鷄交尾。喻芝麻綠豆之小事。雙脚～雙船siang-kha～siang chûn⇨謂進退無據或抱有二心。脚步～扲在kha-pō͘～li chāi⇨喻立場站得穩。扣除亦曰踏ta̍h。有～一份起來做養贍ū～chi̍t-hūn khí-lâi chò iáng-siām⇨曾扣除了一份做養老費。言明在先以防糾紛亦曰踏ta̍h。未曾未道扲～話頭也bōe-chêng-bōe tō teh～ōe-thâu ā⇨事情還未來就在先說預防話了。話頭～死也ōe-thâu～sí â⇨(條件)言明在先了。評價亦曰踏ta̍h。一甲地藉～三千耳，人誰肯chi̍t-kah-tē chiah～sa$^n$-chheng niâ, lâng chiâ khéng⇨一甲地才評價三千元而已，有誰情願否。牛～十兩，羊～一兩，鷄十隻～一兩gû～cha̍p-niú，iû$^n$～chi̍t niú, ke cha̍p-chiah～chi̍t-niú⇨牛估十兩，羊估一兩，鷄十隻估做一兩。

【**踏水** ta̍h-chúi】 踏水車之略。～～淹田～～im-chhân⇨踏水車灌溉水田。

【**踏火** ta̍h-hóe(hé)】 踏渡火團。亦曰過火kòe-hóe(hé)。

【**踏斗** ta̍h-táu】 眠床前的踏脚架，上乘者附有抽斗可用。步光～～pō͘-kong～～⇨①道士作法，揮劍踏步而舞。②形容處世上詭譎多端的行爲。

【**踏凹** ta̍h-lap(au)】 踏而下陷之。～～落去～～lo̍h-khì⇨踏凹壞了。

【**踏平** ta̍h-pe$^n$(pi$^n$)】 踏以平之。～～做路～～chò-lō͘⇨踏平爲道路。

【**踏死** ta̍h-sí】 踏而殺之。～～蚼蚷～～káu-hiā⇨踏死螞蟻，喻行路之慢吞吞。

【**踏車** ta̍h-chhia】 踏動水車。同踏水ta̍h-chúi。

【**踏步** ta̍h-pō͘】 行脚步kiâ$^n$-kha-pō͘。體操或兵操步調一致的步法。踏步前進ta̍h-pō͘ chiân-chìn⇨同上。

【**踏青** ta̍h-chhe$^n$(chhi$^n$)】 踏青草作郊遊也。嬉遊於郊野。淸明祭墓。

【**踏板** ta̍h-pán】 奏樂以脚踏調。

【**踏枋** ta̍h-pang】 眠床前的踏脚架。即踏斗。乎你上～～，續落去，煞要上眠床hō-lí chiū$^n$～～，soà-lo̍h-ì，soah-boeh chiū$^n$ bîn-chhn̂g⇨謂開始時讓你上了踏枋，繼下來竟要爬上床來，豈有此理。喻得隴復望蜀，得寸進尺。

【**踏查** ta̍h-cha】 勘查。派人去～～phài-lâng khì～～⇨派人去現場就地調查。

【**踏界** ta̍h-kài】 踏查地界。猶未～～，不知歸佗一旁á-bōe(bē)～～，m̄-chai kui tah-chi̍t-pêng⇨還未勘定界線，不知歸屬何方。

【踏差 tah-chha】 行爲失錯，尤指女的失貞。仙裡拍鼓有時錯，脚步～～啥人無sian-ni phah-kó· ū-sî-chhò, kha-pō·～～ siáⁿ-lâng bô⇨謂神仙也有錯失，偶爾錯失是人所難免。對偶爾錯失，很有同情，可以原諒的話。

【踏破 tah-phoà】 ～～草鞋～～chháu-ê⇨喻行遠路。～～草鞋無覓處，得來全不費工夫～～ chháu ê bû bek-chhī, tek-lâi choân put-hūi kang-hu⇨同上。

【踏索 tah-soh】 行大索kiâ-toā-soh。馬戲團的一種曲藝，走鋼索cháu-kǹg-soh。

【踏雪 tah-seh】 行雪景。賞雪景。合歡山～～hap-hoân-soaⁿ～～⇨同上。～～尋梅～～sîm-bôe(mûi)⇨賞雪賞梅花。

【踏䟢 tah-thām】 年老行動不可靠。年歲歿逐項都較～～也nî-hōe chē(chōe) tak-hāng to khah～～ā⇨年老歲多，樣樣都比較易錯不可靠了。跑thām，行無常也。

【踏絯 tah-ân】 同踏硬。該～～，人藉不敢加講話ài～～，lâng chiah m̄-káⁿ ke-kóng-ōe⇨需要主張堅決，別人才不敢說東話西。

【踏硬 tah-ngeh(ngih)】 主張或態度強硬。該～～，人藉不敢更烏白來ài～～lâng chiah m̄-káⁿ koh o·-peh-lâi⇨需要態度強硬人家才不敢再亂來。

【踏實 tah-chat】 踏得沒有空隙。跑道該～～pháu-tō ài～～⇨跑道要踏到堅實。踏到實tah-kà-chat。

【踏蹺 tah-khiau】 騎竹馬。～～行索～～kiâⁿ-soh⇨騎竹馬，走大索。

【踏厝地 tah-chhù-tē】 勘定房屋基地。踏地基 tah-tē-ki，踏墓地 tah-bōng-tē，踏寮也地 tah-liâu-a-tē等意思大同小異。

# tai

tai
**忕** 同忕。體胖不慧曰忕。大～toā～⇨大噸位之傻瓜。戇大～gōng-toā～⇨同上。大顆～toā-kho·～⇨同上。傝～gām～⇨奢望逾份曰傝gām。孝～hāu～⇨孝男～hāu-nām～⇨守父母喪者爲孝男，孝男必隨近親遠戚指東喝西，皆須聽從，其狀至忕矣。忕亦通作懛tai。

tai
**懛** 感覺遲鈍曰懛tai。戇～gōng～⇨傻裡傻氣。傝～gām～⇨又傝又懛。大顆～toā-kho·～⇨肥胖的傻瓜。大顆掛～，無～總兵才toā-kho· koà～, bô～chóng-pêng châi⇨肥佬兼傻瓜，不傻就是大將的材料。俗作獃或呆。

【懛子 tai-chú】 傻瓜。你即個～～有某講未曉要娶lí chit-ê～～，ū-bó· kóng bē(bōe)-hiáu boeh chhoā⇨你這個傻瓜有老婆竟不會娶回來。

【懛神 tai-sîn】 傻瓜，神情傻兮兮。

【懛猴 tai-kâu】 傻瓜，傻猴。戇猴gōng-kâu。

【懛懛 tai-thai】 傻兮兮。～～未曉要做啥～～bē(bōe)-hiáu boeh chò siahⁿ⇨傻兮兮，不會做什麼事。

tai
**獃** 同懛。

tai
**呆** 同懛或同獃。

tai
**秮** 一種旱稻。多種於山地。秮米做粢，美味又可口。

【秮仔粢 tai-á-chî】 秮米粢。粢 chî，俗亦作糍chî。

tai
**魠** 魚名。又稱鮎鯛ko·-tai。鯉魚要娶某，～～做媒人，鱔魚撞大鼓lí-hî boeh chhoā-bó·～～chò(chòe) mûi-lâng，siān-hî lòng toā-kó·⇨童謠。

tái
**滓** 沈澱物也。油～iû～⇨同上。有藥～也敢猶好ū ioh～á kām iáu hó⇨藥有沈澱物了，還可以喝嗎。狗頭滴着麻油 ～ káu-thâu tih-tio̍h moā$^{n}$-iû ～ ⇨謂油滓滴在狗頭上，空有香味而吃不到，喻空得其名而無實惠。亦喻無可奈何的空着急。

【滓味 tái-bī】 過濃的味道。甜湯有～～ti$^{n}$-thng ū～～⇨甜湯過濃。

【滓芳 tái-phang】 香味太濃。即款～～鼻着眞驚人chit-khoán～～phī$^{n}$-tio̍h chin kia$^{n}$-lâng⇨這種濃香鼻着令人怕。

【滓甜 tái-ti$^{n}$】 太甜。糖參到～～，顚倒毋好食 thn̂g chham-kà～～,tian-tó m̄-hó chia̍h ⇨糖加到太甜了，反而不好吃。

【滓滓 tái-tái】 湯過濃。即碗湯做了～～，不好食chit-oá$^{n}$ thng chò-liáu～～,m̄-hó chia̍h ⇨這碗湯做得過濃不好喝。

**tái 歹** 好之反也。不識好 ～ put-sek hó ～ ⇨同上。爲非作～ûi-hui chok～⇨同上。

【歹徒 tái-tô】 壞人。～～ 乎警察掠去也 ～～hō· kéng-chhat lia̍h-khì à⇨壞人被警察抓走了。

**tài 帶** 紳也，衣帶也（見toa部）。古代男人革帶，女人絲帶。夾雜也。面～愁容bīn～chhiû-iông⇨同上。持物在身曰帶tài：私～暗器su～àm-khì。地區亦曰帶tài：熱～寒～jia̍t～hân～。動物園一～tōngbu̍t-hn̂g it～⇨動物園附近，一帶it-tài指不定地區。又一種婦人病名：白～pe̍k～。生不～來，死不～去seng put～lâi，sú put～khì⇨謂財物之於人，並非絕對重要。衣～詔～chiàu⇨三國故事，詔書寫在衣帶而被曹操搜到。

【帶下 tài-hā】 婦女病名，俗稱白帶pe̍k-tài。

【帶甲 tài-kah】 武裝部隊。地方二千里，～～數十萬，名將如雲tē-hong jī-chhian-lí，～～sò-si̍p-bān， bêng-chiàng jî(jû)-hûn⇨古謀士說客的口頭禪。

【帶孝 tài-hàu】 居喪。帶重孝toà-tāng-hà⇨居父母喪。

【帶角 tài-kak】 有角。生毛～～se$^{n}$-mo～～⇨惡鬼，喻不正經的人們。

【帶兵 tài-peng】 統率軍隊。～～官 ～～koa$^{n}$⇨大小部隊長。

【帶念 tài-liām】 考慮到。～～着佪老父，藉合伊無計較～～tio̍h in lāu-pē，chiah kah-i bô-kè-kàu ⇨ 思想到他的父親(與我之間的舊誼)，才跟他不計較。～～着朋友情，頂冬欠的錢着緊來還 ～～ tio̍h pêng-iú-chêng，téng-tang khiàm ê chî$^{n}$, tio̍h kín-lâi hêng⇨只因你我一點友情，才讓你拖欠一年。

【帶紅 tài-âng】 雜有紅色。關於色彩，青黃黑白皆同樣用法。

【帶馬 tài-má】 牽馬。～～伺候～～sū-hāu⇨戲白。朋友間高興時戲以表示：我們去吧的意思。

【帶病 tài-pē$^{n}$(pī$^{n}$)】 ～～從軍～～chiông-kun⇨同上。

【帶衰 tài-soe】 連累人觸霉運。～～人～～lâng⇨人指發言人，恨人帶衰他也。～～了了～～liáu-liáu⇨連累人家全部觸霉了。

【帶路 tài-lō·】 向前 ～～ hiàng-chiân ～～⇨戲白。

【帶疑 tài-gî】 有疑問。懷疑。～～猶洗未清～～iáu sé-bē-chheng⇨有疑問還不能洗情。

【帶領 tài-niá(léng)】 帶兵。～～大兵數十萬～～tāi-peng sò·-cha̍p-bān⇨同上。

【帶人債 tài-lâng-chè】 欠人家的債務，尤其設抵押權者。～～～大概猶不少～～～tāi-khài iáu put-siáu⇨帶人債大概還不少。

【帶火關 tài-hóe(hé)-koan】 帶有火難之相，卜者的名堂。

【帶身命 tài-sin-miā】 患有難治的慢性病。～～～的人做啥亦無法度也～～～ê lâng chò (chòe) sah$^{n}$(siah$^{n}$) a̍h bô-hoat-tō· ā⇨帶身命的人做何事也沒辦法了。

【帶桃花 tài-thô-hoe】 卜者的名堂。謂貌美的少婦輕佻好淫。～～～騎夜馬～～～khiâ-iā-bé⇨騎夜馬亂闖。亦謂女人好淫之相。

**【帶家後 tài-ke-āu】** 偕同家眷。～～～較不方便～～～khah put-hong-piān⇨同上。

**【帶憂愁 tài-iu-chhiû】** 面有憂色。面～～～，乎人看着眞可憐bīn～～～，hē-lâng khoà$^{n}$-tioh chin khó-lîn⇨同上。

tài **戴** 頭上戴物也。尊而奉之也（見ti部）。披星～月phi-seng～goat⇨同上。感恩～德kám-in～tek⇨同上。頭～明朝帽，身穿清朝衣，五月改永和，六月還康熙thâu～bêng-tiâu bō，sin-chhēng chheng-tiâu i, gō·-goeh kái éng-hô, lak-goeh hêng khong-hi⇨鴨母王朱一貴反清敗後出現的告白。頭～人的天，脚踏人的地thâu～lâng ê thi$^{n}$，kha tah-lâng ê tē⇨對被統治生活的怨咎。咱有道理管個老母抩～鳳冠，個老父抩～橈勢呢lán ū tō-lí koán in lāu-bú teh～hōng-koan, in lāu-pē teh～khiau-sì nì⇨我們有道理，管他老母戴鳳冠，他老父戴官帽做什麼。亦即道理在我，不怕他父母官大勢大也。橈勢即紗帽，亦即所謂太師帽也。

**【戴冠式 tài-koan-sit(sek)】** 西方爲新國王加冠的宗教儀式。

tâi **臺** 俗多用台tâi字。觀四方而高者也。官府名，清代總督曰制～chè～，巡撫曰撫～bú～，布政使曰藩～phoan～，按察使曰臬～giat～。機關名。天文～thian-bûn～⇨同上。氣象～khì-siōng～⇨同上。砲～phàu～⇨同上。燈～teng～⇨同上。演戲等之棚架亦曰臺tâi。戲～hì～⇨同上。舞～bú～，演講～ián-káng～⇨同上。擂～lûi～⇨同上。又尊稱也。憲～hiàn～⇨同上。兄～heng～⇨同上。又台灣之簡稱，通作台字。上～siāng(chiū$^{n}$)～⇨官員就任。上～容易下～難siāng～iông-ī hē(hā)～lân⇨做官容易休官困難，凡做官的無不戀棧不肯下台。登～teng～⇨專家登台演講，要人登台訓話，唱歌做戲的登台唱歌做戲。倒～tó～⇨凡政治經濟等等團體破產失敗皆曰倒台。有上～道有倒～ū chiū$^{n}$～tō ū tó～⇨有上台得意必有倒台失勢甚至破產。前～後～未配合chêng～āu～bē(bōe) phòe-hap⇨喻夫妻不協和。

**【臺風 tâi-hong】** 演員在戲台上的各種表現。～～甚佳(差)～～sīm-ka(chha)⇨台風很好(壞)。

**【臺柱 tâi-thiāu】** 首要演員。劇團的～～kek-thoân ê～～⇨劇團的首要演員。主角。

**【臺頂 tâi-téng】** 台上。亦曰台仔頂tâi-á-téng，反之曰台脚tâi-kha或台仔脚tâi-á-kha。

**【臺帳 tâi-tiàng(tiòng)】** 基本的帳簿。～～上要緊～～siāng iàu-kín⇨同上。

**【臺端 tâi-toan】** 作先生解。～～積欠款項未淸～～chek-khiàm khoán-hāng bī-chheng⇨先生所積欠的款項還未淸還。

**【臺駕 tâi-kè(kà)】** 大駕。恭候～～光臨kiong-hāu～～kong-lîm⇨同上。

**【臺灣 tâi-oân】** 亦作台灣。浮漂在西太平洋中的一個大島。在中國大陸之東，日本之西南，菲律賓之北。俗稱寶島。～～錢淹脚目～～chî$^{n}$ im kha-bat⇨喻（從前台灣）趁錢容易，生活容易。～～糖籠，有去無回頭～～thn̂g-láng, ū-khì bô hôe-thâu⇨台灣古產糖出口，糖籠竹製的，例不收回。喻凡財物一去不回歸者。～～蟳，無膏～～chîm, bô-ko⇨極卑視台灣人的諺語。無膏bô-ko喻無學問。

tâi **台** ㈠本音î，悅也，同怡î。又姓氏。㈡音同臺tâi，星名也。台謂三台星，亦作能。三能三階也。三台一名天柱，上台爲大尉，中台爲司徒，下台爲司空。引伸爲三公。奕世登，故尊人曰台。如：兄台，台端等是。㈢俗作臺灣之簡稱。俗得亦有學問。

tâi **蛤** 附在鷄毛如虱等的小動物。鷄～ke～⇨同上。糠～⇨米糠久置亦會發生。生鷄～

se$^n$(si$^n$) ke～⇨同上。

**tâi 埋** 藏也，葬也（見bai部）。死了猶未～sí-liáu á bōe(bē)～⇨死後還未埋葬。有～線民於許ū～soà$^n$-bîn tī hia⇨暗中派有線民在那裡。棺材扛上山也，毋燒亦着～koa$^n$-chhâ kng-chiū$^n$-soa$^n$ ā, m̄-sio ah-tioh～⇨棺材抬上山頭了，不燒掉也需要埋掉，喻事至最後關頭，應有個處理辦法。

**【埋死人 tâi-sí-lâng】** 埋葬。

**【埋伏線 tâi-hok-soà$^n$】** 預設伏線。

**【埋案底 tâi-àn-té】** 預設案底。訟棍毋正會曉先～～～siōng-kùn m̄-chià$^n$ ē-hiáu seng～～～⇨訟棍才能夠預埋案底來利用。

**【埋無密 tāi-bô-bat】** 埋得不密。前世人加你～～～咯chêng-sì-lâng kā lí～～～loh⇨罵人語，意謂前世埋葬你，埋得不夠密，才讓你冒出來呱呱叫。

**tāi 代** 更易也，替換也，世也。一世一代it-sè-it-tāi ⇨一世即是一代。一～人到外久chit～lâng kà goā-kú⇨人的一生有多久呢。一～過了傳一～chit～kōe-liáu thoân chit～⇨謂人類生生息息代代相傳不絕。一人三子，六～千丁it-jîn sam-chú, liok～chian-teng⇨謂一人傳三子，繼續六代將增加到一千人。很好的人口論。交～kau～⇨前任退出後任接代chiap-tāi。

**【代人 tāi-jîn】** 以竹紙糊製的偶人。祭煞用的，祭而燒之以驅邪。疑爲古代所謂俑之遺風。～～替身～～thè-sin⇨用代人以代替本身也。又替身thè-sin亦即代人tāi-jîn也。

**【代付 tāi-hù】** 替別人付錢。拜託你許代收～～，專權辦理pài-thok lí-hia tāi-siu～～choan-koân pān-lí⇨同上。

**【代用 tāi-iōng(ēng)】** ～～教員～～kàu-oân⇨同上。～品～～phín⇨同上。

**【代代 tāi-tāi】** 歷代。～～單丁每扲～～相傳～～tan-teng mā-teh～～siang(siong)-thoân⇨代代單丁也是在代代相傳下來。

**【代收 tāi-siu】** ～～款～～khoán⇨代收的錢。～～機關～～ki-koan⇨代收(例如稅款)的衙門。

**【代步 tāi-pō͘】** 指交通工具。小轎車～～的身分也sió kiō-chhia～～ê sin-hūn ā⇨謂已爬到坐轎車出入的身分了。

**【代表 tāi-piáu】** 民意～～bîn-ì～～⇨同上。社員～～siā-oân～～⇨同上。學生～～hak-seng～～⇨同上。

**【代納 tāi-lap】** 替代繳款。欠稅金道歸萬也，佪阿姊每加伊～～khiàm-sòe-kim tō kui-bān-ā in a-ché mā kā-i～～⇨欠稅就整萬元了，他姊姊也爲他代繳了。

**【代書 tāi-si(su)】** 代人書寫文牘，其職業。產權過戶會使得委託～～代辦sán-koân kòe-hō͘ ē-sái-tit úi-thok～～tāi-pān⇨同上。

**【代理 tāi-lí】** ～～會長～～hōe-tiú$^n$⇨同上。～～老父去討錢～～lāu-pē khì thó-chî$^n$⇨替他父親去討賬。

**【代筆 tāi-pit】** 拜託人～～pài-thok lâng～～⇨同上。

**【代替 tāi-thè】** 無人～～未離脚得bô-lâng～～bē lī-kha tit⇨無人代理離開不了。

**【代溝 tāi-kau】** 青年輩與老輩的觀念不相同，視如有一道溝渠，橫在中間，稱之爲代溝。～～該消除～～ài siau-tî⇨同上。

**【代誌 tāi-chì】** 事情。問題。無～～bô～～⇨無事情，沒問題。

**【代價 tāi-kè】** 物品換取貨幣的數字，又指報酬。辛辛苦苦幾十年的～～sin-sin khó͘-khó͘ kúi-chap-nî ê～～⇨同上。伊安爾做是該～～的i an-ne(ni) chò sī ài～～ê⇨他如此做是要付出代價的。

**【代賠 tāi-pôe】** 替人賠錢。由個老父出錢～～iû in lāu-pē chhut chî$^n$～～⇨由他父親出錢代賠之。

【代數 tāi-sò͘】 數學的一種，以文字代數字。

【代整 tāi-chéng】 代理付錢或代理籌錢。你共我～～一下lí kā-goá～～chı̍t-eh⇨你爲我代籌一下罷。

【代辦 tāi-pān】 郵政～～處iû-chèng～～chhì⇨同上。～～出國手續～～chhut-kok chhiú sio̍k⇨同上。

【代名詞 tāi-bêng-sû】 英文pronoun的譯名，文法用詞。

【代議士 tāi-gī-sū】 民主國家由百姓公選而代表百姓行使政權的人，亦稱議員gi-oân。其制度曰代議制tāi-gī-chè。

【代人作嫁 tāi-jîn-chok-kè】 替別人做嫁粧。謂自己得惠甚少。

【代拆代行 tāi-thiah-tāi-hêng】 替首長決裁公事。其責仍由首長自負。

【代課教員 tāi-khò-kàu-oân】 代用教員。

**鮘** tāi 魚名。鯽魚釣大～chit-hî tiò toā～⇨喩以小誘大。

【鮘仔 tāi-á】 鰱魚。

【鮘魚 tāi-hî】 ～～嘴～～chhùi⇨喩口小而可愛。馬面的深溝，～～嘴束口bé-bīn ê chhim-kau, ～～chhùi sok-kháu⇨下流的戲言。

**大** tāi 小之對稱。美譽之詞(見toa部)。十～九憶，無憶總兵才si̍p～kíu tai, bô tai chóng-peng châi⇨大指體格，謂十個大漢九個反應遲鈍，不遲鈍即可當總兵——大將。唐宋八～家tông sòng pat～ka⇨韓愈，蘇軾等唐宋兩代的八個文章大家。三日～五日小sam-ji̍t～ngó͘ ji̍t siáu⇨三日一次大宴，五日一次小宴，謂曹操是如此善待關羽。～事化小事，小事化無事～sū hoà sió-sū, sió-sū hoà bô-sū⇨息事寧人的作法。

【大一 tāi-it】 ㊀同太一。㊁大學一年級。正抄讀～～仔耳chiaⁿ teh tha̍k～～á niâ⇨才在讀大學一年級而已。

【大人 tāi-jîn】 對父母，長老，官員等的尊稱。今已不大通行，僅在信函中對父母用之而已。父母親～～膝下hū-bó-chhin～～sek-hē (hā)⇨同上。

【大才 tāi-châi】 ㊀～～小用～～siáu-iōng⇨同上。㊁斯文穩重。無～～bô～～⇨指言行輕佻。您阿德看着加眞～～lín a-tek khoàⁿ-tio̍h ka chin～～⇨你們的阿德看來非常斯文穩重。

【大小 tāi-siáu】 事無～～必躬親sū bû～～pit kiong chhin⇨無論大小事皆親手做。能大能小lêng-tāi lêng-siáu (sió)⇨可大可小。～～便無順～～piān bô-sūn⇨大小便不按時。

【大士 tāi-sū】 觀音～～koan-im～～⇨同上。

【大凶 tāi-hiong】 ～～大吉tāi-kiat⇨最壞與最好。～～日～～ji̍t⇨最壞的日子。

【大方 tāi-hong】 凡好看，慷慨皆曰大方。阿久嫂仔做人蓋～～a-kiú-só-á chò-lâng kài～～⇨阿久嫂爲人很慷慨。新郎新娘攏眞～～sin-lông sin-niûⁿ lóng chin～～⇨同上。指其風度大方。親家出手眞～～chhin-ke chhut-chhiú chin～～⇨指其慷慨（關於錢銀）。大大方方tāi-tai-hong-hong⇨同義。

【大夫 tāi-hu】 ㊀官員。㊁醫生

【大王 tāi-ông】 ㊀王。㊁山賊之首領。㊂商人自大之詞。欠錢～～，討錢師父khiàm-chîⁿ～～，thó-chîⁿ sai-hū⇨欠人錢時可以威風凜凜如山大王，討債時却需要專家的技術。喩欠錢容易討錢難。西瓜～～sî-koe～～⇨賣西瓜的自稱。肉包～～bah-pau～～⇨賣肉包的自稱。鵝肉～～gô-bah～～⇨賣鵝肉的自稱。

【大比 tāi-pí】 大考。～～年～～nî⇨大考之年。

【大功 tāi-kong】 ～～敗於垂成～～pāi î

sûi-sêng⇨同上。記～～一次kì～～it-chhù⇨同上。

【大半 tāi-poàn】 一半以上。～～天～～thian⇨大半日。

【大仙 tāi-sian】 鹿角～～lok-kak～～⇨同上。

【大名 tāi-bêng】 ～～鼎鼎～～téng-téng⇨同上。

【大任 tāi-jīm】 天降～～thian kàng～～⇨同上。

【大奸 tāi-kan】 講道如好人抡，曷有疑悟伊是～～kóng-tō ná hó-lâng-lè，ah-ū gî-gō· i sī～～⇨說得像好人，怎麼會懷疑他是大壞人。

【大吉 tāi-kiat】 ～～利市～～lī-chhī⇨同上。開張～～khai-tiang～～⇨同上。

【大先 tāi-seng】 首先，開始時，預先。提前。～～行落尾到～～kiâ$^{n}$ loh-bóe kàu⇨先行慢到。看誰～～到位khoà$^{n}$ chiâ～～kàu-ūi⇨看看誰先到達。落尾人出世，～～人白生毛loh-bóe lâng chhut-sì，～～lâng peh-lān-mô⇨後人而生，先人而老。罵少年郎假博學之粗詞。～～伊俫，落尾我毋～～i boeh, loh-bóe goá m̄⇨開始時是他要，後來是我不要。

【大臣 tāi-sîn】 顧命～～kò·-bēng～～⇨同上。無任所～～bû-jīm-só·～～⇨同上。

【大同 tāi-tông】 ～～小異～～siáu-ī⇨同上。世界～～sè-kài～～⇨同上。

【大佐 tāi-chó】 日軍的軍階，等同上校。

【大言 tāi-giân(gân)】 伊既敢開～～也，大概未錯誤i kā-ká$^{n}$ khai～～ā，tāi-khài bē (bōe) chhō-gō·⇨他既然敢說大話了，可能不會錯。

【大旱 tāi-hān】 ～～連年～～liân-liân⇨同上。

【大局 tāi-kiok】 看～～khoà$^{n}$～～⇨同上。

【大利 tāi-lī】 不當貪圖～～m̄-thang tham-tô·～～⇨不可貪圖大利。南北不利，東西～～lâm-pak put-lī, tang-sai～～⇨南北的方向不利，東西的方向大利。

【大兵 tāi-peng】 見着～～屎道落kì$^{n}$-tioh～～sái tō lāu⇨逢到大兵就怕得落屎落尿。俗笑無用之輩曰落屎馬lāu-sái-bé。

【大和 tāi-hô】 日本的古名。～～魂～～hûn⇨日本精神。

【大使 tāi-sài】 差遣～～去交涉chhe-khián～～khì kau-siap⇨同上。

【大事 tāi-sū】 終身～～chiong-sin～～⇨男女婚事。二九冥正抡誤～～jī-káu-mê chià$^{n}$ teh gō·～～⇨二九冥指除夜，謂在關鍵時刻才發生問題。

【大抵 tāi-tí】 大約。大畧。

【大限 tai-hān】 臨死之期。夫妻本是同林鳥，～～來時各自飛。hu-chhe pún-sī tông-lîm-niáu, ～～lâi-sî kok-chū-hui⇨同上。

【大約 tāi-iak(iok)】 ㊀大概。差不多。～～有三五十人～～ū sa$^{n}$-gō·-chap-lâng⇨同上。㊁馬馬虎虎。摸脈支支，開藥～～bong-meh phiak-phiak, khui-ioh～～⇨謂庸醫按患者的脈，但覺脈在跳動，支支有聲，但是不知所爆何事，更不知所患是何病，所以開藥只能大約開之。諷庸醫如見其景。

【大要 tāi-iàu】 舉其～～kí(kú) kî～～⇨同上。

【大故 tāi-kò·】 ㊀父母喪。㊁事故。同代誌(事情)tāi-chì。小可仔～～來冤乎人看，實在較無價值sió-khó-á～～lâi oan-hō·-lâng-khoà$^{n}$，sit-chāi khah-bô kè-tat⇨小小事情就打給人家看，實在很不值得。安爾耳，敢有甚麼～～an-ne(ni) niâ，kám-ū sa-ma～～⇨如此而已會有什麼問題嗎。無大無故也抡哭bô-tai bô-kò· ā teh khàu⇨沒什麼事嗎，怎麼哭呢。

【大禹 tāi-ú】 大舜～～tāi-sùn～～⇨皆古

帝王。

【大逆 tāi-gek】 謀反～～bô·-hoán～～⇨同上。～～無道～～bû-tō⇨同上。

【大海 tāi-hái】 攏卸入～～也，毋免更想也 lóng sià-jip～～à m̄-bián koh siūⁿ ā⇨皆瀉入大海了，不必再想了。～～不擇細流～～put-tek sè-liû⇨同上。

【大恩 tāi-in(un)】 ～～未報～～bōe(bē) pò⇨同上。

【大家 tāi-ka】 著名之專家。唐宋八～～tông sòng pat～～⇨古文大家。

【大家 tāi-ke】 逐家tak-ke之訛。大衆。各人，各位。～～來做～～lâi-chò⇨皆來做。～～攏有份～～lóng ū-hūn⇨各人皆有份。～～落水平平沈～～loh-chúi pêⁿ-pêⁿ(pîⁿ-pîⁿ) tîm⇨謂每一個人跌落水中，都會被沈沒，喩大家立場條件都一樣。

【大氣 tāi-khì】 ～～圈～～khoân⇨包圍著地球約二百哩縱深以氮氣爲主的空氣圈。

【大乘 tāi-sēng】 ～～小乘～～siáu-sēng⇨佛教的派別。

【大師 tāi-su】 幽默～～iu-bek～～⇨一時一地最富幽默感的人物。

【大將 tāi-chiàng(chiòng)】 蜀中無～～，廖化爲先鋒siok-tiong bô～～，liāu-hoà ûi sian hong⇨謂蜀國沒有大將，廖化之流竟做了先鋒。喩因缺乏人才，小人物當大任。～～爺～～iâ⇨神名，或作大衆爺。

【大族 tāi-chok】 人口多的宗族。陳姓會使得講是即地方的～～tân-sèⁿ(sìⁿ) ē-sái-tīt kóng sī chit-tē-hng ê～～⇨陳姓可以說是本地方的大族。

【大畧 tāi-liak(liok)】 大約。～～是即款的情形～～sī chit-khoán ê chêng-hêng⇨大約是這種的情形。

【大連 tāi-liân】 地名。～～旅順～～lí-sūn⇨中國東北兩個優良的港口。

【大陸 tāi-liok】 ～～性的氣候。～～sèng ê khì-hāu⇨同上。

【大敗 tāi-pāi】 ～～必有大興～～pit-iú tāi-hin(heng)⇨興敗循環論。

【大赦 tāi-sià】 ～～天下～～thian-hē(hā)⇨古代每逢改朝換代或特殊情況所施行的懷柔政策。

【大商 tāi-siang(siong)】 ～～無大本～～bô tāi-pún⇨同上。

【大雪 tāi-soat】 二十四氣之一。～～小雪～～siáu-soat⇨同上。

【大衆 tāi-chiòng】 百姓人。～～爺廟～～iâ biō⇨同上。～～情人～～chêng-jîn⇨民衆所喜歡的公衆美女。

【大黃 tāi-hông】 中藥材名。

【大貴 tāi-kùi】 ～～大富～～tāi-hù⇨同上～～大賤～～tāi-chiān⇨同上。

【大量 tāi-liāng(liōng)】 ㊀數量多。～～生產～～seng sán⇨同上。㊁度量大。寬弘～～khoan-hông～～⇨謂度量大能寬容人。

【大惡 tāi-ok】 ～～難赦～～lân-sià⇨無法赦免大惡之罪。

【大智 tāi-tì】 ～～若愚～～jiak-gī(gū)⇨俱有大智慧的人往往看起來很笨的樣子。

【大義 tāi-gī】 ～～滅親～～biat-chhin⇨同上。

【大業 tāi-giap】 ～～千秋～～chhian-chhiu⇨同上。

【大厦 tāi-hē(hā)】 高樓～～連雲起ko-lâu～～liân-hûn khì⇨古代宮殿的氣勢。

【大解 tāi-kái】 ～～小解～～siáu-kái⇨大便小便。

【大過 tāi-kò】 記～～三次免職kì～～saⁿ-chhù bián-chit⇨同上。

【大概 tāi-khài】 ～～未錯誤～～bē chhò-gō·⇨同上。

【大勢 tāi-sè(sì)】 ～～已去，仙毎無救也

～～í-khì, sian mā bô-kiù à⇨大勢已去，仙人也救不了了。

【大暑 tāi-sí(sú)】 廿四氣之一。～～ 小暑～～siáu-sú(sí)⇨同上。

【大綱 tāi-kang】 建國～～ kiàn-kok ～～⇨同上。

【大端 tāi-toan】 大方，端正，不輕佻。囡仔人着該較～～抡，毋當格到若草丑仔gín-á-lâng tioh āi khah ～～ lè, m̄-thang kek-kà ná chháu-thiú-á⇨少年人應該大大方方，不可作如小丑一般。實在有～～，更未驚場sit-chāi ū ～～，koh bē(bōe) kiaⁿ-tiûⁿ⇨眞的夠大端了，而且不怯場。

【大駕 tāi-kè(kà)】 ～～ 光臨～～ kong-lîm⇨同上。

【大數 tāi-sò͘】 天行之常道。～～難逃～～lân-tô⇨謂難免一死。

【大戰 tāi-chiàn】 世界～～sè-kài～～⇨同上。猴齊天～～羅刹女kâu-chê-thian～～lô-sat-lí⇨同上。

【大學 tāi-hak】 ㈠書名，儒家經典四書之一。㈡私立～～ 國立～～ su-lip～～ kok-lip～～⇨同上。～～ 堂 ～～ tông⇨同上。～～生～～seng⇨同上。～～院～～īⁿ⇨同上。～～士～～sū⇨同上。～～教育～～kàu-iok⇨同上。

【大儒 tāi-jî(jû)】 碧眼的～～ phek-gán ê ～～⇨西方的儒學家。

【大器 tāi-khì】 ～～晚成～～boán-sêng⇨同上。

【大難 tāi-lān】 大災大禍。～～ 臨頭 ～～ lîm-thiô⇨大災難來矣。

【大體 tāi-thé】 毋八～～ 的人道無話講 m̄-bat～～ê lâng tō bô-ōe-kóng⇨不懂事之人就是沒話講了。

【大丈夫 tāi-tiāng-hu】 男子漢～～～，拍死無走的lâm-chú-hàn～～～，phah-sí bô-cháu ê⇨男子漢大丈夫，打死也不跑。

【大不了 tāi-put-liáu】 大得不得了的事情。困難，問題。至多，最大。有甚麼～～～ū-sa-ma～～～⇨有什麼問題？沒有麼。～～～錢了，人敢有代 ～～～ chîⁿ-liáu lâng kám ū tāi⇨最多錢損失人有問題嗎？代tāi，代誌tāi-chì，亦即事情，問題。

【大元帥 tāi-goân-sòe】 最高的軍階。元首亦稱大元帥。～～～府～～～hú⇨同上。

【大司空 tāi-su-khong】 古官名，大爲尊詞。所謂六卿之一，掌邦事，約當於今之內政大臣。

【大甲草 tāi-kah-chháu】 ～～～ 做的大甲帽上有名～～～ chō(chōe) ê tāi-kah-bō siang ū-miâ⇨同上。

【大司馬 tāi-sū-má】 古官名。六卿之一。掌軍政，約當於今之軍政大臣。

【大司徒 tāi-sū-tô͘】 古官名，六卿之一，掌邦教，約當於今之教育大臣。

【大司寇 tāi-sū-khò͘】 古官名，六卿之一，掌刑獄。約當於今之司法大臣。

【大本營 tāi-pún-iâⁿ】 ～～～ 發表 ～～～ hoat-piáu⇨同上。又轉喻大根據地。走私者的～～～cháu-su chiá ê～～～⇨同上。

【大成殿 tāi-sêng-tiān】 孔子廟。

【大宗伯 tāi-chong-pek】 古官名。亦六卿之一，掌邦禮治神人。似乎教育部長兼管內政的大臣。

【大其概 tāi-kî-khài】 馬馬虎虎。做人～～～仔，不免傷認眞chò-lâng ～～～ á, m̄-bián siuⁿ jīn-chin⇨做人得過且過，不必太認眞。～～～仔道會使得也～～～á tō ē-sái-tit à⇨不太離譜就可以了。凡略合手續，略備形式，畧具形態等皆曰大其概。

【大理石 tāi-lí-chioh】 ～～～ 的厝 ～～～ ê chhù⇨大理石蓋的房子。

【大部份 tāi-pō-hūn】 ～～～ 的人都反對～～～ê lâng to hoán-tùi⇨同上。

【大統領 tāi-thóng-léng】 同大總統。

【大道夫 tāi-tō-hu】 日語娼婦。見貸座敷tai-chō-hu條。

【大道公 tāi-tō-kong】 醫藥之神，保生大帝pó-seng-tāi-tē。或稱吳眞人gô͘-chin-jîn，許眞人khó͘-chin-jîn或孫眞人sun-chin-jîn等皆是。～～～報～～～pò⇨大道公的生日（舊曆三月十五日）謂是日必有大風曰大道公報。

【大總統 tāi-chóng-thóng】 美國～～～bi-kok～～～⇨同上。

【大藏省 tāi-chōng-séng】 日本的財政部。

【大千世界 tāi-chhian-sè-kài】 佛家語。佛家的世界。亦稱三千世界。簡稱三界sam-kai。

【大巧若拙 tāi-khiáu jiak(jiok) choat】 ～～～～，大智若愚～～～～tāi-tì jiak(jiok) gî(gû)⇨極端聰慧的人，外表可能顯得笨笨的。

【大吹大擂 tāi-chhui-tāi-lûi】 大吹喇叭，大擂大鼓，喻大事宣傳。免扲～～～～尻川幾枝毛看現現扲bián teh～～～～kha-chhng kúi-ki-mo khoàⁿ hiān-hiān-lè⇨不必大事吹牛，屁股有幾根毛看得清清楚楚嘛。

【大叔枝仔 tāi-sù-ki-a】 謂專扮好人。～～～～味是～～～～bi-sī⇨專扮好好先生的模樣。據說有阿枝其人，年高輩尊，但好事不管壞事不問，專扮好人的角色，久而久之，乃成爲好人的代名詞。大叔tāi-siok或toā-chek，其讀tāi-sù乃客家音的河洛化，河洛化的客家至今有阿叔a-chek叫a-sù。

【大神大道 tāi-sîn-tāi-tō】 略同於大方或大端。～～～～，未輸大道公～～～～，bē(bōe)-su tāi-tō-kong⇨大神大道得恰如大道公。

【大睡如死 tāi-khùn-jî(jû)-sí(sú)】 睡得如死人。另一句說法是大睏三千年，小睏四月日tāi-khún saⁿ-chheng-nî, sió-khùn sì-goeh-jit⇨同上。

【大慈大悲 tāi-chu-tāi-pi】 ～～～～的觀世音大菩薩～～～～ê koan-sè-im tāi-phô͘-sat⇨無限慈悲的大善神。

【大驚小怪 tāi-kiaⁿ-siáu-koài】 略略仔風吹草動道扲～～～～lioh-lioh-á hong-choe chháu-tāng tō-teh ～～～～⇨小許的風吹草動了就在大驚小怪，謂何必如此。

## 玳 tāi

同瑇，亦作蝐。～瑁～mō⇨見玳瑁條。

【玳瑁 tāi-mō】 海龜類的動物。肉臭而其甲甚美，多作飾品之用。

【玳瑁梁 tāi-mō-liâng(liông)】 畫棟彫梁也。海燕雙棲～～～ hái-iàn siang(siong)-chhe～～～⇨賀新婚的吉祥語。

## 貸 tāi

亦借也。有條件借給別人利用曰貸tāi，反之借自別人曰借chioh。又寬免也。寬～khoan～⇨同上。

【貸方 tāi-hong】 簿記中有～～借方～～chioh-hong。支出類通稱爲貸方。

【貸主 tāi-chú】 金主kim-chú。～～是銀行～～sī gîn-hâng⇨銀行是金主。

【貸借 tāi-chioh】 貸出與借入。～～關係弄未清楚～～koan-hē lōng bē chheng-chhó⇨貸與借，是貸是借不明白。～～對照表～～tùi-chiàu-piáu⇨新式簿記法之一。balance sheet。亦稱資產負債表。

【貸款 tāi-khoán】 出貸的錢。～～部～～pō͘⇨銀行的一部門。

【貸座敷 tāi-chō-hu】 日本酒樓的一種方式，其但供場地一座敷zashiki，飲宴娼妓等隨時自外召喚而來。出入貸座敷的女人即是娼婦之類，因此貸座敷tāi-chō-hu一詞遂成娼婦之別稱，訛而爲大道夫tāi-tō-hu(見大tai部)。

【貸費生 tāi-hùi-seng】 貸借學費的學生，與公費生有別，前者學費須退還，後者即不必。

# tak

**tak**
**觸** 以角抵物也。接觸也。動也（見chhiok部)。牛相～gû sio～⇨牛打架。著～蹄tio̍h～tê⇨脚～著kha～tio̍h⇨脚觸物以致步法亂。又惹人爲敵亦曰觸tak。通班～了了thong-pan～liáu-liáu⇨(他對)全班每一個人都抄過架(鬪過嘴)。又打亦曰觸tak。～算盤～sǹg-poâ$^{n}$⇨打算盤。未曾未心官內道扲～也bōe-chêng-bōe sim-koa$^{n}$-lāi tō teh～à⇨很早心裡就在打算了。俗以殺作觸，非。殺音i̍t，豬也，亦豯，實無觸之義。

【觸人 tak-lâng】 ㊀有角獸抵傷人。㊁找人惹禍端。

【觸仔 tak-á】 誘捉動物的小道具。張～～扲當也tiu$^{n}$～～teh tng a⇨設置～～在候駕了。

【觸舌 tak-chi̍h】 鼓舌稱讚。謳偪到～～去o-ló kà～～ì⇨讚美得鼓舌。

【觸押 tak-khê】 阻礙。不睦。有～～ū～～⇨有問題。相～～續無講話sio～～soah bô kóng-ōe⇨彼此衝突以致不講話。

【觸著 tak-tio̍h】 ㊀角獸觸了人。㊁著觸蹄tio̍h-tak-tê。～～石頭～～chio̍h-thâu⇨同上。㊂逢到麻煩。即回道～～也chit-hôe tō～～à⇨這一次就逢到(災禍)了。亦謂即回道著觸蹄也chit-hôe tō tio̍h-tak-tê à⇨同上。眞抵好，牛母～～親姆chin-tú-hó，gû-bó～～chhe$^{n}$-ḿ⇨湊巧的戲詞。

【觸嘴 tak-chhùi】 口角kháu-kak。相～～sio～～⇨彼此口角。

【觸磕 tak-kha̍p】 惡運，不幸。家內眞～～未平安ke-lāi chin～～bē(bōe) pêng-an⇨同上。

【觸賬 tak-siàu】 計算。心肝有扲～～sim-koa$^{n}$ ū teh～～⇨心裡有在計算。

【觸纏 tak-tī$^{n}$】 麻煩。會眞～～抑未，道未，我正要呵ē chin～～a̍h bē, tō bē, goá chiā$^{n}$ boeh o͘⇨會不會很麻煩，就是不會，我才要。

【觸算盤 tak-sǹg-poâ$^{n}$】 打算盤。眞恔～～～chin gâu～～～⇨很會打算盤。

**tak**
**硺** 老鼠硺仔niáu-chhí-tak-á⇨捕鼠器。硺tak亦通搩tak。搩tak，卓擊也。

**tak**
**妲** 妲己tàn-kí訛爲tak-kí。妲己敗紂王tak-kí pāi tiū-ông⇨商末的故事。

**ta̍k**
**獨** 孤獨ko͘-ta̍k，孤獨相ko͘-ta̍k-siàng，皆指極度孤僻的性質。伊的人眞～～i ê lâng chin～～⇨他爲人很孤僻。

**ta̍k**
**濁** 油類的沈澱曰油濁iû-ta̍k。狗頭滴著麻油～káu-thâu tih-tio̍h moâ-iû～⇨謂徒嗅其香味而骶不到口。喻空有其名而得不到實惠。

**ta̍k**
**碡** 籃碡nâ-ta̍k，應作碌碡lio̍k(nâ)-ta̍k。農具的一種平田器也。碾打田土爲漿之用。拍～～phah～～⇨實施碌碡之工作。

**ta̍k**
**逐** 每也。各也。前後相隨也（見tio̍k部)。

【逐日 ta̍k-ji̍t】 每日。～～有收入～～ū siu-ji̍p⇨每天都有收入。凡年月日時分秒等用法皆同。逐秒鐘有人出世ta̍k-bió cheng ū-lâng chhut-sì⇨每秒有人出生。

【逐家 ta̍k-ke】 每一家，每一戶，每一個人，大家tāi-ke。～～公家負擔～～kong-ke hū-tam⇨每一個人共同負擔，大家共同負擔。～～都無愛～～to bû-ài⇨每一個人都不要，大家都不要。～～有分著也～～ū pun-tio̍h à⇨每一個人都分到了，大家都分到手了。凡個ê，項hāng，款khoán，種chióng，號hō，門mn̂g，條tiâu，間keng，台tâi，本pún等等亦同樣用法。逐個人ta̍k-ê-lâng，逐項物ta̍k-hāng-mi̍h，逐條賬ta̍k-tiâu-siàu，逐台車ta̍k-tâi-chhia，逐本册ta̍k-pún-chheh等等是也。

【逐三頓 ta̍k-sa$^{n}$-tǹg】 一日三餐。～～～不是魚道是肉～～～m̄-sī hî, tō-sī bah⇨每日三餐，不是吃魚就是吃肉。謂生活品質不錯。～～～有人款好好扲～～～ū-lâng khoán-hó-hó-lè⇨每日三餐都有人準備得周周全全。～～～每愛飲淡薄～～～mā ài lim-tām-pō͘⇨每日三餐都要喝幾杯。淡薄tām-pō͘皆變第三聲，因爲這一句語氣是滑稽的。又早起chá-khí，中晝tiong-tàu，夜昏ê-hng等亦同樣用法。逐早起tak-chá-khí(í)該點名ài-tiám-miâ。逐中晝袂飯包tak-tiong-tàu chah pn̄g-pau。逐夜昏去飲酒tak-ê-hng-khì lim-chiú等等是也。

【逐所在 tak-só͘-chāi】 每一個地方。～～～都行透透～～～to kiâⁿ-thàu-thàu⇨各地方都走遍了。又地方，城市，港口，埠頭，村里亦都同樣用法。

【逐機關 tak-ki-koan】 每一個機關。凡部隊pō͘-tūi，學校hak-hāu，團體thoân-thé等等亦同樣用法，但亦可加一個字作逐個機關tak-ê ki-koan，逐個學校tak-ê hak-hāu等是也。按：逐tak是應用範圍最廣，影響最大，最活潑的一個字眼。例如，逐人都該去做兵tak-lâng to ài khì chò-peng⇨對象是全國百姓。逐人都有機會tak-lâng to ū ki-hōe⇨對象是每一個人，在場的人全部。逐個有打算否tak-ê ū phah-sǹg hōⁿ⇨每一個人都有準備好了是嗎，對象也是在場全部的人。所謂打算，就是準備好，損錢消災，或者忍受吃什麼大虧之類的。又如逐尾每活勃勃tak-bóe mā oah phut-phut⇨對象是籠中的魚全部。逐粒都圓滾滾tak-liap to îⁿ-kùn-kūn⇨每一粒（例如鴨蛋）都又大又圓，對象也是指在場的蛋全部。而且每一個詞，都是非常生動活潑的。又句法，大體可分二種。①逐……有如何如何。逐人有心事 tak-lâng ū sim-sū⇨同上。逐間房有鋪地毯 tak-keng-pâng ū pho͘ tē-thán⇨同上。②逐……該如何如何。逐個該出錢 tak-ê ài chhut-chîⁿ⇨同上。逐條該更算過 tak-tiâu ài koh sǹg-kòe⇨同上。這兩個是基本句法，而都可以加上都字作都有to-ū或都該to-ài，再作變化。逐人都有愛國心tak-lâng to-ū ài-kok-sim⇨同上。逐人都愛國tak-lâng to ài-kok。

## tam

**tam 舔** 以舌取物也。淺嘗也。～看好食否～khoàⁿ hó-chiah bō͘⇨淺嘗試味。～二嘴仔耳，無啥會食也～nn̄g-chhùi-á niâ, bô-siáⁿ-ē chiah â⇨小嘗一兩口而已，不大會吃東西了。用舌～看扲iōng chih～khoàⁿ-lè⇨以舌頭試嘗之。～看鹹飷安怎～khoàⁿ kiâm-chiáⁿ an-choáⁿ⇨試嘗看看鹹淡適當否。

【舔鹹搵醋 tam-kiâm-ùn-chhò͘】 喻十分儉約的生活。連～～～～都不甘liân～～～～to m̄-kam⇨謂連嘗嘗鹽，搵搵醋都捨不得。

**tam 䟢** 坐立不動也。小坐曰䟢tam。小休亦曰䟢tam。～一下藉更行啦～chit-ē chiah koh-kiâⁿ-lâ⇨小坐（小休）一下才再行吧。有～一下加若寬活扲ū～chit-ē ke-goā-khoàⁿ-oah-lè⇨有小坐（小休）一下就輕鬆多了。

**tam 擔** 以肩受物也，以身受之也（見taⁿ部）。即類責任啥人敢承～chit-lōi chek-jīm siáⁿ-lâng káⁿ sîn～⇨這種大責任誰敢承當之。食人之祿，～人之憂sit-jîn chi lok,～jîn chi iu⇨接受人家俸祿，就該替人擔當憂患。

【擔任 tam-jīm】 ～～重大的職務～～tiōng-tāi ê chit-bū⇨同上。

【擔承 tam-sîn(sêng)】 一力～～it-lek～～⇨全力負責。

【擔保 tam-pó】 保障。你有啥仔可～～lí ū siaⁿ-á hó～～⇨你有何物可作保障。

【擔煩 tam-hoân】 擔上煩惱事在身。厚～～，人快老kāu～～lâng khoài-lāu⇨多煩惱，人易老。

【擔當 tam-tng】 接受責任。～～一石米，每不～～一個囡仔疕～～chit-chioh bí mā-m̄ ～～chit ê gín-á-phí⇨謂寧可擔當精白一石

米的重擔，也不要替人照顧一個小孩子。極喻照顧小孩子的麻煩。有～～的人ū～～ê lâng ⇨敢負責，敢作爲之人。

【擔領 tam-niá】 保證。啥人敢～～人無代誌siá$^n$-lâng ká$^n$～～lâng bô tāi-chì⇨誰人敢於保證他人沒有事故發生。

【擔憂 tam-iu】 嘴講爲國家民族～～有啥用chhùi-kóng ūi kok-ka bîn-chok～～ū siá$^n$-iōng(ēng)⇨口裡說爲國家民族擔憂有何用處。

【擔戴 tam-tài】 負責。～～父母的大事，～～pē-bó(bú) ê tāi-sū⇨負責父母的生活以至送終。～～某囝～～bó·-kiá$^n$⇨養活妻兒。

【擔輸贏 tam-su-iâ$^n$】 擔上輸贏的全責。大丈夫。做人該～～～chò-lâng ài～～～⇨做人應該做大丈夫，敢勝敢敗都負責。無～～～bô～～～⇨小人，屁面的phùi-bīn-ê。

tam **眈** 視也。下視也。虎視～～hó·-sī～～⇨虎視儼然，威而不猛。眈與耽有別。

【眈眈 tam-tam】 虎視也。儼然也。威而不猛。虎視～～hó·-sī～～⇨同上。

tam **耽** 耳大而垂也。又樂也。過樂也（見ta$^n$部）。

【耽思 tam-su】 深思。沈思tîm-su。

【耽誤 tam-gō·】 tā$^n$-gō·。因循失時。～～人的青春～～lâng ê chheng-chhun⇨拖害別人，徒費了青春。不當～～人m̄-thang～～lâng⇨不可拖累了別人。

【耽美主義 tam-bí-chú-gī】 唯美主義ûi-bí-chú-gī。

tam **聃** 老子的名字。李聃。俗稱李老君lí-ló-kun。亦作聸tam。

tám **膽** 膽藏也。膽囊也。膽識也。臥薪嘗～的句踐ngō-sin-siâng～ê ko·-chiàn⇨同上。肝～相照的朋友kan～siang-chiàu ê pêng-iú⇨同上。亦驚怕也。眞～chin～⇨甚怕。甚無自信。

【膽略 tám-lio̍k(le̍k)】 有膽量有計謀。

【膽量 tám-liāng(liōng)】 有夠～～ū-kàu～～⇨膽量十足。膽力十足。

【膽智 tám-tì】 膽量與智識或機智。

【膽漢 tám-hàn】 敢於擔當之人。有～～ū～～⇨夠膽量的漢子。

【膽膽 tám-tám】 怕怕的。心官內猶～～sim-koa$^n$-lāi iáu～～⇨心裡頭還是怕怕的。想著伊的面道～～也，曷使見著siū$^n$-tio̍h i ê bīn tō～～à，a̍h-sái kī$^n$-tio̍h⇨想出他的面就怕怕的了，何須看見(謂想到要見就怕，不用說看見)。

【膽識 tám-sit(sek)】 膽量與智識。有～～ū～～⇨同上。～～過人～～kò-jîn⇨膽識超過別人。

tám **黕** 小黑班。黑貌。

【黕仔膠 tám-á-ka】 瀝青。

tàm **頕** 垂頭之貌。頓tǹg也。頓首tǹg-siú也。頭～～thâu～～⇨頭低垂。

【頕神 tàm-sîn】 疲勞而無精神。看着～～～～khoà$^n$-tio̍h～～～～⇨看來很似十分疲勞。

【頕垂 tàm-sôe(sê)】 頭低垂。失志貌。不時～～～～，恰如有心事的款put-sî～～～～，kah-ná ū sim-sū ê khoán⇨經常頭低低的，好像有心事的樣子。

【頕頭 tàm-thâu】 點頭爲禮。見著人道～～，恰如傀儡仔呢kì$^n$-tio̍h lâng tō～～，kah-ná ka-lê-á nè(nì)⇨逢人便點頭，太像傀儡了。

tâm **霑** 濡也。濕也。通沾。焟～ta～⇨乾與濕。或喻晴雨。泅～泅乾siû～siû-ta⇨謂晴雨皆須出門工作。小雨～透衫sió-hō·～thàu sa$^n$⇨小雨淋得衣服都濕透了。脚～嘴臭臊kha～chhùi chhàu-chho⇨脚濕了，口也腥了。喻貪小利將弄成全身腥臭。衫渥～去sa$^n$ ak～khì⇨衣服被雨淋濕了。手巾雙頭～chhiú-kin siang(siong)-thâu～⇨謂應酬雙方都要損失。路面眞～，車未行得lō·-bīn chin～，chhia bē-kiâⁿ tit⇨路很沾濕車子不能行。似以澹tām作霑，非也。澹tām，淸淡也；澹泊無爲，通淡。

【霑片 tâm-phìⁿ】 未乾的底片。～～未用得～～bē-iōng-tit⇨濕片使不得。

【霑耳 tâm-hīⁿ】 油脂耳。～～粗糠耳～～chho·-khng-hīⁿ⇨油脂耳與非油脂耳。

【霑身 tâm-sin】 未完全乾燥。柴猶較～～chhâ iáu-khah～～⇨薪柴還有很多水氣。毋～～每霑手m̄～～mā tâm-chhiú⇨喻不大損，也要小損，例如參加不大正當的事項。

【霑柴 tâm-chhâ】～～猶未焚得～～iáu bē hiâⁿ tit⇨濕柴還燒不得。～～焚未猛～～hiâⁿ bē-mé⇨濕柴的火焚不烈。

【霑焿 tâm-ta】 濕與乾。收～～siu～～⇨濕物乾物全收，糞掃籠pùn-sò-láng也。喻貪小便宜，凡免費者皆收者。我無抾收～～goá bô-teh siu～～⇨我不是垃圾箱。貼～～thiap～～⇨代人受苦（做各種什務）。啥人要替人貼～～siáⁿ-lâng boeh thè-lâng thiap～～⇨誰肯代人受罪。猶有～～粒iáu-ū～～liap⇨還有霑乾的粟粒，謂曬未全乾也。

【霑甜 tâm-tiⁿ】 可當點心的小食物(糖菓類)。愛食～～ài-chiah～～⇨喜歡吃小食物。

【霑潤 tâm-lūn】 tâm-lūn。即陣雨，落了有～～也chit-chūn hō· lō-liáu ū～～ā⇨這一次雨下得夠霑潤了。

【霑霑 tâm-tâm】 褲底～～，您都人來khò·-té～～，lín-tau lâng-lâi⇨小童互嘲滲尿siàm-jīo，謂你家客人來了，你却尿得褲子濕了，不怕羞。內衫攏～～lāi-saⁿ lóng～～⇨內衣皆濕了，喻流全身汗。

【霑濕 tâm-sap(sip)】 田底小可仔～～較好犂chhân-té sió-koá-á～～khah hó-lê⇨田地略潮濕比較容易犂。

【霑水地 tâm-chúi-tē】 低窪地。沼澤地。～～～未種食得～～～bē chèng-chiah-tit⇨低窪地耕作不得。

【霑目墘 tâm-bak-kîⁿ】 一種眼病，目眶皆紅腫而甚難治。～～～的看要嫁你否～～～ê khoàⁿ boeh kè-lí bò·⇨患紅眼眶病的看看是不是肯嫁給你，謂無人肯嫁你。kè-lí-bò·的lí改讀lì。墘kîⁿ亦作坅kîⁿ。

【霑漉漉 tâm-lok-lok】 泅到～～～siû kā～～～⇨罵頑童雨天玩濕衣服。泅siû亦作馮bā，在水中雨中玩也。

【霑糊糊 tâm-kô·-kô·】 濕得如糊，略同霑漉漉，或霑醬醬。

【霑醬醬 tâm-chiùⁿ-chiùⁿ】 路～～～未行得lō·～～～bē-kiâⁿ-tit⇨路全泥濘行不得。

tâm
**沾** 霑tâm亦作沾tâm。俗或以湛作沾或澹，非也。湛，沒也，或爲水名也。

tām
**啖** 食也。以食食人也，又以利餌人也。亦作焰，啖等。以利～之i lī～chì⇨以利益釣之。

【啖睛 tām-cheng】 三國故事。夏侯淵拔矢～～hē(hā) hô·-ian poat-sí～～⇨夏侯淵中箭，連睛拔出，立即投入口中以呑之，謂身體髮膚受之父母，棄之不孝也。

tām
**談** 語也。言論也。交涉亦曰談tām。免～bián～⇨免講，無須提起。～看會好勢未～khoàⁿ ē hó-sè bē⇨交涉看看，能不能一致。～條件～tiâu-kiāⁿ⇨講條件。～天說地～thian-soat-tē⇨聊天liâu-thian。～天說皇帝～thiⁿ soeh-hông-tè⇨同前。無稽之～bû-khe chi～⇨無根據的話。笑～chhiàu～⇨笑話。～戀愛～loân-ài⇨同上。～情說愛～chêng-soeh(soat)-ài⇨同上。和～hō～⇨談和tām-hô。

【談心 tām-sim】 無人當～～bô-lâng thang～～⇨沒人可談心。當thang，可也。

【談判 tām-phoàⁿ】 ～～破裂，驚做會開戰～

～phò-liat,kiaⁿ-chò ē khai-chiàn⇨交涉破裂恐怕會打仗。

**【談笑 tām-chhiàu】** 閑聊。說笑話。～～之間八講著～～chi kan bat-kóng-tioh⇨閒聊中曾經提到。～～風生～～hong-seng⇨謂談笑之愉快狀。

**【談話 tām-ōe】** 發表～～hoat-piáu～～⇨要人所作也。乎人約去～～hō-lâng iak(iok)-khì ～～⇨爲國民黨情治單位所約，此人將倒霉矣。

**【談論 tām-lūn】** ～～政治敢有犯罪～～chèng-tī kám-ū hoān-chōe⇨同上。

**淡** tām 淺也。味薄也。又商情不盛亦曰淡tām。熱天生理較清～joah-thiⁿ seng-lí khah chheng～⇨熱天生意比較清淡。色緻濃～無配合sek-tì lông-～ bô phòe-hap⇨色彩的濃與淡配合得不佳。雲～風輕în̂hûn～hong-kheng⇨同上。粗菜～酒chho·-chhài～chiú⇨宴席主人的客套語。

**【淡水 tām-chúi】** ㊀地名。㊁海水或鹹水之對稱。～～魚～～hî⇨亦曰溪魚khe-hî，非海產之魚類。

**【淡色 tām-sek】** 淺色。淡黃tām-n̂g，淡綠tām-liok(liek)等皆是。

**【淡妝 tām-chong】** 較薄較輕的化粧。～～濃抹也相宜～～lông-boat iā siang(siong)-gî⇨形容美人之美，怎麼化粧都很美。

**【淡季 tām-kùi】** 生意清淡的時期。旺季ōng-kùi之對稱。～～做度日耳～～chò tō·-jit niâ⇨淡季度日而已。

**【淡淡 tām-tām】** 平常。不甚佳。生理～～seng-lí～～⇨生意不旺。～～仔～～ā⇨很平常。～～仔過日子～～～ákōe-jit-chí⇨平常過日。～～仔罔度仔罔度～～～ábóng-tō·-ā-bóng-tō·⇨很平常，維持維持。

**【淡薄 tām-pō】** 多少，若干。有趁無趁每都飲～～ū-thàn bô-thàn mā-to lim～～⇨有收入沒收入也得喝他一杯。～～有較起色～～ū khah khí-sek⇨多少在恢復中。～～仔耳～～á-niâ⇨謂甚少。有～～仔ū～～à⇨謂不甚少。

**澹** tām 清淡，濃之反也。澹泊恬靜無爲之境。通淡tām。～兮其若海tām-hē kî jiak-hái⇨老子。

## tan

**丹** tan 赤石也。朱色也。藥物之精者皆曰丹tan。採藥煉～chhái-ioh liān～⇨道家的名堂。又有內～外～之功lāi～goā～chi kong。仙～sian～，金～kim～，仁～jîn～，八卦～pat-koà～皆屬藥名。爐～lô·～⇨寺裏香爐中之香灰，紙灰也，所謂善男信女捧爲治百症之靈藥而不疑。實應改稱傻男瓜女以啓發民智。仁～髭jîn～chhiu⇨日本仁丹標的倒八字形嘴髭。萬靈～bān-lêng～⇨又稱萬應丹bān-èng-tan。

**【丹心 tan-sim】** 赤心，忠心。人生自古誰無死，留取～～照汗青jîn-seng chū-kó· sûi bû-sú, liû-chhí～～chiàu hān-chheng⇨文天祥詩。

**【丹田 tan-tiân】** 道家以臍下三寸，男精囊，女子宮所在，爲修內丹之地，名之曰丹田。～～無力～～bô-lat⇨氣力不足。

**【丹朱 tan-chu】** 人名。堯之子，不肖，故堯禪位與舜。

**【丹青 tan-chheng】** 繪。美術界。～～之道～～chi-tō⇨美術方面。

**【丹砂 tan-se】** 藥名。朱砂。

**【丹毒 tan-tok】** 病名。一種皮膚傳染病。

**【丹桂 tan-kùi】** 木犀花之紅色者。又喻人材。手折～～第一枝chhiú chiat～～tē-it-ki⇨考中了第一名。狀元。月中～～goat-tiong～～⇨同上。～～花～～hoe⇨同上。

【丹參 tan-som】 人參的一種。據稱有通經強壯之效。

【丹藥 tan-io̍h】 藥類。

【丹爐 tan-lôˑ】 煉丹之爐。

【丹膏丸散 tan-ko-oân-sán】 丹藥，膏藥，丸藥，散(粉)藥。～～～～，神仙難辨～～～～，sîn-sian lân-pān⇨丹膏丸散，神仙也搞不清。

**tan 單** 獨也。一也。薄也。孤單koˑ-toa$^{n}$(見toa$^{n}$部)。勢～力薄sè～le̍k po̍k⇨同上。～刀赴會～to hū-hōe⇨三國故事。簡～明瞭kán～bêng-liâu⇨同上。

【單人 tan-jîn】 一人。～～床～～chhn̂g⇨同上。～～獨馬～～to̍k-má⇨一個人，單身。

【單丁 tan-teng】 獨子。～～過代～～kòe-tāi⇨單丁相接代。三代～～sa$^{n}$-tāi～～⇨祖父孫三代皆獨子。

【單元 tan-goân】 畧同單位之㊂，組。分做三～～去討論hun chò sa$^{n}$～～khì thó-lūn⇨分三組討論，但各組主題不同。

【單方 tan-hong】 ㊀片面phiàn-biān。双方之對稱。～～之詞～～chi sû⇨片面之詞。㊁藥獨用一味一劑。～～獨味～～to̍k-bī⇨特效藥也。

【單比 tan-pí】 單比例。

【單行 tan-hêng】 ～～道～～tō⇨限走單向的道路。～～本～～pún⇨獨立出版(非全集)的書。～～法規～～hoat-kui⇨限地或限時等的特別法。

【單利 tan-lī】 複利ho̍k-lī的對稱。借～～的較篤淡薄仔chioh～～ê khah tok tām-pōˑ-á⇨借單利的比較損失少。

【單身 tan-sin】 一人，無家累。孤家寡人。～～漢～～hàn⇨同上。～～宿舍～～siok(sok)-sià⇨同上。

【單位 tan-ūi】 ㊀數的單位，十進法，即十，百，千……。㊁貨幣的單位，有圓，磅，盧比，美元等。㊂團體曰單位。十～～派人參加cha̍p～～phāi-lâng chham-ka⇨同上。

【單味 tan-bī】 單方。唯一的辦法。今道存～～耳ta$^{n}$ tō chhun～～niā⇨而今只有一個辦法而已。

【單軌 tan-kúi】 ～～鐵路～～thih-lōˑ⇨同上。

【單單 tan-tan】 單。～～一個人～～chi̍t-ê-lâng⇨只有一個人。

【單數 tan-sòˑ】 雙數之對稱。賀婚講未使得用～～是否hō-hun kóng bē-sái-tit iōng～～sī bòˑ⇨同上。

【單線 tan-soà$^{n}$】 ～～行車～～hêng-chhia⇨同上。～～發展～～hoat-tián⇨同上。

【單調 tan-tiāu】 甚少變化。～～的生活～～ê seng-oa̍h⇨同上。

【單獨 tan-to̍k】 一人，自已。～～行動～～hêng-tōng⇨同上。

【單響仔 tan-hiáng-a】 單筒的手銃。

【單刀直入 tan-to-ti̍t-ji̍p】 講話不轉彎抹角choán-oan-boat-kak。亦曰單刀直破tan-to-ti̍t-phoà。

【單刀赴會 tan-to-hū-hōe】 三國關羽的故事。

【單槍匹馬 tan-chhiu$^{n}$-phi̍t-má】 一槍一馬。喻單獨一人。

【單騎救主 tan-khî-kiù-chú】 三國故事。亦即趙子龍tiō-chú-liông救阿斗kiù a-táu。

**tan 癉** 動植物發育不全者曰 *1* tan。囡仔～gin-á～⇨同上。鴨仔～ah-á～⇨同上。甘蔗發了攏～～仔kam-chià hoat-liáu lóng～～a⇨甘蔗發芽了皆發育不很好。我是十六囡仔～，阮厝父母眞正散goá sī cha̍p-la̍k gin-á～gún(goán)-chhú pē-bó(bú) chin-chià$^{n}$ sàn⇨歌謠。

【癉癉 tan-tan】 不肥壯。出了～～chhut-liáu～～⇨新芽不甚肥壯。

**tan 簞** 盛飯的小竹籃。一～食，一瓢飲，在陋巷，人不堪其憂，回也不改其樂，賢哉回也it～

sū，it-phâu ím, chāi lō͘-hāng, jîn put-kham kî-iu, hôe â put-kái ki-lo̍k, hiân-chāi hôe â⇨論語孔子稱讚顏回的一段。

【簞食瓢飲 tan-sū-phiâu-ím】 一籃的食物，一瓢的飲料，喻貧窮的簡易生活。

tán 等 待也(見téng部)。約於公園相～iak(iok) tī kong-hn̂g sio～⇨同上。相～齊sio(sa$^{n}$)～chê⇨集合。～物奧到，～人快老～mi̍h oh-kàu, ～lâng khoài-lāu⇨喻等待之難受。～大不當～娶～toā m̄-thang～chhoā⇨謂寧可等候小媳婦大了成婚好，也不可等待娶新人來做老婆。亦即古時代養小媳婦較長大了正式結婚容易。未～得也bē(bōe)～tit â⇨不能再等了，亦即事急了。

【等人 tán-lâng】 ～～來落弔～～lâi lo̍h-tiàu⇨等人來上鉤。～～來換班～～lâi oā$^{n}$-pan⇨同上。

【等些 tán-chè】 小等一下。～～藉更講～～chhiah koh-kóng⇨等一下才再說。

【等風 tán-hong】 ～～出海～～chhut-hái⇨帆船須有風才能航行。亦喻等機會行事。

【等待 tán-thāi】 ～～到大漢會飼咱，骨頭都好拍鼓也～～kà toā-hàn ē(ōe) chhī-lán, kut-thâu to hó phah-kó͘ â⇨等得孩子大了，會養活我們了，恐怕骨頭都可當鼓打了。

【等候 tán-hāu】 同等待。～～尖山迣輪轉，藉合我君睏共床～～chiam-soa$^{n}$ se̍h-liàn-tńg, chiah kap goá-kun khùn-kāng-chhn̂g⇨恒春調。

【等路 tán-lō͘】 出外回家時，帶些果餅之類給小孩等家人，訪問人家時亦同，均曰等路，或曰手信仔chhiú-sìn-á。

【等齊 tan-chê(chôe)】 集合。七點半於車頭～～chhit-tiám-poà$^{n}$-tī chhia-thâu～～⇨七點半車站集合。

【等抾 tán-lè】 命令的等待。小等抾sió-tán-lè⇨同上。叫你～～道會死也kiò-lí～～tō ē-sí-â⇨叫你稍等片刻就會死了嗎(責其不願等)。～～道可也～～tō-hó-â⇨少等片刻就好了。

tàn 旦 早晨也。又戲旦也(見toà$^{n}$部)。元～goân～⇨正月一日。穀～kok～⇨同吉旦。kiat-tàn，亦即良辰可行樂也。

【旦夕 tàn-se̍k】 早晚。～～奉問起居～～hōng-būn khí-ki⇨同上。命在～～miā chāi～～⇨謂生命已臨危。

【旦旦 tàn-tàn】 信誓～～sìn-sē(sī)～～⇨同上。～～而伐～～jî(jû) hoa̍t⇨同上。

【旦暮 tàn-bō͘】 朝夕。喻時間之短暫。～～之人～～chi jîn⇨朝不保夕之人。

tàn 但 表示條件或例外之詞。同不過。普通都是但是兩字連用。好是好，但是阮牽的肯藉會使得hó sī hó, tàn-sī goán khan-ê khéng chiah ē-sái-tit⇨可以是可以，不過我的太座同意了才行。

【但是 tàn-sī】 不過m̄-ko(ku)。我請你食飯無要緊，～～你該錢借我goá chhiá$^{n}$-lí chhia̍h-pn̄g bô-iàu-kín, ～～lí ài chî$^{n}$ chioh-goá⇨同上。去每好，～～該連鞭轉來khì mā-hó～～ài liâm-pi$^{n}$ tńg-lâi⇨去也可以，不過，需要馬上回來。

【但書 tàn-si(su)】 法律條文後面所加的例外或條件，因文字都以但字開頭，故曰但書。偷食狗肉者處死刑或無期徒刑，但有醫生證明其精神錯亂者免罰thau-chia̍h káu-bah chiá chhì(chhù) sí-hêng he̍k bû-kî-tô-hêng，tàn iú i-seng chèng-bêng kî cheng-sîn chhò-loān chiá bián-hoa̍t⇨同上。

【但礙 tàn-gāi$^{n}$】 同但是。～～小弟較無本bô būn-tê(tôe)～～sió-tī khah bô pún⇨沒問題，可是我本錢不多。

【但願 tàn-goān】 只希望。～～免賠本，毋敢想更添福壽～～bián pôe-pún, m̄-ká$^{n}$ siū$^{n}$ koh thiam-hok-siū⇨只希望不要賠本，不敢

要更增加利益。～～如此～～jî-chhú⇨同上。

**tàn 撣** 投也。投置也。投擲tâu-tek也。濫擅～會拍無去lām-sám ～ ē phah-bô khì⇨胡亂投置(東西)會弄丟的。烏白～o·-peh～⇨同上。四界～sì-kè～⇨四處亂投置。

【撣掉 tàn-tiāu】 投而棄之。丟掉。猶不甘～～iáu m̄-kam～～⇨還不願丟掉。

【撣撒 tàn-sak】 丟棄之。毋較緊～～，庋抆抆穢褻m̄ khah-kín ～～，khǹg-lè teh òe-sòe⇨不趕快丟掉放着在污染。猶會用得的物～～較無彩iáu ē(ōe)-iōng(ēng)-tit ê mih ～～ khah bô-chhái⇨還可以用的東西丟掉較可惜。

【撣抗捔 tàn-hiat-kak】 tàn-hah-kak。丟掉。會用得的不當～～～ē(ōe)-iōng(ēng)-tit ê m̄-thang～～～⇨可以用的不可丟掉。

**tân 陳** 姓氏。～林李許蔡，天下鎮一半～lîm，lí，khó，chhoà, thiⁿ-ē tín chit-poàⁿ⇨謂陳林李許蔡五姓天下佔了一半。指其人之多。～三五娘～saⁿ gō·-niû⇨有名的民間戀愛故事。咱道～有諒拍天位lán tō～iú-liāng phah thiⁿ-ūi⇨我就是陳有諒打天下（可惜朱洪武坐天位了)。我得不到什麼東西。怨言勞而無功。

**tân 彈** ㊀發石丸也。擊也。劾也。鳴曰彈tân。又奏樂器曰彈toaⁿ（見toaⁿ部)。子～chí～⇨小銃子(sió-chhèng-chí)。砲～phàu～⇨大砲子。炸～chah～⇨爆～pok～。手榴～chhiú-liû-～⇨小爆彈。細菌～sè-khún～⇨以細菌爲殺傷力之炸彈。毒瓦斯～tok-oá-su～⇨同上。㊁鳴也。聲音皆曰彈tân。蓋彈物必有聲也。雷公～lûi-kong～⇨雷鳴。鑼鼓聲抆～也lô-kó· siaⁿ teh～ā⇨鑼鼓聲在響了，喻戲快開鑼了。啦叭噴未～la-pa pûn bē～⇨啦叭吹不響。一個錢博未～chit-ê chîⁿ poah bē～⇨一個錢打不響（一定要兩個)，責其吵架，一定是双方都要吵，才吵得成。意謂你也不是好東西。一枝嘴吱吱～chit-ki-chhùi chi-chi～⇨責人（多指女的）多嘴。講話未～kóng-ōe be (bōe)～⇨講的話不響亮，意謂沒有影響力。雷公抆～也lûi-kong teh～ā⇨雷公在響了，意謂要打死你這個壞蛋了。鑼鼓一下～，心肝道艱難lô-kó· chit-ē～，sim-koaⁿ tō kan-lân⇨古鄉村，年僅有三兩次的看戲機會，而今，開鑼了，工作猶未完，不能立即去看個痛快，眞眞氣死人也。

【彈力 tân-lek】 物理學名詞。有彈性者謂有彈力tân-lek，而今，對健康良好者亦說：皮膚看着眞有～～phôe(phê) hu khoàⁿ-tioh chin ū～～⇨同上。

【彈丸 tân-oân】 ㊀小鐵丸或小石頭。㊁大小砲彈皆曰彈丸tàn-oân。㊂很小的地方。～～之地～～chi tē⇨同上。

【彈劾 tân-hek】 檢舉罪狀。～～權～～koân⇨同上。劾，亦讀hek，或khek。

【彈性 tân-sèng】 物理學名詞。有反彈力的性質。一般作伸縮性sin-siok-sèng解。家己做較有～～，該大該細隨在咱家己ka-kī chò khah-ū～～，ài-toā ài-sè(sòe) sûi-chāi-lán ka-kī⇨自己做較有彈性，要大要小由我們自己決定。

【彈指 tân-chí】 如兩指相擊之短速也。喻時間之快。實在眞快，一～～講十幾年也sit-chāi chin khoài, it ～～ kóng chap-kúi-nî ā⇨實在很快，一彈指就說是十幾年了。

【彈冠 tân-koan】 彈掉冠上的塗粉(thô·-hún)，也就是整理儀容，要做官了的意思。

【彈琴 tân-khîm】 對牛～～tùi-giûⁿ～～⇨浪費情意。又toāⁿ-kîm。

【彈雷 tân-lûi】 鳴雷，亦曰彈雷公tân-lûi-kong。亦曰雷抆彈lûi-teh tân，或雷公抆彈lûi-kong-teh-tân。

【彈道 tân-tō】 軍事用語。謂砲彈飛過的路線。

【彈鋏 tân-kiap】 敲劍鞘kiàm-siàu也。孟

嘗君的食客sı̍t-khek (chia̍h-kheh)馮諼pâng-soan的故事。謂他在食客三千人之中，沒沒無聞。一日忽敲其劍鞘而歌曰：長鋏歸來乎，食無魚，亦即我們走罷，待遇這麼壞，於是食有魚了，他又歌曰：……出無車，於是出有車了，他又歌曰：……無以爲家。孟嘗君皆從之，後來就引以喻貪者有所求，而且求之節節高的意思。馮諼的故事又說，後來奉命下鄉收租討債，又有焚卷市義hun-koàn-chhī-gī的故事，亦即他將債權書狀都燒掉了，表示孟嘗君的大量以收買民心，後來孟嘗君失敗逃命，百姓都爲他掩護而救了其生命云。

**【彈壓 tân-ap】** 以武力干與百姓的行動而強迫其屈從。派軍隊～～以維持秩序 phài kun-tūi～～i ûi-chhî tia̍t-sū⇨同上。

**【彈簧 tân-hông】** 英文spring的譯名。俗曰發條hoat-tiâu。富於彈性之鋼條。～～床～～chhn̂g⇨同上。～～椅～～í⇨同上。

**【彈藥 tân-ia̍k】** 亦曰tàn-ioh。子彈與火藥。～～無夠～～bô-kàu⇨彈藥不足。

**【彈水螺 tân-chúi-lê】** 號角皆曰水螺chúi-lê，新式的汽笛亦曰水螺，故彈水螺tân-chúi-lê意謂汽笛響了。因彈tân與陳tân同音調，故彈水螺tân-chúi-lê一詞遂成陳姓的人自嘲或被嘲的材料。我道是彈水螺(陳水螺)goá tō-sī tân-chúi-lê(tân-chúi-lê)。元來你是陳水螺(彈水螺) goân-lâi lí sī tân-chúi-lê(tân-chúi-lê)。

**【彈龍角 tân-lêng-kak】** 龍角在響了。意謂賣豬肉的來了。古時豬肉行商者，皆以吹龍角爲號，作吹吹pu-pu聲。其所謂龍角lêng-kak者，亦有牛角製的，但多數爲一種大海螺，故亦叫噴螺的pûn-lê-ê。亦曰彈螺tân-lê。但不論其是牛角或海螺所造，聲音皆略相同。

**tân 誕** 育也。古天子出生曰降～kàng～，而今阿貓阿狗凡出生皆曰～生～seng。聖～sèng～⇨聖人的生日，基督教徒以十二月廿五日耶穌降生爲聖～sèng～，亦稱救主～kiù-chú～，而作盛大的慶祝活動，甚至已取代了緊隨在後的新年節目。近有以孔～khóng～及佛～hu̍t～分別改稱聖誕者，但似喚不起善男信女大衆的興趣。又誕字的原義妄作大言也，罵人放～hòng～即基於此義，但今已多用荒唐hong-tông的字眼。

**tân 憚** 懼也。畏難也。恣無忌～sù bû kī～⇨作惡完全不客氣。過則勿～改kò chek bu̍t～kái⇨有過錯應勇於悔改。

**tân 蛋** 鳥卵曰蛋tân，亦曰卵nn̄g。俗作蛋。皮～phî～⇨同上。

**【蛋白 tân-pe̍h】** 俗亦曰卵白nn̄g-pe̍h。

**【蛋白質 tân-pe̍h-chit】** 化學名詞。生物體內最重要的物質綜合體。

**tân 檀** 一種香木。紫～chí～⇨熱帶產的喬木，質堅色美，上等的家具料。

**【檀口 tân-kháu】** 檀爲淺紅色。古文人謂美女塗脂的紅唇似之。稱之曰檀口。～～俏來薄薄紅～～chhiàu-lâi po̍k-po̍k hông⇨同上。

**【檀香 tân-hiang(hiong)】** 植物名。最佳的木料。依其色澤有黃檀、白檀、紫檀等各種。紫檀即其中之最名貴者。～～山～～san⇨夏威夷的別稱。

**【檀郎 tân-lông】** 自己夫婿的美稱，意謂好香的夫婿。又說古美男子潘安的小名叫檀奴tân-nô，後人改爲檀郎。又日語檀那樣dan-na-sama指主人或夫婿，讀dan-na-san即指老板或施主。那na與奴nô一音之變而已。

**【檀越 tân-oa̍t】** 佛家語。指施主，施主官。

**tān 纏** 束也。纏tī$^{n}$也。纏tī$^{n}$亦曰纏tān。更～鉛線藉會勇koh～iân-soà$^{n}$ chiah ē ióng⇨再加纏以鐵線才能鞏固。鉛線iân-soà$^{n}$，鐵絲線thih-si-soà$^{n}$的俗稱。

**【纏繃帶 tān-peng-tài】** 護士共患者～～～hō͘-sū kā hoān-chiá～～～⇨同上。

**tān 纒** 同纏tān (見tian及tī$^{n}$各部)。

# tang

tang 東 日所出也。方向名也（見tong部）。日起於～ji̍t-khí î～⇨同上。～西南北～sai-lâm-pak⇨同上。不八～不八西，不八芳不八臭m̄-bat～ m̄-bat sai, m̄-bat-phang m̄-bat chhàu⇨不懂東西有分，不知香臭有別。謂極愚蠢之極。滕～也 chhèng～a⇨謂落空。滕chhèng，水超涌，又虛也，東即東海。財產攏滕入東海去也 châi-sán lóng chhèng-ji̍p tang-hái khì â⇨財產皆入東海了(破產了)。講～講西kóng～kóng-sai⇨說三說四。創～創西chhòng～chhòng-sai⇨做很多雜務。

【東北 tang-pak】 從西南平飛對～～平去chiông sai-lâm pêng poe-tùi～～ pêng khì⇨從西南方飛向東北方去了。

【東平 tang-pêng】 東方tong-hong。～～出日西平雨～～chhut-ji̍t sai-pêng hō·⇨東面晴天西面下雨。

【東西 tang-sai】 ㊀方向。～～南北～～lâm-pak。㊁喻雜事雜物。講到什麼～～無所不kóng kà sa-ma～～bû-só·-put⇨謂無所不講(壞話)。亦可說成，什麼～～二七八sa-ma～～jī-chhit-peh(poeh)，義相同。又東西可分開，講東講西kóng-tang-kóng-sai⇨說東說西（很難聽）。走東走西cháu-tang cháu-sai⇨跑東跑西（很忙）。想東想西siū$^{n}$-tang siū$^{n}$-sai⇨空思夢想khong-su-bōng-siū$^{n}$。又可連疊作東東西西。東東西西攏猶未買扲tang tang sai sai lóng á-bōe bé leh⇨各種所要的東西都還未買到（此公可能在辦子女婚事）。東東西西較敥過狗毛呢tang tang sai sai khah-chē(chōe)-kóe(ké) káu-mo nī⇨雜事雜務多如牛毛。～～塔～～thah⇨塔名。喻巨人。企扲如～～塔，倒扲如洛陽橋khiā-leh ná～～thah, tó-leh ná lok-iâng-kiô⇨謂巨漢站着如高塔，倒臥下去如長橋。

【東京 tang-kia$^{n}$】 日本首都。古名江戶。

【東門 tang-mn̂g】 阮牽手仔帶於～～外，丈母猶未嫁，丈人猶未娶goán khan-chhiú-á toā tī～～goā， tiū$^{n}$-m̄ á-bōe-kè,tiū$^{n}$-lâng á-bōe-chhoā⇨本帥的太座住在東門外，可是岳母跟岳父還未結婚哩。意謂嬰兒還小，沒那麼快談親事。（初抱長孫得意的祖母，借嬰兒口氣的說詞。）

【東風 tang-hong】 從東方吹來之風。春風。搧～～siàn～～⇨受東風吹打，喻好事去矣。㑑不道去搧～～也ta$^{n}$ m̄-to·-khì siàn～～a⇨而今不是該去吃東風了嗎，東風或作冬風。

【東洋 tang-iû$^{n}$】 東方。亞洲。歐美曰西洋sē-iû$^{n}$。～～人～～lâng⇨亞洲人。又指日本人。東洋亦指日本。～～車～～chhia⇨人力車，謂日本人發明之車。

【東南 tang-lâm】 ～～平～～pêng⇨東南的方向。孔明借～～風khóng-bêng chioh～～hong⇨三國演義故事。

【東海 tang-hái】 ～～龍王～～lêng-ông⇨同上。萬事卸落～～bān-sū sià-lo̍h～～⇨一切棄入東海中。

【東港 tang-káng】 ㊀地名。㊁東方之港。～～無魚西港拋～～bô-hî sai-káng pha⇨喻做事做人要有機變。

【東勢 tang-sì】 地名。～～角～～kak⇨同上。

【東嶽 tang-ga̍k】 ～～大帝～～tāi-tè⇨神名。會顧得～～，未顧得城隍ē kó·-tit～～，bē kó·-tit sêng-hông⇨照顧了東嶽大帝，就沒法子照顧城隍。喻左右都難爲人。

【東半球 tang-poà$^{n}$-kiû】 西半球sai-poà$^{n}$-kiû的對稱。

【東倒西歪 tang-tó-sai-oai】 喻秩序大亂的情形。逐個都醉到～～～～也ta̍k-ê to chùi-kà～～～～a⇨謂每一個都醉倒了。內面擱到

～～～～，看是賊仔的款lāi-bīn chhiâu-kà ～～～～,khoà$^n$ sī chhat-á ê khoán⇨裡面搜得亂七八糟，看來似乎賊子來了。撨chhiâu，移動也。風颱拍一下道～～～～也hong-thai phah-chit-ē-tō～～～～a⇨颱風吹打一下，就或倒或歪都壞了了也。

**tang 冬** 四季之一。春夏秋～chhun hē chhiu～⇨一年四季。年亦曰冬tang。一～過一～chit～kòe chit～⇨一年再一年。乎阮讀冊幾仔～hō-goán thak-chheh kúi-nā (ā)～⇨讓我讀書若干年。双～田，單～田siang～chhân, toa$^n$～chhân⇨一年兩收之田，一年一收之田。又收穫曰收～siu～⇨同上。年～好收，查某人發嘴鬚nī～hó-siu,cha-bó-lâng hoat chhùi-chhiu⇨無特別意義，只說順口，收與鬚押韻而已。或謂婦女因而忙得無時間理容，亦通。一幌過三～，三幌一世人chit-hoá$^n$ kóe sa$^n$～, sa$^n$ hoá$^n$ chit-sì-lâng⇨喻時間走得快，人生短暫。

**【冬天 tang-thi$^n$】** 冬季。～～行春令～～kiâ$^n$ chhun-lēng⇨冬天却顯現了春天的氣候。

**【冬瓜 tang-koe】** 蔓生類的蔬菜。～～較大每是菜～～khah toā mā-sī chhài⇨冬瓜怎麼大也是菜也。喻沒頭腦也是不行的。或喻，再發達也不可忘本。又冬瓜加糖做的甜菓餅亦曰冬瓜tang-koe，爲結婚與年關不可缺的菓餅。～～糖霜～～thn̂g-sng⇨同上。

**【冬冬 tang-tang】** 每年。每一收穫期。～～都豐收～～to hong-siu⇨每季豐收，每年豐收。

**【冬尾 tang-bóe】** 晚冬，年末。冬頭～～tang-thâu～～⇨年初年末。春初冬末。～～天～～thi$^n$⇨冬末。冬末的天氣。～～時較有盈～～sî khah-ū êng⇨年末(收成之後)比較有閑時間。

**【冬青 tang-chhe$^n$(chhi$^n$)】** 一種植物。

**【冬花 tang-hoe】** 冬天開花的花木。～～冬草～～tang-chháu⇨同上。

**【冬草 tang-chháu】** 生長於冬季的草類。

**【冬帽 tang-bō】** 冬天之帽子。

**【冬菜 tang-chhài】** 鹵漬白菜。山東名產，冬本應作東，但以諧音皆用慣冬字。～～鴨～～ah⇨冬菜與鴨爲料的菜。

**【冬菊 tang-kiok】** 菊之一種。寒菊hân-kiok。

**【冬菰 tang-ko͘】** 冬季收的松菰。香菰hiu$^n$-ko͘。人工種的～～亦不止仔好jîn-kang chèng-ê～～ah put-chí-á hó⇨人工栽植的冬菰也很好。

**【冬筍 tang-sún】** 孟宗竹笋，冬季名蔬。

**【冬節 tang-cheh】** 冬至之日曰冬節tang-cheh。無～～都抾搔圓也，無講～～bô～～to-teh so-î$^n$ ā, bô-kóng～～⇨不是冬節亦在搔圓了，何況冬節(豈能不搔圓)。搔圓so-î$^n$⇨做湯圓。～～於月尾，烏寒正二月～～ti goeh-bóe, o͘-koâ$^n$ chia$^n$-jī goeh⇨謂冬節在月尾，寒冷就要在正月二月中。～～於月頭，烏寒於年底～～tī goeh-thâu, o͘-koâ$^n$ tī nî-tau⇨冬節在月頭時，寒流在年內就會到了。～～月中央，無雪共無霜～～goeh-tiong-ng,bô-seh kāng bô-sng⇨如果冬節在月中央，就是無雪無霜的好天氣。

**【冬茼 tang-o(e)】** 一種蔬菜名。食菜無食臊，食豬肉，煮～～chiah-chhài bô-chiah-chho, chiah-ti-bah, kûn～～⇨童謠。

**【冬道 tang-tō】** 收穫。好～～hó～～⇨豐收。歹～～pháiⁿ～～⇨歉收。

**【冬蜜 tang-bit】** 冬季收的蜂蜜。～～講較好～～kóng khah hó⇨冬蜜聽說比較好。

**【冬頭 tang-thâu】** 春初。～～冬尾～～tang-bóe⇨同上。又收穫時。～～逐家伙每無盈～～tak-ke-hóe mā bô-êng⇨收穫時家家戶戶都沒閑時間。

**【冬抵冬 tang-tú-tang】** ㊀一冬接連一冬。

收成有當食到～～～siu-sêng ū-thang chia̍h-kā～～～⇨所收入足夠吃得一冬接一冬，皆不必另外補充。㊁一冬比較一冬。～～～來講，即冬有較好～～～lâi-kóng, chit-tang ū khah-hó⇨冬對冬比較，此冬比較好。

【冬花粉 tang-hoe-hún】 冬日收的花粉。一種藥名。

tang **璫** 金石相擊聲。亦形容形態漂亮。玎～tin～⇨同上。玎～叫tin～kiò⇨同上。一身粧到金～～chi̍t-sin chng-kā kim～～⇨全身打扮得金光閃閃。生做好～～se$^{n}$(si$^{n}$)-chò súi～～⇨天生非常美麗。講到～～叫kóng kā～～kiò⇨輕言細語。亦喻親密。璫璫亦作玎璫tin-tang。琴聲～～叫khîm-sia$^{n}$～～kiò⇨琴音美妙。亦可作玎璫tin-tang。食飽道～～行～～去也chia̍h- pá tō～～kiâ$^{n}$～～khì à⇨吃飽了，就高高興興自己行，自己出去玩了(指小孩)。猾玎璫siáu tin-tang⇨癲狂得很可愛(指少女們)。猾siáu，顚狂也，輕薄之態也。

tang **當** 是也，何也。～時要來～sî boeh lâi⇨何時來。～時會用得～sî ē-iōng(ēng)-tit⇨何時可用。彼～時有講也hit～sî ū-kóng à⇨那個時候說過了。講到彼～時，無米食番薯kóng kà hit～sî, bô-bí chia̍h han-chî⇨回憶困苦往日。穩～～ún～～⇨非常安穩。

【當眞 tang-chin】 ～～果然～～kó-jiân⇨千眞萬確如所料。

【當時 tang-sî】 是時，何時。

【當然 tang-jiân】 應該的。tong-jiân。

【當場 tang-tiû$^{n}$】 同場，現場。凶手～～道掠着也hiong-chhiú～～tō lia̍h-tio̍h-ā⇨兇手在現場就抓到了。～～有人看着～～ū-lâng khoà$^{n}$-tio̍h⇨現場有人目擊。

tang **蹚** 同踼也，跌踼也，頓伏貌。跣足行而誤踏小石等以傷脚後蹬kha-āu-te$^{n}$曰蹚tang。～着脚後蹬煞孵膿也～tio̍h kha-āu-te$^{n}$ soah pū-lâng ā⇨蹚着後脚底結果化膿了。～䟰～hia$^{n}$⇨行動不穩定也；亦謂輕浮暴躁也。蹚tang或作跶tang。

tang **跶** 同蹚tang。

táng **董** 督導也。統理也。紳～sin～⇨同上。商～siang(siong)～⇨同上。校～hāu～⇨同上。又姓氏也。

【董永 táng-éng】 人名，二十四孝之一。

【董狐 táng-hô͘】 人名。～～筆～～pit⇨謂董狐爲史官，直筆寫出事實，不爲權勢所屈。或爲～～筆，逆豎頭破裂hek ûi～～pit，ge̍k-sū thiû phò-lia̍t⇨正氣歌。

【董事 táng-sū】 公司的董事。～～長～～tiú$^{n}$⇨同上。

【董卓 táng-toh】 人名。貂蟬弄～～tiau-siân lāng～～⇨三國故事。

tàng **棟** 棟梁tòng-liâng。～仔～á⇨梁上的小柱。架～kah～⇨竹材或木材爲牆壁主料的建築。起架～的khí kah～è⇨蓋架棟的房子。

【棟仔 tàng-á】 未輸～～頭拎皮鴨卵哩bē-su～～ thâu teh-khn̂g ah-n̄ng lì⇨宛如在棟上載蛋。喻十分危險。

tàng **揀** 爪刺物也。用掌甲～看拎iōng(ēng) cheng-kah～khoà$^{n}$ leh⇨以指甲刺探看看。～桲仔看好食未～pa̍t-á khoà$^{n}$ hó chia̍h bē⇨刺桲仔看看是否已成熟可以吃了。桲仔未好人道～，～到若好百百孔，pa̍t-á bōe-hó lâng tō～,～ká ná-hó pah-pah-khang⇨謂桲仔未成熟就開始掐了，掐到成熟了，已經千瘡百孔了。相罵歌的一節。桲仔喻少女。桲pa̍t，一種野生灌木果子，俗稱巴樂pa-lá，今市販之大桲，似皆所謂泰國桲也。

tàng **瞪** 怒目視也。鬚髻目～chhiu chhàng ba̍k～⇨謂怒容相對。曷使～a̍h-sái～⇨何必怒目相對。

【瞪目 tàng-ba̍k】 怒眼。不免拎使～～啦，無人驚你啦m̄-bián teh-sái～～ là, bô-lâng kiâⁿ-lí lā⇨不用生氣呀，沒人怕你呀。

【瞪瞪 tàng-tàng】 看着目珠～～，恰如眞惡的款khoàⁿ-tioh bak-chiu～～，kah-ná chin ok ê khoán⇨看來眼神在怒，好像很生氣的樣子。

tàng **凍** ㊀冷也。液體因冷而結固體皆爲凍tàng，今仔日足～的kin-áⁿ jì chiok～ê。㊁食品名。鷄脚～ke-kha～⇨同上。豬脚～ti-kha～⇨同上。牛肉～gû-bah～⇨同上。㊂舌或齒受強烈的刺激，亦曰凍tàng。即種汽水會～舌，不當食chit-chióng khì-chúi ē～chih, m̄-thang chiah⇨這種汽水對舌有強烈的刺激，不要吃。冰會～嘴齒，我毋敢食peng ē～chhùi-khí，goá m̄-káⁿ chiah⇨冰會凍齒，我不敢吃。㊃受夜露亦曰凍tàng。花盆該逐暝捧出去～露hoe-phûn ài-tak-mê phâng chhut-khì～lō⇨花盆必須每晚捧出去吃露水。㊄吝嗇亦曰凍tàng。眞～chin～⇨很吝嗇。～到不成身命～kà m̄-chiâⁿ sin-miā⇨吝得不成個人。又冰藏曰冷～léng～或léng-tòng。

【凍舌 tàng-chih】 肉桂會～～的藉是正的jiok-kùi ē～～ê chiah sī chiàⁿ-ê⇨會刺舌的肉桂才是正肉桂。

【凍死 tàng-sí】 ～～人～～lâng⇨同上。

【凍冷 tàng-léng】 綠豆湯該～～，藉好食lek-tāu-thng ài～～，chiah hó-chiah⇨綠豆水要冷凍的，才好吃。～～風～～hong⇨受冷風吹打。

【凍凍 tàng-tàng】 很冷。早起恰如～～的款chá-khí kah-ná～～ê khoán⇨今晨好像很冷。

【凍頂 tàng-téng】 地名，在南投山地，以茶葉聞名。～～茶～～tê⇨聞名全球之茶。

【凍傷 tàng-siang(siong)】 ～～若無緊救每會死～～ná-bô kín-kiù mā-ē sí⇨同上。

【凍霜 tàng-sng】 ㊀受霜害。芎蕉～～會大減收kin-chio～～ē toā kiám-siu⇨同上。㊁吝嗇。不長進。實在眞～～，愛食些豬脚，講亦着問個某sit-chāi chin～～, ài-chiah-chē ti-kha, kóng ah-tioh mn̄g in-bó⇨眞的很不中用，喜歡吃些豬脚竟也要問問他老婆准不准。～～客～～kheh⇨同上。～～爛～～noā⇨因凍霜致皮膚潰爛。

【凍露 tàng-lō】 ㊀受露。㊁喻約夜會。亦曰凍露水tàng-lō-chúi。昨暝共誰去～～水châ-mê kā-chiâ khì～～chúi⇨昨夜跟誰去約會。阿花大漢了，會曉去～～水也，你不知喏a-hoe toā-hàn lò, ē-hiáu khì～～chúi à lí m̄-chai noh⇨阿花長大了，曉得跟人家約夜會了，你不知嗎。

【凍嘴齒 tàng-chhùi-khí】 亦曰凍齒tàng khí。

tàng **當** 可以，可能。會～ē～⇨可以，行。未～bē(bōe)～⇨不可以，不行。有～食，有～睏，有～帶的所在ū～chiah，ū～khùn,ū～toà ê só-chāi⇨有得吃，有得睡，有得住的地方。直接跟在有，無，會，未等肯定或否定詞之後者讀tàng，中問加上動詞者讀thang，未曉當thang做家伙，會得當thang娶妻等是(見thang條)。但直接跟在有ū,無bô，會ē，未bē之後者，tàng,thang均都用，不過語意有分別。我會tàng去goá ē-tàng khì⇨我可以去（並無阻碍），我有thang去goá ū-thang khì⇨我可以去（阻碍已除）。有tàng借ū-tàng-chioh⇨有可告貸的地方(手段)，有thang借ū-thang-chioh⇨有告貸的可能性。有tàng讀大學ū-tàng thak tāi-hak⇨有大學可進學，有thang讀大學ū-thang thak-tāi-hak⇨有可能讀大學。亦即tàng較重於地方或手段，thang較重於可能性。

tâng **童** 童乩tâng-ki，亦曰乩～ki～(見tong部)。上～chiūⁿ～⇨神靈已附童乩身。退～thè～⇨神靈已脫離童乩身。亦喻退出某事，不參與。掠～liah～⇨神靈或主祭者找人當童乩。假～害死人ké～hāi-sí lâng⇨假冒的童乩遺害不淺。熟～好關sek～hó-koan⇨有經驗的童乩容易上童，喻有經驗的熟手易於合作，關koan，或可簡言之，過關卡，亦即通過考試也。掠青～liah chheⁿ～⇨找無經驗的人做童乩。

【童乩 tâng-ki】 一種巫男，亦曰乩童ki-tâng。無悾無戇無做乩童bô-khong bô-gōng bô-chò(chòe) ki-tâng⇨不瘋不癲的人不會去做乩童。明智的社會早有此諺語，可惜當今的善男信女，見不及此。

【童鼓 tâng-kó͘】 關童乩用的大鼓。拍退～～phah thè～～⇨童乩退童也。喻聲明退出不參與。同退堂鼓thè-tông-kó͘，官退堂也。

**同** tâng 相等也。一樣也。共也（見tong部）。認～的jīn～ē⇨彼此確認同年或仝款的好朋友。阮餲～goán àu～⇨敝同年。餲，腐也，此處用作謙詞。

【同日 tâng-jit】 同月～～出世的tâng-goeh～～chhut-sì ê⇨同上。

【同心 tâng-sim】 一條心。～～一意～～chit-ì⇨同心同意。～～協力～～hiap-lek⇨同上。～～合唱自由歌～～hap-chhiùⁿ chū-iû-koaⁿ⇨同上。～～官～～koaⁿ⇨同心。

【同庄 tâng-chng】 同鄉更～～tâng-hiuⁿ(hiong) koh～～⇨同上。

【同行 tâng-kiâⁿ】 ～～不如同命～～put-jî(jû) tâng-miā⇨謂既然同行於初了，就不如同行到終，以同其命運。

【同年 tâng-nî】 同歲。測血壽合你認～～chhek hoeh(huih)-siū kah-lí jīn～～⇨自減年歲與你做同年的朋友，喻降低身價與人合作。歹查甫厚～～，歹查某悋認姨phāiⁿ cha-po͘ kāu～～，phāiⁿ cha-bó͘ gâu jīn-î⇨壞男人多同年之友，壞女人多姨親。喻不正當的人多臭味相投。

【同安 tâng-oaⁿ】 福建省地名。～～寮～～liâu⇨地名。

【同伴 tâng-phoāⁿ】 作伴。～～趆蹉，～～讀冊～～thit-thô，～～thak-chheh⇨同嬉遊，同讀書。

【同庚 tâng-keⁿ(kiⁿ)】 同年的。

【同居 tâng-ki(ku)】 ～～耳，無正式結婚啦～～niâ，bô chèng-sek kiat-hun-lá⇨同居而已，沒正式結婚，別着急！

【同命 tâng-miā】 同行不如～～tâng-kiâⁿ put-jî(jû)～～⇨在一起沒有享共同命運之好。人講夫妻如像～～鳥lâng-kóng hu-chhe ná-chhiūⁿ～～chiáu⇨大家都認定夫婦就像同命鳥。

【同門 tâng-mn̂g】 連襟。～～丈～～tiūⁿ⇨妻的姊妹的丈夫，俗稱大細丈toā-sè-tiūⁿ。

【同姒 tâng-sāi】 兄弟之妻相謂曰姒sāi。妯娌曰同姒tâng-sāi。～～仔眞會做伙得～～á chin ē chò-hóe tit⇨妯娌很合得來。又老朋友或同事亦戲稱爲同姒tâng-sāi。老～～嘛，逐個曷使計較lāu～～mà, tak-ê ah-sái kè-kàu⇨老同事嘛，大家何用計較。

【同姓 tâng-sèⁿ(sìⁿ)】 ～～無同宗～～bô tâng-chong⇨同姓不同宗族。

【同時 tâng-sî】 ～～起基的～～khí-ki-ê⇨同時發蹟的。

【同陣 tâng-tīn】 ～～做伴～～chò-phoāⁿ⇨同一群結伴而行。

【同衾 tâng-khim】 （男女）同牀同被也。～～生活～～seng-oah⇨同居之生活，多指夫妻以外之男女。衾khim，大領被toā-piá-phōe也。

【同桌 tâng-toh】 ～～食飯，同學讀冊～～chiah-pn̄g tâng-oh thak-chheh⇨同桌食飯，同校讀書。

【同途 tâng-tô͘】 kāng-tô͘。同業。～～的生理～～ê seng-lí⇨同一生意。

【同鄉 tâng-hiuⁿ(hiang)】 ～～里～～lí⇨同上。～～人～～lâng⇨同上。

【同等 tâng-téng】 ～～的效力～～ê hāu-lek

⇨同上。

【同腹 tâng-pak】 ～～的親兄弟～～ê chhin-hia$^{n}$-tī⇨同上。

【同道 tâng-tō】 同業。～～的人～～ê lâng⇨同上。

【同齊 tâng-chê】 同時，在一起。無～～生，願～～死bô～～se$^{n}$(si$^{n}$)，goān～～sí⇨不同時出生，希望同時死亡。～～去，～～轉～～khì～～tńg⇨同去同回。抆要～～做忌，較快也teh-boeh～～chò-kī, khah khài à⇨要同時做忌，省麻煩了(警告勿同冒險)。

【同樣 tâng-iū$^{n}$】 ～～共款～～kāng-khoán⇨同樣就是共款。

【同輩 tâng-pòe】 ～～更同年～～koh tâng-nî⇨同上。

【同鋪 tâng-pho͘】 ～～共床～～kāng-chhn̂g⇨同上。

【同謀 tâng-bô͘】 ～～共犯～～kiōng-hoān⇨同上。

【同儕 tâng-sâi】 同事tâng-sū。又共輩kāng-poè也。晉鄭～～chīn-tēng～～⇨晉鄭爲兄弟國。老～～曷使計較 lāu～～ah-sai kè-kàu⇨多年的同事嘛，何用計較(參閱同姒tâng-sāi)。

【同襟 tâng-kim】 連襟。～～像兄弟～～chhiū$^{n}$ hia$^{n}$-tī⇨連襟如兄弟。

【同生死 tâng-se$^{n}$-sí】 ～～～共患難～～～kāng hoān-lān⇨同上。

【同出同入 tâng-chhut-tâng-jip】 ～～～～，未輸翁某仔～～～～bē-su ang-bó͘ à⇨同出同入恰如夫妻了。

【同生同死 tâng-se$^{n}$(si$^{n}$)-tâng-sí】 ～～～～的交情～～～～ê kau-chêng⇨生死之交。

【同名同姓 tâng-miâ-tâng-sè$^{n}$(sì$^{n}$)】 同姓同名。

【同苦同甜 tâng-khó͘-tâng-ti$^{n}$】 ～～～～是夫妻～～～～sī hu-chhe⇨同甘共苦才是夫妻。

【同食同睏 tâng-chiah-tâng-khùn】 寢食與共。～～～～幾仔個月也，猶抆洗甚麼清～～～～kúi-a-koh-goeh à iáu-teh sé(sóe) sa-ma-chheng⇨同食同床數個月了，還在洗什麼清白。

【同禍同福 tâng-hō-tâng-hok】 ～～～～的運命～～～～ê ūn-miā⇨同上。

tâng **筒** 竹管也。竹管形的器具皆曰筒tâng。竹～tek～⇨同上。煙～ian～⇨同上。筆～pit～⇨同上。香～hiu$^{n}$～⇨同上。尻川坐於米甕，手摸於錢～kha-chhng chē(chōe)-tī bí-àng, chhiú bong-tī chî$^{n}$～⇨喻生活安定，財源滾滾而來。米粉～百百孔bí-hún～pah-pah khang⇨喻事情多。米粉筒bí-hún-tâng，製米粉的器具，穿有多孔以漏抽米粉。注射～chù-siā～⇨醫療用器。

【筒仔 tâng-á】 竹管tek-kóng形的小容器。～～米～～bí⇨一人一餐一筒的米，喻少數之米。逐家落～～米tak-ke loh～～bí⇨謂貧者大家傾力合作以成事。～～米糕～～bí-ko⇨一種秫米食品，以小筒器炊之。

tâng **銅** 金屬之一。喻錢財。身軀斷～sin-khu tn̄g～⇨謂身上半文錢都沒有。即類～未掊得chit-lōe～bē(bōe) póe-tit⇨這種錢趁不得。食～食鐵chiah～chiah-thih⇨喻貪婪無厭。錢毋用是～，賊毋做是人chî$^{n}$ m̄-iōng sī～，chhat m̄-chò sī lâng⇨謂錢不用只是銅而已，賊不做也與常人無異。歹～壞錫phái$^{n}$～hāi-siah⇨報廢的舊東西。鐵齒～牙槽thih-khí～gê-chô⇨喻嘴硬。

【銅人 tâng-lâng】 ㊀銅像。羅通掃北剪～～lô-thong sàu-pat chián～～⇨戲齣名。㊁一種舉重的器具。萬力bān-lek。

【銅山 tâng-soa$^{n}$】 產銅之山。

【銅青 tâng-chhe$^{n}$(chhi$^{n}$)】 銅銹。起～～也khí～～a⇨銅生銹了。

【銅版 tâng-pán】 印刷法之一。有寫眞版凸版之別。

【銅板 tâng-phiáⁿ】 銅的料板。

【銅指 tâng-cháiⁿ】 銅指套。

【銅城 tâng-siâⁿ】 撚寶 liăn-pó ⇨ 一種賭具。攻～～kong～～⇨作撚寶之賭博。

【銅針 tâng-chiam】 ～～都貫未過～～to kǹg bē kòe⇨謂其吝嗇之甚，銅針也穿不過。

【銅貢 tâng-kòng】 以金錢買的貢生。

【銅釘 tâng-teng】 人講釘～～較未生鉎，有影無lâng-kóng tèng～～khah-bē(bōe) seⁿ(siⁿ)-sian，ū-iáⁿ bô⇨聽說打銅釘比較不生銹，眞的嗎。

【銅鈕 tâng-liú】 銅的鈕扣。

【銅壺 tâng-ô͘】 古代用以報時的儀器。

【銅絲 tâng-si】 銅製的幼線。

【銅鼓 tâng-kó͘】 行商用的小鼓。搖～～iô～～⇨做行商的小生意。

【銅銀 tâng-gîn(gûn)】 以銅僞造的銀幣。～～買紙靴～～bé(bóe) choá-hia⇨謂逐個暢tak-ê thiòng。以假銀買到紙底的假靴，買方賣方皆大歡喜。

【銅旗 tâng-kî】 古代演武場用的旗。～～敢設，道敢倒～～káⁿ-siat，tō káⁿ tó⇨既然敢於設銅旗，就敢於打倒銅旗。謂既然提出條件，就可以接受同一條件。道tō，同就chiū。

【銅管 tâng-kóng】 銅之筒tāng。～～仔～～á⇨罐頭的空罐。～～仔錢～～á chîⁿ⇨積存在空罐而來的小錢。

【銅熕 tâng-kòng】 ㊀古大砲。㊁阿片煙吹。厝裡三枝～～扲燒chhù-lì saⁿ-ki～～teh sio⇨謂家裡有三個人在吸阿片煙。看你有若大的家財好燒khoàⁿ lí ú goā-toā ê ka-châi hó-sio⇨看你有多大的財產可以燒不盡。

【銅像 tâng-siōng】 企～～khiā～～⇨立銅像。

【銅盤 tâng-poâⁿ】 印刷工用的道具。

【銅線 tâng-soàⁿ】 抽～～thiu～～⇨製銅線。～～批～～phe⇨電話，電信。～～批柱～～phe-thiāu⇨電話柱，電柱。

【銅錢 tâng-chîⁿ(siân)】 一錢面額的銅幣。～～仔～～áⁿ⇨同上，亦曰銅鐳tâng-lui。

【銅鉎 tâng-sian】 上～～也chhiūⁿ～～a⇨銅生銹了。連～～每無liân～～mā bô⇨同身軀斷銅sin-khu tn̄g-tâng或袋仔底斷銅tē-á-té tn̄g-tâng⇨謂身上完全沒錢。

【銅鍋 tâng-oe(e)】 用～～君較快iōng～～kûn khah khoài⇨同上。

【銅鐘 tâng-cheng】 紅絲線扲吊～～âng-si-soàⁿ teh tiàu～～⇨喻危險萬分。紅絲線是極幼小的繡花線。

【銅礦 tâng-khòng】 銅山。

【銅鑼 tâng-lô】 樂器名。手袂內扲拍～～chhiú-n̂g-lāi teh phah～～⇨在自己衣袂內打鑼，喻見不得人的歪理，廢話。～～較拍～～聲，後母較好後母名～～khah-phah～～siaⁿ, āu-bó khah-ho āu-bó miâ⇨謂銅鑼如何打法都是銅鑼聲，繼母如何好都是繼母，惡母自辯之詞，後母再好，絕不如生母。

【銅身鐵骨 tâng-sin-thih-kut】 喻身體極勇健，耐寒暑耐刀劍。較～～～～亦會敱khah～～～～ah-ê ui⇨如何強健也會耗損。

【銅牆鐵壁 tâng-chhiûⁿ-thih-piah】 喻城塞之堅固。顧到如～～～～扲，拍曷會入去kò͘-kà ná～～～～leh，phah ah-ē jip-khì⇨防守得如～～～～也，攻也攻不進。

**tâng 甌** 或瓨。束口大腹的瓦器也。罎thâm也。小壺也。油～iû～⇨同上。錢～chîⁿ～⇨積錢的小壺。尻川坐於米甕，手摸於錢～kha-chhng chē-tī bí-àng, chhiú bong-tì chîⁿ～⇨喻極安定無憂的生活。甕～àng～⇨甕與甌。大甕小甌。皆大腹束口的瓦器。啥人知影您扲變啥甕～siáⁿ-lâng chai-iáⁿ lín teh-pìⁿ siáⁿ àng～⇨誰知你們在弄些什麼虧心事。啥人

siáⁿ-lâng亦切爲siâng。金～kim～⇨骨壺，俗曰金斗甕仔kim-táu-àng-á。

【甑仔 tâng-á】 小壺。你既興，我～～道來配你油缸lí kà-hèng, goá～～to-lâi phòe lí iû-kng⇨你既然要(打)，我小壺就來拼你這大油壺，喻貧人與富者打絕不吃虧。甑仔底米tâng-á té bí⇨小壺裝米，意爲有偌夥知知抄ū-goā-chē(chōe) chai-chai-leh⇨有多少很清楚嘛。亦即你這小東西有多大能耐，大家清楚，不用吹的意思。底té，作動詞解，物置器內曰貯té。

**動** tāng 搖也，變也，觸也。凡易地易形皆曰動toňg。又每每也。地～tē～⇨地震。振～tín～⇨搖動。振～著，道要比拳頭母tín～tioh tō-boeh-pí kûn-thâu-bó⇨動則要動武力。振～著，道去投保正tín～tioh，tō-khì tâu pó-chèng⇨動不動，就去投訴於村長。保正pó-chèng，村長里長之古名。風吹草～，道驚死死也hong-chhoe chháu～，tō kiaⁿ-sí-sí à⇨小小事情就怕得要死了。喝會行，講會～hoah-ē kiâⁿ, kóng-ē～⇨講話能夠使人聽從。生理做會～seng-lí chò-ē～⇨生意做得開。君子～嘴無～手kun-chú～chhùi bô～chhiú⇨君子動口不動手。未免～到官府，道會解決也m̄-bián～kà koaⁿ hú，tō-ē kai-koat à⇨不必搬請到政府出面，就可能解決了。起羣～衆khí-kûn～chèng⇨謂小事動用多人以威壓人，小題大做。羣kûn或作拳kûn。工場有抄～未kang-tiûⁿ ū-teh～bōe(bē)⇨工場在開工了麼。糖廍～也thn̂g-phō～ā⇨糖廍開工了。擾擾～ngiāu-ngiāu～⇨蟲類動的形容。歸冥不睏擾擾～kui-mê(mî) m̄-khun ngiāu-ngiāu～⇨整夜不睡翻來覆去。手不～三寶chhiú put～sam pó⇨謂絕不做粗工。

【動工 tāng-kang】 工程著手，工廠開工。過年了道該～～也kòe-nî liáu tō-āi～～a⇨過年了就要開始工作了。

【動土 tāng-thó͘】 ㊀觸犯了土地之神。㊁土木工程開工。～～興工～～hin-kang⇨同上。

【動手 tāng-chhiú】 手動。起脚～～khí-kha～～⇨脚動手動，喻粗魯。先～～拍人seng～～phah lâng⇨先起手打人。工場猶未～～kang-tiûⁿ á-bē(bōe)～～⇨工廠還未開工。

【動封 tāng-hong】 開封。別人的批信俾你未～～得pat-lâng ê phe(phoe)-sìn hō͘ lí bē(bōe)～～tit⇨別人的書信，胡亂開不得。

【動粗 tāng-chho͘】 強制。用武力。未～～得，則歹辦bē(bōe)～～tit，chiah pháiⁿ pān⇨強制(用武)不得，才難辦。

【動筆 tāng-pit】 起手寫字寫文章。起筆。愛伊～～眞快，三杯落肚道上輦也ài i～～chin-khoài, saⁿ-poe loh-tō͘ tō chiūⁿ-lián à⇨要他開筆很容易嘛，三杯下肚，就起童khí-tâng了。上輦chiūⁿ-lián，起童khí-tâng皆指童乩開始跳動。

【動著 tāng-tioh】 觸犯著。～～胎神道會落胎～～thai-sîn tō-ē lāu-the⇨觸犯了胎神就會落胎(死產)。

【動嘴 tāng-chhùi】 講話。～～無動手～～bô tāng-chhiú⇨說笑話可以，不可毛手毛脚。

【動箸 tāng-tī】 用箸。請逐個來～～chhiáⁿ tak-ê lâi～～⇨大家用箸開始吃罷。

【動不動 tāng-put-tāng】 些微一動，每每，每次。有事無事。～～～道跚來合我呷燒茶聊天～～～tō sōm-lâi kah-goá hah-sio-tê liâu-thian⇨每每有時間就散散步，來與我喝茶聊天。跚sōm，徐行也。又動不動義同無除無東bô-tî-bô-tang，無除無東，疑則無振無動bô-tín-bô-tāng之訛。亦即無除無東道來⇨振動著道來⇨無振無動著道來。

【動算盤 tāng-sǹg-poâⁿ】 三條賬耳，曷著～～～saⁿ tiâu-siàu niā ah-tioh～～～⇨只這三條賬目而已，何必用算盤。～～～傾三日，藉傾出來～～～khêng saⁿ-jit chiah khêng chhut-lâi⇨打算盤覆算三天才覆算出來。亦即找出毛病。

**tāng 重** 輕khin之對稱。重量。又甚也。三兩～saⁿ-niú～⇨重三兩。輕～khin～⇨輕與重，喻甘苦死活。毋知人的輕～m̄-chai lâng ê khin～⇨不知人家的死活。死罪無餓罪～sí-chōe bô gō-chōe～⇨謂餓比死還要難堪，蓋人民因餓而起叛亂時已不怕死也。不知天地幾斤～m̄-chai thiⁿ-tē kūi-kin～⇨不知天地幾斤重，喻不知天高地厚。一句話足足有三斤六～chit-kù ōe chiok-chiok ū saⁿ-kin-lak～⇨謂一句話的重量，十足有三斤六那麼重，喻話中帶有嚴重的怒氣。頭～脚輕thâu～kha khin⇨喻基礎不堅固。利息～lī-sit(sek)～⇨利重。所費～só͘-hùi～⇨經費重。負擔～hū-tam～⇨負擔大。魚仔奧掠稅金～hî-á oh-liah sòe-kim～⇨同上。頭殼～thâu-khak～⇨頭重。頭痛。心情～sim-chêng～⇨心事多，不開朗。耳孔～hīⁿ-khang～⇨重聽。手頭～chhiú-thâu～⇨出手粗魯有力。尻川～kha-chhng～⇨屁股重，一坐下就不動。亦曰長尻川tn̂g-kha-chhng。講話未～kóng-ōe bē(bōe)～⇨講話沒效果，亦即人微言輕。疑心～gî-sim～⇨多疑。擔頭～tàⁿ-thâu～⇨拖累多。

【**重手** tāng-chhiú】 ㊀出手粗魯。㊁出手慷慨。敢下～～道無人會贏伊也káⁿ-hē～～tō bô-lâng ē iâⁿ-i ā⇨敢下重手(出大錢)就沒人能勝過他了。

【**重本** tāng-pún】 大本。大資本。～～重利的生理～～tāng-lâi ê seng-lí⇨大本大利的生意。

【**重刑** tāng-hêng】 嚴酷的刑罰。～～落去古井亦舉扲走～～loh-khì kó͘-chéⁿ ah giâ-leh-cháu⇨重刑一下去古井也能夠背著就跑。喻重刑之威力，能使人平白自認偷舉走了古井。

【**重孝** tāng-hà】 帶～～toà～～⇨丁父母憂。

【**重利** tāng-lāi】 放～～的pàng～～ê⇨高利貸。

【**重身** tāng-sin】 ㊀體大。肥大。～～較歹走～～khah pháiⁿ cháu⇨體大較難跑。㊁就體積言重量。較講毎是鐵較～～khah-kóng mā-sī thih khah～～⇨怎麼說還是鐵比較重。

【**重枷** tāng-kê】 引一個～～來扲舉ín chit-ê～～lâi-teh giâ⇨接受一個重枷來負擔。

【**重眠** tāng-bîn】 睡得深。伊眞～～i chin～～⇨他很重眠，亦曰重睏tiōng-khùn。

【**重症** tāng-chèng】 重病tāng-pēⁿ。～～患者～～hoān-chiá⇨同上。

【**重病** tāng-pēⁿ(pīⁿ)】 同重症。

【**重詛** tāng-choā】 咒～～chiù～～⇨立重罰的誓言。

【**重稅** tāng-sòe】 ～～加苛捐～～ka kho-koan⇨同上。

【**重載** tāng-chài】 船車載貨太多。～～有危險性～～ū gûi (hûi)-hiám-sèng⇨同上。

【**重債** tāng-chè】 ㊀沉重的債務。背～～phāiⁿ～～⇨同上。㊁重利。放～～pàng～～⇨放重利。

【**重罪** tāng-chōe】 較～～亦是死罪耳khah～～ah-sī sí-chōe niâ⇨如何重罪也是死罪而已。

【**重傷** tāng-siang(siong)】 ～～的送病院，輕傷的糊牛屎～～ê sàng pēⁿ(pīⁿ)-īⁿ, khin-siang (siong)-ê kô͘ gû-sái⇨重傷送病院治療，輕傷自己治療。

【**重稱** tāng-chhìn】 輕稱之對稱。比如金屬類，看頭小實質重者爲重稱tāng-chhìn，棉花之類，看大而實質輕者曰輕稱khin-chhìn。

【**重罰** tāng-hoat】 嚴罰。～～無人驚～～bô-lâng kiaⁿ⇨重罰沒人怕。

【**重賞** tāng-siúⁿ(sióⁿ)】 ～～之下必有勇夫

～～chi hē(hā) pit-iú iōng-hu⇨同上。

【重擔 tāng-tà$^n$】 ～～較重亦該自己擔～～khah-tāng ah-āi ka-lī ta$^n$⇨同上。

【重頭 tāng-thâu】 重量。重。即擔有較～～chit-tà$^n$ ū-khah～～⇨此擔比較重。～～輕～～khin⇨一頭重一頭輕。～～戲～～hì⇨主戲，或喻重心事項。

【重聲 tāng-sia$^n$】 重量。米粟的買賣是講～～的bí chhek ê bé-bē(bóe-bōe) sī kóng～～ê⇨米，粟類的買賣是算斤量(重量)的。

【重藥 tāng-ioh】 敢拚～～ká$^n$-pià$^n$～～⇨庸醫敢下激藥以賭病患的死活。

【重尻川 tāng-kha-chhng】 屁股重。一坐下就不想動。同長尻川tn̂g-kha-chhng。

【重攲平 tāng-khi-pêng】 不平衡。一邊高一邊低。或一重一輕。

【重頭輕 tāng-thâu-khin】 不平均重。一頭重一頭輕。

## tap

**tap 答** 回報也。應對也。數學名詞。回～hôe～⇨同上。報～pò～⇨同上。對～如流tùi～jî(jû)-liû⇨同上。絲毫不用南中物，好作清官～聖時si-hô put-iōng lâm-tiong but, hó-chok chheng-koan～sèng-sî⇨賢母示子詩。謂家裡完全不需要南中的東西，你宜好好做清廉的好官以報答聖恩。

【答人 tap-lâng】 人改讀第三聲。答謝人家。無～～未用得bô～～bē-iōng-tit⇨不答謝人家不可。有禮來道該～～ū-lé lâi tō-āi～～⇨同上。

【答拜 tap-pài】 回拜。會長出去～～也 hōe-tiú$^n$ chhut-khì～～à⇨會長出去回拜了。

【答案 tap-àn】 有問題道有～～ū būn-tê(tôe) tō ū～～⇨同上。

【答紙 tap-choá】 謝弔祭。～～敬～～kèng⇨古以白餜pek-kóe爲之，今則多以毛巾一條代替，以省麻煩。

【答恩 tap-in(un)】 謝恩。

【答復 tap-hok】 回答。首相親自提出～～siú-siàng(siòng) chhin-chū theh-chhut～～⇨同上。

【答詢 tap-sûn】 回答人家的詢問。首相於國會～～siú-siàng(siòng) tī kok-hōe～～⇨同上。

【答颯 tap-sap】 意氣不振。凡不滿足，或無夠喟bô-kàu-khùi，皆曰無～～bô～～，或無答無颯bô-tap-bô-sap。食了無～～chiah-liáu bô～～⇨吃得不夠滿意。看到無答無颯khoà$^n$ kà bô-tap-bô-sap⇨看得很不夠氣。自己食都無～～也，更有當分人ka-kī chiah to bô～～à koh ū thang pun-lâng⇨自己吃都不過癮了，那裏可能分讓給別人。荅屑tap-sap，俗訛作答颯。

【答嘴 tap-chhùi】 頂嘴。眞好膽，講敢～～chin hó tá$^n$，kóng ká$^n$～～⇨很大膽，竟敢頂嘴。～～鼓～～kó⇨閑聊。擺龍門陣，亦喻夫妻吵架。～～鼓，啥人無～～kó，siá$^n$-lâng-bô⇨夫妻口角吵架，那一家沒有。

【答應 tap-èng】 tah-èng。承諾，首肯。有～～，更無保證ū～～，koh bô pó-chèng⇨答應過了，但是沒保險。

【答禮 tap-lé】 還禮。一一～～it-it～～⇨同上。

【答謝 tap-siā】 人的好意該會記得共人～～lâng ê hó-ì ài ē-kì-tit kāng～～⇨人家的好意必須記得回報。共人ka-lâng→kāng。

【答願 tap-goān】 謝神。刣豬屠羊抾～～thâi-ti tô·-iû$^n$ teh～～⇨殺豬屠羊在謝神。屠羊tô·-iû$^n$，俗作倒羊tó·-iû$^n$。

【答辯 tap-piān】 略同答詢。

**tap 荅** 小豆也。荅屑tap-sap⇨些小也。零星之事也。俗訛做沓tap（見沓tap部）。

**tap 沓** 多也。重也。又語多沓沓若水之流也。買～滴仔bē(bóe)～tih á⇨買很多零零星星的東西。應作荅滴仔。

【沓歹 tap-tái】 不幸。麻煩。家內眞～～ke-lāi chin～～⇨家中有很多不順之事。～～人～～lâng⇨討厭之人。

【沓滴仔 tap-tih-á】 雜用之雜物。零星之事物。沓應作荅。

【沓沓滴滴 tap-tap-tih-tih】 很多很多的煩瑣事。～～～～即孔了，彼孔到到～～～～chit khang liáu，hit-khang tō kàu⇨很多麻煩事，這件剛解決，那件又來了。沓，亦應作荅。

【沓頭沓尾 tap-thâu-tap-bóe】 辦理諸多小事。每是猶該共人～～～～抄mā-sī iáu-āi kā-lâng～～～～leh⇨也是還要爲他們幫助辦理諸多大事小事。沓，亦應作荅。

## tau

**tau 扂** 祭所也。廚庖也，亦即家也。住家也。您～阮～個～lín～goán(gún)～in～⇨你們的家，我們的家，他們的家。這阮～的代誌che goán(gún)～ê tāi-chì⇨此乃我自己家裡的事情（暗含你管不着的強烈拒絕感）。反之亦一樣。許您～的代誌he lín～ê tāi-chì⇨於我何干，亦即那是你自己的事情(暗含我不管的強烈拒絕)。脚～kha～⇨居住的所在，地方。語意頗具親近或親切感。父母脚～pē-bó(bú) kha～⇨父母親所居住的所在。皇帝脚～hông-tè kha～⇨皇帝居住的地方，皇城。丈姆脚～好跮蹽tiūⁿ-ḿ kha～hó thit-thô⇨岳母家好玩耍。冬節脚～tang-cheh kha～⇨冬至前後。年～nî～⇨年底，年關。俗作兜tau。或亦有作都tau者。都者，天子所宮，非平常人家可比也。

**tau 逗** 止也。留也。又合也。拘留東西亦曰逗tau。包袱仔該～起來pau-hok-á ài～khí lâi⇨包袱須留下來。～俉來身邊～oá lâi sin-piⁿ⇨拿到身邊來。

【逗粉 tau-hún】 和以粉。肉該～～煮較好食bah ài～～chí(chú) khah-hó chiah⇨同上。或作投粉tâu-hún。

【逗留 tau-lâu】 拘留東西。物共～～起來mih kā～～khí-lâi⇨共kā⇨共伊kā-i。謂東西把他留下(以當擔保)。

【逗留 tau-liû】 旅途上停留於一地。於香港～～一禮拜tī hiang-káng～～chit-lé-pài⇨在香港停留一個星期。

【逗題 tau-tê】 合於題旨。講話未～～kóng-ōe bē(bōe)～～⇨講話不一致或沒系統。

**táu 斗** ㊀量的單位。十升chin爲一斗táu。㊁一次曰一斗。贏即斗歹算也iâⁿ chit-táu pháiⁿ sǹg à⇨博勝這一注不得了了。戽即斗未活也hō· chit-táu bē(bōe) oah à⇨拿到這一筆那活不了了。謂數太大。趁即斗道食歸世人也thàn chit-táu tō chiah kui-sì-lâng à⇨賺得這一次錢就夠活一生了。以上皆謂其一次數額之大。㊂接尾詞。(A)喩其狀如斗。戽～hò·～⇨移水的道具。車～chhia～⇨車箱。熨～ut～⇨同上。飯～pn̄g～⇨飯桶。嘴～chhùi～⇨食欲。金～甕仔kim～àng á⇨骨壺。嘴下～chhùi-ē～⇨下顎。(B)喩其事之緊迫。糾～ân～⇨錢路不寬。即幾日仔眞絯～⇨這幾天錢很緊迫。手頭眞糾～chhiú-thâu chin ân～⇨手中(袋中)很緊。錢眞糾～chîⁿ chin ân～⇨同前。硬～ngeh～⇨事之強硬。即類工事眞硬～chit-lōe kang-sū chin ngeh～⇨這種工程很不容易獲利。即次道硬～也chit-chhù tō ngeh～à⇨這一次就夠難纏了。沈～tîm～⇨物小而重量大。袋仔底敢眞沈～也tē-á-té káⁿ chin tîm～à⇨袋中恐怕很沈重(錢多)了。即粒卵提着特別沈～chit-lia̍p nn̄g the̍h-tio̍h te̍k-pia̍t tìm～⇨這一個蛋拿着特別重。大～入細～出toā～ji̍p，sè(sòe)～chhut⇨喻沒良心。

**【斗仔 táu-á】** 小斗。

**【斗司 táu-sai】** 司斗之人。司斗先生。古時租谷，米豆等皆以斗量之，自然產生專門司斗之人。

**【斗米 táu-bí】** 一斗米。斤鷄～～kin(kun)-ke(koe)～～⇨謂飼到一隻一斤大的鷄需要一斗米做飼料。～～三錢～～sa$^{n}$-chî$^{n}$⇨一斗米僅值三錢，喻年豐米便宜。五～～仔gō͘～～á⇨下級的官員，因只有五斗米之薪水也。

**【斗柚 táu-iū】** 柚仔的一種，形大而圓。

**【斗笠 táu-lē(lōe)】** 竹笠或布笠。戴～～仔tì～～á⇨戴笠。

**【斗量 táu-liâng】** 以斗計量之。人不可貌相，海水不可～～jîn put-khó māu-siàng, hái-chúi put-khó～～⇨同上。

**【斗槩 táu-kài】** 平斗嘴的道具。量平斗該用～～量，尖斗道不免niû pê$^{n}$(pî$^{n}$)-táu ài-iōng(ēng)～～niû，chiam-táu tō m̄-bián⇨同上。過一下～～耳kōe chi̍t-ē～～niâ⇨做一下公道人而已。目睭掛～～，看著郎的道愛bak-chiu koah～～，khoà$^{n}$-tioh lâng-ê mih tō ài⇨貪取別人之物的形象。

**【斗頭 táu-thâu】** 一斗對一斗的分量。～～該公道～～ài kong-tō⇨體積，重量都應該足夠。

**【斗聲 táu-sia$^{n}$】** 斗數。～～是有夠，斤聲欠淡薄仔～～sī ū-kàu, kin-sia$^{n}$ khiàm tām-pō á⇨講斗數是夠了，講斤量却不足若干，謂量斗有問題。

**【斗鞬 táu-kán】** ㈠今獵人之網狀背物囊也。㈡原爲古戰士之革製背矢囊，台日大辭典作斗干táu-kan，並按言謂應爲出自番語。其實乃漢人古戰士之背矢囊也，故從革作鞬。上山背～～仔眞方便chiū$^{n}$-soa$^{n}$ phāi$^{n}$～～ā chin hong-piān⇨同上。

**【斗尺稱 táu-chhioh-chhìn】** 度量衡，其三種道具。

**【斗籠仔 táu-láng-á】** 肩擔用的竹籠。擔～～～ta$^{n}$～～～⇨同上。古時小商人多自擔竹籠以行商。無人的～～～本拎bô lâng ê～～～pún leh⇨沒人家斗籠本那麼多呢。謂極少的本錢。

**táu 度** 渡也，過也，又次也。一度táu曰一過，亦曰一次。但俗皆棄度而作斗táu矣（參閱斗táu目）。

**táu 抖** 顫動也。發～hoat～⇨手或身振拂也。平等交換曰抖táu。你有小票不來～一下lí ū sió-phiò m̄-lâi～chi̍t-ê⇨你有小票來與我大票交換一下好不。

**【抖車 táu-chhia】** 兩車路上相逢，互換所載客人，各自轉回原路，以省空跑一程，曰抖車。於半路～～藉會許爾緊tī poà$^{n}$-lō͘～～chiah ē hiah-ní kín⇨在中途抖車才會那麼快。

**【抖船 táu-chûn】** 義同抖車。

**【抖換 táu-oā$^{n}$】** 平等交換。～～銀票～～gîn-phiò⇨大小票的互換。張數不同，錢額相同。

**【抖替 táu-thè】** 代替。換班。無人～～bô lâng～～⇨無人可代替。

**【抖路 táu-lō͘】** 抖車，抖船，亦曰抖路。

**【抖擻 táu-só͘】** 奮發或振奮。精神～～cheng-sîn～～⇨精神振奮。

**táu 鬪** 鬪鬪ta̍u-la̍u，兵奪民物。亦鬪láu也。詐騙也。俗作斗。

**【鬪龜 táu-ku】** 不可靠或反覆無常曰斜龜táu-ku。阿三眞～～拎a-sam chin～～lè⇨阿三反覆無常也。彼顆～～～～仔hit-kho～～～～á⇨那傢伙甚不可靠。

**tàu 鬥** 通鬭。遇也，爭也，湊合也。～榫頭～sún-thâu，～股做生理～kó͘ chò seng-lí

～鬧熱～nāu-jiat等皆湊合之意。又爭也，抗爭也，比也。角勝負也。～棋～kî，～力～lat，～快等是也。古前者用鬬字，後者用鬥字，今即皆用鬧tàu。戰～部隊chiàn～pō·-tūi⇨同上。奮～努力hùn～nô-lek⇨同上。血～三百合hiat～saⁿ pah-hap⇨同上。決～西門町koat～se-mn̂g-teng⇨同上。纏～三小時chhân～saⁿ-sió-sî⇨同上。榫頭～未密sún-thâu～bē(bōe)-bā⇨同上。口供～未密kháu-keng～bē(bōe)-bā⇨奸謀暴露。

【鬥久 tàu-kú】 比久。我無要合你坐～～的goá bô-boeh kah-lí chē～～è⇨我不與你賽坐多久。

【鬥口 tàu-kháu】 大聲吵架。亦曰鬧嘴tàu-chhùi。

【鬥手 tàu-chhiú】 開打。～～便知～～piān-ti⇨比力就知誰強。

【鬥走 tàu-cháu】 跑步比賽。～～，你鬧未贏伊～～lí tàu bē(bōe)-iâⁿ i⇨賽跑，你賽不過他。

【鬥伴 tàu-phoāⁿ】 結伴。山路有人～～行，較增膽soaⁿ-lō· ū-lâng～～kiâⁿ, khah chān-táⁿ⇨山路有人結伴行較增加膽量。～～壇～～toâⁿ⇨湊合場面。我老歲仔是～～壇耳，猶元亦是您少年的該拼goá lāu-hòe-á sī～～niā, iû-goân ah-sī lín siàu-liân-ê ài piàⁿ⇨我老年人只是湊合湊合場面而已，還是你們年青人要拼也。猶元，iû-goân，照舊。

【鬥股 tàu-kó·】 合股。～～做生理～～chò seng-lí⇨合股營商。

【鬥映 tàu-iàⁿ】 助視。湊注意。店你加我～～一下tiàm lí kā-goá～～chit-ē⇨(我的)店你爲我注意一下(我去W.C.)。

【鬥拱 tàu-kēng】 相帮助。一人～～一千，道有夠也chit-lâng～～chit-chheng，tō ū-kàu à⇨每人相助一千元就足夠了。

【鬥衰 tàu-soe】 增加衰氣。哭佅～～的是否kháu boeh～～ê sī-bō·⇨小姊罵小妹妹勿哭。

【鬥陣 tàu-tīn】 同鬧伴。～～去觀光～～khì koan-kong⇨結伴去觀光。

【鬥創 tàu-chhòng】 協助。～～鬧做～～tàu-chò⇨同上。

【鬥飲 tàu-lim】 助飲。拜託你共我～～一杯pài-thok lí kā-goá～～chit-poe⇨請你爲我助喝一杯。～～鬥食～～táu-chiah⇨助飲助食。

【鬥惡 tàu-ok】 賽惡。吵架。比誰兇。彼二個不時都拎～～鬥未煞hit n̄ng-ê put-sî to-teh～～tàu bê(bōe)-soah⇨他們兩人經常在吵架賽兇賽不停。

【鬥智 tàu-tì】 ～～不鬥力～～put tàu-lek⇨劉邦答應項羽的挑戰也。

【鬥搭 tàu-tah】 合作無間。逐個未～～得，道做無工課tak-ê bē(bōe)～～tit tō chò-bô khang khōe⇨大家合作不來就沒有工作效率。

【鬥講 tàu-kóng】 助言。～～好話～hó-ōe⇨助說好話。

【鬥孔仔 tàu-khang-á】 共謀。～～～去騙人～～～khì phiàn-lâng⇨共謀去詐騙人家。不八～～～，講鬧未落榫m̄-bat～～～，kóng tàu bē(bōe) loh-sún⇨未曾共謀，以致謀得不合攏。

【鬥未密 tàu-bē-bā】 湊不合攏。榫頭～～～sún-thâu～～～⇨同上。口供～～～kháu-keng～～～⇨口供說了不一致。仙鬧都～～～sian-tàu to～～～⇨如何湊合都湊不合。

【鬥相共 tàu-saⁿ-kāng】 協助。出錢～～～，道眞好也chhut-chîⁿ～～～，tō chin-hó à⇨出錢協助就很好了。

【鬥鬥拎 tàu-tàu-leh】 合起來。～～～都無三兩半爾～～～to bô saⁿ-niú-poàⁿ leh⇨合起來都不夠三兩半的，喻爲數甚少。

【鬥造化 tàu-chō-hoà】 賭命運。

【鬥脚手 tàu-kha-chhiu】 協助。娶新娘該人～～～chhoā sin-niû ài lâng～～～⇨娶新娘需要人家的帮忙。

【鬥夥計 tàu-hóe-kì】 ㊀合作營商。～～～去開布店～～～khì khui pò͘-tiàm⇨合股經營布店。㊁男女姘居。～～～的，不是明媒正娶的～～～ê，m̄-sī bêng-bôe chiā$^{n}$-chhí ê⇨姘的不是正式結婚的。

【鬥榫頭 tàu-sún-thâu】 釘仔司阜安怎合人～～～的比並teng-á sai-hū an-choá$^{n}$ kap-lâng～～～ê pí-phēng⇨打釘司父何足與人家鑿榫頭的司父比較。

【鬥增手 tàu-chān-chhiú】 出手協助。有人～～～，正有法度扛過彼站大崎 ū lâng～～～，chiā$^{n}$ ū hoat-tō͘ kng-kòe hit-chām toā-kiā⇨有人出手協助才有辦法扛過那一段大山坡。

【鬥鬧熱 tàu-lāu-jia̍t】 ㊀共襄盛事。㊁自謙只增加熱鬧而已，並無實際協助。我是來～～～的耳goá sī lâi～～～ê niâ⇨我只是來增加氣氛而已。

【鬥龍船 tàu-liông-chûn】 賽龍船。

【鬥頭鬥尾 tàu-thâu-tàu-bóe】 協助大小事。有一個來～～～～加外寬活抾，你敢知ū chi̍t-ê lâi～～～～ke goā khoà$^{n}$-oa̍h-leh lí-kám-chai⇨有個人來協助，會多麼輕鬆，你知道嗎。

**tàu 湊** 會合也。合也。～脚手～kha-chhiú⇨幫助。～鬧熱～lāu-jia̍t⇨同上。～牲禮～seng-lé⇨同上，亦通鬥tàu。

**tàu 到** 到達tò-tat也(見to部)。

【到底 tàu-té】 究竟。～～併抑毋～～boeh a̍h m̄⇨究竟要或不要。～～是熊抑是虎，阮毎毋知影～～sī hîm a̍h-sī hó͘，goán(gún) mā m̄ chai-iá$^{n}$⇨究竟是怎麼樣的人物，我也不知道，阮本來是複數，不過很多都當一人稱用，尤其是在女人口中。～～了若夥～～liáu goā-chē(chōe)⇨究竟虧了多少本。～～咱都無權利，毋敢講～～lán to bô koân-lí，m̄-ka$^{n}$ kóng⇨究竟我都沒有權，不敢開口。～～是夫妻，人講床頭打床尾和，連鞭好了了也～～sī hu-chhe, lâng-kóng chhn̂g-thâu phah chhn̂g bóe hô, liâm-pi$^{n}$ hó-liáu-liáu à ⇨連鞭，很快。

**tàu 晝** 日在中天曰晝tàu，白天曰晝tiù(見tiu部)。中～tiong～⇨中午。過～仔kòe～à午飯時過去了。午飯亦曰晝tàu。食～未chia̍h～bōe⇨吃過午飯了嗎。中～頓tiong～tǹg⇨中午那一餐飯。～暗～àm⇨中午與旁晚。是～是暗該照紀綱創乎人食sī～sī àm ài chiàu khí-kang chhòng hō͘ lâng chia̍h⇨應該晝就晝，應該暗就暗(指日食三餐)，應該照規紀，按時準備好，給人家吃(母訓女)。～也，好歇也～à，hó hioh à⇨中午了，可以休息了。拼到無～無暗pià$^{n}$ kà bô～bô-àm⇨勤勞得日夜不分。要～仔boeh～á⇨將午未午。半小～也poà$^{n}$-sió～á⇨將近午時了。要～仔boeh～à⇨快午時了，半小～也poà$^{n}$-sió～à快午時了。過～仔kòe～á⇨午時剛過。過～仔kòe～à⇨午時過去了。要～也，猶未要出門boeh～à，á-bē(bōe) boeh chhut-mn̂g⇨快午時了還不快出門。過～也，猶未要食飯kòe～à á bē(bōe) boeh chia̍h-pn̄g⇨過午時了還不快吃飯。

**tâu 投** 擲物也。投訴曰投tâu。入股曰投靠tâu-khò。～保正～pó-chèng⇨投訴於保正。～校長～hāu-tiú$^{n}$⇨投訴於校長。～父～母～pē～bó(bú)⇨投訴於父，又投訴於母。見鷄～鷄，見狗～狗，見着道～無所不至～kì$^{n}$-ke～ke, kì$^{n}$-káu～káu, kì$^{n}$-tio̍h tō～bû-só͘-put-chì～⇨謂其成性如此逢人便投訴以示其可憐。可見投亦帶哭訴的成分。佼～gâu～⇨性好投訴。～梁山～海洋～niû-soa$^{n}$～hái-iû$^{n}$⇨

投靠梁山賊黨，投入海洋做海賊。臭味相～chhàu-bī siang～⇨氣味相同khì-bī siang-tông。去暗～明khì-àm～bêng⇨改惡歸善。

【投人 tâu-lâng】 向人哭訴。小可仔代誌道去～～sió-khó-á tāi-chì tō khì ～～⇨小小事情就去向人哭冤枉。

【投下 tâu-hē】 向神佛祈願。

【投火 tâu-hóe(hé)】 投入火中。

【投江 tâu-kang】 自殺。～～身死～～sin-sí⇨同上。投河tâu-hô,投水tâu-chúi，投海tâu-hái皆同義。

【投考 tâu-khó】 ～～軍校，省錢又愛國～～kun-hāu，séⁿ-chîⁿ iū ài kok⇨同上。

【投告 tâu-kò】 ～～天地～～thiⁿ-tē⇨同上。～～神明～～sîn-bêng⇨同上。

【投身 tâu-sin】 ㊀～～自殺～～chū-sat⇨同上。㊁實在落去做。～～於實業界～～tī sıt-giap-kài⇨獻身從事實業。

【投明 tâu-bêng】 去暗～～khì-àm～～⇨同上。

【投函 tâu-hâm】 同投書。

【投到 tâu-tò】 自首。自己～～的，會得減罪chū-kí～～ê，ē-tit kiám-chōe⇨同上。

【投降 tâu-hâng】 伊家己一個死不～～i ka-kī chıt-ê sí m̄ ～～⇨他自己一個誓死不降。

【投軍 tâu-kun】 從軍。～～食糧～～chiah-niû⇨投軍食軍糧。

【投契 tâu-khè】 意氣投合。講話會～～kóng-ōe ē～～⇨說話合得來。

【投胎 tâu-thai】 狀元是文曲星來～～的chiōng-goân sī bûn-khiok-chheⁿ lâi～～ê⇨同上。歹心黑漉肚，後出世，會～～出世做蚊仔胡蠅phái͘ⁿ-sim o͘-lok-tō͘，āu-chhut-sì，ē～～chhut-sì chò báng-á hô͘-sîn⇨同上。

【投效 tâu-hāu】 投入效勞。～～革命陣營～～kek-bēng tīn-iâⁿ⇨同上。

【投書 tâu-si(su)】 ～～密告是卑鄙的行爲～～bit-kò sī pi-phí ê hêng-ûi⇨同上。

【投票 tâu-phiò】 ～～選舉總統～～soán-kí(kú) chóng-thóng⇨同上。

【投宿 tâu-siok】 ～～客店～～kheh-tiàm⇨同上。

【投筆 tâu-pıt】 ～～從戎～～chiông-jiông⇨棄文就武。

【投資 tâu-chu】 ～～辦工場，開礦山～～pān kang-tiûⁿ, khui khòng-soaⁿ⇨同上。

【投誠 tâu-sêng】 投降的美名。歸順 kūi sūn。

【投稿 tâu-kó】 將文章作品寄給報章雜誌，以冀發表。～～退稿～～thè-kó⇨同上。

【投靠 tâu-khò】 求託安身之地。～～豪門～～hô-mn̂g⇨同上。～～海洋～～hái-iûⁿ⇨投靠海賊。

【投標 tâu-pio】 工程招標,無人去～～kang-thêng chio-pio, bô lâng khì～～⇨同上。

【投機 tâu-ki】 ㊀話不～～半句多ōe put～～poàn-kù to⇨說話不投契的，說半句也太多。㊁賭機會。～～商理～～seng-lí⇨賭機會的生意，成敗差距大。～～事業～～sū-giap⇨同前。～～分子～～hūn-chú⇨凡趨炎附勢，或見風轉舵者皆屬之。

【投藥 tâu-ioh】 ～～乎病人～～hō͘ pēⁿ(pīⁿ)-lâng⇨拿藥給病人。

【投繯 tâu-khoân】 吊頸自殺。

【投桃報李 tâu-thô-pò-lí】 謂彼此禮尚往來，你贈我桃，我贈你李。

【投閑置散 tâu-hân-tì-sàn】 被安置在閑散不重要的地位。俗曰坐冷宮chē-léng-keng。

【投鼠忌器 tâu-chhí-kī-khì】 投殺老鼠，怕損壞器物。喻想除一害，恐累及他人。惟人多投鼠忘器tâu-chhí bōng khì，只管投鼠，不管損及器物也。

【投鞭斷流 tâu-pian-toān-liû】 形容軍隊之

眾多，投入河中之鞭多得可把水流截斷。

**骰** tâu 賭博的道具，以象牙或骨材製之。六面正立方體，每面各佔一數，自一至六刻點分之。單粒或數粒投之，以其向天面之點數若干定勝負。賭法繁多。俗稱～仔～á。三巡～sam-sûn～⇨三骰現出同一數。輦～lián～⇨旋轉的骰子，六面皆在邊，中心通以軸，可旋轉之。

【骰九 tâu-káu】 骰仔的賭法。以三骰投之，數共九或八點即食，十一或十二點即賠。

【骰仔 tâu-á】 骰子。～～點～～tiám⇨骰面之數，以點刻之，故云。～～蹺～～khiâu⇨三骰相依成斜排，不計，重投之。～～碗～～oá$^n$⇨搖骰子的碗。～～攤～～thoa$^n$⇨賭骰仔的攤位。～～形～～hêng⇨正立方體。

**讀** tāu 句讀kù-tāu。你讀彼款無句讀的恰如狗唸呶呢lí tha̍k hit-lūi bô kù-tāu ê kah-ná káu liām-lō· nî⇨你讀那種沒句讀點的，很像狗唸呶。狗無事時，喉中哼出一種聲音，呶呶不絕。謂之狗唸呶káu-liām-lō·。呶lō·，呶呶之聲也。

**豆** tāu 穀類植物也。重要原料。種類甚多。有大～小～，tāi～，sio～，有黃～，紅～，綠～，烏～，菜～，皇帝～n̂g～,âng～,le̍k～,o·～,chhài～,hông-tè～等等。牽翁仔挽～藤khan ang-á bán～tîn⇨謂並無系統的閑聊一大堆。

【豆干 tāu-koa$^n$】 豆腐之類，較乾定者。～～孝媽祖～～hàu má-chó·⇨以豆干拜媽祖，喻草草了事。買～～來磕頭bé(bóe)～～lâi kha̍p-thâu⇨謂僞意自殺。殘殘～～縛二塊ch-hân-chhân～～pa̍k n̄ng-tè ⇨喻決心付錢買東西。謂一富翁極吝嗇，一天決心大開殺戒，下街一巡，最後到豆干店，下了最大決心，買了二塊豆干回家。殘殘，謂決心下毒手。～～地也～～tē-á⇨一塊豆干那麼大小的土地。

【豆仁 tāu-jîn】 豆殼包～～tâu-khak pau～～⇨豆類多數成熟後脫殼留仁以供用。

【豆仔 tāu-á】 豆類的總稱。種～～chhèng～～⇨種豆類。

【豆皮 tāu-phôe(phê)】 豆腐皮。～～面～～bīn⇨痘瘡後的凸凹面，即痘皮面亦即青春豆面。

【豆乳 tāu-leng(ni)】 亦曰豆漿tāu-chiu$^n$。豆類磨成乳狀的液體，可即食之，可製成豆腐。食～～配油炙餜chia̍h～～phòe iû-chiā-kóe⇨喝豆漿配油條，在街市甚普遍的簡易早餐。

【豆沙 tāu-se】 豆仁再去外皮，打碎加糖等料，以做餅食等的材料。例如中秋餅等多用之。～～餅～～piá$^n$⇨包豆紗的煎餅，亦曰豆泥tāu-nî。

【豆青 tāu-chhe$^n$】 豆未成熟。賣～～bē(bōe)～～⇨豆未能收，先賣給商人，待收獲後，以豆折價付息還本，與賣粟青bē-chhek-chhe$^n$同。粟chhek即稻米也。

【豆芽 tāu-gê】 同豆菜tāu-chhài。

【豆虎 tāu-hó·】 吃豆的小害蟲。

【豆花 tāu-hoe】 豆腐之未成形者，極富營養的食物。賣～～bē～～⇨同上。

【豆油 tāu-iû】 醬油。～～乎搵無要緊，連碟仔煞捧去～～hō· ùn bô-iàu-kín, liân tī-á soah phâng khì⇨搵豆油之後，碟子也捧走了，謂得寸進尺也。～～塗～～thô·⇨豆油渣，可用來醃醬瓜菓類。～～間～～keng⇨豆油店，豆油工場。～～膏～～ko⇨濃度高的上等豆油。～～賬～～siàu⇨糊塗賬。烏矸仔底～～o·-kan-á té～～⇨看不出。

【豆乳 ta-u-jī】 發酵過的鹹豆腐。

【豆粉 tāu-hún】 豆類的粉末。

【豆鬼 tāu-kúi】 雜在豆中不成熟的小豆粒。掠～～仔lia̍h～～á⇨選掉那些不成熟的小豆。

【豆莢 tāu-ngeh】 一莢豆莢闢開內有若干粒豆仔。豆仔取出之後，即是豆殼tāu-khak。

【豆粕 tāu-phoh】 榨油後的廢物曰豆粕tāu-phoh，可作飼料或肥料。製成餅形即豆餅tāu-piáⁿ或豆顆tāu-kho͘。箍，顆兩字同音亦同爲圓形物，但前者中虛，後者中實也。

【豆豉 tāu-sīⁿ】 豆製的鹹食品，亦曰醋豉ìm-sīⁿ，俗作蔭豉ìm-sīⁿ。多數爲豆油的副產物。

【豆菜 tāu-chhài】 亦曰豆芽tāu-gê。～～底的～～tê ê⇨①豆菜做底的菜——料理。眞料鋪在上面。②煙花界出身的女人。暴發戶。假學者——學位是錢買來的等。～～捽開～～póe-khui⇨歇後語，答案是：麵麵要mī-mī-boeh，意謂強要。因麵與綿mî諧音。勤勞不斷曰綿mî，曰綿綿mî-mî。麵麵與綿綿諧音。綿綿要mî-mî-boeh⇨強硬要之，換言之，豆菜捽開即是豆菜不要，留下的麵要(mī-boeh)。

【豆酤 tāu-ko͘】 黃豆滐熟任其發酵，晒干者曰豆酤，作爲醬菜(包括魚肉類)之用。

【豆腐 tāu-hū】 黃豆等豆類製的食品。加水加～～，加囝加媳婦ke-chúi ke～～,ke-kiáⁿ ke-sim-pū⇨謂自然增加勢所必然。～～磕石頭～～khap chioh-thâu⇨謂非其敵手。較慄過～～khah lám-kōe～～⇨較豆腐還要懦弱。有人興燒酒，有人興～～ū lâng hèng sio-chiú,ū lâng hèng～～⇨謂人各有所好。～～肩鴨母蹄～～keng,ah-bó(bú) tê⇨謂柔弱作不了大事。豆腐肩即肩如豆腐之軟，鴨母蹄即脚底平滿者，走不了路。食是～～水，楨是扁擔刀 chiah sī～～chúi, kòng sī pín-taⁿ-to⇨食的是豆腐水，敲打的是扁擔使橫作刀，謂主人吝嗇，待下殘忍。關公賣～～koan-kong bē(bōe)～～⇨勇猛如關公者賣柔軟的豆腐，必將豆腐弄得破爛無遺。喻暴政之壓制百姓。

【豆餅 tāu-piáⁿ】 同豆箍tāu-kho͘。豆粕壓成一塊一塊的圓餅做牲畜飼料或肥料者。

【豆漿 tāu-chiuⁿ】 同豆奶tāu-leng(ni)。

【豆頭 tāu-thâu】 製豆腐之後的廢物曰豆頭tāu-thâu，亦曰豆渣tān-cha(che)，可作飼料。

【豆餡 tāu-āⁿ】 豆紗的餡。

【豆醬 tāu-chiùⁿ】 日本的味噌miso。又醬菜的醬液。

【豆莢 tāu-kó】 豆蔓。

【豆簽 tāu-chhiam】 豆粉製的的粉條。

【豆藤 tāu-tîn】 豆蔓。牽翁仔挽～～khan ang á bán～～⇨女人東拉西扯的長講閑聊。

**痘** tāu 病名。天花也。種～chèng～⇨天花的預防接種。

【痘皮 tāu-phôe】 天花癒後的面皮。

【痘苗 tāu-biâu】 種痘用之痘漿，亦即痘種tāu-chéng。

【痘漿 tāu-chiuⁿ】 即痘苗。

【痘瘡 tāu-chhong】 天花。

**逐** tāu 漸也。一步一步而慢進曰逐tāu（見tak部）。

【逐逐 tāu-tāu】 逐漸。～～有人來抬交關～～ū lâng lâi teh kau-koan⇨漸漸有人來買賣。～～抬擴大～～teh khok-toā⇨逐漸在擴大。

【逐逐仔 tāu-tāu-á】 慢慢的，一步一步的。～～～來～～～lâi⇨慢慢來。～～～講～～～kóng⇨慢慢講。～～～做較未孱～～～chò khah-bē siān⇨一步一步工作較不疲倦。孱sian，弱也，呻吟也，疲憊也。～～～行～～～走～～～kiâⁿ～～～cháu⇨慢慢行慢慢走。

**脰** tāu 頸也，項也。吊脰tiàu-tāu⇨吊頸tiau-kéng自殺也。～～鬼～～kúi⇨吊頸鬼。落肚lâu-tāu⇨解頤kái-î。家己落脰的ka-kī lâu-tāu-ê⇨自己抖出臭事以供大家爲笑料也。破～phò～⇨論當世而解頤也。聊天也。扭頭挼～giúⁿ-thâu-chūn～⇨謂女孩子左顧右盼，不停的不莊重。

# te

**te 餅** 餹餅thông-te也。糖餅thn̂g-piáⁿ也。餹thông即餳thông，亦即糖thn̂g也。食品的成形者曰餅te，俗作塊tè(但應爲墆tè)。煎～chian～⇨同上。蠔～ô～⇨油炙iû-chīⁿ的蠔餅。亦曰蠔～炙ô～chīⁿ。顆仔～kho·(khok)á～⇨油炙iû-chīⁿ的圓形食品，以麵粉漿包各種料，例如蠔，豚肉，韭菜等等而油炙iû-chīⁿ之，其外皮變成較硬如殼khak者也，顆kho·訛爲khok。

**te 鍉** 同餅te。箍仔～kho·(khok)-á-～⇨同顆仔餅，目今在台灣幾成鳳毛麟趾也。

**te 踶** 行不速也。嬰兒eng-jî學步曰踏踶tah-te。

**té 底** 底tóe。㊀下也，器臀也。箱仔～siuⁿ-á～⇨同上。甕仔～àng-á～⇨同上。井～水蛙chéⁿ～chúi-ke⇨同上。天無邊海無～thiⁿ-bô-piⁿ hái bô～⇨同上。海枯終見～，人死不知心hái-ko· chiong kiàn～，jîn-sú put-ti-sim⇨古俚諺。有～曰橐，無～曰囊iû～oat lok, bû～oat lông⇨皆袋也。㊁基礎，根基也。歹～道是歹～pháiⁿ～tō-sī pháiⁿ～⇨壞人就是壞人。你也無抖好～lí a-bô-teh hó～⇨你也不是好東西。自～無～的chū～bô～ê⇨本來就無根基(本錢實力)的。家己有～抖，曷抖驚啥ka-lī(kī) u～lè，ah-teh-kiaⁿ sáhⁿ⇨自己有基礎嘛，又在怕什麼。富戶～hù-hō·～⇨富家出身。好額人～hó-giah-lâng～⇨富戶底。艱苦人～kan-khó·-lâng～⇨窮苦人家出身。豆菜～tāu-chhài～⇨曾在風塵中的女人。㊂裏面，內中。房間～pâng-keng～⇨閨房中。內頭～lāi-thâu～⇨裏面，大邸宅之內。蚊罩～bán-tà～⇨蚊帳之中。被～phōe～⇨被中。紙橐仔～choá-lok-á～⇨紙袋中。橐袋仔～lak-tē-á～⇨衣袋之中，荷包中。心官～sim-koaⁿ～⇨心中。腹肚～pak-tó·～⇨腹中，心中。嘴～chhùi～⇨口內。㊃將盡曰底té。月～goeh～⇨月尾goeh-bóe。年～nî～⇨歲末sòe-boat。貨～hòe～⇨殘貨chân-hòe。㊄原稿曰底té。拍～phah～⇨起～khí～⇨擬稿gí-kó。

**【底片 té-phìⁿ】** 照相chiàu-siāng的原稿。～～該留庋抖～～ài lâu-khǹg-lè⇨底片應該留下來。

**【底本 té-pún】** 底稿té-kó。～～該保存～～ài pó-chûn⇨同上。

**【底系 té-hē】** 來歷lâi-lek。背景pòe-kéng。什麼～～都知知抖，曷使歕sam-ma～～to chai-chai-leh，ah-sái pûn⇨如何的來歷(大家)皆很清楚嘛何必(自己)吹牛。歕pûn，吹也；歕鷄肚pûn-ke-kui之畧，吹牛也。

**【底柢 té-tì】** 根基。產業。不止有～～put-chí ū～～⇨有相當不少的基業。～～未偎～～bē(bōe)-bái⇨根基不錯。

**【底細 té-sè】** 內容。詳情。不知影～～m̄-chai-iáⁿ～～⇨不知道詳情如何。

**【底牌 té-pâi】** 西洋牌trump的術語。公定最有價值的牌。留在最後的有力手段。逐家掀～～tak-ê hian～～⇨大家揭開底牌以決勝負。

**【底價 té-kè】** 原價goân-ke。又招標chio-pio的工程所內定的最低價格。～～眞俗～～chin-siok⇨原價很低。～～有洩漏～～ū-siap-lāu⇨工程底價有外洩。

**té 低** 不高也。矮é也。低kē也。又垂下也。高～ko～⇨高低koân-kē。

**【低利 té-lī】** 薄薄不多的利息。～～貸款～～tāi-khoán⇨取利較低的放款。

**【低空 té-khong】** 近地面的空中。～～飛行～～hui-hêng⇨飛得不高。

**【低音 té-im】** 高音～～ko-im～～⇨同上。～～歌王～～koa-ông⇨同上。

【低迷 té-bê】 不分明。暗雲～～àm-hûn～～⇨同上。

【低能 té-lêng】 智慧較低能力薄弱。～～兒～～jî⇨～～兒童～～jî-tông⇨同上。

【低溫 té-un】 氣溫較低。～～多濕的所在～～to-sip ê só·-chāi⇨同上。

【低落 té-lo̍k】 降得甚低。士氣～～sū-khì～～⇨同上。

【低價 té-kè】 不甚高之價格。～～出售～～chhut-siū⇨以不甚高的價格出賣。

【低頭 té-thâu】 頭垂下面向地，表示屈辱或羞怯。～～無語～～bû-gí⇨同上。

【低濕 té-sip】 地勢低而濕氣多。所在有較～～淡薄仔só·-chāi ū-khah～～tām po̍h-á⇨地方較多濕。

【低氣壓 té-khì-ap】 大氣中氣壓較低的地方。風颱道是～～～所造成的hong-thai-tō-sī～～～só·-chō-sêng-ê⇨同上。

【低三下四 té-sa$^{n}$-hē-sì】 下流hā-liû。交彼類～～～～的什麼朋友kau-hit-lōe～～～～ê sam-ma-pêng-iú⇨交陪那一種下流的算什麼朋友。

【低聲下氣 té-sia$^{n}$-hē-khì】 壓低聲音收斂氣勢以示恭順。

té
**抵** 抵tí也。抵tú也。無～手bô～chhiú⇨不反撲put-hoán-phok。不反打。又不是其對手。亦即不能對抗之。

【抵抗 té-khòng】 tí-khòng。～～力～～le̍k⇨同上。無～～主義bû～～chú-gī⇨同上。

té
**短** 短tóe也。不長也。缺少也。缺點曰短té，理屈亦曰短té。日頭～ji̍t-thâu～⇨冬日不長。掠長補～lia̍h-tn̂g-pó·～⇨同上。長～籤tn̂g～chhiam⇨物有長有短的，長度不相同。本錢～pún-chî$^{n}$～⇨資金短缺。情理較～chêng-lí khah～⇨理氣比較薄弱。消路較～siau-lō· khah～⇨商品的消售量不多。

【短工 té-kang】 長工～～tn̂g-kang～～⇨同上。

【短少 té-chió】 (資本)少而不足。資金～～生理歹做chu-kim～～seng-lí phái$^{n}$-chò(chòe)⇨資金小又不足，生意難做。

【短欠 té-khiàm】 ㊀資本不足。資金～～chu-kim～～⇨同上。㊁掛帳不太久。長賒～～tn̂g-sia～～⇨謂經常賒賬沒關係，但是賒了賬，就須趕快還清，以確保信用。

【短本 té-pún】 小本sió-pún。資本少chu-pún-chió。～～生理～～seng-lí⇨小資本的生意。

【短命 té-mia】 早死。不長生。女罵男(夫妻間)的口頭禪。～～鬼～～kúi⇨同上。夭壽～～iáu-siū～～⇨何不早死，趕快死掉好了。孱頭～～chām-thâu～～⇨下劣怯弱的東西。無用的東西。孱頭chām-thâu，懦弱無用。俗作斬頭chām-thau，非也。

【短衫 té-sa$^{n}$】 短衣toán-i。穿～～配短褲chhēng～～phòe té-khò⇨同上。

【短胎 té-thai】 設立短期的抵押權。胎thai，胎權thai-koân之省詞。

【短期 té-kî】 ～～的負擔耳，較無要緊～～ê hū-tam niâ, khah-bô-iàu-kín⇨短期的負擔而已，沒多大關係。

【短棍 té-kùn】 長棒～～tn̂g-pāng～～⇨長長短短的棍棒kùn-pāng。

【短路 té-lō·】 ㊀路程近。㊁自殺。長人行～～tn̂g-lâng kiâ$^{n}$～～⇨①抄捷徑。謂抄捷徑是自殺。②嘆其自殺。

【短銃 té-chhèng】 手銃chhiú-chhèng。身軀有帶～～扲sin-khu ū-toà～～leh⇨身上暗藏有短銃。

【短劍 té-kiàm】 長刀～～tn̂g-to～～⇨㊀長刀對抗短劍。㊁長長短短的刀與劍。

【短篇 té-phi$^{n}$】 ～～小說～～siáu-soat⇨同上。

【短擺 té-pái】 短時的。短暫的toán-chiāmê。倩～～仔chhià$^{n}$～～á⇨臨時雇用lîm-sî-kò͘-iōng。擺pái，次數chhù-sò͘也。亦作回pái，回數hôe-sò͘。

【短歲壽 té-hōe-siū】 短壽toán-siū。古早人較～～～kó͘-chá-lâng khah～～～⇨古人比較短命toán-bēng。

【短芝縛細柴 té-pō͘-pak-sè(sòe)-chhâ】 喻量力從事。亦即做事沒有過分，沒有踰越jû-oa̍t。莩pō͘，收拾亂草也。以草臨時接成的草索chháu-soh曰草芝chháu-pō͘。

**té 宁** 宁tóe也。將物放入器內曰宁té。亦作貯té。器中存物曰宁té。～到大碗細碗～kà toā-oá$^{n}$-sè(sòe)-oá$^{n}$⇨貯得有大碗的有小碗的(很多東西)。～未落～bē(bōe)-lo̍h⇨貯不下。一袋道～了了也chi̍t-tē tō～liáu-liáu-à⇨一個袋子就全部貯完了。桐油籠～桐油thân-iû-liáng～thân-iû⇨桐油籠貯桐油，不能他用。喻職業甚難改途。

【宁庋 té-khǹg】 閣藏koh-chông。庋khǹg，閣藏食物，亦即閣藏也。～～抆～～lè⇨存放中。～～於倉庫～～tī chhng-khò͘⇨存置在倉庫。

【宁物 té-mi̍h】 貯物thú-bu̍t。空箱扱起來當好～～khang-siu$^{n}$ khioh-khí-lâi thang-hó～～⇨空箱收起來(必要時)可以貯物。扱khioh收也，扱拾khioh-si̍p也。

【宁淀 té-tī$^{n}$】 盛滿。飯～～道可，不當更揤pn̄g～～tō-hó m̄-thang koh-ji̍h⇨盛飯夠就可以了，不可再押實。倉庫攏～～也chhng-khò͘ lóng～～ā⇨倉庫皆放滿了。

【宁飯 té-pn̄g】 盛飯於碗。共人客～～kā lâng-kheh～～⇨爲賓客盛飯。

【宁湯 té-thng】 提碗公來～～the̍h oá$^{n}$-kong lâi～～⇨拿大碗來盛湯。

【宁東宁西 té-tang-té-sai】 宁雜物té-cha̍p-bu̍t。

**tè 帝** 王天下者曰帝tè。君也。德合天者稱帝tè。又天曰帝tè，神亦曰帝tè。皇～hông～⇨同上。始皇～sí-hông～⇨秦始皇自稱。三王五～sam-ông-ngó͘～⇨三王者夏殷周hā-in-chiu三代的開國之主，亦即夏禹hū-ú，商湯siang-thong與周文武chiu-bûn-bú也。商湯siang-thong同殷湯in(un)-thong。五帝有多說。史記以黃帝n̂g-tè，顓頊choan-hiok，帝嚳tè-khok，唐堯tông-giâu，虞舜gî-sùn爲五帝。上～siōng～⇨同上。天～thian～⇨天帝有五，曰青帝chheng-tè(東方)，赤帝chhek-tè(南方)，黃帝n̂g-tè(中央)，白帝pe̍k～(西方)，黑帝hek～(北方)是也。玉皇大～gio̍k-hông-tai～⇨天上的皇帝。

【帝王 tè-ông】 君kun也。天子thian-chú也。～～學～～ha̍k⇨同上。

【帝君 tè-kun】 神的尊稱。文昌～～bûn-chhiang～～⇨孔子。關聖～～koan-sèng～～⇨關羽。～～爺～～iâ⇨關公。～～公～～kong⇨大道公tāi-tō-kong，醫藥之神。

【帝位 tè-ūi】 皇帝的職位。霸佔～～pà-chiàm～～⇨強搶帝位。

【帝制 tè-chè】 皇帝統治國家的制度，亦即主權在皇帝的制度。

【帝室 tè-sit(sek)】 皇帝的家族。皇家hông-ka。

【帝冑 tè-tiū】 皇家的冑裔tiū-è。皇家血統的人。

【帝座 tè-chō】 帝位。皇帝席。

【帝恩 tè-in】 聖恩sèng-in。天恩thian-in。謂皇帝有恩於民。

【帝國 tè-kok】 帝制之國。～～主義～～chú-gī⇨同上。～～大飯店～～toā-pn̄g-tiàm⇨而今帝國沒有了，飯店，酒樓之以此爲名者，却似乎仍在追溯往日的春夢。

【帝堯 tè-giâu】 陶唐氏tô-tông-sī。帝嚳tè-khok之子，名放勳hòng-hun，後來讓位於舜

帝。

【帝鄉 tè-hiang】 ㊀天子的故鄉。㊁天帝所居，亦即天堂thian-tông。富貴非吾願，～～不可期hù-kùi hui-gô·-goān，～～put-khó-kî⇨歸去來辭。

【帝舜 tè-sùn】 俗稱大舜tāi-sùn。有虞氏iú-gî-sī。姓姚iâu，名重華tiōng-hoâ，受堯禪爲帝，後來亦禪位siân-ūi給大禹tāi-ú。

【帝業 tè-giap】 做皇帝的事業。竹帛煙消～～虛，關河深鎖祖龍居，坑灰未冷山東亂，劉項元來不讀書tek-phek ian-siau～～hi, koan-hô chhim-só chó·-liông-ki, kheng-hoe bī-léng san-tong-loān, liû-hāng goān-lâi put-thok-su(si)⇨唐詩，罵焚書坑儒的暴秦。

【帝德 tè-tek】 皇恩hông-in。日出而作，日入而息，耕田而食，鑿井而飲，～～於我安在哉jit-chhut jî chok, jit-jip jî sit, keng-tiân jî sit，chhak-chéng jî ím, ～～î gó· an-chāi-chāi⇨古民謠。

【帝嚳 tè-khok】 高辛氏ko-sin-sī。五帝之一。亦即陶唐氏tô-tông-sī，帝堯tè-giâu之父。

**tè 戴** 戴tài也。姓氏。戴萬生反tè-bān-seng-hoán⇨台灣史上的大亂之一。

**tè 埽** 計物的單位。㊀器物。三～碗saⁿ～oáⁿ⇨三個碗。二～桌，十～椅nn̄g～toh，chap～í⇨同上。㊁食物(按，當爲餅te之訛)。一～大～肉chit～toā～bah⇨一塊大肉。二～中～仔的紅龜粿nn̄g～tiong～á ê âng-ku-kóe⇨兩個中大的紅龜粿。三～中秋餅saⁿ～tiong-chhiu-piáⁿ⇨三個月餅。㊂布料。剪幾～仔布乎囡仔做衫chián kúi～á-pò· hō·-gín-á chò(chòe)-saⁿ⇨買若干片的布給孩子們縫衣。㊃房屋。即～更過去彼～厝，道是阮厝chit～koh-kōe-khì hit～chhù，tō-sī goán-tau⇨此一家再過去那一家，就是我們的家。厝tau，家也。㊄土地。即～合彼～，即二～是私有地chit～kah(kap) hit～, chit nn̄g～sī su-iú-tē⇨此一片和那一片，此兩片土地就是私有地。㊅場地。即～仔較無人帶chit～á khah-bô-lâng-toà⇨此地較少人居住。到～也kàu～à⇨到達了。鎮～tìn～⇨佔地有礙於事。㊆架子(女人)。毋八看人許大～m̄-bat(pat) khoàⁿ-lâng hiah-toā～⇨未嘗看見有人(如她)那麼大的架子。你毋藉有大～lí m̄-chiah-ū toā～⇨你才夠大架子。

**tè 逮** 逮tōe也 (見toe部)。

**tê 茶** 植物名。重要飲料也。其樹曰茶tê，其葉可泡～phàu～。飲～lim～⇨同上。食～chiah～⇨飲茶lim-tê。挽～bán～⇨摘取茶葉。揀～kéng～⇨選別茶葉之好壞。採～chhái～⇨同挽茶bán-tê。煎～choaⁿ～⇨燒開水泡茶。泡～phàu～⇨冲～chhiong～。捧～phâng～⇨同上。奉～hōng～⇨同上。敬～kèng～⇨同上。品～phín～⇨品嘗茶味。春～chhun～⇨春仔茶chhun-á-tê。

【茶几 tê-ki】 庋茶khǹg-tê的小矮棹。

【茶山 tê-soaⁿ】 茶山tê-san。茶園tê-hn̂g。看～～人唱採茶khoàⁿ～～lâng chhiùⁿ-chhái-tê⇨參觀茶園採茶姑娘唱採茶歌。

【茶水 tê-chúi】 飲料ím-liāu。連～～都無可飲liân～～to bô-hó-lim⇨連茶水都沒得喝。

【茶心 tê-sim】 茶米tê-bí。

【茶主 tê-chú】 茶山之主人。

【茶冬 tê-tang】 採茶期。今年的～～未稞kin-nî ê～～bō(bōe)-bái⇨今年茶的景況不壞。好～～hó～～⇨茶的景氣好。消路好，價錢好。

【茶米 tê-bí】 茶tê。茶葉tê-hioh。買～～bé(bóe)～～⇨同上。～～茶～～tê⇨泡茶葉之茶。～～粕～～phoh⇨泡過的廢茶葉。～～罐～～koàn⇨庋茶葉的小罐子。

【茶行 tê-hâng】 較大交易的茶店。開～～

khui～～⇨同上。

【茶色 tê-sek】 土黃thô͘-n̂g色。

【茶青 tê-chheⁿ(chhiⁿ)】 未成熟之茶葉。未採取的茶葉。賣～～bē(bōe)～～⇨茶未收而折價先賣出以濟急需。

【茶枝 tê-ki】 留在茶中的小茶樹枝。

【茶房 tê-pâng】 伺候sū-hāu茶水的僕役。

【茶店 tê-tiàm】 賣茶水之店。～～仔～～á⇨①賣茶水之小店。②假賣茶水爲名的色情店戶。

【茶郊 tê-kau】 茶商們。郊kau畧同於今之同業公會。

【茶客 tê-kheh】 ㊀茶猴tê-kâu。茶的經紀人。㊁好茶者hó͘ⁿ-tê-chiá。㊂飲茶如灌水者。

【茶洗 tê-sián】 茶具之一。承茶罐tê-koàn茶杯tê-poe之大盂toā-û。

【茶亭 tê-têng】 賣茶的休憩站hiu-khè-chām。於～～相等候tī～～sio-tán-hāu⇨在茶亭候齊。

【茶栽 tê-chai】 茶苗tê-biâu。

【茶配 tê-phòe】 小點心sió-tiám-sim。菓餅之類。食茶曷着～～chiah-tê ah-tioh～～⇨喝茶何必點心。

【茶師 tê-su】 鑑定kàm-tēng茶之好壞的專家。

【茶莊 tê-chng】 茶商，茶行，茶館。

【茶船 tê-chûn】 用以承茶杯之小碟。亦曰茶碟仔tê-tī-á。～～無夠幾仔個～～bô-kàu kúi-à-ê⇨茶船短少好幾個。

【茶瓶 tê-pân】 茶罐tê-koàn。

【茶巢 tê-siū】 茶罐的保溫器。多屬藤製的，內套棉花衣，可將整個茶瓶包住。

【茶桶 tê-tháng】 ㊀藏茶之大桶。㊁飲茶如牛者。

【茶棧 tê-chàn】 貯茶用的倉庫。

【茶菜 tê-chhài】 剛採回未加工的茶葉。即水的～～不止仔媠chit-chúi ê～～put-chí-á-súi⇨此一次(所採)的生茶葉相當的漂亮。生產物一班次曰一水chit-chúi。～～籠～～láng⇨同上。

【茶猴 tê-kâu】 茶業界的經紀人。牽～～khan～～⇨介紹茶葉的交易。

【茶菓 tê-kó】 茶與水果。～～敬神～～kèng-sîn⇨以茶菓敬神。簡單的敬神法。水果以代牲禮也。又菓kó通果kó。

【茶園 tê-hn̂g】 茶山tê-soaⁿ。茶田tê-tiân。做～～chò(chòe)～～⇨經營茶山。種茶chèng-te。

【茶鈷 tê-kó͘】 茶鍋tê-oe。燒開水之器具。～～安金每是磁～～an-kim mā-sī hûi⇨茶鈷加金皮還是土器。謂醜者雖加意化粧亦不美。以此言觀之，所謂茶鈷者，本來似皆屬土器。

【茶種 tê-chéng】 ㊀茶苗tê-biâu。㊁茶的種類。～～無共款～～bô-kāng-khoán⇨茶不同種。

【茶箍 tê-kho͘】 茶子tê-chí炸油後的茶子粕tê-chí-phoh，可當肥皀用。因炸油後的茶子粕，自然炸成一環一環如桶箍thán-kho͘者，故曰茶箍tê-kho͘。

【茶餅 tê-piáⁿ】 茶與餅。～～會～～hōe⇨茶話會tê-ōe-hōe⇨邊食茶點邊談話的輕鬆的會議。

【茶樓 tê-lâu】 茶店tê-tiàm。～～飯館～～pn̄g-koán⇨同上。

【茶盤 tê-poâⁿ】 承茶甌茶瓶之平盤。

【茶甌 tê-au】 茶杯tê-poe。埞～～teh～～⇨食新娘茶時，須留一紅包於茶杯中，以爲見面禮。

【茶樹 tê-chhiū】 茶tê。茶木tê-bok。～～眞好～～chin súi⇨茶樹發育很好。

【茶館 tê-koán】 茶商。住洋式建築辦出口的茶行。大稻埕的～～toā-tiū-tiâⁿ ê～～⇨當年茶館集中在大稻埕。

**【茶器 tê-khì】** 飲茶有關的各種道具，例如茶杯tê-poe，茶罐tê-koàn，茶盤tê-poā$^n$等。

**【茶辨 tê-pān】** 茶樣tê-iū$^n$。茶的見本。看～～khoà～～⇨同上。

**【茶頭 tê-thâu】** ㊀茶樹之根部。～～連茶叢～～liân tê-châng⇨茶樹頭，樹尾全部。㊁選餘之粗茶。～～該賣較俗～～ài bē(bōe)-khah-siok⇨茶頭應該便宜一點。

**【茶鍋 tê-oe(e)】** 茶鈷tê-kó͘，燒水器也。

**【茶叢 tê-châng】** 茶樹tê-chhiū。叢châng，聚木曰叢châng。～～眞旺～～chin-ōng⇨茶叢很茂盛bō͘-sēng。

**【茶簽 tê-kám】** 製茶用的竹器。揀茶kéng-tê，曝茶phak-tê皆用之。簽kám，形如米篩bí-thai的竹器，底是密的。

**【茶露 tê-lō͘】** 隔夜keh-iā的殘茶。～～亦罔飲～～ah bóng-lim⇨殘茶也權且飲之。

**【茶罐 tê-koàn】** 泡茶用～～phàu-tê iōng～～⇨同上，亦曰茶瓶tê-pân。

**【茶仔油 tê-á-iû】** 茶油tê-iû。

**【茶柝仔 tê-khok-á】** 舀茶iú$^n$-tê的杓仔siah。

**【茶棹仔 tê-toh-á】** ㊀小茶几tê-kí。㊁茶店tê-tiàm。

**【茶綠色 tê-lek-sek】** 青綠色chhe$^n$-lek-sek。

**蹄** tê 獸足也。又四肢末端皆曰蹄tê，同踶tê。馬～bé～⇨同上。脚～kha～⇨同上。手～chhiú～⇨同上。大脚～toā-kha～⇨同上。鴨母～ah-bó͘(bú)～⇨扁平足pián-pêng-chiok。頓～tǹn～(tê$^n$)⇨猶餘不前。咬牙踐～kā-gê-chàm～⇨悔恨hōe-hīn的樣子。馬失前～má-sit-chiân～⇨同上。

**踶** tê 同蹄tê，又作蹏tê。

**題** tê 頟gek也。額gek也，頭額thâu-hiah也。髮下眉上曰頟gek。識也。署也。寫字於上曰題tê。出～乎人對chhut～hō͘-lâng-tùi⇨出題徵答。命～bēng～⇨出題。作試題chhī-tê。講了有對～kóng-liáu ū-tùi～⇨說得很切合事實。無問～bô-būn～⇨沒事。問～大也būn～toā-ā⇨事有麻煩了。新聞的標～sin-bûn ê phiau～⇨同上。品～phín～⇨批評phe-phêng。無～bû～⇨作品名。

**【題目 tê-bak(bok)】** 聯考作文的～～liân-khó chok-bûn ê～～⇨同上。

**【題字 tê-jī】** 名人～～bêng-jîn～～⇨同上。

**【題名 tê-miâ】** 書名於上。互相於紀念册上～～hō͘-siāng(siōng) tī kì-liām-chheh-siāng(siōng)～～⇨彼此都在各人的紀念册上交換題名。金榜～～kim-pńg～～⇨榜上有名，亦即考試合格。

**【題捐 tê-iân】** 請人簽名認捐。～～簿～～phō͘⇨同上。

**【題詞 tê-sû】** 名人～～bêng-jîn～～⇨名人書寫文辭。

**【題詩 tê-si】** 寫詩於上。林間煖酒燒紅葉，石上～～掃綠苔lîm-kan loán-chiú siau-hông-iap，seksiāng～～sò-liok-thai⇨杜甫。

**【題頭 tê-thâu】** 題目tê-bak。問題būn-tê。藉口chiah-kháu。敫無～～好合人茹也chhōe-bô～～hó-kah-lâng-jî-ā⇨找不到藉口可以與人家重新交涉。茹jî，亂也。

**【題反詩 tê-hoán-si】** 李闖～～～lí-chhoàn～～～⇨題上示反叛意圖之詩。

**代** tē 代tāi也。世代sè-tāi也。一～更一～chit～koh chit～⇨一世代又一世代。後～āu～⇨下一代。後～人āu～lâng⇨下一代之人。即～無望看後～，即溪無魚過別溪chit～bô-bāng khoà$^n$-āu～, chit-khe bô-hî kòe pat-khe⇨今生沒希望了，只好希望於下一代的子孫，此河無魚，就移到別溪撈之。

**【代代 tē-tē】** 每一代múi-it-tāi。～～出佼人～～chhut gâu-lâng⇨每一代都有賢能之士出現。

**tē 地** 地球也。大地也。乾爲天，坤爲～khiân-ûi-thian, khun-ûi～⇨同上。大～皆春tāi～kai-chhun⇨頌春詞siōng-chhun-sû。驚天動～kiaⁿ-thiⁿ-tāng～⇨使天下皆著驚之大事件。歡天喜～hoan-thian-hí～⇨極度高興。黑天暗～o͘-thiⁿ-àm～⇨不見天日，喻極端黑暗。叫天叫～kiò-thiⁿ-kiò～⇨呼天喚～hō͘-thian-hoan～大聲求救。無天無～bô-thiⁿ-bô～⇨無法無天bû-hoat-bû-thian。兒童園～jî-tông-oân～⇨兒童玩耍的地方。公有～kong-iú～⇨大家共有之地。工場重～kang-tiûⁿ tiōng～⇨工場乃重要的所在也。市街～chhī-ke～⇨同上。

【**地力 tē-lek**】 土地的生產力。～～有較差～～ū-khah-chha⇨生產力比較不強。

【**地下 tē-ē**】 地面之下。tē-hā。～～室～～sit⇨同上。～～道～～tō⇨地下的通路。～～水～～chúi⇨地下之自然水。～～鐵路～～thih-lō͘⇨同上。

【**地土 tē-thó͘**】 土地thó͘-tē。地面tē-bīn。地力tē-lek。～～不止肥～～put-chí-pûi⇨土地相當的肥沃hûi-ak。

【**地文 tē-bûn**】 地理tē-lí。天文～～thian-bûn～～⇨同上。～～學～～hak⇨同上。

【**地支 tē-chi**】 天干～～thian-kan～～⇨十天干與十二地支。子chú丑thiú寅în卯báu辰sîn巳sū午ngó͘未bī申sin酉iú戌sut亥hāi等十二個古代的計時符號曰十二地支。

【**地牛 tē-gû**】 古人相信，地是地牛所負載著。～～抡振動～～teh tín-tāng⇨地動tē-tāng，即地震tē-chín。古人相信，地牛動才有地震。

【**地方 tē-hng**】 tē-hong。地區tē-khu，對中央tiong-ng⇨tiong-iang而言。～～官廳～～koaⁿ-thiaⁿ⇨地方政府tē-hng-chèng-hú。～～自治～～chū-tī⇨同上。～～稅～～sòe⇨同上。～～法院～～hoat-īⁿ⇨同上。

【**地心 tē-sim**】 地球之中心。

【**地目 tē-bak**】 土地的使用種類。～～變更～～piàn-keng⇨例如地目是田變爲建地等是。

【**地主 tē-chú**】 土地之主人。

【**地瓜 tē-koe(koa)**】 蕃藷han-chî。

【**地皮 tē-phôe**】 土地thó͘-tē。又地方的財富。買～～bé(bóe)～～⇨買土地。炒～～chhá～～⇨專搞地皮買賣的生意。～～起三寸～～khí-saⁿ-chhùn⇨謂貪官惡吏刮盡地方的財富，連地皮都刮去三寸厚。

【**地址 tē-chí**】 居住的所在。房屋等的所在。～～變更～～piàn-keng⇨同上。

【**地形 tē-hêng**】 ～～圖～～tô⇨同上。利用～～地物lī-iōng～～tē-but⇨同上。

【**地利 tē-lī**】 地與人的關係。天時不如～～，～～不如人和thian-sî put-jî～～，～～put-jî jîn-hô͘⇨謂得天之時不如得地之利，得地之利又不如得人之和氣，亦即人和團結爲最上。

【**地牢 tē-lô**】 掘地爲牢。囚禁～～siû-kìm～～⇨同上。

【**地步 tē-pō͘**】 境遇kéng-gū。悽慘的～～chhi-chhám ê～～⇨悲慘pi-chhám的境遇。

【**地位 tē-ūi**】 身分sin-hūn(包括財富，職位)。社會上有～～的人sia-hōe-siāng(siōng) ū～～ê lâng⇨在社會上地位不錯的人。踏著好～～tah-tioh hó～～⇨步上好的地位。家內全望君榮歸，艱難勤儉送學費，那知踏著好～～，無想家中一枝梅ka-lāi choân-bāng kun-êng-kui, kan-lân-khîn-khiām sàng-hak-húi, ná-chai tah-tioh hó～～, bô-siūⁿ ka-tiong it-ki-bôe(mûi)⇨雪梅思君歌。

【**地府 tē-hú**】 陰府im-hú。陰間im-kan。陰魂來到～～im-hûn lâi-kā～～⇨同上。去～～見閻君也khì～～kìⁿ giâm-kun-a⇨到地府去拜訪閻羅王了，亦即他死掉了。

【**地祇 tē-kî**】 地方神。地官tē-koan。天神

～～thian-sîn～～⇨同上。～～主～～chú⇨俗作地基主tē-ki-chú。地祇亦讀tē-kî。

【地官 tē-koan】 地神tē-sîn。地祇tē-chi俗曰三界公sam-kài-kong。天官～～thian-koan～～⇨天神地祇thian-sîn-tē-chi。

【地界 tē-kài】 區域khu-ek。地盤tē-poâⁿ。侵犯著人的～～chhím-hoān-tioh lâng ê～～⇨跨越了別人的地區。

【地保 tē-pó】 地方最下級的行政官吏。當今的村里鄰長之類。

【地租 tē-cho͘】 土地稅。納～～lap～～⇨同上。～～單～～toaⁿ⇨地稅通知單。

【地骨 tē-kut】 漢藥名。枸杞ko͘-kí也。又石頭chioh-thâu亦曰地骨tē-kut。

【地氣 tē-khì】 ㊀天然瓦斯。㊁氣候。～～算未穲～～sǹg bē(bōe)-bái⇨氣候還算不壞。㊂一種地的作爲。瘟疫道是～～所激的un-ek tō-sī～～só͘-kek-ê⇨(古人相信)流行病就是地氣所造成的。

【地脈 tē-meh】 風水師的名堂。～～龍脈～～liông-meh⇨同上。

【地陷 tē-hām】 ㊀庋物khng-mıh的土穴thô͘-hiat。開～～khui～～⇨掘土穴以貯物。㊁陷阱hām-chéng。跋落～～poah-loh～～⇨跌落陷阱中。

【地域 tē-hek】 地方。地區。～～觀念～～koan-liām⇨重視自己所屬地方的思想。

【地基 tē-ki】 基地ki-tē。建築用地kiàn-tiok-iōng-tē。～～主～～chú⇨①地主tē-chú。土地開拓人。②土地公thó͘-tē-kong。拜～～主pài～～chú⇨同上。～～稅～～sòe⇨土地的租金。

【地球 tē-kiû】 大地。～～是圓的～～sī îⁿ-ê⇨同上。～～儀～～gî⇨觀測地球之儀器。

【地理 tē-lí】 ㊀～～誌～～chì⇨同上。天文～～thian-bûn～～⇨同上。㊁風水hong-súi。行～～kiâⁿ～～⇨看查風水。

【地棍 tē-kùn】 地方的惡徒。地痞tē-phí。

【地號 tē-hō】 地名bē-miâ。～～名～～miâ⇨同上。

【地腰 tē-io】 地峽tē-kiap。山腰soaⁿ-io。

【地雷 tē-lûi】 地下炸彈。～～火砲～～hóe-phàu⇨同上。

【地勢 tē-sè】 地形tē-hêng。～～險要～～hiám-iàu⇨同上。

【地煞 tē-soah】 地上的惡神。天罡～～thian-kong～～⇨天地的兇神。三十六天罡，七十二～～saⁿ-chap-lak thian-kong，chhit-chap-jī～～⇨三十六顆天罡星與七十二顆地煞星。俗謂水滸傳chúi-hó͘-toān裏一百零八英雄就是這些天罡地煞所轉世的。

【地獄 tē-gak(gek)】 閻羅王giâm-lô-ông的管區。天堂～～thian-tông～～⇨同上。歹人落～～pháiⁿ-lâng loh～～⇨同上。拍～～phah～～⇨道士的名堂之一，謂能自地獄救出寃魂。興食牛犬，～～難免hèng-chiah giûⁿ-khián, ～～lân-bián⇨謂喜歡吃牛肉狗肉者，一定落地獄。

【地圖 tē-tô͘】 張松獻～～tiuⁿ-siông hiàn～～⇨三國誌演義的故事。

【地震 tē-chín】 地動tē-tāng。

【地質 tē-chit】 ～～學～～hak⇨同上。

【地價 tē-kè】 土地的價錢。～～稅～～sòe⇨同上。

【地龍 tē-lêng】 漢藥名。蚯蚓（肚滾）干tō͘-kún-koaⁿ也。

【地頭 tē-thâu】 地方。～～輕～～khin⇨地方上沒有大人物。～～蛇～～choâ⇨地棍tē-kùn地痞tē-phí。～～眞衰微～～chin-soe-bî⇨地方衰微。

【地氈 tē-chin】 俗多曰地毯 tē-thán。毯thán，毛席也。

【地輿 tē-î】 地tē也。地理也。

【地點 tē-tiám】 所佔的地方。～～無適當

～～bô sek-tōng⇨地點不合必要的條件。～～是鷄襟胸的所在～～sī ke-khim-heng ê sō·-chāi⇨地點是最佳的狀元地chiōng-goân-te。

【地下莖 tē-hā-keng】 植物莖之埋在地下者。例如蕃薯han-chî蓮藕liân-ngâu等是。

【地中海 tē-tiong-hái】 世界最廣大的內海。東西自敍利亞sī-lī-a至西班牙se-pan-gê，南北自非洲hui-chiu至歐洲au-chiu之間。希臘hi-lā，埃及、羅馬等古文明國皆在此內海之周圍。

【地平線 tē-pêng-soàⁿ】 天文學名詞。俗以海空分界線曰水平線chúi-pêng-soàⁿ，地空分界線即曰地平線tē-pêng-soàⁿ。

【地動說 tē-tōng-soat】 以地球爲球體，有自轉亦有公轉的學說，是打破古來衆所公信的天動說的最重要學說。

【地層學 tē-chân-hak】 地質學的一門。專作地層的生成分布等等之研究。

【地藏王 tē-chōng-ông】 地藏菩薩tē-chōng-phô·-sat。

【地政機關 tē-chèng-ki-koan】 辦理地政的官衙。

【地殼變動 tē-khak-piàn-tōng】 地質學名詞。火山爆發陸地昇降等的地變tē-piàn是也。

【地廣人稀 tē-kóng-jîn-hi】 ～～～～，地瘦人貧～～～～，tē-sò·-jîn-pîn⇨同上。

tē **第** 等次téng-chhù也。住宅chū-theh也。次～來chhù～lâi⇨一個接一個來。等～téng～⇨等級téng-kip。科～kho～⇨科舉kho-kí。及～kip～⇨中式tiōng-sit(sek)，及格kip-keh。門～bûn～⇨顯貴hián-kùi的家世。

【第一 tē-it】 無人在前。名列～～bêng-liat～～⇨第一名。倒數～～tó-sò·～～⇨第尾名。～～流～～liû⇨～～等級的～～téng-kip-ê。～～人～～jîn⇨無人可比者。～～人稱～～jîn-chheng⇨文法名詞，指文中的我。～～衰，剃頭歕鼓吹～～soe，thì-thâu pûn-kó·-chhoe⇨封建時代的老觀念。～～戇，撞球相碰～～gōng，lòng-kiû-sio-pōng⇨童語。建設～～，教育爲先kiàn-siat～～，kàu-iok-ûi-sian⇨某縣長的施政口號。

【第二 tē-jī】 名列～～bêng-liat～～⇨同上。～～人稱～～jîn-chheng⇨文法名詞，指你及您lín。

【第三 tē-saⁿ】 名列～～bêng-liat～～⇨奧運的銅牌得主。～～人稱～～jîn-chheng⇨文法名詞，指第三者tē-saⁿ-chiá，亦即他等。

【第宅 tē-theh】 大住宅。官邸koaⁿ-tí。王侯～～皆新主，文武衣冠異昔時ông-hô·～～kai sin-chú, bûn-bú i-koan ī-sek-sî⇨杜甫詩。

【第三者 tē-saⁿ-chiá】 法律名詞。局外之人。原被告兩造以外的人。謂有善意與惡意之別。善意的～～～siān-ì ê～～～⇨當事人的行爲不能對抗善意的第三者。亦曰第三人tē-saⁿ-jîn。

【第三國際 tē-saⁿ-kok-chè】 世界共產黨組織的簡稱。亦稱赤色國際chhek-sek-kok-chè。

【第五縱隊 tē-gō·-chhiòng-tūi】 有組織的間諜活動。

tē **弟** 男子先生爲兄，後生爲弟tē。女子後生者亦曰弟tē。兄～姊妹heng～chí-moāi(mūi)⇨同上。

【弟子 tē-chú】 ㊀爲人弟人子者。～～入則孝，出則悌，恭而信，汎愛衆，而親仁，行有餘力，則以學文～～jip-chek-hàu, chhut-chek-tē, kiong-jî-sìn, hoān-ài-chiòng, jî-chhin-jîn, hêng-iú-î-lek, chek-í-hak-bûn⇨論語。㊁學生。子夏問孝，子曰，色難，有事，～～服其勞，有酒食，先生饌，曾是以爲孝乎chú-hē būn-hàu, chhú-oat, sek-lân, iú-sū, ～～hok-ki-lô, iú-chiú-sū, sian-seng-choān, chêng-sī-í-ûi-hàu-hō·⇨論語。㊂信徒。神明興，～～窮sîn-bêng-heng,～～kêng⇨謂神明有靈顯lêng-hián則信徒就貧窮。尪顯，～～落

臉ang-hiân，～～lok-liân⇨神有聖，弟子就悽慘。落臉lok-liân，悽慘落魄chhi-chhám-lok-phek。又尪ang，偶人ngó͘-jîn，神像sîn-siōng也。

**【弟妹 tē-moāi(mūi)】** 小弟sió-tī與小妹sió-moāi。照顧～～chiàu-kò͘～～⇨同上。

**【弟婦 tē-hū】** 弟之妻。～～，細嬸，細妗～～sè-chím, sè-kīm⇨弟之妻，夫弟之妻，妻弟之妻。

**tē 悌** 順sūn也。善事兄長曰悌tē。通弟tē。弟子入則孝，出則～tē-chú jip-chek-hàu, chhut-chek～⇨同上。孝～之家hàu～chi-ka⇨兒女有孝順從之家庭。

**tē 苧** 植物名。纖維植物也。～仔絲～á-si⇨苧之幼絲。～仔油～á-iû⇨同上。

**【苧仔 tē-á】** 纖維的一種。～～比油麻較勇～～ pí iû-moâ khah-ióng⇨苧仔強韌過油麻。～～絲～～si⇨苧仔的小絲。～～布～～pò͘⇨～～織成之布。

**tē 袋** 囊lông也。橐lok也。宁物之器也。布紙之軟體者曰袋tē。木鐵等之硬體者曰箱siu$^{n}$。又宁入囊中亦曰袋tē。布～pò͘～⇨同上。紙～choá～⇨同上。塑膠～sok-ka～⇨同上。紙橐仔～choá-lok-á～⇨同上。錢～chî$^{n}$～⇨荷包hô-pau。子孫～kiá$^{n}$-sun～⇨腎囊sīn-lông(睪丸袋子)的戲稱。乾坤～khiân-khun～⇨①神仙的魔術袋mō-sut-tē。②雜物袋chap-but-tē。糖～米～thn̂g～bí～⇨原多屬麻布袋moâ-pò͘-tē，今多改用塑膠袋sok-kau-tē。米～仔bí～á⇨麵粉袋mī-hún-tē的俗稱。橐～仔lak～á⇨衣袋i-tē⇨衫仔袋sa$^{n}$-á-tē。袋落去橐袋仔底tē-loh-khì lak-tē-á-té⇨收入衣袋中。袋落去tē-loh-khì→tē-loh-ì。袋無落去tē-bô-loh-khì(ì)⇨沒放進袋中。袋落去紅布袋仔也tē-loh-khì(ì) âng-pò͘-tē-á-ā⇨(賄賂)吃入肚裏了。紅布袋仔âng-pò͘-tē-á⇨肚子。袋到飽飽也tē-kà-pá-pá-ā⇨吃得很飽了，亦即貪汚得十分多了。

**【袋仔 tē-á】** 袋類之總稱。橐～～lak～～⇨衫仔袋sa$^{n}$-á-tē，衣袋i-tē。米～～bí～～⇨麵粉袋mī-hún-tē。

**【袋鼠 tē-chhí (chhú)】** 動物名，產於澳洲。俗稱康格驢khang-ga-lû即kangaroo也。

**【袋屎的 tē-sái-ê】** 同袋恭的tē-kiong-ê。

**【袋恭的 tē-kiong-ê】** 罵人語。謂不是吃米的常人。同袋屎的tē-sái-ê。

**【袋糞的 tē-pùn-ê】** 同袋恭的tē-kiong-ê。

## te$^{n}$

**te$^{n}$ 蹬** 踵chióng也。脚後也。亦曰蹬ti$^{n}$。脚後～kha-āu-～⇨踵。亦單說後～āu～。鞋～ê(ôe)～⇨鞋踵。

**te$^{n}$ 諹** 誑kòng也。佯也。詐言也。強裝曰諹tè$^{n}$。烏白～o͘-peh～⇨胡亂講o͘-loān-kóng。興～hèng～⇨喜歡黑白講。又抒～也iū-teh～ā⇨又在亂講了。佼～gâu～⇨很會胡亂講。瘦牛仔～稙屎sán-gû-á～tēng-sái⇨謂瘦牛硬放乾硬之糞。喻窮人勉強負擔巨款。

**【諹生 tè$^{n}$-chhe$^{n}$】** 佯作不熟。假裝不知。莫抒～～ mài-teh～～⇨勿假作不知情→tī$^{n}$-chhi$^{n}$。

**【諹死 tè$^{n}$-sí】** 裝死。～～鯪鯉，食死蚼蟻～～ lâ-lí, chiah-sí-káu-hiā⇨鯪鯉裝死吃螞蟻。鯪鯉裝死，張嘴吐舌等蟻群集舌上，才將其吞食。請死tè$^{n}$-sí亦假死ké-sí也。

**【諹憨 tè$^{n}$-gōng】** 佯傻。裝傻瓜。～～人～～lâng⇨裝成傻瓜。憨gōng，戇gōng之俗字。

**【諹狷 tè$^{n}$-siáu】** 佯作狂人。不免抒～～m̄-bián teh～～⇨何用佯狂。～～六顛～～lak-tian⇨裝狂作顛。

**【諹悾 tè$^{n}$-khong】** 佯作狂人。～～講戇話～～tè$^{n}$-khong kóng-gōng ōe⇨同上。～～食狗屎～～chiah-káu-sái⇨罵其明知故問。

**【諕毋知 tè$^{n}$-m̄-chai】** 裝做不知。伊若不講，咱道～～～，莫管伊i ná-m̄-kóng, lán tō ～～～，mài-koán i⇨他如果不說，我們就裝不知，不要管他。未使得～～～嘛，逐個都是朋友嘛bē(bōe)-sái-tit ～～～ mà, tak-ê to-sī pêng-iú-mà⇨不可以裝做不知嘛，大家都是朋友嘛。

tè$^{n}$
**脹** 脹大tiàng-tāi也。通作諕tè$^{n}$。勉力而爲曰脹tè$^{n}$, tī$^{n}$。瘦牛仔～稦屎sán-gû-á～tēng-sái⇨勉力而爲。無每該～bô mā-ài～⇨無也要勉力爲之。例如賣牛勉強送子讀大學等，本無力爲之，却勉力爲之。

**【脹力 tè$^{n}$-lat】** 勉強出大力。該較～～扴 ài-khah～～leh⇨要較努力些。

**【脹屎 tè$^{n}$-sái】** 糞不出而張力出之。例如便秘piān-pī等時。

**【脹稦屎 tè$^{n}$-tēng-sái】** 瘦牛仔～～～sán-gû-á～～～⇨窮苦中勉力爲之。

tê$^{n}$
**桯** 一種箍桶kho·-tháng的小工具。使桶箍箍得更緊的工作亦曰桯tê$^{n}$。桶～tháng～⇨同上。該更～ài koh～⇨需要再桯tê$^{n}$。

**【桯桶 tê$^{n}$-tháng】** 使桶箍更緊固。～～箍～～kho·⇨同上。

tē$^{n}$
**掟** 手掌握物曰掟tē$^{n}$。執掌權力亦曰掟tē$^{n}$。錢是老爸仔～扴chî$^{n}$-lī lāu-pē-á～lè⇨錢在父手緊握著不放（子拿不到）。～驚死，放驚飛～kia$^{n}$-sí，pàng-kia$^{n}$-poe⇨謂錢在手如小鳥在握中，握緊了，怕握死，放了嗎，又怕鳥兒高飛而去。喻有錢時的遊移不定的心事。搓圓～扁攏會so-î$^{n}$ tē$^{n}$-pí$^{n}$ lóng-ē⇨謂要圓要扁皆可以。喻有權威的調停人。

**【掟破 tē$^{n}$-phoà】** ～～鴨卵～～ah-nn̄g⇨同上。生葩～～lān-pha～～⇨謂悔恨之又深又急。

**【掟頷仔 tē$^{n}$-ām-á】** 未輸鬼扴～～～be-su kúi teh ～～～⇨一如鬼在束其頸。喻歌聲不好。亦罵無端而大喊大叫者。

tē$^{n}$

**鄭** 姓氏。～國姓～kok-sèng⇨鄭成功因功而賜姓朱chu。

## teh

teh
**坔** 同地。地者底也。底載萬物者也。作負重解。俗以壓ap強讀teh，似非是。擔～ta$^{n}$⇨沈重吃力之勞力工作也。

teh
**得** 得tit也。得tek也。

**【得未 teh-beh】** tit-boeh。快要khoài-iàu也。將得而未得之際也。未beh,boeh第四聲，要iàu也。～～來也～～lâi-ā⇨快要來了。～～去也～～khì-ā⇨快要去了。～～死也～～sí-ā⇨將要死了。～～無命也～～bô-miā-ā快要沒命了。～～會曉也～～ē-hiáu-ā⇨快要學會了。～～畢業也～～pit-giap-ā⇨快要畢業了。後個月道～～結婚也āu-koh·-goeh tō ～～kiat-hun-a⇨下個月就將結婚了。

teh
**扴** 於tī也。在chāi也。有人於扴否ū-lâng tī-teh-bò·⇨有人在家嗎。於扴tī-teh→tī-leh→tī-lē→tī-lè。此四種讀音，雖有地方性之差異，但在文法上皆一樣也。於～睏tī～khùn⇨在休息。於～讀册tī～thak-chheh⇨在讀册。於～做生理tī～chò(chòe)-seng-lí⇨在營商。於～食頭路tī～chiah-thâu-lō·⇨在領薪水生活。於～哈唏tī～hah-hī⇨在打欠伸。喻無事可做，或失業中。扴teh附在動詞之前或後，表示動詞的動態在進行中，或維持不變。～食飯～chiah-pn̄g⇨在吃飯中。猶～讀册 iáu～thak-chheh⇨還在讀書中(上學中)。無～做工也bô～chò(chòe)-kang-ā⇨不在打工了。猶～傑想iáu～gām-siūⁿ⇨還在夢想中。～行也～kiâ$^{n}$-ā⇨在開始了。戲～做也hì～chò-à⇨戲在開演了。～叫你去～kiò-lí-khì⇨在叫你過去。～敠無人～chhōe-bô-lâng⇨在找不到人。～來也～lâi-ā⇨在進來了。～洗也～sé-à⇨在洗濯sé-tek了。～寫也～siá-à⇨在書寫了。～學也～oh-à⇨在學習了。企～khiā～⇨站住。坐～chē～坐着。記～kì～⇨記住，寫上去罷。提～theh～⇨拿在手。牽～khan～⇨牽着手。企～食，倒～放khiā～chiah, tó～pàng⇨站着吃，臥着拉屎。teh→leh→lè。坐～毋知企～的人脚痠chē～m̄-chai khiā～e lâng kha-sng⇨同上。

teh
**鎮** 重也。壓也。安也。㊀從上押下曰鎮teh。㊁蓋過他人曰鎮teh。㊂賭博下注曰鎮teh。㊃一種立即的回禮曰鎮teh。㊄藥效去病亦曰鎮teh。艱苦人道該擔該～kan-khó·-lâng tō āi-ta$^{n}$ āi～⇨窮苦人家，必須做擔鎮ta$^{n}$-teh的苦工夫。擔ta$^{n}$曰鎮teh,亦即扁擔pín-ta$^{n}$壓肩ap-kian也。揹石頭來～moh-chioh-thâu-lâi～⇨抱石頭來押住它。揹moh，以手扶持之也。抱phō曰揹moh。白皙更好骨格，狗公腰更佼相～peh-sik koh hó-kut-keh, káu-kang-io koh gâu-sio～⇨稱讚男子體格的押韻語。通庄無人～伊會過thong-chng bô-lâng～i ē-kòe⇨全鄉沒人能夠蓋過他。蓋kài亦勝sìn也。有～有輸，總～總輸ū～ū-su,chóng～chóng-su⇨每下注每敗，全部投下去，全都輸光了。人送物來該共～倒轉去lâng sàng-mih-lâi āi kāng～tò-tńg-khì(ì)⇨人家贈送東西來了，需要回禮(若干)給帶回去。彼類藥仔較食都未～hit-lōe ioh-á khah-chiah to bē(bōe)～⇨那種藥怎麼吃都沒效。

【**鎮火 teh-hóe(hé)**】 鎮壓tìn-ap火災之發生。搬傀儡～～poa$^{n}$-ka-lé～～⇨搬演傀儡戲ka-lé-hì以預防火災之發生。

【**鎮心 teh-sim**】 鎮單一注，不双跨。亦曰鎮孤心teh-ko·-sim。伊博傲眞殺，攏佅～～i poah-kiáu chin-sat, lóng boeh～～⇨他賭博很狠，都是要押心。

【**鎮生 teh-se$^{n}$(si$^{n}$)**】 同鎮青teh-chhe$^{n}$(chhi$^{n}$)。

【**鎮字 teh-jī**】 亦曰文鎮bûn-tìn。一種桌上用的小文具，以鎮壓紙張書册之飛揚者。

【**鎮年 teh-nî**】 壓歲ap-sòe。～～錢～～chî$^{n}$⇨壓歲錢ap-sòe-chî$^{n}$。發粿發錢，甜粿～～，包仔粿包金，菜頭粿食點心hoat-kóe-hoat-chî$^{n}$，ti$^{n}$-kóe～～, pau-á-kóe pau-kim, chhài-thâu-kóe chiah-tiám-sim⇨童謠。

【**鎮死 teh-sí**】 押死。啞口的～～囝，無話講é-káu-ê～～kiá$^{n}$, bô-ōe-kóng⇨啞吧壓死兒子，沒話說。喩事過不能說明或無法說明之苦。如果說明了，或恐內情暴露，或恐招來更多傷害等等。

【**鎮地 teh-tē**】 押金ah-kim。押銀ah-gîn(gûn)。該～～否āi～～bò·⇨要不要抵押。～～該三千～～āi sa$^{n}$-chheng⇨要三千做抵押té-ah。

【**鎮佃 teh-tiān**】 鎮地teh-tē的一種。土地的押金。

【**鎮青 teh-chhe$^{n}$(chhi$^{n}$)**】 自己孩兒因發育不良而亡，立即設法收養一個養女以冀將來出生的子女，皆能健康長大。抱一個來～～phō-chit-ê lâi～～⇨同上。抱phō，收養曰抱phō。

【**鎮枝 teh-ki**】 苗木biâu-bok的製造法。以果樹的小枝壓橫於土面，待其生根之後，剪取而移植之。亦曰鎮椏teh-oe。～～做種～～chò(chòe)-chéng⇨同上。

【**鎮底 teh-té**】 ㊀貨箱之底層。鎮底貨tìn-té-hòe。～～貨～～hòe⇨底層的次等貨。阮無～～，亦無舖面goán bô～～，ah-bô pho·-bīn⇨我們(的貨)不做鎮底，也不做舖面。亦即沒有好貨壞貨之分，都是一樣好的。㊁清倉貨chheng-chhng-hòe。未賣出者。～～貨～～hòe⇨同上。

【**鎮定 teh-tiā$^{n}$**】 婚約成立，由男方先付信物(現款亦可以)爲憑，曰鎮定仔teh-tiā$^{n}$-á，亦即訂婚了tēng-hun-liáu。又凡交易成立先付部分款亦曰鎮定teh-tia$^{n}$。一聲答應耳，個老母仔家己的手環剝起來，一下道共伊～～也chit-sia$^n$-tah-èng niâ，in-lāu-bú-á ka-tī(kī)-ê chhiú-khoân pak-khí-lâi,chi̍t-ê tō kā-i～～ā⇨聽到一聲好了，他媽媽把自己手上的手環剝下來，一下子就送她做訂婚的信物了。

**【鎮紅 teh-âng】** 回贈紅包或者紅紙紅絲線以示吉利。～～藉快做大人～～chiah khoài-chò toā-lâng⇨同上。做大人chò-toā-lâng，男女孩以結婚爲大人。

**【鎮枵 teh-iau】** 治餓tī-gō͘。治枵tī-iau。先～～較要緊seng～～khah-iàu-kín⇨首先治枵吃飽最重要。

**【鎮紙 teh-choá】** 掃墓sàu-bōng。清明有去～～chheng-bêng ū-khì～～⇨清明節曾去掃墓。墓地清掃之後，必以金錢紙放置於墓上，以石子鎮之，以防被風吹散。

**【鎮氣 teh-khì】** 阿片講眞～～，毋知有影否a-phiàn kóng chin～～，m̄-chai ū-á$^n$-bô͘⇨阿片聽說很鎮氣，不知是否眞的。氣khì指嘔áu或嗽sàu而上昇之氣khì。

**【鎮桌 teh-toh】** 賞厨師的紅包。男到女家相親siàng-chhin而受饗宴hióng-iàn，必須以紅包謝之，曰鎮桌teh-toh。

**【鎮喟 teh-khùi】** 同鎮癮teh-giàn。先～～抮seng～～lè⇨先消消癮氣。

**【鎮𢵌 teh-siā$^n$】** 𢵌siā$^n$，喜事用的一種特殊容器，亦即双人扛的大四角籃。有竹木製之別。例如祝壽，囡壻方以此送禮物到岳父家，岳家收之，必留一部份給原𢵌扛回，曰鎮𢵌teh-siā$^n$。

**【鎮煞 teh-soah】** 鎮壓tìn-ap煞神soah-sîn,惡神也。

**【鎮痰 teh-thâm】** 去痰khì-thâm。鎮嗽teh-sàu之有痰者曰鎮痰teh-thâm。

**【鎮嗽 teh-sàu】** ㊀治咳嗽ka-sàu。～～藥仔～～io̍h-á⇨同上。㊁鎮癮teh-giàn。阿西哥道該大酴藉會～～嘛a-se-ko tō-ài toā-thô͘ chia̍h-ē～～mà⇨阿西兄應該喝喝大酴才能夠過癮嘛。大酴toa-thô͘，酒母也，俗以米酒bí-chiú等厚酒kāu-chiú爲大酴toā-thô͘而作大土toā-thô͘。

**【鎮箱 teh-siu$^n$】** 女兒出嫁，母必在其嫁粧的椅棹的抽斗中，放入現款或物品，以示其不空，曰鎮箱teh-siu$^n$。

**【鎮櫃 teh-kūi】** 交易的定金。先五千給伊～～seng gō͘ chheng hō͘-i～～⇨先付五千做保證金。

**【鎮癮 teh-giàn】** 癮giàn，願也。消去癮頭giàn-thâu。先一杯來～～抮seng chi̍t-poe lâi～～lè⇨先來一杯鎮癮吧。

**【鎮驚 teh-kia$^n$】** 有着驚tio̍h-kia$^n$就要鎮驚teh-kia$^n$。叫司功來～～kiò-sai-kong lâi～～⇨請司功治中驚。食～～藥仔chia̍h～～io̍h-á⇨同上。辦酒～～pān-chiú～～⇨對大難不死者以酒席壓驚。

**【鎮八字 teh-pat-jī】** 媒人送來的女方生時月日單（剛好必湊成八字），放上神佛祖先牌前，三日家中平安未發生不吉利事，即可正式談親，決定具體事項。亦曰鎮生月teh-se$^n$(si$^n$)-goe̍h(ge̍h)。

**【鎮茶甌 teh-tê-au】** 新娘介紹會曰食新娘茶chia̍h-sin-niû$^n$-tê，親朋都可參加。首先新娘捧茶phâng-tê請客，由大而小，媒人按人一一介紹，繼而捧出新娘手製的小巧紀念品，亦如奉茶順序，由客方每人自選一件，最後由新娘一一收回茶杯，客方即各以紅包置於茶杯中，曰鎮茶甌teh-tê-au。

**【鎮撚寶 teh-lián-pó】** 一種古老的賭博。

tek **坾** 積塵也。亦指疊層積壓也。

## tek

tek **德** 修養而有得於心也。恩惠也。福也。修業進～siu-gia̍p-chìn～⇨同上。感恩報～

kám-in-pō～⇨同上。以～報怨í～pō-oàn⇨同上。大恩大～tāi-in-tāi～⇨同上。公共道～kong-kiōng-tō～⇨同上。公～kong～⇨同上。私～su～⇨同上。前世好積～chêng-sì hó-chek～⇨同上。福～正神hok～chèng-sîn⇨土地公thó·-tī-kong的正名。

**【德化 tek-hoà】** 以道德感化。聖人的～～sèng-jîn ê～～⇨同上。

**【德行 tek-hēng】** 好～～hó～～⇨同上。有～～的人ū～～ê lâng⇨同上。

**【德育 tek-io̍k】** 品德教育。智育～～體育tì-io̍k～～thé-io̍k⇨教育的三大分類。

**【德性 tek-sèng】** 品德phín-tek性質sèng-chit的俗語。彼款的～～奧改hit-khoán ê～～oh-kái⇨那一種性質難改。

**【德政 tek-chèng】** 有益於民的政治。日本中世有一個執政將軍發布～～令，規定民間的一切債務都不必償還。

**【德配 tek-phòe】** 稱人之正妻。李先生的～～lí-sian-seng ê～～⇨同上。

**【德望 tek-bōng】** 道德人望。有～～的老人ū～～ê lāu-lâng⇨同上。～～常昭～～siâng-chiau⇨弔輓用詞。

**【德國 tek-kok】** ㊀德意志國的簡稱。㊁～～的～～ê⇨成績特別好或者性格有異於常人者的綽號，亦即特殊之人。

**【德不孤 tek-put-ko·】** ～～～，必有鄰～～～，pit-iú-lîn⇨論語。

**tek 嫡** 正妻也。正室曰嫡tek。或說，嫡tek就是敵te̍k,謂無人能與爲敵也。

**【嫡子 tek-chú】** 正室所生之子。俗曰正出chià$^{n}$-chhut。～～庶子～～sì-chú⇨正室之子與側室之子。

**【嫡母 tek-bó(bió)】** 正室有子就是嫡母。

**【嫡出 tek-chhut】** 出自正妻的系統。～～庶出～～sì-chhut⇨正妻生的，妾侍生的。

**【嫡系 tek-hē】** 正室所生衍的系統。同嫡派。

**【嫡妻 tek-chhe】** 正室，正妻。

**【嫡派 tek-phài】** 正妻所生衍的系統。俗稱直系ti̍t-hē。生衍seng-ián，生湠se$^{n}$-thoà$^{n}$者也。

**【嫡長子 tek-tiáng-chú】** 嫡子中的長子。～～～嫡長女～～～tek-tiáng-lí⇨正室的長子長女。

**tek 竹** 植物名。種類甚多，有桂～kùi～，綠～le̍k～，麻～moâ～，刺～chhì～，孟宗～bēng-chong～等等。甚具經濟價值，其材可用，其筍可食。歹～出好筍phái$^{n}$～chhut hó-sún⇨壞竹生出好的竹筍。喻壞的父母養出優秀的子弟。青～絲chhe$^{n}$～si⇨一種全身綠色的毒蛇to̍k-choâ。敲～槓 khau～kǹg⇨敲詐khau-chà，國語之台語音譯詞。

**【竹刀 tek-to】** ㊀砍竹的專用刀。㊁練劍術的竹劍。

**【竹心 tek-sim】** 竹之心芽。婚姻的禮物中有此物。意爲心如竹之直。

**【竹仔 tek-á】** 竹之總稱。～～林～～nâ⇨竹林tek-lîm。～～山～～soa$^{n}$⇨有竹之山。～～坑～～khe$^{n}$⇨地名，坑khe$^{n}$，溪谷khe-kok也。～～湖～～ô·⇨地名。～～蔗～～chià⇨甘蔗kam-chià的一種。

**【竹目 tek-ba̍k】** 竹幹上發芽生枝處曰目ba̍k。目與目之間曰答ham。亦曰節chat，目ba̍k亦曰節chat。

**【竹皮 tek-phôe】** 竹的表皮。～～篾～～bi̍h⇨全竹皮之竹篾tek-bi̍h。

**【竹刺 tek-chhì】** 刺竹有刺。

**【竹花 tek-hoe】** 竹是很少開花的。俗認爲開花即是不吉之兆，那一簽竹必須廢掉。

**【竹板 tek-pán】** 竹片tek-phì$^{n}$。竹鞭tek-pian。尻川食～～較允kha-chhng chia̍h～～khah-ún⇨屁股吃竹鞭是一定的。謂一定要受竹鞭打屁股的責罰。

【竹帛 tek-phe̍k】 古以竹帛代紙。～～烟消帝業虛，關河深鎖祖龍居，坑灰未冷山東亂，劉項元來不讀書～～ian-siau tè-gia̍p-hi,koan-hô chhim-sò chó͘-liông-ki，kheng-hoe bī-léng san-tong-loān, liû-hāng goān-lâi put-tho̍k-si(su)⇨唐詩，刺秦始皇焚書坑儒。

【竹披 tek-phi】 盤形的竹器。俗稱披仔phi-á。

【竹竿 tek-kan】 直竹。竹篙tek-ko。

【竹枴 tek-koái】 竹杖tek-tiāng。

【竹柱 tek-thiāu】 竹楹tek-ê$^{n}$。直曰柱thiāu，橫曰楹ê$^{n}$。

【竹馬 tek-bé】 ㊀孩童的玩具。騎～～khiâ～～⇨兒童的遊戲，足各挾一竹而行。㊁載物的竹架tek-kè。竹床之脚部。㊂長足而善跑路者。未輸～～抄bē-su～～lè⇨竹馬一樣的善跑。～～之交chi kau⇨童年時代的交遊。青梅～～chheng-bôe～～⇨同上。

【竹茹 tek-jû】 指桂竹筍尾。據說有治痰之效。

【竹耙 tek-pê】 耙土耙物的農具。～～未輸鐵耙，較無用耳～～bē-su thih-pê，khah-bô-iōng niâ⇨竹耙不遜於鐵耙，比較不耐用而已。

【竹畚 tek-pún】 竹材編製的大竹籠，塗之以泥以藏粟chhek者。俗稱畚仔pún-á。畚pún，盛穀盛土之器。俗作笨pūn，非也。

【竹紗 tek-se】 一種白布。夏用。白～～pe̍h～～⇨夏用白布。

【竹梘 tek-kéng】 接竹引水。俗曰水筧仔chúi-kéng-á。梘kéng同筧kéng，以木通水曰梘kéng；以竹通水曰筧kéng。

【竹脚 tek-kha】 竹之下。

【竹掃 tek-sàu】 ㊀竹製掃箒sáu-chiú。㊁新娘陣的先導。以生竹一枝，留頭留尾，一人肩之而先行，謂之舉～～giâ～～。似乎是象徵有頭有尾ū-thâu-ū-bóe，亦即有始有終iú-sí-iú-chiong者。

【竹梯 tek-thui】 鑿～～chha̍k～～⇨鑿造竹梯。

【竹椅 tek-í】 竹製之椅子。～～仔～～á⇨同上。～～轎～～kiō⇨竹椅加上兩竹棒爲臨時轎。

【竹猴 tek-kâu】 生在竹蒲tek-pô͘中的一種甲蟲。

【竹椏 tek-oe】 竹枝tek-ki。～～仔～～á⇨小竹枝。

【竹筍 tek-sún】 竹初萌曰筍sún。亦作笋sún，可供食。多生於春夏間。孟竹於冬生者曰冬筍tang-sún，甚名貴。

【竹圍 tek-ûi】 住家周圍植刺竹以防盜。庄裡帶到無～～去也chng-lih toà-kà bô～～khì-à⇨謂在村中居住得很久很久了。

【竹節 tek-chat】 ㊀同竹目tek-ba̍k。㊁竹的斷棵toān kōe。～～仔～～á⇨竹幹隨便砍斷者。

【竹答 tek-ham】 竹之目與目之間曰答ham,亦作筒ham,長者曰落函lâu-ham。

【竹塹 tek-chām】 新竹的舊名。～～餅～～piá$^{n}$⇨新竹名產。豈好命，食到～～餅ká-hó-miā，chia̍h-kà～～piá$^{n}$⇨謂沒有吃竹塹餅的好命。豈ká,kí反語，意爲那有nà-ū，亦即沒有那麼（好的命運）。

【竹管 tek-kóng】 ㊀竹。～～厝～～chhù⇨竹屋。㊁竹筒tek-tâng。～～袂～～ńg⇨竹洞形的衣袖。～～底挾土豆～～té giap-thô͘-tāu⇨由竹筒內挾出土豆，意謂一粒一粒挾之。暗謂：一粒一it-liap-it⇨最親密之人。講得如～～倒豆抄（呢）kóng-kà ná～～tò-tāu-lè(nè)⇨說得如竹管倒豆，其聲拉拉叫，喻說得口若懸河。

【竹箍 tek-kho͘】 以蔑作箍束物。～～箍桶～～kho͘-tháng⇨以竹箍束水桶。

【竹棑 tek-pâi】 編竹渡水者。俗作竹排tek-pâi。以木曰排pâi，以竹曰竿pâi。

【竹寮 tek-liâu】 ㊀竹小屋。㊁竹材的貯藏所。

【竹膜 tek-mō】 竹的內皮。較薄過～～khah-pō kòe～～⇨較竹膜還要薄。

【竹箸 tek-tī】 竹筷子。～～筩～～tāng⇨竹製的箸筩tī-tāng。俗曰tī-lāng。筩tāng⇨筒tâng。

【竹器 tek-khì】 竹製的器具。

【竹篙 tek-ko】 竹幹。進船竹。晾衫的～～nê-sa$^{n}$ ê～～⇨晒衣竹。～～鬼～～kúi⇨嘲身高如竹的高人。老鼠拖貓上～～niáu-chhí thoa-niau chiū$^{n}$～～⇨笑小小的孩子想取笨重的東西。一枝～～押倒一船載chi̍t-ki～～ah-tó chit-chûn-chāi⇨喻以一概全。～～湊菜刀～～ta̍u chha̍i-to⇨喻簡陋不成氣候。

【竹蒲 tek-pô͘】 群生爲一團的竹。蒲pô͘亦作簬pô͘。

【竹篾 tek-bi̍h】 竹皮。竹循其纖維細裂成條的薄片。破～～phoà～～⇨以刀裂製篾條。～～簾～～liâm⇨竹篾的窗簾。～～店～～tiàm⇨竹店。做～～仔的chò～～á-ê⇨竹店。

【竹蟶 tek-than】 蟶than，一種貝類。～～双頭吐～～siang-thâu-thò͘⇨罵吵架双方都是無理取鬧。

【竹籠 tek-láng】 做～～的chò～～ê⇨竹籠工。

【竹仔紙 tek-á-choá】 甚薄的上等紙。

【竹字頭 tek-jī-thâu】 漢字的部首之一。

【竹眠床 tek-bîn-chhn̂g】 竹床tek-chhn̂g。帶是竹管厝，睏是～～～toà-lī tek-kóng-chhù，khùn-lī～～～⇨住的是竹屋，睡的是竹床。謂生活簡陋。是sī→lī。

【竹撐椅 tek-the$^{n}$-í】 竹臥椅。

【竹籬芭 tek-lî-pa】 竹籬tek-lî。

【竹風蘭雨 tek-hong-lân-ú】 新竹多風，宜蘭多雨。

**tek 的** 確實也，目標也。助詞(見e部)。目～bo̍k～⇨同上。標～phiau～⇨同上。衆矢之～chiòng-sí chi～⇨同上。

【的定 tek-tiā$^{n}$】 行動穩健。不當安爾無的無定m̄-thang an-ne(ni) bô-tek-bô-tiā$^{n}$⇨不可如此輕佻。無～～bô～～⇨不穩健。輕佻。輕浮。有的有定ū-tek-ū-tiā$^{n}$⇨有分寸；無的無定bô-tek-bô-tiā$^{n}$⇨無分寸。

【的當 tek-tòng】 適當sek-tòng。妥切thò-chhiat。安爾做眞～～an-ne(ni)-chò chin～～⇨如此做很好。

【的確 tek-khah】 確實khak-si̍t。～～有～～ū⇨同上。

**tek 得** 獲也。能也。助詞。獲～保障he̍k～pó-chiàng⇨同上。獨～三千元to̍k～sa$^{n}$-chheng-goân⇨同上。相～益彰siang～ek-chiang⇨同上。自～其樂chū～kî-lo̍k⇨同上。罪有應～chōe-iú-èng～⇨同上。患～患失hoān～hoān-sit⇨同上。～不償失～put-chhiâng-sit⇨同上。一日所～it-ji̍t-só͘～⇨同上。所～稅～só͘～sòe⇨同上。一無所～it-bû-só͘～⇨同上。

【得力 tek-le̍k】 ～～助手～～chō͘-chhiú⇨同上。

【得子 tek-chú】 老來～～較慘生命lāu-lâi～～khah-chhám sè$^{n}$-miā⇨年老了才得子嗣，痛愛得較生命還重視。

【得心 tek-sim】 ～～應手～～èng-chhiú⇨同上。～～仔囝～～á-kiá$^{n}$⇨最心愛之子。第二細姨較～～tē-jī sè$^{n}$(sòe)-î khah～～⇨第二細姨較得寵(得夫心愛)。老父不止～～煞尾仔lāu-pē put-chí～～soah-bóe-á⇨老父相當喜愛最小的兒子。

【得水 tek-súi】 如魚～～jî-gî～～⇨喻雙方感情融洽。孤之有孔明，猶魚之有水ko͘-chi-iú khóng-bêng, iû-gî-chi iú-súi⇨劉備之言。

【得失 tek-sit】 成敗～～視若浮雲sêngpāi～～sī-jia̍k phû-hûn⇨同上。～～人～～lâng⇨得罪了他人。

【得色 tek-sek】 得意的樣子。面有～～biān-iú～～⇨同上。

【得宜 tek-gî】 適當。應付～～èng-hù～～⇨同上。

【得法 tek-hoat】 經營～～keng-êng～～⇨同上。

【得計 tek-kè】 得策tek-chhek。自以爲～～chū í-ûi～～⇨自已認爲所計者順利。

【得時 tek-sî】 得意之時。～～敢有失時久～～kám-ū sit-sî-kú⇨謂得意只是短暫的，另一句同類的俗諺是，揚氣敢有落衰久iâng-khì kám-ū lo̍h-soe-kú。揚氣iâng-khì⇨得意tek-ì。落衰lo̍h-soe，失敗，霉運也。

【得策 tek-chhek】 得計tek-kè。

【得勝 tek-sèng】 ～～歌～～koa⇨同上。～～回朝～～hôe-tiâu⇨凱旋khái-soân返國。

【得罪 tek-chōe】 ㊀獲罪he̍k-chōe。～～着土地公，道飼無鷄～～tio̍h thó-lī-kong，tō chhī-bô-ke⇨對土地公失儀了，就養不成鷄，謂得罪了重要的人物，事就辦不通。㊁同失禮，對不起等的套語。～～得罪～～tek-chōe⇨失禮失禮。較～～，我先走khah～～，goá-seng-cháu⇨對不起，我先走了。

【得意 tek-ì】 事事達成心意。揚揚～～iâng-iâng～～⇨同上。～～忘形～～bōng-hêng⇨同上。

【得勢 tek-sè】 正當扲～～chià-tng-teh～～⇨正在得意之中。

【得道 tek-tō】 悟道gō·-tō。～～和尚～～hôe-siū$^{n}$⇨同上。

【得寵 tek-thióng】 獲寵愛。偏妃～～phian-hui～～⇨同上。細姨仔較～～sè(sòe)-î-á khah～～⇨小老婆較受寵愛。

【得人和 tek-jîn-hô】 很合群。張三眞～～～tiu$^{n}$-sam chin～～～⇨張三很與人合得來。

【得民心 tek-bîn-sim】 得人心tek-jîn-sim。

【得其中 tek-kî-tiong】 中庸tiong-iông。普通phó·-thong。～～～也，道可以也～～～á tō-khó-í-à⇨中庸的程度就好了。

【得財利 tek-châi-lī】 順山順水順人意，得福得祿～～～sūn-san sūn-súi sūn-jîn-ī, tek-hok tek-lo̍k～～～⇨廳前的對聯。

【得一忘十 tek-it-bōng-si̍p】 ～～～～，何似不得～～～～hô-sū put-tek⇨同上。

【得寸進尺 tek-chhùn-chìn-chhioh】 能得一寸，就能進一尺。你讓出一寸，他就要你一尺。軟土深掘nńg-thô·-chhim-ku̍t。貪心無度tham-sim-bû-tō·。

【得不足喜 tek-put-chiok-hí】 ～～～～，失不足憂～～～～sit-put-chiok-iu⇨同上。

【得忍且忍 tek-jím-chhiá$^{n}$-jím】 ～～～～，得耐且耐，不忍不耐，小事成大～～～～,tek-nāi-chhiá$^{n}$-nāi,put-jím put-nāi,siáu-sū-sêng-tāi⇨同上。

【得魚忘筌 tek-gî(gû)-bōng-chhoan】 喩忘恩背義bōng-in-pōe-gī。筌chhoan，取魚之竹器。

【得過且過 tek-kò-chhiá$^{n}$-kò】 胸無大志hiong-bû-tāi-chì。～～～～，何必多求～～～～hô-pit-to-kiû⇨同上。

【得隴復望蜀 tek-lóng-ho̍k-bōng-siok】 人心不知足jîn-sim put-ti-chiok。人苦不自足，～～～～～jîn-khó· put-chū-chiok,～～～～～⇨漢光武帝語。

tek
**摘** 採取也，又選取也。手取曰摘tek。抉～khoat-～⇨挑選thiau-soán。指～chí～⇨指出。文摘bûn-tek⇨文章摘要之選取。

【摘由 tek-iû】 記出文書的事由。公文先由收發～～登記kong-bûn sian-iû siu-hoat～～teng-kì⇨同上。

【摘瓜 tek-koa】 手取瓜。一摘使瓜好，再摘令瓜稀。it-tek sú-koa-hó, chāi-tek lēng-koa

-hi⇨同上。

【摘句 tek-kù】 尋章～～sîm-chiang～～⇨同上。

【摘要 tek-iàu】 摘記要點。全書的～～choân-si(su) ê～～⇨同上。

【摘記 tek-kì】 摘出要點加以記錄。作～～chò～～⇨同上。

tek **滴** 水注也。水點下注也。水點曰滴tek（見tih滴部）。水～súi～⇨水滴chúi-tih。點～tiám～⇨點滴注射的省語。露～牡丹花lō·～bó·-tan-hoe⇨同上。涓～歸公koan～kui-kong⇨一點一滴皆不私之而歸爲公有。

【滴水 tek-súi】 一滴之水。～～不漏～～put-lāu⇨同上。～～穿石～～chhoan-sek⇨喩力量雖小，能繼續不斷，亦可成大事。

tek **謫** 譴責也。罰罪曰謫tek。

【謫仙 tek-sian】 稱譽人之超逸絕俗，如謫降塵世之仙人。

【謫戍 tek-sù】 發往邊遠軍台效力。對犯官的一種處罰。

【謫仙人 tek-sian-jîn】 人稱李白爲～～～jîn-chheng lí-pek ûi～～～⇨同上。

tek **特** 事物大異於衆曰特tek。又專choan也，獨tok也。獨～的風格tok～ê hong-keh⇨同上。奇～的行爲kî～ê hêng-ûi⇨同上。

【特出 tek-chhut】 ～～的表現～～ê piáu-hiān⇨同上。

【特旨 tek-chí】 ～～宣召～～soan-tiàu⇨同上。

【特考 tek-khó】 特別考試。郵政人員～～iû-chèng jîn-oân～～⇨同上。

【特色 tek-sek】 與衆不同者。無啥～～好看bô-siáⁿ～～hó-khoàⁿ⇨同上。

【特地 tek-tē】 挑工thiau-kang。專工choan-kang。～～去謝罪～～khì siā-chōe⇨同上。～～去拜訪～～khì pài-hóng⇨同上。

【特別 tek-piat】 ～～關係～～koan-hē⇨同上。～～待遇～～thāi-gū⇨同上。～～無合人共款～～bô kah-lâng kāng-khoán⇨特別與人不同。～～有記號～～ū-kì-hō⇨同上。

【特命 tek-bēng】 特別命令。～～全權公使～～choân-khoân kong-sài⇨同上。

【特例 tek-lē】 特殊之例子。

【特使 tek-sài】 總統的～～chóng-thóng ê～～⇨同上。

【特長 tek-tiâng】 特別優秀的技能。身無～～sin-bû～～⇨平凡極了。

【特約 tek-iak(iok)】 ～～記者～～kì-chiá⇨同上。～～店～～tiàm⇨同上。

【特科 tek-kho】 古之特別考試。

【特派 tek-phài】 ～～全權大使～～choân-koân-tāi-sài⇨同上。～～員～～oân⇨同上。

【特准 tek-chún】 特許tek-hí。

【特殊 tek-sû】 異於平常的。～～現象～～hiān-siōng⇨同上。～～處理～～chhù-lí⇨同上。

【特務 tek-bū】 特別任務。特工～～tek-kang～～⇨特別工作特別任務。高等～～ko-téng～～⇨對付所謂思想犯的人員。凡特工特務皆是。

【特許 tek-hí】 政府的～～狀chèng-hú ê～～chñg⇨同上。

【特產 tek-sán】 ～～烏龍茶～～o·-liông-tê⇨同上。

【特赦 tek-sià】 ～～令～～lēng⇨同上。

【特等 tek-téng】 ～～貨～～hòe⇨同上。～～特的～～tek-ê⇨超等的chhiau-téng-ê。

【特製 tek-chè】 ～～的凍頂烏龍茶～～ê tàng-téng-o·-liông-tê⇨同上。

【特質 tek-chit】 特性tek-sèng。～～是柔軟～～sī jiû-nńg⇨同上。

【特價 tek-kè】 ～～賤賣～～chiān-bē⇨

同上。

【特寫 tek-siá】 ～～鏡頭～～kiàⁿ-thâu⇨同上。～～文字～～bûn-jī⇨同上。

【特徵 tek-teng】 與衆不同的地方。並無～～pēng-bô～～⇨同上。

【特優 tek-iu】 特別優秀。～～人員～～jîn-oân⇨同上。

【特權 tek-khoân】 ～～階級～～kai-kip⇨同上。

【特効藥 tek-hāu-ioh】 對於某症有顯著効果的藥品。

【特種兵 tek-chióng-peng】 爲某種目的特別訓練的兵員。～～～團～～～thoân⇨同上。

【特立獨行 tek-lip-tok-hêng】 ～～～～之士～～～～chi-sū⇨不隨世俗浮沈而有獨特見解的先生。

tek **敵** 仇siû也。對也。抵抗也。對～tùi～⇨仇～siû～⇨相敵對，相爲仇。天下無～thian-hā-bû～⇨同上。情～chêng～⇨愛情上之敵人。

【敵人 tek-jîn】 仇人siú-jîn。伊敢你的～～，你佗會感伊到安爾i kám lí-ê～～，lí tha-ē chheh-i kà an-ne(ni)⇨他豈是你的仇人，你爲何怨恨他到如此。感chheh，嫉恨。

【敵手 tek-chhiú】 才能的高下相若着。天下無～～thian-hā bû～～⇨(才藝)天下第一。

【敵地 tek-tē】 深入～～chhim-jip～～⇨同上。

【敵兵 tek-peng】 ～～甚衆～～sīm-chiòng⇨同上。

【敵後 tek-hō(hiō)】 ～～工作～～kang-chok⇨擾亂敵人後方的工作。

【敵軍 tek-kun】 ～～投降～～tâu-hâng⇨同上。

【敵城 tek-siâⁿ】 攻入～～kong-jip～～⇨同上。

【敵將 tek-chiàng】 ～～能攻善戰～～lêng-kong siān-chiàn⇨同上。

【敵寇 tek-khò】 仇敵siû-tek。賊兵chhat-peng。～～來犯～～lâi-hoān⇨同上。

【敵意 tek-ì】 爲敵之心。對我似無～～tùi-gō sū-bû～～⇨對我好像沒有敵意。

【敵營 tek-iâⁿ】 ～～戒備甚嚴～～kāi-pī sīm giâm⇨同上。

【敵本主義 tek-pún-chú-gī】 聲東擊西的作戰。(來自日文)按日史戰國末(十五世紀)，織田信長掃平關東群雄，攻進京都，駐本能寺，正下令西征毛利氏以統一全國，其部將明智光秀有異志，突下令曰(敵在本能寺)而襲殺之，是爲敵本主義的由來。

【敵愾同仇 tek-khài-tông-siû】 共同抗拒同一敵人的氣概。～～～～之心～～～～chi-sim⇨同上。

tek **擇** 揀kán也。選也。～其善者而從之～kî siān-chiá jî chiông-chi⇨同上。無選～的餘地bô-soán～ê î-tē⇨只有一途。

【擇木 tek-bok】 選良木。良禽～～而棲，良臣擇主而仕liâng-khîm～～jî-chhe,liâng-sin tek-chú jî-sū⇨同上。

【擇友 tek-iú】 選朋友。～～而交～～jî-kau⇨有所選擇的交友政策。

【擇日 tek-jit】 選取良時吉日。～～館～～koán⇨同上。

【擇交 tek-kau】 同擇友tek-iú。

【擇吉 tek-kiat】 選取良時吉時。先行交易，～～開張sian-hêng kau-ek，～～khai-tiang⇨①商家開業先作交易買賣,以後擇吉日補辦開張之禮。②亦指男女先行苟且，後正式結婚。

【擇肥 tek-hûi】 選肥pûi的。選好的。～～而噬～～jî sē⇨同上。噬sē，呑食也。

【擇配 tek-phòe】 選擇配偶phòe-ngó。～～該愼重～～ài sīn-tiōng⇨同上。

【擇鄰處 tek-lîn-chhì】 選擇好鄰居而居之。

昔孟母，～～～，子不學，斷機杼sek bēng-bó，～～～，chú-put-hak，toān-ki-thí⇨三字經。

【擇善固執 tek-siān-kò·-chip】 ～～～～道是有原則的人～～～～tō-sī ū-goân-chek ê lâng⇨同上。

tek **軸** 軸tiok也(見tiok部)。聯～liân～⇨弔喪的書卷，亦稱輓～boán～。

tek **澤** 水多之地也。又恩惠也。沼～地帶chiáu～tē-tài⇨地理名詞。德～加於民tek～ka-î-bîn⇨恩澤施於民。手～chhiú～⇨祖先的遺物。袍～pâu～⇨軍界的同事，戰友。

【澤國 tek-kok】 水多的地方。山城多曉瘴，～～少晴春san-sêng to-hiáu-chiàng，～～siàu-chêng-chhun⇨古詩。

tek **擲** 投也。投～tâu～⇨投物。一～千金it～chhian-kim⇨謂揮金如土，一揮就是千金。

【擲還 tek-hoân】 請人退回原物的客套語。信函用詞。請賜～～，至感銘謝chhiáⁿ-sù～～，chì-kám bêng-siā⇨同上。

【擲瓶禮 tek-pân-lé】 船舶下水時請名女人，投擲玻璃瓶的儀式。

【擲鉛球 tek-iân-kiû】 田徑運動中的所謂三鐵sam-thih之一。

【擲彈筒 tek-tân-tông】 一種武器。

【擲鐵餅 tek-thih-piáⁿ】 田徑運動中的三鐵sam-thih之一。

tek **笛** 樂器的一種。黃帝命伶倫作之，又說漢武帝命丘仲作之。有七孔曰七孔笛。漢高祖入咸陽宮得玉笛。又有長笛、短笛、雅笛、羌笛等之名。汽～khì～⇨輪船或火車之警報器。

tek **狄** 北方之種族名。又姓氏。東夷，西戎，南蠻，北～tong-î, se-jiông, lâm-bân, pak～⇨中國四週東西南北之番族。夷～î～⇨外番的總稱。姓氏也。

【狄青 tek-chheng】 宋名將。～～平西遼～～pêng se-liâu⇨小說名。

【狄仁傑 tek-jîn-kiat】 唐名相，雖曾爲武后所重用，但在存唐滅武上也是大功臣。

tek **翟** 鳥名。或謂就是長尾雉鷄thî-ke。墨翟bet-tek⇨有名的兼愛說的墨子bet-chú的姓名。

tek **滌** 洗濯sián-tok也。蕩也。除而去之也。洗蕩sé-tn̄g也。洗～sián～⇨洗蕩sé-tn̄g。

【滌除 tek-tî】 洗滌清除。

【滌蕩 tek-tōng】 ㈠搖動iô-tōng。㈡洗濯。

tek **迪** 道也。導也。惠～吉從逆凶hūi～kiat chiông-gek hiong⇨順道吉sūn-tō-kiat 從逆凶。啓～後人khé～hō·-jîn⇨開導後來者。

【迪化 tek-hoà】 地名。在新疆sin-kiang。土名烏魯木齊o·-ló·-bok-chê。

# teng

teng **丁** 十干之第四位。又當也。成年男子曰丁teng。甲乙丙～kah-it-piáⁿ～⇨常用之等級代號。壯～chōng～⇨成年的男子。租～cho·～⇨同上。庖～pâu～⇨廚子。園～oân～⇨同上。腦～ló·～⇨製樟腦的工人。單～獨傳tan～tok-thoân⇨單子傳宗接代。添～發財thiam～hoat-châi⇨吉祥詞。零～孤苦lêng～ko·-khó·⇨窮困失志無依。六～六甲liok～liok-kah⇨陰官六丁，陽官六甲。半～的poàⁿ～ê⇨女的。旺～ōng～⇨男子多。一人三子，六代千～it-jîn sam-chú, liok-tāi chhian～⇨古代人口論，謂一人傳三子，傳六代，總數將達一千人。

【丁丁 teng-teng】 ㈠伐木聲。伐木～～山更幽hoat-bok～～san-kèng-iu⇨同上。㈡不雄壯貌。看着攏～～khoàⁿ-tioh lóng～～⇨一看皆不甚壯(作物成長)。死～～sí～～⇨愚直無變巧的人，或毫無發展性的代誌。

【丁口 teng-kháu】 人口jîn-kháu。男曰丁女曰口lâm-oat-teng lí-oat-kháu。

【丁字 teng-jī】 ～～形～～hêng⇨形體像

丁字。～～尺～～chhioh⇨丁字形之製圖尺。企～～馬khiā～～bé⇨兩足作丁字形的站立姿勢。～～路～～lō͘⇨丁字形之道路。

【丁壯 teng-chòng】 壯丁。身強力壯，可任勞役可服兵役的成年男子。

【丁香 teng-hiu$^{n}$】 中藥名。～～油～～iû⇨同上。～～魚～～hî⇨一種小海魚。其干曰～～干～～koa$^{n}$或簡稱～～，亦稱～～脯～～pó͘。

【丁稅 teng-sòe(sè)】 以丁計課的人頭稅jîn-thâu-sòe。

【丁當 teng-tong】 凡玉珮鐵馬聲皆曰丁當，teng-tong, tin-tang。～～叫～～kiò⇨作丁當之響聲。亦作玎璫或叮噹。

【丁賦 teng-hù】 丁稅teng-sòe(sè)。

【丁憂 teng-iu】 父母的喪亡。古官員應請喪假三年回鄉服喪。因特別需要以聖旨不准假回鄉服喪即曰奪情toa̍t-chêng。丁父憂teng-hū-iu，丁母憂teng-bó-iu。

【丁蘭 teng-lân】 二十四孝之一。～～孝父母，刻木爲爹娘～～hàu-hū-bó, khek-bo̍k ûi tia-niû⇨刻木爲父母以拜之。據說，此爲神主sîn-chí之鼻祖。

【丁財貴 teng-châi-kùi】 人丁旺jîn-teng-ōng，財富多châi-hù-to，地位高貴tē-ūi-ko-kùi。擁有此三者爲人生的至幸。～～～，三字全～～～，sa$^{n}$-jī-chn̂g⇨同上。

teng **登** 升也，上也，進也，成也，立刻也。攀～高山pan～ko-san⇨同上。～上最高峰～siāng chòe-ko-hong⇨同上。五穀豐～ngó͘-kok-hong～⇨豐年hong-liân。五穀不～ngó͘-kok-put～⇨凶歲hiong-sòe。掌～萬民之數chiáng～bān-bîn chi sò͘⇨登記人民之多少。

【登山 teng-san】 爬山pê-soa$^{n}$。𬦰山peh-soa$^{n}$。～～隊～～tūi⇨同上。～～計畫～～kè-ōe⇨同上。

【登天 teng-thian】 上天chiū$^{n}$-thi$^{n}$。世間無彼類，一步～～的sè-kan bô-hit-lōe it-pō͘～～ê⇨世上沒有一步，即可登天的方法。

【登用 teng-iōng】 任用jīm-iōng。～～新人～～sin-jîn⇨同上。

【登仙 teng-sian】 上仙籍。羽化而～～ú-hoà jî～～⇨忽生翅翼而飛上天爲仙。～～去也～～khì-à⇨死掉了。

【登門 teng-bûn】 ～～請罪～～chhéng-chōe⇨親自訪問其家以謝罪。

【登板 teng-pán】 棒球的投手踏上投手板。出任投手。某選手～～bó͘-soán-chhiú～～⇨某選手出任投手。

【登科 teng-kho】 科舉時代，考試之年曰科kho，入選者曰登科teng-kho。～～報喜～～pò-hí⇨同上。五子～～ngó͘-chú～～⇨同上。

【登校 teng-hāu】 上學校。今仔日不免～～kin-á-ji̍t m̄-bián～～⇨今天不必上學。

【登記 teng-kì】 寫上記錄。土地～～thó͘-tē～～⇨同上。財產～～châi-sán～～⇨民主國多有高級官員的財產登記，以防杜貪污者。營業～～êng-gia̍p～～⇨同上。

【登高 teng-ko】 重九～～tiông-kiú～～⇨重陽tiâng-iâng(九月九日)上山頭。獨在異鄉爲異客，每逢佳節倍思親，遙知兄弟～～處，遍插茱萸少一人to̍k-chāi ī-hiang ûi-ī-khek, múi-hōng ka-chiat pōe-su-chhin, iâu-ti heng-tē～～chhì, phiàn-chhah chu-jû siàu-it-jîn⇨唐詩。～～日～～ji̍t⇨九九重陽節。

【登庸 teng-iông】 升而用之。～～人材～～jîn-châi⇨提拔優秀人才。

【登基 teng-ki】 上帝位。新帝～～sin-tè～～⇨新皇帝上位。登位teng-ūi。

【登第 teng-tē】 考試中式。入選。～～不知榮～～put-ti-êng⇨有其原因也。

【登堂 teng-tông】 ～～拜候～～pāi-hāu⇨入門問好。～～入室～～ji̍p-sit⇨修道之次第。由也，～～矣，而未入室iû-iá，～～ī，jî bī-jip-sit⇨論語。謂阿由(子路chú-lō·)已經到達正大高明之域了，但是尚未進於深入精微之奧境。

【登報 teng-pò】 刊登在報紙上。～～聲明作廢～～seng-bêng chok-hùi⇨同上。

【登場 teng-tiûⁿ】 ㊀同登台teng-tâi。㊁產品上市。新米～～也sin-bí～～ā⇨新米上市出售了。

【登載 teng-chài】 刊登khan-teng。逐報都有～～tak-pò to-ū～～⇨各報皆有刊載。

【登極 teng-kek】 即皇帝位。新君～～，大赦天下sin-kun～～，tāi-sià thian-hē⇨同上。

【登殿 teng-tiān】 上殿。宣某某～～soan-bó·-bó·～～⇨叫某某上金鑾殿來。

【登臺 teng-tâi】 上演戲臺，上講臺。～～講古～～káng(kóng)-kó·⇨同上。～～演唱～～ián-chhiùⁿ⇨同上。

【登樓 teng-lâu】 上樓siāng-lâu。同齊～～去也tâng-chê～～khì-ā⇨一起上樓去了。

【登賬 teng-siàu】 記上賬中。攏愛～～lóng-ài～～⇨皆須記賬。

【登錄 teng-lok】 ～～商標～～siang-phiau⇨同上。土地～～thó·-tē～～⇨同上。

【登臨 teng-lîm】 登山臨水teng-san-lîm-súi。江山留勝跡，我輩復～～kang-san liû-sìn-chek, gó·-pòe hok～～⇨唐詩。

【登徒子 teng-tô·-chú】 好色而不知美醜bí-chhiú的臭男人。登徒teng-tô·，複姓，子chú，男人。亦即姓登徒的。

【登龍門 teng-liông-mn̂g(bûn)】 升官發財的門路。魚集龍門下，登者化龍gî chip liông-bûn-hē, teng-chiá hoà-liông⇨成龍考試。一～～～，聲價十倍it～～～, seng-kè sip-pōe⇨門路效力。

【登峯造極 teng-hong-chō-kek】 最高的成就。伊的事業，可以講是，～～～～，位極人臣也i ê sū-giap, khó-i-kóng-sī～～～～，ūi-kek jîn-sîn-ā⇨到頂兒了。

【登壇拜將 teng-toâⁿ-pài-chiàng】 古代任用大將之禮。王欲拜信爲大將，必擇良日，設壇具禮，乃可ông iok-pài sìn ûi tāi-chiàng, pit-tek liâng-jit, siat-toāⁿ kī-lé, nái-khó⇨蕭何荐韓信。

**teng 徵** 徵tin也(見tin部)。

**teng 釘** 貫物以合之者。有鐵～thih～，銅～tâng～竹～tek～，柴～chhâ～,紙捻～choá-lián～等。蜈蜞～gō·-khî～⇨双頭釘，以挽合兩物不離者。棺材～koaⁿ-chhâ～⇨用以釘棺材也。大頭～toā-thâu～⇨釘紙張用的小釘。好鐵不打～，好男不當兵hó-thih m̄-phah～hó-lâm m̄-tng-peng⇨侮辱軍人的觀念，不知無兵何以衛國。

【釘仔 teng-á】 釘的總稱。鑿着～～chhak-tioh～～⇨被釘所誤刺。

【釘床 teng-chhn̂g】 童乩tâng-ki所用騙人的工具，床底反釘鐵釘者。睏～～坐釘椅khùn～～chē teng-í⇨童乩tâng-ki臥在(坐在)其上而不受傷爲有神力所支持，其實其釘極密集，依物理原則而言，釘尖已構成平面而喪失其爲釘之作用，無法使人受傷也。

【釘鞋 teng-ê(ôe)】 鞋底有釘之運動鞋。

【釘點 teng-tiám】 斑點pan-tiám。有～～ū～～⇨同上。

【釘花點 teng-hoe-tiám】 釘點teng-tiám。斑點pan-tiám。

**teng 燈** 火也。取光之器具也。油～iû～⇨燃油類的各種燈teng。瓦斯～oá-su～⇨燃瓦斯之燈。電～tiān～⇨以電力取光的燈。太陽～thài-iâng～⇨特種的電燈。省油的～séⁿ(séng)-iû ê～⇨不費事的單純人物。點～結彩tiám～kiat-chhái⇨喜慶的表示。只准州官放火，不准百姓點～chí-chún chiu-koaⁿ hòng-hóe, put-chún peh-sèⁿ tiám～⇨喻事理極爲不公平。家己舉～不知脚下暗ka-tī(lī, kī) giâ ～m̄-chai kha-ē-àm⇨自己手掌燈，不知自己脚下是黑暗的。謂自己的缺點是難於自知的。薛剛鬧花～sih-kang nāu hoe～⇨戲齣名。迎暗～ngiâ-âm～⇨慶祝的夜燈隊遊行。

【燈下 teng-ē】 燈火之下。獨夜無伴守～～清風對面吹to̍k-iā bô-phoāⁿ chiú～～，chheng-hong tùi-bīn-chhoe⇨台灣名歌望春風之詞。

【燈火 teng-hóe(hé)】 油燈iû-teng。～～點較光扲～～tiám-khah-kng-lē⇨燈火燃光一點。

【燈心 teng-sim】 ～～格石磨～～keh chio̍h-bō⇨以燈心阻石磨，謂毫不起作用。格keh，違逆也。～～未格得石磨～～bē(bōe)-keh-tit chio̍h-bō⇨同前。

【燈仔 teng-á】 小燈，手提燈。點～～火tiám～～hóe(hé)⇨同上。

【燈猜 teng-chhai】 燈謎teng-bê。元宵goân-siau或中秋，懸謎語於花燈上，使人解之以取樂。亦曰燈虎teng-hó͘。

【燈節 teng-cheh】 元宵～～goân-siau～～⇨一月十五夜點燈，舉行猜謎等各種活動以慶祝之節日。

【燈盞 teng-choáⁿ】 油燈的小盤。～～仔～～á⇨小油燈盤。

【燈蛾 teng-gô】 飛蛾hui-gô。性喜撲火光。～～撲火，自焚其身～～phok-hóe(hé), chū-hûn kî-sin⇨謂自取其禍。

【燈罩 teng-tà】 燈笠teng-lē。燈帽teng-bō。

【燈臺 teng-tâi】 同燈台teng-tâi。

【燈塔 teng-thah】 在沿海岬角或島嶼上，築塔點燈，指示航路，以保海上交通安全者，謂之燈臺teng-tâi，亦曰燈塔teng-thah。

【燈樓 teng-lâu】 以燈爲主的彩樓chhái-lâu。結～～kat～～⇨同上。

**teng 灯** 燈teng的俗字。

**teng 仃** 獨行也。亦作行teng。伶～孤苦lêng～ko͘-khó͘⇨窮困無親可依。

**teng 疔** 疔瘡teng-chhng也。生～瘡seⁿ(siⁿ)～chhng⇨同上。

**teng 叮** 叮嚀teng-lêng⇨鄭重囑付。有更～～也ū-koh～～ā⇨再囑付過了。千～～萬吩咐chhian～～bān hoan-hù⇨最鄭重tēng-tiōng的囑付。

**téng 等** 齊也，同也。輩也。待也。階級也。次序也。相～siang～⇨同～tông～⇨彼此相同。親戚，朋友～歸大陣chhin-chhek, pêng-iú～kui-toā-tin⇨親戚朋友之輩一大群。三不～字號sam-put～jī-hō⇨很多很多不相同的字號。一～賞it～siúⁿ⇨同上。三～貨saⁿ～hòe⇨三流的物品，三流的角色kioh-siàu。一～一it～it⇨最好的，最要好的。上～的烏龍siāng～ê o͘-liông⇨最好的烏龍茶。降一～錄用kàng chi̍t～le̍k-iōng⇨降低一個等級錄用。提着尾～仔the̍h-tio̍h bóe～á⇨拿着末等boat-téng。閑雜人～hân-cha̍p-jîn～⇨無事之人，無關係之人。位階勳～ūi-kai-hun～⇨名位功勞的等級。

【等由 téng-iû】 同等因téng in，平行文用的。～～據此～～kī-chhú⇨同上。

【等因 téng-in】 公文承接用詞。～～奉此～～hōng-chhú⇨上行文用的。

【等次 téng-chhù】 等級名次téng-kip bêng-chhù。做官人道是講～～的chò(chòe)-koaⁿ-lâng tō-sī kóng～～ê⇨做官者就是講究等次的。

【等位 téng-ūi】 等級téng-kip。

【等於 téng-î】 相同。安爾道有～～無也an-ne(ni) tō ū～～bô-ā⇨如此，就是有與無相同了。你的三八數學都無一定一加一～～二的lí-ê sam-pat-sò͘-ha̍k to-bô-it-tēng it-ka-it

～～jī-ê⇨你的三八算法，總是不一定是一加一就是二的。

【等待 téng-thāi】 tán-thāi。等候téng-hāu (tàn-hāu)。～～尖山來迸輾轉，藉合我君仔來睏共床～～chiam-soa$^n$ lâi sē(sōe)-liàn-tńg, chiah-kah goá-kun-á lâi khùn-kāng-chhn̂g⇨思想起詞。

【等差 téng-chha】 等級間的差異chha-ī。～～相當大～～siang-tong-toā⇨同上。

【等候 téng-hāu】 等待téng-thāi。叫你～～一下道未堪得kiò-lí～～chit-ē tō bē-kham-tit⇨要你稍候片刻就不肯通融。

【等情 téng-chêng】 同等因téng-in，下行文用的。～～准此～～chún-chhú⇨同上。

【等第 téng-tē】 名次bêng chhù。伊的～～較高一屑仔i ê ～～ khah-koân chit-sut-á⇨同上。

【等閑 téng-hân】 尋常sîm-siâng。不足輕重put-chok kheng-tiōng。一般的。我豬八戒亦不是～～之輩，乎你會惹得是否goá-ti-pat-kài ah-m̄-sī ～～ chi pōe, hō͘-lí ē jiá-tit sī-bō͘⇨我豬八戒亦非等閑之輩，可以讓你欺負嗎。～～識得東風面，將謂偷閑學少年 ～～ sek-tek tong-hong-biān, chiang-ūi thio-hân hak-siàu-liân⇨古詩。

【等號 téng-hō】 兩式相等的記號。亦即＝。

【等比級數 téng-pí-kip-sò͘】 數學名詞，亦稱幾何級數kí-hô-kip-sò͘。俗稱老鼠仔算niau-chhí-á-sǹg。

【等差級數 téng-chha-kip-sò͘】 數學名詞。亦稱算術級數sǹg-sut-kip-sò͘。

【等量齊觀 téng-liāng-chê-koan】 視作一律相等。

**téng 戥** 權衡小量之物曰戥téng。用藥～戥藥仔iōng ioh～téng-ioh-á⇨同上。兩niú$^n$曰戥téng，斤kin曰稱chhìn，六十斤以上曰量niū。

【戥仔 téng-á】 權衡金、銀，藥物等貴重物品之衡器。亦即兩以下的小稱sió-chhìn。

【戥金 téng-kim】 權衡金之重量。稱番薯講未輸扲～～仔呢chhìn-han-chî kong be-su teh～～á nī⇨謂稱番薯竟如戥黃金一般。

【戥銀 téng-gîn】 略同戥金téng-kim。往時銀gîn如金kim的貴重。

【戥藥材 téng-ioh-châi】 藥舖以戥仔téng-á戥藥材。

**téng 鼎** 鼎tiá$^n$也。釜hú也。三足曰鼎téng，無足曰釜hú，俗曰鼎tiá$^n$。問～中原būn～tiong-goân⇨謂進出中央以試實力，爭取帝位。

【鼎力 téng-lek】 ～～支持～～chi-chhî⇨大力支持。

【鼎甲 téng-kah】 科舉時代，殿試進士，一甲進士三人曰鼎甲téng-kah。

【鼎立 téng-li̍p】 ～～三分～～sam-hun⇨同上。三國～～sam-kok～～⇨同上。

【鼎足 téng-chiok】 同鼎立téng-li̍p。～～三分～～sam-hun⇨同上。

【鼎革 téng-kek】 鼎新革故téng-sin-kek-kò͘。

【鼎峙 téng-sī】 三者對立互相抵抗。三國～～的局面sam-kok～～ê kiok-bīn⇨同上。

【鼎盛 téng-sēng】 春秋～～ chhun-chhiu～～⇨年輕力壯。商業～～siang-giap～～⇨商業殷盛īn-sēng。

【鼎鼎 téng-téng】 盛大sēng-tāi。大名～～的黑道大哥tāi-bêng ～～ ê o͘-tō toā-ko⇨同上。

【鼎鼐 téng-nāi】 喻宰相chái-siàng。謂宰相治理國事，綜理百政，如鼎之調和諸味。鼐nāi，鼎téng之尤大者，可以煮牛。

【鼎鑊 téng-hok】 téng-hō͘。㊀炊具。㊁古刑罰名。～～甘如飴，求之不可得～～kam-jî-î，kiû-chi put-khó-tek⇨文天祥之正氣歌，謂很願意求死而不可得。

téng **頂** 頭之最上部也。凡在上在前者皆曰頂téng。以首戴物曰頂téng。以此代彼曰頂téng。出價受他人之物曰頂téng。抵抗曰頂téng。又計數之詞。頭～三尺有神明thâu～saⁿ-chhioh ū-sîn-bêng⇨頭上三尺有神在。禿～thut～⇨頭上無髮。山～人仔soaⁿ～lâng-á⇨居住山上之人。厝～抄漏也chhù～teh-lāu-ā⇨屋頂在漏水了。桌～拎柑toh～ni-kam⇨桌上取柑，謂極容易。～人的死囡仔，下人的死囡仔，都未像阮阿寶許爾歹～lâng-ê sí-gín-á, ē lâng-ê sí-gín-á, to-bē chhiūⁿ goán-a-pó hiah-ni pháiⁿ⇨上邊人家的死子，下邊人家的死子，都不像我們家的阿寶那麼壞。謂不廉嘴的女人，但知罵他人不知罵自己。樹～一隻猴，樹下一隻狗，狗看着猴，猴看着狗，猴跋落來，狗走猴也走，不知是狗驚猴，或是猴驚狗chhiū～chit-chiah-kâu, chhiū-ē chit-chiah-káu, káu-khoàⁿ-tioh-kâu, kâu-khoàⁿ-tioh-káu, kâu-poah-loh lâi, káu-cháu kâu-ā-cháu, m̄-chai-sī káu-kiaⁿ-kâu, ah-sī kâu-kiaⁿ-káu⇨繞口令。一～轎chit～kiō⇨同上。二～眠床nn̄g～bîn-chhn̂g⇨同上。三～帽saⁿ～bō⇨同上。

【頂人 téng-lâng】 讓售給別人。人lâng改讀lāng。生理～～，無做也seng-lí～～，bô-chò-à⇨生意讓售給人，不做了。

【頂下 téng-ē】 ㊀上下。～～日～～jit⇨前後日。～～攏無人反對～～lóng-bô-lâng hoán-tùi⇨上下皆無人反對。㊁上次。前次。～～有講了也～～ū-kóng-liáu-à⇨上次說過了。～～的較便宜～～ê khah pân-gî⇨前一次的較便宜。

【頂上 téng-siāng】 téng-siōng。最好。～～的醬料～～ê chiùⁿ-liāu⇨同上。

【頂手 téng-chhiú】 ㊀前代之人。～～放落來的～～pàng-loh-lâi-ê⇨前代留下來的。～～創的～～chhòng-ê⇨前代所創設的。㊁指批發商。～～無貨～～bô-hòe(hè)⇨同上。～～價數不肯放～～kè-siàu m̄-khéng-pàng⇨批發價格不肯放鬆。

【頂月 téng-goeh】 上一個月。～～藉開業耳～～chiah khai-giap niâ⇨上月才開業而已。

【頂日 téng-jit】 前日chêng-jit。～～講了有結果否～～kóng-liáu ū-kiat-kó-bò⇨前天討論了有無結果。

【頂勻 téng-ûn】 上一代。～～的人較忠厚～～ê-lâng khah tiong-hō⇨同上。

【頂目 téng-bak】 家族中的上一代。阮～～三房逐個眞打拚goán～～saⁿ-pâng tak-ê chin-phah-piàⁿ⇨我們上一代有三房，大家都很認眞努力。

【頂司 téng-si】 上級官衙siāng-kip-koaⁿ-gê。～～管下司，鋤頭管畚箕～～koán ē-si, tî-thâu koán-pùn-ki⇨謂上管下，一級管一級。要做～～狗，不做下司官boeh-chò～～káu, m̄-chò ē-si-koaⁿ⇨極言下級官吏之苦。

【頂代 téng-tāi】 項勻téng-ûn。上一代。

【頂冬 téng-tang】 稻作的前一期收穫。～～無收望後冬，三冬無收一世人～～bô-siu bāng āu-tang, saⁿ-tang bô-siu chit-sì-lâng⇨謂上一期凶作希望下一期豐收，如果三期連續凶年一生就苦了。

【頂色 téng-sek】 上等的，高級的。～～人～～lâng⇨有身份的人。～～藝妲～～gē-toàⁿ⇨高級妓女。

【頂身 téng-sin】 上半身。

【頂面 téng-bīn】 ㊀下之對。～～較危險～～khah gûi-hiám⇨同上。㊁上方，上官，上司。～～有交代～～ū-kau-tài⇨同上。

【頂胛 téng-kah】 胸部hiong-pō。～～大，較有力～～toā，khah-ū-lat⇨同上。

【頂眞 téng-chin】 愼重sīn-tiōng。正確chèng-khak。精密cheng-bit。做人～～chò

(chōe)-lâng ～～⇨爲人不馬虎。工作～～kang-chok～～⇨功夫精細。

【頂厝 téng-chhù】 上面之家。鄰家。～～教子下厝乖～～kà-kiá$^{n}$ ē-chhù-koai⇨謂上面鄰家訓戒子弟，下厝的子弟自然會成好孩子。

【頂缺 téng-khoeh】 補缺額。有人要～～ū-lâng boeh～～⇨有人欲補其缺。

【頂唇 téng-tûn】 上唇。～～下唇～～ē-tûn⇨同上。

【頂晡 téng-po͘】 上午。～～下晡～～ē-po͘⇨同上。

【頂港 téng-káng】 北部地方。～～人～～lâng⇨北部地方之人。反之曰下港ē-káng，曰下港人ē-káng-lâng，指中部或中南部的人。

【頂替 téng-thè】 代替tāi-thè。有人好～～，也眞會使得也ū-lâng hó～～，à chin ē-sái-tit-à⇨有人可代替了，很過得去了。

【頂暗 téng-àm】 前夜。

【頂腹 téng-pak】 上腹部。～～下腹～～ē-pak⇨同上。

【頂嘴 téng-chhùi】 對尊長辯白。眞好膽，敢對序大人～～chin-hó-tá$^{n}$，ká$^{n}$-tùi sī-toā-lâng～～⇨同上。

【頂盤 téng-poâ$^{n}$】 店舖(生意)的買賣。有人俅～～道要乎人ū-lâng boeh～～tō-boeh hō͘-lāng⇨有人要承頂就打算賣給他。乎人hō͘-lâng改讀hō͘-lāng。

【頂戴 téng-tài】 官帽koa$^{n}$-bō。官戴koan-tài。起～～khí～～⇨除去其官戴。革職。摘～～tiah～～⇨同前。

【頂天立地 téng-thian-lip-tē】 獨立獨行。～～～～的好漢～～～～ê hó-hàn⇨同上。

**tèng 釘** 釘teng的動詞化。打釘tá$^{n}$-teng曰釘tèng。蜂蟲等刺人曰釘tèng。特別紩合曰釘tèng。蔓藤生根入地曰釘tèng。青果熟而發生斑點亦曰釘tèng。乎蜂～着hō͘ phang～tioh⇨爲蜂所刺。蚊仔～着báng-á～tioh⇨爲蚊子所刺。頭生根，尾落～，大人囡仔興thâu-se$^{n}$-kin，bóe-loh～，toā-lâng-gín-á hèng⇨答案落花生的謎題。番薯扵～根也han-chî teh～kin-ā⇨薯在紮根了。

【釘行 tèng-hēng】 拗拒不聽話。俥～～chhāi～～⇨孩子拗拒不聽話，停在一地不聲不動也。俥chhāi，物捙地也，立也。

【釘死 tèng-sí】 ～～的～～ê⇨釘後不能解開者。反之曰釘活的tèng-oah-ê。耶穌～～於十字架iâ-so͘～～tī sip-jī-kè⇨同上。

【釘毒 tèng-tok】 惡毒ok-tok。深中要害。毋成囡仔耳，講話更眞～～m̄-chiâ$^{n}$-gín-á niâ，kóng-ōe koh chin～～⇨屁孩子而已，講話竟非常的惡毒利害。

【釘根 tèng-kin(kun)】 根伸入地下，不動。未輪～～的bē(bōe)-su～～ê⇨宛如生根的，動都不動，罵其行動緩慢。

【釘點 tèng-tiám】 發生斑點。紅到～～去也âng-kà～～ì-à⇨紅得有斑點了。去khì→ì。～～黃～～n̂g⇨黃得有斑點。

【釘紐仔 tèng-liú-á】 縫紐扣。

【釘鞋底 tèng-ê-té】 紩鞋底thī$^{n}$-ê-té。刺鞋底chhiah-ê-té。

**tèng 中** 中tiòng也。中的tiòng-tek也。合也，得也，滿也(見tiong部)。～看更不～食～khoà$^{n}$ koh m̄～chiah⇨好看不好吃。～大姑意，不～小姑意～ta-ke-ì，m̄～sió-ko-ì⇨大姑ta-ke滿意，小姑不滿意。～主人意便是好功夫～chú-lâng-ì piān-sī hó-kang-hu⇨能使主人滿意就是上等的功夫。

【中意 tèng-ì】 非常合意。非常滿意。本人若～～，咱每無法度pún-lâng nā～～，lán mā bô-hoat-tō͘⇨本人如果滿意，我們也沒法子。～～聽道聽，不～～道準煞去～～thia$^{n}$ tō-thia$^{n}$, m̄～～tō chún-soah-ì⇨願意聽就聽吧，不願意(聽)就算了。

【中標 tèng-pio】 tiòng-pio。著標tioh-pio。

～～也～～a⇨着標tio̍h-pio了(冶遊iá-iû得惡病)。

【中人意 tèng-lâng-ì】 合人家之意。既講了無～～～，阮道不敢更講也kà-kóng-liáu bô～～～，goán(gún)-tō-m̄-káⁿ koh-kóng-à⇨既然說了不合人家之意，我們就不再說了。

【中主人意 tèng-chú-lâng-ì】 ～～～～便是好功夫～～～～piān-sī hó-kang-hu⇨切合主人之意，就算是能幹。

tèng
碇 船岸時，繫以穩定船身之石墩。江風揚浪動雪根，重～危檣白日昏kang-hong iâng-lâng tâng hûn-kin, tiong～ûi-chhiông pe̍h-ji̍t-hun⇨唐詩。

tèng
訂 定tēng也。商定也。校定kàu-tēng文字曰校訂kàu-tèng。謹～某日kín～bó͘-ji̍t⇨恭定某日(爲子完婚)。

【訂正 tèng-chèng】 改正kái-chèng。端仔～～二三字耳tan-a(kan-na)～～n̄g-saⁿ-jī niâ⇨只是改正兩三字而已。

【訂立 tèng-li̍p】 ～～合約書～～ha̍p-iak(iok)-si(su)⇨同上。

【訂交 tèng-kau】 定交tēng-kau。結交kiat-kau。早在學生時代道～～也chá chāi ha̍k-seng-sî-tāi tō～～a⇨早在學生時代就訂交了。

【訂定 tèng-tēng】 商定siang-tēng。雙方有～～協議書siang-hong ū～～hia̍p-gī-si(su)⇨同上。

【訂約 tèng-iak(iok)】 商定合約。～～條件～～tiâu-kiāⁿ⇨同上。

【訂婚 tèng-hun】 締結婚姻關係。定婚tēng-hun。合人～～也，講猶敢安爾kah-lâng～～a，kóng iáu-káⁿ an-ne(ni)⇨與人家定婚了，竟還敢如此(胡來)。

【訂盟 tèng-bêng】 締結同盟。～～國～～kok⇨參加同盟的國家。

tèng
盯 瞪tèng也。直視也。怒目直視也。～着人恰如賊仔目呢～tio̍h-lâng kah-ná chha̍t-á-ba̍k-nī⇨看人(的眼)一如賊子眼。

【盯死死 tèng-sí-sí】 派人～～～抾phāi-lâng～～～lè⇨派人在嚴密監視中。

têng
亭 行旅所停聚之所也。民所聚也。又聳立sióng-li̍p也(見theng部)。驛～ia̍h～⇨驛傳之所。行旅的館舍。郵～iû～⇨行書之舍，驛遞ia̍h-thē。涼～liâng～⇨休息取涼之所。十里～si̍p-lí～⇨行旅憩息之所。園～oân～⇨庭園的小亭。鑿山通路，列～置郵chha̍k-san-thong-lō͘, lia̍t～tì-iû⇨古代開拓地方的情形。

【亭午 têng-ngó͘】 正午十二時。

【亭長 têng-tiúⁿ】 古時(漢代)的里長或鄉長。漢高祖劉邦曾任此職。其職務是追捕盜賊tui-pó͘ tō-chha̍t。十里一亭，十亭一鄉。

【亭仔脚 têng-á-kha】 熱帶地方的街市，街路兩旁的店家各留大約四公尺寬的通路曰亭仔脚têng-á-kha，以便路人閃避太陽直射。

têng
重 重疊也。一層chi̍t-chân曰一重chi̍t-têng。一～更一～chi̍t～koh chi̍t～⇨一層又一層。十～八～cha̍p～peh～⇨同上。雙～門siang～mn̂g⇨複門。人是一～皮耳lâng sī chi̍t～phôe(phê) niâ⇨謂人們只是披著一件(好看的)外衣而已。又再做曰重têng。再增加亦曰重têng。雙亦曰重têng。一隻牛起雙～皮chi̍t-chiah-gû khí-siang～phôe(phê)⇨一牛剝兩皮，謂事物之重複錯誤。蕗蕎面十八～lō͘-kiō-bīn cha̍p-peh～⇨謂面皮有十八重之厚。薤hāi，俗叫蕗蕎lō͘-kiō。

【重九 têng-kiú(káu)】 九月九日重陽têng(tiâng)-iâng節也。俗曰九月重陽 káu-goeh-tiâng-iâng。

【重句 têng-kù】 口吃。講話會～～kóng-ōe ē～～⇨說話會口吃。

【重舌 têng-chi̍h】 口吃。同重句têng-kù。～～眞嵩重～～chin siong-tiōng⇨口吃很嚴重。

【重考 têng-khó】 再考chài-khó。今年無稠，明年更～～ kin-nî bô-tiâu，mê-nî koh ～～⇨今年考不上，明年再考。稠tiâu，密也。合而不離曰稠tiâu。考～～ 的khó ～～ ê⇨一向如此，大家如此，亦即互相不怪責。

【重更 têng-koh】 重新。再度。～～寫一張～～ siá chi̍t-tiu$^{n}$⇨再寫一張。～～ 看一下～～khoà$^{n}$ chi̍t-ē⇨再看一下。～～講一遍～～ kóng chi̍t-piàn⇨再說一次。隨人要～～嫁～～娶，攏無相干sûi-lâng boeh ～～ kè ～～ chhoā，lóng-bô siāng(siōng)-kan⇨各人要再嫁要再娶，皆不相干。～～ 開業也 ～～ khai-gia̍p-à⇨重新開業了。～～做人～～chò(chòe)-lâng⇨重新做人。

【重紃 têng-sûn】 眼瞼雙重gán-liám siang-têng。目珠有 ～～ ba̍k-chiu ū ～～ ⇨同上。目珠ba̍k-chiu俗作目睭ba̍k-chiu，非也。又紃sûn俗作紋bûn強讀sûn亦非也。

【重起 têng-khí】 ㊀舊病再發。舊病更～～也kū-pē$^{n}$(pī$^{n}$) koh ～～ à⇨舊病又再發了。㊁房屋改建。厝更～～也chhù koh～～à⇨家再改建了。

【重倍 têng-pōe】 雙倍siang-pōe。兩倍liáng-pōe。～～好 ～～ hó⇨加一倍的吉利。～～大～～toā⇨兩倍大。～～趁～～thàn⇨兩倍的利益。

【重耽 têng-tâ$^{n}$】 錯誤chhò-gō͘。耽誤tam-gō͘。聽了 ～～去thia$^{n}$-liáu ～～ khì(ì) ⇨聽錯了。千萬毋當 ～～ chhian-bān m̄-thang ～～⇨千萬不要錯誤。

【重婚 têng-hun】 ㊀再娶，再嫁。更～～也koh ～～ a⇨再結婚了。㊁法律名詞。～～ 罪～～chōe⇨有配偶者未解消而另與他人結婚。

【重開 têng-khui】 ㊀再開。別人更 ～～ 的pa̍t-lâng koh ～～ ê⇨別人再新開業的。㊁再支付費用。錢該更 ～～ chî$^{n}$ ài-koh ～～ ⇨費用需要再分攤支付。

【重感 têng-kám】 感冒未癒而再患感冒。～～無醫～～bô-i⇨謂重感冒無法醫治。

【重新 têng-sin】 ～～做人～～chò(chòe)-lâng⇨同上。俗多說成tiông-sin chò-lâng，非也。

【重複 têng-ho̍k】 文句有～～bûn-kù ū～～⇨同上。禮數不當～～lé-sò͘ m̄-thang～～⇨同上。

【重寫 têng-siá】 改寫kái-siá。～～過～～kòe⇨改寫過。～～ 記錄 ～～ kì-lo̍k⇨新記錄sin-kì-lo̍k。

【重審 têng-sím】 再審chài-sím。發回地院～～hoat-hôe tē-ī$^{n}$～～⇨同上。

【重翻 têng-hoan】 ㊀房屋改修，樓頂更～～過lâu-téng koh ～～ kòe⇨樓上再改修過了。㊁翻案。條件講好也藉俫更～～，啥人肯tiâu-kiā$^{n}$ kóng-hó-à chiah-boeh-koh ～～ siá$^{n}$-lâng-khéng⇨條件講好了，才要再翻案誰肯答應。

【重了重 têng-liáu-têng】 重複了再重複。～～～，講了講，都不答應 ～～～，kóng-liáu-kóng,to-m̄-tah-èng⇨謂講過無數次了，都不答應。

【重出世 têng-chhut-sì】 再生chài-seng。重生têng-se$^{n}$(si$^{n}$)。即斗恰如扱著的，未輸～～～ 扴chit-táu kah-ná khioh-tio̍h-ê, bē-su ～～～ lè⇨此次(的生命)恰如拾得的，一如再出世的一般。

【重拍起 têng-phah-khí】 重新開始。逐家更拂啦，對學而仔～～～啦ta̍k-ê koh-hut-lā, tùi ha̍k-jî-á ～～～ lā⇨大家再繼續拼罷，對學而仔重新開始罷。學而仔ha̍k-jî-á，亦即論語的開頭學而第一ha̍k-jî-tē-it。

【重喪日 têng-sng-ji̍t】 命卜者的名堂。謂在～～～辦理納棺，除靈等，必將有另一次的喪事。

【重炊舊餾 têng-chhoe-kū-liū】 再炊再餾

chāi-chhoe chāi-liū。食物再加蒸炊以防腐敗曰餾liū。一句話安爾～～～～，未輸抄誦經抄 chi̍t-kù-ōe an-ne(ni)～～～～ bē-su teh siōng-keng-lē⇨一句話說了又說，宛然在誦經呢。

【**重重疊疊** têng-têng-tha̍h-tha̍h】 重複又重複。新賬舊欠，安爾～～～～，無合人算一擺，敢會使得sin-siàu kū-khiàm，an-ne(ni)～～～～，bô kah-lâng sǹg-chi̍t-pái，kám-ē-sái-tit⇨新賬舊賬，如此的重複又重複，不與人家清算一次，行嗎。

têng **廷** 朝中也。正也。平也。縣～koān～⇨縣政府。朝～tiâu～⇨皇朝政府。法～hoat～⇨法堂。

【**廷杖** têng-tiāng】 明代，官吏(包括大臣)有過，在殿上加以杖笞。明代的一大惡政。

【**廷爭** têng-cheng】 在朝中爭議。

【**廷尉** têng-ùi】 古官名。主掌刑獄之官。

têng **庭** 廳也。正寢室曰庭têng。堂階之前也。又通廷têng。家～ka～⇨同上。孔子哭子路於中～khóng-chú khok-chú-lō͘ î tiong～⇨同上。法～hoat～⇨同上。民事～bîn-sū～⇨同上。刑事～hêng-sū～⇨同上。合議～ha̍p-gī～⇨同上。大～廣衆tāi～kóng-chiòng⇨同上。

【**庭長** têng-tiúⁿ】 民刑事庭或合議庭之長。刑庭的～～hêng-têng ê～～⇨同上。

【**庭訓** têng-hùn】 父訓hū-hùn。好囝兒克守～～hó-kiáⁿ-jî khek-siú～～⇨同上。

【**庭院** têng-īⁿ】 庭園têng-hn̂g。整理～～chéng-lí～～⇨同上。

【**庭除** têng-tî】 洒掃～～sè-sàu～～⇨整理庭院。

【**庭闈** têng-ûi】 正寢室。父母所居也。今指父母。

têng **澄** 水清不流也。靜水也。又使濁水清淨也。海～hái～⇨地名。

【**澄清** têng-chheng】 清除污濁。罪嫌～～也chōe-hiâm～～ a⇨嫌疑洗清了。～～天下之大志～～thian-hē chi tāi-chì⇨革新國家政治的雄心。

tēng **鄧** 姓氏。

【**鄧艾** tēng-ngāi】 三國魏名將，與鍾會cheng-hōe同破蜀。所謂大舌鄧艾toā-chi̍h-tēng-ngāi也。

【**鄧通** tēng-thong】 漢代富豪。初得文帝寵幸，相者謂其終必貧餓而死，帝因特賜銅山自鑄錢幣，由是鄧氏錢滿天下，至景帝時因事賜歸隱，後果然貧病而至餓死云。

tēng **有** 鐵石等之堅之固曰有tēng，亦即虛空的有phàⁿ之反。有phàⁿ即和phàⁿ，禾不實也。有tēng似應作定tēng，因亦有堅定kian-tēng之義也。較～過鐵khah～kòe thi̍h⇨比鐵還有。心官～sim-koa～⇨心硬sim-ngē。頭殼～thâu-khak～⇨①(孩子)壯健。保庇大細漢頭殼～pó-pì toā-sè-hàn thâu-khak～⇨保佑大小孩子壯健⇨老太婆在神佛前的禱告語。②頭腦硬化，不聽明，不通融。頭殼有戞戞thâu-khak tēng-khiak-khiak⇨同上。阿財伯仔上～a-châi-peh-á siāng(siōng)～⇨阿財伯最吝嗇līn-sek。

【**有炭** tēng-thoàⁿ】 堅定的木炭。～～碇炭～～phàⁿ-thoàⁿ⇨同上。

【**有柴** tēng-chhâ】 堅定的木料(燃料)。～～有柴～～phàⁿ-chhâ⇨好的燃料木與壞的燃料木。

【**有脾** tēng-pî】 ㈠脾臟肥大病。㈡吝嗇līn-sek。阿財最～～a-châi chòe～～⇨阿財最吝嗇。

【**有桲** tēng-lî】 果子從花結實而其核hu̍t已經成形曰有桲tēng-lî。或應作定釐tēng-lî。連～～都猶未抄道抄挽，無採人的物liân～～to á-bōe-leh tō-teh-bán, bô-chhái-lâng-ê-mi̍h⇨

完全還未定孳的就在摘取(青果)，眞的暴殄天物也。

【有錢 tēng-chîⁿ】 堅實可靠之財。阿財嫂的攏～～a-châi-só·-ê lóng～～⇨阿財嫂的(錢)皆堅實可靠之錢。反之曰有錢phàⁿ-chîⁿ，虛浮不實在之錢。

【有篤 tēng-tauh】 穩健ún-kiān。小弟仔較～～ sió-tī-á khah ～～⇨弟弟較穩健。又堅固。櫥仔做了不止～～tû-á chò-liáu put-chí～～⇨櫥子造得相當堅固。

【有氈 tēng-chiⁿ】 ㊀筋肉有彈性。你的肉較～～lí ê bah khah～～⇨你的筋肉比較有彈性(結實有力)。㊁芋、藷等半生不熟的感覺。食著～～～～chiah-tioh～～～～⇨同上。

【有癉 tēng-tan】 動植物發育不良。您阿丁有影較～～lín a-teng ū-iáⁿ khah～～⇨你們的阿丁眞的比較發育不良。豬仔飼了～～～～ti-á chhī-liáu～～～～⇨豬養了有癉有癉，不肥不大。逐欉都～～～～tak-châng to～～，～～⇨(作物)每株皆發育不甚好。

**tēng 定** 安也。正也，止也，決也，預約曰定tēng。又熟也。熟即止，故言定也，亦即堅固，堅定之定tēng也(見tēng有字)。生活安～seng-oah an～⇨同上。以閏月～四時成歲î lūn-goat～sù-sî sêng-sòe⇨古曆法。猶未決～á-bōe koat～⇨猶未作決定。公～價格kong-～kè-kek⇨同上。豫～日期î～jıt-kî⇨同上。選～對手soán～tùi-chhiú⇨同上。擇～良辰吉日tek～liâng-sîn-kiat-jıt⇨同上。心情穩～sim-chêng ún～⇨同上。謀而後～bō·-jî-hō·(hiō)～⇨同上。一～該的it～ài-ê⇨絕對必要的。無一～bô-it～⇨不一定put-it-tēng。大先落～tāi-seng loh～(tiāⁿ)⇨第一步下定銀。心神無～sim-sîn bô～⇨心神不堅定。

【定日 tēng-jıt】 決定日期。猶未～～á-bōe～～⇨還未決定日期。

【定名 tēng-bêng】 取名chhí-bêng。命名bēng-bêng。～～為慈愛會～～ûi chû-ài-hōe⇨同上。

【定見 tēng-kiàn】 堅定不變的見解。無～～的人bô～～ê lâng⇨同上。

【定局 tēng-kiok】 事勢確定。張三退出，李四上台是旣成的～～tiuⁿ-sam thè-chhut, lí-sì siāng-tâi sī kì-sêng ê～～⇨同上。

【定居 tēng-ki】 一定的住所。無～～bô～～⇨沒有一定的住所。永居之地。～～於台北～～tī tâi-pak⇨同上。

【定性 tēng-sèng】 心志健全。某是眞正經，可惜翁較無～～bó· sī chin-chèng-keng, khó-sioh ang khah-bô～～⇨老婆是很正經，可惜老公較輕率kheng-sut。

【定律 tēng-jut】 惡幣驅逐良幣的～～ok-phè khi(khu)-tiok liâng-phè ê～～⇨同上。

【定省 tēng-séng】 子女晨夕向父母問安。晨夕的～～是做囝兒的人的義務sîn-sek ê～～sī chò-kiáⁿ-jî ê lâng ê gī-bū⇨同上。

【定神 tēng-sîn】 集中精神。～～看詳細～～khoàⁿ siông (siâng)-sè⇨同上。許無～～的人hiah bô～～ê lâng⇨心神那麼不集中之人。

【定案 tēng-àn】 ㊀旣定之案件。猶未～～á-bōe～～⇨尙未定案。㊁同定讞tēng-hiàn。

【定時 tēng-sî】 決定時間。一定的時間。～～定日～～tēng-jıt⇨①決定時與日。②一定的時與日。～～炸彈～～chà-tân⇨在指定的時間爆炸的炸彈。

【定做 tēng-chò(chòe)】 預約製作。～～的衣服較會合軀～～ê i-hok khah-ē hah-su⇨同上。

【定貨 tēng-hòe】 預約買貨。～～的定單～～ê tēng-toaⁿ⇨同上。

【定婚 tēng-hun】 定親tēng-chhin。

【定規 tēng-kui】 猶未～～抾á-bōe～～lè⇨還未決定。伊～～會來i～～ē-lâi⇨他一定

會來。

【定理 tēng-lí】 物理學的～～but-lí-ha̍k ê～～⇨同上。

【定期 tēng-kî】 ～～開會～～khui-hōe⇨同上。～～航路～～hâng-lō͘⇨同上。～～存款～～chûn-khoán。

【定量 tēng-liōng(liāng)】 一定的數量。食飯該有～～chia̍h-pn̄g āi-ū～～⇨同上。

【定單 tēng-toa$^{n}$】 同訂單tèng-toa$^{n}$(ta$^{n}$)。國外來的～～kok-goā-lâi ê～～⇨同上。

【定罪 tēng-chōe】 決定罪責。法院判決～～也hoat-ī$^{n}$ phoà$^{n}$-koat～～ā⇨同上。

【定準 tēng-chún】 標準phiau-chún。一定it-tēng。講話道該有～～藉會使得kóng-ōe tō-āi ū～～chiah ē-sái-tit⇨說話就要有信憑才可以。阿三的話未～～得a-sam ê ōe bē～～tit⇨阿三之話不可靠。我～～去食你的喜酒goá～～khì chia̍h-lí-ê hí-chiú⇨我一定去喝你的喜酒。

【定義 tēng-gī】 特定名詞的標準解釋。在法律上的～～chāi hoat-lut-siāng ê～～⇨同上。

【定當 tēng-tòng】 安全。可靠。人是眞～～lâng sī chin～～⇨其人是很可靠的。我看敢該提些定抾，較～～goá-khoà$^{n}$ ká$^{n}$-āi the̍h-chē-tiā$^{n}$-lè khah～～⇨我看恐怕要先付一些定銀比較妥當。

【定奪 tēng-toa̍t】 可否的取捨。裁斷可否。是否可行，伏請～～sī-hō͘ khó-hêng，ho̍k-chh-éng～～⇨公文中的請示語。

【定犂 tēng-lî】 椪仔由開花而漸成很硬之果粒並其小果子粒亦皆成形者曰定犂tēng-lî。再過一個階段椪仔始破phò，才可食。

【定價 tēng-kè】 商店所定的確實價格。若是要買照～～，一罐五角免傷加nā-sī boeh-bé chiàu～～, chi̍t-koàn gō͘-kak bián-siu$^{n}$-ke⇨賣藥廣告員的口頭禪。

【定論 tēng-lūn】 結論，一致的主張。較嚷每無～～khah-jiáng(jióng) mā-bô～～⇨如何的叫嚷主張，都嚷不出結論。

【定數 tēng-sò͘】 天命之數。天運。～～難移～～lān-î⇨天運沒辦法移易î-e̍k。

【定親 tēng-chhin】 決定婚姻。阿花合人～～也a-hoe kah-lâng～～a⇨阿花許字於人了。

【定讞 tēng-hiàn】 獄成，亦即罪案已經決定。定案tēng-àn。疑獄終告～～gî-ga̍k chiong-kò～～⇨同上。

【定心丸 tēng-sim-oân】 使心旌動搖停止之仙丹。

【定風旗 tēng-hong-kî】 船上看風向之旗。

## ti

**ti 知** 識也。心裏明白曰知ti。見識經驗曰知ti，判別曰知ti。草木有生而無～chhó-bo̍k iú-seng jî bû-～⇨同上。覺～kak～⇨同上。眞～灼見chin～chiok-kiàn⇨同上。父母之年不可不～hū-bó chi liân put-khó put～⇨同上。知先～先覺sian～sian-kak⇨同上。又主其事曰知ti。～縣～府～koān～hú⇨縣長官，府長官。

【知人 ti-jîn】 認識人物之賢愚。～～之明～～chi bêng⇨同上。～～善任～～siān-jīm⇨同上。～～知面不知心～～ti-bīn put-ti-sim⇨謂人心之莫測。

【知子 ti-chú】 ～～莫若父，知臣莫若君～～bo̍k-jia̍k(jio̍k)-hū, ti-sîn bo̍k-jia̍k(jio̍k)-kun⇨謂父最知子，君最知臣的人物如何。

【知己 ti-kí】 認識自己。親友。～～的人～～ê lâng⇨知己。～～知彼，將心比心～～ti-pí，chiang-sim pí-sim⇨謂考慮自己，也應考慮別人。～～知彼，百戰百勝～～ti-pí, pek-chiàn-pek-sèng⇨同上。紅粉～～hông-hún～～⇨美人的朋友。

**【知友 ti-iú】** 親友。～～之間，何必計較～～chi kan hô-pit kè-kàu⇨同上。

**【知心 ti-sim】** 相交而知其眞心。親友。愛人。～～的不知情～～ê put-ti-chêng⇨他不知道⇨玉堂春的唱詞。相識滿天下，～～能幾人siang-sit boán thian-hē，～～lêng kí-jîn⇨謂知心之友甚少。

**【知交 ti-kau】** 朋友。逐家攏是～～ta̍k-ke lóng-sī～～⇨大家都是朋友。

**【知名 ti-miâ】** 有名。著名tì-bêng。～～度～～tō͘⇨被知的程度。拍～～度phà～～tō͘⇨自己宣傳。

**【知足 ti-chiok】** 滿足boán-chiok。趁加倍也猶不～～thàn ka-pōe ā iáu put～～⇨得了兩倍了還不滿足。～～常樂～～siâng-lo̍k⇨同上。～～當足，終身不辱～～tong-chiok, chiong-sin put-jio̍k⇨知道夠了就可以了，那麼，一生就不會遭受恥辱。

**【知見 ti-kiàn】** 證人。～～人～～jîn⇨同上。

**【知命 ti-bēng】** 五十歲。五十而知天命ngó-sı̍p jî-ti thian-bēng⇨論語孔子語。

**【知性 ti-sèng】** 知其性情。～～可以同居～～khó-í tông-ki(ku)⇨謂互相了解性情，即可以同居，可以爲友。

**【知音 ti-im】** 解音律的人。知己。子期死，伯牙絕弦，以無～～者chú-kî sú, pek-gê choa̍t-hiân, í bû～～chiá⇨同上。

**【知客 ti-kheh】** 招待客人。～～僧～～cheng⇨同上。

**【知恩 ti-in】** 受恩。～～必報眞君子，見義不爲非丈夫～～pit-pò chin-kun-chú, kiàn-gī put-ûi hui-tiāng-hu⇨俗諺。

**【知恥 ti-thí】** ～～近乎勇～～kīn-hō-iōng⇨論語。不～～的人put～～ê lâng⇨沒廉恥之人。

**【知情 ti-chêng】** 知其內情。知道。不～～put～～⇨不知道。

**【知理 ti-lí】** 識事理。做人不止～～chò(chòe)-lâng put-chí～～⇨爲人很懂事理。～～莫怪人～～bo̍k-koài-jîn⇨懂事理者不怪恨人。

**【知悉 ti-sek】** 知道。皆清楚了。所言～～só͘-gân～～⇨同上。

**【知單 ti-toa$^n$】** 通知書。請帖chhiá$^n$-thiap。

**【知照 ti-chiàu】** 公文用語。令仰～～lēng-gióng～～⇨同上。

**【知罪 ti-chōe】** 認罪。服罪。

**【知遇 ti-gū】** 受人賞識而優待。受到大員的～～siū-tō tāi-oân ê～～⇨同上。

**【知會 ti-hōe】** 照會chiàu-hōe。通知。

**【知過 ti-kò】** ～～必改，善莫大焉～～pit-kái，siān bo̍k-tāi-ian⇨同上。

**【知趣 ti-chhù】** 通情。不～～的人put～～ê lâng⇨同上。若～～道不當去nā～～tō m̄-thang-khì⇨如果通情達理(知自己在場別人有不方便)就不要去。

**【知識 ti-sek】** ㊀知悉。㊁智識tì-sek。無～～的人bô～～ê lâng⇨同上。～～份子～～hūn-chú⇨同上。

**【知覺 ti-kak】** 感覺事物的作用。～～神經～～sîn-keng⇨同上。

**【知進退 ti-chìn-thè】** ～～～爲豪傑～～～ûi-hô-kia̍t⇨同上。

**【知榮辱 ti-êng-jio̍k】** 倉廩滿而知禮節，衣食足而～～～chhong-lím boán jî ti lé-chiat, i-sı̍t chiok jî～～～⇨管仲言。

**【知行合一 ti-hêng-ha̍p-it】** 王陽明的學說。主張知與行應該一致。

**【知法犯法 ti-hoat-hoān-hoat】** ～～～～，罪加一等～～～～，chōe-ka-it-téng⇨同上。

**【知難行易 ti-lân-hêng-ī】** 孫文學說。認爲眞知最困難，不知亦能行，所以行比知易。

**【知難而退 ti-lân-jî-thè】** 自知力有不足而

自己放棄。

**ti 猪** 六畜之一。養～iáng～⇨飼～chhī～⇨兩詞雖一樣,但是養iáng似乎指經營,飼chhī即似指單純的家庭飼猪chhī-ti。又猪ti亦喻傻,喻不潔淨。肥～pûi～⇨①肥大的猪。②有錢的傻瓜。戇大～gōng-toā～⇨傻肥佬。歸身軀未輸～抮kui-sin-khu bē(bōe)-su～lè⇨全身髒如猪。恰如猪抮,乎人掠去刣都不知kah-ná-ti-lè, hō·-lâng liah-khì(ì)-thâi to m̄-chai⇨好像是猪的,被人抓去殺了都不知道。掠～liah～⇨捕捉猪。又買活的猪。閹～iam～⇨爲小猪去勢。刣～屠羊thâi～tó·(tō·)-iû$^{n}$⇨殺猪殺羊,喻家有喜事。

【猪刀 ti-to】 屠刀tô·-to。切肉刀。～～利利,趁錢未過代～～lāi-lāi, thàn-chî$^{n}$ bē(bōe)-kōe(kè)-tāi⇨謂屠刀很銳利,所趁的財產傳不過兩代。

【猪囝 ti-kiá$^{n}$】 小猪。～～飼大,毋認猪哥做老父～～chhī-toā m̄-jīn ti-ko chò(chòe) lāu-pē⇨小猪大了,不承認種猪是父親。謂情婦之子不認情夫爲父。

【猪公 ti-kang】 牡猪。～～仔～～á⇨小公猪。

【猪公 ti-kong】 ㊀祭神用的公猪。刣～～thâi～～⇨同上。㊁大傻瓜。抵着即隻～～道無法度也tú-tioh chit-chiah～～tō bô-hoat-tō· ā⇨逢上這一個大傻瓜就拿他沒辦法了。

【猪仔 ti-á】 猪,小猪。～～狗仔～～káu-á⇨猪與狗。～～過槽香～～kòe-chô-phang⇨別人的某較媠pat-lâng ê bó· khah-súi。過槽kòe-chô,換槽oā$^{n}$-chô。～～欠狗仔債～～khiàm káu-á-chè⇨猪借了狗的錢。謂前世的孽緣giat-iân。～～毋大,大去狗～～m̄-toā toā-khì(ì)-káu⇨猪不肥却肥了狗,喻願望與事實相左。～～囝～～kiá$^{n}$⇨小猪。～～頭～～thâu⇨小猪羣中之最大者。～～尾～～bóe⇨小猪羣中之最小者。～～上槽,猪母道食屎無～～chiū$^{n}$-chô, ti-bó tō chiah-sái-bô⇨小猪離乳上槽自己找食了,猪母就沒東西可吃,喻母愛有物皆讓子食。

【猪母 ti-bó(bú)】 母猪。～～牽去牛墟～～khan-khì(ì) gû-hi(hu)⇨把母猪拉到牛市。罵發言離主題太遠之詞。曲館邊的～～,未吹簫亦會拍擘khek-koán-pi$^{n}$ ê～～, bē(bōe) chhui-siau ah-ē(ōe) phah-phek⇨謂日常耳聞目見也可以不學自通。～～掛鞍不是馬～～koà-oa$^{n}$ m̄-sī bé⇨謂猪母掛馬鞍也不可能是馬,罵潑婦之詞。～～三朝～～sam-tiau⇨猪子出生第三日以湯圓謝土地公。試看～～肉韌或脆chhì-khoà$^{n}$～～bah lūn-ah-chhè⇨猪母肉是韌是脆一試可知,喻事不試不知其難。

【猪肉 ti-bah】 ～～牛肉～～gû-bah⇨同上。

【猪血 ti-hoeh(huih)】 縣口～～該蠅koān-kháu～～siâ$^{n}$-sîn⇨縣口猪血引誘胡蠅。謂阻街女郎如縣口猪血引誘胡蠅一樣的引誘遊蕩子。往日的縣口——縣衙前似乎很像今天的攤販市場。

【猪羊 ti-iû$^{n}$】 猪與羊。刣～～抮拂抮thâi～～teh hut-lè⇨殺猪殺羊在大幹一場哩。往時殺猪殺羊的喜慶是不尋常的。

【猪灶 ti-chàu】 屠宰場tô·-chái-tiû$^{n}$。

【猪肚 ti-tō·】 猪之胃ūi。～～面的～～bīn-ê⇨容易反面者。

【猪肺 ti-hì】 豆干炒韮菜,～～炒王萊,燒燒一碗來,冷冷我不愛tāu-koa$^{n}$-chhá-kú-chhài,～～chhá-ông-lâi, sio-sio chit-oá$^{n}$-lâi, léng-léng goá bô-ài⇨童謠。王來ông-lâi,鳳梨hōng-lê(ông-lâi)之俗字。

【猪油 ti-iû】 爨～～choà$^{n}$～～⇨①爨出猪油。②吹牛。你免抮爨～～lí bián teh choà$^{n}$～～⇨你何用吹牛。爨choà$^{n}$,爨choa$^{n}$也。亦炊也。

【猪疫 ti-ek】 猪的流行病。

【猪架 ti-kè】 猪公的牲禮架。

【猪胚 ti-phoe(phe)】 四五十至七八十斤程度的中猪。又喻結婚前的青年男子。乎人看～～也hō·-lâng khoà$^{n}$～～á⇨給人家看看女婿料了。

【猪哥 ti-ko】 ㊀種猪chéng-ti。牽～～的趁暢khan～～ê thàn-thiòng⇨謂空歡喜是其純益。㊁好色者。一隻如虎頭～～抾chit-chiah ná hó·-thâu～～lè⇨罵好色者之詞。～～面～～bīn⇨好色面。～～姆仔伴五娘賞花～～ḿ-á phoā$^{n}$-gō·-niû siú$^{n}$-hoe⇨醜婦伴美女賞花，喻不自知醜陋。

【猪砧 ti-tiam】 處理猪肉的板台。販賣猪肉的所在，肉店bah-tiàm。～～收也～～siu-a⇨肉店關門了。

【猪販 ti-hoàn】 大小猪的仲買人。猪商。～～仔～～á⇨猪的中手。

【猪笱 ti-kô】 運猪的竹籠。

【猪脚 ti-kha】 ～～肉～～bah⇨婚姻時男家送女家的禮品之一。～～麵線～～mī-soà$^{n}$⇨壽禮。

【猪巢 ti-siū】 猪圂ti-hūn。猪所居。～～毋值狗巢穩～～m̄-ta̍t káu-siū-ún⇨謂猪巢雖好不如狗巢睡得安穩an-ún。喻外宿怎麼好都不如家居自然。

【猪豚 ti-thûn】 小猪。掠～～仔來飼較快lia̍h～～á lâi-chhī khah-khoài⇨買中猪(約三四十至六七十斤者)來養比較快大快出賣。豚thûn亦作豮thûn，中豬也，又人獸之中大者皆曰豚thûn。

【猪菜 ti-chhài】 猪的飼料。挽～～bán～～⇨採集飼料。蕃薯葉等由自已園中採之，鹿仔樹葉等即須上山找尋之。

【猪腰 ti-io】 猪之腎臟。～～範～～hoān⇨～～形～～hêng⇨同上。

【猪種 ti-chéng】 ㊀猪的種類。㊁小母猪，種猪。留來做～～lâu-lâi chò(chòe)～～⇨留下來(不出售)做種猪。

【猪槽 ti-chô】 家內飼猪着～～，潘着多，米着澇，新猪母，老猪哥，猪胚照路行，猪子濫擅趖ke-lāi chhī-ti tio̍h～～, phun-tio̍h-to, bí-tio̍h-lô, sin-ti-bó, lāu-ti-ko, ti-phoe chiàu-lō·-kiâ$^{n}$, ti-kiá$^{n}$ lām-sám-sô⇨千金譜。

【猪鋪 ti-pho·】 毛猪mô-ti的市價。～～有較擧也～～ū-khah-giâ-ā⇨毛猪市價較升高一點了。

【猪頭 ti-thâu】 ～～五牲～～ngó·-seng⇨包括猪頭，鷄鴨等五物組成的牲禮seng-lé。～～不顧顧鷄卵～～m̄-kò· kò·-ke-nn̄g⇨喻大事付諸等閑，却全心照顧小事。

【猪肝色 ti-koa$^{n}$-sek】 深朱色chhim-chu-sek。

【猪頭皮 ti-thâu-phôe】 爨～～～choà$^{n}$～～～⇨喻歕不成樣子的鷄肚，因猪頭皮炸不出油也。

【猪轆索 ti-lak-soh】 捉猪用的特製的索子。轆lak者活動環扣，亦作輯lak。

【猪狗畜生 ti-káu-thek-se$^{n}$(si$^{n}$)】 罵人一如猪狗畜生沒有人性。畜生thek-se$^{n}$(si$^{n}$)→cheng-se$^{n}$(si$^{n}$)。

【猪不食狗不哺 ti-m̄-chia̍h-káu-m̄-pō·】 罵人臭壞到極點，連猪狗都不要。

**ti 蜘** 蜘蛛ti-tu也。

【蜘蛛 ti-tu】 一種節足動物。結網以捕捉食物。～～絲～～si⇨同上。～～結網～～kiat-bāng⇨同上。毒～～to̍k～～⇨同上。鳥脚～～肚chiáu-kha～～tō·⇨～～肚鳥仔脚～～tō· chiáu-á-kha⇨脚細長如鳥，肚大如蜘蛛的人。

**ti 豬** 猪ti的本字。

**ti 彘** 豕sí，亦豬ti也。人～jîn～⇨漢呂太后斷戚夫人的手足而放之於厠中，號之曰人彘

jîn-ti，可謂殘忍chhân-jím之極。

tí
**底** 底té, tóe也(見te部)。

【**底止 tí-chí**】 停止，際限chè-hān。無所～～bû-so·～～⇨無限際bô-hān-chè。無～～bô～～⇨無底可止，無限際。

【**底定 tí-tēng**】 平定pêng-tēng。大局～～tāi-kiok～～⇨同上。

【**底細 tí-sè(sòe)**】 同底系té-hē。來歷。不知伊的～～m̄-chai i ê～～⇨同上。

【**底蘊 tí-ùn**】 內容lāi-iông。事情的～～sū-chêng ê～～⇨同上。

tí
**抵** 抵té 也(見te各部)。抗拒khòng-kī也。觸犯也。當tn̄g也，到達也。大凡tāi-hoân曰大抵tāi-tí。收支對～siu-chi tùi～⇨收支對消。

【**抵名 tí-miâ**】 補充缺額。

【**抵抗 tí-khòng**】 té-khòng。～～力～～lek⇨對抗(防衛)的力量。極力～～敵兵kek-lek～～tek-peng⇨同上。

【**抵步 tí-pō·**】 到達tò-tat。二十日～～jī-chap-jit～～⇨同上。

【**抵制 tí-chè**】 拒絕交易以爲制裁。～～敵貨～～tek-hòe(hè)⇨同上。→té-chè。

【**抵命 tí-miā**】 償命chhiâng-bēng。刣人道愛～～thâi-lâng tō-ài～～⇨殺人應償命。

【**抵達 tí-tat**】 抵步tí-pō·。～～玉山頂～～giok-san-téng⇨到達玉山上。

【**抵賬 tí-siàu**】 tú-siàu。充消債務。掠猪仔來～～liah ti-á lâi～～⇨要其猪以抵消賬務。

【**抵敵 tí-tek**】 敵對tek-tùi。抵抗tí-khòng。～～未過～～bē(bōe)-kòe⇨抵抗不住。

【**抵還 tí-hoân(hêng)**】 變賣～～債務piàn-bē(bōe)～～chè-bū⇨變賣東西以償還債務。

tí
**邸** 諸侯在京之舘舍也。王侯之府第亦曰邸tí, té，大官貴人之居亦曰邸tí, té。官～koaⁿ～⇨同上。府～hú～⇨同上。旅～lí～⇨旅社亦曰邸tí,té。

tí
**氐** 古番夷名。

tì
**蒂** 蔕tì的俗字。花果與枝連接之處也。俗曰果鼻kó-phīⁿ。根～kin(kun)～⇨同上。根深～固kin(kun)-chhim～kò·⇨根基甚堅固。上無根下無～siāng bû-kin(kun) hē(hā) bû～⇨同上。芥～kài～⇨意見不相容。心肝～仔sim-koaⁿ～á⇨心臟之要處。

tì
**智** 識多也。愚之對稱。賢也。絕聖棄～choat-sèng khì～⇨同上。鬪～不鬪力tàu～put-tàu-lek⇨漢高祖對付楚霸王。才～之士chāi～chi sū⇨有才幹智慧tì-hūi的人。仁義禮～信jîn-gī-lé～sìn⇨五常。見仁見～kiàn-jîn-kiàn～⇨各有所見。賊是小人，～過君子chhat-sī siáu-jîn, ～kò-kun-chú⇨賊仔狀元才chhat-á chiōng-goân-châi。

【**智力 tì-lek**】 ～～過人～～kò-jîn⇨同上。

【**智育 tì-iok**】 ～～，體育，德育～～，thé-iok,tek-iok⇨健全之教育。

【**智者 tì-chiá**】 有識之士。～～千慮難無一失，愚者千慮未必全非～～chhian-lī lân-bû it-sit, gî(gû)-chiá chhian-lī bī-pit choân-hui⇨謂才智者不可能全對,愚蠢者也未必全不對。

【**智勇 tì-ióng**】 ～～雙全～～siang-choân⇨同上。

【**智能 tì-lêng**】 ～～犯～～hoān⇨利用智慧之犯罪。～～測驗～～chhek-giām⇨同上。

【**智商 tì-siang**】 ～～一五〇以上～～it-ngó-lêng-í-siāng⇨近天才。

【**智慧 tì-hūi**】 聰明chhong-bêng。雖有～～，不如乘勢sui-iú～～put-jî(jû) sêng-sè⇨此所以孔明之不如劉備者也。

【**智謀 tì-bô·**】 才智謀略châi-tì-bô·-lek(liok)。～～兼人～～kiam-jîn⇨智謀勝人(數倍於常人)。

【智識 tì-sek】 知識tì-sek。～～階級～～kai-kip⇨同上。

【智仁勇 tì-jîn-ióng】 智慧，仁愛，勇敢。～～～三德～～～sam-tek⇨同上。

【智圓行方 tì-oân-hêng-hong】 智識圓活，行爲方正。

**著** tì 明也。亦讀tù。顯明hián-bêng也。撰述soán-su̍t也。顯～hián～⇨同上。又著tio̍k, tio̍h也（見各部）。

【著名 tì(tù)-bêng】 甚有名。～～的風景區～～ê hong-kéng-khu⇨同上。

【著作 tì(tù)-chok】 寫作siá-chok，創作chhòng-chok。～～權～～koân⇨作者的權益。

【著述 tì(tù)-su̍t】 著書立說tì(tù)-si(su)-li̍p-soat。～～業～～gia̍p⇨以著述爲業。

【著書 tì(tù)-si(su)】 寫書siá-si(su)。～～立說～～li̍p-soat⇨同上。

**戴** tì 戴tài也。頭上載物也。頭～人的天，脚踏人的地thâu～lâng ê thi$^{n}$ kha-ta̍h lâng ê tē⇨謂被統治者之苦。日據時所流行。頭～明朝帽，身穿淸朝衣，五月稱永曆，六月還康熙thâu～bêng-tiâu-bō，sin-chhēng chheng-tiâu-i, gō͘-goe̍h chheng éng-le̍k, la̍k-goe̍h hêng khong-hi⇨施九緞反後出現的字白 jī-pe̍h。

【戴笠 tì-le̍h(lo̍eh)】 ～～仔較涼～～á khah-liâng⇨戴笠較涼爽。

【戴帽 tì-bō】 穿鞋～～chhēng-ê(ôe)～～⇨同上。～～仔～～á⇨同上。

【戴冠笠 tì-koe-le̍h】 同戴笠仔。

【戴紅帽 tì-âng-bō】 憲兵出門～～～，肩頭負銃手擧刀，如有歹人緊來報，銀票澤山免驚無hiân-peng chhut-mn̂g～～～，keng-thâu phāi$^{n}$-chhèng chhiú-giâ-to, nā-ū phái$^{n}$-lâng kín-lâi-pò, gîn(gûn)-phiò tha̍k-sáng bián-kia$^{n}$-bô⇨日據時描述其憲兵橫行的打油詩。澤山tha̍k-sáng，日文takusan，意爲多多。～～～仔～～～á⇨獄中囚。

【戴草橐仔 tì-chháu-lok-á】 日據時囚犯移動時所戴者。無底囊曰橐thok, lok。

**置** tì 安放也。設立也。布～pò͘～⇨同上。放～hòng～⇨同上。設～siat～⇨同上。建～家後kiàn～ke-āu⇨娶妻。位～在山北ūi～chāi soa$^{n}$-pak⇨同上。

【置備 tì-pī】 購置備用。～～所需的器具～～só͘-su ê khì-kū⇨同上。

【置辭 tì-sû】 講話kóng-ōe。無～～的餘地bô～～ê î-tē⇨無法講話。

【置之不理 tì-chi-put-lí】 而今～～～～，將來每是歸於家己身上jî-kim～～～～chiang-lâi mā-sī kui-tī ka-kī sin-siāng⇨現在放開不管，將來還是要負責任。

【置之度外 tì-chi-tō͘-goā】 兄弟的代誌，那會使得～～～～hia$^{n}$-tī ê tāi-chì，ná-ē-sái-tit～～～～⇨自己兄弟的事情，何能不關心。

【置身事外 tì-sin-sū-goā】 不管其事。自己不在事中。你安爾～～～～涼涼仔是lí an-ne(ni)～～～～liâng-liâng-á-sī⇨你如此不理不管地悠哉悠哉iu-chāi-iu-chāi。

**致** tì 送也。委也。招致也。推究也。孔明～書周瑜大都督khóng-bêng～si(su) chiu-jî(jû)-tāi-to͘-tok⇨三國演義。賢賢易色，事父母能竭其力，事君能～其身hiân-hiân e̍k-sek, sū-hū-bó lêng-kia̍t kî-le̍k,sū-kun lêng～kî-sin⇨論語。所以～亂之由，皆因十常侍só͘-í～loān chi iû, kái-in si̍p-siâng-sī⇨三國演義。專心～意choan-sim～ì⇨同上。全體一～，無人反對choân-thé it～，bô-lâng hoán-tùi⇨同上。導～革命tō～kek-bēng⇨同上。招～失敗chiau～sit-pāi⇨同上。誘～投資iú～tâu-chu⇨同上。

【致力 tì-le̍k】 ～～於小說創造～～tī sio-soat-chhóng-chō͘ ⇨把全副心力放在小說的

創作上。

【致心 tì-sim】 致力tì-le̍k。～～事業～～sū-gia̍p⇨同上。

【致死 tì-sí】 導致死亡。過失～～罪kòe-sit～～chōe⇨法律名詞。流血過多～～的lâu-hoeh(huih) kòe-to ～～ê⇨出血過多致死的chhut-hiat kò-to tì-sú-ê。

【致命 tì-miā】 關係到生命。～～的打擊～～ê tá$^{n}$-kek⇨同上。～～傷～～siang⇨關係到生死的傷害。

【致使 tì-sú】 導致tō-tì。～～分裂～～hun-lia̍t⇨同上。～～失敗～～sit-pāi⇨同上。

【致恨 tì-hīn(hūn)】 構成怨恨。～～於心內～～tī sim-iāi⇨導致心中之深恨。

【致重 tì-tiōng】 重視tiōng-sī。阿德仔較～～舊禮教a-tek-à khah～～kū-lé-kàu⇨同上。～～金錢～～kim-chî$^{n}$⇨重視金錢。

【致病 tì-pē$^{n}$(pī$^{n}$)】 患上大病。拚生拚死拚到～～pià$^{n}$-se$^{n}$-pià$^{n}$-sí piá$^{n}$-kà～～⇨拚命做拚得招來重病。

【致祭 tì-chè】 弔祭tiàu-chè。親友～～chhin-iú～～⇨同上。

【致賀 tì-hō】 祝賀chiok-hō。

【致意 tì-ì】 ㊀問候。均此～～kin-chhú～～⇨皆在此問候，書信用詞。㊁注意。伊都無扲～～i to bô teh～～⇨他全不在注意，不在意。專心～～choan-sim～～⇨同上。

【致疑 tì-gî】 發生疑問。梅發窗前君～～bôe hoat chhong-chiân kun～～⇨妻致夫信中詞。謂窗前梅花開了，因而懷疑是君回來了。

【致蔭 tì-im】 恩賜in-sù。該家己手堵生肉，不當望人～～ài ka-tī(kī) chhiú-tó͘ se$^{n}$(si$^{n}$)-bah, m̄-thang bāng-lâng～～⇨應該自己手中生肉，不可希望別人的恩賜。謂應自力發展，不可希望人家施惠。手堵chhiú-tó͘，腕上有肉之處。

【致辭 tì-sû】 講話。來賓～～lâi-pin～～⇨同上。

【致身命 tì-sin-miā】 患上不治之病。家己拚到～～～的ka-tī(kī) hut-kà～～～ê⇨自己拚得患上不治之病的。

**緻** tì 密也。精～cheng～⇨精密。工～kang～⇨功夫細密。標～phiau～⇨標亮美麗，phiau-liāng-bí-lē。

【緻密 tì-bi̍t】 ～～無失～～bû-sit⇨舉止詳細無失儀。

**稚** tî 幼小也。幼～園iù～hn̂g⇨同上。亦作稺tî。

【稚子 tî-chú】 幼童iù-tông。童僕歡迎，～～候門tông-po̍k hoan-gêng，～～hāu-bûn⇨歸去來辭。老妻畫紙爲棋局，～～敲針作鈎ló-chhe ōe-chí ûi-kî-kio̍k, ～～khau-chiam chok tiàu-kau⇨杜詩。

【稚氣 tî-khì】 孩子氣hâi-chú-khì。囡仔㗖gín-á-khùi。～～未除～～bī-tî⇨稚氣猶於抙tī-khì iáu tī-teh。

**稺** tî ㊀同稚tî。㊁同稚tî，幼禾，晚禾，或晚種，以及人物幼小也。

**池** tî 環城水也。停水曰池tî。護城河曰池tî。城郭溝～sêng-kok kau～⇨同上。城～siâ$^{n}$～⇨城也。水～chúi～⇨停水之池。貯水～thí-chúi～⇨同上。魚～hî～⇨養魚～iáng-hî～。厠～chhè～⇨糞～pùn～⇨厠所chhè-só͘⇨便所piān-só͘。電～tiān～⇨俗曰乾電kan-tiān, ta-tiān。舞～bú～⇨屋中跳舞的所在。差～chha～⇨不齊一⇨差錯chha-chhò。

【池沼 tî-chiáu】 圓曰池，曲曰沼。～～地～～tē⇨池沼相連之地。濕地。

【池塘 tî-tông】 池。築土遏水曰塘tông。夏樹陰濃夏日長，樓臺倒影入～～，水晶簾動微風起，一架薔薇滿院香hā-sī ìm-lông hā-ji̍t-tiông, lô-tâi tó-éng ji̍p～～, súi-cheng-liâm tōng bî-hong-khí, it-kà chhiông-bî boán-ī$^{n}$-hiong⇨舊詩。

**【池千歲 tî-chhian-sòe】** 池王tî-ông或池王爺tî-ông-iâ的尊稱。池姓的祖神。

**【池中物 tî-tiong-bu̍t】** 蛟龍得雲雨，終非～～kau-liông tek-hûn-í, chiong húi～～～⇨龍如逢雲雨，將不屈居池中，必一飛而上天也。喻大人物屈居下流，一有機會，將大有作爲。

**【池魚之殃 tî-gî-chi-iang】** 無辜bû-ko͘而受禍。附近的人都受到～～～～hū-kīn ê lâng to-siū-tō～～～～⇨同上。

tî **除** 殿陛也。門屏之間曰除tî, tû。灑掃庭～sá-sò têng～⇨同上。算法有加減乘～ke-kiám-sêng～。又去也，易也。歲～sòe～⇨新舊歲之交。又授官職曰除tî, tû。眞～chin～⇨代理官升正官。開～khai～⇨革職kek-chit。去其官職。

**【除夕 tî-se̍k】** 過年之夜。～～圍爐～～ûi-lô͘⇨過年夜，全家大小圍爐以團圓。

**【除戶 tî-hō͘】** 除籍tî-che̍k。消滅戶籍。

**【除外 tî-goā】** 不算，不計。破的～～phoà-ê～～⇨破者不要。未嫁的～～bōe-kè-ê～～⇨未結婚的女人不算。～～例～～lē⇨被除外的事例。

**【除去 tî-khì】** 除掉tî-tiāu。～～舊欠猶有三千好領～～kū-khiàm iáu-ū sa$^{n}$-chheng hó-niá⇨除了舊欠還有三千可取。

**【除名 tî-miâ$^{n}$】** 去其名字。開除會籍、黨籍等皆屬之。

**【除防 tî-hông】** 預先防備。暗箭道無法～～也àm-chì$^{n}$ tō bô-hoat～～ā⇨暗箭難防àm-chì$^{n}$ lân-hông。早無～～，盒那有法度chá-bô～～，ta$^{n}$ ná-ū hoat-tō͘⇨先前不作預防，而今那裏有辦法。～～海口～～hái-kháu⇨防備海岸線。

**【除法 tî-hoat】** 算法之一。一數平分爲數個數。乘法～～sêng-hoat～～⇨同爲算法之一。

**【除非 tî-hui】** 除外。曷有可能，～～您老父是皇帝a̍h-ū khó-lêng,～～lín-lāu-pē sī hông-tè⇨謂你父是皇帝之外，那裏有可能。欲得人不知，～～己莫爲io̍k-tek jîn-put-tî,～～kí bo̍k-ûi⇨謂自己不作爲之外，無法使人不知。

**【除害 tî-hāi】** 爲百姓～～ūi-peh-sè$^{n}$～～⇨同上。

**【除掉 tî-tiāu】** 排除而棄之。除却。除去，彼款人該～～hit-khoán lâng ài～～⇨那一種的壞人應該殺。有問題的～～ū būn-tê-ê～～⇨有問題者不要（不算）。～～欠人的都無也～～khiàm-lâng-ê to bô-ā⇨除去欠人者都沒有了。

**【除號 tî-hō】** 代表除法的符號，亦即÷號。

**【除草機 tî-chháu-ki】** 代替人口除草的機械。～～～一台做幾仔人額～～～chit-tâi chò (chòe) kúi-à-lâng-gia̍h⇨除草機一台可作數人的工作。

**【除蟲菊 tî-thâng-kiok】** 草名。研粉géng-hún焚之，可驅除khu-tî蚊蟲。

**【除除扣扣 tî-tî-khàu-khàu】** 扣除的部份很多。～～～～都去佅一半也～～～～to khì-boeh chi̍t-poà$^{n}$-ā⇨除除扣扣合起來，被扣的將近一半之數也。

**【除惡務盡 tî-ok-bū-chīn】** 人講～～～～道是斬草除根lâng-kóng～～～～tō-sī chám-chháu tî-kin⇨同上。盡chīn亦作本pún。

**【除暴安良 tî-po̍k-an-liâng】** 除去暴虐，安撫善良。

**【除舊換新 tî-kū-oā$^{n}$-sin】** 去舊換新khì-kū-oā$^{n}$-sin。

tî **遲** 徐行也。緩也。久也。亦讀thî。若會反悔猶未～nā-ē hoán-hóe á-bōe～⇨若能反悔猶未晚。不當～也m̄-thang～ā⇨不可再慢了。未～得也bē(bōe)～tit-ā⇨慢不得了。來緊與來～lâi-kín í lâi～⇨來得快來得慢。

**【遲延 tî-iân】** 延引iân-ín。拖長時日。毋好更～～也m̄-hó koh～～ā⇨不可再慢下去了。

【遲來 tî-lâi】 來得慢。～～的好運～～ê hó-ūn⇨同上。

【遲到 tî-tò】 慢到bān-kàu。定定抡～～tiāⁿ-tiāⁿ teh～～⇨時常慢點。

【遲期 tî-kî】 延誤時日。君欲歸，意何如，深情盡付此張紙，吩咐雁，急含去，直到君前莫～～kun-iok-kui, ì-hô-jî, chhim-chêng chīn-hù chhú-tiang-chí, hun-hù-gān, kip-hâm-khì, tit-tò kun-chiân bok～～⇨舊尺牘範文，妻付夫書。

【遲鈍 tî-tūn】 性不敏捷。有較～～淡薄仔ū-khah～～tām-poh-á⇨事實比較不聰明一點。

【遲疑 tî-gî】 心疑而不能作決。毋免更～～也m̄-bián koh～～ā⇨不用再遲疑不決了。

【遲暮 tî-bō͘】 衰老sui-ló。最慘的是美人～～無人問chhōe-chhám-ê sī bí-jîn～～bû-jîn-būn⇨女人一老就完蛋。

【遲緩 tî-oān】 遲延tî-iân。未～～得也bē(bōe)～～tit-à⇨再慢不得了。

【遲遲 tî-tî】 牛步～～giûⁿ-pō͘～～⇨行遲如牛步。春光～～chhun-kong～～⇨春日舒緩。

**tî 墀** 階上地也。以丹漆地曰丹～tan～，亦曰赤～chhek～。朝天子之地也。砌玉者曰玉～gek～。

**tî 鋤** 田器也，以去草者，亦作鉏sî, chhû。又以鋤tî治田也。又除也，誅滅tu-biat也。誅～草茅以力耕tu～chhó-mâu í lek-keng⇨同上。帶經而～tāi-keng jî～⇨讀書未成而鋤田。

【鋤田 tî-tiân】 治田tī-tiân，耕田keng-chhân。～～日當午，汗滴禾下土，誰知盤中餐，粒粒皆辛苦～～jit-tong-ngó͘, hān-tek hô-hē-thó͘, sûi-ti phoân-tiong-chhan, liap-liap kai sin-khó͘⇨恤農古詩。

【鋤奸 tî-kan】 誅滅壞人。～～抗暴～～khòng-pok⇨同上。～～團～～thoân⇨古有愛國鋤奸團。

【鋤頭 tî-thâu】 耨鋤lō͘-tî。耨，諾候切，奴豆切音應該是老lāu，其物如鏟，柄長三尺，刃廣二寸，以刺地除草。因此，鋤頭tî-thâu似乎是鋤耨tî-lāu之訛。不知是否。阿公仔舉～～偎掘芋a-kong-a giâ～～boeh kut-ō͘⇨民謠。做田人講話，三～～二畚箕，道好勢也chò-chhân-lâng kóng-ōe, saⁿ～～nn̄g pún-ki tō hó-sè-à⇨農夫講話，三下鋤頭，兩下畚箕，就解決了。謂話說直截了當，不拖泥帶水。用～～共你揕死iōng～～kā-lí chím-sí⇨以鋤打死你。～～鍖～～chím⇨鋤與其柄接合之處曰鍖chím。以鋤擊物曰鍖chím，亦作揕chím。無名無姓抡問～～柄bô-miâ-bô-sèⁿ teh-mn̄g～～pèⁿ⇨責請教事物者之不知禮。謂不稱名不道姓，你在發問於鋤柄嗎。

**tî 踟** 行不進曰踟蹰tî-tû→thî-thû。又事遷延亦曰踟蹰tî-tû(thî-thû)。不當更踟蹰也m̄-thang koh tî-tû-ā⇨不可再遷延了。踟蹰眞久tî-tû chin-kú⇨遲疑不前甚久了。

**tī 治** 理也。管理家國事曰治tī。理獄矯正曰治tī，修學研究曰治tī。郡縣長官駐地曰治tī，醫療病患曰治tī，又戲謔於人亦曰治tī。政～事務chèng～sū-bū⇨同上。文～武功bûn～bú-kong⇨同上。德～惠民tek～hūi-bîn⇨同上。～獄聽訟～gak-thiaⁿ-siōng⇨同上。無法可～bû-hoat khó～⇨無辦法可矯正之。專心～學choan-sim～hak⇨同上。省～縣～séng～koān～⇨省都縣都。醫～i～⇨同上。囡仔創～大人gín-á chhòng～toā-lâng⇨孩童戲弄大人。床母創～人chhn̂g-bó(bú) chhòng～lâng⇨床母戲弄人。床母chhn̂g-bó主宰生男育女之神。謂她使該生子者不生，不該生子者(未嫁者)肚皮日見膨脹。

【治水 tī-chúi】 tī-súi。疏通水道，築造堤岸以防水害。～～該先治山～～āi seng tī-soaⁿ⇨同上。

【治外 tī-goā】 女治內男 ~~ lí(lú) tī-lāi lâm~~⇨女主內男主外。~~法權~~hoat-koân⇨不受居住國法律管轄的權利。

【治平 tī-pêng】 治國平天下之省略。

【治世 tī-sè】 太平世界。~~之良臣，亂世之奸雄 ~~ chi liâng-sîn，loān-sè chi kan-hiông⇨曹操的評語。

【治安 tī-an】 國家社會的安寧秩序。擾亂~~jiáu-loān~~⇨同上。維持~~ûi-chhî~~⇨同上。

【治妖 tī-iau】 退治妖怪。都無扵請鬼 ~~ 講to-bô-teh chhiáⁿ-kúi ~~ kong⇨不是在請鬼治妖吧。謂妖去鬼來都一樣，不是嗎。講kóng改讀kong。

【治杯 tī-poe】 準備酒杯(酒食)。~~候駕~~hāu-kè(kà)⇨請帖的套詞，謂準備酒杯，等候您的大轎蒞臨。~~申謝~~sin-siā⇨同前表示謝意時用的。

【治事 tī-sū】 辦事pān-sū。~~ 謹嚴 ~~ kín-giâm⇨同上。

【治代 tī-tāi】 代tāi即代誌tāi-chì。意指工作、事情、問題等等。合我無~~kah-goá bô ~~⇨與我沒關係。你安爾好人仔無~~敢會使得lí an-ne(ni) hó-lâng-á bô ~~ kám-ē-sái-tit⇨你如此裝成好人與此事無干可以嗎。

【治枵 tī-iau】 填飽飢腹。先~~扵，藉更講seng ~~ leh chiah koh-kóng⇨先行填滿飢腹，然後再說。做人是~~第一chò(chòe)-lâng sī ~~ tē-it⇨人間世吃飽飯最重要。枵iau，空虛也，俗作饑ki或餓gō而讀iau。

【治家 tī-ka(ke)】 勤儉 ~~ khîn(khûn)-kiām~~⇨同上。

【治鬼 tī-kúi】 退鬼。捉鬼。鐘馗chiong-kûi~~⇨同上。

【治病 tī-pēⁿ (pīⁿ)】 醫治疾病chi̍t-pēⁿ(pīⁿ)。更講無錢好 ~~ 正慘koh-kóng bô-chîⁿ hó ~~chiàⁿ-chhám⇨加以無錢可治病才慘。

【治理 tī-lí】 管理koán-lí。主持chú-chhî。要 ~~ 一個家無許快boeh ~~ chi̍t-ê-ke(ka) bô-hiah-khoài ⇨ 要主持一個家庭沒那麼容易。

【治喪 tī-song】 辦理喪事。~~委員會~~úi-oân-hōe⇨掠幾位大官顯要分任正副主委，多列地方名流爲委員的治喪方式。

【治罪 tī-chōe】 依法懲罰î-hoat tîn-hoa̍t。官府掠去 ~~ 也koaⁿ-hú lia̍h-khì(ì)~~ ā⇨政府抓去依法處罪了。

【治裝 tī-chong】 旅行lí-hêng的準備。

【治亂 tī-loān】 太平與變亂。天下~~，thian-hē~~⇨同上。

【治療 tī-liâu】 醫療i-liâu。止痛曰療liâu。你該去神經科 ~~ 也lí ài-khì sîn-keng-kho ~~ ā⇨你須去找神經科治病了，謂你這神經病狂。

【治權 tī-khoân】 政府之權。~~政權~~chèng-khoân⇨同上。

【治大事 tī-toā-tāi】 同治事tī-tāi。田無溝水無流，合你 ~~~ chhân-bô-kau chúi-bô-lâu, kah-lí~~~⇨你我是田無溝相通，水不合流，(完全扯不上關係)，此事與你何干。

【治大國 tī-tāi-kok】 ~~~如烹小鮮~~~jî(jû) pheng-siáu-sián⇨謂治大國如烹煎小魚，極宜小心。

【治絲益棼 tī-si-ek-hun】 事物愈弄條理愈紛亂。棼hun，亂也。

**tī 於** 在chāi也。一曰「之於」之連音。居也。于也。於于皆語辭。㊀表示歸屬。責任~你chek-jīm~lí⇨責任在你。權屬~政府khoân sio̍k ~chèng-hú⇨權利屬在政府。㊁表示居處或所在。企~田庄khiā~chhân-chng⇨帶~鄉村toà ~ hiang-chhoan。厝 ~ 車頭前chhù ~ chhia-thâu-chêng⇨家在車站前。錢𢯾~金庫chîⁿ khǹg~kim-khò⇨錢藏在金庫。𢯾khùiⁿ, khǹg，藏也。粟收~粟倉chhek siu~chhekpún⇨粟收藏在畚中。畚，pún竹製塗泥之藏粟器。衫曝～後庭saⁿ phak～āu-tiâⁿ⇨衣曬在後庭。上舉的於tī字皆可以在chāi字代之。又兩字亦可連用。在～學校chāi～hak hāu⇨同上。在～街市chāi～ke-chhī⇨同上。在～你，在～我chāi～lí，chāi～goá等等是也。人～內，名～外lâng～lāi，miâ～goā⇨鼓～內，聲～外kó͘～lāi siaⁿ～goā⇨事在內部，但是世評在外甚可畏。尻川坐～米甕，手摸～錢筒kha-chhng chē～bí-àng, chhiú bong～chîⁿ-tâng⇨屁股坐在米櫃，手摸在錢筒中。喻生活十分富裕，錢財不缺。

【於抣 tī-tè】 tī-lē 在家，在場。有人～～否ū-lâng～～bò͘⇨有人在嗎。昨昏你有～～厝裡無cha-hng lí-ū～～chhù-lì(nì) bô⇨昨天你是在家(沒出外)了嗎。魚～～海裡hî～～hái-lì(nì)⇨魚在於海中。錢～～人的袋仔底chîⁿ～～lâng ê tē-á-té⇨錢在於別人的口袋中。阿丁～～樓頂a-teng～～lâu-téng⇨阿丁人在樓上。阿丙死～～水底a-piáⁿ sí～～chúi-té⇨阿丙死在水中。阿甲～～漠漠泅a-kah～～bok-bok-siû⇨①阿甲在水中掙扎中。②阿甲爲生活在掙扎中。

【於抣 tī-teh】 ㈠表示事在進行中。你～～創啥lí～～chhòng-siahⁿ⇨你在作何事。伊～～哭i～～khàu⇨他在哭。～～行也～～kiâⁿ-ā⇨在進行中了。猶～～振動抣iáu～～tín-tāng-lè⇨還在動。猶～～食頭路iáu～～chiah-thâu-lō͘⇨還在作薪水生涯。～～不肯干休抣～～m̄-khéng kan-hiu-leh⇨正在不肯平白作罷。～～叫爸叫母抣～～kiò-pē kiò-bó(bú)-lē⇨正在叫苦。上舉於抣tī-teh皆可單用抣teh，因異讀又是助詞的需要分爲於tī與抣tè, teh。㈡存在也。有～～ū～～⇨在家。猶～～iau～～⇨還在家。

**弟** tī 弟tē也。兄～hiaⁿ～，小～sió～。你兄我～lí-hiaⁿ-goá～⇨交群結黨。好兄～仔hó-hiaⁿ-～á⇨無主遊魂bô-chú-iû-hûn。

**箸** tī 筯地。食飯所用也。有竹～tek～，柴～chhâ～，牙～gê～，今有塑膠～sok-ka～等。火～hóe(hé)～⇨挾炭等用的箸。一雙～chit-siang～⇨箸必兩根爲一雙。會曉舉～，未曉遮目ē-hiáu giâ～，bē(bōe)-hiáu jia-bak⇨謂會作壞事，却不知遮人耳目的傻瓜。碗～匙oáⁿ～sî⇨食飯的三要具。入灶脚，洗碗～，入大廳，拭桌椅jip-chàu-kha sé(sóe)-oáⁿ～，jip-toā-thiaⁿ, chhit-toh-í⇨稱讚新媳婦的民謠。酒杯～chiú-poe～⇨同上。

【箸籠 tī-lāng】 揷箸用的小竹籠而掛在壁上者。置桌上者曰箸筒ti-tāng。

【箸雙頭 tī-siang-thâu】 箸頭tī-thâu。因箸必成雙故云。揁～～～kòng～～～⇨以箸敲打。謂小小的懲罰。不驚您某揁～～～否m̄-kiaⁿ lín-bó͘ kòng～～～hoh⇨不怕令太座敲頭殼嗎。

**痔** tī 病名。生在肛門內外。肛門外者曰外～goā～，內者曰內～lāi～。十人九～sip-jîn kiú～⇨謂十人中有九人患痔(尤其是男人)。

【痔漏 tī-lāu】 痔破有膿。

【痔瘡 tī-chhng】 痔的通稱。生～～seⁿ～～⇨患痔瘡。

【痔瘻 tī-lō͘】 成硬管的痔。似乎亦即痔漏tī-lāu。

**持** tī 持chhî也。執也。不～m̄～⇨不執之。不要。人不～的亦抣稀罕lâng m̄～ê ah-teh hi-hán⇨謂以人所不要者爲稀珍。

**盂** tī 器也。食器也。俗以皿bēng爲盂tī。豆油～tāu-iû～⇨盛豆油之小皿。

【盂仔 tī-á】 小盂。豆油～～tāu-iû～～⇨盛醬油之小盂。

## tiⁿ

ti$^n$ **甜** 甘之至爲甜ti$^n$。睡得安祥曰甜ti$^n$，秀色可餐亦曰甜ti$^n$。糖～蜜～thn̂g～bi̍t～⇨謂言詞如糖如蜜的甘美。～鹹餌無嫌～kiâm chiá$^n$ bô-hiâm⇨謂甜的鹹的，清淡的都不嫌棄，什麼東西都吃。睏到眞～khùn kà chin～⇨睡得很安祥。笑著眞～chhiò-tio̍h chin～⇨笑容很甜美。鹹酸～kiâm-sng～⇨一種桃李等果子加工食品，含有鹹酸甜的三味。酸濫～sng-lam～⇨略同前者。餌～chiá$^n$～⇨鮮甜。鹹皮～餡kiâm-phôe～ā$^n$⇨鹹外皮包甜餡的粿餅。有人愛～有人愛鹹ū-lâng ài～ū-lâng ài-kiâm⇨謂味道各不相同。

【甜味 ti$^n$-bī】 甘味。伊較重～～i khah-tāng～～⇨他較喜愛甜食。

【甜柹 ti$^n$-khī】 柿干khī-koa$^n$。

【甜菜 ti$^n$-chhài】 甜蘿蔔ti$^n$-lô-po̍k。亦製糖的重要原料之一。

【甜喟 ti$^n$-khùi】 近於甜的味道。有一個～～未穲食ū chi̍t-ê～～bē (bōe)-bái-chia̍h⇨有一股甜氣很不難吃。

【甜湯 ti$^n$-thng】 最後上桌的菜。～～猶未來抄更飲嘛～～á-bōe-lâi-leh koh-lim-mà⇨甜湯還未上桌(還早)再喝罷。

【甜路 ti$^n$-lō͘】 甜品的總稱。興～～hèng～～⇨喜歡食甜品。～～鹹路～～kiâm-lō͘⇨甜食和鹹食品。囡仔較有～～gín-á khah-ū～～⇨孩子們較喜歡甜的食品。

【甜蜜 ti$^n$-bi̍t】 甜如蜜。很甜。當抄～～tng-teh～～⇨(關係)正在密切。

【甜餜 ti$^n$-kóe】 過年的食品之一。發餜發錢，～～鎭年，包仔餜包金，菜頭餜食點心hoat-kóe hoat-chî$^n$，～～teh-nî，pau-á-kóe pau-kim, chhài-thâu-kóe chia̍h-tiám-sim⇨四種餜皆是過年食品。餜kóe亦作粿kóe，皆以米磨末加糖等料蒸製者(菜頭餜不加糖)。

【甜頭 ti$^n$-thâu】 佔了便宜，得了好處的俗稱。有食著～～道變啞口也ū chia̍h-tio̍h～～tō-pì$^n$ ē-káu-â⇨嘗到了好處就變成啞吧不說話(公道話)了。

【甜餡 ti$^n$-ā$^n$】 鹹皮～～kiâm-phôe～～⇨皮是鹹的，餡是甜的。

【甜吻吻 ti$^n$-but-but】 很甜。食著～～～chia̍h-tio̍h～～～⇨吃起來很好吃。

【甜皮鹹餡 ti$^n$-phôe-kiâm-ā$^n$】 ～～～～的包仔餜～～～～ê pau-á-kóe⇨同上。

【甜言蜜語 ti$^n$-giân-bi̍t-gí(gú)】 戇查某三句～～～～道拐抄走也gōng-cha-bó͘ sa$^n$-kù～～～～tō koái-leh-cháu-â⇨傻女人兩三句好聽話就被拐騙跑了。

ti$^n$ **跈** 跈te$^n$也(見te$^n$部)。脚後～kha-āu～⇨即脚後根。

tí$^n$ **底** 拍手底phah-chhiú-tí，鼓掌的俗稱。→phah-chhim-tí。

tî$^n$ **脹** 勉爲其難。～碇屎～tēng-sai⇨硬做出超能力的事。脹tè$^n$也（見te$^n$部)。

tî$^n$ **諹** 諹tè$^n$也(見te$^n$部)。誑也，佯也，詐言也，強裝也。～～毋知～m̄-chai⇨假裝不知道。

tî$^n$ **纏** 繞也。捲也。麻煩曰纏tî$^n$。事紛雜難決曰纏tî$^n$。孩子憍三哭四亦曰纏tî$^n$。代誌眞～tāi-chì chin～⇨事甚麻煩。翱翱～kô-kô～⇨事情複雜麻煩。翱gô→kô，回翔也。猶抄～iáu-teh～⇨還在糾紛中。～幾仔冬也～kúi-á-tang-a⇨爭執好多年了。即個人眞～chi̍t-ê-lâng chin～⇨此人甚麻煩。莫抄～mài-teh～⇨不要麻煩(我)。囡仔抄～，較快老gín-á teh～khah-khoài-lāu⇨孩子在身邊麻煩，較易老。

【纏工 tî$^n$-kang】 厚工kāu-kang。彼款空課較～～hi̍t-khoán khang-khòe khah～～⇨同上。

【纏身 tî$^n$-sin】 身受束縛。代誌～～未得出門tāi-chì～～bē(bōe)-tit chhut-mn̂g⇨同上。

【纏逮 tî$^n$-tōe】 ㊀陪逮pôe-tōe。交際。該合

人～～āi kah-lâng～～⇨須與人禮尚往來。㊁跟隨kin-sûi。～～的人～～ê lâng⇨同上。

【纏線 tī$^{n}$-soà$^{n}$】 捲線kńg-soa$^{n}$。阿母抮～～a-bú teh～～⇨母親在捲線。

【纏豆藤 tī$^{n}$-tāu-tîn】 捲豆藤kńg-tāu-tîn。親成五十像抮～～～抮，纏纏一大堆chhin-chiâ$^{n}$ gō͘-chap chhiū$^{n}$-teh～～～leh，tī$^{n}$-tī$^{n}$-chit-toā-tui⇨親戚等等如捲豆藤一樣，鬧成一大團。

【纏脚纏手 tī$^{n}$-kha-tī$^{n}$-chhiú】 繞脚繞手。絆脚絆手poān-kha-poān-chhiú。一陣囡仔～～～～做無空課chit-tīn gín-á～～～～chò(chòe) bô khang-khòe⇨一大羣孩子繞在身邊，礙手礙脚，做不成工作。

tī$^{n}$ **棖** 企於門二邊之長木。棖tê$^{n}$也(見te$^{n}$部)。

tī$^{n}$ **濵** 大水貌，盛貌。凡水滿器曰濵tī$^{n}$。水～也chúi～ā⇨水滿了。又足額亦曰濵tī$^{n}$。庋未～khǹg-bē(bōe)～⇨庋khǹg未滿。庋～抵十斤khǹg～tú chap-kin(kun)⇨裝滿剛好十斤。khǹg亦同庴té。～滿滿～moá-moá⇨足滿。有夠～ū-kàu～⇨十分滿器。十分～chap-hun～⇨十分滿。也倲甜，也倲～，也倲大碗，也倲滿嵝ā-boeh-ti$^{n}$, ā-boeh～, ā-boeh toā-oá$^{n}$ ā-boeh moá-kī$^{n}$。⇨太苛求了！亦喻貪多無厭。

tī$^{n}$ **掟** 掟tē$^{n}$也。五指合持曰掟tī$^{n}$, tē$^{n}$(見te$^{n}$部)。

tī$^{n}$ **鄭** 鄭tē$^{n}$也。姓氏(見te$^{n}$部)。

tī$^{n}$ **淀** 器滿曰淀tī$^{n}$，同濵tī$^{n}$。得未～也tit-boeh～ā⇨快要滿器了。猶未～抮iah-bōe～lè⇨還未滿器。甚～也siu$^{n}$～ā⇨大滿了。

## tia

tia **爹** 父也。又有地位者的尊稱。阿～a～⇨父，爸。老～ló～⇨尊稱。猾老～siáu-ló͘～⇨狂氣老爹。

【爹娘 tia-niû】 父母。較講每是親～～khah-kóng mā-sī chhin～～⇨怎麼說都是親生父母(好)。

【爹爹 tia-tia】 爸爸。

【爹親 tia-chhin】 父親。稟告～～pín-kò～～⇨恭敬向父親報告。

## tia$^{n}$

tia$^{n}$ **顛** 狂走曰顛tia$^{n}$。醉步強行曰顛tia$^{n}$。亦即蹌踉chhong-lông而行也。～轉去也～tńg-khì-à⇨蹌踉而跑回去了。～落水去～loh-chúi-khì⇨蹌踉而行誤跌入水中。家己～落去的，倲怨啥人ka-tī(kī)～loh-khì(ì)-ê, boeh-oàn siá$^{n}$-lâng⇨自己跑下去的，要怨何人呢。直直～轉去也tit-tit～tńg-khì-à⇨一路奔回去了。～來～去～lâi～khì⇨顛過來顛過去tian-kòe-lâi tian-kòe-khì。

tiá$^{n}$ **鼎** 古器也，所以熟食之器也(見téng部)。用以熟食之釜鑊皆曰鼎tiá$^{n}$。大～小～銅～鐵～toā～sió～tâng～thih～⇨鼎tiá$^{n}$類。又抵拒曰鼎tiá$^{n}$。例如原不願意，却突然做出其事，但却顯有怒容曰鼎的tiá$^{n}$-ê，或抮鼎人teh-tiá$^{n}$-lâng(lâng改讀lāng)。弔～tiàu～⇨沒飯可吃。

【鼎人 tiá$^{n}$-lâng】 人lâng改讀lāng。原不願而故意表現願意而態度上有異。你免抮～～lí bián teh～～⇨你何用如此抵拒。

【鼎仔 tiá$^{n}$-á】 小釜。～～鍋仔～～oe-á⇨釜與鍋。一口～～煙一粒卵chit-kháu～～sah chit-liap nn̄g⇨喻作麻煩事。鼎仔tiá$^{n}$-à亦單作鼎tiá$^{n}$。～～較冷灶～～khah-léng chàu⇨喻大家都沒興趣了。

【鼎灶 tiá$^{n}$-chàu】 釜與灶。～～便便抮～～

piān-piān-lè⇨釜與灶皆齊全，可以立即應用。

【**鼎刷 tiá$^n$-chhè**】 洗釜用之刷子。

【**鼎的 tiá$^n$-ê**】 抵拒的，抵制的。許是～～he sī～～⇨那是在抵制的。

【**鼎蓋 tiá$^n$-koà**】 畧同鼎簸tia$^n$-kám，形態不同耳。

【**鼎糒 tiá$^n$-phí**】 釜底之焦飯。亦曰飯糒pn̄g-phí。糒phí，乾飯kan-pn̄g。俗作疕phí，非也。

【**鼎簸 tiá$^n$-kám**】 釜蓋hú-kài(koà)。～～蓋～～koà⇨同上。～～蚼蚯～～káu-hiā⇨釜蓋上之螞蟻，謂有死無生之理。～～對鼎刷，頭殼碗對五根枷～～tùi tiá$^n$-chhè,thâu-khak-oá$^n$ tùi gō͘-kin(kun)-kê⇨童謠。五根枷gō͘-kin(kun)-kê，五指半屈以擊人頭。

【**鼎臍窩 tiá$^n$-châi-u(o)**】 ㊀鼎之中央部。㊁釜形的地方的中心部。抵抵～～～的所在tú-tú～～～ê só͘-chāi⇨剛剛在釜形的中心點。

tiá$^n$ **頂** 抵拒抵制的鼎tiá$^n$的俗字。

tiâ$^n$ **碇** 船用具也。錨biâu也。使船可停泊不隨波漂流者。大～toā～⇨同上。抛～pha～⇨下碇。石～chio̍h～⇨同上。鐵～thih～⇨同上。

tiâ$^n$ **埕** 晒穀場也。廣場皆曰埕tiâ$^n$。通作庭tiâ$^n$。稻～tiū～⇨同上。粟～chhek～⇨同上。大稻～toā-tiū～⇨①大的稻場。②地名（屬台北市）。塩～iâm～⇨晒塩場。又地名。車～chhia～⇨停車場。柴～chhâ～⇨貯木場。

tiâ$^n$ **呈** 陳情書tîn-chêng-si(su)。告狀kò-chn̄g。公～kong～⇨同上。 訴～sò͘～⇨同上。相告入～sio-kò-ji̍p～⇨訴訟入稟sò-siōng ji̍p-pín。

tiâ$^n$ **庭** 庭têng也(見teng部)。門外之廣場曰庭tiâ$^n$。門口～mn̂g-kháu～⇨大庭toā-tiâ$^n$。後壁～āu-piah～⇨屋後之廣場。廟～biō～⇨廟前的廣場。通作埕tiâ$^n$。

tiā$^n$ **定** 靜也。止也（見teng部)。由動歸靜曰定tiā$^n$。不亂曰定tiā$^n$。又付信物以決事曰定tiā$^n$。酒醉心頭～chiú-chùi sim-thâu～⇨酒亂心不亂。狷了～也siáu-liáu～ā⇨①神經病痊癒了。②狂熱抮某事已不再狂熱了。主意掠無～chú-ì lia̍h bô～⇨主意拿不定。狷未～siáu-bē(bōe)～⇨鬧不停。虎相交一擺～hó͘ sio(sa$^n$)-kau chi̍t-pái～⇨謂老虎夫妻交尾，一生只一次。喻彼此來往，只此一次（忍痛只作此次，下不爲例)。水清魚～，水濁魚滾坱chúi-chheng hî～,chúi-lô hî-kún-ia$^n$⇨水清魚靜，水濁是魚所滾坱的。魚滾動使水底的泥砂飛散曰滾坱kún-ia$^n$。坱ia$^n$，塵埃飛揚。送～sàng～⇨交～kau～⇨決定成交，先付定金tia$^n$-kim。例如婚姻，先送部份聘金或金飾爲信物，亦曰送～sàng～。消～siau～⇨送定sàng-tiā$^n$後，中途變卦，解約定金被沒收。過～kòe～⇨送信物決定婚姻等。

【**定金 tiā$^n$-kim**】 同定銀tiā$^n$-gîn(gûn)。訂約金。～～共人收也～～kā-lâng-siu-a⇨已經收取了人家的定金了。～～送回，敢道會準煞得～～sàng-hôe，kám tō-ē chún-soah-tit⇨定金送還，就可以沒事了嗎，不可能吧。

【**定定 tiā$^n$-tiā$^n$**】 屢屢lúi-lúi。經常keng-siâng(siông)。～～無信用～～bô-sìn-iōng⇨屢屢失信。～～坐抮每艱苦～～chē(chōe)-leh mā kan-khó͘⇨經常坐着也是苦也。～～去～～khì⇨經常來往。～～來～～lâi⇨～～去～～khì。～～抮食抮，曷有稀罕～～teh-chia̍h-leh a̍h-ū hi-hán⇨經常在吃着，沒什麼稀奇。～～有人會食姨～～ū-lâng ē(ōe) chia̍h-kì$^n$⇨往往有人吃虧。～～未記得～～bē(bōe)-kì-tit⇨常常忘記了。一半擺仔耳，不是～～有chi̍t-poà$^n$-pái-á niá m̄-sī～～ū⇨很少有而已，不是經常可見之。～～人抮賣～～lâng-teh-bē(bōe)⇨往往有人出售。

【**定着 tiā$^n$-tio̍h**】 決定。一定。有～～否ū

~~ bō͘⇨決定了沒有。~~也~~ à⇨決定了。~~伓做生理~~boeh-chò͘(chòe) seng-lí⇨決定要營商。猶未~~á-bōe(bē)~~⇨還未決定。~~有的，不免煩惱~~ū-ê，m̄-bián boân-ló⇨一定有的，不必多心。~~會來~~ē(ōe)-lâi⇨一定會來。咱人生命無~~，一寸光陰着寶惜lán-lâng sè$^n$-miā bô ~~ chit-chhùn kong-im tio̍h-pó-sioh⇨基督教讚美歌詞。

【定頭 tiā$^n$-thâu】 定金tiā$^n$-kim。送定之事。~~送眞重~~sàng chin-tāng⇨定金送得很多。~~金~~kim⇨定金tiā$^n$-kim。~~手指~~chhiú-chí⇨訂約手指。

【定戲 tiā$^n$-hì】 訂戲。

【定做的 tiā$^n$-chò-ê】 訂製品。~~~不是買便的~~~ m̄-sī bé(bóe)-piān-ê⇨訂製品不是既成品，例如靴。又說定刺的tiā$^n$-chhiah-ê。

tiā$^n$ **錠** 成塊或條的東西。又其量詞。金~kim~⇨同上。銀~gîn~⇨同上。一~金chi̍t~kim⇨一金條。二~銀nn̄g~gîn⇨兩塊(條)銀錠。又藥之成塊者曰~劑~che。

【錠子 tiā$^n$-chí】 一種棉線的小器具。紗錠se-tiā$^n$。

【錠金 tiā$^n$-kim】 成錠的金塊。錠銀tiā$^n$-gîn。

【錠劑 tiā$^n$-che】 藥丸io̍h-oân藥片io̍h-phì$^n$的總稱。

## tiah

tiah **摘** 手取也。採取也（見tek部）。選擇亦曰摘tiah。~一只芎蕉~chi̍t-jí kin-chio⇨摘取一只香蕉。~一蕊花~chi̍t-lúi-hoe⇨摘下一朵花。~一枝梅仔花~chi̍t-ki bôe-á-hoe⇨摘下一小枝梅花。~果子仔~kóe-chí-á⇨摘下果實。

【摘印 tiah-ìn】 取去官印。革去其官職。古時的地方官，其印信被摘tiah者，即自然走路。

【摘菜 tiah-chhài】 點菜tiám-chhài。指定要那一種菜色。選擇所喜歡的菜。~~該較貴淡薄仔~~ài khah-kùi tām-po̍h-á⇨點菜須貴一點。

【摘戲 tiah-hì】 點戲tiám-hì。指定演出那一齣戲。恔~~gâu~~⇨很會點戲。

【摘齣 tiah-chhut】 點齣tiám-chhut。指明演出那一齣戲碼。

【摘名摘姓 tiah-miâ-tiah-sè$^n$(sì$^n$)】 明指他人的姓名而不加尊稱。~~~~扲罵也~~~~teh-mē-ā⇨指名指姓在開罵了。

tia̍h **糴** 買穀曰糴tia̍h。賣穀曰糶thiò。~紙橐仔米~choá-lok-á-bí⇨以紙袋子買米，謂貧而以小紙袋買些微的米度日。

【糴米 tia̍h-bí】 買米。~~仔生活~~ á seng-oa̍h⇨買米爲生，謂非地主，非豪富之家。

【糴粟青 tia̍h-chhek-chhe$^n$】 預購未收穫未成熟的青米。有人糴粟青，藉有人~~~ū-lâng thiò-chhek-chhe$^n$，chiah-ū-lâng ~~~ ⇨有人出賣青粟，才有人買入青粟。

## tiam

tiam **砧** 擣衣石也，擣草石也。承椹之木石曰砧tiam，切物墊tiām亦曰砧tiam。以材料言之，有石~chio̍h~，鐵~thih~,柴~chhâ~等。以用途言之，有洗衫~sé-sa$^n$~，草~chháu~⇨椹草用，肉~bah~⇨切肉用，菜~chhài~⇨料理板。破柴連柴~ phoà-chhâ liân chhâ~⇨劈柴連砧亦劈了，喻說話不留餘地，連暗通情報的人也暴露出來。掠囡仔做肉~lia̍h gín-á chò bah~⇨把孩子當肉砧，喻酷打孩子。豬~ti~⇨賣豬肉的。寒衣處處催刀尺，白帝城高急暮~ hân-í chhì-chhì chhui to-chhio̍h，pe̍k-tè-sêng-ko kip-bō͘~⇨杜詩。

tiám **湛** 深厚澄清也。

【湛思 tia̍m-su】 深思。

tiám **點** 小黑也。辱也，汚也。汚～u～⇨同上。弱～jia̍k(jio̍k)～⇨同上。缺～khoat～⇨同上。加句讀kù-tāu曰點tiám，同標～phiau～。燃火曰點tiám。水滴曰點tiám。雨～hō͘～⇨同上。淚～lūi～⇨同上。更～ke$^n$～⇨古以水漏計時。一更三～it-ke$^n$-sa$^n$～⇨約近半夜，禁行人的時間。更分五～ke$^n$-hun gō͘～⇨一更是五點(古代)。檢查曰點tiám。查～chhâ～⇨同上。檢～kiám～⇨①查驗chhâ-giām。②自爲收斂不逾越。清～chheng～⇨同上。盤～phoân～⇨同上。指示曰點tiám。指～chí～⇨同上。喬太守亂～鴛鴦譜kiâu-thài-siú loān～oan-iu$^n$-phó͘⇨今古奇觀中的一故事。小食曰點tiám。夜～iā～⇨同上。甜～ti$^n$～⇨同上。西～se～⇨西式小食。又地方曰點tiám。起～khí～⇨同上。終～chiong～⇨同上。中心～tiong-sim～⇨同上。一～一滴都無拍損chi̍t～chi̍t-tih to-bō phah-sńg⇨一點一滴之微都不浪費掉。一～一拄都未省得chi̍t～chi̍t-tuh to-bē sé$^n$(séng)-tit⇨極些微的小節都簡略不得。該加我打～打～ài kā-goá tá$^n$～tá$^n$～⇨你必須十分留心謹愼。毋當看褭的無～m̄-thang khoà$^n$ niau-ê bô-～⇨不可輕視人。

【點水 tiám-chúi】 ㊀測度水深。用竹篙～～iōng tek-ko～～⇨同上。㊁在水上一點，喻不久留。像田蛜～～扲，連鞭道走也chhiū$^n$ chhân-e$^n$～～leh，liâm-pi$^n$ tō-cháu-à⇨一如蜻蜓點水一般，馬上就跑了。穿花蛺蝶深深見，～～蜻蜓款款飛 chhoan-hoa kia̍p-tiap chhim-chhim-kiàn,～～chheng-têng khoán-khoán-hui⇨杜詩。

【點化 tiám-hoà】 神佛的指點。神明的～～sîn-bêng ê～～⇨同上。

【點火 tiám-hóe(hé)】 點燈也是～～tiám-teng ā-sī～～⇨同上。燒香～～sio-hiu$^n$～～⇨祭拜祖先。

【點心 tiám-sim】 小食。雷公仔～～lûi-kong-á～～⇨雷公之小吃，謂壞得早晚被雷打死。正頓都顧未稠也，更顧到～～chià$^n$-tǹg to kò͘-bē-tiâu-ā，koh kò͘-kà～～⇨正食都顧不住了，那裡有心考慮到點心。

【點卯 tiám-báu】 長官依名簿點呼職員。被點者曰應卯èng-báu。

【點主 tiám-chú】 恭請大官要人在尊輩的靈牌上下打朱點以求多福。請大人物～～chhiá$^n$ tāi-jîn-bu̍t～～⇨同上。～～官～～koa$^n$⇨點主的大人物。

【點穴 tiám-hia̍t】 ㊀相地士選定墳墓的位置。㊁拳術上攻擊致命點曰點穴tiám-hia̍t。

【點犯 tiám-hoān】 查點人犯。

【點交 tiám-kau】 點清數目交付別人。～～清楚也～～chheng-chhó-à⇨同上。

【點乩 tiám-ki】 神示意於童乩。人講是～～的lâng-kóng sī～～ê⇨聽說指點童乩tâng-ki是神意所示的。

【點件 tiám-kiā$^n$】 ～～交貨～～kau-hòe⇨逐件清點才交貨。

【點兵 tiám-peng】 可汗大～～khó-hān tāi～～⇨同上。可汗者西域諸族王之通稱也。

【點油 tiám-iû】 ～～做記號～～chò(chòe)-kì-hō⇨謂將來此恨必報。我加你～～做記號goá kā-lí～～chò(chòe) kì-hō⇨同上。

【點金 tiám-kim】 點金術。您父會～～亦無夠你開lín-pē ē(ōe)～～a̍h bô-kàu lí-khai⇨爸會點金術也不足你開銷(指其子浪費無度)。

【點斧 tiám-pó͘】 俗曰封釘hong-teng。入棺時先請一親人揮斧作打釘的形式，道士在旁唱頌詞。共阿姑～～kā a-ko͘～～⇨同上。

【點注 tiám-tù】 賭博用詞。決賭(例如輪到搖骰子)時對所下注之錢略作示意，指定對象注。

【點拄 tiám-tuh】 暗中示意或忠告。偷～～thau～～⇨同上。

【點破 tiám-phoà】 指出要點。～～毋值半個錢～～m̄-tat poà$^{n}$-ê-chî$^{n}$⇨謂一指出就不稀奇了。

【點將 tiám-chiàng】 指名大將。猜酒拳法之一。兩人對抗，勝一拳指名一人爲己將，然後分兩隊對抗。

【點眼 tiám-gán】 ㊀眼病點藥水。㊁神像雕刻成功正式以神朝拜的一種手續。人講後日得未～～也lâng-kóng āu-jit-tit-beh～～ā⇨聽說後天要點眼入神也。亦點睛也。

【點痣 tiám-kì】 點藥以消痣。

【點㹻 tiám-ki$^{n}$】 生柿該～～藉會變紅柿chhe$^{n}$-kī ài ～～ chiah-ē-pî$^{n}$ âng-kī⇨同上。按㹻ki$^{n}$，台製以代鹼ki$^{n}$字者，鹼者肥皂類之主料，學名叫Alkalis(即亞爾加里)者是也。

【點賬 tiám-siàu】 查點賬目。無～～藉會秔去bô ～～ chiah-ē(ōe)-tâ$^{n}$-khì(ì)⇨不清點賬目才會發生錯誤。

【點數 tiám-sò͘】 分數。份量。～～考了未僫～～khó-liáu bē(bōe)-bái⇨(學生)分數考得不惡。毋當看人無～～m̄-thang khoà$^{n}$-lâng bô-～～⇨不可看人家沒份量，亦即不可看人不起。相當有～～的人siang-tong ū～～ê-lâng⇨很有勢力的人。亦曰點賬tiám-siàu。

【點醒 tiám-chhé$^{n}$(chhí$^{n}$)】 忠告tiong-kò。警告kéng-kò。有人共伊～～ū-lâng kā-i～～⇨有人提醒thē-chhé$^{n}$他。

【點燈 tiám-teng】 ～～結彩～～kat(kiat)-chhái⇨同上。～～酉～～iú⇨點燈的時候(酉時，大約下午六時前後)。～～有份，分龜跳坎～～ū-hūn, pun-ku thiàu-khám⇨謂出錢出力有份，分享利益却被除外。分龜pun-ku，分領紅龜粿âng-ku-kóe也。

【點頭 tiám-thâu】 首肯siú-khéng。毋肯～～道無伊法也m̄-khéng ～～ tō bô-i-hoat ā⇨不肯表示同意就奈何不了他了。

【點燭 tiám-chek】 ㊀點燃蠟燭。㊁結婚時男家送禮物去女家。

【點戲 tiám-hì】 送戲目。

【點斷 tiám-toān】 功夫的一招數。謂在某要路一點，即可致死。亦曰點血路tiám-hoeh(huih)-lō͘。

【點鐘 tiám-cheng】 時間的單位。五～～gō͘～～⇨五小時。一日二四～～chit-jit jī-sì～～⇨一天二十四小時。

【點點眞 tiám-tiám-chin】 事事要眞要好。一點都不馬虎。做人無法度～～～啦chò(chòe)-lâng bô-hoat-tō͘～～～ là⇨爲人不可能太過認眞嘛。

【點塔七層 tiám-thah-chhit-chân】 七層之塔全部點明燈火。～～～～不如暗處一燈～～～put-jî(jû) àm-chhì(chhù) it-teng⇨喻好高騖遠hó͘-ko-bū-oán不如從身邊求實際。

tiàm
店 商舖。書～si(su,chu)～⇨賣書的。客～kheh～⇨旅館。酒～chiú⇨賣酒的。但是當今也指大旅館，甚至，酒店飯店pn̄g-tiam已不能分。烏～o͘～⇨做違法生意的。開～倒～khui～tó～⇨同上。無賒不成～，賒了～不成bô-sia put-sêng～, sia-liáu～put-sêng⇨謂有店必有掛帳，帳掛多了，店必倒。此爲古社會的道理，似乎不通用於當今世界了。

【店口 tiàm-kháu】 店頭tiàm-thâu。～～貨～～ hòe(hè)⇨陳列在前面的貨品，謂比較好的，是店家所出陳以吸引顧客的。

【店戶 tiàm-hō͘】 商店siang-tiàm。小所在～～無若䟊sió-só͘-chāi ～～ bô-goā-chē⇨小地方商店很少。

【店仔 tiàm-á】 店。小店。開～～khui～～⇨開店戶。做生意。～～口～～kháu⇨店前。～～撐～～thè$^{n}$⇨店的支柱，喻日夜無所事事來店伴店主聊天的閑人。～～頭 ～～ thâu⇨

店，公開之所。

【店主 tiàm-chú】 ～～是一個老阿婆～～sī chit-ê lāu-a-pô⇨店主是個老太婆。～～人～～lâng⇨同上。

【店底 tiàm-té(tóe)】 店及其設備。～～得未拍乎人～～tit-boeh(beh) phah-hō·-lâng⇨店將要轉買給人。

【店面 tiàm-bīn】 店。有五間～～ū gō·-keng～～⇨持有可作店舖的五家。店的前面。丈五的～～tn̄g-gō· ê～～⇨店面濶一丈五尺。臭柑排～～chhàu-kam pâi～～⇨罵醜婦之愛出風頭者。

【店員 tiàm-oân】 店中所用人員。

【店稅 tiàm-sòe】 開店道該～～khui-tiàm tō-ài～～⇨開店就需要繳納店稅。

【店頭 tiàm-thâu】 店。店中。店面。於人的～～烏白講人的貨較貴，實在眞亂來tī lâng-ê～～o·-peh-kóng lâng-ê-hòe khah-kùi, sit-chāi chin loān-lâi⇨同上。

**tiàm 站** 久立也。坐立不動也。居住曰站tiàm。宿店亦曰站tiàm。又避風雨亦曰站tiàm。～於厝裡～tī chhù-lí⇨留在家中。你～於佗位lí～ ti ta(to)-ūi⇨①你居何處。②你宿何所。～客館～khek-koán⇨宿客店。今夜～抄，明仔早藉來去kim-iā～lè(teh), bîn-á-chāi chiah laih-khì(ì)⇨今夜住宿，明天才去罷。

【站孔 tiàm-khang】 蟄伏不出。居家不出。～～不敢出門～～m̄-káⁿ chhut-mn̂g⇨家居不敢出門。

【站雨 tiàm-hō·】 避雨pī-í(ú)。站風～～tiàm-hong～～⇨避風避雨。

【站脚 tiàm-kha】 脚不動，亦即不出門。你端仔抄～～不出，是安怎lí tan-a teh～～m̄-chhut sī an-choáⁿ⇨你只是不出門是何原因。

【站巢 tiàm-siū】 亦喻不出門。～～孵卵～～pū-nn̄g⇨鳥在巢中孵卵。你抄～～是否lí teh～～sī-bō·⇨你在孵卵嗎(否則何以不出)。

【站賊 tiàm-chhat】 賊所隱匿。彼間厝有～～hit-keng chhù ū～～⇨那間房屋有賊隱匿着。

**tiâm 沈** 同沈tîm，沒也。沒入水中曰沈tiâm。浮之反。浮一下～一下phû-chit-ê～chit-ê⇨載浮載沈。鳥毛未～chiáu-mô(mn̂g) bē(bōe)～⇨鳥毛不沈。

【沈底 tiâm-té】 沒入水中。喻基礎安定或有實力。伊的家伙較～～i ê ke-hóe(hé) khah～～⇨他的財產比較基礎安定。講實力阿三較～～kóng sit-lek a-sam khah～～⇨說實力阿三較雄厚hiông-hō·。

【沈船 tiâm-chûn】 船破沒海中。

【沈實 tiām-chat】 膨鬆phōng-song之反。插眞～～jī chin～～⇨押得很沈很實。疊無～～thiap bô～～⇨積得不實。

【沈落水 tiâm-loh-chúi】 沈入水中。～～～道死也～～～tō sí-à⇨沈入水中就死了。

**tiām 墊** 下也。地之下也。種子下地曰墊tiām，支物以高亦曰墊tiām。又坐具也。又代人預付金錢亦曰墊tiām。～種～chéng⇨埋下種子。～番薯～han-chî⇨埋下番薯種(薯或藤都一樣)。椅仔～í-á～⇨椅子的坐墊。石頭～chioh-thâu～⇨以石墊高。更～一塊磚仔藉有夠高koh～chit-tè chng-á chiah ū-kàu koân⇨再墊一塊磚才夠高。椅～í～⇨椅上的小軟被nn̄g-phōe。你若無，我先～lí nā-bô，goá seng～⇨你若無(錢)，我先預付。

【墊枝 tiām-ki】 墊種的一種。插枝chhah-ki。枝ki可作椏oe。

【墊椅 tiām-í】 墊高之椅。軟被可～～nńg-phōe hó～～⇨軟被可以墊椅子。

【墊付款 tiām-hù-khoán】 代人預付的款項。～～～該回收～～～ài-hôe-siu⇨同上。

**tiām 恬** 安也。靜也。文靜曰恬tiām。無言曰恬tiām。動者停動曰恬tiām。即個查某囡仔眞～chit-ê cha-bó·-gín-á chin～⇨此女孩子很文靜。恬～毋講話tiām～m̄-kóng-ōe⇨默然不語。時鐘～去也sî-cheng～khì-à⇨時鐘停止擺動了。心肝硬未～去sim-koaⁿ ngeh-boeh(beh)～khì⇨心臟幾乎要停止。錶仔～去也pió-á～khì(ì)-à⇨手錶停動了。喝一聲道～去也hoah-chit-siaⁿ tō～khì-à⇨喝一聲就靜下去了。共～去kā～khì⇨止口。閉嘴。共我～去kā(kāng)-goá～khì⇨止口，閉嘴。

【恬才 tiām-châi】 文靜，斯文su-bûn。穩重ún-tiōng。人眞～～lâng chin～～⇨爲人很老成持重。

【恬恬 tiām-tiām】 默然無語。～～坐～～想～～chē～～siūⁿ⇨靜靜坐靜靜想。～～扲讀册～～teh thak-chheh⇨靜靜地在讀書。逐個～～毋當講話tak-ê～～m̄-thang kóng-ōe⇨大家肅靜不可說話。伊都諑～～，毋講半句i to tèⁿ(tìⁿ)～～，m̄-kóng poàⁿ-kù⇨他全假裝無言，半句都不說。諑tèⁿ(tìⁿ)，假裝，佯作。～～睏，一暝大一寸～～khùn, chit-mê(mîⁿ) toā chit chhùn⇨搖籃歌。～～食三碗公半～～chiah saⁿ-oáⁿ-kong-poàⁿ⇨無言地吃掉三大碗又半碗，謂表面上文靜，其實相當的粗魯。假裝斯文，暗中作怪。

【恬靜 tiām-chēng】 寂靜chek-chēng。文靜bûn-chēng。暗來道較～～也àm-lâi tō khah～～ā⇨夜深了，就較寂靜了。彼個囡仔眞～～hit-ê gín-á chin～～⇨那個孩子很文靜。

## tian

**tian 顛** 頂téng也。本也。又倒tó也。行不正曰顛tian,tiaⁿ，或作蹎tian。頭～thâu～⇨頭上，今作頭頂thâu-téng。山～san～⇨山上，今作山頂soaⁿ-téng。

【顛末 tian-boat】 本末pún-boat。報告事件的～～pò-kò sū-kiaⁿ ê～～⇨報告事件的起因結果。

【顛沛 tian-phài】 困頓狼狽khùn-tùn-lông-pōe。造次如是，～～如是chhò·-chhù jî sī，～～jî-sī⇨倉皇之時如此，狼狽之時亦如此，謂守一而不動搖。

【顛倒 tian-tó】 ㊀行着路要顛要倒 kiâⁿ-tioh-lō· boeh-tian-boeh-tó⇨行路搖擺iô-pái不定。㊁～～是非～～sī-hui⇨以是爲非，以非爲是。事理～～去也sū-lí～～khì-à⇨事理倒反了。跋斷手骨～～勇poah-tn̄g chhiú-kut～～ióng⇨跌倒而打斷手骨，反而加強了手骨。喩因禍得福in-hō-tek-hok。～～頭生～～thâu-seⁿ(siⁿ)⇨本末顛倒pún-boat-tian-tó。～～講～～kóng⇨說倒反的話。

【顛顛 tian-tian】 行不正不穩。醉～～chùi～～⇨醉得行路搖搖擺擺iô-iô-pái-pái，同～～醉～～chùi。～～倒倒～～tó-tó⇨①行路搖搖欲墜。②說話反反覆覆。

【顛來倒去 tian-lâi-tó-khì】 同顛顛倒倒tian-tian-tó-tó。酒食到～～～～chiu chiah-kà～～～～⇨同上。話講到～～～～ōe kóng-kà～～～～⇨話說得反來覆去。

**tian 癲** 同瘨tian。病也。狂也。諑～諑猶tèⁿ～tèⁿ-siáu⇨裝瘋裝狂，假裝神經病sin-keng-pēⁿ(piⁿ)。瘋～hong～⇨神精病症。豬母～ti-bó～⇨癲癇病tian-hân-pēⁿ的俗稱。

【癲狂 tian-kông】 瘋狂。～～柳絮隨風舞，輕薄桃花逐水流～～liú-sī sûi-hong-bú, kheng-pok thô-hoa tiok-súi-liû⇨唐詩。

【癲病 tian-pēⁿ(pīⁿ)】 癲癇tian-hân。豬母癲ti-bó-tian。

**tian 瘨** 病也。狂也。同癲tian。

**tián 展** 陳也，視也，開也，放寬也，陳列也。～其功績～kî kong-chek⇨陳述其功績。開～khai～⇨發～hoat～。舒～si～⇨同上。推～chhui～⇨同上。事業愈～大sū-giap jú～

toā⇨事業越見擴大。又自誇曰展tián。家己姩家己～ka-tī(lī,kī)-súi ka-tī～⇨自己美麗自己誇示於人。

**【展大 tián-toā】** ㊀誇示其大。家己～～ka-kí～～⇨自己誇示其大。㊁擴大khok-tāi。生理愈～～seng-lí ná～～⇨商業愈擴大。

**【展牙 tián-gê】** 自誇，大言。毋免抡～～m̄-bián teh～～⇨不用在吹牛。

**【展孔 tián-khang】** 自誇chū-khoa。家己得～～ka-kī teh～～⇨自己在自誇。

**【展示 tián-sī】** 商品～～會siang-phín～～hōe⇨同上。

**【展限 tián-ān】** 展緩tián-oān。～～期日～kî-jit⇨同上。

**【展威 tián-ui】** 誇示威力。虎抡～～hó teh～～⇨同上。囡仔閃開，大人～～gín-á siám-khui，toā-lâng～～⇨小子退罷，大人要施展威力。公共場所佔席的被迫讓席時的戲語。

**【展翅 tián-sit】** 展開羽翼。扇翅siàn-sit。鷄公抡～～ke-kang teh～～⇨公鷄在扇翅。

**【展望 tián-bōng】** 視遠方，探視將來。～～台～～tâi⇨同上。～～時局～～sî-kiok⇨同上。

**【展開 tián-khui】** 打開phah-khui。～～雨傘來遮雨～～hō·-soàⁿ lâi jia-hō·⇨打開傘以遮雨。～～如廊亭，攝落去如針鼻～～ná phō·thêng, liap-lok-khì(ì) ná chiam-phīⁿ⇨打開時大如廊亭，合起來小如針穴。謂吹牛吹得大如牛，事實却小如鼠。廊亭phō·-thêng，糖廍的傘形大建築。

**【展墓 tián-bōng】** 省視墳墓。清明該轉去～～，無時間啦chheng-bêng ài tńg-khì(ì)～～，bô-sî-kan-lā⇨同上。

**【展緩 tián-oān】** 展限tián-ān。～～日子～～jit-chí⇨延期iân-kî。

**【展鬃 tián-chang】** 鬃chang，指馬鬣má-liap，馬之領毛也。

**【展寶 tián-pó】** 示寶貝。誇示於人。做一個遞批的耳道抡～～也chò(hòe) chit-ê tē-phe(phoe)-ê niâ，tō-teh～～à⇨當上一名郵差而已，就在自誇了不起了。破雨傘亦抡～～phoà-hō·-soàⁿ ah-teh～～⇨破雨傘也在稀罕什麼。

**【展覽 tián-lám】** 供人觀賞。～～會～～hōe⇨同上。美術～～會bí-sut～～hōe⇨簡稱美展bí-tián。其他類似的皆曰某展，某某展。

**【展才情 tián-châi-chêng】** 誇示才幹(包括財力)。

**【展風神 tián-hong-sîn】** 誇示(財勢物等等)。上愛～～～siāng(siōng)-ài～～～⇨最喜歡誇耀於人。

**【展嗩力 tdán-khùi-lat】** 誇示力氣(包括財力)。

**tián 奠** 定也，置也，獻也。置祭也。置酒食而祭曰奠tián。

**【奠定 tián-tēng】** 定。置。～～基礎～～ki-chhó·⇨建立堅固的基礎。

**【奠酒 tián-chiú】** 洒酒於地以祭神。

**【奠基 tián-ki】** 安置基石。圖書館工程今仔日未～～tô·-si-koán kin-á-jit boeh～～⇨圖書館今天要安置基石。未boeh作要解。

**【奠都 tián-to·】** 定首都。～～於某地～～î bó·-tē⇨同上。

**【奠儀 tián-gî】** 代替弔喪物的現金。送～～sàng～～⇨同上。

**tián 典** 五帝之書也，經也。守也。質物曰典tián。五～ngó·～⇨五帝之書。經～keng～⇨同上。古～kó·～⇨同上。字～jī～⇨同上。辭～sû～⇨同上。恩～in(un)～⇨同上。祭～chè～⇨同上。盛～sēng～⇨同上。大～tāi～⇨同上。

**【典人 tián-lâng】** 出典給人。你的錶仔提去～～也是否lí ê pió-á theh-khì(ì)～～à sī-bò·⇨你的手錶拿去押給別人了嗎。

**【典主 tián-chú】** 典物的持有人。往昔典

tián視同買賣。出典後，物主已無權處分之。持有人(當店方)却有權處分之。

**【典出 tián-chhut】** 提出抵押。～～物～～bu̍t⇨同上。

**【典字 tián-jī】** 典押的字契。

**【典守 tián-siú】** 執掌。～～印信～～ìn-sìn⇨在機關中主管關防。

**【典故 tián-kò·】** 故事kò·-sū。古例kó·-lē。事關～～sū-koan～～⇨同上。

**【典契 tián-khè】** 設典合約書。

**【典章 tián-chiang】** 文物～～bûn-bu̍t～～⇨同上。

**【典掛 tián-koà】** 典契上的套詞。並無重張～～他人pēng-bô têng-tiu$^{n}$～～tha$^{n}$ jîn⇨謂沒有以另外的合約書典押給他人。

**【典當 tián-tǹg】** 以物爲質而借錢。典tián就是當tǹg,當tǹg就是典tián。典tián是古文,當是現代語。

**【典獄 tián-ga̍k】** ～～官～～koa$^{n}$⇨管理監獄之官員。

**【典賣 tián-bē(bōe)】** 或典或賣。財產攏～～了也chāi-sán lóng～～liáu-à⇨財產或典或賣皆沒有了。

**【典價 tián-kè】** 典權設定後,典主交付物主的金額。

**【典舖 tián-phò·】** 當舖tǹg-phò·。當店tǹg-tiàm。

**【典禮 tián-lé】** 儀式gî-sit。就職～～chiū-chit～～⇨同上。

**【典籍 tián-che̍k】** 圖書～～tô·-si(su)～～⇨同上。

**【典權 tián-koân】** 法律名詞。民法的物權的一種。處分典物的權利。～～的設定～～ê siat-tēng⇨辦理設典手續。

**【典試委員會 tián-chhì-úi-oân-hōe】** 主管國家考試的機構。

tián
# 碾

碾tián的俗體字。轢物器也。研gêng物的器具。又研物géng-mi̍h也。又同輾tián。

**【碾米 tián-bí】** 以機器精米也。～～所～～só·⇨精米cheng-bí賣米bē-bí的地方。米商，米店。

tián
# 輾

轉也。輾者轉之半。窈窕淑女，君子好求，求之不得，～轉反側iâu-thiâu siok-lí, kun-chú hò·-kiû, kiû-chi put-tek, ～choán hoán-chhek⇨詩經。

tián
# 碘

化學原素名。俗稱沃度io-tō·或沃素io-sò·。英文名爲iodine。

**【碘酒 tián-chiú】** 碘的酒精溶液，亦即碘酊tián-teng的俗名，亦即沃度丁幾io-tō-tin-ki也，Jodtinktur(德文)。

tiân
# 田

田chhân也(見chhan部)。樹穀曰田tiân。稻～tiū～⇨水田chúi-chhân。農～lông～⇨稻田。心～sim～⇨心地。桑～song～⇨同上。

**【田中 tiân-tiong】** 地名。田中央chhân-tiong-ng。

**【田地 tiân-tē】** 耕地keng-tē。

**【田畝 tiân-bó·】** 同田地tiân-tē。

**【田家 tiân-ka】** 村家chhoan-ka。～～樂～～lo̍k⇨快樂的農村之家。

**【田野 tiân-iá】** 田園chhân-hn̂g。

**【田園 tiân-oân】** 家內平安報汝知，～～收入有餘資，絲毫不用南中物，好作清官答聖時ka-lāi pêng-an pò-ní-ti,～～siu-ji̍p-iú-î-chu, si-hô put-iōng lâm-tiong-bu̍t, hó-chok chheng-koan tap-sèng-sî⇨古詩，徐母寄子。賢母也。

**【田賦 tiân-hù】** 土地稅。

**【田疇 tiân-tiû】** 田地tiân-tē。有分界的田chhân。

**【田舍翁 tiân-sià-ong】** ㈠老農夫。㈡田莊富戶chhân-chng hù-hō·。

**【田都元帥 tiân-to-goân-sòe】** 戲神hì-sîn。

**tiān 佃** 租地耕作的農夫。起～khí～⇨地主自動解消租佃合約。租～糾紛cho·～kiù-hun⇨地主與佃農因租田或田租所引起的爭論。招～墾耕chio～khún-keng⇨募集佃戶開墾而承耕。

【佃戶 tiān-hō·】租耕農地的農戶。

【佃圳 tiān-chùn】佃戶自設的埤圳pi-chùn。

【佃首 tiān-siú】二手頭家jī-chhiú-thâu-ke。又管理官地之人。～～館～～koán⇨佃首公館。

**tiān 纏** 纏tān,tī$^{n}$也（見tan,ti$^{n}$各部）。約也，束也。縛pa̍k也。

【纏足 tiān-chiok】纏小脚。俗曰縛脚pa̍k-kha。傳說爲李後主所發明。

【纏身 tiān-sin】俗事～～sio̍k-sū～～⇨俗事辦不了，亦即沒時間的推辭語。

【纏訟 tiān-siōng】牽連於訴訟。～～不休～～put-hiu⇨連續涉訟sia̍p-siōng，連續打官司。

【纏綿 tiān-biân】互相固結。情意～～chêng-ì～～⇨男女之間難分難解的情感。

【纏頭 tiān-thâu】付娼妓的代價。～～金盡情亦斷～～kim-chīn chêng-e̍k-toān⇨花錢買愛情，錢用光了，愛情也跟著消失了。

**tiān 殿** 堂之高大者也。天子宸居曰殿tiān，供佛祀神之堂亦曰殿tiān。軍行在後亦曰殿tiān。咸陽宮～三月紅，霸業已隨煙塵滅hâm-iâng kiong-～ sam-goa̍t-hông, pà-gia̍p í-sûi ian-tîn bia̍t⇨阿房宮賦。金鑾～kim-loân～⇨思政～su-chèng～⇨朝廷議政殿。神～佛～sîn～hu̍t～⇨神佛之殿堂。大成～tāi-sêng～⇨孔廟之殿堂。大寶～tāi-pó～⇨同上。便～piān～⇨休息閑宴之殿。

【殿下 tiān-hē(hā)】次於陛下pē-hē(hā)之尊稱。古代諸侯亦皆稱～～，近代才爲皇后，太子等皇親的專稱。太子～～thài-chú～～⇨古早時代對第一號王子的尊稱。

【殿後 tiān-hō(hiō·)】最末尾者。娘子軍～～niû-chú-kun～～⇨女子嬌娃組成的部隊留在安全地區的後方，美其名曰殿後或斷後。

【殿軍 tiān-kun】㈠後軍。軍敗後奔者。又軍行在後者。㈡今競賽等的第三名曰～～。亦即得獎者之最末名也。

【殿堂 tiān-tn̂g(tông)】民主～～bîn-chú～～⇨尊崇民主的地方，美國。

【殿試 tiān-chhì】天子親自試士於殿廷。制取一甲三名曰賜進士及第，二甲若干名曰賜進士出身，三甲更多人曰賜同進士出身。又一甲三名中第一名曰狀元chiōng-goân，第二名曰榜眼póng-gán，第三名曰探花thàm-hoe。唐武則天以來歷代如此。

**tiān 電** 古人謂天地陰陽二氣相激而生火，其光爲電tiān，其聲爲雷lûi。今人謂物質中的一種能曰電tiān。又以電氣鍍金曰電。又所謂修理人亦曰電tiān。雷～lûi～⇨同上。發～hoat～⇨生產電氣。停～thêng～⇨電力公司停止送電sàng-tiān。來～lâi～⇨①電流來了。②男女間互相發生引力。通～thong～⇨政客發表聲明。掠來～lia̍h-lâi～⇨捉來修理。修理siu-lí者凌遲lêng-tī也。但此凌遲lêng-tī非原議之極刑。而是較過份的戲弄或惡作劇的意思。舊的更～道變新的kū-ê koh～tō-pì$^{n}$-sin-ê⇨舊物再加電鍍就變成新的。要～人煞給人～去boeh～lâng soah hō·-lâng～khì(ì)⇨要修理人反而被修理了。乎人～到金金金hō·-lâng～kà kim-kim-kim⇨乎人修理到土土土hō·-lâng siu-lí kà thô·thô·-thô·⇨被整得很慘。閃～siám～⇨蝕仔sit-á→sih-nah。

【電力 tiān-le̍k】電氣的力量。～～公司～～kong-si⇨同上。

【電子 tiān-chú】原子又由電子所組成。～～琴～～khîm⇨同上。～～錶～～pió⇨同上。～～論～～lūn⇨同上。

【電土 tiān-thô·】電石tiān-se̍k。Carbide。

**【電化 tiān-hoà】** 採用電氣爲動力。鐵路～～thih-lō͘～～⇨同上。農村～～lông-chhoan～～⇨同上。

**【電火 tiān-hóe(hé)】** 電燈tiān-teng。～～胿仔～～kui-á⇨電球tiān-kiû⇨電泡tiān-phāu。

**【電光 tiān-kong】** 電電之閃光siám-kong。～～石火的速度～～se̍k-hóe(hé) ê sok-tō͘⇨最快的速度。恰如～～石火扲kah-ná～～se̍k-hóe(hé)-lē⇨快得如電光石火。

**【電池 tiān-tî】** 以化學作用產生電力的器具。有乾～～kan～～，蓄～～hiok～～等。

**【電車 tiān-chhia】** 以電氣爲動力的交通車。有軌～～iú-kúi～～⇨有鐵軌的電車。

**【電金 tiān-kim】** 以金鍍金。～～的～～ê⇨同上。鍍金tō͘-kim曰電。

**【電門 tiān-mn̂g】** 電氣的開關khai-koan。～～猶未關～～á-bōe(bē)-koai$^{n}$⇨開關還未關掉。

**【電表 tiañ-pió】** 電力用量的計器。

**【電波 tiān-pho】** 電在空中傳播擴散。微～～bî～～⇨同上。

**【電風 tiān-hong】** 利用電力扇風的器具，亦即電扇tiān-sì$^{n}$。亦曰扇風機siàn-hong-ki。

**【電信 tiān-sìn】** 電力通信。～～電報～～tiān-pò⇨同上。

**【電胿 tiān-kui】** 電泡tiān-phau。～～仔～～á⇨電燈泡。

**【電氣 tiān-khì】** 電力的通稱。denki(日文)。

**【電流 tiān-liû】** 電氣的流動。～～計～～kè⇨計量電流的儀器。

**【電魚 tiān-hî】** ㊀魚體有電的魚。～～電鰻～～tiān-moâ⇨二種有電的魚類。㊁以電力捕魚。去溪裡偷～～khì khe-lí(nī) thau～～⇨到溪中去偷偷地以電氣捕魚。

**【電球 tiān-kiû】** 電泡tiān-phau的日名。

**【電視 tiān-sī】** 利用電波立即傳遍影像iá$^{n}$-siāng的裝置。彩色～～chhái-sek～～⇨同上。～～節目～～chiat-bo̍k⇨同上。

**【電梯 tiān-thui】** 電力升降機。elevator(美國話，亦即英國話的lift)。

**【電報 tiān-pò】** 利用電力的通信。無線～～bû-soà$^{n}$～～⇨同上。有線～～iú-soà$^{n}$～～⇨同上。拍～～phah～～⇨發～～hoat～～。

**【電滙 tiān-hōe】** 以電報電話滙送金錢。該用～～藉會赴ài-iōng～～chiah-ē(ōe)-hù⇨要用電滙的方法才來得及。

**【電解 tiān-kái】** 金屬溶液因通電而發生化學作用。

**【電鈴 tiān-lêng】** 利用電力發聲的裝置。有～～藉會利便ū～～chia̍h-ē(ōe) lī-piān⇨同上。

**【電話 tiān-ōe】** 講～～kóng～～⇨掛～～koà～～⇨同上。你扲講～～lí teh-kóng～～⇨①你在打電話。②你在發夢。～～線～～soà$^{n}$⇨同上。

**【電銀 tiān-gîn】** 銀鍍金gîn tō͘-kim。

**【電臺 tiān-tâi】** 廣播～～kóng-pò～～⇨同上。

**【電髮 tiān-hoat】** 用電熱使頭髮卷曲的美髮術。

**【電影 tiān-iá$^{n}$】** 活動寫眞oa̍h-tōng-siá-chin。～～片～～phì$^{n}$⇨同上。～～機～～ki⇨同上。～～院～～ī$^{n}$⇨同上。～～明星～～bêng-seng⇨電影演員的美名。

**【電線 tiān-soà$^{n}$】** 通電流的銅線。

**【電燈 tiān-teng】** 電燈tiān-teng。電火tiān-hóe。～～柱～～thiāu⇨電柱tiān-thiāu。

**【電頭 tiān-thâu】** 電源tiān-goân。～～斷去也～～tn̄g-khì(ì)-à⇨電源斷了。

**【電擊 tiān-kek】** 雷擊lûi-kek。

**【電療 tiān-liâu】** 利用電氣治病。～～法～～hoat⇨同上。

【電鍋 tiān-oe(e)】 電氣鍋。俗多曰tiān-ko，雖非錯，但屬文言而非白話。或受所謂國語影響的發音。

【電鍍 tiān-tō͘】 利用電解的原理，將一種金屬鍍在另一種金屬的上面。俗亦單稱電tiān。～～的合正的看無啥會出～～ê kah chiàⁿ-ê khoàⁿ-bô-siáⁿ-ē-chhut⇨電鍍的東西和眞正的東西，不容易認出來。

【電爐 tiān-lô͘】 電氣爐。

【電罐 tiān-koàn】 溫水瓶un-chúi-pân。熱水瓶jia̍t-chúi-pân。

【電唱機 tiān-chhiùⁿ-ki】 電化的留聲機liû-seng-ki。

【電動機 tiān-tōng-ki】 俗稱馬達mó-tà。motor(英文)。

tiān
**綻** 衣縫破裂也。飽滿而開裂也。似亦有補義，但因其音爲tiāⁿ，與thīⁿ不合也。春色方盈野，枝枝～翠英chhun-sek hong êng-iá，ki-ki～chhúi-eng⇨唐詩。看出破～khóaⁿ-chhut phò͘～⇨識破毛病。

tiān
**甸** 郊外曰甸tiān，又治也。又地。禹～ú～⇨中國九州之地。緬～biān～⇨國名。

tiān
**澱** 滓tái也。滓泥也。沈～tîm～⇨渣滓沈於器底者也。

【澱粉 tiān-hún】 化學名詞。重要的食料之一。～～蛋白質～～tàn-pe̍k-chit⇨同上。

# tiang

tiang
**張** 張tiuⁿ也，亦讀tiong(見tiuⁿ部)。新開～sin-khai～⇨新開業。業務擴～gia̍p-bū-khok～⇨業務擴大擴充。擴張khok-tiang→khòng-tiong。

tiang
**瑺** 擬音字。本音tong→tiang。玎～tin～⇨琴聲。玎瑺teng-tong→tin-tong→tin-tang→tin-tiang。擬音之難爲如此。

tiáng
**長** 亦讀tióng。年高位尊曰長tiáng。目無尊～bo̍k-bû-chun～⇨同上。統率者曰長tiáng(tiúⁿ)。機關首～ki-koan-siú～⇨同上。滋生發育曰長tiáng。無物不～bû-bu̍t-put～⇨同上。成～sêng～⇨成育長大。

【長子 tiáng-chú】 最大的兒子。俗曰大囝toā-kiáⁿ。家用～～，國用大臣ka-iōng～～，kok-iōng tāi-sîn⇨同上。

【長大 tiáng-toā(tāi)】 tióng-toā(tāi)。～～成人也～～chiâⁿ-lâng-ā⇨同上(讀tiáng-toā)。～～成人也～～sêng-jîn-ā⇨同上(讀tiáng-tāi)。

【長幼 tiáng-iù】 老幼ló-iù。大人與幼兒。年高者與年幼者，～～有序～～iú-sī⇨老幼有定序。

【長老 tiáng-ló】 年高者的尊稱。有德養的和尙。長老教會(基督教)的一教派。普救寺的法本～～phó-kiù-sī ê hoat-pún～～⇨西廂記的人物。～～教會的～～～～kàu-hōe ê～～⇨長老教會的長老。

【長成 tiáng-sêng】 楊家有女初～～，養在深閨人未識iâng-ka iú-lí chhe(chho͘)～～iáng-chāi chhim-kui jîn-bī-sek⇨長恨歌。

【長物 tiáng-bu̍t】 多餘之物。身無～～sin-bû～～⇨謂極度貧窮。

【長官 tiáng-koan】 tiúⁿ-koaⁿ。司令～～su-lēng～～⇨同上。軍事～～kun-sū～～⇨同上。

【長房 tiáng-pâng】 俗曰大房toā-pâng。長子的系統。～～二房～～jī-pâng⇨同上。

【長者 tiáng-chiá】 tióng-chiá。有德望的人。忠厚的人。魯肅～～ló-siok～～⇨三國演義。

【長孫 tiáng-sun】 長子之長子。俗曰大孫toā-sun。～～加一份～～ke chi̍t-hūn⇨分產時長孫以一子計算，分得一份。

【長處 tiáng-chhì(chhù)】 特出的所在。技藝。

一無～～it-bû～～⇨一個特出的所在(技藝)都沒有。

【長進 tiáng-chìn】 成長sêng-tiáng。不～～的查甫囝put～～ê cha-po·-kiá$^{n}$⇨不長進的男子。

【長輩 tiáng-pòe】 輩份高者。～～的話該聽～～ê ōe ài-thia$^{n}$⇨同上。

tiàng **漲** 亦讀tiòng。水大也。湧起也。膨大phòng-tāi曰漲tiàng。海～hái～⇨滿潮boán-tiâu的俗稱。水～船高chúi～chûn-ko⇨同上。物價～bu̍t-ke～⇨物起價。大水～到橋面平也toā-chúi～kà kiô-bīn-pê$^{n}$ ā⇨同上。

【漲大 tiàng-toā】 浸水道會～～chìm-chúi tō-ē～～⇨浸在水中就會膨大起來。

【漲幅 tiàng-ho̍k】 漲價起止間的幅度。～～眞大～～chin-toā⇨同上。

【漲落 tiàng-lo̍h】 起落khí-lo̍h。物價抙～～眞利害bu̍t-kè teh～～chin lī-hāi⇨物價在漲跌中其差距很利害。

【漲價 tiàng-kè】 逐項都得～～ta̍k-hāng to-teh～～⇨各物皆在漲價。

tiàng **脹** 腹滿也。亦讀tiù$^{n}$(見tiu$^{n}$部)。皮膚浮腫phû-chéng亦曰脹tiàng。凡器物脹滿皆曰脹tiàng。通貨膨～thong-hòe phêng～⇨①經濟學術語。②少女腹中有物的戲謔詞。

【脹破 tiàng-phò】 tiù$^{n}$-phoà。硬未～～腹肚ngē-boeh～～pak-tó·⇨差不多要把肚皮撐破了。

【脹率 tiàng-lu̍t】 膨脹率phêng-tiàng-lu̍t，亦稱膨脹係數phêng-tiàng-hē-sò·，物理學名詞。

tiàng **帳** 施張於牀上之牀帳，亦即蚊帳báng-tiàng也。又計算簿也。帷幕亦曰帳tiàng。營～iâ$^{n}$～⇨軍營中所用帷帳。記～kì～⇨記賬也。

【帳單 tiàng-toa$^{n}$】 通知付款的文件。賬單siàu-toa$^{n}$。

【帳簿 tiàng-phō·】 賬簿siàu-phō·。看～～道清楚也khoà$^{n}$～～tō chheng-chhó-à⇨同上。

tiàng **悵** 望恨也。望其遠而不至爲恨也。盼望phàn-bōng也。惆～舊遊無復到，菊花時節羨君迴tiû～kiū-iû bû-ho̍k-tò, kiok-hoa sî-chiat siān-kun-hôe⇨唐詩。

【悵望 tiàng-bōng】 失意而盼望phàn-bōng。

tiàng **倀** 鬼名。爲虎作～ûi-hó· chok～⇨喻助壞人作事，助紂爲虐chō·-tiū ûi-ge̍k。

【倀鬼 tiàng-kúi】 助虎食人之鬼。虎齧人，人死而魂不敢他往而隸事於虎，名曰～～，虎求食，～～必前導，有暗伏，即迂道往，呼虎爲將軍，虎死即哭之。又說，人遇虎，衣帶自解，皆自列置於地，虎見人裸而食之，皆～～所爲云。

tiàng **賬** 帳tiàng的俗字。俗則皆用作賬siàu字(見siau部)。結～kiat～⇨結算賬目。清～chheng～⇨清理賬項。

tiâng **長** tn̂g也(見tng部)。短之對，久也。遠也，常也，善也。漫～的人生路途bān～ê jîn-seng lō·-tô·⇨同上。山中日月～san-tiong ji̍t-goa̍t～⇨同上。絕～補短choa̍t～pó·-toán⇨掠長補短lia̍h-tn̂g-pó·-té。品～論短phín～lūn-toán⇨同上。出師未捷身先死，～使英雄淚滿襟chhut-su bī-chia̍t sin-sian-sú,～sú eng-hiông lūi-boán-khim⇨杜詩。又長度也。～三尺濶四尺～sa$^{n}$-chhioh khoah sì-chhioh⇨同上。

【長人 tiâng-jîn】 tn̂g-lâng。～～無長命～～bû-tiâng-miā$^{n}$⇨奇高之人沒有好的命運。

【長久 tiâng-kiú】 周武王，始誅紂，八百載，最～～chiu-bú-ông, sí-thi-tiū, pat-pek-chái, chòe～～⇨三字經。

【長生 tiâng-seng】 ～～不老丹～～put-ló-tan⇨古今多少人希望得此妙物。

【長江 tiâng-kang】 ～～東流～～tong-liû⇨喻如江水之東流，一去不復回也。

【長沙 tiâng-soa】 地名。～～會戰～～hōe-chiàn⇨抗戰時期的有名戰役。

【長征 tiâng-cheng】 ㊀征戰cheng-chiàn。㊁遠行oán-hêng。喜馬拉耶山～～計劃hí-má-lá-iâ-san～～kè-ōe⇨喜山的登攀計劃。

【長夜 tiâng-iā】 漫長的夜晚。～～橫枕意心歪，斜月三更門半開～～hoâi$^{n}$-chím ì-sim-oai, siâ-goat sa$^{n}$-ke$^{n}$ mn̂g poà$^{n}$-khai⇨歪詩oai-si。

【長空 tiâng-khong】 ～～萬里～～bān-lí⇨仰首看天，只見無窮無盡的天空。

【長治 tiâng-tī】 ～～久安之計～～kiú-an-chi-kè⇨維持長久國泰民安的計劃。

【長春 tiâng-chhun】 地名，在東三省。

【長城 tiâng-sêng】 萬里～～bān-lí～～⇨長城有萬里之長也。

【長度 tiâng-tō͘】 長tn̂g。～～該共款～～ài kāng-khoán⇨長度需要一樣的。

【長眠 tiâng-bîn】 永眠éng-bîn。死亡。英雄的～～地下eng-hiông ê～～tē-hā⇨英雄之死。

【長崎 tiâng-kiā】 日本地名，在九州北部。

【長途 tiâng-tô͘】 ～～跋涉～～poat-si-ap⇨艱難困苦走了一大段路。

【長策 tiâng-chhek】 善策siān-chhek。好計劃hó-kè-ōe。安爾正是～～an-ne(ni) chià$^{n}$-sī～～⇨如此才是善策。

【長短 tiâng-toán】 ㊀長度tiâng-tō͘。㊁是非sī-hui。

【長程 tiâng-thêng】 ～～的計劃～～ê kè-ōe⇨同上。

【長嘯 tiâng-siàu】 大聲高呼。仰天～～gióng-thian～～⇨岳武穆滿江紅詞語。

【長方形 tiâng-hong-hêng】 長四角形tn̂g-sì-kak-hêng。中央留一塊～～～的大空地tiong-ng lâu-chit-tè～～～ê toā-khang-tē⇨同上。

【長毛賊 tiâng-mô(mn̂g) chhat】 對太平天國thài-pêng thian-kok的侮稱。亦曰長毛的tn̂g-mô-ê。

【長白山 tiâng-pek-san】 山名。一在山東san-tong，一在東北tang-pak。

【長舌婦 tiâng-siat-hū】 俗曰厚話查某kāu-ōe-cha-bó͘。粗話即曰厚話尼kāu-ōe-chi。

【長歎息 tiâng-thàn-sit】 深深的歎喟thàn-khùi。洛陽城東桃李花，飛來飛去落誰家，洛陽女兒惜顏色，行逢落花～～～lok-iâng-sêng-tong thô-lí-hoa, hui-lâi-hui-khì lok-sûi-ka，lok-iâng lí-jî sek-gân-sek，hêng-hông lok-hoa～～～⇨唐詩。

【長頸鹿 tiâng-keng-lok】 獸名。頸奇長的鹿。非洲產。日語曰麒麟kî-lîn。

【長此以往 tiâng-chhú-í-óng】 ～～～～，後果不堪設想～～～～，hō(hiō)-kó put-kham siat-sióng⇨老是如此拖下去，後果將是可怕的。

【長吁短嘆 tiâng-u-toán-thàn】 日夜～～～～jit-iā～～～～⇨日夜喘長喟chhoán-tn̂g-khùi吐短喟thó͘-té-khùi無停。

【長安雖好 tiâng-an-sui-hó】 ～～～～，不是久居之地～～～～，put-sī kiú-ki(ku)-chi-tē⇨謂長安雖然很好，看看罷了，不適合於久居(言在外地，就是再好，還是不如歸put-jî-kui故鄉好)。

【長袖善舞 tiâng-siū-siān-bú】 ～～～～，多財善賈～～～～，to-châi-siān-kó͘⇨長袖者善於舞，錢多者善於做生意。

tiāng 丈 長度名，十尺曰丈tn̂g(見tng部)。測地曰丈tiāng。又對於長者之敬稱。土地清～thó͘-tē chheng～⇨土地清理測量。方～hong～⇨①僧院住持稱方丈hong-tiāng，因其住室爲一丈四方。②一丈四方的面積。食前方丈，從者數百sit-chiân hong-tiāng, chiông-chiá sò͘-pah⇨西廂記，謂生活豪華富裕，崔母口白。

老～lāu～⇨老人美稱。函～hâm～⇨學生稱老師。姑丈姨丈ko·-tiūⁿ î-tiūⁿ⇨姑母之夫姨母之夫(見tiuⁿ部)。

**【丈夫 tiāng-hu】** ㊀妻稱夫。㊁男子。大～～男子漢tāi ～～ lâm-chú-hàn⇨男人至上主義的氣慨。

**【丈量 tiāng-liāng】** 測丈土地面積。

tiāng
**仗** 兵器也。儀禮用的兵器也。戰爭曰打仗tá-tiāng。又依靠曰仗tiāng，付託曰仗tiāng。兵～相見peng～siang-kiàn⇨謂戰爭。儀～gî～⇨衛隊及其兵器。乎人未～得hō·-lâng bē～tit⇨使人不能信賴。盡～你，你盡背人chīn～lí, lí-chīn-pōe-lâng⇨全託付於你，你全違背了。開～khai～⇨開火khui-hóe。全～choân～⇨全靠choân-khò。仰～gióng～⇨仰賴gióng-nāi。

**【仗義 tiāng-gī】** ～～執言～～chip-gân (giân)⇨憑正義感說公道話。疏財～～so·-châi～～⇨輕財物重義氣。

**【仗勢欺人 tiāng-sè-khi-jîn】** ～～～～，無惡不作～～～～，bû-ok-put-chok⇨惡人總是利用優勢欺負人，做盡壞事。

tiāng
**杖** 老人用以扶行者也。俗曰枴仔koái-á。喪制亦用杖tiāng。孝～hàu～⇨孝杖hà-tn̄g(見tng部)。又古刑具有杖tiāng。枴～koái～⇨老人枴。笞～thi～⇨笞打杖擊thi-táⁿ-tiāng-kek。古刑有大～tāi～，法～hoat～等，分別杖擊背、臀、腿等部。

**【杖鄉 tiāng-hiang】** tiōng-hiong。五十杖家，六十～～，七十杖國，八十杖於朝gó·-sıp tiāng-ka, liok-sıp～～ chhit-sıp tiāng-kok, pat-sıp tiāng-î-tiâu⇨杖鄉後來用以代表六十歲。

**【杖期 tiāng-kî】** 喪服之名。期服之用杖者，謂之杖期，不用者謂之不杖期。～～生～～seng⇨父母雙亡的丈夫。訃音上常見詞。父母在即不杖期。又古制，子對母，不論嫡庶tek-sì，皆杖期。

**【杖朝 tiāng-tiâu】** 老臣持枴行於朝廷。七十而賜杖，八十而杖於朝chhit-sıp jî sù-tiāng, pat-sıp jî tiāng-î-tiâu⇨同上。

**【杖藜 tiāng-lê】** 攜藜杖。腸斷春江欲盡頭，～～徐步立芳洲，癲狂柳絮隨風舞，輕薄桃花逐水流chhiâng-toān chhun-kang iok-chīn-thiû (thiō), ～～chhî-pō· lıp-hong-chiu, tian kông liú-sī sûi-hong-bú, kheng-pok thô-hoa tiok-súi-liû⇨杜詩。

## tiap

tiap
**牒** 札也。書札也。譜也。記錄類之通稱。官府之移文曰牒tiap。對神佛的祈禱文亦曰牒tiap。小簡曰～，大簡曰册，薄者曰～，厚者曰牘siáu-kán oat～tāi-kán oat chhek, pok-chiá oat～hō·-chiá oat tok⇨古代書報的體裁。最後通～chòe-hō·(hiō) thong～⇨外交用詞。謂不如何則戰爭的最後通告。史～sú～⇨同上。譜～phó·～⇨族譜書。度～tō·～⇨僧侶的許可證。燒～sio～⇨對神佛祈禱後，燒掉祈禱牒文。

tiap
**諜** 伺也。軍中謂之反間hoán-kan，亦曰細作sè(sòe)-chok，亦即間諜kan-tiap，深入敵中伺候間隙反報其主者也。

**【諜報 tiap-pò】** 間諜的回報。有關敵情的報告。～～人員～～jîn-oân⇨情報員。～～網～～bāng⇨同上。～～機關～～ki-koan⇨今曰情報機關chêng-pò ki-koan。

tiap
**睫** 睫chiap的轉音(見chiap部)。瞬也。一瞬之間也。一～仔久chıt～á-kú⇨一瞬之間。

**【睫仔久 tiap-á-kú】** 一瞬之間。～～～道好也～～～tō-hó-â⇨很快就可以了。等～～～耳，道會死也tán～～～niâ, tō-ē-sí-à⇨少等一下而已就會死了，意謂少等一會兒，就那麼苦嗎。～～～的時間耳，曷要緊～～～ê sî-kan niâ, ah-iàu-kín⇨很短的時間沒關係，不要緊。

**tiap 喋** 多言也。又利口也。又血流貌。

【喋血 tiap-hiat】 亦作歃血sà-hiat。飲血也。～～爲盟～～ûi-bêng⇨古人飲血結盟。

【喋喋 tiap-tiap】 多言。～～不休～～put-hiu⇨多言而不停。

【喋嘴 tiap-chhùi】 多嘴to-chhùi。見kiap-chhùi。

**tiap 蝶** 蝴蝶也。粉～hún～蛺～kiap～⇨皆蝴蝶ô·-tiap類也。莊周夢爲蝴～chong-chiu bōng-ûi ô·～⇨莊子寓言。穿花蛺～深深見，點水蜻蜓款款飛chhoan-hoa kiap-～ chhim-chim-kiàn, tiám-súi chheng-têng khoán-khoán-hui⇨杜詩。

**tiap 揲** 訓斥hùn-thek曰揲tiap，俗曰修理siu-lí。老父叫去～lāu-pē kiò-khì(ì)～⇨老父喚去嚴加教訓。罵不聽，拍未痛，較～都～未行mē m̄-thiaⁿ, phah bē-thiàⁿ, khah～to～bē-kiâⁿ⇨罵他又不聽，打他又不痛，如何修理都修理不成效。打～táⁿ～⇨㊀嚴加修理。㊁整頓chéng-tùn。太亂抒，該逡逡仔打～，藉有法得thài-loān-leh, ài ûn-ûn-á táⁿ～chiah ū-hoat-tit⇨太亂了，要慢慢整頓才可以。同打疊táⁿ-thiap。

## tiat

**tiat 哲** 智也。有智慧也。賢智之人曰哲tiat。知人則哲tiat。先～sian～⇨前代哲人。前～chiân～⇨同上。濬～chùn～⇨深智chhim-tì。知之曰明～ti-chi oat bêng～⇨有智慧者就是賢明的哲人。神明聖～sîn-bêng-sèng～⇨讚帝王之詞。明～保身bêng～pó-sin⇨聰明人能避免就安以保身之安全。

【哲人 tiat-jîn】 賢人。聖人。哲學家。～～其萎～～ki-úi⇨①孔子之死。②弔喪用詞(賢者逝矣)。

【哲理 tiat-lí】 宇宙人生的大道理。違背～～ûi-pōe～～⇨違反哲學理論。

【哲嗣 tiat-sū】 尊稱他人之子。

【哲學 tiat-hak】 研究宇宙人生的學問。～～者～～chiá⇨研究哲學的先生。

**tiat 蜇** 蟲螫也。螫sek，蟲行毒也。亦即蟲刺人咬人放毒。又怒，生氣也。謂蟲怒，才咬人而放毒。

**tiat 秩** 次序也。俸祿hōng-lok也。又十年爲一秩tiat。依班～受祿î pan～siū-lok⇨按官等領俸。七～晉三的大壽chhit～chìn-sam ê tāi-siū⇨七十又三歲的大壽慶。

【秩序 tiat-sū(sī)】 整齊有規律。社會～～該維持siā-hōe～～ài ûi-chhî⇨社會秩序非維持不可。～～眞偲～～chin-bái⇨秩序很壞。無～～bô～～⇨謂很亂。～～井然～～chéng-jiân⇨秩序很好。

【秩宗 tiat-chong】 主郊廟之官，序鬼神之尊卑也。

【秩滿 tiat-boán】 官員的任期滿了。亦稱俸滿hōng-boán。

**tiat 帙** 書衣也。亦即裹書kó-si者。裹書之小橐siáu-thok。今人曰函hâm。書～si(su)～⇨同上。

**tiat 趺** 仆phak也。足失據也。～打醫生～táⁿ-i-seng⇨趺傷，打傷之醫生，今之外科也。

【趺傷 tiat-siang】 因趺倒而傷者。

**tiat 轍** 迹也。車輪碾迹也。涸～之鮒hok～chi-hū⇨喻處境窮困極待急救。又人名。蘇東坡之弟叫蘇轍so·-tiat。

【轍鮒 tiat-hū】 涸轍之鮒。鮒hū俗叫鯽仔魚chit-á-hî。

**tiat 耋** 老 lāu也。六十曰耆，八十曰耋 liok-sıp oat-kî, pat-sıp oat-tiat⇨老人進階。或謂

七十曰耋tiat，無定說。

**tiat 垤** 蟻土之墳起者也。蟻聚土如墳者也。

**tiat 迭** 輪流更換也。更～keng～⇨更番替代。

## tiau

**tiau 貂** 鼠類的動物，以皮毛珍貴而有名。狗尾續～káu-bóe-siok～⇨封爵太濫，首尾不相稱。例如好文章之後來篇壞文章。

【貂皮 tiau-phôe】 ～～大衣～～toā-i⇨以貂皮製成之大衣。

【貂帽 tiau-bō】 貂皮帽tiau-phôe-bō。

【貂鼠 tiau-chhí(chhú)】 貂的俗稱。～～皮～～phôe⇨同上。～～帽～～bō⇨同上。～～裘～～hiû⇨同上。

【貂裘 tiau-hiû】 貂皮之裘。裘hiû，皮衣也。又雙重之寒衣亦曰裘hiû。

**tiau 雕** 鳥名。似鷲chiū而大。一箭双～chit-chìⁿ-siang～⇨一箭射双雕。一舉兩得。多喻一男得兩女。

**tiau 調** 調chhiau也(見chhiau部)。矯正曰調tiau。變換曰調tiau。搜查曰調tiau。調教曰調tiau。作弄人曰調tiau。直者彎之，曲者直之亦曰調tiau。細漢不～，大漢道～未蹻sè(sòe)-hàn m̄～，toā-hàn tō～bē(bōe)-khiau⇨幼時不矯正(調教)，長大了就矯正不得。父母早死無人～pē-bó chá-sí bô-lâng～⇨父母早死沒人調教。乎警察掠去～hō͘ kéng-chhat liah-khì(ì)～⇨被警察抓去修理(矯正)。～樹椏～chhiū-oe⇨挽下樹枝。風～雨順hong～í-sūn⇨喻平安順利；亦喻太平盛世。全新～的choân-sin～ê⇨全部新做的。

【調人 tiau-jîn】 調解人。調停人。無人敢做～～bô-lâng káⁿ-chò(chòe)～～⇨同上。

【調人 tiau-lâng】 人lâng或改讀lang。戲弄人。毋當～～跮踱m̄-thang～～thit-thô⇨不可作弄人為戲。蓋愛～～kài-ài～～⇨最喜歡作弄人。或作彫人tiau-lâng。

【調印 tiau-ìn】 押印ah-ìn。條約猶未～～tiâu-iak(iok) á-bōe(bē)～～⇨同上。

【調弄 tiau-lāng】 戲弄hì-lāng。調戲tiau-hì。～～樂器～～gak-khì⇨撫弄樂器。

【調兵 tiau-peng】 ～～遣將～～khián-chiàng⇨派遣軍隊作戰。

【調味 tiau-bī】 調和味道。～～料～～liāu⇨調味的材料。

【調和 tiau-hô】 ㊀配合phòe-hap。～～食物～～chiah-mih⇨調配食品。㊁和諧ho-hâi。氣氛未～～khì-hūn bē(bōe)～～⇨氣氛不和諧。

【調查 tiau-cha】 ～～統計～～thóng-kè⇨同上。

【調度 tiau-tok】 財政的～～châi-chèng ê～～⇨財政上的運營。

【調笑 tiau-chhiàu】 嘲笑tiau-chhiò。取笑。毋當共人～～m̄-thang kā-lâng～～⇨不可嘲弄他人。

【調情 tiau-chêng】 ～～聖手～～sèng-chhiú⇨同上。

【調處 tiau-chhì(chhù)】 調停tiau-thêng。請舅公來～～chhiáⁿ kū-kong lâi～～⇨邀請舅公來做調人tiau-jîn。

【調理 tiau-lí】 整頓chéng-tùn。家內未曉～～ka-lāi bē(bōe)-hiáu～～⇨家事不曉得如何整頓。～～樹椏～～chhiū-oe⇨整枝。

【調動 tiau-tōng】 chhiâu-tāng。移動î-tōng。官員的～～koaⁿ-oân ê～～⇨官員的遷調chhian-tiau。～～大軍～～tāi-kun⇨同上。人事～～jîn-sū～～⇨同上。

【調停 tiau-thêng】 調解tiau-kái。～～委員～～úi-oân⇨同上。

【調換 tiau-oāⁿ】 換oāⁿ。掉換tiāu-oāⁿ。乎

人～～去hō·-lâng～～khì⇨被人掉換去了。

【調節 tiau-chiat】 ～～空氣～～khong-khì⇨調整節制空氣。

【調經 tiau-keng】 調整月經。～～丸～～oân⇨調整月經之藥丸。

【調遣 tiau-khián】 派用。聽候～～thiaⁿ-hāu～～⇨等待派用。

【調養 tiau-iáng(ióng)】 養生iáng(ióng)-seng。～～身命～～sin-miā⇨照顧健康。

【調劑 tiau-che】 ㊀配藥phòe-ioh。㊁生活傷死板每不好，三不五時也該～～～～抖seng-oah siuⁿ-sí-pán mā-m̄-hó, sam-put-gō-sî-á ài～～～～lè⇨生活太過死板也不好，有時候需要調劑一下(放鬆放鬆)。

【調整 tiau-chéng】 待遇的～～thāi-gū ê～～⇨薪給的改善sin-kip ê kái-siān。

【調遷 tiau-chhian】 官員的～～koaⁿ-oân ê～～⇨官員的轉移職位。

【調戲 tiau-hì】 戲弄hì-lāng。～～良家婦女～～liâng(liông)-ka hū-lí(lú)⇨可惡的行爲。

【調古董 tiau-kó·-tóng】 當作古董玩弄。戲弄。乎人～～～，調毋知hō·-lâng～～～，tiau-m̄-chai⇨被人家玩弄得不自知。～～～，毋當調人傷忝～～～，m̄-thang tiau-lâng siuⁿ-thiám⇨戲弄人，不可太過份。

【調虎離山 tiau-hó·-lī-san】 所謂三十六計之一。騙人離開其根據地，以便下手做案。中了人的～～～～計也tiòng-liáu lâng ê～～～～kè-à⇨中了人家的調虎離山計了。

tiau **凋** 傷也。力盡也。草木枯萎曰凋tiau。歲寒然後知松柏之後～sòe-hân jiân-hō·(hiō) ti siông-pek-chi-hō·(hiō)～⇨喻經得起考驗才是英雄好漢。

【凋萎 tiau-úi】 草木～～chhó-bo̍k～～⇨同上。

【凋零 tiau-lêng】 傷殘零落。

【凋落 tiau-lo̍k】 草木凋殘衰落。喻人之死。當時親故～～已盡tong-sî chhin-kò·～～í-chīn⇨當年的親戚故舊，都不在人世了。

【凋謝 tiau-siā】 同凋落tiau-lo̍k。老成～～ló-sêng～～⇨弔輓用的套語。

tiau **彫** 琢文也。畫也。鏤刻lô·-khek也。製造人形偶像，不論木刻泥扭或銅鑄皆曰彫tiau。浮～phû～⇨在平面上刻畫。木～bo̍k～⇨刻木爲像。又矯正亦曰彫tiau，同調tiau。

【彫工 tiau-kang】 彫刻工，彫刻師。

【彫弓 tiau-kiong】 畫弓ōe-kiong。天子之弓。

【彫佛 tiau-pu̍t】 彫造佛像。

【彫花 tiau-hoe】 刻花木。～～刻鳥～～khek-chiáu⇨彫刻花鳥。

【彫刻 tiau-khek】 刻畫。美術的一科。～～科～～kho⇨同上。～～師～～su⇨彫刻工。

【彫俑 tiau-ang】 彫造人形偶像。俑ang，俗作翁ang。

【彫翁 tiau-ang】 彫俑tiau-ang的俗寫。

【彫琢 tiau-to̍k】 刻玉，刻石。～～人物～～jîn-bu̍t⇨彫刻石人或玉人，喻栽培訓育子弟。囡仔該～～gín-á ài～～⇨小孩子須要教導改正，始能成器。

【彫搭 tiau-tah】 婦女的服飾整齊。粧去不止～～chng-khì(ì) put-chí～～⇨打扮得相當整齊好看。

【彫像 tiau-siōng】 彫造偶像。彫佛～～tiau-pu̍t～～⇨同上。

【彫古董 tiau-kó·-tóng】 作弄人。同調古董tiau-kó·-tóng。

【彫枝骨 tiau-ki-kut】 組成骨幹。大先該～～tāi-seng ài～～～⇨首先要組織骨幹。

【彫牲禮 tiau-seng-lé】 整彫鷄鴨等牲禮的形態。因其頭、脚、翅皆有一定的位置。

【彫龍蝦 tiau-iông-hê】 手脚皆縛而吊之，自成龍蝦形。亦曰吊龍蝦tiàu-liông-hê。乎人掠去～～～hō·-lâng lia̍h-khì(ì)～～～⇨同上。

**tiau 朝** 旦也。日也。早晨也。早飯前爲一日之朝tiau，上旬爲月之朝tiau，正月至四月爲歲之朝tiau。今～有酒今～醉，明日憂來明日當kim～iú-chiú kim～chùi, bêng-ji̍t iu-lâi bêng-ji̍t-tong⇨酒徒之言。明～bêng～⇨明天。有～一日iú～it-ji̍t⇨有一天。又初生兒及新娘，開頭若干日中一日曰一朝tiau。嬰仔三～也e$^{n}$(i$^{n}$)-á sa$^{n}$～a⇨嬰兒已三天了。入門三～也ji̍p-mn̂g sa$^{n}$～a⇨進入這個家已經三天了。

【**朝夕 tiau-se̍k**】 早暗chá-àm。～～溫差甚大～～un-chha sīm-tāi⇨早晚溫度差距大。

【**朝氣 tiau-khì**】 早晨清爽之氣。喻興起振作。～～銳，暮氣沈，～～jōe, bō·-khì-tîm⇨同上。～～蓬勃～～hông-pu̍t⇨同上。

【**朝雲 tiau-hûn**】 蘇東坡之妾。我學士，你夫人。陶學士，桃葉桃根；蘇學士，～～暮雲。我便多娶幾個吳姬越女，也何算過分。你年紀已過四旬，只管佔住玉堂春gó·-ha̍k-sū，ní-hu-jîn。tô-ha̍k-sū；thô-ia̍p thô-kin; so·-ha̍k-sū，～～bō·-hûn。gó· piān to-chhí(chhú) kí-kô gô·-ki-oa̍t-lí, iā-hô-soàn-kò-hūn。ní liân-kí i-kò sù-sûn, chí-koán chiàm-chū gio̍k-tông-chhun⇨趙子昂戲妻之詞，亦即當今流行歌你儂我儂的故事的前半截。陶學士，陶淵明。蘇學士，蘇東坡。

【**朝陽 tiau-iâng(iông)**】 早晨的太陽。

【**朝會 tiau-hōe**】 學校等在每日學課開始前的全體集會。

【**朝霞 tiau-hê(hâ)**】 日出時的雲彩。～～暝重露～～mê$^{n}$(mî$^{n}$) tāng-lō·⇨俗諺。謂有朝霞時，是夜必多露。

【**朝霧 tiau-bū**】 ～～茫茫～～bông-bông⇨早晨一片大霧。

【**朝曦 tiau-hi**】 清晨太陽的光彩。

【**朝露 tiau-lō·**】 早晨之露。喻不能久存。人生如～～jîn-seng jî(jû)～～⇨喻人生之短。對酒當歌，人生幾何，譬如～～，去日苦多tùi-chiú tong-ko, jîn-seng kí-hô, phì-jî(jû)～～, khì-ji̍t khó·-to⇨曹操的短歌行，在赤壁橫槊所賦。

【**朝三暮四 tiau-sam-bō·-sù**】 狙公授芧曰，～～～～如何，衆狙皆怒，又曰，然則，朝四而暮三如何，衆狙皆悅chhu-kong siū-ū oa̍t，～～～～jî-hô, chiòng-chhu kai-nō·, iū-oa̍t, jiân-chek, tiau-sù-jî-bō·-sam jî-hô, chiòng-chhu kai-oa̍t⇨養猴者的寓言。喻愚昧者不詳察事實而鬧事，奸巧者巧乘機設詞以欺人。

【**朝不保夕 tiau-put-pó-se̍k**】 事情極度臨危，不能擔保何時有急變。

【**朝令夕改 tiau-lēng-se̍k-kái**】 政令時常更改。～～～～使百姓不知所從～～～～sú peh-sè$^{n}$(sì$^{n}$) put-ti só·(sé)-chiông⇨政府政令隨時隨便改來改去，叫人民困擾，不知怎麼辦。

【**朝秦暮楚 tiau-chîn-bō·-chhó·**】 喻反覆無常。秦楚爲敵對兩國。事秦事楚各爲其主固可，朝而事秦，暮改事楚，即太過分矣。～～～～，送往迎來～～～～sòng-óng-gêng-lâi⇨喻妓女生涯。

【**朝朝暮暮 tiau-tiau-bō·-bō·**】 朝爲行雲，暮爲行雨，～～～～，在陽台之下tiau ûi hêng-hûn, bō· ûi hêng-í(ú)，～～～～chāi iâng(iông)-tâi-chi-hē(hā)⇨高唐賦。

【**朝聞道夕死可矣 tiau-būn-tō se̍k-sú-khó-ì**】 孔子之言。

**tiau 晁** 旦也。同朝tiau。姓氏，亦作鼂tiau。漢有名臣～錯～chhò。

**tiau 碉** 石室也。防盜防賊之用者。

【**碉房 tiau-pâng**】 平房之石室。同碉樓tiau-lâu。

【**碉堡 tiau-pó**】 屯兵防敵之土石城堡。～～陣地～～tīn-tē⇨堅固的防衛陣地。

【**碉樓 tiau-lâu**】 防盜防賊之建築物。

tiàu **釣** 釣魚也。以曲針鈎魚曰釣tiàu,tiò(見tio部)。姜太公釣魚，離水三寸，願者上～，不願者回頭kiang-thài-kong tiò-hî, lī-chúi sa$^{n}$-chhùn, goān-chiā siāng～，put-goān-chiā hôe-thâu⇨謂彼此情願就互相交往，否則大家算了。

【釣鈎 tiàu-kau】 tiò-kau。老妻畫紙爲棋局，稚子敲針作～～lō-chhe ōe-chí ûi kî-kiok, thî-chú khau-chiam chok～～⇨杜甫。

【釣餌 tiàu-jī】 使魚上鈎之魚食。

tiàu **杓** 稻穗倒垂的樣子。懸物曰杓tiàu。俗通作弔tiàu。亦作吊tiàu。

tiàu **吊** 懸物也，弔tiàu的俗字，已取代杓tiàu字用爲懸物之義。又以藥物退腫亦曰吊tiàu，增加色澤亦曰吊tiàu。又官府取消違規的權利亦曰吊tiàu。上～siāng～⇨懸樑自盡。無位可～bô-ūi hó～⇨沒地方可懸掛。～看會退癀未～khoà$^{n}$-ē(ōe)-thè(thòe)-hông-bē(bōe)⇨(貼吊藥)看看會不會消炎。招牌去乎人～去也chiau-pâi khì-hō·-lâng～khì-ā⇨招牌(執照)被吊消了。又調閱公文曰吊tiàu。

【吊手 tiàu-chhiú】 ㊀懸腕而書。～～字較活～～jī khah-oa̍h⇨懸腕而書的字比較有動感。㊁手向不對。安爾較～～較歹勢創an-ne(ni) khah～～khah phái$^{n}$-sè-chhòng⇨如此手向不順，較難工作。㊂車中無坐位的乘客挽之以防顛步的吊環tiàu-khoân。寧可～～扭爾較安全lêng-khó·～～giú-leh khah-an-choân⇨同上。扭giú，以手緊挽之也。

【吊仔 tiàu-á】 捉野獸的一種方法，是利用吊索的。當～～tng～～⇨在山中獸徑鳥道設吊仔以候野物上當。

【吊肉 tiàu-bah】 ～～跋死貓，放屁蹌死狗～～poa̍h-sí-niau, pàng-phùi chông-sí-káu⇨謂以虛幻之事戲弄人。

【吊死 tiàu-sí】 上吊而死。～～鬼掠交替～～kúi lia̍h kau-thè⇨據稱，上吊而死者，其鬼魂必須抓上一個上吊爲代替，自己才能夠轉生回陽間爲人。

【吊吊 tiàu-tiàu】 ㊀衣服似乎過小，不甚合身。衫仔穿着～～⇨衣服穿起來不舒暢。㊁臨終時的眼睛。目珠～～也ba̍k-chiu～～ā⇨將要死了。

【吊角 tiàu-kak】 對角tùi-kak。縛～～pa̍k～～⇨縛成對角形。

【吊狗 tiàu-káu】 禾類枯死也。～～仔眞夠～～á chin chē(chōe)⇨蟲害而枯死的稻穗甚多。

【吊案 tiàu-àn】 吊卷tiàu-koàn。調閱有關卷宗。

【吊消 tiàu-siau】 ～～執照～～chip-chiau⇨取消許可證。

【吊索 tiàu-soh】 吊物用的大繩索。～～斷去～～tn̄g-khì(ì)⇨吊索斷了。

【吊莖 tiàu-keng】 稻穗tiū-sūi因蟲害而枯死者。本來杓tiàu字正是此意。

【吊脰 tiàu-tāu】 吊頸tiàu-keng自殺。脰tāu，脛kéng也。～～鬼～～kúi⇨同上。～～抽後脚～～thiu āu-kha⇨人家在吊脰，你再拉他的脚。喻人在苦境，你再增加其困難。

【吊桶 tiàu-tháng】 水井的～～chúi-ché$^{n}$(chí$^{n}$) ê～～⇨同上。

【吊猴 tiàu-kâu】 ㊀一種賭博。～～博么，十八博扁～～poa̍h-io, si̍p-pat poa̍h-pî$^{n}$⇨謂運途不佳時，作任何事都是連續不妙。參加吊猴時是出么字，參加十八時又出扁字，都是最壞的。㊁白嫖妓被娼家拘禁。～～食咖哩飯～～chia̍h ka-lí-pn̄g⇨同上。㊂奸夫被捉而被吊。

【吊鼎 tiàu-tiá$^{n}$】 謂沒米下炊，鼎已無用吊起來保存。亦喻失業。做穡人不落雨道該～～也不chō(chòe)-sit-lâng m̄-lo̍h-hō· tō-ài～～ā-m̄⇨耕田人不下雨就要沒米下鍋了，不是嗎。即聲我看該～～也chit-sia$^{n}$ goá-khoà$^{n}$ ài

～～ â⇨此一舉我看要沒米可炊了(要吊鼎了)。

【吊膏 tiàu-ko】 消腫退癀siau-chéng thè-hông的膏藥。用～～吊看會退未iōng～～tiàu-khoàⁿ ē-thè-bē⇨試用吊膏看看會不會退癀。

【吊儌 tiàu-kiáu】 儌kiáu,倖也,作賭博解。賭徒乘勝而退出賭局曰吊竅tiàu-kiáu。是輸家所不歡迎的。贏更～～那會使得iâⁿ koh～～ná-ē-sái-tit⇨贏家要退場怎麼可以。

【吊頷 tiàu-ām】 同吊脰tiàu-tāu。即久也絯到硬將無～～未使得仔chit-kú-á ân-kà ngē-chhiân bô～～bē-sái-tit-â⇨最近(的財務)緊迫得幾乎非吊脰自殺不可了。

【吊橋 tiàu-kiô】 以鐵線等吊通深谷兩岸的橋樑。過～～kòe～～⇨跨越吊橋。

【吊燈 tiàu-teng】 ㊀吊的燈火。㊁一種眼疾。你是目珠～～是否lí sī bak-chiu～～sī-bò⇨你是不是眼瞳患吊灯症(否則何以沒看見)。

【吊燥 tiàu-sò】 地高水少。彼的所在較～～hit-ê só-chāi khah～～⇨那個地點高而乾燥。

【吊藥 tiàu-ioh】 吊散腫痛的藥品。略同吊膏tiàu-ko。

【吊鏡 tiàu-kiàⁿ】 一種可吊在壁上等地方的鏡。

【吊鐘 tiàu-cheng】 掛壁之大時鐘。

【吊籃 tiàu-nâ】 吊籠tiau-láng。坐～～過溪chē～～kōe-khe⇨過河的方法之一。吊籃tiàu-nâ者縋仔lūi-á的必然附屬品。縋仔lūi-á亦稱流籠liû-lông,以鐵線橫跨溪谷之上,而以吊籃或籠渡人者。

【吊車尾 tiàu-chhia-bóe】 勉強趕上班車。喻登上榜末。～～～吊會着道算眞好也～～～tiàu-ē-tioh tō-sǹg chin-hó-â⇨最末一名拿得到手就算很不錯了。

【吊胛攬 tiàu-kah-lám】 一種角力遊戲。兩人相向各以一手抱對方的肩胛,一手攬腰,然後角力摔倒對方爲勝。亦稱君子攬kun-chú-lám。～～～雙旁孩～～～siang-pêng-hīⁿ⇨吊胛攬要双方摔力。孩hīⁿ,搖動也。

【吊鬼仔 tiàu-kúi-á】 弦仔hiân-á的一種。音調最高者。

【吊傀儡 tiàu-ka-lé】 ㊀謂吊脰tiàu-tāu而死者形同吊傀儡tiàu-ka-lé。未輸抙～～～抙bē-su teh～～～lè⇨(死得)宛若吊傀儡。㊁跳傀儡thiàu-ka-lé,演傀儡戲。民俗以有人吊死時應演傀儡戲以鎭煞。

**tiàu 弔** 問終也。訪生曰唁gān,問死曰弔tiàu。表示哀傷也。開～khai～⇨開始弔祭。憑～pîn～⇨①對古跡的感傷。②親臨致祭。又古錢一千曰一弔tiàu。懸物,提取亦皆曰弔tiàu,見吊tiàu目。

【弔文 tiàu-bûn】 弔祭之文詞。弔詞tiàu-sû,弔詩tiàu-si等皆是。讀～～thak～～⇨宣讀祭弔文詞。

【弔客 tiàu-kheh】 弔喪的人。

【弔唁 tiàu-gān】 對死者的家屬致慰問。

【弔喪 tiàu-song】 柴桑口孔明～～chhâ-song-kháu khóng-bông～～⇨三國演義故事,即孔明弔周瑜。

【弔電 tiàu-tiān】 弔祭的電報。

【弔旗 tiàu-kî】 下半旗對死者表示哀弔之意。

【弔聯 tiàu-liân】 輓聯bán-liân。送～～sàng～～⇨同上。

【弔民伐罪 tiàu-bîn-hoat-chōe】 憐憫不聊生的百姓,起兵討伐暴政之罪魁,亦即歷代革命的口號。

**tiàu 逴** 亦做窵,深遠也。路途遙遠也。

【逴遠 tiàu-oán】 路途遙遠。一個於東,一個於西,眞～～,管顧未着chit-ê tī-tang, chit-ê tī-sai, chin～～,koán-kò bē(bōe)-tioh⇨一個在東,一個在西,又遠又不便,管顧不

了。

**tiàu 召** 招也。以手曰招chiau, chio；以言曰召tiàu。宣～soan～⇨宣詔來。傳～thoân～⇨傳令召進。奉～hōng～⇨遵命接受召進。

【召人 tiàu-lâng】 招人。～～來湊脚手～～lâi tàu-kha-chhiú⇨招人來協助。

【召工 tiàu-kang】 招募工人。該更～～ài-koh～～⇨需要再招募工人。

【召見 tiàu-kiàn】 引見ín-kiàn。上級傳喚下級。國王～～大臣kok-ông～～tāi-sîn⇨國王傳喚大臣晉謁。太座～～thài-chō～～⇨驚某大王的俏皮話。

【召兵 tiàu-peng】 召集軍兵。有時用於召人。～～助陣～～chō͘-tīn⇨同上。

【召訊 tiàu-sìn】 召問tiàu-mn̄g。法院～～hoat-ī$^{n}$～～⇨同上。

【召問 tiàu-mn̄g】 同召訊tiàu-sìn。

【召集 tiàu-chi̍p】 ～～令～～lēng⇨召集軍兵之命令。

【召單 tiàu-toa$^{n}$】 官廳傳喚的通知書。法院的～～hoat-ī$^{n}$ ê～～⇨法庭傳訊之通知單。

【召日仔 tiàu-ji̍t-á】 計日的勞工。有召有計的非定期者。

【召花陪酒 tiàu-hoe-pôe-chiú】 招妓侍酒席。

**tiâu 迢** 遠不相通也。千里～～chhian-li～～⇨千里遙遠之路程。迢迢常讀如挑挑thiau-thiau。

【迢遠 tiâu-oán】 遙遠也。俗讀如窵遠tiàu-oán。

**tiâu 朝** 見也。臣見君曰朝tiâu。君臣謀政之處曰朝tiâu。又時代曰朝tiâu。虢國夫人承主恩，平明騎馬入宮門，卻嫌脂粉污顏色，淡掃蛾眉～至尊kok-kok-hu-jîn sîn-chú-in, pêng-bêng khî-má ji̍p-kiong-bûn, khiok-hiâm chi-hún u-gân-sek, tām-sò ngô-bî ～ chì-chun ⇨ 唐詩，讚楊貴妃之姊虢國夫人之美與得寵之盛。在野在～chāi-iá chāi～⇨在民在官。在～言～chāi～gân～⇨在官說官事。漢～趙燕唐～武則天hàn ～ tiō-iàn tông ～ bú-chek-tian⇨漢趙飛燕與唐武則天。謂太座至上的代表。又向hiàng亦曰朝tiâu。坐北～南chē-pak～lâm⇨坐北向南。四脚～天sì-kha ～ thian⇨四隻脚（包括兩前肢）向天空伸著。

【朝內 tiâu-lāi】 朝廷之中。～～無佼人～～bô-gâu-lâng⇨朝中無能臣。～～無人莫作官～～bû-jîn bo̍k-chok-koan⇨朝廷中如果沒有奧援，就不可作官。

【朝代 tiâu-tāi】 時代。tiâu-tē。講啥～～kóng-siá$^{n}$～～⇨講何時代(的何事)。～～尾仔～～bóe-á⇨時代之末了，澆季溷濁之世了。謂不講理的亂世了。看見不講理時的慨嘆詞。

【朝臣 tiâu-sîn】 朝廷的官員。

【朝見 tiâu-kiàn】 見天子。天子召見人臣。

【朝廷 tiâu-têng】 天子視政之所也。政府也。天子也。上對～～，下對萬民siāng-tùi～～，hē-tùi bān-bîn⇨爲人臣之地位。

【朝板 tiâu-pán】 奏板chàu-pán。

【朝珠 tiâu-chu】 大粒的眞珠。官員所帶的眞珠項練。

【朝貢 tiâu-kòng】 屬國進貢。

【朝野 tiâu-iá】 朝廷與民間。在朝者與在野者。官與民。

【朝議 tiâu-gī】 廟議miāu-gī。

**tiâu 條** 枝也。理也。繩也。物之細而長者皆曰條tiâu。又事態或問題亦曰條tiâu。有～有理，無法無天iú～iú-lí, bû-hoat-bû-thian⇨俗語。有～不紊iú～put-būn⇨整齊有序，絲毫不亂。大～草索一～，細～的二～，toā～chháu-soh chi̍t～, sè(sòe)～ê nn̄g～⇨大草索一根，小的兩根。大～牛駛無着toā-～gû sái-bô-tio̍h⇨大隻的牛沒有給用上。罵四肢發達之懶孩子。或謂應作大稠牛toā-tiâu-gû。謂牛多而不是牛大。大～的toā～ê⇨大孩子(尤其指四肢大者)。細～的sè(sòe)～ê⇨小的孩子等等。一～大～番薯chit～toā～han-chî⇨一個大型的番薯。講出一～大道理kóng-chhut chit～toā-tō-lí⇨說出一個大道理來。第二～第三目tē-jī～tē-saⁿ-bak⇨例如指法律文。即～大也chit～toā-ā⇨此事大了。此問題嚴重了。即～未算得也chit～bē(bōe)-sǹg tit-ā⇨此一賬目算不了了。此事態嚴重了。官有官～，民有私約koaⁿ-iú koaⁿ～，bîn-iú su-iak⇨同上。伊講到有～有段i kóng-kà iú～iú-toāⁿ⇨他說得有條理有段落，亦即很具體。

【條文 tiâu-bûn】 法律的～～hoat-lut ê～～⇨同上。

【條仔 tiâu-á】 字條。長官親自下～～tiúⁿ-koaⁿ chhin chū hē(hā)～～⇨同上。

【條目 tiâu-bak】 分條列記的目次。

【條件 tiâu-kiāⁿ】 無～～投降bô～～tâu-hâng⇨同上。有～～的援助ū～～ê oān-chō⇨同上。有～～伊藉肯ū～～i chiah-khéng⇨有代價他才肯如何如何。

【條列 tiâu-liat】 分條列記。～～較會清楚～～khah ē chheng-chhó⇨同上。

【條戒 tiâu-kài】 條列的戒律。上帝十～～siāng(siōng)-tè chap～～⇨同上。

【條例 tiâu-lē】 辦事準則或規定。攤販取締～～thoaⁿ-hoàn chhí(chhú)-thê～～⇨同上。

【條直 tiâu-tit】 忠厚tiong-hō。老實láu-sit。單純tan-sûn。解決kái-koat。阿文的人～～更老實a-bûn ê lâng～～koh láu-sit⇨阿文爲人又忠厚又老實。自己做較～～ka-lī(kī)-chò(chòe) khah～～⇨自己辦較單純。伊若不肯道未～～i nā-m̄-khéng tō bē～～⇨他若不答應就不能解決。安爾落去道奥～～an-ne(ni) loh-khì tō oh～～⇨這樣子下去就難辦了。

【條約 tiâu-iak(iok)】 國與國之契約。裁軍～～chhâi-kun～～⇨同上。

【條理 tiâu-lí】 ～～分明～～hun-bêng⇨同上。

【條條 tiâu-tiâu】 每一條。～～熟，句句生～～sek，kù-kù-chheⁿ(chhiⁿ)⇨謂讀書讀得每一條都熟悉了，却每一句都是生疏的。亦即只知其表面不知其內容。～～大路通羅馬～～tāi-lō· thong lô-má⇨西諺，等於一理通萬理徹it-lí-thong bān-lí-thiat。～～段段，清清楚楚～～toāⁿ-toāⁿ, chheng-chheng-chhó-chhó⇨每一條每一段都一清二楚。褪到赤～～thǹg-kà，chhiah～～⇨衣服脫得精精光光。褪thǹg，脫衣露體也。

【條陳 tiâu-tîn】 分條陳述。

【條款 tiâu-khoán】 臨時～～lîm-sî～～⇨臨時所訂，暫時施行的條例款項。

【條絲 tiâu-si】 上等的煙絲hun-si。～～煙～～hun⇨同上。

【條頓民族 tiâu-tùn-bîn-chok】 古時北歐的各族總稱。今英、德、美各國人屬之。

**tiâu 圂** 豢養家畜之小屋。豕在囗中的象形字，但正音hûn。猪～ti～⇨猪舍。牛～gû～⇨牛舍。馬～bé～⇨馬廐。鷄～ke～⇨同上。俗作稠tiâu。

**tiâu 潮** 海水的起落也。早潮曰潮tiâu，晚潮曰汐sek。海～hái～⇨海水的起落。早～晚～chá～boán～⇨同上。滿～boán～⇨海水漲起，亦曰漲～tiàng～。干～kan～⇨海水退落。又一時興起的事曰潮tiâu。時～sî～⇨當代的時流。風～hong～⇨同上。新～sin～⇨新時流。新～派sin～phài⇨同上。心血來～sim-hiat(hoeh, heh) lâi～⇨心事突變(發)。

【潮水 tiâu-chúi】 海水hái-chúi。

【潮汐 tiâu-sek】 早漲曰潮，晚漲曰汐。～～的漲退～～ê tiàng-thè(thòe)⇨潮汐的起落khí-loh。

【潮音 tiâu-im】 ㊀潮汐的聲。㊁衆僧誦經之音，其地方。

【潮信 tiâu-sìn】 ㊀潮水漲退之期。㊁婦女的經期。

【潮流 tiâu-liû】 時代的～～sî-tāi ê～～⇨同上。新～～sin～～⇨同上。

【潮解 tiâu-kái】 結晶物受水氣而溶化。塩眞快～～iâm chin-khoài～～⇨塩很快就溶化。

【潮濕 tiâu-sip】 水氣多曰潮濕。海邊當然是較～～hái-pi$^n$ tong-jiân sī khah～～⇨同上。

tiâu
**稠** 密也。密附不離曰稠tiâu。凡染上污物，惡癖，蒙上惡名皆曰稠tiâu，俗作住tiâu。又圂tiâu，猪舍也，俗作猪稠ti-tiâu。釘～扲tèng～lê⇨釘子釘住。縛～扲pa̍k～lê⇨被綑縛着。糊～扲kô·～lê⇨以糊糊着。油垢～扲iû-káu～lê⇨污上油垢。煙癮～扲也hun-giàn～leh-ā⇨沾上煙癮了。臭名～扲道洗未清也chhàu-miâ～leh tō sé-bē-chheng-a⇨臭名蒙上了就洗不清了。食～扲chia̍h～lê⇨吃上癮。佔～扲chiàm～lê⇨覇佔着不放。挾～扲ngē～lê⇨挾住着。鬥～扲tàu～lê⇨凑合着。

【稠工 tiâu-kang】 ㊀不休而作。做眞～～chò chin～～⇨工作得很勤勉(工人不離)。㊁吸引工人。眞會～～chin-ē～～⇨很可以吸引工人(例如工作輕鬆待遇又好)。

【稠心 tiâu-sim】 記憶在心。聽無～～thia$^n$-bô～～⇨聽得不入記憶中。

【稠壯 tiâu-chòng】 相士的名堂。根基～～kin(kun)-ki～～⇨謂孩子健康不離身，將來必長壽。

【稠底 tiâu-té(tóe)】 變成定例。三百都～～也sa$^n$-pah to～～ā⇨(斤價)三百元都變成定價了。

【稠腹 tiâu-pak】 ㊀緊留在記憶中。書讀了無～～su(chu) tha̍k-liáu bô～～⇨書讀得沒記憶，亦即白讀。㊁留在腹中。藥仔該會～～藉有效io̍h-a ài-ē～～chiah-ū-hāu⇨醫藥(吃了)需要能夠留在腹中，才能夠有效。

【稠稠 tiâu-tiâu】 紹紹ân-ân。不放手，不變動。錢給太座掟～～chî$^n$ hō· thài-chō tē$^n$(tī$^n$)～～錢被太太掌握得緊而又緊。咬～～kā～～⇨咬着不放。縛～～，縛絯絯，縛死死，pa̍k～～pa̍k-ân-ân；pa̍k-sí-sí⇨三句畧同義。一陣囡仔扲～～chi̍t-tīn gín-á khī$^n$～～⇨一大羣孩子緊捉着不放。要三千～～boeh sa$^n$-chheng～～⇨要(價)三千不肯少減。

tiāu
**兆** 灼龜以卜吉凶也。事之先見者也。又數名。千萬億兆chheng bān ek tiāu。吉凶未來先有～kiat-hiong bī-lâi sian-iú～⇨同上。預～ī～⇨預先之兆。好吉～hó-kiat～⇨好預兆。歹吉～phái$^n$-kiat～⇨壞兆頭。

【兆民 tiāu-bîn】 衆多百姓。天子～～諸侯萬民thian-chú～～chu-hô· bān-bîn⇨天子的百姓，諸侯的百姓。

【兆頭 tiāu-thâu】 預兆ī-tiāu。有～～也ū～～ā⇨預兆已見了。好～～歹～～hó～～phái$^n$～～⇨同上。

tiāu
**調** 樂律曰調tiāu。樂器的聲～ga̍k-khì ê sia$^n$～⇨同上。音～im～⇨音階高低的程度。調子tiāu-chú。歌～ko～⇨同上。歌仔～koa-á～⇨歌仔戲所演唱的歌調的總稱。亂彈～lān-thân～⇨亂彈班所唱的總稱。正音～chià$^n$-im～⇨京戲調kiá$^n$-hì-tiāu。恒春～hêng-chhun～⇨同上。又步法曰步～pō·～。步～一致pō·～it-tī⇨同上。唱走～去也chhiù$^n$ cháu～khì ā⇨唱得離譜走調了。

## tih

tih
**滴** 水點曰滴tih,tek，水點落地亦曰tih,tek(見tek部)。一～水chi̍t～chúi⇨一點水chi̍t-tiám-chúi。一點一～chi̍t-tiám-chi̍t～⇨喻很少很少。一點一～都無當沙去chi̍t-tiám-chi̍t～to-bô-thang-soa-khì(ì)⇨一點點也不使散失。一～油一～血chi̍t～iû-chi̍t～hoeh

(huih)⇨宣傳石油寶貴的口號。雨點仔拎～也hō·-tiám-á teh～ā⇨雨點在開始滴下來了。目屎流目屎～bak-sái-lâu bak-sái～⇨謂哭得很淒慘。血猶拎～爾hoeh(huih) iáu-teh～leh⇨血還在一點一點地流出。

【滴血 tih-hoeh(huih)】 血在一點一點地流。猶拎～～iáu-teh～～⇨同上。

【滴血親 tih-hoeh(huih)-chhin】 眞的骨肉之親。據傳說人與白骨骸kut-hâi是否親人，可以其血滴上白骨，是即血沁入骨中，否則不沁入云（以親生父母子女爲限）。亦曰滴骨親tih-kut-chhin。

tih
**恣** 縱。任性也。狡狽淫戲不以禮也。放～hòng-chǜ⇨不守規紀。亂來loān-lāi。

【恣人 tih-lâng】 戲虐於人。眞愛～～chin-ài～～⇨很喜歡狡戲別人。恔～～gâu～～⇨很會狡戲人，惡作劇很多。

【恣睢 tih-tuh】 chih-chuh。自得貌。縱情性，安～～，禽獸之行chhiōng-chêng-sèng,an～～,khîm-siù-chi-hêng⇨同上。又矜放之貌。暴戾～～pok-lē～～⇨同上。皆指縱恣暴厲之義。動手脚戲虐於人曰恣睢tih-tuh，亦曰chih-chuh。～～囝仔～～gín-á⇨頑皮作孽的孩子。

【恣大人 tih-toā-lâng】 狡戲大人。囝仔～～gín-á～～～⇨孩子反而狡戲大人。

【恣大恣細 tih-toā-tih-sè(sòe)】 狡戲大人，狡戲小孩子。

## tim

tim
**砧** 砧tiam也（見tiam部）。白帝城高急暮～pek-tē-sêng-ko kip-bō·～⇨唐詩。

tim
**鴆** 鴆thim也。食蛇的毒鳥也。性陰險im-hiám曰鴆tim,thim。人較～lâng khah～⇨爲人較深沈chhim-tîm，較陰險im-hiám。陰～im-～⇨同上。陰～毒im～tok⇨陰險惡毒。

tìm
**扰** 擊kek也。投也。投石曰括tìm。石頭毋當烏白～chioh-thâu m̄-thang o·-peh～⇨石子不可以亂投。

【扰石頭 tìm-chioh-thâu】 投石子。做猾狗去乎人～～～chò(chòe) siáu-káu khì hō·-lâng～～～⇨當狂犬去被人投石子。猾狗siáu-káu，喻春情發動。

【扰砲城 tìm-phàu-siâⁿ】 祭典時以爆竹製成小城形者，高懸於竹竿上，任由群衆以爆竹投之以引其爆發之遊戲。

tìm
**煩** 頓tùn也。頭仔～～thâu-á～～⇨頭低垂。失意狀。煩tìm亦讀煩tàm，義同。本爲項煩，即枕頭，但似可借爲點頭或頓首之用也。

【煩頭 tìm-thâu】 頓首tùn-siú。點頭tiám-thâu。首肯siú-khèng。伊若～～道好勢也i nā～～tō hó-sè-à⇨他若點頭就可以了。

tîm
**沈** 沒but也。浮phû之反也。沒入水中曰沈tîm。又呑沒財物亦曰沈tîm。大家落水平平～tāi-ke loh-chúi pêⁿ-pêⁿ～⇨謂入水中誰都一樣，可能沒入水中，也一樣會遭受打擊。石～大海sek～tāi-hái⇨喻一去無回。我看，敢是～去也較穩goá-khoàⁿ káⁿ-sī～khì-à khah-ún⇨我看恐怕是被呑沒了比較確實。山河破碎水漂絮，身世浮～風打萍san-hô phò-chhùi súi-phiau-sī, sin-sè phû～hong-táⁿ-phêng⇨文天祥詩。

【沈人 tîm-lâng】 ㈠呑沒人家的東西。㈡人沒入水中。

【沈子 tîm-chí】 將種子埋入土中。

【沈香 tîm-hiuⁿ】 一種香料。～～色～～sek⇨同上。

【沈重 tîm-tiōng】 病愈來愈～～pēⁿ jú-lâi-jú～～⇨病態愈來愈嚴重。～～的負擔～～ê hū-tam⇨很重很重的負擔。

【沈迷 tîm-bê】 深迷chhim-bê。～～於酒色中～～tī-chiú-sek-tiong⇨同上。

【沈船 tîm-chûn】 死走～～無話講sí-cháu

～～bô-ōe-kóng⇨謂債主既然死了，跑了，沈船了，那就沒話說了。

【沈淪 tîm-lûn】 ～～在罪惡～～chāi chōe-ok⇨同上。

【沈着 tîm-tio̍k】 態度眞～～ thāi-tō· chin ～～⇨態度很堅定不浮燥。～～應付～～èng-hù⇨同上。

【沈溺 tîm-le̍k】 ～～酒色～～chiú-sek⇨同上。

【沈魚落雁 tîm-gî-lo̍k-gān】 ～～～～之姿，閉月羞花之貌～～～～ chi chu, pì-goa̍t siu-hoa chi māu⇨古典小說用以形容美人之詞。

tîm **沉** 同沈tîm。

tîm **忱** 信也。誠也。熱～jia̍t～⇨熱烈的誠意。

tīm **炖** 烹飪法的一種。料入甌tâng中，再入大堝toā-oe中(堝中有水)。然後在文火上緩緩熟之。此法曰炖tīm。又事遷延不能決亦曰炖tīm。逡逡也～⇨①緩緩的炖食物。②事在拖延不決。～ 眞久也 ～ chin-kú-à⇨同上。炖俗作燉tīm。

【炖酒 tīm-chiú】 炖東西以酒爲料。阿公愛食～～的鷄腿a-kong ài-chia̍h～～ê ke(koe)-thúi⇨祖父chó·-hū喜歡吃酒作料的鷄腿。

【炖鷄 tīm-ke(koe)】 阿媽愛食～～a-má-ài-chia̍h～～⇨祖母chó·-bó(bú)喜歡吃燉的鷄肉。

【炖米糕 tīm-bí-ko】 冬天～～～做點心tang-thi$^{n}$～～～chò(chòe)-tiám-sim⇨同上。

【炖藥仔 tīm-io̍h-á】 以炖法煎藥。

【炖半酒水 tīm-poà$^{n}$-chiú-chúi】 酒水各佔一半的炖法。

tîm **朕** 我也。自秦始皇chîn-sí-ông開始，帝王自稱曰朕tîm。

# tin

tin **珍** 寶也。寶貴之曰珍tin,美食亦曰珍tin。金玉爲～kim-gio̍k ûi～⇨同上。字是隨身寶，財是國家～jī sī sûi-sin-pó,châi sī kok-ka～⇨千金譜。山～海味san～hái-bī⇨美饌佳餚。八～pat～⇨十三點，所謂三八sam-pat，亦即擅八sám-pat也。

【珍奇 tin-kî】 稀奇hi-kî。～～的古物～～ê kó-bu̍t⇨同上。

【珍品 tin-phín】 稀有之物。罕得看見的～～hán-tit khoà$^{n}$-khì$^{n}$(î$^{n}$) ê～～⇨稀見之珍hi-kiàn chi tin。

【珍重 tin-tiōng】 珍貴tin-kùi。好物未曉要～～hó-mi̍h bē-hiáu-boeh～～⇨佳品不知應該珍貴之。自己未曉未 ～～ ka-kī(tī,lī) bē-hiáu-boeh～～⇨自己不知道保重(健康)。

【珍珠 tin-chu】 眞珠chin-chu。～～ 寶玉～～pó-ge̍k⇨同上。

【珍惜 tin-sioh】 珍重tin-tiōng。寶惜pó-sioh。時間該～～sî-kan ài～～⇨時間不可浪費。

【珍羞 tin-siu】 珍異之食品。羞siu亦作饈siu。

【珍貴 tin-kùi】 寶貴pó-kùi。～～的物件有另外保管 ～～ê mi̍h-kiā$^{n}$ ū lēng-goā pó-koán⇨同上。

【珍禽 tin-khîm】 稀有的鳥類。～～ 異獸～～ī-siù⇨同上。

【珍聞 tin-bûn】 稀奇古怪的消息。國際～～kok-chè～～⇨同上。

【珍藏 tin-chông】 愼重收藏。愛好者的～～品ài-hò·-chiá ê～～phín⇨同上。

【珍寶 tin-pó】 珠玉之類的總稱。盡收其～～貨財chīn-siu kî～～hòe-châi⇨同上。

tin **徵** 召tiàu也。求也。收也。又證明也。意義也。開無～的khai-bô～ê⇨(錢)用了沒有意義，無所回收。開曠無～khai-khòng bô～⇨同上。

【徵文 tin-bûn】 徵求文章tin-kiû bûn-chiang。

【徵召 tin-tiàu】 特別招致。～～參選～～chham-soán⇨奉命參加競選。

【徵兵 tin-peng】 征兵cheng-peng。～～制度～～chè-tō͘⇨同上。

【徵逐 tin-tio̍k】 朋友彼此往來頻繁。酒食遊戲相～～chiú-sū iû-hì siāng～～⇨典型的酒肉朋友。

【徵集 tin-chi̍p】 依法召集青年入伍服兵役。～～命～～lêng⇨同上。

【徵發 tin-hoat】 依法收集人伕物資爲軍用。事實上，戰場上對平民所發生的罪惡皆在徵發的美名下行之。

【徵稅 tin-sòe】 征收各種租稅。

【徵聘 tin-phèng】 厚禮聘請有學行的人材。

【徵詢 tin-sûn】 ～～各界的意見～～kok-kài ê ì-kiàn⇨請教各界的意見。

【徵信錄 tin-sìn-lo̍k】 ㊀經理公益事務的財務報告書。㊁工商界的名士錄(各商號的名册)亦曰徵信錄tin-sìn-lo̍k。

tin **叮** 叮嚀teng-lêng，又通玎。玉聲也。風鈴聲也，形容聲音之詞。～玲～lêng⇨玉聲gi̍ok-seng。

【叮噹 tin-tang】 聲音。亦作丁當tin-tang。～～叫～～kiò⇨作出叮叮噹噹的叫聲。～～哮～～háu⇨叮叮噹噹的哭喊。弄～～lāng～～⇨得意狀。

【叮鼕 tin-tong】 鑼鼓聲。～～叫～～kiò⇨鑼鼓聲大作。～～哮～～háu⇨鑼鼓聲甚響亮。起鼓也，鑼仔鼓仔～～叫都有聽見也khí-kó͘-á,lô-á kó͘-á～～kiò to-ū thia$^{n}$-kì$^{n}$ à⇨開鑼了，鑼鼓丁當叫的聲都可以聽得見了。

【叮叮噹噹 tin-tin-tang-tang】 ㊀同叮瑲tin-tang。㊁親密狀。二翁仔姐講到～～～～也nn̄g-ang-á-chiá kóng-kà～～～～a⇨兩夫妻說得丁丁當當親密極了。

【叮叮鼕鼕 tin-tin-tong-tong】 同叮鼕叫tin-tong-kiò。鑼鼓聲。

tin **玎** 同叮tin。

【玎瑲 tin-tang】 同叮噹。

tin **津** 渡水處也。口液也。把守要～pé-siú iàu～⇨駐守交通要處。無人問～bô-jîn būn～⇨無人求渡，亦即無人求交易。指示迷～chí-sī bê～⇨指示途徑。望梅生～，食芥墜淚bōng-bôe seng～,sit-kài tūi-lūi⇨同上。口齒生～kháu-khí seng～⇨未食先流口水。

【津液 tin-e̍k】 口水kháu-súi。涎液iân-e̍k。嘴瀾chhùi-noā。

【津貼 tin-thiap】 以財物補貼之。另外有～～lêng-goā ū～～⇨薪水之外，還有補貼。每月～～五千múi-goe̍h～～gō͘-chheng⇨每月補貼五千。

【津津有味 tin-tin-iú-bī】 ㊀東西好吃。食到～～～～chia̍h-kà～～～～⇨同上。㊁事物有趣。講到～～～～kóng-kà～～～～⇨說得非常有趣，說得高興。

tin **紂** 絲繩緊直貌。繩索由高下垂曰紂tin。凡物吊垂曰糾tin。滴水頻頻而下亦曰紂tin。菜瓜～歸棚chhài-koe～kui-pê$^{n}$(pî$^{n}$)⇨菜瓜一條一條吊滿棚。三樓～一條索仔落來，你無看見是否sa$^{n}$-lâu～chi̍t-tiâu soh-á lo̍h-lâi, lí bô-khoà$^{n}$-kì$^{n}$(ì$^{n}$) sī-bò͘⇨三樓垂下一條繩子，你看不見嗎。水抮～chúi-teh～⇨水在連續滴下。～到土脚霑了了也～kà thō͘-kha tâm-liáu-liáu-à⇨滴水滴得地面全濕了。

【紂襠衫 tin-tang-sa$^{n}$】 破了又破的衣服。襠tong，衣也，又窮袴也。～～～結仔褲～～～kat-á-khò͘⇨破了又破的衣褲。

tín **振** 振chín也。動也。

【振動 tín-tāng】 搖動iô-tōng。搖～～iô～

～⇨因搖之而動。搖未～～iô-bē～～⇨搖之而不動。風吹～～的hong-chhoe～～ê⇨因風吹而搖動者。不當～～m̄-thang～～⇨不可以動。不好～～m̄-hó～～⇨不宜動。叫未～～kiò-be～～⇨不聽差遣chhe-khián。食飽毋～～chia̍h-pá m̄～～⇨吃飯而不工作。你亦略也～～扲lí mā lio̍h-á～～lè⇨你也該略作工課嗎。～～肉～～bah⇨常運動的部份之肉。

**tìn 鎮** 安也。壓ap也。壓制也。阻塞地方亦曰鎮tìn。佔有亦曰鎮tìn，通塡tián。又市集之大者亦曰鎮tìn。藩～hoan～⇨唐朝節度使所駐之地。坐～荆州chō～keng-chiu⇨三國演義關羽守荆州。武漢三～bú-hàn sam～⇨長江中游三個重要港口。重～tiōng～⇨重要之市集。～人的路～lâng-ê-lō͘⇨阻塞人家的通路。本錢伊一人道～佅一半也pún-chî$^{n}$ i-chi̍t-lâng tō～boeh chi̍t-poà$^{n}$-à⇨本錢他一個人就約佔一半了。未boeh⇨要boeh。伊一人～五人額i-chi̍t-lâng～gō͘-lâng-gia̍h⇨他一個人佔有五人份。按制壓之鎮固應作鎮字，但阻塞之鎮似宜作陣tìn或陳tìn。陣陳相因之義也，今確從俗鎮陳不分。

**【鎮火 tìn-hóe(hé)】** 制火chè-hóe(hé)。～～符～～hû⇨同上。

**【鎮民 tìn-bîn】** ～～代表會～～tāi-piáu-hōe⇨同上。

**【鎮江 tìn-kang】** 地名。～～府～～hú⇨同上。

**【鎮守 tìn-siú】** 駐守chū-siú。～～城池～～siâ$^{n}$-tî⇨守城。～～使～～sài⇨駐守的使臣。

**【鎮宅 tìn-the̍h】** 住家落成，進住時先安置神位。亦可謂落成式。～～符～～hû⇨同上。

**【鎮邪 tìn-siâ】** 壓邪ap-siâ。制邪chè-siâ。～～符～～hû⇨同上。符hû，道士等所畫的黃紙札。據稱有神通力。

**【鎮位 tìn-ūi】** 阻塞場所。囡仔莫扲～～gín-á mài-teh～～⇨孩子莫(在此)佔塞場所。人扲做工課，咱毋當帶者～～lâng teh-chò khang-khòe lán m̄-thang toà chia～～⇨人家在進行工作，我們不可在此阻塞場所。

**【鎮定 tìn-tēng】** 安靜an-chēng。不虛浮put-hi-phû。不驚惶put-kia$^{n}$-hông。伊眞～～i chin～～⇨他很安靜，不驚惶。

**【鎮長 tìn-tiú$^{n}$】** 競選～～kéng-soán～～⇨同上。

**【鎮路 tìn-lō͘】** 阻塞道路。妨害交通。不通共人～～m̄-thang kā-lâng～～⇨不可阻人家的道路。

**【鎮煞 tìn-soah】** 制壓煞神soah-sîn。～～符～～hû⇨同上。

**【鎮殿 tìn-tiān】** 鎮守殿堂。又久居同一職位無法昇遷者。～～將軍～～chiang-kun⇨同上。老城隍於扲～～lāu-sêng-hông tī-teh～～⇨老大哥坐鎮在裏面鎮壓着。喩老大在裏頭不敢出面見人。城隍sêng-hông，城鎮之神。

**【鎮⿰土帝 tìn-tè】** 略同鎮位tìn-ūi。阻塞場所。不好共人～～m̄-hó kā-lâng～～⇨不要佔住位子，阻塞場所。似應作鎮扲 tìn-teh→扲tiǹ-lè。

**【鎮臺 tìn-tâi】** 滿淸時代的武官員。地位僅次於提督the̍h-tok。相當於今之中小將官。

**【鎮壓 tìn-ap】** 設法控制反對或反抗勢力。畫符～～鬼神ōe-hû～～kúi-sîn⇨以符咒方式驅鬼逐神。武力～～bú-le̍k～～⇨用武力壓倒反抗勢力。

**【鎮鎮 tìn-tìn】** 很阻塞。～～歸間～～kui-keng⇨塞滿整個房間。～～滿倉庫～～moá$^{n}$-chhng-khò͘⇨積滿整個倉庫(皆指不同之物)。

**【鎮公所 tìn-kong-só͘】** 各鄉～～～kok-hiang～～～⇨各鄉各鎮的辦公所在。

**【鎮密密 tìn-ba̍t-ba̍t】** tìn-ba̍t-ba̍t。阻塞得密不通風。攏～～～也lóng～～～à⇨皆阻塞著了。

**【鎮滿滿 tìn-moá$^{n}$-moá$^{n}$】** 同鎮密密tìn-ba̍tbat。

**tîn 塵** 埃ai也。揚土曰塵tîn。塵tîn之細者曰埃ai。沙～soa～⇨沙粒塵埃。灰～hoe～⇨同上。風～女郎hong～lí-lông⇨指妓女等。落風～loh hong～⇨墜落風～tūi-loh hong～⇨被迫投入風塵生涯seng-gâi。九天仙女下凡～kiú-thian sian-lí hā hoān-～⇨天上的仙女降落來人間世界。洗～sé-～⇨歡迎遠行人平安回歸。前～如煙chiân～jî(jû)-ian⇨過去的事情如煙如霧。

【**塵世 tîn-sè**】 人間世界。凡塵hoân-tîn。

【**塵芥 tîn-kài**】 垃圾lah-sap。～～箱～～siuⁿ⇨垃圾箱lah-sap-siuⁿ。

【**塵封 tîn-hong**】 ～～未用～～bī-iōng⇨物已久置未用而蒙滿塵埃。

【**塵俗 tîn-siok**】 世俗sè-siok。

【**塵埃 tîn-ai**】 飛揚的灰土。～～落定～～lok-tēng⇨謂紛亂不清的事情現出結果。身如菩提樹，心如明境台，時時勤拂拭，勿使若～～sin jî phô·-thê-chhiū, sim jî bêng-kèng-tâi, sî-sî khîn-hut-chhit, but-sú jiah～～⇨神秀詩以示佛家修行的某種程度。菩提本非樹，明鏡亦非台，本來無一物，何處染～～phô-thê pūn-hui-chhiū, bêng-kèng ek hui tâi, pún-lâi bû it-but ho-chhī jiám～～⇨慧能之詩禪意遠超越神秀。據說，六祖以此詩通過承業考試，得以繼五祖衣鉢，成爲掌門人。

【**塵務 tîn-bū**】 世俗的事務。～～羈身～～ki-sin⇨俗務纏住身體。謂沒有時間他顧。

**tîn 陳** 列也，布也。宣揚也。又新之反。舊也。久也。推～出新chhui～chhut-sin⇨推去舊換出新的。

【**陳皮 tîn-phî**】 中藥名。柑仔皮干kam-á-phôe-koaⁿ。

【**陳列 tîn-liat**】 排成隊列。古物～～館kó·-but～～koán⇨陳列展覽古物的館所。

【**陳兵 tîn-peng**】 布陣pō·-tīn。～～百萬於國境～～pek-bān tī kok-kéng⇨在邊境擺出百萬之多的部隊，以示威脅。

【**陳述 tîn-sut**】 說出意見。被告的～～pī-kō ê～～⇨被告說出的話。

【**陳情 tîn-chêng**】 說出痛苦之情。～～書～～si(su)⇨同上。

【**陳舊 tîn-kiū(kū)**】 舊的。設備～～，效率眞差siat-pī～～，hāu-lut chin chha⇨設備陳舊，效率很差。

【**陳陳相因 tîn-tîn-siang-in**】 謂事理文字，因襲舊說，並無新意。太倉之粟～～～～thài-chhong chi chhek(siok)，～～～～⇨謂年年豐收，致粟倉內舊粟未去，新粟又來。

**tîn 藤** 一種蔓生的植物。可做椅桌蓆籠等藤細工的材料。凡蔓生者皆曰藤tîn。草本曰蔓bān，木本曰藤tîn。但似已去蔓用藤矣。樹～仔chhiū～á⇨山林中的蔓生植物的總稱。蘆～lô·～⇨一種有毒的藤，惡童每採來毒魚。菜瓜～chhāi-koe～⇨菜瓜蔓。蕃薯～han-chî～⇨薯蔓。攀～附葛pan～hū-kat⇨謂在山中險路中攀藤附葛而進。牽～挽豆khan～bán-tāu⇨喩牽親引戚以達到目的。抽藤thiu-tîn⇨採取藤料。

【**藤刀 tîn-to**】 抽藤thiu-tîn用的一種特製刀。其銎特別厚。銎kheng，刀背也。又上山採藤曰抽藤thiu-tîn。

【**藤仔 tîn-á**】 樹藤仔chhiū-tîn-á。木本草本類的總稱。～～眞旺，行未過～～chin ōng, kiâⁿ-bē-kōe⇨樹藤類很多很茂盛，通不過。

【**藤皮 tîn-phôe**】 藤之表皮。藤剖開爲蔑bih，曰藤蔑tîn-bih，連皮者藤皮tîn-phôe，無皮者曰藤脹tîn-nn̂g，亦曰二脹jī-nn̂g。以料言之，藤皮tîn-phôe爲上等貨。二膈jī-nn̂g爲次貨chhù-hòe。這全～～的，該較貴che choân～～ê, ài khah-kùi⇨此乃全部藤皮製品，需要貴一點。膈nn̂g，亦皮也，肉皮也。

【**藤枕 tîn-chím**】 藤蔑枕tîn-bih-chím，亦

曰涼枕liâng-chím。藤蓆～～tîn-chhio̍h～～⇨用藤作的蓆子及枕頭。

【藤條 tîn-tiâu】 藤鞭tîn-pian。你要食～～也毋lí boeh-chia̍h～～ā m̄⇨你要吃藤條了嗎。亦即想受鞭打了嗎(罵頑童詞)。

【藤椅 tîn-í】 藤製的椅子。～～轎～～kiō⇨藤椅作轎，臨時轎。

【藤牌 tîn-pâi】 藤盾tîn-tún。古武器，防身用的。～～兵～～peng⇨藤盾部隊。

【藤蓆 tîn-chhio̍h】 藤蔑蓆tîn-bi̍h-chhio̍h，亦曰涼蓆liâng-chhio̍h。夏季用品。

【藤籃 tîn-nâ】 藤籠tîn-lông。籠lông籃nâ同為竹器。有蓋曰籠lông，鳥籠chiáu-lông。無蓋曰籃nâ，菜籃chhài-nâ。

tīn **陣** 隊伍曰陣tīn。結伴而行曰陣tīn。交戰一次曰一陣chi̍t-tīn。事勢發生旋即停止亦曰一陣tīn。行～和睦，優劣得所hêng～hō-bo̍k, iu-loat tek-só͘⇨同上。列～歡迎嘉賓lia̍t-～ho-an-gêng ka-pin⇨同上。做～chò (chòe)～⇨結伴，做伴chò (chòe) -phoā$^n$。湊～tàu～⇨①結伴kiat-phoā$^n$。②做夫妻。一陣人chi̍t-tīn-lâng⇨一行人it-hâng-lâng(jîn)，惜今人多讀成chi̍t-kiā$^n$-lâng，一笑。囡仔～gín-á～⇨小童群。牽猴～khan-kâu～⇨①一種遊戲。扲牽猴～teh khan-kâu～⇨在玩牽猴陣之遊戲。②未輸扲牽猴～扲bē-su teh khan kâu～leh⇨大小多人在一起(宛如牽猴陣遊戲)。八～圖pat～tô͘⇨據說是孔明的陣法之一，亦曰八卦～pat-koà～。鑼鼓～lô͘-kó͘～⇨鑼鼓隊。宋江～sòng-kang～⇨獅～sai～或舞獅～bú-sai～。戰頭～chiàn-thâu～⇨迎戰第一回合。抵頭～tú-thâu～⇨防戰第一回合。輸人毋輸～，輸～歹看面su-lâng m̄-su～,su～phái$^n$-khoà$^n$-bīn⇨輸給個人可以，不可以輸給團隊，輸給全體，就難看了。亦即不能爭取到第一名沒關係，但是不能排在最末尾一名。輸su亦敗也。又歹看面phái-khoà$^n$-bīn，在粗人們，乾脆說成卵鳥面lān-chiáu-bīn。

【陣亡 tīn-bông】 ～～將士紀念碑～～chiàng-sū kí-liām-pi⇨同上。

【陣中 tīn-tiong】 ～～慰問～～ùi-būn⇨慰問戰場上的戰士。

【陣雨 tīn-í(ú,hō͘)】 西北雨sai-pak-hō͘的現代語。即來即去，雨點大，形如隊伍的驟雨chū-í(ú)。落一陣～～道涼了了也lo̍h chi̍t-chūn～～tō liâng-liáu-liáu-à⇨下一次陣雨tīn-hō͘就很涼快也。陣chūn有時間性的次數。陣tīn是隊形。雨粒大一如隊伍，一過即逝之西北雨曰陣雨tīn-hō͘。但落一擺雨，則曰落一陣雨lo̍h-chi̍t-chūn-hō͘也。

【陣前 tīn-chiân】 戰陣之前。～～換將～～oā$^n$-chiàng⇨戰陣中換大將。～～起義～～khí-gī⇨同上。

【陣容 tīn-iông】 軍容kun-iông。隊容tūi-iông。～～堅強得很～～siang-tong-kian-kiâng⇨陣容堅強得很(每個隊員都優秀)。

【陣痛 tīn-thòng(thià$^n$)】 產前即來即去的痛楚。扲～～也teh～～à⇨在陣痛了(快生了)。

【陣勢 tīn-sè】 ～～宏大～～hông-tāi⇨同上。

【陣頭 tīn-thâu】 遊行的前驅。～～是鑼鼓陣，外鬧熱扲～～sī lô͘-kó͘-tīn, goā lāu-jia̍t-lè⇨前驅是鑼鼓陣，多麼熱鬧呢。

【陣營 tīn-iâ$^n$】 軸心～～tio̍k-sim～～⇨指第二次世界大戰中的德意日軍事同盟。

## tio

tió **斗** 斗táu也(見tau部)。升～小民eng～siáu-bîn⇨同上。

tiò **釣** 釣魚tiàu-gî也。以曲金取魚曰釣。以餌誘人亦曰釣tiò。君子～而不網kun-chú～jî put-bāng⇨同上。愛～愛耍耳ài～ài-sńg niā

⇨喜歡釣魚以玩而已。乎你未～得hō͘-lí bē(bōe)～tit⇨謂你釣不了我，亦即不上你的鉤。未怪得伊～久都也伊的bē-kòe-tit-i～kú to-à i-ê⇨莫怪他(耐心)，釣久了還是他的(達到釣取的目的)。大尾的不咬～，細尾的跰跰趒toā-bóe-ê m̄-kā～，sè(sòe)-bóe-ê phut-phut-tiô⇨大魚不上鉤，小魚躍躍欲試。喻大小人物之對事態度。

【釣仔 tiò-á】 釣針tiò-chiam。釣鉤tiò-kau，釣具tiàu-kī(kū)。

【釣竿 tiò-koaⁿ】 取～～chhú～～⇨擇取釣竿。

【釣魚 tiò-hî】 姜太公～～，離水三寸kiang-thài-kong～～，lī-chúi saⁿ-chhun⇨謂願者上釣，不願者回頭goān-chiā siāng-tiàu, put-goān-chiā hōe-thâu。喻事出兩相情願。

【釣筒 tiò-tâng】 俗稱浮筒phû-tâng。

【釣鉤 tiò-kau】 tiàu-kau。釣魚針tiò-hî-chiam。老妻畫紙爲棋局，稚子敲針作～～lō͘-chhe ōe-choá ûi kî-kio̍k, tî-chú khau-chiam chok～～⇨杜甫。

【釣線 tiò-soàⁿ】 放長線釣大魚pàng tn̂g-soàⁿ tiò-toā-hî⇨同上。～～扭斷去～～giú-tn̄g-khì⇨同上。

【釣魚翁 tiò-hî-ang】 捕魚爲食的一種水鳥。

**tiò 紩** 以針縫，相間較疏。亦紩thīⁿ也。先粗縫chho͘-pâng以固定布料的位置曰紩tiò,縫pâng亦曰紩tiò。加上他物於衣上亦曰紩tiò。穿靴～襪chheng-ê～tiò-boe̍h⇨穿靴又穿襪也。

【紩裏 tiò-lí】 衣加內裏。更～～拎道可也koh～～leh-tō-hó-à⇨再縫裏就可以了。

【紩卍字 tiò-bān-jī】 加縫卍字。

【紩紩縫 tiò-thīⁿ-pâng】 縫衣三法。

【紩學號 tiò-ha̍k-hō】 加縫學號於制服。但今已不用手紩chhiú-tiò而直接以縫衣機hông-i-ki車學號chhia-ha̍k-hō了。

**tiô 趒** 雀行chhiak-hêng也。跳躍thiàu-ia̍k也。雀躍而喜曰趒tiô，雀躍而怒亦曰趒tiô。車行跳動顛簸tian-poà曰趒tiô。手舞脚蹈以抗議曰趒tiô，大吵大鬧亦曰趒tiô。不免～，爸不乎你去m̄-bián～，pa m̄-hō͘-lí-khì⇨不必高興，爸不讓你去(姊對弟言)。歡喜到勃勃～hoaⁿ-hí kà phut-phut～⇨高興得乒乓跳。車眞～chhia chin～⇨車行很不穩定。丈母仔來～一困也tiūⁿ-m̄-á lâi～chi̍t-khùn-à⇨岳母娘來大罵一頓了。心肝畢卜～sim-koaⁿ-phi̍h-phok～⇨心臟乒乓跳。亂～亂跳loān～loān-thiàu⇨高興至極的樣子。赳tiô亦跳thiàu也。

【趒跳 tiô-thiàu】 手舞脚蹈。

【趒入山 tiô-ji̍p-soaⁿ】 新娘着火燒，囝壻跰跰趒～，～～～，挽豬麻，挽幾斗，挽二斗……sin-niû tio̍h-hóe-sio, kiáⁿ-sài phut-phut-tîo，～～～，bán-ti-moâ, bán-kúi-táu, bán-n̄ng-táu……⇨童謠。

【趒脚蹔蹄 tiô-kha-chàm-tê】 頓足而恨。

【趒趒跳跳 tiô-tiô-thiàu-thiàu】 跳跳。

**tiô 潮** 潮tiâu也(見tiau部)。

【潮州 tiô-chiu】 地名。

【潮陽 tiô-iâng】 tiâu-iâng。地方名。一封朝奏九重天，夕貶～～路八千，欲爲聖明除弊政，肯將衰朽惜殘年，雲橫秦嶺家何在，雪擁藍關馬不前，知汝遠來應有意，好收我骨瘴江邊it-hong tiau-chàu kiú-tiông-thian, se̍k-pián～～lō͘-pat-chhian, io̍k-ūi sèng-bêng tî-pè-chèng,khéng-chiang soe-hiú sek-chân-liân, hûn-hêng chîn-léng ka-hô-chāi, soat-ióng lâm-kan má-put-chiân, ti-ní oán-lâi èng-iú-ì, hó-siu gó͘-kut chiàng-kang-pian⇨唐詩(韓愈)。

**tiō 趙** 姓氏。李唐～宋lí-tông～sòng⇨李氏的唐朝，趙氏的宋朝。

tiō **著** 著tioh也。俗作着tioh。

## tioh

tioh **扡** 或擢tioh。曳ē也。引也。輕輕一拉曰扡tioh。又抽tiu也。又一子一子慢慢下棋曰扡tioh。又輕牽衣裾爲號亦曰扡tioh。衫仔～一下道知影也saⁿ-á ～ chit-ē tō chai-iáⁿ-à⇨衣裾一拉就知道了。一步棋一步～chit-pō·-kî chit-pō·～⇨下棋一子一子慢慢思考。亦謂每一子都有互相牽連。

【扡船 tioh-chûn】 拖船thoa-chûn。

【扡棋 tioh-kî】 或擢棋。下棋。

【扡大索 tioh-toā-soh】 互拉大索的運動。拔河賽。～～～較鬧熱耳，猶有啥好看～～～khah nāu-jiat niâ, iáu-ū-siahⁿ hó-khoàⁿ⇨拔河較鬧熱而已，還有甚麼好看呢。

【扡舌根 tioh-chih-kin(kun)】 或擢舌根。㊀口吃。恰如會～～～kah-ná ē ～～～⇨似乎會口吃。㊁抽斷舌根。烏白講，不驚閻羅王掠去～～～否o-pek-kóng, m̄-kiaⁿ giâm-lô-ông liah-khì(ì)～～～hohⁿ⇨烏白講不怕閻王抓去抽斷舌根嗎。

tioh **擢** 同扡。

tioh **着** 著tioh的俗體字。俗體通行。㊀對，不錯，是也。你～伊毋～lí～i m̄～⇨你對他不對。安爾～an-ne(ni)～⇨如此是也。不知～或不～m̄-chai～ah m̄～⇨不知道對或不對。～不～無要緊～m̄～bô-iàu-kín⇨對不對沒關係。答案是五藉～tap-àn sī gō· chiah～⇨答案是五才對。㊁中的tiōng-tek。～心～sim⇨命中中心。～紅心～âng-sim⇨射中紅心。～標～pio⇨打中目標。又中飛鏢hui-pio。～箭～chìⁿ⇨中箭。～頭獎～thâu-chiáng(chiúⁿ)⇨中了頭獎。㊂輪值。～你～lí⇨輪到你了。～頭家爐主～thâu-ke lô·-chú⇨輪值祭拜的主持人。～值夜的～tit-iā-ê⇨輪中值夜員。～頭班車～thâu-pang-chhia⇨(司機或車掌)輪值頭班車。㊃得，需要，應該。許～錢呢he～chîⁿ-neh⇨那是要錢的。我看～三工goá-khoàⁿ～saⁿ-kang⇨我看需要三天。我～去或不免goá～khì ah m̄-bián⇨我需去或不必去。你～轉來藉～lí～tńg-lâi chiah～⇨你應該回來才對。～攏換新的～lóng oāⁿ sin-ê⇨需皆換新的。～問人～mn̄g-lâng⇨需要請教別人。～修理～siu-lí⇨需要修理。看會～摸未～khoàⁿ-ē～bong-bē～⇨看得見摸不到手。趁會～食未～thàn-ē～chiah-bē～⇨趁得到，吃不到(謂危險性太大)。㊄災害chai-hāi。～病～pēⁿ(pīⁿ)⇨患病。～瘥～che⇨遭遇災殃。～妖～iau⇨爲妖精所病。稻仔～蟲tiū-á～thâng⇨稻子患蟲害。厝～白蚼chhù～peh-hiā⇨木屋患白蟻。～猴～kâu⇨患疳癪病。又女人罵人詞！～弔～tiàu⇨陷入陷阱。又犯官司。㊅確定動詞之作用。乞食扱～死鷄khit-chiah khioh～sí-ke⇨花子拾得死鷄，謂望外之福。趁～錢thàn～chîⁿ⇨發了財。燒～尻川sio～kha-chhng⇨燒上屁股。掠～猴liah～kâu⇨抓到通姦事件。抵～鬼tú～kúi⇨逢到鬼。看～鬼khoàⁿ～kúi⇨看見鬼，喻豈有此理。想～道目屎流siūⁿ～tō bak-sái-lâu⇨一想到就流淚。講～道哭kóng～tō khàu⇨一提起就哭。㊆道tō，道是tō,sī，道該tō-ài之訛（見to部）。伊～好我～不好i～hó goá～m̄-hó⇨伊道好我道不好i tō-hó-goá-tō m̄-hó⇨他就可以我就不可以(是無道理)。民主主義～是救國主義bîn-chú-chú-gī～sī kiù-kok-chú-gī⇨民主主義道是救國主義。病～該敨醫生pēⁿ～ài chhōe-i-seng⇨病就該找醫生。

【着力 tioh-lat】 吃力。辛苦sin-khó·。～～更不好看～～koh m̄-hó-khoàⁿ⇨吃力了又加上不好看。例如，了錢liáu-chîⁿ反而失面子。

【着月 tioh-goeh】 輪値月班。後個月又～～也au-koh-goeh iū～～ā⇨下月又是月班了。

【着公 tioh-kong】 輪値公業管理人。今年敢不是你～～kin-nî kám-m̄-sī lí～～⇨今年不是你輪値嗎。

【着孔 tioh-khang】 對路tùi-lō·。跉～～nǹg～～⇨鑽出好路。亦即找到最好的財路。跉毋～～道該白摸nǹg m̄～～tō-ài peh-bong⇨找錯路就要空辛苦。

【着用 tioh-iōng】 tioh-ēng。需要用。～～的物該袦去～～ê-mıh ài chah-khì⇨需要使用的東西，要帶去。

【着吊 tioh-tiàu】 吊tiàu，吊上空的陷阱。誤踏陷阱。喩犯上法條。緊慢會～～kín-bān ē～～⇨早晚會觸犯法條。

【着妖 tioh-iau】 爲妖精所迷。阿花講不是失戀，是～～的a-hoe kóng-m̄-sī sit-loân, sī～～ê⇨阿花(的神經病)聽說不是失戀而是爲妖所爲禍的。

【着狂 tioh-kông】 皇張。免抖～～bián-teh～～⇨不用皇張。你端仔～～亦無路用lí tan-a～～ah bô-lō·-iōng⇨你只是皇張亦沒用。

【着急 tioh-kip】 着狂tioh-kông。心急sim-kip。免～～bián～～⇨不用急。

【着毒 tioh-tok】 ㊀中毒tiòng-tok。㊁染上花柳病。～～也否，敢無共你講～～ā-ho·h$^{n}$, kám-bô kā-lí-kóng⇨染上病了，不是嗎，豈無對你預告過(不可如此)。

【着病 tioh-pē$^{n}$(pī$^{n}$)】 患病。喩無氣力，吝嗇，等等。～～不～～m̄⇨病了，否則(爲何如此不爭氣)。我無抖～～抖goá bô-teh～～leh⇨我不在病中哩(我不那麼不爭氣)。

【着痞 tioh-lo·】 牛羊犬等的皮膚病。痞lo，疥瘡。

【着猴 tioh-kâu】 ㊀小童患疳癪病。㊁疳癪症。女人打情賣俏用詞。略同着瘥tioh-che。你抖～～也lí teh～～ā⇨罵毛手毛脚者。要～～也是否boeh～～ā sī-bō·⇨同前。

【着着 tioh-tioh】 中的tiòng-tek。中上了，中着tiòng-tioh。頭獎乎伊～～thâu-chiáng (chiú$^{n}$) hō·-i～～⇨頭獎給他買中了。～～秀才～～siù-châi⇨考中秀才。

【着路 tioh-lō·】 正路。行～～kiâ$^{n}$～～⇨未入歧途。行不～～kiâ$^{n}$-m̄～～⇨走入了歧途。

【着傷 tioh-siang】 中了傷。受傷siū-siang。死的一個，～～的五個sí-ê chit-ê，～～ê gō·-ê⇨死者一，傷者五。

【着銃 tioh-chhèng】 被銃彈打中。

【着瘥 tioh-che】 遭瘟疫全滅。鷄～～ke～～⇨着鷄瘥tioh-ke-che。人～～lâng～～⇨着人瘥tioh-lâng-che。蔬菜～～so·-chhài～～⇨着菜瘥tioh-chhài-che。又女人罵人的口頭禪。～～死囡仔～～sí-gín-á⇨最壞的孩子。～～豬～～ti⇨壞豬。～～人～～lâng⇨壞人。

【着瘟 tioh-un】 病瘟疫pē$^{n}$-un-ek。

【着蝝 tioh-iân】 蝝iân，小蟲。又一種皮膚病曰蝝iân。

【着磨 tioh-boâ】 辛勞sin-lô，辛苦sin-khó。乎您眞～～hō·-lín chin～～⇨讓你們很辛苦了。空～～khang～～⇨徒勞無功tô·-lô-bû-kong。

【着蟲 tioh-thâng】 植物遭蟲害。草菜攏～～chháu-chhài lóng～～⇨蔬菜皆遭蟲害。稻仔～～，着眞厲害tiū-á～～tioh chin lī-hāi⇨水稻遭了蟲害，遭得很厲害。

【着觸 tioh-tak】 着觸蹄tioh-tak-tê的省稱。馬失蹄má-sit-tê。失足sit-chiok。失敗sit-pāi。難免會～～lām-bián ē～～⇨難免有失足。

【着籤 tioh-chhiam】 抽～～thiu～～⇨抽中了籤。

【着驚 tioh-kia$^{n}$】 驚怕。免～～bián～～⇨不用怕。

【着鬮 tioh-khau】 着籤tioh-chhiam。抽～

～thiu～～⇨抽中了籤。

【**着大病** tio̍h-toā-pē$^n$(pī$^n$)】 着病tio̍h-pē$^n$的加強詞。我無扲～～～扲goá bô-teh～～～lè⇨我非不長進者流。

【**着之磨** tio̍h-chi-boâ】 ～～～你，～～～lí⇨感謝你多管閒事，即同多謝你家婆to-siā-lí-ke-pô。

【**着白蚼** tio̍h-pe̍h-hiā】 患上白蟻蛀蝕之害。新厝講道～～～也，該講柴厝有較輸sin-chhù-kóng-tō ～～～ â, khah-kóng chhâ-chhù ū-khah-su⇨新屋竟就着白蚼了，如何說都是木屋比較差。

【**着生驚** tio̍h-chhe$^n$-kia$^n$】 意外的驚慌。突然的驚慌。聽一下～～～耳，道走去沕也thia$^n$-chi̍t-ē～～～niâ, tō cháu-khì-bih-â⇨一聽到，大怕，立即跑去隱藏了。沕bih，潛藏也。

【**着笑脾** tio̍h-chhiò-pî】 據說有笑脾chhiò-pî其病，患者經常大笑不已。你是～～～是否lí sī～～～sī-bò͘⇨你患上了笑脾症了嗎，否則何以如此的好笑。

【**着睏瘥** tio̍h-khùn-che】 患上睡眠症。未輸～～～扲，到今猶未起來bē-su～～～lè kà-ta$^n$ iá-bē khí-lâi⇨宛如患上睡眠病的，睡到而今還未起床。瘥che，瘟疫un-e̍k也；瘥chhâi，病瘉也。

【**着賊偷** tio̍h-chha̍t-thau】 遭賊光顧。三擺～～～，毋當一擺火交落sa$^n$-pái～～～，m̄-thang chi̍t-pái hóe-ka-la̍k⇨寧可三遭賊偷，不可一次失火。火交落hóe-ka-la̍k，失落火種（以至引起大火），亦即火災。

【**着燒尿** tio̍h-sio-jiō】 路見不平而乾着急kan-tio̍h-kip。無你的代，你亦扲～～～不bô-lí-ê-tāi, lí a̍h-teh～～～m̄⇨沒你的事，你也在乾着急嗎。你免扲～～～，敢道來嘛lí bián-teh～～～ká$^n$-tō-lâi-mà⇨你何用乾着急，不怕死就自己來吧。

【**着戰瘋** tio̍h-chùn-hong】 患上全身戰慄chiàn-lek不已的病症。未輸～～～扲bē-su～～～lè⇨宛然如着戰瘋的患者一樣。戰chùn同顫chùn，身體抖擻不已也。

【**着拎牛鼻** tio̍h-lêng-gû-phī$^n$】 ～～～～，毋當拎牛尾～～～～，m̄-thang lêng-gû-bóe⇨應該抓住牛鼻，不該抓住牛尾。喻事必控制其根源要點，拎lêng，抓住牛鼻加以控制。

# tiok

tiok **竹** 竹tek也(見tek部)。松～梅歲寒三友，桃李杏春風一家siông～bôe sòe-hân sam-iú，thô-lí-hēng chhun-hong it-ka⇨春聯。

【**竹帛** tiok-pe̍k】 tek-pe̍k。書册文卷。

【**竹馬** tiok-má】 tek-bé。～～chi kau⇨竹馬朋友tek-bé peng-iú。

【**竹字頭** tiok-jī-thâu】 tek-jī-thâu。漢字部首之一。如竺，節，笱等是也。

tiok **竺** 竹tek也。古國名。即今印度。古亦曰身毒sin-to̍k。朝鮮天～tiâu-sián thian～⇨同爲古國名。

tio̍k **着** 著tì的俗體字(見tì, tio̍h各部)。被服也。有所歸也。置也。附也。衣～華麗i～hoâ-lē⇨穿著美麗的衣服。經費有～keng-hùi iú～⇨經費有頭緒了，有來源了。反之曰經費無～bû～。沈～應付tîm～èng-hù⇨不慌不亂以對付之。土～派thó͘～phài⇨土生土養的，不是外來者。又圍棋下子曰着tio̍k，下一手曰着一子tio̍k-it-chú。

【**着手** tio̍k-chhiú】 下手hē-chhiú。開工。猶未～～哩(呢)，á-bōe(bē)～～lè(nì)⇨還未下手。猶未開始。～～成春～～sêng-chhun⇨謂醫術高妙，手到病除chhiú-kàu-pē$^n$(pī$^n$)-tî(tû)。

【**着色** tio̍k-sek】 畫家設色siat-sek。

【**着重** tio̍k-tiōng】 致重。注重chù-tiōng。伊較～～實際工作i khah～～si̍t-chè kang-chok⇨他較重視實際工作。阿七較～～於理論方面a-chhit khah ～～ tī lí-lūn hong-biān⇨阿七較重視理論方面。

【着眼 tiok-gán】 有目的的注視。伊的～～合你無共款，人是看將來，你是看眼前i ê～～kah-lí bô-kāng-khoán, lâng sī khoàⁿ chiang(chiong)-lâi, lí sī khoàⁿ gán-chiân⇨他的着眼與你不同。人家(他)是看將來，你是看現在。～～點 ～～ tiám⇨所着眼的中心點。

【着着 tiok-tiok】 每一子棋。～～妙棋～～miāu-kî⇨每一子都是妙手。亦喻事之每一步或每一措施。～～進迫～～chìn-pek⇨一步一步進攻。～～失敗～～sit-pāi⇨一步一步連續失敗，每一措施都告失敗。

【着意 tiok-ì】 致力tī-lek。做事情道該～～藉好chō(chòe) tāi-chì tō-ài ～～chiah-hó⇨做事情(辦事情)就要盡心注意才對。～～經營眞成功～～keng-êng chin sêng-kong⇨致力盡心經營得很成功。

【着想 tiok-siūⁿ】 設想。爲將來～～ūi chiang(chiong)-lâi～～⇨爲將來考慮。我爲你～～goá ūi-lí～～⇨我爲你考慮。你即個～～是未穩lí chit-ê ～～ sī bē(bōe)-bái⇨你這個想法是不壞的。

【着實 tiok-sit】 確實khak-sit。不浮華put-phû-hoâ。伊人眞～～i lâng chin～～⇨他爲人很重實際。～～有扲進步～～ū-teh chin-pō⇨確實在進步。

tiok
**逐** 追也。驅也。斥也。又前後相隨曰逐tiok。追～tui～⇨追趕tui-koáⁿ。驅～khi(khu)～ ⇨趕走koáⁿ-cháu。管仲三仕三見 ～ koán-tiōng sam-sū-sam-kiàn～⇨管仲三次仕官而三次被斥退。～日～jit⇨每天。～家 ～ka⇨每一家，大家tāi-ke(見tak部)。

【逐一 tiok-it】 一個一個。你～～來合您父清算lí ～～ lâi-kah lín-pē chheng-sǹg⇨你一件一件來與我清算。您父lín-pē，你家父親，亦即我的粗語。我 ～～ 講給你知goá ～～ kóng hō·-lí-chai⇨我一件一件說給你知道。

【逐月 tiok-goat】 tak-goeh(geh)。～～結算～～kiat-soàn⇨按月結算。

【逐末 tiok-boat】 追求末務之利。從商。捨本 ～～ sià-pún～～⇨謂放棄本務而從事末務。古人以農爲國本kok-pún，商爲末務boat-bū。

【逐回 tiok-hôe】 趕回koáⁿ-hôe。～～原籍～～goân chek⇨驅逐回原籍。

【逐件 tiok-kiāⁿ】 每一件。tak-kiāⁿ。～～清單～～chheng-toaⁿ⇨物品明細表。

【逐鹿 tiok-lok】 jiok-lok，逐tiok亦jiok也。中原～～ ⇨爭取政權。古曰拍天位phah-thiⁿ-ūi，亦即爭取皇帝之地位也。

【逐客令 tiok-khek-lēng】 趕走賓客的命令。秦以遊說之士不利於國，遂下 ～～～ chîn í iû-soat-chi-sū put-lī-î-kok, sūi-hē ～～～ ⇨戰國說客至此盡失其利用價値。

tiok
**築** 建造曰築tiok。建～kiàn～⇨凡建造大小房屋皆曰建築kiàn-tiok。建～師kiàn ～su⇨建造各種建築物的設計師。

【築山 tiok-san】 造山景。人造小山。造園～～chō-oân～～⇨築造庭院。

【築城 tiok-sêng】 建造城池。～～術～～sut⇨建造城堡戰壕等等的技術。軍事中的重要科目之一。

【築造 tiok-chō】 建造。～～新公園～～～chō-ân～～⇨同上。

【築港 tiok-káng】 築造港灣。～～計畫～～kè-ōe⇨開築新港口的計畫。

【築室道謀 tiok-sit-tō-bô】 自己築室而謀於路人。喻謀非其人必難成事。

tiok
**舳** 船尾也。船後曰舳tiok。～艫相屬～lô·-siāng-siok⇨船尾船頭相接。

【舳艫千里 tiok-lô·-chhian-lí】 謂船隻相連相

接遠達千里。～～～～，旌旗蔽空～～～～seng-kî-pē-khong⇨謂海軍之大，軍力之盛。

tiok
**妯** 兄弟之妻相呼曰妯娌tiok-lí，俗曰同姒tâng-sāi。

tiok
**軸** 俗謂車心chhia-sim也。亦即持輪使其旋轉者也。重要地位亦曰軸tiok。書卷亦曰軸tiok。車～chhia～⇨俗曰車心chhia-sim。地～tē～⇨地球自轉的中心。當～tong～⇨決策的中心。聯～liân～⇨輓軸boán-tek的俗稱。liân-tek 可能是卷軸所演變而來的。卷～koàn～⇨書卷原曰卷軸。主～chú～⇨中心軸。

【軸心 tiok-sim】 車軸之中心。決策之總權力者。～～國～～kok⇨第二次世界大戰前獨裁的日本、德國、意大利被稱爲軸心國tiok-sim-kok。此三國結成軍事同盟被稱曰軸心同盟tiok-sim-tông-bêng。

## tiong

tiong
**中** 方位也。四方之中爲中。內也，半也。正道也。居間媒介曰中tiong。不大不小亦曰中tiong。曰南北，曰西東，此四方，應乎～oat-lâm-pak, oat-se-tong, chhú-sù-hong, èng-hō͘～⇨三字經。樂在其～lok-chāi-kî～⇨同上。猶在夢～iû-chāi-bōng～⇨還在夢中。允執厥～ún-chip-khoat～⇨好好兒的把握中庸之道。多言不如守～to-giân put-jî(jû) siú～⇨同上。春爲陽～萬物以生，秋爲陰～萬物以成chhun ûi iâng～bān-but í seng, chhiu ûi im～ bān-but í sêng⇨陰陽說。艱苦皮於心～kan-khó͘ khn̍g tī sim～⇨苦痛自藏心裡不向外說。其～必有緣故kî～pit-iú iân-kò͘⇨內裡一定有問題。你欺負蜀～無狡人lí khi-hū siok～bô-gâu-lâng ⇨ 你在欺負蜀地（我們）沒賢人。蜀～無大將，廖化做先鋒siok～bô tāi-chiàng,liāu-hoà chò sian-hong⇨謂權充其數。或自謙或欺人都用。三界九流上～下，啥人敢看衰的無點sam-kài-kiú-iû siāng～hē siaⁿ-lâng-káⁿ khoáⁿ-niau-ê bô-tiám⇨謂誰敢看不起我的戲謔話。衰niau，衣駿馬的花帶。花臉面曰衰niau，臉多斑點曰衰niau。俗作貓niau。衰niau必多斑點。而看衰的無點即指其眼光有問題。有人暗～扵援助ū-lâng àm～teh oān-chō͘⇨同上。盡在無言～chīn-chāi bû-giân～⇨一切須神領意會，靈犀一點通，不必說話。

【中人 tiong-jîn】 中等的人材。中產之家。百金～～，十家之產pek-kim～～, sip-ka chi sán⇨同上。

【中人 tiong-lâng】 居間作證或爲介之人。亦曰中間人tiong-kan-lâng。有～～扵曷驚伊反ū～～lè ah-kiaⁿ-i-hoán⇨有中人在不怕他反悔。我做您的～～嘛goá chò lín-ê～～mà⇨我做你們的仲介人tiong-kài-jîn吧。

【中子 tiong-chú】 物理學名詞。謂原子中又有中子。

【中大 tiong-toā】 中等程度的大小。不太大也不太小。我俠～～的道可goá-boeh～～ê tō-hó⇨我要中等大的就可以。

【中止 tiong-chí】 停止thêng-chí。停辦thêng-pān。自後個月起該～～也chū āu-koh-goeh-khí ài～～à⇨下月起須停辦了。

【中元 tiong-goân】 七月望日也。另正月望日曰上元siāng-goân，十月望日曰下元hē-goân。望日bōng-jit即月圓之日也。慶讚～～khèng-chhàn～～⇨中元祭拜天地，普施餓鬼。

【中午 tiong-ngó͘】 午時ngó͘-sî。中晝tiong-tàu。～～會轉來食飯～～ē tńg-lâi chiah-pn̄g⇨午時會回家吃飯。～～看你～～khoàⁿ-lí⇨午飯你負責。～～拍於您扂呢～～phah-tī lín-tau-neh⇨午飯打算在你家吃。扂tau，祭所也，亦即家也。俗作兜tau。兜，戰帽也，並無家之含義。

【中心 tiong-sim】 中央tiong-ng。圓心oân-sim。凡中央重要部分皆曰中心tiong-sim。市的～～區chhī ê ～～ khu⇨市中的最重要部份。無人做～～bô-lâng kán chò ～～⇨欠缺～～人物khiàm-khoeh～～jîn-bu̍t。

【中天 tiong-thian】 天空之中。如日～～jî(jû)-ji̍t～～⇨勢力在極盛的時候。日正～～ji̍t-chiàⁿ～～⇨同上。

【中田 tiong-chhân】 中等的水田。～～有七刈道未僫也～～ū chhit-koah tō bē(bōe)-bai-à⇨中等水田有七刈的收穫就不壞了。七刈chhit-koah，一甲地收穀七千斤曰七刈。五千斤曰五刈gō·-koah。其他例比。

【中外 tiong-goā】 內外，國內國外。～～要人～～iàu-jîn⇨國內外的重要人物。

【中央 tiong-iang(iong)】 中央tiong-ng。

【中古 tiong-kó·】 ㊀時代。太古～～thài-kó·～～⇨同上。㊁半新不舊的東西。買些～～的來用，道可以也bé(bóe)-chē～～ê lâi-iōng, tō khó-í à⇨買些半新不舊的來用，就可以了。

【中立 tiong-li̍p】 不左不右。阿三講要～～，不參加a-sam kóng boeh～～, m̄-chham-ka⇨阿三說他要中立，不參加(勝負)。永世～～國éng-sè～～kok⇨永久中立國。

【中央 tiong-ng】 中間tiong-kan。中心tiong-sim。中央tiong-iang。挾於～～未振動gia̍p tī ～～ bē(bōe)-tín-tāng⇨挾在中間不能動彈。食飯缸～～的人chia̍h-pn̄g-khaⁿ～～ê lâng⇨生活被保障不必爲之操心的人。半～～poàⁿ～～⇨中途tiong-tô·。中間tiong-kan。～～破一孔～～phoà chi̍t-khang⇨中心破了一個筒。～～凸凸～～phok-phok⇨中央凸得高高。囡仔睏～～gín-á khùn～～⇨小孩子睡中間。～～無熟～～bô-se̍k⇨中央部份未熟。～～政府～～chèng-hú⇨同上。～～集權～～chi̍p-koân⇨政權集中在最高級的政府機構。

【中年 tiong-liân】 中老tiong-ló。將老未老之年。～～人～～lâng⇨將老未老之人。大約四五十歲程度的人。人到～～萬事休jîn-tò～～bān-sū-hiu⇨相當落伍的想法：以爲人生一過了中年就沒救了。

【中旬 tiong-sûn】 月之中間十日。一月爲三旬，每十日爲一旬，依次爲上旬～～下旬siāng-sûn～～hā-sûn。

【中和 tiong-hô】 ㊀公正和平。人眞～～lâng chin～～⇨爲人的確中正和氣。㊁化學名詞。～～作用～～chok-iōng⇨同上。

【中指 tiong-cháiⁿ】 中指tiong-chí。睢～～chhū～～⇨以中指指向對方的鼻下，意謂你奈我何，並表示極端的反抗，厭惡或卑視。睢chhū，眼朝天，中指喻陽物，此似乎是粗語所說的，我乇鳥乎你咬goá-lān-chiáu hō·-lí-kā的意思。你不驚人睢～～否lí m̄-kiaⁿ lâng chhū～～hò·⇨你不怕人家示中指嗎。

【中秋 tiong-chhiu】 亦作仲秋tiōng-chhiu，舊曆八月十五。～～餅～～piáⁿ⇨中秋的節食。～～月～～goa̍t⇨～～goe̍h。好～～好晚稻hó～～hó-boán-tiū⇨謂中秋天氣好，二期作收成亦將甚豐。年怕～～月怕十九nî phàⁿ～～goe̍h phàⁿ si̍p-kiú⇨謂一年中秋來了，就是去了一大半了，年關將迫在眼前了；一月中十九日過了，也就是快換第二個月了。

【中軍 tiong-kun】 ㊀行軍中主將所在的隊伍。㊁有兵權的高級軍官。～～府～～hú⇨古早時代的司令部也。

【中食 tiong-si̍t】 午飯ngó·-hoān。～～帶便當較省費氣～～toà-piān-tong khah-séⁿ(séng) hùi-khì⇨午飯帶飯包pn̄g-pau較少麻煩。

【中段 tiong-toāⁿ】 中途tiong-tô·。半～～藉扴龜綏poàⁿ～～chiah-teh ku-sui⇨在中途才開始故障。龜綏ku-sui，故障，問題，糾紛。

【**中案 tiong-àn**】 大廳正中祖先神牌香爐等所在之長方形高桌。亦稱～～桌～～toh，俗曰几桌kí-toh或紅几桌âng-kí-toh。

【**中站 tiong-chām**】 中途，半途。半～～poā$^{n}$～～⇨中途。～～逐家每該歇～～ta̍k-ke mā-ài-hioh⇨中途大家都要休息。

【**中原 tiong-goân**】 中心的好地方。政權所在的地方。～～逐鹿～～tio̍k-lo̍k⇨鹿喻政權，古曰天位thi$^{n}$-ūi。爭取政權，爭奪天位。躍馬～～ia̍k-má～～⇨進軍中原，爭取中央政權。

【**中浣 tiong-iân**】 俗以月之中旬tiong-sûn曰中浣tiong-iân。敢該拖過～～仔去kā$^{n}$-ài thoa-kōe～～á-khì⇨恐怕要拖過中旬。

【**中校 tiong-kàu**】 軍官的官級。～～少校～～siáu-kàu⇨中校之次爲少校，中級軍官。

【**中根 tiong-kin(kun)**】 ㈠樹木的主根。㈡男陰。

【**中流 tiong-liû**】 ㈠人的等級。～～的生活～～ê seng-oa̍h⇨中產階級的生活。～～社會～～siā-hōe⇨中等社會。㈡～～砥柱～～tí-thiāu⇨獨立不撓，喻不與社會濁流合污的獨立人物。

【**中哨 tiong-sàu**】 前哨～～chêng-sàu～～⇨先頭部隊，中央部隊。

【**中桅 tiong-ûi**】 帆船phân-chûn的主柱。

【**中將 tiong-chiàng**】 高級軍官，在上將siāng-chiàng（大將tāi-chiàng）之下。～～師長～～su-tiú$^{n}$⇨師長su-tiú$^{n}$多由中將擔任。

【**中庸 tiong-iông**】 作～～，乃孔伋，中不偏，庸不易chok～～, nái khóng-kip, tiong-put-phian, iông-put-e̍k⇨三字經。

【**中崎 tiong-kiā**】 日月升到頭上的位置。日～～也ji̍t～～ā⇨日近午時了。月～～也goe̍h～～ā⇨快夜半了。

【**中堅 tiong-kian**】 ～～青年～～chheng-liân⇨青年人乃社會中之堅強份子。社會的～～人物siā-hōe ê～～jîn-bu̍t⇨年輕力壯的青年層。

【**中產 tiong-sán**】 ～～之家～～chi-ka⇨有中等收入之家庭。～～階級～～kai-kip⇨財富居於社會之中層者。

【**中晝 tiong-tàu**】 中午。午時。～～飯～～pn̄g⇨午飯。睏～～khùn～～⇨午睡ngó͘-sūi。晝寢tiū-chhím。較～～仔khah～～á⇨較近中午的時候。較～～仔khah～～ā⇨已是較近中午的時候了。

【**中途 tiong-tô**】 半路poā$^{n}$-lō͘。～～變卦～～piàn-koà⇨途中發生變化。

【**中堂 tiong-tông**】 ㈠古厝的中央大廳。㈡宰相chái$^{n}$-siàng(siòng)治事之地。宰相的尊稱。

【**中尉 tiong-ùi**】 軍官的階級。～～少尉～～siáu-ùi⇨下級軍官。

【**中尊 tiong-chun**】 祭拜儀式僧列中居中央的主持僧。

【**中華 tiong-hoâ**】 中國tiong-kok。中夏tiong-hē(hā)⇨①中華tiong-hoâ。②夏季之中間。～～民國～～bîn-kok⇨孫文革命所建而被蔣介石竊據之政治形體。

【**中間 tiong-kan**】 彼此，前後，或上下等等之間。～～人～～lâng⇨中人tiong-lâng。二人的～～有磨擦nn̄g-lâng ê～～ū-mô-chhat⇨同上。～～有兩小時的休息～～ū-liáng siáu sî ê hiu-sit⇨同上。～～有無密的所在～～ū bô-bā ê só͘-chāi⇨裡面有不密之處。

【**中港 tiong-káng**】 或謂新竹的舊名。頂港～～下港téng-káng～～ē-káng⇨台灣之北部，中部，南部。

【**中氣 tiong-khùi**】 中醫的名堂。似乎是指心跳或者呼吸等的問題。～～未透～～bē(bōe)-thàu⇨中醫謂中氣tiong-khùi未透bē-thàu就如何如何，會透ē-thàu就如何如何。透thàu, thàu通也。中氣乃中醫名詞，源自漢文說法。台語口語雖曰tiong-khùi，但書寫不改，仍用「氣」，而讀khùi。

【中筒 tiong-tâng】 筒tâng，米粉筒bí-hún-tâng之畧。製米粉之器具。筒tâng有孔khang而有大中小之分，其孔的大小屬中者簡稱中筒tiong-tâng。

【中等 tiong-téng】 中的程度。～～學校～～hak-hāu⇨小學以上，大學以下之學校。～～大的～～toā ê⇨中大的，不大不小的。～～功夫～～kang-hu⇨中等的技藝。極加是～～的貨色耳kek-ke sī～～ê hòe-sek niâ⇨最多是中貨而已。

【中葉 tiong-hioh】 朝代tiâu-tāi或世紀sè-kí的中期。明的～～bêng ê～～⇨明朝的中期。十五世紀～～chap-gō·-sè-kí～～⇨同上。

【中會 tiong-hōe】 長老教各地教會的聯合機構。或可稱爲各地教會聯合會。

【中飽 tiong-pá】 侵蝕公款chhim-sit-kong-khoán或吞沒所經手的財物。託錯人煞乎人～～去thok-chhò-lâng soah hō·-lâng～～khì⇨託非其人thok-hui-kî-jîn竟被吞沒thun-but去了。

【中楹 tiong-êⁿ(îⁿ)】 中脊楹tiong-chit-êⁿ。中梁tiong-niû。大梁toā-niû。梁niû或作樑niû。

【中樞 tiong-su】 中央權力。聽說～～眞無歡喜thiaⁿ-soeh～～chin-bô hoaⁿ-hí⇨可能所指者是單數。～～方面～～hong-bīn⇨可能是複數。聽說thiaⁿ-soeh，平常似多曰聽伊講thiaⁿ-i-kóng。

【中齒 tiong-khí】 前齒chêng-khí。頭前齒thâu-chêng-khí。

【中學 tiong-hat】 tiong-oh。大學～～tāi-hak～～⇨同上。～～生～～seng⇨同上。

【中興 tiong-hin】 衰落中者再復雄風。～～英主～～eng-chú⇨中興的賢主人如漢光武帝者。

【中學 tiong-oh】 ～～大學～～toā-oh⇨中學大學tiong-hak-tāi-hak。學oh似已爲學hak所取代。

【中營 tiong-iâⁿ】 ㊀軍之中營。㊁睢～～chhū～～⇨謂你奈我何，並示極度卑視或反抗之意，同睢中指chhū-tiong-cháiⁿ。

【中縫 tiong-phāng】 ㊀中央部的間隙kan-khek。㊁女陰。撞着～～lōng-tioh～～⇨粗語。但似亦喻打個正著。

【中醫 tiong-i】 中國醫術。以中國醫術治人爲生之人。～～西醫～～se-i⇨中法醫師與西法醫師。

【中饋 tiong-kūi】 妻。婦職。主持～～chú-chhî～～⇨擔任妻之職務。婦道所職，家中饋食供祭而已hū-tō só·-chit, ka-tiong kūi-sit kiòng-chè jî-í⇨古人對妻的定義。饋食kūi-sit，準備神人的食物。～～猶虛～～iû-hi⇨猶未娶某á-bōe chhoā-bó·。

【中攤 tiong-thoaⁿ】 中的程度。中段tiong-toāⁿ。中途tiong-tô·。掠～～也道好liah～～á tō-hó⇨選取中等程度的就可以。做到半～～也，藉毋做chò-kàu poàⁿ～～á chiah-m̄-chò⇨做至半途了，才不做。

【中中仔 tiong-tiong-a】 中等的。普通的phó·-thong-ê。無好也無僫，算～～～bô-hó ā-bô-bái，sǹg～～～⇨不好也不壞，可以說是普通的。

【中套仔 tiong-thò-á】 不太大也不太小的。普通的。～～～道可也～～～tō-hó-à⇨普通大小的就可以了。套thò，器具之成組者。

【中辦仔 tiong-pān-á】 不太大也不太小的。普通的。～～～道會使得也～～～tō-ē-sái-tit-à⇨普通大小的就可以了。辨pān，物之有大小之分者。

## 忠 tiong

竭誠kiat-sêng也。無私bû-su也。不貳put-jī也。言出於心曰忠tiong。盡心不欺曰忠tiong。盡～報國chīn～pò-kok⇨對國家一片忠心，努力做對得起國家特別是救國的事。精～岳武侯cheng～gak-bú-hô⇨岳飛gak-hui。死～的爪牙sí～ê jiáu-gê⇨不分是非的惡黨徒。半奸～的曹操poà$^{n}$-kan～ê chô-chhò⇨俗謂曹操是半奸忠的。君要臣死，臣不死不～，父要子死，子不死不孝kun-iàu-sîn-sú, sîn-put-sú-put～, hū-iàu-chú-sú, chú-put-sú-put-hàu⇨所謂死忠死孝的觀念。

【忠臣 tiong-sîn】 願爲良臣不爲～～goān-ûi liâng-sîn put-ûi～～⇨唐褚遂良語。良友交絕不出惡聲，～～去國不全其名liâng-iú kau-choat put-chhut ok-seng, ～～khì-kok put-choân-kî-bêng⇨謂好朋友絕交，不說朋友的壞話，忠臣離國，不保全自己的名譽。亦即交絕去國皆不說朋友壞，亦不說自己好，以損對方也。～～不扶二主，烈女不嫁兩夫～～put-hû jī-chú, liat-lí put-kè liáng-hu⇨忠臣跟烈女一樣都是從一而終主義者。

【忠言 tiong-giân(gân)】 ～～逆耳利於行，良藥苦口利於病～～gek-ní lī-î-hêng, liâng-iak khó·-khó· lī-î-pēng⇨忠誠的話雖聽不入耳，但對行動幫助很大；好藥很苦，但可以治病。

【忠孝 tiong-hàu】 ～～節義～～chiat-gī⇨同上。～～兩全～～liáng-choân⇨盡忠或盡孝，有時不能兼顧。

【忠告 tiong-kò】 對朋友進忠言。名講～～，事實都未輸抄罵抄，莫怪伊受氣miâ-kóng～～sū-sit to bē-su teh-mē-lē, bok-koài-i siū-khì⇨雖說是忠言，事實全是罵一樣嘛，難怪他生氣。

【忠良 tiong-liâng】 陷害～～hām-hāi～～⇨奸臣設陷阱殘害忠心善良的人。

【忠厚 tiong-hō·】 誠實溫和。～～的人～～ê-lâng⇨老實人。～～，你煞看做生神～～, lí soah khoà$^{n}$-chò lān-sîn⇨忠厚之人，你竟把他認爲大傻瓜。天地補～～的thi$^{n}$-tē pó·～～ê⇨謂忠厚者雖被欺負，但是天地自然會補還他的無謂損失。

【忠勇 tiong-ióng】 軍人應以～～爲本分kun-jîn èng-í～～ûi pún-hūn⇨戰前日本的軍人守則第一條(日皇名頒發)。

【忠信 tiong-sìn】 誠實而有信。

【忠烈 tiong-liat】 ～～祠～～sû⇨紀念追悼爲國盡忠的烈士的祠廟。

【忠恕 tiong-sì(sù)】 ～～之道～～chi tō⇨忠誠寬容的大道理。

【忠義 tiong-gī】 忠勇仁義tiong-ióng-jîn-gī。

【忠魂 tiong-hûn】 忠臣之靈魂。～～碑～～pi⇨同上。

【忠僕 tiong-pok】 忠犬～～tiong-khián～～⇨同上。

【忠實 tiong-sit】 ～～的朋友～～ê pêng-iú⇨同上。～～的丈夫～～ê tiāng-hu⇨同上。

【忠諫 tiong-kàn】 忠心的諫正。不宜妄自菲薄，引喩失義，以塞～～之路也put-gî bōng-chū húi pok, íⁿ-jî(jû) sit-gī, í sek～～chi lō· iā⇨前出師表。

【忠君愛國 tiong-kun-ài-kok】 ～～～～的百姓～～～～ê peh-sè$^{n}$(sì$^{n}$)⇨同上。

【忠肝義膽 tiong-kan-gī-tám】 ～～～～的烈士～～～～ê liat-sū⇨同上。

tióng

長 長tiáng也。慈生養育曰長tióng，tiáng。歲輩位高曰長tióng，tiáng(見tiang部)。又多也，餘也。超出預定曰長tióng。萬物得以生～bān-but tek-í seng～⇨同上。目無尊～bok-bû chun～⇨眼中看不起尊輩長輩。算了有較～sǹg-liáu ū-khah～⇨計算結果有了多餘(超出原數)。錢有～chî$^{n}$ ū～⇨錢額有多，有餘數。～二斤～nn̄g-kin⇨多出兩斤。～三人～sa$^{n}$-lâng⇨多出三個人。較～一屑仔khah～chit-sut-á⇨多出一點點。照講未～藉着chiàu-kóng bē-～ chiah-tioh⇨按照道理不會多出來才對。較算都～三百元khah-sǹg to～sa$^{n}$-pah-oân⇨怎麼算都多出三百元。

【長人 tiống-lâng】 人超出原計劃所需。煞有～～也soah-ū～～à⇨人竟多出來了。

【長子 tiống-chú】 tiáng-chú。家用～～，國用大臣ka-iōng～～ kok-iōng tāi-sîn⇨長子與大臣在中國傳統的家庭與朝廷上的重要地位。

【長上 tiống-siōng】 tiáng-siāng。目無～～bok-bû～～⇨目無尊長bok-bû chun-tiống(tiáng)。

【長字 tiống-jī】 字數過多。煞有～～抡，該更削三字藉寫會落soah-ū～～leh, ài-koh-siah saⁿ-jī chiah-siá-ē-loh⇨結果字數過多了，要再刪去三個字，才寫得進去。

【長老 tiống-ló】 tiáng-ló。㊀年高德昭者。㊁僧人的尊稱。法本～～hoat-pún～～⇨西廂記中的角色。㊂～～教～～kàu(tiúⁿ-ló-kàu)⇨基督教的教派名。

【長成 tiống-sêng】 成人sêng-jîn。楊家有女初～～，養在深閨人未識iâng-ka iú-lí chhe～～, iáng-chāi chhim-kui jîn-bī-sek⇨長恨歌。

【長男 tiống-lâm】 tiáng-lâm。～～得未娶某也～～tit-boeh chhoā-bó·-à⇨長子快要娶妻了。得未tit-boeh⇨te-be⇨快如何未如何。

【長房 tiống-pâng】 tiáng-pâng。長子tiống-chú的系統。～～較出丁～～khah-chhut-teng⇨長房男子較多。

【長者 tiống-chiá】 tiáng-chiá。㊀年紀大的。尊敬～～chun-kèng～～⇨對長輩要尊敬。㊁忠厚老實tiong-hō·-láu-sit。不當欺負～～m̄-thang khi-hū～～⇨不要欺負老實人。

【長價 tiống-kè】 價格高出所預沽。更有～～，未穲未穲koh-ū～～, bē-bái-bē-bái(bōe-bái)⇨價格竟高出若干，不壞不壞。

【長錢 tiống-chîⁿ】 錢超出原計劃所需。～～道更分還人～～tō-koh pun-hêng-lâng⇨錢有餘了，就要再分還各人。

【長頭 tiống-thâu】 多出的錢。～～該更攤分過～～ài-koh thoaⁿ-hun-kòe⇨多出的錢額需要重新攤分。

【長額 tiống-giah】 多餘之金額。若有～～，藉提來公家飲燒酒nā-ū～～, chiah theh-lâi kong-ke-lim sio-chiú⇨如果有多餘就拿來大家喝酒。

【長大成人 tiống-tāi-sêng-jîn】 伊的子女攏～～～～也i ê chú-lí lóng～～～～ā⇨他的子女，全部成人了。

【長幼有序 tiống-iù-iú-sī(sū)】 內外有法，～～～lāi-goā-iú-hoat,～～～～⇨同上。

tiòng **悵** 惆悵tiû-tiòng也。望其遠而不至也。惆～舊遊無復到，菊花時節羨君回tiû～kiū-iû bû-hok-tō, kiok-hoa-sî-chiat siān-kun-hôe⇨李白。

【悵心 tiòng-sim】 tiàng-sim。悵然於心。成～～chiâⁿ～～⇨不勝悵然。

【悵望 tiòng-bōng】 tiàng-bōng。有所想而望也。蹉跎暮容色，～～好林泉chha-tô bō·-iông-sek, ～～hó-lîm-choân⇨杜甫。

tiòng **漲** 漲tiàng也。水大貌。溢也。又增高曰漲tiòng,tiàng。擴大亦曰漲tiòng,tiàng。水～chúi～⇨水增大。海～hái～⇨海水～hái-chúi～⇨滿潮boán-tiâu。溪水抡～khe-chúi teh～⇨溪水在漲，在增大增高。物價～了了也but-kè～liáu-liáu-à⇨物價皆升高了。通貨膨～thong-hòe phêng～⇨紙幣的通行量增加。情緒高～chêng-sī(sū) ko～⇨情緒高揚。面～到紅了了bīn～kà âng-liáu-liáu⇨臉都漲紅了。

【漲水 tiòng-chúi】 tiàng-chúi。㊀水增大。溪仔抡～～也khe-á teh～～à⇨溪流在漲水了。㊁含水量太多。看着～～～～khoàⁿ-tioh～～～～⇨一看含水很多。

【漲落 tiòng-loh】 tiàng-loh。漲與落。起落khí-loh。物價的～～眞厲害but-kè ê～～chin lī-hāi⇨物價的起落很厲害。

【漲滿 tiòng-moá】 tiàng-moá。漲得滿擋boán-tòng。～～缸～～kng⇨缸已滿。～～槽～～chô⇨水槽已滿。

【漲價 tiòng-kè】 tiàng-kè。起價khí-kè。～～歸公～～kui-kong⇨孫文學說的一個主張。

tiòng **脹** 脹tiàng也。腹滿也。腹鼓脹kó-tiòng(tiàng)也。通作漲tiòng,tiàng。又脹tiùⁿ也(見tiuⁿ部)。脹到腹肚～起來也tiùⁿ-kà pat-tó˙～khí-lâi-ā⇨強食得肚子鼓脹起來了。通貨膨～thong-hòe phêng～⇨通貨膨漲thong-hòe phêng-tiòng(tiàng)。

【脹大 tiòng-toā】 tiàng-toā。腹肚直直抣～～也,我看敢是……pak-tó˙ tı̍t-tı̍t-teh～～ā, goá khoàⁿ káⁿ-sī……⇨肚子一直在膨脹了,我看恐怕是……。

【脹肚 tiòng-tō˙】 tiàng-tō˙。腹如鼓脹ho̍k jî kó˙-tiòng(tiàng)。食到～～也,猶抣哮枵chia̍h-kà～～ā iáu-teh háu-iau⇨吃得腹脹如鼓了,還在叫餓。

【脹脹 tiòng-tiòng】 tiàng-tiàng。脹脹tiùⁿ-tiùⁿ。腹肚恰如～～pak-tó˙ kah-ná～～⇨肚子好像很脹。

【脹膽 tiòng-táⁿ】 tiàng-táⁿ。㊀膽腫大。～～死～～sí⇨脹膽致死。㊁大膽toā-táⁿ。看一下有勢面更愈～～起來khoàⁿ-chı̍t-ē ū-sè-bīn koh ná～～khì-lâi⇨一看情形不錯,就愈加大膽起來了。

tiòng **帳** 帷幕曰帳tiòng,tiàng。計算之簿册亦曰帳tiòng,tiàng,亦即賬siàu也。蚊～báng～⇨俗曰蚊罩báng-tà。營～iàⁿ～⇨軍用帷幕。虎～夜談兵hó˙～iā tām-peng⇨將軍帷幕中,夜間談戰事。記～kì～⇨記賬kì-siàu。管～koán～⇨管理帳務。筆記～pit-kì～⇨同上。

【帳目 tiòng-bo̍k】 tiàng-bo̍k。俗曰賬目siàu-bo̍k。～～該清楚～～āi chheng-chhó⇨帳目須清楚明白。

【帳單 tiòng-tan】 tiàng-tan。俗曰賬單siàu-toaⁿ。計算書也。

【帳簿 tiòng-phō˙】 tiàng-phō˙。俗曰賬簿siàu-phō˙。

tiòng **賬** 帳簿之帳。tiòng,tiàng的俗字。又賬siàu也(見siau部)。

tiòng **中** 矢至的也。合也。傷也。達到目的曰中tiòng。擊～要害kek～iàu-hāi⇨打中táⁿ-tiòng重要的所在。百發百～pek-hoat-pek～⇨無一虛發。不幸而言～put-hēng jî giân～⇨不幸而說對了。考～了秀才khó～liáu siù-châi⇨同上。一言不～,千言無用it-giân put～, chhian-giân bû-iōng⇨謂開口第一句話,既然不中其要害,即再發千言亦屬無用。

【中用 tiòng-iōng】 有用iú-iōng。不～～put～～⇨無路用bô-lō˙-iōng⇨沒有用。～～的生一個道好,較贏歸大拖～～ê seⁿ(siⁿ)-chı̍t-ē tō-hó, khah-iâ kui-toā-thoa⇨有用的(孩子)生一個就可以,(一個)勝過整大批。

【中伏 tiòng-ho̍k】 誤陷伏兵。不意因～～而一敗塗地put-ì in～～jî it-pāi tô˙-tē⇨想不到因爲誤陷伏兵計而敗得奇慘。

【中肯 tiòng-khéng】 扼要ek-iàu,擊中要點。人伊抣講,眞～～,你道不知抣lâng-i teh kóng, chin～～, lí tō-m̄-chai-lè⇨人家他所說的話很簡要很有道理,你就是不知道嘛。

【中風 tiòng-hong】 病名。或作中瘋tiòng-hong。～～症～～chèng⇨腦出血náu-chhut-hoeh(huih)。～～了未講話也～～liáu bē-kóng-ōe-ā⇨中風之後,不能說話了。

【中計 tiòng-kè】 墮入敵方之謀。殺蔡帽曹操～～sat chhoà-mō chô-chhò～～⇨三國演義。

【中毒 tiòng-to̍k】 食物～～sı̍t-bu̍t～～⇨因食物中的一物變質而中毒。便當～～事件

piān-tong～～sū-kiā$^{n}$⇨同上。

【中意 tiòng-ì】 合意kah-ì。愜意kah-ì。～～道來，無～～道煞，稀罕甚～～tō-lâi, bô-～～tō-soah, hi-hán-siah$^{n}$⇨合意就來不合意就算了，有什麼了不起。→tèng-ì。

【中暑 tiòng-sí(sú)】 受夏熱的一種病狀，身體疲勞或冒冷汗等等。～～耳，無啥要緊～～niā, bô-siá iàu-kín⇨中暑而已，沒要緊。

【中傷 tiòng-siang(siong)】 陰謀的暗中打擊。一定是人扲惡意～～的it-tēng sī lâng teh ok-ì～～ê⇨一定是人家在惡意中傷的。

【中選 tiòng-soán】 俗作當選tòng-soán。雀屏～～chhiak-pîn～～⇨被選中女婿lí(lú)-sài。

【中聽 tiòng-thia$^{n}$】 好聽hó-thia$^{n}$。我講了驚做較無～～，不過我是眞心話goá-kóng-liáu kia$^{n}$-chò khah-bô～～，put-kò͘ goá sī chin-sim-ōe⇨我所說的，恐怕較不好聽也說不定，不過，我是說眞心話的。

【中狀元 tiòng-chiōng-goân】 科舉時代殿試第一名，亦爲當時所謂讀册人thak-chheh-lâng最高的榮譽。即斗扠會着都較好～～～也chit-táu sa-ē-tioh to khah-hó～～～ā⇨此一注如果抓得到，是比中狀元還好了。揁sa，挾取也，抓也。濫擅扠lām-sám-sa⇨亂抓。

**長** tiông 長tiàng也，長tn̂g也(見tiang-tng各部)。又多也。餘也。得利在手曰長tiông。不勞而得曰長tiông。年年～nî-nî～⇨每年有積存。今年～外夥kin-nî～loā-chē⇨今年利益多少。無～你俳做bô～lī boeh-chò⇨沒有利益你何肯做。你安爾無較～嘛lī an-ne(ni) bô-khah～mà⇨你如此(做)不會較有利。安爾都全～的也an-ne(ni) to choân～ê-ā⇨如此來全部都是不勞而獲的了。和尙誦白經，全～的 hôe-siū$^{n}$ siōng-peh-keng, choân～ê ⇨謂和尙胡亂誦經而取報酬，是不勞而穫，白經peh-keng的白peh，白字的白也。以上各例，皆須讀長tiông，不能讀tiâng。

【長久 tiông-kiú】 tiâng-kiú。周武王，始誅紂，八百載，最～～chiu-bú-ông, sí-tu-tiū, pat-pek-chái, chòe～～⇨三字經。

【長生 tiông-seng】 tiâng-seng。～～不老～～put-ló⇨仙sian也。七月七日～～殿，夜半無人私語時，在天願爲比翼鳥，在地願爲連理枝chhit-goat-chhit-jit～～ tiān, iā-poàn bô-jîn su-gí-sî, chāi-thian goān-ûi pí-ek-niáu, chāi-tē goān-ûi liân-lí-ki⇨長恨歌。

【長安 tiông-an】 tiâng-an。古都名。日近～～遠jit-kīn～～oán⇨日看得見故近，長安看不見故遠。亦喻行旅之心急。～～雖好，終非久居之地～～sui-hó, chiong-hui kiú-ki chi tē⇨同上。

【長江 tiông-kang】 tiâng-kang。滾滾～～東逝水，浪花淘盡英雄，是非成敗轉頭空，青山依舊在，幾度夕陽紅，白髮漁樵江渚上，慣看秋月春風，一壺濁酒喜相逢，古今多少事，都付笑談中 kún-kún～～tong-sè-súi, lōng-hoa tô-chīn eng-hiông, sī-hui sêng-pāi choán-thiô-khong, chheng-san î-kiū-chāi, kí-tō sek-iâng-hông, pek-hoat gî-chiâu kang-chí-siāng, koàn-khàn chhiu-goat-chhun-hong, it-ô͘ tok-chiú hí-siang-hōng, kó͘-kim to-siáu-sū, to͘-hù chhiàu-tâm-tiong⇨三國演義卷首詞。

【長庚 tiông-keng】 tiâng-keng (ke$^{n}$,ki$^{n}$)。星名。亦即金星kim-seng也。太陽系的九大行星hêng-seng之一，處在水星súi-seng與地球之間，距地球最近，其光最明，故亦有明星bêng-chhe$^{n}$之稱。晨出東方曰啓明，昏見西方曰長庚，因有啓明星khé-bêng-chhe$^{n}$，長庚星tiông-keng-chhe$^{n}$。太白金星thài-pek-kim-chhe$^{n}$或明星bêng-chhe$^{n}$等之異稱。其實皆同一顆星，亦即金星kim-seng也。

【長期 tiông-kî】 tiâng-kî。～～訂戶～～

tèng-hō͘⇨同上。～～貸款～～tāi-khoán⇨同上。

【長程 tiông-thêng】 ～～計畫～～kè-ōe⇨同上。～～的旅行～～ê lí-hêng⇨同上。

【長壽 tiông-siū】 tiâng-siū。歲壽長hòe-siū-tn̂g。～～牌的紙煙～～pâi ê choá-hun⇨同上。

tiông
**腸** 腸tn̂g也（見tng部）。大～小～tāi～siáu～⇨同上。墜～tūi～⇨病名，腸下墜入腎囊中。又讀腸chhiâng也(見chhiang部)。

【腸炎 tiông-iām】 病名。俗曰腸仔炎tn̂g-á-iām。

【腸癰 tiông-eng】 病名，或謂腹膜炎hok-mō-iām是也，或謂腸癌tn̂g-gâm或直腸癌tit-tn̂g-gâm是也。不知熟是，總之腹中之大病也。

tiông
**重** 複疊也。九月～陽káu-goeh～iông⇨重九tiông-kiú。

【重複 tiông-hok】 重疊tiông-thiap。重重疊疊tiông-tiông-thiap-thiap→têng-têng-thah-thah。

tiông
**場** 場chhiâng, tiûⁿ也(見各該部)。

tiōng
**仗** tiāng也(見tiang部)。

tiōng
**丈** tiāng也(見tiang部)。

tiōng
**杖** tiāng也(見tiang部)。

tiōng
**仲** 中也。月令每季三月，各爲孟～季bēng～kùi,亦即孟春bēng-chhun（春之第一月），～春～chhun（春之第二月），季春kùi-chhun（春之末尾月）是也。又兄弟四人爲孟，～，叔，季bēng,～siok，kùi。昆～khun～⇨兄弟。管～鮑叔牙koán～pāu-siok-gê⇨古賢人⇨管鮑之交。翁～ong～⇨墓前的石人。伯～之間見尹呂，指揮若定失蕭曹pek～chi kan kiàn ín-lī, chí-hui jiak-tēng sit siau-chô⇨杜詩詠諸葛武侯。

【仲弓 tiōng-kiong】 人名。孔門弟子，以德行稱。亦即雍也，可使南面iông-iá, khó-sú lâm-biān之冉雍jiám-iông也。

【仲父 tiōng-hū】 父之弟也。～～曰叔父～～oat siok-hū⇨同上。又齊桓公chê-hoân-kong對管仲koán-tiōng的尊稱。

【仲尼 tiōng-nî】 孔子的名。昔～～，師項槖，古聖賢，尙勤學sek～～, su hān-thok, kó͘ sèng-hiân，siāng-khîn-hak⇨三字經。

【仲冬 tiōng-tong】 陰曆十一月。冬之中月。

【仲秋 tiōng-chhiu】 陰曆八月，秋之中也。時在壬子～～sî chāi jīm-chú～～⇨古時的記時法。

【仲春 tiōng-chhun】 陰曆二月，亦即春之中。～～季春～～kùi-chhun⇨二月，三月。

【仲夏 tiōng-hē(hā)】 陰曆五月，亦即夏之中。孟夏～～bēng-hē(hā)～～⇨四月，五月。

【仲裁 tiōng-chhâi】 紛爭的調解人。大抵大，啥人敢加伊～～toā-tú-toā, siáⁿ-lâng-káⁿ kā-i～～⇨大對大的對抗，誰人敢爲之仲裁。

【仲買人 tiōng-bé-lâng】 日語。經紀keng-kí。～～～的抽頭還仔眞驚人～～～ê thiu-thâu oân-a chin kiaⁿ-lâng⇨經紀人的抽頭(日語曰手數料chhiú-sò͘-liāu)還是很可怕(的數字)。還仔oân-à→oân-nà⇨還是。

tiōng
**重** 重tāng也(見tang部)。輕之對曰重tiōng, tāng。輕重kheng-tiōng⇨輕重khin-tang。權而後知輕～khoân jî-hō͘ ti kheng～⇨同上。舉足輕～kí-chiok kheng～⇨同上。又尙也，尊也。貪恣tham-chù曰重tiōng。君子自～kun-chú chū～⇨同上。爲人所～ūi-jîn só͘～⇨受人所尊敬。食兇睏～chiah-hiong-khùn～⇨吃得兇猛貪恣睡眠。酒色不當～chiú-sek m̄-thang～⇨酒色不可貪。

所費眞嵩～sō͘-hùi chin siong～⇨所需費用很多很大。嵩siong亦重tiōng也。罪孽深～chōe giat chhim～⇨罪過罪惡，又深又重，無可原宥。

【重大 tiōng-tāi】 ～～案件～～àn-kiāⁿ⇨同上。～～問題～～būn-tê⇨同上。無救的～～錯誤bô-kiù ê～～chhō-gō͘⇨無法補救的大錯誤。

【重文 tiōng-bûn】 重視文事。～～輕武～～kheng-bú⇨宋以後重視文人而輕武人的態度，導致國勢的虛弱不振。

【重犯 tiōng-hoān】 罪孽chōe-giat深重的囚犯。

【重用 tiōng-iōng】 才堪～～chāi-kham～～⇨以其才能可以予以重任。

【重任 tiōng-jīm】 重大任務。肩負～～kian-hū～～⇨肩膀上負著重大任務。

【重色 tiōng-sek】 好色hò͘-sek。漢王～～思傾國，御宇多年求不得，楊家有女初長成，養在深閨人未識hàn-ông～～su-kheng-kok, gī-ú to-liân kiû-put-tek, iâng-ka iú-lí chho͘-tiáng-sêng, iáng-chāi chhim-kui jîn-bī-sek⇨長恨歌。

【重臣 tiōng-sîn】 ～～會議～～hōe-gī⇨同上。

【重地 tiōng-tē】 重要的場所。賬房～～，閒人勿進siàu-pâng～～, hân-jîn but-chìn⇨會計室乃重要場所，無事者不可入。

【重武 tiōng-bú】 尙武siāng-bú。～～輕文～～kheng-bûn⇨注重武力而輕視文事。

【重金 tiōng-kim】 ～～禮聘～～lé-phèng⇨以金彈爲禮聘請。

【重食 tiōng-chiah】 貪食tham-chiah。有人～～，有人重穿ū-lâng～～, ū-lâng tiōng-chhēng⇨注重吃食或看重衣著，因人而異，各有千秋。

【重穿 tiōng-chhēng】 貪穿tham-chhēng。重視穿的問題。查某囡仔愛媠，免講每較～～cha-bó͘-gín-á ài-súi bián-kóng mā khah～～⇨女孩子愛美，當然較重視衣飾。

【重要 tiōng-iàu】 ～～任務～～jīm-bū⇨同上。

【重値 tiōng-tat】 有價值ū-kè-tat。五千會～～得gō͘-chheng ē～～tit⇨五千元夠值得。咱有工～～伊lán ū-kang～～i⇨我們有勞力付給他(不是平白接受的恩惠)。

【重睏 tiōng-khùn】 貪眠tham-bîn。～～更重食藉寃枉毋好講噢～～koh tiōng-chiah chiah oan-óng m̄-hó-kóng-ō͘(娶個老婆竟是)貪眠加上貪食(的家貨)，才寃枉又講不得喲(無奈何)。

【重義 tiōng-gī】 仗義tiāng-gī。疏財～～so͘-châi～～⇨注重義氣，很慷慨花錢做好事。

【重貲財 tiōng-chu-châi】 貪吝錢銀。～～～，薄父母，不成人子～～～, pok-hū-bó, put-sêng-jîn-chú⇨貪吝錢財，克薄父母，這種人非人之子。貲財chu-châi同資財chu-châi。

【重富欺貧 tiōng-hù-khi-pîn】 落魄可憐的小生，雖然得千金小姐的憐愛，却碰到～～～～的員外的輕視lok-phek-khó-lîn ê sió-seng, sui-jiân tek chhian-kim-sió-chiá ê lîn-āi, khek phōng-tò～～～～ê oân-gōe ê khin-sī⇨歌仔戲常見的重要主題。

【重農主義 tiōng-lông-chú-gī】 反對重商主義tiōng-siang chú-gī的經濟學說。謂土地才是富之本源，農富國富，農貧國貧。人類社會應依自然法則求進步，國家不可加干涉，亦即是自由放任主義的經濟學說。

## tit

**tit 得** 得tek也（見tek部）。獲hek也，有求而獲皆曰得tit。收取亦曰得tit。又強調語意的助詞(很多讀成tih, lih)。～會着～ē-tioh⇨能夠獲得hek-tek。～未着～bē-tioh⇨得不到tek-put-tò。會食～ē-chiah～⇨可食。未食～bē-chiah～⇨不可(能)食。記～kì～⇨在記憶中。未記～bē-kì～⇨記不得kì-put-tek。未講～bē-kóng～⇨講不得kóng-put-tek。會講～ē-kóng⇨講得kóng-tek。會使～ē-sái～⇨會用～e-iōng～⇨可以khó-í或可用khó-iōng。未使～bē-sái～⇨未用～bē-iōng～⇨不可以put-khó-í，不能使用put-lêng-sú-iōng。如上所舉，作助詞用的得tit，在口頭上多會變成tih或lit，或lih，甚至lì。舉幾個常見的例。有鬚會怪得人鬍ū-chhiu ē-kòe-lih lâng-hô͘⇨謂怪不得人家鬍鬚hô͘-chhiu。怪koài→kòe。會怪得ē-kòe-tit→ē-kòe-lih。即首詩作得眞好chit-siú-si chò-lih chin-hó⇨同上。字寫得眞好jī siá-lih chin-hó⇨同上。講得眞公道kóng-lih chin kong-tō⇨同上。會食得道食，未食得道毋愛ē-chiah-lih tō-chiah, bē-chiah-lih tō-m̄-ài⇨吃得的就吃，吃不得的就不要。未攀得bē-pe$^{n}$-lì⇨攀不得pan-put-tek，依靠不得也。攀pe$^{n}$，攀親pan-chhin，作拉關係解，亦即依靠i-khò, 有所請託也。未央未倩得bē-iang-bē-chhià$^{n}$-lì⇨略同未攀得bē-pe$^{n}$-lì。未拎未提得bē-ni-bē-theh-lì⇨摸bong不得。一着手就會壞掉的東西。未講未訫得bē-kóng-bē-tà$^{n}$-lì⇨講也不得，訫也不得，亦即在蹺欹khiâu-khi中令人無法爲之勸告或解釋。訫tà$^{n}$，疑或爲談tâm之變音。

【得未 tit-boeh】 快也。亦即在得如何而未如何的狀態也。→tih-boeh, tih-beh, teh-beh等隨人而異。俗作得要tit-boeh。～～死也～～sí-à⇨快要死了⇨亦即得死未死，將死未死也。～～來也～～lâi-ā⇨快要來了。～～行去也～～kiâ$^{n}$-khi-ā⇨快要死了。～～娶某也～～chhoā-bó͘-à⇨快要娶妻了。～～畢業也～～pit-giap-ā⇨快要畢業了。～～會曉也～～ē-hiáu-ā⇨快要懂了。～～滿五歲也～～moá-gō͘-hòe-ā⇨快要滿五歲了。戰爭～～暴發也chiàn-cheng～～pok-hoat-ā⇨戰爭快要暴發了。

【得去 tit-khì】 ㊀可以去。會～～ē～～⇨可以去，能夠去。未～～bē～～⇨去不得，不能夠去。㊁助詞。過～～kòe～～⇨相當不錯。例如生活等。可以馬馬虎虎了。有安爾，過～～也ū an-ne(ni), kòe～～ā⇨有如此(的程度)，可以馬馬虎虎了。例如成績，新娘的儀表等等。

【得失 tit-sit】 tek-sit。不可以～～論英雄put-khó í～～lūn-eng-hiông⇨同上。

【得來 tit-lâi】 ㊀可以來，能來。會～～ē～～⇨可以來，能夠來。㊁助詞。寫～～講得去siá～～kóng-tit-khì⇨手能寫口能講。自己做～～的ka-kī(tī, lī) chò～～ê⇨自己造成的，家己惹的麻煩，即自作孽的chū-chok-giat-ê。

【得着 tit-tioh】 得到tit-tò。獲得hek-tek。～～機會～～ki-hōe⇨同上。會～～頭名的ē～～thâu-miâ-ê⇨可能獲得冠軍。～～妻家財～～chhe-ka-châi⇨獲得老婆，洋樓，財產⇨謂好運的男子。～～天時～～thian-sî⇨同上。～～祖公仔的財產～～chó͘-kong-á ê châi-sán⇨獲得祖傳的財產。得未～～博士也tit-boeh～～phok-sū-ā⇨快要獲得博士學位了。

【得人和 tit-jîn-hô】 阿和仔人眞好，眞～～a-hô-á lâng chin-hó, chin～～～⇨阿和這個人很好，很得人和。

【得人惜 tit-lâng-sioh】 可愛。人見人愛jîn-kiàn-jîn-ài。即個囡仔眞～～～chit-ê gín á chin～～～⇨那孩子人見人愛。

【得人痛 tit-lâng-thià$^{n}$】 同得人惜tit-lâng-sioh。不過似乎較少用。

**蟄** tit 藏chông也。龍蛇之～liông-siâ chi～⇨龍蟲之居。蛇類冬眠曰蟄tit。驚～ke$^{n}$～⇨節氣名，在春前冬後。

**tıt 直** 正也。不曲，不斜，不偏皆曰直tıt。又物價曰直tıt，今作値tıt, tat。王道正～ông-tō-chèng～⇨王道無私。是非曲～sī-hui-khiok～⇨同上。理～氣壯lí～khì-chòng⇨同上。排無～pâi-bô～⇨隊伍不齊。該掠～去藉會近ài-liah～khì chiah-ē-～⇨要取直線才會近。橫～hoâiⁿ～⇨左右曰橫hoâiⁿ，前後曰直tıt。又有路可循曰直tıt。紛亂解決亦曰直tıt。事連續亦曰直tıt。船到橋頭自然～chûn-kàu kiô-thâu chū-jiân～⇨同上。代誌辦未～tāi-chì pān-bē～⇨問題辦得無法解決。合人講未～kah-lâng kóng-bē～⇨與人家說不淸(無法解決)。安爾亦是一路～an-ne(ni) ah sī chıt-lō͘～⇨如此也是一個解決之路。定金乎銷較頭路～tiāⁿ-kim hō͘-siau khah-thâu-lō͘～⇨定金乎他沒收比較好辦。雨仔～～來hō͘-á～～lâi⇨小雨連續下着。猶～～得趕工抆iáu～～teh koá-kang-lèh還是一直在趕工嗎。你不，伊更～～要lí-m̄ i-koh～～boeh⇨你不要，他還是一直要。白～peh～⇨白癡pek-chhi⇨不知禮貌進退曰白～peh～。戇～gōng～⇨愚直gû-tit。

**【直人 tıt-lâng】** 愚直不知通融之人。～～講直話～～kóng tit-ōe⇨直人說直話。

**【直目 tıt-bak】** 直看前面不知兼顧左右的目。儼目gām-bak。老實眼láu-sıt-gán。阮～～無像人賊仔目goán～～bô-chhiūⁿ-lâng chhat-á-bak⇨我是凡眼，不像人家的賊眼。

**【直行 tıt-kiaⁿ】** 按照約定條件一直計算下去。一個十元～～，無講價chit-ê chap-kho͘～～, bô-kóng-kè⇨一個十元計算下去，沒講價的。

**【直言 tıt-giân(gân)】** 老實話láu-sıt-ōe。～～無掩箝～～bô-am-khâm⇨直接說。～～不諱～～put-hùi⇨同上。

**【直角 tıt-kak】** 數學名詞。九十度之角。

**【直直 tıt-tıt】** 直tıt。眞直chin-tıt。直接tıt-chiap。連續liân-soà。倒～～tó～～⇨倒臥在地。～～講未煞～～kóng-bē-soah⇨一直說不完。～～去共講，道好也～～khì kā-kóng, tō-hó-à⇨直接去對方說，就可以了。路～～，攏無彎lō͘～～，lóng bô-oan⇨同上。

**【直紃 tıt-sûn】** 直線tıt-soàⁿ。界～～kāi～～⇨畫直線ōe-tıt-soàⁿ。

**【直徑 tıt-kèng】** 數學名詞。圓的中心長度。

**【直骨 tıt-kut】** 懶悃人lán-si-lâng。未輸～～的be-su～～ê⇨宛如直骨人。～～蛇～～choâ⇨被弄得不能爬行的蛇。亦喻懶悃人lán-si-lâng。

**【直接 tıt-chiap】** 雙方之間無人介入。～～稅～～sòe⇨同上。～～去到目的地～～khì-kà bok-tek-tē⇨同上。～～交涉～～kau-siap⇨同上。～～間接都有關係～～kàn-chiap to-ū koan-hē⇨同上。

**【直喉 tıt-âu】** 一口氣吞入腹中。使～～得灌sái～～teh-koàn⇨直著喉嚨在喝。牛飲giû-ím曰灌。亦灌溉koàn-khài也。

**【直喟 tıt-khùi】** 吸喟khip-khùi多，出喟chhutkhùi少，表示已至臨終時刻。～～也，無法得也～～ā, bô-hoat-tit-ā⇨直氣了，沒辦法了。

**【直透 tıt-thàu】** ㊀直達tit-tat。台北～～華盛頓tâi-pak～～hoâ-sēng-tùn⇨從台北直接通達華盛頓——目前似乎尙無這種交通上的方便。即班車～～高雄chit-pang-chhia～～ko-hiông⇨此班車直達高雄。㊁一直it-tıt。～～行～～走～～kiâⁿ～～cháu⇨一直行一直跑。～～告到高等法院～～kò-kà ko-téng-hoat-īⁿ⇨一路告到高院去。

**【直照 tıt-chiò】** 太陽直射thài-iâng tit-siā⇨日頭～～jıt-thâu～～⇨太陽直射。

**【直裾 tıt-ki】** 衣裾裁chhâi直角的裁衣法。裁～～的chhâi～～ê⇨同上。

**【直腸 tıt-tn̂g】** ～～直肚的人～～tıt-tō͘ ê

lâng⇨心無壑嶽sim-bû hok-ga̍k的人。正本的老實人chia$^{n}$-pún ê láu-si̍t-lâng。

【直轄 ti̍t-ha̍t】 直接管理。～～市～～chhī⇨中國或是國民黨特有的行政措施。全國有直屬行政院管轄的直轄市，還有省轄市或甚至縣轄市之類的設置。

【直中直 ti̍t-tiong-ti̍t】 直中之直。莫信～～～，須防仁不仁bo̍k-sìn ～～～, si-hông jîn-put-jîn⇨古諺。

【直抵直 ti̍t-tú-ti̍t】 直對直ti̍t-tùi-ti̍t。非常的單純。乾脆kan-chhè。～～～的代誌，那會舞到安爾 ～～～ ê tāi-chì ná-ē bú-kà an-ne (ni)⇨非常單純的事情,何以弄到如此(麻煩)。～～～來共我講道好也，你那不來～～～ lâi kā-goá-kóng tō-hó-à lì ná m̄-lâi⇨乾脆來對我說就可以了，你何不來。

【直昇機 ti̍t-seng-ki】 ～～～實在有利便～～～si̍t-chāi ū lī-piān⇨直昇機實在有其方便之處。

【直落束 ti̍t-lak-sak】 很直很直。一條路～～～chi̍t-tiâu-lō͘～～～⇨一條路很直。

【直溜溜 ti̍t-liu-liu】 很直的形容。一枝～～～chi̍t-ki～～～⇨一枝(東西)很直很直。

【直情逕行 ti̍t-chêng-kèng-hêng】 任憑自己意思,率直行動。～～～～的人～～～～ê lâng⇨有時是相當難處理的問題人物。

**值** ti̍t 值tat也(見tat部)。價錢也。當也。價～kè(kà)～⇨同上。輪～lûn～⇨輪流做主，輪流任事。適～sek～⇨抵着tú-tioh,逢到hông tō。

【值日 ti̍t-ji̍t】 輪流看顧辦公處所。例有日夜之分。～～值夜～～tit-iā⇨輪到白天或夜裡當班。～～官～～koa$^{n}$⇨輪到值日的官長。～～員～～oân⇨輪到值日的人員。

【值此 ti̍t-chhú】 當此tong-chhú。～～非常時機 ～～ hui-siâng(siông)-sî-ki⇨正當現在這個不同於往常的時期。

【值班 ti̍t-pan】 輪流上班工作。值勤ti̍t-khîn亦同性質之詞。

【值錢 ti̍t-chhiân】 價值kè-tat。黑貓白肚～～二萬五o͘-niau pe̍h-tō͘,～～ nn̄g-bān-gō͘⇨順口溜，押韻詞。

**姪** ti̍t 兄弟之子女也。兄弟之子女曰姪ti̍t，姊妹之子女曰甥seng。舍～sià～⇨自己姪兒的謙稱。世～sè～⇨同輩者的子女也。

【姪女 ti̍t-lí(lú)】 我的～～goá ê～～⇨我的姪女兒。

【姪仔 ti̍t-á】 兄弟之子女輩。～～輩 ～～pòe⇨與子女同輩份之人。

【姪兒 ti̍t-jî】 姪仔ti̍t-á。

【姪婿 ti̍t-sài】 姪女之夫。

**侄** ti̍t 姪ti̍t，俗或作侄ti̍t。

## tiu

**丟** tiu 一去不返也。失物曰丟tiu，擲物亦曰tiu。

【丟下 tiu-hē】 放置不理。就安爾 ～～ 抮chiū an-ne(ni)～～lē⇨就是如此放置着。

【丟水 tiu-chúi】 投棄水中。風浪大，船貨都～～去也hong-lōng-toā, chûn-hóe to～～khì-à⇨風浪大，船貨都投棄入海了。

【丟掉 tiu-tiāu】 投而棄之。無用的物 ～～bô-iōng ê mih～～⇨廢物投棄之。～～無採～～bô-chhái⇨投棄可惜。

**摮** tiu 勤也。通孜tiu。

**孜** tiu 勤也。

【孜孜 tiu-tiu】 勤也。一直。～～想要讀大學～～siū$^{n}$-boeh(beh)-tha̍k toā-o̍h⇨一直想要讀大學。～～想要娶媠某～～siū$^{n}$-boeh(beh) chhoā-súi-bó͘⇨同上。～～讀落去～～tha̍kloh-khì⇨一直讀下去。～～要～～boeh(beh)⇨同上。～～吵～～chhá⇨一直吵鬧chháu-nāu。～～行去～～kiâⁿ-khì⇨一直跑去。～～趁錢～～thàn-chîⁿ⇨一意賺錢。

tiú **肘** 手節也。掣～chè～⇨牽掣khian-chè，干涉kan-siap。變生～腋piān seng～ek⇨禍出自身邊。

tiù **晝** 白天也。日出至日入也。又日中也(見tàu部)。白～pe̍k～⇨白天。

【晝夜 tiù-iā】 日夜。～～不息～～put-sit⇨日夜無停jit-iā bô-thêng。～～兼行～～khiam-hêng⇨日夜行不停。

【晝寢 tiù-chhím】 午睡ngō-sūi。宰予～～，子曰：朽木，不可彫也chái-í～～, chú-oat: hiú-bok, put-khó tiau-iā⇨論語。

tiû **綢** 通紬tiû。假～kē～⇨同上。羽～ú～⇨絲布的一種。油～iû～⇨加膠的絲布。

【綢仔 tiû-á】 ～～衫～～saⁿ⇨同上。～～雨傘～～hō·-soàⁿ⇨同上。

【綢軟 tiû-nńg】 綢之柔軟。一身軀專是～～chit-sin-khu choân-sī～～⇨一身衣着皆是綢的軟綿綿的。

【綢緞 tiû-toān】 絹絲布的總稱。～～莊～～chng⇨綢緞店tiû-toān-tiàm。

【綢繆 tiû-biū】 預作準備。未雨先～～bī-ú sian～～⇨喻在事情或困境來臨之前就有所準備。

【綢綢軟軟 tiû-tiû-nńg-nńg】 穿到～～～～chhēng-kàu～～～～⇨穿得一身都是軟綿綿的綢衣裳。

tiû **疇** 田也。美田也。又田界也。又相等曰疇tiû。田～tiân～⇨穀田曰田，麻田曰～kok-tiân oat tiân，mô·-tiân oat～⇨疇亦田tiân，亦即田chhân也。匹～phit～⇨相等。

【疇昔 tiû-sek】 前日。～～之夜～～chi-iā⇨前天晚上。

tiû **躊** 躊躇tiû-tû⇨住足猶豫。曰踟蹰ti-tû，猶豫不決也。又躊躇滿志tiû-tû-boán-chì⇨揚揚得意。躊躊躇躇tiû-tiû-tû-tû⇨遲疑不前。→thî-thî-thû-thû。

tiû **淘** 淘tô也(見to部)。

tiû **稠** 稠tiâu也(見tiau部)。

【稠密 tiû-bit】 細而密。計畫～～kè-ōe～～⇨同上。

tiû **籌** 計數之具也。又計畫也。運～帷幄之中，決勝千里之外，吾不如張良ūn～ûi-ok chi tiong, koat-sìn chhian-lí-chi-goā, gô· put-jî (jû) tiuⁿ-liâng⇨漢高祖劉邦語。以箸代～í-tī tāi～⇨在食中計畫。

【籌馬 tiû-bé】 計數籤kè-sò·-chhiam。賭博用爲計數者皆曰籌馬tiû-bé。～～無夠～～bô-kàu⇨賭敗矣。欠～～khiam～～⇨同上。

【籌策 tiû-chhek】 畫策ōe-chhek。～～久矣～～kiú-í⇨計畫很久了。

【籌備 tiû-pī】 計畫準備。～～會議～～hōe-gī⇨同上。～～委員～～úi-oân⇨同上。

【籌算 tiû-soàn】 計算kè-sǹg。

tiû **冑** 裔也。嗣也。後裔hō·(hiō)-è也。貴～kùi～⇨貴族之後裔。帝～tè～⇨帝族。又甲～kah～⇨戰帽戰衣。前冑字屬肉部，後冑屬冂部各有其字，今已混同矣。

tiū **稻** 食米所由生者也。水～chúi～⇨同上。播～pò·～⇨播田pò·-chhân。刈～koah～⇨收穫siu-hek。刈koah亦作割koah。

【稻仔 tiū-á】 稻。～～抄弄花也～～teh lāng-hoe-a⇨稻在開花了。～～尾～～bóe(bé)⇨稻穗tiū-sūi。割人的～～尾koah-lâng-ê～～bóe(bé)⇨奪取別人的情婦。割koah亦作㓾chàⁿ，斬截也。

【稻虎 tiū-hó·】 一種稻仔的害蟲。

【稻草 tiū-chháu】 稻藁草tiū-kó-chháu。總

～～chấng～～⇨把稻草束成一束一束。

【稻鬼 tiū-kúi】 遲生不成物的稻穗。即冬眞好，～～眞少chit-tang chin-hó～～chin-chiò⇨此季很好，壞穗很少。

【稻屑 tiū-seh】 落穗lâu-sūi。扱～～khioh～～⇨拾落穗。扱khioh，整理也，收拾也，亦拾取也。

【稻敕 tiū-siak】 兩手合握以使於在敕桶siak-thấng 打落粟粒的一束稻。敕 siak，束sok 也，亦縛也。又稻敕在敕桶上敲打亦曰敕siak。

【稻埕 tiū-tiâⁿ】 晒穀場。掃～～來曝粟sàu～～lâi phak-chhek⇨同上。

【稻探 tiū-thàm】 頭一朵稻花。有看見～～也ū-khoàⁿ kìⁿ(ì)～～à⇨看見第一穗了。

【稻栥 tiū-chhài】 挿秧後稻葉發齊的小稻。～～不止媠抄～～put-chí súi-lè⇨稻的發育相當好的樣子。

【稻頭 tiū-thâu】 稻穗刈收後的稻株。

【稻穗 tiū-sūi】 ～～出齊也～～chhut-chê-ā⇨同上。

【稻藁 tiū-kó】 稻幹。～～草～～chháu⇨同上。～～頭～～thâu⇨稻頭tiū-thâu。四月初八雨，～～曝道死sì-goeh chhe-peh-ú，～～phak tō-sí⇨謂四月初八如果下雨，該年將會亢旱，稻仔會被晒死。

【稻草搒 tiū-chhaú-pō͘】 同草搒chhaú-pō͘。

**tiū 籀** 同稻tiū。

**tiū 宙** 宇宙ú-tiū也。四方上下曰宇，往古來今曰～，以喩天地sù-hong siāng-hē oat ú, óng-kó͘-lâi-kim oat～, i jî(jû) thian-tē⇨同上。

**tiū 紂** 殷末代的紂王tiū-ông。妲己敗～～tàn-kí pāi～～⇨妲己美女名，據稱是狐狸精的變身。

## tiuⁿ

**tiuⁿ 張** 姓氏。裝設也。開也。違拗曰張tiuⁿ。又數詞。～犂～lê⇨裝犂。～活鬼～oah-kúi⇨裝設自彈機。狡～gâu～⇨很會撒嬌。一～紙chit～choá⇨一張紙。二～犂nn̄g～lê⇨兩犂。三～眠床saⁿ～bîn-chhn̂g⇨三台床。擴～khok～⇨擴充開展。

【張人 tiuⁿ-lâng】 違拗人。撒嬌。狡～～gâu～～⇨會(愛)撒嬌。

【張弓 tiuⁿ-kiong(keng)】 裝弓。製弓。～～司父～～sai-hū⇨製弓師。

【張老 tiuⁿ-lāu】 製死時裝。～～衫～～saⁿ⇨死時的衣裳。未曾未道抄～～bōe-chêng-bōe tō-teh～～⇨謂製死時裝未免太早了。

【張帆 tiuⁿ-phâng】 揚帆iâng-phâng。～～出海～～chhut-hái⇨揚帆出海。

【張門 tiuⁿ-mn̂g】 裝門。

【張穿 tiuⁿ-chhēng】 爲死者穿上死裝。抄～～也teh～～ā⇨在替死者穿上壽衣。

【張掭 tiuⁿ-tak】 ～～也～～á⇨設陷阱捉禽獸。～～人的心意～～lâng ê sim-ì⇨設法探測人家的意思。

【張撥 tiuⁿ-toah】 違拗。例如心要而故裝不要。查某囡仔較狡～～cha-bó͘ gín-á khah-gâu～～⇨女孩子比較會作撒嬌態。

【張犂 tiuⁿ-lê】 製犂。～～來犂田～～lâi lê-chhân⇨製犂或找犂來犂田。

【張鬼 tiuⁿ-kúi】 故作違拗也。眞狡～～chin-gâu～～⇨同上。

【張嫁 tiuⁿ-kè】 準備出嫁。抄～～也，快也teh～～ā, khoài-ā⇨在作出嫁準備了，(婚期)快了。～～粧～～chng⇨準備嫁粧。

【張天師 tiuⁿ-thian-su】 道教的教祖。～～～着鬼迷～～～tioh-kúi-bê⇨張天師被鬼迷上了。喩大人物爲小子所欺。俗說，張天師是專管鬼的。

【張三某四 tiuⁿ-saⁿ-bó·-sì】 無名小卒bû-bêng-siáu-chut。啥人八你 ～～～～ siáⁿ lâng bat lí～～～～⇨誰知你是何方人氏。

【張張掇掇 tiu-tiu-toah-toah】 同張掇tiu-toah。眞佼 ～～～～ chin-gâu ～～～～ ⇨同上。

tiúⁿ 長 位高者也。地區或單位之最高行政首長(見tiang部)。戶～hō·～⇨一戶之長。村～chhoan～⇨一村之領袖。鄉～hiang～⇨一鄉最高行政長官。縣～koān～⇨縣老太爺。市～chhī～⇨一市之長。隊～tūi～⇨一隊之領袖。營～iâⁿ～⇨營之領袖。師～su～⇨一師的最高級長官。班～pan～⇨一班之長。校～hāu～⇨一校之長。

【長老 tiúⁿ-ló】 ㊀尊稱。年事高者。莊裡的～～chng-lí è～～⇨村長裏年高德劭者。陳～～tân～～⇨姓陳的老人。司馬～～su-má～～⇨姓司馬的老人。㊁長老教會的主持者(複數)。推選～～thui-soán～～⇨同上。

【長的 tiúⁿ-è】 對長官親昵chhin-lek的稱呼。阮～～，您～～goán～～, lín～～⇨我們的長官，你們的長官。

【長官 tiúⁿ-koaⁿ】 軍事～～kun-sū～～⇨同上。

【長字輩 tiúⁿ-jī-pòe】 首長階級的人。

tiùⁿ 脹 脹tiàng也。腹脹大的感覺曰脹tiùⁿ。飽而又強食亦曰脹tiùⁿ。狼吞虎嚥lông-thun-hó·-iàn亦曰脹tiùⁿ。腹肚～～pak-tó·～～⇨覺得腹中脹大。食飽道好，不當更～chiah-pá tō hó, m̄-thang koh～⇨吃飽了就好了，不可再強吃。～死好膽的，餓死無膽的～sí hó-táⁿ ê, gō-sí bô-táⁿ-ê⇨謂法禁而無人管者，膽大者可以就中取得無限實惠，膽小者却不敢碰之。～豬肥，～狗瘦，～人成黃疸～tī-pûi,～káu-sán,～lâng chiâⁿ n̂g-thán⇨吃太飽的豬會肥大，吃太飽的狗會消瘦，吃太飽的人會患上黃疸病。

【脹大 tiùⁿ-toā】 tiàng-toā。漲大。

【脹水 tiùⁿ-chúi】 彼款的是～～，不是肥hit-khoán-ê sī～～, m̄-sī-pûi⇨那個樣子是漲水，不是肥。～～頷～～hàm⇨同上。頷hàm，虛浮也。

【脹尿 tiùⁿ-jiō】 ～～脹到擋未稠也～～tiùⁿ-kà tòng-bē-tiâu-ā⇨積尿不放，幾乎當不住了。

【脹風 tiùⁿ-hong】 腹肚～～pak-tó·～～⇨同上。

【脹胿 tiùⁿ-kui】 鳥類吃得太飽。逐隻都食到～～也tak-chiah to chiah-kàu～～ā⇨每一隻皆吃得太飽了。胿kui，腹也。鳥胃曰胿kui，鷄胿ke-kui，鴨胿ah-kui等是也。

【脹氣 tiùⁿ-khùi】 食了傷飽煞～～～～chiah-liáu siuⁿ-pá soah～～～～⇨吃得過飽竟覺得腹脹滿脹滿。

【脹破 tiùⁿ-phoà】 ～～人的腹肚～～lâng-ê pak-tó·⇨吃得肚子破裂了。

【脹脹 tiùⁿ-tiùⁿ】 腹肚 ～～ pak-tó·～～ 肚子鼓張。

【脹膿 tiùⁿ-lâng】 腫膿chéng-lâng。粒仔抯～～liap-á teh～～⇨疙瘩在腫膿。

tiùⁿ 抯 同拖thoa。手拉也。扭giú也。相～sio～⇨相扭sio-giú⇨相拖sio-thoa⇨拉來拉去。

【抯被 tiùⁿ-phōe】 扭被giú-phōe。拉被以蓋己。你佼～～，我不愛合你睏lí gâu～～goá, m̄-ài kah-lí-khùn⇨你慣拉被，我不和你共睡(一張被)。

【抯銅仔 tiùⁿ-tâng-á】 婦女於新正過年時各出同額錢幣，依次排在掌上，放手使幣落地，取其翻面者的賭博。

tiûⁿ 場 平坦之地曰場tiûⁿ，人聚之地曰場tiûⁿ，辦事之地曰場tiûⁿ，交易之地曰場tiûⁿ。廣～kóng～⇨市街樓房之間形成空廣的一塊場地。會～hōe⇨聚會之場地。市～chhī～⇨市集。交易～kau-ek～⇨做交易的地方。商～siang～⇨商業的場地。農～lông～⇨同上。漁～hî～⇨同上。山～soaⁿ～⇨同上。林～lîm～⇨同上。操～chhau～⇨同上。體育～thé-iok～⇨同上。運動～ūn-tōng～⇨同上。棒球～pāng-kiû～⇨打棒球的場地。籃球～lâⁿ-kiû～⇨同上。排球～pâi-kiû～⇨打排球的地方。文～būn～⇨戲劇裏以文戲爲主的場面。武～bú～⇨戲劇裏全武大的場面。戲～hì～⇨演戲場地。頂～téng～⇨上一場。下～ē～⇨下一場。前～chêng～⇨同上。後～āu～⇨同上。排～pâi～⇨音樂團體的清唱也。場tiûⁿ，場面tiûⁿ-bīn。

【場合 tiûⁿ-hap】 日文。情形，時候。

【場地 tiûⁿ-tē】 辦事所要的場所。無抵好的～～bô-tú-hó ê～～⇨沒有適當的地方。

【場所 tiûⁿ-só͘】 公共～～kong-kiōng～～⇨同上。

【場長 tiûⁿ-tiúⁿ】 各種工作場之主。農場的～～lông-tiûⁿ-ê～～⇨同上。

【場面 tiûⁿ-bīn】 排場pâi-tiûⁿ。情形、情景。結婚的～～kiat hun ê～～⇨同上。衝突的～～chhiong-thut ê～～⇨雙方衝突的情景。～～大～～toā⇨例如祝壽，祭典，戲劇等等公私表現的場面。

【場場 tiûⁿ-tiûⁿ】 一場一場。每一場。～～好戲～～hó-hì⇨同上。～～暴滿～～pok-boán⇨同上。

**丈** tiūⁿ 姻親關係人的尊稱(見tiang部)。姑～ko͘～⇨姑母之夫。姨～î～⇨姨母之夫。又妻之姊妹之夫。大細～toā-sè(sòe)～⇨姊妹之丈夫間的關係。大姨送大～toā-î sàng toā～⇨大姨大丈，夫妻也。謂妻送夫回去，夫又送妻轉來，送來送去，送去又送回，來回無底止。

【丈人 tiūⁿ-lâng】 岳父gak-hū。～～公～～kong⇨妻之祖父。～～叔～～chek⇨妻之叔父。～～嬸～～chím⇨妻之叔母。～～伯～～peh⇨妻之伯父。～～姆～～ḿ⇨妻之伯母。～～媽～～má⇨妻之祖母。

【丈公 tiūⁿ-kong】 祖之姊妹的丈夫。

**惝** tiuh 痛極之感覺。痛～～⇨極痛。

## tng

**當** tng 當tong也，當tang也(見各部)。㊀任也。值也。遇也。～兵～peng⇨做兵chò-peng。～了無成～liáu bô-sêng⇨做了不像眞的。正～時chiàⁿ～sî⇨正在盛時。日～崎jit～kiā⇨太陽正在中天。雨～大hō͘～toā⇨雨下得正濃。～抣熱～teh jiat⇨正在熱中(於某事)。～抣興～teh-hèng⇨正在興頭上。㊁伺機。～機會～ki-hōe⇨等候機會。～人的過失～lâng ê kōe-sit⇨等候人家有過失。㊂設陷以待。～鳥仔～chiáu-á⇨同上。～兎仔～thò͘-á⇨同上。～賊仔～chhat-á⇨伺賊以捉之。

【當仔 tng-á】 當抣tng-teh。～～好～～hó⇨正在佳境。

【當好 tng-hó】 正在佳境。人際，事物皆通用。彼陣佪的關係～～，好話聽未入耳hit-chūn in ê koan-hē～～, hó-ōe thiaⁿ-bē-jip-hīⁿ⇨當時他們的關係正在佳境，忠言聽不入耳。價賬～～該賣也kè-siàu～～ài-bē(bōe)-ā⇨價格是最好的，應該賣了。王梨即陣～～食ông-lâi chit-chūn～～chiah⇨鳳梨hōng-lê此時正好吃。～～睏～～khùn⇨睡得正酣。～～嫁也～～kè-ā⇨正值宜於及時出嫁。～～天不去，要等何時～～thiⁿ m̄-khì, boeh-tán hô-sî⇨正值好天氣不去，要等何時。～～運～～ūn⇨正值上上的運氣。

【當兵 tng-peng】 投軍tâu-kun。入伍jip-ngó͘。好囝不～～，好鐵不拍釘hó-kiáⁿ m̄～～,

hó-thih m̄-phah-teng⇨有家無國時代的舊觀念。

【當抣 tng-teh】 正值，正在。～～癮～～giàn⇨～～上某種癮。～～癮阿片～～giàn-a-phiàn⇨～～阿片癮～～a-phiàn-giàn。～～㦼～～bâ⇨正在頻頻幽會。㦼bâ，相慕也。～～有意思～～ū ì-sù⇨正在濃情密意之時。～～好看～～hó-khoà$^{n}$⇨同上。～～熱場～～jiat-tiû$^{n}$⇨同上。

【當紅 tng-âng】 正在全盛。略同當盛tng-sēng。伊的聲勢～～，喝水會堅凍，你不知否 i ê sia$^{n}$-sè ～～ hoah-chúi ē(ōe) kian-tàng lí-m̄-chai-hō͘⇨他的聲勢正在全盛，喝水會結冰你不知嗎。喝水hoah-chúi，對水開聲大喝。謂一喝水就結冰。

【當面 tng-bīn】 面對面。有話～～講ū-ōe ～～ kóng⇨同上。～～交本人也～～kau pún-lâng-ā⇨面對面交給本人了。

【當勇 tng-ióng】 ㊀當兵tng-peng。㊁正在年輕力壯。二、三十歲囡仔～～jī-sa$^{n}$-chap-hòe gín-á ～～⇨二三十歲的少年郎正在全盛時期。

【當差 tng-chhe】 任職jīm-chit。於縣衙～～tī koān-gê～～⇨在縣政府任職。

【當時 tng-sî】 ㊀當時tong-sî。那個時候。～～你無講清楚～～lí bô-kóng chheng-chhó⇨彼時你沒有說清楚。～～無想着～～bô siū$^{n}$-tioh⇨彼時沒想到。㊁正是時候。盛時。即陣柑仔正～～chit-chūn kam-á chià$^{n}$～～⇨此刻柑仔正在盛產，最好吃。十八廿四正～～chap-peh(poeh)-jī-sì chià$^{n}$～～⇨謂少女在十八二十四歲的時候最美麗。

【當盛 tng-sēng】 正在全盛。勢頭～～sè-thâu～～⇨聲勢正在全盛期。西瓜～～si-koe～～⇨西瓜在盛產中。

【當寒 tng-koâ$^{n}$】 正在寒中。當抣寒tng-teh-koâ$^{n}$。十二月天～～，講穿一領衫耳chap-jī-goeh-thi$^{n}$～～, kóng chhēng-chit-niá-sa$^{n}$ niâ⇨十二月（陰曆）最寒之時，竟只穿一件衣而已。

【當開 tng-khui】 當抣開tng-teh-khui。心花正～～sim-hoe chià$^{n}$～～⇨心花正在怒放，心事正在高興當中。梅花當抣開bôe-hoe tng-teh-khui⇨梅花正在盛開。

【當等 tng-tán】 等候。～～伊來～～i-lâi⇨等待他來臨（用於有意等候）。

【當圓 tng-î$^{n}$】 最明亮。八月仲秋月～～peh(poeh)-goeh tiōng-chhiu goeh～～⇨同上。八月peh-goeh→poeh-geh。

【當慘 tng-chhám】 最慘。進無步，退無路，會使得講～～的時陣chìn-bô-pō͘, thè-bô-lō͘, ē-sái-tit-kóng～～ê sî chūn⇨進退不得，可以說是最慘的時候了。

【當熱 tng-jiat】 正在火熱之中。兩情～～liáng chêng～～⇨双方正在熱烘烘。亦可曰當抣熱tng-teh-jiat。

【當熱 tng-joah】 正在炎熱天氣。當抣熱tng-teh-joah。六月天～～，抣呷燒茶lak-goeh-thi$^{n}$～～, teh hah-sio-tê⇨六月(陰曆)天氣最熱的時候，在喝熱茶。呷hah，吸而飲之曰呷hah。

【當興 tng-hèng】 當抣興tng-teh-hèng。正在興頭上。抵着伊～～，較貴每無要緊tú-tioh i～～, khah-kùi mā bô-iàu-kín⇨剛好逢到他在興頭上，多貴都沒關係。

【當少年 tng-siàu-liân】 正在盛年。三十出頭仔，會使得講是～～～sa$^{n}$-chap-chhut-thâu-á, ē sái-tit-kóng sī～～～⇨三十多一點，可以說是人生最盛的時期。

【當未來 tng-bē(bōe)-lâi】 不能勝任。擔當不了。小小仔一個村長都～～～，敢有話好講sió-sió-á chit-ê chhoan-tiú$^{n}$ to～～～, kám-ū-ōe hó-kóng⇨小村長都做不來還有話說嗎。

【當未起 tng-bē(bōe)-khí】 謙讓之詞。有擔

當tam-tng (tong) 不起，力不勝任等的涵意。不敢當。謝謝您。

【當吊仔 tng-tiàu-á】 活捉野禽野獸的一種方法。～～～掠鹿仔～～～liah-lok-á⇨設陷捉鹿。陷是掘孔；吊是以繩吊上天。

【當行時 tng-kiaⁿ-sî】 正走上紅運。伊是當今～～～的醫生i sí tong-kim～～～ê i-seng⇨他是當今最紅的醫生。

【當村長 tng-chhoan-tiúⁿ】 chó chhun-tiúⁿ。任村長之職。

【當初時 tng-chhe(chho͘)-sî】 在於開頭的時候。～～～，道有病根也～～～，tō-ū pēⁿ-kin-a⇨開頭時就有潛在的毛病了。

【當事的 tng-sū-ê】 執事者，當局tong-kiok。當路tong-lō͘。～～～做石磨仔心～～～chò (chòe) chioh-boâ-á-sim⇨謂當局者夾在原被兩造的中間(難爲左右袒chó-iū-thán)。

【當青春 tng-chheng-chhun】 當少年tng-siàu-liân。多用於開老人的玩笑。阿久伯仔～～～抡喏，猶會使得娶細姨也akú-peh-à～～～leh-nō, iáu-ē-sái-tit chhoā-sè-î-ā⇨阿久伯還年青嘛，還可以娶個小老婆嘛。逐家每安爾講，哧哧哧哧tāk-ke mā an-ne(ni)-kóng, heh-heh-heh-heh⇨老伯的回答。

【當是時 tng-sī-sî】 正當時chiàⁿ-tng-sî。正是時候。十八二二～～～chap-peh (poeh) jī-jī～～～⇨十八歲到廿二歲正是人生的開花期。最美麗絢爛hiàn-lān的時期。

【當起色 tng-khí-sek】 正在大興大旺。生理做了～～～seng-lí chò (chòe) -liáu～～～⇨商業經營得正在大興大旺。

【當時好 tng-sî-hó】 正在最佳時機。未晝仔生理～～～boeh-tàu-á seng-lí～～～⇨中午之前市況最佳交易最多。

【當時行 tng-sî-kiâⁿ】 最流行chòe-liû-hêng。自由戀愛～～～，父母的話不免聽chū-iû loân-ài～～～, pē-bó (bú) -ê-ōe m̄-bián-thiaⁿ⇨所謂新時代男女的心態。

【當發花 tng-hoat-hoe】 同當發彩tng-hoat-chhái。

【當發彩 tng-hoat-chhái】 正在大發財。生理～～～seng-lí～～～⇨同上。

【當賊仔 tng-chhat-á】 伺機捉賊。

【當頭白日 tng-thâu-peh-jit】 白日中天。白天。～～～～，搶關帝廟～～～～，chhiúⁿ-koan-tè-biō⇨在青天白日之下，刼關帝廟。嘲白天行房事者。

【當頭對面 tng-thâu-tùi-bīn】 本人對本人。面對面。逐家～～～～，有話道該講，毋當尻川後藉來更五四三tak-ê～～～～ū-ōe tō-ài-kóng, m̄-thang kha-chhng-āu chiah-lâi-koh gō-sī-saⁿ⇨大家面對面了，有話必須講明白，不可在後面，才再來提出不滿不平的閑話。

**斷** tn̍g 斷toān也，斷tn̄g也。剪斷臍帶chê-tài曰斷tn̍g。

【斷心 tn̍g-sim】 折斷某種果菜的心芽以促進成長或結實曰斷心tn̍g-sim。菊仔花有～～的，開了花較媠kiok-á-hoe ū～～ê, khui-liáu hoe-khah-súi⇨菊花有斷心者，所開的花較美麗。

【斷臍 tn̍g-chái】 剪斷嬰仔的臍帶。查某囝教老母仔～～cha-bó͘-kiáⁿ kà lāu-bú-á～～⇨女兒教導母親以斷臍之法。謂本末顚倒pún-boat tian-tó。

**轉** tn̍g ㊀返也。還hoân也。歸kui也。水返脚chuí-tn̍g-kha⇨地名也。又歸原位曰轉tn̍g。恢復曰轉tng。來去～lâi-khì (ì) ～⇨回家罷，回頭罷。→lâ-i-tn̍g。倒～來也tó～lâi-à⇨回家來了，回頭來了。食藥仔了有漸漸抡～也chiah ioh-á-liáu ū chiām-chiām teh～à⇨吃藥之後，漸漸在恢復了。㊁轉choán也。旋轉sôan-choán曰轉tn̍g。轉變choán-piàn曰轉tn̍g。金錢調度曰轉tn̍g。又回歸亦曰轉tn̍g。正～倒～chiàⁿ～tò～⇨正轉反轉。迸輪～sē-liân

～⇨一旋轉。sōe-lîn-tńg。車輪真佼～chhia$^{n}$-lián chin-gâu-tńg⇨車輪轉得很好。生理做未～seng-lí chò(chòe)-bē(bōe)～⇨生意做不下去。借錢來～chioh-chî$^{n}$ lâi～⇨借錢來周轉。先共你～seng kā-lí～⇨先借你的錢來周轉。真佼～chin-gâu～⇨很會調度tiau-to̍k金錢。

【**轉手** tńg-chhiú】 choán-chhiú。過手kòe-chhiú。商品換主也。～～道有好趁也～～tō-ū-hó-thàn-à⇨一轉手就有利可得了。

【**轉孔** tńg-khang】 調頭寸tiàu-thâu-chhùn。借錢應急。～～轉未過，道行去也～～tńg-bē(bōe)-kòe(kè), tō kiâ$^{n}$-ì-à⇨周轉不靈，就倒閉了。亦曰轉錢孔tńg-chî$^{n}$-khang。

【**轉色** tńg-sek】 一下看，面道～～也chi̍t-ē-khoà$^{n}$, bīn tō～～ā⇨一看就(怕得)面轉色了。又轉青tńg-chhe$^{n}$(chhi$^{n}$)，轉黃tńg-n̂g，轉紅tńg-âng，轉烏tńg-o͘，轉白tńg-pe̍h皆屬轉色tńg-sek。

【**轉角** tńg-kak】 斡角oat-kak。彎oan轉choán亦斡oat。～～彼間道是海運公司也～～hit-keng tō-sī hái-ūn-kong-si a⇨轉角那一家就是海運公司了。

【**轉身** tńg-sin】 轉動身體。搚到未～～得kheh kà bē(bōe)～～ tit⇨擠得轉不了身。

【**轉肩** tńg-keng】 擔夫互換其左右肩。擧生毋知可～～giâ-lān m̄- chai hó～～⇨槓着陽物，不知可以轉換其肩。謂臨事不懂得變通(粗語)。

【**轉風** tńg-hong】 ㊀風向轉變。轉北風tńg-pak-hong⇨改吹北風。㊁舊症復發。多敢又抙～～也抙to-ká$^{n}$ iū-teh～～a-lè⇨恐怕又在舊症復發了吧。

【**轉笑** tńg-chhiò】 由怒轉喜。看着錢道～～也khoà$^{n}$-tio̍h chî$^{n}$ tō～～à⇨一見錢就笑了。

【**轉骨** tńg-kut】 由孩童長大轉入成人。亦曰轉大人tńg-toā-lâng。得未～～也tit-boeh～～à⇨快要變成大人了。

【**轉迣** tńg-sē(sōe)】 迴旋hôe-soân。周轉chiu-choán。改變kái-piàn。移易î-e̍k。佼～～gâu～～⇨巧於周轉。歹～～phái～～⇨周轉有困難。搚到未～～得kheh-kà bē(bōe)～～tit⇨擠得不能轉身tńg-sin。～～未過～～bē(bōe)-kòe⇨周轉得過不了關。乎你未～～得hō͘-lí bē(bōe)～～tit⇨不能加以轉用。

【**轉倒** tńg-tó】 應付èng-hù。歹～～phái$^{n}$～～⇨難於應付。略同轉迣tńg-sē。佼～～gâu～～⇨同上。

【**轉寒** tńg-hân】 熱症解熱後體溫急降。汗流了道是會～～毋koā$^{n}$-lâu-liáu tō-sī-ē(ōe)～～m̄⇨解熱流汗之後就是會覺得冷，不是嗎。

【**轉寒** tńg-koâ$^{n}$】 轉冷tńg-léng。仲秋來道～～也tiōng-chhiu-lâi tō～～ā⇨中秋來了就變冷的天氣了。

【**轉喟** tńg-khùi】 呼吸hō͘-kip。喘到未～～得chhoán kà bē(bōe) tit ～～⇨喘得(幾乎)無法呼吸。

【**轉意** tńg-ì】 改變意見。回心～～hôe-sim～～⇨改變意見⇨反悔hoán-hòe。

【**轉鼓** tńg-kó͘】 戲換齣hì-oā-chhut。阮到位抵抙～～goán kàu-ūi tú-teh～～⇨我們到達了，剛好在轉鼓換齣。

【**轉斡** tńg-oat】 同轉彎 tńg-oan。斡者旋也。

【**轉嘴** tńg-chhùi】 改換稱呼chheng-ho͘。例如因結婚而身分變了，對双方的親戚等都要改換稱呼chheng-ho͘。猶不敢～～抙iáu-m̄-ká$^{n}$～～lè⇨還不敢改稱呼哩（初次改稱，難出口也）。

【**轉輪** tńg-lûn】 ㊀車輪旋轉。㊁目珠ba̍k-chiu上下左右而視曰轉輪tńg-lûn。目珠未～～也，猶毋死去也ba̍k-chiu bē(bōe)～～ā, iáu-m̄ sí-khì(ì)-à⇨眼睛不轉動了，那麼，不是死

了嗎。

【轉聲 tńg-siaⁿ】 變聲piàn-siaⁿ。囡仔～～道是得未轉大人也gín-á ～～ tō-sī tit boeh tńg toā-lâng ā⇨孩童聲音變，就是變爲成人了。得未tit-boeh(teh-beh)，快要。

【轉彎 tńg-oan】 choán-oan。～～許道到也～～hia tó-kàu-à⇨轉彎的地方就到了。

【轉大人 tńg-toā-lâng】 同轉骨tńg-kut。～～～轉未過～～～tńg-bē(bōe)-kòe⇨變大人變不了，因發育不全。

【轉舌關 tńg-chih-koan】 將轉話環choán-khoân以脫干係kan-hē。伊眞佼～～～i chin-gâu～～～⇨他說話很會轉環。

【轉話頭 tńg-ōe-thâu】 ㊀轉舌關tńg-chih-koan。㊁轉換話題。講也講，無意中～～～，道拂對您父者來也kóng-à-kóng, bô-ì-tiong～～～, tō hut-tùi lim-pē-chia lâi-ā⇨說着說着，忽然換話題，就對准着我攻擊起來了。

tǹg **頓** 膳食一次曰一頓chit-tǹg。一日食三～chit-jit chiah saⁿ～⇨一日三餐it-jit sam-chhan。三～飯saⁿ～pn̄g⇨一日三餐。一～久久，二～相抵chit～kú-kú, n̄ng～sio-tú⇨謂三餐都不定時。看人的飯～khoàⁿ-lâng ê pn̄g～⇨依賴別人生活。歹歹新婦三～燒pháiⁿ-pháiⁿ sim-pū saⁿ～sio⇨不好的媳婦也可以維持三餐都是熱騰騰的飯食。意謂親生的女兒雖然很好，但是終是別家的媳婦。自己的媳婦雖然是眞壞，不大孝順，但是三餐可以維持溫飽。

tǹg **當** 質也。出物質錢曰當tǹg。典～tián～⇨以物質押chit-ah而得錢。提去～thek-khì(ì)～⇨提出東西爲質去押錢。共人～kā-lâng～⇨出物抵押。消～siau～⇨典當過期。做準～chò(chòe)-chún～⇨權充抵押品。

【當店 tǹg-tiàm】 典當業之店。開～～khui～～⇨同上。

【當消 tǹg-siau】 消當siau-tǹg。典當逾期，贖回權被取消。～～的～～ê⇨不能贖回的。

【當票 tǹg-phiò】 當店所發的單據。～～拍毋見去也～～phah-m̄-kìⁿ-ì-ā⇨當票遺失了。拍毋見去phah-m̄-kìⁿ-khì→phah-m̄-kìⁿ-ì。

【當頭 tǹg-thâu】 典當物。金～～kim～～⇨值錢有價值的典當物。贖～～siok～～⇨以錢換回典押物。

【當皮當骨 tǹg-phôe(phê)-tǹg-kut】 喩在萬般無奈的窮苦中設法要錢。～～～～，亦該還人～～～～, ah-āi hêng-lâng⇨當皮當骨也要還人家。

tǹg **振** 頓也，捶也。以拳迅速擊打曰振tǹg。又押印曰振印tǹg-ìn。俗作搷亦捶也。

【振胸 tǹg-heng】 以拳自擊其胸。～～保證～～pó-chèng⇨謂非常可靠的保證。

【振印仔 tǹg-ìn-á】 押印ah-ìn。毋肯，伊要～～m̄-khéng, i boeh～～～⇨如果不答應，他肯押印嗎。

【振椅振棹 tǹg-í-tǹg-toh】 拳擊椅棹，表示強烈的反對。合伊～～～～kah-i～～～～⇨與他拳擊椅棹，表示反對。亦作搭椅搭棹tah-í-tah-toh，義同。

tǹg **碵** 石落聲。柱下石也。質也正也平也。置之曰碵tǹg。佔住一地不動亦曰碵tǹg。傳chhāi也。毋知啥人～的m̄-chai siáⁿ-lâng～ê⇨不知是誰所放置。～到如死人抡～kà-ná sí-lâng-leh⇨靜坐得如死人。於彼～歸晡也tī-hia～kui-po͘-a⇨在那裡靜待整天了。向～n̄g～⇨罵小孩子不聽話。謂其靜靜呆在一地全不肯照大人之話去做。

【碵路 tǹg-lō͘】 斷路。放大石於路上。舉石頭～～giâ chioh-thâu～～⇨舉大石放置大路上，謂自斷其路，誓不再來。

tn̂g **長** 短之反。長度。有利曰長tn̂g。～短～té⇨長的與短的。三尺～saⁿ-chhioh～⇨長三尺。有較～，人藉肯ū-khah～, lâng-chiah-khéng⇨有所利人家才肯做。賬項有～有短是會的siàu-hāng ū～ū-té sī-ē-ê⇨賬目有時多出來，有時不夠，是可能的。乎伊～三百元去hō·-i～saⁿ-pah-oân-khì⇨被他多得三百元。

【長刀 tn̂g-to】 ～～短劍～～té(tóe)-kiàm⇨同上。

【長工 tn̂g-kang】 按年計的工人。做～～chò(chòe)～～⇨同上。

【長手 tn̂g-chhiú】 伸～～chhun～～⇨有求於人。乞食khit-chiȯh。叫化子。

【長毛 tn̂g-mô(m̂ng)】 ～～的～～ê⇨①長髮者。②指太平天國。拍～～的phah～～ê⇨攻打長毛的。

【長犯 tn̂g-hoān】 長期徒刑的犯人。

【長本 tn̂g-pún】 大本錢toā-pún-chîⁿ。咱無彼類～～lán bô hit-loe～～⇨我們(我)沒有那麼大的本錢。

【長冬 tn̂g-tang】 ～～短冬～～té(tóe)-tang⇨農時的區分。第一期作爲短冬，第二期作爲長冬。

【長命 tn̂g-miā】 長壽tiâng-siū。～～食百二～～chiȧh pah-jī⇨長命到一百二十歲。

【長門 tn̂g-m̂ng】 長期。～～的生理～～ê seng-lí⇨可以長期做下去的生意。即款生理藉有～～chit-khoán seng-lí chiah-ū～～⇨此種生意才可以長久繼續。

【長衫 tn̂g-saⁿ】 禮服lé-hȯk。衫saⁿ，衣類之總稱。～～疊馬褂～～thȧh bé-koà⇨①舊時的禮裝。②笑內衣露出外面者。

【長面 tn̂g-bīn】 ㊀面形長bīn-hêng-tn̂g。馬面的bé bīn ê。㊁有利。有較～～ū-khah～～⇨佔到有利的一方。安爾咱較～～an-ne(ni) lán khah～～⇨這樣子我們佔到有利的一方。

【長柄 tn̂g-pèⁿ(pìⁿ)】 ～～的刎鍥～～ê phún-keh⇨同上。刎鍥phún-keh，刎草刀phún-chháu-to。

【長城 tn̂g-siâⁿ】 萬里～～bān-lí～～⇨美國太空人自月球回視地球唯一依稀可見之物。

【長站 tn̂g-chām】 路程lō·-thêng之較長者。～～該看三點鐘～～ài-khoàⁿ saⁿ-tiám-cheng⇨長站(所要時間)應計上三小時。看khoàⁿ，估計也。

【長病 tn̂g-pēⁿ(pīⁿ)】 長期之病。困～～khùn～～⇨爲久病所困住。

【長袍 tn̂g-phâu】 便服piān-hȯk。袍phâu，衣有內裏者。

【長翅 tn̂g-sı̍t】 金鯧魚kim-chhńg-hî的俗名，亦叫鯧仔chhńg-á。亦即日人叫鮪ma-gu-loh(maguro)者。～～仔～～á⇨同上。

【長條 tn̂g-liâu】 旗袍kî-phâu的俗稱。女長衣。

【長椅 tn̂g-í】 可坐兩三人的長形椅。亦曰椅條í liâu(tiâu)。

【長期 tn̂g-kî】 ～～短期～～té(tóe)-kî⇨同上。～～抗戰～～khòng-chiàn⇨同上。～～放款～～hòng-khoán⇨同上。

【長短 tn̂g-té】 ㊀長與短。～～脚～～kha⇨跛脚pái-kha。～～籤～～chhiam⇨有長的有短的，亦即無平長bô-pêⁿ-tn̂g。㊁糾紛kiù-hun。事情有出入。內情有～～於抄lāi-chêng ū～～tī-lè⇨內情有問題存在。合伊有～～kah(kap)-i ū～～⇨和他有糾紛。㊂是非。講人的～～kóng lâng ê～～⇨說人家的是非。～～脚話～～kha-ōe⇨是非的言詞。三人共五目，後擺不當有～～脚話saⁿ-lâng kāng gō·-bȧk, āu-pái m̄-thang-ū～～kha-ōe⇨(雙關語)①三人同見面了，將來不可有是非之話。五gō·，晤gō·，兩字同音雙關。②三人一共有五目，將來不要再說是非。謂惡媒拉一跛一眇談親，相親時做了手脚，以互掩各人之短，然後以此語搪塞。

【長程 tn̂g-thêng】 長期。長遠。～～的計劃～～ê-kè-ōe⇨同上。

【長靴 tn̂g-hia】 長統鞋tn̂g-thóng-ê(ôe)。穿～～chhēng～～⇨同上。

【長裘 tn̂g-hiû】 長裘衣。穿～～chhēng～～⇨同上。

【長較 tn̂g-kah】 較kah或作合kah。長期來往。～～的人客～～ê-lâng-kheh⇨長期顧客。艱苦人合菜脯得～～kan-khó·-lâng kah(kap) chhài-pó· teh～～⇨窮苦人家經常和菜脯離不開。菜脯 chhài-pó·，蘿蔔 lô-pok，亦即菜頭chhài-thâu加鹽晒乾者。合伊抾～～也kah (kap)-i teh～～à⇨和他在長期關係了(同居了)。

【長路 tn̂g-lō·】 長程之路。～～慢行～～bān-kiâⁿ-⇨長程之路宜緩緩而行。

【長暝 tn̂g-mê】 長夜tiâng-iā。冬夜tong-iā。

【長遭 tn̂g-choā】 長程的路段。走～～較忝cháu～～khah-thiám⇨跑長程的較多疲勞。

【長蟒 tn̂g-báng】 長蟒衣。長大衣。穿～～chhēng～～⇨同上。蟒bóng，王蛇，因官衣繡有蟒紋故曰蟒衣。bóng→báng。

【長齋 tn̂g-chai】 長期素食。食～～chiah～～⇨同上。

【長聲 tn̂g-siaⁿ】 聲音拉長。講話牽～～kōng-ōe khan～～⇨同上。

【長尻川 tn̂g-kha-chhng】 爲閒聊hân-liâu而久坐忘返。～～～的人坐落去道未記得企起來～～～ê-lâng chē(chōe)-loh khiā(ī) tō bē (bōe)-kì-tit khiā khí-lâi⇨長屁股者坐下去就忘記了站起來。

【長老老 tn̂g-ló-ló】 很長很久。一暝～～～chit-mê～～～⇨夜長(夢多)。一世人長～～chit-sì-lâng～～～⇨一生很長很長。

【長年菜 tn̂g-nî-chhài】 除夕的特別菜，一直吃到初五隔開chhe-gō·-keh-khui。大芥菜截成長條，和豬油煮成者。

【長尾仔 tn̂g-bóe(bé)-á】 鳥名。鷄類，尾甚長。

【長尾星 tn̂g-bóe(bé)-chheⁿ(chhiⁿ)】 ㊀彗星sūi-seng。俗曰掃帚星sàu-chiú-chheⁿ。亦曰落屎星仔lâu-sái-chheⁿ-á。㊁壞孩子。您老母仔生到你即個～～～仔，來抾卸世衆lín-lāu-bú-á seⁿ(siⁿ) kà lí-chit-ê～～～ á lâi-teh sià-sì-chèng⇨你母生下你這個壞東西來在取辱。卸世衆sià-sì-chèng，自取其辱chū-chhí-kî-jiok。出醜chhut-chhiù，貽笑大方i-chhiàu-tāi-hong。

【長性命 tn̂g-sèⁿ(sìⁿ)-miā】 長生tiâng-seng。啥人有彼類～～～siáⁿ-lâng ū-hit-lōe～～～⇨誰有那麼長的性命，亦即誰能夠等得上。

【長流水 tn̂g-lâu-chúi】 長流不息tiâng(tiông)-liû-put-sit的水。父母痛囝～～～，囝孝父母有時陣pē-bó(bú) thiàⁿ-kiáⁿ～～～, kiáⁿ-hàu-pē-bó(bú) ū-sî-chūn⇨謂父母對子女之愛如水之長流不息，子女對父母的孝思是有時間性的。囝kiáⁿ，子女也。

【長歲壽 tn̂g-hòe(hè)-siū】 長生tiâng(tiông)-seng。長壽tiâng(tiông)-siū。現代人比古早人較～～～hiān-tāi-lâng pí-kó·-chá-lâng khah～～～⇨今人比古人較長壽。

【長頷鹿 tn̂g-ām-lok】 長頸鹿tiâng-kéng-lok。

【長年甯天 tn̂g-nî-thàng-thiⁿ】 全年choân-nî。～～～～不管時都可以～～～～put-koán-sî to-khó-í⇨一年之中任何時都可以。

【長賒短欠 tn̂g-sia-té-khiàm】 謂與人交易，掛帳可以，但是不要掛太久不還之賬，以失信用。人講～～～～信用道該顧lâng-kóng～～～～sìn-iōng tō-ài-kò·⇨古人言，長賒短欠，信用是應該維持的。

【長人行短路 tn̂g-lâng-kiâⁿ-té-lō·】 ㊀自殺chū-sat。㊁笑慣走捷徑者。

**唐** tn̂g 唐tông也。朝代名。主要指李唐lí-tông，亦即李淵lí-ian李世民lí-sè-bîn父子所開創的唐朝，tông-tiâu。又地名。唐朝所統治的地域曰唐山tông-san→tn̂g-soaⁿ。其人民曰唐山人tn̂g-soaⁿ-lâng。唐滅後，直至近代，名稱仍舊。而今唐山tn̂g-soaⁿ指大陸tāi-lio̍k，唐山人tn̂g-soaⁿ-lâng，指外省人goāⁿ-séng-lâng。

**tn̂g 堂** 正室也。殿也。廳也。殿～tiān～⇨同上。廳～thiaⁿ～⇨同上。公～kong～⇨同上。學～o̍h～⇨同上。教～kàu～⇨同上。講～káng～⇨同上。禮～lé～⇨同上。禮拜～lé-pài～⇨洋鬼子拜神之所。公會～kong-hōe～⇨同上。中山～tiong-san～⇨台灣命名中山之堂到處可見。正～chiàⁿ～⇨知縣，今之縣長。坐～chē～⇨法官就席。出～chhut～⇨上法庭。退～thè～⇨官員退席。即～官司無用刑chit～koaⁿ-si bô-iōng-hêng⇨戲白。法院問過三～也hoat-īⁿ mn̄g-kōe saⁿ～à⇨在法院審問過三次了。

【堂主 tn̂g-chú】 佛堂hu̍t-tn̂g，齋堂chai-tn̂g或菜堂chhài-tn̂g的主人。

【堂事 tn̂g-sū】 略似今之法院書記官或錄事的人員。在法院與被審人之間擔任傳話或雜務者。

【堂諭 tn̂g-jū】 法廷的命令。～～收押～～siu-ah⇨同上。

**tn̂g 塘** 塘tông也。水池也。夏樹蔭濃夏日長，樓台倒影入池～hē-chhiū ìm-lông hē-ji̍t-tn̂g, lâu-tâi tó-iáⁿ ji̍p-tî～⇨古詩。

**tn̂g 腸** 腸tiông,chhiâng也。消化器官之一。胃ūi與肛門kang-mn̂g之間之小大管道皆曰腸。依次爲十二指～cha̍p-jī-chí～，小～sió～，盲～bông～，大～toā～，直～ti̍t～等是也。大～抄告小～toā-teh-kò-sió～⇨大腸在控告小腸，謂肚子餓了。腹肚太枵了pak-tó͘ thài-iau-liāu。歹心～pháiⁿ-sim～⇨心地不善。好心～hó-sim～⇨心地善良。死心～sí-sim～⇨癡情chhi-chêng。儉～餒肚khiām～neh-tō͘⇨極度節儉，謂連食都加以節約。胡蠅毒人未死，穢人的腹～hô͘-sîn thāu-lâng bē-sí òe-lâng ê pak～⇨胡蠅毒人不死，污染人家的內臟。罵成事不足敗事有餘的小人物的慣用詞。肝～寸斷無人來koaⁿ～chhùn-toān bô-lâng-lâi⇨謂情人爽約sóng-iak,惆悵tiû-tiàng萬份。

【腸仔 tn̂g-á】 腸tn̂g。～～炎～～iām⇨腸發炎。～～病～～pēⁿ⇨腸病。～～肚～～tō͘⇨腸肚。

【腸肚 tn̂g-tō͘】 內臟的通稱。流～～liû～～⇨地獄的刑罰的一種。流 liû，抽thiu也。

【腸頭 tn̂g-thâu】 吐～～thó͘～～⇨脫腸thoat-tiông,thoat-chhiông。大～～灌秫米toā～～koàn-chu̍t-bí⇨一種以豬的直腸爲料的食品。

**tn̄g 丈** 十尺也。一公～等於十公尺chi̍t-kong～téng î cha̍p kong-chhioh⇨同上。一～長chi̍t-tn̄g⇨長一丈。店口～八，深三～六tiàm-kháu～peh,chhim saⁿ-～la̍k⇨店鋪大小的表示法。萬～深坑bān-～chhim-kheⁿ⇨①極深的坑谷kheⁿ-kok。②喩學問之深奧chhim-ò。光芒萬～kong-bông bān～⇨偉人，榮耀的形容詞。

【丈二 tn̄g-jī】 一丈二尺。～～深～～chhim⇨深度丈二。～～濶～～khoah⇨濶度丈二。～～長～～tn̂g⇨長度丈二。～～棍～～thûi⇨丈二長的棒pāng。

【丈外 tn̄g-goā】 一丈以上。崩一個～～缺pang chi̍t-ê～～khiah⇨崩裂一個丈外大小的缺口khoat kháu。～～布～～pò͘⇨一丈有餘的布棵po͘-koeh。

【丈聲 tn̄g-siaⁿ】 以丈爲單位的長度。一匹布～～無一定共款chi̍t-phi̍t-pò͘～～bô-it-tēng kāng-khoán⇨每一匹布匹，其長度不一定相同。

**tn̄g 盪** 滌te̍k也。洗滌sián-te̍k也。最後的清洗曰盪tn̄g。洗～sé～⇨洗澡sián-chó。無洗無～道抄睏bô-sé-bô～tō-teh-khun⇨洗澡都沒洗就在睡（父母罵兒）。該更～一下ai-koh～chit-ē⇨要再洗最後一次。無更～過毋好bôkoh～kòe m̄-hó⇨不再洗最後一次清洗不可以。逐項攏該更～過kak-hāng lóng-āi-koh～kòe⇨每一個東西都要再作最後的清洗。

tn̄g 撞 逢也，碰pōng也。～着朋友～tioh pêng-iú⇨逢到朋友。相～頭saⁿ～thâu⇨相逢。火車相～hóe(hé)-chhia saⁿ～⇨火車相碰hóe-chhia sio-pōng。

tn̄g 斷 截chhiat也。絕也。止也。截～做二棵chhiat～chò(chòe) nn̄g-koeh⇨切斷分開爲兩節。割～koah～⇨同上。斬～chám～⇨同上。軋～at～⇨同上。拗～áu～⇨同上。死～sí～⇨同上。大風吹～樹椏toā-hong chhoe～chhiū-oe⇨大風吹斷了樹枝。牛絞～牛索gû ká～gû-soh⇨同上。拍～古柄phah～kó·-pèⁿ⇨打斷了說故事的。手骨硬俫～去chhiū-kut ngē-boeh～khì(ì)⇨手骨幾乎要斷了。～做三四棵～chò(chòe) saⁿ-sì-koeh⇨斷爲三四節chat。食根～去也chiah-kin～khì(ì)-ā⇨財路沒有了。喝～道～hoah～tō～⇨叫一聲斷就斷了。棵koeh，斷木也。

【斷靑 tn̄g-chheⁿ(chhiⁿ)】 沒有綠色。田攏～～也chhân-lóng～～a⇨田地皆沒有綠色了⇨因亢旱khōng-oāⁿ植物皆枯萎了。

【斷乳 tn̄g-leng(ni)】 停止給予母乳。度晬仔來～～較抵好tō·-chè-à lâi～～khah-tú-hó⇨週歲前後才停給母乳比較恰當。

【斷站 tn̄g-chām】 中斷。即類貨者久仔～～去chit-lōe-hòe chiah-kú-á～～khì(ì)⇨此種商品最近中斷去沒貨來了。

【斷根 tn̄g-kin(kun)】 絕病源。痚痀病會鎮耳，未～～hê-ku-pēⁿ ē-teh niā, bē～～⇨氣喘khì-chhoán之病，可以壓住一時而已，不能治好病源。氣喘khì-chhoán俗曰痚痀hê-ku。鎮teh，壓止也。

【斷產 tn̄g-soàⁿ】 月經閉止了。～～眞久也～～chin-kú-ā⇨同上。

【斷掌 tn̄g-chiúⁿ】 手中紋連成單條者。～～查甫做相公，～～查某守空房～～cha-po· chò(chòe) sioǹg-kong,～～cha-bó· chiú khang-pâng⇨斷掌的男人沒關係，可以當大人，斷掌的女人，會克死丈夫要守空閨。

【斷棵 tn̄g-koeh】 一物斷爲數小節chat。棵koeh，斷木也。磚仔～～的眞夥chng-á～～ê chin-chē⇨紅磚âng-chng斷裂者甚多。～～的未用得也～～ê bē-iōng-tit-ā⇨斷裂者不中用了。

【斷喟 tn̄g-khùi】 呼吸停止。死亡。愛死得未～～扴ài-sí-teh be～～lè⇨要死而在死不了的(苦境)哩。

【斷絲 tn̄g-si】 一絲也沒有了。全部沒有了。家財萬貫了到～～去也ka-châi-bān-koàn liáu kā～～khì(ì)-ā⇨巨大的財產賠得(而今)絲毫都不存了。

【斷路 tn̄g-lō·】 絕交choat-kau。合伊～～也kah(kap)-i～～ā⇨與他絕交了。連家己的阿叔許都～～也liân ka-kī-ê a-chek- hia to～～ā⇨就是自己的叔父那邊也沒有來往了。

【斷種 tn̄g-chéng】 絕種choat-chéng,chē-chéng。山豬耷都掠到得俫～～也soaⁿ-ti taⁿ-to liah-kā tit-boeh～～ā⇨山豬而今皆抓得快要絕種了。

【斷銅 tn̄g-tâng】 沒有錢。古錢是銅鑄的。您父橐袋仔底～～扴，你免讕lín-pē lak- tē-á-té～～leh, lí-bián-noâ⇨你父(我)的衣袋中一個銅都沒有，你不必白費心機。讕noâ，花言相欺，誘人開荷包以共享也。

【斷線 tn̄g-soàⁿ】 線斷了。失去連絡。風吹～～也hong-chhoe～～ā⇨紙鳶chí-ian斷線了。親像～～的風吹扴chhin-chhiūⁿ～～ê hong-chhoe-lè⇨有如斷線的紙鳶的不知其飄往何方。

【斷半文 tn̄g-poàⁿ-bûn】 同斷銅tn̄g-tâng。

【斷頷蜓 tn̄g-ām-eⁿ】 ㊀頸斷裂的蜻蜓chheng-têng,chhân-eⁿ。㊁脚手指關節紋路斷裂。放風吹，放到～～～pàng-hong-chhoe, pàng-kà～～～⇨玩紙鳶chí-ian，玩得手指紋斷裂了。

【斷點艷 tn̄g-tiám-iām】 沒有些少的污點。一些污染都沒有，很清潔美麗。姻到～～～súi-kà～～～⇨同上。

# to

**to 刀** 兵器也。斬chám削sià刻khek割koah之具。刣人免用～thâi-lâng bián-iōng～⇨殺人不必使用刀。～鈍皮韌～tun phôe-lūn⇨謂鈍刀逢到韌皮切不下。牛～gû～⇨殺牛刀。豬～ti～⇨殺豬切肉之刀。柴～chhâ～⇨砍柴刀。藤～tîn～⇨抽藤破藤之刀。菓子～kóe-chí～⇨吃果子用的小刀。小～大～關～刺血～番～sió～toā～koan～chhiah-hoeh(huih)～hoan～⇨各種刀。又粗紙一卷kńg曰一刀to。

【刀子 to-chí】 厨師tû-su。大～～toa～～⇨大厨師。

【刀叉 to-chhe】 洋人的餐具。

【刀山 to-soaⁿ】 地獄中的刀劍之山。過～～kōe～～⇨謀犯某罪者在地獄須受此刑。

【刀尺 to-chhioh】 裁剪衣服之剪刀與尺。寒衣處處催～～，白帝城高急暮砧hân-i chhù-chhū chhui～～, pek-tè-sêng-ko kip-bō͘-tiam⇨杜詩。

【刀厄 to-eh】 刀難劍難to-lān-kiàm-lān，爲刀劍所傷之災難。～～是～～，佳哉有貴人～～sī～～ka-chài ū-kùi-jîn⇨刀厄雖然是難免，幸哉會有貴人來搭救，相命者之言也。

【刀仔 to-á】 小形刀。割紙～～koah-choá～～⇨同上。芎蕉～～kin-chio～～⇨割香蕉的小彎形刀。檳榔～～pin-nn̂g～～⇨飼檳榔的小刀。

【刀石 to-chioh】 砥tí。厲石lē-sek也。磨刀boâ-to之石。

【刀肉 to-bah】 刀刃to-jīm。～～磨到眞利也～～boâ-kà chin-lāi-ā⇨刀口磨得很利了。

【刀利 to-lāi】 犀利sai-lī。～～會傷人～～ē siang-lâng⇨刀利即可能傷人。～～毋驚你狗頭大～～m̄-kiaⁿ-lí káu-thâu-toā⇨刀子利不怕狗頭大，喻有實力不怕任何難題。

【刀兵 to-peng】 武器。戰爭。～～厄～～eh⇨刀兵的災難。～～水火刼～～chúi-hóe(hé)-kiap⇨刀、兵、水、火的刼數。

【刀俎 to-chó͘】 刀與砧。切肉之道具。人爲～～，我爲魚肉jîn ûi～～gó͘ ûi gî-jiok⇨人家快要把我們切而吃掉了，喻不振作將要受人控制。

【刀架 to-kè】 皮刀之架khn̄g-to-chi-kè⇨置刀在架上。～～劍架～～kiàm-kè⇨同上。

【刀枷 to-kê】 ㊀刑具。擧～～⇨負戴有刀之刑具。又無端帶一刀出門，又無用處又棄之不得而自覺麻煩。㊁樵夫上山帶柴刀於腰間之用具。柴～～chhâ～～⇨放柴刀的架子。

【刀柄 to-pèⁿ(pìⁿ)】 刀之手握部分。鬥～～tàu～～⇨裝上刀把。鬥tàu亦作湊tàu，合也。

【刀鬼 to-kúi】 雙面～～siang-bīn～～⇨罵中立者之詞。免抾做雙面～～bián-teh-chò siang-bīn～～⇨用不著你這個雙面刀鬼。

【刀砧 to-tiam】 切肉板。做人的～～chò-lâng ê～～⇨謂被人捲入紛爭之中。

【刀鈍 to-tun】 刀不利。～～皮韌，刀利皮脆～～phôe-lūn, to-lāi phôe-chhè⇨頑童謂夜梟iā-hiau的夜叫聲是如此。梟hiau，俗叫貓頭鳥niau-thâu chiáu。韌jūn，柔而堅固也，即韌lūn。

【刀路 to-lō͘】 刀法to-hoat。切法chhiat-hoat。八行棋道八棋步，八刣豬道八刀～bat kiâⁿ-kî tō bat kî-pō͘, bat thâi-ti tō bat～～⇨懂得下棋者精於棋步，懂得殺豬者，精於刀法。

【刀傷 to-siang】 爲刀所傷。驗～～giām～～⇨同上。～～較快好～～khah-khoài-hó⇨刀傷容易癒合。

【刀蛩 to-kheng】 刀背to-pòe。～～鎣一下險仔未飼得 ～～ kheng-chıt-ē hiám a bē-chhī tit⇨被刀背打一下，差一點就沒命。

【刀箍 to-kho͘】 草環插以多刀者。過火箍～～眞好看kòe(kè)-hóe(hé)-kho͘～～chin-hó-khoàⁿ⇨(打拳賣棒者)在飛穿火箍刀箍很好看。

【刀嘴 to-chhùi】 刀口to-kháu。㊀刀口。～～有缺 ～～ ū-khih⇨刀有缺口。㊁刀傷之傷口。～～好猶未密～～hó-á-bōe-bat⇨刀傷口還未完全癒合。

【刀鋸 to-kì】 刀與鋸。～～地獄～～tē-gek⇨同上。

【刀鋼 to-kǹg】 刀口的鋼鐵。拍刀該入～～phah-to ài-jıp～～⇨拍刀須入鋼。

【刀鞘 to-siò】 保護刀身之刀室。刀入於～～也to jıp tī～～à⇨刀封入刀鞘中了。

【刀馬旦 to-bé-toàⁿ】 武小旦。

【刀筆吏 to-pit-lī】 掌案牘的文官。蕭何爲秦的刀筆吏。

【刀藥索 to-ioh-soh】 謂自盡的三法。～～～迫佃查某囝道該死～～～ pek-in-cha-bó͘-kiáⁿ tō-ài-sí⇨父以其女敗壞門風，迫其女以刀割喉，服毒藥或繩吊頸三途，選一途去自殺。

【刀槍劍戟 to-chhiuⁿ-kiàm-kek】 四種古兵器。武器的代表。

**to 多** 少之反。衆也。夥chē也。言～必失giân～pit-sit⇨謂說話太多了必會說錯。禮～必詐lé～pit-chà⇨謂無端多禮者，必不懷好意。耳目衆～ní-bok-chiòng～⇨謂守秘密不容易。三～sam～⇨多福，多壽，多男子。人～嘴～jîn～chhùi～⇨多人多意見。土地公保庇我錢～～thó-tī-kong pó-pì goá chhiân～～⇨同上。

【多子 to-chú】 兒子衆多。～～多福～～to-hok⇨同上。

【多士 to-sū】 衆士。衆英雄。咨爾～～，爲民前鋒chu-ní～～, ûi-bîn chiân-hong所謂中華民國國歌。

【多少 to-siáu】 或多或少。～～有彼類意思～～ū-hit-lōe ì-sù⇨同上。～～攏無要緊～～lóng bô-iàu-kín⇨多少皆可以。夜來風雨聲，花落知～～iā-lâi hong-í-seng, hoa-lok ti～～⇨唐詩。人講～～少年亡，不見白頭死lâng-kóng～～siáu-liân-bông, put-kiàn pek-thiô-sú⇨古人說，老年人不一定快死。古今～～事，都付笑談中kó͘-kim ～～ sū, to͘-hû chhiàu-tâm-tiong⇨古詞。

【多心 to-sim】 多疑to-gî。你家己～～的lí ka-kī～～ê⇨你自己心裡多疑的。

【多年 to-liân】 很久。～～之老友～～chi lāu-iú⇨同上。

【多言 to-giân】 話多。再說。一言不中，～～無用it-giân put-tiòng, ～～bû-iōng⇨同上。

【多事 to-sū】 ㊀惹事jiá-sū。攏是你抒～～lóng-sī-lí teh ～～ ⇨皆你在惹出問題。免抒～～bián-teh～～⇨不要惹事。㊁多難。國家～～之秋kok-ka～～chi chhiu⇨同上。

【多病 to-pēng】 健康不佳。多愁～～之身to-chhiû～～ chi sin⇨鴛鴦oān-iuⁿ蝴蝶ô͘-tiap派的小說用詞。

【多情 to-chêng】 感情豐富。～～却似無情～～ khiok-sū bû-chêng⇨同上。自作～～chū-chok～～⇨同上。～～多恨～～to-hīn⇨同上。

【多貪 to-tham】 貪心。～～幾文錢，送了一條命 ～～ kúi-bûn-chîⁿ, sàng-liáu chıt-tiâu-miā⇨同上。

【多費 to-hùi】 增加開銷。今仔日乎你眞～～kin-á-jıt hō͘-lí chin～～⇨今天讓你多破費phò-hùi。

【多敢 to-káⁿ】 大概tāi-khài。恐怕。～～是賊仔提去也抒 ～～ sī chhat-á theh-khì(ì)-à-lè⇨恐怕是賊子偷去了也。伊～～毋來抒i～～m̄-lâi-lè⇨他大概不來罷。阿花 ～～ 有男朋友也呢a-hoe～～ū lâm-pêng-iú-à-neh⇨阿花是不是有男朋友了呢。

【多端 to-toan】 ㊀多事。你的人蓋～～lí ê lâng kài～～⇨你這個人最多事最麻煩。㊁多方面。作惡～～chok-ok～～⇨多方作惡。

【多謀 to-bô͘】 佼計畫gâu-kè-ōe。足智～～chiok-tì～～⇨同上。

【多謝 to-siā】 表示謝意的套語。

【多難 to-lān】 ～～興邦～～hin-pang⇨同上。

【多元論 to-goân-lūn】 哲學名詞。主張宇宙是由多數獨立的實體所集合而成的。與一元論對立。

【多角形 to-kak-hêng】 多條直線所圍之平面。亦曰多邊形to-pian-hêng。～～～的戀愛～～～ê loân-āi⇨男女多人間的複雜之愛情糾紛。

【多神教 to-sîn-kàu】 無主神的信仰。甚至認爲一切事物都有神的存在。

【多數決 to-sò͘-koat】 民主的決定方式。以同數加一爲多數，多數贊成即通過。

【多才多藝 to-châi-to-gē】 富於才藝。阿飛仔實在～～～～，運動娛樂逐項無所不至會，連做賊仔都有一套a-hui-a si̍t-chāi～～～～, ūn-tōng gō͘-lo̍k, ta̍k-hāng bû-só͘-put-chì-ē, liân chò-chha̍t-á to ū-chi̍t-thò⇨調侃話。

【多多益善 to-to-ek-siān】 越夥越好oa̍t-chē-oa̍t-hó。韓信用兵～～～～hân-sìn iōng-peng～～～～⇨同上。

【多彩多姿 to-chhái-to-chu】 富於多種變化。從抾歹銅害錫抾到董事長，可以講是～～～～的人生chiông khioh-phái$^n$-tâng-hāi-siah khioh-kà táng-sū-tiú$^n$, khó-í-kóng sī～～～～ê jîn-seng⇨同上。

【多管閒事 to-koán-hân-sū】 喜歡干涉與己無關的事情。叫你莫～～～～，你道佅，盒着弔也否kiò-lí mài～～～～, lí-tō-boeh, ta$^n$ tio̍h-tiàu-à-ho͘h$^n$⇨叫你莫管閒事你偏偏要管，而今出了毛病了，不是嗎。

【多蒙照顧 to-bông-chiàu-kò͘】 ～～～～提拔～～～～theh-poat⇨同上。

【多嘴多舌 to-chhùi-to-chi̍h】 人夥話夥lâng-chē-ōe-chē。～～～～，一人講一款，都未解決～～～～, chi̍t-lâng kóng chi̍t-khoán, to bē-kái-koat⇨人多言多，一人說一樣，都無法解決。

【多錢善賈 to-chhiân-siān-ké】 錢多者善營商。～～～～，長袖善舞～～～～, tiâng-siū-siān-bú⇨同上。

【多還少補 to-hoân-siáu-pó͘】 有餘時退還，不足時再追補。旅費包括膳宿雜費，每人先交五千，回來計算，～～～～好否lí-hùi pau-khoat siān-siok-cha̍p-hùi, múi-lâng seng-kau gō͘-chheng, hôe-lâi kè-sǹg, ～～～～hó-bò͘⇨同上。

**都** to 助詞。㊀表示皆，完全。較講～毋聽khah-kóng～m̄-thia$^n$⇨怎麼說皆不從。逐個～毋來ta̍k-ê～m̄-lâi⇨大家皆不來。咱～是艱苦人lán～sī kan-khó͘-lâng⇨我們皆屬窮人。信採～可以chhìn-chhái～khó-í⇨隨便皆可以。歸身軀～土了了kui-sin-khu～thô͘-liáu-liáu⇨全身全染上泥土。逐個～佼講ta̍k-ê～gâu-kóng⇨每一個都很會說。通街～買無thong-ke～bé(bóe)-bô⇨全市皆買不到。我～毋知影goá～m̄-chai-iá$^n$⇨我全不知情。伊～無聽我的話i～bô-thia$^n$ goá-ê-ōe⇨他完全沒有聽從我所說的。一句～毋肯講chi̍t-kù～m̄-khéng-kóng⇨一句話也完全不肯說。㊁表示已經過去。人～死也，猶佅講啥lâng～sí-à, iáu-boeh-kóng-sah$^n$⇨人已經死掉了，還要說什麼。伊～來也i～lâi-ā⇨他已經來了。阿婆～轉去土州也a-pô～tńg-khì(ì) thô͘-chiu-a⇨阿婆他已經回去土州了(死掉了)。我～知影是批寄無到goá～chai-iá$^n$ sī phe(phoe) kià-bô-kàu⇨我早就知道是信沒有送到。人客～攏轉去也

lâng-kheh～lóng tńg-khì(ì)-ā⇨客人已經全都回家去了。～正拄創耳～chià$^{n}$-teh chhòng-niâ⇨剛好已經開始在做了。車～來也，拄急啥chhia～lâi-ā teh-kip-sah$^{n}$⇨車子已經來了急什麼呢。㊂表示比較(或與連liân同用)。連囡仔～會也，你敢講未曉liân gín-á～ē-ā lí-ká$^{n}$-kóng bē-hiáu⇨連孩子都會的你敢講不會嗎。一箍銀～無chi̍t-kho͘-gîn～bô⇨只是一元錢的小錢也沒有。伸一下手救一個人，你～不肯chhun-chi̍t-ē-chhiú kiù-chi̍t-ē-lâng lí～m̄-khéng⇨伸一伸手救一個人你也不爲。更較寒，伊～毋驚koh-khah-koâ$^{n}$, i～m̄-kia$^{n}$⇨再寒他都不怕。鷄卵較密～有縫ke(koe)-nn̄g khah-ba̍t～ū-phāng⇨鷄卵那麼密還是有間隙。喻秘密終會洩露。連我～穿熱天衫也，你愛穿裘仔是否liân-goá～chhēng joa̍h-thi$^{n}$-sa$^{n}$-a, lí-ài-chhēng hiû-á sī-bô⇨連我穿的也是夏衣了，你還要穿上寒裘嗎。㊃表示疑問或責問。你～會飲，那毋飲lí～ē-lim, ná-m̄-lim⇨你是會喝酒的，爲何不喝。昨昏～講要來，那無來châ-hng～kóng boeh-lâi, ná-bô-lâi⇨昨夜你說要來何以不來。～侎來又毋來～boeh-lâi iū m̄-lâi⇨既然要來了，又爲何不來呢。～講好也汰不去～kóng-hó-ā thāi-m̄-khì⇨已經說妥當了何以不去呢。㊄表示有條件的答應。好～好，該更二工hó～hó, ài-koh nn̄g-kang⇨可以，但要再等兩天。愛～愛，毋過無現錢ài～ài, m̄-kú bô-hiān-chî$^{n}$⇨我是要呀，但是我沒現款。要去～要去，毋過猶未有時間boeh-khì～boeh-khì, m̄-kú iá-bōe-ū sî-kan⇨我是要去的，但是還沒有時間可去。有趁～有趁，總是較食本ū-thàn～ū-thàn chóng-sī khah-chia̍h-pún⇨有厚利是對的，總之比較要多消耗本錢。㊅表示選擇。無去～未用得bô-khì～bē-iōng-tit⇨非去不可。乎伊知～好hō͘-i chai～hó⇨讓他知道是可以的(不怕他知之)。無請～來也，更請bô-chhiá$^{n}$～lâi iā, koh-chhiá$^{n}$⇨不請自來了，何必用請。鴉片無食～未過癮a-phiàn bô-chia̍h～bē-kòe-giàn⇨同上。

**【都也 to-ā(iā)】** 却也khiok-ā(-iā)。還算。安爾～～公道an-ne(ni)～～kong-tō⇨同上。安爾～～無所謂an-ne(ni)～～bû-só͘-ūi⇨如却都也無所謂。伊～～有來也i～～ū-lâi-ā⇨他還算來了。受人罵～～無受氣道好也siū-lâng-mē～～bô siū-khì tō-hó-ā⇨遭受人家臭罵却也沒生氣就算了。敢嘮道未餓，慣勢～～可ká$^{n}$-lo tō bē-gō，koàn sì～～hó⇨敢開口求惠食物，就不必飢腸轆轆了，習慣了，却也不壞嚒。

**【都亦 to-a̍h(iā)】** 同都也to-ā。

**【都侎 to-boeh】** 皆要。偏偏要。叫你不當，你～～kiò-lí m̄-thang, lí～～⇨叫你不可如此你強要如此。你～～食藉會腹肚痛lí～～chia̍h chiah-ē pat-tó͘-thià$^{n}$⇨你偏偏要吃才會肚子痛。

**【都著 to-tio̍h】** 對。全對。安爾～～an-ne～～⇨這樣子對了。伊不肯～～不，無要叫伊安怎i-m̄-khéng～～m̄, bô boeh-kiò-i an-choá$^{n}$⇨他不答應是對的，不是嗎，否則要教他怎麼辦呢。

tó **島** 海中有山可依曰島tó。其小者曰嶼sū。孤～ko͘～⇨一島孤立大海中者。群～kûn～⇨多島分布海上者。半～poàn～⇨陸地之長出海中者。火山～hóe-soa$^{n}$～⇨火山暴發而成者。珊瑚～san-ô͘～⇨珊瑚成長所形成者。列～liat～⇨多島成列形者。例如日本列島是也。大～小～tāi～siáu～⇨同上。

**【島民 tó-bîn】** 島上之人民。

**【島夷 tó-î】** 島居之夷狄î-te̍k。

**【島嶼 tó-sū】** 海島之汎稱。島之小者曰嶼sū。綠島蘭嶼lio̍k-tó lân-sū。

tó **佗** 彼也。亦他也。何處曰佗位tó-ūi或佗位tai-ūi。亦曰佗位tá-ūi。欲何之曰侎佗位boehtó(tá)-ūi或俳佗去boeh-tai(ta)-khì或者為要佗boeh-taih或boeh-tah。何來曰對佗來tùi-tó(tá)-lâi。

**tó 倒** 仆phak也。橫臥曰倒tó。破敗皆曰倒tó。賴債亦曰倒tó。力盡亦曰倒tó。不～翁put～ong⇨阿不～a-put～。厝～人無～chhù～lâng bô～⇨房屋倒壞了，人還屹立不動。樹～猴仔散chhiū～kâu-á-soàⁿ⇨樹倒猢猻散sī-tó ô·-sun-sàn。一步行一步～chi̍t-pō·-kiâⁿ-chi̍t-pō·～⇨行一步，倒下一次。七～八～chhit～peh～⇨連續倒。任考不～jīm-khó-put～⇨怎麼考也考不倒。錢乎人～去chîⁿ-hō·-lâng～khì⇨錢被賴債了。店見開見～tiàm kiàn-khui-kiàn～⇨商店每開張必倒閉。奓～去chhia～khì⇨推倒了。翻倒了。貓奓～泔，共狗幹光景niau chhia～ám, kā-káu kàn-kong-kéng⇨貓推倒了飯湯，讓狗貓去享受。未好也未～正害bē-hó ā-bē～chiàⁿ-hāi⇨不痊癒(繁榮)也不死(倒閉)才難辦。刣猪的～陽thâi-ti-ê～iâng⇨屠戶tô·-hō·陽萎iâng-úi，刣猪～羊thâi-ti～iâng的雙關語。看您父告到伊～khoàⁿ-lín-pē kò-kà-i～⇨看我一定告到他敗訴。

【倒山 tó-soaⁿ】 山獸自死而被獲者。～～茸～～jiông⇨死鹿之軟角。

【倒文 tó-bûn】 上級行文下級。上司～～落來siāng-si～～lo̍h-lâi⇨上級行文下來。

【倒水 tó-chúi】 屋頂的傾斜面。單～～toaⁿ～～⇨單面的屋頂。雙～～siang～～⇨双面屋頂。

【倒戈 tó-ko】 ㈠內亂。自相攻殺。臨陣～～lîm-tīn～～⇨陣前反亂。㈡漢字部首之一。戈字旁ko-jī-pêng。

【倒羊 tó-iâng】 殺羊sat-iâng。刣羊thâi-iûⁿ。刣猪～～thâi-ti～～⇨殺猪殺羊以大大慶祝一番。倒羊tó-iâng，應為屠羊tô·-iâng之訛。

【倒房 tó-pâng】 一支房絕嗣choa̍t-sū。兄弟分房，一人曰一房。

【倒店 tó-tiàm】 店舖破產。未曾開道～～，笑死人bōe-chêng-khui tō～～, chhiò-sí-lâng⇨未開業就倒店，笑死人也。

【倒紃 tó-sûn】 紃sûn，條tiâu也。熨斗所熨成之直線，亦即熨斗紃ut-táu-sûn也。使紃不易消逝曰死紃sí-sûn，曰熨有～～ut-ū～～。你娶某的時陣熨無～～藉會驚某lí chhoā-bó· ê sî-chūn ut-bô～～ chiah-ē kiaⁿ-bó·⇨謂你就是結婚當初對您太太押得沒有死性，才會怕老婆。

【倒案 tó-àn】 定案tēng-àn。勝負分明了。共你講會～～道是會～～，你都不信抄kā-lí-kóng ē～～tō-sī ē～～, lí to m̄-siàn-leh⇨我說會勝訴就是會勝訴，你全不相信我嘛。共你講kā-lí-kóng，我對你說，我說。

【倒海 tó-hái】 移山～～樊梨花î-san～～hân-lê-hoa⇨同上。

【倒賬 tó-siàu】 貨款無法收回。～～眞夯生理歹做～～chin-chē seng-lí pháiⁿ-chò⇨倒賬太多，生意很難經營。

【倒祧 tó-thiau】 絕族。祧thiau，先人之廟也。先人之廟倒，無人奉祀故也。俗用同倒房tó-pâng。彼家攏～～了hit-ke lóng～～lò⇨那一家都沒有人了。

【倒產 tó-sán】 倒閉tó-phè。假～～ké～～⇨假裝倒閉以賴債。

【倒椅 tó-í】 可以倒臥的椅子。例如理髮店所用者。亦曰撐椅theⁿ-í。

【倒陽 tó-iâng】 陽痿iâng-úi。刣猪的～～了thâi-ti-ê～～lò·⇨刣猪倒羊之双關語。

【倒棋 tó-kî】 輸棋su-kî。～～了，更不承認～～lò·, koh m̄-sêng-jīn⇨輸棋了，又不承認。

【倒運 tó-ūn】 惡運ok-ūn。倒霉tó-bôe。

【倒窰 tó-iô】 ㈠窰主破產。㈡燒瓦器失敗。

新手未曉焚火煞焚到～～去sin-chhiú bē-hiáu hiâ$^{n}$-hóe soah hiâ$^{n}$-kà ～～ khì⇨新手不懂燒柴，結果燒得倒竅了。

【倒價 tó-kè】 批發商對小賣店通報行情hâng-chêng。行口～～來不藉知影價數hâng-kháu ～～ lâi m̄-chiah chai-iá$^{n}$ kè-sò͘⇨批發商通知行情來了，才能知價格。不藉m̄-chiah，藉chiah也。因不m̄是衍文。

【倒鋩 tó-mê】 刃端反捲。磨到～～去，比無磨都較死扲boâ-kà ～～ khì(ì), pí bô-boâ to khah-sí-leh⇨磨了倒鋩了，比不磨還要不如。

【倒盤 tó-poâ$^{n}$】 合作生意倒閉。生理～～該收店也seng-lí～～ài siu-tiàm-à⇨同上。

【倒擔 tó-tà$^{n}$】 攤販或行商人的破產。平平安爾，人做到熱滾滾，你做到～～，未見笑否pê$^{n}$-pê$^{n}$-an-ne, lâng-chò-kà jia̍t-kún-kún,lí-chò-kà ～～, bē-kiàn-siàu-ho͘$^{n}$⇨大家都是一樣的條件，人家做得熱熱鬧鬧，你做得倒閉了，不怕羞嗎。

【倒糖 tó-thn̂g】 糖製失敗。古糖廍由蔗水煮成糖，有因某種原因煮不成糖者曰倒糖tó-thn̂g。熟了～～去se̍k-liáu～～khì⇨煮糖chí-thn̂g曰熟糖se̍k-thn̂g。糖煮了失敗了。

【倒斷 tó-tn̄g】 斷toān也。買～～的bé～～ê⇨買斷的。講～～的kóng～～ê⇨講死的。

【倒壞 tó-hoāi】 建築物破壞。房屋～～未少pâng-ok～～bē-chió⇨房舍破壞不少。

【倒鏡 tó-kià$^{n}$】 寺廟屋頂的驅邪之鏡。

【倒肉山 tó-bah-soa$^{n}$】 喻富戶之死。謂必有肉可食矣。

【倒直直 tó-ti̍t-ti̍t】 身躺直sin-siàng-ti̍t。歸日～～～較憻過死無人哩kui-ji̍t～～～khah-toā$^{n}$-kòe sí-bô-lâng-lè⇨整天懶睡得比死人還要懶惰。～～～於眠床裡也，得俗搬舖也～～～ tī bîn-chhn̂g-nī-ā, tit-boeh poa$^{n}$-pho͘-ā⇨死在床上了，快要搬舖了。搬舖poa$^{n}$-pho͘人死從床移大廳待入木也。

【倒坦欹 tó-thán-khi】 斜臥。於涼床～～～扲睏tī-liâng-chhn̂g ～～～ teh-khùn⇨在涼床上斜臥而眠。又倒坦笑tó-thán-chhiò，仰臥。倒坦磕tó-thán-khap⇨伏臥。

【倒落去 tó-lo̍h-khì】 ㊀跌倒落地。㊁因病臥床。㊂死。一旦～～～，道無管伊天地幾斤重也了it-tàn ～～～, tō bô-koán-i thî$^{n}$-tē kúi-kin-tāng-ā-lò͘⇨謂一旦死了，就一切都不管了。

【倒舖間 tó-pho͘-keng】 臥舖ngō͘-pho͘之店。阿片煙間a-phiàn-hun-keng。歸日死於～～～裡kui-ji̍t sí-tī ～～～ nì⇨整天在阿片煙間吸阿片。

【倒閣運動 tó-koh-ūn-tōng】 民主國家的反對黨爭取政權的運動。亦即打倒敵黨內閣之運動也。

tó **惰** 懶也；懈怠也。不敬或衰敗亦曰惰tō。

【惰容 tó-iông】 臉上懈怠的樣子。

【惰慢 tó-bān】 不敬。輕薄下流。

【惰性 tó-sèng】 ㊀偷懶不面對現實之性格。㊁不易起化合作用。

tó **禱** 祝告於天地神祇曰禱tó。祈～kî～⇨同上。祝～chiok～⇨同上。無任企～之至bû-jīm khi～chi-chì⇨書信用的套語。獲罪於天無所～也he̍k-chōe î thian bû-só͘-～ià⇨同上。

tó **擣** 舂也。擊也。以槓槌仔kòng-thûi-á敲洗khau-sé衣服曰擣tó。

【擣衣聲 tó-i-seng】 以槓槌仔敲洗衣服之聲。長安一片月，萬戶～～～，秋風吹不盡，總是玉關情，何日平胡虜，良人罷遠征tiâng-an it-phiàn-goat, bān-hō͘～～～, chhiu-hong chhui-put-chīn, chióng-sī gio̍k-koan-chêng, hô-ji̍t pêng-ô͘-ló͘, liâng-jîn pā-oán-cheng⇨唐詩。

**tò 到** 到kàu也。至也。達也。達～目的ta̍t～bo̍k-tek⇨同上。用意周～iōng-ì-chiu～⇨同上。遲～早退，抵好抵去thî～chá-thè, tú-hó tú-khì⇨謂一遲一早，剛好相抵消。旗開得勝馬～成功kî-khai tek-sèng, má～sêng-kong⇨同上。惆悵舊遊無復～，菊花時節羨君回tiû-tiòng kiū-iû bû-ho̍k～, kiok-hoa sî-chiat siān-kun-hôe⇨杜詩。講限文～三日道該移交kóng-hān bûn～sa$^{n}$-ji̍t tō-āi î-kau⇨聽說是限於公文到達三日內必須移交。

**【到任 tò-jīm】** 上任siāng-jīm。新官～～sin-koa$^{n}$～～⇨同上。如果讀kàu-jīm，意思相反，就是任期滿了。

**【到來 tò-lâi】** 同轉來tńg-lâi。回去hôe-khì。回家hôe-ka。～～去～～khì⇨回家罷。您爸仔有～～未lín-pâ-ā ū～～bōe(bē)⇨令尊回家了沒有。

**【到案 tò-àn】** 出法庭接受審理。投案。～～候審～～hāu-sím⇨同上。自動～～chū-tōng～～⇨自動投案。

**【到差 tò-chhe】** 同到任tò-jīm。攏共日～～的lóng kāng-ji̍t～～ê⇨皆同一日到任的。

**【到齊 tò-chê】** 全部到了。學生攏～～也ha̍k-seng lóng～～ā⇨學生全來了。

**tò 倒** 相反曰倒tò，左方曰倒tò，退後曰倒tò，傾注或傾棄東西皆亦曰tò。創顛～去chhòng-tian～khì⇨弄得不對了(方向、上下、前後等等)。安爾去～死an-ne(ni) khì～sí⇨如此反而壞了。拍顛～旁藉會用得phah tian～pêng chiah-ē-iōng-tit⇨弄反對面才可以。男正女～lâm-chià$^{n}$-lí～⇨男右女左。奓奓～chhia-chhia～⇨推翻落地。車去～掉chhia-khì tia̍uh～⇨運往傾棄之。目屎泚泚～ba̍k-sái sē-sē～⇨淚如水流。

**【倒了 tò-liáu】** 反盈為虧。無疑誤煞～～bô-gî-gō· soah～～⇨想不到竟反而虧了本。

**【倒手 tò-chhiú】** 左手。～～枴仔～～koái$^{n}$-á⇨左撇子。～～旁～～pêng⇨左方。～～字～～jī⇨左手寫的字。～～刨刀～～khau-to⇨喻做事很巧妙。

**【倒反 tò-hoán】** 是非顛倒。同倒扳tò-péng。安爾講道～～去也an-ne-kóng tō～～khì-à⇨如此說法，就是非倒置了。

**【倒扳 tò-péng】** tō-hoán。例如以是作非等。話共人講～～去ōe kā-lâng kóng～～khì⇨把話說成相反的。顛～～⇨顛倒是非。天地～～了thi$^{n}$-tē～～lò·⇨天與地位置對調。謂天下亂矣。

**【倒包 tò-pau】** 反包圍。乎人～～毋知去也hō·-lâng～～m̄-chai-khì(ì)-à⇨被人反包圍而不自知了。

**【倒好 tò-hó】** 反而很好。生理未無趁敥～～seng-lí bē-bô thàn-chē～～⇨(雙關語)正面謂交易不會沒有，利益甚多，反而還好。反面謂交易沒有，利益是傻坐着，只好倒店。

**【倒行 tò-kiâ$^{n}$】** 回頭而行。～～幾步耳，無要緊～～kúi-pō· niâ, bô-iàu-kín⇨倒退跑若干步而已，沒關係。

**【倒刨 tò-khau】** 反嘲刺hoán-tiâu-chhì。正刨～～chià$^{n}$-khau～～⇨正面嘲諷，反面嘲諷，交互用之。

**【倒抛 tò-pha】** 反翻筋斗。正抛～～攏會chià$^{n}$-pha～～lóng-ē⇨同上。又反包圍hoán-pau-ûi。

**【倒拗 tò-áu】** 反折。應曰對拗tùi-áu。～～仔趁～～á-thàn⇨雙倍的利益。

**【倒糾 tò-kiu】** 退縮thè-siok。因循不敢前進in-sûn put-kám chiân-chìn。俫俗乎你，你煞～～呢boeh-sio̍k hō·-lí, lí soah～～neh⇨要便宜賣給你，你反而不敢要。

**【倒長 tò-tn̂g】** ㊀反而延長了。㊁反而得益。乎伊～～去hō·-i～～khì⇨讓他反而有利了。

**【倒面 tò-bīn】** 反面hoán-bīn。裏lí。～～顛

倒好看～～tian-tò hó-khoàⁿ⇨內裏反而好看。

【倒削 tò-siah】 同倒刨tò-khau。正削～～chiàⁿ-siah～～⇨同上。

【倒刺 tò-thì】 同倒刨tò-khau。人抄～～伊都聽不八lâng-teh～～i to thiaⁿ-m̄-bat(pat)⇨人家在反譏刺，他都聽不懂。

【倒佽 tò-thōe】 心身鬆馳。精神衰退。你不抄老～～lí m̄-teh lāu～～⇨你不在老得反常嗎。

【倒退 tò-thè】 後退thè-āu。退步thè-pō·。～～行～～kiâⁿ⇨同上。～～三步～～saⁿ-pō·⇨退三步。無進都慘死了也，更～～bô-chìn to chhám-sí-liáu-à, koh～～⇨沒進就夠慘了，而又復退步(還了得)。

【倒脚 tò-kha】 左足chó-chiok。正脚～～chiàⁿ-kha～～⇨右足左足。

【倒裂 tò-lī】 ㊀反向的破裂。㊁反而食虧chiah-khui。安爾都煞～～也an-ne(ni) to-soah～～à⇨這樣子，結果反而吃虧了(賠本)了。

【倒趁 tò-thàn】 反而獲利。反虧爲盈。無了無打緊，更～～bô-liáu bô-tàⁿ-kìn, koh～～⇨不但沒有虧本，反而獲得大利。無打緊bô-táⁿ-kìn改讀bô-tàⁿ-kìn。

【倒貼 tò-thiap】 ㊀蝕本sit-pún。安爾我該～～也，未用得an-ne(ni) goá ài～～à, bē-iōng-tit⇨如此我要虧本了，不行。㊁勞者反而付錢亦曰倒貼。既愜意也，～～，伊每肯kah kah-ī-à～～, i mā-khéng⇨既然十分中意了，倒貼她也幹。愜意kah-ī，十分中意。

【倒想 tò-siūⁿ】 反面考慮。正想～～chiàⁿ-siūⁿ～～⇨反覆熟考之。

【倒蹬 tò-tn̄g】 猛力倒坐。～～一下，尻川險仔凹去～～chit-ē, kha-chhng hiám-á lap-khì⇨猛然倒坐一下，屁股差些就凹下去。

【倒駁 tò-pok】 反駁hoán-pak。伊若～～，你俳安怎i nā～～lí, boeh-an-choáⁿ⇨他們若反駁，你將如何應付。

【倒撞 tò-lōng】 手臂chhiú-pī向後猛擊。你的手後彎～～一下，強俳無噹去hō·-lí ê chhiú-āu-oan～～chit-ē, giōng-boeh bô-khùi-khì⇨被你的上膊siāng-phok向後猛擊一下，幾乎要斷氣了。

【倒踏 tò-tah】 ㊀向反方向踏之。～～鐵馬～～thih-bé⇨同上。㊁反方向的。～～針～～chiam⇨一種鉄法thīⁿ-hoat。～～日子～～jit-chí⇨反溯期日。～～蓮花～～liân-hoe⇨所謂倒頭生tò-thâu-seⁿ，亦即足部先行出世者。

【倒彈 tò-toāⁿ】 反彈hoán-thân。石頭仔會～～人chioh-thâu-á ē～～lâng⇨石子可能反彈擊人。蝦仔～～hê á～～⇨同上。

【倒頭 tò-thâu】 ㊀正時以外的作用。種～～的chèng～～ê⇨栽種正時以外的作物。～～仔土豆～～á thô·-tāu⇨同上。～～仔番藷～～hān-chî⇨同上。㊁牽～～仔khan～～á⇨勾結以詐騙。乎人牽～～仔去也hō·-lâng khan～～á khì-à⇨被人家勾結外人詐騙去了。㊂反正態。庋～～khǹg～～⇨放置得不順方向。～～講～～kóng⇨說反面話。～～生～～seⁿ⇨凡不按正常順序者皆曰倒頭生tò-thâu-seⁿ。

【倒縮 tò-siok】 反而縮小。縮siok，退也，短也。俗作勼kiu。

【倒轉 tò-tńg】 回頭來。想來想去想～～siūⁿ-lâi-siūⁿ-khì-siūⁿ～～⇨東想想西想想又想回頭來了。

【倒躍 tò-that】 反踢hoán-thek。正踐～～chiàⁿ-chàm～～⇨前踐後踢chiân-chàm-hō·-thek。

【倒纏 tò-tīⁿ】 反而麻煩。安爾都～～也an-ne(ni) to～～ā⇨這樣子反而要複雜化了。

【倒少年 tò-siàu-liân】 反而年青了。看來果有影～～～眞敍khoàⁿ-lâi kó-ū-iáⁿ～～～

chin-chē⇨一看果然眞的年青很多。

【倒吊蓮 tò-tiàu-liân】 一種觀賞植物。俗名曰燈籠仔花teng-láng-á-hoe。

【倒青春 tò-chheng-chhun】 阿久伯仔敢是要行桃花運也，即久仔，安爾直直～～～去a-kú-peh-á káⁿ-sī boeh-kiâⁿ thô-hoe-ūn- ā, chit-kú-á, an-ne(ni) tit-tit～～～khì⇨阿久伯仔恐怕是要走桃花運了，最近，如此這般的一直青春很多了。

【倒咬狗 tò-kā-káu】 猛然反咬之狗。反誣hoán-bú或反打hoán-táⁿ。伊先拍人更～～～，講是人拍伊i-seng-phah-lâng koh～～～, kóng-sī lâng-phah-i⇨他先打人，却反誣說是人家先打他。惡人都也會抵着～～～ ok-lâng to-à-ē-tú-tioh～～～⇨兇猛之人還是會逢到兇猛之狗反咬他。

【倒絞水 tò-ká-chúi】 激成旋渦狀的溪流。

【倒躺向 tò-siàng-hiàⁿ】 背向倒地。～～～槓着頭殼驚做腦震盪～～～ kòng-tioh thâu-khak kiaⁿ-chò náu-chín-thōng⇨背向倒地打中頭部恐怕發生腦震盪症。

【倒絞流 tò-ká-lâu】 反撲的海浪。

【倒鈎齒 tò-kau-gí】 鈎針的反鈎。～～～仔～～～á⇨同上。

【倒照日 tò-chiò-jit】 西照日sai-chiò-jit。又反射的日光。

【倒罩齒 tò-tauh-khí】 下齒突出上齒之前者。可惜～～～，有較歹看淡薄仔khó-sioh～～～, ū-khah pháiⁿ-khoàⁿ tām poh-á⇨可惜下齒突出，較難看一點。

【倒頭烏 tò-thâu-o·】 ㊀出海產卵之後再回來的烏魚o·-hî,亦即非正時之烏魚。亦曰回頭烏hôe-thâu-o·。㊁商況不佳，空手而回的走販cháu-hoàn。

【倒騎驢 tò-khiâ-lî(lû)】 反後騎驢。～～～，毋看畜生面～～～, m̄-khoàⁿ thek-seⁿ-bīn⇨謂我不管你們的麻煩事。

【倒翻孔 tò-hoan-khang】 謂回到原地。老水蛙更～～～lāu-chúi-ke koh～～～⇨老兄你又回來了。老水蛙lāu-chúi-ke，老田蛙回到原穴。翻hoan亦反hoán也。孔khang亦作箍kho·。

【倒行逆施 tò-hêng-gek-si】 違背常理的胡爲亂幹。批評暴政之詞。

【倒淋大燭 tò-lâm-toa-chek】 蠟燭lah-chek燃燒蠟燭油倒流而下。喻一種房事的姿勢。

【倒插楊柳 tò-chhah-iâng-liú】 不成棍m̄-chiâⁿ-kùn。亦即不成氣候的惡徒或騙徒。謂楊柳倒插即不枯死亦難成活而成像樣的棍子。棍kùn喻歹徒。

**tô 逃** 亡也。避也。天數難～thian-sò· lân～⇨天數逃避不了。又閃避工作曰逃tô。走去～也cháu-khì～ā⇨跑開偷懶去了。恔～gâu～⇨善於偷懶。

【逃亡 tô-bông】 逃走tô-cháu。～～去他鄉外里～～khì thaⁿ-hiang-goā-lí⇨逃往遠遠的地方。

【逃月 tô-goeh(geh)】 月經不順。

【逃犯 tô-hoān】 逃亡的犯人。掠～～ liah～～⇨同上。

【逃生 tô-seⁿ(siⁿ)】 逃而求生。放伊去～～pàng-i khì～～⇨放他去求生存。人講～～無逃死lâng-kóng～～bô tô-sí⇨古人言，逃而求生是有的，但是沒有逃而求死的。

【逃走 tô-cháu】 逃亡tô-bông。脫走thoat-cháu。該性命道該～～也ài-seⁿ-miā tō-ài～～ā⇨要生命就必須逃走了。

【逃兵 tô-peng】 棄營而去的士兵。人抾掠～～ lâng teh liah～～⇨有關方面在追捕逃兵。

【逃命 tô-miā】 逃生tô-seng。看不是事勢，隨人～～也khoàⁿ m̄-sī sū-sè, sûi-lâng～～ā⇨看見事情不對就各自逃走去了。

【逃閃 tô-siám】 偷懶。你不免抾～～，您老母仔扲來也lí m̄-bián teh ～～, lín-lāu-bú-á teh-lâi-ā⇨你不用在閃閃避避，你媽來找你了。

【逃債 tô-chè】 避避債主。

【逃遁 tô-tūn】 逃走。逃亡。

【逃監 tô-kaⁿ】 脫獄thoat-gak。敢～～，都也好膽káⁿ～～, to-ā hó-táⁿ⇨敢於脫獄，却也大膽的。

【逃學 tô-hak】 今曰蹺課khiàu-khò。學生仔偷～～hak-seng-á thau～～⇨學生偷偷的蹺課。

【逃難 tô-lān】 避難pī-lān。走難cháu-lān。

【逃避 tô-pī】 走閃cháu-siám。～～責任～～chek-jīm⇨同上。

【逃性命 tô-sèⁿ-miā】 逃命tô-miā。

【逃之夭夭 tô-chi-iau-iau】 跑得不知去向。阿狗仔早道～～～～也，連人影每無a-káu-á chá-tō ～～～～ a, liân lâng-iáⁿ mā-bô⇨阿狗仔他老早就走得不知去向了，連影子也看不見。

**tô 駝** 獸名。駱～lok～⇨沙漠駝背的大獸。又逃學，偷懶等閃避工作曰駱駝lok-tô，蓋與樂逃lok-tô諧音也。又曲背khiok-pōe亦曰駝tô，亦曰駱駝背lok-tô-pōe。謂如駝之背也。

【駝背 tô-pōe】 曲背khiok-pōe。俗曰痀ku而作龜ku，亦曰隱龜ún-ku。

**tô 馱** 負物也。馬負物也。以背負物皆曰馱tô。俗通作駝tô。牛車馬～gû-chhia bé～⇨牛拖車，馬～運gû-thoa-chhia, bé～ūn。

【馱架 tô-kè】 馬背上載貨之架。

【馱馬 tô-bé】 運貨之馬。騾馬lî-bé。馱貨的～～tô-hòe ê～～⇨同上。

【馱貨 tô-hòe】 馬背運貨。

**tô 裪** 衣襟i-khim也。衽jīm也。衣口正中對開曰對襟tùi-khim，開邊者曰大裪toā-tô。

**tô 陶** 陶thoā也。瓦器也。作瓦器也。又教化也。養也。製～業chè～giap⇨作瓦器之業。薰～hun～⇨陶冶感化人格。見習技術曰汰thoā，即此意也。

【陶土 tô-thô͘】 可製陶磁之土。

【陶冶 tô-iá】 造瓦與冶金。喻鍛鍊培養或教化。～～性情～～sèng-chêng⇨同上。

【陶器 tô-khì】 瓦瓷器的總稱。

【陶朱公 tô-chu-kong】 范蠡hoān-lé佐越王勾踐oat-ông-kau-chiān，破吳王夫差gô-ông-hû-chhe，棄官從商而致巨富。世人說到富貴，必提陶朱公tô-chu-kong，因其居陶，號朱公，故名。

【陶淵明 tô-ian-bêng】 晉時人。歸去來兮辭的作者。以不為五斗米折腰而有名。

**tô 淘** 汰thoā也。淅米sek-bí也。洗米去沙也。去汚曰淘tô。古井該～也kó͘-chéⁿ āi～ā⇨古井該淘了。

【淘井 tô-chéⁿ】 清井chheng-chéⁿ。淘古井tô-kó͘-chéⁿ。清除井中之汚物。

【淘汰 tô-thài】 洗濯sé-tek。又取優去劣曰淘汰tô-thài。亦作洮汰tô-thài。自然～～說chū-jiân～～soat⇨達爾文的生物學說。未曾未道給人～～掉也bōe-chêng-bōe tō-hō͘-lâng～～tiāu-à⇨剛剛開始就被擠出圈外失格了。

【淘金 tô-kim】 俗曰洗沙金sé-soa-kim。又以趁錢thàn-chîⁿ曰淘金tô-kim。去美國～～khì bí-kok ～～⇨前往美國趁大錢。～～夢～～bāng⇨一攫千金之美夢it-kiok-chhian-kim chi bí-bōng。～～女郎～～lí-lông⇨風塵女郎。

【淘氣 tô-khì】 嘔氣áu-khì。拗氣áu-khì。故意違拗。～～姑娘～～ko͘-niû⇨同上。

**tô 掏** 擇tek也。探手取物曰掏tô。又俗以批發價買肉曰掏tô。

【掏二腿 tô-nn̄g-thúi】 ～～～羊肉～～～iûⁿ-bah⇨同上。

【掏豬肉 tô-ti-bah】 批買豬肉。～～～來更賣～～～lâi koh-bē⇨批買豬肉回來再零賣出去。

【掏腰包 tô-io-pau】 自荷包中取錢。家己～～較穩ka-lī(kī)～～～khah-ún⇨自己付錢比較確實。

tô
**鉈** 稱錘chhìn-thûi也。亦作砣tô。稱～chhìn～⇨稱錘chhìn-thûi。水～索chúi～soh⇨測水深付有鉈子之長索。

【鉈子 tô-chí】 稱鉈子chhìn-tô-chí。

tô
**陀** 陂也。阪也。普～山phó͘～san⇨山名。南普～lâm-phó͘～⇨地名,在廈門ē-mn̂g。

【陀螺 tô-lê】 俗曰乾樂kan-lo̍k。

tô
**濤** 大浪也。波～pho～⇨波浪。湧爲波，退爲濤。驚～駭浪keng～hāi-lōng⇨同上。松～siông～⇨風打松葉聲。

tō
**稻** 稻tiū也。所謂五穀gó͘-kok或六穀lio̍k-kok之一。結子曰粟chhek，粟皮曰粗糠chho͘-khng,粟去皮曰米bí,即吾人常食者也。有秔keng秫chu̍t兩大種，秔keng亦作粳keng，黏性較少，飯食用，秫chu̍t，黏性較大，製酒或粿餅用。

【稻梁菽 tō-liâng-siok】 ～～～，麥黍稷,此六穀，人所食～～～, be̍k-sí(sú)-chek, chhú-lio̍k-kok, jîn-só͘-si̍t⇨三字經。

tō
**柁** 正船木也。堅木也。車～chhia～⇨車體兩邊之主梁。眠床～bîn-chhn̂g～⇨床前後之主梁。

tō
**道** 路也。理也。術也。又作助詞用，略同於就chiu。國～省～縣～kok～séng～koān～⇨各級公路。～者常理也～chiá siâng-lí-iá⇨同上。講～說教káng～soat-kàu⇨同上。賊亦有～chha̍t-e̍k-iú～⇨同上。劍～kiàm～⇨同上。跆拳～thâi-kûn～⇨同上。一貫～it-koàn～⇨同上。五斗米～gō͘-táu-bí～⇨同上。～可～，非常～～khó～, hui-siâng～⇨老子之道。安爾～好an-ne(ni)～hó⇨如此就可以。去～有khì～ū⇨一去就有之。一去便有之。看着～哭khoà$^{n}$-tio̍h～khàu⇨一看就哭了。來～佅錢lâi～boeh-chi$^{n}$⇨每來就要錢。講着～受氣kóng-tio̍h～siū-khì⇨一提到就生氣。凡上舉的道tō當今多轉化說成着tio̍h的輕聲。但其義有別，着tio̍h是對tùi，是應該èng-kai，道tō只是就或便，是自然的推移，不帶義務性。着～着，不着～不着tio̍h～tio̍h, m̄-tio̍h～m̄-tio̍h⇨對就對，不對就不對。

【道人 tō-jîn】 有道之人。得道之人。出家人之通稱。

【道巾 tō-kin(kun)】 道士之頭巾。

【道山 tō-san】 仙山sian-san。歸～～kui～～⇨死的美稱。

【道士 tō-sū】 ㊀有道之士。有術之士。㊁司功sai-kong曰道士tō-sū。請～～誦經做功德chhiá$^{n}$～～ siōng-keng chò-kong-tek⇨邀請道士來爲死人誦經做司功sai-kong。

【道心 tō-sim】 修道之心。～～堅定～～kian-tēng⇨同上。

【道可 tō-hó】 就可以。便可以。你出錢～～，其他免管lí chhut-chî$^{n}$～～, kî-tha$^{n}$ bián-koán⇨你只出錢就可以了，其他不用管。行～～，近近仔kiâ$^{n}$～～, kīn-kīn-á⇨跑路就可以，很近的。肯答應～～，莫更拍伊khéng tah-èng～～, mài-koh phah-i⇨答應就可以了，不要再打他。若有翁婿咱～～，毋當放蕩愛風騷nā-ū ang-sài lán～～, m̄-thang hòng-tōng ài-hong-so͘⇨歌仔戲歌詞。謂有夫就可以了，不要再亂來。

【道右 tō-iū】 古王車的前導人員。函牘中的專用詞。意爲侍衛或秘書人員。先生～～sian-seng～～⇨同上。

【道好 tō-hó】 同道可tō-hó。一屑仔～～也chi̍t-sut-á～～à⇨一點點就可以了。一點鐘～～chi̍t-tiám-cheng～～⇨一小時就好了。

【道光 tō-kong】 清代的年號。繼嘉慶之後者。～～，咸豐，同治，光緒，宣統～～, hâm-hong, tông-tī, kong-sī, soan-thóng⇨清中期

至末代的年號。

【道君 tō-kun】 道教中的高級人員。元始天尊的部下。

【道具 tō-kī(kū)】 ㊀佛家學道所應用之物。㊁器具khì-kū皆曰道具tō-kī(kū)。～～組～～cho·⇨演戲等擔任應用器具的準備者。由日文轉用的。

【道姑 tō-ko·】 女道士。尼姑～～卦姑nî-ko·～～koà-ko·⇨所謂三姑sam-ko·。

【道冠 tō-koan】 道士所戴的帽子。

【道是 tō-sī】 就是chiū-sī。便是piān-sī。～～安爾喏～～an-ne(ni)-nō⇨就是這樣的。～～無錢正慘～～bô-chî$^n$ chiā$^n$-chhám⇨就是沒錢才慘。賊仔～～你chha̍t-á～～lí⇨賊就是你。阮牽的～～您表姊goán-khan-ê～～lín-piáu-ché⇨我太座就是你們的表姊。有人講三民主義～～救國主義ū-lâng-kòng sam-bîn-chú-gī～～kiù kok-chú-gī⇨三民主義就是救國主義。更過去彼間～～也koh kòe-khì hit-keng～～ā⇨再過去那家便是了。你叫伊來～～lí kiò-i-lâi～～⇨你叫他來便對了。於第三站換車～～也tī tē-sa$^n$-chām oā$^n$-chhia～～ā⇨在第三站換車子便對了。

【道院 tō-ī$^n$】 道教的寺廟。

【道家 tō-ka】 九流之一。講黃帝老子神仙之人。亦曰道教tō-kàu。～～儒家～～sû(jû)-ka⇨同上。

【道袍 tō-phâu】 司功衫sai-kong-sa$^n$。

【道教 tō-kàu】 道家tō-ka。元始天尊goân-sí-thian-chun與太上老君thài-siāng-ló-kun的宗教。

【道理 tō-lí】 理氣lí-khì。講～～kóng～～⇨①講理。②講道，說教。～～不平，氣死盈人～～put-pêng, khì-sí êng-lâng⇨道理不平氣死閑人。

【道着 tō-tio̍h】 道是tō-sī。就對chiū-tùi。約一句～～也ioh-chit-kù～～â⇨猜一句就猜對了。拍一門～～了phah-chit-mn̂g～～lō·⇨射一彈就射中了。一下考～～也chi̍t-ē-khó～～â⇨一試就上榜了。你更出二千～～lí koh-chhut nn̄g-chheng～～⇨你再付兩千元就對了。您三人更叫一台車～～也lín-sa$^n$-ê koh-kiò chi̍t-tâi-chhia～～â⇨你們三個人再叫一車就對了。

【道場 tō-tiû$^n$】 修道之所。練武術之場所。開～～招收學生khui～～chio-siu ha̍k-seng⇨同上。

【道該 tō-ài】 就該chiū-kai。着tio̍h。該ài。做人～～有是非觀念chò(chòe)-lâng～～ū sī-hui-koan-liām⇨做人就應該有是非觀念。家己～～細膩ka-lī(kī)～～sè(sòe)-jī(lī)⇨自己應該小心。(客氣)。講話～～公道kóng-ōe～～kong tō⇨說話該公道soeh-ōe ài kong-tō。

【道義 tō-gī】 道德與仁義。～～上該共伊援助～～siāng ài kā-i oān-chō·⇨道義上應該援助他。

【道路 tō-lō·】 交通路線。條條～～通羅馬tiâu-tiâu～～thong lô-má⇨西諺。

【道歉 tō-khiám】 表明歉意piáu-bêng khiám-ì。公開～～了事kong-khai～～liáu-sū⇨以公開道歉解決問題。

【道臺 tō-tâi】 古官名。～～道差～～tō-chhe⇨道台衙門之人。

【道德 tō-tek】 人類社會公行的理法。講～～說仁義kóng(káng)～～soeh(soat)-jîn-gī⇨三字經介紹孟子的文句。～～經～～keng⇨老子之書。

【道壇 tō-toâ$^n$】 司功壇sai-kong-toâ$^n$。道士店。

【道謝 tō-siā】 說謝soeh-siā。出面共人～～chhut-bīn kā-lâng～～⇨出面向大家說謝。

【道觀 tō-koàn】 同道院。

tō
**盜** 非所有而取之也。竊取財物皆曰盜tō。私～曰偸su～oat-thau⇨同上。偸～皆曰賊thau～kai oat chhat⇨同上。竊～chhiap～⇨同上。強～kiâng～⇨同上。

【盜心 tō-sim】 私人之物之心。貧窮起～～pîn-kiông khí～～⇨謂貧才生起爲盜之心。其實似乎未必，富而有盜心者似乎亦不少。

【盜名 tō-bêng】 竊取名譽。～～欺世～～khi-sè⇨同上。

【盜汗 tō-hān】 病名。俗曰凊汗chhìn-koāⁿ。

【盜泉 tō-choân】 渴矣而不飮～～，惡其名也khat-ì jî put-ím～～, ò-kî-bêng-iā⇨口渴極了，但是不在盜泉取飮以止渴。討厭其泉之名故也。

【盜案 tō-àn】 偸盜的案件。發生～～hoat-seng～～⇨同上。

【盜亦有道 tō-ek-iú-tō】 妄意室中之藏，聖也，入先，勇也，出後，義也，知可否，智也，分均，仁也，五者不備，而能成大盜者，未之有也bōng-ìsek-tiong chi chông, sèng-iā, jip-sian, ióng-iā, chhut-hō, gī-iā, ti khó-hō tì iā, hun-kin, jîn-iā, ngó·-chiā put-pī, jî lêng-sêng tāi-tō-chiā, bī-chi-iú-iā⇨古大盜盜跖tō-chek之言云。

## to·

to·
**都** 一國之首邑也。凡也。總也。國～kok～⇨一國之首要都市。首～siú～⇨同上。帝～tè～⇨帝國之首都。京～kiaⁿ～⇨京城kiaⁿ-siâⁿ。酆～地獄hong～tē-gak(gek)⇨地獄名之一。通～大邑thong～tāi-ip⇨大地方。

【都市 to·-chhī】 人口多，工商發達的地方。～～計劃～～kè-ōe⇨同上。

【都司 to·-su】 古官名。都指揮司的簡稱。武官。總兵。

【都尉 to·-ùi】 古官名。秦漢時代的武官。

【都會 to·-hōe】 都市to·-chhī。通都大邑，人物湊聚chāu-chū之地。

【都督 to·-tok】 古官名。亦武官。大～～tāi～～⇨大將軍。總司令。

【都頭 to·-thâu】 古武官名。大約是校級的。水滸傳的英雄好漢盧俊義、武松、林冲等等都是八十萬禁軍的都頭出身的。

【都御史 to·-gī-sú】 都察院的長官。其下有副都御史。

【都察院 to·-chhat-īⁿ】 古官衙名。亦即所謂御史老爺gī-sú-lāu-iâ的衙門。略當於今之監察院。

to·
**闍** 城門臺也。積土爲之，所以觀察者也。蘭～lân～⇨印度褒譽之詞。

【闍梨 to·-lî】 佛家語。阿闍梨a-to·-lî。高僧而又可以爲僧衆之模範者。

to·
**多** 多to也(見to部)。

tó·
**賭** 博賽phok-sài也。錢戲曰賭tó·。凡比優劣定勝敗皆曰賭tó·。嫖～飮三字全phiâu～ím saⁿ-jī-chn̂g⇨嫖，賭，飮三行都完全會，完全通達。謂壞透也。

【賭命 tó·-miā】 賭性命tó·-sèⁿ-miā。賣命bē-miā。我無伓合你抾～～，不是猶的講goá bô-boeh kah-lí teh～～, m̄-sī siáu-ê kong⇨我不與你同以生命爲兒戲，我不是瘋子，瘋子才會。講kóng改讀kong。

【賭勇 tó·-ióng】 勇ióng，強kiông也。～～賭強～～tó·-kiông⇨同上。

【賭氣 tó·-khì】 鬧意氣nāu-ī-khì。合家己的查某囝仔抾～～，毋驚人笑否kah ka-lī(kī) ê cha-bó·-kiáⁿ a-teh～～ m̄-kiaⁿ lâng-chhiò-hohⁿ⇨與自己的女兒也鬧什麼意氣，不怕人家笑嗎。

【賭強 tó·-kiâng】 強要硬要。～～伓～～boeh⇨同上。

【賭博 tó·-phok】 博奕phok-ek。俗曰卜儌

poah-kiáu。

【賭字運 tó·-jī-ūn】 同賭造化tó·-chō-hoà。

【賭造化 tó·-chō-hoà】 成敗在此一舉。試試天是否佑我。造化chō-hoà亦天命thian-bēng，亦字運jī-ūn也。

【賭目色巧 tó·-bak-sek-khá】 看看眼力誰高。以眼力決勝負。

tó· **肚** 腹也。腹壁謂之肚tó·，亦即肚皮tó·-phôe也。肚皮型者亦曰肚tó·。腹～pak～⇨同上。手～chhiú～⇨手掌以內至關節之間。手～肉chhiú～bah⇨同上。脚後～kha-āu～⇨脚趾與脚關節之間的後面。脚後～肉kha-āu～bah⇨同上。船～chûn～⇨船腹，其腹壁。腰～仔io～á⇨護腰帶，又荷包hô-pau。腰～仔飽飽io～á pá-pá⇨錢包滿滿。錢多多。頭大面四方，～大居財王thâu-toā bīn-sù-hong,～toā ki(ku)-châi-ông⇨謂頭大，面大，肚大者一定是有錢之人。

【肚內 tó·-lāi】 船肚內chûn-tó·-lāi。船艙chûn-chhng。

【肚底 tó·-té】 船肚底chûn-tó·-té。船底chûn-té。

【肚脹 tó·-tiàng(tiòng)】 腹脹大。食到～～也，猶更要chiah-kà～～à, iáu-koh-boeh⇨吃得肚子脹起來了，還要吃。

【肚捾 thó·-koāⁿ】 吊在肩上的腰圍。緒～～也hah～～á⇨穿著肚棺。縚hah，縛pák仔。～～褲仔～～khò·-á⇨連有肚攅的褲子。

tó· **堵** 垣hoân也。又阻也。壁piah或其一部分曰堵tó·。壁～piah～⇨同上。枋～pang～⇨壁之釘板者。起磚～的，或是水泥～khí chng～ê, ah-sī chúi-nî～⇨蓋磚造的，或水泥造的。即～壁畫眞好看chit～piah-ōe chin-hó-khoàⁿ⇨此幅壁畫很好看。一～牆圍chit～chhiûⁿ-ûi⇨圍牆亦算堵。鏡～kiàⁿ～⇨壁入鏡者。百姓安～peh-sèⁿ an～⇨人民安居。

【堵方 tó·-hong】 横匾hoâiⁿ-pián。

【堵列 tó·-liat】 市民～～於街路邊chhī-bîn～～tī ke-lō·-pīⁿ⇨市民於街路邊排列如牆。

【堵枋 tó·-pang】 做壁堵之板。

【堵塞 tó·-sek】 阻塞chó·-sat。交通～～kau-thong～～⇨同上。

【堵牆 tó·-chhiâng】 tó·-chhiûⁿ。圍牆ûi-chhiûⁿ。牆圍chhiûⁿ-ûi。

tó· **鬥** 通作鬬tàu(見tau部)。兩士相對，兵杖在後，爭也。爭勝也。

【鬥爭 tó·-cheng】 俗作鬪爭tó·-cheng。

tó· **睹** 見也。視也。目～者所講bok～chià só·-kóng⇨親眼看見者所說。聖人作而萬民～sèng-jîn-chok jî bān-bîn～⇨同上。

tó· **島** 島tó也(見to部)。

tó· **斗** 斗táu也(見tau部)。升～小民seng～siáu-bîn⇨貧困窮苦的小百姓。小升小斗買米之民。

tó· **抖** 顫chùn也。顫動也。發～hoat～⇨因怕或寒而身體戰慄chiàn-lek。

【抖擻 tó·-só·】 奮發hùn-hoat。精神～～cheng-sîn～～⇨同上。

tô· **蚪** 蝌蚪kho-tô·也。蛙之幼蟲也。俗曰蛤蛄仔kap-ko·-á→kap-koai-á→am-oai-á。

tò· **拓** 摹印碑帖曰拓tò·。原本茨在下，上以透明紙描之亦曰拓tò·。

【拓本 tò·-pún】 拓印之書。拓印本tò·-ìn-pún。

【拓印 tò·-ìn】 摹印碑帖。

【拓字 tò·-jī】 描字biô-jī。

tò· **瀆** 褻也，穢也。污染曰瀆。紙～霑去choá～tâm-khì⇨紙張染濕了。病傳染亦曰瀆tò·。彼款病講會相～hit-khoán-pēⁿ kóng-ē sio～⇨那一種病據說會互相傳染。白衫去～著墨水peh-saⁿ khì～tioh bak-chúi⇨白衣被墨水染上了。

tò· **黷** 染也，傳染也。臭柑～籠chhàu-kam～lâng⇨爛柑～過別籠。凡污染傳染皆曰

～。白衫～到變烏的也peh-saⁿ～kā pìⁿ o·-ê a ⇨白衣戴成黗衣了。講～着甚麼病該帶病院醫歸冬藉會好咧kong～tioh sa-ma-peⁿ ài toà peⁿ-īⁿ i-kui-tang chioh ē-hó leh⇨據說戴着什麼病需要住院醫治歸冬才會痊癒的。

**tò· 妒** 婦女相嫉忌也。同妬tò·。俗曰食醋chiah-chhò·。十婦九～sip-hū-kiú～⇨十個婦人中，九個善妒。個某眞恔～in-bó chin-gâu～⇨他老婆善妒。嫉～chit～⇨同上。

【妒心 tò·-sim】 嫉妒之心。～～重～～tāng ⇨同上。

【妒恨 tò·-hīn】 因妒而生恨。無因無端～～人有錢，～～人㜺bô-in-bô-toaⁿ～～lâng-ū-chîⁿ, ～～lâng-súi⇨莫明其妙的恨人家有錢，恨人家漂亮。

【妒意 tò·-ì】 俗曰醋意chhò·-ì。～～是難免的～～sī lân-bián-ê⇨醋意是不可能沒有的。

**tò· 蠹** 蛀蟲chiū-thâng也。毛～mo～⇨毛蝨mo-sat，俗名八脚pat-kiok。專寄生於陰毛，腋毛等處吸血以蕃殖，致生奇癢難堪。

【蠹魚 tò·-hî】 蛀書蟲chiū-si-thâng。紙蟲choá-thâng。

**tò· 黗** 亦戴tò·也。乎墨水～著hō· bok-chúi～tioh⇨墨水所染污。

**tò· 到** 到tò也(見to部)。

**tô· 塗** 污也。亂也。塗飾也。糊～hô·～⇨不明不白。糊裏糊～hô·-lí-hô·～⇨不明不白。

【塗改 tô·-kái】 消去舊的，再寫上新的。有～～的款ū～～ê khoán⇨有塗改過的樣子。

【塗抹 tô·-boah】 抹消boah-siau。塗掉tô·-tiāu。又塗而抹之也。拭消chhit-siau。

【塗炭 tô·-thàn】 困苦。人民～～jîn-bîn～～⇨人民生活困苦。

【塗料 tô·-liāu】 塗漆的材料。染料。

【塗鴉 tô·-a】 書寫拙劣。亂～～loān～～⇨黑白寫黑白畫。

**tô· 屠** 宰殺chái-sat也。宰殺牲畜之人也。禁～禁鼓樂kìm～kìm-kó·-gak⇨貴人死而禁止百姓食肉看戲。開～khui～⇨開設屠場。禁屠解禁。

【屠戶 tô·-hō·】 宰殺牲畜爲業者。俗曰肉店bah-tiàm或肉砧bah-tiam。

【屠城 tô·-siâⁿ】 毀其城，殺盡其人。

【屠蘇 tô·-so·】 草名。～～酒～～chiú⇨賀新年之酒。

【屠宰稅 tô·-cháiⁿ-sòe】 宰殺牲畜所負擔的稅金。

【屠宰場 tô·-cháiⁿ-tiûⁿ】 宰殺牲畜之所。

**tô· 徒** 步行也。黨也。從者也。門徒也。空手也。五刑之一也。不法之～put-hoat chi～⇨不守法的壞人們。門～bûn～⇨學生。酒～chiú～⇨嗜酒之人。賭～tó·～⇨嗜博之人。狂～không～⇨猖人siáu-lâng。萬章之～bān-chiang chi～⇨孟子的門徒。師～su～⇨老師與學生。逆～gek～⇨叛逆的門徒。

【徒手 tô·-chhiú】 空手khang-chhiú。～～體操～～thé-chhau⇨同上。～～空拳，白手成家～～khang-kun, pek-chhiú sêng-ka⇨獨力奮鬥成功的常用詞。

【徒刑 tô·-hêng】 剝奪pak-toat人身自由的刑罰hêng-hoat。有有期～～iú-kî～～與無期～～bû-kî～～⇨有期限與終身監禁的兩種。

【徒步 tô·-pō·】 步行。行路kiâⁿ-lō·。該～～三小時ài～～saⁿ-sió-sî⇨同上。

【徒弟 tô·-tē】 學生hak-seng。門生bûn-seng。拜師學藝做～～pài-su hak-gē chò～～⇨幼年入技藝師父之門，習其技藝三年，然後經師認可出師chhut-sai，可以自己開業。

【徒費 tô·-hùi】 枉費óng-hùi。～～心神耳～～sim-sîn niâ⇨枉費心神而已。

【徒然 tô·-jiân】 白費心機。既然無法度也，更較安怎亦是～～kì-jiân bô-hoat-tō·-ā, koh-khah an-choáⁿ ah-sī～～⇨同上。

【徒勞 tô·-lô·】 白費勞力精神。～～無功～～bû-kong⇨同上。

【徒黨 tô·-tóng】 黨徒tóng-tô·。～～講眞大陣抮～～kóng chin toā-tīn-lē⇨黨徒據說很不少。

【徒有虛名 tô·-iú-hi-bêng】 ～～～～，並無實學～～～～，pēng-bû sit-hak⇨同上。

【徒嘆奈何 tô·-thàn-nāi-hô】 無可補救。只有～～～～而已chí-iú～～～～jî-í⇨一點兒辦法也沒有，唉聲嘆氣也沒用。

tô·
途 路也。道也。職業物品的用處亦皆曰途。路～千里lō·～chhian-lí⇨迢迢千里遠。半～而廢poàn～jî-hòe⇨同上。中～島tiong～tó⇨地名，位於太平洋中。運～未穩ūn～bē-bái⇨運氣不壞。前～無量chiân～bû-liōng⇨同上。中～變卦tiong-～piàn-koà⇨同上。誤入岐～gō·-jip-kî～⇨同上。用～廣闊iōng～kóng-khoah⇨同上。改～做生理kái～chò-seng-lí⇨同上。該換～也ài oāⁿ～ā⇨需要換個職業(生意)了。無意於仕～bû-ì î sū～⇨不想進入做官之路。即～歹孔chit～pháiⁿ-khang⇨此職業不易為(利純少，陷阱多)。

【途人 tô·-jîn】 路人lō·-jîn。～～皆曰可殺～～kai oat khó-sat⇨同上。

【途中 tô·-tiong】 中途tiong-tô·。～～攏無歇睏～～lóng-bô hehⁿ(hioh)-khùn⇨中途皆無休息。

【途窮 tô·-kiông】 日暮～～jit-bō·～～⇨同上。

tô·
荼 苦菜也。如火如～jî-hóⁿ-jî～⇨指軍容之盛。

【荼毘 tô·-pí】 梵語(古印度語)。意為焚化hûn-hoà，指火葬hóe-chòng。

【荼毒 tô·-tok】 苦也。苦荼味苦，毒指蟲蛇，亦為人所苦者，合指人所難堪之痛苦。

【荼炭 tô·-thàn】 同塗炭。人民～～jîn-bîn～～⇨人民受盡難堪的苦痛。

tô·
荼 荼tê也(見te部)。

tô·
圖 謀也。謀取也。物象曰圖tô·。明謀暗取皆曰圖。久道乎～去也kú tō hō·～khì-ā⇨時間一久就被他據為私有了。～別人的某囝～pat-lâng e bó·-kiáⁿ⇨謀佔他人之妻兒。～人的錢財～lâng ê chîⁿ-chāi⇨謀佔人家的財物。～人的家財～lâng ê ka-châi⇨謀佔人家的財產。地～tē～⇨描寫地形地勢的圖以便尋地之用。學畫～oh-ōe～⇨同上。翁仔～ang-á～⇨人像jîn-siāng (siōng)。設計～siat-kè～⇨同上。陞官～seng-koaⁿ～⇨同上。

【圖示 tô·-sī】 以圖說明。～～當日情形～～tong-jit chêng-hêng⇨用圖畫表示當天的情形。

【圖利 tô·-lī】 謀取利益。～～他人～～thaⁿ-jîn⇨謂損害公益以利益個人。

【圖表 tô·-piáu】 圖繪與表格。詳見～～siâng (siông)-kiàn～～⇨同上。

【圖案 tô·-àn】 計劃圖。設計～～siat-kè～～⇨同上。建築～～kiàn-tiok～～⇨同上。

【圖記 tô·-kì】 印章。公印。機關的～～ki-koan ê～～⇨同上。

【圖書 tô·-si(su)】 圖與書。書籍si(su)-chek。～～館～～koán⇨同上。～～儀器～～gî-khì⇨同上。

【圖章 tô·-chiang (chiong)】 印章。私人的印章。帶～～身份證來領錢toà～～sin-hūn-chèng lâi-niá-chîⁿ⇨同上。

【圖畫 tô·-ōe】 描寫出來的物體的形狀。～～禽獸～～khîm-siù⇨同上。

【圖解 tô·-kái】 以圖解釋。付有～～hù-iú～～⇨同上。

【圖謀 tô·-bô·】 計謀kè-bô·。～～不軌～～put-kúi⇨同上。

【圖賴 tô·-nāi】 藉端詐取財物。意欲～～ì-iok～～⇨同上。

【圖讖 tô·-chhàm】 河圖hô-tô·。符命之書。亦即象徵誰該做皇帝之圖書或表記。

【圖窮匕見 tô·-kiông-pí-kiàn】 喻計謀已敗露。出自荊軻keng-kho刺秦王的故事。

tō· **竇** 藏穀之穴也。姓氏。～燕山，有義方，教五子，名俱揚～iàn-saⁿ, iú-gī-hong, kàu-ngó·-chú, bêng-kī-iâng⇨三字經。

tō· **杜** 樹名。甘棠kam-tông也。塞也。姓氏。李～lí～⇨詩聖李白與詩仙杜甫。房～pâng～⇨唐名相房玄齡與杜如晦。房善謀，杜善斷。防～hong～⇨防止。

【杜仔 tō·-á】 樹名。栗子的一種。

【杜甫 tō·-hú】 唐朝大詩人，與李白並稱李杜。

【杜定 tō·-tēng】 蜥蜴sek-e̍k的俗稱。爬蟲類如蛇而有四足。據稱有猛毒。～～咬，鷄母呷，不呷道愛買棺柴～～-kā, ke-bó·(bú)-hah, m̄-hah tō-ài bé(bóe)-koaⁿ-chhâ⇨謂被杜定咬了，給母鷄呷一口氣就沒事了，如果不呷就只有買棺材(死)一條路。

【杜絕 tō·-choa̍t】 斷絕toān-choa̍t。杜塞tō·-sek。交通～～也kau-thong～～â⇨交通斷絕了。

【杜賣 tō·-bē(bōe)】 賣斷bē-tn̄g。謂出售之後，不會有任何瓜葛。～～字～～jī⇨出賣的證書。～～盡根～～chīn-kin⇨連根總出賣。

【杜撰 tō·-choān】 憑空捏造pîn-khong-liap-chō。～～一個故事～～chi̍t-ê kò·-sū⇨同上。

【杜如晦 tō·-jî-hōe】 唐太宗李世民的名相，與房玄齡pông-hiân-lêng並稱房杜。房善於謀事，杜勇於決斷。

tō· **度** 法制也。法～hoat～⇨同上。有法～ū-hoat～⇨同上。無法～bô-hoat～⇨同上。衡量也，(to̍k)～長短～tn̂g-té⇨同上。角～無夠kak～bô-kàu⇨同上。忖～chhún～⇨同上。次數曰度tō·。二～梅jī～bôe⇨同上。再～要求chāi～iàu-kiû⇨同上。器量也。寬量大～khoan-liāng-tāi～⇨同上。器～khì～⇨同上。風～hong～⇨同上。態～thāi-～⇨同上。過日曰度tō·。日食難～ji̍t-si̍t-lân～⇨生活困難。罔～仔罔～bóng～a bóng～⇨糊裡糊塗過日算了。出家剃髮曰度tō·。剃～thì～⇨落髮爲僧尼。超～chhiau～⇨使亡魂重生。普～phó·～⇨廣施餓鬼。～去學仙～khì ha̍k-sian⇨攝引去學習仙法。又氣溫等之高低標準多曰度tō·。溫～un～⇨同上。濕～sip～⇨同上。熱～ja̍t～⇨同上。密～bi̍t～⇨同上。高～koân～⇨同上。硬～ngē～⇨同上。過～kòe～⇨同上。適～sek～⇨同上。程～thêng～⇨同上。

【度日 tō·-ji̍t】 過日子kòe-ji̍t-chí。～～如年～～jî-liân⇨生活之苦，一日如一年。

【度死 tō·-sí】 謂生活之艱難，只是勉強待死而已。食頭路人總是～～的耳不chia̍h-thâu-lō·-lâng chóng-sī～～ê niâ-m̄⇨薪水階級之人，結局是等候死日而已嘛，不是嗎。～～度活～～tō·-oa̍h⇨謂死不成死，活不成活的生活。

【度食 tō·-chia̍h】 糊口。～～耳，存的免講～～niā, chhun-e bián-kóng⇨只勉強夠吃而已。要貯存嗎免談。

【度晬 tō·-chè】 滿一歲moá-chi̍t-hòe。做～～chò～～⇨慶祝滿一歲的生日。

【度飽 tō·-pá】 同度食tō·-chia̍h。

【度牒 tō·-ti̍ap】 僧尼的執照。

【度伙食 tō·-hóe-si̍t】 糊口。消耗伙食。端仔扲～～～耳都無扲是kan-a teh～～～niâ to bô-teh-sī⇨只在消耗伙食而已，(工作)全不在進行。乾仔kan-á，端仔toan-á之轉化。

【度時間 tō·-sî-kan】 消耗時間。遷延時日。安爾～～～耳，不好啦an-ne～～～niâ, m̄-hó-lâ⇨如此做，只是消耗時間而已，不要如此。

【度量衡 tō·-liâng-hêng】 長短以丈尺曰度，容量以斗斛曰量，重量以斤兩曰衡。～～～制度是公平的基準。度tō·本應讀度tok。

tō· **渡** 濟也。凡由此達彼皆曰渡tō·。過～時期koe～sî-kî⇨同上。引～罪犯ín～chōe-hoān⇨同上。荒城古～hong-sêng kó·～⇨同上。桃花過～thô-hoe-kòe～⇨故事名。撐～伯也theⁿ～peh-á⇨桃花過渡故事的男主角。義～gī～⇨免費的渡船。

【渡船 tō·-chûn】 過河過海之船。無好狗沙撐～～bô-hó káu-soa theⁿ～～⇨桃花罵船伕。～～頭～～thâu⇨渡船碼頭。～～場～～tiûⁿ⇨同上。

【渡頭 tō·-thâu】 渡船頭tō·-chûn-thâu。

tō· **肚** 腹也。胃也。查某的大到大～查甫的大到二五cha-bó·-ê toā-kà toā～，cha-po·-ê toā-kà jī-gō·⇨女的大到大肚皮(懷孕)，男的大到二十五歲。牽腸掛～khan-tn̂g-koà～⇨十分關心思念。歹心烏漉～pháiⁿ-sim-o·-lok～⇨最壞的心腸。牛～豬～gû～ti～⇨同上。小～sió～⇨膀胱phông-kong。掠去抽腸～liah-khì thiu-tn̂g～⇨抓去(地獄)接受抽腸肚之刑。換～耳 oāⁿ～niá⇨請客的自謙之詞(謂菜肴不太好，只是換換貴客肚中的好的而已)。

【肚內 tō·-lāi】 腹中。可惜人～～不拘空空抔khó-sioh lâng～～m̄-ku khang-khang-leh⇨可惜你腹中無物，奈何。～～未翻車～～bē-hoan-chhia⇨頑固無法通融。～～好撐船～～hó-theⁿ-chûn⇨形容宰相度量大。

【肚尾 tō·-bóe】 臍之下三寸。～～痛～～thiàⁿ⇨同上。

【肚腸 tō·-tn̂g】 胃與腸。內臟。眞無～～chin-bô～～⇨度量很小。彼款～～底無三粒沙爾hit-khoán～～té-bô saⁿ-liap-soa-leh⇨那種度量容不了三粒小沙子。

【肚盤 tō·-poâⁿ】 臍以下的部分。同肚尾tō·-bóe。

【肚臍 tō·-châi】 臍châi。～～深深可宁金～～chhim-chhim hó-tē-kim⇨童謠。食菜食到～～爲界chiah-chhài chiah-kà～～ûi-kài⇨頑童戲和尙之詞。

【肚癰 tō·-eng】 腹部的一種疙瘩。生～～seⁿ～～⇨同上。

tō· **鍍** 以金飾物曰鍍tō·。以一種金屬加塗於另一種金屬的表面是也。

【鍍金 tō·-kim】 以金飾於他物之上。又加飾外表亦曰鍍金tō·-kim。假冒的。～～的，我掠做眞的～～ê, goá liah-chò chin-ê⇨原來是假包的，我以爲是眞貨。阿貓阿狗都去～～了了也a-niau a-káu to-khì～～liáu-liáu-à⇨阿貓阿狗都出國留學去了。

【鍍銀 tō·-gîn】 以銀飾物。

## toa

toà **帶** ㊀紳也。佩也。夾雜也。又女人病名。褲～khò～⇨束褲之索類。皮～phôe～⇨褲帶之一種。鞋～ê～⇨束鞋之索子。生無～來，死無～去seⁿ-bô～lâi, sí-bô～khì⇨生不帶來，死不帶去seng-put-tāi-lâi, sú-put-tài-khì。該～些錢ài～chē-chîⁿ⇨應該帶同若干現金。有～貴人ū～kùi-jîn⇨運命中有貴人存在。狗相～káu-sio～⇨狗的屁股相連接(交尾也)。白～peh～⇨女人病名。㊁居住也。您厝～於佗lin-tau～tī to⇨你家在哪兒？即間厝無郎～chit-keng chhù bô-lâng～⇨此屋無人住。

【帶人 toà-lâng】 帶同人員。～～作伴～～chò(chōe)-phoāⁿ⇨帶有同伴之人。～～更帶家私抔～～koh toà-ke-si-leh⇨帶有隨員(同黨或部屬)又攜有武器在身上。

【帶手 toà-chhiú】 ㊀順手sūn-chhiú。順便sūn-piān。～～來的～～lâi-ê⇨順手帶來者。～～共我提來好否～～ká-goá theh-lâi hó-bō·⇨順便爲我帶來好不好。㈢小禮物。提些～～乎囡仔theh-chē～～hō·-gín-á⇨帶些小禮物給小孩。

【**帶仔 toà-á**】 小索類之總稱。有～～縛扲道會使得也ū～～pak-le, tō ē-sái-tit-à⇨有帶子縛住，就可以了。信採～～每好chhìn-chhái～～mā-hó⇨隨便那一種索子都可以。

【**帶孕 toà-īn**】 懷孕hoâi-īn。嫁無若久道～～了kè-bô-goā-kú tō～～lō·⇨嫁不多久就懷孕了。

【**帶白 toà-peh**】 帶孝toà-hà的一種。父母死，初帶麻toà-moâ，除靈tî-lêng之後，改以白布或白絲線縫於帽上或插於髮上，曰帶白 toà-peh。

【**帶孝 toà-hà**】 服喪而身帶麻布等爲記。共客兄～～kā kheh-hia$^n$～～⇨爲情夫帶孝。喻做事不十分情願。

【**帶兵 toà-peng**】 tài-peng。引率軍隊。～～官～～koa$^n$⇨大小部隊長。

【**帶身 toà-sin**】 懷孕hoâi-īn。有身ū-sin。～～的人～～ê lâng⇨有身的人ū-sin ê lâng，已懷孕之人。

【**帶粗 toà-chho·**】 帶粗孝toà-chho·-hà之省詞，死後四十九日要帶粗麻布。

【**帶著 toà-tioh**】 斟酌chîm-chiok。看其情面。互相憐憫lîn-bín。帶念tài-liām。拍狗無～～主人phah-káu bô～～chú-lâng⇨在貴客之前打其狗。～～是親成～～sī chhin-chiâ$^n$⇨顧及著彼此是親戚關係。人是～～個阿叔的lâng sī～～in-a-chek-ê⇨人家是看他叔父情面的(才赦免了他)。相～～sio(sa$^n$)～～⇨彼此關顧koan-kò·。

【**帶隊 toà-tūi**】 領隊niá-tūi。～～官～～koa$^n$⇨同上。你～～去lí～～khì⇨同上。

【**帶煞 toà-soah**】 帶有殺氣的命相。謂有剋夫及其父母的相。～～毋道壞也～～m̄-tō hāi-ā⇨帶煞不就壞了嗎。

【**帶櫃 toà-kūi**】 有孕。同帶孕toà-īn。亦曰掛櫃koà-kūi。娶著～～的chhoā-tioh～～ê⇨娶上了大肚皮的。

【**帶田庄 toà-chhân-chng**】 住在農村。

【**帶出場 toà-chhut-tiû$^n$**】 將舞女帶出其營業場外。作場外交易。

【**帶孤鸞 toà-ko·-loân**】 無子之命，獨身之命。命～～～，那有法度miā～～～, ná-ū hoat-tō·⇨命中帶孤鸞，無妻(無子)豈有辦法呢。

【**帶食祿 toà-sit-lok**】 賦有食福chiah-hok之相。阿福伯仔有～～～的款，人講食伊道到a-hok-peh-á ū～～～ê-khoán, lâng kóng-chiah i-to kàu⇨阿福伯有食福的樣子，我們正在說吃，你就來了。

【**帶桃花 toà-thô-hoe**】 女人好淫之相。～～～驛馬～～～iah-bé⇨同上。驛馬iah-bé，驛舍之馬，喻任人騎。

【**帶貴人 toà-kùi-jîn**】 有貴人相助之相。有一個厄，不過～～～扲，無大礙ū chit-ê-eh, put-kò～～～lè, bô-toā-ngāi⇨有一個厄，但是，帶有貴人相助在運命上，不致有大阻礙。厄eh，災難之關也。

【**帶雙刀 toà-siang-to**】 害人之相。～～～來出世～～～lâi chhut-sì⇨生而帶有害人之相。

**toà 滯** 凝gêng也。積。止也。定也。住chū或可曰滯toà。住居chū-ki曰滯toà。住chū亦止chí也。住宿chū-siok亦曰滯toà。就業亦曰滯toà，入壻亦曰滯toà。無人～bô-lâng～⇨無人居住。即類厝歹～chit-loe-chhù phái$^n$～⇨這種屋子不好居住。旅館傷貴，不當～lí-koán siu$^n$-kùi, m̄-thang～⇨旅館太高了，不要住他。無埞～bô-tē～⇨沒地方住。合人～也kah-lâng～à⇨①受人雇用去了。②入壻去了。一個～於銀行，一個～於工場chit-ê～tī gîn-hâng, chit-ê～tī kang-tiû$^n$⇨一個就職於銀行，一個就業於工廠。～ 幾仔年也～ kúi-à-nî-à⇨就職了好多年了。幾仔kúi-à→kúi-nà。合人客～ kah-lâng-kheh～⇨與客同睡(多指娼妓之類的)。在～chāi～⇨居住，歌謠用詞。

【滯暗 toà-àm】 宿夜。過夜。該～～ài～～⇨需要過夜。於旅館～～tī-lí-koán～～⇨在旅館過夜。

【滯賊 toà-chha̍t】 賊所住宿。賊巢chha̍t-siū。彼間古廟講有～～hi̍t-keng kó͘-biō kóng-ū～～⇨那家古廟據說有賊在住宿。

【滯暝 toà-mê】 ㊀同滯暗toà-àm。㊁宿通宵。～～的人客～～ê lâng-kheh⇨叫妓過夜之客。

【滯人客 toà-lâng-kheh】 陪客而睡(娼妓之類)。

【滯月仔 toà-go̍eh-á】 以月爲單位的雇傭關係。阮工場攏～～～的goán kang-tiû$^{n}$ lóng～～～ê⇨我們工廠內都是以計月雇用的。

【滯客館 toà-kheh-koán】 宿旅社。人客一暝～～～，天光起行無遲緩lâng-kheh chi̍t-mê～～～，thi$^{n}$-kng khí-kiâ$^{n}$ bô-thî-oān⇨同上。

**toâ 儔** 儔tiû也。侶也。鹹～kiâm～⇨鹹食之類。亦即鹹魚醬菜等等之類也。鹹～無蟲，天脚下無人kiâm～bô-thâng, thi$^{n}$-kha-ē bô-lâng⇨古俚，雖不合現代科學思想，姑妄列之。

**toā 大** 大tāi也。小sió之對也。又細sè(sòe)之對也。凡小或細之對稱皆曰大toā。身分高或貴亦曰大toā。長大成熟亦曰大toā。強烈亦曰大toā。樹～chhiū～⇨大樹。石頭～chio̍h-thâu～⇨大石頭。厝～chhù～⇨大房屋。機關～ki-koan～⇨大機關。地方～tē-hng～⇨大地方。國家～kok-ka～⇨大國。樹仔～也chhiū-á～ā⇨樹木大了。囡仔會～gín-á-ē～⇨孩子會長大。猪不～，大去狗ti-m̄～,toā-khì(ì)-káu⇨猪不肥大，而狗却很肥大，喻事與願違。序～sī～⇨長輩tiáng-pòe，尊輩chun-pòe。輩分～pòe-hūn～⇨大輩toā-pòe。官～koa$^{n}$～⇨高官ko-koan，大官toā-koa$^{n}$。風～hong～⇨大風toā-hong。雨～hō͘～⇨大雨toā-hō͘。水～chúi～⇨大水toā-chúi。火～hóe～⇨大火toā-hóe。火力～hóe-la̍t～⇨同上。水力～chúi-la̍t～⇨同上。勢力～sè-le̍k～⇨同上。口氣 kháu-khì～⇨①態度傲慢。②要求多。心肝～sim-koa$^{n}$～⇨欲望大 io̍k-bōng-toā。希望～hi-bāng～⇨心中所求者大。眞～chin～⇨很大。山高水牛～soa$^{n}$-koân-chúi-gû～⇨山那麼高，水牛那麼大，喻巨大的數目。

【大人 toā-lâng】 成人sêng-jîn。轉～～tńg～～⇨孩童轉成成人。～～輸囡仔～～su gín-á⇨大人不及孩子。～～言，君子口～～giân, kun-chú-kháu⇨大人所言即等於出自君子之口，謂應守言責。～～氣概～～khì-khài⇨謂外表還是孩子，但是態度却如成人。～～大種～～toā-chéng⇨名實相符的成人。～～亂操操，囡仔愛年庢～～loān-chhau-chhau, gín-á ài-nî-tau⇨謂時在年終歲暮，大人心亂如麻，小孩子們却喜歡新年之將到而蹦蹦跳，年庢nî-tau，年底nî-té也。庢tau亦即家ka也。

【大力 toā-la̍t】 tāi-le̍k。出～～chhut～～⇨出重力。用盡全力。～～咬看會斷未～～kā-khoà$^{n}$-ē-tn̄g-bē⇨用力咬一咬看看會不會斷。～～糾倒來～～giú-oá-lâi⇨用力拉回來。

【大丁 toā-teng】 男子之物。

【大刀 toā-to】 關爺面前舞～～koan-iâ-bīn-chêng bú～～⇨班門弄斧pan-bûn-lōng-hú。西國番擧～～戰劉統，劉統頭殼破一旁，西國番人馬趕到安樂亭se-kok-hoan giâ～～chiàn-lâu-thóng, lâu-thóng thâu-khak phoà-chi̍t-pêng, se-kok-hoan lâng-bé koà$^{n}$-kà an-lo̍k-têng⇨丑仔白thiú$^{n}$-á-pe̍h。

【大下 toā-ē】 用力大。打擊大。拍眞～～phah-chin～～⇨打得很重力。了一下眞～～

liáu-chi̍t-ē chin～～⇨損失很大(筆錢)。

【大工 toā-kang】 師父sai-hū級的建築工人。有塗水thô·-chúi及木匠ba̍k-chhiū$^{n}$之兩種。在其下有小工sió-kang爲之助手，其待遇大約爭差cheng-chha-大半。～～無人請，小工不肯行～～bô-lâng-chhià$^{n}$, sió-kang m̄-khéng-kiâ$^{n}$⇨謂沒人請你去做師父級的大工，可是有人請你做小工，你又不願意去。亦即高不成，低不就ko-put-sêng, te-put-chiū是也。

【大子 toā-kiá$^{n}$】 長子tiáng-chú。嫡長男tek-tiáng-lâm。子kiá$^{n}$亦作囝kiá$^{n}$。～～啼，細子哮，枵要食，飽要吵～～thî, sè-kiá$^{n}$-háu, iau-boeh-chia̍h, pá-boeh-chhá⇨形容照顧子女的艱難kan-lân。

【大口 toā-kháu】 ㊀成人曰大口。二～～二小口nn̄g～～nn̄g-sió-kháu⇨兩個成人兩個孩子。㊁大tāi也。～～鼎～～tiá$^{n}$⇨大鼎toā-tiá$^{n}$。～～灶～～chàu⇨大家族tāi-ka-chok。大家庭tāi-ka-têng。

【大小 toā-sió】 大tāi與小siáu。～～月～～go̍eh⇨大月toā-go̍eh與小月sió-go̍eh。～～腸～～tn̂g⇨大腸toā-tn̂g與小腸sió-tn̂g。～～旁～～pêng⇨座席的左方爲大旁toā-pêng，右方爲小旁sió-pêng。～～棵～～ko̍eh⇨大棵toā-ko̍eh與小棵sió-ko̍eh。棵ko̍eh，斷木也。亦曰～～節～～chat。節chat即棵ko̍eh也。

【大山 toā-soa$^{n}$】 tāi-san。巨山。～～母～～bó(bú)⇨喩大勢力。你有才調道去車～～來壓我嘛lí-ū-châi-tiāu tō-khì-chhia～～lâi-ap-goá-mā⇨你有才能就去推動大山來壓死我好了。

【大丈 toā-tiū$^{n}$】 妻姊之丈夫。～～細丈～～sè-tiū$^{n}$⇨妻姊之夫與妻妹之夫。大姨送～～toā-î sàng～～⇨謂大姨送大丈回去，大丈又不放心送大姨回來，如此送去又送回，終夜互相送來又送去不停。喩事之無端拖延不了結。

【大土 toā-thô·】 ㊀生阿片煙chhe$^{n}$-a-phiàn-hun。㊁烈酒liat-chiú。大酴toā-thô·之訛。

【大木 toā-ba̍k】 建築木工。有別於家具木工。～～幼目～～iù-ba̍k⇨建築木工與家具木工。

【大水 toā-chúi】 做～～chò～～⇨水災chúi-chai。無風無雨做～～bô-hong bô-hō· chò～～⇨謂無端生事。～～⿰虫后～～hiā⇨水災時出現的有翅飛蟻。⿰虫后hiā，蚼⿰虫后káu-hiā，螞蟻mâ-gī也～～柴～～chhâ⇨大水漂來的木料。

【大牙 toā-gê】 ㊀大齒toā-khí。臼齒khū-khí。㊁初一十五(每陰曆月)拜土地公曰做牙chò-gê(亦有初二，十六者)。十二月十五(十六)日的最後一次曰尾牙bóe-gê，亦曰大牙toā-gê。

【大月 toā-go̍eh】 ㊀日數多之月。㊁祭拜多生意較旺盛之月。七月算上～～chhit-go̍eh sǹg siāng～～⇨七月(陰曆)是生意最盛之月。事實各行業畧有不同。㊂小豬滿兩個月最適宜出售曰大月toā-go̍eh。

【大牛 toā-gû】 ～～換肩～～oā$^{n}$-keng⇨古人相信地震tē-chín的原因是如此。～～惜力～～sioh-la̍t⇨謂大牛不肯出全力。喩肥人懶惰。

【大戶 toā-hō·】 大家庭tāi-ka-têng。富戶hù-hō·。～～的門風～～ê mn̂g-hong⇨富戶人家的家庭作風。大門～～toā-mn̂g～～⇨富豪之家。

【大反 toā-hoán】 大反亂toā-hoán-loān。走～～cháu～～⇨因大亂而逃難。

【大日 toā-ji̍t】 烈日。有太陽的大熱天。～～曝死虎～～pha̍k-sí-hó·⇨謂烈日連老虎都可以被曬死。～～虎～～hó·⇨滿天無雲的烈日。～～子～～chí⇨～～辰～～sîn⇨良時吉日liâng-sî-kiat-ji̍t。

【大公 toā-kong】 同族的祖先。祭祀公業。

～～小公～～sió-kong⇨小公合而爲大公。

【大孔 toā-khang】 穴大。浪費lōng-hùi。講～～話kóng～～ōe⇨高言；大言；展示其有錢。展～～tián～～⇨同前。～～掙未痛～～chi$^{n}$-bē-thià⇨謂浪費慣者浪費如故，不會痛惜金錢。掙chi$^{n}$，以物強塞入穴中曰掙chi$^{n}$。假～～ké～～⇨無錢作有錢的樣子。～～的成生，攝的成萬～～ê chiâ$^{n}$-lān, liap-ê chiâ$^{n}$-bān⇨謂浪費者終將破產而成窮人，珍惜金錢者將成萬金之富人。攝liap，一毛一厘錢都珍惜而積聚之曰攝liap。俗曰吝嗇者līn-sek-chiá。～～人～～lâng⇨有財有勢，千金不惜之人。趁～～錢thàn～～chî$^{n}$⇨收入大筆的利益。被人拍到～～細裂hō·-lâng phah-kà～～sè-li̍h⇨被人打得大傷小傷。

【大斗 toā-táu】 斗táu，容量單位。升chin的十倍。～～進，細斗出～～chìn, sè-táu-chhut⇨謂無天良的頭家以大斗收票，以小斗糶粟thiò-chhek。

【大目 toā-ba̍k】 大眼睛tāi-gán-cheng。～～上粧，細目晦昏～～chiū$^{n}$-chng, sè-ba̍k hòe-hng⇨大目的女人隨便化粧起來都好看，細目者化粧起來却反而難看。晦暗hòe-hng，昏暗hun-àm不見也。～～新娘無看見灶～～sin-niû bô-khoà$^{n}$-ī-chàu⇨大眼睛的新娘看不見灶以煮飯，笑物在眼前而找不到者。

【大白 toā-pe̍h】 米，糖的純白色者。～～米～～bí⇨同上。～～糖～～thn̂g⇨同上。

【大母 toā-bú】 ㊀嫡母tek-bó。㊁大或多的形容詞。母bú應爲尨bâng所轉化。～～是～～sī⇨到處皆是，很多很多。～～聲～～sia$^{n}$⇨大聲。～～漢～～hàn⇨大漢toā-hàn。～～間～～keng⇨大間toā-keng,房子大。～～人也～～lâng-ā⇨很大的人了。～～四界～～sì-kè⇨到處皆有之；很多。

【大石 toā-chio̍h】 大石 tāi-se̍k。岩石 gâm-se̍k。～～亦着石仔拱～～a̍h-tio̍h chio̍h-á-kéng⇨大石也需要小石子在下面支持其安定。喻大人物也要小人物們的支持。

【大兄 toā-hia$^{n}$】 長兄tiáng-heng。～～娶大嫂～～chhoā toā-só⇨同上。

【大半 toā-poà$^{n}$】 過半數kòe-poà$^{n}$-sò·。大部分toā-pō·-hūn。～～的人是肯～～ê lâng sī khéng⇨多數人是答應的。

【大本 toā-pún】 ㊀本錢雄厚pún-chî$^{n}$ hiông-hō·。～～大注扲拂～～toā-tù teh hut⇨以大資本在幹。拂hut，有所作爲皆曰拂hut，幹也。在此指經營。該有～～藉有法度ài-ū～～chiah-ū hoat-tō·⇨需要有大資本才做得到。㊁同種植物有大小兩類，大枝大葉者曰大本toā-pún。～～應菜～～èng-chhài。～～山芹菜～～soa$^{n}$-khîn-chhài。㊂大書tāi-si(su)。～～册～～chheh⇨大型的書。～～書～～si(chu)⇨同上。～～字典～～jī-tián⇨同上。㊃其他。～～碼子～～bé-chí⇨壹貳叁……之類的數字。～～乞食～～khit-chia̍h⇨無藝之乞食，只乞食而不唱歌者。

【大仙 toā-sian】 ㊀大仙人tāi-sian-jîn。赤脚～～chhiah-kha～～⇨不穿鞋者。㊁大型的神佛像。～～佛仔～～pu̍t-á⇨大佛像。～～翁仔～～âng-á⇨大型的偶人。～～神明～～sîn-bêng⇨大型神佛像。㊂態度傲慢。格～～kek～～⇨狀若大人物（自大）。～～到得未囷龍了～～kà tit-boeh khûn-liông(lêng)-lō·⇨自大得快要成龍了。囷khûn，圓形的粟倉。又蛇圈成螺旋狀曰囷khûn。

【大冬 toā-tang】 漁業盛產期。烏魚即陣正當～～o·-hî chi̍t-chūn chiâ tng～～⇨烏魚此刻正值盛產期。

【大舌 toā-chi̍h】 口吃。～～更興計～～koh hèng thi̍h⇨口吃者喜歡說話。詄thi̍h，口吃，者說話。～～的愛講話～～ê ài-kóng-ōe⇨同前。

【大份 toā-hūn】 分得多。伊分較～～i pun

khah-～～⇨他分佔較多。佔～～chiàm～～⇨佔有大部分。

【大奸 toā-kan】 虛僞hi-gūi，陰險im-hiám。～～道是～～～～tō-sī～～⇨大奸就是大奸(無話可說)。

【大曲 toā-khek】 大製作的歌譜。小調sió-tiāu之對稱。會曉唱～～ē-hiáu-chhiùⁿ～～⇨會唱大曲。

【大名 toā-miâ】 tāi-bêng。請問～～大姓chhiáⁿ-mn̄g～～toā-sèⁿ(sìⁿ)⇨請問高姓大名chhéng-būn ko-sèng-tāi-bêng。

【大耳 toā-hīⁿ】 耳大。傻瓜。～～的～～ê⇨傻瓜。乎人扇～～去也hō·-lâng siàn～～khì-à⇨被人騙走了；受騙了。

【大百 toā-pah】 大數目toā-sò·-bak。～～錢～～chîⁿ⇨巨款kī-khoán。錢～～，人落肉chîⁿ～～，lâng loh-bah⇨要錢多多，人自然會瘦化；要大錢者必因而過勞。

【大色 toā-sek】 ㊀首要產物或商品。～～貨～～hòe⇨①地方的首要產物。②雖然獲利但是非賣不可的民生必需品。③多利暢銷的商品。㊁自大，傲慢gō-bān。最近格眞～～嘔chōe-kīn kek-chin～～ò·⇨最近變得非常傲慢。～～藝妲～～gē-toàⁿ⇨～～查某～～cha-bó·⇨暢銷的紅女人。

【大收 toā-siu】 豐收hong-siu。～～成～～sêng⇨大豐收。五穀～～ngó·-kok～～⇨同上。

【大旬 toā-sûn】 死後每七日爲一旬。一旬一祭。第三，第五，第七的三旬爲大旬toā-sûn。

【大地 toā-tē】 好的墓地或厝地，宜於造墓，宜於建築第宅。謂呈有瑞氣。

【大竹 toā-tek】 刺竹chhì-tek。～～圍～～ûi⇨大竹的圍牆ûi-chhiûⁿ。～～板～～pán⇨笞刑thî-hêng用的竹板tek-pán。

【大佛 toā-hut(put)】 拜～～pài～～⇨同上。

【大妗 toā-kīm】 母兄之妻。～～嘴～～chhùi⇨每報壞消息必有靈現。～～婆～～pô⇨祖母之兄嫂hiaⁿ-só。

【大利 toā-lāi】 高利ko-lī。重利tāng-lāi。放～～無較長pàng～～bô-khah-tn̂g⇨放高利並不很好。

【大利 toā-lī】 大利益。～～動人心～～tōng-jîn-sim⇨大利在前，會打動人慾。

【大旱 toā-oāⁿ】 大亢旱toā-khòng-oaⁿ。春愈寒，雨愈濺，冬愈寒，做～～chhun-ná-koâⁿ, hō·-ná-choāⁿ, tang-ná-koâⁿ, chò～～⇨春天愈寒，雨水愈下不停，多天愈寒，愈可能大亢旱，古代的氣候觀。

【大步 toā-pō·】 開步khui-pō·。～～行～～走～～kiâⁿ～～cháu⇨快行快走。

【大身 toā-sin】 巨軀kī-khu。巨體kī-thé。安爾都根較～～也an-ne(ni) to kin(kun)-khah～～a⇨如此一來，樹根大過樹幹了。謂子比母大。附帶的比主體還要貴，或還要麻煩。

【大肚 toā-tō·】 大肚皮。有身孕。查甫的大到廿五，查某的大到～～cha-po·-ê toā-kà jī-gō·, cha-bó·-ê toā-kà～～⇨謂人的長高，男的在二十歲以前，女的肚皮大了就停止。

【大刣 toā-thâi】 大戰tāi-chiàn。兩旁盒扲～～n̄g-pêng tng-teh～～⇨双方正在大戰(兩軍，兩人下棋或其他打賭)。又大殺價。扲合伊～～teh-kah-i～～⇨正在與他大殺價。又文章的刪削。大修改。拜託老師～～一下，看會用得未pài-thok lāu-su～～chıt-ē, khoàⁿ ē-iōng-tit-bē⇨拜託老師大大修改一番，看看還用得嗎。

【大位 toā-ūi】 上席siāng-sek。高座ko-chō。坐～～chē～～⇨同上。

【大姊 toā-ché(chí)】 長姊。～～要梳頭，二姊挽土豆，三姊舉釣鉤～～boeh se-thâu, jī-ché bán-thô·-tāu, saⁿ-ché giâ tiò-kau⇨童謠。

【大宗 toā-chong】 數量特別多。～～貨～～hòe⇨同上。掠着～～的走私貨liah-tioh ～～ê cháu-su-hòe⇨捉到大數量的走私進口貨。

【大的 toā-ē】 ㊀兄長heng-tiáng。首領siú-léng。阮～～goán～～⇨我們的長兄，亦即我們的老大láu-toā。～～無好樣，細的討和尚～～bô-hó-iūⁿ, sè(sòe)-ê thó-hôe-siūⁿ⇨大的(姊姊)沒有好榜樣，細的(妹妹)和野僧野合去了。㊁通大個toā-ê。

【大花 toā-hoe】 ㊀大花臉toā-hoe-liám或大花面toā-hoe-bīn的省詞。猶丑仔兼～～siáu-thiúⁿ-á kiam～～⇨小丑兼大花的角色。㊁事情複雜hok-chap紛亂hun-loān。代誌撫到～～了了也tāi-chì bú-kā～～liáu-liáu-à⇨事情弄得大紛亂了。

【大泱 toā-iaⁿ】 魚動而起水波曰泱iaⁿ。魚滾泱hî-kún-iaⁿ。烏魚～～o·-hi～～⇨烏魚滾的泱大，喻外表好看，但無實質。俗多訛爲烏牛大影o·-gû-toā-iáⁿ，義同。

【大金 toā-kim】 大形的金紙。燒～～sio～～⇨同上。

【大姑 toā-ko·】 父之大姊。妻之大姊。

【大命 toā-miā】 壽命siū-miā。我即條～～險仔共我收去goá chit-tiâu～～hiám-á kā-goá siu-khì⇨我這一條大命險些就被收回去了。

【大肥 toā-pûi】 ㊀肥而大。～～的～～ê⇨肥者之綽號。～～尻～～chi⇨罵肥女。㊁人糞肥料。落～～loh～～⇨下～～hē～～⇨同上。

【大事 toā-sū】 大問題toā-būn-tê。小事變～～sió-sū pìⁿ～～⇨小事變成大事。～～化小事，小事化無事～～hoà sió-sū, sió-sū hoà bô-sū⇨謂事應該大者化小，以期息事寧人sit-sū-lêng-jîn。

【大注 toā-tù】 要起道起大厝，要博道博～～boeh-khí tō khí toā-chhù, boeh-poah tō poah～～⇨要建築就建大屋，要賭博就賭大輸贏。～～錢～～chî⇨大金tāi-kim。～～傲～～kiáu⇨大博大賭tāi-phok-tāi-tó·。

【大拖 toā-thoa】 在大庭上集穀用的小道具。大約二尺半長尺一二濶的長木板，中央加一柄，兩端加拖索兩條而成。

【大紅 toā-âng】 深紅色chhim-âng-sek。～～花～～hoe⇨花名。俗曰扶桑花hû-song-hoe。～～花穛不知～～hoe bái-m̄-chai⇨大紅花不自知其醜。～～袍～～phâu⇨紅色袍，又戲齣名。

【大面 toā-bīn】 顏面大。可能性大。輸較～～su khah～～⇨敗的可能性多。無來較～～bô-lâi khah～～⇨恐怕不會來。～～神～～sîn⇨不怕羞，或不知羞(多指女人)。～～神，未曉見羞～～sîn, bē-hiáu kiàn-siàu⇨同上。

【大某 toā-bó·】 正室chiàⁿ-sit。～～細姨～～sè(sòe)-î⇨正妻小妾chiàⁿ-chhe-sió-chhiap。

【大庬 toā-bong】 大，多的的形容詞，見大母toā-bú之㊁。

【大食 toā-chiah】 食量大。～～不八算～～m̄-bat(pat)-sǹg⇨食量大卻不懂得計算。謂大食者，多屬傻兮兮的。敢開飯店，不驚人～～káⁿ-khui pn̄g-tiàm，m̄-kiaⁿ-lâng～～⇨既然敢於開飯店了，絕不怕客人大吃。～～親姆～～chheⁿ(chhiⁿ)-ḿ⇨只管吃而不懂得小示客氣者。又刨刀khau-to或犂嘴角度不對致所刮所犂過深者，亦曰大食toā-chiah。刨刀傷～～khau-to siūⁿ～～⇨同上。犂嘴傷～～lê-chhùi siūⁿ～～⇨同上。

【大風 toā-hong】 即類～～大雨，也敢凴轉來chit-loē～～toā-hō·, ā-káⁿ bā-tńg-lâi⇨這麼大風雨，也敢強涉而回。凴bā，無舟渡水也。～～雨～～hō·⇨同上。～～吹私粟～～chhoe-phàⁿ-chhek⇨喻流行病等專攻擊體弱之人。私phāⁿ，禾不實也，空心也。

【大姨 toā-î】 妻之姊。母之姊。～～送大丈～～sàng toā-tiūⁿ⇨謂你送來，我送回，永無止境也。

【大洋 toā-iûⁿ】 大海tāi-hái。大海洋toā-hái-iûⁿ。～～心～～sim⇨大海之中央。又一圓銀幣曰大洋toā-iûⁿ。

【大缸 toā-kng】 大水缸toā-chúi-kng。瓶缸âm-kng。甌am，大腹小口之瓦器。

【大派 toā-phài】 ㈠人多。即旁較～～chit-pêng khah ～～ ⇨這邊較多人。㈡大方tāi-hong。不吝嗇。用錢不止仔～～iōng-chîⁿ put-chí-á ～～ ⇨用錢相當大方。㈢風度大方。生做眞～～ seⁿ-chò chin ～～ ⇨風度相當有威儀。你做你～～～～不免驚lí-chò-lí～～～～m̄-bián-kiaⁿ⇨你不要管他，大大方方去，不要怕。

【大柱 toā-thiāu】 大楹toā-ê。柱thiāu楹ê互訓。但今已以立者爲柱thiāu，曰柱仔thiāu-á，橫者爲楹ê，曰楹仔ê-á。

【大租 toā-cho͘】 二手頭家對大頭家的土地使用費。佃農交付二頭家者即曰小租sió-cho͘。納～～⇨①繳納土地使用費。②大便的隱語。

【大柴 toā-chhâ】 ㈠大木材的燃料。焚～～hiâⁿ～～⇨燒大柴爲燃料。㈡棺木koan-bok。

【大彩 toā-chhái】 彩獎之大額者。抽着～～thiu-tioh～～⇨同上。

【大差 toā-chhe】 大差事。大職務。當着～～ tng-tioh ～～ ⇨擔任大職務(例如祭拜等的工作)。

【大厝 toā-chhù】 ㈠大第宅tāi-tē-teh。～～底～～té⇨大宅之內，富家也。～～底的～～tē-ê⇨富家出身的。㈡棺木。買～～ bé(bóe)～～⇨買棺柴koaⁿ-chhâ。

【大個 toā-ê】 形體大者。～～一百，細個五十～～chit-pah sè(sòe)-ê gō͘-chap⇨大形者一百，小形者五十。

【大海 toā-hái】 大海tāi-hái。～～無人顧～～ bô-lâng-kò͘⇨謂大海沒人看守(你可以隨時去跳海自殺)。～～不驚大水～～ m̄-kiaⁿ toā-chúi⇨大海不怕大水。喩度量大。～～無魚，三界娘仔爲王～～bô-hî, sam-kài-niû-á ûi-ông⇨同上。三界娘仔sam-kài-niû-á，一種很小的魚。

【大恩 toā-in】 大恩tāi-in。～～大德～～toā-tek⇨同上。～～情人～～chêng-lâng⇨大恩人tāi-in-jîn。

【大家 toā-ke】 夫之母。～～大官～～toā-koaⁿ⇨夫之父母。阮～～仔goán～～á⇨我們的母親。～～新婦～～sim-pū-⇨大家與媳婦。

【大格 toā-keh】 骨格大。～～種～～chéng⇨骨格大的種類。～～雞慢啼～～ke bān-thî⇨大型的雞啼得慢，喩大器晚成tāi-khì-boán-sêng。

【大哥 toā-ko】 ㈠大兄toā-hiaⁿ。阮～～goán～～⇨家大兄。㈡首領。愛做～～ài-chò～～⇨喜歡當首領。

【大骨 toā-kut】 ㈠主要的骨。出～～chhut～～⇨脫掉大的骨以留肉。㈡傘的主幹。雨傘的～～hō͘-soàⁿ ê～～⇨同上。

【大喟 toā-khùi】 嘆氣thàn-kì。吐～～thó͘～～⇨嘆氣。格～～頭kek～～thâu⇨態度如了不起的模樣。

【大晏 toā-oàⁿ】 時間不早了(早晨)。日上半天高了。大約上午八九點的時候。～～仔～～à⇨同上。明仔早起較～～仔許，你藉來道好了bîn-á-chá-í khah ～～á-hia, lí-chiah-lâi tō-hó-lò͘⇨明晨八九點前後的時候，你才來就可以了。明仔早起bîn-á-chá-khí⇨bîn-ná-chá-í⇨bí-ná-chāi。

【大病 toā-pēⁿ(pīⁿ)】 重病tāng-pēⁿ。着～～tioh～～⇨患上大病。我無抔着～～抔goá bô-teh tioh～～leh⇨我不在患大病。謂我不那麼不中用。敢抔着～～抔káⁿ-teh tioh～～

lè⇨恐怕是大病中罷(否則何以如此不中用)。

【大旁 toā-pêng】 ㊀座席之左爲大旁toā-pêng。～～該讓人客～～āi-niū lâng-kheh⇨同上。㊁分割之數量佔多者曰大旁toā-pêng。西瓜偎～～sî-koe oá～～⇨喻趨炎附勢chhu-iām-hū-sè。

【大埔 toā-po͘】 原野goān-iá。又地名。～～林出竹筍～～nâ chhut tek-sún⇨大埔林toā-po͘-nâ，今之民雄bîn-hiông。古以竹筍而有名。

【大砲 toā-phàu】 ㊀巨砲kī-phàu。～～巨艦主義～～kī-lām-chú-gī⇨海軍戰略家的一種主張。㊁大型的爆竹pok-tiok。放～～pàng～～⇨同上。

【大孫 toā-sun】 嫡長孫tek-tiáng-sun。～～轎～～kiō⇨祖父母出山chhut-soa$^{n}$，捧神主phâng-sîn-chí的大孫的座轎。

【大陣 toā-tīn】 大隊toā-tūi。～～人～～lâng⇨很多人。

【大祧 toā-thiāu】 族中之嫡系。

【大麥 toā-beh】 ～～小麥～～sió-beh⇨大麥與小麥。～～較貴春種～～khah-kùi chhun-chéng⇨大麥比春季的種子還要貴。喻庸夫佔高位iông-hu chiàm ko-ūi。又小事意外的麻煩。

【大蛇 toā-choâ】 tāi-siâ。行動緩慢者。行着未輸～～扲kiâ$^{n}$-tioh bē-su～～lè⇨走路的速度如大蛇一樣。未輸～～趖過三條田畦be-su～～ sô-kòe sa$^{n}$-tiâu chhân-hoâ$^{n}$⇨謂走得與大蛇趖過三條田畦差不多慢。

【大族 toā-chok】 大宗族tāi-chong-chok。地方的～～tē-hng ê～～⇨同上。

【大船 toā-chûn】 喻大人物。～～奧入港～～oh jip káng⇨大船入港較困難。大人物的出現較慢。奧oh，難lān也。

【大娶 toā-chhoā】 依古式古例的結婚方式。～～道該大撈～～tō-āi toā-lā⇨要大娶就要大幹一番。撈lā，釐撈lê-lā也。釐lê，理也，治理也。

【大脚 toā-khah】 不縛脚pak-kha之天然足thian-jiân-chiok。～～假細蹄～～ké sè-tê⇨大足假裝小足。～～婆，踐死鵝，鵝一下喈，阿婆假饞奶～～pô, chàm-sí-gô, gô-chit-ē-kai$^{n}$，a-pô ké sai-nai⇨童謠。喈kai$^{n}$，鵝鳴聲。

【大粒 toā-liap】 ㊀粒子大。～～眞珠～～chin-chu⇨同上。驚到～～汗細粒汗津津滴kia$^{n}$-kà～～koā$^{n}$ sè (sòe) -liap-koā$^{n}$ chhop-chhop-tih⇨怕得大汗小汗如雨下。津津滴chhop-chhop-tih⇨chhip-chhip-tih雨下狀。㊁大人物。偉大。我知影你扲～～也goá chai-iá$^{n}$ lí-teh～～à⇨我知你在偉大了，謂一向不敢如此無禮。～～人～～lâng⇨大人物。

【大敗 toā-pāi】 大失敗toā-sit-pāi。將來不是大好道是～～chiang-lâi m̄-sī toā-hó tō-sī～～⇨將來不是大成功，就是大失敗(看命者言)。

【大細 toā-sè(sòe)】 ㊀物之大小。～～個～～ê⇨有大的，有小的。～～粒～～liap⇨同上。～～孔～～khang⇨同上。～～隻～～chiah⇨同上。～～旁～～pêng⇨同上。～～蕊～～lúi⇨①花之大小。②眼之大小。目珠～～蕊bak-chiu～～lúi⇨不公平。㊁長幼之序。人該有～～lâng āi-ū～～⇨做人應該分大分細，不可失於禮。～～漢攏有份～～hàn lóng-ū-hūn⇨不論大人孩子都有。～～丈～～tiū$^{n}$⇨同娶姊妹爲妻者，亦曰～～腎～～siān。阿媽～～心a-má～～sim⇨祖母不公平。

【大雪 toā-seh】 大雪tāi-soat。落～～loh～～⇨同上。

【大甌 toā-tâng】 大型的甌仔tâng-á。瓶tâng，竹筒型的瓦器。用～～燖當歸鴨iōng～～tîm tong-kui-ah⇨同上。

【大動 toā-tāng】 地～～tē～～⇨大地動toā-tē-tāng，大地震tāi-tē-chhín。

【大堂 toā-tn̂g】 官衙koa$^{n}$-gê的正堂chia$^{n}$-

tn̂g。縣堂koān-tn̂g。

【大通 toā-thong】 ㊀很有理。很方便。你講安爾～～lí kóng-an-ne(ni)～～⇨你建議如此，很有理。㊁大街路。源自日語oo-tho-ho-lī。～～看有人賣否～～khoàⁿ ū-lâng-bē-bô͘⇨大街看看有沒有人賣之。

【大鈔 toā-chhau】 ㊀大鈸toā-poat也。銅樂器，兩片爲一對，兩手執之合擊而鳴。有大小鈔之分。～～小鈔～～sió-chhau。㊁鈔票chhau-phiō之金額大者。一千的～～chit-chheng ê～～⇨一千元的紙幣。

【大湧 toā-éng】 大波浪toā-pho-lōng。抡起～～也teh khí～～à⇨在起大波浪了。大風～～toā-hong～～⇨同上。

【大項 toā-hāng】 大的物品。～～物做細項用～～mih chò(chōe) sè(sòe)-hāng-iōng⇨大的物品當做小物品用之。

【大港 toā-káng】 ㊀大江tāi-kang，大川tāi-chhoan。㊁水大chúi-toā。大股水toā-kó͘-chúi。水眞～～chúi-chin～～⇨水流很大。

【大寒 toā-koâ】 最寒冷的天氣。即陣猶可以，過年仔過，～～來，你道知chit-chūn iáu-khó-í, kòe-nî-á-kòe, ～～lâi, lí-tō-chai⇨此刻還可以，過年了再寒冷了你就知道(其利害)。

【大睏 toā-khùn】 睡大覺。～～小死～～sió-sí⇨大睡如死。～～三千年，小困四月日～～saⁿ-chheng-nî, sió-khùn sì-goeh-jit⇨謂貪睡者如此。～～王～～ông⇨貪睡之王。

【大開 toā-khui】 盛開sēng-khai。桃仔花抵～～thô-á-hoe tú～～⇨桃花剛好在盛開。

【大量 toā-liōng】 度量大tō͘-liōng-toā。～～的頭家呀，頭家娘一個來分抡～～ê thâu-ke-à thâu-ke-niû chit-ê lâi-pun-leh⇨寬弘大量的主人吧，主人娘分一個給我呀。據稱，乞食也會乘人不注意如此討便宜。

【大冤 toā-oan】 ㊀大吵架。當時抡～～tng-sî teh～～⇨正在大吵架中。㊁大寃枉。無因無端受即類～～，看要啥步bô-in-bô-toaⁿ siū chit-lōe, ～～khoàⁿ-boeh siáⁿ-pō͘⇨平白受此大寃要如何是好。

【大富 toā-pù】 大富翁toā-hù-ong。～～由天，小富由勤儉～～iû-thian，sió-pù iû khîn-khiām⇨大富由天由命運所定，小富即由勤儉可得之。

【大普 toā-phó͘】 普施餓鬼。參酌大醮toā-phó͘。

【大場 toā-tiûⁿ】 ㊀古時科舉的考試場。入～～jip～～⇨參加大考。不八上～～每八見着m̄-bat(pat) chiūⁿ～～mah-bat(pat) kìⁿ-tioh⇨未曾參加過大考，也看過大考場。謂雖然未曾親身經歷，看過總是看過了罷(怎麼一點點都不懂呢)。㊁凡大拂大刎toā-hut-toā-phut皆曰大場toā-tiûⁿ，亦曰大場面toā-tiûⁿ-bīn。這～～的給你，細場的我藉來che～～ê hō͘-lí sè(sòe)-tiûⁿ-ê goá-chiah-lâi⇨此種大場的由你去應付，小場的我才來應付。看着～～的屎道落也khoàⁿ-tioh～～ê sái tō lāu-à⇨一看見大場面就怕得要死了。

【大隊 toā-tūi】 ～～小隊～～sió-tūi⇨同上。

【大趁 toā-thàn】 獲巨利。～～大開～～toā-khai⇨大收入大支出。～～錢～～chîⁿ⇨大獲大利。

【大載 toā-chāi】 ㊀大梁toā-niû。㊁車船積貨多。

【大罪 toā-chōe】 重罪tāng-chōe。

【大賊 toā-chhat】 巨盜kī-thau。～～股～～kó͘⇨大賊黨，老賊。

【大跬 toā-hoah】 大步toā-pō͘。跬hoah，一舉足也。～～行～～走～～kiâⁿ～～cháu⇨快行快走。較～～抡khah～～leh⇨走大步一點。跬hoah亦讀跬hōa。

【大爺 toā-iâ】 僕尊稱主人。又篾稱大官大人物的下屬。～～細爺～～sè-iâ⇨七爺八爺一大堆。

【大腱 toā-kiān】 大筋toā-kin。喻男子之物。～～未糾善～～bē-kiū-siān⇨大筋不能伸縮。～～的～～ê⇨大乇葩toā-lān-pha-ê。指行動慢吞吞者。

【大鼓 toā-kó͘】 樂器。～～鬧～～nāu⇨鑼鼓陣lô-kó͘-tīn。拍大鑼撞～～phah-toā-lô, lōng～～⇨同上。

【大舅 toā-kū】 母之大兄。又妻之大兄。賣妻做～～bē(bōe)-bó͘ chò(chòe)～～⇨把妻賣掉，自己成爲妻之大兄。嘲仍在前妻家出入者。

【大㹻 toā-khian】 大的。個子大，粒子大。㹻khian，牛不從順也，又大貌。即粒卵上～～chit-liap-nn̄g siāng～～⇨此蛋粒子最大。揀～～的去，細㹻的無人愛kéng～～ê khì, sè-khian-ê bô-lâng-ài⇨(他)選大的去了，小的沒人要。逐家都愛～～的tak-ê to-ài～～ê⇨大家都喜歡大的。

【大路 toā-lō͘】 ㊀大道tāi-tō。～～大波波，小路好跮蹅～～toā-pho-pho, sió-lō͘ hó-thit-thô⇨童謠。㊁慷慨khóng-khài大方tāi-hong。伊未小氣慳，伊眞～～i bē-siáu-khì-gián, i chin～～⇨他不會吝嗇，他很慷慨。

【大媽 toā-má】 ㊀祖父的正妻。～～庶媽～～sì(sù)-má⇨祖父正妻與偏室。㊁媽祖的一種。似乎是指先雕刻者。～～興過溪，二媽興冤家，三媽興食雞～～hèng-kòe-khe, jī-má hèng-oan-ke, saⁿ-má hèng-chiah-ke⇨童謠。謂大媽祖高興遊山玩水，二媽祖喜歡打架，三媽祖喜歡吃雞肉。媽祖如地方官亦有出巡之一招，一個莊頭過一個莊頭，童謠中所言，媽祖所興者，當係指隨駕弟子的品質。

【大惱 toā-náu】 很生氣。大受氣toā-siū-khì。

【大碗 toā-oáⁿ】 飯碗之大者。～～飯～～pn̄g⇨同上。衾道～～也taⁿ-tō～～à⇨這個事情壞了，而今問題大了。

【大話 toā-ōe】 歕雞肚pûn-ke-kui。吹牛。不是抡講～～，我娶阿花來做某給您看m̄-sī teh-kóng～～, goá chhoā-a-hoe lâi chò-bó͘ hō͘ lín-khoàⁿ⇨不是吹牛，我娶阿花來做老婆給你們看。

【大埲 toā-tè】 ㊀器物之大的。～～椀～～oáⁿ⇨大碗toā-oaⁿ。～～盤～～poâⁿ⇨大盤toā-poâⁿ。㊁食物之大者。～～魚～～肉～～hî～～bah⇨大魚大肉。即埲切了較～～chit-tè chhiat-liáu khah～～⇨此塊切得較大。㊂態度傲慢（多指女的）。阿美有影眞～～看着阮，講安抡格苛苛，連相借問抡都無a-bí ū-iáⁿ chin～～khoàⁿ-tioh-goán, kóng-an-ne(ni) kek-khô-khô, liān-sio-chioh-mn̄g-lè to-bô⇨阿美眞的很自大，看見我們了，竟如此這般的不理人，連彼此招呼一句都沒有。

【大鼎 toā-tiáⁿ】 大釜tāi-hú。大鑊tāi-hok。～～不滾，鼎仔滾無效～～m̄-kún, tiáⁿ-á kún-bô-hau⇨喻大人物不動，小人物動也沒效。即斗～～也chit-táu～～à⇨這一次問題大了。

【大殿 toā-tiān】 本殿pún-tiān。寺廟的中心建築。

【大稠 toā-tiâu】 大型的畜舍。～～牛駛無着～～gû sái-bô-tioh⇨大稠牛者牛多，因而輪流不到拖犂。謂乘人多而偷懶者。

【大腸 toā-tn̂g】 內臟的一部。～～告小腸～～kò sió-tn̂g⇨謂肚子餓了。

【大裕 toā-tô】 衣襟開在左或右者。開在中央者，即曰對襟tùi-khîm。～～的對襟也～～ê tùi-khîm-á⇨同上。

【大跮 toā-thit】 大玩大樂tāi-goán-tāi-lok。跮thit跮蹅，thit-thô，遊樂也。

【大銃 toā-chhèng】 ㊀大炮toā-phàu。三門～～無嚇翅saⁿ-mn̂g～～bô-hiahⁿ-sit⇨連發

三門大銃，連小動其翅都不動，謂膽大而不怕事。嚇翅hiah$^{n}$-sit，翅略動。㊂阿片煙吹a-phiàn-hun-chhoe。厝裡有三門～～chhù-lí ū sa$^{n}$-mn̂g～～⇨家中三枝阿片煙吹。

【大漢 toā-hàn】 高頭大馬ko-thâu-tāi-bé。成人了。長大了。～～囡仔～～gín-á⇨大孩子。飼～～伓鎮風颱chhī～～boeh-teh hong-thai⇨養大了要以鎮壓颱者。謂女兒大了拒不出嫁，只好留母家鎮壓颱風，以免母家被吹倒。佼食佼～～gâu-chiah gâu～～⇨吃得多者大得快。細漢無要鬱，～～鬱不屈sè-hàn bô-boeh-ut,～～ut-put-khut⇨少時不管教，長大了管教不了。鬱ut，把直者弄曲，曲者使直。喻教育子弟。細漢偷挽匏，～～偷牽牛sè-hàn thau-bán-pû, ～～thau-khang-gû⇨少時做小偷，大了變大偷。

【大箍 toā-kho͘】 ㊀大的圈圈。畫～～ōe～～⇨畫一個大圈圈。㊁同大顆toā-kho͘。

【大腦 toā-náu】 腦中的主要部分。該用～～想ài-iōng～～siūⁿ⇨應該經過大腦考慮過。

【大嫖 toā-phiâu】 大冶遊tāi-iá-iû。～～大跮～～toā-thit⇨同上。～～大飲～～toā-lim⇨大玩大飲酒。～～客～～kheh⇨大冶遊客。

【大酺 toā-phó͘】 王德布，大飲食也。古民三人以上無故羣飲者，罰金四兩(漢代)。天下無事即下詔，或併賜牛酒，准民大飲食，曰酺phó͘。民俗七月普度之普phó͘，應與酺phó͘不同，蓋普度phó͘-tō͘者佛家語，意為廣施法力以救衆生，或廣行剃度。與大飲大食之酺無干。其所以供牲禮，似為儒道之風也。

【大壽 toā-siū】 ㊀大生日。做六十～～chò-lak-chap～～⇨舉行六十歲的祝壽禮。㊁未死而先備用的棺木。嫁莊夾到～～扴kè-chng kah-kà～～leh⇨嫁粧中連棺柴都有了。

【大獃 toā-tai】 大傻瓜。戇～～gōng～～⇨大型獃子。

【大酴 toā-thô͘】 烈酒。酴thô͘，酒母也。俗以米酒為大酴toā-thô͘，作大土toā-thô͘，亦曰排頭也hâi$^{n}$-thâu-á。阿土的無～～未鎮嗽啦a-thô͘-ê bô～～bē-teh-sàu-là⇨阿土的非烈酒不能過癮嘛。

【大腿 toā-thúi】 股kó͘。～～小腿～～sió-thúi⇨上股與下脛。看～～khoà$^{n}$～～⇨看脫衣舞的代名詞。

【大槌 toā-thûi】 槌thûi之大者。

【大碼 toā-bé】 ㊀大數目。差～～chha～～⇨差額太大。事出意外。㊁壹貳叁之數字。寫～～siá～～⇨同上。

【大樣 toā-iūⁿ】 ㊀風彩hong-chhái。生做不止～～se$^{n}$-chò put-chí～～⇨風彩堂堂。格到大模～～kek-kà toā-bô͘～～⇨態度很傲慢。㊁Galley校對版。拍～～phah～～⇨印工打校對用版。

【大鬧 toā-nāu】 吵鬧chháu-nāu。大吵～～toā-chhá～～⇨同上。三八阿花～～公堂sam-pat a-hoe～～kong-tn̂g⇨同上。

【大盤 toā-poâⁿ】 ㊀～～小盤～～sió-poâⁿ⇨大小各樣之盤子。㊁批發商。～～生理～～seng-lí⇨批發商phe-hoat-siang。㊂自大不知恥的女人。彼個查某眞～～hit-ê cha-bó͘chin～～⇨同上。～～㞗～～chi⇨罵女人的粗語。

【大鋪 toā-pho͘】 大眠床toā-bîn-chhn̂g，亦曰總鋪chóng-pho͘。睏～～的khùn～～ê⇨睡總鋪者，謂普通的客人，可與其他之人合睡。～～排～～pâi⇨鋪排pho͘-pâi，安排也，招待也。加大toā，即指特別的招待。

【大調 toā-tiāu】 小調sió-tiāu之對稱。大曲toā-khek。揀～～siàng～～⇨開心大唱其歌。

【大潭 toā-thâm】 河流之水較深之處。

【大錢 toā-chîⁿ】 巨款kī-khoán。趁～～thàn～～⇨同上。

【大操 toā-chhau】 大操練toā-chhau-liān。大演習tāi-ián-sip。兵仔扴～～⇨軍隊在大演

習。

【大樹 toā-chhiū】 大木tāi-bo̍k。～～脚好控凉～～kha hó-siâm-liâng⇨大木之下宜乘凉。～～會蔭人～～ē ìm-lâng⇨大木予人以樹蔭，喻富家可以濟助人。～～破有柴～～phoà-ū-chhâ⇨大木劈爲燃料很有分量。喻富戶雖敗了，但是仍有很多値錢的東西。

【大嘴 toā-chhùi】 ㊀口大。口。～～開開～～khui-khui⇨茫然不知所應言。～～斗～～táu⇨亂作褒貶po-pián。又其人。㊁指飲食。～～飲～～食～～lim～～chia̍h⇨大口飲大口吃。

【大機 toā-ki(kui)】 大型的織布機。～～布～～pò·⇨大機所織的布匹，布幅pò·-pak較大。

【大龍 toā-liông(lêng)】 棺木上的大木棍，用以抬動棺柴者。當係大梁toā-niû之轉。

【大罵 toā-mē】 toā-mā。惡罵ok-mē。～～一頓～～chi̍t-tǹg⇨同上。

【大學 toā-o̍h】 tāi-ha̍k。～～堂～～tn̂g⇨大學校。

【大燈 toā-teng】 大明燈tāi-bêng-teng。～～綹起去～～lūi-khí-khì⇨放火罷。據說是賊仔白，亦即盜賊的應語。起去khí-khì→khit-ì。

【大豬 toā-ti】 ㊀豬大。飼～～chhī～～⇨同上。刣～～thâi～～⇨同上。㊁有錢的傻瓜。戇～～gōng～～⇨大傻瓜。～～進稠～～chìn-tiâu⇨大豬入豬舍。謂有錢的大傻瓜又進去要拿冤枉錢給人家了。

【大頭 toā-thâu】 頭大。首領siú-léng。物之一方大者。～～的～～ê⇨①頭大之人。②第一號主人。③布袋戲的一種丑角，多扮童僕等角色。～～兄～～hiaⁿ⇨首領，賊首。～～老～～ló⇨大頭兄。～～釘～～teng⇨訂紙針tèng-choá-chiam，亦曰～～針～～chiam。～～鰱～～liân⇨鰱魚的一種。

【大燭 toā-chek】 大蠟燭toā-la̍h-chek。點～～tiám～～⇨喜慶燒紅蠟燭。

【大顆 toā-kho·】 圓而大者。～～人～～lâng⇨高頭大馬者。～～柴～～chhâ⇨大柴toā-chhâ。～～查某～～cha-bó·⇨肥婆，肥女。～～把～～pé⇨肥而大。～～帶獃，無獃道狀元材～～tāi-tai, bô-tai tō chiōng-goân-châi⇨謂人肥而大而又傻兮兮，不傻兮兮就是狀元的材料。獃tai，傻兮兮，不敏慧。

【大聲 toā-siaⁿ】 大聲音tāi-siaⁿ-im。～～講～～kóng⇨大聲說toā-siaⁿ-seh。～～讀～～tha̍k⇨同上。～～哭～～khàu⇨同上。～～罵～～mēⁿ⇨同上。～～唱歌～～chhiùⁿ-koa⇨同上。眞～～安爾詈合啄chin～～an-ne (ni) lé-kah-tok⇨很大聲如此這般地咒罵。～～馬喉～～bé-âu⇨粗大的聲音，放肆亂言。馬喉bé-âu亦作野喉iá-âu。～～話～～ōe⇨公開宣布。

【大甑 toā-sn̄g】 大型的蒸甑cheng-sn̄g。又喻肥女。即甑有夠～～chit-sn̄g ū-kàu～～⇨這個肥女十分夠肥大了。

【大膽 toā-táⁿ】 好膽hó-táⁿ。你實在有～～呢，閻羅王的尻川你亦敢去摸伊lí si̍t-chāi ū～～neh, giâm-lô-ông ê kha-chhng lí a̍h-káⁿ khì bong-iⁿ⇨你眞的好大的膽子，閻羅王的東西你也敢偷竊。

【大蟒 toā-báng】 ㊀大蛇toā-choâ。蟒báng，王蛇。㊁繡有蟒之官服。穿～～的呢，不是耍的呢chhēng～～ê neh, m̄-sī sńg-ê neh⇨穿大蟒服的呀，不是玩的呀。㊂大衣，外套goā-thò亦曰大蟒toā-báng。

【大櫃 toā-kūi】 賬櫃siàu-kui，賬房siàu-pâng。查某人褲頭～～後chā-bó·-lâng khò·-thâu～～āu⇨女人的褲頭與大櫃的後面，謂此兩個地方都去不得。君子須防未然故也。

【大題 toā-tê】 大問題tāi-būn-tê。安爾～～也an-ne～～ā⇨如此即問題大了。

【大願 toā-goān】 大希望tāi-hi-bōng。繫～～hē～～⇨請神保庇pó-pì，謂賜弟子如何，

即將以何事何物謝神曰繫願hē-goān。乞食繫～～ khit-chia̍h hē ～～ ⇨乞食對神立了大契約。亦嘲笑糊塗答應者之詞。

**【大簿 toā-phō͘】** 大帳簿toā-siàu-phō͘。又公衆用之賬簿。～～無記道無算賬～～bô-kì tō bô-sǹg-siàu⇨公簿不記入者，不計。

**【大鐘 toā-cheng】** ㊀大吊鐘toā-tiàu-cheng。㊁大時鐘toā-sî-cheng。

**【大齣 toā-chhut】** 戲劇hì-ke̍k之有曲折，人物多，排場大者曰大齣戲toā-chhut-hì或簡稱大齣toā-chhut。喩問題大而複雜。盒～～也了ta$^{n}$～～à-lō⇨而今問題大了。我看是愈做愈～～ goá-khoà$^{n}$ sī ná-chò-ná ～～ ⇨我看問題愈演變愈大。～～頭～～thâu⇨大齣戲toā-chhut-hì。

**【大麵 toā-mī】** 麵條mī-tiâu。～～羹～～ki$^{n}$⇨甜湯的大麵。羹ki$^{n}$俗作焿ki$^{n}$。

**【大廳 toā-thia$^{n}$】** 正廳chià$^{n}$-thia$^{n}$。客廳kheh-thia$^{n}$。落灶脚，洗碗箸，入～～，拭桌椅，阿老兄，阿老弟，阿老親家親姆佼教示lo̍h-chàu-kha, sé-oá$^{n}$-tī ji̍p ～～, chhit-toh-í, o-ló-hia$^{n}$，o-ló-tī, o-ló chhin-ke chhe$^{n}$-m̄ gâu-kà-si⇨古童謠。阿老o-ló，讚美chàn-bí，稱讚chheng-chàn，即謳謳o-ló。

**【大大下 toā-toā-ē】** 出大力或大紅包曰大下toā-ē。我藉～～～踏一下乎你goá chiah ～～～ ta̍h-chit-ē hō͘-lí⇨①我將大力踏你一脚給你，②我將給一大紅包給你。踏ta̍h⇨①踏地ta̍h-tē。②估列預算。

**【大日子 toā-ji̍t-chí】** 良辰吉日liâng-sîn-kiat-ji̍t。好日hó-ji̍t。喜慶之期。

**【大太太 toā-thài-thài】** 大某。～～～二太太～～～jī-thài-thài⇨大某細姨toā-bó͘-sè-î。

**【大心肝 toā-sim-koa$^{n}$】** 貪心tham-sim。上不當～～～ siāng(siōng)-m̄-thang ～～～ ⇨最不要貪心。

**【大天官 toā-thian-koan】** 俗曰包酒家pau-chiú-ka。阿土仔於醉月樓開～～～啦，看你敢否a-thô-a tī chùi-goa̍t-lâu khai ～～～ lā, khoà$^{n}$-lí-ká$^{n}$-bō͘⇨阿土仔把醉月樓酒家全部包了，你敢不敢如此做。所謂包酒家者，將其整天的生意總買，全部酒女也全包了，拒絕一般客人而專做其一人的生意。

**【大心喟 toā-sim-khùi】** 呼吸急促。走到～～～去cháu-kā ～～～ khì(ì)⇨跑得呼吸困難。免拎～～～bián-teh～～～⇨不必緊張，緊張什麼。

**【大手筆 toā-chhiú-pit】** 出手闊綽khoah-chhiok。個許～～～，咱曷逮個會着in hiah ～～～, lán a̍h-tòe-in ē tio̍h⇨他們那麼闊綽，我們那裡跟得上他呢。

**【大尻川 toā-kha-chhng】** 屁股大。刣猪的個某～～～thâi-ti-ê in-bó͘～～～⇨殺猪的他老婆屁股大，謂天天有肉可食故也。

**【大出手 toā-chhut-chhiú】** 同大手筆toā-chhiú-pit。伊眞～～～i chin～～～⇨他相當闊綽。

**【大主公 toā-chú-kong】** 金錢資助人。您～～～仔來也，你安怎免赴緊轉去煎茶lín～～～ a-lâi-ā, lí an-choá bián-koá$^{n}$-kín-tńg-khì choa$^{n}$-tê⇨你們的大財主來了，你何以不趕快回家去準備茶水。

**【大石股 toā-chio̍h-kó͘】** 大石tāi-se̍k。大岩tāi-gâm。掘着～～～，掘未落去也kut-tio̍h～～～, kut-bē-lo̍h-khì(ì)-ā⇨掘中了大石，掘不下去了。

**【大四界 toā-sì-kè(kòe)】** 四處皆有。很多很多。彼款的～～～拎，亦拎稀罕hit-khoán-ê ～～～, leh a̍h-teh hi-hán⇨那一種的東西，到處都有，稀罕什麼。

**【大生相 toā-se$^{n}$(si$^{n}$)-siù$^{n}$】** 俗以丑(牛)，寅(虎)，辰(龍)，午(馬)等爲大生相。～～～的庫錢該燒較夠拎～～～ê khò͘-chî$^{n}$ ài-sio khah-chē-leh⇨同上。庫錢khò͘-chî$^{n}$，死後搬舖

poa$^{n}$-pho·立即燒的金錢紙。亦曰脚尾錢kha-bóe-chî$^{n}$。

【大功勞 toā-kong-lô】 大功勳tāi-kong-hûn。～～～如～～～扲，到尾每是空空～～～ná ～～～ leh, kàu-bóe mā sī khang-khang⇨大功勞如大功勞也，到頭來，還不是空空如也嗎。

【大主意 toā-chú-ì】 越權的主意。私作主張。啥人的～～～sia-lâng ê～～～⇨何人所作的主張，責問之詞。

【大句話 toā-kù-ōe】 大言tāi-giân。～～～既敢講道不好落喟～～～kà ká$^{n}$-kóng tō m̄-hó lāu-khùi⇨大話既然敢說出來，就不可失體面。

【大代誌 toā-tāi-chì】 大事tāi-sū。大問題。大事件。抵着～～～道無步也否tú-ti̍oh～～～tō bô-pō·-ā-ho·h$^{n}$⇨逢到大事就沒辦法了，不是嗎。

【大主顧 toā-chú-kò·】 大顧客toā-kò·-kheh。最佳主顧。

【大在也 toā-chāi-ā】 成長到夠大了，不會再長大了。安爾～～～，未更大了an-ne(ni)～～～, bē(bōe)-koh-toā-lò·⇨這樣的已經夠大了，不會再大了。

【大存大 toa-chhûn-toā】 長輩以長輩尊敬之。存chhûn，存問chhûn-būn也。～～～，細存細～～～, sè(sòe)-chhûn-sè(sòe)⇨尊老恤幼chun-ló-sut-iù。

【大字姓 toā-jī-sè$^{n}$(sī$^{n}$)】 勢大財大人多的姓氏。靠佪～～～若覇扲你敢知khò-in～～～goā-pà-lè lí-kám-chai⇨靠他們是大字姓，如何的橫行覇道，你恐怕不知道。

【大西南 toā-sai-lâm】 自西南方吹來的大風。起～～～khí～～～⇨同上。

【大舌猴 toā-chi̍h-kâu】 罵口吃者為猴。～～～更興詄～～～koh hèng-thi̍h⇨大舌的興講話toā-chi̍h-ê hèng-kóng-ōe。

【大老爺 toā-ló-iâ】 古時知府知縣，亦即府長，縣長的尊稱。青天～～～chheng-thian～～～⇨同上。

【大身份 toā-sin-hūn】 體格特大。～～～的人～～～ê lâng⇨同上。

【大身命 toā-sin-miā】 腹漲得如臨月之婦女者。拖即類～～～都無法度不thoa chi̍t-lōe～～～to bô-hoat-tō· m̄⇨患上此症全無辦法嘛，不是嗎。

【大抵大 toā-tú-toā】 兩大相逢。兩大對抗。～～～扲輸贏～～～teh-su-iâ$^{n}$⇨兩大在爭勝負。～～～扲拂～～～teh-hut⇨兩大在拼命。拂hut幹也，有所作為皆曰拂hut。～～～扲拂，您不當偎來～～～teh-hut, lín m̄-thang oá-lâi⇨兩大在拼命，你們不可來干涉。

【大所在 toā-só·-chāi】 大地方toā-tē-hng。城市siâ-chhī。

【大受氣 toā-siū-khì】 大怒tāi-nō。

【大畏大 toā-ùi-toā】 見大怕大。怕長輩。～～～，細畏細，無路用人毋～～～, sè(sòe)-ùi-sè(sòe), bô-lō·-iōng-lâng m̄⇨見長輩怕長輩，見幼輩怕幼輩，完全不知如何應付，不中用之人也，不是嗎。

【大是兄 toā-sī-hia$^{n}$】 大者兄也。～～～，細是弟～～～, sè(sòe)-sī-tī⇨大者兄也，小者弟也，謂長幼有序必順守之。

【大相狗 toā-siù$^{n}$-káu】 大相之犬。謂不會對人應接者。坐扲恰如～～～扲chē-lè kah-ná～～～lè⇨坐着好像大相狗呢。大相toā-siù$^{n}$指牛，虎，龍，馬等也。

【大車擧 toā-chhia-giâ】 移徙î-soá搬動poa$^{n}$-tang曰車chhia,以肩負運曰擧giâ。不論吉凶之事，勞師動衆lô-su-tāng-chiòng(chèng)而為之曰大車擧toā-chhia-giâ，或大薹撓toā-lê-lā。

【大家口 toā-ke-kháu】 大家族tāi-ka-cho̍k。劃一個～～～無簡單hoa$^{n}$-chit-ê～～～bô-kán-tan⇨治理一個大家庭並不簡單。劃hoā$^n$，作事也，治理也。

【大脚色 toā-kioh-siàu】 主要的演員。大牌的toā-pâi-ê演員。脚色kioh-siàu亦作角色kak-sek。

【大葩尾 toā-pha-bóe】 ㊀末端愈大的尾把。狐狸～～～hô͘-lî～～～⇨狐狸的尾把愈末端愈大。㊁將來可能大發展。或更複雜化。許好積德看會～～～否hiah-hó chek-tek khoà$^n$-ē～～～bò͘⇨那麼好積德，看看將來可能很發展。安爾都～～～也an-ne(ni) to～～～à⇨這樣子一來，問題將很複雜化了。

【大規模 toā-kui-bô͘】 大的。～～～的建設計畫～～～ê kiàn-siat-kè-ōe⇨同上。

【大趁錢 toā-thàn-chî$^n$】 大發財tāi-hoat-châi。逐家～～～ta̍k-kê～～～⇨大家發財。

【大腹乳 toā-pak-leng(ni)】 母乳的乳水十分豐富充足。道是～～～囡仔藉有才調飼到者爾奅扲tō-sī～～～gín-á chiah-ū châi-tiāu chhī-kà chià-ni-phauh-lè⇨原來就是母乳充足，才有辦法把孩子養得這麼又大又健康呢。奅phauh，嬰兒發育良好皮膚白晳，一切表現健康無瑕。

【大鼓鬧 toā-kó͘-nāu】 大鼓樂隊。八音～～～攏幾仔隊扲pat-im～～～lóng kúi-à-tūi-leh⇨八音與大鼓鬧皆有好多隊。八音pat-im亦樂隊的一種。

【大墓公 toā-bōng-kong】 無緣故者的荒塚hong-thióng。

【大管弦 toā-kóng-hiân】 樂器名。弦管hiân-kóng大，聲低沈之弦仔hiân-á。～～～鋸落去～～～kì-lo̍h-ì⇨大管弦拉下去罷。鋸kì，拉奏弦樂器亦曰鋸kì。以鋸喻弦，其音必粗而噪，不堪入耳，亦詼而謔也。

【大壽桃 toā-siū-thô】 祝壽之桃形(花)粿。～～～大壽龜～～～toā-siū-ku⇨皆祝壽之紅龜粿âng-ku-kóe。自製之以睍hēng親戚鄰右，以示慶祝。睍hēng，贈送也。

【大管蝦 toā-kóng-hê】 長脚蝦tn̂g-kha-hê。掠着～～～lia̍h-tio̍h～～～⇨同上。

【大頷胿 toā-ām-kui】 扁桃腺pí$^n$-thô-soà$^n$腫大的病症。又形容說話緊張。講到硬要～～～去kóng-kà ngē-boeh～～～khì(ì)⇨講得幾乎要大頷胿了。

【大鼇撈 toā-lê-lā】 同大車擧toā-chhia-giâ。鼇lê，治理也。撈lā，水中取物也。

【大穡頭 toā-sit-thâu】 大工作tāi-kang-chok，大工程tāi-kang-thêng。

【大主大意 toā-chú-toā-ì】 大主意toā-chú-ì。家己～～～～，無佅合人參商，今看要安怎道好ka-lī(kí)～～～～, bô-boeh kah-lâng chham-siâng(siông), ta$^n$-khoà$^n$ boeh an-choá$^n$ tō-hó⇨自己自作主意，皆不與別人商量，而今看你如何善後。參商chham-siâng亦作參詳chham-siâng，商量siang-liâng也。

【大好大敗 toā-hó-toā-pāi】 可能大成功，可能大失敗。伊彼款人，乎人較未料得，人講～～～～，道是彼款人不i-hit-khoán-lâng, hō͘-lângkhah-bē-liāu-tit, lâng-kóng～～～～, tō-sī hit-khoán-lâng m̄⇨他那一類型的人，比較難於預料其將來，古人說，大好大敗，就是那一種人嘛，不是嗎。

【大年大節 toā-nî-toā-cheh】 過年以及清明，端午，中元等的大節日。古時必多做粿餅糕粽等應節食品以補平時之不足。

【大拂大刎 toā-hut-toā-phut】 同大車擧toā-chhia-giâ或大鼇撈toā-lê-lā。有錢伊豈未～～～～ū-chî$^n$ i ká-bē～～～～⇨他有錢，當然會大幹一番嘛。

【大枝手骨 toā-ki-chhiú-kut】 手大能支大厦。謂能幹能趁錢有負擔能力。您老父仔～～～～較無要緊lín-lāu-pē-á～～～～khah-bô-iàu-kín⇨你們父親恔趁錢gâu-thàn-chî$^n$，無問題。

【大落大旱 toā-lo̍h-toā-oā$^n$】 下大雨即將大

亢旱。～～～～，小落小旱～～～～，siō-loh-siō-oā$^{n}$⇨同上。

【大繫小解 toā-hē-sió-kē(kōe)】 對神繫願時要求得很大，謝神時却謝得甚少。謂求者多還者少。～～～～，逐個每安爾～～～～，tak-ê mā-an-ne(ni)⇨大求於神，小酬於神，大家都如此。

【大做大落喟 toā-chò-toā-lāu-khùi】 落喟lāu-khùi，洩氣siap-kì也，亦即損失面子。謂凡吉凶之家事，大幹即損失體面多。～～～～～，小做小落氣～～～～～，sió-chò sió-lāu-khùi⇨吉凶等家事，大車舉即大失敗，小車舉即小失敗。謂失敗失面子，總是難免的，還是小做好。

【大乍葩 toā-lān-pha】 墜腸tūi-tn̂g症的患者。腸墜入腎囊者也。未輸～～～的呢bē(bōe)-su～～～e-nē⇨宛然是大乍葩的一樣，謂行動緩慢，亦曰大腱的toā-kiān-ê。

# toa$^{n}$

**toa$^{n}$ 單** 獨也。孤獨也。有記事之紙條多曰單toa$^{n}$。布條亦曰單toa$^{n}$。無翁睏孤～bô-ang khùn ko·～⇨無夫獨眠。串仔～chhoàn-á～⇨稅單sòe-toa$^{n}$。錢～chî$^{n}$～⇨支票等。菜～chhài～⇨飯食店之計算書。貨～hòe～⇨記載商品之紙條。藥～ioh～⇨醫師的處方紙。名～miâ～⇨人名册。片～phiàn～⇨名片bêng-phiàn。車～chhia～⇨車票chhia-phiò。船～chûn～⇨船票。紅～âng～⇨召集令。被～phōe～⇨綿被之外皮。床～chhn̂g～⇨床巾。開罰～khui-hoat～⇨同上。通知～thong-ti～⇨同上。召～tiàu～⇨亦曰調～tiàu～。

【單手 toa$^{n}$-chhiú】 一支手chit-ki-chhiú。存～～耳chhun～～niâ⇨只剩一隻手而已。

【單仔 toa$^{n}$-á】 各種單之通稱。～～毋見去也～～m̄-kiàn-khì(ì)-â⇨某單遺失了。～～無去也～～bô khì(ì)-â⇨同。

【單目 toa$^{n}$-bak】 單眼tan-gán。～～仔～～á⇨獨眼龍tok-gán-liông。

【單冬 toa$^{n}$-tang】 水田的單季者。～～田～～chhân⇨年收一次的稻田tiū-chhân。

【單身 toa$^{n}$-sin】 獨身tok-sin。未婚。無夫或無妻者。～～漢～～hàn⇨孤男ko·-lân。～～查某～～cha-bó·⇨寡女koá$^{n}$-lí(lú)。

【單奇 toa$^{n}$-khia】 單一tan-it。～～箸～～tī⇨俗作單脚箸toa$^{n}$-kha-tī。

【單底 toa$^{n}$-té(tóe)】 單上之記載。照～～行chiàu～～kiâ$^{n}$⇨按照合約書的條件實施。

【單飛 toa$^{n}$-poe】 獨行tok-hêng。孤行～～ko·-kiâ$^{n}$～～⇨獨來獨往tok-lâi-tok-óng。

【單重 toa$^{n}$-têng】 一重chit-têng。～～的較無勇～～ê khah-bô-ióng⇨一重者較不堅固。

【單胎 toa$^{n}$-the】 ㊀雙胎之對。～～一囝～～chit-kiá$^{n}$⇨獨有的一個兒子。㊁單重toa$^{n}$-têng。～～籠甑～～lâng-sn̄g⇨單層的炊蒸具。

【單遭 toa$^{n}$-choā】 單程tan-thêng。走～～的cháu～～ê⇨跑單程。

【單頭 toa$^{n}$-thâu】 合約書上。～～也無你的名，單尾也無你的名～～ā-bô lí-ê-miâ, toa$^{n}$-bóe ā-bô lí-ê-miâ⇨合約書上，前後皆無你的名字。謂你與此事完全無權利或無關係。

【單脚手 toa$^{n}$-kha-chhiú】 家業之無子女兄弟等之相助者。～～～抆做耳，眞無盈～～～teh-chò niâ, chin-bô-êng⇨獨自一個人在做而已，忙得很。

【單鈎耳 toa$^{n}$-kau-hī$^{n}$】 字旁之作卩chiat，如卻khiak，印ìn，即chek等者，以別於阜hū旁，如陳tân，隊tūi，阡chhian等之雙鈎耳siang-kau-hī$^{n}$者。

【單葉機 toa$^{n}$-hioh-ki】 單翼tan-ek之小飛機。

toaⁿ **端** 端toan也。有因～於抡ū in～tī-teh⇨有某種原因存在。無因無～bô-in-bô～⇨無緣無故bô-iân-bô-kò͘，無理無由bô-lí-bô-iû。

**【端正 toaⁿ-chiàⁿ】** toan-chèng。雪梅做人眞～～，做翁婿好名聲soat-bôe chò-lâng chin～～chō-ang-sài hó-miâ-siaⁿ⇨歌詞。

toaⁿ **蛋** 卵之在卵巢中尙未生殼者。卵～nn̄g～⇨同上。雞母抡呼～也ke-bó(bú) teh kho͘～a⇨母雞在叫要下蛋了。母雞下蛋前有一種特別的叫鳴聲曰呼蛋kho͘-toāⁿ。恰如抡歇～的款kah-ná teh hioh-～ ê khoán⇨好像在停止下蛋的樣子。

toàⁿ **旦** 扮女人的演員。男生女～lâm-seng-lí～⇨扮男的曰生seng，扮女的曰旦toàⁿ。戲～hì～⇨扮女角的演員。翁生某～ang-seng-bó͘～⇨夫如生角妻如女角，謂夫妻都漂亮。小～sió～⇨少女少婦的角色。老～lāu～⇨老女的角色。

toâⁿ **壇** 土之高台。祭所也。祭神之所也。祭～chè～⇨同上。佛～hut～⇨同上。神～sîn～⇨同上。道士之家亦曰壇toâⁿ。道～tō～⇨同上。司功～sai-kong～⇨同上。道～在此tō～chāi-chhú⇨道士門前的招牌。又同業社會亦稱壇toâⁿ。杏～hēng～⇨教育界。文～bûn～⇨文學界。樂～gak～⇨音樂界。鸞～loân～⇨一種信仰組織，不知其屬道抑屬佛，不過似乎一種童乩tâng-ki之變態者。神能使人(曰鸞生loân-seng)寫出詩文以示神童。據說亦曾有耶穌顯聖出過詩文。是即又屬耶教矣。講～káng～⇨講演，講義之高台。教～kàu～⇨教室內教師所佔的地方。

toâⁿ **團** 團thoân也。形圓者也。聚也。八月十五月～圓peh-goeh chap-gō͘ goeh～îⁿ⇨同上。夫妻～圓hu-chhe-～îⁿ⇨同上。

toâⁿ **彈** 彈tân也。擊也。鼓爪曰彈toâⁿ，鼓指亦曰彈toâⁿ。嘈嘈切切錯雜～chhò-chhò-chhiat-chhiat chhō-chap～⇨琵琶行。北琵共阮擧來～pak-pê kā-goán giâ-lâi～⇨俚歌。不可黑白～，會害去m̄-hó o͘-peh～, ē-hāi-khì(ì)⇨不要瞎彈，以免弄壞它。自～自唱chū～chū-chhiùⁿ⇨自己彈琴，自己唱歌，自得其樂。

**【彈唱 toâⁿ-chhiùⁿ】** 彈琴與唱歌。

**【彈琴 toâⁿ-khîm】** 演奏風琴hong-khîm，鋼琴kǹg-khîm，月琴goeh-khîm，電子琴tiān-chú-khîm等樂器，皆曰彈琴toâⁿ-khîm。

**【彈繩 toâⁿ-chîn】** 木匠以墨斗bak-táu彈畫直線也。用墨斗～～藉會準iōng bak-táu～～chiah-ē-chún⇨以墨斗彈直線才會準確。

**【彈一曲 toâⁿ-chit-khek】** 莫辭更坐～～～bok-sû kēng-chō tân-it-khek⇨莫辭更坐，更再～～～bok-sû koh-chē, koh-chāi～～～。

**【彈棉花 toâⁿ-mî-hoe】** 拍棉花phah-mî-hoe。拍棉被的phah-mî-phōe-ê。亦曰彈棉被toâⁿ-mî-phōe。棉mî同綿mî。

toāⁿ **彈** 彈tân也。擊也。刻hek也。以弓發丸也。以丸擊物曰彈toāⁿ。吹牛亦曰彈toāⁿ。炸彈黑白～chah-tân o͘-peh～⇨亂投炸彈。砲仔每不可濫擅～phàu-á mā-m̄-hó lām-sám～⇨爆竹也不可以亂投。倒～tò～⇨反彈hoán-tân。退後thè-āu。毛蟹暴涎，蝦看倒～mo-hē puh-noā, hê-khoàⁿ tò～⇨謂毛蟹看了吐口水，蝦子看見退避三舍。喻人見人討厭 jîn-kiàn-jîn thó-iā。亂～loān～⇨黑白講 o͘-peh-kóng，吹牛。臭～chhàu～⇨歕臭雞肚pûn-chhàu-ke-kui，臭吹牛。免臭～bián-chhàu～⇨用不着臭吹牛了。

**【彈子 toāⁿ-chí】** 玻璃珠仔po-lê-chu-á，龍眼核lêng-kéng-hut等的兒童玩物。

**【彈死 toāⁿ-sí】** 炸死chah-sí。炸彈～～的chah-tân～～ê⇨同上。～～人是該賠人命嚇～～lâng sī-ài-pôe jîn-bēng heh⇨炸死人，或反彈等而致人於死，是須賠償人命的呀。

**【彈破 toāⁿ-phoà】** 炸破chah-phoà。嚷到強徕～～人的耳了jiáng-kà kiông-boeh～～

lâng-ê-hī$^{n}$-lō͘⇨大聲叫得幾乎要炸破人家的耳朵了。

【彈着 toā$^{n}$-tio̍h】 彈中了。～～人～～lâng⇨同上。～～目珠～～ba̍k-chiu⇨同上。

【彈開 toā$^{n}$-khui】 炸開chah-khui。用炸彈～～較簡單iōng-chah-tân～～khah-kán-tan⇨同上。

【彈着雷公尾 toā$^{n}$-tio̍h-lûi-kong-bóe】 被雷公之尾打上了。謂被長輩順便訓斥了一頓。眞衰，去～～～～～ chin-soe，khì ～～～～～⇨倒霉極了，我也順便吃了一頓訓斥。

toā$^{n}$ **段** 土地的區域。事物的階段kai-toā$^{n}$。技術的階級kai-kip。一～田chi̍t～chhân⇨一個區域的田地。隔壁彼～道是我的keh-piah hit～tō-sī goá-ê⇨隔壁爲鄰那一區域就是我的(土地)。有條有～iú-tiâu-iú～⇨同上。伊可能算～的了i khó-lêng sǹg～ê lò͘⇨他恐怕(高得)要以段位計算了。柔道五～jiû-tō gō͘～⇨同上。林海峯是圍棋九～lîm-hái-hong sī ûi-kî káu～⇨同上。一～的好意chi̍t～ê hó-ì⇨一層的好意。即～代誌chi̍t～tāi-chì⇨此件事，此事。

【段位 toā$^{n}$-ūi】 專家是講～～，無人講級的choan-ka sī kóng, ～～bô-lâng kóng-kip-ê⇨專家皆以段位爲標準，沒人以級爲標準的。

【段數 toā$^{n}$-sò͘】 段位toā$^{n}$-ūi。今是國手也無抮講～～了ta$^{n}$ sī kok-chhiú-à bô-teh-kóng～～lò͘⇨今者國手矣，不論段數了。

toā$^{n}$ **憻** 怠也。懈怠hāi-tāi也。好食懶做曰憻toā$^{n}$。勫力的道是勫力，体～的道是体～kut-la̍t-ê tō-sī kut-la̍t, pîn～ê tō-sī pîn～⇨勤勉者就是勤勉，懶惰者就是懶惰。謂生而如此，不易改。骱力食力体～呑瀾kut-la̍t chia̍h-la̍t, pîn～thun-noā⇨勤勉者自食其力。懶惰者只好自呑其口水以充飢。較～過死人khah～kòe sí-lâng⇨比死人還要懶惰。

【憻身 toā$^{n}$-sin】 懶惰之人。～～佅食不做～～boeh-chia̍h-m̄-chò⇨懶人只顧食不肯勞力。

【憻骨 toā$^{n}$-kut】 天生的懶惰者。～～生～～se$^{n}$⇨同上。

【憻憻 toā$^{n}$-toā$^{n}$】 憻toā$^{n}$的樣子。看是～～實在講未，不知有影否khoà$^{n}$ sī～～, si̍t-chāi kóng-bē(bōe), m̄-chai ū-iá$^{n}$-bò͘⇨外表看是很懶惰的樣子，實際上據說是並不懶惰，不知是否眞的。

## toe

tòe **逮** 逮tè也。逮tài也。及也。追也。追而捕之曰逮tòe。追隨tui-sûi亦曰逮tòe, tè。又勾搭女人曰逮tòe，勾搭男人即曰討thó。脚～脚抵走耳kha～kha tú-cháu niâ⇨脚接脚，剛剛離開去而已。～人講的～lâng-kóng-ê⇨人言亦言。～無尾遭～bô-bóe-choā⇨連人影都追不上。講人人道到，講鬼鬼～抮尻川後kóng-lâng lâng-tō-kàu, kóng-kúi kúi～tī kha-chhng-āu⇨說人人就到，說鬼鬼跟在背後。查某烏白～cha bó͘ o͘-pe̍h～⇨烏亂勾搭女人。

【逮人 tòe-lâng】 追隨別人。學人之樣子。～～時行～～sî-kiâ$^{n}$⇨趁人thàn-lâng流行，學人家流行。～～行道著也～～kiâ$^{n}$ tō-tio̍h-à⇨跟在人後跑就不會錯了。毋知三二亦抮～～笑m̄-chai sa$^{n}$-nō(nn̄g) ah-teh～～chhiò⇨不懂什麼也在跟人家笑。

【逮手 tòe-chhiú】 立即lip-chek。～～道可也～～tō-hó-à⇨馬上就好了(言醫生高明)。手～～耳，講道乎提去也chhiú～～niâ, kóng-tō-hō͘ the̍h-khì(ī)-à⇨手接手很短暫的時間而已，竟就被拿走(偷走)了。手～～chhiú～～⇨脚～脚kha～kha⇨立即，馬上。

【逮尾 tòe-bóe(bé)】 落尾lo̍h-bóe。在後chāi-āu。～～人來～～lâng-lâi⇨比人家慢到。～～來我～～lâi-goá⇨比我慢來一點。我goá改讀goā。～～落船先上山～～lo̍h-chûn seng chiūⁿ-soaⁿ⇨後下船先登陸。～～人出世，大先人白嘴鬚～～lâng chhut-sì, tāi-seng-lâng peh-chhùi-chhiu⇨出生慢而鬚卻白得比人快。罵少年人事事爭先不懂禮讓之詞。粗人或把嘴鬚說成生毛lān-mô(mn̂g)。

【逮拜 tòe-pài】 隨道士而拜。隨主祭者而拜。擧香～～giâ-hiuⁿ～～⇨只是手執香隨人拜而拜之而已，謂並非事主，亦非主角。咱～～的耳lān～～ê niâ⇨我們是陪祭者而已。

【逮樣 tòe-iūⁿ】 學人家的樣子。～～道可也～～tō-hó-à⇨學人家的樣子就可以了。

【逮嘴 tòe-chhùi】 按照別人的話照說。～～叫～～kiò⇨別人如何稱呼，你也如何稱呼。～～講～～kóng⇨人言你也照言。佼～～尾gâu～～bóe(bé)⇨善於學人說話。

【逮踸 tòe-sōm】 跟人家遊山玩水iû-san-goán-súi。跟在人後遊玩。罔～～仔～～bóng～～à～～⇨苟且跟同人家遊一遊。踸sōm，行無常貌，或亦作𨂿sōm。

【逮戲 tòe-hì】 跟從戲班。～～拎賣物食～～teh bē(bōe)-mih-chiah⇨隨戲班的移動而移動而在戲台下排攤賣點心者。～～的～～ê⇨同上。

【逮火化 tòe-hóe(hé)-hoa】 與火同熄滅。立誓時的慣用詞。化hoa，火熄曰化hoa。我若騙你，我～～～goá nā phiàn-lí，goá～～～⇨我如果騙你，我隨(此燈之)火死滅。

【逮水流 tòe-chúi-lâu】 隨水而流。被水沖流。～～～去大海也～～～khì toā-hái-à⇨被水沖流到大海去了。

【逮囝叫 tòe-kiáⁿ-kiò】 老母～～～lāu-bú～～～⇨母親從兒子的輩份稱呼別人。亦即把自己的身分降一輩。例如本屬同輩份，但對夫之兄弟卻須稱伯稱叔，夫之姊妹亦稱姑是也。

【逮查某 tòe-cha-bó͘】 正字爲逮諸姆。勾搭女人。嫖妓。未曾未道～～～也，啥也學無一項好的bōe-chêng-bōe tō～～～à, sahⁿ-à oh-bô chit-hāng-hó-ê⇨剛剛開始就嫖也什麼也，所學的沒一件好事。長輩訓斥之詞。～～～飼伙記～～～chhī-hóe-kì⇨勾搭女人包養情婦。

【逮棚脚 tòe-pêⁿ-kha】 隨戲班所到在台下賣東西。你安爾～～～，敢賺有食lí an-ne(ni)～～～ kám choán-ū-chiah⇨你這樣子逮棚脚，豈可以溫飽。賺choán，賣也，亦趁thàn也。

【逮無遭 tòe-bô-choā】 追不上踪跡。跟不上人。趕不上人家(工作等)。較拼都～～～khah-piàⁿ to～～～⇨怎麼拼命都趕不上。亦曰逮無尾遭tòe-bô-bóe(bé)-choā。

【逮會仔 tòe-hōe-á】 參加標會按期交錢。

【逮鷄飛 tòe-ke(koe)-poe】 與鷄同飛。嫁鷄～～～，嫁狗逮狗走，嫁乞食，背茭薦斗kè-ke～～～ kè-káu tòe-káu-cháu, kè-khit-chiah, phāiⁿ-ka-chī-táu⇨謂女人的命運如此；已結婚了，必須安之。

【逮前逮後 tòe-chêng-tòe-āu】 孩子硬纏母親的情形。安爾噢，～～～～哭要道是要an-ne(ni)-ò, ～～～～ khàu-boeh-tō-sī-boeh⇨如此這般唷纏著不放，哭著說要就是要。

【逮贏無逮輸 tòe-iâⁿ-bô-tòe-su】 謂賭博多是追隨勝者下注，不追隨敗者下注。免講逐個每是～～～～～的bián-kóng tak-ê mā-sī～～～～～ê⇨不必說誰都是隨勝者不隨敗者下注。

**兌** tôe 易也，換也。匯～hōe～⇨兩地間送錢的方法，經由銀行等金融機關爲之。

【兌付 tôe-hù】 憑票付錢。

【兌現 tôe-hiān】 以憑證支票等兌換現款。支票～～現金chi-phiò～～hiān-kim⇨支票照面額換得現款。事見實行亦曰兌現。你的話都毋八有一擺～～的lí-ê-ōe to-m̄-bat(pat)-ú-chit-pái～～ê⇨你所言(所約)全部都沒有實現過。即擺保證，一定～～乎你看chit-pái pó-chèng it-tēng～～hō͘-lí-khoàⁿ⇨此一次擔保，一定實現給你看。

【兌換 tôe-oāⁿ】 兩種不同錢幣的互相交換。

大票換小票，紙幣換硬幣亦曰兌換tôe-oā$^{n}$。～～紙幣～～choā-pè⇨紙幣發行銀行保證可以換取同面額的金幣的紙幣。

tôe **頹** 首禿也。墜也。壞也。下流曰頹tôe。泰山傾～thài-san-kheng～⇨同上。市況眞衰～chhī-hóng-chin soe～⇨市況衰微。

【頹廢 tôe-hòe】 衰落荒廢soe-lok-hong-hòe。精神不振。顧跮蹉毋讀，學業每攏～～了了也kò·-thit-thô m̄-thak, hak-giap mā-lóng～～liáu-liáu-à⇨一心專在玩耍不讀書，學業也都全部荒廢掉了。

【頹廢派 tôe-hòe-phài】 十九世紀法國文壇的一派。俗以不大正經者為頹廢派tôe-hòe-phài。例如抽煙喝酒者自稱。我是～～～的，阮大的是正港的孝子派的goá sī～～～ê, goán-toā-ê sī chiā$^{n}$-káng ê hāu-chú-phài⇨同上。

# toh

toh **卓** 高遠也(見tok部)。几案ki-àn也。俗作桌toh。又姓氏。貂蟬弄董～tiau-siân lāng táng～⇨三國故事。

【卓文君 toh-bûn-kun】 古代的勇敢女士，文君新寡bûn-kun sin-koá$^{n}$，夜奔相如iā-phun siang-jî(jû)等等成語故事的女主角。

toh **桌** 几案ki-an也。案～àn～⇨辦公～pān-kong～。紅几～âng-kí～⇨大廳中央祖先牌位的長桌。讀冊～thak-chheh～⇨同上。食飯～chiah-pn̄g～⇨同上。揀椅揀～siak-í-siak～⇨暴戾生氣。揀siak，手擊也。拭椅拭～chhit-í-chhit～⇨小媳婦的工作。摑椅摑～chhiâu-í-chhiâu～⇨準備請客。摑chhiâu，移動。坐～chē～⇨就宴席。開～khui～⇨上菜開宴。請三～chhiá$^{n}$-sa$^{n}$～⇨宴請三席。別人的～頂夾肉飼大姑pat-lâng ê～téng ngeh-bah chhī ta-ke⇨用人家之肉孝養自已的母親。謂藉他人之力成事。大姑ta-ke(大姑仔toā-ke-á)，丈夫之母。

【桌仔 toh-á】 小桌。～～椅仔～～í-á⇨椅桌的總稱。讀冊～～thak-chheh～～⇨學生讀書桌。食飯～～chiah-pn̄g～～⇨同上。

【桌布 toh-pò·】 抹桌布。該換衫也，未輸～～抸āi-oā$^{n}$ sa$^{n}$-a, bē(bōe)-su～～leh⇨要換換衣服了，已經髒如桌布了。

【桌杆 toh-koai$^{n}$】 桌的橫杆hoâi$^{n}$-koai$^{n}$。

【桌面 toh-bīn】 桌上。案上。

【桌掃 toh-sàu】 喻貪食大食。未輸～～抸bē(bōe)-su～～leh⇨宛然如桌掃之人，即謂其如掃帚，掃淸桌上之物。

【桌頂 toh-téng】 食桌之上。～～食飯，桌脚講話～～chiah pn̄g, toh-kha kóng-ōe⇨受惠之後，反而批評主人。～～食飯，桌脚放屎～～chiah-pn̄g, toh-kha pàng-sái⇨恩將仇報in-chiang-siû-pò·。～～拈柑～～ni-kam⇨易如反掌 ī-jî hoán-chiáng。

【桌裙 toh-kûn】 桌帷toh-ûi。

【桌脚 toh-kha】 ㈠桌之足。㈡桌之下。

【桌頭 toh-thâu】 桌頂toh-téng。桌上。開宴之初。～～食到桌尾～～chiah-kà toh-bóe⇨開宴之初吃到終宴。企～～khiā～～⇨童乩tâng-ki的助手。在童乩身邊唸咒，讀出童乩畫在神桌上的符號。亦即傳達神意者。企～～仔khiā～～á⇨共同訛詐。亦曰牽～～仔khan～～á，俗作牽倒頭也khan-tò-thâu-á。

toh **棹** 同桌toh。

toh **燵** 著火tiok-hóe曰燵toh。燃燒亦曰燵toh。火～也hóe～à⇨著火了。點未～tiám-bē～⇨點火不燃。有抸～ū-teh～⇨在燃燒。猶抸～iáu-teh～⇨還在燃燒中。愈～愈猛ná～ná-mé⇨越燃火越猛。～未猛～bē-mé⇨燃得火不猛。心肝火炦炦～ sim-koa$^{n}$-hóe phok-phok～⇨心火在猛烈燃燒。喻正在盛怒。炦

phok火烈也。

【熇火 toh-hóe(hé)】 著火tioh-hoē。燃燒。舊柴焦快～～kū-chhâ-chau khoài～～⇨舊情人的感情之火燃燒得快。新娘～～燒，囝婿跋落橋，親家親姆勃勃趒sin-niû～～sio,kiáⁿ-sài poah-loh-kiô, chhiu-ke chheⁿ(chhiⁿ)-ḿ phut-phut-tiô⇨童謠。

## tok

**tok 督** 視察也。指正也。官名也。～導～tō⇨同上。詈合～lé kah～⇨罵兼指責。提～thê～⇨古官職。監～kàm～⇨同上。總～chóng～⇨古官職。

【督促 tok-chhiok】 催促。～～辦理～pān-lí⇨同上。

【督軍 tok-kun】 官名。自任～～chū jīm～～⇨同上。

【督責 tok-chek】 察知罪責加以處理。～～甚嚴～～sīm-giâm⇨同上。

【督郵 tok-iu】 古官名。張飛怒鞭～～tiuⁿ-hui nō-pian～～⇨三國故事。

【督戰 tok-chiàm】 監督戰鬪。～～隊～～tūi⇨～～的部隊。

【督學 tok-hak】 官名。～～蒞校指導～～lī hāu chí-tō⇨同上。

【督導 tok-tō】 官名。～～專員～～choan-oân⇨同上。

【督勵 tok-lē】 指導勉勵。～～之功不可沒～～chi kong put-khó-but⇨同上。

**tok 篤** 忠厚也。病甚也。行～敬hêng～kèng⇨同上。病體危～pēⁿ(pīⁿ)-thé gûi～⇨病已臨危。

【篤行 tok-hêng】 言行忠厚。～～之士～～chi sū⇨同上。

【篤農 tok-lông】 篤實的農戶。～～家～～ka⇨同上。

【篤實 tok-si̍t】 忠厚兼老實。伊的人眞～～i ê lâng chin～～⇨他這個人很忠厚，很老實。

**tok 斲** 砍也。斷也。斬成塊也。去乎蕃仔共你～khì hō·hoan-á kā lí～⇨去給蕃仔殺死罷。～著指頭仔～tioh chéng-thâu-á⇨砍傷手指。

【斲木 tok-bok】 鳥名，亦作啄木tok-bok。～～鳥～～niáu⇨啄木鳥tok-bok-chiáu。

【斲肉 tok-bah】 切肉。斬肉。～～醬～～chiùⁿ⇨斲肉爲醬。

【斲鼻 tok-phīⁿ】 莊子故事，有人堊漫，其鼻如蠅翼，使匠人揮斤斲之，曰斲鼻tok-phīⁿ。後人以鈎形鼻亦曰斲鼻tok-phīⁿ，因而有斲鼻仔tok-phīⁿ á或簡稱阿斲仔a-tok-á等詞，皆指歐美白人，尤其指美國人。

【斲鷄 tok-ke】 切鷄肉。殺活鷄曰刣thâi，切熟鷄曰斲tok。～～肉請人客～～bah chhiáⁿ lâng-kheh⇨切鷄請客人。～～頭～～thâu⇨斬斷鷄頭立誓以示淸白於神前，同斬鷄頭chám-ke-thâu。

【斲著傷 tok-tioh-siang】 砍傷了。

【斲鼻仔 tok-phīⁿ-á】 鷹鼻人。歐美白人。美國人。

**tok 啄** 鳥食曰啄tok。穿孔亦曰啄tok。青盲鷄～著米chheⁿ-mê-ke～tioh bí⇨謂盲鷄無意中啄中了白米，喻歪打正著。

【啄米 tok-bí】 鳥食米。鷄仔囝生出來道會～～ke-a-kiáⁿ seⁿ(siⁿ) chhut-lâi tō ē～～⇨小鷄生下來就食啄食米粒。

【啄蛀 tok-chiù】 小鷄啄破蛋殼要出世了曰啄蛀tok-chiù。鴨蛋抄～～也ah-nn̄g teh～～ â⇨鴨卵(內的小鴨)在啄蛀了。

【啄蟲 tok-thâng】 鳥食蟲。

**tok 卓** 高超也。又同桌toh或棹toh(見toh部)。

【卓絕 tok-choat】 超越一切。～～的表現

～～ê piáu-hiān⇨同上。

【卓越 tok-oat】 同卓絕。～～的成績～～ê sêng-chek⇨同上。

【卓文君 tok-bûn-kun】 古美女，與司馬相如的戀愛故事的女主角。又是文君新寡bûn-kun sin-koáⁿ的成語的主人。

tok **度** 量也，謀也（見to部）。以小人之心～君子之腹i siáu-jîn chi sim～kun-chú chi hok⇨以小人之心來推測君子心中所思，亦即忖度chhún-tok，思量推測之也。

【度支 tok-chi】 古官名。量入為出之官。主管財稅賦課，亦即今之財政部。古有度支部。

tok **琢** 治玉也。磨玉也。磨練亦曰琢tok。玉不～不成器，人不學不知義giok put～put-sêng khì, jîn put-hak put- ti gī⇨三字經。

【琢磨 tok-mô】 精心研究事理。專心磨練事理。

tok **鐸** 大鈴也。古以鐸聲傳政令。鐸舌木者為木鐸 bok-tok，傳文事。銅者為銅鐸 tâng-tok，傳武事。木鐸又喻不言而化，因之，用社會木鐸 siā-hoe bok-tok的字眼以喻社會的導師。

tok **牘** 書版也。木簡也。今謂文書曰文～bûn～⇨同上。書札曰尺～chhek～⇨同上。案～勞身àn～lô-sin⇨文書工作甚忙。

tok **濁** 水不清也。沈澱物曰濁tak（見tak部）。又水不清亦曰濁lô（見lo部）。清～併呑chheng～pèng-thun⇨喻好的壞的都無所選擇。

【濁水 tok-chúi】 地名，溪名。～～溪～～khe⇨台灣中部之大河，俗曰lô-chúi-khe。

【濁世 tok-sè】 塵世tîn-sè。～～佳公子～～ka-kong-chú⇨凡間的美少年。

【濁流 tok-liû】 清流的對稱。亦喻濁世的風潮。

tok **獨** 孤單也。特殊也。單～tan～⇨同上。孤～（tak）（見tak部）。

【獨市 tok-chhī】 孤行～～ko·-hâng～～⇨單獨一家，並無競爭對手。

【獨立 tok-lip】 自立，不依靠任何人。～～人格～～jîn-keh⇨同上。～～黨～～tóng⇨主張獨立的黨派。～～國～～kok⇨宣布獨立，主權，外交，軍事等各方面均不受外力干涉的國家。～～戰爭～～chiàn-cheng⇨要獨立，必須以戰爭得之。

【獨白 tok-pek】 自己說話。～～劇～～kek⇨演劇的一種表現方式。

【獨行 tok-hêng】 ㊀特出的言行。特立～～tek-lip～～⇨同上。㊁無人為伴。孤影～～ko·-éng～～⇨同上。

【獨佔 tok-chiàm】 壟斷。～～市場～～chhī-tiûⁿ⇨同上。～～資本～～chu-pún⇨同上。～～產業～～sán-giap⇨同上。～～價格～～kè-kek⇨同上。～～生理，免講每趁錢～～seng-lí, bián-kóng mā thàn-chîⁿ⇨獨佔的生意，一定趁錢的。佔亦作占。

【獨步 tok-pō】 ～～天下～～thian-hā⇨天下第一。～～武林～～bú-lîm⇨武林無敵手。

【獨夜 tok-iā】 孤單之夜。～～無伴守燈下，清風對面吹～～bô-phoāⁿ siú teng-hē, chheng-hong tùi-bīn chhoe⇨台灣歌望春風之詞。

【獨奏 tok-chàu】 音樂的一種方式。鋼琴～～會kang-khîm～～hōe⇨同上。

【獨唱 tok-chhiàng(chhiùⁿ)】 音樂的一種方式。～～會～～hōe⇨同上，亦可曰tok-chhiòng。

【獨裁 tok-chhâi】 專政～～choan-chèng～～⇨同上。～～政權～～chèng-koân⇨同上。～～者～～chiá⇨同上。

【獨逸 tok-it】 德國的日本譯名。

【獨斷 tok-toàn】 ～～獨行～～tok-hêng⇨①獨裁者的作風。②謂工作能力高強。

【獨木舟 tok-bok-chiu】 日月潭的～～～直

直抢無去也jit-goat-thâm ê～～～ tit-tit teh bô khì â⇨日月潭的獨木舟，一直在滅亡了。

【獨木橋 tok-bok-kiô】 我過我的～～～，你行你的陽關道goá kōe goá ê～～～, lí kiâⁿ lí ê iâng(iông) koan-tō⇨謂我過獨木橋危險不干你事，你跑陽關道是死路，我也管不了。喻各行各是，互不干涉。

【獨眼龍 tok-gán-liông】 眇一眼而聰明厲害者曰獨眼龍。

【獨脚虎 tok-kha-hó】 跛一足而人卻甚厲害者曰獨脚虎。

【獨脚戲 tok-kha-hì】 本來有人合作或協助的工作，一個飆chit ê piu，兩個溜nn̄g-ê liu結局留一個人獨支殘局，戲稱之曰唱(演)～～～chhiūⁿ(ián)～～～⇨同上。

【獨幕劇 tok-bok-kek】 一幕演完的短劇。

tok 瀆 汚穢也。侮慢也。冒～神聖mō～sîn-sèng⇨冒犯神聖。

【瀆職 tok-chit】 有虧於職守。～～罪～～chōe⇨有虧於職守之罪，亦即公務人員的貪污舞弊等之罪。

tok 毒 害也。害人之物皆曰毒tok。置毒害人曰毒thāu(見thau部)。千滾無瘟，萬滾無～chhian-kún bô-hông, bān-kún bô～⇨謂東西經熱火熱水滾過者皆可食之而無害。最～婦人心chōe～hū-jîn-sin⇨雖屬古諺，但似不甚公道。做惡做～，騎馬碌硞chò-ok-chò～khiâ-bé lok-khok⇨謂做惡做毒之人，騎馬lok-khok在揚威。但此一解說頗使一般人不平，謂似有勸人莫爲善之意。問題在碌硞lok-khok一詞，到底應作何解，含義如何而定。有人以lok-khok爲馬蹄聲，有人謂lok-khok馬爲無主之廢馬，因而謂即是縛在馬上遊街示衆也。

【毒手 tok-chhiú】 惡毒的手段。不敢下～～m̄-káⁿ hē～～⇨不敢下毒手。

【毒步 tok-pō】 毒計。致死之計。伊眞殘，什麼～～都敢用i chin-chhân, sá-ma～～to káⁿ-iōng⇨他很殘忍，什麼歪主意都敢用。

【毒計 tok-kè】 毒手，毒步都是毒計。

【毒氣 tok-khì】 ㊀同毒瓦斯tok-oá-su，現代戰爭的重大問題。～～彈～～tân(toâⁿ)⇨期使敵人死絕的惡毒武器。㊁佛家謂貪氣，怒氣，癡氣爲三毒氣，其進入人心，即失去本性。

【毒殺 tok-sat】 ～～野狗～～iá-káu⇨有人贊成，有人反對。～～溪魚～～khe-hî⇨這就反對者一定多。

【毒菌 tok-khún】 各種傳染病根源的各種細菌sè(sòe)-khún皆曰毒菌。～～彈～～tân(toâⁿ)⇨砲彈或炸彈內裝有猛毒的菌類以使敵方軍民皆死絕的殘忍武器。

【毒蟲 tok-thân】 害蟲。你知些啥，～～講是好人lí chai-che-siahⁿ, ～～kóng-sī hó-lâng⇨你知個屁，毒蟲竟說成好人。

【毒藥 tok-ioh】 能致人於死的藥物。～～無毒，人心是毒～～bô-tok, jîn-sim sī tok⇨謂毒藥不用之，不會發生其毒效，決定使用毒藥的人心才是眞毒。

tok 犢 小牛也。老牛舐～lāu-gû chīⁿ～⇨老牛以舌愛護小牛。舐chī亦即chīⁿ，以舌取食也。舐～之愛chī～chi ài⇨老牛舐犢之愛，喻父母對子女之愛。亦喻盲目之愛。

## tom

tom 丼 投物井中之聲。日文讀如Dombulī，指深而厚的瓷鉢。叮～吵tin～chhāⁿ⇨鑼鼓聲。

【丼一下 tom-chit-ē】 丼一聲。～～～道到底也～～～tō kàu-té-à⇨丼一聲就到井底了。

【丼一聲 tom-chit-siaⁿ】 ～～～耳，道無聽見啥也～～～, niâ to bô-thiaⁿ-ī-siahⁿ-à⇨丼一聲就不再聽見什麼了。

【丼丼叫 tom-tom-kiò】 丼丼聲。

【丼而瓏丼 tom-jî-lóm-tom】 聲音。

**tòm 螗** 蟬類。田螗chhân-tòm⇨蜻蜓的一種。呵也呃，田～叫水蛙，水蛙十八爪，客人掠客鳥，客鳥搬過椏，匏仔生金瓜，金瓜無結子，貓仔咬貓鼠，貓鼠鑽入孔，阿花仔俫嫁翁o-ā-e, chhân～kiò-chúi-ke, chúi-ke chap-peh-jiáu, kheh-lâng liah-kheh-chiáu, kheh-chiáu poaⁿ-kòe-oe, pû-á seⁿ-kim-koe, kim-koe bô-kiat-chí, niau-á kā-niáu-chhí, niáu-chhí chǹg-jıp-khang, a-hoe-a boeh-kè-ang⇨童謠。

**tòm 頓** 頓首tùn-siú曰頓頭tòm-thâu。頭～一下道算賬也thâu～chıt-ē tō sǹg-siàu-à⇨行一個禮就可以了。頭～到餌餌thâu～kà lê-lê⇨頭頓得很低。

【頓垂 tòm-sôe】 頭低垂。垂頭喪氣sûi-thâu song-khī。你最近那看著～～～～ lí chōe-kīn ná khoàⁿ-tioh～～～～⇨你最近何以顯得非常垂頭喪氣的樣子。詞連用是加強其意。

## tong

**tong 東** 方向名。日所出也。曰南北，曰西～，此四方也oat lâm-pak, oat se～, chhú sù-hong-iā⇨同上。主人也。古時主位在～，賓位在西kó·-sî chú-ūi chāi～, pin-ūi chāi-se⇨同上。遠～oán～，中～tiong～，近～kīn～⇨地理名詞。文～武西bûn～bú-se⇨古代文武官員之位置。股～kó·～⇨股主kó·-chú。抽頭錢曰東tong。

【東方 tong-hong】 俗以亞細亞洲曰東方，歐美曰西方。～～人～～jîn⇨同上。～～甲乙木～～kah-it-bok⇨五行之說。～～朔～～sok⇨人名，古代的幽默大師。

【東西 tong-sai】 東與西。～～南北～～lâm-pak⇨四方名。

【東西 tong-si】 罵人之詞。所謂正音也。壞～～hoāi～～⇨壞家貨。下作的～～hā-chok ê～～⇨你即個賤貨lí chit-ê chiān-hòe。

【東床 tong-chhông】 令賢壻lēng-hiân-sài。～～快壻～～khoài-sài⇨您那好女婿。

【東吳 tong-gô·】 俗指三國之孫吳。移禍給～～î-hō hō·～～⇨俗凡謂責任在他不在我皆用此詞。

【東亞 tong-a】 亞細亞洲的東部。大體指中日韓三國。

【東周 tong-chiu】 周平王東遷洛陽以後的時代。～～列國～～liat-kok⇨戰國時代的各國。

【東官 tong-koaⁿ】 開賭場抽取頭錢者。莊家chong-ka。

【東風 tong-hong】 春風chhun-hong。落花無語怨～～lok-hoa bû-gí oàn～～⇨同上。

【東晉 tong-chìn】 晉朝元帝以後的時代，都在建康。

【東海 tong-hái】 東方之海。大海。較大的代誌每該捨落～～也khah-toā ê tāi-chì mā-āi sià-loh～～à⇨再大的問題也應該放棄了。～～龍王～～lêng-ông⇨同上。

【東家 tong-ka】 主人。賓客pin-kheh或食客sıt-kheh對居停主人之稱。

【東宮 tong-kiong】 太子所居。～～殿下～～tiān-hā⇨太子殿下。

【東流 tong-liû】 向東流。大江～～tāi-kang～～⇨指長江永向東流。

【東道 tong-tō】 請客的主人。招待客人。～～主～～chú⇨做主人請客。無人～～bô-lâng～～⇨無人招待。

【東漢 tong-hàn】 劉秀開創的漢朝。光武興，爲～～，四百年，終於獻kong-bú-hin, ûi～～, sù-pek-liân, chiong-î-hiàn⇨三字經。

【東嶽 tong-gak】 泰山thài-san。～～大帝～～tāi-tè⇨同上。

【東瀛 tong-êng】 東海。或以台灣或日本爲東瀛。

【東山再起 tong-san-chài-khí】 退隱之人復出。出自晉謝安的故事。

【東窗事發 tong-chhong-sū-hoat】 陰謀被識破。出自秦檜謀害岳飛的故事。

【東風吹馬耳 tong-hong chhoe bé-hī$^{n}$】 漫不關心。亦曰馬耳東風má-ní-tong-hong。

tong 冬 四季之一。春夏秋～chhun-hā-chhiu～⇨四季名。孟～仲～季～bēng～tīong～kùi～⇨三冬。隆～liông～⇨嚴寒之時。嚴～giâm～⇨極冷的冬天。

【冬令 tong-lēng】 冬季tong-kùi。行～～kiâ$^{n}$～～⇨實行冬天的時間。

【冬至 tong-chì】 俗曰冬節tang-cheh。夏至～～hā-chì～～⇨白天最長之日與黑夜最長之日。

【冬防 tong-hông】 ～～警戒～～kéng-kài⇨過年前後的防火防盜等的特別警戒。

【冬眠 tong-bîn】 動物在冬季停止飲食，運動，蟄居洞穴之中曰冬眠，如蛙，蛇等是。

【冬藏 tong-chông】 收藏秋收之成果。寒來暑往，秋收～～hân-lâi-sú-óng, chhiu-siu～～⇨千字文。

【冬青樹 tong-chheng-chhiū】 常綠之樹木。

【冬烘先生 tong-hong-sian-seng】 不達世務，不通世故之人。村莊的塾師。

【冬溫夏涼 tong-un-hā-liâng】 作爲人子之禮。謂對父母冬寒時即溫之，夏熱時即涼之。

【冬蟲夏草 tong-thiông-hā-chhó】 植物名。一種下等菌類中藥，作爲強壯劑用。

tong 當 任也。值也。遇也。敵也。擔～tam～⇨擔任。相～siang(siong)～⇨相值，相對，相等。正～chèng～⇨正在那個時候。應～èng～⇨應該。該～kai～⇨同上。萬夫不～之勇bān-hu put～chi ióng⇨一萬個兵也抵擋不住。敢作敢～kám-chok kám～⇨同上。勢不可～sè put-khó～⇨擋不住的氣勢。有～有不～iú～iú put～⇨有對的，也有不對的。該～何罪kai-～hô-chōe⇨應該承受甚麼罪罰。家己做事家己～ka-kī chŏ-sū ka-kī～(ta$^{n}$)⇨大丈夫的氣慨。

【當千 tong-chhian】 一騎～～it-khì～～⇨一人抵敵千人。

【當工 tong-kang】 農忙期。六月正抄～～，曷會用得la̍k-go̍eh chia$^{n}$-teh～～, a̍h-ē-iōng-tit⇨六月正值農忙期，怎麼可以呢。

【當日 tong-ji̍t】 即日chek-ji̍t。～～有反應～～ū hoán-èng⇨即日有回響。

【當今 tong-kim】 現代hiān-tāi。現在hiān-chāi。眼前gán-chiân。～～的世界～～ê sè-kài⇨現代的社會。較早是講敬老尊賢，～～講是有錢兼少年khah-chá sī-kóng kèng-ló-chun-hiân, ～～ kóng-sī ū-chî$^{n}$ kiam siàu-liân⇨往時是講究敬老尊賢要緊，現代說是有錢加上年輕爲第一。

【當市 tong-chhī】 好市況。好商場。魚仔早起時較～～hî-á chá-khí-sî khah～～⇨魚類清晨銷路較好。即類貨較～～chit-loei-hòe khah～～⇨此種貨品銷路較佳。即位較～～chit-ūi khah～～⇨此地點較食市chia̍h-chhī(好地點)。

【當世 tong-sè(sì)】 當今之世。論～～而解頤lūn～～jî kái-î⇨批論當今之事物而加以譏笑。古人謂此事不妥當。

【當年 tong-liâng】 往年óng-liâng。英雄不談～～勇eng hiông put-tâm～～ióng⇨過去的光榮時代，英雄人物是不提的。

【當地 tong-tē】 本地pún-tē。～～的住民表示歡迎～～ê chū-bîn piáu-sī hoan-gêng⇨同上。

【當初 tong-chhe(chho͘)】 開始之時。早知今日，何必～～chá-ti kim-ji̍t, hô-pit～～⇨早知今日結果，當初何必爲之。後悔hiō-hóe之詞。悔不～～hóe put～～⇨反悔當初不該如此。反悔之詞。

【當局 tong-kio̍k】 擔當其事者。政府～～chèng-hú～～⇨政府，主政者。傍觀者清，～～者迷pông-koan-chiá-chheng, ～～chiá-bê⇨在傍邊者觀察清楚正確，在局中者心亂目迷，多有錯失。

【當面 tong-bīn】 ㊀目前bo̍k-chêng。～～的問題～～ê būn-tê⇨同上。㊁面對面。～～講明白的～～kóng-bêng-pe̍k-ê⇨大家面對面說清楚了的。

【當家 tong-ka】 掌理家事。要～～無許爾快boeh～～bô hiah-ní-khoài⇨要主持一個家沒那麼容易。

【當時 tong-sî】 ㊀事發之時。～～伊無於許～～i bô-tī-hia⇨那個時代，他不在那裏。㊁正逢時。十七十八正～～cha̍p-chhi̍t cha̍p-peh (poeh) chià$^{n}$～～⇨十七十八歲是小女最美好的時期。

【當值 tong-ti̍t】 擔任值班。～～人員～～jîn-oân⇨值班的人。

【當然 tong-jiân】 應該的。禮所～～的lé só·～～ê⇨禮貌上應該如此的。～～喏，曷着更講～～nò, a̍h-tio̍h koh-kóng⇨應該的呀，何必再說。

【當場 tong-tiû$^{n}$】 於～～有講過也tī～～ū-kóng-kòe-à⇨在現場曾經說過了。～～無人反對～～bô-lâng hoán-tùi⇨同上。

【當當 tong-tong】 經常。不停。～～有扲來往～～ū-teh lâi-óng⇨經常在交往。～～要的較驚人～～boeh-ê khah-kia$^{n}$-lâng⇨經常要的比較可怕。～～講每臭酸去也～～kóng mā chhàu-sng-khì-à⇨不斷的說教，也說得臭了。～～坐扲，尻川敢未結鱗～～chē-leh, kha-chhng kám-bē kiat-lan⇨經常坐着，屁股豈不硬化。皮硬化曰結鱗kiat-lan。鱗lân改讀lan。～～扲去，像扲行灶脚扲，免驚啥啦～～teh-khì, chhiū$^{n}$-teh kiâ$^{n}$-chàu-kha-leh, bián-kia$^{n}$-siah$^{n}$-là⇨常常去的，宛然在跑自己的厨房哩，不要怕什麼(意外)嘛。

【當選 tong-soán】 中選tiòng-soán。有五名～～，其他的落選ū gō·-miâ～～, ki-tha$^{n}$-ê lo̍k-soán⇨同上。

【當歸 tong-kui】 中藥材名。

【當權 tong-khoân】 掌權chiáng-khoân。執政chip-chèng。𪜶祖公是～～派的，喝水會堅凍，你不知咯，行情無小問扲in-chó·-kong sī～～phài-ê, hoah-chúi ē(ōe)-kian-tàng, lí m̄-chai-lò·, hâng-chêng bô sió-mn̄g-leh⇨他祖宗是執政派的人，權勢大得可怕，你不明白嗎，何不問問行情(致得罪了他)呢。

【當事人 tong-sū-jîn】 法律名詞。問題中之人。亦即原被告等的直接關係人。～～～能力～～～lêng-le̍k⇨參與訴訟之能力資格。

【當其時 tong-kî-sî】 當時tong-sî。其時kî-sî。～～～阮阿公猶於扲～～～goán-a-kong iáu-tī-teh⇨當年(其時)我祖父還在世。

【當仁不讓 tong-jîn-put-jiāng】 當仁不必讓師先。勇往直進，見義勇爲。今多用爲爭權奪利的美化詞。

【當機立斷 tong-ki-li̍p-toàn】 臨事立即作決定。～～～～臨危不亂～～～～lîm-gûi put-loān⇨同上。

**tong 璫** 玉耳鈎ge̍k-hī$^{n}$-kau。琅～lông～⇨佩玉聲。

**tóng 懂** 明白曰懂tóng。你講我不～lí-kóng goá-put～⇨你說的我不明白。不～道是不～put～tō-sī put～⇨不明白就是不明白。這是國語台語化的講法。

**tóng 黨** 親族姻戚也。父～母～⇨同上。朋輩也。朋～pêng～⇨同類之人的結合。相知相親曰黨tóng。無～無派bô～bô-phài⇨不結黨不立派。絞羣結～ká-kûn kiat～⇨交羣成黨kau-kûn-sêng-tóng。狐羣狗～hô·-kûn-káu～⇨狐之羣狗之黨。無賴之徒。

【黨工 tóng-kang】 黨之工作人員。

【黨羽 tóng-ú】 黨徒tóng-tô͘。

【黨派 tóng-phài】 黨。派。無分～～bô-hun～～⇨沒有黨派的分別。

【黨員 tóng-oân】 黨之人員。

【黨徒 tóng-tô͘】 黨羽tóng-ú。黨之人員。

【黨部 tóng-pō͘】 黨之辦事場所。中央～～tiong-iang～～⇨黨之中心指揮部。

【黨魁 tóng-khoe】 黨首tóng-siú。

【黨同伐異 tóng-tông-hoat-ī】 同己者與之結合，異己者即攻伐之。

**tòng 凍** 冰也。寒也。冷～庫léng～khò͘⇨今曰冰箱peng-siu$^{n}$。解～kái～⇨退冰thè-peng。冰～peng～⇨冷而結冰。

**tòng 倲** 倡劣也。愚也。倲～lōng～⇨愚貌。倲lōng，戇愚也。

【倲戇 tòng-gōng】 肥而愚也。隱佝的交～～ún-ku ê kau～～⇨駝背者結交倡戇者。隱佝亦作隱痀或隱龜。

**tòng 棟** 屋之中梁tiong-niû也。房屋的單位曰棟tòng。一～厝chit～chhù⇨同上。起三～khí-sa$^{n}$～⇨蓋屋三棟。

【棟宇 tòng-ú】 屋宇ok-ú。房屋pâng-ok。

【棟梁 tòng-liâng】 大任。重任。國家～～kok-ka～～⇨支持國家之大材。

**tòng 擋** 止之曰擋tòng。受着阻～siū-tio̍h chó͘～⇨遭到妨害。警察扲～kéng-chhat teh～⇨警察在取締chhú-thê。阻止chó͘-chí。車～chhia～⇨制動機brake。脚～kha～⇨脚踏的制動機。手～chhiú～⇨手動的制動機。未～得也bē～tit-à⇨忍受不了了。眞有～chin ū～⇨很夠耐力。很會忍受。程咬金～無三下斧頭法thiâ$^{n}$-káu-kim～bô sa$^{n}$-ē pó-thâu-hoat⇨謂無耐力不中用。原意是程咬金只能夠使用三招的斧法作戰而已。又電扇風的強弱亦分擋tòng。開三～的較強khui sa$^{n}$～ê khah-kiâng(kiông)⇨開車時，打第三擋衝力強。

【擋恬 tòng-tiām】 停車，停步。車～～乎人落車chhia～～hō͘-lâng lo̍h-chhia⇨車子停車給人下車。我～～共伊看有着傷否goá～～kā-i-khoà$^{n}$-ū tio̍h-siang-bô͘⇨我停步看看他有無負傷。

【擋棍 tòng-kùn】 制動機brake。～～無利未用得～～bô-lāi bē(bōe)-iōng-tit⇨制動機不利不行。

【擋頭 tòng-thâu】 耐久力。阿久蓋有～～a-kiú kài-ū～～⇨阿久最有耐久之力。雜號仔較輸，無～～cha̍p-hō-á khah su, bô～～⇨雜牌的比較不好，不耐用。雜號也cha̍p-hō-á⇨無名的諸多小廠的產品。

【擋人的 tòng-lâng-ê】 ～～～財路～～～châi-lō͘⇨阻碍人家的財源。～～～姻緣～～～in-ian⇨阻碍人家的姻緣。

【擋未稠 tòng-bē-tiâu】 無法忍耐下去。氣到～～～也khì-kà～～～ā⇨怒氣塡胸無法忍下去了。寒到～～～咯，藉溜轉來穿衫koâ$^{n}$-kà～～～lō͘ chiah liu-tńg-lâi chhēng-sa$^{n}$⇨寒冷得無法忍下去了才偷溜回家來加穿衣。

【擋無久 tòng-bô-kú】 ㈠不長久。彼間店我看～～～也hit-keng-tiàm goá-khoà$^{n}$～～～à⇨彼家店舖，依我觀察，不多久(就要倒閉)了。㈡命將終。彼類病，更不甘開錢，還仔～～～也 hit-lōe-pē$^{n}$(pī$^{n}$) koh m̄-kam khai-chî$^{n}$, oân-à～～～à⇨那種病，加上不肯用錢(醫治)，還是活命不多久了。

**tòng 檔** 木牀也。橫木也。公文歸～kong-bûn kui～⇨公文處理完畢歸存案卷。

【檔案 tòng-àn】 官署中的案卷。～～室～～sit⇨發理檔案的單位。

**tòng 彤** 丹飾也。丹石之色。赤色。

【彤筆 tòng-pit】 彤管tòng-koán，赤色筆管之筆，宮中女官所用，以記宮中政令。所以用赤色者，以赤心事后妃以正宮闕也。

**tông 堂** 正室也。殿也。高也。母曰堂tông，同祖曰堂tông。殿～tiān～⇨同上。廟～biō～⇨宗廟。廟～miāu～⇨朝堂tiâu-tông。令～lēng～，尊～chun～，北～pak～，萱～soan～等皆尊敬母親之詞。親～chhin～⇨同祖先之人。親～仔chhin～á⇨同上。餲～的àu～ê⇨對同姓的同事的戲稱。五代同～ngó·-tāi tông～⇨五代皆同一家生活，未分家。

【堂兄 tông-hia$^{n}$】 叔伯兄弟中的年長者。俗稱叔伯兄chek-peh-hia$^{n}$。～～嫂～～só⇨堂兄之妻。～～弟～～tī⇨叔伯兄弟chek-peh hia$^{n}$-tī。

【堂姊 tông-ché(chí)】 叔伯姊chek-peh-ché。～～妹～～moāi(mūi)⇨同上。～～夫～～hu⇨堂姊之丈夫。

【堂伯 tông-peh】 父之堂兄。堂伯父。～～姆～～ḿ⇨堂伯母。～～公～～kong⇨堂伯之父。

【堂叔 tông-chek】 父之堂弟。堂叔父。～～嬸～～chím⇨堂叔母。～～公～～kong⇨堂叔之父。

【堂的 tông-ê】 ㊀叔伯兄弟姊妹的總稱。家己的～～ka-tī(kī) ê～～⇨自己的親族。㊁汎稱同姓之人。逐家～～無論的嘛tak-ke～～bô-lūn-ê mā⇨大家都同姓嘛(算是一家人)，不計較好了。

【堂姑 tông-ko·】 父之同祖姊。～～丈～～tiū$^{n}$⇨堂姑之夫。

【堂堂 tông-tông】 有威儀威嚴。宏大莊嚴。～～正正～～chèng-chèng⇨正大公明。正正～～chèng-chèng～～⇨絕對正確而宏大。～～皇皇～～hông-hông⇨聲勢浩大。～～的男子漢大丈夫～～ê lâm-chú hàn tāi-tiōng-hu⇨最了不起的男人。

【堂會 tông-hōe】 基督教中鄰近若干個教堂的集會，以研究討論有關事務。自稱曰小會sió-hōe，以別於中會tiong-hōe或大會tāi-hōe。

【堂哉皇哉 tông-chài hông-chài】 堂堂皇皇tông-tông-hông-hông的有學問的講法。

**tông 棠** 木名。海～hái～⇨木名。花名。

【棠棣 tông-tāi(tē)】 喻兄弟。～～之歌～～chi ko⇨兄弟之歌。周公宴兄弟所作。

**tông 桐** 梧桐木也。梧～一葉，天下知秋gô·～it-hiap, thian-hā ti-chhiu⇨謂梧桐樹開始落葉，氣候就已進入秋季了。

【桐油 tông-iû】 thâng-iû。桐樹子之油，可作塗料。用於紙傘，船帆，船索以避水。俗曰thâng-iû。

**tông 同** 合也。會也。共也，和也。俱也。會～hōe～⇨同上。合～hap～⇨㊀合在一起共同做。㊁一種記錄雙方同意的條款的商業文件。共～kiōng～⇨同心相共。相～siang(sa$^{n}$)～⇨一樣。世界大～sè-kài tāi～⇨全世界都生活於相同的境況的理想世界。堅白異～kian-pek-ī～⇨詭辯學說之一例。大～小異tāi～siáu-ī⇨差異不大。年年歲歲花相似，歲歲年年人不～liân-liân sòe-sòe hoa-siang-sū, sòe-sòe liân-liân jîn-put～⇨唐詩。

【同一 tông-it】 一樣。～～目標～～bok-phiau⇨同上。～～行動～～hêng-tōng⇨同上。

【同人 tông-jîn】 共事之人。同事tông-sū。會中～～hōe-tiong～～⇨會內的同事。

【同文 tông-bûn】 同一文字。書～～，車同軌si～～, ki-tông-kúi⇨秦始皇施行使用同一文字，與交通車輛的統一政策。～～同種～～tông-chióng⇨同文字同種族。以下～～省略í-hā～～séng-liak⇨以下文意相同不抄記。

【同化 tông-hoà】 ㊀～～作用～～chok-iōng⇨消化吸收。㊁～～政策～～chèng-chhek⇨使一個小數民族因被同化而消滅的政策。

【同仁 tông-jîn】 平等仁慈待人。一視～～it-sī～～⇨予大家同樣的待遇。

【同心 tông-sim】 同一心。～～協力～～hia̍p-le̍k⇨大家一條心互相幫助，共同努力。～～圓～～oân⇨共同圓心之大小圓圈。～～結～～kiat⇨同結之錦帶，表示兩情相愛之意。

【同仇 tông-siû】 敵愾～～te̍k-khài～～⇨對共同仇人同恨同怒。

【同穴 tông-hia̍t】 一個墓穴。偕老～～，夫妻萬歲kai-ló～～, hu-chhe bān-sòe⇨夫妻死後合葬一穴，永遠在一起。

【同行 tông-hâng】 同一行業hâng-gia̍p。～～相妬怨～～sio(sa$^{n}$)-tò·-oàn⇨同行之間彼此嫉妬怨恨。妬怨tò·-oàn，仇視siû-sī。

【同行 tông-hêng】 同道而行。三人～～，必有我師sam-jîn～～, pit-iú ngó·-su⇨論語。

【同好 tông-hò·】 一樣的興趣。～～會～～hōe⇨同上。好亦讀hò·$^{n}$。

【同志 tông-chì】 心志相同。革命～～kek-bēng～～⇨同上。

【同床 tông-chhông】 共睡一床。～～同夢～～tông-bōng⇨夫妻相愛。～～異夢～～ī-bōng⇨各有心事。

【同門 tông-bûn】 同一老師之門。～～的學生～～ê ha̍k-seng⇨同上。

【同宗 tông-chong】 同宗族。同姓不～～tông-sèng put～～⇨同姓氏而已不同宗族。

【同庚 tông-keng】 同年生者。俗曰同年的tâng-nî-ê或同的tâng-ê。

【同居 tông-ki】 同財共居。夫妻～～hu-chhe～～⇨同上。未結婚道抙～～咯bōe(bē)-kiat-hun tō-teh～～lò·⇨未結婚就在同居了。今人甚多矣。知性可以～～ti-sèng khó-í～～⇨性質互知，可以共同生活。

【同性 tông-sèng】 性別相同也。男女性別相同。～～戀～～loân⇨男與男，女與女之間的一種同性戀情。

【同姓 tông-sèng】 俗曰共姓kāng-sè$^{n}$(sì$^{n}$)。～～不通婚～～put-thong-hun⇨同姓的男女不結婚。古俗如此。今已有小改矣。

【同事 tông-sū】 同人tông-jîn。八～～過bat～～kòe⇨曾經同過事。逐家是～～不免計較嘛ta̍k-ke sī～～m̄-bián ke-kàu mà⇨大家都是同事，不必計較算了。

【同知 tông-ti】 古時的官名。佐貳之官。亦即今之次官。彰化縣～～chiong-hoà-koān～～⇨副縣長。

【同治 tông-tī】 清代年號。帝號。～～君～～kun⇨同治皇帝。道光，咸豐，～～，光緒，宣統tō-kong, hâm-hong, ～～, kong-sī, soan-thóng⇨清代末五帝。

【同音 tông-im】 ㊀同聲tông-seng。異口～～ī-kháu～～⇨同上。㊁發音相同。車，居，即兩字是～～ki, ki, chit n̄ng-jīsī～～⇨車與居兩字發音相同。～～字特別敍是漢文的特色～～jīte̍k-piat-chē sī hán-bûn ê te̍k-se̍k⇨同上。

【同胞 tông-pau】 ㊀同父母之親兄弟。～～的姊弟～～ê ché-tē⇨同胞之姊與弟。㊁凡稱同國之人。全國的～～choân-kok ê～～⇨同上。

【同派 tông-phài】 共派kāng-phài。同黨不～～tông-tóng put～～⇨同一黨中的不同派系。

【同氣 tông-khì】 兄弟。～～連理～～liân-lí⇨同父母之兄弟。～～相求～～siang(siong)-kiû⇨同上。

【同衾 tông-khim】 同睡眠。～～共枕～～kiōng-chím⇨夫妻生活。衾khim，大被toā-phōe也。

【同病 tông-pēng】 ～～相憐～～siang(siong)-lîn⇨同上。

【同情 tông-chêng】 憐憫之情。惻隱之心。啥人無～～心siá$^{n}$-lâng bô～～sim⇨誰人沒有同情之心。佼～～人gâu～～lâng⇨容易同情別人。

【同寅 tông-iân】 同官tông-koa$^n$。同僚tông-liâu。今曰同事tông-sū。

【同途 tông-tô͘】 共途kāng-tô͘。同路線。～～的生理～～ê seng-lí⇨同一種生理。

【同硯 tông-hiān】 同窗tông-chhong。

【同鄉 tông-hiang(hiong)】 同故鄉。君家在何處，妾住在橫塘，停舟暫借問，或恐是～～kun-ka chāi hô-chhì, chhiap-chū-chāi-hoâi$^n$-tông, thêng-chiu chiām chioh-mn̄g, he̍k-khióng sī～～⇨千家書。

【同等 tông-téng】 等第相同。～～同級～～tông-ki̍p⇨同上。～～學力～～ha̍k-le̍k⇨學力程度一樣。

【同盟 tông-bêng】 聯合締結條約。攻守～～kong-siú～～⇨同上。～～國對抗軸心國～～kok tùi-khòng ti̍ok-sim-kok⇨第二次世界大戰的大勢。英美等同盟國對抗德日等軸心國。

【同業 tông-gia̍p】 同一職種。～～公會～～kong hōe⇨同上。

【同意 tông-ì】 肯khéng。首肯siú-khéng。哥仔～～也，嫂仔猶不肯扲ko͘-a～～à só-à iáu m̄-khéng leh⇨阿兄同意了，阿嫂還是不答應。

【同感 tông-kám】 同一感覺或感想。你講無錢無法度，免講，逐個都～～，但是……lí-kóng bô-chî$^n$ bô-hoat-tō͘, bián-kóng, ta̍k-ê to～～, tàn-sī……⇨你說沒錢沒辦法，不消說，大家都同感，但是……。

【同僚 tông-liâu】 同官tông-koa$^n$。今曰同事tông-sū。

【同慶 tông-khèng】 同祝同賀。普天～～phó͘-thian～～⇨天下同慶。

【同輩 tông-pòe】 同進學，同進仕等輩分相同。共輩kāng pòe。阮攏是～～的goán lóng-sī～～ê⇨我們都是同輩的。

【同學 tông-ha̍k】 同窗tông-chhong。～～會～～hōe⇨同上。

【同學 tông-o̍h】 同學tông-ha̍k。囡仔時代的～～gín-á sî-tāi ê～～⇨孩子時期的學友。

【同襟 tông-khim】 姊妹之夫。俗曰大細善toā-sè-siān。善siān，似腎sīn之訛。

【同懷 tông-hoâi】 ㊀兄弟。同爲父母所懷抱。㊁懷念相同。

【同音字 tông-im-jī】 語言學用詞。發音相同，但意思不相同的字，如棠、桐，同均發tông之音，乃爲～～～。

【同溫層 tông-un-chân】 氣象學名詞。氣候不變的區域。離地球面大約一萬公尺以上。日語曰成層圈sei-so-khen，亦即sêng-chân-khoân。

【同類項 tông-lūi-hāng】 數學名詞。代數式中係數之外的代數字皆相同者。同學用爲同樣壞。您攏是～～～嘛，免相諍lín lóng-sī～～～mà bián sio-chè$^n$⇨你們都是一樣的壞貨嘛，何必爭論。相諍sio-chè$^n$⇨相諍sa$^n$-chì$^n$。

【同工同酬 tông-kang-tông-siû】 從事同樣的工作，領取同樣的酬勞。

【同工異曲 tông-kang-ī-khiok】 形式有異，巧妙卻一樣。

【同舟共濟 tông-chiu-kiōng-chè】 利害相同者如在同一舟中，在風雨飄搖之中，合作共渡難關。

【同室操戈 tông-sek-chho-ko】 兄弟不和，動武爭奪。～～～～乎人看～～～～hō͘-lâng-khoà$^n$⇨同上。

【同流合汙 tông-liû-ha̍p-u】 逐個～～～～，結果是同歸於盡耳ta̍k-ê～～～～, kiat-kó sī tông-kui-î-chīn niâ⇨同上。

**唐** tông 大言也。空也。朝代名。荒～hong～⇨不合禮法，亂來loān-lâi。陶～氏tô～sī⇨帝堯tè-giâu。人扲講～，你拂去宋lâng-teh-kóng～, lí hut-khì sòng⇨人家在說唐朝，你拏到宋朝去了。烏胿～，乞食宋，不長進漢o͘-kui～, khit-chia̍h-sòng, put tiáng-chìn hān⇨謂唐朝后妃婦德不修，宋朝太后做乞食，漢朝把女兒白送北胡去蹧躂chau(sau)-that。烏肚o·-ku，烏龜o·-ku也。蹧躂chau(sau)-that，任意欺負打罵也。

【唐山 tông-soaⁿ】 俗曰tn̂g-soaⁿ。～～客～～kheh⇨唐山來的富戶。

【唐突 tông-tut】 突然。事出意外。代誌～～去tāi-chì～～khì⇨事情相齟齬chó·-ngô·。～～之間，講未出嘴～～chi-kan, kóng-bē chhut-chhùi⇨突然慌張之間，說不出來。

【唐太宗 tông-thài-chong】 唐朝第二代的皇帝，輔助父李淵開創江山的李世民。

【唐合宋 tông-kah-sòng】 喻彼此不相干。差於～～～去也chha-tī～～～khì â⇨謂差得太遠太遠了。～～～，一人一家代，公媽隨人俥～～～, chit-lâng chit-ke-tāi, kong má sûi-lâng-chhāi⇨唐是唐，宋是宋，各人各家彼此不相干，各人奉祀各人的祖先。俥chhāi，立也，以物挿地也。

【唐明皇 tông-bêng-hông】 唐玄宗李隆基。起兵平定武韋之亂的中興英主，後來卻溺愛楊貴妃而又遭失敗的昏君。

**螳** tông 螳螂tông-lông也。一種昆蟲的名。腹部大，有鐮狀的前脚。

【螳螂捕蟬 tông-lông-pó·-siân】 喻只貪眼前之利不顧後患。～～～～，黃雀在後～～～～, n̂g-chhiok chāi-hō·⇨螳螂正欲捕蟬，黃雀在其後正延頸欲啄食之。

【螳臂當車 tông-pì-tòng-ki】 喻不自量力。

**童** tông 未成年曰童tông。山無草木亦曰童tông。兒～jî～⇨同上。孩～hâi～⇨同上。頑～goân～⇨刁皮好頑之孩童。惡～ok～⇨不良少年。神～sîn～⇨天才少年。

【童子 tông-chú】 未成年者。少年郎siàu-liân-lâng。～～軍～～kun⇨一種陶冶青少年品行健康等的世界性組織，亦即boyscout。英人貝登堡氏所首創。～～鷄～～ke⇨大約一斤左右未通婚之鷄隻，謂其肉最好吃。

【童山 tông-san】 無草無水之禿頭山thut-thâu-soaⁿ。～～濯濯～～tak-tak⇨同上。

【童心 tông-sim】 孩子之心。天眞無邪。貪奇好玩。～～猶在～～iû-chāi⇨～～未泯～～bī-bîn⇨囡仔心肝猶於扵gín-á sim-koaⁿ iáu-tī-teh⇨童子之心還存在。

【童生 tông-seng】 秀才考試未及格者。好食懶做的少年。～～籃仔～～nâ-á⇨童生上學藏書及紙筆等的小籃子。格到如～～扵kek-kà ná～～leh⇨裝得如童生(只吃不工作)的樣子。～～脚，筆管手～～kha, pit-kóng-chhiu⇨脚如童生，手如筆帽。謂不適合於勞動的脚色。

【童身 tông-sin】 童貞之身。守～～siú～～⇨同上。

【童貞 tông-cheng】 男曰～～，女曰處女lâm oat～～, lí oat chhì(chhù)-lí(lú)⇨同上。

【童話 tông-ōe】 宜於兒童閱讀的故事。～～的作家～～ê chok-ka⇨寫童話故事的著作人。

【童僕 tông-pok】 少年傭人。～～歡迎，稚子候門，携幼入室，有酒盈罇～～hoan-gêng, tī-chú hāu-bûn, hê-iù jip-sek, iú-chiú êng-chun⇨歸去來辭。

【童謠 tông-iâu】 兒童的歌謠。唱～～chhiùⁿ～～⇨同上。

【童顏 tông-gân】 囡仔面gín-á-bīn。白髮～～pek-hoat～～⇨同上。

【童養媳 tông-iáng-sek】 養女而預定爲媳婦者。～～～道進了門，未解人事道定了終身～～～tō chìn-liáu-mn̂g, bōe-kái jîn-sū tō tēng-liáu chiong-sin⇨小白菜故事。

【童叟無欺 tông-só-bû-khi】 孩子老人都不加以欺騙。商戶的招牌。貨眞價實，～～～～hòe-chin-kè-sit，～～～～⇨最高的商業道德標準。

**tông 瞳** 目珠ba̍k-chiu也。眼珠gán-chu也。

【瞳人 tông-jîn】 目珠中所現的小童。

【瞳子 tông-chú】 大舜是重～～，項羽也是重～～ tāi-sūn sī tiông～～, hāng-ú ā-sī tiông～～⇨被認爲奇相，必貴爲天子。俗傳，双瞳子siang-tông-chú是天子之貴相。

【瞳孔 tông-khong】 眼珠中央的小孔。

**tông 幢** 旗幟之類也。幢旛tông-hoan⇨出葬時書寫死者名籍的紅布旗幟。房屋一所曰一幢tông，俗作棟tōng。

**tông 踼** 跌也。頓伏貌。此字常爲人誤作踢。踢that或thek，以足蹴物也(見that, thek各部)。

**tōng 動** 轉變也。反應曰動tōng，感應亦曰動tōng。地～說tē～soat⇨地自轉的學說。反～派hoán～phài⇨反對者概被指爲反動派。自～車chū～chhia⇨(日語)汽車khì-chhia。自～自發chū～chū-hoat⇨不被指揮指使。連～式的liân～sek ê⇨可以連動的。發～義務勞～hoat～gī-bū-lô～⇨同上。一～不如一靜it～put-jî i̍t-chēng⇨動不如靜。電～的tiān～ê⇨由電力所推動。

【動人 tōng-jîn】 楚楚～～chhò͘-chhò͘～～⇨相當美麗，叫人看了就喜歡。～～心弦～～sim-hiân⇨言其深感人心。

【動力 tōng-le̍k】 發動之力量。～～無夠，工業無法度發展～～ bô-kàu, kang-gia̍p bô-hoat-tō͘ hoat-tián⇨同上。

【動手 tōng-chhiú】 君子動口不～～ kun-chú tōng-kháu put～～⇨君子只用嘴吵，不演出全武打。

【動火 tōng-hóe(hé)】 中醫的名堂。食甜會～～ chia̍h-ti$^{n}$ ē～～ ⇨吃甜的東西火氣會升高。

【動心 tōng-sim】 慾情起矣。心正則不～～ sim-chèng chek put～～⇨同上。

【動用 tōng-iông】 ～～預備金～～ī-pī-kim⇨使用預備金。～～公款～～kong-khoán⇨盗用公金。

【動向 tōng-hiàng】 事情發展的方向。伊的～～眞受人注目i ê～～chin-siū-lâng chù-ba̍k⇨同上。

【動作 tōng-chok】 行動hêng-tōng。舉動kí-tōng。～～輕快～～ khin-khoài⇨動作敏捷tōng-chok-bín-chia̍t。

【動身 tōng-sin】 起身khí-sin。起程khí-thêng。出發chhut hoat。得未～～也ti̍t-boeh～～ā⇨將要出發了。

【動武 tōng-bú】 打架。講笑講到煞～～kóng-chhiò kóng-kà soah～～⇨說笑話說到竟打起架來了。

【動物 tōng-bu̍t】 高等～～ko-téng～～⇨同上。哺乳～～pō͘-jú～～⇨同上。～～園～～hn̂g⇨同上。

【動脈 tōng-me̍h】 血管hoeh-kńg。～～靜脈～～chēng me̍h⇨血液循環系統。動脈放血(紅色)靜脈收血(藍色)。

【動員 tōng-oân】 調動人馬tiāu-tōng jîn-má。全面～～，得未相刣也choân-biān～～, tit-boeh sio-thâi ā⇨全面動員，可能要打仗了。總～～chóng～～⇨發動全國人民來對付如受外國侵略之類的緊急情況。

【動產 tōng-sán】 可以移動的產業財物。～～有限，不～～較驚人～～iú-hān, put～～khah kia$^{n}$-lâng⇨動產不多，不動產才可怕之龐大。

【動詞 tōng-sû】 文法用詞。表示動作之詞。例如鳥飛，狗走中的飛與走是動詞。名詞做～～用bêng-sû chò～～iōng⇨名詞的動詞化。例如墨着墨bak-tio̍h-ba̍k⇨染上黑墨，前墨bak就是動詞讀第四聲，後墨ba̍k就是本來的名詞讀第八聲。

【動搖 tōng-iô】 不穩固而動。心志不安。民心～～bîn-sim～～⇨人民對政府開始失去信心。

【動亂 tōng-loān】 因政治上的變動而發生的擾亂或反抗對抗等情形。～～連年，民生塗炭～～liân-liân, bîn-seng thô·-thàn⇨連年累月的擾亂不安，人民生活於水深火熱之中。

【動輒 tong-chek】 一動就……。輒tiap猶即chek也。～～得咎～～tek-kiū⇨一動即有罪。

【動態 tōng-thāi】 日常活動的情形。市場的～～調查chhī-tiū$^{n}$ ê～～tiau-cha⇨當今有爲商人的一重要工作。人事～～jîn-sū～～⇨人事的異動情形。

【動彈 tōng-tân】 動。行動。振動tín-tāng。擠到未～～得chi$^{n}$-kà bē(bōe)～～tit⇨擁擠得翻不了身。安爾我都未～～得an-ne(ni) goá to bē(bōe)～～tit⇨如此一來，我都全部沒法子振動(工作)了。

【動靜 tōng-chēng】 舉動kí-tōng。消息siau-sit。注意彼旁的～～chù-ì hit-pêng ê～～⇨注意彼方的動態。打探個的～～tá$^{n}$-thàm in-ê～～⇨打探他們的消息。無～～bô～～⇨一點兒反應也沒有。

【動機 tōng-ki】 所以行動的實在原因。～～不純～～put-sûn⇨用心不良。

【動議 tōng-gī】 在會議中提出特別建議。提出臨時～～thê-chhut lîm-sî～～⇨同上。

【動聽 tōng-thèng】 說話令人注意。講了眞～～kóng-liáu chín～～⇨說得叫人聽了會動心。

【動人心 tōng-jîn-sim】 令人動心。金錢～～～kim-chî$^{n}$～～～⇨謂金錢易令人起邪心。

【動人情 tōng-jîn-chêng】 令人動情。～～～處未曾描～～～chhì bī-chêng-biâu⇨村塾師觀賞裸體畫之後，回答學生所問。

【動不動 tōng-put-tōng】 一有所動。同動輒tōng-chek。～～～，猪肚面道扳出來～～～, ti-tō·-bīn to péng-chhut-lâi⇨動即翻出臭面。忽喜忽怒。～～～道併相拍～～～tō-boeh sio-phah⇨動即要打架。

**tōng 洞** 中空也。山穴曰洞tōng。仙～sian～⇨仙所居。猴～kâu～⇨猴羣所居。賊～chha̍t～⇨羣賊所聚。山～soa$^{n}$～⇨山穴。石～chio̍h～⇨石穴。破～phoà～⇨陰謀或根據地被破壞。～內水深深，～外草萋萋，區區方寸地，多少世人迷～lāi chúi chhim-chhim, ～goā chhó chhe-chhe, khu-khu hong-chhùn-tē, to-siáu sé-jîn bê⇨詩謎，猜人體一部位(女性)。

【洞天 tōng-thian】 神仙所居之地。三十六～～sa$^{n}$-cha̍p-la̍k～～⇨同上。～～福地～～hok-tē⇨風景絕佳之地。

【洞穴 tōng-hia̍t】 山洞。山穴。

【洞門 tōng-bûn】 山洞之門。黑水澄時潭底出，白雲深處～～開hek-súi têng-sî thâm-té chhut, pe̍k-hûn chhim-chhì～～khai⇨杜詩。

【洞府 tōng-hú】 洞天。名山～～bêng-san～～⇨神仙所居。

【洞房 tōng-pông】 俗曰新娘房sin-niû-pâng。～～花燭夜，金榜題名時～～hoa-chiok-iā, kim-pńg tê-bêng-sî⇨古代，人生得意的時刻。

【洞察 tōng-chhat】 觀察通澈。～～力～～le̍k⇨能夠看透事物的能力。

【洞簫 tōng-siau】 樂器名。老猴歕～～lāu-kâu pûn～～⇨嘲笑吸食鴉片煙者。

**tōng 撞** 刺曰撞tōng，以棒端擊物亦曰撞tōng。暗示曰撞tōng。拖延亦曰撞tōng。柴仔不好黑白～chhâ-á m̄-hó o·-pe̍h～⇨不可以小樹枝亂刺物。有人拎～ū-lâng teh～⇨①有人在暗示。②有人去告密。

【撞工 tōng-kang】 枉費時間。遷延時間。安爾該～～較不好an-ne ài～～khah m̄-hó⇨如此一來，需要枉費很多時間，很不適當。

【撞孔 tōng-khang】 告密kò-bi̍t。一定有人去～～，無，人那會知it-tēng ū-lâng-khì～～, bô, lâng-ná-ē-chai⇨一定有人去告密，否則他們何以知之。

【撞孩 tōng-hīⁿ(hàiⁿ)】 吊物搖蕩。喻搖搖欲墜，事甚麻煩。含～～也喏taⁿ～～ à-nō⇨而今事尾麻煩了。代誌眞～～也tāi-chì chin～～à⇨事甚麻煩了。

【撞破 tōng-phoà】 刺破。～～鷄肚～～ke-kui⇨戳破其吹牛。

【撞球 tōng-kiû】 打彈子遊戲。

【撞牛尻川 tōng-gû-kha-chhng】 牛童。牧牛童。你即款囡仔～～～～好耳lí chit-khoán gín-á～～～～hó-niâ⇨你此種孩子只合做牧牛童而已。牛童以牛鞭趕牛，譏之曰撞牛尻川tōng-gû-kha-chhng。

tōng
**慟** 大哭也。哀過也。慟哭tōng-khok。

tōng
**蕩** 搖也，動也。水流動也。放逸也。遊～iû～⇨閒遊。任俠放～jīm-kiap hòng～⇨同上。浪～子lōng～chú⇨放蕩之子弟。

【蕩子 tōng-chú】 不務正業的放蕩子弟。～～蕩婦～～tōng-hū⇨狗男女。

【蕩婦 tōng-hū】 ㊀蕩子之妻。可能很正經。㊁婦道不修的女人，又娼婦也。

【蕩漾 tōng-iāng(iōng)】 水波流動。餘波～～î-pho～～⇨喻問題雖一旦解決了，後遺症還在起伏。

# tu

tu
**嘟** 肉螺bah-lê聲也。又水螺chúi-lê聲也。肉螺抄～也bah-lê teh～a⇨肉螺在嘟嘟叫tu-tu-kiò了，亦即賣肉的來了。嘔啼～âu-ti～⇨肉螺聲，喇叭聲。水螺抄～也chúi-lê teh～a⇨汽笛在響了。

【嘟嘟哮 tu-tu-háu】 螺聲。水螺抄～～～也chúi-lê teh～～～ à⇨汽笛在嘟嘟叫tu-tu-kiò了。

tu
**株** 木根也。俗曰樹頭chhiū-thâu。在土曰根，在土上曰株tu, thu, thi。守～待兎chiú～thāi-thò⇨耕者見一兎觸株而死，得之甚喜，於是守在株旁，希望再得死兎。喻拘泥不知機變。股～kó～⇨公司之股份。

【株主 tu-chú】 股東kó-tong。

【株式 tu-sek】 股份kó-hūn的日文。～～會社～～hōe-siā⇨股份公司。

【株券 tu-kǹg】 股票kó-phiò的日文。

tu
**堆** 堆tui也(見tui部)。大～土toa～thô⇨積得甚高的土。一小～仔耳chit sió～á niâ⇨一小堆而已。

tu
**猪** 猪ti也(見ti部)。～仔囝賴賴趖～á-káⁿ loā-loā-sô⇨小猪烏白走。

tu
**誅** 討thó也。殺也。又翦除chián-tî也。～者戮其人～chià liok-kî-jîn⇨同上。

【誅求 tu-kiû】 苛求kho-kiû。苛斂～～kho-liám～～⇨暴政對人民苛酷的強征硬求。

【誅三族 tu-sam-chok】 殺戮三族的古刑。三族或謂父子孫，或謂父母，兄弟，妻兒。

tu
**堵** 堵tó也。垣也。圍牆也。安堵an-tó也。防杜外力曰堵tu，強施於人亦曰堵tu。賊來，竹篙閂菜刀道合伊～唔chhat-lâi, tek-ko tàu chhài-to tō kah-i～m̄⇨賊來了，竹篙湊菜刀就跟他抵抗的，否則別無他法嘛。會～得道該罔～ē(ōe)～tit tō-ài bóng～⇨能夠支持下去，就應該勉強支持下去。種樹仔來～風chèng-chhiū-á lâi～hong⇨植樹以防風。造石岸來～大水chō chioh-hoāⁿ lâi～toā-chúi⇨築堤以防水。強～紅包kiâng～âng-pau⇨強送紅包。人都無愛伊硬～乎人lâng to bû-ài i ngē～hō-lâng⇨人(我)是不要，他強推給人(我)。伊端仔硬～每是歹拒絕i tan-a ngē～mā sī pháiⁿ kī-choat⇨他只是硬推要你收之，也是難於拒絕之。～來～去～lâi～khì⇨送者硬推，受者拒而推回。

【堵水 tu-chúi】 ㊀遮水入侵。用沙包～～

iōng soa-pau～～⇨同上。㊁抵抗té-khòng。對立tùi-li̍p。無人敢合伊～～，您父藉合伊試看抄bô-lâng ká$^{n}$ kah-i～～, lím-pē chiah kah-i chhì-khoà$^{n}$-leh⇨沒人敢和他反抗，我正要和他試一試(反抗他)。

【堵雨 tu-hō͘】 遮雨jia-hō͘。破罔破，～～猶眞好哩phoà-bóng-phoà, ～～iáu chin-hó-lih⇨破固破矣，遮雨還是很好的。

【堵寒 tu-koâ$^{n}$】 防寒hong-hân。破裘仔罔～～phoà-hiû-á bóng～～⇨破裘苟且防寒。

【堵凶手 tu-hiong-siú】 擔當危局。有代誌攏是伊一個抄～～～ū-tāi-chì lóng-sī i chi̍t-ê teh～～～⇨有事都是他一個人在擔當負責處理。堵凶之選手。

【堵乎人 tu-hō͘-lâng】 人lâng改讀lāng。強施於人。～～～做～～～chò(chòe)⇨推給別人做。責任硬～～～chek-jīm ngē～～～⇨責任硬推給別人。逐項都～～～創tak-hāng to～～～chhòng⇨凡事皆推給別人做。創chhòng亦做chò也。又人 lâng亦可作你 lí，伊 i，我 goá，別人pa̍t-lâng等。

【堵頭陣 tu-thâu-tīn】 迎戰第一陣。我看該請土地公去～～～也goá khoà$^{n}$ ài chhiá$^{n}$ thó-lī-kong khì～～～ā⇨我看要請土地公去打頭陣了。謂似乎沒人可用了。

【堵風飛沙 tu-hong-poe-soa】 防風林～～～～相當有效hông-hong-lîm～～～～siang-tong ū-hāu⇨同上。

【堵硬軟仔 tu-ngē-nńg-á】 被差東又遣西。做雜差仔chò-cha̍p-chhe-á。咱都衰不，攏抄堵人的硬軟仔lán-to-soe-m̄ lóng-teh tu-lâng-ê ngē-nńg-á⇨我最衰了，不是嗎，全在做雜差仔。

**拄** tú 撐the$^{n}$也。支也。譏刺也。拒也。反刺其詞曰拄tú。反駁hoán-pok曰拄tú。大柱～爾，安啦toā-thiāu～leh, an-lā⇨大柱支掌著，安如泰山也。謂有大力支持著安全無虞也。柱脚～有核道無要緊也thiāu-kha～ū-ân tō bô-iàu-kín-ā⇨柱支撐得堅固就沒問題了。核ân，緊kín也，堅固kian-kò͘也。明其知影得歕鷄胿，都無人愛共～bêng-kî-chai-iá$^{n}$ teh pûn-ke-kui, to bô-lâng-ài kā～⇨明知他在吹牛，但是皆沒人有意加以反駁。乎人～一句耳道鷄嘴變鴨嘴也hō͘-lâng～chit-kù niâ tō ke-chhùi pì$^{n}$ ah-chhùi-ā⇨被人反刺一句而已就沒話可再說了。鷄嘴變鴨嘴ke-chhùi pì$^{n}$ ah-chhùi喻喋喋不休tia̍p-tia̍p-put-hiu者忽如啞口無言a-kháu-bû-giân。伊抄～人，～著眞利害i teh～lâng,～tio̍h chin lī-hāi⇨他在反駁人，駁得很利害。舉飯匙～貓giâ-pn̄g-sî～niau⇨謂被譏刺在先，起而反唇相譏。

【拄仔 tú-á】 支撐物的總稱。該更創～～拄抄ài-koh chhòng～～ tú-leh⇨要再用一個拄子支撐之。芎蕉～～kin-chio～～⇨香蕉的支柱。布帆～～pò͘-phâng～～⇨幕幔的支柱。

【拄門 tú-mn̂g】 撐門the$^{n}$-mn̂g。～～莫給鷄仔入來～～mài-hō͘ ke-á jip-lâi⇨掌著門莫使小鷄進來。

【拄一句 tú-chi̍t-kù】 反唇一句。老母仔講一句伊道～～～眞眞不孝子lāu-bú-á kóng-chi̍t-kù i tō～～～chin-chin put-hàu-chú⇨他老母親說他一句，他就反駁一句，眞的不孝之子。～～～耳伊道恬去也～～～niâ i tō tiām-khì(i)-ā⇨反駁一句而已他就沈默無言了。正～～～耳伊道嘴開開也chià$^{n}$～～～niâ i tō chhùi khui-khui-a⇨只反駁一句而已他就嘴開開一啞口無言a-kháu-bû-giân了。

【拄布帆 tú-pò͘-phâng】 臨時幔幕加以支柱。剉竹仔來～～～chhò-tek-á lâi～～～⇨砍些竹子來撐布帆。剉chhò，刀砍也。

【拄芎蕉 tú-kin-chio】 加支柱於香蕉。風颱期到也愛～～～也hong-thai-kî kàu-ā ài～～～a⇨颱風期到了需要對香蕉加支柱了。

【拄枴仔 tú-koái-á】 依杖以行。～～～行

～～kiâⁿ⇨拄著拐杖走路。

**tú 抵** 抵tí, té也。拒也。擲也。觸也。當也。至也。兩兩相當曰抵tú，兩方相觸相會曰抵tú。兩數對扣亦曰抵tú。相～siō～⇨①相逢。相～會得著siō～ē-tit-tioh⇨謂將來有機會再相逢。②兩數對殺。大～大toā～toā⇨大對大。大而又大。講著大～大kóng-tioh toā～toā⇨一提就是天文數字。一個～一個，隨個仔來chit-ê～chit-ê, sûi-ê-á lâi⇨一個鬪一個，逐個來鬪。一條～一條，隨條仔來，chit-tiâu～chit-tiâu, sûi-tiâu-á lâi⇨一條對一條，逐條來比對(賬目)。一人～一人chit-lâng～chit-lâng⇨一人對一人。一人～衆人chit-lâng～chèng-lâng⇨一人對多人。嘴～嘴chhùi～chhùi⇨口對口，即相咕sio-chim，親嘴chhin-chhùi。閹鷄相拍，嘴～嘴，貓鼠仔相拍迫樓梯，娘仔生緣無生雄，生雄無緣上克虧iam-ke sio-phah chhùi～chhùi, niau-chhí-á sio-phah peh-lâu-thui, niû-á seⁿ(siⁿ)-iân bô-seⁿ(siⁿ)-súi, seⁿ(siⁿ)-súi bô-iân siāng(siōng) khek-khui⇨歌仔戲的丑仔白。

**【抵仔 tú-á】** 剛才，剛剛。剛好。～～來～～lâi⇨剛剛到達。～～轉去～～tńg-khì(ì)⇨剛才回去了。～～食飽耳～～chiah-pá niâ⇨剛好吃飽而已。～～好～～hó⇨抵好tú-hó，亦即剛好。⇨抵來tú-lâi。抵轉去tú-tńg-khì(ì)。抵食飽tú-chiah-pá。抵好tú-hó。

**【抵水 tú-chúi】** 對抗tùi-khòng。反抗hoán-khòng。逐家不肯散猶得合伊～～抄tak-ke m̄-khéng-soàⁿ iáu-teh kah-i～～leh⇨大家不肯干休，還在與他對抗中。

**【抵手 tú-chhiú】** té-chhiú。抵抗té-khòng。對抗tùi-khòng。見伊拍，不敢～～kìⁿ-i phah, m̄-káⁿ～～⇨任他打而不敢回手打。(例如親子或夫妻之間)。無～～bô～～⇨不反擊。拍無～～phah-bô～～⇨被打不反擊。

**【抵天 tú-thiⁿ】** 觸及天。喻太高，太遠。路頭車起～～lō·-thâu chhia-khí～～⇨路程跑起來遙遠如天。銀票疊～～，看有法度否gîn-phiò thiap～～, khoàⁿ-ū-hoat-tō· bò·⇨有紙幣積抵天之多，才可以試一試有無辦法。謂絕對無辦法也。

**【抵正 tú-chiàⁿ】** 片刻前。～～猶於者～～iáu tī-chia⇨剛才還在此地。～～到位耳～～kàu-ūi niâ⇨剛剛到達此地而已。

**【抵去 tú-khì】** 剛剛離開。～～耳，去無外遠～～niâ, khì-bô goā-hn̄g⇨剛離去而已，走得不很遠。

**【抵平 tú-pêⁿ(pîⁿ)】** 平手pêⁿ-chhiú。無勝負。拍～～phah～～⇨打得不分勝負。～～無輸贏～～bô-su-iâⁿ⇨平手無勝負。

**【抵合 tú-hah】** 剛好合適。刺鞋～～你的脚chhiah ê～～lí-ê-kha⇨造鞋剛好合適於你穿。謂所求事物自己不合用而合於他人之用。

**【抵好 tú-hó】** 剛好。我～～無錢，要是有，半暝每借你goá-～～bô-chîⁿ, boeh-sī-ū, poàⁿ-mê mā chioh-lí⇨我剛好沒錢，要是有，立刻就借給你。半暝poàⁿ-mê，半夜也。您二個～～一百lín-nn̄g-ê～～chit-pah⇨你們兩個剛好一百(元，斤，等等)。～～抵著節日～～tú-tioh cheh-jit⇨剛好逢到公休日。～～食也～～chiah-ā⇨適宜於食了(青果類等的時期或成熟度)。薪水～～生活耳sin-súi～～seng-oah niâ⇨薪水但夠生活而已(無可存蓄)。～～有夠～～ū-kàu⇨剛剛足數。伊人無～～抄i lâng bô～～leh⇨他身體欠安(有病在身)。未～～bē(bōe)～～⇨不方便。不～～m̄～～⇨有所不便。眞～～chin～～⇨很巧，很不巧。眞～～，伊無於抄chin～～, i bô-tī-teh⇨很巧(不巧)他不在家。

**【抵有 tú-ū】** 剛好有之(財物)。都～～抄，你先提去用無要緊to～～leh, lí seng theh-khì(ì)-iōng bô-iàu-kín⇨總之，剛好有現金，你先拿去使用沒關係。

【抵即 tú-chiah】 同抵正tú-chiā$^n$。

【抵來 tú-lâi】 剛剛到達。新來。伊～～耳，較生疏i ～～ niâ, khah chhe$^n$-so͘⇨他剛新任而已，比較不熟悉。

【抵抵 tú-tú】 抵tú。～～好～～hó⇨抵好tú-hó。～～於抒～～ tī-teh ⇨抵於抒 tú-tī-teh，剛在家。～～彼陣～～hı̍t-chūn⇨抵彼陣tú-hı̍t-chūn，剛（於）彼時。～～食飽也～～chia̍h-pá-ā⇨抵食飽也tú-chia̍h-pá-ā，剛吃飽了。

【抵現 tú-hiān】 現～～hiān～～⇨目前的事實。實實在在。現～～的未曉趁，要等甚hiān ～～ ê bē-hiáu-thàn, boeh-tán-siah$^n$⇨ 錢財在眼前的不趁要，等甚麼才趁。現～～共我提過手去耳，你敢講無提hiān ～～ kā-goá the̍h-kòe-chhiú niâ, lí-ká$^n$-kóng bô-the̍h⇨實實在在才向我拿過手去而已，你敢說沒有拿到嗎。

【抵著 tú-tio̍h】 相逢。碰面。無意中～～朋友bô ì-tiong～～pêng-iú⇨意外的與友相逢。～～歹運～～pháí$^n$-ūn⇨碰到災難。人講頷下生瘤，～～也都無法度的lâng-kóng ām-ē se$^n$-liû$^n$, ～～à to bô-hoat-tō͘-ê⇨古人言，頷下生瘤，碰到了是沒辦法的(無可奈何的)。～～鬼～～kúi⇨見鬼(最壞運)。聖聖觀音～～狂譀弟子sèng-sèng-koan-im～～khong-khám-tē-chú⇨神聖的觀音碰到瘋弟子。謂性格完全不同者攪在一起。

【抵無 tú-bô】 剛好無之(財物)。我～～抒，要有，當然可以借你goá～～lè, boeh-ū, tong-jiân khó-í chioh-lí⇨我適無之，要是有，當然可以借給你。

【抵槌 tú-thûi】 ㊀轎夫的撐棒the$^n$-pāng。轉肩時用以撐轎者。㊁反抗。合伊舉～～kah-i giâ～～⇨對他反抗。

【抵賬 tú-siàu】 抵償債務。食～～ chia̍h～～⇨食其物以抵其債。連某，人都要掠去～～也liân bó͘, lâng to-boeh lia̍h-khì(ì)～～ā⇨連妻子人家都要抓去抵償債務了。豬仔囝每乎人掠去～～也ti-á-kiá$^n$ mā hō͘-lâng lia̍h-khì(ì)～～ā⇨小豬也被抓去抵賬了。

【抵臍 tú-châi】 一種角力遊戲。兩人相對各以臍挾一長棒，互爭前進，被迫退步者為輸家。亦喻抗議。您父去合伊～～ lín-pē khì kah-i ～～⇨我去向他抗議。您父lín-pē，我的粗語。

【抵蹡 tú-chhiāng】 蹡～～chhiāng～～⇨非常碰巧。蹡chhiāng，行不正貌，同蹌chhiāng。獨脚行曰蹡chhiāng。蹡脚鷄chhiāng-kha-ke⇨獨脚以行。或曰蹡抵䟘chhiāng-tú-khōng。義同。䟘 khōng，伸脛也，伸足也，膝關節不靈，因而伸足以行曰䟘khōng。逡逡仔䟘ûn-ûn-á-khōng⇨慢慢地行。謂䟘者碰到蹡者或跂者甚稀奇也。或作蹡仔抵著跂仔chhiāng-ā tú-tio̍hkhōng-ā，義均同。

【抵造化 tú-chō-hoà】 tú-chio̍h-hoà。碰運氣。～～～看抒～～～khoà$^n$-leh⇨～～～看眼爾～～～, khoà$^n$-bāi-leh⇨碰一碰運氣罷。合伊～～～抒kah-i～～～leh⇨與他博一博看看。

【抵時抵陣 tú-sî-tú-chūn】 選擇機會。伊來是～～～～的i lâi sī～～～～ê⇨他來做客是碰到機會才來的。例如有稀有的大事等的機會才來，否則不隨便來。伊無～～～～，敢㪣有人咯i bô ～～～～，kám chhōe-ū-lâng-lō͘⇨他非有何特別的機會，豈能找到他。

注 tù 賭博之財物也。出～chhut～⇨出若干以一博也。食～chia̍h～⇨贏得所博也。叫～ kiò ～ ⇨聲明接受對方出注chhut-tù。博大～傲poa̍h toa～kiáu⇨賭大錢。大～錢toā～chî$^n$⇨大錢，大筆錢toā-pit-chî$^n$。細～錢罔趁較未散sè(sòe)～ chî$^n$ bóng-thàn khah-bē (bōe)-sàn⇨小錢亦苟且趁之才不致沒錢。以力所換取或營商得利曰趁thàn。散sàn，貧也，窮也，沒錢也。孤～一擲ko͘～it-te̍k⇨罄所有，一舉投之以決勝負。

**tù 著** 著tì也。顯明也。撰述soán-sut也。顯～hián～⇨顯明hián-bêng。大～tāi～⇨大作品。巨～kī～⇨大著tāi-tù。

【著名 tù-bêng】 非常有名。～～的作家～～ê chok-ka⇨同上。

【著作 tù-chok】 撰述soán-sut。著書立說tù-su-lıp-soat。～～等身～～téng-sin⇨喻著書甚多。～～權～～koân⇨著作人的權利。

【著述 tù-sut】 創作撰述chhòng-chok-soán-sut。～～業～～giap⇨以著書爲職業。職業作家chit-giap-chok-ka。～～家～～ka⇨同上。

【著書 tù-su】 寫書siá-si。～～立說～～lıp-soat⇨同上。

**tù 渚** 小洲曰渚tù。遮jia也，能遮水使旁流也。積而不流曰渚tù。食而不化亦曰渚tù。不暢通亦曰渚tù。水尾～抒chúi-bóe～leh⇨下游不暢流。水孔乎破布～抒chúi-khang hō· phoà-pò·～leh⇨水孔被破布塞住。水涵～未稠chúi-âm～bē(bōe)-tiâu⇨涵洞塞不止水漏。頭前車～抒，未進未退thâu-chêng chhia～leh, bē(bōe)-chìn-bē(bōe)-thè⇨前面有車塞住，進不得退不得。食了～抒chiah-liáu～leh⇨食而滯在肚中未消化。飽～pá～⇨飽而有肚滿不消化感。食了飽～飽～chiah-liáu pá～pá～⇨吃得太多，有不消化之感覺。食了眞飽～也chiah-liáu chin pá～á⇨喻貪污得太多太多了。

【渚水 tù-chúi】 使水不流。積聚水chek-chū chui。魚池～～飼魚hî-tî～～chhī-hî⇨池塘積聚水以養魚。

【渚車 tù-chhia】 車多迫使交通不能暢通。

【渚流 tù-lâu】 ㊀水流不暢。圳水～～～～chùn-chúi～～～～⇨埤圳不暢流。㊁市況滯銷。今仔日較～～kin-á-jit khah～～⇨今日市況比較不流暢。

【渚渚 tù-tù】 渚tù。腹肚～～pat-tó·～～⇨同上。

【渚抒 tù-lè】 渚住tù-chū。杜塞。水頭～～，水未來chúi-thâu～～, chúi bē(bō)-lâi⇨上游杜塞著，水流不下來。路乎車禍～～，未通lō· hō· chhia-hō～～, bē(bōe)-thong⇨道路被車禍杜塞著，不能通行。

【渚於心內 tù-tī-sim-lāi】 擱在心中。有心事～～～～ū sim-sū～～～～⇨有心事壓在心中。

**tû 除** 除tî也(見ti部)。

**tû 厨** 廚tû之俗字。

**tû 廚** 庖屋pâu-ok也。俗曰炊事房chhui-su-pâng或曰灶脚chàu-kha。又櫝tok也。亦即櫃kūi也。又送入牢lô曰廚。衫仔～saⁿ-á～⇨衣櫃i-kūi。册～chheh～⇨書櫃su(si)-kūi。菜～chhāi～⇨同上。碗～oáⁿ～⇨同上。虎～hó·～⇨虎牢hó·-lô。貓鼠～niau-chhí～⇨捉鼠箱。君子遠庖～kun-chú oán pâu～⇨孟子語。乎人～去櫳仔內也hō·-lâng～khì(ì) lông-á-lái-ā⇨被人捉入監牢kaⁿ-lô中了。

【廚仔 tû-á】 小廚sió-tû。

【廚房 tû-pâng】 炊事間。料理伙食之處。又其人。起～～khí～～⇨新蓋炊事場。做～～chō(chòe)～～⇨任廚師。倩～～chhiàⁿ～～雇用廚師。

【廚師 tû-su】 精於烹飪之術者。以烹飪爲業者。

**tû 鋤** 鋤tî也。亦即鋤頭tî-thâu也(見ti部)。

**tū 於** 於ti也（見ti部)。

**tū 箸** 箸tī也（見ti部)。

**tū 賭** 賭tó·也。正字爲㾪。賭氣tó·-khì曰賭喟tū-khùi，亦曰賭屧tū-lān。

【賭喟 tū-khùi】 賭氣tó·-khì。猶拎～～拎iáu-teh～～leh⇨還在生氣中。

【賭屈 tū-lān】 賭氣tó·-khì的粗語。亦曰鑿屧chhak-lān。尸，俗作生，陽物也。看著道～～khoà-tioh tō～～⇨一看就生氣。俗作賭爛。

【賭人的屧 tū-lâng-ê-lān】 同賭屧tū-lān。亦曰鑿人的屧chhak-lâng-ê-lān。

**tū 漬** 漚au也。浸漬chìm-chū也。久浸於水中曰漬tū。

【漬水 tū-chúi】 浸入水中chìm-jip-chúi-tiong。愛講人的閒話，掠來～～好耳ài-kóng êng-ōe, liah-lâi～～hó niâ⇨烏白講人之閒話，提來浸水可也。耳niâ，表示只此一途。

【漬死 tū-sí】 溺水而死。囡仔耍水，～～幾仔個gín-á sńg-chúi, ～～kúi-à-ê⇨玩水的孩子，溺斃好多人。

【漬尿 tū-jiō】 浸於尿中。據稱可以消炎，古婦女纏足發炎皆以此治之云。

【漬屎 tū-sái】 投入厠池。掠來～～liah-lâi～～⇨抓來投入厠池。據稱古時私刑有此法。

【漬鹽 tū-iâm】 ㊀漬入鹽或鹽水中。亦即豉鹹sīⁿ-kiâm。食物加鹽以久藏也。㊁喻無用之物。愛許要～～咯ài he boeh～～lò·⇨要他何用，意謂是否要漬鹽以保持之。

## tuh

**tuh 孜** 孜chu也。汲汲kip-kip也。急急kip-kip也。勤也。不怠也。急迫之狀曰孜孜tuh-tuh。不休不怠之狀亦曰孜孜tuh-tuh。予思日孜孜 î su jit chu-chu⇨我日夜孜孜tuh-tuh想之。

【孜孜 tuh-tuh】 汲汲kip-kip也。～～想～～siūⁿ⇨日夜思之。～～想佅娶西施做某～～siūⁿ-boeh-chhoā se-si chò(chòe)-bó·⇨日夜夢想要娶西施爲妻。～～佅～～boeh⇨急切要之，經常要之。～～絯～～ân⇨不間斷的迫切需要亦曰絯ân。例如子女的教育生活費，按期按月的攤還款等等。囡仔的學費絯～～gín-á ê hak-hùi ân～～⇨孩子們的學費很逼得緊。會仔錢～～絯hōe-á-chîⁿ～～ân⇨標會錢每月要，不能免。隘～～ē～～⇨非常狹隘。矮～～é～～⇨很矮。戇～～gōng～～⇨非常愚鈍。

**tuh 啄** 永字八法之一，亦即筆法之一種也。短撇tē-phiat曰啄tuh，拖刀thoa-to曰捺lat，亦曰磔kiat。一點一～都有規矩拎chit-tiám chit～to-ū kui-kí-leh⇨一小點一小撇皆有規矩存在(指書法)。一點一～都未烏影耽得chit-tiám-chit～to-bē(bōe) o·-iáⁿ-tāⁿ-tit⇨喻很小很小的差錯都不可以。烏影耽o·-iáⁿ-tāⁿ謂因彷彿而致發生錯誤。點～tiám～⇨暗示ám-sī，指示chí-sī。偷點～thâu-tiám-～⇨暗示àm-sī。有人共咱偷點～ū-lâng kā-lán thâu-tiám～⇨有人爲我們暗中指示。

**tuh 盹** 閉目小睡也。瞌睡khap-sūi曰盹tuh。拎～也teh～ā⇨在打瞌睡了。未曾未道拎～也bōe-chêng-bōe tō teh～á⇨剛剛開始就在打瞌睡了。未曾未bōe-chêng-bōe，剛開始，原意爲連開始都還未開始。

【盹佝 tuh-ku】 打瞌睡。因疲勞坐而小睡。拎～～也teh～～ā⇨在打瞌睡了。～～雞仔～～ke(ko·e)-á⇨病雞。

**tuh 突** 穿chhoan也。以利器刺之曰突tuh。以尖器刺曰突tuh，以棒刺曰撞tōng，又以言詞刺人亦曰突tuh。家己～一孔，該糊牛屎ka-tī(lī, kī)～chit-khang, ài-kô· gû-sái⇨自己刺傷一孔，佅糊牛屎。糊kô·，敷藥曰糊kô·。糊牛屎kô·-gû-sái謂免費自醫。您父聽無愜意道～伊也lín-pē thiaⁿ-bô-kah-ī tō～i ā⇨我聽得不耐煩就發言罵他了。您父lín-pē，我goá的粗語。普通說成 lím-pē。

【突孔 tuh-khang】 ㊀刺開小孔。用針～～

道會使得也iōng-chiam～～tō ē-sái-tit-à⇨以針刺孔就可以了。㊂告密。說壞話。人扲～～突縫lâng teh ～～ tuh-phāng⇨有人在告密。有人在暗中胡亂說壞話。

【突死 tuh-sí】 刺死chhì-sí。看傷口是鉸刀～～的khoàⁿ siang-kháu sī ka-to～～ê⇨看傷口的樣子是鉸刀所刺死的。

【突破 tuh-phoà】 刺破chhì-phoà。拍破phah-phoà。雞胿乎人～～去也ke-kui hō·-lâng～～khì(ì)-à⇨其牛皮被人刺破了。雞胿ke-kui，雞之胃。胿kui，大腹也，喻吹牛。歕雞胿pûn-ke-kui⇨吹牛。

【突球 tuh-kiû】 俗多曰撞球tōng-kiû。

【突着 tuh-tioh】 刺中chhì-tiòng。～～縫～～phāng⇨刺中要害(譏刺)。

【突生 tuh-lān】 違逆其心意的粗語。您父～～道乎你死lín-pē ～～ tō hō·-lí-sí⇨違逆了我就打死你。俗訛爲賭爛tò·-lān⇨多見諸報刊。

【突縫 tuh-phāng】 突孔tuh-khang。突孔～～tuh-khang～～⇨多方說壞話，告密。

【突生死 tuh-seⁿ-sí】 生死之鬥。你死我活之爭。好朋友爲着一個查某耳講扲～～～hó·-pêng-iú ûi-tioh chit-ê cha-bó· niā kóng teh ～～～⇨彼此好朋友竟爲了一個女人致使在摸鬥拚命(手執利器)。

【突骨縫 tuh-kut-phāng】 突人的骨縫tuh-lâng-ê-kut-phāng⇨指摘人家的缺點。

tuh
**訥** 言之難也。遲鈍 thî-tūn也。言不辯曰訥tuh。口舌不利kháu-siat-put-lī曰訥tuh。不利put-lī，無利bô-lāi也。龜～ku～⇨木訥如龜者。嘴～人老實chhùi～lâng láu-sıt⇨口木訥而性忠厚。講話詄詄kóng-ōe tıh-tıh～～⇨說話如口吃。詄tıh，忘也，誤也。言不清曰詄tıh, thih。講着話詄～叫kóng-tioh-ōe tıh～kiò⇨說起話來詄詄訥訥 tıh-tıh-tuh-tuh-⇨thıh-thıh-thuh-thuh。

【訥訥 tuh-tuh】 閉口不說話。一個嘴含一個舌，不時每～～未講話chıt-ê-chhùi kâm chıt-ê-chıh, put-sî mā ～～ bē-kóng-ōe⇨謂徒有其口而無舌，經常木然不說話。嘴 ～～ chhùi ～～⇨同上。人～～lâng～～⇨同上。

## tui

tui
**堆** 聚土也。小阜siáu-hū也。凡物積而高者曰堆tui。合而爲群亦曰堆tui。土～thô·～⇨小阜siáu-hū，小土山。糞 ～ pùn ～ ⇨垃圾堆lah-sap-tui。糞pùn指糞掃pùn-sò，垃圾也。草～chháu～⇨俗多曰草峽chháu-pû。雷 ～ lûi～⇨小孩哭鬧不講理。一～西瓜chıt～si-koe⇨一小山的西瓜。一大 ～ 廢物chıt-toā ～ hòe(hùi)-but⇨一山的廢物。送做～sàng-chò(chòe)～⇨小媳婦成親做大人。未做～得bē(bōe) chò(chòe)～tit⇨①合羣不來。②閒居不來。田嬰飛做～，趕緊穿棕蓑chhân-eⁿ(iⁿ) poe(pe)-chò(chòe)～, koáⁿ-kín chhēng-chang-sui⇨田嬰結羣飛了，趕快穿上棕蓑吧。田嬰chhân-eⁿ，蜻蜓chheng-têng。棕蓑chang-sui農夫的雨衣hō·-i。謂蜻蜓結羣飛是下雨的前兆。

【堆肥 tui-pûi】 將垃圾等堆積待其腐爛而供作肥料。～～舍～～sià⇨積堆肥的小屋。

【堆草 tui-chháu】 疊草thiap-chháu。～～疊草峽 ～～ thiap-chháu-pû⇨堆積稻草爲草峽chháu-pû。

【堆棧 tui-chàn】 存貨的地方，亦倉庫chhng-khò·也。

【堆積 tui-chek】 滯貨～～如山tī-hòe～～jî-san⇨滯銷之商品積囤如山。

【堆滿山 tui-moá-soaⁿ】 喻物之多。～～～都無人愛 ～～～ to bô-lâng-ài⇨多如山都沒人要之。

【堆金積玉 tui-kim-chek-giok】 形容富有。

**tui 追** 逐jiok也。隨也，及也。上溯已往曰追tui。補救曰追tui。催討亦曰追tui。求愛亦曰追tui。急起直～kip-khí-tit～⇨同上。窮寇莫～kiông-khò·-bok～⇨同上。訴～sò·～⇨依法追究責任。叫人來～也kiò-lâng lâi～a⇨有人來①催請了；②追索了。不免～m̄-bián～⇨不用追之。

【追加 tui-ka】在預定之外再增加。～～三個人～～sa$^{n}$-ê-lâng⇨再增加三人。～～二項菜～～nn̄g-hāng-chhài⇨再加兩樣的菜肴。～～預算～～ī-soàn⇨原來的預算發生短缺時要求補充的手續。

【追究 tui-kiù】～～失事的責任～～sit-sū ê chek-jīm⇨找出誰應該對失事負起責任。

【追求 tui-kiû】～～生活的理想～～seng-oah ê lí-siáng(sióng)⇨同上。

【追兵 tui-peng】～～趕到也，進無路也，退無步也～～koá$^{n}$-kàu-à，chìn-bô-lō·-ā, thè-bô-pō·-ā⇨同上。

【追到 tui-kàu】tui-kà。窮追。～～個都去～～in-tau-khì⇨一直追至他的家。無～～有bô～～ū⇨無(錢)一直追到有(錢)。～～死猶抄追～～sí iáu-teh-tui⇨追到死了，還在追討。

【追念 tui-liām】思念往事。記念kì-liām。

【追封 tui-hong】死後賜封號。～～子爵～～chú-chiak⇨死後加賜子爵的封號。

【追思 tui-su】回憶往事。～～禮拜～～lé-pài⇨回憶故人的禮拜。

【追悔 tui-hóe】後悔hō·(hiō)-hóe。～～莫及～～bok-kip⇨後悔已來不及了。

【追討 tui-thó】催討chhui-thó。～～舊賬～～kū siàu⇨催討欠了很久的賬。

【追掠 tui-liah】追捕tui-pó·。派人去～～phāi-lâng khì～～⇨派人去追捕。

【追着 tui-tioh】趕上目標。伊追三年藉～～個某i-tui-sa$^{n}$-nî chiah～～in-bó·⇨他追三年才追上了他的老婆(娶得她)。～～賊仔～～chhat-á⇨追上小偷。

【追悼 tui-tō】～～會～～hōe⇨同上。

【追想 tui-siū$^{n}$】回想hôe-siū$^{n}$。～～往事如煙～～óng-sū jî-ian⇨想起往事就像一縷輕煙飄然而去，不可捉摸。

【追認 tui-jīm】事後承認。送請議會～～sàng-chhéng gī-hōe～～⇨同上。

【追趕 tui-koá$^{n}$】追tui。免～～也，未赴也bián～～à bē(bōe)-hù-à⇨不用追了，來不及了。無隨時～～，那掠會着bô sûi-sî～～,ná liah ē-tioh⇨沒有立即追之，豈能捕之。

【追遠 tui-oán】祭拜祖先。愼終～～，民德歸厚矣sīn-chiong～～, bîn-tek kui-hō·-ì⇨同上。

【追憶 tui-ek】追尋記憶。～～青梅竹馬的時代～～chheng-bôe-tek-má ê sî-tāi⇨回想童年大家一塊兒玩耍的時代。

【追隨 tui-sûi】跟隨kin-sûi。～～大丈夫～～tāi tiāng-hu⇨同上。

【追還 tui-hêng】tui-hoân。索回以還原。賊贓攏～～原主也chhat-chng lóng～～goân-chú-à⇨賍物皆追回還原主了。

【追蹤 tui-chong】萬里～～bān-lí～～⇨窮追不捨追到天涯海角。

【追繳 tui-kiáu】追繳舊欠。～～舊欠稅～～kū-khiàm-sòe⇨同上。

【追亡逐北 tui-bông-tiok-pak】追逐逃亡敗走之敵人。北pak，奔也，戰敗而逃亡也。亡bông或作奔phún。北亦指向北逃奔之塞外民族也。

**tùi 碓** 舂具也。鳥食如舂～niáu-sit jî cheng～⇨鳥啄食有似舂米。水～仔chúi～á⇨旁水建小屋，置臼其中，而利用水力使舂杵cheng-chhí自動起落以舂米者。今已不可復見矣。

**tùi 對** 答也。當也。合也。向也。配也。敵也。凡相峙者曰對tùi。匹配曰對tùi。聯語曰對

tùi。物成双亦曰對tùi。答～tap～⇨對答。應～如流èng～jî-liû⇨對著所問的問題流利地回答。面～現實biān～hiān-si̍t⇨正面對著現實。～不～～put～⇨是不是。不～put～⇨不是。校～kàu～⇨比而正錯。核～he̍k～⇨比對pí-tùi。做～chò～⇨彼此相惡而對立。死做～sí-chò～⇨徹底互相對抗。敵～te̍k～⇨交戰双方。双方仇視對抗。擇～不嫁te̍k～put-kè⇨因擇偶而未嫁。好等～hó-téng～⇨佳偶ka-ngó͘。猶未有頭～á-bōe ū thâu～⇨還未有對象。成双成～sêng siang-sêng～⇨佳偶天成。相～無言sa$^{n}$～bû gian⇨彼此面對面，竟沒話說。孤～頭仔來拚ko～thâu-á lâi～pià$^{n}$⇨一比一來拚命。

【對人 tùi-jîn】 對事不～～tùi-sū put～～⇨同上。書有未曾經我讀，事無不可～～言si(su)-iú bī-chêng keng ngó͘-tho̍k, sū-bû put-khó～～giân⇨高級讀書人的氣度。

【對人 tùi-lâng】 向人。應對別人。～～講～～kóng⇨向別人說。～～歹勢～～phái$^{n}$-sè⇨對人家不起。～～未得過～～bē-tit-kòe⇨對不住人。～～該照步來～～ài chiàu-pō͘-lâi⇨與人應接須守規矩。～～着細膩～～ti̍oh sè(sòe)-jī⇨與人應該客氣些。

【對手 tùi-chhiú】 對方tùi-hong。敵手te̍k-chhiú。行棋的～～kiâ$^{n}$-kî ê～～⇨棋友kî-iú。棋敵kî-te̍k。不是～～m̄-sī～～⇨不是力可相爲敵者。不是伊的～～m̄-sī i ê～～⇨非他之敵手(力不足)。數無～～chhōe-bô～～⇨找不到敵手。

【對反 tùi-hoán】 相反siang(siong)-hoán。黑白相對。正負相對。個講的攏～～in kóng-ê lóng～～⇨他們所說者皆完全相反。代誌～～tāi-chì～～⇨事情倒扳tò-péng。

【對比 tùi-pí】 比較pí-kàu。無當～～，不知好穲bô-thang～～, m̄-chai hó-bái⇨無可比較，不知好壞。

【對半 tùi-poà$^{n}$】 一半，正二分之一。～～分～～pun⇨双方平分。～～趁～～thàn⇨得利一半，五成利。～～拗～～áu⇨折半。泉州客～～說choân-chiu-kheh～～seh(soeh)⇨謂對泉州商人出價時須只出半價。

【對分 tùi-pun】 兩分liáng-hun。平分pê$^{n}$-pun。二人～～nn̄g-lâng～～⇨同上。

【對中 tùi-tiong】 正對中心。拍着～～phah-ti̍oh～～⇨打中紅心。約着眞～～ioh-ti̍oh chin～～⇨猜得很準確。

【對仔 tùi-á】 對句tùi-kù。做～～chò(chòe)～～⇨同上。

【對立 tùi-li̍p】 雙雄～～siang-hiông～～⇨同上。

【對打 tùi-phah】 ㊀相打。雙旁扲～～siang-pêng teh～～⇨雙方在相對亂打。㊁衝突。日子～～ji̍t-chí～～⇨所卜的日期與他事衝突。

【對伊 tùi-i】 對他。～～講～～kóng⇨向他說。～～較不利～～khah put-lī⇨同上。

【對扛 tùi-kng】 ㊀兩人扛物。二人～～三隻鳥鼠仔，亦扲叫苦nn̄g-lâng～～sa$^{n}$-chiah niau-chhí-á, a̍h-teh kiò-khó͘⇨兩個人扛三隻小老鼠也在叫苦。㊁兩人對等負擔。所費咱二人來～～啦só͘-hùi lán-nn̄g-lâng lâi～～là⇨所需費用我們兩人對等負擔算了。

【對年 tùi-nî】 死後一周年。做～～chò(chòe)～～⇨同上。～～忌～～kī⇨同上。～～孝～～hà⇨一年間之孝服hà-ho̍k。

【對同 tùi-tâng】 完全一致。講了眞～～kóng-liáu chin～～⇨說得完全一致。～～～～連一屑也差都無～～～～liân chi̍t-sut-á-chha to-bô⇨非常的正確，連一點點的差異都沒有。

【對扯 tùi-chhé】 ㊀繩子打結。索仔～～soh-á～～⇨同上。㊁賣方買方所持價格折中。算～～乎你好否sǹg～～hō͘-lí hó-bò͘⇨就折中價賣給你要不要。

【對冲 tùi-chhiong】 命相者用詞。方向，性格等不合曰對冲tùi-chhiong。亦曰相剋siang(siong)-khek。八字～～pat-jī～～⇨生時月日的干支不合。翁某～～ang-bó͘～～⇨夫妻的干支相剋。南北～～lâm-pak～～⇨南北相剋。五鬼～～ngó͘-kúi～～⇨謂將逢到五鬼，意謂強敵。

**【對角 tùi-kak】** ～～線～～soà$^n$⇨幾何術語，在兩個相對的角之間畫的一條線。阮帶相～～耳goán toà sa$^n$～～niâ⇨我們住在對角而已(很近)。

**【對決 tùi-koat】** 相對決定勝負。兩雄～～liáng-hiông～～⇨兩個強人面對面比出個高下來。

**【對扢 tùi-khê】** 互相反目。摩擦。双旁～～愈扎愈深siang-pêng～～ná-khê ná-chhim⇨雙方反目，愈摩擦愈深。扢khê，物在水流中被阻也。

**【對抗 tùi-khòng】** 敵對te̍k-tùi。逐個不肯讓步猶扲～～扲ta̍k-ke m̄-khéng jiāng-pō͘ iáu-teh～～leh⇨大家不肯讓步，還在對抗中。

**【對拗 tùi-áu】** 折半。一折爲二。～～分～～pun⇨兩分法。

**【對泣 tùi-khip】** 相對悲泣。牛衣～～giu$^n$-i～～⇨貧窮夫妻之苦境。

**【對扳 tùi-péng】** 倒扳tò-péng。白反黑，黑反白。正負對調。日夜～～ji̍t-iā～～⇨日爲夜，夜爲日。天地～～thi$^n$-tē～～⇨天爲地，地爲天。安爾講道～～去也an-ne(ni)-kóng tō～～khì-ā⇨如此就完全不相同了。

**【對拜 tùi-pài】** 互拜。新郎新婦～～sin-lông sin-hū～～⇨同上。

**【對抵 tùi-tí】** 同對抵tùi-tú。不過對抵tùi-tí似乎較文言，在官廳或商場的青年層似乎多用tùi-tí。收支～～siu-chi～～⇨同上。來去～～lâi-khì～～⇨同上。

**【對直 tùi-ti̍t】** 直徑ti̍t-kèng。～～大約有三尺～～tāi-iak ū sa$^n$-chhioh⇨直徑約三尺。又取直線。～～看～～khoà$^n$⇨正視。～～去道是也～～khì tō-sī-ā⇨一直跑去就對了。

**【對抵 tùi-tú】** 賬項相殺。咱的賬都攏～～了也，安怎講猶未lán-ê-siàu to-lóng～～liáu-à, an-choá$^n$-kóng á-bōe⇨我們的賬都全部相殺了，何以又說未清楚。

**【對面 tùi-bīn】** ㊀門前。帶～～的小姑娘toà～～ê sió-ko͘-niû⇨住在門前的小姑娘。㊁正面。面～～，尻川對尻川bīn～～, kha-chhng tùi kha-chhng⇨正面對正面，屁股對屁股。～～話～～ōe⇨在面前說的話(非背後罵的)。有話～～講ū-ōe～～kóng⇨有話應該當面說。～～刺，攏無扲驚伊～～chhiah, lóng-bô-teh kia$^n$-i⇨當面拆穿其鬼全不怕他。刺chhiah亦作鑿chha̍k。～～風～～hong⇨逆風ge̍k-hong。

**【對指 tùi-chí】** 對質tùi-chi̍t。伊不敢來～～i m̄ ká$^n$-lâi～～⇨他不敢來當面對質。

**【對看 tùi-khoà$^n$】** ㊀互看。二個人～～nn̄g-ê-lâng～～⇨同上。㊁比對。～～抃～～lè⇨比對看看。～～有不着否～～ū m̄-ti̍oh bò͘⇨看有無錯誤。

**【對峙 tùi-sī】** 相對抗立。双雄～～siang-hiông～～⇨同上。

**【對相 tùi-siòng】** 四目相對看(傳情或仇視)。猶扲～～，未輸西牛仔照角哩iáu-teh～～, bē(bōe)-su sai-gû-á chiō-kak-lè⇨還在對相，好像西牛在照角哩。牛照角gû-chiō-kak，兩牛角對角相向，行將一戰的情形。

**【對症 tùi-chèng】** 對準病症。～～下藥～～hē-i̍oh⇨同上。話講了有～～ōe kóng-liáu ū～～⇨話說得很合實情。

**【對酌 tùi-chiak】** 兩人對飲。夫妻～～hu-chhe～～⇨同上。

**【對格 tùi-ke̍h】** 反對。反抗。違拗ûi-áu曰桀ke̍h。專扲合您父～～choan teh kah in-pē～～⇨專在與他們老爸(我)反對，特地反對我。

【對流 tùi-liû】 物理學名詞。水受熱而輕而上浮，未受熱者因而下沉，是爲對流tùi-liû。～～關係～～koan-bē⇨同上。

【對時 tùi-sî】 ㊀調整鐘錶的時間曰對時tùi-sî。㊁某一時刻到隔日的同一時刻曰一對時chit-tùi-sî。亦一晝一夜，二十四小時也。

【對訊 tùi-sìn】 對質tùi-chit。原被告同時出庭。有～～過也ū～～kòe-à⇨同上。

【對除 tùi-tî(tû)】 扣除khàu-tî。來去～～外，猶欠五百lâi-khì～～goā, iáu-khiàm gō-pah⇨來去賬相殺之外，還不足五百。

【對脚 tùi-kha】 一人對一人。博～～poah～～⇨一對一而博。～～傲～～kiáu⇨一人對一人的賭博。

【對偶 tùi-ngó͘(gí)】 ㊀夫妻。㊁對丈tùi-tiāng。詩文講～～si-bûn kóng(káng)～～⇨作詩作文講究對丈。

【對途 tùi-tô͘】 所從事的職業合適。做了有～～chò(chòe)-liáu ū～～⇨職業很合適。

【對啄 tùi-tok】 兩雞相對啄米。兩人相對工作。二個抒～～nn̄g-ê teh～～⇨兩人相對在工作。

【對週 tùi-chiu】 小牛一周歲。～～該教使也～～ài kà-sái-à⇨週歲應該訓練其拖犁等工作了。

【對策 tùi-chhek】 對付事情的策略。失業～～sit-giap～～⇨應付失業的辦法。

【對景 tùi-kéng】 湊巧chàu-khiáu。不巧put-khiáu。眞～～也，你抵來chin～～à, lí-tú-lâi⇨很湊巧了，你剛好來到了。～～去乎人看着～～khì hō͘-lâng khoàⁿ-tioh⇨很不巧被人撞見了。

【對換 tùi-oāⁿ】 交換kau-oāⁿ。咱二人來～～好否lán nn̄g-lâng lâi～～hó-bò͘⇨我們兩個人來交換好不好。

【對象 tùi-siōng】 目標。目的物。早道得猾姥也可惜都尋無～～chá-tō-teh siáu-bó͘-à, kho sioh to chhōe-bô～～⇨很早就鬧着要討老婆了，可惜皆找不到對象。

【對答 tùi-tap】 ～～如流～～jî-liû⇨回答得很流暢。

【對等 tùi-téng】 平等pêng-téng。～～的待遇～～ê thāi-gū⇨同上。三～～的負擔sam～～ê hū-tam⇨三個單位平均負擔經費。

【對單 tùi-toaⁿ】 按單點貨。～～點貨～～tiám-hòe(hè)⇨照著訂單點淸貨品。

【對照 tùi-chiàu】 收支～～表siu-chi～～piáu⇨同上。

【對照 tùi-chiò】 互相對面。厝前合玉山～～chhù-chêng kah giok-san～～⇨家前面正對玉山。

【對路 tùi-lō͘】 ㊀面對道路。大門抵～～toā-mn̂g tú～～⇨大門剛好面抒道路。㊁陸路。～～運較快～～ūn khah khoài⇨從路運較快速。㊂貨對市。藥對症。即批貨蓄了有～～chit-phe-hòe hak-liáu ū～～此批貨採購得很對市。蓄hak，採購也，建置也。藥仔有～～一帖道行氣也ioh-á ū～～chit-thiap tō kiâⁿ-khì-à⇨藥對症了，一帖就有效了。

【對話 tùi-ōe】 通話thong-ōe。談話tâm-ōe。

【對稱 tùi-chheng】 ㊀互相對立的稱謂。上是下的～～siāng sī hē ê～～⇨下的對面就叫上；反過來，上的對面就叫下。㊁相對句稱的形態。相稱siang-chheng。左右～～chó-iū～～⇨左右相稱，左與右都一樣。

【對衝 tùi-chhiong】 同對沖tùi-chhiong。

【對稿 tùi-kó】 校對kàu-tùi。伊抒～～抒teh～～lē⇨他在校對中。

【對盤 tùi-poâⁿ】 合算hap-sǹg。一粒該十元正會～～chit-liap ài chap-goân chiàⁿ ē～～一個要賣十元才能合算。

【對賬 tùi-siàu】 查對賬目。攏來～～了也lóng lâi～～liáu-à⇨皆來對過賬了。

【對敵 tùi-tek】 敵手。敵方，對手。～～的人～～ê lâng⇨敵人，對手，對抗者。不是伊的～～m̄-sī i ê～～⇨非他之敵，勝不過他。

【對調 tùi-tiàu】 你取代我，我取代你的人事移動法。伊佅合人～～i boeh kah-lâng～～⇨同上。

【對親 tùi-chhin】 匹配phit-phòe。許婚hí-hun。猶未～～抣iá-bōe～～leh⇨猶未許字於人。

【對嘴 tùi-chhùi】 直接說。嘴～～正講耳chhu～～ chiàn kóng niâ⇨我對他剛剛說完而已～～就應講不免我～～chiū-ìn-kóng m̄-bian goá⇨立即就回答說不要我。～～道詈～～tō lé⇨立即就回嘴罵。

【對頭 tùi-thâu】 ㈠對手。人有～～也lâng ū～～ā⇨人家有人(情人，相好的)了。㈡一比一。逐個～～講tak-ê～～kóng⇨彼此面對面而談(不用外人介入)。孤～～仔來ko·～～à-lâi⇨你我單獨來（大家不呼羣結黨）。㈢敵對方。你驚～～有勢靠lí-kiaⁿ～～ū-sè-khò⇨你怕敵方有大靠山嗎。～～寃家主～～oan-ke-chú⇨仇敵的中心人物。

【對講 tùi-kóng】 對談tùi-tâm。～～機～～ki⇨對講的話機。

【對襟 tùi-khim】 衣襟開中央者。男穿～～，女大裕lâm chhēng～～ lí(lú) toā-tô⇨男穿襟開中央的衣女穿開旁邊的衣。

【對題 tùi-tê】 切合題目。指中毛病所在。講了眞～～ kóng-liáu chin ～～ ⇨說中了題目(指出了毛病)。

【對壘 tùi-lúi】 兩軍相峙作戰。雙方～～，相峙不下siang-hong～～，siang-sī put-hē⇨兩軍對面作戰，不決勝負。

【對證 tùi-chèng】 證人。證據。死無～～sí bô～～⇨證人死了，證據沒了。

【對繩 tùi-chîn】 準確chún-khah。準繩chún-chîn。木匠依寸法以墨斗打繩爲記曰對繩tùi-chîn，亦曰牽繩khan-chîn。有～～ū～～⇨做得如墨繩所示，亦即很正確。反之曰無～～bô～～。～～行路，藉則會用得～～kiâⁿ-lō·, chiah ē-iōng-tit⇨照紀綱做事才可以。

【對簿 tùi-phō·】 ～～公庭～～kong-têng⇨原被告在法庭上見面。

【對午冲 tùi-ngó·-chhiong】 命相之言。謂其八字pat-jī互相衝突。翁仔某～～～ang-á-bó·～～～⇨夫妻不和衝突反目不斷。

【對不住 tùi-put-chū】 對不起tùi-put-khí。客套詞。表示求恕，謝絕等等。～～～，我先走～～～, goá seng chaú⇨同上。～～～，我不去～～～, goá m̄-khì⇨同上。～～～，逐個更等一下～～～, tak-ê koh-tán chit ē⇨大家小候片刻。～～～，阮要關門也～～～, goán boeh koaiⁿ-mn̂g-ā⇨我們要關門了。～～～，我不八你～～～, goá m̄-bat(pat)-lí⇨我不認識你。

【對不起 tùi-put-khí】 同對不住tùi-put-chū。

【對牛彈琴 tùi-gû-toâⁿ-khîm】 愚蠢如牛，不懂善言。合彼款人講都未輸～～～～哩kah(kap)-hit-khoán-lâng kóng to bē(bōe)-su～～～～lè⇨與他那種人講，完全和對牛彈琴一樣嘛。

【對酒當歌 tùi-chiú-tong-ko】 人生宜及時行樂。～～～～，人生幾何，譬如朝露，去日苦多，慨當以慷，幽思難忘，何以解憂，唯有杜康～～～～，jîn-seng kí-hô，phì-jî tiau-lō·，khì-jit khó·-to，khài tong i khóng，iu-su lân-bōng，hô í kái-iu，ûi iú tō·-khong⇨曹操的短歌行。

【對第一仔起 tùi-tē-it-á-khí】 同對學而也起tùi-hak-jî-á-khí。第一仔tē-it-á學而第一。

【對淺的上山 tùi-chhián-ê-chiūⁿ-soaⁿ】 由淺入深iû-chhián-jip-chhim。逐項代誌都該～～～～～ 步步高升，則是正路tak-hāng tāi-chì to-ài ～～～～～ pō·-pō·-ko-seng, chiah-sī chiàⁿ-lō⇨凡事皆須由淺入深，一步一步爬上去才是正路。代誌tāi-chì，事情，事業，問題等等。

**【對學而仔起 tùi-hak-jî-á-khí】** 從頭開始。外行的不道該～～～～～不goā-hâng-ê m̄ tō-āi ～～～～～ m̄⇨謂外行人不從頭開始有其他辦法嗎。學而仔hak-jî-á，論語學而第一。

**tûi 搥** 敲擊也。握拳以擊曰搥tûi。又交涉，談判曰搥tûi。討價還價亦曰搥tûi。硬～ngē～⇨硬交涉，硬還價。胸仔攬扲～heng-á lám-leh～⇨搥胸tûi-heng。

**【搥圓 tûi-îⁿ】** 敲圓之。～～搥扁～～tûi-pîⁿ⇨同上。

**【搥牛 tûi-gû】** 閹牛iam-gû。搥破牛𡳞核tûi-phoà gû-lān-hut的省語。𡳞核lān-hut，睪丸kau-oân的俗語。

**【搥死 tûi-sí】** 打死phah-sí。活活～～oah-oah～～⇨同上。

**【搥衫 tûi-saⁿ】** 擣衣tó-i。洗衣時以木搥加以敲打以去汚也。

**【搥破 tûi-phoà】** 敲破khau-phoà。打爛táⁿ-lān。𡳞葩～～lān-pha～～⇨打爛睪丸，喻錯過絕好機會噬臍莫及sè-chê-bok-kip的粗語。𡳞葩lān-pha，腎囊sīn-lông也。

**【搥心肝 tûi-sim-koaⁿ】** 搥胸tûi-heng。痛失良機或痛失所愛時的自責貌。

**【搥烏豆 tûi-o·-tāu】** 強硬交涉或抗議。合縣長扲～～～ kah(kap) koān-tiúⁿ teh ～～～⇨對縣長交涉中，或抗議中。

**【搥腰骨 tûi-io-kut】** 搥打腰骨酸痛。

**【搥胸蹔蹄 tûi-heng-chàm-tê】** 痛失良機或所愛的樣子。蹔蹄chàm-tê踩跤chhái-kha也。

**tūi 墜** 落也。由高跌下曰墜tūi。亦垂sûi也。搖搖欲～iô-iô iok～⇨搖動不定，幾乎倒地。耳～仔hīⁿ～á⇨耳飾。

**【墜仔 tūi-á】** 墜子。耳～～hīⁿ～～⇨耳環也。扇～～sìⁿ～～⇨同上。

**【墜地 tūi-tē】** 落地loh-tē。人頭～～jîn-thâu～～⇨被殺頭而死。人格～～jîn-keh～～⇨人格破產jîn-keh phò-sán。

**【墜胎 tūi-thai】** tūi-the。以藥物或人工使胎兒提早死產。～～合法化運動～～hap-hoat-hoà ūn-tōng⇨同上。墜胎tui thai普通話叫墮胎。

**【墜落 tūi-loh】** tūi-lok。飛機～～hui-ki～～⇨飛機失事墜地。人格～～jîn-keh～～⇨同上。～～萬丈深坑～～bān-tn̄g-chhim-kheⁿ⇨失足墜入深谷。

**【墜腸 tūi-tiông】** 腸入腎囊之病。

**【墜樓 tūi-lâu】** 樓上失足而落樓下。～～而死～～jî sí⇨①跳樓自殺，②或由樓上掉下而死。

**【墜脚氣 tūi-kha-khì】** 脚氣症惡化而增加水氣。

**tūi 墮** 毀壞也。又下墜也。通墜tūi。人格墮地或墮胎等本用墮tūi字。今似已與墜不分矣。

**tūi 隊** 軍隊也。百人爲隊tūi。大～中～小～toā～tiong～sió～⇨隊伍的編制。部～pō·～⇨軍隊。自衞～chū-ōe～⇨當今日本軍自稱自衞隊。飛行～hui-hêng～⇨空軍軍機的編列。航空～hâng-khong～⇨同上。前～中～後～chêng～tiong～āu～⇨同上。學生～hak seng～⇨同上。消防～siau-hông～⇨同上。義勇～gī-ióng～⇨同上。衞生～ōe-seng～⇨同上。壯丁～chòng-teng～⇨同上。警察～kéng-chhat～⇨同上。列～歡迎liat～hoân-gêng⇨同上。排～奉送pâi～hōng-sàng⇨同上。通過三～也thōng-kòe saⁿ～ā⇨同上。團～thoân～⇨同上。

**【隊伍 tūi-ngó·】** ～～整齊～～chéng-chê⇨同上。番仔兵無照～～hoan-á-peng bô chiàu～～⇨謂番兵無隊法。喻外行人不知行規。

**【隊兵 tūi-peng】** 兵peng。

**【隊長 tūi-tiúⁿ】** 棒球～～pāng-kiû～～⇨

同上。籃球～～lâⁿ-kiû～～⇨同上。副～～hù～～⇨同上。

【隊員 tūi-oân】 登山～～teng-san～～⇨同上。清潔～～chheng-kiat～～⇨同上。

【隊副 tūi-hù】 隊有隊長，有～～tūi iú tūi-tiúⁿ, iú～～⇨似乎是副隊長或副官之類者。

【隊商 tūi-siang】 結隊而行的商人。大沙漠地多有～～，以駱駝為脚力，具有自衛武力。

**隧** tūi 隧道tūi-tō也，俗曰磅孔pōng-khang。

**硾** tūi 鎮也。重也。硾之以石。加石以使船平衡也。或作倕tūi。

【硾重 tūi-tāng】 加石於船底以使平衡。～～砂～～soa⇨以砂硾重。～～石～～chioh⇨同上。

【硾繩 tūi-sîn】 求垂直線的木工用具。亦作垂繩tūi-sîn。

## tuiⁿ

**當** tuiⁿ 當tng也。擔當tam-tng(見tng部)。擔～tam～⇨同上。～縣長～koāiⁿ-tiúⁿ⇨同上。～未起～bōe-khí⇨擔任不了。

**轉** túiⁿ ㊀轉tńg也。回家hôe-ka(見tng部)。～去也～khì(ì)-à⇨回去了。水～脚chúi～kha⇨舊地名，今之汐止sek-chí。㊁轉向choán-hiàng也(見tng部)。～去也～khì(ì)à⇨轉回去了。迸輪～sōe-lián～⇨迸輾轉sē-lián-tńg。回心～意hōe-sim～ì⇨反悔hoán-hóe(hòe)。好～來去也hó～lâi-khì-à⇨宜回家去了。好～迸hó～sōe⇨好轉迸hó-tńg-sē。容易轉變。可以變通。

**頓** tùiⁿ 頓tǹg也(見tng部)。一～飯chit～pūiⁿ⇨一頓飯chit-tǹg-pn̄g。一食一餐。三～飯做一～食saⁿ～pūiⁿ chòe chit～chiah⇨謂一天只食一餐。又謂忙得無法照常進餐。

**長** tûiⁿ 長tn̂g也(見tng部)。～短～tóe⇨長短tn̂g-té。掠～補短liah～pó͘-tóe⇨掠長補短liah-tn̂g-pó͘-té。～人行短路～lâng kiâⁿ tóe-lō͘⇨長人行短路tn̂g-lâng kiâⁿ té-lō͘，對自殺者的一概之論。

**斷** tūiⁿ 斷tn̄g也(見tng部)。～銅～tâng⇨斷銅tn̄g-tâng，身上無一文錢。～根～kin⇨斷根tn̄g-kin(kun)：①根斷了。②來路沒有了。～路～lō͘⇨斷路tn̄g-lō͘，絕交(指貧者得罪於富者被拒絕來往)。～火熏～hóe hun⇨斷炊toān-chhui。

## tun

**屯** tun 卦名。震下坎上。盈也。物之始生也。

**沌** tun 混沌元氣未判也。亦作渾沌hûn-tun。渾～初開hûn～chhe(chho͘)-khai⇨渾沌初開而成天地。

**鈍** tun 不利也。器不利曰鈍tun。刀～皮靭to～phôe lūn⇨刀不利，割不開皮。靭 lūn，柔而強靭也。又口舌不利亦曰鈍tun。嘴～chhùi～⇨口舌不利，拙於言詞。眼力不高亦曰鈍tun。目珠～bak-chiu～⇨鑑別鑑識力不高。

【鈍刀 tun-to】 不銳利之刀。～～出利手～～chhut-lāi-chhiú⇨鈍刀產生利手。謂鈍刀可以分出手腕之高下。

【鈍角 tun-kak】 數學名詞。～～銳角～～jōe-kak⇨同上。

【鈍鈍 tun-tun】 不銳利。刀～～，皮靭靭to～～, phôe lūn-lūn⇨刀鈍皮輭。

【鈍感 tun-kám】 感覺遲鈍。～～的菁仔欉～～ê chheⁿ-a-châng⇨女人罵男人。

【鈍去也 tun-khì-à】 刀刃不利了。菜刀～～chhài-to～～⇨菜刀不利了。

**tun 墩** 平地有堆曰墩tun。土堆thô·-tui曰土墩thô·tun。煙～ian～⇨烽火台(示警者)。草岡chháu-pû曰草墩chháu-tun。草鞋～chháu-ê～⇨草鞋堆積之小山。又地名，今改草屯chháu-tūn。

【墩仔 tun-á】 小山。～～頂～～téng⇨小山上。～～脚～～kha⇨小山下。

【墩草 tun-chháu】 把草積成墩。～～做草岡～～chò(chòe) chháu-pû⇨堆草作草岡。

**tun 敦** 厚也。勉也。

【敦厚 tun-hō·】 老實láu-sı̍t。第三的較～～，更老實tē-saⁿ-ê kkah～～, koh láu-sı̍t⇨第三(兄弟)比較又忠厚又老實。

【敦督 tun-tok】 教導kàu-tō。～～子姪～～chú-tı̍t⇨教導子弟。

【敦請 tun-chhéng】 以禮請之。～～來指導～～lâi chí-tō⇨同上。

【敦篤 tun-to̍k】 忠厚篤實tiong-hō·-tok-sı̍t。

**tun 不** 木bo̍k字去頭也。俗以截木作座塾曰不tun。柴～chhâ～⇨斷木椅。又劈柴墊。又裁剪樹枝亦曰不tun。～樹椏～chhiū-oe⇨裁剪樹枝。俗作一小相疊，非。此字之正確寫法應爲：一下之三筆須會於一點，如木字之去頭也。

**tún 盾** 古武器。用以抵禦兵刃矢石者。亦曰藤牌tîn-pâi。又紀念牌亦曰盾tún。矛～mâu～⇨以君之矛攻君之～í kun-chi-mâu kong kun-chi～⇨同上。金～kim～⇨金牌kim-pâi。銀～gîn～⇨銀牌gîn-pâi。又荷蘭幣的單位曰盾tún。

**tún 墩** 俗以斷木形，可坐可墊之物曰墩tún。石～chio̍h～⇨石如斷木可坐者。金～kim～⇨金坐墊。賜繡～sù-siù～⇨天子賜坐。橋～kiô～⇨橋脚kiô-kha。十八惀藉會有金～chap-peh-lún chia̍h-ē-ū kim～⇨十八忍才能有金墩。謂忍耐最重要。惀lún，忍耐jím-nāi曰惀lún。又舂臼cheng-khū，土壟thô·-lâng等的計算單位曰墩tún。一～石舂臼chı̍t～chio̍h-cheng-khū。一～土壟chı̍t～thô·-lâng。一～石磨仔chı̍t～chio̍h-boâ-á⇨一架石磨chio̍h-boâ→chio̍h-bô-á。大細～娶二～扲toā-sè(sòe)～chhoā-nn̄g～leh⇨大妻小妻娶兩個着。

**tún 躉** 整數也。整數大批交易曰躉買tún-bé(bóe)或躉賣tún-bē(bōe)。

【躉批 tún-phe(phoe)】 批發phe(phoe)-hoat。做～～的chò(chòe)～～ê⇨批發商。

【躉庋 tún-khǹg】 積聚五穀或貨物。庋khǹg閣藏之曰庋khǹg。亦作庋khǹg，藏貯之也。

【躉船 tún-chûn】 艤船旁岸，以備他舟來往，暫住行旅，囤積貨物者。

【躉貨 tún-hòe(hè)】 積聚商品。～～的倉庫～～ê chhng-khò·⇨同上。

【躉賊 tún-chha̍t】 供爲賊徒住宿。我都無扲～～講goá to-bô-teh～～kong⇨我不是在提供賊徒之住宿呢。講kóng，改讀kong。

【躉踏 tún-ta̍h】 多人不前不退。敍人扲～～chē-lâng teh～～⇨多人在出出入入。

【躉人客 tún-lâng-kheh】 住宿旅客。客店～～～kheh-tiàm～～～⇨同上。

【躉查某 tún-cha-bó·】 留宿女人。未輸牛灶扲～～～哩bē-su gû-chàu teh～～～lè⇨一如妓戶在聚宿妓女哩。

**tún 囤** 貯穀也。屯聚也。倉貯之曰囤tún。同躉tún。有～一寡仔ū～chit-koá-á⇨囤積了若干。不敢傷～m̄-káⁿ siuⁿ～⇨⇨不敢囤積太多。罔～仔罔～，好運道抵着bóng～ā bóng～, hó-ūn tō tú-tio̍h⇨姑妄囤積之，運氣好就逢得到(機會)。～到滿倉庫～kà moá chhng-khò·⇨囤積得滿倉庫。

【囤貨 tún-hòe】 囤積商品。～～等起價～～tán khí-kè⇨積聚貨品等候漲價。

【囤糧 tún-niû】 積聚糧草。招軍買馬，積草～～chio-kun-bé-bé, chek-chháu～～⇨謂作謀反起義的準備。

【囤積居奇 tún-chek-ki-kî】 多積貨品以待善價而沽。本爲商行爲之一種方法。俗多指爲奸商的手段，以其能夠影響到物價的漲落故也。

tùn **噸** 英文ton的譯音。衡名。一噸爲 2,240 磅。又船舶載貨的單位。又船舶大小的單位。載貨五萬～chāi-hòe ngō·-bān～⇨同上。二十萬～的大油輪jī-chap-bān～ê toā-iû-lûn⇨同上。～半的小貨車～poàⁿ ê sió-hòe-chhia⇨一噸半大的小型貨車。

【噸位 tùn-ūi】 以噸計算的重量。喻超大型的東西，包括女人。大～～的toā～～ê⇨超大型的。彼款～～，活驚每驚死hit-khoán～～, oah-kiaⁿ mā kiaⁿ-sí⇨那一種超大型的，怕都怕死人。你彼類薑絲排骨，亦合人講～～，笑死人lí hit-loe kiuⁿ-si phâi-kut, ah kah-lâng kóng～～, chhiò-sí-lâng⇨你那一種如薑絲如排骨的家貨，也和人說什麼噸位，笑死人。

【噸稅 tùn-sòe】 關稅的一種。對內外商船進口所課之租金。依其噸位課征的。

tùn **頓** 以首叩地也。遽也，立時也。止也，停也。猶整也。停～thêng～⇨暫止而不前。整～chéng～⇨整理。又書法重筆曰頓tùn。膳食一次曰一～(tǹg)。

【頓手 tùn-chhiú】 ㈠書法重筆曰頓手tùn-chhiú。使～～sái～～⇨加重筆力寫之。㈡握手ak-chhiú之禮。

【頓足 tùn-chiok】 踐脚chàm-kha。搥胸～～tui-hiong～～⇨恨，悔等的表示。

【頓首 tùn-siú】 古禮九拜之一。引首至地之禮。～～拜～～pài⇨叩頭khàu-thâu以拜之。～～啓～～khé⇨叩頭報告。不論拜或啓，而今皆爲書翰上之套語矣。

【頓挫 tùn-chhò】 ～～抑揚～～ek-iâng⇨有起有落，有始有止，有高有低種種變化。

【頓悟 tùn-gō·】 佛家語。頓至破除妄念，覺悟眞理的意思。～～入道～～jip-tō⇨突然領悟進入道的境界。

【頓時 tùn-sî】 立時。立即。

【頓號 tùn-hō·】 標點符號之一。亦即點(、)號。～～差一個，意思道無共去也～～chha-chit-ê, ì-sù tō bô-kāng-khì-à⇨點號錯了一個，意義就不同了。

【頓蹄 tùn-tê】 遲疑不前曰頓蹄tùn-tê。不行更抄～～m̄-kiâ koh-teh～～⇨不前進而在停蹄。

【頓踶 tùn-têⁿ】 同頓蹄tùn-tê。免抄～～bián-teh～～⇨不要遲疑不前(決)。

tûn **豚** 猪ti也。小猪也。犬～兒khián～jî⇨如狗如猪的無用之子。亦簡稱犬兒khián-jî，或豚兒tûn-jî。皆用於己子之謙稱。

tûn **唇** 脣sûn也。物之端亦曰唇tûn。嘴～chhùi～⇨脣。嘴～皮chhùi～phôe⇨脣。chhùi-lûn-phôe。頂～含下～téng～kâm ē～⇨同上。紅嘴～白嘴齒âng-chhùi～peh-chhùi-khí⇨紅脣白齒hông-sûn-pek-chhí。耳仔～hīⁿ-á～⇨耳之邊。帽仔～bō-á～⇨帽簷bō-iân。～合舌每會相礙着～kah chih mā-ē sio-gāi-tioh⇨唇舌之間，也會有不協的，謂最好的關係有時也會衝突。

【唇舌 tûn-chih】 喻口才kháu-châi，因辯論用唇舌故也。

【唇紅 tûn-hông】 口紅kháu-hông。

【唇音 tûn-im】 由唇部發聲的音。有重～～tiōng～～，輕～～kheng～～等。

【唇膏 tûn-ko】 口紅類之總稱。

【唇齒 tûn-khí】 喻關係密切。首尾相衛，～～相輔siú-bí siang-ōe, ～～siang-hú⇨同上。

【唇亡齒寒 tûn-bông-khí-hân】 喻關係密切，休戚相關如唇齒之切近也。輔車相依，～～hú-ki siang-i, ～～～～⇨同上。

tûn
**臀** 腿上腰下俗稱屁股的部位。俗曰尻川肥kha-chhng-phé(phóe)。

【臀部 tûn-pō͘】 尻川肥kha-chhng phé的部位。

tūn
**屯** 駐兵曰屯tūn，積兵糧亦曰屯tūn。駐守之兵曰駐～軍chū～kun。

【屯丁 tūn-teng】 屯田之兵，屯兵。

【屯田 tūn-tiân】 屯兵墾植田地。～～政策～～chèng chhek⇨永久佔領的政策。

【屯兵 tūn-peng】 駐紮軍隊。～～抄把守抄～～teh pé-siú-lè⇨駐軍在守護着。

【屯長 tūn-tiúⁿ】 屯地之長。人所聚曰屯tūn，其首領曰屯長tūn-tiúⁿ。陳勝，吳廣都是屯長出身的。

【屯紮 tūn-chat】 駐紮chū-chat。有兵仔抄～～ū-peng-ā teh～～⇨有部隊駐紮著。

【屯番 tūn-hoan】 在番界設兵駐守。多以番民擔任之。其番兵即曰屯番tūn-hoan。

【屯糧 tūn-niû】 積聚兵糧。招軍買馬，積草～～chio-kun bé-bé chek-chháu～～⇨起義造反，要作此準備。

tūn
**炖** 燉tūn的俗字。

tūn
**燉** 俗作炖tūn。烹飪pheng-jīm法之一。料下鍋隔水，以文火煮到爛即可。清～蹺腰chheng～khiau-io⇨日月潭的名菜。蹺腰khiau-io，日月潭特產的魚名，似鯁kéⁿ非鯁，以其背反曲而得名。

【燉鷄 tūn-ke】 鷄料理之一。

【燉鰻 tūn-moâ】 鰻料理之一。

【燉鼈 tūn-pih】 鼈料理之一。

tūn
**遁** 逃也。回避也。隱去也。不會～m̄ ē～⇨不是曉得遁術嗎。自動隱去曰遁tūn，被動隱去曰攝siap。

【遁甲 tūn-kah】 奇門～～kî-bûn～～⇨術數之法，有無此術，古來無人證實。

【遁世 tūn-sè】 隱居ún-ki(ku)的生活。

【遁走 tūn-cháu】 逃走tô-cháu。暗中逃走。用遁術隱去。

【遁法 tūn-hoat】 五行～～ngó͘-hêng～～⇨水遁chúi-tūn，土遁thó͘-tūn等等水火木金土五行各有其遁法云。

【遁詞 tūn-sû】 爲避責任所造之虛詞。無根據的～～，講一圕桶亦無人信你bô kin-kì(kū)ê～～, kóng chit-chheⁿ-tháng ah bô-lâng sìn-lí⇨同上。圕桶chheⁿ-tháng，便溺器。又製青之桶。喩大，多。

tūn
**鈍** 魯鈍ló͘-tūn也。器不利曰鈍tun，智不敏曰鈍tūn。凡反應不敏銳者皆曰鈍tūn。脚手昏～kha-chhiú hun～⇨動作慢。遲鈍thî-tūn。慢更兼～，食水都無分bān koh-khiam～, chiah-chúi to bô-hūn⇨反應又慢又遲鈍，喝水都喝不到。脚～手～無路用也kha～chhiú～bô-lō͘-iōng-ā⇨脚手皆遲鈍，不中用了。

【鈍才 tūn-châi】 才智魯鈍châi-tī ló͘-tūn。

【鈍市 tūn-chhī】 貨品不暢銷的市況。～～貨～～hòe⇨銷路不佳的貨色。

【鈍流 tūn-lâu】 貨品銷不出。慘也，者爾～～，看要安怎道好chhám-à, chia-ní～～, khoàⁿ boeh an-choáⁿ tō-hó⇨慘了，(貨)都如此的銷不起勁，看要如何善後才好呢。

## tha

thá
**佗** 何也。爲何也。亦作第三聲thà。同它tah。～有～(thà)-u⇨何有。～好～hó⇨胡可。～毋來～m̄-lâi(thà m̄-lâi) ⇨何以不來。～毋去～(thà) m̄-khì⇨何不去，thá-m̄-khì是因何原因才不去，含有關懷之意。thà m̄-khì則含有責備之意。～會安爾～(thà) ē an-ne(ni)⇨何以如此(何至如此)。～會～(thà) ē⇨懷疑原因(責備結果)。由上各例，可知thá第二聲是關懷，懷疑；thà第三聲是責備，驚歎，怨咎等的含義。又thá又多變何意，即那ná會，那ná好。～有人肯～(thā) ū-lâng-khéng⇨那有人肯ná-ū-lâng khéng⇨恐怕無人肯吧。thà則何以竟有人肯爲。佗有影thà ū-iáⁿ⇨非眞也。thá-ū-iáⁿ⇨恐怕非眞吧。

thà
**挓** 同坺hoat。犁田發土也。犁後再犁以鬆土塊曰挓。發土也。再發開土壤也。土霑未～得thô· tâm bē(bōe)～tit ⇨土含水挓不得。又轉喻暴露舊惡。要～逐個～boeh～tak-ê～⇨ 要揭瘡疤大家揭吧。

thà
**墶** 自周朝已經使用之字。俗亦作挓thà。

【墶火 thà-hóe(hé)】 撥開灰中之火。用火鋏～～iōng hóe-ngeh～～⇨同上。

【墶田 thà-chhân】 犁田lê-chhân。初犁曰犁，再犁曰墶thà。

【墶園 thà-hn̂g】 同墶田。無水田曰園hn̂g。

【墶墶出來 thà-thà-chhut-lâi】 皆掀開了。陰私皆揭露出來了。什麼死人孔都攏～～～～也sa-ma sí-lâng-khang to-lóng～～～～à⇨什麼大小事都全部抖出來了。

## thaⁿ

thaⁿ
**他** 別事，別地，別人也。其～ki～⇨此外。不管～put-koán～⇨由他自由好了，其外的不問。

【他人 thaⁿ-jîn】 若是～～母，可用白虎湯jiak-sī～～bó, khó-iōng peh-hó·-thng⇨謂一醫者母病自醫久久不癒，自嘆而出此語，不多日竟霍然而癒，乃知其徒私奉白虎湯也。因而責曰，何能以此劇藥奉吾母，徒答曰，在師是吾母，在徒是他人母也。

【他力 thaⁿ-lek】 外力。自力以外之力。自力更生可以，～～更生未用得chū-lek keng-seng khó-í, ～～keng-seng bē-iōng-tit⇨同上。

【他日 thaⁿ-jit】 有一天。～～重締姻緣～～tiōng-thè in-iân⇨有一天再締婚姻。

【他生 thaⁿ-seng】 前世，今生以外的前世與來世。～～之緣～～chi iân⇨前生的緣份。

【他殺 thaⁿ-sat】 自殺～～ 猶未知chū-sat～～á-bōe chai⇨是自殺或爲別人所殺仍沒弄清楚。

【他動 thaⁿ-tōng】 自動～～chū-tōng～～⇨自身發動或別人發動。～～詞自動詞～～sû chū-tōng-sû⇨文法的詞性分類。

【他鄉 thaⁿ-hiang】 外地。～～外里～～goā-lí⇨同上。～～遇故知～～gî kò·-ti⇨外地逢見老朋友。

tháⁿ
**坦** 平也(見thán部)。平坦pêⁿ-tháⁿ(pîⁿ-tháⁿ)⇨平，公平。路開了眞平坦 lō· khui-liáu chin pêⁿ-tháⁿ⇨道路開得很平。話講了眞平坦 ōe kóng-liáu chin pîⁿ-tháⁿ⇨話說得很公道。

tháⁿ
**撐** 支上，支開皆曰撐tháⁿ。行舟曰撐theⁿ(見the部)。～高更貼一埣磚仔～koân koh-thiap chit-tè chng-á⇨推高再加墊一塊磚。二個人相～nn̄g-ê-lâng sio～⇨兩個人互推胸爭執。胸仔去乎～一下，硬將未喘氣去heng-á khì-hō·～chit-ē, ngeh-chhian bē(bōe) chhoán-khùi khì⇨胸口吃他一撐，幾乎喘不下氣。雙手～出來乎人看siang-chhiú～chhut-lâi hō· lâng khoàⁿ⇨雙手捧出來給人家看。又籠絡或拍上層人的馬屁曰拺撐phō·-tháⁿ。眞佼拺撐chin-gâu pho·-thaⁿ⇨甚得拍馬屁之妙。

## thah

thah
**塔** 西域之浮圖也。意同墳墓或靈廟。雷峯～lûi-hōng～⇨白蛇傳故事中的名塔。故事中白蛇白素貞終被法海和尙收禁於此塔中。九層～káu-chàn～⇨①九層之塔。②一種香辛料植物，田螺，海蛤類的烹飪多用此和味。金字～kim-jī～⇨埃及的金字形古墓。

**thah 疊** 重têng也。一～紙chıt～choá⇨多張紙疊thiap做一疊thah。重重～～têng-têng～～⇨疊得很多很多。又重複或複雜也。人～人lâng～lâng⇨喻人多擁擠之至。寒道該～衫koâⁿ tō āi～saⁿ⇨寒即須加衣。一張～於頂頭，一張～於下面chıt-tiuⁿ～tī teng-thâu, chıt-tiuⁿ～tī ē-bīn⇨一張疊在上面，一張壓在下面。被人～過去也hó-lâng～kōe-khì ā⇨被人佔了優先了。～人一級～lâng chit-kip⇨高人一等。

【疊人 thah-lâng】 優於人。～～慣勢也～～koàn-sì ā⇨佔慣優先了，佔慣便宜了。

【疊忲 thah-thāiⁿ】 不～～m̄～～⇨謂不認份，不守本份。份外的奢華。忲thāiⁿ，志奢溢體，驕泰也。

【疊衫 thah-saⁿ】 加上衣服。無～～未用得bô～～bē iōng tit⇨不加衣不行。

【疊價 thah-kè】 加價。即款刣人價猶有人～～咯chit-khoán thâi-lâng-kè iáu ū-lâng～～lò⇨這一種殺人價錢還有人加上價嗎。疊高價thah-koân-kè⇨同疊價。

【疊樓 thah-lâu】 二樓以上。～～仔厝～～á chhù⇨樓房建築。

【疊頭 thah-thâu】 畧勝一籌。比伊有較～～pí i ū khah～～⇨比他畧勝一籌。

【疊了疊 thah-liáu-thah】 加了再加。～～～，都無夠崓～～～, to bô-kàu-koân⇨加了再加，還是不夠高。

## thai

**thai 胎** 孕而未生者也。始也（見the部）。十月懷～chap-goeh hôe～⇨謂人懷胎十月始出世。受～siū～⇨懷孕。又不動產設抵押亦曰胎thai。彼塊地乎人～幾仔重去也hit-tè tē hō· lâng～kúi-à-têng khì ā⇨那塊土地，做抵押向人借了好多錢了。第一～tē-it～⇨第一手抵押，不動產依其價值得供抵押若干次。

【胎生 thai-seng】 馬牛等是～～動物bé gû téng sī～～tōng-but⇨同上。鷄仔鳥仔是卵生動物ke-á chiáu-á sī loán-seng tōng-but⇨像雞了鳥了，都是由卵產生的動物。

【胎衣 thai-i】 胎盤thai-poâⁿ的俗稱。亦單稱衣ui。衣猶未落ui a-bōe loh⇨胎盤還未出來。

【胎字 thai-jī】 有關設置不動產抵押的書狀。立～～lıp～～⇨製作胎權書狀。

【胎兒 thai-jî】 ～～生出來道叫紅嬰仔也～～seⁿ(siⁿ) chhut-lâi-tō kiò âng eⁿ-á ā⇨胎兒生出來就叫紅嬰仔。

【胎神 thai-sîn】 莫明其妙之神。犯著～～會落胎hoān-tioh～～ē lâu-the⇨這個人(胎神)是敵而不是友了。～～佔床～～chiàm-chhn̂g⇨佔床何為。～～未使得冲犯～～bē-sái-tit chhiong-hoān⇨不能冒犯。除此之外似未有頌揚胎神之詞。

【胎毒 thai-tok】 生～～seⁿ(siⁿ)～～⇨嬰兒生皮膚病。

【胎借 thai-chioh】 以不動產抵押而借錢。

【胎教 thai-kàu】 謂妊婦的視聽言動一切，對胎兒的將來皆有影響，故母者必慎之，謂之胎教。～～之事，寧可信其有，不可信其無～～chi sū, lêng-khó· sìn-kî-iú, put-khó sìn-kî-bû⇨胎教是否眞有效，沒有人知道；不過還是相信它吧！

【胎瘤 thai-liû】 初生兒頭生瘤。亦謂胎毒所致。

【胎盤 thai-poâⁿ】 在母體中由受孕而來的特殊臨時性的器官，有臍帶與胎兒相連以供應一切營養，十月懷孕期滿即隨胎兒而出。俗曰胎衣或衣ui。

【胎權 thai-koân】 既～～去也，道無許快收回kà～～khì ā, tō bô-hiah-khoài siu-hôe⇨既然胎權給人家了，就沒那麼容易收回。

**thai 篩** 竹製之小道具，用以去細取粗。米～bí～⇨篩米之小道具。又選擇亦曰篩thai。家己寬仔～過也ka-kī khoaⁿ-á～kòe(kè) à⇨自己仔細選擇過了，例如結婚對象。～了更再～也～liáu koh-chài～a⇨選了又選了。又篩的動作亦曰篩thai。～尻川花～kha-chhng-hoe⇨屁股回旋。

【篩斗 thai-táu】 篩藥粉用的小篩。普通是用紗或絹等的幼布做的。胡椒篩亦屬此類。

【篩仔 thai-á】 篩。砂石～～soa-chioh～～⇨篩砂石用的鐵線篩。胡椒～～hō-chio～～篩胡椒粉的小篩。

【篩米 thai-bí】 米篩～～bí-thai～～⇨同上。吹唉，～～飼閹鷄，飼大隻，阿舅來，掠來刣，阿舅食了了，存一個鷄脚爪，阿媽捧去庋，阿孫帶於桌脚咯咯趖hū-e，～～chhī iam-ke, chhī toā-chiah, a-kū lâi, liah-lâi thâi, a-kū chiah liáu-liáu, chhun chit-ê ke-kha-jiáu, a-má phâng-khì khǹg, a-sun toà tī toh-kha khok-khok nǹg⇨古童謠。吹唉hū-e，挨土籠之聲。庋khǹg，收藏，趖nǹg，穿越也。

【篩石仔 thai-chioh-á】 亦曰篩砂石仔thai-soa-chioh-á。篩取土木建築用的砂石。

**thai 颱** 季節性的暴風雨。九月風～呼呼來，無被神米篩，紅柿仔蒂，神肚臍，柑仔皮，神脚尾，歸身神到密稠稠，因何者寒佗位來 káu goeh hong-～ phū-phū-lâi, bô-phōe kah-bí-thai, âng-khī-á-tì, kah-tō·-châi, kam-á-phôe, kah-kha-bóe, kui-sin kah-kà bat-chiuh-chiuh, in-hô chhú-koâⁿ to ūi lâi⇨古民歌。一雷押九～，無雷九～來chit-lûi ah káu～, bô-lûi káu～lâi⇨謂舊曆六月初一那天，有雷即是可平安無颱風過境。否則反是必有九次颱風。

【颱風 thai-hong】 typhon的譯音，即俗所謂風颱hong-thai。

**thái 跆** 踐踏也。鷄踐踏也。未輸鷄母～的bē-su ke bó～ê⇨宛如母鷄踐踏過的。～到散翻翻～kà soàⁿ phún-phún⇨跆得散得一團糟。房間～到如鷄稠pâng-keng～kā ná ke-tiâu⇨同上。弄亂了東西亦曰跆thái。鷄稠，鷄栖也。

【跆散 thái-soàⁿ】 弄亂。～～了了～～liáu-liáu⇨全都弄亂了。

【跆拳道 thái-kûn-tō】 一種新興的拳術(或運動)。～～～的選手～～～ê soán-chhiú⇨同上。

【跆糞溲 tái-pùn-sò】 鷄母～～～ke-bó～～～⇨鷄母翻垃圾堆，目的在覓食，但是翻而所得不多，以喻無可奈何的工作。我盈人不做，無抾鷄母～～～哩goá êng-lâng m̄-chò bô-teh ke-bó～～～lè⇨我不做那種無奈何的事兒。我盈人不來做，抾合你鷄母～～～goá êng-lâng m̄ lâi chò, teh kah-lí ke-bó～～～⇨我何必不做個閑人，而與你去管那種麻煩事。糞溲pùn-sò，垃圾也。

**thài 泰** 大之極也。甚也。安亦曰泰thài。否極～來phí kek～lâi⇨泰否皆卦名，天地交而通曰泰thai，不交不通曰否phí，謂壞的命運過去了，新的好命運開始來臨。岳～gak～⇨丈人的尊稱。

【泰山 thài-san】 ㊀大山名。安如～～an jî～～⇨喻極安定或平安。肉眼不識～～jiok-gán put-sek～～⇨泰山喻大人物，謂眼力太差，不能看出大人物。㊁岳父的別稱。

【泰水 thài-súi】 岳母—妻之母的戲稱。

【泰斗 thài-táu】 學問爲世所瞻仰之人。文壇～～bûn-toâⁿ～～⇨文壇的大家tāi-ka。

【泰半 thài-poàn】 亦作太半。一半以上，大部份。死者～～sú-chià～～⇨死者一半以上。

【泰西 thài-se】 指歐美各國。俗稱西洋se-iûⁿ。～～文明東漸～～bûn-bêng tong-chiām⇨西洋文明逐漸來侵東方。

【泰山壓卵 thài-san ap-nn̄g】 喻強霸壓迫弱

小，謂破滅難免。

thài 太 同大而加強其意。～大～toā⇨過大。～細漢～sè-hàn⇨過於幼少。～浪費～lōng-hùi⇨過於浪費。～無款～bô-khoán⇨過度胡爲亂做。～無禮～bô-lé⇨很失儀。～無良心～bô liâng-sim⇨罵丈夫語也。～過分～kòe-hūn⇨丈夫反擊語也。～想未到～siū$^n$ bē-kàu⇨十分意外。

【太一 thài-it】 謂大道廣大，包含萬有，通而爲一，故曰太一。一亦作乙it。亦即道教上的大道。

【太子 thài-chú】 ㊀皇帝位之第一候補者，通常是長子或由諸子中選立。㊁諸侯之嗣子亦曰太子。㊂要人的長子亦戲稱太子。因而有～～派～～phài。～～妃～～hui⇨太子之妻。～～爺～～iâ⇨羅吒太子lô-chhia thài-chú，俗稱太子爺，塑像如童子的神名。

【太上 thài-siāng(siōng)】 指最上最尊也。～～皇～～hông⇨現任皇帝之父。～～老君～～ló-kun⇨道家的始祖，李老君。老子。

【太公 thài-kong】 ㊀曾祖父。㊁指太公望，俗稱姜太公。姜～～釣魚，離水三寸kiang～～tiò-hî, lī-chúi sa$^n$-chhùn⇨謂願者上鈎，不願者回頭goān-chià siāng-tiàu, put-goān-chià hôe-thâu。喻自願者才歡迎，並不強制。

【太太 thài-thài】 本爲貴夫人的尊稱，今已普遍化，凡人之妻者皆曰太太。娶～～未chhoā～～bōe⇨娶妻了嗎。不驚～～跪算盤否m̄-kia$^n$～～kūi sǹg-poâ$^n$ hò͘⇨不怕太太罰你跪算盤否。

【太古 thài-kó͘】 上古。～～時代～～sî-tāi⇨同上。

【太白 thài-pe̍k】 ㊀星名。～～金星～～kim-chhe$^n$⇨同上。㊁李太白。㊂太白粉～～hún⇨一種食用粉。

【太平 thài-pêng】 天下～～thian-hē(hā)～～⇨同上。矮人厚行，無行天下～～é-lâng kāu hēng, bô hēng thian-hē(hā)～～⇨矮人多行，無行天下太平。行heng指心機。寧做～～狗，莫爲亂世民lêng-chò～～káu, bo̍k-ûi loān-sè-bîn⇨可見百姓求治之切。～～宴～～iàn⇨祝戰勝之會。會堪得食～～宴也ē-kham tit chia̍h～～iàn à⇨謂夠資格食太平宴了，喻已十分富裕了。～～歌～～koa⇨歌頌太平盛世的歌。～～洋～～iâng(iû$^n$)⇨海洋名。

【太史 thài-sú】 古官名，掌史事。～～公～～kong⇨司馬遷。

【太后 thài-hō͘】 帝王之母。

【太老 thài-lāu】 人父之尊稱。您～～敢未七十否lín～～ká$^n$-bōe chhi̍t-cha̍p hò͘⇨令尊還未到七十罷。～～爹～～tiá⇨令尊。～～媽～～má⇨令慈。

【太守 thài-siú】 古官名。原爲郡的長官。後來知府ti-hú亦稱太守。較知縣ti-koān(縣長)高一級。

【太阿 thài-a】 古寶劍名。倒持～～，授人以柄tó-chhî～～ siū-jîn ì pèng⇨喻本末顚倒。～～干將～～kan-chiàng⇨皆古名劍。

【太空 thài-khong】 天空。～～科學～～kho-ha̍k⇨研究天空的科學。

【太祖 thài-chó͘】 開基之祖先。其人。明～～bêng～～⇨明朝的開國祖朱元璋。～～牌的～～pâi-ê⇨最初創設的牌號。最佳最強的嘜頭。汎指最佳最強的。

【太皇 thài-hông】 帝之父。～～太后～～thài-hō͘⇨帝之母。

【太迫 thài-pek】 非常緊急或接近。時間～～也，未移易得也sî-kan～～à, bē î-e̍k tit à⇨時間太迫近了，變動不得了。

【太保 thài-pó】 ㊀古官名。三公之一。㊁十三～～sip-sam～～⇨希特勒的德國特務組織。㊂不良學生。愈看愈～～款ná-khoà$^n$ ná～～khoán⇨越看越有不良學生的樣子。作性退學去做～～好chò-siàn thè-o̍h khì-chò～～

hó⇨索性退學去做太保好了(爸的責罵)。

【太甚 thài-sīm】 太過份。欺人～～khi-jîn～～⇨太欺負人了。

【太師 thài-su】 古官名。三公之中位最尊者。～～爺～～iâ⇨宰相。

【太陰 thài-im】 月娘goeh-niû。～～娘娘～～niû-niû⇨月娘。～～曆～～lek⇨舊曆kū-lek。

【太絯 thài-ân】 非常緊急。錢孔～～抾chîⁿ-khang～～lè⇨財務甚緊迫。絯ân，緩之對稱。拘束也，礙也，束縛等義。俗多作緊kín，強讀ân。後車迫～～也āu-chhia pek～～ā⇨後車喻牽手khan-chhiú。謂太座迫得太緊了。

【太陽 thài-iâng(iông)】 日。～～公生～～kong-seⁿ⇨曰神的生日。～～穴～～hiat⇨雙耳前上方髮際。～～曆～～lek⇨俗曰新曆sin-lek。自恨枝無葉，莫怨～～偏chū-hīn ki bû-iap, bok-oàn～～phian⇨勸人語，謂該恨自己不長進，不可怨別人偏心。

【太爺 thài-iâ】 對縣官等的敬稱。縣～～koān(kūiⁿ)～～⇨縣長大人。

【太極 thài-kek】 天地未分之前也。亦即太一。～～生兩儀～～seng liáng-gî⇨生天地也。～～拳～～kûn⇨一種拳法。

【太過 thài-kò】 公道講，做人的囝兒，未免～～kong-tō-kóng, chò-lâng ê kiáⁿ-jî, bī-bián～～⇨講公道話，做囝兒的難免太過火(喻不合孝順之道)。

【太媽 thài-má】 ㊀祖母。㊁同令太慈。

【太監 thài-kàm】 ～～無生屌，皇帝死了了～～bô lān-chiáu, hông-tè sí-liáu-liáu⇨童謠。～～椅～～í⇨沒有手靠的椅子。生屌，陽具也。

【太醫 thài-i】 宮廷的醫生，俗稱御醫gī-i。

【太鹹 thài-kiâm】 ㊀鹽量過多。㊁物價過貴。㊂過份吝嗇。實在～～抾，每著強吞落去sit-chāi～～leh, mā tioh kiâng-thun loh-khì⇨謂無奈何也。做好額人來講，實在～～chò hó-giah-lâng lâi kóng, sit-chāi～～⇨做富人說，實在太吝嗇了。

【太平天國 thài-pêng-thian-kok】 清中季，洪秀全起兵反清，建立太平天國。俗稱長毛的tn̂g-mô-ê，或長毛仔反tn̂g-mô-á-hoán。台灣不少人過海參戰。

**汰** thài 拒絕作爲曰汰thài。不也。算了也。唔道～m̄ tō～⇨不要就算了。唔愛道～m̄-ài tō～⇨不要就算了。～去～khì⇨不要去。～乎伊～hō·-ī⇨不要給他。～共伊講～kā-i kóng⇨不要對他說明。～共湊脚手～kā tàu-kha-chhiú⇨不要幫他忙。～管伊～koán i⇨不要管他。～合伊交陪～kah i kau-pôe⇨不要跟他來往。

**刣** thâi 殺也。戰也。切開亦曰刣thâi。相～sio～⇨交戰。番仔～hoan-á～⇨被生番所殺。管你去乎番仔～koán-lí khì hō· hoan-á～⇨謂一切從你好了，縱使番仔刣也不管。番仔～加鮑hoan-á～ka-lā⇨不知所云。聽不懂。按加鮑爲海魚名，不知是否因山地番仔少見海魚，因而唏哩嘩啦亂做一團，卻又不明其所言何事而來者。又開刀手術亦曰刣thâi，整理人事裁員亦曰刣thâi，討價還價亦曰thâi。該去大病院～割ài khì toā pēⁿ(pīⁿ)-īⁿ～koah⇨應該去病院開刀。您公司講得未～也是否lín kong-si kóng tit-boeh～ā sī-bò·⇨聽說你們的公司快要裁減人員了，是嗎。更～看會減淡薄仔未kó～khoàⁿ ē kiám tām poh à bē⇨再討價看看能不多少減價否。又剖開菓實以食或出售亦曰刣thâi。又刪削文章亦曰刣thâi。～西瓜～sî-koe⇨同上。乎老師～了了hō· lâu-su～liáu-liáu⇨被老師都刪掉了。

【刣人 thâi-lâng】 ～～放火～～pàng-hóe⇨同上。～～種瓜～～chèng-koe⇨古傳的魔術，都由鳳陽婆仔hōng-iâng-pô-á各地巡廻行之。是先殺死一童，然後種一瓜子，瓜子在衆人環視之中慢慢萌芽而至長大，童子亦復活了的。～～埔～～po͘⇨①刑場。②生番經常出草chhut-chháu殺傷行旅之地。～～價～～kè⇨太貴太貴的價錢。

【刣牛 thâi-gû】 殺牛。～～殺馬逐項敢～～sat-bé tak-hāng káⁿ⇨喻其生性殘忍。

【刣死 thâi-sí】 殺死。～～人免用刀～～lâng bián iōng to⇨殺人不用刀，喻奸計害人。～～人免賠人命～～lâng bián pôe jîn-bēng⇨殺人不償命，喻權勢大而橫行霸道者。

【刣狗 thâi-káu】 ～～亦即身，拜神亦即身～～ah chit-sin(su), pài-sîn ah chit-sin(su)⇨殺狗亦此衣，拜神亦此衣，自謙衣服不多，無法隨機更換合式的，身穿sin-chhēng，即衣服也，衣服一套曰一軀chit-su。

【刣魚 thâi-hî】 ～～刣到鰓，講話講透枝～～thâi kàu chhi, kóng-ōe kóng thàu-ki⇨殺魚須殺到魚鰓才乾淨，說話須從頭說到尾才清楚，責人說話不能含糊不明白以害人。

【刣割 thâi-koah】 醫術上的開刀。近來醫學～～眞發達kīn-lâi i-hak～～chin hoat-tat⇨近代醫學開刀手術很發達。

【刣開 thâi-khui】 剖開。～～正知影攏爛去也～～chiàⁿ chai-iáⁿ lóng noāⁿ-khì à⇨剖開才知皆爛掉了。

【刣獅 thâi-sai】 獅陣的陣友表演刀槍拳劍等武技曰刣獅。

【刣輸 thâi-su】 戰敗，殺敗，打敗。～～人該較認分抾～～lâng ài khah jīn-hūn lè⇨戰敗了，應該多認識自己的地位。

【刣豬 thâi-ti】 宰豬。～～的個某大尻川～～ê in-bó͘ toā-kha-chhng⇨謂屠戶的老婆屁股大，因經常吃豬肉。嫁著～～翁，肉頭肉尾好炒葱kè-tioh～～ang, bah-thâu bah-bóe hó chhá chhang⇨謂嫁得屠戶老公，經常有大肉小肉炒葱吃。～～公～～kong⇨殺豬以祭拜。～～公無相請，嫁查某囝藉得睍大餅～～kong bô sio-chhiáⁿ, kè cha-bó-kiáⁿ chiah teh hēng toā-piáⁿ⇨謂殺豬祭拜有肉可食時不相邀請一下，女兒出嫁須添粧時才來送大餅。喻好事不相報，壞事才來相擾。～～屠羊～～tó-iûⁿ⇨殺豬殺羊，喻家中有好事，將大事請客。

【刣贏 thâi-iâⁿ】 戰勝。殺勝，打勝仗。～～刣輸攏無許好～～thâi-su lóng bô-hiah hó⇨戰勝戰敗都沒那麼有好處。

【刣王來 thâi-ông-lâi】 剖開王來，以食或售。王來亦作鳳梨hōng-lâi→ông-lâi。刣西瓜thâi-sî-koe義畧同。

【刣無肉 thâi-bô-bah】 割不到肉。喻債務人貧窮。不免討也啦，我看～～也啦m̄-bián thó à lā, goá khoàⁿ～～～à lā⇨無須再討債了，我的意思是這個傢伙沒錢，討不回債了。

【刣頭罪 thâi-thâu-chōe】 斬頭的死罪。撞破玻璃敢道～～也lòng-phoà po-lê kám tō～～～à⇨撞破玻璃就犯上死罪了嗎。

【刣鷄教猴 thâi-ke(koe)-kà-kâu】 殺鷄警告猴。亦即殺一警百。先以武力加之於弱小以警告其他服從之權術也。

【刣椅仔煠木屐 thâi-í-á sah-bak-kiah】 刣亦削。削椅子及湯煮木屐，謂大請客的準備，事多時急人忙，諸多事連續出錯，亂得一團糟。

## thâi 擡

俗作抬。動也。舉也。

【擡槍 thâi-chhèng】 雙方擡行操作的古老槍。

【擡價 thâi-kè】 提高物價。商人競相～～siang(siong)-jîn kèng-siang(siong)～～⇨做買賣的比賽提高物價。

【擡頭 thâi-thâu】 ～～看天～～khoàⁿ-thiⁿ⇨舉頭看天。～～看明月，低頭思故鄉～～khoàⁿ bêng-goat, ti-thâu su-kò͘-hiang(hiong)⇨李白原詩爲舉頭kí(ku)-thâu，代以～～，似可通。又文牘的一種寫法，將人名或官職等換行高抬一格或兩格重新寫起以示尊崇，古時的官府告示或私人函件皆用之。

【擡舉 thâi-kí(kú)】 推荐提拔。攏是你的好～～lóng sī lí ê hó～～⇨皆是你的好推荐所致如何如何(半喜半怨言)。

**抬** thâi 同擡thai。

**待** thāi 竢也。等候也。等～何時君來採，青春花當開tán～hô-sî kun lâi chhái, cheng-chhun hoe tng khai⇨歌謠。等～時機tán～sî-ki⇨等候機會。接～人客chiap-～lâng-kheh⇨同上。守株～兔chiú-tu～thò·⇨喻墨守成規而無所作爲。招～所chiau～só·⇨同上。佼款～人gâu khoán～lâng⇨很會招待客人。

【待人 thāi-jîn】 待人接物。～～寬厚～～khoan-hō·⇨對人寬容優厚。～～無禮～～bû-lé⇨對人沒有禮貌。

【待字 thāi-jī】 女子未許嫁於人。～～閨中～～kui-tiong⇨在家裡等著嫁人。

【待罪 thāi-chōe】 古官員在任自謙曰待罪，謂不知何時失職獲罪也。

【待遇 thāi-gū】 薪俸曰待遇，職位亦曰待遇。～～調整～～tiâu-chéng⇨薪俸增加或減少，而今皆作增加解。荐任～～chiàn-jīm～～⇨原非荐任職位，而以荐任視之，並給付荐任級之薪俸等待遇。

【待價 thāi-kè】 等候漲價。～～而沽～～jî kó·⇨等待漲價才出售。

**態** thāi 姿也。姿容也。姿～chu～⇨姿勢chu-sè。狀～chōng～⇨情形chêng-hêng，狀況chōng-hóng。體～thé～⇨姿態。容～有變化iông-～ū piàn-hoà⇨病情轉不妙。心～sim～⇨心理。

【態度 thāi-tō·】 心所決定而表現於外者。美國的～～曖昧bí-kok ê～～ài-māi⇨美國的態度不明瞭。～～堅決～～kian-koat⇨同上。～～非常的傲慢～～hui-siâng(siông) ê gō-bān⇨同上。格許是甚麼～～kek-he sī sa-ma～～⇨裝那樣算什麼態度(責之)。～～眞親切～～chin chin-chiat⇨同上。彼款的～～算未嫌得也hit-khoán ê～～sǹg bē(bōe) hiâm tit à⇨那一種的態度算不壞了。看伊的～～恰如眞氣的款khoàⁿ i ê～～kah-ná chin khì ê khoán⇨看他的態度好像很生氣的樣子。

**怠** thāi 慢也。惰也。意氣懈～ì-khì hāi～⇨意志鬆散。

【怠工 thāi-kang】 sabotage的譯名。工人要求被拒絕道開始～～也kang-lâng iàu-kiû pi kī(kū)-choat tō khai-sí～～à⇨同上。亦曰怠業thāi-giap。

【怠慢 thāi-bān】 疏忽。公事乎你未～～得kong-sū hō·-lí bē(bōe)～～tit⇨公事是怠慢不得的。

**逮** thāi 追捕也。及也。

【逮捕 thāi-pō·】 俗語曰掠人liah-lâng。警察～～反對派kéng-chhat～～hoán-tùi phāi⇨警察掠了反對派的人kéng-chhat liah-liáu hoán-tùi-phài ê lâng。～～人犯～～jîn-hoān⇨同上。

## thak

**讀** thak 誦書也。又數其罪也(見thok, tau各部)。書不～，書皮擲擲破chu m̄～, chu-phê(phôe) lì-lì-phoà⇨同上。～死册，死～册，～册死～sí chheh, sí～chheh, ～chheh-sí⇨三種讀書之惡果。～幾仔遍～kúi-á piàn⇨讀過數次。～未八～bē-bat(pat)⇨讀得無法了解。～暢的～thiòng ê⇨讀著玩的。～博士～phok-sū⇨爲得博士學位而讀。

【讀册 thak-chheh】 讀書。～～人～～lâng⇨讀書人。嫁着～～翁，三日無食亦輕鬆kè-tioh～～ang, saⁿ-jit bô-chiah iah khin-sang⇨嫁得讀書人的丈夫，三天沒吃也輕鬆。～～房～～pâng

⇨書房。～～桌～～toh⇨書桌。

【讀法 thak-hoat】 ～～有幾仔款～～ū kúi-à-khoán⇨讀法有多種。讀書的方法。字的讀法等。

【讀書 thak-si(chu)】 同讀册thak-chheh。～～不成，相命醫生～～put-sêng, siòng-miā i-seng⇨謂讀書不成功，改途做相命或醫生。嫁着～～翁，無食鼻亦香kè-tioh～～ang,bô-chiah phī$^{n}$iah phang⇨嫁得讀書郎，沒吃，聞着也芬芳。～～，讀於胛脊後～～, thak tī kah(kha)-chiah-āu⇨謂讀書不知書中道理，亦即不懂做人之道。～～讀到歸斗籠，考試考到茹葱葱 ～～ thak kàkui táu-láng, khó-chhì khó kà jî(jû) chháng-chháng⇨謂書讀得一大籠那麼多，考試却考得亂七八糟。～～ 人～～lâng⇨同上。～～底～～té⇨書香之家出身。

【讀剔 thak-thek】 thak-thit。剔數其非而訓戒之。乎個老爸仔寬仔共伊～～hō· in-láu-pē-á khoa$^{n}$-á kā-i～～⇨受其父深加訓責。

【讀疏 thak-so·】 讀祈禱文。司功～～ sai-kong～～⇨做司的讀疏。

【讀經 thak-keng】 讀經文。牛面前～～gû bīn-chêng ～～ ⇨同對牛彈琴tuí-gû tôa$^{n}$-khîm。

【讀熟 thak-sek】 藉～～耳，熟到臭火焓去也chiah ～～ niâ,sekkà chhàu-hóe(hé) ta khì-à⇨豈但讀熟而已，讀到過火臭焦去了。

【讀邊 thak-pian】 讀字邊。有邊則～～，無邊則讀意 iú-pian chek～～, bô-pian chek thok-ì⇨有字扁即讀字扁，無字扁可讀，則可按文意而讀之。

【讀了了 thak-liáu-liáu】 全部讀過了。同讀透透thak-thàu-thàu。

【讀透透 thak-thàu-thàu】 同讀了了。四書～～～，不八黿，鼇，龜，鼈，竈sù-si～～～, m̄-bat(pat) goân, gô·, ku, pih,chàu⇨四書全部讀過了，却不識黿鼇龜鼈竈的五個字如何寫出。

【讀錯字 thak-chhò-jī】 孔子媽～～～khóng-chú-má ～～～ ⇨謂孔太太識字不多，才讀錯字，孔先先就不致於看錯眼。

# tham

tham 貪 欲也。求而無厭也。～字貧字殼～jī pîn-jī khak⇨謂貪字外殼似貧字，喻貪婪無厭者事實多貧窮。～ 賒貴買萬世窮 ～ sia kùi-bé(bóe) bān-sì-kêng⇨謂貪賒的買貴貨的這種作風的人將常窮。想～道該戴雞籠siū$^{n}$～tō-ài tì ke(koe)-lam⇨謂過度貪婪，將遭災禍。戴雞籠tì-ke-lam指囚犯。雞籠，囚犯的草帽也。一個～，一個愛，不藉有戲可看chit-ê～, chit-ê ài, m̄-chiah ū-hì hó-khoà$^{n}$⇨一個貪一個愛，不是才有戲可看嗎。胡蠅～甜hō-sin～ti$^{n}$⇨同上。

【貪心 tham-sim】 貪婪之心。～～無一定食會過手～～bô-it-tēng chiah ē kòe-chiú⇨貪人之物，不一定可以平安拿到手，謂危險性莫大。～～ 無好尾 ～～ bô hó-bóe⇨貪心的沒好結果。

【貪多 tham-chē】 欲多。貪無，無～～tham-bô, bô～～⇨謂無而欲有之可以，不可有多多益善之心。

【貪色 tham-sek】 好色。好淫。～～的人較短命～～ê lâng khah té-miā⇨重色慾者較短命。

【貪食 tham-chiah】 ～～成餓鬼 ～～chiâ$^{n}$ gō-kúi⇨貪吃如餓鬼。～～窟～～khut⇨頸後髮下的低窪處，謂該窪越深越貪吃。

【貪迷 tham-bê】 ～～酒色～～chiú-sek⇨太喜歡酒跟女人了。

【貪眠 tham-bîn】 重眠。我眞～～goá chin ～～⇨我很重眠，不易醒。

【貪財 tham-châi】 ～～會害死人～～ē hāi-sí-lâng⇨同上。又連用，作受取財物時的客套語。

【貪婪 tham-lâm】 貪而無厭。～～的眼色～～ê gán-sek⇨眼中流露貪意。

【貪甜 tham-ti$^{n}$】 好甜味。胡蠅～～hō·-sîn～～⇨喻對某種事物有過份的嗜好。

【貪慾 tham-io̍k】 ～～是人類的大病～～sī jîn-lūi ê toā-pē$^{n}$(pī$^{n}$)⇨人類無法克服的毛病就是貪心慾望。

【貪溽 tham-joa̍h】 喜溫暖而多加衣。～～無貪寒～～bô tham-koâ$^{n}$⇨謂貪熱而多加衣可以，貪涼爽而減穿衣却不可。

【貪頭 tham-thâu】 貪取零頭。我有較～～goá ū khah～～⇨我有貪取零頭，例如一元八角收兩元。

【貪戀 tham-loân】 ～～富貴～～hù-kùi⇨同上。～～財色～～châi-sek⇨同上。

【貪小利 tham-siáu-lī】 貪小便宜。阿花仔都上～～～也，曷使更講啥a-hoe-a to siāng(siōng)～～～ā, a̍h-sái koh-kóng-sah$^{n}$⇨阿花仔就是第一貪小便宜的了，何必再說什麼呢。

【貪生怕死 tham-se$^{n}$(si$^{n}$)-phà$^{n}$-sí】 ～～～～的人～～～～ê lâng⇨膽小鬼。

【貪而無厭 tham-jî-bû-iàm】 貪婪無度。貪得無厭tham-tek bû-iàm⇨義同。

【貪官汚吏 tham-koa$^{n}$-u-lī】 惡官就是汚吏。

【貪賒畏還 tham-sia-ùi-hêng(hân)】 喜買掛帳貨，却不高興清還所掛之帳。

【貪賒貴買 tham-sia-kùi-bé(bóe)】 謂貪買掛帳的東西等於買了高價的東西。～～～～萬世窮～～～～bān-sì-kêng⇨同上。

【貪贓枉法 tham-chong-óng-hoat】 惡官的惡行。

【貪人一斗米 tham-lâng-chi̍t-táu-bí】 ～～～～～，賠了半年糧～～～～～，pôe-lāng poā$^{n}$-nî-niû⇨謂貪小便宜以失却大利。

【貪四無貪六 tham-sù-bô-tham-li̍ok】 畧等於四捨五入法。謂貪人家的十分之四，不可貪十分之六。例如五角六可收取六角，但五角四，則應該只收取五角。

thàm **探** 遠取也。深取也。試也。訪問也。偵～cheng～⇨同上。球～kiû～⇨同上。刺～chhì～⇨同上。密～bi̍t～⇨同上。入侵越界線亦曰探，但改讀第一聲tham，或應作貪。～出大路～～toā-lō·⇨伸出道路界。有～着公園地ū～tio̍h kong-hn̂g-tē⇨有侵佔到公園用地。傷～過別人的地界siu$^{n}$～kòe pa̍t-lâng ê tē-kài⇨過於侵越別人之土地。～頭出來～thâu chhut-lâi⇨伸出頭來。

【探仔 thàm-á】 探子thàm-chú。不成人，講扲做佗位的～～m̄-chiâ$^{n}$-lâng, kóng teh-chò ta-ūi ê～～⇨不是東西，聽說是在做什麼單位的探子。多指爲走狗。

【探花 thàm-hoe】 舊時科擧一甲第三名的進士。～～郎～～lông⇨探花尊稱。又指遊烟花界曰探花thàm-hoe。～～紅～～âng⇨荔枝的一種。

【探房 thàm-pâng】 舅仔～～kū-á～～⇨新娘過門三朝，其弟來到新娘房中探問姊姊。或獻鮮花及禮物，婿家即應辦盛筵以欵待舅仔。

【探查 thàm-cha】 搜查。偵查。～～案情～～àn-chêng⇨搜查案情。

【探馬 thàm-bé】 偵探人員。～～回報～～hôe-pò⇨同上。放～～pàng～～⇨派出間諜。

【探偵 thàm-cheng】 偵探。間諜。～～屑仔～～sap-á⇨探仔，線民。走狗。

【探訪 thàm-hóng】 探問，訪查。～～民情～～bîn-chêng⇨探問民間。

【探問 thàm-mn̄g】 朋友親成相～～pêng-iú chhin-chiâ$^{n}$ sio～～⇨朋友親戚間互相存問。

【探墓 thàm-bōng】 掃墓。英台～～eng-tâi～～⇨三伯英台故事中的一齣。

【探監 thàm-kaⁿ】 探問囚犯。老母去～～lāu-bú khì～～⇨可憐的一場面。

【探親 thàm-chhin】 探問眷屬或親戚。出國去～～chhut-kok khì～～⇨同上。

【探險 thàm-hiám】 探查險境。～～家～～ka⇨同上。

【探頭 thàm-thâu】 ㊀訪問。攏無相～～也lóng bô sio～～ā⇨皆不相問聞了；不互相往來了。㊁tham-thâu，伸出頭。～～出來看～～chut-lâi khoàⁿ⇨伸出頭來看一看。

【探聽 thàm-thiaⁿ】 探問，探查。友的，你無～～抔iú-ê, lí bô～～lè⇨友的，你沒聽說大爺的大名嗎。～～消息～～siau-sit⇨同上。

【探祖厝 thàm-chó·-chhù】 ㊀訪問祖居。㊁隱語，指與同姓女人發生關係。

【探消息 thàm-siau-sit】 問消息。

【探照燈 thàm-chiàu-teng】 開～～～khui～～～⇨開探照燈照夜空。

【探路關 thàm-lō·-koan】 偵查路徑。

【探聲探影 thàm-siaⁿ-thàm-iáⁿ】 伊安爾～～～～眞關心即個代誌i an-ne(ni)～～～～chin koan-sim chit-ê tāi-chì⇨他如此的問聲問影，很關心這件事情。

**thâm 潭** 淵也。水深爲潭。桃花～水深千尺，不及汪倫送我情thô-hoa～súi chhim chhian-chhioh, put-kip o̍ng-pûn sàng-ngó·-chêng⇨唐詩。日月～ji̍t-goa̍t～⇨台灣名勝。龍～虎穴liông～hó·-hia̍t⇨龍虎所居。

【潭仔 thâm-á】 水潭chúi-thâm。小潭。～～窟～～khut⇨潭仔，或潭中。害人跋落～～窟hāi-lâng poa̍h-lo̍h～～khut⇨害人跌下潭中，喻累到人遭受災害。

**thâm 痰** 氣管的分泌物也。不當烏白呸～呸涎m̄-thang o·-pe̍h phùi～phùi-noā⇨不可亂吐痰吐涎。人抔呸～呸瀾也lâng teh phùi～phùi noā ā⇨人家在大說輕侮之話了。起～khí～⇨發生痰症。

【痰火 thâm-hóe(hé)】 ～～抔發也～～teh hoat à⇨在起痰火了。～～蔽心～～pè-sim⇨痰壓心。

【痰症 thâm-chèng】 呼吸器官的病症。

【痰喘 thâm-chhoán】 喘息症。

【痰亂 thâm-loān】 發狂，發瘋。你不抔～～也li m̄ teh～～ā⇨你不是在發癲了嗎。

【痰壺 thâm-ô·】 同痰罐thâm-koàn。～～痰罐都共款～～thâm-koàn to kāng-khoán⇨壺罐皆一樣。

【痰嗽 thâm-sàu】 呼吸器官的病疾。

【痰癆 thâm-lô】 肺病。肺結核病。

【痰涎 thâm-noā】 呸～～phùi～～⇨同上。

**thâm 壜** 盛酒器也。陶曰壜thâm，玻璃曰瓶pân，金屬曰罐koàn。酒～，酒矼，酒罐chiú～, chiú-kng, chiú-koàn⇨各種材料製成之盛酒器。瓶亦同矼。油～酒～iû～chiú～⇨盛油器及盛酒器。

**thâm 曇** 雲布也。烏雲也。

【曇花 thâm-hoa】 俗稱無花果bû-hoa-kó。～～一現it-hiān⇨喻事之不常見，且一現即逝。

**thām 紞** 冠懸瑱之繩也，一垂在兩傍。繩索或布幔兩頭固定，中間下垂曰紞thām。又爲事注入家財亦曰紞thām或曰坉thūn(見thun部)。財產～要了去也chāi-sán～boeh-liáu-khì à⇨財產要賠乾淨了。正更～五六萬落去耳chiàⁿ-koh～gō·-la̍k-bān lo̍h-khì niâ⇨剛剛再賠下去五六萬呢。

【紞用 thām-iōng(ēng)】 入不敷出。～～到用破產也～～kā boeh phò-sán à⇨超支得快破產了。

【紞紞 thām-thām】 下垂。～～顚倒較好看～～tian-tó khah-hó-khoàⁿ⇨中央下垂反而

好看。

【紞堵 thām-tó͘】 中間部份下垂。未使得～～ bē sái-tit ～～⇨不能紞堵(要拉直)。堵或可作肚。

【紞墜 thām-tūi】 拖累。～～眞䆀也～～chin chē(chōe) ā⇨拖累很多了。

thām
跕 行不進也。行無常也。同踸thām。踏跕tah-thām⇨同上。老人行路有較～～也lāu-lâng kiâⁿ-lō͘ ū-khah～～ā⇨老人行路比較搖擺不定了。

## than

than
蟶 海邊的介殼類動物。種～chèng～⇨蟶的養殖。亦未擔～,亦未賬錢iah-bē(bōe) taⁿ～iah bē(bōe) siàu-chîⁿ⇨擔蟶去買也不會,算賬也不會,喻百無一用是書生pek-bû it-iōng sī si(su)-seng。舖面～浸水蠔pho͘-bīn～chìm-chúi ô⇨舖在上面的蟶,浸過水的蠔,都很好看。喻做事只裝表面好看,講話只管講得好聽,其實皆虛應故事。掠～liah～⇨採蟶,喻搜查水死人(死於水的)。梟～hiau～⇨木板蹺曲了曰梟蟶hiau-than。因蟶殼是蹺khiau的,蹺亦曰hiau,與梟hiau諧音,梟即梟雄hiau-hiông,梟心 hiau-sim 的梟。即隻桌仔有梟～去chit-chiah toh-á ū hiau～khì⇨同上。較梟過～殼khah hiau kòe～khak⇨比蟶殼還蹺,喻心梟,亦即心蹺變得較蟶殼還利害。下你～下你蠔,到時攏總無hē-lí～hē-lí ô, kàu-sî lóng-chóngbô⇨下,求神也。謂求以蟶以蠔謝神,到頭來皆無之。喻說荒言。

【蟶干 than-koaⁿ】 蟶之晒干者。

【蟶去 than-khì】 謂平者變形了。又喻死掉了。蟶去喻死,與蹺去khiau-khì或撐去theⁿ-khì同樣皆喻死亡的下流話。

【蟶埕 than-tiâⁿ】 蟶之多產也。又養蟶場。

【蟶園 than-hn̂g】 養蟶場。亦曰蟶田than-tiân。於～～ 種蟶tī ～～ chèng-than⇨在蟶田種蟶。

than
端 表示完全,確實等之詞。端的toan-tek的用法略同。(見toan部)。～爾有影～ní(na) ū-iáⁿ⇨完全是事實。我 ～ 爾要goá ～ ní(na) boeh⇨我一定要。～ 爾無影 ～ ni bô-iáⁿ⇨完全是假的。你～爾不肯 lí～ni(na) m̄-khéng⇨你一定不肯。咱～爾不可去lán～ni(na) m̄-hó khì⇨我們一定不可去。人都是,您～爾共人講不是lâng to sī, lín～na(ni) kāng kóng m̄-sī⇨人家(我)說是對,你們一定要說人家(我)不對。共人切成kāng。又than,很多人已訛爲kan,而說成端仔kan-na。

【端仔 than-a】 than-na。kan-na。端爾than-ní之轉,端的toan-tek也。

than
攤 開也。平均分配也,又隨地賣物曰地攤tē-than亦曰地攤tē-thoaⁿ(見thoaⁿ部)。排地～pâi tē～(thoaⁿ)⇨同上。

than
灘 水淺流急之處曰灘than,亦曰瀨loā(見loa部)。水邊海邊亦曰灘than。沙～soa～⇨水邊海邊的沙地。人攏溢對沙～去也lâng lóng ek-tùi soa～khì à⇨人潮集上沙灘了。海～hái～⇨海邊。

thán
毯 毛席也。有別於氈chian,同氈,亦作毤。毯席地,今所謂地毯tē-thán是也;氈者蓋身,但今已一律說成毛毯mô-thán矣。

【毯仔 thán-ná】 毛毯。金山～～kim-soaⁿ～～⇨美國產的上等毛毯,俗訛爲金砂毯kim-soa-thán。

thán
袒 裸露也。又掩護也。左～chó⇨同上。私～su～⇨私心掩護。偏～phian～⇨偏心庇護。一個是阿叔,一個是阿舅,叫咱安怎做左右～chit-ê sī a-chek, chit-ê sī a-kū, kiò-lán an-choáⁿ chò chó-iū～⇨一個是叔叔,一個是舅舅,叫我如何支持那一個呢。

【袒庇 thán-pì】 袒護。曲護。

【袒親 thán-chhin】 偏心支持親人。即類問題無應該～～chit-loē būn-tê bô èng-kai～～⇨這種問題，不應該因爲是親人而支持之。

【袒護 thán-hō͘】 不公平的支持庇護單方。

**thán 坦** ㊀平也。大路眞平～toā-lō͘ chin pêng～⇨同上。講話眞平坦kóng-ōe chin pêⁿ(pîⁿ)-tháⁿ⇨講話很公道(見thaⁿ部)。君子～蕩蕩kun-chú～tōng-tōng⇨君子寬廣明達，但是坦字多被改用趁thàn字，作君子隨衆人kun-chú sûi chèng-lâng的意思用。蕩蕩tōng-tōng亦解作衆多人。㊁接頭詞，表示平面或立體的狀態。～直～tıt⇨直。～橫十二～hoâiⁿ chap-jī⇨同上。

【坦平 thán-pêⁿ(pîⁿ)】 水平。水溝掠～～道會用得也 chúi-kau liah～～tō ē-iōng(ēng) tit à⇨水溝掠平的就可以了。

【坦企 thán-khiā】 或坦徑。長形者立姿曰坦企thán-khiā，度～～較未鎮位khǹg～～khah bē tìn-ūi⇨放立較不佔面積。反之曰坦橫thán-hoâiⁿ(hûiⁿ)。度～～較自在khǹg～～khah chū-chāi⇨放橫較安定。坦橫生thán-hoâiⁿ(hûiⁿ)-seⁿ⇨①難產。手或脚先行。②矮冬瓜形的體格。③罵人做事本末倒置。又坦橫亦曰坦倒thán-tó。但却不曰坦倒生，而曰顚倒頭生tian-tó-thâu-seⁿ。

【坦伏 thán-phak】 睏～～khùn～～⇨俯伏而睡。坦伏亦曰坦闔thán-khap，反之曰坦笑thán-chhiò。凡表面向上皆曰笑chhiò。

【坦直 thán-tıt】 直。排～～pâi～～⇨排直線。

【坦扁 thán-pīⁿ】 扁平。拍～～拖會過phah～～thoa ē kòe⇨打扁平拖會過。

【坦斜 thán-chhoā】 斜。坐～～較好坐chē(choe)～～khah hó chē(chōe)⇨斜向較易坐。

【坦趄 thán-chhu】 傾斜。徙～～soá～～⇨移傾斜。

【坦攲身 thán-khi-sin】 身斜向。～～～道會過也～～～tō ē kòe à⇨身打斜向就會過了。

**thàn 炭** 非金屬元素之一。石～sek～⇨同上。火炭hóe-thoàⁿ(見thoaⁿ部)。

**thàn 嘆** 太息也。亦作歎。怨～oàn～⇨心中有怨而太息也。苦～khó͘～⇨同上。不免扲怨～m̄-bián teh oàn～⇨不必怨歎。曷使扲～大喟ah-sái-teh～toā-khùi⇨何必在歎大氣呢。

【嘆美 thàn-bí】 ～～派的～～phài ê⇨唯美派的。～～主義～～chú-gī⇨唯美主義。亦作耽美thàn-bí(tam-bí)。

【嘆息 thàn-sit】 同嘆喟thàn-khùi。

【嘆喟 thàn-khùi】 ㊀自怨自艾。自己歎大氣。㊁嘆氣thàn-khì，爲人惋惜。爲人～～ūi-lâng～～⇨爲別人發動義俠之心。

【嘆願 thàn-goān】 苦求khó͘-kiû。～～書～～si(su)⇨歎願的書狀。

**thàn 趁** 逐也，逐利也，乘也，服從也。仿効也。又賣淫亦曰趁thàn。討～thó～⇨爲生活逐利。未討～bē(bōe)-thó～⇨不能逐利，謂老矣，病矣，等等。敢～敢食káⁿ～káⁿ chiah⇨勇於吃苦任勞以逐利，也敢於大飲大吃。敢～敢了(蝕)káⁿ～káⁿ-liáu(sıt)⇨敢逐大利敢虧大本。～船～chûn⇨趕船，搭船。～日頭未落山該趕路～jıt-thâu bōe-loh-soaⁿ āi koáⁿ lō͘⇨乘太陽未下山應該跑快一些。～價好買賣～kè hó bé-bē(bóe-bōe)⇨照價錢易成交。～無人扲看～bô-lâng teh khoàⁿ⇨乘沒人在注意。伊聽講有扲～i thiaⁿ-kóng ū teh～⇨她聽說是在賣淫。闍雞曷敢～鳳飛iam-ke ah-káⁿ～hōng poe⇨闍雞何敢學鳳飛。

【趁人 thàn-lâng】 仿別人。～～做～～chò⇨模仿別人。乞食婆亦～～扲走反khıt-chiah-pô ah～～teh cháu-hoán⇨乞食婆也學別人那樣在逃避反亂。

【趁早 thàn-chá】 ～～去，～～轉來～～khì，～～tńg-lâi⇨快去快回。～～死～～好

～～sí～～hó⇨快死快好(太消極了)。

【趁食 thàn-chia̍h】 討生活。～～人～～lâng⇨無恆產之人的通稱。亦指娼妓。～～囝～～kiá$^n$⇨趁食人的材料。～～步～～pō͘⇨討生活的手段。～～查某～～cha-bó͘⇨娼妓之流。～～底～～té(tóe)⇨娼妓出身的。又趁食亦作白食解。

【趁勢 thàn-sè】 順勢。乘便。～～徙位～～soá-ūi⇨順勢移位。

【趁跮 thàn-thit】 或趁彳。白玩。跮踱thit-thô⇨彳亍thit-thô，行貌，中少留也。作遊蕩解。趁嬉遊。順便得到嬉遊。

【趁暢 thàn-thiòng】 謂空歡喜。白高興。牽猪哥～～khan-ti-ko～～⇨同上。亦曰趁爽thàn-sóng。

【趁嘴 thàn-chhùi】 ～～叫～～khiò⇨照別人的叫法(稱呼)叫之。～～稱呼～～chheng-ho͘⇨同上。～～乎伊～～hō͘ i⇨照他講的(價)賣給了他。

【趁樣 thàn-iū$^n$】 照樣。～～做～～chò⇨同上。亦曰趁款thàn-khoán。

【趁緊 thàn-kín】 趕快。同趁早。

【趁錢 thàn-chî$^n$】 討生活而逐利。～～有數，生命着顧～～iú-sò͘, sè$^n$-miā tio̍h-kò͘⇨得利不太多，生命應該珍重。～～不過代～～m̄ kòe-tāi⇨趁錢不留給後代，喻要後代自己努力奮鬥。猪刀利利，～～未過三代ti-to lāi-lāi, ～～bē(bōe)-kòe sam-tāi⇨謂殺猪的屠戶，利益雖厚，但因其殺生，所以趁有財產也傳不到第三代。

【趁縫 thàn-phāng】 乘間隙。乘有多餘時間。～～去看戲～～khì khoà$^n$-hì⇨同上。～～出門～～chhut-mn̂g⇨乘工作間隙出外。

【趁踹 thàn-sām】 白逛。乘人之便逛遊。阮亦有逮人去～～goán ia̍h-ū tòe-lâng khì～～⇨我也有跟他們去逛了一趟。咱抾合人～～啥lán teh kah-lâng～～siah$^n$⇨我(這樣的人)跟人玩什麼呢。

【趁未倒 thàn-bē(bōe)-tó】 因能力或資格不夠，致雖有利可圖但無辦法去一圖此利曰～～～。本錢該許大，咱～～～pún-chî$^n$-ài hiah-toā, lán～～～⇨本錢要那麼多，我輩無辦法趁之。

【趁行路 thàn-kiâ$^n$-lō͘】 跑白路。做你的無錢媒人，我都無要～～～講chò lí ê bô-chî$^n$ bôe-lâng, goá to-bô-boeh～～～kong⇨做你這沒謝禮的媒人，我只白跑路而已，我才不幹呢。

【趁私敧 thàn-su-khia】 趁入私囊。食，食俺爹，趁錢私敧chia̍h, chia̍h an-tia, thàn-chî$^n$ sū-khia⇨謂三餐食公飯，趁的做私錢。喻①自私自利。②富家子女的優厚條件。敧khia,傾也，不正也。

【趁會着 thàn-ē-tio̍h】 能夠趁到手。～～～，亦食未着～～～, ia̍h chia̍h-be-tio̍h⇨能趁到手，也吃不到口，謂危險錢，趁到了，命也沒了。

【趁火打劫 thàn-hóe-tá$^n$-kiap】 乘火燭做賊。乘機圖私利。～～～～的較夥，鬥脚手的較少～～～～ê khah-chē(chōe), tàu-kha-chhiú ê khah chió⇨同上。

【趁曷有水食 thàn-a̍h u-chui-chia̍h】 謂吃水的小利都趁不到。做即類乞食生理～～～～～chò chit-lōe khit-chia̍h seng-lí～～～～～⇨做這麼小的生意，何能趁到水喝，謂連喝水都沒有。

# thang

**thang 當** 可也。值得也。能夠也。～抑不～～a̍h-m̄～⇨可或不可，值得或不值得，應該或不應該。若無棄嫌亦是～nā-bô khì-hiâm a̍h-sī～⇨不嫌棄的話也可以。不～m̄～⇨不可，不行。～去否～khì bò͘⇨～去抑不～～

khì a̍h-m̄～⇨該去或不該去。～買(賣)否～bé(bē) bò·⇨～買(賣)抑不～～bé(bē) a̍h-m̄～⇨可以買(賣)或不可。～允否～ín bò·⇨可不可以答應。緊食飽～緊去kín chia̍h-pá～kín khì⇨快吃飽以便快去。有～存道存來過年～用ū～chhun tō chhun-lâi kòe-nî～iōng(ēng)⇨有得剩就剩下來過年可用。無～存bô～chhun⇨沒可剩的。人生有～食有～穿有～帶上要緊jîn-seng ū～chia̍h ū～chhēng ū～toà siāng(siōng)-iàu-kín⇨人生有得吃有得穿有得住最重要。有飯～食，有衫～穿，有厝～帶，有錢～用，人生安爾道差不多也ū-pn̄g～chia̍h, ū-sa$^{n}$～chhēng, ū-chhù～toà, ū-chî$^{n}$～iōng(ēng), jîn-seng an-ne(ni) tō chha-put-to a⇨有飯可吃，有衣可穿，有屋可居，有錢可用，人生如此就差不多了。緊到位～緊歇睏kín kàu-ūi～kín hioh-khùn⇨快到達以便快休息。儉來～還人khiām-lâi～hêng-lâng⇨節約起來以便清還債務。提去～食點心the̍h-khì～chia̍h tiám-sim⇨拿去以便做吃點心的費用。飼大漢～做搖錢樹chhī toā-hàn～chò(chòe) iô-chî$^{n}$-chhiū⇨鴇母pó-bó——老蔥lāu-chhang們如此希望。無～bô～⇨不行，不肯。等一下道無～tán-chi̍t-ē tō bô～⇨只等一下就不肯。叫你先借些道無～kiò-lí seng-chioh-chè tō bô～⇨請你先借我一些就不肯。有～還人也ū～hêng-lâng ā⇨能夠還人了。有～偏道笑也ū～phi$^{n}$ tō chhiò à⇨有些甜頭就笑了。有～賒有～欠ū～sia ū～khiàm⇨可以賒可以欠。無～飲無～迌，食路都斷也bô～lim, bô～thit, chia̍h-lō· to tn̄g ā⇨沒得喝沒得玩，食路皆斷掉了。食路chia̍h-lō·指玩喝的來源。無～親像人bô～chhin-chhiū$^{n}$ lâng⇨沒法子像別人，亦即沒辦法作像樣的生活。無米～落鼎bô-bí～lo̍h-tiá$^{n}$⇨沒米可下鼎煮飯。無人～趁飼咱bô-lâng～thàn-chhī lán⇨沒人可養活我。無某～過年bô-bó·～kòe-nî⇨沒老婆過年。某bó·，指老婆。無～到若好看bô～kà goā hó-khoà$^{n}$⇨不能說很好看。無～俗bô～sio̍k⇨不能算便宜。無～穩bô～ún⇨不甚可靠。會得～信用ē-tit～sìn-iōng⇨信得過。會得～去月球也ē-tit～khì goe̍h-kiû ā⇨能夠到月球去了。食大未曉～有孝亦是枉費chia̍h-toā bē(bōe)-hiáu～ū-hàu a̍h-sī óng-hùi⇨長大了不曉得孝順父母也是沒用。會曉趁，未曉～儉，亦是無採工ē-hiáu thàn, bē(bōe)-hiáu～khiām, a̍h-sī bô-chhái-kang⇨能趁而不知儉約，也是沒效果。

**【當可 thang-hó】** 當thang。釋義所舉各例大部份可改用當好。

**thang 窗** 亦作牕或窓。天～thi$^{n}$～⇨同上。蚊～báng～⇨同上。玻璃～po-lê～⇨同上。百葉～pah-hio̍h～⇨同上。門～戶扇mn̂g～hō·-sì$^{n}$⇨同上。

**【窗仔 thang-á】** 窗。小窓。～～門～～mn̂g⇨窗戶。～～口～～kháu⇨銀行等的接客處，車站的賣票口。

**【窗簾 thang-lî】** 亦曰窗仔簾thang-á-lî⇨同上。

**thang 通** 透也（見thong部）。

**【通光 thang-kng】** ㊀透明，明亮。窗仔該做～～的thang-á ài-chò～～ê⇨窗須做透明的。厝起了眞～～chhù khí-liáu chin～～⇨屋子蓋得很明亮。㊁通曉。行情該～～藉做有生理hâng-chêng ài～～chiah chò-ū seng-lí⇨行情需要通達才做得生意。什麼代誌伊亦～～到若半仙哩sa-má tāi-chì i a̍h～～kà-ná poàn-sian lì⇨什麼事情他都知道得像半仙一樣呢。

**【通風 thang-hong】** 者眞～～眞涼chia chin～～chin liâng⇨此處很通風很涼爽。無～～的所在連鞭道會激死人bô～～ê só·-chāi liâm-pi$^{n}$ tō ē kek-sí lâng⇨空氣不通的地方立即

就會悶壞人。

【通晃 thang-hông】 亂吹牛。不是抄講～～的m̄-sī teh kóng ～～ ê⇨不是在吹牛說好聽的。你免抄～～lí bián teh～～⇨你不必說大聲話。

【通寬 thang-lang】 曠濶khòng-khoah。稀疏hi-so͘。厝要起道該起較～～抄藉好帶chhù boeh-khí tō-āi-khí khah～～leh chiah hó-toà⇨房子要蓋得蓋曠濶些才宜於居住。稻仔不當播傷密，該較～～抄藉好tiū-á m̄-thang pò͘ siuⁿ-ba̍t, āi khah ～～ leh chiah-hó⇨稻子不可播得太密，應該較稀疏些才好。

thóng **桶** 圓形木器也。水～chúi～⇨擔水之桶。戟～siak～⇨刈稻用之大桶。飯～pn̄g～⇨①盛飯之桶。②喻人無用，只可盛飯。醋～chhò͘～⇨①盛醋之桶。②喻嫉妒。醋～舉抄倒chhò͘～giâ-leh tò⇨公開大發嫉妒。青～chheⁿ～⇨①青之桶。②喻食量之大。食歸青～chia̍h kui chheⁿ～⇨吃了整個青桶之多。盈話講歸青～êng-ōe kóng kui chheⁿ～⇨閑話說得整個青桶多。潘～phun～⇨飼豬用桶。屎～sái～⇨罵人如屎桶之臭，亦即臭人chhàu-lâng。新式的馬～bé～⇨同上。粟～chhek～⇨農具。桶亦爲量物之單位。一～糜chi̍t～moâi⇨一桶粥。三～酒saⁿ～chiú⇨三桶酒。十～汽油cha̍p～khì-iû⇨十桶汽油。半～水仔poàⁿ～chúi á⇨半桶之水，喻一知半解。

【桶帀 tháng-pūn】 圍稻桶邊以防粟粒飛散者。古代蔽前之衣。帀pūn一巾也，非市場之市chī。

【桶仔 tháng-á】 桶。小桶。又桶柑的簡稱。

【桶匠 tháng-chhiūⁿ(chhiōng)】 桶工，箍桶之人。

【桶托 tháng-thuh】 ㊀在桶底加填入鋸屑麩kì-sut-hu等以防漏的竹片。㊁好作無端刁難的小人物。彼顆眞～～該修理hi̍t-kho͘ chin～～āi siu-lí⇨那個東西很狡猾，需要略加教訓。

【桶虎 tháng-hó͘】 箍桶的小道具，亦曰桶鈎tháng-kau。

【桶枋 tháng-pang】 用於桶墻部份的板，略帶弧形的特製板。

【桶底 tháng-té】 ～～托無密～～thuh bô-ba̍t⇨桶底塡沒密，會漏水。

【桶柑 tháng-kam】 柑橘的一種。亦曰桶仔柑tháng-á-kam。

【桶棍 tháng-têⁿ(tīⁿ)】 箍桶的小道具。

【桶梯 tháng-thui】 稻桶中受稻藁的道具。

【桶鈎 tháng-kau】 箍桶的一種器具。

【桶靴 tháng-hia】 長胴靴。馬靴。

【桶鉗 tháng-khiâm】 箍桶的一種器具。

【桶蓋 tháng-koà】 ～～無箝～～bô-khâm⇨同上。

【桶箍 tháng-kho͘】 束桶之篾環。今已多以鐵線環代之。～～箍無稠～～kho͘ bô-tiâu⇨桶箍束得不緊。

【桶盤 tháng-poâⁿ】 平而淺之盤。端物用。本多用木料，今有金屬類的、塑膠的，多作長方形或圓形者。

【桶墻 tháng-chhiûⁿ】 桶腰部份。

【桶燈 tháng-teng】 桶形的大燈。

【桶聲 tháng-siaⁿ】 粟，糖密等桶裝產品的數量。即冬刈較無～～chit-tang koah-khah-bô～～⇨此季收穫成績較壞。

thàng **窗** 通也。貫穿也。通透也(見thàu部)。自始到終曰透thàng，亦曰thàu。歸年～天kui-nî～thiⁿ⇨全年之久，年始至年終之間。做一遍連～chò-chi̍t-piàn-liân～⇨謂所有的工作以至生意皆做過了。蛇孔～老鼠巢choâ-khang～náu-chhí-siū⇨蛇孔通到老鼠巢，謂歪人歪事皆有歪路相通。路有～過後山也lō͘ ū～kōe āu-soaⁿ a⇨路已通到後山了。磅孔拍～也pōng-khang phah～ā⇨隧道打通了。

【窗心 thàng-sim】 通入心中。～～肝～～koaⁿ⇨透心。～～凉的冰淇淋～～liâng ê peng

-kî-lîn⇨一吃凉到心底的冰淇淋。

【窬尾 thàng-bóe(bé)】 行末～～ kiâⁿ-bē (bōe)～～⇨不能百年偕老。

【窬窬 thàng-thàng】 四界行～～sì-kè kiâⁿ～～⇨四處皆跑遍了。看～～ koàⁿ～～⇨看遍了。看透了。

【窬過 thàng-kòe】 ～～關係去講人情～～ koan-hē khì-kóng jîn-chêng⇨社會最黑暗的話。

thàng
**趟** 次也。即～chit～⇨此一次，此一回，有去行一～ū-khì kiâⁿ chıt～⇨曾去跑過一次。即～我看敢未醫得也chıt～goá-khoàⁿ káⁿ bē(bōe)-i tit à⇨這一回我看恐怕救不了了。

thàng
**疼** 痛也。父母憐愛子女也。痛～thiàⁿ～⇨疼痛。父母痛～囝兒pē-bó(bú) thiàⁿ～kiáⁿ-jî⇨父母憐愛兒女。

【疼痛 thàng-thiàⁿ】 囝兒都是受父母的～～藉會大漢的kiáⁿ-jî tō-sī siū-pē-bó(bú) ê～～chiah ē toā-hàn ê⇨同上。

thâng
**蟲** 昆蟲類，指無足無翅者爲主。俗字爲虫thâng。生毛～seⁿ-mo～⇨毛蟲。害～hāi～⇨有害之蟲，亦喻壞人。大尾～細尾～toā-bóe～sè-bóe～⇨大蟲小蟲，喻大兒女小兒女。蛀～chiù～⇨蛀物之蟲，害蟲。壞～hāi～⇨害蟲，壞人。一寸～亦有三分氣chıt-chhùn～ah-ū saⁿ-hun khì⇨喻極微賤之人也有其榮譽感或自尊心，不該加以損傷。

【蟲介 thâng-kài】 小蟲的總稱。亦喻作孽者，或小人。攏是許的～～扲作怪lóng-sī hiah-ê～～ teh chok-koài⇨皆是那些小人在作怪。

【蟲仔 thâng-á】 小蟲。二尾仔不成～～ nn̄g-bóe- á m̄-chiâⁿ～～⇨幾個不肖兒女。

【蟲豸 thâng-thoā】 虫至獸。生物。～～ㄙ是一世人～～ mā-sī chıt-sì-lâng⇨謂小如蟲大如獸都各有其一生。喻人生比不了。

【蟲草 thâng-chháu】 一種中藥材名。所謂多虫夏草，一種下等菌類也。

【蟲蛀 thâng-chiù】 蛀蟲蛀的。柱仔有～～也危險也thiāu-á, ū～～ à hûi(gûi)-hiám à⇨柱已有蟲蛀了，危險了。

【蟲蚜 thâng-hiā】 蟲與蟻。

【蟲絲 thâng-si】 天蚕絲。

【蟲繭 thâng-kián】 娘仔經～～ niû-á keⁿ(kiⁿ)～～⇨蚕吐絲做繭。

thâng
**桐** 梧桐也(見tong部)。

【桐子 thâng-chí】 梧桐子。～～油～～iû⇨桐油。

【桐油 thâng-iû】 梧桐子油。～～灰～～hoe⇨加桐油製造的塗料。木船防水用。～～籠底～～～～láng té(tóe)～～⇨桐油籠只能盛桐油。喻做慣某種生計，只好繼續做下去，對別途都生疏，無法改途。底té，動詞，置物於器中曰底té。～～紙～～choá⇨防水紙。

thāng
**蕩** 搖也。動也。同盪thāng。舟在水面上下浮沈曰蕩thāng。某種動作亦曰蕩thāng。

【蕩枴 thāng-koái】 弄枴lāng-koái。指支枴心使其蕩平也。乞食有嗹道～～ khit-chiah ū-chiah tō～～⇨乞食飽食了就弄枴爲玩也。所謂，乞食有食道弄枴仔花khit-chiah ū-chiah tō lāng-koái-á-hoe者是也。因而所謂飽暖思淫慾。凡對事物多所挑剔者皆曰蕩枴 thāng-koái。阿三上～～a-sam siāng～～⇨阿三最會挑三剔四，亦即蹧躂chau-that東西。你免扲～～lí biān teh～～⇨你莫蕩枴。

【蕩萩 thāng-koáiⁿ】 同蕩枴thāng-koái，因萊與枴諧音。芋莖曰芋萩ō-hoâiⁿ，亦曰芋萩ō-koáiⁿ。水蛤仔攬芋萩chúi-kap-á lám ō-hoâiⁿ⇨謂(形同)蕩枴thāng-koáiⁿ。趁有食更會水蛤仔攬芋萩thàn-ū-chiah koh-ē chúi-kap-á lám-ō-hoâi⇨謂生活好些了，竟會奢華

起來了。

【盪鞦韆 thāng-chhiu-chhian】 同孩鞦韆 hāi$^{n}$-chhiu-chhian。孩hai$^{n}$或hī$^{n}$，動也，搖動也。

## thap

thap 塌 地陷也。開孔也。填補亦曰塌thap。俗皆以凹字代之。～縫～phāng，～本～pún, ～錢～chî$^{n}$等是。

thap 榻 床也。眠床bîn-chhn̂g也。下～於旅舍hē～tī-lí-sià⇨投宿在旅館。一～糊塗it～hô·-tô·⇨喻紊亂之極。

thap 凹 陷下也。穿孔也。填補也。塌thap的俗字。凹凸au-thut(見au部)。中央～一～tiong-ng～chi̍t～⇨中央陷下一凹。

【凹孔 thap-khang】 ㊀陷下。穿孔lap-khang。～～眞夠位，有的凹窗過，有的無過～～chin chē ūi, ū-ê thap-thàng-kòe, ū-ê bô-kòe⇨陷下的很多處，有的凹窗孔了，有的沒穿過。㊁補填錢項。幾粒仔錢攏～～落去也kúi-lia̍p-á-chî$^{n}$ lóng～～lo̍h-khì-à⇨同上。

【凹本 thap-pún】 虧本。再填補資本。～～生理該來收正着～～seng-lí ài-lâi siu chià$^{n}$ tio̍h⇨虧本生意應該收場才對。

【凹錢 thap-chî$^{n}$】 同凹本。～～凹着眞驚人～～thap-tio̍h chin kia$^{n}$-lâng⇨本虧得很可怕。

【凹頭 thap-thâu】 虧本。有即斗入來，～～亦無若夠也ū chit-táu ji̍p-lâi, ～～iah bô-goā-chē(chōe) ā⇨有這一筆入帳，虧本也不太多了。

【凹縫 thap-phāng】 填補間隙。更～～種一稜猶會使得koh～～chèng chi̍t-lêng iáu ē-sái-tit⇨再於中間加種一稜還可以。

【凹脚行 thap-kha-kiâ$^{n}$】 後行者符和前行者的脚步，而前進。亦曰凹步行thap-pō·-kiâ$^{n}$。

【凹孔凹縫 thap-khang-thap-phāng】 總的合共的，既幾個錢～～～～，連鞭道凹了了也chóng-è kah kiōng-ē, kà kúi-ê-chî$^{n}$, ～～～～, liâm-pi$^{n}$ tō thap-liáu-liáu à⇨總共果有幾個錢呢(意指不多也)，貼此補彼，馬上就貼光了。

【凹頭凹尾 thap-thâu-thap-bóe】 補貼東補貼西。提些轉來～～～～是有的the̍h-chē tńg-lâi ～～～～ sī ū ê⇨拿些回來補貼補貼是有的。

## that

that 踢 舉足蹴物或人也。烏白～o·-peh～⇨亂踢。企高山看馬相～khiā koân-soa$^{n}$ khoa$^{n}$-bé siō～⇨踞高臨下的旁觀者。

## thau

thau 偷 盜也。盜物而不使人知也。苟且也。私行而不欲人知也。監守自～kām-siú chū～⇨同上。着賊～tio̍h chha̍t～⇨家遭竊賊光顧。三更入宅非姦即～sa$^{n}$-ke$^{n}$(ki$^{n}$) ji̍t-the̍h hui kan chek～⇨同上。竊～案件chhiap～àn-kiā$^{n}$⇨同上。

【偷工 thau-kang】 ㊀偷閑thau-hân，特地，俗作挑工thiau-kang。⇨～～來看你～～lâi khoà$^{n}$-lì抽出時間來看你。～～做的～～chò ê⇨特別做的。故意(有意)做的。不～～要彫我的古董m̄～～boeh tiau goá ê kó·-tóng⇨不是要故意難爲我嗎。㊁故意省手或簡化應做工作。～～減料～～kiám-liāu⇨當今工程的普遍毛病。

【偷用 thau-iōng(ēng)】 ～～公印～～kong-ìn⇨同上。

【偷生 thau-se$^{n}$(si$^{n}$)】 私生。～～囝～～kiá$^{n}$⇨秘密生子，指未嫁者或寡婦，不應生子而生者，其子在戶籍上爲私生子su-seng-chú。

【偷走 thau-cháu】 逃走。犯人～～去也hoānlâng～～khì à⇨犯人逃亡去了。佃查某囝合人～～去也in cha-bó·-kiá$^n$ kah-lâng～～khì à⇨他女兒跟人私奔去了。

【偷扱 thau-khioh】 偷拾也。剽竊也。～～樣仔～～soāi$^n$-á⇨同上。～～文章～～bûn-chiu$^n$⇨剽竊文章。扱khioh者，收也，取也，又手至地也，又手舁物他徙也。扱拾khioh-si̍p。俗以拾作khioh。

【偷庋 thau-khǹg】 私藏。密藏。～～短銃～～té-chhèng⇨私藏短槍。

【偷刣 thau-thâi】 ㊀暗殺。～～人～～lâng⇨同上。㊁私宰。～～猪～～ti⇨私宰猪隻。

【偷拑 thau-kâ$^n$】 偷竊行爲。拑kâ$^n$，脅持也。布店～～布pò·-tiàm～～pò·⇨布店挾帶布匹。册店～～册chheh-tiàm～～chheh⇨書店挾帶書。

【偷拈 thau-liàm】 偷竊行爲。拈liàm，兩指取之。偷拎～～，一世人缺欠 thau-ni～～, chi̍t-sì-lâng khoat-khiàm⇨謂慣貪小便宜做小賊的人，一定貧窮終生。

【偷拎 thau-ni】 偷竊行爲。拎ni，懸手取物。

【偷食 thau-chia̍h】 會曉～～，未曉拭嘴ē-hiáu～～, bē(bōe)-hiáu chhit-chhùi⇨傻賊。～～未瞞得嘴齒，偷壻未瞞得鄉里～～bē(bōe)-moâ-tit chhùi-khí, thau-sài bē(bōe)-moâ-tit hiu$^n$-lí⇨偷壻thau-sài即私設丈夫，喻不光明的事做不得。～～狗有罪～～káu ū-chōe⇨喻做賊心虛。～～步～～pō·⇨賽事上暗弄手脚，亦即使用規定外的手段。用～～步無準算iōng(ēng)～～pō· bô chún-sǹg⇨用偷食步者不算勝負。

【偷約 thau-iak(iok)】 秘密約會。亦敢合人～～去散步也a̍h kā$^n$ kah-lâng～～khì sàm-pō· ā⇨也敢與人約會了。謂人大了，膽子也大了(古板媽媽的口氣)。

【偷看 thau-khoà$^n$】 ～～新娘～～sin-niû⇨偷相親。新娘應作準新娘解。

【偷問 thau-mn̄g】 暗中探聽。～～家風～～ke-hong⇨同上。

【偷𤆬 thau-chhoā】 拐誘。～～查某～～cha-bó·⇨拐誘女人。～～囡仔～～gín á⇨拐誘孩童。

【偷揜 thau-iap】 偷竊行爲。揜iap，覆而取之。

【偷換 thau-oā$^n$】 新的乎人～～去sin-ê hō·-lâng～～khì⇨新物被人偷換了舊物。

【偷報 thau-pò·】 密報。～～消息～～siau-sit⇨同上。

【偷渡 thau-tō·】 非法越界。～～過西洋～～kòe se iû$^n$⇨偷渡赴歐洲。

【偷趁 thau-thàn】 ㊀私找私家錢。㊁秘密賣淫。聽見講抮～～thia$^n$-i$^n$-kóng teh～～⇨聽說在偷偷賣淫。

【偷提 thau-the̍h】 竊取。～～物～～mi̍h⇨竊偷東西。

【偷電 thau-tiān】 偷接電源。偷點電火thau-tiám tiān-hóe。

【偷賣 thau-bē(bōe)】 ～～禁藥～～kìm-io̍h⇨偷偷兒的賣被禁止的藥。

【偷講 thau-kóng】 私告。有人來～～藉知影ū-lâng lâi～～chiah chai-iá$^n$⇨有人來密告才知之。咱家己人抮～～lán ka-kī-lâng teh～～⇨我們是自己人所以說給你知道。

【偷藏 thau-chhàng】 ～～犯人～～hoān-lâng⇨同上。～～賊貨～～chha̍t-hòe⇨收藏賊贓。

【偷舉 thau-giâ】 舉giâ，以肩舉物也。～～鼎的恨偷掘芋的～～tiá$^n$ ê hīn thau-kut-ō·h ê⇨鼎賊怨恨芋賊，喻同業相妬之不可理喻。～～鼓井每着認～～kó·-ché$^n$ mā-tio̍h jīn⇨偷背走鼓井也得承認，喻暴政刑求迫供之甚。

【偷聽 thau-thia$^n$】 竊聽。乎人～～去也hō·-lâng～～khì à⇨被人竊聽去了。不當～～人講話m̄-thang～～lâng kóng-ōe⇨不可竊

聽人家講話。

【偷做手 thau-chò-chhiú】 惡商的名堂。或以僞裝眞，或以少裝多，或以壞當好，皆曰偷做手thau-chò-chhiú。

【偷牽牛 thau-khan-gû】 喻大賊。細漢偷挽匏，大漢～～～ sè(sòe)-hàn thau-bán-pû, toā-hàn ～～～ ⇨謂少時偷匏，大了偷牛，因此，少時的小過失，應該及時矯正，以免大了鑄成大錯。

【偷掠雞 thau-lia̍h-ke(koe)】 偷雞。～～～不免稱 ～～～(koe) m̄-bián chhìn⇨謂免本錢的東西，可以隨便買賣(不計較斤兩)。～～～亦該一搣米～～～(koe) ia̍h-ài chi̍t me-bí ⇨謂最小的生意也要若干本錢。搣me借作握解。

【偷稱頭 thau-chhìn-thau】 惡商偷斤減兩也。亦曰偷斤兩thau-kin-niúⁿ或偷重thau-tāng。

【偷來暗去 thau-lâi-àm-khì】 謂男女私通。地下關係的秘密來往。～～～～眞久仔，歸街仔知了了也 ～～～～ chin kú à, kui-ke-à chai-liáu-liáu à⇨私通很久了，全街都知道了。

【偷咬雞仔 thau-kā-ke(koe) á】 偷小雞。喻女人偷漢。

thấu **敨** 凡絲結或機械的解開kái-khui皆曰敨thấu。又問題的解決kái-koat亦曰敨thấu。～結頭～kat-thâu⇨解絲結(包括線、繩等結)。～機器～ke-khì⇨解開機器。～未開的死結～bē(bōe)-khui ê sí-kat⇨解不開的死結。彼二派的對立恰如死結，無人～會開hi̍t-nn̄g-phài ê tùi-li̍p kah-ná sí-kat, bô-lâng～ē khui⇨同上。即台車該～來洗也chit-tāi chhia ài～lâi sé(sóe) à⇨這輛車應解開來洗了。又脫罪亦曰敨thấu。我看即遭敢奧～也goá khoàⁿ chit-cho káⁿ oh～à⇨我看這一次遭遇，恐怕逃脫不了了。奧～亦道該～看抄，眞正無法度藉更拍算oh～ia̍h tō ài～khoàⁿ-leh, chin-chiàⁿ bô hoat-tō͘ chiah koh phah-sǹg⇨難於解決(逃脫)也得試行解決，眞的沒法子了，才再造道理。

【敨股 thấu-kó͘】 ㊀解開髮股。㊁條理分明。講話有～～ kóng-ōe ū ～～ ⇨講話逐條說分明。聽未～～thiaⁿ bē(bōe) ～～⇨聽不了解。同透股thàu-kó͘。

【敨脫 thấu-thoat】 不執死訣。有通融，可進可退的餘地。做人成～～ chò-lâng chiâⁿ ～～⇨做人很有通融性。該乎人有淡薄仔～～ ài hō͘ lâng ū tām-po̍h-á ～～ ⇨應該給人有多少進退的餘地。佛家以脫離煩惱束縛而得自在爲解脫kái-thoat。

【敨結 thấu-kat】 解開繩結。

【敨開 thấu-khui】 一下～～來看，內底無半項値錢的chi̍t-ē ～～ lâi-khoàⁿ, lāi-tē bô poàⁿ-hāng ta̍t-chîⁿ ê⇨解開一看，裡面沒有一件値錢的東西。～～索仔結～～ soh-á-kat⇨解開繩子的結。

【敨散 thấu-soàⁿ】 行李不好～～去hêng-lí m̄-hó～～ khì⇨行李不可解開而弄散了。

【敨罪 thấu-chōe】 ㊀洗雪罪嫌。㊁爲死人洗罪。紅頭的替死人～～ âng thâu ê thè sí-lâng～～⇨紅頭，司功的一種名堂。

thấu **埱** 通也。出氣也。一點喟無好～chi̍t-tiám khùi bô hó～⇨氣在心中吐不出。運途眞～ūn-tô͘ chin～⇨正上好運氣。眞久無～也chim kú bô～à⇨很久沒有近女色了。水溝無～chúi-kau bô～⇨水溝不通，水流不出。水筧無～chúi-kéng bô～⇨水筧，引水的竹筒。

【埱喟 thấu-khùi】 同透喟thàu-khùi,吐氣，吐出鬱悶之氣。出氣。今會用得～～也taⁿ ē-iōng(ēng)-tit～～à⇨而今可以出口氣了。可以喘息了。

thàu **透** 貫通也。混合也。通達也。風動也。又冒雨亦曰透thàu。路攏～也lō͘ lóng～à⇨

道路皆貫通了。有～到阿里山的小路ū～kà a-lí-san ê sió-lō͘⇨有條小路通達阿里山。～風落雨～hong lo̍h-hō͘⇨吹風下雨。酒有～水chiú ū～chúi⇨酒中混入水。汽油～酒精每會用得khī-iû～chiú-cheng mā ē iōng(ēng) tit⇨汽油混合酒精也是可用。～冥～日～mêⁿ～ji̍t⇨通霄達旦。～中晝～tiong-tàu⇨冒着中午（的太陽）。～中晝行～tiong-tàu kiâⁿ⇨冒着中午的烈日跑路。～雨淋～雨做～hō͘-lâm～hō͘ chò⇨冒著大雨繼續工作不停。又經由亦曰透thàu。有～人來講條件也ū～lâng lâi kóng tiâu-kiāⁿ à⇨叫人來講條件了。通～thong～⇨共謀。滲～sìm～⇨水之滲入大地；思想，觀念之滲入人心。行～～也kiâⁿ～～à⇨都跑遍了。名聲～京城也miâ-siaⁿ～kiaⁿ-siâⁿ ā⇨惡聲傳透京城了。

【透人 thàu-lâng】 ㊀經由別人。～～來講條件～～lâi kóng tiâu-kiāⁿ⇨拜託別人來談條件。㊁共謀。一定是～～來提的it-tēng sī～～lâi the̍h ê⇨一定是共謀通透他人來偷取的。

【透支 thàu-chi】 超過預算的支出。開出存款額以上的支票。銀行亦～～也gîn-hâng ia̍h～～ā⇨銀行也超出存款額了。

【透水 thàu-chúi】 酒曷可～～chiú a̍h-hó～～⇨酒何可混入水。

【透日 thàu-ji̍t】 終日。整天。～～做無歇的～～chò bô-hioh ê⇨整天工作不停。透冥～～都扵哭thàu mêⁿ(mîⁿ)～～to teh khàu⇨連夜連日都在哭。

【透仔 thàu-á】 小間諜。小報馬仔sió-pò-bé-á。～～去透的～～khì thàu ê⇨小報馬去密告的。

【透冬 thàu-tang】 即港泉是～～無斷的chit-káng choāⁿ sī～～bô tn̄g ê⇨這股泉水是整年不斷的。又冬雖指年，但亦指米年，因稻仔一年兩收，而收成又曰收冬siu-tang。～～無落雨也～～bô lo̍h-hō͘ ā⇨整年(或一冬米年)沒下雨了。

【透早 thàu-chá】 早晨很早。拂曉hut-hiáu。～～做到暗酉，猶未俾人歇睏～～chò kà àm-iú, á-bōe(bē) hō͘-lâng hioh-khùn⇨拂曉工作到深夜，還不讓人休息。～～佅放尿，放着是沙叫，有時放較夥，有時放較少～～boeh pàng-jiō, pàng tio̍h sī-sa kiò, ū-sî pàng khah chē(chōe), ū-sî pàng khah chió⇨余曾上山宿一工寮，翌晨忽聽青年工人如厠歌此一曲，譜是當今電視常播的什麼農村曲之譜，不知是否該少年自創，或是學自他人。不過其景其情，令人頗覺怡然。～～透曜道扵哭父哭母～～thàu iāu tō teh khàu-pē khàu-bó(bú)⇨七早八早就在喧嚷什麼呢。曜，晨曦也。

【透年 thàu-nî】 全年。芎蕉是～～有的kin-chio sī～～ū ê⇨香蕉是全年都有的青果。

【透尾 thàu-bóe(bé)】 到達最後。聽古不都聽到～～thiaⁿ kó͘ m̄-to thiaⁿ kà～～⇨聽人說故事，就該聽到最後的結局。彼二個翁仔某驚做未～～hit-nn̄g- ê ang-á-bó͘ kiaⁿ-chò bē(bōe)～～⇨他們倆夫妻，恐怕無法百年偕老。

【透身 thàu-sin】 全身。穿到～～光，未輸管仔精chhēng kà～～kng bē(bōe)-su kóng-á-chiaⁿ⇨穿得全身光映映，恰如管仔精一男娼。被雨淋到～～霑hō͘-hō͘ lâm kà～～tâm⇨被雨淋得全身皆濕。

【透明 thàu-bêng】 ～～的玻璃～～ê po-lê⇨透光的玻璃。亦曰透光thàu-kng。

【透雨 thàu-hō͘】 冒著雨。～～淋，～～做～～lâm, ～～chò⇨冒著雨繼續工作。～～你亦來～～lí-ia̍h-lâi⇨冒著這麼大的雨，你也來了。

【透直 thàu-ti̍t】 直線，一直。直透ti̍t-thàu。一條路～～去到位chi̍t-tiâu-lō͘～～khì kàu-ūi⇨單條路直線到達。

【透風 thàu-hong】 吹大風。～～透雨拚～～

thàu hō· pia$^n$⇨冒著大風雨拚命做。較～～透雨每愛搶修到人行會過khah～～thàu-hō· mā ài chhiú$^n$-siu kà lâng kiâ$^n$-ē-kòe⇨任你如何大風大雨也要搶修到人可以行得過去。

【透站 thàu-chām】 全段路。人眞擠企～～無可坐lâng chin-chê khiā ～～bô hó chē⇨人很擁擠，站全段路皆無座位可坐。

【透氣 thàu-khì】 通風。～～窗～～thang⇨同上。此爲第三聲thàu，與第二聲的敨tháu-khì不相同。

【透清 thàu-chheng】 無加什物。買厝愛買～～的bé-chhù ài bé～～ê⇨買房子該買清的，沒拖泥帶水的。阿片是～～a-phiàn sī～～ê⇨阿片沒夾入什物，亦即是純的。

【透晡 thàu-po·】 整半天。睏～～也猶未醒khùn～～a á-bōe chhé$^n$⇨睡了好半天了還未醒。

【透視 thàu-sī】 通盤的觀察。將來的～～眞樂觀chiang(chiong)-lâi ê～～chin lo̍k-koan⇨同上。～～鏡～～kià$^n$⇨同上。

【透透 thàu-thàu】 行～～，看～～也kiâ$^n$～～, khoà$^n$～～â⇨跑遍了，看遍了。什麼話亦講～～也sa-ma ōe a̍h kóng～～â⇨什麼話都講遍了，都講出來了。心肝，人看～～抵sim-koa$^n$, lâng khoà$^n$～～lè⇨心事，他人皆看穿於抵tī-teh。

【透喟 thàu-khùi】 同敨喟tháu-khùi。吐氣，出氣。

【透暗 thàu-àm】 你安爾～～行是併創甚lí an-ne(ni)～～kiâ$^n$ sī boeh chhòng-sah$^n$⇨你如此通霄趕路究竟要做什麼呢。

【透暝 thàu-mê(mî)】 全夜。冒著深夜。～～去促醫生～～khì jiok i-seng⇨冒着深夜去邀請醫生。

【透徹 thàu-thiat】 講話有條理。講了有～～kóng-liáu ū～～⇨說明得有條有理。講無～～，無人聽八kóng bô～～, bô-lâng thia$^n$-bat⇨講得沒徹底，沒人聽懂。

【透機 thàu-ki】 通至機微處。全套。刣魚該刣到鰓，講話該講～～thâi-hî ài thâi kàu chhi, kóng-ōe ài kóng～～⇨殺魚要殺到鰓，講話要講全套，不該吞吞吐吐以惹人誤會。機亦作枝ki。

【透心涼 thàu-sim-liâng】 涼快到心肝。飲着～～～lim tio̍h～～～⇨一飲就涼快到心臟。

【透中晝 thàu-tiong-tàu】 ～～～做，品無歇睏的，正有戇～～～chò, phín bô hioh-khùn ê, chiâ$^n$ ū-khiàng⇨冒着中午工作，說定沒停工的，這才夠能耐。

【透世人 thàu-sì-lâng】 一生。～～～亦不八聽見～～～ia̍h m̄-bat thia$^n$-kì$^n$⇨一生中未曾聽見。

【透京城 thàu-kia$^n$-siâ$^n$】 名聲～～～miâ-sia$^n$～～～⇨謂惡名遠播，也傳播到了京城。透亦作臭chhàu。

【透底清 thàu-té-chheng】 純清到底。無雜質。喻身家清白。是～～～的，不是豆菜底的sī～～～ê, m̄-sī tāu-chhài-té ê⇨是正派的，不是青樓出身的。

【透脚青 thàu-kha-chhe$^n$(chhi$^n$)】 樹頭至樹尾，全部青色，一無枯葉。

【透鬢邊 thàu-pìn-pi$^n$】 鬢鬚極多者曰透鬢邊thàu-pìn-pi$^n$或訛爲臭鬢邊chhàu-pìn-pia$^n$。～～～，無好貨，十八庄，無講話～～～, bô hó-hòe, cha̍p-peh(poeh) chng, bô kóng-ōe⇨謂臭鬢邊的不是好東西，與十八庄的人不相問聞，童謠。

【透過關係 thàu-kòe-koan-hē】 經由有權有勢的特殊關係。這是一句最討厭的詞句。～～～～，得到一個好頭路～～～～, tit-tio̍h chi̍t-ê hó-thâu-lō·⇨經由特權管道介紹，得到好職位。

thâu **頭** ㊀首也。～大面四方，肚大居財王～toā bīn sù-hong, tó· toā ki-chāi-ông⇨同

上。大～的toā～ê⇨同上。攲～的khi～ê⇨腦袋歪斜。～尖耳薄～chiam-hī$^n$-po̍h⇨謂貧賤之相。㈡長tiú$^n$也。大～病toā～pē$^n$⇨開錢買票力求虛名之病。做～的人chò～ê lâng⇨領導之人。～目～ba̍k⇨番王。～佬仔～ló-á⇨做頭的人。～人～lâng⇨首長,出主意之人。～兄～hia$^n$⇨小頭目。㈢開始也。第一也。年～月～nî～goe̍h～⇨年之初月之初。行～前kiâ$^n$～chêng⇨行路走在最前面。進～香chìn～hiu$^n$⇨第一個進香人,喻好出風頭。～一工～chi̍t-kang⇨第一天。自～陪到尾chū～pôe kàu bóe⇨自開始陪伴到最後。考～名khó～miâ⇨考取第一名。～班車～pang(pan)-chhia⇨第一班車。抽～號thiu～hō⇨抽中第一號。㈣四脚獸的計算單位。一～牛,二～猪,十～鹿,一百～象chi̍t～gû, nn̄g～ti, cha̍p～lo̍k, chi̍t-pah～chhiū$^n$⇨同上。㈤接尾之助詞:(A)有關人體者。目～高ba̍k～koân⇨看人未起khoà$^n$-lâng bē-khí。心～定sim～tiā$^n$⇨莊敬自重,處事有決斷心。膽～在tá$^n$～chāi⇨膽量十足,處變不驚。肩～重keng～tāng⇨負荷多。責任大。手～絀chhiú～ân⇨手中沒錢。力～足la̍t～chiok⇨力量夠。拳～好kûn～hó⇨武術高強重kha～tāng⇨踢人會死。骨～重kut～tāng⇨自覺疲勞。拳～母較大粒kûn～bó(bú) khahtoā-lia̍p⇨以武力壓人。脚～翁仔痛kha～ang-á thià$^n$⇨恐怕是中風了。(B)指部位或方向者。溪～khe～⇨河川的源流。水～chúi～⇨流水的上游。食人水頭夠chia̍h-lâng chúi-thâu-kàu⇨欺人太甚。後～āu～⇨後面。好戲於後頭hó-hì tī āu-thâu⇨好看的場面在後面。樹～chhiū～⇨樹之頭部。樹～企正,不驚樹尾搖風chhiū～khiā-chià$^n$, m̄-kia$^n$ chhiū-bóe(bé) iô-hong⇨謂立場純正,不怕外面談短說長。肩胛～瘆keng-kah～sng⇨肩胛部位痠痛。水筧仔～壞去也chúi-kéng á～hāi-khì à⇨水筧的水源部份壞了。圳～chùn～⇨圳之源頭。頂～téng～⇨上頭。下～ē～⇨下頭。(C)表示場所。火車～hóe chhia～⇨車站。街～ke～⇨街頭巷尾。地～tē～⇨地方。地～重tē～tāng⇨要人多的地方。埠～po͘～⇨碼頭,今已轉指地方作埔頭po͘-thâu。碼～bé～⇨靠船岸,亦爲黑社會的地盤。路～lō͘～⇨道路。哭路頭khàu-lō͘-thâu⇨父母亡,女兒已嫁出者須一路哭回家。褲～khò͘～⇨褲之繫腰處。橋～kiô～⇨同上。櫃～kūi～⇨大櫃上。桌～toh～⇨桌頂。灶～chàu～⇨灶頂。(D)表示廢物。布～pò͘～⇨同上。柴～chhâ～⇨同上。蕃薯～han-chî～⇨同上。甘蔗～kam-chià～⇨同上。豆～tāu～⇨同上。骨～仔kut～á⇨同上。酒～chiú～⇨同上。磚仔～chng-á～⇨同上。(E)表示道具。鋤～tî～⇨同上。犂～lê～⇨同上。斧～pó͘～⇨同上。(F)其他事物。仙(錢)～sián～⇨金錢。擔～tà$^n$～⇨①擔工擔的東西。②喻負擔。孔～khang～⇨各種問題。看～khoà$^n$～⇨外表。派～phài～⇨風度。彩～chhái～⇨預兆。甜～ti$^n$～⇨好處。苦～khó͘～⇨壞事,苦事。興～hèng～⇨意之所興。工～kang～⇨工人之首。賊～chha̍t～⇨賊之領袖。婊～piáu～⇨老葱lāu-chhang。戇～gōng～⇨傻瓜。山～soa$^n$～⇨山上,野外。崁～khàm～⇨崁之上面。乞食～kit-chia̍h～⇨叫化子之首領。夭壽～iáu-siū～⇨欠德的傢伙。客兄～kheh-hia$^n$～⇨情人,囡仔～gín-á～⇨頑童之領導人。風火～hong-hóe～⇨脾氣正在發作之時。

**【頭七 thâu-chhit】** 死後的第一個第七日。做～～chò～～⇨頭七的祭拜。

**【頭人 thâu-lâng】** 首長。～～該有一個～～款～～ài ū chi̍t-ê～～khoán⇨做頭主人應該有個頭人的樣子。

**【頭子 thâu-chí】** 傭金的一種。亦曰抽頭thiu-thâu。拍～～phah～～⇨抽頭。拍亦作抽thiu。

【頭寸 thâu-chhùn】 手中的現款。周轉金。調～～tiàu～～⇨周轉金錢。

【頭下 thâu-ē】 當初。首先。～～逐個有品過也～～ta̍k-ê ū phín-kòe à⇨當初大家都講明了。～～伊是反對，不過落尾又贊成～～i sī hoán-tùi, m̄ kù lo̍h-bóe-iū chàn-sêng⇨首先他是反對，但是最後又贊成了。

【頭巾 thâu-kin(kun)】 包頭用之布條。而今無人包～～也jî-kim bô-lâng pau～～a⇨現在沒人包頭巾了。

【頭水 thâu-chúi】 水爲牲口或果菜出產或出生的次序。亦可曰批phe。～～鴨仔出十二隻～～ah-á chhut cha̍p-jī chiah⇨第一批的小鴨孵出十二隻。～～的鳳梨較無甜～～ê ông-lâi khah bô ti$^{n}$⇨第一批的鳳梨較少甜份。

【頭手 thâu-chhiú】 第一等。第一批。～～司仔～～sai-á⇨第一高徒。～～貨～～hòe⇨第一批貨。第一批生意。

【頭牙 thâu-gê】 正月初二做第一次牙。

【頭日 thâu-ji̍t】 第一日。～～道攏好勢也～～tō lóng hó-sè à⇨第一天就全部弄好了。

【頭毛 thâu-mô(mn̂g)】 ～～試火～～chhì-hóe(hé)⇨喻冒險，危險。～～結髮的～～kiat-hoat-ê⇨謂奉父母之命，媒妁之言，明媒正娶的夫妻。～～猶臭雞酒羶～～iáu chhàu-ke-chiú-hiàn⇨同口猶乳臭，罵青年人自大。～～嘴鬚白也～～chhùi-chhiu pe̍h à⇨謂人已老了。～～冷冷，嘴齒定定～～léng-léng, chhùi-khí tēng-tēng⇨死的滑稽形容。走到～～尾直去cháu kà～～bóe(bé) ti̍t-khì⇨形容跑得緊，跑得快速。

【頭仔 thâu-á】 開始的初期。～～興興，尾仔散雄～～hèng-hèng, bóe-á soà$^{n}$-hêng⇨開始時興致勃勃，近尾段就意興闌珊。謂公衆事大致如此。散雄soà$^{n}$-hêng，孵化不出小鳥之卵曰散雄。凡散漫sàn-bān皆曰散雄soà$^{n}$-hêng。～～的～～ê⇨其人。

【頭目 thâu-ba̍k】 酋長。企頭之人。於許扵做～～tī hia teh chò～～⇨在那裡做首領。逐社有～～ta̍k-siā ū～～⇨每一社都有酋長。～～鳥仔～～chiáu-á⇨出主意的人，領先行動的人。

【頭兄 thâu-hia$^{n}$】 首領。少年大哥siáu-liân toā-ko。梁山的～～niû-soa$^{n}$ ê～～⇨梁山的少年大哥。

【頭布 thâu-pò͘】 圍頭巾。包～～pau～～⇨同上。

【頭生 thâu-si$^{n}$】 家禽家畜。飼～～chhī～～⇨同上。

【頭扦 thâu-chhiam】 扛神橋的前抽者。

【頭老 thâu-ló】 老輩，尊輩。企頭的人。地方的～～tē-hng ê～～⇨地方的領導人。現在的～～不值錢了hiān-chāi ê～～m̄-ta̍t chî$^{n}$ liáu⇨現在的老人已經不值錢了。

【頭名 thâu-miâ$^{n}$】 第一名。考～～的khó～～ê⇨考中第一名。

【頭年 thâu-nî】 第一年。～～對半，第二年起三七分～～tùi-poà$^{n}$, tē-jī-nî khí sam-chhit pun⇨同上。

【頭先 thâu-seng】 最初。～～看着的人～～khoà$^{n}$-tio̍h ê lâng⇨第一個發現的人。剛才。～～有來講～～ū lâi kóng⇨剛才來講過了。

【頭旬 thâu-sûn】 做～～chò～～⇨拜頭七。死人以七日爲一旬。

【頭托 thâu-thok】 双脚簪。

【頭尾 thâu-bóe】 始末。眞相。道是不知～～不藉去嫁着tō-sī m̄-chai～～m̄-chiah khì-kè-tio̍h⇨就是不知始末眞相，因而嫁錯了他的。

【頭更 thâu-ke$^{n}$(ki$^{n}$)】 ～～我來睏，二更你去巡～～goá lâi khùn, jī-ke$^{n}$(ki$^{n}$) lí khì sûn⇨謂更夫點的食戇的kia̍t-ê chia̍h gōng ê。

【頭坎 thâu-khám】 第一。排～～的pâi～～ê⇨第一家，第一人。共和黨～～的謀士kiōng-hô-tóng～～ê bô͘-sū⇨共和黨的第一號謀士。

伊是排～～的，講錢，錢有，講勢，勢有，無人會比得i sī pâi ～～ ê, kóng chî$^{n}$, chî$^{n}$ ū, kóng sè, sè-ū, bô lâng ē pí tit⇨他是第一，說錢錢有，說勢勢有，沒人比得上他。

【頭扮 thâu-pān】 第一等。～～貨～～hòe⇨同上。～～脚色 ～～ kioh-siàu⇨第一等的角色。

【頭位 thâu-ūi】 首座。阿舅該坐～～藉着 a-kū ài chē ～～ chiah tio̍h⇨阿舅應該坐首座才對。

【頭的 thâu-ê】 ㊀初期。～～較食虧～～ khah chia̍h-khui⇨初期的較損。㊁首頭。頭家，做頭的人。～～較屁面～～khah phùi-bīn⇨屁面指食言，公約在先而不履行。

【頭到 thâu-kàu】 首先到達之處。～～彼間是籤仔店，更過去第三間道是阮厝～～hit-keng sī kám-á-tiàm, koh kòe-khì tē-sa$^{n}$-keng tō-sī goán(gún)-tau⇨先到那家是什貨店，再過去第三家就是我的家。～～頭曜有較畏人～～ thâu-iāu ū khah ùi-lâng⇨初次剛剛來到，是比較怕羞是眞的。曜，晨曦，初現。

【頭帛 thâu-pe̍h】 包頭的白布條(喪事用)。包～～仔pau～～á⇨同上。～～仔醫生～～á i-seng⇨庸醫。據稱，古時庸醫醫死人，須戴頭帛親到喪家去弔喪。這種醫生就是頭帛仔醫生。

【頭波 thâu-pho】 頭皮。篦～～pīn～～⇨梳頭皮。

【頭抽 thâu-thiu】 ㊀前抽chêng-thiu。扛轎kng-kiō扛前者曰～～。扛～～kng～～⇨同上。㊁釀酒或豆油，最初抽出之最濃者亦曰～～。～～的酒(豆油)～～ê chiú(tāu-iû)⇨最好的酒(豆油)。

【頭面 thâu-bīn】 面。看人的～～ khoà$^{n}$ lâng ê～～⇨窺人顏色，受人照顧。我不看人的～～，我要自己來去做工goá m̄-khoà$^{n}$ lâng ê～～, goá boeh chū-kí lâi-khì chò-kang⇨我不食餂來飯，我要去打工自食其力。

【頭前 thâu-chêng】 前面。有花該插～～ū-hoe ài chhah～～⇨有花應該插在前面才好看，喻有好事好話應該先講明白，以免誤會。

【頭香 thâu-hiu$^{n}$】 第一個進早香者。進～～chìn～～⇨喻出風頭。愛進～～ài-chìn～～⇨愛出風頭。

【頭胎 thâu-the(thoe)】 第一次產兒。初產。～～道眞平安也～～tō chin pêng-an-a⇨同上。

【頭家 thâu-ke】 地主，店主，富戶。～～辛勞～～sin-lô⇨店主與店員。～～佃～～tiān⇨地主與佃農。十籠糖九個～～cha̍p-lángthn̂g káu-ê～～⇨喻出主意之人多事難辦，一國三公。食不驚～～窮，做不驚長工死chia̍h m̄-kia$^{n}$～～kêng, chò m̄-kia$^{n}$ tn̂g-kang sí⇨喻人皆自私。～～呀，～～娘一個來分拎～～à ～～niû chi̍t-ê lâi pun-leh⇨雙關語。①頭家頭家娘，惠賜一些東西，②頭家惠賜一個頭家娘。謂刁皮乞食以此詞自娛。蝕本～～，無蝕本辛勞si̍h-pún～～, bô si̍h-pún sin-lô⇨虧本的是主人，店員不虧本。此則店員可惡之處。～～娘～～niû⇨主人之妻。～～派頭～～phài-thâu⇨主人的架勢。～～該有～～量，辛勞該有辛勞款～～ài-ū～～liāng, sin-lô ài-ū sin-lô khoán⇨主人該有主人的度量，店員該有店員的樣子。應該名如其身分。

【頭陣 thâu-tīn】 第一陣，先鋒。拍～～phah～～⇨打第一仗。我來拍～～goá lâi phah～～⇨我來開始。

【頭桅 thâu-ûi】 帆船的主帆干。大桅toā-ûi。

【頭掛 thâu-koà】 第一批的工作牛。古糖廍以牛爲動力，以拖動糖輪thn̂g-lún或曰蔗輪chià-lún(大石輪也)。三隻牛爲一組，一糟糖(約需兩小時)一換班，一班曰一掛chi̍t-koà，第一班即頭掛thâu-koà。主辦此種牛換掛oā$^{n}$-

koâ工作者曰牛婆gû-pô。雖然都是大男人，但皆曰牛婆。送蔗上輪者曰蔗婆chià-pô。

【頭盔 thâu-khoe】 古戰鬪帽。戴～～tì～～⇨同上。

【頭部 thâu-pō͘】 ～～受傷～～siū-siang(siong)⇨同上。

【頭條 thâu-tiâu】 第一條，前條。～～新聞～～sin-bûn⇨當天的第一條新聞。最大的消息。～～所列各款～～só͘(sé)-lia̍t kok-khoán⇨前條所列各事項。

【頭堂 thâu-tn̂g】 ～～無拍～～bô-phah⇨頭廷沒刑求。

【頭釵 thâu-the(thoe)】 頭簪。

【頭插 thâu-chhah】 女人頭上粧飾用品。簪仔～～chiam-á～～⇨同上。

【頭陽 thâu-iâng(iông)】 重陽tiông-iâng(iông)九月九日與九月十五日爲重陽。～～聖不及二陽定～～siàⁿ put-ki̍p jī-iâng(iông) tiāⁿ⇨九日爲頭陽，十五爲二陽。謂，九日下雨即將遭逢雨量過多的凶作，十五又下雨即此惡運將無藥可救。

【頭殼 thâu-khak】 頭。頭顱。～～碗～～oáⁿ⇨頭蓋。～～碗心～～oáⁿ-sim⇨頭中心。～～頣頣～～lê-lê⇨垂頭喪氣之狀。～～頏頏～～taⁿ-taⁿ⇨頭仰天，失望之狀。這兩句亦可單說頭頣頣thâu lê-lê，頭頏頏thâu taⁿ-taⁿ。～～戴烘爐～～tì hang-lô͘⇨喻正在熱中抄事。～～插雉雞尾～～chhah thī-ke-bóe⇨詎青tèⁿ-chheⁿ，假仙ké-sian，皆假裝不知情的意思。文面是頭插雞毛乃假扮生番chheⁿ-hoan或假扮仙人也。詎青tèⁿ-chheⁿ者假扮生番，生，青諧音。～～抹砒霜去飼虎～～boah phi-sng khì chhī-hó͘⇨喻愚蠢gû-chhún至極之舉。謂固可毒死老虎，你却無命矣。～～定～～tēng⇨頭堅實。喻健康。定tēng，堅固也。有～～驚無紗帽戴ū～～kiaⁿ bô se-bō tì⇨謂有頭何患沒有官帽可戴，喻只要有才能有本錢何患無官可做，無好東西可享受。～～都剸乎人也～～to chûi-hō͘-lâng ā⇨謂以殺頭保證答應人家了。剸chûi，割斷也。

【頭場 thâu-tiûⁿ】 第一場。～～考試～～khó-chhì⇨同上。～～戲～～hì⇨同上。～～電影～～tiān-iáⁿ⇨同上。

【頭痛 thâu-thiàⁿ】 ㊀頭部疼痛。㊁事情麻煩難處理。～～粉～～hún⇨醫治頭痛的藥粉，解決困難的妙方。～～醫頭，脚痛醫脚～～i thâu, kha-thiàⁿ i kha⇨治標不治本。

【頭號 thâu-hō】 第一，上等的，最大的。～～人物～～jîn-but⇨同上。～～的酒菜～～ê chiú-chhài。～～的內衫～～ê lāi-saⁿ⇨最大的內衣。

【頭路 thâu-lō͘】 職業，事業。食～～chia̍h～～⇨領薪水的生活。做～～chò～～⇨經營事業。覓～～bā～～⇨找職業，計畫事業。小～～趁大錢sió～～thàn toā-chîⁿ⇨小職業趁大錢。小頭路謂規模小，看頭不佳的職業或事業。～～直～～ti̍t⇨簡單，沒麻煩。做乞食較～～直chò khit-chia̍h khah～～ti̍t⇨同上。錢乎死較～～直chîⁿ hō͘ sí khah～～ti̍t付錢了事較省麻煩。安爾不是～～an-ne m̄-sī～～⇨這樣不是辦法(行不通)。

【頭瘋 thâu-hong】 頭痛。腦神經痛。

【頭旗 thâu-kî】 舉～～giâ～～⇨出風頭，逐項都愛舉～～ta̍k-hāng to ài giâ～～⇨什麼事都喜歡出風頭。

【頭腦 thâu-náu】 舊～～抵新～～kū～～tú sin～～⇨同上。～～簡單，四肢發達～～kán-tan, sù-chi hoat-ta̍t⇨所謂模範青年也。

【頭領 thâu-léng】 頭老thâu-ló，領頭的。

【頭對 thâu-tùi】 配偶，夫妻。猶未有～～á-bōe(bē) ū～～⇨還未有配偶。天作之合的好～～thian chok chi ha̍p ê hó～～⇨天成的好配偶。

【頭嘴 thâu-chhùi】 食口。～～夥～～chê

(to)⇨食口衆多。

【頭標 thâu-pio】 ㊀競賽的首位。提着～～theh-tioh～～⇨拿到第一位。㊁最高標。～～是台灣公司～～sī tâi-oân kong-si⇨台灣公司最高標。

【頭緒 thâu-sī(sū)】 線頭。摸無～～bong bô～～找不到線索可循。

【頭艙 thâu-chhng】 一等船室。～～客～～kheh⇨頭等船客。

【頭總 thâu-cháng】 ㊀線索。掠無～～liah bô～～⇨抓不到線索。㊁總管。～～的～～ê⇨掌事之人。主事人。

【頭鬃 thâu-chang】 頭髮(尤指女的)。長～～仔tn̂g～～á⇨女人，牽手。家己～～仔尾結蝕仔抄ka-kī～～â bóe kat sih-nah leh⇨喩自身難保。蝕仔sih-nah，閃電siám-tiān仔。～～仔螺～～á-lê⇨髮結螺形。～～仔螺纏抄道行也～～á-leh táiⁿ-lè tō kiâⁿ ā⇨謂頭髮草草梳個螺形就出發了。喩行色匆匆，急不及待。纏抄táiⁿ-lè謂草草梳頭。～～仔螺俾糾着道見在伊也～～á-lê hō khiú-tioh tō kìⁿ-chāi-i ā⇨謂頭髮被他(丈夫)抓到了就由他去(脚踢手打)了。所謂相拍糾～～sio-phah khiú～～者也。

【頭額 thâu-hiah】 面部眼上毛的部份。河溪上～～，芋仔道好食hô-khe chiūⁿ～～, ō-á tō-hó-chiah⇨謂河溪—或曰銀河，天河，升上頭額上，亦即仰頭則可看見，芋仔就成熟可以食之了。

【頭齣 thâu-chhut】 首場戲。～～戲道眞鬧熱也～～hì tō chin nāu-jiat ā⇨首場戲開始就很熱鬧了。

【頭髓 thâu-chhóe】 腦髓nâu-chhóe。腦。

【頭章仔 thâu-chiūⁿ-á】 初生兒。第一胎。～～～道生查甫的～～～tō seⁿ(siⁿ) cha-po ê⇨第一胎就生男的了。

【頭到尾 thâu-kàu-bóe】 自始至終。～～～若鴨仔抄聽雷抄～～～ná ah-á teh thiaⁿ-lûi-leh⇨自始至終如鴨子聽雷般的聽不懂。

【頭門銃 thâu-mn̂g-chhèng】 第一砲。曷未去着～～～ah bē khì tioh～～～⇨何不去吃那第一砲死掉呢，咒罵語。謂何不早死。

【頭起先 thâu-khí-seng】 開始時。最初。剛才。同頭先thâu-seng。

【頭欹欹 thâu-khi-khi】 腦袋歪斜。～～～，不知抄想啥～～～，m̄-chai teh siūⁿ-sahⁿ⇨歪斜着頭，不知在想什麼。

【頭頭仔 thâu-thâu-á】 前頭。排於～～～pâi tī～～～⇨排在前頭。～～～道有講也～～～tō ū-kóng â⇨開始不久就說過了。

【頭轉客 thâu-tn̄g-kheh】 第一次回娘家。

【頭重脚輕 thâu-tāng-kha-khin】 喩基礎不安定。～～～～擋無久～～～～tòng bô-kú⇨謂基礎不固支持得不會太久。

【頭眩目暗 thâu-hîn-bak-àm】 頭痛眼花。不知佗會～～～～m̄-chai tha-ē～～～～⇨不知何故覺得頭痛眼花。

【頭笑面笑 thâu-chhiò-bīn-chhiò】 謂人逢喜事，滿面春風。今仔日～～～～，有啥好空的kin-á jit～～～～ū, siaⁿ hó-khang ê⇨今天頭也笑，面也笑，有什麼好消息嗎。

【頭破脚折 thâu-phoà-kha-chih】 喩傷亡情形之嚴重。不是頭破道是脚折的了了m̄-sī thâu-phoà tō-sī kha-chih-ê liâu-liân⇨幾乎不頭破就是脚斷了的。

【頭理路直 thâu-lí-lō-tit】 同頭路直thâu-lō-tit。簡單，省麻煩。安爾較～～～～an-ne(ni) khah～～～～⇨這樣子較單純。

【頭較大身 thâu-khah-toā-sin】 謂客體比主體還大，從比主大者。凡少錢須遠路去催討，修理費大於新購，媒人禮大於聘金等等皆是也。安爾都～～～～也an-ne(ni) to～～～～ā⇨如此一來，頭較大身了。

【頭搖尾孩 thâu-iô-bóe-haiⁿ(hīⁿ)】 以狗之搖

頭接尾喻得意忘形之狀。～～～～，佗會歡喜到安爾 ～～～～, tha ē hoaⁿ-hí kàu an-ne (ni) ⇨ ～～～～，爲何會這麼高興呢。孩hāiⁿ (hīⁿ)，搖動也。

【頭憂面結 thâu-iu-bīn-kat】 形容憂愁之狀。薪水發也，不免扲 ～～～～ sin-súi hoat à, m̄-bián teh～～～～⇨薪水發了，用不着憂愁了。

【頭燒耳熱 thâu-sio-hī-joah】 頭發燒，耳發熱，喻大大小小的毛病。細漢囡仔機裡爾亦會～～～～sè-hàn gín-á ki-lí ah ē～～～～⇨小孩子偶爾有毛病是難免的。

【頭頭是道 thâu-thâu-sī-tō】 條理分明。講着～～～～，攏是伊的道理kóng-tioh～～～～, lóng-sī i ê tō-lí⇨說得～～～～，皆是他一個人對。

【頭尖嘴唇薄 thâu-chiam-chhùi-tûn poh】 謂貧家或短命之相。

【頭過身道過 thâu-kòe-sin-tō-kòe】 頭能通過，身就能通過。謂第一個難關能夠通過，以後的就容易通過。

thāu **毒** 以藥物加以殺死也。毒殺tok-sat(見tok部)。胡蠅～人未死，穢人的腹腸ho·-sîn～lâng bē(bōe)-sí, òe lâng ê pak-tn̂g⇨謂胡蠅毒人不死，但却弄髒人家的肚子，喻成事不足敗事有餘。

【毒人 thāu-lâng】 ～～未死～～bē-sí⇨毒殺人家不死。

【毒狗 thāu-káu】 毒殺野犬。

【毒魚 thāu-hî】 以藥物毒死魚類而捕食之。此舉雖爲法所禁，但執法人員視若無睹，似仍有甚多刁民樂行此道，電魚之禁亦同。

【毒木虱 thāu-bak-sat】 毒殺木虱。

【毒死人 thāu-sí-lâng】 毒人致死。藥仔未濫擅得，用不着去，會～～～ioh-á bē lām-sám tit，iōng(ēng) m̄-tioh khì(ì) ē～～～⇨藥物不能濫擅用，用錯了，會殺死人。

【毒糞蟲 thāu-pùn-thâng】 毒殺蛔蟲。糞蟲即蛔蟲，俗曰面蟲bīn-thâng，寄生於人體腸胃中，尤其小童最易患之。

# the

the **胎** 胎thai也。腹中之兒曰胎the。未生皆曰胎the。頭～thâu～⇨第一次受孕。坐～chē～⇨受胎中。落～lâu～⇨流產liû-sán，亦曰小產sió-sán。生二～，攏無起來seⁿ nn̄g～, lóng-bô-khí-lâi⇨生產兩次，皆沒成功。仙女投～sian-lí tâu～⇨仙女投胎下凡。

【胎水 the-chúi】 羊水iâng-súi的俗稱。羊膜iâng-moh中包覆胎兒之液體也。

【胎毛 the-mo(mn̂g, mô)】 嬰仔身上與生具來的毛髮。剃～～thì～～⇨爲嬰兒理髮(初次)。

【胎衣 the-i】 胎盤the-poâⁿ的俗稱，亦單稱衣ui。猶未落衣iá-bōe(bē) loh-ui⇨胎衣未出。

【胎兒 the-jî】 在腹中曰胎兒the-jî，出腹外曰嬰仔eⁿ-á，曰紅嬰仔âng-eⁿ-á。

【胎屎 the-sái】 嬰仔第一次的大便。

【胎神 the-sîn】 嬰兒之守神。動着～～tāng-tioh～～⇨因有所移動而損害了胎神。咸信重則流產，輕亦難免有毛病，故皆小心翼翼不敢小動孕婦房中的東西。麻煩的是胎神又不知其藏身何處。

【胎裡 the-nī(lī)】 胎內the-lāi。～～帶來的～～toà-lâi-ê⇨與生具來的，先天性的sian-thian-sèng-ê。

【胎腫 the-chéng】 妊娠性水腫。

the **推** 推辭thui-sû也。設詞以推卸受託曰推the。我都不敢～goá to m̄-káⁿ～⇨我全不敢推卸之。無法度好～bô-hoat-tō· hó～⇨無辦法推卸。伊～講無錢不愛買也i～kóng bô-chîⁿ m̄-ài bé(bóe)-â⇨他推說說沒錢不要買了。不是～無錢，道是～有病不m̄-sī～bô-chîⁿ, tō-sī～ū-pēⁿ(pīⁿ)-m̄⇨不是推說沒錢，就是推說身體不好嘛，不是嗎。不當更～也m̄-thang koh ～a⇨不要再推辭the-sî了。伊較黠，一下道～掉也i khah-hat, chit-ē tō ～ tiāu à⇨他較奸巧，一下子就推卸掉了。黠hat，慧也，鬼靈精kúi-lêng-cheng也。

【推病 the-pēⁿ(pīⁿ)】 推說有病。～～不肯去～～m̄-khéng-khì⇨推說有病而不去（無病稱有病）。

【推無 the-bô】 推說沒有。～～不借人道無話講也m chioh-lâng tō bō-hōe-kóng a⇨推說沒有而不外借（我們）就沒話說了。

【推開 the-khui】 回絕hôe-choat。謝絕siā-choat。你要～～都推未開，那有法度lí boeh ～～to the bē(bōe)-khui, ná-ū hoat-tō⇨你要謝絕都謝絕不了，有什麼辦法呢。人伊一下道～～了了也lâng-i chit-ē tō～～liáu-liáu-à ⇨人家他一下子就回絕得一乾二淨 it-kan-jī-chēng了。

【推辭 the-sî(sû)】 托故～～thok-kò～～⇨同上。不當更～～咯m̄-thang koh～～lō⇨不要再推辭了。

【推三托四 the-saⁿ-thok-sì】 諸多設詞回謝。我都知，彼顆人，聽着錢，一定會～～～～的goá-to-chai, hit-kho-lâng, thiaⁿ-tioh-chîⁿ, it-tēng-ē(ōe) ～～～～ê⇨我很清楚，這個家貨，一聽到錢，一定不會乾脆答應的。

【推東推西 the-tang-the-sai】 同推三托四the-saⁿ-thok sì。事到如今，不好更～～～～也啦，sū-tò ĵi-kim, m̄-hó-koh～～～～a-là ⇨事情已經到了這種地步，不宜再推辭了。

【推推托托 the-the-thok-thok】 諸多設詞推辭。你都上恔～～～～也，安怎即擺乎人掠着lí to siāng-gâu ～～～～ â, an-choáⁿ chit-pái hō-lâng-liah-tioh⇨你最會推三托四嘛，何以這一次被人抓到呢(推卸不了)。

**the 釵** 釵thoe也。婦女頭上的飾物。笄ke，屬也。頭～thâu～⇨同上。玉～gek～⇨同上。金～kim～⇨同上。薛寶～sih-pó～⇨紅樓夢âng-lâu-bāng的女主角之一。裙～關係kûn～koan-hē⇨姻親關係。

**thé 體** 身也。全身之總稱也。形狀也。規制格式也。身～sin～⇨同上。肢～ki～⇨同上。形～hêng～⇨同上。國～kok～⇨同上。政～chèng～⇨同上。文～bûn～⇨同上。字～jī～⇨同上。團～thoân～⇨同上。玉～giok～⇨同上。上～下～siāng～hē～⇨同上。有禮無～ū-lé-bô～⇨禮是有的，體態thé-thài不好看。好～hó～⇨體態thé-thài好看，身裁sin-chhâi好看。嬈～hiâu～⇨女挑弄男曰嬈hiâu。戇～gōng～⇨傻。彼個人生做眞歹～hit-ê-lâng seⁿ-chō chin pháiⁿ～⇨那個人長得很難看。身～力行sin～lek-hêng⇨身體之力行之。身～髮膚，受之父母，不敢毀傷，孝之初也。sin ～ hoat-hu, siū-chi-hū-bó, put-kám húi-siang, hàu-chi-chhe(chho)-iā⇨古訓。

【體力 thé-lek】 鍛鍊～～thoàn-liān～～⇨同上。～～有較失淡薄仔～～ū-khah-sit-tām-poh-á⇨體力消失了一點點。→thé-lat。

【體刑 thé-hêng】 使肉體直接受痛苦的刑求法。古來惡刑警的看家本領。～～禁止若扲禁止扲，聽見講，攏每猶扲偷拂～～kìm-chí ná-teh kìm-chí-leh, thiaⁿ-iⁿ-kóng lóng-māiáu-teh thau-hut⇨體刑禁止如禁止也(謂無禁止之效)聽說，都是還在暗中秘密施行。

【體式 thé-sek】 格式keh-sek。要用佗一種～～boeh-iōng to-chit-chióng～～⇨同上。

【體育 thé-iok】 智育德育～～tì-iok tek-iok ～～⇨同上。

【體制 thé-chè】 格局keh-kiok。民主～～bîn-chú～～⇨同上。獨裁～～tok-chhâi～～⇨同上。

【體例 thé-lē】 款式體裁 khoán-sit thé-chhâi。有一定的～～ū it-tēng ê～～⇨同上。

【體面 thé-bīn】 thé-biān。有面子。很光榮。眞有～～咯chin-ū～～lō͘⇨很有面子了，很光榮了。無～～bô～～⇨沒面子，失喟sit-khùi。佼做～～gâu-chò͘(chòe)～～⇨善於自裝自排面子。家己的～～攏無顧ka-tī(kī) ê～～lóng-bô-kò͘⇨自己的面子皆不自尊重。歸個～～乎你卸了了也kui-ê～～hō͘-lí sià-liáu-liáu-à⇨整個大面子都被你破壞掉了。

【體恤 thé-sut】 憐憫lîn-bín。同情tông-chêng。～～下情～～hā-chêng。⇨同上。

【體格 thé-keh】 身體的形態大小強弱。阿美姐仔的～～有雋a-bí-ché-á ê～～ū-chán⇨阿美小姐的體格太棒了。雋chán，肥鳥肉也。通俊chùn，雋永chùn-éng也。今青年人，太好了曰雋chán，曰有雋ū-chán，亦簡作雋chán。俗作讚chán，不通也。

【體裁 thé-chhâi】 格式keh-sek。文章的～～bûn-chiúⁿ ê～～⇨同上。～～未穲，可惜無內容～～bē(bōe)-bái, khó-sioh bô-lāi-iông⇨同上。未穲bē-bái，不壞。

【體統 thé-thóng】 規定的儀式或制度。安爾成什麼～～an-ne(ni) sêng-sam-ma～～⇨如此(胡鬧)成什麼樣子。無體無統bô-thé-bô-thóng⇨完全不成個樣子也。

【體貼 thé-thiap】 爲他人設身着想。朋友道該相～～pêng-iú tō-āi siō(sāⁿ)～～⇨同上。～～心～～sim⇨彼此同情之心。

【體溫 thé-un】 ～～計～～kè⇨量體溫的儀器。

【體會 thé-hōe】 設身處地以理解之。別人無法度～～pat-lâng bô-hoat-tō͘～～⇨同上。

【體罰 thé-hoat】 使肉體直接受痛苦的懲罰têng-hoat。老師鞭打學生亦其一也。

【體態 thé-thāi】 身裁sin-chhâi。姿勢chu-sè。態度thāi-tō͘。～～妖嬌～～iau-kiau⇨同上。

【體質 thé-chit】 體內的種種構成要素。特殊～～tek-sû～～⇨與衆不同的體質。

【體諒 thé-liāng】 體察而諒解之。請逐家加阮～～chhiáⁿ-tak-ke kā-goán～～⇨同上。逐家該相～～tak-ke āi siō(sāⁿ)～～⇨大家彼此互相諒解。

【體積 thé-chek】 立體所佔有的空間。平面曰面積，立體曰～～pêng-bīn oat biān-chek, lip-thé oat～～⇨同上。

【體操 thé-chhau】 ～～運動～～ūn-tōng⇨同上。

【體藝 thé-gē】 非正事的工作。玩的工作。農工商爲正事。做～～chò͘(chòe)～～⇨做來消耗時間。無代誌罔做～～bô-tāi-chì bóng-chò͘～～⇨無事苟且消耗時間。

【體驗 thé-giām】 自己的親身經歷。即次可以講是眞好的～～chit-chhù khó-í-kóng sī chin-hó ê～～⇨此次可以說是很好的體驗也。

【體己貼心 thé-kí-tah-sim】 知心之人。我的～～～～goá ê～～～～⇨我的知心之人。

**退** thè 退thòe也。卻khiok也。進之反也。衰滅也。辭官曰退thè，謙讓khiam-jiāng亦曰退thè。大丈夫有進無～tāi-tiāng-hu iú-chìn bô～⇨同上。進～兩難chìn～lián-lân⇨同上。慢慢仔～bān-bān-á～⇨徐徐而退chhî-chhî jî thòe。寸寸仔～chhùn-chhùn-á～⇨一寸一寸而退。不要退太快，也不要退太多。一步一步～chit-pō͘-chit-pō͘～⇨按步而退。字運抣～咯jī-ūn teh～lō͘⇨好運氣在衰退了。快興快～khoài-heng khoài～⇨興得快，也衰得快。醉未～chùi-bē(bōe)～⇨醉不醒。猶未～siáu-bē(bōe)～⇨胡鬧不停。熱未～jiat-bē(bōe)～⇨熱病不退熱。無路用的～掉bô-lō͘-iōng ê～tiāu⇨廢物hùi-but丟掉。

【退水 thè-chúi】 ㊀流量減退。烏溪較～～了o͘-khe khah～～lō͘⇨烏溪流量減少了。㊁縮水siok-chúi。糾水kiu-chúi。糾kiu，收也，合也。衫是～～藉鉸的，未更糾也saⁿ sī～～

chiahka-ê bē(bōe) koh-kiu-a⇨衫是縮水之後才裁剪的，不會再糾水kiu-chúi了。

【退化 thè-hoà】 動物學名詞。動物某種器官由有用變無用，由大變小甚至消失的過程曰退化thè-hoà。

【退火 thè-hóe(hé)】 ㊀殺火。火傷猛該～～hóe siuⁿ-mé ài～～⇨火力太猛太大了，要退小一點。㊁消除心中之氣。食菜頭講眞～～否chiah-chhài-thâu kóng chin～～ho·hⁿ⇨吃蘿蔔說是很消火氣是嗎。

【退出 thè-chhut】 進入～～chìn-jip～～⇨同上。～～聯合國～～liân-hap-kok⇨同上。

【退甘 thè-kam】 甘味消失。甘蔗傷熟會～～kam-chiā siuⁿ-sek ē(ōe)～～⇨甘蔗太成熟了，會減少甘味。

【退伍 thè-ngó·】 退出軍隊。～～軍人～～kun-jîn⇨同上。

【退色 thè-sek】 變色piàn-sek。彼款布會～～較不好hit-khoán-pò· ē(ōe)～～khah-m̄-hó⇨同上。

【退守 thè-siú】 進攻之反。～～關隘～～koan-āi⇨回守要害之處。

【退走 thè-cháu】 敗走pāi-cháu。敗軍無～～，不道投降pāi-kun bô～～，m̄-to tâu-hâng⇨敗軍不走不是要投降了嗎。

【退兵 thè-peng】 越界的若不～～，結果道該相刣oat-kài-ê nā-m̄～～kiat-kó tō-ài siō-thâi⇨越界者若不肯退兵，結果就需要戰爭了。

【退步 thè-pō·】 從優變劣也。成績有較～～也sêng-chek ū-khah～～ā⇨成績較退步了。

【退社 thè-siā】 退出社團。退會thè-hōe，退黨thè-tóng等等皆同解。

【退佃 thè-tiān】 解消土地贌耕pak-keng關係。自己～～chū-kí～～⇨自動辭佃。乎人～～hō·-lâng～～⇨被人辭佃。

【退位 thè-ūi】 皇帝～～hông-tè～～⇨同上。

【退股 thè-kó·】 股東退出合股。未合作得道該～～不bē(bōe)-hap-chok-tit tō-ài～～m̄⇨不能夠合作就該退股，不是嗎。

【退後 thè-āu】 後退āu-thè, hiō-thè。進前無路，～～無步chìn-chêng-bô-lō·, ～～bô-pō·⇨進無路退無步chìn-bô-lō· thè-bô-pō·。

【退約 thè-iak】 thè-iok。解消合約關係。逐個同意～～tak-ê tông-ì～～⇨大家同意解約。

【退酒 thè-chiú】 酒醒了。睏到盒猶未～～抒khùn-kà-taⁿ iá-bōe～～lē⇨睡到而今，還未醒酒。猶未iá-bōe, á-bē。

【退耕 thè-keng】 同退佃thè-tiān。

【退氣 thè-khì】 ㊀退火氣。散步～～sàm-pō·～～⇨散步以消氣。㊁退運thè-ūn。我看彼所較～～也goá-khoàⁿ hit-só· khah～～ā⇨我所觀察，那個家貨在衰退了。

【退時 thè-sî】 ㊀盛產期已過。即久柑仔有較～～也chit-kú kam-á ū-khah～～ā⇨此時柑仔已經過了盛產期了。㊁時運去了。阿三哥～～也嘛，無効也a-sam-ko～～ā-mà, bô-hāu-ā⇨阿三哥時運不濟了，沒効了。

【退陣 thè-tīn】 退兵thè-peng。複數的退出。彼派可能會～～hit-phāi khó-lêng ē(ōe)～～⇨同上。

【退凍 thè-tòng】 解冰凍thè-peng-tòng。

【退貨 thè-hòe】 thè-hè。貨品退還thè-hêng貨主。～～還錢～～hêng-chîⁿ⇨同上。

【退婚 thè-hun】 同退親thè-chhin。

【退涼 thè-liâng】 退熱thè-jiat。熱退則涼也。

【退堂 thè-tn̂g】 官員辦公完畢。退班thè-pan。～～鼓～～kó·⇨古衙門退堂號。抒拍～～鼓也teh-phah～～kó·-ā⇨在打退堂鼓了。要退陣了。不幹了。

【退開 thè-khui】 退讓thè-jiān。～～讓位

～～niū-ūi⇨退讓座位。囡仔～～，大人展威gín-á ～～, toā-lâng tián-ui⇨叫孩子們讓位給大人，但對(這一個)大人帶有諷刺。退開thè-khui亦作閃開siám-khui。

【**退童** thè-tâng】 神靈已離開童乩tâng-ki。童乩不跳童了tâng-ki put-thiàu-tâng-liáu。今辦公廳退班thè-pan亦戲稱退童thè-tâng。或謂是退堂thè-tn̂g之訛。逐家～～噢tak-ke～～ō⇨大家退班吧。

【**退運** thè-ūn】 運氣衰退。有較～～也了，敢定定佪扲紅ū-khah～～ā-lò͘, kám tiā$^{n}$-tiā$^{n}$ in-teh-âng⇨(當然)運氣在衰退了，豈能永遠是他們在得勢。

【**退榫** thè-sún】 榫頭sún-thâu鬆解。～～也，扲搖櫓也～～à, teh-iô-ló͘-à⇨退榫了，在搖動了。

【**退熱** thè-jiat】 退燒thè-sio。病解熱。藥仔食未～～ioh-á chiah-bē～～⇨同上。

【**退膠** thè-ka】 膠消失。～～的無要緊，更粘道好～～ê bô-iàu-kín, koh-liâm tō-hó⇨退膠沒關係，再以膠粘一次就好了。

【**退價** thè-kè】 減價kiám-kè。打折tá$^{n}$-chiat。自動～～chū-tōng～～⇨自動打折。不肯～～m̄-khéng～～⇨不肯減價。

【**退輦** thè-lián】 同退童thè-tâug。輦lián，王之車也。小神椅(木椅)曰輦轎lián-kiō，神像緊縛在輦轎上以免滑落，首先，求神者手執香束，點燃，在神前揮幌，於是自然有童乩tâng-ki跳來攀付輦轎同超同跳，此爲起童khí-tâng，亦曰起輦khí-liám，然後就是捉妖殺煞或開藥方，之後一切又歸平靜，童乩亦恢復常態，此即退童thè-tâng，亦即退輦thè-lián也。

【**退親** thè-chhin】 解除婚姻關係。解消婚約。有猴不，無要～～ū-kâu-m̄, bô-boeh～～⇨有猴嗎，否則何以要退親。猴kâu, 捉姦chiok-kan俗曰掠猴liah-kâu。

【**退學** thè-oh】 家己～～也ka-kī～～ā⇨自動退學了。乎人～～的hō͘ lâng～～ê⇨被開革的。

【**退瘋** thè-hông】 退腫thè-chéng。癀hông亦作病hông。

【**退隱** thè-ún】 隱居ún-ki(ku)。～～眞久也了～～chin-kú-à-lò͘⇨退休很久了。

【**退職** thè-chit】 離開其職位。～～公務員～～kong-bū-oân⇨同上。

【**退籍** thè-chek】 戶籍變動。離婚～～lī-hun～～⇨同上。遷徙～～chhian-soá～～⇨同上。

【**退鹹** thè-kiâm】 減退鹽份。該更～～藉會食得āi-koh～～chiah-ē chiah-tit⇨需要再弄飲一點才可以吃。

【**退讓** thè-jiāng】 thè-jiōng。禮讓lé-jiāng。放棄hòng-khì。仙每不肯～～sian mā-m̄-khéng～～⇨千萬不肯讓；無論如何不肯讓。

【**退休金** thè-hiu-kim】 公務人員的退休養老金。

【**退避三舍** thè-pī-sam-sià】 走得遠遠以示退讓。一舍三十里也。對本已不要的事物表示徹底退讓。彼款查某，聽着道～～～～了hit-khoán cha-bó͘ thia$^{n}$-tioh tō～～～～lò͘⇨那一類型的女人，一聽到就走離九十里。

## 替 thè

廢也。衰也。代也。國勢隆～kok-sè-liông～⇨國勢盛衰sēng-soe。代～tāi～⇨代也。交～kau～⇨一換一也。吊脰鬼掠人交～tiàu-tāu-kúi liah-lâng kau～⇨吊頸鬼要抓人代替，他才能夠轉世。相擺～siō-pái～⇨彼此輪流替換。

【**替手** thè-chhiú】 替代之人。代勞之人。阿久伯有～～也，免煩惱啦 a-ku-peh ū～～à, bi án-hoân-ló-lā⇨阿久伯有了代勞之人(指兒子)了，無用勞心了。～～脚～～kha⇨替父母代勞。

【**替代** thè-tāi】 代用。代替。叫人來～～kiò-lâng-lâi～～⇨請人來代勞。

【替身 thè-sin】 竹片與紙糊的隨葬物。喻瘦人。一個像～～仔扲chít-ê chhiūⁿ～～á lè⇨一個人如替身仔一樣瘦長無肉。代人 ～～ tāi-jîn ～～ ⇨同替身仔，可能是古代俑ióng的遺風。

【替換 thè-oāⁿ】 換oā。無衫好 ～～ bô-saⁿ hó～～⇨無衣可換穿oāⁿ-chhēng。無當仔～～也bô thang-á～～ā⇨無可更換的了。

【替人死 thè-lâng-sí】 代人而死。村姑的口頭禪。例如，你看她一眼，她罵你：看伓～～～khoàⁿ-boeh～～～。向她一笑，是笑伓～～～chhiò-boeh～～～。按其含意，似乎是不成人m̄-chiâⁿ-lâng，無價值的男人才去替人死。

【替死鬼 thè-sí-kúi】 ㊀替死之鬼。據說，吊死鬼與溺死鬼，都要去引誘人上吊或投水而死，他自己才能夠去閻府報到，正式轉世爲人。㊁代人受罪者。無代無誌講去做人的～～～bô-tāi-bô-chì kóng-khì-chò(chòe)-lâng-ê～～～ ⇨無因無端，竟去做了人家的代罪羔羊。

【替天行道 thè-thian-hêng-tō】 所謂俠客的口號。要懲罰壞人保護好人。

**thê 隄** 限也。岸也。防也。同堤thê，通用堤thê。

**thê 堤** 同隄thê，岸也。防也。防波～hông-pho～⇨防阻海水之堤岸thê-hoāⁿ。防～hông～⇨防水堤hông-chúi～。楊柳～iâng-liú～⇨多種有楊柳樹之堤。突～thut～⇨突出水中之堤。

【堤防 thê-hông】 築以防水之堤。～～新築工程～～sin-tiok kang-thêng⇨同上。

【堤岸 thê-hoāⁿ】 堤防thê-hông。

**thê 提** 擧也。挈也。亦提theh也。舊事重～kū-sū-tiōng～⇨同上。前～條件chiân～tiâu-kiāⁿ⇨同上。菩～phô～⇨佛家語，即正覺chèng-kak。菩～心phô～sim⇨求正覺之心。菩～樹phô～chhiū⇨樹名。俗稱印度榕仔în-tō-chhêng-á。佛坐在此樹下證善提果，故有此名。

【提刑 thê-hêng】 古官名。管理獄政之官。俗稱按察使àn-chhat-sài。

【提防 thê-hông】 ㊀小心防備。該較小心～～扲ài-khah sió-sim～～leh⇨要小心預防。㊁同堤防thê-hông。

【提督 thê-tok】 古武官名。水軍～～chúi-kun～～⇨水軍司令或總司令。或將軍。最有名的就是三國演義的周～～周瑜 chiu～～chiu-jî。

【提轄 thê-hat】 古武官名。辦理今之警備總部之類的工作。

【提擧 thê-kí】 古官名。辦理特種事務者。有水利～～chúi-lī～～, ～～茶鹽～～tê-iâm，～～ 常平倉 ～～ siâng-pêng-chhong ～～ 等等。

【提學使 thê-hak-sài】 古官名。約相當於今之省教育廳長。

**thê 諦** 審也。義也。佛教的眞～hut-kàu ê chin～⇨佛教的眞義。

【諦視 thê-sī】 審視sím-sī。詳細觀察。

**thê 醍** 淸酒也。酪lok之精者也。好的乳漿也。

【醍醐 thê-ô】 牛乳所製的最佳乳漿，爲世間的上味，佛家以智慧輸入於人，以～～灌頂～～koàn-téng喻之。

【醍醐灌頂 thê-ô-koàn-téng】 佛家語。醍醐thê-ô喻智慧，以智慧灌入頭中，當能消除煩惱而得淸涼。

**thē 遞** 傳達也。送也。更易也。無法投～bû-hoat-tâu～⇨郵政用詞，謂無法按照所書住址送達。傳～消息thoân～siau-sit⇨同上。

【遞加 thē-ka】 依次增加。返之曰遞減thē-kiám。

【遞昇 thē-seng】 依次上昇。

【遞信 thē-sìn】 傳送信息。日本郵政曰遞信

thē-sîn。其主管部及部長分別為～～省～～séng，和～～大臣～～tāi-sîn。

【遞解 thē-kái】 押送人犯。古代由所經地方派人接送押解至目的地。

【遞批的 thē-phe-ê】 送信人。郵差iu-chhe。信sìn曰批phe，寫信siá-sìn曰寫批sià-phe。

**thē 傒** 精神不振也。傒thoe也（見thōe部）。

【傒神 thē-sîn】 無眠更～～bô-bîn koh～～⇨同上。

**thē 蛇** 海蛇hái-thē。水母chúi-bó也。海產動物之一種。～怙蝦做目～hō͘ hê chò(chòe)-bak⇨蛇依賴蝦為目而行動。喻自己無能，全賴他人。怙hō͘，恃也，依賴也。

## theⁿ

**theⁿ 踬** 臥也。頓伏貌。伸足伏臥也。倒臥曰踬theⁿ。小睡曰踬theⁿ。我來～一下goá-lâi～chit-è⇨我去休息(小睡)片刻。你先去～lí seng-khì～⇨你先去休息(睡眠)。～答久仔道較輕鬆也～tap-kú-á tō khah-khin-sang-a⇨小臥片刻就很輕鬆了。阿公猶扲～扲a-kong iáu-teh～leh⇨祖父還在小睡。死囡仔～sí-gín-á～⇨背泳。

【踬扲 theⁿ-lè】 臥下。～～較快活～～khah-khoà-oah⇨臥下去較舒服。～～食阿片～～chiah-a-phiàn⇨臥抽鴉片煙。

【踬交椅 theⁿ-kau-í】 仰臥於交椅上。一個睏眠床，一個～～～chit-ê khùn-bîn-chhn̂g, chitê～～～⇨同上。

【踬落去也 theⁿ-loh-ì-à】 theⁿ-loh-khì-à。踬下去了。倒下去了(失敗了)。我～～～～goá～～～～⇨我完蛋了，同我死也goá-sí-à。

**theⁿ 撑** 撐thiⁿ也。行舟曰撑theⁿ，操木偶亦曰撑theⁿ。

【撑翁 theⁿ-ang】 操木偶。～～仔～～á⇨同上。

【撑船 theⁿ-chûn】 行舟hêng-chiu。行船kiaⁿ-chûn。合人學～～kah-lâng oh～～⇨跟人學行舟。～～的～～ê⇨司舟者。

【撑渡 theⁿ-tō͘】 撐渡船theⁿ-tō͘-chûn。無好狗沙～～船bô-hó káu-soa～～chûn⇨不良的臭小子在撐船。桃花罵船夫。

【撑布袋戲 theⁿ-pò͘-tē-hì】 操演布袋戲。

【撑渡伯仔 theⁿ-tō͘-peh-à】 船夫伯伯。

**thèⁿ 撐** 撐thìⁿ也。衺柱siâ-thiâu也。支持以使不倒曰撐thèⁿ。拄tú也。父母扲～扲pē-bó(bú) teh～lè⇨父母在支持著。有好下～ū-hó ē～⇨有好的繼承人。好下～hó-ē～⇨好子嗣。該更～āi-koh～⇨要再加支柱。有～扲，未倒也ū～leh, bē(bōe)-tó-à⇨有(支柱)支持著，不會倒了。～無絪～bô-ân⇨支拄得不堅固。店仔～tiàm-á～⇨小店的支柱，整日無事在小店中閑坐閑聊者。

【撐高 thèⁿ-koân】 拄高tú-koân。該更～～藉好ài-koh～～chiah-hó⇨需要再拄高一點才好。

【撐腿 thèⁿ-thúi】 遠路致腿部過勞。行到攏～～也kiâⁿ-kà-lóng～～à⇨跑得腿都硬了。

【撐頷 thèⁿ-ām】 手支下顎以沈思。有做一站，無藉虎～～ū chò(chòe) chit-chām, bô chiah hó͘～～⇨謂有錢時一下子就開消掉了，無錢時才作虎撐頷(欣羨別人狀)。

【撐頭 thèⁿ-thâu】 忝頭thiám-thâu。疲勞。行了眞～～也kiâⁿ-liáu chin～～ā⇨跑得很疲勞了。

【撐未稠 thèⁿ-bē(bōe)-tiau】 支拄不住。較撐都～～～khah-thèⁿ to～～～⇨同上。

【撐厝頂 thèⁿ-chhù-téng】 支拄屋頂。

## theh

**theh 裼** 袒thn̄g也。去衣也。裸體ló·-thé也。裼～thn̄g～⇨去衣而見衣(內衣不去)。去死而見體(內衣亦去)。依禮也。袒剝～thn̄g-pak～⇨赤身裸體chhiah-sin-ló·-thé。裼thn̄g，裸也，去衣也，亦即脫衣。俗以脫thoat作裼thn̄g或袒。脫thoat，肉去其骨也。

**theh 晳** 膚色白也。皮膚生做眞白～phôe-hu seⁿ-chō chin peh～⇨皮膚生來就很白。生做seⁿ-chō→siⁿ-chōe。白～更好骨骼，狗公腰更佼相鎮peh～koh hó-kut-keh, káu-kang-io koh gâu-siō-teh⇨頑童的戲詞。取其押韻。也是稱讚健美先生的體格。

**theh 晢** 通晳theh。

**theh 宅** 人所居也。位也。家～ka～⇨住～chū～⇨家屋。王侯第～ông-hô·(hiô)-tē～⇨王侯等的高級住家。厝～田園chhù～chhân-hn̂g⇨住家與耕地。弄家散～lōng-ke-soàⁿ～⇨搞亂得家庭破碎。菁仔～chheⁿ-á～⇨菁仔(檳榔pin-n̂g)園。又地名。

【宅心 theh-sim】 居心ki-sim。～～忠厚～～tiong-hō·⇨心地善良sim-tē-siān-liâng(liông)。

【宅神 theh-sin】 鎮宅之神。拜～～pài～～⇨同上。

**theh 提** 挈kheh也。懸持hiân-chhî也。取之曰提theh，受之亦曰提theh。偷～thau～⇨竊取。濫擅～lām-sám～⇨烏白～o·-peh～⇨擅自亂取之。不當～m̄-thang～⇨不該取之。不敢～m̄-káⁿ～⇨不敢受之。奧～oh～⇨難於取得。

【提出 theh-chhut】 拿出來。～～問題～～būn-tê⇨同上。

【提示 theh-sī】 提出給大家看。

【提早 theh-chá】 提前theh-chêng。看破，～～一小時出發較安全khoàⁿ-phoà, ～～chit-sió-sî chhut-hoat khah-an-choân⇨乾脆提早一小時出發比較安全(才不致遲到)。

【提存 theh-chûn】 法律名詞。債務人將現款提出，寄存於法院指定之行庫，以清償債務的行爲。

【提交 theh-kau】 交付。～～乎伊本人也～～hō·i pún-lâng-ā⇨交給他本人了。～～大會討論～～tāi-hōe thó-lūn⇨會議用詞。

【提名 theh-miâ】 推荐thui-chiàn。政黨～～的候選人chèng-tóng～～ê hāu-soán-jîn⇨同上。

【提折 theh-chiat】 教他打折。合伊～～看肯否kah i～～khoàⁿ-khéng-bō·⇨叫他打折看他是否肯。

【提供 theh-kióng】 供給kióng-kip。有人～～線索ū-lâng～～soàⁿ-soh⇨有人供給線索。資料我～～乎你chu-liāu goá～～hō·lí⇨同上。

【提拔 theh-poat】 舉而用之。做官道該有人～～chò-koaⁿ tō-āi ū-lâng～～⇨要做官就需要有要人舉用引荐。

【提前 theh-chêng】 提早thê-chá。看是要～～，抑是要延後耳不khoàⁿ-sī-boeh～～, ah-sīboeh iân-āu niā-m̄⇨看看要提早或者是要延後，二者擇一而已。

【提案 theh-àn】 建議做(或不做)某事。伊的～～猶於抄審查i ê～～iáu tī-teh sím-chha⇨他的提案，還在審查中。

【提高 theh-ko】 使高之。～～標準～～phiau-chún⇨同上。～～士氣～～sū-khì⇨同上。～～效率～～hāu-lut⇨同上。

【提起 theh-khí】 提出theh-chhut。逐個品抄，將來攏無更～～的否tak-ê phín-leh, chiang-lâi lóng-bô-koh～～ê ho·h⇨大家講清楚，將來皆不再提出(本件)，對不對。品phín，唱明白，講明條件曰品phín。

【提唱 theh-chhiàng】 theh-chhiòng。唱亦作倡chhiàng。～～開闢產業道路～～khaiphek sán-giap-tō-lō͘⇨同上。

【提婚 theh-hun】 同提親theh-chhin。

【提琴 theh-khîm】 violin。四弦的西洋琴。小～～siō～～⇨同上。

【提携 theh-hê】 牽手以行。喻合作連繫。雙邊～～得要合伊拂siang-pêng～～teh-boeh kah-i-hut⇨雙方合作要跟他拼一拼。共阮～～抒kā-goán～～leh⇨賜予合作或照顧一下。

【提錢 theh-chîⁿ】 ㊀向他人取錢。去銀行～～khì gîn-hâng～～⇨到銀行領錢。去共阿三～～khì-kā a-sam～～⇨去找阿三取款。㊁自己出錢。～～買物～～bé(bóe)-mih⇨拿出錢來買東西。～～撞破人的腰肚～～lòng-phoà lâng-ê io-tó͘⇨拿錢出來撞破人家的荷包。謂此錢用得無意義，亦即開戇錢khai-gōng-chîⁿ。

【提親 theh-chhin】 提起婚嫁問題。求婚kiû-hun。有人來～～ū-lâng lâi～～⇨有人遣媒來求婚。叫人去～～kiò-lâng khì～～⇨遣媒去說合求婚。

【提頭 theh-thâu】 企頭khiā-thâu。做發起人hoat-khí-jîn。謀主bô͘-chú。無人～～都逐家不敢bô-lâng～～to tak-ke m̄-káⁿ⇨沒人做主乃大家不敢做。～～的～～ê⇨提倡人theh chhiàng-jîn，即謀主。攏是阿生～～的，無個曷煞會lóng-sī a-seng～～ê, bô in ah-soah-ē⇨皆是阿生帶頭tài-thâu的，否則他們是不會(做這壞事)的。

【提議 theh-gī】 建議kiàn-gī。有人～～要設立大學ū-lâng～～boeh siat-lip tāi-hak⇨同上。

【提古闘 theh-kó͘-koan】 重吹往日光榮或他人臭事。又抒～～～了iū-teh～～～lò͘⇨又在吹老牛了。

【提提叫 theh-theh-kiò】 要錢要得緊。未曾未道～～～⇨bōe-chêng-bōe tō～～～⇨連開始都沒有開始，就聲聲句句要錢。都無三個錢抒，更～～～to-bô saⁿ-ê-chîⁿ-leh, koh～～～⇨全部合起來不夠三文錢哩，竟討得那麼緊張。

【提燈會 theh-teng-hōe】 公衆喜慶，街坊大家提燈參加遊行，以示同慶。

【提心吊膽 theh-sim-tiàu-táⁿ】 非常害怕，刻刻留心。看著實在叫人～～～～khoàⁿ-tioh sit-chāi kiò-lâng～～～～⇨同上。

【提綱挈領 theh-kong-khiat-léng】 提網之綱，挈衣之領，喻把握大綱重點。

## thek

**thek 斥** 逐tiok也。開也。指責也。伺望sū-bōng也。排～pâi～⇨同上。指～chí～⇨指出劣點，加以責備。相～siong～⇨彼此指責。

【斥力 thek-lek】 物理學名詞。互相排斥之力，亦即引力ín-lek之反。⇨磁鐵同極相斥之力是也。

【斥候 thek-hāu】 伺探敵情sū-thàm tek-chêng。～～兵～～peng⇨同上。候hāu或作喉hāu。

【斥責 thek-chek】 責罵chek-mē(mā)。序大人～～亦抒受氣，無意思sī-toā-lâng～～ah-teh siū-khì, bô-ì-sù⇨父母責罵也在生氣，沒意思。

【斥資 thek-chu】 提出錢財。～～興學～～hin-hak⇨出錢起學校chhut-chîⁿ khí-hak-hāu。

【斥罵 thek-mē(mā)】 責罵chek-mē(mā)。

**thek 畜** 畜thiok也(見hiok部)。家畜ka-thiok也。家養的禽獸khîm-siù也。

【畜生 thek-seⁿ】 罵詞。斥其言行如禽獸。～～，你敢無禮～～lí káⁿ bû-lé⇨同上。

**thek 剔** 去肉到骨也。別出事物之不合者曰剔thek。眞佼挑～chin-gâu thiau～⇨很會甄選chin-soán。

【剔出 thek-chhut】 ～～臭肉～～chhàu-bah⇨割除腐肉。

【剔骨 thek-kut】 剔取骨上之肉。

【剔除 thek-tî】 除去壞的不對的，留下好的對的。

thek **飭** 謹也。敬也。公文書用詞。上級對下級的行文指揮曰飭thek。令～lēng～⇨下令辦理。整～chéng～⇨整頓chéng-tùn。申～sîn～⇨告誡kō-kài。

【飭令 thek-lēng】 ～～照辦～～chiàu-pān⇨命令依照辦理。

【飭辦 thek-pān】 公文用詞。命令下級照辦。

thek **勅** 敕thek也。皇帝的詔令曰勅thek。原爲自上命下之辭，長官對部屬，父對子皆曰勅thek，後來才變爲帝王專用辭。

【勅令 thek-lēng】 帝王的命令。

【勅命 thek-bēng】 頒賜爵位的詔令。

【勅封 thek-hong】 朝廷封賜爵號。同敕授thek-siū。

thek **踢** 蹴chhiok也。以足蹴物也。亦踢that也(見that部)。蚊仔脚～著耳道要入院也báng-á-kha～tioh niâ tō-boeh jıp-ī^n-ā⇨蚊仔脚踢著而已，就要住院了。謂極輕微的傷害也要住院。脚～一下～一下kha～chit-ē～chit-ē⇨足在抽動。

thek **惕** 警惕kéng-thek，敬懼kèng-kī，謹愼kín-sīn也。

thek **裼** 袒tán也。脫衣見體也。去上衣曰裼thek, theh。袒白～thǹg-pak-theh⇨去衣服。袒胸露體tàn-heng-lō·-thé也。袒thǹg，俗作褪或脫thǹg。

thek **倜** 倜儻thek-tóng，不羈put-ki也。卓異不拘束tok-ī-put-khu-sok也。風流～～hong-liû～～⇨形容人材超凡脫俗之詞。

## theng

theng **聽** 聽thia^n也（見thia^n部）。

theng **廳** 廳thia^n也(見thia^n部)。

theng **裳** 掌the^n也。亦作撐the^n或撑the^n（見the^n部)。

théng **寵** 寵thióng也(見thiong部)。尊居之也。溺愛過甚曰寵thióng, théng。

【寵囝 théng-kiá^n】 溺愛兒子。thióng-kiá^n。

【寵盛 théng-sēng】 thióng-sēng。驕生慣養kiau-seng-koàn-iáng，溺愛lek-ài 過甚也。寵théng尊居之，盛sēng加其氣勢。盤上加物曰盛sēng。俗作逞乘théng-sēng，非也。

【寵細姨 théng-sè-î】 溺愛小老婆thióng-sè-î。

théng **挺** 拔poat也。特出也。

【挺身 théng-sin】 ～～而出～～jî-chhut⇨勇敢進出。

【挺而走險 théng-jî-cháu-hiám】 爲勢所迫投身作冒險事。

théng **艇** 小舟也(見thêng艇目)。

théng **逞** 快也。盡也。解也。又矜誇自顯khim-khoa-chū-hián曰逞théng，亦曰chhéng, chhèng(見chheng部)。不～put～⇨意有所不快。不～之徒put～chi-tô·⇨爲非犯法者。

【逞凶 théng-hiong】 行凶。藉酒～～chioh-chiú～～⇨借酒醉之名行凶。

【逞能 théng-lêng】 自誇有才能。若敍物知知抟，不免抟～～goā-chē mıh chai-chai-leh, m̄-bián teh～～⇨(你)有多少能力，大家都知道的，用不著自誇。

【逞干戈 théng-kan-ko】 周轍東，王綱墜，～～～，尙遊說chiu-tiat-tong, ông-kong-tūi, ～～～, siāng-iû-soat⇨三字經。

**thèng 听** 聽thèng, theng的俗字或簡體字。

**thèng 聽** 從也。任也。任其便曰聽thèng。任憑也，順其自然也，可以曰聽thèng。～轉去～tńg-khì⇨可以回去。要安怎家己～打算boeh-an-choáⁿ ka-kī(lī, tī)～phah-sǹg⇨要如何自己可以打算。～做～chò(chòe)⇨可以作爲，可以製造。無錢～討～借bô-chîⁿ～thó～chioh⇨沒錢可以要可以借。～食～賣chiah～bē(bōe)⇨也可以自己吃，也可以賣出去。～去～來～khì～lâi⇨可以自由來來往往。～賒～欠～sia～khiàm⇨可以隨便掛賬取物。有錢逐個都～去ū-chîⁿ tak-ê to～khì⇨只要有錢，每個人都可以去。考耳，逐家亦～考khó niâ, tak-ke iah～khó⇨考考而已，誰都可以去考一考(上榜否不知道而已)。

**【聽人 thèng-lâng】** 聽從人家。～～的歡喜～～ê hoaⁿ-hí⇨要看人家高不高興。～～的使喚～～ê sú(sái)-hoàn⇨順從人家的差遣chhe-khián呼喚ho·-hoàn。

**【聽天 thèng-thian】** 順從天意。守分安命。順時～～siû-hūn-an-bēng, sūn-sî～～⇨同上。～～由命～～iû-bēng⇨任由命運擺佈。

**【聽可 thèng-hó】** 同聽好。聽thèng。可以。～～企～～坐～～khiā～～chē(chōe)⇨聽企聽坐thèng-khiā-thèng-chē。～～招人～～嫁人～～chio-lâng～～kè-lâng⇨聽招聽嫁thèng-chio-thèng-kè⇨可以招壻，可以嫁出。即間厝～～企家，亦～～做生理chit-keng-chhù～～khiā-ke, ah～～chò(chòe)-seng-lí⇨此家房屋也可以住家，也可以做生意。

**【聽好 thèng-hó】** 有話～～講，不當庋於心肝內ū-ōe～～kóng, m̄-thangkhǹg-tī-sim-koaⁿ-lāi⇨有話可以說，不可置在心中。庋khǹg，庋或庋(亦讀khòe)也，藏置也。無錢～～來提，不免客氣bô-chîⁿ～～lâi-theh, m̄-bián kheh-khì⇨沒錢可以來拿去用，不用客氣。不還，～～去法院告伊m̄-hêng, ～～khì-hoat-īⁿ kò-i⇨不還(錢)，可以到法院去控告他。聽去告伊thèng-khì-kò-i⇨可以去告他。

**【聽從 thèng-chiông】** 順從sūn-chiông。甘愿～～kam-goān～～⇨同上。

**【聽主意 thèng-chú-ì】** 可以出主意。要不你都～～～boeh-m̄ lí to～～～⇨要否你自己都可以決定。同聽打算thèng-phah-sǹg。

**【聽拍算 thèng-phah-sǹg】** 同聽主意thèng-chú-ì。亼你逐項都～～～也，合永擺無共款也taⁿ lí tak-hāng to～～～ā, kah éng-pái bô-kāng-khoán-ā⇨而今你一切都可以自己出主意了，與過去不相同了。

**【聽討聽還 thèng-thó-thèng-hêng】** 隨時可以催討chhui-thó，隨時可以歸還kui-hoân。欠錢亦不是啥，都～～～～的，曷使煩惱khiàm-chîⁿ ah-m̄-sī-sahⁿ, to～～～～ê, ah-sái hoân-ló⇨欠債也不是甚麼了不起的大事，大家可以催討可以歸還，不必煩惱也。

**【聽割聽刣 thèng-koah-thèng-thâi】** 可以割取，可以殺死。亦即有生殺予奪之權。人既落你的脚臼，你都～～～～也lâng kà loh-lí-ê kha-khū, lí to～～～～ā⇨人既然陷在你的手中，生死予奪都由你了。脚臼kha-khū，陷阱hām-chéng也。

**【聽煎聽煮 thèng-chian-thèng-chí(chú)】** 可以煎，可以煮，任憑處理。魚仔既於你的手，你都～～～～也hî-á kà tī-lí ê-chhiú, lí to～～～～ā⇨魚兒已經在你手中，你皆可以自由處理了。

**thêng 停** 中止也。止息也。定於一所曰停thêng。做無～的chò(chòe)-bô～ê⇨工作繼續不休。擋未～tòng-bē(bōe)～⇨擋不止。又短暫曰停thêng。小～抄sió～leh⇨暫且停止。較～也khah～á⇨慢一點，稍候片刻。又下雨一場曰一停chit～。落即～雨眞好loh-chit～hō· chin-hó⇨下此場雨很好。居～主人ki～

chú-lâng⇨寄寓所之主人。居中調～ki-tiong tiâu～⇨在雙方之間作協調工作。叫～kiò～⇨運動用詞，在比賽進行中因事要求暫停比賽。

【停工 thêng-kang】 工場～～也kang-tiû$^n$～～a⇨工廠停工了。今仔日～～kin-á-ji̍t～～⇨今天休業。

【停止 thêng-chí】 ～～作業～～chok-gia̍p⇨不再操作了。～～比賽～～pí-sài⇨不比賽了。～～公權～～kong-khoân⇨沒有公權了。

【停手 thêng-chhiú】 歇手hioh-chhiú。雙邊都不肯～～siang-pêng to m̄-khéng～～⇨雙方皆不肯歇手(繼續打下去)。

【停火 thêng-hóe(hé)】 停戰thêng-chiàn，俗稱停火thêng-hóe。

【停刊 thêng-khan】 報紙雜誌被～～pò-choá cha̍p-chì pī～～⇨同上。

【停舟 thêng-chiu】 停船thêng-chûn。君家在何處，妾住在橫塘，～～暫借問，或恐是同鄉kun-ka chāi-hō-chhì, chhiap chū-chāi hêng-tông,～～chām-chek-būn, he̍k-khióng sī tông-hiang⇨舊詩。

【停衣 thêng-ui】 產衣sán-ui仍留母體中。～～猶未落～～á-bōe-lo̍h⇨同上。

【停車 thêng-chhia】 ～～場～～tiû$^n$⇨停車之場地。都市的～～問題to͘-chhī ê～～būn-tê⇨無地停車，停車阻碍交通等等問題。

【停步 thêng-pō͘】 止步chí-pō͘。閑人～～hân-jîn～～⇨公私要地常見的號牌。

【停泊 thêng-po̍k】 船靠岸。船値K港～～chûn tī k-káng～～⇨同上。

【停柩 thêng-khiū】 停棺thêng-koan。暫時未下葬。～～在堂～～chāi-tông⇨同上。

【停流 thêng-lâu】 不流。死水～～sí-chúi～～⇨死水不流。

【停站 thêng-chām】 ㊀車到車站停車。車～～也chhia～～ā⇨車到站了。㊁中斷。間斷kan-toān。貨～～也hòe～～ā⇨貨品(來源)中斷了。

【停留 thêng-liû】 留。不進步。文化～～於原始時代bûn-hoà～～tī goân-sí-sî-tāi⇨同上。

【停船 thêng-chûn】 停泊thêng-po̍k的現代語。於港口～～tī káng-kháu～～⇨同上。

【停脚 thêng-kha】 休息hiu-sit(sek)。連～～抭都無liân～～leh to-bô⇨連停脚小息都不准。行了忝聽～～嘛kiâ$^n$-liáu-thiám thēng～～mà⇨跑了疲倦可以休息嘛。

【停喟 thêng-khùi】 停止呼吸。喘到硬將要～～去chhoán-kà ngē-chhiān-boeh～～khì(ī)⇨喘得幾乎要停止呼吸。

【停飯 thêng-pn̄g】 暫停搭伙食。寄飯，～～kià-pn̄g,～～⇨搭伙食，停搭伙食。

【停電 thêng-tiān】 中止送電。今仔日要～～kin-á-ji̍t boeh～～⇨今日無電。忽然間煞～～，不知安怎hut-jiân-kan soah～～, m̄-chai an-choá$^n$⇨忽告停電，不知何故。

【停頓 thêng-tùn】 進行中忽告中止。較不順利。不知安怎煞～～去m̄-chai an-choá$^n$ soah～～khì⇨不知因何原因竟中止了。最近有較～～chòe-kīn ū-khah～～⇨最近較不順利。

【停演 thêng-ián】 中止演戲。無三日道～～也bô-sa$^n$-ji̍t tō～～ā⇨不三天就不演了。

【停戰 thêng-chiàn】 ～～協定成立～～hia̍p-tēng sêng-li̍p⇨同上。

【停學 thêng-o̍h】 thêng-ha̍k。或犯過或因病而暫時中止上課。～～處分～～chhì(chhù)-hun⇨犯過。請求～～chhéng-kiû～～⇨因病等等。

【停職 thêng-chit】 被人～～去也hō͘-lâng～～khì-ā⇨被上級下令停戰了。

thêng **亭** 直也。直立也。聳立sióng-li̍p也。企～khiā～⇨立正。企未～khiā-bē(bōe)

～⇨站不直。企屍～khiā-si～⇨倒立。廊～phō͘～⇨糖廊的傘形大建築。內置搾蔗車連掛四牛交替挽動之。企扴若廊～khiā-leh ná phō͘～⇨站起來一如廊亭，喻高頭大馬。

【亭亭 thêng-thêng】 直立。企～～khiā～～⇨立正。石壁～～，未迌得chiȯh-piah～～，bē(bōe)-peh-tit⇨山崖直立如壁攀登不上去。

【亭亭玉立 thêng-thêng-giȯk-lı̍p】 長大成人的小女的美妙姿勢chu-sè。

thêng
呈 上行的公文也。下級對上級，人民對官府行文稱之曰呈thêng。又顯露曰呈thêng。送～上級sàng～siāng-kip⇨同上。進～禮物chìn～lé bu̍t⇨同上。面～菜色bīn～chhài-sek⇨同上。

【呈文 thêng-bûn】 送上級的公文。～～寫好送去也～～siá-hó sàng-khì-à⇨同上。

【呈准 thêng-chún】 請求上級許可。～～設立～～siat-lı̍p⇨同上。

【呈送 thêng-sàng】 ～～公文～～kong-bûn⇨同上。

【呈現 thêng-hiān】 ～～一道光明～～chi̍t-tō kong-bêng⇨出現一線光明。

【呈報 thêng-pò】 向上級報告。～～災情～～chai-chêng⇨同上。

【呈稟 thêng-pín】 向上稟告pín-kò。向上級機關～～hiàng-siāng-kip-ki-koan～～⇨同上。

【呈請 thêng-chhéng】 以呈文向上級請求。～～開設孤兒院～～khai-siat ko͘-jî-īⁿ⇨同上。

【呈獻 thêng-hiàn】 下級向上級進貢chìn-kòng。誠心誠意～～的禮物sêng-sim-sêng-ì～～ê lé-bu̍t⇨同上。

【呈露 thêng-lō͘】 ～～於表面的，不過是冰山的一角耳～～tī piáu-bīn ê, put-kò sī peng-san ê i̍t-kak niâ⇨同上。

thêng
滕 ㊀水往上奔躍湧出。㊁春秋諸侯國名。㊂姓。

【滕王閣 thêng-ông-kȯ】 樓閣名。唐王勃曾作滕王閣序。

thêng
騰 跳躍thiàu-ia̍k也。奔馳phun-thî也。上升也。雲～致雨，露結為霜hûn～tì-í(ú), lō͘-kiat ûi-song⇨千字文。輿論沸～î-lūn hùi-～⇨同上。熱血奔～jia̍t-hiat-phun～⇨同上。

【騰空 thêng-khong】 飛上天空。仙人～～sian-jîn～～⇨同上。

【騰貴 thêng-kùi】 物價～～bu̍t-kè～～⇨物價上漲。

【騰達 thêng-ta̍t】 飛黃～～hui-hông～～⇨功名事業發迹得意。

【騰雲駕霧 thêng-hun-kè(kà)-bū】 都不是仙講會～～～～to-m̄-sī-sian kóng-ē～～～～⇨辦不到，我非能騰雲駕霧之仙故也。

thêng
謄 移書傳抄也。抄寫曰謄thêng。更～一張koh～chi̍t-tiuⁿ⇨再抄一張。

【謄本 thêng-pún】 戶籍～～hō͘-che̍k～～⇨戶籍抄本hō͘-che̍k-chhau-pún，古皆手抄，今皆影印。

【謄寫 thêng-siá】 抄寫chhau-siá。該～～三份ài～～saⁿ-hūn⇨同上。

【謄錄 thêng-lio̍k】 thêng-le̍k。科舉時代防止舞弊的方法。試卷一律由第三者抄寫過，然後才送閱卷。試卷該更～～過藉送去閱卷chhì-koàn ài-koh～～kòe chiah-sàng-khì o̍at-koàn⇨同上。

【謄寫版 thêng-siá-pán】 油印的文件。其所用鋼板kang-pán即稱謄寫版thêng-siá-pán。往時為相當便捷的一種印刷法，而今已為影印iáⁿ-ìn所取代。

thêng
艇 艇théng俗讀艇thêng。小舟也。一二人所乘之小舟曰艇thêng。小～sió～⇨同上。快～khoài～⇨快速～khoài-sok～⇨同上。遊～iû～⇨遊覽專用的。巡邏～sûn-lô～

⇨同上。緝私～chhip-su～⇨同上。砲～phàu～⇨同上。掃雷～sàu-lûi～⇨同上。潛水～chhiâm-súi～⇨同上。

**【艇仔 thêng-á】** 小舟的總稱。

thêng
**程** 法也，限也，示也，計量也。開會日～khui-hōe jit～⇨同上。會議的議～hōe-gī ê gī～⇨同上。里～碑lí～pi⇨同上。路～lō͘～⇨同上。行～hêng～⇨同上。車～chhia～⇨同上。計～車kè～chhia⇨同上。章～chiang～⇨同上。規～kui～⇨同上。射～siā～⇨同上。工～kang～⇨同上。工～師kang～su⇨同上。大工～toā-kang～⇨同上。方～式hong～sek⇨數學用詞。

**【程子 thêng-chú】** 宋儒程顥thiâ$^{n}$-hō，程頤thiâ$^{n}$-î兄弟的尊稱。亦稱二程jī-thêng。

**【程朱 thêng-chu】** 理學大儒二程與朱熹chu-hi的簡稱。～～之學～～chi-hak⇨同上。

**【程式 thêng-sit(sek)】** 準則格式。公文～～kong-bûn～～⇨同上。

**【程序 thêng-sī(sū)】** 次序chhù-sī(sū)。會議的～～hōe-gī ê～～⇨同上。～～問題～～būn-tê⇨會議討論的次序問題。

**【程度 thêng-tō͘】** 凡智識，能力，事物等的高下優劣的階段皆曰程度thêng-tō͘。無～～bô～～⇨水準不夠。無水準bô-chúi-chún。講彼類無～～的話kóng hit-lui bô～～ê ōe⇨說話太過分。～～無共～～bô-kâng⇨程度不同。～～傷高～～siu$^{n}$-koân⇨程度太高。彼二個～～差不多hit-nn̄g-ê～～chha-put-to⇨那兩個難兄難弟lān-heng-lān-tē。～～問題耳～～būn-tê niâ⇨程度問題而已。

**【程儀 thêng-gī】** 送遠行者的禮物。送～～sàng～～⇨同上。

# thi

thi
**黐** 木膠也。黏～liâm～⇨捕鳥用的樹膠。羅～lô～⇨性嚕嗦多事曰羅黐lô-thi。羅lô，捕魚網而有黐，鳥一觸及難逃矣。你一觸及羅黐lo-thi的人，亦將難逃。麵～mī～⇨麵粉的食品。又同粚thi。

thi
**粚** 同黐thi，俗字。

thi
**涕** 鼻液目汁曰涕thi(the)。自目曰涕thi，自鼻曰洟î。或曰自目曰涕thi，自鼻曰泗sì, sù。～泗流～sì liû⇨眼水鼻水交流。流鼻～lâu-phī$^{n}$～⇨同上。

thi
**株** 株tu也(見tu部)。～式會社～sek hōe-siā⇨股份公司的日文。

thi
**誅** 誅tu也(見tu部)。爲不善者人人得而～之ûi-put siān-chiá jîn-jîn-tit-jî～chi⇨同上。

thí
**恥** 羞愧siu-khùi也。聞過自愧也。俗作耻thí。人不可以無～jîn put-khó-í bû～⇨同上。不知～的廢物put-ti～ê hòe(hùi)-but⇨同上。會稽之～hōe-ke chi～⇨越王會稽之敗。誓雪此～sè-soat chhú～⇨同上。奇～大辱kî～tāi-jiok⇨同上。雪～戰soat～chiàn⇨例如運動賽等，上次敗了，下次自期必勝回面子之謂。禮義廉～，國之四維lé-gî-liâm～, kok chi sù-ûi⇨同上。無廉～bô-liâm～⇨同上。無廉無～的人bô-liâm bô～ê lâng⇨同上。

**【恥笑 thí-chhiò】** 侮辱bú-jiok。不願乎人～～m̄-goān hō͘-lâng～～⇨同上。

**【恥辱 thí-jiok】** 侮辱bú-jiok。～～眞忝也～～chin-thiám-à⇨侮辱得太嚴重了。

thí
**褚** 裝衣囊也。又姓氏。又人名。三國有曹將許褚khó͘-thí。

thí
**貯** 積也。藏也。亦讀thú。積～者天下之大命chek～chiá thian-hē chi tāi-bēng⇨同上。倉～chhông～⇨貯於倉。

**【貯存 thí-chûn】** 同貯藏thí-chông。～～金錢～～kim chî$^{n}$⇨同上。

【貯蓄 thí-thiok】 積蓄chek-thiok(hiok)。～～銀行～～gîn-hâng⇨同上。

【貯積 thí-chek】 積存chek-chûn。

【貯藏 thí-chông】 ～～倉庫～～chhng-khò͘⇨同上。

thí
**儲** 積蓄chek-thiok(hiok)也。同貯thí。又副也。亦讀thú。

【儲君 thí-kun】 太子。意爲君之副也。

【儲蓄 thí-thiok】 同貯蓄thí-thiok。～～存款～～chûn-khoán⇨同上。～～銀行～～gîn-hâng⇨同上。

thí
**搋** 拆thiah也，分也，裂也，開也。打開摺扇或雨傘曰搋thí。

【搋開 thí-khui】 ～～手扇～～chhiú-sìⁿ⇨打開摺扇。～～雨傘～～hō͘-soàⁿ⇨同上。

【搋未開 thí-bē(bōe)-khui】 打不開。雨傘～～～hō͘-soàⁿ～～～⇨傘打不開。

thì
**剃** 除髮也。去鬍鬌亦曰剃thì。又譏刺侮辱亦曰剃thì。當面～tng-bīn～⇨公開侮辱。

【剃度 thì-tō͘】 佛家語。剃髮爲僧尼，以求超度chhiau-tō͘。

【剃髮 thì-hoat】 削去頭髮。～～爲僧尼～～ûi cheng-nî⇨去髮爲僧爲尼。

【剃頭 thì-thâu】 削去頭髮。順治入關下～～令：謂留頭不留髮，留髮不留頭，強迫剃頭以從番俗。亦曰剃髮令thì-hoat-lēng。今理髮lí-hoat俗亦曰剃頭thì-thâu。

【剃嘴鬏 thì-chhùi-chhiu】 ㊀剃除鬍鬚。㊁謂丟失面子。你敢共伊～～～lí káⁿ kā-i～～～⇨你有膽量丟他的面子。嘴鬏乎您剃了了也chhùi chhiu hō͘-lín thì-liáu-liáu-à⇨口鬚給你們剃光了，喻面子給你們丟光了。

【剃頭刀 thì-thâu-to】 剃髮刀。生葩皮扲試～～～lān-pha-phôe teh-chhì～～～⇨在腎囊皮試剃頭刀是否夠利。喻事極危險，難保不割破。

thì
**嚏** 噴嚏phùn-thì也。俗曰拍咳嗆phah-ka-chhiùⁿ。

thî
**啼** 號哭也。鳥鳴也。鷄～ke～⇨鷄鳴。喃淚～lâm-lūi～⇨口喃喃淚汪汪而啼。過山不知囝～kòe-soaⁿ m̄-chāi kiáⁿ～⇨喻路途遠隔，無法兼顧家中事。鷄母～道該斬頭掛紙錢ke-bó～tō-āi chām-thâu kùi-choá-chîⁿ⇨謂母鷄啼了就必須殺其頭以掛紙錢。掛紙錢kùi-choá-chîⁿ，以竹片挾金銀紙立於道旁以鎮煞soah。又母雞啼喻女主政，俗以爲不詳。

【啼泣 thî-khip】 臨表～～，不知所云lîm-piáu～～put-ti só͘-ûn～⇨前出師表。

【啼哭 thî-khàu】 人既死也，乾仔～～亦無路用lâng kà sí-à, kan-a～～ah bô-lô-iōng⇨人既死了，只是哭也沒用。乾仔kan-a(kan-na)⇨端仔tan-a(tan-na)⇨只是。

【啼笑皆非 thî-chhiàu-kai-hui】 啼不對，笑也不對。實在使人～～～～sıt-chāi sú-lâng～～～～⇨同上。

【啼啼哭哭 thî-thî-khàu-khàu】 暝日～～～～實在有可憐mê-jıt～～～～sıt-chāi ū-khó-liân⇨日夜啼哭眞的可憐也。

【啼喃哭淚 thî-lâm-khàu-lūi】 喃喃而啼，流淚而哭不停。

thî
**笞** 捶擊也。古刑的一種。以杖擊背以恥之。後改擊臀。鞭～pian～⇨以鞭笞之。

【笞刑 thî-hêng】 五刑之一。以竹杖背以恥之，後改杖臀，也是最輕的刑罰。

【笞杖 thî-tiāng】 笞用之杖。又以杖笞之。同笞刑thî-hêng。

thî
**雉** 屬鷄類的山鳥。～鷄～ke⇨山鳥，甚美麗。

【雉鷄 thî-ke】 俗曰啼鷄thî-ke，亦曰山鷄仔soaⁿ-ke-á。毛色甚美麗，因而有人稱之曰帝鷄tè-ke。

【雉鷄尾 thî-ke-bóe】 雉尾之長羽。挿～～～chhā～～～⇨戲中角色如周瑜等冠上所挿者。乞食揷～～～khit-chia̍h chhah～～～⇨謂假仙kê-sian，亦即假裝好人或有辦法的人。

thî 苔 蘚sián也。垣衣也。水垢也。青～chhe$^{n}$～⇨水垢也。鼻孔口上青～phī-khang-kháu chhiū$^{n}$ chhe$^{n}$-～ ⇨形容頑童鼻孔口經常有鼻液不乾。虎～hó·～⇨海藻類的一種青苔。

## thi$^{n}$

thi$^{n}$ 天 天thian也。地之對稱。神也，神所居也。節候也。～對地，雨對風，觀音媽對土地公～tùi-tē, hō·-tùi-hong, koan-im-má-tùi-thō·-lī-kong⇨同上。看～田khoà$^{n}$～chhân⇨無固定水源，天降雨才有收成的田地。小富由勤儉，大富由～sió-pù iû khîn-khiām, toā-pù iû～⇨同上。出頭～chhut thâu～⇨脫離黑暗而進光明的境界。坐～chē～⇨做皇帝。頭戴人的～，脚踏人的地thâu-tì lâng-ê～, kha-ta̍h lâng-ê-tē⇨生存在被壓迫的環境之中。烏～暗地o·～àm-tē⇨天烏地暗thi$^{n}$-o·-tē-àm。紅～赤日頭âng～chhiah-ji̍t-thâu⇨青天白日chheng-thian-pe̍h-ji̍t。老～無照甲子，老人無照情理lāu～bô-chiàu kah-chí, lāu-lâng bô chiàu chêng-lí⇨逢到天災地變或違背常理之事等非常時的怨尤語。不成～m̄-chiâ$^{n}$～⇨天候不甚好。成～也chiâ$^{n}$～ā⇨雲霽天晴了。六月～la̍k-goe̍h(ge̍h)～⇨最炎熱的時候。烏陰～o·-im～⇨黑雲蔽天之日。好～hó～⇨晴天。好～也hó～a⇨雨停天晴了。猶未會好～抄á-bōe(bē) ē-hó～lè⇨還不可能放晴罷。春～後母面chhun～āu-bó-bīn⇨春天如繼母之面色，易變ī-piàn。秋～chhiu～⇨秋季。冬～tang-～⇨冬季。雨來～hō·-lāi～⇨雨天。落雨～lo̍h-hō·～⇨下雨天。食酒～chia̍h-chiú～⇨宜於飲酒之天氣。娶某～chhoā-bó·～⇨宜於娶妻之天氣。

【天下 thi$^{n}$-ē】 天之下。全世界。一下雷～～響chi̍t-ē-lûi～～hiáng⇨一雷天下知。～～無佼人～～bô-gâu-lâng⇨天下沒有能人。

【天大 thi$^{n}$-toā】 天一樣的大小。～～的事有大哥抄乎你靠，驚甚～～ê sū ū-toā-ko teh hō· lí-khò, kia$^{n}$-sah$^{n}$⇨天大的事有大哥給你做靠山，你怕甚麼。～～地大～～tē-toā⇨喻重大，重要。

【天日 thi$^{n}$-ji̍t】 太陽。～～曝老的～～pha̍k-lāu-ê⇨天日晒老的，謂並非眞正有德望之老人。

【天公 thi$^{n}$-kong】 天。天神。～～伯仔～～peh-á⇨天神的尊稱。～～祖～～chó·⇨同前。～～痛戇人～～thià$^{n}$ gōng-lâng⇨天愛護老實人。～～賬簿～～siàu-phō·⇨歇後語，意爲大慼toā-chheh。亦即大怨大恨。因爲天公的賬簿一定是大册toā-chheh，與大慼toā-chheh——大怨大恨是諧音。～～生～～se$^{n}$(si$^{n}$)⇨天公的生日(俗謂農曆正月初九爲天公生)。

【天光 thi$^{n}$-kng】 天亮thian-liāng。～～也～～a⇨天亮了。～～早～～chá⇨清晨chheng-sîn，早晨chá-sîn。～～日暗～～ji̍t-àm⇨天明日暮。晨夕。歲月之運行。歸冥攏是步，～～無半路kui-mê(mî$^{n}$) lóng-sī-pō·, ～～bô-poà$^{n}$-lō·⇨謂整夜所思量都是(趁錢的)妙計，天亮了卻一籌莫展。

【天年 thi$^{n}$-nî】 世代。世界。您少年的～～也lín-siàu-liân-ê～～ā⇨你們少年人的世代了。個的～～，咱都無話講in ê～～, lán to bô-ōe-kóng⇨他們的世界，我們沒話說的(無奈)。即類～～曷有人講什麼道義chit-lōe～～a̍h-ū-lâng-kóng sa-ma-tō-gī⇨此一種世界，那裏有人說什麼道義。

【天色 thi$^{n}$-sek】 天的模樣。看～～猶早抄khoà$^{n}$～～iáu-chá-lè⇨看模樣，天還未光哩。透早要出門，～～漸漸光，爲著顧三頓，行到田中央；行到田中央，田水冷霜霜thâu-chá boeh-chhut-mn̂g, ～～chiām-chiām-kng, ūi-tio̍h kó͘ sa$^{n}$-tn̄g, kiâ$^{n}$-ká chhân-tiong-nng; kiâ$^{n}$-ká chhân-tiong nng, chhân-chúi lēng-sng-sng⇨歌謠。

**【天地 thi$^{n}$-tē】** 天與地。世界。自然。敬拜～～kèng-pài～～⇨同上。謝～～siā～～⇨謝天謝地siā-thi$^{n}$-siā-tē。下～～hē～～⇨下天下地hē-thi$^{n}$-hē-tē⇨對天地許願祝禱。～～尺平平長～～chhioh pê$^{n}$-pê$^{n}$-tn̂g⇨天地爲尺，於人是一樣的公平，亦即不厚此薄彼。～～尾也～～bóe-á⇨末世boat-sè了，亦即澆季溷濁kiau-kùi-hūn-to̍k之世了。～～無餓死人～～bô gō-sí-lâng⇨天地不會使人因餓而死。～～補忠厚～～pó͘-tiong-hō͘⇨天地會輔助忠厚的好人。～～內～～lāi⇨宇內ú-lāi。不知～～m̄-chai～～⇨不懂事。不知～～幾斤重m̄-chai～～kúi-kin-tāng⇨不懂事，不知世事。～～圓輪輪，闖餓是單身～～î$^{n}$-lìn-lìn, chhoàn-gō sī toa$^{n}$-sin⇨天地很圓，餓死者卻多是單身漢。戒單身漢不應懶惰以致餓死。～～所設，毋是弟子作孽～～só͘-siat, m̄-sī tē-chú chok-gia̍t⇨事屬天地創造之神所設的，非弟子私自妄爲也。弟子tē-chú，對神自稱。作孽chok-gia̍t，作罪孽chōe-gia̍t，玩耍。～～顛倒反，暗藍刣紅頂，並無起官戴，殺死縣堂頂～～tian-tó-péng, àm-lâm thâi-âng-téng, pēng-bô khí-koan-tāi, sat-sí koān-tn̂g-téng⇨長毛之變(太平天國)，洪(草屯)林(霧峯)兩姓亦出兵。後爭功不能平，洪姓乘元旦團拜盛會，殺死林有理之事件發生，當時彰化市出現此字白。

**【天位 thi$^{n}$-ūi】** 帝位。陳有諒共臭頭洪武拍～～tân-iú-liāng kā chhàu-thâu-hông-bú phah～～⇨陳友諒爲朱洪武爭取帝位。喻爲別人做嫁衣裳。

**【天門 thi$^{n}$-mn̂g】** 開～～khui～～⇨六月六日開天門，謂此日天氣將轉變，各家各戶都曝衣曝書。

**【天使 thi$^{n}$-sài】** 天之使者。上帝的代表。

**【天柱 thi$^{n}$-thiāu】** 天之支柱。喻又長又大。一顆那～～扲hit-kho͘ ná～～lè⇨形容人之高大。

**【天氣 thi$^{n}$-khì】** 天候。～～眞好～～chin-hó⇨天氣很好。～～無順～～bô-sūn⇨同上。～～變化眞快～～piàn-hoà chin-khoài⇨同上。

**【天清 thi$^{n}$-chheng】** 晴天。～～也～～a⇨天晴了。

**【天理 thi$^{n}$-lí】** 天道thian-tō。有～～，藉有地理ū～～, chiah-ū tē-lí⇨謂爲人者先要自己行孝道，將來才能得到子女對自己孝順。開彼類無～～的價賬khui hit-loē bô～～ê kè-siàu⇨開了太高太不合理的價錢。

**【天頂 thi$^{n}$-téng】** 天上thian-siāng。天上的世界。～～地下～～tē-ē⇨天上人間。～～天公，地下母舅公～～thi$^{n}$-kong, tē-ē bó-kū-kong⇨在天上天公最大，在人間是祖母的兄弟最大，婚嫁都要母舅公坐大位。

**【天梯 thi$^{n}$-thui】** 超級的高梯。消防隊的～～siau-hông-tūi ê～～⇨同上。若～～扲ná～～lè⇨人高若天梯。

**【天窗 thi$^{n}$-thang】** 取光之窗口。開～～khui～～⇨開天窗取光通氣。

**【天意 thi$^{n}$-ì】** 天之意志。～～未逆得～～bē(bōe) ge̍k-tit⇨天意違背不得。

**【天路 thi$^{n}$-lō͘】** 天道。照天的路扲行chiàu thi$^{n}$-ê-lō͘ teh-khiâ$^{n}$⇨按天道而行。行～～kiâ$^{n}$～～⇨行通往天堂之路(基督教徒)。

**【天瘡 thi$^{n}$-chhng】** 痘瘡tāu-chhng。

**【天露 thi$^{n}$-lō͘】** 露水。花著食～～藉會媠hoe tio̍h chia̍h～～chiah-ē-súi⇨花要吸收天露才會美麗。

**【天中央 thi$^{n}$-tiong-ng】** 天空中。

**【天未光 thi$^{n}$-bōe(bē)-kng】** 天未亮。～～～鷄未啼～～～ke-bōe(bē)-thî⇨天未光，鷄

未叫晨。

【天佅光 thi$^{n}$-boeh(beh)-kng】 天將明。～～～也～～～a⇨天將亮了。佅boeh(beh)，將要之意。

【天有目 thi$^{n}$-ū-ba̍k】 天有眼在監視是非。各得其報應。該死的死，該活的活。反之曰天無目thi$^{n}$-bô-ba̍k。

【天抵光 thi$^{n}$-tú-kng】 天剛亮。～～～耳～～～niâ⇨天剛亮而已。～～～道出門也～～～tō chhut-mn̂g-ā⇨天剛亮就出門了。

【天害人 thi$^{n}$-hāi-lâng】 ～～～藉會死，人害人未死～～～chiah-ē-sí, lâng-hāi-lâng bē(bōe)-sí⇨謂人要人死是不會死的，天要人死才會死（生死在天，非人力所及）。

【天差地 thi$^{n}$-chha-tē】 大不相同。～～～，月比龜～～～，go̍eh-pí-ku⇨大不相同。

【天烏烏 thi$^{n}$-o·-o·】 滿天烏雲。烏o·同黑o·。～～～佅落雨，擧鋤頭，清水路～～～boeh(beh)-lo̍h-hō·, giâ-tî-thâu, chheng-chúi-lō·⇨童謠。

【天脚下 thi$^{n}$-kha-ē】 天下。天底下。～～～亂了了也～～～loān-liáu-liáu-à⇨天下皆亂了。～～～亂抄抄～～～loān-chhau-chhau⇨天下大亂。

【天清清 thi$^{n}$-chheng-chheng】 天氣清朗。～～～地靈靈，佅請三姑到山前～～～tē-lêng-lêng, boeh(beh)-chhiá$^{n}$ sa$^{n}$-ko· kàu soa$^{n}$-chêng⇨關三姑仔的開頭詞。

【天抮挏 thi$^{n}$-teh-chhiâu】 天在調節，天在調動。人抮做，～～～lâng-teh-chò(chòe), ～～～⇨人在作爲，天在調節(人爲應得報應)。

【天無坎 thi$^{n}$-bô-khám】 天無階梯。～～～亦強佅迌起去～～～ah-kiâng-boeh(beh)-peh-khí-khì⇨天無階也硬要爬上去。迌peh，登也。起去khí-khì→khit-ì。

【天無雨 thi$^{n}$-bô-hō·】 ～～～人無路～～～lâng-bô-lō·⇨天不雨，人無法生存。

【天註定 thi$^{n}$-chù-tiā$^{n}$】 天定thian-tēng。姻緣～～～in-iân～～～⇨婚姻皆天定。

【天無路 thi$^{n}$-bô-lō·】 上天～～～，落地地無門chiū$^{n}$-thi$^{n}$～～～, lo̍h-tē tē-bô-mn̂g⇨走投無路。

【天無邊 thi$^{n}$-bô-pi$^{n}$】 ～～～海無底～～～hái-bô-té⇨天地之大都是無邊無際的。

【天飼人 thi$^{n}$-chhī-lâng】 ～～～肥腯腯，人飼人，一枝骨～～～pûi-lut-lut, lâng-chhī-lâng, chi̍t-ki-kut⇨謂天養活人，養得肥肥的，人養活人，養得柴骨瘦如。腯lut，肥pûi也。牛羊曰肥，豬曰腯。

【天知地知 thi$^{n}$-chai-tē-chai】 ～～～～，你知我知，道四知也，安怎無人知～～～～, lí-chai goá-chai, tō sì-chai-a, an-choá$^{n}$ bô lâng-chai⇨天地你我就有四知了，何爲無人知。

【天邊海角 thi$^{n}$-pi$^{n}$-hái-kak】 天之邊海之涯。～～～～都要㪐到著～～～～to-boeh(beh)-chhōe-kà-tio̍h⇨不論如何，就是天上地下都要找尋到所求者。

【天拍天成的 thi$^{n}$-phah-thi$^{n}$-chhiâ$^{n}$-ê】 天所造成非人力所爲者。

【天無絕人之路 thi$^{n}$-bô-choa̍t-jîn-chi-lō·】 謂努力不懈，天必爲人留有生存之路。

【天落紅雨馬生角 thi$^{n}$-lo̍h-âng-hō·-bé-se$^{n}$-kak】 謂皆屬稀有之事。

## thi$^{n}$ 添

添thiam也。加也。增益也。更～koh～⇨再增。較～些khah～chè⇨較～一下khah～chi̍t-ē。

【添些 thi$^{n}$-chè】 增一些。增加一點。～～意思抮～～ì-sū-leh⇨多多少少，增個意思。

【添油 thi$^{n}$-iû】 加油kē-iû, ka-iû。㊀油燈該～～也iû-teng ài～～ā⇨同上。㊁汽車加油。～～加醋～～ke-chò·⇨①在食物上增加其味道。②在傳話中增加刺激性的言詞。

【添重 thi$^{n}$-tāng】 增重量。不當更～～也，擔未贏也m̄-thang koh～～à, ta$^{n}$-bē-iâ$^{n}$-ā⇨

不可再增重量了，擔不動了。

**【添筆 thiⁿ-pit】** 加筆ka-pit。先生有共伊～～ sin-seⁿ ū kā-i ～～ ⇨老師曾爲他加過筆。先生sin-seⁿ (sian-siⁿ) ⇨老師。

**【添飯 thiⁿ-pn̄g】** 盛飯於碗。家己～～，食無飽亦敢講ka-tī (lī,kī) ～～,chiah-bô-pá ah-káⁿ-kóng⇨自己盛飯而吃不飽也說得過去嗎。意謂自己添者，可以添多添實，不該有吃不飽的事。

**【添話 thiⁿ-ōe】** 增加言詞。亦即添油加醋thiⁿ-iû-ke-chhò·。～～，意思道差了了去也～～, ì-sù tō chha-liáu-liáu-khì-à⇨增加言詞，話意就全都變了。

**【添價 thiⁿ-kè】** 增價錢。不好更～～也m̄-hó koh～～à⇨不宜再增價錢了。

**【添一下 thiⁿ-chit-ē】** 添些thiⁿ-chè。～～～意思每好～～～ì-sù mā-hó⇨意思意思增一點點也好。

**【添加減 thiⁿ-ke-kiám】** 增多減少。稱頭該～～～ chhìn-thâu ài ～～～⇨稱上需要增多或減少，略加調整才能符合。

**【添稱頭 thiⁿ-chhìn-thâu】** 略加稱量時的重量。～～～仔～～～á⇨①加重量。②招墥的備詞。

**【添脚添手 thiⁿ-kha-thiⁿ-chhiú】** 別人的話毋當共人～～～～pat-lâng ê ōe m̄-thang kā-lâng～～～～⇨別人之話不可予以添脚增手。

**【添頭貼尾 thiⁿ-thâu-thiap-bóe】** 略補不足。趁些～～～～thàn-chē～～～～⇨同上。

thiⁿ **撐** 撐theⁿ也 (見theⁿ部)。行舟也。又操縱木偶亦曰撐theⁿ, thiⁿ。

thīⁿ **撐** 撐thèⁿ也(見theⁿ部)。𢬵杜siā-thiāu也，亦即支杜chi-thiāu也。

thīⁿ **紩** 縫pâng也。縫衫pâng-saⁿ曰紩thīⁿ。縫～pâng～⇨縫衣hông-i。補～pó·～⇨縫補破衣。嗪嗪吱，肩頭破一裂，無某當補～，想著喉道漲phòng-phòng-chhih, keng-thâu phoà-chit-lih bô-bó· thang-pó·～, siūⁿ-tioh âu-tō-tīⁿ⇨乞食歌。漲tīⁿ，漲也，滿也。俗作綻，猶解衣裳。綻，音tēng，破裂也，並無補縫之義。

**【紩衫 thīⁿ-saⁿ】** 縫衣hông-i。未曉～～道佅嫁翁bē(bōe)-hiáu ～～ tō-boeh-kè-ang⇨不曉得縫衣就要結婚。

**【紩鈕仔 thīⁿ-liú-á】** 縫紐扣。該更～～～ài-koh～～～⇨同上。

## thiaⁿ

thiaⁿ **聽** 聆也。耳～曰聆jī～oat-lêng⇨同上。聆lêng以耳取聲也。有扲～ū-teh～⇨在聽。有～見ū-～kìⁿ (ìⁿ) ⇨聽見了。又從也。信也。講未～kóng-bē(bōe)～⇨忠告而不聽從。即耳～彼耳過chit-hīⁿ～-hit-hīⁿ-kòe⇨此耳聆入，彼耳跑出，亦即所聽者皆不生效力。～不～由在你～m̄～iû-chāi-lí⇨聽從不聽從由你自己打算。好人講的不～，歹人講道俴俴行hó-lâng-kóng ê m̄～, pháiⁿ-lâng-kóng tō khok-khok-kiâⁿ⇨好人說的話不聽從，壞人一說就跟著跑。你～伊扲落下頦lí～i teh lâu-ē-hoâi⇨你聽他在烏白講o·-peh-kóng。落下頦lâu-ē-hoâi謂說不是話，下額將脫落掉。亦解頤kái-î也。

**【聽曲 thiaⁿ-khek】** 有人愛聽歌，有人愛～～ū-lâng ài thiaⁿ-koa, ū-lâng ài ～～⇨同上。

**【聽見 thiaⁿ-kìⁿ】** thiaⁿ-ìⁿ。聽到。有～～亦無ū ～～ ah-bô⇨聽見了沒有。我有～～人講goá ū ～～ lâng-kóng⇨我聽到了人家說。～～講，明仔早起會來～～kong, bîn-á-chá-khí ē(ōe)-lâi⇨聽說明天一早會來。明仔早起bîn-á-chá-khí→bî-na-chài。靑瞑的看見，臭耳的～～chheⁿ(chhiⁿ)-mê(mî)-ê khoàⁿ-khìⁿ (ìⁿ), chhàu-hīⁿ-ê～～⇨盲者看見的，聾者聽見的。謂所言皆屬不實。

**【聽香 thia$^{n}$-hiu$^{n}$】** 元宵或仲秋夜，依神杯poe指示的方向慢步，偷聽人家所說的第一句話，依而判斷吉凶的一種迷信。

**【聽耽 thia$^{n}$-tā$^{n}$】** 聽錯thia$^{n}$-chhò。～～話～～ōe⇨聽錯話。

**【聽做 thia$^{n}$-chò(chòe)】** 香菰木耳～～香爐神主hiu$^{n}$-ko· bo̍k-jí～～hiu$^{n}$-lô·-sîn-chú⇨同上。

**【聽診 thia$^{n}$-chín】** 醫生～～i-seng～～⇨同上。～～器～～khì⇨醫生診病用具。

**【聽着 thia$^{n}$-tio̍h】** 聽見thia$^{n}$-khì$^{n}$。～～風聲～～hong-sia$^{n}$⇨聽到了傳說。～～消息～～siau-sit⇨同上。

**【聽話 thia$^{n}$-ōe】** 聽人說話。服從人家所說。～～該聽乎真～～ài thia$^{n}$-hō·-chin⇨聽人家的話須聽得正確。～～的人較會升官～～ê lâng khah-ē seng-koa$^{n}$⇨服從命令者較會升官。

**【聽嘴 thia$^{n}$-chhùi】** 聽從序大人sī-toā-lâng的話。囡仔攏真～～gín-á lóng chin～～⇨孩子們皆很聽長輩的話。

**【聽人講 thia$^{n}$-lâng-kóng】** ㊀聽從忠言。該～～～藉好ài～～～chiah-hó⇨要聽從人家所說(的忠言)才好。㊁聽說。～～～是合人有的～～～ sī kah-lâng-ū-ê⇨聽說是跟人家(發生關係)而有(身孕)的。～～～的未憑準～～～ê bē(bōe)-pîn-chún⇨聽說的不能信憑sìn-pîn。

**【聽尾聲 thia$^{n}$-bóe(bé)-sia$^{n}$】** 聽話該～～～thia$^{n}$-ōe ài～～～⇨聽話需要聽最後一句的口氣才能夠知其話中的眞意。

**【聽音機 thia$^{n}$-im-ki】** 收音機siú-im-ki。

**【聽慣勢 thia$^{n}$-koàn-sì】** 聽慣了。～～～道未格耳～～～ tō-bē(bōe) ke̍h-hī$^{n}$⇨聽慣了就不逆耳。

**【聽聲掠影 thia$^{n}$-sia$^{n}$-lia̍h-iá$^{n}$】** 捕風捉影pó·-hong-chiok-éng。你安爾～～～～道烏白講，會害死人lí an-ne(ni)～～～～tō o·-pe̍h-kóng, ē(ōe)-hāi-sí-lâng⇨你如此捕風捉影就亂講，會害死人的。

**thia$^{n}$ 廳** 堂屋也。多人聚集之處曰廳thia$^{n}$。政府機關亦曰廳。近來商店等亦不少稱廳thia$^{n}$者。大～toā～⇨同上。正～chià$^{n}$～⇨同上。官～koa$^{n}$～⇨同上。公～kong～⇨集會所。客～kheh～⇨同上。民政～în-chèng～⇨同上。教育～kàu-io̍k～⇨同上。餐～chhan～⇨食堂si̍t-tn̂g。理髮～lí-hoat～⇨理髮店lí-hoat-tiàm。

**【廳舍 thia$^{n}$-sià】** 房屋。政府機關的～～chèng-hú-ki-koan ê～～⇨同上。

**【廳長 thia$^{n}$-tiú$^{n}$】** 例如民政～～bîn-chèng～～⇨同上。

**【廳面 thia$^{n}$-bīn】** 大廳的附屬家私一切。全～～的嫁粧chn̂g～～ê kè-chng⇨包括大廳的附屬家私一切的嫁粧。

**【廳員 thia$^{n}$-oân】** 稱廳的機關職員。財政～～châi-chèng～～⇨同上。

**【廳堂 thia$^{n}$-tn̂g】** 較大的房屋。

**【廳頭 thia$^{n}$-thâu】** 大廳的正面祖先的神主牌所佔的地方。吊～～看款tiàu～～khoà$^{n}$-khoán⇨吊廳頭的賀軸，其順序要看看軸上所落款者的親疏程度如何而定。看款khoà$^{n}$-khoán的意思，現在已作看樣子解，其實其出典在此，其具名題款也。

**thià$^{n}$ 痛** 病也。傷也。甚也。又愛憐之亦曰痛thià$^{n}$。目珠～ba̍k-chiu～⇨眼病。身苦病～sin-khó· pē(pī$^{n}$)～⇨身上的痛楚疾病。生～se$^{n}$(si$^{n}$)～⇨生瘡。嘴齒～chhùi-khí～⇨牙痛。腹肚～pak-to·～⇨肚痛。抽～thiu～⇨會抽會～ē-thiu-ē～⇨同上。～到若命～kà ná-miā⇨愛之如己命。～到入骨～kà ji̍p-kut⇨同上。

**【痛子 thià$^{n}$-kiá$^{n}$】** 痛愛子女。子kiá$^{n}$亦作囝kiá$^{n}$。父母～～長流水pē-bó(bú)～～tn̂g-lâu-chúi⇨父母之痛愛子女如水之長流，源源不斷。無奶假～～bô-leng-ké～～⇨罵虛僞者之

詞。

【痛疼 thià$^{n}$-thàng】 同痛惜thià$^{n}$-sioh。未曉～～某囝，合人做甚麼男子漢bē(bōe)-hiáu～～bo͘-kiá$^{n}$, kah-lâng chò(chòe) sam-má lâm-chú-hàn⇨不會愛妻兒，算什麼男子漢。

thiâ$^{n}$ **程** 姓氏。程咬金三下斧頭法thiâ$^{n}$-káu-kim sa$^{n}$-ē po͘-thâu-hoat⇨謂程咬金的功夫僅有三下斧頭的一招而已。喻此招不見效即別無他途了。程咬金thiâ$^{n}$-káu-kim是隋唐演義中的名將，瓦江寨主。

thiā$^{n}$ **撐** 拄tú也。支也。行舟也(見撐the$^{n}$,thi$^{n}$部)。支持依靠曰撐thiā$^{n}$。亦拄tú也。靠山khò-soa$^{n}$也。有柱仔～抄道有夠力也ū thiāu-á～lē tō ū-kàu-la̍t-à⇨有柱子支持着就夠了。有丈姆彼隻金牛好～，曷會倒ū tiū$^{n}$-ḿ hit-chiah kim-gû hó～, a̍h-ē-tó⇨有岳母那個大富翁可做靠山，那裏會倒閉。彼坎店無伊共～抄，早道倒也，曷有通到奁hit-khám-tiàm bô-i kā～leh, chá-tō-tó-à, a̍h-ū-thang kàu-ta$^{n}$⇨那家店子，若非他爲之後援，早就倒閉了，那裏現在還存在。

## thiah

thiah **拆** 裂也。開也。分開曰拆thiah，離散曰拆thiah。購買藥方，車票亦曰拆thiah。分～幾何學hun-～ kí-hô-ha̍k⇨數學的一分科。分～hun～⇨分開pun-khui，解明kái-bêng。

【拆白 thiah-pe̍h】 ㊀坦白thán-pe̍k。～～共你講～～kā-lí-kóng⇨坦白告訴你。㊁～～黨～～tóng⇨以婦女爲對象的詐財之徒(上海話)。

【拆伙 thiah-hóe(hé)】 分家而居。樹大分椏，囝大～～chiū-toā pun-oe, piá$^{n}$-toā～～⇨樹大了分枝，子大了分家。～～灶～～chàu⇨各家各管各的伙食。

【拆字 thiah-jī】 一種卜占法。亦曰測字chhek-jī。指定一字由術者加以分拆，以卜吉凶者，據說，明末帝萬曆君微行，遇一拆字者，求拆友字，拆者曰，反字出頭，天下將大亂，帝大驚，改爲有字，又拆曰，大明江山去一半，天下危矣。又改爲酉字，又拆曰，至尊無頭無脚了，完了。～～數～～sò͘⇨同拆字。

【拆股 thiah-kó͘】 解散合資關係。既未合道該～～kà-bē(bōe)-ha̍h tō-ài～～⇨既然不能合作就該分開。未曾未抄道鬧要～～也bōe(bē)-chêng-bōe(bē)-leh tō-nāu-boeh～～à⇨還未開始就鬧要分開(解散)了。

【拆食 thiah-chia̍h】 裂開而食。敢道有影共你～～落腹也kám-tō-ū-iá$^{n}$ kā-lí～～lo̍h-pak-à⇨豈眞會把你拆開呑食入腹中呢。

【拆封 thiah-hong】 開封khai-hong。未～～的批信bōe(bē)～～ê phe-sìn⇨未開封的信件。等候法院來～～tán-hāu hoat-ī$^{n}$ lâi～～⇨去封條也。

【拆紙 thiah-choá】 開錢恰如～～抄 khai-chî$^{n}$ kah-ná～～lè⇨用錢一如用紙一樣，謂不知節省。

【拆開 thiah-khui】 解開。分開。釋明。～～機器～～ke(ki)-khì⇨分解機器。～～紙包～～choá-pau⇨打開紙包。～～理由～～lí-iû⇨釋明理由。

【拆散 thiah-soà$^{n}$】 分離，分開。打散。～～人的姻緣，該打落酆都地獄，你不驚死否～～lâng ê in-iân, ài phah-lo̍h hong-to͘-tē-ge̍k, lí m̄-kia$^{n}$-sí-hò͘⇨拆離人家的姻緣，該打入地獄，你不怕死嗎。

【拆藥 thiah-io̍h】 憑處方買藥。上街去～～chiū$^{n}$-ke khì～～⇨同上。

【拆伙記 thiah-hóe(hé)-kì】 拆股thiah-kó͘。

【拆車單 thiah-chhia-toa$^{n}$】 買賣車票。～～的～～ê⇨買賣車票的。

【拆城閃車 thiah-sia$^{n}$-siám-chhia】 毀城讓

車。謂天大的無道理。你叫人～～～～是否lí kiō-lâng～～～～ sī-bò·⇨你要強人如此無理的，拆城讓你的車過嗎。

## thiam

thiam **添** 益也。加也。補也。

【添丁 thiam-teng】 增加男兒。～～發財～～hoat-châi⇨吉祥話。謂子孫增加財利大發。廖～～Liāu～～⇨台灣傳奇人物。

【添粧 thiam-chng】 爲出嫁女贈送賀禮。眞夠人～～chin-chē-lâng～～⇨很多人添粧。共人～～，不當傷慳氣kā-lâng～～, m̄-thang siuⁿ iàn-khì⇨爲人家送添粧禮不可太過吝嗇。

【添壽 thiam-siū】 祝壽chiok-siū。共人～～kā-lâng～～⇨爲人家祝壽。

【添油香 thiam-iû-hiuⁿ】 捐獻寺廟的油香錢。去進香道該～～～khì-chìn-hiuⁿ tō-ài～～～⇨同上。上廟燒香道該捐獻。

【添歲壽 thiam-hòe(hè)-siū】 添壽。求平安耳，不敢俅～～～kiû-pêng-an niā, m̄-káⁿ boeh～～～⇨謂但求平安無事可矣，不敢再求長壽多福。

thiám **諂** 媚也。佞言也。卑屈也。貧而無～，富而無驕pîn jî bû～, hù jî bû-kiau⇨同上。～媚～bī⇨卑屈取容於人。

thiám **忝** 辱也。謙詞，常見於柬帖中。～承錯愛～sîn chhò-ài⇨同上。損害嚴重曰忝thiám。疲勞曰忝thiám。修理眞～siu-lí chin～⇨修理得非常嚴重。斥責打人皆曰修理siu-lí。死一下眞～sí chit-ē chin～⇨(此人一)死打擊甚大。欺負人傷～khi-hū-lâng siuⁿ～⇨欺負人太過份。開一下斬然～khai-chit-ê chám-jiân～⇨此一筆開銷，相當的嚴重。走了有～也cháu-liáu ū～à⇨跑得夠累了。滾較～拎kún khah～lè⇨(使開水)開得透些。抐較～拎lā khah～lè⇨攪和得充分些。抐lā，攪和也。㽎迌了有～也thit-thô-liáu ū～à⇨玩得夠疲勞了。㽎迌曷會～thit thô ah-ē(ōe)～⇨遊玩怎麼會疲勞。

【忝頭 thiám-thâu】 忝thiám。病抵好耳，猶眞～～拎pēⁿ tú-hó niā iáu chin～～lè⇨病剛痊癒了而已，還是很無力的（不夠體力）。忝是有較～～啦，不過無要緊也thiám sī ū-khah～～là, put-kò· bô-iàu-kín-à⇨累是累一點兒，不過，沒關係了。

thiām **塡** 塞也。精衛銜石～東海cheng-ōe hâm-sek～tong-hái⇨精衛cheng-ōe，鳥名，東帝女所化。回收的希望甚小的投資曰塡thiām。家事衰落曰塡thiām。賭博賠錢曰thiām。人講人心肝牛腹肚，較～亦～未淴lâng-kóng lâng-sim-koaⁿ gû-pak-tó· khah～iah～bē(bōe)-tīⁿ⇨古人說人心大如牛腹，任你如何塡thiān都是塡thiān不滿腹的。塡thiān⇨塡thiām。～幾仔百萬落去也，猶無看見～kúi-à-pahbān loh-khì(ì) à, iáu bô-khoàⁿ-kìⁿ(ìⁿ)⇨投下數百萬下去了，還是看不見(成果)。即下病共個爸～未少拎chit-ē-pēⁿ kā in-pē～bē(bōe)-chió-leh⇨此一次病開銷了不少(我的錢)。家事愈～落去ka-sū ná～loh-khì⇨家事愈見衰落下去。您爸連～三注也lím-pē liân～saⁿ-tù-à⇨我連賠三注了。紅君～屎âng-kun～sái⇨紅君âng-kun是王牌，但是只好丟落廁所。喻有用之材變成廢物。

【塡本 thiām-pún】 投資入泥沼。乾仔～～耳，曷會用得kan-a～～niá, ah-ē-iōng-tit⇨只是錢投入泥沼而已，怎麼可以。

【塡海 thiām-hái】 飼肥肥，看是～～，或是鎮風颱好耳唔chhī-pûi-pûi, khoàⁿ-sī～～, ah-sī teh-hong-thai hó-niâ-m̄⇨養得肥肥胖胖，看看是塡海好，還是鎮風颱好而已，有什麼用。老爸對女兒的慨嘆。俗稱老處女曰姑婆ko·-pô，嫁不出去留在老家的用途，只是鎮壓颱風，使屋頂不被刮掉。

【塡錢 thiām-chîⁿ】 同塡本thiām-pún。

## thian

**thian 諦** 言不定也。言惑也。言行不定曰諦thian，冶遊曰諦thian，俗皆作天thian。

【諦諦 thian-thian】 言行不定。爲人無主見無打算。事不關我狀。逐日～～仔是tak-jit～～á-sī⇨每天嘻嘻哈哈的生活。格～～kek～～⇨作事不關我狀。～～二五點～～jī-gō͘-tiám⇨整日心神不定。諦thian與天thian諧音。廿四小時作廿五小時的生活。

【諦讒 thian-thō】 言惑也。言行反覆不定。講～～kóng～～⇨同上。老～～lāu～～⇨老而言而無信。俗作天𧦅thian-thō，諧音而已。

【諦諦讒讒 thian-thian-thō-thō】 反反覆覆。顛顛倒倒。～～～～仔～～～～à⇨諦讒thian-thō。

**thian 天** 至高在上，一大爲天thian。自然也。天神天thian，宗教家以神靈居天thian。又尊稱。青～chheng～⇨同上。白～pek～⇨白晝pek-tiū。蒼～chhong～⇨同上。無情～bû-chêng～⇨同上。奈何～nāi-hô～⇨同上。晴～不肯去，始待雨淋頭chêng～put-khéng khì, sí-thāi í-lîm-thiû⇨昔時賢文。王以民爲～，民以食爲～ông í bîn ûi～，bîn í sit ûi～⇨古中國之政治思想。夫者妻之～也hu-chià chhe-chi～iā⇨翁是某的靠山及領導者。早失所～chá sit so͘～⇨早喪其夫。乾爲～，坤爲地khiân-ûi～khun-ûi-tē⇨同上。孝子感動～hàu-chú kám-tōng～⇨同上。～生萬物以養人，人無一物以報～～seng bān-but í iáng-jîn, jîn-bû it-but í pò～⇨同上。～無絕人之路～bû choat-jîn-chi-lō͘⇨同上。～不從人願～put-chiông jîn-goān⇨同上。～高未是高，人心節節高～ko bōe-sī-ko, jîn-sim chat-chat-ko⇨謂天高未爲高，人慾更高。～有不測風雲，人有旦夕禍福～iú put-chhek hong-hûn, jîn iú tàn-sek hō-hok⇨同上。又一日曰一天thian。今～明～kim～bêng～⇨今日明日。二十～的期票jī-chap～ê kî-phiò⇨二十日爲期的支票。七七四十九～的淸醮chhit-chhit sì-chap-káu～ê chheng-chiò⇨同上。環遊世界八十～khoân-iû sè-kài peh(poeh)-chap～⇨同上。一禮拜歇七～chit-lé-pài hioh chhit～⇨一星期休七日。七chhit與一chit諧音。無法無～bû-hoat-bû～⇨同上。驚～動地kiaⁿ～tāng-tē⇨同上。上西～chiūⁿ-se～⇨死，又成佛。

【天才 thian-châi】 ～～兒童～～jî-tông⇨同上。

【天子 thian-chú】 古人以皇帝hông-tè爲天之子。一朝～～一朝臣it-tiâu～～it-tiâu-sîn⇨謂天子換了，朝臣也必然會換人。無萬年～～bô bān-nî～～⇨同上。～～門生～～bûn-seng⇨狀元chiōng-goân。～～犯法與庶民同罪～～hoān-hoat í sī(sū)-bîn tông-chōe⇨相當法治的思想。

【天下 thian-hē(hā)】 家～～ka～～⇨以家佔有天下，亦即父傳子的制度。夏傳子，家～～，四百載，遷夏社hē(hā) thoân-chú, ka～～, sū-pek-chái, chhian-hē-siā⇨三字經。修身齊家治國平～～siu-sin chê-ka tī-kok pêng～～⇨儒家的中心思想。唯恐～～不亂的人ûi-khióng～～put-loān ê lâng⇨同上。通～～thong～～⇨全天下。～～無難事，只怕有心人～～bû-lân-sū, chí-phāⁿ iú-sim-jîn⇨同上。相識滿～～，知心能幾人siong-sek boán～～, ti-sim lêng-kí-jîn⇨孤獨者我。

【天干 thian-kan】 十～～chap～～⇨甲kah乙it丙piáⁿ丁teng戊bō͘己kí庚keⁿ辛sin壬jîm癸kúi，與地支相對。

【天工 thian-kong】 天所爲。巧奪～～

khiáu-toat～～⇨謂人工勝天工。人力補～～jîn-lek pó·～～⇨謂人力可以補充天然之不足。

【天孑 thian-khiat】 極端的孽黠giat-khiat也。亦即極聰慧而又極狡猾也。孑khiat通黠kiat，聰慧，狡猾。見講都是～～話kiàn-kóng to-sī～～ōe⇨有說皆是莫明其妙的話。孔～～khóng～～⇨謂孔夫子khóng-hu-chú讀成孔天孑khóng-thian-khiat。昔日不學孔～～，將我東坡爲東皮sek-jit put-hak khóng～～, chiang(chiong)-goá tong-pho ûi sok-phî⇨夫子hu-chú誤爲天孑thian-khiat，東坡tong-pho誤爲東皮sok-phî的笑話。

【天女 thian-lí(lú)】 仙女sian-lí。～～散花～～sàn-hoa⇨戲齣名。

【天上 thian-siāng(siōng)】 欲求～～福，須點佛前燈iok-kiû～～hok, si(su)-tiám hut-chiân-teng⇨同上。

【天文 thian-bûn】 上知～～，下八地理siāng-ti～～, hē(hā)-bat tē-lí⇨同上。八bat，識sek也。

【天井 thian-chéⁿ(chíⁿ)】 屋頂的小窗。房屋中間的小院子。

【天火 thian-hóe(hé)】 非人爲之火。

【天方 thian-hong】 今之中東地區。古曰大食國。～～夜譚～～iā-tâm⇨一千零一夜的故事。

【天分 thian-hūn】 受之於天的才能氣質。～～眞高～～chin-koân⇨天分很高。

【天王 thian-ông】 太平～～thài-pêng～～⇨太平天國的洪秀全。～～星～～chheⁿ(chhiⁿ)⇨太陽的九大行星hêng-seng之一。

【天心 thian-sim】 天意thian-ì。講易見～～káng-ek kiàn～～⇨講究易經，發見天意。

【天主 thian-chú】 上帝siōng-tè。～～教～～kàu⇨基督教ki-tok-kàu的舊教派。～～堂～～tông⇨其教堂。

【天生 thian-seng】 自然而然的。～～自然的～～chū-jiân-ê⇨自然如此，當然如此。～～麗質難自棄，一朝選在君王側～～lē-chit lân-chū-khì, it-tiau soán-chāi kun-ông-chhek⇨長恨歌。～～地設，不是弟子作孽～～tē-siat, m̄-sī tē-chú chok-giat⇨天地所設自然而然的，不是弟子私自作孽的，謂男女間之事是自然而然的。

【天仙 thian-sian】 天上的仙人。盈到若～～扲êng-kà-ná～～lè⇨閑得如天仙。

【天后 thian-hō·】 媽祖má-chó·。～～宮～～kiong⇨媽祖宮má-chó·-keng。～～廟～～biō⇨媽祖廟má-chó·-biō。～～娘娘～～niû-niû⇨媽祖。

【天妃 thian-hui】 媽祖má-chó·的封號。

【天年 thian-liân】 天壽thian-siū。～～該終的～～kai-chiong-ê⇨定數tēng-sò·如此的(人力難爲的)。

【天地 thian-tē】 三才者，～～人，三光者，日月星sam-châi-chiá,～～jîn, sam-kong-chiá, jit-goat-seng⇨三字經。～～萬物～～bān-but⇨同上。～～無私～～bû-su⇨同上。蛇傷虎厄～～數choâ-siang(siong) hó·-eh～～sò·⇨謂被蛇虎所傷皆屬天命。～～有正氣，雜然賦流形，下則爲河嶽，上則爲日星，於人曰浩然，沛乎塞蒼冥～～iú chèng-khì, chap-jiân hù-liû-hêng, hē-chek ûi hô-gak, siāng(siōng)-chek ûi jit-seng, î-jîn oat hō-jiân, phài-hō· sek-chhong-bêng⇨正氣歌。

【天災 thian-chai】 ～～地變～～tē-piàn⇨同上。

【天足 thian-chiok】 古以女人纏足tiân-chiok爲美，近代指其不人道不衛生，乃有～～會～～hōe的組織，主張應恢復自然之足。

【天車 thian-chhia】 起重機khí-tiōng-ki。使～～絞藉有法得sái～～ká chiah-ū-hoat-tit⇨用天車絞取之才能夠拿得動。

【天良 thian-liâng(liông)】 良心liâng(liông) sim。天理良心thian-lí-liâng-sim。～～喪盡～～song-chīn⇨天理良心都沒有了。猶有～～抄iáu-ū ～～ lè⇨還算有良心哩。較存～～抄好否khah chhûn ～～ leh hó-bō·⇨留一點點良心，可以嗎(你全無良心)。

【天牢 thian-lô】 宮中監牢ka$^{n}$-lô。～～冷宮～～léng-kiong⇨天牢收男犯，冷宮收女囚。

【天兵 thian-peng】 ㊀天子之兵。王師ông-su。㊁天廷之兵。神兵sîn-peng。～～天將～～thian-chiàng⇨神兵神將。

【天步 thian-pō·】 國運kok-ūn。～～艱難～～kan-lân⇨國家多事。

【天廷 thian-têng】 天上。上～～chiū$^{n}$～～⇨上天。

【天命 thian-bēng】 盡人事而待～～chīn-jîn-sū jî thāi～～⇨同上。五十而知～～ngó-sı̍p jî ti～～⇨論語。

【天門 thian-bûn】 天之門。～～開～～khui⇨謂六月六日(舊曆)天開，天氣一轉。是日行曝書曝衣。～～冬～～tong⇨植物名。

【天河 thian-hô】 銀漢gîn-hàn。河溪hô-khe。

【天花 thian-hoa】 ㊀天然痘thian-jiân-tāu。出～～chhut～～⇨同上。㊁講到～～亂墜kóng-kà～～loān-tūi⇨說得起勁有趣。

【天府 thian-hú】 形勢險要人物富庶的地方。～～之地～～chi-tē⇨同上。

【天狗 thian-káu】 ㊀兇神。犯著～～hoān-tio̍h～～⇨同上。㊁星座名。～～座～～chō·⇨同上。

【天金 thian-kim】 拜天公thi$^{n}$-kong的特殊金紙kim-choá。

【天官 thian-koan】 司天之神。～～大帝～～tāi-tè⇨同上。～～賜福～～sù-hok⇨同上。

【天空 thian-khong】 太空thài-khong。太虛thài-hi。

【天性 thian-sèng】 ～～至孝～～chì-hàu⇨同上。

【天定 thian-tēng】 ～～良緣～～liâng-iân⇨婚配甚妙。人衆者勝天，～～亦能破人jîn-chiòng-chiá sèng-thian, ～～e̍k-lêng phò-jîn⇨人天之奧妙關係。

【天竺 thian-tio̍k】 印度ìn-tō·的古名。又稱身毒sin-to̍k。～～國～～kok⇨印度。

【天姿 thian-chu】 儀態gî-thāi。～～秀出～～siù-chhut⇨麗姿出衆。

【天香 thian-hiang】 天上之香。～～國色～～kok-sek⇨指牡丹花，亦指美人。

【天皇 thian-hông】 ㊀古帝名。三皇之一。～～氏～～sī⇨同上。㊁日本王的稱號。～～陛下～～pē-hā⇨同上。

【天神 thian-sîn】 ～～地祇～～tē-chi⇨天地諸神。～～下降～～hē(hā)-kàng⇨天神降臨人間。

【天帝 thian-tè】 天公thi$^{n}$-kong。

【天財 thian-châi】 意外之財。橫財hoâi$^{n}$-châi。～～票～～phiò⇨彩票chhái-phiò。扱著～～khioh-tio̍h～～⇨拾得橫財。

【天恩 thian-in(un)】 天之恩惠。皇恩hông-in(un)。報答～～pò-tap～～⇨同上。

【天罡 thian-kong】 天上之神。或謂即北斗星pak-táu-chhe$^{n}$。～～地煞～～tē-soah⇨天地間之善神惡煞。三十六～～，七十二地煞 sa$^{n}$ cha̍p-la̍k ～～, chhit-cha̍p-jī tē-soah⇨①天地間之善惡諸神。②謂水滸傳chúi-hó·-toān中的一〇八個好漢，就是三十六天罡七十二地煞合計一〇八個善惡諸神所轉世者。

【天氣 thian-khì】 寒熱風雨等的自然現象。～～漸漸冷也～～chiām-chiām-léng-à⇨天氣漸冷了。～～預報～～ī-pò⇨同上。～～圖～～tô·⇨同上。

【天倫 thian-lûn】 父母兄弟姊妹等的自然

血親。

【天秤 thian-phêng】 稱chhìn。衡器hêng-khì。～～稱～～chhìn⇨小稱sió-chhìn。～～量～～niū⇨大稱toā-chhìn，俗曰量仔niū-á。

【天書 thian-si(su)】 天降之書，天子之書，又元始天尊之書。無字～～bô-jī～～⇨同上。

【天時 thian-sî】 得其時tek-kî-sî。～～不如地利，地利不如人和～～put-jî(ju) tē-lī, tē-lī put-jî(jû) jîn-hô⇨謂成事三要件之中，人和最重要。又俗說曹操得天時，孫權得地利，劉備得人和。

【天師 thian-su】 道教教祖的尊稱。張～～tiu$^{n}$～～⇨道教教祖姓張。～～壇出鬼～～toâ$^{n}$ chhut-kúi⇨謂不可思議put-khó-su-gī。想未到siū$^{n}$-bē(bōe)-kàu。因爲天師是專管鬼魂的，而其所坐鎮的天師壇竟有鬼鬧事眞是開玩笑。

【天孫 thian-sun】 天神之孫。天神之後裔hō·(hiō)-è。～～降臨～～kàn-lîm⇨日本建國神話。謂天照大神遣其孫下凡，統治日本國，稱天皇。

【天庭 thian-têng】 雙眉之間，或謂指雙眉上頭髮下之間。～～飽滿～～páu-boán⇨雙眉上很壙闊khòng-khoah，幸運多福之相。反之則～～挾挾～～giap-giap⇨貧窮相pîn-kiông-siàng。男看～～女下腭lâm-khoà$^{n}$～～lí(lú) hē-kok⇨謂看相siàng(siòng)男人要看其頭額thâu-hia̍h，女人即看其下腭，都是要豐滿的才是好運相。

【天涯 thian-gâi】 天之邊。遙遠的地方。～～海角～～hái-kak⇨天邊海角thi$^{n}$-pi$^{n}$-hái-kak。

【天淵 thian-ian】 相隔siang-keh太遠。相差太多。～～之別～～chi-pia̍t⇨同上。差於～～chha-tī～～⇨同上。

【天國 thian-kok】 神明的國度kok-tō·。好人上～～歹人落地獄hó-lâng chiū$^{n}$～～，phāi$^{n}$-lâng lo̍h-tē-ge̍k⇨宗教的基本觀念。

【天理 thian-lí】 天之道。～～對良心～～tùi liâng(liông)-sim⇨天理就是良心。有～～藉有地理ū～～chiah-ū tē-lí⇨有天之道，才有地之道。～～昭昭～～chiau-chiau⇨天道昭昭明顯(報應立見pò-èng li̍p-kiàn)。存～～chhûn～～⇨留些天理。

【天授 thian-siū】 天所賦與。其能力是～～的kî lêng-le̍k sī～～ê⇨能力是老天爺所賦予的。

【天堂 thian-tông】 天國thian-kok。～～地獄～～tē-ge̍k⇨同上。好人上～～hó-lâng chiū$^{n}$～～⇨宗教上勸善之最高誘惑。

【天尊 thian-chun】 佛也。又道教之神也。元始～～goân-sí～～⇨道教之元神。

【天然 thian-jiân】 自然而成者。～～紀念物～～kí-liām-bu̍t⇨同上。～～的風景～～ê hong-kéng⇨同上。～～的～～ê⇨天生的，不是人爲的。

【天筐 thian-kheng】 青果商用的特殊竹籠仔tek-láng-á。

【天棚 thian-pê$^{n}$(pî$^{n}$)】 架木竹加布帆等以遮蔽者。搭～～tah～～⇨同上。

【天象 thian-siōng】 一目觀～～it-bo̍k koan～～⇨單眼觀察天象，罵獨眼者，謂只能看到一半。

【天朝 thian-tiâu】 朝廷tiâu-têng的尊稱。屬國稱宗主國爲天朝thian-tiâu。受命於～～siū-bēng î～～⇨同上。犯著～～大罪hoān-tio̍h～～tāi-chōe⇨違抗朝廷。

【天資 thian-chu】 天生的素質sò·-chit。天性。商君其～～刻薄人也 siang(siong)-kun kî～～khek-po̍k-jîn-iā⇨太史公評商鞅 siang(siong)-iong。

【天意 thian-ì】 天命thian-bēng。老奸無死，敢眞正是～～lāu-kan bô-sí, kám chin-chià$^{n}$ sī～～⇨老奸不死，豈眞天意。

【天道 thian-tō】 天之道。～～有報應～～ū-pò-èng⇨同上。

【天運 thian-ūn】 合伊賭～～kah-i tó～～⇨和他拼一拼(成敗委諸天運天命)。

【天網 thian-bōng(bóng)】 ～～恢恢，疏而不漏～～khoe-khoe, so͘-jî-put-lō͘⇨～～恢恢，報應速速～～khoe-khoe, pò-èng sok-sok。恢恢khoe-khoe，寬廣也。報應難逃。

【天塹 thian-chām】 天成自然可以抗敵之地勢。塹chām，坑khe$^{n}$(khi$^{n}$)也。

【天罰 thian-hoa̍t】 天譴thian-khián。受～～siū～～⇨同上。

【天賦 thian-hù】 ～～人權說～～jîn-koân-soat⇨一種民主學說，例如人生而平等是天所賦予的權利之一等等，乃西方民主政治的根基。

【天數 thian-sò͘】 天命thian-bēng。～～難移～～lân-î⇨老天爺把你算定了。～～難逃～～lân-tô⇨逃不過老天爺的計算。

【天線 thian-soà$^{n}$】 收電波的外線。～～該更換過～～ài-koh oā$^{n}$-kòe⇨天線需換新。

【天賜 thian-sù】 ～～良緣～～liâng(liông)-iân⇨老天爺所賞的佳好緣份。

【天機 thian-ki】 ～～不可洩漏～～put-khó sia̍p-lāu。同上。

【天燈 thian-teng】 店舖的外燈。縋～～lūi～～⇨①為添油thi$^{n}$-iû而升降外燈。②放火為號(賊仔白chha̍t-á-pe̍h)。

【天壇 thian-toâ$^{n}$】 祭天之壇。

【天職 thian-chit】 天賦的職務。狗的～～是守夜káu ê～～sī chiú-iā⇨同上。

【天顏 thian-gān】 天子之顏。龍顏liông-gān。犯～～hoān～～⇨冒死進諫言mō͘-sí chìn kàn-gân。

【天譴 thian-khián】 天之怒責。上答～～，下恤民瘼siāng tap～～, hē sut bîn-bo̍k⇨同上。

【天籟 thian-nāi】 發於自然的音響。～～地籟人籟～～tē-nāi jîn-nāi⇨同上。

【天變 thian-piàn】 天災thian-chai。～～地異～～tē-ī⇨同上。

【天體 thian-thé】 ㊀天空星辰，總稱天體。恆星，行星，衛星，彗星，流星，星雲均屬之。㊁奢華chhia-hoa成性。不知是侎死也或毋是，近來煞較～～m̄-chai-sī boeh-sí-á a̍h-m̄-sī, kīn-lâi soah khah～～⇨不知是否快要死了，或不是，最近竟較多作奢華事(多作選擇不惜錢)。三步脚道愛車，實在有夠～～sa$^{n}$-pō͘-kha tō-ài-chhia, si̍t-chāi ū-kàu～～⇨三步可到的距離，就需要乘車子，實在十足不知節儉了。錢亦有也，歲亦有也，小可仔～～抡，無要緊也chî$^{n}$ a̍h-ū-ā, hòe a̍h-ū-ā, sió-kó-á～～lè,bô-iàu-kín-ā⇨錢也有了，也上了年紀，略作奢華一些，不要緊了。許～～會乎雷公摃死hiah～～ē(ōe)-hō͘ lûi-kong kòng-sí⇨(你)那麼無謂的奢華，將被雷劈死。天體thian-thé的天thian疑應作舔thian。舔讒thian-thō, 或天詑言不定也。

【天公破 thian-kong-phoà】 從正面擊打額上。～～～，拂一下耳，道未飼得也～～～, hut-chi̍t-ē niâ, tō-bē-chhī-tit-à⇨在額上擊打一下而已，就飼養不得了(死了)。

【天天醉 thian-thian-chùi】 每日在醉中。又同舔舔醉thian-thian-chùi。

【天青色 thian-chhe$^{n}$(chhi$^{n}$)-sek】 色名。青中帶紅，亦即蒼青chhong-chheng。

【天長節 thian-tiâng-cheh】 天子之誕辰tān-sîn。千秋節chhian-chhiu-cheh。日皇亦以其生辰曰天長節。

【天癸水 thian-kúi-súi】 月經的異稱。

【天赦日 thian-sià-ji̍t】 赦過宥罪sià-kò-iū-chōe之辰也。春戊寅bō͘-iân(în)，夏甲午kah-ngō͘，秋戊申bō͘-sin，冬甲子kah-chú等日是也。

【天清清 thian-chheng-chheng】 ～～～，地靈靈，請您三姑三姐仔到山前，山前亦有花，檳榔心，荖葉藤，好食抾等您……～～～，tē-lêng-lêng, chhiáⁿ-lín saⁿ-ko͘-saⁿ-ché-á kàu soaⁿ-chêng, soaⁿ-chêng ah-ū-hoe, pin-nn̂g-sim, láu-hioh-tîn, hó-chiah teh tán-lín……⇨觀三姑仔koan-saⁿ-ko͘-á之詞。

【天德方 thian-tek-hng】 好方位。好地位。店抾～～～抾爽tiàm-tī ～～～ teh-sóng⇨佔在好地位在享福了。

【天鵝肉 thian-gô-bah】 天鵝之肉。稀有難得之物。枵狗數想～～～iau-káu siàu-siūⁿ ～～～⇨餓犬奢望食天鵝之肉。喻非分之奢望。例如男子單戀大家閨秀。

【天藍色 thian-lâm-sek】 藍色nâ-sek的一種。

【天下爲公 thian-hē-ûi-kong】 天下爲人民所公有，非一家所私有。大道之行也，～～～～，世界大同tāi-tō chi hêng-iā, ～～～～, sè-kài-tāi-tông⇨古代之理想世界。

【天公地道 thian-kong-tē-tō】 絕對公道公平。公家趁，公家了，都～～～～，伊敢更講啥kong-ke-thàn, kong-ke-liáu, to ～～～～, i káⁿ-koh-kóng sahⁿ(siahⁿ)⇨共同分利，共同賠本，都甚公道合理，他敢再說什麼。

【天生尤物 thian-seng-iû-but】 超級的美女佳人。

【天老地荒 thian-ló-tē-hong】 年代久遠liân-tāi-kiú-oán。～～～～未了情～～～～bī-liáu-chêng⇨不管時間外長攏無法度了結的情。

【天衣無縫 thian-i-bû-hōng】 事做得完美，無痕跡可尋。做得～～～～chò(chòe)-tit～～～～⇨做代誌做够無懈可擊。

【天作之合 thian-chok-chi-hap】 天所配合的良好姻緣。

【天長地久 thian-tiâng-tē-kiú】 ～～～～有時盡，此恨綿綿無絕期～～～～iú-sî-chīn, chhú-hīn biân-biân bû-choat-kî⇨長恨歌。

【天知地見 thian-ti-tē-kiàn】 天知之，地見之，天地共鑒thian-te-kiōng-kàm。

【天雨順延 thian-í-sūn-iân】 如下雨時，即把預定的事依次展延一天。

【天南地北 thian-lâm-tē-pak】 遙遠的地方。～～～～，無所不至談～～～～, bû-só͘-put-chì-tām⇨謂包括天之南，地之北，沒有不談論過的。

【天眞爛漫 thian-chin-lān-bān】 孩童的本性，率眞坦白無邪心。～～～～的少女～～～～ê siàu-lí(lú)⇨同上。

【天從人願 thian-chiông-jîn-goān】 天准如人所願。好人有好報道是～～～～hó-lâng ū-hó-pò tō-sī ～～～～⇨好人得好報就是天從人願。

【天造地設 thian-chō-tē-siat】 ～～～～的，不是弟子作孽的～～～～ê, m̄-sī tē-chú chok-giat-ê⇨天生自然而然的，非弟子自作聰明的。

【天理昭昭 thian-lí-chiau-chiau】 人講～～～～，這道是報應lâng-kóng～～～～, che-tō-sī pò-èng⇨古人言，天理昭昭明明白白，此乃報應也。

【天無二日 thian-bû-jī-jit】 ～～～～，家無二主～～～～, ka-bû-jī-chú⇨一國不能有兩王。

【天圓地方 thian-oân-tē-hong】 天是圓的，地是方形的。古人相信如此。～～～～，道在中央～～～～, tō-chāi tiong-iang⇨同上。

【天誅地滅 thian-chu-tē-biat】 敗人之成，破人姻緣，～～～～pāi-jîn-chi-sêng, phò-jîn in-iân, ～～～～⇨破壞人家垂成之事，破壞人家良緣者天誅地滅之。

【天翻地覆 thian-hoan-tē-hok】 秩序極度紊亂būn-loān。

【天羅地網 thian-lô-tē-bóng】 捕人的佈置廣泛周密。羅lô，捕鳥之天網也。創彼類～～～～，仙亦走未去chhòng-hit-lōe ～～～～, sian ia̍hcháu-bē(bōe)-khì⇨布置了那一種的～～～～，仙人也跑不掉。仙sian，仙人，千萬，無論如何。

【天不容地不載 thian-put-iông-tē-put-chāi】 天地所不容納。窮兇極惡kiông-hiong-ke̍k-ok。

【天無絕人之路 thian-bû-choa̍t-jîn chi lō】 天無絕人的生路thi$^n$-bô-choa̍t-lâng ê se$^n$(si$^n$)-lō。

thián
搌 推開曰搌thián。亦展tián也。不過展有誇示之意。

【搌開 thián-khui】 推開。～～若廊亭，合倨來若雨傘襇 ～～ ná phō·-têng ha̍p-oá-lâi ná hō·-soà$^n$-kéng⇨謂雞胿ke-kui吹得如廊亭之大，收縮起來卻似兩傘之小。

## thiap

thiap
帖 文告也。安定也。習字範本曰帖thiap。藥一服曰一帖thiap。軍～kun～⇨軍隊的文書。召集令。試～chhì～⇨試卷的古名。春～chhun～⇨春聯chhun-liân。柬～kán～⇨請～chhiá$^n$～⇨請柬chhéng-kán。喜～hí～⇨紅～âng～⇨壽婚等的喜慶帖。烏～o·～⇨喪事用帖。字～jī～⇨法～hoat～⇨習字範本。妥～thò～⇨辦理得甚妥當。服～ho̍k～⇨順適sūn-sek。揜～iap～⇨收斂siu-liám。

【帖仔 thiap-á】 帖子。～～猶未發～～iá-bōe-hoat⇨帖子未發出。

【帖式 thiap-sit(sek)】 帖子的式樣。～～你去決定道好 ～～ lí khì koat-tēng tō-hó⇨帖式由你決定就可以。

【帖意 thiap-ì】 穲罔穲不過止仔有～～ bái-bóng-bái put-kò put-chí-á ū ～～⇨(寫得)不好是不好，但是很有範本的味道。謂照範本的筆法寫。

thiap
貼 補不足，償減損失等皆曰貼thiap。補～pó·～⇨同上。硬～ngē～⇨無條件的不足多少補多少。倒～tò～⇨反貼。例如妓女付錢給嫖客。應該～的道該～èng-kai～ê tō-āi～⇨同上。不肯～m̄-khéng～⇨拒絕補不足。

【貼水 thiap-chúi】 補貼成色sêng-sek之不足。成色較無夠，該～～ sêng-sek khah-bô-kàu, āi～～⇨同上。

【貼本 thiap-pún】 賠本pôe-pún。～～做公親 ～～ chò-kong-chhin⇨仲裁之人仲裁得自己賠本。

【貼角 thiap-kioh】 副演員。補助的角色kioh-siàu。角kioh亦作脚kioh。

【貼食 thiap-chia̍h】 貼伙食thiap-hóe-si̍t。

【貼現 thiap-hiān】 付利子以取得未到期之款項。支票的～～chi-phiò ê～～⇨同上。

【貼脚 thiap-kha】 攑椅仔來 ～～ giâ-í-á lâi～～⇨拿椅子來貼脚(以增高度)。竣少乎伊～～chē-chió hō·-i～～⇨多少給他做補助。

【貼補 thiap-pó·】 補貼pó·-thiap。

【貼錢 thiap-chî$^n$】 以現款補足。無夠的～～bô-kàu-ê～～⇨不足的部份以現金補足之。

【貼伙食 thiap-hóe-si̍t】 搭伙tah-hóe。有人俫～～～ū-lâng boeh～～～⇨有人希望搭伙。

【貼隔脚 thiap-keh-kha】 補貼差額。伊俫～～～ 道乎伊i boeh ～～～ tō-hō·-i⇨他肯補貼差額就給他吧。

【貼稱頭 thiap-chhìn-thâu】 添稱頭thi$^n$-chhìn-thâu。補斤量之不足。無夠人 ～～～ bô-kàu-lâng～～～⇨喻微不足道bî-put-chiok-tō的少數，即不夠補斤量之不足。

【貼學費 thiap-ha̍k-hùi】 補助學費。

thia̍p
疊 重têng也。一重一重加上去曰疊thia̍p。音樂再奏曰疊thia̍p。整頓亦曰疊thia̍p。重重～～têng-têng～～⇨重複又重複。陽關三～iâng-koan sam～⇨音樂名詞。打～tá$^n$～⇨整頓。

【疊山 thia̍p-soa$^{n}$】 累積成山。疊歸山thia̍p-kui-soa$^{n}$⇨積聚成山，同疊堆thia̍p-tui。

【疊字 thia̍p-jī】 重字。～～句～～kù⇨同上。例如：風風雨雨hong-hong-í-í是疊字，其句是疊字句。

【疊坐 thia̍p-chō】 盤膝而坐。觀音～～koan-im～～⇨坐像的觀音。

【疊囷 thia̍p-khûn】 堆置圓形。囷khûn，蛇蜷曲也。

【疊草 thia̍p-chháu】 堆積草總chháu-cháng。作草埔chháu-pû。草堆曰埔。

【疊高 thia̍p-koân(koâi$^{n}$)】 堆高tui-koân(koâi$^{n}$)。

【疊盤 thia̍p-phoân】 盤膝而坐phoân-chhip jî-chō。脚～～kha～～⇨同上。

【疊實 thia̍p-si̍t】 老實láu-si̍t。規矩更～～kui-kí koh～～⇨個性又規矩又老實。

【疊韻 thia̍p-ūn】 做詩該講～～chò-si ài-káng～～⇨作詩要講究韻法。

【疊疊 thia̍p-thia̍p】 重重～～攏無整理têng-têng～～lóng-bô chéng-lí⇨同上。

【疊石基 thia̍p-chio̍h-ki】 起厝～～～khí-chhù～～～⇨建房屋先下基石。

【疊草埔 thia̍p-chháu-pû】 草埔chháu-pû者亦草堆chháu-tui。企一大竹爲中心，稻草一總cháng一總疊成圓筒形，高約一兩丈，頂疊成笠形，下有一兩尺高之脚架，古農戶皆有之，今似甚少見矣。

【疊菜脯 thia̍p-chhài-pó͘】 擠沙甸(丁)魚。十幾個人未輸扲～～～扲 cha̍p-kúi-ê-lâng bē-suteh～～～lè⇨十幾個人擠得宛如沙甸(丁)魚。

【疊羅漢 thia̍p-lô-hàn】 人上有人的遊戲。表演～～～piáu-ián～～～⇨同上。

## thiat

**thiat 撤** 除去也。抽也。剝pak也。～眞夥人～chin-chē-lâng⇨淘汰了很多人。

【撤去 thiat-khì】 撤退thiat-thè。

【撤回 thiat-hôe】 ～～原案～～goân-àn⇨同上。

【撤走 thiat-cháu】 撤去thiat-khì。～～一部份～～chit-pō͘-hūn⇨同上。

【撤兵 thiat-peng】 調離軍隊。被迫～～pī-pek～～⇨同上。

【撤差 thiat-chhe】 剝奪其職務。下令～～hē-lēng～～⇨同上。

【撤退 thiat-thè(thòe)】 和平軍攏～～了也hô-pêng-kun lóng～～liáu-à⇨和平軍皆撤退完畢了。

【撤職 thiat-chit】 革職kek-chit。～～查辦～～chhâ-pān⇨免職bián-chit而查明其應負責任。

【撤饌 thiat-choān】 除下祭品。

【撤靈 thiat-lêng】 祭了道～～chè-liáu tō～～⇨祭畢就除靈。

**thiat 澈** 水澄也。水清不流也。清潭鏡～chheng-thâm kèng～⇨潭水清澄如鏡。

**thiat 徹** 通也。達也。道理有通～tō-lí ū-thong～⇨道理有明白清楚。一理通，萬理～it-lí-thong, bān-lí～⇨謂通於一理，則萬理都可了解。

【徹化 thiat-hoà】 大徹了悟。人著較～～扲藉好lâng tio̍h-khah～～lè chiah-hó⇨做人應該大徹大悟才可以(不可拘泥於煩雜的世事)。

【徹夜 thiat-iā】 通宵thong-siau。～～西風撼破扉，蕭條孤屋一燈微，家山回首三千里，目斷天南無雁飛～～se-hong hám-phò-hui, siau-tiâu ko͘-ok it-teng-bî, ka-san hôe-siú sam-chhian-lí, bo̍k-toān thian-lâm bû-gān-hui⇨宋帝徽宗sòng-tè-hui-chong被金俘禁中所詠。

【徹底 thiat-té(tóe, tí)】 直達基底，根本。講了有～～也kóng-liáu ū～～à⇨說得十分清楚了。輸了有～～也su-liáu ū～～à⇨敗得非常明顯了(勝負)；敗得精光了(賭博)。我伓～～合伊拂goá boeh～～kah-i hut⇨我將全力與他一拚。伓拂道～～來拂boeh-hut tō～～lâi-hut⇨要拚就全力來一拚生死。～～的～～tek⇨徹底的日語式用法。～～的合伊拂～～tek kah-i-hut⇨同上。

【徹理 thiat-lí】 有條有理iú-tiâu-iú-lí。伊講較會～～i kóng khah-ē(ōe)～～⇨他較能夠說得清楚。伊較～～i khah～～⇨他(爲人)較明事理。

【徹頭徹尾 thiat-thâu-thiat-bóe】 自始至終chū-sí-chì-chiong。根本kin-pún。伊～～～～不肯答應道是不肯答應i～～～～m̄-khéng tah-èng tō-sī m̄-khéng tah-èng⇨他根本不答應就是不答應。

thiat **鐵** 鐵thih也(見thih部)。

thiat **哲** 哲tiat也(見tiat部)。

thiat **詄** 遺忘。曠蕩貌亦曰詄thiat。天門開，～蕩蕩thian-bûn-khai, ～thōng-thōng⇨天門一開，呈現曠蕩的樣子。

## thiau

thiau **挑** 擔荷也。擔ta$^{n}$也。擾也，撥動也。取也，揀選人材曰挑thiau。又誘也，戲也。肩～而行kian～jî-hêng⇨同上。～戰～chiàn⇨求戰。～翰林～hān-lîm⇨同上。相如琴～文君siang-jî khîm～bûn kun⇨司馬相如以琴聲引誘卓文君。又特別做某事亦曰挑thiau，蓋由取義引伸者，挑選thiau-soán⇨特別選取是也。俗多以特te̍k作特thiau，似不必如此勉強。

【挑工 thiau-kang】 ㊀擔夫，挑夫。㊁特別，特意，或故意。～～來～～lâi⇨專工來choan-kang-lâi。爲要來而來，不是順便來。

【挑夫 thiau-hu】 挑工，俗語曰擔工人ta$^{n}$-kang-lâng。

【挑挑 thiau-thiau】 特意。專心專意。～～來請教～～lâi chhéng-kàu⇨專誠來請教choan-sêng lâi chhéng-kàu。～～回轉來報告大王知～～hôe-tńg-lâi, pò-kò tāi-ông-chai⇨專心回來向大王報告。

【挑唆 thiau-só】 挑撥唆使thiau-poat-só-sú。

【挑經 thiau-keng】 葬禮做功德kong-tek的一個節目。道士肩擔著經書擔，口誦經文或講陰間故事，黑揑白揑o͘-lia̍p-pe̍h-lia̍p，務使孝男孝女爲亡魂多投買路錢——其實全歸道士口袋中。俗語曰擔經ta$^{n}$-keng。

【挑塔 thiau-thah】 身心皆輕鬆(尤其用於病後)。即幾日有較～～也chit-kúi-ji̍t-ū-khah～～à⇨這幾天身心皆輕鬆多了。按似應爲挑達thiau-tat之訛。

【挑戰 thiau-chiàn】 拳將向拳王～～kûn-chiàng hiàng kûn-ông～～⇨同上。～～權～～koân⇨同上。

【挑選 thiau-soán】 精選cheng-soán。特別～～的te̍k-pia̍t～～ê⇨同上。

【挑戲 thiau-hì】 巧言引動女心使聽從己意。未過得人的～～，道逮人走也bē-kòe-tit lâng-ê～～, tō tòe-lâng-cháu-à⇨經不起人家的巧言引誘，就跟人家私奔了。逮tòe，及也，追也。

【挑故意 thiau-kò͘-ì】 故意的。有意的。無意中的，不是～～～的bô-ì-tiong-ê, m̄-sī～～～ê⇨出於無心的，不是出於故意的，同挑意故thiau-ì-kò͘。

【挑意故 thiau-ì-kò͘】 故意kò͘-ì。蓄意的。同挑故意thiau-kò͘-ì。無意中的，不是～～～的bô-ì-tiong-ê, m̄-sī～～～ê⇨謂無心之失也非故意也。

**thiau 刁** 巧猾khiáu-kut也。奸猾kan-kut也。

【刁皮 thiau-phî】 孩子狡猾頑皮。即個囡仔眞～～chit-ê gín-á chin～～⇨此孩子很頑皮。

【刁姦 thiau-kan】 以詐術施姦淫。例如以詐術使婦女誤認爲己夫而達到姦淫目的者。

【刁難 thiau-lân】 故意困人。愛啥都講嘛，曷使安爾～～ài-sahⁿ to-kóng-mà, ah-sái an-ne(ni)～～⇨要什麼說什麼好了，何必如此難爲人呢。

【刁蠻 thiau-bân】 tiau-bân。狡猾的蠻人。喻不講理，刁皮。即次我有較～～chit-chū goá-ū-khah～～⇨此次我實在較不講理。請恕之詞。

**thiau 窕** 幽閑也。美好也。窈～iau～⇨美好。窈～淑女，君子好逑iau～siok-lí, kun-chú hò͘-kiû⇨詩經。善心曰窈，善色曰窕。又男子亦稱窈窕。山川宮殿亦稱窈窕。

**thiau 跳** 躍iak也。飛躍hiu-iak曰跳thiàu。飛越hui-oat他物之上亦曰跳thiàu。三脚趒四脚～saⁿ-kha-tiô sì-kha～⇨雀躍而喜。沿路行沿路～iân-lō͘-khiâⁿ iân-lō͘～⇨一路高興。～過溝食三甌～kòe-kau chiah-saⁿ-au⇨跳過水溝就能夠再吃三甌。三甌saⁿ-au亦三椀saⁿ-oáⁿ也。親家親姆勃勃～chhin-ke chheⁿ(chhiⁿ)-ḿ phut-phut～⇨岳父岳母都雀躍而喜。三級～saⁿ-kip～⇨田徑之一目，即三級跳遠。

【跳水 thiàu-chúi】 投身入水。～～死～～sí⇨以跳河、湖、海之方式自殺而已。

【跳字 thiàu-jī】 漏字。印了有～～ìn-liáu ū～～⇨印刷上有漏字。其他跳句，跳行都一樣。

【跳走 thiàu-cháu】 跳開thiàu-khui。跳離thiàu-lī。飛跳而脫離現場。

【跳坎 thiàu-khám】 越坎oat-khám。點燈有份，分龜～～tiám-teng ū-hūn, pun-ku～～⇨謂祭拜費用有負擔，祭物的分享卻被除外。祭拜必須點燈。龜ku者紅龜粿âng-ku-kóe之省詞，祭品之一也。

【跳悅 thiàu-oat】 心身愉快。洗浴了較～～sé-ek-liáu khah～～⇨同上。

【跳級 thiàu-kip】 越級oat-kip。學生～～hak-seng～～⇨高材生越級升進。～～昇官～～seng-koaⁿ⇨同上。

【跳索 thiàu-soh】 一種遊戲。～～亦是運動～～iah-sī ūn-tōng⇨同上。

【跳港 thiàu-káng】 跳水thiàu-chúi。～～自殺～～chū-sat⇨同上。又跳江，跳海皆同。

【跳童 thiàu-tâng】 ～～乩～～ki。

【跳等 thiàu-téng】 ～～無簡單～～bô-kán-tan⇨要越級不容易。

【跳過 thiàu-kòe】 一下道～～chit-ē tō～～⇨一下子就飛越過去。猶未～～五公尺á-boe～～gō͘-kong-chhioh⇨未曾跳過五公尺高。有～～巴梨(蕾)舞ū～～pa-lê-bú⇨學過巴梨(蕾)舞。

【跳跳 thiàu-thiàu】 很活躍。活～～oah～～⇨同上。

【跳舞 thiàu-bú】 囡仔人愛～～gín-á-lâng ài～～⇨同上。

【跳樓 thiàu-lâu】 ～～自殺～～chū-sat⇨從高樓跳下，以了結己命。

【跳躂 thiàu-thah】 活活潑潑。略同挑踏thiau-tah (見挑塔thiau-thah)。

【跳躍 thiàu-iak(iok)】 跳thiàu。水胿拎～chúi-ke teh～～⇨田蛙在跳。

【跳加冠 thiàu-ke-koan】 一齣簡單的吉祥戲。在平安戲或喜慶戲的開戲時必演之。一天神手持加冠晉祿ka-koan-chìn-lok的小軸，先展示後，吊置於舞台中央的桌前即告完畢。

**thiau 誂** 責問，怒罵曰誂thiàu，俗作跳thiàu。粗語曰嘲kiàu。氣到勃勃～khì-kà phutput～⇨氣得大罵。家己去共人～ka-lī(kī)-khì kā-lâng～⇨親自去責問人家。

【誂人 thiàu-lâng】 責罵人家。濫擅～～lām-sám～～⇨黑白責罵人家。

【誂起來 thiàu-khí-lâi】 勃然發怒。聽著道～～～也thia$^{n}$-tio̍h tō～～～ā⇨一聽就勃然發怒了。

【誂縣長 thiàu-koān-tiú$^{n}$】 責問縣長。親自去～～～chhin-chū-khì～～～⇨同上。

thiāu **柱** 楹也。柱thiāu楹ê$^{n}$(î$^{n}$)兩字本互訓。但今似已分開，柱thiāu爲立者曰企柱khiā-thiāu，楹ê$^{n}$指橫者曰橫梁hoâi$^{n}$-niû。大～toā～⇨同上。龍～liông(lêng)～⇨彫刻龍紋者。石～chio̍h～⇨同上。中流砥～tiong-liû-tí～⇨屹然獨立。喻濁世中的重要人物。做楹做～的大柴chò-ê$^{n}$(î$^{n}$) chò～ê toā-chhâ⇨可以作梁niû可以作柱的大木。

【柱仔 thiāu-á】 柱子。～～脚～～kha⇨柱基。～～脚厝～～kha-chhù⇨竹木等爲主料的簡陋房屋。～～石～～chio̍h⇨柱石thiāu-se̍k。

【柱石 thiāu-se̍k】 基石。俗曰柱仔石thiāu-á-chio̍h或柱脚石thiāu-kha-chio̍h。承梁用柱，承柱用石sîn-niû iōng-thiāu, sîn-thiāu iōng-chio̍h。國家的～～kok-ka ê～～⇨國家的重要人物。

thiāu **𤵖** 面疱bīn-phāu曰𤵖thiāu，曰𤵖仔子thiāu-á-chí。今曰青春豆chheng-chhun-tāu。豆tāu亦作痘tāu。

【𤵖仔 thiāu-á】 面疱bīn-phāu。～～生滿面～～se$^{n}$(si$^{n}$)-moá-bīn⇨滿面都是青春豆chheng-chhun-tāu。

thiāu **祧** 遷移祖廟也。族cho̍k亦曰祧thiāu。共～kāng～⇨同族，同支。

【祧內 thiāu-lāi】 族中之人。祧仔內thiāu-á-lāi⇨族人cho̍k-jîn。

thiāu **肇** 始也。

【肇始 thiāu-sí】 開始khai-sí。一元～～，大地皆春it-goân～～, tāi-tē kai-chhun⇨春聯常見句。

【肇造 thiāu-chō】 創造chhòng-chō。始建sí-kiàn。國家的～～者kok-ka ê～～chiá⇨同上。

【肇基 thiāu-ki】 奠立tiān-li̍p基址。

【肇禍 thiāu-hō】 起禍端khí-hō-toan。

【肇亂 thiāu-loān】 開始亂源。

## thih

thih **鐵** 金屬的一種。色黑曰鐵thih。堅強堅固曰鐵thih。金銀銅～錫kim-gîn-tâng～siah⇨合稱五金。歹銅壞～phái$^{n}$-tâng-hāi～⇨爛銅爛鐵noā-tâng-noā-thih。食銅食～chia̍h-tâng-chia̍h～⇨強貪各種財物。烏～o͘～⇨黑鐵。心肝像～sim-koa$^{n}$ chhiū$^{n}$～⇨心硬如鐵sim-ngē-jî-thih。拍～的phah～ê⇨鐵匠。塩～論iâm～lūn⇨古時論塩鐵公賣的文章。

【鐵人 thih-lâng】 強健如鐵之人。未輸～～抄bē(bōe)-su～～lè⇨勝似鐵人sìn-sū-thih-jîn。～～未攻得紙城～～bē-(bōe)-kong-tit choá-siâ$^{n}$⇨鐵人攻伐不了紙製之城。喻鐵槌不能敲打豆腐。亞洲～～a-chiu～～⇨亞洲第一強健之人。

【鐵子 thih-chí】 鐵丸thih-oân。小鐵丸sió-thih-oân。一粒仔恰如～～抄chi̍t-lia̍p-á kah-ná～～lè⇨謂體格雖小可是恰如鐵子那麼堅實。

【鐵工 thih-kang】 冶鐵工iá-thih-kang。鐵匠thih-chhiōng, thih-chhiū$^{n}$。～～廠～～chhiú$^{n}$(chhióng)⇨同上。

【鐵仔 thih-á】 鐵質的東西。鐵質的材料。～～起眞高～～khí chin-koân⇨鐵價升得甚高。～～有較落thih-á ū-khah-lo̍h⇨同上。

【鐵印 thih-ìn】 有燒～～抡，無法度箝ū-sio～～leh, bô-hoat tō͘-khâm⇨有燒上鐵印的存在，沒辦法掩蓋。

【鐵甲 thih-kah】 鋼板外殼。鐵板戰衣。～～車～～chhia⇨裝甲車，戰車。～～軍～～kun⇨以鐵戰袍武裝的軍隊。～～船～～chûn⇨對木船而稱。大船toā-chûn。～～龜～～ku⇨昆蟲名。

【鐵扦 thih-chhiám】 鐵扦管thih-chhiám-kóng。刺入糖包或米包取出糖米以供檢驗的小工具。通稱曰糖扦thn̂g-chhiám。

【鐵匠 thih-chhiōng(chhiū$^n$)】 鐵工thih-kang。拍鐵師父phah-thit-sai-hū。

【鐵戕 thih-chhiâng】 戕仔chhiâng-á。掘土坑的工具。

【鐵板 thih-pán】 ～～色～～sek⇨鐵色。黑色。～～燒～～sio⇨以鐵板燒烹食物，一種新興的食法。尻川該安～～kha-chhng ài an～～⇨屁股要裝上鐵板，以便受責打。

【鐵則 thih-chek】 不變的法則。勝王敗寇是千古的～～sìn-ông pāi-khò͘ sī chhian-kó͘ ê～～⇨勝者爲王敗者是賊是千古不變的法則。

【鐵架 thih-kè】 搭～～tah～～⇨同上。

【鐵軌 thih-kí(kúi)】 火車行～～hóe(hé)-chhia kiâ$^n$～～⇨同上。～～路～～lō͘⇨鐵路thih-lō͘。

【鐵枴 thih-koái】 鐵枴杖。李～～lí～～⇨八仙之一，俗稱乞食仙khi̍t-chia̍h-sian。

【鐵軍 thih-kun】 最精銳的軍隊。獨立陣營的～～to̍k-lip-tīn-iâ$^n$ ê～～⇨同上。

【鐵屎 thih-sái】 鐵屑thih-sut。

【鐵案 thih-àn】 人證物證俱齊備無可變更的案件。～～如山～～jî-san⇨同上。

【鐵馬 thih-bé】 自行車chū-hêng-chhia。孔明車khóng-bêng-chhia。騎～～khiâ～～⇨同上。～～鏈～～liān⇨同上。

【鐵租 thih-cho͘】 死租sí-cho͘。不論豐年或凶歲，都不增減的佃租tiān-cho͘。～～定死死抡未拿得～～tēng-sí-sí-leh, bē(bōe) ná-tit⇨絕不減少的死租，無法承租之。

【鐵索 thih-soh】 鐵絲繩。較勇過～～仔khah-ióng kòe～～á⇨較鐵索還要堅固了。

【鐵釘 thih-teng】 ～～相三日無拍就生鉎～～siù$^n$(siòng) sa$^n$-ji̍t bô-phah chiū se$^n$(si$^n$)-sian⇨如鐵釘一樣的性質，三天不打就生銹了。責頑童之詞。狗咬～～不願放káu-kā～～m̄-goān-pàng⇨喻爲了沒有多大價值的事而消耗精力。

【鐵桶 thih-tháng】 金屬類的水桶。堅固。較允過～～ khah-ún-kòe～～ ⇨較鐵桶還安全。

【鐵棍 thih-kùn】 鐵棒thih-pāng。

【鐵筆 thih-pit】 ㊀剛直不阿，直寫其事。㊁洋筆。～～尖～～chiam⇨～～尾～～bóe⇨同上。

【鐵窗 thih-thang】 鐵枝窗 thih-ki-thang。～～生活～～seng-o̍ah⇨喻監獄囚禁。

【鐵幕 thih-bo̍k(bō͘)】 謂共產國家爲鐵幕所圍與外界隔離著。二次大戰中英國邱吉爾首相的造詞。

【鐵漢 thih-hàn】 硬漢 nge̍h(ngi̍h)-hàn。剛直不阿的男子漢。亦謂身體健康的人，同鐵人thih-lâng。有影是一條～～ū-iá$^n$ sī chi̍t-tiâu～～⇨眞的是個硬漢。

【鐵管 thih-kóng】 ～～破去～～phoà-ì⇨鐵管破了。～～麥仔～～bē-á⇨水道水的戲稱。麥仔bē-á，麥仔酒bō-á-chiú也。

【鐵箍 thih-kho͘】 金箍kim-kho͘。金屬箍。用～～的較勇iōng～～ê khah-ióng⇨鐵箍的較堅固。

【鐵餅 thih-piá$^n$】 一種運動用具。鉛球～～標槍iân-kiû～～pio-chhiu$^n$⇨三種田徑運動，合稱三鐵sam-thih。

【鐵槌 thih-thûi】 ～～磨成針～～boâ-sêng-chiam⇨鐵尺磨細針thih-chhioh mô·-sè-chiam。路頭擔燈心，路尾變～～lō·-thâu taⁿ teng-sim, lō·-bóe piàn～～⇨謂擔運的工作，開始時覺得輕如燈心，到後來却覺得重如鐵槌。喩始易而終難。

【鐵齒 thih-khí】 鐵牙thih-gê。硬嘴ngeh-chhùi。死不認輸sí-put-jīn-su。～～王～～ông⇨同上。～～銅牙槽～～tâng-gê-chô⇨超級的硬嘴。

【鐵線 thih-soàⁿ】 ～～網～～bāng⇨同上。～～橋～～kiô⇨吊橋tiàu-kiô。

【鐵樹 thih-chhiū】 植物名。～～開花～～khui-hoe⇨喩稀有之事。

【鐵嘴 thih-chhùi】 鐵口thih-kháu。講出的話就是話不更改。伊亦不是～～也，敢講死道會死也i ah-m̄ sī～～ā, kám-kóng-sī tō-ē-sí-à⇨他又不是鐵嘴，難道他說死就會死嗎。

【鐵橋 thih-kiô】 造～～chō～～⇨同上

【鐵器 thih-khì】 ㊀金屬類的東西。㊁武器。有帶～～扲除防ū-toà～～teh tî-hông⇨攜帶利器在防萬一。

【鐵壁 thih-piah】 堅固的城牆。銅牆～～tâng-chhiûⁿ～～⇨同上。

【鐵蹄 thih-tê】 ㊀馬蹄鐵bé-tê-thih。㊁侵略的敵軍。敵軍的～～蹂躪了國土tek-kun ê～～jiû-līm-liáu kok-thó·⇨同上。

【鐵櫃 thih-kūi】 保險箱pó-hiám-siuⁿ。金庫kim-khò·。皮於～～內會無去，豈奇怪khǹg-tī～～lāi ē(ōe)-bô-khì, ká-kì-koài⇨置在金庫中會不見了，豈有此理。

【鐵騎 thih-khì】 強悍的軍隊。～～踏破某地～～tah-phoà bó·-tē⇨同上。

【鐵證 thih-chèng】 確鑿khak-chhak的證據。～～如山～～jî-san⇨同上。

【鐵鏈 thih-liān】 鐵的鎖鏈só-liān。

【鐵鑛 thih-khòng】 含有鐵質的砂石。金砂～～kim-khòng～～⇨同上。

【鐵干證 thih-kan-chèng】 鐵證thih-chèng。

【鐵沙手 thih-soa-chhiú】 所謂武功的一個名堂，亦即所謂以鐵沙煉過的功夫手。

【鐵面皮 thih-bīn-phôe】 鐵質的面皮。厚顏無恥hō·-gân bû-thí。彼類～～～的，合伊講道德，那有效hit-lōe～～～ê, kah-i kóng-tō-tek, ná-ū-hāu⇨他那一種厚臉皮的人，和他講道德，怎麼有效呢？

【鐵掃箒 thih-sàu-chiú】 帶鉸刀旁～～～toà ka-to-pêng～～～⇨卜者之名堂。謂命中帶有鉸刀旁鐵掃箒者爲損夫害夫之命。鉸刀剪斷財路性命，掃箒將掃掉財源。

【鐵觀音 thih-koan-im】 一種茶名。似乎是福建產的。

【鐵石心腸 thih-chioh-sim-tn̂g】 心腸sim-tn̂g如鐵如石，絕無感情。～～～～的人，也會流目屎～～～～ê lâng, iā-ē(ōe)-lâu bak-sái⇨絕無感情的人，也會感動而流淚。

【鐵血主義 thih-hoeh(huih)-chú-gī】 武力解決主義。近代德國俾士麥實行鐵血主義統一德國造成世界第一次大戰的前因。其人被稱爲鐵血宰相。鐵thih指武器，血hoeh指流血。

【鐵面無私 thih-bīn-bû-su】 剛正無私心。較～～～～，敢道無父子之情也khah～～～～, kám-tō-bô hū-chú-chi-chêng-ā⇨如何的絕對公正，難道就沒有父子之情了嗎？

【鐵骨仔生 thih-kut-á-seⁿ(siⁿ)】 嬌小結實強健的體格。

【鐵畫銀鈎 thih-ōe-gîn-kau】 讚美書法遒勁iû-kèng有力。

【鐵硯磨穿 thih-hiān-mô-chhoan】 長期勤苦用功讀書。

**thih 詄** 拖拖拉拉。說得如口吃曰詄thih。喜歡講話曰愛詄ài-thih。欲人不再多言曰莫詄mài thih，或莫得詄mài-teh-thih，免扲詄bián-teh-thih。大舌又更愛～toā-chih iū-koh ài～⇨

口吃而又喜歡講話。

【詄的 thih-ê】 口吃者。～～，你詄了更有一個款～～, lí thih-liáu koh-ū chit-ê-khoán⇨阿訂，你詄得很有個樣子。

【詄咄叫 thih-thuh-kiò】 ㊀詄詄叫thih-thih-kiò。㊁聲勢迫人。一下來道～～～也chit-ē-lāi tō ～～～ ā⇨一來就大聲叫罵了。你也無問清楚道～～～ lí iā-bô-mn̄g chheng-chhó tō ～～～⇨你不問青黃黑白就叫罵。

【詄詄叫 thih-thih-kiò】 講到～～～ kóng-kà～～～⇨說話很口吃。

【詄詄咄咄 thih-thih-thuh-thuh】 說話口吃。呑呑吐吐。～～～～都不知伊抣講啥 thun-thun thó·-thó·～～～～to m̄-chai-i teh-kóng-siahⁿ⇨呑呑吐吐詄詄叫，不知他在說什麼。

## thim

**thim 琛** 寶pó也。寶玉也。美寶曰琛thim。

**thim 鴆** 毒鳥也。鴆食蛇，其羽有毒，畫酒飲之即死。以毒酒飲人亦曰鴆thim。置～於酒tì～î chiú⇨同上。

【鴆羽 thim-ú】 鴆鳥之羽毛。有毒，畫酒中飲之即死。

【鴆毒 thim-tok】 藥酒之甚毒者，亦作酖毒tham-tok。酖tham亦酖thim也。

【鴆酒 thim-chiú】 毒酒tok-chiú。

## thin

**thîn 枓** 把瓶罐中的液體注入杯碗中曰枓thîn。無人～家己～bô-lâng～ka-kī～⇨同上。該人道會曉～ài-lâng tō ē-hiáu～⇨需要的就是會枓的人，意謂你可能不會枓。一下～道傷滿也chit-ê～tō siuⁿ-moá-à⇨一下子就枓得太滿杯了。不八～的～無路m̄-bat～ê～bô-lō·⇨未曾枓過的人枓得不得其法。威風凜凜，屎企抣～ūi -hong lím-lím, sái khiā-leh～⇨頑童們故意把威風凜凜殺氣騰騰ūi-hong lím-lím, sat-khì thêng-thêng的成語，說成如此。

【枓酒 thîn-chiú】 酌酒chiak-chiú。～～查某～～cha-bó·⇨侍酒席的妓女。亦曰陪酒查某pôe-chiú cha-bó·。

【枓茶 thîn-tê】 ～～請人客～～chhiáⁿ lâng-kheh⇨枓茶款客khoán-kheh。人來掃房，人去～～lâng-lâi sàu-gê, lâng-khì ～～⇨喻凡事慢半拍。房gē，廳thiaⁿ也。

【枓藥 thîn-ioh】 倒藥tò-ioh。～～仔～～á⇨同上。

**thīn 佝** 對付tùi-hū。互為敵體曰佝thīn。取平均曰佝thīn。咱～人未過lán～lâng bē-kòe⇨我們比不上人家(他們)，意指門不當，戶不對。彼款人未～得hit-khoán-lâng bē～tit⇨他那種人(壞人)，無法對付(不可理會)。姨表～道有，姑表～的較少î-piáu～tō-ū, ko·-piáu～ê khah-chiò⇨姨表兄妹婚配是有的，姑表兄妹婚配的甚少。大人抣～囡仔，亦不驚人笑toā-lâng teh～gín-á, ah-m̄-kiaⁿ-lâng-chhiò⇨大人在與孩子爭吵，也不怕人家取笑。

【佝重 thīn-tāng】 增加重量使與另一方平均。即旁較無夠，更一塊乎伊～～ chit-pêng khah-bô-kāu koh-chit-tè hō· i～～⇨此方較不足，再加一塊給他使重量能平均。

【佝惕 thīn-thōng】 略同三八sam-pat。惕thōng，放也，心中無所警惕kéng-thek也。擅八～～sám-pat～～⇨同上。擅八sám-pat(俗作三八sam-pat)。～～阿花仔～～a-hoe-a⇨三八阿花仔。～～親姆抵著三八親家～～chheⁿ-ḿ tú-tioh sam-pat chhin-ke⇨同上。抵著tú-tioh，逢見也。或謂宜作傕侗thīn-thōng，傕，顚也。侗，無知貌。

【佝頭 thīn-thâu】 普通擔送東西要雙頭。而今只有一頭，再尋一頭來成一擔chit-tàⁿ，曰佝頭thīn-thâu。亦即成擔sêng-tàⁿ也。三月三，桃仔李仔～～擔，四月四，桃仔李仔～～去saⁿ-goeh-saⁿ thô-á lí-á～～taⁿ, sì-goeh-sì thô-á lí-á ～～ khì⇨童謠。謂三四月間是桃李盛產期，擔桃擔李，一擔一擔陸續上市。

【佝平重 thīn-pêⁿ-tāng】 佝頭thīn-thâu使雙頭等量以便擔送。

【佝囡仔邊 thīn-gín-á-piⁿ】 與孩童做對。與孩童爭吵。大人大種也，猶抡～～～～toā-lâng-toā-chéng-à, iáu-teh～～～～⇨已經大人了，還在與童子們吵吵鬧鬧。

【佝佝愓愓 thīn-thīn-thōng-thōng】 佝愓thīn-thōng。大佝愓toā-thīn-thōng。

## thio

**thio 挑** 挑thiau也(見thiau部)。選也。以特殊工具取物曰挑thio。一種刺繡曰挑thio。火～hóe～⇨取火之小道具。恔～gâu～⇨善於選取。

【挑土 thio-thó͘】 漢字部首之一。亦即土字旁thó͘-jī-pêng。

【挑手 thio-chhiú】 漢字的部首之一。亦曰挑才thio-châi，或挑手旁thio-chhiú-pêng。

【挑火 thio-hóe(hé)】 取火。用火挑～～iōng hóe-thio～～⇨以火挑取火。～～灰～～hu⇨以火挑取火灰。

【挑明 thio-bêng】 特別說明白或記述明白。有～～損益無條件共同計算ū～～ sún-ek bô tiâu-kiāⁿ kiōng-tông kè-sǹg⇨同上。應該該安怎逐個該～～藉好èng-kai ài an-choáⁿ tak-ê ài～～chiah-hó⇨應該要如何，大家要說淸楚才好。

【挑花 thio-hoe】 綉花siù-hoe。綉siù同繡siù。

【挑選 thio-soán】 選soán。～～子壻～～kiáⁿ-sài⇨選擇女壻soán-tek lí-sài。

【挑燈 thio-teng】 ㊀婚姻舊俗。迎娶時，男女兩家各派一童同乘一轎，而在轎前轎後，掛一對大燈籠爲花轎之先行曰挑燈thio-teng。㊁點燈。～～夜戰～～iā-chiàn⇨同上。

**thiò 糶** 出穀也。賣穀也。二月賣新絲，五月～新穀jī-goeh bē sin-si, gō͘-goeh～sin-kok⇨同上。有米好～ū-bí hó～⇨有米可出賣。有道～無道糴ū-tō～bô-tō-tia̍h⇨有(米)就出賣之，沒米就買入米。糴tia̍h，糶thiò之對。

【糶米 thiò-bí】 賣米bē-bí。出售chhut-siū米穀。會曉算未曉除，～～換番薯ē-hiáu-sǹg, bē-hiáu-tî，～～oāⁿ han-chî⇨謂只能計算數字，不曉得扣除實際的損益利害，才將米出賣而買入番薯代米。

【糶出 thiò-chhut】 出售穀米。～～糴入～～tia̍h-ji̍p⇨買進賣出穀米。

## thiok

**thiok 畜** 飼養獸類也。飼養之也。馬牛羊，鷄犬豕，此六～，人所飼má-ngiû-iâng, ke-khián-sí, chhú-lio̍k～, jîn-sé-sū⇨三字經。六～興旺lio̍k～hin-ōng⇨同上。家～家禽ka～ka-khîm⇨六畜類以及羽毛類。牲～seng～⇨同上。牧～bo̍k～⇨飼養家禽家畜。

【畜生 thiok-seⁿ(siⁿ)】 thek-seⁿ(siⁿ)。禽獸khîm-siù。罵人之詞。罵不孝不義者所用。你這～～lí-che～～⇨同上。恰如～～kah-ná～～⇨一如畜牲。

【畜牧 thiok-bo̍k】 牧畜獸類。～～系～～hē⇨大學有此一系。～～事業～～sū-gia̍p⇨經營畜牧事宜的事業。

【畜養 thiok-iáng(ióng)】 飼養獸類。專門～～牧羊犬choan-bûn～～bo̍k-iûⁿ-khián⇨同上。

**thiok 蓄** 積也。聚也。藏也。積～chek～⇨積聚財物。貯～tí(thú)～⇨積存金錢。亦作儲

～thî～⇨同上。含～(hiok)⇨涵容hâm-iông。儲～銀行tî(tû)～gîn-hâng⇨同上。國無九年之～曰不足kok bû-kiú-liân-chi～oat put-chiok⇨同上。

【蓄水 thiok-chúi】 貯水thí-chúi。～～池～～tî⇨同上。～～庫～～khò͘⇨同上。～～設備～～siat-pī⇨同上。

【蓄意 thiok-ì】 ～～報復～～pò-hok⇨存心報仇chûn-sim pò-siû。

【蓄銳 thiok-jōe】 養精～～,以待今天iáng-cheng～～, ī thāi kim-thian⇨同上。

【蓄謀 thiok-bô͘】 預謀ī-bô͘。看是眞早道～～的khoàⁿ sī chin-chá tō～～ê⇨據觀察是很早就計劃的(犯罪)。

【蓄音機 thiok-im-ki】 亦稱電唱機tiān-chhiùⁿ-ki。

【蓄電池 thiok-tiān-tî】 電池tiān-tî的學名。

## thiong

**thiong 衷** 中也。內心也。苦～khó͘～⇨不能告人的心中委曲。言不由～giân put-iû～⇨所言不是出自眞心的話。莫～一是bok～it-sī⇨議論分歧,不能集中。折～辦法chiat～pān-hoat⇨折中辦法。

【衷曲 thiong-khiok】 心意sim-ì。私訴～～su-sò～～⇨同上。

【衷誠 thiong-sêng】 出自眞心的誠意。是阮～～歡迎的所在sī goán～～hoân-gîng ê só͘-chāi⇨是我們誠意歡迎的。

**thióng 冢** 墓也。墓之高起者也,高墳也。俗作塚thióng。

**thióng 塚** 冢thióng之俗字。墓也。按即初埋曰墓bōng,盛土植樹加工高大之曰墳hûn曰塚thióng。惟今墳hûn墓bōng已不分。公～kong～⇨公共墓地。淸～chheng～⇨淸理墓地。

【塚山 thióng-soaⁿ】 墓地之山。墓地。

【塚仔 thióng-á】 墓仔bōng-á。～～地～～tē⇨墓地預定地。～～埔～～po͘⇨墓仔埔bōng-á-po͘⇨公共墓地。

**thióng 寵** 尊榮也。愛也,恩也。俗作寵thióng,非。妾曰寵thióng。內～lāi～⇨妾。細姨仔sè-î-á。天～thian～⇨天子之寵幸。居～思危ki～su-gûi⇨在寵中應作失寵時之打算。納～lap～⇨納妾lap-chhiap。

【寵妾 thióng-chhiap】 得寵之妾。

【寵幸 thióng-hēng】 天子所寵愛。幸hēng爲天子所親愛也。

【寵盛 thióng-sēng】 théng-sēng。盛sēng增其威力也。囡仔不當傷～～gín-á m̄-thang siūⁿ～～⇨不可過份溺愛兒女。

【寵愛 thióng-ài】 後宮佳麗三千人,三千～～在一身hō͘-kiong ka-lē sam-chhian-jîn, sam-chhian～～chāi it-sin⇨長恨歌。

【寵權 thióng-koân】 得權。細姨仔較～～sè-î-á khah～～⇨妾較得寵而有家政之權。

**thiòng 暢** 通也。達也。通達也。痛快thòng-khoài曰暢thiòng。講～kóng～⇨說笑話,說玩的。空～khang～⇨空歡喜。通街無米人上～thong-ke bô-bí lâng siāng～⇨全街沒米,這個大痛快了(頑童們取笑他人陷入窘態)。銅銀買紙靴,你也～,我也～,逐個攏空～tâng-gîn bé(bóe) choá-hia, lí a～, goá a～, tak-ê lóng khang～⇨謂假銀買了假鞋,你也高興,我也高興,大家都是空高興。你是抄拍～的是否lí sī-teh phah～ê sī-bò⇨你爲何無端打人(責詞)。

【暢古 thiòng-kó͘】 笑話(較傾向於色情的)。講～～kóng～～⇨講笑話。愛聽～～ài-thiaⁿ～～⇨喜歡聽笑話。

【暢仙 thiòng-sian】 逍遙自在siau-iâu chū-chāi的人。樂天者。樂～～lok～～⇨同上。

【暢囝 thiòng-kiáⁿ】 無憂無慮的人。一世人做～～，實在好狗命chit-sì-lâng chò～～，si̍t-chāi hó-káu-miā⇨一生無憂無礙bû-iu-bû-ngāi，眞的好幸運。狗命káu-miā示輕視。囝kiáⁿ亦作子。

【暢尿 thiòng-jiō】 爽快的小便。射精。放～～pàng～～⇨同上。

【暢快 thiòng-khoài】 事痛快。～～人～～lâng⇨性直爽之人。

【暢旺 thiòng-ōng】 交易～～kau-e̍k～～⇨同上。

【暢舍 thiòng-sià】 同暢囝thiòng-kiáⁿ。

【暢通 thiòng-thong】 水陸交通～～無阻chúi-lio̍k kau-thong～～bû-chó⇨同上。

【暢飲 thiòng-ím】 ～～勝利酒～～sèng-lī-chiú⇨同上。

【暢暢 thiòng-thiòng】 悠悠閑閑。心不在焉sim put-chāi-ian。厝裡得未無米也，猶格～～chhù-lì tit-boeh bô-bí-à, iáu kek～～⇨家中快要無米了，還在快樂。

【暢樂 thiòng-lo̍k】 快樂。囡仔無人管都蓋～～也gín-á bô-lâng-koán to kài～～à⇨孩子們沒人管束最快樂了。

【暢銷 thiòng-siau】 ～～貨～～hòe⇨銷路佳的貨品。～～書～～si(su)⇨足有銷的册。～～雜誌～～cha̍p-chì⇨同上。

**thiòng 鬯** 香草也。釀酒以祀宗廟。同暢thiòng。

**thiông 蟲** 昆蟲khun-thiông也。動物也。有羽之虫三百六十，鳳凰hōng-hông爲之長。有毛之虫三百六十，麒麟kî-lîn爲之長。有甲之虫三百六十，神龜sîn-ku爲之長。有鱗之虫三百六十，蛟龍kau-liông爲之長。有伸之虫三百六十，聖人sèng-jîn爲之長。又俗以虫作蟲thiông。伸～kó～⇨人類。伸kó赤體也。無羽毛鱗甲曰伸kó，裸ló也。又蟲thâng也(見thang部)。

**thiông 虫** húi也。俗作虫thiông，亦即蟲thiông之省筆字。

## thit

**thit 跮** 跮踱thit-thô，乍前乍卻也。遊玩曰跮踱thit-thô，省略曰跮thit，延伸而嫖妓冶遊亦曰跮thit。食博～三字全chia̍h poa̍h～saⁿ-jī-chn̂g⇨食鴉片，賭博，冶遊三事皆齊全。亦即三惡皆備。

【跮踱 thit-thô】 或作彳亍chhit-thô。玩也，遊也，凡遊山玩水等等，有關娛樂或消遣者皆曰跮踱thit-thô。飲宴冶遊賭博之類亦曰跮踱thit-thô。～～轕轄，容以委麗兮～～kat-hat, iông í úi-lē-hê⇨轕kat，車馬喧雜貌，轄hat，車聲也，委麗úi-lē，行步進止之貌，亦作逶麗úi-lē。這些情景的跮踱thit-thô，非玩遊而爲何。在字義詞義言之，皆妥切也。工課不做乾仔想要～～khang-khòe m̄-chò kan-á-siūⁿ-boeh～～⇨工作不做只是想要玩。乾仔kan-á，端仔toan-á→than-a的變訛。～～查某～～cha-bó⇨①婊piáu。②玩女人。丈姆厝好～～tiūⁿ-ḿ-chhù hó-～～⇨岳母家最宜憩息玩遊。無頭路抲～～bô-thâu-lō teh～～⇨無職業可做在閒玩。無輸贏抲博～～的bô-su-iâⁿ teh poa̍h～～ê⇨沒有賭注，只在博一博做消遣而已。～～人～～lâng⇨無定職的人，流浪漢liû-lōng-hàn。鱸鰻人lô-moâ-lâng。～～囡仔～～gín-á⇨友的iú-ê，亦即小流氓sió-liû-bîn。～～囝～～kiáⁿ⇨放蕩子hòng-tōng-chú。～～間～～keng⇨秦館楚樓chîn-koán-chhó-lâu，青樓chheng-lâu，娼寮chhiang-liâu等等的地方。～～代～～tāi⇨娛樂事gō-lo̍k-tāi，意爲事屬跮踱，不必太認眞，或宜適可而止。代tāi⇨事tāi⇨代誌tāi-chì或事情tāi-chì之省略。～～伴～～phoāⁿ⇨玩遊的同伴。～～物～～mi̍h⇨①玩具oán-kī(kū)。②妓女ki-lí。

按跮踱亦作彳亍thit-thô，或作迌迌。

# thiu

**thiu 抽** 引出也。拔取也。吸取也。多數中取其一部分曰抽thiu，製造線條物曰抽thiu，瘦長曰抽thiu，鞭打曰抽thiu，筋肉痛亦曰抽thiu。油～iû～⇨抽油機。頭～thâu～⇨釀酒或醬油等第一次抽出之產品。二～jī～⇨同第二輪抽出者。瘦～sán～⇨瘦而高。會痛會～ē-thiàⁿ-ē～⇨會抽痛。

**【抽丁 thiu-teng】** 征召兵員。～～去當兵～～khì tng-peng⇨同上。

**【抽水 thiu-chúi】** 吸水khip-chúi。～～灌漑～～koàn-khài⇨同上。～～機～～ki⇨同上。

**【抽分 thiu-hun】** 抽取若干分之一。租稅就是一種～～制度cho·-sòe chiū-sī chi̍t-chióng～～chè-tō·⇨同上。

**【抽心 thiu-sim】** 甘蔗等被蟲害心先枯死。有一半枝仔～～的ū-chi̍t poàⁿ-ki-á～～ê⇨同上。

**【抽出 thiu-chhut】** 吸出，取出，退出。～～石油～～chio̍h-iû⇨吸出石油。～～我的股份～～goá ê kó·-hūn⇨退出我的股份。

**【抽兵 thiu-peng】** ㊀征兵cheng-peng，徵兵tin-peng。㊁移動兵力。東線～～去西線tang-soàⁿ～～khì se-soàⁿ⇨東戰線的兵調移西戰線。

**【抽身 thiu-sin】** 脫身。退出圈外。～～到去～～tò-khì⇨脫身回家。俗事所羈，無法～～sio̍k-sū só·-ki, bû-hoat～～⇨函中用以無法參加盛會的推辭。

**【抽長 thiu-tn̂g】** 拉長。

**【抽抽 thiu-thiu】** 瘦而高。無肉～～仔bô-bah～～a⇨同上。痟～～sán～～⇨瘦細而高。

**【抽風 thiu-hong】** 漏氣。輪胎～～去也，無更灌未騎得lûn-thai～～khì-ā, bô-koh-koàn bē khiâ-tit⇨輪胎漏氣了，不再打氣就騎不得。

**【抽退 thiu-thè】** ㊀撤退。無所在～～bô-só·-chāi～～⇨沒地方可退。㊁～～步～～pō·⇨可進可退的措施。退thè或作替thè。

**【抽動 thiu-tāng】** ㊀指導，指示。靠伊扲～～khò-i teh～～⇨靠他的指導。囡仔該人～～gín-á ài-lâng～～⇨孩子需要大人督促。㊁暗中指點，扇動。有人扲共伊～～ū lâng teh kā-i～～⇨有人在對他煽動。

**【抽筋 thiu-kin(kun)】** 痙攣keng-loân。筋肉緊急收縮的病症。

**【抽絲 thiu-si】** 抽蠶絲thiu-chhâm-si。～～剝繭～～pak-kéng⇨①抽蠶絲。②追根究底。

**【抽稅 thiu-sòe(sè)】** 征稅。～～是應該的～～sī èng-kai-ê⇨同上。

**【抽痛 thiu-thiàⁿ】** 痛而似有陣陣抽動者。會抽會痛ē-thiu-ē-thiàⁿ⇨賣藥廣告詞。

**【抽餉 thiu-hiàng】** 征稅。趁是有趁，毋拘該更～～thàn-sī ū-thàn, m̄-kū-ài-koh～～⇨利益是有的，不過還要繳稅。

**【抽像 thiu-siōng】** ～～主義～～chú-gī⇨同上。～～派的畫家～～phài ê ōe-ka⇨同上。

**【抽壽 thiu-siū】** 延長歲壽。食壽麵～～chia̍h-siū-mī～～⇨壽辰的麵線mī-soàⁿ，即壽麵siū-mī。食者以箸挾之，不可切斷之，必挾至自然斷了，越長越好，謂之抽壽thiu-siū。

**【抽醋 thiu-chhò·】** 取醋。用燒酒～～iōng sio-chiú～～⇨以酒爲原料造醋。

**【抽篙 thiu-ko】** 菜類等過度成熟，其幹過長。菠薐仔～～也poe-lêng-á～～a⇨菠菜抽篙了（這種菜當然較不好吃）。

**【抽頭 thiu-thâu】** 回扣hôe-khàu。～～錢～～chîⁿ⇨回扣的錢。乎人～～hō·-lâng～～

⇨給人家回扣。

【抽藤 thiu-tîn】 上山採藤。去內山～～khì lāi-soaⁿ～～⇨入深山採藤（近山早已採盡）。

【抽籤 thiu-chhiam】 抽吉凶之籤。～～卜卦～～pok-koà⇨同上。

【抽鬮 thiu-khau】 抽籤以定順序。～～仔抽著的～～á thiu-tio̍h-ê⇨抽籤抽中者。

【抽公租 thiu-kong-cho͘】 踏公租ta̍h-kong-cho͘。估計公租數而先扣除之。

【抽舌根 thiu-chi̍h-kin(kun)】 割斷舌根。地獄的一種刑罰hêng-hoa̍t，謂在生chāi-seⁿ(siⁿ)多說謊言騙人，死後在地獄須受此刑罰。

【抽後線 thiu-āu-soàⁿ】 教唆kàu-so。有人抆～～～ū-lâng teh～～～⇨有人在教唆。

【抽腸肚 thiu-tn̂g-tō͘】 亦地獄之刑罰。謂心腸壞者（歹心烏漉肚pháiⁿ-sim-o͘-lok-tō͘）死後即受此刑罰。

【抽銅線 thiu-tâng-soàⁿ】 抽製銅線。

【抽豬母稅 thiu-tī-bó-sòe】 女兒嫁後生子，以一人歸外家冠母姓。～～～～的不藉合老母仔共姓～～～～ê m̄-chiah kah-lāu-bú-á kāng-sèⁿ(sìⁿ)⇨抽豬母稅的才和母親同姓。

## thiuⁿ

thiúⁿ **丑** 十二支之第二位，屬牛，太歲在丑thiúⁿ。十二時辰之一，午前一二時爲丑時thiúⁿ-sî。又戲劇中擔任滑稽的角色kioh-siàu者。小～sió～⇨猾～仔siáu～á。子～寅卯，密虱咬蚤，辰巳午未，樞仔紅柿chú～în-báu, ba̍t-sat kā-cháu, sîn-sū-ngó-bī, pat-á âng-khī⇨頑童嘲笑賣卜者之口中念念有詞liām-liām iú-sû。

【丑仔 thiúⁿ-á】 滑稽角色kut-khe kiō-siàu。小～～sió～～⇨小丑。猾～～siáu～～⇨狂癲的小丑。～～白～～pe̍h⇨丑角的台詞。

【丑時 thiúⁿ-sî】 午前一二點的時候。～～出生～～chhut-seng⇨同上。～～正～～chiàⁿ⇨同上。

【丑脚 thiúⁿ-kioh】 丑角thiúⁿ-kioh。扮演丑仔的演員。

## thng

thng **湯** 熱水也。食物之汁液皆曰湯thng。燒～sio～⇨同上。滾～kún～⇨同上。菜～chhài⇨同上。肉～bah～⇨同上。煮～chí(chú)～⇨煮製有湯之菜。煮滾～chí-kún～⇨以滾湯煮之。一粒田螺煮九碗～chi̍t-lia̍p chhân-lê chí káu-oáⁿ～⇨謂實在太勉強也，或謂人情禮數冲淡得極稀薄。狗肉無食，狗～有飲káu-bah bô-chia̍h, káu～ū-lim⇨謂明明是共犯。米粉～bí-hún～⇨同上。番藷顆～han-chî-kho͘～⇨同上。

【湯匙 thng-sî】 小食器。～～舀湯～～iúⁿ(iō)-thng⇨湯匙用以取湯。

【湯路 thng-lō͘】 湯類料理的總稱。～～炒路炊路～～chhá-lō͘ chhoe-lō͘⇨湯類炒類蒸類各種菜色。好～～hó～～⇨善於煮湯類食品。

【湯頭 thng-thâu】 ㊀菜湯chhài-thng。好～～hó～～⇨湯好吃。㊁藥液。～～歌訣～～koa-koat⇨漢藥名編成歌詞者。據說，背熟，可坐店開方矣。

thńg **挺** 挺théng也。拔也。出也。伸手急擊曰thńg。一下道～來chi̍t-ē tō～lâi⇨一下子就伸手擊我。～一下退十外步～chi̍t-ē thè chap-goā-pō͘⇨被突擊一下倒退十幾步。孑～khiat～⇨不循常規行事。又其人。或另有其字。孑khiat，單tan也。男曰孑～，女曰格乖lâm oa̍t khiat～, lí oa̍t keh-koai⇨同上。孑～人khiat～lâng⇨孑挺之人。彼顆眞孑～hit-kho͘ chin khiat～⇨那個東西很是不講理。

**thn̂g 兌** 易也。換也。去舊換新也。又購物不合用轉售別人亦曰兌thn̂g。～看有人愛否～khoà$^{n}$ ū-lâng-ài-bò⇨看看有人愛轉讓否。無人要～bô-lâng boeh～⇨沒人要受讓。共人～的kā-lâng～ê⇨對別人承讓而來的。俗作脫thn̂g。

【兌人 thn̂g-lâng】 轉售予人。lâng改讀lāng。～～，藉更買較合用的～～, chiah-koh-bé-khah hah-iōng-ê⇨讓售予人，才再買較合用的。

【兌牙 thn̂g-gê】 同兌齒thn̂g-khí。

【兌毛 thn̂g-mô(mn̂g)】 去老毛換新毛。老雞母抡～～也lāu-ke-bó teh～～a⇨老母雞在換新毛了。

【兌皮 thn̂g-phôe】 易皮，換新皮。蛇～～choâ～～⇨同上。蝦仔每會～～hê-á mā-ē～～⇨蝦也會換新皮。蝦仔曰兌殼thn̂g-khak。

【兌衫 thn̂g-sa$^{n}$】 脫衣也。～～抵賬～～tú-siàu⇨脫衣抵價。

【兌殼 thn̂g-khak】 同兌皮thn̂g-phôe。蟬～～siân～～⇨同上。蟬蛇蝦攏會～～siân choâ hê lóng-ē(ōe)～～⇨同上。

【兌齒 thn̂g-khí】 童年換新牙。逐個每該～～一擺tak-ê mā ài～～ chit-pái⇨每個人都要換齒一次。

【兌褲 thn̂g-khò͘】 脫下衣也。～～放屁～～pàng-phùi⇨臭工夫chhàu-kang-hu。何必多此一舉hô-pit to-chhú-it-kí。～～走未離也～～cháu bē lī-ā⇨謂脫褲子跑，也來不及解決內急。喻事已太急了。～～生～～lān⇨不穿褲子的粗語。

【兌乎人 thn̂g-hō͘-lāng】 轉讀給別人。舊車～～～也kū-chhia～～～ā⇨老車讓售予人了。人lâng改讀lāng。

【兌光光 thn̂g-kng-kng】 赤身裸體chhiah-sin-lô͘-thé。一絲不掛it-si-put-koà。安爾～～～，曷不愶人笑an-ne$^{n}$(ni$^{n}$)～～～, ah-m̄-kia$^{n}$-lâng chhiò⇨如此一絲不掛，何不怕人家笑話。

【兌苦皮 thn̂g-khó͘-phôe】 表皮脫離。～～～仔耳～～～á niâ⇨只是表皮脫落而已。

【兌舊的 thn̂g-kū-ê】 承買二手貨。～～～，無較輸～～～, bô-khah-su⇨買二手貨，不會太吃虧。既然是兌thn̂g轉手了，就是二手貨也。

【兌白裼 thn̂g-pak-theh】 不穿衣裳。人客面前不當～～～ lâng-kheh bīn-chêng m̄-thang～～～⇨貴賓之前，不可不穿衣。或作脫剝裼thn̂g-pak-theh。

【兌赤脚 thn̂g-chhiah-kha】 跣足sián-chiok。不穿鞋。～～～的逐鹿，穿鞋的食肉～～～ê jiok-lok, chhēng-ê-ê chiah-bah⇨跣足之人追鹿，穿鞋之人食鹿肉。謂勞者無所報，不勞者得實惠。也是自古以來的不平之鳴也。

**thn̂g 燙** 火灼曰燙thn̂g。滾水kún-chúi煮物曰燙thn̂g。水火灼傷皆曰燙thn̂g。火～着hóe～tioh⇨同上。滾水～着kún-chúi～tioh⇨熱開水灼傷。青菜該用～的較好食chhe$^{n}$-chhài ài-iōng～ê khah-hó-chiah⇨青色的蔬菜燙煮者較可口。

【燙着 thn̂g-tioh】 灼傷。～～手～～chhiú⇨同上。～～脚～～kha⇨同上。～～舌～～chih⇨同上。

【燙菜 thn̂g-chhài】 ～～該猛火燙了藉會青俏～～ài mé-hóe thn̂g-liáu chiah-ē chhe$^{n}$-chhioh⇨同上。

【燙燙 thn̂g-thn̂g】 很燙。很熱。燒～～sio～～⇨同上。

【燙罐 thn̂g-koàn】 泡茶phàu-tê之先，以熱開水先沖洗茶具。泡茶該先～～phàu-tê ài-seng～～⇨同上。

**thn̂g 傳** 傳宗接代thoân-chong-chiap-tāi。無～bô～⇨沒有後嗣。分來～pun-lâi～⇨收養外人來傳接。好種不～，歹種不斷hó-chéng m̄～, phái$^{n}$-chéng m̄-tn̄g⇨好種不傳，壞種不絕。

【傳人 thn̂g-lâng】 入別家為接代之人。自細道～～也chū-sè tō～～ā⇨自幼就被收養了。人lâng改讀lāng。

【傳外家 thn̂g-goā-ke】 入嗣母家。阮第二的～～～，合我藉無共姓goán tē-jī-ê～～～, kah-goá chiah-bô kāng-sè$^{n}$⇨我們的二弟入嗣(媽的)外家和我才沒有同姓。

【傳香煙 thn̂g-hiu$^{n}$-ian】 傳宗接代。存一個長尾星仔抮～～～耳chhun-chi̍t-ê tn̄g-bóe-chhe$^{n}$-á teh～～～niâ⇨留一個不三不四的壞孩子在傳承香煙而已。

thn̂g
# 糖
飴î也。餳thông也。餳謂之糖thông，亦即甜味ti$^{n}$-bī之本也。麥牙～be̍h-gê～⇨同上。甜菜～ti$^{n}$-chhài～⇨同上。甘蔗～kam-chià～⇨同上。白～紅～烏～pe̍h～âng～o͘～⇨各種色地之糖。柑仔～牛奶～鳥梨仔～kam-á～gû-leng～chiáu-lâi-á～⇨各種糖餅類。共籠～kāng-láng～⇨同籠之糖，同一丘之貉it-khiu-chi-ho̍k，亦即大家一樣都是馬馬虎虎的。

【糖水 thn̂g-chúi】 甜水ti$^{n}$-chúi。飲～～lim～～⇨同上。

【糖仔 thn̂g-á】 甜餅類的通稱。～～路～～lō͘⇨同上。愛食～～ài-chia̍h～～⇨喜歡食甜餅之類的東西。

【糖市 thn̂g-chhī】 糖的市場。糖的市況。～～無貨～～bô-hòe⇨糖市場無糖賣。

【糖包 thn̂g-pau】 袋裝的糖。攑～～giâ～～⇨肩負糖包。

【糖扦 thn̂g-chhiám】 驗糖用的鐵尖管，約拇指大，長尺許。一頭斜而尖，可插入糖袋中，取糖出來付驗。喻對女人不計品質的好淫者。你這有名的～～，啥人不知lí-che ū-miâ ê～～, siá$^{n}$-lâng m̄-chai⇨你這個有名的色鬼，誰不知你。亦曰～～客～～kheh。

【糖行 thn̂g-hâng】 專營糖的大商店。

【糖郊 thn̂g-kau】 糖商的組織。類似今日的同業公會者。

【糖烏 thn̂g-o͘】 烏o͘同黑o͘。烏糖的糖膏。

【糖販 thn̂g-hoàn】 糖商人。～～仔～～á⇨同上。

【糖袋 thn̂g-tē】 糖的包裝袋。原為麻袋moâ-tē，後改紙袋choá-tē，而今皆用塑膠sok-ka→soat-ka袋。

【糖葱 thn̂g-chhang】 紅糖加麥牙糖加水，煮成膠狀，然後在一拉一合的動作重複之間，自然含入氣泡，使本來紅色者漸呈白色，終而成為雪白如葱根者，此過程曰拍糖葱phah-thn̂g-chhang。成品即拗棵分塊賣之，古時孩童們最喜歡者也。

【糖路 thn̂g-lō͘】 糖製品的總稱。做～～的生理chò～～ê seng-lí⇨同上。有～～ū～～⇨興～～hèng～～⇨喜歡食糖品。

【糖精 thn̂g-cheng】 化學糖saccharine。其甜度是蔗糖的五百倍。亦稱甘精kam-cheng。用～～無用～～，入嘴道知也iōng～～bô-iōng～～, ji̍p-chhùi tō-chai-a⇨是用糖精還是沒用糖精，入口就知道的。

【糖膏 thn̂g-ko】 糖水之濃液，加熱過的。燠粽搵～～上好食kì$^{n}$-chàng ùn～～siāng(siōng) hó-chia̍h⇨搵ùn，沾也，染也。

【糖廍 thn̂g-phō͘】 原始的製糖工場。

【糖廠 thn̂g-chhiú$^{n}$(chhiáng)】 製糖工場。

【糖霜 thn̂g-sng】 冰糖peng-thn̂g。惜到若～～抮sioh-kā ná～～lè⇨痛愛得如糖霜那麼甜甜蜜蜜。

【糖扦客 thn̂g-chhiám-kheh】 好淫者。不論對方的品質，美醜老幼兼收的荒唐人。

【糖尿病 thn̂g-jiō-pē$^{n}$(pī$^{n}$)】 尿中經常含有葡萄糖的慢性病。

【糖甜蜜甜 thn̂g-ti$^{n}$-bi̍t-ti$^{n}$】 交情之親密。又說好聽話。好道～～～～，歹道若冤仇抮hó tō～～～～, phái$^{n}$ tō ná oan-siû-leh⇨好的時候，就甜得如糖如蜜，壞的時候，就如冤如仇一般。

【糖業公司 thn̂g-giap-kong-si】 製糖販糖商。

thn̂g
**杖** 杖tiōng, tiāng也。孝～hà～⇨喪主的手杖。

thn̂g
**湯** 舊飯殘肴kū-hoān-chân-ngâu加以重煮以便熱食曰湯thn̂g。更～過koh～kōe⇨再煮之。更～也 koh～ā⇨再煮過了。十～八～，湯到臭酸去也chap～peh～, thn̂g-kà chhàu-sng-khì(ì)-à⇨湯了更再湯，湯到臭酸去也thn̂g-liáukoh-chài-thn̂g thn̂g kà chhàu-sng-khì(ì)-à。

【湯菜 thn̂g-chhài】 更煮過koh-chí-kōe。～～抄道好食也～～leh tō-hó-chiah-à⇨菜湯一湯就可以吃了(很快)。

【湯滾 thn̂g-kún】 再燒開。～～藉較好～～chiah khah-hó⇨再燒開才比較好。再燒開才可以。

【湯燒 thn̂g-sio】 弄熱lōng-jiat。～～抄道可也～～lè tō-hó-à⇨弄熱一熱就可以了。

## tho

tho
**偷** 苟且kó·-chhiáⁿ也。盜tō也。偷thau也。私～su～⇨偷thau，或私通su-thong。

【偷生 tho-seng】 貪生怕死tham-seⁿ-phàⁿ-sí。但求不死，不顧其他。

【偷閒 tho-hân】 忙中自找閒暇。時人不識余心樂，將謂～～學少年sî-jîn put-sek î-sim-lok, chang-ūi～～hak-siàu-liân⇨千家詩。

【偷懶 tho-lán】 不做事。～～毋做～～m̄-chò(chòe)⇨懶而不工作。

【偷工減料 tho(thau)-kang-kiám-liāu】 營私舞弊，～～～～，無所不至有êng-su-bú- phè, ～～～～, bû-só·-put-chì-ū⇨官場的惡作風皆備。

【偷天換日 tho(thau)-thian-hoān-jit】 大膽而巧妙。～～～～的功夫～～～～ê kang-hu⇨同上。～～～～的大騙局～～～～ê toā-phiàn-kiok⇨大膽巧妙的大騙局。

【偷偷摸摸 tho-tho-mo-mo】 暗中活動行事。攏每～～～～抄拂lóng-mā～～～～teh-hut⇨大家都在暗中秘密進行。拂hut，有所作爲皆曰拂hut。

tho
**滔** 水大也。蕩也。水浪廣大無涯際。又說話連續不絕也。

【滔天 tho-thian】 漫天bān-thian。犯着～～大罪hoān-tioh～～tāi-chōe⇨同上。

【滔滔 tho-tho】 水流不斷。大言～～tāi-giân～～⇨大話連續不停。議論～～不絕gī-lūn～～put-choat⇨無休止的抨議。

tho
**韜** 六韜liok-tho，古兵書，姜太公kiang-thài-kong所著。六～三略liok～sam-liak⇨皆古兵書名。

tho
**叨** 貪tham也。同饕tho。貪財曰饕tho。鵝鴨食亦曰叨tho。又忝thiám也。書簡中多用此字，如～承～sîn,～蒙～bông等是。又乘機沾利亦曰叨tho。有～否ū～bō⇨撈了沒？未～得bē(bōe)～tit⇨沾利有困難。

【叨光 tho-kong】 沾人之利。亦曰沾光tiam-kong。

【叨承 tho-sîn(sêng)】 信函用的套詞。同忝承thiám-sîn。又叨蒙tho-bông等，亦同類之詞。

【叨一下 tho-chit-ē】 乘機搶沾利益。你無～～～lí bô～～～⇨你沒有去叨一手嗎。未叨得bē-tho-tit⇨叨不得。

tho
**饕** 貪tham也。同叨tho。貪財爲饕tho，貪食爲餮thiat。

thó
**討** 治也。伐也。尋求也。求也。索取財物曰討thó。南征北～lâm-cheng-pak～⇨同上。征～大將軍cheng～tāi-chiang-kun⇨古官名。人來抄～也lâng-lâi teh～ā⇨人家來索取了(要求還債還物等)。彼條賬未用得～hit-tiâu-siàu bē(boē)-iōng-tit～⇨那筆帳不能催討

chhui-thó。未催得，也未～得bē-chhui-tit, ā bē-～tit⇨催不得，也討不得。俗曰王爺帳ông-iâ-siàu未討得bē-thó-tit。人怕老，債怕～jîn-phàⁿ-ló, chē-pháⁿ～⇨人老怕死。債怕討，無力返債。

【討分 thó-pun】 ㊀要求分家分產。不孝子拎～～也不put-hàu-chú teh～～ā m̄⇨不孝子在要求分家了，還有什麼好事。㊁討回債務來分享。你許憩乎你～～的好否lí hiah-khiàng hō·lí～～ê hó-bō·⇨你那麼有能耐，就讓你代討回來平分，好不好。

【討平 thó-pêⁿ(pîⁿ)】 賭敗者求平手。該～～ài～～⇨需要討回平手。多因而敗得更慘。

【討米 thó-bí】 喻趁錢thàn-chîⁿ生活。隨人～～，隨人落鼎sûi-lâng～～, sûi-lâng-loh-tiáⁿ⇨各人求米，各人下鍋造飯，略同各人自掃門前雪koh-lâng chū-sàu mn̂g-chêng-seh。

【討好 thó-hó】 迎合人意，求其歡心。～～觀衆～～koan-chiòng⇨迎合觀衆所好。

【討伐 thó-hoat】 征伐cheng-hoat。～～生蕃～～chheⁿ(chhiⁿ)-hoan⇨同上。

【討份 thó-hūn】 要求參加合股做事。

【討死 thó-sí】 自找死路。即款的，你也敢做，拎～～也不chit-khóan-ê, lí-ā-káⁿ-chō, teh～～ā m̄⇨此種的(壞事)你也敢幹出來，在想死了是嗎。

【討命 thó-miā】 還我命來。寃鬼～～oan-kúi～～⇨寃魂附身要你的命去償他的命。鬼仔拎～～也kúi-á teh～～ā⇨謂快要死了。

【討食 thó-chiah】 找食物。找生活。鳥仔～～，水牛落屎chiáu-á～～，chúi-gû lāu-sái⇨謂入如小鳥之食，出如水牛之大，亦即家計入小出多，十分困難。

【討保 thó-pó】 要求別人作保人。要求交保放人。～～ 都討無保 ～～ to thó-bô-pó⇨①找不到保人。②不肯放人。

【討海 thó-hái】 出海討魚。～～的人～～ê lâng⇨海上捕魚之人，漁夫。三日～～，四日曝網saⁿ-jıt～～, sì-jıt phak-bāng⇨出海捕魚三天，曝網補網要四天，謂勞多利薄。

【討魚 thó-hî】 掠魚liah-hî。出海獵魚chhut-hái-lah-hî。～～的～～ê⇨漁夫gî(gû)-hu。

【討掠 thó-liah】 漁獵gî-lah工作。去海裡～～khì hái-nī～～⇨出海捕漁。

【討帳 thó-siàu】 討錢thó-chîⁿ。索討債務。帳siàu,帳tiàng也。～～的來了～～ê lâi-lò⇨同上。

【討絯 thó-ân】 追討得緊迫。人～～，無還都未使得也lâng～～ bô-hêng to bē-sái-tit-ā⇨人家追討甚緊，不還不行了。束得緊曰絯ân，俗作緊ân。

【討趁 thó-thàn】 找生活。伓食不～～boeh-chiah m̄～～⇨管食不管自己找生活，只食不工作。

【討債 thó-chè】 ㊀催討債務。㊁浪費lōng-hùi。過度奢華 kòe-tō· chhia-hoa。暴殄天物pok-chín thian-but等皆曰討債thó-chè。實在眞～～sıt-chāi chin～～⇨同上。有影傷～～ū-iáⁿ siuⁿ～～⇨眞的大奢華了。～～仔～～á⇨夭折的孩兒，謂其出世來向其父母討回前生之債。亦曰～～仔囝～～á-kiáⁿ。

【討厭 thó-ià】 感覺厭惡。每食傷㚢人會～～，伊都未mā chiah siuⁿ-chē lâng-ē～～, i-to-bē(bōe)⇨(同一)東西吃得太多，一般人家是會討厭的，他却不會。看着每～～khoàⁿ-tioh mā～～⇨一看就討厭。想着道～～siūⁿ-tioh tō～～⇨同上。做了眞～～也chò-liáu chin～～ā⇨做得夠討厭了。

【討論 thó-lūn】 多人共同辯論。～～事項～～sū-hāng⇨提出討論的問題。

【討賞 thó-siúⁿ】 (轎夫等)要求賞紅包。

【討錢 thó-chîⁿ】 索討現款。囝仔～～gín-á～～⇨孩子向父母要錢。～～的，門定踏平去也～～ê, mn̂g-tēng tah-pêⁿ-khì(ì)-ā⇨討錢

的人羣把門定都踏平了，謂欠人債務之多。

【討戰 thó-chiàn】 挑戰thiau-chiàn。凡要求比試高下皆曰討戰thó-chiàn。喂，外面，人扲～～也oeh, goā-bīn, lâng teh～～à⇨喂，外邊有人在討戰了。啥人好膽，敢來向本帥～～siáⁿ-lâng hó-táⁿ, káⁿ-lâi hiàng pún-sòe～～⇨誰大膽，敢向本帥挑戰。

【討饒 thó-jiâu】 叫不敢kiò-m̄-káⁿ。小弟仔共你～～也，你該讓伊一下sió-tī-á kā-lí～～ā, lí ài niū-i chı̍t-ē⇨小弟向你討饒喊不敢了，你應該讓他一下。

【討人情 thó-jîn-chêng】 索回施惠之謝禮。食你一塊糖仔也扲～～～了，猶你食阮的甜粿扲chia̍h-lí chı̍t-tè thn̂g-á ā-teh～～～lò͘, iáu lí chia̍h goán-ê tiⁿ-kóe-leh⇨吃你一塊小糖果也要謝禮了。那麼，你吃了我們的甜粿又要怎麼辦。

【討皮痛 thó-phôe-thiàⁿ】 求取打痛皮膚。自討沒趣。你扲要～～～也lí teh-boeh～～～à⇨你再不聽話，爸(媽)就要打你了。我無扲囡仔～～～goá bô-teh gín-á～～～⇨我不是孩子不自討無趣。

【討客兄 thó-khek-hiaⁿ】 偷漢thau-hàn。女曰討thó，男曰逮tòe。～～～逮查某～～～tòe-cha-bó͘⇨女偷漢，男追女。或曰客兄kheh-hiaⁿ應作契兄khè-hiaⁿ，似乎都通。

【討便宜 thó-pân-gî】 追求非份之惠。伊都蓋愛～～～也i to kài-ài～～～ā⇨他是最愛討便宜的了。

【討救兵 thó-kiù-peng】 求兵救援。轉去～～～也tńg khì～～～ā⇨回家要錢了。

【討緊緊 thó-kín-kín】 索討得快。討絯絯～～thó-ân-ân～～～⇨催討得極緊迫。絯ân，壓力重，緊kin，時間迫。

**thó 妥** 安也。工穩，成就，齊備皆曰妥帖thó-thiap。辦～也pān～ā⇨辦得周全了。安爾無～an-ne(ni) bô～⇨這樣子不合適。條件講～了tiâu-kiāⁿ kóng～lò͘⇨條件說得大家都同意了。

【妥協 thó-hia̍p】 彼此讓步到最後意見一致。看肯～～否耳，其他無路好行也khoàⁿ-khéng～～ bò͘ niâ, kî-thaⁿ bô-lō͘ hó-kiâⁿ-ā⇨試試(對方)是否肯同意妥協而已，此外無路可走了。～～的政治～～ê chèng-tī⇨謂政治究竟都是妥協而成的。

【妥帖 thó-thiap】 穩穩當當ún-ún-tàng-tàng。舒舒服服si-si-ho̍k-ho̍k。妥妥帖帖thò-thò-thiap-thiap。帖thiap或作貼thiap。逐項做到眞～～ta̍k-hāng chò-kàu chin～～⇨每事都做得十分周全。

【妥當 thó-tòng】 穩當ún-tàng。可靠khó-khò。確實khak-si̍t。～～人～～lâng⇨安全可靠之人。無～～bô～～⇨不安全，可能毀壞，可能遺失。阿久伯仔～～也a-kú-peh-à～～à⇨阿久伯生活安全有保障了：大金入手，兒子長大或成功等等。

**thò 套** 地之曲處也。河～hô͘～⇨如黃河多至百套。有覆蓋者曰套thò。照書練習曰套thò。設計取人之法曰套。書，衣，歌曲等之數目曰套thò。手～chhiú～⇨護手之物。筆～pit～⇨蓋筆之物。～脚步～kha-pō͘⇨演員練科介。～口供～kháu-keng⇨計取犯人說實情。一～册chı̍t～chheh⇨一套書。一～禮服chı̍t～lé-ho̍k⇨同上。一～歌chı̍t～koa⇨一段歌曲。阿三有一～a-sam ū chı̍t～⇨阿三頗有一手。斬然有一～也chám-jiân ū chı̍t～à⇨很有一手⇨很有計劃⇨很有手段⇨很不簡單。常用的慣～siâng-iōng ê koàn～⇨同上。落人的圈～lo̍h-lâng ê khoân～⇨陷入人家設計的陷阱。戇話講歸～gōng-ōe kóng kui～⇨傻話說太多。

【套人 thò-lâng】 與外人共謀。～～來搶～～lâi-chhiúⁿ⇨與外人共謀來搶劫。～～來講～～lâi-kóng⇨與外人共謀詐騙。～～來拍伊～～

lâi-phah-i⇨與外人共謀來打他。

【套曲 thò-khek】 練曲liān-khek。子弟仔扲～～chú-tē-á teh～～⇨子弟戲班在練習戲劇hì-ke̍k。

【套衫 thò-sa$^{n}$】 死者的衣裳(數件)，由孝男按序一件一件先穿好，即套好，然後整套脫下再給死者穿上身。

【套直 thò-ti̍t】 條直tiâu-ti̍t。老實láu-si̍t。大顆阿花仔較～～toā-kho·-a-hoe-a khah～～⇨大顆阿花她很老實。

【套拳 thò-kûn】 練習拳法。獅陣扲～～sai-tīn teh～～⇨獅陣隊員在練拳。

【套套 thò-thò】 普通phó·-thong。生理～～也seng-lí～～ā⇨生理花花也seng-lí hoe-hoe-a⇨生意普通普通也phó·-thong-phó·-thong-a⇨生意不很好也，也不很壞。

【套匯 thò-hōe】 經濟名詞。利用匯兌的方法，違法賺取買賣外幣的利益。

【套裏 thò-lí】 衣加縫內裏。衫更～～道是裘sa$^{n}$ koh～～tō-sī hiû⇨同上。

【套語 thò-gí(gú)】 慣套語。客套話。朋友間，逐家不免用～～，好否pêng-iú-kan, ta̍k-ê m̄-bián iōng～～, hó-bō·⇨大家都是好朋友，大家講話不用套語，好不好。

【套頭 thò-thâu】 常講的一定的言詞。又扲念～～也iū-teh liām～～ā⇨又在說那些話了。舊症又將發作了。例如每要脫身，必提一個極嚴重的理由。此爲套頭thò-thâu也。

【套口供 thò-kháu-keng】 鬮供chhoàn-keng或作串供chhoàn-keng。

【套歹人 thò-phái$^{n}$-lâng】 勾結壞人。眞好膽，也敢去～～～來騙熟儕人chin hó-tá$^{n}$, ā-ká$^{n}$-khì～～～lâi phiàn-se̍k-sāi-lâng⇨好大膽，竟敢去與壞人勾結，來騙熟人。

【套好好 thò-hó-hó】 密切合謀。早道～～～了chá tō～～～lò·⇨預先共同密切計議妥當的。

【套脚步 thò-kha-pō·】 演戲者練習動作。

**桃** thô 果樹名。仙～sian～⇨同上。水蜜～chúi-bi̍t～⇨同上。櫻～小嘴eng～sió-chhúi⇨美女的嘴美如櫻桃。月～ge̍h～⇨一種野生草本植物，莖剝開可作麻絲的代用品以綑縛物件。俗作硬～ngē～。黃爪～n̂g-jiáu～⇨花名，香氣甚濃。

【桃仁 thô-jîn】 桃核thô-hu̍t內之核心部分。

【桃仔 thô-á】 桃的通稱。～～花～～hoe⇨桃花。三月三，～～李仔仙頭擔，四月四，～～李仔仙頭去sa$^{n}$-ge̍h-sa$^{n}$, ～～lí-á thīn-thâu-ta$^{n}$, sì-ge̍h-sì, ～～lí-á thīn-thâu-khì⇨童歌。謂三，四月是桃李兩果子的盛產期。一擔接著一擔，陸續上市。

【桃色 thô-sek】 ㊀桃花色thô-hoe-sek。粉紅仔色hún-âng-á-sek。㊁喻男女間的情事。～～事件～～sū-kiā$^{n}$⇨戀愛糾紛，外遇糾紛等等。

【桃李 thô-lí】 桃與李。桃花紅李花白，同時開花同時結子，同時上市的春季水果。佳節清明～～笑ka-chiat chheng-bêng～～chhiàu⇨清明前後，桃李花都一齊盛開。

【桃花 thô-hoe】 桃之花。㊀喻美貌。艷如～～iām-jî～～⇨美如桃花。㊁喻邪淫。帶～～toà～～⇨謂女人有邪淫之相。帶～～驛馬toà～～ia̍h-bé⇨驛馬ia̍h-bé，任何人都可以騎乘。

【桃紅 thô-hông】 ㊀色名。桃花色thô-hoe-sek。～～李白～～lí-pe̍k⇨同上。㊁桃花開了。～～又見一年春～～iū-kiàn it-liân-chhun⇨同上。

【桃符 thô-hû】 ㊀壓邪的桃木板。㊁迎春的紅門聯。千門萬戶曈曈日，總把新桃換舊符chhian-bûn bān-hō· tông-tông-ji̍t, chóng-pá sin-thô hoān kiū-hû⇨同上。

【桃之夭夭 thô-chi-iau-iau】 ～～～～，灼灼其華，之子于歸，宜室宜家～～～～, chiak-chi-ak-kî-hoâ, chi-chú î-kui, gî-sek-gî-ka⇨詩

經。

【桃李不言 thô-lí-put-giân】 ～～～～，下自成蹊～～～～, hē-chū-sêng-khe⇨喻有誠信者，無須自己宣傳，自能感動於人。

thô 踱 跮踱thit(chhit)-thô⇨即遊玩也。俗作迌迌。

thō 佼 佼thē也。弱也。衰老也。天～thian～⇨應作舔讒thian-thô，傻瓜，老戇人lāu-gōng-lâng。

## tho·

thó· 土 地也。大地也。地～tē～⇨同上。鄉～hiang～⇨同上。國～kok～⇨同上。開疆闢～khai-kiang-phek～⇨同上。不合時宜謂之土thó·。粗野chho·-iá亦曰土thó·。死亦曰土thó·。伊眞～i chin～⇨他很粗野。伊講話有較～i kóng-ōe ū-khah～⇨他說話比較率直sut-tit。阿九早道土去也a-kiú chá-tō～khì-à⇨阿九他早就死掉了。

【土人 thó·-lâng】 ㊀粗漢chho·-hàn。～～較無講禮貌～～khah-bô-kóng lé-māu⇨粗人比較不講究禮貌。～～講直話～～kóng-tit ōe⇨粗人實話實說。㊁本地之人。

【土力 thó·-lat】 自然之力氣。未經鍛鍊之力氣。伊～～眞飽i～～chin-pá⇨他的自然力很有勁。

【土土 thó·-thó·】 十分土thó·。人～～lâng～～⇨爲人率直。

【土木 thó·-bok】 建築之事。～～工程～～kang-thêng⇨建築工程。～～官員～～koaⁿ-oân⇨管理建築行政的官員。～～課～～khò⇨主管建築的單位。

【土公 thó·-kong】 ㊀墓穴工。㊁粗野之人。未輸～～抄bē-su～～leh⇨土公一樣的粗野。

【土生 thó·-seⁿ(siⁿ)】 本地出生。～～土養的～～thó·-iúⁿ-ê⇨本地出生本地長大的。～～仔～～á⇨土番鴨thó·-hoan-ah。正番chiàⁿ-hoan的對種。番hoan指外夷。

【土字 thó·-jī】 俗字siok-jī。隨便用的字。字書所無之字。用無人八的～～iōng bô-lâng-bat(pat) ê～～⇨使用無人知之私造字。

【土名 thó·-miâ】 俗名siok-miâ。通稱thong-chheng。即個所在，～～叫做摸奶巷chit-ê só·-chāi, ～～kiò-chò bong-leng-hāng⇨此地地名，通稱曰摸乳巷（實有之地名也）。

【土地 thó·-tē】 地。耕地。～～所有權～～só·-iú-koân⇨同上。～～買賣～～bé-bē⇨同上。

【土性 thó·-sèng】 性粗野，率直。伊有較～～i ū-khah～～⇨他比較率直。

【土直 thó·-tit】 率直sut-tit。～～的人～～ê lâng⇨同上。伊～～～～也i～～～～à⇨他很土直。

【土星 thó·-chheⁿ(chhiⁿ)】 僅次於木星bok-chheⁿ之大行星，亦即太陽系九大行星之一。

【土音 thó·-im】 方言。講～～kóng～～⇨說方言。

【土匪 thó·-húi】 強盜kiâng-tō。你不未輸～～抄lí m̄ bē-su～～leh⇨你不是比土匪還壞嗎。

【土師 thó·-sai】 無師自通的技術工。～～是～～，工課不止仔頂眞～～sī～～, khang-khōe put-chí-á téng-chin⇨雖然是土師，但是工作有相當的水準。

【土俗 thó·-sông】 粗俗不知禮。未輸劉姥姥抄，有夠～～bē-su lâu-ló-ló-leh ,ū-káu～～⇨不遜於劉姥姥呢，眞的十分土俗。

【土娼 thó·-chhiang】 ㊀在地的娼妓。㊁沒有歌沒有藝的娼妓。

【土婊 thó·-piáu】 同土娼thó·-chhiang。

【土產 thó·-sán】 地方出產之物。送～～sàng～～⇨同上。

【土番 thó·-hoan】 ㊀原住民。㊁正番鴨chiàⁿhoan-ah與在來鴨母交配的混血種鴨。亦曰～～鴨～～ah。

【土富 thó·pù】 暴發戶。草地富戶chháu-tē-hù-hō·。不八東不八西的～～m̄ pat(bat)-tang m̄-bat(pat)-sai ê～～⇨毫無知識的暴發戶。

【土話 thó·-ōe】 粗話。直話。土人講～～thó·-lâng kóng～～⇨粗俗之人說粗俗之話。

【土想 thó·-siūⁿ】 簡單直想。～～道知也～～tō chai-a⇨一想便知也，不必費腦力。

【土煞 thó·-soah】 因土木工程而遭到的災厄。動着～～tāng-tioh～～⇨逢到土煞。～～神～～sîn⇨同上。～～符～～hû⇨鎮土煞之符咒。

【土漢 thó·-hàn】 粗漢chho·-hàn。

【土壤 thó·-jiáng】 地質學的名詞。～～改良～～kái-liâng⇨同上。

【土霸 thó·-pà】 地方的無賴。幾個仔～～拂到安爾雞犬不寧kúi-ê-á～～hut-kà an-ne(ni) ke-khián-put-lêng⇨若干個地方流氓弄得地方無法安寧。

【土包仔 thó·-pau-á】 土包子。土吧佬thó·-pa-láu。田夫野人。無禮之輩。抵着～～～tú-tioh～～～⇨同上。

【土生金 thó·-seng-kim】 五行的相生之一。～～～，金生水，水生木，木生火，火生土～～，kim-seng-súi, súi-seng-bok, bok-seng-hóe, hóe-seng-thó·⇨五行之相生也。

【土地公 thó·-tī-kong】 鎮守地方之神。～～～生～～～seⁿ⇨土地公的誕辰。得罪着～～～，你道飼無雞tek-chōe-tioh～～～, lí-tō-chhī-bô-ke⇨冒犯了土地公的感情，你就養不大雞子。喻獲罪於權威人士，你將一無所成。～～～，土地婆，連鞭講，連鞭無～～～, thó·-tī-pô, liâm-piⁿ-kóng, liâm-piⁿ-bô⇨頑童說糊塗話，立即求土地公赦免之詞。～～～無畫號，虎不敢咬人～～～bô-ōe-hō, hó·-m̄-káⁿ-kā-lâng⇨喻事必由權威人士所指示者。～～～，土地婆，繫你蟶，繫你蠔，到時攏總無～～～, thó·-tī-pô, hē-lí-than, hē-lí-ô, kàu-sî lóng-chóng-bô⇨謂急時求助，什麼都答應，事過了，一切也都忘記了。

【土耳其 thó·-ní-kî】 國名，即Turkey，在中東。

【土字旁 thó·-jī-pêng】 字的部首之一。土字部首。thô·-jī-pêng。

【土吧佬 thó·-pa-láu】 田野粗漢。同土包仔thó·-pau-á。～～～，未管得～～～, bē-koán-tit⇨土包子，理不了。

**thó·**
**吐** 伸也，排而出之也。三十仔～saⁿ-chap-á～⇨三十多一點點。一百有較～chit-pah ū-khah～⇨一百有多；一百又若干。

【吐目 thó·-bak】 目珠突出。～～仔眞歹死～～á chin pháiⁿ-sí⇨眼睛突出那個家伙很壞。

【吐出 thó·-chhut】 長出。突出。～～三寸長～～saⁿ-chhùn-tn̂g⇨長出三寸。

【吐舌 thó·-chih】 伸出舌頭。感覺不好意思扲～～kám-kak m̄-hó-ì-sù teh～～⇨同上。

【吐吐 thó·-thó·】 長出。伸出。突出。吊脰鬼舌仔～～tiàu-tāu-kúi chih-á～～⇨吊頸鬼舌頭伸得很長。目珠～～，未輸奸臣仔呢bak-chiu～～, bē-su kan-sîn-á-nè⇨眼珠很突出，一如小奸臣的樣子。肚臍～～要娶某tō·-châi～～boeh-chhoā-bó·⇨童謠。目珠～～，嘴鬚翻翻bak-chiu～～, chhùi-chhiu hô·-hô·⇨眼睛突出，口鬚滿臉。

【吐芎 thó·-kiong】 香蕉kiong-chio出穗曰芎kiong，曰吐芎thó·-kiong。芎蕉～～了kin-chio～～lò·⇨香蕉hiong-chio在出穗了。

【吐芽 thó·-gê】 萌芽bêng-gê。出芽chhut-gê。土豆～～也thô·-tāu～～ā⇨同上。

【吐喟 thó·-khùi】 嘆息thàn-sit。～～惱命～～ló·-miā⇨自怨自恨命運之不濟。

【吐綏 thó·-sui】 動物之陽物伸出外露。綏

sui，旗竿飾也，以犛牛毛或羽毛爲之。又下垂也。

**【吐頭 thó·-thâu】** 多一點。四十～～也，未偕也啦sì-cha̍p～～ā, bē-kai$^n$-ā-lā⇨四十歲以上了，不中用了。偕kai$^n$，彊也。偕偕叫kai$^n$-kai$^n$-kiò，躍躍欲試的樣子。

**【吐蕾 thó·-lûi】** 盲目。眼珠突出的瞎子。你目珠～～是否lí ba̍k-chiu～～sī-bô·⇨你是吐蕾的瞎子嗎，否則何以看不見。

**【吐莔 thó·-î$^n$】** 吐芽tó·-gê。莔î$^n$亦芽gê，植物之初生也。

**【吐穗 thó·-sūi】** 出穗chhut-sūi。稻仔攏拎～～也tiū-á lóng-teh～～ā⇨稻子皆在出穗了。

**【吐大喟 thó·-toā-khùi】** 大嘆息。想辦法呀，～～～那有效siū$^n$-pān-hoat-ā, ～～～ná-ū-hāu⇨想辦法嘛，嘆大息何用。

**【吐肉箭 thó·-bah-chì$^n$】** 傷口治療不當，久而不癒，致部份新生不適當的新肉。～～～最好是叡醫生鉸掉嘛～～～chòe-hó sī chhōe-i-seng ka-tiāu-mā⇨同上。

**【吐腸頭 thó·-tn̂g-thâu】** 脫肛thoat-kong。無抔病到～～～bô-teh-pē$^n$-kà～～～⇨沒有那麼不中用。

thò·
# 吐

嘔áu也。棄也。洩漏也。言詞也。嘔合～áu-kah～⇨嘔即吐。烏～白～o·～pe̍h～⇨胡說八道。食蒜仔～蕗蕎chia̍h soàn-á～lō·-kiō⇨喻撿不到便宜。蕗蕎lō·-kiō，薤也。蒜soàn薤hāi同爲菜蔬類。看着每～khoà$^n$-tio̍h mā～⇨一看就吐，謂極端討厭。衰到轆轆～soe-kà lak-lak～⇨大衰特衰，最倒霉。

**【吐水 thò·-chúi】** 空嘔khang-áu。乾仔～～耳kan-a～～niâ⇨只是嘔水而已。乾仔kan-a，端仔tan-a之訛。

**【吐火 thò·-hóe(hé)】** 噴火phùn-hóe。嘴會～～的妖精chhùi ē～～ê iau-chia$^n$⇨口能吐火之妖怪。又喻氣憤之極。

**【吐出 thò·-chhut】** 吐露thò·-lō·。酒醉～～眞情chiú-chùi～～chin-chêng⇨酒後洩露眞情。

**【吐本 thò·-pún】** 賠本pôe-pún。煞該～～賠人soah-āi～～pôe-lâng⇨結局竟須賠本給人家。

**【吐血 thò·-hoeh(huih)】** ㊀嘔血áu-hoeh。食一拳耳道～～了chia̍h-chi̍t-kûn niâ tō～～lò·⇨只吃了一拳就嘔血了。㊁無中生有。噯唷～～噢，即款話你亦講會出來ai-ō～～ō, chi̍t-khoán-ōe lí a̍h kóng-ē-chhut-lâi⇨噯唷，此種無根無據的話，你怎麼可以亂說呢。～～吐癉～～thò·-tō⇨不可無中生有。癉tō，癉tan，勞病也。㊂無奈何。貪道～～也ta$^n$ tō～～ā⇨而今敗了，怎麼辦呢。

**【吐絲 thò·-si】** 娘仔～～niû-á～～⇨蠶吐絲，蜂釀蜜，人不學，不如物chhâm-thò·-si, hong-jiàng-bi̍t, jîn put-ha̍k, put-jî-bu̍t⇨三字經。

**【吐瀉 thò·-sià】** 上吐下瀉。～～症～～chèng⇨上吐下瀉之病。

**【吐霧 thò·-bū】** 吐雲霧thò·-hûn-bū。呑雲～～thun-hûn～～⇨抽鴉片煙，抽煙之情形。

**【吐返人 thò·-hêng-lâng】** 吐出來返給人家。人lâng改讀lāng。無～～～未使得bô～～～bē-sái-tit⇨不拿出來還人家不行。

thò·
# 兎

兎thò·也。動物名。家～ka～⇨同上。野～iá～⇨同上。守株待～siú-chu-thāi～⇨守住樹頭以待兎子自來撞死，可以捉之。狡～三窟káu～sam-khut⇨謂狡黠的兎有三窟可以藏身，喻用意周到。靜如處女，動如脫～chēng-jû chhù-lí, tōng-jû thoat～⇨同上。

**【兎仔 thò·-á】** 兎。～～囝～～kiá$^n$⇨小兎。～～母～～bó(bú)⇨母兎bó-thò·。～～公～～kang⇨公兎kang-thò·。

**【兎脫 thò·-thoat】** 脫身快速。

**【兎死狐悲 thò·-sí-hô·-pi】** 物傷其類。狐死兎泣，～～～～hô·-sí-thò·-khip, ～～～～⇨同

上。

【兎死狗煮 thò·-sí-káu-chí】 喻事成見棄。狡兎死，走狗烹，飛鳥盡，良弓藏，敵國破，謀臣亡 káu-thò·-sí, cháu-káu-chí, hui-niáu-chīn, liâng-kiong-chông, te̍k-kok-phò, bô·-sîn-bông⇒史記。

**thô· 土** 塗thô·也。泥nî也。泥土也。有水曰泥nî，無水曰土thô·。焟～ta～⇒乾燥的土。潤～lūn-～⇒同上。霮～tâm～⇒濕土sap-thô·。田～chhân～⇒田中泥。紅仁～âng-jîn～⇒紅色的土。糞～pùn～⇒同上。人不是～做的lâng m̄-sī～chò(chòe)-ê⇒人不是土塑造的。做～的chò～ê⇒土水工。

【土丸 thô·-oân】 土之成粒成塊者。搦～～仔jio̍k～～à⇒耕田的，農夫。

【土水 thô·-chúi】 建築工。～～司～～sai⇒建築工。～～司甫～～sai-hū⇒建築技術工。～～木匠攏會～～ba̍k-chhiū$^{n}$ lóng-ē⇒水泥工，木工皆能爲之。

【土仁 thô·-jîn】 土豆仁thô·-tāu-jîn之略。～～湯～～thng⇒土豆湯thô·-tāu-thng。

【土心 thô·-sim】 地下深層。

【土穴 thô·-hia̍t】 土孔thô·-khang。

【土皮 thô·-phôe】 土面thô·-bīn。地面tē-bīn。

【土肉 thô·-bah】 土質thô·-chit。～～眞深～～chin-chhim⇒土壤深厚。～～眞肥～～chin-pûi⇒土質的肥料份足夠。

【土州 thô·-chiu】 地下之國。地府tē-hú。轉去～～賣鴨卵也tńg-khì～～bē(bōe)-ah-nn̄g-ā⇒回去土州賣鴨蛋了。謂早已死掉了。土州或訛爲蘇州so·-chiu。

【土匠 thô·-chhiū$^{n}$】 土水工。～～木匠～～ba̍k-chhiū$^{n}$⇒土水工，木匠工。

【土色 thô·-sek】 黑土色。驚到面如～～kia$^{n}$-kà bīn-jî(jû)～～⇒怕得面色如土。

【土車 thô·-chhia】 運土車，貨物車之類的車輛。

【土牢 thô·-lô】 地牢tē-lô。

【土貝 thô·-pòe】 大粒蝲仔toā-lia̍p-lâ-á。～～不是三牲材～～m̄-sī sam-seng-châi⇒土貝不能做三牲的材料。喻才能不足以擔當重任。普通的三牲都是雞、鴨、猪肉也。

【土豆 thô·-tāu】 落花生lo̍k-hoa-seng。～～油～～iû⇒同上。～～仁～～jîn⇒剝殼了之土豆。～～殼～～khak⇒土豆的破殼。～～糖仔～～thn̂g-á⇒以土豆爲主之餅類。

【土面 thô·-bīn】 地面。地上。看～～，毋當看人面khoà$^{n}$～～, m̄-thang khoà$^{n}$ lâng-bīn⇒謂寧可寄希望於土地(之生產)，不可寄希望於別人(之援助)。

【土城 thô·-siâ$^{n}$】 土築之城。又地名。

【土砂 thô·-soa】 塵埃tîn-ai。～～粉仔～～hún-á⇒同上。～～糞掃～～pùn-sò⇒垃圾lat-that。

【土柱 thô·-thiāu】 植物移植時，連根帶土曰土柱thô·-thiāu。該合～～藉較快活ài-kah～～chiah khah-khoài-o̍ah⇒要付土柱才易活。

【土炭 thô·-thoà$^{n}$】 石炭chio̍h-thoà$^{n}$。煤炭bôe-thoà$^{n}$。

【土粉 thô·-hún】 塵末tîn-boa̍t。塵埃tîn-ai。～～仔堆堆坑～～á phōng-phōng-eng⇒塵埃飛揚。

【土耙 thô·-pê】 耙土的工具。

【土陷 thô·-hām】 ㊀掘～～ku̍t～～⇒掘地爲陷阱。㊁造～～chō～～⇒築地下倉庫。

【土脚 thô·-kha】 土上。地面。茨於～～睏chhu-tī～～khùn⇒茨薦在地面睡覺。落～～道該錢lo̍h～～tō-ài-chî$^{n}$⇒清晨一起床，下床踏上地就需要現款，指生活之緊迫。

【土捧 thô·-phâng】 土水匠用的小工具。承泥漿以抹壁等之用。

【土葬 thô·-chòng】 埋入土中。～～火葬水葬～～hóe-chòng chúi-chòng⇨各種埋屍法。

【土蜂 thô·-phang】 以泥造巢之蜂。

【土遁 thô·-tūn】 在地下行走之法。～～水遁火遁～～chúi-tūn-hóe-tūn⇨各種遁法。

【土像 thô·-siōng】 土塑之神像sîn-siōng。

【土漿 thô·-chiu$^{n}$】 泥漿nî-chiu$^{n}$。搦～～抹壁jiok～～boah-piah⇨造土漿塗壁。

【土魧 thô·-hang】 魚名。

【土箱 thô·-siu$^{n}$】 鴉片箱a-phiàn-siu$^{n}$。

【土墩 thô·-tun】 土堆thô·-tui。

【土墻 thô·-chhiû$^{n}$】 土造之圍墻。

【土篩 thô·-thai】 篩土之工具。

【土鮀 thô·-thuh】 鰆chhun的俗名。亦曰馬鮫má-ka。～～魚～～hî⇨同上。又訛爲都督魚to·-tok-hî，謂某都督食而美之，故得名云。

【土糜 thô·-bôe(bê)】 thô·-moâi。泥。泥土。翱～～kô～～⇨耕田的工作，謂在泥中翱來翱去。翱kô，翱翔kô-siâng，大鳥在空中旋回飛翔以尋目標(獵物)。翱～～的kô～～ê⇨做田人，農夫。

【土礱 thô·-lâng】 稻米去粗糠的工具。挨～～e～～⇨操作土礱。放屁挨～～，嘰嗒叫pàng-phùi e～～, ki-koaih$^{n}$-kiō⇨謂放出很大的臭屁，聲如挨土礱。罵人之辭。

【土佛仔 thô·-put-á】 泥塑的佛像。土佛thô·-hut⇨同上。

【土翁仔 thô·-ang-á】 土偶人。合囡仔拎做～～～跮踱kah-gín-á teh chò(chòe)～～～thit-thô⇨和孩子們在製作土偶玩玩。翁ang或作尪ang。愚意應作俑ang。

thô· **酴** 酒母也。酒不去滓而飲也。烈酒曰大酴toā-thô·。爛醉如泥曰醉到酴酴chùi-kà thô·-thô·。俗作塗thô·。

【酴酴 thô·-thô·】 形容爛醉如泥。俗作塗塗thô·-thô·。醉到～～chùi-kà～～⇨同上。

thô· **涂** 姓氏。

# thoa

thoa **拖** 引也。引物以行曰拖thoa。遷延曰拖thoa。堅忍過關曰拖thoa。食物過油處理亦曰拖thoa。硬～ngeh～⇨①勉強拖行。②堅忍支持。③無理拖延(逾期不還債)。不當～m̄-thang～⇨不宜拖延。未～得bē～tit⇨不能拖行，拖延不得。放給人～pàng-hō·-lâng～⇨①任由他人擔當。②全都依賴他人。見在人～kì$^{n}$-chāi-lâng～⇨任人推拉(追討責任)。

【拖刀 thoa-to】 ㊀筆法。人，大，天等字的右邊一畫。㊁刀法。倒～～斬蔡陽tò～～chám-chhà-iâng⇨三國演義謂關雲長以倒拖刀斬殺了蔡陽。

【拖久 thoa-kú】 遷移多時。債務～～了道歹還chè-bū～～là tō phái$^{n}$-hêng⇨債務拖延太久了，就難於歸還。

【拖仔 thoa-á】 拖鞋thoa-ê。穿～～耳chhēng～～niá⇨只穿拖鞋而已。

【拖帆 thoa-phâng】 ㊀拖帆布thoa-phâng-pò·。頭四葱，尾～～，在生無血色，死了遍身紅thâu-sì-chhang, bóe～～, chāi-se$^{n}$ bô-hoeh-sek, sí-liáu phiàn-sin âng⇨謎題。答案是蝦。㊁同拖砂thoa-soa。老鷄母佼～～lāu-ke-bó gâu～～⇨罵女人。

【拖車 thoa-chhia】 引車以行。～～的～～ê⇨車伕。老牛～～lāu-gû～～⇨慢極了。

【拖油 thoa-iû】 過油kòe-iû處理。魚仔～～較會庋得hî-á～～khah-ē-khǹg-tit⇨魚類拖過滾油比較不易變壞。

【拖命 thoa-miā】 拼命pià$^{n}$-miā。賭命tó·-bēng。～～合伊拼～～kah-i-pià$^{n}$⇨跟他拼命。～～逃走～～tô-cháu⇨拼命逃出死所。

【拖門 thoa-mn̄g】 左右拖動以開閉之門。

【拖砂 thoa-soa】 遷延chhian-iân。佼～～gâu～～⇨多所遷延。工事做著眞～～kang-sū

chō-tioh chin ～～⇨工程做得多所遷延不順利。

【拖病 thoa-pēⁿ(pīⁿ)】 帶病工作。～～做～～chō⇨帶病任事。

【拖船 thoa-chûn】 拖引而行之船。被拖，拖人都曰拖船thoa-chûn。

【拖累 thoa-lūi】 連帶遭殃chô-iang。妻子～～無話講，別人～～藉冤枉bō͘-kiáⁿ～～bô-ōe-kóng, pat-lâng ～～ chiah oan-óng⇨被妻兒拖累沒話說，被外人拖累才是冤枉。受朋友～～siū-pêng-iú～～⇨爲朋友所拖累。

【拖棚 thoa-pêⁿ】 演戲的進度慢。老戲校～～lāu-hì gâu～～⇨老人班之劇團演戲善於慢吞吞拉長時間。

【拖鞋 thoa-ê】 室內便鞋(slipper)。

【拖磨 thoa-boâ】 勤勞khîn-lô。～～一世人～～chit sì-lâng⇨勤勞終生。

【拖纏 thoa-tîⁿ】 ㊀拖延thoa-iân。代誌眞～～ tāi-chì chin ～～⇨問題很麻煩。㊁孩子麻煩。囡仔抡～～ gín-á teh ～～ ⇨孩子們在纏脚纏手。

【拖目尾 thoa-bak-bóe】 送秋波sàng-chhiu-pho。～～～使目箭～～～sái-bak-chìⁿ⇨同上。

【拖出來 thoa-chut-lâi】 拉出來。～～～高等修理 ～～～ ko-téng-siu-lí⇨拉出來好好的揍他一頓。

【拖老命 thoa-lāu-miā】 拼老命piàⁿ-lāu-miā。六出祈山～～～liok-chhut-kî-san～～～⇨孔明的故事。

【拖身命 thoa-sin-miā】 帶著長期病。～～～抡做敢有人知～～～teh-chō kám-ū-lâng-chai⇨帶著病在繼續工作不停，外人豈能知之。

【拖會過 thoa-ē-kōe】 拖得過thoa-tit-kōe。四十九歲～～～，食到百二歲sì-chap-káu-hòe～～～, chiah-kà pah-jī-hòe⇨相命者之言。

【拖過關 thoa-kōe-koan】 堅忍過了重要關頭。佳哉～～～也ka-chài～～～a⇨同上。

【拖年拖節 thoa-nî-thoa-cheh】 延至年過了或節過了。謂病已無法醫治，只在等待時間而已。夻是～～～～耳，更活亦無若久也taⁿ-sī～～～～ niā, koh-oah ah-bô-goā-kú-ā⇨而今只是年過了或節過了的時間問題而已，再活下去也不多久了。

【拖身拖命 thoa-sin-thoa-miā】 同拖身命thoa-sin-miā。

【拖泥帶水 thoa-nî-tài-súi】 做事或講話不簡截。看該安怎，坦白講嘛，免安爾～～～～，不藉會解決 khoàⁿ-ài-an-choáⁿ, thán-pek-kóng-mà, bián an-ne～～～～, m̄-chiah-ē kái-koat⇨看應該如何，坦白說好了，不必如此的牽藤挽豆，才可以解決，你說不是嗎。

【拖麻扣索 thoa-moâ-koāⁿ-soh】 擔當父母之喪。您父險仔合伊去～～～～lín-pē hiám-á kah-i-khì ～～～～ ⇨我險些就與他同去穿麻戴孝chhēng-moâ-tì-hà(同負責任)。

**淘** thoā 淅米，亦即洗米也。亦作洮tô，淘汰tô-thài亦作洮汰tô-thài。洗濯sé-tek也。再次清洗曰淘thoā。衫仔該更～saⁿ-á ài-koh～⇨衣物要再以清水洗一次。碗箸更～一擺藉好oáⁿ-tī koh～chit-pái chiah-hó⇨碗等食器再清洗一次才可以。免～也了，我～要歸十擺去也，猶更～啥bián～ā-lā, goá～boeh kui-chap-pái-khì-ā, iáu-koh～sahⁿ⇨不用再淘了，我已經淘了十多次了，還要淘什麼。

**陶** thoā 養也。化也。教化也。陶冶人格tô-iá-jîn-keh。見習技藝曰陶thoā。見人所爲而效之亦曰陶thoā。合人～的kah-lâng～ê⇨受雇用而習得雇主之技藝。～好奧，～穤眞快～hó-oh, ～bái chin-khoài⇨學好的很困難，學壞的很快很容易。～到會寫會讀也～kā ē-siá ē-thak-à⇨見習到能寫字能讀書了。阮是合人～的，不是讀的goán sī kah-lâng～ê, m̄-sī thak-ê

⇨我們(我)是與人家見而習之者，不是在學校讀書而得之者。博食踢poah chiah thit攏是你～歹的lóng-sī lí～pháiⁿ-ê⇨賭博，食酒，嫖妓皆是你引導教壞的。

【陶手藝 thoā-chhiú-gē】 學習手藝。人講輕輕手藝走天下，～～～都上好也lâng-kóng khin-khin chhiú-gē cháu-thian-hē, ～～～to siāng(siōng) hó-â⇨古人說，輕輕手藝跑天下，學習手藝，此最好的了。

【陶生理 thoā-seng-lí】 學習做生意。扲合人～～～teh kah-lâng～～～⇨在跟人家學習做生意。

【陶來陶去 thoā-lâi-thoā-khì】 學習這個，學習那個。～～～～，攏是陶䆀的較夥～～～, lóng-sī thoā-bái-ê khah-chē⇨學此學彼(不認學一途)都是學壞的多。

thoā **豸** 昆蟲類也。有足謂之蟲thâng，無足謂之豸thoā。亦作蛇thoā。蟲～thâng～⇨昆蟲類，生物seng-but也。

## thoaⁿ

thoaⁿ **灘** 水邊也。沙石游積之處曰灘thoaⁿ。水淺流急亦曰灘thoaⁿ，同瀨loā。沙～soa～⇨積沙地。海埔地。水邊。海～hái～⇨海埔地。溪～khe～⇨河邊沙地。上～chiūⁿ～⇨船上海中急流。反之曰落～loh～⇨脫出急流。

【灘頭 thoaⁿ-thâu】 登陸地點。～～作戰～～chok chiàn⇨登陸作戰。搶～～chhiúⁿ～～⇨登陸地點的爭奪。

【灘邊 thoaⁿ-pin】 皇恐～～說皇恐,零丁洋裏嘆零丁hông-khióng～～ soat hông-khióng, lêng-teng-iâng lí thàn lêng-teng⇨文天祥。

thoaⁿ **攤** 開也。平均分配曰攤thoaⁿ。隨地零售的小販曰攤thoaⁿ。交易次數亦曰攤thoaⁿ。一種賭博名。逐個分～，公家負擔藉好tak-ê hun～, kong-ke hū tam chiah-hó⇨大家分開，平均共同負擔才好。排～pâi～⇨當攤販。排地～pâi-tē～⇨同上。即～未細～chit～bē-sè～⇨此一交易不小。大～的你算，細～的我藉出toā～ê lí-sǹg sè～ê goá-chiah-chhut⇨大場的你去算賬(付錢)，小場面的我才來出錢負擔。所謂食人一斤，還人四兩chiah-lâng chit-kin, hêng-lâng sì-niú的原則是也。

【攤分 thoaⁿ-hun】 平均分配。平均負擔。逐家～～較公平tak-ke～～khah kong-pêⁿ⇨大家平均分攤比較公平。

【攤位 thoaⁿ-ūi】 一個攤販所佔的地方。～～有百外單位～～ū pah-goā tan-ūi⇨同上。

【攤派 thoaⁿ-phài】 指派chí-phài。這～～的呢，給你未閃得che～～ê neh, hō·-lí bē-siám-tit⇨此(上面)指派者也，你是閃避不了的。

【攤納 thoaⁿ-lap】 分開繳納。分期繳納。～～的負擔是較輕，不過還仔逐個月催絯絯～～ê hū-tam sī khah-khin, m̄-ku oân-á tak-koh-goeh chhui-ân-ân⇨攤納的負擔是輕一點，不過還是每個月催迫得很緊。

【攤販 thoaⁿ-hoàn】 移動零售的小販。～～市場～～chhī-tiûⁿ⇨攤販集中區。

【攤開 thoaⁿ-khui】 分開hun-khui, pun-khui。～～去道無若夥也～～khì tō bô-goā-chē-ā⇨大家分開出去就不多了。

【攤還 thoaⁿ-hoân】 分期還債。十年～～chap-nî～～⇨分十年分期還債。

thoáⁿ **剗** 削也。平也。鋤平地皮以除草曰剗thoáⁿ。或作剷thoáⁿ。草要搴也是要～chháu boeh-khau ā-sī boeh～⇨草要以手拔除或以鋤頭剗之。牛頭～gû-thâu～⇨俗以孩童粗殘chho·-chhân曰牛頭剗gû-thâu-thoáⁿ，不過是否有牛頭剗之器具或因何而言，則不明也。

【剗土 thoáⁿ-thô·】 削取土皮。

【剗平 thoáⁿ-pêⁿ(pîⁿ)】 削平。～～道可～～tō-hó⇨削平siah-pêng即可。

【剗草 thoá$^n$-chháu】 除草tî-chháu。倩人～～ chhià$^n$-lâng ～～ ⇨ 雇工除草kò͘-kang-tî-chháu。

【剗片仔 thoá$^n$-phì$^n$-á】 腦丁以特殊的斧頭把樟樹削成一小片一小片，以入灶格腦。腦丁ló͘-teng，製腦工人。

【剗草片 thoá$^n$-chháu-phì$^n$】 削取草皮。二五六仔起道像扵～～～jī-gō͘-la̍k-á-khí tō chhiū$^n$-teh～～～⇨謂理髮店在於年終歲暮二十五，二十六日前後開始，就如剗草皮一樣，一味趕速度，不管理得好不好了。

**thoà$^n$ 炭** 燒木餘也。化學元素之一。火～hóe～⇨炭類。土～thô͘～⇨煤～bôe～⇨石炭chio̍h-thoà$^n$。木～bo̍k～⇨柴炭chhâ-thoà$^n$。冇～phà$^n$～⇨雜木之炭。定～tēng～⇨相思樹siu$^n$-si-chhiū等木質較堅定的樹木所燒之炭。土～山thô͘～soa$^n$⇨炭礦thoà$^n$-khòng，炭坑thoà$^n$-khe$^n$(khi$^n$)。人民塗～jîn-bîn-tô͘-～⇨民生痛苦。冰～不相容peng～put-siang-iông⇨同上。

【炭丸 thoà$^n$-oân】 煤球bôe-kiû。圓筒型的煤炭燃料。焚～～hiâ$^n$～～⇨以炭丸爲燃料。熊hiâ$^n$，燃也。

【炭火 thoà$^n$-hóe(hé)】 木炭之火。～～較惇～～khah-sûn⇨炭火比較溫和。

【炭屎 thoà$^n$-sái】 炭火的火星hóe-chhe$^n$。～～扵翸，不可偎去～～teh-phùn, m̄-hó oá-khì(ì)⇨炭火星在飛散，不可近之。

【炭素 thoà$^n$-sò͘】 化學元素名。

【炭酸 thoà$^n$-sng】 化學物品名。

【炭窰 thoà$^n$-iô】 燒炭之窰。～～瓦窰～～hiā-iô⇨同上。

【炭頭 thoà$^n$-thâu】 木未成炭之燃料。亦曰炭焦thoà$^n$-chiau。焚～～顛倒較省hiâ$^n$～～tian-tò-khah-sé$^n$⇨以炭頭做燃料反而較經濟khah-keng-chè。

【炭礦 thoà$^n$-khòng】 煤礦bôe-khòng。塗炭山thô͘ thoà$^n$-soa$^n$

【炭幼仔 thoà$^n$-iù-á】 炭末thoà$^n$-boa̍h。炭粉thoà$^n$-hún。

【炭水化合物 thoà$^n$-chúi-hoà-ha̍p-bu̍t】 化學名詞。葡萄糖pô-tô-thn̂g，纖維質chhiam-î-chit等的有機化合物。人體所需要者。

**thoà$^n$ 湠** 大水也。水湠漫廣大也。生殖seng-si̍t曰生湠se$^n$-thoà$^n$。生物蕃衍hoân-ián曰湠thoà$^n$。凡事物蔓延bān-iân，擴大khok-tāi，傳染thoân-jiám皆曰湠thoa$^n$。人佼生～lâng gâu-se$^n$～⇨人類善於蕃衍延續。生物攏會生～seng-bu̍t lóng-ē se$^n$～⇨同上。火得～眞緊hóe teh～chin-kín⇨火的延燒很快。墨水～到字攏看未明也ba̍k-chúi～kà jī lóng khoà$^n$-bē-bêng-ā⇨墨水延染得字皆看不清楚了。彼款病講會～人hit-khoán-pē$^n$ kóng-ē～lâng⇨那種病聽說會傳染於人。佼～gâu～⇨生殖快，傳染快，擴大快。

【湠卵 thoà$^n$-nn̄g】 生湠之卵。魚類，昆蟲類四處下蛋曰湠卵thoà$^n$-nn̄g。

【湠屎連 thoà$^n$-sái-liân】 村婦罵人之詞。意思似乎咒人在屎中連續打滾。或謂咒其在屎中輪廻。曷未去～～～a̍h-bē-khì～～～⇨同上。連liân連回liân-hôe亦即輪廻lûn-hôe。

## thoah

**thoah 獺** 動物名。哺乳類。在河邊穴居者曰水獺chúi-thoah，晝伏夜出，捕魚而食，行動敏捷。皮毛柔細，相當高貴。又居大洋中者曰海獺hái-thoah，形體較大，性略同。冬季登陸生殖。

**thoah 屜** 履中薦也。橱櫃等所設可以抽退之小箱曰櫃屜kūi-thoah或橱屜tû-thoah。櫃之有屜thoah猶如衣之有袋tē也。又抽進打退亦曰屜thoah。又屜thoah，亦作屜thoah，尾thoah等皆通用。

【屜仔 thoah-á】 屜thoah的總稱。桌屜，箱仔屜，內屜，外屜等等皆是。

【屜門 thoah-mn̂g】 可以進可以退之門。關閉其門亦曰屜thoah。屜～～thoah～～⇨同上。

【屜開 thoah-khui】 拉開lá-khai。拍開phah-khui。～～窗仔門～～thang-á-mn̂g⇨打開窗口。～～大門～～toā-mn̂g⇨打開大門。

【屜窗 thoah-thang】 斜視siâ-sī(一種眼的毛病)。目珠～～bak-chiu～～⇨同上。

thoah
**脫** 牙齒自然脫換thoah-oāⁿ曰脫thoah。又渡過災難chai-lān亦曰脫thoah。即厄～未過也chit-eh ～ bē-kòe-à⇨此一災難脫不了了。命運中之災難俗曰厄eh，應作戹eh。即關～會過，食得百二歲chit-koan～ē kòe,chiah-lí pah-jī-hòe ⇨此一難關(災禍)脫得了，可以活到一百二十歲。猶未～a-bōe～⇨還沒換牙。牛～二齒也gû～nn̄g-khí-à⇨牛換兩牙了。

【脫齒 thoah-khí】 因長大而自然換新牙齒。人～～，牛亦會～～lâng～～, gû ah-ē～～⇨人會換新牙，牛也會換新牙。牛～～gû～～⇨同上。

## thoe

thoe
**釵** 釵the也(見the部)。

thóe
**體** 體thé也(見the部)。

thòe
**退** 退thè也(見the部)。

thòe
**替** 替thè也(見the部)。

thôe
**瘃** 陰病也。屁股肉塊腫起如瘤曰瘃thôe。喂，你龜生～ôe, lí ku-seⁿ-～⇨玩童互戲語。龜ku俗以屁股，臀部tûn-pō͘爲龜ku。應爲尻kha之轉。

【瘃仔 thôe-á】 陰病。尻川生～～khachh-ng seⁿ～～⇨同上。

thōe
**俀** 俀thē也。弱也。精神散漫曰俀thōe。亦頹tôe也。老倒～lāu-tò～⇨老而反見糊塗。食到可死也，藉扵老倒～chiah-kà hó-sí-à, chiahteh lāu-tò-～⇨活得夠老了，可以死了，才在老糊塗。

【俀神 thōe-sîn】 thē-sîn。精神恍惚cheng-sîn-hóng-hut。神不守舍sîn-put-siú-sià的樣子。人端仔～～～～lâng tan-a～～～～⇨人只是恍恍惚惚神不守舍的樣子。

【俀俀 thōe-thōe】 精神散漫不振的樣子。軟～～nńg～～⇨軟弱無精神。汰安爾看著～～也，無攬無拈否thāi-an-ne khoàⁿ-tioh～～à, bô-lám-bô-ne-ho͘hⁿ⇨爲何他看來如此的不振不作，有氣無力的樣子呢，不是嗎。無攬無拈bô-lám-bô-ne(ni)，有氣無力，不作不爲。

## thok

thok
**托** 推也。承物之具也。以手承物亦曰托thok，以棒取物亦曰托thok。虎～頷hó͘～ām⇨雙掌支下頷，謂虎作此態，乃目射四方在找獵物。有做一站，無正來虎～頷ū chò chit chām, bô chiàⁿ lâi hó͘～ām⇨謂有時做一次解決掉(指食物或金錢)沒有了，才像老虎作托頷以候獵物之態。托thok或作撑thèⁿ，義同。茶～tê～⇨載茶杯以防熱之小道具。又茶瓶之保溫盒亦曰茶托tê-thok，即茶巢tê-siū也。舉竹篙～鷄鴞，鷄鴞跋落田，做人的新婦，心官道艱難giâ tek-ko͘～lāi-hiō, lāi-hiō poah-loh-chhân, chò lâng-ê sim-pū, sim-koaⁿ tō kan-lân⇨古童謠。

【托牙 thok-gê】 同托齒。

【托枴 thok-koái】 依杖而行。李～～lí～～⇨人名，八仙之一，亦稱李鐵枴lí-thih-koái。～～仙～～sian⇨托杖做仙人，亦指李托枴。

【托破 thok-phoà】 指出秘密，道出訣竅。～～不値半個錢～～m̄-tat poàⁿ-ê-chîⁿ⇨訣竅公開，即半文不值。

【托透 thok-thàu】 暗通消息àm-thong siau-sit。好得有人來～～，若無，掠一下，都臭青荒去也hó tit ū-lâng lâi ～～, nā-bô, liah chit-ē to chhàu-chheⁿ-hng khì à⇨好在有人來通消息，否則，捉一下就皆完蛋了。臭青荒chhàu-chheⁿ-hng指田地作物皆腐爛盡矣。

【托齒 thok-khí】 以牙扦gê-chhiam清除齒縫。亦曰托嘴齒thok-chhùi-khí。

thok **魠** 魚名。俗稱都督魚to·-tok-hî者，又名土套thô·-thoh，疑即此魚，是則似應作哆魠魚to-tok-hî，哆意爲大口大食，亦即大口大食之魚，不知是否。

thok **託** 寄也。委辦也。信任也。假藉也。有所干求也。寄～希望kià～hi-bāng⇨同上。交～人辦理kau～lâng pān-lí⇨同上。信～公司sìn～kong-si⇨同上。假～神仙之名瞞騙信男善女ké～sîn-sian chi bêng moâ-phiàn sìn-lâm siān-lí(lú)⇨同上。拜～幫忙pài～pang-bâng⇨同上。委～行úi～hâng⇨同上。

【託人 thok-lâng】 交託下人，邀請學人。～～備辦禮物～～pī-pān lé-but⇨交代準備禮物。～～去做媒人～～khì chò moâi-lâng⇨邀請人家去說媒。

【託仗 thok-tiāng(tiōng)】 委辦，委請。即件代誌道攏～～您了chit-kiāⁿ tāi-chì tō lóng ～～lín lò·⇨這件事就皆靠您全力辦理了。

【託言 thok-giân】 藉詞chiah-sû，借別的理由。同託詞thok-sû。又託事thok-sū或託故thok-kò·等各詞，亦皆大同小異。

【託孤 thok-ko·】 寄託孤兒。白帝城劉備～～pek-tè siâⁿ lâu-pī～～⇨三國故事。

【託送 thok-sàng】 ～～包裹～～pau-kó⇨同上。

【託寄 thok-kià】 ～～禮物～～lé-but⇨同上。

【託夢 thok-bāng】 個老母來～～in lāu-bú lâi～～⇨夢中見其亡母來告訴他(她)。

【託勢頭 thok-sè-thâu】 仗他人之力。～～～的亦抡揚氣～～～ê ah teh iâng-khì⇨仗人之勢者亦在作威作福。

thok **拓** 開擴也。發展也。摹印碑帖亦曰拓thok。開～公司khai～kong-si⇨同上。開～山林khai～san-lîm⇨開啓山林。

【拓地 thok-tē】 擴大地區。～～三千里～～sam-chhian-lí⇨其實多屬侵略性者也。

【拓展 thok-tián】 發展。～～業務～～giap-bū⇨發展業務。～～國土～～kok-thó·⇨侵略鄰居的美詞也。～～耕地～～keng-tē⇨擴大耕作面積。

【拓務 thok-bū】 拓地事務，亦即殖民地事務。日本昔日有～～省。

【拓殖 thok-sit】 闢地殖民謂之拓殖。日本原有～～省～～séng，後改名爲拓務省thok-bū-séng，其長官爲拓務大臣thok-bū tāi-sîn。

thok **跅** 士之不檢點不遵禮曰跅thok，以智欺人使其無可奈何亦曰跅thok。亦即欺詐也。～淡薄仔～tām-pō à⇨趁淡薄也。昨昏有～否cha-hng ū～bò·⇨昨天賺到了沒有。𣍐道該見在人～也taⁿ tō ài kìⁿ-chāi-lâng～à⇨現在就須任人予取予求了。任人予取予求亦即任人宰割，因而thok亦爲tok，亦即斲，斬小埞chám-sió-tè，換言之，見在人跅thok，即見在人斲tok爲小塊也。

thok **讀** 誦書也。讀書thak-chu也(見thak部)。書有未曾經我～，事無不可對人言si(su, chu) iú bī-chêng keng gó·～, sū bû put-khó tùi-jîn-giân⇨同上。耕者自耕，讀者自讀keng-chiá chū-keng, ～chiá chū～⇨謂耕田的自去耕田，讀書的自去讀書，各安職守各盡本分。～詩三千首，不作自己有～si saⁿ-chheng siú, put-chok chū-kí iú⇨謂讀詩三

千首，不作詩也自然有詩。風聲雨聲～書聲hong-seng ī(ū)-seng ～ si-seng⇨頗富詩意之境界。行千里路，～萬卷書hêng chhian-lí-lō͘, ～ bān-koàn-si(su)⇨學問知識與經歷見聞相輔相成。三～會sam～hōe⇨立法機關的審議程序。

【讀者 thok-chiá】 作家～～chok-ka～～⇨寫文章的人與看書的人。～～文摘～～bûn-tek⇨雜誌名。

【讀書 thok-si(su)】 ～～不成，相命醫生～～put-sêng, siōng-miā i-seng⇨古時失敗書生之出路。

【讀會 thok-hōe】 立法機關的審議法案，須經過三次的反覆審議，叫做三～～sam～～。

【讀詩 thok-si】 誦詩。細讀唐詩三百遍，不會作詩也會吟sè-thok tông-si saⁿ-pah-piàn, put-hōe chò-si iā-ē-gîm⇨同上。

【讀心術 thok-sim-sut】 心理學名詞。謂可讀出別人的心事。

## thong

thong **通** 達也。總也。全也。普遍也。洞曉事物曰通thong，人事交際曰通thong，傳達曰通thong。事理妙皆曰通thong。財源茂盛～四海chāi-goân bō͘-sēng ～ sù-hái⇨同上。～人知～lâng-chai⇨人盡知之。～街仔無米人上暢～ke-á bô-bí lâng siāng-thiòng⇨童謠。一理～，萬理徹it-lí～,bān-lí-thiat⇨一理能夠通曉，萬理從而可知。暗～款曲àm～khóan-khiok⇨私自親密交陪。私～蕃邦su～hoan-pang⇨暗中串通蕃邦，乃叛國之行爲也。內頭家神仔～外鬼lāi-thâu-ke-sîn-á～goā-kúi⇨謂有內奸外洩秘密。文～理不～bûn～lí put～⇨文是可以的，理論不通暢。話講未～ōe-kóng-bē～⇨①語言不同而不通。②意見不一致。你講的有～lí-kóng-ê ū～⇨你所說的很好的妙計。空氣不～khong-khì put～⇨空氣不流通。涵孔仔未～âm-khang-á bē～⇨暗渠不通。電話實在有～tiān-ōe sit-chāi ū～⇨電話(這個設備)實在便利。想些較～的法度siūⁿ-chē khah～ê hoat-tō͘⇨考慮些較好的辦法。愈來愈～ná-lâi ná～⇨謂文明進步，日加便利。你的計畫眞～lí ê kè-ōe chin～⇨你的計畫很好很出色。心內抄想未～sim-lāi teh siūⁿ-bē～⇨心中想不開。

【通人 thong-lâng】 所有之人。～～知～～chai⇨無人不知。～～愛～～ài⇨大家都要。

【通用 thong-iōng】 共用。大人囡仔攏～～toā-lâng gín-á lóng～～⇨大人孩子皆可以使用。

【通行 thong-hêng】 ㊀流通liû-thong。全國～～的choân-kok～～ê⇨全國都可以流通的。㊁通過。禁止車馬～～kìm-chí chhia-bé～～⇨車馬均不准通過。

【通共 thong-kiōng】 合共hap-kiōng。總計chóng-kè。～～都無三兩半抄，亦抄稀罕～～to-bô saⁿ-niú-poàⁿ-leh, ah-teh hi-hán⇨總共也不及三兩半而已，稀罕什麼。

【通年 thong-nî】 年始至年終。～～都是即款的生理～～to-sī chit-khoán ê seng-lí⇨一年頭至尾皆是如此的生意。

【通同 thong-tông】 大家。全部。不論貧富，～～有好領put-lūn pîn-hù, ～～ū-hó-niá⇨不論貧富皆可以領到。

【通批 thong-phe】 通信thong-sìn。批phe，書信也。

【通判 thong-phoàn】 古官名。敢把翁仲作仲翁，判你土州作判通kám-pá ong-tiōng chok tiōng-ong, phoàⁿ-lí thô͘-chiu chok-phoàn-thong⇨謂考生粗心把翁仲兩字寫倒調了，主考判他去土州(死)作通判的倒調官好了。

【通身 thong-sin】 全身choân-sin。～～攏血了了～～lóng hoeh(huih) liàu-liàu⇨全身

皆是血。了了liáu-liáu改讀liàu-liàu。

【通知 thong-ti】 報知pò-ti。～～書～～si(su)⇨報知之文件。情形有接到～～chêng-hêng ū-chiap-tio̍h～～⇨同上。

【通事 thong-sū】 譯員e̍k-oân。吳鳳道是當時的蕃～～gô·-hōng tō-sī tong-sî ē hoan～～⇨吳鳳就是當時擔任蕃話的通譯人員。

【通巷 thong-hāng】 交通的小巷路。雙方該公家留一條～～siang-hong ài kong-ke lāu chi̍t-tiâu～～⇨兩邊之人要共同留一條小巷路。

【通風 thong-hong】 ㊀空氣流通。厝～～真好chhù～～chin-hó。⇨同上。㊁通消息。～～報信～～pò-sìn⇨同上。

【通姦 thong-kan】 姦通kan-thong。～～害夫～～hāi-hu⇨妻偷漢共謀殺夫。

【通信 thong-sìn】 互通信息hō-thong-sìn-sit。～～機關～～ki-koan⇨同上。～～事項～～sū-hāng⇨同上。

【通家 thong-ke】 全家。夭壽噢，～～無一個好人iáu-siū-ō, ～～bô-chi̍t-ê hó-lâng⇨完了，全家竟沒有一個好人。

【通書 thong-si(su)】 民間通用的曆書。

【通套 thong-thò】 ㊀常套手段。～～話～～ōe⇨慣用之詞。～～代～～tāi⇨尋常可見之事。～～的禮數～～ê lé-sò·⇨通俗所行之禮。㊁通透thong-thàu。講～～的kóng～～ê⇨預先套定的。拍～～的phah～～ê⇨預謀的假戲。

【通族 thong-cho̍k】 全族choân-cho̍k。～～攏戰死，無半個投降，實在令人感動～～lóngchiàn-sí, bô-poàⁿ-ê tâu-hâng, si̍t chāi lēng-jîn kám-tōng⇨同上。

【通常 thong-siâng(siông)】 平常pêng-siâng(siông)。～～是該包一個形式上的紅包～～sī-ài-pau chi̍t-ê hêng-sek-siāng(siōng) ê âng-pau⇨平常的例需要送一個形式上的紅包(不管內包若干)。

【通通 thong-thong】 全部。～～共款～～kāng-khoán⇨全部皆同樣。～～有賞～～ū-siúⁿ⇨通通有獎iú-chiúⁿ。

【通菜 thong-chhài】 蔬菜名。俗曰蕹(或亦作甕)菜èng-chhài。牛肉炒～～gû-bah chhá～～⇨同上。

【通番 thong-hoan】 私通番邦。

【通街 thong-ke】 全市。～～糴無米～～tia̍h-bô-bí⇨全市買不到米。

【通報 thong-pò】 氣象～～khì-siōng～～⇨同上。

【通透 thong-thàu】 ㊀通達。車路猶未～～chhia-lō· á-bōe～～⇨車路還未開通。㊁秘密告知。有人來～～⇨有人秘密來通知。㊂私通。個攏有～～抒in lóng-ū～～leh⇨他們皆有暗中連絡。

【通過 thong-kòe】 提案～～也the̍h-àn～～â⇨同上。危險路段～～了ûi-hiám-lō·-toāⁿ～～lò·⇨危險路通過平安了。

【通詳 thong-siâng(siông)】 官廳的照會。或通報。上司的～～有抒講siāng(siōng)-si ê～～ū-teh-kóng⇨上峯的通報曾提及如何如何。

【通達 thong-ta̍t】 ㊀通曉。～～事理的人～～sū-lí ê lâng⇨同上。㊁通知。特此～～te̍k-chhú～～⇨公文用詞。

【通牒 thong-tia̍p】 通知的公文書。最後～～chòe-hō·～～⇨國際學用詞。最後的通知，謂不如何就是戰爭的文書。

【通稱 thong-chheng】 公稱kong-chheng。人～～伊是博士lâng～～i sī phok-sū⇨人家公稱他是博士。人～～伊是酒鬼更發毛，要不酒魔lâng～～i sī chiú-kúi koh-hoat-mo, iàu-m̄ chiú-mô⇨人家公稱他是酒鬼而且生毛的，那麼是酒魔了，不是嗎。

【通徹 thong-thiat】 貫通了徹koàn-thong-liáu-thiat。阿久伯仔做人眞～～a-kú-peh-â chò-lâng chin ～～⇨阿久伯爲人很通達有了解。

【通謀 thong-bô͘】同謀tông-bô͘。～～造計～～chō-kè⇨共謀設計。

【通融 thong-iông】㊀金錢的簡便的來往。朋友間金錢的～～是難免的pêng-iú-kan kîm-chî$^{n}$ ê～～sī lân-biân ê⇨朋友之間，金錢的借來借去是無法避免的。㊁簡化手續。逐家照食照拍，無～～的tak-ke chiàu-chiah chiàu-phah, bô～～ê⇨大家按照規定辦理，不通融的。

【通竅 thong-khiàu】通達於訣竅。事理明瞭道是～～也sū-lí bêng-liâu tō-sī～～à⇨能明瞭事理就是通竅了。

【通譯 thong-ek】通事thong-sū。～～官～～koa$^{n}$⇨同上。

【通天冠 thong-thian-koan】王冠。～～～，滾龍袍～～～, kún-liông-phâu⇨皇帝的帽與衣。

【通天教主 thong-thian-kàu-chú】道教之神。

**thong 鼕** 鼓聲。～～叫～～kiò⇨鼓聲連續叫。叫kiò亦作吼háu。

**thong 蓪** 植物名。蓪草thong-chhó。一種人造花草的材料。

**thong 湯** 熱水也。商王之名。成湯sêng-thong。夏有禹，商有～，周文武，稱三王hā-iú-ú, siang-iú～, chiu-bûn-bú, chheng sam-ông⇨三字經。

**thóng 捅** 前進也，引也。長出範圍外曰捅thóng。又突出或多出皆亦曰捅thóng。差不多～一寸長於外口chha-put-to～chit-chhùn-tn̂g tī goā-kháu⇨大約突出一寸多在外面。看有五十～也khoà$^{n}$ ū gō͘-chap～à⇨看來可能五十歲出頭了。我存三百～堁耳goá chhun-sa$^{n}$-pah～kho͘-niā⇨我只剩三百元多一點而已。堁kho͘，銀票單位也。

【捅捅 thóng-thóng】突出。一枝～～chit-ki～～⇨孤條突出。

【捅頭 thóng-thâu】長出範圍外。一百～～也chit-pah～～a⇨一百又多一點。楹仔有較～～ê$^{n}$-á ū khah～～⇨楹長出一點點。

**thóng 統** 理也。合也。世系曰統thóng。總～chóng～⇨民主國之元首。三國歸一～sam-kok kui-it～⇨三個國合爲一國。攏～lóng～⇨揷揷雜雜。

【統一 thóng-it】合一hap-it。～～天下～～thian-hē⇨同上。意見無～～ì-kiàn bô～～⇨意見不一致。

【統共 thóng-kiōng】合計hap-kè。總共chóng-kiōng。～～起來，數目合舊年差不多～～khí-lâi, sò͘-bak kah kū-nî chha-put-to⇨合計結果，數字與去年大約一樣。

【統制 thóng-chè】強力的管理管制。經濟～～keng-chè～～⇨對經濟制度全面加以管理管制。

【統治 thóng-tī】合而治之。大日本帝國天皇～～之tāi jit-pún-tè-kok thian-ông～～chi⇨戰前日本的憲法條文。～～階級～～kai-kip⇨政客政治家以及豪商大富之流。

【統計 thóng-kè】合計。～～學～～hak⇨對社會事物加以分類統計綜合比較的學問。

【統帥 thóng-sōe】高級指揮官。最高～～chòe-ko～～⇨最高指揮官。聯軍～～liân-kun～～⇨聯合軍最高指揮官。

【統率 thóng-sut】統一指揮監督軍隊。～～大軍～～tāi-kun⇨同上。

【統統 thóng-thóng】多而擠。倉庫庋到窒～～也chhng-khò͘ khn̂g-kà chat～～à⇨倉庫積得滿滿了。人掙到窒～～lâng chi$^{n}$-kà chat～～⇨人擁擠得滿滿。

【統領 thóng-léng】古武官名。大約相當於今之旅長。記得兒時家鄉有個目仔～～bak-á～～，他單眼，威風凜凜，威勢甚大。據說是打長毛phah-tn̂g-mô͘有功者。

【統戰 thóng-chiàn】 政治宣傳戰，目的在破壞對方士氣以期不戰而勝者。共產黨的～～kiōng-sán-tóng ê～～⇨同上。

【統轄 thóng-hat】 管轄koán-hat。

thóng
**鐘** 啄貌。鳥食曰啄tok，亦曰鐘thóng。乘機取利亦曰鐘thóng。被鷄～去食也hō·-ke～khì (ì) chiah-à⇨被鷄啄去吃掉了。鳥仔～的孔chiáu-á～ē khang⇨鳥啄食之小孔，最近有～否chōe-kīn ū～bô⇨最近有獲利否。～些所費仔～chē só·-hùi-á⇨獵取若干經費。～淡薄仔～tām-poh-à⇨獲取若干。

thóng
**倘** 驚疑貌。假設之詞。或然之詞。如同假如ké-jî (ká-jû)或萬一bān-it。

【倘若落雨 thóng-jiak(jiok)-loh-hō·】 萬一落雨bān-it-loh-hō·。

【倘能如願 thóng-lêng-jî(jû)-goān】 萬一能夠如希望一樣實現。

thòng
**痛** 痜thiàⁿ也。痛楚也。恨也。甚也。愛憐曰痛thòng。不～不癢put～put-iáng⇨同上。

【痛快 thòng-khoài】 非常爽快。心暢意爽。有～～ū～～⇨同上。

【痛風 thòng-hong】 病名。尿酸性的關節炎。着着～～tioh-tioh～～⇨患上了關節炎。

【痛心疾首 thòng-sim-chit-siú】 極度痛恨。

【痛定思痛 thòng-tēng-su-thòng】 失敗後的痛苦回憶。

【痛哭流涕 thòng-khok-liû-thè】 悲痛忿恨號哭流淚。

thông
**糖** 糖thn̂g也(見thng部)。

thōng
**蕩** 蕩tōng也。傾家～產kheng-ka～sán⇨同上。奸夫～婦kan-hu～hū⇨奸夫奸婦。

thōng
**幢** 疊thiap曰幢thōng。重tēng也。疊土疊厝thiap-thô·-kat-chhù⇨幢土疊厝thōng-thô·-kat-chú。疊册thiap-chheh⇨幢册thōng-chheh。～抵天～tú-thîⁿ⇨疊抵天。一～十外本chit～chap-goā-pún⇨一沓thah十數册。～～起來～～khí-lâi⇨沓thah起來。

## thu

thu
**株** 株tu也(見tu部)。～式～sek⇨股份。

thu
**誅** 誅tu也(見tu部)。族～chok～⇨滅族biat-chok。

thú
**楮** 楮thí也 (見thí部)。樹名。其皮多纖維，可製紙。俗曰鹿仔樹lok-á-chhiū，其葉有乳液，謂鹿所食也。

thú
**褚** 褚thí也(見thí部)。衣物。紅色的棺衣。姓氏。唐有名相褚遂良thí-sūi-liâng。

thú
**貯** 貯thí也(見thi部)。

thú
**儲** 儲thí也(見thi部)。～君～kun⇨太子。

thú
**佇** 佇thí也 (見thi部)。～立～lip⇨久立。

thú
**苧** 苧thí也 (見thi部)。苧麻thí-moâ，俗曰苧仔teh-á，其纖維曰苧仔絲teh-á-si。

thú
**紵** 紵thí也(見thi部)。通苧thú。苧仔絲teh-á-si。

thú
**樗** 惡木也。其材擁腫不中繩墨，其枝卷曲不中規矩。其葉臭不可聞。

【樗材 thú-châi】 自謙之詞。謂無用之材料。曰文人頗有自取樗木thú-bok或樗牛thú-giûⁿ爲雅號者。蓋亦自謙也。

thû
**躇** 猶豫iû-î也。不前也。止也。或作距thû。踟～ti～⇨徘徊pâi-hôe不進。遷延chhian-iân不能進。躊～tiû～⇨猶豫iû-î。又得意的樣子。躊～滿志tiû～boán-chì⇨十分得意。不當～也m̄-thang～ā⇨不可再遷延時間了。未～得也bē(bōe)～tit-à⇨不能拖下去了。～個外月也～koh-goā-goeh-ā⇨拖延一個月以上了。

【躇時間 thû-sî-kan】 拖延時間thoa-iân-sî-kan。不當更～～～也m̄-thang koh～～～a⇨不好再拖延時間了。咱～～～乎人等不好lán～～～ hō·-lâng tán m̄-hó⇨我們拖延了時間給人家久候不可也。查某人較會～～～ cha-bó·-lâng khah-ē～～～⇨女人較會拖延時間。

## thuh

thuh **托** 托thok也。推也。撐thēⁿ曰托thuh，承物曰托thuh，挖取亦曰托thuh。以鏟削取亦曰托thuh。桶～tháng～⇨①修補水桶破漏的小工具。無桶～道歹勢補抡bô tháng～tō pháiⁿ-sè-pó·-leh⇨沒有桶托就很難補修破漏。②喜歡胡亂逞能的小人。端仔罔抡桶～tan-á bóng-teh tháng～⇨只是妄在胡作主張。端仔tan-a→kan-na。齒～khí～(thok)⇨牙扦gê-chhiám→gē-chhiam。土～thô·～⇨土鏟thô·-chhán。

【托土 thuh-thô·】 鏟土chhán-thô·。～～不道該用大托～～ m̄-tō ài-iōng toā-thuh⇨鏟土應該使用大鏟，不是嗎。

【托仔 thuh-á】 小鏟sió-chhán。有～～來空較好勢ū～～lâi-óe, khah-hó-sè⇨有小鏟子來挖掘，較容易工作。

【托破 thuh-phoà】 ㊀刺破chhì-phoà。～～紙門～～ choá-mn̂g⇨同上。～～鷄胿～～ke-kui⇨拆穿thiah-chhoan其吹牛。鷄胿ke-kui，鷄之胃，俗喻吹牛。胿kui，大腹也。㊁暴露人家的秘事或問題的眞相。～～人的玎璗～～lâng ê tin-tong⇨暴露人家的秘密。衙門紙糊窗，～～不値半圓錢gê-mn̂g choá-kô·-thang,～～m̄-tat poàⁿ-îⁿ-chîⁿ⇨衙門如紙窗，弄破而看穿了，却是一文不值。半文錢poàⁿ-bûn-chîⁿ→poàⁿ-îⁿ-chîⁿ。㊂指點，暗示。好佳哉你共伊～～，若無伊道乎人騙去hó-ka-chāi lí ka-i～～, ná-bô i tō hō· lâng phiàn-khì(ì)⇨所幸你爲他指點，否則他就被人騙走了。

【托頷 thuh-ām】 手支下顎。虎～～hó·～～⇨虎撐頷hó·-thēⁿ-ām。喻羡慕別人之狀。有，做一站，無，藉虎～～ū, chō(chōe)-chı̍t-chām, bô, chiah hó·～～⇨謂有時，一次而食(開銷)之，沒有了，才羡慕別人。

【托鼎 thuh-tiáⁿ】 鏟取或鏟除鼎中之物。又初生兒初訪外婆家，在其額上敷以鼎烏以祈平安亦曰托鼎thuh-tiáⁿ。～～糒～～ phí⇨鏟取鼎中的焦飯。亦曰托飯糒thuh pn̄g-phí。

【托手尾 thuh-chhiú-bóe】 角手力之一種遊戲。兩人相對各握捧之一端，手伸直以互爭前進之戲。亦曰撐手尾thēⁿ-chhiú-bóe。

【托嘴齒 thuh-chhùi-khí】 以牙扦gê-chhiam清除牙垢。食飽～～～ chia̍h-pá～～～⇨同上。

thuh **詘** 詘thut也(見thut部)。詰問也。問罪也。乎人叫去～hō·-lâng kiò-khì(ì)～⇨被人召去責罵。

【詘詘叫 thuh-thuh-kiò】 聲聲責罵。又喻態度之蠻橫。更～～～，未輸臭狗仔呢koh～～～, bē-su chhàu-káu-á-nè⇨竟聲聲迫人，宛然如臭狗仔哩。臭狗仔chhàu-káu-á，當年的日本警察的綽號。

thuh **魠** 魚名。俗曰土魠thô·-thuh，或土魠魚thô·-thuh-hî。又曰都督魚to·-tok-hî。謂某都督曾欣賞之。

thuh **秃** 秃thut也（見thut部)。無髮也。凡物落盡曰秃thut。

【秃髡 thuh-chiúⁿ】 同秃額thuh-hia̍h。髡chiúⁿ，鬢髮疏薄也。

【秃額 thuh-hia̍h】 前額無髮。

thu̍h **咄** 咄thut也(見thut部)。喝罵hoah-mē也。乎佪長的寬仔～hō· in tiúⁿ-è khoaⁿ-á～⇨被他長官臭罵一頓。咄thu̍h同詘thuh。

【咄咄叫 thuh-thuh-kiò】 大恣叱罵。見面道～～～也kìⁿ-bīn tō～～～à⇨一見面就大加叱罵了。詘詘叫 thut-thut-kiò → thuh-thuh-kiò。

## thui

**梯** thui 木階也。階也。階皆謂之梯thui。雲～飛樓hûn～hui-lâu⇨同上。樓～lâu～⇨同上。電～tiān～⇨同上。竹～tek～⇨同上。柴～chhâ～⇨同上。樓～上落lâu～chiūⁿ-loh⇨上樓梯下樓梯。踐樓～chàm-lâu～⇨上酒家去飲酒作樂。亦曰踐樓枋chàm-lâu-pang。往日秦樓楚館多木樓故云。突～滑稽 tut-thui-kut-khe⇨十分滑稽，梯宜讀梯the。

【梯子 thui-chí】 梯之橫木。～～踏滑去～～tah-kut-khì⇨同上。

【梯田 thui-chhân】 the-tiân。山坪田soaⁿ-phiâⁿ-chhân。因其一級一級如梯故云。

【梯形 thui-hêng】 矩形kí(kú)-hêng之上下邊不同長者。

【梯階 thui-kai】 樓梯。喻進步的程序。立身的～～lip-sin ê～～⇨同上。

**椎** thui 以椎thûi擊打也。亦即椎chui之動詞化也。掠來～liah-lâi～⇨捉來槌打之。

**推** thui 送物使前也。拒絕也。薦舉也。求也。度也。三揀四～saⁿ-sak-sì～⇨多方推諉。揀sak，亦推也。亦曰三～四揀saⁿ～sì-sak。

【推行 thui-hêng】 chhui-hêng。～～綠化運動～～liok-hoà ūn-tōng⇨同上。

【推卸 thui-sià】 chhui-sià。脫掉 thoat-tiāu。～～責任～～chek-jīm⇨同上。

【推事 thui-sū】 chhui-sū。法院審案的法官。～～依法獨立審判～～i-hoat tok-lip sím-phoàⁿ⇨同上。

【推託 thui-thok】 chhui-thok。藉故推諉chek-kò· thui-úi。推三託四thui-saⁿ-thok-sì。

【推移 thui-î】 chhui-î。轉變。隨時世的～～sûi sî-sè ê～～⇨同上。

【推進 thui-chìn】 chhui-chìn。推向前發展。無經費無法度～～bô keng-hùi bô hoat-tō·～～⇨同上。

【推測 thui-chhek】 chhui-chhek。猜測chhai-chhek。無根無據亂～～，那有效bô-kin(kun) bô-kì(kù) loān～～，ná-ū-hāu⇨沒根據的胡亂猜測有效嗎，無效也。

【推想 thui-sióng(siūⁿ)】 chhui-sióng (siūⁿ)。咱這外行的來～～亦知影，曷使著專家 lán-che-goā hâng-ê lâi～～iah chai-iáⁿ, ah-sai-tioh choan-ka⇨我們這些外行人來想就會知道了，何須專家。

【推敲 thui-khau】 chhui-khau。斟酌chîm-chiok字句。斟酌事情。您母舅未騙你嘛，免更～～也嘛 lín-bó-kū bē(bōe)-phiàn-lí mà, bián-koh～～a mà⇨你舅父不會騙你，用不著再考慮了。

【推廣 thui-kóng】 chhui-kóng。發展，擴大擴充。農事～～課lông-sū～～khò⇨辦理農事發展業務的一個行政單位。

【推論 thui-lūn】 chhui-lūn。根據事實推斷事理。對伊的行動來～～，可能不是歹意的tùi i ê hêng-tōng lâi～～, khó-lêng m̄-sī pháiⁿ-ì-ê⇨同上。

【推銷 thui-siau】 chhui-siau。貨物的推廣銷售。免抄～～你家已bián teh～～lí ka-tī(kī)⇨不用自己宣傳嗎。

【推諉 thui-úi】 chhui-úi。諉卸úi-sià。不負責。遷延。不當更～～也m̄-thang koh～～à⇨不可再推卸了，不可再遷延了。

【推選 thui-soán】 chhui-soán。班長是同學互相～～出來的pan-tiúⁿ sī tông-hak hō-siāng(siōng)～～chhut lâi-ê⇨同上。

【推薦 thui-chiàn】 chhui-chiàn。舉薦kí(kú)-chiàn。～～優秀人材～～iu-siù jîn-châi

⇨同上。～～好貨～～hó-hòe⇨同上。

【推翻 thui-hoan】 chhui-hoan。推倒thui-tó。你敢～～萬有引力的理論嗎lí ká$^{n}$～～bān-iú-ín-le̍k ê lí-lūn-má⇨同上。

【推舉 thui-kí(kú)】 chhui-kí(kú)。推荐賢能thui-chiàn hiân-lêng⇨同上。

【推斷 thui-toàn】 chhui-toàn。推想而斷定。以理論～～，老父無講無因無端刣死家己的囝 í lí-lūn ～～, lâu-pē bô-kóng bô-in-bô-toa$^{n}$ thâi-sí ka-tī(kī) ê kiá$^{n}$⇨以理論推想之，父親不會無理無由殺死自己之子。

【推辭 thui-sû】 chhui-sû, the-sî(sû)。宛轉拒絕。不免更～～也m̄-bián koh～～ā⇨不用再推辭了。你較～～亦走未去lí khah～～a̍h cháu-bē(bōe)-khì⇨你再推辭也跑不掉。

【推己及人 thui-kí-kip-jîn】 chhui-kí-kip-jîn。以考慮自己的心去考慮別人。己所不欲勿施於人的同類詞。

【推三託四 thui-sa$^{n}$-thok-sì】 chhui-sa$^{n}$-thok-sì。多方設詞以辭之。～～～～，不講道是不講～～～～, m̄-kóng tō-sī m̄-kóng⇨多方設詞堅決不說（怕說了損己或害人）。

【推心置腹 thui-sim-tì-ho̍k】 chhui-sim-tì-ho̍k。誠心誠意待人。推其赤心，置人腹中thui-kî-chhek-sim, tì jîn-ho̍k-tiong⇨漢光武帝的故事。

【推位讓國 thui-ūi-jiāng-kok】 chhui-ūi-jiāng-kok。以帝位國家禪讓給別人。～～～～，有虞陶唐，弔民伐罪，周發商湯～～～～, iú-gî tô-tông, tiàu-bîn hoa̍t-chōe, chiu-hoat siang-thong⇨千字文。周發 chiu-hoat，周武王 chiu-bú-ông。

【推波助浪 thui-pho-chō·-lōng】 chhui-pho-chō·-lōng。將事情擴大。浪lōng亦作瀾lān。～～～～，唯恐天下不亂的人～～～～, ûi-khióng thian-hē put-loān ê lâng⇨同上。

【推陳出新 thui-tîn-chhut-sin】 chhui-tîn-chhut-sin。～～～～爭奇鬥艷的時代～～～～cheng kî-tâu-iām ê sî-tāi⇨同上。

**thui 捶** 以杖擊也。擣tó也。又鍛thoàn也。亦作棰thui，通作搥thui。千～百鍊chhian～pek-liān⇨文辭精選洗鍊。鑪～萬物lô·～bān-bu̍t⇨鑪冶打鍛lô·-iá-tá$^{n}$-thoàn，陶鑄tô-chù萬物。亦喻造化chō-hoà。～楚之下，何求不得～chhó·-chi-hē, hô-kiû-put-tek⇨杖刑之下，萬事皆可迫出口供。鍛鍊技藝曰捶thui，嚴加督責曰捶thui，懲治不法曰捶thui，修理人亦曰捶thui（亦即整人也）。又以藥酒摩擦跌打之傷亦曰捶thui。生～chhe$^{n}$(chhi$^{n}$)～⇨無師自鍊。硬～nge̍h (ngi̍h)～⇨強鍊苦鍊。先生會曉～，家己也肯拚，正有效sian-seng ē-hiáu～, ka-tī(kī) ā-khéng-piàn, chiàn ū-hāu⇨師教之有方，自己也肯努力，才能有效。認眞～二年，我保你榜上有名jīn-chin ～ nn̄g-nî, goá pó-lí pńg-siāng ū-miâ⇨認眞苦讀兩年，我擔保你金榜題名。有影有認眞扲～ ū-iá$^{n}$ ū-jīn-chin teh～⇨眞的很認眞在拼命苦讀。乎警察掠去～也hō· kéng-chhat lia̍h-khì(ì)～ a⇨被警察捉去懲治了。可惡，共掠來～khó-ò·, kā lia̍h-lâi～⇨可惡！給捉來修理（所謂友的口氣）。～死該着人命～ sí ài-tio̍h jîn-bēng⇨整死了，須吃人命官司。手撓著，叫拳頭師來～chhiú náu-tio̍h, kiò kûn-thâu-sai lâi～⇨手扭傷，請拳頭師以藥酒摩擦（醫治）。

【捶楚 thui-chhó·】 杖擊之苦楚。～～之下，何求不扲～～chi-hē, hô-kiû put-tek⇨嚴酷之刑求可以迫出任何口供。

【捶撾 thui-koeh】 摩擦也。撾koeh，以骨器或陶磁器行之。

**thúi 腿** 骽thúi也。俗作腿thúi。股也。脛上也。俗曰大腿toā-thúi。脚～kha～⇨脚的總稱。鷄～ke～⇨同上。牛～gû～⇨同上。豬～ti～⇨同上。狗～káu～⇨同上。前～後～chêng～āu～⇨前後脚。拆～thiah～⇨雙脚展開，

直使屁股著地。揷一～chhah-chit～⇨參與一份。拆做四～道食去也thiah-chò(chòe) sì～tō-chiah-khì(ì)-ā⇨拆開做四塊就吃下去了。謂要消滅你易如反掌。看大～khoàⁿ toā～⇨看脫衣舞。大～時代toā～sî-tāi⇨脫衣舞的時代，到處有大腿可看的時代。

【腿仁 thúi-jîn】 大腿肉。亦曰腿心肉thúi-sim-bah。

【腿骨 thúi-kut】 大腿骨。

【腿輪 thúi-lûn】 腿骨的關節。

thùi
兌 易ek也。通也。交換曰兌thùi。替換曰兌thùi。不同貨幣互換曰兌thùi。新～舊sin～kū⇨新物換代舊物。歹的～好的pháiⁿ-ê～hó-ê⇨壞的(東西)換得好的(東西)。乎人偷～去hō͘ lâng thau～khì⇨被人偷換走了。

【兌包 thùi-pau】 換東西。使～～sái～～⇨以次貨詐換上貨的一種詐術。乎人～～去hō͘-lâng～～khì⇨被騙徒詐換去了。

【兌皮 thùi-phôe】 蟬蛇換新皮。蛇～～也choâ～～â⇨同上。

【兌現 thùi-hiān】 tōe-hiān。票據換取現款。所言見諸實現。支票提去銀行～～chi-phiò thê-khì gîn(gûn)-hâng～～⇨同上。你的話都不八～～lí ê oe to-m̄-bat(pat)～～⇨你的話未嘗見諸實行。

【兌換 thùi-oāⁿ】 交替。交換。二領衫抾～～穿耳nn̄g-niá-saⁿ teh～～chhēng niâ⇨兩件衣在交替穿服而已。

【兌齒 thùi-khí】 換發新牙。囡仔抾～～也gín-á teh～～ā⇨孩童在換發新牙了。

【兌換券 thùi-oāⁿ-kǹg】 tōe-oāⁿ-koàn。可以持往發行銀行兌換金幣的紙幣。

thûi
椎 擊物具也。亦即鐵椎thih-thûi也。通槌thûi，亦通鎚thûi。俗多作槌thûi。以椎thûi擊物曰椎thui，椎thui，鍛thoàn也。鍛冶thoàn-iá也。鍛鍊thoàn-liān亦曰椎thūi，俗多作槌thui(見thui椎，thui槌各目)。又樸鈍phok-tūn曰椎thûi，亦即魯鈍ló͘-tūn，愚直gî(gû)-tit也。又末端不尖不利亦曰椎thûi。在秦張良～，在漢蘇武節chāi-chîn tiuⁿ-liâng～, chāi hàn so͘-bú-chiat⇨正氣歌。張良曾與壯士，以巨椎kī-thûi伏擊秦始皇chîn-sí-ông於博浪沙，可惜只中其副車。你有夠～lí ú-kàu～⇨你十足愚蠢gû-chhún。阿～仔a～ā⇨傻瓜sò-koa。針～去也chiam～khì-ā⇨針末不尖不利了。筆尾～去也pit-bóe～khì-ā⇨筆尖不尖了。

【椎仔 thûi-á】 椎thûi槌thûi鎚thûi類之總稱。鐵～～thih～～⇨同上。柴～～chhâ～～⇨同上。摃～～kòng～～⇨①椎仔thûi-á。②擣衣棒tó-i-pāng。

【椎哥 thûi-kò】 哥ko改讀kò。傻瓜的戲稱。～～道是～～～～tō-sī～～⇨傻瓜就是傻瓜。

【椎椎 thûi-thûi】 ㊀愚直gû-tit。傻兮兮。亦作槌槌thûi-thûi。阿三～～，曷有效a-sam～～, ah-ū-hāu⇨阿三傻兮兮，無用也。格～～kek～～⇨傻兮兮的樣子。一顆～～chit-kho͘～～⇨一條愚蠢的傢伙。～～想要食耳～～siūⁿ-boeh-chiah niâ⇨傻兮兮只是想食而已。㊁不尖不利。舊針～～也歹紩kū-chiam～～ā pháiⁿ-thīⁿ⇨老針不尖了難縫衣。筆毛寫到～～去也pit-mô siá-kà～～khì-ā⇨筆尾寫得都禿禿thut-thut了。鑽仔～～，鑽未落去chǹg-á～～, chǹg-bē-loh-khì(ì)⇨鑽子不尖，鑽不下去。

【椎魯 thûi-ló͘】 樸鈍也。其力耕以奉上者，皆～～無能爲者也kî lek-keng í hōng-siāng-chiá, kai～～bû-lêng-ûi-chiá-iá⇨同上。

thûi
槌 同椎thûi。鐵槌thih-thûi。柴槌chhâ-thûi。舂臼槌cheng-khū-thûi⇨舂杵cheng-chhí。摃槌仔kòng-thûi-á。七尺～著留三尺後chhit-chhioh～tioh-lâu saⁿ-chhioh-āu⇨持七尺棒應留三尺爲操棒之餘地。謂凡事須留若干的餘地。硬～拍硬桱ngeh～phah ngē-chiⁿ⇨喻剛愎自用kang-pek-chū-iōng。桱chiⁿ，小木片或

小鐵片，用以使榫頭sún-thâu或鋤頭柄tî-thâu-pēⁿ接觸更加堅固者，曰柴桲仔chhâ-chiⁿ-á，或鋤頭桲ti-thâu-chiⁿ。死～損死蟉蠘sí～kòng sí kā-choah⇨喻死板無機變。蟑螂chiang-lông俗作蟉蠘kā-choah。

【槌仔 thûi-á】 椎仔thûi-á。鐵～～thih～～⇨同上。

【槌損鐵 thûi-kòng-thih】 爭吵。硬碰硬ngeh-phōng ngeh。合伊扴～～～kah-i teh～～～⇨與他在大爭大吵。

thûi
**錘** 稱錘chhìn-thûi也。權khoân謂之錘thûi，其形垂sûi也。

thūi
**倕** 重tāng也。物下垂曰倕thūi。一頭較～chit thâu khah～⇨一頭比較重tāng(較有重量感)。袋仔底眞～扴tē-á-té chin～leh⇨衣袋內很重的(謂衣袋中有很多錢)。俗作墜，其義爲落也，非物下垂也。

【倕倕 thūi-thūi】 ㊀重量。袋仔～～也tē-á～～ā⇨衣袋很重了(很多錢)。㊁下垂的感覺。腹肚恰如～～pak-tó͘ kah-ná～～⇨肚子好像很重(有下垂感)。

【倕累 thūi-lūi】 拖累thoa-lūi。囡仔敎，眞～～gín-á chē, chin～～⇨同上。敎chē，多to也。

## thun

thun
**呑** 咽也。滅也。不嚼而咽之曰呑thun，強佔他人財物曰呑thun，火車讓軌亦曰呑thun。龍～虎嚥liông～hó͘-iàn⇨喻食量大又快。嚥iàn亦咽也。人心不足蛇～象jîn-sim put chiok choâ～chhiūⁿ⇨俗俚。目屎含扴～bak-sái kâm-leh～⇨謂忍受悲痛。秦始皇～六國chîn-sí-ông(hông)～liok-kok⇨秦始皇滅六國而一統天下。鯨～keng～⇨喻強國兼併弱國。～人的家伙～lâng ê ke-hóe⇨侵佔人家的財產。伊要～i boeh～⇨他要接受之。伊攏～i lóng～⇨他全部接受，他全部購買之。亦曰伊總食i chóng-chiah。～乎快車過～hō͘ khoài-chhia-kòe⇨火車避入避車線，讓快車先通過。

【呑吐 thun-thò͘】 ㊀進與出。～～物產的主要港口～～but-sán ê chú-iàu káng-kháu⇨同上。㊁進退。有～～ū～～⇨知進知退。少年人較無～～siàu-liân-lâng khah-bô～～⇨年輕人比較不知進退不辨是非。

【呑車 thun-chhia】 車輛讓軌道。～～線～～soàⁿ⇨爲呑車而設的副線。

【呑金 thun-kim】 據稱是自殺的方法之一。～～而死～～jî-sí⇨同上。

【呑食 thun-chiah】 ㊀強食。～～落腹～～loh-pak⇨強呑入腹。㊁強佔。家伙乎人～～去也ke-hóe hō͘-lâng～～khì-à⇨家財被人侵佔完了。

【呑惀 thun-lún】 忍耐jím-nāi。強自抑制kiâng-chū-ek-chè。該較～～扴ài khah～～leh⇨需要更加忍耐，勸人之詞。眞饺～～也chin-gâu～～à⇨(算是)很會忍耐了。惀lún，思也。亦即退而思也。俗以忍jím讀lún。

【呑路 thun-lō͘】 同呑車thun-chhia。

【呑劍 thun-kiàm】 大道邊王祿仔的把戲pá-hì之一。打拳賣棒的扴表演～～也phah-kûn-bē-pāng-ê teh piáu-ián～～à⇨同上。

【呑聲 thun-siaⁿ(seng)】 強不出聲。哭不成聲。惀氣～～lún-khì～～⇨忍氣呑聲jím-khì-thun-seng。飲恨而～～ím-hīn jî～～(seng)⇨同上。

【呑涎 thun-noā】 咽下口水。勫食力，怵㦝～～kut-lat-chiat-lat, pîn-toāⁿ～～⇨謂勤奮者，自食其力，貪懶者只好自咽口水。勫kut，力作也。

【呑生膏 thun-chheⁿ-ko】 呑食生阿片煙膏。

【呑嘴涎 thun-chhùi-noā】 同呑涎thun-noā。咽口水。

【呑刀吐火 thun-to-thò͘-hóe】 大道藝人的表演的總稱。呑劍thun-kiàm亦其中之一。

【吞雲吐霧 thun-hûn-thò·-bū】 形容食煙chiah-hun食阿片chiah-a-phiàn的景象。歸日安爾～～～～，未輸仙拎kui-jit an-ne(ni)～～～～, bē(bōe)-su-sian-leh(nī)⇨整日如此這般的吞雲吐霧，勝似仙人呢。

thun **椿** 一種大木。俗多讀椿chhun。

【椿萱 thun-soan】 喻父母。

【椿齡 thun-lêng】 喻長壽。

thún **畽** 禽獸所踐處曰畽thún，多人出入踐踏曰畽thún，弄污地方亦曰畽thún。禽獸損害農作物亦曰畽thún。乎囡仔～壞去hō·-gín-á～hāi-khì⇨被孩子們弄害了。人拎～lang-teh-～⇨人們在(出入)踐踏。牛拎～gû-teh～⇨牛隻在踐踏。有山猪來拎～ū soaⁿ-ti lâi teh～⇨有山猪來損害(農作物)。風水乎牛～壞去hong-súi hō·-gû～hāi-khì⇨墳場被牛破壞。逐家拎～tak-ke teh～⇨人人都在隨意破壞。

【畽踏 thún-tah】 踐踏chàm-tah。亦喻居住出入。夥人拎～～，所費眞驚人chē(chōe)-lâng teh～～, só·-hùi chin-kiaⁿ-lâng⇨多人在共同生活，費用很可怕。人拎～～連鞭每壞去lâng teh～～liâm-piⁿ mā-hāi-khì⇨人們在出出入入，馬上就會壞的。

【畽歹去 thún-pháiⁿ-khì(ì)】 畽壞去thún-hāi-khì(ì)。

【畽畽踏踏 thún-thún-tah-tah】 多所畽踏。人拎～～～～lâng teh～～～～⇨人們多所畽踏。

thûn **豘** 同豚thûn。小猪也。凡未成熟之家畜類皆曰豘thûn。猪～ti～⇨未成熟不大不小之中猪。狗～仔káu～á⇨少犬(中狗)。牛～仔gû～á⇨少牛(中牛)。鷄～仔ke～á⇨中鷄。鴨～仔ah～á⇨中鴨。囡仔～gín-á～⇨青少年。

【豘母 thûn-bó】 不能生育的妻子。娶着～～chhoā-tioh～～⇨娶上了不生兒育女的妻子。

【豘豘仔 thûn-thûn-ā】 凡不大不小者皆曰豘豘仔thûn-thûn-ā。～～～道可也～～～tō-hó-ā⇨不大不小中等程度的就可以了。

thûn **豚** 小猪也。同豘thûn。

thûn **黗** 黑也。黑煙之成形者曰黗thûn。煙～ian～⇨烏煙～o·-ian～⇨煙之成形者。烏o·亦黑o·也。鼎～tiáⁿ～⇨附在鍋外的黑煙。煙～燃ian～lo·⇨煙黗ian-thûn。

thūn **坉** 草土塡水曰坉thūn。亦塡tiân也。凡塡塞空虛皆曰坉thūn，俗棄坉thūn用塡tiân而讀塡thūn，何必如此。一孔若海拎，個安怎～chit-khang ná-hái-leh(nī), boeh an-choáⁿ～⇨一個穴大如海的將如何塡之。～是會～得，功夫大耳～sī ē(ōe)～tit, kang-hu toā niâ⇨塡是塡得，功夫大而已。未輸拎～無底坑拎，我豈大本bē(bōe)-su teh～bô-té-kheⁿ-leh(nī), goá ká-toā-pún⇨宛如在塡無底坑一樣嘛，我那有那麼大的本錢。

【坉土 thūn-thô·】 以土塡實之。～～道可以也～～tō khó-í-ā⇨塡土就可以了。

【坉平 thūn-pêⁿ】 塡平tiân-pheng。～～道較好行也～～tō khah-hó-kiâⁿ-ā⇨塡平就較易行了。

【坉本 thūn-pún】 賠本pôe-pún。該更～～ài-koh～～⇨需要再投下本錢。

【坉砂 thun-soa】 以砂塡塞。～～較好坑土～～khah-hó thūn-thô·⇨同上。

【坉海 thūn-hái】 塡實大海。我無拎～～goá bô-teh～～⇨我不做賠不完的生意。原意爲我不在做塡海的傻事。冤禽～～oan-khîm～～⇨炎帝的宮主溺死於東海，化爲鳥，名精衛cheng-ōe。每銜hâm西山木石以塡東海。冤禽oan-khîm即指精衛cheng-ōe也。

【坉路 thūn-lō·】 塡平或塡實道路。

【坉石仔 thūn-chioh-á】 以砂石塡之。～～

～較好，較會離水～～～khah-hó, khah-ē lī-chúi⇨謂坑石仔比較不積水。

【坉石頭 thūn-chio̍h-thâu】 愛勇道該～～～ āi-ióng tō-āi～～～⇨要堅固就須填以石頭。勇ióng，猛béng也，健kiān也。堅固kian-kò͘亦曰勇ióng。

【坉本錢 thūn-pún-chîⁿ】 同坉本thūn-pún。不～～～道無救m̄～～～tō bô-kiù⇨不再賠本下去就救不了了。

【坉地基 thūn-tē-ki】 填實tiân-si̍t基地。連～～～都猶未抄，講啥落成liân～～～to á-bōe(bē)-leh, kóng-siáⁿ lo̍k-sêng⇨地基尚且未坉好哩，還說甚麼落成。

【坉腹肚 thūn-pak-tó͘】 食物以果腹。～～～要緊～～～iàu-kín⇨果腹第一。

【坉嘴孔 thūn-chhùi-khang】 喻三餐之外的零食。～～～道無夠也～～～tō bô-kàu-à⇨只充零食費就不夠了(還說其他)。

## thut

**thut 突** 猝chut也。忽然也。烟囱ian-chhong曰烟突ian-thut。囱chhong，灶上的通氣管。衝～chhiong～⇨相撞。正面衝～chiàⁿ-bīn chhiong～⇨正式的互相反對攻擊。

【突兀 thut-gut】 甚高的樣子。道路～～不平tō-lō͘～～put-pêng⇨謂路面高低不平坦。

【突出 thut-chhut】 尖出chiam-chhut。特別優秀。女校的表演較～～lí(lú)-hāu ê piáu-ián khah～～⇨女校的表演比較優秀。

【突起 thut-khí】 猝然興起。異軍～～ī-kun～～⇨同上。

【突破 thut-phoà】 衝破chhiong-phoà。～～世界紀錄～～sè-kài-kì-lo̍k⇨同上。

【突然 thut-jiân】 忽然hut-jiân。猝然chut-jiân。～～間～～kan⇨突然之間。都講好好的，～～講要取消to kóng-hó-hó-ê, ～～kóng boeh chhú-siau⇨同上。

【突厥 thut-khoat】 古民族名。今之土耳其thó͘-ní-kî的遠祖，唐代的塞外民族。

【突擊 thut-kek】 希特勒的～～隊hi-tek-lá ê～～tūi⇨同上。

【突騎 thut-khî】～～兵～～peng。直衝敵陣的騎馬隊。

【突變說 thut-piàn-soeh】 生物進化論的一種學說，亦即突然變易說thu̍t-jiân-piàn-e̍k-soeh。

【突如其來 thut-jî-ki-lâi】 突然而來。～～～～的變化～～～～ê piàn-hoà⇨事情突然發生的變化。

【突梯滑稽 thut-the-ku̍t-khe】 非常滑稽有趣。～～～～的言談～～～～ê giân-tâm⇨說得流利有趣可笑。

【突貫攻擊 thut-koàn-kong-kek】 軍用詞。我以～～～～，強襲敵巢gó͘ í～～～～, kiâng-si̍p-te̍k-châu⇨同上。

**thut 禿** 禿thut之動詞化。使禿光曰禿thut。例：～鴨毛～ah-mo͘⇨使鴨毛脫光。～身軀～sin-khu⇨使身上的塵垢脫落。亦曰～鉎～sian。

**thut 詘** 詰也。詰問也。貶下曰詘thut。乎校長～hō͘ hāu-tiúⁿ～⇨被校長責罵。叫去～kiò-khì(ì)～⇨召喚去責罵。

【詘詘叫 thut-thut-kiò】 聲聲責罵。態度蠻橫迫人。講着～～～kóng-tio̍h～～～⇨說得詘詘迫人。

**thut 脫** 脫thoat也。離開曰脫thut。詐騙chà-phiàn亦曰脫thut。

【脫仔 thut-á】 小騙子。不成～～m̄-chiâⁿ～～⇨不成器的小騙子。～～脫人～～thut-lâng⇨騙子奪(詐騙)人之物。

【脫仙 thut-sian】 大騙子。亦曰脫棍thut-kùn。

【脫臼 thut-khū】 關節脫離。跋一下～～去

poah chit-ē～～khì(ì)⇨跌一跤致脫臼了。

【脫走 thut-cháu】 逃脫而去。賊仔～～也chhat-á～～à⇨小賊逃脫而去了。

**thut 脫** 脫thoat也。溜脫liu-thoat曰脫thut。拍～去phah～khì(ì)⇨弄脫了。

【脫手 thut-chhiú】 溜手liū-chhiú也。

【脫去 thut-khì(ì)】 溜掉。滑脫kut-thoat。拍～～phah～～⇨同上。

【脫走 thut-cháu】 溜走liu-chau。提到～～去theh kà～～khì(ì)⇨拿得滑走了。

【脫輪 thut-lûn】 脫臼thut-khū。

**thut 秃** 無髮也。凡物落盡皆曰秃thut。無木無草亦曰秃thut。～到無半枝毛也～kà bô-poàⁿ-ki-mo·-a⇨秃得不存一髮了。

【秃山 thut-soaⁿ】 童山tông-san。無草無木之山。

【秃尼 thut-nî(lî)】 對女僧的蔑稱。或通作秃驢thut-lî(lû)。官人不做做～～koan-jîn put-chò chò～～⇨官員不做而做和尚，古尺牘範文。

【秃尾 thut-bóe(bé)】 尾落盡。無尾bô-bóe。～～筆～～pit⇨無毛筆bô-mo-pit。～～龍～～liông⇨斷尾之龍。～～巷～～hāng⇨無尾的巷路。

【秃秃 thut-thut】 光滑無物。頭殼～～彼的道是也thâu-khak～～hit-ê tō-sī-ā⇨頭上無毛那個就對了。～～無毛～～bô-mo⇨光滑無毛。童山～～tông-san～～⇨山無草木曰童山。光～～kng～～⇨全都光了。

【秃頂 thut-téng】 秃頭thut-thâu。頭上無髮。

【秃頭 thut-thâu】 秃頂thut-téng。頭上無髮。

【秃顱 thut-lô·】 無髮頭。亦和尚之蔑稱。

【秃驢 thut-lî(lî)】 和尚的蔑稱。

**thut 黜** 出也。貶斥pián-thek也。罷～pā～⇨開革官職。

【黜陟 thut-thek】 進退人材。陟thek，升也，進用也。

**thut 咄** 咄thuh也。喝hoah也，責罵chek-mē(mā)也。呵ho也，喝呵hoah-ho之聲也。叫去～一睏也kiò-khì(ì)～chit-khùn-à⇨叫去大罵一頓了。～了有忝也～liáu-ū-thiám-à⇨罵得夠嚴重了。同詘thut。

【咄咄叫 thut-thut-kiò】 厲聲喝呵lē-seng-hoah-o。連聲叫罵liân-seng-kiò-mē(mā)。講着～～～kóng-tioh～～～⇨開口就責罵。

【咄咄怪事 thut-thut-koài-sū】 猝然相驚chut-jiân siang-kiaⁿ的意思。

【咄咄逼人 thut-thut-pek-jîn】 逼人太甚pek-jîn thài-sīm。

## u

**u 杇** 塗也。粉刷也。糞土之牆不可～pūn-thô-chi-chiûⁿ put-kho～⇨論語。

**u 汚** 水不流也，亦作汙。穢也，濁也。貪～tham～⇨利用職權收取不當的酬謝。

【汚穢 u-ōe】 不潔淨。

【汚染 u-jiám】 創垃圾去也chhòng lah-sap khì ào 環境～～khôan-kèng～～⇨將環境變pìⁿ歹去。

**u 窩** 穴居也，下陷處也。居住。田螺～chân-lê～⇨田螺的居處。罔～仔罔～bóng～á bóng～⇨暫時勉強居之。

**ú 宇** 四方上下謂之宇。居也，屋邊也。宇宙ú-tiu⇨四方上下曰宇，往古來今曰宙。

**ú 噎** 飯氣塞喉。拍～仔phah～á⇨打嗝兒。

**ū 有** 存在。所有。無之反也。錢～，不驚世事chîⁿ～, m̄-kiaⁿ sè-sū⇨有錢，就不怕事。有了錢，膽就壯了。

【有人 ū-lâng】 某人。一部份的人。～～肯，～～毋肯～～khéng, ～～m̄-khéng⇨有些人

答應，有些人不答應。

【有存 ū-chhun】 有多。～～錢～～chîⁿ⇨錢有多了。

【有噱 ū-kiok】 有價值。即頓飯眞～～chit-tǹg-pn̄g chin～～⇨這餐飯有價值(不貴而且實惠)。噱kiok大笑也，俗作局非。

【有的 ū-ê】 多指物。～～壞也，～～猶好好～～hāi-ā, ～～iáu hó-hó⇨有些壞了，有些還很好。

【有神 ū-sîn】 有靈顯。譬如孩兒在某種情形下一定會意外洩屎尿，使母甚覺難堪時就會怒斥：這毋恰若～～抄！che m̄ ká-ńa～～lè⇨同上。或：煞～～也呢soah～～ā neh⇨眞的有神在作祟的了。

【有著 ū-tioh】 ㊀中的。即次～～紅心chit-chhù～～âng-sin⇨此次打中紅心。㊁及格。考～～khó～～⇨考中了。

【有道 ū-tō】 ～～做一站，無道虎撐頷～～chò chit-chām, bô-tō hó thèⁿ ām⇨有了就一下子吃了，沒了才羨慕他人。

【有量 ū-liāng(liōng)】 肚量大，能容忍也。

【有錢 ū-chîⁿ】 富有。～～使鬼會挨磨～～sái-kúi ē e-bō⇨同上。

【有功無賞 ū-kong-bô-siúⁿ】 有功而無獎賞。～～～～，打破著賠～～～～, phah-phoà tioh-pôe⇨同上。

【有好無僫 ū-hó-bô-bái】 很好。只有好不會壞。

【有耳無嘴 ū-hīⁿ-bô-chhùi】 准聽不准言。囡仔人～～～～gín-á-lâng～～～～⇨孩子聽可以，不能開口陳述意見。

【有脚有手 ū-kha-ū-chhiú】 ㊀無法控制之。㊁繪聲繪影，講到～～～～kóng-kà～～～～⇨講得非常逼眞。

【有路無厝 ū-lō-bô-chhù】 無家可歸。放蕩。恰若～～～～的hòng-tōng ká-ná～～～～ê⇨恰似無家可歸的人。

【有綏無捾 ū-sui-bô-koāⁿ】 ㊀無根據。免講彼類～～～～的bián-kóng hit-lōe～～～～ê⇨同上。㊁無實惠。～～～～的曷有效～～～～ê, ah-ū-hāu⇨無實際好處，有何用。

【有算無貫 ū-sǹg-bô-kǹg】 空有數字無實惠。～～～～好看不好食～～～～hó-khoàⁿ m̄-hó-chiah⇨空頭數額，中看不中吃。

【有頭有面 ū-thâu ū-bīn】 有地位或有名聲。伊算是～～～～的人i-sǹg-sī～～～～ê lâng⇨他可以說是有地位很體面的人。

【有錢有勢 ū-chîⁿ-ū-sè】 又富有又有權勢。

【有聲有影 ū-siaⁿ-ū-iáⁿ】 非常眞實。講到～～～～kóng-kà～～～～⇨講得甚具體。同有脚有手之㊁。

【有食更有掠 ū-chiah koh ū-liah】 作客飯後又有禮物可帶回家時的慣用詞。

【有一好無二好 ū-chit-hó-bô-nn̄g-hó】 謂事難兩全。

【有前蹄無後爪 ū-chêng-tê-bô-āu-jáu】 罵人事後不予收拾或不恢復原狀。不知佗一個～～～～～的m̄-chai to-chit-ê～～～ê～～⇨不知是那一個跛脚或瘸手的才這麼沒規紀。

【有食冇食的工夫 ū-chiah bô-chiah ê kang-hu】 往日家用粗幼家具類或女兒嫁粧多邀請工匠來家製造，除工資之外，住宿膳食當然皆由東家供應，而這些工匠多刻薄之人，要視東家的三餐待遇如何而分其作品之粗幼或工作期間之長短，乃有此詞之產生，意謂工夫之好壞，期間之長短，概由有食（待遇厚）或無食而定之。

【有翁若無查甫人 ū-ang-ná-bô-cha-po·-lâng】 有名無實。謂有夫卻與無男人一樣。

## ui

**威** ui 尊嚴也。力也。囡仔閃開，大人展～gín-á siám-khui, toā-lâng tián～⇨大人出現

要小孩兒為其讓座的戲言。作～作福chok～chok-hok⇨利用權勢胡作亂為。人有人～，虎有虎～lâng ū lâng～, hó͘-ū, hó͘～⇨同上。

【威力 ui-lek】 令人懼怕的力量。颱風的～～減退也thai-hong ê～～kiám-thè-à⇨颱風的威力減少了。

【威風 ui-hong】 威嚴ui-giâm的模樣。假～～ké～～⇨狐假虎威hô͘-ké-hó͘-ui。～～凜凜，屎企抄斗～～lím-lím, sái khiā-le-thîn⇨罵假威風者之詞。屎企抄斗sái khiā-le-thîn與殺氣騰騰sat-khì thêng-thêng諧音。

【威信 ui-sìn】 有威則可畏，有信則樂從，治人要訣也。～～未立～～bī-li̍p⇨少年當家，或新官初任。

【威脅 ui-hia̍p】 以力迫人。～～利誘～～lī-iú⇨同上。

【威儀 ui-gî】 各種儀禮。禮儀三百，～～三千lé-gî sam-pek, ～～sam-chhian⇨同上。

【威嚇 ui-he̍k】 展示威力用以嚇人。～～射擊～～siā-ke̍k⇨中共在台海軍事演習。

【威嚴 ui-giâm】 威武嚴峻。人伊眞有～～lâng i chin-ū～～⇨他很有威嚴。

ui
**衣** 胎衣the-i曰衣ui。～落也～lo̍h-à⇨胎衣下來了。

【衣帶 ui-toà】 胎衣胎帶。

ui
**褫** 毀也。凡減損皆曰褫ui。磨損mô-sún曰褫ui。鐵人亦會～thih-lâng ia̍h-ē(ōe)～⇨鐵人也會磨損(何況血肉之身)。鞋底～也ê-té～a⇨鞋底磨損了。許都未～的，曷要緊he to bē(bōe)～ê, a̍h-iàu-kín⇨那是不磨損的，怕什麼(笑話)。

úi
**委** 任也。託付也。～人去發落～lâng khì hoat-lo̍h⇨託人去設法辦理。簡薦～kán chiàn～⇨當今官階。

【委任 úi-jīm】 ㊀託付。攏～～你了lóng～～lí-lō͘⇨全部託你承擔了。～～狀～～chn̄g⇨同上。㊁官階。～～官～～koaⁿ⇨初階的官員。

【委屈 úi-khut】 志不伸，才不用。阿三較～～a-sam khah～～⇨大才小用。老兄～～了lāu-hiaⁿ～～liâu⇨表示慰問之意。

【委員 úi-oân】 立法～～li̍p-hoat～～⇨同上。調解～～⇨同上。～～制～～chè⇨一種合議制。主任～～chú-jīm～～⇨同上。

【委託 úi-thok】 亦委任也。～～販賣～～hoàn-bē(bōe)⇨同上。

【委蛇 úi-siâ】 虛與～～hi í～～⇨假意與之應付拖延時間。

【委曲求全 úi-khiok-kiû-choân】 勉強遷就以免中途而毀。大勢如此，只好～～～～了tāi-sè jî-chhú, chí-hó～～～～liâu⇨同上。

úi
**萎** 枯也。無木不萎úi。枯～ko͘～⇨同上。哲人其～thiat-jîn kî～⇨弔喪套詞。凋～tiau～⇨凋謝tiau-siā。

【萎謝 úi-siā】 凋謝tiau-siā。

【萎靡不振 úi-bî-put-chín】 精神萎縮元氣大傷。

úi
**諉** 託辭也。推～thui～⇨①推卸責任。②引伸為麻煩。安爾會較推～an-ne(ni) ē(ōe)-khah thui-～⇨如此可能較麻煩。代誌眞推～到㑑猶抄拖不tāi-chì chin thui～kà-taⁿ iáu-teh-thoa-m̄事情非常麻煩，至今還在拖延未能解決。

úi
**諱** 隱也。避pī也。為尊者～，為親者～，為賢者～ūi chun-chià～, ūi chhin-chià～, ūi hiân-chià～⇨古人避而不言此三者之名也。

【諱言 úi-gân】 hūi-gân。拒人言其缺失。無可～～bû-khó～～⇨其罪惡已經昭彰，無須再為隱蔽也。

【諱疾忌醫 úi-chi̍t-kī-i】 有病忌見醫生，有過怕人規勸。如更安爾～～～～也，最後是自呑惡果耳啦nā-koh an-ne(ni)～～～～à, chòe-āu sī chū-thun ok-kó niā-là⇨如果再如此拒

人規勸不納忠言，終將自食其果耳。

【諱莫如深 úi-bok-jî-chhim】 謂隱蔽極密，輕易不說出，令人難測其眞相。

úi
唯 喚人或喚起注意之詞。同喂ói。又竭力之詞。～，你來～, lí lâi⇨喂，你來ói, lí lâi。～，逐家較恬抄～, tak-kê khah-tiām-leh⇨喂，大家靜一點。

【唯將 úi-chiàng】 共同出力時的呼聲。亦逗嬰兒學立學步之詞。～～呀～～ā⇨同上。

【唯一下 úi-chit-ē】 同唯將úi-chiàng。更～～～koh～～～⇨再拼一次。

úi
偉 奇也，大也。奇異也。盛大也。壯美也。～哉大矣～chāi tāi-ī⇨同上。

【偉人 úi-jîn】 建立大功大業之人。一代之～～it-tāi chi～～⇨同時代無人可比之大人物。

【偉大 úi-tāi】 不平凡put-pêng-hoân。不尋常put-sîm-siâng。阿三確實～～a-sam khak-sit～～⇨阿三不平凡！～～的計劃～～ê kè-ōe⇨同上。～～的母愛～～ē bó-ài⇨同上。

【偉業 úi-giap】 大事業。豐功～～hong-kong～～⇨同上。

【偉丈夫 úi-tiāng-hu】 高大健壯的男子。

ùi
飫 飽也。饜iàm也。飽足也。飲食飽足怕再飲食曰飫ùi。食到～也chiah-kà～à⇨同上。看著道～khoāⁿ-tioh tō～⇨一看見就怕(食)了。未輸蠻牛肚的較食都未～bē(bōe)-su gû-bân-tō·-ê khoh-chiah to bē(bōe)～⇨好像是牛蠻肚的怎麼吃都吃不饜。我～了goá～lō·⇨我(十分飽了)不敢再食了。人講食肉該菜夾，無連鞭道～也lâng-kóng, chiah-bah ài-chhài-kah, bô liâm-mi tō～à⇨古人言，吃肉須蔬菜來配合，否則一下子就討厭了。

【飫飫 ùi-ùi】 怕再食。自底～～抄chū-té～～lè⇨本來就饜饜地了。饜iàm，飽足也。

【飫嘴 ùi-chhùi】 選擇食品。病後有較～～pēⁿ(pīⁿ)-āu ū-khah～～⇨同上。

ùi
畏 懼也。忌也。怯也。大無～精神tāi-bû～cheng-sîn⇨同上。免～biân～⇨安啦an-là。做你不免～chò(chòe)-lí m̄-biân～⇨你絕對不要怕。免～敢是免仰較有影抄biân～káⁿ-sī biân-ùiⁿ khah-ū-iáⁿ-lè⇨(你說)不要怕恐怕是不要希望才是眞的。畏ùi仰ùiⁿ諧音。仰ùiⁿ，仰望ùiⁿ-bāng，亦即希望hi-bōng也。大～大，細～細toā～toā, sè～sè⇨對長輩下輩都畏縮不前。後生可～hō·-seng khó～⇨同上。

【畏人 ùi-lâng】 怕人。無～～bô～～⇨不怕人。不敬重長輩。攏無～～lóng-bô～～⇨同上。

【畏友 ùi-iú】 敬畏之朋友。

【畏死 ùi-sí】 怕死phàⁿ-sí。～～父，俠食饅頭～～pē, boeh-chiah bîn-thâu⇨謂又怕父死，又想吃饅頭。饅頭bîn-thâu者祭棺柴頭用品也。

【畏忌 ùi-kī】 顧忌kò·-kī。

【畏冷 ùi-léng】 怕冷。～～畏熱～～ùi-jiat⇨驚寒驚熱。

【畏怯 ùi-khioh】 ùi-khiap。懼怕kī-phàⁿ。

【畏事 ùi-sū】 怕事。怕發生問題。阿三有較～～a-sam ū-khah～～⇨阿三怕事。

【畏途 ùi-tô·】 可怕之路徑。視若～～sī-jiak～～⇨看做不敢行的路。

【畏寒 ùi-koâⁿ】 怕寒。～～畏熱～～ùi-joah⇨同上。講彼類話，亦未～～kóng hit-lōe-ōe, ah-bē(bōe)～～⇨說那種(可恥)話也不寒戰。謂面皮厚。

【畏見笑 ùi-kiàn-siàu】 怕羞。家己的人不免～～～ka kī ê lâng m̄-biân～～～⇨自家人不用怕羞。

【畏羞人 ùi-siàu-jîn】 怕見他人。即個囡仔眞～～～chit-ê gín-á chin～～～⇨此孩子甚怕見人。

【畏惹事 ùi-jiá-sū】 畏事ùi-sū。我眞～～～goá chin～～～⇨我甚討厭發生問題。

ùi
**尉** 官名。太～thài～⇨古官名。掌兵事，可能等於今之國防部長官。廷～têng～⇨古官名，掌獄，可能等於今之司法部長。校～kàu～⇨古官名，軍官。

【尉官 ùi-koaⁿ】 尉級的軍官，在士官之上校官之下的下級軍官。有上中少三階。

ùi
**慰** 安也。用言詞安撫人心也。安～an～⇨同上。自～chū～⇨醫學名詞。

【慰問 ùi-būn】 慰勞問候。～～前線官兵～～chiân-soàⁿ kun-peng⇨同上。

【慰勞 ùi-lô】 略同慰問ùi-būn。

【慰撫 ùi-bú】 慰勞安撫。無由～～忠臣意，故把親兒擲馬前bû-iû～～tiong-sîn-ì, kò·-pá chhin-jî tek-má-chiân⇨長坂坡。

ùi
**對** 對tùi曰對ùi。對伊討tùi-i-thó曰對伊討ùi-i-thó。

ùi
**蔚** 草木茂盛也。又文彩盛也。～爲奇觀～ûi kî-koan⇨同上。～爲文宗～ûi bûn-chong⇨成爲文壇領袖。

ûi
**帷** 帳幕也。遮圍之帳幕。錦～kím～⇨錦羅帳亦即錦蚊帳也。

【帷幄 ûi-ok】 軍帳。運籌～～中，決勝千里外，吾不如子房ūn-tiû～～tiong, koat-sìn chhian-lí-goā, gô· put-jî chú-pâng⇨劉邦語。子房chú-pâng，即張良tiuⁿ-liâng也。

ûi
**圍** 圍ûi俗作囗ûi。守也。環繞其城邑以牆也。又遮捉禽獸曰圍ûi。墻～chhiûⁿ～⇨同上。竹～tek～⇨竹垣也。範～hoān～⇨同上。籬笆未～lî-pa bōe(bē)～⇨圍牆未築。身陷重～sin hām tiông～⇨被敵團團～住thoân-thoân～chū。奮力脫～hùn-lek thoat～⇨拼命逃出。包～作戰pau-～chok-chiàn⇨自古至今，還是最佳戰術。

【圍攻 ûi-kong】 包圍攻擊的省詞。三面～～saⁿ bīn～～⇨同上。

【圍困 ûi-khùn】 圍攻而絕其退路。四方八面共伊～～sì-hong pat-bīn kā-i～～⇨同上。

【圍海 ûi-hái】 包圍大海。褪褲～～thǹg-khò·～～⇨喻絕不可能的野心。褪thǹg，脫衣見體thoat-i-kiàn-thè也。

【圍棋 ûi-kî】 奕棋ek-kî。以橫直各十九線之棋盤，各持一百八十之黑白子，依次各下一子於棋盤上，佔地(曰目bak或眼gán)多者爲勝的甚妙的益智遊戲。

【圍牆 ûi-chhiûⁿ】 房屋的護墻。墻圍仔chhiûⁿ-ûi-á也。

【圍爐 ûi-lô】 二九暝～～jī-káu-mê～～⇨除夕家族團圓。

ûi
**闈** 宮中之門也。試院也。入～jip～⇨考官入考場擬考題。

ûi
**遺** 亡失也。餘也。留也。路不拾～lō· put-sip～⇨喻太平盛世。謂路上之物無人扱bô-lâng-khioh。扱khioh，亦拾取sip-chhí也。補～pó·～⇨加印遺漏部分也。後～症hō·～chèng⇨癒後所生之病症。

【遺失 ûi-sit】 丟掉tiu-tiāu。拍不見phah-m̄-kìⁿ。～～啓事～～khé-sū⇨報紙上有此一廣告欄。

【遺址 ûi-chí】 古跡舊址kó·-chek-kū-chí。鄭氏～～tēⁿ-sī～～⇨鄭成功留下之舊址。

【遺言 ûi-giân(gân)】 死者的留言。先父的～～sian-hū ê～～⇨老父過身前講的話。

【遺尿 ûi-jiō】 失尿sit-jiō，尿失禁。囡仔～～gín-á～～⇨孩童夜眠黍尿。

【遺恨 ûi-hīn】 一生未竟之事。～～終生～～chiong-seng⇨同上。

【遺臭 ûi-chhàu】 ûi-hiù。留下臭名。不留芳百世，卻～～萬年put-liû-hong pek-sè, khiok～～bān-liân⇨同上。

【遺骨 ûi-kut】 前人之骨骸kut-hâi或骨灰kut-hoe。迎葬～～gêng-chōng～～⇨同上。

【遺缺 ûi-khoeh】 ûi-khoat。官員或職員去職後的空位置。猶有～～未補扵iáu-ū～～bōe(bē)-pó·-leh⇨還有空位還未補人。

【遺書 ûi-si】 死者的留書。現場有死者的～～hiān-tiûⁿ ū sí-chiâ ê～～⇨同上。

【遺族 ûi-chok】 死者之家族。～～代表～～tāi-piáu⇨同上。

【遺產 ûi-sán】 前代留下的產業。～～相續法～～siang-siok-hoat⇨法律有此一篇。～～稅～～sòe⇨遺產相續稅。

【遺愛 ûi-ài】 前人的仁愛。～～永留人間～～éng-liû jîn-kan⇨輓詞常用。

【遺傳 ûi-thoân】 前代的特質(好與壞)遺留在下代子孫身上。～～學～～hak⇨同上。

【遺精 ûi-cheng】 夢精bōng-cheng。夢泄bōng-siat。

【遺漏 ûi-lāu】 脫落thoat-lok。脫漏thoat-lāu。更巡看有～～否koh-sûn-khoàⁿ ū～～bò⇨再檢視看看有無遺漏之處。

【遺憾 ûi-hām】 不滿意。本席深感～～的所在pún-sek chhim-kám～～ê só·-chāi⇨所謂大員的致詞。

【遺囑 ûi-chiok】 臨終交託之言。國父～～kok-hū～～⇨同上。

【遺棄罪 ûi-khì-chōe】 法律名詞。扶養義務人不履行其扶養責任。

【遺腹子 ûi-hok-chú】 亡夫留在未亡人腹中的胎兒。伊守彼個～～～到長大成人i chiú-hit-ê～～～kàu tiáng-tāi sêng-jîn⇨她守那遺腹子直到長大成人。

ûi **違** 離也。背也。行事而背之曰違ûi。久～kiú～⇨離別久了。依～不能決i～put-lêng-khoat⇨可否不能決。暫時相賞莫相～chiām-sî siang-siáng bok-siang～⇨古詩。

【違反 ûi-hoán】 違背ûi-pōe。違犯ûi-hoān。彼顆不知會更～～未hit-kho· m̄-chai ē(ōe)-koh～～bē(bōe)⇨那傢伙不知會不會又毀約否。

【違犯 ûi-hoān】 違規犯法ûi-kui-hoān-hoat。毋敢～～閫令m̄-káⁿ～～khûn-lēng⇨不敢犯了太太的命令。閫khûn，女子所居也。家中發之於婦女所居之命令，惟太太也，何敢違抗！閫亦指古時統兵在外，君命有所不從之將帥也。

【違忤 ûi-ngó͘】 違抗父母。忤逆ngó͘-gek。

【違拗 ûi-áu】 違抗ûi-khòng。不順從。老父曷會～～得，我不敢lāu-pē ah-ē(ōe)～～tit, goá m̄-káⁿ⇨父親怎麼可以不順從，我不敢也。

【違和 ûi-hô】 身體不適。有病。

【違法 ûi-hoat】 不合法令。～～犯禁～～hoān-kìm⇨同上。

【違背 ûi-pōe】 違反ûi-hoán。～～契約～～khè-iak⇨同上。

【違憲 ûi-hiàn】 違背憲法。

【違約金 ûi-iak-kim】 契約書上所定的違約罰。

【違禁品 ûi-kìm-phín】 禁止販運之物。

【違警例 ûi-kéng-lē】 刑法外的警察法。犯著～～～hoān-tioh～～～⇨同上。

【違心之論 ûi-sim-chi-lūn】 遷就權勢所作非出自本心的言論。伊亦敢講彼類～～～～i iah-káⁿ kóng hit-lōe～～～～⇨他竟敢說出那種沒良心之話。

ûi **爲** 作爲。治也。所作所～só·-chok-só·～⇨同上。敢作敢～káⁿ-chok-káⁿ～⇨同上。行～能力hêng～lêng lek⇨同上。有作有～iú-chok-iú～⇨同上。認～不適當jīm～put-sek-tong⇨同上。自以～是chū í～sī⇨同上。國仇未報，何以家～kok-siû bī-pò, hô í ka～⇨同上。

【爲人 ûi-jîn】 ㊀做人chò-lâng。～～忠厚～～tiong-hō·⇨同上。㊁爲他人。～～服務～～hok-bū⇨同上。

【爲力 ûi-lek】 盡力chīn-lek。無能～～bû-lêng～～⇨毫無辦法。

【爲止 ûi-chí】 截止chiat-chí。到本月底～～kàu pún-goeh-té～～⇨同上。昨日道～～

也chah-jit tō～～ā⇨昨天就截止了。

【爲生 ûi-seng】 過生活。做小工～～chò (chòe) sió-kâng～～⇨打工維生。

【爲定 ûi-tēng】 做決定。一言～～it-giân～～⇨同上。

【爲胎 ûi-thai】 做押品。亦即當抵押品。

【爲記 ûi-kì】 做記號。爲憑ûi-pîn。各人一脚手指～～kok-lâng chit-kha chhiú-chí～～⇨各人有一指環爲標誌。

【爲患 ûi-hoān】 造成災禍。～～地方～～tē-hng⇨在地方造成災害。

【爲準 ûi-chún】 做認定的標準。十二點以前到位～～chap-jī-tiám í-chêng kàu-ūi～～⇨十二時以前到達才算。過十二點者就不算。

【爲憑 ûi-pîn】 爲證ûi-chèng。爲記ûi-kì。

【爲頭 ûi-thâu】 做頭之人。領導人。阿三～～一陣十幾人a-sam～～chit-tīn chap-kúi-lâng⇨同上。

【爲證 ûi-chèng】 做證據。有詩～～iú-si～～⇨有詩詞做證據。

【爲非作歹 ûi-hui-chok-tái】 作盡壞事。～～～～，無所不至～～～～，bû-só·-put-chì⇨作惡多端，無所不爲。

【爲虎作倀 ûi-hó·-chok-tiâng】 助惡人爲惡。倀tiang者爲虎咬死者之鬼魂，反而引人來飼虎云。

**維** ûi 繫也。連絡也。通唯ûi。又通惟ûi。纖～chhiam～⇨同上。

【維持 ûi-chhî】 ～～現狀～～hiān-chōng⇨無須改變。～～未稠也～～bē(bōe)-tiâu-ā⇨維持不下去了。

【維揚 ûi-iâng】 我武～～gó·-bú～～⇨我方武力發揚擴大。

【維新 ûi-sin】 周雖舊邦，其命～～chiu sui kiū-pang, kî-bēng～～⇨同上。

【維繫 ûi-hē】 ～～民心～～bîn-sim⇨保持人民的擁護。

【維也納 ûi-iá-lap】 Vienna。地名。歐洲故都，亦今奧地利首都。

【維他命 ûi-tha$^{n}$-bēng】 Vitamine。化學名詞，亦曰維生素ûi-seng-sò·或活力素oah-lek-sò·。

【維生素 ûi-seng-sò·】 維他命ûi-tha$^{n}$-bēng。

【維那斯 ûi-na-su】 Venus。羅馬神話中的司美之女神。～～～型的美人～～～hêng ê bí-jîn⇨美得像美神。

**惟** ûi 思也。獨也。思惟su-ûi。通維ûi或唯ûi。～一的生存者～it ê seng-chûn-chiá⇨僅有活下來的一個。

【惟有 ûi-iú】 但看古來歌舞地，～～黃昏鳥雀悲tàn-khàn kó·-lâi ko-bú-tē, ～～hông-hun niáu-chhiak-pi⇨唐詩。

【惟利是圖 ûi-lī-sī-tô·】 回頭吧，見利忘義，～～～～的朋友hôe-thâu-pah, kiàn-lī bōng-gī, ～～～～ē pêng-iú⇨同上。

【惟妙惟肖 ûi-miāu-ûi-siàu】 模仿得精妙如眞。共人學到安爾～～～～kā-lâng oh-kà an-ne～～～～⇨學人家的樣子學到精妙如眞的一樣。

【惟我獨尊 ûi-gó·-tok-chun】 天上天下～～～～thian-siāng thian-hē～～～～⇨同上。

【惟命是從 ûi-bēng-sī-chiông】 絕對服從。小弟敢不～～～～sió-tī kám-put～～～～⇨我一定聽你講的。

**位** ūi 凡所坐立者皆曰位ūi。事物之所在也。又尊稱也。方～hong～⇨同上。坐～chē～⇨同上。職～chit～⇨同上。坐大～chē-toā～⇨佔上席。皇帝～hông-tè～⇨同上。我知～goá chai～⇨我知其所在。拍著部～phah-tioh pō·～⇨打傷了要害。諸～貴賓chu～kùi-pin⇨同上。各～同學kok～tông-hak⇨同上。不在其～不謀其政put-chāi kî～put-bô· kî-chèng⇨同上。都敢徙～去也to-kán soá～khì-ā⇨恐怕遷移別地了。 侎去佗～boeh-khì to(ta)～⇨要往何方。你帶佗～lí toà to(ta)～⇨君居何處。

【位置 ūi-tì】㊀所在地。我台灣的～～在太平洋西，菲律賓之北，日本之西南gó· tâi-oân ê ～～ chāi thài-pêng-iû$^{n}$-se, hui-li̍p-pin chi pak, ji̍t-pún chi se-lam⇨同上。㊁地位。彼的～～相當重要hit-ê ～～ siang-tong tiōng-iàu⇨同上。㊂安置，布置。各要點都有～～親信kok-iàu-tiám to-ū～～chhin-sìn⇨同上。

【位極人臣 ūi-kek-jîn-sîn】首相。一人之下，萬人之上，正是～～～～了it-jîn chi hē, bān-jîn chi siāng, chià$^{n}$-sī～～～～liàu⇨皇帝之下的第一號人物。

**ūi 胃** 胃臟ūi-chōng也。消化器官之一。在食道之下，小腸之上。即所謂腸肚tn̂g-tō·之肚tō·也。脾～𤺪pî～lám⇨脾胃不健壯。傷～固～siang～kò·～⇨謂某物對胃有傷害，某藥可使胃堅固。

【胃口 ūi-kháu】食慾sit-io̍k。～～好～～hó⇨同上。

【胃病 ūi-pē$^{n}$(pī$^{n}$)】有關胃的病症。多指消化不良。

【胃液 ūi-e̍k】胃的分泌物。助消化的重要東西。

【胃散 ūi-sán】助消化的藥粉。市販的種類甚多。所謂無效的神通散bô-hāu ê sîn-thong-sán亦其一也。

【胃癌 ūi-gâm】最嚴重的胃病。

【胃下垂 ūi-hā-sûi】一種胃病。起自食量過多。

【胃出血 ūi-chhut-hoeh(huih)】胃病之一。

【胃腸病 ūi-tn̂g-pē$^{n}$】胃與腸的各病症。

【胃潰瘍 ūi-khùi-iâng】嚴重的胃病。胃潰爛甚至開穴之病。多非開刀切除不可。

【胃酸過多 ūi-sng-kòe-to】胃酸分泌過多的病。

**ūi 謂** 所謂só·-ūi也。意爲人家所說的。～～阿西道是你彼款的～～a-se tō-sī lí-hit-khoán-ê⇨人家所說的阿西就像你這種人。無～～bû ～～⇨凡事不關重要皆曰無所謂bû-só·-ūi。你講無～～，我想是有所因lí-kóng bû ～～, goá-siū$^{n}$ sī iú-só·-in⇨你說沒關係，我想是必有原因。

**ūi 爲** 祖護曰爲ūi。亦圍ûi也。圍而保護之曰爲ūi。來，阿媽共你～lâi, a-má kā-lí～⇨過來吧，祖母保護你。阿公來～a-kong lâi～⇨祖父來祖護(小孫)。翁某拍到都無人敢～ang-bó· phah-kà to bô-lâng ká$^{n}$～⇨夫妻倆打得(落花流水)都無人有膽爲之拉開。

**ūi 畫** 畫ōe也。畫圖ōe-tô·⇨畫圖ūi-tô·。畫虎生ōe-hó·-lān⇨畫虎卵ui-hó·-lān，亦即花言巧語以設計人也(見oe部)。

## un

**un 殷** ㊀殷in也。作樂之盛也。凡盛皆曰殷in, un。㊁朝代名。在周前夏後，亦曰商siang。夏～周hā～chiu⇨同上。㊂姓。

【殷盛 un-sēng】in-sēng。盛大繁榮。市況～～chhī-hóng～～⇨同上。

【殷商 un-siang】in-siang。殷實的商人。～～巨戶集中之地～～kī-hō· chi̍p-tiong chi tē⇨同上。

【殷墟 un-hi】in-hi。殷都的故址。

【殷實 un-si̍t】in-si̍t。富裕充實。～～的商人～～ê siang-jîn⇨同上。

【殷鑑 un-kàm】in-kàm。鑒戒kàm-kài。～～不遠，在夏后之世～～put-oán, chāi hē-hō· chi sè⇨同上。

**un 慇** 慇懃in-khîn⇨慇懃un-khûn。情實意盛也。亦作殷勤in-khîn。

**un 恩** 恩in也。無恩不受祿bô-in-put-siū-lo̍k⇨無恩不受祿bô-un-put-siū-lo̍k(見in部)。

**un 蹲** 踞也。坐地上曰蹲un。脚失力而坐地曰蹲un。囡仔於土脚～gín-á tī thô͘-kha～⇨孩子在地上爬。～到歸身土也～kà kui-sin thô͘-ā⇨爬得全身是土了。

【**蹲落去** un-lo̍k-khì(ì)】 跌坐落地。拍一下耳道～～～也phah-chi̍t-ē-niā tō～～～à⇨打一拳而已就跌坐地上了。

**un 熅** 火之無炎者也。熅仔火un-á-hóe⇨文火bûn-hóe，亦即慢火bān-hóe。

**un 鰮** 魚名。花旗～hoe-kî～⇨美國產的鹹鰮魚也。與鹹鰱魚kiâm-liân-hî，同爲古農家之主要副食。

【**鰮仔魚** un-á-hî】 花旗鰮hue-kî-un。做田人有～～～可食道超逡二九暝昏了chò(chòe)-chhân-lâng ū～～～hó-chia̍h tō chiau-ûn jī-káu-mê-hng-lò͘⇨謂農家有花旗鰮可食就如同除夕一樣不壞了。

**un 溫** 煖也，和也。尋也。氣～khì～⇨大氣之溫度。體～thé～⇨同上。一～十寒it～si̍p-hân⇨一日暖十日寒。謂溫習一天，荒廢十天。保～罐pó～koàn⇨熱水瓶jia̍t-chúi-pân。

【**溫水** un-chúi】 溫和的水。～～罐(瓶)～～koàn(pân)⇨熱水罐(瓶)或謂保溫瓶。

【**溫良** un-liâng】 柔善。～～恭謙～～kiong-khiam⇨和善恭敬謙卑。

【**溫和** un-hô】 ㊀中和。氣候～～khì-hāu～～⇨同上。㊁和善。面貌～～bīn-māu～～⇨同上。～～派～～phài⇨作風中和的黨派。

【**溫泉** un-choâ$^{n}$】 由地中湧出的熱水泉。廬山～～lô-san～～⇨同上。

【**溫厚** un-hō͘】 溫和寬厚。

【**溫室** un-sek】 特別設計以保持一定溫度的房間或設施，多爲栽培特別或季節外的植物而設。

【**溫度** un-tō͘】 計量冷熱程度的名詞。～～計～～kè⇨計量溫度之儀器。

【**溫凊** un-chhèng】 爲人子之禮。冬溫而夏凊。謂冬日溫之以禦寒，夏日凊之以致涼。

【**溫情** un-chêng】 溫和的情感。～～主義～～chú-gī⇨謂勞資雙方宜以家族性的溫情相勉，不宜以敵對的觀念對立的主張。

【**溫習** un-si̍p】 複習。～～功課～～kong-khò⇨將功課再餾一下。

【**溫帶** un-tài】 地理學名詞。自北(南)極而南(北)至赤道間，各有寒帶，溫帶，熱帶之分。

【**溫順** un-sūn】 柔順jiû-sūn。

【**溫暖** un-loán】 溫和平靜圓滿。～～的家庭～～ê ka-têng⇨同上。三～～sam～～⇨當今流行的一種洗澡法。

【**溫柔鄉** un-jiû-hiang】 俗指女人女色爲主的娛樂場所。

【**溫文儒雅** un-bûn-jû-ngá】 溫和斯文風雅。形容風度之詞。

【**溫故知新** un-kò͘-ti-sin】 複習舊功獲得新知。～～～～，可以爲師矣～～～～，kó͘-í ûi-su-ì⇨同上。

**un 瘟** 流行性的疾病也。豬～ti～⇨同上。鷄～ke～⇨同上。著～也是不tio̍h～ā sī-m̄⇨罵人之詞，謂你是否患上瘟疫了，否則何以如此的不中用。我無抾著～抾goá bô-teh tio̍h～lè⇨我非著瘟的，不那麼不中用。同：我豈病goá ká-pē$^{n}$。

【**瘟疫** un-e̍k】 急性流行病的總稱。

【**瘟神** un-sîn】 衰神soe-sîn。惡神ok-sîn。未輸～～爾，行到許衰到許bē(bōe)-su～～lè, kiâ$^{n}$-kā-hiah soe-kā-hiah⇨眞如瘟神一樣，跑到何處衰運也跟到何處。

**ún 穩** 安也。必也。有～ū～⇨確實無誤。無～bô～⇨無確實。結果難保證。未～bē(bōe)～⇨無法安定。結果難保。較～khah～⇨較可靠。安～an～⇨同上。

【**穩心** ún-sim】 安心。～～仔睏～～á khùn⇨安心睡覺。

【**穩主** ún-chú】 可靠之債主。鬮倒，倒～～

的chhoân-tó, tó ～～ ê⇨謂倒閉者却是穩主多。

【穩冬 ún-tang】 秋收季的稻作。俗叫穩冬ún-tang，蓋對第一期稻作曰早冬chá-tang而言。其實其穩ún乃指水之穩ún，可靠也。

【穩的 ún-ê】 一定的。即款生理～～啦chit-khoán seng-lí～～là⇨此種生意一定趁錢也。阿花～～啦，a-hoe～～là⇨阿花一定(考中)也。安啦，～～啦，我共你擔保啦an-là,～～là, goá kā-lí tam-pó-là⇨安也穩也，我爲你擔保可也。

【穩定 ún-tēng】 安定。平穩。物價有較～～也bu̍t-kē ū-khah～～ā⇨同上。

【穩健 ún-kiān】 任事行事不輕舉妄動。人伊較～～lâng i khah～～⇨他做事比較平穩確實。

【穩婆 ún-pô】 收生婆siu-seⁿ-pô。三姑六婆之一。

【穩趁 ún-thàn】 一定獲利。生理無～～的seng-lí bô～～ê⇨生意沒有一定獲利的。

【穩當 ún-tàng】 確實。一定。安爾較～～an-ne(ni) khah～～⇨這樣安全也。～～無錯～～bô-chhò⇨一定無誤。～～會成功～～ē(ōe) sêng-kong⇨定必成功無誤。～～好的～～hó-ê⇨一定好的也。～～的生理～～e seng-lí⇨確實可靠的生意。

【穩贏 ún-iâⁿ】 一定操勝。人都不是您阿公講，包你～～的lâng to-m̄-sí lín-a-kong kóng pau-lí～～ê⇨人家非你祖父也會包你一定勝嗎？

【穩水田 ún-chúi-chhân】 水源可靠灌溉設備完善之稻田。其不能作晚水田明矣。

【穩死的 ún-sí-ê】 一定死的。註定失敗的。您安爾變，我都～～也lín an-ne(ni)-pìⁿ, goá to～～à⇨你們如此弄法，我是死路一條了。

【穩篤篤 ún-tak-tak】 篤定tok-tēng的可靠。逐家每講伊～～，那知到時會落褲ta̍k-ê mā-kóng i ～～, ná-chai kàu-sî ē(ōe) làu-khò͘⇨大家都說他最可靠的，焉知到了緊要時刻竟會(如此的)不體面。

【穩穩扐 ún-ún-leh】 看～～～khoàⁿ～～～⇨以爲非常確實可靠的。伊都打算～～～，曷知人會共伊變i to phah-sǹg～～～，a̍h-chai lâng-ē(ōe) kā-i pìⁿ⇨他是以爲一切妥當無誤的，怎料到人家會對他弄鬼。

【穩如泰山 ún-jî-thài-san】 穩ún同安an。既阿久伯的擔保，～～～～也了kà a-kú-peh-ê tam-pó, ～～～～ā-lò͘⇨既然阿久伯擔保，穩如泰山了。

【穩食穩穿 ún-chia̍h-ún-chhēng】 衣食無憂。即斗都～～～～也chit-táu to～～～～ā⇨這一次衣食無憂了。

## 隱 ún

蔽也。潛藏也。探求民～thàm-kiû bîn～⇨同上。惻～之心，人皆有之chhek～chi sim, jîn-kai iú-chi⇨孟子。歸～山林kui～san-lîm⇨回鄉隱居。

【隱士 ún-sū】 隱居之人。山林的～～san-lîm ê～～⇨同上。

【隱居 ún-ki(ku)】 退居山野不問世事。～～山林～～san-lîm⇨同上。

【隱密 ún-ba̍t】 秘密pì-bi̍t。代誌做到眞～～tāi-chì chò(chòe)-kà chin～～⇨同上。

【隱瞞 ún-moâ】 掩筴am-khàm。欺騙khi-phiàn。人講事不～～，紙未包得火lâng-kóng sū put～～, choá bē(bōe)-pau-tit-hóe⇨古人言，事不宜相瞞，紙不能包火(我告訴你吧)。

【隱痀 ún-ku】 駝背。痀ku俗作龜ku。一枝草一點露，～～的食雙點chi̍t-ki-chháu chi̍t-tiám-lō͘, ～～ê chia̍h-siang-tiám⇨謂人各有生路，天更優惠於破相phoà-siùⁿ之身。破相phoà-siùⁿ，殘障也。～～的車糞斗，著力更不好看～～ê chhia-pùn-táu, tio̍h-la̍t koh m̄-hó-khoàⁿ⇨喻身分不相稱之事，做了也得不到

好結果。車糞斗chhia pùn-táu，翻跟斗hoan-kin-táu也。龍交龍，鳳交鳳，～～的交倲戇 liông-kau-liông, hōng-kau-hōng, ～～ ê kau-tòng-gōng⇨喻物各以類聚。富與貧，貴與賤，都不能成交友。

【隱身法 ún-sin-hoat】 掩身法iám-sin-hoat。使己身不為他人所見之法也。據稱有掩身花iám-sin-hoe或掩身草iám-sin-chháu者，一花在身，可即將身隱去。布袋戲，曾有此角色，利用此法以侮辱良家美女，遭人憎恨，也令人羡慕，頗有人氣也。

【隱度扲 ún-khǹg-leh】 把香蕉等隱熟以候用。度khǹg，存置也，俗作藏khǹg。

【隱芎蕉 ún-kin-chio】 溫藏青香蕉，使其黃熟。

【隱檨仔 ún-soāi$^{n}$-á】 使青檨黃熟也。凡隱青果，皆隱蔽密封之，香蕉即須點香加溫。今或用電土Carbide。

ún **允** 信也。肯也。答應tah-èng曰允ún, ín。事亦公～sū e̍k kong～⇨事甚公道。用法平～iōng-hoat phêng～⇨用法適當。倘蒙俯～，曷勝感激thóng-bông hú～, ha̍t-sìn kám kek⇨文言文書牘套詞。

【允人 ún-lâng】 ín-lâng。答應了他人。～～較慘欠人～～khah-chhám khiàm-lâng⇨答應了人比欠人還要嚴重，謂答應人決不可食言。

【允許 ún-hí】 ín-hí。許可hí-khó。既無～～，伊敢濫擅kā-bô～～, i ká$^{n}$ lām-sám⇨既然無許可的，他何以敢亂作胡為（必有許可也）。

【允準 ún-chún】 同允許ún-hí。

【允當 ún-tàng】 同穩當ún-tàng。

ún **尹** 伊尹i-ún，古（商代）之賢相也。

ún **殞** 殞命ún-bēng，死亡也。

ún **隕** 從高而下也。墜而下也。通殞ún。夜中星～如雨iā-tiong seng～jî-í⇨同上。

【隕石 ún-se̍k】 從太空墜下地球之石頭。太空中的塵埃飛入地球的空氣層，與空氣摩擦而發光者為流星liû-seng，俗曰落屎星lāu-sái-chhe$^{n}$，其未燃燒盡而墜至地球者即隕石ún-se̍k也。

【隕命 ún-bēng】 死亡。同殞命ún-bēng。

【隕星 ún-seng】 Meteor。流星liû-seng亦即落屎星lāu-sái-chhe$^{n}$ (chhi$^{n}$) 也。

【隕落 ún-lo̍k】 墜落tūi-lo̍k。大星～～tāi-seng～～⇨喻大人物死亡。

ún **蚓** 土蚓thō͘-ún, tō͘-kún，亦即蚯蚓khiu-ín也。

ún **媪** 老媪lāu-ún，老女之稱也。

ùn **塭** 利用海水的養魚池曰塭ùn。多為養殖虱目魚而設。魚～hî～⇨同上。

【塭仔 ùn-á】 魚塭hî-ùn。養魚池。

【塭田 ùn-chhân】 魚塭hî-ùn。

【塭堀 ùn-khut】 同塭田。

【塭底田 ùn-té-chhân】 塭田ùn-chhân。

ùn **搵** 沒也。染也。以指按也。食物點沾醬油曰搵ùn。筆沾墨水亦曰搵ùn。有醅油來～較好ū ìm-iû lâi～khah-hó⇨同上。醅油ìm-iû，特製的上等豆油，俗作蔭油ìm iû。墨～了傷霑ba̍k～liáu siu$^{n}$-tâm⇨墨水沾得太多。伊去～一下耳啦，無較遭i khì～chi̍t-ē-niâ-lâ bô-khah-choā⇨他只去淺嘗一下子而已，無效也。無較遭bô-khah-choā，沒有差異，亦即無效也。

【搵油 ùn-iû】 點染油料。目珠八無金，人～～道共你食去噢，你扲不知死ba̍k-chiu peh (poeh)-bô-kim, lâng～～tō kā-lí chia̍h-khì-ō, lí teh m̄-chai-sí⇨眼睛沒有張開，人家點些油就可以把你吃掉的，你還不知死活也。

【搵筆 ùn-pit】 筆沾墨水。～～都猶未會扲，更佅寫字～～to iáu-bōe-ē-leh, koh-boeh siá-jī⇨搵筆都不會拎，還要寫什麼字。

【搵豆油 ùn-tāu-iû】 點染豆油。～～～道眞好食也～～～～tō chin-hó-chiah-à⇨同上。

【搵糖膏 ùn-thn̂g-ko】 食麻糬～～～囫去也啦chiah moâ-chî～～～bóng-khì-à-là⇨吃麻糬搵糖膏算不錯的了。麻糬moâ-chî者台日合作詞也，糬chî者秫米糕餅也。日文曰mochi，因有麻糬moâ-chî一詞，俗作麻糍moâ-chî。

**ùn 慍** 怨也。怒也。落～loh～⇨逐漸適應於新環境。意謂對新環境的怨怒之氣漸消逝也。有較落慍也ū-khah loh-ùn-à⇨比較適合起來了。人不知而不～，不亦君子乎jîn put-ti jî put～, put-ek kun-chú-hô⇨論語。

**ùn 傴** 依人也。落～loh～⇨久而久之，已習慣了。有較落～⇨習慣多了。

**ûn 云** 人云亦云jîn-ûn-ek-ûn⇨人講安爾，你也講安爾lâng-kóng an-ne(ni), lí iā-kóng an-ne(ni)。

**ûn 雲** 雲hûn也。雨生雲，雲生霓í-seng-ûn, ûn-seng-gê⇨同上。風～變色hong～piàn-sek⇨同上。朝爲行～，暮爲行雨tiau ûi hêng～, bō ûi hêng-í(ú)⇨同上。成語或新名詞讀雲ûn, în，口語則多讀hûn。

【雲水 ûn-súi】 行脚僧。謂其有如行雲hêng-ûn流水liû-súi之自由自在也。

【雲天 ûn-thian】 喻高。義薄～～gī-pok～～⇨義氣高及天。

【雲母 ûn-bó】 礦物名。

【雲車 ûn-ki】 樓車lâu-chhia窺探敵情之用者。又仙人以雲爲車。～～數至，紫氣常來～～sò-chì, chí-khì siâng-lâi⇨謂仙人所常來往之勝地。

【雲河 ûn-hô】 天上之星河。俗稱河溪hô-khe。其他有：銀河gîn-hô，銀漢gîn-hàn，天河thian-hô等異名甚多。

【雲泥 ûn-nî】 雲與土泥。～～之別～～chi piat⇨相差甚大。

【雲英 ûn-eng】 仙女名。恨不～～未嫁時hīn-put～～bī-kè-sî⇨相見恨晚之套詞。

【雲雀 ûn-chhiak】 ûn-chhiok。小鳥名。俗稱半天仔poàⁿ-thiⁿ-á。

【雲集 ûn-chip】 萬商～～bān-siang～～⇨商況旺盛。

【雲遊 ûn-iû】 行踪不定。來去自如。～～和尙～～hôe-siūⁿ⇨同上。～～四海～～sù-hái⇨同上。

【雲霓 ûn-gê】 雨hō也。霓gê指彩虹chhái-hông。大旱之望～～tāi-hān chi bōng～～⇨喻殷切期待。

【雲雨情 ûn-í(ú)-chêng】 男女之事。朝爲行雲，暮爲行雨tiau ûi hêng-ûn, bō ûi hêng-í(ú)⇨楚襄王夢會仙女的故事。

**ûn 匀** 均也。輩分pòe-hūn曰匀ûn，層次亦曰匀ûn。均～kin～⇨配合得平均美妙。超～chiau～⇨相常平均。亦作齊匀chiâu-ûn。～～二九暝香～～jī-káu mê-hng⇨應該十分滿足了。意謂夜夜能維持除夕之豐盛。二九暝jī-káu mê⇨除夕tî-sek。您頂～的合阮頂～的都同齊起基的lín-téng～ê kah(kap) goán-téng～ê to tâng-chê khí-ki-ê⇨你們的上一代，與我們的上一代是同時一起創建事業的。磚仔更沿三～道好也chng-á koh-iân saⁿ～tō-hó-à⇨磚再順手加三層就夠了。沿iân，順路sūn-lō，亦順手增加也。

**ûn 逡** 逡巡ûn-sûn，不進也，次第也。緩oān曰逡ûn，慢bān曰逡ûn。四界～sì-kè～⇨四處跑跑看看。

【逡仔 ûn-a】 ûn-na。超～～chiau～～⇨相當慢。很慢。～～是～～sī⇨慢慢地做。～～來～～lâi⇨慢慢來。～～行～～kiâⁿ⇨慢慢走。～～講～～kóng⇨慢慢講。有藉～～還ū chiah～～hêng(hâiⁿ)⇨有了錢才慢慢地歸還。

【逡逡仔 ûn-ûn-a】 ûn-ûn-na。同逡仔ûn-na。慢慢地。～～～是～～～sī⇨同上。～～～共你拔毿～～～ kā-lí pā-lē⇨慢慢地來把你料理好。拔毿pā-lē者，拔除禽類之毛箭mo-chīⁿ，喻耐心料理事務。囡仔～～～會大漢gín-á～～～ē(ōe) toā-hàn⇨孩子慢慢地長大。

ûn **耘** 耕耘keng-ûn也。一分～～一分收穫chit-hun～～chit-hun siu-hek⇨有努力耕作，必有好的收穫siu-hek。

ûn **焚** 殘火未滅曰焚ûn。火猶扲～hóe iáu-teh～⇨殘火還在燃燒。

ûn **圓** 圓夢ûn-bāng，解夢也。睏仙夢khùn-sian-bāng，赴寺廟睡覺以待仙人托夢thok-bāng。眞的是夜有夢了，廟中人必爲之解釋使其滿意曰圓仙夢ûn-sian-bāng→oân-sian-bāng。

ūn **運** 氣數也。運命ūn-miā曰運ūn。轉動也。搬運poaⁿ-ūn曰運ūn。奉天承～hōng-thian sîn～⇨天子之運。賭天～tó thian～⇨博運氣。時～不濟sî～put-chè⇨同上。歹～pháiⁿ～⇨壞運氣。桃花～thô-hoe～⇨艷遇女色之運。客～kheh～⇨旅客之運送。貨～hòe～⇨貨物之運送。搬～poaⁿ～⇨同上。

【運也 ūn-iā】 謂運不可移易也。時也，～～，命也sî-iā, ～～, bēng-iā⇨惡運時的怨嘆詞。

【運用 ūn-iōng】 善加利用。～～金錢的魔力～～kim-chîⁿ ê mô-lek⇨同上。～～權勢～～koân-sè⇨同上。～～之妙，存乎一心～～chi miāu chûn-hō· it-sim⇨同上。

【運行 ūn-hêng】 日月～～周而復始jit-goat～～chiu-jî hok-sí⇨同上。

【運河 ūn-hô】 漕運之河道。多由人工所開鑿。大～～tāi～～⇨杭州通北京。蘇彝士～～so·-i-sū～～⇨Suez運河。巴拿馬～～pa-ná-má～～⇨Panama運河。

【運命 ūn-miā】 命運miā-ūn。～～天註定～～thiⁿ chù-tiāⁿ⇨同上。～～之神～～chi sîn⇨同上。

【運氣 ūn-khì】 時運sî-ūn。～～好～～hó⇨同上。碰～～pōng～～⇨博運氣phok-ūn-khì⇨同上。

【運送 ūn-sàng】 運搬ūn-poaⁿ。運輸ūn-su。～～公司～～kong-si⇨同上。～～店～～tiàm⇨同上。

【運動 ūn-tōng】 ㊀Motion，物理學名詞。等速～～têng-sok～～⇨同上。㊁Sports，田徑～～tiân-kèng～～⇨同上。球類～～kiû-lūi～～⇨同上。～～場～～tiûⁿ⇨同上。～～會～～hōe⇨同上。㊂社會學名詞。社會～～siā-hōe～～⇨同上。文化～～bûn-hoà～～⇨同上。愛護動物～～ài-hō·-tōng-but～～⇨同上。㊃奔走鑽營以求利亦曰運動ūn-tōng。

【運棺 ūn-koan】 把旅外死者運回家。～～轉去～～tńg-khì⇨運棺回去。

【運筆 ūn-pit】 用筆iōng-pit。～～如飛～～jî-hui⇨寫得飛也似的快。

【運銷 ūn-siau】 運出貨品予以消售。～～合作社～～hap-chok-siā⇨同上。

【運輸 ūn-su】 同運送ūn-sàng。

【運頭 ūn-thâu】 男怕～～，女怕運尾lâm-phàⁿ～～, lí-phàⁿ ūn-bóe⇨命相者之言。

【運轉 ūn-choán】 機械轉動。工場有扲～～kang-tiûⁿ ū-teh～～⇨工廠在移動中。～～手～～chhiú⇨司機su-ki的日文untenshiu。

【運糧 ūn-niû】 運送糧草。千里～～chhian-lí～～⇨同上。

【運籌帷幄 ūn-tiû-î-ak】 指揮作戰。～～～～中，決勝千里外，我不如子房～～～～tiong, koat-sìn chhian-lí-goā, gó· put-jî chú-pâng⇨漢高祖對張良的考語。

【運去金成鐵 ūn-khì-kim-sêng-thih】 喻運氣不佳時，實在無辦法。～～～～～，時來鐵成金～～～～～, sî-lâi thih sêng-kim⇨謂時運非人力所能左右者也。

ūn
**韻** 音相和也。又風致也。作詩講押～choh-si kóng ah～⇨寫詩講究韻律。食茶講喉～chiah-tê kóng âu～⇨同上。徐娘半老，風～猶存chhî-niû poàn-ló, hong～iû-chûn⇨同上。

【韻文 ūn-bûn】 句末押韻的文章。詩詞歌賦等是也。

【韻味 ūn-bī】 情趣chêng-chhù。不止仔有～～put-chí-á ū～～⇨相當有趣之事。

【韻事 ūn-sū】 風流之事。風流～～hong-liû～～⇨同上。

## ut

ut
**鬱** 木叢生也。積也。滯也。抑壓ek-ap曰鬱ut。不伸曰鬱ut。使物屈曲khut-khiok曰鬱ut。囡仔無俫～，長大～不屈gín-á bô-boeh～, tiáng-tāi～put-khut⇨小孩子不教訓，長大了就教訓不了了。解～kái～⇨解脫愁悶。安爾～抣較艱苦an-ne(ni)～leh khah kan-khó͘⇨如此傷促(工作)很苦也。代誌～於心內tāi-chì～tī sim-lāi⇨事悶在心中(不能伸)。憂～iu～⇨心不舒展。

【鬱雨 ut-hō͘】 滿天烏雲欲雨不雨的樣子。敢是抣～～káⁿ-sī teh～～⇨同上。

【鬱格 ut-keh】 小鷄孵死在卵殼中。～～鷄仔～～ke-á⇨同上。三隻～～的saⁿ-chiah～～ê⇨同上。

【鬱悴 ut-chut】 煩悶。心肝眞～～sim-koaⁿ chin～～⇨心中甚悶。

【鬱悶 ut-būn】 事煩心悶。心肝眞～～sim-koaⁿ chin～～⇨心裡甚悶。

【鬱歲 ut-hòe(hè)】 年末出生者的歲數，雖僅數日，甚至除夕出生，亦以一歲chit-hòe計算，此一歲曰鬱歲ut-hòe。有～～啦；無，未差許夠啦ū～～là bô-bē(bōe)-chha hiah-chē(chōe)-là⇨有鬱歲吧，否則不致相差那麼多。～～差眞夠了，年頭差年尾，都差要一年了～～chha-chin-chē(chōe)-lō, nî-thâu-chha-nî-bóe(bé), to-chha boeh(beh) chit-nî-lō͘⇨鬱歲差甚大也。年初生的差年末生的，爭差幾乎一年了。鬱一歲ut-chit-hòe(hè)，所謂鬱歲者皆鬱一歲也。

【鬱積 ut-chek】 積鬱沈滯。～～於心肝內～～tī sim-koaⁿ-lāi⇨沈鬱在心中。

【鬱癆 ut-lô】 肺病。肺結核病。

【鬱鬱 ut-ut】 抑壓沈滯。安能～～久居於此，心那會開an-lêng～～kiú-ki tī chhú, sim nā-ê khui⇨同上。

【鬱竹椅 ut-tek-í】 製造竹椅等竹材家具。其業其人。鬱ut者：依其必要，使曲竹伸直，或直竹彎曲oan-khiau也。

【鬱金香 ut-kim-hiang】 花名Tulip。葡萄美酒～～～，玉碗盛來琥珀光，但使主人能醉客，不知何處是他鄉pô-tô bí-chiú～～～gek-oán sēng-lâi hó͘-phek-kong, tàn-sú chú-jîn lêng-chùi-khek, put-ti hô-chhì sī-thaⁿ-hiang⇨唐詩。此主人不能醉客也，可惜可惜。

【鬱死人材 ut-sí-jîn-châi】 屈死人材khut-sí-jîn-châi。活活牛乎人縛於死樹頭，眞眞～～～～也oah-oah-gū hō͘-lâng pak-tī sí-chhiū-thâu,chin-chin～～～～ià⇨同上。

ut
**尉** 尉遲恭ut-tî-kiong。唐代名將。亦為門神之一。

ut
**熨** 火展帛也。從上按下也。

【熨斗 ut-táu】 熨衣料之道具。銅鐵料所製內可盛裝火炭者也。電～～tiān～～～⇨用電氣不用火炭之新式熨斗。

【熨平 ut-pêⁿ(pîⁿ)】 將衣料展平。

【熨衫 ut-saⁿ】 熨展衣裳。

【熨紃 ut-sûn】 熨展成直線。紃sûn；條tiâu也，線soàⁿ也。

【熨倒紃 ut-tó-sûn】 謂紃sûn熨得平直堅挺

不致還元。熨絪該～～～ ut-sûn ài～～～⇨同上。

【熨頭毛 ut-thâu-mo(mn̂g)】 燙髮thōng-hoat-。今曰電頭毛tiān-thâu-mo矣。

ut
**膃** 膃肭ut-lut也，哺乳動物，居北海中，四肢已化魚鰭形。皮毛美，其肉尤美，亦名膃肭臍，俗名海狗，其腎即海狗鞭，尤爲有名之壯陽劑。

ut
**聿** 所以書寫之器也。筆也。楚～秦筆chhó～chîn-pit⇨在楚曰聿ut，在秦曰筆pit。同物異名也。撩草書寫曰聿ut，亦曰捽chut。信採～chìn-chhái～⇨信採捽chìn-chhái-chut⇨隨便揮筆寫之。

ut
**遹** 循也。逡巡ûn-sûn不前曰遹ut。稍停一下曰遹。

【遹扲 ut-lè】 稍停。～～道夠也～～tō kàu-à⇨不久(時日)就到也。～～道過三年也～～tō-kòe(kè) s$a^n$-nî-ā⇨轉眼就經過三年了。

【遹一下 ut-chit-ē】 同遹扲ut-lè。～～～耳道幾仔冬了～～～niâ tō kúi-á-tang-lò⇨一轉眼間而已，就已經數年之久了。幾也冬kúi-á-tang⇨kúi-na-tang。

ut
**鷸** 鳥名。鷸蚌相爭，漁翁得利ut-pāng siang-cheng,gî-ong tek-lī⇨同上。鷸蚌ut-pāng⇨ıt-pāng。鷸ut，鳥名，蚌pāng，一種珠蛤。鷸ut，又讀lut(見lut部)。

# 漢字字首筆劃索引

**六劃**

### 八劃

**十劃**

**十一劃**

### 十二劃

**十三劃**

## 十四劃

### 十六劃

十八劃

**二十劃**



**二十一劃**



**二十二劃**

國家圖書館出版品預行編目資料

臺灣話大詞典/陳修編著. -- 二版. -- 臺北市：遠流,
2000 [民 89]
面； 公分
含索引

ISBN 957-32-4078-5 (精裝)

1. 臺語 - 字典, 辭典

802.52323 89007693